WILLIAM SHAKESPEARE · SÄMTLICHE WERKE

WILLIAM SHAKESPEARE

Sämtliche Werke

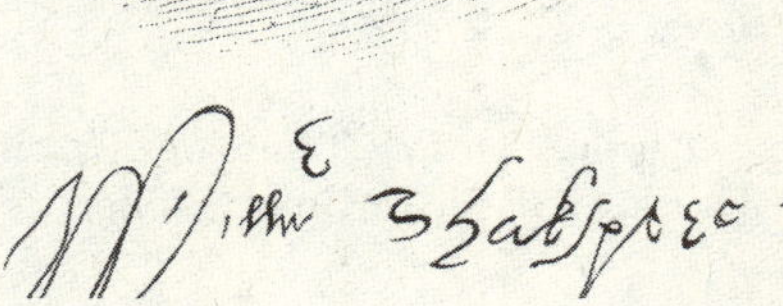

Shakespeares sämtliche Werke
nach den Übersetzungen von:
August Wilhelm Schlegel, Dorothea Tieck, Ludwig Tieck und Wolf Graf Baudissin.
Mit den Titel-Illustrationen von: John Gilbert.

Lizenzausgabe mit freundlicher Genehmigung der
Melzer Verlag GmbH, Neu Isenburg 2006
für Parragon Books Ltd

Satz & Layout: Zerosoft, Timisoara, Rumänien
Druck: GGP Media GmbH, Pößneck

ISBN: 1-40547-600-1

Diese Ausgabe erscheint bei

Parragon Books Ltd
Queen Street House
4 Queen Street
Bath BA1 1HE, UK

INHALT

KOMÖDIEN

Die Komödie der Irrungen.

Personen

Solinus, Herzog von Ephesus
Ägeon, ein Kaufmann aus Syrakus
Antipholus von Ephesus,
Antipholus von Syrakus, Zwillingsbrüder und Söhne des Ägeon
Dromio von Ephesus,
Dromio von Syrakus, Zwillingsbrüder und Sklaven der beiden Antipholus
Balthasar, ein Kaufmann
Angelo, ein Goldschmied
Ein Kaufmann, Freund des Antipholus von Syrakus
Doktor Zwick, ein Schulmeister und Beschwörer
Ämilia, Frau des Ägeon, Äbtissin zu Ephesus
Adriana, Frau des Antipholus von Ephesus
Luciana, Schwester der Adriana
Lucie, Adrianens Kammermädchen
Eine Kurtisane
Kerkermeister, Gerichtsdiener und Gefolge
Die Szene ist in Ephesus

Erster Aufzug

Erste Szene

Halle im herzoglichen Palast. Es treten auf der Herzog von Ephesus, Ägeon, der Kerkermeister und Gefolge.

ÄGEON. Fahr' fort, Solin! Sei Förd'rer meines Falles,
Dein Urteil ende Schmerz und Gram und alles!

HERZOG. Kaufmann aus Syrakus, hör' auf zu rechten;
Ich kann parteiisch das Gesetz nicht kürzen.
Die Fehd' und Zwietracht, die uns jüngst erwuchs
Durch Eures Herzogs tückische Mißhandlung
Ehrsamer Kaufherrn, meiner Untertanen,
(Die, Geld entbehrend, um sich loszukaufen,
Sein hart Gesetz mit ihrem Blut gebüßt) –
Bannt alle Gnad' aus unserm droh'nden Blick.
Denn seit dem tödlichen und innern Zwist,
Des Bosheit Eure Stadt von uns getrennt,
Verbot ein feierlicher Volksbeschluß,
So bei den Syrakusern wie bei uns,
Daß kein Verkehr sei zwischen beiden Häfen.
Noch mehr:
Läßt ein geborner Epheser sich sehn
Auf Jahrmarkt oder Mess' in Syrakus;
Und kommt ein Mann, aus Syrakus entstammt,
Zum Hafenplatz von Ephesus, – der stirbt;
Sein ganz Vermögen fällt dem Herzog zu:
Es sei denn, daß er tausend Mark bezahlt,
Der Strafe zu entgehn, als Lösegeld. –
Nun, deine Habe, noch so hoch geschätzt,
Beläuft sich, denk' ich, kaum auf hundert Mark;
Deshalb bist du dem Tod mit Recht verfallen.

ÄGEON. Das ist mein Trost; erfüllt man dein Gebot,
Stirbt mit der Abendsonn' auch meine Not.

HERZOG. Wohl, Syrakuser, sag uns kurz den Grund,
Warum du zogst aus deiner Vaterstadt,
Und was dich hergeführt nach Ephesus?

ÄGEON. O schwerste Pflicht, die du mir auferlegt,
Dir auszusprechen unaussprechlich Leid!
Doch, daß die Welt bezeuge, Vatersehnsucht,
Nicht niedrer Frevel, wirkte meinen Tod, –
Erzähl' ich dir, so viel mein Gram erlaubt.
Ich stamm' aus Syrakus und wählte mir
Ein Weib zur Gattin; ich durch sie beglückt,
Und sie durch mich, wenn uns kein Unstern traf.
Mit ihr lebt' ich vergnügt; mein Reichtum wuchs
Durch Reisen, die ich oft mit Glück vollführt
Nach Epidamnus, bis mein Faktor starb.
Die große Sorg' um preisgegebne Güter
Riß mich aus meiner Gattin treuem Arm.
Noch nicht sechs Monden waren wir getrennt, –
Als jene schon (obgleich erliegend fast
Der süßen Strafe, die des Weibes Erbteil,)
Anstalt getroffen, um mir nachzureisen,
Und schnell und froh gelangte sie zu mir.
Nicht lange war sie dort, da wurde sie
Beglückte Mutter von zwei wackern Söhnen;
Die, seltsam, jeder so dem andern ähnlich,
Daß man sie nur durch Namen unterschied.
Zur selben Stund' und in demselben Wirtshaus
Kam eine arme Frau ins Wochenbett
Mit Zwillingssöhnen, die sich völlig glichen;
Und beide, weil die Eltern ganz verarmt,
Kauft' ich und zog sie groß zum Dienst der meinen.
Mein Weib, nicht wenig stolz auf ihre Knaben,
Betrieb die bald'ge Heimkehr, Tag für Tag;
Ungern gewährt' ich's ihr, ach, nur zu schnell!
Wir schifften ab:
Und kaum 'ne Meil' in See von Epidamnus,
Als die dem Wind stets untertän'ge Tiefe
Uns manche Vorbedeutung wies des Unglücks.
Und länger blieb uns wenig Hoffnung mehr;
Denn, was von trübem Licht der Himmel gönnte,
Bot unsern furchterfüllten Seelen nur
Die zu gewisse Bürgschaft nahen Todes.
Ich selber hätt' ihn freudig wohl umarmt;
Allein das stete Jammern meines Weibes,
Die, was sie kommen sah, voraus beweinte,
Und meiner lieben Knaben ängstlich Schrei'n,
Die nur das Weinen, nicht die Furcht verstanden,
Zwang mich, nach Aufschub noch für uns zu spähn –
Denn Aufschub nur, kein Rettungsmittel gab's.
Das Schiffsvolk sucht' im Boote sich zu bergen,
Uns ließen sie das Schiff, zum Sinken reif.
Mein Weib, besorgter für den Jüngstgebornen,
Hatt' ihn befestigt an 'nem kleinen Notmast,
Wie ihn der Seemann mitnimmt für den Sturm;
Zu dem band sie den einen Sklavenzwilling;
Und ich war gleich bemüht für beide andre.
Die Kinder so verteilt, mein Weib und ich,
Die Blicke treu auf unsre Sorge heftend,
Banden uns an des Mastbaums Enden fest;
Und auf den Wogen treibend mit dem Strom
Gelangten wir, so schien es, gen Korinth.
Nun endlich brach die Sonne mild herein,
Die Nebel wichen, die uns widerstrebt,
Und durch die Wohltat ihres holden Lichts
Ward still die Flut, und unser Aug' entdeckte
Zwei Schiffe, die mit Eile sich uns nahten,
Dies von Korinth, von Epidaurus jenes. –
Doch eben jetzt, – weh mir, was mußt' ich sehn!
Errat' aus dem Erzählten, was geschehn! –

HERZOG. Nein, weiter, alter Mann, brich' so nicht ab;
Denn Mitleid darf ich, wenn nicht Gnade schenken.

ÄGEON. Oh, taten das die Götter, braucht' ich nicht
Sie jetzt mit Recht der Grausamkeit zu zeihn! –
Denn, eh' die Schiff' uns nah auf zwanzig Knoten,
Gerieten wir an ein gewaltig Riff,
Und heftig angetrieben an den Fels
Brach unser hülfreich Fahrzeug mitten durch:
So daß in dieser ungerechten Scheidung
Fortuna jedem, gleichverteilend, ließ,
Was seines Lebens Freud' und Sorge sei.
Ihr Teil, der Armen! der befrachtet schien
Mit mindrer Last, obschon nicht minderm Gram,
Ward schneller fortgetrieben vor dem Wind;
Und aufgefangen sah ich alle drei
Durch Fischer aus Korinth, wie mir's erschien.
Zuletzt nahm uns ein andres Schiff an Bord,
Und hörend, wen das Glück durch sie erlöst,
Gab uns die Mannschaft freundlichen Willkommen,
Und raubt' auch wohl den Fischern ihre Beute,

Wenn nicht die Jacht ein schlechter Segler war:
Und deshalb lenkte sie den Lauf zur Heimat. –
Jetzt wißt Ihr, wie ich all mein Heil verlor
Und Mißgeschick mein Leben nur erhielt,
Um meines Unglücks Trauermär zu melden.

HERZOG. Um derer willen, die du so beklagst,
Tu' mir die Freundschaft und berichte noch,
Wie's jedem denn und dir seitdem erging.

ÄGEON.
Den jüngsten Sohn, und doch mein ältstes Leid,
Befiel nach achtzehn Jahren heiße Sehnsucht
Nach seinem Bruder: so bestürmt' er mich,
Daß ihn sein Diener (der im gleichen Fall,
Beraubt des Bruders, dessen Namen führte)
Begleiten dürf', um jenen zu erspähn.
Und weil er krank aus Liebe zum Verlornen,
Wagt' ich es, den Geliebten zu verlieren. –
Fünf Jahr durchsucht' ich alles griech'sche Land,
Durchzog die fernsten Winkel Asiens
Und kam, heimfahrend, jetzt nach Ephesus;
Zwar hoffnungslos, wollt' ich doch diesen Ort
Wie jeden, wo nur Menschen sind, durchforschen.
Hier endet die Geschichte meines Lebens,
Und glücklich preis ich meinen frühen Tod,
Gäb' all mein Reisen mir Gewähr: sie lebten.

HERZOG. Unseliger Ägeon! Vorbestimmt,
Den höchsten Grad der Trübsal zu erdulden!
Oh, glaub' mir, wär's nicht wider das Gesetz
Und wider Krone, Würd' und fürstlich Wort,
Das, wollt' er's auch, kein Herrscher darf umgehn,
Mein Herz verföcht' als Anwalt deine Sache.
Doch, ob du gleich verfallen bist dem Tod,
Und Widerruf des abgestimmten Spruchs
Zu großem Eintrag unsrer Ehre führte, –
Doch will ich dich begünst'gen, wie ich's kann.
Drum, Kaufmann, frist' ich dir noch diesen Tag,
Daß du dir Hülf' in Freundeshülfe suchst.
Frag' alle, die du kennst in Ephesus,
Bitt' oder borge, bis die Summ' erfüllt, –
Und lebe: kannst du's nicht, so stirbst du dann.
Schließer, du stehst für ihn.

SCHLIESSER. Wohl, gnäd'ger Fürst.

ÄGEON. Zwar hülf- und trostlos, will's Ägeon wagen,
Bis morgen nur sein Leben zu vertagen.

Alle gehn ab.

Zweite Szene

Markt.
Es treten auf Antipholus von Syrakus, ein Kaufmann und Dromio von Syrakus.

KAUFMANN.
Deshalb sagt aus, Ihr seid von Epidamnus,
Sonst wird auf Euer Gut Beschlag gelegt.
Noch heut erst ward ein Syrakuser Kaufmann
Verhaftet, der allhier gelandet ist; –
Und weil er nicht sein Leben lösen kann,
Trifft ihn der Tod nach unserm Stadtgesetz,
Eh' noch die müde Sonn' im Westen sinkt. –
Hier ist Eu'r Geld, das Ihr mir anvertraut.

ANTIPHOLUS.
Geh, trag's in den Zentauren, unsern Gasthof,
Und bleib' dort, Dromio, bis ich wiederkomme.
In einer Stund' ist Mittagessens Zeit;
Bis dahin will ich mir das Volk betrachten,
Den Käufern zusehn, die Paläste merken,
Und dann in meinen Gasthof schlafen gehn,
Weil ich ermüdet bin vom weiten Reisen.
Nun mach' dich fort! –

DROMIO.
Wohl mancher möcht' Euch jetzt beim Worte nehmen
Und wandern mit so hübschem runden Schatz.

Ab.

ANTIPHOLUS.
Ein treuer Bursch, mein Herr, der mir schon oft,
Wenn ich verstimmt durch Schwermut oder Kummer,
Den Sinn erleichtert hat mit munterm Scherz.
Wollt Ihr mich nicht begleiten durch die Stadt
Und dann ins Wirtshaus gehn und mit mir speisen?

KAUFMANN.
Ich ward bestellt, mein Herr, von ein'gen Wechslern,
Wo mich ein vorteilhaft Geschäft erwartet;
Deshalb verzeiht; doch nach der fünften Stunde,
Wenn's Euch gefällt, treff' ich Euch auf dem Markt
Und bleibe dann bei Euch bis Schlafenszeit; –
Jetzt ruft mich jener Handel von Euch ab.

ANTIPHOLUS.
Lebt wohl so lang'; ich schlendre dann allein
Und wandre auf und ab, die Stadt zu sehn.

KAUFMANN.
Seid Eurem besten Wohlsein dann empfohlen!

Geht ab.

ANTIPHOLUS.
Wer meinem besten Wohlsein mich empfiehlt,
Der wünscht mir, was ich nie erreichen kann.
Ich gleich' in dieser Welt 'nem Tropfen Wasser,
Der einen andern Tropfen sucht im Meer;
Er stürzt hinein, zu finden den Gefährten,
Und ungesehn verschwimmt er selbst im Forschen.
So ich, indem ich Mutter such' und Bruder,
Verschwind' ich Armer selbst auf ihrer Spur.

Dromio von Ephesus kommt.

Hier kommt mein wahrer Lebensalmanach. –
Wie nun! Was kehrst du denn so bald zurück?

DROMIO VON EPHESUS.
Sobald zurück? Fragt doch, warum so spät?
Die Gans verbrennt, das Ferkel fällt vom Spieß,
Die Glock' im Turm schlug zwölf, und meine Frau
Macht, daß es eins auch schlug auf meiner Backe;
Sie ist so heiß, weil Eure Mahlzeit kalt ward;
Die Mahlzeit wurde kalt, weil Ihr nicht heim kommt;
Ihr kommt nicht heim, weil Ihr nicht Hunger habt;
Euch hungert nicht, weil Ihr die Fasten bracht;
Doch wir, die Fasten halten und Gebet,
Wir büßen, was Ihr sündigt früh und spät.

ANTIPHOLUS.
Still doch! Spar' deine Lunge! Sag mir jetzt,
Wo ließest du das Geld, das ich dir gab?

DROMIO VON EPHESUS.
Oh, die sechs Dreier, Herr, vom letzten Mittwoch,
Für den zerrißnen Schwanzriem meiner Frau? –

Die hat der Sattler, ich behielt sie nicht.
ANTIPHOLUS. Ich bin zu Späßen heut nicht aufgelegt;
Sag mir, und scherze nicht: wo ist das Geld?
Da wir hier fremd sind, wie getraust du dich,
So große Summ' aus deiner Acht zu lassen?
DROMIO VON EPHESUS.
Ich bitt' Euch, scherzt, wenn Ihr zu Tische sitzt!
Mich sendet unsre Frau zu Euch als Post,
Und kehr' ich heim, traktiert sie mich als Pfosten.
Denn was Ihr fehlt, kerbt sie mir auf den Kopf.
Mich dünkt, Eu'r Magen sollt' Euch Glocke sein
Und Euch nach Hause schlagen ohne Boten.
ANTIPHOLUS.
Hör', Dromio, dieser Spaß kommt sehr zur Unzeit;
Spar' ihn mir auf für eine beßre Stunde!
Wo ist das Gold, das ich dir anvertraut?
DROMIO VON EPHESUS.
Mir, Herr? Ei wahrlich, Herr, Ihr gabt mir nichts.
ANTIPHOLUS.
Hör' mich, Herr Schlingel! Laß die Albernheit
Und sag, wie du besorgtest deinen Auftrag.
DROMIO VON EPHESUS.
Mein Auftrag war, vom Markt Euch heimzuholen
In Euer Haus, den Phönix, Herr, zum Essen;
Die Frau und ihre Schwester warten schon.
ANTIPHOLUS.
Nun denn, so wahr ich Christ bin, steh mir Rede:
An welchen sichern Ort bracht'st du das Geld?
Sonst schlag' ich dir den lust'gen Schädel mürbe,
Der Possen reißt, wenn mir's verdrießlich ist.
Wo sind die tausend Mark, die ich dir gab? –
DROMIO VON EPHESUS.
Zwar ein'ge Marken trägt mein Kopf von Euch,
Auch ein'ge Marken Eurer Frau mein Rücken;
Doch das beläuft sich nicht auf tausend Mark: –
Wollt' ich Eu'r Gnaden die zurückbezahlen,
Ich glaub', Ihr stricht sie nicht geduldig ein.
ANTIPHOLUS.
Von meiner Frau? Sag, Kerl, von welcher Frau?
DROMIO VON EPHESUS.
Eu'r Gnaden Liebste, meine Frau im Phönix,
Die jetzt noch fastet, bis Ihr kommt zum Essen,
Und bittet, daß Ihr eilig kommt zum Essen.
ANTIPHOLUS.
Was, Schurke, neckst du mich ins Angesicht,
Da ich's verbot? Da hast du eins, Herr Schlingel!
DROMIO VON EPHESUS.
Was meint Ihr, Herr? Um Gottes willen, haltet!
Laßt Ihr die Hand nicht ruhn, brauch' ich die Beine.
Er läuft davon.
ANTIPHOLUS.
Bei meiner Treu! durch irgendeinen Streich
Ward mir der Tropf um all mein Gold geprellt! –
Man sagt, die Stadt sei voll Betrügerei'n,
Behenden Gauklern, die das Auge blenden,
Nächtlichen Zaubrern, die den Sinn verstören,
Mordsücht'gen Hexen, die den Leib entstellen,
Verlarvten Gaunern, schwatzenden Quacksalbern,
Und von Freigeistern aller Art und Zucht.
Wenn das der Fall ist, reis' ich um so eh'r.
Gleich such' ich im Zentauren meinen Knecht;
Ich fürchte sehr, mein Geld bewahrt' ich schlecht.
Geht ab.

Zweiter Aufzug

Erste Szene

Zimmer.
Adriana und Luciana treten auf.

ADRIANA. Mein Mann kommt nicht zurück, auch nicht der Diener,
Den ich so eilig sandt', ihn aufzusuchen;
Gewiß, Luciana, es ist schon zwei Uhr.
LUCIANA. Vielleicht, daß ihn ein Kaufmann eingeladen
Und er vom Markt zur Mahlzeit ging wohin.
Laß jetzt uns essen, Schwester; sei nicht mürrisch,
Ein Mann ist über seine Freiheit Herr,
Die Zeit der Männer Herrin; wie sie's fügt,
Gehn sie und kommen; drum sei ruhig, Schwester!
ADRIANA. Ward Männern größre Freiheit zugeteilt?
LUCIANA. Ja, weil ihr Streben nicht im Hause weilt.
ADRIANA. Wollt' ich ihm so begegnen, trüg' er's kaum!
LUCIANA.
Du weißt, der Mann ist deines Willens Zaum.
ADRIANA. Nur Esel zäumt man so bequem und leicht!
LUCIANA.
Nun, trotz'ge Freiheit wird durch Zucht gebeugt.
Kein Wesen gibt's, das nicht gebunden wär',
Sei's auf der Erde, sei's in Luft und Meer;
Tier, Fisch und Vogel folgt als seinem König
Dem Manne stets und ist ihm untertänig;
Den Menschen, göttlicher, – den Weltgebieter,
Der weiten Erd' und wilden Fluten Hüter,
Dem sein Verstand und seines Wissens Kraft
Den Vorrang über Fisch und Vogel schafft, –
Verehrt das Weib als machtbegabten Herrn:
Drum dien' auch du, und folg' ihm treu und gern!
ADRIANA. Um nicht zu dienen, bleibst du unvermählt?
LUCIANA. Nein! weil der Eh'stand so viel Sorgen zählt.
ADRIANA.
Doch wärst du Frau, trügst du die Knechtschaft still?
LUCIANA. Gehorchen lern' ich, eh' ich lieben will. –
ADRIANA.
Wie, wenn dein Mann fortbliebe, hielt'st du's aus?
LUCIANA. Ich harrte ruhig, bis er käm' nach Haus!
ADRIANA. Geduld, nie aufgereizt, wird leicht geübt;
Sanftmütig bleibt der wohl, den nichts betrübt.
Den Armen, den das Unglück ganz verstört,
Spricht man zur Ruh', wenn man ihn weinen hört; –
Doch trügst du gleiche Schmerzen, gleiche Plagen,
Du würdest selbst noch bittrer dich beklagen.
Dich hat kein rauher Gatte je beleidigt,
Sonst hätt'st du wohl Geduld nicht zahm verteidigt;
Wird erst ein Mann so viel an dir verschulden,
Dann jagst du aus dem Dienst blödsinnig Dulden.
LUCIANA.
Nun wohl, wer weiß! Zur Probe möcht' ich frein. –
Da kommt dein Knecht, weit kann dein Mann nicht sein.
Dromio von Ephesus kommt.

ADRIANA.
Sprich, ist dein säum'ger Herr jetzt bei der Hand?
DROMIO VON EPHESUS. Nein, mit mir war er bei zwei Händen, und das können meine zwei Ohren bezeugen.
ADRIANA.
Sag, sprachst du ihn? Vernahmst du sein Begehr?
DROMIO VON EPHESUS.
Ja, sein Begehren schrieb er mir aufs Ohr;
Ich faßt' ihn nicht, wie schlagend auch die Gründe.
LUCIANA. Sprach er so zweideutig, daß du seine Meinung nicht begreifen konntest?
DROMIO VON EPHESUS. Nein, er schlug so grade zu, daß mein Rücken die Schläge nur zu gut begriff; und dabei doch so zweideutig, daß ich sie kaum fassen konnte.
ADRIANA.
Doch sag, ich bitt' dich, kommt er bald nach Haus?
Mir scheint, er denkt recht treu an seine Frau! –
DROMIO VON EPHESUS.
Hört, Frau, der Herr ist, glaub' ich, hörnertoll.
ADRIANA. Wie, Schurke! Hörnertoll?
DROMIO VON EPHESUS.
Nicht hahnreitoll, doch sicher rasend toll;
Als ich ihn bat, zum Essen heim zu kommen,
So fragt' er mich nach tausend Mark in Gold.
»'s ist Essenszeit«, sagt' ich; »mein Gold«, sagt' er.
»Das Fleisch brennt an«, sagt' ich; »mein Gold!« sagt' er.
»Kommt Ihr nicht bald?« sagt' ich; »mein Gold!« sagt' er;
»Wo sind die tausend Mark, die ich dir gab?«
»Die Gans verbrennt«, sagt' ich; »mein Gold!« sagt' er.
»Die Frau«, sprach ich – »zum Henker mit der Frau!«
»Ich weiß von keiner Frau; fort mit der Frau!« –
LUCIANA. Sprach wer?
DROMIO VON EPHESUS. Sprach unser Herr;
»Ich weiß«, sprach er, »von Haus nicht, noch von Hausfrau«; –
Und meinen Auftrag, der der Zunge zukam,
Trägt meine Schulter heim, das dank' ich ihm:
Denn, kurz und gut, er gab mir Schläge drauf.
ADRIANA.
Geh wieder hin, du Schurk', und hol' ihn her!
DROMIO VON EPHESUS.
Noch einmal gehn, und neue Prügel holen?
Um Gottes willen, schickt 'nen andern Boten!
ADRIANA. Lauf, Schurk', sonst schlag' ich kreuzweis' dir den Kopf!
DROMIO VON EPHESUS.
Dann segnet er das Kreuz mit neuen Schlägen,
Und so bekomm' ich ein geweihtes Haupt.
ADRIANA.
Fort, Plaudermaul, hol' deinen Herrn zurück! –
DROMIO VON EPHESUS.
Bin ich so rund mit Euch, als Ihr mit mir,
Daß Ihr mich wie 'nen Fußball schlagt und stoßt?
Hin und zurück nach Lust schlägt mich ein jeder:
Soll das noch lange währ'n, so näht mich erst in Leder!
Geht ab.

LUCIANA. Pfui, wie entstellen dich die zorn'gen Falten!
ADRIANA. Er wird gewiß sein Liebchen unterhalten,
Indes ich hier mit seinem Lächeln geize.
Nahm schon das Alter aller Anmut Reize
Von meiner Wange? Sein dann ist die Schuld! –
Ist stumpf mein Witz? mein Wesen ohne Huld?
Verlernt' ich die gewandte, flücht'ge Rede,
Durch seine Kält' und Rauheit ward sie spröde.
Wenn ihm der andern muntrer Putz gefällt,
Ist's mein Vergehn, was er mir vorenthält? –
Was für Ruinen magst du an mir finden,
Die nicht sein Werk? Wenn meine Reize schwinden,
Er will es so; von ihm ein Sonnenblick
Brächt' alle vor'ge Anmut mir zurück.
Doch er, der wilde Hirsch, rennt aus den Pfählen
(Mein ist er satt), sich auswärts Kost zu stehlen.
LUCIANA.
Selbstqual der Eifersucht! Hör' auf zu klagen! –
ADRIANA.
Ein fühllos Herz mag solche Schmach ertragen!
Ich weiß, sein Sehnen treibt ihn stets von hier;
Wo weilt er sonst? Was bleibt er nicht bei mir?
Du weißt es, er versprach mir eine Kette; –
Ach, wär's nur das, was er vergessen hätte,
So wär' ihm doch mein Bett nicht schon verhaßt! –
Ich seh', ein Kleinod, noch so reich gefaßt,
Erblindet; zwar, den Wert wird's nicht verlieren,
Wenn man's berührt; doch allzu oft Berühren
Raubt ihm den Glanz; so gibt's auch keine Ehre,
Der Trug und Falschheit nicht verderblich wäre; –
Und kann ich nicht durch Schönheit um ihn werben,
Will ich, den Rest verweinend, trostlos sterben.
LUCIANA. O Torheit, so durch Eifersucht verderben!
Sie gehen ab.

Zweite Szene

Straße.
Antipholus von Syrakus tritt auf.

ANTIPHOLUS.
Das Gold, das ich dem Dromio gab, liegt sicher
Mir im Zentauren, und mein treuer Diener
Ist ausgegangen, um mich aufzusuchen.
Nach Zeit und Stund' und meines Wirts Bericht
Konnt' ich mit Dromio nicht gesprochen haben,
Seit ich vom Markt ihn schickte. – Sieh, da kommt er!
Dromio von Syrakus kommt.
Nun, Freund? ist dir der Übermut vergangen? –
Nun spaße wieder, wenn du Schläge liebst!
Du kennst den Gasthof nicht? Bekamst kein Gold?
Dich schickt die Frau, zum Essen mich zu rufen?
Ich wohn' im Phönix? Sag mir, warst du toll,
Daß du mir solche tolle Antwort gabst? –
DROMIO VON SYRAKUS.
Welch eine Antwort, Herr? Wann war das alles?
ANTIPHOLUS.
Jetzt eben hier, kaum vor 'ner halben Stunde.
DROMIO VON SYRAKUS.
Ich sah Euch nicht, seit Ihr das Gold mir gabt
Und mich damit heimsandtet zum Zentauren.

ANTIPHOLUS.
Schlingel, du leugnetest des Golds Empfang
Und sprachst von einer Frau mir und von Mahlzeit;
Doch hoff' ich, fühlst du noch, wie mir's gefiel.

DROMIO VON SYRAKUS.
Es freut mich, Euch so aufgeräumt zu sehn;
Was meint Ihr mit dem Scherz? Erzählt mir's, Herr!

ANTIPHOLUS.
Ei, sieh! du höhnst und neckst mich ins Gesicht?
Denkst du, ich scherze? Da! und hier noch eins!
Schlägt ihn.

DROMIO VON SYRAKUS.
Halt, Herr, ich bitt' Euch, Euer Spaß wird Ernst:
Um welchen Handel ernt' ich solches Handgeld?

ANTIPHOLUS.
Weil ich wohl manchmal in Vertraulichkeit
Als meinen Narr'n dich brauch' und mit dir schwatze,
Wird frech dein Scherz, der Freundlichkeit vertrauend,
Und stört durch Marktgeschwätz die ernsten Stunden.
Die muntre Mücke tanz' im Strahl der Sonne,
Doch kriech' in Ritzen, wenn der Glanz sich birgt;
Eh' du mich neckst, betrachte meinen Blick,
Und modle deinen Witz nach meiner Miene,
Sonst schlag' ich die Manier in deine Schanze.

DROMIO VON SYRAKUS. Schanze nennt Ihr's? Wenn Ihr nur mit Sturmlaufen aufhören wolltet, möcht' es lieber Kopf bleiben; und fahrt Ihr noch lange so mit Schlägen fort, so muß ich mir eine Schanze für meinen Kopf anschaffen und ihn einschanzen, oder ich werde meinen Witz in meinen Schultern suchen. Aber mit Vergunst, Herr, warum werd' ich geschlagen?

ANTIPHOLUS. Das weißt du nicht? –

DROMIO VON SYRAKUS.
Nichts, Herr, als daß ich geschlagen werde.

ANTIPHOLUS. Soll ich dir sagen, warum?

DROMIO VON SYRAKUS. Ja, Herr, und wofür; denn wie man sagt, hat jedes Warum sein Wofür.

ANTIPHOLUS.
Zuerst, warum? Fürs Necken; dann, wofür?
Weil du's zum zweiten Mal mit mir versuchst.

DROMIO VON SYRAKUS. So komm' ich ohne
Recht und Fug zu solchem barschen Gruß,
Denn Eu'r Warum und Eu'r Wofür hat weder
Hand noch Fuß.
Nun gut, ich dank' Euch.

ANTIPHOLUS. Dankst mir, Freund? Wofür? –

DROMIO VON SYRAKUS. Meiner Treu, Herr, für etwas, das ich für nichts bekam.

ANTIPHOLUS. Ich will's nächstens wieder gut machen und dir nichts für etwas geben. Aber sag mir, Freund, ist es Essenszeit?

DROMIO VON SYRAKUS. Nein, Herr, denn unser Fleisch ist noch nicht, was ich bin.

ANTIPHOLUS. Und was wäre das?

DROMIO VON SYRAKUS. 's ist noch nicht mürbe.

ANTIPHOLUS.
Dann wird's also noch hart und trocken sein?

DROMIO VON SYRAKUS. Ja, und wenn das ist, so bitte ich Euch, eßt nicht davon!

ANTIPHOLUS. Dein Grund?

DROMIO VON SYRAKUS. Es möchte Euch cholerisch machen, und Ihr schlügt mich noch einmal.

ANTIPHOLUS. Siehst du? Lerne zu rechter Zeit spaßen; jedes Ding hat seine Zeit.

DROMIO VON SYRAKUS. Den Satz hätte ich wohl geleugnet, ehe Ihr so cholerisch wurdet.

ANTIPHOLUS. Nach welcher Regel?

DROMIO VON SYRAKUS. Nun, nach einer Regel, die so klar ist als die klare kahle Platte des uralten Gottes der Zeit.

ANTIPHOLUS. Laß hören!

DROMIO VON SYRAKUS. Wenn einer von Natur kahl wird, so gibt es keine Zeit für ihn, sein Haar wieder zu bekommen.

ANTIPHOLUS.
Auch nicht durch Prozeß und Restitution?

DROMIO VON SYRAKUS. O ja; durch den Prozeß eines Perückenkaufs oder durch die Restauration, die man durch das abgeschnittene Haar eines andern erlangt.

ANTIPHOLUS. Warum ist doch die Zeit ein solcher Knicker mit dem Haar, das sonst ein so reichlicher Auswuchs ist?

DROMIO VON SYRAKUS. Weil's ein Segen ist, mit dem sie das Vieh begabt; was sie dem Menschen an Haar entzieht, das ersetzt sie ihm an Witz.

ANTIPHOLUS.
Und doch hat mancher Mensch mehr Haar als Witz.

DROMIO VON SYRAKUS. Kein einziger, der nicht so viel Witz hätte, sein Haar zu verlieren.

ANTIPHOLUS. Du machtest aber den Schluß, starkbehaarte Menschen seien täppische Gesellen ohne Witz?

DROMIO VON SYRAKUS. Je täppischer der Gesell gewesen, desto schneller verliert er's; aber mit dem allen verliert sich's mit einer Art von Lustigkeit.

ANTIPHOLUS. Aus welchem Grund?

DROMIO VON SYRAKUS.
Aus zwei Gründen, und gesunden dazu.

ANTIPHOLUS. Gesunden wohl eigentlich nicht!

DROMIO VON SYRAKUS. Oder sichern.

ANTIPHOLUS.
Auch nicht sichern, in einer so mißlichen Sache.

DROMIO VON SYRAKUS. Gewissen denn, also.

ANTIPHOLUS. Und die sind?

DROMIO VON SYRAKUS. Der erste, weil er das Geld fürs Haarkräuseln sparen kann; und der zweite, weil ihm beim Essen das Haar nicht in die Suppe fallen wird.

ANTIPHOLUS. Du wolltest alle die Zeit her beweisen, nicht jedes Ding habe seine Zeit.

DROMIO VON SYRAKUS. Nun allerdings, und das tat ich auch; namentlich, daß es keine Zeit gäbe, Haar wieder zu bekommen, das von Natur verloren ist.

ANTIPHOLUS. Aber dein Grund hielt nicht Stich, warum es keine Zeit gäbe, es wieder zu bekommen.

DROMIO VON SYRAKUS. Ich verbessere ihn so: die Zeit selbst ist kahl, und deshalb wird sie bis ans Ende der Welt Kahlköpfe in ihrem Gefolge haben.

ANTIPHOLUS. Ich wußte schon, es würde einen

kahlen Schluß geben. Aber still! Was winkt uns dort? –
Adriana und Luciana kommen.

ADRIANA. Ja, ja, Antipholus! Sieh fremd und finster:
Für eine andre hast du süße Blicke!
Ich bin nicht Adriana, nicht dein Weib!
Es gab 'ne Zeit, da schwurst du ungefragt:
Kein Wort sei wie Musik in deinem Ohr,
Kein Gegenstand erfreulich deinem Blick,
Kein Fühlen je willkommen deiner Hand,
Kein Mahl von Wohlgeschmack für deinen Gaum,
Wenn ich nicht Blick, Wort, Hand und Becher tauschte!
Wie kommt's denn jetzt, mein Gatte, oh, wie kommt's,
Daß du so ganz dir selbst entfremdet bist?
Dir selber, sagt' ich; mir ja wirst du fremd,
Mir, die ich, unzertrennlich dir vereint,
Nichts bin als deines Herzens bester Teil.
Ach, reiße nicht dein Innres von mir los!
Denn wisse, mein Geliebter, leichter träufst du
'nen Tropfen Wasser in die tiefe See,
Und nimmst den Tropfen unvermischt zurück,
Ohn' allen Zusatz oder Minderung, –
Als daß du dich mir nimmst, und nicht auch mich.
Wie müßt' es dich verwunden bis ins Mark,
Vernähmst du je, ich sei nicht treu und rein,
Und dieser Leib, der dir allein geweiht,
Befleckt durch Üppigkeit und schnöde Lust?
Du würd'st mich anspein, mich mit Füßen treten,
Den Namen Gattin ins Gesicht mir schleudern,
Die sünd'ge Haut mir reißen von der Stirn,
Den Trauring abhaun von der falschen Hand
Und ihn zerbrechen mit der Trennung Fluch; –
Ich weiß, du kannst; und darum tu' es auch!
Des Eh'bruchs Makel trag' ich schon an mir,
Mein Blut ist angesteckt von sünd'ger Lust;
Denn sind wir zwei wie eins, und du bist falsch,
So wohnt das Gift in meinen Adern auch:
Von dir berührt, werd' ich zur Buhlerin.
Drum halt' den Bund! Dem echten Bett sei treu;
Dann leb' ich rein, und du von Schande frei.

ANTIPHOLUS.
Gilt mir das, schöne Frau? Ich kenn' Euch nicht;
Ich bin zwei Stunden erst in Ephesus
Und Eurer Stadt so fremd als Eurer Rede;
Denn wie mein Witz die Worte prüf' und wende,
Mir fehlt's an Witz, der nur ein Wort verstände.

LUCIANA.
Pfui, Bruder! Kann die Welt sich so verändern?
Wenn spracht Ihr je mit meiner Schwester so?
Sie ließ durch Dromio Euch zum Essen rufen.

ANTIPHOLUS. Durch Dromio?

DROMIO VON SYRAKUS. Durch mich?

ADRIANA.
Durch dich; und diese Antwort bracht'st du mir:
Er habe dich gezaust und unter Schlägen
Mein Haus als seins, mich als sein Weib verleugnet.

ANTIPHOLUS.
Sprachst du vorhin mit dieser Dame schon?
Was wollt ihr? Wohin zielt die Heimlichkeit?

DROMIO VON SYRAKUS.
Ich, Herr? Ich sah sie nie, bis eben jetzt.

ANTIPHOLUS.
Schurke, du lügst; denn eben diese Worte
Hast du mir richtig auf dem Markt bestellt.

DROMIO VON SYRAKUS.
Ich sprach in meinem Leben nicht mit ihr!

ANTIPHOLUS.
Wie könnte sie uns dann bei Namen nennen,
Wenn es durch Offenbarung nicht geschah?

ADRIANA.
Wie schlecht mit deiner Würde sich's verträgt,
Mit deinem Knecht so plump den Gaukler spielen
Und ihn verhetzen, mir zum Ärgernis!
Von dir getrennt erduld' ich schon so viel:
Treib' nicht mit meinem Gram ein grausam Spiel! –
O laß mich, fest am Ärmel häng' ich dir!
Ihr Männer seid der Stamm, die Reben wir,
Die unsre Schwäch' an eure Stärke ranken
Und euch geteilte Kraft und Hülfe danken.
Ach! wuchernd Unkraut wuchs schon übergroß!
Habsücht'ger Epheu, Dorn, unnützes Moos,
Das, weil man's nicht vertilgt, mit gift'ger Gärung
Den Saft dir raubt und droht dem Baum Zerstörung.

ANTIPHOLUS.
Bin ich's denn wirklich, den ihr Vorwurf schmält?
Ward sie vielleicht im Traum mit mir vermählt?
Hab' ich im Schlaf dies alles nur gehört?
Was für ein Wahn hat Aug' und Ohr betört?
Bis ich den sichern Zweifel klar erkannt,
Biet' ich dem dargebotnen Trug die Hand.

LUCIANA.
Geh, Dromio, heiß' sie decken, mach' geschwinde!

DROMIO VON SYRAKUS.
Nun, beim Sankt Veit, verzeih' uns Gott die Sünde!
Hier walten Feen, der Himmel sei mir gnädig,
Mit Alp und Kauz und Elfengeistern red' ich! –
Und tun wir ihren Willen nicht genau,
Man saugt uns tot, man kneipt uns braun und blau.

LUCIANA.
Was redst du mit dir selbst und rührst dich nicht,
Dromio, du Drohne! Schnecke, Tölpel, Wicht!

DROMIO VON SYRAKUS.
Herr, sagt, bin ich vertauscht, bin ich noch ich?

ANTIPHOLUS.
Du bist vertauscht, mein Sohn, das bin auch ich.

DROMIO VON SYRAKUS.
Zweifelt Ihr noch, daß man mich neu erschaffe?

ANTIPHOLUS. Du siehst noch aus wie sonst!

DROMIO VON SYRAKUS. Nein, wie ein Affe.

LUCIANA. Du bist zum Esel worden, glaub' mir das.

DROMIO VON SYRAKUS.
's ist wahr, sie reiten mich; schon witt'r ich Gras;
Es kann nicht anders sein; 'nen Esel nennt mich,
Sonst müßt' ich sie ja kennen, denn sie kennt mich.

ADRIANA. Genug, ich will nicht länger wie ein Kind
Die Hand ans Auge tun und töricht weinen,
Indes Gemahl und Diener mich verhöhnt.
Kommt, Herr, zum Essen: Dromio, hüt' das Tor; –
Wir woll'n heut oben speisen, lieber Mann,
Und tausend Sünden sollst du mir gestehn.
Bursch, wenn dich jemand fragt nach deinem Herrn,
Sag, er sei auswärts; laß mir niemand ein!

Komm, Schwester! Dromio, du behüt' die Schwelle! –

ANTIPHOLUS.

Ist dies die Erd'? Ist's Himmel oder Hölle?
Schlaf oder wach' ich? Bin ich bei Verstand?
Mir selbst ein Rätsel, bin ich hier bekannt? –
Ich mach's wie sie, und dabei will ich bleiben,
Durch Nebel auf dem Meer des Schicksals treiben.

DROMIO VON SYRAKUS.

Herr, soll ich wirklich Wache stehn am Tor?

ADRIANA.

Laß niemand ein, sonst schlag' ich dich aufs Ohr.

LUCIANA.

Kommt denn, das Essen geht jetzt allem vor.

Sie gehn ab.

Dritter Aufzug

Erste Szene

Vor dem Hause.
Es treten auf Antipholus von Ephesus, Dromio von Ephesus, Angelo und Balthasar.

ANTIPHOLUS VON EPHESUS.

Werter Herr Angelo, Ihr müßt entschuldigen;
Wenn ich die Zeit versäume, zankt mein Weib.
Sagt, daß ich in der Werkstatt zögerte,
Zu sehn, wie ihr Geschmeide ward gefertigt,
Und daß Ihr's morgen früh uns bringen wollt. –
Denkt nur! der Schelm da schwört mir ins Gesicht,
Ich hätt' ihn auf dem Markt vorhin geprügelt
Und tausend Mark in Gold von ihm verlangt,
Und daß ich Frau und Haus vor ihm verleugnet: –
Du Trunkenbold, was dacht'st du dir dabei? –

DROMIO VON EPHESUS. Sagt, Herr, was Euch gefällt; ich weiß doch, was ich weiß;
Von Eurer Marktbegrüßung trag' ich noch den Beweis:
Wär' Pergament mein Rücken, und Tinte jeder Schlag,
So hätt' ich Eure Handschrift, so gut man's wünschen mag.

ANTIPHOLUS VON EPHESUS.

Hör', Kerl, du bist ein Esel!

DROMIO VON EPHESUS. Ich habe nichts dagegen;
Vollauf hatt' ich zu tragen, an Schimpf so wie an Schlägen.
Hätt' ich nur mit den Hufen Euch tüchtig eins versetzt,
So hätt' Euch wohl der Esel mehr in Respekt gesetzt.

ANTIPHOLUS VON EPHESUS.

Seid nicht so ernst, Herr Balthasar!
Ich wünsche nur, das Essen
Möge mit meinem Willkomm und Freundesgruß sich messen!

BALTHASAR. Oh, über Eure Freundlichkeit kann ich das Mahl vergessen.

ANTIPHOLUS VON EPHESUS.

O nein, die Freundschaft reicht nicht aus, die schafft nicht Fleisch noch Fisch;
Ein ganzes Haus voll Willkomm füllt nicht den kleinsten Tisch.

BALTHASAR. Gut Essen ist gemein, Herr, das kauft man aller Orten!

ANTIPHOLUS VON EPHESUS. Und Willkomm viel gemeiner; denn der besteht aus Worten.

BALTHASAR. Hauskost und rechter Willkomm, so, dünkt mich, ist's am besten.

ANTIPHOLUS VON EPHESUS. So gönn' ich's geiz'gen Wirten und magenschwachen Gästen.
Doch gibt's Gerichte wenige, nehmt heut vorlieb im stillen: –
Ihr trefft wohl beßre Küche, doch nimmer bessern Willen. –
Wie nun, das Tor verriegelt? Geh, rufe, wir sind da!

DROMIO VON EPHESUS.

Brigitte, Lucie, Rosine, Cäcilie, Barbara!

DROMIO VON SYRAKUS *drinnen.*

Tropf, Esel, Rindvieh, Karrngaul, was treibst du für Gespuke?
Gleich pack' dich von der Tür, setz' dich auf die Kellerluke!
Was für 'nen Schwarm von Dirnen rufst du zusammen hier,
Da eine schon zu viel ist? Fort, pack' dich von der Tür! –

DROMIO VON EPHESUS. Welcher Lümmel ist hier Pförtner? Gleich wird der Herr dich schelten!

DROMIO VON SYRAKUS. Geh' er hin, wo er herkam, sonst möcht' er sich erkälten!

ANTIPHOLUS VON EPHESUS. Wer spricht denn so da drinnen? Heda! Mach' auf die Tür!

DROMIO VON SYRAKUS. Recht, Herr! Ich sag' Euch wann, wenn Ihr mir sagt, wofür! –

ANTIPHOLUS VON EPHESUS.

Wofür? Nun, um zu essen; ich will in den Speisesaal!

DROMIO VON SYRAKUS. Der bleibt Euch heut verschlossen; versucht's ein andermal!

ANTIPHOLUS VON EPHESUS. Wer bist du, frecher Schlingel, der mir mein Haus verbietet?

DROMIO VON SYRAKUS.

Euch aufzuwarten: Dromio, der heut die Pforte hütet.

DROMIO VON EPHESUS. Was Kerl, an meinen Namen und an mein Amt dich wagen,
Die mir noch nie Kredit, nur Prügel stets getragen?
Ach, hätt'st du doch die Maske heut morgen schon geborgt,
Du hätt'st dich mit 'nem Namen und 'nem Eselskopf versorgt!

LUCIE *drinnen.* Was für ein Lärmen, Dromio? Sag, wer da draußen steht?

DROMIO VON EPHESUS. Lucie, laß ein den Herrn!

LUCIE. Ei was, er kommt zu spät,
Das sag du deinem Herrn nur!

DROMIO VON EPHESUS.

Was muß uns hier begegnen!
Es heißt ja doch im Sprichwort: »Woll' unsern Eingang segnen!« –

LUCIE. Kennst du wohl auch das andre: »Zu Pfingsten auf dem Eise?«

DROMIO VON SYRAKUS.

Heißest du Lucie? Lucie, so war die Antwort weise.

ANTIPHOLUS VON EPHESUS. Nun, machst du

Anstalt, Schätzchen? Du läßt uns, hoff' ich, ein?

LUCIE. Ich wollt' Euch eben fragen.

DROMIO VON SYRAKUS.
Und Eu'r Bescheid war: Nein!

DROMIO VON EPHESUS. Nur zu, wir helfen Euch pochen; so recht, schlag immer drein! –

ANTIPHOLUS VON EPHESUS.
Du Weibsstück, laß mich hinein doch!

LUCIE. Ja, wenn ich wüßte, warum?

DROMIO VON EPHESUS.
Klopft tüchtig an die Pforte! –

LUCIE. Ei, klopft sie schief und krumm!

ANTIPHOLUS VON EPHESUS. Schlag' ich erst die Türe ein, so sollst du heulen, Drache!

LUCIE. Viel kürzer, daß Ihr krumm liegt heut abend auf der Wache!

ADRIANA *drinnen.* Wer lärmt denn so da draußen? ich denke, die Welt geht unter! –

DROMIO VON SYRAKUS. Die Straßenbuben, Ihr Gnaden, sind heut besonders munter.

ANTIPHOLUS VON EPHESUS. Wie, Weib, bist du da drinnen? Was kamst du nicht schon lange?

ADRIANA. Dein Weib, verwünschter Schurke? Lauf, daß man dich nicht fange!

DROMIO VON EPHESUS. Kommt Ihr mit Not hinein, wird's um den Schurken ihr bange.

ANGELO. Hier gibt's nicht Mahl noch Willkomm; wir rechneten doch auf eins!

BALTHASAR. Wir stritten, was das beste sei, und nun bekommen wir keins!

DROMIO VON EPHESUS. Find't Ihr Gefallen an solchem Spaß? Wenn Ihr mich fragt, ich vernein's.

ANTIPHOLUS VON EPHESUS. Hier weht der Wind zu scharf, wir müssen wo anders essen.

DROMIO VON EPHESUS. So sprächt Ihr, Herr, mit Recht, hättet Ihr den Mantel vergessen.
Wir stehn hier draußen und frieren, und drinnen dampft der Braten;
Das nenn' ich seinen eignen Herrn verkaufen und verraten!

ANTIPHOLUS VON EPHESUS. Geh' einer und hol' ein Werkzeug zum Brechen mir herbei!

DROMIO VON SYRAKUS. Ja, brecht nur, was Ihr könnt, ich brech' Euch den Hals entzwei! –

DROMIO VON EPHESUS. Das brecht Ihr wohl vom Zaun! Mag's biegen oder brechen,
Ich brech' 'ne Lanze mit Euch: das will ich Euch versprechen.

DROMIO VON SYRAKUS. Ihr liebt das Brechen, merk' ich! Bleibt nur da draus, ihr Frechen! –

ANTIPHOLUS VON EPHESUS.
Ich käme lieber hinein, das Draußen hab' ich satt.

DROMIO VON SYRAKUS.
Wenn erst der Bock keinen Bart, der Baum keine Blätter hat! –

ANTIPHOLUS VON EPHESUS. Wir müssen die Türe sprengen; ist hier kein Baum zur Hand?

DROMIO VON EPHESUS. Oho! nun sollst du dich wundern! Der Baum ohne Blatt sich fand;
Der wird uns tapfer beistehn, trotz allen deinen Possen;
Und was den Bock betrifft, den hast du selbst geschossen.

ANTIPHOLUS VON EPHESUS. Geh, mach' dich auf, schaff' mir 'nen Hebebaum!

BALTHASAR. O nicht doch, Herr: gebt der Geduld noch Raum!
Ihr strittet gegen Euern guten Ruf
Und zöget selbst in des Verdachts Bereich
Die unbescholtne Ehre Eurer Frau. –
Bedenkt nur: ihre lang' erprobte Tugend,
Ihr klug Benehmen, reife Sittsamkeit
Verbürgt, hier sei ein Grund, den Ihr nicht kennt;
Und zweifelt nicht, rechtfert'gen wird sie sich,
Warum die Tür Euch heut verschlossen blieb.
Folgt meinem Rate: räumen wir das Feld,
Und laßt im Tiger uns zu Mittag essen;
Und gegen Abend geht allein nach Haus,
Den Grund so seltner Weig'rung zu erfahren.
Wenn Ihr Euch anschickt, jetzt Gewalt zu brauchen,
Am hellen Tag, wo alles kommt und geht,
So wird der Handel gleich zum Stadtgespräch;
Des Volks gemeine Lästerung ersinnt
(Nicht achtend Euer nie verletztes Ansehn),
Was allzu leicht sich schnöden Eingang schafft
Und selbst auf Eurem Grabe noch verweilt;
Denn die Verleumdung, wie ein Erbvermächtnis,
Bleibt stets dem Haus und schändet sein Gedächtnis.

ANTIPHOLUS VON EPHESUS.
Ich geb' Euch nach; ich will mich ruhig halten,
Und – geht's auch nicht von Herzen – lustig sein.
Ich kenn' ein Mädchen, witzig im Gespräch,
Hübsch und gescheit, wild und gefällig doch;
Dort woll'n wir speisen. – Dieses Mädchens halb
Hat meine Frau – doch wahrlich ohne Grund –
Schon manchmal eifersüchtig mich geschmält;
Bei dieser laßt uns speisen.

Zu Angelo.

Geht nach Haus,
Und holt die Kette; fertig wird sie sein;
Die bringt mir dann ins Stachelschwein, ich bitt' Euch. –
So heißt das Haus; die goldne Kette schenk' ich,
Und wär's auch nur, um meine Frau zu ärgern,
An unsre Wirtin. Eilt Euch, lieber Herr;
Da mir die eigne Pforte widerstehn will,
So klopf' ich an, wo man uns nicht verschmähn will.

ANGELO.
Ein Stündchen noch vergönnt, und ich bin Euer.

ANTIPHOLUS VON EPHESUS. Habt Dank! –
Doch kommt der Spaß mir etwas teuer! –

Sie gehn ab.

Zweite Szene

Platz vor dem Hause.
Es treten auf Luciana und Antipholus von Syrakus.

LUCIANA. Vergaßest du in wenig Augenblicken
Des Gatten Pflicht? Und soll durch Mißverstand
Der Liebe Blüt' im Liebeslenz ersticken?
Der Bau zerfallen, der so schön erstand?
Hast du die Schwester um ihr Gold gefreit,

So heuchle ihr, dem Gold zu Liebe, Feuer;
Und glühst du sonst wo, tu's in Heimlichkeit;
Dein falsches Lieben hüll' in dunkle Schleier:
Die Schwester lese nicht in deinen Blicken,
Noch laß den Mund die eigne Schmach verkünden,
Daß Huld und Anmut deine Untreu' schmücken,
Kleid' als der Tugend Boten schnöde Sünden;
Verstellung berg' ihr deines Lasters Flecken
Und leihe dir der Heiligen Betragen;
Sei heimlich falsch; was mußt du's ihr entdecken?
Wird töricht wohl ein Dieb sich selbst verklagen?
Willst du sie zwiefach kränken, Unbeständ'ger,
An ihrem Tisch gestehn des Betts Verrat?
Schmach hat noch Scheinruhm, übt sie ein Verständ'ger,
Und böses Wort verdoppelt böse Tat.
Wir armen Frau'n! Gönnt uns doch nur den Glauben
(Wir sind ja ganz Vertraun), daß ihr uns huldigt;
Den Handschuh laßt, wollt ihr die Hand uns rauben;
Ihr wißt, wie gern ein liebend Herz entschuldigt.
Drum, lieber Bruder, geht zu ihr hinein,
Liebkost der Schwester, sprecht ihr freundlich zu:
's ist heil'ger Trug, ein wenig falsch zu sein,
Bringt süßes Schmeichelwort den Geist zur Ruh'.

ANTIPHOLUS VON SYRAKUS.
Holdselig Kind, dein Nam' ist unbekannt mir,
Noch ahn' ich, wer dir meinen je genannt;
Du scheinst des Himmels Heiligen verwandt mir,
An Gnad' und Reiz, an Schönheit und Verstand.
Lehr' mich, Geliebte, prüfen, denken, sprechen;
Entfalte meinen irdisch groben Sinnen:
Wie mag ich, wahnumstrickt, betört von Schwächen,
Den Inhalt deines dunkeln Worts gewinnen?
Was strebst du, meine Seele zu entraffen,
Und lockst sie in ein unbekannt Gefild?
Bist du ein Gott? Willst du mich neu erschaffen?
Verwandle mich: dir folg' ich, schönes Bild! –
Doch, bin ich noch ich selbst, so zweifle nicht,
Nie war die eifersücht'ge Schwester mein; –
Nie weiht' ich ihrem Bette Schwur und Pflicht; –
Viel mehr, viel mehr ist meine Seele dein.
Laß ab, Sirene, mich mit süßen Liedern
In deiner Schwester Tränenflut zu locken;
Singst du für dich, wird trunkne Lieb' erwidern:
Breit' auf die Silberflut die goldnen Locken,
So holdem Lager will ich mich vertraun,
Und in der Täuschung des Entzückens wähnen:
Der triumphiert, der so den Tod mag schaun;
So sink' und sterbe Lieb' in sel'gem Sehnen! –

LUCIANA.
Wie sprecht Ihr fremd und allem Sinn entrückt!

ANTIPHOLUS VON SYRAKUS.
Fremd nur für jene, doch von dir entzückt! –

LUCIANA. Die Sünd' entspringt in Euerm Aug' allein.

ANTIPHOLUS VON SYRAKUS.
Blind schaute sich's an deiner Sonne Schein.

LUCIANA.
Schaut, wo Ihr sollt: das macht die Augen klar!

ANTIPHOLUS VON SYRAKUS. Nacht sehn und blind sein, Lieb', ist gleich, fürwahr!

LUCIANA. Ich Euer Lieb? Das muß die Schwester sein!

ANTIPHOLUS VON SYRAKUS.
Der Schwester Schwester!

LUCIANA. Meine Schwester!

ANTIPHOLUS VON SYRAKUS. Nein!
Du bist es selbst, des Herzens bester Teil,
Aug' meines Aug's, der Seele Seelenheil,
Des Lebens Inhalt, Hoffnung, Glück und Wonne,
Mein irdisch Heil und meines Himmels Sonne!

LUCIANA. Das sollt' Euch alles meine Schwester sein!

ANTIPHOLUS VON SYRAKUS.
Dich nenne Schwester, denn ich bin nur dein;
Dir weih' ich Lieb' und Leben, nimm mich an:
Ich habe noch kein Weib, du keinen Mann;
Gib mir die Hand!

LUCIANA. Ich bitt' Euch, seid nur still;
Ich muß erst sehn, ob auch die Schwester will. *Ab.*

Dromio von Syrakus kommt.

ANTIPHOLUS VON SYRAKUS. Heda, was gibt's, Dromio? Wohin rennst du so eilig?

DROMIO VON SYRAKUS. Kennt Ihr mich, Herr? Bin ich Dromio? Bin ich Euer Diener? Bin ich Ich?

ANTIPHOLUS VON SYRAKUS. Du bist Dromio, du bist mein Diener, du bist Du.

DROMIO VON SYRAKUS. Ich bin ein Esel, ich bin eines Weibes Diener, ich bin außer mir.

ANTIPHOLUS VON SYRAKUS. Welches Weibes Diener? und warum außer dir?

DROMIO VON SYRAKUS. Außer mir, mein' Seel'! denn ich gehöre einem Weibe an; einer, die mich in Anspruch nimmt, die mir nachläuft, die mich haben will!

ANTIPHOLUS VON SYRAKUS. Wie nimmt sie dich in Anspruch?

DROMIO VON SYRAKUS. Nun, mein' Seel', wie Ihr Euer Pferd in Anspruch nehmt: wie eine Bestie will sie mich haben; – ich meine nicht, als ob ich eine Bestie wäre und sie mich haben wollte; sondern daß sie, als eine recht bestialische Kreatur, mich in Anspruch nimmt.

ANTIPHOLUS VON SYRAKUS. Wer ist sie?

DROMIO VON SYRAKUS. Ein sehr respektables Korpus; so eine, von der man nicht reden kann, ohne hinzuzusetzen: »mit Respekt zu melden«. Ich mache nur ein magres Glück bei der Partie, und doch ist's eine erstaunlich fette Heirat.

ANTIPHOLUS VON SYRAKUS. Wie meinst du das, eine fette Heirat?

DROMIO VON SYRAKUS. Mein' Seel, Herr, sie ist das Küchenmensch, und lauter Schmalz; ich wüßte nicht, wozu sie zu brauchen wäre, als eine Lampe aus ihr zu machen und bei ihrem eignen Licht vor ihr davon zu laufen. Ich wette, ihre Lumpen und der Talg darin brennen einen polnischen Winter durch; wenn sie bis zum Jüngsten Tag lebt, so brennt sie eine Woche länger als die ganze Welt.

ANTIPHOLUS VON SYRAKUS. Von welcher Farbe ist sie?

DROMIO VON SYRAKUS. Schwarz, wie meine Schuhe, aber ihr Gesicht ist lange nicht so rein; denn, warum? sie schwitzt, daß man bis über die Schuh' in den Schlamm zu waten käme.

ANTIPHOLUS VON SYRAKUS. Das ist ein Fehler, dem Wasser abhelfen wird.

DROMIO VON SYRAKUS. Nein, Herr, es ist zu echt; Noahs Flut würde nicht hinreichen.

ANTIPHOLUS VON SYRAKUS. Wie ist ihr Name?

DROMIO VON SYRAKUS. Nelle, Herr; aber ihr Name und Dreiviertel, das heißt 'ne Elle und Dreiviertel reichen nicht aus, sie von Hüfte zu Hüfte zu messen.

ANTIPHOLUS VON SYRAKUS. Sie ist also ziemlich breit?

DROMIO VON SYRAKUS. Nicht länger von Kopf zu Fuß, als von Hüfte zu Hüfte. Sie ist kugelförmig wie ein Globus; ich wollte Länder auf ihr entdecken.

ANTIPHOLUS VON SYRAKUS. Auf welchem Teile ihres Körpers liegt Schottland?

DROMIO VON SYRAKUS. Das fand ich aus an seiner Unfruchtbarkeit; recht auf der Fläche der Hand.

ANTIPHOLUS VON SYRAKUS. Wo Frankreich?

DROMIO VON SYRAKUS. Auf ihrer Stirn, bewaffnet und rebellisch und im Krieg gegen das Haupt.

ANTIPHOLUS VON SYRAKUS. Wo England?

DROMIO VON SYRAKUS. Ich suchte nach den Kalkfelsen, aber ich konnte nichts Weißes an ihr entdecken; doch denk' ich, es liegt auf ihrem Kinn, wegen der salzigen Feuchtigkeit, die zwischen ihm und Frankreich fließt.

ANTIPHOLUS VON SYRAKUS. Wo Spanien?

DROMIO VON SYRAKUS. Wahrhaftig, das sah ich nicht, aber ich spürte es heiß in ihrem Atem.

ANTIPHOLUS VON SYRAKUS. Wo Amerika? die beiden Indien?

DROMIO VON SYRAKUS. O Herr, auf ihrer Nase, die über und über mit Rubinen, Saphiren und Karfunkeln staffiert ist und ihren reichen Glanz nach dem heißen Atem Spaniens wendet, welches ganze Armadas von Galeeren mit Ballast für ihre Nase bringt.

ANTIPHOLUS VON SYRAKUS. Wo liegen Belgien und die Niederlande?

DROMIO VON SYRAKUS. Oh, Herr, so tief habe ich nicht nachgesucht. – Kurz, diese Drude, dieser Alp, legte Beschlag auf mich, nannte mich Dromio, schwur, ich habe mich ihr verlobt, erzählte mir, was für geheime Zeichen ich an mir trage, als den Fleck auf meiner Schulter, das Mal an meinem Halse, die große Warze an meinem linken Arm, so daß ich vor Schrecken davon lief wie vor einer Hexe; und wahrhaftig, wäre nicht mein Herz aus Glauben geschmiedet und meine Brust von Stahl, sie hätte mich in einen Küchenhund verwandelt und den Bratspieß drehen lassen.

ANTIPHOLUS VON SYRAKUS. Nun mach' dich auf und lauf zum Hafen schnell,
Und bläst vom Ufer irgend nur der Wind,
Weil' ich in dieser Stadt nicht über Nacht.
Geht heut ein Schiff noch ab, so komm zum Markt:
Da will ich dich erwarten, bis du heimkehrst. –
Wo jedermann uns kennt, und wir nicht einen,
Wär's Zeit wohl einzupacken, sollt' ich meinen.

DROMIO VON SYRAKUS.
Und wie der Wandrer vor dem Bären rennt,
Lauf' ich vor der, die meine Frau sich nennt.

Ab.

ANTIPHOLUS VON SYRAKUS.
Von lauter Hexen wird der Ort bewohnt,
Drum ist es hohe Zeit, davon zu gehn.
Die hier Gemahl mich nannte, schafft mir Grau'n,
Als Frau zu denken; doch die schöne Schwester,
Begabt mit so viel holdem, mächt'gem Reiz,
So süßem Zauber in Gespräch und Umgang,
Macht fast mich zum Verräter an mir selbst. –
Doch, daß mich nicht verlocken diese Töne,
Schließ' ich mein Ohr der lieblichen Sirene.

Angelo tritt auf.

ANGELO. Mein Herr Antipholus –

ANTIPHOLUS VON SYRAKUS. Das ist mein Name!

ANGELO. Nun ja, das weiß ich, Herr. Hier ist die Kette;
Ich dacht' im Stachelschwein Euch anzutreffen;
Die Kette war nicht fertig, darum säumt' ich.

ANTIPHOLUS VON SYRAKUS.
Was wollt Ihr, daß ich mit der Kette tu'?

ANGELO. Was Euch gefällt! Ich machte sie für Euch.

ANTIPHOLUS VON SYKARUS.
Für mich, mein Herr? Ich hab' sie nicht bestellt!

ANGELO. Nicht einmal oder zwei: wohl zwanzigmal!
Geht heim damit und bringt sie Eurer Frau,
Und nach dem Abendessen sprech' ich vor
Und hole mir das Geld für meine Kette.

ANTIPHOLUS VON SYRAKUS. Ich bitt' Euch, Herr, empfangt das Geld sogleich,
Sonst möcht' Euch Kett' und Geld verloren gehn.

ANGELO.
Ihr seid recht aufgeräumt; gehabt Euch wohl!

Geht.

ANTIPHOLUS VON SYRAKUS.
Ich weiß nicht, was ich davon denken soll;
Doch denk' ich dies: es wird sich niemand grämen,
So reiches Kleinod zum Geschenk zu nehmen;
Auch seh' ich, leicht muß hier sich's leben lassen,
Wo man das Gold verschenkt auf allen Gassen.
Nun auf den Markt: auf Dromio wart' ich dort,
Und segelt heut ein Schiff, dann hurtig fort!

Geht ab.

Vierter Aufzug

Erste Szene

Straße.

Ein Kaufmann, Angelo und ein Gerichtsdiener treten auf.

KAUFMANN. Ihr wißt, daß Ihr's zu Pfingsten zugesagt,
Und seit der Zeit hab' ich nicht nachgefragt,
Und tät's auch jetzt nicht, müßt' ich nicht durchaus
Nach Persien reisen und bedürfte Geld.
Drum leistet gegenwärtig Zahlung mir,
Sonst nehm' ich Euch in Haft durch diesen Häscher.

ANGELO. Genau die Summe, die ich Euch verschrieb,
Soll ich erhalten von Antipholus;

Und eben jetzt, da Ihr mich traft, erhielt er
Von mir 'ne goldne Kette, deren Preis
Ich nachmittags um fünf erheben soll.
Gefiel's Euch, mitzugehn bis an sein Haus,
Zahlt' ich die Schuld und meinen Dank dazu.

Antipholus von Ephesus und Dromio von Ephesus kommen aus dem Hause der Kurtisane.

GERICHTSDIENER.
Die Mühe könnt Ihr sparen: seht, er kommt! –

ANTIPHOLUS VON EPHESUS.
Derweil ich geh' zum Goldschmied, geh du hin
Und kauf' mir einen Strick, zum Angebinde
Für meine Frau und ihre Helfershelfer,
Weil sie mich aus dem Hause heut gesperrt; –
Doch halt! da ist der Goldschmied. Mach' dich fort,
Kauf' mir den Strick und bring' ihn mir nach Haus!

DROMIO VON EPHESUS.
Ich kauf' 'ne Rente von tausend Pfund!
Ich kauf' 'nen Strick! –

Geht ab.

ANTIPHOLUS VON EPHESUS.
Der hat sich gut gebettet, der Euch traut!
Auf Euch und Eure Kette macht' ich Rechnung,
Doch Kette nicht noch Goldschmied sind gekommen.
Gelt, unsre Freundschaft schien Euch allzu fest,
Wenn wir sie ketteten? Drum kamt Ihr nicht! –

ANGELO.
Den muntern Scherz beiseit; hier ist die Note,
Wie viel sie wiegt, aufs äußerste Karat.
Des Goldes Feinheit und der Arbeit Kunst,
Dies, auf und ab, macht drei Dukaten mehr,
Als ich zu zahlen hab' an diesen Herrn.
Ich bitt' Euch, daß Ihr ihn sogleich befriedigt,
Er muß zur See und wartet nur darauf.

ANTIPHOLUS VON EPHESUS.
Ich habe so viel bares Geld nicht bei mir
Und bin auch sonst noch in der Stadt beschäftigt.
Hört, Lieber, führt den Fremden in mein Haus,
Tragt meiner Frau die Kette hin und sagt ihr:
Daß sie dagegen Euch die Summe zahle;
Vielleicht auch bin ich dort so früh als Ihr.

ANGELO. Ihr wollt ihr also selbst die Kette bringen?

ANTIPHOLUS VON EPHESUS.
Nein, nehmt sie mit, ich könnte mich verspäten.

ANGELO.
Ganz wohl, mein Herr; habt Ihr die Kette bei Euch?

ANTIPHOLUS VON EPHESUS.
Hab' ich sie nicht, so werdet Ihr sie haben;
Sonst mögt Ihr ohne Geld nach Hause gehn.

ANGELO.
Nein, jetzt in allem Ernst, Herr: gebt die Kette.
Denn Wind und Wetter dienen diesem Herrn,
Und leider hielt ich schon zu lang' ihn auf.

ANTIPHOLUS VON EPHESUS. Der Scherz, mein Gönner, meint Ihr, soll entschuld'gen,
Daß Ihr im Stachelschwein nicht Wort gehalten?
Ich sollte schelten, daß Ihr uns verfehlt;
Doch wie ein zänkisch Weib schmollt Ihr zuerst.

KAUFMANN.
Die Zeit verstreicht, ich bitt' Euch, macht ein Ende!

ANGELO. Ihr hört, wie er mir lästig wird; die Kette ...

ANTIPHOLUS VON EPHESUS.
Ei, gebt sie meiner Frau, und holt Eu'r Geld!

ANGELO. Ihr wißt, daß ich sie eben jetzt Euch gab! –
Drum schickt die Kette oder sonst ein Zeichen!

ANTIPHOLUS VON EPHESUS.
Pfui doch! das heißt den Spaß zu Tode jagen!
Wo ist die Kett'? Ich bitt' Euch, zeigt sie her!

KAUFMANN. Ich hab' nicht Zeit für Eure Tändelei.
Sagt, Herr, wollt Ihr mir zahlen oder nicht?
Wo nicht, so überliefr' ich ihn dem Häscher.

ANTIPHOLUS VON EPHESUS. Euch zahlen?
Sagt, was hätt' ich Euch zu zahlen?

ANGELO.
Das Geld, das Ihr mir schuldet für die Kette.

ANTIPHOLUS VON EPHESUS. Ich schuld' Euch keins, bis ich empfing die Kette.

ANGELO.
Ich gab sie Euch vor einer halben Stunde!

ANTIPHOLUS VON EPHESUS. Ihr gabt mir nichts! Ihr kränkt mich, dies zu sagen! –

ANGELO. Mich kränkt viel mehr noch, Herr, daß Ihr mir's leugnet;
Bedenkt, wie mein Kredit darauf beruht!

KAUFMANN.
Nun, Häscher, nimm ihn fest auf meine Klage!

GERICHTSDIENER.
Gut; in des Herzogs Namen! folgt mir nach!

ANGELO. Dies geht an meine Ehr' und guten Ruf;
Entweder willigt ein und zahlt die Summe,
Sonst setz' ich Euch in Haft durch diesen Häscher.

ANTIPHOLUS VON EPHESUS.
Für etwas zahlen, das ich nie empfing?
Laß mich verhaften, Tropf, wenn du es wagst!

ANGELO.
Hier sind die Sporteln; Häscher, nehmt ihn fest!
Nicht meines Bruders schont' ich in dem Fall,
Macht' er mich ehrlos so auf offnem Markt.

GERICHTSDIENER. Ich nehm' Euch fest, mein Herr: Ihr hört die Klage! –

ANTIPHOLUS VON EPHESUS.
Ich folge, bis ich Bürgschaft dir gestellt; –
Doch Ihr, mein Freund, büßt mir den Spaß so teuer,
Daß all Eu'r Gold im Laden nicht genügt.

ANGELO. Oh, Herr, ich finde Recht in Ephesus,
Zu Euerm höchsten Schimpf, das zweifelt nicht! –

Dromio von Syrakus kommt vom Hafen.

DROMIO VON SYRAKUS.
Herr, 's ist ein Schiff aus Epidamnus da,
Das nur noch wartet, bis der Reeder kommt,
Und dann die Anker lichtet. Unsre Fracht
Hab' ich an Bord gebracht, und eingekauft
Das Öl, den Balsam und den Aquavit.
Das Schiff ist segelfertig, lust'ger Wind
Bläst frisch vom Ufer, und sie warten nur
Auf ihren Reeder, Herr, und auf uns beide.

ANTIPHOLUS VON EPHESUS.
Was, ein Verrückter noch? Du dummes Schaf,
Welch Schiff von Epidamnus wartet mein?

DROMIO VON SYRAKUS.
Das Schiff, das Ihr zur Überfahrt bestellt! –

ANTIPHOLUS VON EPHESUS.
Du Trunkenbold! Ich hab' 'nen Strick bestellt;
Ich sagte dir's, zu welchem Zweck und Ende! –

DROMIO VON SYRAKUS.
Ihr hättet um ein Ende Strick geschickt?
Ihr schicktet mich zum Hafen um ein Schiff! –

ANTIPHOLUS VON EPHESUS.
Darüber sprechen wir zu beßrer Zeit
Und lehren deine Ohren besser hören.
Zu Adriana, Schlingel, lauf in Eil',
Bring' ihr den Schlüssel; sag ihr, in dem Pult,
Das mit dem türk'schen Teppich zugedeckt,
Sei eine Börse Gold, die laß dir geben;
Sag ihr: ich sei verhaftet auf der Straße,
Und dies mein Lösegeld. Nun eil' dich, Bursch! –
Jetzt ins Gefängnis, Häscher, bis er kommt.

Alle gehen ab, außer Dromio.

DROMIO VON SYRAKUS.
Zu Adriana? Das ist, wo wir speisten;
Wo Amaryllis mich zum Mann verlangt? –
Sie ist zu dick für mein Umarmen, hoff' ich!
Doch muß ich hin, obschon sehr wider Willen;
Ein Diener soll des Herrn Gebot erfüllen.

Geht ab.

Zweite Szene

Zimmer.
Adriana und Luciana, treten auf.

ADRIANA.
So stürmisch, Schwester, drang er auf dich ein?
War dir sein Aug' ein feierlicher Deuter?
Warb er in vollem Ernst? Ja oder nein?
Rot oder blaß? trübsinnig oder heiter?
Sind dir im Kampf der Leidenschaft erschienen
Des Herzens Meteor' auf seinen Mienen?

LUCIANA.
Er sprach zuerst, dir bind' ihn keine Pflicht.

ADRIANA. Weil er sie nie erfüllt; o Bösewicht!

LUCIANA.
Er schwur: hier sei er Fremdling ganz und gar.

ADRIANA.
Da schwur er recht, obgleich es Meineid war.

LUCIANA. Für dich dann sprach ich ...

ADRIANA. Und was sagt' er dir?

LUCIANA. Was ich ihn bat für dich, fleht' er von mir.

ADRIANA.
Mit was für Künsten wollt' er dich verführen?

LUCIANA. War's treu gemeint, so konnt' er fast mich rühren:
Die Schönheit rühmt' er, dann der Rede Huld.

ADRIANA. Sprachst du so huldreich?

LUCIANA. Bitte dich, Geduld!

ADRIANA. Die hab' ich nicht! Ich will den Zorn nicht stillen;
Der Zunge mind'stens lass' ich ihren Willen.
Er ist unförmlich, widrig, krumm und alt,
Wüst von Gesicht, von Körper mißgestalt';
Verderbt, unfreundlich, fern von aller Güte,
Ruchlos im Tun, und mehr noch im Gemüte.

LUCIANA.
Kann Eifersucht um solchen Mann uns plagen?
Wenn er entfloh, ich würd' es nicht beklagen.

ADRIANA.
Ach, Liebste! dennoch dünkt er mir der beste;
Säh'n ihn die andern nur mit scheelem Blick!
Der Kiebitz schreit nur, wenn er fern vom Neste:
Schmäht gleich mein Mund, mein Herz erfleht ihm Glück,

Dromio von Syrakus kommt.

DROMIO VON SYRAKUS.
Heda! das Pult! den Beutel! Sucht, geschwinde!

LUCIANA. So atemlos?

DROMIO VON SYRAKUS.
Ich lief ja gleich dem Winde.

ADRIANA.
Wo ist dein Herr? Sprich, er ist doch gesund?

DROMIO VON SYRAKUS.
O nein! er steckt im tiefsten Höllenschlund.
Ihn packt ein Gnom, des Wams nicht zu verwüsten,
Des hartes Herz in Eisen eingeknöpft;
Ein Elf, ein Kobold, ohne Trost und Rührung;
Ein Wolf, ein Kerl in lederner Montierung;
Ein Spion, ein Schulterklopfer; ein Feind, der an den Mauern,
In Gäßchen, Winkeln, Schluchten und Buchten pflegt zu lauern;
Ein Spürhund, der die Quere läuft und kommt doch von der Stelle,
Und vor dem Jüngsten Tage die Seelen führt zur Hölle.

ADRIANA. Nun, Mensch, was gibt's?

DROMIO VON SYRAKUS. Was es gegeben, weiß ich nicht; genug, er ist in Haft.

ADRIANA. In Haft? Wer hat ihm das nur angetan?

DROMIO VON SYRAKUS. Ich weiß nicht, wer's ihm angetan, daß er jetzt sitzt im Block,
Doch weiß ich, war der angetan in einem Büffelrock.
Wollt Ihr als Lösung senden den Beutel dort im Pult?

ADRIANA. Geh, hol' ihn, Schwester!

Luciana geht.

Seltsam, in der Tat,
Daß er vor mir verborgne Schulden hat!
Sprich, war's vielleicht wohl einer Bürgschaft Band?

DROMIO VON SYRAKUS. Es war kein Band, es hielt ihn wohl noch stärker;
'ne goldne Kette bracht' ihn in den Kerker. –
– Hört Ihr sie klingen?

ADRIANA. Was? die goldne Kette?

DROMIO VON SYRAKUS. Nicht doch! Die Glocke mein' ich! Wie könnt Ihr nur mich plagen?
Zwei war es, da ich ging: nun hat's schon eins geschlagen.

ADRIANA. Gehn jetzt die Stunden rückwärts? Ei, hört mir doch den Gecken!

DROMIO VON SYRAKUS. Ja, wenn die Stunde Häscher sieht, so kehrt sie um vor Schrecken.

ADRIANA. Als ob die Zeit verschuldet wär'! Wie das nun ganz verkehrt ist!

DROMIO VON SYRAKUS. Zeit ist bankrott und schuldet mehr dem Zufall, als sie wert ist.

Dann ist die Zeit ein Dieb auch; habt auf den Spruch nur acht:
Die Zeit stiehlt sich von dannen, bei Tage wie bei Nacht;
Wenn sie nun stiehlt und Schulden hat, und ein Häscher sie fangen mag,
Hat sie nicht recht, zurück zu gehn eine Stunde jeden Tag?

Luciana kommt zurück.

ADRIANA.
Hier, Dromio, ist das Gold; gleich trag' es hin,
Und kehrt zurück, sobald ihr könnt, ihr beiden!
Tausend Gedanken kreuzen mir den Sinn,
Gedanken, bald zum Trost mir, bald zum Leiden.

Sie gehn ab.

Dritte Szene

Straße.
Antipholus von Syrakus.

ANTIPHOLUS VON SYRAKUS. Kein Mensch begegnet mir, der mich nicht grüßt,
Als sei ich ihm ein längst bekannter Freund,
Und jedermann nennt mich bei meinem Namen.
Der bietet Gold mir an, der lädt mich ein,
Der dankt mir für erzeigte Höflichkeit,
Der schlägt mir vor, ihm Waren abzukaufen;
Erst eben rief ein Schneider mich ins Haus
Und zeigte Stoffe, die er mir gekauft,
Und nahm zugleich das Maß mir ohne weitres.
Gewiß, Trugbilder sind's der Phantasie,
Und Lapplands Hexenmeister wohnen hier.

Dromio von Syrakus kommt.

DROMIO VON SYRAKUS. Herr, hier ist das Gold, das ich Euch holen sollte. Nun, wo habt Ihr denn das Bild des alten Adam im neuen Rocke gelassen?

ANTIPHOLUS VON SYRAKUS. Was für Gold ist dies? Welchen Adam meinst du?

DROMIO VON SYRAKUS. Nicht den Adam, der das Paradies hütete, sondern den Adam, der das Gefängnis hütet; den, der mit dem Fell des Kalbes angetan ist, das für den verlornen Sohn geschlachtet ward; den, der hinter Euch herkam, Herr, wie ein böser Engel, und Euch Eurer Freiheit entsagen hieß.

ANTIPHOLUS VON SYRAKUS.
Ich verstehe dich nicht.

DROMIO VON SYRAKUS. Nicht? die Sache ist doch klar! Ich meine den, der wie eine Baßgeige in seinem ledernen Futteral geht; den Kerl, Herr, der, wenn einer müde wird, ihn auf die Schulter klopft und ihn zum Sitzen nötigt; der sich über die Wildfänge erbarmt und sie zu gesetzten Leuten macht; den ein Gläubiger aussendet, um die Verleugner einzufangen –

ANTIPHOLUS VON SYRAKUS. Was? du meinst einen Häscher?

DROMIO VON SYRAKUS. Ja, Herr, den schriftgelehrtesten aller Häscher; denn er weiß immer genau, ob sich einer verschrieben hat, und seine Hauptgeschicklichkeit besteht im bündigen Schließen.

ANTIPHOLUS VON SYRAKUS. Nun, Freund, komm auch mit deinen Possen zum Schluß! Geht heut abend noch ein Schiff ab? Kommen wir fort?

DROMIO VON SYRAKUS. Ei, Herr, ich brachte Euch schon vor einer Stunde den Bescheid, daß die Jacht »Geschwindigkeit« heut abend in See stäche; da hielt der Häscher Euch auf, und Ihr mußtet erst das Boot »Aufschub« abwarten. Hier sind die Engel, nach denen Ihr schicktet, die Euch befreien sollen.

ANTIPHOLUS VON SYRAKUS.
Der Bursch ist ganz verwirrt, das bin ich auch;
Wir wandern unter Trug und Blendwerk hier;
Ein guter Geist entführ' uns bald von hinnen! –

Eine Kurtisane tritt auf.

KURTISANE.
Willkomm', willkommen, Herr Antipholus!
Ich seh', Ihr habt den Goldschmied jetzt gefunden;
Ist das die Kette, die Ihr mir verspracht?

ANTIPHOLUS VON SYRAKUS.
Satan, zurück! Führ' mich nicht in Versuchung!

DROMIO VON SYRAKUS.
Herr, ist dies Mädchen der Satan?

ANTIPHOLUS VON SYRAKUS. Es ist der Teufel.

DROMIO VON SYRAKUS. Nein, sie ist noch was Schlimmres, sie ist des Teufels Großmutter; und hier kommt sie und scheint ins Feld wie eine leichte Schöne oder eine schöne Leuchte. Denn, wenn die leichten Dirnen sagen, »Gott verdamme mich«, so heißt das eigentlich so viel als »Gott laß mich eine Leuchte werden«: denn es steht, geschrieben, sie erscheinen den Menschen wie leuchtende Engel; alle Leuchten aber sind feurig, und Feuer brennt; ergo, wenn sie zu den Leichten gehören, verbrennt man sich an ihnen; darum kommt ihr nicht zu nah!

KURTISANE.
Eu'r Bursch und Ihr seid heut sehr aufgeräumt;
Kommt mit, wir essen noch zu Nacht ein wenig.

DROMIO VON SYRAKUS. Herr, wenn's Suppe gibt, so seht Euch nach einem langen Löffel um!

ANTIPHOLUS VON SYRAKUS. Warum, Dromio?

DROMIO VON SYRAKUS. Nun, mein' Seel', der braucht einen langen Löffel, der mit dem Teufel ißt.

ANTIPHOLUS VON SYRAKUS.
Fort, böser Geist! Was sagst du mir von Essen?
Du bist 'ne Hexe, wie ihr alle seid;
In's Himmels Namen: Laß von mir und geh! –

KURTISANE.
Gebt mir den Ring, den Ihr bei Tisch mir nahmt
Oder vertauscht die Kette für den Demant;
Dann geh' ich fort und fall' Euch nicht zur Last.

DROMIO VON SYRAKUS.
Sonst fodern Teufel wohl ein Stückchen Nagel,
Ein Haar, 'nen Strohhalm, Tropfen Blut, 'ne Nadel,
'ne Nuß, 'nen Kirschkern; aber die ist geiz'ger,
Die will 'ne Kette.
Nehmt Euch in acht; wenn Ihr die Kette gebt,

So klirrt der Teufel und erschreckt uns, Herr.

KURTISANE.
Ich bitt' Euch, gebt den Ring, wo nicht die Kette;
Das wär' zu viel: erst Raub und dann noch Hohn!

ANTIPHOLUS VON SYRAKUS. Hebe dich weg, du Kobold! Fort, Dromio, fort, mein Sohn! –

DROMIO VON SYRAKUS. Laß ab vom Stolz, so schreit der Pfau; nicht wahr, das wißt Ihr schon?

Antipholus und Dromio gehn ab.

KURTISANE. Nun, ganz gewiß, Antipholus ist toll,
Sonst würd' er so verrückt sich nicht gebärden;
Er nahm 'nen Ring, vierzig Dukaten wert,
Und dafür bot er mir 'ne goldne Kette;
Doch beides will er jetzo mir verleugnen.
Woraus ich schon den Wahnsinn erst erriet
(Auch ohne seine jetz'ge Raserei),
War tolles Zeug: daß er bei Tisch erzählte,
Wie man die eigne Tür vor ihm verschlossen.
Ich denke wohl, die Frau kennt diese Schauer
Und schloß mit Fleiß das Tor ihm, als er kam.
Am besten wär's, gleich ging' ich in sein Haus
Und sagte seiner Frau, wie er im Fieber
Zu mir hineindrang und mir mit Gewalt
Den Ring entwandt: das wird das Klügste sein; –
Vierzig Dukaten büßt man ungern ein.

Ab.

Vierte Szene

Andre Straße.
Antipholus von Ephesus und der Schließer treten auf.

ANTIPHOLUS VON EPHESUS.
Sei unbesorgt, mein Freund, ich flüchte nicht:
Ich schaff' dir, eh' ich geh', die ganze Summe
Und kaufe so mich los von dem Verhaft.
Mein Weib ist heut in wunderlicher Laune
Und glaubt gewiß dem Boten nicht so leicht,
Daß ich gefangen sei in Ephesus;
Ich weiß, sie wird dem eignen Ohr nicht traun!

Dromio von Ephesus kommt mit einem Strick.

Hier kommt mein Bursch; ich denk', er hat das Geld. –
Nun, Freund? Bringst du mir mit, wonach ich schickte?

DROMIO VON EPHESUS.
Hier hab' ich bare Zahlung für sie alle.

ANTIPHOLUS VON EPHESUS.
Allein, wo ist das Geld?

DROMIO VON EPHESUS.
Ei, Herr, das Geld bezahlt' ich für den Strick.

ANTIPHOLUS VON EPHESUS.
Fünfhundert Stück Dukaten für 'nen Strick?

DROMIO VON EPHESUS. Wenn Ihr's verlangt, ich schaff' Euch noch fünfhundert.

ANTIPHOLUS VON EPHESUS.
Zu welchem Ende schickt' ich dich nach Haus?

DROMIO VON EPHESUS. Zu des Stricks Ende, Herr, und zu dem Ende bin ich wieder da.

ANTIPHOLUS VON EPHESUS. Und zu dem Ende, Herr, nehmt diesen Willkomm.

Er schlägt Dromio.

SCHLIESSER. Lieber Herr, seid geduldig!

DROMIO VON EPHESUS. Nein, an mir ist's, geduldig zu sein; ich bin in Trübsal.

SCHLIESSER. Mein Sohn, halt' dein Maul!

DROMIO VON EPHESUS. Nein, verlangt lieber, daß er seine Hände halte.

ANTIPHOLUS VON EPHESUS.
Du nichtsnutziger, fühlloser Schlingel!

DROMIO VON EPHESUS. Ich wollt', ich wäre fühllos, Herr, so täten mir Eure Schläge nichts.

ANTIPHOLUS VON EPHESUS.
Du hast nur Gefühl für Schläge, wie ein Esel.

DROMIO VON EPHESUS. Jawohl, ein Esel; so lang werdet Ihr mir die Ohren noch ziehen. – Ich habe ihm von der Stunde meiner Geburt an bis auf diesen Augenblick gedient, und habe nie etwas davon gehabt, als Schläge. Wenn mich friert, so heizt er mir ein mit Schlägen; wenn ich heiß bin, so kühlt er mich ab mit Schlägen; ich werde damit geweckt, wenn ich schlafe, auf die Beine gebracht, wenn ich sitze, aus der Tür gejagt, wenn ich ausgehe, bewillkommt, wenn ich zu Haus komme; ja wahrhaftig, ich trage sie auf der Schulter, wie die Bettlerin ihren Balg, und ich denke, wenn er mich erst lahm geprügelt hat, werde ich von Tür zu Tür damit betteln gehn.

Adriana, Luciana, die Kurtisane, Zwick der Schulmeister und Bediente kommen.

ANTIPHOLUS VON EPHESUS.
So folgt mir nur, denn dort kommt meine Frau.

DROMIO VON EPHESUS. Frau, respice finem; gedenkt ans Ende, oder vielmehr, wie der Prophet spricht und der Papagei sagt: Hütet Euch vor des Stricks Ende.

ANTIPHOLUS VON EPHESUS.
Wann wirst du schweigen, Kerl?

Schlägt ihn.

KURTISANE.
Was sagt Ihr nun? Nicht wahr, Eu'r Mann ist toll?

ADRIANA. Nach seinem rauhen Wesen glaub' ich's fast.
Herr Doktor Zwick, Ihr seid ja ein Beschwörer:
Ich bitt' Euch, bringt ihn wieder zu Verstand,
Ich will Euch zahlen, was Ihr nur begehrt.

LUCIANA.
O Himmel! Wie er wild und grimmig blickt!

KURTISANE.
Seht, wie er zittert; recht wie ein Beseßner! –

ZWICK.
Gebt mir die Hand, laßt mich den Puls Euch fühlen!

ANTIPHOLUS VON EPHESUS.
Da ist die Hand, laßt Euer Ohr mich fühlen!

ZWICK. Du Satan, der in diesem Manne wohnt,
Gib dich gefangen meinem frommen Spruch
Und kehr' zurück ins Reich der Finsternis!
Bei allen Heiligen beschwör' ich dich! –

ANTIPHOLUS VON EPHESUS.
Blödsinn'ger Fas'ler, schweig'! Ich bin nicht toll.

ADRIANA. Ach, wär'st du's nicht, du arme kranke Seele!

ANTIPHOLUS VON EPHESUS.
Sag, Schätzchen, sag: sind das die werten Freunde?
Die safrangelbe Fratze, schmauste sie
Und zecht' an meinem Tische heut bei dir,

Indes sich mir die sünd'ge Pforte schloß
Und mir das eigne Haus verweigert ward?

ADRIANA.
Gott weiß, zu Haus ja speistest du, mein Teurer,
Und wär'st du doch bis jetzt bei mir geblieben,
Frei von dem Schimpf und von dem Stadtgerede!

ANTIPHOLUS VON EPHESUS.
Zu Haus gespeist? Du Schurke, rede du!

DROMIO VON EPHESUS.
Herr, grad' heraus, Ihr speistet nicht zu Haus.

ANTIPHOLUS VON EPHESUS.
War nicht die Türe zu? ich ausgesperrt?

DROMIO VON EPHESUS.
Mein' Seel', die Tür war zu, Ihr ausgesperrt.

ANTIPHOLUS VON EPHESUS.
Und hat sie selbst nicht schimpflich mir begegnet?

DROMIO VON EPHESUS.
Wahrhaftig, schimpflich hat sie Euch begegnet.

ANTIPHOLUS VON EPHESUS.
Schalt, höhnt' und zankte nicht die Küchenmagd?

DROMIO VON EPHESUS.
Weiß Gott, das Küchenfräulein zankt' Euch aus.

ANTIPHOLUS VON EPHESUS.
Und ging ich nicht in größter Wut von dannen?

DROMIO VON EPHESUS.
Ja, das ist wahr; mein Rücken kann's bezeugen;
Er trägt die Spuren Eurer kräft'gen Wut.

ADRIANA.
Ist's gut, ihm in dem Unsinn recht zu geben?

ZWICK.
Nicht übel; nein! Der Bursch merkt, wo's ihm fehlt:
Stets sagt er ja und fügt sich seinem Rasen.

ANTIPHOLUS VON EPHESUS.
Dem Goldschmied gabst du's an, mich zu verhaften! –

ADRIANA. O Gott, ich schickte Geld, dich zu befrein,
Durch Dromio hier, der eilig deshalb kam.

DROMIO VON EPHESUS. Was? Geld durch
mich? Vielleicht wohl in Gedanken;
Doch Geld, mein' Seel'! empfing ich keinen Heller.

ANTIPHOLUS VON EPHESUS.
Gingst du nicht hin, die Börse Gold zu holen?

ADRIANA. Er kam zu mir, ich gab sie ihm sogleich.

LUCIANA. Und ich bin Zeuge, daß er sie bekam.

DROMIO VON EPHESUS.
Gott und der Seiler können mir's bezeugen:
Ich ward nur ausgeschickt nach einem Strick!

ZWICK. Frau! Herr und Diener, beide sind besessen,
Ich seh's an ihrem bleichen, stieren Blick:
Man bind' und führ' sie in ein dunkles Loch!

ANTIPHOLUS VON EPHESUS.
Sprich! warum hast du heut mich ausgesperrt?

Zu Dromio.

Und weshalb leugnest du den Beutel Gold?

ADRIANA.
Mein teurer Mann, ich sperrte dich nicht aus! –

DROMIO VON EPHESUS.
Und ich, mein teurer Herr, empfing kein Gold; –
Doch das bekenn' ich, Herr, man sperrt' uns aus.

ADRIANA.
Du heuchlerischer Schuft, das lügst du beides!

ANTIPHOLUS VON EPHESUS.
Du freche Heuchlerin, du lügst in allem
Und bist verschworen mit verruchtem Volk,
Ehrlosen Spott und Schimpf mir anzutun!
Ausreißen will ich dir die falschen Augen,
Die ihre Lust an meiner Schande sehn! –

Mehrere Diener kommen und wollen Hand an ihn legen; er sträubt sich.

ADRIANA.
Oh, bind't ihn, bind't ihn! Laßt ihn nicht heran! –

ZWICK. Mehr Leute her! Der Feind ist stark in ihm!

LUCIANA.
Ach, armer Mann! wie krank und bleich er sieht!

ANTIPHOLUS VON EPHESUS.
Wollt ihr mich morden? Schließer, dir gehör' ich,
Als dein Gefangner: leid'st du, daß sie mich
Von hier entführen?

SCHLIESSER. Leute, laßt ihn gehn;
's ist ein Gefangner, ihr bekommt ihn nicht.

ZWICK. Bindet mir den, denn der ist auch verrückt.

ADRIANA.
Was willst du tun, du unverständ'ger Schließer?
Macht dir's Vergnügen, wenn ein armer Kranker
Sich selber in Verdruß und Unglück bringt?

SCHLIESSER.
's ist mein Gefangner; ließ' ich jetzt ihn los,
So müßt' ich Bürge sein für seine Schuld.

ADRIANA. Die will ich tilgen, eh' ich von dir geh'.
Bring' mich von hier zu seinem Gläubiger,
Und weiß ich nur der Schuld Belauf, so zahl' ich.

Antipholus und Dromio werden gebunden.

Mein werter Doktor, schafft in Sicherheit
Ihn in mein Haus; o unglücksel'ger Tag!

ANTIPHOLUS VON EPHESUS.
O unglücksel'ges, freches Weib! –

DROMIO VON EPHESUS.
Herr, Eurethalb bin ich in Banden hier.

ANTIPHOLUS VON EPHESUS.
Zum Teufel, Kerl! Willst du mich rasend machen?

DROMIO VON EPHESUS.
Wollt Ihr für nichts gebunden sein? So rast doch,
Und flucht bei Höll' und Teufel, lieber Herr!

LUCIANA.
Gott helf' euch Armen! Was für Zeug sie faseln!

ADRIANA.
Geht, bringt sie fort; du, Schwester, komm mit mir!

Zwick, Antipholus, Dromio und Bediente ab.

Nun sprich! Auf wessen Klag' ist er verhaftet?

SCHLIESSER.
Des Goldschmieds Angelo; kennt Ihr ihn nicht?

ADRIANA.
Ich kenn' ihn. Welche Summ' ist er ihm schuldig?

SCHLIESSER. Zweihundert Stück Dukaten.

ADRIANA. Und wofür?

SCHLIESSER. Für eine Kette, die Eu'r Mann empfing.

ADRIANA. Die hatt' er mir bestellt, doch nicht erhalten.

KURTISANE.
Nun seht: als Euer Mann, ganz wütig, heut
Zu mir ins Haus lief und den Ring mir nahm
(Ich sah den Ring noch jetzt an seiner Hand),
Gleich drauf begegnet' ich ihm mit der Kette.

ADRIANA. Das kann wohl sein, allein ich sah sie nicht.

Kommt, Schließer, zeigt mir, wo der Goldschmied wohnt:
Genau erführ' ich gern, wie sich's verhält.

Antipholus von Syrakus kommt mit gezogenem Degen; ihm folgt Dromio von Syrakus.

LUCIANA. Gott sei uns gnädig; sie sind wieder los!

ADRIANA.
Und gar mit bloßem Degen! Ruf' nach Hülfe,
Daß man sie wieder binde!

SCHLIESSER. Lauft, lauft, sie stechen uns tot!

Sie entfliehn eilig.

ANTIPHOLUS VON SYRAKUS.
Ich seh', die Hexen fürchten blanke Degen!

DROMIO VON SYRAKUS.
Die Eure Frau will sein, lief nun vor Euch!

ANTIPHOLUS VON SYRAKUS.
Komm zum Zentauren; schaff' die Sachen weg!
Und wären wir doch sicher erst am Bord! –

DROMIO VON SYRAKUS. Wahrhaftig, Ihr solltet die Nacht noch hier bleiben, sie werden uns nichts antun. Ihr seht, sie geben uns noch gute Worte und bringen uns Gold; mich dünkt, es ist eine so liebe Nation, daß, wäre nicht jener Berg von tollem Fleisch, der mich zur Ehe verlangt, ich könnte es übers Herz bringen, immer hier zu bleiben und unter die Hexen zu gehn.

ANTIPHOLUS VON SYRAKUS. Nicht um die ganze Stadt bleib' ich die Nacht;
Drum fort, und schaff' die Sachen schnell an Bord!

Sie gehn ab.

Fünfter Aufzug

Erste Szene

Straße.
Der Kaufmann und Angelo treten auf.

ANGELO. Es tut mir leid, daß ich Euch aufgehalten,
Doch auf mein Ehrenwort, die Kett' empfing er,
Obgleich er mir's recht schändlich abgeleugnet.

KAUFMANN.
Was hat der Mann für Ruf an diesem Ort?

ANGELO.
Den besten, Herr; von unbescholtnem Leumund;
Unendlich sein Kredit; er selbst beliebt,
Und gilt als erster Bürger dieser Stadt;
Ein Wort von ihm wiegt mehr als all mein Gut.

KAUFMANN. Sprecht leise: denn mich dünkt, ich seh' ihn kommen.

Antipholus von Syrakus und Dromio von Syrakus kommen.

ANGELO. Er ist's, und trägt dieselbe Kett' am Hals,
Die er vorhin so unerhört verschwur.
Kommt näher, lieber Herr, – ich red' ihn an! –
– Signor Antipholus, mich wundert sehr,
Daß Ihr den Schimpf mir und die Unruh' macht
Und (nicht ohn' ein'gen Makel für Euch selbst)
Umständlich und auf Euren Eid verleugnet
Die Kette, die Ihr jetzt so offen tragt.
Denn, abgesehn von Klage, Schimpf und Haft,
Bringt Ihr in Schaden meinen würd'gen Freund,
Der, hätt' ihn unser Streit nicht aufgehalten,
Auf seinem Schiff jetzt unter Segel wär'.
Von mir habt Ihr die Kette; könnt Ihr's leugnen?

ANTIPHOLUS VON SYRAKUS. Mich dünkt, von Euch; noch hab' ich's nie geleugnet.

KAUFMANN.
O ja, Ihr tatet's, Herr, und schwurt sogar!

ANTIPHOLUS VON SYRAKUS.
Wer hörte mich das leugnen und verschwören?

KAUFMANN.
Mit diesen Ohren, weißt du, hört' ich's selbst.
Schäm' dich, Elender! daß du lebst und wandelst,
Wo Männer dir von Ehre je begegnen!

ANTIPHOLUS VON SYRAKUS.
Du bist ein Schurke, klagst du so mich an;
Ich will dir meine Ehr' und Redlichkeit
Sogleich beweisen, wagst du's, mir zu stehn.

KAUFMANN.
Ich wag's und fodre dich als einen Schurken.

Sie ziehen.
Adriana, Luciana, die Kurtisane und Diener kommen.

ADRIANA.
Halt! Tut ihm nichts! Um Gott, er ist verrückt;
Führt ihn von hier, nehmt ihm den Degen weg;
Auch Dromio bindet; bringt sie in mein Haus!

DROMIO VON SYRAKUS.
Lauft, Herr, um Gottes willen! Sucht ein Haus;
Hier ist ein Kloster; fort! Sonst fängt man uns.

Antipholus und Dromio flüchten sich in die Abtei.
Die Äbtissin tritt auf.

ÄBTISSIN. Seid ruhig, Leute; welch Gedräng' ist hier?

ADRIANA. Ich will zu meinem armen tollen Mann;
Laßt uns hinein, damit wir fest ihn binden
Und führen ihn nach Haus, daß er genese.

ANGELO.
Ich dacht' es gleich, er sei nicht recht bei Sinnen!

KAUFMANN.
Nun tut's mir leid, daß ich den Degen zog.

ÄBTISSIN.
Seit wann befiel der Wahnsinn diesen Mann?

ADRIANA.
Die letzte Woche war er trüb und still
Und finster, ganz ein andrer Mann wie sonst;
Doch erst heut nachmittag ist seine Krankheit
Zu diesem höchsten Grad von Wut gesteigert.

ÄBTISSIN. Verlor er große Güter auf der See?
Begrub er einen Freund? Hat wohl sein Auge
Sein Herz betört zu unerlaubter Liebe?
Der Sünde sind viel junge Männer schuldig,
Die ihrem Blick zu große Freiheit lassen.
An welcher dieser Sorgen liegt er krank? –

ADRIANA. An keiner, wenn es nicht die letzte ist;
Ein Liebchen wohl hat ihm sein Haus verleidet.

ÄBTISSIN. Das hättet Ihr ihm dann verweisen sollen.

ADRIANA. Das tat ich auch.

ÄBTISSIN. Doch wohl nicht scharf genug.

ADRIANA. So scharf, als mir's Bescheidenheit erlaubte.

ÄBTISSIN. Vielleicht geheim nur?

ADRIANA. In Gesellschaft auch.

ÄBTISSIN. Ja, doch nicht oft genug?
ADRIANA. Es war der Inhalt jeglichen Gesprächs.
Im Bette schlief er nicht vor meinem Mahnen;
Am Tische aß er nicht vor meinem Mahnen;
Allein wählt' ich's zum Text für meine Rede,
Und in Gesellschaft spielt' ich darauf an;
Stets sagt' ich ihm, es sei gemein und schändlich.
ÄBTISSIN.
Und deshalb fiel der Mann in Wahnsinn endlich.
Das gift'ge Schrei'n der eifersücht'gen Frau
Wirkt tödlicher als tollen Hundes Zahn.
Es scheint, dein Zanken hindert' ihn am Schlaf,
Und daher kam's, daß ihm der Sinn verdüstert.
Du sagst, sein Mahl ward ihm durch Schmähn verwürzt:
Unruhig Essen gibt ein schlecht Verdaun,
Daher entstand des Fiebers heiße Glut;
Und was ist Fieber, als ein Wahnsinnschauer?
Du sagst, dein Toben störte seine Lust:
Wo süß Erholen mangelt, was kann folgen,
Als trübe Schwermut und Melancholie,
Der grimmigen Verzweiflung nah verwandt?
Und hintendrein zahllos ein siecher Schwarm
Von bleichen Übeln und des Lebens Mördern?
Das Mahl, den Scherz, den süßen Schlummer wehren,
Verwirrt den Geist und muß den Sinn zerstören;
Und hieraus folgt: durch deine Eifersucht
Ward dein Gemahl von Tollheit heimgesucht. –
LUCIANA.
Wenn sie ihn schalt, so war es mild und freundlich,
Doch er erwies sich heftig, rauh und feindlich.
Hörst du den Tadel ruhig an und schweigst?
ADRIANA.
Sie weckt mir des Gewissens eigne Stimme!
Jetzt, Freunde, geht hinein, legt Hand an ihn!
ÄBTISSIN. Nein, keine Seele darf mein Haus betreten.
ADRIANA.
So schickt durch Diener meinen Mann heraus!
ÄBTISSIN. Er suchte Schutz in diesem Heiligtum,
Und schirmen soll es ihn vor euern Händen,
Bis ich ihn wieder zur Vernunft gebracht,
Wenn nicht vergeblich alle Mühe bleibt.
ADRIANA. Ich pflege meinen Mann und steh' ihm bei
Als Krankenwärterin, das ist mein Amt;
Und keinen Anwalt duld' ich, als mich selbst,
Und deshalb soll er mir nach Hause folgen.
ÄBTISSIN.
Gib dich zur Ruh', denn ich entlass' ihn nicht,
Bis ich versucht die oft erprobten Mittel,
Heilkräft'gen Balsam, Tränke, fromm Gebet,
Zur Manneswürd' ihn wieder herzustellen.
Es ist ein Tun, das mein Gelübde heischt,
Ein Liebeswerk, das meines Ordens Pflicht.
Drum geh nur heim und laß ihn hier zurück!
ADRIANA.
Ich will nicht fort und meinen Mann Euch lassen,
Und wenig ziemt sich's Eurer Heiligkeit,
Den Gatten so von seiner Frau zu trennen.
ÄBTISSIN.
Sei still und geh von hier; ich geb' ihn nicht.
Äbtissin geht ab.

LUCIANA.
Dem Herzog klage, wie man hier dich kränkt!
ADRIANA.
Komm mit, ich will mich ihm zu Füßen werfen
Und nicht aufstehn, bis ich mit Flehn und Tränen
Den Herzog rühre, daß er selber komme
Und der Äbtissin meinen Mann entreiße.
KAUFMANN.
Der Zeiger, denk' ich, weist jetzt grad' auf fünf;
Und sicher kommt der Fürst alsbald hieher,
Den Weg zu jenem melanchol'schen Tal,
Dem Platz des Tods und ernsten Hochgerichts,
Der hinter dieses Klosters Gräben liegt.
ANGELO. Und weshalb kommt er?
KAUFMANN.
Um einen würd'gen Syrakuser Kaufmann,
Der wider dieser Stadt Gesetz und Recht
Zu seinem Unglück in den Hafen lief,
Vor allem Volk enthaupten hier zu sehn.
ANGELO. O still, sie kommen; schaun wir seinen Tod!
LUCIANA. Knie vor dem Herzog, eh' er weiter geht! –
Der Herzog tritt auf; ihm folgen Ägeon mit bloßem Haupte, der Scharfrichter und Gerichtsdiener.
HERZOG. Noch einmal macht es öffentlich bekannt:
Wenn hier ein Freund die Summe zahlen will,
So sterb' er nicht; mehr können wir nicht tun.
ADRIANA. Gerechtigkeit,
Erhabner Herzog, gegen die Äbtissin!
HERZOG. Sie ist 'ne würd'ge, tugendhafte Dame,
Unmöglich hat sie je dein Recht gekränkt. –
ADRIANA. Erlaubt, o Herr, Antipholus, mein Gatte,
Gebieter über mich und all mein Gut
(Nach Eurem Brief und Siegel), ward heut krank
(O Tag des Wehs!) an höchst unbänd'gem Wahnsinn;
So, daß er rasend durch die Straßen lief,
Mit ihm sein Diener, wie er selbst verrückt,
Und viele Bürger dieser Stadt verletzte,
In ihre Häuser dringend, Gold und Ringe,
Und was nur seiner Wut gefiel, sich raubend.
Schon einmal sandt' ich ihn gebunden heim
Und ging umher, den Schaden zu vergüten,
Den hier und dort sein Wahnsinn angerichtet.
Drauf – Gott mag wissen, wer ihm half zur Flucht –
Entsprang er denen, die ihn hüteten.
Die beiden nun, er und sein toller Knecht,
Im stärksten Anfall und mit bloßem Schwert
Begegnen uns aufs neu'; wir müssen weichen
Vor ihrer Tobsucht, bis wir Hülfe finden,
Sie abermals zu fesseln; hierauf fliehn sie
In dieses Kloster, und wir folgen nach; –
Und nun schließt die Äbtissin uns die Pforte
Und will uns nicht gestatten, ihn zu holen,
Noch selbst ihn senden, um ihn heim zu schaffen.
Deshalb, o edler Herzog, gib Befehl,
Ihn auszuliefern, daß ihm Hülfe werde!
HERZOG.
Schon lange diente mir dein Mann im Krieg,
Und ich versprach dir auf mein fürstlich Wort,
Als du zu deines Bettes Herrn ihn wähltest,
Ihm alle Huld und Liebe zu erweisen.
Geh wer von euch, klopf' an das Klostertor

Und ruf' die Frau Äbtissin zu mir her;
Ich will die Sach' entscheiden, eh' ich gehe.

Ein Diener kommt.

DIENER. Ach, gnäd'ge Frau, eilt fort und rettet Euch!
Denn Herr und Knecht sind wieder losgebrochen;
Die Mägde alle nach der Reih' geprügelt,
Der Doktor festgebunden, und sein Bart
Mit Feuerbränden schmählich abgesengt;
So oft er flammte, gossen sie aus Eimern'
Schlammwasser drüber hin, das Haar zu löschen.
Jetzt predigt ihm mein Herr Geduld, indes
Der Bursch wie einem Narr'n den Kopf ihm schert;
Und wahrlich, schickt Ihr Hülfe nicht sogleich,
Die beiden bringen Euch den Zaubrer um.

ADRIANA.
Schweig', Narr, dein Herr so wie sein Bursch sind hier,
Und alles ist erlogen, was du sprichst.

DIENER. Bei meinem Leben, Frau, ich rede wahr;
Ich habe kaum geatmet, seit ich's sah!
Er ruft nach Euch und schwört, wenn er Euch greift,
Er seng' Euch das Gesicht und zeichn' es schlimm.

Lärm hinter der Szene.

Horcht! Horcht! Ich hör' ihn, Frau; entflieht nur schnell!

HERZOG. Kommt her, seid furchtlos; stellt euch, Hellebarden!

ADRIANA. O Gott! es ist mein Mann! Ihr alle zeugt,
Er ist unsichtbar durch die Luft geführt;
Noch eben hielt das Kloster ihn verwahrt,
Nun ist er hier, und kein Verstand begreift's.

Antipholus von Ephesus und Dromio von Ephesus treten auf.

ANTIPHOLUS VON EPHESUS. Gerechtigkeit! –
Mein gnäd'ger Herzog, o Gerechtigkeit!
Um jenen Dienst, den ich dir vormals tat,
Als in der Schlacht ich über dich mich stellte
Und tiefe Wunden deinethalb empfing, –
Des Blutes halb, das ich für dich vergoß,
Gewähre jetzo mir Gerechtigkeit!

ÄGEON.
Wenn Todesfurcht mich nicht betört, sind dies
Mein Sohn Antipholus und Dromio!

ANTIPHOLUS VON EPHESUS. Gerechtigkeit,
Mein teuer Fürst, hier gegen dieses Weib,
Die du mir selbst gegeben hast zur Frau,
Sie hat mir Schmach erzeigt und Spott und Haß,
Bis zu der Kränkung höchstem Übermaß;
Ja, allen Glauben übersteigt der Schimpf,
Den sie mir heut so schamlos angetan.

HERZOG.
Entdeck' ihn mir: du sollst gerecht mich finden.

ANTIPHOLUS VON EPHESUS.
Heut, großer Fürst, schloß sie das Haus mir zu,
Indes sie mit Gesindel drinnen schmauste.

HERZOG.
Ein schwer Vergehn! Frau, hast du das getan?

ADRIANA.
Nein, edler Herr! Ich, er und meine Schwester,
Wir aßen heut zusammen; ich will sterben,
Wenn das nicht falsch ist, wes er mich beschuldigt.

LUCIANA.
Nie will ich sehn den Tag, noch ruhn die Nacht,
Sagt sie Euch schlichte Wahrheit nicht, mein Fürst.

ANGELO.
O falsche Weiber! Beide schwören Meineid,
Denn hierin klagt der Tolle ganz mit Recht.

ANTIPHOLUS VON EPHESUS.
Mein Fürst, ich weiß genau, was ich Euch sage;
Nicht bin ich durch des Weines Glut verstört,
Noch wild im Kopf, durch heft'gen Zorn gereizt,
Obgleich so großer Schimpf auch Weisre törte.
Dies Weib da schloß mich aus vom Mittagsmahl;
Der Goldschmied, stände' er nicht mit ihr im Bund,
Könnt' es bezeugen, denn er war dabei
Und ging dann, eine Kette mir zu holen,
Wo Balthasar und ich zusammen aßen.
Als wir gespeist und er nicht wieder kam,
Sucht' ich ihn auf; ich traf ihn auf der Straße
Und in Gesellschaft jenes andern Herrn.
Hier schwur der tück'sche Goldschmied hoch und teuer,
Daß ich indes die Kette schon empfangen,
Die ich, Gott weiß? noch nie gesehn; deshalb
Ließ er durch einen Häscher mich verhaften.
Ich schwieg und sandte meinen Burschen heim
Nach barem Geld; allein er brachte nichts.
Drauf redet' ich dem Häscher freundlich zu,
Mich selber zu begleiten in mein Haus;
Da traf ich unterwegs
Mein Weib, die Schwester und ein ganzes Pack
Von mitverschwornem Volk! Mit diesem war
Ein Meister Zwick, ein blasser Hungerleider,
Ein wahres Beingeripp', ein Scharlatan,
Ein Taschenspieler, schäb'ger Glücksprophet,
Hohläug'ger Schlucker mit gespenst'gem Blick
Wie ein lebendig Toter; dieser Unhold,
Er denkt doch! spielte den Beschwörer nun:
Sah mir ins Auge, fühlte mir den Puls,
Rief geisterbleich, ich sei von Geistern selbst
Und bösem Spuk besessen; – darauf fiel
Der Schwarm mich an, band mich und riß mich fort,
Und in ein finstres, dumpfes Loch des Hauses
Warf man uns beide, mich und ihn, gebunden,
Bis ich, das Band zernagend mit den Zähnen,
In Freiheit kam und augenblicks hieher
Zu Eurer Hoheit lief. Nun fleh' ich Euch,
Mir völlige Vergeltung zu gewähren
Für diese Kränkung und unwürd'ge Schmach.

ANGELO.
Mein Fürst, fürwahr, so weit bezeug' ich's ihm,
Er speiste nicht zu Haus, man sperrt' ihn aus.

HERZOG.
Doch, gabst du ihm die Kette, oder nicht?

ANGELO. Ich gab sie ihm; und als er hier hinein lief,
Sah'n alle noch die Kett' an seinem Hals.

KAUFMANN.
Zudem versichr' ich: hier mit eignen Ohren
Hört' ich Euch eingestehn der Kett' Empfang,
Nachdem Ihr's auf dem Markt erst abgeleugnet,
Und deshalb zog ich gegen Euch den Degen.
Darauf verbargt Ihr Euch in der Abtei,
Aus der Ihr, scheint mir's, durch ein Wunder kamt.

ANTIPHOLUS VON EPHESUS.
Niemals betrat ich diesen Klosterhof,
Noch zogst du je den Degen gegen mich.
Die Kette sah ich nie, so helf' mir Gott!
Und falsch ist alles, des ihr mich beschuldigt.
HERZOG. Ei, was ist dies für ein verwirrter Handel!
Ich glaub', ihr alle trankt aus Circes Becher.
Verschloßt ihr ihn im Kloster, wär' er drin;
Wär' er verrückt, er spräche nicht so ruhig;
Ihr sagt, er aß daheim; der Goldschmied hier
Spricht dem entgegen: – Bursche, was sagst du?
DROMIO VON EPHESUS.
Mein Fürst, er aß mit der im Stachelschwein.
KURTISANE. Er tat's und riß vom Finger mir den Ring.
ANTIPHOLUS VON EPHESUS. 's ist wahr, mein Fürst, ich hab' den Ring von ihr.
HERZOG. Sahst du's mit an, wie er ins Kloster ging?
KURTISANE. Ja, Herr, so wahr ich Eure Hoheit sehe.
HERZOG. Nun, das ist seltsam! Ruft mir die Äbtissin;
Ihr alle seid verwirrt, wo nicht verrückt.
Einer von des Herzogs Gefolge geht in die Abtei.
ÄGEON. Erhabner Herzog, gönnt mir jetzt ein Wort!
Ich fand zum Glück den Freund, der mich erlöst
Und zahlt die Summe, die mir Freiheit schafft.
HERZOG. Sprich offen, Syrakuser, was du willst.
ÄGEON. Herr, ist Eu'r Name nicht Antipholus?
Heißt dieser Sklav', an Euern Dienst gebunden,
Nicht Dromio?
DROMIO VON EPHESUS.
Ja, gewiß, ich war gebunden:
Allein Gott Lob! er biß das Band entzwei;
Nun bin ich Dromio, sein entbundner Diener.
ÄGEON. Ich weiß, ihr beid' erinnert euch noch mein!
DROMIO VON EPHESUS.
An uns sind wir durch Euch erinnert, Herr,
Denn jüngst noch waren wir gleich Euch gebunden.
Hat Zwick Euch in der Kur? Ich will nicht hoffen.
ÄGEON.
Was tut Ihr denn so fremd? Ihr kennt mich wohl!
ANTIPHOLUS VON EPHESUS.
Ich sah Euch nie im Leben, Herr, bis jetzt.
ÄGEON.
Oh! Gram hat mich gewelkt, seit Ihr mich saht,
Und Sorg' und die entstell'nde Hand der Zeit
Schrieb fremde Furchen in mein Angesicht.
Doch sag mir, kennst du meine Stimme nicht?
ANTIPHOLUS VON EPHESUS. Auch diese nicht.
ÄGEON. Du auch nicht, Dromio?
DROMIO VON EPHESUS.
Nein, in der Tat nicht, Herr.
ÄGEON. Ich weiß, du kennst sie.
DROMIO VON EPHESUS.
Ich, Herr? Ich weiß gewiß, ich kenne
Euch nicht. Und was jemand auch immer leugnen mag,
Ihr seid jetzt verbunden, ihm zu glauben.
ÄGEON.
Auch nicht die Stimm'? O Allgewalt der Zeit!
Lähmst und entnervst du so die arme Zunge
In sieben kurzen Jahren, daß mein Sohn
Nicht meines Grams verstimmten Laut mehr kennt?
Ward gleich mein runzlig Angesicht umhüllt
Vom flock'gen Schnee des saftverzehr'nden Winters;
Erstarrten gleich die Adern meines Bluts,
Doch hat die Nacht des Lebens noch Gedächtnis,
Mein fast erloschnes Licht noch matten Schein,
Mein halbbetäubtes Ohr vernimmt noch Töne,
Und all die alten Zeugen trügen nicht
Und nennen dich mein Kind Antipholus!
ANTIPHOLUS VON EPHESUS.
Nie sah ich meinen Vater, seit ich lebe!
ÄGEON. Du weißt doch, Sohn, es sind jetzt sieben Jahr
Seit du wegzogst von Syrakus; vielleicht
Schämst du dich, mich im Elend zu erkennen?
ANTIPHOLUS VON EPHESUS.
Der Herzog, und wer in der Stadt mich kennt,
Kann mir bestät'gen, daß es so nicht ist;
Nie sah ich Syrakus in meinem Leben.
HERZOG. Ich sag' dir, Syrakuser, zwanzig Jahr
Lebt' unter meinem Schutz Antipholus
Und war seitdem noch nie in Syrakus;
Dich macht Gefahr und Alter, scheint mir, kindisch.
Die Äbtissin kommt mit Antipholus von Syrakus und Dromio von Syrakus.
ÄBTISSIN.
Mein Fürst, viel Unrecht tat man diesem Mann.
Alle drängen sich, ihn zu sehen.
ADRIANA. Zwei Gatten seh' ich, täuscht mich nicht mein Auge!
HERZOG. Der eine ist des andern Genius;
Doch nun, wer ist von beiden echter Mensch
Und wer Erscheinung? Wer entziffert sie?
DROMIO VON SYRAKUS.
Ich, Herr, bin Dromio; heißt mir diesen gehn!
DROMIO VON EPHESUS. Ich, Herr, bin Dromio; bitt' Euch, laßt mich stehn!
ANTIPHOLUS VON SYRAKUS.
Seh' ich Ägeon? oder seinen Geist?
DROMIO VON SYRAKUS.
Mein alter Herr? Wer hat Euch hier gebunden?
ÄBTISSIN. Wer ihn auch band, die Bande lös' ich jetzt,
Und seine Freiheit schafft mir einen Gatten.
Sprich, Greis Ägeon, wenn du's selber bist,
War nicht Ämilie deine Gattin einst,
Die dir ein schönes Zwillingspaar geschenkt?
Oh, wenn du der Ägeon bist, so sprich,
Und sprich zu ihr, der nämlichen Ämilia!
ÄGEON. Wenn alles dies kein Traum, bist du Ämilia;
Und wenn du's bist, so sprich: wo ist der Sohn,
Der mit dir schwamm auf jenem leid'gen Floß?
ÄBTISSIN. Von Epidamnern wurden er und ich
Mit samt dem Zwilling Dromio aufgefangen;
Dann kamen rohe Fischer aus Korinth,
Die meinen Sohn und Dromio mir entführt
Und mich den Epidamner Schiffern ließen. –
Was drauf aus ihnen wurde, weiß ich nicht;
Mir fiel das Los, in dem Ihr jetzt mich seht.
HERZOG. Das paßt ja zu der Mär von heute morgen!
Die zwei Antipholus, so täuschend gleich,
Und die zwei Dromio, eins dem Ansehn nach;
Dazu der Schiffbruch, dessen sie gedenkt! –
Dies sind die Eltern dieser beiden Söhne,

Die sich durch Zufall endlich wiederfinden.
Antipholus', du kamst ja von Korinth?

ANTIPHOLUS VON SYRAKUS.
Nein, Herr, ich nicht; ich kam von Syrakus.

HERZOG.
Tritt auf die Seit', ich unterscheid' euch nicht.

ANTIPHOLUS VON EPHESUS.
Ich war's, der von Korinth kam, gnäd'ger Herr.

DROMIO VON EPHESUS. Und ich mit ihm.

ANTIPHOLUS VON EPHESUS.
Hieher geführt vom Herzog Menaphon,
Dem tapfern Helden, Euerm würd'gen Ohm.

ADRIANA. Wer von euch beiden speiste heut bei mir?

ANTIPHOLUS VON SYRAKUS. Ich, werte Frau.

ADRIANA. Und seid Ihr nicht mein Mann?

ANTIPHOLUS VON EPHESUS.
Nicht doch! Da tu' ich Einspruch.

ANTIPHOLUS VON SYRAKUS.
Das tu' ich auch, obgleich Ihr so mich nanntet,
Und dieses schöne Fräulein, Eure Schwester,
Mich Bruder hieß. Was ich Euch da gesagt,
Das hoff' ich alles bald noch gut zu machen,
Wenn nur kein Traum ist, was ich jetzt erlebt.

ANGELO. Das ist die Kette, Herr, die ich Euch gab!

ANTIPHOLUS VON SYRAKUS.
Ich will's Euch glauben, Herr, ich leugn' es nicht.

ANTIPHOLUS VON EPHESUS.
Und Ihr, Herr, nahmt mich fest um diese Kette.

ANGELO.
Ich glaub', ich tat es, Herr, ich leugn' es nicht.

ADRIANA. Ich hatt' Euch Gold geschickt, Euch loszukaufen,
Durch Dromio; doch ich glaub', er bracht' es nicht.

DROMIO VON EPHESUS.
Nein, nichts durch mich.

ANTIPHOLUS VON SYRAKUS.
Die Börse mit Dukaten kam an mich,
Und Dromio, mein Diener, gab sie mir;
Ich seh', wir trafen stets des andern Diener,
Und mich hielt man für ihn, wie ihn für mich;
Daraus entstanden diese Irrungen.

ANTIPHOLUS VON EPHESUS.
Mit diesem Gold erlös' ich meinen Vater.

HERZOG.
Es tut nicht not; dein Vater bleibt am Leben.

KURTISANE.
Herr, meinen Diamant gebt mir zurück!

ANTIPHOLUS VON EPHESUS.
Nehmt ihn, und vielen Dank für Eure Mahlzeit!

ÄBTISSIN. Erhabner Fürst, geruht Euch zu bemühn,
Mit uns in die Abtei hineinzugehn
Und unser ganzes Schicksal zu vernehmen.
Und alle, die ihr hier versammelt seid
Und littet durch die vielverschlungne Irrung
Des einen Tags, Gesellschaft leistet uns,
Und wir versprechen, euch genug zu tun.
Ja, fünfundzwanzig Jahr lag ich in Weh'n
Mit euch, ihr Söhn', und erst in dieser Stunde
Genas ich froh von meiner schweren Bürde. –
Der Fürst, mein Gatte, meine beiden Kinder,
Ihr, die Kalender ihrem Wiegenfeste,
Kommt mit hinein, wir feiern's heut aufs beste;
So eilt nach langem Gram zum Wiegenfeste!

HERZOG. Gern will ich als Gevatter euch begleiten.

Alle gehn ab; es bleiben die beiden Antipholus und die beiden Dromio.

DROMIO VON SYRAKUS.
Herr, hol' ich Eure Waren aus dem Schiff?

ANTIPHOLUS VON EPHESUS.
Ei, Dromio, was für Waren hab' ich dort?

DROMIO VON SYRAKUS.
Das Gut, das im Zentauren war gelagert!

ANTIPHOLUS VON SYRAKUS.
Er spricht zu mir; ich, Dromio, bin dein Herr.
Komm, geh mit uns, das wird hernach besorgt;
Umarm' den Bruder jetzt und freu' dich sein!

Die beiden Antipholus gehn ab.

DROMIO VON SYRAKUS.
Die dicke Schönheit dort bei deinem Herrn,
Die heute mich am Küchentisch verpflegt,
Wird meine Schwester nun, nicht meine Frau? –

DROMIO VON EPHESUS. Mich dünkt, du bist mein Spiegel, nicht mein Bruder.
Ich seh' an dir, ich bin ein hübscher Bursch.
Sag, kommst du mit hinein zum Patenschmaus?

DROMIO VON SYRAKUS.
Ich nicht; du bist der Ältste.

DROMIO VON EPHESUS.
Das fragt sich noch; wie führst du den Beweis?

DROMIO VON SYRAKUS.
Wir wollen Halme ziehn ums Seniorat;
Bis dahin geh voran!

DROMIO VON EPHESUS. Nein; sei's denn so:
Als Bruder und Bruder sah man uns ein in das Leben wandern,
Drum laß uns Hand in Hand auch gehn, nicht einer nach dem andern.

Sie gehn ab.

Der Widerspenstigen Zähmung.

Personen

Ein Lord
Christoph Schlau, ein betrunkner Kesselflicker
Wirtin, Page, Schauspieler, Jäger und andre Bediente des Lords
Baptista, ein reicher Edelmann in Padua
Vincentio, ein alter Edelmann aus Pisa
Lucentio, Vincentios Sohn, Liebhaber der Bianca
Petruchio, ein Edelmann aus Verona, Katharinens Freier
Gremio,
Hortensio, Biancas Freier
Tranio,
Biondello, Lucentios Diener
Grumio,
Curtis, Petruchios Diener
Ein Magister, der den Vincentio vorstellen soll
Katharina, die Widerspenstige,
Bianca, ihre Schwester,
Eine Witwe, Baptistas Töchter
Schneider, Putzbändler und Bediente des Baptista und des Petruchio
Die Handlung ist abwechselnd in Padua, und in dem Landhause des Petruchio

Einleitung

Schlau und die Wirtin treten auf.

SCHLAU. Ich will Euch zwiebeln, mein' Seel'!

WIRTIN. Fußschellen für dich, du Lump!

SCHLAU. Du Weibsstück! Die Schlaus sind keine Lumpen! Sieh in den Chroniken nach, wir kamen mit Richard dem Eroberer herüber! also paucas palabris: laßt der Welt ihr Recht: Sessa! -

WIRTIN. Ihr wollt mir die Gläser nicht bezahlen, die Ihr zerbrochen habt?

SCHLAU. Nein, keinen Heller: still, still, sagt Jeronimo: geh in dein kaltes Bett und wärme dich!

WIRTIN. Ich weiß schon, was ich zu tun habe: ich muß gehn und den Viertelsmeister holen. – *Ab.*

SCHLAU. Den Viertels-, Fünftels-, Sechstels- oder Achtelsmeister: ich werde ihm nach dem Gesetz antworten. Ich weiche keinen Zoll breit, Junge; laßt ihn kommen und in der Güte. *Schläft ein.*

Ein Lord, der mit seinem Gefolge von der Jagd zurückkehrt, tritt auf.

LORD. Jäger, ich sag' dir's, pfleg' die Meute gut! –
Der Spürhund Lustig hat sich überlaufen;
Und kupple Greif mit der tiefstimm'gen Bracke!
Sahst du nicht, Bursch, wie brav der Silber aufnahm
Am Rand des Zauns, so kalt die Fährte war?
Den Hund möcht' ich für zwanzig Pfund nicht missen.

ERSTER JÄGER.
Nun, Baumann ist so gut wie der, Mylord,
Er ließ nicht ab, verlor er gleich die Spur,
Und zweimal fand er heut die schwächste Witt'rung: –
Glaubt mir's, das ist der allerbeste Hund!

LORD. Du bist ein Narr; wär' Echo nur so flink,
Ich schätzt' ihn höher als ein Dutzend solcher.
Nun füttre diese gut, und sieh nach allen;
Ich reite morgen wieder auf die Jagd.

ERSTER JÄGER. Ganz wohl, Mylord.

LORD. Was gibt's da?
Ein Toter oder Trunkner? Atmet er?

ZWEITER JÄGER.
Er atmet, gnäd'ger Herr: ihn wärmt sein Bier,
Sonst wär's ein kaltes Bett, so fest zu schlafen.

LORD. O scheußlich Tier! Da liegt er wie ein Schwein! –
Graunvoller Tod, wie ekel ist dein Abbild! –
Hört, mit dem Trunknen will ich was beginnen.
Was meint ihr, wenn man in ein Bett ihn legte,
In feinem Linnen, Ring' an seinen Fingern,
Ein recht erlesnes Mahl an seinem Lager,
Stattliche Diener um ihn beim Erwachen: –
Würde der Bettler nicht sein selbst vergessen?

ERSTER JÄGER. Mein' Treu', Mylord, das, glaub' ich, kann nicht fehlen.

ZWEITER JÄGER.
Es wird ihn seltsam dünken, wenn er wacht.

LORD. Ganz wie ein schmeichlerischer Traum, ein Blendwerk!
Drum hebt ihn auf, verfolgt den Scherz geschickt,
Tragt ihn behutsam in mein schönstes Zimmer,
Und hängt umher die lüsternen Gemälde;
Wärmt seinen strupp'gen Kopf mit duft'gem Wasser,
Mit Lorbeerholz durchwürzt des Saales Luft,
Haltet Musik bereit, so wie er wacht,
Daß Himmelston ihm Wonn' entgegenklinge:
Und spricht er etwa, eilt sogleich herzu,
Und mit demüt'ger tiefer Reverenz
Fragt: »Was befiehlt doch Eure Herrlichkeit?«
Das Silberbecken reich' ihm einer dar
Voll Rosenwasser und bestreut mit Blumen.
Gießkanne trage dieser, Handtuch jener,
Sagt: »Will Eu'r Gnaden sich die Hände kühlen?«
Ein andrer steh' mit reichem Kleide da
Und frag' ihn, welch ein Anzug ihm beliebt?
Noch einer sprech' ihm vor von Pferd und Hunden,
Und wie sein Unfall sein Gemahl bekümmre.
Macht ihm begreiflich, er sei längst verrückt,
Und sagt er euch, er sei ... so sprecht, ihm träume,
Er sei nichts anders, als ein mächt'ger Lord. –
Dies tut und macht's geschickt, ihr lieben Leute;
Es wird ein schön ausbünd'ger Zeitvertreib,
Wird er gehandhabt mit bescheidnem Maß.

ERSTER JÄGER.
Mylord, vertraut, wir spielen unsre Rolle;
Und unserm Eifer nach soll er es glauben,
Daß er nichts anders ist, als wir ihn nennen.

LORD. Hebt ihn behutsam auf, bringt ihn zu Bett,
Und jeder an sein Amt, wenn er erwacht!

Einige tragen Schlau fort. Trompeten.

Geh, Bursch, und sieh, wen die Trompete meldet:
Vielleicht ein großer Herr, der auf der Reise
Sich diesen Ort ersehn, um hier zu rasten.
Sag an, wer ist's?

DIENER. Mit Euer Gnaden Gunst,
Schauspieler sind's, die ihre Dienste bieten.

LORD. Führ' sie herein!

Schauspieler treten auf.

Ihr seid willkommen, Leute.

ERSTER SCHAUSPIELER.
Wir danken Euer Gnaden.

LORD. Gedenkt ihr diesen Abend hier zu bleiben?

ZWEITER SCHAUSPIELER.
Wenn Euer Gnaden unsern Dienst genehmigt.

LORD.
Von Herzen gern. Den Burschen kenn' ich noch,
Er spielte eines Pachters ältsten Sohn;
Da, wo so hübsch du um das Mädchen warbst:
Ich weiß nicht deinen Namen, doch die Rolle
War passend und natürlich dargestellt.

ERSTER SCHAUSPIELER.
War es nicht Soto, den Eu'r Gnaden meint?

LORD. Der war es auch; du spieltest ihn vortrefflich.
Nun, zur gelegnen Stunde kommt ihr eben,
So mehr, da ich 'nen Spaß mir vorgesetzt,
Wo ihr mit euerm Witz mir helfen könnt.
Ein Lord hier wird euch heute spielen sehn:
Allein ich furcht', ihr kommt mir aus der Fassung:
Daß, fällt sein närrisch Wesen euch ins Auge
(Denn noch sah Mylord niemals ein Theater),
Ihr nicht ausbrecht in schallendes Gelächter,
Und so ihm Anstoß gebt: denn seid versichert,
Wenn ihr nur lächelt, kommt er außer sich.

ERSTER SCHAUSPIELER.
Sorgt nicht, Mylord, wir halten uns in Zaum,
Und wär' er auch die lächerlichste Fratze.

LORD. Du geh mir, führ' sie in die Kellerei!

Da reiche jedem freundlichen Willkommen,
Und spare nichts, was nur mein Haus vermag!

Schauspieler ab.

– Du hol' Bartholomeo mir, den Pagen,
Und laß ihn kleiden ganz wie eine Dame:
Dann führ' ihn in des Trunkenbolds Gemach;
Und nenn' ihn gnäd'ge Frau, dien' ihm mit Ehrfurcht:
Sag ihm von mir, wenn meine Gunst ihm lieb,
Mög' er mit feinem Anstand sich betragen,
So wie er edle Frauen irgend nur
Mit ihren Eh'herrn sich benehmen sah:
So untertänig sei er diesem Säufer.
Mit sanfter Stimme, tief sich vor ihm neigend,
Sprech' er dann: »Was befiehlt mein teurer Herr,
Worin Eu'r Weib getreu und unterwürfig
Euch Pflicht erweis' und ihre Lieb' erzeige?« –
Hernach mit süßem Kuß und sanft umarmend,
Das Haupt an seine Brust ihm angelehnt,
Soll er im Übermaß der Freude weinen,
Daß sein Gemahl ihm wiederhergestellt,
Der zweimal sieben Jahr, sich selbst verkennend,
Für einen schmutz'gen Bettler sich gehalten. –
Versteht der Knabe nicht die Frauenkunst,
Schnell diesem Regenschauer zu gebieten,
Wird eine Zwiebel ihm behülflich sein,
Die heimlich eingewickelt in ein Tuch
Die Augen sicher unter Wasser setzt. –
Besorge dies, so schleunig du's vermagst:
Ich will sogleich dir mehr noch anvertraun.

Diener ab.

Ich weiß, der Knabe wird den feinen Anstand,
Gang, Stimm' und Wesen einer Dame borgen.
Ich freu' mich drauf, wenn er Gemahl ihn nennt,
Und wie mit Lachen alle werden kämpfen,
Wenn sie dem albern Bauer huld'gen müssen.
Ich geh', noch mehr zu raten; mein Erscheinen
Mag ihre allzu lust'ge Laune dämpfen,
Die sonst vielleicht ein Übermaß erreichte.

Ab mit seinem Gefolge.

Es treten auf Schlau mit mehreren Dienern. Einige tragen Kleider, Becken und Gießkanne und anderes Gerät. Der Lord unter ihnen.

SCHLAU. Um Gottes willen, einen Krug Dünnbier!

ERSTER DIENER.
Befiehlt Eu'r Herrlichkeit 'nen Becher Sekt?

ZWEITER DIENER.
Befiehlt Eu'r Gnaden eingemachte Früchte?

DRITTER DIENER.
Welch einen Anzug wünscht Eu'r Gnaden heut?

SCHLAU. Ich bin Christoph Schlau, heißt mich nicht Herrlichkeit noch Gnaden. Ich habe mein Lebstage keinen Sekt getrunken, und wollt ihr mir Eingemachtes geben, so gebt mir eingemachtes Rindfleisch. Fragt mich nicht, welchen Anzug ich tragen will, denn ich habe nicht mehr Wämser als Rücken, nicht mehr Strümpfe als Beine, nicht mehr Schuhe als Füße, ja zuweilen mehr Füße als Schuhe, oder solche Schuhe, wo mir die Zehen durchs Oberleder kucken.

LORD.
Gott nehm' Eu'r Gnaden diesen müß'gen Wahn! –
O daß ein mächt'ger Lord, von solcher Abkunft,
So großem Reichtum, solcher hohen Würde,
Sich von so bösem Geist beherrschen läßt!

SCHLAU. Was! wollt Ihr mich verrückt machen? Bin ich denn nicht Christoph Schlau, Sohn des alten Schlau von Burtonhaide? durch Geburt ein Hausierer, durch Erziehung ein Hechelkrämer, durch Verwandlung ein Bärenführer und nun nach meiner jetzigen Hantierung ein Kesselflicker? Fragt nur Anne Hacket, die dicke Bierwirtin von Wincot, ob sie mich nicht kennt. Wenn sie sagt, daß sie mich nicht mit vierzehn Pfennigen für Weißbier auf ihrem Kerbholz angestrichen hat, so streicht mich an als den verlogensten Schelm in der ganzen Christenheit. Was! ich bin doch nicht verhext? – Hier ist ...

ERSTER DIENER.
Oh, dies macht Eure edle Gattin weinen! –

ZWEITER DIENER.
Oh, dies macht Eure treuen Diener trauern! –

LORD.
Ja, deshalb scheun das Haus die Anverwandten,
Als geißelt' Euer Wahnsinn sie hinweg.
O edler Lord, gedenk' der hohen Ahnen,
Den alten Sinn ruf' aus dem Bann zurück,
Und banne diesen blöden, niedern Traum! –
Sieh, alle Diener warten ihres Amts!
Die Pflicht will jeder tun nach deinem Wink.
Willst du Musik? So horch, Apollo spielt,
Und zwanzig Nachtigall'n im Bauer singen: –
Sag, willst du schlafen? Deiner harrt ein Lager,
Weicher und sanfter als das üpp'ge Bett,
Das für Semiramis ward aufgeschmückt: –
Willst du lustwandeln? Blumen streun wir dir;
Willst reiten? Deine Rosse lass' ich zäumen,
Ihr Zeug ganz aufgeschmückt mit Gold und Perlen.
Liebst du die Beize? Deine Falken schwingen
Sich höher als die Morgenlerche; Jagd?
Der Himmel dröhnt vom Bellen deiner Hunde
Und weckt der hohlen Erde grelles Echo.

ERSTER DIENER. Sprich, willst du hetzen?
Schnell sind deine Hunde,
Leicht wie der Hirsch, und flücht'ger als das Reh.

ZWEITER DIENER.
Liebst du Gemälde? Sprich! Wir bringen dir
Adonis, ruhend an dem klaren Bach,
Und Cytherea, ganz im Schilf versteckt,
Das ihrem Atem kost und so sich regt,
Wie schwankes Schilfrohr mit dem Winde spielt.

LORD. Wir zeigen Jo dir, da sie noch Jungfrau,
Wie sie betrogen ward und überrascht,
Ganz nach dem Leben täuschend dargestellt.

DRITTER DIENER. Und Daphne, flüchtend durch den dorn'gen Wald,
Zerritzt die Beine, daß man schwört, sie blute,
Und bei dem Anblick traurig wein' Apollo:
So meisterlich gemalt sind Blut und Tränen.

LORD. Du bist ein Lord, nichts anders als ein Lord:
Und ein Gemahl besitzest du, weit schöner
Als irgendein' in dieser dürft'gen Zeit.

ERSTER DIENER.
Und eh' die Tränen, die für dich vergossen,
Voll Neid ihr lieblich Antlitz überströmt,
War sie das reizendste Geschöpf der Welt,
Und jetzt noch steht sie keiner andern nach.

SCHLAU. Bin ich ein Lord? Und hab' ich solche Frau?
Träum' ich? Sagt, oder träumte mir bis jetzt?
Ich schlafe nicht, ich seh', ich hör', ich spreche,
Ich rieche Duft, ich fühle weiches Lager:
Bei meiner Seel', ich bin ein Lord, wahrhaftig,
Kein Kesselflicker, noch Christoffer Schlau.
Wohlan, so bringt mir meine Frau vor Augen,
Und nochmals: einen Krug vom dünnsten Bier! –

ZWEITER DIENER.
Will Eu'r Erhabenheit die Hände waschen?
Die Diener reichen ihm Becken, Kanne und Tuch.
Wir sind beglückt, daß Ihr zurecht Euch fandet;
Oh, daß Ihr endlich einseht, wer Ihr seid! –
Seit funfzehn Jahren wart Ihr wie im Traum,
Und wachtet Ihr, so war's, als ob Ihr schlieft.

SCHLAU.
Seit funfzehn Jahren! Blitz, ein hübsches Schläfchen!
Sprach ich denn gar nichts in der ganzen Zeit? –

ERSTER DIENER.
O ja, Mylord, doch lauter unnütz Zeug.
Denn lagt Ihr gleich in diesem schönen Zimmer,
Doch sagtet Ihr, man werf' Euch aus der Tür.
Dann schaltet Ihr die Wirtin aus und drohtet,
Sie beim Gerichtstag nächstens zu verklagen.
Weil sie Steinkrüge gab statt richt'gen Maßes:
Dann wieder rieft Ihr nach Cäcilie Hacket.

SCHLAU. Ja, ja, der Wirtin Tochter in der Schenke.

DRITTER DIENER. Ei Herr, Ihr kennt solch Haus nicht und solch Mädchen,
Noch solche Leute, als Ihr hergezählt,
Auch all die Männer, die Ihr nanntet, nicht:
Als Stephan Schlau, Hans Knopf den alten Dicken,
Und Peter Torf und Heinrich Pimpernell,
Und zwanzig solcher Namen noch und Leute,
Die niemals lebten und die niemand kennt.

SCHLAU. Nun, Gott sei Dank für unsre Beßrung!

ALLE. Amen! –

SCHLAU. Ich danke dir, 's soll nicht dein Schade sein. –
Der Page kommt, wie eine Dame gekleidet, mit Gefolge.

PAGE. Wie geht es meinem Herrn?

SCHLAU.
Ei nun, recht wohl, hier gibt's genug zu essen.
Wo ist mein Weib?

PAGE. Hier, edler Herr; was wolltest du von ihr?

SCHLAU. Seid Ihr mein Weib und nennt mich nicht mein Mann?
Herr heiß' ich fürs Gesind', ich bin Eu'r Alter.

PAGE.
Mein Gatte und mein Herr, mein Herr und Gatte,
Ich bin Eu'r Eh'gemahl in schuld'ger Demut.

SCHLAU. Nun ja, ich weiß. Wie heißt sie denn?

LORD. Madam.

SCHLAU. Was! Madam Else? oder Madam Hanne? –

LORD.
Madam schlichtweg, so nennen Lords die Ladies.

SCHLAU. Nun, Madam Frau, man sagt, ich schlief und träumte
Schon an die funfzehn Jahre wohl und länger.

PAGE. Ja, und die Zeit bedünkte mich wie dreißig,
Weil ich so lang' getrennt von deinem Bett.

SCHLAU. 's ist viel! Leute, laßt mich und sie allein!
Madam, zieht Euch nur aus und kommt zu Bett!

PAGE. Dreimal erhabner Lord, ich muß Euch flehn,
Geduldet Euch nur wen'ge Nächte noch,
Wo nicht, nur bis die Sonne unterging:
Denn Eure Ärzte haben streng verordnet
(In Furcht, Eu'r altes Übel kehre wieder),
Daß ich mich noch von Eurem Bett entferne:
So steht die Sache, drum entschuldigt mich!

SCHLAU. I nun ja, wenn's so steht, ist's aber doch schwer, so lange zu warten. Aber es sollte mich freilich verdrießen, wenn ich wieder in meine Träume verfiele, darum will ich warten, was auch Fleisch und Blut dazu sagen mögen.
Ein Diener kommt.

DIENER. Eu'r Herrlichkeit Schauspieler sind bereit,
Weil Ihr gesund, ein lustig Stück zu spielen,
Denn also halten's Eure Ärzte dienlich,
Weil zu viel Trübsinn Euer Blut verdickt,
Und Traurigkeit des Wahnsinns Amme ist.
Deshalb schien's ihnen gut, Ihr säht dies Spiel
Und lenktet Euren Sinn auf muntern Scherz:
Dadurch wird Leid verbannt, verlängt das Leben.

SCHLAU. Zum Henker, das soll geschehn. Ist es nicht so eine Komodität, eine Christmarktstanzerei, oder eine Luftspringergeschichte?

PAGE.
Nein, Herr, dies Zeug gefällt Euch wohl noch besser.

SCHLAU. Was? ist es Tischzeug?

PAGE. 's ist 'ne Art Historie.

SCHLAU. Nun, wir wollen's ansehn. Komm, Madam Frau, setz' dich neben mich und laß der Welt ihren Lauf; wir werden niemals wieder jünger.

Erster Aufzug

Erste Szene

Straße.
Lucentio und Tranio treten auf.

LUCENTIO.
Tranio, du weißt, wie mich der heiße Wunsch,
Padua zu sehn, der Künste schöne Wiege,
In die fruchtbare Lombardei geführt,
Des herrlichen Italiens lust'gen Garten;
Und rüstig durch des Vaters Lieb' und Urlaub,
Von seinen Wünschen und von dir begleitet,
Höchst treuer Diener, wohl geprobt in allem,
Laß uns, hier angelangt, mit Glück beginnen
Die Bahn des Lernens und geistreichen Wissens.
Pisa, berühmt durch angesehne Bürger,
Gab mir das Dasein, und dort lebt mein Vater,
Ein Kaufmann, wohlbekannt der ganzen Welt,
Vincentio, vom Geschlecht der Bentivogli. –
Vincentios, Sohn, in Florenz auferzogen,
Geziemt's, des Vaters Hoffnung zu erfüllen,
Des Reichtums Glanz durch edles Tun zu zieren.
So weih' ich, Tranio, des Studierens Zeit
Der Tugend und Philosophie allein,
Jener Philosophie, die uns belehrt,
Wie Glück durch Tugend nur erworben wird.
Wie denkst du nun? Verließ ich Pisa nicht
Und kam nach Padua, wie ein Mann verläßt
Den seichten Bach, sich in den Strom zu werfen,
Um recht aus Fülle seinen Durst zu löschen?

TRANIO. Mi perdonate, lieber junger Herr:
Ich denk' in allem grade so wie Ihr,
Froh, daß Ihr fest bei Eurem Vorsatz bleibt,
Der süßen Weisheit Süßigkeit zu saugen.
Nur, guter Herr, indem wir so bewundern
Die Tugend und die Strenge der Moral,
Laßt uns nicht Stoiker, nicht Stöcke werden!
Horcht nicht so fromm auf Aristot'les' Schelten,
Daß Ihr Ovid als sündlich ganz verschwört!
Sprecht Logik mit den Freunden, die Ihr seht,
Und übt Rhetorik in dem Tischgespräch;
Treibt Dichtkunst und Musik, Euch zu erheitern:
Und Metaphysik und Mathematik,
Die tischt Euch auf, wenn Ihr Euch hungrig fühlt;
Was Ihr nicht tut mit Lust, gedeiht Euch nicht;
Kurz, Herr, studiert, was Ihr am meisten liebt!

LUCENTIO.
Bedankt sei, Tranio, denn du rätst mir gut.
Wärst du, Biondello, nur erst angelangt,
Wir könnten bald hier eingerichtet sein
Und Wohnung mieten, groß genug für Freunde,
Die ich in Padua mir erwerben werde.
Doch warte noch: was kommen da für Leute?

TRANIO. Ein Aufzug, von der Stadt, uns zu begrüßen.

Baptista, Katharina, Bianca, Gremio und Hortensio treten auf. Lucentio und Tranio gehn auf die Seite.

BAPTISTA.
Nein, werte Herren, drängt mich ferner nicht,
Denn was ich fest beschlossen, wißt ihr jetzt:
Das heißt, mein jüngres Kind nicht zu vermählen,
Eh' ich der Ältsten einen Mann geschafft.
Liebt einer von euch beiden Katharinen
(Denn beide kenn' ich wohl, und will euch wohl),
So steht's euch frei, nach Lust um sie zu frein.

GREMIO. Befreit mich von dem Frein, sie ist zu rauh.
Da, nehmt, Hortensio! Braucht Ihr was von Frau? –

KATHARINA. Ich bitt' Euch, Vater, ist's Eu'r Wille so,
Mich auszuhökern allen diesen Kunden?

HORTENSIO. Kunden, mein Kind? Dich sucht als Kundschaft keiner,
Du mußt erst neue, sanftre Form verkünden.

KATHARINA.
Ei, laßt Euch drum nicht graue Haare wachsen:
Ihr seid noch meilenweit von ihrem Herzen:
Und hättet Ihr's, gewiß sie sorgte schon,
Den Schopf Euch mit dreibein'gem Stuhl zu bürsten,
Und schminkt' Euch das Gesicht wie den Hanswürsten.

HORTENSIO.
Vor solchen Teufeln, lieber Gott, bewahr' uns!

GREMIO. Mich auch, du lieber Gott!

TRANIO. Seht, junger Herr, was hier sich für ein Spaß weist!
Die Dirn' ist toll, wo nicht, gewaltig nas'weis.

LUCENTIO.
Doch sieh, wie in der andern sanftem Schweigen
Sich jungfräuliche Mild' und Demut zeigen.

TRANIO.
Gut, junger Herr! Mum! Gafft Euch nur recht satt!

BAPTISTA.
Ihr, meine Herren, damit ich gleich erfülle,
Was ich gesagt, – geh, Bianca, nun hinein!
Und laß dich's nicht betrüben, gute Bianca,
Denn du bist mir deshalb nicht minder lieb.

KATHARINA.
Ein zierlich Püppchen! Lieber gar geheult,
Wüßtest du nur, warum?

BIANCA.
Vergnüg' dich nur an meinem Mißvergnügen! –
Herr, Eurem Willen fug' ich mich in Demut,
Gesellschaft sei'n mir meine Laut' und Bucher,
Durch Lesen und Musik mich zu erheitern.

LUCENTIO.
O Tranio! Hörst du nicht Minerva sprechen?

HORTENSIO.
Wollt Ihr so wunderlich verfahren, Herr? –
Es dauert mich, daß Bianca leiden muß
Durch unsre Liebe. –

GREMIO. Was! Ihr sperrt sie ein,
Signor Baptist, um diesen höll'schen Teufel,
Und straft der andern böse Zung' an ihr?

BAPTISTA.
Ihr Herrn, beruhigt euch, ich bin entschlossen.
Geh nur, mein Kind!

Bianca geht.

Und weil ich weiß, sie hab' am meisten Freude
An Poesie, Musik und Instrumenten,
Will ich Lehrmeister mir im Hause halten
Zur Bildung ihrer Jugend. Ihr, Hortensio,
Und Signor Gremio, wißt ihr irgendeinen,
So schickt ihn zu mir, denn gelehrten Männern
Erzeig' ich Freundlichkeit und spare nichts,
Recht sorgsam meine Kinder zu erziehn.
Und so lebt wohl! Du, Katharina, bleibe:
Ich habe mehr mit Bianca noch zu reden.

Ab.

KATHARINA. Meint Ihr? Nun, ich denk', ich geh' wohl auch. Ei seht doch!
Was! Wollt Ihr mir die Zeit vorschreiben? Weiß ich denn
Nicht selber, was ich tun und lassen soll? Ha! –

Ab.

GREMIO. Geh du nur zu des Teufels Großmutter! – Deine Talente sind so herrlich, daß keiner dich hier zu halten begehrt! – Der beiden Liebe ist nicht so groß, Hortensio, daß wir ihretwegen nicht immer stehn und auf unsre Nägel blasen und passen mögen; unser Kuchen ist noch zäh auf beiden Seiten. Lebt wohl, aber aus Liebe zu meiner holden Bianca will ich doch, wenn ich's irgend wo vermag, einen geschickten Mann finden, der ihr Unterricht erteilen kann in dem, was sie erfreut, und ihn zu ihrem Vater senden.

HORTENSIO. Das will ich auch, Signor Gremio. Aber noch ein Wort, ich bitte Euch! – Obgleich unsre Mißhelligkeit bisher keine Verabredung unter uns gestattet hat, so laßt uns jetzt nach besserm Rat bedenken, daß uns beiden daran gelegen sei, – damit wir wieder Zutritt zu unserer schönen Gebieterin erhalten, und glückliche Nebenbuhler in Biancas Liebe werden können, – vornehmlich eine Sache zu betreiben und zustande zu bringen.

GREMIO. Welche wäre das, ich bitte Euch? –

HORTENSIO.
Ei nun, ihrer Schwester einen Mann zu schaffen.

GREMIO. Einen Mann? Einen Teufel! –

HORTENSIO. Ich sage, einen Mann.

GREMIO. Ich sage, einen Teufel. Meinst du denn, Hortensio, daß, obgleich ihr Vater sehr reich ist, jemand so sehr verrückt sein sollte, die Hölle heiraten zu wollen? –

HORTENSIO. Geht doch, Gremio! Wenn es gleich Eure und meine Geduld übersteigt, ihr lautes Toben zu ertragen, so gibt's doch gutgesinnte Leute, liebster Freund (wenn sie nur zu finden wären), die sie mit allen ihren Fehlern und dem Gelde obendrein wohl nehmen würden.

GREMIO. Das mag sein: aber ich nähme ebenso gern ihre Aussteuer mit der Bedingung, alle Morgen am Pranger gestäupt zu werden.

HORTENSIO. Ja, wie Ihr sagt; unter faulen Äpfeln gibt's nicht viel Wahl. Aber wohlan, da dieser Querstrich uns zu Freunden gemacht, so laßt uns auch so lange freundschaftlich zusammenhalten, bis wir Baptistas ältester Tochter zu einem Mann verholfen, und dadurch die jüngste für einen Mann frei gemacht haben; und dann wieder frisch daran! – Liebste Bianca! Wer das Glück hat, führt die Braut heim, wer am schnellsten reitet, sticht den Ring. Was meint Ihr, Signor Gremio? –

GREMIO. Ich bin's zufrieden, und ich wollte, ich hätte dem schon das beste Pferd in Padua geschenkt, um damit auf die Freite zu reiten, der sie tüchtig frein, nehmen und zähmen wollte, und das Haus von ihr befreien. Kommt, laßt uns gehen!

Gremio und Hortensio ab.

TRANIO.
Ich bitt' Euch, sagt mir, Herr, ist es denn möglich?
Kann so geschwind die Lieb' in Bande schlagen? –

LUCENTIO.
O Tranio, bis ich's an mir selbst erfahren,
Hielt ich es nie für möglich, noch zu glauben:
Doch sieh, weil ich hier müßig stand und schaute,
Fand ich die Kraft der Lieb' in Müßiggang.
Und nun gesteh' ich's ehrlich offen dir,
Der du verschwiegen mir und teuer bist,
Wie Anna war der Königin Karthagos, –
Tranio! ich schmacht', ich brenn', ich sterbe, Tranio,
Wird nicht das sanfte Kind mir anvermählt.
Rate mir, Tranio! denn ich weiß, du kannst es,
Hilf mir, o Tranio! denn ich weiß, du willst es.

TRANIO.
Mein junger Herr, jetzt ist nicht Zeit zu schelten,
Verliebte Neigung schmält man nicht hinweg.
Hat Lieb' Euch unterjocht, so steht es so:
»Redime te captum quam queas minimo.«

LUCENTIO.
Hab' Dank, mein Bursch; nur weiter; dies vergnügt;
Trost sprichst du mir, ersprießlich ist dein Rat.

TRANIO. Ihr wart im Anschaun so verloren, Herr,
Und habt wohl kaum das Wichtigste bemerkt? –

LUCENTIO. O ja! Ich sah von holdem Liebreiz strahlen
Ihr Antlitz, wie Agenors Tochter einst,
Als Jupiter, gezähmt von ihrer Hand,
Mit seinen Knieen küßte Kretas Strand.

TRANIO.
Bemerktet Ihr nur das? Nicht, wie die Schwester
Zu schmähn begann und solchen Sturm erregte,
Daß kaum ein menschlich Ohr den Lärm ertrug? –

LUCENTIO. Ich sah sie öffnen die Korallenlippen,
Und wie ihr Hauch die Luft umher durchwürzte:
Lieblich und süß war alles, was ich sah.

TRANIO.
Ei, nun wird's Zeit, ihn aus dem Traum zu schütteln.
Erwacht doch, Herr! Wenn Ihr das Mädchen liebt,
So denkt sie zu gewinnen! Also steht's: –
Die ältste Schwester ist so bös und wild,
Daß, bis der Vater sie hat losgeschlagen,
Eu'r Liebchen unvermählt zu Hause bleibt.
Und darum hat er eng sie eingesperrt,
Damit kein Freier sie beläst'gen soll.

LUCENTIO.
Ach, Tranio! Wie so grausam ist der Vater!
Doch hast du nicht gemerkt, wie er gesonnen,
Ihr hochverständ'ge Lehrer zuzuführen? –

TRANIO. Das hört' ich, Herr, und fertig ist mein Plan.

LUCENTIO. Tranio, nun hab' ich's! –

TRANIO. Lieber Herr, halbpart! –
Denn unsre List, merk' ich, beut sich die Hand.

LUCENTIO. Sag deine erst!

TRANIO. Ihr wollt Hauslehrer sein,
Und Euch zum Unterricht der Liebsten melden;
War es nicht so? –

LUCENTIO. So war's. Und geht es an? –

TRANIO.
Unmöglich geht's. Wer sollte denn, statt Eurer,
Vincentios Sohn vorstellen hier in Padua?
Haushalten, Studien treiben, Freunde sehn,
Die Landsmannschaft besuchen und traktieren? –

LUCENTIO.
Basta! Sei still, mein Plan ist ganz geschlossen.
Man hat in keinem Haus uns noch gesehn,
Und niemand unterscheidet am Gesicht,
Wer Herr, wer Diener ist; und daraus folgt:
Du sollst an meiner Statt als Herr gebieten,
Statt meiner Haus und Staat und Leute halten;
Ich will ein andrer sein, ein Reisender
Aus Florenz, aus Neapel oder Pisa.
Geschmiedet ist's. Gleich, Tranio, laß uns tauschen:
Nimm meinen Federhut und Mantel hier:
Sobald Biondello kommt, bedient er dich;
Doch erst mach' ich ihn stumm, daß er nicht schwatzt.

Sie tauschen die Kleider.

TRANIO. So muß es sein.
In Summa, Herr, da es Euch so gefällt,
Und meine Pflicht es ist, Euch zu gehorchen
(Denn das gebot Eu'r Vater mir beim Abschied:
»Sei meinem Sohne stets zu Dienst«, so sprach er,
– Wiewohl ich glaube, daß er's so nicht meinte),
Geb' ich Euch nach und will Lucentio sein,
Weil ich mit treuem Sinn Lucentio liebe.

LUCENTIO. So sei es, Tranio, weil Lucentio liebt:
Ich werd' ein Knecht, dies Mädchen zu gewinnen,
Die mein verwundet Aug' in Fesseln schlug.

Biondello kommt.

Hier kommt der Schlingel. Kerl, wo stecktest du?

BIONDELLO.
Wo ich gesteckt? Nein, sagt, wo steckt Ihr selbst?
Stahl Tranio, mein Kam'rad, die Kleider Euch? –
Ihr ihm die seinen? oder beide? Sprecht doch! –

LUCENTIO.
Hör', guter Freund, es ist nicht Zeit zu spaßen,
Drum stelle dich, so wie die Zeit es fodert.
Dein Kam'rad hier, mein Leben mir zu retten,
Legt meinen Rock und äußern Anschein an,
Und ich, um zu entfliehen, nahm die seinen.
Kaum angelangt, erschlug ich im Gezänk
Hier einen Mann, und fürcht', ich bin erkannt.
Bedien' ihn, wie sich's ziemt, befehl' ich dir;
Zu meiner Rettung mach' ich schnell mich fort.
Verstehst du mich?

BIONDELLO. Ich, Herr? Auch nicht ein Jota.

LUCENTIO.
Kein Wort von Tranio komm' aus deinem Mund;
Tranio in Zukunft heißt Lucentio.

BIONDELLO.
Ich wünsch' ihm Glück; ich möcht' es auch wohl so.

TRANIO. Den Wunsch nahm ich dir weg, mein Freund, vermocht' er,
Lucentio zu verleihn Baptistas Tochter.
Doch, Bursch, nicht meinethalben, es gilt des Plans vollführen;
Laß stets nun in Gesellschaft die Klugheit dich regieren:
Sind wir allein, nun wohl, da bin ich Tranio,
Doch wo uns Leute sehn, dein Herr Lucentio.

LUCENTIO. Tranio, nun komm,
Noch eins ist übrig, das mußt du vollbringen;
Sei auch ein Freier, dann ist alles richtig;
Frag' nicht weshalb; mein Grund ist sehr gewichtig.

Alle ab.

ERSTER DIENER.
Mylord, Ihr nickt, Ihr merkt nicht auf das Spiel?

SCHLAU. Ja doch, bei Sankt Annen: es ist eine hübsche Geschichte. Kommt noch mehr davon? –

PAGE. Mylord, es fing erst an.

SCHLAU.
Es ist ein schön Stück Arbeit, Madam Frau;
Ich wollt', es wär' erst aus.

Zweite Szene

Andere Straße.
Petruchio und Grumio treten auf.

PETRUCHIO.
Verona, lebe wohl auf kurze Zeit,
Die Freund' in Padua will ich sehn; vor allen
Den Freund, der mir der liebst' und nächste ist,
Hortensio; und dies, denk' ich, ist sein Haus. –
Hier, Grumio, Bursche, klopfe, sag' ich dir.

GRUMIO. Klopfen, Herr? Wen sollt' ich klopfen? Ist hier jemand, der Euer Edeln exultiert hat? –

PETRUCHIO.
Schlingel, ich sage, klopf' mir hier recht derb!

GRUMIO. Euch hier klopfen, Herr? Ach, wer bin ich, daß ich Euch hier klopfen sollte? –

PETRUCHIO.
Schlingel, ich sage, klopf' mir hier ans Tor,
Und hol' gut aus, sonst schlag' ich dich aufs Ohr.

GRUMIO. Mein Herr sucht, glaub' ich, Händel!
Gelt, daß ich's nicht probiere,
Ich wüßte, wer am Ende am schlimmsten dabei führe.

PETRUCHIO. Sag, machst du bald? Sieh, Kerl, wenn du nicht klopfst,
So schell' ich selbst; da, nimm aufs Maul die Schelle,
Und sing' mir dein Sol Fa hier auf der Stelle!

Zieht den Grumio an den Ohren.

GRUMIO.
Helft, Leute, helft, mein Herr ist toll geworden! –

PETRUCHIO.
Nun, klopf' ein andermal, wenn ich's dir sage! –

Hortensio kommt.

HORTENSIO.
Was nun? Was gibt's? Mein alter Freund Grumio?
Und mein lieber Freund Petruchio? Was macht ihr alle in Verona? –

PETRUCHIO. Signor Hortensio, kommt Ihr, zu schlichten diesen Strauß?
Con tutto il cuore bene trovato, ruf' ich aus.

HORTENSIO.
Alla nostra casa ben venuto, molto onorato
Signor mio Petruchio.
Grumio, steh auf, wir müssen Frieden stiften.

GRUMIO. Ach! was er da auf lateinisch vorträgt, wird's nicht in Ordnung bringen. – Wenn das kein rechtmäßiger Grund für mich ist, seinen Dienst zu verlassen! – Hört Ihr, Herr, er sagt zu mir, ich soll ihn klopfen; ich soll nur tüchtig ausholen, Herr; nun seht selbst, kam es einem Diener zu, seinem Herrn so zu begegnen, da er noch dazu eben ausgespielt hatte, und ich war in der Hinterhand? –
Und tat ich nur, was er befahl in Eil',
Dann kam auf Grumio nicht der schlimmste Teil.

PETRUCHIO.
Ein unvernünft'ger Bursch, seht nur, Hortensio!
Ich hieß den Schurken klopfen an das Tor,
Und konnt' es nicht um alle Welt erlangen.

GRUMIO. Du lieber Himmel! Klopfen an das Tor!
Spracht Ihr nicht deutlich so: »Kerl, klopf' mich hier,
Hol' aus und klopf' mich derb! und klopf' mich tüchtig!« –
Und kommt Ihr jetzt mit »klopf' mir hier ans Tor?«

PETRUCHIO.
Bursch, pack' dich oder schweig': das rat' ich dir.

HORTENSIO.
Geduld, Petruchio, ich bin Grumios Anwalt.
Das ist ein schlimmer Fall ja zwischen dir
Und deinem alten, lust'gen, treuen Grumio! –
Und sag mir nun, mein Freund, welch günst'ger Wind
Blies dich nach Padua von Verona her? –

PETRUCHIO.
Der Wind, der durch die Welt die Jugend treibt,
Sich Glück wo anders, als daheim, zu suchen,
Wo uns Erfahrung spärlich reift. In kurzem,
Lieber Hortensio, steht es so mit mir:
Antonio, mein Vater, ist gestorben;
Nun treib' ich aufs Geratewohl mich um,
Vielleicht zu frein und zu gedeihn, wie's geht;
Im Beutel hab' ich Gold, daheim die Güter,
Und also reist' ich aus, die Welt zu sehn.

HORTENSIO.
Petruchio, soll ich nun dir ohne Umschweif

Zu einer zänk'schen bösen Frau verhelfen?
Du würd'st mir wenig danken solchen Rat,
Und doch versprech' ich dir, reich soll sie sein,
Und zwar sehr reich; indes, du bist mein Freund,
Ich will sie dir nicht wünschen.

PETRUCHIO.
Signor Hortensio, unter alten Freunden
Braucht's wenig Worte. Weißt du also nur
Ein Mädchen, reich genug, mein Weib zu werden,
(Denn Gold muß klingen zu dem Hochzeittanz) –
Sei sie so häßlich als Florentius' Schätzchen,
Alt wie Sibylle, zänkisch und erbost
Wie Sokrates' Xantippe, ja noch schlimmer,
Ich kehre mich nicht dran, und nichts bekehrt
Zu andrer Meinung mich, und tobt sie gleich
Dem Adriat'schen Meer, von Sturm gepeitscht:
Ich kam zur reichen Heirat her nach Padua,
Wenn reich, kam ich zum Glück hieher nach Padua.

GRUMIO. Nun seht, lieber Herr, er sagt's Euch wenigstens klar heraus, wie er denkt. Ei, gebt ihm nur Gold genug, und verheiratet ihn mit einer Marionette, oder einem Haubenblock, oder einer alten Schachtel, die keinen Zahn mehr im Munde hat, hätte sie auch so viel Krankheiten als zweiundfunfzig Pferde; nichts bringt ihm Angst, wenn's ihm nur Geld bringt.

HORTENSIO.
Petruchio, da wir schon so weit gediehn,
So setz' ich fort, was ich im Scherz begann.
Ich kann, Petruchio, dir ein Weib verschaffen
Mit Geld genug, und jung und schön dazu,
Erzogen, wie der Edelfrau geziemt:
Ihr einz'ger Fehl – und das ist Fehls genug –
Ist, daß sie unerträglich bös und wild,
Zänkisch und trotzig über alles Maß:
Daß, wär' auch mein Besitz noch viel geringer,
Ich nähm' sie nicht um eine Mine Goldes.

PETRUCHIO.
O still, du kennst die Kraft des Goldes nicht!
Sag ihres Vaters Namen, das genügt:
Ich mach' mich an sie, tobte sie so laut
Wie Donner, wenn im Herbst Gewitter kracht.

HORTENSIO. Ihr Vater ist Baptista Minola,
Ein freundlicher und sehr gefäll'ger Mann;
Ihr Name Katharina Minola,
Berühmt in Padua als die schlimmste Zunge.

PETRUCHIO.
Sie kenn' ich nicht, doch ihren Vater kenn' ich,
Und dieser war bekannt mit meinem Vater.
Ich will nicht schlafen, bis ich sie gesehn,
Und drum verzeih', daß ich so gradezu
Dich gleich beim ersten Wiedersehn verlasse,
Wenn du mich nicht dahin begleiten willst.

GRUMIO. Ich bitt' Euch, Herr, laßt ihn gehn, solange der Humor bei ihm dauert. Mein' Seel', wenn sie ihn so kennte, wie ich, so wüßte sie, daß Zanken wenig gut bei ihm tut. Mag sie ihn meinetwegen ein Stücker zwanzigmal Spitzbube nennen, oder so etwas – ei, das tut ihm nichts. Aber wenn er nachher anfängt, so geht's durch alle Register. Ich will Euch was sagen, Herr, nimmt sie's nur irgend mit ihm auf, so wird er ihr eine Figur in das Angesicht zeichnen und sie so defigurieren, daß sie nicht mehr Augen behält als eine Katze: Ihr kennt ihn noch nicht, Herr! –

HORTENSIO.
Wart' nur, Petruchio, ich will mit dir gehn.
Baptista ist der Wächter meines Schatzes,
Der meiner Seele Kleinod aufbewahrt,
Die schöne Bianca, seine jüngste Tochter:
Und die entzieht er mir und vielen andern
Die Nebenbuhler sind in meiner Liebe,
Weil er's unmöglich glaubt und unerhört
(Um jene Fehler, die ich dir genannt),
Daß jemand könnt' um Katharinen werben.
Drum hat Baptista so es angeordnet,
Daß keiner je bei Bianca Zutritt findet,
Bis er sein zänkisch Käthchen erst vermählt. –

GRUMIO. Sein zänkisch Käthchen!
Der schlimmste Nam' aus allen für ein Mädchen!

HORTENSIO.
Nun, Freund Petruchio, tu' mir einen Dienst,
Und stell' mich, in ein schlicht Gewand verkleidet,
Baptista vor als wohlerfahrnen Meister,
Um Bianca in Musik zu unterrichten.
So schafft ein Kunstgriff mir Gelegenheit
Und Muß', ihr meine Liebe zu entdecken
Und unerkannt um sie mich zu bewerben.

GRUMIO.
Das ist keine Schelmerei! Seht nur, wie das junge Volk die Köpfe zusammensteckt, um die Alten anzuführen.
Junger Herr, junger Herr, seht Euch einmal um; wer kommt da? He? –

HORTENSIO.
Still, Grumio! Es ist mein Nebenbuhler.
Petruchio, tritt bei Seit'!

Sie gehn auf die Seite.

Gremio und Lucentio treten auf, letzterer verkleidet, mit Büchern unter dem Arm.

GRUMIO.
Ein art'ger Milchbart! Recht ein Amoroso! –

GREMIO. Oh, recht sehr gut! Ich las die Liste durch,
Nun, sag' ich, laßt sie mir recht kostbar binden:
Und lauter Liebesbücher, merkt das ja,
Ihr müßt durchaus kein andres mit ihr lesen.
Versteht Ihr mich? Dann will ich, außer dem,
Was Euch Signor Baptistas Großmut schenkt,
Euch wohl bedenken. Die Papiere nehmt,
Laßt sie mit süßem Wohlgeruch durchräuchern,
Denn sie ist süßer noch als Wohlgeruch,
Der sie bestimmt. Was wollt Ihr mit ihr lesen? –

LUCENTIO. Was ich auch les', ich führe Eure Sache,
Als meines Gönners, dessen seid gewiß,
So treu, als ob Ihr selbst zugegen wärt.
Ja, und vielleicht mit noch wirksamern Worten,
Wenn Ihr nicht etwa ein Gelehrter seid.

GREMIO.
O Wissenschaft! Was für ein Segen bist du! –

GRUMIO.
O Schnepfenhirn! Was für ein Esel bist du! –

PETRUCHIO. Schweig', Kerl!

HORTENSIO.
Still, Grumio! – Gott zum Gruß, Herr Gremio! –

GREMIO. Euch gleichfalls, Herr Hortensio. Ratet Ihr's,

Wohin ich gehe? Zu Baptista Minola:
Ich gab mein Wort, mich sorglich zu bemühn
Um einen Lehrer für die schöne Bianca.
Da traf ich's nun zu meinem Glück recht wohl
Mit diesem jungen Mann, der sich empfiehlt
Durch Kenntnis und Geschick: Er liest Poeten
Und andre Bücher, und zwar gute, glaubt mir.

HORTENSIO.
Das freut mich sehr. Ich sagt' es einem Freund,
Der will mir einen feinen Mann empfehlen
Zum Lehrer der Musik für unsre Herrin:
So bleib' ich denn in keinem Punkt zurück
Im Dienst der schönen Bianca, die ich liebe.

GREMIO. Ich liebe sie, das soll die Tat beweisen.

GRUMIO. Der Beutel soll's beweisen.

HORTENSIO.
Gremio, nicht Zeit ist's, jetzt von Liebe schwatzen:
Hört mich, und wenn Ihr gute Worte gebt,
Erzähl' ich, was uns beide nah betrifft.
Hier ist ein Herr, den ich zufällig fand,
Der, weil mit uns sein eigner Vorteil geht,
Sich um das böse Käthchen will bewerben,
Ja, und sie frein, ist ihm die Mitgift recht.

GREMIO. Ein Wort, ein Mann, wär' herrlich! –
Hortensio, weiß er ihre Fehler alle? –

PETRUCHIO.
Ich weiß, sie ist ein trotzig, störrisch Ding,
Ist's weiter nichts? Ihr Herrn, was ist da schlimm?

GREMIO. Nicht schlimm, mein Freund? Was für ein Landsmann seid Ihr?

PETRUCHIO. Ich bin ein Verones', Antonios Sohn.
Mein Vater starb, doch blieb sein Geld mir leben;
Das soll mir noch viel gute Tage geben.

GREMIO. Nein, gute Tage nicht mit solcher Plage:
Doch habt Ihr solch Gelüst, in Gottes Namen!
Behülflich will ich Euch in allem sein. –
Und um die wilde Katze wollt Ihr frein? –

PETRUCHIO. Ei, will ich leben?

GRUMIO *beiseit.*
Will er sie frein? Ja, oder ich will sie hängen.

PETRUCHIO. Weshalb als in der Absicht kam ich her?
Denkt Ihr, ein kleiner Schall betäubt mein Ohr?
Hört' ich zu Zeiten nicht den Löwen brüllen?
Hört' ich das Meer nicht, aufgeschwellt von Sturm,
Gleich wilden Ebern wüten, schweißbeschäumt?
Vernahm ich Feuerschlünde nicht im Feld,
In Wolken donnern Jovis schwer Geschütz?
Hab' ich in großer Feldschlacht nicht gehört
Trompetenklang, Roßwiehern, Kriegsgeschrei?
Und von der Weiberzunge schwatzt Ihr mir,
Die halb nicht gibt so harten Schlag dem Ohr,
Als die Kastanie auf des Landmanns Herd? –
Popanze für ein Kind!

GRUMIO *beiseit.* Die scheut' er nie! –

GREMIO. Hortensio, hört,
Zu unserm Besten ist der Herr gekommen,
Mir ahnet gutes Glück für uns und ihn.

HORTENSIO.
Ich bürgte, daß wir ihm beisteuern wollten
Und alle Kosten seiner Werbung tragen.

GREMIO.
Wohl! wenn Ihr sicher nur von ihrer Wahl seid ...

GRUMIO *beiseit.*
Wär' mir so sicher nur 'ne gute Mahlzeit! –
Tranio, in stattlichen Kleidern, kommt mit Biondello.

TRANIO.
Gott grüß' Euch, meine Herrn! Ich bin so kühn
Und bitt' Euch, mir den nächsten Weg zu zeigen
Zum Hause des Signor Baptista Minola.

GREMIO.
Zu dem, der die zwei schönen Töchter hat?
Sagt, meint Ihr den?

TRANIO. Denselben. – He, Biondello! –

GREMIO.
Hört, lieber Freund, Ihr meint doch wohl nicht sie ...

TRANIO.
Sie oder ihn! Wer weiß! Was kümmert's Euch?

PETRUCHIO.
Nur nicht die Zänk'rin, bitt' Euch, galt es der?

TRANIO.
Nach Zänkern frag' ich nicht. Bursch. komm nur her!

LUCENTIO *beiseit.* Gut, Tranio! –

HORTENSIO. Herr, ein Wort mit Euch allein!
Liebt Ihr das Mädchen? Sagt ja oder nein!

TRANIO.
Und wenn ich's täte, wär' es ein Verbrechen?

GREMIO. Nein, wenn Ihr gehn wollt, ohne mehr zu sprechen.

TRANIO. Daß mir nicht frei die Straße, hört' ich nie,
So gut wie Euch, mein Herr.

GREMIO. Ja, doch nicht sie.

TRANIO. Und warum nicht?

GREMIO. Nun, wenn ein Grund Euch fehlt,
Weil Signor Gremio sie für sich erwählt.

HORTENSIO.
Und auch Signor Hortensio wählte sie.

TRANIO. Geduld, ihr Herrn, und seid ihr Edelleute,
Gönnt mir das Wort, hört mich gelassen an:
Baptista, weiß ich, ist ein edler Mann,
Dem auch mein Vater nicht ganz unbekannt.
Und wär' sein Kind noch schöner, als sie ist,
Mag mancher um sie werben, und auch ich.
Der schönen Leda Tochter liebten tausend:
So drängt zur schönen Bianca sich noch einer:
Und kurz, Lucentio wird als Freier bleiben,
Kommt Paris auch und hofft ihn zu vertreiben.

GREMIO.
Schaut! dieses Herrchen schwatzt uns all' zu Tode.

LUCENTIO.
Laß ihm nur Raum, der Schluß wird lumpig sein.

PETRUCHIO. Hortensio, sag, wohin das alles führt?

HORTENSIO.
Mein Herr, nur eine Frag' erlaubt mir noch:
Habt Ihr Baptistas Tochter je gesehn? –

TRANIO. Nein, doch gehört, er habe deren zwei:
Die eine so berühmt als Keiferin,
Wie es als schön und sittsam ist die andre.

PETRUCHIO.
Herr, Herr, die Ältst' ist mein, die laßt mir gehn!

GREMIO. Ja, laßt die Arbeit nur dem Herkules,
Und schwerer sei sie ihm als alle zwölf.

PETRUCHIO.
Laßt Euch von mir, zum Kuckuck, das erklären:
Die jüngre Tochter, nach der Ihr so angelt,
Verschließt der Vater allen Freiern streng,
Und will sie keinem einz'gen Mann versprechen,

Bis erst die ältre Schwester angebracht:
Dann ist die jüngre frei, doch nicht vorher.

TRANIO. Wenn es sich so verhält, daß Ihr es seid,
Der all' uns fördert, mit den andern mich,
So brecht das Eis denn, setzt die Sache durch;
Holt Euch die ältste, macht die jüngre frei,
Daß wir ihr nahn: und wer sie dann erbeutet,
Wird nicht so roh sein, nicht es zu vergelten.

HORTENSIO.
Herr, Ihr sprecht gut und zeigt Euch sehr verständig,
Und weil Ihr nun als Freier zu uns kommt,
Müßt Ihr, wie wir, dem Herrn erkenntlich werden,
Dem alle obenein verschuldet bleiben.

TRANIO.
Ich werde nicht ermangeln. Dies zu zeigen,
Ersuch' ich Euch, schenkt mir den heut'gen Abend;
Und zechen wir auf unsrer Damen Wohl:
Tun wir, gleich Advokaten im Prozeß,
Die tüchtig streiten, doch als Freunde schmausen!

GRUMIO UND BIONDELLO.
Welch schöner Vorschlag! Kinder, laßt uns gehn!

HORTENSIO.
Der Vorschlag in der Tat ist gut und sinnig:
Petruchio, komm, dein Ben venuto bin ich.

Alle ab.

Zweiter Aufzug

Erste Szene

Zimmer.
Katharina und Bianca treten auf.

BIANCA. Sieh, Schwester, mir und dir tust du zu nah,
Wenn du mich so zur Magd und Sklavin machst:
Das nur beklag' ich; was den Putz betrifft,
Mach' los die Hand, so werf' ich selbst ihn weg,
Mantel und Oberkleid, bis auf den Rock.
Und was du mir befiehlst, ich will es tun,
So wohl weiß ich, was ich der Ältern schuldig.

KATHARINA.
Von deinen Freiern sage, ich befehl's dir,
Wer ist der liebste dir? und nicht gelogen! –

BIANCA. Glaub' mir, o Schwester, unter allen Männern
Sah ich noch nie so auserwählte Züge,
Daß einer mehr als andre mir gefallen.

KATHARINA.
Schätzchen, du lügst. Ist's nicht Hortensio?

BIANCA.
Wenn du ihm gut bist, Schwester, schwör' ich dir,
Ich rede selbst für dich, daß du ihn kriegst.

KATHARINA.
Aha! ich merke schon, du wärst gern reich,
Du willst den Gremio, um in Pracht zu leben!

BIANCA. Wenn er es ist, um den du mich beneidest,
Oh, dann ist's Scherz, und nun bemerk' ich auch,
Du spaßtest nur mit mir die ganze Zeit:
Ich bitt' dich, Schwester Käthchen, bind' mich los!

KATHARINA.
Wenn das ein Scherz ist, so war alles Spaß.

Schlägt sie. Baptista tritt auf.

BAPTISTA. He, halt, du Drache! Was soll diese Bosheit?
Bianca hieher! Das arme Kind, es weint! –
Bleib' doch beim Nähn, gib dich mit ihr nicht ab!
Pfui! schäme dich, du böse Teufelslarve!
Was kränkst du sie, die dich noch nie gekränkt?
Wann hat sie dir ein bittres Wort entgegnet? –

KATHARINA.
Ihr Schweigen höhnt mich, und ich will mich rächen.

Springt auf Bianca zu.

BAPTISTA. Was! mir vor Augen? Bianca, geh hinein! –

Bianca ab.

KATHARINA.
Wollt Ihr mir das nicht gönnen? Ja, nun seh' ich's,
Sie ist Eu'r Kleinod, sie muß man vermählen,
Ich muß auf ihrer Hochzeit barfuß tanzen,
Weil Ihr sie liebt, Affen zur Hölle führen!
Sprecht nicht mit mir: denn ich will gehn und weinen,
Bis mir Gelegenheit zur Rache wird.

Ab.

BAPTISTA.
Hat je ein Hausherr den Verdruß empfunden?
Doch wer kommt hier?

Gremio, mit Lucentio, in geringer Kleidung; Petruchio mit Hortensio, als Musiklehrer; und Tranio mit Biondello, der eine Laute und Bücher trägt, treten auf.

GREMIO. Guten Morgen, Freund Baptista!

BAPTISTA.
Freund Gremio, guten Morgen! Ihr Herrn, Gott grüß Euch!

PETRUCHIO.
Euch gleichfalls, Herr! Habt Ihr nicht eine Tochter,
Genannt Kathrina, schön und tugendhaft? –

BAPTISTA.
Ich hab' 'ne Tochter, Herr, genannt Kathrina.

GREMIO.
Ihr seid zu derb: beginnt den Spruch nach Ordnung!

PETRUCHIO.
Mischt Euch nicht drein, Herr Gremio, laßt mich machen!
Ich bin ein Edler aus Verona, der
Durch ihrer Schönheit Ruf und ihres Geistes
Leutseligkeit und höchst sittsamer Demut,
Des wundersamen Werts, sanften Betragens,
Gelockt, als Gast sich einzudrängen wagt
In Euer Haus, damit mein Aug' erfahre
Die Wahrheit des, was ich so oft gehört.
Und als das Angeld der Bewillkommnung
Bring' ich Euch diesen meinen Diener hier,

stellt den Hortensio vor

Erfahren in Musik und Mathematik,
Um dieses Wissen gründlich sie zu lehren,
In dem sie, wie ich weiß, nicht unerfahren.
Schlagt mir's nicht ab, Ihr würdet sonst mich kränken;
Sein Name ist Licio, und er stammt aus Mantua.

BAPTISTA.
Ihr seid willkommen, er um Euretwillen!
Doch meine Tochter Katharin', ich weiß es,
Paßt nicht für Euch, zu meinem großen Kummer.

PETRUCHIO.
Ich seh', Ihr wollt Euch ungern von ihr trennen;
Vielleicht ist Euch mein Wesen auch zuwider? –

BAPTISTA.
Versteht mich recht, ich sprach so, wie ich denke.
Von woher kommt Ihr, Herr? Wie nenn' ich Euch? –

PETRUCHIO.
Petruchio ist mein Nam', Antonios Sohn:
In ganz Italien war der wohl bekannt.

BAPTISTA.
Ich kannt' ihn wohl, drum seinethalb willkommen!

GREMIO.
Eu'r Recht in Ehren, Herr Petruchio, laßt
Uns arme Freier auch zu Worte kommen: –
Cospetto! Ihr seid hurtig bei der Hand!

PETRUCHIO.
Laßt, Herr, ich muß es zu beenden suchen.

GREMIO.
So scheint's, doch mögt Ihr einst dem Werben fluchen!
Nachbar, diese Aufmerksamkeit ist Euch sehr angenehm, davon bin ich überzeugt. Um Euch meinerseits die gleiche Höflichkeit zu erweisen (der ich von Euch höflicher behandelt worden bin als irgend jemand), so nehme ich mir die Freiheit, Euch diesen jungen Gelehrten zu übergeben *stellt Lucentio vor,* welcher lange Zeit in Reims studiert hat, und ebenso erfahren ist im Griechischen, Lateinischen und andern Sprachen, als jener in Musik und Mathematik: sein Name ist Cambio: ich bitte, genehmigt seine Dienste!

BAPTISTA. Tausend Dank, Signor Gremio: willkommen, lieber Cambio! *Zu Tranio.* Aber, werter Herr, Ihr geht wie ein Fremder; darf ich so kühn sein, nach der Ursach' Eures Hierseins zu fragen? –

TRANIO.
Verzeiht, Signor, denn Kühnheit ist's von mir,
Daß ich, ein Fremder noch in dieser Stadt,
Mich gleich als Freier Eurer Tochter nenne,
Der tugendhaft gesinnten schönen Bianca. –
Auch ist Eu'r fester Vorsatz mir bekannt,
Der Vorzug ihrer ältern Schwester gibt:
Das einz'ge, was ich bitt', ist die Erlaubnis,
Seid Ihr von meiner Herkunft unterrichtet,
Daß mit den andern Freiern Zutritt mir,
Aufnahm' und Gunst gleich allen sei gestattet.
Und zur Erziehung Eurer Töchter bracht' ich
Dies schlichte Instrument: ich bitte, nehmt's,
Und ein'ge Bücher, griechisch und latein:
Groß ist ihr Wert, wenn Ihr sie nicht verschmäht. –

BAPTISTA.
Lucentio heißt Ihr? Und von wannen kommt Ihr?

TRANIO.
Aus Pisa, edler Herr, Vincentios Sohn.

BAPTISTA.
Ein sehr geehrter Mann, ich kenn' ihn wohl
Nach seinem Ruf, und heiß' Euch sehr willkommen.
Zum Hortensio.
Nehmt Ihr die Laute, – Ihr
zum Lucentio
dies Pack von Büchern:
Gleich sollt ihr eure Schülerinnen sehn.
He! Holla, drinnen!
Ein Diener kommt.
Bursche, führ' sofort
Die Herrn zu meinen Töchtern, sage beiden,
Sie sollen höflich ihren Lehrern sein.
Diener, Hortensio, Lucentio und Biondello ab.
Ich bitt' Euch, in den Garten mir zu folgen,
Und dann zum Essen. Ihr seid sehr willkommen,
Davon ist jeder, hoff' ich, überzeugt.

PETRUCHIO.
Signor Baptista, mein Geschäft hat Eil',
Ich kann nicht jeden Tag als Freier kommen.
Wohl kennt Ihr meinen Vater, mich in ihm,
Den einz'gen Erben seines Gelds und Guts,
Das ich vermehrt eh' als vermindert habe;
So sagt mir nun: erwürb' ich ihre Gunst,
Welch eine Mitgift bringt sie mir ins Haus? –

BAPTISTA.
Nach meinem Tod die Hälfte meines Guts
Und gleich zur Stelle zwanzigtausend Kronen.

PETRUCHIO.
Und für erwähnte Mitgift sichr' ich ihr
Als Wittum, falls sie länger lebt als ich,
Was nur an Länderei'n und Höfen mein.
Laßt uns genauer schriftlich dies entwerfen,
Und gelte gegenseitig der Kontrakt!

BAPTISTA.
Doch was genau zuerst sich muß ergeben,
Das ist ihr Ja; denn das ist eins und alles.

PETRUCHIO.
Ei, das ist nichts; denn seht, ich sag' Euch, Vater,
Ist sie unbändig, bin ich toll und wild:
Und wo zwei wüt'ge Feuer sich begegnen,
Vertilgen sie, was ihren Grimm genährt:
Wenn kleiner Wind die kleine Flamme facht,
So bläst der Sturm schnell Feu'r und alles aus.
Das bin ich ihr, und so fügt sie sich mir,
Denn ich bin rauh und werbe nicht als Kind.

BAPTISTA.
Wirb dann mit Glück und möge dir's gelingen;
Doch rüste dich auf ein'ge harte Reden!

PETRUCHIO.
Auf Hieb und Stich; wie Berge stehn dem Wind,
Sie wanken nicht, und blies' er immerdar.
Hortensio kommt zurück mit zerschlagnem Kopf.
Wie nun, mein Freund? Was machte dich so bleich?

HORTENSIO.
Das tat die Furcht, wahrhaftig, ward ich bleich.

BAPTISTA.
Bringt's meine Tochter weit als Künstlerin?

HORTENSIO.
Ich glaube, weiter bringt sie's als Soldat:
Eisen hält bei ihr aus, doch keine Laute.

BAPTISTA.
Kannst du sie nicht die Laute schlagen lehren?

HORTENSIO.
Nein, denn sie hat die Laut' an mir zerschlagen.
Ich sagt' ihr, ihre Griffe sei'n nicht recht,
Und bog zur Fingersetzung ihr die Hand;
Als sie mit teuflisch bösem Geiste rief:
»Griffe nennt Ihr's? Jetzt will ich richtig greifen!«
Und schlug mich auf den Kopf mit diesen Worten,
Daß durch die Laut' er einen Weg sich bahnte.
So stand ich da, erschrocken und betäubt,
Wie durchs Halseisen schaut' ich durch die Laute,

Während sie tobt', und schalt mich lump'ger Fiedler,
Und Klimperhans, und zwanzig schlimme Namen,
Als hätte sie's studiert, mich recht zu schimpfen.

PETRUCHIO.
Nun, meiner Seel, es ist ein muntres Kind,
Nun lieb' ich zehnmal mehr sie als zuvor:
Wie sehn' ich mich, ein Stück mit ihr zu plaudern! –

BAPTISTA.
Kommt, geht mit mir, und seid nicht so bestürzt:
Setzt mit der Jüngsten fort den Unterricht,
Sie dankt Euch guten Rat und ist gelehrig.
Signor Petruchio, wollt Ihr mit uns gehn,
Sonst schick' ich meine Tochter Käthchen her.

PETRUCHIO.
Ich bitt' Euch, tut's; ich will sie hier erwarten
Baptista, Tranio, Gremio und Hortensio ab.
Und etwas dreist mich zeigen, wenn sie kommt.
Schmält sie, erwidr' ich ihr mit festem Ton,
Sie singe lieblich gleich der Nachtigall.
Blickt sie mit Wut, sag' ich, sie schau' so klar
Wie Morgenrosen, frisch vom Tau gewaschen.
Und bleibt sie stumm, und spricht kein einzig Wort,
So rühm' ich ihr behendes Sprechtalent,
Und sag', die Redekunst sei herzentzückend.
Sagt sie, ich soll mich packen, dank' ich ihr,
Als bäte sie mich, wochenlang zu bleiben:
Schlägt sie mich aus, so frag' ich nach dem Tag
Des Aufgebots, und wann die Hochzeit sei?
Da kommt sie schon! Und nun, Petruchio, sprich!
Katharina kommt.
Guten Morgen, Käthchen, denn so heißt Ihr, hör' ich.

KATHARINA.
Ihr hörtet recht und seid doch hart geöhrt:
Wer von mir spricht, nennt sonst mich Katharine.

PETRUCHIO.
Mein' Seel', Ihr lügt, man nennt Euch schlechtweg Käthchen,
Das lust'ge Käthchen, auch das böse Käthchen.
Doch, Käthchen, schmuckstes Käthchen in Europa,
Käthchen von Käthchenheim, du, Käthchen, goldnes
(Dukätchen sind Dukaten, drum Gold-Käthchen),
Erfahre denn, du Käthchen Herzenstrost:
Weil alle Welt mir deine Sanftmut preist,
Von deiner Tugend spricht, dich reizend nennt,
Und doch so reizend nicht, als dir gebührt:
Hat mich's bewegt, zur Frau dich zu begehren. –

KATHARINA.
Bewegt? Ei seht! So bleibt nur in Bewegung,
Und macht, daß ihr Euch baldigst heim bewegt;
Ihr scheint beweglich.

PETRUCHIO. So? was ist beweglich?

KATHARINA. Ein Feldstuhl.

PETRUCHIO. Brav getroffen! Sitzt auf mir!

KATHARINA. Die Esel sind zum Tragen, so auch Ihr.

PETRUCHIO.
Die Weiber sind zum Tragen, so auch Ihr.

KATHARINA.
Nicht solchen Narr'n als Euch, wenn Ihr mich meint.

PETRUCHIO.
Ich will dich nicht belasten, gutes Käthchen;
Denn weil du doch bis jetzt nur jung und leicht ...

KATHARINA.
Zu leicht gefüßt, daß solch ein Tropf mich hasche;
Allein so schwer Gewicht als mir gebührt,
Hab' ich trotz einer.

PETRUCHIO. Sprichst du mir vom Habicht? –

KATHARINA. Ihr fangt nicht übel.

PETRUCHIO. Soll ich Habicht sein,
Und du die Ringeltaube?

KATHARINA. Zu den Tauben
Gehört Ihr selbst trotz Eurer großen Ohren,
Und dies mein Ringel ist wohl nicht für Euch.

PETRUCHIO. Geh mir, du Wespe! Du bist allzu böse!

KATHARINA.
Nennt Ihr mich Wespe, fürchtet meinen Stachel!

PETRUCHIO. Das beste Mittel ist, ihn auszureißen.

KATHARINA.
Ja, wüßte nur der Narr, wo er versteckt.

PETRUCHIO.
Wer weiß nicht, wo der Wespe Stachel sitzt?
Im Schweif!

KATHARINA. Nein, in der Zunge.

PETRUCHIO. In wessen Zunge?

KATHARINA.
In Eurer, Zungendrescher, spitzer Stichler!

PETRUCHIO. Was! Meine Zunge wär' dein Schweif? Nein, Käthchen,
Ich bin ein Edelmann ...

KATHARINA. Das woll'n wir sehn.
Schlägt ihn.

PETRUCHIO. Mein' Seel', du kriegst eins, wenn du nochmal schlägst!

KATHARINA. So mögt Ihr Eure Armatur verlieren:
Wenn Ihr mich schlügt, wärt Ihr kein Edelmann,
Wärt nicht armiert, und folglich ohne Arme.

PETRUCHIO.
Treibst du Heraldik? Trag' mich in dein Buch!

KATHARINA.
Was ist Eu'r Helmschmuck? Ist's ein Hahnenkamm?

PETRUCHIO.
Ein Hahn, doch kammlos, bist du meine Henne.

KATHARINA.
Kein Hahn für mich, Ihr kräht als mattes Hähnlein!

PETRUCHIO.
Komm, Käthchen, komm, du mußt nicht sauer sehn.

KATHARINA.
'S ist meine Art, wenn ich Holzäpfel sehe.

PETRUCHIO.
Hier ist ja keiner, darum sieh nicht sauer!

KATHARINA. Doch, doch! –

PETRUCHIO. So zeig' ihn mir!

KATHARINA. Ich habe keinen Spiegel!

PETRUCHIO. Wie! Mein Gesicht? –

KATHARINA. So jung und schon so klug? –

PETRUCHIO.
Nun, bei Sankt Georg, ich bin zu jung für dich!

KATHARINA. Doch schon verwelkt!

PETRUCHIO. Aus Gram!

KATHARINA. Das grämt mich nicht.

PETRUCHIO.
Nein, Käthchen, bleib', so nicht entkommst du mir.

KATHARINA.
Nein, ich erbos' Euch, bleib' ich länger hier.

PETRUCHIO.
Nicht dran zu denken: du bist allerliebst! –
Ich hörte, du seist rauh und spröd' und wild,
Und sehe nun, daß dich der Ruf verleumdet:
Denn scherzhaft bist du, schelmisch, äußerst höflich,
Nicht schnelles Wort, doch süß wie Frühlingsblumen:
Du kannst nicht zürnen, kannst nicht finster blicken,
Wie böse Weiber tun, die Lippe beißen:
Du magst niemand im Reden überhaun,
Mit Sanftmut unterhältst du deine Freier,
Mit freundlichem Gespräch und süßen Phrasen. –
Was fabelt denn die Welt, daß Käthchen hinkt?
O böse Welt! Sieh, gleich der Haselgerte
Ist Käthchen schlank und grad' und braun von Farbe
Wie Haselnüss' und süßer als ihr Kern.
Laß deinen Gang mich sehn: – Nein, du hinkst nicht.

KATHARINA.
Geh, Narr, befiehl den Leuten, die du lohnst! –

PETRUCHIO. Hat je Diana so den Wald geschmückt,
Wie Käthchens königlicher Gang dies Zimmer?
Oh, sei du Diana, laß sie Käthchen sein,
Und dann sei Käthchen keusch und Diana üppig.

KATHARINA. Wo habt Ihr die gelehrte Red' erlernt?

PETRUCHIO. Ist nur ex tempore, mein Mutterwitz.

KATHARINA.
O witz'ge Mutter! Witzlos sonst ihr Sohn! –

PETRUCHIO. Fehlt mir Verstand?

KATHARINA. Ihr habt wohl just so viel,
Euch warm zu halten.

PETRUCHIO. Nun, das will ich auch
In deinem Bett, mein Käthchen; und deshalb
Beiseite setzend alles dies Geschwätz,
Sag' ich Euch rund heraus: Eu'r Vater gibt
Euch mir zur Frau: die Mitgift ward bestimmt,
Und wollt Ihr's oder nicht, Ihr werdet mein.
Nun, Käthchen, ich bin grad' ein Mann für dich;
Denn bei dem Sonnenlicht, das schön dich zeigt,
Und zwar so schön, daß ich dir gut sein muß,
Kein andrer darf dein Eh'mann sein als ich.
Ich ward geboren, dich zu zähmen, Käthchen,
Dich aus 'nem wilden Kätzchen zu 'nem Käthchen
Zu wandeln, zahm wie andre fromme Käthchen.
Dein Vater kommt zurück, nun sprich nicht nein,
Ich will und muß zur Frau Kathrinen haben.

Baptista, Gremio und Tranio kommen zurück.

BAPTISTA.
Nun, Herr Petruchio, sagt, wie geht es Euch
Mit meiner Tochter?

PETRUCHIO. Nun, wie sonst als gut?
Wie sonst als gut? Unmöglich ging' es schlecht.

BAPTISTA. Nun, Tochter Katharina? So verstört?

KATHARINA.
Nennt Ihr mich Tochter? Nun, ich muß gestehn,
Ihr zeigtet mir recht zarte Vaterliebe,
Mir den Halbtollen da zum Mann zu wünschen!
Den Hans, den Flucher, wilden Renommisten,
Der's durchzusetzen denkt mit Schwadronieren! –

PETRUCHIO.
Vater, so steht's: Ihr und die ganze Welt,
Wer von ihr sprach, der sprach von ihr verkehrt.
Tut sie so wild, so ist es Politik:
Denn beißend ist sie nicht, nein, sanft wie Tauben;
Nicht heißen Sinns, nein, wie der Morgen kühl:
Im Dulden kommt sie nah Griseldens Vorbild,
Und in der Keuschheit Roms Lukretia:
Und kurz und gut: wir stimmen so zusammen,
Daß nächsten Sonntag unsre Hochzeit ist.

KATHARINA.
Eh' will ich nächsten Sonntag dich gehängt sehn.

GREMIO.
Petruchio, hört, sie will Euch eh' gehängt sehn!

TRANIO. Nennt Ihr das gut gehn? Dann steht's
schön mit uns! –

PETRUCHIO.
Seid ruhig, Herrn, ich wählte sie für mich:
Wenn wir nur einig sind, was kümmert's Euch?
Wir machten's aus, hier unter uns allein,
Daß in Gesellschaft sie sich böse stellt.
Ich sag' euch, ganz unglaublich ist's fürwahr,
Wie sie mich liebt. O du holdsel'ges Käthchen! –
Sie hing an meinem Hals, und Kuß auf Kuß
Ward aufgetrumpft, und Schwur auf Liebesschwur
So rasch, daß sie im Nu mein Herz gewann.
Oh, Ihr seid Schüler, und das ist das Wunder,
Wie zahm, wenn Mann und Frau allein gelassen,
Der lahmste Wicht die tollste Spröde stimmt.
Käthchen, die Hand! Ich reise nach Venedig,
Zum Hochzeitstage Kleider mir zu kaufen.
Besorgt das Mahl, Herr Vater, ladet Gäste,
Ich weiß gewiß, mein Käthchen zeigt sich schmuck.

BAPTISTA.
Was soll ich dazu sagen? Gebt die Hand mir,
Gott schenk' Euch Glück, mein Sohn; ihr seid
ein Paar.

GREMIO UND TRANIO.
Amen von ganzem Herzen! Wir sind Zeugen. –

PETRUCHIO.
Vater, und Braut, und Freunde, lebt denn wohl,
Jetzt nach Venedig! Sonntag ist bald da,
Da braucht man Ring' und Ding' und bunte Schau:
Nun küss' mich, Sonntag bist du meine Frau.

Petruchio und Katharina zu verschiedenen Seiten ab.

GREMIO.
Ward je ein Paar so schnell zusamm' gekuppelt? –

BAPTISTA.
Jetzt bin ich, Freund', in eines Kaufmanns Lage,
Da ich auf zweifelnd Glück verzweifelt wage.

TRANIO.
Doch lag die War' Euch lästig auf dem Hals,
Nun trägt sie Zinsen oder geht zu Grund.

BAPTISTA. Als Zins ist mir nur ihre Ruhe teuer.

GREMIO.
Gewiß, er kaufte sich 'nen ruh'gen Geier! –
Doch nun, Baptista, denkt der jüngern Tochter:
Dies ist der Tag, den wir so lang' ersehnt;
Ich bin Eu'r Nachbar, war der erste Freier.

TRANIO. Und ich bin einer, der Bianca liebt,
Mehr als Gedanken raten, Worte zeugen.

GREMIO.
Mein Lieben ist dem Herzen ganz verschwistert.

TRANIO. Graubart, dein Lieben friert.

GREMIO. Und deines knistert.
Fort, Springinsfeld! das Alter ist gedeihlich!

TRANIO.
Doch Jugend nur dem Mädchensinn erfreulich.

BAPTISTA. Zankt nicht, ihr Herrn! Ich will den

Streit entscheiden;
Das Bare trägt's davon. Wer von Euch zwei'n
Das größte Wittum meiner Tochter sichert,
Soll Biancas Lieb' erhalten. –
Sagt, Signor Gremio, was könnt Ihr verschreiben? –

GREMIO.
Vor allem, wißt Ihr, ist mein Haus in Padua
Reichlich versehn mit Gold und Silberzeug,
Becken und Kanne, die Händchen ihr zu waschen.
Alle Tapeten tyrisches Gewirk':
Koffer von Elfenbein, gepackt voll Kronen,
In Zedernkisten Tepp'che, bunte Decken,
Köstliche Stoffe, Zelt' und Baldachine,
Battiste, türk'sche perlgestickte Polster,
Umhänge von Venedig, golddurchnäht,
Kupfer und Zinngeschirr, und was gehört
Zum Haus und Hausrat: dann im Prachthof hab' ich
Einhundert Stück Milchkühe, für den Eimer,
In Ställen hundertzwanzig fette Ochsen,
Nebst allem Zubehör und Inventar:
Ich selbst, ich bin bejahrt, ich kann's nicht leugnen;
Und wenn ich morgen sterb', ist alles ihr,
Gehört sie einzig mir, solang' ich lebe.

TRANIO.
Das »einzig« war gut angebracht, hört mich!
Ich bin des Vaters Erb' und einz'ger Sohn:
Wenn Ihr die Tochter mir zum Weibe gebt,
Verschreib' ich ihr drei, vier so schöne Häuser
Im reichen Pisa, als nur irgendeins,
Das Signor Gremio hier in Padua hat:
Zudem zweitausend Goldzechinen jährlich
Aus reichen Länderei'n, allein für sie.
Nun, Signor Gremio, womit stecht Ihr das?

GREMIO. Zweitausend Goldzechinen Landertrag?
Mein Landgut trägt in allem nicht so viel,
Doch ihr verschreib' ich es: zudem ein Frachtschiff,
Das jetzt im Hafen von Marseille liegt.
Was! Macht Euch der Kauffahrer nun kapott?

TRANIO.
Gremio! Man weiß, mein Vater hat drei große
Kauffahrerschiffe, zwei Galeeren und
Zwölf tücht'ge Ruderbarken: die verschreib' ich,
Und zweimal mehr, als du noch bieten kannst.

GREMIO.
Nein, alles bot ich nun, mehr hab' ich nicht!
All meine Habe, mehr kann sie nicht haben:
Und wählt Ihr mich, hat sie mein Gut und mich.

TRANIO. Dann ist vor aller Welt das Mädchen mein,
Nach Eurem Wort: Gremio ward abgetrumpft.

BAPTISTA.
Ich muß gestehn, Eu'r Bieten war das höchste;
Und stellt Eu'r Vater die Versich'rung aus,
Ist sie die Eurige: Wo nicht, verzeiht,
Wo bleibt ihr Wittum, sterbt Ihr vor dem Vater?

TRANIO. Schikane das! Er ist bejahrt, ich jung.

GREMIO. Und sterben Junge nicht so gut als Alte? –

BAPTISTA. Wohlan, ihr Herrn,
Dies ist mein Wort: Auf nächsten Sonntag, wißt ihr,
Ist meiner Tochter Katharine Trauung:
Nun, einen Sonntag später will ich Bianca
Mit Euch verloben, schafft Ihr den Revers;
Wo nicht, mit Signor Gremio:
Und so empfehl' ich mich und dank' euch beiden.

Ab.

GREMIO. Lebt, Nachbar, wohl! Jetzt, Freund,
fürcht' ich dich nicht,
Du Hasenfuß! Dein Vater wär' ein Narr!
Dir alles geben, und in alten Tagen
Von deiner Gnade leben? Das dir bieten?
Da wird solch italien'scher Fuchs sich hüten! –

Ab.

TRANIO. Der Teufel hol' dich, list'ges, altes Fell!
Ich spiele hohes Spiel und setz' es durch.
Gefunden hab' ich's, meinem Herrn zu dienen.
Was braucht es mehr? Lucentio der falsche
Zeugt einen Vater, Vincentio den falschen:
Und das ist Wunders g'nug. Sonst sind's die Väter,
Die sich die Kinder zeugen; allein für unser Frein hier
Erzeugt das Kind den Vater, will nur die List
gedeihn mir.

Ab.

Dritter Aufzug

Erste Szene

Zimmer bei Baptista.
Lucentio, Hortensio und Bianca treten auf.

LUCENTIO. Fiedler, laßt ab; Ihr werdet allzu dreist.
Habt Ihr die Freundlichkeit so schnell vergessen,
Mit der Euch Katharine hier empfing? –

HORTENSIO.
Zanksücht'ger Schulgelehrter! Immer war
Die göttliche Musik die Herrscherin:
Drum steht zurück und gönnet mir den Vorzug;
Und wenn wir eine Stunde musiziert,
Soll Euer Lesen gleiche Muße finden.

LUCENTIO.
Ihr Widersinn'ger Tropf! der nicht begriff,
Zu welchem Zweck Musik uns ward gegeben: –
Ist's nicht, des Menschen Seele zu erfrischen,
Nach ernstem Studium und der Arbeit Müh'? –
Deshalb vergönnt, daß wir philosophieren,
Und ruhn wir aus, dann mögt Ihr musizieren.

HORTENSIO.
Gesell! Ich will dein Trotzen nicht ertragen! –

BIANCA.
Ei, Herrn, das heißt ja doppelt mich beleid'gen,
Zu zanken, wo mein Will' entscheidend ist.
Ich bin kein Schulkind, das die Rute scheut,
Ich will mich nicht an Zeitbestimmung binden,
Nein, Stunde nehmen, wie's mir selbst gefällt.
Den Streit zu schlichten, setzen wir uns hier:
Nehmt Euer Instrument und spielt indessen,
Denn wir sind fertig, eh' Ihr nur gestimmt.

HORTENSIO.
So schließt ihr, wenn ich recht in Stimmung bin?

Zieht sich zurück.

LUCENTIO.
Das wird wohl nie der Fall sein. Stimmt nur immer!

BIANCA. Wo blieben wir?

LUCENTIO. An dieser Stelle, Fräulein:
Hac ibat Simois, hic est Sigeia tellus,
Hic steterat Priami regia celsa senis.

BIANCA. Wollt Ihr das übersetzen?

LUCENTIO. Hac ibat – wie ich Euch schon sagte; – Simois – ich bin Lucentio; – hic est – Sohn des Vincentio in Pisa; – Sigeia tellus – so verkleidet, um Eure Liebe zu erflehen; – hic steterat und jener Lucentio, der um Euch wirbt; – Priami – ist mein Diener Tranio; – regia – der meinen Namen trägt; – celsa senis – damit wir den alten Herrn Pantalon anführen.

HORTENSIO. Fräulein, nun stimmt die Laute.

BIANCA. O pfui! das E ist falsch, das G ist recht.

LUCENTIO.
Recht, darum geh! mein Freund, und stimme wieder!

BIANCA. Laßt mich nun versuchen, ob ich es übersetzen kann. Hac ibat Simois – ich kenne Euch nicht; – hic est Sigeia tellus – ich traue Euch nicht; – hic steterat Priami – nehmt Euch in acht, daß er uns nicht hört; – regia – seid nicht zu verwegen; – celsa senis – verzweifelt nicht.

HORTENSIO. Fräulein, nun stimmt sie.

LUCENTIO. A und F sind falsch.

HORTENSIO.
Ihr seid wohl selbst das A und F, Herr Aff'.
Wie feurig keck der Schulgelehrte wird! –
Fürwahr, der Schelm wagt's, ihr den Hof zu machen;
Wart' Schulfuchs, ich will besser dich bewachen.

BIANCA.
Vielleicht glaub' ich Euch einst, jetzt zweifl' ich noch.

LUCENTIO. O zweifelt nicht! Gewiß, der Äacide
War Ajax, nach dem Ahnherrn so genannt.

BIANCA.
Ich muß dem Lehrer glauben, sonst beteur' ich,
Von meinem Zweifel ließ' ich noch nicht ab.
Doch sei's genug. Nun, Licio, ist's an Euch.
Ihr guten Lehrer, nehmt's nicht übel auf,
Daß ich so scherzhaft mit euch beiden war.

HORTENSIO.
Ihr mögt nun gehn und uns ein Weilchen lassen,
Dreistimmige Musik kommt heut nicht vor.

LUCENTIO.
Seid Ihr so pünktlich? Nun, so muß ich warten
Und auf ihn achten; denn irr' ich mich nicht,
Macht unser feiner Sänger den Verliebten.

HORTENSIO.
Fräulein, eh' Ihr die Laute nehmt zur Hand,
Muß ich beginnen mit den Anfangsregeln,
Daß Ihr des Fingersatzes Kunst begreift
Und Eure Skala lernt in kürzrer Zeit,
Vergnüglicher, brauchbarer, kräftiger,
Als je ein andrer Lehrer Euch's gezeigt: –
Hier habt Ihr's aufgeschrieben, schön und faßlich.

BIANCA. Die Skala hab' ich längst schon absolviert.

HORTENSIO.
Doch hört, wie sie Hortensio konstruiert!

BIANCA *liest.*
C. Skala, Grund der Harmonie genannt,
D. Soll Hortensios heiße Wünsche deuten.
E. F. O Bianca, schenk' ihm deine Hand,
G. A. Und laß sein treues Herz dich leiten.
H. Nimm zwei Schlüssel an, die er dir bot,
C. Dein Erbarmen, oder seinen Tod.

BIANCA.
Das nennt Ihr Skala? Geht, die mag ich nicht,
Die alte lieb' ich mehr, bin nicht so lüstern,
Seltsamer Neu'rung Echtes aufzuopfern. –
Ein Diener kommt.

DIENER. Fräulein, der Vater will, Ihr laßt die Bücher
Und helft, der Schwester Zimmer aufzuschmücken: –
Ihr wißt, auf morgen ist der Hochzeittag.

BIANCA. Lebt wohl, ihr lieben Lehrer, ich muß gehn.
Bianca und Diener ab.

LUCENTIO.
Dann, Fräulein, hab' ich keinen Grund zu bleiben.
Ab.

HORTENSIO.
Doch Grund hab' ich, den Schulfuchs zu erforschen.
Mir scheint nach seinem Blick, er sei verliebt:
Doch Bianca, ist dein Sinn so ganz verächtlich,
Dein wandernd Aug' auf jeden Knecht zu werfen,
So lauf', zu wem du willst! Bist du so niedrig,
Such' ich ein andres Weib, und so erwidr' ich.
Ab.

Zweite Szene

Anderes Zimmer.
Baptista, Gremio, Tranio, Katharina, Bianca und Diener treten auf.

BAPTISTA. Signor Lucentio, dieses ist der Tag
Für Katharinens und Petruchios Hochzeit,
Und immer noch läßt sich kein Eidam sehn.
Was wird man sagen? Welch ein Spott für uns!
Der Bräut'gam fehlt, da schon der Priester wartet,
Um der Vermählung Feier zu vollziehn!
Was sagt Lucentio denn zu dieser Schmach? –

KATHARINA.
Nur meine Schmach! Ich bin, seht doch, gezwungen,
Die Hand zu reichen, meinem Sinn entgegen,
Dem tollen Grobian, halb verrückt von Launen,
Der eilig freit und langsam Hochzeit macht.
Ich sagt' es wohl, er sei ein Narrenhäusler,
Der unter Derbheit bittern Hohn versteckt;
Und um für einen lust'gen Mann zu gelten,
Hält er um tausend an, setzt fest die Hochzeit,
Lädt Freunde ein, bestellt das Aufgebot,
Und denkt nie Ernst aus schlechtem Spaß zu machen.
Mit Fingern zeigt man nun auf Katharinen,
Und spricht: »Da geht des Narr'n Petruchio Frau,
Gefiel's ihm nur, zur Heirat sie zu holen!«

TRANIO. Geduld, Baptista, liebe Katharine,
Petruchio meint es gut, bei meinem Leben,
Was auch ihn hemmen mag, sein Wort zu halten.
Ist er gleich derb, kenn' ich ihn doch als klug,
Und ist er listig, doch ein Mann von Ehre.

KATHARINA.
Hätt' ich ihn nur mit Augen nie gesehn! –
Geht weinend ab mit Bianca und den Dienern.

BAPTISTA.
Geh, Mädchen: wenn du weinst, kann ich nicht schelten;
Denn solche Schmach müßt' eine Heil'ge kränken,
Vielmehr so heft'gen Sinn und rasches Blut.
Biondello kommt.

BIONDELLO.
Herr, Herr, Neuigkeiten! Alte Neuigkeiten!

Solche Neuigkeiten, wie Ihr sie nie gehört habt! –

BAPTISTA. Alt und neu zugleich? Wie kann das sein?

BIONDELLO. Nun, ist das keine Neuigkeit, wenn ich Euch sage, daß Petruchio kommt?

BAPTISTA. Ist er gekommen?

BIONDELLO. Ei, nicht doch!

BAPTISTA. Was denn?

BIONDELLO. Er kommt erst.

BAPTISTA. Wann wird er hier sein?

BIONDELLO. Wenn er hier steht, wo ich jetzt stehe, und Euch dort sieht.

TRANIO. Aber nun deine alten Neuigkeiten?

BIONDELLO. Ei, Petruchio langt jetzt an in einem neuen Hut und einem alten Wams; einem Paar alten Hosen, dreimal gewendet; mit einem Paar Stiefeln, die schon als Lichtkasten gedient haben, einer mit Schnallen, der andere zum Schnüren; mit einem alten rostigen Degen aus dem Stadtzeughause: das Gefäß ist zerbrochen, der Bügel fehlt, und die beiden Riemen sind zerrissen: sein Pferd ist kreuzlahm und trägt einen alten wurmstichigen Sattel mit zweierlei Bügeln: außerdem hat's den Rotz und ist auf dem Rückgrat ganz vermoost: es ist krank an der Mundfäule, behaftet mit der Räude, steckt voller Gallen, ist ruiniert von Spat, leidet an der Gallsucht, hat einen inkurabeln Hahnentritt, einen intermittierenden Sonnenkoller und einen unvertilgbaren Kropp: dabei ist's senkrückig, stark buglahm und steif auf den Vorderbeinen: es hat eine halbverbogene Stange und ein Kopfgestell von Schafleder, das man so kurz geschnallt, um's vom Stolpern abzuhalten, daß es schon oft gerissen und dann wieder mit Knoten zusammengestückt ist; einen Gurt, aus sechs Stücken geflickt, und einen samtnen Schwanzriem von einem Frauensattel, mit zwei Buchstaben, die ihren Namen bedeuten sollen, zierlich mit Nägeln eingeschlagen, und hie und da mit Packfaden ergänzt.

BAPTISTA. Wer kommt mit ihm?

BIONDELLO. O Herr, sein Lakai, der leibhaftig wie das Pferd ausstaffiert ist: mit einem leinenen Strumpf an einem Bein, und einem groben wollenen Jagdstrumpf am andern, und ein Paar rote und blaue Tucheggen als Kniegürtel; ein alter Hut, an dem die vierzig verliebten neuen Lieder als Feder stecken; ein Ungeheuer, ein rechtes Ungeheuer in seinem Anzuge, und sieht keinem christlichen Dienstboten oder eines Edelmanns Lakaien ähnlich! –

TRANIO.
Wer weiß, welch seltne Laun' ihn dazu trieb,
Obgleich er oft geringe Kleider trägt.

BAPTISTA. Nun, ich bin froh, daß er kommt, mag er kommen, wie er will.

BIONDELLO. Nein, Herr, er kommt nicht.

BAPTISTA. Sagtest du nicht, er komme?

BIONDELLO. Wer? Petruchio?

BAPTISTA. Ja, daß Petruchio komme.

BIONDELLO. Nein, Herr, ich sagte, sein Pferd kommt, und er sitzt drauf.

BAPTISTA. Nun, das ist eins.

BIONDELLO. O nein doch, beim Sankt Jakob! da seid Ihr weit vom Ziele!
Denn Pferd und Mann sind mehr als eins und sind doch auch nicht viele.

Petruchio und Grumio kommen.

PETRUCHIO.
Wo seid ihr, schmuckes Volk? Wer ist zu Haus?

BAPTISTA. Gut, daß Ihr grade kommt ...

PETRUCHIO. Und doch nicht grade ...

BAPTISTA. Ihr hinkt doch nicht?

TRANIO. Nicht grade so geschmückt,
Als Ihr wohl solltet.

PETRUCHIO. Wär's auch zierlicher,
Ich stürmte ebenso zu euch herein.
Doch wo ist Käthchen, meine holde Braut?
Was macht mein Vater? Leute, sagt, was habt ihr?
Was gafft denn diese werteste Gesellschaft,
Als wär' ein seltsam Abenteu'r zu sehn,
Ein Wunderzeichen oder ein Komet?

BAPTISTA.
Ei nun, Ihr wißt, heut ist Eu'r Hochzeittag: –
Erst sorgten wir, Ihr möchtet gar nicht kommen,
Nun mehr noch, daß Ihr kommt so ungeschmückt.
Pfui! Weg das Kleid, Schand' einem Mann wie Ihr,
Und unserm Ehrentag ein Dorn im Auge!

TRANIO.
Und sagt uns, welch ein wichtig Hindernis
Hielt Euch so lang' entfernt von Eurer Braut?
Und bringt Euch her, Euch selbst so gar nicht ähnlich?

PETRUCHIO.
Langweilig wär's zu sagen wie zu hören:
Genug, ich kam und will mein Wort erfüllen,
Mußt' ich dabei auf manches auch verzichten,
Was ich bei längrer Muß' entschuld'gen will,
So daß ihr alle sollt zufrieden sein.
Doch wo ist Käthchen? Schon zu lange säumt' ich:
's ist spät, wir sollten in der Kirche sein.

TRANIO.
Seht nicht die Braut in den unzarten Hüllen:
Geht auf mein Zimmer, nehmt ein Kleid von mir!

PETRUCHIO.
Daraus wird nichts, ich will sie so besuchen.

BAPTISTA.
Doch so, ich hoff' es, geht Ihr nicht zur Kirche?

PETRUCHIO.
Ja doch, just so; drum laßt das Reden sein,
Mir wird sie angetraut, nicht meinen Kleidern. –
Könnt' ich ergänzen, was die Zeit mir abnutzt,
Wie ich dies ärmliche Gewand kann tauschen,
Wär's gut für Käthchen, besser noch für mich.
Doch welch ein Narr bin ich, mit euch zu schwatzen,
Derweil ich sie als Braut begrüßen sollte,
Mein Recht mit einem süßen Kuß besiegelnd. –

Petruchio, Grumio und Biondello ab.

TRANIO.
Der närrische Aufzug hat gewiß Bedeutung!
Doch reden wir ihm zu, wenn's möglich ist,
Daß er sich besser kleide vor der Trauung.

BAPTISTA.
Ich will ihm nach und sehn, was daraus wird.

Ab.

TRANIO. Nun, junger Herr, kommt's noch drauf an, den Willen
Des Vaters zu gewinnen. Zu dem Zweck,

Wie ich vorhin Eu'r Gnaden schon erzählte,
Schaff' ich uns einen Mann; wer es auch sei,
Macht wenig aus: den richten wir uns ab,
Der soll Vincentio aus Pisa sein,
Und hier in Padua die Verschreibung geben
Auf größre Summen noch, als ich versprach.
So sollt Ihr Eures Glücks Euch ruhig freun,
Mit Einstimmung vermählt der schönen Bianca.

LUCENTIO.
Wär' mein Kam'rad nur nicht, der zweite Lehrer,
Der Biancas Schritte so genau bewacht,
So ging' es leicht, sich heimlich zu vermählen:
Und ist's geschehn, sag' alle Welt auch nein,
Behaupt' ich, aller Welt zum Trotz, mein Recht.

TRANIO.
Das, denk' ich, läßt sich nach und nach ersehn,
Sind wir nur wachsam stets auf unsern Vorteil:
So prellen wir den alten Graubart Gremio,
Den gar zu filz'gen Vater Minola,
Den schmachtend süßen Meister Licio,
Zum Besten meines lieben Herrn Lucentio.

Gremio kommt zurück.

Nun, Signor Gremio! kommt Ihr aus der Kirche? –

GREMIO. Und zwar so lustig als je aus der Schule.

TRANIO.
Sind Braut und Bräut'gam denn zu Hause schon? –

GREMIO.
Bräut'gam? Recht! Breit ja macht er sich genug,
Bräut Jammer noch und Not der armen Braut.

TRANIO.
Schlimmer als sie? Ei was! Das wär' nicht möglich.

GREMIO.
Was! Er ist ein Teufel, ein Teufel, ein rechter Satan!

TRANIO. Was! Sie ist ein Teufel, ein Teufel, des Teufels Großmutter! –

GREMIO.
Pah! gegen ihn ein Lamm, ein Kind, ein Täubchen!
Laßt Euch erzählen, Herr: Der Priester fragt' ihn,
Ob Katharinen er zur Frau begehre?
»Beim Donnerwetter, ja!« schrie er und fluchte:
Vor Schrecken ließ das Buch der Priester fallen,
Und als er sich gebückt, es aufzunehmen,
Gab ihm der tolle Bräut'gam solchen Schlag,
Daß Buch und Pfaff', und Pfaff' und Buch hinstürzten:
»Nun rafft das Zeug auf!« rief er, »wer's noch braucht!«

TRANIO.
Was sagte denn das Bräutchen, als er aufstand?

GREMIO. Die war ganz Furcht: denn seht, er stampft' und fluchte,
Als hätt' der Priester ihn betören wollen.
Als nun die Zeremonien all' geendet,
Ruft er nach Wein:
Und: »Prosit!« schreit er, wie auf dem Verdeck,
Als tränk' er nach dem Sturm mit den Kam'raden:
Stürzt den Muskat hinab und wirft die Tunke
Dem Küster ins Gesicht, aus keinem Grund,
Als weil sein Bart ihm, dünn und hungrig, schien
Um einen Schluck zu betteln, da er trank.
Und nun faßt' er die Braut um ihren Hals
Und gibt ihr einen Schmatz so gellend laut,
Daß rings die ganze Kirche widerhallte.
Ich lief aus Scham hinaus, als ich dies sah,
Und nach mir, glaub' ich, folgt' der ganze Schwarm.
So tolle Hochzeit war noch nie zuvor!
Horch! Horch! Ich höre schon die Musikanten.

Musik. Petruchio, Katharina, Bianca, Baptista, Hortensio und Grumio kommen mit Dienern und Gefolge.

PETRUCHIO.
Ihr Herrn und Freunde, Dank für eure Müh'.
Ich weiß, ihr denkt nun heut mit mir zu essen,
Und habt viel aufgewandt zum Hochzeitschmaus:
Doch leider ruft die Eil' mich gleich von hier,
Und drum muß ich jetzt Abschied von euch nehmen.

BAPTISTA.
Ist's möglich? Noch heut abend wollt Ihr fort? –

PETRUCHIO.
Bei Tag noch muß ich fort, noch vor dem Abend;
Nicht wundert Euch: sagt' ich Euch mein Geschäft,
Ihr hießt mich selbst wohl gehn und nicht verweilen.
Und, ehrsame Gesellschaft, Dank euch allen,
Die ihr gesehn, wie ich mich hingegeben
Der höchst geduld'gen, sanften, frommen Frau.
Mit meinem Vater schmaust, trinkt auf mein Wohl,
Denn ich muß fort, und Gott sei mit euch allen!

TRANIO.
Laßt uns Euch bitten, bleibt bis nach der Mahlzeit!

PETRUCHIO. Es kann nicht sein.

GREMIO. Laßt mich Euch bitten!

PETRUCHIO. Es kann nicht sein.

KATHARINA. Laßt mich Euch bitten!

PETRUCHIO. Das ist mir recht!

KATHARINA. So ist's Euch recht, zu bleiben? –

PETRUCHIO.
Recht ist mir's, daß Ihr bittet, ich soll bleiben;
Doch nichts von bleiben, bittet, was Ihr mögt.

KATHARINA. Wenn Ihr mich liebt, so bleibt!

PETRUCHIO. Grumio, die Pferde! –

GRUMIO. Ja, Herr, sie sind parat: Der Haber hat die Pferde schon gefressen.

KATHARINA. Nun gut;
Tu', was du willst, mich bringst du heut nicht weg,
Auch morgen nicht, nicht, bis es mir gefällt.
Das Tor ist offen, Herr, da geht der Weg,
Und so nach Haus, eh' Euch die Stiefel drücken:
Ich aber will nicht gehn, eh' mir's gefällt.
Das gäb' 'nen herrlich mürr'schen Grobian,
Der sich den ersten Tag so mausig macht! –

PETRUCHIO.
Ei, Käthchen, still, ich bitt' dich, sei nicht bös!

KATHARINA.
Ich will nun böse sein: was kümmert's dich?
Vater, schweigt nur: er bleibt, solang' ich will.

GREMIO. Aha, mein Freund, nun geht die Sache los.

KATHARINA.
Ihr Herrn, hinein da zu dem Hochzeitsmahl:
Ich seh', ein Weib wird bald zum Narr'n gemacht,
Wenn sie nicht Mut hat, sich zu widersetzen.

PETRUCHIO.
Sie soll'n hinein, mein Kind, wie du befiehlst:
Gehorcht der Braut, ihr eingeladnen Gäste,
Setzt euch zum Schmausen, singt und jubiliert,
Bringt volle Humpen ihrem Mädchenstand,
Seid toll und lustig, oder laßt euch hängen;

Allein mein herzig Käthchen muß mit mir.
Nein, seht nicht scheel, noch stampft und stiert und mault;
Ich will der Herr sein meines Eigentums:
Sie ist mein Landgut, ist mein Haus und Hof,
Mein Hausgerät, mein Acker, meine Scheune,
Mein Pferd, mein Ochs, mein Esel, kurz mein alles:
Hier steht sie, rühr' sie einer an, der Herz hat!
Ich will mein Recht behaupten vor dem Frechsten,
Der mir den Weg in Padua sperrt! Zieh', Grumio,
Zieh' deinen Sarras: rund um uns sind Räuber,
Hau' deine Frau heraus, bist du ein Mann!
Ruhig, lieb Herz, sie tun dir nichts, mein Käthchen,
Ich helf' dir durch, und wären's Millionen.

Petruchio, Katharina und Grumio ab.

BAPTISTA. Nun gehn sie denn, o sanftes, stilles Paar! –

GREMIO.
Es war wohl Zeit, sonst starb ich noch vor Lachen!

TRANIO.
So tolles Bündnis ist noch nie geschlossen! –

LUCENTIO.
Fräulein, was haltet Ihr von Eurer Schwester? –

BIANCA. Daß, toll von je, sie toll sich angekettet.

GREMIO. Und sich ihr Mann noch toller angekäthet.

BAPTISTA. Nachbarn und Freunde, fehlt auch Braut und Bräut'gam,
Um ihren Platz zu nehmen an dem Tisch,
So fehlt' s doch nicht an Schüsseln auf dem Tisch.
Ihr nehmt des Bräut'gams Platz, Lucentio,
Und Bianca mag für ihre Schwester gelten.

TRANIO. Soll unsre Bianca lernen Bräutchen spielen? –

BAPTISTA.
Das soll sie, Freund Lucentio. Kommt herein!

Alle ab.

Vierter Aufzug

Erste Szene

Saal bei Petruchio.
Grumio tritt auf.

GRUMIO. Hol' die Pest alle müden Schindmähren, alle tolle Herrn und alle schlechten Wege! Ward je einer so geprügelt? – Je einer so durchgeblÄut? Ist je ein Mensch so müde gewesen? Ich bin vorausgeschickt, um Feuer zu machen, und sie kommen hinter mir drein, um sich zu wärmen. Wär' ich nun nicht so ein kleiner Topf und bald heiß im Kopf, mir würden die Lippen an die Zähne frieren, die Zunge an den Gaumen, das Herz an die Rippen, ehe ich zu einem Feuer käme, um mich aufzutauen. Aber ich gedenke das Feuer anzublasen und mich damit zu wärmen, denn wenn man dies Wetter erwägt, so kann ein viel größrer Kerl, als ich bin, sich den Schnupfen holen. Holla, he! Curtis! –

Curtis kommt.

CURTIS. Wer schreit da so erfroren?

GRUMIO. Ein Stück Eis. Wenn du es nicht glauben willst, so kannst du von meinen Schultern zu meinen Füßen so geschwind hinunter glitschen, als wie vom Kopf bis zum Genick. Feuer, liebster Curtis! –

CURTIS.
Kommen denn unser Herr und seine Frau, Grumio?

GRUMIO. Ja doch, Curtis, o ja! Und darum Feuer, Feuer, tu' kein Wasser an! –

CURTIS. Ist sie denn solch eine hitzige Widerspenstige, wie man sagt? –

GRUMIO. Das war sie, guter Curtis, vor diesem Frost; aber du weißt, der Winter zähmt Mann, Frau und Vieh; denn er hat meinen alten Herrn und meine neue Frau gezähmt, und mich selbst, Kam'rad Curtis.

CURTIS.
Geh mir, du dreizölliger Geck! Ich bin kein Vieh! –

GRUMIO. Halt' ich nur drei Zoll? Ei was! Dein Horn mißt einen Fuß, und so lang bin ich zum wenigsten. Aber willst du Feuer anmachen? Oder soll ich Klage über dich bei unsrer Frau führen, deren Hand (denn sie ist hier gleich bei der Hand) du bald fühlen wirst, als einen kalten Trost dafür, daß du langsam bist in deinem heißen Dienst? –

CURTIS. Bitt' dich, lieber Grumio, erzähle mir was: wie geht's in der Welt? –

GRUMIO. Kalt geht's in der Welt, Curtis, in jedem andern Dienst als im deinigen; und darum Feuer; Tu', was dir gebührt, und nimm, was dir gebührt: denn unser Herr und seine Frau sind beinahe tot gefroren.

CURTIS. Das Feuer brennt, und also nun erzähle was Neues, guter Grumio!

GRUMIO. I nun. *Singt.* He Hans! Ho Hans! so viel Neues du willst.

CURTIS. Ach geh, du bist immer so voller Flausen.

GRUMIO. Nun also mach' Feuer, denn ich bin auch voller Kälte. Wo ist der Koch? Ist das Abendessen fertig? Ist das Haus gescheuert, Binsen gestreut, Spinnweben abgefegt, die Knechte in ihren neuen Jacken und weißen Strümpfen? Hat jeder Bediente sein hochzeitlich Kleid an? Sind die Gläser aus dem Schrank, und die Becher blank? die Teppiche gelegt, und alles in Ordnung? –

CURTIS.
Alles fertig, und darum bitt' ich dich, was Neues.

GRUMIO. Erstlich wisse, daß mein Pferd müde ist; daß mein Herr und meine Frau übereinander hergefallen sind ...

CURTIS. Wie? handgreiflich? –

GRUMIO. Aus ihrem Sattel in den Kot, übereinander; und davon ließe sich eine Geschichte erzählen.

CURTIS. Nun laß hören, liebster Grumio!

GRUMIO. Dein Ohr her! –

CURTIS. Ja!

GRUMIO. Da! *Gibt ihm eine Ohrfeige.*

CURTIS. Das heißt eine Geschichte fühlen, nicht eine Geschichte hören.

GRUMIO. Und darum nennt man's eine gefühlvolle Geschichte: und dieser Schlag sollte nur an dein Ohr anklopfen und sich Gehör ausbitten. Nun fang' ich an. In primis, wir kamen einen schmutzigen Berg herab, mein Herr ritt hinter meiner gnädigen Frau. –

CURTIS. Beide auf einem Pferde?

GRUMIO. Was denkst du dir dabei?

CURTIS. Ei, ein Pferd.

GRUMIO. Erzähle du die Geschichte! Aber wärst du mir nicht dazwischen gekommen, so hättest du gehört, wie ihr Pferd fiel, und sie unter ihr Pferd! Du hättest gehört, an welcher schmutzigen Stelle, und wie durchnäßt sie war; wie er sie liegen ließ mit dem Pferde auf ihr; wie er mich prügelte, weil ihr Pferd gestolpert war; wie sie durch den Kot watete, um ihn von mir wegzureißen; wie er fluchte, wie sie betete, sie, die noch nimmermehr gebetet hatte; wie ich heulte, wie die Pferde davon liefen, wie ihr Zügel zerriß, wie ich meinen Schwanzriemen verlor, nebst vielen andern denkwürdigen Historien, welche nun in Vergessenheit sterben, und du kehrst ohne Weltkenntnis in dein Grab zurück.

CURTIS. Nach dieser Rechnung ist er ja widerspenstiger als sie? –

GRUMIO. Ja, und das werden die Frechsten von euch allen erfahren, wenn er zu Hause kommt. Aber warum schwatze ich hier? Ruf' Nathanael, Joseph, Niklas, Philipp, Walter, Haberkuckuck und die andern her: laß sie ihre Köpfe glatt kämmen, ihre blauen Röcke ausbürsten, ihre Kniegürtel sollen sie nicht anstößig binden, mit dem linken Fuß ausscharren, und sich's nicht unterstehn, ein Haar von meines Herrn Pferdeschwanz anzurühren, bis sie sich die Hand geküßt haben. Sind sie alle fertig? –

CURTIS. Das sind sie.

GRUMIO. Ruf' sie her!

CURTIS. Hört Ihr! He! Ihr sollt dem Herrn entgegen gehn! – und meiner gnädigen Frau ein rechtes Ansehn geben! –

GRUMIO. Nun, sie ist selbst schon ansehnlich genug!

CURTIS. Das ist gewiß.

GRUMIO. Nun, was rufst du denn die Leute, ihr ein Ansehn zu geben? –

CURTIS. Ich meine, sie sollen ihr Kredit verschaffen.

GRUMIO.
Ei was, sie wird ja nichts von ihnen borgen wollen.

Mehrere Bediente kommen.

NATHANAEL. Willkommen zu Hause, Grumio!

PHILIPP. Wie geht's, Grumio?

JOSEPH. Ei, Grumio?

NIKLAS. Kamerad Grumio?

NATHANAEL. Wie geht's, alter Junge?

GRUMIO. Willkommen du! – Wie geht's, du? – Ei, du! – Kamerad, du! – und so viel fürs Grüßen. – Nun, ist alles fertig? Ist jedes Ding niedlich, meine schmucken Kerlchen?

NATHANAEL.
Jedes Ding ist fertig. – Wie nah ist der Herr?

GRUMIO. Ganz nah, vielleicht schon abgestiegen, und darum – Potz Sapperment, seid still! Ich höre meinen Herrn.

Petruchio und Katharina kommen.

PETRUCHIO.
Wo sind die Schurken? Was? Kein Mensch am Tor
Hielt mir den Bügel, nahm das Pferd mir ab? –
Wo sind Nathanael, Philipp und Gregor?

ALLE. Hier, Herr!

PETRUCHIO.
Hier, Herr! Hier, Herr! Hier, Herr! Hier, Herr! –
Ihr tölpelhaften, schlecht gezognen Flegel!
Was! keine Ordnung? kein Respekt? kein Dienst?
Wo ist der dumme Kerl, den ich geschickt?

GRUMIO.
Hier, Herr, noch ganz so dumm, und doch geschickt.

PETRUCHIO.
Du Bauerlümmel! Du verdammter Karrngaul!
Sollt'st du im Park uns nicht entgegen kommen
Und all die faulen Schlingel mit dir bringen? –

GRUMIO.
Nathanaels Rock, Herr, war noch nicht ganz fertig,
An Philipps Korduanschuh'n war noch kein Eisen,
Kein Fackelruß, um Peters Hut zu schwärzen,
An Walters Dolch die Scheide noch in Arbeit,
Niemand in Staat, als Ralph, Gregor und Adam,
Die andern lumpig, alt und bettelhaft: –
Doch wie sie sind, hab' ich sie hergeholt.

PETRUCHIO.
Geht, Schlingel! Geht, besorgt das Abendessen!

Einige von den Dienern ab.

Singt.

Wo ist mein vor'ges Leben hin? –
– Wo sind die – Setz' dich, Käthchen! Sei willkommen!
Hum, hum, hum, hum!
Wird's bald? he? – Nun, lieb Käthchen, sei vergnügt! –
– Die Stiefel ab, ihr Schlingel, Schufte! Wird's? –

Singt.

Ein Bruder Graurock lobesan
Kam seines Wegs getrost heran –
Spitzbube! du verrenkst mir ja das Bein!
Nimm das! Und zieh' den andern besser aus!

Schlägt ihn.

– Sei lustig, Käthchen! – Wasser her! Geschwind!
– Wo ist mein Windspiel Troilus? Kerl, gleich hin,
Mein Vetter Ferdinand soll zu uns kommen:

Ein Diener ab.

Den mußt du küssen, Kind, ihm freundlich sein.
Her die Pantoffeln! Krieg' ich denn kein Wasser?

Es wird ihm ein Becken gebracht.

Komm, Käthchen, wasch' dich! Und nochmals willkommen! –

Der Bediente wirft die Kanne hin.

Verdammter Hundsfott! Mußt du's fallen lassen?

Schlägt ihn.

KATHARINA. Geduld, ich bitt', er tat es unversehens! –

PETRUCHIO.
Ein Hurensohn! Ein Eselsohr von Dickkopf! –
Komm, Käthchen, setz' dich: hungrig mußt du sein;
Sprichst du das Gratias, Liebchen, oder ich? –
Was ist das? Schöps? –

ERSTER DIENER. Ja.

PETRUCHIO. Und wer bracht' es?

ERSTER DIENER. Ich.

PETRUCHIO.
Es ist verbrannt, und so ist alles Essen:
Welch Hundevolk! Wo ist der Koch, die Bestie?
Wie wagt ihr, Schurken, das mir anzurichten,
Mir vorzusetzen, was ich doch nicht mag? –
Da! Fort damit! Fort Teller, Becher! Alles! –

Wirft Essen und Tischzeug auf die Erde.

Einfält'ge Lümmel! Ungeschliffnes Volk!
Was? brummt ihr noch? Gleich werd' ich bei euch sein.

KATHARINA.
Ich bitt' dich, lieber Mann, sei nicht so unwirsch:
Gut war das Essen, hätt'st du's nur gemocht!

PETRUCHIO.
Nein, Käthchen, 's war vertrocknet und verbrannt:
Und grade das hat man mir streng verboten,
Denn auf die Galle wirkt's, erzeugt den Ärger:
Drum ist es besser, wenn wir beide fasten
(Denn beide sind wir von Natur cholerisch),
Als durch zu stark Gebratnes uns verderben.
Geduld, mein Kind; wir holen's morgen ein,
Doch diese Nacht woll'n wir gemeinsam fasten:
Komm nun, ich führ' dich in dein Brautgemach.

Katharina, Petruchio und Curtis ab.

NATHANAEL. Peter, sag, hast du so was je gesehn?

PETER. Die macht er tot in ihrer eignen Manier.

Curtis kommt zurück.

GRUMIO. Wo ist er?

CURTIS. Drin mit ihr,
Hält ihr 'ne Predigt von Enthaltsamkeit,
Zankt, flucht und schilt, und sie, das arme Ding,
Wagt kaum noch aufzusehn, zu stehn, zu reden,
Und sitzt, wie eben aus 'nem Traum erwacht.
Fort! fort! da kommt er wieder her! –

Sie laufen fort.
Petruchio kommt zurück.

PETRUCHIO.
So hab' ich klugerweis' mein Reich begonnen,
Und hoffe, ferner glücklich zu regieren.
Mein Falk ist nun geschärft und tüchtig hungrig,
Und bis er zahm ist, kriegt er auch kein Futter:
Sonst wird er nie auf meinen Wink gehorchen. –
Noch kirr' ich anders meinen wilden Sperber,
So daß er kommt und kennt des Wächters Ruf:
Wach bleibt er, wie den Habicht wir bewachen,
Der schlägt und stößt und nicht gehorchen will.
Heut aß sie nichts, und soll auch nichts bekommen,
Schlief nicht die Nacht, und soll's auch diese nicht:
Wie bei dem Essen stell' ich mich, als wär'
Das Bett ganz unrecht und verkehrt gemacht:
Dahin werf' ich den Pfühl, dorthin das Kissen,
Die Deck' auf jene Seit', auf die das Laken;
Ja, bei dem Wirrwarr schwör' ich noch, ich tu'
Das alles nur aus zarter Sorg' um sie.
Kurz, sie soll wachen diese ganze Nacht;
Nickt sie nur etwas ein, so zank' und tob' ich,
Um durch mein Schrei'n den Schlaf ihr zu verscheuchen.
Dies ist die Art, durch Lieb' ein Weib zu töten;
So beug' ich ihren harten, störr'gen Sinn.
Wer Widerspenst'ge besser weiß zu zähmen,
Mag christlich mir's zu sagen sich bequemen.

Ab.

Zweite Szene

Straße in Padua.
Tranio und Hortensio treten auf.

TRANIO.
Wär's möglich wohl, Freund Licio, daß ein andrer
Sich Biancas Gunst erworben als Lucentio? –
Glaubt mir, sie hat mich trefflich angeführt!

HORTENSIO.
Wollt Ihr Beweis von dem, was ich Euch sagte,
So gebt hier acht, wie er sie unterrichtet.

Sie stellen sich auf die Seite.
Bianca und Lucentio kommen.

LUCENTIO.
Fräulein, behaltet Ihr, was ich Euch lehrte?

BIANCA. Was lehrt Ihr, Meister? Erst erklärt mir das!

LUCENTIO.
Was einzig mein Beruf: die Kunst zu lieben.

BIANCA. Mögt Ihr bald Meister sein in dieser Kunst!

LUCENTIO.
Nehmt Ihr als Lehrling mich in Eure Gunst. –

Gehn vorüber.

HORTENSIO.
Nun wahrlich, das geht schnell! O sagt mir doch,
Ihr schwuret ja, daß Euer Fräulein Bianca
Nichts in der Welt so als Lucentio liebe? –

TRANIO. O falscher Amor! Treulos Weibervolk!
Ich sag' dir, Licio, dies ist wundervoll! –

HORTENSIO.
Nicht länger diese Mask': ich bin nicht Licio,
Bin auch kein Musiker, wie ich Euch schien:
Vielmehr ein Mann, den die Verkleidung reut
Um solche, die den Edelmann verwirft
Und solchen Knecht zu ihrem Abgott macht!
So wißt denn, Herr, daß ich Hortensio heiße.

TRANIO. Signor Hortensio, oft hab' ich gehört
Von Eurer starken Leidenschaft zu Bianca.
Da ich nun Augenzeuge bin des Leichtsinns,
Will ich mit Euch, seid Ihr es so zufrieden,
Auf ewig Biancas Lieb' und Gunst verschwören.

HORTENSIO.
Wie zärtlich sie sich küssen! Herr Lucentio!
Hier meine Hand: und feierlich beschwör' ich,
Nie mehr um sie zu frein: nein, ich entsag' ihr
Als ganz unwürdig aller Zärtlichkeit,
Mit der ich töricht ihr gehuldigt habe.

TRANIO.
Empfangt auch meinen ungefälschten Schwur:
Zur Frau nehm' ich sie nie, selbst wenn sie bäte.
Pfui! seht nur, wie unmenschlich sie ihn streichelt! –

HORTENSIO.
Möcht' alle Welt, nur er nicht, sie verabscheun!
Ich nun, um recht gewiß den Schwur zu halten,
Will einer reichen Witwe mich vermählen,
Morgen am Tag, die mich so lang' geliebt,
Als ich der schnöden Dirne nachgegangen.
Und so lebt wohl, Signor Lucentio:
Der Weiber Freundlichkeit, nicht schöne Augen,
Gewinnt mein Herz. So nehm' ich meinen Abschied,
Und fest bleibt stehn, was ich beschworen habe.

Hortensio ab.
Bianca und Lucentio kommen wieder.

TRANIO.
Nun, Fräulein Bianca, werd' Euch Glück und Segen
Auf allen Euren heil'gen Liebeswegen! –
Ja, ja! Ich hab' Euch wohl ertappt, mein Herz,
Wir haben Euch entsagt, ich und Hortensio. –

BIANCA.
Tranio, Ihr scherzt. Habt ihr mir beid' entsagt?

TRANIO. Das haben wir.
LUCENTIO. Dann sind wir Licio los.
TRANIO.
Mein' Seel', er nimmt sich eine frische Witwe,
Die wird dann Braut und Frau an einem Tag.
BIANCA. Gott geb' ihm Freude!
TRANIO. Und zähmen wird er sie.
BIANCA. So spricht er, Freund.
TRANIO.
Gewiß, er geht schon in die Zähmungsschule.
BIANCA.
Die Zähmungsschule? Ei, gibt es solchen Ort?
TRANIO.
Ja, Fräulein, und Petruchio ist der Rektor,
Der lehrt Manier, die jedem er verständigt,
Wie man der Widerspenst'gen Zunge bändigt.

Biondello kommt gelaufen.

BIONDELLO.
O lieber Herr, so lang' hab' ich gelauert,
Daß hundemüd' ich bin. Doch endlich sah ich,
Vom Hügel nieder steigt ein alter Pinsel,
Der paßt für uns.
TRANIO. Sag an, wer ist's, Biondello?
BIONDELLO. Ein Merkatant, Herr, oder ein Pedant,
Ich weiß nicht was; doch steif in seinem Anzug,
An Haltung, Gang und Tracht recht wie ein Vater.
LUCENTIO. Tranio, was soll er uns?
TRANIO.
Wenn der leichtgläubig meinen Märchen traut,
So ist er froh, Vincentio hier zu spielen;
Und gibt Baptista Minola Verschreibung
So gut, als ob Vincentio selbst er wäre. –
Nehmt Eure Braut beiseit und laßt mich jetzt!

Lucentio und Bianca ab.
Der Magister tritt auf.

MAGISTER. Gott grüß' Euch, Herr!
TRANIO. Und Euch, Herr! Seid willkommen!
Ist hier Eu'r Ziel, Herr, oder reist Ihr weiter?
MAGISTER.
Hier ist mein Ziel für ein'ge Wochen mind'stens,
Dann reis' ich weiter, reise noch bis Rom;
Von dort nach Tripolis, schenkt Gott mir Leben.
TRANIO. Von woher kommt Ihr, wenn's vergönnt?
MAGISTER. Von Mantua.
TRANIO. Von Mantua, Herr? Ei, Gott verhüt' es! –
Und kommt nach Padua mit Gefahr des Lebens? –
MAGISTER.
Mein lieber Herr? Wieso? Das wäre schlimm!
TRANIO.
Tod ist verhängt für jeden, der von Mantua
Nach Padua kommt; wißt Ihr die Ursach' nicht?
Venedig nahm euch Schiffe weg: Der Doge
(Weil Feindschaft zwischen ihm und Eurem Herzog)
Ließ öffentlich durch Ausruf es verkünden.
Mich wundert – nur weil Ihr erst kürzlich kamt,
Sonst hättet Ihr den Ausruf schon vernommen.
MAGISTER.
O weh, mein Herr! Das ist für mich noch schlimmer:
Denn Wechselbriefe hab' ich abzugeben
Und nach Florenz die Summe zu befördern.
TRANIO.
Gut, Herr, um einen Dienst Euch zu erweisen,
Will ich dies tun, und diesen Rat Euch geben: –
Erst sagt mir aber: wart Ihr je in Pisa?
MAGISTER. Ja, Herr, in Pisa bin ich oft gewesen,
Pisa, berühmt durch angeseh'ne Bürger.
TRANIO. So kennt Ihr unter diesen wohl Vincentio?
MAGISTER.
Ich kenn' ihn nicht, doch hört' ich oft von ihm;
Ein Kaufmann von unendlichem Vermögen.
TRANIO. Er ist mein Vater, Herr, und auf mein Wort,
Er sieht Euch im Gesicht so ziemlich gleich.
BIONDELLO.
Just wie ein Apfel einer Auster gleicht!
TRANIO. In dieser Not das Leben Euch zu retten,
Tu' ich Euch, ihm zu Liebe, diesen Dienst:
Und haltet's nicht für Euer schlimmstes Glück,
Daß Ihr dem Herrn Vincentio ähnlich seht;
Sein Nam' und Ansehn soll Euch hier beschützen:
Mein Haus steht Euch zu Diensten, wohnt bei mir!
Betragt Euch so, daß niemand Argwohn faßt,
Nun, Ihr versteht mich; ja, so sollt Ihr bleiben,
Bis Eu'r Geschäft in dieser Stadt beendigt. –
Ist dies ein Dienst, so nehmt ihn willig an!
MAGISTER.
Das tu' ich, Herr, und will Euch ewig danken
Als Schützer meines Lebens, meiner Freiheit.
TRANIO.
So kommt mit mir und stellt die Sach' ins Werk;
So viel sei Euch beiläufig noch gesagt,
Mein Vater wird hier jeden Tag erwartet,
Um hier ein Eh'verlöbnis abzuschließen
Mit mir und eines Herrn Baptista Tochter.
Von alle dem will ich Euch unterrichten;
Kommt mit mir, Herr, geziemlich Euch zu kleiden!

Alle ab.

Dritte Szene

Zimmer in Petruchios Landhaus.
Katharina und Grumio treten auf.

GRUMIO.
Nein, nein, gewiß! ich darf nicht für mein Leben! –
KATHARINA.
Je mehr er kränkt, je mehr verhöhnt er mich.
Ward ich sein Weib, daß er mich läßt verhungern?
Betritt ein Bettler meines Vaters Haus,
Bekommt er, wie er bittet, gleich die Gabe;
Wo nicht, so find't er anderswo Erbarmen:
Doch ich, die nie gewußt, was Bitten sei,
Und die kein Mangel je zum Bitten zwang,
Ich sterb' aus Hunger, bin vom Wachen
schwindelnd,
Durch Fluchen wach, durch Zanken satt gemacht;
Und was mich mehr noch kränkt als alles dies,
Er tut es unterm Schein der zartsten Liebe,
Als könnt's nicht fehlen: wenn ich schliefe, äße,
Würd' ich gefährlich krank und stürbe gleich.
Ich bitte, geh und schaff' mir was zu essen,
Und gleichviel was, wenn's nur genießbar ist. –
GRUMIO. Was sagt Ihr wohl zu einem Kälberfuß?
KATHARINA.
Ach, gar zu gut, ich bitt' dich, schaff' ihn mir!
GRUMIO.
Das, fürcht' ich, ist ein zu cholerisch Essen. –

Allein ein fett Gekröse, gut geschmort?

KATHARINA.

Das mag ich gern, o Liebster, hol' es mir!

GRUMIO.

Ich weiß doch nicht, ich fürcht', es ist cholerisch.
Was sagt Ihr denn zu Rindfleisch, und mit Senf?

KATHARINA.

Ein Essen, das mir wohl bekommen wird!

GRUMIO. Ja, ja, doch ist der Senf ein wenig hitzig.

KATHARINA.

Nun, Rindfleisch dann, und laß den Senf ganz weg!

GRUMIO.

Nein, das ist nichts; Ihr nehmt den Senf dabei,
Sonst kriegt Ihr auch das Fleisch von Grumio nicht.

KATHARINA.

Gut, beides oder eins, ganz wie du willst.

GRUMIO. Also den Senf denn, und kein Fleisch dazu?

KATHARINA.

Mir aus den Augen, Kerl! boshafter Narr!
Abspeisen willst du mich mit Wortgerichten?

Schlägt ihn.

Verwünscht seist du und deine ganze Rotte,
Die sich an meinem Elend noch ergötzt! –
Aus meinen Augen! Fort! –

Petruchio mit einer Schüssel, und Hortensio kommen.

PETRUCHIO.

Wie geht's, mein Käthchen? Herz, so melancholisch?

HORTENSIO. Nun, seid Ihr guten Muts?

KATHARINA. Ja! guten Unmuts! –

PETRUCHIO.

Nun lach' mich an, mein Herz, sei wohlgemut!
Hier, Kind, du siehst, wie ich so sorgsam bin:
Selbst richt' ich für dich an und bringe dies.

Setzt die Schüssel auf den Tisch.

Nun! solche Freundlichkeit verdient doch Dank?
Was! nicht ein Wort? Nun dann, du magst es nicht,
Und mein Bemühn ist ganz umsonst gewesen: –
Da! nehmt die Schüssel weg!

KATHARINA. Bitte, laßt sie stehn!

PETRUCHIO.

Der kleinste Dienst wird ja mit Dank bezahlt,
Und meiner soll's, eh' du dir davon nimmst.

KATHARINA. Ich dank' Euch, Herr.

HORTENSIO.

Pfui doch, Petruchio, pfui! du bist zu tadeln!
Gesellschaft leist' ich Euch: so kommt und eßt!

PETRUCHIO *beiseit.*

Iß alles auf, wenn du mich liebst, Hortensio!

Laut.

Nun, wohl bekomm' es dir, mein liebes Herz:
Iß schnell, mein Käthchen! – Nun, mein süßes
Liebchen,
Laß uns zurück zu deinem Vater reisen;
Dort laß uns wacker schwärmen und stolzieren,
Mit seidnen Kleidern, Hauben, goldnen Ringen,
Mit Litzen, Spitzen, Samt und tausend Dingen,
Mit Spang' und Armband, wie die höchste
Edeldam',
Bernstein, Korall' und Perl' und solchem
Trödelkram.
Nun, bist du satt? Dein wartet schon der Schneider
Und bringt zum Putz die raschelnd seidnen Kleider.

Schneider kommt.

Komm, Schneider! Zeig' uns deine Herrlichkeiten! –
Leg' aus das Kleid!

Putzhändler kommt.

Und was habt Ihr zu suchen?

PUTZHÄNDLER.

Hier ist die Haube, die Eu'r Gnaden wünschte.

PETRUCHIO.

Was! Auf 'ne Suppenschüssel abgeformt?
Ein samtner Napf? Pfui doch! gemein und garstig!
Wie eine Walnußschal', ein Schneckenhaus,
Ein Quark, ein Tand, ein Wisch, ein
Puppenhäubchen!
Weg mit dem Ding! Schafft eine größre, sag' ich!

KATHARINA.

Ich will sie größer nicht: so ist's die Mode,
So tragen feine Damen jetzt die Hauben.

PETRUCHIO.

Wenn Ihr erst fein seid, sollt Ihr eine haben,
Doch nicht vorher.

HORTENSIO *beiseit.* Das wird so bald nicht sein! –

KATHARINA.

Wie, Herr? hab' ich Erlaubnis nicht, zu reden? –
Ja, ich will reden, denn ich bin kein Kind! –
Schon Beßre hörten meine Meinung sonst:
Mögt Ihr das nicht, stopft Euch die Ohren zu!
Mein Mund soll meines Herzens Bosheit sagen,
Sonst wird mein Herz, verschweig' ich sie,
zerspringen:
Und ehe das geschehe, will ich frei
Und über alles Maß die Zunge brauchen.

PETRUCHIO.

Du hast ganz recht, es ist 'ne lump'ge Haube,
Ein Tortendeckel, eine Samtpastete;
Ich hab' dich lieb drum, daß sie dir mißfällt.

KATHARINA.

Lieb' oder lieb' mich nicht, die Haub' ist hübsch;
Und keine sonst, nur diese wird mich kleiden.

PETRUCHIO. Dein Kleid willst du? Ganz recht!
Kommt, zeigt es, Schneider!
O Gnad' uns Gott! Welch Faschingsstück ist dies? –
Was gibt's hier? Ärmel? Nein, Haubitzen sind's;
Seht, auf und ab, gekerbt wie Apfelkuchen,
Mit Flippen, Schnipp und Schnapp, gezickt,
gezackt,
Recht wie ein Rauchfaß in der Baderstube.
Wie nennst du das in Teufels Namen, Schneider? –

HORTENSIO *beiseit.*

Ich seh', nicht Kleid noch Haube wird sie kriegen.

SCHNEIDER.

Befohlen habt Ihr's nach dem neusten Schnitt,
So wie die Mod' es heutzutage will.

PETRUCHIO. Jawohl, das tat ich: Doch besinne dich,
Ich sagte nicht: Verdirb es nach der Mode!
Gleich spring' nach Hause über Stock und Block,
Denn meiner Kundschaft bist du völlig quitt.
Für mich ist's nicht! Fort, mach' mit, was du willst!

KATHARINA.

Ich sah noch nie so schön gemachtes Kleid,
So modisch, sauber, von so hübscher Form:
Ihr wollt mich wohl zur Marionette machen? –

PETRUCHIO.

Recht! Er will dich zur Marionette machen.

SCHNEIDER. Sie sagt, Euer Gnaden will sie zu einer

Marionette machen.

PETRUCHIO.
O ungeheure Frechheit! – Du lügst, du Zwirn,
Du Fingerhut, du Elle,
Dreiviertel-, Halbe-, Viertelelle, Zoll!
Du Floh! Du Mücke! Winterheimchen du!
Trotzt mir im eignen Haus ein Faden Zwirn? –
Fort, Lappen du! Du Überrest, du Zutat!
Sonst mess' ich mit der Elle dich zurecht,
Daß du zeitlebens solch Gewäsch verlernst.
Ich sag' es, ich! Du hast ihr Kleid verpfuscht.

SCHNEIDER.
Eu'r Gnaden irrt: das Kleid ist so gemacht,
Just so, wie's meinem Meister ward befohlen: –
Grumio gab Ordre, wie es werden sollte.

GRUMIO. Ich gab nicht Ordre; Zeug hab' ich gegeben.

SCHNEIDER.
Und wie verlangtet Ihr's von ihm gemacht? –

GRUMIO.
Zum Henker, Herr, mit Nadel und mit Zwirn.

SCHNEIDER.
Doch sagt, nach welchem Schnitt Ihr's habt bestellt?

GRUMIO. Du hast wohl schon allerlei geschnitten?

SCHNEIDER. O ja, das habe ich.

GRUMIO. Schneide mir aber kein Gesicht! Du hast auch schon manchen herausgeputzt; mich verschone aber mit deinen Ausputzern! Ich sage dir, ich hieß deinem Meister, er solle das Kleid schneiden; ich hieß ihm aber nicht, es in Stücke schneiden: ergo, du lügst.

SCHNEIDER. Nun, hier ist der Zettel mit der Bestellung, mir zum Zeugen.

PETRUCHIO. Lies ihn!

GRUMIO. Der Zettel lügt in seinen Hals, wenn er sagt, ich habe es so bestellt.

SCHNEIDER. »In primis, ein freies, loses Kleid.«

GRUMIO. Herr, wenn ich ein Wort von freiem, losem Wesen gesagt habe, so näht mich in des Kleides Schleppe, und schlagt mich mit einem Knäuel braunen Zwirn tot: ich sagte bloß »Kleid«.

PETRUCHIO. Weiter.

SCHNEIDER. »Mit einem kleinen runden Kragen.«

GRUMIO. Ich bekenne den Kragen.

SCHNEIDER. »Mit einem Pauschärmel.«

GRUMIO. Ich bekenne zwei Ärmel.

SCHNEIDER.
»Die Ärmel niedlich zugespitzt und ausgeschnitten.«

PETRUCHIO. Ja, das ist die Spitzbüberei.

GRUMIO. Der Zettel lügt, Herr, der Zettel lügt. Ich befahl, die Ärmel sollten ausgeschnitten und wieder zugenäht werden, und das will ich an dir gut machen, wenn auch dein kleiner Finger mit einem Fingerhut gepanzert ist.

SCHNEIDER. Was ich gesagt habe, ist doch wahr, und hätte ich dich nur, ich weiß wohl, wo, du solltest es schon erfahren.

GRUMIO. Ich steh' dir gleich bereit: nimm du die Rechnung, gib mir die Elle und schone mich nicht!

HORTENSIO.
Ha! Ha! Grumio, dabei käme er zu kurz. –

PETRUCHIO.
Nun, kurz und gut, das Kleid ist nicht für mich.

GRUMIO. Da habt Ihr recht, 's ist für die gnäd'ge Frau.

PETRUCHIO.
Geh, nimm es auf zu deines Herrn Gebrauch!

GRUMIO. Schurke, bei deinem Leben nicht: meiner gnädigen Frau das Kleid aufnehmen zu deines Herrn Gebrauch? –

PETRUCHIO.
Nun, Mensch, was denkst du dir dabei? –

GRUMIO. O Herr, die Meinung geht tiefer, als Ihr denkt: Meiner gnädigen Frau Kleid aufnehmen zu seines Herrn Gebrauch? O pfui! pfui! pfui! –

PETRUCHIO *beiseit.*
Hortensio, sag, du woll'st dem Schneider zahlen, –
laut
Geh! Nimm es mit! Fort, und kein Wort nun weiter! –

HORTENSIO.
Schneider, das Kleid bezahl' ich morgen dir,
Und nimm die hast'gen Reden ihm nicht übel;
Geh, sag' ich dir, und grüß' mir deinen Meister!
Schneider ab.

PETRUCHIO.
So, Käthchen, komm! Besuchen wir den Vater,
So wie wir sind, in unsern schlichten Kleidern;
Stolz soll der Beutel sein, der Anzug arm,
Denn nur der Geist macht unsern Körper reich.
Und wie die Sonne bricht durch trübste Wolken,
So strahlt aus niedrigstem Gewand die Ehre.
Was? ist der Häher edler als die Lerche,
Weil sein Gefieder bunter fällt ins Auge?
Und ist die Otter besser als der Aal,
Weil ihre fleck'ge Haut das Aug' ergötzt?
O Käthchen, nein; so bist auch du nicht schlimmer
Um diese arme Tracht und schlechte Kleidung.
Doch hältst du's schimpflich so, gib mir die Schuld,
Und drum frisch auf: wir wollen gleich dahin,
Beim Vater froh und guter Dinge sein. –
Geht, meine Leute ruft, gleich reiten wir,
Die Pferde führt zum Heckentor hinaus,
Da setzen wir uns auf und gehn so weit.
Laßt sehn: ich denk', es ist jetzt sieben Uhr,
Wir können dort sein noch zum Mittagessen.

KATHARINA.
Herr, ich versichr' Euch, es hat zwei geschlagen,
Und kaum zum Abendessen kommt Ihr hin.

PETRUCHIO.
Es soll nun sieben Uhr sein, eh' wir reiten.
Sieh, was ich sag' und tu' und möchte tun,
Stets mußt du widersprechen! Leute, laßt uns,
Ich will nun heut nicht fort: und eh' ich reite,
Da soll's die Stunde sein, die ich gesagt.

HORTENSIO.
Der große Herr stellt gar die Sonne rückwärts! –
Gehn ab.

Vierte Szene

Straße in Padua.
Tranio und der Magister, als Vincentio gekleidet, treten auf.

TRANIO.
Dies ist das Haus, Signor: sagt, soll ich rufen?

MAGISTER. Jawohl! Was sonst? Und wenn ich mich

nicht täusche,
Muß sich Signor Baptista mein erinnern; –
Bald sind es zwanzig Jahr; in Genua war's,
Da wohnten beide wir im Pegasus.

TRANIO.
So ist es recht. – Bleibt nur in dem Charakter,
Seid strenge, wie es einem Vater ziemt!

Biondello kommt.

MAGISTER.
Seid unbesorgt! Doch seht, hier kommt Eu'r Bursch,
Den müßt Ihr noch belehren.

TRANIO.
Um den seid unbekümmert! He, Biondello,
Nimm dich zusammen, ja, das rat' ich dir,
Halt' fest im Sinn, dies sei Vincentio.

BIONDELLO. Ei, das ist meine Sache.

TRANIO. Doch hast du's auch Baptista angemeldet?

BIONDELLO. Der Alte, sagt' ich ihm, sei in Venedig,
Und daß Ihr heut in Padua ihn erwartet.

TRANIO.
Du bist ein tücht'ger Kerl; nimm das zum Trinken!
Hier kommt Baptista: nun macht ernste Mienen! –

Baptista und Lucentio kommen.

Signor Baptista! glücklich angetroffen!
Vater,
Dies ist der Herr, von dem ich Euch erzählt.
Ich bitt' Euch, handelt väterlich an mir,
Gebt mir mein Erbteil nun um Biancas willen!

MAGISTER. Sacht, sacht, mein Sohn! –
Mit Eurer Gunst, mein Herr! – Nach Padua
kommend,
Um Schulden einzufodern, setzt mein Sohn
In Kenntnis mich von einer großen Sache,
Betreffend sein' und Eurer Tochter Liebe.
Und teils des Rufes halb, in dem Ihr steht,
Teils um des Liebesbunds von seiner Seite,
So wie von ihrer: – Nicht ihn hinzuhalten,
Stimm' ich dazu, in väterlicher Sorgfalt,
Ihn bald vermählt zu sehn: und sagt Ihr »ja«
So williglich als ich, sollt Ihr mich sicher
(Verständ'gen wir uns erst) höchst dienstlich finden,
Damit gemeinsam der Kontrakt sich schließe.
Denn schwierig kann ich gegen Euch nicht sein,
Mein Teurer, Eures guten Rufes halb! –

BAPTISTA. Verzeiht, Signor, was ich erwidern muß:
Eu'r bünd'ger kurzer Antrag ist mir lieb;
So viel ist wahr: Lucentio, Euer Sohn,
Liebt meine Tochter, und sie liebt ihn wieder,
Wenn beide nicht die größten Heuchler sind.
Deshalb, wenn Ihr nichts weiter habt zu sagen,
Als daß Ihr wie ein Vater an ihm handeln,
Und meinem Kind ein Wittum wollt verschreiben,
So ist es gut: die Heirat ist gemacht,
Eu'r Sohn erhält mein Kind mit gutem Willen.

TRANIO. Ich dank' Euch, Herr. Wo scheint's Euch
wohl am besten,
Uns zu verloben und den Eh'kontrakt
Nach gegenseitigem Vertrag zu stiften?

BAPTISTA.
Nur nicht bei mir: Ihr wißt, es haben Ohren
Die Wände, meine Dienerschaft ist groß,
Der alte Gremio auch paßt immer auf,
So kann man dort gar leicht uns unterbrechen.

TRANIO.
In meiner Wohnung denn, wenn's Euch gefällt:
Dort wohnt mein Vater; dort, noch diesen Abend,
Verhandeln wir die Sache still und heimlich.
Schickt diesen Diener hin zu Eurer Tochter;
Mein Bursch soll gleich uns den Notar besorgen.
Das Schlimmste bleibt, – daß, hastig so bestellt,
Ihr hast'ge, magre Vorbereitung findet.

BAPTISTA.
Das gilt mir gleich. Nun, Cambio, eilt nach Haus
Und sagt an Bianca, sich bereit zu halten:
Und wenn Ihr wollt, erzählt, was sich begeben,
Lucentios Vater kam nach Padua,
Und sie wird nun wohl bald Lucentios Frau. –

LUCENTIO.
Daß dies gescheh', fleh' ich zu allen Göttern!

TRANIO.
Halt' dich nicht auf mit Göttern, sondern geh!
Signor Baptista, zeig' ich Euch den Weg?
Willkomm'! – Ihr trefft wohl heut nur eine
Schüssel,
In Pisa mach' ich's wieder gut. –

BAPTISTA. Ich folg' Euch.

Tranio, Magister und Baptista ab.

BIONDELLO. Cambio! –

LUCENTIO. Was sagst du, Biondello?

BIONDELLO. Ihr saht doch meinen Herrn mit den Augen blinzeln und Euch anlachen?

LUCENTIO. Und das heißt, Biondello?

BIONDELLO. Ei, das heißt nichts; aber er ließ mich hier zurück, Euch den Sinn und die Moral seiner Zeichen auszulegen.

LUCENTIO.
Nun, so bitte ich dich, kommentiere sie denn!

BIONDELLO. Also denn wie folgt. Baptista ist fest und schwatzt mit dem trügenden Vater eines trügerischen Sohns.

LUCENTIO. Nun, und was weiter? –

BIONDELLO.
Ihr sollt seine Tochter zum Abendessen führen.

LUCENTIO. Und dann? –

BIONDELLO. Der alte Pfarrer an der Sankt Lukaskirche steht Euch jede Stunde zu Gebot.

LUCENTIO. Und was soll nun das alles? –

BIONDELLO. Das weiß ich nicht; nur das weiß ich, daß sie sich jetzt mit einer nachgemachten Versicherung beschäftigen. Denkt Ihr nun darauf, Euch ihrer zu versichern, cum privilegio ad imprimendum solum: macht, daß Ihr zur Kirche kommt: nehmt Pfarrer, Küster und ein paar gültige Zeugen mit: –
Und hilft Euch nicht zum Ziele, was ich Euch
jetzt erdacht,
Sagt Eurer schönen Bianca nur auf ewig gute Nacht!

LUCENTIO. Höre noch, Biondello ...

BIONDELLO. Ich habe keine Zeit. Ich kenne ein Mädchen, die verheiratete sich an einem Nachmittag, als sie in den Garten ging und Petersilie pflückte, um ein Kaninchen zu füllen; warum denn nicht auch Ihr, Herr? Und so lebt wohl! Mein Herr hat mir aufgetragen, nach Sankt Lukas zu gehn, damit der Pfarrer zur Hand sei, wenn Ihr mit Eurem Appendix ankommen werdet.

Ab.

LUCENTIO. Ich kann und will, wenn sie's zufrieden ist:
Sie wird es tun, weshalb denn sollt' ich zweifeln?
Mag's gehn, wie's will. Zu ihr! Mein Herz vertraut ihr:
Cambio, frisch auf! Erwirb die holde Braut dir!

Ab.

Fünfte Szene

Feld.

Petruchio, Katharina und Hortensio treten auf.

PETRUCHIO. Um's Himmels willen, schnell!
Nochmals zum Vater! –
Mein Gott, wie hell und freundlich scheint der Mond! –
KATHARINA. Der Mond? Die Sonne! Jetzt scheint ja nicht der Mond! –
PETRUCHIO.
Ich sag', es ist der Mond, der scheint so hell.
KATHARINA. Ich weiß gewiß, die Sonne scheint so hell.
PETRUCHIO.
Bei meiner Mutter Sohn, und das bin ich,
Mond soll's sein, oder Stern, oder was ich will,
Eh' ich zu deinem Vater weiter reise:
Geht nur und holt die Pferde wieder her!
Stets Widerspruch! und nichts als Widerspruch! –
HORTENSIO. Gebt ihm doch recht, sonst kommt Ihr nicht vom Fleck.
KATHARINA.
Nein, bitt' Euch, kommt, da wir so weit gelangt;
Sei's Mond und Sonn' und was dir nur gefällt,
Und wenn du willst, magst du's ein Nachtlicht nennen;
Ich schwör', es soll für mich dasselbe sein.
PETRUCHIO. Ich sag', es ist der Mond.
KATHARINA. Natürlich ist's der Mond.
PETRUCHIO.
Ei, wie du lügst! 's ist ja die liebe Sonne! –
KATHARINA. Ja, lieber Gott! es ist die liebe Sonne! –
Doch nicht die Sonne, wenn du's anders willst:
Der Mond auch wechselt, wie es dir gelüstet,
Und wie du's nennen willst, das ist es auch,
Und soll's gewiß für Katharinen sein.
HORTENSIO.
Glück auf, Petruchio, denn der Sieg ist dein.
PETRUCHIO.
Nun vorwärts denn! So läuft die Kugel recht
Und nicht verdreht mehr gegen ihre Richtung.
Doch still! Was für Gesellschaft kommt uns da? –

Vincentio in Reisekleidern tritt auf.

Zum Vincentio.

Gott grüß' Euch, schönes Mädchen! Wohinaus?
Sprich, liebes Käthchen, sprich recht offenherzig,
Sahst du wohl je ein frischres Frauenbild? –
Wie kämpft auf ihrer Wange Rot und Weiß!
Nie funkeln wohl zwei Sterne so am Himmel,
Wie an dem Himmelsantlitz ihre Augen.
Du holdes Kind, noch einmal guten Morgen;
Käthchen, umarm' sie ihrer Schönheit wegen!
HORTENSIO. Er macht den Mann noch toll, den er zur Frau macht.
KATHARINA.
Aufblüh'nde Schöne! Frische Mädchenknospe,
Wohin des Weges? Wo ist deine Heimat? –
Glücksel'ge Eltern von so schönem Kind!
Glücksel'ger noch der Mann, dem günst'ge Sterne
Zur holden Eh'genossin dich bestimmten! –
PETRUCHIO.
Was! Käthchen! Ei, ich hoff', du bist nicht toll?
Das ist ein Mann, alt, runzlig, welk und grau,
Und nicht ein Mädchen, wie du doch behauptest.
KATHARINA.
Verzeiht dem Wahn der Augen, alter Vater;
Die Sonne traf mir blendend das Gesicht,
Und was ich sah, erschien mir jung und grün.
Nun merk' ich erst, Ihr seid ein würd'ger Greis:
Verzeiht, bitt' ich, dies törichte Verkennen!
PETRUCHIO.
Tu's, guter alter Mann, und laß uns wissen,
Wohin du reisest. – Ist es unser Weg,
Soll die Gesellschaft uns erfreulich sein.
VINCENTIO.
Mein werter Herr, und schöne muntre Dame,
Die durch solch seltsam Grüßen mich erschreckt, –
Vincentio heiß' ich, komm' aus Pisa her,
Nach Padua geh' ich jetzt, dort zu besuchen
Den Sohn, den ich seit lange nicht gesehn.
PETRUCHIO. Wie heißt er? sagt!
VINCENTIO. Lucentio, edler Herr.
PETRUCHIO.
Das trifft sich gut, für deinen Sohn am besten:
Und nach Verwandtschaft nun, wie nach dem Alter
Mag ich Euch jetzt geliebter Vater nennen.
Die Schwester meiner Frau hier, dieser Dame,
Ist deines Sohnes Weib jetzt; staune nicht,
Noch zürne drum: untadlig ist ihr Ruf,
Die Mitgift reich, sie selbst aus gutem Hause,
Auch außerdem von Sitt' und Eigenschaft,
Wie eines Edelmanns Gemahlin ziemt.
Erlaubt, Vincentio, daß ich Euch umarme,
Und gehn wir, deinen wackern Sohn zu sehn.
Den deine Ankunft sicher hoch erfreut.
VINCENTIO.
Ist's Wahrheit? Oder ist's nur kecker Mutwill',
Daß Ihr als lust'ger Reisender die Laune
An Fremden übt, die auf der Straß' Ihr findet?
HORTENSIO.
Nein, ich versichr' Euch, alter Herr, so ist's.
PETRUCHIO.
Komm, geh nur mit und sieh die Wahrheit selbst;
Du traust wohl nicht, weil wir dich erst geneckt.

Petruchio, Katharina und Vincentio ab.

HORTENSIO.
Petruchio, schön! Du hast mir Herz gemacht! –
Zur Witwe! Wär' sie noch so widerspenstig,
Jetzt hast du Selbstvertraun und Mut und kennst dich.

Ab.

Fünfter Aufzug

Erste Szene

Straße.

Von der einen Seite treten auf Biondello, Lucentio und Bianca; Gremio geht auf und ab ihnen gegenüber.

BIONDELLO. Nur schnell und still, Herr, denn der

Priester wartet.

LUCENTIO. Ich fliege, Biondello; aber sie haben dich vielleicht im Hause nötig: darum verlaß uns!

BIONDELLO. Nein, meiner Treu, erst müßt Ihr die Kirche im Rücken haben, und dann will ich zu meinem Herrn zurück, sobald ich kann. –

Lucentio, Bianca und Biondello ab.

GREMIO.
Mich wundert, wo nur Cambio bleiben mag.

Petruchio, Katharina, Vincentio und Diener treten auf.

PETRUCHIO.
Hier ist die Tür, dies ist Lucentios Haus,
Mein Vater wohnt mehr nach dem Markte zu,
Dorthin muß ich, und also lass' ich Euch.

VINCENTIO.
Ihr müßt durchaus mit mir vorher noch trinken:
Ich denk', ich kann Euch hier als Wirt begrüßen,
Und angerichtet finden wir wohl auch.

Klopft an die Tür.

GREMIO. Sie haben Geschäfte da drinnen, Ihr müßt stärker klopfen.

Magister oben am Fenster.

MAGISTER.
Wer klopft denn da, als wollt' er die Tür einschlagen?

VINCENTIO. Ist Signor Lucentio zu Hause, Herr? –

MAGISTER.
Zu Hause ist er, Herr, aber nicht zu sprechen.

VINCENTIO. Wenn ihm nun aber jemand ein- oder zweihundert Pfund brächte, um sich einen guten Tag zu machen? –

MAGISTER. Behaltet Eure hundert Pfund für Euch, er hat sie nicht nötig, solange ich lebe.

PETRUCHIO. Nun, ich hab's Euch wohl gesagt, Euer Sohn sei in Padua beliebt. – Hört einmal, Herr, ohne viel unnütze Weitläuftigkeit: sagt doch, ich bitte Euch, dem jungen Herrn Lucentio, sein Vater sei von Pisa angekommen und stehe hier an der Tür, um ihn zu sprechen.

MAGISTER. Du lügst: sein Vater ist von Pisa angekommen und kuckt hier aus dem Fenster.

VINCENTIO. Bist du sein Vater?

MAGISTER. Ja, Herr, so sagt mir seine Mutter, wenn ich ihr glauben darf.

PETRUCHIO. Was soll das heißen, guter Freund? Das ist ja offenbare Schelmerei, daß Ihr einen fremden Namen annehmt.

MAGISTER. Legt Hand an den Schurken! Er denkt wohl jemand hier in der Stadt unter meiner Maske zu betrügen?

Biondello kommt zurück.

BIONDELLO. Ich habe sie in der Kirche zusammen gesehn; der Himmel verleih' ihnen günstigen Wind! – Aber was ist hier? Mein alter Herr Vincentio? Nun sind wir alle verloren und zu Grunde gerichtet!

VINCENTIO. Komm her, du Galgenstrick: –

BIONDELLO.
Ich hoffe, das kann ich bleiben lassen!

VINCENTIO. Komm hieher, Spitzbube! Was, hast du mich vergessen? –

BIONDELLO. Euch vergessen? Nein, Herr, ich konnte Euch nicht vergessen, denn ich habe Euch in meinem Leben nicht gesehn.

VINCENTIO. Was, du ausgemachter Schelm! Deines Herrn Vater, Vincentio, nie gesehn?

BIONDELLO. Was! meinen würdigen, liebewerten alten Herrn? Ei, versteht sich, Signor: da kuckt er ja zum Fenster heraus! –

VINCENTIO. Ist dem wirklich so? *Schlägt ihn.*

BIONDELLO. Hülfe! Hülfe! Hier ist ein verrückter Mensch, der mich umbringen will. *Läuft davon.*

MAGISTER.
Zu Hülfe, mein Sohn! Zu Hülfe, Signor Baptista! –

PETRUCHIO.
Komm, liebes Käthchen, laß uns zurücktreten und warten, wie dieser Handel ablaufen wird.

Sie gehn auf die Seite.

Magister, Baptista, Tranio und Diener treten auf.

TRANIO. Herr, wer seid Ihr denn, daß Ihr Euch herausnehmt, meinen Diener zu schlagen? –

VINCENTIO. Wer ich bin, Herr? Nun, Herr, wer seid denn Ihr? O ihr unsterblichen Götter! O du geputzter Schlingel! Ein seidnes Wams, samtne Hosen, ein Scharlachmantel und ein hochgespitzter Hut! O ich bin verloren, ich bin verloren! Unterdes ich zu Hause den guten Wirt mache, bringen mein Sohn und mein Bedienter alles auf der Universität durch!

TRANIO. Nun, was gibt's denn?

BAPTISTA. Was! Ist der Mensch mondsüchtig?

TRANIO. Herr, nach Eurer Tracht scheint Ihr ein stiller alter Mann, aber Eure Reden verraten Euch als einen Verrückten. Ei, Herr, was geht's denn Euch an, und wenn ich Gold und Perlen trage? Dank sei es meinem guten Vater, ich bin imstande, es dran zu wenden! –

VINCENTIO. Dein Vater, o Spitzbube! der ist ein Segelmacher in Bergamo! –

BAPTISTA. Ihr irrt Euch, Herr, Ihr irrt Euch! Sagt mir doch, wie denkt Ihr denn, daß er heißt?

VINCENTIO. Wie er heißt! Als wüßte ich nicht, wie er heißt! Ich habe ihn vom dritten Jahr auf groß gezogen, und sein Name ist Tranio.

MAGISTER. Fort mit dir, du toller Esel! Er heißt Lucentio, und ist mein einziger Sohn und Erbe aller meiner, des Signor Vincentio, Güter.

VINCENTIO. Lucentio! Oh, er hat seinen Herrn umgebracht! Verhaftet ihn, ich befehle es Euch im Namen des Dogen. Oh, mein Sohn! mein Sohn! Sag mir, Bösewicht, wo ist mein Sohn Lucentio? –

TRANIO. Ruft einen Gerichtsdiener her:

Einer von den Bedienten geht und holt einen Gerichtsdiener.

Bringt diesen verrückten Menschen ins Gefängnis! Vater Baptista, ich mache es Euch zur Pflicht, ihn fortzuschaffen.

VINCENTIO. Mich ins Gefängnis bringen?

GREMIO.
Haltet, Gerichtsdiener, er soll nicht in Verhaft! –

BAPTISTA. Redet nicht drein, Signor Gremio, ich sage, er soll in Verhaft.

GREMIO. Nehmt Euch in acht, Signor Baptista, daß Ihr nicht durch diese Geschichte hinters Licht geführt werdet: ich getraue mir's darauf zu schwören, dies sei der rechte Vincentio.

MAGISTER. Schwöre, wenn du's dir getrauest!

GREMIO.
Nein, zu schwören getraue ich mir's just nicht.

TRANIO. So solltest du lieber auch sagen, ich sei nicht Lucentio?

GREMIO. Ja, dich kenne ich als den Signor Lucentio.

BAPTISTA.
Fort mit dem alten Narren, in Arrest mit ihm!

VINCENTIO. So werden Fremde fortgeschickt und gemißhandelt! O abscheulicher Bösewicht!

Biondello kommt zurück mit Lucentio und Bianca.

BIONDELLO. Ja, wir sind zu Grunde gerichtet, und ... dort ist er: verleugnet ihn, verschwört ihn, sonst sind wir alle verloren.

LUCENTIO *knieend.* Verzeiht mir, Vater!

VINCENTIO. Lebst du, liebster Sohn?

Biondello, Tranio und der Magister laufen davon.

BIANCA *knieend.* Verzeiht, o Vater!

BAPTISTA. Was hast du getan?
Wo ist Lucentio?

LUCENTIO. Hier: ich bin Lucentio,
Rechtmäß'ger Sohn des wirklichen Vincentio.
Durch heil'ges Recht ward deine Tochter mein,
Indes dein Auge täuscht' ein falscher Schein.

GREMIO. Nun ja! Das nenn' ich tücht'ge Schelmerei, uns alle zu betrügen!

VINCENTIO.
Wo blieb denn Tranio, der verdammte Wicht,
Der prahlt' und Trotz mir bot ins Angesicht? –

BAPTISTA. Ei, sagt mir, ist nicht dies mein Cambio?

BIANCA. Hier: umgewandelt in Lucentio.

LUCENTIO.
Dies Wunder tat die Liebe. Biancas Liebe
Ließ meinen Stand mit Tranio mich vertauschen,
Indes er meine Rolle hier gespielt:
Und freudig bin ich endlich eingelaufen
In den ersehnten Hafen meines Glücks.
Was Tranio tat, dazu zwang ich ihn selbst:
Verzeiht ihm, mir zu Liebe, teurer Vater!

VINCENTIO. Ich will dem Schurken die Ohren abschneiden, der mich ins Gefängnis schicken wollte.

BAPTISTA. Aber hört, Herr: Ihr habt also meine Tochter geheiratet, ohne nach meiner Einwilligung zu fragen?

VINCENTIO.
Seid unbesorgt, wir stellen Euch zufrieden: –
Doch ich muß fort und strafen die arge Büberei.

Ab.

BAPTISTA.
Und ich den Grund erforschen all dieser Schelmerei.

Ab.

LUCENTIO.
Geliebte, Mut! dein Vater wird versöhnt.

Lucentio und Bianca ab.

GREMIO. Mein Kuchen ist noch zäh, doch geh' ich mit ins Haus,
Hab' ich schon nichts zu hoffen als meinen Teil am Schmaus. –

Ab.

Petruchio und Katharina treten vor.

KATHARINA.
Komm, lieber Mann, zu sehn, was daraus wird.

PETRUCHIO.
Erst küsse mich, Käthchen, dann wollen wir gehn.

KATHARINA. Was! hier auf offner Straße?

PETRUCHIO. Was? schämst du dich meiner?

KATHARINA. Nein, Gott bewahre; aber ich schäme mich, dich hier zu küssen.

PETRUCHIO. Nun, dann nur fort nach Hause: he! Bursch! gleich reiten wir.

KATHARINA. Da hast du deinen Kuß: nicht wahr, nun bleibst du hier?

PETRUCHIO. Ist das nun so nicht besser? Mein liebstes Käthchen, sieh:
Einmal besser als keinmal, und besser spät als nie.

Ab.

Zweite Szene

Zimmer.
Ein Bankett wird gebracht. Baptista, Vincentio, Gremio, der Magister, Lucentio, Bianca, Petruchio, Katharina, Hortensio und die Witwe treten auf; Tranio Biondello, Grumio und andre warten auf.

LUCENTIO. Zwar spät, doch endlich stimmt, was Mißklang schien,
Und Zeit ist's, wenn der wilde Krieg vorüber,
Der Angst zu lächeln, der bestandnen Not. –
Begrüß', geliebte Bianca, meinen Vater,
Mit gleicher Zärtlichkeit begrüß' ich deinen: –
Bruder Petruchio, Schwester Katharine,
Und du, Hortensio, mit der lieben Witwe,
Trinkt, seid vergnügt: Willkommen meinem Hause!
Es diene dies Bankett nun zum Beschluß
Nach unserm großen Gastmahl. Bitte, setzt euch,
So gut zum Schwatzen ist's, als um zu essen.

Sie setzen sich.

PETRUCHIO.
Und nichts als sitzen, sitzen, essen, essen.

BAPTISTA.
Die Freundlichkeit ist heimisch hier in Padua.

PETRUCHIO.
Was nur in Padua heimisch, find' ich freundlich.

HORTENSIO.
Uns beiden wünsch' ich, dieses Wort sei wahr!

PETRUCHIO.
Nun, auf mein Wort! Hortensio scheut die Witwe.

WITWE.
Nein, glaubt mir nur, ich scheue mich vor niemand.

PETRUCHIO.
Wie sinnreich sonst, doch fehlt Ihr meinen Sinn:
Ich meint', Hortensio scheue sich vor Euch.

WITWE.
Wer schwindligt ist, der denkt, die Welt geht rund.

PETRUCHIO. Ei! rund erwidert.

KATHARINA. Sagt, wie meint Ihr das?

WITWE. Ich zahl' ihm nur in gleicher Münze wieder,
Was ich von ihm empfing.

PETRUCHIO. Von mir empfing sie?
Hortensio, wie gefällt dir das? Laß hören!

HORTENSIO.
Wie sie die Red' empfangen, meint die Witwe.

PETRUCHIO.
Gut eingelenkt! Küßt ihn dafür, Frau Witwe!

KATHARINA.

Wer schwindligt ist, der denkt, die Welt geht rund:
Ich bitt' Euch, sagt mir, was Ihr damit meintet? –

WITWE.
Eu'r Mann, der sich 'ne Widerspenst'ge nahm,
Mißt meines Mannes Kreuz nach seinem Gram:
Das war's, was ich gemeint.

KATHARINA. So war's gemein gemeint.

WITWE. Ja, denn Euch meint' ich.

KATHARINA.
Ich wär' gemein, gäb' ich noch acht auf Euch.

PETRUCHIO. Drauf los, Käthchen!

HORTENSIO. Drauf los, Witwe!

PETRUCHIO.
Einhundert Mark, mein Käthchen kriegt sie unter!

HORTENSIO. Das wär' mein Amt.

PETRUCHIO.
Gesprochen wie ein Amtmann! Auf dein Wohl!

Trinkt dem Hortensio zu.

BAPTISTA.
Was sagt Freund Gremio zu dem schnellen Witz?

GREMIO.
Sie stoßen mit den Köpfen gut zusammen.

BIANCA.
Wie, Stoß und Kopf? Ein Witzkopf möchte sagen,
Eu'r Kopf und Stoß sei nur wie Kopf und Horn.

VINCENTIO.
So, Fräulein Braut? hat Euch das aufgeweckt?

BIANCA.
O ja, doch nicht erschreckt; drum schlaf' ich fort.

PETRUCHIO.
Das sollt Ihr nicht: weil Ihr einmal begonnen,
Müßt Ihr noch zwei drei, spitze Worte dulden.

BIANCA.
Bin ich Eu'r Wild? So wechsl' ich das Revier,
Verfolgt mich denn und zielt mit Eurem Bogen;
Willkommen seid ihr alle.

Bianca ab mit Katharina und der Witwe.

PETRUCHIO.
Sie hat nicht standgehalten. Signor Tranio,
Ihr zieltet nach dem Vogel, traft ihn nicht;
Gesundheit jedem, der da schießt und fehlt!

TRANIO.
O Herr, Lucentio hetzte mich als Windhund.
Der läuft für sich und fängt für seinen Herrn.

PETRUCHIO.
Ein gutes, schnelles Bild, nur etwas hündisch.

TRANIO.
Doch daß Ihr für Euch selbst gejagt, war gut,
Denn Euer Wild, so meint man, führt Euch weit.

BAPTISTA. Oho! Petruchio, Tranio traf Euch jetzt.

LUCENTIO.
Ich danke dir den Hieb, mein guter Tranio!

HORTENSIO.
Bekennt, bekennt: hat er Euch nicht getroffen?

PETRUCHIO.
Ich muß gestehn, er streifte mich ein wenig,
Und da der Witz an mir vorbeigeflogen,
Zehn gegen eins, so traf er Euch ins Herz.

BAPTISTA.
Nun, das ist ausgemacht, mein Sohn Petruchio,
Ihr habt die Widerspenstigste von allen.

PETRUCHIO. Ich aber sage nein. Dies zu beweisen,
Laßt jeden Botschaft senden seiner Frau,
Und wessen Frau vor allen folgsam ist
Und kommt zuerst, wenn er sie rufen läßt,
Gewinnt die Wette, die wir hier bestimmen.

HORTENSIO. Genehmigt. Wie viel setzt Ihr?

LUCENTIO. Zwanzig Kronen.

PETRUCHIO. Zwanzig Kronen?
So viel setz' ich auf meinen Hund und Falken,
Doch zwanzigmal so viel auf meine Frau.

LUCENTIO. Einhundert denn!

HORTENSIO. Genehmigt!

PETRUCHIO. Topp! es sei!

HORTENSIO. Wer macht den Anfang?

LUCENTIO. Das will ich: – Biondello,
Sag meiner Frau, sie solle zu mir kommen.

BIONDELLO. Ich geh'.

Ab.

BAPTISTA.
Halbpart, Herr Sohn, daß Bianca kommt.

LUCENTIO.
Nichts halb; ich will das Ganze mir gewinnen.

Biondello kommt zurück.

Wie nun! Was gibt's?

BIONDELLO. Herr, unsre Frau läßt sagen,
Daß sie zu tun hat und nicht kommen kann.

PETRUCHIO.
Ah ha! sie hat zu tun und kann nicht kommen!
Heißt das antworten?

GREMIO. Ja, und noch recht höflich;
Wenn Eure nur nichts Schlimmres läßt erwidern.

PETRUCHIO. Ich hoffe Beßres.

HORTENSIO.
Geh, Bursch, zu meiner Frau, ersuche sie,
Sogleich zu kommen!

Biondello ab.

PETRUCHIO. Oho! ersuche sie!
Dann muß sie freilich kommen! –

HORTENSIO. So? Ich fürchte,
Bei Eurer wird Euch kein Ersuchen helfen.

Biondello kommt zurück.

Nun, wo ist meine Frau? –

BIONDELLO.
Sie sagt, Ihr habt wohl einen Scherz im Sinn:
Sie komme nicht; sie wünscht, Ihr kommt zu ihr.

PETRUCHIO. Schlimmer und schlimmer! Will sie
nicht? O schmählich,
Nicht auszuhalten, völlig unerträglich! –
Du, Grumio, geh sogleich zu meiner Frau,
Sag, ich befehl' ihr, sie soll zu mir kommen. –

Grumio ab.

HORTENSIO. Ich weiß die Antwort!

PETRUCHIO. Nun?

HORTENSIO. Sie wolle nicht.

PETRUCHIO.
So schlimmer steht's um mich, und damit gut.

Katharina kommt.

BAPTISTA.
Nun heil'ger Gott! Seht, da kommt Katharine!

KATHARINA.
Was wollt Ihr, Herr, daß Ihr nach mir gesandt?

PETRUCHIO.
Wo ist Hortensios Frau und deine Schwester? –

KATHARINA.
Da drin am Feuer sitzen sie und schwatzen.

PETRUCHIO.
Geh, hol' sie her; und wollen sie nicht kommen,
Führ' sie gegeißelt ihren Männern her! –
Geh! sag' ich, bringe sie uns augenblicks!
Katharina ab.

LUCENTIO.
Hier ist ein Wunder, wollt ihr Wunder sehn.

HORTENSIO.
Jawohl! mich wundert, was nur das bedeute! –

PETRUCHIO.
Ei, Friede deutet's, Lieb' und ruhig Leben,
Ehrwürdig Regiment, rechtmäß'ge Herrschaft,
Kurz, was nur irgend süß und glücklich ist.

BAPTISTA. Nun, dir sei alles Heil, guter Petruchio:
Die Wett' ist dein; ich aber füge noch
Zu dem Gewinste zwanzigtausend Kronen,
Der andern Tochter eine andre Mitgift;
Denn anders ist sie, als sie je gewesen.

PETRUCHIO.
Ich will die Wette besser noch gewinnen,
Sie soll mehr Zeichen von Gehorsam geben,
Der neu erworbnen Sitt' und des Gehorsams.
Katharina kommt zurück mit Bianca und der Witwe.
Nun seht, sie kommt und bringt die trotz'gen Weiber,
Gefangne weiblicher Beredsamkeit. –
Die Haube, Katharine, steht dir nicht:
Fort mit dem Plunder! tritt sie gleich mit Füßen!
Katharina tut es.

WITWE.
Gott, laß mich Ursach' nie zum Kummer haben,
Bis ich so albern mich betragen werde!

BIANCA. Pfui! das ist ja ein läppischer Gehorsam! –

LUCENTIO.
Ei, wäre dein Gehorsam nur so läppisch!
Deines Gehorsams Weisheit, schöne Bianca,
Bringt mich um hundert Kronen seit der Mahlzeit.

BIANCA. So kind'scher du, darauf etwas zu wetten!

PETRUCHIO. Kathrine, dir befehl' ich:
Erklären sollst du den starrköpf'gen Weibern,
Was sie für Pflicht dem Herrn und Eh'mann schuldig.

WITWE.
Ei was, Ihr scherzt, wir wollen keine Predigt.

PETRUCHIO.
Tu's, sag' ich dir, und mach' mit der den Anfang!

WITWE. Nein doch.

PETRUCHIO.
Ja, sag' ich, mach' mit der den Anfang!

KATHARINA.
Pfui, pfui! entrunzle diese droh'nde Stirn,
Und schieß' nicht zorn'ge Pfeil' aus diesen Augen,
Verwundend deinen König, Herrn, Regierer.
Das tötet Schönheit wie der Frost die Flur,
Zerstört den Ruf wie Wirbelwind die Blüten,
Und niemals ist es recht noch liebenswert.
Ein zornig Weib ist gleich getrübter Quelle
Unrein und sumpfig, widrig, ohne Schönheit:
Und ist sie so, wird keiner, noch so durstig,
Sie würd'gen, einen Tropfen draus zu schlürfen.
Dein Eh'mann ist dein Herr, ist dein Erhalter,
Dein Licht, dein Haupt, dein Fürst; er sorgt für dich
Und deinen Unterhalt, gibt seinen Leib
Mühsel'ger Arbeit preis zu Land und Meer,
Wacht Nächte durch in Sturm, und Tag' in Kälte,
Wenn du im Hause warm und sicher ruhst;
Und fodert zum Ersatz nicht andern Lohn
Als Liebe, freundlich Blicken und Gehorsam:
Zu kleine Zahlung für so große Schuld.
Die Pflicht, die der Vasall dem Fürsten zollt,
Die ist die Frau auch schuldig ihrem Gatten.
Und ist sie trotzend, launisch, trüb und bitter,
Und nicht gehorsam billigem Gebot,
Was ist sie als ein tückischer Rebell,
Sünd'ger Verräter an dem lieben Herrn?
Wie schäm' ich mich, daß Frau'n so albern sind!
Sie künden Krieg und sollten knieen um Frieden!
O daß sie herrschen, lenken, trotzen wollen,
Wo sie nur schweigen, lieben, dienen sollen!
Weshalb ist unser Leib zart, sanft und weich,
Kraftlos für Müh' und Ungemach der Welt,
Als daß ein weiches Herz, ein sanft Gemüte
Als zarter Gast die zarte Wohnung hüte?
O kommt, ihr eigensinn'gen, schwachen Würmer!
Mein Sinn war hart wie einer nur der euern,
Mein Herz so groß, mein Grund vielleicht noch besser,
Um Wort mit Wort, um Zorn mit Zorn zu schlagen: –
Jetzt seh' ich's, unsre Lanzen sind nur Stroh,
Gleich schwach wir selbst, schwach wie ein hülflos Kind,
Scheinen wir nur, was wir am mind'sten sind.
Drum dämpft den Trotz, beugt euch dem Mann entgegen,
Ihm unter seinen Fuß die Hand zu legen: –
Wenn er's befiehlt, zum Zeichen meiner Pflicht,
Verweigert meine Hand den Dienst ihm nicht.

PETRUCHIO. Das nenn' ich eine Frau! Küss' mich, mein Mädchen! –

LUCENTIO. Glück zu, Herr Bruder, du bezwangst dein Käthchen!

VINCENTIO. Das klingt recht fein, wenn Kinder fromm und fügsam!

LUCENTIO. Doch schlimm, wenn Frau'n verstockt und ungenügsam.

PETRUCHIO. Nun, Käthchen, komm zu Bette: –
Drei sind vermählt, doch zwei nur schlecht, ich wette.
Gut' Nacht, ihr Herrn, und traft ihr schon das Weiße,
Ich bin's, der heut mit Recht der Sieger heiße.
Petruchio und Katharina ab.

HORTENSIO.
Die Widerspenst'ge hast du gut gebändigt.

LUCENTIO. Ein Wunder bleibt's, daß dies so glücklich endigt.
Ab.

Die beiden Veroneser

Personen

Der Herzog von Mailand
Valentin,
Proteus, zwei junge Veroneser
Antonio, Vater des Proteus
Thurio, Nebenbuhler des Valentin
Eglamour
Flink, Diener des Valentin
Lanz, Diener des Proteus
Panthino, Diener des Antonio
Ein Wirt
Räuber
Julia, eine edle Veroneserin
Silvia, des Herzogs Tochter
Lucetta, Kammermädchen der Julia
Diener. Musikanten
Szene: Verona; Mailand; das Grenzgebiet Mantuas

Erster Aufzug

Erste Szene

Platz in Verona.
Valentin und Proteus treten auf.

VALENTIN. Hör' auf mir zuzureden, teurer Proteus;
Wer stets zu Haus bleibt, hat nur Witz fürs Haus.
Wenn Neigung nicht dein junges Herz gefesselt
Dem süßen Augenwinken deiner Schönen,
Bät' ich dich eh'r, du möchtest mich begleiten,
Die Wunder fremder Länder zu beschauen,
Anstatt daheim im dumpfen Traum die Jugend
In zierberaubter Muße zu vernutzen.
Doch da du liebst, so lieb', und mit Gedeihn,
Und lieb' ich einst, sei gleicher Segen mein.

PROTEUS.
Du gehst? Mein liebster Valentin, fahr' wohl!
Denk' deines Proteus, wenn du Ding' erblickst,
Die schön und merkenswert, auf deinen Reisen;
Wünsch' mich zu dir, dein Glück mit dir zu teilen,
Wenn Gutes dir begegnet; in Gefahr –
Wenn jemals dich Gefahr umringt – empfiehl
Dein Drangsal meinem heiligen Gebet;
Denn ich will für dich beten, Valentin.

VALENTIN.
Und bet'st aus einem Liebesbuch für mich.

PROTEUS. Jawohl, aus einem Buche, das ich liebe.

VALENTIN.
Das ist von tiefer Lieb' ein seichtes Märchen,
Wie durch den Hellespont Leander schwamm.

PROTEUS. Das ist ein tiefes Märchen tiefrer Liebe,
Die Liebe ging ihm ja bis an den Hals.

VALENTIN. Über die Ohren bist du drin versenkt,
Und hast doch nie den Hellespont durchschwommen.

PROTEUS.
Nein, nur mit Ohren, Freund, verschone mich.

VALENTIN. Du hast nur zu viel Ohr dafür zu lieben,
Wo Hohn mit Gram erkauft wird, Sprödesehn
Mit Herzensseufzern, ein Moment der Lust
Mit zwanzig wachen, müden, langen Nächten.
Gewonnen, ist's vielleicht ein schlimmes Gut;
Verloren, ist doch schwere Müh' gewonnen.
Und immer ist's durch Witz errungne Torheit,
Wo nicht, ist's Witz, durch Torheit überwältigt.

PROTEUS.
Geht es nach dir, so nennst du mich 'nen Toren.

VALENTIN.
Und geht's nach dir, fürcht' ich, du wirst es sein.

PROTEUS.
Du höhnst die Lieb', ich bin nicht Liebe, nein.

VALENTIN.
Lieb' ist dein Meister, denn sie meistert dich;
Und der, den eine Närrin spannt ins Joch,
Den kann man nicht ins Buch der Weisen schreiben.

PROTEUS.
Doch liest man: so wie in der zart'sten Knospe
Die Raupe nagend wohnt, so nagend wohne
Die Liebe in dem allerfeinsten Sinn.

VALENTIN. Auch sagt das Buch: so wie die frühste Knospe
Vom Wurm zernagt wird, eh' sie aufgeblüht,
So wandl' auch jungen, zarten Sinn die Liebe
In Torheit, daß vergiftet wird die Knospe,
Daß schon das Grün im ersten Lenz verwelkt
Und jeder künft'gen Hoffnung schöne Frucht.
Doch, was verschwend' ich Zeit, um dir zu raten,
Dem Priester schwärmerischen Liebeswahns?
Nochmals, leb wohl! Es wartet auf der Reede
Mein Vater, um mich eingeschifft zu sehn.

PROTEUS. Ich will dich hin begleiten, Valentin.

VALENTIN.
Mein Proteus, nein: jetzt laß uns Abschied nehmen!
Zu Mailand laß durch Briefe mich erfahren
Von deiner Liebe Glück, und was sonst Neues
Sich hier ereignet, während fern dein Freund;
So werd' auch ich dich schriftlich oft besuchen.

PROTEUS. Begegne dir zu Mailand alles Glück!

VALENTIN.
Nicht minder dir daheim! Und so leb wohl!
Valentin geht ab.

PROTEUS. Er jagt der Ehre nach, und ich der Liebe;
Läßt Freund', um ihrer würdiger zu werden;
Mich, Freund' und alles lass' ich für die Liebe.
Du, süße Julia, du hast mich verwandelt;
Verhaßt ist Wissenschaft, die Zeit verlier' ich,
Trotz biet' ich gutem Rat, die Welt nichts achtend;
Krank ist mein trüber Sinn, in Leid verschmachtend.
Flink tritt auf.

FLINK.
Gegrüßt, Herr Proteus! Saht Ihr meinen Herrn?

PROTEUS. Soeben schifft er sich nach Mailand ein.

FLINK.
So mußten sie sobald ins Schiff ihn schaffen?
Dann bin ich eins von den verlornen Schafen.

PROTEUS. Ja; leicht verirrt ein armes Schäfchen sich,
Sobald der Schäfer von der Herde wich.

FLINK. Ihr schließt, daß mein Herr ein Schäfer, ich eins von den Schafen?

PROTEUS. Das tu' ich.

FLINK. So sind meine Hörner die seinen, mag ich wachen oder schlafen.

PROTEUS.
Eine einfält'ge Antwort; so ziemt sie den Schafen.

FLINK. Dies macht mich alles zu einem Schaf.

PROTEUS. Sicherlich; und deinen Herrn zum Schäfer.

FLINK.
Nein; das kann ich durch einen Beweis widerlegen.

PROTEUS.
Das wird schwer sein; ich will das Gegenteil beweisen.

FLINK. Der Schäfer sucht das Schaf, und nicht das Schaf den Schäfer; aber ich suche meinen Herrn, und mein Herr nicht mich; deswegen bin ich kein Schaf.

PROTEUS. Das Schaf folgt des Futters halb dem Schäfer, der Schäfer nicht der Speise halb dem Schaf. Du folgst des Lohnes halb deinem Herrn, dein Herr nicht des Lohnes wegen dir; deshalb bist du ein Schaf.

FLINK. Nur noch einen solchen Beweis, und ich

muß schreien: Ba!

PROTEUS.
Doch höre, Freund, gabst du den Brief an Julia?

FLINK. Ja, Herr! Ich, ein verdutztes Lamm, gab ihr, dem geputzten Lamm, Euren Brief; und sie, das geputzte Lamm, gab mir, dem verdutzten Lamm, nichts für meine Mühe.

PROTEUS. Welch eine Menge Lämmer! Sage mir, was die alle von mir wollen.

FLINK.
Ist's Euch um Wolle zu tun, so müßt Ihr sie scheren.

PROTEUS. Ja, dich will ich scheren.

FLINK. Nein, mir solltet Ihr lieber etwas bescheren, für mein Brieftragen.

PROTEUS.
Du irrst; ich meinte, ich wollte dich scheren.

FLINK. Ach! scheren statt bescheren. Geht, laßt mich ungeschoren!
Ich trag' Euch keinen Brief mehr, wenn so die Müh' verloren.

PROTEUS. Nun, was sagte sie? Merktest du, ob meine Worte sie zu gewinnen taugen?

FLINK. Nichts.

PROTEUS. Taugen nichts? Ei, das ist Taugenichts.

FLINK. Ihr versteht falsch, Herr; ich sage nur, ich merkte nichts, ob Eure Worte für sie taugen.

PROTEUS.
Nun, zusammengesetzt ist das: Taugenichts.

FLINK.
Ihr habt Euch die Mühe gegeben, es zusammen zu setzen, so nehmt es denn für Eure Mühe.

PROTEUS. Nein, du sollst es dafür haben, daß du meinen Brief hingetragen hast.

FLINK. Gut, ich sehe wohl, daß ich geduldig sein muß, um Euch zu ertragen.

PROTEUS.
Nun, was hast du denn von mir zu ertragen?

FLINK. Wahrhaftig, Herr, ich trug den Brief sehr ordentlich, und habe doch nichts als das Wort Taugenichts für meine Mühe davon getragen.

PROTEUS. Ei, du hast einen behenden Witz.

FLINK. Und doch kann er Eure langsame Börse nicht einholen.

PROTEUS. Nun, mach' fort! Was sagte sie? Heraus mit deiner Botschaft!

FLINK. Heraus mit Eurer Börse, damit Lohn und Botschaft zugleich überliefert werden!

PROTEUS.
Gut, hier ist für deine Mühe. Was sagte sie?

FLINK. Mein' Seel', Herr, ich glaube, Ihr werdet sie schwerlich gewinnen.

PROTEUS.
Warum? Konntest du so viel aus ihr herausbringen?

FLINK. Herr, ich konnte durchaus nichts aus ihr herausbringen, nicht einmal einen Dukaten für die Überlief'rung Eures Briefs. Und da sie so hart war gegen mich, der Euer Herz brachte, so fürchte ich, daß sie eben so hart gegen Euch sein wird, Euch ihre Gesinnung kund zu tun. Gebt Ihr kein Geschenk als Steine, denn sie ist so hart wie Stahl.

PROTEUS. Wie? Sagte sie nichts?

FLINK. Nein, nicht einmal: »Nimm das für deine Mühe!« Ich werde stets huldreich gegen Euch sein; denn Ihr habt mich um einige Gulden reicher gemacht; zum Dank dafür tragt künftig Eure Briefe selbst; und so will ich Euch meinem Herrn empfehlen.

PROTEUS.
Geh, geh, vor Schiffbruch Euer Schiff zu hüten,
Es kann nicht scheitern, hat es dich an Bord.
Du bist bestimmt zu trocknem Tod am Lande. –
Ich muß schon einen bessern Boten senden;
Nicht achtet, fürcht' ich, Julia meiner Zeilen,
Wenn sie aus beßrer Hand sie nicht empfängt.

Gehen nach verschiedenen Seiten ab.

Zweite Szene

Garten.
Julia und Lucetta treten auf.

JULIA. Jetzt sprich, Lucetta, denn wir sind allein:
Du rätst, ich soll mein Herz der Lieb' eröffnen?

LUCETTA.
Ja, Fräulein, schließt Ihr's der Vernunft nicht zu.

JULIA.
Doch von der schönen Auswahl edler Männer,
Die im gesell'gen Kreis ich täglich sehe,
Wer scheint am meisten dir der Liebe wert?

LUCETTA.
Ich bitt' Euch, nennt sie mir, so sag' ich Euch
Nach schwacher, schlichter Einsicht meine Meinung.

JULIA. Wie denkst du von dem schönen Eglamour?

LUCETTA. Er ist ein Ritter, wohlberedt und fein;
Doch wär' ich Ihr, er würde nimmer mein.

JULIA.
Wie denkst du von dem reichen Herrn Mercatio?

LUCETTA. Von seinem Reichtum gut, von ihm so so.

JULIA.
Nun sprich, wie du vom jungen Proteus denkst?

LUCETTA. O Torheit! wie du uns so ganz befängst!

JULIA.
Sein Name schon kann dir Besinnung nehmen?

LUCETTA. Verzeiht, mein Fräulein, denn ich muß mich schämen.
Glaubt Ihr, daß ich Unwürd'ge schätzen kann
Solch anmutvollen, edlen, jungen Mann?

JULIA. Warum nicht Proteus, wie die andern Gäste?

LUCETTA.
Nun denn, von Guten scheint er mir der Beste.

JULIA. Dein Grund?

LUCETTA. Kein andrer ist's, als eines Weibes Grund;
Er scheint mir so, nur weil er mir so scheint.

JULIA. So rätst du, meine Lieb' auf ihn zu werfen?

LUCETTA.
Ja, glaubt Ihr nicht die Liebe weggeworfen.

JULIA. Er nur allein bewegte nie mich schmerzlich.

LUCETTA.
Doch er allein nur liebt gewiß Euch herzlich.

JULIA. Er spricht fast nie: das ist nicht Leidenschaft.

LUCETTA. Verdecktes Feuer brennt mit größrer Kraft.

JULIA. Nicht liebt, wer nimmer offenbart die Liebe.
LUCETTA.
Und minder liebt, wer andern zeigt die Liebe.
JULIA. Oh! wüßt' ich, wie er denkt!
LUCETTA. Lest, Fräulein, dies Papier!
JULIA. »An Julia.« Sprich, von wem?
LUCETTA. Der Inhalt sagt es Euch.
JULIA. Doch sprich: wer gab es dir?
LUCETTA.
Der Page Valentins, den, denk' ich, Proteus schickte;
Euch wollt' er's geben selbst, doch ich kam ihm entgegen,
Empfing's an Eurer Statt; verzeiht, war ich verwegen.
JULIA.
Bei meiner Sittsamkeit! Du, Liebesbotin?
Wagst du, verliebte Zeilen anzunehmen?
Verschwörung, Fallstrick' meiner Jugend legen?
Nun, auf mein Wort, das ist ein ehrbar Amt,
Und du Beamter, schicklich für die Würde.
Da nimm das Blatt, laß es ihm wieder geben;
Sonst komm du nie vor meine Augen wieder!
LUCETTA.
Der Liebe Dienst soll Lohn, nicht Haß gewinnen.
JULIA. So gehst du nicht?
LUCETTA. Nun könnt Ihr Euch besinnen.
Lucetta geht ab.
JULIA.
Und doch, – hätt' ich den Brief nur durchgelesen!
Doch Schande wär's, sie wieder herzurufen,
Bitten um das, was ich Verbrechen schalt.
Die Närrin! weiß, daß ich ein Mädchen bin,
Und zwingt mich nicht, daß ich den Brief erbreche.
Nein sagt ein Mädchen, weil's die Sitte will,
Und wünscht, daß es der Frager deut' als Ja.
Pfui! Wie verkehrt ist diese tör'ge Liebe:
Ein wildes Kindchen, kratzt sie erst die Amme
Und küßt in Demut gleich darauf die Rute.
Wie ungestüm schalt' ich Lucetta fort,
Da ich so gern sie hier behalten hätte!
Wie zornig lehrt' ich meine Stirn sich falten,
Da innre Lust mein Herz zum Lächeln zwang!
Die Strafe sei, daß ich Lucetta rufe
Und meine vor'ge Torheit so vergüte.
Heda! Lucetta!
Lucetta kommt zurück.
LUCETTA. Was befiehlt Eu'r Gnaden?
JULIA. Ist noch nicht Essenzeit?
LUCETTA. Ich wollt', es wär';
Dann kühltet Ihr den Zorn an Eurer Mahlzeit,
Statt an der Dienerin.
JULIA. Was nimmst du auf
So hastig?
LUCETTA. Nichts.
JULIA. Weshalb denn bückst du dich?
LUCETTA.
Ich nahm ein Blatt auf, das ich fallen ließ.
JULIA. Und ist das Blatt denn nichts?
LUCETTA. Nichts, was mich angeht.
JULIA. Dann laß für die es liegen, die es angeht!
LUCETTA. Es wird für die nicht lügen, die es angeht,
Wenn es nicht irgendeiner falsch erklärt.
JULIA. Es schrieb dir ein Verehrer wohl in Versen?
LUCETTA. Daß ich's im rechten Tone singen möge.
Gebt mir die Weis': Ihr, Fräulein, könnt sie setzen.
JULIA. Für solchen Tand, so leicht als möglich ist:
Drum sing es in dem Ton leichtsinn'ge Liebe.
LUCETTA. Es ist zu schwer für solchen leichten Ton.
JULIA.
Zu schwer? So ist es wohl vierstimm'ger Satz?
LUCETTA. Es ist melodisch nur, singt Ihr's allein.
JULIA. Warum nicht du?
LUCETTA. Es ist für mich zu hoch.
JULIA.
Zeig' her dein Lied! – Nun, Schätzchen, was ist das?
LUCETTA.
Nein, bleibt im Ton, wollt Ihr's zu Ende singen;
Und doch gefällt mir dieser Ton nicht recht.
JULIA. Weshalb denn nicht?
LUCETTA. Er ist zu schneidend, Fräulein.
JULIA. Du bist zu vorlaut.
LUCETTA. Nein, nun wird es matt.
Einstimm'ges Lied hat keine Harmonie;
Die Mittelstimme fehlt.
JULIA. Die heisre Stimme
Der Mittlerin zerstört die Harmonie.
LUCETTA.
Proteus bedarf wohl der Vermittlung nicht.
JULIA. Nicht länger ärgre mich all dies Geschwätz;
Welch ein verwirrtes Hin- und Her-Gerede! –
Sie zerreißt den Brief.
Geh, mach' dich fort! Laß die Papiere liegen;
Du hätt'st sie gern in Händen, mir zum Trotz.
LUCETTA.
Sie treibt es weit; doch wär's ihr wohl am liebsten,
Würd' sie durch einen zweiten Brief geärgert.
Lucetta geht ab.
JULIA.
Nein, könnte mich derselbe Brief nur ärgern!
Verhaßte Finger, Liebesschrift zerreißt ihr?
Mordsücht'ge Wespen, saugt des Honigs Süße
Und stecht zu Tod die Biene, die ihn gab? –
Zur Sühnung küss' ich jedes Stück Papier.
Sieh' -güt'ge Julia – hier; ungüt'ge Julia!
Und so, um deinen Undank zu bestrafen,
Werf' ich den Namen auf den harten Stein
Und trete höhnend so auf deinen Stolz. –
Oh! sieh, hier steht – der liebeswunde Proteus –
Oh! Armer du! Mein Busen, wie ein Bett,
Herberge dich, bis ganz die Wunde heilte;
Und so erprüf' ich sie mit heil'gem Kuß. –
Doch zwei-, dreimal steht Proteus hier geschrieben.
Still, guter Wind, entführe mir kein Stückchen,
Bis jedes Wort des Briefs ich wieder fand.
Nur meinen Namen nicht; den trag' ein Sturm
Zu einem furchtbar zackig schroffen Fels
Und schleudr' ihn dann ins wilde Meer hinab! –
Sieh, zweimal hier sein Nam' in einer Zeile –
Der arme Proteus, Proteus, gramverloren, –
Der süßen Julia. – Nein, das reiß' ich ab;
Doch will ich's nicht, da er so allerliebst
Ihn paart mit seinem schwermutsvollen Namen;
So will ich einen auf den andern falten:

Nun küßt, umarmt euch, zankt, tut, was ihr wollt!

Lucetta kommt zurück.

LUCETTA.
Fräulein, zur Mahlzeit, Euer Vater wartet.

JULIA. Gut, gehn wir.

LUCETTA.
Wie, laßt Ihr die Papier' als Schwätzer liegen?

JULIA. Hältst du sie wert, so hebe sie gut auf!

LUCETTA.
Schlecht nahmt Ihr's auf, da ich sie niederlegte;
Doch soll'n sie fort, daß sie sich nicht erkälten.

JULIA. Ich seh', du hast zu ihnen ein Gelüst.

LUCETTA.
Ja, sagt nur immer, was Ihr meint zu sehn;
Auch ich seh' klar, denkt Ihr schon, ich sei blind.

JULIA. Komm, komm! Beliebt's hinein zu gehn?

Sie gehn ab.

Dritte Szene

Zimmer.

Antonio und Panthino treten auf.

ANTONIO.
Panthino, sprich, mit welcher ernsten Rede
Hielt dich mein Bruder in dem Kreuzgang auf?

PANTHINO.
Von Proteus, seinem Neffen, Eurem Sohn.

ANTONIO. Doch was von ihm?

PANTHINO.
Ihn wundert, daß Euer Gnaden
Daheim ihn seine Jugend läßt verbringen;
Da mancher, der geringer ist als Ihr,
Den Sohn auf Reisen schickt, sich auszuzeichnen;
Der, in den Krieg, um dort sein Glück zu suchen;
Der, zur Entdeckung weit entlegner Inseln;
Der, zur berühmten Universität.
Er meint, daß einer, ja selbst all die Wege
Dem Proteus, Eurem Sohne, wohl geziemen;
Mir trug er auf, es Euch ans Herz zu legen,
Daß Ihr ihn länger nicht daheim behaltet;
Er würd' es einst im Alter noch beklagen,
Hätt' er die Welt als Jüngling nicht gesehn.

ANTONIO.
Nun, dazu darfst du mich nicht eben drängen,
Worauf ich schon seit einem Monat sinne.
Wohl hab' ich selbst den Zeitverlust erwogen,
Und wie er ein vollkommner Mann nicht ist,
Eh' ihn die Welt erzogen und geprüft;
Erfahrung wird durch Fleiß und Müh' erlangt
Und durch den raschen Lauf der Zeit gereift;
Doch sprich, wohin ich ihn am besten sende.

PANTHINO.
Ich denk', Eu'r Gnaden ist nicht unbekannt,
Wie jetzt sein Freund, der junge Valentin,
Am Hof dem Kaiser seine Dienste widmet.

ANTONIO. Ich weiß es wohl.

PANTHINO.
Ich mein', Euer Gnaden sollt' ihn dahin senden;
Dort übt er sich im Stechen und Turnieren,
Hört fein Gespräch, bekannt wird er dem Adel,
Und so wird jede Übung ihm geläufig,
Die seiner Jugend ziemt und seinem Rang.

ANTONIO.
Dein Rat gefällt mir; wohl hast du's erwogen;
Und daß du siehst, wie sehr er mir gefällt,
Soll's deutlich dir durch die Vollstreckung werden.
So will ich gleich denn mit der schnellsten Eile
Alsbald ihn an des Kaisers Hof verschicken.

PANTHINO.
So hört, daß morgen Don Alphonso reist
Mit andern jungen Herren hohen Rangès,
Dem Kaiser ihre Huldigung zu bringen
Und ihren Dienst dem Herrscher anzubieten.

ANTONIO.
In der Gesellschaft soll auch Proteus reisen,
Und grade recht, – jetzt will ich's ihm verkünden.

Proteus tritt auf.

PROTEUS. O süße Lieb'! o süße Zeilen! süßes Leben!
Ja, hier ist ihre Hand, des Herzens Bürge;
Hier ist ihr Liebesschwur, der Ehre Pfand;
Oh! daß die Väter unsern Liebesbund
Und unser Glück durch ihren Beifall krönten!
Oh, Engel! Julia! –

ANTONIO.
Wie steht's? Was für ein Brief ist's, den du liesest?

PROTEUS. Mein gnäd'ger Vater, wen'ge Zeilen nur,
In denen Valentin sich mir empfiehlt,
Und die ein Freund mir bringt, der ihn gesprochen.

ANTONIO.
Gib mir den Brief; laß sehn, was er enthält!

PROTEUS.
Durchaus nichts Neues, Herr; er schreibt mir nur,
Wie glücklich er dort lebt, wie sehr geliebt,
Und täglich wachsend in des Kaisers Gnade;
Er wünscht mich hin, sein Glück mit ihm zu teilen.

ANTONIO.
Und fühlst du seinem Wunsche dich geneigt?

PROTEUS. Herr, Eurem Willen bin ich untertan,
Und nicht darf mir des Freunde Wunsch gebieten.

ANTONIO.
Mein Wille trifft mit seinem Wunsch zusammen;
Sei nicht erstaunt, daß ich so schnell verfahre,
Denn was ich will, das will ich; kurz und gut,
Beschlossen ist es, daß du ein'ge Zeit
Mit Valentin am Hof des Kaisers lebst;
Was ihm zum Unterhalt die Seinen geben,
Sollst du von mir auch ebenfalls empfangen.
Auf morgen halt dich fertig abzugehn;
Kein Einwand gilt, unwiderruflich bleibt's.

PROTEUS. Herr, nicht so schnell ist alles vorbereitet;
Nur ein, zwei Tag', ich bitte, schiebt es auf!

ANTONIO.
Ei, was du brauchst, das schicken wir dir nach;
Kein längres Zögern, morgen mußt du fort. –
Panthino, komm, du sollst mir Hülfe leisten,
Um eiligst seine Reise zu befördern.

Antonio und Panthino gehn ab.

PROTEUS.
Das Feuer wollt' ich fliehn, nicht zu verbrennen,
Und stürzte mich ins Meer, wo ich ertrinke;
Dem Vater wollt' ich Julias Brief nicht zeigen,

Aus Furcht, er könne meine Liebe schelten;
Und aus dem Vorwand der Entschuldigung
Wird ihm die stärkste Hemmung meiner Liebe.
Oh! daß der Liebe Frühling, immer wechselnd,
Gleich des Apriltags Herrlichkeit uns funkelt;
Er zeigt die Sonn' in ihrer vollen Pracht,
Bis plötzlich eine Wolk' ihr Licht verdunkelt!

Panthino kommt zurück.

PANTHINO.
Herr Proteus, Euer Vater ruft nach Euch;
Er ist sehr eilig; bitte, folgt mir gleich!

PROTEUS.
Mein Herz ergibt sich, denn es muß ja sein;
Doch ruft es tausendmal mit Schmerzen, nein!

Sie gehn ab.

Zweiter Aufzug

Erste Szene

Palast in Mailand.
Valentin und Flink treten auf.

FLINK. Herr, Euer Handschuh!

VALENTIN. Das ist nicht der meine. –
Ha! laß mich sehn! Ja, gib ihn, er ist mein; –
O süßer Schmuck! der Köstliches hüllt ein! –
Ach Silvia! Silvia!

FLINK. Fräulein Silvia! Fräulein Silvia!

VALENTIN. Was soll das, Bursch?

FLINK. Sie ist nicht zu errufen.

VALENTIN. Ei, wer heißt dich, sie rufen?

FLINK. Euer Gnaden, oder ich müßte es falsch verstanden haben.

VALENTIN. Ja, du bist immer zu voreilig.

FLINK. Und doch ward ich neulich gescholten, daß ich zu langsam sei.

VALENTIN.
Wohlan, sage mir, kennst du Fräulein Silvia?

FLINK. Sie, die Euer Gnaden liebt?

VALENTIN. Nun, woher weißt du, daß ich liebe?

FLINK. Wahrhaftig, an diesen besondern Kennzeichen: Fürs erste habt Ihr gelernt, wie Herr Proteus, Eure Arme in einander zu winden wie ein Mißvergnügter; an einem Liebesliede Geschmack zu finden wie ein Rotkehlchen; allein einherzuschreiten wie ein Pestkranker; zu ächzen wie ein Schulknabe, der sein ABC verloren hat; zu weinen wie eine junge Dirne, die ihre Großmutter begrub; zu fasten wie einer, der in der Hungerkur liegt; zu wachen wie einer, der Einbruch fürchtet; winselnd zu reden wie ein Bettler am Allerheiligentage. Ihr pflegtet sonst, wenn Ihr lachtet, wie ein Hahn zu krähen; wenn Ihr einher ginget, wie ein Löwe zu wandeln; wenn Ihr fastetet, war es gleich nach dem Essen; wenn Ihr finster blicktet, war es, weil Euch Geld fehlte; und jetzt seid Ihr von Eurer Dame verwandelt, daß, wenn ich Euch ansehe, ich Euch kaum für meinen Herrn halten kann.

VALENTIN. Bemerkt man alles dies in mir?

FLINK. Man bemerkt das alles außer Euch.

VALENTIN. Außer mir? Das ist nicht möglich.

FLINK. Außer Euch? Nein, das ist gewiß, denn außer Euch wird kein Mensch so einfältig handeln; aber Ihr seid so außer diesen Torheiten, daß diese Torheiten in Euch sind und durchscheinen in Euch, wie Wasser in einem Uringlase, so daß kein Auge Euch sieht, das nicht gleich zum Arzt wird und Eure Krankheit erkennt.

VALENTIN.
Doch sage mir, kennst du Fräulein Silvia?

FLINK. Die, welche Ihr so anstarret, wenn sie bei Tische sitzt?

VALENTIN.
Hast du das bemerkt? Eben die meine ich.

FLINK. Nun, Herr, ich kenne sie nicht.

VALENTIN. Kennst du sie an meinem Anstarren, und kennst sie doch nicht?

FLINK. Ist es nicht die, die häßlich gewachsen ist?

VALENTIN. Sie ist schön, Bursche, und noch herrlicher gewachsen.

FLINK. Das weiß ich recht gut.

VALENTIN. Was weißt du?

FLINK.
Daß sie nicht so schön ist, und brauner als Wachs.

VALENTIN. Ich meine, ihre Schönheit ist ausbündig, aber die Herrlichkeit ihres Wuchses unaussprechlich.

FLINK. Das macht, weil das eine gemalt, und das andre nicht in Rechnung zu stellen ist.

VALENTIN.
Wie gemalt, und wie nicht in Rechnung zu stellen?

FLINK. Nun, sie ist so gemalt, um sie schön zu machen, daß kein Mensch ihre Schönheit berechnen kann.

VALENTIN. Was meinst du von mir? Ich stelle ihre Schönheit hoch in Rechnung.

FLINK. Ihr saht sie niemals, seit sie häßlich ist.

VALENTIN. Seit wann ist sie häßlich?

FLINK. Seitdem Ihr sie liebt.

VALENTIN. Ich habe sie immer geliebt, seit ich sie sah, und doch sehe ich sie reich an Schönheit.

FLINK. Wenn Ihr sie liebt, könnt Ihr sie nicht sehn.

VALENTIN. Warum?

FLINK. Weil Liebe blind ist. Oh! daß Ihr meine Augen hättet, oder Eure Augen hätten die Klarheit, welche sie hatten, als Ihrden Herrn Proteus schaltet, daß er ohne Kniebänder ging.

VALENTIN. Was würde ich dann sehn?

FLINK. Eure gegenwärtige Torheit und ihre übergroße Häßlichkeit; denn er, weil er verliebt war, konnte nicht sehn, um sein Knieband zu schnallen; und Ihr, weil Ihr verliebt seid, könnt gar nicht einmal sehn, ob Ihr Strümpfe anhabt oder nicht.

VALENTIN. So scheint's, Bursche, du bist verliebt; denn gestern morgen konntest du nicht sehen, ob meine Schuhe geputzt waren.

FLINK. Wahrhaftig, Herr, ich war in mein Bett verliebt; ich danke Euch, daß Ihr mich meiner Liebe wegen wamstet, denn das macht mich um so kühner, Euch um die Eure zu schelten.

VALENTIN. Ich stehe ganz in Flammen.
FLINK. Oh! wenn Ihr Euch doch setztet!
VALENTIN. Gestern abend trug sie mir auf, einige Verse an jemand zu schreiben, den sie liebt.
FLINK. Und tatet Ihr's?
VALENTIN. Ja.
FLINK. Und sind sie nicht sehr lahm geschrieben?
VALENTIN. Nein, Bursch, so gut wie ich nur konnte; – still, hier kommt sie.

Silvia kommt.

FLINK. O herrliches Puppenspiel! O vortreffliche Marionetten! Jetzt wird er nun ausdeuten.
VALENTIN.
Fräulein und Gebieterin, tausend gute Morgen!
FLINK *beiseit.* Oh! einen guten Abend dazu. Über die Millionen von Komplimenten!
SILVIA. Ritter Valentin und Diener, ich gebe Euch zweitausend.
FLINK *beiseit.*
Er sollte ihr Zinsen geben, und sie gibt sie ihm.
VALENTIN.
Wie Ihr befahlt, hab' ich den Brief geschrieben
An den geheimen, namenlosen Freund;
Sehr ungern ließ ich mich dazu gebrauchen,
Geschah's aus Pflicht für Euer Gnaden nicht.
SILVIA.
Dank, edler Diener: recht geschickt vollführt.
VALENTIN.
Glaubt mir, mein Fräulein, es ging schwer vonstatten;
Denn, unbekannt, an wen es war gerichtet,
Schrieb ich aufs Ungefähr und unbestimmt.
SILVIA. Ihr achtet wohl zu viel so viele Mühe?
VALENTIN.
Nein, Fräulein; nützt es Euch, so will ich schreiben,
Wenn Ihr's befehlt, noch tausendmal so viel.
Und doch –
SILVIA. Ein schöner Schluß! Ich rate, was soll folgen;
Doch nenn' ich's nicht; – doch kümmert es mich nicht; –
Und doch, nehmt dies zurück – und doch, ich dank' Euch;
Und will Euch künftig niemals mehr bemühn.
FLINK *beiseit.*
Und doch geschieht's gewiß; und doch, und doch.
VALENTIN.
Was meint Euer Gnaden? Ist es Euch nicht recht?
SILVIA.
Ja, ja; die Verse sind recht gut geschrieben;
Doch, da Ihr's ungern tatet, nehmt sie wieder;
Hier, nehmt sie hin!
VALENTIN. Fräulein, sie sind für Euch.
SILVIA.
Ja, ja; Ihr schriebt sie, Herr, auf mein Ersuchen;
Ich aber will sie nicht; sie sind für Euch;
Ich hätte gern sie rührender gehabt.
VALENTIN.
Wenn Ihr befehlt, schreib' ich ein andres Blatt.
SILVIA. Und schriebt Ihr es, so lest es durch statt meiner;
Gefällt es Euch, dann gut; wo nicht, auch gut.
VALENTIN.
Und wenn es mir gefällt, Fräulein, was dann?
SILVIA. Gefällt es Euch, so nehmt's für Eure Mühe;
Und so, mein lieber Diener, guten Morgen!

Silvia geht ab.

FLINK. O unsichtbares Späßchen! das zu ergründen nicht geht!
Wie der Wetterhahn auf dem Turm, wie die Nas' im Gesicht steht!
Es dient mein Herr und fleht ihr; doch sie wünscht ihn sich dreister
Und macht aus ihrem Schüler sich selber den Schulmeister.
O auserlesnes Kunststück! Gab's je von dem Gelichter?
Mein Herr, als Sekretär, schreibt an sich selbst als Dichter.
VALENTIN. Was räsonierst du so mit dir selbst?
FLINK. Nein, ich meinte nur; die Räson habt Ihr.
VALENTIN. Um was zu tun?
FLINK. Freiwerber für Fräulein Silvia zu sein.
VALENTIN. Für wen?
FLINK.
Für Euch selbst, und sie wirbt um Euch figürlich.
VALENTIN. Wie denn figürlich?
FLINK. Durch einen Brief, wollt' ich sagen.
VALENTIN. Sie hat ja an mich nicht geschrieben.
FLINK. Was braucht sie's, da sie Euch an Euch selbst hat schreiben lassen? Nun, merkt Ihr den Spaß?
VALENTIN. Nichts, wahrlich!
FLINK. Ihr nehmt nichts wahr, in der Tat, Herr. Aber merktet Ihr nicht ihren Ernst?
VALENTIN. Es ward mir keiner, als ein zornig Wort.
FLINK. Sie gab Euch ja einen Brief.
VALENTIN. Das ist der Brief, den ich an ihren Freund geschrieben habe.
FLINK. Und den Brief hat sie bestellt, und damit gut.
VALENTIN. Ich wollte, es wäre nicht schlimmer.
FLINK. Ich bürge Euch dafür, es ist grade so gut;
Denn oft geschrieben habt Ihr ihr, und sie, aus Sittsamkeit,
Weil Muß' ihr auch vielleicht gefehlt, gab nimmer Euch Bescheid;
Vielleicht auch bang, daß Boten wohl Betrügerei verübten,
Hat sie die Liebe selbst gelehrt zu schreiben dem Geliebten.
Das sprech' ich wie gedruckt, denn ich sah's gedruckt. –
Was steht Ihr in Gedanken? Es ist Essenzeit.
VALENTIN. Ich habe gegessen.
FLINK. Ja, aber hört, Herr: wenn auch das Chamäleon Liebe sich mit Luft sättigen kann, ich bin einer, der sich von Speise nährt, und möchte gern essen. Ach! seid nicht wie Eure Dame, laßt Euch rühren! laßt Euch rühren!

Beide gehn ab.

Zweite Szene

Juliens Zimmer.
Proteus und Julia treten auf.

PROTEUS. Geduldig, liebe Julia!

JULIA. Ich muß, wo keine Hülfe ist.

PROTEUS. Sobald ich irgend kann, kehr' ich zurück.

JULIA.
Verkehrt sich Euer Sinn nicht, kehrt Ihr bald;
Nehmt dies als Eurer Julia Angedenken.

Sie gibt ihm einen Ring.

PROTEUS.
So tauschen wir; nimm dies und denke mein!

JULIA. Laß heil'gen Kuß des Bundes Siegel sein!

PROTEUS.
Nimm meine Hand als Zeichen ew'ger Treue,
Und wenn im Tag mir eine Stund' entschlüpft,
In der ich nicht um dich, o Julia, seufze,
Mag in der nächsten Stund' ein schweres Unheil
Mich für Vergessenheit der Liebe strafen!
Mein Vater wartet mein; oh! sage nichts;
Die Flut ist da: nicht deiner Tränen Flut,
Die hält mich länger, als ich bleiben sollte.

Julia geht ab.

Julia, leb wohl! – Wie? Ohn' ein Wort gegangen?
Ja, treue Lieb' ist so, sie kann nicht sprechen.
Mit Taten schmückt sich Treu' und nicht mit Worten.

Panthino tritt auf.

PANTHINO. Man wartet schon.

PROTEUS. Ich komme, geh nur fort!
Ach! Trennung macht verstummen Liebeswort.

Beide gehn ab.

Dritte Szene

Straße. Lanz tritt auf und führt einen Hund am Strick.

LANZ. Nein, in einer ganzen Stunde werde ich nicht mit Weinen fertig; alle Lanze haben nun einmal den Fehler. Ich habe mein Erbteil empfangen, wie der verlorne Sohn, und gehe mit Herrn Proteus an den kaiserlichen Hof. Ich denke, Krabb, mein Hund, ist der allerhartherzigste Hund auf der ganzen Welt; meine Mutter weinte, mein Vater jammerte, meine Schwester schrie, unsre Magd heulte, unsre Katze rang die Hände, und unser ganzes Haus war im erbärmlichsten Zustand, da vergoß dieser tyrannische Köter nicht eine Träne; er ist ein Stein, ein wahrer Kieselstein, und hat nicht mehr Nächstenliebe als ein Hund; ein Jude würde geweint haben, wenn er unsern Abschied gesehn hätte; ja, meine Großmutter, die keine Augen mehr hat, seht ihr, die weinte sich blind bei meinem Fortgehn. Ich will euch zeigen, wie es herging: dieser Schuh ist mein Vater; nein, dieser linke Schuh ist mein Vater, – nein, dieser linke Schuh ist meine Mutter; nein, so kann es nicht sein; – ja, es ist so, es ist so; er hat die schlechteste Sohle; dieser Schuh mit dem Loch ist meine Mutter, und dieser mein Vater; hol' mich der Henker! so ist's; nun dieser Stock ist meine Schwester, denn seht ihr, sie ist so weiß wie eine Lilie und schlank wie eine Gerte; dieser Hut ist Hanne, unsre Magd, ich bin der Hund, – nein, der Hund ist er selbst, und ich bin der Hund, – ach! der Hund ist ich, und ich bin auch ich selbst; ja, ja, so ist's. Nun komme ich zu meinem Vater; Vater, Euern Segen; nun kann der Schuh vor Weinen kein Wort sprechen; nun küsse ich meinen Vater; gut, er weint fort; – nun komme ich zu meiner Mutter (oh, daß sie nur sprechen könnte, wie ein Weib, das von Sinnen ist!); gut, ich küsse sie; ja, das ist wahr: das ist meiner Mutter Atem ganz und gar; nun komme ich zu meiner Schwester; gebt acht, wie sie ächzt; nun vergießt der Hund keine Träne, und spricht während der ganzen Zeit kein Wort; und ihr seht doch, wie ich den Staub mit meinen Tränen lösche.

Panthino tritt auf.

PANTHINO. Fort, fort, Lanz, an Bord; dein Herr ist eingeschifft, und du mußt hinterher rudern. Was ist das? Was weinst du, Kerl? Fort, Esel; du wirst dich ohne Not verstricken und das Schiff verlieren, wenn du länger wartest.

LANZ. Das tut nichts, denn es ist die hartherzigste Verstrickung, die jemals ein Mensch am Strick mit sich führte.

PANTHINO.
Welche hartherzige Verstrickung meinst du?

LANZ.
Die ich hier am Strick habe; Krabb, mein Hund.

PANTHINO. Schweig', Kerl! Ich meine, du wirst die Flut verlieren, und wenn du die Flut verlierst, deine Reise verlieren, und wenn du die Reise verlierst, deinen Herrn verlieren, und wenn du deinen Herrn verlierst, deinen Dienst verlieren, und wenn du deinen Dienst verlierst – Warum hältst du mir den Mund zu?

LANZ. Aus Furcht, du möchtest deine Zunge verlieren. – Mag ich Flut, Reise, Herrn und Dienst verlieren! Flut! – Ja, Mann, wenn der Strom vertrocknet wäre, bin ich imstande, ihn mit meinen Tränen zu füllen; wenn der Wind sich gelegt hätte, könnte ich das Boot mit meinen Seufzern treiben.

PANTHINO. Komm, komm fort, Kerl, ich bin her geschickt, dich zu holen.

LANZ. Hol' dich der Henker!

PANTHINO. Wirst du gehn?

LANZ. Ja, ich will gehn.

Beide gehn ab.

Vierte Szene

Palast in Mailand.
Valentin, Silvia, Thurio und Flink treten auf.

SILVIA. Diener –

VALENTIN. Gebieterin?

FLINK. Herr, Thurio runzelt gegen Euch die Stirn.

VALENTIN. Ja, Bursch, aus Liebe.

FLINK. Nicht zu Euch.

VALENTIN. Zu meiner Dame also.

FLINK. Es wäre gut, Ihr gäbet ihm eins.

SILVIA. Diener, Ihr seid mißlaunig.

VALENTIN. In Wahrheit, Fräulein, ich scheine so.

SILVIA. Scheint Ihr, was Ihr nicht seid?

VALENTIN. Vielleicht.
THURIO. Das tun Gemälde.
VALENTIN. Das tut Ihr.
THURIO. Was scheine ich, das ich nicht bin?
VALENTIN. Weise.
THURIO. Welch ein Beweis vom Gegenteil!
VALENTIN. Eure Torheit.
THURIO. Und wo bemerkt Ihr meine Torheit?
VALENTIN. In Eurem Wams.
THURIO. Mein Wams ist gedoppelt.
VALENTIN.
Nun, so wird auch Eure Torheit doppelt sein.
THURIO. Wie?
SILVIA.
Wie, erzürnt, Ritter Thurio? Verändert Ihr die Farbe?
VALENTIN. Gestattet es ihm, Fräulein; er ist eine Art Chamäleon.
THURIO. Das mehr Lust hat, Euer Blut zu trinken, als in Eurer Luft zu leben.
VALENTIN. Ihr habt gesprochen, Herr.
THURIO. Ja, Herr, und für diesmal auch geendigt.
VALENTIN. Ich weiß es wohl, Herr, daß Ihr immer geendigt habt, ehe Ihr anfangt.
SILVIA. Eine hübsche Artillerie von Worten, edle Herren, und munter geschossen.
VALENTIN. So ist es in der Tat, Fräulein; und wir danken dem Geber.
SILVIA. Wer ist das, Diener?
VALENTIN. Ihr selbst, holdes Fräulein; denn Ihr gebt das Feuer; Herr Thurio borgt seinen Witz von Euer Gnaden Blicken und verschwendet, was er borgt, mildtätig in Eurer Gesellschaft.
THURIO.
Herr, wenn Ihr Wort auf Wort mit mir verschwendet, so werde ich Euren Witz bankerott machen.
VALENTIN. Das weiß ich wohl, Herr; Ihr habt einen Schatz von Worten, und keine andere Münze Euren Dienern zu geben; denn es zeigt sich an ihren kahlen Livreien, daß sie von Euren kahlen Worten leben.
SILVIA. Nicht weiter, nicht weiter, edle Herren; hier kommt mein Vater.

Der Herzog tritt auf.

HERZOG. Nun, Tochter Silvia, du bist hart belagert.
Herr Valentin, Eu'r Vater ist gesund;
Was sagt Ihr wohl zu Briefen aus der Heimat
Mit guter Zeitung?
VALENTIN. Dankbar, gnäd'ger Herr,
Empfang' ich jeden frohen Abgesandten.
HERZOG.
Kennt Ihr Antonio, Euren Landsmann, wohl?
VALENTIN. Ja, gnäd'ger Herr, ich kenne diesen Mann,
Daß er geehrt ist und in hoher Achtung
Und nach Verdienst im besten Rufe steht.
HERZOG. Hat er nicht einen Sohn?
VALENTIN.
Ja, einen Sohn, mein Fürst, der wohl verdient,
Daß er des Vaters Ruf und Ansehn erbe.
HERZOG. Ihr kennt ihn näher?
VALENTIN. Ich kenn' ihn wie mich selbst; denn seit der Kindheit
Vereint als Freunde lebten wir zusammen;
Und war auch ich ein träger Müßiggänger,
Der nicht den Wert der Zeit zu schätzen wußte,
Um meine Jugend engelgleich zu kleiden:
So nutzt' hingegen Proteus, denn so heißt er,
Mit schönem Vorteil seine Tag' und Stunden;
Er ist an Jahren jung, alt an Erfahrung;
Unreif sein Alter, doch sein Wissen reif;
Mit einem Wort (denn hinter seinem Wert
Bleibt jedes Lob zurück, das ich ihm gebe),
Er ist vollkommen an Gestalt und Geist,
An jeder Zierde reich, die Edle ziert.
HERZOG.
Wahrhaftig, wenn er Euer Wort bewährt,
So ist er würdig einer Kais'rin Liebe
Und gleich geschickt für eines Kaisers Rat.
Wohl! dieser Edelmann ist angelangt
Und bringt Empfehlung mir von mächt'gen Herren;
Hier denkt er ein'ge Zeit sich aufzuhalten:
Die Nachricht, mein' ich, muß Euch sehr erfreuen.
VALENTIN.
Blieb etwas mir zu wünschen, so war er's.
HERZOG. Nun, so bewillkommt ihn, wie er's verdient:
Dich, Silvia, fodr' ich auf und, Thurio, Euch,
Denn Valentin bedarf nicht der Ermahnung;
Ich geh' und will sogleich ihn zu Euch senden.

Der Herzog geht ab.

VALENTIN.
Dies, Fräulein, ist der Mann, von dem ich sagte,
Er wäre mir gefolgt, wenn die Geliebte
Sein Auge nicht mit Strahlenblick gefesselt.
SILVIA. So hat sie ihm die Augen frei gegeben
Und andres Pfand für seine Treu' behalten.
VALENTIN. Gewiß hält sie sie als Gefangne noch.
SILVIA. So muß er blind sein; und wie kann ein Blinder
Nur seinen Weg sehn, um Euch aufzusuchen?
VALENTIN.
Ei, Liebe sieht mit mehr als funfzig Augen.
THURIO. Man sagt, daß Liebe gar kein Auge hat.
VALENTIN. Um solche Liebende zu sehn als Euch;
Sie sieht hinweg, naht ihr ein nüchtern Wesen.
SILVIA.
Genug, genug! Hier kommt der Fremde schon.

Proteus tritt auf.

VALENTIN.
Willkommen, teurer Freund! – Ich bitt' Euch, Herrin,
Bestätigt durch besondre Huld den Willkomm!
SILVIA. Sein eigner Wert ist Bürge seines Willkomms.
Ist er's, von dem Ihr oft zu hören wünschtet?
VALENTIN.
Er ist's, Gebiet'rin; gönnt ihm, holdes Fräulein,
Daß er, gleich mir, sich Eurem Dienste weihe!
SILVIA. Zu niedre Herrin für so hohen Diener.
PROTEUS.
Nein, holdes Fräulein, zu geringer Diener,
Daß solche hohe Herrin auf ihn schaue.
VALENTIN. Laßt jetzt Unfähigkeit auf sich beruhn. –
Nehmt, holdes Fräulein, ihn als Diener an!
PROTEUS.
Ergebenheit, nichts andres kann ich rühmen.

SILVIA. Und immer fand Ergebenheit den Lohn.
Wie wertlos auch die Herrin, grüßt sie dich.
PROTEUS.
Wer außer Euch so spräche, müßte sterben.
SILVIA. Daß Ihr willkommen seid?
PROTEUS. Nein, daß Ihr wertlos.
Ein Diener tritt auf.
DIENER.
Eu'r Vater will Euch sprechen, gnäd'ges Fräulein.
SILVIA. Ich bin zu seinem Dienst.
Diener geht ab.
Kommt, Ritter Thurio,
Geht mit! – Nochmals willkommen, neuer Diener!
Jetzt mögt ihr von Familiensachen sprechen;
Ist das geschehn, erwarten wir euch wieder.
PROTEUS.
Wir werden beid' Euch unsre Dienste widmen.
Silvia, Thurio und Flink gehn ab.
VALENTIN.
Nun sprich, wie ging es allen, da du schiedest?
PROTEUS.
Gesund sind deine Freund' und grüßen herzlich.
VALENTIN. Wie geht's den Deinen?
PROTEUS. Alle waren wohl.
VALENTIN.
Wie steht's um deine Dam' und deine Liebe?
PROTEUS. Liebesgespräche waren dir zur Last;
Ich weiß, du hörst nicht gern von Liebessachen.
VALENTIN.
Ja, Proteus, doch dies Leben ist verwandelt;
Gebüßt hab' ich, weil ich verschmäht die Liebe;
Ihr hohes Herrscherwort hat mich gestraft
Mit strengem Fasten, reuig bittrer Klage,
Mit Tränen nächtlich, tags mit Herzensseufzern;
Denn, um der Liebe Hohn an mir zu rächen,
Nahm sie den Schlaf den Augen ihres Knechts,
Daß sie des Herzensgrames Wächter wurden.
Oh, Liebster, Amor ist ein mächt'ger Fürst
Und hat mich so gebeugt, daß ich bekenne,
Es gibt kein Weh, das seiner Strafe glich',
Doch gibt's nicht größre Lust, als ihm zu dienen.
Jetzt kein Gespräch, als nur von Lieb' allein;
Jetzt ist mir Frühstück, Mittag-, Abendmahl,
Schlummer und Schlaf das bloße Wort schon: Liebe.
PROTEUS.
Genug; denn schon dein Auge spricht dein Glück.
War dies der Abgott, dem du huldigest?
VALENTIN.
Ja; ist sie nicht ein himmlisch Heil'genbild?
PROTEUS. Nein; doch sie ist ein irdisch Musterbild.
VALENTIN. Nenn' göttlich sie!
PROTEUS. Nicht schmeicheln will ich ihr.
VALENTIN.
Oh, schmeichle mir; des Lobs freut sich die Liebe.
PROTEUS.
Mir, als ich krank war, gabst du bittre Pillen;
Jetzt reich' ich dir dieselbe Arzenei.
VALENTIN.
So sprich von ihr die Wahrheit; wenn nicht göttlich,
Laß sie doch eine Hoheit sein, erhaben
Vor allen Kreaturen auf der Erde.
PROTEUS. Nur Julia nehm' ich aus.
VALENTIN. Nimm keine aus;
Du nimmst zu viel dir gegen sie heraus.
PROTEUS.
Hab' ich nicht Grund, die meine vorzuziehn?
VALENTIN.
Und ich will ihr zum höchsten Vorzug helfen:
Sie soll gewürdigt sein der hohen Ehre, –
Zu tragen Silvias Schleppe; daß dem Kleid
Die harte Erde keinen Kuß entwende
Und, durch so große Gunst von Stolz gebläht,
Zu tragen weigert sommersüße Blumen
Und rauhen Winter ewig dauernd halte.
PROTEUS. Was, lieber Valentin, ist das für Schwulst?
VALENTIN.
Verzeih! Mit ihr verglichen ist das nichts,
Ihr Wert macht jeden andern Wert zum Nichts;
So einzig ist sie.
PROTEUS. Bleib' sie einzig denn!
VALENTIN.
Nicht um die Welt! Ja, Freund, sie ist schon mein,
Und ich so reich in des Juwels Besitz,
Als zwanzig Meere, all ihr Sand von Perlen,
Nektar die Flut, gediegnes Gold die Felsen.
Verzeih'! auch kein Gedanke mehr an dich,
Denn jeder ist Begeist'rung für die Liebste.
Mein Nebenbuhl, der Tor, den um sein großes
Vermögen nur der Vater schätzen kann,
Ging fort mit ihr; und eilig muß ich nach,
Denn Liebe, weißt du, ist voll Eifersucht.
PROTEUS. Doch sie liebt dich?
VALENTIN. Ja, und wir sind verlobt;
Noch mehr, die Stunde der Vermählung selbst,
Und auch die List, wie wir entfliehen mögen;
Beredet schon, wie ich zum Fenster steige
Auf seilgeknüpfter Leiter; jedes Mittel
Erdacht und fest bestimmt zu meinem Glück.
Geh, guter Proteus, mit mir auf mein Zimmer,
Daß mir dein Rat in dieser Sache helfe.
PROTEUS.
Geh nur voran; ich will dich schon erfragen.
Ich muß zur Reed', um ein'ges auszuschiffen,
Was mir von meinen Sachen nötig ist;
Und dann bin ich zu deinen Diensten gleich.
VALENTIN. Und kommst du bald?
PROTEUS. Gewiß, in kurzer Frist.
Valentin geht ab.
Wie eine Glut die andre Glut vernichtet,
So wie ein Keil den anderen vertreibt,
Ganz so ist das Gedächtnis vor'ger Liebe
Vor einem neuen Bild durchaus vergessen.
Ist es mein Aug', ist's meines Freundes Lob,
Ihr echter Wert, mein falscher Unbestand,
Was Unvernunft so zum Vernünfteln treibt?
Schön ist sie; so auch Julia, die ich liebe, –
Nein liebte, denn mein Lieben ist zerronnen;
Und, wie ein Wachsbild an des Feuers Glut,
Schwand jeder Eindruck dessen, was sie war.
Mich dünkt mein Eifer kalt für Valentin,
Und daß ich ihn nicht liebe so wie sonst;
Ach! doch sein Fräulein lieb' ich allzu sehr:

Dies ist der Grund, ihn weniger zu lieben.
Wie wird ein tiefrer Sinn sie einst vergöttern,
Wo ich jetzt leicht gesinnt sie schon verehre!
Nur ihr Gemälde hab' ich erst gesehn,
Und das hat meines Denkens Licht geblendet;
Wird sie mir erst im vollen Glanz erscheinen,
Erstirbt das Denken, und ich werde blind.
Kann ich verirrte Liebe heilen, sei's;
Wo nicht, erring' ich sie um jeden Preis.

Geht ab.

Fünfte Szene

Flink und Lanz treten auf.

FLINK. Lanz! bei meiner Seele, du bist in Mailand willkommen.

LANZ. Schwöre nicht falsch, liebes Kind; denn ich bin nicht willkommen. Ich sage es immer: ein Mann ist nicht eher verloren, bis er gehängt, und nicht eher an einem Ort willkommen, bis irgendeine Zeche bezahlt ist und die Wirtin zu ihm willkommen sagt.

FLINK. Komm mit mir, du Narrenkopf, ich will gleich mit dir ins Bierhaus; wo du für fünf Stüber fünftausend Willkommen haben sollst. Aber, sage doch, wie schied dein Herr von Fräulein Julia?

LANZ. Wahrhaftig, nachdem sie im Ernst miteinander geschlossen hatten, schieden sie ganz artig im Spaß.

FLINK. Aber wird sie ihn heiraten?

LANZ. Nein.

FLINK. Wie denn? Wird er sie heiraten?

LANZ. Nein, auch nicht.

FLINK. Wie, sind sie auseinander?

LANZ. Nein, sie sind beide so ganz, wie ein Fisch.

FLINK. Nun denn, wie steht die Sache mit ihnen?

LANZ. Ei so: wenn es mit ihm wohl steht, steht es wohl mit ihr.

FLINK.
Welch ein Esel bist du! du widerstehst mir immer.

LANZ. Und du bist ein Klotz; denn mein Stock widersteht mir auch.

FLINK. In deiner Meinung?

LANZ. Nein, selbst in meinen Handlungen; denn sieh, ich lehne mich so rücklings auf ihn, und so widersteht mir mein Stock.

FLINK. So steht er dir entgegen, das ist wahr.

LANZ. Nun, widerstehn und entgegenstehn ist doch wohl dasselbe.

FLINK.
Aber sage mir die Wahrheit, gibt es eine Heirat?

LANZ. Frage meinen Hund; wenn er ja sagt, gibt's eine; wenn er nein sagt, gibt's eine; wenn er den Schwanz schüttelt und nichts sagt, gibt's eine.

FLINK. Der Schluß ist also, daß es eine gibt.

LANZ. Du sollst niemals solch ein Geheimnis anders von mir herausbringen als durch ein Gleichnis.

FLINK. Es ist mir recht, daß ich es so heraus bringe. Aber, Lanz, was sagst du, daß mein Herr so ein tüchtiger Reimsinger geworden ist?

LANZ. Ich habe ihn nie anders gekannt.

FLINK. Als wie?

LANZ. Als einen tüchtigen Weinschlinger, wie du ihn eben rühmst.

FLINK. Ei, du nichtsnutziger Esel, du verdrehst mir alles im Maul.

LANZ. Ei, Narr, ich meinte ja nicht, daß du das Glas am Maul hast, sondern dein Herr.

FLINK. Ich sage dir, mein Herr ist ein eifriger Reimsänger geworden.

LANZ. Nun, ich sage dir, es ist mir gleich, wenn er sich auch die Lunge aus dem Halse singt. Willst du mit mir ins Bierhaus gehn: gut; wo nicht, so bist du ein Hebräer, ein Jude, und nicht wert, ein Christ zu heißen.

FLINK. Warum?

LANZ. Weil du nicht so viel Nächstenliebe in dir hast, mit einem Christen zu Biere zu gehn; willst du gehen?

FLINK. Wie du befiehlst.

Beide gehen ab.

Sechste Szene

Zimmer. Proteus tritt auf.

PROTEUS. Verlass' ich meine Julia, ist es Meineid;
Lieb' ich die schöne Silvia, ist es Meineid;
Kränk' ich den Freund, das ist der höchste Meineid;
Dieselbe Macht, die erst mich schwören ließ,
Sie reizt mich jetzt, dreifachen Schwur zu brechen;
Die Liebe zwang zum Eid und zwingt zum Meineid.
O Liebe, süß verführend, wenn du sündigst,
So lehr' auch den Verführten sich entschuld'gen!
Erst huldigt' ich dem schimmernden Gestirn,
Jetzt bet' ich an den Glanz der Himmelssonne.
Man bricht bedachtsam unbedacht Gelübde,
Und dem fehlt Witz, dem echter Wille fehlt,
Den Witz zu brauchen, gut für schlecht zu wählen. –
Pfui dir, du Lästerzunge! schlecht zu nennen,
Die du als höchstes Gut so oft gepriesen
Mit zwanzigtausend seelverbürgten Eiden.
Nicht meiden kann ich Lieb', und doch geschieht's;
Doch meid' ich dort sie, wo ich lieben sollte.
Julia verlier' ich, und den Freund verlier' ich;
Und sind sie mein, muß ich mich selbst verlieren;
Verlier' ich sie, find' ich durch den Verlust,
Für Valentin, mich selbst; für Julia, Silvia.
Ich bin mir selber näher als der Freund,
Und Lieb' ist in sich selbst am köstlichsten.
Denn Silvia, – zeug', o Himmel, der sie schuf! –
Stellt Julia mir als dunkle Mohrin dar.
Vergessen will ich denn, daß Julia lebt,
Nur denken, mein Gefühl für sie sei tot;
Und Valentin will ich als Feind betrachten,
Daß Silvia ich, den süßern Freund, erwerbe.
Ich kann die Treu' mir selber nicht bewahren,
Begeh' ich nicht Verrat an Valentin. –
Die Nacht denkt er auf seilgeknüpfter Leiter
Der Göttin Silvia Fenster zu ersteigen;
Ich, der Vertraute, bin sein Nebenbuhler.

Gleich will ich nun dem Vater Kunde geben
Von dem Betrug und der beschloßnen Flucht;
Der wird, im Zorn, dann Valentin verbannen,
Da er die Tochter Thurio will ermählen.
Doch, Valentin entfernt, durchkreuz' ich schnell
Durch schlaue List des plumpen Thurio Werbung.
Leih', Liebe, Schwingen, rasch zum Ziel zu streben,
Wie du mir Witz gabst, diese List zu weben!

Geht ab.

Siebente Szene

Zimmer.
Julia und Lucetta treten auf.

JULIA. Rat' mir, Lucetta; hilf mir, liebes Kind!
Und bei der Liebe selbst beschwör' ich dich, –
Du bist das Blatt, dem alle meine Wünsche
In klaren Zügen eingeschrieben sind:
Nun steh mir bei und nenne mir die Mittel,
Wie ich mit Ehren unternehmen mag,
Zu meinem teuren Proteus hinzureisen.

LUCETTA.
Ach! sehr beschwerlich ist der Weg und lang.

JULIA.
Der wahrhaft fromme Pilger bleibt entschlossen,
Mit müdem Schritt Provinzen zu durchmessen:
Wie mehr denn sie, beschwingt mit Liebesfittig,
Und strebt der Flug zu dem so hoch geliebten,
Göttlich begabten Mann, zu Proteus hin!

LUCETTA. Doch harren lieber, bis er wiederkehrt.

JULIA.
Du weißt, sein Blick ist meiner Seele Nahrung;
Dich jammert nicht der Mangel, der mich quält,
Da ich so lang' nach dieser Nahrung schmachte?
Oh! kenntest du die innre Kraft der Liebe,
Du möchtest eh' mit Schnee ein Feuer zünden,
Als Liebesglut durch Worte löschen wollen.

LUCETTA. Nicht will ich Eurer Liebe Feuer löschen,
Nur mäßigen des Feuers Ungestüm,
Daß es der Klugheit Schranke nicht zerstöre.

JULIA. Je mehr du's dämpfst, je heller flammt es auf;
Der Bach, der nur mit sanftem Murmeln schleicht,
Tobt ungeduldig, wird er eingehemmt;
Doch wird sein schöner Lauf nicht aufgehalten,
Spielt er ein süßes Lied mit Glanzgestein
Und streift mit zartem Kuß jedwede Binse,
Die er auf seinem Pilgerpfad berührt;
So wandert er durch manche Schlangenwindung
Mit leichtem Spiel zum wilden Ozean.
Drum laß mich gehn und stör' nicht meinen Lauf;
Ich bin geduldig, wie ein sanfter Strom,
Und Kurzweil acht' ich jeden müden Schritt,
Bis mich der letzte zum Geliebten bringt;
Dort will ich ruhn, gleichwie nach Angstbedrängnis
Ein sel'ger Geist wohnt in Elysium.

LUCETTA.
Allein in welcher Kleidung wollt Ihr gehn?

JULIA.
Nicht wie ein Mädchen; denn vermeiden möcht ich
Den lockern Angriff ausgelass'ner Männer.
Gute Lucetta, solch Gewand besorge,
Wie's einem zücht'gen Edelknaben ziemt.

LUCETTA.
So müßt Ihr Euch der Locken ganz berauben.

JULIA. Nein, Kind, ich flechte sie in seidne Schnüre
Mit seltsam, künstlich, treuen Liebesknoten;
Phantastisch so zu sein, ziemt selbst dem Jüngling,
Der älter ist, als ich erscheinen werde.

LUCETTA.
Nach welchem Schnitt wollt Ihr das Beinkleid tragen?

JULIA.
Das klingt ganz so, als – »sagt mir, gnäd'ger Herr,
Wie weit wollt Ihr wohl Euren Reifrock haben?«
Nun, nach dem Schnitt, der dir gefällt, Lucetta.

LUCETTA.
Notwendig müßt Ihr dann mit Latz sie tragen.

JULIA. Pfui, pfui, Lucetta! das wird häßlich sein.

LUCETTA.
Die runde Hos' ist keine Nadel wert.
Ein Latz muß sein, um Nadeln drauf zu stecken.

JULIA. Lucetta, liebst du mich, so schaffe mir,
Was gut dir dünkt und sich am besten ziemt;
Doch, Mädchen, sprich: wie wird die Welt mich richten,
Wenn sie die unbedachte Reis' erfährt?
Ich fürchte sehr, es schadet meinem Ruf.

LUCETTA.
Wenn Ihr das denkt, so bleibt und gehet nicht!

JULIA. Das will ich nicht.

LUCETTA.
So lacht denn jeder Läst'rung und geht fort!
Lobt Proteus nur die Reise, wenn Ihr kommt,
So denkt nicht an den Tadler, seid Ihr fort;
Ich fürcht', er wird sie schwerlich billigen.

JULIA. Das ist, Lucetta, meine kleinste Sorge;
Viel tausend Schwür', ein Ozean von Tränen
Und Treugelübd' unzählbar, echter Liebe,
Verbürgen, daß ich ihm zur Freude komme.

LUCETTA.
All dies ist trügerischen Männern dienstbar.

JULIA. Zu schlechtem Zweck, gebraucht von
schlechten Männern!
Proteus' Geburt regierten treu're Sterne;
Sein Wort ist heil'ges Band, sein Schwur Orakel,
Treu seine Lieb' und seine Seele rein;
Weint er, dies ist der Liebe treu' Gebärde,
Der Lüge fern, wie Himmel von der Erde.

LUCETTA.
Mögt Ihr ihn so nur finden, wenn Ihr kommt!

JULIA.
Oh, liebst du mich, so kränk' ihn nicht so bitter,
Daß seine Treue du in Zweifel ziehst;
Nur wer ihn liebt, kann meine Lieb' erwerben.
So folge mir denn auf mein Zimmer gleich,
Zu überdenken, was mir nötig sei,
Mich auszurüsten zur ersehnten Reise.
Dir sei mein ganz Vermögen übergeben,
So Hausrat, Länderei'n, wie guter Ruf;
Dafür allein, hilf mir alsbald von hier!
Antworte nicht, geh mit mir flugs hinein;
Denn Ungeduld bringt jedes Zögern mir.

Sie gehn ab.

Dritter Aufzug

Erste Szene

Zimmer.
Herzog, Proteus und Thurio treten auf.

HERZOG. Verlaßt uns, Signor Thurio, kurze Zeit;
Wir haben heimlich etwas zu besprechen. –
Thurio geht ab.
Jetzt, Proteus, sagt, was Ihr von mir begehrt!

PROTEUS.
Mein gnäd'ger Herr, was ich Euch wollt' entdecken,
Heißt das Gesetz der Freundschaft mich verhehlen;
Doch, wenn ich Eurer gnäd'gen Huld gedenke,
Die Ihr dem Unverdienten reich geschenkt,
So spornt mich meine Pflicht, Euch auszusprechen,
Was sonst kein Gut der Welt mir je entrisse.
Wißt, gnäd'ger Herzog: Valentin, mein Freund,
Will Eure Tochter diese Nacht entführen;
Mir ward der Anschlag von ihm selbst vertraut.
Ich weiß, Ihr seid entschlossen, Signor Thurio
Sie zu vermählen, den das Fräulein haßt;
Und wenn man sie auf diese Art entführte,
Es brächte Euerm Alter bittres Leid.
Drum wählt' ich lieber, meiner Pflicht gemäß,
Des Freundes Absicht so zu hintertreiben,
Als, sie verhehlend, schwere Sorgen nieder
Auf Euer Haupt zu ziehn, die, nicht gehoben,
In ein frühzeitig Grab Euch nieder drückten.

HERZOG.
Dank, Proteus, für dein redliches Gemüt;
Vergelten will ich ganz nach deinem Wunsch.
Nicht unbemerkt von mir blieb diese Liebe,
Wenn sie mich wohl fest eingeschlafen wähnten:
Und oft schon dacht' ich, Valentin den Hof
Und ihren Umgang streng zu untersagen.
Doch, fürchtend, Argwohn geh' auf falscher Spur
Und könne unverdient den Mann verletzen
(Ein hastig Wesen, das ich stets vermied),
Blickt' ich ihn freundlich an, dadurch zu finden
Das, was du selber jetzt mir hast entdeckt.
Und, daß du siehst, wie ich dies längst gefürchtet,
Wohl wissend, leicht verführt sei zarte Jugend,
Wohnt sie im hohen Turme jede Nacht. –
Den Schlüssel nehm' ich in Verwahrung selbst;
Unmöglich ist's, von dort sie weg zu bringen.

PROTEUS.
Wißt, gnäd'ger Herr, ein Mittel ist erdacht,
Wie er ihr Kammerfenster mag erklimmen,
Daß auf geflochtnem Seil sie niedersteigen;
Dies holt der junge Liebende jetzt eben
Und muß mit ihm sogleich hier wiederkommen;
Auffangen könnt Ihr ihn, wenn's Euch gefällt.
Doch, gnäd'ger Herr, tut es mit feiner Wendung,
Daß mein Verrat nicht offenbar sich zeige;
Denn Liebe nur zu Euch, nicht Haß zu ihm,
Bewog mich, seinen Plan bekannt zu machen.

HERZOG. Bei meiner Ehr', er soll es niemals wissen,
Daß du mir hievon Winke hast gegeben.

PROTEUS. Lebt wohl, mein Fürst; dort naht schon
Valentin.
Proteus geht ab. Valentin tritt auf.

HERZOG. Freund Valentin, wohin in solcher Eil'?

VALENTIN.
Mit Eurer Gnaden Gunst, ein Bote wartet,
Um meinen Freunden Briefe mitzunehmen,
Und jetzo wollt' ich sie ihm übergeben.

HERZOG. Ist viel daran gelegen?

VALENTIN. Ihr Inhalt soll nur melden, wie gesund
Und glücklich ich an Eurem Hofe lebe.

HERZOG. So ist's nicht wichtig; weile noch bei mir,
Denn ein Geschäft muß ich mit dir besprechen,
Ganz in geheim, das nahe mich betrifft.
Dir ist nicht unbekannt, daß ich die Tochter
Mit Thurio, meinem Freund, vermählen wollte.

VALENTIN.
Ich weiß es wohl, mein Fürst; und die Verbindung
Ist reich und ehrenvoll; auch ist der Mann
Voll Tugend, Trefflichkeit und so begabt,
Daß er solch edle Gattin wohl verdient.
Könnt Ihr des Fräuleins Herz nicht zu ihm wenden?

HERZOG.
Durchaus nicht; sie ist albern, widerspenstig,
Stolz, ungehorsam, starr und pflichtvergessen;
Sie weigert mir die Liebe ganz des Kindes,
Wie sie nicht Furcht vor ihrem Vater kennt;
Und dieser Hochmut, kann ich dir vertrauen,
Hat, wohlerwogen, ihr mein Herz entwendet.
Ich hoffte sonst die letzten Lebensjahre
Gepflegt von Kindesliebe hinzubringen;
Doch jetzt ist mein Entschluß, mich zu vermählen,
Und sie, entfremdet, wähle, wen sie will;
Mög' ihre Schönheit ihre Mitgift sein,
Denn mich und meine Güter schätzt sie nicht.

VALENTIN. Was will Eu'r Gnaden, das ich hierin tu'?

HERZOG. In eine Dame hier in Mailand, Freund,
Bin ich verliebt; doch sie ist spröd' und kalt
Und achtet nicht Beredsamkeit des Greises;
Drum wollt' ich dich zu meinem Führer wählen
(Denn längst vergaß ich schon den Hof zu machen;
Auch hat der Zeiten Weise sich verändert),
Wie und was Art ich mich betragen soll,
Ihr sonnenhelles Aug' auf mich zu lenken.

VALENTIN. Gewinnt sie durch Geschenk', schätzt sie nicht Worte;
Juwelen sprechen oft mit stummer Kunst,
Gewinnen mehr als Wort' des Weibes Gunst.

HERZOG. Sie wies ein Kleinod ab, das ich geschickt.

VALENTIN.
Oft weist ein Weib zurück, was sie beglückt.
Ein zweites schickt; ermüdet nicht im Lauf;
Verschmähn zuerst weckt später Sehnsucht auf.
Wenn sie Euch zürnt, ist's nicht, um Haß zu zeigen,
Sie will, Ihr sollt ihr größre Liebe zeigen;
Schilt sie Euch weg, so heißt das nicht: geht fort!
Die Närrchen toben, nimmt man sie beim Wort.
Abweisen laßt Euch nie, was sie auch spricht;
Denn sagt sie: »Geht«, so meint sie: »Gehet nicht«;
Lobt, schmeichelt, preist, vergöttert ihre Gaben;
Auch schwarz, laßt sie ein Engelsantlitz haben.
Der Mann, der nur 'ne Zung' hat, ist kein Mann,

Des Wort nicht jedes Weib gewinnen kann.

HERZOG.
Doch, die ich meine, ward von ihren Freunden
Versprochen einem jungen, edlen Herrn;
Und streng von Männerumgang ausgeschlossen,
Daß niemand sie am Tage sehen darf.

VALENTIN.
So würd' ich denn sie in der Nacht besuchen.

HERZOG.
Verschlossen ist die Tür, verwahrt der Schlüssel,
Daß niemand nachts zu ihr gelangen mag.

VALENTIN.
Was hindert, durch das Fenster einzusteigen?

HERZOG.
Hoch ist ihr Zimmer, von dem Boden fern,
Und steil gebaut, daß keiner auf mag klimmen,
Der augenscheinlich nicht sein Leben wagt.

VALENTIN.
Nun, eine Leiter, wohlgeknüpft aus Schnüren,
Hinauf zu werfen mit zwei Eisenklammern,
Genügt, der Hero Turm selbst zu ersteigen,
Wenn ein Leander kühn es wagen will.

HERZOG. Fürwahr, du bist ein alter Edelmann:
Gib Rat, wie solche Leiter anzuschaffen!

VALENTIN.
Wann braucht Ihr sie? Ich bitte, sagt mir das.

HERZOG.
In dieser Nacht; denn Liebe gleicht dem Kinde,
Das alles will, was es erlangen kann.

VALENTIN.
Um sieben Uhr schaff' ich Euch solche Leiter.

HERZOG. Noch eines; ich allein will zu ihr gehn;
Wie läßt sich nun dorthin die Leiter bringen?

VALENTIN.
Leicht könnt Ihr, gnäd'ger Herr, sie selber tragen,
Ist Euer Mantel nur von ein'ger Länge.

HERZOG. Ein Mantel, so wie deiner, möchte passen.

VALENTIN. Ja, gnäd'ger Herr.

HERZOG. Zeig' deinen Mantel mir,
Ich lass' mir einen machen von der Länge.

VALENTIN.
Ein jeder Mantel, gnäd'ger Herr, ist passend.

HERZOG.
Wie stell' ich mich nur an mit solchem Mantel? –
Ich bitte, laß mich deinen überhängen!
Was ist das für ein Brief? was gibt's? – An Silvia?
Und hier ein Instrument, so wie ich's brauche?
Vergönnt, daß ich diesmal das Siegel breche!

Liest.

»Ihr wohnt bei Silvia, meine Nachtgedanken;
Als Sklaven send' ich euch dorthin zu fliegen:
Oh, könnt' ihr Herr so leicht gehn durch die Schranken,
Um da zu ruhn, wo sie gefühllos liegen!
Ja, die Gedanken schließ' in sel'ge Brust ein,
Wie ich, ihr König, der sie eifernd schickt,
Verwünschend wünscht, er möcht' in solcher Lust sein,
Weil mehr als er die Diener sind beglückt.
Weil ich sie sende, drum verwünsch' ich mich,
Wo selbst ich sollte ruhn, erfreun sie sich.« –
Was gibt es hier?
»Silvia, in dieser Nacht befrei' ich dich!«
So ist es; und dazu ist dies die Leiter. –
Ha, Phaeton (denn du bist Merops' Sohn),
Erfrechst du dich des Himmelswagens Lenkung,
Im Übermut die Erde zu verbrennen?
Greifst du nach Sternen, weil ihr Glanz dir strahlt?
Wahnsinn'ger Sklav'! der frech sich eingedrängt,
Gewinn' dir Gleiches durch dein grinsend Lächern!
Dank' meiner Nachsicht mehr als deinem Wert,
Daß du noch lebend darfst von hier entfliehen;
Dies preise mehr als all die Gunstbezeugung,
Die ich, nur weggeworfen, dir erwies.
Doch, wenn du länger weilst in meinem Land,
Als nötig ist zur schnellsten Vorbereitung,
Von unserm königlichen Hof zu scheiden,
Dann wahrlich will ich dir weit grimm'ger zürnen,
Als ich mein Kind je oder dich geliebt.
Fort denn und schweig' mit nichtiger Entschuld'gung:
Liebst du dein Leben, fort in schnellster Eil'!

Herzog geht ab.

VALENTIN. Ha! lieber tot als leben auf der Folter!
Zu sterben, ist von mir verbannt zu sein,
Und Silvia ist ich selbst; verbannt von ihr,
Ist selbst von selbst: o tödliche Verbannung!
Ist Licht noch Licht, wenn ich nicht Silvia sehe?
Ist Lust noch Lust, wo Silvia nicht zugegen?
Und war sie's nicht, dacht' ich sie mir zugegen,
Entzückt vom Schattenbild der Göttlichkeit.
Nur wenn ich in der Nacht bei Silvia bin,
Singt meinem Ohr Musik die Nachtigall;
Nur wenn ich Silvia kann am Tage sehn,
Nur dann strahlt meinem Auge Tag sein Licht:
Sie ist mein Lebenselement; ich sterbe,
Werd' ich durch ihren Himmelseinfluß nicht
Erfrischt, verklärt, gehegt, bewahrt im Leben.
Tod folgt mir, flieh' ich seinen Todesspruch;
Verweil' ich hier, erwart' ich nur den Tod;
Doch Flucht von hier ist aus dem Leben Flucht.

Proteus und Lanz treten auf.

PROTEUS. Lauf, Bursch, lauf, lauf und such' ihn mir!

LANZ. Holla! Holla!

PROTEUS. Was siehst du?

LANZ. Den, den wir suchen; es ist nicht ein Haar auf seinem Kopfe, das nicht ein Valentin ist.

PROTEUS. Valentin?

VALENTIN. Nein.

PROTEUS. Wer denn? Sein Geist?

VALENTIN. Auch nicht.

PROTEUS. Was denn?

VALENTIN. Niemand.

LANZ. Kann niemand sprechen? Herr, soll ich schlagen?

PROTEUS. Wen willst du schlagen?

LANZ. Niemand.

PROTEUS. Zurück, Tölpel!

LANZ. Nun, Herr, ich will niemand schlagen: Ich bitte Euch –

PROTEUS. Zurück, sag' ich; Freund Valentin, ein Wort!

VALENTIN.
Mein Ohr ist taub jedweder guten Zeitung,
So sehr ist es von Unheil ganz erfüllt.
PROTEUS.
Dann will ich mein' in tiefes Schweigen senken,
Denn sie ist rauh, voll Übellaut und schlimm.
VALENTIN. Ist Silvia tot?
PROTEUS. Nicht, Valentin.
VALENTIN. Jawohl, nicht Valentin für Silvias Himmel!
Von ihr Verwerfung denn?
PROTEUS. Nicht, Valentin.
VALENTIN.
Nicht Valentin, wenn Silvia mich verwarf! –
Was gibt es denn?
LANZ. Herr, man rief aus, daß Ihr von hier verbannt.
PROTEUS.
Daß du verbannt bist, ach, das ist die Botschaft:
Von hier, von Silvia und von deinem Freund.
VALENTIN.
Von diesen Schmerzen hab' ich schon gezehrt,
Das Übermaß wird jetzt mich übersätt'gen.
Und weiß es Silvia schon, daß ich verbannt?
PROTEUS.
Ja, ihr entströmte bei dem strengen Spruch
(Der unabwendbar bleibt, in kräft'ger Wirkung)
Ein Meer von Perlen, Tränen sonst genannt:
Die goß sie zu des harten Vaters Füßen;
Auf ihre Knie' warf sie sich bittend hin,
Die Hände ringend, deren Weiß erglänzte,
Als würden sie erst jetzt so bleich aus Gram;
Doch nicht gebeugtes Knie, erhobne Hand,
Noch Seufzer, Klagen, Silberflut der Tränen
Durchdrang des unmitleid'gen Vaters Herz:
Nein, Valentin, ergreift man ihn, muß sterben.
Ihr Fürwort reizt' ihn noch zu größerm Zorn,
Als sie für deine Rückberufung bat:
In enge Haft, befahl er, schließt sie ein,
Und drohte zornig, nie sie zu befrein.
VALENTIN.
Nichts mehr! wenn nicht dein nächstes Wort, gesprochen,
Mit tötender Gewalt mein Leben trifft:
Ist's so, dann bitt' ich, hauch' es in mein Ohr,
Als Klageschluß endlosen Wehgesangs.
PROTEUS.
Nein, klage nicht, wo du nicht helfen kannst,
Und such' zu helfen dem, was du beklagst,
Die Zeit ist Amm' und Mutter alles Guten.
Verweilst du hier, siehst du nicht die Geliebte;
Auch drohet dein Verweilen deinem Leben.
Hoffnung ist Liebesstab; zieh' hin mit ihm,
Er sei dir gegen die Verzweiflung Stütze.
Schick' deine Briefe her, bist du auch fern;
Die sende mir, und ich befördre sie
In den milchweißen Busen deiner Silvia.
Zu Klageliedern ist jetzt keine Zeit!
Komm, ich begleite dich durchs Tor der Stadt,
Und eh' wir scheiden, sprechen wir ausführlich,
Was noch zu tun für deiner Liebe Glück.
Bei Silvias Liebe, meide die Gefahr
Um sie, wenn nicht um dich, und komm mit mir!

VALENTIN.
Lanz! wenn du meinen Pagen sehen solltest,
Heiß' eilen ihn und mich am Nordtor treffen!
PROTEUS.
Geh, hörst du, such' ihn auf! Komm, Valentin!
VALENTIN. Oh, teure Silvia! Armer Valentin!

Proteus und Valentin gehn ab.

LANZ. Ich bin nur ein Narr, seht ihr; und doch habe ich den Verstand, zu merken, daß mein Herr eine Art von Spitzbube ist; das ist alles eins, wenn er nur ein ganzer Spitzbube wäre. Der soll noch geboren werden, der da weiß, daß ich verliebt bin; und doch bin ich verliebt; aber ein Gespann Pferde soll das aus mir nicht heraus ziehen; und auch nicht, in wen ich verliebt bin, und doch ist's ein Weibsbild; aber was für ein Weibsbild, das will ich nicht einmal mir selbst gestehen, und doch ist's ein Milchmädchen; doch ist's kein Mädchen, denn sie hat Kindtaufe gehalten, und doch ist's ein Mädchen, denn sie ist ihres Herrn Mädchen und dient um Lohn. Sie hat mehr Qualitäten als ein Hühnerhund, – und das ist viel für einen Christenmenschen. Hier ist der Katzenlog *Zieht ein Papier heraus.* von ihren Eigenschaften. Imprimis, sie kann tragen und holen. Nun, ein Pferd kann nicht mehr; ein Pferd kann nicht holen, sondern nur tragen; deswegen ist sie besser als eine Mähre. Item, sie kann melken; seht ihr, eine allerliebste Tugend an einem Mädchen, das saubre Hände hat.

Flink tritt auf.

FLINK. Heda, Signor Lanz, wo ist mein Gebieter?
LANZ.
Dein Gebiet, er? Ich dachte, du wärest sein Gebiet.
FLINK. Ei, immer dein alter Spaß, die Worte zu verdrehen. Was gibt es denn für Neuigkeiten in deinem Papier?
LANZ. Die schwärzeste Neuigkeit, von der du jemals gehört hast.
FLINK. Nun, Bursch, wie schwarz?
LANZ. Ei, so schwarz wie Tinte.
FLINK. Laß mich sie lesen!
LANZ. Fort mit dir, Dummkopf; du kannst nicht lesen.
FLINK. Du lügst, ich kann.
LANZ. Ich will dich auf die Probe stellen; sage mir das: wer zeugte dich?
FLINK. Wahrhaftig, der Sohn meines Großvaters.
LANZ. O du unstudierter Grützkopf! es war der Sohn deiner Großmutter: das beweist, daß du nicht lesen kannst.
FLINK. Komm, Narr, komm, mach' die Probe an deinem Papier.
LANZ. Hier, und Sankt Nikolas steh' dir bei!
FLINK. Imprimis, sie kann melken.
LANZ. Ja, das kann sie.
FLINK. Item, sie brauet gutes Bier.
LANZ. Und daher kommt das Sprichwort: Glück zu, ihr braut gutes Bier.
FLINK. Item, sie kann nähen und sticken.
LANZ. Nun, besser als erwürgen.
FLINK. Item, sie kann stricken.
LANZ. So braucht der Mann nicht um einen Strick

zu sorgen, wenn die Frau stricken kann.

FLINK. Item, sie kann waschen und scheuern.

LANZ. Das ist eine besondere Tugend; denn da braucht man sie nicht zu waschen und zu scheuern.

FLINK. Item, sie kann spinnen.

LANZ. So kann ich als Fliege ausfliegen, wenn sie sich mit Spinnen forthilft.

FLINK. Item, sie hat viele namenlose Tugenden.

LANZ. Das will sagen, Bastardtugenden; die kennen eben ihre Väter nicht und haben darum keine Namen.

FLINK. Jetzt folgen ihre Fehler.

LANZ. Den Tugenden hart auf dem Fuße.

FLINK. Item, sie ist wegen ihres Atems nüchtern nicht gut zu küssen.

LANZ. Nun, der Fehler kann durch ein Frühstück gehoben werden; lies weiter!

FLINK. Sie hat einen süßen Mund.

LANZ. Das ist ein Ersatz für ihren sauern Atem.

FLINK. Item, sie spricht im Schlaf.

LANZ.
Das ist besser, als wenn sie im Sprechen schliefe.

FLINK. Item, sie ist langsam im Reden.

LANZ. O Schurke, das unter ihre Fehler zu setzen! Langsam im Reden zu sein, ist eines Weibes einzige Tugend; ich bitte dich, streich' das aus und stelle es unter ihre Tugenden obenan!

FLINK. Item, sie ist eitel.

LANZ. Weg mit dem dazu; es war Evas Erbteil und kann nicht von ihr genommen werden.

FLINK. Item, sie hat keine Zähne.

LANZ. Daraus mache ich mir auch nichts, denn ich liebe die Rinden.

FLINK. Item, sie ist zänkisch.

LANZ.
Gut; das beste ist, sie hat keine Zähne zum Beißen.

FLINK. Item, sie lobt sich einen guten Schluck.

LANZ. Wenn der Schluck gut ist, soll sie's; wenn sie nicht will, tu' ich's; denn was gut ist, muß gelobt werden.

FLINK. Item, sie ist zu freigebig.

LANZ. Mit ihrer Zunge kann sie's nicht, denn es steht geschrieben, daß sie langsam damit ist; mit ihrem Beutel soll sie's nicht, denn den will ich verschlossen halten; nun könnte sie es sonst noch mit etwas, und da kann ich nicht helfen. Gut, weiter!

FLINK. Item, sie hat mehr Haar als Witz, und mehr Fehler als Haare, und mehr Geld als Fehler.

LANZ. Halt hier; ich will sie haben: sie war mein und nicht mein, zwei- oder dreimal bei diesem letzten Artikel; wiederhole das noch einmal!

FLINK. Item, sie hat mehr Haar als Witz –

LANZ. Mehr Haar als Witz, – das mag sein; das will ich beweisen: der Deckel des Salzfasses verbirgt das Salz, und darum ist er mehr als das Salz; das Haar, das den Witz bedeckt, ist mehr als der Witz; denn das Größere verbirgt das Kleinere. Was ist das Nächste?

FLINK. Und mehr Fehler als Haare –

LANZ. Das ist schrecklich; wenn das heraus wäre!

FLINK. Und mehr Geld als Fehler.

LANZ. Ach, das Wort macht die Fehler zu Tugenden. Gut, ich will sie haben; und wenn das eine Heirat gibt, wie kein Ding unmöglich ist –

FLINK. Was denn?

LANZ. Nun, dann will ich dir sagen, daß dein Herr am Nordtor auf dich wartet.

FLINK. Auf mich?

LANZ. Auf dich? ja; wer bist du? Er hat schon auf beßre Leute gewartet, als du bist.

FLINK. Und muß ich zu ihm gehn?

LANZ. Du mußt zu ihm laufen; denn du hast so lange hier gewartet, daß Gehen schwerlich hinreicht.

FLINK. Warum sagtest du mir das nicht früher? Hol' der Henker deinen Liebesbrief! *Geht ab.*

LANZ. Jetzt kriegt er Prügel, weil er meinen Brief gelesen hat; ein unverschämter Kerl, der sich in Geheimnisse drängen will! – Ich will hinterher und an des Bengels Züchtigung meine Freude haben. *Geht ab.*

Zweite Szene

Palast.

Der Herzog und Thurio treten auf. Proteus nach ihnen.

HERZOG.
Nichts fürchtet, Thurio: lieben wird sie Euch,
Nun Valentin aus ihrem Blick verbannt ist.

THURIO. Seit seiner Flucht hat sie mich ausgehöhnt,
Verschworen meinen Umgang, mich gescholten,
Daß ich verzweifeln muß, sie zu gewinnen.

HERZOG.
So schwacher Liebeseindruck gleicht dem Bild
In Eis geschnitten; eine Stunde Wärme
Löst es zu Wasser auf und tilgt die Form.
Ein wenig Zeit schmelzt ihren frost'gen Sinn
Und macht den niedern Valentin vergessen. –
Wie nun, Herr Proteus? Sagt, ist Euer Landsmann,
Gemäß des strengen Ausrufs, abgereist?

PROTEUS. Ja, gnäd'ger Herr.

HERZOG. Betrübt ist meine Tochter um sein Gehn.

PROTEUS.
Bald wird die Zeit, mein Fürst, den Gram vertilgen.

HERZOG.
Das glaub' ich auch; doch Thurio denkt nicht so. –
Die gute Meinung, die ich von dir habe
(Denn Proben deines Werts hast du gegeben),
Macht, daß ich um so eh'r mich dir vertraue.

PROTEUS.
Zeig' ich mich jemals unwert Eurer Gnade,
Laßt mich für immer tot sein Eurer Gnade!

HERZOG.
Du weißt, wie sehr ich zu vollziehen wünsche
Thurios Verbindung mit der Tochter Silvia.

PROTEUS. Ich weiß es, gnäd'ger Fürst.

HERZOG. Und also, denk' ich auch, ist dir bekannt,
Wie sie sich meinem Willen widersetzt.

PROTEUS. Sie tat es nur, als Valentin zugegen.

HERZOG.
Ja, und verkehrten Sinns bleibt sie verkehrt.
Was tun wir, daß die Dirne bald vergesse,

Wie jenen sie geliebt, und Thurio liebe?
PROTEUS. Am besten, Valentin so zu verleumden,
Als sei er untreu, feig und niedrer Abkunft:
Drei Dinge, stets den Weibern sehr verhaßt.
HERZOG.
Doch wird sie denken, daß man spricht in Haß.
PROTEUS.
Ja, wird von einem Feind dies vorgebracht;
Drum muß es mit Beweisen der erklären,
Der ihr als Freund des Valentin erscheint.
HERZOG. Ihn zu verleumden, wärest du der nächste.
PROTEUS. Mit Widerwillen nur, mein gnäd'ger Fürst;
Es ziemt sich schlecht für einen Edelmann,
Besonders gegen seinen wahren Freund.
HERZOG. Wo Euer Lob ihm nicht von Nutzen ist,
Kann Euer Lästern ihm nicht Schaden bringen;
Und drum kann solch ein Dienst Euch nicht verletzen,
Da Euch ein Freund um dieses Opfer bittet.
PROTEUS.
Ihr sollt mich überstimmen, gnäd'ger Herr;
Kann mein Entstellen etwas auf sie wirken,
Soll ihre Neigung bald verschwunden sein.
Doch, reißt dies Valentin aus ihrem Herzen,
Liebt sie deshalb noch Signor Thurio nicht.
THURIO.
Drum, wie die Gunst von ihm Ihr abgewickelt,
Daß sie sich nicht ganz unbrauchbar verwirre,
Müßt Ihr bei mir sie anzuzetteln suchen;
Und das geschieht, wenn Ihr mich so erhebt,
Wie Ihr den Signor Valentin erniedrigt.
HERZOG.
Und, Proteus, hierin dürfen wir Euch trauen,
Da wir durch Valentins Erzählung wissen,
Daß Ihr schon treuen Dienst der Liebe schwuret
Und nicht den Sinn zum Meineid wandeln könnt.
In dem Vertrau'n sei Zutritt Euch gewährt,
Wo Ihr mit Silvia alles könnt besprechen;
Sie ist verdrießlich, düster, melancholisch
Und wird, des Freundes halb, Euch gern empfangen;
Da mögt Ihr sie durch Überredung stimmen,
Zu hassen Valentin, den Freund zu lieben.
PROTEUS.
Was ich nur irgend kann, soll gern geschehn.
Ihr aber, Thurio, zeigt zu wenig Eifer;
Leimruten stellt, um ihren Sinn zu fangen,
Durch klagendes Sonett, das, süß gereimt,
Ergebnen Dienst in jedem Wort verkündet.
HERZOG. Ja, viel kann Poesie, das Himmelskind.
PROTEUS. Singt, daß Ihr auf der Schönheit Weihaltar
Ihr Eure Tränen, Seufzer bringt, das Herz;
Schreibt, bis die Tinte trocknet, macht sie fließen
Mit Euren Tränen; rührend sei der Vers,
Daß er beglaub'gen mag die Herzensliebe: –
Denn Orpheus' Laut' erklang von Dichtersehnen;
Dem goldnen Ton erweicht' sich Stein und Erz,
Zahm ward der Leu, der Leviathansriese
Entstieg der Flut, um auf dem Strand zu tanzen.
Habt Ihr ein rührend Klagelied gesungen,
So bringt in stillen Nächten vor ihr Fenster
Harmon'schen Gruß, weint zu den Instrumenten
Ein weiches Lied; das Schweigen toter Nacht
Wird gut zum Laut der süßen Wehmut stimmen:
So, oder niemals, ist sie zu erringen.
HERZOG.
Die Vorschrift zeigt, wie sehr du selbst geliebt.
THURIO.
Heut nacht noch üb' ich aus, was du geraten:
Drum, teurer Proteus, du mein Liebeslehrer,
Laß augenblicklich in die Stadt uns gehn
Und wohlgeübte Musikanten suchen;
Ich hab' schon ein Sonett, das trefflich paßt,
Als deines Unterrichtes erste Probe.
HERZOG. So macht euch dran, ihr Herrn!
PROTEUS. Bis nach der Tafel warten wir Euch auf,
Und dann sogleich beginnen wir das Werk.
HERZOG. Nein, tut es alsobald; ich geb' euch frei.
Alle ab.

Vierter Aufzug

Erste Szene

Wald.
Einige Räuber treten auf.

ERSTER RÄUBER.
Gesellen, halt; dort kommt ein Reisender.
ZWEITER RÄUBER.
Und wären's zehn, bangt nicht und macht sie nieder!
Valentin und Flink kommen.
DRITTER RÄUBER.
Steht, Herr, werft hin das, was Ihr bei Euch tragt:
Sonst setzen wir Euch hin, Euch auszuplündern.
FLINK. Wir sind verloren, Herr! Das sind die Schufte,
Vor denen alle Reisenden sich fürchten.
VALENTIN. Ihr Freunde –
ERSTER RÄUBER.
Das sind wir nicht, Herr; wir sind Eure Feinde.
ZWEITER RÄUBER. Still; hört ihn an!
DRITTER RÄUBER. Bei meinem Bart, das woll'n wir;
Er ist ein feiner Mann.
VALENTIN. So wißt, ich habe wenig zu verlieren.
Ich bin ein Mann, den Unglück niederschlug;
Mein Reichtum sind nur diese armen Kleider:
Wenn ihr von denen mich entblößen wollt,
Nehmt ihr mir alles, meine ganze Habe.
ERSTER RÄUBER. Wohin reist Ihr?
VALENTIN. Nach Verona.
ERSTER RÄUBER. Woher kommt Ihr?
VALENTIN. Von Mailand.
DRITTER RÄUBER.
Habt Ihr Euch lang' da aufgehalten?
VALENTIN.
An sechzehn Mond'; und blieb' gern länger dort,
Wenn nicht das häm'sche Glück mir widerstrebte.
ERSTER RÄUBER. Seid Ihr von dort verbannt?
VALENTIN. Ich bin's.
ZWEITER RÄUBER. Für welch Vergehn?
VALENTIN.
Für etwas, das mich quält, wenn ich's erzähle:

Ich tötet' einen Mann, was sehr mich reut;
Doch schlug ich ihn im ehrlichen Gefecht,
Ohn' falschen Vorteil oder niedre Tücke.

ERSTER RÄUBER.
Ei, laßt es Euch nicht reu'n, wenn's so geschah;
Doch seid Ihr um so kleine Schuld verbannt?

VALENTIN.
Ich bin's, und war noch froh des milden Spruchs.

ERSTER RÄUBER. Versteht Ihr Sprachen?

VALENTIN. Ja, meinen Jugendreisen dank' ich das.
Sonst wär' es mir wohl manchmal schlimm ergangen.

DRITTER RÄUBER.
Der Bursch wär', bei der Glatz' von Robin Hoods
Dickwanst'gem Mönch, für unsre Band' ein König!

ERSTER RÄUBER. Wir woll'n ihn haben; hört –

FLINK. Geht unter sie;
Es ist 'ne ehrenwerte Dieberei.

VALENTIN. Schweig', Schlingel!

ZWEITER RÄUBER.
Sagt, habt Ihr was, worauf Ihr Hoffnung setzt?

VALENTIN. Nichts als mein Glück.

DRITTER RÄUBER.
Wißt denn, ein Teil von uns sind Edelleute,
Die wildes Blut und ungezähmte Jugend
Aus der Gesellschaft Rechtlicher gestoßen.
Mich selbst hat von Verona man verbannt,
Weil ich ein Fräulein zu entführen suchte,
Die reich war und dem Herzog nah verwandt.

ZWEITER RÄUBER.
Und mich von Mantua, weil ich, wutentbrannt,
Dort einem Edelmann das Herz durchstach.

ERSTER RÄUBER.
Und mich um solch gering Versehn wie diese.
Doch nun zum Zweck – (denn unsre Fehler hört Ihr,
Damit sie unsern Räuberstand entschuld'gen):
Wir sehn, Ihr seid ein gut gebauter Mann,
Von angenehmer Bildung, und Ihr rühmt Euch
Der Sprachen; solches Manns, der so vollendet,
Bedürfen wir in unsrer Profession.

ZWEITER RÄUBER.
In Wahrheit, weil Ihr ein Verbannter seid,
Deshalb, vor allem andern, fragen wir:
Gefällt's Euch, unser General zu werden?
Wollt Ihr 'ne Tugend machen aus der Not
Und mit uns hier in diesen Wäldern leben?

DRITTER RÄUBER.
Sprich, willst du unsrer Bande zugehören?
Sag ja und sei der Hauptmann von uns allen:
Wir huld'gen dir und folgen deinem Wort
Und lieben dich als unsern Herrn und König.

ERSTER RÄUBER.
Doch stirbst du, wenn du unsre Gunst verschmähst.

ZWEITER RÄUBER.
Nicht sollst du prahlen je mit unserm Antrag.

VALENTIN.
Den Antrag nehm' ich an, mit euch zu leben,
Mit dem Beding, daß ihr nicht Unbill übt
An schwachen Frau'n und armen Reisenden.

DRITTER RÄUBER.
Nein, wir verschmäh'n so ehrlos feige Taten.
Komm mit, wir bringen dich zu unsrer Schar
Und zeigen dir den Schatz, den wir gehäuft;
Und dieser, so wie wir, sind dir zu Dienst.

Alle ab.

Zweite Szene

Palast.
Proteus tritt auf.

PROTEUS. Erst war ich treulos gegen Valentin,
Nun muß ich auch an Thurio unrecht handeln:
Mit falschem Schein, als spräch' ich seinethalb,
Nutz' ich den Zutritt eignem Liebeswerben.
Doch Silvia ist zu schön, zu treu, zu heilig,
Gehör zu geben niedriger Bestechung.
Beteur' ich treu ergebnen Sinn für sie,
Wirft sie mir vor die Falschheit an dem Freund;
Und weih' ich ihrer Schönheit meinen Schwur,
Heißt sie mich meines Meineids gleich gedenken,
Weil Julien ich mein Liebeswort gebrochen.
Doch, wie sie mich auch immer quält und martert,
Genug, um jede Hoffnung zu ertöten,
Stärkt sich nur meine Lieb' und schmeichelt ihr,
Dem Hündchen gleich, je mehr zurückgestoßen.
Doch Thurio kommt, jetzt müssen wir zum Fenster
Und ihrem Ohr ein nächtlich Ständchen bringen.

Thurio kommt mit Musikanten.

THURIO.
Wie, Proteus? Seid Ihr mir vorausgeschlichen?

PROTEUS.
Ja, werter Thurio! denn Ihr wißt, daß Liebe
Zum Dienst hin schleicht, wo sie nicht gehen kann.

THURIO.
Ja, Herr; doch hoff' ich, daß Ihr hier nicht liebt.

PROTEUS.
Ich tu' es doch, sonst wär' ich fern von hier.

THURIO. Wen? Silvia?

PROTEUS. Ja, Silvia – um Euretwegen.

THURIO. So dank' ich Euretwegen. Jetzt, ihr Herrn,
Stimmt nun, und gleich darauf fangt fröhlich an!

In der Entfernung treten auf der Wirt, und Julia in Pagentracht.

WIRT. Nun, mein junger Gast! mich dünkt, Ihr leidet an der Mehlcholik; ich bitte Euch, warum?

JULIA.
Ei, mein guter Wirt, weil ich nicht fröhlich sein kann.

WIRT. Kommt. Ihr sollt fröhlich sein; ich will Euch hinbringen, wo Ihr Musik hören und den Edelmann sehen werdet, nach dem Ihr fragtet.

JULIA. Aber werde ich ihn sprechen hören?

WIRT. Ja: das werdet Ihr!

JULIA. Das wird Musik sein.

Die Musik beginnt.

WIRT. Hört! Hört!

JULIA. Ist er unter denen?

WIRT. Ja, aber still, laßt uns zuhören:

Gesang

Wer ist Silvia? Was ist sie,
Die aller Welt Verehrung?
Heilig, schön und weis' ist sie,
In himmlischer Verklärung.

Lob und Preis ihr, dort und hie.
Ist sie nicht so schön als gut?
Denn Schön' und Güte weilt hie.
Amor ihr im Auge ruht,
Ihn von Blindheit heilt sie.
Er, dort blickend, Wunder tut.
Dich, o Silvia, singen wir,
Die hoch als Fürstin thronet;
Du besiegst an Huld und Zier,
Was auf Erden wohnet.
Kränzt das Haupt mit Rosen ihr!

WIRT. Nun? Seid Ihr noch schwermütiger als zuvor? Was ist Euch, Freund? Gefällt Euch die Musik nicht?

JULIA. Ihr irrt; der Musikant gefällt mir nicht.

WIRT. Warum, mein artiges Kind?

JULIA. Er spielt falsch, Vater.

WIRT. Wie? Greift er unrecht in die Saiten?

JULIA. Das nicht; aber er reißt so in die Saiten, daß er die Saiten meines Herzens zerreißt.

WIRT. Ihr habt ein zartes Ohr.

JULIA. Oh, ich wollte, ich wäre taub; es macht mein Herz schwer.

WIRT. Ich merke, Ihr habt keine Freude an Musik.

JULIA. Nicht die geringste, wenn sie so mißlautet.

WIRT. Hört, welch ein schöner Wechsel in der Musik!

JULIA. Ach, dieser Wechsel ist das Böse.

WIRT. Ihr wollt, daß sie immer dasselbe spielen?

JULIA. Ich wollte, daß derselbe immer dasselbe spielte. Aber, Wirt, findet sich dieser Herr Proteus, von dem wir sprechen, oft bei dem Fräulein ein?

WIRT. Ich sage Euch, was Lanz, sein Diener, mir gesagt hat, – er liebt sie über alle Maßen.

JULIA. Wo ist Lanz?

WIRT. Er ist fort, seinen Hund zu suchen, den er morgen, auf seines Herrn Befehl, der Dame zum Geschenk bringen muß.

JULIA.
Still! Geh bei Seit', die Gesellschaft entfernt sich.

PROTEUS. Thurio, seid unbesorgt! Ich spreche so,
Daß Ihr die List selbst rühmt, wie sie gelingt.

THURIO. Wo treffen wir uns?

PROTEUS. Bei Sankt Gregors Brunnen.

THURIO. Lebt wohl!

Thurio und die Musikanten ab.
Silvia erscheint oben am Fenster.

PROTEUS.
Fräulein, ich biet' Euer Gnaden guten Abend.

SILVIA. Ich danke, meine Herrn, für die Musik;
Wer ist's, der sprach?

PROTEUS.
Mein Fräulein, kenntet Ihr sein treues Herz,
Ihr würdet bald ihn an der Stimm' erkennen.

SILVIA. Herr Proteus, hört' ich recht.

PROTEUS. Proteus, mein edles Fräulein, Euer Diener.

SILVIA. Was ist Euer Wille?

PROTEUS. Euern zu erlangen.

SILVIA.
Euer Wunsch ist schon erfüllt; mein Will' ist dieser:
Daß Ihr sogleich nach Haus und schlafen geht.
Du schlau, meineidig, falsch, treuloser Mann!
Glaubst du, ich sei so schwach, so unverständig,
Daß mich verführte deine Schmeichelei,
Der du mit Schwüren schon so manche trogst?
Zur Heimat kehre, deine Braut zu sühnen!
Denn, – hör' es, blasse Königin der Nacht, –
Ich bin so fern, mich deinem Flehn zu neigen,
Daß ich dein schmachvoll Werben tief verachte;
Und schon beginn' ich selbst mit mir zu hadern,
Daß ich noch Zeit verschwende, dich zu sprechen.

PROTEUS.
Ich will's gestehn, mein Herz, ich liebt' ein Fräulein;
Doch sie ist tot.

JULIA *beiseit.* Falsch wär's, wenn ich so spräche;
Denn ich bin sicher, sie ist nicht begraben.

SILVIA. Sei's, wie du sagst; doch Valentin, dein Freund,
Lebt noch; dem ich, du bist des selber Zeuge,
Verlobte bin; und hast du keine Scham,
Ihn durch dein freches Dringen so zu kränken?

PROTEUS. Man sagte mir, auch Valentin sei tot.

SILVIA. So denk', ich sei es auch; denn in sein Grab,
Des sei gewiß, versenk' ich meine Liebe.

PROTEUS.
Laßt, Teure, mich sie aus der Erde scharren!

SILVIA. Geh, rufe Juliens Lieb' aus ihrer Gruft,
Und kannst du's nicht, begrabe dort die deine!

JULIA *beiseit.* Das hört er nicht.

PROTEUS. Fräulein, wenn Euer Herz so grausam ist,
Bewilligt doch Eu'r Bildnis meiner Liebe,
Das Bildnis, das in Eurem Zimmer hängt:
Zu diesem will ich reden, seufzen, weinen;
Denn, da das wahre Selbst von Eurer Schönheit
Sich weggeschenkt, bin ich ein Schatten nur,
Und Eurem Schatten will ich liebend huld'gen.

JULIA *beiseit.*
Wär' es ein wahres Selbst, betrögst du es,
Und machtest es zum Schatten, wie ich bin.

SILVIA.
Mich freut es nicht, zum Götzen Euch zu dienen;
Doch, da es gut für Eure Falschheit paßt,
Nur Schatten, falsch Gebilde, anzubeten,
Schickt zu mir morgen früh, ich send' es Euch;
Und so schlaft wohl!

PROTEUS. Wie, wer verurteilt liegt
Und morgen seine Hinrichtung erwartet.

Proteus geht ab und Silvia von oben hinweg.

JULIA. Wirt, wollt Ihr gehen?

WIRT. Meiner Treu, ich war fest eingeschlafen.

JULIA. Sagt mir, wo wohnt Proteus?

WIRT. Ei, in meinem Hause. Wahrhaftig, ich glaube, es ist beinahe Tag.

JULIA.
Das nicht; doch ist's die längste Nacht gewesen,
Die ich je durchgewacht, und auch die bängste.

Sie gehn ab.

Dritte Szene

Platz.
Eglamour tritt auf.

EGLAMOUR. Um diese Zeit hat Silvia mich bestellt,
Und jetzt soll ich erfahren, was sie wünscht;

Zu etwas Wicht'gem will sie mich gebrauchen. –
Fräulein!

Silvia erscheint oben am Fenster.

SILVIA. Wer ruft?

EGLAMOUR. Eu'r Diener und Eu'r Freund,
Der Euren gnädigen Befehl erwartet.

SILVIA. Herr Eglamour, viel tausend gute Morgen!

EGLAMOUR.
So viele, wertes Fräulein, wünsch' ich Euch.
Nach Euer Gnaden Willen und Geheiß
Kam ich so früh, zu hören, welchen Dienst
Es Euch gefallen wird mir aufzutragen.

SILVIA. O Eglamour, du bist ein Edelmann
(Ich schmeichle nicht, ich schwör', ich tu' es nicht),
Gewissenhaft, klug, tapfer ohne Tadel.
Dir ist nicht unbekannt, welch holden Sinn
Ich dem verbannten Valentin gehegt,
Noch, wie mein Vater mich mit Zwang will geben
Dem albern' Thurio, den mein Herz verabscheut.
Du hast geliebt, und sagen hört' ich dich,
Kein Schmerz kam deinem Herzen je so nah,
Als deiner Braut, der treu geliebten, Tod,
Auf deren Grab du ew'ge Keuschheit schwurest.
Herr Eglamour, ich wünschte Valentin
In Mantua aufzusuchen, wo er lebt;
Und, da die Wege jetzt gefährlich sind,
So wünsch' ich deine adlige Gesellschaft
Nur im Vertraun auf deine wahre Ehre.
Sprich von des Vaters Zorn nicht, Eglamour,
Mein Leid nur sei dir wichtig, einer Dame;
Bedenk', mit welchem Recht ich fliehen muß,
Mich vor gottlosem Ehebund zu schützen,
Den Welt und Himmel heim mit Strafen suchen.
Ich bitte flehend dich, mit einem Herzen
So voll von Trübsal, wie die See voll Sand,
Gefährte mir zu sein und mit zu gehn;
Wo nicht, so berge, was ich dir entdeckt,
Daß ich allein mein Abenteuer wage.

EGLAMOUR.
Mich jammert, Fräulein, Euer schwer Bedrängnis,
Und da ich Eures Herzens Tugend kenne,
Geb' ich den Willen drein, mit Euch zu reisen;
Nicht achtend, was mich irgend fährden könnte,
Wie ich nur eifrig Eure Wohlfahrt wünsche.
Wann wollt Ihr reisen?

SILVIA. Wie der Abend kommt.

EGLAMOUR. Wo treff' ich Euch?

SILVIA. In Bruder Patriks Zelle,
Wohin zur heil'gen Beicht' ich mich verfüge.

EGLAMOUR.
Ich werd' Euch, teures Fräulein, nicht verfehlen.
Prinzessin, guten Morgen!

SILVIA. Habt guten Morgen, teurer Eglamour!

Gehn ab.

Vierte Szene

Platz.

Lanz tritt auf mit seinem Hunde.

LANZ. Wenn eines Menschen Angehöriger sich recht hündisch gegen ihn beträgt, seht ihr, das muß einen kränken; einer, den ich vom Frühsten aufgezogen habe; einen, den ich vom Ersäufen gerettet, da drei oder vier seiner blinden Brüder daran mußten! – Ich habe ihn abgerichtet – gerade wie wenn einer sich recht ausdrücklich vornimmt: So möchte ich einen Hund abgerichtet haben. Ich war abgeschickt, ihn Fräulein Silvia zum Geschenk von meinem Herrn zu überbringen, und kaum bin ich in den Speisesaal getreten, so läuft er hin zu ihrem Teller und stiehlt ihr einen Kapaunenschenkel. Oh, es ist ein böses Ding, wenn sich ein Köter nicht in jeder Gesellschaft zu benehmen weiß! Ich wollte, daß einer der, sozusagen, es auf sich genommen hat, ein wahrer Hund zu sein, daß er dann, sozusagen, auch ein Hund in allen Dingen wäre. Wenn ich nicht mehr Verstand gehabt hätte, als er, und den Fehler auf mich genommen, den er beging, so glaube ich wahrhaftig, er wäre dafür gehängt. So wahr ich lebe, sie hätten ihn dafür hingerichtet! Urteilt selbst: da schiebt er sich ein in die Gesellschaft von drei oder vier wohlgebornen Hunden unter des Herzogs Tafel; da steckt er kaum (solltet ihr's glauben!) so lange, daß ein Mensch drei Schluck tun könnte, so riecht ihn auch schon der ganze Saal. »Hinaus mit dem Hunde«, sagt einer; »was für ein Köter ist das?« sagt ein andrer; »peitscht ihn hinaus«, ruft der dritte; »hängt ihn auf«, sagt der Herzog. Ich, der ich gleich den Geruch wieder kannte, wußte, daß es Krabb war, und gehe denn so zu dem Kerl hin, der die Hunde peitscht. »Freund«, sage ich, »Ihr seid willens, den Hund zu peitschen?« »Ja, wahrhaftig, das bin ich«, sagt er. »So tut Ihr ihm himmelschreiend Unrecht«, antworte ich; »ich tat das Ding, was Ihr wohl wißt.« Der macht auch weiter keine Umstände und peitscht mich zum Saal hinaus. Wie viele Herren würden das für ihre Diener tun? Ja, ich kann's beschwören, ich habe im Stock gesessen für die Würste, die er gestohlen hat, sonst wäre es ihm ans Leben gegangen; ich habe am Pranger gestanden für Gänse, die er gewürgt hat, sonst hätten sie ihn dafür hingerichtet; das hast du nun schon vergessen! – Nein, ich denke noch an den Streich, den du mir spieltest, als ich mich von Fräulein Silvia beurlaubte; hieß ich dich nicht immer auf mich acht geben und es so machen wie ich? Wann hast du gesehn, daß ich mein Bein aufhob und an einer Dame Reifrock mein Wasser abschlug? Hast du je solche Streiche von mir gesehn?

Proteus und Julia treten auf.

PROTEUS. Sebastian ist dein Name? Du gefällst mir,
Ich will dich gleich zu einem Dienst gebrauchen.

JULIA. Was Euch beliebt; ich will tun, was ich kann.

PROTEUS. Das, hoff' ich, wirst du. –

Zu Lanz.

Wie, nichtsnutz'ger Lümmel!
Wo hast du seit zwei Tagen nur gesteckt?

LANZ. Ei, Herr, ich brachte Fräulein Silvia den Hund, wie Ihr mich hießet.

PROTEUS. Und was sagte sie zu meiner kleinen Perle?

LANZ. Ei, sie sagte, Euer Hund wäre ein Köter; und meinte, ein hündischer Dank wäre genug für solch ein Geschenk.

PROTEUS. Aber sie nahm meinen Hund?

LANZ. Nein, wahrhaftig! das tat sie nicht; hier hab' ich ihn wieder mitgebracht.

PROTEUS.
Was, diesen wolltest du ihr von mir schenken?

LANZ. Ja, Herr; das andre Eichhörnchen wurde mir von des Scharfrichters Buben auf dem Markt gestohlen, und da schenkte ich ihr meinen eignen; der Hund ist so dick wie zehn von den andern, und um so größer ist auch das Präsent.

PROTEUS.
Geh, mach' dich fort und bring' mir meinen Hund,
Sonst komm mir niemals wieder vors Gesicht!
Fort, sag ich; stehst du mich zu ärgern hier?
Ein Schurke, der mir stets nur Schande macht!

Lanz geht ab.

Ich nahm, Sebastian, dich in meinen Dienst,
Teils, weil ich einen solchen Knaben brauche,
Der mit Verstand vollführt, was ich ihn heiße,
Denn kein Verlaß ist auf den dummen Tölpel:
Doch mehr um dein Gesicht und dein Betragen,
Die (wenn mich meine Ahnung nicht betrügt)
Von guter Bildung zeugen, Glück und Treue;
Dies merk', denn deshalb hab' ich dich genommen.
So geh denn augenblicks mit diesem Ring,
Den übergib an Fräulein Silvia;
Wohl liebte die mich, die ihn mir gegeben.

JULIA. Ihr also liebt sie nicht, da Ihr ihn weggebt.
Sie ist wohl tot?

PROTEUS. Das nicht; ich glaub', sie lebt.

JULIA. Weh mir!

PROTEUS. Weshalb rufst du, weh mir?

JULIA. Ich kann nicht anders, ich muß sie beklagen.

PROTEUS. Weshalb beklagst du sie?

JULIA. Weil mich bedünkt, sie liebte Euch so sehr,
Als Ihr nur Euer Fräulein Silvia liebt;
Sie sinnt nur ihn, der schon vergaß ihr Lieben,
Ihr brennt für sie, die abweist Euer Lieben.
O Jammer, daß sich Lieben so zerstört!
Und des gedenkend mußt' ich klagen: weh mir!

PROTEUS. Gut; gib ihr diesen Ring und auch zugleich
Den Brief; – hier ist ihr Zimmer. – Sag dem Fräulein,
Ich fodr' ihr himmlisch Bild, das sie versprochen.
Dies ausgerichtet, eil' zu meiner Kammer,
Wo du mich traurig, einsam finden wirst.

Proteus geht ab.

JULIA. Wie wen'ge Frauen brächten solche Botschaft!
Ach! armer Proteus! du erwählst den Fuchs,
Um dir als Hirt die Lämmer zu behüten;
Ach, arme Törin! was beklag' ich den,
Der mich mit vollem Herzen jetzt verachtet?
Weil er sie liebt, verachtet er mich nun;
Weil ich ihn liebte, muß ich ihn beklagen.
Ich gab ihm diesen Ring, da wir uns trennten,
Als Angedenken meiner Gunst und Treue;
Nun schickt man mich (o unglücksel'ger Bote!)
Zu fodern, was ich nicht gewinnen möchte;
Zu bringen, was ich abgeschlagen wünschte;
Den treu zu loben, den ich untreu schelte.
Ich bin die wahr' Verlobte meines Herrn;
Doch kann ich nicht sein wahrer Diener sein,
Wenn ich nicht an mir selbst Verräter werde.
Zwar will ich für ihn werben, doch so kalt,
Wie ich, beim Himmel! die Erwid'rung wünschte.

Silvia tritt auf mit Begleitung.

Gegrüßt seid, Kammerfrau! Ich bitt' Euch, macht,
Daß ich mit Fräulein Silvia sprechen kann.

SILVIA. Was wolltet Ihr von ihr, wenn ich es wäre?

JULIA. Wenn Ihr es seid, so bitt' ich, mit Geduld
Die Botschaft anzuhören, die ich bringe.

SILVIA. Von wem?

JULIA. Von Signor Proteus, meinem Herrn.

SILVIA. Ach! – Wegen eines Bildes schickt er Euch?

JULIA. Ja, Fräulein.

SILVIA. So bring' denn, Ursula, mein Bildnis her!

Das Bild wird gebracht.

Geht, gebt das Eurem Herrn; sagt ihm von mir:
Die Julia, die sein falsches Herz vergaß,
Ziemt besser, als der Schatten, seinem Zimmer.

JULIA. Fräulein, gefällt's Euch, diesen Brief zu lesen? –
Verzeiht, mein Fräulein, ich gab unvorsichtig
Euch ein Papier, das nicht für Euch bestimmt;
Dies ist der rechte Brief an Euer Gnaden.

SILVIA. Ich bitte, laß mich das noch einmal sehn!

JULIA. Es kann nicht sein; mein Fräulein, Ihr verzeiht!

SILVIA. Hier, nimm!
Ich will die Zeilen deines Herrn nicht lesen.
Ich weiß, sie sind mit Schwüren angefüllt
Und neu erfundnen Eiden, die er bricht,
So leicht, als ich jetzt dieses Blatt zerreiße.

JULIA. Fräulein, er schickt Eu'r Gnaden diesen Ring.

SILVIA.
Ihm Schmach so mehr, mir diesen Ring zu schicken;
Denn tausendmal hab' ich ihn sagen hören,
Wie seine Julia ihn beim Abschied gab.
Hat auch sein falscher Finger ihn entweiht,
Soll meiner Julien nicht solch Unrecht tun.

JULIA. Sie dankt Euch.

SILVIA. Was sagst du?

JULIA. Ich dank' Euch, Fräulein, für dies Zartgefühl.
Das arme Kind! Herr Proteus kränkt sie sehr.

SILVIA. Kennst du sie?

JULIA. Beinah' so gut, als ich mich selber kenne;
Gedenk' ich ihres Wehs, bei meiner Seele!
Schon hundertmal hab' ich um sie geweint.

SILVIA. So glaubt sie wohl, daß Proteus sie verlassen?

JULIA. Ich glaub' es selbst, und das ist auch ihr Gram.

SILVIA. Ist sie sehr schön?

JULIA. Sie war einst schöner, Fräulein, als sie ist;
Da sie noch glaubte, daß mein Herr sie liebe.
War sie, wie mich bedünkt, so schön als Ihr;
Doch, seit sie ihren Spiegel hat vergessen,
Die Maske wegwarf, die vor Sonne schützte,
Sind von der Luft gebleicht der Wangen Rosen
Und ihrer Stirne Lilienglanz gedunkelt,
Daß sie so schwarz geworden ist wie ich.

SILVIA. Wie groß war sie?

JULIA. Sie ist von meinem Wuchse; denn zu Pfingsten,
Als man sich heitrer Mummerei erfreute,

Gab mir das junge Volk die Frauenrolle
Und putzte mich mit Juliens Kleidern aus;
Die paßten mir so gut, wie alle sagten,
Als wäre das Gewand für mich geschnitten;
Davon weiß ich, sie ist so hoch wie ich.
Und zu der Zeit macht' ich sie recht zu weinen,
Denn traurig war die Rolle, die ich spielte;
Ariadne, Fräulein, war's, wie sie beklagt
Des Theseus Falschheit und geheime Flucht;
Das spielten meine Tränen so lebendig,
Daß meine arme Herrin, tief gerührt,
Recht herzlich weint'; und sterben will ich gleich,
Wenn ich im Geist nicht ihren Kummer fühlte!

SILVIA. Sie ist dir sehr verpflichtet, lieber Knabe! –
Ach, armes Mädchen! trostlos und verlassen! –
Ich weine selbst, denk' ich an deine Worte.
Hier, Knab', ist meine Börse; nimm die Gabe
Um deiner Herrin willen, die du liebst.
Leb wohl!

Silvia geht ab.

JULIA.
Sie wird Euch danken, lernt Ihr je sie kennen. –
Ein edles Fräulein, sanft und voller Huld.
Mein Herr wird hoffentlich kalt aufgenommen,
Da sie so warm für meine Herrin eifert.
Wie hintergeht sich Liebe selbst im Spiel!
Hier ist ihr Bildnis. Laßt mich sehn: ich denke,
Hätt' ich nur solchen Anzug, mein Gesicht,
Es wäre ganz so lieblich wie das ihre;
Doch hat der Maler etwas ihr geschmeichelt,
Wenn ich nicht allzu viel mir selber schmeichle.
Ihr Haar ist bräunlich, meins vollkommen blond;
Wenn das den Ausschlag gibt in seiner Liebe,
So trag' ich falsches Haar von dieser Farbe.
Ihr Aug' ist klares Blau, und so das meine;
Doch ihre Stirn ist klein und meine groß.
Was ist es, das ihn hier bezaubern kann,
Das nicht durch mich denselben Zauber übte,
Wär' kind'sche Liebe nicht ein blinder Gott?
So nimm denn, Schatten, diesen Schatten mit,
Er ist dein Nebenbuhler. Leblos Bild!
Du wirst verehrt, geküßt und angebetet;
Und fühltest du bei seinem Götzendienst,
Mein Wesen möchte Bild statt deiner sein.
Ich will dir freundlich sein der Herrin wegen,
So war sie mir; sonst, bei dem Jupiter,
Kratzt' ich dir die gemalten Augen aus,
Daß nicht mein Herr sich mehr in sie vergafft.

Geht ab.

Fünfter Aufzug

Erste Szene

Platz.
Eglamour tritt auf.

EGLAMOUR.
Die Sonne rötet schon den Abendhimmel;
Die Stund' ist da, die Silvia mir bestimmte,
Hier bei Patricius' Zell' auf sie zu warten.
Sie bleibt nicht aus, denn Liebende verfehlen
Die Stunde nur, um vor der Zeit zu kommen.
Weil sie die Eile selbst noch spornen möchten.

Silvia tritt auf.

Hier kommt sie schon; glücksel'gen Abend, Fräulein!

SILVIA.
Geb's Gott! Geh weiter, guter Eglamour!
Hinaus zum Pförtchen an der Klostermauer;
Ich bin besorgt, daß Laurer auf mich achten.

EGLAMOUR.
Sorgt nicht; der Wald ist kaum drei Meilen weit:
Ist der erreicht, sind wir in Sicherheit.

Sie gehn ab.

Zweite Szene

Palast.
Thurio, Proteus und Julia treten auf.

THURIO. Was sagt zu meinem Werben Silvia?

PROTEUS. Oh, Herr, ich fand sie milder als bisher;
Doch hat sie viel an Euch noch auszustellen.

THURIO. Was, daß mein Bein zu lang ist?

PROTEUS. Nein; zu dünn.

THURIO. So trag' ich Stiefeln, daß es runder wird.

PROTEUS.
Was Liebe scheut, wer kann sie dazu spornen?

THURIO. Und mein Gesicht?

PROTEUS. Sie sagt, es sei zu weiß.

THURIO.
Da lügt der Schalk; denn mein Gesicht ist schwarz.

PROTEUS.
Doch weiß sind Perlen; und das Sprichwort sagt:
Ein schwarzer Mann ist Perl' in Damenaugen.

JULIA *beiseit.*
Ja, Perlen, die der Damen Augen kränken;
Denn lieber wegsehn, als auf sie zu blicken.

THURIO. Gefällt ihr mein Gespräch?

PROTEUS. Schlecht, redet Ihr von Krieg.

THURIO.
Doch gut, wenn ich von Lieb' und Frieden redet?

JULIA *beiseit.*
Am besten, sicher, wenn Ihr friedlich schweigt.

THURIO. Was aber sagte sie von meinem Mut?

PROTEUS. Oh, Herr, darüber hat sie keinen Zweifel.

JULIA *beiseit.*
Nicht nötig, weil sie seine Feigheit kennt.

THURIO. Doch was von meiner Abkunft?

PROTEUS. Daß Ihr sehr hoch herab gekommen seid.

JULIA *beiseit.*
Gewiß; vom Edelmann zum Narr'n herab.

THURIO. Erwägt sie auch mein großes Gut?

PROTEUS. Ja, mit Bedauern.

THURIO. Weshalb?

JULIA *beiseit.* Weil einem Esel es gehört.

PROTEUS. Weil Ihr's nicht selbst verwaltet.

JULIA. Hier kommt der Herzog.

Der Herzog tritt auf.

HERZOG.
Wie steht's, Herr Proteus? Thurio, wie steht's?

Wer von euch sah den Eglamour seit kurzem?
THURIO. Ich nicht.
PROTEUS. Ich auch nicht.
HERZOG. Saht ihr Silvia?
PROTEUS. Nein.
HERZOG.
So floh sie hin zu Valentin, dem Knecht;
Und Eglamour ist es, der sie begleitet.
Gewiß; denn Bruder Lorenz traf sie beide,
Als im Gebet er durch die Waldung ging;
Ihn kannt' er wohl und glaubt' auch, sie zu kennen;
Doch macht' ihn ihre Maske ungewiß;
Auch gab sie vor, sie woll' am Abend beichten
In des Patricius Zell', und war nicht dort;
Durch diese Zeichen wird die Flucht bestätigt.
Deswegen, bitt' ich, weilt nicht lang beratend,
Nein, gleich zu Pferd; und trefft mich beide dort
Am Fuße des Gebirges, auf dem Hügel,
Der sich nach Mantua zieht: da flohn sie hin;
Beeilt euch, teure Herrn, und folgt mir nach!
Geht ab.

THURIO.
Nun ja, da haben wir das kind'sche Ding.
Die ihrem Glück entflieht, wenn es ihr folgt.
Nach! mehr, um mich an Eglamour zu rächen,
Als, weil ich Silvia noch, die Törin, liebe.
Geht ab.

PROTEUS. Ich folge, mehr, weil Silvia meine Liebe,
Als Eglamour, der mit ihr geht, mein Haß!
Geht ab.

JULIA. Ich folge, mehr, zu kreuzen diese Liebe,
Als Silvia hassend, die geflohn aus Liebe.
Geht ab.

Dritte Szene

Wald.
Silvia und die Räuber kommen.

RÄUBER. Kommt, kommt!
Geduld, wir bringen Euch zu unserm Hauptmann.
SILVIA.
Durch tausend große Unglücksfälle lernt' ich
Den heutigen ertragen mit Geduld.
ZWEITER RÄUBER. Kommt, führt sie weg!
ERSTER RÄUBER.
Wo ist der Edelmann, der bei ihr war?
DRITTER RÄUBER.
Geschwind von Füßen, ist er uns entlaufen,
Doch Moses und Valerius folgen ihm.
Geh mit ihr nach des Waldes Abendseite,
Dort ist der Hauptmann; wir dem Flücht'gen nach;
Das Dickicht ist besetzt, er kann nicht durch.
ERSTER RÄUBER.
Kommt, Ihr müßt mit zu unsers Hauptmanns Höhle;
Seid unbesorgt, er ist von edlem Sinn,
Und keinem Weibe fügt er Unrecht zu.
SILVIA.
O Valentin, das duld' ich deinethalb!
Alle ab.

Vierte Szene

Wald.
Valentin tritt auf.

VALENTIN.
Wie wird dem Menschen Übung doch Gewohnheit!
Der unbesuchte Wald, die dunkle Wüste
Gefällt mir mehr als volkreich blüh'nde Städte;
Hier kann ich einsam sitzen, ungesehn,
Und, zu der Nachtigallen Klageliedern,
Mein Leid und Weh in Trauertönen singen.
O du, Beherrscherin von dieser Brust,
Laß nicht dein Haus so lang' verödet stehn,
Daß nicht der Bau verfalle und zertrümmre
Und kein Gedächtnis bleibe, was er war!
Komm, Silvia, das Gebäude herzustellen;
Erfreu' den Jammernden, du holde Nymphe!
Welch Lärmen, welch ein Aufruhr ist das heut?
Die Bande schwärmt, Willkür ist ihr Gesetz.
Sie machen Jagd auf arme Wandersleute;
Sie lieben mich, doch hab' ich viel zu tun,
Wenn ich will rohe Ungebühr verhüten.
Verbirg dich, Valentin; wer kommt dort her?
Er zieht sich zurück. Proteus, Silvia und Julia treten auf.
PROTEUS. Prinzessin, was ich jetzt für Euch getan
(Obgleich Ihr keinen Dienst des Dieners achtet),
Mein Leben wagend, Euch von dem zu retten,
Der Eure Ehr' und Gunst bewält'gen wollte,
Darf einen holden Blick zum Lohn erwarten;
Geringern Preis als den kann ich nicht bitten,
Und wen'ger, sicherlich, könnt Ihr nicht geben.
VALENTIN *beiseit.*
Ist dies ein Traum, was ich hier seh' und höre?
Leih', Liebe, mir Geduld, noch jetzt zu schweigen!
SILVIA. O Elend', Unglücksel'ge, die ich bin!
PROTEUS.
Unglücklich wart Ihr, Fräulein, eh' ich kam;
Doch durch mein Kommen wart Ihr glücklich wieder.
SILVIA.
Durch dein Herannahn ward ich erst recht elend.
JULIA *beiseit.*
Und ich, wenn er Euch wirklich näher kommt.
SILVIA.
Wär' ich vom Leu'n, dem hungrigen, ergriffen!
Viel lieber Speise sein dem Ungetüm,
Als daß der falsche Proteus mich errettet!
Du, Himmel, weißt, wie Valentin ich liebe,
Sein Leben mir so wert wie meine Seele;
Und ganz so (dieses ist der höchste Schwur)
Ist Abscheu mir der falsch', meineid'ge Proteus.
Drum fort! und quäl' mich nicht mit läst'gem Werben!
PROTEUS.
Dem kühnsten Unternehmen, todgefährlich,
Entwich ich nicht um einen milden Blick.
Es ist der Liebe Fluch bewährt geblieben,
Daß nie ein Weib den, der sie liebt, kann lieben.
SILVIA.
Daß Proteus nicht die, die ihn liebt, kann lieben.
Gedenke Julias, deiner ersten Liebe,

Um deren Gunst du deine Treu' gespalten
In tausend Schwür'; und alle diese Schwüre
In Meineid' umgewandt, um mich zu lieben.
Nun hast du keine Treu' mehr, wenn nicht zwei,
Was schlimmer wär' als keine: besser keine
Als Doppeltreu', die ist zu viel um eine:
Du Trüger deines wahren Freunds!

PROTEUS. In Liebe,
Wem gilt da Freundschaft?

SILVIA. Jedem, außer Proteus!

PROTEUS.
Nun, wenn der milde Geist beredter Worte
Auf keine Art zu sanfter Weis' Euch stimmt,
So werb' ich, wie Soldaten, mit Gewalt;
Und Liebe wird, sich selbst entartet, Zwang.

SILVIA. O Himmel!

PROTEUS. Mit Gewalt bezwing' ich dich.

VALENTIN. Du Ehrenräuber, frei laß deine Beute,
Du Freund von schlechter Sitte!

PROTEUS. Valentin!

VALENTIN.
Gemeiner Freund, das heißt, treulos und lieblos
(Denn so sind Freunde jetzt), Verräter, du!
Du trogst mein Hoffen; meinem Aug' allein
Konnt' ich dies glauben; nun darf ich nicht sagen,
Mir lebt ein Freund; du würd'st mich Lügen strafen.
Wem ist zu traun, wenn unsre rechte Hand
Sich gegen unsre Brust empört? O Proteus,
Ich fürchte, nie kann ich dir wieder traun
Und muß um dich die Welt als Fremdling achten.
O schlimme Zeit! o schmerzliches Verwunden!
Daß ich den Freund als schlimmsten Feind gefunden!

PROTEUS.
Oh, Scham und Schuld vernichtet mich! –
Vergib mir, Valentin; wenn Herzensreue
Genügen kann, die Sünde abzubüßen,
So sieh mein Leid; die Schuld ist größer nicht
Als jetzt mein Schmerz.

VALENTIN. So bin ich ausgesöhnt;
Und wieder acht' ich dich als ehrenvoll. –
Wen Reue nicht entwaffnen kann, der frommt
Nicht Erd' noch Himmel; beide fühlen mild;
Durch Reue wird des Ew'gen Zorn gestillt; –
Und, daß vollkommen werde mein Verzeihn,
Geb' ich dir alles, was in Silvien mein.

JULIA. Weh mir, verloren!

Sie wird ohnmächtig.

PROTEUS. Seht, was fehlt dem Knaben?

VALENTIN.
Ei, Knabe! Kind! Was gibt's? Was stößt dir zu?
Blick' auf, sprich!

JULIA. O Signor, mein Herr befahl mir,
An Fräulein Silvia diesen Ring zu bringen,
Den ich vergaß und noch nicht abgegeben.

PROTEUS. Wo ist der Ring?

JULIA. Hier ist er.

Gibt ihm einen Ring.

PROTEUS. Laß mich sehn;
Ha, diesen Ring schenkt' ich an Julia.

JULIA. Verzeiht mir, Herr, ich habe mich geirrt;
Dies ist der Ring, den Ihr an Silvia sandtet.

Zeigt einen andern.

PROTEUS.
Allein, wie kamst du zu dem Ring? Beim Abschied
Gab ich ihn Julien.

JULIA. Und Julia gab ihn mir;
Und Julia selbst hat ihn hieher gebracht.

PROTEUS. Wie? Julia!

JULIA. Schau sie, die tausend Eide dir errangen,
Die alle tief im Herzen sie bewahrte;
Und wie zerbrach dein Meineid dann dies Herz!
O Proteus, dich beschäme diese Tracht!
Erröte du, daß solch unziemend Kleid
Ich angelegt; wenn Liebe in Verkleidung
Sich je entehren kann:
Mag Sitt' entscheiden, wer am schwersten fehle,
Vertauscht ein Weib das Kleid, ein Mann die Seele.

PROTEUS.
Ein Mann die Seele? Wahr, o Himmel! Treue
Nur fehlt dem Mann, vollkommen sich zu nennen;
Der Mangel macht uns jeder Sünd' ergeben;
Treulosigkeit stirbt ab, noch vor dem Leben.
Was ist in Silvia nur, das frischer nicht
Die Treue sieht in Juliens Angesicht?

VALENTIN.
Kommt denn, und reiche jeder seine Hand:
Den schönen Bund müßt ihr mich schließen lassen;
Nicht länger darf solch Freundespaar sich hassen.

PROTEUS.
Du, Himmel, weißt, mein Wunsch ist mir erfüllt!

JULIA. Der meine mir.

Räuber kommen mit dem Herzog und Thurio.

RÄUBER. Ha, Beute, Beute!

VALENTIN.
Zurück! Es ist der Fürst, mein gnäd'ger Herzog.
Euer Gnaden sei gegrüßt dem gnadentblößten,
Verbannten Valentin!

HERZOG. Wie, Valentin?

THURIO. Silvia ist dort, und Silvia ist mein!

VALENTIN.
Wollt Ihr nicht sterben, Thurio, fort, entweicht!
Kommt nicht so nah, daß Euch mein Zorn erreicht!
Nicht nenne Silvia dein; wag's noch einmal,
So soll dich Mailand nicht mehr sehn. Hier steht sie,
Nicht ihres Kleides Saum darfst du berühren; –
Ja, wag' nicht anzublicken die Geliebte!

THURIO.
Herr Valentin, ich frage nichts nach ihr;
Den halt' ich töricht, der sein Leben wagt
Um eines Mädchens halb, die ihn nicht liebt!
Ich will sie nicht, und darum sei sie dein.

HERZOG.
Um so nichtswürd'ger bist und schlechter du,
So sehr nach ihr zu streben, wie du tatest,
Und auf so feige Art sie zu verlassen!
Nun, bei der Ehr' und Würde meiner Ahnen,
Mich freut dein Mut! Du, Valentin, verdienst
Die Liebe selbst der höchsten Kaiserin.
Wie du mich hast gekränkt, das sei vergessen:
Ich widerrufe, ausgesöhnt, den Bann. –
Dein Hochverdienst gibt dir den neuen Stand,
Den ich bestät'ge, – Ritter Valentin,

Du bist ein Edelmann von altem Blut;
Nimm deine Silvia, du hast sie verdient.

VALENTIN.
Ich dank' Eu'r Gnaden! Mich beglückt die Gabe.
Ich bitt' Euch nun, um Eurer Tochter willen,
Gewährt mir eine Gunst, um die ich flehe!

HERZOG. Gewährt, um deinetwillen, was es sei!

VALENTIN.
Herr, die Verbannten, die mit mir gelebt,
Sind Männer, ausgezeichnet in Verdiensten;
Seht ihnen, was sie hier begingen, nach
Und ruft aus der Verbannung sie zurück;
Sie sind gebessert, mild und wohl geartet,
Geschickt zu großen Diensten, gnäd'ger Herr.

HERZOG.
Es sei gewährt; Verzeihung dir und ihnen!
Gib ihnen Stellen, die dir passend scheinen.
Kommt, laßt uns gehn; begraben sei Verdruß
In Spiel und Lust und seltner Festlichkeit!

VALENTIN.
Und unterwegs, mein gnäd'ger Fürst, versuch' ich,
Euch im Gespräch ein Lächeln zu erregen;
Was denkt Ihr von dem Pagen, hoher Herr?

HERZOG. Anmutig ist der Knabe; er errötet.

VALENTIN.
Anmutig mehr, als Knabe, gnäd'ger Fürst.

HERZOG.
Was meint Ihr mit dem Scherz?

VALENTIN.
Gefällt's Euch, so erzähl' ich Euch im Gehn,
Was Euch verwundern wird, wie sich's begab. –
Komm, Proteus! dies sei deine Strafe nur,
Zu hören die Geschichte deiner Liebe;
Und dann sei unser Hochzeitstag der deine;
Ein Fest, ein Haus und ein gedoppelt Glück!

Alle gehn ab.

Liebes Leid und Lust
DALZIEL

Personen

Der König von Navarra
Biron,
Longaville,
Dumain, Herren im Gefolge des Königs
Boyet
Mercade
Don Adriano de Armado, ein Spanier
Nathanael, ein Dorfpfarrer
Dumm, ein Konstabel
Holofernes, ein Schulmeister
Schädel, ein Bauer
Motte, Page des Don Adriano de Armado
Ein Förster
Die Prinzessin von Frankreich
Rosaline,
Maria,
Katharine, Hoffräulein der Prinzessin
Jacquenette, ein Milchmädchen
Gefolge des Königs und der Prinzessin
Szene: in Navarra

Erster Aufzug

Erste Szene

Navarra. Park vor dem königlichen Schloß.
Es treten auf der König, Biron, Longaville und Dumain.

KÖNIG. Mag Ruhm, den jeder sucht, solang' er lebt,
Leben in Schrift auf unserm erznen Grabe
Und dann uns zieren in des Todes Unzier;
Wenn, trotz der räuberisch gefräß'gen Zeit,
Das Streben dieser Gegenwart uns kauft
Die Ehre, die der Sichel Schärf' ihr stumpft,
Und uns zu Erben macht der ganzen Zukunft. –
Deshalb, ihr tapfern Sieger! – denn das seid ihr,
Die ihr die eigne Neigung kühn bekämpft,
Zusamt der ird'schen Lüste mächt'gem Heer, –
Bleib' unser letzt Gebot in voller Kraft:
Navarra soll das Wunder sein der Welt;
Sein Hof sei eine klein' Akademie,
Der Kunst stiller Beschaulichkeit ergeben.
Ihr drei, Biron, Dumain und Longaville,
Beschwurt, drei Jahre hier mit mir zu leben
Als Schulgenossen, den Gesetzen treu,
Die auf der Tafel hier verzeichnet stehn.
Ihr schwurt den Eid: nun unterschreibt die Namen,
Damit die eigne Hand des Ehre fälle,
Der hievon nur den kleinsten Punkt verletzt:
Seid ihr zum Handeln wie zum Schwur bereit,
So unterschreibt und haltet streng den Eid!
LONGAVILLE. Gebt her; es gilt ja nur dreijährig Fasten;
Die Seele schmaust, ob auch der Körper darbt:
Ein fetter Bauch hat magres Hirn; je feister
Die Rippen, um so eh'r bankrott die Geister.
DUMAIN. Mein teurer Fürst, Dumain will Buße tun;
Den gröbern Reiz der Welt und ihrer Freuden
Läßt er dem stumpfen Knecht der groben Welt:
Der Lust, dem Pomp, dem Reichtum will ich sterben,
In der Philosophie all dies zu erben.
BIRON. Ich kann nur ihr Beteuern wiederholen,
Was ich, mein bester Fürst, bereits gelobt:
Das heißt, drei Jahr studierend hier zu leben.
Doch gibt's noch andre strenge Observanzen,
Als: keine Frau zu sehn in all der Zeit,
Was, hoff' ich sehr, nicht im Verzeichnis steht;
Und einen Tag der Woche nichts zu essen,
Und außerdem nur täglich ein Gericht,
Was, hoff' ich, auch nicht im Verzeichnis steht:
Und dann drei Stunden Schlaf nur in der Nacht,
Und keinen Augenblick am Tage schlummern
(Da ich gewohnt, kein Arg zu haben nachts,
Und Nacht zu machen aus dem halben Tage),
Was, hoff' ich sehr, nicht im Verzeichnis steht.
O trocknes Mühn! O allzuschwere Lasten!
Studieren, keine Frau sehn, wachen, fasten!
KÖNIG. Eu'r Eid gibt auf, dies alles aufzugeben.
BIRON. Ich sage nein, mein Fürst! Ihr müßt vergeben:
Drei Jahr an Euerm Hof zu leben nur
Und mit Euch zu studieren, war mein Schwur.
LONGAVILLE.
Der eine Schwur schließt auch die andern ein.
BIRON.
Dann schwur ich nur zum Spaß, bei ja und nein. –
Was ist der Zweck des Studiums? Laßt mich's wissen!
KÖNIG. Nun, das zu lernen, was wir jetzt nicht wissen.
BIRON. Was unerforschlich ist gemeinem Sinn? –
KÖNIG. Das ist des Studiums göttlicher Gewinn.
BIRON.
Dann, schwör' ich Euch, studier' ich andachtsvoll,
Zu lernen das, was ich nicht wissen soll.
Als, wo ich mag ein leckres Mahl erspähn,
Da uns zum Fasten unser Eid verpflichtet;
Und wo ich kann ein hübsches Mädchen sehn,
Seit auf der Schönen Anblick wir verzichtet:
Oder, wie man zu harten Eid umgebe,
Daß man ihn brech' und doch die Treu' bestehe.
Wenn dies der Studien Ziel und edler Preis,
Dann lehrt mich Studium, was ich noch nicht weiß;
Dann schwör' ich gern, gelob' Euch allen Fleiß.
KÖNIG. Der Anstoß eben hemmt, wenn man studiert,
Der unsern Geist zu eitler Lust verführt.
BIRON. Eitel ist jede Lust, am meisten, die
Mit Mühen kaufend nichts erwirbt als Müh';
Als, mühevoll den Geist zum Buch gewendet,
Suchend der Wahrheit Licht; Wahrheit indessen
Hat täuschend schon des Auges Blick geblendet,
Licht suchend hat das Licht des Lichts vergessen:
Und statt zu spähn, wo Licht im Finstern funkelt,
Erlosch dein Licht, Nacht hat dein Aug' umdunkelt.
Studiert vielmehr, was Euer Aug' entzücke,
Indem Ihr's auf ein schönres Auge wendet,
Das blendend uns zugleich mit Trost erquicke,
Und, raubt es Licht, uns neue Sehkraft spendet.
Studium vergleich' ich mit dem Strahl der Sonnen:
Kein frecher Blick darf ihren Glanz ergründen;
Was hat solch armer Grübler sich gewonnen,
Als Satzung, die im fremden Buch zu finden?
Die ird'schen Paten, die im Himmelsheer,
Gevattern gleich, jedweden Stern benennen,
Erfreun sie sich der hellen Nächte mehr,
Als die umhergehn und nicht einen kennen? –
Allzuviel wissen heißt mit Worten kramen,
Und jeglicher Gevatter kann benamen.
KÖNIG. Ei, wie belesen er aufs Lesen wütet!
DUMAIN.
Wie rasch fortschreitend er das Gehn verbietet!
LONGAVILLE.
Er will das Korn getilgt, Unkraut behütet!
BIRON. Der Lenz ist nah, wenn Gans und Ente brütet.
DUMAIN. Wie paßt sich das?
BIRON. Es paßt für Zeit und Ort.
DUMAIN. Nicht für den Sinn! –
BIRON. So reimte doch das Wort.
LONGAVILLE.
Biron ist gleich den neid'schen, frost'gen Winden! –
Er knickt die ersten Blumen, die entspringen.
BIRON.
Und wär' ich's? Soll sich Sommer stolz verkünden,
Eh' noch ein Vogel Ursach' hat zu singen? –
Soll ich unzeitiger Geburt mich freun?
Ich mag um Neujahr Rosen nicht verlangen,
Noch Schnee, wenn Lenz und Mai mit Blüten prangen:
Jegliche Frucht muß Reif' und Zeit erlangen.
So kommt für euch zu spät das Lernen nach;
Ihr wollt zur Haustür klettern übers Dach.
KÖNIG. So scheidet aus, Biron, und geht sofort!

BIRON. Nein, teurer Herr, ich bleib', ich gab mein Wort.
Sprach ich gleich mehr zum Ruhm der Barbarei,
Als für den Engel Weisheit Ihr könnt sagen:
Doch halt' ich meinen Eidschwur streng und treu
Und will drei Jahr die Buße täglich tragen.
Zeigt mir das Blatt, und was es auch begehrt,
Dem Härtsten sei die Unterschrift gewährt.

KÖNIG. Solch edle Rückkehr hat dich hoch geehrt.

BIRON *liest.* »Item, daß kein Weib unserm Hof auf eine Meile nah kommen dürfe.« – Ist dies bekannt gemacht? –

LONGAVILLE. Schon seit vier Tagen.

BIRON. Und welche Strafesteht darauf? *Liest.* »Bei Verlust ihrer Zunge.« Ei, wer gab den Bescheid?

LONGAVILLE. Ich selber schrieb ihn heut.

BIRON. Und wozu so viel Leid?

LONGAVILLE.
Zu schrecken durch der Strafe Furchtbarkeit.

BIRON. Ein arg Gesetz doch für die Höflichkeit! – *Er liest.* »Item, sieht man einen Mann in dem Zeitraum von drei Jahren mit einem Weibe sprechen, so soll er so viel öffentliche Schmach erdulden, als der übrige Hof nur immer zu ersinnen vermag.«
Den Punkt, mein Lehnsherr, müßt Ihr selber brechen;
Denn Frankreichs König schickt in unser Land
Die eigne Tochter her, mit Euch zu sprechen,
Durch seltnen Reiz und Hoheit weltbekannt.
Für ihren Vater, alt, gelähmt und kränklich,
Fragt sie um Aquitaniens Räumung an;
Drum scheint der Punkt umsonst mir und bedenklich,
Dafern sie nicht den Weg umsonst getan.

KÖNIG. Wie nur der Umstand uns so ganz entfiel!

BIRON. So schießt das Studium immer übers Ziel:
Weil es studiert zu haschen, was es wollte,
Vergaß es auszurichten, was es sollte;
Und hat es nun, worauf es lang gesonnen,
Ist's, wie im Sturm gewonnen, so zerronnen.

KÖNIG.
Dann freilich sind zur Änd'rung wir gezwungen;
Denn hier verweilen muß sie notgedrungen.

BIRON. Und all die Eide wird die Not zerbrechen
Dreitausendmal, noch eh' drei Jahre schwinden:
Denn jeder Mensch hat angeborne Schwächen,
Die Gnade nur, nicht Kraft kann überwinden.
Drum sei mein Trost, verletz' ich das Gebot:
Mich zwang zum Meineid unumgänglich Not. –
So steh' mein Name deutlich hier gleich allen,
Und wer das kleinste der Gesetze kränkt,
Der sei der ew'gen Schmach anheimgefallen;
Versuchung ist, wie andern, mir verhängt.
Doch hoff' ich, schein' ich auch verdrossen jetzt,
Von allen brech' ich wohl den Eid zuletzt. –
Doch, wird kein Scherz zur Stärkung uns gewährt?

KÖNIG. O ja! Ihr wißt, an unserm Hof verkehrt
Ein Reisender aus Spanien; ein Exempel
Der neusten Mod', in Feinheit wohl belehrt,
Des Hirn Sentenzen ausprägt, wie ein Stempel:
Einer, dem die Musik der eignen Stimme
So süß dünkt als ein überirdisch Tönen;
Das Muster eines Manns, den ihrem Grimme
Unrecht und Recht gewählt, sie zu verhöhnen.
Dies Kind der Laune, Don Armado heißt er,
Erzählt mit schwülst'gem Wort in Mußestunden
Das Tun und Wirken hoher Waffenmeister
Aus Spaniens Glut, im Strom der Zeit entschwunden.
Ich weiß nicht, edle Herrn, wie ihr ihn schätzt,
Doch wahr ist, daß sein Lügen mich ergötzt,
Und daß er meine Sänger mir ersetzt.

BIRON. Armado ist der Mod' erlauchter Hort,
Und funkelneu von Phras' und seltnem Wort.

LONGAVILLE.
Mit ihm soll Schädel uns die Stunden würzen
Und der drei Jahre strenge Zeit verkürzen.

Dumm mit einem Brief, und Schädel treten auf.

DUMM. Welches ist des Herzogs eigne Person?

BIRON. Dieser, Freund; was wollt'st du? –

DUMM. Ich selber präsumiere seine eigne Person, denn ich bin Seiner Hoheit Schersant; aber ich möchte gern seine Person in Fleisch und Blut sehn.

BIRON. Dieser ist's.

DUMM. Signor Arme – Arme, – empfiehlt Euch. Da ist 'ne Schelmerei im Werk, dieser Brief wird Euch mehr sagen.

SCHÄDEL.
Der ganze Unbegriff davon betrifft gleichsam mich.

KÖNIG. Ein Brief von dem glorreichen Armado.

BIRON. Wie niedrig auch der Inhalt, so hoffe ich doch, bei Gott! auf hohe Worte.

LONGAVILLE.
Eine hohe Hoffnung auf ein niedriges Fazit;
Gott verleihe uns Geduld! –

BIRON.
Zu hören? oder mit Hören verschont zu bleiben? –

LONGAVILLE. Lässig zu hören, und mäßig zu lachen; oder mit beidem verschont zu bleiben.

BIRON. Wohlan, sei es so, wie der Stil uns Anlaß geben wird, die Ernsthaftigkeit mit Stumpf und Stiel auszurotten.

SCHÄDEL. Der Inhalt bin ich, Herr, so weit es die Jacquenetta betrifft. Art, Weise und Grund von der Sache anlangend, so ward ich ertappt, daß es eine Art hatte.

BIRON. Auf welche Weise?

SCHÄDEL. Paarweise.

BIRON. Und auf welchen Grund?

SCHÄDEL. Auf dem Grunde des Parks sitzend, da habt Ihr Art, Grund und Weise, und zwar folgender Weise: Was die Art betrifft, so ist's die Art eines Mannes, mit einem Mädel zu reden, – was den Grund, – so gründlich er kann; –

BIRON. Und die folgende Weise? –

SCHÄDEL. Nun, die wird sich wohl in meiner Zurechtweisung ausweisen, und Gott schütze das Recht! –

KÖNIG.
Wollt ihr den Brief mit Aufmerksamkeit anhören?

BIRON.
Wie wir delphische Ausrufungen vernehmen würden.

SCHÄDEL. Das glaub' ich, Schellfische hört man immer gern ausrufen.

KÖNIG *liest.* »Großer Statthalter, des Firmaments Vizeregent und alleiniger Selbstherrscher Navarras, meiner Seele irdischer Gott, und meines Leibes Nahrung spendender Patron, –«

SCHÄDEL. Noch kein Wort von Schädel!

KÖNIG. »So ist es, ...«

SCHÄDEL. Es kann so sein; aber wenn er sagt, es ist so, so ist er, die Wahrheit zu sagen, nur so so.
KÖNIG. Friede! –
SCHÄDEL. Mit mir und jedem, der nicht fechten mag! –
KÖNIG. Kein Wort!
SCHÄDEL. – Von andrer Leute Geheimnissen, das bitt' ich mir aus.
KÖNIG *liest.* »So ist es: Belagert von der düsterfarbigen Melancholei empfahl ich den schwarzdrückenden Humor der allerheilsamsten Arznei Deiner Gesundheit atmenden Luft, und so wahr ich ein Edelmann bin, entschloß ich mich, zu lustwandeln. Die Zeit wann? um die sechste Stunde, wenn das Vieh am meisten graset, der Vogel am besten pickt, und der Mensch sich niedersetzt zu derjenigen Nahrung, welche genannt wird Abendessen. So viel in Betracht der Zeit wann. Nun von dem Grunde welchen; auf welchem, meine ich, ich wandelte; selbiger wird benamset Dein Park. Sodann in Betracht des Ortes wo; wo, meine ich, ich stieß auf jene obszöne und höchst unzielsetzliche Begebenheit, welche meiner schneeweißen Feder die ebenholzschwarze Tinte entlockt, so Du hier betrachtest, schauest, erblickest oder wahrnimmst. Anlangend jedoch den Ort wo: er liegt Nordnordost gen Ost von dem westlichen Winkel Deines seltsam geschürzten Gartens; alldaselbst sahe ich jenen staubsinnigen Schäfer, jenen verworfenen Gründling deiner Scherzhaftigkeit, –«
SCHÄDEL. Mich! –
KÖNIG *liest.* »Jene unpolierte, kenntnisarme Seele, –«
SCHÄDEL. Mich!
KÖNIG *liest.* »Jenen armseligen Hintersassen, –«
SCHÄDEL. Immer noch mich! –
KÖNIG *liest.* »Welcher, so viel ich mich erinnere, geheißen ist Schädel, –«
SCHÄDEL. Hoho! mich selbst! –
KÖNIG *liest.* »Gesellt und vergesellschaftet, entgegen Deinem manifestierten, proklamierten Edikt und oktroyerten Statut, mit, – mit, – o mit, – aber es erschüttert mich, zu sagen, womit, –«
SCHÄDEL. Mit einem Weibsbilde.
KÖNIG *liest.* »Mit einem Kinde unserer Ahnfrau Eva, einem weiblichen Gebilde; oder, geeigneter Deinem lieblichen Verständnis, einem Mägdlein. Diesen (wie meine stets bewährte Pflicht mich spornt) sende ich Dir, den Lohn, seine Bestrafung, zu empfahen durch Deiner süßen Hoheit Gerichtsdiener, Antonius Dumm, einen Mann von gutem Ruf, Betragen, Verhalten und Ansehn.«
DUMM. Mich, mit Euer Gnaden Vergunst; ich bin Anton Dumm.
KÖNIG *liest.* »Jacquenetta betreffend, – (so ist das schwächere Gefäß geheißen, welche ich überraschte mit vorbemeldetem Bauersmann –), so bewahre ich selbige als ein Gefäß für Deines Gesetzes Furie, und soll sie auf den geringsten Wink Deines holden Wohlmeinens zum Gerichte geführt werden. Der Deine, in allen Erfüllungen dahin gegebener und herzbrennender Glut des Diensteifers,
Don Adriano de Armado.«
BIRON. Dies ist nicht so gut, als ich erwartete, aber das Beste, das ich je gehört.
KÖNIG. Jawohl, das Beste im Schlechtesten. Aber Ihr da, mein Freund, was sagt Ihr dazu? –
SCHÄDEL. Herr, ich bekenne das Mädel.
KÖNIG. Hörtet Ihr nicht die Kundmachung?
SCHÄDEL. Ich bekenne, daß ich viel davon gehört, aber wenig darauf acht gegeben habe.
KÖNIG. Es ward kund gemacht: ein Jahr Gefängnis, wenn einer mit einem Weibe ertappt wird.
SCHÄDEL. Ich ward auch mit keinem ertappt. Herr, ich ward ertappt mit einer Demoiselle.
KÖNIG. Gut, es ward kund gemacht, Demoiselle.
SCHÄDEL. Es war auch keine Demoiselle, gnädiger Herr; sie war eine Jungfrau.
KÖNIG. Auch das war in dem Gesetz enthalten, es ward kund gemacht, Jungfrau.
SCHÄDEL. Wenn das ist, so leugne ich ihre Jungfrauschaft: ich ward ertappt mit einem Mädel.
KÖNIG.
Dies Mädel wird Euch zu nichts helfen, Freund.
SCHÄDEL. Dies Mädel wird mir doch zu etwas helfen, Herr!
KÖNIG. Ich will dein Urteil sprechen, Bursch: du sollst eine Woche bei Wasser und Brot fasten.
SCHÄDEL. Lieber hätte ich einen Monat bei Schöpsenfleisch und Suppe gebetet.
KÖNIG. Und Don Armado soll dein Wächter sein.
Mylord Biron, laßt ihn ihm überliefern;
Und gehn wir, Herrn, damit ein jeder tut,
Was er den andern hier so fest beschworen.
BIRON. Ich setze meinen Kopf an Euern Hut,
In Spott und Schmach gehn Eid und Spruch verloren.
Komm mit, Gesell! –
SCHÄDEL. Ich leide für die Wahrheit, Herr; denn es ist wahr, ich ward mit Jacquenette ertappt, und Jacquenette ist eine wahrhafte Dirne; und deshalb, willkommen du bittrer Kelch der Glückseligkeit! – Die Trübsal wird eines Tages wieder lächeln; und bis dahin, setze dich nieder, Kummer! –
Sie gehn ab.

Zweite Szene

Ebendaselbst.
Es treten auf Armado und Motte.

ARMADO. Was bedeutet es, Kind, wenn ein Mann von hohem Geist schwermütig wird? –
MOTTE. Eine große Vorbedeutung, Herr, daß er melancholisch aussehn wird.
ARMADO. Nein, Melancholie ist ja damit eins und dasselbe, teures Pfropfreis!
MOTTE. Nein, nein, o bei Leibe, nein! –
ARMADO. Wie unterscheidest du wohl Schwermut und Melancholie, mein zarter Juvenil? –
MOTTE. Durch eine faßliche Demonstration ihrer Wirkungen, mein zäher Sennor.
ARMADO.
Warum zäher Sennor? Warum zäher Sennor? –
MOTTE. Warum zarter Juvenil? Warum zarter Juvenil? –
ARMADO. Ich wähle dieses »zarter Juvenil« als ein kongruentes Epitheton, anfügsam deinen

jungen Tagen, welche wir treffend nennen: zart.

MOTTE. Und ich »zäher Sennor«, als einen passenden Titel für Eure alten Jahre, welche wir mit Recht nennen: zäh.

ARMADO. Artig und geschickt.

MOTTE. Wie meint Ihr, Herr: ich artig und meine Rede geschickt? oder ich geschickt und meine Rede artig?

ARMADO. Du artig, weil klein.

MOTTE. Kleinartig, weil klein. Und warum geschickt?

ARMADO. Und deshalb geschickt, weil schnell.

MOTTE. Sprecht Ihr dies zu meinem Lobe, Herr?

ARMADO. Zu deinem verdienten Lobe.

MOTTE. Ich will einen Aal mit demselben Lobe loben.

ARMADO. Wie? daß ein Aal sinnreich ist?

MOTTE. Daß ein Aal schnell ist.

ARMADO. Ich sage, du bist schnell im Antworten, du erhitzest mein Blut, –

MOTTE. Nun habe ich meine Antwort, Herr.

ARMADO. Ich liebe nicht, gekreuzt zu sein.

MOTTE *beiseit.* Umgekehrt, ihn lieben die Kreuzer nicht.

ARMADO. Ich habe versprochen, drei Jahre mit dem Herzoge zu studieren.

MOTTE. Das könnt Ihr in einer Stunde tun

ARMADO. Unmöglich! –

MOTTE. Wie viel ist eins dreimal genommen?

ARMADO. Ich bin schwach im Rechnen; es ziemt dem Geiste eines Bierzapfers.

MOTTE. Ihr seid ein Edelmann und ein Spieler, Herr.

ARMADO. Ich gestehe beides: beides ist der Firnis eines vollendeten Mannes.

MOTTE. So wißt Ihr denn auch sicherlich, auf wie viel sich die hohe Summe von Daus und As beläuft.

ARMADO. Sie beläuft sich auf eins mehr denn zwei.

MOTTE. Und das nennt der gemeine Pöbel drei.

ARMADO. Recht!

MOTTE. Nun, ist denn das so mühsames Studium? Drei waren hier ausstudiert, eh' Ihr dreimal mit den Augen blinzt: und wie leicht man das Wort Jahre zu dem Wort drei fügen und drei Jahre in zwei Worten studieren kann, das zählt Euch das Kunstpferd vor.

ARMADO. Eine hübsche Figur! –

MOTTE *beiseit.* Hübscher als Eure kann sie leicht sein!

ARMADO. Ich will überdem gestehn, daß ich in Liebe bin; und welcherleigestalt es niedrig ist für einen Soldaten, zu lieben, also auch bin ich in Liebe eines niedrigen Mägdleins. Wenn mein Schwert zu ziehen gegen den Kummer der Leidenschaft mich befreien könnte von dieser gottvergeßnen Gesinnung, so würde ich das Verlangen gefangen nehmen und es einem französischen Hofmann gegen ein neu ersonnenes Kompliment auswechseln. Ich halte es für schimpflich zu seufzen; mich dünkt, ich sollte dem Cupido abschwören. Sprich mir Trost ein, Kind: welche große Männer sind in Liebe gewesen? –

MOTTE. Herkules, Herr.

ARMADO. Holdseliger Herkules! Mehr Auktoritäten, teurer Knabe, nenne ihrer mehr; und, mein holdseliges Kind, lasse sie Männer von gutem Ruf und stattlichem Betragen sein.

MOTTE. Simson, Herr: der war ein Mann von gutem Betragen, großem Betragen, denn er trug die Stadttore auf seinem Rücken wie ein Lastträger; und der war in Liebe.

ARMADO. O wohlgefügter Simson! Stämmig gegliederter Simson! Ich übertreffe dich mit meinem Rapier so sehr, als du mich im Tortragen übertrafest. Auch ich bin in Liebe. Wer war Simsons Geliebte, mein teurer Motte?

MOTTE. Ein Weib, Herr.

ARMADO. Von welcher Komplexion?

MOTTE. Von allen vieren, oder dreien, oder zweien; oder von einer unter den vieren.

ARMADO.
Sage mir ausdrücklich, von welcher Komplexion? –

MOTTE. Von der meergrünen, Herr.

ARMADO. Ist das eine der vier Komplexionen? –

MOTTE. So wie ich gelesen habe, Herr, und noch dazu die beste.

ARMADO. Grün, in der Tat, ist die Farbe der Liebenden; aber eine Geliebte von der Farbe zu haben, dazu, dünkt mich, hatte Simson nur wenig Ursache. Ohne Zweifel hatte er wegen ihres Witzes Zärtlichkeit für sie?

MOTTE.
So ist es, Herr, denn sie hatte einen grünen Witz.

ARMADO.
Meine Geliebte ist höchst makellos rot und weiß.

MOTTE. Höchst makelvolle Gedanken, Herr, sind unter dieser Farbe maskiert.

ARMADO.
Erkläre, erkläre dich, wohlgezogenes Kindlein!

MOTTE. Meines Vaters Witz und meiner Mutter Zunge, steht mir bei! –

ARMADO. Anmutige Anrufung für ein Kind; sehr artig und pathetisch!

MOTTE.

Wenn rot und weiß die Mädchen blühn,
Hat Sünde nie ein Zeichen;
Sonst macht ein Fehltritt sie erglühn,
Die Furcht wie Schnee erbleichen.
Was Schuld sei oder Schrecken nur,
Wer möcht' es unterscheiden,
Wenn ihre Wange von Natur
Die Farbe trägt der beiden?

Ein gefährlicher Reim, Herr, gegen Weiß und Rot! –

ARMADO. Gibt's nicht eine Ballade, Kind, vom König und der Bettlerin?

MOTTE. Vor einigen Menschenaltern hatte sich die Welt mit einer solchen Ballade versündigt; aber ich glaube, man findet sie jetzt nicht mehr, oder wenn sie noch da wäre, sind weder Text noch Melodie zu gebrauchen.

ARMADO. Ich will diesen Gegenstand von neuem bearbeiten lassen, damit ich ein Beispiel habe für meine Abirrung an einem erhabenen Vorgänger. Knabe, ich liebe das Landmädchen, welches ich im Park mit dem vernunftbegabten Tiere Schädel ergriff; sie kann Ansprüche machen ...

MOTTE *beiseit.* Aufs Zuchthaus; und mit alle dem auf einen bessern Liebhaber als meinen Herrn.

ARMADO. Singe, Knabe: mein Gemüte wird schwermütig vor Liebe.

MOTTE *beiseit.* Und das ist ein großes Wunder, da

Ihr ein leichtfertiges Mädchen liebt.

ARMADO. Singe, sage ich.

MOTTE. Geduld, bis die Gesellschaft fort ist.

Dumm, Schädel und Jacquenette treten auf.

DUMM. Herr, des Herzogs Wille ist, daß Ihr Schädel in Sicherheit bringt; Ihr sollt ihm keine Freude, aber auch kein Leid verursachen; aber fasten soll er, drei Tage in der Woche lang. Diese Jungfer muß ich in den Park bringen unter die Milchmädchen. Lebt wohl!

ARMADO.
Ich verrate mich selbst durch Erröten. – Mädchen! –

JACQUENETTE. Männel!

ARMADO. Ich will dich in deinem Milchkeller besuchen.

JACQUENETTE. Krumm um die Ecke! –

ARMADO. Ich weiß, wo er gelegen ist.

JACQUENETTE. Herrje, wie klug er ist! –

ARMADO. Ich will dir Wunder sagen.

JACQUENETTE. Ja, Plunder! –

ARMADO. Ich liebe dich! –

JACQUENETTE. Das sind alte Kalender.

ARMADO. Und so gehab' dich wohl!

JACQUENETTE. Prost die Mahlzeit!

DUMM. Komm, Jacquenetta, fort! –

Dumm und Jacquenette gehn ab.

ARMADO. Bösewicht, du sollst fasten für deine Vergehungen, bevor dir verziehen wird.

SCHÄDEL. Gut, Herr; ich hoffe, wenn ich's tue, werde ich's mit vollem Magen tun.

ARMADO. Du sollst schwer bestraft werden.

SCHÄDEL. So bin ich Euch mehr verbunden als Eure Leute, denn die werden nur leicht belohnt.

ARMADO.
Hinweg mit diesem Bösewicht, sperrt ihn ein! –

MOTTE. Komm, du übertretender Sklav', komm! –

SCHÄDEL. Faßt mich nur nicht an! Ich will gefaßt sein, zu fasten, wenn Ihr mich loslaßt.

MOTTE. Los und gefaßt zugleich? Mein Freund, du mußt ins Gefängnis.

SCHÄDEL. Gut! Wenn ich je die fröhlichen Tage der Verzweiflung wiedersehe, die ich gesehn habe, so sollen gewisse Leute sehn, –

MOTTE. Was sollen gewisse Leute sehn? –

SCHÄDEL. Nichts, gar nichts, Junker Motte, als was sie erblicken werden. Es schickt sich für Gefangne nicht, in ihren Reden still zu schweigen, und deswegen will ich nichts sagen. Gott sei's gedankt, ich habe nicht mehr Geduld als andre Leute; und darum kann ich ruhig sein.

Motte und Schädel ab.

ARMADO. Ja, ich verehre selbst den Boden (welcher niedrig), wo ihr Schuh (welcher niedriger) – geführt von ihrem Fuß (welcher am niedrigsten) – einhertritt. Ich werde meineidig (welches doch ein großer Beweis von Treulosigkeit), wenn ich liebe: und wie kann das echtes Lieben sein, welches mit Untreue begonnen wird? Liebe ist ein Kobold; Liebe ist ein Teufel; es gibt keinen bösen Engel, als die Liebe. Dennoch ward Simson so versucht, und er besaß eine ausnehmende Stärke; dennoch ward Salomo so verführt, und er besaß einen ziemlichen Verstand. Cupidos Pfeil ist zu stark für Herkules' Keule; wie sollte er dann nicht meiner spanischen Klinge überlegen sein? Der erste und zweite Ausfoderungsgrund können mir nicht helfen: den passado achtet er nicht, das duello erkennt er nicht an. Sein Schimpf ist, Knabe genannt zu werden; sein Triumph dagegen, Männer zu unterjochen. Fahr' hin, Tapferkeit! – Roste, meine Klinge! – Schweige, Trommel! Denn euer Gebieter ist in Liebe; ja, er liebet. Hilf mir irgendein improvisierender Gott des Reims; denn zweifelsohne wird aus mir ein Sonettendichter. Erfinde, Witz; schreibe, Feder; denn ich bin gestimmt für ganze Bände in Folio. *Er geht ab.*

Zweiter Aufzug

Erste Szene

Im Park.

Es treten auf die Prinzessin von Frankreich, Rosaline, Maria, Katharine, Boyet, Lords und Gefolge.

BOYET. Nun, Fürstin, regt die feinsten Geister auf;
Denkt, wen der König, Euer Vater, sendet;
Zu wem er sendet; was sein Auftrag sei:
Ihr, kostbar in den Augen aller Welt,
Sollt unterhandeln mit dem einz'gen Erben
Jeglichen Vorzugs, des ein Mann sich rühmt,
Navarras Stolz: und das Gesuch nichts minder
Als Aquitanien, einer Kön'gin Mitgift. –
Verschwende nun so allen Zauberreiz,
Wie einst Natur den Reiz verschwendete,
Als sie der ganzen Welt ihn vorenthielt,
Um überreich nur dich damit zu schmücken.

PRINZESSIN.
Wie arm, Lord Boyet, meine Schönheit sei,
Braucht sie doch nicht der Schminke Eures Lobes.
Schönheit wird nur vom Kennerblick gekauft,
Nicht angebracht durch des Verkäufers Prahlen.
Ich höre minder stolz mein Lob Euch künden,
Als Ihr Euch vordrängt, weise zu erscheinen
Und Euern Witz, mich rühmend, auszuspenden.
Doch nun dem Mahner zur Ermahnung: Ihr,
Freund Boyet, wißt, wie der geschwätz'ge Ruf
Verbreitet, daß Navarra sich verpflichtet,
Eh' mühvoll Studium nicht drei Jahr verzehrt,
Soll keine Frau dem stillen Hofe nahn.
Deshalb scheint uns notwend'ge Vorbereitung,
Eh' wir betreten sein verbotnes Tor,
Zu hören seinen Willen; und deshalb
Erlasen wir, wohlkundig Eures Werts,
Euch als beredten Anwalt unsrer Bitte.
Sagt ihm, die königliche Tochter Frankreichs,
In ernstem, Eile foderndem Geschäft,
Müss' ein Gespräch mit Seiner Hoheit heischen.
Eilt ihm dies mitzuteilen; wir erwarten,
Klienten gleich, in Demut seinen Ausspruch.

BOYET. Stolz Eures Auftrags geh' ich willig, Teure!

Er geht ab.

PRINZESSIN.
Nur will'ger Stolz ist Stolz, und so der Eure!
Wer sind, ihr lieben Herrn, die Schwurgenossen,
Die mit dem frommen Herzog dies gelobt? –

LORD. Der ein' ist Longaville.

PRINZESSIN. Kennt Ihr den Mann?
MARIA. Ich kenn' ihn wohl. Auf einem Hochzeitfest,
Wo dem Lord Perigord die schöne Erbin
Des Jakob Faulconbridge ward anvermählt,
In Normandie, sah ich den Longaville.
Man rühmt ihn einen Mann von edlen Gaben,
Geschickt in Kunst, in Waffen hoch gepriesen;
Nichts steht ihm schlecht, was er mit Ernst versucht.
Der einz'ge Fleck in seiner Tugend Glanz
(Kann je ein Fleck den Glanz der Tugend trüben)
Ist kecker Witz mit allzudreistem Willen;
Er schneidet scharf und will mit Willen keinen
Verschonen, der in seine Macht geriet.
PRINZESSIN.
Ein lust'ger Spötter also: nicht, mein Kind?
MARIA. Wer meist ihn kennt, hält meist ihn so gesinnt.
PRINZESSIN.
Witz, schnell geboren, wächst und welkt geschwind.
Wer sind die andern? –
KATHARINE. Dumain, ein wohlerzogner junger Mann:
Wer Tugend liebt, muß ihn um Tugend lieben;
Zu schaden kräftig, doch dem Bösen fremd:
Denn er hat Witz, selbst Unform zu verschönen,
Und Schönheit, die auch ohne Witz bestäche.
Ich sah ihn einst beim Herzog Alençon,
Und zu gering, dem, was ich sah, verglichen,
Ist diese Schild'rung seines hohen Werts.
ROSALINE. Noch einer dieser Akademiker
War dort mit ihm, sofern ich recht vernahm:
Biron genannt; mit einem lust'gern Mann
(Doch in den Grenzen wohlanständ'gen Scherzes)
Hab' ich noch nie ein Stündchen weggeschwatzt.
Sein Aug' erzeugt Gelegenheit für Witz;
Denn jeglich Ding, das jenes nur erfaßt,
Verwandelt dieser gleich in heitern Scherz,
Den die gewandte Zunge, seines Scharfsinns
Auslegerin, so fein und artig formt,
Daß selbst das Alter seinem Schwatzen horcht
Und Jugend ganz von ihm bezaubert wird:
So hold und leicht beschwingt ist sein Gespräch.
PRINZESSIN.
Gott helf' Euch! Seid ihr alle denn verliebt?
Daß jede so den Ihren hat geschmückt
Mit solchem Farbenaufwand prächt'gen Lobes? –
Boyet kommt zurück.
MARIA. Hier kommt Boyet.
PRINZESSIN. Nun sagt, was für Empfang? –
BOYET. Navarra weiß von Eurer Hoheit Nähe,
Und er, samt den Genossen seines Eides,
Sie waren all' Euch zu empfahn bereit,
Bevor ich kam. So viel hab' ich gehört:
Er meint, Ihr solltet eh im Felde wohnen,
Als kämt Ihr zu belagern seinen Hof,
Eh' er Entbindung sucht von seinem Eid
Und Euch herbergt in seinem öden Hause.
Hier kommt Navarra.
Der König, Longaville, Biron und Dumain treten auf.
KÖNIG. Willkomm'n am Hof Navarras, schöne Fürstin!
PRINZESSIN. Schön geb' ich Euch zurück, und Willkommen hab' ich noch nicht. Das Gewölbe dieses Hofs ist zu hoch, um das Eure zu sein, und ein Willkommen auf offnem Felde zu niedrig, um mir zu geziemen.
KÖNIG. Ihr sollt willkommen sein an meinem Hof!
PRINZESSIN. Ich will's denn sein: geleitet mich dahin!
KÖNIG.
Hört mich nur an: bei Gott hab' ich geschworen, –
PRINZESSIN.
So helf' Euch Gott, denn Ihr habt falsch geschworen.
KÖNIG. Nicht um die Welt mit meinem Willen, Fürstin!
PRINZESSIN.
Nun, Wille bricht ihn, Will', und anders nichts.
KÖNIG. Eu'r Hoheit ist unwissend seines Inhalts.
PRINZESSIN.
Und wär't Ihr so, wär't Ihr unwissend weise,
Da Kenntnis jetzt Unwissenheit verrät.
Ich hör', mein Fürst verschwur es, Haus zu halten;
Todsünde ist's, den Eid zu halten, Fürst,
Und Sünde, ihn zu brechen.
Allein verzeiht! – Zu bald erschein' ich kühn:
Den Lehrer lehren wollen, ziemt mir schlecht.
Geruht zu lesen, weshalb ich gekommen,
Und schnelle Antwort gebt auf mein Gesuch!
KÖNIG. Das will ich, wenn es kann so schnell geschehn.
PRINZESSIN.
Ihr tut's so schneller, daß ich nur mag gehn;
Mein Bleiben kann nicht mit dem Eid bestehn.
BIRON. Tanzt' ich mit Euch nicht in Brabant einmal?
ROSALINE.
Tanzt' ich mit Euch nicht in Brabant einmal?
BIRON. Ja, ganz gewiß.
ROSALINE. Wie überflüssig dann
Die Frag' an mich! –
BIRON. O seid doch nicht so rasch! –
ROSALINE.
Ihr habt mit solchem Fragen mich gespornt!
BIRON. Eu'r Witz rennt allzuscharf, Ihr jagt ihn stumpf.
ROSALINE. Nicht bis er ließ den Reiter in dem Sumpf.
BIRON. Was hat die Uhr geschlagen?
ROSALINE. Die Stunde, wo Narren fragen.
BIRON. Beglückt solch Maskentragen! –
ROSALINE. Glück den Gesichtern drunter!
BIRON. Gott send' Euch Freier munter! –
ROSALINE. Amen, und beßre als Euch!
BIRON. Dann geh' ich lieber gleich.
KÖNIG. Prinzessin, Euer Vater nennt uns hier
Die Zahlung von einhunderttausend Kronen,
Was nur die Hälfte jener ganzen Summe,
So ihm mein Vater vorschoß für den Krieg.
Doch setzt, er oder ich – was nie geschah –
Empfing dies Geld, so bleibt doch unbezahlt
Einhunderttausend noch, wofür als Pfand
Ein Teil von Aquitanien mir haftet,
Obschon es nicht der Summe Wert beträgt.
Will denn Eu'r Vater uns zurückerstatten
Nur jene Hälfte, die uns noch gebührt,
So lassen wir ihm Aquitanien gern
Und bleiben Freund mit Seiner Majestät.
Doch dazu, scheint es, hat er wenig Lust;
Denn hier verlangt er wiederum die Zahlung
Der hunderttausend Kronen, und entsagt,
Nach Zahlung jener hunderttausend Kronen,
All seinem Recht auf Aquitaniens Herrschaft,
Das ich weit lieber aus den Händen gäbe,
Und nähme, was mein Vater vorgestreckt,
Als Aquitanien, so erschöpft es ist.

Wär' seine Fod'rung nicht so fern, o Fürstin,
Von billiger Willfahrung, – Eurer Schönheit
Willfahrte mehr, als billig, wohl mein Herz,
Daß Ihr vergnügt nach Frankreich wiederkehrtet.

PRINZESSIN.
Ihr tut dem König, meinem Vater, Unrecht,
Und Unrecht Eures Namens würd'gem Ruf,
Wenn Ihr beharrt, zu leugnen den Empfang
Von dem, was doch so treulich ward gezahlt.

KÖNIG. Ich schwöre, daß ich nie davon gehört;
Beweist Ihr mir's, so zahl' ich Euch: wo nicht,
Ist Aquitanien Eu'r.

PRINZESSIN. Es bleibt beim Wort.
Boyet, Ihr könnt die Quittungen ihm zeigen
Für jene Summe, von den Staatsbeamten
Karls, seines Vaters.

KÖNIG. Stellt mich so zufrieden!

BOYET. Erlaub' Eu'r Hoheit, das Paket blieb aus,
Das dies und andre Dokument' enthält:
Auf morgen wird Euch alles vorgelegt.

KÖNIG. Der Augenschein, o Fürstin, soll genügen;
Ich will mich allen bill'gen Gründen fügen.
Indes empfange solcherlei Willkommen,
Wie Ehre, sonder Bruch der Ehr', ihn darf
Anbieten deiner edlen Würdigkeit.
Ich kann, o Schönste, nicht mein Tor dir öffnen;
Doch draußen sollst du so empfangen werden,
Daß du im Herzen mir zu wohnen denkst,
Obschon ich dir des Hauses Gastrecht weigre.
Dein edler Sinn entschuld'ge mich, leb wohl!
Wir werden morgen wieder dich besuchen.

PRINZESSIN. Wohlsein und Heil begleit' Eu'r Majestät!

KÖNIG.
Dir wünsch' ich, was dein eigner Wunsch erfleht.

Der König geht ab.

BIRON.
Euch, Dam', empfehl' ich meinem eignen Herzen.

ROSALINE.
Ich bitt' Euch, Herr, bestellt ihm mein Empfehlen.
Ich säh' es gern einmal.

BIRON. Ich wollt', Ihr hörtet's ächzen.

ROSALINE. Ist's Närrchen krank?

BIRON. Von Herzen krank.

ROSALINE. Ei, so laßt ihm Blut!

BIRON. Wäre das ihm gut?

ROSALINE. Meine Heilkunst sagt, es tauge.

BIRON. So stich's mit deinem Auge!

ROSALINE. Non point! Mit dem Messer.

BIRON. Gott mache dich besser! –

ROSALINE. Dich mach' er vernünftig!

BIRON. Den Dank sag' ich künftig.

DUMAIN. Mein Herr, ein einz'ges Wort: Sagt an, wer ist die Dame? –

BOYET. Die Erbin Alençons und Rosalin' ihr Name.

DUMAIN.
Sehr reizend ist sie. Nun, mein Herr, lebt wohl!

Er geht ab.

LONGAVILLE. Laßt mich um ein Wort Euch bitten: Wer ist in Weiß die da?

BOYET. Manchmal ein Frauenzimmer, wenn man bei Licht sie sah.

LONGAVILLE.
Vielleicht bei Lichte leicht; nur ihren Namen will ich.

BOYET.
Sie hat nur einen für sich: den wollen, wär' nicht billig.

LONGAVILLE. Ich bitte, wessen Tochter?

BOYET. Ihrer Mutter, wie man sagt.

LONGAVILLE. Was so ein Bart nicht wagt! –

BOYET. Lieber Herr, nur nicht so wild:
Erbin des Faulconbridge.

LONGAVILLE. Nun ist mein Zorn gestillt.
Sie zeigt sehr schönen Anstand.

BOYET. Wie's auch schon mancher Mann fand.

Longaville geht ab.

BIRON. Wie heißt in der Mütze die?

BOYET. Katharine, Gott schütze sie!

BIRON. Ist sie vermählt oder nicht?

BOYET. Wie just die Laune sie sticht.

BIRON. Willkommen, mein Herr, lebt wohl zugleich! –

BOYET. Lebt wohl, für mich; willkommen für Euch!

Biron geht ab.

MARIA. Der letzte ist Biron, der tolle, lust'ge Lord.
Kein Wort, das nicht ein Scherz ist.

BOYET. Und jeder Scherz nur ein Wort.

PRINZESSIN.
Drum war es gut getan, als Ihr ihn faßtet beim Wort.

BOYET.
Ich war so rasch zu entern, als er zu nahn dem Bord.

MARIA. Zwei tapfre Schafe, wahrlich!

BOYET. Nein, Schiffe, meine Beste;
Nur Schafe, Lamm, sind wir auf deinen Lippen Gäste.

MARIA. Ihr Schaf' und ich die Weide; endigt der Spaß nun hier? –

BOYET. Wenn Ihr mir zu weiden erlaubt.

MARIA. Nicht so, mein zartes Tier:
Meine Lippen sind kein Gemeinfeld, wenn gleich offen Revier.

BOYET. Und wem denn zugehörig?

MARIA. Nun, meinem Glück und mir.

PRINZESSIN.
Die Witz'gen lieben Zank; doch sei der Streit geendet,
Der Bürgerkrieg des Witzes ist besser angewendet
Auf Navarras Bücherhelden; hier wär' er nur verschwendet.

BOYET.
Wenn meine Seherkunst, und diese irrt wohl nicht,
Des Herzens stumme Rhetorik, die aus den Augen spricht,
Mir richtig deutete, versank Navarras Mut ...

PRINZESSIN. In was?

BOYET. Ei nun, wir Kenner betiteln's Liebesglut.

PRINZESSIN. Eu'r Grund?

BOYET.
Zum Hofhalt seines Auges entflohn Gebärd' und Sinnen,
Und schauten durchs Verlangen aus dem Verstecke drinnen.
Sein Herz glich einem Agat, auf den Eu'r Bild gedrückt;
Stolz glüht' in seinem Auge, er trug Eu'r Siegel entzückt.
Die Zunge, ganz erzürnt, zu reden, statt zu sehn,
Sie stolpert' übereilt und möcht' im Auge stehn.
Zum Sinn des Auges drängte der andern Sinne Gewühl,
Die Schönste der Schönen zu sehn, das war ihr einzig Gefühl;

Sein Auge, wie ein Schrein, dünkt mich, umschloß sie alle,
Wie man dem Fürsten beut Juwelen im Kristalle;
Der, nicht durchs Glas bestochen, der Steine Wert erspäht,
Und sie zu kaufen winkt, wie er vorübergeht.
Auf seiner Stirne Rand las ich in klaren Lettern
Der Glosse Schrift: er schien Euch schauend zu vergöttern.
Ich bürg' Euch Aquitanien und seines Reichs Genuß,
Gebt Ihr um meinetwillen ihm einen lieblichen Kuß.

PRINZESSIN.
Kommt, gehn wir in unser Zelt: Boyet ist aufgeweckt, –

BOYET. Nur das in Worte zu fassen, was längst sein Aug' entdeckt.
Ich wußte seinem Auge den Mund hinzuzufügen,
Und lieh der Zunge Worte, die, glaubt mir fest, nicht lügen.

PRINZESSIN.
Dich alten Liebeshändler wird keiner leicht betrügen!

MARIA.
Er ist Amors Großvater, der muß ihm alles entdecken.

ROSALINE. Dann gleicht Venus der Mutter; ihr Vater ist zum Erschrecken.

BOYET. Hört ihr, ihr tollen Dirnen?

MARIA. Nein.

BOYET. Könnt ihr auch nicht sehn?

ROSALINE. O ja, den Weg nach Hause.

BOYET. Ihr mögt in Frieden gehn! –

Alle ab.

Zweite Szene

Ebendaselbst.
Armado und Motte treten auf.

ARMADO. Trillre, mein Kind, affiziere mir den Sinn des Gehörs!

MOTTE *singt.*

ARMADO. Melodische Manier! – Geh, Zartheit der Jahre; nimm diesen Schlüssel, gib dem Bauer Entfeßlung, – bring' ihn windschnell hieher; ich bedarf sein wegen eines Briefs an meine Huldin.

MOTTE. Herr, wollt Ihr Eure Huldin mit neumodischen Singweisen und Arien gewinnen?

ARMADO. Wie meinst du? Gibt es Arien, welche weise sind? –

MOTTE. Nein, mein vollendeter Gebieter; aber schnellt einen Ton, staccato, von der Spitze Eurer Zunge, vibriert dazu, tremulando, mit Euren Füßen, würzt ihn mit Ausdruck, indem Ihr die Augenlider aufschlagt; seufzt eine Note und singt eine Note: einmal durch die Gurgel, als schlucktet Ihr Liebe, indem Ihr Liebe singt; einmal durch die Nase, als schnupftet Ihr Liebe, indem Ihr Liebe riecht; Euern Hut gleich einem Vordach über den Laden Eurer Augen; die Arme kreuzweis über Euerm dünnen Wamse, wie ein Kaninchen am Spieß; oder Eure Hände in der Tasche, wie eine Figur auf den alten Bildern. Dabei müßt Ihr nicht zu lange in einer Tonart verweilen, sondern ein Schnippchen, und linksum. Das sind Gaben, das sind Talente, das fängt spröde Mädchen, die sich auch ohnedies fangen ließen: das macht, daß man von den Gemütern, die solches in ihrer Gewalt haben, – notiert's Euch! – Notiz nimmt.

ARMADO. Womit hast du diese Erfahrung eingekauft?

MOTTE. Für meinen Pfennig der Beobachtung.

ARMADO. Doch o! Doch o! –

MOTTE. »Vergessen ist das Steckenpferd!«

ARMADO. Nennst du meine Huldin Steckenpferd?

MOTTE. Nein, Herr, das Steckenpferd ist immer ein rohes Füllen, und Eure Huldin ist vielleicht ein Mietklepper. Aber habt Ihr Eure Huldin vergessen? –

ARMADO. Beinahe hätt' ich's.

MOTTE. Nachlässiger Student! Lernt sie auswendig!

ARMADO.
Ich liebe sie auswendig und inwendig, Knabe.

MOTTE. Und abwendig, Herr; alles beweis' ich Euch.

ARMADO. Was willst du beweisen?

MOTTE. Mich, als Mann, wenn ich leben bleibe; und dies Aus-, In- und Abwendig im Augenblick. Auswendig liebt Ihr sie, weil Ihr ihren Namen ohne Anstoß hersagen könnt; inwendig, weil Ihr nicht aus der Haut fahren dürft; und abwendig, weil sie sich von Euch abwendet.

ARMADO. Ich bin in allen diesen drei Fällen.

MOTTE. Und wär't Ihr auch in sechs Fellen, so würdet Ihr in allen Euren Fellen ungefällig bleiben.

ARMADO. Führe mir den Bauer hieher, er soll mir einen Brief überbringen.

MOTTE. Eine sympathetische Botschaft! Ein Pferd als Gesandter eines Esels! –

ARMADO. Ha! Was sagst du? –

MOTTE. Meiner Treu, Herr, Ihr müßt den Esel auf dem Pferde schicken, denn er ist nur langsam zu Fuß; doch ich gehe.

ARMADO. Der Weg ist nur kurz; hinweg!

MOTTE. So schnell wie Blei, Herr!

ARMADO. Deine Meinung, artiges Ingenium? –
Blei dünkt mich ein Metall, dumm, schwer und träg' zu sein.

MOTTE.
Minime, edler Sennor, oder wahrlich, Sennor, nein.

ARMADO. Ich sage, Blei ist langsam.

MOTTE. Ihr folgt zu schnell dem Schein;
Ist langsam wohl ein Blei, wenn aus dem Lauf geschossen? –

ARMADO. Ein würdig Rednerblümchen!
Ich also bin das Rohr, die Kugel paßt auf ihn.
Jetzt schieß' ich dich auf den Bauer.

MOTTE. Bauz denn, und seht mich fliehn.

Läuft ab.

ARMADO. Ein höchst scharfsinn'ger Juvenil, so flink, hat so bei der Hand Witz! –
Erlaube, liebes Firmament, ich seufze dir in dein Antlitz! –
Fahr' wohl, o Mut, mein Herz ist jetzt der trüben Schwermut Landsitz! –
Mein Herold kommt zurück.

Motte kommt mit Schädel zurück.

MOTTE. Ein Wunder, Herr! Seht 'nen Schädel, der sich zerstieß das Bein.

ARMADO. Ein Enigma, ein Rätsel: komm, wie mag der l'envoy sein?

SCHÄDEL. Nichts da von Nicknamen und Rätseln

oder Langfahnen; weg mit Euren Salbenbüchsen, Herr; ach Herr, Wegerich, puren Wegerich! keine Langfahnen, keine Langfahnen oder Salben, Herr, nichts als Wegerich! –

ARMADO. Bei der Tugend! du erzwingst Gelächter; dein alberner Gedanke meinen Humor; das Schwellen meiner Lunge regt mich an zu verächtlichem Lächeln; o vergebt mir, ihr Gestirne! Hält der Unbedachtsame Salbe für l'envoy, und das Wort l'envoy für Salbe!

MOTTE. Betrachtet der Weise sie etwa anders? Ist nicht l'envoy ein salbungsvoller Gruß? –

ARMADO. Nein, Page, 's ist ein Epilog, ein Diskurs, der uns erklärt
Irgendein dunkles Präambulum, das wir zuvor gehört.
Ein Exempel mache dir's klar:
Der Fuchs, der Affe, die Biene klein,
Weils drei sind, mußten sie ungleich sein.
Dies ist die Moral; nun folgt der l'envoy.

MOTTE. Ich will den l'envoy hinzufügen, sagt Ihr die Moral noch einmal.

ARMADO.
Der Fuchs, der Affe, die Biene klein,
Weil's drei sind, mußten sie ungleich sein.

MOTTE.
Bis dann die Gans kam aus der Tür,
Da wurden sie gleich, denn drei ward vier.
Nun will ich mit Eurer Moral anfangen; folgt Ihr mir nach mit meinem l'envoy!
Der Fuchs, der Affe, die Biene klein,
Weils drei sind, mußten sie ungleich sein.

ARMADO.
Bis dann die Gans kam aus der Tür,
Da wurden sie gleich, denn drei ward vier.

MOTTE. Ein erfreulicher l'envoy, der sich mit einer Gans endigt. Was könnt Ihr mehr verlangen?

SCHÄDEL.
Der Junge hat ihn zum besten mit der Gans, das wollt' ich wetten: –
Eu'r Handel wär' nicht schlecht, wär's eine von den fetten. –
Braucht wer' nen pfiffigen Schelm, ei, seht den Kleinen, der kann's! –
Ihr sucht 'nen fetten l'envoy? – Er verkauft Euch 'ne fette Gans.

ARMADO. O wart' noch! Wartet noch! Dies Argument, wie begann's?

MOTTE.
Ich erzählt' Euch, wie ein Schädel sich heut das Bein geschunden.
Drauf rieft Ihr nach dem l'envoy.

SCHÄDEL. Jawohl; und ich nach Wegerich: so hat sich's eingefunden.
Dann kam der fette l'envoy, die Gans, die er gekauft;
So endigte der Markt.

ARMADO. Aber erkläre mir, welche Allegorie liegt verborgen unter dem Schädel, welcher sein Bein zerstoßen? –

MOTTE. Ich will's Euch auf eine gefühlvolle Weise deutlich machen.

SCHÄDEL. Du hast kein Gefühl dafür, Motte!
Diesen l'envoy will ich sprechen:
Ich Schädel rannt' hinaus, statt ruhig im Hause zu sein,
Und stolpert' in der Tür und stieß mich an das Bein.

ARMADO. Wir wollen die Sache ruhen lassen.

SCHÄDEL. Ja, das wird dem Beine wohl bekommen.

ARMADO. Du, Schädel, ich will dich emanzipieren.

SCHÄDEL. Ihr wollt mich als Eh'mann zitieren? – Das läuft wohl wieder auf so 'nen l'envoy, auf eine Gans hinaus?

ARMADO. Bei meiner zarten Seele, ich meine, dich in Freiheit setzen, deine Person frankieren; du warst vermauert, gebunden, eingekorkt, verstopft.

SCHÄDEL. Richtig, richtig; und nun wollt Ihr meine Purganz sein und mich loslassen.

ARMADO. Ich schenke dir deine Freiheit, erlöse dich aus der Gebundenheit, und als Gegenleistung lege ich dir nur dieses auf: überreiche gegenwärtiges Sendschreiben dem Landmädchen Jacquenetta. Hier ist Remuneration *Gibt ihm Geld.* denn die beste Stütze meiner Ehre ist, meine Vasallen zu unterstützen. Motte, folge! *Er geht ab.*

MOTTE. Wie das X auf das U. Leb wohl, Freund Schädel, du würdiger Kerl!

SCHÄDEL. Mein süßes Quentchen Mannsfleisch! Spitzbübische, niedliche Perl'! –
Nun will ich seine Remuneration ansehn, Remuneration? Ach, das ist das lateinische Wort für drei Heller; drei Heller heißt Remuneration? Was kostet der Bindfaden? Einen Pfennig. Nein, ich will Euch eine Remuneration geben; gelt, das klingt? Remuneration? Ei, das lautet viel hübscher, als eine französische Krone! Ich will ohne dies Wort nichts weder einkaufen noch verkaufen.

Biron kommt.

BIRON. O mein guter Kerl Schädel, vortrefflich, daß ich dich finde!

SCHÄDEL. Bitt' Euch, Herr, wie viel rotes Band kann man für eine Remuneration kaufen? –

BIRON. Was ist eine Remuneration? –

SCHÄDEL. Ei je, Herr, anderthalb Pfennig.

BIRON. Nun also, für drei Heller Seide.

SCHÄDEL. Ich danke Eu'r Gnaden, Gott befohlen!

BIRON.
Halt, warte, Mensch, ich muß dich jetzt gebrauchen.
Willst meine Gunst gewinnen, guter Kerl,
So tu' ein Ding, um das ich bitten will.

SCHÄDEL. Wann soll es denn geschehn, Herr?

BIRON. Oh, diesen Nachmittag.

SCHÄDEL. Nun gut, ich will es tun: so lebt denn wohl!

BIRON. Du weißt ja noch nicht, was es ist.

SCHÄDEL. Ich werd's schon wissen, Herr, wenn ich's getan habe.

BIRON. Ei Schlingel, du mußt es vorher wissen.

SCHÄDEL.
Ich will morgen früh zu Eu'r Gnaden kommen.

BIRON.
Es muß den Nachmittag geschehn. Hör', Bursch,
Es ist nur dies:
Die Fürstin kommt zur Jagd hier in den Park,
Und eine edle Dam' ist im Gefolge.
Spricht süß ein Mund, so spricht er ihren Namen
Und nennt sie Rosaline. Frag' nach ihr,
Und ihrer weißen Hand gib dies Geheimnis
Versiegelt. Hier dein Rekompens; nun geh!

Gibt ihm Geld.

SCHÄDEL. Rekompens – o süßer Rekompens! Besser als Remuneration, elftehalb Pfennig besser. Ei du herziger Rekompens; ich will's tun, Herr, wie gedruckt. Rekompens! Remuneration! *Ab.*

BIRON.
Oh! Und ich verliebt, seht doch! –
Ich, der Cupidos Geißel sonst gewesen! –
Ein wahrer Büttel jedem Sehnsuchtsseufzer,
Ein Läst'rer, ja, nachtwachender Konstabel,
Ein strenger Schuldespot des armen Knaben,
Kein Sterblicher so überstolz als ich!
Der laun'sche Junge, greinend, blind, verkappt,
Des Giulio Riesenzwerg, Ritter Cupido,
Sonettenfürst, Herzog gekreuzter Arme,
Gesalbter König aller Ach und Oh,
Lehnherr der Tagedieb' und Mißvergnügten,
Monarch der Mieder, Schach der Hosenlätze,
Alleiniger Kaiser, großer Feldzeugmeister
Der Kirchenbüßer: – o mein kleines Herz!
Ich soll sein Adjutant sein, soll mich kleiden
In seine Farben wie ein Maientänzer?
Wie, was, ich lieb', ich werb', ich such' ein Weib? –
Ein Weib, das einer deutschen Schlaguhr gleicht,
Stets dran zu bessern, ewig aus den Fugen,
Die niemals recht geht, wie sie auch sich stellt,
Als wenn man stets sie stellt, damit sie recht geht?
Und was das Schlimmste, noch meineidig werden! –
Und just die Schlimmste lieben von den dreien! –
Ein bläßlich Ding mit einer samtnen Braue,
Mit zwei Pechkugeln im Gesicht statt Augen;
Und eine wahrlich, die die Tat wird tun,
Und wär' ein Argus ihr gesetzt zum Wächter!
Und, ach, um die nun seufzen, für sie wachen! –
Ich für sie beten? – Gut denn! 's ist 'ne Strafe,
Die Amor mir diktiert für das Verachten
Seiner allmächtig furchtbar kleinen Macht.
Nun wohl! So will
Ich lieben, schreiben, seufzen, ächzen, beten;
Der liebt das Fräulein, jener schwärmt für Greten.
Ab.

Dritter Aufzug

Erste Szene

Im Park.

Es treten auf die Prinzessin, Rosaline, Maria, Katharine, Boyet, Lords, Gefolge, ein Förster.

PRINZESSIN.
War das der König, der sein Pferd so scharf
Die jähe Höh' des Hügels spornt hinan? –

BOYET.
Ich weiß nicht, doch ich glaub', ein andrer war's.

PRINZESSIN.
Wer es auch sei, aufstrebend zeigt er sich.
Nun, heut, ihr Herrn, empfahn wir den Bescheid,
Und Samstag kehren wir nach Frankreich heim. –
Jetzt, lieber Förster, zeigt uns das Gehölz;
Wo stellt Ihr uns, daß wir den Mörder spielen?

FÖRSTER.
Hier in der Näh', am Saum des Unterholzes;
Der Stand ist gut, Ihr habt den schönsten Schuß.

PRINZESSIN.
Der Schönheit Preis! Die Schöne tut den Schuß,
Und drum mit Recht sprichst du vom schönsten Schuß.

FÖRSTER.
So, Gnäd'ge, hab' ich's nicht gemeint, verzeiht! –

PRINZESSIN.
Wie, hast du schon dein erstes Lob bereut? –
O kurzer Ruhm! Nicht schön? O Herzeleid! –

FÖRSTER. Ja, Fürstin, schön! –

PRINZESSIN. O laß die Schminke ruhn;
Wo Schönheit fehlt, ist Schmeicheln eitles Tun.
Hier, lieber Spiegel, für die Wahrheit nimm es,
Zu schöner Lohn als Zahlung für so Schlimmes!

FÖRSTER. In Euch hat einzig Schönheit sich gebettet.

PRINZESSIN.
Seht, wie ein Goldstück meine Schönheit rettet!
O Schönheitsketzerei, der Zeiten wert;
Wenn sie nur schenkt, wird jede Hand verehrt.
Doch jetzt zur Jagd; wenn Sanftmut töten muß,
Schilt sie auf jeden gut gezielten Schuß;
So bleibt mein Ruf als Schützin unversehrt,
Denn, treff' ich nicht, hat Mitleid mir's gewehrt;
Treff' ich, wohlan, so muß der Tadel schweigen,
Ich tat es nur, euch meine Kunst zu zeigen.
Unleugbar ist's, und die Erfahrung lehrt,
Wie Ruhmsucht zum Verbrechen sich entehrt;
Um Lob und Preis, um nichtige Erscheinung,
Entsagen wir des Herzens beßrer Meinung:
Wie meine Hand um Lob zu töten denkt
Das arme Wild, das mich doch nie gekränkt.

BOYET. Hat's auch der Ehrgeiz ihnen eingegeben,
Wenn böse Frau'n nach Eigenherrschaft streben
Als Herrn des Eheherrn? –

PRINZESSIN.
Ehrgeiz allein; und Ehr' und Preis gebührt
Jedweder Frau, die ihren Herrn regiert.

Schädel tritt auf.

PRINZESSIN. Hier kommt ein Bürger unsrer Republik.

SCHÄDEL. Schönen guten Abend! Um Vergebung, welches ist die Hauptdame? –

PRINZESSIN. Die kannst du an den übrigen erkennen, mein Freund, die ohne Haupt sind.

SCHÄDEL. Welches ist die größte Dame? Die höchste?

PRINZESSIN. Die dickste und die längste.

SCHÄDEL. Die dickste und die längste! Nun ja, was wahr, bleibt wahr.
Ließ' Eure Taille schmal und leicht sich wie mein Witz umfassen,
So möchte von den Fräulein hier Euch jeder Gürtel passen.
Seid Ihr nicht die Hauptdame? Die dickste seid Ihr gewiß!

PRINZESSIN. Was wollt Ihr, Freund? Was wollt Ihr?

SCHÄDEL. Dem Fräulein Rosaline schrieb diesen Brief Mylord Biron.

PRINZESSIN. Geschwind den Brief, den Brief; den Schreiber kenn'ich schon.
Wart', Freund! – Boyet, ich weiß, Ihr habt im Tranchieren Geschick;
Legt mir dies Hühnchen vor!

BOYET. Ich gehorch' Euch im Augenblick. –
Der Brief ging fehl, von uns ward er keinem zugedacht;

Er ist für Jacquenetta.

PRINZESSIN. Doch weil er uns gebracht,
Brich nur dem Wachs das Genick; nun lies, ihr alle gebt acht!

BOYET *liest.* »Beim Himmel, daß Du schön, ist untrugschlüßlich; wahr, daß Du reizend; Wahrhaftigkeit selbst, daß Du lieblich. O Du, schöner denn schön, reizender denn reizend, wahrhaftiger denn Wahrhaftigkeit selber, habe Erbarmung mit Deinem heroischen Vasallen! Der durchlauchtigste und allergroßmächtigste König Kophetua warf ein Auge auf die schelmische und unzweifelhafte Bettlerin Zenelophon: und eben derselbige war es, der da mit Fug konnte ausrufen: veni, vidi, vici; welches, dafern wir's zersetzen in Volkssprache (o niedrige und dunkle Volkssprache!), so viel als videlicet: er kam, sah und überwand. Er kam, eins; sah, zwei; überwand, drei. Wer kam? der König; weshalb kam er? zu sehen; weshalb sah er? zu überwinden; zu wem kam er? zu der Bettlerin; wen sah er? die Bettlerin; wen überwand er? die Bettlerin. Der Erfolg ist Sieg; auf wessen Seite? des Königs; die Gefangennehmung bereichert, auf wessen Seite? der Bettlerin. Die Katastrophe ist eine Vermählungsfeier, auf wessen Seite? des Königs? – Nein, auf beiden in einer, oder einer in beiden Seiten. Ich bin der König, denn so fodert es das Gleichnis; Du die Bettlerin, denn so zeuget Deine Niedrigkeit. Soll ich Deine Liebe erheischen? ich könnte es; soll ich Deine Liebe erzwingen? ich dürfte es; soll ich um Deine Liebe werben? ich will es. Was wirst Du eintauschen für Litzen? Spitzen; für Bürden? Würden; für Dich? – Mich! – Also, entgegenharrend Deiner Replik, profanier' ich meine Lippen an Deinen Fuß, meine Augen an Dein Konterfei, und mein Herz an Dein Allenthalb; Dein in der innigsten Dahingebung der Dienstbeflissenheit Don Adriano de Armado.«
Also brüllt des Nemäerlöwen Schlund
Nach dir, du Lamm, das seiner Mordlust Ziel;
Vor seinem stolzen Fuß sink' auf den Grund,
Und von dem Raubzeug neigt er sich zum Spiel.
Doch sträubst du dich, was wird aus dir, o Seele?
Fraß seiner Wut, Proviant für seine Höhle.

PRINZESSIN.
Wer ist der Wetterhahn, der Federbusch, der Quast?
Hörtet Ihr Beßres je? Wer hat den Brief verfaßt?

BOYET.
Wenn ich mich recht besinne, kenn' ich den harten Stil.

PRINZESSIN.
Ja, nennt ihn so! Selbst Knittel wär' immer nicht zu viel.

BOYET.
Armado ist's, ein Spanier, ein abgeschmackter Held,
Ein Phantast, ein Monarcho, dem König zugesellt
Und seinen Buchgenossen.

PRINZESSIN. Mein Freund, hör' auf ein Wort!
Wer gab dir jenen Brief?

SCHÄDEL. Wie ich Euch sagte, Mylord.

PRINZESSIN. Wem solltest du ihn geben?

SCHÄDEL. Von ihm an jenes Fräulein.

PRINZESSIN. Von wem an welches Fräulein? –

SCHÄDEL.
Vom gnäd'gen Herrn Biron bin ich hieher gesandt.
An eine Dam' aus Frankreich, Lady Rosaline genannt.

PRINZESSIN. Der Brief ward falsch bestellt. Ihr Herren, fort von hier;
Begnüge dich, mein Kind: bald wird der rechte dir.

Die Prinzessin mit ihrem Gefolge geht ab.

BOYET. O sprich, wer ist der Geschoßne?

ROSALINE. Sag' ich's Euch frei und offen? –

BOYET. Ja, Ausbund aller Schönheit.

ROSALINE. Der Hirsch, den sie getroffen.
Schön abpariert! –

BOYET. Die Prinzessin schießt nach Hornwild, doch wirst du einst heiraten,
Zehn gegen eins, daß in dem Jahr die Hörner trefflich geraten.
Pariere den! –

ROSALINE. So hört, ich bin die Geschoßne.

BOYET. Und wer ist der Jäger allhier? –

ROSALINE. Er trägt sein Horn an der Hüfte, und nicht am Kopf wie Ihr.
Pariere den! –

MARIA. Ihr ruht nicht, bis sie Euch trifft; wahrt Euch die Stirn mit dem Hut!

BOYET. Sie selber traf man tiefer schon: nicht wahr, da zielt' ich gut?

ROSALINE. Soll ich gegen dich anrücken mit einem alten Reim, der schon ein Mann war, als König Pipin von Frankreich noch als ein kleiner Bube herumlief, was das Treffen anbelangt?

BOYET. Wenn ich mich verschanzen darf mit einem ebenso alten, der ein Weib war, als Königin Ginevra von Britannien noch ein kleines Mädchen, was das Treffen anbelangt?

ROSALINE. Du kannst nicht treffen, treffen, treffen,
Du kannst nicht treffen, mein guter Hans.

BOYET.
Schon gut, ich kann nicht, kann nicht, kann nicht;
Kann ich's nicht, nun, ein andrer kann's.

Rosaline und Katharine ab.

SCHÄDEL. Beim Element, recht lustig! – Wie gut die beiden sich hielten!

MARIA. Die Scheiben trafen sie trefflich, sooft sie zusammen zielten.

BOYET. Die Scheiben, sagt Ihr, Fräulein? Nun, daß wir nichts vergessen,
Der Scheibe gebührt ein Pflock, um recht den Schuß zu messen.

MARIA. O weit nach links gefehlt! – Ihr seid jetzt nicht bei der Hand.

SCHÄDEL. Jawohl, um die Mitte zu treffen, nehmt näher Euren Stand!

BOYET. Ich nicht bei der Hand? Dann zeigt mir, wie Ihr den Pfeil regiert?

SCHÄDEL. Gebt acht! Sie gewinnt den Kernschuß, der Pflock wird ruiniert.

MARIA. Kommt, kommt, Ihr sprecht zu gröblich, den Anstand ganz verletzend!

SCHÄDEL. Ihr trefft sie weder mit Schuß noch Stich, das Spiel ist nicht ergötzend.

BOYET. So flücht' ich vor dem rauhen Kampf, mich dort zur Ruhe setzend.

Boyet und Maria gehn ab.

SCHÄDEL. Mein' Seel', ein blöder Schäfer! Ein rechter simpler Tropf! –
O je, wie hieben die Damen und ich ihn über den Kopf!
Blitz, welche niedliche Späße! Der Witz wie korrupt und zierlich!
Wenn's so glatt von der Zunge haspelt, so recht obszön und manierlich!
Narmado auf einer Seite, – welch nobler, preislicher Held!
Wie er sich spreizt vor den Fräuleins! Wie hübsch er den Fächer hält,
Und küßt sich im Gehn die Hand! Und versteht sich auf Schwüre so sauber!
Dann auf der andern sein Page, wie sticht er Euch Silbe um Silbe,
Die kleine Hand voll Witz! die stolze pathetische Milbe!

Jagdgeschrei hinter der Szene: »Holla! Holla!« Schädel geht ab.

Zweite Szene

Ebendaselbst.
Es treten auf Dumm, Holofernes und Sir Nathanael.

NATHANAEL. Eine hochwürdige Jagdlustbarkeit, in der Tat, und unternommen nach dem Zeugnis eines guten Gewissens.

HOLOFERNES. Der Hirsch war, wie Ihr wisset, sanguis, in vollem Geblüt, reif wie ein Jungherrnapfel, welcher jetzt hanget gleich einem Juwel in dem Ohre coeli, der Luft, des Firmamentes, der Feste, – und plötzlich fället gleich einem Holzapfel auf das Angesicht terrae, – des Bodens, des Grundes, des Erdreichs.

NATHANAEL. In der Tat, Meister Holofernes, Ihr wechselt anmutig mit denen Prädikaten, recht wie ein Schriftgelehrter; allein laßt mich Euch bezeugen, Herr, es war ein Bock vom ersten Geweih.

HOLOFERNES. Sir Nathanael, haud credo.

DUMM. Es war keine Hautkrähe, es war ein Spießer.

HOLOFERNES. O barbarische Intimation! und wiederum eine Art Insinuation, gleichsam in via, auf dem Wege, einer Explikation: facere gleichsam eine Replikation, oder vielmehr gleichsam ostentare, darlegen seine Inklination: – nach seiner ohngesitteten, ohngeglätteten, ohnausgefeileten, ohngestutzeten, ohngeschmücketen oder vielmehr ohnkultiviereten, oder vielmehrest ohnkonfirmiereten Weise, – wiederumb einzuschalten mein haud credo statt eines Wildes.

DUMM. Ich sage, das Wild war keine Hautkrähe, es war ein Spießer.

HOLOFERNES. Zweimal gesottene Einfalt, bis coctus! – O du monströse Ignoranz, wie mißgeschaffen erscheinst du! –

NATHANAEL. Herr, er hat nie seine Nahrung gesogen aus den Leckerbißlein, welche werden erzielet in Büchern; er hat nicht gegessen des Papiers, sozusagen, noch getrunken der Tinte; seine Sinneskraft ist nicht herangenährt; er ist nur ein Tier, nur fühlend in seinen gröbern Organen: – und solche unfruchtbare Gewächse sind vor uns hingestellt, auf daß wir sollten dankbar sein (wie wir, die da schmecken und Empfindung haben, es auch sind) für solche Gaben, welche in uns zu beßrer Frucht gedeihn:
Gleich falsch, wenn ich in Albernheit, als Narr und Geck mich blähte,
Als wenn ein solcher Hahn, wie der, gelehrt in Schulen krähte.
Ich halt's mit jenem Kirchenvater, der oft zu sagen pflegt:
Manch einer steht das Wetter aus, der nicht den Wind erträgt.

DUMM. Ihr seid zwei Schriftgelehrte: könnt ihr das schmucke Rätsel mir lösen,
Was keine fünf Wochen jetzt alt und bei Kains Geburt schon 'nen Monat gewesen? –

HOLOFERNES. Dictynna, ehrlicher Dumb;
Dictynna, ehrlicher Dumb.

DUMM. Wer ist dick und dünne?

NATHANAEL. Eine Titulatur Lunae, Phoebae, des Mondes.

HOLOFERNES. Der Mond war 'nen Monat alt, als Adam nicht älter war,
Und keine fünf Wochen zählt' er, als jener hundert Jahr.
Die Allusion verleuret nichts bei dem Umbtausch.

DUMM. Das ist auch wahr, mein' Seel', die Kollusion verliert nichts beim Umtausch.

HOLOFERNES. Gott stärke deine Kapazität! Ich sage, die Allusion verleuret nichts bei dem Umbtausch.

DUMM. Und ich sage, die Konfusion verliert nichts beim Umtausch, denn der Mond wird nie älter, als nur einen Monat; und überdem bleib' ich dabei und sage, es war ein Spießer, den die Prinzessin schoß.

HOLOFERNES. Sir Nathanael, wollet Ihr anhören ein extemporelles Epitaphium auf den Tod des Tieres? Und zwar habe ich, um mich der Einfalt zu akkomodieren, das Tier, welches die Prinzessin schoß, einen Spießhirsch genennet.

NATHANAEL. Perge, werter Meister Holofernes, perge, dafern es Euch beliebt, alle Skurrilität abzustellen.

HOLOFERNES. Ich werde die Alliteration in etwas vorwalten lassen, denn das zeuget von Leichtigkeit.
Straff spannt die Schöne, schnellt und schießt ein Spießtier schlank und schmächtig;
Man nannt' es Spießhirsch, denn am Spieß spießt ihn der Speisemeister.
Hierauf verspeist mit Gabeln wird's ein Gabelhirsch, so dächt' ich,
Und weil die Schützin Kronen trägt, mit Recht ein Kronhirsch heißt er.
Hell gelt die Jagd: nehmt vom Gebell zu Hirsch eins von den L len,
Sind's funfzig Hirschel: noch ein L, so tät sie hundert fällen.

NATHANAEL.
Wie schmeidig bewegt er der Verse zähen Fuß!

DUMM. Was das für ein Wesen ist über seine Fersen und Fußzehen! –

HOLOFERNES. Dieses ist eine Gabe, die mir verliehen ward – simpel, simpel; ein launischer abspringender Geist, erfüllet von Gestalten, Figuren, Formen, Gegenständen, Einbildungen, Wahrnehmungen, Motionen, Revolutionen: dieselben werden gezeuget in dem Mutterleibe des Gedächtnisses, ernähret in dem Schoße der pia mater, und an das Licht geboren bei zeitigender Gelegenheit. Indessen die Gabe ist gut in solchen, bei denen sie zur rechten Scharfsinnigkeit gelanget, und ich bin dankbar für dieselbe.

NATHANAEL. Sir, ich preise den Herrn für Euch, und das mögen auch meine Pfarrkinder. Denn ihre Söhne sind gut beraten bei Euch, und ihre Töchter gewiß augenscheinlich unter Euch; Ihr seid ein stattliches Membrum des gemeinen Wesens.

HOLOFERNES. Mehercle, wann ihre Söhne Ingenium besitzen, soll es ihnen nicht fehlen an Instruktion; wann ihre Töchter empfänglich sind, werd' ich's ihnen schon beibringen. Jedennoch vir sapit, qui pauca loquitur: Eine als Weib geschaffne Seele begrüßet uns.

Jacquenette und Schädel treten auf.

JACQUENETTE. Gott grüß' ihn, Herr Farr!

HOLOFERNES. Nicht etwa fur, ein Dieb, noch fer, bring' her und gib, sondern far, die Spreu im Sieb. Wessenthalben far? –

SCHÄDEL. Weil Farr bei uns einen Ochsen bedeutet, und weil des Pfarrers Haupt so voller Gelehrsamkeit steckt, wie ein Oxhoft voll Wein.

HOLOFERNES. Wie, ein Ochshaupt? – ein hübscher Funke des Witzes in einem Erdenkloße; Feuer genug für einen Kiesel, Perle genug für eine Sau. Es ist artlich, es ist hübsch.

JACQUENETTE. Lieber Herr Farr, sei er doch so gut, und les' er mir den Brief; Schädel hat ihn mir gegeben, und Don Armadill schrieb ihn mir; ich bitt' ihn drum, les' er ihn!

HOLOFERNES.

Fauste, precor gelida quando pecus omne sub umbra
Ruminat, – und so weiter. Ach, du guter alter Mantuanus!
ich kann von dir sagen, wie der Reisende von Venedig:
– Vinegia, Vinegia,
Chi no ti vede, ei non ti pregia.

Alter Mantuanus! Alter Mantuanus! Wer dich nicht verstehet, der liebet dich nicht! – Ut, re, sol la mi fa. Mit Eurem Vergunst, Herr Pfarrer, was ist der Inhalt? Oder vielmehr wie Horatius saget in seinem – was zum Element, Verse? –

NATHANAEL. Ja, Herr, und sehr gelehrte.

HOLOFERNES. Lasset mich vernehmen eine Strophe, eine Stanza, einen Vers; lege, domine!

NATHANAEL *liest.*

»Macht Liebe mich verschwor'n, darf ich noch Liebe schwören?
Treu' hält nur stand, gab sie der Schönheit sich zu eigen;
Meineidig an mir selbst, will ich dir treu gehören;
Was eichenfest mir schien, kannst du wie Binsen beugen!
Die Forschung lechzt im Durst, dein Auge sei mein, Bronnen,
Dort thront die Seligkeit, die uns das Buch verheißt;
Der Kenntnis Inbegriff hat, wer dich kennt, gewonnen! –
Viel kundig ist der Mund, der mit Verstand dich preist,
Stumpfsinnig, wer nicht beugt sein Knie vor deiner Schöne;
Mein größter Ruhm, daß ich so hohen Wert empfand:
Der Augen Feuerblitz, der Rede Donnertöne
Sind Wonneglanz, Musik, hast du den Zorn verbannt.
Doch göttlich, wie du bist, vergib, wenn rauhe Zungen
Des ew'gen Himmels Lob mit ird'schem Laut gesungen!«

HOLOFERNES. Ihr findet nicht die Apostrophen, und darüber verfehlt Ihr den Akzent. Lasset mich die Canzonetta überspähen; hier ist nur das Sylbenmaß observieret; allein, was da heißet die Elegantia, die Leichtigkeit zusampt dem güldenen Schlußfall des Gedichtes, – caret. Ovidius Naso, der war der Mann! – Und warumb auch Naso? warumb sonst, als weil er auswitterte der Phantasey ihre balsamischen Duftblüten? Der Erfindungskraft ihre Absprünge? – Imitari, ist nichts: das tut der Hund seinem Herrn, der Affe seinem Wärter, das aufgeputzte Kunstpferd seinem Reuter. Aber Damosella Jungfrau, ward dieses Euch zugewendet?

JACQUENETTE. Ja, Herr, von einem Musjeh Biron, einem von den Lords der ausländischen Königin.

HOLOFERNES. Ich will einmal beäugeln die Aufschrift: »An die schneeweiße Hand des allerschönsten Fräuleins Rosaline.« – Wiederumb will ich mir ansehen den Inhalt des Briefes, umb die Bezeichnung zu finden. Das Objekt, das da schreibet, an die Person, welcher da geschrieben wird: »Eu'r Gnaden zu allem Dienst bereitwilligster Biron.«
Sir Nathanael, dieser Biron ist einer von denen Eidgenossen des Königes, und hat allhier einen Brief gefertiget an eine Geleitsdame der fremden Monarchin, welcher akzidenteller Weise oder auf dem Wege der Progression in die Verirrung geraten ist. Entschlüpfe, mein Kind; überantworte dieses Blatt in die Hand der Majestät; es mag von besonderem Moment sein. Verweile dich hier nicht mit Verbeugungen; ich überhebe dich deiner Pflicht; lebe wohl!

JACQUENETTE. Du, Schädel, komm mit! Herr, Gott grüß' ihn!

SCHÄDEL. Nimm mich mit, Mädel! *Beide gehn ab.*

NATHANAEL. Sir, Ihr habt dies in der Furcht Gottes getan, sehr gewissenhaft; und wie irgendein Kirchenvater sagt, –

HOLOFERNES. Sir, redet mir nicht von dem Kirchenvater, ich verargwöhne schmuckhafte Ausschmückungen. Aber umb zurückzukommen auf die Verse; gefielen sie Euch, Sir Nathanael?

NATHANAEL. Meisterlich, was die Fassung betrifft.

HOLOFERNES. Ich speise heute mittag bei dem Vater eines sicheren Zöglinges, allwo, wenn es Euch gefällig sein sollte, vor der Mahlzeit die Tafel mit einem gratias zu gratifizieren, ich kraft meines Privilegii bei denen Eltern fürbesagten Kindes oder Pfleglinges, Euer benvenuto auf mich nehmen will. Daselbst werde ich dann die Behaupt- und Erhärtung führen, wie jene Verse sehr ohngelahrt seien, und keine Würze haben von Poesey, Witz, noch Erfindung. Ich ersuche umb Eure Gesellschaft.

NATHANAEL. Und ich danke Euch: denn Gesellschaft – sagt die Schrift – ist die Glückseligkeit des Lebens.

HOLOFERNES. Ja wahrhaftiglich! Darin tut die Schrift einen höchst ohnwiderleglichen Ausspruch. Euch, Freund, lad' ich zugleich, versagt's nicht; nein! pauca verba! – Hinweg! Die Herren sind jetzt bei der Jagd; gehn wir zu unsrer Erquickung!

Sie gehn ab.

Vierter Aufzug

Erste Szene

Im Park.
Biron tritt auf, ein Papier in der Hand.

BIRON. Der König jagt das Wild, ich hetze mich selbst; sie sind erpicht auf ihre Netze, ich bin umnetzt von Pech; Pech, welches besudelt; besudelt! ein garstiges Wort! – Nun, setze dich, Gram! – denn so, sagt man, sprach der Narr; und so sag' ich, ich, der Narr. Wohl bewiesen mein Witz! – Beim Himmel, diese Liebe ist so toll, wie Ajax, sie tötet Schafe: sie tötet mich, mich das Schaf. Abermals wohl bewiesen meinerseits! – Ich will nicht lieben: wenn ich's tue, hängt mich auf; auf Ehre, ich will's nicht. Ach, aber ihr Auge! Beim Sonnenlicht, wär's nicht um ihres Auges willen, ich würde sie nicht lieben; ja, um ihrer beiden Augen willen; wahrhaftig, ich tue nichts in der Welt als lügen, und in meinen Hals hineinlügen. Beim Himmel, ich liebe, und das lehrt mich reimen und schwermütig sein, und hier ist ein Stück von meinem Gereim und von meiner Schwermut. Nun, eins von meinen Sonetten hat sie schon: der Tölpel bracht' es, der Narr sandt' es, und das Fräulein hat es: süßer Tölpel, süßerer Narr, süßestes Fräulein! Bei Gott, ich wollte alles drum geben, wenn die drei andern auch soweit wären. Hier kommt einer mit einem Papier: gebe der Himmel, daß er seufzen möge! – *Er versteckt sich.*

KÖNIG. Weh mir!

BIRON *beiseit.* Angeschossen, beim Himmel! Nur zu, liebster Cupido; du hast ihm mit deinem Vogelbolzen eins unter die linke Brust abgegeben. Wahrhaftig, Geschriebenes? –

KÖNIG *liest.* »So lieblich küßt die goldne Sonne nicht
Die Morgenperlen, die an Rosen hangen,
Als deiner Augen frisches Strahlenlicht
Die Nacht des Taus vertilgt auf meinen Wangen.
Der Silbermond nur halb so glänzend flimmert
Durch der kristallnen Fluten tiefe Reine,
Als dein Gesicht durch meine Tränen schimmert:
Du strahlst in jeder Träne, die ich weine.
Dich trägt als Siegeswagen jede Zähre,
Auf meinem Schmerz fährt deine Herrlichkeit;
So schau, wie ich die Tränenschar vermehre,
Es wächst dein Ruhm, je herber wird mein Leid.
Doch liebe dich nicht selbst; die Tränen scheinen
Dir Spiegel sonst, und ewig müßt' ich weinen.
O aller Jungfrau'n Haupt, du hochgekröntes,
Kein Geist erdenkt dein Lob, kein Mund ertönt es!«
Wie wird mein Leid dir kund? Hier lieg' du, Blatt:
Birg Torheit, freundlich Laub! Wer tritt hervor?

Der König tritt auf die Seite. Longaville kommt mit einem Papiere.

Was, Longaville und lesend? Horch, mein Ohr!

BIRON *beiseit.* In gleicher Herrlichkeit der dritte Tor! –

LONGAVILLE. Weh mir, ich brach den Schwur! –

BIRON *beiseit.* Er trägt den Zettel
Wie einer, der für Meineid steht am Pranger! –

KÖNIG *beiseit.*
Verliebt? Genossenschaft wird Scham versüßen!

BIRON *beiseit.*
Ein Trunkenbold wird gern den andern grüßen.

LONGAVILLE. Ich bin wohl nicht meineidig so allein.

BIRON *beiseit.* Ich könnte leicht dich trösten, ich weiß sogar von zwein!
Wir woll'n als Kleeblatt uns, als Triumvirn assoziieren,
Die Redlichkeit am Tyburn des Amor strangulieren.

LONGAVILLE.
Wenn Rührung nur dem starren Vers nicht fehlte!
O süßes Kind, Maria, Auserwählte! –
Die Reime da zerreiß' ich, schreib' in Prose.

BIRON *beiseit.* Reime sind Schleifen an Cupidos Hose;
Verdirb ihm nicht die Ware!

LONGAVILLE. Ja, so geht's.

Liest das Sonett.

»Nur die Rhetorik deiner Himmelsblicke
(Die Welt kann ihr nicht bündig widersprechen)
Verführte mich zu dieses Meineids Tücke;
Nicht sträflich ist's, um dich den Schwur zu brechen.
Dem Weib entsagt' ich: doch ist sonnenklar,
Da Göttin du, niemals entsagt' ich dir;
Himmlisch bist du, mein Eid nur irdisch war;
Geheiligt dir, heilt jede Sünd' in mir.
Ein Schwur ist Hauch, und Hauch ist Dunst; o schein'
Auf meine Erde, Sonne, du mein Licht,
Zieh' auf das Dunstgelübd', dann ist es dein:
Gebrochen dann, tat ich die Sünde nicht.
Ja, bräch' ich's auch, kein Tor wird sich besinnen,
Um Wortsverlust den Himmel zu gewinnen.«

BIRON *beiseit.*
O brünst'ge Liebesglut! Das nenn' ich Ketzerei!
Ein unreif Gänschen verehren, als ob's 'ne Göttin sei!
Gott helf' uns, ach, Gott helfe! Verirrten wir uns so weit? –

LONGAVILLE. Durch wen nur send' ich es? Halt!
Gesellschaft? ich trete beiseit.

Er tritt auf die Seite. Dumain kommt.

BIRON *beiseit.*
Versteckt in allen Ecken, ein Spiel aus Kinderzeit!
Ich throne wie ein Halbgott, verhüllt in meiner Wolke,
Zu strenger Aufsicht diesem höchst argen Sündervolke.
Noch neue Säcke zur Mühle? O mehr als Hoffen verhieß!
Dumain ist auch verwandelt: vier Schnepfen an einem Spieß!

DUMAIN. O Käthchen, göttlich Käthchen!

BIRON *beiseit.* O Tropf, profaner Tropf!

DUMAIN. Beim Himmel! Als ein Wunder jeglichen Blick vergnügst du!

BIRON *beiseit.*
Bei der Erde, sie ist keins, o Menschenkind, dies lügst du.
DUMAIN. Ihr Ambrahaar beschämt den Ambra selber.
BIRON *beiseit.*
Merkwürdig genug! Ein Rab', ein ambragelber! –
DUMAIN. Wie Zedern schlank!
BIRON *beiseit.*Ist guter Hoffnung nicht
Ihr Schulterblatt?
DUMAIN. Glanzvoll, wie Tageslicht! –
BIRON *beiseit.*
O ja, nur muß die Sonne just nicht scheinen.
DUMAIN. O hätt' ich meinen Wunsch!
LONGAVILLE *beiseit.* Und ich den meinen!
KÖNIG *beiseit.* Und ich den meinen auch, du edler Lord!
BIRON *beiseit.*
Amen, und meinen ich: das war ein trefflich Wort.
DUMAIN.
Wo find' ich Ruh'? Sie glüht als Fieber täglich
Im Blut mir; sie vergessen wird unmöglich.
BIRON *beiseit.*
In deinem Blut? Dann mußt du Ader lassen,
Und, schöner Unsinn! fängst sie auf in Tassen.
DUMAIN.
Noch einmal les' ich durch, was ich geschrieben.
BIRON *beiseit.*
Noch einen seh' ich hier, verdummt durch Lieben.
DUMAIN *liest.*»Einst – o wehe, muß ich klagen! –
In des Maies Liebestagen
Spähte Lieb' ein Röslein duftig,
Wie's am Stengel schwankte luftig;
Durch den Samt der Blätter wehn
Schmeichelwinde ungesehn:
Der Geliebt', in Todespein,
Wünscht des Himmels Hauch zu sein.
Luft, spricht er, küßt deine Wangen,
Könnt' ich den Triumph erlangen! –
Schwur, ach! hält die Hand zurücke;
Daß sie nicht vom Dorn dich pflücke;
Ach, so schwört die Jugend nicht,
Die so gerne Blüten bricht.
Nenn' es Sünde nicht, daß ich
Jene Eide brach für dich.
Dir ja hätte Zeus geschworen,
Juno gleiche schwarzen Mohren;
Sterblich stieg' er selbst zur Erden,
Um in Liebe dein zu werden.«
Dies send' ich, will noch klarer ihr in Bildern
Der treuen Liebe Sehnsuchtsqualen schildern.
O daß der Fürst, Biron und Longaville
Auch liebten! Spielt hier jeder böses Spiel,
Wird meiner Stirn der Makel fortgeschafft:
Denn keiner fehlt, sind alle gleich vergafft.
LONGAVILLE *hervortretend.*
Dumain, fern ist dein Lieben aller Gnade!
Genossen willst du auf verliebtem Pfade? –
Oh, sieh nur blaß; ich weiß, ich würd' erröten,
Fänd' ich mich so ertappt im Übertreten.
KÖNIG *hervortretend.*
Ja, werde rot, dein Fall ist gleich so schwer!
Du schiltst auf ihn und sündigst zweimal mehr;
Du liebst wohl nicht Marien? Longaville
Schrieb niemals ein Sonett im hohen Stil? –
Hielt auf der Brust die Arme nie gefalten,
Um nieder nur sein klopfend Herz zu halten?
Hier im Gebüsch, das schirmend mich versteckt,
Sah ich euch beid' und war für beid' erschreckt.
Die freveln Reime last ihr recht beweglich,
Die Seufzer dampften auf, ihr stöhntet kläglich;
Der rief zum Zeus, der ließ ein Ach! erschallen.
Der nannt' ihr Haar Gold, der ihr Aug' Kristallen,
Der wollt' um Meineid sich den Himmel kaufen,
Der ließ den Zeus der Juno selbst entlaufen.
Wie spottet wohl Biron, wenn er erfuhr,
Gebrochen sei, was man so eifrig schwur;
Wie wird er euch verlachen, jubilieren,
Und Witze sprühn und höhnisch triumphieren!
Um alle Schätze, die ich je gesehn,
Ich möcht' ihm so nicht gegenüber stehn.
BIRON *hervortretend.*
Jetzt, Heuchelei, jetzt ist's um dich geschehn:
Verzeih', o mein erlauchter Souverän!
Mit welchem Anstand schiltst du diese Kälber:
Sag, gutes Herz, wer liebt mehr als du selber?
Dein Aug' ist nie ein Wagen? Wenn es weint,
Gibt's keine Fürstin, die drin widerscheint?
Du brichst um keinen Preis den Eid, ich wette,
Und nur ein Bänkelsänger schreibt Sonette.
Schämt ihr euch nicht? Ihr schämt euch ohne Frage,
Ihr alle drei, daß dies so kam zu Tage.
Du fand'st an ihm, der Fürst an dir den Splitter;
Ich euren Balken, ihr drei Liebesritter.
O Himmel, welch ausbünd'ge Narrenszene,
Von Seufzen, Gram, von Ächzen, von Gestöhne!
Wie ernsthaft blieb ich, als vor meinem Blicke
Ein hoher Fürst sich umgeformt zur Mücke!
Als Herkules, der Held, den Kreisel drehte
Und Salomo ein Gassenliedchen krähte,
Nestor mit Kindern Seifenblasen machte
Und Läst'rer Timon über Possen lachte!
Wo schmerzt es dich, Freund Longaville, gesteh' es?
Wo, Dumain, fließt die Quelle deines Wehes?
Wo Eurer Hoheit? Allen wohnt's im Herzen! –
He, bringt ein Licht! –
KÖNIG. Zu bitter wird dein Scherzen;
Sind wir durch deine Klugheit so verraten?
BIRON.
Nicht ihr durch mich, ich bin durch euch verraten:
Ich, stets so brav; ich; der's wie Sünde scheut,
Zu brechen den von mir gelobten Eid,
Ich bin verraten, weil ich mich verband,
Menschen, so menschlich, so voll Unbestand.
Wann sah man mich ein Lied in Reime zwingen?
Um Lenen stöhnen? Wann den Tag verbringen
Mit Putzen? Wann vernahmt ihr, daß ich sang
Gedicht' auf Hand, auf Wang', auf Aug' und Gang,
Figur, Natur, auf Stirn, auf Fuß und Zeh',
Auf Lust und Brust?

Jacquenette und Schädel treten auf; als Biron sie kommen sieht, läuft er ihnen entgegen.

KÖNIG. Wohin entläufst du? Steh!
Trabst du als Ehrlich oder Dieb so eilig?
BIRON.
Der Lieb' entflieh'nd, nicht bei Verliebten weil' ich.
JACQUENETTE. Gott grüß' den König!
KÖNIG. Bringst du was für mich? –

SCHÄDEL. Was von Verrat, Herr!
KÖNIG. Wie entspann er sich? –
SCHÄDEL. Gesponnen ward er nicht.
KÖNIG. Nun, wenn auch nicht gestrickt,
So seid Verrat und du nach Hause jetzt geschickt.
JACQUENETTE. Seid doch so gut, Herr König: lest, was sich begeben hat,
Dem Pfarrer schien's bedenklich; er sagt, es sei ein Verrat.
KÖNIG.
Nimm, Biron, lies ihn vor! Wer hat ihn dir gegeben?
JACQUENETTE. Das war der Schädel da.
KÖNIG. Wer hat ihn dir gegeben?
SCHÄDEL. Tonn' Adramotte war's, Tonn' Adramodio.
KÖNIG. Wie nun, was ficht dich an? Warum den Brief zerstören?
BIRON. 's ist kein Verrat, mein König; ein Tand, das kann ich beschwören.
LONGAVILLE. Er bracht' ihn ganz in Zorn, und deshalb woll'n wir ihn hören.
DUMAIN. 's ist Birons Hand, wahrhaftig, und hier sein Name dazu.
BIRON. O Tölpel, verdammter Tropf! Mußt du mich beschämen? du?
Strafbar, mein König, strafbar; ich klage selbst mich an.
KÖNIG. Wie das?
BIRON. Euch fehlt ein vierter Narr: vollständig ist nun das Gespann.
Den, diesen, und Euch, mein Fürst, und mich traf gleiches Verderben;
Wir alle sind Gauner der Lieb', und verdienen, des Todes zu sterben.
Entlaßt die edle Versammlung, und mehr noch meld' ich Euch hier.
DUMAIN. Was ungleich, ward jetzt eben.
BIRON. Jawohl, wir sind nun vier.
Entfliegen die Tauben nicht bald?
KÖNIG. Was zaudert ihr noch? Geht fort! –
SCHÄDEL. Wir beiden Gerechten gehn, die Verräter bleiben am Ort.

Schädel und Jacquenette ab.

BIRON. Nun, Freunde, Liebende, seid mir umarmt! –
Wir sind so treu, als Fleisch und Blut nur reicht;
See ebbt und flutet, Winterluft erwarmt,
Jung Blut zerbricht die alte Satzung leicht.
Nicht zu umgehn ist, was uns selbst geboren:
Drum war der Eid im Schwur schon falsch geschworen.
KÖNIG. Sprach Liebe jenes Blatt? Ich wette drauf!
BIRON. Du fragst? Wer schaut zu Rosalinen auf,
Der gleich dem wilden Sohn des Inderstrands,
Wenn sich der Ost erschließt zu Pracht und Lust,
Nicht beugt das Haupt, anbetend seinen Glanz,
Und küßt den Staub mit untertän'ger Brust? –
Welch überkühnes Adlerauge wendet
Zur Sonne sich, von keiner Wolk' umhüllt,
Und wird von ihrer Hoheit nicht geblendet? –
KÖNIG. Welch Eifern? Welche Wut hat dich erfüllt?
Ein Mond, herrscht meine Dam' in sanftem Licht,
Weil sie als Dienstgestirn kaum sichtbar funkelt.
BIRON.
Dann ist mein Sehn kein Sehn, ich Biron nicht;
Wär' nicht mein Liebchen, Tag wär' nachtumdunkelt.
Die Quintessenz der Farbenschönheit strahlt
Wie reinste Edelstein' auf ihren Wangen;
Wie sich ein Bild aus tausend Reizen malt,
Ein Meisterwerk selbst meisterndem Verlangen.
Hätt' ich den Zauber höchster Redekunst, –
Nein, sie bedarf dein nicht, erborgter Schimmer! –
Verkäuflich Gut empfehl' des Käufers Gunst,
Sie steht zu hoch dem Lob für jetzt und immer.
Ein Mönch, verdorrt und hundert Winter alt,
Wirft funfzig ab, kann er ins Aug' ihr blicken;
Schönheit verjüngt ihm kräftig die Gestalt,
Tauscht mit der Kindheit Wiege seine Krücken:
Oh, Licht und Leben strahlt sie gleich der Sonne.
KÖNIG. Ei, deine Dam' ist schwarz wie Ebenholz! –
BIRON. Ist Ebenholz ihr gleich? O Holz der Wonne! –
Ein Weib, daraus gezimmert, wär' mein Stolz.
Wo ist ein Buch? Fest soll mein Schwur bestehn,
Daß Schönheit selbst die Schönheit nicht erreicht,
Lernt sie von ihrem Auge nicht das Sehn:
Und keine schön, die ihr an Schwärze weicht.
KÖNIG. Sophisterei! Schwarz ist Livrei der Hölle,
Des Kerkers Farbe, Schule finstrer Nacht,
Und helles Weiß thront auf des Himmels Schwelle.
BIRON. Zu täuschen, wählt der Teufel lichte Tracht.
Wenn Schwarz die Stirne meiner Liebsten deckt,
So trauert sie, daß falsches Haar, Karmin
Verliebte reizt mit täuschendem Aspekt;
Das Schwarz ward hell, da sie zur Welt erschien.
Ihr Antlitz lenkt die Mod' auf neue Bahn,
Natürlich Blut hört man als Schminke schelten:
Und Rot, des Glänzen gilt für eitlen Wahn,
Färbt schwarz sich, ihrer Stirne gleich zu gelten.
DUMAIN.
Ihr gleich zu sein, sind schwarz die Schornsteinfeger!
LONGAVILLE.
Seit sie erschien, dünkt sich der Köhler schmuck.
KÖNIG. Mit seiner holden Farbe prangt der Neger!
DUMAIN. Spart alle Kerzen, Nacht ist hell genug.
BIRON. Die Damen, die ihr wähltet, scheun den Regen,
Er möcht' an ihrer muntern Schminke naschen.
KÖNIG. Doch deiner, dächt' ich, käm' er recht gelegen:
Du nennst die Schönste, die sich nicht gewaschen.
BIRON. Währt's bis zum Jüngsten Tag, ihr Schönsein preis' ich!
KÖNIG. Dann schreckt ihn mehr als sie der Teufel nicht.
DUMAIN. Kein Mensch war so vergafft in Dorn und Reisig!
LONGAVILLE.
Sieh hier ihr Bild: mein Schuh und ihr Gesicht.
BIRON. Oh, wären deine Augen Pflastersteine,
Ihr Fuß wär' viel zu zart, um drauf zu gehn!
DUMAIN. Damit recht deutlich dann der Straß' erscheine,
Was sonst, wenn auf dem Kopf man steht, zu sehn.
KÖNIG. Sind alle wir verliebt? – All' aus dem Gleise? –
BIRON. Unleugbar; und meineidig alle drei.
KÖNIG. So schweigt nun, und Biron, mein Freund, beweise,
Daß Lieb' erlaubt und nicht ein Treubruch sei!
DUMAIN. O ja, reich' etwas Balsam diesem Zweifel!
LONGAVILLE. Ach, stände jetzt dir Weisheit zu Gebot,
Logik und List, zu prellen klug den Teufel!
DUMAIN. Tinktur für Meineid!

BIRON. Wahrlich, die tut not.
Auf, ins Gewehr, streitbare Liebesritter! –
Erwägt, was ihr zuerst beschworen habt:
Fasten, studieren, keine Frauen sehn; –
Klarer Verrat am Königtum der Jugend.
Sagt, könnt ihr fasten? Ihr seid all' zu jung;
Und die Enthaltsamkeit zeugt Krankheit nur;
Und als ihr zu studieren habt gelobt,
Da habt ihr euerm Buch schon abgeschworen.
Könnt ihr stets träumen, grübeln, darauf starren?
Wie hättet Ihr, o Herr, und Ihr, und Ihr
Erforscht die Herrlichkeit der Wissenschaft,
Half euch die Schönheit nicht der Frau'ngesichter?
Aus Frauenaugen zieh' ich diese Lehre;
Sie sind der Grund, das Buch, die hohe Schule,
Aus der Prometheus' echtes Feu'r entglüht.
Ei, stets sich abarbeiten, kerkert ein
Die raschen Lebensgeister im Geblüt,
Wie rastlos angestrengtes Wandern endlich
Die Sehnenkraft des Reisenden ermüdet.
Nun, wollt ihr nie ein Frauenantlitz schaun,
Habt den Gebrauch der Augen ihr verschworen
Und auch das Studium, dem ihr euch gelobt.
Denn, welcher Autor in der ganzen Welt
Lehrt solche Schönheit, wie ein Frauenauge?
Das Wissen ist ein Anhang nur zu uns,
Und wo wir sind, ist unser Wissen auch.
Drum, wenn wir uns in Mädchenaugen sehn,
Sehn wir nicht gleichfalls unser Wissen dort? –
Oh, wir gelobten Studien, werte Lords:
Mit dem Gelübd' entsagten wir den Büchern.
Wie hättet Ihr, o Herr, und Ihr, und Ihr
Durch bleierne Betrachtung je ersonnen
So glüh'nden Vers, als den begeisternd Augen
Von Schönheitspflegerinnen euch gespendet? –
Das andre träge Wissen bleibt im Hirn,
Und deshalb finden seine dürren Knechte
Mühsel'ge Ernte kaum nach schwerem Dienst.
Doch Lieb', in Frauenaugen erst gelernt,
Lebt nicht allein vermauert im Gehirn,
Nein, mit der Regung aller edlen Geister
Strömt sie gedankenschnell durch jede Kraft
Und zeugt jedweder Kraft zwiefache Kraft,
Weit höher als ihr Wirken und ihr Amt.
Die feinste Schärfe leiht sie dem Gesicht;
Wer liebt, des Auge schaut den Adler blind.
Wer liebt, des Ohr vernimmt den schwächsten Laut,
Wo selbst des Diebs argwöhnisch Horchen taub ist.
Die Liebe fühlt empfindlicher und feiner,
Als der beschalten Schnecke zartes Horn;
Schmeckt sie, wird Bacchus' leckre Zunge stumpf;
Ist Lieb' an Kühnheit nicht ein Herkules,
Der stets der Hesperiden Bäum' erklimmt? –
Schlau wie die Sphinx, so süß und musikalisch
Wie Phöbus' Lei'r, bespannt mit seinem Haar? –
Wenn Liebe spricht, dann lullt der Götter Stimme
Den Himmel ein durch ihre Harmonie;
Nie wagt's ein Dichter und ergriff die Feder,
Eh' er sie eingetaucht in Liebesseufzer! –
Dann erst entzückt sein Lied des Wilden Ohr,
Pflanzt in Tyrannen holde Menschlichkeit.
Aus Frauenaugen zieh' ich diese Lehre:
Sie sprühn noch jetzt Prometheus' echte Glut;
Sie sind das Buch, die Kunst, die hohe Schule,
Die alle Welt umfaßt, erläutert, nährt.
Sonst überall ist nichts Vollkommnes da.
Drum wart ihr Toren, diesen Frau'n entsagend,
Und haltet ihr den Schwur, so bleibt ihr Toren.
Der Weisheit halb, – ein Wort, das jeder liebt –
Der Liebe halb, – ein Wort, das jeden liebt –
Der Männer halb, die Schöpfer sind der Frau'n, –
Der Frauen halb, durch die wir Männer sind,
Laßt uns den Eid vernichten, uns zu retten,
Sonst retten wir den Eid, vernichten uns.
's ist Religion, meineidig so zu werden,
Denn Gnade selber schrieb uns das Gebot;
Und wer mag Liebe trennen von der Gnade?

KÖNIG. Sankt Amor denn! Und, Ritter, auf! Ins Feld! –

BIRON. Voran die Banner, und zum Angriff, Lords;
Nieder mit ihnen, drängt und sprengt die Reih'n;
Doch seid bedacht, die Sonn' im Kampf zu teilen.

LONGAVILLE.
Nun, schlicht und ehrlich, ohne viel Figuren:
Soll'n wir um die französ'schen Mädchen frein?

KÖNIG. Frein und gedeihn: deshalb laßt uns ersinnen
Ein festlich Spiel für sie in ihren Zelten!

BIRON. Erst führen wir hieher sie aus dem Park,
Dann heimwärts leit' ein jeder an der Hand
Sein schönes Liebchen; diesen Nachmittag
Soll sie ein art'ger Zeitvertreib ergötzen,
So gut die kurze Zeit vergönnen will;
Es bahnen Spiele, Masken, Fest' und Tänze
Den Weg der Lieb' und streun ihr Blumenkränze.

KÖNIG. Fort, daß wir müßig nicht die Zeit versitzen:
Die Stunde, die noch unser, laßt uns nützen!

BIRON. Allons! Wer Unkraut sät, drischt kein Getreide,
Gerechtigkeit wägt stets in richt'gen Schalen;
Der Dirnen Leichtsinn straft gebrochne Eide;
Nichts Beßres kaufen, die mit Kupfer zahlen.

Sie gehn ab.

Zweite Szene

Ebendaselbst.
Holofernes, Nathanael und Dumm treten auf.

HOLOFERNES. Satis quod sufficit.

NATHANAEL. Ich preise Gott für Euch, Sir; Euere Tischreden waren vielgekörnt und sentenzenreich, ergötzlich ohne Skurrilität, witzig ohne Affektation, kühn ohne Frechheit, gelahrt ohne Eigendünkel und paradox ohne Ketzerei. Ich diskurrierte an einem dieser quondam Tage mit einem Gesellschafter des Königs, welcher tituliert, benamset oder genannt wird Don Adriano de Armado.

HOLOFERNES. Novi hominem tanquam te: sein Humor ist hochfliegend, seine Redeweise gebieterisch, seine Zunge pfeilscharpf, sein Auge ehrsüchtig, sein Gang majestätisch, und sein Betragen überall pomphaft, lächerlich und thrasonisch. Er ist zu erlesen, zu verschniegelt, zu zierhaft, zu absonderlich, sozusagen; ja, daß ich mich des Ausdrucks bediene, zu ausländerisch.

NATHANAEL. Ein höchst eigentümliches und auserwähltes Prädikat. *Er nimmt seine Schreibtafel.*

HOLOFERNES. Er zeucht den Faden seiner Loquazität feiner, als es der Wollenvorrat seiner Gedanken verträgt. Ich abscheue dergleichen adrogante Phantasmen, solche ungeselligliche und zierausbündige Pürschlein, solche Folterknechte Ortographiae, als die da sagen: »kein« statt: »nicht ein«; – »Harfe« statt: »Harpfe«; er spricht statt: »er scheußet«, »er schießt«; »ich verleure«, vocatur »verliere«; er benamset einen »Nachbauer«, »Nachbar«; »Viech«, abbreviieret, »Vieh«; Pfui (welches er verunstalten würde in »fi«)! solches ist ein Scheuel und Greuel; es reget in mir auf Ingrimmigkeit; ne intelligis, domine? machet mich fast gallenerbittert, ja abersinnig.

NATHANAEL. Laus deo, bone intelligo.

HOLOFERNES. Bone? – bone, für bene: Priscianus einigermaßen geohrfeiget: muß hingehen.

Armado, Motte und Schädel treten auf.

NATHANAEL. Videsne qui venit?

HOLOFERNES. Video et gaudeo.

ARMADO. Bursch, –

HOLOFERNES. Quare Bursch? warum nicht Pursch?

ARMADO. Männer des Friedens, willkommen!

HOLOFERNES.
Höchst kriegerischer Herr, Salutationem.

MOTTE *beiseit zu Schädel.* Sie sind auf einem großen Schmaus von Sprachen gewesen und haben sich die Brocken gestohlen.

SCHÄDEL. Oh, sie zehren schon lange aus dem Almosenkorb der Worte. Mich wundert, daß dein Herr dich nicht schon als ein Wort aufgegessen hat; denn du bist von Kopf zu Fuß noch nicht so lang als honorificabilitudinitatibus: man schlingt dich leichter hinunter als ein Mandelschiffchen.

MOTTE. Still, das Läuten fängt an.

ARMADO *zu Holofernes.*
Monsieur, seid Ihr kein Literatus?

MOTTE. Ja, ja, er erklärt den Buben die Fibel. Was reimt sich auf Graf und trägt Hörner auf dem Kopf? –

HOLOFERNES. Auf Graf, pueritia?

MOTTE. Ihr selbst, o einfältiges Schaf, mit Euren Hörnern: da hört Ihr nun seine Gelehrsamkeit.

HOLOFERNES. Quis, quis, du Konsonant? –

MOTTE. Begreift Ihr's nicht? – Teilt euch einmal in den Namen Erich, laßt den die erste Hälfte sagen, und sprecht Ihr die zweite, da sollt Ihr's hören. Wer ist das Schaf?

ARMADO. Er.

HOLOFERNES. Ich.

ARMADO. Nun, bei der salzigen Woge des Mediterraneums, ein artiger Stoß, eine lebhafte Stoccata: tik tak, spitzig und witzig: es erfreut meinen Scharfsinn: es ist echter Humor, dem Sitz des Hauptes entsprossen.

MOTTE.
Oder echte Sprossen, die auf dem Haupte sitzen.

HOLOFERNES.
Was besaget diese Allusion? diese Figur?

MOTTE. Hörner.

HOLOFERNES. Du disputierest wie Infantia; geh, peitsche deinen Kreisel!

MOTTE. Leiht mir Euer Horn, einen draus zu drechseln und herumzupeitschen Eure infamia, circum, circa: ein Kreisel von Hahnreihorn! –

SCHÄDEL. Und hätte ich nur einen Pfennig im Sack, du solltest ihn haben, um dir Pfeffernüsse zu kaufen; halt, da ist noch dieselbe Remuneration, die ich von deinem Herrn bekam, du Hellerbüchse von Witz, du Taubenei von Manierlichkeit. Ei, wenn's der Himmel doch so gefügt hätte, daß du nur mein Bastard wär'st! Zu welchem freudigen Vater würdest du mich machen! – Geh, Kleiner, du triffst es ad unken, den Nagel auf den Kopf, wie man zu sagen pflegt.

HOLOFERNES. Oho, ich wittere falsches Latein; – für ad unguem.

ARMADO. Kunstmann, praeambula; wir wollen uns abscheiden von den Barbaren. Diszipliniert Ihr nicht pueritiam in dem Scholarchengebäude auf dem Haupte des Gebirges?

HOLOFERNES. Oder auf mons, dem Hügel.

ARMADO.
Je nach Eurem gütigen Wohlgefallen, statt des Gebirgs.

HOLOFERNES. Also tue ich, senza dubbio.

ARMADO. Sir, es ist des Königs allerliebstes Wohlmeinen und Affektation, die Prinzessin zu beglückwünschen in ihren Pavilionen, in den Posterioribus des Tages, welche der rohe Pöbel nennt – Nachmittag.

HOLOFERNES. Die Posteriora des Tages, höchst edelmütiger Ritter, sind adäquat, kongruent und anfügsam für den Nachmittag; das Wort ist selekt, erlesen süß und würzig, das beteuere ich, hochansehnlicher Herr, das beteuere ich.

ARMADO. Herr, der König ist ein wackrer Edelmann, und mein vertrauter, ich darf sagen, mein sehr guter Freund, – was innerlich unter uns vorgeht, dessen sei nichts erwähnt; ich bitte dich, gedenke nicht dieses Zeremoniells, ich bitte dich, laß dein Haupt gedeckt, – und benebst andern gewichtvollen und höchst ernstlichen Entwürfen – und gewiß von nachdrücklichem Gewicht –, aber dessen sei nichts erwähnt –: denn ich muß dir sagen, es ist Seiner Majestät gefällig – beim Sonnenlicht! –, manchmal sich zu lehnen auf meine unwürdige Schulter, und mit ihren königlichen Fingern so zu tändeln mit meinem Auswuchs, meinem Knebelbart: allein, süßes Herz, dessen sei nichts erwähnt. Beim Licht des Äthers! ich trage dir keine Fabeln vor; manche sonderliche und ausbündige Ehren gefällt es seiner Machtvollkommenheit zu erweisen dem Armado, einem Soldaten, einem Vielgewanderten, einem, der die Welt gesehn, aber dessen sei nichts erwähnt. Der eigentliche Kern des allen ist – aber, süßes Herz, ich flehe um Verschwiegenheit –, daß der König verlangt, ich solle die Prinzessin, sein holdes Lamm, regalieren mit einer vorzüglichen Ostentation, Prunkschau, einem Aufzug, Mummenschanz oder Feuerwerk. Nun, wohlwissend, wie der Pfarrer und Euer süßes Selbst tüchtig seid für dergleichen Ausbruch und plötzlichen Erguß der Hilarität, habe ich Euch hievon verständiget, in Absicht, Euren Beistand in Ansprache zu nehmen.

HOLOFERNES. Ritter, dann müsset Ihr die neun Helden vor ihr agieren. Sir Nathanael – was da anbelanget eine Zeitkürzung, eine Schaustellung in den Posterioribus dieses Tages, welche aufgeführet werden soll durch unsre Mitwirkung, auf der Majestät Gebot, und dieses höchst galanten, illustrierten und gelahrten Edelmannes vor der Prinzessin, – behaupte ich nicht eines so angemessen als eine Darstellung der neun Helden.

NATHANAEL. Wo finden wir Männer, die heldenhaft genug sein, sie darzustellen? –

HOLOFERNES. Den Josua, Ihr selbsten; ich oder dieser dapfre Edelmann, den Judas Makkabäus; dieser Schäfer hier vermöge seiner großen Struktur und Gliederfügung soll Pompejus den Großen übernehmen; der Page den Herkules.

ARMADO. Verzeiht, Herr, ein Irrtum: er hat nicht Quantität genug für jenes Helden Daumen; er ist nicht so dick als der Knopf seiner Keule.

HOLOFERNES. Vergönnet man mir Anhörung? Er soll den Herkules agieren in seiner Minorennität, sein Auftreten und sein Abschreiten soll sein die Erdrosselung des Lindwurmes; und ich werde eine Apologie für diesen Endzweck in Bereitschaft halten.

MOTTE. Vortrefflich ersonnen! Wenn dann einer von den Zuhörern zischt, so könnt Ihr rufen: »Recht so, Herkules, nun würgst du die Schlange«; so gibt man den Fehlern eine Wendung, obgleich wenige gewandt genug sind, das mit Anstand auszuführen.

ARMADO. Und das Residuum der Heldenzahl?

HOLOFERNES. Drei will ich selbsten spielen.

MOTTE. Dreimal heldenhafter Mann! –

ARMADO. Soll ich euch etwas anvertrauen?

HOLOFERNES. Wir horchen auf.

ARMADO. Wann dies nicht erkleckt, agieren wir einen Mummenschanz. Ich ersuch' euch, kommt!

HOLOFERNES. Animo, Gevatter Dumb! du hast die ganze Zeit kein Wort gesagt.

DUMM. Auch keins verstanden, Herr.

HOLOFERNES. Andiamo, wir wollen dich anstellen.

DUMM. Ich will eins tanzen, oder so; oder ich will den Helden eins auf der Trommel spielen, dann sollen sie den Bauerntanz drehn.

HOLOFERNES. Ja, du ehrlicher, dümblicher Dumb; wir wollen an die Arbeit gehn.

Sie gehn ab.

Fünfter Aufzug

Erste Szene

Vor dem Zelte der Prinzessin.
Die Prinzessin und ihre Damen treten auf.

PRINZESSIN.
Kinder, man macht uns reich, bevor wir reisen,
Wenn Angebind' in solcher Fülle kommen:
Ein Fräulein, eingefaßt in Diamanten!
Seht, was mir sandte der verliebte Fürst.

ROSALINE.
Kam sonst, Prinzessin, nichts mit dem Geschenk?

PRINZESSIN. Nichts andres? Ja, so viele Liebesreime,
Als nur ein ganzer Bogen in sich faßt:
Zwei Seiten, eng geschrieben, Rand und alles,
Und Amors Bild ins Siegelwachs gedrückt.

ROSALINE.
So kam der kleine Gott einmal ins Wachstum,
Der seit fünftausend Jahren blieb ein Knabe.

KATHARINE. Ja, und ein arger Galgenschelm dazu.

ROSALINE. Ihr seid ihm gram, er tötet' Eure Schwester.

KATHARINE.
Er machte sie schwermütig, trüb und ernst,
Und also starb sie; war sie leicht wie Ihr,
So lust'gen, muntern, flatterhaften Sinnes,
Großmutter konnt' sie werden, eh' sie starb:
Und Ihr wohl auch, denn leichtes Herz lebt lang'.

ROSALINE.
Wollt Ihr das dunkle »leicht« uns nicht erleuchten?

KATHARINE.
Leicht zündend Licht in einer dunkeln Schönheit.

ROSALINE.
Das Licht, das Ihr uns ansteckt, brennt noch dunkel.

KATHARINE.
Es möcht' Euch brennen, wenn ich's heller putzte;
Drum lassen wir die Sache nur im Dunkeln.

ROSALINE.
Was Ihr auch immer tut, Ihr tut's im Dunkeln.

KATHARINE.
Ihr seid zu leicht, drum scheut Ihr nicht das Licht.

ROSALINE.
Ich wiege nicht, was Ihr, drum bin ich leicht.

KATHARINE.
Was wiegt Ihr denn? Ich weiß von keiner Wiege!

ROSALINE. Nun freilich, Eure Worte wägt Ihr nicht.

PRINZESSIN.
Recht hübsch gespielt; der Ball flog hin und her.
Doch, Rosalin', auch Ihr bekamt was Hübsches:
Wer sandt' es, und was ist's?

ROSALINE.
Ich wollt', Ihr wüßtet's;
Wär' mein Gesicht so hübsch nur als das Eure,
Gleich Hübsches hätt' ich dann, bezeug' es dies.
Ja, Verse hab' ich auch, Dank Herrn Biron;
Die Füße richtig; ging er nicht darauf
Zu weit, ich wär' der Erde schönste Göttin,
Denn er vergleicht mich zwanzigtausend Schönen.
Oh, mein Gemäld' entwarf er in dem Brief!

PRINZESSIN. Und malt er gut?

ROSALINE.
O ja, des Briefs Buchstaben, nicht mein Lob.

PRINZESSIN.
So schön, wie Tinte! Trefflicher Vergleich! –

KATHARINE.
Schwarz, wie das große B im Vorschriftbuch!

ROSALINE.
Ich male nicht, denn ich bin frei von Malen,
Mein goldner Ausbund roter Initialen;
Oh, schad' um all die O's auf deiner Wange!

PRINZESSIN. Ei, still von Pocken; schweig', du kleine Schlange! –
Doch was hat Euch Freund Dumain zugesandt?

KATHARINE. Den Handschuh da.

PRINZESSIN. Wie, nur für eine Hand?

KATHARINE.
Oh! Nein, ein Paar; um mich zu langeweilen,
Schrieb er zehntausend schäferhafte Zeilen,

Voll Übertreibung, Schwulst und Heuchelei;
Schlecht abgefaßt; vollkommne Stümperei.

MARIA.
Dies und die Perlenschnur schickt' Longaville,
In jedem Dutzend Worte zwölf zu viel.

PRINZESSIN.
Gewiß, mit dieser Sendung steht es schief:
Warum nicht längre Kett' und kürzern Brief?

MARIA. Das war ein Wort an Füll' und Inhalt tief.

PRINZESSIN.
Wie klug, die Liebenden so zu verlachen!

ROSALINE.
Wie dumm, daß sie erkaufen schwer dies Lachen!
Dem Biron will ich schlimme Händel machen.
Oh, hätt' ich auf acht Tag' ihn nur gefangen,
Er sollte kriechen, wedeln, betteln, bangen,
Nach Stund' und Zeit und Wink sich drehn und wenden,
In leeren Reimen seinen Witz verschwenden,
Mir Sklavendienste tun aus aller Macht,
Stolz, daß er stolz mich Höhnende gemacht:
So wundergleich beherrschte mein Gebot ihn,
Daß er als Narr mir folgte, der Despotin.

PRINZESSIN.
So fest sitzt keiner, ward er erst gefangen,
Als der aus Witz in Torheit eingegangen.
Torheit, in Weisheit ausgebrütet, stützt
Auf Weisheitsgrund sich, und die Schule nützt,
Daß Anmut, Witz, all die gelehrten Gilden
Vollständig den anmut'gen Narren bilden.

ROSALINE.
Nie brennt der Jugend Blut so wild empört
Als strenger Ernst, wenn Mutwill' ihn betört.

MARIA.
Torheit der Narr'n ist minder scharf geprägt,
Als Narrheit, die im weisen Mann sich regt;
Denn alle Kraft des Witzes muß ihm nützen,
Auf Scharfsinn seine Albernheit zu stützen.

Boyet kommt.

PRINZESSIN.
Seht Boyet! Freude strahlt in seinen Zügen!

BOYET. Oh, dem Gelächter muß ich fast erliegen!

PRINZESSIN. Was bringst du?

BOYET. Jetzo gilt es, schnell verschanzt,
Verteidigt Euch! Geschütz ist aufgepflanzt,
Eu'r Friede wird bedroht, man will euch haschen,
Durch Liebesargument' euch überraschen:
Nun mustert euern Witz in Reih' und Glied;
Wo nicht, verhüllt euch feig das Haupt und flieht!

PRINZESSIN.
Sankt Amor wider Sankt Denys im Bunde?
Wer stürmt uns denn mit Seufzern? Spion, gib Kunde!

BOYET.
Im kühlen Schatten, unter Feigenbäumen,
Wollt' ich ein halbes Stündchen schlummernd träumen,
Als, sieh! zu stören die ersehnte Ruh',
Gewandelt kam grad' auf den Schatten zu
Der König und sein Anhang. Ich sogleich
Verbarg mich in ein nachbarlich Gesträuch;
Und jetzt vernehmt, was ich daselbst vernommen:
Sie werden gleich verkleidet zu euch kommen.
Ihr Herold ist ein hübscher Schelm von Knaben,
Dem sie die Botschaft eingetrichtert haben;
Sie ließen ihn Akzent und Ton studieren:
»So mußt du reden! So den Arm regieren!«
Doch gleich im Augenblick die Furcht erwächst,
Der Hoheit Anblick bring' ihn aus dem Text:
»Denn«, spricht der Fürst, »du wirst 'nen Engel schaun,
Doch fürchte nichts, sprich kühnlich mit Vertraun.«
Der Junge ruft: »Das macht mir keinen Zweifel,
Ich hätte mich gefürchtet, wär's ein Teufel.«
Ein jeder klopft die Schulter ihm und lacht,
Was dreister noch den dreisten Buben macht.
Der rieb den Arm sich so und grinst' und schwur,
So artig sprach noch keine Kreatur;
Der, mit dem Daum und Finger schnalzend, rief:
»Frisch durch den Strom! und wär' er noch so tief!«
Der Dritte tanzt' und sprach: »Gewonnen Spiel!«
Der Vierte dreht' sich auf der Fers' und fiel;
Und somit taumeln alle hin ins Gras,
So tief und stürmisch lachend ohne Maß,
Daß, läppisch in des Lachens Krampf, mit Weinen
Torheit zu schelten ernste Tränen scheinen.

PRINZESSIN.
Im Ernst? Im Ernst? So kommen sie heran?

BOYET.
Jawohl! Jawohl! Und stattlich angetan
Als Moskowiten oder Russen; dann
Wird man beteuern, schmeicheln, tanzen, schwören,
Und jeder seine Liebesglut erklären
Der eignen Dame, die er leicht erkannt
Am eignen Schmuck, den er an sie gesandt.

PRINZESSIN.
So leicht, ihr Herrn? Das möchte noch sich fragen:
Denn, Kinder, Masken laßt uns alle tragen
Und keinem der verliebten Schar vergönnen,
Das Antlitz seiner Schönen zu erkennen.
Wart', Rosaline, nimm mein Kleinod hier,
Dann schwört der Fürst als seiner Liebsten dir.
Dich, Freundin, schmücke meins, und mich das deine,
Daß ich Biron als Rosalin' erscheine.
Und ihr auch tauscht die Zeichen; falsch belehrt
Irrt jeder Paladin und wirbt verkehrt.

ROSALINE.
Nun gut; tragt eure Pfänder recht zur Schau!

KATHARINE.
Allein, wozu der Tausch, zu welchem Zweck? –

PRINZESSIN.
Der Zweck des Plans ist, ihren Plan zu stören.
Sie spotten unser nur, die Freier keck,
Und Spott für Spott, das ist allein mein Zweck.
Hat jeder heut sein Herz der falschen Göttin
Recht insgeheim enthüllt, so trifft Gespött ihn,
Wenn wir das nächste Mal uns wiedersehn
Und unverlarvt uns gegenüberstehn.

ROSALINE.
Wenn sie zum Tanz uns fodern, weigerst du's? –

PRINZESSIN.
Um's Himmels willen, rührt mir keinen Fuß!
Auch auf die schwülst'gen Verse gebt nicht acht,
Und während man sie spricht, seht weg und lacht!

BOYET. Solche Verachtung bringt den Redner um,
Raubt das Gedächtnis ihm und macht ihn stumm.

PRINZESSIN.
Drum tu' ich's auch; kam einer erst heraus,

Der andern Weisheit, hoff' ich, bleibt zu Haus.
Das nenn' ich Spaß, wenn Spaß den Spaß vertreibt.
Der ihre weicht, das Feld dem unsern bleibt;
So triumphieren wir, sie müssen fliehn
Und wohl verspottet ihres Weges ziehn.

Trompeten.

BOYET. Musik! Verlarvt euch, die Verlarvten nah'n.

Die Damen maskieren sich.

Es treten Mohren auf mit Musik. Hierauf der König, Biron, Longaville und Dumain, als Moskowiter verkleidet; Motte, Musikanten und Gefolge.

MOTTE. Heil euch, ihr Schönheitreichsten dieser Erde!
BIRON. Schönheiten, reicher nicht als reicher Taft!
MOTTE. O heiligster Verein holdsel'ger Damen,

Die Damen drehen ihm den Rücken zu.

Der je die Rücken wandt' auf Männeraugen, –
BIRON. Die Blicke, Bursch, die Blicke!
MOTTE. Der je die Blicke wandt' auf Männeraugen, –
Aus. ...
BOYET. Aus ist es, allerdings.
MOTTE. Aus eurer Gnadenfülle gönnt, ihr Engel,
Nicht anzuschaun, –
BIRON. Uns anzuschaun, du Schlingel!
MOTTE. Uns anzuschaun mit Augen glanzumfunkelt, –
BOYET. Ihr habt das Epithet nicht gut gewählt;
Ich rat' Euch, nennt es »Augen ganz umdunkelt«.
MOTTE. Sie hören nicht, das bringt mich ganz heraus!
BIRON.
Das nennst du Zuversicht? Geh fort, du Knirps!
PRINZESSIN.
Was wünschen diese Fremde? Fragt, Boyet:
Wenn unsre Sprache sie verstehn, so laßt sie
Mit schlichtem Wort vortragen ihr Gesuch:
Fragt, was man will!
BOYET. Was sucht ihr bei der Fürstin?
BIRON. Nur ihren Gruß und gnädigen Empfang.
ROSALINE. Was fodern sie?
BOYET. Nur Euern Gruß und gnädigen Empfang.
ROSALINE. Ei nun, den haben sie; so heißt sie gehn!
BOYET. Sie sagt, den habt ihr, könnt nun wieder gehn.
KÖNIG. Sag ihr, wir maßen vieler Meilen Raum,
'nen Tanz mit ihr auf diesem Gras zu messen.
BOYET. Er sagt, sie maßen vieler Meilen Raum,
'nen Tanz mit Euch auf diesem Gras zu messen.
ROSALINE.
Ei nicht doch! Fragt, wie viele Zoll sie rechnen
Auf jede Meile? Wenn sie viele maßen,
So ist das Maß von einer bald gesagt.
BOYET.
Durchmaßt ihr Meilen, um hieher zu kommen,
Und viele Meilen, fragt die Fürstin euch:
Wie viele Zoll in einer Meil' enthalten?
BIRON. Sagt ihr, wir maßen sie mit müden Schritten.
BOYET. Sie hört euch selbst.
ROSALINE.
Und wie viel müde Schritte
Von all den müden Meilen, die ihr gingt,
Habt ihr gezählt im Wandern einer Meile?
BIRON.
Wir zählen nichts, das wir für Euch verwenden.
So reich ist unsre Pflicht, so unbegrenzt,
Daß wir Beschwer niemals in Rechnung stellen.
Begnadigt uns mit Eurem Sonnenantlitz,
Daß wir, gleich Wilden, ihm Anbetung zollen.
ROSALINE.
Mein Antlitz ist nur Mond, den Wolken decken.
KÖNIG.
Glücksel'ge Wolken! Reizendes Verstecken! –
So woll', o Glanzmond, samt den Sternen scheinen
(Und wolkenfrei) auf unsrer Augen Weinen!
ROSALINE.
O mattes Bitten! War ein Wunsch je blasser?
Du flehst um etwas Mondenschein im Wasser.
KÖNIG.
Mögt Ihr ein Auf- und Niedergehn uns schenken
Für unsern Tanz? Der Wunsch kann Euch nicht kränken.
ROSALINE.
So spiele denn, Musik! Auf, eilt euch, munter: –
Nein, still, kein Tanz mehr, denn der Mond ging unter.
KÖNIG.
Nun, tanzt Ihr nicht? Was hat Euch so verletzt?
ROSALINE.
Erst war ich Vollmond, letztes Viertel jetzt.
KÖNIG.
Doch immer Ihr der Mond und ich der Mann:
Noch tönt die Melodie, laß dich bewegen! –
ROSALINE. Sie rührt mein Ohr! –
KÖNIG. Laß auch den Fuß sich regen!
ROSALINE.
Reicht uns die Hand: mit Fremden dünkt uns Pflicht,
Nicht allzu spröde sein. – Wir tanzen nicht.
KÖNIG. Und gebt die Hand?
ROSALINE. Als Abschiedsgunstbezeugung.
Der Tanz ist aus, nun macht die Schlußverbeugung!
KÖNIG.
Nur noch zwei Takte; schließen wir den Kreis! –
ROSALINE.
Nein, mehr bekommt Ihr nicht um diesen Preis.
KÖNIG.
Nennt selbst ihn: welcher Preis kauft Euer Bleiben?
ROSALINE. Eu'r Weggehn.
KÖNIG. Nein, der ist nicht aufzutreiben!
ROSALINE. Dann kauft Ihr nichts. Viel Grüß', ihr fremden Schwalben:
An Eure Masken zwei, Euch selbst 'nen halben.
KÖNIG. Wollt Ihr nicht tanzen, plaudern wir so mehr.
ROSALINE. Dann insgeheim.
KÖNIG. Das grade freut mich sehr.

Sie gehn vorüber und reden leise.

BIRON. Weißhändig Kind, ein süßes Wort mit dir! –
PRINZESSIN.
Milch, Honig, Zucker, Feigen, das sind vier.
BIRON. Zum Naschen hab' ich Met, Sekt, Malvoisier:
Die drei im Trumpf gespielt sticht Eure vier.
PRINZESSIN.
So will ich nicht auf As und König warten:
Ich trau' Euch nicht, Ihr spielt mit falschen Karten.
BIRON. Ein Wort geheim!
PRINZESSIN. Kein süßes!
BIRON. Ein betrübtes.
PRINZESSIN. Das ist zu bitter.
BIRON. Nun, ich denk', Ihr liebt es.

Sie gehn vorüber.

DUMAIN. Laßt Euch erbitten! Wechseln wir ein Wort!

MARIA. Nennt's!
DUMAIN. Schöne Lady!
MARIA. Wirklich? Schöner Lord,
Das für die schöne Lady.
DUMAIN. Gönnt dem Flehn
Nur eins noch insgeheim, dann will ich gehn.
Sie gehn vorüber.
KATHARINE.
Habt Ihr 'ne Mask' und gingt der Zunge quitt?
LONGAVILLE.
Ich weiß, mein Fräulein, Eurer Frage Grund.
KATHARINE. O schnell, ich bin begierig, teilt ihn mit! –
LONGAVILLE.
Zwei Zungen, schönes Kind, führt Ihr im Mund:
Zeig' ich Euch wo, laßt mir den Vorrat halb!
KATHARINE.
Sprecht Ihr von »wo«? In Frankreich heißt's ein Kalb.
LONGAVILLE. Ein Kalb heißt Lady?
KATHARINE. Nein, ein Mylord Kalb.
LONGAVILLE. Wir teilen uns das Wort.
KATHARINE. O nein, nichts halb! –
Es bleibt Euch, tränkt's und zieht's als Ochsen groß!
LONGAVILLE.
Der Spott gab selber Euch den schlimmsten Stoß:
Ihr weissagt Hörner, Fräulein? Ist das ehrlich? –
KATHARINE. So sterbt als Kalb, dünkt Euch der Schmuck gefährlich.
LONGAVILLE.
Doch eh' ich sterb', ein Wort mit Euch allein!
KATHARINE.
Blökt nicht zu laut, der Metzger hört Euch schrein.
Sie gehn vorüber.
BOYET.
Schalkhafter Mädchen Zunge kann zerschneiden,
Wie allerfeinst geschliffner Messer Klingen,
Das kleinste Haar, das kaum zu unterscheiden;
Den tiefsten Sinn des Sinns geschickt durchdringen;
Auf Flügeln stürmt ihr Witz durch alle Schranken,
Schneller als Kugeln, Sturmwind, Blitz, Gedanken.
ROSALINE.
Kein Wort mehr, Kinder! Schon verstrich die Zeit.
BIRON.
So ziehn wir ab, von Spott und Hohn zerbläut! –
KÖNIG.
Kommt! Wer euch naht, einfält'ge Kinder sieht er.
PRINZESSIN.
Zwanzig Adieus, ihr frost'gen Moskowiter! –
Der König und die Lords gehn ab.
PRINZESSIN.
Ist das der Witzbund, den die Welt so preist?
BOYET. Kerzen sind sie, und Ihr bliest aus ihr Licht.
ROSALINE. Ins Auge fällt ihr Witz, grob, derb und feist.
PRINZESSIN.
O schwacher Witz! Königlich armer Wicht! –
Ich fürchte, daß er noch vor Nacht sich hänge,
Nie ohne Maske darf er mehr erscheinen.
Biron, dem Dreisten, rissen alle Stränge!
ROSALINE. Sie waren sämtlich nahe dran, zu weinen.
Der König hätt' in Ohnmacht bald gelegen.
PRINZESSIN.
Biron kam fast vor heft'gem Schwören um.
MARIA.
Dumain bot sich zum Dienst und seinen Degen;
Non, sagt' ich, point: gleich war mein Diener stumm.
KATHARINE.
Longaville sprach, sein Herz halt' ich gepreßt, –
Ich sei, was meint Ihr?
PRINZESSIN. Ein Polyp im Herzen?
KATHARINE. Wahrhaftig, ja!
PRINZESSIN. Geh, schlimmer du als Pest!
ROSALINE.
Traun! simple Bürger hört' ich besser scherzen.
Doch denkt, mir hat der König Treu' geschworen.
PRINZESSIN.
Und Birons Geist hat nur für mich noch Raum.
KATHARINE.
Lord Longaville ward nur für mich geboren.
MARIA. An mir hält Dumain fest, wie Rind' am Baum.
BOYET. Fürstin und holde Dämchen, glaubt es mir,
Nicht lange währt's, so sind sie wieder hier,
In eigner Form: Ihr mögt mir fest vertraun,
Sie werden nicht so herben Spott verdaun.
PRINZESSIN. Sie wiederkommen?
BOYET. Ja, mit Freudensprüngen,
Wie lahm gebläut sie auch von dannen gingen;
Drum, die Geschenke tauscht, und kommen sie,
Erblüht wie Rosen in des Sommers Früh'.
PRINZESSIN.
Wie, blühn? Sprich deutlich, ohne diese Possen!
BOYET. Maskierte Frau'n sind Rosen unerschlossen,
Doch ohne Maske gleich Damaskus' Rosen,
Entwölkte Engel, die mit Blüten kosen.
PRINZESSIN.
Fort mit dir, Unverstand! Was soll geschehn,
Wenn wir sie ohne Masken wiedersehn?
ROSALINE.
Folgt meinem Rat, o Fürstin und ihr Schönen,
Laßt uns erkannt, wie unerkannt, sie höhnen:
Wir klagen, welch ein Spuk uns heimgesucht,
Den Moskowiter albern hier versucht;
Fremd tun wir, fragen, wer die Narr'n gewesen,
Die all den schalen Wortkram auserlesen,
So schlechten Prologus, so garst'ge Tracht
Als Fastnachtspiel vor unser Zelt gebracht.
BOYET. Fräulein beiseit, der Feind ist in der Nähe.
PRINZESSIN.
Husch, eilt ins Zelt, wie aufgescheuchte Rehe!
Die Damen gehn ab.
Es treten auf der König, Biron, Longaville und Dumain in ihrer eignen Tracht.
KÖNIG.
Gott grüß' Euch, schöner Herr! Wo ist die Fürstin?
BOYET. In ihrem Zelt. Gefällt's Eu'r Majestät,
Mir Euern Auftrag gnädig zu vertraun?
KÖNIG. Ersucht sie um Gehör nur auf ein Wort!
BOYET. Das tu' ich; und auch sie wird's tun, Mylord.
Er geht hinein.
BIRON. Der gute Freund pickt Witz, wie Tauben Spelt,
Und gibt ihn von sich, wie es Gott gefällt.
Er ist ein Witzhausierer, kramt ihn aus
Auf Kirmes, Jahrmarkt, Erntebier und Schmaus;
Und uns Großhändlern will es nicht gelingen,
Die Ware so geschickt in Kurs zu bringen.
Die Mädel kann er an den Ärmel schnüren,
Als Adam würd' er Eva selbst verführen;
Er schneidet vor, er lispelt, tut galant;

Er war's, der fast sich weggeküßt die Hand;
Er, aller Moden Affe, Prinz Manierlich,
Wenn er im Brettspiel würfelt, flucht er zierlich
Mit feinster Auswahl; ja er singt Tenor
Im Chor mit Glück; und stellt er jemand vor,
Das tu' ihm einer nach! Er heißt »der Süße«;
Die Trepp', ersteigt er sie, küßt ihm die Füße;
Er lächelt, wie das Blümchen, jeden an
Und zeigt geschickt den elfnen, weißen Zahn;
Wer ihn vergaß, nennt noch im Todesbett
Ihn mind'stens »honigzüngiger Boyet«.

KÖNIG. Auf seine Honigzung' ein Dutzend Blattern! –
Armados Pagen stört' allein sein Schnattern! –

Die Prinzessin, Rosaline, Maria, Katharine, Boyet und Gefolge treten auf.

BIRON. Da kommt er. Courtoisie, was war dein Tun,
Eh' dieser Mensch dich annahm? Und was nun?

KÖNIG. Holdsel'ge Fürstin, Heil und Segen viel!

PRINZESSIN.
Fiel Heil und Segen? – konnten sie nicht stehn? –

KÖNIG. Lenkt nicht mein Reden ab von seinem Ziel! –

PRINZESSIN.
So wünscht geschickter; gern lass' ich's geschehn.

KÖNIG. Wir kommen zum Besuch und sind bereit,
Euch einzuführen in der Hofburg Hallen.

PRINZESSIN.
Ich bleib' im Zelte, bleibt auch Ihr im Eid:
Am Treubruch hat nicht Gott noch ich Gefallen.

KÖNIG.
Laßt nicht, was Ihr verschuldet, mich entgelten:
Die Tugend Eures Aug's bricht meinen Schwur.

PRINZESSIN.
Nennt's Tugend nicht! Das Laster müßt Ihr schelten,
Denn Treu' und Eide bricht das Laster nur.
Vernehmt, bei meiner Jungfrau'nehre, rein
Wie fleckenlose Lilienblüten, schwör' ich,
Und sollt' ich dulden alle Qual und Pein:
Nie Eures Hauses Gast zu sein gewähr' ich,
So sehr empört mich's, brecht Ihr jenen Eid,
Den Ihr dem Himmel lautern Sinns geweiht.

KÖNIG. Wie in der öden Wüste wohnt Ihr hier,
Einsam, verlassen, sehr zu unsrer Schmach.

PRINZESSIN.
Dem ist nicht so, mein König, glaubt es mir:
Anmut'ger Scherz und Kurzweil folgt uns nach;
Noch eben sahn wir edle Russen vier.

KÖNIGIN. Wie, Fürstin, Russen? –

PRINZESSIN. Allerdings, Mylord;
Schmuck und galant, voll Anstand und Manier.

ROSALINE.
Sprecht wahr, Prinzessin; 's ist nicht so, Mylord;
Die Fürstin, nach dem Modeton der Zeit,
Lobt über die Gebühr aus Höflichkeit.
Uns vier, mein Fürst, besucht' ein Viergespann
Von Russen; wohl ein Stündchen hört' ich's an;
Man sprach gar viel und schnell, und in der Stunde
Kam nicht ein kluges Wort aus ihrem Munde.
Ich will sie Narr'n nicht nennen; doch das weiß ich,
Sind sie beim Glas, so zechen Narren fleißig.

BIRON.
Der Spaß bedünkt mich trocken. – Schönste Frau'n,
Eu'r Witz macht Weisheit schal: denn wenn wir schaun
Der Sonne Glut mit Augen noch so hell,
Wird Licht uns Nacht; so scharf, so fein und schnell
Sprüht euer Geist, daß seiner Blitze Flammen
Weisheit als schal, Reichtum als arm verdammen.

ROSALINE.
Dann seid Ihr weis' und reich; denn seh' ich recht, –

BIRON. Bin ich ein Narr, ein ganz armsel'ger Knecht.

ROSALINE. Ihr nahmt, was Euer nur, sonst würd' ich schmälen;
Ist's recht, das Wort vom Mund uns wegzustehlen? –

BIRON. Oh, ich bin Eu'r, samt allem, was ich habe.

ROSALINE. Der ganze Narr? –

BIRON. Wollt Ihr noch größre Gabe?

ROSALINE. Sagt, welche Maske war's, die Ihr geborgt?

BIRON. Wo? Welche? Wann? Wozu die Frag' an mich?

ROSALINE. Dort; jene; dann; der müß'ge Überbau,
Der Schlechtes barg und Beßres trug zur Schau.

KÖNIG.
Wir sind durchschaut, sie spotten uns zu Tode.

DUMAIN.
Gestehn wir's nur und wenden's noch zum Scherz! –

PRINZESSIN.
Ihr seid bestürzt? Ist Euch nicht wohl, mein König? –

ROSALINE.
O reibt die Schläfen ihm! Wie seht Ihr blaß! –
Seekrank vielleicht, da Ihr von Moskau schifftet? –

BIRON. Die Straf' hat unser Meineid uns gestiftet!
Das kann nur tragen eine Stirn von Erz! –
Hier steh' ich: wirf den Pfeil, mit Spott vergiftet;
Mit Hohn zermalmend töte mich dein Scherz;
Dein mächt'ger Geist zertrümmre mich in Scherben,
Mein Stumpfsinn sei durchbohrt von deinem Schwert!
Ich werde nie als Russe um dich werben,
Nie wieder sei ein Tanz von dir begehrt;
Nie auf geschriebne Reden mehr vertrau' ich,
Noch auf Geplapper knabenhafter Zungen;
Nie mehr verlarvt auf schöne Frauen schau' ich,
Noch fleh' in Reimen, wie sie Blinde sungen.
Fort, tafftne Phrasen, Klingklang schwacher Dichter,
Hyperbeln, superfein, geziert und schwirrend,
Fort, seidner Bombast, Schmetterlingsgelichter,
Das Grillen mir gebrütet, sinnverwirrend:
Euch meid' ich; bei dem Handschuh hier, dem weißen,
(Wie weiß die Hand sein mag, weiß Gott allein!):
Künftig sei schlicht mein Werben und Verheißen;
Nimm, Grete, dann den Hans, der brav und jung,
Mit hausgebacknem Ja und derbem Nein;
Sein Herz ist fest und senza Riß und Sprung.

ROSALINE. Kein senza bitt' ich.

BIRON. Ei, noch hab' ich Hang
Zur alten Wut; ertragt mich, ich bin krank;
Nur allgemach kommt Beßrung. Wie's auch sei,
Schreibt, »Herr, von Pest erlös' uns« auf die drei,
Denn sie sind angesteckt; sie mußten saugen
Das böse Gift aus euern schönen Augen.
Die Ritter traf's, euch wird es auch erreichen;
Tragt ihr nicht schon verhängnisvoll die Zeichen? –

PRINZESSIN.
Nein, frei sind, die die Zeichen uns beschert!

BIRON. Wir sind verurteilt, konfisziert, zerstört.

ROSALINE. Da seht, wohin ein bös Gewissen führt! –
Ihr klagt, und nennt euch jetzt schon kondemniert?

BIRON. O traut ihr nicht, sie wird durch nichts gerührt!

ROSALINE.
Wollt Ihr, daß ich die Rührung so verschwende?
BIRON.
Sprich immerzu, mein Scharfsinn ging zu Ende.
KÖNIG.
Lehrt, holde Jungfrau, wie solch schwer Vergehn
Entschuldigt sei?
PRINZESSIN. Am schönsten durch Gestehn.
Wart Ihr nicht eben hier in fremder Tracht? –
KÖNIG. Ja, Fürstin.
PRINZESSIN. Und Ihr kamt mit Vorbedacht? –
KÖNIG. Ja, schöne Herrin.
PRINZESSIN. Nun dann, ohne Scheu,
Was schwurt Ihr Eurer Dame? Sagt es frei!
KÖNIG. Daß nichts auf Erden meiner Liebe gliche!
PRINZESSIN.
Und glaubt sie's Euch, so laßt Ihr sie im Stiche.
KÖNIG. Auf meine Ehre, nein.
PRINZESSIN. Still, nur kein Schwören;
Meineid'ge können nicht durch Eid betören.
KÖNIG. Brech' ich den Schwur, straft mich, wie ich's verdiene!
PRINZESSIN.
Das will ich, drum bewahrt ihn: – Rosaline,
Was flüsterte der Russe dir ins Ohr? –
ROSALINE. Er sagte mir viel süße Dinge vor,
Wie er mich höher schätz' als alle Welt,
Als Aug' und Licht; und schloß, ein treuer Werber,
Verschmäht' ich ihn, dann als mein Ritter sterb' er.
PRINZESSIN.
Gott schenk' dir Glück mit ihm; der edle Lord,
Recht königlich behauptet er sein Wort.
KÖNIG.
Wie meint Ihr das? Auf Ehr' und Redlichkeit,
Nie schwur ich dieser Dame solchen Eid.
ROSALINE. Gewiß, Ihr schwurt; Ihr schient so fromm und bieder
Und schenktet mir dies Pfand; hier habt Ihr's wieder!
KÖNIG. Der Fürstin bot ich Treu' und Unterpfand,
Ich hatt' am Ärmelgoldreif sie erkannt.
PRINZESSIN. Verzeiht, sie trug die Diamantenschnur,
Und mein ist Herr Biron, dank seinem Schwur.
Wollt Ihr mich selbst? Wollt Ihr die Perlenbinde?
BIRON.
Von beiden keins, fahr' hin mit günst'gem Winde! –
Nun wird mir's klar, Ihr hattet ausgeheckt,
Nachdem man Euch verriet, was wir versteckt,
Uns auszupfeifen wie 'nen Christnachtschwank.
Ein Klatschheld nun, ein Geck, ein Saltimbank,
Ein Tellerjunker, Witzbold, Scharlatan,
Ein Harlekin, ein schneid'ger Gliedermann,
Der sein Gesicht in Falten alt gelächelt,
Der, wenn sie winkt, der gnäd'gen Dame fächelt
Und jede lust'ge Frau zu lachen macht,
Er lauscht' es ab und hat es ausgebracht.
Die Damen tauschten die Geschenk', und wir,
Getäuscht vom Zeichen, huldigten der Zier.
Nun schreckt uns neuen Meineids grause Irrung,
Vorsätzlich erst, und diesmal durch Verwirrung.
Wer uns den Spaß verdarb, Ihr wart's allein,
Der uns verführt, noch einmal falsch zu sein.
Ihr seid der Schönen ew'ger Blumenstreuer,
Meßt ihren Fuß, singt ihrer Augen Stern,
Steht zwischen ihrem Stuhl, Herr, und dem Feuer,
Reicht Teller hin, spaßt übermäßig gern;
Noch immer grinst Ihr? Eures Auges Schielen
Trifft wie ein bleiern Schwert! –
BOYET. O muntres Zielen!
Wie brav er rannt', auf Hieb und Stoß gewärtig!
BIRON.
Gleich sprengt er wieder an; halt! Ich bin fertig,
Schädel kommt.
Geht, Hofnarr! Wer, als Ihr, stört' unsern Knaben?
Geht! Laßt im Weiberhemd Euch einst begraben! –
Ha, echter Witz! Du trennst ein hübsches Stechen! –
SCHÄDEL. O jemine, Herr, gebt uns Bericht,
Solln die drei Helden kommen oder nicht? –
BIRON. Sind's denn nur drei?
SCHÄDEL. Nein, Herr, es steht gar fein,
Denn jede Perschon macht drei.
BIRON. Und drei mal drei macht neun.
SCHÄDEL. Nicht so, Herr, ich hoffe, es ist nicht so. Ihr könnt uns nicht übertölpeln, das versichere ich Euch, Herr; wir wissen auch, was wir wissen. Ich hoffe doch, Herr, drei mal drei. ...
BIRON. Ist nicht neun?
SCHÄDEL. Mit Vergunst, Herr, wir wissen schon, wie viel es austrägt.
BIRON. Beim Jupiter! Ich habe immer gemeint, drei mal drei mache neun.
SCHÄDEL. Ach je! – Da wär's ein Jammer, wenn Ihr Euer Brot mit Rechnen verdienen müßtet, Herr!
BIRON. Wie viel ist's denn?
SCHÄDEL. Ei Herrje, die Parten selbst, die Spielperschonen, die werden's Euch gleich weisen, was es austrägt. Ich für meinen Part soll, wie sie sagen, nur eine Perschon verspielen, nur eine arme Perschon; Pumpelmus den Großen, Herr.
BIRON. Bist du einer von den Helden?
SCHÄDEL. Sie haben sich's ausgedacht, ich wäre der rechte Held für Pumpelmus den Großen; was nun meine Perschon betrifft, so kenne ich das Gewicht dieses Helden nicht so recht; aber es ist meine Sache, mich für ihn zu stellen.
BIRON. Gut, fangt nur immer an!
SCHÄDEL. Gebt acht, wir machen's schmuck, setzen allen Fleiß daran. *Ab.*
KÖNIG. Biron, wir müssen uns schämen: geh, laß sie nicht herein!
BIRON. Mit dem Schämen ist's abgetan, und Schaden bringt es nie,
Wenn's schlechter gerät, als wir's gemacht, des Königs Kompagnie.
KÖNIG. Ich sage, laßt sie weg! –
PRINZESSIN.
Laßt mich, mein König, meistern dies Geheiß;
Spaß dünkt erst hübsch, wenn er um sich nicht weiß,
Wenn Eifer ringt nach Gunst, und Kunst erstirbt
In jenem Eifer, der so tätig wirbt.
Verfehlte Form wird Form für neuen Spaß,
Man lacht des Bergs, der einer Maus genas.
BIRON. Ein treulich Bild von unserm Spiel, o Herr! –
Armado tritt auf.
ARMADO. Gesalbter, ich flehe um so viel Aufwand deines königlichen geliebten Atems, als erforderlich ist für ein paar Worte.

Er spricht heimlich mit dem König.

PRINZESSIN. Dient dieser Mann Gott?

BIRON. Warum fragt Ihr das?

PRINZESSIN. Er spricht nicht wie ein Mann, den Gott erschaffen hat.

ARMADO. Das ist alles eins, mein holder, süßer Honigmonarch; denn ich beteure, der Schulmeister ist übertrieben phantastisch, ja, zu eitel, zu, zu eitel. Aber stellen wir die Sache, wie man zu sagen pflegt, auf fortuna della guerra. – Ich wünsche dir den Frieden des Gemüts, allerköniglichster Seelenverein! –

KÖNIG. Das wird ein treffliches Heldenspiel werden; er agiert den Hektor von Troja, der Schäfer Pompejus den Großen, der Dorfpfarrer Alexandern, Armados Page den Herkules, und der Schulmeister den Judas Makkabäus. Und bringt der erste Akt den vier Helden keinen Schimpf, so wechseln sie die Tracht und spielen die andern fünf.

BIRON. Fünf werden sogleich erscheinen.

KÖNIG. Da irrt Ihr, sollt' ich meinen.

BIRON. Der Schulmeister, der Eisenfresser, der Zaunpriester, der Tölpel und der Junge:
Ein Cinquenwurf im Novum! und bis zum Jüngsten Tag
Find't keiner fünf dergleichen, vom echt'sten Heldenschlag.

KÖNIG. Da segelt ihr Schiff heran, wie man's nur wünschen mag.

Schauspiel der neun Helden
Schädel tritt auf als Pompejus.

SCHÄDEL. Pompejus ich –

BIRON. Du lügst, du warst es nie.

SCHÄDEL. Pompejus ich –

BOYET. Mit Pardelkopf am Knie.

BIRON.
Brav, alter Schalk, mit dir muß ich Freund werden.

SCHÄDEL.
Pompejus ich, Pompejus ich, benamt der dicke Held –

DUMM. Der Große.

SCHÄDEL. Richtig! Groß! – benamt der große Held,
Der oftmals wild mit Tartsch' und Schild die Feinde schlug im Feld:
Ich fuhr daher auf offnem Meer, bis wir gelandet sind,
Und leg' den Speer vor die Füße quer dem fränk'schen Königskind.
Wenn Eure Hochgeborenheit jetzt spräche:
Dank, Pompejus, so wär' ich zu Ende.

PRINZESSIN. Großen Dank, großer Pompejus.

SCHÄDEL. So viel ist's nicht wert; aber ich will hoffen, ich war perfekt; einen kleinen Fehler macht' ich bei dem Großen.

BIRON. Meinen Hut gegen einen Sechser, Pompejus liefert uns den besten Helden.

Nathanael kommt als Alexander.

NATHANAEL.
Ich tät als Weltregent das Weltrevier durchwandern,
Durch Ost, West, Nord und Süd zog ich mit Heeresmacht;
Mein gutes Wappenschild nennt laut mich Alexandern,

BOYET. Eure Nase da spricht nein, sie steht zu grad' im G'sicht.

BIRON. Eure Nase da riecht nein, mein gar feinriechender Wicht.

PRINZESSIN. Der Weltregent erschrickt; o stört ihn nicht, ihr andern!

NATHANAEL.
Ich tät als Weltregent das Weltrevier durchwandern! –

BOYET. Sehr wahr, das tatst du, stolzer Alexander.

BIRON. Großer Pompejus! –

SCHÄDEL. Euer Knecht und Schädel.

BIRON. Weg da mit dem Weltregenten, schafft mir den Alexander weg!

SCHÄDEL. O Herr, Ihr habt Alexandern, den Weltregenten, über den Haufen geworfen! – *Zu Sir Nathanael.* Euch wird man wegen der Geschichte aus Euerm bunten Rock herausschälen. Euern Löwen, der mit der Hellebarde in der Pfote auf dem Nachtstuhl sitzt, wird man dem Cacamillus geben, und der wird dann der neunte Held sein. Ein Eroberer, der sich fürchtet zu sprechen! – Pfui, [lauft,] Alexander!

Nathanael ab.

's ist, mit Euer Gnaden Wohlmeinen, ein närrischer, weichherziger Mann, – ein ehrlicher Mann, seht Ihr, und gleich aus der Verfassung. Es ist so ein gutes Gemüt von Nachbarn und ein so wackrer Kegelschieber; aber was den Alexander betrifft, lieber Gott, da seht Ihr, da ist's freilich so was, da kommt er zu kurz. Aber jetzt kommen Helden, die werden ganz anders von der Leber weg reden.

BIRON. Tritt beiseit, würdiger Pompejus!

Holofernes als Judas und Motte als Herkules treten auf.

HOLOFERNES.
Den großen Herkules spielt dieser Knirps,
Der Cerb'rus tot schlug, den dreiköpf'gen canis.
Der schon als Säugling, als ein kleiner Stirps,
Die Schlangen hat erstickt in seiner manus.
Quoniam er kommt noch minorenn allhie,
Ergo verfaßt' ich dies' Apologie.

Zu Motte.

Gib Ansehn dir beim exit und verschwinde!

Motte ab.

HOLOFERNES. Judas bin ich –

DUMAIN. Ein Judas! –

HOLOFERNES. Nicht Ischariot, Herr!
Judas bin ich, benamset Makkabäus.

DUMAIN.
Wamst man den Makkabäus, trifft's den Judas.

BIRON. Ein küssender Verräter! Wie wardst du zum Judas?

HOLOFERNES. Judas bin ich –

DUMAIN. Ei, so schäme dich doch, Judas! –

HOLOFERNES. Wie meint Ihr, Herr?

BOYET.
Der Judas soll hingehn und sich hängen!

HOLOFERNES. So geht mir mit dem Beispiel voran, mein Holder!

BIRON. Allerdings, es war ein Holderbaum, an dem sich Judas aufhing.

HOLOFERNES. Ihr werdet diesen meinen Kopf nicht aus der Fassung bringen!

BIRON.
Wenn man's recht faßt, hast du gar keinen Kopf.

HOLOFERNES. Was wäre denn dieses?

BOYET. Ein Lautenkopf!
DUMAIN. Ein Nadelkopf.
BIRON. Ein Totenkopf auf einem Ringe!
LONGAVILLE. Der Kopf einer alten Gemme, kaum zu erkennen!
BOYET. Der Knopf von Cäsars Degen.
DUMAIN.
Der geschnitzte Pfropf an einem Pulverhorn.
BIRON. Sankt Georgs Halbgesicht auf einer Schaumünze.
DUMAIN. Ja, auf einer bleiernen Schaumünze.
BIRON. Ja, wie ein Zahnarzt sie an der Kappe trägt; – und nun sprich weiter, denn wir haben dir den Kopf gewaschen.
HOLOFERNES. Ihr habt ihn mir ganz verdreht!
BIRON. Wir haben ihn dir zurecht gesetzt.
HOLOFERNES. Und habt ihn selber schon so oft verloren.
BIRON. Und wenn du ein Löwe wärst, so hätten wir dich geschoren,
BOYET. Drum, weil du ein Köter bist, muß man dir Esel bohren;
Und so gehab' dich wohl, du Narr, und trolle dich stracks;
Rotbärtiger Fuchs, krummbeiniger Dachs, Juddachs, halb Jude, halb Dachs!
HOLOFERNES.
Das ist nicht säuberlich, nicht artlich, noch großmutig!
BOYET. Ein Licht für den Monsieur Judas, sonst stößt er den Kopf sich blutig! –
[Holofernes ab.]
PRINZESSIN.
Ach, armer Makkabäus, wie hat man dich gehetzt!
Armado tritt auf als Hektor.
BIRON. Verbirg dein Haupt, Achilles; hier erscheint Hektor in Waffen.
DUMAIN. Und wenn mein Spott mich auch selbst treffen sollte, ich will doch jetzt lustig sein.
KÖNIG. Hektor war nur ein Trojaner gegen diesen!
BOYET. Ist das wirklich Hektor?
DUMAIN. Ich denke, Hektor war nicht so dünn gezimmert.
LONGAVILLE. Hatte Hektor solche Waden? –
DUMAIN. Waden, beim Himmel, wie Faden! –
BOYET. Nein, am schönsten sind seine Dünnbeine.
BIRON. Unmöglich kann dies Hektor sein.
DUMAIN. Er ist ein Gott oder ein Maler, denn er macht Gesichter.
ARMADO.
Der speergewalt'ge Mars, im Kampf unüberwindlich,
Gab Hektorn ein Geschenk, –
DUMAIN. Eine vergoldete Muskatnuß! –
BIRON. Eine Zitrone!
LONGAVILLE. Mit Näglein durchsteckt.
ARMADO. Still! –
Der speergewalt'ge Mars, im Kampf unüberwindlich,
Gab Hektorn ein Geschenk, Burgherrn von Ilion.
Der mut'ge Held fürwahr focht jeden Tag zwölfstündlich
Vom Morgen bis zur Nacht vor seinem Pavilion.
Die Blume nun bin ich, –
DUMAIN. Das Unkraut.
LONGAVILLE. Das Gänseblümchen.
ARMADO. Süßer Lord Longaville, zügelt Eure Zunge!
LONGAVILLE. Ich muß ihr vielmehr den Zügel schießen lassen, denn sie rennt gegen Hektor.
DUMAIN. Ja, und Hektor ist ein Windhund.
ARMADO. Der süße Degen ist tot und begraben; liebste Kindlein, verunglimpft nicht das Gebein der Dahingeschiedenen; als er lebte, war er ein mutiger Held. – Jedoch ich will fürbaß in meinem Text, süßer Königsproß, lenke auf mich das Organ des Gehörs!
PRINZESSIN. Sprich, wackrer Hektor, es ergötzt uns sehr.
ARMADO. Ich adoriere deiner süßen Herrlichkeit Pantoffel.
BOYET. Er mißt seine Liebe nach Fuß und Zoll!
DUMAIN. In Ermangelung einer Elle.
ARMADO. Hektor, der Hannibal darniederwarf –
SCHÄDEL. Ja, freilich, Gevatter Hektor, mit der Hanne steht's schlimm; zwei Monat wird's her sein.
ARMADO. Was meinst du?
SCHÄDEL. Mein' Seel', wenn Ihr nicht den ehrlichen Trojaner spielt, so ist's arme Mädel geliefert; sie ist guter Hoffnung; das Kind renommiert schon im Mutterleibe, es ist von Euch.
ARMADO. Kalumnifizierst du mich vor Potentaten? Du sollst des Todes sterben.
SCHÄDEL. Dann wird Hektor gestäupt werden wegen der Jacquenetta, der er zum Kinde half; und gehängt wegen des Pompejus, dem er vom Leben half.
DUMAIN. Seltner Pompejus! –
BOYET. Glorwürdiger Pompejus! –
BIRON. Größer denn groß, großer, großer, großer Pompejus! – Pompejus der Unermeßliche!
DUMAIN. Hektor zittert.
BIRON. Pompejus glüht: mehr Ates, mehr Ates! – Hetzt sie auf, hetzt sie auf!
DUMAIN. Jetzt wird Hektor ihn herausfodern.
BIRON. Ja, und hätte er nicht mehr Mannsblut in seinem Gedärm, als ein Floh zum Abendbrot verzehrt.
ARMADO. Beim Morgenstern, ich fodre dich!
SCHÄDEL. Ich will nicht mit Morgensternen fechten, wie die Nachtwächter; klirren soll's, das Eisen soll heraus; hol' mir doch einer meinen Degen wieder her!
DUMAIN. Platz für die entzündeten Helden! –
SCHÄDEL. In Hemdsärmeln will ich mich schlagen! –
DUMAIN. Allerresolutester Pompejus!
MOTTE. Liebster Herr, laßt mich Euch ein wenig herabstimmen; seht Ihr denn nicht, daß Pompejus schon seinen Rock auszieht? Was denkt Ihr denn! Ihr kommt um all Eure Reputation!
ARMADO. Edle Herrn und Kriegsfürsten, haltet mir zu gut, ich will nicht im Hemde fechten.
DUMAIN. Ihr dürft's nicht ausschlagen, Pompejus hat gefodert.
ARMADO. Süße Seele, ich kann es, und ich will es.
BIRON. Welchen Grund habt Ihr dafür?

ARMADO. Die nackte Wahrheit ist, ich habe kein Hemd; ich gehe in Wolle zur Pönitenz.

BOYET. 's ist wahr, das ward ihm in Rom auferlegt, weil er kein Leinzeug hatte: seit der Zeit, ich will's beschwören, besitzt er keins, außer einem von Jacquenettens Wischtüchern; und das trägt er zunächst am Herzen; es ist ein Andenken.

Mercade tritt auf.

MERCADE. Heil, Fürstin!

PRINZESSIN. Sehr willkommen, Freund Mercade;
Nur daß du unsre Lustbarkeit hier störst.

MERCADE.
Ich nah' Euch traurig, Fürstin, meine Botschaft
Weilt auf der Zunge schwer; der König, Euer Vater –

PRINZESSIN. Tot, fürcht' ich?

MERCADE. Ja, mein Auftrag ist gesagt.

BIRON. Jetzt, Helden, fort, die Szene wird bewölkt.

ARMADO. Ich, meines Teils, atme freier Atem; ich schaute die Tage der Kränkung durch den kleinen Spalt der Klugheit, und werde mir Recht verschaffen wie ein Soldat.

Die Helden gehn ab.

KÖNIG. Wie geht's, Eu'r Majestät? –

PRINZESSIN.
Boyet, trefft Anstalt, ich will fort zu Nacht.

KÖNIG. Nicht so, Prinzessin: ich ersuch' Euch, bleibt!

PRINZESSIN.
Trefft Anstalt, sag' ich. – Dank, ihr edlen Herrn,
Für all eu'r hold Bemühen, und ich bitt' euch
Aus neu betrübtem Herzen – ihr entschuldigt,
Oder vergeßt in euerm klugen Sinn
Die Schalkheit und das Necken unsres Scherzes.
Wenn unsre Kühnheit sich zu weit verging
Im Tausch der Rede, – eure Höflichkeit
War schuld daran. Lebt wohl, erlauchter Fürst;
Gebeugtes Herz führt nicht behende Zunge.
Entschuldigt, ist mein Dank nicht angemessen
Der wichtigen Gewähr, so leicht erhalten.

KÖNIG. Der Zeiten letzter Augenblick gestaltet
Den letzten Ausgang oft nach dem Bedarf;
Ja im Entschwinden selber schlichtet sie,
Was lange Prüfung nicht zu lösen wußte.
Und ob der Tochter gramverhüllte Stirn
Der Liebe heiterm Werben nicht vergönnt
Das fromme Wort, das gern bereden möchte;
Dennoch, weil Lieb' im Feld zuerst erschien,
Laß nicht des Kummers Wolke sie verscheuchen
Aus ihrer Bahn; verlornen Freund bejammern
Ist lange nicht so heilsam, noch gedeihlich,
Als sich des neu gefundnen Freunds erfreun.

PRINZESSIN.
Ich kann Euch nicht verstehn: mein Gram ist doppelt.

BIRON.
Gram faßt ein einfach schlichtes Wort am besten;
Und was der König meint, bezeichn' Euch dies:
Um eure Huld versäumten wir die Zeit
Und spielten falsch mit unserm Schwur; eu'r Reiz
Entstellt' uns sehr und wandelt' unser Ziel,
Daß es sich in sein Gegenteil verlor.
So kam's, daß wir euch lächerlich erschienen;
Denn Lieb' ist voller Eigensinn und Unart,
Mutwillig wie ein Kind, abspringend, eitel,
Erzeugt durchs Aug' und deshalb, gleich dem Auge,
Voll flücht'ger Bilder, Formen, Phantasien,
Und wechselt bunt, wie in des Auges Spiegel
Der Dinge Wechsel schnell vorüberrollt.
Wenn, so gescheckte Tracht leichtsinn'ger Liebe
Anlegend, wir in euren Himmelsaugen
Unziemlich schienen unserm Schwur und Ernst,
Verführt' uns euer Himmelsauge selbst
Zu Fehlern, die ihr tadelt. Deshalb, Holde,
Ist unsre Lieb' eu'r Werk, ist's auch der Irrtum,
Den sie erzeugt: abtrünnig wurden wir,
Daß, einmal falsch, euch ewig dauernd bliebe,
Die ihr uns falsch wie treu macht, unsre Liebe.
So läutert Falschheit, Sünde sonst an sich,
Die eigne Schuld und wandelt sie in Tugend.

PRINZESSIN. Wir nahmen eure Briefe, reich an Liebe,
Die Gaben auch, Botschafter eurer Liebe,
Und schätzten sie in unserm Jungfrau'nrat
Für Courtoisie und höflich feinen Witz,
Als müß'ge Zier und Stickerei der Zeit.
Nicht ernstlicher verpflichtet sahn wir uns
In unsrer Würdigung; deshalb ward eu'r Lieben
Nach eignem Maß als leichter Scherz erwidert.

DUMAIN. Die Briefe, Fürstin, zeigten mehr als Scherz.

KÖNIG. Auch unser Blick.

ROSALINE. Wir lasen sie nicht so.

KÖNIG. Jetzt, mit der Stunde letztem Schlag verheißt
Uns eure Liebe!

PRINZESSIN. Viel zu kurze Frist,
Zu schließen solchen endlos ew'gen Kauf.
Nein, nein, Mylord, Eu'r Meineid mahnt Euch schwer;
Ihr seid mit Schuld belastet. Darum hört mich:
Wenn mir zu Lieb' (obgleich kein Grund vorhanden)
Ihr etwas tun wollt, rat' ich, dies zu tun:
Schwört keinen Eid mir, aber eilt sofort
In eine Siedlung, still und abgelegen,
Entfernt von allen Freuden dieser Welt;
Dort weilt, bis durch der zwölf Gestirne Kreis
Die Sonnenbahn den Jahreslauf vollendet.
Wenn solche Streng' und abgeschiednes Leben
Nicht ändern, was dein heißes Blut gelobt,
Wenn Frost und Fasten, Klaus' und leicht Gewand
Nicht welkt die heitern Blüten deiner Liebe;
Wenn sie sich prüfungsstark bewährt als Liebe,
Dann, nach Verlauf des Jahrs, erscheine wieder,
Sprich dreist mich an, errungen durch Verdienst,
Und bei der Jungfrau'nhand, die jetzt die deine
Berührt, ich bin dein eigen. – Bis dahin
Verschließ' ich in ein Trauerhaus mein Leid,
In Tränenregen meinen Schmerz ergießend,
Wehmütig eingedenk des Vaters Tod.
Versagst du dies, laß unsre Hände scheiden,
Und aller Herzensanspruch sterb' in beiden!

KÖNIG. Versag' ich dies, versag' ich, mehr zu halten,
Um meine Kraft der trägen Ruh' zu weihn,
So treffe mich des Todes rächend Walten:
Nun und auf ewig leb' ich dir allein!

DUMAIN.
Und wer hilft mir aus meinen Kümmernissen? –

KATHARINE.
Ein Weib, ein Bart, Gesundheit, gut Gewissen;
Keins von dem allen, hoff' ich, sollt Ihr missen.

DUMAIN.
Oh, sag' ich gleich denn: dank' dir, liebste Frau? –

KATHARINE.
Nicht so, Mylord; erst über Jahr und Tag;
Dann zeige sich's, was Euer Kinn vermag.
Kommt, wenn zu meiner Fürstin kommt der König;
Hab' ich viel Gunst dann, geb' ich Euch ein wenig.
DUMAIN. Bis dahin sei dir treuer Dienst geweiht!
KATHARINE.
Schwört nicht! Ihr bräch't vielleicht auch diesen Eid.
LONGAVILLE. Was sagt Maria?
MARIA. Wenn zwölf Monden schwanden,
Schmück' ich statt Trauer mich mit Brautgewanden.
LONGAVILLE.
Geduldig harr' ich, doch die Zeit ist lang!
MARIA.
Wie Ihr, noch seid ihr all' zu jung und schlank! –
BIRON. Sinnst du, Geliebte? Holde, schau mich an,
Schau meines Herzens Fenster, schau dies Auge,
Welch fleh'nde Bitte drin auf Antwort harrt;
Gebeut mir einen Dienst für deine Liebe!
ROSALINE.
Oft, Lord Biron, hab' ich von Euch gehört,
Eh' ich Euch sah; der Welt vielzüngig Urteil
Bezeichnet Euch als einen dreisten Spötter
Voller Vergleich' und Hohn, der tief verwundet,
Den Ihr auf all und jeden Nächsten lenkt,
Der Euers Witzes Gnad' anheim gefallen.
Den Wermut nun aus Euerm Hirn zu reuten,
Und (wenn Ihr's wollt) zugleich mich zu gewinnen
(Denn ohne dies ist kein Gewinnen möglich),
Sollt Ihr dies ganze Jahr von Tag zu Tag
Sprachlose Kranke sehn, sollt stets verkehren
Mit siechem Elend; Eu'r Bemühen sei es,
Mit Eures Witzes angestrengter Laune
Zum Lächeln Ohnmacht selbst und Angst zu zwingen.
BIRON.
Den Mund des Sterbenden zum wilden Lachen?
Das könnt Ihr nicht verlangen. 's ist unmöglich;
Scherz rührt die Seele nicht im Todeskampf!
ROSALINE.
Das ist der Weg, den spött'schen Geist zu dämpfen,
Der Kraft nur schöpft aus jenem nicht'gen Beifall,
Den schal Gelächter stets dem Narren zollt.
Des Scherzes Anerkennung ruht im Ohr
Des Hörenden allein, nicht in der Zunge
Des, der ihn spricht. Drum, wenn des Kranken Ohr,
Betäubt vom Schall der eignen schweren Seufzer,
Anhört den leichten Spaß, dann fahret fort;
Ich will Euch nehmen und den Fehl dazu;
Doch, wenn's Euch abweist, zügelt jene Laune:
Und Euers Fehlers frei find' ich Euch wieder,
Durch solche Sinnesänd'rung hocherfreut.
BIRON. Zwölf Monde? Nun, wenn's sein muß,
Not bricht Stahl;
Zwölf Monde treib' ich Spaß im Hospital.
PRINZESSIN.
Ja, werter Fürst, und also nehm' ich Abschied.
KÖNIG.
Nein, Teure, gönnt uns noch ein kurz Geleit!
BIRON. Nicht wie im alten Lustspiel endigt's heut;
Hans hat kein Gretchen; schade, daß die Damen,
Den Ausgang nicht komödienhafter nahmen!
KÖNIG.
Still, Freund, das Ende kommt schon, sei nicht bange,
In Jahr und Tag.
BIRON. So spielt das Stück zu lange.

Armado tritt auf.

ARMADO. O holde Majestät, vergönnt mir ...
PRINZESSIN. War das nicht Hektor? –
DUMAIN. Der würd'ge Held von Troja! –
ARMADO. Ich will deinen königlichen Finger küssen und Abschied nehmen; ich tat ein Gelübde: ich schwur Jacquenetten, um ihrer holden Gunst willen den Pflug zu führen drei Jahre lang. Wollt Ihr jedoch, vielgeschätzte Hoheit, den Dialog anhören, welchen die zween gelahrten Männer zusammengestellet zur Verherrlichung der Eule und des Kuckucks? Er sollte dem Ende unsers Schauspiels angefügt werden.
KÖNIG. Ruft sie sogleich, wir wollen sie anhören.
ARMADO. Holla! Tretet ein! –

Holefernes, Motte, Schädel und andre treten auf mit Musik.

Hier stellt sich Ver, der Lenz,
Dort Hiems, Winter; diesem folgt die Eule,
Der Kuckuck jenem; Ver, beginne nun!

Lied

FRÜHLING. Wenn Primeln gelb und Veilchen blau,
Und Maßlieb silberweiß im Grün,
Und Kuckucksbl umen rings die Au'
Mit bunter Frühlingspracht umblühn,
Des Kuckucks Ruf im Baum erklingt
Und neckt den Eh'mann, wenn er singt:
Kuku,
Kuku, Kuku: der Mann ergrimmt,
Wie er das böse Wort vernimmt.
Wenn Lerche früh den Pflüger weckt,
Am Bach der Schäfer flötend schleicht,
Wenn Dohl' und Kräh' und Täubchen heckt,
Ihr Sommerhemd das Mädchen bleicht,
Des Kuckucks Ruf im Baum erklingt
Und neckt den Eh'mann, wenn er singt:
Kuku,
Kuku, Kuku: der Mann ergrimmt,
Wie er das böse Wort vernimmt.
WINTER.
Wenn Eis in Zapfen hängt am Dach,
Und Thoms, der Hirt, vor Frost erstarrt,
Wenn Hans die Klötze trägt ins Fach,
Die Milch gefriert im Eimer hart,
Die Spur verweht, der Weg verschneit,
Dann nächtlich friert der Kauz und schreit:
Tuhu,
Tuwit tuhu, ein lustig Lied,
Derweil die Hanne Würzbier glüht.
Wenn Sturm dem Giebelfenster droht,
Im Schnee das Vöglein emsig pickt,
Wenn Lisbeths Nase spröd' und rot,
Der Pfarrer hustend fast erstickt,
Bratapfel zischt in Schalen weit,
Dann nächtlich friert der Kauz und schreit:
Tuhu,
Tuwit tuhu, ein lustig Lied,
Derweil die Hanne Würzbier glüht.
ARMADO. Die Worte Merkurs sind rauh nach den Gesängen des Apoll. Ihr, dorthin; wir, dahin.

Alle gehn ab.

DER SOMMERNACHTSTRAUM.

Personen

Theseus, Herzog von Athen
Egeus, Vater der Hermia
Lysander,
Demetrius, Liebhaber der Hermia
Philostrat, Aufseher der Lustbarkeiten am Hofe des Theseus
Squenz, der Zimmermann
Schnock, der Schreiner
Zettel, der Weber
Flaut, der Bälgenflicker
Schnauz, der Kesselflicker
Schlucker, der Schneider
Hippolyta, Königin der Amazonen, mit Theseus verlobt
Hermia, Tochter des Egeus, in Lysander verliebt
Helena, in Demetrius verliebt
Oberon, König der Elfen
Titania, Königin der Elfen
Droll, ein Elfe
Bohnenblüte,
Spinnweb,
Motte,
Senfsamen, Elfen
Pyramus,
Thisbe,
Wand,
Mondschein,
Löwe, Rollen in dem Zwischenspiele, das von den Rüpeln vorgestellt wird
Andere Elfen, im Gefolge des Königs und der Königin. Gefolge des Theseus und der Hippolyta
Szene: Athen und ein nahe gelegener Wald

Erster Aufzug

Erste Szene

Ein Saal im Palaste des Theseus.
Theseus, Hippolyta, Philostrat und Gefolge treten auf.

THESEUS. Nun rückt, Hippolyta, die Hochzeitstunde
Mit Eil' heran; vier frohe Tage bringen
Den neuen Mond: doch, o wie langsam nimmt
Der alte ab! Er hält mein Sehnen hin,
Gleich einer Witwe, deren dürres Alter
Von ihres Stiefsohns Renten lange zehrt.

HIPPOLYTA.
Vier Tage tauchen sich ja schnell in Nächte:
Vier Nächte träumen schnell die Zeit hinweg:
Dann soll der Mond, gleich einem Silberbogen
Am Himmel neu gespannt, die Nacht beschaun
Von unserm Fest.

THESEUS. Geh, Philostrat, berufe
Die junge Welt Athens zu Lustbarkeiten!
Erweck' den raschen leichten Geist der Lust!
Den Gram verweise hin zu Leichenzügen:
Der bleiche Gast geziemt nicht unserm Pomp.
Philostrat ab.
Hippolyta! Ich habe mit dem Schwert
Um dich gebuhlt, durch angetanes Leid
Dein Herz gewonnen; doch ich stimme nun
Aus einem andern Ton, mit Pomp, Triumph,
Bankett und Spielen die Vermählung an.
Egeus, Hermia, Lysander und Demetrius treten auf.

EGEUS. Dem großen Theseus, unserm Herzog, Heil!

THESEUS.
Mein guter Egeus, Dank! Was bringst du Neues?

EGEUS. Verdrusses voll erschein' ich und verklage
Mein Kind hier, meine Tochter Hermia. –
Tritt her, Demetrius! – Erlauchter Herr,
Dem da verhieß mein Wort zum Weibe sie.
Tritt her, Lysander! – Und, mein gnäd'ger Fürst,
Der da betörte meines Kindes Herz.
Ja! Du, Lysander, du hast Liebespfänder
Mit ihr getauscht: du stecktest Reim' ihr zu;
Du sangst im Mondlicht unter ihrem Fenster
Mit falscher Stimme Lieder falscher Liebe!
Du stahlst den Abdruck ihrer Phantasie
Mit Flechten deines Haares, buntem Tand,
Mit Ringen, Sträußen, Näschereien (Boten
Von viel Gewicht bei unbefangner Jugend);
Entwandtest meiner Tochter Herz mit List,
Verkehrtest ihren kindlichen Gehorsam
In eigensinn'gen Trotz. – Und nun, mein Fürst,
Verspricht sie hier vor Eurer Hoheit nicht
Sich dem Demetrius zur Eh', so fodr' ich
Das alte Bürgervorrecht von Athen,
Mit ihr, wie sie mein eigen ist, zu schalten.
Dann übergeb' ich diesem Manne sie,
Wo nicht, dem Tode, welchen unverzüglich
In diesem Falle das Gesetz verhängt.

THESEUS.
Was sagt Ihr, Hermia? Laßt Euch raten, Kind!
Der Vater sollte wie ein Gott Euch sein,
Der Euren Reiz gebildet; ja, wie einer,
Dem Ihr nur seid wie ein Gepräg', in Wachs
Von seiner Hand gedrückt, wie's ihm gefällt,
Es stehn zu lassen oder auszulöschen.
Demetrius ist ja ein wackrer Mann.

HERMIA. Lysander auch.

THESEUS. An sich betrachtet wohl.
So aber, da des Vaters Stimm' ihm fehlt,
Müßt Ihr für wackrer doch den andern achten.

HERMIA. O säh' mein Vater nur mit meinen Augen!

THESEUS. Eu'r Auge muß nach seinem Urteil sehn.

HERMIA. Ich bitt' Euch, gnäd'ger Fürst, mir zu verzeihn.
Ich weiß nicht, welche Macht mir Kühnheit gibt,
Noch wie es meiner Sittsamkeit geziemt,
In solcher Gegenwart das Wort zu führen;
Doch dürft' ich mich zu fragen unterstehn:
Was ist das Härtste, das mich treffen kann,
Verweigr' ich dem Demetrius die Hand?

THESEUS. Den Tod zu sterben, oder immerdar
Den Umgang aller Männer abzuschwören.
Drum fraget Eure Wünsche, schönes Kind,
Bedenkt die Jugend, prüfet Euer Blut,
Ob Ihr die Nonnentracht ertragen könnt,
Wenn Ihr der Wahl des Vaters widerstrebt,
Im dumpfen Kloster, ewig eingesperrt,
Als unfruchtbare Schwester zu verharren,
Den keuschen Mond mit matten Hymnen feiernd.
O dreimal selig, die, des Bluts Beherrscher,
So jungfräuliche Pilgerschaft bestehn!
Doch die gepflückte Ros' ist irdischer beglückt,
Als die, am unberührten Dorne welkend,
Wächst, lebt und stirbt in heil'ger Einsamkeit.

HERMIA. So will ich leben, gnäd'ger Herr, so sterben,
Eh' ich den Freiheitsbrief des Mädchentums
Der Herrschaft dessen überliefern will,
Des unwillkommnem Joche mein Gemüt
Die Huldigung versagt.

THESEUS.
Nehmt Euch Bedenkzeit; auf den nächsten
Neumond,
Den Tag, der zwischen mir und meiner Lieben
Den ew'gen Bund der Treu' besiegeln wird,
Auf diesen Tag bereitet Euch, zu sterben
Für Euren Ungehorsam, oder nehmt
Demetrius zum Gatten, oder schwört
Auf ewig an Dianens Weihaltar
Eh'losen Stand und Abgeschiedenheit.

DEMETRIUS.
Gebt, Holde, nach; gib gegen meine Rechte,
Lysander, deinen kahlen Anspruch auf!

LYSANDER. Demetrius, Ihr habt des Vaters Liebe:
Nehmt ihn zum Weibe; laßt mir Hermia!

EGEUS. Ganz recht, du Spötter! Meine Liebe hat er;
Was mein ist, wird ihm meine Liebe geben;
Und sie ist mein; und alle meine Rechte
An sie verschreib' ich dem Demetrius.

LYSANDER.
Ich bin, mein Fürst, so edlen Stamms wie er;
So reich an Gut; ich bin an Liebe reicher;
Mein Glückstand hält die Waag' auf alle Weise
Dem seinigen, wo er nicht überwiegt;

Und (dies gilt mehr als jeder andre Ruhm)
Ich bin es, den die schöne Hermia liebt.
Wie sollt' ich nicht bestehn auf meinem Recht?
Demetrius (ich will's auf seinen Kopf
Beteuern) buhlte sonst um Helena,
Die Tochter Nedars, und gewann ihr Herz;
Und sie, das holde Kind, schwärmt nun für ihn,
Schwärmt andachtsvoll, ja mit Abgötterei,
Für diesen schuld'gen, flatterhaften Mann.

THESEUS. Ich muß gestehn, daß ich dies auch gehört,
Und mit Demetrius davon zu sprechen
Mir vorgesetzt; nur, da ich überhäuft
Mit eignen Sorgen bin, entfiel es mir.
Doch ihr, Demetrius und Egeus, kommt!
Ihr müßt jetzt mit mir gehn, weil ich mit euch
Verschiednes insgeheim verhandeln will.
Ihr, schöne Hermia, rüstet Euch, dem Sinn
Des Vaters Eure Grillen anzupassen:
Denn sonst bescheidet Euch Athens Gesetz,
Das wir auf keine Weise schmälern können,
Tod, oder ein Gelübd' des led'gen Standes.
Wie geht's, Hippolyta? Kommt, meine Traute!
Ihr, Egeus und Demetrius, geht mit!
Ich hab' euch noch Geschäfte aufzutragen
Für unser Fest; auch muß ich noch mit euch
Von etwas reden, das euch nah betrifft.

EGEUS. Dienstwillig und mit Freuden folgen wir.

Theseus, Hippolyta, Egeus, Demetrius und Gefolge ab.

LYSANDER.
Nun, liebes Herz? Warum so blaß die Wange?
Wie sind die Rosen dort so schnell verwelkt?

HERMIA. Vielleicht, weil Regen fehlt, womit gar wohl
Sie mein umwölktes Auge netzen könnte.

LYSANDER. Weh mir! Nach allem, was ich jemals las
Und jemals hört' in Sagen und Geschichten,
Rann nie der Strom der treuen Liebe sanft;
Denn bald war sie verschieden an Geburt –

HERMIA. O Qual! zu hoch, vor Niedrigem zu knien!

LYSANDER. Bald war sie in den Jahren mißgepaart –

HERMIA. O Schmach! zu alt, mit jung vereint zu sein!

LYSANDER. Bald hing sie ab von der Verwandten Wahl –

HERMIA.
O Tod! mit fremdem Aug' den Liebsten wählen!

LYSANDER. Und war auch Sympathie in ihrer Wahl,
So stürmte Krieg, Tod, Krankheit auf sie ein
Und macht' ihr Glück gleich einem Schalle flüchtig,
Wie Schatten wandelbar, wie Träume kurz,
Schnell wie der Blitz, der in geschwärzter Nacht
In einem Winke Himmel und Erd' entfaltet;
Doch eh' ein Mensch vermag zu sagen: »Schaut!«,
Schlingt gierig ihn die Finsternis hinab:
So schnell verdunkelt sich des Glückes Schein.

HERMIA. Wenn Leid denn immer treue Liebe traf,
So steht es fest im Rate des Geschicks.
Drum laß Geduld uns durch die Prüfung lernen,
Weil Leid der Liebe so geeignet ist
Wie Träume, Seufzer, stille Wünsche, Tränen,
Der armen kranken Leidenschaft Gefolge.

LYSANDER. Ein guter Glaube! Hör' denn, Hermia!
Es liegt nur sieben Meilen von Athen
Das Haus 'ner alten Witwe, meiner Muhme;
Sie lebt von großen Renten, hat kein Kind,
Und achtet mich wie ihren einz'gen Sohn.
Dort, Holde, darf ich mich mit dir vermählen,
Dorthin verfolgt das grausame Gesetz
Athens uns nicht: liebst du mich denn, so schleiche
Aus deines Vaters Hause morgen nacht,
Und in dem Wald, 'ne Meile von der Stadt,
Wo ich einmal mit Helena dich traf,
Um einen Maienmorgen zu begehn,
Da will ich deiner warten.

HERMIA. Mein Lysander!
Ich schwör' es dir bei Amors stärkstem Bogen,
Bei seinem besten goldgespitzten Pfeil,
Und bei der Unschuld von Cytherens Tauben;
Bei dem, was Seelen knüpft, in Lieb' und Glauben;
Bei jenem Feu'r, wo Dido einst verbrannt,
Als der Trojaner falsch sich ihr entwandt;
Bei jedem Schwur, den Männer je gebrochen,
Mehr an der Zahl, als Frauen je gesprochen:
Du findest sicher morgen mitternacht
Mich an dem Platz, wo wir es ausgemacht.

LYSANDER. Halt', Liebe, Wort! Sieh, da kommt Helena.

Helena tritt auf.

HERMIA.
Gott grüß' Euch, schönes Kind! Wohin soll's gehn?

HELENA.
Schön nennt Ihr mich? – Nein, widerruft dies Schön!
Euch liebt Demetrius, beglückte Schöne! –
Ein Angelstern ist Euer Aug'; die Töne
Der Lippe süßer, als der Lerche Lied
Dem Hirten scheint, wenn alles grünt und blüht.
Krankheit steckt an; o tät's Gestalt und Wesen!
Nie wollt' ich, angesteckt von Euch, genesen!
Mein Aug' lieh' Euren Blick, die Zunge lieh'
Von Eurer Zunge Wort und Melodie.
Wär' mein die Welt, ich ließ' damit Euch schalten,
Nur diesen Mann wollt' ich mir vorbehalten.
O lehrt mich, wie Ihr blickt! Durch welche Kunst
Hängt so Demetrius an Eurer Gunst?

HERMIA.
Er liebt mich stets, trotz meinen finstern Mienen.

HELENA. O lernte das mein Lächeln doch von ihnen!

HERMIA.
Ich fluch' ihm, doch das nährt sein Feuer nur.

HELENA. Ach, hegte solche Kraft mein Liebesschwur!

HERMIA. Je mehr gehaßt, je mehr verfolgt er mich.

HELENA. Je mehr geliebt, je ärger haßt er mich.

HERMIA. Soll ich denn schuld an seiner Torheit sein?

HELENA.
Nur Eure Schönheit: wär' die Schuld doch mein!

HERMIA.
Getrost! Ich werd' ihm mein Gesicht entziehen.
Lysander wird mit mir von hinnen fliehen.
Von jener Zeit, als ich Lysandern sah,
Wie schien Athen ein Paradies mir da!
Nun denn, wofür sind Reize wohl zu achten,
Die einen Himmel mir zur Hölle machten?

LYSANDER. Laß, Helena, dir unsern Schluß vertrauen:
Wann morgen Phöbe die begrünten Auen
Mit ihrer Perlen feuchtem Schmuck betaut
Und ihre Stirn im Wellenspiegel schaut,

Wann Still' und Nacht verliebten Raub verhehlen,
Dann wollen wir zum Tor hinaus uns stehlen.

HERMIA. Und in dem Wald, wo oftmals ich und du
Auf Veilchenbetten pflogen sanfter Ruh',
Wo unsre Herzen schwesterlich einander
Sich öffneten, da trifft mich mein Lysander.
Wir suchen, von Athen hinweggewandt,
Uns neue Freunde dann in fremdem Land.
Leb wohl, Gespielin, bete für uns beide!
Demetrius sei deines Herzens Freude!
Lysander, halte Wort! – Was Lieb' erquickt,
Wird unserm Blick bis morgen nacht entrückt.

Ab.

LYSANDER. Das will ich! – Lebet wohl nun, Helena!
Der Liebe Lohn sei Eurer Liebe nah!

Ab.

HELENA.
Wie kann das Glück so wunderlich doch schalten!
Ich werde für so schön wie sie gehalten.
Was hilft es mir, solang' Demetrius
Nicht wissen will, was jeder wissen muß?
Wie Wahn ihn zwingt, an Hermias Blick zu hangen,
Vergöttr' ich ihn, von gleichem Wahn befangen.
Dem schlechtsten Ding an Art und an Gehalt
Leiht Liebe dennoch Ansehn und Gestalt.
Sie sieht mit dem Gemüt, nicht mit den Augen,
Und ihr Gemüt kann nie zum Urteil taugen.
Drum nennt man ja den Gott der Liebe blind.
Auch malt man ihn geflügelt und als Kind,
Weil er, von Spiel zu Spielen fortgezogen,
In seiner Wahl so häufig wird betrogen.
Wie Buben oft im Scherze lügen, so
Ist auch Cupido falscher Schwüre froh.
Eh' Hermia meinen Liebsten mußt' entführen,
Ergoß er mir sein Herz in tausend Schwüren;
Doch, kaum erwärmt von jener neuen Glut,
Verrann, versiegte diese wilde Flut.
Jetzt geh' ich, Hermias Flucht ihm mitzuteilen!
Er wird ihr nach zum Walde morgen eilen.
Zwar, wenn er Dank für den Bericht mir weiß,
So kauf' ich ihn um einen teuren Preis.
Doch will ich, mich für meine Müh' zu laben,
Hin und zurück des Holden Anblick haben.

Ab.

Zweite Szene

Eine Stube in einer Hütte.
Squenz, Schnock, Zettel, Flaut, Schnauz und Schlucker kommen.

SQUENZ.
Ist unsre ganze Kompagnie beisammen?

ZETTEL. Es wäre am besten, Ihr riefet (sie) auf einmal Mann für Mann auf, wie es die Liste gibt.

SQUENZ. Hier ist der Zettel von jedermanns Namen, der in ganz Athen für tüchtig gehalten wird, in unserm Zwischenspiel vor dem Herzog und der Herzogin zu agieren, an seinem Hochzeittag zu Nacht.

ZETTEL. Erst, guter Peter Squenz, sag uns, wovon das Stück handelt; dann lies die Namen der Akteurs ab, und komm so zur Sache!

SQUENZ. Wetter, unser Stück ist – »die höchst klägliche Komödie und der höchst grausame Tod des Pyramus und der Thisbe«.

ZETTEL. Ein sehr gutes Stück Arbeit, ich sag's euch! und lustig! – Nun, guter Peter Squenz, ruf' die Akteurs nach dem Zettel auf! – Meisters, stellt euch auseinander!

SQUENZ. Antwortet, wie ich euch rufe! – Klaus Zettel, der Weber!

ZETTEL. Hier! Sagt, was ich für einen Part habe, und dann weiter.

SQUENZ. Ihr, Klaus Zettel, seid als Pyramus angeschrieben.

ZETTEL. Was ist Pyramus? Ein Liebhaber oder ein Tyrann?

SQUENZ. Ein Liebhaber, der sich auf die honetteste Manier vor Liebe umbringt.

ZETTEL. Das wird einige Tränen kosten bei einer wahrhaftigen Vorstellung. Wenn ich's mache, laßt die Zuhörer nach ihren Augen sehn! Ich will Sturm erregen, ich will einigermaßen lamentieren. Nun zu den übrigen; – eigentlich habe ich doch das beste Genie zu einem Tyrannen; ich könnte einen Herkles kostbarlich spielen, oder eine Rolle, wo man alles kurz und klein schlagen muß.

Der Felsen Schoß
Und toller Stoß
Zerbricht das Schloß
  Der Kerkertür,
Und Phöbus' Karr'n
Kommt angefahr'n
Und macht erstarr'n
  Des stolzen Schicksals Zier:

Das ging prächtig. – Nun nennt die übrigen Akteurs! – Dies ist Herklessens Natur, eines Tyrannen Natur; ein Liebhaber ist schon mehr lamentabel.

SQUENZ.
Franz Flaut, der Bälgenflicker!

FLAUT. Hier, Peter Squenz.

SQUENZ. Flaut, Ihr müßt Thisbe über Euch nehmen.

FLAUT. Was ist Thisbe? Ein irrender Ritter?

SQUENZ. Es ist das Fräulein, das Pyramus lieben muß.

FLAUT. Ne, meiner Seel', laßt mich keine Weiberrolle machen; ich kriege schon einen Bart.

SQUENZ. Das ist alles eins! Ihr sollt's in einer Maske spielen, und Ihr könnt so fein sprechen, als Ihr wollt.

ZETTEL. Wenn ich das Gesicht verstecken darf, so gebt mir Thisbe auch. Ich will mit 'ner terribel feinen Stimme reden: »Thisne, Thisne! – Ach Pyramus, mein Liebster schön! Deine Thisbe schön, und Fräulein schön!«

SQUENZ. Nein, nein! Ihr müßt den Pyramus spielen, und, Flaut, Ihr die Thisbe.

ZETTEL.
Gut, nur weiter!

SQUENZ.
Matz Schlucker, der Schneider!

SCHLUCKER. Hier, Peter Squenz.

SQUENZ. Matz Schlucker, Ihr müßt Thisbes Mutter spielen. Thoms Schnauz, der Kesselflicker!

SCHNAUZ. Hier, Peter Squenz.

SQUENZ. Ihr, des Pyramus Vater, ich selbst, Thisbes Vater; Schnock, der Schreiner, Ihr des Löwen Rolle. Und so wäre dann halt 'ne Komödie in den Schick gebracht.

SCHNOCK. Habt Ihr des Löwen Rolle aufgeschrieben? Bitt' Euch, wenn Ihr sie habt, so gebt sie mir; denn ich habe einen schwachen Kopf zum Lernen.

SQUENZ. Ihr könnt sie extempore machen: es ist nichts wie brüllen.

ZETTEL. Laßt mich den Löwen auch spielen. Ich will brüllen, daß es einem Menschen im Leibe wohl tun soll, mich zu hören. Ich will brüllen, daß der Herzog sagen soll: »Noch 'mal brüllen! Noch 'mal brüllen!«

SQUENZ. Wenn Ihr es gar zu fürchterlich machtet, so würdet Ihr die Herzogin und die Damen erschrecken, daß sie schrien, und das brächte euch alle an den Galgen.

ALLE. Ja, das brächte uns an den Galgen, wie wir da sind.

ZETTEL. Zugegeben, Freunde! Wenn ihr die Damen erst so erschreckt, daß sie um ihre fünf Sinne kommen, so werden sie unvernünftig genug sein, uns aufzuhängen. Aber ich will meine Stimme forcieren, ich will euch so sanft brüllen, wie ein saugendes Täubchen: – ich will euch brüllen, als wär' es 'ne Nachtigall.

SQUENZ. Ihr könnt keine Rolle spielen als den Pyramus. Denn Pyramus ist ein Mann mit einem süßen Gesicht, ein hübscher Mann, wie man ihn nur an Festtagen verlangen kann, ein scharmanter, artiger Kavalier. Derhalben müßt Ihr platterdings den Pyramus spielen.

ZETTEL. Gut, ich nehm's auf mich. In was für einem Bart könnt' ich ihn wohl am besten spielen?

SQUENZ. Nu, in was für einem Ihr wollt.

ZETTEL. Ich will ihn machen, entweder in dem strohfarbenen Bart, oder in dem orangegelben Bart, oder in dem karmesinroten Bart, in dem ganz gelben.

SQUENZ. Hier, Meisters, sind eure Rollen, und ich muß euch bitten, ermahnen und ersuchen, sie bis morgen nacht auswendig zu wissen. Trefft mich in dem Schloßwalde, eine Meile von der Stadt, bei Mondschein; da wollen wir probieren. Denn wenn wir in der Stadt zusammenkommen, werden wir ausgespürt, kriegen Zuhörer, und die Sache kommt aus. Zugleich will ich ein Verzeichnis von Artikeln machen, die zu unserm Spiele nötig sind. Ich bitt' euch, bleibt mir nicht aus!

ZETTEL. Wir wollen kommen, und da können wir recht unverschämt und herzhaft probieren. Gebt euch Mühe! Könnt eure Rollen perfekt! Adieu!

SQUENZ. Bei des Herzogs Eiche treffen wir uns.

ZETTEL. Dabei bleibt's! es mag biegen oder brechen!

Alle ab.

Zweiter Aufzug

Erste Szene

Ein Wald bei Athen.

Ein Elfe kommt von der einen, Droll von der andern Seite.

DROLL.

He, Geist! Wo geht die Reise hin?

ELFE.

Über Täler und Höh'n,
Durch Dornen und Steine,
Über Gräben und Zäune,
Durch Flammen und Seen,
Wandl' ich, schlüpf' ich überall,
Schneller als des Mondes Ball.
Ich dien' der Elfenkönigin
Und tau' ihr Ring' aufs Grüne hin.
Die Primeln sind ihr Hofgeleit;
Ihr seht die Fleck' am goldnen Kleid:
Das sind Rubinen, Feengaben,
Wodurch sie süß mit Düften laben.
Nun such' ich Tropfen Taus hervor,
Und häng' 'ne Perl' in jeder Primel Ohr.
Leb wohl! Ich geh', du täppischer Geselle!
Der Zug der Königin kommt auf der Stelle.

DROLL. Der König will sein Wesen nachts hier treiben.
Warnt nur die Königin, entfernt zu bleiben,
Weil Oberon vor wildem Grimme schnaubt,
Daß sie ein indisch Fürstenkind geraubt,
Als Edelknabe künftig ihr zu dienen;
Kein schöners Bübchen hat der Tag beschienen,
Und eifersüchtig fodert Ob'ron ihn,
Den rauhen Forst als Knappe zu durchziehn;
Doch sie versagt durchaus den holden Knaben,
Bekränzt ihn, will an ihm sich einzig laben.
Nun treffen sie sich nie in Wies' und Hain,
Am klaren Quell, bei lust'gem Sonnenschein;
So zanken sie zu aller Elfen Schrecken,
Die sich geduckt in Eichelnäpfe stecken.

ELFE. Wenn du nicht ganz dich zu verstellen weißt,
So bist du jener schlaue Poltergeist,
Der auf dem Dorf die Dirnen zu erhaschen,
Zu necken pflegt; den Milchtopf zu benaschen;
Durch den der Brau mißrät; und mit Verdruß
Die Hausfrau atemlos sich buttern muß;
Der oft bei Nacht den Wandrer irre leitet,
Dann schadenfroh mit Lachen ihn begleitet.
Doch wer dich freundlich grüßt, dir Liebes tut,
Dem hilfst du gern, und ihm gelingt es gut.
Bist du der Kobold nicht?

DROLL. Du hast's geraten,
Ich schwärme nachts umher auf solche Taten.
Oft lacht bei meinen Scherzen Oberon:
Ich locke wiehernd mit der Stute Ton
Den Hengst, den Haber kitzelt in der Nase;
Auch lausch' ich wohl in der Gevatt'rin Glase,
Wie ein gebratner Apfel klein und rund;
Und wenn sie trinkt, fahr' ich ihr an den Mund,
Daß ihr das Bier die platte Brust betriefet.

Zuweilen hält, in Trauermär vertiefet,
Die weise Muhme für den Schemel mich:
Ich gleit' ihr weg, sie setzt zur Erde sich
Auf ihren Steiß, und schreit: »Perdauz!« und hustet;
Der ganze Kreis hält sich die Seiten, prustet,
Lacht lauter dann, bis sich die Stimm' erhebt:
Nein, solch ein Spaß sei nimmermehr erlebt!
Mach' Platz nun, Elfchen, hier kömmt Oberon.

ELFE.
Hier meine Königin. – Oh, macht' er sich davon!

Oberon mit seinem Zuge, von der einen Seite; Titania mit dem ihrigen, von der andern.

OBERON.
Schlimm treffen wir bei Mondenlicht, du stolze Titania!

TITANIA. Wie? Oberon ist hier,
Der Eifersücht'ge? Elfen, schlüpft von hinnen,
Denn ich verschwor sein Bett und sein Gespräch.

OBERON. Vermeßne, halt! Bin ich nicht dein Gemahl?

TITANIA.
So muß ich wohl dein Weib sein; doch ich weiß
Die Zeit, daß du dich aus dem Feenland
Geschlichen, tagelang als Corydon
Gesessen, spielend auf dem Haberrohr,
Und Minne der verliebten Phyllida
Gesungen hast. – Und warum kommst du jetzt
Von Indiens entferntestem Gebirg',
Als weil – ei denkt doch! – weil die Amazone,
Die strotzende, hochaufgeschürzte Dame,
Dein Heldenliebchen, sich vermählen will?
Da kommst du denn, um ihrem Bette Heil
Und Segen zu verleihn.

OBERON. Titania,
Wie kannst du dich vermessen, anzuspielen
Auf mein Verständnis mit Hippolyta?
Da du doch weißt, ich kenne deine Liebe
Zum Theseus? Locktest du im Dämmerlichte
Der Nacht ihn nicht von Perigunen weg,
Die er vorher geraubt? Warst du nicht schuld,
Daß er der schönen Ägle Treue brach,
Der Ariadne und Antiopa?

TITANIA. Das sind die Grillen deiner Eifersucht!
Und nie, seit jenem Sommer, trafen wir
Auf Hügeln noch im Tal, in Wald noch Wiese,
Am Kieselbrunnen, am beschilften Bach,
Noch an des Meeres Klippenstrand uns an,
Und tanzten Ringel nach des Windes Pfeifen,
Daß dein Gezänk uns nicht die Lust verdarb.
Drum sog der Wind, der uns vergeblich pfiff,
Als wie zur Rache, böse Nebel auf
Vom Grund des Meers; die fielen auf das Land,
Und machten jeden winz'gen Bach so stolz,
Daß er des Bettes Dämme niederriß.
Drum schleppt der Stier sein Joch umsonst, der Pflüger
Vergeudet seinen Schweiß, das grüne Korn
Verfault, eh' seine Jugend Bart gewinnt.
Leer steht die Hürd' auf der ersäuften Flur,
Und Krähen prassen in der siechen Herde.
Verschlämmt vom Leime liegt die Kegelbahn;
Unkennbar sind die art'gen Labyrinthe
Im muntern Grün, weil niemand sie betritt.
Den Menschenkindern fehlt die Winterlust;
Kein Sang noch Jubel macht die Nächte froh.
Drum hat der Mond, der Fluten Oberherr,
Vor Zorne bleich, die ganze Luft gewaschen
Und fieberhafter Flüsse viel erzeugt.
Durch eben die Zerrüttung wandeln sich
Die Jahreszeiten: silberhaar'ger Frost
Fällt in den zarten Schoß der Purpurrose;
Indes ein würz'ger Kranz von Sommerknospen
Auf Hiems' Kinn und der beeisten Scheitel
Als wie zum Spotte prangt. Der Lenz, der Sommer,
Der zeitigende Herbst, der zorn'ge Winter,
Sie alle tauschen die gewohnte Tracht,
Und die erstaunte Welt erkennt nicht mehr
An ihrer Frucht und Art, wer jeder ist.
Und diese ganze Brut von Plagen kommt
Von unserm Streit, von unserm Zwiespalt her;
Wir sind davon die Stifter und Erzeuger.

OBERON. So hilf dem ab! Es liegt an dir. Warum
Kränkt ihren Oberon Titania?
Ich bitte nur ein kleines Wechselkind
Zum Edelknaben.

TITANIA. Gib dein Herz zur Ruh'!
Das Feenland kauft mir dies Kind nicht ab.
Denn seine Mutter war aus meinem Orden,
Und hat in Indiens gewürzter Luft
Gar oft mit mir die Nächte weggeschwatzt.
Wir saßen auf Neptunus' gelbem Sand,
Sahn nach den Handelsschiffen auf der Flut,
Und lachten, wenn vom üpp'gen Spiel des Windes
Der Segel schwangrer Leib zu schwellen schien.
Dies ahmte sie, mit kleinen Schritten wankend
(Ihr Leib trug damals meinen kleinen Junker),
Aus Torheit nach, und segelt' auf dem Lande
Nach Spielereien aus, und kehrte, reich
An Ware, wie von einer Reise heim.
Doch sie, ein sterblich Weib, starb an dem Kinde,
Und ihr zu Lieb' erzieh' ich nun das Kind,
Und ihr zu Liebe geb' ich es nicht weg.

OBERON. Wie lange denkt Ihr hier im Hain zu weilen?

TITANIA. Vielleicht bis nach des Theseus Hochzeitfest.
Wollt Ihr in unsern Ringen ruhig tanzen
Und unsre lust'gen Mondscheinspiele sehn,
So kommt mit uns! Wo nicht: vermeidet mich,
Und ich will nie mich nahen, wo Ihr haust.

OBERON. Gib mir das Kind, so will ich mit dir gehn.

TITANIA.
Nicht um dein Königreich. – Ihr Elfen, fort mit mir;
Denn Zank erhebt sich, weil' ich länger hier.

Mit ihrem Gefolge ab.

OBERON.
Gut, zieh' nur hin! Du sollst aus diesem Walde
Nicht eher, bis du mir den Trotz gebüßt.
Mein guter Droll, komm her! Weißt du noch wohl,
Wie ich einst saß auf einem Vorgebirge
Und 'ne Sirene, die ein Delphin trug,
So süße Harmonieen hauchen hörte,
Daß die empörte See gehorsam ward,
Daß Sterne wild aus ihren Kreisen fuhren,
Der Nymphe Lied zu hören?

DROLL. Ja, ich weiß.

OBERON. Zur selben Zeit sah ich (du konntest nicht)
Cupido zwischen Mond und Erde fliegen
In voller Wehr: er zielt' auf eine holde
Vestal', in Westen thronend, scharfen Blicks,
Und schnellte rasch den Liebespfeil vom Bogen,
Als sollt' er hunderttausend Herzen spalten;
Allein ich sah das feurige Geschoß
Im keuschen Strahl des feuchten Monds verlöschen;
Die königliche Priesterin ging weiter,
In sittsamer Betrachtung, liebefrei;
Doch merkt' ich auf den Pfeil, wohin er fiele.
Er fiel gen Westen auf ein zartes Blümchen,
Sonst milchweiß, purpurn nun durch Amors Wunde,
Und Mädchen nennen's: Lieb' im Müßiggang.
Hol' mir die Blum'! Ich wies dir einst das Kraut;
Ihr Saft, geträufelt auf entschlafne Wimpern,
Macht Mann und Weib in jede Kreatur,
Die sie zunächst erblicken, toll vergafft;
Hol' mir das Kraut; doch komm zurück, bevor
Der Leviathan eine Meile schwimmt.

DROLL. Rund um die Erde zieh' ich einen Gürtel
In viermal zehn Minuten.

Ab.

OBERON. Hab' ich nur
Den Saft erst, so belausch' ich, wenn sie schläft,
Titanien, und träufl' ihn ihr ins Auge.
Was sie zunächst erblickt, wenn sie erwacht,
Sei's Löwe, sei es Bär, Wolf oder Stier,
Ein naseweiser Aff', ein Paviänchen:
Sie soll's verfolgen mit der Liebe Sinn;
Und eh' ich sie von diesem Zauber löse,
Wie ich's vermag mit einem andern Kraut,
Muß sie mir ihren Edelknaben lassen.
Doch still! wer kommt hier? Ich bin unsichtbar,
Und will auf ihre Unterredung horchen.

Demetrius und Helena treten auf.

DEMETRIUS.
Ich lieb' dich nicht: verfolge mich nicht mehr! –
Wo ist Lysander und die schöne Hermia?
Ihn töten möcht' ich gern; sie tötet mich.
Du sagtest mir von ihrer Flucht hieher;
Nun bin ich hier, bin in der Wildnis wild,
Weil ich umsonst hier meine Hermia suche.
Fort! heb' dich weg, und folge mir nicht mehr!

HELENA. Du ziehst mich an, hartherziger Magnet!
Doch ziehest du nicht Eisen, denn mein Herz
Ist echt wie Stahl. Laß ab, mich anzuziehn:
So hab' ich dir zu folgen keine Macht.

DEMETRIUS.
Lock' ich Euch an, und tu' ich schön mit Euch?
Sag' ich Euch nicht die Wahrheit rund heraus,
Daß ich Euch nimmer lieb' und lieben kann?

HELENA. Und eben darum lieb' ich Euch nur mehr! –
Ich bin Eu'r Hündchen, und, Demetrius,
Wenn Ihr mich schlagt, ich muß Euch dennoch schmeicheln,
Begegnet mir wie Eurem Hündchen nur,
Stoßt, schlagt mich, achtet mich gering, verliert mich:
Vergönnt mir nur, unwürdig, wie ich bin,
Euch zu begleiten. Welchen schlechtern Platz
Kann ich mir wohl in Eurer Lieb' erbitten
(Und doch ein Platz von hohem Wert für mich!),
Als daß Ihr so wie Euren Hund mich haltet?

DEMETRIUS.
Erreg' nicht so den Abscheu meiner Seele!
Mir ist schon übel, blick' ich nur auf dich.

HELENA. Und mir ist übel, blick' ich nicht auf Euch.

DEMETRIUS. Ihr tretet Eurer Sittsamkeit zu nah,
Da Ihr die Stadt verlaßt und einem Mann
Euch in die Hände gebt, der Euch nicht liebt,
Da Ihr den Lockungen der stillen Nacht
Und einer öden Stätte bösem Rat
Das Kleinod Eures Mädchentums vertraut.

HELENA. Zum Schutzbrief dienet Eure Tugend mir.
Es ist nicht Nacht, wenn ich Eu'r Antlitz sehe;
Drum glaub' ich jetzt, es sei nicht Nacht um mich.
Auch fehlt's hier nicht an Welten von Gesellschaft,
Denn Ihr seid ja für mich die ganze Welt.
Wie kann man sagen nun, ich sei allein,
Da doch die ganze Welt hier auf mich schaut?

DEMETRIUS. Ich laufe fort, verberge mich im Busch,
Und lasse dich der Gnade wilder Tiere.

HELENA. Das wildeste hat nicht ein Herz wie du.
Lauft, wenn Ihr wollt! Die Fabel kehrt sich um:
Apollo flieht, und Daphne setzt ihm nach.
Die Taube jagt den Greif; die sanfte Hindin
Stürzt auf den Tiger sich. Vergebne Eil'!
Verfolgt die Zagheit, flieht die Tapferkeit.

DEMETRIUS. Ich steh' nicht länger Rede: laß mich gehn!
Wo du mir folgst, so glaube sicherlich,
Ich tue dir im Walde Leides noch.

HELENA. Ach, in der Stadt, im Tempel, auf dem Felde
Tust du mir Leides. Pfui, Demetrius!
Dein Unglimpf würdigt mein Geschlecht herab.
Um Liebe kämpft ein Mann wohl mit den Waffen,
Wir sind, um euch zu werben, nicht geschaffen.
Ich folge dir, und finde Wonn' in Not,
Gibt die geliebte Hand mir nur den Tod.

Beide ab.

OBERON.
Geh, Nymphe, nur! Er soll uns nicht von hinnen,
Bis du ihn fliehst, und er dich will gewinnen. –

Droll kommt zurück.

Hast du die Blume da? Willkommen, Wildfang!

DROLL. Da ist sie, seht!

OBERON. Ich bitt' dich, gib sie mir!
Ich weiß 'nen Hügel, wo man Quendel pflückt,
Wo aus dem Gras Viol' und Maßlieb nickt,
Wo dicht gewölbt des Geißblatts üpp'ge Schatten
Mit Hagedorn und mit Jasmin sich gatten.
Dort ruht Titania halbe Nächte kühl,
Auf Blumen eingewiegt durch Tanz und Spiel.
Die Schlange legt die bunte Haut dort nieder,
Ein weit Gewand für eines Elfen Glieder.
Ich netz' ihr Aug' mit dieser Blume Saft,
Der ihr den Kopf voll schnöder Grillen schafft.
Nimm auch davon, und such' in diesem Holze:
Ein holdes Mädchen wird mit sprödem Stolze
Von einem Jüngling, den sie liebt, verschmäht.
Salb' ihn; doch so, daß er die Schön' erspäht,
Sobald er aufwacht. Am athenischen Gewand

Wird ohne Müh' der Mann von dir erkannt.
Verfahre sorgsam, daß mit heißerm Triebe,
Als sie den Liebling, er sie wieder liebe,
Und triff mich vor dem ersten Hahnenschrei.

DROLL. Verlaßt Euch, Herr, auf Eures Knechtes Treu'!

Sie gehen ab.

Zweite Szene

Ein anderer Teil des Waldes.
Titania kommt mit ihrem Gefolge.

TITANIA. Kommt! einen Ringel, einen Feensang!
Dann auf das Drittel 'ner Minute fort!
Ihr, tötet Raupen in den Rosenknospen!
Ihr andern führt mit Fledermäusen Krieg,
Bringt ihrer Flügel Balg als Beute heim,
Den kleinsten Elfen Röcke draus zu machen!
Ihr endlich sollt den Kauz, der nächtlich kreischt
Und über unsre schmucken Geister staunt,
Von uns verscheuchen! Singt mich nun in Schlaf;
An eure Dienste dann, und laßt mich ruhn!

Lied

ERSTER ELFE.
Bunte Schlangen, zweigezüngt!
Igel, Molche, fort von hier!
Daß ihr euren Gift nicht bringt
In der Königin Revier!

CHOR.
Nachtigall, mit Melodei
Sing' in unser Eia popei!
Eia popeia! Eia popei!
Daß kein Spruch,
Kein Zauberfluch
Der holden Herrin schädlich sei.
Nun gute Nacht mit Eia popei!

ZWEITER ELFE.
Schwarze Käfer, uns umgebt
Nicht mit Summen! Macht euch fort!
Spinnen, die ihr künstlich webt,
Webt an einem andern Ort!

CHOR.
Nachtigall, mit Melodei
Sing' in unser Eia popei!
Eia popeia! Eia popei!
Daß kein Spruch,
Kein Zauberfluch
Der holden Herrin schädlich sei.
Nun gute Nacht mit Eia popei!

ERSTER ELFE.
Alles gut: nun auf und fort!
Einer halte Wache dort!

Elfen ab. Titania schläft. Oberon tritt auf.

OBERON *zu Titania, indem er die Blume über ihren Augenlidern ausdrückt.*
Was du wirst erwachend sehn,
Wähl' es dir zum Liebchen schön,
Seinetwegen schmacht' und stöhn';
Sei es Brummbär, Kater, Luchs,
Borst'ger Eber oder Fuchs,
Was sich zeigt an diesem Platz,
Wenn du aufwachst, wird dein Schatz;
Säh'st du gleich die ärgste Fratz!'

Ab.

Lysander und Hermia treten auf.

LYSANDER.
Kaum tragen durch den Wald Euch noch die Füße,
Und ich gesteh' es, ich verlor den Pfad.
Wollt Ihr, so laßt uns ruhen, meine Süße,
Bis tröstend sich das Licht des Tages naht.

HERMIA. Ach ja, Lysander! Sucht für Euch ein Bette;
Der Hügel hier sei meine Schlummerstätte.

LYSANDER. Ein Rasen dien' als Kissen für uns zwei:
Ein Herz, ein Bett, zwei Busen, eine Treu'.

HERMIA. Ich bitt' Euch sehr! Um meinetwillen, Lieber!
Liegt nicht so nah! Liegt weiter dort hinüber!

LYSANDER.
Oh, ärgert Euch an meiner Unschuld nicht!
Die Liebe deute, was die Liebe spricht.
Ich meinte nur, mein Herz sei Eurem so verbunden,
Daß nur ein Herz in beiden wird gefunden.
Verkettet hat zwei Busen unser Schwur:
So wohnt in zweien eine Treue nur.
Erlaubet denn, daß ich mich zu Euch füge,
Denn, Herz, ich lüge nicht, wenn ich so liege.

HERMIA.
Wie zierlich spielt mit Worten doch mein Freund! –
Ich würde selbst ja meiner Unart feind,
Hätt' ich, Lysander lüge, je gemeint.
Doch aus Gefälligkeit und Lieb', ich bitte,
Rückt weiter weg! so weit, wie nach der Sitte
Der Menschen sich, getrennt von einem Mann,
Ein tugendsames Mädchen betten kann.
Der Raum sei zwischen uns. – Schlaf' süß! Der Himmel gebe,
Daß, bis dein Leben schließt, die Liebe lebe!

LYSANDER. Amen! So holder Bitte stimm' ich bei:
Mein Herz soll brechen, bricht es meine Treu'.
Mög' alle Ruh' des Schlafes bei dir wohnen!

HERMIA.
Des Wunsches Hälfte soll den Wünscher lohnen!

Sie schlafen.

DROLL *tritt auf.*
Wie ich auch den Wald durchstrich,
Kein Athener zeigte sich,
Zum Versuch auf seinem Auge,
Was dies Liebesblümchen tauge.
Aber wer – o Still' und Nacht! –
Liegt da in Athenertracht?
Er ist's, den mein Herr gesehn
Die Athenerin verschmähn.
Hier schläft auch ruhig und gesund
Das Mädchen auf dem feuchten Grund.
Die Arme darf nicht liegen nah
Dem Schlagetot der Liebe da.
Allen Zauber dieses Taus,
Flegel, gieß' ich auf dich aus.

Indem er den Saft über seine Augen auspreßt.

Wachst du auf, so scheuch' den Schlummer
Dir vom Aug' der Liebe Kummer!
Nun erwach'! Ich geh' davon,
Denn ich muß zum Oberon.

Demetrius und Helena, beide laufend.

HELENA. Demetrius, geliebter Mörder, steh!

DEMETRIUS. O quäle mich nicht so! Fort, sag' ich, geh!

HELENA. Ach, du verlässest mich im Dunkel hier?

DEMETRIUS. Ich geh' allein: du bleib, das rat' ich dir.

Demetrius ab.

HELENA. Die tolle Jagd, sie macht mir weh und bange!
Je mehr ich fleh', je minder ich erlange.
Wo Hermia ruhen mag, – sie ist beglückt,
Denn sie hat Augen, deren Strahl entzückt.
Wie wurden sie so hell? Durch Tränen? Nein!
Sonst müßten meine ja noch heller sein.
Nein, ich bin ungestalt wie wilde Bären,
Daß Tiere sich voll Schrecken von mir kehren.
Was Wunder also, daß Demetrius
Gleich einem Ungeheu'r mich fliehen muß?
Vor welchem Spiegel konnt' ich mich vergessen,
Mit Hermias Sternenaugen mich zu messen?
Doch, was ist dies? Lysander, der hier ruht?
Tot oder schlafend? Seh' ich doch kein Blut.
Lysander, wenn Ihr lebt, so hört! Erwachet!

LYSANDER *im Erwachen.*
Durchs Feuer lauf' ich, wenn's dir Freude machet!
Verklärte Helena, so zart gewebt,
Daß sichtbar sich dein Herz im Busen hebt!
Wo ist Demetrius? Oh, der Verbrecher!
Sein Name sei vertilgt! Dies Schwert dein Rächer!

HELENA.
Sprecht doch nicht so, Lysander, sprecht nicht so!
Liebt er schon Eure Braut: ei nun, seid froh!
Sie liebt Euch dennoch stets.

LYSANDER. O nein! wie reut
Mich die bei ihr verlebte träge Zeit!
Nicht Hermia, Helena ist jetzt mein Leben;
Wer will die Kräh' nicht für die Taube geben?
Der Wille wird von der Vernunft regiert;
Mir sagt Vernunft, daß Euch der Preis gebührt.
Ein jedes Ding muß Zeit zum Reifen haben;
So reiften spät in mir des Geistes Gaben.
Erst jetzt, da ich am Ziel des Mannes bin,
Wird die Vernunft des Willens Führerin,
Und läßt mich nun der Liebe Tun und Wesen
In goldner Schrift in Euren Augen lesen.

HELENA. Weswegen ward ich so zum Hohn erwählt?
Verdient' ich es um Euch, daß Ihr mich quält?
War's nicht genug, genug nicht, junger Mann,
Daß ich nicht einen Blick gewinnen kann,
Nicht einen holden Blick von dem Geliebten,
Wenn Eure Spötterei'n mich nicht betrübten?
Ihr tut, fürwahr, Ihr tut an mir nicht recht,
Daß Ihr, um mich zu buhlen, Euch erfrecht.
Gehabt Euch wohl! Allein, ich muß gestehen,
Ich glaubt' in Euch mehr Edelmut zu sehen.
O daß, verschmäht von einem Mann, ein Weib
Dem andern dienen muß zum Zeitvertreib!

Ab.

LYSANDER.
Sie siehet Hermia nicht. – So schlaf' nur immer,
Und nahtest du Lysandern doch dich nimmer!
Wie nach dem Übermaß von Näscherei'n
Der Ekel pflegt am heftigsten zu sein;
Wie die am meisten Ketzereien hassen,
Die, einst betört, sie wiederum verlassen:
Mein Übermaß! mein Wahn! So flieh' ich dich;
Dich hasse jeder, doch am ärgsten ich. –
Nun strebt nach Helena, Mut, Kraft und Sinne!
Daß ich ihr Ritter werd' und sie gewinne!

Ab.

HERMIA *fährt auf.*
O hilf, Lysander, hilf mir! Siehst du nicht
Die Schlange, die den Busen mir umflicht?
Weh mir! Erbarmen! – Welch ein Traum, mein Lieber!
Noch schüttelt mich das Schrecken, wie ein Fieber.
Mir schien es, eine Schlange fräß' mein Herz,
Und lächelnd säh'st du meinen Todesschmerz. –
Lysander! Wie? Lysander! Bist du fort?
Du hörst mich nicht? O Gott! Kein Laut? Kein Wort?
Wo bist du? Um der Liebe willen, sprich,
Wenn du mich hörst! Es bringt zur Ohnmacht mich. –
Noch nicht? Nun seh' ich wohl, ich darf nicht weilen:
Dich muß ich, oder meinen Tod ereilen.

Ab.

Dritter Aufzug

Erste Szene

Der Wald. Die Elfenkönigin liegt noch schlafend. Squenz, Zettel, Schnock, Flaut, Schnauz, Schlucker treten auf.

ZETTEL. Sind wir alle beisammen?

SQUENZ. Aufs Haar; und hier ist ein prächtig bequemer Platz zu unsrer Probe. Dieser grüne Fleck soll unser Theater sein, diese Weißdornhecke unsre Kammer zum Anziehen, und wir wollen's in Aktion vorstellen, wie wir's vor dem Herzoge vorstellen wollen.

ZETTEL. Peter Squenz! –

SQUENZ. Was sagst du, lieber Sappermentszettel?

ZETTEL. Es kommen Dinge vor in dieser Komödie von Pyramus und Thisbe, die nimmermehr gefallen werden. Erstens: Pyramus muß ein Schwert ziehen, um sich selbst umzubringen, und das können die Damen nicht vertragen. He! Wie wollt Ihr darauf antworten?

SCHNAUZ. Potz Kuckuck, ja! ein gefährlicher Punkt.

SCHLUCKER. Ich denke, wir müssen das Totmachen auslassen, bis alles vorüber ist.

ZETTEL. Nicht ein Tüttelchen; ich habe einen Einfall, der alles gut macht. Schreibt mir einen Prolog, und laßt den Prolog verblümt zu verstehen geben, daß wir mit unsern Schwertern keinen Schaden tun wollen; und daß Pyramus nicht wirklich tot gemacht wird; und zu mehr besserer Sicherheit sagt ihnen, daß ich Pyramus nicht Pyramus bin, sondern Zettel der Weber. Das wird ihnen schon die Furcht benehmen.

SQUENZ. Gut, wir wollen einen solchen Prologus haben.

SCHNAUZ. Werden die Damen nicht auch vor

dem Löwen erschrecken?

SCHLUCKER. Ich fürcht' es, dafür steh' ich euch.

ZETTEL. Meisters, ihr solltet dies bei euch selbst überlegen. Einen Löwen-Gott behüt' uns! – unter Damen zu bringen, ist eine greuliche Geschichte; es gibt kein grausameres Wildbret als so 'n Löwe, wenn er lebendig ist; und wir sollten uns vorsehn.

SCHNAUZ. Derhalben muß ein andrer Prologus sagen, daß es kein Löwe ist.

ZETTEL. Ja, ihr müßt seinen Namen nennen, und sein Gesicht muß durch des Löwen Hals gesehen werden; und er selbst muß durchsprechen, und sich so, oder ungefähr so applizieren: Gnädige Frauen, oder schöne gnädige Frauen, ich wollte wünschen, oder ich wollte ersuchen, oder ich wollte gebeten haben, fürchten Sie nichts, zittern Sie nicht so; mein Leben für das Ihrige! Wenn Sie dächten, ich käme hieher als ein Löwe, so dauerte mich nur meine Haut. Nein, ich bin nichts dergleichen; ich bin ein Mensch wie andre auch: – und dann laßt ihn nur seinen Namen nennen, und ihnen rund heraus sagen, daß er Schnock der Schreiner ist.

SQUENZ. Gut, so soll's auch sein. Aber da sind noch zwei harte Punkte: nämlich den Mondschein in die Kammer zu bringen; denn ihr wißt, Pyramus und Thisbe kommen bei Mondschein zusammen.

SCHNOCK. Scheint der Mond in der Nacht, wo wir unser Spiel spielen?

ZETTEL. Einen Kalender! Einen Kalender! Seht in den Almanach! Suchet Mondschein! Suchet Mondschein!

SQUENZ. Ja, er scheint die Nacht.

ZETTEL. Gut, so könnt ihr ja einen Flügel von dem großen Stubenfenster, wo wir spielen, offen lassen, und der Mond kann durch den Flügel herein scheinen.

SQUENZ. Ja, oder es könnte auch einer mit einem Dornbusch und einer Laterne herauskommen, und sagen, er komme, die Person des Mondscheins zu defigurieren oder zu präsentieren. Aber da ist noch ein Punkt: wir müssen in der großen Stube eine Wand haben; denn Pyramus und Thisbe, sagt die Historie, redeten durch die Spalte einer Wand mit einander.

SCHNOCK. Ihr bringt mein Leben keine Wand hinein. Was sagst du, Zettel?

ZETTEL. Einer oder der andre muß Wand vorstellen; und laßt ihn ein bißchen Kalk, oder ein bißchen Leim, oder ein bißchen Mörtel an sich haben, um Wand zu bedeuten; und laßt ihn seine Finger so halten, und durch die Klinze sollen Pyramus und Thisbe wispern.

SQUENZ. Wenn das sein kann, so ist alles gut. Kommt, setzt euch, jeder Mutter Sohn, und probiert eure Parte! Pyramus, Ihr fangt an; wann Ihr Eure Rede ausgeredet habt, so tretet hinter den Zaun; und so jeder nach seinem Stichwort.

Droll erscheint im Hintergrunde.

DROLL.
Welch hausgebacknes Volk macht hier sich breit,
So nah der Wiege unsrer Königin?
Wie? Gibt's ein Schauspiel? Ich will Hörer sein,
Mitspieler auch vielleicht, nachdem sich's fügt.

SQUENZ. Sprecht, Pyramus; Thisbe, tretet vor!

PYRAMUS.
»Thisbe, wie eine Blum' von Giften duftet süß, –

SQUENZ. Düften! Düften!

PYRAMUS. »– von Düften duftet süß,
So tut dein Atem auch, o Thisbe, meine Zier.
Doch horch, ich hör' ein' Stimm'; es ist mein Vater g'wiß,
Bleib' eine Weile stehn, ich bin gleich wieder hier.«

Ab.

DROLL *beiseit.* Ein seltnes Stück von einem Pyramus.

Ab.

THISBE. Muß ich jetzt reden?

SQUENZ. Ja, zum Henker, freilich müßt Ihr; Ihr müßt wissen, er geht nur weg, um ein Geräusch zu sehen, das er gehört hat, und wird gleich wieder kommen.

THISBE. »Umstrahlter Pyramus, an Farbe lilienweiß,
Und rot wie eine Ros' auf triumphier'ndem Strauch;
Du muntrer Juvenil, der Männer Zier und Preis,
Treu wie das treuste Roß, das nie ermüdet auch.
Ich will dich treffen an, glaub' mir, bei Nickels Grab.«

SQUENZ. Ninus' Grab, Kerl. Aber das müßt Ihr jetzt nicht sagen, das antwortet Ihr dem Pyramus. Ihr sagt Euren ganzen Part auf einmal her, Stichwörter und den ganzen Plunder. – Pyramus, tretet auf; Euer Stichwort ist schon dagewesen; es ist: »ermüdet auch«.

Zettel mit einem Eselskopfe und Droll kommen zurück.

THISBE.
Uf – »So treu, wie's treuste Pferd, das nie ermüdet auch.«

PYRAMUS.
»Wenn, Thisbe, ich wär' schön, so wär' ich einzig dein.«

SQUENZ. O greulich! erschrecklich! Es spukt hier. Ich bitt' euch, Meisters! Lauft, Meisters! Hülfe!

Sie laufen davon.

DROLL.
Nun jag' ich euch, und führ' euch kreuz und quer,
Durch Dorn, durch Busch, durch Sumpf, durch Wald.
Bald bin ich Pferd, bald Eber, Hund und Bär,
Erschein' als Werwolf und als Feuer bald,
Will grunzen, wiehern, bellen, brummen, flammen,
Wie Eber, Pferd, Hund, Bär und Feu'r zusammen.

Ab.

ZETTEL. Warum laufen sie weg? Dies ist eine Schelmerei von ihnen, um mich zu fürchten zu machen.

Schnauz kommt zurück.

SCHNAUZ. O Zettel! du bist verwandelt! Was seh' ich an dir?

ZETTEL. Was du siehst? Du siehst deinen eignen Eselskopf. Nicht?

Schnauz ab. Squenz kommt zurück.

SQUENZ. Gott behüte dich, Zettel! Gott behüte dich! du bist transferiert.

Ab.

ZETTEL. Ich merke ihre Schelmerei; sie wollen einen Esel aus mir machen, mich zu fürchten machen, wenn sie können. Aber ich will hier nicht von der Stelle, laß sie machen, was sie wollen; ich will hier auf und ab spazieren und singen, damit sie sehen, daß ich mich nicht fürchte.

Er singt.

Die Schwalbe, die den Sommer bringt,
Der Spatz, der Zeisig fein,
Die Lerche, die sich lustig schwingt
Bis in den Himmel 'nein.

TITANIA *erwachend.* Weckt mich von meinem Blumenbett' ein Engel?

ZETTEL *singt.*

Der Kuckuck, der der Grasemück'
So gern ins Nestchen heckt
Und lacht darob mit arger Tück'
Und manchen Eh'mann neckt –

Denn sein Rufen soll eine gar gefährliche Vorbedeutung sein, und wem jückt es nicht ein bißchen an der Stirne, wenn er sich Kuckuck grüßen hört?

TITANIA. Ich bitte dich, du holder Sterblicher,
Sing' noch einmal! Mein Ohr ist ganz verliebt
In deine Melodie; auch ist mein Auge
Betört von deiner lieblichen Gestalt;
Gewaltig treibt mich deine schöne Tugend,
Beim ersten Blick dir zu gestehn, zu schwören:
Daß ich dich liebe.

ZETTEL. Mich dünkt, Madam, sie könnten dazu nicht viel Ursache haben. Und doch, die Wahrheit zu sagen, halten Vernunft und Liebe heutzutage nicht viel Gemeinschaft. Schade, daß ehrliche Nachbarn sie nicht zu Freunden machen wollen! Gelt, ich kann auch spaßen, wenn's darauf ankömmt.

TITANIA. Du bist so weise, wie du reizend bist.

ZETTEL. Das nun just auch nicht. Doch, wenn ich Witz genug hätte, um aus diesem Walde zu kommen, so hätte ich just so viel, als mir nötig täte.

TITANIA. Begehre nicht, aus diesem Hain zu fliehn;
Du mußt hier, willig oder nicht, verziehn.
Ich bin ein Geist nicht von gemeinem Stande;
Ein ew'ger Sommer zieret meine Lande.
Und sieh', ich liebe dich! Drum folge mir,
Ich gebe Elfen zur Bedienung dir;
Sie sollen Perlen aus dem Meer dir bringen,
Und, wenn du leicht auf Blumen schlummerst, singen.
Ich will vom Erdenstoffe dich befrein.
Daß du so luftig sollst wie Geister sein.
Senfsamen! Bohnenblüte! Motte! Spinnweb!

Vier Elfen treten auf.

ERSTER ELFE. Hier!

ZWEITER ELFE. Und ich!

DRITTER ELFE. Und ich!

VIERTER ELFE. Und ich!

ALLE. Was sollen wir?

TITANIA. Gefällig seid und dienstbar diesem Herrn!
Hüpft, wo er geht, und gaukelt um ihn her;
Sucht Aprikos' ihm auf und Stachelbeer';
Maulbeeren gebt ihm, Feigen, Purpurtrauben.
Ihr müßt der Biene Honigsack ihm rauben;
Zur Kerze nehmt von ihr ein wächsern Bein
Und steckt es an bei eines Glühwurms Schein,
Zu leuchten meinem Freund Bett aus und ein.
Mit bunter Schmetterlinge Flügelein
Wehrt fächelnd ihm vom Aug' den Mondenschein.
Nun, Elfen, huldigt ihm und neigt euch fein.

ERSTER ELFE. Heil dir, Sterblicher!

ZWEITER ELFE. Heil!

DRITTER ELFE. Heil!

VIERTER ELFE. Heil!

ZETTEL. Ich flehe Euer Gnaden von ganzem Herzen um Verzeihung. Ich bitte um Euer Gnaden Namen.

SPINNWEB. Spinnweb.

ZETTEL. Ich wünsche näher mit Ihnen bekannt zu werden, guter Musje Spinnweb. Wenn ich mich in den Finger schneide, werde ich so frei sein, Sie zu gebrauchen. – Ihr Name, ehrsamer Herr?

BOHNENBLÜTE. Bohnenblüte.

ZETTEL. Ich bitte Sie, empfehlen Sie mich Madam Hülse, Ihrer Frau Mutter, und Herrn Bohnenschote, Ihrem Herrn Vater. Guter Herr Bohnenblüte, auch mit Ihnen hoffe ich näher bekannt zu werden. – Ihren Namen, mein Herr, wenn ich bitten darf.

SENFSAMEN. Senfsamen.

ZETTEL. Lieber Musje Senfsamen, ich kenne Ihre Geduld gar wohl. Jener niederträchtige und ungeschlachte Kerl, Rinderbraten, hat schon manchen wackern Herrn von Ihrem Hause verschlungen. Sei'n Sie versichert, Ihre Freundschaft hat mir schon oft die Augen übergehen machen. Ich wünsche nähere Bekanntschaft, lieber Musje Senfsamen.

TITANIA. Kommt, führt ihn hin zu meinem Heiligtume!
Mich dünkt, von Tränen blinke Lunas Glanz;
Und wenn sie weint, weint jede kleine Blume
Um einen wild zerrißnen Mädchenkranz.
Ein Zauber soll des Liebsten Zunge binden:
Wir wollen still den Weg zur Laube finden.

Alle ab.

Zweite Szene

Ein andrer Teil des Waldes.

OBERON *tritt auf.*
Mich wundert's, ob Titania erwachte,
Und welch Geschöpf ihr gleich ins Auge fiel,
Worein sie sterblich sich verlieben muß.

Droll kommt.

Da kommt mein Bote ja. – Nun, toller Geist,
Was spuken hier im Wald für Abenteuer?

DROLL. Herr, meine Fürstin liebt ein Ungeheuer.
Sie lag in Schlaf versunken auf dem Moos,
In ihrer heil'gen Laube dunklem Schoß,
Als eine Schar von lump'gen Handwerksleuten,
Die mühsam kaum ihr täglich Brot erbeuten,
Zusammenkömmt und hier ein Stück probiert,
So sie auf Theseus' Hochzeittag studiert.
Der ungesalzenste von den Gesellen,

Den Pyramus berufen vorzustellen,
Tritt von der Bühn' und wartet im Gesträuch;
Ich nutze diesen Augenblick sogleich,
Mit einem Eselskopf ihn zu begaben.
Nicht lange drauf muß Thisbe Antwort haben;
Mein Affe tritt heraus; kaum sehen ihn
Die Freund', als sie wie wilde Gänse fliehn,
Wenn sie des Jägers leisen Tritt erlauschen;
Wie graue Krähen, deren Schwarm mit Rauschen
Und Krächzen auffliegt, wenn ein Schuß geschieht,
Und wild am Himmel da- und dorthin zieht.
Vor meinem Spuk rollt der sich auf der Erde,
Der schreiet »Mord!« mit kläglicher Gebärde;
Das Schrecken, das sie sinnlos machte, lieh
Sinnlosen Dingen Waffen gegen sie.
An Dorn und Busch bleibt Hut und Ärmel stecken;
Sie fliehn hindurch, berupft an allen Ecken.
In solcher Angst trieb ich sie weiter fort,
Nur Schätzchen Pyramus verharret dort.
Gleich mußte nun Titania erwachen
Und aus dem Langohr ihren Liebling machen.

OBERON. Das geht ja über mein Erwarten schön.
Doch hast du auch den Jüngling von Athen,
Wie ich dir auftrug, mit dem Saft bestrichen?

DROLL. O ja, ich habe schlafend ihn beschlichen.
Das Mädchen ruhte neben ihm ganz dicht:
Erwacht er, so entgeht sein Aug' ihr nicht.

Demetrius und Hermia treten auf.

OBERON. Tritt her; da kommt ja der Athener an.

DROLL. Das Mädchen ist es, aber nicht der Mann.

DEMETRIUS.
Oh, könnt Ihr so, weil ich Euch liebe, schmählen?
Den Todfeind solltet Ihr so tödlich quälen!

HERMIA. Noch mehr verdient, was ich von dir erfuhr;
Denn fluchen sollt' ich dir und schalt dich nur.
Erschlugst du mir Lysandern, weil er ruhte,
So bad', einmal befleckt, dich ganz im Blute,
Und töt' auch mich!
Die Sonne liebt den Tag nicht treuer, steter,
Als wie er mich: nun wär' er als Verräter
Entflohn, indes ich schlief? Nein, nimmermehr!
Eh' wollt' ich glauben, daß es möglich wär',
Ganz zu durchbohren dieser Erde Boden
Und durch die Öffnung zu den Antipoden
Zu senden des verwegnen Mondes Gruß,
Der hellen Mittagssonne zum Verdruß.
Es kann nicht anders sein, du mordetest ihn mir:
So sieht ein Mörder aus, so graß, so stier.

DEMETRIUS. So siehet ein Erschlagner aus; so ich:
Denn Eure Grausamkeit durchbohrte mich,
Doch Ihr, die Mörd'rin, glänzet wie Cythere
Am Himmel dort in ihrer lichten Sphäre.

HERMIA. Was soll mir dies? Wo ist Lysander? Sprich! –
Gib ihn mir wieder, Freund, ich bitte dich!

DEMETRIUS. Den Hunden gäb' ich lieber seine Leiche.

HERMIA.
Hinweg, du Hund! Du treibst durch deine Streiche
Mich armes Weib zur Wut. Hast du ihn umgebracht:
Nie werde mehr für einen Mann geacht't!
Sprich einmal wahr, sprich mir zu Liebe wahr!
Hätt'st du, wenn er gewacht, ihm wohl ein Haar
Gekrümmt? und hast ihn, weil er schlief, erschlagen?
O Kühnheit! eine Natter konnt' es wagen.
Ja, eine Natter tat's; die ärgste sticht
Zweizüngiger als du, o Schlange, nicht.

DEMETRIUS.
An einen Wahn verschwend'st du deine Wut.
Ich bin nicht schuldig an Lysanders Blut;
Auch mag er wohl, so viel ich weiß, noch leben.

HERMIA. Und geht's ihm wohl? Kannst du mir
Nachricht geben?

DEMETRIUS.
Und könnt' ich nun, was würde mir dafür?

HERMIA.
Mich nie zu sehn, dies Vorrecht schenk' ich dir.
Und so verlass' ich deine schnöde Nähe:
Tot sei er, oder nicht, wenn ich nur dich nicht sehe.

Ab.

DEMETRIUS. Ihr folgen ist vergebliches Bemühn
In diesem Sturm; so will ich hier verziehn.
Noch höher wird des Grames Not gesteigert,
Seit sich sein Schuldner Schlaf zu zahlen weigert.
Vielleicht empfang' ich einen Teil der Schuld,
Erwart' ich hier den Abtrag in Geduld.

Er legt sich nieder.

OBERON. Was tatest du? Du hast dich ganz betrogen.
Ein treues Auge hat den Liebessaft gesogen;
Dein Fehlgriff hat den treuen Bund gestört
Und nicht den Unbestand zur Treu' bekehrt.

DROLL.
So siegt das Schicksal denn, daß gegen einen Treuen
Millionen falsch auf Schwüre Schwür' entweihen.

OBERON.
Streif' durch den Wald behender als der Wind
Und suche Helena, das schöne Kind:
Sie ist ganz liebekrank und blaß von Wangen,
Von Seufzern, die ihr sehr ans Leben drangen.
Geh, locke sie durch Täuschung her zu mir;
Derweil sie kömmt, bezaubr' ich diesen hier.

DROLL. Ich eil', ich eil', sieh, wie ich eil':
So fliegt vom Bogen des Tataren Pfeil.

Ab.

OBERON.
Blume mit dem Purpurschein,
Die Cupidos Pfeile weihn,
Senk' dich in sein Aug' hinein!
Wenn er sieht sein Liebchen fein,
Daß sie glorreich ihm erschein',
Wie Cyther' im Sternenreih'n. –
Wachst du auf, wenn sie dabei;
Bitte, daß sie hülfreich sei.

Droll kommt zurück.

DROLL.
Hauptmann unsrer Elfenschar,
Hier stellt Helena sich dar.
Der von mir gesalbte Mann
Fleht um Liebeslohn sie an.
Wollen wir ihr Wesen sehn?
Oh, die tollen Sterblichen!

OBERON.
Tritt beiseit'! Erwachen muß

Von dem Lärm Demetrius.

DROLL.

Wenn dann zwei um eine frein:
Das wird erst ein Hauptspaß sein.
Gehn die Sachen kraus und bunt,
Freu' ich mich von Herzensgrund.

Lysander und Helena treten auf.

LYSANDER.
Pflegt Spott und Hohn in Tränen sich zu kleiden?
Wie glaubst du denn, ich huld'ge dir zum Hohn?
Sieh, wenn ich schwöre, wein' ich: solchen Eiden
Dient zur Beglaubigung ihr Ursprung schon.
Kannst du des Spottes Reden wohl verklagen,
Die an der Stirn des Ernstes Siegel tragen?

HELENA.
Stets mehr und mehr wird deine Schalkheit kund.
Wie teuflisch fromm, mit Schwur den Schwur erlegen!
Beschwurst du nicht mit Hermia so den Bund?
Wäg' Eid an Eid, so wirst du gar nichts wägen.
Die Eid' an sie und mich, wie Märchen leicht,
Leg' in zwei Schalen sie, und keine steigt.

LYSANDER.
Verblendung war's, mein Herz ihr zu versprechen.

HELENA.
Verblendung nenn' ich's, jetzt den Schwur zu brechen.

LYSANDER. Demetrius liebt sie; dich liebt er nicht.

DEMETRIUS *erwachend.*
O Huldin! Schönste! Göttin meiner Wahl!
Womit vergleich' ich deiner Augen Strahl?
Kristall ist trübe. Oh, wie reifend schwellen
Die Lippen dir, zwei küssende Morellen!
Und jenes dichte Weiß, des Taurus Schnee,
Vom Ostwind rein gefächelt, wird zur Kräh',
Wenn du die Hand erhebst. Laß mich dies Siegel
Der Wonne küssen, aller Reinheit Spiegel!

HELENA. O Schmach! O Höll'! Ich seh', ihr alle seid
Zu eurer Lust zu plagen mich bereit.
Wär' Sitt' und Edelmut in euch Verwegnen,
Ihr würdet mir so schmählich nicht begegnen.
Könnt ihr mich denn nicht hassen, wie ihr tut,
Wenn ihr mich nicht verhöhnt in frechem Mut?
Wär't ihr in Wahrheit Männer, wie im Schein,
So flößt' ein armes Weib euch Mitleid ein.
Ihr würdet nicht mit Lob und Schwüren scherzen,
Da ich doch weiß, ihr hasset mich von Herzen;
Als Nebenbuhler liebt ihr Hermia,
Wetteifernd nun verhöhnt ihr Helena.
Ein tapfres Stück, ein männlich Unternehmen,
Durch Spott ein armes Mädchen zu beschämen,
Ihr Tränen abzulocken! Quält ein Weib
Ein edler Mann wohl, bloß zum Zeitvertreib?

LYSANDER. Demetrius, du bist nicht bieder: sei's!
Du liebst ja Hermia; weißt, daß ich es weiß.
Hier sei von Herzensgrund, in Güt' und Frieden,
An Hermias Huld mein Anteil dir beschieden.
Tritt deinen nun an Helena mir ab;
Ich lieb' und will sie lieben bis ins Grab.

HELENA. Ihr losen Schwätzer, wie es keine gab!

DEMETRIUS.
Nein, Hermia mag ich nicht: behalt' sie, Lieber!
Liebt' ich sie je, die Lieb' ist längst vorüber.
Mein Herz war dort nur wie in fremdem Land;
Nun hat's zu Helena sich heim gewandt,
Um da zu bleiben.

LYSANDER. Glaubt's nicht, Helena!

DEMETRIUS.
Tritt nicht der Treu', die du nicht kennst, zu nah;
Du möchtest sonst vielleicht es teuer büßen.
Da kommt dein Liebchen; geh sie zu begrüßen!

Hermia tritt auf.

HERMIA. Die Nacht, die uns der Augen Dienst entzieht,
Macht, daß dem Ohr kein leiser Laut entflieht.
Was dem Gesicht an Schärfe wird benommen,
Muß doppelt dem Gehör zu Gute kommen.
Mein Aug' war's nicht, das dich, Lysander, fand;
Mein Ohr, ich dank' ihm, hat die Stimm' erkannt.
Doch warum mußtest du so von mir eilen?

LYSANDER. Den Liebe fortriß, warum sollt' er weilen?

HERMIA.
Und welche Liebe war's, die fort von mir dich trieb?

LYSANDER. Lysanders Liebe litt nicht, daß er blieb';
Die schöne Helena, die so die Nacht durchfunkelt,
Daß sie die lichten O's, die Augen dort, verdunkelt.
Was suchst du mich? Tat dies dir noch nicht kund,
Mein Haß zu dir sei meines Fliehens Grund?

HERMIA.
Ihr sprecht nicht, wie Ihr denkt. Es kann nicht sein.

HELENA. Ha! sie stimmt auch in die Verschwörung ein.
Nun merk' ich's, alle drei verbanden sich
Zu dieser falschen Posse gegen mich.
Feindsel'ge Hermia! undankbares Mädchen!
Verstandest du, verschworst mit diesen dich,
Um mich zu necken mit so schnödem Spott?
Sind alle Heimlichkeiten, die wir teilten,
Der Schwestertreu' Gelübde, jene Stunden,
Wo wir den raschen Tritt der Zeit verwünscht,
Weil sie uns schied: oh, alles nun vergessen?
Die Schulgenossenschaft, die Kinderunschuld?
Wie kunstbegabte Götter schufen wir
Mit unsern Nadeln eine Blume beide:
Nach einem Muster und auf einem Sitz,
Ein Liedchen wirbelnd, beid' in einem Ton,
Als wären unsre Hände, Stimmen, Herzen
Einander einverleibt. So wuchsen wir
Zusammen, einer Doppelkirsche gleich,
Zum Schein getrennt, doch in der Trennung eins;
Zwei holde Beeren, einem Stiel entwachsen,
Dem Scheine nach zwei Körper, doch ein Herz;
Zwei Schildern eines Wappens glichen wir,
Die friedlich stehn, gekrönt von einem Helm.
Und nun zerreißt Ihr so die alte Liebe?
Gesellt im Hohne Eurer armen Freundin
Zu Männern Euch? Das ist nicht freundschaftlich,
Das ist nicht jungfräulich; und mein Geschlecht,
So wohl wie ich, darf Euch darüber schelten,
Obschon die Kränkung mich allein betrifft.

HERMIA. Ich hör' erstaunt die ungestümen Reden;
Ich höhn' Euch nicht; es scheint, Ihr höhnet mich.

HELENA. Habt Ihr Lysandern nicht bestellt, zum Hohn
Mir nachzugehn, zu preisen mein Gesicht?
Und Euren andern Buhlen, den Demetrius,
Der eben jetzt mich noch mit Füßen stieß,

Mich Göttin, Nymphe, wunderschön zu nennen,
Und köstlich, himmlisch? Warum sagt er das
Der, die er haßt? Und warum schwört Lysander
Die Liebe ab, die ganz die Seel' ihm füllt,
Und bietet mir (man denke nur!) sein Herz,
Als weil Ihr ihn gereizt, weil Ihr's gewollt?
Bin ich schon nicht so in der Gunst wie Ihr,
Mit Liebe so umkettet, so beglückt,
Ja, elend g'nug, um ungeliebt zu lieben:
Ihr solltet mich bedauern, nicht verachten.

HERMIA. Ich kann mir nicht erklären, was Ihr meint.

HELENA.
Schon recht! Beharrt nur! Heuchelt ernste Blicke,
Und zieht Gesichter hinterm Rücken mir!
Blinzt Euch nur zu! Verfolgt den feinen Scherz!
Wohl ausgeführt, wird er euch nachgerühmt.
Wär' Mitleid, Huld und Sitte noch in euch,
Ihr machtet so mich nicht zu eurem Ziel.
Doch lebet wohl! Zum Teil ist's meine Schuld:
Bald wird Entfernung oder Tod sie büßen.

LYSANDER. Bleib', holde Helena, und hör' mich an!
Mein Herz! mein Leben! meine Helena!

HELENA. O herrlich!

HERMIA. Lieber, höhne sie nicht so!

DEMETRIUS.
Und gilt ihr Bitten nichts, so kann ich zwingen.

LYSANDER. Nichts mehr erzwingen, als was sie erbittet;
Dein Drohn ist kraftlos wie ihr schwaches Flehn.
Dich lieb' ich, Helena! Bei meinem Leben,
Ich liebe dich, und will dies Leben wagen,
Der Lüge den zu zeihn, der widerspricht.

DEMETRIUS. Ich sag', ich liebe dich weit mehr als er.

LYSANDER.
Ha! sagst du das, so komm, beweis' es auch!

DEMETRIUS. Auf, komm!

HERMIA. Lysander, wohin zielt dies alles?

LYSANDER. Fort, Mohrenmädchen!

DEMETRIUS. Nein, o nein! er tut,
Als bräch' er los; er tobt, als wollt' er folgen,
Kommt aber nicht. O geht mir, zahmer Mensch!

LYSANDER. Fort, Katze, Klette! Mißgeschöpf, laß los!
Sonst schleudr' ich dich wie eine Natter weg.

HERMIA. Wie wurdet Ihr so wild? wie so verwandelt,
Mein süßes Herz?

LYSANDER. Dein Herz? Fort, fort! Hinweg!
Zigeunerin! Fort, widerwärt'ger Trank!

HERMIA. Ihr scherzet nicht?

HELENA. Ja wahrlich, und Ihr auch!

LYSANDER. Demetrius, ich halte dir mein Wort.

DEMETRIUS.
Ich hätt' es schriftlich gern von deiner Hand;
Dich hält' ne schwache Hand, ich trau' dir nicht.

LYSANDER.
Wie? sollt' ich sie verwunden, schlagen, töten?
Hass' ich sie schon, ich will kein Leid ihr tun.

HERMIA.
Wie? könnt Ihr mehr mir Leid tun, als mich hassen?
Warum mich hassen? Was geschah, Geliebter?
Bin ich nicht Hermia? Seid Ihr nicht Lysander?
Ich bin so schön noch, wie ich eben war.
Ihr liebtet über Nacht mich; doch verließt Ihr
Mich über Nacht. Und muß ich also sagen
(Verhüten es die Götter!), Ihr verließt
Im Ernste mich?

LYSANDER. Im Ernst, so wahr ich lebe!
Und nie begehr' ich, wieder dich zu sehn.
Drum gib nur Hoffnung, Frage, Zweifel auf;
Sei sicher, nichts ist wahrer, 's ist kein Scherz:
Ich hasse dich, und liebe Helena.

HERMIA. Weh mir! – Du Gauklerin! Du Blütenwurm!
Du Liebesdiebin! Was? du kamst bei Nacht,
Stahlst meines Liebsten Herz?

HELENA. Schön, meiner Treu!
Hast du denn keine Scheu, noch Mädchensitte,
Nicht eine Spur von Scham? Und zwingst du so
Zu harten Reden meine sanften Lippen?
Du Marionette, pfui! du Puppe, du!

HERMIA. Wie? Puppe? Ha, nun wird ihr Spiel mir klar.
Sie hat ihn unsern Wuchs vergleichen lassen –
Ich merke schon –, auf ihre Höh' getrotzt.
Mit ihrer Figur, mit ihrer langen Figur
Hat sie sich seiner, seht mir doch! bemeistert.
Und stehst du nun so groß bei ihm in Gunst,
Weil ich so klein, weil ich so zwerghaft bin?
Wie klein bin ich, du bunte Bohnenstange?
Wie klein bin ich? Nicht gar so klein, daß nicht
Dir meine Nägel an die Augen reichten.

HELENA.
Ihr Herrn, ich bitt' euch, wenn ihr schon mich höhnt,
Beschirmt mich doch vor ihr! Nie war ich böse,
Bin keineswegs geschickt zur Zänkerin;
Ich bin so feig, wie irgend nur ein Mädchen.
Verwehrt ihr, mich zu schlagen; denket nicht,
Weil sie ein wenig kleiner ist als ich,
Ich nähm' es mit ihr auf.

HERMIA. Schon wieder kleiner?

HELENA. Seid, gute Hermia, nicht so bös auf mich,
Ich liebt' Euch immer, hab' Euch nie gekränkt,
(Und stets bewahrt, was Ihr mir anvertraut;)
Nur daß ich, dem Demetrius zu Liebe,
Ihm Eure Flucht in diesen Wald verriet.
Er folgte Euch; aus Liebe folgt' ich ihm;
Er aber schalt mich weg und drohte, mich
Zu schlagen, stoßen, ja zu töten gar;
Und nun, wo Ihr mich ruhig gehen laßt,
So trag' ich meine Torheit heim zur Stadt,
Und folg' Euch ferner nicht. O laßt mich gehn!
Ihr seht, wie kindisch und wie blöd' ich bin.

HERMIA. Gut! Zieht nur hin! Wer hindert Euch daran?

HELENA. Ein töricht Herz, das ich zurück hier lasse.

HERMIA. Wie? Bei Lysander?

HELENA. Bei Demetrius.

LYSANDER. Sei ruhig, Helena! Sie soll kein Leid dir tun.

DEMETRIUS.
Sie soll nicht, Herr, wenn Ihr sie schon beschützt

HELENA. Oh, sie hat arge Tück' in ihrem Zorn.
Sie war 'ne böse Sieben in der Schule,
Und ist entsetzlich wild, obschon so klein.

HERMIA. Schon wieder klein, und anders nicht wie klein?
Wie duldet Ihr's, daß sie mich so verspottet?
Weg! Laß mich zu ihr!

LYSANDER. Packe dich, du Zwergin!

Du Ecker du, du Paternosterkralle!

DEMETRIUS. Ihr seid zu dienstgeschäftig, guter Freund,
Zu Gunsten der, die Euren Dienst verschmäht.
Laß mir sie gehn! Sprich nicht von Helena!
Nimm nicht Partei für sie! Vermissest du
Dich im geringsten, Lieb' ihr zu bezeugen,
So sollst du's büßen.

LYSANDER. Jetzo bin ich frei:
Nun komm, wofern du's wagst; laß sehn, wes Recht
An Helena, ob deins, ob meines gilt.

DEMETRIUS. Dir folgen? Nein, ich halte Schritt mit dir.

Lysander und Demetrius ab.

HERMIA.
Nun, Fräulein! Ihr seid schuld an all dem Lärm.
Ei, bleibt doch stehn!

HELENA. Nein, nein! ich will nicht traun,
Noch länger Eu'r verhaßtes Antlitz schaun.
Sind Eure Hände hurtiger zum Raufen,
So hab' ich längre Beine doch zum Laufen.

Ab.

HERMIA. Ich staun', und weiß nicht, was ich sagen soll.

Sie läuft der Helena nach.

OBERON. Das ist dein Unbedacht! Stets irrst du dich,
Wenn's nicht geflißne Schelmenstreiche sind.

DROLL. Ich irrte diesmal, glaubt mir, Fürst der Schatten.
Gabt Ihr denn nicht von dem bestimmten Mann
Mir die Athenertracht als Merkmal an?
Und so weit bin ich ohne Schuld, daß jener,
Den ich gesalbt, doch wirklich ein Athener;
Und so weit bin ich froh, daß so sich's fügt,
Weil diese Balgerei mich sehr vergnügt.

OBERON.
Du siehst zum Kampf bereit die hitz'gen Freier:
Drum eile, Droll, wirf einen nächt'gen Schleier,
Bedecke die gestirnte Feste schnell
Mit Nebeln, düster wie Cozytus' Quell,
Und locke sie auf falsche Weg' und Stege,
Damit sie nicht sich kommen ins Gehege.
Bald borg' die Stimme vom Demetrius,
Und reize keck Lysandern zum Verdruß;
Bald schimpf' und höhne wieder wie Lysander,
Und bringe so sie weiter auseinander,
Bis ihre Stirnen Schlaf, der sich dem Tod vergleicht,
Mit dichter Schwing' und blei'rnem Tritt beschleicht.
Zerdrück' dies Kraut dann auf Lysanders Augen:
Die Zauberkräfte seines Saftes taugen,
Von allem Wahn sie wieder zu befrein
Und den gewohnten Blick ihm zu verleihn.
Wenn sie erwachen, ist, was sie betrogen,
Wie Träum' und eitle Nachtgebild' entflogen;
Dann kehren wieder nach Athen zurück
Die Liebenden, vereint zu stetem Glück.
Derweil dies alles deine Sorgen sind
Bitt' ich Titanien um ihr indisch Kind;
Ich bann' ihr vom betörten Augenlide
Des Unholds Bild, und alles werde Friede.

DROLL. Mein Elfenfürst, wir müssen eilig machen.
Die Nacht teilt das Gewölk mit schnellen Drachen;
Auch schimmert schon Auroras Herold dort,
Und seine Näh' scheucht irre Geister fort
Zum Totenacker: banger Seelen Heere,
Am Scheideweg begraben und im Meere;
Man sieht ins wurmbenagte Bett sie gehn.
Aus Angst, der Tag möcht' ihre Schande sehn,
Verbannt vom Lichte sie ihr eigner Wille,
Und ihnen dient die Nacht zur ew'gen Hülle.

OBERON.
Doch wir sind Geister andrer Region.
Oft jagt' ich mit Aurorens Liebling schon,
Darf, wie ein Weidmann, noch den Wald betreten,
Wenn flammend sich des Ostens Pforten röten
Und, aufgetan, der Meeresfluten Grün
Mit schönem Strahle golden überglühn.
Doch zaudre nicht! Sei schnell vor allen Dingen!
Wir können dies vor Tage noch vollbringen.

Oberon ab.

DROLL.
Hin und her, hin und her,
Alle führ' ich hin und her.
Land und Städte scheun mich sehr.
Kobold, führ' sie hin und her!
Hier kommt der eine.

Lysander tritt auf.

LYSANDER. Demetrius! Wo bist du, Stolzer, du?

DROLL. Hier, Schurk', mit bloßem Degen; mach' nur zu!

LYSANDER. Ich komme schon.

DROLL. So laß uns mit einander
Auf ebnen Boden gehn.

Lysander ab, als ginge er der Stimme nach.

DEMETRIUS *tritt auf.* Antworte doch, Lysander!
Ausreißer! Memme! Liefst du so mir fort?
In welchem Busche steckst du? Sprich ein Wort!

DROLL. Du Memme, foderst hier heraus die Sterne,
Erzählst dem Busch, du föchtest gar zu gerne,
Und kömmst doch nicht? Komm, Bübchen!
komm doch her!
Ich geb' die Rute dir. Beschimpft ist der,
Der gegen dich nur zieht.

DEMETRIUS. He, bist du dort?

DROLL.
Folg' meinem Ruf: zum Kampf ist dies kein Ort.

Droll und Demetrius ab. Lysander kommt zurück.

LYSANDER.
Stets zieht er vor mir her mit lautem Drohen,
Komm' ich, wohin er ruft, ist er entflohen.
Behender ist der Schurk' im Lauf als ich:
Ich folgt' ihm schnell, doch schneller mied er mich,
So daß ich fiel auf dunkler rauher Bahn,
Und hier nun ruhn will. –

Legt sich nieder.

Holder Tag, brich an!
Sobald mir nur dein graues Licht erscheint,
Räch' ich den Hohn und strafe meinen Feind.

Entschläft.

Droll und Demetrius kommen zurück.

DROLL. Ho, ho! du Memme, warum kommst du nicht?

DEMETRIUS.
Steh, wenn du darfst, und sieh mir ins Gesicht!
Ich merke wohl, von einem Platz zum andern
Entgehst du mir und läßt umher mich wandern.
Wo bist du nun?

DROLL. Hieher komm! Ich bin hier.

DEMETRIUS.
Du neckst mich nur, doch zahlst du's teuer mir,
Wenn je der Tag dich mir vors Auge bringt.
Jetzt zieh' nur hin, weil Müdigkeit mich zwingt,
Mich hinzustrecken auf dies kalte Kissen;
Früh morgens werd' ich dich zu finden wissen.

Legt sich nieder und entschläft. Helena tritt auf.

HELENA. O träge, lange Nacht, verkürze dich!
Und Tageslicht, laß mich nicht länger schmachten!
Zur Heimat führe weg von diesen mich,
Die meine arme Gegenwart verachten.
Du, Schlaf, der oft dem Grame Lind'rung leiht,
Entziehe mich mir selbst auf kurze Zeit!

Schläft ein.

DROLL.
Dreie nur! – Fehlt eins noch hier:
Zwei von jeder Art macht vier.
Seht, sie kommt ja, wie sie soll:
Auf der Stirn Verdruß und Groll.
Amor steckt von Schalkheit voll,
Macht die armen Weiblein toll.

Hermia tritt auf.

HERMIA.
Wie matt! wie krank! Zerzaust von Dornensträuchen,
Vom Tau beschmutzt und tausendfach in Not;
Ich kann nicht weiter gehn, nicht weiter schleichen,
Mein Fuß vernimmt nicht der Begier Gebot.
Hier will ich ruhn; und soll's ein Treffen geben,
O Himmel, schütze nur Lysanders Leben!

Schläft ein.

DROLL.
Auf dem Grund
Schlaf' gesund!
Gießen will
Ich dir still
Auf die Augen Arzenei.
Träufelt den Saft auf Lysanders Augen.
Wirst du wach,
O so lach'
Freundlich der,
Die vorher
Du geliebt, und bleib' ihr treu!
Dann geht es, wie das Sprüchlein rühmt:
Gebt jedem das, was ihm geziemt.
Hans nimmt sein Gretchen.
Jeder sein Mädchen;
Find't seinen Deckel jeder Topf,
Und allen geht's nach ihrem Kopf.

Ab.

Vierter Aufzug

Erste Szene

Der Wald.
Titania und Zettel mit einem Gefolge von Elfen.
Oberon im Hintergrunde, ungesehn.

TITANIA. Komm, laß uns hier auf Blumenbetten kosen!
Beut, Holder, mir die zarte Wange dar:
Den glatten Kopf besteck' ich dir mit Rosen,
Und küsse dir dein schönes Ohrenpaar.

ZETTEL. Wo ist Bohnenblüte?

BOHNENBLÜTE. Hier.

ZETTEL. Kratz' mir den Kopf, Bohnenblüte! – Wo ist Musje Spinnweb?

SPINNWEB. Hier.

ZETTEL. Musje Spinnweb, lieber Musje, kriegen Sie Ihre Waffen zur Hand, und schlagen Sie mir eine rotbeinige Biene auf einem Distelkopfe tot, und, lieber Musje, bringen Sie mir den Honigbeutel! Tummeln Sie sich nicht allzusehr bei dieser Verrichtung, Musje; und, lieber Musje, haben Sie acht, daß der Honigbeutel nicht entzwei geht; es würde mir leid tun, Signor, wenn Sie sich mit einem Honigbeutel beschütteten. Wo ist Musje Senfsamen?

SENFSAMEN. Hier.

ZETTEL. Geben Sie die Pfote, Musje Senfsamen: ich bitte Sie, lassen Sie die Reverenzen, lieber Musje.

SENFSAMEN. Was befehlen Sie?

ZETTEL. Nichts, lieber Musje, als daß Sie dem Kavalier Bohnenblüte kratzen helfen. Ich muß zum Balbier, Musje; denn mir ist, als wär' ich gewaltig haarig um's Gesicht herum, und ich bin ein so zärtlicher Esel: wenn mein Haar mich nur ein bißchen kitzelt, gleich muß ich kratzen.

TITANIA. Willst du Musik vernehmen, süßer Freund?

ZETTEL. Ich hab' ein räsonabel gutes Ohr für Musik; spielt mir ein Stück auf der Maultrommel!

TITANIA. Sag, süßer Freund, was hast du Lust zu essen?

ZETTEL. Ja, meiner Seel'! Eine Krippe voll Futter. Ich könnte auch guten trocknen Hafer käuen. Mir ist, als hätte ich großen Appetit nach einem Bunde Heu, gutes Heu, süßes Heu hat seines Gleichen auf der Welt nicht.

TITANIA. Ich hab' 'nen dreisten Elfen, der nach Nüssen
Im Magazin des Eichhorns suchen soll.

ZETTEL. Ich hätte lieber ein oder zwei Handvoll trockner Erbsen. Aber ich bitt' Euch, laßt keinen von Euren Leuten mich stören. Es kommt mir eine Exposition zum Schlaf an.

TITANIA.
Schlaf' du! Dich soll indes mein Arm umwinden.
Ihr Elfen, weg! Nach allen Seiten fort! –
So lind umflicht mit süßen Blütenranken
Das Geißblatt; so umringelt, weiblich zart,
Das Efeu seines Ulmbaums rauhe Finger. –
Wie ich dich liebe! wie ich dich vergött're!

Sie schlafen ein. Oberon tritt vor. Droll kommt.

OBERON.
Willkommen, Droll! Siehst du dies süße Schauspiel?
Jetzt fängt mich doch ihr Wahnsinn an zu dauern.
Denn da ich eben im Gebüsch sie traf,
Wie sie für diesen Tropf nach Düften suchte,
Da schalt ich sie und ließ sie zornig an.
Sie hatt' ihm die behaarte Schläf' umwunden
Mit einem frischen, würz'gen Blumenkranz.
Derselbe Tau, der sonst wie runde Perlen
Des Morgenlandes an den Knospen schwoll,
Stand in der zarten Blümchen Augen jetzt,

Wie Tränen, trauernd über eigne Schmach.
Als ich sie nach Gefallen ausgeschmält
Und sie voll Demut um Geduld mich bat,
Da fodert' ich von ihr das Wechselkind.
Sie gab's mir gleich und sandte ihren Elfen
Zu meiner Laub' im Feenland mit ihm.
Nun, da der Knabe mein ist, sei ihr Auge
Von dieser häßlichen Verblendung frei.
Du, lieber Droll, nimm diese fremde Larve
Vom Kopfe des Gesellen aus Athen;
Auf daß er, mit den andern hier, erwachend,
Sich wieder heim begebe nach Athen:
Und alle der Geschichten dieser Nacht
Nur wie der Launen eines Traums gedenken.
Doch lös' ich erst die Elfenkönigin.

Er berührt ihre Augen mit einem Kraut.

Sei, als wäre nichts geschehn!
Sieh, wie du zuvor gesehn!
So besiegt zu hohem Ruhme
Cynthias Knospe Amors Blume.
Nun, holde Königin! Wach' auf, Titania!

TITANIA. Mein Oberon, was für Gesicht' ich sah!
Mir schien, ein Esel hielt mein Herz gefangen.

OBERON. Da liegt dein Freund.

TITANIA. Wie ist dies alles zugegangen?
O wie mir nun vor dieser Larve graut!

OBERON.
Ein Weilchen still! – Droll, nimm den Kopf da weg!
Titania, du laß Musik beginnen,
Und binde stärker aller fünfe Sinnen
Als durch gemeinen Schlaf!

TITANIA. Musik her! Schlafbeschwörende Musik!

DROLL. Wenn du erwachst, so sollst du, umgeschaffen,
Aus deinen eignen, dummen Augen gaffen.

OBERON. Ertön' Musik!

Sanfte Musik.

Nun komm, Gemahlin! Hand in Hand gefügt,
Und dieser Schläfer Ruheplatz gewiegt!
Die Freundschaft zwischen uns ist nun erneut:
Wir tanzen morgen mitternacht erfreut
In Theseus' Hause bei der Festlichkeit
Und segnen es mit aller Herrlichkeit.
Auch werden da vermählt zu gleicher Zeit
Die Paare hier in Wonn' und Fröhlichkeit.

DROLL.
Elfenkönig, horch! da klang
Schon der Lerche Morgensang.

OBERON.
Hüpfen wir denn, Königin,
Schweigend nach den Schatten hin!
Schneller als die Monde kreisen,
Können wir die Erd' umreisen.

TITANIA.
Komm, Gemahl, und sage du
Mir im Fliehn: wie ging es zu,
Daß man diese Nacht im Schlaf
Bei den Sterblichen mich traf?

Alle ab.

Waldhörner hinter der Szene.

Theseus, Hippolyta, Egeus und Gefolge treten auf.

THESEUS. Geh' einer hin und finde mir den Förster, –
Denn unsre Maienandacht ist vollbracht,
Und da sich schon des Tages Vortrab zeigt,
So soll Hippolyta die Jagdmusik
Der Hunde hören. – Koppelt sie im Tal
Gen Westen los; eilt, sucht den Förster auf!
Komm, schöne Fürstin, auf des Berges Höh':
Dort laß uns in melodischer Verwirrung
Das Bellen hören, samt dem Widerhall.

HIPPOLYTA.
Ich war beim Herkules und Kadmus einst,
Die mit spartan'schen Hunden einen Bär
In Kretas Wäldern hetzten; nie vernahm ich
So tapfres Toben. Nicht die Haine nur,
Das Firmament, die Quellen, die Reviere,
Sie schienen all' ein Ruf und Gegenruf.
Nie hört' ich so harmon'schen Zwist der Töne,
So hellen Donner.

THESEUS. Auch meine Hunde sind aus Spartas Zucht,
Weitmäulig, scheckig, und ihr Kopf behangen
Mit Ohren, die den Tau vom Grase streifen;
Krummbeinig, wammig wie Thessaliens Stiere;
Nicht schnell zur Jagd, doch ihrer Kehlen Ton
Folgt aufeinander wie ein Glockenspiel.
Harmonischer scholl niemals ein Gebell
Zum Hussa und zum frohen Hörnerschall
In Kreta, Sparta, noch Thessalien.
Entscheidet selbst! – Doch still! wer sind hier diese?

EGEUS.
Hier schlummert meine Tochter, gnäd'ger Herr;
Dies ist Lysander, dies Demetrius,
Dies Helena, des alten Nedars Kind.
Ich bin erstaunt, beisammen sie zu treffen.

THESEUS. Sie machten ohne Zweifel früh sich auf,
Den Mai zu feiern, hörten unsre Absicht
Und kamen her zu unsrer Festlichkeit.
Doch sag mir, Egeus: ist dies nicht der Tag,
Wo Hermia ihre Wahl erklären sollte?

EGEUS. Er ist's, mein Fürst.

THESEUS. Geh, heiß' die Jäger, sie
Mit ihren Hörnern wecken!

Waldhörner und Jagdgeschrei hinter der Szene; Demetrius, Lysander, Hermia und Helena erwachen und fahren auf.

THESEUS. Ei, guten Tag! Sankt Velten ist vorbei,
Und paaren jetzt sich diese Vögel erst?

LYSANDER. Verzeihung, Herr!

Er und die übrigen knieen.

THESEUS. Steht auf, ich bitt' euch alle!
Ich weiß, ihr zwei seid Feind' und Nebenbuhler:
Wo kommt nun diese milde Eintracht her,
Daß, fern vom Argwohn, Haß beim Hasse schläft
Und keiner Furcht vor Feindlichkeiten hegt?

LYSANDER.
Mein Fürst, ich werd' erstaunt Euch Antwort geben.
Halb wachend, halb im Schlaf: noch, schwör' ich Euch,
Ich weiß nicht recht, wie ich hieher mich fand.
Doch denk' ich (denn ich möchte wahrhaft reden –
Und jetzt besinn' ich mich, so ist es auch),
Ich kam mit Hermia her; wir hatten vor,
Weg von Athen an einen Ort zu fliehn,
Wo des Gesetzes Bann uns nicht erreichte.

EGEUS. Genug, genug! Mein Fürst, Ihr habt genug;

Ich will den Bann, den Bann auf seinen Kopf.
Fliehn wollten sie, ja fliehn, Demetrius!
Und wollten so berauben dich und mich,
Dich deines Weibs, und meines Wortes mich:
Des Wortes, das zum Weibe dir sie gab.

DEMETRIUS.
Mein Fürst, die schöne Helena verriet
Mir ihren Plan, in diesen Wald zu flüchten;
Und ich verfolgte sie hieher aus Wut,
Die schöne Helena aus Liebe mich.
Doch weiß ich nicht, mein Fürst, durch welche Macht
(Doch eine höh're Macht ist's) meine Liebe
Zu Hermia, wie Schnee zerronnen, jetzt
Mir eines eitlen Tands Erinn'rung scheint,
Worein ich in der Kindheit mich vergafft.
Der Gegenstand, die Wonne meiner Augen,
Und alle Treu' und Tugend meiner Brust
Ist Helena allein. Mit ihr, mein Fürst,
War ich verlobt, bevor ich Hermia sah.
Doch, wie ein Kranker, haßt' ich diese Nahrung;
Nun, zum natürlichen Geschmack genesen,
Begehr' ich, lieb' ich sie, schmacht' ich nach ihr,
Und will ihr treu sein, nun und immerdar.

THESEUS.
Ihr Liebenden, ein Glück, daß ich euch traf!
Wir setzen dies Gespräch bald weiter fort. –
Ihr, Egeus, müßt Euch meinem Willen fügen:
Denn schließen sollen diese Paar' im Tempel
Zugleich mit uns den ewigen Verein.
Und weil der Morgen schon zum Teil verstrich,
So bleib' auch unsre Jagd nun ausgesetzt. –
Kommt mit zur Stadt! Wir wollen drei selb drei
Ein Fest begehn, das ohne Gleichen sei. –
Komm denn, Hippolyta!

Theseus, Hippolyta, Egeus und Gefolge ab.

DEMETRIUS.
Dies alles scheint so klein und unerkennbar,
Wie ferne Berge, schwindend im Gewölk.

HERMIA. Mir ist, ich säh' dies mit geteiltem Auge,
Dem alles doppelt scheint.

HELENA. So ist's auch mir.
Ich fand Demetrius, so wie ein Kleinod,
Mein, und auch nicht mein eigen.

DEMETRIUS. Seid Ihr denn
Des Wachens auch gewiß? Mir scheint's, wir schlafen,
Wir träumen noch. Denkt Ihr nicht, daß der Herzog
Hier war und ihm zu folgen uns gebot?

HERMIA. Ja, auch mein Vater.

HELENA. Und Hippolyta.

LYSANDER. Und er beschied uns zu sich in den Tempel.

DEMETRIUS.
Wohl denn, wir wachen also. Auf, ihm nach!
Und plaudern wir im Gehn von unsern Träumen.

Ab.

Wie sie abgehn, wacht Zettel auf.

ZETTEL. Wenn mein Stichwort kommt, ruft mich, und ich will antworten. 'Mein nächstes ist: »All'rschönster Pyramus!«–' He! Holla! – Peter Squenz! Flaut, der Bälgenflicker! Schnauz, der Kesselflicker! Schlucker! – Sapperment! Alle davon gelaufen, und lassen mich hier schlafen! – Ich habe ein äußerst rares Gesicht gehabt. Ich hatte 'nen Traum – 's geht über Menschenwitz, zu sagen, was es für ein Traum war. Der Mensch ist nur ein Esel, wenn er sich einfallen läßt, diesen Traum auszulegen. Mir war, als wär' ich – kein Menschenkind kann sagen, was. Mir war, als wär' ich, und mir war, als hätt' ich – aber der Mensch ist nur ein lumpiger Hanswurst, wenn er sich unterfängt, zu sagen, was mir war, als hätt, ich's; des Menschen Auge hat's nicht gehört, des Menschen Ohr hat's nicht gesehen, des Menschen Hand kann's nicht schmecken, seine Zunge kann's nicht begreifen, und sein Herz nicht wieder sagen, was mein Traum war. – Ich will den Peter Squenz dazu kriegen, mir von diesem Traum eine Ballade zu schreiben; sie soll Zettels Traum heißen, weil sie so seltsam angezettelt ist, und ich will sie gegen das Ende des Stücks vor dem Herzoge singen. Vielleicht, um sie noch anmutiger zu machen, werde ich sie nach dem Tode singen. *Ab.*

Zweite Szene

Athen. Eine Stube in Squenzens Hause.
Squenz, Flaut, Schnauz und Schlucker kommen.

SQUENZ. Habt ihr nach Zettels Hause geschickt? Ist er noch nicht zu Haus gekommen?

SCHLUCKER. Man hört nichts von ihm. Ohne Zweifel ist er transportiert.

FLAUT. Wenn er nicht kommt, so ist das Stück zum Henker. Es geht nicht vor sich, nicht wahr?

SQUENZ. Es ist nicht möglich. Ihr habt keinen Mann in ganz Athen, außer ihm, der kapabel ist, den Pyramus herauszubringen.

FLAUT. Nein; er hat schlechterdings den besten Witz von allen Handwerksleuten in Athen.

SQUENZ. Ja, der Tausend! und die beste Person dazu. Und was eine süße Stimme betrifft, da ist er ein rechtes Phänomen.

FLAUT. Ein Phönix müßt Ihr sagen. Ein Phänomen (Gott behüte uns!) ist ein garstiges Ding.

Schnock kommt.

SCHNOCK. Meisters, der Herzog kommt eben vom Tempel, und noch drei oder vier andere Herren und Damen mehr sind verheiratet. Wenn unser Spiel vor sich gegangen wäre, so wären wir alle gemachte Leute gewesen.

FLAUT. O lieber Sappermentsjunge, Zettel! So hat er nun sechs Batzen des Tags für Lebenszeit verloren. Er konnte sechs Batzen des Tags nicht entgehn, – und wenn ihm der Herzog nicht sechs Batzen des Tags für den Pyramus gegeben hätte, will ich mich hängen lassen! Er hätt' es verdient. – Sechs Batzen des Tags für den Pyramus, oder gar nichts!

Zettel kommt.

ZETTEL. Wo sind die Buben? Wo sind die Herzensjungen?

SQUENZ. Zettel! – O allertrefflichster Tag! gebenedeite Stunde!

ZETTEL. Meisters, ich muß Wunderdinge reden, aber fragt mich nicht, was; denn wenn ich's euch sage bin ich kein ehrlicher Athener. Ich will euch alles sagen, just wie es sich zutrug.

SQUENZ. Laß uns hören, lieber Zettel!

ZETTEL. Nicht eine Silbe. Nur so viel will ich euch sagen, der Herzog haben zu Mittage gespeist. Kriegt eure Gerätschaften herbei! Gute Schnüre an eure Bärte! Neue Bänder an eure Schuh'! Kommt gleich beim Palaste zusammen; laßt jeden seine Rolle überlesen; denn das Kurze und das Lange von der Sache ist: unser Spiel geht vor sich. Auf allen Fall laßt Thisbe reine Wäsche anziehn, und laßt den, der den Löwen macht, seine Nägel nicht verschneiden; denn sie sollen heraushängen, als des Löwen Klauen. Und, allerliebste Akteurs! eßt keine Zwiebeln, keinen Knoblauch; denn wir sollen süßen Odem von uns geben, und ich zweifle nicht, sie werden sagen: Es ist eine sehr süße Komödie. Keine Worte weiter! Fort! Marsch, fort!

Alle ab.

Fünfter Aufzug

Erste Szene

Ein Zimmer im Palaste des Theseus.
Theseus, Hippolyta, Philostrat, Herren vom Hofe und Gefolge treten auf.

HIPPOLYTA.
Was diese Liebenden erzählen, mein Gemahl,
Ist wundervoll.

THESEUS. Mehr wundervoll, wie wahr.
Ich glaubte nie an diese Feenpossen
Und Fabelei'n. Verliebte und Verrückte
Sind beide von so brausendem Gehirn,
So bildungsreicher Phantasie, die wahrnimmt,
Was nie die kühlere Vernunft begreift.
Wahnwitzige, Poeten und Verliebte
Bestehn aus Einbildung. Der eine sieht
Mehr Teufel, als die weite Hölle faßt:
Der Tolle nämlich; der Verliebte sieht
Nicht minder irr, die Schönheit Helenas
Auf einer äthiopisch braunen Stirn.
Des Dichters Aug', in schönem Wahnsinn rollend,
Blitzt auf zum Himmel, blitzt zur Erd' hinab,
Und wie die schwangre Phantasie Gebilde
Von unbekannten Dingen ausgebiert,
Gestaltet sie des Dichters Kiel, benennt
Das luft'ge Nichts und gibt ihm festen Wohnsitz.
So gaukelt die gewalt'ge Einbildung;
Empfindet sie nur irgendeine Freude,
Sie ahndet einen Bringer dieser Freude;
Und in der Nacht, wenn uns ein Graun befällt,
Wie leicht, daß man den Busch für einen Bären hält!

HIPPOLYTA. Doch diese ganze Nachtbegebenheit
Und ihrer aller Sinn, zugleich verwandelt,
Bezeugen mehr als Spiel der Einbildung.
Es wird daraus ein Ganzes voll Bestand,
Doch seltsam immer noch, und wundervoll.

Lysander, Demetrius, Hermia und Helena treten auf.

THESEUS. Hier kommen die Verliebten, froh entzückt.
Glück, Freunde, Glück! Und heitre Liebestage
Nach Herzenswunsch!

LYSANDER. Beglückter noch, mein Fürst,
Sei Euer Aus- und Eingang, Tisch und Bett!

THESEUS.
Nun kommt! Was haben wir für Spiel' und Tänze?
Wie bringen wir nach Tisch bis Schlafengehn
Den langen Zeitraum von drei Stunden hin?
Wo ist der Meister unsrer Lustbarkeiten?
Was gibt's für Kurzweil? Ist kein Schauspiel da,
Um einer langen Stunde Qual zu lindern? –
Ruft mir den Philostrat!

PHILOSTRAT. Hier, großer Theseus!

THESEUS.
Was gibt's für Zeitvertreib auf diesen Abend?
Was für Musik und Tanz? Wie täuschen wir
Die träge Zeit, als durch Belustigung?

PHILOSTRAT.
Der Zettel hier besagt die fert'gen Spiele:
Wähl' Eure Hoheit, was sie sehen will!

Überreicht ein Papier.

THESEUS *liest.*
»Das Treffen der Zentauren; wird zur Harfe
Von einem Hämling aus Athen gesungen.«
Nein, nichts hievon! Das hab' ich meiner Braut
Zum Ruhm des Vetter Herkules erzählt.
»Der wohlbezechten Bacchanalen Wut,
Wie sie den Sänger Thraziens zerreißen.«
Das ist ein altes Stück; es ward gespielt,
Als ich von Theben siegreich wieder kam.
»Der Musen Neunzahl, traurend um den Tod
Der jüngst im Bettelstand verstorbenen Gelahrtheit.«
Das ist 'ne strenge, beißende Satire,
Die nicht zu einer Hochzeitfeier paßt.
»Ein kurz langweil'ger Akt vom jungen Pyramus
Und Thisbe, seinem Lieb'. Spaßhafte Tragödie.«
Kurz und langweilig? Spaßhaft und doch tragisch?
Das ist ja glühend Eis und schwarzer Schnee.
Wer findet mir die Eintracht dieser Zwietracht?

PHILOSTRAT.
Es ist ein Stück, ein Dutzend Worte lang,
Und also kurz, wie ich nur eines weiß;
Langweilig wird es, weil's ein Dutzend Worte
Zu lang ist, gnäd'ger Fürst; kein Wort ist recht
Im ganzen Stück, kein Spieler weiß Bescheid.
Und tragisch ist es auch, mein Gnädigster,
Denn Pyramus bringt selbst darin sich um.
Als ich's probieren sah, ich muß gestehen,
Es zwang mir Tränen ab; doch lust'ger weinte
Des lauten Lachens Ungestüm sie nie.

THESEUS. Wer sind die Spieler?

PHILOSTRAT. Männer, hart von Faust,
Die in Athen hier ein Gewerbe treiben,
Die nie den Geist zur Arbeit noch geübt,
Und nun ihr widerspenstiges Gedächtnis
Mit diesem Stück auf Euer Fest geplagt.

THESEUS. Wir wollen's hören.

PHILOSTRAT. Nein, nein, gnäd'ger Fürst,
Es ist kein Stück für Euch. Ich hört' es an,
Und es ist nichts daran, nichts auf der Welt,
Wenn Ihr nicht Spaß an ihren Künsten findet,
Die sie mit schwerer Müh' sich eingeprägt,
Euch damit aufzuwarten.

THESEUS. Ich will's hören,
Denn nie kann etwas mir zuwider sein,
Was Einfalt darbringt und Ergebenheit.
Geht, führt sie her! Ihr Frauen, nehmet Platz!

Philostrat ab.

HIPPOLYTA.
Ich mag nicht gern Armseligkeit bedrückt,
Ergebenheit im Dienst erliegen sehn.

THESEUS.
Du sollst ja, Teure, nichts dergleichen sehn.

HIPPOLYTA. Er sagt ja, sie verstehen nichts davon.

THESEUS. Um desto güt'ger ist's, für nichts zu danken.
Was sie versehen, ihnen nachzusehn,
Sei unsre Lust. Was armer, will'ger Eifer
Zu leisten nicht vermag, schätzt edle Rücksicht
Nach dem Vermögen nur, nicht nach dem Wert.
Wohin ich kam, da hatten sich Gelahrte
Auf wohlgesetzte Reden vorbereitet.
Da haben sie gezittert, sich entfärbt,
Gestockt in einer halb gesagten Phrase;
Die Angst erstickte die erlernte Rede,
Noch eh' sie ihren Willkomm vorgebracht,
Und endlich brachen sie verstummend ab.
Sogar aus diesem Schweigen, liebes Kind,
Glaub' mir, fand ich den Willkomm doch heraus;
Ja, in der Schüchternheit bescheidnen Eifers
Las ich so viel, als von der Plapperzunge
Vorwitzig prahlender Beredsamkeit.
Wann Lieb' und Einfalt sich zu reden nicht erdreisten,
Dann, dünkt mich, sagen sie im Wenigsten am meisten.

Philostrat kommt zurück.

PHILOSTRAT. Beliebt es Eurer Hoheit? Der Prolog
Ist fertig.

THESEUS. Laßt ihn kommen!

Trompeten.
Der Prolog tritt auf.

PROLOG.
»Wenn wir mißfallen tun, so ist's mit gutem Willen;
Der Vorsatz bleibt doch gut, wenn wir ihn nicht erfüllen.
Zu zeigen unsre Pflicht durch dieses kurze Spiel,
Das ist der wahre Zweck von unserm End' und Ziel.
Erwäget also denn, warum wir kommen sein:
Wir kommen nicht, als sollt ihr euch daran ergetzen;
Die wahre Absicht ist – zu eurer Lust allein
Sind wir nicht hier –, daß wir in Reu' und Leid euch setzen.
Die Spieler sind bereit; wenn ihr sie werdet sehen,
Versteht ihr alles schon, was ihr nur wollt verstehen.«

THESEUS. Dieser Bursche nimmt's nicht sehr genau.

LYSANDER. Er hat seinen Prolog geritten wie ein wildes Füllen; er weiß noch nicht, wo er Halt machen soll. Eine gute Lehre, gnädiger Herr: es ist nicht genug, daß man rede; man muß auch richtig reden.

HIPPOLYTA. In der Tat, er hat auf seinem Prolog gespielt, wie ein Kind auf der Flöte. Er brachte wohl einen Ton heraus, aber keine Note.

THESEUS. Seine Rede war wie eine verwickelte Kette: nichts zerrissen, aber alles in Unordnung. Wer kommt zunächst?

Pyramus, Thisbe, Wand, Mondschein und Löwe treten als stumme Personen auf.

PROLOG.
»Was dies bedeuten soll, das wird euch wundern müssen,
Bis Wahrheit alle Ding' stellt an das Licht herfür,
Der Mann ist Pyramus, wofern ihr es wollt wissen;
Und dieses Fräulein schön ist Thisbe, glaubt es mir.
Der Mann mit Mörtel hier und Leimen soll bedeuten
Die Wand, die garst'ge Wand, die ihre Lieb' tät scheiden.
Doch freut es sie, drob auch sich niemand wundern soll,
Wenn durch die Spalte klein sie konnten flüstern wohl.
Der Mann da mit Latern' und Hund und Busch von Dorn
Den Mondschein präsentiert; denn, wann ihr's wollt erwägen:
Bei Mondschein hatten die Verliebten sich verschwor'n,
Zu gehn nach Nini Grab, um dort der Lieb' zu pflegen.
Dies gräßlich wilde Tier, mit Namen Löwe groß,
Die treue Thisbe, die des Nachts zuerst gekommen,
Tät scheuchen, ja vielmehr erschrecken, daß sie bloß
Den Mantel fallen ließ, und drauf die Flucht genommen.
Drauf dieser schnöde Löw' in seinen Rachen nahm
Und ließ mit Blut befleckt den Mantel lobesam.
Sofort kommt Pyramus, ein Jüngling weiß und rot,
Und find't den Mantel da von seiner Thisbe tot;
Worauf er mit dem Deg'n, mit blutig bösem Degen,
Die blut'ge heiße Brust sich tapferlich durchstach;
Und Thisbe, die indes im Maulbeerschatten g'legen,
Zog seinen Dolch heraus und sich das Herz zerbrach.
Was noch zu sagen ist, das wird, glaubt mir fürwahr!
Euch Mondschein, Wand und Löw' und das verliebte Paar
Der Läng' und Breite nach, solang' sie hier verweilen,
Erzählen, wenn ihr wollt, in wohlgereimten Zeilen.«

Prolog, Thisbe, Löwe und Mondschein ab.

THESEUS. Mich nimmt wunder, ob der Löwe sprechen wird.

DEMETRIUS.
Kein Wunder, gnädiger Herr: ein Löwe kann's wohl, da so viele Esel es tun.

WAND. »In dem besagten Stück es sich zutragen tut,
Daß ich, Thoms Schnauz genannt, die Wand vorstelle gut.
Und eine solche Wand, wovon ihr solltet halten,
Sie sei durch einen Schlitz recht durch und durch gespalten,
Wodurch der Pyramus und seine Thisbe fein
Oft flüsterten fürwahr ganz leis' und insgeheim.
Der Mörtel und der Leim und dieser Stein tut zeigen,
Daß ich bin diese Wand, ich will's euch nicht

verschweigen.
Und dies die Spalte ist, zur Linken und zur Rechten,
Wodurch die Buhler zwei sich täten wohl besprechen.«

THESEUS. Kann man verlangen, daß Leim und Haar besser reden sollten?

DEMETRIUS. Es ist die witzigste Abteilung, die ich jemals vortragen hörte.

THESEUS. Pyramus geht auf die Wand los. Stille!

PYRAMUS. »O Nacht, so schwarz von Farb', o grimmerfüllte Nacht!
O Nacht, die immer ist, sobald der Tag vorbei.
O Nacht! O Nacht! O Nacht! ach! ach! ach! Himmel! ach!
Ich fürcht', daß Thisbes Wort vergessen worden sei. –
Und du, o Wand, o süß' und liebenswerte Wand,
Die zwischen unsrer beiden Eltern Haus tut stehen!
Du Wand, o Wand, o süß' und liebenswerte Wand!
Zeig' deine Spalte mir, daß ich dadurch mag sehen.

Wand hält die Finger in die Höhe.

Hab' Dank, du gute Wand! Der Himmel lohn' es dir!
Jedoch was seh' ich dort? Thisbe, die seh' ich nicht.
O böse Wand, durch die ich nicht seh' meine Zier,
Verflucht sei'n deine Stein', daß du so äffest mich.«

THESEUS. Mich dünkt, die Wand müßte wieder fluchen, da sie Empfindung hat.

PYRAMUS. Nein, fürwahr, Herr, das muß er nicht. »Äffest mich« ist Thisbes Stichwort; sie muß hereinkommen, und ich muß sie dann durch die Wand ausspionieren. Ihr sollt sehen, es wird just zutreffen, wie ich Euch sage. Da kommt sie schon.

Thisbe kommt.

THISBE.
»O Wand, du hast schon oft gehört das Seufzen mein,
Mein'n schönsten Pyramus weil du so trennst von mir.
Mein roter Mund hat oft geküsset deine Stein',
Dein' Stein', mit Leim und Haar geküttet auf in dir.«

PYRAMUS.
»Ein' Stimm' ich sehen tu'; ich will zur Spalt' und schauen,
Ob ich nicht hören kann meiner Thisbe Antlitz klar.
Thisbe!«

THISBE.
»Dies ist mein Schatz, mein Liebchen ist's, fürwahr!«

PYRAMUS. »Denk', was du willst, ich bin's; du kannst mir sicher trauen.
Und gleich Limander bin ich treu in meiner Pflicht.«

THISBE.
»Und ich gleich Helena, bis mich der Tod ersticht.«

PYRAMUS.
»So treu war Schefelus einst seiner Prokrus nicht.«

THISBE.
»Wie Prokrus Scheflus liebt', lieb' ich dein Angesicht.«

PYRAMUS. »O küss' mich durch das Loch von dieser garst'gen Wand!«

THISBE. »Mein Kuß trifft nur das Loch, nicht deiner Lippen Rand.«

PYRAMUS. »Willst du bei Nickels Grab heut nacht mich treffen an?«

THISBE. »Sei's lebend oder tot, ich komme, wenn ich kann.«
Wand:
»So hab' ich Wand nunmehr mein' Part gemachet gut,
Und nun sich also Wand hinweg begeben tut.«

Wand, Pyramus und Thisbe ab.

THESEUS. Nun ist also die Wand zwischen den beiden Nachbarn nieder.

DEMETRIUS. Das ist nicht mehr als billig, gnädiger Herr, wenn Wände Ohren haben.

HIPPOLYTA. Dies ist das einfältigste Zeug, das ich jemals hörte.

THESEUS. Das Beste in dieser Art ist nur Schattenspiel, und das Schlechteste ist nichts Schlechteres, wenn die Einbildungskraft nachhilft.

HIPPOLYTA. Das muß denn Eure Einbildungskraft tun, und nicht die ihrige.

THESEUS. Wenn wir uns nichts Schlechteres von ihnen einbilden, als sie selbst, so mögen sie für vortreffliche Leute gelten. Hier kommen zwei edle Tiere herein, ein Mond und ein Löwe.

Löwe und Mondschein treten auf.

LÖWE. »Ihr, Fräulein, deren Herz fürchtet die kleinste Maus,
Die in monströser Gestalt tut auf dem Boden schweben,
Mögt itzo zweifelsohn' erzittern und erbeben,
Wenn Löwe, rauh von Wut, läßt sein Gebrüll heraus.
So wisset denn, daß ich Hans Schnock, der Schreiner, bin,
Kein böser Löw' fürwahr, noch eines Löwen Weib;
Denn käm' ich als ein Löw', und hätte Harm im Sinn,
So dau'rte, meiner Treu, mich mein gesunder Leib.«

THESEUS.
Eine sehr höfliche Bestie und sehr gewissenhaft.

DEMETRIUS. Das Beste von Bestien, gnädiger Herr, was ich je gesehn habe.

LYSANDER.
Dieser Löwe ist ein rechter Fuchs an Herzhaftigkeit.

THESEUS. Wahrhaftig, und eine Gans an Klugheit.

DEMETRIUS. Nicht so, gnädiger Herr, denn seine Herzhaftigkeit kann sich seiner Klugheit nicht bemeistern, wie der Fuchs einer Gans.

THESEUS. Ich bin gewiß, seine Klugheit kann sich seiner Herzhaftigkeit nicht bemeistern; denn eine Gans bemeistert sich keines Fuchses. Wohl! überlaßt es seiner Klugheit, und laßt uns auf den Mond horchen!

MOND. »Den wohlgehörnten Mond d' Latern' z' erkennen gibt.«

DEMETRIUS.
Er sollte die Hörner auf dem Kopfe tragen.

THESEUS. Er ist ein Vollmond; seine Hörner stecken unsichtbar in der Scheibe.

MOND. »Den wohlgehörnten Mond d' Latern' z' erkennen gibt;
Ich selbst den Mann im Mond, wofern es euch beliebt.«

THESEUS. Das ist noch der größte Verstoß unter allen: der Mann sollte in die Laterne gesteckt werden; wie ist er sonst der Mann im Monde?

DEMETRIUS. Er darf es nicht wegen des Lichtes. Er würde es in Feuer und Flammen setzen.

HIPPOLYTA. Ich bin diesen Mond satt; ich wollte,

er wechselte.

THESEUS. Das kleine Licht seiner Vernunft zeigt, daß er im Abnehmen ist. Aber doch, aus Höflichkeit und der Ordnung wegen, müssen wir die Zeit ausdauern.

LYSANDER. Sprich weiter, Mond!

MOND. Alles, was ich zu sagen habe, ist, euch zu melden: daß diese Laterne der Mond ist; ich der Mann im Monde; dieser Dornbusch, mein Dornbusch; und dieser Hund, mein Hund.

DEMETRIUS. Alle diese Dinge sollten also in der Laterne sein, denn sie sind im Monde. Doch still! hier kommt Thisbe.

Thisbe tritt auf.

THISBE.
»Dies ist ja Nickels Grab; wo ist mein Liebchen denn?«

LÖWE. Oh!

Der Löwe brüllt, Thisbe läuft davon.

DEMETRIUS. Gut gebrüllt, Löwe!

THESEUS. Gut gelaufen, Thisbe!

HIPPOLYTA. Gut geschienen, Mond! – In der Tat, der Mond scheint mit vielem Anstande.

Der Löwe zerreißt den Mantel der Thisbe.

THESEUS. Gut gezaust, Löwe!

DEMETRIUS. Und da kam Pyramus.

Pyramus kommt.

LYSANDER.
Und da verschwand der Löwe.

Löwe ab.

PYRAMUS.
»Ich dank' dir, süßer Mond, für deine Sonnenstrahlen,
Die also hell und schön den Erdenball bemalen;
Dieweil bei deinem Gold und funkelnd süßem Licht
Zu kosten ich verhoff' mein'r Thisben Angesicht.
Doch halt, o Pein!
Was soll dies sein?
Was für ein Graus ist dies?
Aug', siehst du noch?
O schweres Joch!
Mein Herz, mein Liebchen süß,
Dein Mantel gut
Befleckt mit Blut!
Ihr Furien, kommt im Trab
Herbei, und rächt,
Und löscht, und brecht
Den Lebensfaden ab!«

THESEUS. Dieser Jammer und der Tod eines werten Freundes sollten einen Menschen schon zum Trauern bringen.

HIPPOLYTA. Bei meiner Seele, ich bedaure den Mann.

PYRAMUS.
»Warum denn, o Natur, tatst du den Löwen bauen?
Weil solch ein schnöder Löw' mein Lieb hat defloriert.
Sie, welche ist – nein, war – die schönste aller Frauen,
Die je des Tages Glanz mit ihrem Schein geziert.
Komm, Tränenschar!
Aus, Schwert! Durchfahr'
Die Brust dem Pyramo!
Die Linke hier,
Wo' s Herz hüpft mir;
So sterb' ich denn, so, so!
Nun tot ich bin,
Der Leib ist hin,
Die Seel' speist Himmelsbrot.
O Zung', lisch aus!
Mond, lauf' nach Haus!
Nun tot, tot, tot, tot, tot!«

Er stirbt. Mondschein ab.

HIPPOLYTA. Wie kommt's, daß der Mondschein weggegangen ist, ehe Thisbe zurückkommt und ihren Liebhaber findet?

THESEUS. Sie wird ihn beim Sternenlicht finden. – Hier kommt sie; und ihr Jammer endigt das Spiel.

Thisbe kommt.

HIPPOLYTA. Mich deucht, sie sollte keinen langen Jammer für solch einen Pyramus nötig haben; ich hoffe, sie wird sich kurz fassen.

DEMETRIUS. Eine Motte wird in der Waage den Ausschlag geben, ob Pyramus oder Thisbe mehr taugt.

LYSANDER.
Sie hat ihn schon mit ihren süßen Augen ausgespäht.

DEMETRIUS. Und so jammert sie, folgendergestalt:

THISBE.
»Schläfst du, mein Kind?
Steh auf geschwind!
Wie, Täubchen, bist du tot?
O sprich! o sprich!
O rege dich!
Ach! tot ist er! O Not!
Dein Lilienmund,
Dein Auge rund,
Wie Schnittlauch frisch und grün,
Dein' Kirschennas',
Dein' Wangen blaß,
Die wie ein Goldlack blühn,
Soll nun ein Stein
Bedecken fein?
O klopf' mein Herz und brich!
Ihr Schwestern drei!
Kommt, kommt herbei,
Und leget Hand an mich!
Zung', nicht ein Wort!
Nun, Dolch, mach' fort,
Zerreiß' des Busens Schnee!
Lebt wohl, ihr Herrn!
Ich scheide gern.
Ade, Ade, Ade!«

Sie stirbt.

THESEUS. Mondschein und Löwe sind übrig geblieben, um die Toten zu begraben.

DEMETRIUS. Ja, und Wand auch.

ZETTEL. Nein, wahrhaftig nicht; die Wand ist niedergerissen, die ihre Väter trennte. Beliebt es euch, den Epilog zu sehen, oder einen Bergomasker Tanz zwischen zweien von unsrer Gesellschaft zu hören?

THESEUS. Keinen Epilog, ich bitte Euch; Euer Stück bedarf keiner Entschuldigung.
Entschuldigt nur nicht: wenn alle Schauspieler tot sind, braucht man keinen zu tadeln. Meiner Treu, hätte der, der es geschrieben hat, den Pyramus

gespielt, und sich in Thisbes Strumpfband aufgehängt, so wär' es eine schöne Tragödie gewesen; und das ist es auch, wahrhaftig, und recht wacker agiert. Aber kommt, Euren Bergomasker Tanz! Den Epilog laßt laufen!

Ein Tanz von Rüpeln.

THESEUS.

Die Mitternacht rief zwölf mit eh'rner Zunge.
Zu Bett, Verliebte! Bald ist's Geisterzeit.
Wir werden, fürcht' ich, in den Morgen schlafen,
So weit wir in die Nacht hineingewacht.
Dies greiflich dumme Spiel hat doch den trägen Gang
Der Nacht getäuscht. Zu Bett, geliebten Freunde!
Noch vierzehn Tage lang soll diese Festlichkeit
Sich jede Nacht erneun mit Spiel und Lustbarkeit.

Alle ab.

DROLL *tritt auf.*

Jetzt beheult der Wolf den Mond,
Durstig brüllt im Forst der Tiger;
Jetzt, mit schwerem Dienst verschont,
Schnarcht der arbeitmüde Pflüger;
Jetzo schmaucht der Brand am Herd,
Und das Käuzlein kreischt und jammert,
Daß der Krank' es ahndend hört
Und sich fest ans Kissen klammert;
Jetzo gähnt Gewölb' und Grab,
Und, entschlüpft den kalten Mauern,
Sieht man Geister auf und ab,
Sieht am Kirchhofszaun sie lauern.
Und wir Elfen, die mit Tanz
Hekates Gespann umhüpfen
Und, gescheucht vom Sonnenglanz,
Träumen gleich, ins Dunkel schlüpfen,
Schwärmen jetzo: keine Maus
Störe dies geweihte Haus!
Voran komm' ich mit Besenreis,
Den Flur zu fegen blank und weiß.

Oberon und Titania mit ihrem Gefolge treten auf.

OBERON.

Bei des Feuers mattem Flimmern,
Geister, Elfen, stellt euch ein!
Tanzet in den bunten Zimmern
Manchen leichten Ringelreihn!
Singt nach meiner Lieder Weise!
Singet! hüpfet! lose! leise!

TITANIA.

Wirbelt mir mit zarter Kunst
Eine Not' auf jedes Wort;
Hand in Hand, mit Feengunst,
Singt und segnet diesen Ort!

Gesang und Tanz.

OBERON.

Nun, bis Tages Wiederkehr,
Elfen, schwärmt im Haus umher!
Kommt zum besten Brautbett hin,
Daß es Heil durch uns gewinn'!
Das Geschlecht, entsprossen dort,
Sei gesegnet immerfort;
Jedes dieser Paare sei
Ewiglich im Lieben treu;
Ihr Geschlecht soll nimmer schänden
Die Natur mit Feindeshänden;
Und mit Zeichen schlimmer Art,
Muttermal und Hasenschart',
Werde durch des Himmels Zorn
Ihnen nie ein Kind gebor'n. –
Elfen, sprengt durchs ganze Haus
Tropfen heil'gen Wiesentaus!
Jedes Zimmer, jeden Saal
Weiht und segnet allzumal!
Friede sei in diesem Schloß,
Und sein Herr ein Glücksgenoß!
Nun genung!
Fort im Sprung!
Trefft mich in der Dämmerung!

Oberon, Titania und Gefolge ab.

DROLL.

Wenn wir Schatten euch beleidigt,
Oh, so glaubt – und wohl verteidigt
Sind wir dann! – ihr alle schier
Habet nur geschlummert hier
Und geschaut in Nachtgesichten
Eures eignen Hirnes Dichten.
Wollt ihr diesen Kindertand,
Der wie leere Träume schwand,
Liebe Herrn, nicht gar verschmähn,
Sollt ihr bald was Beßres sehn.
Wenn wir bösem Schlangenzischen
Unverdienter Weis' entwischen,
So verheißt auf Ehre Droll
Bald euch unsres Dankes Zoll;
Ist ein Schelm zu heißen willig,
Wenn dies nicht geschieht, wie billig.
Nun gute Nacht! Das Spiel zu enden,
Begrüßt uns mit gewognen Händen!

Ab.

DER
KAUFMANN von VENEDIG.

Personen

Der Doge von Venedig
Prinz von Marokko
Prinz von Arragon, Freier der Porzia
Antonio, der Kaufmann von Venedig
Bassanio, sein Freund
Solanio,
Salarino,
Graziano, Freunde des Antonio
Lorenzo, Liebhaber der Jessica
Shylock, ein Jude
Tubal, ein Jude, sein Freund
Lanzelot Gobbo, Shylocks Diener
Der alte Gobbo, Lanzelots Vater
Salerio, ein Bote von Venedig
Leonardo, Bassanios Diener
Balthasar
Stephano, Porzias Diener
Porzia, eine reiche Erbin
Nerissa, ihre Begleiterin
Jessica, Shylocks Tochter
Senatoren von Venedig, Beamte des Gerichtshofes, Gefangenwärter, Bediente und andres Gefolge
Die Szene ist teils zu Venedig, teils zu Belmont, Porzias Landsitz

Erster Aufzug

Erste Szene

Venedig. Eine Straße.
Antonio, Salarino und Solanio treten auf.

ANTONIO.
Fürwahr, ich weiß nicht, was mich traurig macht:
Ich bin es satt; ihr sagt, das seid ihr auch.
Doch wie ich dran kam, wie mir's angeweht,
Von was für Stoff es ist, woraus erzeugt,
Das soll ich erst erfahren.
Und solchen Dummkopf macht aus mir die Schwermut,
Ich kenne mit genauer Not mich selbst.

SALARINO. Eu'r Sinn treibt auf dem Ozean umher,
Wo Eure Galeonen, stolz besegelt,
Wie Herrn und reiche Bürger auf der Flut,
Als wären sie das Schaugepräng' der See,
Hinwegsehn über kleines Handelsvolk,
Das sie begrüßet, sich vor ihnen neigt,
Wie sie vorbeiziehn mit gewebten Schwingen.

SOLANIO.
Herr, glaubt mir, hätt' ich so viel auf dem Spiel,
Das beste Teil von meinem Herzen wäre
Bei meiner Hoffnung auswärts. Immer würd' ich
Gras pflücken, um den Zug des Winds zu sehn;
Nach Häfen, Reed' und Damm in Karten gucken,
Und alles, was mich Unglück fürchten ließ'
Für meine Ladungen, würd' ohne Zweifel
Mich traurig machen.

SALARINO.
Mein Hauch, der meine Suppe kühlte, würde
Mir Fieberschauer anwehn, dächt' ich dran,
Wie viel zur See ein starker Wind kann schaden.
Ich könnte nicht die Sanduhr rinnen sehn,
So dächt' ich gleich an Seichten und an Bänke,
Säh' meinen reichen Hans im Sande fest,
Das Haupt bis unter seine Rippen neigend,
Sein Grab zu küssen. Ging' ich in die Kirche
Und säh' das heilige Gebäu von Stein,
Sollt' ich nicht gleich an schlimme Felsen denken,
Die an das zarte Schiff nur rühren dürfen,
So streut es auf den Strom all sein Gewürz,
Und hüllt die wilde Flut in meine Seiden.
Und kurz, jetzt eben dies Vermögen noch,
Nun gar keins mehr? Soll ich, daran zu denken,
Gedanken haben, und mir doch nicht denken,
Daß solch ein Fall mich traurig machen würde?
Doch sagt mir nichts; ich weiß, Antonio
Ist traurig, weil er seines Handels denkt.

ANTONIO.
Glaubt mir, das nicht: ich dank' es meinem Glück,
Mein Vorschuß ist nicht einem Schiff vertraut,
Noch einem Ort; noch hängt mein ganz Vermögen
Am Glücke dieses gegenwärt'gen Jahrs:
Deswegen macht mein Handel mich nicht traurig.

SOLANIO. So seid Ihr denn verliebt?

ANTONIO. Pfui, pfui!

SOLANIO.
Auch nicht verliebt? Gut denn, so seid Ihr traurig,
Weil Ihr nicht lustig seid; Ihr könntet eben
Auch lachen, springen, sagen: Ihr seid lustig,
Weil Ihr nicht traurig seid. Nun, beim zweiköpf'gen Janus!
Natur bringt wunderliche Kauz' ans Licht:
Der drückt die Augen immer ein und lacht
Wie'n Starmatz über einen Dudelsack;
Ein andrer von so sauerm Angesicht,
Daß er die Zähne nicht zum Lachen wiese,
Schwür' Nestor auch, der Spaß sei lachenswert.

Bassanio, Lorenzo und Graziano kommen.

Hier kommt Bassanio, Euer edler Vetter,
Graziano und Lorenzo: lebt nun wohl,
Wir lassen Euch in besserer Gesellschaft.

SALARINO. Ich wär' geblieben, bis ich Euch erheitert;
Nun kommen wert're Freunde mir zuvor.

ANTONIO.
Sehr hoch steht Euer Wert in meiner Achtung.
Ich nehm' es so, daß Euch Geschäfte rufen
Und Ihr den Anlaß wahrnehmt, wegzugehn.

SALARINO. Guten Morgen, liebe Herren!

BASSANIO. Ihr lieben Herrn, wann lachen wir einmal?
Ihr macht euch gar zu selten: muß das sein?

SALARINO. Wir hoffen Euch bei Muße aufzuwarten.

Salarino und Solanio ab.

LORENZO. Da Ihr Antonio gefunden habt,
Bassanio, wollen wir Euch nun verlassen.
Doch bitt' ich, denkt zur Mittagszeit daran,
Wo wir uns treffen sollen.

BASSANIO. Rechnet drauf!

GRAZIANO. Ihr seht nicht wohl, Signor Antonio;
Ihr macht Euch mit der Welt zu viel zu schaffen:
Der kommt darum, der mühsam sie erkauft.
Glaubt mir, Ihr habt Euch wunderbar verändert.

ANTONIO.
Mir gilt die Welt nur wie die Welt, Graziano:
Ein Schauplatz, wo man eine Rolle spielt,
Und mein' ist traurig.

GRAZIANO. Laßt den Narr'n mich spielen,
Mit Lust und Lachen laßt die Runzeln kommen,
Und laßt die Brust von Wein mir lieber glühn,
Als härmendes Gestöhn das Herz mir kühlen.
Weswegen sollt' ein Mann mit warmem Blut
Da sitzen wie ein Großpapa, gehaun
In Alabaster? Schlafen, wenn er wacht?
Und eine Gelbsucht an den Leib sich ärgern?
Antonio, ich will dir etwas sagen;
Ich liebe dich, und Liebe spricht aus mir:
Es gibt so Leute, deren Angesicht
Sich überzieht gleich einem steh'nden Sumpf,
Und die ein eigensinnig Schweigen halten,
Aus Absicht, sich in einen Schein zu kleiden
Von Weisheit, Würdigkeit und tiefem Sinn;
Als wenn man spräche: »Ich bin Herr Orakel;
Tu' ich den Mund auf, rühr' sich keine Maus!«
O mein Antonio, ich kenne deren,
Die man deswegen bloß für Weise hält,
Weil sie nichts sagen: sprächen sie, sie brächten
Die Ohren, die sie hörten, in Verdammnis,
Weil sie die Brüder Narren schelten würden.
Ein andermal sag' ich dir mehr hievon.
Doch fische nicht mit so trübsel'gem Köder
Nach diesem Narrengründling, diesem Schein.
Komm, Freund Lorenzo! – Lebt so lange wohl:

Ich schließe meine Predigt nach der Mahlzeit.

LORENZO. Gut, wir verlassen Euch bis Mittagszeit.
Ich muß von diesen stummen Weisen sein,
Denn Graziano läßt mich nie zum Wort.

GRAZIANO.
Gut, leiste mir zwei Jahre noch Gesellschaft,
So kennst du deiner Zunge Laut nicht mehr.

ANTONIO.
Lebt wohl! Ich werd' ein Schwätzer Euch zu lieb.

GRAZIANO.
Dank, fürwahr! denn Schweigen ist bloß zu empfehlen
An geräucherten Zungen und jungfräulichen Seelen.

Graziano und Lorenzo ab.

ANTONIO. Ist das nun irgend was?

BASSANIO. Graziano spricht unendlich viel Nichts, mehr als irgendein Mensch in ganz Venedig. Seine vernünftigen Gedanken sind wie zwei Weizenkörner in zwei Scheffeln Spreu versteckt: Ihr sucht den ganzen Tag, bis Ihr sie findet, und wenn Ihr sie habt, so verlohnen sie das Suchen nicht.

ANTONIO. Gut, sagt mir jetzt, was für ein Fräulein ist's,
Zu der geheime Wallfahrt Ihr gelobt,
Wovon Ihr heut zu sagen mir verspracht?

BASSANIO. Euch ist nicht unbekannt, Antonio,
Wie sehr ich meinen Glücksstand hab' erschöpft,
Indem ich glänzender mich eingerichtet,
Als meine schwachen Mittel tragen konnten.
Auch jammr' ich jetzt nicht, daß die große Art
Mir untersagt ist; meine Sorg' ist bloß,
Mit Ehren von den Schulden los zu kommen,
Worin mein Leben, etwas zu verschwend'risch,
Mich hat verstrickt. Bei Euch, Antonio,
Steht meine größte Schuld, an Geld und Liebe,
Und Eure Liebe leistet mir Gewähr,
Daß ich Euch meine Plan' eröffnen darf,
Wie ich mich löse von der ganzen Schuld.

ANTONIO.
Ich bitt' Euch, mein Bassanio, laßt mich's wissen;
Und steht es, wie Ihr selber immer tut,
Im Angesicht der Ehre, seid gewiß:
Ich selbst, mein Beutel, was ich nur vermag,
Liegt alles offen da zu Euerm Dienst.

BASSANIO.
In meiner Schulzeit, wenn ich einen Bolzen
Verloren hatte, schoß ich seinen Bruder
Von gleichem Schlag den gleichen Weg; ich gab
Nur besser acht, um jenen auszufinden,
Und, beide wagend, fand ich beide oft.
Ich führ' Euch dieses Kinderbeispiel an,
Weil das, was folgt, die lautre Unschuld ist.
Ihr lieht mir viel, und wie ein wilder Junge
Verlor ich, was Ihr lieht; allein, beliebt's Euch,
Noch einen Pfeil desselben Wegs zu schießen,
Wohin der erste flog, so zweifl' ich nicht:
Ich will so lauschen, daß ich beide finde.
Wo nicht, bring' ich den letzten Satz zurück,
Und bleib' Eu'r Schuldner dankbar für den ersten.

ANTONIO.
Ihr kennt mich, und verschwendet nur die Zeit,
Da Ihr Umschweife macht mit meiner Liebe.
Unstreitig tut Ihr jetzt mir mehr zu nah,
Da Ihr mein Äußerstes in Zweifel zieht,
Als hättet Ihr mir alles durchgebracht.
So sagt mir also nur, was ich soll tun,
Wovon Ihr wißt, es kann durch mich geschehn,
Und ich bin gleich bereit: deswegen sprecht!

BASSANIO.
In Belmont ist ein Fräulein, reich an Erbe,
Und sie ist schön, und, schöner als dies Wort,
Von hohen Tugenden; von ihren Augen
Empfing ich holde stumme Botschaft einst.
Ihr Nam' ist Porzia; minder nicht an Wert
Als Catos Tochter, Brutus' Portia.
Auch ist die weite Welt des nicht unkundig,
Denn die vier Winde wehn von allen Küsten
Berühmte Freier her; ihr sonnig Haar
Wallt um die Schläf' ihr, wie ein goldnes Vlies:
Zu Kolchos' Strande macht es Belmonts Sitz,
Und mancher Jason kommt, bemüht um sie.
O mein Antonio! hätt' ich nur die Mittel,
Den Rang mit ihrer einem zu behaupten,
So weissagt mein Gemüt so günstig mir,
Ich werde sonder Zweifel glücklich sein.

ANTONIO.
Du weißt, mein sämtlich Gut ist auf der See;
Mir fehlt's an Geld und Anstalt, eine Summe
Gleich bar zu heben; also geh, sieh zu,
Was in Venedig mein Kredit vermag:
Den spann' ich an, bis auf das äußerste,
Nach Belmont dich für Porzia auszustatten.
Geh, frage gleich herum, ich will es auch,
Wo Geld zu haben: ich bin nicht besorgt,
Daß man uns nicht auf meine Bürgschaft borgt.

Beide ab.

Zweite Szene

Belmont. Ein Zimmer in Porzias Hause.
Porzia und Nerissa kommen.

PORZIA. Auf mein Wort, Nerissa, meine kleine Person ist dieser großen Welt überdrüssig.

NERISSA. Ihr würdet es sein, bestes Fräulein, wenn Euer Ungemach in ebenso reichem Maße wäre, als Euer gutes Glück ist. Und doch, nach allem, was ich sehe, sind die ebenso krank, die sich mit allzuviel überladen, als die bei nichts darben. Es ist also kein mittelmäßiges Los, im Mittelstande zu sein. Überfluß kommt eher zu grauen Haaren, aber Auskommen lebt länger.

PORZIA. Gute Sprüche, und gut vorgetragen!

NERISSA. Gut befolgt, wären sie besser.

PORZIA. Wäre tun so leicht, als wissen, was gut zu tun ist, so wären Kapellen Kirchen geworden, und armer Leute Hütten Fürstenpaläste. Der ist ein guter Prediger, der seine eignen Ermahnungen befolgt: – ich kann leichter zwanzig lehren, was gut zu tun ist, als einer von den zwanzigen sein und meine eignen Lehren befolgen. Das Gehirn kann Gesetze für das Blut aussinnen; aber eine hitzige Natur springt über eine kalte Vorschrift hinaus. Solch ein

Hase ist Tollheit, der junge Mensch, daß er weghüpft über das Netz des Krüppels guter Rat. Aber dies Vernünfteln hilft mir nicht dazu, einen Gemahl zu wählen. – Oh, über das Wort wählen! Ich kann weder wählen, wen ich will; noch ausschlagen, wen ich nicht mag: so wird der Wille einer lebenden Tochter durch den letzten Willen eines toten Vaters gefesselt. Ist es nicht hart, Nerissa, daß ich nicht einen wählen und doch keinen ausschlagen darf?

NERISSA. Euer Vater war allzeit tugendhaft, und fromme Männer haben im Tode gute Eingebungen: also wird die Lotterie, die er mit diesen drei Kästchen von Gold, Silber und Blei ausgesonnen hat, daß der, welcher seine Meinung trifft, Euch erhält, ohne Zweifel von niemanden recht getroffen werden, als von einem, den Ihr recht liebt. Aber welchen Grad von Zuneigung fühlt Ihr gegen irgendeinen der fürstlichen Freier, die schon gekommen sind?

PORZIA. Ich bitte dich, nenne sie her: Wie du sie nennst, will ich sie beschreiben, und von meiner Beschreibung schließe auf meine Zuneigung.

NERISSA. Zuerst ist da der neapolitanische Prinz.

PORZIA. Das ist ein wildes Füllen, in der Tat. Er spricht von nichts als seinem Pferde, und bildet sich nicht wenig auf seine Talente ein, daß er es selbst beschlagen kann. Ich fürchte sehr, seine gnädige Frau Mutter hat es mit einem Schmied gehalten.

NERISSA. Ferner ist da der Pfalzgraf.

PORZIA. Er tut nichts wie stirnrunzeln, als wollt' er sagen: »Wenn Ihr mich nicht haben wollt, so laßt's!« Er hört lustige Geschichten an, und lächelt nicht. Ich fürchte, es wird der weinende Philosoph aus ihm, wenn er alt wird, da er in seiner Jugend so unhöflich finster sieht. Ich möchte lieber an einen Totenkopf mit dem Knochen im Munde verheiratet sein, als an einen von diesen. Gott beschütze mich vor beiden!

NERISSA. Was sagt Ihr denn zu dem französischen Herrn, Monsieur le Bon?

PORZIA. Gott schuf ihn, also laßt ihn für einen Menschen gelten. Im Ernst, ich weiß, daß es sündlich ist, ein Spötter zu sein; aber er! Ja doch, er hat ein besseres Pferd als der Neapolitaner; eine bessere schlechte Gewohnheit, die Stirn zu runzeln, als der Pfalzgraf; er ist jedermann und niemand. Wenn eine Drossel singt, so macht er gleich Luftsprünge; er ficht mit seinem eignen Schatten. Wenn ich ihn nähme, so nähme ich zwanzig Männer; wenn er mich verachtete, so vergäbe ich es ihm: denn er möchte mich bis zur Tollheit lieben, ich werde es niemals erwidern.

NERISSA. Was sagt Ihr denn zu Faulconbridge, dem jungen Baron aus England?

PORZIA. Ihr wißt, ich sage nichts zu ihm, denn er versteht mich nicht, noch ich ihn. Er kann weder Lateinisch, Französisch, noch Italienisch; und Ihr dürft wohl einen körperlichen Eid ablegen, daß ich nicht für einen Heller Englisch verstehe. Er ist eines feinen Mannes Bild – aber ach! wer kann sich mit einer stummen Figur unterhalten? Wie seltsam er gekleidet ist! Ich glaube, er kaufte sein Wams in Italien, seine weiten Beinkleider in Frankreich, seine Mütze in Deutschland, und sein Betragen allenthalben.

NERISSA. Was haltet Ihr von dem schottischen Herrn, seinem Nachbar?

PORZIA. Daß er eine christliche Nachbarnliebe an sich hat, denn er borgte eine Ohrfeige von dem Engländer und schwor, sie wieder zu bezahlen, wenn er imstande wäre; ich glaube, der Franzose ward sein Bürge und unterzeichnete für den andern.

NERISSA. Wie gefällt Euch der junge Deutsche, des Herzogs von Sachsen Neffe?

PORZIA. Sehr abscheulich des Morgens, wenn er nüchtern ist; und höchst abscheulich des Nachmittags, wenn er betrunken ist. Wenn er am besten ist, so ist er wenig schlechter als ein Mann, und wenn er am schlechtesten ist, wenig besser als ein Vieh. Komme das Schlimmste, was da will, ich hoffe, es soll mir doch glücken, ihn los zu werden.

NERISSA. Wenn er sich erböte zu wählen, und wählte das rechte Kästchen, so schlügt Ihr ab, Eures Vaters Willen zu tun, wenn Ihr abschlügt, ihn zu nehmen.

PORZIA. Aus Furcht vor dem Schlimmsten bitte ich dich also, setze einen Römer voll Rheinwein auf das falsche Kästchen: denn wenn der Teufel darin steckt, und diese Versuchung ist von außen daran, so weiß ich, er wird es wählen. Alles lieber, Nerissa, als einen Schwamm heiraten.

NERISSA. Ihr braucht nicht zu fürchten, Fräulein, daß Ihr einen von diesen Herrn bekommt; sie haben mir ihren Entschluß eröffnet, welcher in nichts anderm besteht, als sich nach Hause zu begeben und Euch nicht mehr mit Bewerbungen lästig zu fallen, Ihr müßtet denn auf eine andre Weise zu gewinnen sein, als nach Euers Vaters Vorschrift in Ansehung der Kästchen.

PORZIA. Sollte ich so alt werden wie Sibylla, will ich doch so keusch sterben wie Diana, wenn ich nicht dem letzten Willen meines Vaters gemäß erworben werde. Ich bin froh, daß diese Partei Freier so vernünftig ist; denn es ist nicht einer darunter, nach dessen Abwesenheit mich nicht sehnlichst verlangt, und ich bitte Gott, ihnen eine glückliche Reise zu verleihn.

NERISSA.
Erinnert Ihr Euch nicht, Fräulein, von Eures Vaters Lebzeiten eines Venezianers, eines Studierten und Kavaliers, der in Gesellschaft des Marquis von Montferrat hieher kam?

PORZIA.
Ja, ja, es war Bassanio; so, denke ich, nannte er sich.

NERISSA.
Ganz recht, Fräulein. Von allen Männern, die meine törichten Augen jemals erblickt haben, war er eine schöne Frau am meisten wert.

PORZIA.
Ich erinnre mich seiner wohl, und erinnre mich, daß er dein Lob verdient.

Ein Diener kommt.

Nun, was gibt es Neues?

BEDIENTER.
Die vier Fremden suchen Euch, Fräulein, um Abschied zu nehmen; und es ist ein Vorläufer

von einem fünften da, vom Prinzen von Marokko, der Nachricht bringt, daß sein Herr, der Prinz, zu Nacht hier sein wird.

PORZIA.
Könnte ich den fünften mit so gutem Herzen willkommen heißen, als ich den vier andern Lebewohl sage, so wollte ich mich seiner Ankunft freuen. Hat er das Gemüt eines Heiligen und das Geblüt eines Teufels, so wollte ich lieber, er weihte mich, als er freite mich. Komm, Nerissa! – Geht voran, Bursch! – Derweil wir die Pforte hinter einem Freier verschließen, klopft ein andrer an die Tür.

Alle ab.

Dritte Szene

Venedig. Ein öffentlicher Platz.
Bassanio und Shylock treten auf.

SHYLOCK. Dreitausend Dukaten – gut.
BASSANIO. Ja, Herr, auf drei Monate.
SHYLOCK. Auf drei Monate – gut.
BASSANIO. Wofür, wie ich Euch sagte, Antonio Bürge sein soll.
SHYLOCK. Antonio Bürge sein soll – gut.
BASSANIO. Könnt Ihr mir helfen? Wollt Ihr mir gefällig sein? Soll ich Eure Antwort wissen?
SHYLOCK. Dreitausend Dukaten, auf drei Monate, – und Antonio Bürge.
BASSANIO. Eure Antwort darauf?
SHYLOCK. Antonio ist ein guter Mann.
BASSANIO. Habt Ihr irgendeine Beschuldigung des Gegenteils wider ihn gehört?
SHYLOCK. Ei nein, nein, nein! – Wenn ich sage, er ist ein guter Mann, so meine ich damit, versteht mich, daß er vermögend ist. Aber seine Mittel stehen auf Hoffnung: er hat eine Galeone, die auf Tripolis geht, eine andre nach Indien. Ich höre ferner auf dem Rialto, daß er eine dritte zu Mexiko hat, eine vierte nach England – und so hat er noch andre Auslagen in der Fremde verstreut. Aber Schiffe sind nur Bretter, Matrosen sind nur Menschen; es gibt Landratten und Wasserratten, Wasserdiebe und Landdiebe – ich will sagen, Korsaren, und dann haben wir die Gefahr von Wind, Wellen und Klippen. – Der Mann ist bei alle dem vermögend – dreitausend Dukaten – ich denke, ich kann seine Bürgschaft annehmen.
BASSANIO. Seid versichert, Ihr könnt es.
SHYLOCK. Ich will versichert sein, daß ich es kann; und damit ich versichert sein kann, will ich mich bedenken. Kann ich Antonio sprechen?
BASSANIO. Wenn es Euch beliebt, mit uns zu speisen.
SHYLOCK. Ja, um Schinken zu riechen, von der Behausung zu essen, wo euer Prophet, der Nazarener, den Teufel hineinbeschwor. Ich will mit euch handeln und wandeln, mit euch stehen und gehen, und was dergleichen mehr ist; aber ich will nicht mit euch essen, mit euch trinken, noch mit euch beten. Was gibt es Neues auf dem Rialto? – Wer kommt da?

Antonio kommt.

BASSANIO. Das ist Signor Antonio.
SHYLOCK *für sich.*
Wie sieht er einem falschen Zöllner gleich!
Ich hass' ihn, weil er von den Christen ist,
Doch mehr noch, weil er aus gemeiner Einfalt
Umsonst Geld ausleiht und hier in Venedig
Den Preis der Zinsen uns herunterbringt.
Wenn ich ihm 'mal die Hüfte rühren kann,
So tu' ich meinem alten Grolle gütlich.
Er haßt mein heilig Volk, und schilt selbst da,
Wo alle Kaufmannschaft zusammen kommt,
Mich, mein Geschäft und rechtlichen Gewinn,
Den er nur Wucher nennt. – Verflucht mein Stamm,
Wenn ich ihm je vergebe!
BASSANIO. Shylock, hört Ihr?
SHYLOCK. Ich überlege meinen baren Vorrat;
Doch, wie ich's ungefähr im Kopfe habe,
Kann ich die volle Summe von dreitausend
Dukaten nicht gleich schaffen. – Nun, was tut's?
Tubal, ein wohlbegüterter Hebräer,
Hilft mir schon aus. – Doch still! auf wie viel Monat
Begehrt Ihr! –

Zu Antonio.

Geh's Euch wohl, mein werter Herr!
Von Euer Edlen war die Rede eben.

ANTONIO.
Shylock, wiewohl ich weder leih' noch borge,
Um Überschuß zu geben oder nehmen,
Doch will ich, weil mein Freund es dringend braucht,
Die Sitte brechen. – Ist er unterrichtet,
Wie viel er wünscht?
SHYLOCK. Ja, ja, dreitausend Dukaten.
ANTONIO. Und auf drei Monat.
SHYLOCK. Ja, das vergaß ich – auf drei Monat also.
Nun gut denn, Eure Bürgschaft! Laßt mich sehn –
Doch hört mich an: Ihr sagtet, wie mich dünkt,
Daß Ihr auf Vorteil weder leiht noch borgt.
ANTONIO. Ich pfleg' es nie.
SHYLOCK. Als Jakob Labans Schafe hütete –
Er war nach unserm heil'gen Abraham,
Weil seine Mutter weislich für ihn schaffte,
Der dritte Erbe – ja, ganz recht, der dritte.

ANTONIO.
Was tut das hier zur Sache? Nahm er Zinsen?

SHYLOCK.
Nein, keine Zinsen; was man Zinsen nennt,
Das grade nicht: gebt acht, was Jakob tat:
Als er mit Laban sich verglichen hatte,
Was von den Lämmern bunt und sprenklicht fiele,
Das sollte Jakobs Lohn sein, kehrten sich
Im Herbst die brünst'gen Mütter zu den Widdern;
Und wenn nun zwischen dieser woll'gen Zucht
Das Werk der Zeugung vor sich ging, so schälte
Der kluge Schäfer Euch gewisse Stäbe,
Und weil sie das Geschäft der Paarung trieben,
Steckt' er sie vor den geilen Müttern auf,
Die so empfingen; und zur Lämmerzeit
Fiel alles buntgesprengt und wurde Jakobs.
So kam er zum Gewinn und ward gesegnet:
Gewinn ist Segen, wenn man ihn nicht stiehlt.

ANTONIO.
Dies war ein Glücksfall, worauf Jakob diente;
In seiner Macht stand's nicht, es zu bewirken,

Des Himmels Hand regiert' und lenkt' es so.
Steht dies, um Zinsen gut zu heißen, da?
Und ist Eu'r Gold und Silber Schaf' und Widder?

SHYLOCK.
Weiß nicht; ich lass' es eben schnell sich mehren.
Doch hört mich an, Signor!

ANTONIO. Siehst du, Bassanio,
Der Teufel kann sich auf die Schrift berufen.
Ein arg Gemüt, das heil'ges Zeugnis vorbringt,
Ist wie ein Schalk mit Lächeln auf der Wange,
Ein schöner Apfel, in dem Herzen faul.
Oh, wie der Falschheit Außenseite glänzt!

SHYLOCK.
Dreitausend Dukaten – 's ist 'ne runde Summe.
(Drei Mond' auf zwölf – laßt sehen, was das bringt!)

ANTONIO.
Nun, Shylock, soll man Euch verpflichtet sein?

SHYLOCK. Signor Antonio, viel und oftermals
Habt Ihr auf dem Rialto mich geschmäht
Um meine Gelder und um meine Zinsen;
Stets trug ich's mit geduld'gem Achselzucken,
Denn Dulden ist das Erbteil unsers Stamms.
Ihr scheltet mich abtrünnig, einen Bluthund,
Und speit auf meinen jüd'schen Rockelor,
Bloß weil ich nutze, was mein eigen ist.
Gut denn, nun zeigt es sich, daß Ihr mich braucht.
Da habt Ihr's; Ihr kommt zu mir, und Ihr sprecht:
»Shylock, wir wünschten Gelder.« So sprecht Ihr,
Der mir den Auswurf auf den Bart geleert
Und mich getreten, wie Ihr von der Schwelle
Den fremden Hund stoßt: Geld ist Eu'r Begehren.
Wie sollt' ich sprechen nun? Sollt' ich nicht sprechen:
»Hat ein Hund Geld? Ist's möglich, daß ein Spitz
Dreitausend Dukaten leihn kann?« oder soll ich
Mich bücken, und in eines Schuldners Ton,
Demütig wispernd, mit verhaltnem Odem,
So sprechen: »Schöner Herr, am letzten Mittwoch
Spiet Ihr mich an; Ihr tratet mich den Tag;
Ein andermal hießt Ihr mich einen Hund:
Für diese Höflichkeiten will ich Euch
Die und die Gelder leihn.«

ANTONIO.
Ich könnte leichtlich wieder so dich nennen,
Dich wieder anspein, ja mit Füßen treten.
Willst du dies Geld uns leihen, leih' es nicht
Als deinen Freunden (denn wann nahm die
Freundschaft
Vom Freund Ertrag für unfruchtbar Metall?);
Nein, leih' es lieber deinem Feind: du kannst,
Wenn er versäumt, mit beßrer Stirn eintreiben,
Was dir verfallen ist.

SHYLOCK. Nun seht mir, wie Ihr stürmt!
Ich wollt' Euch Liebes tun, Freund mit Euch sein,
Die Schmach vergessen, die Ihr mir getan,
Das Nöt'ge schaffen, und keinen Heller Zins
Für meine Gelder nehmen; und Ihr hört nicht:
Mein Antrag ist doch liebreich.

ANTONIO. Ja, das ist er.

SHYLOCK. Und diese Liebe will ich Euch erweisen.
Geht mit mir zum Notarius, da zeichnet
Mir Eure Schuldverschreibung; und zum Spaß,
Wenn Ihr mir nicht auf den bestimmten Tag,
An dem bestimmten Ort, die und die Summe,
Wie der Vertrag nun lautet, wiederzahlt:
Laßt uns ein volles Pfund von Eurem Fleisch
Zur Buße setzen, daß ich schneiden dürfe
Aus welchem Teil von Eurem Leib ich will.

ANTONIO.
Es sei, aufs Wort! Ich will den Schein so zeichnen
Und sagen, daß ein Jude liebreich ist.

BASSANIO.
Ihr sollt für mich dergleichen Schein nicht zeichnen:
Ich bleibe dafür lieber in der Not.

ANTONIO. Ei, fürchte nichts! Ich werde nicht verfallen.
Schon in zwei Monden, einen Monat früher
Als die Verschreibung fällig, kommt gewiß
Zehnfältig der Betrag davon mir ein.

SHYLOCK.
O Vater Abraham! über diese Christen,
Die eigne Härte anderer Gedanken
Argwöhnen lehrt! Ich bitt' Euch, sagt mir doch:
Versäumt er seinen Tag, was hätt' ich dran,
Die mir verfallne Buße einzutreiben?
Ein Pfund von Menschenfleisch, von einem
Menschen
Genommen, ist so schätzbar, auch so nutzbar nicht,
Als Fleisch von Schöpsen, Ochsen, Ziegen. Seht,
Ihm zu Gefallen biet' ich diesen Dienst:
Wenn er ihn annimmt, gut; wo nicht, lebt wohl,
Und, bitt' Euch, kränkt mich nicht für meine Liebe!

ANTONIO.
Ja, Shylock, ich will diesen Schein dir zeichnen.

SHYLOCK.
So trefft mich gleich im Hause des Notars,
Gebt zu dem lust'gen Schein ihm Anweisung;
Ich gehe, die Dukaten einzusacken,
Nach meinem Haus zu sehn, das in der Hut
Von einem lockern Buben hinterblieb,
Und will im Augenblicke bei Euch sein.

ANTONIO. So eil' dich, wackrer Jude! –

Shylock ab.

Der Hebräer
Wird noch ein Christ: er wendet sich zur Güte.

BASSANIO.
Ich mag nicht Freundlichkeit bei tückischem Gemüte.

ANTONIO.
Komm nur! Hiebei kann kein Bedenken sein:
Längst vor der Zeit sind meine Schiff' herein.

Ab.

Zweiter Aufzug

Erste Szene

Belmont. Ein Zimmer in Porzias Hause.
Trompetenstoß. Der Prinz von Marokko und sein Zug;
Porzia, Nerissa und andere von ihrem Gefolge treten auf.

MAROKKO. Verschmähet mich um meine Farbe nicht,
Die schattige Livrei der lichten Sonne,
Die mich als nahen Nachbar hat gepflegt.
Bringt mir den schönsten Mann, erzeugt im Norden,
Wo Phöbus' Glut die Zacken Eis kaum schmelzt,
Und ritzen wir uns Euch zu lieb die Haut,
Wes Blut am rötsten ist, meins oder seins.
Ich sag' Euch, Fräulein, dieses mein Gesicht

Hat Tapfre schon geschreckt; bei meiner Liebe
schwör' ich,
Die edlen Jungfrau'n meines Landes haben
Es auch geliebt: ich wollte diese Farbe
Nicht anders tauschen, als um Euren Sinn
Zu stehlen, meine holde Königin.

PORZIA. Bei meiner Wahl lenkt mich ja nicht allein
Die zarte Fod'rung eines Mädchenauges.
Auch schließt das Los, woran mein Schicksal hängt,
Mich von dem Recht des freien Wählens aus.
Doch, hätte mich mein Vater nicht beengt,
Mir aufgelegt durch seinen Willen, dem
Zur Gattin mich zu geben, welcher mich
Auf solche Art gewinnt, wie ich Euch sagte:
Ihr hättet gleichen Anspruch, großer Prinz,
Mit jedem Freier, den ich sah bis jetzt,
Auf meine Neigung.

MAROKKO. Habt auch dafür Dank!
Drum führt mich zu den Kästchen, daß ich gleich
Mein Glück versuche. Bei diesem Säbel, der
Den Sophi schlug und einen Perserprinz,
Der dreimal Sultan Soliman besiegt, –
Die wildsten Augen wollt' ich überblitzen,
Das kühnste Herz auf Erden übertrotzen,
Die Jungen reißen von der Bärin weg,
Ja, wenn er brüllt nach Raub, den Löwen höhnen,
Dich zu gewinnen, Fräulein! Aber ach!
Wenn Herkules und Lichas Würfel spielen,
Wer tapfer ist: so kann der beßre Wurf
Durch Zufall kommen aus der schwächern Hand,
So unterliegt Alcides seinem Knaben,
Und so kann ich, wenn blindes Glück mich führt,
Verfehlen, was dem minder Würd'gen wird,
Und Grames sterben.

PORZIA. Ihr müßt Eu'r Schicksal nehmen,
Es überhaupt nicht wagen, oder schwören,
Bevor Ihr wählet, wenn Ihr irrig wählt,
In Zukunft nie mit irgendeiner Frau
Von Eh' zu sprechen: also seht Euch vor!

MAROKKO. Ich will's auch nicht; kommt, bringt
mich zur Entscheidung!

PORZIA.
Vorher zum Tempel; nach der Mahlzeit mögt Ihr
Das Los versuchen.

MAROKKO. Gutes Glück also!
Bald über alles elend oder froh.

Alle ab.

Zweite Szene

Venedig. Eine Straße.
Lanzelot Gobbo kommt.

LANZELOT. Sicherlich, mein Gewissen läßt mir's zu, von diesem Juden, meinem Herrn, wegzulaufen. Der böse Feind ist mir auf der Ferse und versucht mich und sagt zu mir: »Gobbo, Lanzelot Gobbo, guter Lanzelot«, oder »guter Gobbo«, oder »guter Lanzelot Gobbo, (brauch' deine Beine,) reiß' aus, lauf' davon!« Mein Gewissen sagt: »Nein, hüte dich; ehrlicher Lanzelot; hüte dich, ehrlicher Gobbo; (oder, wie obgemeld't, ehrlicher Lanzelot Gobbo;) lauf' nicht, laß das Ausreißen bleiben!« Gut, der überaus herzhafte Feind heißt mich aufpacken: »Marsch!« sagt der Feind; »fort!« sagt der Feind, »um des Himmels willen; faß dir ein wackres Herz«, sagt der Feind, »und lauf'!« Gut, mein Gewissen hängt sich meinem Herzen um den Hals und sagt sehr weislich zu mir: »Mein ehrlicher Freund Lanzelot, da du eines ehrlichen Mannes Sohn bist«, oder vielmehr eines ehrlichen Weibes Sohn; denn die Wahrheit zu sagen, mein Vater hatte einen kleinen Beigeschmack, er war etwas ansäuerlich. – Gut, mein Gewissen sagt: »Lanzelot, weich' und wanke nicht!« – »Weiche«, sagt der Feind; »wanke nicht«, sagt mein Gewissen. »Gewissen«, sage ich, »dein Rat ist gut«; »Feind«, sage ich, »dein Rat ist gut«; lasse ich mich durch mein Gewissen regieren, so bleibe ich bei dem Juden, meinem Herrn, der, Gott sei mir gnädig! eine Art von Teufel ist. Laufe ich von dem Juden weg, so lasse ich mich durch den bösen Feind regieren, der, mit Respekt zu sagen, der Teufel selber ist. Gewiß, der Jude ist der wahre eingefleischte Teufel, und auf mein Gewissen, mein Gewissen ist gewissermaßen ein hartherziges Gewissen, daß es mir raten will, bei dem Juden zu bleiben. Der Feind gibt mir einen freundschaftlichen Rat: ich will laufen, Feind! Meine Fersen stehn dir zu Gebote, ich will laufen.

Der alte Gobbo kommt mit einem Korbe.

GOBBO. Musje, junger Herr, er da, sei er doch so gut: wo gehe ich wohl zu des Herrn Juden seinem Hause hin?

LANZELOT *beiseit.* O Himmel! mein eheleiblicher Vater, der zwar nicht pfahlblind, aber doch so ziemlich stockblind ist, und mich nicht kennt. Ich will mir einen Spaß mit ihm machen.

GOBBO. Musje, junger Herr, sei er so gut: wo gehe ich zu des Herrn Juden seinem Hause hin?

LANZELOT. Schlagt Euch rechter Hand an der nächsten Ecke, aber bei der allernächsten Ecke linker Hand; versteht, bei der ersten nächsten Ecke schlagt Euch weder rechts noch links, sondern dreht Euch schnurgerade aus nach des Juden seinem Hause herum.

GOBBO. Potz Wetterchen, das wird ein schlimmer Weg zu finden sein. Könnt Ihr mir nicht sagen, ob ein gewisser Lanzelot, der sich bei ihm aufhält, sich bei ihm aufhält oder nicht?

LANZELOT.
Sprecht Ihr vom jungen Monsieur Lanzelot?
Beiseit.
Nun gebt Achtung, nun will ich loslegen. –
Sprecht Ihr vom jungen Monsieur Lanzelot?

GOBBO. Kein Monsieur, Herr, sondern eines armen Mannes Sohn; sein Vater, ob ich es schon sage, ist ein herzlich armer Mann und, Gott sei Dank, recht wohl auf.

LANZELOT. Gut, sein Vater mag sein, was er will: hier ist die Rede vom jungen Monsieur Lanzelot.

GOBBO.
Eurem gehorsamen Diener und Lanzelot, Herr.

LANZELOT. Ich bitte Euch demnach, alter Mann, demnach ersuche ich Euch: sprecht Ihr vom jungen Monsieur Lanzelot?

GOBBO. Von Lanzelot, wenn's Eu'r Gnaden beliebt.

LANZELOT. Demnach Monsieur Lanzelot. Sprecht nicht von Monsieur Lanzelot, Vater; denn der junge Herr ist (vermöge der Schickungen und Verhängnisse und solcher wunderlichen Redensarten, der drei Schwestern und dergleichen Fächern der Gelahrtheit) in Wahrheit Todes verblichen, oder, um es rund heraus zu sagen, in die Ewigkeit gegangen.

GOBBO. Je, da sei Gott vor! Der Junge war so recht der Stab meines Alters, meine beste Stütze.

LANZELOT. Seh' ich wohl aus wie ein Knittel oder wie ein Zaunpfahl, wie ein Stab oder eine Stütze? – Kennt Ihr mich, Vater?

GOBBO. Ach du liebe Zeit, ich kenne Euch nicht, junger Herr; aber ich bitte Euch, sagt mir, ist mein Junge – Gott hab' ihn selig! – lebendig oder tot?

LANZELOT. Kennt Ihr mich nicht, Vater?

GOBBO. Lieber Himmel, ich bin ein alter blinder Mann, ich kenne Euch nicht.

LANZELOT. Nun wahrhaftig, wenn Ihr auch Eure Augen hättet, so könntet Ihr mich doch wohl nicht kennen: das ist ein weiser Vater, der sein eignes Kind kennt. Gut, alter Mann, ich will Euch Nachricht von Eurem Sohne geben. Gebt mir Euren Segen! Wahrheit muß ans Licht kommen. Ein Mord kann nicht lange verborgen bleiben, eines Menschen Sohn kann's; aber zuletzt muß die Wahrheit heraus.

GOBBO. Ich bitte Euch, Herr, steht auf; ich bin gewiß, Ihr seid mein Junge Lanzelot nicht.

LANZELOT. Ich bitte Euch, laßt uns weiter keine Possen damit treiben, sondern gebt mir Euern Segen! Ich bin Lanzelot, Euer Junge der da war, Euer Sohn der da ist, Euer Kind das da sein wird.

GOBBO. Ich kann mir nicht denken, daß Ihr mein Sohn seid.

LANZELOT. Ich weiß nicht, was ich davon denken soll, aber ich bin Lanzelot, des Juden Diener; und ich bin gewiß, Margrete, Eure Frau, ist meine Mutter.

GOBBO. Ganz recht, ihr Name ist Margrete: ich will einen Eid tun, wenn du Lanzelot bist, so bist du mein eigen Fleisch und Blut. Gott im Himmelsthrone! was hast du für einen Bart gekriegt? Du hast mehr Haar am Kinne, als mein Karrengaul Fritz am Schwanze hat.

LANZELOT. Je, so läßt's ja, als ob Fritz sein Schwanz rückwärts wüchse: ich weiß doch, er hatte mehr Haar im Schwanze als ich im Gesicht, da ich ihn das letztemal sah.

GOBBO. Herr Je, wie du dich verändert hast! Wie verträgst du dich mit deinem Herrn? Ich bringe ihm ein Präsent; nun, wie vertragt ihr euch?

LANZELOT. Gut, gut; aber für meine Person, da ich mich darauf gesetzt habe, davon zu laufen, so will ich mich nicht eher niedersetzen, als bis ich ein Stück Weges gelaufen bin. Mein Herr ist ein rechter Jude: ihm ein Präsent geben! Einen Strick gebt ihm. Ich bin ausgehungert in seinem Dienst; Ihr könnt jeden Finger, den ich habe, mit meinen Rippen zählen. Vater, ich bin froh, daß Ihr gekommen seid. Gebt mir Euer Präsent für einen gewissen Herrn Bassanio, der wahrhaftig prächtige neue Livreien gibt. Komme ich nicht bei ihm in Dienst, so will ich laufen, so weit Gottes Erdboden reicht. – Welch ein Glück! da kommt er selbst. Macht Euch an ihn, Vater, denn ich will ein Jude sein, wenn ich bei dem Juden länger diene.

Bassanio kommt mit Leonardo und andern Begleitern.

BASSANIO. Das könnt Ihr tun – aber seid so bei der Hand, daß das Abendessen spätestens um fünf Uhr fertig ist. Besorgt diese Briefe, gebt diese Livreien in Arbeit, und bittet Graziano, sogleich in meine Wohnung zu kommen.

Ein Bedienter ab.

LANZELOT. Macht Euch an ihn, Vater!

GOBBO. Gott segne Euer Gnaden!

BASSANIO. Großen Dank! Willst du was von mir?

GOBBO. Da ist mein Sohn, Herr, ein armer Junge –

LANZELOT. Kein armer Junge, Herr, sondern des reichen Juden Diener, der gerne möchte, wie mein Vater spezifizieren wird –

GOBBO. Er hat, wie man zu sagen pflegt, eine große Deklinazion zu dienen –

LANZELOT. Wirklich, das Kurze und das Lange von der Sache ist, ich diene dem Juden und trage Verlangen, wie mein Vater spezifizieren wird –

GOBBO. Sein Herr und er (mit Respekt vor Euer Gnaden zu sagen) vertragen sich wie Katzen und Hunde –

LANZELOT. Mit einem Worte, die reine Wahrheit ist, daß der Jude, da er mir unrecht getan, mich nötigt, wie mein Vater, welcher, so Gott will, ein alter Mann ist, notifizieren wird –

GOBBO. Ich habe hier ein Gericht Tauben, die ich bei Euer Gnaden anbringen möchte, und mein Gesuch ist –

LANZELOT. In aller Kürze, das Gesuch interzediert mich selbst, wie Euer Gnaden von diesem ehrlichen alten Mann hören werden, der, obschon ich es sage, obschon ein alter Mann, doch ein armer Mann und mein Vater ist.

BASSANIO. Einer spreche für beide. Was wollt Ihr?

LANZELOT. Euch dienen, Herr.

GOBBO. Ja, das wollten wir Euch gehormsamst opponieren.

BASSANIO. Ich kenne dich, die Bitt' ist dir gewährt:
Shylock, dein Herr, hat heut mit mir gesprochen
Und dich befördert; wenn's Beförd'rung ist,
Aus eines reichen Juden Dienst zu gehn,
Um einem armen Edelmann zu folgen.

LANZELOT. Das alte Sprichwort ist recht schön verteilt zwischen meinem Herrn Shylock und Euch, Herr: Ihr habt die Gnade Gottes, und er hat genug.

BASSANIO. Du triffst es. Vater, geh mit deinem Sohn;
Nimm Abschied erst von deinem alten Herrn
Und frage dich nach meiner Wohnung hin.

Zu seinen Begleitern.

Ihr, gebt ihm eine nettere Livrei
Als seinen Kameraden: sorgt dafür!

LANZELOT. Kommt her, Vater! – Ich kann keinen Dienst kriegen; nein! Ich habe gar kein Mundwerk am Kopfe. – Gut, *Er besieht seine flache Hand.* wenn einer in ganz Italien eine schönere

Tafel hat, damit auf die Schrift zu schwören – ich werde gut Glück haben: ohne Umstände, hier ist eine ganz schlechte Lebenslinie; hier ist 'ne Kleinigkeit an Frauen. Ach, funfzehn Weiber sind nichts! eilf Witwen und neun Mädchen ist ein knappes Auskommen für einen Mann. Und dann, dreimal ums Haar zu ersaufen, und mich an der Ecke eines Federbettes beinah' tot zu stoßen – das heiße ich gut davon kommen! Gut, wenn Glück ein Weib ist, so ist sie doch eine gute Dirne mit ihrem Kram. – Kommt, Vater, ich nehme in einem Umsehn von dem Juden Abschied.

Lanzelot und der alte Gobbo ab.

BASSANIO. Tu' das, ich bitt' dich, guter Leonardo;
Ist dies gekauft und ordentlich besorgt,
Komm schleunig wieder; denn zu Nacht bewirt' ich
Die besten meiner Freunde; eil' dich, geh!

LEONARDO. Verlaßt Euch auf mein eifrigstes Bemühn!

Graziano kommt.

GRAZIANO. Wo ist dein Herr?

LEONARDO. Er geht da drüben, Herr.

Leonardo ab.

GRAZIANO. Signor Bassanio!

BASSANIO. Graziano!

GRAZIANO. Ich habe ein Gesuch an Euch.

BASSANIO. Ihr habt es schon erlangt.

GRAZIANO. Ihr müßt mir's nicht weigern, ich muß mit Euch nach Belmont gehen.

BASSANIO.
Nun ja, so müßt Ihr, – aber hör', Graziano,
Du bist zu wild, zu rauh, zu keck im Ton;
Ein Wesen, welches gut genug dir steht,
Und Augen, wie die unsern, nicht mißfällt.
Doch wo man dich nicht kennt, ja, da erscheint
Es allzufrei; drum nimm die Müh', und dämpfe
Mit ein paar kühlen Tropfen Sittsamkeit
Den flücht'gen Geist, daß ich durch deine Wildheit
Dort nicht mißdeutet werd' und meine Hoffnung
Zu Grunde geht.

GRAZIANO.
Signor Bassanio, hört mich:
Wenn ich mich nicht zu feinem Wandel füge,
Mit Ehrfurcht red' und dann und wann nur fluche,
Gebetbuch in der Tasche, Kopf geneigt;
Ja, selbst beim Tischgebet so vors Gesicht
Den Hut mir halt' und seufz' und Amen sage;
Nicht allen Brauch der Höflichkeit erfülle,
Wie einer, der, der Großmama zu lieb,
Scheinheilig tut: so traut mir niemals mehr!

BASSANIO.
Nun gut, wir werden sehn, wie Ihr Euch nehmt.

GRAZIANO.
Nur heute nehm' ich aus; das gilt nicht mit,
Was ich heut abend tu'.

BASSANIO.
Nein, das wär' schade;
Ich bitt' Euch lieber, in den kecksten Farben
Der Lust zu kommen; denn wir haben Freunde,
Die lustig wollen sein. Lebt wohl indes,
Ich habe ein Geschäft.

GRAZIANO.
Und ich muß zu Lorenzo und den andern,
Doch auf den Abend kommen wir zu Euch.

Alle ab.

Dritte Szene

Ein Zimmer in Shylocks Hause. Jessica und Lanzelot kommen.

JESSICA. Es tut mir leid, daß du uns so verläßt:
Dies Haus ist Hölle, und du, ein lust'ger Teufel,
Nahmst ihm ein Teil von seiner Widrigkeit.
Doch lebe wohl! (da hast du 'nen Dukaten!)
Und, Lanzelot, du wirst beim Abendessen
Lorenzo sehn, als Gast von deinem Herrn.
Dann gib ihm diesen Brief, tu' es geheim;
Und so leb wohl, daß nicht etwa mein Vater
Mich mit dir reden sieht.

LANZELOT. Adieu! – Tränen müssen meine Zunge vertreten, allerschönste Heidin! allerliebste Jüdin! Wenn ein Christ nicht zum Schelm an dir wird und dich bekommt, so trügt mich alles. Aber adieu! Diese törichten Tropfen erweichen meinen männlichen Mut allzusehr. *Ab.*

JESSICA. Leb wohl, du Guter!
Ach nein, gehässig ist es nicht von mir,
Daß ich des Vaters Kind zu sein mich schäme.
Doch, bin ich seines Blutes Tochter schon,
Bin ich's nicht seines Herzens. O Lorenzo,
Hilf mir dies lösen! Treu dem Worte bleib'!
So werd' ich Christin und dein liebend Weib.

Vierte Szene

Eine Straße.
Graziano, Lorenzo, Salarino und Solanio treten auf.

LORENZO.
Nun gut, wir schleichen weg vom Abendessen,
Verkleiden uns in meinem Haus und sind
In einer Stunde alle wieder da.

GRAZIANO.
Wir haben uns nicht recht darauf gerüstet.

SALARINO. Auch keine Fackelträger noch bestellt.

SOLANIO. Wenn es nicht zierlich anzuordnen steht,
So ist es nichts, und unterbliebe besser.

LORENZO.
's ist eben vier; wir haben noch zwei Stunden
Zur Vorbereitung.

Lanzelot kommt mit einem Briefe.

Freund Lanzelot, was bringst du?

LANZELOT. Wenn's Euch beliebt, dies aufzubrechen, so wird es gleichsam andeuten.

LORENZO. Ich kenne wohl die Hand: ja, sie ist schön,
Und weißer als das Blatt, worauf sie schrieb,
Ist diese schöne Hand.

GRAZIANO. Auf meine Ehre, eine Liebesbotschaft.

LANZELOT. Mit Eurer Erlaubnis, Herr.

LORENZO. Wo willst du hin?

LANZELOT. Nun, Herr, ich soll meinen alten Herrn, den Juden, zu meinem neuen Herrn, dem Christen, auf heute zum Abendessen laden.

LORENZO.
Da nimm dies; sag der schönen Jessica,

Daß ich sie treffen will. – Sag's heimlich! Geh!
Lanzelot ab.
Ihr Herrn,
Wollt ihr euch zu dem Maskenzug bereiten?
Ich bin versehn mit einem Fackelträger.

SALARINO. Ja, auf mein Wort, ich gehe gleich danach.

SOLANIO. Das will ich auch.

LORENZO. Trefft mich und Graziano
In einer Stund' in Grazianos Haus.

SALARINO. Gut das, es soll geschehn.
Salarino und Solanio ab.

GRAZIANO. Der Brief kam von der schönen Jessica?

LORENZO. Ich muß dir's nur vertraun; sie gibt mir an,
Wie ich sie aus des Vaters Haus entführe;
Sie sei versehn mit Gold und mit Juwelen,
Ein Pagenanzug liege schon bereit.
Kommt je der Jud', ihr Vater, in den Himmel,
So ist's um seiner holden Tochter willen;
Und nie darf Unglück in den Weg ihr treten,
Es möchte dann mit diesem Vorwand sein,
Daß sie von einem falschen Juden stammt.
Komm, geh mit mir, und lies im Gehn dies durch:
Mir trägt die schöne Jessica die Fackel.
Beide ab.

Fünfte Szene

Vor Shylocks Hause.
Shylock und Lanzelot kommen.

SHYLOCK.
Gut, du wirst sehn, mit deinen eignen Augen,
Des alten Shylocks Abstand von Bassanio.
He, Jessica! – Du wirst nicht voll dich stopfen,
Wie du bei mir getan – He, Jessica! –
Und liegen, schnarchen, Kleider nur zerreißen –
He, sag' ich, Jessica!

LANZELOT. He, Jessica!

SHYLOCK. Wer heißt dich schrein? Ich hab's dir nicht geheißen.

LANZELOT. Euer Edlen pflegten immer zu sagen, ich könnte nichts ungeheißen tun.
Jessica kommt.

JESSICA. Ruft Ihr? Was ist Euch zu Befehl?

SHYLOCK. Ich bin zum Abendessen ausgebeten:
Da hast du meine Schlüssel, Jessica.
Zwar weiß ich nicht, warum ich geh': sie bitten
Mich nicht aus Liebe, nein, sie schmeicheln mir;
Doch will ich gehn aus Haß, auf den Verschwender
Von Christen zehren. – Jessica, mein Kind,
Acht' auf mein Haus! – Ich geh' recht wider Willen:
Es braut ein Unglück gegen meine Ruh',
Denn diese Nacht träumt' ich von Säcken Geldes.

LANZELOT. Ich bitte Euch, Herr, geht; mein junger Herr erwartet Eure Zukunft.

SHYLOCK. Ich seine auch.

LANZELOT. Und sie haben sich verschworen – ich sage nicht, daß Ihr eine Maskerade sehen sollt; aber wenn Ihr eine seht, so war es nicht umsonst, daß meine Nase an zu bluten fing, auf den letzten Ostermontag des Morgens um sechs Uhr, der das Jahr auf den Tag fiel, wo vier Jahre vorher nachmittags Aschermittwoch war.

SHYLOCK. Was? Gibt es Masken? Jessica, hör' an:
Verschließ' die Tür, und wenn du Trommeln hörst,
Und das Gequäk der quergehalsten Pfeife,
So klettre mir nicht an den Fenstern auf,
Steck' nicht den Kopf hinaus in offne Straße,
Nach Christennarren mit bemaltem Antlitz
Zu gaffen; stopfe meines Hauses Ohren,
Die Fenster, mein' ich, zu, und laß den Schall
Der albern Geckerei nicht dringen in
Mein ehrbar Haus. – Bei Jakobs Stabe schwör' ich,
Ich habe keine Lust, zu Nacht zu schmausen,
Doch will ich gehn. – Du, Bursch, geh mir voran,
Sag, daß ich komme!

LANZELOT. Herr, ich will vorangehn.
Guckt nur am Fenster, Fräulein, trotz dem allen:
Denn vorbeigehn wird ein Christ,
Wert, daß ihn 'ne Jüdin küßt.
Ab.

SHYLOCK.
Was sagt der Narr von Hagars Stamme? he?

JESSICA. Sein Wort war: »Fräulein, lebet wohl«; sonst nichts.

SHYLOCK. Der Laff' ist gut genug, jedoch ein Fresser,
'ne Schnecke zum Gewinn, und schläft bei Tag
Mehr als das Murmeltier; in meinem Stock
Baun keine Hummeln: drum lass' ich ihn gehn,
Und lass' ihn gehn zu einem, dem er möge
Den aufgeborgten Beutel leeren helfen.
Gut, Jessica, geh nun ins Haus hinein,
Vielleicht komm' ich im Augenblicke wieder.
Tu', was ich dir gesagt, schließ' hinter dir
Die Türen: fest gebunden, fest gefunden,
Das denkt ein guter Wirt zu allen Stunden.
Ab.

JESSICA.
Lebt wohl, und denkt das Glück nach meinem Sinn,
Ist mir ein Vater, Euch ein Kind dahin.
Ab.

Sechste Szene

Ebendaselbst.
Graziano und Salarino kommen maskiert.

GRAZIANO. Dies ist das Vordach, unter dem Lorenzo
Uns Halt zu machen bat.

SALARINO. Die Stund' ist fast vorbei.

GRAZIANO. Und Wunder ist es, daß er sie versäumt:
Verliebte laufen stets der Uhr voraus.

SALARINO.
Oh, zehnmal schneller fliegen Venus' Tauben,
Den neuen Bund der Liebe zu versiegeln,
Als sie gewohnt sind, unverbrüchlich auch
Gegebne Treu' zu halten.

GRAZIANO.
So geht's in allem: wer steht auf vom Mahl
Mit gleicher Eßlust, als er niedersaß?
Wo ist das Pferd, das seine lange Bahn
Zurückmißt mit dem ungedämpften Feuer,
Womit es sie betreten? Jedes Ding
Wird mit mehr Trieb erjaget als genossen.
Wie ähnlich einem Wildfang und Verschwender
Eilt das beflaggte Schiff aus heim'scher Bucht,

Geliebkost und geherzt vom Buhler Wind!
Wie ähnlich dem Verschwender kehrt es heim,
Zerlumpt die Segel, Rippen abgewittert,
Kahl, nackt, geplündert von dem Buhler Wind!

Lorenzo tritt auf.

SALARINO. Da kommt Lorenzo: mehr hievon nachher!

LORENZO. Entschuldigt, Herzensfreunde, den Verzug:
Nicht ich, nur mein Geschäft hat warten lassen.
Wenn ihr den Dieb um Weiber spielen wollt,
Dann wart' ich auch so lang' auf euch. –
Kommt näher!
Hier wohnt mein Vater Jude. – He! wer da?

Jessica oben am Fenster in Knabentracht.

JESSICA. Wer seid Ihr? Sagt's zu mehrer Sicherheit,
Wiewohl ich schwör', ich kenne Eure Stimme.

LORENZO. Lorenzo, und dein Liebster.

JESSICA. Lorenzo sicher, und mein Liebster, ja:
Denn wen lieb' ich so sehr? Und nun, wer weiß,
Als Ihr, Lorenzo, ob ich Eure bin?

LORENZO. Der Himmel und dein Sinn bezeugen dir's.

JESSICA.
Hier, fang' dies Kästchen auf, es lohnt die Müh'.
Gut, daß es Nacht ist, daß Ihr mich nicht seht;
Denn ich bin sehr beschämt von meinem Tausch.
Doch Lieb' ist blind, Verliebte sehen nicht
Die art'gen Kinderei'n, die sie begehen;
Denn könnten sie's, Cupido würd' erröten,
Als Knaben so verwandelt mich zu sehn.

LORENZO.
Kommt, denn Ihr müßt mein Fackelträger sein.

JESSICA.
Was? muß ich selbst noch leuchten meiner Schmach?
Sie liegt fürwahr schon allzusehr am Tage.
Ei, Lieber, 's ist ein Amt zum kundbar machen:
Ich muß verheimlicht sein.

LORENZO. Das bist du, Liebe,
Im hübschen Anzug eines Knaben schon.
Doch komm sogleich,
Die finstre Nacht stiehlt heimlich sich davon;
Wir werden bei Bassanios Fest erwartet.

JESSICA. Ich mach' die Türen fest, vergülde mich
Mit mehr Dukaten noch, und bin gleich bei Euch.

Tritt zurück.

GRAZIANO.
Nun, auf mein Wort! 'ne Göttin, keine Jüdin.

LORENZO.
Verwünscht mich, wenn ich sie nicht herzlich liebe.
Denn sie ist klug, wenn ich mich drauf verstehe,
Und schön ist sie, wenn nicht mein Auge trügt,
Und treu ist sie, so hat sie sich bewährt.
Drum sei sie, wie sie ist, klug, schön und treu,
Mir in beständigem Gemüt verwahrt.

Jessica kommt heraus.

Nun, bist du da? – Ihr Herren, auf und fort!
Der Maskenzug erwartet schon uns dort.

Ab mit Jessica und Salarino.

Antonio tritt auf.

ANTONIO. Wer da?

GRAZIANO. Signor Antonio.

ANTONIO. Ei, ei, Graziano, wo sind all die andern?
Es ist neun Uhr, die Freund' erwarten Euch.
Kein Tanz zu Nacht, der Wind hat sich gedreht,
Bassanio will im Augenblick an Bord;
Wohl zwanzig Boten schickt' ich aus nach Euch.

GRAZIANO.
Mir ist es lieb: nichts kann mich mehr erfreun,
Als unter Segel gleich die Nacht zu sein.

Beide ab.

Siebente Szene

Belmont. Ein Zimmer in Porzias Hause.
Trompetenstoß. Porzia und der Prinz von Marokko treten auf, beide mit Gefolge.

PORZIA. Geht, zieht beiseit' den Vorhang, und entdeckt
Die Kästchen sämtlich diesem edlen Prinzen! –
Trefft Eure Wahl nunmehr!

MAROKKO. Von Gold das erste, das die Inschrift hat:
»Wer mich erwählt, gewinnt, was mancher Mann
begehrt.«
Das zweite, silbern, führet dies Versprechen:
»Wer mich erwählt, bekommt so viel, als er verdient.«
Das dritte, schweres Blei, mit plumper Warnung:
»Wer mich erwählt, der gibt und wagt sein alles dran.«
Woran erkenn' ich, ob ich recht gewählt?

PORZIA. Das eine faßt mein Bildnis in sich, Prinz:
Wenn Ihr das wählt, bin ich zugleich die Eure.

MAROKKO.
So leit' ein Gott mein Urteil! Laßt mich sehn,
Ich muß die Sprüche nochmals überlesen.
Was sagt dies blei'rne Kästchen?
»Wer mich erwählt, der gibt und wagt sein alles dran.«
Der gibt – wofür? für Blei? und wagt für Blei?
Dies Kästchen droht: wenn Menschen alles wagen,
Tun sie's in Hoffnung köstlichen Gewinns.
Ein goldner Mut fragt nichts nach niedern Schlacken,
Ich geb' also und wage nichts für Blei.
Was sagt das Silber mit der Mädchenfarbe?
»Wer mich erwählt, bekommt so viel, als er verdient.«
So viel, als er verdient? – Halt' ein, Marokko,
Und wäge deinen Wert mit stäter Hand:
Wenn du geachtet wirst nach deiner Schätzung,
Verdienest du genug, doch kann genug
Wohl nicht so weit bis zu dem Fräulein reichen.
Und doch, mich ängsten über mein Verdienst,
Das wäre schwaches Mißtraun in mich selbst.
So viel, als ich verdiene? – Ja, das ist
Das Fräulein; durch Geburt verdien' ich sie,
Durch Glück, durch Zier und Gaben der Erziehung;
Doch mehr verdien' ich sie durch Liebe. Wie,
Wenn ich nicht weiter schweift' und wählte hier?
Laßt nochmals sehn den Spruch, in Gold gegraben:
»Wer mich erwählt, gewinnt, was mancher Mann
begehrt.«
Das ist das Fräulein: alle Welt begehrt sie,
Aus jedem Weltteil kommen sie herbei,
Dies sterblich atmend Heil'genbild zu küssen.
Hyrkaniens Wüsten und die wilden Öden
Arabiens sind gebahnte Straßen nun
Für Prinzen, die zur schönen Porzia reisen.
Das Reich der Wasser, dessen stolzes Haupt
Speit in des Himmels Antlitz, ist kein Damm
Für diese fremden Geister; nein, sie kommen,
Wie über einen Bach, zu Porzias Anblick.
Eins von den drei'n enthält ihr himmlisch Bild.

Soll Blei es in sich fassen? Läst'rung wär's,
Zu denken solche Schmach: es wär' zu schlecht,
Im düstern Grab ihr Leichentuch zu panzern.
Und soll ich glauben, daß sie Silber einschließt,
Von zehnmal minderm Wert als reines Gold?
O sündlicher Gedanke! Solch ein Kleinod
Ward nie geringer als in Gold gefaßt.
In England gibt's 'ne Münze, die das Bild
Von einem Engel führt, in Gold geprägt.
Doch der ist drauf gedruckt: hier liegt ein Engel
Ganz drin im goldnen Bett. – Gebt mir den Schlüssel,
Hier wähl' ich, und geling' es, wie es kann!

PORZIA. Da nehmt ihn, Prinz, und liegt mein Bildnis da,
So bin ich Euer.

Er schließt das goldne Kästchen auf.

MAROKKO. O Hölle, was ist hier?
Ein Beingeripp, dem ein beschriebner Zettel
Im hohlen Auge liegt? Ich will ihn lesen.
»Alles ist nicht Gold, was gleißt,
Wie man oft Euch unterweist.
Manchen in Gefahr es reißt,
Was mein äußrer Schein verheißt:
Goldnes Grab hegt Würmer meist.
Wäret Ihr so weis' als dreist,
Jung an Gliedern, alt an Geist,
So würdet Ihr nicht abgespeist
Mit der Antwort: Geht und reist!«
Ja fürwahr, mit bittrer Kost.
Leb wohl denn, Glut! Willkommen, Frost!
Lebt, Porzia, wohl! Zu langem Abschied fühlt
Mein Herz zu tief: so scheidet, wer verspielt. *Ab.*

PORZIA. Erwünschtes Ende! Geht, den Vorhang zieht:
So wähle jeder, der ihm ähnlich sieht!

Alle ab.

Achte Szene

Venedig. Eine Straße.
Salarino und Solanio treten auf.

SALARINO. Ja, Freund, ich sah Bassanio unter Segel;
Mit ihm ist Graziano abgereist,
Und auf dem Schiff ist sicher nicht Lorenzo.

SOLANIO. Der Schelm von Juden schrie den Doge auf,
Der mit ihm ging, das Schiff zu untersuchen.

SALARINO. Er kam zu spät, das Schiff war unter Segel;
Doch da empfing der Doge den Bericht,
In einer Gondel habe man Lorenzo
Mit seiner Liebsten Jessica gesehn.
Auch gab Antonio ihm die Versich'rung,
Sie sei'n nicht mit Bassanio auf dem Schiff.

SOLANIO. Nie hört' ich so verwirrte Leidenschaft,
So seltsam, wild und durcheinander, als
Der Hund von Juden in den Straßen ausließ:
»Mein' Tochter – mein' Dukaten – o mein' Tochter!
Fort mit 'nem Christen – o mein' christliche Dukaten!
Recht und Gericht! mein' Tochter! mein' Dukaten!
Ein Sack, zwei Säcke, beide zugesiegelt,
Voll von Dukaten, doppelten Dukaten,
Gestohl'n von meiner Tochter; und Juwelen,
Zwei Stein' – zwei reich' und köstliche Gestein'
Gestohl'n von meiner Tochter! O Gerichte,
Find't mir das Mädchen! – Sie hat die Steine bei sich
Und die Dukaten.«

SALARINO. Ja, alle Gassenbuben folgen ihm,
Und schrein: »Die Stein', die Tochter, die Dukaten!«

SOLANIO. Daß nur Antonio nicht den Tag versäumt,
Sonst wird er hiefür zahlen.

SALARINO. Gut bedacht!
Mir sagte gestern ein Franzose noch,
Mit dem ich schwatzte, in der engen See,
Die Frankreich trennt und England, sei ein Schiff
Von unserm Land verunglückt, reich geladen;
Ich dachte des Antonio, da er's sagte,
Und wünscht' im stillen, daß es seins nicht wär'.

SOLANIO. Ihr solltet ihm doch melden, was Ihr hört;
Doch tut's nicht plötzlich, denn es könnt' ihn kränken.

SALARINO. Ein beßres Herz lebt auf der Erde nicht.
Ich sah Bassanio und Antonio scheiden.
Bassanio sagt' ihm, daß er eilen wolle
Mit seiner Rückkehr: »Nein«: erwidert' er,
»Schlag' dein Geschäft nicht von der Hand, Bassanio,
Um meinetwillen, laß die Zeit es reifen.
Und die Verschreibung, die der Jude hat,
Sie komme nicht in deinen Brudersinn.
Sei fröhlich, wende die Gedanken ganz
Auf Gunstbewerbung und Bezeugungen
Der Liebe, wie sie dort dir ziemen mögen.«
Und hier, die Augen voller Tränen, wandt' er
Sich abwärts, reichte seine Hand zurück,
Und, als ergriff ihn wunderbare Rührung,
Drückt' er Bassanios Hand: so schieden sie.

SOLANIO. Ich glaub', er liebt die Welt nur seinetwegen.
Ich bitt' Euch, laßt uns gehn, ihn aufzufinden,
Um seine Schwermut etwas zu zerstreun
Auf ein' und andre Art.

SALARINO. Ja, tun wir das!

Beide ab.

Neunte Szene

Belmont. Ein Zimmer in Porzias Hause.
Nerissa kommt mit einem Bedienten.

NERISSA. Komm hurtig, hurtig: zieh' den Vorhang auf!
Der Prinz von Arragon hat seinen Eid
Getan und kommt sogleich zu seiner Wahl.

Trompetenstoß. Der Prinz von Arragon, Porzia und beider Gefolge.

PORZIA. Schaut hin, da stehn die Kästchen, edler Prinz:
Wenn Ihr das wählet, das mich in sich faßt,
Soll die Vermählung gleich gefeiert werden.
Doch fehlt Ihr, Prinz, so müßt Ihr, ohne weiters,
Im Augenblick von hier Euch wegbegeben.

ARRAGON. Drei Dinge gibt der Eid mir auf zu halten:
Zum ersten, niemals jemand kund zu tun,
Welch Kästchen ich gewählt; sodann, verfehl' ich
Das rechte Kästchen, nie in meinem Leben
Um eines Mädchens Hand zu werben; endlich,
Wenn sich das Glück zu meiner Wahl nicht neigt,
Sogleich Euch zu verlassen und zu gehn.

PORZIA. Auf diese Pflichten schwört ein jeder, der
Zu wagen kommt um mein geringes Selbst.

ARRAGON. Und so bin ich gerüstet. Glück, wohlauf
Nach Herzens Wunsch! – Gold, Silber, schlechtes Blei.
»Wer mich erwählt, der gibt und wagt sein alles dran.«

Du müßtest schöner aussehn, eh' ich's täte.
Was sagt das goldne Kästchen? Ha, laßt sehn!
»Wer mich erwählt, gewinnt, was mancher Mann begehrt.«
Was mancher Mann begehrt? – Dies mancher meint vielleicht
Die Torenmenge, die nach Scheine wählt,
Nur lernend, was ein blödes Auge lehrt;
Die nicht ins Innre dringt und, wie die Schwalbe,
Im Wetter bauet an der Außenwand,
Recht in der Kraft und Bahn des Ungefährs.
Ich wähle nicht, was mancher Mann begehrt,
Weil ich nicht bei gemeinen Geistern hausen,
Noch mich zu rohen Haufen stellen will.
Nun dann zu dir, du silbern Schatzgemach!
Sag mir noch 'mal die Inschrift, die du führst:
»Wer mich erwählt, bekommt so viel, als er verdient.«
Ja, gut gesagt: denn wer darf darauf ausgehn,
Das Glück zu täuschen und geehrt zu sein,
Den das Verdienst nicht stempelt? Maße keiner
Sich einer unverdienten Würde an.
O würden Güter, Rang und Ämter nicht
Verderbter Weis' erlangt, und würde Ehre
Durch das Verdienst des Eigners rein erkauft!
Wie mancher deckte dann sein bloßes Haupt!
Wie mancher, der befiehlt, gehorchte dann!
Wie viel des Pöbels würde ausgesondert
Aus reiner Ehre Saat! und wie viel Ehre
Gelesen aus der Spreu, dem Raub der Zeit,
Um neu zu glänzen! – Wohl, zu meiner Wahl!
»Wer mich erwählt, bekommt so viel, als er verdient.«
Ich halt' es mit Verdienst: gebt mir dazu den Schlüssel,
Und unverzüglich schließt mein Glück hier auf.

PORZIA. Zu lang' geweilt, für das, was Ihr da findet.

ARRAGON.
Was gibt's hier? Eines Gecken Bild, der blinzt
Und mir 'nen Zettel reicht? Ich will ihn lesen.
O wie so gar nicht gleichst du Porzien!
Wie gar nicht meinem Hoffen und Verdienst!
»Wer mich erwählt, bekommt so viel, als er verdient.«
Verdient' ich nichts als einen Narrenkopf?
Ist das mein Preis? Ist mein Verdienst nicht höher?

PORZIA. Fehlen und Richten sind getrennte Ämter,
Und die sich widersprechen.

ARRAGON. Was ist hier?
»Siebenmal im Feu'r geklärt
Ward dies Silber: so bewährt
Ist ein Sinn, den nichts betört.
Mancher achtet Schatten wert,
Dem ist Schattenheil beschert.
Mancher Narr in Silber fährt,
So auch dieser, der Euch lehrt.
Nehmet, wen Ihr wollt, zum Weib,
Immer trägt mich Euer Leib:
Geht und sucht Euch Zeitvertreib!«
Mehr und mehr zum Narr'n mich macht
Jede Stunde, hier verbracht.
Mit einem Narrenkopf zum Frein
Kam ich her, und geh' mit zwei'n.
Herz, leb wohl! Was ich versprach,
Halt' ich, trage still die Schmach.

Arragon mit Gefolge ab.

PORZIA. So ging dem Licht die Motte nach!
O diese weisen Narren! wenn sie wählen,
Sind sie so klug, durch Witz es zu verfehlen.

NERISSA. Die alte Sag' ist keine Ketzerei,
Daß Frein und Hängen eine Schickung sei.

PORZIA. Komm, zieh' den Vorhang zu, Nerissa!

Ein Bedienter kommt.

BEDIENTER. Wo ist mein Fräulein?

PORZIA. Hier; was will mein Herr?

BEDIENTER. An Eurem Tor ist eben abgestiegen
Ein junger Venezianer, welcher kommt,
Die nahe Ankunft seines Herrn zu melden,
Von dem er stattliche Begrüßung bringt;
Das heißt, nebst vielen art'gen Worten, Gaben
Von reichem Wert; ich sahe niemals noch
Solch einen holden Liebesabgesandten.
Nie kam noch im April ein Tag so süß,
Zu zeigen, wie der Sommer köstlich nahe,
Als dieser Bote seinem Herrn voran.

PORZIA. Nichts mehr, ich bitt' dich; ich besorge fast,
Daß du gleich sagen wirst, er sei dein Vetter:
Du wendest solchen Festtagswitz an ihn.
Komm, komm, Nerissa; denn er soll mich freun,
Cupidos Herold, so geschickt und fein.

NERISSA. Bassanio, Herr der Herzen! laß es sein!

Alle ab.

Dritter Aufzug

Erste Szene

Venedig. Eine Straße.
Solanio und Salarino treten auf.

SOLANIO. Nun, was gibt es Neues auf dem Rialto?

SALARINO. Ja, noch wird es nicht widersprochen, daß dem Antonio ein Schiff von reicher Ladung in der Meerenge gestrandet ist. Die Goodwins, denke ich, nennen sie die Stelle: eine sehr gefährliche Sandbank, wo die Gerippe von manchem stattlichen Schiff begraben liegen, wenn Gevatterin Fama eine Frau von Wort ist.

SOLANIO. Ich wollte, sie wäre darin so 'ne lügenhafte Gevatterin, als jemals eine Ingwer kaute, oder ihren Nachbarn weis machte, sie weine um den Tod ihres dritten Mannes. Aber es ist wahr – ohne alle Umschweife, und ohne die gerade ebne Bahn des Gespräches zu kreuzen –, daß der gute Antonio, der redliche Antonio – o daß ich eine Benennung wüßte, die gut genug wäre, seinem Namen Gesellschaft zu leisten! –

SALARINO. Wohlan, zum Schluß!

SOLANIO. He, was sagst du? – Ja, das Ende ist, er hat ein Schiff eingebüßt.

SALARINO. Ich wünsche, es mag das Ende seiner Einbußen sein.

SOLANIO. Laß mich bei Zeiten Amen sagen, ehe mir der Teufel einen Querstrich durch mein Gebet macht; denn hier kommt er in Gestalt eines Juden.

Shylock kommt.

Wie steht's, Shylock? Was gibt es Neues unter den Kaufleuten?

SHYLOCK. Ihr wußtet, niemand besser, niemand besser als Ihr, um meiner Tochter Flucht.

SALARINO. Das ist richtig; ich meinerseits kannte den Schneider, der ihr die Flügel zum Wegfliegen gemacht hat.

SOLANIO. Und Shylock, seinerseits, wußte, daß der Vogel flück war; und dann haben sie es alle in der Art, das Nest zu verlassen.

SHYLOCK. Sie ist verdammt dafür.

SALARINO. Das ist sicher, wenn der Teufel ihr Richter sein soll.

SHYLOCK. Daß mein eigen Fleisch und Blut sich so empört!

SOLANIO. Pfui dich an, altes Fell! bei dem Alter empört es sich?

SHYLOCK. Ich sage, meine Tochter ist mein Fleisch und Blut.

SALARINO. Zwischen deinem Fleisch und ihrem ist mehr Unterschied als zwischen Ebenholz und Elfenbein, mehr zwischen eurem Blute als zwischen rotem Wein und Rheinwein. – Aber sagt uns, was hört Ihr? Hat Antonio einen Verlust zur See gehabt oder nicht?

SHYLOCK. Da hab' ich einen andern schlimmen Handel: ein Bankerottierer, ein Verschwender, der sich kaum auf dem Rialto darf blicken lassen; ein Bettler, der so schmuck auf den Markt zu kommen pflegte! – Er sehe sich vor mit seinem Schein! (Er hat mich immer Wucherer genannt – er sehe sich vor mit seinem Schein! –) Er verlieh immer Geld aus christlicher Liebe – er sehe sich vor mit seinem Schein!

SALARINO. Nun, ich bin sicher, wenn er verfällt, so wirst du sein Fleisch nicht nehmen: wozu wär' es gut?

SHYLOCK. Fische mit zu ködern. Sättigt es sonst niemanden, so sättigt es doch meine Rache. Er hat mich beschimpft, mir 'ne halbe Million gehindert; meinen Verlust belacht, meinen Gewinn bespottet, mein Volk geschmäht, meinen Handel gekreuzt, meine Freunde verleitet, meine Feinde gehetzt. Und was hat er für Grund? Ich bin ein Jude. (Hat nicht ein Jude Augen?) Hat nicht ein Jude Hände, Gliedmaßen, Werkzeuge, Sinne, Neigungen, Leidenschaften? mit derselben Speise genährt, mit denselben Waffen verletzt, denselben Krankheiten unterworfen, mit denselben Mitteln geheilt, gewärmt und gekältet von eben dem Winter und Sommer, als ein Christ? Wenn ihr uns stecht, bluten wir nicht? Wenn ihr uns kitzelt, lachen wir nicht? Wenn ihr uns vergiftet, sterben wir nicht? Und wenn ihr uns beleidigt, sollen wir uns nicht rächen? Sind wir euch in allen Dingen ähnlich, so wollen wir's euch auch darin gleich tun. Wenn ein Jude einen Christen beleidigt, was ist seine Demut? Rache. Wenn ein Christ einen Juden beleidigt, was muß seine Geduld sein nach christlichem Vorbild? Nu, Rache. Die Bosheit, die ihr mich lehrt, die will ich ausüben, und es muß schlimm hergehen, oder ich will es meinen Meistern zuvortun.

Ein Bedienter kommt.

BEDIENTER. Edle Herren, Antonio, mein Herr, ist zu Hause und wünscht euch zu sprechen.

SALARINO. Wir haben ihn allenthalben gesucht.

Tubal kommt.

SOLANIO. Hier kommt ein andrer von seinem Stamm: der dritte Mann ist nicht aufzutreiben, der Teufel selbst müßte denn Jude werden.

Solanio, Salarino und Bedienter ab.

SHYLOCK. Nun, Tubal, was bringst du Neues von Genua? Hast du meine Tochter gefunden?

TUBAL. Ich bin oft an Örter gekommen, wo ich von ihr hörte; aber ich kann sie nicht finden.

SHYLOCK. Ei so, so, so, so! Ein Diamant fort, kostet mich zweitausend Dukaten zu Frankfurt! Der Fluch ist erst jetzt auf unser Volk gefallen, ich hab' ihn niemals gefühlt bis jetzt. Zweitausend Dukaten dafür! und noch mehr kostbare, kostbare Juwelen! Ich wollte, meine Tochter läge tot zu meinen Füßen, und hätte die Juwelen in den Ohren! Wollte, sie läge eingesargt zu meinen Füßen, und die Dukaten im Sarge! Keine Nachricht von ihnen! Ei, daß dich! – und ich weiß noch nicht, was beim Nachsetzen drauf geht. Ei, du Verlust über Verlust! Der Dieb mit so viel davon gegangen, und so viel, um den Dieb zu finden; und keine Genugtuung, keine Rache! Kein Unglück tut sich auf, als was mir auf den Hals fällt; keine Seufzer, als die ich ausstoße, keine Tränen, als die ich vergieße.

TUBAL. Ja, andre Menschen haben auch Unglück. Antonio, so hört' ich in Genua –

SHYLOCK. Was, was, was? Ein Unglück? ein Unglück?

TUBAL. Hat eine Galeone verloren, die von Tripolis kam.

SHYLOCK. Gott sei gedankt! Gott sei gedankt! Ist es wahr? Ist es wahr?

TUBAL. Ich sprach mit ein paar von den Matrosen, die sich aus dem Schiffbruch gerettet.

SHYLOCK. Ich danke dir, guter Tubal! Gute Zeitung, gute Zeitung! – Wo? in Genua?

TUBAL. Eure Tochter vertat in Genua, wie ich hörte, in einem Abend achtzig Dukaten!

SHYLOCK. Du gibst mir einen Dolchstich – ich kriege mein Gold nicht wiederzusehn – Achtzig Dukaten in einem Strich! Achtzig Dukaten!

TUBAL. Verschiedne von Antonios Gläubigern reisten mit mir zugleich nach Venedig; die beteuerten, er müsse notwendig fallieren.

SHYLOCK. Das freut mich sehr! Ich will ihn peinigen, ich will ihn martern: das freut mich!

TUBAL. Einer zeigte mir einen Ring, den ihm Eure Tochter für einen Affen gab.

SHYLOCK. Daß sie die Pest! Du marterst mich, Tubal: es war mein Türkis, ich bekam ihn von Lea, als ich noch Junggeselle war; ich hätte ihn nicht für einen Wald voll Affen weggegeben.

TUBAL. Aber Antonio ist gewiß ruiniert.

SHYLOCK. Ja, das ist wahr! das ist wahr! Geh, Tubal, miete mir einen Amtsdiener, bestell' ihn vierzehn Tage vorher. Ich will sein Herz haben, wenn er verfällt; denn wenn er aus Venedig weg ist, so kann ich Handel treiben, wie ich will. Geh, geh, Tubal, und triff mich bei unsrer Synagoge! Geh, guter Tubal! bei unsrer Synagoge, Tubal! *Ab.*

Zweite Szene

Belmont. Ein Zimmer in Porzias Hause.
Bassanio, Porzia, Graziano, Nerissa und Gefolge treten auf.
Die Kästchen sind ausgestellt.

PORZIA. Ich bitt' Euch, wartet; ein, zwei Tage noch,

Bevor Ihr wagt: denn wählt Ihr falsch, so büße
Ich Euren Umgang ein; darum verzieht!
Ein Etwas sagt mir (doch es ist nicht Liebe),
Ich möcht' Euch nicht verlieren; und Ihr wißt,
Es rät der Haß in diesem Sinne nicht.
Allein damit Ihr recht mich deuten möchtet,
(– Und doch, ein Mädchen spricht nur mit Gedanken,)
Behielt' ich gern Euch ein paar Tage hier,
Eh' Ihr für mich Euch wagt. Ich könnt' Euch leiten
Zur rechten Wahl, dann brech' ich meinen Eid;
Das will ich nicht: so könnt Ihr mich verfehlen.
Doch wenn Ihr's tut, macht Ihr mich sündlich wünschen,
Ich hätt' ihn nur gebrochen. O der Augen,
Die so mich übersehn und mich geteilt!
Halb bin ich Eu'r, die andre Hälfte Euer –
Mein, wollt' ich sagen; doch wenn mein, dann Euer,
Und so ganz Euer. O die böse Zeit,
Die Eignern ihre Rechte vorenthält!
Und so, ob Euer schon, nicht Euer. – Trifft es,
So sei das Glück dafür verdammt, nicht ich.
Zu lange red' ich, doch nur, um die Zeit
Zu dehnen, in die Länge sie zu ziehn,
Die Wahl noch zu verzögern.

BASSANIO. Laßt mich wählen:
Denn wie ich jetzt bin, leb' ich auf der Folter.

PORZIA. Bassanio, auf der Folter? So bekennt,
Was für Verrat in Eurer Liebe steckt!

BASSANIO. Allein der häßliche Verrat des Mißtrauns,
Der mich am Glück der Liebe zweifeln läßt.
So gut verbände Schnee und Feuer sich
Zum Leben, als Verrat und meine Liebe.

PORZIA. Ja, doch ich sorg', Ihr redet auf der Folter,
Wo sie, gezwungen, sagen, was man will.

BASSANIO.
Verheißt mir Leben, so bekenn' ich Wahrheit.

PORZIA. Nun wohl, bekennt und lebt!

BASSANIO. Bekennt und liebt!
Mein ganz Bekenntnis wäre dies gewesen.
O sel'ge Folter, wenn der Folterer
Mich Antwort lehrt zu meiner Lossprechung!
Doch laßt mein Heil mich bei den Kästchen suchen!

PORZIA. Hinzu denn! Eins darunter schließt mich ein:
Wenn Ihr mich liebt, so findet Ihr es aus.
Nerissa und ihr andern, steht beiseit! –
Laßt nun Musik ertönen, weil er wählt!
So, wenn er fehltrifft, end' er Schwanen-gleich,
Hinsterbend in Musik; daß die Vergleichung
Noch näher passe, sei mein Aug' der Strom,
Sein wäßrig Totenbett. Er kann gewinnen,
Und was ist dann Musik? Dann ist Musik
Wie Paukenklang, wenn sich ein treues Volk
Dem neugekrönten Fürsten neigt; ganz so
Wie jene süßen Tön' in erster Frühe,
Die in des Bräut'gams schlummernd Ohr sich schleichen
Und ihn zur Hochzeit laden. Jetzo geht er
Mit minder Anstand nicht, mit weit mehr Liebe
Als einst Alcides, da er den Tribut
Der Jungfrau'n löste, welchen Troja heulend
Dem Seeuntier gezahlt. Ich steh' als Opfer;
Die dort von fern sind die Dardan'schen Frau'n,
Mit rotgeweinten Augen, ausgegangen,
Der Tat Erfolg zu sehn. – Geh, Herkules!
Leb' du, so leb' ich: mit viel stärkerm Bangen
Seh' ich den Kampf, als du ihn eingegangen.

Musik, während Bassanio über die Kästchen mit sich zu Rate geht.

Lied

ERSTE STIMME.
Sagt, woher stammt Liebeslust?
Aus den Sinnen, aus der Brust?
Ist euch ihr Lebenslauf bewußt?

ZWEITE STIMME.
In den Augen erst gehegt,
Wird Liebeslust durch Schaun gepflegt;
Stirbt das Kindchen, beigelegt
In der Wiege, die es trägt,
Läutet Totenglöckchen ihm;
Ich beginne: Bim! bim! bim!

CHOR.
Bim! bim! bim!

BASSANIO.
– So ist oft äußrer Schein sich selber fremd,
Die Welt wird immerdar durch Zier berückt.
Im Recht, wo ist ein Handel so verderbt,
Der nicht, geschmückt von einer holden Stimme,
Des Bösen Schein verdeckt? Im Gottesdienst,
Wo ist ein Irrwahn, den ein ehrbar Haupt
Nicht heiligte, mit Sprüchen nicht belegte,
Und bürge die Verdammlichkeit durch Schmuck?
Kein Laster ist so blöde, das von Tugend
Im äußern Tun nicht Zeichen an sich nähme.
Wie manche Feige, die Gefahren stehn
Wie Spreu dem Winde, tragen doch am Kinn
Den Bart des Herkules und finstern Mars,
Fließt gleich in ihren Herzen Blut wie Milch?
Und diese leihn des Mutes Auswuchs nur,
Um furchtbar sich zu machen. Blickt auf Schönheit,
Ihr werdet sehn, man kauft sie nach Gewicht,
Das hier ein Wunder der Natur bewirkt
Und, die es tragen, um so lockrer macht.
So diese schlänglicht krausen goldnen Locken,
Die mit den Lüften so mutwillig hüpfen
Auf angemaßten Reiz: man kennt sie oft
Als eines zweiten Kopfes Ausstattung:
Der Schädel, der sie trug, liegt in der Gruft.
So ist denn Zier die trügerische Küste
Von einer schlimmen See, der schöne Schleier,
Der Indiens Schönen birgt; mit einem Wort
Die Scheinwahrheit, womit die schlaue Zeit
Auch Weise fängt. Darum, du gleißend Gold,
Des Midas harte Kost, dich will ich nicht;
Noch dich, gemeiner, bleicher Botenläufer
Von Mann zu Mann; doch du, du magres Blei,
Das eher droht als irgend was verheißt,
Dein schlichtes Ansehn spricht beredt mich an:
Ich wähle hier, und sei es wohlgetan!

PORZIA. Wie jede Regung fort die Lüfte tragen,
Als irre Zweifel, ungestüm Verzagen,
Und bange Schau'r und blasse Schüchternheit!
O Liebe, mäß'ge dich in deiner Seligkeit!
Halt' ein, laß deine Freuden sanfter regnen;
Zu stark fühl' ich, du mußt mich minder segnen,

Damit ich nicht vergeh'.

BASSANIO *öffnet das bleierne Kästchen.*
Was find' ich hier?
Der schönen Porzia Bildnis? Welcher Halbgott
Kam so der Schöpfung nah? Regt sich dies Auge?
Wie, oder, schwebend auf der meinen Wölbung,
Scheint es bewegt? Hier sind erschloßne Lippen,
Die Nektarodem trennt: so süße Scheidung
Muß zwischen solchen süßen Freunden sein.
Der Maler spielte hier in ihrem Haar
Die Spinne, wob ein Netz, der Männer Herzen
Zu fangen, wie die Mück' im Spinngeweb'.
Doch ihre Augen – oh, wie konnt' er sehn,
Um sie zu malen? Da er eins gemalt,
Dünkt mich, es mußt' ihm seine beiden stehlen
Und ungepaart sich lassen. Doch seht, so weit
Die Wahrheit meines Lobes diesem Schatten
Zu nahe tut, da es ihn unterschätzt,
So weit läßt diesen Schatten hinter sich
Die Wahrheit selbst zurück. – Hier ist der Zettel,
Der Inbegriff und Auszug meines Glücks.
»Ihr, der nicht auf Schein gesehn:
Wählt so recht, und trefft so schön!
Weil Euch dieses Glück geschehn,
Wollet nicht nach anderm gehn!
Ist Euch dies nach Wunsch getan,
Und find't Ihr Heil auf dieser Bahn,
Müßt Ihr Eurer Liebsten nahn,
Und sprecht mit holdem Kuß sie an!«
Ein freundlich Blatt – erlaubt, mein holdes Leben,
er küßt sie
Ich komm', auf Schein zu nehmen und zu geben,
Wie, wer um einen Preis mit andern ringt
Und glaubt, daß vor dem Volk sein Tun gelingt:
Er hört den Beifall, Jubel schallt zum Himmel;
Im Geist benebelt, staunt er – »dies Getümmel
Des Preises«, fragt er sich, »gilt es denn mir?«
So, dreimal holdes Fräulein, steh' ich hier,
Noch zweifelnd, ob kein Trug mein Auge blend't,
Bis Ihr bestätigt, zeichnet, anerkennt.

PORZIA. Ihr seht mich, Don Bassanio, wo ich stehe,
So wie ich bin: obschon, für mich allein,
Ich nicht ehrgeizig wär' in meinem Wunsch,
Viel besser mich zu wünschen; doch für Euch
Wollt' ich verdreifacht zwanzigmal ich selbst sein,
Noch tausendmal so schön, zehntausendmal
So reich. –
Nur um in Eurer Schätzung hoch zu stehn,
Möcht' ich an Gaben, Reizen, Gütern, Freunden
Unschätzbar sein; doch meine volle Summa
Macht etwas nur: das ist, in Bausch und Bogen,
Ein unerzognes, ungelehrtes Mädchen,
Darin beglückt, daß sie noch nicht zu alt
Zum Lernen ist; noch glücklicher, daß sie
Zum Lernen nicht zu blöde ward geboren.
Am glücklichsten, weil sich ihr weich Gemüt
Dem Euren überläßt, daß Ihr sie lenkt,
Als ihr Gemahl, ihr Führer und ihr König.
Ich selbst und was nur mein, ist Euch und Eurem
Nun zugewandt: noch eben war ich Eigner
Des schönen Guts hier, Herrin meiner Leute,
Monarchin meiner selbst; und eben jetzt
Sind Haus und Leut', und eben dies Ich selbst
Eu'r eigen, Herr: nehmt sie mit diesem Ring!
Doch trennt Ihr Euch von ihm, verliert, verschenkt ihn,
So prophezei' es Eurer Liebe Fall,
Und sei mein Anspruch, gegen Euch zu klagen.

BASSANIO. Fräulein, Ihr habt der Worte mich beraubt,
Mein Blut nur in den Adern spricht zu Euch;
Verwirrung ist in meinen Lebensgeistern,
Wie sie nach einer wohlgesprochnen Rede
Von einem teuren Prinzen wohl im Kreis
Der murmelnden zufriednen Meng' erscheint,
Wo jedes Etwas, in einander fließend,
Zu einem Chaos wird von nichts als Freude,
Laut oder sprachlos. – Doch weicht dieser Ring
Von diesem Finger, dann weicht hier das Leben:
O dann sagt kühn, Bassanio sei tot!

NERISSA. Mein Herr und Fräulein, jetzt ist unsre Zeit,
Die wir dabei gestanden und die Wünsche
Gelingen sehn, zu rufen: Freud' und Heil!
Habt Freud' und Heil, mein Fräulein und mein Herr!

GRAZIANO.
Mein Freund Bassanio und mein wertes Fräulein,
Ich wünsch' euch, was für Freud' ihr wünschen könnt,
Denn sicher wünscht ihr keine von mir weg.
Und wenn ihr beiderseits zu feiern denkt
Den Austausch eurer Treue, bitt' ich euch,
Daß ich zugleich mich auch verbinden dürfe.

BASSANIO.
Von Herzen gern, kannst du ein Weib dir schaffen.

GRAZIANO.
Ich dank' Euch, Herr: Ihr schafftet mir ein Weib.
Mein Auge kann so hurtig schaun als Eures;
Ihr saht das Fräulein, ich die Dienerin;
Ihr liebtet, und ich liebte: denn Verzug
Steht mir nicht besser an als Euch, Bassanio.
Eu'r eignes Glück hing an den Kästchen dort,
Und so auch meines, wie es sich gefügt.
Denn werbend hier, bis ich in Schweiß geriet,
Und schwörend, bis mein Gaum von Liebesschwüren
Ganz trocken war: ward ich zuletzt – geletzt
Durch ein Versprechen dieser Schönen hier,
Mir Liebe zu erwidern, wenn Eu'r Glück
Ihr Fräulein erst gewönne.

PORZIA. Ist's wahr, Nerissa?

NERISSA. Ja, Fräulein, wenn Ihr Euren Beifall gebt.

BASSANIO. Und meint Ihr's, Graziano, recht im Ernst?

GRAZIANO. Ja, auf mein Wort.

BASSANIO. Ihr ehrt durch Eure Heirat unser Fest.

GRAZIANO. Wir wollen mit ihnen auf den ersten Jungen wetten, um tausend Dukaten. –
Doch wer kommt hier? Lorenzo und sein Heidenkind?
Wie? und mein alter Landsmann, Freund Salerio?

Lorenzo, Jessica und Salerio treten auf.

BASSANIO. Lorenzo und Salerio, seid willkommen,
Wofern die Jugend meines Ansehns hier
Willkommen heißen darf. Erlaubet mir,
Ich heiße meine Freund' und Landesleute
Willkommen, holde Porzia.

PORZIA. Ich mit Euch;
Sie sind mir sehr willkommen.

LORENZO.
Dank Euer Gnaden! – Was mich angeht, Herr,
Mein Vorsatz war es nicht, Euch hier zu sehn;
Doch da ich unterwegs Salerio traf,

So bat er mich, daß ich's nicht weigern konnte,
Hieher ihn zu begleiten.

SALERIO. Ja, ich tat's,
Und habe Grund dazu, Signor Antonio
Empfiehlt ihn Euch.

Gibt dem Bassanio einen Brief.

BASSANIO. Eh' ich den Brief erbreche,
Sagt, wie befindet sich mein wackrer Freund?

SALERIO.
Nicht krank, Herr, wenn er's im Gemüt nicht ist,
Noch wohl, als im Gemüt; der Brief da wird
Euch seinen Zustand melden.

GRAZIANO.
Nerissa, muntert dort die Fremde auf,
Heißt sie willkommen! Eure Hand, Salerio!
Was bringt Ihr von Venedig mit? Wie geht's
Dem königlichen Kaufmann, dem Antonio?
Ich weiß, er wird sich unsers Glückes freun,
Wir sind die Jasons, die das Vlies gewonnen.

SALERIO. O hättet Ihr das Vlies, das er verlor!

PORZIA. In dem Papier ist ein feindsel'ger Inhalt,
Es stiehlt die Farbe von Bassanios Wangen.
Ein teurer Freund tot; nichts auf Erden sonst,
Was eines festgesinnten Mannes Fassung
So ganz verwandeln kann. Wie? schlimm und schlimmer?
Erlaubt, Bassanio, ich bin halb Ihr selbst,
Und mir gebührt die Hälfte auch von allem,
Was dies Papier Euch bringt.

BASSANIO. O werte Porzia!
Hier sind ein paar so widerwärt'ge Worte,
Als je Papier befleckten. Holdes Fräulein,
Als ich zuerst Euch meine Liebe bot,
Sagt' ich Euch frei, mein ganzer Reichtum rinne
In meinen Adern, ich sei Edelmann;
Und dann sagt' ich Euch wahr. Doch, teures Fräulein,
Da ich auf nichts mich schätzte, sollt Ihr sehn,
Wie sehr ich Prahler war. Da ich Euch sagte,
Mein Gut sei nichts, hätt' ich Euch sagen sollen,
Es sei noch unter nichts; denn, in der Tat,
Mich selbst verband ich einem teuren Freunde,
Den Freund verband ich seinem ärgsten Feind,
Um mir zu helfen. Hier, Fräulein, ist ein Brief,
Das Blatt Papier wie meines Freundes Leib,
Und jedes Wort drauf eine offne Wunde,
Der Lebensblut entströmt. – Doch ist es wahr,
Salerio? Sind denn alle Unternehmen
Ihm fehlgeschlagen? Wie, nicht eins gelang?
Von Tripolis, von Mexiko, von England,
Von Indien, Lissabon, der Barbarei?
Und nicht ein Schiff entging dem furchtbar'n Anstoß
Von Armut droh'nden Klippen?

SALERIO. Nein, nicht eins.
Und außerdem, so scheint es, hätt' er selbst
Das bare Geld, den Juden zu bezahlen,
Er nähm' es nicht. Nie kannt' ich ein Geschöpf,
Das die Gestalt von einem Menschen trug,
So gierig, einen Menschen zu vernichten.
Er liegt dem Doge früh und spät im Ohr,
Und klagt des Staats verletzte Freiheit an,
Wenn man sein Recht ihm weigert: zwanzig Handelsleute,
Der Doge selber, und die Senatoren
Vom größten Ansehn reden all' ihm zu:
Doch niemand kann aus der Schikan' ihn treiben
Von Recht, verfallner Buß' und seinem Schein.

JESSICA.
Als ich noch bei ihm war, hört' ich ihn schwören
Vor seinen Landesleuten Chus und Tubal,
Er wolle lieber des Antonio Fleisch,
Als den Betrag der Summe zwanzigmal,
Die er ihm schuldig sei; und, Herr, ich weiß:
Wenn ihm nicht Recht, Gewalt und Ansehn wehrt,
Wird es dem armen Manne schlimm ergehn.

PORZIA. Ist's Euch ein teurer Freund, der so in Not ist?

BASSANIO. Der teu'rste Freund, der liebevollste Mann,
Das unermüdet willigste Gemüt
Zu Dienstleistungen, und ein Mann, an dem
Die alte Römerehre mehr erscheint,
Als sonst an wem, der in Italien lebt.

PORZIA. Welch eine Summ' ist er dem Juden schuldig?

BASSANIO. Für mich, dreitausend Dukaten.

PORZIA. Wie? nicht mehr?
Zahlt ihm sechstausend aus und tilgt den Schein,
Doppelt sechstausend, dann verdreifacht das,
Eh' einem, Freunde dieser Art ein Haar
Gekränkt soll werden durch Bassanios Schuld.
Erst geht mit mir zur Kirch' und nennt mich Weib,
Dann nach Venedig fort zu Eurem Freund:
Denn nie sollt Ihr an Porzias Seite liegen
Mit Unruh' in der Brust. Gold geb' ich Euch,
Um zwanzigmal die kleine Schuld zu zahlen:
Zahlt sie und bringt den echten Freund mit Euch.
Nerissa und ich selbst indessen leben
Wie Mädchen und wie Witwen. Kommt mit mir,
Ihr sollt auf Euren Hochzeittag von hier:
Begrüßt die Freunde, laßt den Mut nicht trüben:
So teu'r gekauft, will ich Euch teuer lieben. –
Doch laßt mich hören Eures Freundes Brief!

BASSANIO *liest.* »Liebster Bassanio, meine Schiffe sind alle verunglückt, meine Gläubiger werden grausam, mein Glücksstand ist ganz zerrüttet, meine Verschreibung an den Juden ist verfallen, und da es unmöglich ist, daß ich lebe, wenn ich sie zahle, so sind alle Schulden zwischen mir und Euch berichtigt. Wenn ich Euch nur bei meinem Tode sehen könnte! Jedoch handelt nach Belieben: wenn Eure Liebe Euch nicht überredet zu kommen, so muß es mein Brief nicht.«

PORZIA. O Liebster, geht, laßt alles andre liegen!

BASSANIO. Ja, eilen will ich, da mir Eure Huld
Zu gehn erlaubt: doch bis ich hier zurück,
Sei nie ein Bett an meinem Zögern schuld,
Noch trete Ruhe zwischen unser Glück!

Alle ab.

Dritte Szene

Venedig. Eine Straße.

Shylock, Solanio, Antonio und Gefangenwärter treten auf.

SHYLOCK.
Acht' auf ihn, Schließer! – Sagt mir nicht von Gnade:
Dies ist der Narr, der Geld umsonst auslieh. –
Acht' auf ihn, Schließer!

ANTONIO. Hört mich, guter Shylock!

SHYLOCK.
Ich will den Schein: nichts gegen meinen Schein!
Ich tat 'nen Eid, auf meinen Schein zu dringen.
Du nanntest Hund mich, eh' du Grund gehabt:
Bin ich ein Hund, so meide meine Zähne!
Der Doge soll mein Recht mir tun. – Mich wundert's,
Daß du so töricht bist, du loser Schließer,
Auf sein Verlangen mit ihm auszugehn.

ANTONIO. Ich bitte, hör' mich reden!

SHYLOCK.
Ich will den Schein: ich will nicht reden hören,
Ich will den Schein, und also sprich nicht mehr!
Ihr macht mich nicht zum schwachen, blinden Narr'n,
Der seinen Kopf wiegt, seufzt, bedauert, nachgibt
Den christlichen Vermittlern. Folg' mir nicht,
Ich will kein Reden: meinen Schein will ich.

Shylock ab.

SOLANIO.
Das ist ein unbarmherz'ger Hund, wie's keinen
Je unter Menschen gab.

ANTONIO. Laßt ihn nur gehn,
Ich geh' ihm nicht mehr nach mit eitlen Bitten,
Er sucht mein Leben, und ich weiß warum:
Oft hab' ich Schuldner, die mir vorgeklagt,
Davon erlöst, in Buß' ihm zu verfallen;
Deswegen haßt er mich.

SOLANIO. Gewiß, der Doge
Gibt nimmer zu, daß diese Buße gilt.

ANTONIO.
Der Doge kann des Rechtes Lauf nicht hemmen.
Denn die Bequemlichkeit, die Fremde finden
Hier in Venedig, wenn man sie versagt,
Setzt die Gerechtigkeit des Staats herab,
Weil der Gewinn und Handel dieser Stadt
Beruht auf allen Völkern. Gehn wir denn!
Der Gram und der Verlust zehrt so an mir,
Kaum werd' ich ein Pfund Fleisch noch übrig haben
Auf morgen für den blut'gen Gläubiger.
Komm, Schließer! – Gebe Gott, daß nur Bassanio
Mich für ihn zahlen sieht, so gilt mir's gleich.

Ab.

Vierte Szene

Belmont. Ein Zimmer in Porzias Hause.
Porzia, Nerissa, Lorenzo, Jessica und Balthasar kommen.

LORENZO.
Mein Fräulein, sag' ich's schon in Eurem Beisein,
Ihr habt ein edles und ein echt Gefühl
Von göttergleicher Freundschaft; das beweist Ihr,
Da Ihr die Trennung vom Gemahl so tragt.
Doch wüßtet Ihr, wem Ihr die Ehr' erzeigt,
Welch einem biedern Mann Ihr Hülfe sendet,
Welch einem lieben Freunde Eures Gatten,
Ich weiß, Ihr wäret stolzer auf das Werk,
Als Euch gewohnte Güte dringen kann.

PORZIA. Noch nie bereut' ich, daß ich Gutes tat,
Und werd' es jetzt auch nicht: denn bei Genossen,
Die mit einander ihre Zeit verleben,
Und deren Herz ein Joch der Liebe trägt,
Da muß unfehlbar auch ein Ebenmaß
Von Zügen sein, von Sitten und Gemüt.
Dies macht mich glauben, der Antonio,
Als Busenfreund von meinem Gatten, müsse
Durchaus ihm ähnlich sein. Wenn es so ist,
Wie wenig ist es, was ich aufgewandt,
Um meiner Seele Ebenbild zu lösen
Aus einem Zustand höll'scher Grausamkeit!
Doch dies kommt einem Selbstlob allzu nah:
Darum nichts mehr davon; hört andre Dinge!
Lorenzo, ich vertrau' in Eure Hand
Die Wirtschaft und die Führung meines Hauses,
Bis zu Bassanios Rückkehr; für mein Teil
Ich sandt' ein heimliches Gelübd' zum Himmel,
Zu leben in Beschauung und Gebet,
Allein begleitet von Nerissa hier,
Bis zu der Rückkunft unser beider Gatten.
Ein Kloster liegt zwei Meilen weit von hier,
Da wollen wir verweilen. Ich ersuch' Euch,
Lehnt nicht den Antrag ab, den meine Liebe
Und eine Nötigung des Zufalls jetzt
Euch auferlegt.

LORENZO. Von ganzem Herzen, Fräulein,
In allem ist mir Euer Wink Befehl.

PORZIA. Schon wissen meine Leute meinen Willen
Und werden Euch und Jessica erkennen
An meiner eignen und Bassanios Statt.
So lebt denn wohl, bis wir uns wiedersehn!

LORENZO. Sei froher Mut mit Euch und heitre
Stunden!

JESSICA. Ich wünsch' Eu'r Gnaden alle Herzensfreude.

PORZIA.
Ich dank' Euch für den Wunsch und bin geneigt,
Ihn Euch zurückzuwünschen. – Jessica, lebt wohl!

Jessica und Lorenzo ab.

Nun Balthasar,
Wie ich dich immer treu und redlich fand,
Laß mich auch jetzt dich finden: nimm den Brief,
Und eile, was in Menschenkräften steht,
Nach Padua; gib ihn zu eignen Händen
An meinen Vetter ab, Doktor Bellario.
Sieh zu, was er dir für Papiere gibt
Und Kleider, bringe die in höchster Eil'
Zur Überfahrt an die gemeine Fähre,
Die nach Venedig schifft. Verlier' die Zeit
Mit Worten nicht: geh, ich bin vor dir da.

BALTHASAR. Fräulein, ich geh' mit aller schuld'gen Eil'.

Balthasar ab.

PORZIA. Nerissa, komm: ich hab' ein Werk zur Hand,
Wovon du noch nicht weißt; wir wollen unsre Männer,
Eh' sie es denken, sehn.

NERISSA. Und werden sie uns sehn?

PORZIA. Jawohl, Nerissa, doch in solcher Tracht,
Daß sie mit dem versehn uns denken sollen,
Was uns gebricht. Ich wette, was du willst:
Sind wir wie junge Männer aufgestutzt,
Will ich der feinste Bursch von beiden sein,
Und meinen Degen mit mehr Anstand tragen,
Und sprechen, wie im Übergang vom Knaben
Zum Mann, in einem heiseren Diskant.
Ich will zwei jüngferliche Tritte dehnen
In einen Männerschritt; vom Raufen sprechen
Wie kecke junge Herrn; und artig lügen,
Wie edle Frauen meine Liebe suchten,
Und, da ich sie versagt, sich tot gehärmt, –

Ich konnte nicht mit allen fertig werden:
Und dann bereu' ich es, und wünsch', ich hätte
Bei allem dem sie doch nicht umgebracht.
Und zwanzig solcher kleinen Lügen sag' ich,
So daß man schwören soll, daß ich die Schule
Schon seit dem Jahr verließ. – Ich hab' im Sinn
Wohl tausend Streiche solcher dreisten Gecken,
Die ich verüben will.

NERISSA. So sollen wir in Männer uns verwandeln?

PORZIA.
Ja, komm, ich sag' dir meinen ganzen Anschlag,
Wenn wir im Wagen sind, der uns am Tor
Des Parks erwartet: darum laß uns eilen,
Denn wir durchmessen heut noch zwanzig Meilen.
Ab.

Fünfte Szene

Belmont. Ein Garten. Lanzelot und Jessica kommen.

LANZELOT. Ja, wahrhaftig! Denn seht Ihr, die Sünden der Väter sollen an den Kindern heimgesucht werden: darum glaubt mir, ich bin besorgt für Euch. Ich ging immer grade gegen Euch heraus, und so sage ich Euch meine Deliberazion über die Sache. Also seid gutes Mutes, denn wahrhaftig, ich denke, Ihr seid verdammt. Es ist nur eine Hoffnung dabei, die Euch zu statten kommen kann, und das ist auch nur so 'ne Art von Bastardhoffnung.

JESSICA. Und welche Hoffnung ist das?

LANZELOT. Ei, Ihr könnt gewissermaßen hoffen, daß Euer Vater Euch nicht erzeugt hat, daß Ihr nicht des Juden Tochter seid.

JESSICA. Das wäre in der Tat eine Art von Bastardhoffnung: dann würden die Sünden meiner Mutter an mir heimgesucht werden.

LANZELOT. Wahrhaftig, dann fürchte ich, Ihr seid von Vaters und Mutters wegen verdammt. Wenn ich die Scylla, Euren Vater, vermeide, so falle ich in die Charybdis, Eure Mutter: gut, Ihr seid auf die eine und die andre Art verloren.

JESSICA. Ich werde durch meinen Mann selig werden: er hat mich zu einer Christin gemacht.

LANZELOT. Wahrhaftig, da ist er sehr zu tadeln. Es gab unser vorher schon Christen genug, grade so viel, als neben einander gut bestehen konnten. Dies Christenmachen wird den Preis der Schweine steigern; wenn wir alle Schweinefleischesser werden, so ist in kurzem kein Schnittchen Speck in der Pfanne für Geld mehr zu haben.

Lorenzo kommt.

JESSICA. Ich will meinem Mann erzählen, was Ihr sagt. Lanzelot: hier kommt er.

LORENZO. Bald werde ich eifersüchtig auf Euch, Lanzelot, wenn Ihr meine Frau so in die Ecken zieht.

JESSICA. Ihr habt nichts zu befürchten, Lorenzo; Lanzelot und ich, wir sind ganz entzweit. Er sagt mir grade heraus, im Himmel sei keine Gnade für mich, weil ich eines Juden Tochter bin; und er behauptet, daß Ihr kein gutes Mitglied des gemeinen Wesens seid, weil Ihr Juden zum Christentum bekehrt und dadurch den Preis des Schweinefleisches steigert.

LORENZO. Das kann ich besser beim gemeinen Wesen verantworten, als Ihr Eure Streiche mit der Mohrin. Da Ihr ein Weißer seid, Lanzelot, hättet Ihr die Schwarze nicht so aufgeblasen machen sollen.

LANZELOT. Es tut mir leid, wenn ich ihr etwas weis gemacht habe: aber da das Kind einen weisen Vater hat, wird es doch keine Waise sein.

LORENZO. Wie jeder Narr mit den Worten spielen kann! Bald, denke ich, wird sich der Witz am besten durch Stillschweigen bewähren, und Gesprächigkeit bloß noch an Papageien gelobt werden. – Geht ins Haus, Bursch, sagt, daß sie zur Mahlzeit zurichten.

LANZELOT.
Das ist geschehn, Herr, sie haben alle Mägen.

LORENZO.
Lieber Himmel, welch ein Witzschnapper Ihr seid!
Sagt also, daß sie die Mahlzeit anrichten.

LANZELOT. Das ist auch geschehen, es fehlt nur am Decken.

LORENZO. Wollt Ihr also decken?

LANZELOT.
Mich, Herr? Ich weiß besser, was sich schickt.

LORENZO. Wieder Silben gestochen! Willst du deinen ganzen Reichtum an Witz auf einmal zum besten geben? Ich bitte dich, verstehe einen schlichten Mann nach seiner schlichten Meinung. Geh zu deinen Kameraden, heiß' sie den Tisch decken, das Essen auftragen, und wir wollen zur Mahlzeit hereinkommen.

LANZELOT. Der Tisch, Herr, soll aufgetragen werden, das Essen soll gedeckt werden; und was Euer Hereinkommen zur Mahlzeit betrifft, dabei laßt Lust und Laune walten. *Ab.*

LORENZO. O heilige Vernunft, was eitle Worte!
Der Narr hat ins Gedächtnis sich ein Heer
Wortspiele eingeprägt. Und kenn' ich doch
Gar manchen Narr'n an einer bessern Stelle,
So aufgestutzt, der um ein spitzes Wort
Die Sache preis gibt. – Wie geht's dir, Jessica?
Und nun sag deine Meinung, liebes Herz,
Wie Don Bassanios Gattin dir gefällt?

JESSICA. Mehr als ich sagen kann. Es schickt sich wohl,
Daß Don Bassanio fromm sein Leben führe:
Denn da sein Weib ihm solch ein Segen ist,
Find't er des Himmels Lust auf Erden schon.
Und will er das auf Erden nicht, so wär's
Ihm recht, er käme niemals in den Himmel.
Ja, wenn zwei Götter irgend eine Wette
Des Himmels um zwei ird'sche Weiber spielten,
Und Porzia wär' die eine, tät' es not,
Noch sonst was mit der andern auf das Spiel
Zu setzen; denn die arme rohe Welt
Hat ihres Gleichen nicht.

LORENZO. Und solchen Mann
Hast du an mir, als er an ihr ein Weib.

JESSICA. Ei, fragt doch darum meine Meinung auch!

LORENZO.
Sogleich, doch laß uns erst zur Mahlzeit gehn!

JESSICA. Nein, laßt mich vor der Sättigung Euch loben!

LORENZO. Nein, bitte, spare das zum Tischgespräch:
Wie du dann sprechen magst, so mit dem andern
Werd' ich's verdaun.

JESSICA. Nun gut, ich werd' Euch anzupreisen wissen.
Ab.

Vierter Aufzug

Erste Szene

Venedig. Ein Gerichtssaal.
Der Doge, die Senatoren, Antonio, Bassanio, Graziano, Salarino, Solanio und andre.

DOGE. Nun, ist Antonio da?
ANTONIO. Eu'r Hoheit zu Befehl.
DOGE. Es tut mir leid um dich: du hast zu tun
Mit einem felsenharten Widersacher;
Es ist ein Unmensch, keines Mitleids fähig,
Kein Funk' Erbarmen wohnt in ihm.
ANTONIO. Ich hörte,
Daß sich Eu'r Hoheit sehr verwandt, zu mildern
Sein streng Verfahren; doch weil er sich verstockt
Und kein gesetzlich Mittel seinem Haß
Mich kann entziehn, so stell' ich denn Geduld
Entgegen seiner Wut, und bin gewaffnet
Mit Ruhe des Gemütes, auszustehn
Des seinen ärgsten Grimm und Tyrannei.
DOGE. Geh wer, und ruf' den Juden in den Saal!
SOLANIO.
Er wartet an der Tür; er kommt schon, Herr.
Shylock kommt.
DOGE. Macht Platz, laßt ihn uns gegenüber stehn! –
Shylock, die Welt denkt, und ich denk' es auch,
Du treibest diesen Anschein deiner Bosheit
Nur bis zum Augenblick der Tat; und dann,
So glaubt man, wirst du dein Erbarmen zeigen
Und deine Milde, wunderbarer noch
Als deine angenommne Grausamkeit.
Statt daß du jetzt das dir Verfallne eintreibst,
Ein Pfund von dieses armen Kaufmanns Fleisch,
Wirst du nicht nur die Buße fahren lassen,
Nein, auch gerührt von Lieb' und Menschlichkeit,
Die Hälfte schenken von der Summe selbst,
Ein Aug' des Mitleids auf die Schaden werfend,
Die kürzlich seine Schultern so bestürmt:
Genug, um einen königlichen Kaufmann
Ganz zu erdrücken und an seinem Fall
Teilnahme zu erzwingen, selbst von Herzen,
So hart wie Kieselstein, von eh'rnen Busen,
Von Türken und Tataren, nie gewöhnt
An Dienste zärtlicher Gefälligkeit.
Wir all' erwarten milde Antwort, Jude.
SHYLOCK. Ich legt' Eu'r Hoheit meine Absicht vor:
Bei unserm heil'gen Sabbat schwor ich es,
Zu fodern, was nach meinem Schein mir zusteht.
Wenn Ihr es weigert, tut's auf die Gefahr
Der Freiheit und Gerechtsam' Eurer Stadt.
Ihr fragt, warum ich lieber ein Gewicht
Von schnödem Fleisch will haben, als dreitausend
Dukaten zu empfangen? Darauf will ich
Nicht Antwort geben; aber setzet nun,
Daß mir's so ansteht: ist das Antwort g'nug?
Wie? wenn mich eine Ratt' im Hause plagt,
Und ich, sie zu vergiften, nun dreitausend
Dukaten geben will? Ist's noch nicht Antwort g'nug?
Es gibt der Leute, die kein schmatzend Ferkel
Ausstehen können; manche werden toll,
Wenn sie 'ne Katze sehn; noch andre können,
Wenn die Sackpfeife durch die Nase singt,
Vor Anreiz den Urin nicht bei sich halten;
Der Leidenschaften Meister lenken sie
Nach Lust und Abneigung. Nun, Euch zur Antwort:
Wie sich kein rechter Grund angeben läßt,
Daß der kein schmatzend Ferkel leiden kann,
Der keine Katz', ein harmlos nützlich Tier,
Der keinen Dudelsack; und muß durchaus
Sich solcher unfreiwill'gen Schmach ergeben,
Daß er, belästigt, selbst beläst'gen muß,
So weiß ich keinen Grund, will keinen sagen,
Als eingewohnten Haß und Widerwillen,
Den mir Antonio einflößt, daß ich so
Ein mir nachteilig Recht an ihm verfolge.
Habt Ihr nun eine Antwort?
BASSANIO. Nein, es ist keine, du fühlloser Mann,
Die deine Grausamkeit entschuld'gen könnte.
SHYLOCK.
Muß ich nach deinem Sinn dir Antwort geben?
BASSANIO.
Bringt jedermann das um, was er nicht liebt?
SHYLOCK.
Wer haßt ein Ding, und brächt' es nicht gern um?
BASSANIO. Beleidigung ist nicht sofort auch Haß.
SHYLOCK.
Was? läßt du dich die Schlange zweimal stechen?
ANTONIO.
Ich bitt' Euch, denkt, Ihr rechtet mit dem Juden.
Ihr mögt so gut hintreten auf den Strand,
Die Flut von ihrer Höh' sich senken heißen;
Ihr mögt so gut den Wolf zur Rede stellen,
Warum er nach dem Lamm das Schaf läßt blöken;
Ihr mögt so gut den Bergestannen wehren,
Ihr hohes Haupt zu schütteln und zu sausen,
Wenn sie des Himmels Sturm in Aufruhr setzt;
Ihr mögt so gut das Härteste bestehn,
Als zu erweichen suchen – was wär' härter? –
Sein jüdisch Herz. – Ich bitt' Euch also, bietet
Ihm weiter nichts, bemüht Euch ferner nicht,
Und gebt in aller Kürz' und grade zu
Mir meinen Spruch, dem Juden seinen Willen!
BASSANIO.
Statt der dreitausend Dukaten sind hier sechs.
SHYLOCK.
Wär' jedes Stück von den dreitausend Dukaten
Sechsfach geteilt und jeder Teil 'n Dukat,
Ich nähm' sie nicht, ich wollte meinen Schein.
DOGE. Wie hoffst du Gnade, da du keine übst?
SHYLOCK.
Welch Urteil soll ich scheun, tu' ich kein Unrecht?
Ihr habt viel feiler Sklaven unter euch,
Die ihr wie eure Esel, Hund' und Maultier'
In sklavischem verworfnen Dienst gebraucht,
Weil ihr sie kauftet. Sag' ich nun zu euch:
»Laßt sie doch frei, vermählt sie euren Erben;
Was plagt ihr sie mit Lasten? Laßt ihr Bett
So weich als eures sein, labt ihren Gaum
Mit eben solchen Speisen!« – Ihr antwortet:
»Die Sklaven sind ja unser«; und so geb' ich
Zur Antwort: das Pfund Fleisch, das ich verlange,

Ist teu'r gekauft, ist mein, und ich will's haben.
Wenn Ihr versagt, pfui über Eu'r Gesetz!
So hat das Recht Venedigs keine Kraft.
Ich wart' auf Spruch; antwortet: soll ich's haben?

DOGE. Ich bin befugt, die Sitzung zu entlassen,
Wo nicht Bellario, ein gelehrter Doktor,
Zu dem ich um Entscheidung ausgeschickt,
Hier heut erscheint.

SALARINO. Eu'r Hoheit, draußen steht
Ein Bote hier, mit Briefen von dem Doktor,
Er kommt so eben an von Padua.

DOGE. Bringt uns die Briefe, ruft den Boten vor!

BASSANIO. Wohlauf, Antonio! Freund, sei gutes Muts!
Der Jude soll mein Fleisch, Blut, alles haben,
Eh' dir ein Tropfe Bluts für mich entgeht.

ANTONIO. Ich bin ein angestecktes Schaf der Herde,
Zum Tod am tauglichsten; die schwächste Frucht
Fällt vor den andern, und so laßt auch mich:
Ihr könnt nicht bessern Dienst mir tun, Bassanio,
Als wenn Ihr lebt und mir die Grabschrift setzt.

Nerissa tritt auf, als Schreiber eines Advokaten gekleidet.

DOGE. Kommt Ihr von Padua, von Bellario?

NERISSA. Von beiden, Herr: Bellario grüßt Eu'r Hoheit.

Sie überreicht einen Brief.

BASSANIO. Was wetzest du so eifrig da dein Messer?

SHYLOCK.
Die Buß' dem Bankrottierer auszuschneiden.

GRAZIANO. An deiner Seel', an deiner Sohle nicht,
Machst du dein Messer scharf, halsstarr'ger Jude!
Doch kein Metall, selbst nicht des Henkers Beil,
Hat halb die Schärfe deines scharfen Grolls.
So können keine Bitten dich durchdringen?

SHYLOCK. Nein, keine, die du Witz zu machen hast.

GRAZIANO.
O sei verdammt, du unbarmherz'ger Hund!
Und um dein Leben sei Gerechtigkeit verklagt.
Du machst mich irre fast in meinem Glauben,
Daß ich es halte mit Pythagoras,
Wie Tieresseelen in die Leiber sich
Von Menschen stecken: einen Wolf regierte
Sein hünd'scher Geist, der, aufgehängt für Mord,
Die grimme Seele weg vom Galgen riß
Und, weil du lagst in deiner schnöden Mutter,
In dich hineinfuhr; denn dein ganz Begehren
Ist wölfisch, blutig, räuberisch und hungrig.

SHYLOCK.
Bis du von meinem Schein das Siegel wegschiltst,
Tust du mit Schrei'n nur deiner Lunge weh.
Stell' deinen Witz her, guter junger Mensch,
Sonst fällt er rettungslos in Trümmern dir.
Ich stehe hier um Recht.

DOGE. Der Brief da von Bellarios Hand empfiehlt
Uns einen jungen und gelehrten Doktor. –
Wo ist er denn?

NERISSA. Er wartet dicht bei an
Auf Antwort, ob Ihr Zutritt ihm vergönnt.

DOGE. Von ganzem Herzen! Geh' ein Paar von euch,
Und gebt ihm höfliches Geleit hieher!
Hör' das Gericht indes Bellarios Brief!

EIN SCHREIBER *liest.* »Eu'r Hoheit dient zur Nachricht, daß ich beim Empfange Eures Briefes sehr krank war. Aber in dem Augenblick, da Euer Bote ankam, war bei mir auf einen freundschaftlichen Besuch ein junger Doktor von Rom, namens Balthasar. Ich machte ihn mit dem streitigen Handel zwischen dem Juden und dem Kaufmann Antonio bekannt: wir schlugen viele Bücher nach; er ist von meiner Meinung unterrichtet, die er, berichtigt durch seine eigne Gelehrsamkeit (deren Größe ich nicht genug empfehlen kann), auf mein Andringen mitgenommen hat, um Euer Hoheit an meiner Statt Genüge zu leisten. Ich ersuche Euch, laßt seinen Mangel an Jahren keinen Grund sein, ihm eine anständige Achtung zu versagen: denn ich kannte noch niemals einen so jungen Körper mit einem so alten Kopf. Ich überlasse ihn Eurer gnädigen Aufnahme, seine Prüfung wird ihn am besten empfehlen.«

DOGE. Ihr hört, was der gelehrte Mann uns schreibt,
Und hier, so glaub' ich, kommt der Doktor schon.

Porzia tritt auf, wie ein Rechtsgelehrter gekleidet.

Gebt mir die Hand; Ihr kommt von unserm alten
Bellario?

PORZIA. Zu dienen, gnäd'ger Herr!

DOGE. Ihr seid willkommen: nehmet Euren Platz!
Seid Ihr schon mit der Zwistigkeit bekannt,
Die hier vor dem Gericht verhandelt wird?

PORZIA. Ich bin ganz unterrichtet von der Sache.
Wer ist der Kaufmann hier, und wer der Jude?

DOGE. Antonio, alter Shylock, tretet vor!

PORZIA. Eu'r Nam' ist Shylock?

SHYLOCK. Shylock ist mein Name.

PORZIA. Von wunderlicher Art ist Euer Handel,
Doch in der Form, daß das Gesetz Venedigs
Euch nicht anfechten kann, wie Ihr verfahrt. –
Ihr seid von ihm gefährdet, seid Ihr nicht?

ANTONIO. Ja, wie er sagt.

PORZIA. Den Schein erkennt Ihr an?

ANTONIO. Ja.

PORZIA. So muß der Jude Gnad' ergehen lassen.

SHYLOCK. Wodurch genötigt, muß ich? Sagt mir das!

PORZIA. Die Art der Gnade weiß von keinem Zwang,
Sie träufelt, wie des Himmels milder Regen,
Zur Erde unter ihr; zwiefach gesegnet:
Sie segnet den, der gibt, und den, der nimmt;
Am mächtigsten in Mächt'gen, zieret sie
Den Fürsten auf dem Thron mehr wie die Krone;
Das Szepter zeigt die weltliche Gewalt,
Das Attribut der Würd' und Majestät,
Worin die Furcht und Scheu der Kön'ge sitzt.
Doch Gnad' ist über diese Szeptermacht,
Sie thronet in dem Herzen der Monarchen,
Sie ist ein Attribut der Gottheit selbst,
Und ird'sche Macht kommt göttlicher am nächsten,
Wenn Gnade bei dem Recht steht; darum, Jude,
Suchst du um Recht schon an, erwäge dies:
Daß nach dem Lauf des Rechtes unser keiner
Zum Heile käm'; wir beten all' um Gnade,
Und dies Gebet muß uns der Gnade Taten
Auch üben lehren. Dies hab' ich gesagt,
Um deine Foderung des Rechts zu mildern:
Wenn du darauf bestehst, so muß Venedigs
Gestrenger Hof durchaus dem Kaufmann dort
Zum Nachteil einen Spruch tun.

SHYLOCK. Meine Taten

Auf meinen Kopf! Ich fodre das Gesetz,
Die Buße und Verpfändung meines Scheins.
PORZIA. Ist er das Geld zu zahlen nicht imstand'?
BASSANIO. O ja, hier biet' ich's ihm vor dem Gericht,
Ja, doppelt selbst; wenn das noch nicht genügt,
Verpflicht' ich mich, es zehnfach zu bezahlen,
Und setze Hände, Kopf und Herz zum Pfand.
Wenn dies noch nicht genügt, so zeigt sich's klar,
Die Bosheit drückt die Redlichkeit. Ich bitt' Euch,
Beugt einmal das Gesetz nach Eurem Ansehn:
Tut kleines Unrecht um ein großes Recht,
Und wehrt dem argen Teufel seinen Willen!
PORZIA. Es darf nicht sein: kein Ansehn in Venedig
Vermag ein gültiges Gesetz zu ändern.
Es würde als ein Vorgang angeführt,
Und mancher Fehltritt nach demselben Beispiel
Griff' um sich in dem Staat: es kann nicht sein.
SHYLOCK.
Ein Daniel kommt zu richten, ja, ein Daniel!
Wie ich dich ehr', o weiser junger Richter!
PORZIA. Ich bitte, gebt zum Ansehn mir den Schein!
SHYLOCK. Hier ist er, mein ehrwürd'ger Doktor, hier.
PORZIA. Shylock, man bietet dreifach dir dein Geld.
SHYLOCK.
Ein Eid! ein Eid! Ich hab' 'nen Eid im Himmel:
Soll ich auf meine Seele Meineid laden?
Nicht um Venedig!
PORZIA. Gut, er ist verfallen,
Und nach den Rechten kann der Jud' hierauf
Verlangen ein Pfund Fleisch, zunächst am Herzen
Des Kaufmanns auszuschneiden. – Sei barmherzig!
Nimm dreifach Geld, laß mich den Schein zerreißen!
SHYLOCK. Wenn er bezahlt ist, wie sein Inhalt lautet. –
Es zeigt sich klar, Ihr seid ein würd'ger Richter;
Ihr kennt die Rechte, Euer Vortrag war
Der bündigste: ich fodr' Euch auf beim Recht,
Wovon Ihr ein verdienter Pfeiler seid,
Kommt nun zum Spruch: bei meiner Seele schwör' ich,
Daß keines Menschen Zunge über mich
Gewalt hat: ich steh' hier auf meinen Schein.
ANTONIO. Von ganzem Herzen bitt' ich das Gericht,
Den Spruch zu tun.
PORZIA. Nun wohl, so steht es denn:
Bereitet Euren Busen für sein Messer!
SHYLOCK O weiser Richter! wackrer junger Mann!
PORZIA. Denn des Gesetzes Inhalt und Bescheid
Hat volle Übereinkunft mit der Buße,
Die hier im Schein als schuldig wird erkannt.
SHYLOCK. Sehr wahr: o weiser und gerechter Richter!
Um wie viel älter bist du, als du aussiehst!
PORZIA. Deshalb entblößt den Busen!
SHYLOCK. Ja, die Brust,
So sagt der Schein, – nicht wahr, mein edler Richter?
»Zunächst dem Herzen«, sind die eignen Worte.
PORZIA. So ist's. Ist eine Waage da, das Fleisch
Zu wägen?
SHYLOCK. Ja, ich hab' sie bei der Hand.
PORZIA.
Nehmt einen Feldscher, Shylock, für Eu'r Geld,
Ihn zu verbinden, daß er nicht verblutet.
SHYLOCK. Ist das so angegeben in dem Schein?
PORZIA. Es steht nicht da: allein was tut's? Es wär'
Doch gut, Ihr tätet das aus Menschenliebe.
SHYLOCK.
Ich kann's nicht finden, 's ist nicht in dem Schein.
PORZIA.
Kommt, Kaufmann: habt Ihr irgend was zu sagen?
ANTONIO. Nur wenig: ich bin fertig und gerüstet.
Gebt mir die Hand, Bassanio, lebet wohl!
Es kränk' Euch nicht, daß dies für Euch mich trifft,
Denn hierin zeigt das Glück sich gütiger,
Als seine Weis' ist: immer läßt es sonst
Elende ihren Reichtum überleben,
Mit hohlem Aug' und falt'ger Stirn ein Alter
Der Armut anzusehn; von solcher Schmach
Langwier'ger Buße nimmt sie mich hinweg.
Empfehlt mich Eurem edlen Weib, erzählt ihr
Den Hergang von Antonios Ende, sagt,
Wie ich Euch liebte, rühmt im Tode mich;
Und wenn Ihr's auserzählt, heißt sie entscheiden,
Ob nicht Bassanio einst geliebt ist worden.
Bereut nicht, daß Ihr einen Freund verliert,
Und er bereut nicht, daß er für Euch zahlt:
Denn schneidet nur der Jude tief genug,
So zahl' ich gleich die Schuld von ganzem Herzen.
BASSANIO. Antonio, ich hab' ein Weib zur Ehe,
Die mir so lieb ist als mein Leben selbst:
Doch Leben selbst, mein Weib und alle Welt,
Gilt höher als dein Leben nicht bei mir.
Ich gäbe alles hin, ja opfert' alles
Dem Teufel da, um dich nur zu befrein.
PORZIA.
Das wüßt' Eu'r Weib gewiß Euch wenig Dank,
Wär' sie dabei und hört' Eu'r Anerbieten.
GRAZIANO. Ich hab' ein Weib, die ich auf Ehre liebe:
Doch wünscht' ich sie im Himmel, könnte sie
Dort eine Macht erflehn, des hünd'schen Juden
Gemüt zu ändern!
NERISSA. Gut, daß Ihr's hinter ihrem Rücken tut,
Sonst störte wohl der Wunsch des Hauses Frieden.
SHYLOCK *beiseit.*
So sind die Christenmänner: ich hab' 'ne Tochter.
Wär' irgend wer vom Stamm des Barrabas
Ihr Mann geworden, lieber als ein Christ! –
Die Zeit geht hin; ich bitt' Euch, kommt zum Spruch!
PORZIA.
Ein Pfund von dieses Kaufmanns Fleisch ist dein.
Der Hof erkennt es, und das Recht erteilt es.
SHYLOCK. O höchst gerechter Richter! –
PORZIA.
Ihr müßt das Fleisch ihm schneiden aus der Brust, –
Das Recht bewilligt's, und der Hof erkennt es.
SHYLOCK.
O höchst gelehrter Richter!) – Na, ein Spruch!
Kommt, macht Euch fertig!
PORZIA. Wart' noch ein wenig: eins ist noch zu merken:
Der Schein hier gibt dir nicht ein Tröpfchen Blut,
Die Worte sind ausdrücklich »ein Pfund Fleisch«.
Nimm denn den Schein, und nimm du dein
Pfund Fleisch;
Allein vergießest du, indem du's abschneid'st,
Nur einen Tropfen Christenblut, so fällt
Dein Hab' und Gut, nach dem Gesetz Venedigs,
Dem Staat Venedigs heim.
GRAZIANO.
Gerechter Richter! – Merk', Jud'! - O weiser Richter!

SHYLOCK. Ist das Gesetz?
PORZIA. Du sollst die Akte sehn.
Denn, weil du dringst auf Recht, so sei gewiß,
Recht soll dir werden, mehr als du begehrst.
GRAZIANO.
O weiser Richter! – Merk', Jud! ein weiser Richter!
SHYLOCK.
Ich nehme das Erbieten denn: zahlt dreifach
Mir meinen Schein, und laßt den Christen gehn!
BASSANIO. Hier ist das Geld.
PORZIA. Halt!
Dem Juden alles Recht, – still! keine Eil'!
Er soll die Buße haben, weiter nichts.
GRAZIANO. O Jud'! ein weiser, ein gerechter Richter!
PORZIA. Darum bereite dich, das Fleisch zu schneiden!
Vergieß' kein Blut, schneid' auch nicht mehr noch minder
Als grad' ein Pfund; ist's minder oder mehr
Als ein genaues Pfund, sei's nur so viel,
Es leichter oder schwerer an Gewicht
Zu machen, um ein armes Zwanzigstteil
Von einem Skrupel, ja, wenn sich die Waagschal'
Nur um die Breite eines Haares neigt,
So stirbst du, und dein Gut verfällt dem Staat.
GRAZIANO. Ein zweiter Daniel, ein Daniel, Jude!
Ungläubiger, ich hab' dich bei der Hüfte.
PORZIA. Was hält den Juden auf? Nimm deine Buße!
SHYLOCK. Gebt mir mein Kapital, und laßt mich gehn!
BASSANIO. Ich hab' es schon für dich bereit: hier ist's.
PORZIA. Er hat's vor offenem Gericht geweigert:
Sein Recht nur soll er haben, und den Schein.
GRAZIANO. Ich sag', ein Daniel, ein zweiter Daniel!
Dank, Jude, daß du mich das Wort gelehrt.
SHYLOCK. Soll ich nicht haben bloß mein Kapital?
PORZIA. Du sollst nichts haben als die Buße, Jude,
Die du auf eigene Gefahr magst nehmen.
SHYLOCK. So lass' es ihm der Teufel wohl bekommen!
Ich will nicht länger Rede stehn.
PORZIA. Wart', Jude,
Das Recht hat andern Anspruch noch an dich.
Es wird verfügt in dem Gesetz Venedigs,
Wenn man es einem Fremdling dargetan,
Daß er durch Umweg oder grade zu
Dem Leben eines Bürgers nachgestellt,
Soll die Partei, auf die sein Anschlag geht,
Die Hälfte seiner Güter an sich ziehn;
Die andre Hälfte fällt dem Schatz anheim,
Und an des Dogen Gnade hängt das Leben
Des Schuld'gen einzig, gegen alle Stimmen.
In der Benennung, sag' ich, stehst du nun,
Denn es erhellt aus offenbarem Hergang,
Daß du durch Umweg und auch grade zu
Recht eigentlich gestanden dem Beklagten
Nach Leib und Leben: und so trifft dich denn
Die Androhung, die ich zuvor erwähnt.
Drum nieder, bitt' um Gnade bei dem Doge!
GRAZIANO. Bitt' um Erlaubnis, selber dich zu hängen:
Und doch, da all dein Gut dem Staat verfällt,
Behältst du nicht den Wert von einem Strick;
Man muß dich hängen auf des Staates Kosten.
DOGE. Damit du siehst, welch andrer Geist uns lenkt,
So schenk' ich dir dein Leben, eh' du bittest.
Dein halbes Gut gehört Antonio,
Die andre Hälfte fällt dem Staat anheim,
Was Demut mildern kann zu einer Buße.
PORZIA. Ja, für den Staat, nicht für Antonio.
SHYLOCK.
Nein, nehmt mein Leben auch, schenkt mir das nicht!
Ihr nehmt mein Haus, wenn ihr die Stütze nehmt,
Worauf mein Haus beruht; ihr nehmt mein Leben,
Wenn ihr die Mittel nehmt, wodurch ich lebe.
PORZIA. Was könnt Ihr für ihn tun, Antonio?
GRAZIANO. Ein Strick umsonst! nichts mehr, um Gottes willen!
ANTONIO. Beliebt mein gnäd'ger Herr und das Gericht
Die Buße seines halben Guts zu schenken,
So bin ich es zufrieden, wenn er mir
Die andre Hälfte zum Gebrauche läßt,
Nach seinem Tod dem Mann sie zu erstatten,
Der kürzlich seine Tochter stahl.
Noch zweierlei beding' ich: daß er gleich
Für diese Gunst das Christentum bekenne;
Zum andern, stell' er eine Schenkung aus,
Hier vor Gericht, von allem, was er nachläßt,
An seinen Schwiegersohn und seine Tochter.
DOGE. Das soll er tun, ich widerrufe sonst
Die Gnade, die ich eben hier erteilt.
PORZIA. Bist du's zufrieden, Jude? Nun, was sagst du?
SHYLOCK. Ich bin's zufrieden.
PORZIA. Ihr, Schreiber, setzt die Schenkungsakte auf!
SHYLOCK. Ich bitt', erlaubt mir, weg von hier zu gehn:
Ich bin nicht wohl, schickt mir die Akte nach,
Und ich will zeichnen.
DOGE. Geh denn, aber tu's!
GRAZIANO. Du wirst zwei Paten bei der Taufe haben:
Wär' ich dein Richter, kriegtest du zehn mehr,
Zum Galgen, nicht zum Taufstein, dich zu bringen.
Shylock ab.
DOGE. Ich lad' Euch, Herr, zur Mahlzeit bei mir ein.
PORZIA. Ich bitt' Eu'r Hoheit um Entschuldigung:
Ich muß vor Abends fort nach Padua,
Und bin genötigt, gleich mich aufzumachen.
DOGE. Es tut mir leid, daß Ihr Verhind'rung habt.
Antonio, zeigt Euch dankbar diesem Mann:
Ihr seid ihm sehr verpflichtet, wie mich dünkt.
Doge, Senatoren und Gefolge ab.
BASSANIO.
Mein würd ger Herr, ich und mein Freund, wir sind
Durch Eure Weisheit heute losgesprochen
Von schweren Bußen; für den Dienst erwidern
Wir mit der Schuld des Juden, den dreitausend
Dukaten, willig die gewogne Müh'.
ANTONIO. Und bleiben Eure Schuldner überdies
An Liebe und an Diensten immerfort.
PORZIA. Wer wohl zufrieden ist, ist wohl bezahlt;
Ich bin zufrieden, da ich Euch befreit,
Und halte dadurch mich für wohl bezahlt:
Lohnsüchtiger war niemals mein Gemüt.
Ich bitt' Euch, kennt mich, wenn wir 'mal uns treffen:
Ich wünsch' Euch Gutes, und so nehm' ich Abschied.
BASSANIO.
Ich muß noch in Euch dringen, bester Herr:
Nehmt doch ein Angedenken, nicht als Lohn,
Nur als Tribut; gewährt mir zweierlei,
Mir's nicht zu weigern, und mir zu verzeihn!
PORZIA. Ihr dringt sehr in mich: gut, ich gebe nach;

Gebt Eure Handschuh' mir, ich will sie tragen,
Und, Euch zu lieb, nehm' ich den Ring von Euch.
Zieht nicht die Hand zurück, ich will nichts weiter,
Und weigern dürft Ihr's nicht, wenn Ihr mich liebt.

BASSANIO. Der Ring – ach, Herr! ist eine Kleinigkeit:
Ihn Euch zu geben, müßt' ich mich ja schämen.

PORZIA. Ich will nichts weiter haben als den Ring,
Und, wie mich dünkt, hab' ich nun Lust dazu.

BASSANIO.
Es hängt an diesem Ring mehr als sein Wert;
Den teu'rsten in Venedig geb' ich Euch,
Und find' ihn aus durch öffentlichen Ausruf.
Für diesen, bitt' ich nur, entschuldigt mich!

PORZIA. Ich seh', Ihr seid freigebig im Erbieten;
Ihr lehrtet erst mich bitten, und nun scheint es,
Ihr lehrt mich, wie man Bettlern Antwort gibt.

BASSANIO.
Den Ring gab meine Frau mir, bester Herr,
Sie steckte mir ihn an und hieß mich schwören,
Ich woll' ihn nie verlieren noch vergeben.

PORZIA. Mit solchen Worten spart man seine Gaben.
Ist Eure Frau nicht gar ein töricht Weib,
Und weiß, wie gut ich diesen Ring verdient,
So wird sie nicht auf immer Feindschaft halten,
Weil Ihr ihn weggabt. Gut, gehabt Euch wohl!

Porzia und Nerissa ab.

ANTONIO.
Laßt ihn den Ring doch haben, Don Bassanio:
Laßt sein Verdienst zugleich mit meiner Liebe
Euch gelten gegen Eurer Frau Gebot.

BASSANIO. Geh, Graziano, lauf' und hol' ihn ein,
Gib ihm den Ring, und bring' ihn, wenn du kannst,
Zu des Antonio Haus. Fort! Eile dich!

Graziano ab.

Kommt, Ihr und ich, wir wollen gleich dahin,
Und früh am Morgen wollen wir dann beide
Nach Belmont fliegen. Kommt, Antonio!

Ab.

Zweite Szene

Eine Straße.
Porzia und Nerissa kommen.

PORZIA. Erfrag' des Juden Haus, gib ihm die Akte,
Und laß ihn zeichnen. Wir wollen fort zu Nacht
Und einen Tag vor unsern Männern noch
Zu Hause sein. Die Akte wird Lorenzo'n
Gar sehr willkommen sein.

Graziano kommt.

GRAZIANO.
Schön, daß ich Euch noch treffe, werter Herr:
Hier schickt Euch Don Bassanio, da er besser
Es überlegt, den Ring, und bittet Euch,
Mittags bei ihm zu speisen.

PORZIA. Das kann nicht sein;
Den Ring nehm' ich mit allem Danke an,
Und bitt' Euch, sagt ihm das; seid auch so gut,
Den jungen Mann nach Shylocks Haus zu weisen.

GRAZIANO. Das will ich tun.

NERISSA *zur Porzia.* Herr, noch ein Wort mit Euch!

Heimlich.

Ich will doch sehn, von meinem Mann den Ring
Zu kriegen, den ich immer zu bewahren
Ihn schwören ließ.

PORZIA. Ich steh' dafür, du kannst es.
Da wird's an hoch und teuer Schwören gehn,
Daß sie die Ring' an Männer weggegeben:
Wir leugnen's keck und überschwören sie.
Fort! Eile dich! Du weißt ja, wo ich warte.

NERISSA.
Kommt, lieber Herr! Wollt Ihr sein Haus mir zeigen?

Ab.

Fünfter Aufzug

Erste Szene

Belmont. Freier Platz vor Porzias Hause.
Lorenzo und Jessica treten auf.

LORENZO.
Der Mond scheint hell: in solcher Nacht wie diese,
Da linde Luft die Bäume schmeichelnd küßte
Und sie nicht rauschen ließ, in solcher Nacht
Erstieg wohl Troilus die Mauern Trojas
Und seufzte seine Seele zu den Zelten
Der Griechen hin, wo seine Cressida
Die Nacht im Schlummer lag.

JESSICA. In solcher Nacht
Schlüpft' überm Taue Thisbe furchtsam hin,
Und sah des Löwen Schatten eh' als ihn,
Und lief erschrocken weg.

LORENZO. In solcher Nacht
Stand Dido, eine Weid' in ihrer Hand,
Am wilden Strand und winkte ihrem Liebsten
Zur Rückkehr nach Karthago.

JESSICA. In solcher Nacht
Las einst Medea jene Zauberkräuter,
Den Äson zu verjüngen.

LORENZO. In solcher Nacht
Stahl Jessica sich von dem reichen Juden,
Und lief mit einem ausgelaßnen Liebsten
Bis Belmont von Venedig.

JESSICA. In solcher Nacht
Schwor ihr Lorenzo, jung und zärtlich, Liebe
Und stahl ihr Herz mit manchem Treugelübd',
Wovon nicht eines echt war.

LORENZO. In solcher Nacht
Verleumdete die art'ge Jessica,
Wie eine kleine Schelmin, ihren Liebsten,
Und er vergab es ihr.

JESSICA. Ich wollt' Euch übernachten, käme niemand:
Doch horcht, ich hör' den Fußtritt eines Manns.

Ein Bedienter kommt.

LORENZO. Wer kommt so eilig in der stillen Nacht?

BEDIENTER. Ein Freund.

LORENZO.
Ein Freund? Was für ein Freund? Eu'r Name, Freund!

BEDIENTER.
Mein Nam' ist Stephano, und ich soll melden,
Daß meine gnäd'ge Frau vor Tages Anbruch
Wird hier in Belmont sein; sie streift umher
Bei heil'gen Kreuzen, wo sie kniet und betet
Um frohen Ehestand.

LORENZO. Wer kommt mit ihr?

BEDIENTER.
Ein heil'ger Klausner und ihr Mädchen bloß.
Doch sagt mir, ist mein Herr noch nicht zurück?
LORENZO.
Nein, und wir haben nichts von ihm gehört.
Doch, liebe Jessica, gehn wir hinein:
Laßt uns auf einen feierlichen Willkomm
Für die Gebieterin des Hauses denken!
Lanzelot kommt.
LANZELOT. Holla, holla! He! Heda! Holla! Holla!
LORENZO. Wer ruft?
LANZELOT. Holla! Habt Ihr Herrn Lorenzo und Frau Lorenzo gesehn? Holla! holla!
LORENZO. Laß dein Hollarufen, Kerl! Hier!
LANZELOT. Holla! Wo? Wo?
LORENZO. Hier!
LANZELOT. Sagt ihm, daß ein Postillon von meinem Herrn gekommen ist, der sein Horn voll guter Neuigkeiten hat: mein Herr wird vor morgens hier sein. *Lanzelot ab.*
LORENZO.
Komm, süßes Herz, erwarten wir sie drinnen!
Und doch, es macht nichts aus: wozu hineingehn?
Freund Stephano, ich bitt' Euch, meldet gleich
Im Haus die Ankunft Eurer gnäd'gen Frau,
Und bringt die Musikanten her ins Freie!
Stephano ab.
Wie süß das Mondlicht auf dem Hügel schläft!
Hier sitzen wir und lassen die Musik
Zum Ohre schlüpfen; sanfte Still' und Nacht,
Sie werden Tasten süßer Harmonie.
Komm, Jessica! Sieh, wie die Himmelsflur
Ist eingelegt mit Scheiben lichten Goldes!
Auch nicht der kleinste Kreis, den du da siehst,
Der nicht im Schwunge wie ein Engel singt,
Zum Chor der hellgeaugten Cherubim.
So voller Harmonie sind ew'ge Geister:
Nur wir, weil dies hinfäll'ge Kleid von Staub
Ihn grob umhüllt, wir können sie nicht hören.
Musikanten kommen.
He! kommt und weckt Dianen auf mit Hymnen,
Rührt eurer Herrin Ohr mit zartem Spiel,
Zieht mit Musik sie heim!
Musik.
JESSICA. Nie macht die liebliche Musik mich lustig.
LORENZO. Der Grund ist, Eure Geister sind gespannt.
Bemerkt nur eine wilde flücht'ge Herde,
Der ungezähmten jungen Füllen Schar;
Sie machen Sprünge, blöken, wiehern laut,
Wie ihres Blutes heiße Art sie treibt:
Doch schallt nur die Trompete, oder trifft
Sonst eine Weise der Musik ihr Ohr,
So seht Ihr, wie sie mit einander stehn,
Ihr wildes Auge schaut mit Sittsamkeit,
Durch süße Macht der Töne. Drum lehrt der Dichter,
Gelenkt hab' Orpheus Bäume, Felsen, Fluten,
Weil nichts so stöckisch, hart und voll von Wut,
Das nicht Musik auf eine Zeit verwandelt.
Der Mann, der nicht Musik hat in ihm selbst,
Den nicht die Eintracht süßer Töne rührt,
Taugt zu Verrat, zu Räuberei und Tücken;
Die Regung seines Sinns ist dumpf wie Nacht,
Sein Trachten düster wie der Erebus.
Trau' keinem solchen! – Horch auf die Musik!
Porzia und Nerissa in der Entfernung.
PORZIA. Das Licht, das wir da sehen, brennt im Saal:
Wie weit die kleine Kerze Schimmer wirft!
So scheint die gute Tat in arger Welt.
NERISSA.
Da der Mond schien, sahn wir die Kerze nicht.
PORZIA. So löscht der größre Glanz den kleinern aus.
Ein Stellvertreter strahlet wie ein König,
Bis ihm ein König naht; und dann ergießt
Sein Prunk sich, wie vom innern Land ein Bach
Ins große Bett der Wasser. Horch, Musik!
NERISSA. Es sind die Musikanten Eures Hauses.
PORZIA. Ich sehe, nichts ist ohne Rücksicht gut:
Mich dünkt, sie klingt viel schöner als bei Tag.
NERISSA. Die Stille gibt den Reiz ihr, gnäd'ge Frau.
PORZIA. Die Krähe singt so lieblich wie die Lerche,
Wenn man auf keine lauschet; und mir deucht,
Die Nachtigall, wenn sie bei Tage sänge,
Wo alle Gänse schnattern, hielt' man sie
Für keinen bessern Spielmann als den Spatz.
Wie manches wird durch seine Zeit gezeitigt
Zu echtem Preis und zur Vollkommenheit! –
Still! Luna schläft ja beim Endymion,
Und will nicht aufgeweckt sein.
Die Musik hört auf.
LORENZO. Wenn nicht alles
Mich trügt, ist das die Stimme Porzias.
PORZIA.
Er kennt mich, wie der blinde Mann den Kuckuck,
An meiner schlechten Stimme.
LORENZO. Gnäd'ge Frau, willkommen!
PORZIA. Wir beteten für unsrer Männer Wohlfahrt,
Und hoffen, unsre Worte fördern sie.
Sind sie zurück?
LORENZO. Bis jetzt nicht, gnäd'ge Frau,
Allein ein Bote ist vorausgekommen,
Sie anzumelden.
PORZIA. Geh hinein, Nerissa,
Sag meinen Leuten, daß sie gar nicht tun,
Als wären wir vom Haus entfernt gewesen; –
Auch Ihr, Lorenzo: Jessica, auch Ihr!
Trompetenstoß.
LORENZO.
Da kommt schon Eu'r Gemahl, ich höre blasen:
Wir sind nicht Plaudertaschen, fürchtet nichts!
PORZIA.
Mich dünkt, die Nacht ist nur ein krankes Tagslicht,
Sie sieht ein wenig bleicher; 's ist ein Tag,
Wie's Tag ist, wenn die Sonne sich verbirgt.
Bassanio, Antonio, Graziano treten auf mit ihrem Gefolge.
BASSANIO. Wir hielten mit den Antipoden Tag,
Erschient Ihr, während sich die Sonn' entfernt.
PORZIA.
(Gern möcht' ich leuchten, doch nicht leicht erscheinen:)
Wenn mein Betragen nur das Licht nicht scheut,
So mag mein Fußtritt wohl im Dunkeln wandeln.
Ihr seid zu Haus willkommen, mein Gemahl.
BASSANIO.
Ich dank' Euch; heißt willkommen meinen Freund!
Dies ist der Mann, dies ist Antonio,
Dem ich so grenzenlos verpflichtet bin.

PORZIA. Ihr müßt in allem ihm verpflichtet sein,
Ich hör', er hat sich sehr für Euch verpflichtet.
ANTONIO. Zu mehr nicht, als ich glücklich bin gelöst.
PORZIA.
Herr, Ihr seid unserm Hause sehr willkommen:
Es muß sich anders zeigen als in Reden,
Drum kürz' ich diese Wortbegrüßung ab.
Graziano und Nerissa haben sich unterdessen besonders unterredet.
GRAZIANO.
Ich schwör's bei jenem Mond, Ihr tut mir Unrecht:
Fürwahr, ich gab ihn an des Richters Schreiber.
Wär' er verschnitten, dem ich ihn geschenkt,
Weil Ihr Euch, Liebste, so darüber kränkt!
PORZIA. Wie? schon ein Zank? Worüber kam es her?
GRAZIANO. Um einen Goldreif, einen dürft'gen Ring,
Den sie mir gab; der Denkspruch war daran
An alle Welt, wie Vers' auf einer Klinge
Vom Messerschmied: »Liebt mich und laßt mich nicht!«
NERISSA.
Was redet Ihr vom Denkspruch und dem Wert?
Ihr schwurt mir, da ich ihn Euch gab, Ihr wolltet
Ihn tragen bis zu Eurer Todesstunde,
Er sollte selbst im Sarge mit Euch ruhn.
Ihr mußtet ihn, um Eurer Eide willen,
Wo nicht um mich, verehren und bewahren.
Des Richters Schreiber! – Oh, ich weiß, der Schreiber,
Der ihn bekam, trägt niemals Haar am Kinn.
GRAZIANO.
Doch, wenn er lebt, bis er zum Mann erwächst.
NERISSA.
Ja, wenn ein Weib zum Manne je erwächst.
GRAZIANO.
Auf Ehr', ich gab ihn einem jungen Menschen,
'ner Art von Buben, einem kleinen Knirps,
Nicht höher als du selbst, des Richters Schreiber.
Der Plauderbub' erbat den Ring zum Lohn:
Ich konnt' ihm das um alles nicht versagen.
PORZIA. Ihr wart zu tadeln, offen sag' ich's Euch,
Euch von der ersten Gabe Eurer Frau
So unbedacht zu trennen; einer Sache,
Mit Eiden angesteckt an Euren Finger
Und so mit Treu' an Euren Leib geschmiedet.
Ich schenkte meinem Liebsten einen Ring,
Und hieß ihn schwören, nie ihn wegzugeben;
Hier steht er, und ich darf für ihn beteuern,
Er ließ' ihn nicht, er riss' ihn nicht vom Finger
Für alle Schätze, so die Welt besitzt.
Ihr gabt fürwahr, Graziano, Eurer Frau
Zu lieblos eine Ursach' zum Verdruß;
Geschäh' es mir, es machte mich verrückt.
BASSANIO *beiseit.*
Ich möchte mir die linke Hand nur abhaun,
Und schwören, ich verlor den Ring im Kampf.
GRAZIANO.
Bassanio schenkte seinen Ring dem Richter,
Der darum bat, und in der Tat ihn auch
Verdiente; dann erbat der Bursch, sein Schreiber,
Der Müh' vom Schreiben hatte, meinen sich,
Und weder Herr noch Diener wollten was
Als die zwei Ringe nehmen.
PORZIA. Welch einen Ring gabt Ihr ihm, mein Gemahl?
Nicht den, hoff' ich, den Ihr von mir empfingt.
BASSANIO. Könnt' ich zum Fehler eine Lüge fügen,
So würd' ich's leugnen: doch Ihr seht, mein Finger
Hat nicht den Ring mehr an sich, er ist fort.
PORZIA. Gleich leer an Treu' ist Euer falsches Herz.
Beim Himmel, nie komm' ich in Euer Bett,
Bis ich den Ring gesehn.
NERISSA. Noch ich in Eures,
Bis ich erst meinen sehe.
BASSANIO. Holde Porzia!
Wär' Euch bewußt, wem ich ihn gab, den Ring,
Wär' Euch bewußt, für wen ich gab den Ring,
Und säht Ihr ein, wofür ich gab den Ring,
(Und wie unwillig ich mich schied vom Ring,)
Da nichts genommen wurde als der Ring,
Ihr würdet Eures Unmuts Härte mildern.
PORZIA. Und hättet Ihr gekannt die Kraft des Rings,
Halb deren Wert nur, die Euch gab den Ring,
Und Eure Ehre, hangend an dem Ring,
Ihr hättet so nicht weggeschenkt den Ring.
Wo wär' ein Mann so unvernünftig wohl,
Hätt' es Euch nur beliebt, mit ein'ger Wärme
Ihn zu verteid'gen, daß er ohne Scheu
Ein Ding begehrte, das man heilig hält?
Nerissa lehrt mir, was ich glauben soll:
Ich sterbe drauf, ein Weib bekam den Ring.
BASSANIO. Bei meiner Ehre, nein! bei meiner Seele,
Kein Weib bekam ihn, sondern einem Doktor
Der Rechte gab ich ihn, der mir dreitausend
Dukaten ausschlug und den Ring erbat,
Ich weigert's ihm, ließ ihn verdrießlich gehn,
Den Mann, der meines teuern Freundes Leben
Aufrecht erhielt. Was soll ich sagen, Holde?
Ich war genötigt, ihn ihm nachzuschicken,
Gefälligkeit und Scham bedrängten mich,
Und meine Ehre litt nicht, daß sie Undank
So sehr befleckte. Drum verzeiht mir, Beste:
Denn, glaubt mir, bei den heil'gen Lichtern dort,
Ihr hättet, wär't Ihr da gewesen, selbst
Den Ring erbeten für den würd'gen Doktor.
PORZIA. Daß nur der Doktor nie mein Haus betritt!
Denn weil er das Juwel hat, das ich liebte,
Das Ihr mein'twillen zu bewahren schwurt,
So will ich auch freigebig sein wie Ihr:
Ich will ihm nichts versagen, was ich habe,
Nicht meinen Leib, noch meines Gatten Bett;
Denn kennen will ich ihn, das weiß ich sicher.
Schlaft keine Nacht vom Haus! Wacht wie ein Argus!
Wenn Ihr's nicht tut, wenn Ihr allein mich laßt:
Bei meiner Ehre, die mein eigen noch!
Den Doktor nehm' ich mir zum Bettgenossen.
NERISSA. Und ich den Schreiber: darum seht Euch vor,
Wie Ihr mich laßt in meiner eignen Hut!
GRAZIANO.
Gut! tut das nur, doch laßt ihn nicht ertappen,
Ich möchte sonst des Schreibers Feder kappen.
ANTONIO.
Ich bin der Unglücksgrund von diesem Zwist.
PORZIA.
Es kränk' Euch nicht; willkommen seid Ihr dennoch.
BASSANIO.
Vergebt mir, Porzia, mein gezwungnes Unrecht,
Und vor den Ohren aller dieser Freunde

Schwör' ich dir, ja, bei deinen holden Augen,
Worin ich selbst mich sehe –

PORZIA. Gebt doch acht!
In meinen Augen sieht er selbst sich doppelt,
In jedem Aug' einmal, – beruft Euch nur
Auf Euer doppelt Selbst, das ist ein Eid,
Der Glauben einflößt.

BASSANIO. Hört mich doch nur an!
Verzeiht dies, und bei meiner Seele schwör' ich,
Ich breche nie dir wieder einen Eid.

ANTONIO. Ich lieh einst meinen Leib hin für sein Gut;
Ohn' ihn, der Eures Gatten Ring bekam,
War er dahin; ich darf mich noch verpflichten,
Zum Pfande meine Seele, Eu'r Gemahl
Wird nie mit Vorsatz mehr die Treue brechen.

PORZIA. So seid denn Ihr sein Bürge: gebt ihm den,
Und heißt ihn besser hüten als den andern!

ANTONIO.
Hier, Don Bassanio: schwört, den Ring zu hüten!

BASSANIO.
Beim Himmel! eben den gab ich dem Doktor.

PORZIA. Ich hab' ihn auch von ihm: verzeiht, Bassanio,
Für diesen Ring gewann der Doktor mich.

NERISSA. Und Ihr, verzeiht, mein artiger Graziano:
Denn jener kleine Bursch, des Doktors Schreiber,
War, um den Preis hier, letzte Nacht bei mir.

GRAZIANO. Nun, das sieht aus wie Wegebesserung
Im Sommer, wenn die Straßen gut genug.
Was? sind wir Hahnrei', eh' wir's noch verdient?

PORZIA.
Sprecht nicht so gröblich! – Ihr seid all' erstaunt;
Hier ist ein Brief, lest ihn bei Muße durch,
Er kommt von Padua, vom Bellario:
Da könnt Ihr finden, Porzia war der Doktor,
Nerissa dort ihr Schreiber; hier Lorenzo
Kann zeugen, daß ich gleich nach euch gereist,
Und eben erst zurück bin: ich betrat
Mein Haus noch nicht. – Antonio, seid willkommen:
Ich habe beßre Zeitung noch im Vorrat,
Als Ihr erwartet. Diesen Brief erbrecht;
Ihr werdet sehn, drei Eurer Galeonen
Sind reich beladen plötzlich eingelaufen;
Ich sag' Euch nicht, was für ein eigner Zufall
Den Brief mir zugespielt hat.

ANTONIO. Ich verstumme.

BASSANIO.
Wart Ihr der Doktor, und ich kannt' Euch nicht?

GRAZIANO.
Wart Ihr der Schreiber, der mich krönen soll?

NERISSA.
Ja, doch der Schreiber, der es niemals tun will,
Wenn er nicht lebt, bis er zum Mann erwächst.

BASSANIO.
Ihr müßt mein Bettgenoß sein, schönster Doktor:
Wenn ich nicht da bin, liegt bei meiner Frau!

ANTONIO. Ihr gabt mir Leben, Teure, und zu leben:
Hier les' ich für gewiß, daß meine Schiffe
Im Hafen sicher sind.

PORZIA. Wie steht's, Lorenzo?
Mein Schreiber hat auch guten Trost für Euch.

NERISSA. Ja, und er soll ihn ohne Sporteln haben.
Hier übergeb' ich Euch und Jessica
Vom reichen Juden eine Schenkungsakte
Auf seinen Tod, von allem, was er nachläßt.

LORENZO.
Ihr schönen Frau'n streut Manna Hungrigen
In ihren Weg.

PORZIA. Es ist beinahe Morgen,
Und doch, ich weiß gewiß, seht ihr noch nicht
Den Hergang völlig ein. – Laßt uns hineingehn,
Und da vernehmt auf Fragartikel uns,
Wir wollen euch auf alles wahrhaft dienen.

GRAZIANO.
Ja, tun wir das; der erste Fragartikel,
Worauf Nerissa schwören muß, ist der:
Ob sie bis morgen lieber warten mag,
Ob schlafen gehn, zwei Stunden nur vor Tag?
Doch käm' der Tag, ich wünscht' ihn seiner Wege,
Damit ich bei des Doktors Schreiber läge.
Gut! lebenslang hüt' ich kein ander Ding
Mit solchen Ängsten als Nerissas Ring.

Alle ab.

DIE LUSTIGEN WEIBER von WINDSOR.

Personen

Sir John Falstaff
Fenton
Schaal, Friedensrichter
Schmächtig, Schaals Vetter
Herr Page,
Herr Fluth, Bürger von Windsor
Sir Hugh Evans, ein wallisischer Pfarrer
Doktor Cajus
Der Wirt zum Hosenbande
Bardolph
Pistol
Nym
Robin, Falstaffs Page
Wilhelm, des Herrn Page kleiner Sohn
Simpel, Schmächtigs Diener
Rugby, Cajus' Diener
Frau Page
Frau Fluth
Jungfer Anne Page
Frau Hurtig
Knechte des Herrn Fluth
Szene: Windsor und die umliegende Gegend

Erster Aufzug

Erste Szene

Windsor, Straße.
Es treten auf Schaal, Schmächtig und Evans.

SCHAAL. Sir Hugh, keine Einrede weiter; das qualifiziert sich für die Sternenkammer, und wenn er zwanzigmal Sir John Falstaff wäre, so soll er nicht zum Narren haben Robert Schaal, Esquire, –

SCHMÄCHTIG. In der Grafschaft Gloster, Friedensrichter und coram, –

SCHAAL. Ja, Vetter Schmächtig, und custalorum.

SCHMÄCHTIG. Ja, und rotalorum dazu, und einen gebornen Edelmann, Herr Pfarrer, der sich armigero schreibt; auf jedem Schein, Verhaftsbefehl, Quittung oder Schuldbrief, armigero.

SCHAAL. Freilich, so halt' ich's, und so hab' ich's allzeit gehalten diese dreihundert Jahr.

SCHMÄCHTIG. Alle seine Deszendenten, die ihm vorangegangen, haben's so gehalten, und alle seine Aszendenten, die nach ihm kommen, können's auch so halten, sie führen alle den silbernen Hecht und Leu, separiert vom schwarzen Gatter, im Wappen.

SCHAAL. Das Gatter ist uralt. –

EVANS. Tie silberne Läus passe sich kuth für ten alten schwarzen Kater; schreitend nehme sie sich wohl aus; es sein vertrauliche Kreature mit dem Menschen, und peteuten Liebe.

SCHAAL. Hecht und Leu sind der Trutz, das Gatter der Schutz.

SCHMÄCHTIG. Ich könnte mir noch mehr Quartiere anschaffen, Vetter.

SCHAAL.
Das könntet Ihr auch durch eine Vermählung.

EVANS. Was wollt Ihr tann mit dem Mehl im Quartier? Vermehlt Euch lieber in der Mühle. – Aber tas ischt alles eins. Wann Sir John sich Unziemlichkeite keken Euch erlaupt hat, so kehöre ich zur Kirche, und soll mir's lieb sein, Euch Wohlkewogenheit zu erzeige und Konkortanzen und Kompensationes zwischen euch zu Stante zu pringe.

SCHAAL. Der hohe Gerichtshof soll davon hören; 's ist ein Skandal! –

EVANS. 's ischt nicht wohlketan, daß der hohe Kerichtshof von einem Schkantal höre; 's ischt keine Furcht Kottes in einem Schkantal; der hohe Kerichtshof, seht Ihr, wird Lust hape, zu vernehme von der Furcht Kottes, und nicht zu vernehme von einem Schkantal; laßt Euch tas zum Avis tiene!

SCHAAL. Ha, bei meinem Leben! Wenn ich wieder jung würde, sollte das Schwert es enden! –

EVANS. Viel pesser, wann Freunde tas Schwert sein und es enden; und ta kommt mir noch andrer Einfall in tie Ketanke, ter, wann's klückt, keteihliche Konvenienzen mit sich pringt; ta ischt Anne Page, was ischt Tochter des Herrn Keorg Page, was ischt artiges Fräuleinschaft.

SCHMÄCHTIG. Jungfer Anne? Die hat braune Haare und spricht fein wie ein Frauenzimmer.

EVANS. 's ischt epen selpiges Personal, und krate so akkurat, wie Ihr's praucht; und siepe hundert Pfund und Kolt und Silper wollen ihr der Kroßvater aufm Sterpepett (Kott schenke ihm einen verknügten Auferständnis) vermache, wann sie kapapel ischt und kann siepzehn Jahre hinter sich pringe. Tarum wär's kuter Vorschlag, wann wir abließe von unser Wische Wasche, und intentierte ein Heurat zwischen jungen Herrn Apraham und Jungfer Anne Page.

SCHMÄCHTIG. Hat ihr Großvater ihr siebenhundert Pfund vermacht?

EVANS.
Ja, und ihr Vater pfuntiert ihr noch mehr Patzen.

SCHMÄCHTIG. Ich kenne das junge Frauenzimmer, sie hat gute Gaben.

EVANS. Siepe hundert Pfund und andre Erbprospekten sein kute Gabe.

SCHAAL. Nun laßt uns zum ehrlichen Herrn Page gehn; ist Falstaff da?

EVANS. Soll ich euch Lügen sage? Ich verachte, wann einer lükt, wie ich verachte, wann einer falsch ischt, oder wann einer nicht wahrhaftig ischt. Der Ritter Sir John ischt ta, und ich pitte euch, laßt euch raten von eure wahre Freunte. Ich will jetzt an tie Tür klopfe, wegen tem Herrn Page. He! Holla! Kott pehüte Euer Haus hier! –

Page kommt.

PAGE. Wer ist da?

EVANS. Hier sein Kottes Seken, und Euer Freund, und Friedensrichter Schaal; hier ischt auch junger Herr Schmächtig, welcher Euch vielleicht antre Tinge zu perichte habe wird, wann die Sache sich nach Euerm Kusto anstellt.

PAGE. Ich bin erfreut, euch wohl zu sehn, meine gestrengen Herrn; ich danke Euch für mein Wildbret, Herr Schaal.

SCHAAL. Herr Page, ich bin erfreut, Euch wohl zu sehn, recht wohl bekomme es Euch, recht von Herzen wohl; ich wünschte, Euer Wildbret wäre besser gewesen, es war schlecht geschossen. – Was macht denn die gute Frau Page? Ich bin Euch doch allzeit von Herzen ergeben, ja wahrhaftig, von ganzem Herzen.

PAGE. Sir, ich danke Euch.

SCHAAL.
Sir, ich danke Euch; bei Ja und Nein, das tue ich.

PAGE.
Sehr erfreut, Euch zu sehn, lieber Junker Schmächtig.

SCHMÄCHTIG. Was macht denn Euer gelber Windhund, Sir? Ich hörte sagen, er sei in Cotsale geschlagen worden.

PAGE. Es konnte nicht entschieden werden.

SCHMÄCHTIG. Ihr wollt's nur nicht Wort haben, Ihr wollt's nicht Wort haben! –

SCHAAL. Das will er nicht; 's ist Euer Schaden, 's ist Euer Schaden; 's ist ein guter Hund.

PAGE. Ein Köter, Sir.

SCHAAL. Sir, 's ist ein guter Hund, und ein schöner

Hund; kann man wohl mehr sagen? Er ist gut, und er ist schön. – Ist Sir John Falstaff hier?

PAGE. Sir, er ist drinnen, und ich wünschte, ich könnte ein gutes Werk zwischen euch stiften.

EVANS. Tas ischt kesproche, wie frommer Chrischt spreche sollte.

SCHAAL. Er hat mich beleidigt, Herr Page!

PAGE. Sir, das gesteht er auch gewissermaßen ein.

SCHAAL. Er hat's eingestanden, und ich habe es ausgestanden; ist das nicht wahr, Herr Page? Er hat mich beleidigt, ja das hat er; auf mein Wort, das hat er; glaubt mir's, Robert Schaal, Esquire, versichert, er sei beleidigt.

PAGE. Hier kommt Sir John.

Es treten auf Sir John Falstaff, Bardolph, Nym und Pistol.

FALSTAFF. Nun, Herr Schaal, Ihr wollt mich beim König verklagen?

SCHAAL. Ritter, Ihr habt meine Leute geprügelt, mein Wild erlegt und mein Jagdhaus erbrochen! –

FALSTAFF.
Aber doch Eures Försters Tochter nicht geküßt?

SCHAAL.
Ei was da! Darauf sollt Ihr mir Antwort geben.

FALSTAFF. Die Antwort sollt Ihr gleich haben; ich habe das alles getan. – Das wäre nun beantwortet.

SCHAAL. Der Hof soll's erfahren. –

FALSTAFF. Laßt's lieber den Keller erfahren; im Hof wird man Euch auslachen.

EVANS. Pauca Verpa, Sir John; tann ich bin einer, tem es vor pittern Worten kraut.

FALSTAFF. Kraut? Kraut und Rüben! – Schmächtig, ich habe Euch den Kopf zerschlagen; was kam dabei heraus?

SCHMÄCHTIG. Dabei kam genug heraus, mein' Seel', und das trage ich Euch auch noch nach, Euch und Euern langfingrigen Schuften Bardolph, Nym und Pistol. Sie schleppten mich in die Schenke, und machten mich besoffen, und mausten mir die Taschen leer.

BARDOLPH. Ihr schmaler Ziegenkäse!

SCHMÄCHTIG. Schon gut.

PISTOL. Was willst du, Mephistophilus?

SCHMÄCHTIG. Ja, schon gut.

NYM.
Blitz, sage ich; pauca, pauca: das ist mein Humor.

SCHMÄCHTIG. Wo ist Simpel, mein Kerl? Wißt Ihr's nicht, Vetter?

EVANS. Still, ich pitt euch! Jetzt habt wohl Opacht: hier sein zwei Schiedsrichter in tieser Sachen, so viel ich's pekreife; tas sein Herr Page, fidelicet Herr Page; und tas sein ich selper, fidelicet ich selper; und tann sein das tritte Part letztlich und peschließlich mein Herr Wirt vom Hosepand.

PAGE. Wir drei wollen's anhören und unter ihnen ausmachen.

EVANS. Sehr praf; ich will mir's notiere in meiner Prieftaschen, und hernach wolle wir zur Prozetur schreite, mit krößter Möklichkeit und Tiskretion.

FALSTAFF. Pistol, –

PISTOL. Er tritt hervor und leiht das Ohr.

EVANS. Der Teufel und seine Großmutter! Was vor Syntax sein tas: er tritt hervor und leiht tas Ohr? Ei, tas sein Affektierunge.

FALSTAFF. Pistol, hast du Herrn Schmächtig seine Börse gemaust?

SCHMÄCHTIG. Ja, bei diesen Handschuhen, das hat er, oder ich will mein Lebtage nicht wieder auf meine große Stube kommen! Sieben Grot in alter Münze und zwei Peilkentaler von König Eduard her, die mir drittehalb Schillinge das Stück bei Jochen Miller gekostet haben, bei diesen Handschuhen! –

FALSTAFF. Tatst du das wahrhaftig, Pistol?

EVANS. Nein, tas ischt nicht wahrhaftig ketan, wann er Pörsen maust.

PISTOL. Ha, du Gebirgsfremdling! Sir John und Gönner mein,
Ich kämpf' Kartel auf dieses Blechrapier.
Verleugnungswort in deine Labras dir!
Verleugnungswort dir: Hef' und Schaum, du lügst!

SCHMÄCHTIG.
Bei diesen Handschuhen, dann war er's.

NYM. Merkt auf Avis und laßt guten Humor gelten! Ich werde rufen: in der eignen Grube attrappiert, wenn Ihr Euern Nußknackerhumor auf mich loslaßt; das ist die wahre Notiz davon.

SCHMÄCHTIG. Bei diesem Hut, so ist's der mit dem roten Gesicht gewesen; denn wenn ich mich auch nicht recht mehr besinnen kann, was ich tat, als ihr mich betrunken machtet, so bin ich doch nicht ganz und gar ein Esel.

FALSTAFF. Was sagt ihr dazu, Scharlach und Hans?

BARDOLPH. Nun, was mich betrifft, Herr, ich sage, der junge Herr hatte sich von seinen fünf Sünden getrunken.

EVANS. Fünf Sinne müßt Ihr sagen; pfui, über solche Ignoranz!

BARDOLPH. Und als er kaputt war, Sir, da ward er, wie wir zu sprechen pflegen, auskassiert; und seine Konklusionen gingen mit ihm durch die Lappen.

SCHMÄCHTIG. Ja, lateinisch spracht Ihr damals auch, aber das ist alles eins; solange ich lebe, will ich mich nicht wieder besaufen, als in ehrlicher, höflicher, gottesfürchtiger Gesellschaft, weil mir das passiert ist; und wo ich mich einmal wieder besaufe, da will ich's mit solchen tun, die da Gottesfurcht haben, und nicht mit versoffnen Schelmen.

EVANS.
So wahr Kott helfe, tas ischt ein tugendhaftes Kind.

FALSTAFF. Ihr hört, wie man das alles leugnet, meine Herrn; ihr hört es.

Jungfer Anne Page kommt mit Wein; Frau Fluth und Frau Page.

PAGE. Nein, Tochter, trag' den Wein ins Haus, wir wollen drinnen trinken.

Anne Page geht.

SCHMÄCHTIG.
O Himmel! Das ist Jungfer Anne Page! –

PAGE. Wie geht's, Frau Fluth? –

FALSTAFF. Frau Fluth, bei meiner Treu, Ihr kommt recht zur guten Stunde: mit Eurer Erlaubnis, liebe

Frau! *Er küßt sie.*

PAGE. Frau, heiß' diese Herrn willkommen: – kommt, wir haben eine warme Wildpastete zu Mittag; kommt, ihr Herrn, ich hoffe, wir lassen allen Mißmut im Glase.

Sie gehn hinein; Schaal, Schmächtig und Evans bleiben.

SCHMÄCHTIG. Ich wollte vierzig Schillinge drum geben, wenn ich mein Buch mit Liedern und Sonetten hier hätte.

Simpel kommt.

Na, Simpel, wo hast du gesteckt? Ich soll mir wohl selbst aufwarten, sag einmal? Hast du vielleicht das Rätselbuch bei dir, hast du's?

SIMPEL. Das Rätselbuch? Ei, habt Ihr's nicht der Else Kleinsemmel geliehen, auf letzten Allerheiligen, vierzehn Tage vor Michaelis?

SCHAAL. Kommt, Vetter, kommt, Vetter, wir warten auf Euch. Ein Wort mit Euch, Vetter; hört einmal an, Vetter; es ist gleichsam ein Antrag, eine Art von Antrag im Werk, der von fernher von unserm Sir Hugh ausgeht; versteht Ihr mich? –

SCHMÄCHTIG. Ja, Herr, Ihr sollt mich vernünftig finden; wenn das ist, werde ich tun, was vernünftig ist.

SCHAAL. Nein, versteht nur erst!

SCHMÄCHTIG. Das tue ich auch, Sir.

EVANS. Kebt seiner Motion Kehör, Junker Schmächtig, ich werte Euch tie Sache peschreiplich mache, wann Ihr die Kapazität dazu pesitzt.

SCHMÄCHTIG. Nein, ich werde es machen, wie mein Vetter Schaal sagt, nehmt mir's nicht vor ungut; denn für mein bescheiden Teil ist er Friedensrichter in der Grafschaft, seht Ihr.

EVANS. Aber tavon sein nicht die Rete; tie Rete sein in petreff Eurer Heurat.

SCHAAL. Ja, das ist der Punkt, Sir.

EVANS. Ja, mein' Seel', tas sein es auch; ter kanz eigentliche Punkt; und mit Junkfer Anne Page.

SCHMÄCHTIG. Ja, wenn das ist, – die will ich heiraten, auf irgend vernünftige Bedingungen.

EVANS. Aber könnt Ihr auch Affektionierungen spüren für tas Frauenzimmer? Laßt mich tas in Erfahrung pringen, aus Euerm Mund oder aus Euren Lippen; tann unterschiedliche Philosophie pehaupte, die Lippe formiere kewissermaßen Pestandteil des Mundes; teshalp also präzis: könnt Ihr tiesem Mädchen Eure Neigung zuwerfen? –

SCHAAL.
Vetter Abraham Schmächtig, könnt Ihr sie lieben?

SCHMÄCHTIG. Ich hoffe, Vetter, ich werde es zustande bringen, wie es sich für einen schickt, der gern nach der Vernunft zu Werke geht.

EVANS. Ei, Kotts Erzengel und Holzengel! Ihr müßt wie ein Positif sprechen; könnt Ihr's tahin für sie pringe, taß Ihr Euer Verlangen auf sie werft?

SCHAAL. Das müßt Ihr. Wollt Ihr sie mit einer guten Aussteuer heiraten?

SCHMÄCHTIG. Wenn Ihr mir's vorstellt, Vetter, könnt Ihr mich zu noch viel größern Dingen bringen, wenn sie nur halbwege grundlos sind.

SCHAAL. Nein, versteht mich recht, versteht mich recht, mein englischer Vetter: was ich tue, ist nur Euch zu Gefallen, Vetter; könnt Ihr das Mädchen lieben?

SCHMÄCHTIG. Ich will sie heiraten, Sir, wenn Ihr's verlangt, und wenn sich dann auch anfänglich keine große Liebe einfindet, so wird der Himmel sie schon bei näherer Bekanntschaft diminuieren lassen, wenn wir erst Mann und Frau sind und mehr Gelegenheit haben, uns einander kennen zu lernen. Ich hoffe, mit der Vertraulichkeit wird sich auch die Geringschätzung einstellen. Wenn Ihr mir aber sagt, heirate sie, so heirate ich sie; dazu bin ich völlig dissolviert und ganz dissolut.

EVANS. Tas ischt kanz überkelegte Antwort, pis auf ten Schnitzer im Peiwort tissolut; das Peiwort heißt nach unserm Petünke: resolut; allein tie Meinung ischt kut.

SCHAAL. Freilich, ich denke, der Vetter meint es gut.

SCHMÄCHTIG. Ja wahrhaftig, sonst wollte ich mich ebenso gern hängenlassen.

Anne Page kommt wieder.

SCHAAL. Da kommt die schöne Jungfer Anne; ich wollt', ich wäre noch jung, um Euretwillen, Jungfer Anne!

ANNE. Das Essen steht auf dem Tisch; mein Vater bittet um Euer Gestrengen Gesellschaft.

SCHAAL.
Ich werde ihm aufwarten, schöne Jungfer Anne!

EVANS. Kott heiliges Kepot! Ich darf nicht auspleipen, wann's zum Kratias keht.

Schaal und Evans gehn hinein.

ANNE.
Wollen Euer Gestrengen nicht hineinkommen?

SCHMÄCHTIG. Nein, ich bedanke mich recht schönstens, mein' Seel', ich bin sehr wohl so.

ANNE. Das Essen wartet auf Euch, Junker.

SCHMÄCHTIG. Ich bin nicht hungrig, ich bedanke mich meiner Seel'. Geh, Kerl, obgleich du eigentlich mein Bedienter bist, geh und warte meinem Vetter Schaal auf.

Simpel geht ab.

Ein Friedensrichter kann schon einmal seinem Freunde Dank wissen für einen Bedienten. – Ich halte jetzt nur drei Kerls und einen Jungen, bis meine Mutter tot sein wird; aber was tut's? ich lebe doch wie ein armer geborner Edelmann.

ANNE. Ich darf nicht ohne Euer Gestrengen hineinkommen, sie werden sich nicht setzen, bis Ihr kommt.

SCHMÄCHTIG. Meiner Treu, ich esse doch nichts; ich dank' Euch ebenso, als hätt' ich's genossen.

ANNE. Bitt' Euch, Junker, spaziert doch hinein!

SCHMÄCHTIG. Ich spaziere lieber hier draußen, ich danke Euch; ich ward neulich am Schienbein getroffen, als ich mit dem Oberfechtmeister auf Degen und Dolch rapierte, drei Gänge um eine Schüssel geschmorte Pflaumen, und auf Ehre, ich kann seitdem den Geruch von warmem Essen nicht ausstehen. Warum bellen Eure Hunde so? Sind Bären in der Stadt? –

ANNE. Ich glaube ja, Sir; ich hörte davon reden.

SCHMÄCHTIG. Die Bärenhetze ist mein Leibspaß;

aber ich gerate so schnell darüber in Händel, als jemand in England. Ihr fürchtet Euch wohl vor dem Bären, wenn Ihr ihn los seht? nicht wahr?

ANNE. Ja freilich, Junker.

SCHMÄCHTIG. Das ist nun Essen und Trinken für mich, seht Ihr, den Sackerson habe ich wohl zwanzigmal los gesehn, und habe ihn bei der Kette angefaßt; aber das muß wahr sein, die Weiber haben so gequiekt und geschrien, daß es eine Art hatte; aber die Weiber können sie überhaupt nicht ausstehn; es sind recht garstige rauhe Dinger.

Page kommt wieder.

PAGE. Kommt, lieber Junker Schmächtig, wir warten auf Euch.

SCHMÄCHTIG.
Ich mag nicht essen; ich dank' Euch, Herr.

PAGE. Ei was Tausend, Ihr müßt; kommt, Junker!

SCHMÄCHTIG. Nun, so bitt' ich Euch, geht voran!

PAGE. Nur zu, Junker!

SCHMÄCHTIG. Jungfer Anne, Ihr müßt vorangehn.

ANNE. Nicht doch, Junker, ich bitte Euch, geht nur!

SCHMÄCHTIG. Gewiß und wahrhaftig, ich will nicht vorangehn, nein, wahrhaftig, ich will Euch' nicht so zu nah tun.

ANNE. Ich bitte sehr!

SCHMÄCHTIG. So will ich denn lieber unhöflich als beschwerlich sein; Ihr tut Euch selbst zu nah, wahrhaftig! –

Sie gehn hinein.

Zweite Szene

Ebendaselbst.
Evans und Simpel treten auf.

EVANS. Nun keh und trag' den Wek aus nach Toktor Cajus' Haus, frag' sein Haus, wo der Wek keht; und tort wohnt kewisse Frau Hurtig, welche kleichsam seine Amme ischt, oder seine Wartfrau, oder seine Köchin, oder seine Wäscherin, seine Seiferin und seine Spülerin.

SIMPEL. Gut, Herr.

EVANS. Nein, es kommt noch pesser; kip Ihr tiesen Prief, tann tiese Frau ischt kar kenaue Pekanntschaft mit Jungfer Anne Page; und ter Prief ischt, sie zu pitten und requirieren, teines Herrn Anliegen pei ter Jungfer Anne Page auszurichten. Ich pitte tich, keh: ich muß jetzt mit der Mahlzeit Ente machen, es komme noch Äpfel und Käse.

Sie gehn zu verschiednen Seiten ab.

Dritte Szene

Zimmer im Gasthof zum Hosenbande.
Falstaff, der Wirt, Bardolph, Nym, Pistol und Robin.

FALSTAFF. Mein Wirt vom Hosenbande, –

WIRT. Was sagt mein Rodomont? Sprich gelahrt und weislich!

FALSTAFF. Wahrhaftig, mein Wirt, ich muß einige von meinem Gefolge abschaffen.

WIRT. Laß fahren, Roland Herkules; dank' ab, laß sie traben! marsch! marsch! –

FALSTAFF. Ich brauche zehn Pfund die Woche! –

WIRT. Du bist ein Imperator und Diktator, ein Kaiser und ein Weiser: Ich will den Bardolph nehmen, er soll trichtern und zapfen. Sprach ich so recht, mein Roland Hektor?

FALSTAFF. Tu' das, mein guter Wirt!

WIRT. Ich habe gesprochen; laß ihn mitgehn! Laß mich dich schäumen und leimen sehn. Ein Wort, ein Mann! Komm mit! – *Geht ab.*

FALSTAFF. Bardolph, geh mit ihm! – Ein Bierzapf ist ein gutes Gewerbe, ein alter Mantel gibt ein neues Wams, und ein verwelkter Lakai einen frischen Zapfer. Geh! Leb wohl!

BARDOLPH. 's ist ein Leben, wie ich mir's gewünscht habe: ich werde schon fortkommen. *Geht ab.*

PISTOL. O schnöd' hungar'scher Wicht! Willst du den Zapfen schwingen?

NYM. Er wurde im Trunk erzeugt: ist das nicht ein eingefleischter Humor? –

FALSTAFF. Ich bin froh, daß ich die Zunderbüchse so los geworden bin: seine Diebereien waren zu offenbar; sein Mausen war wie ein ungeschickter Sänger, er hielt kein Tempo.

NYM. Der rechte Humor ist, im wahren Monument zu stehlen.

PISTOL. Aneignen nennt es der Gebildete: – Stehlen? O pfui! 'ne Feige für die Phrase! –

FALSTAFF. Ja, ihr Herrn; ich fange an, auf die Neige zu geraten.

PISTOL. Kein Wunder, daß du dick und trübe wardst.

FALSTAFF. 's ist keine Hülfe; ich muß mein Glück verbessern, ich muß Künste ersinnen.

PISTOL. Der junge Rabe schreit nach Fraß.

FALSTAFF. Wer von euch kennt Fluth in dieser Stadt?

PISTOL. Den Wicht kenn' ich: gut ist er von Gehalt.

FALSTAFF. Meine ehrlichen Jungen, ich will euch sagen, was mir vorschwebt.

PISTOL. Ein Wanst von hundert Pfund.

FALSTAFF. Keine Wortspiele, Pistol! Allerdings hat mein Wanst es weit in der Dicke gebracht; aber hier ist die Rede nicht von Wänsten, sondern von Gewinsten, nicht von Dicke, sondern von Tücke. Mit einem Wort, ich habe im Sinn, einen Liebeshandel mit der Frau Fluth anzufangen; ich wittre Unterhaltung bei ihr; sie diskuriert, sie kommt entgegen, sie schielt mit dem Seitenblick der Auffod'rung: ich konstruiere mir die Wendungen ihres vertraulichen Stils, und die schwierigste Passage ihres Betragens in reines Englisch übersetzt, lautet: ich bin Sir John Falstaffs.

PISTOL. Er hat ihr Vorhaben studiert und dann versiert; aus der Sprache der Züchtigkeit ins Englische.

NYM. Der Anker ist tief: soll dieser Humor gelten?

FALSTAFF. Nun, das Gerücht sagt, daß sie den Knopf auf ihres Mannes Beutel regiert; er besitzt ein Regiment von Engeln.

PISTOL. Nimm gleichviel Teufel dir in Sold, und auf

sie los, mein Sohn! –

NYM. Der Humor steigt; recht gut, humorisiert mir diese Engel! –

FALSTAFF. Ich habe hier einen Brief an sie geschrieben, und hier einen zweiten an Pages Frau, die mir jetzt eben gleichfalls verliebte Augen zuwarf und meine Statur mit höchst kritischen Blicken musterte. Zuweilen vergoldete der Strahl ihres Anschauens meinen Fuß, und zuweilen meinen stattlichen Bauch.

PISTOL. So schien die Sonn' auf einen Düngerhaufen!

NYM. Ich danke dir für den Humor.

FALSTAFF. Oh, sie überlief meine Außenseite mit so gieriger Aufmerksamkeit, daß das Verlangen ihres Auges mich zu versengen drohte wie ein Brennglas. Hier ist auch ein Brief für diese; sie führt gleichfalls die Börse; sie ist eine Küste von Guiana, ganz Gold und Fülle. Diese beiden sollen meine Schätze werden, und ich will sie brandschatzen; sie sollen mein Ost- und Westindien sein, und ich will nach beiden Handel treiben. Geh, trag' du diesen Brief an Frau Page, und du jenen an Frau Fluth: unser Weizen blüht, Kinder, unser Weizen blüht.

PISTOL. Soll ich Herr Pandarus von Troja werden,
Die Seite stahlbewehrt? dann, Luzifer, hol' alles!

NYM. Ich will keinen schofeln Humor ausspielen; da nehmt den Humorsbrief wieder, ich will das Dekorum manifestieren.

FALSTAFF *zu Robin.*
Hör', Kleiner, trag' die Briefe mir geschickt;
Segl' als mein Frachtschiff zu den goldnen Küsten.
Ihr Schurken, fort! Zergeht wie Schloßen, lauft,
Trabt, plackt euch, rührt die Fersen, sucht euch
Schutz; –
Falstaff lernt jetzt französische Manier
Nach neuster Art: ich und mein Page hier.

Falstaff und Robin ab.

PISTOL.
Die Geier packen dein Gedärm, denn Würfel falsch
Und Sechs und As hilft durch, prellt reich und arm.
Mir schwellt der Sack von Dreiern, wenn du darbst,
Du phryg'scher, niederträcht'ger Türke du!

NYM. Ich habe Operationen im Kopf, die der Humor der Rache sind.

PISTOL. Willst Rache?

NYM. Ja, beim Firmament und seinem Stern!

PISTOL. Mit Witz? Mit Stahl?

NYM. Mit beiderlei Humoren ich;
Dem Page bedeut' ich dieser Liebsanstalt Humor! –

PISTOL. Und Fluth von mir die Kund' erhält,
Wie Falstaff, schnöder Knecht,
Die Taub' ihm raubt, ums Geld ihn prellt
Und kränkt sein Eh'bett echt.

NYM. Mein Humor soll nicht abkühlen: ich will Page zu Giftgedanken irritieren: ich will ihn mit Gelbsucht durchglühen, denn die Explausion der Mine ist furchtbar: das ist mein wahrer Humor.

PISTOL. Du bist der Mars der Malkontenten, ich stehe dir bei. Marsch, fort!

Sie gehn ab.

Vierte Szene

Im Hause des Doktor Cajus.
Frau Hurtig, Simpel und John Rugby treten auf.

FRAU HURTIG. He, John Rugby! Sei so gut, geh ans Fenster und sieh, ob du meinen Herrn kommen siehst, Herrn Doktor Cajus: wenn er kommt und findet jemand im Hause, so wird er des lieben Gottes Geduld und des Königs Englisch einmal wieder schön zurichten.

RUGBY. Ich will gehn und aufpassen. *Rugby ab.*

FRAU HURTIG. Geh; wir wollen auch einen Nachttrunk dafür zusammenbrauen, wenn's mit dem Steinkohlenfeuer zu Ende geht. – Ein ehrlicher, williger, guter Bursch, wie nur je einer einen Dienstboten im Hause verlangen kann; und das muß ich sagen, kein Plappermaul und kein Händelmacher: sein schlimmster Fehler ist, daß er so erpicht aufs Beten ist; in dem Stück ist er ein bißchen wunderlich; aber wir haben alle unsre Fehler. – Nun, das mag so hingehn. – Peter Simpel, sagt Ihr, ist Euer Name?

SIMPEL. Ja, in Ermangelung eines bessern.

FRAU HURTIG. Und Herr Schmächtig ist Euer Herr?

SIMPEL. Ja, meiner Treu.

FRAU HURTIG. Trägt er nicht einen großen runden Bart, wie eines Handschuhmachers Schabmesser?

SIMPEL. Ei bewahre, er hat nur so ein kleines, dünnes Gesichtchen, mit einem kleinen gelben Bart; ein zimtfarbnes Bärtchen.

FRAU HURTIG.
Ein friedfertiger, tranquiler Mann, nicht wahr?

SIMPEL. Ja, das ist er: aber dabei ist er mit seinen Fäusten so bei der Hand, als nur irgendeiner zwischen seinem und meinem Kopf: er hat sich einmal mit einem Flurschützen geprügelt.

FRAU HURTIG. Was Ihr sagt! Ach, nun besinne ich mich auf ihn: Wirft er die Nase nicht, so zu sagen, in die Luft? – und stapft, wenn er geht?

SIMPEL. Ja, mein' Seel', das tut er.

FRAU HURTIG. Nun, der Himmel beschere Annchen kein schlimmeres Glück! Sagt dem Herrn Pfarrer Evans, ich werde für seinen Herrn tun, was ich kann; Anne ist ein gutes Mädchen, und ich wünsche, –

Rugby kommt wieder.

RUGBY. Ach, Herrje! da kommt mein Herr! –

FRAU HURTIG. Nun wird es über uns alle hergehn. Lauft hier hinein, lieber junger Mensch, geht in dies Kabinett! *Sie schiebt Simpel ins Kabinett.* Er wird nicht lange bleiben. – He, John Rugby! John! He, John, sag' ich! Geh, John, und frage nach deinem Herrn: ich fürchte, es ist ihm was zugestoßen, daß er nicht heimkommt. *Singt.* Tralldaldera! Tralldaldera! –

Doktor Cajus kommt.

CAJUS. Was singen Ihr da? Ik nik lieben solken Poß: – ik bitten, geht, und 'ohlen mik in meine Kabinett un boîtier vert, einen Büchs, einen grünen Büchs: Entendez-vous?

FRAU HURTIG. Jawohl, ich werd's Euch holen. Ich bin froh, daß er nicht selbst hinein geht; wenn er den jungen Menschen gefunden hätte, wäre er eifersüchtig geworden.

CAJUS. Ouf, ouf, ouf, ouf! Ma foi, il fait fort chaud. Je m'en vais à la Cour, – la grande affaire. –

FRAU HURTIG *zurückkommend.*
Ist's diese, Herr Doktor?

CAJUS. Oui, mettez – le in mein Taschen, dépéchez, 'urtig. Wo steck' die Schelm Rugby?

FRAU HURTIG. He, John Rugby! John!

RUGBY. Hier! Hier!

CAJUS. Ihr sein John Rugby, und Ihr sein 'ans Rugby: kommt, nehmt das Degen, und folgen mir nak auf die Fuß, nak 'ofe.

RUGBY.
Ich habe ihn bei der Hand, Herr, hier im Vorsaal.

CAJUS. Bei mein' Ehre, ik sögern su lang. Mortdieu, qu'ai-je oublié! Da sein gewisse Simple in mein Kabinett, das ik nik wollt' lassen da für die Welt.

FRAU HURTIG. O weh, nun wird er den jungen Menschen dort finden und rasend werden.

CAJUS *öffnet das Kabinett.* Oh diable! diable! Was sein 'ier in mein Kabinett? Spitzenbub, Larron; Rugby, meine Degen!

Er führt Simpel aus dem Kabinett.

FRAU HURTIG. Bester Herr, gebt Euch zufrieden!

CAJUS.
Und weswegen soll ik mir geben sufrieden? Hein?

FRAU HURTIG.
Der junge Mensch ist ein ehrlicher Mensch.

CAJUS. Was 'at der hehrlik Mensch su tun in mein Kabinett? Da is keine hehrlik Mensch, das soll kommen in mein Kabinett.

FRAU HURTIG. Ich bitte Euch, seid nicht so phlegmatisch, hört nur das Wahre von der Sache. Er kam und brachte mir einen Auftrag vom Pfarrer Evans.

CAJUS. Gut! –

SIMPEL. Ja, du lieber Gott, um sie zu ersuchen, daß –

FRAU HURTIG. Still doch, ich bitte Euch! –

CAJUS. Still sein Ihr mit Eure Sung; sprecken Ihr weiter Eure commission.

SIMPEL. Um diese ehrliche Frauensperson, Eure Jungfer, zu ersuchen, daß sie ein gut Wort bei der Jungfer Anne Page für meinen Herrn einlegte, um die Heirat richtig zu machen.

FRAU HURTIG. Das ist alles, wahrhaftig; ja, aber ich werde meine Finger nicht ins Feuer stecken, ich brauche das nicht.

CAJUS. Der Pasteur Hevans 'aben Euk geschickt? Rugby, baillez-moi hetwas Papier; Ihr warten 'ier ein bisken.

FRAU HURTIG. Ich bin froh, daß er so ruhig ist; wenn er recht durch und durch in Aufruhr gekommen wäre, da hättet Ihr ihn einmal recht laut und melancholisch sehn sollen. Aber mit alle dem, mein Freund, will ich für Euern Herrn tun, was ich nur kann, und das wahre Ja und Nein ist, daß der französische Doktor, mein Herr, – ich kann ihn schon meinen Herrn nennen, seht Ihr, denn ich führe ihm seine Wirtschaft, und ich wasche, spüle, braue, backe, scheure, koche ihm Essen und Trinken, mache die Betten, und tue alles selbst.

SIMPEL. 's ist eine große Last, wenn man unter fremde Hände kommt.

FRAU HURTIG. Wißt Ihr das auch schon? Ja, wahrhaftig, eine tüchtige Last, und dabei früh auf sein und spät zu Bett; – aber mit alle dem (ich sage Euch das ins Ohr, ich möchte nicht viel Gerede davon haben), – mein Herr ist selbst verliebt in Jungfer Anne Page; – aber mit alle dem, – ich weiß, wie Annchen denkt; es ist weder hier noch dort was.

CAJUS. Du 'ans Aff: gib diesen Billett an Pasteur Ugo; pardieu, es sein eine 'erausfoderung; ik will ihm habsneiden seinen Kehl in die Tierkart'; und ik will lehren so eine 'asenfuß von Priest'r, sik su melier' und su mische. Du kannst dir packen; es sein nik gut, daß du 'ier bleiben. Pardieu, ik will ihm habsneiden halle sein swei Stein, pardieu! Er soll nik behalt eine Stein su smeiße nak seine 'und.

Simpel geht ab.

FRAU HURTIG. Ach lieber Himmel, er spricht ja nur für seinen Freund!

CAJUS. Das tute nix sur Sak! 'aben Ihr nik gesagt, daß ik soll 'aben Anne Page vor mir selbst? Pardieu, ik will totmaken die 'ans Priest'r, und ik 'aben bestellt meine Wirt de la Jarretière su meß unsre Waff': – Pardieu! ik will selber 'aben Anne Page.

FRAU HURTIG. Herr, das Mädchen liebt Euch, und alles wird gut gehn. Wir müssen die Leute reden lassen, was zum Element!

CAJUS. Rugby, komm mit mik an die 'of. Pardieu! wenn ik nik kriegen Anne Page, ik smeißen Eure Kop aus den 'aus: folgen mir auf mein Fuß, Rugby!

Doktor Cajus und Rugby ab.

FRAU HURTIG. Anne lange Nase sollt Ihr kriegen! – Nein, darin weiß ich, wie Annchen denkt: keine Frau in Windsor weiß besser, wie Annchen denkt, als ich, oder kann mehr mit ihr aufstellen, Gott sei Dank! –

FENTON *draußen.* Ist jemand drinnen? He?

FRAU HURTIG. Wer muß nur da sein? Kommt doch näher! Nur herein! –

Fenton tritt auf.

FENTON. Nun, liebe Frau, wie geht's?

FRAU HURTIG. Desto besser, weil Euer Gnaden beliebt, danach zu fragen.

FENTON. Was gibt's Neues? Was macht die hübsche Jungfer Anne?

FRAU HURTIG. Ja, wahrhaftig, Herr, hubsch ist sie auch, und ehrbar, und artig; und ist Eure gute Freundin, das kann ich Euch nebenbei versichern, dem Himmel sei Dank.

FENTON. Wird mir's denn gelingen, meinst du? Werde ich nicht vergeblich werben?

FRAU HURTIG. Freilich, Herr, der da droben hat alles in seiner Hand; aber mit alle dem, Herr Fenton, will ich Euch hoch und teuer schwören, daß sie Euch liebt. Hat Euer Gnaden nicht eine Warze überm Auge?

FENTON. Ja freilich, die habe ich. Was soll uns die?

FRAU HURTIG. Ei, davon wäre viel zu erzählen. Meiner Treu, sie ist mir die rechte, das Annchen: aber so viel kann ich detestieren, so ein ehrliches Mädchen, als jemals Brot gegessen hat. Wir plauderten wohl eine Stunde von der Warze: so lache ich in meinem Leben nicht, als wenn ich bei dem Mädchen bin. Freilich, sie ist allzu langkohlisch und kopfhängerisch, das ist wahr; aber was Euch betrifft, – nun! nur immer guten Mut! –

FENTON. Nun, ich werde sie heut noch sehn. Wart', da hast du eine Kleinigkeit; sprich ein gutes Wort für mich! Solltest du sie eh'r sehn als ich, so empfiehl mich. –

FRAU HURTIG. Euch empfehlen? Ja, mein' Seel', das soll geschehn; und will Eu'r Gnaden noch mehr von der Warze erzählen, sobald sich wieder eine Konfidenz findet; und noch von andern Liebhabern.

FENTON. Gut, lebe wohl, ich habe jetzt große Eil'.

FRAU HURTIG. Viel Glück, Eu'r Gnaden. –

Fenton geht.

Wahrhaftig ein nobler Herr! aber Annchen kann ihn nicht leiden; ich weiß, wie Annchen denkt, besser als irgend jemand. – Potz tausend! Was habe ich vergessen! – *Sie geht ab.*

Zweiter Aufzug

Erste Szene

Straße.
Frau Page tritt auf mit einem Brief.

FRAU PAGE. Was! War ich in den Feiertagen meiner Schönheit Liebesbriefen entgangen, und bin jetzt ein Inhalt für sie? Laßt doch sehn: – *Sie liest.* »Fodert keine Vernunftgründe von mir, warum ich Euch liebe: denn wenn gleich Liebe die Vernunft als verdammenden Inquisitor zuläßt, kann sie sie doch nicht als Ratgeber brauchen. Ihr seid nicht jung; ich ebenso wenig; wohlan denn, hier ist Sympathie. Ihr seid munter, das bin ich auch: haha! darin liegt noch mehr Sympathie. Ihr liebt den Sekt, ich auch: gibt's wohl noch beßre Sympathie? Laß dir's genügen, Frau Page (wenn anders die Liebe eines Soldaten dir genügen kann), daß ich dich liebe. Ich will nicht sagen, bedaure mich; das ist keine soldatenhafte Phrase; aber ich sage, liebe mich:

Der für dich wacht,
Bei Tag und Nacht,
Aus aller Macht
Auf Kampf und Schlacht
Für dich bedacht,

John Falstaff.«

Welch ein Herodes von Judäa das ist! O gottlose, gottlose Welt! – Ist er doch schon vom Alter fast ganz aufgetragen und gebärdet sich wie ein junger Liebhaber! Welch unbedachtes Betragen hat denn mit des Teufels Beistand dieser flämische Trunkenbold aus meinem Gespräch aufgeschnappt, daß er sich auf diese Weise an mich wagen darf? Wahrhaftig, er ist kaum dreimal in meiner Gesellschaft gewesen! – Was sollt' ich ihm sagen? Ich war doch damals sparsam mit meiner Lustigkeit; der Himmel verzeihe mir's! – Wahrhaftig, ich will auf eine Akte im Parlament antragen, um alle Männer abzuschaffen. Wie soll ich mich an ihm rächen? Denn rächen will ich mich, so gewiß seine Eingeweide aus lauter Pudding zusammengesetzt sind.

Frau Fluth kommt.

FRAU FLUTH.
Frau Page! Wahrhaftig, ich wollte eben zu Euch.

FRAU PAGE. Und wahrhaftig, ich zu Euch. Ihr seht recht übel aus!

FRAU FLUTH. Ei, das glaub' ich nimmermehr; ich kann das Gegenteil beweisen.

FRAU PAGE. Mir kommt's aber doch so vor.

FRAU FLUTH. Nun gut, so mag's denn sein; aber wie ich sage, ich könnte Euch das Gegenteil beweisen. Oh, Frau Page, gebt mir einen guten Rat!

FRAU PAGE. Wovon ist die Rede, Schatz?

FRAU FLUTH. Oh, Schatz, wenn sich's nicht an einer Kleinigkeit stieße, so könnte ich zu großer Ehre kommen! –

FRAU PAGE. Schade was für die Kleinigkeit, Schatz; schlag' die Ehre nicht aus: was ist's denn? Kümmre dich nicht um die Kleinigkeit; nun, was ist's?

FRAU FLUTH. Wenn ich nur für eine kurze Ewigkeit zur Hölle fahren wollte, so könnte ich zur Ritterwürde kommen.

FRAU PAGE. Was, du lügst, Sir Alix Fluth! Nun, um solche Ritterschaft steht's oft nur flitterhaft; und ich dächte, im Punkte deiner Hausehre ließest du's beim alten.

FRAU FLUTH. Ich sehe, wir verstehn uns nicht, liebes Kind; da hier, lies, lies: sieh nur, wie! – Ich werde um so schlechter von den fetten Mannsleuten denken, solange ich noch ein Auge habe, der Mannsbilder Gestalt zu unterscheiden. Und doch fluchte er nicht; lobte die Sittsamkeit der Frauen, und sprach so anständige und wohlgesetzte Verachtung alles Unschicklichen aus, daß ich drauf geschworen hätte, seine Gesinnung stimmte zum Ausdruck seiner Worte: aber die haben nicht mehr Zusammenhang und passen nicht besser zu einander, als der hundertste Psalm und die Melodie vom grünen Ärmel. Welcher Sturmwind mußte uns diesen Walfisch mit so viel Tonnen Öl im Bauch an die Küste von Windsor werfen? Wie soll ich mich an ihm rächen? Ich denke, das beste wäre, ihn mit Hoffnung hinzuhalten, bis das gottlose Feuer der bösen Lust ihn in seinem eignen Fett zerschmolzen hätte. Hast du je so etwas gehört?

FRAU PAGE. Bin Brief wie der andre, nur daß die Namen Fluth und Page verschieden sind. Zu deinem größten Trost in diesem Labyrinth von Leichtfertigkeiten ist hier der Zwillingsbruder deines Briefs: aber laß nur deinen zuerst erben, denn auf meine Ehre, der meinige soll es nie. Ich wette, er hat ein ganzes Tausend solcher Briefe mit leeren Plätzen für die verschiednen Namen; und gewiß noch mehr; und diese sind von der zweiten Auflage. Er wird sie ohne Zweifel noch drucken lassen, denn es ist ihm einerlei, was er unter die Presse bringt, da er uns beide darunter bringen wollte. Lieber möchte ich eine Riesin sein und unter dem Berg Pelion liegen! Wahrhaftig, ich will eh'r zwanzig treulose Turteltauben finden, als einen züchtigen Mann.

FRAU FLUTH. Seht doch, ganz derselbige; dieselbe Handschrift dieselben Worte: was denkt er nur von uns?

FRAU PAGE. Wahrhaftig, ich weiß nicht; es bringt mich fast so weit, mit meiner eignen Ehrbarkeit zu zanken. – Ich muß mich ansehn wie eine Person, die ich noch gar nicht kenne; denn wahrhaftig, hätte er nicht eine Seite an mir entdeckt, von der ich selber gar nichts weiß, er hätte es nicht gewagt, mit solcher Wut zu entern.

FRAU FLUTH. Entern, sagst du? Nun, ich weiß gewiß, ich will ihn immer überm Deck halten.

FRAU PAGE. Das will ich auch: kommt er je unter meine Luken, so will ich nie wieder in See gehn. Wir müssen uns an ihm rächen: wir müssen ihm eine Zusammenkunft bestimmen, ihm einen Schimmer von Hoffnung für sein Begehren geben und ihn mit fein geködertem Aufschub immer weiter locken, bis er unserm Gastwirt zum Hosenbande seine Pferde versetzt hat.

FRAU FLUTH. Ja, ich will die Hand dazu bieten, ihm jeden schlimmen Streich zu spielen, der nur unsrer Ehre nicht zu nahe tritt. Himmel, wenn mein Mann diesen Brief sähe! Er würde seiner Eifersucht ewige Nahrung geben.

FRAU PAGE. Ei sieh, da kommt er, und mein guter Mann auch: er ist so weit entfernt von aller Eifersucht, als ich, ihm Anlaß zu geben; und das, hoffe ich, ist eine unermeßliche Kluft.

FRAU FLUTH. Um so glücklicher Ihr! –

FRAU PAGE. Laßt uns einen Kriegsrat gegen diesen feinen Ritter halten: Kommt hieher!

Sie gehn in den Hintergrund der Bühne.
Fluth kommt mit Pistol, Page mit Nym.

FLUTH. Nun, ich hoffe, es ist nicht so.

PISTOL. Hoffnung ist oft ein Jagdhund ohne Spur:
Sir John lockt dein Gemahl.

FLUTH. Ei, Herr, meine Frau ist nicht jung.

PISTOL. Er wirbt um hoch und tief, um reich und arm,
Um jung und alt, um ein' und alle, Fluth:
Er liebt sich Mengelmus. Fluth, Augen auf! –

FLUTH. Liebt meine Frau? –

PISTOL.
Mit Leber, heiß wie Glut. Wehr's ab, sonst lauf'
Wie Herr Aktäon, rings umklafft vom Jagdgebell;
– Oh, schändlich tönt das Wort!

FLUTH. Was für ein Wort, Herr?

PISTOL. Das Horn, sag' ich. Leb wohl!
Hab' acht! die Augen auf! denn Diebe schleichen nachts:
Hab' acht! eh' Sommer kommt und Kuckuck-Vögel singen. –
Mir nach, Herr Korp'ral Nym! –
Page, glaub' ihm, denn er spricht Vernunft!

Pistol geht ab.

FLUTH. Ich will Geduld haben; ich werde schon dahinter kommen.

NYM *zu Page.* Und dies ist wahr; der Humor des Lügens ist mir zuwider. Er hat mich in gewissen Humoren beleidigt: ich habe einen Degen, und der muß die Zähne zeigen, wann's not tut. Er liebt Euer Weib, das ist das Kurze und das Lange. Mein Nam' ist Korporal Nym; ich rede und agnosziere: 's ist wahr; mein Nam' ist Nym', und Falstaff liebt Euer Weib. – Lebt wohl! Ich hasse den Humor von Brot und Käse, und das ist der Humor davon. Lebt wohl! *Nym geht ab.*

PAGE. Der Humor davon, ei! Das ist mir ein Bursch, der unser Englisch aus allem Verstande herausschreckt.

FLUTH. Ich will Falstaff aufsuchen.

PAGE. In meinem Leben hörte ich keinen so affektiert schleppenden Schurken.

FLUTH. Finde ich's so, gut! –

PAGE. Ich werde keinem solchen Chinesen trauen, und empföhle ihn auch der Stadtpfarrer als einen ehrlichen Mann.

FLUTH. Es war ein wackrer, verständiger Bursch: gut! –

Frau Page und Frau Fluth treten vor.

PAGE. Ei, sieh da, Gretchen!

FRAU PAGE. Wo gehst du hin, Georg? – Höre doch!

FRAU FLUTH. Was ist denn, lieber Franz? Warum so melancholisch?

FLUTH. Ich melancholisch? Ich bin nicht melancholisch! Mach', daß du zu Haus kommst! – Geh! –

FRAU FLUTH. Gewiß hast du wieder Grillen im Kopf. Kommt Ihr mit, Frau Page?

FRAU PAGE. Ich geh' mit Euch. – Kommst du jetzt zum Essen, Georg? - *Beiseit.* Sieh, wer da kommt! Die soll unsre Botin an den saubern Ritter sein.

Frau Hurtig kommt.

FRAU FLUTH. Wahrhaftig, an die dachte ich eben; die wird grade recht sein.

FRAU PAGE. Ihr kommt wohl, meine Tochter Anne zu besuchen?

FRAU HURTIG. Ja wahrhaftig! und was macht denn die liebe Jungfer Anne?

FRAU PAGE. Geht mit uns hinein und seht selbst; wir haben wohl ein Stündchen mit Euch zu plaudern.

Die drei Frauen gehen hinein.

PAGE. Wie nun, Herr Fluth? –

FLUTH.
Ihr hörtet doch, was der Kerl mir sagte? Nicht?

PAGE. Ja, und hörtet, was der andre mir sagte?

FLUTH. Glaubt Ihr, daß ihnen zu trauen sei?

PAGE. Hole der Henker das Gesindel! Ich glaube nicht, daß der Ritter so was vor hat; aber diese, die ihm eine Absicht auf unsre Frauen schuld geben, sind ein Gespann von seinen ausgemusterten Bedienten, völlige Spitzbuben, seit sie außer

Dienst sind.

FLUTH. Waren das seine Bedienten?

PAGE. Freilich waren sie's.

FLUTH. Mir gefällt das Ding darum noch nicht besser. – Wohnt er jetzt im Hosenband?

PAGE. Ja freilich. Sollte er seinen Kurs auf meine Frau richten, so wollte ich sie ihm frank und frei überlassen; und was er mehr von ihr erbeutet als harte Reden, das will ich auf meinen Kopf nehmen.

FLUTH. Ich habe eben kein Mißtrauen in meine Frau, aber ich möchte sie doch nicht zusammen lassen. Ein Mann kann auch zu sicher sein; ich möchte nichts auf meinen Kopf nehmen. Ich kann mich nicht so leicht zufrieden geben.

PAGE. Sieh da, kommt hier nicht unser schwadronierender Wirt zum Hosenbande? Entweder er hat Wein im Kopf oder Geld in der Tasche, wenn er so lustig aussieht. Nun, wie geht's, mein Gastwirt? –

Der Gastwirt und Schaal kommen.

WIRT. Wo bleibst du, Rodomont? Du bist ein Edelmann; Caballero Friedensrichter, komm doch! –

SCHAAL. Ich komme, mein Gastwirt, ich folge dir. – Vielmals guten Tag, lieber Herr Page; Herr Page, wollt Ihr mit uns gehn? Wir haben einen Spaß vor.

WIRT. Sag's ihm, Caballero Friedensrichter, sag's ihm, Rodomont.

SCHAAL. Herr, es soll ein Strauß zwischen Sir Hugh, dem walisischen Priester, und Cajus, dem französischen Doktor, ausgefochten werden.

FLUTH. Mein lieber Herr Wirt zum Hosenbande, ein Wort mit Euch! –

WIRT. Was sagst du, Rodomont?

Sie gehn auf die Seite.

SCHAAL *zu Page.* Wollt Ihr mit und es ansehn? Unser lustiger Wirt hat ihre Waffen messen müssen und hat ihnen, glaube ich, verschiedene Plätze angewiesen; denn wahrhaftig, ich höre, der Pfarrer spaßt nicht. Gebt acht, ich will Euch erzählen, worin unsre Komödie bestehen soll.

WIRT. Du hast doch keine Schuldklage wider meinen Ritter, mein Gastkavalier?

FLUTH. Nein, auf Ehre nicht. Aber ich will Euch eine Flasche gebrannten Sekt geben, wenn Ihr mir Zutritt zu ihm schafft und ihm sagt, ich heiße Bach; nur zum Scherz.

WIRT. Da ist meine Hand, Roland, du sollst dich bei ihm präsentieren und absentieren: – war's so recht? – und Bach sollst du heißen. Er ist ein lustiger Ritter. Wollt ihr gehn, Kinder?

SCHAAL. Nehmt mich mit, mein Gastwirt!

PAGE. Ich höre, der Franzose versteht sich trefflich auf sein Rapier.

SCHAAL. Still, Herr, davon wüßt' ich ein Lied zu singen. Zu jetziger Zeit steht Ihr in einer Distanz und habt Eure Mensuren, Paraden und was weiß ich alles; aufs Herz kommt's an, Herr Page, hier sitzt es, hier sitzt es! Ich weiß die Zeit, da hätte ich mit meinem langen Degen vier handfeste Bursche springen lassen wie die Ratten.

WIRT. Lustig, Bursche, lustig: wollen wir uns trollen?

PAGE. Ich gehe mit Euch. Ich hörte sie lieber zanken als fechten.

Der Wirt, Schaal und Page gehn ab.

FLUTH. Obgleich Page ein sorgloser Narr ist und so fest auf seiner Frauen Schwachheit baut, kann ich doch meinen Argwohn nicht so leicht ablegen. Sie war mit ihm in Gesellschaft bei der Frau Page, und was sie da angefangen haben, weiß ich nicht. Wohlan, ich muß der Sache auf die Spur kommen, und ich weiß eine Verkleidung, um den Falstaff auszuhorchen. Wenn ich sie unschuldig finde, so ist meine Mühe nicht umsonst; ist sie's nicht, so war die Mühe gut angewandt.

Er geht ab.

Zweite Szene

Zimmer im Gasthofe zum Hosenbande.
Falstaff und Pistol treten auf.

FALSTAFF. Ich leih' dir keinen Deut.

PISTOL. Dann ist die Welt mein' Auster,
Die ich mit Schwert will öffnen. –

FALSTAFF. Nicht einen Deut. Ich habe nachgegeben, Bursch, daß du meine Autorität als Pfand gebraucht hast; ich habe meine guten Freunde molestiert, um eine dreimalige Frist für dich und deinen Nebengaul Nym zu ergattern, sonst hättet ihr durchs Gatter kucken müssen, wie ein Zwillingsgestirn von Pavianen. Ich bin schon zur Hölle verdammt, weil ich ein paar Kavalieren und guten Freunden zugeschworen habe, ihr wär't brave Soldaten und tüchtige Bursche; und als Frau Brigitte ihren Fächerstiel verlor, da nahm ich's auf meine Ehre, du hättest ihn nicht.

PISTOL. Halbiert' ich's nicht? Nahmst du nicht funfzehn Pence?

FALSTAFF. Und das mit Recht, du Schurke, ganz mit Recht. Denkst du, ich werde meine Seele gratis in Gefahr geben? Mit einem Wort, hänge dich nicht mehr an mich, ich bin dein Galgen nicht. Fort! Ein kurzes Messer und ein Gedränge: – fort, auf deinen Rittersitz nach Picthatch, fort! Du willst mir keinen Brief bestellen, du Schuft? Du trumpfst auf deine Ehre? Ei du unermeßliche Niederträchtigkeit! Es geschieht ja alles, was ich tue, um die Grenzen meiner Ehre aufs schärfste abzumarken. Ich, ich, ja ich selber, die Furcht Gottes linker Hand liegen lassend, und meine Ehre in mein Bedürfnis einhüllend, muß mich zuweilen zu Praktiken, zu Prellereien und Hinterhalten entschließen; und dennoch willst du Schurke noch deine Lumpen, deine wilden Katzenblicke, deine Bierhausphrasen und dein Karrnschieberflüche unter dem Schirmdach deiner Ehre verschanzen? Du willst es nicht tun, du? –

PISTOL.
Ich hege Reu': was willst du mehr vom Mann?

Robin kommt.

ROBIN. Herr, hier ist eine Frau, die mit Euch

sprechen möchte.

FALSTAFF. Führ' sie herein!

Frau Hurtig kommt.

FRAU HURTIG. Einen schönen guten Morgen, mein gnädiger Herr!

FALSTAFF. Guten Morgen, meine liebe Frau!

FRAU HURTIG. Nicht so, mit Euer Gnaden Verlaub, –

FALSTAFF. Also meine liebe Jungfer!

FRAU HURTIG. Das will ich beschwören, wie meine Mutter war in der Stunde, da ich zur Welt kam.

FALSTAFF. Wer schwört, dem glaub' ich. Nun, was bringst du mir?

FRAU HURTIG. Soll ich Euer Gnaden wohl ein paar Worte vorzutragen geruhen?

FALSTAFF. Ein paar tausend, schönes Kind, und ich werde dich anzuhören geruhn.

FRAU HURTIG. Da ist eine gewisse Frau Fluth, Herr; ich bitte, tretet ein wenig näher hieher, – ich selbst wohne beim Herrn Doktor Cajus, –

FALSTAFF. Gut, weiter; Frau Fluth, sagt Ihr? –

FRAU HURTIG. Da haben Euer Gnaden ganz recht; ich bitte Euer Gnaden, kommt ein wenig näher auf die Seite.

FALSTAFF. Ich versichre dich, niemand hört uns, meine eignen Leute, meine eignen Leute.

FRAU HURTIG. Sind sie das? Der Himmel segne sie und mache sie zu seinen Dienern!

FALSTAFF. Nun, Frau Fluth, was ist's mit der?

FRAU HURTIG. Ach, Herr, sie ist ein gutes Geschöpf. Liebster Himmel, Euer Gnaden sind ein Schalk; nun, Gott verzeih' es Euch und uns allen, darum bitt' ich! –

FALSTAFF. Frau Fluth, – nun also, Frau Fluth, –

FRAU HURTIG. Ei nun, da habt Ihr das Kurze und das Lange davon. Ihr habt sie in solche Bastion gebracht, daß es ein Wunder ist. Der beste Hofkavalier von allen, als der Hof in Windsor rezitierte, hätte sie nicht so in Bastion gebracht! Und da gab's doch Ritter und Lords und Edelleute mit ihren Kutschen, das versichre ich Euch, Kutsche auf Kutsche, Brief auf Brief, Geschenk auf Geschenk, und rochen so süß – (von lauter Bisam), und rauschten, ich versichr' Euch, in Gold und Seide; und in so alikanten Ausdrücken, und mit Wein und Zucker von den besten, allerschönsten Sorten, daß es Euch jedes Frauenzimmer gewonnen hätte; und doch, das versichr' ich Euch, konnten sie nie auch nur einen Augenwink von ihr erhalten. Mir haben sie selbst noch diesen Morgen zwanzig Engel gegeben, aber ich biete allen Engeln Trotz, wenn sie so was im Sinne haben, und wenn's nicht in allen Ehren sein kann, und das versichr' ich Euch, nicht einmal so weit konnten sie's bringen, daß sie mit dem Vornehmsten von ihnen auch nur aus einem Becher genippt hätte; und doch gab's da Grafen und, was noch mehr sagen will, Offiziere von der Leibgarde; aber das versichr' ich Euch, bei ihr ist das alles einerlei.

FALSTAFF. Aber was sagt sie von mir? Faßt Euch kurz, meine liebe Frau Merkur!

FRAU HURTIG. Ei nun, sie hat Euern Brief erhalten, für welchen sie Euch tausend Dank sagen läßt; und sie läßt Euch zu wissen tun, daß ihr Mann nicht zu Hause sein wird zwischen zehn und elf.

FALSTAFF. Zehn und elf! –

FRAU HURTIG. Ja wahrhaftig, und dann könntet Ihr kommen und das Gemälde besehn, sagt sie, Ihr wüßtet schon; Herr Fluth, ihr Mann, wird nicht zu Hause sein. Ach! das liebe Weibchen führt ein schlimmes Leben mit ihm; er ist ein recht jalouser Mann; sie führt ein recht poltriges Leben mit ihm, das gute Herzchen.

FALSTAFF. Zehn und elf! Frau, empfiehl mich ihr, ich werde nicht ausbleiben.

FRAU HURTIG. Nun, das ist schön; aber ich habe noch eine andre Konfession an Euer Gnaden auszurichten. Frau Page läßt sich Euch gleichfalls von Herzen empfehlen; und, das muß ich Euch ins Ohr sagen, die ist eine solche annette und repetierliche hübsche Frau, und eine, das sage ich Euch, die da weder ihren Morgen – noch ihren Abendsegen versäumt, wie's nur eine in Windsor gibt, wer sie auch sein mag; und die trug mir auf, Euer Gnaden zu sagen, daß ihr Mann selten außer Hause sei; aber sie hofft, es wird schon eine Zeit kommen. Ich habe nie eine Frau so versessen auf einen Mann gesehn; weiß Gott, ich glaube, Ihr müßt hexen können, gelt? Ja wahrhaftig! –

FALSTAFF. Nicht doch, das versichre ich dir; die Anziehungskraft meiner edlen Eigenschaften beiseit gesetzt, weiß ich von keiner Hexerei.

FRAU HURTIG. Dafür segne Euch der Himmel!

FALSTAFF. Aber sag mir doch, haben Frau Fluth und Frau Page es einander gesagt, daß sie in mich verliebt sind?

FRAU HURTIG. Das wär' ein Spaß, meiner Treu! So dumm sind sie doch nicht, hoff' ich. Das wär' ein Streich, wahrhaftig! Aber Frau Page läßt Euch bitten, um alles, was Euch lieb ist, Ihr möchtet ihr Euern kleinen Pagen schicken: ihr Mann hat eine ganz aparte Infektion für den kleinen Pagen, und wahrhaftig, Herr Page ist ein rechtschaffner Mann. Da ist weit und breit in Windsor keine Frau, die ein beßres Leben führt; sie tut, was sie will, nimmt alles ein, bezahlt alles, geht zu Bett, wenn's ihr gefällt, steht auf, wenn's ihr gefällt, alles ganz wie sie will; und wahrhaftig, sie verdient es; denn wenn es eine liebe Frau in Windsor gibt, so ist sie eine. Ihr müßt ihr Euern Pagen schicken, da hilft nichts vor.

FALSTAFF. Nun, das will ich auch.

FRAU HURTIG. Nun gut, so schickt ihn ihr; und seht Ihr, der kann nachher zwischen euch beiden ab und zu gehn, und kann auf alle Fälle sein Parolwort haben, daß ihr eins des andern Gedanken erfahrt, und der Junge doch nichts zu verstehn braucht; denn es ist nicht gut, wenn die Kinder von solcher Gottlosigkeit was wissen: alte Leute, wißt Ihr wohl, sind dressiert, wie man zu sagen pflegt, und kennen die Welt.

FALSTAFF. Gehab' dich wohl; empfiehl mich

beiden: da ist meine Börse; ich bleibe noch dein Schuldner. Bursch, geh mit dieser Frau: – die Neuigkeit setzt mich in Ekstase! –

Frau Hurtig und Robin ab.

PISTOL.
Dies Jachtschiff dient wohl in Fortunas Flotte.
Mehr Segel her! Setz' nach! Das Schießzeug auf:
Gib Feu'r: die Pris' ist mein, sonst, Meer,
verschling'sie all'! –

Pistol geht ab.

FALSTAFF. Siehst du nun, alter Hans, nur immer vorwärts! Ich will deine alte Figur mehr in Ehren halten, als ich bisher getan. Schielen sie noch nach dir? Willst du, nachdem du so viel Geld verzehrt, auch einmal etwas verdienen? Ich danke dir's, meine wackre Figur: laßt sie immer sagen, ich mach' es zu grob; wenn's nur mit guter Manier geschieht.

Bardolph tritt auf.

BARDOLPH. Sir John, da unten steht ein gewisser Herr Bach, der möchte Euch gern sprechen und Eure Bekanntschaft machen, und hat Euer Gnaden einen Morgentrunk Sekt geschickt.

FALSTAFF. Bach ist sein Name?

BARDOLPH. Ja, Herr.

FALSTAFF. Ruf' ihn herein!

Bardolph geht.

Solche Bäche heiß' ich willkommen, die von solchen Wellen überströmen! – Aha, Frau Fluth und Frau Page, habe ich euch im Netz? Victoria! Via! –

Bardolph kommt zurück mit Fluth, der sich verkleidet hat.

FLUTH. Gott grüß' Euch, Sir!

FALSTAFF. Und Euch, Sir! Wollt Ihr mich sprechen?

FLUTH. Ich bin so dreist, mich ohne viel Umstände Euch aufzudrängen.

FALSTAFF. Ihr seid willkommen. Was ist Euer Begehren? Laß uns allein, Küfer!

Bardolph ab.

FLUTH. Sir, ich bin ein Mann, der viel durchgebracht; mein Name ist Bach.

FALSTAFF. Lieber Herr Bach, ich wünsche Eure nähere Bekanntschaft.

FLUTH. Werter Sir John, ich bitte um die Eurige; nicht um Euch zur Last zu fallen, denn ich muß Euch bemerken, daß ich glaube, besser imstande zu sein, Geld auszuleihen, als Ihr; und das hat mich einigermaßen dreist gemacht, Euch so zur Unzeit heimzusuchen. Denn, wie man sagt, wo Geld vorangeht, sind alle Wege offen.

FALSTAFF. Geld ist ein guter Soldat, mein Herr, und macht sich Bahn.

FLUTH. Sehr wahr; und hier habe ich einen Beutel mit Geld, der mir beschwerlich ist. Wenn Ihr ihn mir wollt tragen helfen, Sir John, so nehmt ihn ganz oder halb dafür, daß Ihr mir die Last erleichtert.

FALSTAFF. Sir, ich weiß nicht, wie ich dazu komme, Euer Lastträger zu sein? –

FLUTH. Ich will's Euch sagen, Sir, wenn Ihr mich anhören wollt.

FALSTAFF. Redet, lieber Herr Bach, ich werde mich glücklich schätzen, Euch zu dienen.

FLUTH. Sir, ich höre, Ihr seid ein Gelehrter, – (ich will mich kurz fassen) – und Ihr seid ein Mann, den ich lange gekannt habe, obgleich ich weniger die Gelegenheit als den Wunsch hatte, mir Euern Umgang zu verschaffen. Ich werde Euch eine Sache entdecken, bei der ich meine eigne Schwachheit sehr oft an den Tag legen muß; aber, lieber Sir John, indem Ihr Euer eines Auge auf meine Torheit richtet, wenn ich sie vor Euch aufdecke, lenkt das andre auf das Register Eurer eignen, damit ich um so leichter mit meinem Verweise durchkommen möge, als Ihr selbst wißt, wie leicht es sei, in solche Fehler zu fallen.

FALSTAFF. Sehr gut, mein Herr; fahrt fort!

FLUTH. Es wohnt eine Frau hier im Ort; ihr Mann heißt Fluth.

FALSTAFF. Wohl, Herr.

FLUTH. Ich habe sie lange geliebt und, ich beteure Euch, viel auf sie gewandt; bin ihr mit der zärtlichsten Aufmerksamkeit gefolgt, habe mir Gelegenheiten geschafft, sie zu treffen; jeden geringen Anlaß mit Unkosten erspäht, wo ich sie, wenn auch nur obenhin, sehen konnte; habe nicht nur manches Geschenk für sie gekauft, sondern manchem reichlich gegeben, nur um zu erfahren, was sie gern geschenkt hätte: kurz, ich habe sie verfolgt, wie mich die Liebe verfolgt hat, das heißt, auf dem Fittich aller Gelegenheiten. Was ich aber auch verdienen mochte, sei's durch meine Leidenschaft, sei's durch meinen Aufwand, – Lohn, weiß ich gewiß, habe ich keinen erhalten, man müßte denn Erfahrung ein Kleinod nennen, die habe ich mir zu unerhörtem Preise erstanden, und von ihr habe ich diesen Spruch gelernt:
»Wie Schatten flieht die Lieb', indem man sie verfolgt;
Sie folgt dem, der sie flieht, und flieht den, der ihr folgt.«

FALSTAFF. Habt Ihr denn von ihr gar kein Versprechen der Erhörung erhalten?

FLUTH. Niemals.

FALSTAFF. Habt Ihr auch nicht in solcher Absicht in sie gedrungen?

FLUTH. Niemals.

FALSTAFF. Von welcher ganz besondern Art war denn also Eure Liebe?

FLUTH. Wie ein schönes Haus auf fremdem Grund errichtet, so daß ich mein Gebäude eingebüßt habe, weil ich einen unrechten Platz wählte, es aufzuführen.

FALSTAFF.
Und zu welchem Ende entdeckt Ihr mir das alles?

FLUTH. Wenn ich Euch das gesagt habe, so habe ich Euch alles gesagt. Man versichert mich, daß, obgleich sie gegen mich sehr ehrbar tut, sie anderswo in ihrer Munterkeit so weit geht, daß daraus die schlimmste Nachrede entsteht. Nun, Sir John, hier habt Ihr den eigentlichen Kern meines Gesuchs. Ihr seid ein Kavalier von trefflicher Erziehung, von bezaubernder Wohlredenheit, von großen Verbindungen, angesehn durch Rang und Persönlichkeit, und überall gepriesen für Eure mannigfachen Verdienste als Krieger, als Hofmann und als Gelehrter.

FALSTAFF. Oh, mein Herr! –

FLUTH. Glaubt es, denn Ihr wißt es. – Hier ist Geld: verwendet es; verwendet noch mehr, verwendet alles, was ich habe, nur schenkt mir dafür so viel von Eurer Zeit, als Ihr bedürft, um einen verliebten Angriff auf die Tugend der Frau Fluth zu unternehmen. Gebraucht Eure Überredungskunst, gewinnt sie, Euch zu erhören; wenn's irgend jemand vermag, vermögt Ihr's eher als einer.

FALSTAFF. Würde denn das der Heftigkeit Eurer Neigung zusagen, wenn ich erhielte, was Ihr zu besitzen wünscht? Mir scheint, Ihr verschreibt Euch ein sehr widersprechendes Mittel.

FLUTH. Oh, versteht nur, worauf ich ziele. Sie fußt so zuversichtlich auf die Reinheit ihrer Ehre, daß die Torheit meines Herzens sich nicht zu zeigen wagt: sie glänzt zu hell, als daß man ihr ins Auge sehn dürfte. Könnte ich nun mit irgendeiner Entdeckung zu ihr treten, so hätten meine Wünsche Beispiel und Beweggrund, sich ihr zu empfehlen; ich könnte sie dann aus der Verschanzung ihrer Keuschheit, ihres Rufs, ihres eh'lichen Gelübdes und tausend andrer Schutzwehren heraustreiben, die jetzt zu mächtig wider mich streiten. Was sagt Ihr dazu, Sir John? –

FALSTAFF. Herr Bach, ich will fürs erste so frei sein, Euer Geld zu nehmen: sodann gebt mir Eure Hand; und endlich, so wahr ich ein Edelmann bin, Fluths Frau sollt Ihr, wenn Ihr es wollt, besitzen.

FLUTH. Oh, werter Sir! –

FALSTAFF. Herr Bach, ich sage, Ihr sollt!

FLUTH.
Am Gelde, Sir John, am Gelde soll's nicht fehlen.

FALSTAFF. An der Frau Fluth, Herr Bach, an der Frau Fluth soll's nicht fehlen. Sie hat mich selbst, daß ich's Euch nur sage, schon zu sich bestellt: eben als Ihr zu mir kamt, ging ihre Gehülfin, ihre Zwischenträgerin, von mir weg; ich sage Euch, ich werde mich bei ihr einfinden zwischen zehn und elf, denn um diese Zeit wird ihr Mann, der eifersüchtige verdammte Kerl, nicht zu Hause sein. Kommt heut abend zu mir; Ihr sollt hören, wie mir's gelingt.

FLUTH. Eure Bekanntschaft ist ein wahrer Segen für mich. Kennt Ihr diesen Fluth, Sir?

FALSTAFF. Zum Henker mit dem armen Teufel von Hahnrei! Ich kenne ihn nicht: indes, ich tue ihm unrecht, wenn ich ihn arm nenne; man sagt, der eifersüchtige behornte Kerl hat ganze Haufen Gold; und darum kommt mir seine Frau auch hübsch vor. Sie soll mir der Schlüssel zu des Hahnreis Geldkasten sein, dort will ich mein Erntefest halten.

FLUTH. Ich wollte, Ihr kenntet Fluth, damit Ihr ihm ausweichen könntet, wenn Ihr ihn sähet.

FALSTAFF. Zum Henker mit dem bürgerlichen, buttermilchigen Schuft! – Ich will ihn mit meinen Augen durchbohren, daß er von Sinnen kommen soll; ich will ihn in Respekt erhalten mit meinem Prügel; wie ein Meteor soll der über des Hahnreis Hörnern schweben: – ja, Herr Bach, du sollst's erleben, ich triumphiere über den Flegel, und du schläfst bei seiner Frau. Komm nur gleich auf den Abend zu mir; Fluth ist ein Schuft, und ich will seine Titel noch weitläufiger machen: du, Herr Bach, sollst ihn als Schuft und Hahnrei begrüßen. Komm nur gleich heut abend zu mir! *Geht ab.*

FLUTH. Was für ein verdammter epikuräischer Schurke das ist! Mein Herz möchte vor Ungeduld zerspringen. Wer will nun noch sagen, dies sei unzeitige Eifersucht? Meine Frau hat zu ihm geschickt, die Stunde ist bestimmt, der Handel geschlossen: – wer hätte so etwas denken sollen! da seht, welche Hölle es ist, ein falsches Weib zu haben! Mein Bett soll entehrt, meine Koffer gebrandschatzt, mein guter Name zernagt werden: und nicht genug, daß ich diese nichtswürdige Kränkung erdulde, soll ich mich noch mit den verruchtesten Benennungen schelten lassen, und zwar von dem, der mir diesen Schimpf antut. Und welche Namen! welche Titel! Amaimon klingt gut, Luzifer gut, Barbason gut, und doch sind es Teufelstitulaturen, die Namen böser Geister; aber Hahnrei? Hörnerträger? Der Teufel selbst führt nicht solche Namen. – Page ist ein Esel, ein sorgloser Esel; er verläßt sich auf seine Frau: er weiß nichts von Eifersucht. Lieber will ich einem Holländer meine Butter, Pfarrer Hugh, dem Walliser, meinen Käse, einem Irländer meine Aquavitflasche und einem Diebe meinen Wallach, den Paßgänger, zu reiten anvertrauen, als meine Frau sich selbst. Da kabaliert, da sinnt und grübelt sie, – und was sie in ihrem Herzen beschließen, das müssen sie ausführen, und sollte ihr Herz darüber brechen, sie müssen's ausführen. Dem Himmel sei Dank für meine Eifersucht! Um elf ist die Stunde; ich will dem Dinge zuvorkommen, mein Weib entlarven, mich an Falstaff rächen und Page auslachen. Gleich will ich daran; besser drei Stunden zu früh, als eine Minute zu spät! – Pfui, pfui, pfui! – Hahnrei, Hahnrei, Hahnrei! – *Geht ab.*

Dritte Szene

Park von Windsor.
Cajus und Rugby treten auf.

CAJUS. 'ans Rugby!

RUGBY. Herr Doktor!

CAJUS. Was ist die Klock, 'ans?

RUGBY. Die Stunde ist schon vorbei, Herr, wo Sir Hugh sich einstellen wollte.

CAJUS. Pardieu, er 'aben kerett' sein Seel, weil er nik is gekomm'; er 'aben kut gepett' seine Bibel, daß er nik ist gekomm'; pardieu, 'ans Rugby, er sein schon tot, wann er sein gekomm'.

RUGBY. Er ist gescheit, Herr Doktor, er wußte, Eu'r Gnaden würden ihn umbringen, wann er käme.

CAJUS. Pardieu, das 'ering is nik so tot, als ik ihm will tot maken. – Nimm deine Degen, 'ans, ik will dir weisen, wie ik will ihn tot maken.

RUGBY. Ach, Herr, ich kann nicht fechten.

CAJUS. Coquin, nimm deine Degen!

RUGBY. Still doch! hier kommen Leute.

Es kommen der Wirt, Schaal, Schmächtig und Page.

WIRT. Gott grüß' dich, mein Rolandsdoktor!

SCHAAL. Euer Diener, Herr Doktor Cajus!

PAGE. Guten Tag, lieber Herr Doktor!

SCHMÄCHTIG. Schön guten Morgen, Sir!

CAJUS.
Was sein ihr all', ein, swei, drei, vier, gekomm' 'ieher? –

WIRT. Dich fechten zu sehn, dich legieren zu sehn, dich traversieren zu sehn, dich hier zu sehn, dich da zu sehn, dein Punto, deine Stoccata, dein Renvers, deine Distanz, deinen Montant zu sehn. Ist er tot, mein Äthiopier? Ist er tot, mein Franzmann? Ha, Rodomont! Was sagt mein Äskulap? mein Galen? mein Holundermark? Ist er tot, mein Harnmonarch? – Ist er tot?

CAJUS. Pardieu, er sein die größte Memmenpriester von die Welt; er 'aben nik geweisen sein Visage.

WIRT. Du bist ein König von Kastilien, Don Orinal; Hektor von Graecia, mein Junge!

CAJUS. Ik bitten, mir su attestier', daß wir ihm 'aben gewartet, wir sechs oder sieben, swei bis drei Stunde, und er sein nik gekomm'.

SCHAAL. Er ist der Klügste, Herr Doktor: er ist ein Arzt der Seelen, und Ihr ein Arzt der Leiber; wenn Ihr Euch schlagen wolltet, so strichet Ihr gegen das Haar Eurer Vokation. Ist das nicht wahr, Herr Page?

PAGE. Herr Schaal, Ihr seid selbst ein großer Fechter gewesen, obgleich jetzt ein Mann des Friedens.

SCHAAL. Sapperment, Herr Page, obgleich ich jetzt alt bin, und ein Friedensmann: wenn ich einen bloßen Degen sehe, so jucken mir die Finger, einen Gang zu machen. Wenn wir gleich Friedensrichter und Doktores sind und Diener Gottes, Herr Page, so spüren wir doch einiges Salz der Jugend in uns; ja, Herr Page, wir sind vom Weibe geboren.

PAGE. Das ist wahr, Herr Schaal.

SCHAAL. Es wird sich so ausweisen, Herr Page. Mein Herr Doktor Cajus, ich bin hergekommen, Euch nach Hause zu holen. Ich bin ein geschworner Friedensrichter – Ihr habt Euch verhalten wie ein kluger Arzt, und Sir Hugh wie ein kluger und friedfertiger Seelsorger. Ihr müßt mit mir gehn, Herr Doktor.

WIRT. Mit Verlaub, Gast Friedensrichter: – He, Monsieur Wasserforscher!

CAJUS. Wasserforscher! Was 'eißt das?

WIRT. Wasserforscher in unsrer englischen Sprache bedeutet einen Helden, du Rodomont.

CAJUS. Pardieu, so bin ik eine so große Wasserforscher, als die Anglais: – du Lump von eine 'ans Aff Priester! Pardieu, wir wollen ihm habsneide seine Ohr.

WIRT. Er wird dich rechtschaffen herumkuranzen, Rodomont.

CAJUS. 'erumkuranzen? Was 'eißt das? –

WIRT. Das heißt, er wird dir Satisfaktion geben.

CAJUS. Pardieu, Ihr sollen sehn, er wird mir 'erumkuranzen; denn, pardieu, wir wollen das 'aben.

WIRT. Und ich will ihn dazu auffodern, oder er soll mir zappeln.

CAJUS. Mir danken Euk vor das.

WIRT. Und überdem, kalfatern. *Heimlich zu den andern.* Aber erst, Herr Gast, und Herr Page, und desselbigen gleichen Ihr, Caballero Schmächtig, geht alle durch die Stadt nach Frogmore!

PAGE. Sir Hugh ist dort, nicht?

WIRT. Er ist dort; seht, in welchem Humor er ist, und ich will den Doktor auf dem Umweg übers Feld hinbringen. Ist's so recht?

SCHAAL. Das wollen wir tun.

ALLE. Lebt wohl, lieber Herr Doktor!

Page, Schaal und Schmächtig ab.

CAJUS. Pardieu, wir wollen totmak die Priest'; denn er sprikt en faveur von eine Maulaft bei Anne Page.

WIRT. Schlag' ihn tot: aber vorher steck' deine Ungeduld in die Scheide, gieß' kalt Wasser auf deinen Zorn; geh mit mir übers Feld nach Frogmore: ich will dich hinführen, wo Anne Page ist, nach einem Meierhof, wo sie einen Schmaus halten, und da sollst du um sie werben. Nun, du Allerweltskerl, ist's so recht? –

CAJUS. Pardieu, mir danken Euk vor das, pardieu, mir lieben Euk, und will Euk verschaff gute Gasten, die Graf, die Chevalier, die Lord, die Edelleut, meine Patient.

WIRT. Dafür will ich dein Widerpart bei Anne Page werden; war's so recht gesagt? –

CAJUS. Pardieu, das sein gut, sehr gut gesagt!

WIRT. So wollen wir uns hintrollen.

CAJUS. Folgen mir nak, 'ans Rugby!

Sie gehn ab.

Dritter Aufzug

Erste Szene

Frogmore.
Evans und Simpel treten auf.

EVANS. Nun sagt mir, ich pitt' Euch, lieber Tienstpote des Herr Schmächtig, und Freund Simpel mit Euerm Namen, – nach welcher Seite hin habt Ihr ausgeschaut nach tem Herr Cajus, welcher sich nennt Toktor der Arzneien?

SIMPEL. Mein' Seel', Herr, nach Pittywary, nach dem Parkweg, allenthalben hin, nur nicht die Straße nach der Stadt hin.

EVANS. Ich pitt' Euch recht mit Inprunst, schaut auch einmal tort hinunter!

SIMPEL. Recht wohl, Herr Pfarrer!

EVANS. Kott pehüte mir! Wie voller Zornhaftigkeit pin ich, wie voller Seelenzagen! Ich werde erfreut sein, wann er mir ankeführt hat. Ach, wie ich melancholisiere! – Ich werte ihm seine Urinkläser um seine Schelmekopf schmeiße, wenn ich kute Kelegenheit zu tem Ting ersehe. Kott pehüte mir! –

Singt.

Am stille Pach, zu tessen Fall
Ertönt der Vökel Matrikal,
Laß uns ein Pett von Rose streun
Und tausend würz'ge Plume fein, –
Am stille Pach, ...

O du himmlische Küte! Ich habe pesontre Tisposition zu weine! ...

Ertönt der Vökel Matrikal ...
An Wasserflüssen Papylon, –
Und tausend würz'ge Plume fein, –
Am stille ...

SIMPEL. Dort kommt er! dorther, Sir Hugh! –

EVANS. Er ischt willkomme!

Am stille Pach, zu tesse Fall ...

Kott schütze ten Kerechte! – Was vor Wafferüstung kommt?

SIMPEL. Keine Waffenrüstung, Herr! Hier kommt mein Herr, Herr Schaal, und noch ein andrer Herr von Frogmore, dort über den Steg, von dieser Seite.

EVANS. Pitt Euch, kept mir meinen Chorrock, oter nein, pehaltet ihn nur unterm Arm!

Es kommen Schaal, Schmächtig und Page.

SCHAAL. Sieh da, Herr Pfarrer! Guten Morgen, lieber Sir Hugh! Haltet mir einen Spieler von seinen Würfeln und einen fleißigen Schüler von seinem Buch ab, und ich will von Wundern sprechen.

SCHMÄCHTIG. Ach, süße Anne Page!

PAGE. Gott grüß' Euch, lieber Sir Hugh! –

EVANS. Er pehüte Euch, um seiner Parmherzigkeit wille, allzumal!

SCHAAL. Was? das Schwert und das Wort? Studiert Ihr beides, Herr Pfarrer?

PAGE. Und immer noch so jugendlich in Wams und Hosen an diesem rauhen, schnupfigen Tage?

EVANS. Tas hat seine Krünte und Veranlassunge.

PAGE. Wir sind hergekommen, Euch einen guten Dienst zu erweisen, Herr Pfarrer.

EVANS. Recht schön, was ischt's tann?

PAGE. Da drüben ist ein sehr würdiger Herr, der vermutlich von jemand beleidigt worden, und darüber mit seiner Würde und Geduld so zerfallen ist, wie man sich's nur denken kann.

SCHAAL.
Ich habe nun schon achtzig Jahre gelebt und drüber, aber noch nie sah ich einen Mann von seinem Stande, von seiner Gravität und Gelehrsamkeit, der so sehr alle Haltung verloren hätte.

EVANS. Wer ischt's tann?

PAGE. Ich glaube, Ihr kennt ihn, der Herr Doktor Cajus, der berühmte französische Medikus.

EVANS. Um Chrischti Wunte wille! Ich hätte epen so kern von kuter Schüssel Suppen erzähle kehört.

PAGE. Wie das?

EVANS. Er versteht Euch nicht mehr vom Hibocrates und Calenus, – und außerdem ischt er ausgemachte Memme, – so schurkische Memme, als Ihr Euch immer wünsche mökt mit umzukehe.

PAGE. Ich wette, das ist der Mann, der sich mit ihm schlagen sollte.

SCHMÄCHTIG. O süße Anne Page!

Der Wirt, Cajus und Rugby treten auf.

SCHAAL. So scheint's, nach seinem Degen. Haltet sie von einander; hier kommt Doktor Cajus.

PAGE. Nicht doch, lieber Herr Pfarrer, laßt die Klinge stecken!

SCHAAL. Und Ihr gleichfalls, lieber Herr Doktor!

WIRT. Entwaffnet sie und laßt sie sich explizieren; laßt sie ihre Haut heil halten und unser Englisch zerhacken.

CAJUS. Ik bitten, laß mik reden eine Wort mit heuer Ohr; warum sein Ihr nik kommen auf den Rendez-vous?

EVANS. Ich pitte Euch, verliert die Ketult nicht! Ums Himmels willen!

CAJUS. Pardieu, Ihr sein die Memme, die 'ans 'asenfuß, die 'ans Aff.

EVANS. Ich pitte Euch, laßt uns tene Spottvökel nicht zum Kelächter tiene; ich peschwöre Euch in kuter Freundschaftlichkeit und will Euch auf tiese oder jene Manier Satisfaktion kepen; – ich will Euch Eure Wasserkläser um schurkischen Kopf schmeiße, weil Ihr Eure Pestimmung und Verabretungen nicht in Opacht genommen hapt.

CAJUS. Diable! 'ans Rugby, – meine Gastwirt, de la jarretière – 'aben mir nik gewart nak ihm, um ihn su exterminir? 'aben ik das nik auf die appointirte Place?

EVANS. So wahr ich Christeseele pin, seht, das hier ischt verabredeter Platz; tas soll kleich der Kastwirt zum Hosepand hier hinrichten.

WIRT. Still, sag' ich, Gallia und Wallia, Franzmann und Welschmann, Seelendoktor und Leibesdoktor! –

CAJUS. Ah, das sein sehr gut, – exzellent! –

WIRT. Friede, sag' ich, hört meinen Gastwirt zum Hosenband. Bin ich ein Politikus? bin ich ein feiner Kopf? bin ich ein Machiavell? Soll ich meinen Doktor verlieren? Nein, er gibt mir die Potionen und die Motionen. Soll ich meinen Pfarrer verlieren? meinen Priester? meinen Sir Hugh? Nein, er gibt mir die Sprichwörter und die Nichtswörter. Deine Hand her, Erdenmann! so! – Deine Hand her, Himmelsmann! – so! – Nun, ihr Söhne der Kunst, ich habe euch beide angeführt, ich habe euch auf falsche Plätze bestellt; eure Herzen sind wacker, eure Haut ist ganz, und gebrannter Sekt sei das Ende. Kommt, gebt die Degen als Pfand! – Folg' mir, du Kind des Friedens; folgt, folgt, folgt!

SCHAAL. Wahrhaftig, ein toller Wirt! Kommt alle mit, ihr Herrn, kommt mit!

SCHMÄCHTIG. Oh, süße Anne Page!

Schaal, Schmächtig, Page und Wirt gehn ab.

CAJUS. Ak! merken ik das? 'aben Ihr gespielt die Narr mit uns? Ah, ah! –

EVANS. Tas ischt fein? Hat er uns zum peste kehabt? Ich pitt' Euch, laßt uns Freundschaftlichkeit schließe, und laßt uns. Köpf zusammenstoße, um uns zu räche an krindichten, schäpigten, spitzbübischen Kesellen, tiesem nämliche Kastwirt zum Hosepand.

CAJUS. Pardieu, von kanz mein 'erz. Er 'at mir versproken, mir su bring, wo is Anne Page;

pardieu, er betrügen mir gleikfalls.

EVANS. Schön, ich werte ihm seinen Hirnteckel einschmeiße. Pitt' Euch, kommt mit!

Sie gehn ab.

Zweite Szene

Straße in Windsor.
Frau Page und Robin treten auf.

FRAU PAGE. Nun, geh nur immer voran, mein kleiner Junker; sonst warst du gewohnt, nachzufolgen, jetzt aber bist du der Vorläufer. Was ist dir nun lieber? Meine Blicke zu leiten, oder auf deines Herrn Fersen zu blicken?

ROBIN. Ich werde doch lieber vor Euch hergehn wie ein Mann, als ihm nachfolgen wie ein Zwerg? –

FRAU PAGE. Ei, du bist ein kleiner Schmeichler; ich sehe schon, du wirst einmal ein Hofmann.

Fluth kommt.

FLUTH. Willkommen, Frau Page! Wohinaus?

FRAU PAGE. Ich wollte grade Eure Frau besuchen. Ist sie zu Hause?

FLUTH. Ja, und so müßig, daß sie vor Langeweile nur noch eben zusammenhängt. Ich denke, wenn eure Männer tot wären, ließt ihr beide euch trauen.

FRAU PAGE. Ganz gewiß, mit zwei andern Männern.

FLUTH.
Woher habt Ihr denn diesen allerliebsten Wetterhahn?

FRAU PAGE. Ich weiß nicht mehr, wie zum Kuckuck doch der Mann heißt, von dem mein Mann ihn hat, – wie heißt Euer Ritter doch mit Namen, Kleiner?

ROBIN. Sir John Falstaff.

FLUTH. Sir John Falstaff! –

FRAU PAGE. Ja, ja, ich kann mich nie auf seinen Namen besinnen. Er und mein guter Mann sind solche besondre Freunde! Ist Eure Frau wirklich zu Hause?

FLUTH. Allerdings.

FRAU PAGE. So erlaubt, Herr Fluth, ich bin ganz krank, sie zu sehn.

Frau Page und Robin ab.

FLUTH. Hat der Page kein Gehirn? hat er keine Augen? hat er keine Gedanken? Wahrhaftig, das alles schläft bei ihm, er weiß es nicht zu gebrauchen. Der Junge da wird so leicht einen Brief zwanzig Meilen weit tragen, als eine Kanone zwanzig dutzendmal ins Weiße trifft. Er schneidert selbst die Liebestorheit seiner Frau zurecht; er tut ihr Vorschub und macht ihr Gelegenheit, und nun geht sie zu meiner Frau und Falstaffs Bursche mit ihr, – dies Hagelwetter kann man wahrhaftig schon von weitem pfeifen hören! Und Falstaffs Bursche mit ihr! Ein hübsches Komplott! Geschmiedet haben sie's, und unsre rebellischen Weiber teilen die Verdammnis miteinander. Nun, ich will ihn fangen, und hernach meine Frau recht tüchtig quälen, der scheinheiligen Frau Page den Schleier ihrer Sittsamkeit abreißen, ihren Mann als einen sorglosen und gutwilligen Aktäon zur Schau stellen, und zu diesem stürmischen Verfahren soll die ganze Nachbarschaft Beifall rufen. Die Uhr gibt mir das Zeichen, und meine Zuversicht heißt mich suchen; den Falstaff muß ich dort finden. Man wird mich gewiß eher darum loben als verspotten, denn es ist so ausgemacht, als die Erde feststeht, daß Falstaff dort ist. Ich will hingehn.

Es kommen Page, Schaal, Schmächtig, Wirt, Evans und Cajus.

ALLE. Ei, willkommen, Herr Fluth! –

FLUTH. Nun, wahrhaftig, eine hübsche Bande! Mein Tisch ist heut gut besetzt, ich bitte euch, daß ihr alle bei mir einsprecht.

SCHAAL. Ich muß mich entschuldigen, Herr Fluth.

SCHMÄCHTIG. Das muß ich auch, Herr Fluth. Wir haben versprochen, mit Jungfer Anne zu speisen, und ich möchte mein Wort nicht brechen um alles Geld, das Leben hat.

SCHAAL. Wir haben schon lange eine Heirat zwischen Anne Page und meinem Vetter Schmächtig auf dem Korn, und heute sollen wir das Jawort holen.

SCHMÄCHTIG. Ich hoffe doch, ich habe Eure Einwilligung, Vater Page?

PAGE. Die habt Ihr, Herr Schmächtig, ich stimme ganz für Euch; aber meine Frau, Herr Doktor, ist allerdings auf Eurer Seite.

CAJUS. Oui pardieu, und die Mädel lieben mir, mein' Wartfrau 'urtig 'aben mik das gesagt.

WIRT. Und was sagt Ihr zu dem jungen Herrn Fenton? Er springt, er tanzt, er hat junge, feurige Augen, er schreibt Verse, er spricht Festtagsworte, er duftet wie April und Mai; der führt sie heim, der führt sie heim, der hat das Glück in der Tasche, der führt sie heim.

PAGE. Nicht mit meinem Willen, das versichr' ich Euch. Der junge Mensch hat kein Vermögen. Er hat in des wilden Prinzen Gesellschaft gelebt; er ist aus einer zu hohen Region, er weiß zu viel. Nein, der soll mit dem Finger meines Reichtums keinen Knoten in sein Glück knüpfen: will er sie nehmen, so mag er sie ohne Aussteuer nehmen; das Vermögen, das mir gehört, wartet auf meine Einwilligung, und meine Einwilligung geht dieses Wegs nicht.

FLUTH. Ich bitt' euch inständigst, einige von euch müssen mit mir essen; außer einer guten Mahlzeit steht euch ein Spaß bevor: ich will euch ein Monstrum zeigen. Herr Doktor, Ihr müßt mitgehn, Ihr auch, Herr Page, und Ihr, Sir Hugh.

SCHAAL. Nun, so lebt wohl, wir können dann unsre Werbung um so besser beim Herrn Page anbringen.

Schaal und Schmächtig ab.

CAJUS. Gehn du nak 'aus, 'ans Rugby, ik kommen bald nak.

WIRT. Lebt wohl, Kinder, ich will zu meinem ehrsamen Ritter Falstaff und eine Flasche Sekt mit ihm umbringen.

FLUTH *beiseit.* Und ich will vorher noch eins mit ihm umspringen, denn er soll diesmal nach meiner Pfeife tanzen. – Wollt ihr mitkommen, liebe Herrn?

ALLE. Wir gehn mit, das Monstrum zu sehn.

Sie gehn ab.

Dritte Szene

Zimmer in Fluths Hause.
Frau Fluth, Frau Page und Knechte mit einem Waschkorb treten auf.

FRAU FLUTH. He, John! He, Robert! –

FRAU PAGE.
Geschwind, geschwind! Ist der Waschkorb ...

FRAU FLUTH. Ja doch! – He, Robin, sag' ich ...

FRAU PAGE. Macht fort! Macht fort!

FRAU FLUTH. Hier setzt ihn hin!

FRAU PAGE. Sagt Euern Leuten, was sie tun sollen; wir müssen schnell machen!

FRAU FLUTH. Nun also, John und Robert, wie ich euch vorhin sagte, haltet euch hier nebenbei im Brauhause fertig; und wenn ich eilig rufe, kommt herein und nehmt ohne Verzug und Bedenken diesen Korb auf eure Schultern. Wenn das geschehn ist, trabt mir damit in aller Hast, und bringt ihn zu den Bleichern auf die Datchetwiese, und da schüttet ihn aus in den schlammigen Graben nicht weit von der Themse.

FRAU PAGE. Wollt ihr das tun?

FRAU FLUTH. Ich hab's ihnen schon lang und breit auseinander gesetzt, sie brauchen keine weitre Anweisung. Geht nun, und kommt auf den ersten Anruf!

Die Knechte gehn ab.

FRAU PAGE. Hier kommt der kleine Robin.

Robin kommt.

FRAU FLUTH. Nun, wie geht's, mein kleiner Zeisig? Was bringst du Neues? –

ROBIN. Mein Herr, Sir John, ist zur Hintertür hereingekommen, Frau Fluth, und wünscht Euch aufzuwarten.

FRAU PAGE. Du kleiner Gelbschnabel, bist du uns auch treu gewesen?

ROBIN. Ja, das schwör' ich; mein Herr weiß nicht, daß Ihr hier seid, und hat mir gedroht, mich in ewige Freiheit zu versetzen, wenn ich Euch davon sage; denn er schwört, er will mich fortjagen.

FRAU PAGE. Du bist ein guter Junge; diese deine Verschwiegenheit soll dein Schneider werden und dir ein neues Wams und Hosen machen. Ich will mich verstecken.

FRAU FLUTH. Das tut! – Geh, sag deinem Herrn, ich sei allein. Frau Page! vergeßt Euer Stichwort nicht! –

Robin ab.

FRAU PAGE. Sorge nur nicht; wenn ich meine Rolle nicht gut spiele, so zische mich aus! *Geht ab.*

FRAU FLUTH. Nun wohlan: wir wollen schon mit dir fertig werden, du ungesunde Feuchtigkeit, du großer wäßriger Kürbis! Wir wollen dich lehren, Tauben von Krähen zu unterscheiden.

Falstaff tritt ein.

FALSTAFF. Hab' ich dich errungen, mein himmlisches Juwel? Ha! Jetzt, Götter, laßt mich sterben, denn ich habe lange genug gelebt. Dies ist das Ziel meines Ehrgeizes! Oh, die süße Stunde! –

FRAU FLUTH. Oh, liebster Sir John! –

FALSTAFF. Frau Fluth, ich kann nicht süß tun, ich kann nicht deklamieren, Frau Fluth. Nun laß mich einen sündlichen Wunsch aussprechen: ich wollte, dein Mann wäre tot. Ich will's dem ersten Lord ins Angesicht sagen: ich würde dich zu meiner Lady machen.

FRAU FLUTH. Ich Eure Lady, Sir John? Ach, ich würde eine klägliche Lady abgeben! –

FALSTAFF. Laß mir den französischen Hof einmal eine zweite solche aufweisen! Ich sehe, wie dein Auge mit dem Diamant wetteifern würde. Du hast grade die feingeschwungne Schönheit der Augenbrauen, die zu jedem Aufsatz gut kleidet; zum großen Segelaufsatz, zum Amazonenaufsatz oder zum venetianischen Aufsatz.

FRAU FLUTH. Eine simple Haube, Sir John; meinen Augenbrauen steht sonst nichts, und auch das nicht einmal recht.

FALSTAFF. Du übst Felonie, wenn du so sprichst. Eine vollkommene Hofdame gäbst du ab; und der feste Akzent deines Fußes würde deinem Gange eine herrliche Bewegung geben in einem halbrunden Reifrock. Ich sehe, was du sein würdest, wenn Fortuna dir nicht als Feindin widerstrebte: Natur ist deine Freundin; ja, ja, das kannst du nicht verbergen.

FRAU FLUTH. Glaubt mir, davon ist nichts in mir.

FALSTAFF. Was machte mich in dich verliebt? Daraus kannst du den Schluß ziehn, du seist etwas Außerordentliches. Komm, ich kann nicht süß tun und sagen, du seist dies und das, wie so manche lispelnde Weißdornblüten, die wie Weiber in Mannskleidern gehn und riechen wie ein Apothekerladen zur Zeit der Kräuterlese: ich kann's nicht; aber ich liebe dich, keine als dich, und du verdienst es.

FRAU FLUTH. Hintergeht mich nicht, Sir; ich fürchte, Ihr liebt Frau Page.

FALSTAFF. Du könntest ebenso gut sagen, ich liebe einen Spaziergang auf den Schuldturm, der mir eben so verhaßt ist als der Rauch aus einem Kalkofen.

FRAU FLUTH. Nun, der Himmel weiß, wie ich Euch liebe; und Ihr werdet einst noch erfahren. ...

FALSTAFF.
Bleibt bei der Gesinnung: ich werde sie verdienen.

FRAU FLUTH. Oh, ich muß Euch sagen, das tut Ihr schon, sonst würde ich diese Gesinnung nicht hegen.

ROBIN *draußen.* Frau Fluth, Frau Fluth, hier ist Frau Page vor der Tür, und schwitzt und keucht, und sieht ganz verstört aus: sie will gleich mit Euch sprechen.

FALSTAFF. Sie soll mich nicht sehn, ich will mich hinter der Tapete verschanzen.

FRAU FLUTH.
Ach ja, tut das, sie ist eine gar zu schwatzhafte Frau.

Falstaff versteckt sich hinter der Tapete. Frau Page tritt ein.

Nun, was gibt's? Was ist?

FRAU PAGE. Oh, Frau Fluth, was habt Ihr gemacht! Ihr seid beschimpft, Ihr seid verloren, Ihr seid auf ewig zu Grunde gerichtet! –

FRAU FLUTH. Was gibt's, liebe Frau Page?

FRAU PAGE. Recht allerliebst, Frau Fluth! – So einen ehrlichen guten Mann zu haben, und ihm solchen Anlaß zum Argwohn geben! –

FRAU FLUTH. Was für einen Anlaß zum Argwohn?

FRAU PAGE. Was für einen Anlaß zum Argwohn? Schämt Euch doch! Wie hab' ich mich in Euch geirrt! –

FRAU FLUTH. Nun, mein Gott, was gibt's denn?

FRAU PAGE. Euer Mann kommt her, Frau, mit allen Gerichtsdienern aus Windsor, um einen Herrn zu suchen, der, wie man sagt, jetzt mit Eurer Einwilligung hier im Hause ist, um sich seine Abwesenheit auf unerlaubte Art zunutze zu machen. Ihr seid verloren! –

FRAU FLUTH *leise.*

Sprich lauter! *Laut.* Mein Gott, ich will nicht hoffen? –

FRAU PAGE. Gebe Gott, daß sich's nicht so verhalte, und daß Ihr nicht so jemand hier habt; aber das ist ganz gewiß, Euer Mann kommt mit halb Windsor hinter sich, um so jemand aufzusuchen. Ich lief voran, es Euch zu sagen; habt Ihr aber einen Freund hier, so macht, macht, daß er wegkommt. Verliert die Fassung nicht; ruft alle Eure Lebensgeister zusammen; verteidigt Euern Ruf, oder sagt Euern guten Tagen auf ewig Lebewohl!

FRAU FLUTH. Was soll ich tun? Freilich ist ein Herr hier, ein sehr werter Freund, und ich fürchte meine eigne Schande nicht so sehr, als seine Gefahr. Mir wär's lieber als tausend Pfund, wenn ich ihn außer Hause wüßte! –

FRAU PAGE. Ei, geht mir jetzt mit Eurem: mir wär's lieber! mir wär's lieber! Euer Mann wird gleich zur Stelle sein; denkt, wie Ihr ihn fortschafft: – im Hause könnt Ihr ihn nicht verstecken. – Oh, wie ich mich in Euch geirrt habe – Seht, hier steht ein Korb: wenn er nur irgend von gescheiter Statur ist, kann er hier hineinkriechen; und dann werft schmutzige Wäsche auf ihn, als ging' es zum Einweichen; oder, es ist gerade Bleichenszeit, schickt ihn durch Eure zwei Knechte auf die Datchetwiese!

FRAU FLUTH. Er ist zu dick, um da hineinzugehn: was fang' ich an? –

Falstaff kommt hervor.

FALSTAFF. Laßt einmal sehn! laßt einmal sehn! O laßt mich einmal sehn! Ich will hinein, ich will hinein; folgt dem Rat Eurer Freundin; ich will hinein.

FRAU PAGE.

Was! Sir John Falstaff! Sind das Eure Briefe, Ritter?

FALSTAFF. Ich liebe dich, – hilf mir nur weg! – Laß mich da hineinkriechen, ich will niemals –

Er kriecht in den Korb, sie decken ihn mit schmutziger Wäsche zu.

FRAU PAGE. Hilf deinen Herrn zudecken, Kleiner! Ruft Eure Leute, Frau Fluth! Ihr heuchlerischer Ritter!

FRAU FLUTH. He, Johann! Robert! Johann! Bringt mir die Wäsche fort, hurtig! Wo ist die Tragstange? Seht, wie ihr trödelt! – Tragt's zur Wäscherin auf die Datchetwiese; hurtig! macht fort! –

Fluth, Page, Cajus und Evans kommen.

FLUTH. Ich bitt' euch, kommt herein. Wenn ich ohne Grund Verdacht hege, so foppt mich und treibt euern Spott mit mir! Es geschieht mir recht. – Holla! – Wo wollt ihr damit hin?

KNECHT. Zur Wäscherin, Herr.

FRAU FLUTH. Ei, was geht's dich denn an, wohin sie's tragen? Du willst dich wohl auch um meine Körbe kümmern?

FLUTH. Körbe? Ja, ich wollte, du verständst dich drauf, einen Korb zu geben; wahrhaftig, ein Korb wäre hier recht an der Zeit gewesen.

Die Knechte tragen den Korb hinaus.

Ihr Herrn, mir träumte die Nacht etwas; ich will euch meinen Traum erzählen. Hier, hier, hier sind meine Schlüssel; geht hinauf in alle Zimmer: sucht, forscht, spürt aus; ich steh' euch dafür, wir stöbern den Fuchs aus seinem Bau. Ich will ihm hier den Weg vertreten: so, jetzt grabt ihn aus!

PAGE. Lieber Herr Fluth, seid ruhig, Ihr tut Euch selbst zu nah.

FLUTH. Ihr habt recht, Herr Page. Hinauf, ihr Herrn; ihr sollt gleich euern Spaß erleben; kommt nur mit, ihr Herrn!

Er geht ab.

EVANS.

Tas ischt kar phantastische Krillen und Eifersuchten.

CAJUS. Pardieu, tas is nik la mode in Frankreik; man sein nik jaloux in Frankreik.

PAGE. Nun kommt, ihr Herren; wir wollen sehn, wie dies Suchen abläuft.

Sie gehn ab.

FRAU PAGE.

Ist das nicht ein doppelt königlicher Spaß?

FRAU FLUTH. Ich weiß nicht, was mir besser gefällt, daß mein Mann angeführt ist, oder Sir John.

FRAU PAGE. Wie ihm wohl zu Mut war, als Euer Mann fragte, was im Korbe sei!

FRAU FLUTH. Ich fürchte fast, daß eine Wäsche ihm ganz zuträglich sei; und so wird's ihm eine Wohltat, wenn sie ihn ins Wasser werfen.

FRAU PAGE. An den Galgen mit dem ehrvergeßnen Schurken! Ich wollte, daß alle von dem Gelichter in gleicher Not steckten! –

FRAU FLUTH. Ich glaube, mein Mann muß einen besondern Verdacht auf Falstaffs Hiersein haben; denn nie sah ich ihn so wild in seiner Eifersucht als diesmal.

FRAU PAGE. Ich will schon etwas ausdenken, um das herauszubringen; und wir müssen dem Falstaff noch mehr Streiche spielen; sein Liebesfieber wird schwerlich dieser einen Arznei weichen.

FRAU FLUTH. Sollen wir ihm das alberne Tier, die Frau Hurtig, zuschicken, um uns zu entschuldigen, daß man ihn ins Wasser geworfen? und ihm noch einmal Hoffnung geben, um ihn noch einmal abzustrafen? –

FRAU PAGE. Das wollen wir tun; wir wollen ihn auf morgen früh um acht herbestellen, um ihn schadlos zu halten.

Fluth und Page kommen mit den andern zurück.

FLUTH. Ich kann ihn nicht finden; vielleicht prahlte der Schurke mit Dingen, die er nicht erlangen konnte.

FRAU PAGE. Hört Ihr wohl?

FRAU FLUTH. Ja, ja; nur stille. – Ihr behandelt mich recht artig, Herr Fluth; in der Tat! –

FLUTH. Nun ja, das tu' ich auch.

FRAU FLUTH. Der Himmel mach' Euch besser, als Eure Gedanken sind!

FLUTH. Amen!

FRAU PAGE.
Ihr tut Euch selbst recht zu nah, Herr Fluth! –

FLUTH. Ja, ja, ich muß es schon hinnehmen.

EVANS. Wann hier Kreatur im Hause ischt und in tene Zimmer, auf tene Pöten, in tene Kisten und Kasten, so verkepe mir himmlische Küte meine Sünden am Take tes Kerichts.

CAJUS. Pardieu, mir auk nik; da is nik ein Seel.

PAGE. Pfui, pfui, Herr Fluth, schämt Ihr Euch nicht? Welcher Geist, welcher Teufel bringt Euch auf solche Einbildungen? Ich möchte diese Eure Verstimmung nicht haben, nicht für alle Schätze von Windsor Schloß.

FLUTH.
Das ist mein Fehler, Herr Page; ich büße dafür.

EVANS. Ihr püßt für Euer böses Kewisse; Euer Weib ischt so ehrliche Frau, als man sich wünsche kann unter fünftausend und fünfhundert ope trein.

CAJUS. Pardieu, ik sehn, es is ein hehrlik Frau.

FLUTH. Schon gut! Ich versprach euch eine Mahlzeit; kommt, kommt, geht mit mir in den Park! Ich bitt' euch, verzeiht mir; ich will euch hernach erzählen, warum ich so verfahren habe. – Komm, Frau; kommt, Frau Page; ich bitt' euch, verzeiht mir; ich bitte herzlich drum, verzeiht mir!

PAGE. Laßt uns gehn, ihr Herren; aber verlaßt euch drauf, wir wollen ihn aufziehn. Ich lade euch sämtlich ein, morgen in meinem Hause zu frühstücken; hernach wollen wir auf die Vogeljagd; ich habe einen herrlichen Waldfalken; seid ihr's zufrieden?

EVANS. Wann einer ta ischt, so will ich in ter Kompagnie ten Zweiten abkepen.

CAJUS. Wenn da sein ein oder swei, will ik sie habgeben den Tritt.

FLUTH. Ich bitt' Euch, kommt, Herr Page!

EVANS. Nun pitt' ich Euch, tenkt mir auf Morke an lausigen Schurken, unsern Herrn Kastwirt!

CAJUS. Das ist sehr gut; pardieu von ganz mein 'erz.

EVANS. 's ischt lausiger Schurke, mit seinen Spotthaftigkeite und Stichelworte! –

Sie gehn ab.

Vierte Szene

Zimmer im Hause des Herrn Page.
Fenton und Jungfer Anne Page treten auf.

FENTON. Nein, deines Vaters Gunst gewinn' ich nicht;
Drum nicht an ihn verweise mich, mein Annchen!

ANNE. Doch ach! was dann?

FENTON. Sei nur einmal du selbst!
Er wendet ein, ich sei zu hoch von Abkunft;
Und weil Verschwendung mir mein Gut beschädigt,
So woll' ich's nur durch sein Vermögen heilen:
Dann schiebt er andre Riegel mir entgegen:
Mein vorig Schwärmen, meine wilden Freunde;
Und sagt mir, ganz unmöglich dünk' es ihn,
Daß ich dich anders liebt', als um dein Geld.

ANNE. Wer weiß, er hat wohl recht?

FENTON. Nein, steh' mir so der Himmel künftig bei!
Zwar leugn' ich nicht, daß deines Vaters Reichtum
Der erste Anlaß meiner Werbung war:
Doch werbend fand ich dich von höherm Wert
Als Goldgepräg' und Beutel wohl versiegelt;
Und deines Innern echte Schätze sind's,
Wonach ich einzig trachte.

ANNE. Oh, Herr Fenton,
Sucht doch des Vaters Gunst; o sucht sie, Lieber,
Und wenn demütig Flehn und günst'ge Zeit
Ihn nicht gewinnt, – nun dann, – hört, kommt hieher!

Fenton und Anne gehn auf die Seite.
Schaal, Schmächtig und Frau Hurtig kommen.

SCHAAL. Fallt ihnen in die Rede, Frau Hurtig; mein Vetter soll für sich selbst reden.

SCHMÄCHTIG. Ich werde mir einmal ein Herz anfassen; Blitz, es will nur gewagt sein.

SCHAAL. Laß dich nicht angst machen!

SCHMÄCHTIG. Nein, sie soll mich nicht angst machen; davor ist mir gar nicht bange; es ist nur, daß ich mich fürchte.

FRAU HURTIG. Hört einmal; Junker Schmächtig hätte Euch ein Wort zu sagen.

ANNE. Ich komme. –

Zu Fenton.

Dies ist meines Vaters Wahl.
Oh, welche Masse häßlich schnöder Fehle
Sieht schmuck aus bei dreihundert Pfund des Jahrs! –

FRAU HURTIG.
Nun, was macht denn der liebe Herr Fenton?
Ich bitt' Euch, auf ein Wort!

SCHAAL.
Da kommt sie; nun mach' dich an sie, Vetter; ach, Junge, du hatt'st einen Vater, ...

SCHMÄCHTIG. Ich hatt' einen Vater, Jungfer Anne, – mein Onkel kann Euch hübsche Späße von ihm erzählen: bitt' Euch, Onkel, erzählt Jungfer Anne 'mal den Spaß, wie mein Vater zwei Gänse aus einem Stalle gestohlen hat, lieber Onkel!

SCHAAL. Jungfer Anne, mein Vetter liebt Euch! –

SCHMÄCHTIG. Jawohl, so sehr als irgend eine Frauensperson in Glostershire.

SCHAAL. Er wird Euch halten wie eine Edelfrau.

SCHMÄCHTIG. Ja, wie sich's ein Mensch wünschen kann; aber unter dem Stande eines Squire.

SCHAAL. Ein Wittum von hundertundfunfzig Pfund wird er Euch aussetzen.

ANNE.
Lieber Herr Schaal, laßt ihn für sich selbst werben!

SCHAAL. Ei wahrhaftig, ich danke Euch; ich danke Euch für den guten Trost. – Sie ruft Euch, Vetter; ich will Euch allein lassen.

ANNE. Nun, Herr Schmächtig?

SCHMÄCHTIG. Nun, liebe Jungfer Anne?

ANNE. Was ist Euer Wille?

SCHMÄCHTIG. Mein Wille? Mein letzter Wille? O Sappermentchen! Das ist ein hübscher Spaß, mein' Seel'! Meinen Willen habe ich noch nicht aufgesetzt, Gott sei Dank! Nein, so eine kränkliche Kreatur bin ich noch nicht, dem Himmel sei Dank!

ANNE.
Ich meine, Herr Schmächtig, was Ihr von mir wollt?

SCHMÄCHTIG. Mein' Seel', ich für meine Person, ich will wenig oder nichts von Euch. Euer Vater und mein Onkel haben's in Gang gebracht: wenn's mir beschert ist, gut, wenn's mir nicht beschert ist, – nun, wer's Glück hat, führt die Braut heim. Die können Euch erzählen, wie's gekommen ist, besser als ich. Fragt einmal Euern Vater; hier kommt er.

Page tritt auf mit seiner Frau.

PAGE. Nun, mein Herr Schmächtig? Lieb' ihn,
Tochter Anne! –
Ei, was ist das? Was macht Herr Fenton hier?
Ihr kränkt mich, daß ich Euch so oft hier finde;
Ich sagt' Euch, Herr, mein Kind sei schon
versprochen.

FENTON.
Nun, mein Herr Page, seid nicht ungeduldig!

FRAU PAGE.
Lieber Herr Fenton, laßt das Mädchen gehn!

PAGE. Sie ist Euch nicht bestimmt.

FENTON. Wollt Ihr mich hören?

PAGE. Nein doch, Herr Fenton.
Kommt jetzt, Herr Schaal, komm mit, Sohn
Schmächtig, komm!
Da Ihr Bescheidwißt, kränkt Ihr mich, Herr Fenton.

Page, Schaal und Schmächtig ab.

FRAU HURTIG. Sprecht mit Frau Page!

FENTON. Liebste Frau Page, weil ich für Eure Tochter
So lautre Absicht heg' und treu Gemüt,
Muß ich, unhöflich diesem Schelten trotzend,
Vorwärts die Fahne meiner Liebe tragen
Und nimmer weichen; gönnt mir Euern Beistand!

ANNE.
O Mutter, gebt mich nicht dem Narr'n zur Frau!

FRAU PAGE.
Ich will's auch nicht; ich weiß 'nen bessern Mann.

FRAU HURTIG.
Das ist mein Herr, der Herr Doktor. –

ANNE. Ach, lieber grabt mich doch lebendig ein
Und werft mich tot mit Rüben!

FRAU PAGE.
Geh, mach' dir keine Sorge! Hört, Herr Fenton,
Ich will Euch Feindin nicht noch Freundin sein:
Das Mädchen frag' ich erst, wie sie Euch liebt,
Und wie ich's finde, lenk' ich meinen Sinn.
Bis dahin lebt mir wohl; – sie muß nun gehn,
Sonst schilt der Vater uns.

Frau Page und Anne gehn ab.

FENTON. Lebt wohl denn, werte Frau! Leb wohl, mein Annchen!

FRAU HURTIG. Das hab' ich gemacht. – Nein, sagt' ich, wollt Ihr Euer Kind an so 'n Narr'n wegwerfen und an so 'n Doktor? Seht Euch einmal den Herrn Fenton an! Das hab' ich gemacht.

FENTON. Ich dank' dir; und ich bitt' dich, noch heut' abend Gib Annchen diesen Ring! – Nimm das für dich! *Geht ab.*

FRAU HURTIG. Nun, der Himmel schenke dir seinen Segen! Ein liebreiches Herz hat er, unser eins liefe ja gern durchs Feuer und Wasser für so ein liebreiches Herz. – Aber ich wollte doch, daß mein Herr Jungfer Anne bekäme, oder ich wollte, daß Herr Schmächtig sie bekäme, – oder, mein' Seel', ich wollte, daß Herr Fenton sie bekäme. Ich will für alle drei tun, was ich kann: denn das hab' ich versprochen, und ich will auch ehrlich Wort halten; aber recht spezifisch dem Herrn Fenton. – Nun, jetzt muß ich ja noch mit einem andern Gewerbe von meinen beiden Frauen zu Sir John Falstaff; was für 'n Schaf bin ich, so was zu vertrödeln!

Sie geht ab.

Fünfte Szene

Zimmer im Gasthofe zum Hosenband.
Es treten auf Falstaff und Bardolph.

FALSTAFF. Bardolph, sag' ich, –

BARDOLPH. Hier, Herr!

FALSTAFF. Geh, hol' mir ein Quartier Sekt; leg' ein Stück geröstet Brot hinein! –

Bardolph ab.

Mußte ich das erleben, daß man mich in einem Waschkorb wegtrug, wie eine Tracht Kaldaunen vom Metzger, und mich in die Themse warf? Meiner Treu, wenn mir noch einmal so mitgespielt wird, so soll man mir das Gehirn ausnehmen und es in Butter braten und es einem Hunde zum Neujahrsgeschenk geben. – Die Schurken schmissen mich in den Fluß und machten nicht mehr Umstände, als hätten sie die blinden Jungen einer Hündin ersäuft, funfzehn auf einen Wurf; und man kann mir's an meiner Statur ansehn, daß ich eine gewisse Behendigkeit im Untersinken habe; wäre der Grund so tief wie die Hölle, ich müßte hinunter. Ich wäre ertrunken, wäre nicht das Ufer seicht und sandig gewesen; ein Tod, den ich verabscheue! denn das Wasser schwellt den Menschen auf; und was für eine Figur wäre aus mir geworden, wenn ich ins Schwellen geraten wäre? Ich wäre ein Gebirg' von einer Mumie geworden! –

Bardolph kommt zurück mit dem Wein.

BARDOLPH. Hier ist Frau Hurtig, Herr, die Euch sprechen will.

FALSTAFF. Komm her, laß mich etwas Sekt zu dem Themsenwasser schütten, denn mein Bauch ist so kalt, als hätt' ich Schneebälle wie Pillen verschluckt, um die Nieren abzukühlen. – Ruf' sie herein!

BARDOLPH. Komm herein, Frau! –

Frau Hurtig kommt.

FRAU HURTIG. Mit Vergunst, – ich bitt' um Verzeihung! – Ich wünsch' Euer Gnaden einen guten Morgen, –

FALSTAFF. Nimm die Kelchgläser weg; geh, braue mir eine Flasche Sekt, und säuberlich!

BARDOLPH. Mit Eiern, Sir?

FALSTAFF. Simpel, ohne Zusatz; ich will keinen Hühnersamen in meinem Gebräu. – Nun?

FRAU HURTIG. Ach, lieber Sir, ich komme zu Euer Gnaden von der Frau Fluth, –

FALSTAFF. Frau Fluth! Ich habe genug von der Fluth gekostet! Man hat mich hineingeworfen in die Fluth; ich habe den Bauch voll von Fluth.

FRAU HURTIG. Ach, lieber Gott, das arme Herz kann ja nichts dafür. Sie hat ihre Leute recht heruntergemacht; die haben ihre Irrigierung falsch verstanden.

FALSTAFF. Und ich die meine, daß ich auf das Versprechen eines albernen Weibes baute.

FRAU HURTIG. Nun gut; jetzt lamentiert sie drum, Sir, daß es Euch das Herz umkehren würde, wenn Ihr's ansäh't. Ihr Mann geht heut morgen auf den Vogelherd, sie ersucht Euch, Ihr möchtet noch einmal zwischen acht und neun zu ihr kommen; ich soll ihr hurtig Antwort bringen, sie wird Euch schadlos halten, das versichr' ich Euch.

FALSTAFF. Nun, ich will sie besuchen, sag ihr das, und laß sie bedenken, was der Mensch sei, laß sie seine Schwachheit erwägen und dann mein Verdienst beurteilen.

FRAU HURTIG. Ich will's ihr sagen.

FALSTAFF.
Das tu'! – Zwischen neun und zehn, sagst du? –

FRAU HURTIG. Acht und neun, Sir.

FALSTAFF. Gut, geh nur, ich werde nicht ausbleiben.

FRAU HURTIG. Friede sei mit Euch, Sir! *Sie geht ab.*

FALSTAFF. Mich wundert, daß ich nichts vom Herrn Bach höre; er ließ mir sagen, ich möge zu Hause bleiben; – sein Gold behagt mir wohl! – Oh, hier kommt er. –

Fluth kommt.

FLUTH. Gott grüß' Euch, Sir!

FALSTAFF. Nun, Herr Bach? Ihr wollt wohl hören, was zwischen mir und Fluths Frau vorgefallen ist?

FLUTH.
In der Tat, Sir John, darum kam ich her.

FALSTAFF. Herr Bach, ich will Euch nichts vorlügen: ich war in ihrem Hause zur bestimmten Stunde.

FLUTH. Und wie ging's Euch da?

FALSTAFF. Sehr unglücklichseliger Maßen, Herr Bach.

FLUTH. Wieso, Sir? Änderte sie ihren Entschluß?

FALSTAFF. Nein, Herr Bach; aber der jämmerliche Cornuto, ihr Mann, Herr Bach, der in einem ewigen Alarm von Eifersucht lebt, kommt mir just im Augenblick unsrer Schäferstunde, nachdem wir einander umarmt, geküßt, uns ewige Liebe geschworen und, so zu sagen, den Prologus unsrer Komödie rezitiert hatten, und ihm auf dem Fuß ein ganzes Rudel seiner Kameraden, rottiert und herbeigeschleppt durch seinen Aberwitz, um sein Haus – denkt einmal! – nach seiner Frauen Liebhaber zu durchsuchen.

FLUTH. Was, während Ihr noch da wart?

FALSTAFF. Während ich da war.

FLUTH. Und suchte er nach Euch und konnte Euch nicht finden?

FALSTAFF. Ihr sollt hören. Das gute Glück fügte es so, daß eine gewisse Frau Page hereinkommt und Fluths Ankunft meldet, und auf ihre Erfindung, und bei der Verzweiflung der Frau Fluth, steckten sie mich in einen Waschkorb.

FLUTH. In einen Waschkorb!

FALSTAFF. Ja, in einen Waschkorb; bepackten mich mit schmutzigen Hemden und Schürzen, Socken, schmutzigen Strümpfen und schmierigen Tischtüchern; wahrhaftig, Herr Bach, es war die abscheulichste Komposition von niederträchtigem Gestank, die je ein Geruchsorgan entrüstet.

FLUTH. Und wie lange lagt Ihr darin? –

FALSTAFF. Oh, Ihr sollt hören, Herr Bach, was ich ausgestanden habe, um diese Frau zu Eurem Besten zum Bösen zu verleiten. Nachdem ich so in den Korb eingepfercht war, wurden ein Paar von Fluths Kerlen, seine Knechte, von ihrer Frau herbeigerufen, um mich als schmutzige Wäsche auf die Datchetwiese zu tragen; sie nahmen mich auf die Schultern, begegneten dem eifersüchtigen Kerl, ihrem Herrn, in der Tür, der sie ein paarmal fragte, was sie im Korbe hätten? – Ich zitterte vor Furcht, der verrückte Kerl möchte nachsuchen; aber das Fatum, das einmal beschlossen hat, er solle ein Hahnrei werden, hielt seine Hand zurück. Nun gut, weiter ging er als Spion, und fort ging ich als schmutzige Wäsche. Aber habt acht auf das, was jetzt folgt, Herr Bach: ich erlitt die Qual dreier verschiedener Todesarten; erstlich eine unerträgliche Furcht, von dem eifersüchtigen, verfaulten Leithammel entdeckt zu werden; zweitens, im Zirkel gekrümmt zu liegen wie eine gute Klinge im Umkreise eines Viertelscheffels, Heft an Spitze, Sohle an Kopf; und endlich, verkorkt zu sein, wie ein starker Aquavit, mit stinkendem Leinzeug, das in seinem eignen Fette gor; denkt Euch nur, ein Mann von meinen Nieren, denkt nur, – der so wenig Hitze verträgt, als Butter: ein Mann, der in ewigem Auftauen und Evaporieren lebt; es war ein Wunder, dem Ersticken zu entgehn. Und im Siedepunkt dieses Bades, als ich schon über die Hälfte in Fett geschmort war wie ein holländisches Gericht, in die Themse geworfen zu werden, und glühend heiß in der Flut abzukühlen wie ein Hufeisen, – denkt Euch nur, zischend heiß – denkt nur, Herr Bach!

FLUTH. In allem Ernst, Sir, es tut mir leid, daß Ihr um meinetwillen das alles ausgestanden. Mein Prozeß ist also verloren? Ihr macht Euch wohl nicht zum zweiten Male an sie? –

FALSTAFF. Herr Bach, ich will mich in den Ätna werfen lassen, wie ich in die Themse geworfen bin, eh' ich sie so verlasse. Ihr Mann ist diesen Morgen auf die Vogelbeize gegangen, ich habe die Botschaft zu einem zweiten Stelldichein von ihr; zwischen acht und neun ist die Stunde, Herr Bach.

FLUTH. Es ist schon acht vorbei, Sir.

FALSTAFF. Wirklich? Nun, so geh' ich auf meinen

Posten. Kommt zu mir, sobald's Euch eben gelegen ist, und Ihr werdet von meinen Siegen hören, und die Krone von allem soll sein, daß sie Euer wird. Lebt wohl! Ihr sollt sie besitzen, Herr Bach; Herr Bach, Ihr sollt dem Fluth Hörner aufsetzen. *Geht ab.*

FLUTH. Hm! – Ha! – Ist das eine Erscheinung? Ist's ein Traum? Schlaf' ich? Freund Fluth, wach' auf, wach' auf, Freund Fluth; es ist ein Loch in deinem besten Rock, Freund Fluth. Das kommt vom Heiraten! Das kommt davon, Linnen und Waschkörbe zu haben! Nun, die Welt soll erfahren, wie's mit mir steht; ich will den lockern Finken jetzt schon fassen; er ist in meinem Hause, er kann mir nicht entgehn, es ist nicht möglich, daß er's könnte; er kann doch nicht in eine Pfennigbüchse kriechen, oder in eine Pfefferdose; aber damit der Teufel, der ihn schützt, ihm nicht durchhilft, will ich auch die unmöglichen Plätze durchsuchen. Ich kann zwar nicht dem entgehn, was ich einmal bin; aber daß ich bin, was ich nicht sein möchte, soll mich nicht zahm machen. Wenn ich Hörner habe, die einen toll machen können, so will ich dem Sprichwort Ehre machen und horntoll sein. *Ab.*

Vierter Aufzug

Erste Szene

Zimmer der Frau Page.
Frau Page, Frau Hurtig und Wilhelm treten auf.

FRAU PAGE.
Ist er schon in Fluths Hause, was meinst du?

FRAU HURTIG. Ganz gewiß ist er jetzt dort, oder er kommt gleich hin; aber wahrhaftig, er ist ganz separat toll, daß man ihn ins Wasser geschmissen hat. Frau Fluth läßt Euch bitten, gleich zu ihr zu kommen.

FRAU PAGE. Gleich will ich bei ihr sein, ich will nur meinen kleinen Mann hier in die Schule bringen. – Sieh, da kommt sein Schulmeister; 's ist ein Spieltag, wie ich sehe. –

Sir Hugh Evans kommt.

Nun, Sir Hugh? – Kein Schultag heut? –

EVANS. Nein; Herr Schmächtig hat Kintern zum Spiel Permissionen kekepen.

FRAU HURTIG. Ach, das rechtschaffne Herz!

FRAU PAGE. Sir Hugh, mein Mann sagt, mein Sohn lernt nicht das geringste aus seinem Buch; tut ihm doch ein paar Fragen aus seinem Donat!

EVANS.
Komm her, Wilhelme; halt Kopf krate; komm her!

FRAU PAGE. Lustig, Junge; halt den Kopf grade; antworte deinem Lehrer; fürchte dich nicht!

EVANS. Wilhelme! Wie viel kann man numeri im nomen hape? –

WILHELM. Zwei.

FRAU HURTIG. Dummheit! Zwei Kannen im Ohm? Achtzig wenigstens.

EVANS. Still ta Euer Keplapper. – Was heißt Tukend, Wilhelme?

WILHELM. Virtus.

FRAU HURTIG. Wirtshaus? Da pflegt's doch nicht immer sehr tugendhaft herzugehn.

EVANS. Ihr seit kanze Einfältigkeiten, ich pitt' Euch, still! Was ischt Lapis, Wilhelme?

WILHELM. Ein Stein.

EVANS. Und was ischt also ein Stein, Wilhelme?

WILHELM. Ein Kiesel.

EVANS. Nein, 's ischt Lapis; erinnere tas in teinem Hirnkasten. Wilhelme, ich pitte dich.

WILHELM. Lapis.

EVANS. Tas ischt, kuter Wilhelme. Was ischt tas, Wilhelme, wovon man Articulos porkt? –

WILHELM. Articuli werden geborgt vom Pronomen, und folgendermaßen dekliniert: Singulariter, nominativo, hic, haec, hoc.

EVANS. Nominativus, hic, haec, hoc; pitt' tich, kiep acht: Kenitivo, hujus; nun, wie ischt nun casus accusativus?

WILHELM. Accusativo, hinc.

EVANS. Ich pitt' tich, hap teine Pewußthaftigkeiten pei einanter, Kint; Accusativo: hinc, hanc, hoc.

FRAU HURTIG. Hing, häng, hang? I das ist ja eine Sprache für Spitzbuben und Galgen.

EVANS. Ihr seit wahrhaftike Plautertaschen, Frau. – Was ischt casus Focatifus, Wilhelme?

WILHELM. O! Vocativus, o.

EVANS. Pesinne tich, Wilhelme, Focatifus caret.

FRAU HURTIG. Natürlich, wenn er nicht am Galgen hängt, karrt so'n Vocativus.

EVANS. Frau, hepe tich wek! –

FRAU PAGE. Still! –

EVANS. Was ischt tann Teclination des Kenitivus im Plurali, Wilhelme?

WILHELM. Des zweiten Falls?

EVANS. Ja, tes zweiten Falls, oter tes Kenitiv.

WILHELM. Genitiv: horum, harum, horum.

FRAU HURTIG. Schlimm genug mit der Geschichte vom ersten Fall; muß der Junge auch noch von einem zweiten hören? Und was heißt das, wenn Ihr sprecht, so'n Fall geh' nit tief? – Und erzählt ihm da von Huren und von ihren Haaren und Ohren?

EVANS. Schäm tir toch, Frau! –

FRAU HURTIG. Ihr tut übel, daß Ihr dem Kinde solche Sachen beibringt; lehrt Ihr da zu hocken und zu hecken, als wenn er das nicht zeitig genug von selbst tun würde; und nach Huren zu schrein, schämt Euch!

EVANS. Weib, pischt tu nicht mondsuchten? Hast tu wirklich kein Mitwissen von der Tekkelnation und ihren Fellen? Tu pischt so aperwitziges Keschöpf unter alle Chrischtenmensche, als man nur wünsche kann.

FRAU PAGE. Schweigt doch still, Frau Hurtig!

EVANS. Sake mir nun noch etwas, Wilhelme, von ter Piekunk ter Praenominum.

WILHELM. Ach Gott, die habe ich vergessen.

EVANS. Es ischt ki, kae, kot; wann tu verkessen hascht teine kis, teine kaes und teine kotts, so sollst du kotts jämmerliche Rute pekomme. Jetzt keh nur hin und spiele, keh.

FRAU PAGE.
Er hat doch mehr gelernt, als ich gedacht habe.

EVANS. 's ischt kuter, anschlakhaftiker Kopf. Kott pefohlen, Frau Page!

FRAU PAGE. Lebt wohl, lieber Sir Hugh! – Junge, geh nach Hause! Kommt, wir warten zu lange.

Sie gehn ab.

Zweite Szene

Zimmer in Fluths Hause.
Falstaff und Frau Fluth treten auf.

FALSTAFF. Frau Fluth, Euer Kummer hat mein Leid aufgezehrt. Ich sehe, Ihr seid voll frommer Rücksicht in Eurer Liebe, und ich verspreche Euch Erwid'rung bis auf die Breite eines Haars; nicht allein, Frau Fluth, in der gemeinen Pflicht der Liebe, sondern in allen ihren Ornamenten, Ausstaffierungen und Zeremonien. Aber seid Ihr jetzt vor Eurem Mann recht sicher?

FRAU FLUTH.
Er ist auf der Vogelbeize, lieber Sir John.

FRAU PAGE *draußen.*
Heda! Ho! Gevatterin Fluth! He, holla! –

FRAU FLUTH. Tretet in die Kammer, Sir John!

Falstaff ab. Frau Page kommt.

FRAU PAGE. Nun, wie steht's, mein Kind, wer ist außer Euch im Hause?

FRAU FLUTH. Ei, niemand, als meine Leute.

FRAU PAGE. Wirklich?

FRAU FLUTH.
Nein, im vollen Ernst! – *Leise.* Sprich lauter!

FRAU PAGE.
Nun, das freut mich ja, daß Ihr niemand hier habt.

FRAU FLUTH. Wieso?

FRAU PAGE. Ei, Frau Fluth, Euer Mann hat wieder seine alten Schrollen; er macht da solchen Lärm mit meinem Mann, schimpft so auf alle Ehemänner, flucht so auf alle Evastöchter, von welcher Farbe sie auch sein mögen, und gibt sich solche Püffe vor die Stirn und schreit dabei: »Wachst heraus! Wachst heraus!« – daß alle Tollheit, die ich noch je erlebt habe, nur Sanftmut, Zahmheit und Geduld gegen diese seine jetzige Raserei ist. Ich bin froh, daß Ihr den fetten Ritter nicht hier habt.

FRAU FLUTH. Wie, spricht er von ihm?

FRAU PAGE. Von niemand, als von ihm: und schwört, er sei das letzte Mal, als er ihn gesucht, in einem Korbe herausgeschafft, versichert meinem Mann, jetzt sei er hier, und hat ihn und seine übrige Gesellschaft von ihrer Jagd abgerufen, um einen zweiten Versuch seiner Eifersucht anzustellen. Aber ich bin froh, daß der Ritter nicht hier ist: nun soll er seine Torheit inne werden.

FRAU FLUTH. Wie nah ist er, Frau Page? –

FRAU PAGE. Ganz dicht, am Ende der Straße; er muß gleich da sein.

FRAU FLUTH.
Ich bin verloren! Der Ritter ist hier.

FRAU PAGE. Nun, so wirst du aufs äußerste beschimpft, und er ist ein Kind des Todes. Was das für eine Frau ist! Fort mit ihm! Fort mit ihm! Lieber Schimpf als Mord! –

FRAU FLUTH.
Wo soll er hin? Wie soll ich ihn fortschaffen? Soll ich ihn wieder in den Korb stecken?

Falstaff kommt herein.

FALSTAFF. Nein, ich will nicht wieder in den Korb. Kann ich nicht hinaus, eh' er kommt? –

FRAU PAGE. Ach, drei von Herrn Fluths Brüdern halten mit Pistolen Wache an der Haustür, daß keiner entwischen möge; sonst könntet Ihr wegschleichen, eh' er käme. – Aber was macht Ihr denn hier? –

FALSTAFF. Was soll ich anfangen? Ich will in den Schornstein hinaufkriechen.

FRAU FLUTH. Da schießen sie immer ihre Vogelflinten ab; kriecht ins Ofenloch!

FALSTAFF. Wo ist es?

FRAU FLUTH. Er wird auch da suchen, glaubt mir! Da ist weder Schrank, Koffer, Kiste, Lade, Brunnen, noch Keller, von denen er nicht das Verzeichnis im Kopfe führt und sie nach der Liste durchgehn wird. Hier im Hause könnt Ihr Euch nicht verstecken.

FALSTAFF. So will ich hinaus.

FRAU FLUTH. Wenn Ihr in Eurer eignen Gestalt hinausgeht, so seid Ihr des Todes, Sir John, Ihr müßt verkleidet hinausgehn. Wie könnten wir ihn wohl verkleiden? –

FRAU PAGE. Ach, liebe Zeit, das weiß ich nicht. Kein Weiberrock wird weit genug für ihn sein, sonst könnte er einen Hut aufsetzen, ein Backentuch umtun, einen Kragen überhängen und so entkommen.

FALSTAFF. Liebste Engel, denkt euch etwas aus; lieber alles versucht, als ein Unglück.

FRAU FLUTH. Die Muhme meiner Magd, die dicke Frau aus Brentford, hat einen Rock oben.

FRAU PAGE. Auf mein Wort, der wird ihm passen. Sie ist so dick als er; und da ist auch ihr Schlapphut und Backentuch. Rennt hinauf, Sir John!

FRAU FLUTH. Eilt, eilt, liebster Sir John! Frau Page und ich wollen nach Leintüchern für Euern Kopf suchen.

FRAU PAGE. Geschwind, geschwind, wir wollen gleich kommen und Euch ankleiden. Zieht derweil den Rock an!

Falstaff geht hinauf.

FRAU FLUTH. Ich hoffe, mein Mann begegnet ihm in diesem Aufzuge; er kann das alte Weib von Brentford nicht ausstehn; er schwört, sie sei eine Hexe, hat ihr das Haus verboten und gedroht, sie durchzuklopfen.

FRAU PAGE. Der Himmel führe ihn zu deines Mannes Prügel, und der Teufel führe hernach den Prügel! –

FRAU FLUTH. Kommt denn mein Mann wirklich?

FRAU PAGE. Ja, in allem Ernst; und spricht noch dazu vom Korbe, wie er's nun auch erfahren haben mag.

FRAU FLUTH. Das müssen wir herausbringen, denn ich will meine Leute bestellen, daß sie den Korb wieder hinaustragen und ihm an der Tür begegnen, wie das letzte Mal.

FRAU PAGE. Recht, aber er wird den Augenblick da sein; komm mit, wir wollen ihn ankleiden wie die Hexe von Brentford.

FRAU FLUTH. Ich will erst meinen Leuten Bescheid sagen, was sie mit dem Korbe anfangen sollen. Geh hinauf, ich will ihm gleich die Leinentücher bringen.

FRAU PAGE.
An den Galgen mit dem unverschämten Knecht!
Wir können ihm nicht übel genug mitspielen.
Durch unser Beispiel leucht' es allen ein,
Ein Weib kann lustig und doch ehrlich sein.
Spaß ist nicht Ernst; wohl sprach ein weiser Mund:
Das stillste Wasser hat den tiefsten Grund.

Frau Fluth und Frau Page ab.

Die Knechte kommen mit dem Waschkorb.

ERSTER KNECHT. Komm, nimm ihn auf!

ZWEITER KNECHT. Der Himmel gebe, daß nicht wieder ein Ritter drin stecke!

ERSTER KNECHT. Das hoff' ich nicht; ich wollte lieber ebenso viel Blei tragen.

Es kommen Fluth, Schaal, Page, Evans und Cajus.

FLUTH. Gut; wenn's aber wahr ist, Herr Page, wie wollt Ihr's dann rechtfertigen, daß Ihr mich als Narren behandelt? – Setzt den Korb nieder, Schurken! – Ruf' mir einer meine Frau, – Prinz im Korbe! – O ihr kupplerischen Schurken, – es ist ein Komplott, eine Partei, eine Verschwörung wider mich; nun soll der Teufel beschämt werden! Heda, Frau, sag' ich! komm, komm heraus; sieh nur, was für artige Wäsche du auf die Bleiche schickst! –

PAGE. Nun, das geht zu weit, Herr Fluth! Ihr dürft nicht länger frei umhergehn, man muß Euch in Ketten legen.

EVANS. Ei, das ischt wahre Mondsuchten, das ischt so toll als toller Hund!

SCHAAL. In der Tat, Herr Fluth, das ist nicht recht, in der Tat nicht.

Frau Fluth kommt.

FLUTH. Das sag' ich auch. Kommt einmal her, Frau Fluth, – Frau Fluth, die sittsame Frau, das tugendhafte Weib, das ehrbare Gemüt, das den eifersüchtigen Narren zum Manne hat! Ich habe keinen Grund zum Argwohn, nicht wahr? –

FRAU FLUTH. Der Himmel sei mein Zeuge, daß du keinen hast, wenn du mir eine Untreue zutraust.

FLUTH. Recht so, eiserne Stirn, führe das nur so durch. Heraus mit dir, Bursch! – *Er reißt die Wäsche aus dem Korb.*

PAGE. Das geht zu weit! –

FRAU FLUTH. Schämst du dich nicht? Laß doch das Zeug in Ruh'! –

FLUTH. Gleich werd' ich dich finden.

EVANS. Das sein Unvernunften! Wollt Ihr Eurer Frauen Kleider aufnehmen? Kommt doch weg! –

FLUTH. Schüttet den Korb aus, sag' ich! –

FRAU FLUTH. Aber lieber Mann, –

FLUTH. Herr Page, so wahr ich ein Mann bin, ward gestern einer in diesem Korbe aus meinem Hause geschafft; warum könnt' er nicht wieder darin stecken? In meinem Hause ist er gewiß, meine Kundschaft ist sicher, mein Argwohn ist gegründet; werft mir alle Wäsche heraus!

FRAU FLUTH. Wenn du jemand drin findest, so sollst du ihn tot machen wie einen Floh.

PAGE. Hier ist niemand.

SCHAAL. Bei meiner Kavaliersparole, das ist nicht recht, Herr Fluth, das bringt Euch keine Ehre.

EVANS. Herr Fluth, Ihr müßt peten und nicht tenen Phantastereien Eures Herzens folken; tas sein Eifersuchten.

FLUTH. Nun gut, hier ist er nicht, den ich suche.

PAGE. Nein, und sonst nirgend als in Euerm Gehirn.

FLUTH. Helft mir nur diesmal mein Haus durchsuchen: wenn ich nicht finde, was ich suche, verlange ich keinen Firnis für meine Schwäche; ihr sollt mich auf ewige Zeiten zu euerm Tischgespött machen; die Leute sollen von mir sagen, so eifersüchtig als Fluth, der den Galan seiner Frau in einer hohlen Walnuß suchte. Tut mir noch einmal den Gefallen; noch einmal geht mit mir auf das Suchen aus!

FRAU FLUTH. Heda, Frau Page! kommt doch mit der alten Frau herunter, mein Mann will ins Zimmer hinauf.

FLUTH. Alte Frau? Was ist das für eine alte Frau?

FRAU FLUTH.
Nun, die Muhme meiner Magd aus Brentford.

FLUTH. Die Hexe, die Vettel, die alte spitzbübische Vettel! Habe ich ihr nicht mein Haus verboten? Sie hat ein Gewerbe hier auszurichten, nicht wahr? Wir sind einfältige Männer, wir merken nicht, was alles unter dem Vorwand des Wahrsagens mit unterläuft. Sie gibt sich mit Zaubereien, Besprechungen, Zeichendeuten und andern solchen Schelmereien ab; das alles geht über unsern Horizont, wir wissen von nichts. Komm herunter, du Hexe, du Zigeunerin; komm herunter, sag' ich!

FRAU FLUTH. Oh, mein lieber, süßer Mann! – Liebe Herren, laßt doch die alte Frau nicht schlagen! –

Falstaff kommt in Frauenkleidern, geführt von Frau Page.

FRAU PAGE. Kommt, Mutter Klatsch, kommt, gebt mir die Hand!

FLUTH. Ich will sie klatschen! Aus meinem Hause, du Hexe! – *Schlägt ihn.* Du Zigeunerin, du Vettel, du Meerkatze, du garstiges Tier! fort mit dir! Ich will dich wahrsagen und besprechen lehren! – *Schlägt ihn.*

Falstaff ab.

FRAU PAGE. Schämt Ihr Euch nicht? Ich glaube, Ihr habt die arme Frau tot geschlagen! –

FRAU FLUTH. Wahrhaftig, das wird er noch tun, das wird dir recht viel Ehre bringen.

FLUTH. An den Galgen mit der Hexe! –

EVANS. Pei meiner Treu, ich klaupe, tas Weib ischt wahrhaftige Hexe; ich hap's nicht kern, wann Weipspilt kroßen Part hat, ich sah kroßen Part unter ihrem Packentuch.

FLUTH. Wollt Ihr mitkommen, meine Herrn? Ich bitt' euch, kommt mit; seht nur einmal zu, wie meine Eifersucht ablaufen wird. Wenn ich diesmal ohne Fährte anschlage, so traut mir nie wieder, wenn ich den Mund auftue.

PAGE. Laßt uns seiner Grille noch ein wenig nachgeben; kommt, ihr Herren!

Sie gehn ab.

FRAU PAGE.
Wahrhaftig, er hat ihn ganz erbärmlich geprügelt.

FRAU FLUTH. Nein, beim Himmel, das hat er nicht, er schlug ihn ganz erbarmungslos, wie mir schien.

FRAU PAGE. Der Prügel soll geweiht und in der Kirche aufgehängt werden; er hat ein verdienstliches Werk getan.

FRAU FLUTH. Was meint Ihr, können wir wohl als ehrliche Frauen und mit gutem Gewissen ihn noch weiter mit unsrer Rache verfolgen? –

FRAU PAGE. Der Teufel der Lüsternheit ist gewiß ganz aus ihm herausgebannt; wenn er dem Satan nicht durchaus verfallen ist, mit Handgeld und Reukauf, so denk' ich, versucht er's nicht wieder, uns zum Bösen zu verführen.

FRAU FLUTH. Sollen wir's unsern Männern sagen, wie wir ihm mitgespielt haben?

FRAU PAGE. Ja, auf alle Weise; wär's auch nur, um deinem Mann die Fratzen aus dem Kopf zu schaffen. Wenn sie es übers Herz bringen können, den armen untugendlichen dicken Ritter noch ferner zu plagen, so wollen wir ihnen wieder die Hand dazu bieten.

FRAU FLUTH. Ich wette, sie werden ihn noch öffentlich beschimpft haben wollen, und mir scheint auch, der Spaß wäre nicht vollständig, wenn er nicht öffentlich beschimpft würde.

FRAU PAGE. Komm nur gleich in die Schmiede damit, ehe das Eisen kalt wird.

Sie gehn ab.

Dritte Szene

Gasthof zum Hosenband.
Wirt und Bardolph treten auf.

BARDOLPH. Herr, die Deutschen verlangen drei von Euren Pferden; der Herzog selbst kommt morgen an den Hof, und sie wollen ihm entgegen reiten.

WIRT. Was für ein Herzog sollte das sein, der so insgeheim ankommt? Ich habe nichts von ihm bei Hofe gehört. Ich muß selbst mit den Leuten reden; sie sprechen doch Englisch?

BARDOLPH. Herr, ich will sie Euch rufen.

WIRT. Sie sollen meine Pferde haben, aber sie müssen mir dafür blechen; ich will sie zwiebeln. Sie haben mein Haus eine ganze Woche lang inne gehabt; ich habe alle meine andern Gäste abgewiesen; nun sollen sie daran, ich will sie zwiebeln.

Sie gehn ab.

Vierte Szene

Fluths Haus.
Es kommes Page, Fluth, Frau Page, Frau Fluth und Evans.

EVANS. 's ischt so kroße Tugendwertigkeit von Frau, als ich jemahlen ankekucket hape.

PAGE. Und schickte er euch die beiden Briefe zur selben Zeit? –

FRAU PAGE. In der nämlichen Viertelstunde.

FLUTH. Vergib mir, Frau; hinfort tu', was du willst:
Die Sonne werd' ich eh' der Kälte zeihn,
Als dich des Leichtsinns. Deine Ehre wurzelt
Bei dem, der eben noch ein Ketzer war,
So fest als Glaube.

PAGE. Gut, sehr gut; nicht mehr:
Treib' nicht die Unterwerfung jetzt so weit
Als die Beleid'gung. –
Doch, führen wir's zu Ende; laß die Frau'n
Noch einmal, uns zum allgemeinen Scherz,
Den alten fetten Burschen herbestellen,
Daß wir ihn fangen und ihn derb verspotten.

FLUTH. Kein beßres Mittel gibt's als ihren Plan.

PAGE. Was! ihn bestellen soll'n sie in den Park
Um Mitternacht? Ei, geht, er kommt uns nie.

EVANS. Ihr sagt, er sei in die Kewässer keworfen und erpärmlich mit Schläken pehantelt als alte Frau; mir petünkt, er müsse sein voller Angsthaftigkeit und Schrecknis, tas er nicht werte kommen; mir scheint, sein Fleisch ischt kezüchtigt und wird aplassen von aller pösen Luscht.

PAGE. Das denk' ich auch.

FRAU FLUTH.
Sinnt ihr nur, was ihr tun wollt, wenn er kommt,
Wir beid' ersinnen schon, ihn herzuschaffen.

FRAU PAGE.
Man hat ein Märlein, daß der Jäger Herne
(Vor alters Förster hier im Windsorwald)
Im ganzen Winter jede Mitternacht
Um eine Eiche geht mit großen Hörnern.
Dann schädigt er den Baum, behext das Vieh,
Verwandelt trächt'ger Kühe Milch in Blut
Und rasselt mit der Kette wild und greulich.
Ihr alle hörtet von dem Spuk, und wißt,
Daß unsre schwachen, abergläub'schen Alten
Die Mär vom Jäger Herne so überkamen
Und unsrer Zeit als Wahrheit überliefert.

PAGE.
Jawohl; noch gibt es manchen, der sich scheut,
In dunkler Nacht sich Hernes Baum zu nahn.
Doch wozu soll's?

FRAU FLUTH. Nun seht, dies ist der Plan:
Daß Falstaff an der Eich' uns treffen soll,
Verkappt wie Herne, mit großem Hirschgeweih.

PAGE. Wohlan, wir zweifeln nicht, er stellt sich ein,
Und in der Tracht; doch, wenn er angelangt,
Was soll mit ihm geschehn? Was habt ihr vor?

FRAU PAGE. Auch das ist abgeredet. Hört nur weiter:
Mein kleiner Sohn und meine Tochter Annchen

Und drei, vier andre Kinder kleiden wir
Als Zwerge, Feen und Elfen, grün und weiß,
Wachskerzen auf dem Kopf als Feuerkronen,
Und Klappern in der Hand; dann soll'n sie plötzlich,
Wenn Falstaff, sie und ich uns just gefunden,
Aus einer Sägegrub' hervor sich stürzen
Mit gellendem Gesang. Sobald sie nahn,
So fliehn wir beide mit Entsetzen fort;
Dann schließen sie im Kreise rings ihn ein
Und zwicken, Feen gleich, den saubern Ritter,
Und fragen, wie er's wagt, auf heil'gen Pfaden
Der Elfen nächt'ge Spiele zu entweihn
In niedrer Hülle?

FRAU FLUTH. Bis er's eingesteht,
Laßt die vermeinten Feen ihn tüchtig kneipen
Und mit den Kerzen brennen.

FRAU PAGE. Ist's zu Ende,
Dann zeigen wir uns all', enthörnen ihn
Und spotten ihn nach Haus.

FLUTH. Man muß die Kinder
Sorgfältig üben, sonst gelingt es nie.

EVANS. Ich werte ten Kintern ihr Petraken einlehren, und will mir auch wie ein Hansaff kepärten und ten Ritter mit Karzern prennen.

FLUTH.
Vortrefflich! Ich will gehn und Masken kaufen.

FRAU PAGE.
Mein Annchen spielt der Feien Königin;
Wir kleiden schmuck sie in ein weiß Gewand.

PAGE. Den Atlas kauf' ich ihr; und mittlerweil'
Entführt Herr Schmächtig Annchen sich und läßt
Sich traun zu Eton. Schickt sogleich zu Falstaff! –

FLUTH.
Nein, ich geh' selbst, als Bach, noch einmal zu ihm;
Er teilt mir alles mit; gewiß, er kommt.

FRAU PAGE. Seid unbesorgt; schafft allen Zubehör
Und Putz für unsre Fei'n!

EVANS. Wir wollen kleich tran kehn; tas sein allerliepste Erkötzlichkeiten und prafe Schelmstückchen.

Page, Fluth und Evans ab.

FRAU PAGE. Geht, Frau Fluth,
Laßt ihn die Hurtig fragen, ob er kommt.

Frau Fluth ab.

Ich will zum Doktor; er empfing mein Wort,
Und keiner wird mir Annchens Mann, als er.
Schmächtig hat Güter zwar, doch ist's ein Tropf;
Den wünscht vor allen sich mein Mann zumeist.
Cajus ist reich, und seine Freunde gelten
Bei Hofe viel; drum unser Eidam sei er,
Und kämen auch noch tausend beßre Freier!

Geht ab.

Fünfte Szene

Gasthof zum Hosenbande.
Der Wirt und Simpel treten auf.

WIRT. Was willst du, Bauer? Was gibt's, Dickkopf? Sprich, peroriere, trag' vor; kurz, rasch, frisch, flink! –

SIMPEL. Ach Herr Je, Herr, ich soll etwas an Sir John Falstaff von Herrn Schmächtig bestellen.

WIRT. Hier ist sein Zimmer, sein Haus, seine Burg, sein großes Bett und sein Feldbett; rund herum die Historie vom verlornen Sohn gemalt, frisch und nagelneu; geh, klopf' und ruf', er wird dir Antwort geben in anthropophagianischer Manier. Klopf', sag' ich dir.

SIMPEL. 's ist eine alte Frau, eine dicke Frau zu ihm auf die Stube gegangen; ich will so frei sein und warten, Herr, bis sie herunter kommt; eigentlich habe ich der etwas zu sagen.

WIRT. Ha! eine dicke Frau? Der Ritter könnte bestohlen werden; ich will rufen. Rodomont! Sir John Eisenherz! Sprich aus deiner Brust, der kriegstapfern! – Bist du da? Dein Wirt ist's, dein Ephesier, der dir ruft.

Falstaff oben.

FALSTAFF. Was gibt's, mein Gastwirt? –

WIRT. Hier ist ein tartarischer Bohemier, der auf die Herniederkunft deiner dicken Frau harrt. Entlaß sie, Rodomont, entlaß sie; meine Zimmer sind Wohnsitze der Ehre; pfui! Heimlichkeiten? pfui!

Falstaff kommt.

FALSTAFF. Allerdings, mein Gastwirt, war eben eine dicke Frau bei mir, allein jetzt ist sie fort.

SIMPEL. Sagen Euer Gnaden mir doch, war's nicht die kluge Frau aus Brentford? –

FALSTAFF. Freilich war sie's, Muschelschale; was wollt'st du mit ihr?

SIMPEL. Mein Herr, Sir, der Junker Schmächtig hat nach ihr geschickt, Sir, weil er sie über die Gasse gehn sah, um zu erfahren, ob ein gewisser Nym, Sir, der ihn um eine Kette betrogen hat, die Kette hat oder nicht.

FALSTAFF. Ich habe mit ihr davon gesprochen.

SIMPEL. Nun, und was sagt sie, Sir? –

FALSTAFF. Nun, sie sagt, daß eben derselbe Mensch, der Herrn Schmächtig um seine Kette betrog, ihn auch darum prellte.

SIMPEL. Ich wollte, ich hätte die Frau selber sprechen können, ich hatte noch über allerlei Dinge mit ihr zu reden von ihm.

FALSTAFF. Nun, worüber denn? Laß hören!

WIRT. Ja, mach' geschwind!

SIMPEL. Es darf aber nicht okkult bleiben.

FALSTAFF. Mach' es okkult, oder du stirbst! –

SIMPEL. Nun, Herr, es war bloß wegen Jungfer Anne Page: ob's wohl meines Herrn Glück wäre; sie zu bekommen, oder nicht?

FALSTAFF. 's ist, 's ist sein Glück.

SIMPEL. Was, Sir?

FALSTAFF. Sie zu bekommen, oder nicht. Geh nur, sag, das hätte die Frau mir anvertraut.

SIMPEL. Darf ich so frei sein und das sagen, Sir?

FALSTAFF. Ja, Kerl, so dreist du immer willst.

SIMPEL. Ich dank' Euer Gnaden, ich werde meinem Herrn eine rechte Freude machen mit diesen Zeitungen. *Geht ab.*

WIRT. Du bist ein Gelahrter, Sir John; du bist ein Gelahrter. Ist denn eine kluge Frau bei dir gewesen? –

FALSTAFF. Ja, das ist sie, mein Gastwirt; eine, die

mir mehr Weisheit beigebracht hat, als ich jemals in meinem Leben gelernt; und noch dazu habe ich nichts dafür bezahlt, sondern ich ward obendrein für mein Lernen bezahlt.

Bardolph kommt.

BARDOLPH. Ach, Herr Je! Ach, Herr! Spitzbüberei, pure Spitzbüberei! –

WIRT. Wo sind meine Pferde? Laß mich Gutes von ihnen hören, briccone! –

BARDOLPH. Davon gelaufen sind sie mit den Spitzbuben; denn als wir eben jenseits Eton waren, so schmissen sie mich rücklings hinter dem einen herunter in eine Dreckpfütze: und nun die Sporen gegeben, und fort wie drei deutsche Teufel, drei Doktor Faustusse.

WIRT. Sie wollen ja nur dem Herzog entgegen, Schurke: sprich nicht gleich von Davonlaufen: die Deutschen sind ehrliche Leute.

Evans kommt.

EVANS. Wo ischt mein Herr Kastwirt?

WIRT. Was gibt's, Sir Hugh?

EVANS. Hapt Opacht auf Eure Kundschaftungen: 's ischt kuter Freund von mir zur Stadt kommen, der sakt, es seien trei teutsche Tiebsprüter ankelankt, tie hätten in Reatinks, Maitenheat und Coleprook mit tem Kelt und ten Käulen ihrer Wirte Prüterschaft kemacht. Ich erzähle Euch tas aus kutem Herzen, seht Ihr: Ihr hapt Verstand und seit voller Streiche und Kimpelschaften, und es wäre nicht kepürlich, wann man Euch prellte, Kott pehüt' Euch! –

Geht ab. Doktor Cajus kommt.

CAJUS. Wo is mon hôte de la jarretière?

WIRT. Hier, Herr Doktor, in Konsternation und Dilemma zweifelhaft.

CAJUS. Ik weißen nik, was tas sein; aber man kommt, mik zu sagen, daß Ihr maken eine groß Préparaiion vor ein Ersog von Allemagne: auf mein Hehr, da is kein Ersog, was man weiß bei 'Of, der kommen: – ik sagen das haus guten Erzen: adieu. *Ab.*

WIRT. Schrei' Mord und Zeter, Schurke, lauf! Helft mir, Ritter, ich bin verloren: – lauf, eil' dich, schrei', mach' Lärmen, Schurke: Ich bin verloren! – *Ab.*

FALSTAFF. Ich wollte, die ganze Welt würde geprellt, denn ich bin geprellt und geprügelt dazu. Sollte diese Metamorphose dem Hof zu Ohren kommen, und wie meine Verwandlungen gewaschen und gewalkt worden sind, sie schmölzen mich aus meinem Fett heraus, Tropfen bei Tropfen, und schmierten Fischerstiefel mit mir: ich wette, sie geißelten mich mit ihrem stachlichten Witz, bis ich eingeschrumpft wäre wie eine Backbirne. Mein Stern ist von mir gewichen, seit ich beim Primero falsch geschworen: wahrhaftig, hätt' ich nur Atem genug, um ein Gebet zu sprechen, so wollt' ich bereuen.

Frau Hurtig kommt.

Nun, woher kommst du? –

FRAU HURTIG. Mein' Seel', von beiden Parteien.

FALSTAFF. Hole der Teufel die eine Partei, und seine Großmutter die andre, so haben sie beide, was ihnen zukommt. Ich habe mehr um ihretwillen gelitten, ja, mehr als der nichtswürdige Unbestand menschlicher Kräfte zu ertragen vermag.

FRAU HURTIG. Und haben sie denn nichts gelitten? Ja, das versichre ich Euch, besonders die eine: – Frau Fluth, die arme Seele, ist braun und blau geschlagen, daß man keinen weißen Fleck an ihr sehen kann.

FALSTAFF. Was schwatzest du mir von braun und blau? Mir selbst sind alle Farben des Regenbogens angeprügelt, und ich war drauf und dran, als die Hexe von Brentford eingesteckt zu werden; hätte ich mich nicht durch die bewundernswürdige Gewandtheit meines Witzes gerettet, indem ich die Gebärden eines alten Weibes nachahmte, so hätte der Schurke von Konstabel mich in den Block gesetzt, in den Stadtblock, wie eine Hexe.

FRAU HURTIG. Sir John, laßt mich auf Euerm Zimmer mit Euch reden; Ihr sollt hören, wie die Sachen stehn, und das versichre ich Euch, Ihr sollt Eure Freude dran haben. Hier ist ein Brief, der schon was sagen wird. Ihr lieben Kinder, was das für eine Not ist, euch zusammen zu bringen! Wahrhaftig, einer von euch muß dem Himmel nicht recht dienen, weil's euch immer so schief geht.

FALSTAFF. Komm hinauf in mein Zimmer.

Sie gehn ab.

Sechste Szene

Ebendaselbst. Der Wirt und Herr Fenton treten auf.

WIRT. Laßt mich gehn, Herr Fenton; ich bin ganz mißmütig, ich mag mich um nichts kümmern. –

FENTON.
So hör' mich nur. Hilf mir in meinem Plan,
Und auf mein Ehrenwort, ich zahle bar
Dir hundert Pfund in Gold, mehr als dein Schade.

WIRT. Ich will Euch anhören, Herr Fenton, und will Euch wenigstens reinen Mund halten.

FENTON. Von Zeit zu Zeit hab' ich dir schon erzählt,
Wie sehr ich unser schönes Annchen liebe:
Und sie erwidert gleichfalls meine Neigung
(So weit sie selber für sich wählen darf)
Nach Herzenswunsch. Sie schrieb ein Briefchen mir
Von solchem Inhalt, daß dich's wundern wird.
Der Spaß verknüpft sich so mit meiner Sache,
Daß keins von beiden einzeln deutlich wird,
Erklär' ich beides nicht. Der dicke Falstaff
Hat eine große Szene: lies umständlich
Den Plan des Scherzes hier. Nun, liebster Wirt.
Bei Hernes Eiche, grad' um Mitternacht,
Tritt Annchen auf als Feenkönigin;
Weshalb, das findst du hier. In dieser Maske.
Derweil noch andrer Spaß im Schwange geht,
Befiehlt ihr Vater, soll sie insgeheim
Mit Schmächtig fort sich schleichen und in Eton
Sich trauen lassen: sie hat eingewilligt.
Nun, Freund,
Die Mutter, dieser Heirat ganz entgegen,
Und eifrig für den Doktor, hat im Sinn,

Daß der sie gleichfalls heimlich weg soll stehlen
(Weil Spaß und Lust der andern Sinn zerstreut)
Und in der Dechanei sich trauen lassen,
Wo schon ein Priester harrt. Dem Plan der Mutter
Scheinbar gehorsam, hat sie auch dem Doktor
Ihr Wort gegeben. Nun verhält sich's so:
Der Vater will, daß sie sich kleid' in Weiß;
Und in der Tracht, wann Schmächtig seine Zeit
Sich ausersehn, soll sie die Hand ihm geben
Und mit ihm gehn. Die Mutter aber fodert,
Um besser sie dem Doktor zu bezeichnen
(Denn alles soll vermummt sein und maskiert),
Daß hübsch in Grün ein weites Kleid sie schmücke,
Mit weh'nden Bändern, flatternd um das Haupt;
Und find't der Doktor die gelegene Zeit,
Soll er die Hand ihr kneipen: auf den Wink
Versprach das Mädchen, mit ihm fortzugehn.

WIRT. Und wen betrügt sie? Vater oder Mutter?

FENTON.
Nun, beide, Freund, und geht davon mit mir.
Und jetzt das Hauptstück: Schaffe du den Pfarrer
Uns in die Kirche, zwischen zwölf und eins,
Der mit der Ehe heil'gem Siegel uns
Die Herzen unauflöslich soll vereinen.

WIRT. Gut, fördert Euern Plan: ich geh' zum Pfarrer;
Bringt nur die Braut, am Priester soll's nicht fehlen.

FENTON. So werd' ich dir auf ewig dankbar sein
Und außerdem noch reich dich erst beschenken.

Sie gehn ab.

Siebente Szene

Ebendaselbst. Falstaff und Frau Hurtig treten auf.

FALSTAFF. Bitt' dich, kein Geplauder mehr: es bleibt dabei. Das ist das dritte Mal; ich hoffe, die ungrade Zahl bringt Glück. Fort, geh: man sagt, die ungrade Zahl sei eine heilige bei Geburt, bei Schicksalen und beim Sterben. Fort! –

FRAU HURTIG. Ich besorg' Euch eine Kette; und ich will tun, was ich kann, Euch ein paar Hörner zu verschaffen.

FALSTAFF. Fort, sag' ich, die Zeit verläuft.

Frau Hurtig geht ab.

Halt' den Kopf in die Höhe und mache dich niedlich!

Fluth kommt.

Nun, Herr Bach? – Herr Bach, heut nacht muß die Sache zustande kommen, oder nie. Seid nur im Park um Mitternacht bei Hernes Eiche, und Ihr sollt Wunder sehn.

FLUTH. Gingt Ihr nicht gestern zu ihr, Sir, wie Ihr mir sagtet, es sei verabredet? –

FALSTAFF. Ich ging zu ihr, Herr Bach, wie Ihr mich seht, als ein armer, alter Mann; aber ich kam von ihr, Herr Bach, wie eine arme, alte Frau. Dieser verdammte Schurke Fluth, ihr Mann, ist besessen vom listigsten tollen Teufel der Eifersucht, der je einen verrückten Kopf regiert hat. Hört nur! er hat mich jämmerlich durchgeprügelt in der Gestalt eines Weibes: denn in der Gestalt eines Mannes, Herr Bach, fürchte ich mich nicht vor dem Goliath mit seinem Weberbaum: weil ich wohl eingedenk bin, daß das menschliche Leben nur eine Weberspule ist. Ich habe Eile; geht mit mir, ich will Euch alles erzählen, Herr Bach. Seit ich Gänse gerupft, die Schule geschwänzt und Kreisel gepeitscht, wußt' ich nicht, was Prügel seien, bis neulich. – Kommt mit, ich will Euch seltsame Dinge von dem Schurken, dem Fluth, erzählen, an dem ich heute nacht Rache nehmen und Euch seine Frau in die Hände liefern will. Kommt mit mir, wir haben seltsame Dinge vor, Herr Bach! Folgt mir! –

Sie gehn ab.

Fünfter Aufzug

Erste Szene

Im Park von Windsor.
Es treten auf Page, Schaal und Schmächtig.

PAGE. Kommt, kommt, wir wollen im Schloßgraben lauern, bis wir das Licht unsrer Feen sehn. Gedenkt Eurer Braut, Sohn Schmächtig, meiner [Tochter!]

SCHMÄCHTIG. Ei natürlich! Ich habe mit ihr gesprochen, und wir haben ein Merkwort, woran wir einander erkennen. Ich gehe zu der in Weiß und sage: »Schnipp!« sie sagt: »Schnapp?« und dabei kennen wir einander.

SCHAAL. Das ist recht gut: aber was braucht's dein »Schnipp« und ihr »Schnapp«! Das Weiß macht sie schon kenntlich genug. – Es hat zehn geschlagen.

PAGE. Die Nacht ist finster, Lichter und Elfen werden sich gut ausnehmen. Der Himmel gebe unserm Spaß Gedeihen; niemand meint es schlimm, als der Teufel, und den kennen wir an seinen Hörnern. Laßt uns gehn; kommt mit!

Sie gehn ab.

Zweite Szene

[Straße in Windsor.]
Es treten auf Frau Page, Frau Fluth und Doktor Cajus.

FRAU PAGE. Herr Doktor, meine Tochter ist in Grün: wenn Ihr Eure Zeit erseht, faßt sie bei der Hand, fort mit ihr zur Dechanei, und macht's in aller Schnelligkeit ab! Geht voraus in den Park; wir beide müssen zusammengehn.

CAJUS. Ik weiß, was ik 'aben su tun: Adieu! *Ab.*

FRAU PAGE. Lebt wohl, Herr Doktor! Mein Mann wird sich nicht so über Falstaffs Bestrafung freuen, als er über des Doktors Heirat mit meiner Tochter zanken wird: aber das tut nichts. Besser ein wenig Verdruß als eine Menge Herzeleid.

FRAU FLUTH. Wo ist denn Annchen und ihre Feentrupp? Und der wallisische Teufel Evans? –

FRAU PAGE. Sie lauern alle in einer Grube, dicht an Hernes Eiche, mit verdeckten Lichtern, die sie, nachdem Falstaff und wir zusammen gekommen sind, plötzlich in der Dunkelheit werden leuchten lassen.

FRAU FLUTH. Das muß ihn durchaus erschrecken.

FRAU PAGE. Erschreckt's ihn nicht, so wird er gefoppt, und erschrickt er, so wird er um so viel mehr gefoppt.

FRAU FLUTH.
Wir wollen ihn recht ausbündig verraten!

FRAU PAGE.
Rechtmäßig ist Verrat und dünkt uns ritterlich,
Und träf' er solche Löffler noch so bitterlich.

FRAU FLUTH.
Die Stunde naht: Zur Eiche hin! Zur Eiche! –

Sie gehn ab.

Dritte Szene

[Im Park.]
Es kommen Sir Hugh Evans, Feen und Elfen.

EVANS. Kommt jetzt anketrippelt, ihr Feen: verkeßt eure Rollen nicht: seid dreist, das pitt' ich euch. Folkt mir zur Krupe, und wann ich Stichwort kepe, so tut, wie euch anketeutet. Kommt, trip! trap! –

Sie gehn ab.

Vierte Szene

Eine andere Gegend des Parks.
Falstaff, mit einem Hirschgeweih auf dem Kopf, tritt auf.

FALSTAFF. Die Windsorglocke hat zwölf geschlagen: der Augenblick rückt heran. Nun, ihr heißblütigen Götter, steht mir bei: Erinn're dich, Jupiter, wie du für Europa ein Stier wurdest; Liebe setzte dir deine Hörner auf. – O, allmächtige Liebe! die auf gewisse Weise das Vieh zum Menschen macht, und auf andre den Menschen zum Vieh! So wardst auch du, Jupiter, ein Schwan aus Liebe zu Leda. O, allgewaltige Liebe! Wie nah streifte der Gott an die Gestalt einer Gans! – Deine erste Sünde verwandelte dich in ein Vieh: fi Jupiter! und für die zweite gebärdetest du dich als Schwan: – schwante dir nicht, Jupiter, wie nichtsnutzig du warst? – Wenn Götter so hitziges Blut haben, was sollen die armen Menschen anfangen? Ich, meines Teils, bin hier ein Windsorhirsch, und der feisteste im Forste, denk' ich. Schick' mir eine kühle Brunstzeit, Jupiter! [sonst kann mir niemand verdenken, wenn ich meinen Talg verliere.] – Wer kommt hier? Meine Hindin? –

Frau Fluth und Frau Page kommen.

FRAU FLUTH. Sir John? Bist du da, mein Tierchen? mein allerliebster Hirsch? –

FALSTAFF. Meine schlanke Ricke! Nun mag der Himmel Kartoffeln regnen: er mag donnern nach der Melodie vom grünen Ärmel; er mag Gewürznelken hageln und Muskatkuchen schneien; es erhebe sich ein Sturm von Versuchungen: – Hier ist mein Obdach! –

FRAU FLUTH.
Frau Page ist hier bei mir, mein Herzchen! –

FALSTAFF. Teilt mich, wie einen Präsenthirsch, jede ein Viertel: meine Seiten will ich für mich behalten, meine Schultern für den Wärter dieses Parks, und meine Horner vermach' ich euern Männern. Bin ich ein Weidmann, he? Sprech' ich wie Herne, der Jäger? Diesmal ist Cupido ein Kind, das Gewissen hat; er bringt Schadloshaltung. So wahr ich ein ehrlicher Geist bin, willkommen! –

Lärm hinter der Szene.

FRAU PAGE. Himmel! welch ein Lärm?

FRAU FLUTH. Gott verzeih' uns unsre Sünden!

FALSTAFF. Was kann das sein?

FRAU FLUTH UND FRAU PAGE. Fort! Fort! –

Die Frauen laufen davon.

FALSTAFF. Ich denke, der Teufel will mich nicht verdammt sehn, damit das Öl, das ich in mir habe, nicht die Hölle in Brand stecke: sonst käm' er mir nicht so in die Quer.

Eine Menge Elfen und Geister erscheinen; unter diesen Sir Hugh und Anne Page. Sie tragen Fackeln und Lichter.

FEENKÖNIGIN.
Feien, schwarz, grün, weiß und grau,
Ihr Schwärmer in des Mondscheins feuchtem Tau,
Verwaiste Pflegekinder ew'ger Mächte,
Tut eure Pflicht, schirmt eure heil'gen Rechte!
Herold Hobgoblin! heiß' die Feien schweigen!

HOBGOBLIN.
Ihr Elfen, horcht! Sei still, du Geisterreigen!
Heimchen! Du schlüpf' in Windsors Essen ein;
Wo noch die Asche glimmt, der Herd nicht rein,
Da kneip' die Magd wie Heidelbeeren blau,
Denn jeden Schmutz haßt unsre lichte Frau.

FALSTAFF.
Feen sind es: spräch' ich, wär's um mich geschehn;
Drum deck' ich mich: ihr Werk darf niemand sehn.

Er legt sich aufs Gesicht nieder.

EVANS.
Geh, Puck, und findst du schlafend eine Magd,
Die dreimal fleißig ihr Gebet gesagt,
Der stimme süß den Sinn der Phantasei:
Sie schlummre wie die Kindheit sorgenfrei.
Doch die entschlief, der Sünden nicht gedenk,
Die kneip' an Arm, Bein, Fuß und Handgelenk!

FEENKÖNIGIN. Fort, Elfentroß,
Durchsucht von inn' und außen Windsors Schloß;
Streut Glück in alle heil'gen Räum', ihr Feen,
Daß sie bis an den Jüngsten Tag bestehn! –
In würd'ger Zier, gesund und unversehrt,
Der Herrscher ihrer, sie des Herrschers wert.
Die Ordenssessel reibt mit Balsamkraft
Und jeder edeln Blume würz'gem Saft:
Der neuen Ritter Tracht, Helmzier und Kleid
Und ehrenwertes Wappen sei geweiht;
Ihr Wiesenelfen, singt in nächt'ger Stunde,
Und gleich dem Knieband schließt im Kreis die Runde;
Laßt, wo der Ring sich zeichnet, üpp'ges Grün
Und frischern Wuchs als sonst im Feld erblühn,
Und hony soit qui mal y pense malt
Mit Blütenschmelz, blau, weiß und rot durchstrahlt,
(Wie Perl' und Saphir hell in Stickerei'n

Dem Knie der tapfern Ritter Zierde leihn;
Denn nur mit Blumenlettern schreiben Fei'n.)
Nun fort! hinweg! Doch bis es eins geschlagen,
Laßt den gewohnten Tanz uns nicht versagen
Und Herne, des Jägers, Eiche rasch umkreisen!

EVANS.
Schließt Hand in Hand, nach unsern alten Weisen:
Zwanzig Glühwürmer soll'n Laternen sein,
Zu leuchten unterm Baum dem Ringelreih'n.
Doch halt! Ich wittr' ein Kind der Mittelwelt!

FALSTAFF.
O Himmel! Schütz' mich vor dem wäl'schen Kobold,
Daß er mich nicht verhext in ein Stück Käse! –

EVANS. Wurm, den Geburt schon niedrig hingestellt!

FEENKÖNIGIN.
Mit Prüfungsfeu'r rührt seine Fingerspitze:
Denn ist er keusch, dann weicht der Gluten Hitze
Und läßt ihn unversengt; doch fühlt er Schmerz,
So dient der Sünde sein verderbtes Herz.

EVANS.
Die Probe: – wird das Holz wohl Feuer fangen?

FALSTAFF. Oh, oh! –

FEENKÖNIGIN.
Verderbt, verderbt durch sündliches Verlangen!
Umringt ihn, Feen! Mit spött'schen Versen plackt ihn,
Und wie ihr ihm vorbeischwebt, kneipt im Takt ihn! –

Lied

Pfui der sünd'gen Phantasei!
Pfui der Lust und Buhlerei!
Lust ist Feu'r im wilden Blut,
Angefacht durch üpp'gen Mut;
Tief im Herzen wohnt die Glut,
Und geschürt wird ihre Wut
Von sündiger Gedankenbrut.
Kneipt ihn, Elfen, nach der Reih',
Kneipt ihn für die Büberei;
Kneipt ihn und brennt ihn und laßt ihn sich drehn,
Bis Kerzen und Sternlicht und Mondschein vergehn.

Während des Gesanges kneipen sie ihn. – Cajus kommt von der einen Seite und schleicht mit einer Fee in Grün davon; Schmächtig von der andern und holt sich eine Fee in Weiß; dann kommt Fenton und geht mit Jungfer Anne Page ab. Jagdgeschrei hinter der Bühne; alle Feen laufen davon. Falstaff nimmt sein Hirschgeweih ab und steht auf. Page und Fluth mit ihren Frauen treten auf.

PAGE *indem er ihn festhält.*
Nein, lauft nicht fort; wir haben Euch ertappt.
Ist Herne, der Jäger, Eure letzte Kunst?

FRAU PAGE.
Ich bitt' Euch, kommt; treibt doch den Scherz nicht weiter!
Nun, Ritter, wie gefall'n Euch Windsors Frau'n?
Sieh, lieber Mann, paßt nicht der hübsche Kopfschmuck
Viel besser für den Forst als für die Stadt? –

FLUTH. Nun, Sir, wer ist jetzt Hahnrei? Herr Bach, Falstaff ist ein Schurke, ein hahnreiischer Schurke; hier sind seine Hörner, Herr Bach; und Herr Bach, er hat von Fluths Eigentum nichts genossen als seinen Waschkorb, seinen Prügel und zwanzig Pfund in Geld; und die müssen an Herrn Bach bezahlt werden; seine Pferde sind dafür in Beschlag genommen, Herr Bach.

FRAU FLUTH. Sir John, es ist uns recht unglücklich gegangen, wir konnten nie zusammen kommen. Zu meinem Kavalier will ich Euch nicht wieder nehmen, aber mein Tier sollt Ihr immer bleiben.

FALSTAFF. Ich fange an zu merken, daß man einen Esel aus mir gemacht hat.

FLUTH. Ja, und einen Ochsen dazu; von beidem ist der Beweis augenscheinlich.

FALSTAFF. Und das sind also keine Feen? Drei- oder viermal kam mir in den Sinn, es wären keine Feen; und doch stempelte das Bewußtsein meiner Schuld, die plötzliche Betäubung meines Urteils den handgreiflichen Betrug zum ausgemachten Glauben, allem gesunden Menschenverstande zum schnöden Trotz, daß es Feen seien. Da seht, welch ein Hanswurst aus dem Verstande werden kann, wenn er auf verbotnen Wegen schleicht.

EVANS. Sir John Falstaff, tient Kott und entsakt böser Luscht, so werden Feien Euch nicht kneipen.

FLUTH. Wohlgesprochen, Elfe Hugh!

EVANS.
Und Ihr lascht ab von Eifersuchten, ich pitte Euch!

FLUTH. Ich will nie wieder an meiner Frau irre werden, bis du imstande bist, in gutem Englisch um sie zu werben.

FALSTAFF. Habe ich denn mein Gehirn in der Sonne gehabt und es getrocknet, daß es nicht vermochte, einer so großen Übertölpelung zu begegnen? Muß mich nun auch eine wallisische Ziege anmeckern? Muß ich eine Kappe von wäl'schem Fries tragen? Nun fehlte mir noch, daß ich an einem Stück gerösteten Käse erstickte; –

EVANS. Käße ischt nicht zum Puttern zu prauchen; Euer Pauch sein pure Putter.

FALSTAFF. Pauch und Putter! Muß ich's erleben, mich hänseln zu lassen von einem, der das Englische radebricht? Das ist genug, um allen Übermut und Nachtschwärmerei im ganzen Königreich in Verfall zu bringen.

FRAU PAGE. Ei, Sir John, glaubtet Ihr denn, und hätten wir auch alle Tugend über Hals über Kopf aus unsern Herzen herausgejagt und uns ohne Skrupel der Hölle verschrieben, – daß der Teufel selbst Euch für uns hätte reizend machen können? –

FLUTH. Solchen Wurstberg? solchen Wollsack?

FRAU PAGE. Solch einen Wulst von Mann?

PAGE. Alt, kalt, und von außen und innen unleidlich?

FLUTH. Und so verleumderisch wie der Satan?

PAGE. Und so arm wie Hiob?

FLUTH. Und so gottlos wie Hiobs Weib?

EVANS. Und hinkekepen ter Fleischesluscht, und tene Kelake, tem Sekt, tem Wein, tem Met, tem Saufe und tem Raufe, tem Kikel und tem Kakel? –

FALSTAFF. Nun ja, ich bin Euer Text, und Ihr seid im Vorsprung, ich bin in der Hinterhand, ich bin nicht imstande, dem walliser Flanell da zu antworten; die Dummheit selbst will mir die Richtschnur anlegen: macht mit mir, was ihr wollt.

FLUTH. Ich dächte, Sir, wir führten Euch nach Windsor zu einem gewissen Herrn Bach, den Ihr um sein Geld geprellt habt, und dem Ihr einen Kupplerdienst verspracht. Nach allem, was Ihr bisher ausgestanden habt, wird die Rückzahlung des Geldes Euch noch der bitterste Schmerz sein.

PAGE. Demungeachtet, Ritter, sei guter Dinge! Du sollst heut abend in meinem Hause einen Nachttrunk bekommen, und da magst du meine Frau auslachen, die jetzt über dich lacht. Sag ihr, Herr Schmächtig habe ihre Tochter geheiratet.

FRAU PAGE *beiseit.* Die Doktoren bezweifeln's noch; wenn Anne Page meine Tochter ist, so ist sie jetzt schon Doktor Cajus' Frau.

Schmächtig kommt.

SCHMÄCHTIG. He! Holla! Holla! Vater Page! –

PAGE. Sohn, was gibt's? Was gibt's, Sohn? Hast du's schon abgetan?

SCHMÄCHTIG. Abgetan? Alle hübschen Leute in Glostershire sollen's zu hören kriegen, wahrhaftig, oder ich will mich hängen lassen, seht Ihr, –

PAGE. Was ist denn, Sohn?

SCHMÄCHTIG. Ich komme da hinunter nach Eton, um Jungfer Anne Page zu heiraten; und so war's ein großer Lümmel von Jungen. Wenn's nicht in der Kirche gewesen wäre, da hätt' ich ihn durchgewichst, oder er hätte mich durchgewichst. Wo ich nicht gewiß und wahrhaftig glaubte, es sei Anne Page gewesen, so will ich kein Glied mehr regen; und da war's ein Junge vom Postmeister.

PAGE. Nun, wahrhaftig, so habt Ihr Euch vergriffen.

SCHMÄCHTIG. Was braucht Ihr mir das noch lange zu sagen? Freilich vergriff ich mich, als ich einen Jungen für ein Mädchen nahm. Wenn ich ihn geheiratet hätte, mit allem seinen Weiberputz, hätte ich ihn doch nicht haben mögen.

PAGE. Ei, daran ist Eure eigne Torheit schuld. Sagt' ich's Euch denn nicht, wie Ihr meine Tochter an ihren Kleidern kennen solltet? –

SCHMÄCHTIG. Ich ging zu der in Weiß und sagte »Schnipp«, und sie sagte »Schnapp«, wie Annchen und ich ausgemacht hatten; und da war's doch nicht Annchen, sondern ein Postmeistersjunge.

PAGE. Oh, ich bin recht verdrießlich; was ist nun da zu machen?

FRAU PAGE. Liebster Georg, sei nicht böse: Ich wußte von deinen Plänen, tat meine Tochter in Grün an, und jetzt ist sie mit dem Doktor in der Dechanei und schon getraut.

Doktor Cajus kommt.

CAJUS. Wo sein Madame Page? Pardieu, ik sein geführt an; ik 'aben geheirat un garçon heine Jong; un paysan, pardieu, heine Jong; es sein nik Anne Page, pardieu, ik sein geführt an! –

FRAU PAGE.
Was? nahmt Ihr nicht die in Grün?

CAJUS. Oui pardieu, und es sein heine Jong; pardieu, ik will revoltier' ganz Windsor. *Geht ab.*

FLUTH. Das ist seltsam! Wer hat nun die rechte Anne Page bekommen?

PAGE. Mir wird ganz schwül zu Mut: hier kommt Herr Fenton.

Fenton und Anne Page treten auf.

Nun, mein Herr Fenton?

ANNE. Verzeihung, lieber Vater! liebe Mutter!

PAGE. Nun, Jungfer, warum folgst du nicht Herrn Schmächtig?

FRAU PAGE.
Sag, Mädchen, warum nahmst du nicht den Doktor?

FENTON.
Ihr macht sie schüchtern; hört den ganzen Hergang:
Ihr wolltet sie aufs schimpflichste vermählen,
Wo kein Verhältnis in der Neigung war.
So wißt denn, sie und ich, schon längst verlobt,
Sind jetzt so eins, daß nichts uns lösen kann.
Die Sünd' ist heilig, die sie heut begangen,
Und ihre List verliert des Truges Namen,
Verletzter Pflicht und kindlicher Empörung,
Weil sie dadurch entflohn und vorgebeugt
Viel tausend bösen und verwünschten Stunden,
Die ein erzwungnes Band ihr auferlegt.

FLUTH.
Seid nicht bestürzt, hier hilft kein Mittel mehr:
Dem Himmel muß man Liebesnot vertrauen,
Gold schafft uns Land, das Schicksal unsre Frauen.

FALSTAFF.
Mich freut, daß Euer Pfeil vorbei streifte, obgleich
Ihr's recht darauf angelegt hattet, mich zu treffen.

PAGE. Was ist zu tun? Fenton, nimm meinen Segen;
Was schon geschehn, da hilft nicht nein zu sagen.

FALSTAFF.
Manch Wild springt auf, will man im Finstern jagen.

FRAU PAGE.
Nun wohl, ich will nicht schmollen. Lieber Fenton,
Der Himmel schenk' euch viel, viel frohe Tage!
Komm, bester Mann, laß uns nach Hause gehn
Und am Kamin den Spaß nochmals belachen;
Sir John und alle!

FLUTH. Wohl gesagt. – Sir John,
Eu'r Wort an Bach macht Ihr nun dennoch gut;
Er geht zu Bett noch heute mit Frau Fluth.

Alle gehn ab.

VIEL LÆRMEN UM NICHTS.

Personen

Don Pedro, Prinz von Arragon
Leonato, Gouverneur von Messina
Don Juan, Pedros Halbbruder
Claudio, ein florentinischer Graf
Benedikt, ein Edelmann aus Padua
Antonio, Leonatos Bruder
Balthasar, Don Pedros Diener
Borachio,
Konrad, Don Juans Begleiter
Holzapfel
Schleewein, einfältige Gerichtsdiener
Ein Schreiber
Hero, Leonatos Tochter
Beatrice, Leonatos Nichte
Margareta,
Ursula, Heros Kammerfrauen
Ein Mönch
Ein Knabe, Boten, Wachen, Gefolge
Die Szene ist in Messina

Erster Aufzug

Erste Szene

Leonato, Hero, Beatrice und ein Bote treten auf.

LEONATO. Ich sehe aus diesem Briefe, daß Don Pedro von Arragon diesen Abend in Messina eintrifft.

BOTE. Er kann nicht mehr weit sein: er war kaum drei Meilen von der Stadt entfernt, als ich ihn verließ.

LEONATO. Wie viel Edelleute habt ihr in diesem Treffen verloren?

BOTE. Überhaupt nur wenig Offiziere, und keinen von großem Namen.

LEONATO. Ein Sieg gilt doppelt, wenn der Feldherr seine volle Zahl wieder heimbringt. Wie ich sehe, hat Don Pedro einem jungen Florentiner, namens Claudio, große Ehre erwiesen.

BOTE. Die er seinerseits sehr wohl verdient, und Don Pedro nicht minder nach Verdienst erkennt. Er hat mehr gehalten, als seine Jugend versprach, und in der Gestalt eines Lammes die Taten eines Löwen vollbracht; ja, wahrlich, es sind alle Erwartungen noch trefflicher von ihm übertroffen, als Ihr erwarten dürft, von mir erzählt zu hören.

LEONATO. Er hat einen Oheim hier in Messina, welchem diese Nachricht sehr lieb sein wird.

BOTE. Ich habe ihm schon Briefe überbracht, und er scheint große Freude daran zu haben; so große Freude, daß es schien, sie könne sich nicht ohne ein Zeichen von Schmerz bescheiden genug darstellen.

LEONATO. Brach er in Tränen aus?

BOTE. In großem Maß.

LEONATO. Eine zärtliche Ergießung der Zärtlichkeit. Keine Gesichter sind echter, als die so gewaschen werden. Wie viel besser ist's, über die Freude zu weinen, als sich am Weinen zu freuen!

BEATRICE. Sagt mir doch, ist Signor Schlachtschwert aus dem Feldzug wieder heim gekommen, oder noch nicht?

BOTE. Ich kenne keinen unter diesem Namen, mein Fräulein. Es wird keiner von den Offizieren so genannt.

LEONATO. Nach wem fragt Ihr, Nichte?

HERO. Meine Muhme meint den Signor Benedikt von Padua.

BOTE. Oh, der ist zurück, und immer noch so aufgeräumt als jemals.

BEATRICE. Er schlug seinen Zettel hier in Messina an und foderte den Cupido auf den befiederten Pfeil heraus; und meines Oheims Narr, als er die Auffoderung gelesen, unterschrieb in Cupidos Namen und foderte ihn auf den stumpfen Bolzen. Sagt mir doch, wie viele hat er in diesem Feldzug umgebracht und aufgegessen? Oder lieber, wie viele hat er umgebracht? Denn ich versprach ihm, alle aufzuessen, die er umbringen würde.

LEONATO. Im Ernst, Nichte, Ihr seid unbarmherzig gegen den Signor Benedikt. Aber Ihr werdet Euren Mann an ihm finden, das glaubt mir nur.

BOTE. Er hat in diesem Feldzug gute Dienste getan, mein Fräulein.

BEATRICE. Ihr hattet verdorbnen Proviant, und er half ihn verzehren, nicht wahr? Er ist ein sehr tapfrer Tellerheld und hat einen unvergleichlichen Appetit.

BOTE. Dagegen, Fräulein, ist er auch ein guter Soldat.

BEATRICE. Gegen Fräulein ist er ein guter Soldat; aber was ist er gegen Kavaliere?

BOTE. Ein Kavalier gegen einen Kavalier, ein Mann gegen einen Mann. Er ist mit allen ehrenwerten guten Eigenschaften ausstaffiert.

BEATRICE. Ausstaffiert! O ja! Aber die Staffage ist auch danach. – Ei nun, wir sind alle sterblich.

LEONATO. Ihr müßt meine Nichte nicht mißverstehn, lieber Herr. Es ist eine Art von scherzhaftem Krieg zwischen ihr und Signor Benedikt. Sie kommen nie zusammen ohne ein Scharmützel von sinnreichen Einfällen.

BEATRICE. Leider gewinnt er niemals dabei. In unsrer letzten Affaire gingen ihm vier von seinen fünf Sinnen als Krüppel davon, und seine ganze Person muß sich seitdem mit einem behelfen. Wenn er noch Sinn und Witz genug zurückbehalten hat, sich warm zu halten, so mag man ihm das als ein Abzeichen gönnen, das ihn von seinem Pferde unterscheidet, denn sein ganzer Vorrat beschränkt sich jetzt darauf, daß man ihn für ein menschliches Wesen hält. Wer ist denn jetzt sein Unzertrennlicher? Denn alle vier Wochen hat er einen neuen Herzensfreund.

BOTE. Ist's möglich?

BEATRICE. Sehr leicht möglich: denn er hält es mit seiner Treue wie mit der Form seines Huts, die immer mit jeder nächsten Mode wechselt.

BOTE. Wie ich sehe, Fräulein, steht dieser Kavalier nicht sonderlich bei Euch angeschrieben.

BEATRICE. Nein, wenn das wäre, so würde ich alles, was ich schrieb, verbrennen. Aber sagt mir doch, wer ist jetzt sein Kamerad? Gibt's keinen jungen Raufer, der Lust hat, in seiner Gesellschaft eine Reise zum Teufel zu machen? –

BOTE.
Man sieht ihn am meisten mit dem edlen Claudio.

BEATRICE. O Himmel! Dem wird er sich anhängen wie eine Krankheit. Man holt ihn sich schneller als die Pest, und wen er angesteckt hat, der wird augenblicklich verrückt. Tröste Gott den edlen Claudio; wenn er sich den Benedikt zugezogen, wird er nicht unter tausend Pfund von ihm geheilt.

BOTE. Ich wünschte Freundschaft mit Euch zu halten, Fräulein!

BEATRICE. Tut das, mein Freund!

LEONATO.
Ihr werdet niemals verrückt werden, Nichte!

BEATRICE.
Nein, nicht eh' ein heißer Januar kommt.

BOTE. Don Pedro nähert sich eben. *Geht ab.*

Don Pedro, Balthasar, Don Juan, Claudio und Benedikt treten auf.

DON PEDRO. Teurer Signor Leonato, Ihr geht Eurer Unruhe entgegen. Es ist sonst der Welt Brauch, Unkosten zu vermeiden, und Ihr sucht sie auf.

LEONATO. Nie kam Unruhe unter Eurer Gestalt in mein Haus, mein gnädiger Fürst. Wenn uns die Unruhe verließ, bleibt sonst die Behaglichkeit zurück:

wenn Ihr dagegen wieder abreist, wird die Trauer verweilen und das Glück von mir Abschied nehmen.

DON PEDRO. Ihr nehmt Eure Last zu willig auf. – Das ist Eure Tochter, wie ich vermute?

LEONATO. Das hat mir ihre Mutter oft gesagt.

BENEDIKT.
Zweifeltet Ihr daran, Signor, daß Ihr sie fragtet?

LEONATO. Nein, Signor Benedikt, denn damals wart Ihr noch ein Kind.

DON PEDRO. Da habt Ihr's nun, Benedikt: wir sehn daraus, was Ihr jetzt als Mann sein müßt. In der Tat, sie kündigt selber ihren Vater an. – Ich wünsche Euch Glück, mein Fräulein, Ihr gleicht einem ehrenwerten Vater.

BENEDIKT. Wenn auch Signor Leonato ihr Vater ist, sie würde nicht um ganz Messina seinen Kopf auf ihren Schultern tragen wollen, wie sehr sie ihm auch gleicht.

BEATRICE. Mich wundert, daß Ihr immer etwas sagen wollt, Signor Benedikt; kein Mensch achtet auf Euch.

BENEDIKT. Wie, mein liebes Fräulein Verachtung! Lebt Ihr auch noch?

BEATRICE. Wie sollte wohl Verachtung sterben, wenn sie solche Nahrung vor sich hat, wie Signor Benedikt? – Die Höflichkeit selbst wird zur Verachtung werden, wenn Ihr Euch vor ihr sehen laßt.

BENEDIKT. Dann ist Höflichkeit ein Überläufer; aber so viel ist gewiß, alle Damen sind in mich verliebt, Ihr allein ausgenommen; und ich wollte, mein Herz sagte mir, ich hätte kein so hartes Herz; denn wahrhaftig, ich liebe keine.

BEATRICE. Ein wahres Glück für die Frauen; Ihr wäret ihnen ein gefährlicher Bewerber geworden. Ich danke Gott und meinem kalten Herzen, daß ich hierin mit Euch eines Sinnes bin. Lieber wollt' ich meinen Hund eine Krähe anbellen hören, als einen Mann schwören, daß er mich liebe.

BENEDIKT. Gott erhalte mein gnädiges Fräulein immer in dieser Gesinnung! So wird doch ein oder der andre ehrliche Mann dem Schicksal eines zerkratzten Gesichts entgehn.

BEATRICE. Kratzen würde es nicht schlimmer machen, wenn es ein Gesicht wäre wie Eures.

BENEDIKT. Gut, Ihr versteht Euch trefflich drauf, Papageien abzurichten.

BEATRICE. Ein Vogel von meiner Zunge ist besser als ein Vieh von Eurer.

BENEDIKT. Ich wollte, mein Pferd wäre so schnell als Eure Zunge und liefe so in eins fort. Doch nun geht, und der Himmel sei mit Euch, denn ich bin fertig.

BEATRICE. Ihr müßt immer mit lahmen Pferdegeschichten aufhören; ich kenne Euch von alten Zeiten her.

DON PEDRO. Kurz und gut, Leonato; – ihr, Signor Claudio und Signor Benedikt; – mein werter Freund Leonato hat euch alle eingeladen. Ich sage ihm aber, wir werden wenigstens einen Monat verweilen, und er bittet den Himmel, daß irgend eine Veranlassung uns länger hier aufhalten möge. Ich wollte schwören, daß er kein Heuchler sei, sondern daß ihm dies Gebet von Herzen geht.

LEONATO. Ihr würdet nicht falsch schwören, mein gnädiger Herr. Laßt mich Euch willkommen heißen, Prinz Juan; nach Eurer Aussöhnung mit dem Fürsten, Eurem Bruder, widme ich Euch alle meine Dienste.

DON JUAN. Ich danke Euch. Ich bin nicht von vielen Worten, aber ich danke Euch.

LEONATO. Gefällt's Euer Gnaden, voraus zu gehn?

DON PEDRO. Eure Hand, Leonato, wir gehn zusammen.

Leonato, Don Pedro, Don Juan, Beatrice und Hero gehn ab.

Benedikt und Claudio.

CLAUDIO. Benedikt, hast du Leonatos Tochter wohl ins Auge gefaßt?

BENEDIKT. Ins Auge habe ich sie nicht gefaßt, aber angesehn habe ich sie.

CLAUDIO. Ist sie nicht ein sittsames junges Fräulein?

BENEDIKT. Fragt Ihr mich wie ein ehrlicher Mann um meine schlichte aufrichtige Meinung? Oder soll ich Euch nach meiner Gewohnheit als ein erklärter Feind ihres Geschlechts antworten?

CLAUDIO. Nein, ich bitte dich, rede nach ernstem, nüchternem Urteil.

BENEDIKT. Nun denn, auf meine Ehre: mich dünkt, sie ist zu niedrig für ein hohes Lied, zu braun für ein helles Lob, zu klein für ein großes Lob; alles, was ich zu ihrer Empfehlung sagen kann, ist dies: wäre sie anders als sie ist, so wäre sie nicht hübsch, und weil sie nicht anders ist als sie ist, so gefällt sie mir nicht.

CLAUDIO. Du glaubst, ich treibe Scherz: nein, sag mir ehrlich, wie sie dir gefällt.

BENEDIKT. Wollt Ihr sie kaufen, weil Ihr Euch so genau erkundigt?

CLAUDIO. Kann auch die ganze Welt solch Kleinod kaufen?

BENEDIKT. Ja wohl, und ein Futteral dazu. Aber sprecht Ihr dies in vollem Ernst? Oder agiert Ihr den lustigen Rat und erzählt uns, Amor sei ein geübter Hasenjäger und Vulkan ein trefflicher Zimmermann? Sagt doch, welchen Schlüssel muß man haben, um den rechten Ton Eures Gesanges zu treffen?

CLAUDIO. In meinem Aug' ist sie das holdeste Fräulein, das ich jemals erblickte.

BENEDIKT. Ich kann noch ohne Brille sehn, und ich sehe doch von dem allen nichts. Da ist ihre Muhme: wenn die nicht von einer Furie besessen wäre, sie würde Hero an Schönheit so weit übertreffen, als der erste Mai den letzten Dezember. Aber ich hoffe, Ihr denkt nicht daran, ein Ehemann zu werden: oder habt Ihr solche Gedanken? –

CLAUDIO. Und hätt' ich schon das Gegenteil beschworen, ich traute meinem Eide kaum, wenn Hero meine Gattin werden wollte.

BENEDIKT. Nun wahrhaftig, steht es so mit Euch? Hat die Welt auch nicht einen einzigen Mann mehr, der seine Kappe ohne Verdacht tragen will? Soll ich keinen Junggesellen von sechzig Jahren mehr sehn? Nun, nur zu; wenn du denn durchaus deinen Hals unters Joch zwängen willst, so trage den Druck davon und verseufze deine Sonntage. Sieh, da kommt Don Pedro und sucht dich.

Don Pedro kommt zurück.

DON PEDRO. Welch Geheimnis hat euch hier zurückgehalten, daß ihr nicht mit uns in Leonatos Haus gingt?

BENEDIKT. Ich wollte, Eure Hoheit nötigte mich, es zu sagen.

DON PEDRO. Ich befehle dir's bei deiner Lehnspflicht.

BENEDIKT. Ihr hört's, Graf Claudio: ich kann schweigen wie ein Stummer, das könnt Ihr glauben; aber bei meiner Lehnspflicht, – seht Ihr wohl, bei meiner Lehnspflicht, – er ist verliebt. In wen? (so fragt Eure Hoheit jetzt), und nun gebt acht, wie kurz die Antwort ist: in Hero, Leonatos kurze Tochter.

CLAUDIO. Wenn dem so wäre, wär' es nun gesagt.

BENEDIKT. Wie das alte Märchen, mein Fürst: es ist nicht so, und war nicht so, und wolle Gott nur nicht, daß es so werde! –

CLAUDIO. Wenn meine Leidenschaft sich nicht in kurzem ändert, so wolle Gott nicht, daß es anders werde.

DON PEDRO. Amen! wenn Ihr sie liebt; denn das Fräulein ist dessen sehr würdig.

CLAUDIO. So sprecht Ihr nur, mein Fürst, mich zu versuchen.

DON PEDRO.
Bei meiner Treu', ich rede, wie ich's denke.

CLAUDIO. Das tat ich ebenfalls, mein Fürst, auf Ehre.

BENEDIKT. Und ich, bei meiner zwiefachen Ehre und Treue, mein Fürst, ich gleichfalls.

CLAUDIO. Daß ich sie liebe, fühl' ich.

DON PEDRO. Daß sie es wert ist, weiß ich.

BENEDIKT. Und daß ich weder fühle, wie man sie lieben kann, noch weiß, wie sie dessen würdig sei, das ist eine Überzeugung, welche kein Feuer aus mir herausschmelzen soll; darauf will ich mich spießen lassen.

DON PEDRO. Du warst von jeher ein verstockter Ketzer in Verachtung der Schönheit.

CLAUDIO. Und der seine Rolle nie anders durchzuführen wußte, als indem er seinem Willen Gewalt antat.

BENEDIKT. Daß mich ein Weib geboren hat, dafür dank' ich ihr; daß sie mich aufzog, auch dafür sag' ich ihr meinen demütigsten Dank: aber daß ich meine Stirn dazu hergebe, die Jagd darauf abzublasen, oder mein Hifthorn an einen unsichtbaren Riem aufhänge, das können mir die Frauen nicht zumuten. Weil ich ihnen das Unrecht nicht tun möchte, einer von ihnen zu mißtrauen, so will ich mir das Recht vorbehalten, keiner zu trauen; und das Ende vom Liede ist (und zugleich gewiß auch das beste Lied), daß ich ein Junggesell bleiben will.

DON PEDRO. Ich erlebe es noch, dich einmal ganz blaß vor Liebe zu sehen.

BENEDIKT. Vor Zorn, vor Krankheit oder Hunger, mein Fürst; aber nicht vor Liebe. Beweist mir, daß ich jemals aus Liebe mehr Blut verliere, als ich durch eine Flasche Wein wieder ersetzen kann, so stecht mir die Augen aus mit eines Balladenschreibers Feder, hängt mich auf über der Tür eines schlechten Hauses und schreibt darunter: »Zum blinden Cupido.«

DON PEDRO. Nun ja, wenn du je von diesem Glauben abfällst, so mach' dir keine Rechnung auf unsre Barmherzigkeit.

BENEDIKT. Wenn ich das tue, so hängt mich in einem Faß auf wie eine Katze und schießt nach mir; und wer mich trifft, dem klopft auf die Schulter und nennt ihn Adam.

DON PEDRO.
Nun wohl, die Zeit wird kommen,
»Wo sich der wilde Stier dem Joche fügt.«

BENEDIKT. Das mag der wilde Stier; wenn aber der verständige Benedikt sich ihm fügt, so reißt dem Stier seine Hörner aus und setzt sie an meine Stirn: und laßt mich von einem Anstreicher abmalen, und mit so großen Buchstaben, wie man zu schreiben pflegt: »Hier sind gute Pferde zu vermieten«, setzt unter mein Bildnis: »Hier ist zu sehn Benedikt, der Ehemann.«

CLAUDIO. Wenn das geschähe, so würdest du hörnertoll sein.

DON PEDRO. Nun, wenn nicht Cupido seinen ganzen Köcher in Venedig verschossen hat, so wirst du in kurzem für deinen Hochmut beben müssen.

BENEDIKT.
Dazu müßte noch erst ein Erdbeben kommen.

DON PEDRO. Gut, andre Zeiten, andre Gedanken. Für jetzt, lieber Signor Benedikt, geht hinein zu Leonato, empfehlt mich ihm und sagt ihm, ich werde mich zum Abendessen bei ihm einfinden; denn wie ich höre, macht er große Zurüstungen.

BENEDIKT. Diese Bestellung traue ich mir allenfalls noch zu, und somit befehle ich Euch –

CLAUDIO. »Dem Schutz des Allerhöchsten: gegeben in meinem Hause, (wenn ich eins hätte) –

DON PEDRO. Den sechsten Juli: Euer getreuer Freund Benedikt.«

BENEDIKT. Nun, spottet nicht, spottet nicht: der Inhalt Eurer Gespräche ist zuweilen mit Lappen verbrämt, und die Verbrämung nur sehr schwach aufgenäht: eh' Ihr so alte Späße wieder hervorsucht, prüft Euer Gewissen, und somit empfehle ich mich Euch. *Benedikt ab.*

CLAUDIO.
Eu'r Hoheit könnte jetzt mich sehr verpflichten.

DON PEDRO.
Sprich, meine Lieb' ist dein: belehre sie,
Und du sollst sehn, wie leicht sie fassen wird
Die schwerste Lehre, die dir nützlich ist.

CLAUDIO. Hat Leonato einen Sohn, mein Fürst?

DON PEDRO.
Kein Kind, als Hero: sie ist einz'ge Erbin.
Denkst du an sie, mein Claudio?

CLAUDIO. O mein Fürst,
Eh' Ihr den jetzt beschloßnen Krieg begannt,
Sah ich sie mit Soldatenblick mir an,
Dem sie gefiel: allein die rauhe Arbeit
Ließ Wohlgefallen nicht zur Liebe reifen.
Jetzt kehr' ich heim, und jene Kriegsgedanken
Räumten den Platz; statt ihrer drängen nun
Sich Wünsche ein von sanfter, holder Art
Und mahnen an der jungen Hero Reiz,
Und daß sie vor dem Feldzug mir gefiel.

DON PEDRO.
Ich seh' dich schon als einen Neuverliebten,
Und unser Ohr bedroht ein Buch von Worten.
Liebst du die schöne Hero, sei getrost,
Ich will bei ihr und ihrem Vater werben,
Du sollst sie haben: war es nicht dies Ziel,
Nach dem die feingeflochtne Rede strebte?

CLAUDIO.
Wie lieblich pflegt Ihr doch des Liebeskranken,
Des Gram Ihr gleich an seiner Blässe kennt.
Nur daß mein Leid zu plötzlich nicht erschiene,
Wollt' ich durch längres Heilen es beschönen.

DON PEDRO. Wozu die Brücke breiter als der Fluß?
Die Not ist der Gewährung bester Grund.
Sieh, was dir hilft, ist da: fest steht, du liebst,
Und ich bin da, das Mittel dir zu reichen.
Heut abend, hör' ich, ist ein Maskenball:
Verkleidet spiel' ich deine Rolle dann,
Der schönen Hero sag' ich, ich sei Claudio,
Mein Herz schütt' ich in ihren Busen aus
Und nehm' ihr Ohr gefangen mit dem Sturm
Und mächt'gen Angriff meiner Liebeswerbung.
Sogleich nachher sprech' ich den Vater an,
Und dieses Liedes End' ist, sie wird dein.
Nun komm und laß sogleich ans Werk uns gehn! –

Beide ab.

Zweite Szene

Leonato und Antonio treten auf.

LEONATO. Nun, Bruder! wo ist mein Neffe, dein Sohn? – Hat er die Musik besorgt?

ANTONIO. Er macht sich sehr viel damit zu tun. Aber, Bruder, ich kann dir seltsame Neuigkeiten erzählen, von denen du dir nicht hättest träumen lassen.

LEONATO. Sind sie gut?

ANTONIO. Nachdem der Erfolg sie stempeln wird: indes der Deckel ist gut, von außen sehn sie hübsch aus. Der Prinz und Graf Claudio, die in einer dicht verwachsnen Allee in meinem Garten spazieren gingen, wurden so von einem meiner Leute genau behorcht. Der Prinz entdeckte dem Claudio, er sei verliebt in meine Nichte, deine Tochter, und willens, sich ihr heut abend auf dem Ball zu erklären: und wenn er finde, daß sie nicht abgeneigt sei, so wolle er den Augenblick beim Schopf ergreifen und gleich mit dem Vater reden.

LEONATO. Hat der Bursche einigen Verstand, der das sagte?

ANTONIO. Ein guter, ein recht schlauer Bursch: ich will ihn rufen lassen, dann kannst du ihn selbst ausfragen.

LEONATO. Nein, nein, wir wollen es für einen Traum halten, bis es an den Tag kommt. – Aber ich will doch meiner Tochter davon sagen, damit sie sich besser auf eine Antwort gefaßt machen kann, wenn es von ohngefähr wahr sein sollte. Geht doch und erzählt ihr's!

Verschiedene Personen gehn über die Bühne.

Vettern, ihr wißt, was ihr zu tun habt? – Oh, bitte um Verzeihung, lieber Freund, Ihr müßt mit mir gehn, ich bedarf Eures guten Kopfs. – Ihr, lieben Vettern, gebt acht in dieser unruhigen Zeit!

Alle ab.

Dritte Szene

[Andres Zimmer in Leonatos Hause.]
Don Juan und Konrad treten auf.

KONRAD. Was der Tausend, mein Prinz, warum seid Ihr denn so übermäßig schwermütig?

DON JUAN. Weil ich übermäßig viel Ursache dazu habe, deshalb ist auch meine Verstimmung ohne Maß.

KONRAD. Ihr solltet doch Vernunft anhören.

DON JUAN. Und wenn ich sie nun angehört, welchen Trost hätt' ich dann davon?

KONRAD. Wenn auch nicht augenblickliche Hülfe, doch Geduld zum Leiden.

DON JUAN. Ich wundre mich, wie du, der, wie du selbst sagst, unterm Saturn geboren bist, dich damit abgibst, ein moralisches Mittel gegen ein tödliches Übel anzupreisen. Ich kann nicht verbergen, wer ich bin; ich muß verdrießlich sein, wenn ich Ursache dazu habe, und über niemands Einfälle lachen; essen, wenn mich hungert, und auf niemands Belieben warten; schlafen, wenn mich schläfert, und um niemands Geschäfte mich anstrengen; lachen, wenn ich lustig bin, und keinen in seiner Laune streicheln.

KONRAD. Ei ja; aber Ihr solltet Euch nicht so zur Schau tragen, bis Ihr's ohne Widerspruch tun könnt. Erst neulich habt Ihr Euch mit Eurem Bruder überworfen, und jetzt eben hat er Euch wieder zu Gnaden aufgenommen; da könnt Ihr unmöglich in seiner Gunst Wurzel schlagen, wenn Ihr Euch nicht selbst das gute Wetter dazu macht. Ihr müßt Euch notwendig günstige Witterung für Eure Ernte schaffen.

DON JUAN. Lieber wollt' ich eine Hagebutte im Zaun sein, als eine Rose in seiner Gnade; und für mein Blut schickt sich's besser, von allen verschmäht zu werden, als ein Betragen zu drechseln und jemands Liebe zu stehlen. So viel ist gewiß, niemand wird mich einen schmeichlerischen Biedermann nennen, niemand soll mir's aber dagegen absprechen, daß ich ein aufrichtiger Bösewicht sei. Mit einem Maulkorb trauen sie mir, und mit einem Block lassen sie mich laufen; darum bin ich entschlossen, in meinem Käficht nicht zu singen. Hätt' ich meine Zähne los, so würd' ich beißen: hätt' ich meinen freien Lauf, so täte ich, was mir beliebt. Bis dahin laß mich sein, was ich bin, und such' mich nicht zu ändern.

KONRAD. Könnt Ihr denn von Eurem Mißvergnügen keinen Gebrauch machen?

DON JUAN. Ich mache allen möglichen Gebrauch davon, ich brauche es eben. Wer kommt denn da? Was gibt's Neues, Borachio? –

Borachio kommt.

BORACHIO. Ich komme von drüben von einem großen Abendschmaus: der Prinz, Euer Bruder, wird von Leonato königlich bewirtet, und ich kann Euch vorläufig erzählen, daß eine Heirat im Werke ist.

DON JUAN. Könnte mir das nicht ein Fundament werden, irgendein Unheil drauf zu bauen? Wer ist denn der Narr, der sich an ewige Unruhe verloben will.

BORACHIO. Ei, es ist Eures Bruders rechte Hand.

DON JUAN. Wer? der höchst ausbündige Claudio?

BORACHIO. Eben der.

DON JUAN. Ein schmuckes Herrchen! Und wer? und wer? Was sein Absehn? –

BORACHIO. Nun, Hero, Leonatos Tochter und Erbin.

DON JUAN. Das kaum flügge Märzhühnchen? Wie kommst du dazu? –

BORACHIO. Ich habe das Ausräuchern der Zimmer zu besorgen; und als ich eben in einem dumpfigen Saal damit beschäftigt bin, kommen der Prinz und Claudio Hand in Hand, in sehr ernsthafter Unterredung. Ich duckte mich hinter die Tapeten, und da hört' ich, wie sie Abrede nahmen, der Prinz solle um Hero für sich werben, und wenn er sie bekomme, sie dem Grafen Claudio geben.

DON JUAN. Komm, komm, laß uns hinüber; das kann meinem Grimm Nahrung werden. Dieser junge Emporschößling hat den ganzen Ruhm meiner Niederlage; kann ich den nur auf einem Wege kreuzen, so will ich mich allerwegen glücklich schätzen. Ihr seid beide zuverlässig und steht mir bei? –

KONRAD. Bis in den Tod, gnädiger Herr!

DON JUAN. Gehn wir zu dem großen Gastmahl! Ihr Wohlleben ist desto größer, weil ich zu Grunde gerichtet bin. Ich wollte, der Koch dächte wie ich! Wollen wir gehn und sehn, was zu tun ist? –

BORACHIO. Wir sind zu Euerm Befehl, mein gnädiger Herr.

Alle ab.

Zweiter Aufzug

Erste Szene

[Halle in Leonatos Hause.]
Leonato, Antonio, Hero und Beatrice treten auf.

LEONATO.
War der Graf nicht zum Abendessen hier?

ANTONIO. Ich sah ihn nicht.

BEATRICE. Wie herbe dieser Mann aussieht! Ich kann ihn niemals ansehn, daß ich nicht eine volle Stunde Sodbrennen bekäme.

HERO. Er hat eine sehr melancholische Gemütsart.

BEATRICE. Das müßte ein vortrefflicher Mann sein, der grade das Mittel zwischen ihm und Benedikt hielte: der eine ist wie ein Bild und sagt gar nichts, und der andre wie meiner gnädigen Frau ältester Sohn und plappert immer fort.

LEONATO. Also die Hälfte von Signor Benedikts Zunge in Don Juans Mund, und die Hälfte von Don Juans Schwermut in Benedikts Gesicht. –

BEATRICE. Und dazu ein hübsches Bein und ein feiner Fuß, Onkel, und Geld genug in der Tasche, solch ein Mann müßte jedes Mädchen in der Welt erobern, wenn er's verstände, ihre Gunst zu gewinnen.

LEONATO. Auf mein Wort, Nichte, du wirst dir in deinem Leben keinen Mann gewinnen, wenn du eine so böse Zunge hast.

ANTONIO. Ja wahrhaftig, sie ist zu böse.

BEATRICE. Zu böse ist mehr als böse: auf die Weise entgeht mir eine Gabe Gottes, denn es heißt: »Gott gibt einer bösen Kuh kurze Hörner, aber einer zu bösen Kuh gibt er gar keine.«

LEONATO. Weil du also zu böse bist, wird Gott dir gar keine Hörner geben.

BEATRICE. Richtig, wenn er mir keinen Mann gibt, und das ist ein Segen, um den ich jeden Morgen und jeden Abend auf den Knieen bitte. Himmel! wie sollte ich wohl einen Mann mit einem Bart im Gesicht aushalten: lieber schlief' ich auf Wolle.

LEONATO. Du kannst dir ja einen Mann aussuchen, der keinen Bart hat.

BEATRICE. Was sollte ich mit dem anfangen? Ihm meine Kleider anziehn und ihn zum Kammermädchen machen? Wer einen Bart hat, ist mehr als ein Jüngling, und wer keinen hat, weniger als ein Mann: wer mehr als ein Jüngling ist, taugt nicht für mich, und wer weniger als ein Mann ist, für den tauge ich nicht. Deshalb will ich lieber sechs Batzen Handgeld vom Bärenführer als Lohn nehmen und seine Affen zur Hölle führen.

LEONATO. Gut, geh also zur Hölle!

BEATRICE. Nein, nur an die Pforte. Da wird mir der Teufel entgegenkommen, mit Hörnern auf dem Kopf, wie ein alter Hahnrei, und sagen: »Mach' dich fort und geh zum Himmel, Beatrice, geh zum Himmel! Hier ist kein Platz für euch Mädchen«; darauf liefre ich ihm denn meine Affen ab, und nun flugs hinauf zu Sankt Peter am Himmelstor, der zeigt mir, wo die Junggesellen sitzen, und da leben wir so lustig, als der Tag lang ist.

ANTONIO *zu Hero.* Nun, liebe Nichte, ich hoffe doch, Ihr werdet Euch von Euerm Vater regieren lassen?

BEATRICE. Ei, das versteht sich. Es ist meiner Muhme Schuldigkeit, einen Knicks zu machen und zu sagen: »Wie es Euch gefällt, mein Vater.« Aber mit alle dem, liebes Mühmchen, muß es ein hübscher junger Mensch sein, sonst mach' einen zweiten Knicks und sage: »Wie es mir gefällt, mein Vater.« –

LEONATO. Nun, Nichte, ich hoffe noch den Tag zu erleben, wo du mit einem Manne versehn bist.

BEATRICE. Nicht ehe, bis der liebe Gott die Männer aus einem andern Stoff macht als aus Erde. Soll es ein armes Mädchen nicht verdrießen, sich von einem Stück gewaltigen Staubes meistern zu lassen? Einem nichtsnutzigen Lehmkloß Rechenschaft von ihrem Tun und Lassen abzulegen? Nein, Onkel, ich nehme keinen. Adams Söhne sind meine Brüder, und im Ernst, ich halte es für eine Sünde, so nah in meine Verwandtschaft zu heiraten.

LEONATO. Tochter, denk' an das, was ich dir sagte. Wenn der Prinz auf eine solche Art um dich wirbt, so weißt du deine Antwort.

BEATRICE. Die Schuld wird an der Musik liegen, Muhme, wenn er nicht zur rechten Zeit um dich anhält. Wenn der Prinz zu ungestüm wird, so sag ihm, man müsse in jedem Dinge Maß halten; und so vertanze die Antwort. Denn siehst du, Hero, freien, heiraten und bereuen sind wie eine Courante, eine Menuett und eine Pavana: der erste Antrag ist heiß und rasch wie eine Courante, und eben so phantastisch: die Hochzeit manierlich, sittsam wie eine Menuett, voll altfränkischer Feierlichkeit; und dann kommt die Reue und fällt mit ihren lahmen Beinen in die Pavana immer schwerer und schwerer, bis sie in ihr Grab sinkt.

LEONATO. Muhme, du betrachtest alle Dinge sehr scharf und bitter.

BEATRICE. Ich habe gesegnete Augen, Oheim, ich kann eine Kirche bei hellem Tage sehn.

LEONATO.
Da kommen die Masken; Bruder, mach' Platz!

Leonato, Beatrice, Antonio gehn ab.
Don Pedro kommt maskiert.

DON PEDRO. Gefällt es Euch, mein Fräulein, mit Eurem Freunde umher zu gehn?

HERO. Wenn Ihr langsam geht und freundlich ausseht und nichts sagt, so will ich Euch das Gehn zusagen; auf jeden Fall, wenn ich davon gehe.

DON PEDRO. Mit mir, in meiner Gesellschaft?

HERO. Das kann ich sagen, wenn mir's gefällt.

DON PEDRO. Und wenn gefällt's Euch, das zu sagen?

HERO. Wenn ich Euer Gesicht werde leiden mögen; denn es wäre ein Leiden, wenn die Laute dem Futteral gliche.

DON PEDRO. Meine Maske ist wie Philemons Dach, drinnen in der Hütte ist Jupiter.

HERO. Auf die Weise müßte Eure Maske mit Stroh gedeckt sein.

Gehn vorbei.
Margareta und Balthasar maskiert.

MARGARETA. Redet leise, wenn Ihr von Liebe redet.

BALTHASAR. Nun, ich wollte, Ihr liebtet mich.

MARGARETA. Das wollte ich nicht, um Eurer selbst willen. Denn ich habe eine Menge schlimmer Eigenschaften.

BALTHASAR. Zum Beispiel?

MARGARETA. Ich bete laut.

BALTHASAR. Um so lieber seid Ihr mir: da können, die Euch hören, Amen sagen.

MARGARETA. Der Himmel verhelfe mir zu einem guten Tänzer!

BALTHASAR. Amen.

MARGARETA. Und schaffe mir ihn aus den Augen, sobald der Tanz aus ist! – Nun, Küster, antwortet!

BALTHASAR. Schon gut, der Küster hat seine Antwort.

Gehn vorbei.
Ursula und Antonio treten maskiert ein.

URSULA. Ich kenne Euch gar zu gut, Ihr seid Signor Antonio.

ANTONIO. Auf mein Wort, ich bin's nicht.

URSULA.
Ich kenne Euch an Eurem wackelnden Kopf.

ANTONIO.
Die Wahrheit zu sagen, das mache ich ihm nach.

URSULA. Ihr könntet ihn unmöglich so vortrefflich schlecht nachmachen, wenn Ihr nicht der Mann selber wär't. Hier ist ja seine trockne Hand ganz und gar; Ihr seid's, Ihr seid's.

ANTONIO. Auf mein Wort, ich bin's nicht.

URSULA. Geht mir doch! Denkt Ihr denn, ich kenne Euch nicht an Eurem lebhaften Witz? Kann sich Tugend verbergen? Ei, ei, Ihr seid's. Die Anmut läßt sich nicht verhüllen; und damit gut.

Gehn vorüber.
Benedikt und Beatrice maskiert.

BENEDIKT. Wollt Ihr mir nicht sagen, wer Euch das gesagt hat?

BEATRICE. Nein, das bitte ich mir aus.

BENEDIKT. Und wollt Ihr mir auch nicht sagen, wer Ihr seid?

BEATRICE. Jetzt nicht.

BENEDIKT. Daß ich voller Hochmut sei – und daß ich meinen besten Witz aus den »Hundert lustigen Erzählungen« hernehme. –

BEATRICE. Nun seht, das sagte mir Signor Benedikt.

BENEDIKT. Wer ist das?

BEATRICE.
Ich bin gewiß, Ihr kennt ihn mehr als zu viel.

BENEDIKT. Nein, gewiß nicht.

BEATRICE. Hat er Euch nie lachen gemacht?

BENEDIKT. Sagt mir doch, wer ist er denn?

BEATRICE. Nun, er ist des Prinzen Hofnarr: ein sehr schaler Spaßmacher, der nur das Talent hat, unmögliche Lästerungen zu ersinnen. Niemand findet Gefallen an ihm, als Wüstlinge, und was ihn diesen empfiehlt, ist nicht sein Witz, sondern seine Feigheit: denn er unterhält sie und ärgert sie zugleich, und dann lachen sie einmal über ihn, und ein andermal schlagen sie ihn. Ich weiß gewiß, er ist hier in diesem Geschwader: ich wollte, unsre Fahrzeuge begegneten sich.

BENEDIKT. Sollte ich diesen Kavalier finden, so will ich ihm erzählen, was Ihr von ihm sagt.

BEATRICE. Ja, ja, tut das immer! Er wird dann allenfalls ein paar Gleichnisse an mir zerbrechen, und wenn sich's etwa fügt, daß niemand drauf acht gibt oder drüber lacht, so verfällt er in Schwermut, und dann ist ein Rebhuhnflügel gerettet, denn der Narr wird den Abend gewiß nicht essen.

Musik drinnen.

Wir müssen den Anführern folgen.

BENEDIKT. In allem, was gut ist.

BEATRICE. Freilich, wenn sie zu etwas Bösem führen, so fall' ich bei der nächsten Tour von ihnen ab.

Beide ab.
Tanz drinnen. Es kommen Don Juan, Borachio, Claudio.

DON JUAN. Es ist richtig, mein Bruder ist in Hero verliebt und hat ihren Vater auf die Seite genommen, um ihm den Antrag zu machen: die Damen folgen ihr, und nur eine Maske bleibt zurück.

BORACHIO. Und das ist Claudio, ich kenne ihn an seiner Haltung.

DON JUAN. Seid Ihr nicht Signor Benedikt?

CLAUDIO. Ihr habt's getroffen, ich bin's.

DON JUAN. Signor, Ihr steht sehr hoch in meines Bruders Freundschaft. Er ist in Hero verliebt: redet ihm das aus, ich bitte Euch. Sie ist ihm an Geburt nicht gleich; Ihr würdet darin als ein rechtschaffner Mann handeln.

CLAUDIO. Wie wißt Ihr's denn, daß er sie liebt? –

DON JUAN. Ich hörte ihn seine Zuneigung beteuern.

BORACHIO. Ich auch. Er schwur, er wolle sie noch diesen Abend heiraten.

DON JUAN. Kommt, wir wollen zum Bankett! –

Don Juan und Borachio ab.

CLAUDIO.

So gab ich Antwort ihm als Benedikt,
Doch Claudios Ohr vernahm die schlimme Zeitung.
Es ist gewiß, der Prinz warb für sich selbst;
Freundschaft hält stand in allen Dingen,
Nur in der Liebe Dienst und Werbung nicht.
Drum brauch' ein Liebender die eigne Zunge,
Es rede jeglich Auge für sich selbst,
Und keiner trau' dem Anwalt: Schönheit weiß
Durch Zauberkünste Treu' in Blut zu wandeln.
Das ist ein Fall, der stündlich zu erproben,
Und dem ich doch vertraut: Hero, fahr' hin!

Benedikt kommt wieder.

BENEDIKT. Graf Claudio?

CLAUDIO. Ja, der bin ich.

BENEDIKT. Kommt, wollt Ihr mit?

CLAUDIO. Wohin?

BENEDIKT. Nun, zum nächsten Weidenbaum, in Euren eignen Angelegenheiten, Graf. Auf welche Manier wollt Ihr Euern Kranz tragen: um den Hals, wie eines Wucherers Kette? oder unterm Arm, wie eines Hauptmanns Schärpe? Tragen müßt Ihr ihn, auf eine oder die andre Weise, denn der Prinz hat Eure Hero weggefangen.

CLAUDIO. Viel Glück mit ihr!

BENEDIKT. Nun, das nenn' ich gesprochen wie ein ehrlicher Viehhändler: so endigt man einen Ochsenhandel. Aber hättet Ihr's wohl gedacht, daß der Prinz Euch einen solchen Streich spielen würde?

CLAUDIO. Ich bitte Euch, laßt mich!

BENEDIKT. Oho, Ihr seid ja wie der blinde Mann. Der Junge stahl Euch Euer Essen, und Ihr schlagt den Pfeiler.

CLAUDIO.

Wenn Ihr denn nicht wollt, so gehe ich. *Ab.*

BENEDIKT. Ach, das arme angeschoßne Huhn! Jetzt wird sich's in die Binsen verkriechen. – Aber daß Fräulein Beatrice mich kennt, und doch auch nicht kennt ... Des Prinzen Hofnarr? Nun ja, das mag hingehn, ich komme zu diesem Titel, weil ich lustig bin. – Aber nein! tue ich mir denn nicht selbst Unrecht? Halten mich denn die Leute für so etwas? Ist's denn nicht die boshafte, bittre Gemütsart Beatricens, welche die Rolle der Welt übernimmt und mich ins Gerede bringen möchte? Gut, ich will mich rächen, wie ich kann.

Don Pedro, Hero und Leonato kommen.

DON PEDRO. Sagt, Signor, wo ist der Graf? Habt Ihr ihn nicht gesehn?

BENEDIKT. Wahrhaftig, gnädigster Herr, ich habe eben die Rolle der Frau Fama gespielt. Ich fand ihn hier so melancholisch, wie ein Jagdhaus im Forst: darauf erzählte ich ihm – und ich glaube, ich erzählte die Wahrheit –, Euer Gnaden habe die Zusage dieses jungen Fräuleins erhalten, und bot ihm meine Begleitung zum nächsten Weidenbaum an, entweder ihm einen Kranz zu flechten, weil man ihm untreu geworden, oder ihm eine Rute zu binden, weil er nichts Besseres verdiene als Streiche.

DON PEDRO. Streiche? Was hat er denn begangen?

BENEDIKT. Die alberne Sünde eines Schulknaben, der, voller Freuden über ein gefundenes Vogelnest, es seinem Kameraden zeigt, und dieser stiehlt's ihm weg.

DON PEDRO. Willst du denn das Zutrauen zur Sünde machen? Die Sünde ist beim Stehler.

BENEDIKT. Nun, es wäre doch nicht umsonst gewesen, wenn wir die Rute gebunden hätten und den Kranz dazu; den Kranz hätte er selbst tragen können, und die Rute wäre für Euch gewesen, denn Ihr habt ihm, wie mir's vorkommt, sein Vogelnest gestohlen.

DON PEDRO. Ich will ihm seine Vögel nur singen lehren und sie dann dem Eigentümer wieder zustellen.

BENEDIKT. Wenn ihr Gesang zu Euren Worten stimmt, so war es bei meiner Treue ehrlich gesprochen.

DON PEDRO. Fräulein Beatrice hat einen Handel mit Euch; der Kavalier, mit dem sie tanzte, hat ihr gesagt, Ihr hättet sehr übel von ihr gesprochen.

BENEDIKT. Oh! Sie ist vielmehr mit mir umgegangen, daß kein Klotz es ausgehalten hätte; eine Eiche, an der nur noch ein einziges grünes Laub gewesen wäre, hätte ihr geantwortet: ja selbst meine Maske fing an lebendig zu werden und mit ihr zu zanken. Sie sagte mir, indem sie mich für einen andern hielt, ich sei des Prinzen Hofnarr; ich sei langweiliger als ein starkes Tauwetter; das ging, Schlag auf Schlag, mit einer so unglaublichen Geschwindigkeit, daß ich nicht anders da stand als ein Mann an einer Scheibe, nach welcher eine ganze Armee schießt. Sie spricht lauter Dolche, und jedes Wort durchbohrt; wenn ihr Atem so fürchterlich wäre als ihre Ausdrücke, so könnte niemand in ihrer Nähe leben, sie würde alles bis an den Nordpol vergiften. Ich möchte sie nicht heiraten, und bekäme sie alles zur Mitgift, was Adam vor dem Sündenfall besaß. Sie hätte den Herkules gezwungen, ihr den Braten zu wenden, ja, er hätte seine Keule spalten müssen, um das Feuer anzumachen. Nein, reden wir nicht von der; an der werdet Ihr die höllische Ate finden, nur in schmucken Kleidern. Wollte doch Gott, wir hätten einen Gelehrten, der sie beschwören könnte; denn wahrhaftig, solange sie hier ist, lebt sich's in der Hölle so ruhig als auf geweihter Stätte, und die Leute sündigen mit Fleiß, um nur hin zu kommen: so sehr folgen ihr alle Zwietracht, Grausen und Verwirrung.

Claudio und Beatrice kommen.

DON PEDRO. Seht, da kommt sie.

BENEDIKT. Hat Eure Hoheit nicht eine Bestellung für mich an das Ende der Welt? Ich wäre jetzt bereit, um des geringsten Auftrags willen, der Euch in den Sinn käme, zu den Antipoden zu gehn. Ich wolle Euch vom äußersten Rande von Asien einen Zahnstocher holen; Euch das Maß vom Fuß des Priesters Johannes bringen; Euch ein Haar aus dem Bart des großen Chans holen, eine Gesandtschaft zu den Pygmäen übernehmen, – ehe ich nur drei Worte mit dieser Harpye wechseln sollte. Habt Ihr kein Geschäft für mich?

DON PEDRO. Keines, als daß ich um Eure angenehme Gesellschaft bitte.

BENEDIKT. O Himmel, mein Fürst, hier habt Ihr ein Gericht, das nicht für mich ist; ich kann diese gnädige Frau Zunge nicht vertragen. *Ab.*

DON PEDRO. Seht Ihr wohl, Fräulein, Ihr habt Signor Benedikts Herz verloren.

BEATRICE. Es ist wahr, gnädiger Herr, er hat es mir eine Zeitlang versetzt, und ich gab ihm seinen Zins dafür, ein doppeltes Herz für ein einfaches. Seitdem hatte er mir's aber mit falschen Würfeln wieder abgenommen, so daß Euer Gnaden wohl sagen mag, ich habe es verloren.

DON PEDRO. Ihr habt ihn daniedergestreckt, mein Fräulein, Ihr habt ihn niedergestreckt.

BEATRICE. Ich wollte nicht, daß er mir das täte, gnädiger Herr, ich möchte sonst Narren zu Kindern bekommen. Hier bringe ich Euch den Grafen Claudio, den Ihr mir zu suchen auftrugt.

DON PEDRO. Nun, wie steht's, Graf, warum seid Ihr so traurig?

CLAUDIO. Nicht traurig, mein Fürst.

DON PEDRO. Was denn? Krank?

CLAUDIO. Auch das nicht.

BEATRICE. Der Graf ist weder traurig, noch krank, noch lustig, noch wohl; aber höflich, Graf, höflich wie eine Apfelsine, und ein wenig von ebenso eifersüchtiger Farbe.

DON PEDRO. In Wahrheit, Fräulein, diese heraldische Auslegung trifft zu; obgleich ich schwören kann, daß, wenn dies der Fall ist, sein Argwohn im Irrtum sei. Sieh, Claudio, ich warb in deinem Namen, und die schöne Hero ist gewonnen; ich hielt bei ihrem Vater an und habe seine Einwilligung erhalten. Bestimme jetzt deinen Hochzeitstag, und Gott schenke dir seinen Segen!

LEONATO. Graf, empfangt von mir meine Tochter und mit ihr mein Vermögen. Seine Gnaden haben die Heirat gemacht, und die ewige Gnade sage Amen dazu!

BEATRICE.
Redet doch, Graf, das war eben Euer Stichwort.

CLAUDIO. Schweigen ist der beste Herold der Freude. Ich wäre nur wenig glücklich, wenn ich sagen könnte, wie sehr ich's bin. Fräulein, wie Ihr die Meine seid, bin ich nun der Eure; ich gebe mich selbst für Euch hin und schmachte nach der Auswechslung.

BEATRICE. Redet doch, Muhme, oder wenn Ihr nichts wißt, so schließt ihm den Mund mit einem Kuß und laßt ihn auch nicht zu Wort kommen.

DON PEDRO. In der Tat, mein Fräulein, Ihr habt ein fröhliches Herz.

BEATRICE. O ja, gnädiger Herr, ich weiß es ihm Dank, dem närrischen Dinge, es hält sich immer an der Windseite des Kummers. Meine Muhme sagt ihm da ins Ohr, er sei in ihrem Herzen.

CLAUDIO. Ja, das tut sie, Muhme.

BEATRICE. Lieber Gott, über das Heiraten! So kommt alle Welt unter die Haube, nur ich nicht, und mich brennt die Sonne braun; ich muß schon im Winkel sitzen und mit Ach! und Weh! nach einem Mann weinen.

DON PEDRO. Fräulein Beatrice, ich will Euch einen schaffen.

BEATRICE. Ich wollte, Euer Vater hätte diese Mühe übernommen. Haben Euer Gnaden nicht vielleicht einen Bruder, der Euch gleicht? Euer Vater verstand sich auf herrliche Ehemänner, wenn ein armes Mädchen nur dazu kommen könnte!

DON PEDRO. Wollt Ihr mich haben, mein Fräulein?

BEATRICE. Nein, mein Prinz, ich müßte denn einen andern daneben für die Werkeltage haben können. Eure Hoheit ist zu kostbar, um Euch für alle Tage zu tragen. – Aber ich bitte, verzeiht mir, mein Prinz; ich bin einmal dazu geboren, lauter Torheiten und nichts Ernsthaftes zu sprechen.

DON PEDRO. Euer Schweigen verdrießt mich am meisten; nichts kleidet Euch besser als Munterkeit, denn Ihr seid ohne Frage in einer lustigen Stunde geboren.

BEATRICE. O nein, gnädigster Herr, denn meine Mutter weinte. Aber es tanzte eben ein Stern, und unter dem bin ich zur Welt gekommen. Glück zu, Vetter und Muhme! –

LEONATO. Nichte, wollt Ihr das besorgen, wovon ich Euch sagte?

BEATRICE. Oh, ich bitte tausendmal um Vergebung, Oheim; mit Eurer Hoheit Erlaubnis. *Ab.*

DON PEDRO.
Wahrhaftig, ein angenehmes, muntres Mädchen! –

LEONATO. Melancholisches Element hat sie nicht viel, gnädiger Herr. Sie ist nie ernsthaft, als wenn sie schläft: und auch dann ist sie's nicht immer. Denn, wie meine Tochter mir erzählt, träumt ihr zuweilen tolles Zeug, und vom Lachen wacht sie auf.

DON PEDRO. Sie kann's nicht leiden, daß man ihr von einem Manne sagt.

LEONATO. Oh, um alles in der Welt nicht; sie spottet alle ihre Freiwerber von sich weg.

DON PEDRO. Das wäre eine vortreffliche Frau für Benedikt! –

LEONATO. Oh, behüte Gott, mein Fürst; wenn die eine Woche verheiratet wären, sie hätten einander toll geschwatzt.

DON PEDRO. Graf Claudio, wann gedenkt Ihr Eure Braut zur Kirche zu führen?

CLAUDIO. Morgen, gnädiger Herr. Die Zeit geht auf Krücken, bis die Liebe im Besitz aller ihrer Rechte ist.

LEONATO. Nicht vor dem nächsten Montag, mein lieber Sohn, welches gerade heute über acht Tage wäre; und auch das ist noch immer eine zu kurze Zeit, um alles nach meinem Sinn zu veranstalten.

DON PEDRO. Ich sehe, Ihr schüttelt den Kopf über einen so langen Aufschub, aber ich verspreche dir's, Claudio, diese Woche soll uns nicht langweilig werden. Ich will während dieser Zwischenzeit eine von Herkules' Arbeiten vollbringen, und zwar die, den Signor Benedikt und das Fräulein Beatrice sterblich ineinander verliebt zu machen. Ich sähe die beiden gar zu gern als ein Paar, und zweifle nicht, damit zustande zu kommen, wenn ihr drei mir solchen Beistand versprechen wollt, wie ich's jedem von euch anweisen werde.

LEONATO. Ich bin zu Euren Diensten, mein Fürst,

und sollte mich's zehn schlaflose Nächte kosten.

CLAUDIO. Ich auch, gnädiger Herr.

DON PEDRO. Und Ihr auch, schöne Hero?

HERO. Ich will alles tun, was nicht unziemlich ist, um meiner Muhme zu einem guten Mann zu verhelfen.

DON PEDRO. Und Benedikt ist noch keiner von den hoffnungslosesten Ehemännern, die ich kenne. So viel kann ich von ihm rühmen: er ist von edler Geburt, von erprobter Tapferkeit und bewährter Rechtschaffenheit. Ich will Euch lehren, wie Ihr Eure Muhme stimmen sollt, daß sie sich in Benedikt verliebe: und ich werde mit eurer beider Hülfe Benedikt so bearbeiten, daß er trotz seinem schnellen Witz und seinem verwöhnten Gaumen in Beatricen verliebt werden soll. Wenn wir das zustande bringen, so ist Cupido kein Bogenschütze mehr; sein Ruhm wird uns zu teil werden, denn dann sind wir die einzigen wahren Liebesgötter. Kommt mit mir hinein, ich will euch meinen Plan sagen. *Ab.*

Zweite Szene

[Zimmer in Leonatos Hause.]
Don Juan und Borachio treten auf.

DON JUAN. Es ist richtig; Graf Claudio wird Leonatos Tochter heiraten.

BORACHIO. Ja, gnädiger Herr; ich kann aber einen Querstrich machen.

DON JUAN. Jeder Schlagbaum, jeder Querstrich, jedes Hindernis wird mir eine Arznei sein. Ich bin krank vor Verdruß über ihn, und was nur irgend seine Neigung kreuzt, geht gleiches Weges mit der meinigen. Wie willst du denn diese Heirat hindern?

BORACHIO. Nicht auf eine redliche Art, gnädiger Herr, aber so versteckt, daß keine Unredlichkeit an mir sichtbar werden soll.

DON JUAN. Wie denn? Mach's kurz!

BORACHIO. Ich glaube, ich sagte Euch schon vor einem Jahr, gnädiger Herr, wie weit ich's in Margaretens Gunst gebracht, des Kammermädchens der Hero?

DON JUAN. Ich erinnere mich.

BORACHIO. Ich kann sie zu jedem ungewöhnlichen Augenblick in der Nacht so bestellen, daß sie aus dem Kammerfenster ihres Fräuleins heraussehe.

DON JUAN. Und was für Leben ist darin, der Tod dieser Heirat zu werden?

BORACHIO. Das Gift hieraus zu mischen, ist hernach Eure Sache. Geht zum Prinzen, Eurem Bruder; seid nicht sparsam damit, ihm zu sagen, welchen Schimpf es seiner Ehre bringe, den hochberühmten Claudio (dessen Würdigung Ihr mächtig erheben müßt) mit einer verrufenen Dirne zu vermählen, wie diese Hero.

DON JUAN. Und welchen Beweis soll ich ihm davon geben?

BORACHIO. Beweis genug, den Prinzen zu täuschen, Claudio zu quälen, Hero zu Grunde zu richten und Leonato zu töten. Wollt Ihr denn noch mehr haben?

DON JUAN. Alles will ich dran setzen, nur um sie zu ärgern.

BORACHIO. Nun wohl, so findet mir eine bequeme Stunde, in der Ihr Don Pedro und Graf Claudio bei Seite nehmen könnt. Sagt ihnen, Ihr wüßtet, Hero liebe mich; zeigt einen besondern Eifer für den Prinzen wie für Claudio, und wie Ihr aus Besorgnis für Eures Bruders Ehre, der diese Heirat gemacht, und für seines Freundes Ruf, der im Begriff sei, durch die Larve eines Mädchens hintergangen zu werden, dies alles offenbartet. Sie werden Euch schwerlich ohne Untersuchung glauben: dann erbietet Euch, Beweise zu schaffen, und zwar nicht geringere, als daß sie mich an ihrem Kammerfenster sehn sollen; mich hören, wie ich Margareten Hero nenne, wie Margarete mich Borachio ruft: und dies alles laßt sie grade in der Nacht vor dem bestimmten Hochzeitstage sehn. Denn ich will indes die Sache so einrichten, daß Hero abwesend sein soll, und daß, wenn sich so wahrscheinliche Gründe für ihre Treulosigkeit häufen, Eifersucht als Überzeugung erscheinen und die ganze Zurüstung unnütz werden soll.

DON JUAN. Mag daraus kommen, was will, ich unternehme es. Zeige dich gewandt in der Ausführung, und tausend Dukaten sollen deine Belohnung sein.

BORACHIO. Bleibt nur standhaft in Eurer Anklage, meine Gewandtheit soll mir keine Schande machen.

DON JUAN. Ich will gleich gehn und hören, welchen Tag sie zur Hochzeit angesetzt haben.

Beide ab.

Dritte Szene

[Leonatos Garten.]
Benedikt und ein Page treten auf.

BENEDIKT. Höre!

PAGE. Signor?

BENEDIKT. In meinem Kammerfenster liegt ein Buch, bringe mir das hieher in den Garten.

PAGE. Ich bin schon hier, gnädiger Herr.

BENEDIKT. Das weiß ich, aber ich will dich fort haben und hernach wieder hier.

Page geht.

Ich wundre mich doch außerordentlich, wie ein Mann, der sieht, wie ein anderer zum Narren wird, wenn er seine Gebärden der Liebe widmet, doch, nachdem er solche läppischen Torheiten an jenem verspottet, sich zum Gegenstand seiner eignen Verachtung macht, indem er sich selbst verliebt: und solch ein Mann ist Claudio. Ich weiß die Zeit, da ihm keine Musik recht war, als Trommel und Querpfeife, und nun hörte er lieber Tamburin und Flöte. Ich weiß die Zeit, wo er fünf Stunden zu Fuß gelaufen wäre, um eine gute Rüstung zu sehn, und jetzt könnte er fünf Nächte ohne Schlaf zubringen, um den Schnitt eines neuen Wamses zu ersinnen. Sonst sprach er schlicht vom Munde weg, wie ein ehrlicher Junge und ein guter Soldat; nun ist er ein Wortdrechsler geworden, seine Rede ist wie ein phantastisch besetztes Bankett, ebenso viel kurioses, seltsames Konfekt. – Sollt' ich jemals so verwandelt werden können, solange ich noch aus diesen Augen sehe? Wer weiß: – Ich glaube es nicht. Ich will nicht darauf schwören, daß mich die Liebe nicht in eine Auster verwandeln könne; aber darauf möchte ich doch einen Eid ablegen, daß sie mich vorher erst in eine Auster verwandelt haben müsse, eh' sie einen solchen Narren aus mir machen soll. Dieses Mädchen ist schön, das tut mir noch nichts; ein andres hat Verstand, das tut mir auch nichts; eine dritte ist tugendhaft, das tut mir immer noch nichts: und bis nicht alle Vorzüge sich in einem Mädchen vereinigen, soll kein Mädchen bei mir einen Vorzug haben. Reich muß sie sein, das ist ausgemacht; verständig, oder ich mag sie nicht; tugendhaft, oder ich biete gar nicht auf sie; schön, oder ich sehe sie nicht an; sanft, oder sie soll mir nicht nahe kommen; edel, oder ich nähme sie nicht, und gäbe man mir noch einen Engel zu; angenehm in ihrer Unterhaltung, vollkommen in der Musik: und wenn sie das alles ist, so mag ihr Haar eine Farbe haben, wie es Gott gefällt. Ach! da kommen der Prinz und unser Amoroso. Ich will mich in die Laube verstecken.

Geht beiseite.

Don Pedro, Leonato und Claudio kommen.

DON PEDRO. Gefällt's Euch jetzt, das Lied zu hören?

CLAUDIO. Ja, teurer Herr. – Wie still der Abend ist,
Wie schlummernd, daß Musik noch süßer töne! –

DON PEDRO.
Seht Ihr, wie Benedikt sich dort versteckt?

CLAUDIO.
Ja wohl, mein Fürst. Wenn der Gesang beendigt,
Soll unser Füchslein gleich sein Teil erhalten.

Balthasar mit Musik kommt.

DON PEDRO.
Kommt, Balthasar, singt das Gedicht noch einmal!

BALTHASAR.
Mein Fürst, verlangt nicht von so rauher Stimme,
Zum zweiten Mal dies Lied Euch zu verderben.

DON PEDRO.
Stets war's ein Merkmal der Vortrefflichkeit,
Durch Larve die Vollendung zu entstellen: –
Ich bitt' dich, sing', laß mich nicht länger werben!

BALTHASAR.
Weil Ihr von Werbung sprecht, so will ich singen,
Denn oft beginnt sein Werben ein Galan,
Wo's ihm der Müh' nicht wert scheint: dennoch wirbt er,
Und schwört, er sei verliebt.

DON PEDRO. Nun bitt' ich, singe,
Und willst du erst noch länger präludieren,
So tu's in Noten!

BALTHASAR. Welche Not! die Noten
Sind der Notiz nicht wert, notiert Euch das.

DON PEDRO.
Das nenn' ich drei gestrichne Noten mir,
Not, Noten und Notiz!

Musik.

BENEDIKT. Nun, divina Musica! Nun ist seine Seele in Verzückung! Ist es nicht seltsam, daß Schafdärme die Seele aus eines Menschen Leibe ziehn können? Nun, im Ernst, eine Hornmusik wäre mir lieber.

Lied

Klagt, Mädchen, klagt nicht Ach und Weh,
Kein Mann bewahrt die Treue,
Am Ufer halb, halb schon zur See
Reizt, lockt sie nur das Neue.

Weint keine Trän' und laßt sie gehn,
Seid froh und guter Dinge,
Daß statt der Klag' und dem Gestöhn'
Juchheisasa erklinge!

Singt nicht Balladen trüb und bleich,
In Trauermelodieen:
Der Männer Trug war immer gleich,
Seitdem die Schwalben ziehen.
Weint keine Trän' u.s.w.

DON PEDRO. Auf meine Ehre, ein hübsches Lied!

BALTHASAR.
Und ein schlechter Sänger, gnädiger Herr.

DON PEDRO. Wie? O nein doch, du singst gut genug für den Notbehelf.

BENEDIKT *beiseit.* Wär's ein Hund gewesen, der so geheult hätte, sie hätten ihn aufgehängt. Nun, Gott gebe, daß seine heisre Stimme kein Unglück bedeute! – Ich hätte ebenso gern den Nachtraben gehört, wäre auch alles erdenkliche Unglück danach erfolgt.

DON PEDRO *zu Claudio.* Ja, Ihr habt recht. – Höre, Balthasar! Schaffe uns eine recht ausgesuchte Musik; morgen abend soll sie unter Fräulein Heros Fenstern spielen.

BALTHASAR.
Die beste, die ich finden kann, gnädiger Herr.

Ab mit den Musikern.

DON PEDRO. Schön; – jetzt laß uns! – Kommt, Leonato, was erzähltet Ihr mir doch vorhin? Daß Eure Nichte Beatrice in Benedikt verliebt sei?

CLAUDIO *beiseit.* Oh, nur zu, nur zu, der Vogel sitzt. *Laut.* Ich hätte nie geglaubt, daß das Fräulein einen Mann lieben könnte.

LEONATO. Ich ebenso wenig. Aber das ist eben das Wunderbarste, daß sie grade für den Benedikt schwärmt, den sie dem äußern Schein nach bisher verabscheute.

BENEDIKT.
Ist's möglich? Bläst der Wind aus der Ecke?

LEONATO. Auf mein Wort, gnädiger Herr, ich weiß nicht, was ich davon denken soll. Aber sie liebt ihn mit einer rasenden Leidenschaft, es geht über alle Grenzen der Vorstellung.

DON PEDRO. Vielleicht ist's nur Verstellung.

CLAUDIO. Das möcht' ich auch glauben.

LEONATO. O Gott, Verstellung? Es ist wohl noch nie eine verstellte Leidenschaft der lebendigen Leidenschaft so nahe gekommen, als sich's an ihr äußert.

DON PEDRO. Nun, und welche Symptome der Leidenschaft zeigt sie denn?

CLAUDIO *leise.* Jetzt ködert den Hamen, dieser Fisch wird anbeißen.

LEONATO. Welche Symptome, gnädiger Herr? Sie sitzt Euch da, ... nun, meine Tochter sagte Euch ja, wie.

CLAUDIO. Ja, das tat sie.

DON PEDRO. Wie denn? Wie? Ihr setzt mich in Erstaunen. Ich hätte immer gedacht, ihr Herz sei ganz unempfindlich gegen alle Angriffe der Liebe.

LEONATO. Darauf hätte ich auch geschworen, mein Fürst, und besonders gegen Benedikt.

BENEDIKT *beiseit.* Ich hielte es für eine Prellerei, wenn's der weißbärtige Kerl nicht sagte. Spitzbüberei, meiner Seele; kann sich doch nicht hinter solcher Ehrwürdigkeit verbergen.

CLAUDIO *beiseit.* Jetzt hat's gefaßt, nur immer weiter!

DON PEDRO. Hat sie Benedikt ihre Neigung zu erkennen gegeben?

LEONATO. Nein, sie schwört auch, dies nie zu tun: das ist eben ihre Qual.

CLAUDIO. Ja wohl, darin liegt's. Das sagte mir auch Eure Tochter; »soll ich«, sagt sie, »die ich ihm so oft mit Spott begegnet, ihm jetzt schreiben, daß ich ihn liebe?«

LEONATO. Das sagt sie, wenn sie grade einen Brief an ihn angefangen hat. Denn sie steht wohl zwanzigmal in der Nacht auf, und da sitzt sie dann in ihrem Nachtkleide und schreibt ganze Seiten voll, – meine Tochter sagt uns alles. – Und nachher zerreißt sie den Brief in tausend Hellerstückchen, zankt mit sich selbst, daß sie so wenig Zurückhaltung besitze, an jemand zu schreiben, von dem sie's doch wisse, er werde sie verhöhnen: »ich beurteile ihn«, sagt sie, »nach meiner eigenen Sinnesart, denn ich würde ihn verhöhnen, wenn er mir schriebe; ja, wie sehr ich ihn liebe, ich tät' es doch.«

CLAUDIO. Dann nieder auf die Kniee stürzt sie, weint, seufzt, schlägt sich an die Brust, zerrauft ihr Haar, betet, flucht: »O süßer Benedikt! Gott schenke mir Geduld!«

LEONATO. Freilich, das tut sie, das sagt mir meine Tochter. Ja, sie ist so außer sich in ihrer Ekstase, daß meine Tochter zuweilen fürchtet, sie möchte in der Verzweiflung sich ein Leides tun: das ist nur zu wahr.

DON PEDRO. Es wäre doch gut, wenn Benedikt es durch jemand anders erführe, da sie es ihm nun einmal nicht entdecken wird.

CLAUDIO. Wozu? Er würde doch nur Scherz damit treiben und das arme Fräulein dafür ärger quälen.

DON PEDRO. Wenn er das täte, so wär's ein gutes Werk, ihn zu hängen. Sie ist ein vortreffliches, liebes Fräulein und ihr guter Ruf über allen Verdacht erhaben.

CLAUDIO. Dabei ist sie ausgezeichnet verständig.

DON PEDRO. In allen andern Dingen, nur nicht darin, daß sie den Benedikt liebt.

LEONATO. O gnädiger Herr! wenn Verstand und Leidenschaft in einem so zarten Wesen mit einander kämpfen, so haben wir zehn Beispiele für eines, daß die Leidenschaft den Sieg davon trägt. Es tut mir leid um sie, und ich habe die gerechteste Ursache dazu, da ich ihr Oheim und Vormund bin.

DON PEDRO. Ich wollte, sie hätte diese Entzückungen mir gegönnt; ich hätte alle andern Rücksichten abgetan und sie zu meiner Hälfte gemacht. Ich bitte Euch, sagt doch dem Benedikt von der Sache, und hört, was er erwidern wird.

LEONATO. Meint Ihr wirklich, daß es gut wäre?

CLAUDIO. Hero ist überzeugt, es werde ihr Tod sein; denn sie sagt, sie sterbe, wenn er sie nicht wieder liebe, und sie sterbe auch lieber, als daß sie ihm ihre Liebe entdecke; und wenn er sich wirklich um sie bewirbt, so wird sie eher sterben wollen, als das Geringste von ihrem gewohnten Widerspruchsgeist aufgeben.

DON PEDRO. Sie hat ganz recht; wenn sie ihm ihre Neigung merken ließe, so wär's sehr möglich, daß er sie nur verlachte. Der Mann hat, wie ihr alle wißt, eine sehr übermütige Gesinnung.

CLAUDIO. Er ist sonst ein feiner Mann.

DON PEDRO. Er hat allerdings eine recht glückliche äußere Bildung.

CLAUDIO. Ganz gewiß, und wie mich dünkt, auch viel Verstand.

DON PEDRO. Es zeigen sich in der Tat mitunter Funken an ihm, welche wie Witz aussehn.

LEONATO. Und ich halte ihn auch für tapfer.

DON PEDRO. Wie Hektor, das versichre ich Euch, und nach der Art, wie er mit Händeln umzugehn versteht, muß man auch einräumen, daß er Klugheit besitzt. Denn entweder weicht er ihnen mit großer Vorsicht aus, oder er unterzieht sich ihnen mit einer christlichen Furcht.

LEONATO. Wenn er Gott fürchtet, so muß er notwendig Frieden halten. Wenn er den Frieden bricht, kann's nicht anders sein, als daß er seine Händel mit Furcht und Zittern anfängt.

DON PEDRO. Und so ist es auch. Denn der Mann fürchtet Gott, obgleich nach seinen derben Späßen kein Mensch das von ihm glauben sollte. Mit alle dem dauert mich Eure Nichte. Wollen wir gehn und Benedikt aufsuchen und ihm von ihrer Liebe sagen?

CLAUDIO. Nimmermehr, gnädigster Herr. Diese Schwachheit wird endlich verständigem Rate weichen.

LEONATO. Ach, das ist unmöglich. Ehe wird ihr Leben von ihr weichen.

DON PEDRO. Nun, wir wollen hören, was Eure Tochter weiter davon sagt, und sich's indes verkühlen lassen. Ich halte viel auf Benedikt und wünschte sehr, er möchte sich einmal mit aller Bescheidenheit prüfen und einsehn, wie wenig er eine so treffliche Dame zu besitzen verdient.

LEONATO. Wollen wir gehn, mein Fürst? Das Mittagsessen wird fertig sein.

CLAUDIO *beiseit.* Wenn er sich hierauf nicht sterblich in sie verliebt, so will ich nie wieder einer Wahrscheinlichkeit trauen.

DON PEDRO *beiseit.* Man muß jetzt das nämliche Netz für sie aufstellen, und das laßt Eure Tochter und ihre Kammerfrau übernehmen. Der Spaß wird sein, wenn jeder von ihnen sich von der Leidenschaft des andern überzeugt hält, und ohne allen Grund. Das ist die Szene, die ich sehen möchte: es wird eine wahre Pantomime sein. Wir wollen sie abschicken, um ihn zu Tische zu rufen.

Don Pedro, Claudio und Leonato ab.

BENEDIKT *tritt hervor.* Das kann keine Schelmerei sein; das Gespräch war zu ernsthaft. Sie haben die Gewißheit der Sache von Hero; sie scheinen das Fräulein zu bedauern: es scheint, ihre Leidenschaft hat die höchste Spannung erreicht. – In mich verliebt? Oh, das muß erwidert werden. Ich höre, wie man mich tadelt: sie sagen, ich werde mich stolz gebärden, wenn ich merke, wie sie mich liebt. Sie sagen ferner, sie werde ehe sterben, als irgendein Zeichen ihrer Neigung geben. Ich dachte nie zu heiraten; aber man soll mich nicht für stolz halten. Glücklich sind, die erfahren, was man an ihnen aussetzt, und sich darnach bessern können. Sie sagen, das Fräulein sei schön; ja, das ist eine Wahrheit, die ich bezeugen kann; und tugendhaft: – allerdings, ich kann nichts dawider sagen; – und verständig, ausgenommen, daß sie in mich verliebt sei: – nun, – meiner Treu, das ist eben kein Zuwachs ihrer Verständigkeit, aber doch kein großer Beweis ihrer Torheit, denn ich will mich entsetzlich wieder in sie verlieben. – Ich wage es freilich drauf, daß man mir etliche alberne Späße und Witzbrocken zuwirft, weil ich selbst so lange über das Heiraten geschmäht habe; aber kann sich der Geschmack nicht ändern? Es liebt einer in seiner Jugend ein Gericht, das er im Alter nicht ausstehn kann: sollen wir uns durch Sticheleien und Sentenzen und jene papiernen Kugeln des Gehirns aus der rechten Bahn unsrer Laune schrecken lassen? Nein, die Welt muß bevölkert werden. Als ich sagte, ich wolle als Junggeselle sterben, dacht' ich es nicht zu erleben, daß ich noch eine Frau nehmen würde. Da kommt Beatrice. Beim Sonnenlicht, sie ist schön! Ich erspähe schon einige Zeichen der Liebe an ihr.

Beatrice kommt.

BEATRICE. Wider meinen Willen hat man mich abgeschickt, Euch zu Tische zu rufen.

BENEDIKT. Schöne Beatrice, ich danke Euch für Eure Mühe.

BEATRICE. Ich gab mir nicht mehr Mühe, diesen Dank zu verdienen, als Ihr Euch bemüht, mir zu danken. Wär' es mühsam gewesen, so wär' ich nicht gekommen.

BENEDIKT. Die Bestellung machte Euch also Vergnügen?

BEATRICE. Ja, grade so viel, als Ihr auf eine Messerspitze nehmen könnt, um's einer Dohle beizubringen. Ihr habt wohl keinen Appetit, Signor? So gehabt Euch wohl! *Ab.*

BENEDIKT. Ah, »wider meinen Willen hat man mich abgeschickt, Euch zu Tische zu rufen!« das kann zweierlei bedeuten: – »es kostete mich nicht mehr Mühe, diesen Dank zu verdienen, als Ihr Euch bemüht, mir zu danken«: das heißt so viel als: jede Mühe, die ich für Euch unternehme, ist so leicht als ein Dank. Wenn ich nicht Mitleid für sie fühle, so bin ich ein Schurke; wenn ich sie nicht liebe, so bin ich ein Jude. Ich will gleich gehn und mir ihr Bildnis verschaffen. *Ab.*

Dritter Aufzug

Erste Szene

[Leonatos Garten.]
Es treten auf Hero, Margareta, Ursula.

HERO. Lauf', Margarete, in den Saal hinauf,
Dort find'st du meine Muhme Beatrice
Mit Claudio und dem Prinzen im Gespräch:
Raun' ihr ins Ohr, daß ich und Ursula
Im Garten sind und unsre Unterhaltung
Nur sie betrifft; sag, daß du uns behorcht.
Dann heiß' sie schleichen in die dichte Laube,
Wo Geißblattranken, an der Sonn' erblüht,
Der Sonne Zutritt wehren: – wie Günstlinge,
Von Fürstenstolz gemacht, mit Stolz verschatten
Die Kraft, die sie erschaffen. – Dort versteckt,
Soll sie uns reden hören: dies besorge,
Mach' deine Sachen gut und laß uns jetzt!

MARGARETA.
Ich schaffe gleich sie her, verlaßt Euch drauf.
Ab.

HERO. Nun, Ursula, wenn Beatrice kommt
Und wir im Baumgang auf und nieder wandeln,
Sei einzig nur von Benedikt die Rede.
Wenn ich ihn nenne, stimme gleich mir bei,
Und preis' ihn, mehr als je ein Mann verdient.
Darauf erzähl' ich dir, wie Benedikt
In Beatricen sterblich sei verliebt.
So schnitzt der kleine Gott die schlauen Pfeile,
Die schon durch Hören treffen. Jetzt fang' an:
Denn sieh nur, Beatrice, wie ein Kiebitz,
Schlüpft dicht am Boden hin, uns zu belauschen.
Beatrice schleicht in die Laube.

URSULA.
Die Lust beim Angeln ist, sehn, wie der Fisch
Den Silberstrom mit goldnen Rudern teilt,
Den tück'schen Haken gierig zu verschlingen.
So angeln wir nach jener, die sich eben
Geduckt dort in die Geißblatthülle birgt.
Sorgt nicht um meinen Anteil am Gespräch!

HERO. Komm näher nun, daß nichts ihr Ohr verliere
Vom süßen Köder, den wir trüglich legen.
Sie nähern sich der Laube.
Nein, wahrlich, Ursula, sie ist zu stolz.
Ich kenn' ihr Herz, es ist so spröd' und wild
Wie ungezähmte Falken.

URSULA. Ist's denn wahr?
Liebt Benedikt so einzig Beatricen?

HERO. So sagt der Prinz und auch mein Bräutigam.

URSULA. Und trugen sie Euch auf, es ihr zu sagen?

HERO. Sie baten mich, ich mög' es ihr entdecken:
Ich sprach, da Benedikt ihr Freund, sie möchten
Ihm raten, diese Neigung zu besiegen,
Daß Beatrice nie davon erfahre.

URSULA. Warum, mein Fräulein? Sagt, verdienet er
So reiche, vollbeglückte Ehe nicht,
Als Beatrice je gewähren kann?

HERO. Beim Liebesgott! Ich weiß es, er verdient
So viel, als man dem Manne nur vergönnt.
Doch schuf Natur noch nie ein weiblich Herz
Von spröderm Stoff, als das der Beatrice;
Hohn und Verachtung sprüht ihr funkelnd Auge
Und schmäht, worauf sie blickt: so hoch im Preise
Stellt sie den eignen Witz, daß alles andre
Ihr nur gering erscheint: sie kann nicht lieben,
Noch Bild und Form der Neigung in sich prägen,
So ist sie in sich selbst vergafft.

URSULA. Gewiß,
Und darum wär's nicht gut, erführe sie's,

Wie er sie liebt; sie würd' ihn nur verspotten.
HERO. Da sagst du wahr. Ich sah noch keinen Mann,
So klug, so jung und brav, so schön gebildet,
Sie münzt ihn um ins Gegenteil. Wenn blond,
So schwur sie, sollt' er ihre Schwester heißen.
Wenn schwarz, hatt' einen Harlekin Natur
Sich zeichnend, einen Tintenfleck gemacht:
Schlank, war's ein Lanzenschaft mit schlechtem Kopf,
Klein, ein Agatbild, ungeschickt geschnitzt:
Sprach er, ein Wetterhahn für alle Winde,
Schwieg er, ein Block, den keiner je bewegt.
So kehrt sie stets die falsche Seit' hervor,
Und gibt der Tugend und der Wahrheit nie,
Was Einfalt und Verdienst erwarten dürfen.
URSULA. Gewiß, so scharfer Witz macht nicht beliebt.
HERO. O nein! So schroff, so außer aller Form,
Wie's Beatrice liebt, empfiehlt wohl nie.
Wer aber darf ihr's sagen? Wollt' ich reden,
Ich müßt' an ihrem Spott vergehn: sie lachte
Mich aus mir selbst, erdrückte mich mit Witz.
Mag Benedikt drum wie verdecktes Feuer
In Seufzern sterben, innen sich verzehren:
Das ist ein beßrer Tod, als tot gespottet,
Was schlimmer ist, als tot gekitzelt werden.
URSULA. Erzählt's ihr doch: hört, was sie dazu sagt!
HERO. Nein, lieber geh' ich selbst zu Benedikt
Und rat' ihm, seine Leidenschaft zu zähmen.
Und wahrlich, ein'ge ehrliche Verleumdung
Auf meine Muhm' ersinn' ich. Niemand glaubt,
Wie leicht ein böses Wort die Gunst vergiftet.
URSULA. Tut Eurer Muhme nicht so großes Unrecht!
Sie kann nicht alles Urteil so verleugnen,
Mit so viel schnellem, scharfem Witz begabt
(Als man sie dessen rühmt), zurück zu weisen
Solch seltnen Kavalier als Signor Benedikt.
HERO. In ganz Italien sucht er seines Gleichen:
Versteht sich, meinen Claudio ausgenommen.
URSULA. Ich bitt' Euch, zürnt mir deshalb nicht, mein Fräulein:
Nach meiner Ansicht glaub' ich, Signor Benedikt
Zählt an Gestalt und Haltung, Geist und Mut
In unserm Welschland zu den ersten Männern.
HERO. Gewiß, er ist von hochbewährtem Ruf.
URSULA. Den ihm sein Wert verdient, eh' er ihn hatte.
Wann macht Ihr Hochzeit, Fräulein?
HERO.
Nun, allernächstens; morgen wohl. Jetzt komm,
Ich will dir Kleider zeigen; rate mir,
Was morgen mich am besten schmücken wird.
URSULA.
Die klebt am Leim: Ihr fingt sie, dafür steh' ich.
[**HERO.**] So bringt ein Zufall Amorn oft Gelingen:
Den trifft sein Pfeil, den fängt er sich mit Schlingen.
Beide ab.
BEATRICE *kommt hervor.*
Welch Feu'r durchströmt mein Ohr. Ist's wirklich wahr?
Wollt ihr mir Spott und Hohn so scharf verweisen?
Leb wohl denn, Mädchenstolz, auf immerdar,
Mich lüstet nimmermehr nach solchem Preisen.
Und, Benedikt, lieb' immer: so gewöhn' ich
Mein wildes Herz an deine teure Hand:
Sei treu, und, Liebster, deine Treue krön' ich,
Und unsre Herzen bind' ein heil'ges Band!
Man sagt, du bist es wert, und ich kann schwören,
Ich wußt' es schon, und besser, als vom Hören.
Ab.

Zweite Szene

[Zimmer in Leonatos Hause.]
Don Pedro, Claudio, Benedikt und Leonato.

DON PEDRO. Ich bleibe nur noch, bis Eure Hochzeit vorüber ist, und gehe dann nach Aragon zurück.
CLAUDIO. Ich will Euch dahin begleiten, mein Fürst, wenn Ihr mir's vergönnen wollt.
DON PEDRO. Nein, das hieße, den neuen Glanz Eures Ehestands eben so verderben, als einem Kinde sein neues Kleid zeigen und ihm verbieten, es zu tragen. Ich will mir nur Benedikts Gesellschaft erbitten, denn der ist von der Spitze seines Scheitels bis zur Sohle seines Fußes lauter Fröhlichkeit. Er hat Cupidos Bogensenne zwei- oder dreimal durchgeschnitten, und der kleine Henker wagt seitdem nicht mehr, auf ihn zu schießen. Er hat ein Herz, so gesund und ganz wie eine Glocke, und seine Zunge ist der Klöpfel, denn was sein Herz denkt, spricht seine Zunge aus.
BENEDIKT. Ihr Herrn, ich bin nicht mehr, der ich war.
LEONATO.
Das sag' ich auch: mir scheint, Ihr seid ernster.
CLAUDIO. Ich hoffe, er ist verliebt.
DON PEDRO. Fort mit dem unnützen Menschen! – Es ist kein so wahrer Blutstropfen in ihm, daß er durch eine Liebe wahrhaft gerührt werden könnte; ist er ernst, so fehlt's ihm an Geld.
BENEDIKT. Mich schmerzt der Zahn.
DON PEDRO.
Heraus damit! – Was! Um Zahnweh seufzen?
LEONATO.
Was doch nur ein Fluß oder ein Wurm ist?
BENEDIKT. Gut, jeder kann den Schmerz bemeistern, nur der nicht, der ihn fühlt.
CLAUDIO. Ich bleibe doch dabei, er ist verliebt.
DON PEDRO. Es ist kein Zeichen verliebter Grillen an ihm, es müßte denn die Grille sein, mit der er in fremde Moden verliebt ist: als z.B. heut ein Holländer, morgen ein Franzos, oder in der Tracht zweier Länder zugleich, ein Deutscher, vom Gürtel abwärts lauter Falten und Pluderhosen, und ein Spanier drüber, nichts als Wams. Hätte er also nicht eine verliebte Grille für diese Narrheit (wie er sie denn wirklich hat), so wäre er kein Narr aus Liebe, wie Ihr ihn dazu machen wollt.
CLAUDIO. Wenn er nicht in irgendein Frauenzimmer verliebt ist, so traut keinem Wahrzeichen mehr. Er bürstet alle Morgen seinen Hut; was kann das sonst bedeuten?
DON PEDRO. Hat ihn jemand beim Barbier gesehn?
CLAUDIO. Nein, aber wohl den Barbiersdiener bei ihm, und die alte Zier seiner Wangen ist schon gebraucht, Bälle damit zu stopfen.
LEONATO.
In der Tat, er sieht um einen Bart jünger aus.

DON PEDRO. Und was mehr ist, er reibt sich mit Bisam; merkt ihr nun, wo's ihm fehlt?

CLAUDIO. Das heißt mit andern Worten, der holde Knabe liebt.

DON PEDRO. Der größte Beweis ist seine Schwermut.

CLAUDIO. Und wann pflegte er sonst sein Gesicht zu waschen?

DON PEDRO. Ja, oder sich zu schminken? Ich höre aber wohl, was man deswegen von ihm sagt.

CLAUDIO. Und sein sprudelnder Geist, der jetzt in eine Lautensaite gekrochen ist und durch Griffe regiert wird!

DON PEDRO. Freilich, das alles kündigt eine tragische Geschichte an. Summa summarum, er ist verliebt.

CLAUDIO. Ja, und ich weiß auch, wer in ihn verliebt ist.

DON PEDRO. Nun, das möchte ich auch wissen. Ich wette, es ist eine, die ihn nicht kennt.

CLAUDIO. O freilich! Ihn und alle seine Fehler; und die demungeachtet für ihn stirbt.

DON PEDRO. Die muß mit dem Gesicht aufwärts begraben werden.

BENEDIKT. Das alles hilft aber nicht für mein Zahnweh. Alter Herr, kommt ein wenig mit mir auf die Seite; ich habe acht oder neun vernünftige Worte ausstudiert, die ich Euch sagen möchte, und die diese Steckenpferde nicht zu hören brauchen.

Benedikt mit Leonato ab.

DON PEDRO. Ich wette mein Leben, er hält bei ihm um Beatricen an.

CLAUDIO. Ganz gewiß. Hero und Margarete haben unterdes ihre Rolle mit Beatricen gespielt, und nun werden wohl diese Bären einander nicht beißen, wenn sie sich begegnen.

Don Juan kommt.

DON JUAN. Mein Fürst und Bruder, grüß' Euch Gott!

DON PEDRO. Guten Tag, Bruder!

DON JUAN. Wenn es Euch gelegen wäre, hätte ich mit Euch zu reden.

DON PEDRO. Allein?

DON JUAN. Wenn es Euch gefällt, – doch Graf Claudio mag's immer hören; denn was ich zu sagen habe, betrifft ihn.

DON PEDRO. Wovon ist die Rede?

DON JUAN. Gedenkt Ihr Euch morgen zu vermählen, edler Herr?

DON PEDRO. Das wißt Ihr ja.

DON JUAN. Das weiß ich nicht, wenn er erst wissen wird, was ich weiß.

CLAUDIO. Wenn irgendein Hindernis stattfindet, so bitte ich Euch, entdeckt es.

DON JUAN. Ihr denkt vielleicht, ich sei Euer Freund nicht: das wird sich hernach ausweisen, und Ihr werdet mich besser würdigen, erfahrt Ihr, was ich Euch entdecken werde. Von meinem Bruder glaube ich, daß er Euch wohl will und aus Herzensliebe Euch dazu verholfen hat, Eure baldige Heirat ins Werk zu richten. In Wahrheit, eine schlimm angebrachte Werbung! Eine schlimm verwandte Mühe! –

DON PEDRO. Nun? was wollt Ihr damit sagen?

DON JUAN. Ich kam hieher, es Euch mitzuteilen; und um die Sache kurz zu fassen – denn es ist schon zu lange die Rede davon gewesen –, das Fräulein ist treulos.

CLAUDIO. Wer? Hero?

DON JUAN. Eben sie; Leonatos Hero, Eure Hero, – jedermanns Hero.

CLAUDIO. Treulos?

DON JUAN. Das Wort ist zu gut, ihre Verderbtheit zu malen: ich könnte sie leicht schlimmer nennen. Denkt nur auf die schlimmste Benennung, ich werde sie rechtfertigen. Wundert Euch nicht, bis wir mehr Beweis haben: geht nur heut abend mit mir, dann sollt Ihr sehn, wie ihr Kammerfenster erstiegen wird, und zwar noch in der Nacht vor ihrem Hochzeitstage. Wenn Ihr sie dann noch liebt, so heiratet sie morgen; aber Eurer Ehre wird es freilich besser stehn, wenn Ihr Eure Gedanken ändert.

CLAUDIO. Wär' es möglich?

DON PEDRO. Ich will es nicht glauben.

DON JUAN. Habt Ihr nicht Mut, zu glauben, was Ihr seht, so bekennt auch nicht, was Ihr wißt. Wollt Ihr mir folgen, so will ich Euch genug zeigen. Wenn Ihr erst mehr gehört und gesehn habt, so tut hernach, was Euch beliebt.

CLAUDIO. Sehe ich diese Nacht irgend etwas, weshalb ich sie morgen nicht heiraten könnte, so will ich sie vor der ganzen Versammlung, wo sie getraut werden sollte, beschimpfen.

DON PEDRO. Und so wie ich für dich warb, sie zu erlangen, so will ich mich nun mit dir vereinigen, sie zu beschämen.

DON JUAN. Ich will sie nicht weiter verunglimpfen, bis ihr meine Zeugen seid. Seid nur ruhig bis Mitternacht, dann mag der Ausgang sich offenbaren.

DON PEDRO. O Tag, verkehrt und leidig!

CLAUDIO. O Unglück, fremd und seltsam!

DON JUAN.
O Schmach, mit Glück verhütet:
So sollt ihr sagen, saht ihr erst den Ausgang.

Alle ab.

Dritte Szene

[Straße.]
Holzapfel, Schlehwein und Wache treten auf.

HOLZAPFEL.
Seid ihr fromme, ehrliche Leute und getreu?

SCHLEHWEIN. Ja; sonst wär's schade drum, wenn sie nicht die ewige Salvation litten, an Leib und Seele.

HOLZAPFEL. Nein, das wäre noch viel zu wenig Strafe für sie, wenn sie nur irgend eine Legitimität an sich hätten, da sie doch zu des Prinzen Wache inkommodiert sind.

SCHLEHWEIN. Richtig. Teilt ihnen jetzt ihr Kommando aus, Nachbar Holzapfel.

HOLZAPFEL. Erstens also. Wer meint Ihr, der die meiste Unkapazität hätte, Konstabel zu sein? –

ERSTE WACHE. Veit Haberkuchen, Herr, oder Görge Steinkohle, denn sie können lesen und schreiben.

HOLZAPFEL. Kommt her, Nachbar Steinkohle! Gott hat Euch mit einem guten Namen gesegnet. Ein Mann von guter Physiognomik sein, ist ein Geschenk des Glücks; aber die Schreibe- und

Lesekunst kommt von der Natur.

ZWEITE WACHE. Und beides, Herr Konstabel –

HOLZAPFEL. Habt Ihr, ich weiß, daß Ihr das sagen wolltet. Also dann, was Eure Physiognomik betrifft, seht, da gebt Gott die Ehre und macht nicht viel Rühmens davon; und Eure Schreibe- und Lesekunst, damit könnt Ihr Euch sehn lassen, wo kein Mensch solche Dummheiten nötig hat. Man hält Euch hier für den allerstupidsten Menschen, um Konstabel bei unsrer Wache zu sein; darum sollt Ihr die Laterne halten. So lautet Eure Vorschrift: Ihr sollt alle Fragebunten irritieren: Ihr seid dazu da, daß Ihr allen und jeden zuruft: »Halt! in des Prinzen Namen.«

ZWEITE WACHE.
Aber wenn nun einer nicht halten will?

HOLZAPFEL. Nun, seht Ihr, da kümmert Euch nicht um ihn, laßt ihn laufen, ruft sogleich die übrige Wache zusammen, und dankt Gott, daß Ihr den Schelm los seid.

SCHLEHWEIN. Wenn man ihn angerufen hat, und er will nicht stehn, so ist er keiner von des Prinzen Untertanen.

HOLZAPFEL. Richtig. Und mit solchen, die nicht des Prinzen Untertanen sind, sollen sie sich gar nicht abgeben. Dann sollt Ihr auch keinen Lärm auf der Straße machen, denn daß eine Wache auf dem Posten Toleranz und Spektakel treibt, kann gar nicht geduldet werden.

ZWEITE WACHE. Wir wollen lieber schlafen als schwatzen; wir wissen schon, was sich für eine Wache gehört.

HOLZAPFEL. Recht. Ihr sprecht wie ein alter und tranquiler Wächter; denn ich sehe auch nicht, was im Schlafen für Sünde sein sollte. Nur nehmt euch in acht, daß sie euch eure Piken nicht stehlen. Ferner! Ihr sollt in allen Bierschenken einkehren, und den Besoffenen sollt Ihr befehlen, zu Bett zu gehn. –

ZWEITE WACHE. Aber wenn sie nun nicht wollen? –

HOLZAPFEL. Nun, seht Ihr, da laßt sie sitzen, bis sie wieder nüchtern sind. Und wenn sie Euch dann keine bessere Antwort geben, da könnt Ihr ihnen sagen, sie wären nicht die Leute, für die Ihr sie gehalten habt.

ZWEITE WACHE. Gut, Herr.

HOLZAPFEL. Wenn Ihr einem Diebe begegnet, so könnt Ihr ihn kraft Eures Amts in Verdacht haben, daß er kein ehrlicher Mann sei; und was dergleichen Leute betrifft, seht Ihr, je weniger Ihr mit ihnen zu verkehren oder zu schaffen habt, je besser ist's für Eure Repetition.

ZWEITE WACHE. Wenn wir's aber von ihm wissen, daß er ein Dieb ist, sollen wir ihn da nicht festhalten?

HOLZAPFEL. Freilich, kraft Eures Amts könnt Ihr's tun; aber ich denke, wer Pech angreift, besudelt sich: der friedfertigste Weg ist immer, wenn Ihr einen Dieb fangt, laßt ihn zeigen, was er kann, und sich aus Eurer Gesellschaft wegstehlen.

SCHLEHWEIN. Ihr habt doch immer für einen sanftmütigen Mann gegolten, Kamerad.

HOLZAPFEL. Das ist wahr, mit meinem Willen möcht' ich keinen Hund hängen, wieviel mehr denn einen Menschen, der nur einige Redlichkeit im Leibe hat.

SCHLEHWEIN. Wenn Ihr ein Kind in der Nacht weinen hört, so müßt Ihr der Amme rufen, daß sie's stillt.

ZWEITE WACHE.
Wenn aber die Amme schläft und uns nicht hört?

HOLZAPFEL. Nun, so zieht in Frieden weiter und laßt das Kind sie mit dem Schreien wecken. Denn wenn das Schaf sein Lamm nicht hören will, das da bäh schreit, so wird's auch keinem Kalbe antworten, wenn's blökt.

SCHLEHWEIN. Das ist sehr wahr.

HOLZAPFEL. Dies ist das Ende Eurer Destruktion: Ihr, Konstabel, sollt jetzt den Prinzen in eigner Person presentieren: wenn Ihr dem Prinzen in der Nacht begegnet, könnt Ihr ihn stehen heißen.

SCHLEHWEIN.
Nein, mein' Seel', das kann er doch wohl nicht.

HOLZAPFEL. Fünf Schillinge gegen einen: jedermann, der die Konstipation dieser Bürgerwache kennt, muß sagen, er kann ihn stehn heißen: aber zum Henker, versteht sich, wenn der Prinz Lust hat: denn freilich, die Wache darf niemand beleidigen, und es ist doch eine Beleidigung, jemand gegen seinen Willen stehn zu heißen.

SCHLEHWEIN. Sapperment, das denk' ich auch.

HOLZAPFEL. Ha, ha, ha! – Nun, Leute, gute Nacht! Sollte irgendeine Sache von Wichtigkeit passieren, so ruft nach mir. Nehmt Euren und Eures Kameraden Verstand zusammen, und so schlaft wohl! Kommt, Nachbar!

ZWEITE WACHE. Nun, Leute, wir wissen jetzt, was unsres Amtes ist: kommt und setzt euch mit auf die Kirchenbank bis um zwei Uhr, und dann zu Bett!

HOLZAPFEL. Noch ein Wort, ehrliche Nachbarn! Ich bitte euch, wacht doch vor Signor Leonatos Türe, denn weil's da morgen eine Hochzeit gibt, so wird heut abend viel Spektakel sein. Gott befohlen! Nun, gute Addition! das bitte ich euch.

Holzapfel und Schlehwein ab.
Borachio und Konrad kommen.

BORACHIO. He, Konrad!

ERSTE WACHE. Still! Rührt Euch nicht! –

BORACHIO. Konrad, sag' ich!

KONRAD. Hier, Mensch! ich bin an deinem Ellbogen.

BORACHIO. Zum Henker, mein Ellbogen juckte mir auch, ich wußte wohl, daß das die Krätze bedeuten würde.

KONRAD. Die Antwort darauf will ich dir schuldig bleiben; nun nur weiter in deiner Geschichte.

BORACHIO. Stelle dich nur hart unter dieses Vordach, denn es fängt an zu regnen; und nun will ich dir, wie ein redlicher Trunkenbold, alles offenbaren.

ERSTE WACHE.
Irgendeine Verräterei, Leute! Steht aber stockstill!

BORACHIO. Wisse also, ich habe tausend Dukaten von Don Juan verdient.

KONRAD.
Ist's möglich, daß eine Schurkerei so teuer sein kann?

BORACHIO. Du solltest lieber fragen, ob's möglich sei, daß ein Schurke so reich sein könne: denn wenn die reichen Schurken der armen bedürfen, so können die armen fodern, was sie wollen.

KONRAD. Das wundert mich.

BORACHIO. Man sieht wohl, du bist noch kein Eingeweihter, du solltest doch wissen, daß die Mode eines Mantels, eines Wamses oder eines Huts für einen Mann so viel als nichts ist.

KONRAD. Nun ja, es ist die Kleidung.

BORACHIO. Ich meine aber die Mode.

KONRAD. Ja doch, die Mode ist die Mode.

BORACHIO. Ach was, das heißt ebenso viel als ein Narr ist ein Narr. Aber siehst du denn nicht, was für ein mißgestalter Schelm diese Mode ist?

ERSTE WACHE. Ei! den Herrn Mißgestalt kenne ich: der hat nun an die sieben Jahr das Schelmenhandwerk mitgemacht und geht jetzt herum wie ein vornehmer Herr; ich besinne mich auf seinen Namen.

BORACHIO. Hörtest du nicht eben jemand?

KONRAD. Nein, es war die Fahne auf dem Hause.

BORACHIO. Siehst du nicht, sag' ich, was für ein mißgestalter Schelm diese Mode ist? Wie schwindligt er alle das hitzige, junge Blut zwischen vierzehn und fünfunddreißig herumdreht? Bald stutzt er sie dir zu, wie Pharaos Soldaten auf den schwarzgeräucherten Bildern, bald wie die Priester des Bel zu Babel auf den alten Kirchenfenstern, bald wie den kahl geschornen Herkules auf den braunen, wurmstichigen Tapeten, wo sein Hosenlatz so groß ist als seine Keule.

KONRAD. Kann sein, ich sehe auch, daß die Mode mehr Kleider aufträgt als der Mensch. Aber hat sie dich denn nicht auch schwindligt gemacht, daß du von deiner Erzählung abgekommen bist, um mir von der Mode vorzufaseln?

BORACHIO. Nicht so sehr, als du denkst. Wisse also, daß ich diese Nacht mit Margareten, Fräulein Heros Kammermädchen, unter Heros Namen ein Liebesgespräch geführt; daß sie sich aus ihres Fräuleins Fenster zu mir heruntergeneigt und mir tausendmal gute Nacht gewünscht hat: oh, ich erzähle dir die Geschichte erbärmlich: – ich hätte vorher sagen sollen, wie der Prinz, Claudio und mein Herr, gekörnt, gestellt und geprellt von meinem Herrn Don Juan, von weitem im Garten diese zärtliche Zusammenkunft mit ansahen.

KONRAD. Hielten sie denn Margarete für Hero?

BORACHIO. Zwei von ihnen taten's, der Prinz und Claudio; aber mein Herr, der Teufel, wußte wohl, daß es Margarete sei. Teils seine Schwüre, mit denen er sie vorher berückt hatte, teils die dunkle Nacht, die sie täuschte, vor allem aber meine künstliche Schelmerei, die alle Verleumdung des Don Juan bekräftigte, brachten's so weit, daß Claudio wütend davon ging und schwur, er wolle morgen, wie es verabredet war, in der Kirche mit ihr zusammen kommen, sie dann vor der ganzen Versammlung durch die Entdeckung von dem, was er in der Nacht gesehn, beschimpfen und sie ohne Gemahl nach Hause schicken.

ERSTE WACHE.
Wir befehlen Euch in des Prinzen Namen, steht!

ZWEITE WACHE. Ruft den eigentlichen Herrn Konstabel; wir haben hier das allergefährlichste Stück von liederlicher Wirtschaft dekoffriert, das jemals im Lande vorgefallen ist.

ERSTE WACHE. Und ein Herr Mißgestalt ist mit im Spiel, ich kenne ihn, er trägt eine Locke.

KONRAD. Liebe Herren. ....

ZWEITE WACHE. Ihr sollt uns den Herrn Mißgestalt herbeischaffen, das werden wir euch wohl zeigen.

KONRAD. Meine Herren –

ERSTE WACHE. Stillgeschwiegen! Ihr sollt wissen, daß wir euch gehorchen, mit euch zu gehn.

BORACHIO. Wir werden da in eine recht bequeme Situation kommen, wenn sie uns erst auf ihre Piken genommen haben.

KONRAD. O ja, eine recht pikante Situation. Kommt, wir wollen mit euch gehn.

Alle ab.

Vierte Szene

[Zimmer in Leonatos Hause.]
Hero, Margareta, Ursula.

HERO. Liebe Ursula, wecke doch meine Muhme Beatrice und bitte sie, aufzustehn!

URSULA. Sogleich, mein Fräulein.

HERO. Und hieher zu kommen!

URSULA. Sehr wohl. *Ab.*

MARGARETA. Ich dächte doch, Eure andre Palatine sei noch schöner.

HERO. Nein, liebes Gretchen, ich werde diese tragen.

MARGARETA. Sie ist wahrhaftig nicht so hübsch, und ich stehe Euch dafür, Eure Muhme wird Euch dasselbe sagen.

HERO. Meine Muhme ist eine Närrin, und du bist die zweite; ich werde keine andre als diese nehmen.

MARGARETA. Euren neuen Aufsatz finde ich allerliebst, wenn das Haar nur um einen Gedanken brauner wäre; und Euer Kleid ist nach der geschmackvollsten Mode, das ist gewiß. Ich habe das Kleid der Herzogin von Mailand gesehn, von dem man so viel Wesens macht.

HERO. Das soll ja über alles gehn, sagt man.

MARGARETA. Auf meine Ehre, es ist nur ein Nachtkleid im Vergleich mit dem Eurigen. Das Zeug von Goldstoff, und die Aufschnitte mit Silber garniert und mit Perlen gestickt; niederhängende und Seitenärmel, und Garnierungen unten herum, die mit einem bläulichen Lahn unterlegt sind. Was aber die schöne, ausgesuchte, gefällige und ganz besondere Mode betrifft, da ist Eures zehnmal mehr wert.

HERO. Gott gebe, daß ich's mit Freuden tragen möge, denn mein Herz ist erstaunlich schwer.

MARGARETA. Es wird bald noch schwerer werden, wenn es erst das Gewicht eines Mannes tragen soll.

HERO. Pfui doch, schämst du dich denn nicht? –

MARGARETA. Warum denn, mein Fräulein? Daß ich von Dingen in Ehren rede? Ist nicht eine Heirat ein Ding in Ehren, auch bei Bettlern? Ist nicht Euer Herr ein Ehrenmann auch ohne Heirat? Ich hätte wohl sagen sollen, – haltet mir's zu Gnaden, – das Gewicht eines Gemahls? Wenn nicht schlimme Gedanken gute Reden verdrehen, so werde ich niemanden Ärgernis geben. Ist wohl irgendein Anstoß darin, wenn ich sage: schwerer durch das Gewicht eines Gemahls? Nein, gewiß nicht, wenn es nur der rechte Mann und die rechte Frau sind; sonst freilich hieße das die Sache leicht nehmen und nicht schwer. Fragt nur Fräulein Beatrice, hier kommt sie.

Beatrice kommt.

HERO. Guten Morgen, Muhme!

BEATRICE. Guten Morgen, liebe Hero!

HERO. Nun, was ist dir? Du sprichst ja in einem so kranken Ton?

BEATRICE. Mich dünkt, aus allen andern Tonarten bin ich heraus. – Es ist gleich fünf Uhr, Muhme, es ist Zeit, daß du dich fertig machst. – Mir ist ganz krank zu Mut, wahrhaftig! – Ach!

MARGARETA. Nun, wenn Ihr nicht eine Renegatin geworden seid, so kann man nicht mehr nach den Sternen segeln.

BEATRICE. Was meint die Närrin damit?

MARGARETA. Ich? O gar nichts, aber Gott schenke jedem, was sein Herz wünscht.

HERO. Diese Handschuhe schickte mir der Graf, es ist der lieblichste Wohlgeruch.

BEATRICE.
Der Sinn ist mir benommen; ich rieche nichts.

MARGARETA. Benommen? Oder eingenommen? Je nun, man erkältet sich wohl.

BEATRICE. O Gott steh' uns bei, Gott steh' uns bei! Wie lange ist's denn, daß du Jagd auf Witz machst?

MARGARETA. Seitdem Ihr es aufgegeben habt, mein Fräulein. Steht mein Witz mir nicht vortrefflich?

BEATRICE. Er scheint noch nicht genug ins Feld, du solltest ihn an deiner Kappe tragen. – Aber auf mein Wort, ich bin recht krank.

MARGARETA. Euer Gnaden sollten sich abgezogenen Kardobenedikt holen lassen und ihn aufs Herz legen: es gibt kein beß'res Mittel für Beklemmungen.

HERO. Da stichst du sie mit einer Distel.

BEATRICE. Benedikt? Warum Benedikt? Soll vielleicht eine Moral in dem Benedikt stecken?

MARGARETA. Moral? Nein, mein' Treu', ich meinte nichts Moralisches damit, ich meinte natürliche Kardobenedikten-Distel. Ihr denkt vielleicht, ich halte Euch für verliebt. Nein, beim Himmel, ich bin nicht solch eine Närrin, daß ich alles denken sollte, was mir einfällt, und es fällt mir auch nicht ein, zu denken, was ich könnte. Denn wenn ich mir auch den Kopf ausdächte, so kann ich mir's nicht denken, daß Ihr, mein Fräulein, verliebt seid, oder jemals sein werdet, oder jemals sein könnt. Und doch war Benedikt auch so einer, und ist jetzt ein Mensch wie andre. Er schwur, er wolle nie heiraten, und jetzt, trotz seinem hohen Sinn, verzehrt er sein Essen ohne Murren. Ob Ihr noch zu bekehren seid, weiß ich nicht; aber mir scheint, Ihr seht auch schon aus den Augen wie andre Mädchen.

BEATRICE. Was ist das für eine Art von Gang, den deine Zunge nimmt?

MARGARETA. Kein falscher Galopp.

URSULA *kommt zurück.* Gnädiges Fräulein, macht Euch fertig: der Fürst, der Graf, Signor Benedikt, Don Juan und alle jungen Kavaliere aus der Stadt sind da, um Euch zur Kirche zu führen.

HERO. Helft mir mich ankleiden, liebe Muhme, liebes Gretchen, liebe Ursula!

Alle ab.

Fünfte Szene

[Anderes Zimmer in Leonatos Hause.]
Leonato, Holzapfel, Schlehwein treten auf.

LEONATO.
Was habt Ihr mir zu sagen, mein ehrlicher Nachbar?

HOLZAPFEL. Ei, gnädiger Herr, ich möchte gern eine Konfidenz mit Euch haben, die Euch sehr introduziert.

LEONATO. Macht's kurz, ich bitt' Euch: Ihr seht, ich habe viel zu tun.

HOLZAPFEL. Ja, gnädiger Herr, so ist es.

SCHLEHWEIN. Ja, wahrlich, so ist es.

LEONATO. Was ist es denn, meine guten Freunde?

HOLZAPFEL. Der gute, liebe Schlehwein, mein gnädiger Herr, weiß auch ein wenig von der Sache. Ein alter Mann, gnädiger Herr! Und sein Verstand ist nicht so stumpf, Gott sei Dank, als ich's ihm wünschen wollte. Aber, das muß ich sagen, ehrlich! ehrlich! wie die Haut zwischen seinen Augenbraunen!

SCHLEHWEIN. Ja, Gottlob, ich bin so ehrlich, als irgendein Mann auf der Welt, der ein alter Mann ist und nicht ehrlicher als ich.

HOLZAPFEL. Korporationen sind odorös: palabras, Nachbar Schlehwein!

LEONATO.
Nachbarn, ihr seid mir nach grade ennuyant.

HOLZAPFEL. Das sagen Euer Gnaden nur so aus Höflichkeit, denn wir sind des armen Herzogs Gerichtsdiener. Aber wär' ich auch so ennuyant als ein König, so wollt' ich's mich nicht dauern lassen und alles auf Euer Gnaden wenden.

LEONATO.
Dein ganzes Talent zu ennuyieren auf mich?

HOLZAPFEL. Ja, und wenn's noch tausendmal mehr wäre, als es schon ist; denn ich höre eine so gute Exklamation von Euer Gnaden, als von irgend jemand in der Stadt; und obgleich ich nur ein armer Mann bin, so freut's mich doch, es zu hören.

SCHLEHWEIN. Und mich auch.

LEONATO. Wenn ich nur wüßte, was ihr mir denn zu sagen habt.

SCHLEHWEIN. Seht Ihr, Herr, unsre Wache hat diese Nacht, immer mit Exzeption von Eurer höchsten Gegenwart, ein Paar so durchtriebne Spitzbuben aufgefangen, als nur in Messina zu finden sind.

HOLZAPFEL. Ein guter, alter Mann, gnädiger Herr! Er muß immer was zu schwatzen haben, wie man zu sagen pflegt. Wenn das Alter eintritt, geht der Verstand zu Ende. Gott steh' mir bei! So ist einmal die Bestimmung! Brav, meiner Treu, Nachbar Schlehwein! Seht Ihr, der liebe Gott ist ein guter Mann; wenn ihrer zwei auf einem Pferde reiten, so muß schon einer hinten aufsitzen. Eine ehrliche Seele, meiner Treu! Ja, gnädiger Herr, das ist er, so gut als einer, der Brot ißt. Aber was Gott tut, das ist wohl getan. Die Menschen können nicht alle gleich sein. Ja ja! der liebe, gute Nachbar! –

LEONATO.
In der Tat, Nachbar, er reicht doch nicht an Euch.

HOLZAPFEL. Gaben, die von Gott kommen.

LEONATO. Ich muß gehn.

HOLZAPFEL. Ein einziges Wort, gnädiger Herr: unsre Wache hat wirklich zwei perspektivische Kerls irritiert, und wir möchten, daß Euer Gnaden sie noch heut morgen examinierten.

LEONATO. Übernehmt dieses Examen selbst und bringt mir das Protokoll. Ich bin jetzt sehr eilig, wie ihr wohl seht.

HOLZAPFEL.
Das soll aufs komplottste besorgt werden.

LEONATO.
Trinkt ein Glas Wein, ehe ihr geht, und so lebt wohl!
Ein Diener kommt.

DIENER. Gnädiger Herr, man wartet auf Euch, um Eure Fräulein Tochter zur Trauung zu führen.

LEONATO. Ich komme gleich, ich bin fertig. *Ab.*

HOLZAPFEL. Geht doch, lieber Kamerad, geht doch zum Görge Steinkohle, sagt doch, er soll seine Feder und Tintenfaß mit ins Gefängnis nehmen. Wir sollen jetzt hin und diese Kerls examinieren.

SCHLEHWEIN. Und das muß mit Verstand geschehn.

HOLZAPFEL. An Verstand soll's nicht fehlen, darauf verlaßt Euch. Hier sitzt was *An die Stirn deutend.* das soll einen oder den andern schon zur Konfektion bringen. Holt Ihr nur den gelehrten Schreiber, um unsre ganze Exkommunikation zu Papiere zu liefern, und kommt dann wieder zu mir ins Gefängnis!
Gehn ab.

Vierter Aufzug

Erste Szene

[In der Kirche.]
Don Pedro, Don Juan, Leonato, Mönch, Claudio, Benedikt, Hero und Beatrice.

LEONATO. Wohlan, Pater Franziskus, macht's kurz; nichts als was zur eigentlichen Trauung gehört: ihre besonderen Pflichten könnt Ihr ihnen hernach vorhalten.

MÖNCH. Ihr seid hier, gnädiger Herr, um Euch diesem Fräulein zu vermählen?

CLAUDIO. Nein.

LEONATO. Um mit ihr vermählt zu werden, Pater; Ihr seid hier, um sie zu vermählen.

MÖNCH. Fräulein, seid Ihr hier, um mit diesem Grafen vermählt zu werden?

HERO. Ja.

MÖNCH. Wofern einer von euch ein innres Hindernis weiß, weshalb ihr nicht verbunden werden dürfet, so beschwöre ich euch, bei dem Heil eurer Seelen, es zu entdecken.

CLAUDIO. Wißt Ihr eines, Hero?

HERO. Keines, Herr.

MÖNCH. Wißt Ihr eines, Graf?

LEONATO.
Ich getraue mich, für ihn zu antworten: keines.

CLAUDIO. Oh, was sich die Menschen nicht alles getrauen! Was sie alles tun! Was sie täglich tun, und wissen nicht, was sie tun! –

BENEDIKT. Nun? Interjektionen? Freilich! Einige werden gebraucht beim Lachen, als z.B. Ha, Ha, Ha! –

CLAUDIO.
Pater, mach' Platz! Erlaubt ein Wort, mein Vater:
Gabt Ihr aus freier Wahl mir, ohne Zwang,
Dies Mädchen, Eure Tochter?

LEONATO.
So frei, mein Sohn, als Gott sie mir gegeben.

CLAUDIO.
Und was geb' ich zurück Euch, dessen Wert
So reichem, köstlichen Geschenk entspräche?

DON PEDRO.
Nichts, wenn Ihr nicht zurück sie selbst erstattet.

CLAUDIO.
Ihr lehrt mich edle Dankbarkeit, mein Prinz.
Hier, Leonato, nehmt zurück sie wieder,
Gebt Eurem Freunde nicht die faule Frucht,
Sie ist nur Schein und Zeichen ihrer Ehre. –
Seht nur, wie mädchengleich sie jetzt errötet!
Oh, wie vermag in Würd' und Glanz der Tugend
Verworfne Sünde listig sich zu kleiden!
Zeugt nicht dies Blut als ein verschämter Anwalt
Von ihrer schlichten Tugend? Schwür't ihr nicht,
Ihr alle, die sie seht, sie sei noch schuldlos,
Nach diesem äußern Schein? Doch ist sie's nicht:
Sie kennt die Gluten heimlicher Umarmung,
Nur Schuld, nicht Sittsamkeit, ist dies Erröten.

LEONATO. Was meint Ihr, Herr?

CLAUDIO. Sie nicht zu nehmen, mein' ich,
Mein Herz an keine Buhlerin zu knüpfen.

LEONATO.
Mein teurer Graf, wenn Ihr in eigner Prüfung
Schwach ihre unerfahrne Jugend traft
Und ihre Jungfrau'nehre überwandet –

CLAUDIO.
Ich weiß schon, was Ihr meint! Erkannt' ich sie,
Umarmte sie in mir nur ihren Gatten
Und milderte die vorbegangne Sünde:
Nein, Leonato!
Nie mit zu freiem Wort versucht' ich sie;
Stets wie ein Bruder seiner Schwester zeigt' ich
Verschämte Neigung und bescheidnes Werben.

HERO. Und hab' ich jemals anders Euch geschienen?

CLAUDIO.
Fluch deinem Schein! Ich will dagegen schreiben.
Du schienst wie Diana mir in ihrer Sphäre,
Keusch wie die Knospe, die noch nicht erblüht:
Doch du bist ungezähmt in deiner Lust,
Wie Venus oder jene üpp'gen Tiere,
Die sich im wilden Sinnentaumel wälzen.

HERO.
Ist meinem Herrn nicht wohl, daß er so spricht?

CLAUDIO. Ihr, teurer Fürst, sagt nichts?

DON PEDRO. Was soll ich sagen?
Ich steh' entehrt, weil ich die Hand geboten,
Den teuern Freund der Dirne zu verknüpfen.

LEONATO. Wird dies gesprochen, oder ist's ein Traum?

DON JUAN.
Es wird gesprochen, Herr, und ist auch wahr.

BENEDIKT. Dies sieht nicht aus wie Hochzeit.

HERO. Wahr? O Gott! –

CLAUDIO. Leonato, steh' ich hier?
Ist dies der Prinz, ist dies des Prinzen Bruder?
Dies Heros Antlitz? Sind dies unsre Augen? –
LEONATO. Das alles ist so; doch was soll es, Herr?
CLAUDIO. Erlaubt nur eine Frag' an Eure Tochter:
Beim Recht, das Euch Natur und Blut gegeben
Auf Euer Kind, heißt sie die Wahrheit reden!
LEONATO. Tu's, ich befehl' es dir, wenn du mein Kind.
HERO.
O Gott, beschütze mich! Wie man mich drängt! –
Wie nennt Ihr diese Weise des Verhörs?
CLAUDIO.
Antwortet jetzt, nennt wahrhaft Euren Namen!
HERO.
Ist der nicht Hero? Wer schmäht diesen Namen
Mit irgend wahrem Vorwurf?
CLAUDIO. Das tut Hero,
Ja, Hero selbst kann Heros Tugend schmähn. –
Wer ist der Mann, den gestern nacht Ihr spracht
Aus Eurem Fenster zwischen zwölf und eins?
Wenn Ihr unschuldig seid, antwortet mir!
HERO. Ich sprach mit keinem Mann zu dieser Stunde.
DON PEDRO.
Nun wohl, so seid Ihr schuldig! Leonato,
Mich schmerzt, daß Ihr dies hört, bei meiner Ehre!
Ich selbst, mein Bruder, der gekränkte Graf,
Sahn sie und hörten sie zu jener Stunde
An ihrem Fenster mit 'nem Wüstling reden,
Der, wie ein frecher Schuft, auch eingestand
Die tausend schändlichen Zusammenkünfte,
So heimlich statt gehabt.
DON JUAN. Pfui! Pfui! Man kann
Sie nicht benennen, Herr, noch drüber reden.
Die Sprach' ist nicht so rein, um ohne Sünde
Davon zu sprechen; drum, mein schönes Kind,
Beklag' ich Euren schlecht beratnen Wandel.
CLAUDIO. O Hero! Welche Hero könnt'st du sein,
Wenn halb nur deine äußre Huld im Innern
Dein Tun und deines Herzens Rat bewachte!
So fahr' denn wohl, höchst häßlich und höchst schön!
Du reine Sündlichkeit, sündhafte Reinheit!
Um deinethalb schließ' ich der Liebe Tor
Und häng' als Decke Argwohn vor mein Auge;
Sie wandle jede Schönheit mir in Unheil,
Daß nie ihr Bild im Glanz der Huld mir strahle.
LEONATO.
Ist niemands Dolch für meine Brust geschliffen?
Hero fällt in Ohnmacht.
BEATRICE.
Was ist dir, Muhme? Warum sinkst du nieder?
DON JUAN.
Kommt, gehn wir. Diese Schmach ans Licht gebracht,
Löscht ihre Lebensgeister.
Don Pedro, Don Juan und Claudio ab.
BENEDIKT. Wie geht's dem Fräulein?
BEATRICE. Tot, fürcht' ich, – Oheim, helft! –
Hero! ach Hero! Oheim! Pater! Benedikt! –
LEONATO.
Zieh', Schicksal, nicht die schwere Hand zurück!
Tod ist die schönste Hülle solcher Schmach,
Und einzig zu erflehn.
BEATRICE. Wie ist dir, Muhme?
MÖNCH. Erholt Euch, Fräulein!
LEONATO. Blickst du noch auf?
MÖNCH. Ja, warum soll sie nicht?
LEONATO. Warum? Ha! Ruft nicht jede Kreatur
Schmach über sie? Vermochte sie es wohl,
Die in ihr Blut geprägte Schuld zu leugnen?
Du sollst nicht leben! Schließ' dein Aug' auf ewig!
Denn glaubt' ich nicht, daß du alsbald hier stürbest,
Daß deine Kraft die Schande überlebte,
Ich würde selbst als Schlußwort meiner Flüche
Dein Herz durchbohren. – Klagt' ich, du seist mein Einz'ges?
Zürnt' ich deshalb der kargenden Natur?
Oh, eins zu viel an dir! Weshalb das eine! –
Weshalb warst du je lieblich meinem Auge,
Weshalb nicht nahm ich mit barmherz'ger Hand
Ein Bettlerkind mir auf vor meinem Tor?
Daß, so befleckt, ein Brandmal jedes Frevels,
Alsdann ich spräch': kein Teil davon ist mein,
Im fremden Stamm hat diese Schande Wurzel. –
Doch mein! meins, das ich liebte, das ich pries,
Mein Eigentum, mein Stolz: so sehr ja meins,
Daß ich mir selbst nicht mehr als mein erschien,
Mich an ihr messend: Ha, sie! sie ist gefallen
In einen Pfuhl von Schwarz: die weite See
Hat Tropfen nicht genug, sie rein zu waschen,
Zu wenig Salz, vor Fäulnis zu bewahren
Dies bös verderbte Fleisch!
BENEDIKT. Herr, seid geduldig;
Ich, wahrlich, bin von Staunen so betäubt,
Daß mir die Worte fehlen.
BEATRICE. Bei meinem Leben, man belog die Muhme!
BENEDIKT.
Fräulein, schlieft Ihr zu Nacht in ihrem Zimmer?
BEATRICE.
Nein, diesmal nicht; doch bis zur letzten Nacht
Schlief ich das ganze Jahr in ihrer Kammer.
LEONATO. Bestätigt! Ha, bestätigt! Noch verstärkt,
Was schon verschlossen war mit Eisenbanden!
Wie könnten beide Prinzen, Claudio, lügen?
Der so sie liebte, daß, die Schmach erzählend,
Er sie mit Tränen wusch? Fort! Laßt sie sterben!
MÖNCH. Hört jetzt mich an;
Denn nur deshalb hab' ich so lang' geschwiegen
Und diesem Vorfall freien Raum gegeben,
Das Fräulein zu beachten. Sah ich doch,
Wie tausend Röten durch ihr Antlitz fuhren
Als Boten; und wie tausend Unschuldsengel
In weißer Scham hinweg die Röten trugen.
Und in dem Auge glüht' ein Feuer auf,
Verbrennend allen Irrwahn, den die Prinzen
Aufstellten wider ihre Mädchentreu'.
– Nennt mich Tor,
Traut meinem Wissen nicht, noch der Erfahrung,
Die mit der Prüfung Siegel stets bekräftigt
Die Wahrheit meines Wissens, nicht dem Alter,
Ehrwürd'gem Stand, Beruf und heil'gem Amt, –
Liegt nicht dies süße Fräulein schuldlos hier,
Von gift'gem Wahn getroffen.
LEONATO. Mönch, unmöglich!
Du siehst, es blieb ihr nur so viele Gnade,
Nicht zur Verdammnis ihrer Schuld zu fügen
Des Meineids Sünde. Leugnet' sie es denn?
Was suchst du denn entschuld'gend zu verhüllen,

Was frei in eigner Nacktheit vor uns steht?

MÖNCH.
Fräulein, wer ist's, mit dem man Euch verklagt?

HERO.
Die mich verklagten, wissen's, ich weiß keinen.
Weiß ich von irgendeinem Mann, der lebt,
Mehr, als der Jungfrau Sittsamkeit erlaubt,
Sei keine Sünde mir vergeben! – Vater,
Beweist, daß irgendwer mit mir gesprochen
Um Mitternacht, und daß ich gestern abend
Mit irgendeinem Wesen Wort' gewechselt,
Verstoßt mich, haßt mich, martert mich zu Tode!

MÖNCH. Ein seltsam Irren muß die Prinzen täuschen!

BENEDIKT. Gewiß sind zwei von ihnen Ehrenmänner,
Und ward ihr beßres Urteil fehl geleitet,
Schreibt sich die Bosheit wohl vom Bastard her,
Des Geist und Sinn nur lebt von Trug und Tücke.

LEONATO.
Ich weiß nicht. Sprachen wahr sie, so zerreiße
Dich diese Hand; ist falsch sie angeklagt,
So soll der Stolzeste wohl davon hören.
Zeit hat noch nicht mein Blut so ausgetrocknet,
Noch Alter meinen Geist so abgestumpft,
Noch Armut mein Vermögen so vernichtet,
Noch schlechter Wandel mich beraubt der Freunde,
Daß sie nicht, so mich kränkend, fühlen sollen
Der Glieder Kraft, des Geistes festes Wollen,
Des Reichtums Macht und auserwählter Freunde,
Es ihnen überg'nug zu zahlen.

MÖNCH. Haltet!
Laßt meinen Rat in diesem Fall Euch leiten:
Die Prinzen ließen Eure Tochter tot;
Laßt eine Zeitlang heimlich sie verschließen!
Und macht bekannt, daß wirklich sie gestorben.
Behauptet allen äußern Prunk der Trauer;
Und hängt an Eurer Ahnen altes Grabmal
Ein Epitaph; vollziehet jede Feier,
Die zur Beerdigung die Sitt' erheischt.

LEONATO.
Und wohin führt dies alles? Was dann weiter?

MÖNCH.
Dies wird, gut durchgeführt, Verleumdung wandeln
In Mitleid gegen sie: das ist schon viel.
Doch mehr noch träum' ich von so kühnem Wagnis,
Von größerer Geburt aus diesen Weh'n.
Sie starb, so muß man überall verbreiten,
Im Augenblick, als man sie angeklagt;
So wird sie dann entschuldigt und bedauert
Von jedem, der es hört; denn so geschieht's,
Daß, was wir haben, wir nach Wert nicht achten,
Solange wir's genießen: ist's verloren,
Dann überschätzen wir den Preis; ja, dann
Erkennen wir den Wert, den uns Besitz
Mißachten ließ. So wird's mit Claudio sein,
Hört er, daß seine Worte sie getötet.
Mit süßer Macht schleicht ihres Lebens Bild
Sich in die Werkstatt seiner Phantasie,
Und jedes liebliche Organ des Lebens
Stellt sich, in köstliches Gewand gekleidet,
Weit zarter, rührender, voll frischern Lebens
Dem innern Auge seines Geistes dar,
Als da sie wirklich lebt'; und er wird trauern,
Hat Lieb' in seinem Herzen je geherrscht,
Und wünschen, daß er nicht sie angeklagt,
Selbst wenn er auch die Schuld als wahr erkannte.
Geschieht dies nun, so zweifelt nicht, Erfolg
Wird dieses Glück noch glänzender bekleiden,
Als ich das ungefähre Bild entwerfe.
Doch wär' auch jeglich andres Ziel verfehlt:
Die Überzeugung von des Fräuleins Tod
Tilgt das Gerücht von ihrer Schmach gewiß;
Und schlüg' Euch alles fehl, so bergt sie dann,
Wie's ihrem wunden Ruf am besten ziemt,
In eines Klosters abgeschiednem Leben
Vor aller Augen, Zungen, Schmähn und Kränkung.

BENEDIKT.
Signor Leonato, folgt dem Rat des Mönchs,
Und wißt Ihr schon, wie sehr ich Lieb' und Neigung
Dem Prinzen und Graf Claudio zugewendet,
Doch will ich, auf mein Wort, so sorglich schweigen,
So streng und treu für Euch, wie Eure Seele
Sich selber bleibt.

LEONATO. In dieser Flut des Grams
Mögt ihr mich lenken an dem schwächsten Faden.

MÖNCH.
So sei denn, wenn Euch Fassung nicht verläßt,
Seltsame Heilung seltnem Schmerz beschieden. –
Ihr, Fräulein, sterbt zum Schein; Eu'r Hochzeitfest
Ward, hoff' ich, nur verlegt: drum harrt in Frieden!

Mönch, Hero und Leonato ab.

BENEDIKT.
Fräulein Beatrice, habt Ihr die ganze Zeit geweint?

BEATRICE. Ja, und ich werde noch viel länger weinen.

BENEDIKT. Das will ich nicht wünschen.

BEATRICE.
Dessen bedarf's auch nicht, ich tu' es freiwillig.

BENEDIKT. Gewiß, ich denke, Eurer schönen Base ist Unrecht geschehn.

BEATRICE. Ach! Wie hoch würde der Mann sich um mich verdient machen, der ihr Recht widerfahren ließe!

BENEDIKT. Gibt es irgendeinen Weg, solche Freundschaft zu zeigen?

BEATRICE. Einen sehr ebnen Weg, aber keinen solchen Freund.

BENEDIKT. Kann ein Mann es vollbringen?

BEATRICE.
Es ist eines Mannes Amt, aber nicht das Eure.

BENEDIKT. Ich liebe nichts in der Welt so sehr, als Euch; ist das nicht seltsam?

BEATRICE. So seltsam, als etwas, von dem ich nichts weiß. Es wäre ebenso möglich, zu sagen, ich liebte nichts in der Welt so sehr, als Euch: aber glaubt mir's nicht; und doch lüg' ich nicht: ich bekenne nichts und leugne nichts. Mich jammert meine Muhme.

BENEDIKT.
Bei meinem Degen, Beatrice, du liebst mich.

BEATRICE. Schwört nicht bei Eurem Degen, eßt ihn!

BENEDIKT. Ich will bei ihm schwören, daß du mich liebst; und ich will den zwingen, meinen Degen zu essen, der da sagt, ich liebe Euch nicht.

BEATRICE. Ihr wollt Euer Wort nicht wieder essen?

BENEDIKT. Mit keiner Brühe, die nur je ersonnen werden kann. Ich beteure, daß ich dich liebe.

BEATRICE. Nun denn, Gott verzeihe mir!

BENEDIKT. Was für eine Sünde, liebste Beatrice?

BEATRICE. Ihr unterbracht mich eben zur guten Stunde: ich war im Begriff, zu beteuern, ich liebte Euch.

BENEDIKT. Tue das von ganzem Herzen!

BEATRICE. Ich liebe Euch mit so viel von meinem Herzen, daß nichts mehr übrig bleibt, es Euch dabei zu beteuern.

BENEDIKT.
Heiß' mich, was du willst, für dich ausführen!

BEATRICE. Ermorde Claudio!

BENEDIKT. Oh, nicht für die ganze Welt!

BEATRICE.
Ihr ermordet mich, indem Ihr's weigert; lebt wohl!

BENEDIKT. Warte noch, süße Beatrice!

BEATRICE. Ich bin fort, obgleich ich noch hier bin. – Nein, Ihr seid keiner Liebe fähig; – nein, ich bitt' Euch, laßt mich!

BENEDIKT. Beatrice. ...

BEATRICE. Im Ernst, ich will gehn.

BENEDIKT. Laß uns erst Freunde sein.

BEATRICE. O ja, Ihr wagt ehe, Freund mit mir zu sein, als mit meinem Feinde zu fechten.

BENEDIKT. Ist Claudio dein Feind?

BEATRICE. Hat sich der nicht auf den äußersten Grad als ein Schurke gezeigt, der meine Verwandte verleumdet, geschmäht, entehrt hat? Oh! daß ich ein Mann wäre! – Was! Sie hinzuhalten, bis sie ihm am Altar die Hand hinhält, und dann mit so öffentlicher Beschuldigung, so unverhohlener Beschimpfung, so unbarmherziger Tücke, – o Gott! daß ich ein Mann wäre! ich wollte sein Herz auf offnem Markt verzehren.

BENEDIKT. Höre mich, Beatrice –

BEATRICE. Mit einem Manne aus ihrem Fenster reden! Ein feines Märchen!

BENEDIKT. – Nein, aber Beatrice –

BEATRICE. Die süße Hero! Sie ist gekränkt, sie ist verleumdet, sie ist vernichtet!

BENEDIKT. Beatr.. –

BEATRICE. Prinzen und Grafen! Wahrhaftig, ein recht prinzliches Zeugnis! ein honigsüßes Grafenstückchen! ein lieber Bräutigam, wahrhaftig! Oh, daß ich ein Mann wäre um seinetwillen! Oder daß ich einen Freund hätte, der um meinetwillen ein Mann sein wollte! Aber Männheit ist in Zeremonien und Höflichkeiten zerschmolzen, Tapferkeit in Komplimente; die Männer sind ganz Zungen geworden, und noch dazu sehr gezierte. Es ist jetzt schon einer ein Herkules, der nur eine Lüge sagt und darauf schwört; ich kann durch meinen Wunsch kein Mann werden, so will ich denn als ein Weib mich grämen und sterben.

BENEDIKT. Warte, liebste Beatrice; bei dieser Hand, ich liebe dich.

BEATRICE. Braucht sie mir zu Liebe zu etwas Besserm, als dabei zu schwören!

BENEDIKT. Seid Ihr in Eurem Gewissen überzeugt, daß Graf Claudio Hero belogen hat?

BEATRICE. Ja, so gewiß ich einen Gedanken oder eine Seele habe.

BENEDIKT. Genug, zählt auf mich! Ich fodre ihn heraus. Laßt mich Eure Hand küssen; [und so empfehle ich mich Euch;] bei dieser Hand, Claudio soll mir eine schwere Rechenschaft ablegen. Wie Ihr von mir hört, so denket von mir. Geht, tröstet Eure Muhme; ich muß sagen, sie sei gestorben, und so lebt wohl!

Beide ab.

Zweite Szene

[Gefängnis.]

Holzapfel, Schlehwein, Schreiber; alle drei in ihren [Amtsröcken; Wache mit Konrad und Borachio].

HOLZAPFEL. Sind alle Verschwornen unsres Trübenaals beisammen?

SCHLEHWEIN. Oh, einen Stuhl und Kissen für den Herrn Schreiber!

SCHREIBER. Welches sind die Malefikanten?

HOLZAPFEL.
Zum Henker, der bin ich und mein Gevatter.

SCHLEHWEIN. Das versteht sich. Wir haben die Introduktion, sie zu examinieren.

SCHREIBER. Aber wo sind die Verbrecher, die examiniert werden sollen? Laßt sie vor den Herrn Konstabel führen!

HOLZAPFEL. Ja, zum Henker, laßt sie vorführen! Wie ist sein Name, Freund?

BORACHIO. Borachio.

HOLZAPFEL. Seid so gut, schreibt's auf, Borachio. – Seiner, Musjeh? –

KONRAD. Ich bin ein Kavalier, Herr, und mein Name ist Konrad.

HOLZAPFEL. Schreibt auf, Meister Kavalier Konrad. Leute, sagt einmal, dient ihr Gott?

KONRAD UND BORACHIO. Nun, das hoffen wir.

HOLZAPFEL. Schreibt's nieder: sie hoffen, sie dienen Gott, und schreibt Gott voran: denn Gott bewahre doch, daß Gott vor solchen Schelmen vorangehn sollte. Leute, es ist bereits erwiesen, daß ihr nicht viel besser seid als Spitzbuben, und man wird bald genug eine Ahndung davon kriegen. Was könnt ihr nun für euch anführen?

KONRAD. Ei nun, Herr, wir sagen, wir sind keine.

HOLZAPFEL. Ein verdammt witziger Bursch, das muß ich sagen; aber ich will schon mit ihm fertig werden. – Kommt einmal hier heran, Musjeh: ein Wort ins Ohr, Herr: ich sage ihm, man glaubt von euch, ihr seid zwei Spitzbuben.

BORACHIO. Herr, ich sage Euch, wir sind keine.

HOLZAPFEL. Tretet wieder auf die Seite. Bei Gott, sprechen sie nicht, als hätten sie sich mit einander verabredet! Habt Ihr's hingeschrieben, daß sie keine sind?

SCHREIBER. Herr Konstabel, das ist nicht die Manier, zu examinieren. Ihr müßt die Wache abhören, die sie verklagt hat.

HOLZAPFEL. Ja, zum Henker, das ist die vidimierte Heerstraße. Die Wache soll kommen!

Wache kommt.

Leute, ich befehle euch in des Prinzen Namen, verklagt mir einmal diese beiden Menschen!

ERSTE WACHE. Dieser Mann hier sagte, Herr, Don Juan, des Prinzen Bruder, sei ein Schurke. –

HOLZAPFEL. Schreibt hin, – Don Juan ein Schurke. – Was! das ist ja klarer Meineid, des Prinzen Bruder einen Schurken zu nennen!

BORACHIO. Herr Konstabel ... –

HOLZAPFEL. Still geschwiegen, Kerl, dein Gesicht gefällt mir gar nicht, muß ich dir gestehn.

SCHREIBER. Was hörtet Ihr ihn sonst noch sagen?

ZWEITE WACHE. Ei nun, er sagte auch, er hätte tausend Dukaten vom Don Juan erhalten, um Fräulein Hero fälschlich anzuklagen.

HOLZAPFEL. Klare Brandmörderei, wenn jemals eine begangen ist.

SCHLEHWEIN. Ja, mein' Seel', so ist es auch.

SCHREIBER. Was sonst noch, Mensch?

ERSTE WACHE. Und daß Graf Claudio nach seinen Reden sich vorgesetzt habe, Fräulein Hero vor der ganzen Versammlung zu beschimpfen und sie nicht zu heiraten.

HOLZAPFEL. O Spitzbube! Dafür wirst du noch ins ewige Jubiläum verdammt werden.

SCHREIBER. Was noch mehr?

ZWEITE WACHE. Das war alles.

SCHREIBER. Und das ist mehr, Leute, als ihr leugnen könnt. Prinz Juan hat sich diesen Morgen heimlich weggestohlen; Hero ward auf diese Weise angeklagt, auf eben diese Weise verstoßen, und ist aus Gram darüber plötzlich gestorben. Herr Konstabel, laßt die beiden Leute binden und in Leonatos Haus führen, ich will voran gehn und ihm das Verhör zeigen. *Ab.*

HOLZAPFEL. Recht so; laßt ihnen die Bandagen antun!

SCHLEHWEIN. Laßt sie festbinden!

KONRAD. Fort, ihr Maulaffen!

HOLZAPFEL. Gott steh' mir bei, wo ist der Schreiber? Er soll schreiben: des Prinzen Konstabel ein Maulaffe! Wart'! Bindet sie fest! Du nichtswürdiger Kerl!

KONRAD. Fort! Ihr seid ein Esel, Ihr seid ein Esel.

HOLZAPFEL. Despektierst du denn mein Amt nicht? Despektierst du denn meine Jahre nicht? – Wär' er doch noch hier, daß er es aufschreiben könnte, daß ich ein Esel bin! Aber, ihr Leute, vergeßt' mir's nicht, daß ich ein Esel bin; wenn's auch nicht hingeschrieben ward, erinnert's euch ja, daß ich ein Esel bin. Nein, du Spitzbube, du steckst voller Moralität, das kann ich dir durch zuverlässige Zeugen beweisen. Ich bin ein gescheuter Mann, und was mehr ist, ein Mann bei der Justiz, und was mehr ist, ein ansässiger Mann, und was mehr ist, ein so hübsches Stück Fleisch, als nur irgend eines in ganz Messina, und ein Mann, der sich auf die Gesetze versteht, siehst du, und ein Mann, der sein Vermögen hat, siehst du, und ein Mann, der um vieles gekommen ist, und der seine zwei Röcke hat, und alles, was an ihm ist, sauber und akkurat. Bringt ihn fort! Ach, hätten sie's nur von mir aufgeschrieben, daß ich ein Esel bin! –

Alle ab.

Fünfter Aufzug

Erste Szene

[Vor Leonatos Hause.]
Es treten auf Leonato und Antonio.

ANTONIO. Fährst du so fort, so bringst du selbst dich um:
Und nicht verständig ist's, dem Gram so helfen,
Dir selbst zum Schaden.

LEONATO. Spare deinen Rat!
Er fällt so fruchtlos in mein Ohr, wie Wasser
Ein Sieb durchströmt. O gib mir keinen Rat!
Und keinen Tröster laß mein Ohr erquicken,
Als solchen, dessen Schmerz dem meinen gleicht. –
Bring' mir 'nen Vater, der sein Kind so liebte,
Des Freud' an ihm vernichtet ward, wie meine,
Und heiß' Geduld ihn predigen!
Miß seinen Gram nach meinem auf ein Haar,
Jeglichem Weh entsprech' ein gleiches Weh,
Und hier wie dort ein Schmerz für jeden Schmerz,
In jedem Zug und Umriß Licht und Schatten;
Wenn der nun lächelt und den Bart sich streicht,
Ruft: »Gram, fahr' hin!« und »Ei!« statt tief zu seufzen,
Sein Leid mit Sprüchen flickt, mit Bücherphrasen
Den bittern Schmerz betäubt, – den bringe mir,
Von diesem will ich dann Geduld erlernen.
Doch solchen Mann gibt's nicht. Denn, Bruder, Menschen,
Sie raten, trösten, heilen nur den Schmerz,
Den sie nicht selber fühlten. Trifft er sie,
Dann wird zur wilden Wut derselbe Trost,
Der eben noch Arznei dem Gram verschrieb,
An seidner Schnur den Wahnsinn wollte fesseln,
Herzweh mit Luft, den Krampf mit Worten stillen.
Nein! Nein! Stets war's der Brauch, Geduld zu rühmen
Dem Armen, den die Last des Kummers beugt:
Doch keines Menschen Kraft noch Willensstärke
Genügte solcher Weisheit, wenn er selbst
Das Gleiche duldete: drum keinen Rat;
Denn lauter schreit mein Schmerz als dein Ermahnen.

ANTONIO.
So hat der Mann dem Kinde nichts voraus?

LEONATO.
Ich bitt' dich, schweig'! Ich bin nur Fleisch und Blut.
Denn noch bis jetzt gab's keinen Philosophen,
Der mit Geduld das Zahnweh konnt' ertragen,
Ob sie der Götter Sprache gleich geredet
Und Schmerz und Zufall als ein Nichts verlacht.

ANTONIO. So häufe nur nicht allen Gram auf dich;
Laß jene, die dich kränkten, gleichfalls dulden.

LEONATO.
Da sprichst du weislich: ja, so soll's geschehn.
Mein Herz bezeugt mir's, Hero ward verleumdet,
Und dies soll Claudio hören, dies der Fürst,
Und alle sollen's, die sie so entehrt.

Don Pedro und Claudio kommen.

ANTONIO.
Hier kommen Claudio und der Prinz in Eil'.

DON PEDRO. Ah, guten Morgen!

CLAUDIO. Guten Tag euch beiden!

LEONATO. Hört mich, ihr Herrn –

DON PEDRO. Leonato, wir sind eilig.

LEONATO.
So eilig, Herr? So lebt denn wohl, ihr Herrn; –
Jetzt habt ihr Eile? – Wohl, es wird sich finden.

DON PEDRO.
Nun, guter Alter, zankt doch nicht mit uns!

ANTONIO.
Schafft ihm ein Zank sein Recht, so weiß ich solche,

Die wohl den kürzern zögen.
CLAUDIO. Ei, wer kränkt' ihn?
LEONATO.
Ha, wahrlich du! Du kränktest mich, du Heuchler! –
O leg' die Hand nur nicht an deinen Degen,
Ich fürchte nichts.
CLAUDIO. Verdorre diese Hand,
Eh' sie dem Alter so zu drohen dächte!
Die Hand am Schwert hat nichts bedeutet, wahrlich!
LEONATO.
Ha, Mann! Nicht grinse so und spotte meiner!
Ich spreche nicht als Tor und blöder Greis,
Noch unter meines Alters Freibrief prahl' ich,
Was ich als Jüngling tat, was ich noch täte,
Wär' ich nicht alt: Nein, hör' es, auf dein Haupt!
Du kränktest so mein schuldlos Kind und mich,
Daß ich ablege meine Würd' und Ehrfurcht;
Mit grauem Haar und vieler Jahre Druck
Fodr' ich dich hier, als Mann dich mir zu stellen.
Ich sage, du belogst mein schuldlos Kind;
Dein falsches Zeugnis hat ihr Herz durchbohrt,
Und unter ihren Ahnen ruht sie jetzt,
Ha! in dem Grab, wo Schande nimmer schlief,
Als ihre, die dein Schurkenstreich ersann.
CLAUDIO. Mein Schurkenstreich?
LEONATO. Ja, deiner, Claudio, deiner.
DON PEDRO. Ihr drückt Euch unrecht aus, Signor.
LEONATO. Mein Prinz,
An ihm will ich's beweisen, wenn er's wagt,
Trotz seiner Fechterkunst und raschen Übung,
Trotz seiner Jugend Lenz und muntern Blüte.
CLAUDIO.
Laßt mich! Ich habe nichts mit Euch zu schaffen.
LEONATO.
So willst du gehn? Du hast mein Kind gemordet;
Ermord'st du, Knabe, mich, mord'st du 'nen Mann.
ANTONIO.
Er muß uns beide morden, ja, zwei Männer
Darauf kommt's hier nicht an: zuerst den einen;
Ja, wer gewinnt, der lacht. Mir steh' er Rede!
Komm, Bursche, folge mir! Komm, folg' mir, Bursch!
Herr Jung! Ich haue deine Finten durch,
Ja, ja, so wahr ich Edelmann, das will ich!
LEONATO. Bruder. ...
ANTONIO.
Sei du nur still! Gott weiß, das Mädchen liebt' ich.
Nun ist sie tot, von Schurken tot geschmäht,
Die wohl so gern sich einem Manne stellen,
Als ich der Schlang' an ihre Zunge griffe.
Gelbschnäbel, Buben, Affen, Prahler! –
LEONATO. Bruder! –
ANTONIO. Ei was, sei still! – Was da! ich kenne sie,
Weiß, was sie gelten, bis auf einen Skrupel:
Vorlaute, dreiste, modesücht'ge Knaben,
Die lügen, witzeln, höhnen, schmähn und lästern,
Mit bunter Narrentracht den Helden spielen,
Und ein halb Dutzend grimmer Worte lernten:
»Was sie dem Feind antäten, käm's so weit –«
Und das ist alles.
LEONATO. Bruder. ...
ANTONIO. 's ist schon gut:
Du kümmre dich um nichts, laß mich nur machen!
DON PEDRO. Ihr Herrn, wir woll'n nicht euern
Unmut wecken.
Daß Eure Tochter starb, geht mir zu Herzen;
Doch auf mein Wort, sie war um nichts beschuldigt,
Als was gewiß und klar erwiesen stand.
LEONATO. Mein Fürst, mein Fürst –
DON PEDRO. Ich will nicht hören.
LEONATO. Nicht?
Fort, Bruder! – Ihr sollt hören!
ANTONIO. Ja, ihr sollt!
Ja! oder ein'ge von uns sollen's fühlen!
Leonato und Antonio ab.
Benedikt kommt.
DON PEDRO.
Seht, da kommt der Mann, den wir gesucht.
CLAUDIO. Nun, Signor, was gibt's Neues?
BENEDIKT. Guten Tag, mein Fürst!
DON PEDRO. Willkommen, Signor: Ihr hättet eben beinahe einen Strauß trennen können.
CLAUDIO. Es fehlte nicht viel, so hätten zwei alte Männer ohne Zähne unsre zwei Nasen abgebissen.
DON PEDRO. Leonato und sein Bruder. Was denkst du wohl? Hätten wir gefochten, ich weiß nicht, ob wir zu jung für sie gewesen wären?
BENEDIKT. In einer schlechten Sache hat man keinen Mut. Ich kam, euch beide aufzusuchen.
CLAUDIO. Und wir sind schon lange auf den Beinen, dich zu suchen. Denn wir sind gewaltig melancholisch und sähen's gern, wenn uns das jemand austriebe. Willst du deinen Witz in Bewegung setzen?
BENEDIKT.
Er steckt in meiner Scheide: soll ich ihn ziehn?
DON PEDRO. Trägst du deinen Witz an der Seite?
CLAUDIO. Das tat noch niemand, obgleich wohl viele ihren Witz beiseite gelegt haben. Ich will dich spielen heißen, wie wir's den Fiedlern tun; spiel' auf, mach' uns lustig!
DON PEDRO. So wahr ich ehrlich bin, er sieht blaß aus. Bist du krank oder verdrießlich?
CLAUDIO. Mut, Freund! Wenn der Gram auch eine Katze ums Leben bringen kann, so hast du doch wohl Herz genug, den Gram ums Leben zu bringen?
BENEDIKT. Signor, wenn Ihr Euern Witz gegen mich richtet, so denk' ich ihm in seinem Rennen standzuhalten. Habt die Güte und wählt ein andres Thema!
CLAUDIO. So schafft Euch erst eine neue Lanze, denn diese letzte brach mitten durch.
DON PEDRO. Beim Himmel, er verändert sich mehr und mehr; ich glaube, er ist im Ernst verdrießlich.
CLAUDIO. Nun, wenn er's ist, so weiß er, wie er seinen Gürtel zu schnallen hat.
BENEDIKT. Soll ich Euch ein Wort ins Ohr sagen?
CLAUDIO. Gott bewahre uns vor einer Ausfoderung!
BENEDIKT *beiseite zu Claudio.* Ihr seid ein Nichtswürdiger; ich scherze nicht. Ich will's Euch beweisen, wie Ihr wollt, womit Ihr wollt, und wann Ihr wollt. Tut mir Bescheid, oder ich mache Eure Feigherzigkeit öffentlich bekannt. Ihr habt ein liebenswürdiges Mädchen getötet, und ihr Tod soll schwer auf Euch fallen. Laßt mich Eure Antwort hören!

CLAUDIO *laut.* Schön, ich werde mich einfinden, wenn Eure Mahlzeit der Mühe verlohnt.

DON PEDRO. Was? ein Schmaus? ein Schmaus?

CLAUDIO. Jawohl, er hat mich eingeladen auf einen Kalbskopf und einen Kapaun, und wenn ich beide nicht mit der größten Zierlichkeit vorschneide, so sagt, mein Messer tauge nichts. Gibt's nicht etwa auch eine junge Schnepfe?

BENEDIKT. Signor, Euer Witz geht einen guten leichten Paß, er fällt nicht schwer.

DON PEDRO. Ich muß dir doch erzählen, wie Beatrice neulich deinen Witz herausstrich. Ich sagte, du hättest einen feinen Witz; o ja, sagte sie, fein und klein. Nein, sagte ich, einen großen Witz; recht, sagte sie, groß und derb; nein, sagte ich, einen guten Witz; sehr wahr, sagte sie, er tut niemanden weh. Aber, sagte ich, es ist ein kluger junger Mann; gewiß, sagte sie, ein recht superkluger junger Mensch. Und was noch mehr ist, sagte ich, er versteht sich auf verschiedene Sprachen. Das glaub' ich, sagte sie, denn er schwur mir Montag abends etwas zu, was er Dienstag morgens wieder verschwur: da habt Ihr eine doppelte Sprache, da habt Ihr zwei Sprachen. So hat sie eine ganze Stunde lang alle deine besondern Tugenden travestiert, bis sie zuletzt mit einem Seufzer schloß: du seist der artigste Mann in Italien.

CLAUDIO. Wobei sie bitterlich weinte, und hinzufügte: sie kümmre sich nichts drum.

DON PEDRO. Ja, das tat sie; und doch mit alle dem, wenn sie ihn nicht herzlich haßte, so würde sie ihn herzlich lieben. Des Alten Tochter hat uns alles erzählt.

CLAUDIO. Alles, alles! und noch obendrein, Gott sahe ihn, als er sich im Garten versteckt hatte.

DON PEDRO. Und wann werden wir denn des wilden Stieres Hörner auf des vernünftigen Benedikt Stirne sehn?

CLAUDIO. Und wann werden wir mit großen Buchstaben geschrieben lesen: »Hier wohnt Benedikt, der verheiratete Mann«?

BENEDIKT. Lebt wohl, junger Bursch; Ihr wißt meine Meinung, ich will Euch jetzt Euerm schwatzhaften Humor überlassen. Ihr schwadroniert mit Euern Späßen, wie die Großprahler mit ihren Klingen, die Gottlob niemand verwunden. Gnädiger Herr, ich sage Euch meinen Dank für Eure bisherige Güte; von nun an muß ich mich Eurer Gesellschaft entziehn. Euer Bruder, der Bastard, ist aus Messina entflohen; ihr beide habt ein liebes, unschuldiges Mädchen ums Leben gebracht. Was diesen Don Ohnebart hier betrifft, so werden er und ich noch mit einander sprechen, und bis dahin mag er in Frieden ziehn. *Ab.*

DON PEDRO. Es ist sein Ernst?

CLAUDIO. Sein ehrsamster Ernst, und ich wollte wetten, alles aus Liebe zu Beatrice.

DON PEDRO. Und er hat dich gefodert?

CLAUDIO. In aller Form.

DON PEDRO. Was für ein artiges Ding ein Mann ist, wenn er in Wams und Hosen herumläuft und seinen Verstand zu Hause läßt! –

CLAUDIO. Er ist alsdann ein Riese gegen einen Affen; aber dafür ist dann auch ein Affe ein Doktor gegen solch einen Mann.

Holzapfel, Schlehwein, Wache mit Konrad und Borachio.

DON PEDRO. Aber jetzt stille, laß gut sein, und du, mein Herz, geh in dich und sei ernst! Sagte er nicht, mein Bruder sei entflohn?

HOLZAPFEL. Nur heran, Herr: wenn Euch die Gerechtigkeit nicht zahm machen kann, so soll die Justiz niemals wieder ein Argelment auf ihre Waagschale legen; ja, und wenn Ihr vorher ein hippokratischer Taugenichts gewesen seid, so muß man Euch jetzt auf die Finger sehn.

DON PEDRO. Was ist das? Zwei von meines Bruders Leuten gebunden? und Borachio der eine?

CLAUDIO.
Forscht doch nach ihrem Vergehn, gnädiger Herr!

DON PEDRO. Gerichtsdiener, welches Vergehn haben sich diese Leute zu schulden kommen lassen?

HOLZAPFEL. Zum Henker, gnädiger Herr, falschen Rapport haben sie begangen; überdem sind Unwahrheiten vorgekommen; andernteils haben sie Kolonien gesagt; sechstens und letztens haben sie ein Fräulein belogen, drittens haben sie Unrichtigkeiten verifiziert, und schließlich sind sie lügenhafte Spitzbuben.

DON PEDRO. Erstens frage ich dich, was sie getan haben; drittens frag' ich dich, was ihr Vergehn ist; sechstens und letztens, warum man sie arretiert hat; und schließlich, was ihr ihnen zur Last legt.

CLAUDIO. Richtig subdividiert, nach seiner eignen Einteilung. Das nenn' ich mir entwirrte Verwirrung.

DON PEDRO. Was habt ihr begangen, Leute, daß man euch auf diese Weise gebunden hat? Dieser gelehrte Konstabel ist zu scharfsinnig, als daß man ihn verstehen könnte. Worin besteht euer Vergehn?

BORACHIO. Teuerster Prinz, laßt mich nicht erst vor Gericht gestellt werden; hört mich an, und mag dieser Graf mich niederstoßen! Ich habe Euch mit sehenden Augen blind gemacht; was euer beider Weisheit nicht entdecken konnte, haben diese schalen Toren ans Licht gebracht, die mich in der Nacht behorchten, als ich diesem Manne hier erzählte, wie Don Juan, Euer Bruder, mich angestiftet, Fräulein Hero zu verleumden; wie Ihr in den Garten gelockt wurdet und mich um Margareten, die Heros Kleider trug, werben saht; wie Ihr sie verstoßen habt, als Ihr sie heiraten solltet. Diesen meinen Bubenstreich haben sie zu Protokoll genommen, und lieber will ich ihn mit meinem Blut versiegeln, als ihn noch einmal zu meiner Schande wiederholen. Das Fräulein ist durch meine und meines Herrn falsche Beschuldigung getötet worden; und kurz, ich begehre jetzt nichts, als den Lohn eines Bösewichts.

DON PEDRO.
Rennt nicht dies Wort wie Eisen durch dein Blut?

CLAUDIO. Ich habe Gift getrunken, als er sprach.

DON PEDRO.
Und hat mein Bruder hiezu dich verleitet?

BORACHIO.
Ja, und mich reichlich für die Tat belohnt.

DON PEDRO. Er ist Verrat und Tücke ganz und gar, –

Und nun entfloh er auf dies Bubenstück.

CLAUDIO.
O süße Hero! Jetzt strahlt mir dein Bild
Im reinen Glanz, wie ich zuerst es liebte.

HOLZAPFEL. Kommt, führt diese Requisiten weg; unser Schreiber wird alleweil auch den Signor Leonato von dem Handel destruiert haben; und ihr, Leute, vergeßt nicht, zu seiner Zeit und an seinem Ort zu spezifizieren, daß ich ein Esel bin.

SCHLEHWEIN. Hier, hier kommt der Herr Signor Leonato, und der Schreiber dazu.

Leonato, Antonio und der Schreiber kommen.

LEONATO.
Wo ist der Bube? Laßt mich sehn sein Antlitz,
Daß, wenn ein Mensch mir vorkommt, der ihm gleicht,
Ich ihn vermeiden kann. Wer ist's von diesen?

BORACHIO.
Wollt Ihr den sehn, der Euch gekränkt? Ich bin's.

LEONATO. Bist du der Sklav', des Hauch getötet hat
Mein armes Kind?

BORACHIO. Derselbe; ich allein.

LEONATO.
Nein, nicht so, Bube, du belogst dich selbst.
Hier steht ein Paar von ehrenwerten Männern,
Ein dritter floh, des Hand im Spiele war: –
Euch dank' ich, Prinzen, meiner Tochter Tod:
Den schreibt zu euern hohen, würd'gen Taten,
Denn herrlich war's vollbracht, bedenkt ihr's recht.

CLAUDIO.
Ich weiß nicht, wie ich Euch um Nachsicht bäte,
Doch reden muß ich. Wählt die Rache selbst,
Die schwerste Buß' erdenkt für meine Sünde,
Ich trage sie. Doch nur im Mißverstand
Lag meine Sünde!

DON PEDRO. Und meine, das beschwör' ich.
Und doch, dem guten Greis genug zu tun,
Möcht' ich mich beugen unterm schwersten Joch,
Mit dem er mich belasten will.

LEONATO.
Befehlen kann ich nicht: »Erweckt mein Kind«,
Das wär' unmöglich. Doch ich bitt' euch beide,
Verkündet's unsrer Stadt Messina hier,
Wie schuldlos sie gestorben. Wenn Eu'r Lieben
In ernster Arbeit was ersinnen mag,
So hängt ein Epitaph an ihre Gruft,
Und singt es ihrer Asche, singt's heut nacht.
Auf morgen früh lad' ich Euch in mein Haus,
Und könnt Ihr jetzt mein Eidam nicht mehr werden,
So seid mein Neffe: Mein Bruder hat 'ne Tochter,
Beinah' ein Abbild meines toten Kindes,
Und sie ist einz'ge Erbin von uns beiden;
Der schenkt, was ihre Muhm' erhalten sollte,
Und so stirbt meine Rache.

CLAUDIO. Edler Mann!
So übergroße Güt' entlockt mir Tränen.
Mit Rührung nehm' ich's an: verfügt nun künftig
Nach Willkür mit dem armen Claudio.

LEONATO.
Auf morgen denn erwart' ich Euch bei mir,
Für heut gut' Nacht! Der Niederträchtige
Steh' im Verhör Margreten gegenüber,
Die, glaub' ich, auch zu dem Komplott gehörte,
Erkauft von Euerm Bruder.

BORACHIO. Bei meiner Seele, nein, so war es nicht;
Sie sprach mit mir, nicht wissend, was sie tat;
Stets hab' ich treu und rechtlich sie gefunden
In allem, was ich je von ihr erfahren.

HOLZAPFEL. Anbei ist noch Meldung zu tun, gnädiger Herr, obgleich es freilich nicht Weiß auf Schwarz dasteht, daß dieser Requisit hier, dieser arme Sünder, mich einen Esel genannt hat. Ich muß bitten, daß das bei seiner Bestrafung in Anregung kommen möge. Und ferner hörte die Wache sie von einem Mißgestalt reden; er leiht Geld um Gottes willen und treibt's nun schon so lange, und gibt nichts wieder, daß die Leute anfangen, hartherzig zu werden, und nichts mehr um Gottes willen geben wollen. Seid von der Güte und verhört ihn auch über diesen Punkt!

LEONATO.
Hab' Dank für deine Sorg' und brav Bemühn!

HOLZAPFEL. Eu'r Wohlgeboren reden wie ein recht ehrwürdiger und dankbarer junger Mensch, und ich preise Gott für Euch.

LEONATO. Da hast du für deine Mühe.

HOLZAPFEL. Gott segne dieses fromme Haus!

LEONATO. Geh, ich nehme dir deine Gefangenen ab und danke dir.

HOLZAPFEL. So resigniere ich Ew. Wohlgeboren einen infamen Spitzbuben, nebst untertänigster Bitte an Ew. Wohlgeboren, ein Exempel an sich zu statuieren, andern dergleichen zur Warnung. Gott behüte Ew. Wohlgeboren; ich wünsche Euch alles Gute; Gott geb' Euch gute Beßrung, ich erlaube Ew. Wohlgeboren, jetzt alleruntertänigst zu Hause zu gehn; und wenn ein fröhliches Wiedersehn zu den erwünschten Dingen gehört, so wolle Gott es in seiner Gnade verhüten! Kommt, Nachbar!

Gehn ab.

LEONATO.
Nun, bis auf morgen früh, ihr Herren, lebt wohl!

ANTONIO.
Lebt wohl, ihr Herren, vergeßt uns nicht auf morgen!

DON PEDRO. Wir fehlen nicht.

CLAUDIO. Heut nacht wein' ich um Hero.

Don Pedro und Claudio ab.

LEONATO.
Schafft diese fort: Jetzt frag' ich Margareten,
Wie sie bekannt ward mit dem schlechten Menschen.

Ab.

Zweite Szene

[Leonatos Garten.]
Benedikt und Margareta, die sich begegnen.

BENEDIKT. Hört doch, liebe Margareta, macht Euch um mich verdient, und verhelft mir zu einem Gespräch mit Beatricen!

MARGARETA. Wollt Ihr mir dafür auch ein Sonett zum Lobe meiner Schönheit schreiben?

BENEDIKT. In so hohem Stil, Margareta, daß kein jetzt Lebender, noch so Verwegner sich daran wagen soll; denn in Wahrheit, das verdienst du.

MARGARETA. Daß keiner sich an meine Schönheit wagen soll?

BENEDIKT. Dein Witz schnappt so rasch wie eines Windspiels Maul; er fängt auf.

MARGARETA. Und Eurer trifft so stumpf wie eines Fechters Rapier; er stößt und verwundet nicht.

BENEDIKT. Lauter Galanterie, Margareta, er will kein Frauenzimmer verwunden. Und nun bitte ich dich, rufe mir Beatrice: ich strecke die Waffen vor dir.

MARGARETA. Nun, ich will sie rufen, ich denke, sie hat ihre Füße bei der Hand. *Ab.*

BENEDIKT. Wenn das ist, so hoffe ich, kommt sie.

Singt.

Gott Amor droben
Kennt meinen Sinn,
Und weiß aus vielen Proben,
Wie schwach ich bin. –

Ich meine im Singen aber in der Liebe ... Leander, der treffliche Schwimmer; Troilus, der den ersten Pandarus in Requisition setzte, und ein ganzes Buch voll von diesen Liebesrittern, deren Namen jetzt so glatt in der ebenen Bahn der fünffüßigen Jamben dahin gleiten, alle diese waren nie so ernstlich über und über in Liebe versenkt, als mein armes Ich. Aber wahrhaftig, ich kann's nicht in Reimen beweisen; ich hab's versucht: ich finde keinen Reim auf »Mädchen« als ... »Schäfchen«, ein zu unschuldiger Reim; auf »Zorn« als »Horn«, ein harter Reim; auf »Ohr«, »Tor«, ein alberner Reim – sehr verfängliche Endungen: nein, ich bin einmal nicht unter einem reimenden Planeten geboren, ich weiß auch nicht in Feiertagsworten zu werben.

Beatrice kommt.

Schönste Beatrice, kamst du wirklich, weil ich dich rief?

BEATRICE. Ja, Signor, und ich werde gehn, wenn Ihr mir's sagt.

BENEDIKT. Oh, Ihr bleibt also bis dahin?

BEATRICE. Dahin, habt Ihr jetzt eben gesagt, also lebt nun wohl! Doch eh' ich gehe, sagt mir das, weshalb ich kam; laßt mich hören, was zwischen Euch und Claudio vorgefallen ist.

BENEDIKT. Nichts als böse Reden, und demzufolge laß mich dich küssen!

BEATRICE. Böse Reden sind böse Luft, und böse Luft ist nur böser Atem, und böser Atem ist ungesund, und also will ich ungeküßt wieder gehn.

BENEDIKT. Du hast das Wort aus seinem rechten Sinn herausgeschreckt, so energisch ist dein Witz. Aber ich will dir's erzählen. Claudio hat meine Foderung angenommen, und ich werde jetzt bald mehr von ihm hören, oder ich nenne ihn öffentlich eine Memme. Und nun sage mir, in welche von meinen schlechten Eigenschaften hast du dich zuerst verliebt? –

BEATRICE. In alle auf einmal; denn sie bilden zusammen eine so wohl organisierte Republik von Fehlern, daß sie auch nicht einer guten Eigenschaft gestatten, sich unter sie zu mischen. Aber um welche von meinen schönen Qualitäten habt Ihr zuerst die Liebe zu mir erdulden müssen?

BENEDIKT. Die Liebe erdulden! Eine hübsche Phrase! Freilich erdulde ich die Liebe, denn wider meinen Willen muß ich dich lieben.

BEATRICE. Wohl gar deinem Herzen zum Trotz? Ach, das arme Herzchen! – Wenn Ihr um meinetwillen trotzt, will ich ihm um Euretwillen Trotz bieten, denn ich werde niemals das lieben, was mein Freund haßt.

BENEDIKT. Du und ich sind zu vernünftig, um uns friedlich um einander zu bewerben.

BEATRICE. Das sollte man aus dieser Beichte nicht schließen: unter zwanzig vernünftigen Männern wird nicht einer sich selbst loben.

BENEDIKT. Ein altes, altes Sprichwort, Beatrice, das gegolten haben mag, als es noch gute Nachbarn gab: wer in unserm Zeitalter sich nicht selbst eine Grabschrift aufsetzt, ehe er stirbt, der wird nicht länger im Gedächtnis leben, als die Glocke läutet und die Witwe weint.

BEATRICE. Und das wäre?

BENEDIKT. Ihr fragt noch? Nun: eine Stunde läuten und eine Viertelstunde weinen. Deshalb ist der beste Ausweg für einen Verständigen (wenn anders Don Wurm, sein Gewissen, ihn nicht daran hindert), die Posaune seiner eigenen Tugenden zu sein, wie ich's jetzt für mich bin. So viel über mein Selbstlob (und daß ich des Lobes wert sei, will ich selbst bezeugen); nun sagt mir aber, wie geht es Eurer Muhme? –

BEATRICE. Sehr schlecht.

BENEDIKT. Und wie geht es Euch selbst?

BEATRICE. Auch sehr schlecht.

BENEDIKT. Seid fromm, liebt mich und bessert Euch; und nun will ich Euch Lebewohl sagen, denn hier kommt jemand in Eil'.

Ursula kommt.

URSULA. Mein Fräulein, Ihr sollt zu Euerm Oheim kommen, es ist ein schöner Lärm da drinnen! Man hat erwiesen, unser Fräulein Hero sei böslich belogen, die Prinzen und Claudio mächtig betrogen, und Don Juan, der Anstifter von dem allen, hat sich auf und davon gemacht. Wollt Ihr jetzt gleich mit kommen?

BEATRICE.
Wollt Ihr diese Neuigkeiten mit anhören, Signor? –

BENEDIKT. Ich will in deinem Herzen leben, in deinem Schoß sterben, in deinen Augen begraben werden, und über das alles will ich mit dir zu deinem Oheim gehn. *Ab.*

Dritte Szene

[In der Kirche.]
Don Pedro, Claudio, Gefolge mit Musik und Fackeln.

CLAUDIO. Ist dies des Leonato Grabgewölb'?

DIENER. Ja, gnäd'ger Herr.

CLAUDIO *liest von einer Rolle.*

Schmähsucht brach der Hero Herz,
Hier schläft sie im Jungfrau'nkranz,
Für der Erde kurzen Schmerz
Schmückt sie Tod mit Himmelsglanz;
Leben mußt' in Schmach ersterben,
Tod ihr ew'gen Ruhm erwerben.

Hängt die Rolle auf.

Häng' an ihres Grabmals Steinen,

Wenn sie tot, sie zu beweinen.
Nun stimmet an und singt die Todeshymne!
Gesang
Gnad' uns, Königin der Nacht,
Die dein Mägdlein umgebracht;
Trauernd und mit Angstgestöhn
Um ihr Grab wir reuig gehn.
Mitternacht, steh uns bei!
Mehr' unser Klaggeschrei!
Feierlich, feierlich!
Gräber, gähnt weit empor!
Steig' auf, o Geisterchor,
Feierlich, feierlich!

CLAUDIO. Nun ruh' in Frieden dein Gebein!
Dies Fest soll jährlich sich erneun.

DON PEDRO.
Löscht eure Fackeln jetzt: schon fällt der Tau,
Der Wolf zieht waldwärts, und vom Schlaf noch schwer,
Streift sich der Osten schon mit lichtem Grau:
Vor Phöbus' Rädern zieht der Tag einher.
Euch allen Dank! Verlaßt uns und lebt wohl!

CLAUDIO.
Guten Morgen, Freunde: geh' nun jeder heim!

DON PEDRO.
Kommt, laßt zum neuen Feste jetzt uns schmücken,
Und dann zu Leonato folgt mir nach!

CLAUDIO.
Und Hymen mög' uns diesmal mehr beglücken.
Als an dem heut gesühnten Trauertag

Alle ab.

Vierte Szene

[Zimmer in Leonatos Hause.]

Leonato, Antonio, Benedikt, Beatrice, Ursula, Mönch und Hero treten auf.

MÖNCH.
Sagt' ich's Euch nicht, daß sie unschuldig sei? –

LEONATO.
Wie Claudio und der Prinz, die sie verklagt
Auf jenen Irrtum, den wir jetzt besprochen.
Doch etwas ist Margret' im Fehl verstrickt,
Zwar gegen ihren Willen, wie's erscheint
In dem Verlauf der ganzen Untersuchung.

ANTONIO.
Nun, ich bin froh, daß alles glücklich endet.

BENEDIKT.
Das bin ich auch, da sonst mein Wort mich band,
Vom jungen Claudio Rechenschaft zu fodern.

LEONATO.
Nun, meine Tochter, und ihr andern Frau'n
Zieht in das nächste Zimmer euch zurück,
Und wenn ich sende, kommt in Masken her.
Der Prinz und Claudio woll'n um diese Stunde
Mich hier besuchen. Du, Bruder, kennst dein Amt:
Du mußt der Vater deiner Nichte sein
Und Claudio sie vermählen.

Die Frauen ab.

ANTONIO. Das tu' ich dir mit fester, sichrer Miene.

BENEDIKT.
Euch, Pater, denk' ich auch noch zu bemühn.

MÖNCH. Wozu, Signor?

BENEDIKT. Zu binden oder lösen, eins von beiden.
Herr Leonato, so weit ist's, mein Teurer,
Mit günst'gen Augen sieht mich Eure Nichte.

LEONATO.
Die Augen lieh ihr, wahrlich, meine Tochter.

BENEDIKT.
Und ich vergelt' es mit verliebten Augen.

LEONATO.
Den Liebesblick habt Ihr von mir erhalten,
Von Claudio und dem Prinzen. Doch, was wollt Ihr?

BENEDIKT.
Die Antwort, Herr, bedünkt mich problematisch.
Mein Wille wünscht, daß Euer guter Wille
Sich unserm Willen fügt, und dieser Tag
Uns durch das Band der heil'gen Eh' verknüpfe:
Und dazu, würd'ger Mann, schenkt Euern Beistand!

LEONATO. Mein Jawort geb' ich gern.

MÖNCH. Ich meinen Beistand.
Hier kommt der Prinz und Claudio.

Don Pedro und Claudio mit Gefolge.

DON PEDRO.
Guten Morgen diesem ganzen edlen Kreis!

LEONATO.
Guten Morgen, teurer Fürst, guten Morgen, Claudio!
Wir warten Euer; seid Ihr noch entschlossen,
Mit meines Bruders Kind Euch zu vermählen?

CLAUDIO.
Ich halte Wort, und wär' sie eine Mohrin.

LEONATO. Ruf', Bruder, sie: der Priester ist bereit.

Antonio ab.

DON PEDRO.
Ei, guten Morgen, Benedikt, wie geht's?
Wie kommt Euch solch ein Februarsgesicht,
So voller Frost und Sturm und Wolkenschatten?

CLAUDIO.
Ich denk', er denkt wohl an den wilden Stier.
Nur still! dein Horn schmück' ich mit goldnem Knopf,
Und ganz Europa soll dir Bravo rufen,
Wie einst Europa sich am Zeus erfreute,
Da er als edles Vieh trug Liebesbeute.

BENEDIKT.
Zeus brüllt' als Stier ein sehr verführend Muh,
Und solch ein Gast kirrt' Eures Vaters Kuh,
Und ließ ein Kalb zurück dem edlen Tier,
Ganz so von Ansehn und Geblök wie Ihr.

Antonio kommt wieder, mit ihm die Frauen maskiert.

CLAUDIO. Das zahl' ich Euch; doch jetzt kommt andre Rechnung,
An welche Dame darf ich hier mich wenden?

ANTONIO.
Hier, diese ist's: nehmt sie von meiner Hand!

CLAUDIO.
So ist sie mein! Zeigt mir Eu'r Antlitz, Holde!

LEONATO. Nicht so, bevor du ihre Hand erfaßt
Vor diesem Priester und ihr Treu' gelobt.

CLAUDIO.
Gebt mir die Hand vor diesem würd'gen Mönch:
Wenn Ihr mich wollt, so bin ich Euer Gatte.

HERO. Als ich gelebt, war ich Eu'r erstes Weib;
Als Ihr geliebt, wart Ihr mein erster Gatte.

Nimmt die Maske ab.

CLAUDIO. Die zweite Hero?

HERO. Nichts ist so gewiß.
Geschmäht starb eine Hero; doch ich lebe,
Und ich bin rein von Schuld, so wahr ich lebe.

DON PEDRO.
Die vor'ge Hero! Hero! die gestorben! –

LEONATO.
Sie lebte auf, sobald Verleumdung starb.

MÖNCH.
All dies Erstaunen bring' ich zum Verständnis.
Sobald die heil'gen Bräuche sind vollbracht,
Bericht' ich jeden Umstand ihres Todes.
Indes nehmt als Gewöhnliches dies Wunder,
Und laßt uns alle zur Kapelle gehn.

BENEDIKT.
Still, Mönch, gemach! Wer ist hier Beatrice?

BEATRICE.
Ich bin statt ihrer da. Was wollt Ihr mir?

BENEDIKT. Liebt Ihr mich nicht?

BEATRICE. Nein, weiter nicht, als billig.

BENEDIKT.
So sind Eu'r Oheim und der Prinz und Claudio
Gar sehr getäuscht; sie schwuren doch: Ihr liebtet.

BEATRICE. Liebt Ihr mich nicht?

BENEDIKT. Nein, weiter nicht, als billig.

BEATRICE.
So sind mein Mühmchen, Ursula und Gretchen
Gar sehr getäuscht; sie schwuren doch: Ihr liebtet.

BENEDIKT.
Sie schwuren ja: Ihr seid fast krank um mich?

BEATRICE.
Sie schwuren ja: Ihr seid halbtot aus Liebe?

BENEDIKT.
Ei, nichts davon. Ihr liebt mich also nicht?

BEATRICE.
Nein, wahrlich, nichts als freundliches Erwidern.

LEONATO.
Kommt, Nichte, glaubt mir's nur, Ihr liebt den Herrn.

CLAUDIO.
Und ich versichr' es Euch, er liebt auch sie:
Seht nur dies Blatt, von seiner Hand geschrieben,
Ein lahm Sonett aus eignem leeren Hirn
Zu Beatricens Preis.

HERO. Und hier ein zweites,
Von ihrer Schrift, aus ihrer Tasch' entwandt,
Verrät, wie sie für Benedikt erglüht.

BENEDIKT. O Wunder! Hier zeugen unsre Hände gegen unsre Herzen. Komm, ich will dich nehmen, aber bei diesem Sonnenlicht, ich nehme dich nur aus Mitleid.

BEATRICE. Ich will Euch nicht geradezu abweisen; aber bei diesem Tagesglanz, ich folge nur dem dringenden Zureden meiner Freunde; und zum Teil, um Euer Leben zu retten; denn man sagt mir, Ihr hättet die Auszehrung.

BENEDIKT. Still! ich stopfe dir den Mund. *Küßt sie.*

DON PEDRO.
Wie geht's nun, Benedikt, du Ehemann? –

BENEDIKT. Ich will dir etwas sagen, Prinz: eine ganze hohe Schule von Witzknackern soll mich jetzt nicht aus meinem Humor sticheln. Meinst du, ich frage etwas nach einer Satire oder einem Epigramm? Könnte man von Einfällen beschmutzt werden, wer hätte dann noch einen saubern Fleck an sich? Mit einem Wort, weil ich mir's einmal vorgesetzt, zu heiraten, so mag mir die ganze Welt jetzt vorsetzen, was sie an Gegengründen weiß, mir soll's eins sein; und darum macht nur keine Glossen wegen dessen, was ich eh'mals dagegen gesagt habe; denn der Mensch ist ein schwindliges Geschöpf, und damit ist's gut. Was dich betrifft, Claudio, so dachte ich dir eins zu versetzen; aber da es den Anschein hat, als sollten wir jetzt Vettern werden, so lebe fort in heiler Haut, und liebe meine Muhme!

CLAUDIO. Ich hatte schon gehofft, du würdest Beatricen einen Korb geben, damit ich dich aus deinem einzelnen Stande hätte herausklopfen können und dich zu einem Dualisten machen, und ein solcher wirst du auch ohne Zweifel werden, wenn meine Muhme dir nicht gewaltig auf die Finger sieht.

BENEDIKT. Still doch, wir sind Freunde. Laßt uns vor der Hochzeit einen Tanz machen, das schafft uns leichtere Herzen, und unsern Frauen leichtere Füße.

LEONATO. Den Tanz wollen wir hernach haben.

BENEDIKT. Nein, lieber vorher; spielt nur, ihr Musikanten! – Prinz, du bist so nachdenklich, nimm dir eine Frau! nimm dir eine Frau! Es gibt keinen ehrwürdigern Stab, als der mit Horn beschlagen ist.

Ein Diener kommt.

DIENER. Mein Fürst, Eu'r Bruder ward im Fliehn gefangen; Man bracht' ihn mit Bedeckung nach Messina.

BENEDIKT. Denkt nicht eh'r als morgen an ihn; ich will unterdes schon auf derbe Strafen sinnen. Spielt auf, Musikanten!

Tanz. Alle ab.

WIE ES EUCH GEFÄLLT.

Personen

Der Herzog, in der Verbannung
Friedrich, Bruder des Herzogs und Usurpator seines Gebiets
Amiens,
Jaques, Edelleute, die den Herzog in der Verbannung begleiten
Le Beau, ein Hofmann in Friedrichs Diensten
Charles, Friedrichs Ringer
Oliver,
Jakob,
Orlando, Söhne des Freiherrn Roland de Boys
Adam,
Dennis, Bediente Olivers
Probstein, der Narr
Ehrn Olivarius Textdreher, ein Pfarrer
Corinnus,
Silvius, Schäfer
Wilhelm, ein Bauernbursche, in Käthchen verliebt
Eine Person, die den Hymen vorstellt
Rosalinde, Tochter des vertriebnen Herzogs
Celia, Friedrichs Tochter
Phoebe, eine Schäferin
Käthchen, ein Bauernmädchen
Edelleute der beiden Herzoge, Pagen,
Jäger und andres Gefolge
Die Szene ist anfänglich bei Olivers Hause; nachher teils am Hofe des Usurpators, teils im Ardenner Wald

Erster Aufzug

Erste Szene

Olivers Garten.
Orlando und Adam treten auf.

ORLANDO. So viel ich mich erinnre, Adam, war es folgendergestalt. Er vermachte mir im Testament nur ein armes Tausend Kronen, und, wie du sagst, schärfte meinem Bruder bei seinem Segen ein, mich gut zu erziehn, und da hebt mein Kummer an. Meinen Bruder Jakob unterhält er auf der Schule, und das Gerücht sagt goldne Dinge von ihm. Was mich betrifft, mich zieht er bäurisch zu Hause auf, oder eigentlicher zu sagen, behält mich unerzogen hier zu Hause. Denn nennt Ihr das Erziehung für einen Edelmann von meiner Geburt, was vor der Stallung eines Ochsen nichts voraus hat? Seine Pferde werden besser besorgt: denn außer dem guten Futter lernen sie auch ihre Schule, und zu dem Ende werden Bereiter teuer bezahlt; aber ich, sein Bruder, gewinne nichts bei ihm als Wachstum, wofür seine Tiere auf dem Mist ihm ebenso verpflichtet sind wie ich. Außer diesem Nichts, das er mir im Überfluß zugesteht, scheint sein Betragen das Etwas, welches die Natur mir gab, von mir zu nehmen: er läßt mich mit seinen Knechten essen, versperrt mir den brüderlichen Platz, und, so viel an ihm liegt, untergräbt er meinen angebornen Adel durch meine Erziehung. Das ist's, Adam, was mich betrübt, und der Geist meines Vaters, der, denke ich, auf mir ruht, fängt an, sich gegen diese Knechtschaft aufzulehnen. Ich will sie nicht länger ertragen, wiewohl ich noch kein kluges Mittel weiß, ihr zu entgehen.

ADAM. Dort kommt mein Herr, Euer Bruder.

Oliver tritt auf.

ORLANDO. Geh beiseit, Adam, und du sollst hören, wie er mich anfährt.

OLIVER. Nun, Junker, was macht Ihr hier?

ORLANDO. Nichts. Man hat mich nicht gelehrt, irgend etwas zu machen.

OLIVER. Was richtet Ihr denn zu Grunde?

ORLANDO. Ei, Herr, ich helfe Euch zu Grunde richten, was Gott gemacht hat, Euren armen unwerten Bruder, mit Nichtstun.

OLIVER. Beschäftigt Euch besser, und seid einmal nichtsnutzig!

ORLANDO. Soll ich Eure Schweine hüten und Trebern mit ihnen essen? Welches verlornen Sohns Erbteil habe ich durchgebracht, daß ich in solch Elend geraten müßte?

OLIVER. Wißt Ihr, wo Ihr seid, Herr?

ORLANDO.
O Herr, sehr gut! hier in Eurem Baumgarten.

OLIVER. Wißt Ihr, vor wem Ihr steht?

ORLANDO. Ja, besser als der mich kennt, vor dem ich stehe. Ich kenne Euch als meinen ältesten Bruder, und nach den sanften Banden des Bluts solltet Ihr mich ebenso kennen. Die Begünstigung der Nationen gesteht Euch Vorrechte vor mir zu, weil Ihr der Erstgeborne seid; aber derselbe Gebrauch beraubt mich meines Blutes nicht, wären auch zwanzig Brüder zwischen uns. Ich habe so viel vom Vater in mir als Ihr, obwohl Ihr der Verehrung, die ihm gebührt, näher seid, weil Ihr früher kamt.

OLIVER. Was, Knabe?

ORLANDO. Gemach, gemach, ältester Bruder! Dazu seid Ihr zu jung.

OLIVER. Willst du Hand an mich legen, Schurke?

ORLANDO. Ich bin kein Schurke: ich bin der jüngste Sohn des Freiherrn Roland de Boys. Er war mein Vater, und der ist dreifach ein Schurke, der da sagt, solch ein Vater konnte Schurken zeugen. Wärst du nicht mein Bruder, so ließe meine Hand deine Kehle nicht los, bis diese andre dir die Zunge für dies Wort ausgerissen hätte. Du hast dich selbst gelästert.

ADAM. Liebe Herren, seid ruhig! Um des Andenkens eures Vaters willen, seid einträchtig!

OLIVER. Laß mich gehn, sag' ich.

ORLANDO. Nicht eher, bis mir's gefällt: Ihr sollt mich anhören. Mein Vater legte Euch in seinem Testament auf, mir eine gute Erziehung zu geben. Ihr habt mich wie einen Bauern groß gezogen, habt alle Eigenschaften, die einem Edelmann zukommen, vor mir verborgen und verschlossen gehalten. Der Geist meines Vaters wird mächtig in mir, und ich will es nicht länger erdulden: darum gesteht mir solche Übungen zu, wie sie dem Edelmann geziemen, oder gebt mir das geringe Teil, das mir mein Vater im Testament hinterließ, so will ich mein Glück damit versuchen.

OLIVER. Und was willst du anfangen? Betteln, wenn das durchgebracht ist? Gut, geht nur hinein, ich will mich nicht lange mit Euch quälen, Ihr sollt zum Teil Euren Willen haben: ich bitt' Euch, laßt mich nur!

ORLANDO. Ich will Euch nicht weiter belästigen, als mir für mein Bestes notwendig ist.

OLIVER. Packt Euch mit ihm, alter Hund!

ADAM. Ist »alter Hund« mein Lohn? Doch es ist wahr, die Zähne sind mir in Eurem Dienst ausgefallen. – Gott segne meinen alten Herrn, er hätte solch ein Wort nicht gesprochen.

Orlando und Adam ab.

OLIVER. Steht es so? Fängst du an, mir über den Kopf zu wachsen? Ich will dir den Kitzel vertreiben, und die tausend Kronen doch nicht geben. He, Dennis!

Dennis kommt.

DENNIS. Rufen Euer Gnaden?

OLIVER. Wollte nicht Charles, des Herzogs Ringer, mit mir sprechen?

DENNIS. Wenn es Euch beliebt, er ist hier an der Tür und bittet sehr um Zutritt zu Euch.

OLIVER. Ruft ihn herein!

Dennis ab.

Das wird eine gute Auskunft sein, und morgen ist
der Wettkampf schon.

Charles kommt.

CHARLES. Euer Gnaden guten Morgen!

OLIVER. Guter Monsieur Charles! – Was sind die neuesten Neuigkeiten am neuen Hof?

CHARLES. Keine Neuigkeiten am Hof als die alten, nämlich daß der alte Herzog von seinem jüngeren Bruder, dem neuen Herzog, vertrieben ist, und drei oder vier getreue Herren haben sich in freiwillige Verbannung mit ihm begeben; ihre Ländereien und Einkünfte bereichern den neuen Herzog, darum gibt er ihnen gern Erlaubnis, zu wandern.

OLIVER. Könnt Ihr mir sagen, ob Rosalinde, des Herzogs Tochter, mit ihrem Vater verbannt ist?

CHARLES. O nein, denn des Herzogs Tochter, ihre Muhme, liebt sie so, da sie von der Wiege an zusammen aufgewachsen sind: sie wäre ihr in die Verbannung gefolgt, oder gestorben, wenn sie hätte zurückbleiben müssen. Sie ist am Hofe, und der Oheim liebt sie nicht weniger als seine eigne Tochter. Niemals haben sich zwei Frauen mehr geliebt als sie.

OLIVER. Wo wird sich der alte Herzog aufhalten?

CHARLES. Sie sagen, er ist bereits im Ardenner Wald, und viel lustige Leute mit ihm, und da leben sie wie Zigeunervolk. Es heißt, viele junge Leute strömen ihm täglich zu, und versaufen sorglos die Zeit, wie im goldnen Alter.

OLIVER.
Sagt, werdet Ihr morgen vor dem Herzoge ringen?

CHARLES. Ganz gewiß, Herr, und ich komme, Euch etwas zu eröffnen. Man hat mich unter der Hand benachrichtigt, daß Euer jüngster Bruder Orlando gewillt ist, gegen mich verkleidet einen Gang zu wagen. Morgen, Herr, ringe ich für meinen Ruhm, und wer ohne zerbrochne Gliedmaßen davon kommt, wird von Glück zu sagen haben. Euer Bruder ist jung und zart, und um Euretwillen sollte es mir leid tun, ihn so zuzurichten, wie ich doch meiner eignen Ehre wegen müßte, wenn er sich stellt. Darum kam ich aus Liebe zu Euch her, Euch Nachricht davon zu geben, damit Ihr ihn entweder von seinem Vorhaben zurückhaltet, oder nicht übel nehmt, was über ihn ergeht, weil er sich's doch selber zugezogen hat, und es ganz gegen meinen Willen geschieht.

OLIVER. Charles, ich danke dir für deine Liebe zu mir, die ich freundlichst vergelten will, wie du sehn sollst. Ich habe selbst einen Wink von meines Bruders Absicht hierauf bekommen, und unter der Hand gearbeitet, ihn davon abzubringen, aber er ist entschlossen. Ich muß dir sagen, Charles, – er ist der hartnäckigste junge Bursch in Frankreich, voll Ehrgeiz, ein neidischer Nebenbuhler von jedermanns Gaben, ein heimlicher und niederträchtiger Ränkemacher gegen mich, seinen leiblichen Bruder. Darum tu' nach Gefallen: mir wär's so lieb, du brächest ihm den Hals als die Finger; und du magst dich nur vorsehn, denn wenn du ihm nur eine geringe Schmach zufügst, oder wenn er keine große Ehre an dir einlegen kann, so wird er dir mit Gift nachstellen, dich durch irgend eine Verräterei fangen, und nicht von dir lassen, bis er dich auf diese oder jene Weise ums Leben gebracht hat; denn ich versichre dir, und fast mit Tränen sage ich es, es lebt kein Mensch auf Erden, der so jung und so verrucht wäre. Ich spreche noch brüderlich von ihm; sollte ich ihn dir zergliedern, so wie er ist, so müßte ich erröten und weinen, und du müßtest blaß werden und erstaunen.

CHARLES. Ich bin herzlich erfreut, daß ich zu Euch kam. Stellt er sich morgen ein, so will ich ihm seinen Lohn geben. Wenn er je wieder auf die Beine kommt, so will ich mein Lebtag nicht wieder um den Preis ringen. Gott behüte Euer Gnaden! *Ab.*

OLIVER. Lebt wohl, guter Charles! – Nun will ich den Abenteurer anspornen. Ich hoffe, sein Ende zu erleben, denn meine Seele, ich weiß nicht warum, hasset nichts so sehr als ihn. Doch ist er von sanftem Gemüt, nicht belehrt und dennoch unterrichtet, voll edlen Trachtens, von jedermann bis zur Verblendung geliebt; und in der Tat so fest im Herzen der Leute, besonders meiner eignen, die ihn am besten kennen, daß ich darüber ganz gering geschätzt werde. Aber so soll es nicht lange sein, – dieser Ringer soll alles ins reine bringen. Es bleibt nichts zu tun übrig, als daß ich den Knaben dorthin hetze, was ich gleich ins Werk richten will. *Ab.*

Zweite Szene

Eine Esplanade vor des Herzogs Palast. Rosalinde und Celia treten auf.

CELIA.
Ich bitte dich, Rosalinde, liebes Mühmchen, sei lustig!

ROSALINDE. Liebe Celia, ich zeige mehr Fröhlichkeit, als ich in meiner Gewalt habe, und du wolltest dennoch, daß ich noch lustiger wäre? Kannst du mich nicht lehren, einen verbannten Vater zu vergessen, so mußt du nicht verlangen, daß mir eine ungewöhnliche Lust in den Sinn kommen soll.

CELIA. Daran sehe ich, daß du mich nicht in so vollem Maße liebst, wie ich dich liebe. Wenn mein Oheim, dein verbannter Vater, deinen Oheim, den Herzog, meinen Vater, verbannt hätte, und du wärst immer bei mir geblieben, so hätte ich meine Liebe gewöhnen können, deinen Vater als den meinigen anzusehn. Das würdest du auch tun, wenn deine Liebe zu mir von so echter Beschaffenheit wäre, als die meinige zu dir.

ROSALINDE. Gut, ich will meinen Glücksstand vergessen, um mich an deinem zu erfreun.

CELIA. Du weißt, mein Vater hat kein Kind außer mir, und auch keine Aussicht, eins zu bekommen; und wahrlich, wenn er stirbt, sollst du seine Erbin sein: denn was er deinem Vater mit Gewalt genommen, will ich dir in Liebe wieder geben. Bei meiner Ehre, das will ich, und wenn ich meinen Eid breche, mag ich zum Ungeheuer werden! Darum, meine süße Rose, meine liebe Rose, sei lustig!

ROSALINDE. Das will ich von nun an, Mühmchen, und auf Späße denken. Laß sehen, was hältst du vom Verlieben?

CELIA. Ei ja, tu's, um Spaß damit zu treiben! Aber liebe keinen Mann in wahrem Ernst, auch zum Spaß nicht weiter, als daß du mit einem unschuldigen Erröten in Ehren wieder davon kommen kannst.

ROSALINDE. Was wollen wir denn für Spaß haben?

CELIA. Laß uns sitzen und die ehrliche Hausmutter Fortuna von ihrem Rade weglästern, damit ihre Gaben künftig gleicher ausgeteilt werden mögen.

ROSALINDE. Ich wollte, wir könnten das: denn ihre Wohltaten sind oft gewaltig übel angebracht, und am meisten versieht sich die freigebige blinde Frau mit ihren Geschenken an Frauen.

CELIA. Das ist wahr; denn die, welche sie schön macht, macht sie selten ehrbar, und die, welche sie ehrbar macht, macht sie sehr häßlich.

ROSALINDE. Nein, da gehst du über von Fortunens Amt zu dem der Natur: Fortuna herrscht in den weltlichen Gaben, nicht in den Zügen der Natur.

Probstein kommt.

CELIA. Nicht? wenn die Natur ein schönes Geschöpf gemacht hat, kann es Fortuna nicht ins Feuer fallen lassen? – Wiewohl uns die Natur Witz genug verliehen hat, um des Glückes zu spotten, schickt es nicht diesen Narren herein, dem Gespräch ein Ende zu machen?

ROSALINDE. In der Tat, da ist das Glück der Natur zu mächtig, wenn es durch einen natürlichen Einfaltspinsel dem natürlichen Witz ein Ende macht.

CELIA. Wer weiß, auch dies ist nicht das Werk des Glückes, sondern der Natur, die unsern natürlichen Witz zu albern findet, um über solche Göttinnen zu klügeln, und uns diesen Einfältigen zum Schleifstein geschickt hat: denn immer ist die Albernheit des Narren der Schleifstein der Witzigen. – Nun, Witziger? wohin wanderst du?

PROBSTEIN.
Fräulein, Ihr müßt zu Eurem Vater kommen.

CELIA. Seid Ihr als Bote abgeschickt?

PROBSTEIN. Nein, auf meine Ehre, man hieß mich nur nach Euch gehn.

ROSALINDE. Wo hast du den Schwur gelernt, Narr?

PROBSTEIN. Von einem gewissen Ritter, der bei seiner Ehre schwur, die Pfannkuchen wären gut, und bei seiner Ehre schwur, der Senf wäre nichts nutz. Nun behaupte ich, die Pfannkuchen waren nichts nutz und der Senf gut, und doch hatte der Ritter nicht falsch geschworen.

CELIA. Wie beweiset Ihr das in der Hülle und Fülle Eurer Gelahrtheit?

ROSALINDE.
Ei ja, nun nehmt Eurer Weisheit den Maulkorb ab!

PROBSTEIN. Tretet beide vor, streicht Euer Kinn, und schwört bei euren Bärten, daß ich ein Schelm bin.

CELIA. Bei unsern Bärten, wenn wir welche hätten, du bist einer.

PROBSTEIN. Bei meiner Schelmerei, wenn ich sie hätte, dann wär' ich einer. Aber wenn ihr bei dem schwört, was nicht ist, so habt ihr nicht falsch geschworen; ebenso wenig der Ritter, der auf seine Ehre schwur, denn er hatte niemals welche, oder wenn auch, so hatte er sie längst weggeschworen, ehe ihm diese Pfannkuchen und der Senf zu Gesicht kamen.

CELIA. Ich bitte dich, wen meinst du?

PROBSTEIN.
Einen, den der alte Friedrich, Euer Vater, liebt.

CELIA. Meines Vaters Liebe reicht hin, ihm zu Ehre zu verhelfen. Genug, sprecht nicht mehr von ihm; Ihr werdet gewiß nächstens einmal für Euren bösen Leumund gestäupt.

PROBSTEIN. Desto schlimmer, daß Narren nicht mehr weislich sagen dürfen, was weise Leute närrisch tun.

CELIA. Meiner Treu, du sagst die Wahrheit: denn seit das bißchen Witz, was die Narren haben, zum Schweigen gebracht worden ist, so macht das bißchen Narrheit, was weise Leute besitzen, große Parade. Da kommt Monsieur Le Beau.

Le Beau tritt auf.

ROSALINDE. Den Mund voll von Neuigkeiten.

CELIA. Die er uns zukommen lassen wird, wie Tauben ihre Jungen füttern.

ROSALINDE.
Da werden wir also mit Neuigkeiten gemästet.

CELIA. Desto besser, so stehn wir ansehnlicher zu Markt. Guten Morgen, Monsieur Le Beau! Was gibt es Neues?

LE BEAU.
Schöne Prinzessin, Euch ist ein guter Spaß entgangen.

CELIA. Ein Spaß? wohin?

LE BEAU.
Wohin, Madame? Wie soll ich das beantworten?

ROSALINDE. Wie es Witz und Glück verleihen.

PROBSTEIN. Oder wie das Verhängnis beschließt.

CELIA.
Gut gesagt! Das war wie mit der Kelle angeworfen.

PROBSTEIN.
Ja, wenn ich meinen Geschmack nicht behaupte –

ROSALINDE. So verlierst du deinen alten Beischmack.

LE BEAU. Ihr bringt mich aus der Fassung, meine Damen. Ich wollte euch von einem wackern Ringen erzählen, das ihr versäumt habt mit anzusehn.

ROSALINDE. Sagt uns doch, wie es dabei herging!

LE BEAU. Ich will euch den Anfang erzählen, und wenn es Euer Gnaden gefällt, könnt ihr das Ende ansehn; denn das Beste muß noch geschehen, und sie kommen hieher, wo ihr seid, um es auszuführen.

CELIA. Gut, den Anfang, der tot und begraben ist.

LE BEAU.
Es kam ein alter Mann mit seinen drei Söhnen, –

CELIA. Ich weiß ein altes Märchen, das so anfängt.

LE BEAU. Drei stattliche junge Leute, vortrefflich gewachsen und männlich, –

ROSALINDE. Mit Zetteln am Halse: »Kund und zu wissen sei männiglich,« –

LE BEAU. Der älteste unter den dreien rang mit Charles, des Herzogs Ringer. Charles warf ihn in einem Augenblick nieder, und brach ihm drei Rippen entzwei, so daß fast keine Hoffnung für sein Leben ist; ebenso richtete er den zweiten und den dritten zu. Dort liegen sie, und der arme alte Mann, ihr Vater, erhebt eine so jämmerliche Wehklage über sie, daß alle Zuschauer ihm mit Weinen beistehn.

ROSALINDE. Ach!

PROBSTEIN. Aber welches ist der Spaß, Herr, der den Damen entgangen ist?

LE BEAU. Nun, der, wovon ich spreche.

PROBSTEIN. So wird man alle Tage klüger! Das ist das erste, was ich höre, daß Rippenentzweibrechen ein Spaß für Damen ist.

CELIA. Ich auch, das versichre ich dir.

ROSALINDE. Aber ist denn noch jemand da, den danach lüstet, sich mit dieser Musik die Seiten sprengen zu lassen? Ist noch sonst wer auf zerbrochne Rippen erpicht? – Sollen wir das Ringen mit ansehen, Muhme?

LE BEAU. Ihr müßt, wenn ihr hier bleibt; denn sie

haben diesen Platz zum Kampfe gewählt: er wird gleich vor sich gehn.

CELIA. Wirklich, dort kommen sie. Laß uns nun bleiben und zusehn!

Trompetenstoß. Herzog Friedrich, Herren vom Hofe, Orlando, Charles und Gefolge.

HERZOG FRIEDRICH. Wohlan! Da der junge Mensch nicht hören will, so mag er auf seine eigne Gefahr vorwitzig sein.

ROSALINDE. Ist der dort der Mann?

LE BEAU. Das ist er, mein Fräulein.

CELIA. Ach, er ist zu jung, doch hat er ein siegreiches Ansehn.

HERZOG FRIEDRICH. Ei, Tochter und Nichte? Seid ihr hieher geschlichen, um das Ringen zu sehn?

ROSALINDE.
Ja, mein Fürst, wenn Ihr uns gütigst erlaubt.

HERZOG FRIEDRICH. Ihr werdet wenig Vergnügen daran finden, das kann ich euch sagen: das Paar ist zu ungleich. Aus Mitleid mit des Ausfoderers Jugend, möchte ich ihn gern davon abbringen, allein er läßt sich nicht raten; sprecht mit ihm, Fräuleins, seht, ob ihr ihn bewegen könnt!

CELIA. Ruft ihn hieher, guter Monsieur Le Beau!

HERZOG FRIEDRICH.
Tut das, ich will nicht dabei sein.

Der Herzog entfernt sich.

LE BEAU. Herr Ausfoderer, die Prinzessinnen verlangen Euch zu sprechen.

ORLANDO. Ich bin ehrerbietigst zu ihrem Befehl.

ROSALINDE. Junger Mann, habt Ihr Charles den Ringer herausgefordert?

ORLANDO. Nein, schöne Prinzessin; er ist der allgemeine Ausfoderer: ich komme bloß wie andre auch, die Kräfte meiner Jugend gegen ihn zu versuchen.

CELIA. Junger Mann, Euer Mut ist zu kühn für Eure Jahre. Ihr habt einen grausamen Beweis von der Stärke dieses Menschen gesehn: wenn Ihr Euch selbst mit Euren Augen sähet, oder mit Eurem Urteil erkenntet, so würde Euch die Furcht vor dem Ausgange ein gleicheres Wagstück anraten. Wir bitten Euch um Eurer selbst willen, an Eure Sicherheit zu denken und das Unternehmen aufzugeben.

ROSALINDE. Tut das, junger Mann; Euer Ruf soll deswegen nicht herabgesetzt werden. Es soll unser Gesuch beim Herzoge sein, daß das Ringen nicht vor sich gehe.

ORLANDO. Ich beschwöre euch, straft mich nicht mit euren nachteiligen Gedanken; ich erkenne mich selbst für schuldig, daß ich so schönen und vortrefflichen Fräulein irgend etwas verweigre. Laßt nur eure schönen Augen und freundlichen Wünsche mich zu meiner Prüfung geleiten! Wenn ich zu Boden geworfen werde, so kommt nur Schmach über jemand, der noch niemals in Ehren war; wenn umgebracht, so ist nur jemand tot, der sich nichts anders wünscht. Ich werde meinen Freunden kein Leid zufügen, denn ich habe keine, mich zu beweinen; und der Welt keinen Nachteil, denn ich besitze nichts in ihr: ich fülle in der Welt nur einen Platz aus, der besser besetzt werden kann, wenn ich ihn räume.

ROSALINDE. Ich wollte, das bißchen Stärke, das ich habe, wäre mit Euch.

CELIA. Meine auch, um ihre zu ergänzen.

ROSALINDE. Fahrt wohl! Gebe der Himmel, daß ich mich in Euch betrüge!

CELIA. Eures Herzens Wunsch werde Euch zuteil!

CHARLES. Wohlan, wo ist der junge Held, dem so danach gelüstet, bei seiner Mutter Erde zu liegen?

ORLANDO. Hier ist er, Herr, aber sein Wille hegt eine anständigere Absicht.

HERZOG FRIEDRICH.
Ihr sollt nur einen Gang machen.

CHARLES. Ich stehe Euer Hoheit dafür, Ihr werdet ihn nicht zu einem zweiten bereden, nachdem Ihr ihn so dringend vom ersten abgemahnt habt.

ORLANDO. Ihr denkt nachher über mich zu spotten, so braucht Ihr's nicht vorher zu tun. Doch kommt zur Sache!

ROSALINDE.
Nun, Herkules steh' dir bei, junger Mann!

CELIA. Ich wollte, ich wäre unsichtbar, um dem starken Manne das Bein unterweg ziehen zu können.

Charles und Orlando ringen.

ROSALINDE. Hätte ich einen Donnerkeil in meinen Augen, so weiß ich, wer zu Boden sollte.

Charles wird zu Boden geworfen. Jubelgeschrei.

HERZOG FRIEDRICH. Nicht weiter! Nicht weiter!

ORLANDO. Ja, wenn es Euer Hoheit beliebt: ich habe noch keinen Odem wieder.

HERZOG FRIEDRICH. Wie steht's mit dir, Charles?

LE BEAU. Er kann nicht sprechen, mein Fürst.

HERZOG FRIEDRICH. Tragt ihn weg! Wie ist dein Name, junger Mensch?

ORLANDO. Orlando, mein Fürst, der jüngste Sohn des Freiherrn Roland de Boys.

HERZOG FRIEDRICH.
Ich wollt', du wärst sonst jemands Sohn gewesen.
Die Welt hielt deinen Vater ehrenwert,
Doch ich erfand ihn stets als meinen Feind.
Du würd'st mir mehr mit dieser Tat gefallen,
Wenn du aus einem andern Hause stammtest.
Doch fahre wohl; du bist ein wackrer Jüngling:
Hätt'st du 'nen andern Vater nur genannt!

Herzog Friedrich mit Gefolge und Le Beau ab.

CELIA. Wär' ich mein Vater, Mühmchen, tät' ich dies?

ORLANDO. Ich bin weit stolzer, Rolands Sohn zu sein,
Sein jüngster Sohn, – und tauschte nicht den Anspruch,
Würd' ich auch Friedrichs angenommner Erbe.

ROSALINDE. Mein Vater liebte Roland wie sein Leben,
Und alle Welt war so wie er gesinnt.
Hätt' ich zuvor den jungen Mann gekannt,
Den Bitten hätt' ich Tränen zugesellt,
Eh' er sich so gewagt.

CELIA. Komm, liebe Muhme,
Laß uns ihm danken und ihm Mut einsprechen:
Denn meines Vaters rauhe, neid'sche Art
Geht mir ans Herz. – Herr, Ihr habt Lob verdient;
Wenn Ihr im Lieben Eu'r Versprechen haltet,
Wie Ihr verdunkelt, was man sich versprach,
Ist Eure Liebste glücklich.

ROSALINDE *gibt ihm eine Kette von ihrem Halse.*
Junger Mann,
Tragt dies von mir, von einer Glückverstoßnen,

Die mehr wohl gäbe, fehlt' es nicht an Mitteln.
Nun, gehn wir, Muhme?

CELIA. Ja. – Lebt wohl denn, edler Junker!

ORLANDO.
Kann ich nicht sagen: Dank? Mein beßres Teil
Liegt ganz darnieder; was noch aufrecht steht,
Ist nur ein Wurfziel, bloß ein leblos Holz.

ROSALINDE.
Er ruft uns nach: mein Stolz sank mit dem Glück,
Ich frag' ihn, was er will: – Rieft Ihr uns, Herr? –
Herr, Ihr habt brav gekämpft und mehre noch
Besiegt als Eure Feinde.

CELIA. Komm doch, Mühmchen!

ROSALINDE. Ich komme schon, – lebt wohl!

Rosalinde und Celia ab.

ORLANDO. Welch ein Gefühl belastet meine Zunge?
Ich kann nicht reden, lud sie gleich mich ein.

Le Beau kommt.

Armer Orlando! du bist überwältigt,
Charles oder etwas Schwächers siegt dir ob.

LE BEAU.
Mein guter Herr, ich rat' aus Freundschaft Euch,
Verlaßt den Ort; wiewohl Ihr hohen Preis
Euch habt erworben, Lieb' und echten Beifall,
So steht doch so des Herzogs Stimmung nun,
Daß er mißdeutet, was Ihr nun getan.
Der Fürst ist launisch; was er ist, in Wahrheit,
Ziemt besser Euch zu sehn, als mir zu sagen.

ORLANDO.
Ich dank' Euch, Herr, und bitt' Euch, sagt mir dies:
Wer war des Herzogs Tochter, von den beiden,
Die hier beim Ringen waren?

LE BEAU. Von beiden keine, wenn's nach Sitten gilt.
Doch wirklich ist die kleinste seine Tochter,
Die andre, Tochter des verbannten Herzogs,
Von ihrem Oheim hier zurückbehalten
Zu seiner Tochter Umgang: ihre Liebe
Ist zärtlicher als schwesterliche Bande.
Doch sag' ich Euch, seit kurzem hegt der Herzog
Unwillen gegen seine holde Nichte,
Der auf die Ursach' bloß gegründet ist,
Daß sie die Welt um ihre Gaben preist,
Und sie beklagt um ihres Vaters willen;
Und auf mein Wort, sein Ingrimm auf das Fräulein
Bricht einmal plötzlich los. – Lebt wohl, mein Herr:
Dereinst, in einer bessern Welt als diese,
Wünsch' ich mir mehr von Eurer Lieb' und Umgang.

ORLANDO.
Ich bleib' Euch sehr verbunden; lebet wohl!

Le Beau ab.

So muß ich aus dem Dampf in die Erstickung,
Von Herzogs Druck in Bruders Unterdrückung.
Doch Engel Rosalinde!

Ab.

Dritte Szene

Ein Zimmer im Palast.
Celia und Rosalinde treten auf.

CELIA. Ei, Mühmchen! ei, Rosalinde! – Cupido sei uns gnädig, nicht ein Wort?

ROSALINDE. Nicht eins, das man einem Hunde vorwerfen könnte.

CELIA. Nein, deine Worte sind zu kostbar, um sie den Hunden vorzuwerfen: wirf mir einige zu! Komm, lähme mich mit Vernunftgründen!

ROSALINDE. Da wär' es um zwei Muhmen geschehn, wenn die eine mit Gründen gelähmt würde, und die andre unklug ohne Grund.

CELIA. Aber ist das alles um deinen Vater?

ROSALINDE. Nein, etwas davon ist um meines Vaters Kind. Oh, wie voll Disteln ist diese Werktagswelt!

CELIA. Es sind nur Kletten, Liebe, die dir bei einem Festtagsspaß angeworfen werden. Wenn wir nicht in gebahnten Wegen gehn, so haschen unsre eignen Röcke sie auf.

ROSALINDE. Vom Rocke könnt' ich sie abschütteln; diese Kletten stecken mir im Herzen.

CELIA. Huste sie weg!

ROSALINDE. Das wollte ich wohl tun, wenn ich ihn herbei husten könnte.

CELIA. Ei was, ringe mit deinen Neigungen!

ROSALINDE. Ach, sie nehmen die Partei eines bessern Ringers, als ich bin.

CELIA. Helfe dir der Himmel! Du wirst dich zu seiner Zeit mit ihm messen, gilt es auch eine Niederlage. – Doch laß uns diese Scherze abdanken und in vollem Ernste sprechen. Ist es möglich, daß du mit einem Male in eine so gewaltige Zuneigung zu des alten Herrn Roland jüngstem Sohn verfallen konntest?

ROSALINDE. Der Herzog, mein Vater, liebte seinen Vater über alles.

CELIA. Folgt daraus, daß du seinen Sohn über alles lieben mußt? Nach dieser Folgerung müßte ich ihn hassen, denn mein Vater haßte seinen Vater über alles, und doch hasse ich den Orlando nicht.

ROSALINDE.
Nein, gewiß, hasse ihn nicht, um meinetwillen!

CELIA. Warum sollte ich? Verdient er nicht alles Gute?

Herzog Friedrich kommt mit Herren vom Hofe.

ROSALINDE. Um deswillen laß mich ihn lieben, und liebe du ihn, weil ich es tue! – Sieh, da kommt der Herzog.

CELIA. Die Augen voller Zorn.

HERZOG FRIEDRICH.
Fräulein, in schnellster Eile schickt Euch an,
Und weicht von unserm Hof!

ROSALINDE. Ich, Oheim?

HERZOG FRIEDRICH. Ja, Ihr, Nichte.
Wenn in zehn Tagen du gefunden wirst
Von unserm Hofe binnen zwanzig Meilen,
Bist du des Todes.

ROSALINDE. Ich ersuch' Eu'r Gnaden,
Gebt mir die Kenntnis meines Fehlers mit!
Wenn ich Verständnis hatte mit mir selbst,
Ja irgend meine eignen Wünsche kenne,
Wenn ich nicht träum' und nicht von Sinnen bin,
Wie ich nicht hoffe: nie, mein werter Oheim,
Selbst nicht mit ungeborenen Gedanken,
Beleidigt' ich Eu'r Hoheit.

HERZOG FRIEDRICH. So sprechen stets Verräter:
Beständ' in Worten ihre Reinigung,
So sind sie schuldlos wie die Heiligkeit.
Laß dir's genügen, daß ich dir nicht traue.

ROSALINDE.
Doch macht Eu'r Mißtraun nicht mich zum Verräter;
Sagt mir, worauf der Anschein denn beruht!
HERZOG FRIEDRICH.
Genug, du bist die Tochter deines Vaters.
ROSALINDE.
Das war ich, als Eu'r Hoheit ihm sein Land nahm,
Das war ich, als Eu'r Hoheit ihn verbannte.
Verräterei wird nicht vererbt, mein Fürst:
Und, überkämen wir von Freunden sie,
Was geht's mich an? Mein Vater übte keine.
Drum, bester Herr, verkennt mich nicht so sehr,
Zu glauben, meine Armut sei verrät'risch.
CELIA. Mein teuerster Gebieter, hört mich an!
HERZOG FRIEDRICH.
Ja, Celia, dir zu lieb ließ ich sie bleiben,
Sonst irrte sie umher mit ihrem Vater.
CELIA. Ich bat nicht damals, daß sie bleiben möchte,
Ihr wolltet es, Ihr waret selbst erweicht.
Ich war zu jung um die Zeit, sie zu schätzen;
Jetzt kenn' ich sie: wenn sie verrät'risch ist,
So bin ich's auch; wir schliefen stets beisammen,
Erwachten, lernten, spielten mit einander,
Und wo wir gingen, wie der Juno Schwäne,
Da gingen wir gepaart und unzertrennlich.
HERZOG FRIEDRICH.
Sie ist zu fein für dich, und ihre Sanftmut,
Ihr Schweigen selbst und ihre Duldsamkeit,
Spricht zu dem Volk, und es bedauert sie.
Du Törin du! Sie stiehlt dir deinen Namen,
Und du scheinst glänzender und tugendreicher
Ist sie erst fort; drum öffne nicht den Mund:
Fest und unwiderruflich ist mein Spruch,
Der über sie erging: sie ist verbannt.
CELIA. Sprecht denn dies Urteil über mich, mein Fürst:
Ich kann nicht leben außer ihrer Nähe.
HERZOG FRIEDRICH.
Du bist 'ne Törin. – Nichte, seht Euch vor!
Wenn Ihr die Zeit versäumt: auf meine Ehre,
Und kraft der Würde meines Worts, Ihr sterbt.
Herzog und Gefolge ab.
CELIA. O arme Rosalinde, wohin willst du?
Willst du die Väter tauschen? So nimm meinen!
Ich bitt' dich, sei nicht trauriger als ich!
ROSALINDE. Ich habe ja mehr Ursach'.
CELIA. Nicht doch, Muhme!
Sei nur getrost! Weißt du nicht, daß mein Vater
Mich, seine Tochter, hat verbannt?
ROSALINDE. Das nicht.
CELIA. Das nicht? So fehlt die Liebe Rosalinden,
Die dich belehrt, daß du und ich nur eins?
Soll man uns trennen? Soll'n wir scheiden, Süße?
Nein, mag mein Vater andre Erben suchen.
Ersinne nur mit mir, wie wir entfliehn,
Wohin wir gehn, und was wir mit uns nehmen;
Und suche nicht die Last auf dich zu ziehn,
Dein Leid zu tragen und mich auszuschließen.
Bei diesem Himmel, bleich von unserm Gram,
Sag, was du willst, ich gehe doch mit dir.
ROSALINDE. Wohl, wohin gehn wir?
CELIA. Zu meinem Oheim im Ardenner Wald.
ROSALINDE.
Doch ach, was für Gefahr wird es uns bringen,
So weit zu reisen, Mädchen wie wir sind?
Schönheit lockt Diebe schneller noch als Gold.
CELIA. Ich stecke mich in arme, niedre Kleidung,
Und streiche mein Gesicht mit Ocker an.
Tu' eben das: so ziehn wir unsern Weg
Und reizen keine Räuber.
ROSALINDE. Wär's nicht besser,
Weil ich von mehr doch als gemeinem Wuchs,
Daß ich mich trüge völlig wie ein Mann?
Den schmucken kurzen Säbel an der Hüfte,
Den Jagdspieß in der Hand, und – läg' im Herzen
Auch noch so viele Weiberfurcht versteckt –
Wir sähen kriegerisch und prahlend drein,
Wie manche andre Männermemmen auch,
Die mit dem Ansehn es zu zwingen wissen.
CELIA.
Wie willst du heißen, wenn du nun ein Mann bist?
ROSALINDE. Nicht schlechter als der Page Jupiters;
Denk' also dran, mich Ganymed zu nennen!
Doch wie willst du genannt sein?
CELIA. Nach etwas, das auf meinen Zustand paßt:
Nicht länger Celia, sondern Aliena.
ROSALINDE.
Wie, Muhme, wenn von Eures Vaters Hof
Wir nun den Schalksnarr'n wegzustehlen suchten?
Wär' er uns nicht ein Trost auf unsrer Reise?
CELIA.
Oh, der geht mit mir in die weite Welt,
Um den laß mich nur werben! Laß uns gehn,
Und unsern Schmuck und Kostbarkeiten sammeln,
Die beste Zeit und sichern Weg bedenken
Vor der Verfolgung, die nach meiner Flucht
Wird angestellt. So ziehn wir denn in Frieden,
Denn Freiheit ist uns, nicht der Bann beschieden.
Ab.

Zweiter Aufzug

Erste Szene

Der Ardenner Wald.
Der Herzog, Amiens und andre Edelleute in Jägerkleidung.

HERZOG.
Nun, meine Brüder und des Banns Genossen,
Macht nicht Gewohnheit süßer dieses Leben
Als das gemalten Pomps? Sind diese Wälder
Nicht sorgenfreier als der falsche Hof?
Wir fühlen hier die Buße Adams nur,
Der Jahrszeit Wechsel; so den eis'gen Zahn
Und böses Schelten von des Winters Sturm.
Doch wenn er beißt und auf den Leib mir bläst,
Bis ich vor Kälte schaudre, sag' ich lächelnd:
»Dies ist nicht Schmeichelei; Ratgeber sind's,
Die fühlbar mir bezeugen, wer ich bin.«
Süß ist die Frucht der Widerwärtigkeit,
Die, gleich der Kröte, häßlich und voll Gift,
Ein köstliches Juwel im Haupte trägt.
Die unser Leben, vom Getümmel frei,
Gibt Bäumen Zungen, findet Schrift im Bach
In Steinen Lehre, Gutes überall.
AMIENS.
Ich tauscht' es selbst nicht: glücklich ist Eu'r Hoheit,

Die auszulegen weiß des Schicksals Härte
In solchem ruhigen und milden Sinn.

HERZOG.
Kommt, soll'n wir gehen und uns Wildbret töten?
Doch reut mich's, daß wir den gefleckten Narr'n,
Die Bürger sind in dieser öden Stadt,
Auf eignem Grund mit hak'gen Spitzen blutig
Die runden Hüften reißen.

ERSTER EDELMANN.
Ja, mein Fürst,
Den melanchol'schen Jaques kränkt dies sehr,
Er schwört, daß Ihr auf diesem Weg mehr Unrecht
Als Euer Bruder übt, der Euch verbannt.
Heut schlüpften ich und Amiens hinter ihn,
Als er sich hingestreckt an einer Eiche,
Wovon die alte Wurzel in den Bach
Hineinragt, der da braust den Wald entlang.
Es kam dahin ein arm verschüchtert Wild,
Das von des Jägers Pfeil beschädigt war,
Um auszuschmachten; und gewiß, mein Fürst,
Das arme Tier stieß solche Seufzer aus,
Daß jedesmal sein ledern Kleid sich dehnte
Zum Bersten fast: und dicke runde Tränen
Längs der unschuld'gen Nase liefen kläglich
Einander nach; und der behaarte Narr,
Genau bemerkt vom melanchol'schen Jaques,
Stand so am letzten Rand des schnellen Bachs,
Mit Tränen ihn vermehrend.

HERZOG.
Nun, und Jaques?
Macht' er dies Schauspiel nicht zur Sittenpredigt?

ERSTER EDELMANN.
O ja, in tausend Gleichnissen. Zuerst
Das Weinen in den unbedürft'gen Strom:
»Ach, armer Hirsch!« so sagt' er, »wie der Weltling
Machst du dein Testament, gibst dem den Zuschuß,
Der schon zu viel hat.« – Dann, weil er allein
Und von den samtnen Freunden war verlassen:
»Recht!« sagt' er, »so verteilt das Elend stets
Des Umgangs Flut.« – Alsbald ein Rudel Hirsche,
Der Weide voll, sprang sorglos an ihm hin,
Und keiner stand zum Gruße. »Ja«, rief Jaques,
»Streift hin, ihr fetten, wohlgenährten Städter!
So ist die Sitte eben: warum schaut ihr
Nach dem bankrotten armen Schelme da?«
Auf diese Art durchbohrt er schmähungsvoll
Den Kern vom Lande, Stadt und Hof, ja selbst
Von diesem unsern Leben; schwört, daß wir
Nichts als Tyrannen, Räuber, Schlimmres noch,
Weil wir die Tiere schrecken, ja sie töten,
In ihrem eignen heimatlichen Sitz.

HERZOG.
Und ließet ihr in der Betrachtung ihn?

ERSTER EDELMANN.
Ja, gnäd'ger Herr, beweinend und besprechend
Das schluchzende Geschöpf.

HERZOG.
Zeigt mir den Ort,
Ich lasse gern in diesen düstern Launen
Mich mit ihm ein: er ist dann voller Sinn.

ERSTER EDELMANN.
Ich will Euch zu ihm bringen.

Ab.

Zweite Szene

Ein Zimmer im Palaste.
Herzog Friedrich, Herren vom Hofe und Gefolge treten auf.

HERZOG FRIEDRICH.
Ist es denn möglich, daß sie niemand sah?
Es kann nicht sein: nein, Schurken hier am Hof
Sind im Verständnis mit, und gaben's zu.

ERSTER EDELMANN.
Ich kann von niemand hören, der sie sah.
Die Frau'n im Dienste ihrer Kammer brachten
Sie in ihr Bett, und fanden morgens früh
Das Bett von ihrem Fräulein ausgeleert.

ZWEITER EDELMANN.
Mein Herzog, der Hanswurst, den Euer Hoheit
Oft zu belachen pflegt, wird auch vermißt.
Hesperia, der Prinzessin Kammerfräulein,
Bekennt, sie habe insgeheim belauscht,
Wie Eure Nicht' und Tochter überaus
Geschick und Anstand jenes Ringers lobten,
Der jüngst den nerv'gen Charles niederwarf;
Sie glaubt, wohin sie auch gegangen sind,
Der Jüngling sei gewißlich ihr Begleiter.

HERZOG FRIEDRICH.
Schickt hin zum Bruder, holt den Braven her;
Ist er nicht da, so bringt mir seinen Bruder:
Der soll ihn mir schon finden. Tut dies schnell,
Laßt Nachsuchung und Forschen nicht ermatten,
Die törichten Verlaufnen heim zu bringen.

Ab.

Dritte Szene

Vor Olivers Hause.
Orlando und Adam begegnen sich.

ORLANDO. Wer ist da?

ADAM. Was? Ihr, mein junger Herr? – O edler Herr!
O mein geliebter Herr! O Ihr, Gedächtnis
Des alten Roland! Sagt, was macht Ihr hier?
Weswegen übt Ihr Tugend? schafft Euch Liebe?
Und warum seid Ihr edel, stark und tapfer?
Was wart Ihr so erpicht, den stämm'gen Kämpfer
Des launenhaften Herzogs zu bezwingen?
Eu'r Ruhm kam allzu schnell vor Euch nach Haus.
Wißt Ihr nicht, Junker, daß gewissen Leuten
All ihre Gaben nur als Feinde dienen?
So, bester Herr, sind Eure Tugenden
An Euch geweihte, heilige Verräter.
Oh, welche Welt ist dies, wenn das, was herrlich,
Den, der es hat, vergiftet!

ORLANDO. Nun denn, was gibt's?

ADAM. O unglücksel'ger Jüngling!
Geht durch dies Tor nicht: unter diesem Dach
Lebt aller Eurer Trefflichkeiten Feind.
Eu'r Bruder – nein, kein Bruder, doch der Sohn –
Nein, nicht der Sohn; ich will nicht Sohn ihn nennen
Des, den ich seinen Vater heißen wollte, –
Hat Euer Lob gehört, und denkt zu Nacht
Die Wohnung zu verbrennen, wo Ihr liegt,
Und Euch darinnen. Schlägt ihm dieses fehl,

So sucht er andre Weg', Euch umzubringen:
Ich habe ihn belauscht und seinen Anschlag.
Kein Wohnort ist dies Haus, 'ne Mördergrube;
Verabscheut, fürchtet es, geht nicht hinein!

ORLANDO. Sag, wohin willst du, Adam, daß ich gehe?

ADAM. Gleichviel wohin, ist es nur hieher nicht.

ORLANDO.
Was? willst du, daß ich gehn und Brot soll betteln?
Wohl gar mit schnödem, tollem Schwert erzwingen
Auf offner Straße dieb'schen Unterhalt?
Das muß ich tun, sonst weiß ich nichts zu tun,
Doch will ich dies nicht, komme, was da will.
Ich setze mich der Bosheit lieber aus
Des abgefallnen Bluts und blut'gen Bruders.

ADAM.
Nein, tut das nicht: ich hab' fünfhundert Kronen.
Den schmalen Lohn; erspart bei Eurem Vater;
Ich legt' ihn bei, mein Pfleger dann zu sein,
Wann mir der Dienst erlahmt in schwachen Gliedern
Und man das Alter in die Ecke wirft.
Nehmt das, und der die jungen Raben füttert,
Ja, sorgsam für den Sperling Vorrat häuft,
Sei meines Alters Trost! Hier ist das Gold,
Nehmt alles! Laßt mich Euren Diener sein:
Seh' ich gleich alt, bin ich doch stark und rüstig;
Denn nie in meiner Jugend mischt' ich mir
Heiß und aufrührerisch Getränk ins Blut,
Noch ging ich je mit unverschämter Stirn
Den Mitteln nach zu Schwäch' und Unvermögen.
Drum ist mein Alter wie ein frischer Winter,
Kalt, doch erquicklich: laßt mich mit Euch gehn!
Ich tu' den Dienst von einem jüngern Mann
In aller Eurer Notdurft und Geschäften.

ORLANDO. O guter Alter, wie so wohl erscheint
In dir der treue Dienst der alten Welt,
Da Dienst um Pflicht sich mühte, nicht um Lohn!
Du bist nicht nach der Sitte dieser Zeiten,
Wo niemand mühn sich will als um Beförd'rung,
Und kaum daß er sie hat, erlischt sein Dienst
Gleich im Besitz. So ist es nicht mit dir.
Doch, armer Greis, du pflegst den dürren Stamm,
Der keine Blüte mehr vermag zu treiben
Für alle deine Sorgsamkeit und Müh'.
Doch komm, wir brechen mit einander auf,
Und eh' wir deinen Jugendlohn verzehrt,
Ist uns ein friedlich kleines Los beschert.

ADAM. Auf, Herr! und bis zum letzten Odemzug
Folg' ich Euch nach, ergeben ohne Trug.
Von siebzehn Jahren bis zu achtzig schier
Wohnt' ich, nun wohn' ich ferner nicht mehr hier.
Um siebzehn ziemt's, daß mit dem Glück man buhle,
Doch achtzig ist zu alt für diese Schule.
Könnt' ich vom Glück nur diesen Lohn erwerben,
Nicht Schuldner meines Herrn und sanft zu sterben!
Ab.

Vierte Szene

Der Wald.
Rosalinde als Knabe, Celia wie eine Schäferin gekleidet, und Probstein treten auf.

ROSALINDE. O Jupiter! wie matt sind meine Lebensgeister!

PROBSTEIN.
Ich frage nicht nach meinen Lebensgeistern, wenn nur meine Beine nicht matt wären.

ROSALINDE. Ich wäre imstande, meinen Mannskleidern eine Schande anzutun, und wie ein Weib zu weinen. Aber ich muß das schwächere Gefäß unterstützen, denn Wams und Hosen müssen sich gegen den Unterrock herzhaft beweisen. Also Herz gefaßt, liebe Aliena!

CELIA.
Ich bitte dich, ertrage mich, ich kann nicht weiter.

PROBSTEIN. Ich für mein Teil wollte Euch lieber ertragen als tragen. Und doch trüge ich kein Kreuz, wenn ich Euch trüge: denn ich bilde mir ein, Ihr habt keinen Kreuzer in Eurem Beutel.

ROSALINDE. Gut, dies ist der Ardenner Wald.

PROBSTEIN. Ja, nun bin ich in den Ardennen, ich Narr; da ich zu Hause war, war ich an einem bessern Ort, aber Reisende müssen sich schon begnügen.

ROSALINDE. Ja, tut das, guter Probstein! – Seht, wer kommt da? Ein junger Mann und ein alter in tiefem Gespräch.
Corinnus und Silvius treten auf.

CORINNUS.
Dies ist der Weg, daß sie dich stets verschmäht.

SILVIUS. O wüßtest du, Corinnus, wie ich liebe!

CORINNUS.
Zum Teil errat' ich's, denn einst liebt' ich auch.

SILVIUS. Nein, Freund, alt wie du bist, errätst du's nicht,
Warst du auch jung ein so getreuer Schäfer,
Als je aufs mitternächt'ge Kissen seufzte.
Allein, wenn deine Liebe meiner glich –
Zwar glaub' ich, keiner liebte jemals so –,
Zu wie viel höchlich ungereimten Dingen
Hat deine Leidenschaft dich hingerissen?

CORINNUS. Zu tausenden, die ich vergessen habe.

SILVIUS. Oh, dann hast du so herzlich nie geliebt!
Entsinnst du dich der kleinsten Torheit nicht,
In welche dich die Liebe je gestürzt,
So hast du nicht geliebt;
Und hast du nicht gesessen, wie ich jetzt,
Den Hörer mit der Liebsten Preis ermüdend,
So hast du nicht geliebt;
Und brachst du nicht von der Gesellschaft los,
Mit eins, wie jetzt die Leidenschaft mich heißt,
So hast du nicht geliebt. – O Phöbe! Phöbe! Phöbe!
Ab.

ROSALINDE.
Ach, armer Schäfer! deine Wunde suchend,
Hab' ich durch schlimmes Glück die meine funden.

PROBSTEIN. Und ich meine. Ich erinnre mich, da ich verliebt war, daß ich meinen Degen an einen Stein zerstieß, und hieß ihn das dafür hinnehmen, daß er sich unterstände, nachts zu Hannchen Freundlich zu kommen; und ich erinnre mich, wie ich ihr Waschholz küßte, und die Euter der Kuh, die ihre artigen Patschhändchen gemolken hatten. Ich erinnre mich, wie ich mit einer Erbsenschote schön tat, als wenn sie es wäre, und ich nahm zwei Erbsen, gab sie ihr wieder und sagte mit weinenden Tränen: »Trage sie um meinetwillen!« Wir treuen Liebenden kommen oft auf seltsame Sprünge: wie alles von Natur sterblich ist, so sind alle sterblich Verliebten von Natur Narren.

ROSALINDE.
Du sprichst klüger, als du selber gewahr wirst.

PROBSTEIN. Nein, ich werde meinen eignen Witz nicht eher gewahr werden, als bis ich mir die Schienbeine daran zerstoße.

ROSALINDE.
O Jupiter! o Jupiter!
Dieses Schäfers Leidenschaft
Ist ganz nach meiner Eigenschaft.

PROBSTEIN. Nach meiner auch, aber sie versauert ein wenig bei mir.

CELIA.
Ich bitte euch, frag' einer jenen Mann,
Ob er für Gold uns etwas Speise gibt.
Ich schmachte fast zu Tode.

PROBSTEIN. Heda, Tölpel!

ROSALINDE.
Still, Narr! Er ist dein Vetter nicht.

CORINNUS. Wer ruft?

PROBSTEIN. Vornehmere als Ihr.

CORINNUS.
Sonst wären sie auch wahrlich sehr gering.

ROSALINDE.
Still, sag' ich Euch! – Habt guten Abend, Freund!

CORINNUS. Ihr gleichfalls, feiner Herr, und allesamt!

ROSALINDE.
Hör', Schäfer, können Geld und gute Worte
In dieser Wildnis uns Bewirtung schaffen,
So zeigt uns, wo wir ruhn und essen können.
Dies junge Mädchen ist vom Reisen matt
Und schmachtet nach Erquickung.

CORINNUS. Lieber Herr,
Sie tut mir leid, und ihretwillen mehr
Als meinetwillen wünscht' ich, daß mein Glück
Instand mich besser setzt', ihr beizustehn.
Doch ich bin Schäfer eines andern Manns
Und schere nicht die Wolle, die ich weide.
Von filziger Gemütsart ist mein Herr
Und fragt nicht viel danach, den Weg zum Himmel
Durch Werke der Gastfreundlichkeit zu finden.
Auch stehn ihm Hütt' und Herd' und seine Weiden
Jetzt zum Verkauf; und auf der Schäferei
Ist, weil er nicht zu Haus, kein Vorrat da,
Wovon ihr speisen könnt: doch kommt und seht!
Von mir euch alles gern zu Dienste steht.

ROSALINDE.
Wer ist's, der seine Herd' und Wiesen kauft?

CORINNUS. Der junge Schäfer, den ihr erst gesehn,
Den es nicht kümmert, irgend was zu kaufen.

ROSALINDE. Ich bitte dich, besteht's mit Redlichkeit,
Kauf' du die Meierei, die Herd' und Weiden:
Wir geben dir das Geld, es zu bezahlen.

CELIA.
Und höhern Lohn; ich liebe diesen Ort,
Und brächte willig meine Zeit hier zu.

CORINNUS. So viel ist sicher, dies ist zu Verkauf.
Geht mit! Gefällt euch auf Erkundigung
Der Boden, der Ertrag und dieses Leben,
So will ich euer treuer Pfleger sein
Und kauf' es gleich mit eurem Golde ein.

Alle ab.

Fünfte Szene

Ein andrer Teil des Waldes.
Amiens, Jaques und andre.

Lied

AMIENS.
Unter des Laubdachs Hut
Wer gerne mit mir ruht,
Und stimmt der Kehle Klang
Zu lust'ger Vögel Sang:
Komm geschwinde! geschwinde! geschwinde!
Hier nagt und sticht
Kein Feind ihn nicht,
Als Wetter, Regen und Winde.

JAQUES. Mehr, mehr, ich bitte dich, mehr!

AMIENS. Es würde Euch melancholisch machen, Monsieur Jaques.

JAQUES. Das dank' ich ihm. Mehr, ich bitte dich, mehr! Ich kann Melancholie aus einem Liede saugen, wie ein Wiesel Eier saugt. Mehr! mehr! ich bitte dich.

AMIENS. Meine Stimme ist rauh; ich weiß, ich kann Euch nicht damit gefallen.

JAQUES. Ich verlange nicht, daß Ihr mir gefallen sollt; ich verlange, daß Ihr singt. Kommt, noch eine Strophe! Nennt Ihr's nicht Strophen?

AMIENS. Wie es Euch beliebt, Monsieur Jaques.

JAQUES. Ich kümmre mich nicht um ihren Namen: sie sind mir nichts schuldig. Wollt Ihr singen?

AMIENS.
Mehr auf Euer Verlangen, als mir zu Gefallen.

JAQUES. Gut, wenn ich mich jemals bei einem Menschen bedanke, so will ich's bei Euch; aber was sie Komplimente nennen, ist, als wenn sich zwei Maulaffen begegnen. Und wenn sich jemand herzlich bei mir bedankt, so ist mir, als hätte ich ihm einen Pfennig gegeben, und er sagte Gotteslohn dafür. Kommt, singt, und wer nicht mag, halte sein Maul!

AMIENS. Gut, ich will das Lied zu Ende bringen. – Ihr Herren, deckt indes die Tafel: der Herzog will unter diesem Baum trinken, – er ist den ganzen Tag nach Euch aus gewesen.

JAQUES. Und ich bin ihm den ganzen Tag aus dem Wege gegangen. Er ist ein zu großer Disputierer für mich. Es gehn mir so viele Gedanken durch den Kopf als ihm, aber ich danke dem Himmel, und mache kein Wesens davon. Kommt, trillert eins her!

Lied

ALLE ZUSAMMEN.
Wer Ehrgeiz sich hält fern,
Lebt in der Sonne gern,
Selbst sucht, was ihn ernährt,
Und was er kriegt, verzehrt:
Komm geschwinde! geschwinde! geschwinde!
Hier nagt und sticht
Kein Feind ihn nicht,
Als Wetter, Regen und Winde.

JAQUES. Ich will Euch einen Vers zu dieser Weise sagen, den ich gestern meiner Dichtungsgabe zum Trotz gemacht habe.

AMIENS. Und ich will ihn singen.
JAQUES. So lautet er:

Besteht ein dummer Tropf
Auf seinem Eselskopf,
Läßt seine Füll' und Ruh',
Und läuft der Wildnis zu:
Duc ad me! duc ad me! duc ad me!
Hier sieht er mehr
So Narr'n wie er,
Wenn er zu mir will kommen her.

AMIENS. Was heißt das: duc ad me?
JAQUES. Es ist eine griechische Beschwörung, um Narren in einen Kreis zu bannen. Ich will gehn und schlafen, wenn ich kann; kann ich nicht, so will ich auf alle Erstgeburt in Ägypten lästern.
AMIENS. Und ich will den Herzog aufsuchen: sein Mahl ist bereitet.

Von verschiednen Seiten ab.

Sechste Szene

Ein andrer Teil des Waldes.
Orlando und Adam treten auf.

ADAM. Liebster Herr, ich kann nicht weiter gehn; ach, ich sterbe vor Hunger! Hier werfe ich mich hin und messe mir mein Grab. Lebt wohl, bester Herr!
ORLANDO. Ei was, Adam! Hast du nicht mehr Herz? Lebe noch ein wenig, stärke dich ein wenig, ermuntre dich ein wenig! Wenn dieser rauhe Wald irgendein Gewild hegt, so will ich ihm entweder zur Speise dienen, oder es dir zur Speise bringen. Deine Einbildung ist dem Tode näher als deine Kräfte. Mir zu Liebe sei getrost! Halt' dir den Tod noch eine Weile vom Leibe: Ich will gleich wieder bei dir sein, und wenn ich dir nicht etwas zu essen bringe, so erlaube ich dir zu sterben; aber wenn du stirbst, ehe ich komme, so hast du mich mit meiner Mühe zum besten. – Gut! gut! du siehst munter aus, und ich bin gleich wieder bei dir. Aber du liegst in der scharfen Luft: komm, ich will dich hintragen, wo Überwind ist, und du sollst nicht aus Mangel an einer Mahlzeit sterben, wenn es irgend was Lebendiges in dieser Einöde gibt. Mut, gefaßt, guter Adam!

Beide ab.

Siebente Szene

Ein andrer Teil des Waldes.
Ein gedeckter Tisch.
Der Herzog, Amiens, Edelleute und Gefolge treten auf.

HERZOG. Ich glaub', er ist verwandelt in ein Tier,
Denn nirgends find' ich ihn in Mannsgestalt.
ERSTER EDELMANN.
Mein Fürst, er ging soeben von hier weg,
Und war vergnügt, weil wir ein Lied ihm sangen.
HERZOG. Wenn er, ganz Mißlaut, musikalisch wird,
So gibt's bald Dissonanzen in den Sphären. –
Geht, sucht ihn, sagt, daß ich ihn sprechen will!

Jaques tritt auf.

ERSTER EDELMANN.
Er spart die Mühe mir durch seine Ankunft.
HERZOG.
Wie nun, mein Herr? Was ist denn das für Art,
Daß Eure Freunde um Euch werben müssen?
Was? Ihr seht lustig aus?
JAQUES.
Ein Narr! ein Narr! – Ich traf 'nen Narr'n im Walde,
'nen scheck'gen Narr'n, – o jämmerliche Welt! –
So wahr mich Speise nährt, ich traf 'nen Narr'n,
Der streckte sich dahin und sonnte sich,
Und schimpfte Frau Fortuna ganz beredt
Und ordentlich, – und doch ein scheck'ger Narr!
»Guten Morgen, Narr!« sagt' ich; »Mein Herr«, sagt' er,
»Nennt mich nicht Narr, bis mich das Glück gesegnet.«
Dann zog er eine Sonnenuhr hervor,
Und wie er sie besah mit blödem Auge,
Sagt' er sehr weislich: »Zehn ist's an der Uhr.
Da sehn wir nun«, sagt' er, »wie die Welt läuft:
's ist nur 'ne Stunde her, da war es neun,
Und nach 'ner Stunde noch wird's elfe sein;
Und so von Stund' zu Stunde reifen wir,
Und so von Stund' zu Stunde faulen wir,
Und daran hängt ein Märlein.« Da ich hörte
So pred'gen von der Zeit den scheck'gen Narr'n,
Fing meine Lung' an, wie ein Hahn zu krähn,
Daß Narr'n so tiefbedächtig sollten sein;
Und eine Stunde lacht' ich ohne Rast
Nach seiner Sonnenuhr. – O wackrer Narr!
Ein würd'ger Narr! Die Jacke lob' ich mir!
HERZOG. Was ist das für ein Narr?
JAQUES.
Ein würd'ger Narr! Er war ein Hofmann sonst,
Und sagt, wenn Frauen jung und schön nur sind,
So haben sie die Gabe, es zu wissen.
In seinem Hirne, das so trocken ist
Wie Überrest von Zwieback nach der Reise,
Hat er seltsame Fächer ausgestopft
Mit Anmerkungen, die er brockenweise
Nun von sich gibt. – O wär' ich doch ein Narr!
Mein Ehrgeiz geht auf eine bunte Jacke.
HERZOG. Du sollst sie haben.
JAQUES. 's ist mein einz'ger Wunsch:
Vorausgesetzt, daß Ihr Eu'r beßres Urteil
Von aller Meinung reinigt, die da wuchert,
Als wär' ich weise. – Dann muß ich Freiheit haben,
So ausgedehnte Vollmacht wie der Wind, –
So ziemt es Narr'n, – auf wen ich will, zu blasen.
Und wen am ärgsten meine Torheit geißelt,
Der muß am meisten lachen. Und warum?
Das fällt ins Auge wie der Weg zur Kirche.
Der, den ein Narr sehr weislich hat getroffen,
Wär' wohl sehr töricht, schmerzt' es noch so sehr,
Nicht fühllos bei dem Schlag zu tun. Wo nicht,
So wird des Weisen Narrheit aufgedeckt
Selbst durch des Narren ungefähres Zielen.
Steckt mich in meine Jacke, gebt mir frei
Zu reden, wie mir's dünkt: und durch und durch
Will ich die angesteckte Welt schon säubern,
Wenn sie geduldig nur mein Mittel nehmen.
HERZOG.
O pfui! Ich weiß wohl, was du würdest tun.
JAQUES.
Und was, zum Kuckuck, würd' ich tun als Gutes?

HERZOG.
Höchst arge Sünd', indem du Sünde schöltest.
Denn du bist selbst ein wüster Mensch gewesen,
So sinnlich wie nur je des Tieres Trieb;
Und alle Übel, alle bösen Beulen,
Die du auf freien Füßen dir erzeugt,
Die würd'st du schütten in die weite Welt.
JAQUES. Wie! wer schreit gegen Stolz,
Und klagt damit den einzelnen nur an?
Schwillt seine Flut nicht mächtig wie die See,
Bis daß die letzten, letzten Mittel ebben?
Welch eine Bürgerfrau nenn' ich mit Namen,
Wenn ich behaupt', es tragen Bürgerfrau'n
Der Fürsten Aufwand auf unwürd'gen Schultern?
Darf eine sagen, daß ich sie gemeint,
Wenn so wie sie die Nachbarin auch ist?
Und wo ist der vom niedrigsten Beruf,
Der spricht: sein Großtun koste mir ja nichts, –
Im Wahn, er sei gemeint, – und seine Torheit
Nicht stimmt dadurch zu meiner Rede Ton?
Ei ja doch! wie denn? was denn? Laßt doch sehn,
Worin ihm meine Zunge unrecht tat!
Tut sie sein Recht ihm, tat er selbst sich unrecht;
Und ist er rein: nun, wohl, so fliegt mein Tadel
Die Kreuz und Quer, wie eine wilde Gans,
Die niemand angehört. – Wer kommt da? Seht!

Orlando kommt mit gezogenem Degen.

ORLANDO. Halt! Eßt nicht mehr!
JAQUES. Ich hab' noch nicht gegessen.
ORLANDO.
Und sollst nicht, bis die Notdurft erst bedient.
JAQUES. Von welcher Art mag dieser Vogel sein?
HERZOG.
Hat deine Not dich, Mensch, so kühn gemacht,
Wie? oder ist's Verachtung guter Sitten,
Daß du so leer von Höflichkeit erscheinst?
ORLANDO.
Ihr trefft den Puls zuerst: der dorn'ge Stachel
Der harten Not nahm von mir weg den Schein
Der Höflichkeit; im innern Land geboren
Kenn' ich wohl Sitte, – aber haltet! sag' ich;
Der stirbt, wer etwas von der Frucht berührt,
Eh' ich und meine Sorgen sind befriedigt.
JAQUES.
Könnt Ihr nicht durch Vernunft befriedigt werden,
So muß ich sterben.
HERZOG. Was wollt Ihr haben? Eure Freundlichkeit
Wird mehr als Zwang zur Freundlichkeit uns zwingen.
ORLANDO.
Ich sterbe fast vor Hunger, gebt mir Speise!
HERZOG.
Sitzt nieder! Eßt! Willkommen unserm Tisch!
ORLANDO.
Sprecht Ihr so liebreich? Oh, vergebt, ich bitte!
Ich dachte, alles müßte wild hier sein,
Und darum setzt' ich in die Fassung mich
Des trotzigen Befehls. Wer ihr auch seid,
Die ihr in dieser unzugangbar'n Wildnis,
Unter dem Schatten melanchol'scher Wipfel,
Säumt und vergeßt die Stunden träger Zeit:
Wenn je ihr beßre Tage habt gesehn,
Wenn je zur Kirche Glocken euch geläutet,
Wenn je ihr saßt bei guter Menschen Mahl,
Wenn je vom Auge Tränen ihr getrocknet,
Und wißt, was Mitleid ist und Mitleid finden,
So laßt die Sanftmut mir statt Zwanges dienen:
Ich hoff's, erröt', und berge hier mein Schwert.
HERZOG. Wahr ist es, daß wir beßre Tage sahn,
Daß heil'ge Glocken uns zur Kirch' geläutet,
Daß wir bei guter Menschen Mahl gesessen
Und Tropfen unsern Augen abgetrocknet,
Die ein geheiligt Mitleid hat erzeugt:
Und darum setzt in Freundlichkeit Euch hin,
Und nehmt nach Wunsch, was wir an Hülfe haben,
Das Eurem Mangel irgend dienen kann.
ORLANDO. Bewahrt mir Eure Speis' ein wenig noch,
Indessen, wie die Hindin, ich mein Junges
Will futtern gehn. Dort ist ein armer Alter,
Der manchen sauren Schritt aus bloßer Liebe
Mir nachgehinkt; bis er befriedigt ist,
Den doppelt Leid, das Alter schwächt und Hunger,
Berühr' ich keinen Bissen.
HERZOG. Geht, holt ihn her!
Wir wollen nichts verzehren, bis Ihr kommt.
ORLANDO.
Ich dank' Euch; seid für Euren Trost gesegnet!

Orlando ab.

HERZOG. Du siehst, unglücklich sind nicht wir allein,
Und dieser weite, allgemeine Schauplatz
Beut mehr betrübte Szenen dar, als unsre,
Worin du spielst.
JAQUES. Die ganze Welt ist Bühne,
Und alle Frau'n und Männer bloße Spieler.
Sie treten auf und gehen wieder ab,
Sein Leben lang spielt einer manche Rollen,
Durch sieben Akte hin. Zuerst das Kind,
Das in der Wärt'rin Armen greint und sprudelt;
Der weinerliche Bube, der mit Bündel
Und glattem Morgenantlitz, wie die Schnecke,
Ungern zur Schule kriecht; dann der Verliebte,
Der wie ein Ofen seufzt, mit Jammerlied
Auf seiner Liebsten Brau'n; dann der Soldat,
Voll toller Flüch' und wie ein Pardel bärtig,
Auf Ehre eifersüchtig, schnell zu Händeln,
Bis in die Mündung der Kanone suchend
Die Seifenblase Ruhm. Und dann der Richter,
In rundem Bauche, mit Kapaun gestopft,
Mit strengem Blick und regelrechtem Bart,
Voll weiser Sprüch' und neuester Exempel
Spielt seine Rolle so. Das sechste Alter
Macht den besockten hagern Pantalon,
Brill' auf der Nase, Beutel an der Seite;
Die jugendliche Hose, wohl geschont,
'ne Welt zu weit für die verschrumpften Lenden;
Die tiefe Männerstimme, umgewandelt
Zum kindischen Diskante, pfeift und quäkt
In feinem Ton. Der letzte Akt, mit dem
Die seltsam wechselnde Geschichte schließt,
Ist zweite Kindheit, gänzliches Vergessen,
Ohn' Augen, ohne Zahn, Geschmack und alles.

Orlando kommt zurück mit Adam.

HERZOG.
Nun, Freund, setzt nieder Eure würd'ge Last,
Und laßt ihn essen!
ORLANDO. Ich dank' Euch sehr für ihn.

ADAM. Das tut auch not:
Kaum kann ich sprechen, selbst für mich zu danken.

HERZOG.
Willkommen denn! Greift zu! Ich stör' Euch nicht,
Bis jetzt, mit Fragen über Eure Lage. –
Gebt uns Musik, und singt eins, guter Vetter!

Lied

AMIENS.
Stürm', stürm', du Winterwind!
Du bist nicht falsch gesinnt.
Wie Menschen Undank ist.
Dein Zahn nagt nicht so sehr,
Weil man nicht weiß, woher,
Wiewohl du heftig bist.
Heisa! singt heisa! den grünenden Bäumen!
Die Freundschaft ist falsch, und die Liebe nur Träumen.
Drum heisa, den Bäumen!
Den lustigen Räumen!
Frier', frier', du Himmelsgrimm!
Du beißest nicht so schlimm
Als Wohltat, nicht erkannt;
Erstarrst du gleich die Flut,
Viel schärfer sticht das Blut
Ein Freund, von uns gewandt.
Heisa! singt heisa! den grünenden Bäumen!
Die Freundschaft ist falsch, und die Liebe nur Träumen.
Drum heisa, den Bäumen!
Den lustigen Räumen!

HERZOG.
Wenn Ihr der Sohn des guten Roland seid,
Wie Ihr mir eben redlich zugeflüstert,
Und wie mein Aug' sein Ebenbild bezeugt,
Das konterfeit in Eurem Antlitz lebt:
Seid herzlich hier begrüßt! Ich bin der Herzog,
Der Euren Vater liebte: Eu'r ferners Schicksal,
Kommt und erzählt's in meiner Höhle mir! –
Willkommen, guter Alter, wie dein Herr!
Führt ihn am Arme! – Gebt mir Eure Hand,
Und macht mir Euer ganz Geschick bekannt!

Alle ab.

Dritter Aufzug

Erste Szene

Ein Zimmer im Palast.
Herzog Friedrich, Oliver, Herren vom Hofe und Gefolge.

HERZOG FRIEDRICH.
Ihn nicht gesehn seitdem? Herr! Herr! das kann nicht sein.
Bestünd' aus Milde nicht mein größter Teil,
So sucht' ich kein entferntes Ziel der Rache,
Da du zur Stelle bist. – Doch sieh dich vor!
Schaff deinen Bruder, sei er wo er will,
Such' ihn mit Kerzen, bring' in Jahresfrist
Ihn lebend oder tot: sonst komm nie wieder,
Auf unserm Boden Unterhalt zu suchen!
Was du nur dein nennst, Land und andres Gut,
Des Einziehns wert, fällt unsrer Hand anheim,
Bis du durch deines Bruders Mund dich lösest
Von allem, was wir gegen dich gedacht.

OLIVER.
O kennt' Eu'r Hoheit hierin nur mein Herz!
Ich liebt' im Leben meinen Bruder nicht.

HERZOG FRIEDRICH.
Schurk' um so mehr! – Stoßt ihn zur Tür hinaus,
Laßt die Beamten dieser Art Beschlag
Ihm legen auf sein Haus und Länderei'n;
Tut in der Schnelle dies und schafft ihn fort!

Alle ab.

Zweite Szene

Der Wald.
Orlando kommt mit einem Blatt Papier.

ORLANDO.
Da häng', mein Vers, der Liebe zum Beweis!
Und du, o Königin der Nacht dort oben!
Sieh keuschen Blicks, aus deinem blassen Kreis,
Den Namen deiner Jäg'rin hier erhoben!
O Rosalinde! sei der Wald mir Schrift,
Ich grabe mein Gemüt in alle Rinden,
Daß jedes Aug', das diese Bäume trifft,
Ringsum bezeugt mag deine Tugend finden.
Auf, auf, Orlando! rühme spät und früh
Die schöme, keusche, unnennbare Sie!

Ab.

Corinnus und Probstein treten auf.

CORINNUS. Und wie gefällt Euch dies Schäferleben, Meister Probstein?

PROBSTEIN. Wahrhaftig, Schäfer, an und für sich betrachtet, ist es ein gutes Leben; aber in Betracht, daß es ein Schäferleben ist, taugt es nichts. In Betracht, daß es einsam ist, mag ich es wohl leiden, aber in Betracht, daß es stille ist, ist es ein sehr erbärmliches Leben. Ferner, in Betracht, daß es auf dem Lande ist, steht es mir an; aber in Betracht, daß es nicht am Hofe ist, wird es langweilig. Insofern es ein mäßiges Leben ist, seht Ihr, ist es nach meinem Sinn; aber insofern es nicht reichlicher dabei zugeht, streitet es sehr gegen meine Neigung. Verstehst Philosophie, Schäfer?

CORINNUS. Mehr nicht, als daß ich weiß, daß einer sich desto schlimmer befindet, je kränker er ist, und wem's an Geld, Gut und Genügen gebricht, daß dem drei gute Freunde fehlen; daß des Regens Eigenschaft ist zu nässen, und des Feuers zu brennen; daß gute Weide fette Schafe macht, und die Nacht hauptsächlich vom Mangel an Sonne kommt; daß einer, der weder durch Natur noch Kunst zu Verstand gekommen wäre, sich über die Erziehung zu beklagen hätte, oder aus einer sehr dummen Sippschaft sein müßte.

PROBSTEIN. So einer ist ein natürlicher Philosoph. Warst je am Hofe, Schäfer?

CORINNUS. Nein, wahrhaftig nicht.

PROBSTEIN. So wirst du in der Hölle gebraten.

CORINNUS. Ei, ich hoffe –

PROBSTEIN. Wahrhaftig, du wirst gebraten, wie ein schlecht geröstet Ei, nur an einer Seite.

CORINNUS. Weil ich nicht am Hofe gewesen bin? Euren Grund!

PROBSTEIN. Nun, wenn du nicht am Hofe gewesen bist, so hast du niemals gute Sitten gesehn. Wenn du niemals gute Sitten gesehn hast, so müssen deine schlecht sein, und alles Schlechte ist Sünde, und Sünde führt in die Hölle. Du bist in einem verfänglichen Zustande, Schäfer.

CORINNUS. Ganz und gar nicht, Probstein. Was bei Hofe gute Sitten sind, die sind so lächerlich auf dem Lande, als ländliche Weise bei Hofe zum Spott dient. Ihr sagtet mir, bei Hofe verbeugt Ihr Euch nicht, sondern küßt Eure Hand. Das wäre eine sehr unreinliche Höflichkeit, wenn Hofleute Schäfer wären.

PROBSTEIN. Den Beweis, kürzlich, den Beweis!

CORINNUS. Nun, wir müssen unsre Schafe immer angreifen, und ihre Felle sind fettig, wie Ihr wißt.

PROBSTEIN. Schwitzen die Hände unsrer Hofleute etwa nicht, und ist das Fett von einem Schafe nicht so gesund, wie der Schweiß von einem Menschen? Einfältig! einfältig! Einen besseren Beweis! Her damit!

CORINNUS. Auch sind unsre Hände hart.

PROBSTEIN. Eure Lippen werden sie desto eher fühlen. Wiederum einfältig! Einen tüchtigeren Beweis!

CORINNUS. Und sind oft ganz beteert vom Bepflastern unsrer Schafe. Wollt Ihr, daß wir Teer küssen sollen? Die Hände der Hofleute riechen nach Bisam.

PROBSTEIN. Höchst einfältiger Mensch! Du wahre Würmerspeise gegen ein gutes Stück Fleisch! Lerne von den Weisen und erwäge! Bisam ist von schlechterer Abkunft als Teer, der unsaubre Abgang einer Katze. Einen bessern Beweis, Schäfer!

CORINNUS. Ihr habt einen zu höfischen Witz für mich; ich lasse es dabei bewenden.

PROBSTEIN. Was? bei der Hölle? Gott helfe dir, einfältiger Mensch! Gott eröffne dir das Verständnis! Du bist ein Strohkopf.

CORINNUS. Herr, ich bin ein ehrlicher Tagelöhner; ich verdiene, was ich esse, erwerbe, was ich trage, hasse keinen Menschen, beneide niemandes Glück, freue mich über andrer Leute Wohlergehn, bin zufrieden mit meinem Ungemach, und mein größter Stolz ist, meine Schafe weiden und meine Lämmer saugen zu sehn.

PROBSTEIN. Das ist wieder eine einfältige Sünde von Euch, daß Ihr die Schafe und Böcke zusammen bringt, und Euch nicht schämt, von der Begattung des Viehes Euren Unterhalt zu ziehn; daß Ihr den Kuppler für einen Leithammel macht, und so ein jähriges Lamm einem schiefbeinigen alten Hahnrei von Widder überantwortet, gegen alle Regeln des Ehestandes. Wenn du dafür nicht in die Hölle kommst, so will der Teufel selbst keine Schäfer: sonst sehe ich nicht, wie du entwischen könntest.

CORINNUS. Hier kommt der junge Herr Ganymed, meiner neuen Herrschaft Bruder.

Rosalinde kommt mit einem Blatt Papier.

ROSALINDE *liest.*

»Von dem Ost bis zu den Inden
Ist kein Juwel gleich Rosalinden.
Ihr Wert, beflügelt von den Winden,
Trägt durch die Welt hin Rosalinden.
Alle Schilderei'n erblinden
Bei dem Glanz von Rosalinden.
Keinen Reiz soll man verkünden
Als den Reiz von Rosalinden.«

PROBSTEIN. So will ich Euch acht Jahre hinter einander reimen, Essens- und Schlafenszeit ausgenommen; es ist der wahre Butterfrauentrab, wenn sie zu Markte gehn.

ROSALINDE. Fort mit dir, Narr!

PROBSTEIN. Zur Probe:

Sehnt der Hirsch sich nach den Hinden:
Laßt ihn suchen Rosalinden.
Will die Katze sich verbinden:
Glaubt, sie macht's gleich Rosalinden.
Reben müssen Bäum' umwinden:
So tut's nötig Rosalinden.
Wer da mäht, muß Garben binden:
Auf den Karrn mit Rosalinden.
Süße Nuß hat saure Rinden;
Solche Nuß gleicht Rosalinden.
Wer süße Rosen sucht, muß finden
Der Liebe Dorn und Rosalinden.

Das ist der eigentliche falsche Versgalopp. Warum behängt Ihr Euch mit ihnen?

ROSALINDE.

Still, dummer Narr! Ich fand sie an einem Baum.

PROBSTEIN.

Wahrhaftig, der Baum trägt schlechte Früchte.

ROSALINDE. Ich will Euch auf ihn impfen, und dann wird er Mispeln tragen: denn Eure Einfälle verfaulen, ehe sie halb reif sind, und das ist eben die rechte Tugend einer Mispel.

PROBSTEIN. Ihr habt gesprochen, aber ob gescheit oder nicht, das mag der Wald richten.

Celia kommt mit einem Blatt Papier.

ROSALINDE. Still! hier kommt meine Schwester und liest: gehn wir beiseit!

CELIA.

»Sollten schweigen diese Räume,
Weil sie unbevölkert? Nein,
Zungen häng' ich an die Bäume,
Daß sie reden Sprüche fein:
Bald, wie rasch das Menschenleben
Seine Pilgerfahrt durchläuft;
Wie die Zeit, ihm zugegeben,
Eine Spanne ganz begreift.
Bald, wie Schwüre falsch sich zeigen,
Wie sich Freund vom Freunde trennt.
Aber an den schönsten Zweigen,
Und an jedes Spruches End'
Soll man Rosalinde lesen,
Und verbreiten soll der Ruf,
Daß der Himmel aller Wesen
Höchsten Ausbund in ihr schuf.
Drum hieß die Natur sein Wille
Eine menschliche Gestalt
Zieren mit der Gaben Fülle,
Die Natur mischt' alsobald
Helenens Wange, nicht ihr Herz;
Kleopatrens Herrlichkeit;
Atalantens leichten Scherz
Und Lukreziens Sittsamkeit.
So ward durch einen Himmelsbund
Aus vielen Rosalind' ersonnen,

Aus manchem Herzen, Aug' und Mund,
Auf daß sie jeden Reiz gewonnen.
Der Himmel gab ihr dieses Recht,
Und tot und lebend mich zum Knecht.«

ROSALINDE. O gütiger Jupiter! – Mit welcher langweiligen Liebespredigt habt Ihr da Eure Gemeinde müde gemacht, und nicht einmal gerufen: »Geduld, gute Leute!«

CELIA. Seht doch, Freunde hinterm Rücken? – Schäfer, geh ein wenig abseits! – Geh mit ihm, Bursch!

PROBSTEIN. Kommt, Schäfer, laßt uns einen ehrenvollen Rückzug machen, wenn gleich nicht mit Sang und Klang, doch mit Sack und Pack.

Corinnus und Probstein ab.

CELIA. Hast du diese Verse gehört?

ROSALINDE. O ja, ich hörte sie alle und noch was drüber: denn einige hatten mehr Füße, als die Verse tragen konnten.

CELIA.
Das tut nichts: die Füße konnten die Verse tragen.

ROSALINDE. Ja, aber die Füße waren lahm und konnten sich nicht außerhalb des Verses bewegen, und darum standen sie so lahm im Verse.

CELIA. Aber hast du gehört, ohne dich zu wundern, daß dein Name an den Bäumen hängt und eingeschnitten ist?

ROSALINDE. Ich war schon sieben Tage in der Woche über alles Wundern hinaus: ehe du kamst: denn sieh nur, was ich an einem Palmbaum fand. Ich bin nicht so bereimt worden seit Pythagoras' Zeiten, wo ich eine Ratte war, die sie mit schlechten Versen vergaben, was ich mir kaum noch erinnern kann.

CELIA. Rätst du, wer es getan hat?

ROSALINDE. Ist es ein Mann?

CELIA. Mit einer Kette um den Hals, die du sonst getragen hast. Veränderst du die Farbe?

ROSALINDE. Ich bitte dich, wer?

CELIA. O Himmel! Himmel! Es ist ein schweres Ding für Freunde, sich wieder anzutreffen, aber Berg und Tal kommen im Erdbeben zusammen.

ROSALINDE. Nein, sag, wer ist's?

CELIA. Ist es möglich?

ROSALINDE. Ich bitte dich jetzt mit der allerdringendsten Inständigkeit, sag mir, wer es ist.

CELIA. Oh, wunderbar, wunderbar, und höchst wunderbarlich wunderbar, und nochmals wunderbar, und über alle Wunder weg!

ROSALINDE. O du liebe Ungeduld! Denkst du, weil ich wie ein Mann ausstaffiert bin, daß auch meine Gemütsart in Wams und Hosen ist? Ein Zollbreit mehr Aufschub ist eine Südsee weit von der Entdeckung. Ich bitte dich, sag mir, wer ist es? Geschwind, und sprich hurtig! Ich wollte, du könntest stottern, daß dir dieser verborgne Mann aus dem Munde käme, wie Wein aus einer enghalsigen Flasche, entweder zu viel auf einmal oder gar nichts. Ich bitte dich, nimm den Kork aus deinem Munde, damit ich deine Zeitungen trinken kann.

CELIA. Da könntest du einen Mann mit in den Leib bekommen.

ROSALINDE. Ist er von Gottes Machwerk? Was für eine Art von Mann? Ist sein Kopf einen Hut wert oder sein Kinn einen Bart?

CELIA. Nein, er hat nur wenig Bart.

ROSALINDE. Nun, Gott wird mehr bescheren, wenn der Mensch recht dankbar ist: ich will den Wuchs von seinem Bart schon abwarten, wenn du mir nur die Kenntnis von seinem Kinn nicht länger vorenthältst.

CELIA. Es ist der junge Orlando, der den Ringer und dein Herz in einem Augenblick zum Falle brachte.

ROSALINDE. Nein, der Teufel hole das Spaßen! Sag auf dein ehrlich Gesicht und Mädchentreue!

CELIA. Auf mein Wort, Muhme, er ist es.

ROSALINDE. Orlando?

CELIA. Orlando.

ROSALINDE. Ach liebe Zeit! Was fange ich nun mit meinem Wams und Hosen an? – Was tat er, wie du ihn sahst? Was sagte er? Wie sah er aus? Wie trug er sich? Was macht er hier? Frug er nach mir? Wo bleibt er? Wie schied er von dir, und wann wirst du ihn wiedersehn? Antworte mir mit einem Wort!

CELIA. Da mußt du mir erst Gargantuas Mund leihen: es wäre ein zu großes Wort für irgendeinen Mund, wie sie heutzutage sind. Ja und nein auf diese Artikel zu sagen, ist mehr, als in einer Kinderlehre antworten.

ROSALINDE. Aber weiß er, daß ich in diesem Lande bin, und in Mannskleidern? Sieht er so munter aus, wie an dem Tage, wo wir ihn ringen sahn?

CELIA. Es ist ebenso leicht, Sonnenstäubchen zu zählen, als die Aufgaben eines Verliebten zu lösen. Doch nimm ein Pröbchen von meiner Entdeckung, und koste es recht aufmerksam! – Ich fand ihn unter einem Baum, wie eine abgefallne Eichel.

ROSALINDE. Der mag wohl Jupiters Baum heißen, wenn er solche Früchte fallen läßt.

CELIA. Verleiht mir Gehör, wertes Fräulein!

ROSALINDE. Fahret fort!

CELIA.
Da lag er, hingestreckt wie ein verwundeter Ritter.

ROSALINDE. Wenn es gleich ein Jammer ist, solch einen Anblick zu sehn, so muß er sich doch gut ausgenommen haben.

CELIA. Ruf' deiner Zunge »holla« zu, ich bitte dich: sie macht zur Unzeit Sprünge. Er war wie ein Jäger gekleidet.

ROSALINDE.
O Vorbedeutung! Er kommt, mein Herz zu erlegen.

CELIA. Ich möchte mein Lied ohne Chor singen: du bringst mich aus der Weise.

ROSALINDE. Wißt Ihr nicht, daß ich ein Weib bin? Wenn ich denke, muß ich sprechen. Liebe, sag weiter!

Orlando und Jaques treten auf.

CELIA.
Du bringst mich heraus. – Still! kommt er da nicht?

ROSALINDE. Er ist's! Schlüpft zur Seite, und laßt uns ihn aufs Korn nehmen!

Celia und Rosalinde verbergen sich.

JAQUES. Ich danke Euch für geleistete Gesellschaft; aber meiner Treu, ich wäre eben so gern allein gewesen.

ORLANDO. Ich auch, aber um der Sitte willen danke ich Euch gleichfalls für Eure Gesellschaft.

JAQUES. Der Himmel behüt' Euch! Laßt uns so wenig zusammen kommen wie möglich!

ORLANDO. Ich wünsche mir Eure entferntere Bekanntschaft.

JAQUES. Ich ersuche Euch, verderbt keine Bäume weiter damit, Liebeslieder in die Rinden zu schneiden.

ORLANDO. Ich ersuche Euch, verderbt meine Verse nicht weiter damit, sie erbärmlich abzulesen.

JAQUES. Rosalinde ist Eurer Liebsten Name?

ORLANDO. Wie Ihr sagt.

JAQUES. Ihr Name gefällt mir nicht.

ORLANDO. Es war nicht die Rede davon, Euch zu gefallen, wie sie getauft wurde.

JAQUES. Von welcher Statur ist sie?

ORLANDO. Grade so hoch wie mein Herz.

JAQUES. Ihr seid voll artiger Antworten. Habt Ihr Euch etwa mit Goldschmiedweibern abgegeben und solche Sprüchlein von Ringen zusammengelesen?

ORLANDO. Das nicht; aber ich antworte Euch wie die Tapetenfiguren, aus deren Munde Ihr Eure Fragen studiert habt.

JAQUES. Ihr habt einen behenden Witz, ich glaube, er ist aus Atalantens Fersen gemacht. Wollt Ihr Euch mit mir setzen, so wollen wir zusammen über unsre Gebieterin, die Welt, und unser ganzes Elend schmähen.

ORLANDO. Ich will kein lebendig Wesen in der Welt schelten als mich selber, an dem ich die meisten Fehler kenne.

JAQUES. Der ärgste Fehler, den Ihr habt, ist, verliebt zu sein.

ORLANDO. Das ist ein Fehler, den ich nicht mit Eurer besten Tugend vertauschte. – Ich bin Euer müde.

JAQUES. Meiner Treu, ich suchte eben einen Narren, da ich Euch fand.

ORLANDO. Er ist in den Bach gefallen: guckt nur hinein, so werdet Ihr ihn sehn.

JAQUES. Da werde ich meine eigne Person sehen.

ORLANDO. Die ich entweder für einen Narren oder eine Null halte.

JAQUES. Ich will nicht länger bei Euch verweilen. Lebt wohl, guter Signor Amoroso!

ORLANDO. Ich freue mich über Euren Abschied. Gott befohlen, guter Monsieur Melancholie!

Jaques ab.

Celia und Rosalinde treten hervor.

ROSALINDE. Ich will wie ein naseweiser Lakei mit ihm sprechen, und ihn unter der Gestalt zum besten haben. – Hört Ihr, Jäger?

ORLANDO. Recht gut: was wollt Ihr?

ROSALINDE. Sagt mir doch, was ist die Glocke?

ORLANDO. Ihr solltet mich fragen, was ist's an der Zeit; es gibt keine Glocke im Walde.

ROSALINDE. So gibt's auch keinen rechten Liebhaber im Walde, sonst würde jede Minute ein Seufzen und jede Stunde ein Ächzen den trägen Fuß der Zeit so gut anzeigen wie eine Glocke.

ORLANDO. Und warum nicht den schnellen Fuß der Zeit? Wäre das nicht ebenso passend gewesen?

ROSALINDE. Mit nichten, mein Herr. Die Zeit reiset in verschiednem Schritt mit verschiednen Personen. Ich will Euch sagen, mit wem die Zeit den Paß geht, mit wem sie trabt, mit wem sie galoppiert, und mit wem sie still steht.

ORLANDO. Ich bitte dich, mit wem trabt sie?

ROSALINDE. Ei, sie trabt hart mit einem jungen Mädchen zwischen der Verlobung und dem Hochzeittage. Wenn auch nur acht Tage dazwischen hingehn, so ist der Trab der Zeit so hart, daß es ihr wie acht Jahre vorkommt.

ORLANDO. Mit wem geht die Zeit den Paß?

ROSALINDE. Mit einem Priester, dem es an Latein gebricht, und einem reichen Manne, der das Podagra nicht hat. Denn der eine schläft ruhig, weil er nicht studieren kann, und der andre lebt lustig, weil er keinen Schmerz fühlt; den einen drückt nicht die Last dürrer und auszehrender Gelehrsamkeit, der andre kennt die Last schweren mühseligen Mangels nicht. Mit diesen geht die Zeit den Paß.

ORLANDO. Mit wem galoppiert sie?

ROSALINDE. Mit dem Diebe zum Galgen; denn ginge er auch noch so sehr Schritt vor Schritt, so denkt er doch, daß er zu früh kommt.

ORLANDO. Mit wem steht sie still?

ROSALINDE. Mit Advokaten in den Gerichtsferien; denn sie schlafen von Session zu Session, und werden also nicht gewahr, wie die Zeit fortgeht.

ORLANDO. Wo wohnt Ihr, artiger junger Mensch?

ROSALINDE. Bei dieser Schäferin, meiner Schwester; hier am Saum des Waldes, wie Fransen an einem Rock.

ORLANDO. Seid Ihr hier einheimisch?

ROSALINDE. Wie das Kaninchen, das zu wohnen pflegt, wo es zur Welt gekommen ist.

ORLANDO. Eure Aussprache ist etwas feiner, als Ihr sie an einem so abgelegnen Ort Euch hättet erwerben können.

ROSALINDE. Das haben mir schon viele gesagt; aber in der Tat, ein alter geistlicher Onkel von mir lehrte mich reden: er war in seiner Jugend ein Städter, und gar zu gut mit dem Hofmachen bekannt, denn er verliebte sich dabei. Ich habe ihn manche Predigt dagegen halten hören, und danke Gott, daß ich kein Weib bin, und keinen Teil an allen den Verkehrtheiten habe, die er ihrem ganzen Geschlecht zur Last legte.

ORLANDO. Könnt Ihr Euch nicht einiger von den vornehmsten Untugenden erinnern, die er den Weibern aufbürdete?

ROSALINDE. Es gab keine vornehmsten darunter: sie sahen sich alle gleich, wie Pfennige; jeder einzelne Fehler schien ungeheuer, bis sein Mitfehler sich neben ihn stellte.

ORLANDO. Bitte, sagt mir einige davon!

ROSALINDE. Nein, ich will meine Arzenei nicht wegwerfen, außer an Kranke. Es spukt hier ein junger Mensch im Walde herum, der unsre junge Baumzucht mißbraucht, den Namen Rosalinde in die Rinden zu graben, der Oden an Weißdornen hängt, und Elegien an Brombeersträuche, alle – denkt doch! – um Rosalindens Namen zu vergöttern. Könnte ich diesen Herzenskrämer antreffen, so gäbe ich ihm einen guten Rat, denn er scheint mit dem täglichen Liebesfieber behaftet.

ORLANDO. Ich bin's, den die Liebe so schüttelt: ich bitte Euch, sagt mir Euer Mittel!

ROSALINDE. Es ist keins von meines Onkels Merkmalen an Euch zu finden. Er lehrte mich einen Verliebten erkennen; ich weiß gewiß, Ihr seid kein Gefangner in diesem Käfigt.

ORLANDO. Was waren seine Merkmale?

ROSALINDE. Eingefallne Wangen, die Ihr nicht habt; Augen mit blauen Rändern, die Ihr nicht habt; ein gleichgültiger Sinn, den Ihr nicht habt; ein verwilderter Bart, den Ihr nicht habt; – doch den erlasse ich Euch, denn, aufrichtig, was Ihr an Bart besitzet, ist eines jüngern Bruders Einkommen. – Dann sollten Eure Kniegürtel lose hängen, Eure Mütze nicht gebunden sein, Eure Ärmel aufgeknöpft, Eure Schuhe nicht zugeschnürt, und alles und jedes an Euch müßte eine nachlässige Trostlosigkeit verraten. Aber solch ein Mensch seid Ihr nicht. Ihr seid vielmehr geschniegelt in Eurem Anzuge, mehr wie einer, der in sich selbst verliebt als sonst jemands Liebhaber ist.

ORLANDO. Schöner Junge, ich wollte, ich könnte dich glauben machen, daß ich liebe.

ROSALINDE. Mich das glauben machen? Ihr könntet es ebenso gut Eure Liebste glauben machen, was sie zu tun williger ist, dafür steh' ich Euch, als zu gestehn, daß sie es tut: das ist einer von den Punkten, worin die Weiber immer ihr Gewissen Lügen strafen. Aber in ganzem Ernst, seid Ihr es, der die Verse an die Bäume hängt, in denen Rosalinde so bewundert wird?

ORLANDO. Ich schwöre dir, junger Mensch, bei Rosalindens weißer Hand: ich bin es, ich bin der Unglückliche.

ROSALINDE. Aber seid Ihr so verliebt, als Eure Reime bezeugen?

ORLANDO. Weder Gereimtes noch Ungereimtes kann ausdrücken, wie sehr.

ROSALINDE. Liebe ist eine bloße Tollheit, und ich sage Euch, verdient ebenso gut eine dunkle Zelle und Peitsche als andre Tolle; und die Ursache, warum sie nicht so gezüchtigt und geheilt wird, ist, weil sich diese Mondsucht so gemein gemacht hat, daß die Zuchtmeister selbst verliebt sind. Doch kann ich sie mit gutem Rat heilen.

ORLANDO. Habt Ihr irgend wen so geheilt?

ROSALINDE. Ja, einen, und zwar auf folgende Weise. Er mußte sich einbilden, daß ich seine Liebste, seine Gebieterin wäre, und alle Tage hielt ich ihn an, um mich zu werben. Ich, der ich nur ein launenhafter Junge bin, grämte mich dann, war weibisch, veränderlich, wußte nicht, was ich wollte, stolz, phantastisch, grillenhaft, läppisch, unbeständig, bald in Tränen, bald voll Lächeln, von jeder Leidenschaft etwas, und von keiner etwas Rechtes, wie Kinder und Weiber meistenteils in diese Farben schlagen. Bald mochte ich ihn leiden, bald konnte ich ihn nicht ausstehn, dann machte ich mir mit ihm zu schaffen, dann sagte ich mich von ihm los; jetzt weinte ich um ihn, jetzt spie ich vor ihm aus: so daß ich meinen Bewerber aus einem tollen Anfall von Liebe in einen leibhaften Anfall von Tollheit versetzte, welche darin bestand, das Getümmel der Welt zu verschwören und in einem mönchischen Winkel zu leben. Und so heilte ich ihn, und auf diese Art nehme ich es über mich, Euer Herz so rein zu waschen, wie ein gesundes Schafherz, daß nicht ein Fleckchen Liebe mehr daran sein soll.

ORLANDO.
Ihr würdet mich nicht heilen, junger Mensch.

ROSALINDE. Ich würde Euch heilen, wolltet Ihr mich nur Rosalinde nennen, und alle Tage in meine Hütte kommen und um mich werben.

ORLANDO. Nun, bei meiner Treue im Lieben, ich will es: sagt mir, wo sie ist.

ROSALINDE. Geht mit mir, so will ich sie Euch zeigen, und unterwegs sollt Ihr mir sagen, wo Ihr hier im Walde wohnt. Wollt Ihr kommen?

ORLANDO. Von ganzem Herzen, guter Junge.

ROSALINDE. Nein, Ihr müßt mich Rosalinde nennen. – Komm, Schwester, laß uns gehn!

Alle ab.

Dritte Szene

Der Wald.
Probstein und Käthchen kommen.
Jaques in der Ferne, belauscht sie.

PROBSTEIN. Komm hurtig, gutes Käthchen; ich will deine Ziegen zusammenholen, Käthchen. Und sag, Käthchen: bin ich der Mann noch, der dir ansteht? Bist du mit meinen schlichten Zügen zufrieden?

KÄTHCHEN. Eure Züge? Gott behüte! Was sind das für Streiche?

PROBSTEIN. Ich bin hier bei Käthen und ihren Ziegen, wie der Dichter, der die ärgsten Bocksprünge machte, der ehrliche Ovid, unter den Geten.

JAQUES. O schlecht logierte Gelehrsamkeit! schlechter als Jupiter unter einem Strohdach!

PROBSTEIN. Wenn eines Menschen Verse nicht verstanden werden und eines Menschen Witz von dem geschickten Kinde Verstand nicht unterstützt wird, das schlägt einen Menschen härter nieder als eine große Rechnung in einem kleinen Zimmer. – Wahrhaftig, ich wollte, die Götter hätten dich poetisch gemacht.

KÄTHCHEN. Ich weiß nicht, was poetisch ist. Ist es ehrlich in Worten und Werken? Besteht es mit der Wahrheit?

PROBSTEIN. Nein, wahrhaftig nicht: denn die wahrste Poesie erdichtet am meisten, und Liebhaber sind der Poesie ergeben, und was sie in Poesie schwören, davon kann man sagen, sie erdichten es als Liebhaber.

KÄTHCHEN. Könnt Ihr denn wünschen, daß mich die Götter poetisch gemacht hätten?

PROBSTEIN. Ich tu' es wahrlich, denn du schwörst mir zu, daß du ehrbar bist. Wenn du nun ein Poet wärest, so hätte ich einige Hoffnung, daß du erdichtetest.

KÄTHCHEN.
Wolltet Ihr denn nicht, daß ich ehrbar wäre?

PROBSTEIN. Nein, wahrhaftig nicht, du müßtest denn sehr häßlich sein: denn Ehrbarkeit mit Schönheit gepaart ist wie eine Honigbrühe über Zucker.

JAQUES. Ein sinnreicher Narr!

KÄTHCHEN. Gut, ich bin nicht schön, und darum

bitte ich die Götter, daß sie mich ehrbar machen.

PROBSTEIN. Wahrhaftig, Ehrbarkeit an eine garstige Schmutzdirne wegzuwerfen, hieße, gut Essen auf eine unreinliche Schüssel legen.

KÄTHCHEN. Ich bin keine Schmutzdirne, ob ich schon den Göttern danke, daß ich garstig bin.

PROBSTEIN. Gut, die Götter seien für deine Garstigkeit gepriesen, die Schmutzigkeit kann noch kommen. Aber sei es wie es will, ich heirate dich, und zu dem Ende bin ich bei Ehrn Olivarius Textdreher gewesen, dem Pfarrer im nächsten Dorf, der mir versprochen hat, mich an diesem Platz im Walde zu treffen und uns zusammen zu geben.

JAQUES *beiseit.*
Die Zusammenkunft möchte ich mit ansehn.

KÄTHCHEN.
Nun, die Götter lassen es wohl gelingen!

PROBSTEIN. Amen! Wer ein zaghaft Herz hätte, möchte wohl bei diesem Unternehmen stutzen; denn wir haben hier keinen Tempel als den Wald, keine Gemeinde als Hornvieh. Aber was tut's? Mutig! Hörner sind verhaßt, aber unvermeidlich. Es heißt, mancher Mensch weiß des Guten kein Ende; recht: mancher Mensch hat gute Hörner und weiß ihrer kein Ende. Wohl! es ist das Zugebrachte von seinem Weibe, er hat es nicht selbst erworben. – Hörner? Nun ja! Arme Leute allein? – Nein, nein, der edelste Hirsch hat sie so hoch wie der Schurke. Ist der ledige Mann darum gesegnet? Nein. Wie eine Stadt mit Mauern vornehmer ist als ein Dorf, so ist die Stirn eines verheirateten Mannes ehrenvoller als die nackten Schläfe eines Junggesellen; und um so viel besser Schutzwehr ist als Unvermögen, um so viel kostbarer ist ein Horn als keins.

Ehrn Olivarius Textdreher kommt.

Hier kommt Ehrn Olivarius. – Ehrn Olivarius Textdreher, gut, daß wir Euch treffen. Wollt Ihr uns hier unter diesem Baum abfertigen, oder sollen wir mit Euch in Eure Kapelle gehn?

EHRN OLIVARIUS.
Ist niemand da, um die Braut zu geben?

PROBSTEIN. Ich nehme sie nicht als Gabe von irgendeinem Mann.

EHRN OLIVARIUS. Sie muß gegeben werden, oder die Heirat ist nicht gültig.

JAQUES *tritt vor.* Nur zu! nur zu! Ich will sie geben.

PROBSTEIN. Guten Abend, lieber Herr »Wie heißt Ihr doch«! Wie geht's Euch? Schön, daß ich Euch treffe. Gotteslohn für Eure neuliche Gesellschaft! Ich freue mich sehr, Euch zu sehn. – Wozu das Ding in der Hand, Herr? Ich bitte, bedeckt Euch!

JAQUES. Wollt Ihr Euch verheiraten, Hanswurst?

PROBSTEIN. Wie der Ochse sein Joch hat, Herr, das Pferd seine Kinnkette und der Falke seine Schellen, so hat der Mensch seine Wünsche; und wie sich Tauben schnäbeln, so möchte der Ehestand naschen.

JAQUES. Und wollt Ihr, ein Mann von Eurer Erziehung, Euch im Busch verheiraten wie ein Bettler? In die Kirche geht und nehmt einen tüchtigen Priester, der Euch bedeuten kann, was Heiraten ist. Dieser Geselle wird Euch nur so zusammenfügen, wie sie's beim Täfelwerk machen; dann wird eins von euch eintrocknen und sich werfen wie frisches Holz: knack, knack.

PROBSTEIN *beiseit.* Ich denke nicht anders, als mir wäre besser, von ihm getraut zu werden, wie von einem andern; denn er sieht mir aus, als wenn er mich nicht recht trauen würde: und wenn er mich nicht recht trauet, so ist das nachher ein guter Vorwand, mein Weib im Stiche zu lassen.

JAQUES. Geh mit mir, Freund, und höre meinen Rat!

PROBSTEIN.
Komm, lieb Käthchen!
Du wirst noch meine Frau, oder du bleibst mein Mädchen.
Lebt wohl, Ehrn Olivarius!
Nicht: »O holder Oliver!
O wackrer Oliver!
Laß mich nicht hinter dir.«
Nein: »Pack dich fort!
Geh! auf mein Wort,
Ich will nicht zur Trauung mit dir.«

Jaques, Probstein und Käthchen ab.

EHRN OLIVARIUS. Es tut nichts. Keiner von allen diesen phantastischen Schelmen zusammen soll mich aus meinem Beruf herausnecken. *Ab.*

Vierte Szene

Der Wald. Vor einer Hütte.
Rosalinde und Celia treten auf.

ROSALINDE. Sage mir nichts weiter, ich will weinen.

CELIA. Tu' es nur, aber sei doch so weise, zu bedenken, daß Tränen einem Mann nicht anstehn.

ROSALINDE. Aber habe ich nicht Ursache zu weinen?

CELIA. So gute Ursache sich einer nur wünschen mag. Also weine!

ROSALINDE.
Selbst sein Haar ist von einer falschen Farbe.

CELIA. Nur etwas brauner als des Judas seins. Ja, seine Küsse sind rechte Judaskinder.

ROSALINDE. Sein Haar ist bei allem dem von einer hübschen Farbe.

CELIA.
Eine herrliche Farbe: es geht nichts über Nußbraun.

ROSALINDE. Und seine Küsse sind so voll Heiligkeit, wie die Berührung des geweihten Brotes.

CELIA. Er hat ein Paar abgelegte Lippen der Diana gekauft; eine Nonne von des Winters Schwesterschaft küßt nicht geistlicher; das wahre Eis der Keuschheit ist in ihnen.

ROSALINDE. Aber warum versprach er mir, diesen Morgen zu kommen, und kommt nicht?

CELIA. Nein gewißlich, es ist keine Treu' und Glauben in ihm.

ROSALINDE. Denkst du das?

CELIA. Nun, ich glaube, er ist weder ein Beutelschneider noch ein Pferdedieb; aber was seine Wahrhaftigkeit in der Liebe betrifft, so halte ich ihn für so hohl als einen umgekehrten Becher oder eine wurmstichige Nuß.

ROSALINDE. Nicht wahrhaft in der Liebe?

CELIA. Ja, wenn er verliebt ist, aber mich dünkt, das ist er nicht.

ROSALINDE. Du hörtest ihn doch hoch und teuer beschwören, daß er es war.

CELIA. »War« ist nicht »ist«. Auch ist der Schwur eines Liebhabers nicht zuverlässiger als das Wort eines Bierschenken: sie bekräftigen beide falsche Rechnungen. Er begleitet hier im Walde den Herzog, Euren Vater.

ROSALINDE. Ich begegnete dem Herzoge gestern und mußte ihm viel Rede stehn. Er frug mich, von welcher Herkunft ich wäre; ich sagte ihm, von einer ebenso guten als er: er lachte und ließ mich gehn. Aber was sprechen wir von Vätern, solange ein Mann wie Orlando in der Welt ist?

CELIA. Oh, das ist ein tapfrer Mann! Er macht tapfre Verse, spricht tapfre Worte, schwört tapfre Eide, und bricht sie tapferlich der Quere, grade vor seiner Liebsten Herz, wie ein jämmerlicher Turnierer, der sein Pferd nach einer Seite spornt, seine Lanze zerbricht. Aber alles ist tapfer, wo Jugend obenauf sitzt und die Zügel lenkt.

Corinnus kommt.

CORINNUS.
Mein Herr und Fräulein, ihr befragtet oft
Mich um den Schäfer, welcher Liebe klagte,
Den ihr bei mir saht sitzen auf dem Rasen,
Wie er die übermüt'ge Schäf'rin pries,
Die seine Liebste war.

CELIA. Was ist mit ihm?

CORINNUS.
Wollt Ihr ein Schauspiel sehn, wahrhaft gespielt
Von treuer Liebe blassem Angesicht
Und roter Glut des Hohns und stolzen Unmuts:
Geht nur ein Eckchen mit, ich führ' euch hin,
Wenn ihr's beachten wollt.

ROSALINDE. O kommt! Gehn wir dahin:
Verliebte sehen, nährt Verliebter Sinn.
Bringt uns zur Stell', und gibt es so das Glück,
So spiel' ich eine Roll' in ihrem Stück.

Alle ab.

Fünfte Szene

Ein andrer Teil des Waldes. Silvius und Phöbe treten auf.

SILVIUS.
Höhnt mich nicht, liebe Phöbe! Tut's nicht, Phöbe!
Sagt, daß Ihr mich nicht liebt, doch sagt es nicht
Mit Bitterkeit: der Henker, dessen Herz
Des Tods gewohnter Anblick doch verhärtet,
Fällt nicht das Beil auf den gebeugten Nacken,
Bis er sich erst entschuldigt. Seid Ihr strenger,
Als der von Tropfen Bluts sich nährt und kleidet?

Rosalinde, Celia und Corinnus kommen in der Entfernung.

PHÖBE. Ich möchte keineswegs dein Henker sein,
Ich fliehe dich, um dir kein Leid zu tun.
Du sagst mir, daß ich Mord im Auge trage:
's ist artig in der Tat und steht zu glauben,
Daß Augen, diese schwächsten, zartsten Dinger,
Die feig ihr Tor vor Sonnenstäubchen schließen,
Tyrannen, Schlächter, Mörder sollen sein.
Ich seh' dich finster an von ganzem Herzen:
Verwundet nun mein Aug', so laß dich's töten.
Tu' doch, als kämst du um! So fall' doch nieder!
Und kannst du nicht: pfui! schäm' dich, so zu lügen,
Und sag nicht, meine Augen seien Mörder!
Zeig' doch die Wunde, die mein Aug' dir machte:
Ritz' dich mit einer Nadel nur, so bleibt
Die Schramme dir; lehn' dich auf Binsen nur,
Und es behält den Eindruck deine Hand
Auf einen Augenblick: allein die Augen,
Womit ich auf dich blitzte, tun dir nichts,
Und sicher ist auch keine Kraft in Augen,
Die Schaden tun kann.

SILVIUS. O geliebte Phöbe!
Begegnet je – wer weiß, wie bald dies je! –
Auf frischen Wangen dir der Liebe Macht:
Dann wirst du die geheimen Wunden kennen
Vom scharfen Pfeil der Liebe.

PHÖBE. Doch, bis dahin
Komm mir nicht nah, und wenn die Zeit gekommen,
Kränk' mich mit deinem Spott; sei ohne Mitleid,
Wie ich bis dahin ohne Mitleid bin.

ROSALINDE *tritt vor.*
Warum? ich bitt' Euch? – Wer war Eure Mutter,
Daß Ihr den Unglücksel'gen kränkt und höhnt,
Und was nicht alles? Hättet Ihr mehr Schönheit
(Wie ich doch wahrlich mehr an Euch nicht sehe,
Als ohne Licht im Finstern geht zu Bett),
Müßt Ihr deswegen stolz und fühllos sein?
Was heißt das? Warum blickt Ihr so mich an?
Ich seh' nicht mehr an Euch, als die Natur
Auf Kauf zu machen pflegt. So wahr ich lebe!
Sie will auch meine Augen wohl betören?
Nein, wirklich, stolze Dame! hofft das nicht!
Nicht Euer Rabenhaar, kohlschwarze Brauen,
Glaskugelaugen, noch die Milchrahmwange,
Kann mich zu Euer Gnaden Sklaven machen. –
O blöder Schäfer, warum folgt Ihr ihr
Wie feuchter Süd, von Wind und Regen schwellend?
Ihr seid ja tausendfach ein hübschrer Mann
Als sie ein Weib. Dergleichen Toren füllen
Die Welt mit eigensinn'gen Kindern an.
Der Spiegel nicht, Ihr seid es, der ihr schmeichelt:
Sie sieht in Euch sich hübscher abgespiegelt,
Als ihre Züge sie erscheinen lassen.
Doch, Fräulein, kennt Euch selbst, fallt auf die Knie,
Dankt Gott mit Fasten für 'nen guten Mann;
Denn als ein Freund muß ich ins Ohr Euch sagen:
Verkauft Euch bald, Ihr seid nicht jedes Kauf.
Liebt diesen Mann! Fleht ihm als Eurem Retter!
Am häßlichsten ist Häßlichkeit am Spötter. –
So nimm sie zu dir, Schäfer! Lebt denn wohl!

PHÖBE. O holder Jüngling, schilt ein Jahr lang so!
Dich hör' ich lieber schelten, als ihn werben.

ROSALINDE. Er hat sich in ihre Häßlichkeit verliebt, und sie wird sich in meinen Zorn verlieben. Wenn das ist, so will ich sie mit bittern Worten pfeffern, so schnell sie dir mit Stirnrunzeln antwortet. – Warum seht Ihr mich so an?

PHÖBE. Aus üblem Willen nicht.

ROSALINDE.
Ich bitt' Euch sehr, verliebt Euch nicht in mich,
Denn ich bin falscher als Gelübd' im Trunk.
Zudem, ich mag Euch nicht. Sucht Ihr etwa mein Haus:

's ist hinter den Oliven, dicht bei an.
Wollt Ihr gehn, Schwester? – Schäfer, setz' ihr zu! –
Komm, Schwester! – Seid ihm günst'ger, Schäferin,
Und seid nicht stolz; könnt' alle Welt Euch sehn,
So blind wird keiner mehr von hinnen gehn.
Zu unsrer Herde, kommt!

Rosalinde und Celia ab.

PHÖBE.
O Schäfer! nun kommt mir dein Spruch zurück:
»Wer liebte je, und nicht beim ersten Blick?«
SILVIUS. Geliebte Phöbe, –
PHÖBE. Ha, was sagst du, Silvius?
SILVIUS. Beklagt mich, liebe Phöbe!
PHÖBE. Ich bin um dich bekümmert, guter Silvius.
SILVIUS. Wo die Bekümmernis, wird Hülfe sein.
Seid Ihr um meinen Liebesgram bekümmert:
Gebt Liebe mir; mein Gram und Euer Kummer
Sind beide dann vertilgt.
PHÖBE.
Du hast ja meine Lieb': ist das nicht nachbarlich?
SILVIUS. Dich möcht' ich haben.
PHÖBE. Ei, das wäre Habsucht.
Die Zeit war, Silvius, da ich dich gehaßt;
Es ist auch jetzt nicht so, daß ich dich liebte.
Doch weil du kannst so gut von Liebe sprechen,
So duld' ich deinen Umgang, der mir sonst
Verdrießlich war, und bitt' um Dienste dich.
Allein erwarte keinen andern Lohn,
Als deine eigne Freude, mir zu dienen.
SILVIUS. So heilig und so groß ist meine Liebe,
Und ich in solcher Dürftigkeit an Gunst,
Daß ich es für ein reiches Teil muß halten,
Die Ähren nur dem Manne nachzulesen,
Dem volle Ernte wird. Verliert nur dann und wann
Ein flüchtig Lächeln: davon will ich leben.
PHÖBE.
Kennst du den jungen Mann, der mit mir sprach?
SILVIUS. Nicht sehr genau, doch traf ich oft ihn an.
Er hat die Weid' und Schäferei gekauft,
Die sonst dem alten Carlot zugehört.
PHÖBE.
Denk' nicht, ich lieb' ihn, weil ich nach ihm frage.
s' ist nur ein kecker Bursch' – doch spricht er gut;
Frag' ich nach Worten? – Doch tun Worte gut,
Wenn, der sie spricht, dem, der sie hört, gefällt.
Es ist ein hübscher Junge, – nicht gar hübsch;
Doch wahrlich, er ist stolz, – zwar steht sein Stolz ihm:
Er wird einmal ein feiner Mann. Das Beste
Ist sein Gesicht, und schneller als die Zunge
Verwundete, heilt' es sein Auge wieder.
Er ist nicht eben groß, doch für sein Alter groß:
Sein Bein ist nur so so, doch macht sich's gut;
Es war ein lieblich Rot auf seinen Lippen,
Ein etwas reiferes und stärkres Rot
Als auf den Wangen: just der Unterschied
Wie zwischen dunkeln und gesprengten Rosen.
Es gibt der Weiber, Silvius, hätten sie
Ihn Stück für Stück betrachtet, so wie ich,
Sie hätten sich verliebt; ich, für mein Teil,
Ich lieb' ihn nicht, noch hass' ich ihn, und doch
Hätt' ich mehr Grund zu hassen als zu lieben.
Denn was hatt' er für Recht, mich auszuschelten?
Er sprach, mein Haar sei schwarz, mein Auge schwarz,
Und, wie ich mich entsinne, höhnte mich.
Mich wundert's, daß ich ihm nicht Antwort gab.
Schon gut! Verschoben ist nicht aufgehoben;
Ich will ihm einen Brief voll Spottes schreiben,
Du sollst ihn zu ihm tragen: Willst du, Silvius?
SILVIUS. Phöbe, von Herzen gern.
PHÖBE. Ich schreib' ihn gleich.
Der Inhalt liegt im Kopf mir und im Herzen,
Ich werde bitter sein, und mehr als kurz.
Komm mit mir, Silvius!

Ab.

Vierter Aufzug

Erste Szene

Der Wald.
Rosalinde, Celia und Jaques treten auf.

JAQUES. Ich bitte dich, artiger junger Mensch, laß uns besser mit einander bekannt werden!

ROSALINDE.
Sie sagen, Ihr wärt ein melancholischer Gesell.

JAQUES. Das bin ich: ich mag es lieber sein als lachen.

ROSALINDE. Die eins von beiden aufs äußerste treiben, sind abscheuliche Bursche, und geben sich jedem Tadel preis, ärger als Trunkenbolde.

JAQUES. Ei, es ist doch hübsch, traurig zu sein und nichts zu sagen.

ROSALINDE.
Ei, so ist es auch hübsch, ein Türpfosten zu sein.

JAQUES. Ich habe weder des Gelehrten Melancholie, die Nacheiferung ist; noch des Musikers, die phantastisch ist; noch des Hofmanns, die hoffärtig ist; noch des Soldaten, die ehrgeizig ist; noch des Juristen, die politisch ist; noch der Frauen, die zierlich ist; noch des Liebhabers, die das alles zusammen ist: sondern es ist eine Melancholie nach meiner Weise, aus mancherlei Ingredienzen bereitet, von mancherlei Gegenständen abgezogen, und wirklich die gesamte Betrachtung meiner Reisen, deren öftere Überlegung mich in eine höchst launische Betrübnis einhüllt.

ROSALINDE. Ein Reisender? Meiner Treu, Ihr habt große Ursache, betrübt zu sein; ich fürchte, Ihr habt Eure eignen Länder verkauft, um andrer Leute ihre zu sehn. Viel gesehn haben und nichts besitzen, das kommt auf reiche Augen und arme Hände hinaus.

JAQUES. Nun, ich habe Erfahrung gewonnen.

Orlando tritt auf.

ROSALINDE. Und Eure Erfahrung macht Euch traurig. Ich möchte lieber einen Narren halten, der mich lustig machte, als Erfahrung, die mich traurig machte. Und noch obendrein darum zu reisen!

ORLANDO. Habt Gruß und Heil, geliebte Rosalinde!

JAQUES. Nein, dann Gott befohlen, wenn Ihr gar in Versen sprecht! *Ab.*

ROSALINDE. Fahrt wohl, mein Herr Reisender! Seht zu, daß Ihr lispelt und seltsame Kleidung tragt, macht alles Ersprießliche in Eurem eignen Lande herunter, entzweit Euch mit Euren Sternen, und scheltet schier den lieben Gott, daß er Euch kein andres Gesicht gab: sonst glaub' ich's Euch kaum, daß Ihr je in einer Gondel gefahren seid. – Nun, Orlando, wo seid Ihr die ganze Zeit her gewesen? Ihr ein Liebhaber? – Spielt Ihr mir noch einmal so einen Streich, so kommt mir nicht wieder vors Gesicht!

ORLANDO. Meine schöne Rosalinde, es ist noch keine Stunde später, als ich versprach.

ROSALINDE. Ein Versprechen in der Liebe um eine Stunde brechen? – Wer tausend Teile aus einer Minute macht, und nur ein Teilchen von dem tausendsten Teil einer Minute in Liebessachen versäumt, von dem mag man wohl sagen, Cupido hat ihm auf die Schulter geklopft; aber ich stehe dafür, sein Herz ist unversehrt.

ORLANDO. Verzeiht mir, liebe Rosalinde!

ROSALINDE. Nein, wenn Ihr so saumselig seid, so kommt mir nicht mehr vors Gesicht: ich hätte es ebenso gern, daß eine Schnecke um mich freite.

ORLANDO. Eine Schnecke?

ROSALINDE. Ja, eine Schnecke! Denn kommt solch ein Liebhaber gleich langsam, so trägt er doch sein Haus auf dem Kopfe; ein besseres Leibgedinge, denk' ich, als Ihr einer Frau geben könnt. Außerdem bringt er sein Schicksal mit sich.

ORLANDO. Was ist das?

ROSALINDE. Ei, Hörner! wofür solche wie Ihr gern ihren Weibern verpflichtet sein mögen. Aber er kommt mit seinem Lose ausgerüstet und verhütet den üblen Ruf seiner Frau.

ORLANDO. Tugend dreht keine Hörner, und meine Rosalinde ist tugendhaft.

ROSALINDE. Und ich bin Eure Rosalinde.

CELIA. Es beliebt ihm, Euch so zu nennen: aber er hat eine Rosalinde von zarterer Farbe als Ihr.

ROSALINDE. Kommt, freit um mich, freit um mich; denn ich bin jetzt in einer Festtagslaune und könnte wohl einwilligen. – Was würdet Ihr zu mir sagen, wenn ich Eure rechte, rechte Rosalinde wäre?

ORLANDO. Ich würde küssen, ehe ich spräche.

ROSALINDE. Nein, Ihr tätet besser, erst zu sprechen, und wenn Ihr dann stocktet, weil Ihr nichts mehr wüßtet, nähmt Ihr Gelegenheit zu küssen. Gute Redner räuspern sich, wenn sie aus dem Text kommen, und wenn Liebhabern (was Gott verhüte!) der Stoff ausgeht, so ist der schicklichste Behelf, zu küssen.

ORLANDO. Wenn nun der Kuß verweigert wird?

ROSALINDE. So nötigt sie Euch zum Bitten, und das gibt neuen Stoff.

ORLANDO. Wer könnte wohl stocken, wenn er vor seiner Liebsten steht?

ROSALINDE. Wahrlich, das solltet Ihr, wenn ich Eure Liebste wäre, sonst müßte ich meine Tugend für stärker halten als meinen Witz. Bin ich nicht Eure Rosalinde?

ORLANDO. Es macht mir Freude, Euch so zu nennen, weil ich gern von ihr sprechen mag.

ROSALINDE. Gut, und in ihrer Person sage ich: ich will Euch nicht.

ORLANDO. So sterbe ich in meiner eignen Person.

ROSALINDE. Mit nichten, verrichtet es durch einen Anwalt! Die arme Welt ist fast sechstausend Jahr alt, und die ganze Zeit über ist noch kein Mensch in eigner Person gestorben, nämlich in Liebessachen. Dem Troilus wurde das Gehirn mit einer griechischen Keule zerschmettert; doch tat er, was er konnte, um vorher noch zu sterben, und er ist eins von den Mustern der Liebe. Leander, der hätte noch manches schöne Jahr gelebt, war Hero gleich Nonne geworden, wenn eine heiße Sommernacht es nicht getan hätte: denn der arme Junge, er ging nur hin, um sich im Hellespont zu baden, bekam den Krampf und ertrank, und die albernen Chronikenschreiber seiner Zeit befanden, es sei Hero von Sestos. Doch das sind lauter Lügen: die Menschen sind von Zeit zu Zeit gestorben, und die Würmer haben sie verzehrt, aber nicht aus Liebe.

ORLANDO. Ich möchte meine rechte Rosalinde nicht so gesinnt wissen; denn ich beteure, ihr Stirnrunzeln könnte mich töten.

ROSALINDE. Bei dieser Hand! es tötet keine Fliege! Aber kommt, nun will ich Eure Rosalinde in einer gutwilligeren Stimmung sein, und bittet von mir, was Ihr wollt, ich will es zugestehn.

ORLANDO. So liebt mich, Rosalinde!

ROSALINDE.
Ja, das will ich, Freitags, Sonnabends, und so weiter.

ORLANDO. Und willst du mich haben?

ROSALINDE. Ja, und zwanzig solcher.

ORLANDO. Was sagst du?

ROSALINDE. Seid Ihr nicht gut?

ORLANDO. Ich hoff' es.

ROSALINDE. Nun denn, kann man des Guten zu viel haben? – Kommt, Schwester, Ihr sollt der Priester sein, um uns zu trauen. – Gebt mir Eure Hand, Orlando! – Was sagt Ihr, Schwester?

ORLANDO. Bitte, trau' uns!

CELIA. Ich weiß die Worte nicht.

ROSALINDE.
Ihr müßt anfangen: »Wollt Ihr, Orlando –«

CELIA. Schon gut. – Wollt Ihr, Orlando, gegenwärtige Rosalinde zum Weibe haben?

ORLANDO. Ja.

ROSALINDE. Gut, aber wann?

ORLANDO.
Nun, gleich; so schnell sie uns trauen kann.

ROSALINDE. So müßt Ihr sagen: »Ich nehme dich, Rosalinde, zum Weibe.«

ORLANDO. Ich nehme dich, Rosalinde, zum Weibe.

ROSALINDE. Ich könnte nach Eurem Erlaubnisschein fragen, doch – Ich nehme dich, Orlando, zu meinem Manne. Da kommt ein Mädchen dem Priester zuvor, und wirklich, Weibergedanken eilen immer ihren Handlungen voraus.

ORLANDO. Das tun alle Gedanken, sie sind beflügelt.

ROSALINDE. Nun sagt mir, wie lange wollt Ihr sie haben, nachdem Ihr ihren Besitz erlangt?

ORLANDO. Immerdar und einen Tag.

ROSALINDE. Sagt »einen Tag«, und laßt »immerdar« weg! Nein, nein, Orlando! Männer sind Mai, wenn sie freien, und Dezember in der Ehe. Mädchen sind Frühling, solange sie Mädchen sind, aber der Himmel verändert sich, wenn sie Frauen werden. Ich will eifersüchtiger auf dich sein als ein Turteltauber auf sein Weibchen, schreiichter als ein Papagei, wenn es regnen will, grillenhafter als ein Affe, und ausgelassener in Gelüsten als eine Meerkatze. Ich will um nichts weinen, wie Diana am Springbrunnen, und das will ich tun, wenn du zur Lustigkeit gestimmt bist; ich will lachen wie eine Hyäne, und zwar wenn du zu schlafen wünschest.

ORLANDO. Aber wird meine Rosalinde das tun?

ROSALINDE.
Bei meinem Leben, sie wird es machen wie ich.

ORLANDO. Oh, sie ist aber klug.

ROSALINDE. Sonst hätte sie nicht den Witz dazu. Je klüger, desto verkehrter. Versperrt dem Witz eines Weibes die Türen, so muß er zum Fenster hinaus; macht das zu, so fährt er aus dem Schlüsselloch; verstopft das, so fliegt er mit dem Rauch aus dem Schornstein.

ORLANDO. Ein Mann, der eine Frau mit so viel Witz hätte, könnte fragen: »Witz, wo willst du mit der Frau hin?«

ROSALINDE. Nein, das könntet Ihr versparen, bis Ihr den Witz Eurer Frau auf dem Wege zu Eures Nachbars Bett anträft.

ORLANDO. Welcher Witz hätte Witz genug, das zu entschuldigen?

ROSALINDE. Nun, etwa: – sie ginge hin, Euch dort zu suchen. Ihr werdet sie nie ohne Antwort ertappen. Ihr müßtet sie denn ohne Zunge antreffen. Oh, die Frau, die ihre Fehler nicht ihrem Manne zum Vorteil deuten kann, die laßt nie ihr Kind säugen; sie würde es albern groß ziehn.

ORLANDO. Auf die nächsten zwei Stunden, Rosalinde, verlasse ich dich.

ROSALINDE. Ach, geliebter Freund, ich kann dich nicht zwei Stunden entbehren.

ORLANDO. Ich muß dem Herzoge beim Mittagsessen aufwarten. Um zwei Uhr bin ich wieder bei dir.

ROSALINDE. Ja, geht nur! geht nur! Das sah ich wohl von Euch voraus, meine Freunde sagten mir's, und ich dacht' es ebenfalls, – Eure Schmeichelzunge gewann mich, – es ist nur eine Verstoßne, – und also: komm, Tod! – Zwei Uhr ist Eure Stunde?

ORLANDO. Ja, süße Rosalinde.

ROSALINDE. Bei Treu und Glauben, und in vollem Ernst, und so mich der Himmel schirme, und bei allen artigen Schwüren, die keine Gefahr haben: brecht Ihr ein Pünktchen Eures Versprechens, oder kommt nur eine Minute nach der Zeit, so will ich Euch für den feierlichsten Wortbrecher halten, und für den falschesten Liebhaber, und den allerunwürdigsten deren, die Ihr Rosalinde nennt, welcher nur aus dem großen Haufen der Ungetreuen ausgesucht werden konnte. Darum hütet Euch vor meinem Urteil, und haltet Euer Versprechen!

ORLANDO. So heilig, als wenn du wirklich meine Rosalinde wärst. Leb denn wohl!

ROSALINDE. Gut, die Zeit ist der alte Richter, der solche Verbrecher ans Licht zieht, und die Zeit muß es ausweisen. Lebt wohl!

Orlando ab.

CELIA. Du hast unserm Geschlecht in deinem Liebesgeschwätz geradezu übel mitgespielt. Wir müssen dir Hosen und Wams über den Kopf ziehn, damit die Welt sieht, was der Vogel gegen sein eignes Nest getan hat.

ROSALINDE. O Mühmchen! Mühmchen! Mühmchen! mein artiges kleines Mühmchen! Wüßtest du, wie viel Klafter tief ich in Liebe versenkt bin! Aber es kann nicht ergründet werden: meine Zuneigung ist grundlos wie die Bucht von Portugal.

CELIA. Sag lieber, bodenlos; so viel Liebe du hineintust, sie läuft alle wieder heraus.

ROSALINDE. Nein, der boshafte Bastard der Venus, der vom Gedanken erzeugt, von der Grille empfangen und von der Tollheit geboren wurde, der blinde schelmische Bube, der jedermanns Augen betört, weil er selbst keine mehr hat, der mag richten, wie tief ich in der Liebe stecke. – Ich sage dir, Aliena, ich kann nicht ohne Orlandos Anblick sein; ich will Schatten suchen und seufzen, bis er kommt.

CELIA. Und ich will schlafen.

Beide ab.

Zweite Szene

Ein andrer Teil des Waldes.
Jaques und Edelleute des Herzogs in Jägerkleidung treten auf.

JAQUES. Wer ist's, der den Hirsch erlegt?

ERSTER EDELMANN. Ich tat es, Herr.

JAQUES. Laßt uns ihn dem Herzog vorstellen, wie einen römischen Eroberer, und es schickte sich wohl, ihm das Hirschgeweih wie einen Siegeskranz aufzusetzen. Habt Ihr kein Lied, Jäger, auf diese Gelegenheit?

ZWEITER EDELMANN. O ja, Herr.

JAQUES. Singt es; es ist gleichviel, ob ihr Ton haltet, wenn es nur Lärm genug macht.

Lied

ERSTE STIMME.
Was kriegt er, der den Hirsch erlegt?

ZWEITE STIMME.
Sein ledern Kleid und Horn er trägt.

ERSTE STIMME.
Drum singt ihn heim:
Ohn' allen Zorn trag' du das Horn;
Ein Helmschmuck war's, eh' du gebor'n.

Dieser Zuruf wird im Chor von den übrigen wiederholt.

ERSTE STIMME.
Dein's Vaters Vater führt' es.

ZWEITE STIMME.
Und deinen Vater ziert' es.

ALLE.
Das Horn, das Horn, das wackre Horn
Ist nicht ein Ding zu Spott und Zorn.

Ab.

Dritte Szene

Rosalinde und Celia treten auf.

ROSALINDE. Was sagt Ihr nun? Ist nicht zwei Uhr vorbei? Und kein Orlando zu sehen!

CELIA. Ich stehe dir dafür, mit reiner Liebe und

verwirrtem Gehirn hat er seinen Bogen und Pfeile genommen und ist ausgegangen – zu schlafen. Seht, wer kommt da?

Silvius tritt auf.

SILVIUS.
An Euch geht meine Botschaft, schöner Jüngling. –
Dies hieß mich meine Phöbe übergeben;
Ich weiß den Inhalt nicht: doch, wie ich riet
Aus finstrer Stirn und zorniger Gebärde,
Die sie gemacht hat, während sie es schrieb,
So muß es zornig lauten; mir verzeiht,
Denn ich bin schuldlos Bote nur dabei.

ROSALINDE. Bei diesem Briefe müßte die Geduld
Selbst sich empören und den Lärmer spielen;
Wer das hier hinnimmt, der nimmt alles hin.
Sie sagt, ich sei nicht schön, sei ungezogen,
Sie nennt mich stolz, und könne mich nicht lieben,
Wenn Männer selten wie der Phönix wären.
Ihr Herz ist auch der Hase, den ich jage:
Potz alle Welt! was schreibt sie so an mich?
Hört, Schäfer, diesen Brief habt Ihr erdacht.

SILVIUS.
Nein, ich beteur', ich weiß vom Inhalt nicht.
Sie schrieb ihn selbst.

ROSALINDE. Geht, geht! Ihr seid ein Narr,
Den Liebe bis aufs äußerste gebracht.
Ich sah wohl ihre Hand: sie ist wie Leder,
'ne sandsteinfarbne Hand; ich glaubte in der Tat,
Sie hätte ihre alten Handschuh' an,
Doch waren's ihre Hände, – sie hat Hände
Wie eine Bäurin, – doch das macht nichts aus:
Ich sage, nie erfand sie diesen Brief:
Hand und Erfindung ist von einem Mann.

SILVIUS. Gewiß, er ist von ihr.

ROSALINDE. Es ist ein tobender und wilder Stil,
Ein Stil für Raufer; wie ein Türk' dem Christen,
So trotzt sie mir: ein weibliches Gehirn
Kann nicht so riesenhafte Dinge zeugen,
So äthiop'sche Worte, schwärzern Sinns,
Als wie sie aussehn. – Wollt Ihr selber hören?

SILVIUS.
Wenn's Euch beliebt; noch hört' ich nicht den Brief,
Doch schon zu viel von Phöbes Grausamkeit.

ROSALINDE.
Sie phöbet mich: hör' an, wie die Tyrannin schreibt.

Liest.

»Bist du Gott im Hirtenstand,
Der ein Mädchenherz entbrannt?«
Kann ein Weib so höhnen?

SILVIUS. Nennt Ihr das Höhnen?

ROSALINDE.
»Des verborgne Götterschaft
Qual in Weiberherzen schafft?«
Hörtet Ihr je solches Höhnen?
»Männer mochten um mich werben,
Nimmer bracht' es mir Verderben.«
Als wenn ich ein Tier wäre.
»Wenn deiner lichten Augen Hohn
Erregte solche Liebe schon:
Ach, wie müßt' ihr milder Schein
Wunderwirkend in mir sein!
Da du schaltest, liebt' ich dich:
Bätest du, was täte ich?
Der mein Lieben bringt zu dir,
Kennt dies Lieben nicht in mir.
Gib ihm denn versiegelt hin,
Ob dein jugendlicher Sinn
Nimmt das treue Opfer an
Von mir und allem, was ich kann.
Sonst schlag' durch ihn mein Bitten ab,
Und dann begehr' ich nur ein Grab.«

SILVIUS. Nennt Ihr das Schelten?

CELIA. Ach, armer Schäfer!

ROSALINDE. Habt Ihr Mitleid mit ihm? Nein, er verdient kein Mitleid. – Willst du solch ein Weib lieben? – Was? dich zum Instrument zu machen, worauf man falsche Töne spielt? Nicht auszustehn! – Gut, geht Eures Weges zu ihr (denn ich sehe, die Liebe hat einen zahmen Wurm aus dir gemacht), und sagt ihr dies: Wenn sie mich liebt, befehle ich ihr an, dich zu lieben; wenn sie nicht will, so habe ich nichts mit ihr zu tun, es sei denn, daß du für sie bittest. – Wenn Ihr wahrhaftig liebt, fort, und keine Silbe mehr, denn hier kommt jemand.

Silvius ab.

Oliver tritt auf.

OLIVER.
Guten Morgen, schöne Kinder! Wißt ihr nicht,
Wo hier im Wald herum 'ne Schäferei,
Beschattet von Olivenbäumen, steht?

CELIA.
Westwärts von hier, den nahen Grund hinunter,
Bringt Euch die Reih' von Weiden längs dem Bach,
Laßt Ihr sie rechter Hand, zum Orte hin.
Allein um diese Stunde hütet sich
Die Wohnung selber, es ist niemand drin.

OLIVER.
Wenn eine Zung' ein Auge kann belehren,
Müßt' ich euch kennen, der Beschreibung nach:
Die Tracht, die Jahre so. »Der Knab' ist blond,
Von Ansehn weiblich, und er nimmt sich aus
Wie eine reife Schwester; doch das Mädchen
Ist klein und brauner als ihr Bruder.« Seid ihr
Des Hauses Eigner nicht, das ich erfragt?

CELIA. Weil Ihr uns fragt: ja, ohne Prahlerei.

OLIVER. Orlando grüßt euch beide, und er schickt
Dem Jüngling, den er seine Rosalinde
Zu nennen pflegt, dies blut'ge Tuch. Seid Ihr's?

ROSALINDE.
Ich bin's. Was will er uns damit bedeuten?

OLIVER. Zu meiner Schand' etwas, erfahrt ihr erst,
Was für ein Mensch ich bin, und wo und wie
Dies Tuch befleckt ward.

CELIA. Sagt, ich bitt' Euch drum!

OLIVER. Da jüngst Orlando sich von Euch getrennt,
Gab er sein Wort, in einer Stunde wieder
Zurück zu sein; und schreitend durch den Wald
Käut' er die Kost der süß' und bittern Liebe. –
Seht, was geschah! Er warf sein Auge seitwärts,
Und denkt, was für ein Gegenstand sich zeigt!
Am alten Eichbaum mit bemoosten Zweigen,
Den hohen Gipfel kahl von dürrem Alter,
Lag ein zerlumpter Mann, ganz überhaart,
Auf seinem Rücken schlafend; um den Hals
Wand eine grün' und goldne Schlange sich,
Die mit dem Kopf, zu Drohungen behend,

Dem offnen Munde nahte: aber schnell,
Orlando sehend, wickelt sie sich los,
Und schlüpft im Zickzack gleitend in den Busch.
In dessen Schatten hatte eine Löwin,
Die Euter ausgesogen, sich gelagert,
Den Kopf am Boden, katzenartig lauernd,
Bis sich der Schläfer rührte; denn es ist
Die königliche Weise dieses Tiers,
Auf nichts zu fallen, was als tot erscheint.
Dies sehend, naht' Orlando sich dem Mann
Und fand, sein Bruder war's, sein ältster Bruder.

CELIA.
Oh, von dem Bruder hört' ich wohl ihn sprechen,
Und als den Unnatürlichsten, der lebte,
Stellt' er ihn vor.

OLIVER. Und konnt' es auch mit Recht,
Denn gar wohl weiß ich, er war unnatürlich.

ROSALINDE. Orlando aber? – Ließ er ihn zum Raub
Der hungrigen und ausgesognen Löwin?

OLIVER.
Zweimal wandt' er den Rücken und gedacht' es.
Doch Milde, edler als die Rache stets,
Und die Natur, der Lockung überlegen,
Vermochten ihn, die Löwin zu bekämpfen,
Die baldigst vor ihm fiel. Bei diesem Strauß
Erwacht' ich von dem unglücksel'gen Schlummer.

CELIA. Seid Ihr sein Bruder?

ROSALINDE. Hat er Euch gerettet?

CELIA. Ihr wart es, der so oft ihn töten wollte?

OLIVER.
Ich war's, doch bin ich's nicht: ich scheue nicht
Zu sagen, wer ich war; da die Bekehrung
So süß mich dünkt, seit ich ein andrer bin.

ROSALINDE. Allein das blut'ge Tuch?

OLIVER. Im Augenblick,
Da zwischen uns, vom ersten bis zum letzten,
Nun Tränen die Berichte mild gebadet,
Wie ich gelangt an jenen wüsten Platz:
Geleitet' er mich zu dem edlen Herzog.
Der frische Kleidung mir und Speise gab,
Der Liebe meines Bruders mich empfehlend,
Der mich sogleich in seine Höhle führte.
Er zog sich aus, da hatt' ihm hier am Arm
Die Löwin etwas Fleisch hinweggerissen,
Das unterdes geblutet; er fiel in Ohnmacht
Und rief nach Rosalinden, wie er fiel.
Ich bracht' ihn zu sich selbst, verband die Wunde,
Und da er bald darauf sich stärker fühlte,
Hat er mich hergesandt, fremd wie ich bin,
Dies zu berichten, daß Ihr ihm den Bruch
Des Wortes mögt verzeihn; und dann dies Tuch,
Mit seinem Blut gefärbt, dem jungen Schäfer
Zu bringen, den er seine Rosalinde
Im Scherz zu nennen pflegt.

CELIA. Was gibt es, Ganymed? mein Ganymed?

Rosalinde fällt in Ohnmacht.

OLIVER.
Wenn manche Blut sehn, fallen sie in Ohnmacht.

CELIA.
Ach, dies bedeutet mehr! – Mein Ganymed!

OLIVER. Seht, er kommt wieder zu sich.

ROSALINDE. Ich wollt', ich wär' zu Haus.

CELIA. Wir führen dich dahin. –
Ich bitt' Euch, wollt Ihr unterm Arm ihn fassen?

OLIVER. Faßt nur Mut, junger Mensch! – Ihr ein Mann? Euch fehlt ein männlich Herz.

ROSALINDE. Das tut es, ich gesteh's. Ach, Herr, jemand könnte denken, das hieße sich recht verstellen. Ich bitte Euch, sagt Eurem Bruder, wie gut ich mich verstellt habe. – Ah! ha!

OLIVER. Das war keine Verstellung: Eure Farbe legt ein zu starkes Zeugnis ab, daß es eine ernstliche Gemütsbewegung war.

ROSALINDE. Verstellung, ich versichre Euch.

OLIVER.
Gut also, faßt ein Herz und stellt Euch wie ein Mann!

ROSALINDE. Das tu' ich, aber von Rechts wegen hätte ich ein Weib werden sollen.

CELIA. Kommt, Ihr seht immer blässer und blässer; ich bitte Euch, nach Hause! – Lieber Herr, geht mit uns!

OLIVER.
Gern, denn ich muß ja meinem Bruder melden,
Wie weit Ihr ihn entschuldigt, Rosalinde.

ROSALINDE. Ich will etwas ausdenken; aber ich bitte Euch, rühmt ihm meine Verstellung. – Wollt Ihr gehn?

Alle ab.

Fünfter Aufzug

Erste Szene

Der Wald.

Probstein und Käthchen kommen.

PROBSTEIN. Wir werden die Zeit schon finden, Käthchen. Geduld, liebes Käthchen!

KÄTHCHEN. Wahrhaftig, der Pfarrer war gut genug, was auch der alte Herr sagen mochte.

PROBSTEIN. Ein abscheulicher Ehrn Olivarius, Käthchen, ein entsetzlicher Textdreher. Aber, Käthchen, da ist ein junger Mensch hier im Walde, der Anspruch auf dich macht.

KÄTHCHEN. Ja, ich weiß, wer es ist: er hat in der Welt nichts an mich zu fodern. Da kommt der Mensch, den Ihr meint.

Wilhelm kommt.

PROBSTEIN. Es ist mir ein rechtes Labsal, so einen Tölpel zu sehen. Meiner Treu, wir, die mit Witz gesegnet sind, haben viel zu verantworten. Wir müssen necken, wir können's nicht lassen.

WILHELM. Guten Abend, Käthchen!

KÄTHCHEN. Schönen guten Abend, Wilhelm!

WILHELM. Und Euch, Herr, einen guten Abend!

PROBSTEIN. Guten Abend, lieber Freund! Bedeck' den Kopf! Bedeck' den Kopf! Nun, sei so gut, bedeck' dich! Wie alt seid Ihr, Freund?

WILHELM. Fünfundzwanzig, Herr.

PROBSTEIN. Ein reifes Alter. Ist dein Name Wilhelm?

WILHELM. Wilhelm, Herr.

PROBSTEIN.
Ein schöner Name. Bist hier im Walde geboren?

WILHELM. Ja, Herr, Gott sei Dank.

PROBSTEIN.
»Gott sei Dank«, – eine gute Antwort. Bist reich?

WILHELM. Nun, Herr, so, so.

PROBSTEIN. »So, so«, ist gut, sehr gut, ganz ungemein gut, – nein, doch nicht, es ist nur so so. Bist du weise?

WILHELM.
Ja, Herr, ich hab' einen hübschen Verstand.

PROBSTEIN. Ei, wohl gesprochen! Da fällt mir ein Sprichwort ein: »Der Narr hält sich für weise, aber der Weise weiß, daß er ein Narr ist.« Wenn der heidnische Philosoph Verlangen trug, Weinbeeren zu essen, so öffnete er die Lippen, indem er sie in den Mund steckte; damit wollte er sagen, Weinbeeren wären zum Essen gemacht und Lippen zum Öffnen. Ihr liebt dieses Mädchen?

WILHELM. Das tu' ich, Herr.

PROBSTEIN. Gebt mir Eure Hand! Bist du gelehrt?

WILHELM. Nein, Herr.

PROBSTEIN. So lerne dieses von mir: Haben ist haben, denn es ist eine Figur in der Redekunst, daß Getränk, wenn es aus einem Becher in ein Glas geschüttet wird, eines leer macht, indem es das andere anfüllt; denn alle unsre Schriftsteller geben zu: ipse, ist er; Ihr seid aber nicht ipse, denn ich bin er.

WILHELM. Was für ein Er, Herr?

PROBSTEIN. Der Er, Herr, der dies Mädchen heiraten muß. Also, Ihr Tölpel, meidet – was in der Pöbelsprache heißt, verlaßt – den Umgang – was auf bäurisch heißt, die Gesellschaft – dieser Frauensperson – was im gemeinen Leben heißt, Mädchen; welches alles zusammen heißt: meidet den Umgang dieser Frauensperson, oder, Tölpel, du kommst um; oder, damit du es besser verstehst, du stirbst: nämlich ich töte dich, schaffe dich aus der Welt, bringe dich vom Leben zum Tode, von der Freiheit zur Knechtschaft. Ich will dich mit Gift bedienen, oder mit Bastonaden, oder mit dem Stahl; ich will eine Partei gegen dich zusammenrotten, dich mit Politik überwältigen, ich will dich auf hundertundfünfzig Arten umbringen: darum zittre und zieh' ab!

KÄTHCHEN. Tu' es, guter Wilhelm!

WILHELM. Gott erhalt' Euch guter Dinge, Herr! *Ab.*

Corinnus kommt.

CORINNUS. Unsre Herrschaft sucht Euch. Kommt! geschwind, geschwind!

PROBSTEIN. Lauf', Käthchen! Lauf', Käthchen! Ich komme nach, ich komme nach.

Alle ab.

Zweite Szene

Ebendaselbst.
Orlando und Oliver treten auf.

ORLANDO. Ist es möglich, daß Ihr auf so geringe Bekanntschaft Neigung zu ihr gefaßt? Kaum saht Ihr sie, so liebt Ihr; kaum liebtet Ihr, so warbt Ihr; kaum habt Ihr geworben, so sagt sie auch ja? Und Ihr beharrt darauf, sie zu besitzen?

OLIVER. Macht Euch weder aus der Übereilung davon ein Bedenken, aus ihrer Armut, der geringen Bekanntschaft, meinem schnellen Werben, noch aus ihrem raschen Einwilligen: sondern sagt mit mir, ich liebe Aliena; sagt mit ihr, daß sie mich liebt; willigt mit beiden ein, daß wir einander besitzen mögen. Es soll zu Eurem Besten sein, denn meines Vaters Haus und alle Einkünfte des alten Herrn Roland will ich Euch abtreten, und hier als Schäfer leben und sterben.

ORLANDO. Ihr habt meine Einwilligung. Laßt Eure Hochzeit morgen sein, ich will den Herzog dazu einladen und sein ganzes frohes Gefolge. Geht und bereitet Aliena vor, denn seht Ihr, hier kommt meine Rosalinde.

Rosalinde kommt.

ROSALINDE. Gott behüt' Euch, Bruder!

OLIVER. Und Euch, schöne Schwester!

ROSALINDE. O mein lieber Orlando, wie bekümmert es mich, dich dein Herz in einer Binde tragen zu sehn.

ORLANDO. Meinen Arm.

ROSALINDE. Ich dachte, dein Herz wäre von den Klauen eines Löwen verwundet worden.

ORLANDO. Verwundet ist es, aber von den Augen eines Fräuleins.

ROSALINDE. Hat Euch Euer Bruder erzählt, wie ich mich stellte, als fiel ich in Ohnmacht, da er mir Euer Tuch zeigte?

ORLANDO. Ja, und größere Wunder als das.

ROSALINDE. Oh, ich weiß, wo Ihr hinaus wollt. – Ja, es ist wahr, niemals ging noch etwas so schnell zu, außer etwa ein Gefecht zwischen zwei Widdern, und Cäsars thrasonisches Geprahle: »Ich kam, sah und siegte.« Denn Euer Bruder und meine Schwester trafen sich nicht so bald, so sahen sie; sahen nicht so bald, so liebten sie; liebten nicht so bald, so seufzten sie; seufzten nicht so bald, so fragten sie einander nach der Ursache; wußten nicht so bald die Ursache, so suchten sie das Hülfsmittel; und vermittelst dieser Stufen haben sie eine Treppe zum Ehestande gebaut, die sie unaufhaltsam hinaufsteigen, oder unenthaltsam vor dem Ehestande sein werden. Sie sind in der rechten Liebeswut, sie wollen zusammen, man brächte sie nicht mit Keulen auseinander.

ORLANDO. Sie sollen morgen verheiratet werden, und ich will den Herzog zur Vermählung laden. Aber ach! welch bittres Ding ist es, Glückseligkeit nur durch andrer Augen zu erblicken! Um desto mehr werde ich morgen auf dem Gipfel der Schwermut sein, je glücklicher ich meinen Bruder schätzen werde, indem er hat, was er wünscht.

ROSALINDE. Wie nun? morgen kann ich Euch nicht statt Rosalindens dienen?

ORLANDO.
Ich kann nicht länger von Gedanken leben.

ROSALINDE. So will ich Euch denn nicht länger mit eitlem Geschwätz ermüden. Wißt also von mir (denn jetzt rede ich nicht ohne Bedeutung), daß ich weiß, Ihr seid ein Edelmann von guten Gaben. Ich sage dies nicht, damit Ihr eine gute Meinung von meiner Wissenschaft fassen sollt, insofern ich sage: ich weiß, daß Ihr es seid; noch strebe ich nach einer größern Achtung, als die Euch einigermaßen Glauben ablocken kann, zu Eurem eignen Besten, nicht zu meinem Ruhm. Glaubt denn, wenn's Euch beliebt, daß ich wunderbare Dinge vermag: seit meinem dritten Jahre hatte ich Verkehr mit einem Zauberer von der tiefsten Einsicht in seiner Kunst, ohne doch verdammlich zu sein. Wenn Euch Rosalinde so sehr am Herzen liegt, als Euer Benehmen laut bezeugt, so sollt Ihr sie heiraten, wann Euer Bruder Aliena heiratet. Ich weiß, in welche bedrängte Lage sie gebracht ist, und es ist mir nicht unmöglich, wenn Ihr nichts dagegen habt, sie Euch morgen vor die Augen zu stellen, leibhaftig und ohne Gefährde.

ORLANDO. Sprichst du in nüchternem Ernst?

ROSALINDE. Das tu' ich bei meinem Leben, das ich sehr wert halte, sage ich gleich, daß ich Zauberei verstehe. Also werft Euch in Euren besten Staat, ladet Eure Freunde; denn wollt Ihr morgen verheiratet werden, so sollt Ihr's, und mit Rosalinden, wenn Ihr wollt.

Silvius und Phöbe treten auf.

Seht, da kommen Verliebte, die eine in mich und der andere in sie.

PHÖBE. Es war von Euch sehr unhold, junger Mann,
Den Brief zu zeigen, den ich an Euch schrieb.

ROSALINDE.
Ich frage nichts danach, es ist mein Streben,
Verachtungsvoll und unhold Euch zu scheinen.
Es geht Euch da ein treuer Schäfer nach:
Ihn blickt nur an, ihn liebt, er huldigt Euch.

PHÖBE. Sag, guter Schäfer, diesem jungen Mann,
Was lieben heißt.

SILVIUS.
Es heißt, aus Seufzern ganz bestehn und Tränen,
Wie ich für Phöbe.

PHÖBE. Und ich für Ganymed.

ORLANDO. Und ich für Rosalinde.

ROSALINDE. Und ich für keine Frau.

SILVIUS. Es heißt, aus Treue ganz bestehn und Eifer,
Wie ich für Phöbe.

PHÖBE. Und ich für Ganymed.

ORLANDO. Und ich für Rosalinde.

ROSALINDE. Und ich für keine Frau.

SILVIUS. Es heißt, aus nichts bestehn als Phantasie,
Aus nichts als Leidenschaft, aus nichts als Wünschen,
Ganz Anbetung, Ergebung und Gehorsam,
Ganz Demut, ganz Geduld und Ungeduld,
Ganz Reinheit, ganz Bewährung, ganz Gehorsam.
Und so bin ich für Phöbe.

PHÖBE. Und so bin ich für Ganymed.

ORLANDO. Und so bin ich für Rosalinde.

ROSALINDE. Und so bin ich für keine Frau.

PHÖBE *zu Rosalinden.*
Wenn dem so ist, was schmäht Ihr meine Liebe?

SILVIUS *zu Phöbe.*
Wenn dem so ist, was schmäht Ihr meine Liebe?

ORLANDO.
Wenn dem so ist, was schmäht Ihr meine Liebe?

ROSALINDE.
Wem sagt Ihr das: »Was schmäht Ihr meine Liebe?«

ORLANDO.
Der, die nicht hier ist, und die mich nicht hört.

ROSALINDE. Ich bitte Euch, nichts mehr davon: es ist, als wenn die Wölfe gegen den Mond heulen. – *Zu Silvius.* Ich will Euch helfen, wenn ich kann. – *Zu Phöbe.* Ich wollte Euch lieben, wenn ich könnte. – Morgen kommen wir alle zusammen. – *Zu Phöbe.* Ich will Euch heiraten, wenn ich je ein Weib heirate, und ich heirate morgen. – *Zu Orlando.* Ich will Euch Genüge leisten, wenn ich je irgend wem Genüge leistete, und Ihr sollt morgen verheiratet werden. – *Zu Silvius.* Ich will Euch zufrieden stellen, wenn das, was Euch gefällt, Euch zufrieden stellt, und ihr sollt morgen heiraten. – *Zu Orlando.* So wahr Ihr Rosalinde liebt, stellt Euch ein, – *Zu Silvius.* so wahr Ihr Phöbe liebt, stellt Euch ein, – und so wahr ich kein Weib liebe, werde ich mich einstellen. Damit gehabt euch wohl, ich habe Euch meine Befehle zurückgelassen.

SILVIUS.
Ich bleibe nicht aus, wenn ich das Leben behalte.

PHÖBE. Ich auch nicht.

ORLANDO. Ich auch nicht.

Alle ab.

Dritte Szene

Ebendaselbst.
Probstein und Kätchen kommen.

PROBSTEIN. Morgen ist der frohe Tag, Käthchen; morgen heiraten wir uns.

KÄTHCHEN. Mich verlangt von ganzem Herzen danach, und ich hoffe, es ist kein unehrbares Verlangen, wenn mich verlangt, eine Frau wie andre auch zu werden. Hier kommen zwei von des verbannten Herzogs Pagen.

Zwei Pagen kommen.

ERSTER PAGE. Schön getroffen, wackrer Herr!

PROBSTEIN. Wahrhaftig, schön getroffen! Kommt, setzt euch, setzt euch, und ein Lied!

ZWEITER PAGE. Damit wollen wir aufwarten: setzt Euch zwischen uns! – Sollen wir frisch dran ohne uns zu räuspern, oder auszuspeien, oder zu sagen, daß wir heiser sind, womit man immer einer schlechten Stimme die Vorrede hält?

ERSTER PAGE. Gut! gut! und beide aus einem Tone, wie zwei Zigeuner auf einem Pferde.

Lied

Ein Liebster und sein Mädel schön,
Mit heisa und ha und juchheisa trala!
Die täten durch das Kornfeld gehn,
Zur Maienzeit, der lustigen Paarezeit,
Wann Vögel singen, tirlirelirei:
Süß Liebe liebt den Mai.
Und zwischen Halmen auf dem Rain,
Mit heisa und ha und juchheisa trala!
Legt sich das hübsche Paar hinein,
Zur Maienzeit, der lustigen Paarezeit,
Wann Vögel singen, tirlirelirei:
Süß Liebe liebt den Mai.
Sie sangen diese Melodei,
Mit heisa und ha und juchheisa trala!
Wie 's Leben nur 'ne Blume sei,
Zur Maienzeit, der lustigen Paarezeit,
Wann Vögel singen, tirlirelirei:
Süß Liebe liebt den Mai.
So nutzt die gegenwärt'ge Zeit,
Mit heisa und ha und juchheisa trala!
Denn Liebe lacht im Jugendkleid,

Zur Maienzeit, der lustigen Paarezeit,
Wann Vögel singen, tirlirelirei:
Süß Liebe liebt den Mai.

PROBSTEIN. Wahrhaftig, meine jungen Herrn, obschon das Lied nicht viel sagen wollte, so war die Weise doch sehr unmelodisch.

ERSTER PAGE. Ihr irrt Euch, Herr, wir hielten das Tempo, wir haben die Zeit genau in acht genommen.

PROBSTEIN. Ja, meiner Treu! ich könnte die Zeit auch besser in acht nehmen, als solch ein albernes Lied anzuhören. Gott befohlen, und er verleihe euch bessere Stimmen! – Komm, Käthchen!

Alle ab.

Vierte Szene

Ein andrer Teil des Waldes.
Der Herzog, Amiens, Jaques, Orlando, Oliver und Celia treten auf.

HERZOG.
Und glaubst du denn, Orlando, daß der Knabe
Dies alles kann, was er versprochen hat?

ORLANDO.
Zuweilen glaub' ich's, und zuweilen nicht,
So wie, wer fürchtet, hofft, und weiß, er fürchte.

Rosalinde, Silvius und Phöbe treten auf.

ROSALINDE.
Habt noch Geduld, indes wir den Vertrag
In Ordnung bringen: Herzog, Ihr erklärt,
Daß, wenn ich Eure Rosalinde stelle,
Ihr dem Orlando hier sie geben wollt?

HERZOG. Ja, hätt' ich Königreich' ihr mitzugeben.

ROSALINDE *zu Orlando.*
Ihr sagt, Ihr wollt sie, wenn ich sie Euch bringe?

ORLANDO. Ja, wär' ich aller Königreiche König.

ROSALINDE *zu Phöbe.*
Ihr sagt, Ihr wollt mich nehmen, wenn ich will?

PHÖBE. Das will ich, stürb' ich gleich die Stunde drauf.

ROSALINDE.
Wenn Ihr Euch aber weigert, mich zu nehmen,
Wollt Ihr Euch diesem treuen Schäfer geben?

PHÖBE. So ist der Handel.

ROSALINDE *zu Silvius.*
Ihr sagt, wenn Phöbe will, wollt Ihr sie haben?

SILVIUS. Ja, wär' sie haben und der Tod auch eins.

ROSALINDE.
Und ich versprach, dies alles auszugleichen.
O Herzog, haltet Wort, gebt Eure Tochter;
Orlando, haltet Eures, sie zu nehmen;
Ihr, Phöbe, haltet Wort, heiratet mich, –
Wenn Ihr mich ausschlagt, eh'licht diesen Schäfer;
Ihr, Silvius, haltet Wort, heiratet sie,
Wenn sie mich ausschlägt; und von dannen geh' ich,
Zu schlichten diese Zweifel.

Rosalinde und Celia ab.

HERZOG.
An diesem Schäferknaben fallen mir
Lebend'ge Züge meiner Tochter auf.

ORLANDO.
Mein Fürst, das erste Mal, daß ich ihn sah,
Schien mir's, er sei ein Bruder Eurer Tochter.
Doch, lieber Herr, der Knab' ist waldgeboren,
Und wurde unterwiesen in den Gründen
Verrufner Wissenschaft von seinem Oheim,
Den er als einen großen Zaubrer schildert,
Vergraben im Bezirke dieses Walds.

Probstein und Käthchen kommen.

JAQUES. Sicherlich ist eine neue Sündflut im Anzuge, und diese Paare begeben sich in die Arche. Da kommt ein Paar seltsamer Tiere, die man in allen Sprachen Narren nennt.

PROBSTEIN. Gruß und Empfehlung euch allen!

JAQUES. Werter Fürst, heißt ihn willkommen: das ist der scheckigt gesinnte Herr, den ich so oft im Walde antraf. Er schwört, er sei ein Hofmann gewesen.

PROBSTEIN. Wenn irgend jemand das bezweifelt, so laßt ihn mich auf die Probe stellen. Ich habe meine Menuett getanzt, ich habe den Damen geschmeichelt, ich bin politisch gegen meinen Freund gewesen, und geschmeidig gegen meinen Feind, ich habe drei Schneider zu Grunde gerichtet, ich habe vier Händel gehabt und hätte bald einen ausgefochten.

JAQUES. Und wie wurde der ausgemacht?

PROBSTEIN. Nun, wir kamen zusammen und fanden, der Handel stehe auf dem siebenten Punkt.

JAQUES. Wie, siebenten Punkt? – Lobt mir den Burschen, mein gnädiger Herr!

HERZOG. Er gefällt mir sehr.

PROBSTEIN. Gott behüt' Euch, Herr! ich wünsche das nämliche von Euch. Ich dränge mich hier unter die übrigen ländlichen Paare, zu schwören und zu verschwören, je nachdem der Ehestand bindet, und Fleisch und Blut bricht. Eine arme Jungfer, Herr, ein übel aussehend Ding, Herr, aber mein eigen: eine demütige Laune von mir, Herr, zu nehmen, was sonst niemand will. Reiche Ehrbarkeit, Herr, wohnt wie ein Geizhals in einem armen Hause, wie eine Perle in einer garstigen Auster.

HERZOG.
Meiner Treu, er ist sehr behende und spruchreich.

JAQUES. Aber der siebente Punkt! Wie fandet Ihr den Handel auf dem siebenten Punkt?

PROBSTEIN. Wegen einer siebenmal zurückgeschobnen Lüge. – Halt' dich grade, Käthchen! – Nämlich so, Herr. Ich konnte den Schnitt von eines gewissen Hofmanns Bart nicht leiden; er ließ mir melden, wenn ich sagte, sein Bart wäre nicht gut gestutzt, so wäre er andrer Meinung: das nennt man den höflichen Bescheid. Wenn ich ihm wieder sagen ließ, er wäre nicht gut gestutzt, so ließ er mir sagen, er stutzte ihn für seinen eignen Geschmack: das nennt man den feinen Stich. Sagte ich noch einmal, er wäre nicht gut gestutzt, so erklärte er mich unfähig zu urteilen: das nennt man die grobe Erwiderung. Nochmals, er wäre nicht gut gestutzt, so antwortete er, ich spräche nicht wahr: das nennt man die beherzte Abfertigung. Nochmals, er wäre nicht gut gestutzt, so sagte er, ich löge: das nennt man den trotzigen Widerspruch, und so bis zur bedingten Lüge und zur offenbaren Lüge.

JAQUES. Und wie oft sagtet Ihr, sein Bart wäre nicht gut gestutzt?

PROBSTEIN. Ich wagte nicht weiter zu gehn als bis zur bedingten Lüge, noch er, mir die offenbare Lüge zuzuschieben, und so maßen wir unsre Degen und schieden.

JAQUES.
Könnt Ihr nun nach der Reihe die Grade nennen?

PROBSTEIN. O Herr, wir streiten wie gedruckt, nach dem Buch, so wie man Sittenbüchlein hat. Ich will Euch die Grade aufzählen. Der erste der höfliche Bescheid; der zweite der feine Stich; der dritte die grobe Erwiderung; der vierte die beherzte Abfertigung; der fünfte der trotzige Widerspruch; der sechste die Lüge unter Bedingung; der siebente die offenbare Lüge. Aus allen diesen könnt Ihr Euch herausziehen, außer der offenbaren Lüge, und aus der sogar mit einem bloßen Wenn. Ich habe erlebt, daß sieben Richter einen Streit nicht ausgleichen konnten, aber wie die Parteien zusammen kamen, fiel dem einen nur ein Wenn ein; zum Beispiel: »Wenn ihr so sagt, so sage ich so«, und sie schüttelten sich die Hände und machten Brüderschaft. Das Wenn ist der wahre Friedensstifter; ungemeine Kraft in dem Wenn.

JAQUES. Ist das nicht ein seltner Bursch, mein Fürst?
Er versteht sich auf alles so gut, und ist doch ein Narr.

HERZOG. Er braucht seine Torheit wie ein Stellpferd, um seinen Witz dahinter abzuschießen.

Hymen, mit Rosalinde in Frauenkleidern an der Hand, und Celia treten auf. Feierliche Musik.

HYMEN. Der ganze Himmel freut sich,
Wenn ird'scher Dinge Streit sich
In Frieden endet.
Nimm deine Tochter, Vater,
Die Hymen, ihr Berater,
Vom Himmel sendet;
Daß du sie geb'st in dessen Hand,
Dem Herz in Herz sie schon verband.

ROSALINDE *zum Herzoge.*
Euch übergeb' ich mich, denn ich bin Euer.
Zu Orlando.
Euch übergeb' ich mich, denn ich bin Euer.

HERZOG.
Trügt nicht der Schein, so seid Ihr meine Tochter.

ORLANDO.
Trügt nicht der Schein, so seid Ihr meine Rosalinde.

PHÖBE. Ist's Wahrheit, was ich seh',
Dann – meine Lieb', ade!

ROSALINDE. Ich will zum Vater niemand, außer Euch.
Zu Orlando.
Ich will zum Gatten niemand, außer Euch.
Zu Phöbe.
Ich nehme nie ein Weib mir, außer Euch.

HYMEN. Still! die Verwirrung end' ich,
Die Wunderdinge wend' ich
Zum Schluß, der schön sich fügt.
Acht müssen Hand in Hand
Hier knüpfen Hymens Band,
Wenn nicht die Wahrheit lügt.
Zu Orlando und Rosalinde.
Euch und Euch trennt nie ein Leiden.
Zu Oliver und Celia.
Euch und Euch kann Tod nur scheiden.
Zu Phöbe.
Ihr müßt seine Lieb' erkennen,
Od'r ein Weib Gemahl benennen.
Zu Probstein und Käthchen.
Ihr und Ihr seid Euch gewiß
Wie der Nacht die Finsternis.
Weil wir Hochzeitchöre singen,
Fragt euch satt nach diesen Dingen:
Daß euer Staunen sei verständigt,
Wie wir uns trafen, und dies endigt.

Lied

Eh'stand ist der Juno Krone:
O sel'ger Bund von Tisch und Bett!
Hymen bevölkert jede Zone,
Drum sei die Eh' verherrlichet.
Preis, hoher Preis und Ruhm zum Lohne
Hymen, dem Gotte jeder Zone!

HERZOG. O liebe Nichte, sei mir sehr willkommen!
Als Tochter, nichts Geringres, aufgenommen.

PHÖBE. Ich breche nicht mein Wort: du bist nun mein;
Mich nötigt deine Treue zum Verein.

Jaques de Boys tritt auf.

JAQUES DE BOYS.
Verleiht für ein paar Worte mir Gehör:
Ich bin der zweite Sohn des alten Roland,
Der Zeitung diesem schönen Kreise bringt.
Wie Herzog Friedrich hörte, täglich strömten
Zu diesem Walde Männer von Gewicht,
Warb er ein mächtig Heer; sie brachen auf,
Von ihm geführt, in Absicht, seinen Bruder
Zu fangen hier und mit dem Schwert zu tilgen.
Und zu dem Saume dieser Wildnis kam er,
Wo ihm ein alter heil'ger Mann begegnet,
Der ihn nach einigem Gespräch bekehrt
Von seiner Unternehmung und der Welt.
Die Herrschaft läßt er dem vertriebnen Bruder,
Und die mit ihm Verbannten stellt er her
In alle ihre Güter. Daß dies Wahrheit,
Verbürg' ich mit dem Leben.

HERZOG. Willkommen, junger Mann!
Du steuerst kostbar zu der Brüder Hochzeit:
Dem einen vorenthaltne Länderei'n, –
Ein ganzes Land, ein Herzogtum, dem andern.
Zuerst laßt uns in diesem Wald vollenden,
Was hier begonnen ward und wohl erzeugt;
Und dann soll jeder dieser frohen Zahl,
Die mit uns herbe Tag' und Nächt' erduldet,
Die Wohltat unsers neuen Glückes teilen,
Wie seines Ranges Maß es mit sich bringt.
Doch jetzt vergeßt die neue Herrlichkeit
Bei dieser ländlich frohen Lustbarkeit!
Spielt auf, Musik! – Ihr Bräutigam' und Bräute,
Schwingt euch zum Tanz im Überschwang der Freude!

JAQUES. Herr, mit Erlaubnis: – hab' ich recht gehört,
So tritt der Herzog in ein geistlich Leben
Und läßt die Pracht des Hofes hinter sich?

JAQUES DE BOYS. Das tut er.

JAQUES. So will ich zu ihm: diese Neubekehrten,
Sie geben viel zu hören und zu lernen.
Zum Herzoge.
Euch, Herr, vermach' ich Eurer vor'gen Würde;
Durch Tugend und Geduld verdient Ihr sie.
Zu Orlando.
Euch einer Liebsten, Eurer Treue wert.

Zu Oliver.

Euch Eurem Erb', und Braut, und mächt'gen Freunden.

Zu Silvius.

Euch einem lang' und wohlverdienten Eh'bett.

Zu Probstein.

Und Euch dem Zank; denn bei der Liebesreise
Hast du dich auf zwei Monat' nur versehn
Mit Lebensmitteln. – Seid denn guter Dinge:
Ich bin für andre als für Tänzersprünge.

HERZOG. Bleib', Jaques, bleib'!

JAQUES. Zu keiner Lustbarkeit, – habt Ihr Befehle,
So schickt sie mir in die verlaßne Höhle!

Ab.

HERZOG.
Wohlan! wohlan! Begeht den Feiertag,
Beginnt mit Lust, was glücklich enden mag!

Ein Tanz.

Epilog

ROSALINDE. Es ist nicht hergebracht, die Frau als Epilog zu sehen: aber es ist nicht unziemlicher, als den Herrn als Prolog zu erblicken. Ist es wahr, daß der »gute Wein keines Kranzes bedarf«, so ist es auch wahr, daß ein gutes Stück keinen Epilog nötig hat: doch braucht man beim guten Wein gute Kränze, und gute Stücke werden durch gute Epiloge nur um so besser. In welcher Lage bin ich denn nun, da ich weder ein guter Epilog bin, noch auch wegen eines guten Stückes angenehm sein kann? Ich bin nicht wie ein Bettler gekleidet, darum würde mir Betteln nicht geziemen; was mir übrig bleibt, ist, zu beschwören, und ich will mit den Frauen den Anfang machen. Ich beschwöre euch, o ihr Frauen, bei der Liebe, die ihr zu den Männern tragt, laßt euch von dem Stück so viel gefallen, als diese billigen! Und ich beschwöre euch, o ihr Männer, bei der Liebe, die ihr zu den Frauen tragt (und euer freundlich Gesicht sagt mir, keiner von euch haßt sie), daß, zwischen euch und den Frauen geteilt, das Stück gefallen möge. Wäre ich eine Frau, so wollte ich so viele von euch küssen, als Bärte hätten, die mir gefielen, Gesichter, die mir anständen, und einen Atem, der mir nicht zuwider wäre; und ich bin gewiß, alle, die gute Bärte, Antlitze und angenehmen Atem haben, werden für mein freundliches Anerbieten, indem ich meine Verbeugung mache, mir Lebewohl sagen. *Geht ab.*

WAS IHR WOLLT.

Personen

Orsino, Herzog von Illyrien
Sebastian, ein junger Edelmann, Violas Bruder
Antonio, ein Schiffshauptmann
Ein Schiffshauptmann
Valentin,
Curio, Kavaliere des Herzogs
Junker Tobias von Rülp, Olivias Oheim
Junker Christoph von Bleichenwang
Malvolio, Olivias Haushofmeister
Fabio,
Narr, in Olivias Dienst
Olivia, eine reiche Gräfin
Viola
Maria, Olivias Kammermädchen
Herren vom Hofe, ein Priester, Matrosen, Gerichtsdiener, Musikanten und andres Gefolge
Die Szene ist eine Stadt in Illyrien und die benachbarte Seeküste

Erster Aufzug

Erste Szene

Ein Zimmer im Palaste des Herzogs.
Der Herzog, Curio und Herren vom Hofe.
Musikanten im Hintergrunde.

HERZOG. Wenn die Musik der Liebe Nahrung ist,
Spielt weiter! Gebt mir volles Maß! daß so
Die übersatte Lust erkrank' und sterbe. –
Die Weise noch einmal! – Sie starb so hin;
Oh, sie beschlich mein Ohr, dem Weste gleich,
Der auf ein Veilchenbette lieblich haucht,
Und Düfte stiehlt und gibt. – Genug! nicht mehr!
Es ist mir nun so süß nicht, wie vorher.
O Geist der Lieb', wie bist du reg' und frisch!
Nimmt schon dein Umfang alles in sich auf,
Gleich wie die See, nichts kommt in ihn hinein,
Wie stark, wie überschwenglich es auch sei,
Das nicht herabgesetzt im Preise fiele
In einem Wink! So voll von Phantasien
Ist Liebe, daß nur sie phantastisch ist.
CURIO. Wollt Ihr nicht jagen, gnäd'ger Herr?
HERZOG. Was, Curio?
CURIO. Den Hirsch.
HERZOG. Das tu' ich ja, den edelsten, der mein.
Oh, da zuerst mein Aug' Olivien sah,
Schien mir die Luft durch ihren Hauch gereinigt;
Den Augenblick werd' ich zu einem Hirsch,
Und die Begierden, wie ergrimmte Hunde,
Verfolgen mich seitdem.

Valentin kommt.

Nun wohl, was sagt sie?
VALENTIN.
Verzeiht, mein Fürst, ich ward nicht vorgelassen,
Ihr Mädchen gab mir dies zur Antwort nur:
Der Himmel selbst, bis sieben Jahr verglüht,
Soll ihr Gesicht nicht ohne Hülle schaun;
Sie will wie eine Nonn' im Schleier gehn
Und einmal Tags ihr Zimmer rings benetzen
Mit augenschmerzendem gesalznem Naß:
All dies, um eines Bruders tote Liebe
Zu balsamieren, die sie frisch und dauernd
In traurigem Gedächtnis halten will.
HERZOG. Oh, sie mit diesem zartgebauten Herzen,
Die schon dem Bruder so viel Liebe zahlt,
Wie wird sie lieben, wenn der goldne Pfeil
Die ganze Schar von Neigungen erlegt,
So in ihr lebt! wenn jene hohen Thronen,
Ihr Haupt und Herz, die holden Trefflichkeiten,
Erfüllt sind und bewohnt von einem Herrn!
Eilt mir voran auf zarte Blumenmatten!
Süß träumt die Liebe, wenn sie Lauben schatten.

Alle ab.

Zweite Szene

Eine Straße.
Viola, ein Schiffshauptmann und Matrosen treten auf.

VIOLA. Welch Land ist dies, ihr Freunde?
SCHIFFSHAUPTMANN. Illyrien, Fräulein.
VIOLA. Und was soll ich nun in Illyrien machen?
Mein Bruder ist ja in Elysium.
Doch wär' es möglich, daß er nicht ertrank:
Was denkt Ihr, Schiffer?
SCHIFFSHAUPTMANN.
Kaum war es möglich, daß Ihr selbst entkamt.
VIOLA.
Ach, armer Bruder! – Vielleicht entkam er doch.
SCHIFFSHAUPTMANN.
Ja, Fräulein; und Euch mit »vielleicht« zu trösten.
Versichr' ich Euch: als unser Schiff gescheitert,
Indessen Ihr und dieser arme Haufen,
Mit Euch gerettet, auf dem Boote trieb,
Sah ich, daß Euer Bruder, wohl bedacht
In der Gefahr, an einen starken Mast,
Der auf den Fluten lebte, fest sich band:
Ihm lehrte Mut und Hoffnung dieses Mittel;
Dann, wie Arion auf des Delphins Rücken,
Sah ich ihn Freundschaft mit den Wellen halten,
Solang' ich sehen konnte.
VIOLA. Hier ist Gold
Für diese Nachricht. Meine eigne Rettung
Zeigt meiner Hoffnung auch für ihn das Gleiche,
Und Eure Red' ist des Bestätigung.
Kennst du dies Land?
SCHIFFSHAUPTMANN. Ja, Fräulein, sehr genau.
Drei Stunden ist es kaum von diesem Ort,
Wo ich geboren und erzogen bin.
VIOLA. Und wer regiert hier?
SCHIFFSHAUPTMANN.
Ein edler Herzog von Gemüt und Namen.
VIOLA. Was ist sein Name?
SCHIFFSHAUPTMANN. Orsino.
VIOLA. Orsino! den hört' ich meinen Vater
Wohl nennen; damals war er unvermählt.
SCHIFFSHAUPTMANN.
Das ist er, oder war's vor kurzem noch.
Denn nur vor einem Monat reist' ich ab,
Als eben ein Gerücht lief (wie Ihr wißt,
Was Große tun, beschwatzen gern die Kleinen),
Er werbe um die reizende Olivia.
VIOLA. Wer ist sie?
SCHIFFSHAUPTMANN.
Ein sittsam Mädchen, eines Grafen Tochter;
Der starb vor einem Jahr, und ließ sie damals
In seines Sohnes, ihres Bruders, Schutz.
Der starb vor kurzem auch; ihn zärtlich liebend
Schwor sie, so sagt man, Anblick und Gesellschaft
Der Männer ab.
VIOLA. O dient' ich doch dem Fräulein,
Und würde nicht nach meinem Stand der Welt
Verraten, bis ich die Gelegenheit
Selbst hätte reifen lassen!
SCHIFFSHAUPTMANN. Das wird schwer
Zu machen sein: sie will von keiner Art
Gesuche hören, selbst des Herzogs nicht.
VIOLA.
Du hast ein fein Betragen an dir, Hauptmann,
Und wenn gleich die Natur mit schöner Decke
Oft Gräber übertüncht, bin ich dir doch

Zu traun geneigt, du habest ein Gemüt,
Das wohl zu diesem feinen Anschein paßt.
Ich bitte dich, und will dir's reichlich lohnen,
Verhehle, wer ich bin, und steh mir bei,
Mich zu verkleiden, wie es etwa taugt
Zu meinem Plan. Ich will dem Herzog dienen:
Du sollst als einen Hämling mich empfehlen.
Es lohnt dir wohl die Müh', denn ich kann singen
Und ihn mit allerlei Musik ergötzen,
Bin also sehr geschickt zu seinem Dienst.
Was sonst geschehn mag, wird die Zeit schon zeigen:
Nur richte sich nach meinem Witz dein Schweigen.

SCHIFFSHAUPTMANN.
Seid Ihr sein Hämling, Euer Stummer ich,
Und plaudr' ich aus, so schlage Blindheit mich!

VIOLA. Nun gut, so führ' mich weiter!

Ab.

Dritte Szene

Ein Zimmer in Olivias Hause.
Junker Tobias und Maria.

JUNKER TOBIAS. Was zum Henker fällt meiner Nichte ein, daß sie sich den Tod ihres Bruders so anzieht? Es ist ausgemacht, der Gram zehrt am Leben.

MARIA. Auf mein Wort, Junker Tobias, Ihr müßt abends früher zu Hause kommen. Eure Nichte, das gnädige Fräulein, hat viel Einrede gegen Eure unschicklichen Zeiten.

JUNKER TOBIAS. So mag sie beizeiten Einrede tun, hernachmals aber schweigen.

MARIA. Ja, es würde Euch aber besser kleiden, einen ordentlichen Lebenswandel zu führen.

JUNKER TOBIAS. Besser kleiden? Ich brauche mich nicht besser zu kleiden, als ich hier bin. Dieser Rock ist gut genug, um darin zu trinken, diese Stiefeln auch, sonst können sie sich in ihren eignen Riemen aufhängen lassen.

MARIA. Das Bechern und Trinken wird Euch zu Grunde richten. Mein Fräulein sprach noch gestern davon, auch von einem albernen Junker, den Ihr einmal abends als einen Freier für sie mitgebracht habt.

JUNKER TOBIAS. Wen meint Ihr? Junker Christoph von Bleichenwang?

MARIA. Ja, eben den.

JUNKER TOBIAS. Das ist so ein starker Kerl wie einer in ganz Illyrien.

MARIA. Was tut das zur Sache?

JUNKER TOBIAS. Nun, er bringt es im Jahr auf dreitausend Dukaten.

MARIA. Er wird es aber wohl nur auf ein Jahr mit allen seinen Dukaten bringen: er ist ein großer Narr und ein Verschwender.

JUNKER TOBIAS. Pfui, daß Ihr so reden könnt! Er spielt auf der Baßgeige, und spricht drei bis vier Sprachen Wort für Wort aus dem Kopfe, und ist mit vielfältigen guten Naturgaben versehn.

MARIA. Ja wahrhaftig, auch mit einfältigen. Denn bei seiner Narrheit ist er obendrein noch ein großer Zänker, und hätte er nicht die Gabe der Zaghaftigkeit, um seine Zanklust zu dämpfen, so meinen die Vernünftigen, ihm würde bald das Grab zur Gabe werden.

JUNKER TOBIAS. Bei meiner Faust! Schufte und Lügner sind's, die so von ihm reden. Wer sind sie?

MARIA. Dieselbigen, die auch behaupten, daß er sich alle Abend mit Euch betrinkt.

JUNKER TOBIAS. Freilich, auf meiner Nichte Gesundheit. Ich will so lange darauf trinken, als es mir durch die Kehle läuft und Getränk in Illyrien ist. Ein Hase und ein Lumpenhund, wer nicht meiner Nichte zu Ehren trinkt, bis sich sein Gehirn auf einem Beine herumdreht wie ein Kräusel. Still, Mädel! Castiliano volto! denn hier kommt Junker Christoph von Bleichenwang.

Junker Christoph tritt auf.

JUNKER CHRISTOPH. Junker Tobias von Rülp! Wie steht's, Junker Tobias von Rülp?

JUNKER TOBIAS. Herzensjunker Christoph!

JUNKER CHRISTOPH.
Gott grüß' Euch, schöne Dirne!

MARIA. Euch ebenfalls, Herr!

JUNKER TOBIAS.
Hak' ein, Junker Christoph, hak' ein!

JUNKER CHRISTOPH. Wer ist das?

JUNKER TOBIAS. Meiner Nichte Kammermädchen.

JUNKER CHRISTOPH. Gute Jungfer Hakein, ich wünsche näher mit Euch bekannt zu werden.

MARIA. Mein Name ist Maria, Herr.

JUNKER CHRISTOPH. Gute Jungfer Maria Hakein –

JUNKER TOBIAS. Ihr versteht mich falsch; »hak' ein« heißt: unterhalte sie, wirb um sie, bestürme sie!

JUNKER CHRISTOPH. Auf meine Ehre, ich möchte sie nicht in dieser Gesellschaft vornehmen. Das bedeutet also »hak' ein«?

MARIA. Ich empfehle mich, meine Herren.

JUNKER TOBIAS. Wo du sie so davon gehn läßt, Junker Christoph, so wollt' ich, du dürftest nie wieder den Degen ziehn.

JUNKER CHRISTOPH. Wo Ihr so davon geht, so wollt' ich, ich dürfte nie wieder den Degen ziehn. Schönes Frauenzimmer, denkt Ihr, Ihr hättet Narren am Seile?

MARIA. Nein, ich habe Euch nicht am Seile.

JUNKER CHRISTOPH. Ihr sollt mich aber am Seile haben: hier ist meine Hand.

MARIA. Nun, Herr, Gedanken sind zollfrei: aber mich deucht, Ihr könntet sie immer ein bißchen in den Keller tragen.

JUNKER CHRISTOPH. Wozu, mein Engelchen? Was soll die verblümte Redensart?

MARIA. Sie ist warm, Herr.

JUNKER CHRISTOPH. Nun, ein Mädchen wie Ihr kann einen wohl warm machen.

MARIA. Nein, Ihr habt ein kaltes Herz, das kann ich an den Fingern abzählen.

JUNKER CHRISTOPH. Das tut doch einmal!

MARIA. Ich habe es schon an Euern Fingern

abgezählt, daß Ihr keine drei zählen könnt. Nun lasse ich Euch gehn. *Ab.*

JUNKER TOBIAS. O Junker, du hast ein Fläschchen Sekt nötig! Hab' ich dich jemals so herunter gesehn?

JUNKER CHRISTOPH. In Euerm Leben nicht, glaub' ich, außer wenn mich der Sekt heruntergebracht hat. Mir ist, als hätt' ich manchmal nicht mehr Witz, als ein Christensohn oder ein gewöhnlicher Mensch hat. Aber ich bin ein großer Rindfleischesser, und ich glaube, das tut meinem Witz Schaden.

JUNKER TOBIAS. Keine Frage.

JUNKER CHRISTOPH. Wo ich das dächte, so wollte ich's verschwören. Ich will morgen nach Haus reiten, Junker Tobias.

JUNKER TOBIAS. Pourquoi, Herzensjunker?

JUNKER CHRISTOPH. Was ist pourquoi? Tu's, oder tu's nicht? Ich wollte, ich hätte die Zeit auf die Sprachen gewandt, die mir das Fechten, Tanzen und Fuchsprellen gekostet hat. Ach, hätte ich mich doch auf die Künste gelegt!

JUNKER TOBIAS. Ja, dann hättest du einen stattlichen Kopf mit Haaren gekriegt.

JUNKER CHRISTOPH. Wieso? Wäre mein Haar davon besser geworden?

JUNKER TOBIAS. Ohne Zweifel. Du siehst ja, es will sich von Natur nicht kräuseln.

JUNKER CHRISTOPH. Es steht mir aber doch recht gut? Nicht wahr?

JUNKER TOBIAS. Prächtig! Es hängt wie Flachs auf einem Spinnrocken, und ich hoffe noch zu erleben, daß eine Hausfrau dich zwischen ihre Kniee nimmt und es abspinnt.

JUNKER CHRISTOPH. Wahrhaftig, ich will morgen nach Haus, Junker Tobias. Eure Nichte will sich ja nicht sehn lassen; und wenn auch, es ist zehn gegen eins, daß sie mich nicht will. [Der Graf selbst, hier dicht bei an, freit um sie.]

JUNKER TOBIAS. Sie will den Grafen nicht; sie will keine größere Partie tun, als sie selbst ist, weder an Rang, Jahren, noch Verstand. Das habe ich sie eidlich beteuern hören. Lustig! Es ist noch nicht aus damit, Freund.

JUNKER CHRISTOPH. So will ich einen Monat länger bleiben. Ich bin ein Kerl von der wunderlichsten Gemütsart in der Welt; manchmal weiß ich mir gar keinen bessern Spaß als Maskeraden und Fastnachtsspiele.

JUNKER TOBIAS. Taugst du zu dergleichen Fratzen, Junker?

JUNKER CHRISTOPH. So gut wie irgendeiner in Illyrien, er mag sein was er will, wenn er nicht vornehmer ist als ich.

JUNKER TOBIAS. Wie weit hast du es in der Gaillarde gebracht?

JUNKER CHRISTOPH. Mein' Seel', ich kann eine Kapriole schneiden, und den Katzensprung tu' ich aufs Haar so hoch, als irgendeiner in Illyrien.

JUNKER TOBIAS. Weswegen verbergen sich diese Künste? Weswegen hängt ein Vorhang vor diesen Gaben? Bist du bange, sie möchten staubig werden? Warum gehst du nicht in einer Gaillarde zur Kirche, und kommst in einer Courante nach Hause? Mein beständiger Gang sollte ein Pas à rigaudon sein; ich wollte mein Wasser nicht abschlagen, ohne einen Entrechat zu machen. Was kommt dir ein? Ist dies eine Welt darnach, Tugenden unter den Scheffel zu stellen? Ich dachte wohl, nach dem vortrefflichen Baue deines Beines, es müßte unter dem Gestirn der Gaillarde gebildet sein.

JUNKER CHRISTOPH. Ja, es ist kräftig, und in einem geflammten Strumpfe nimmt es sich leidlich aus. Wollen wir nicht ein Gelag anstellen?

JUNKER TOBIAS. Was sollen wir sonst tun? Sind wir nicht unter dem Steinbock geboren?

JUNKER CHRISTOPH. Unter dem Steinbock? Das bedeutet Stoßen und Schlagen.

JUNKER TOBIAS. Nein, Freund, es bedeutet Springen und Tanzen. Laß mich deine Kapriolen sehn: Hopsa! Höher! Sa! sa! – Prächtig!

Beide ab.

Vierte Szene

Ein Zimmer im Palaste des Herzogs.
Valentin und Viola in Mannskleidern.

VALENTIN. Wenn der Herzog mit solchen Gunstbezeugungen gegen Euch fortfährt, Cesario, so könnt Ihr es weit bringen: er kennt Euch erst seit drei Tagen, und schon seid Ihr kein Fremder mehr.

VIOLA. Ihr fürchtet entweder Laune von seiner Seite oder Nachlässigkeit von der meinigen, wenn Ihr die Fortdauer seiner Zuneigung in Zweifel zieht. Ist er unbeständig in seiner Gunst?

VALENTIN. Nein, in der Tat nicht.

Der Herzog, Curio und Gefolge treten auf.

VIOLA. Ich dank' Euch. Hier kommt der Graf.

HERZOG. Wer sah Cesario? he?

VIOLA. Hier, gnäd'ger Herr, zu Eurem Dienst.

HERZOG. Steht Ihr indes beiseit'! – Cesario,
Du weißt nun alles: die geheimsten Blätter
Schlug ich dir auf im Buche meines Herzens.
Drum, guter Jüngling, mach' dich zu ihr auf,
Nimm kein Verleugnen an; steh vor der Tür
Und sprich, es solle fest dein Fuß da wurzeln,
Bis du Gehör erlangt.

VIOLA. Doch, mein Gebieter,
Ist sie so ganz dem Grame hingegeben,
Wie man erzählt, läßt sie mich nimmer vor.

HERZOG. Sei laut und brich durch alle Sitte lieber,
Eh' du den Auftrag unverrichtet läßt.

VIOLA. Gesetzt nun, Herr, ich spreche sie: was dann?

HERZOG. Oh, dann entfalt' ihr meiner Liebe Macht,
Laß sie erstaunen über meine Treu':
Es wird dir wohl stehn, meinen Schmerz zu klagen;
Sie wird geneigter deiner Jugend horchen,
Als einem Boten ernstern Angesichts.

VIOLA. Das denk' ich nicht, mein Fürst.

HERZOG. Glaub's, lieber Junge!

Denn der verleumdet deine frohen Jahre,
Wer sagt, du seist ein Mann: Dianas Lippen
Sind weicher nicht und purpurner; dein Stimmchen
Ist wie des Mädchens Kehle, hell und klar,
Und alles ist an dir nach Weibes Art.
Ich weiß, daß dein Gestirn zu dieser Sendung
Sehr günstig ist. Vier oder fünf von euch,
Begleitet ihn; geht alle, wenn ihr wollt!
Mir ist am wohlsten, wenn am wenigsten
Gesellschaft um mich ist. Vollbring' dies glücklich,
Und du sollst frei wie dein Gebieter leben,
Und alles mit ihm teilen.

VIOLA. Ich will tun,
Was ich vermag, Eu'r Fräulein zu gewinnen.
Beiseit.
Doch wo ich immer werbe, Müh' voll Pein!
Ich selber möchte seine Gattin sein.
Alle ab.

Fünfte Szene

Ein Zimmer in Olivias Hause.
Maria und der Narr treten auf.

MARIA. Nun sage mir, wo du gewesen bist, oder ich will meinen Mund nicht so weit auftun, daß ein Strohhalm hineingeht, um dich zu entschuldigen; mein Fräulein wird dich für dein Ausbleiben aufhängen lassen.

NARR. Meinetwegen: wer in dieser Welt tüchtig aufgehängt ist, braucht der Trommel nicht zu folgen.

MARIA. Warum nicht?

NARR. Er kann überhaupt nicht viel spazieren gehn.

MARIA. Eine gute hausbackne Antwort. Ich kann dir auch sagen, wo sich die Redensart herschreibt, der Trommel folgen.

NARR. Woher, liebe Jungfer Maria?

MARIA. Aus dem Kriege, und das kannst du in deiner Narrheit nur kecklich nachsagen.

NARR. Gut, Gott verleihe denen Weisheit, die welche haben; und die, so Narren sind, laßt sie mit ihren Gaben wuchern!

MARIA. Ihr werdet doch aufgehängt, weil Ihr so lange ausgeblieben seid, oder weggejagt: und ist das für Euch nicht ebenso gut als hängen?

NARR. Gut gehängt ist besser als schlecht verheiratet, und das Wegjagen kümmert mich nicht, solange es Sommer ist.

MARIA. Ihr seid also kurz angebunden?

NARR. Das just nicht, aber ich halte es mit einer doppelten Schnur.

MARIA. Damit, wenn die eine reißt, die andre noch hält: wenn aber beide reißen, so fallen Eure Pumphosen herunter.

NARR. Geschickt, meiner Treu! recht geschickt! Nun, nur zu! Wenn Junker Tobias das Trinken lassen wollte, so wärst du so eine witzige Tochter Evas wie eine in ganz Illyrien.

MARIA. Stille, Schelm! Nichts weiter davon! Ihr tätet wohl, wenn Ihr Euch vernünftig entschuldigtet. *Ab.*

Olivia und Malvolio treten auf.

NARR. Witz, so es dein Wille ist, so hilf mir zu einer guten Posse! Die witzigen Leute, die dich zu haben glauben, werden oft zu Narren; und ich, der ich gewiß weiß, daß du mir fehlst, kann für einen weisen Mann gelten. Denn was sagt Quinapalus? Besser ein weiser Tor, als ein törichter Weiser. Gott grüß' Euch, Fräulein!

OLIVIA. Schafft das Narrengesicht weg!

NARR. Hört Ihr nicht, Leute? Schafft das Fräulein weg!

OLIVIA. Geht, Ihr seid ein trockner Narr; ich will nichts mehr von Euch wissen. Überdies fangt Ihr an, Euch schlecht aufzuführen.

NARR. Zwei Fehler, Madonna, denen Getränk und guter Rat abhelfen können. Denn gebt dem trocknen Narren zu trinken, so ist der Narr nicht mehr trocken. Ratet dem schlechten Menschen, sich zu bessern: wenn er sich bessert, so ist er kein schlechter Mensch mehr; kann er nicht, so mag ihn der Schneider flicken. Denn alles, was ausgebessert wird, ist doch nur geflickt. Tugend, die sich vergeht, ist nur mit Sünde geflickt; Sünde, die sich bessert, ist nur mit Tugend geflickt. Reicht dieser einfältige Schluß hin: gut! Wo nicht: was ist zu machen? Wie es keinen wahren Hahnrei gibt, außer das Unglück, so ist die Schönheit eine Blume. – Das Fräulein wollte das Narrengesicht weggeschafft haben, darum sage ich noch einmal: Schafft das Fräulein weg!

OLIVIA. Guter Freund, ich wollte Euch weggeschafft haben.

NARR. Ein ganz gewaltiger Mißgriff! – Fräulein, cucullus non facit monachum; das will soviel sagen: mein Gehirn ist nicht so buntscheckig wie mein Rock. Gute Madonna, erlaubt mir, Eure Narrheit zu beweisen!

OLIVIA. Könnt Ihr's?

NARR. Gar füglich, liebe Madonna.

OLIVIA. Führt den Beweis!

NARR. Ich muß Euch dazu katechisieren, Madonna: antwortet mir!

OLIVIA. Ich bin's zufrieden; aus Mangel an anderm Zeitvertreibe will ich Euern Beweis anhören.

NARR. Gute Madonna, warum trauerst du?

OLIVIA. Guter Narr, um meines Bruders Tod.

NARR. Ich glaube, seine Seele ist in der Hölle, Madonna.

OLIVIA. Ich weiß, seine Seele ist im Himmel, Narr.

NARR. Desto größer ist Eure Narrheit, darüber zu trauren, daß Eures Bruders Seele im Himmel ist. – Schafft das Narrengesicht weg, Leute!

OLIVIA. Was denkt Ihr von diesem Narren, Malvolio? Wird er nicht besser?

MALVOLIO. Ja wohl, und wird damit fortfahren, bis er in den letzten Zügen liegt. Die Schwachheit des Alters, die den vernünftigen Mann herunterbringt, macht den Narren immer besser.

NARR. Gott beschere Euch frühzeitige Schwachheit, damit Eure Narrheit desto besser zunehme! Junker Tobias wird darauf schwören, daß ich kein Fuchs bin, aber er wird nicht einen Dreier darauf verwetten, daß Ihr kein Narr seid.

OLIVIA. Was sagt Ihr dazu, Malvolio?

MALVOLIO. Ich wundre mich, wie Euer Gnaden an solch einem ungesalznen Schuft Gefallen finden können. Ich sah ihn neulich von einem gewöhnlichen Narren, der nicht mehr Gehirn hat wie ein Haubenstock, aus dem Sattel gehoben. Seht nur, er ist schon aus seiner Fassung: wenn Ihr nicht lacht, und ihm die Gelegenheit zutragt, so ist ihm der Mund zugenäht. Auf meine Ehre, ich halte die vernünftigen Leute, die über diese bestallten Narren so vor Freuden krähen, für nichts besser als für die Hanswurste der Narren.

OLIVIA. Oh, Ihr krankt an der Eigenliebe, Malvolio, und kostet mit einem verdorbnen Geschmack. Wer edelmütig, schuldlos und von freier Gesinnung ist, nimmt diese Dinge für Vögelbolzen, die Ihr als Kanonenkugeln anseht. Ein privilegierter Narr verleumdet nicht, wenn er auch nichts tut als verspotten; so wie ein Mann, der als verständig bekannt ist, nicht verspottet, wenn er auch nichts tut als tadeln.

NARR. Nun, Merkur verleihe dir die Gabe des Aufschneidens, weil du so gut von den Narren sprichst!

Maria kommt.

MARIA. Mein Fräulein, vor der Tür ist ein junger Herr, der sehr mit Euch zu sprechen wünscht.

OLIVIA. Vom Grafen Orsino, nicht wahr?

MARIA. Ich weiß nicht, mein Fräulein; es ist ein hübscher junger Mann mit einer stattlichen Begleitung.

OLIVIA. Wer von meinen Leuten hält ihn auf?

MARIA. Junker Tobias, Euer Vetter.

OLIVIA. Sucht den doch da wegzubringen, er spricht ja immer wie ein toller Mensch. Pfui doch! –

Maria ab.

Geht Ihr, Malvolio: Wenn es ein Gesuch vom Grafen ist, so bin ich krank oder nicht zu Hause, – was Ihr wollt, um es los zu werden.

Malvolio ab.

Ihr seht nun, wie Eure Possen versauern und die Leute sie nicht mehr mögen.

NARR. Du hast für uns geredet, Madonna, als wenn dein ältester Sohn ein Narr werden sollte, dessen Schädel die Götter mit Gehirn vollstopfen mögen; denn hier kommt einer von deiner Sippschaft, der eine sehr schwache pia mater hat.

Junker Tobias tritt auf.

OLIVIA. Auf meine Ehre, halb betrunken. – Wer ist vor der Tür, Vetter?

JUNKER TOBIAS. Ein Herr.

OLIVIA. Ein Herr? Was für ein Herr?

JUNKER TOBIAS. 's ist ein Herr da. – *Es stößt ihm auf.* Hol' der Henker die Heringe! – Was machst du, Pinsel?

NARR. Bester Junker Tobias –

OLIVIA. Vetter, Vetter! wie kommt Ihr schon so früh in diesen widerlichen Zustand?

JUNKER TOBIAS. Liederlichen? Schade was fürs Liederliche! – Es ist jemand vor der Tür.

OLIVIA. Nun gut, wer ist es?

JUNKER TOBIAS. Meinetwegen der Teufel, wenn er Lust hat: was kümmert's mich? Glaubt mir, sag' ich Euch. – Nun, es kommt alles auf eins heraus. *Ab.*

OLIVIA. Womit ist ein Betrunkener zu vergleichen?

NARR. Mit einem Ertrunkenen, einem Narren und einem Tollen. Der erste Trunk über den Durst macht ihn zum Narren, der zweite toll, und der dritte ersäuft ihn.

OLIVIA. Geh, hol' den Totenbeschauer, und laß ihn meinen Vetter in Augenschein nehmen, denn er ist im dritten Grade der Trunkenheit; er ist ertrunken. Geh, gib acht auf ihn!

NARR. Bis jetzt ist er nur noch toll, Madonna; und der Narr wird auf den Tollen acht geben. *Ab.*

Malvolio kommt zurück.

MALVOLIO. Gnädiges Fräulein, der junge Mensch draußen beteuert, daß er mit Euch sprechen will. Ich sagte ihm, Ihr wäret krank: er behauptet, davon habe er schon gehört, und daher komme er, um mit Euch zu sprechen. Ich sagte ihm, Ihr schliefet: er scheint auch das voraus gewußt zu haben, und kommt daher, um mit Euch zu sprechen. Was soll man ihm sagen, gnädiges Fräulein? Er ist gegen jede Ausflucht gewaffnet.

OLIVIA. Sagt ihm, daß er mich nicht sprechen soll.

MALVOLIO. Das habe ich ihm schon gesagt; aber er versichert, er wolle wie ein Schilderhaus Tag und Nacht vor Eurer Tür stehn, bis Ihr ihn vorlaßt.

OLIVIA. Was für eine Art von Menschen ist es?

MALVOLIO. Von einer sehr unartigen Art: er will mit Euch sprechen, Ihr mögt wollen oder nicht.

OLIVIA. Wie ist sein Äußerliches und seine Jahre?

MALVOLIO. Noch nicht alt genug für einen Mann, und nicht jung genug für einen Knaben: er ist weder recht Fisch noch Fleisch, so eben auf der Grenze zwischen Mann und Knaben. Er hat ein artiges Gesicht und spricht sehr naseweis; er sieht aus wie ein rechtes Muttersöhnchen.

OLIVIA. Laßt ihn herein: doch ruft mein Kammermädchen!

MALVOLIO. Kammermädchen, das Fräulein ruft. *Ab.*

Maria kommt zurück.

OLIVIA. Gib mir den Schleier! Komm, wirf mir ihn über! Ich will noch 'mal Orsinos Botschaft hören.

Viola tritt auf.

VIOLA. Wer ist die Dame vom Hause?

OLIVIA. Wendet Euch an mich, ich will für sie antworten. Was beliebt Euch?

VIOLA. Allerstrahlendste, auserlesene und unvergleichliche Schönheit! – Ich bitte Euch, sagt mir, wer die Dame vom Hause ist, denn ich sah sie noch nie. Ich möchte nicht gern meine Rede verkehrt anbringen, denn außerdem, daß sie meisterhaft abgefaßt ist, habe ich mir viele Mühe gegeben, sie auswendig zu lernen. Meine Schönen, habt mich nicht zum besten: ich bin erstaunlich empfindlich, selbst gegen die geringste üble Begegnung.

OLIVIA. Woher kommt Ihr, mein Herr?

VIOLA. Ich kann wenig mehr sagen, als ich studiert habe, und diese Frage steht nicht in meiner Rolle. Liebes Kind, gebt mir eine ordentliche Versicherung, ob Ihr die Dame vom Hause seid, damit ich in meiner Rede fortfahren kann.

OLIVIA. Seid Ihr ein Schauspieler?

VIOLA. Nein, mein verschwiegnes Herz! Und doch schwöre ich Euch bei allen Schlingen der Arglist, ich bin nicht, was ich spiele. Seid Ihr die Dame vom Hause?

OLIVIA. Wenn ich mir nicht zu viel über mich selbst anmaße, so bin ich es.

VIOLA. Gewiß, wenn Ihr es seid, so maßt Ihr Euch zu viel über Euch selbst an: denn was Euer ist, es zu gewähren, ist nicht Euer, um es zu verweigern. Doch dies gehört nicht mit zu meinem Auftrage: ich will in meiner Rede zu Euerm Lobe fortfahren, und Euch dann den Kern meiner Botschaft darreichen.

OLIVIA. Kommt auf das Wesentliche: ich erlasse Euch das Lob.

VIOLA. Ach! ich habe mir so viel Mühe gegeben, es auswendig zu lernen, und es ist poetisch.

OLIVIA. Um so eher mag es erdichtet sein; ich bitte Euch, behaltet es für Euch! Ich hörte, Ihr hättet Euch vor meiner Tür unartig aufgeführt, und erlaubte Euch den Zutritt, mehr um mich über Euch zu verwundern, als um Euch anzuhören. Wenn Ihr nicht unklug seid, so geht; wenn Ihr Vernunft habt, seid kurz; es ist bei mir nicht das Wetter darnach, in einem so grillenhaften Gespräch eine Person abzugeben.

MARIA. Wollt Ihr unter Segel gehn, Herr? Hier geht Euer Weg hin.

VIOLA. Nein, guter Schiffsjunge; ich will hier noch ein wenig länger herumkreuzen. – Macht doch Euern Riesen da ein wenig zahm, mein schönes Fräulein!

OLIVIA. Sagt, was Ihr wollt!

VIOLA. Ich bin ein Botschafter.

OLIVIA. Gewiß, Ihr müßt etwas Entsetzliches anzubringen haben, da Ihr so furchtbare Zeremonien dabei macht. Sagt Euern Auftrag!

VIOLA. Er ist nur für Euer Ohr bestimmt. Ich bringe keine Kriegserklärung, fodre keine Huldigung ein; ich halte den Ölzweig in meiner Hand, und rede nichts als Worte des Friedens.

OLIVIA. Doch begannt Ihr ungestüm. Wer seid Ihr? Was wollt Ihr?

VIOLA. Den Ungestüm, den ich blicken ließ, lernte ich von meiner Aufnahme. Was ich bin, und was ich will, ist so geheim wie jungfräuliche Reize; für Euer Ohr Offenbarung, für jedes andre Entweihung.

OLIVIA. Laß uns das Feld allein!

Maria ab.

Wir wollen diese Offenbarung vernehmen. Nun, Herr, wie lautet Euer Text?

VIOLA. Schönstes Fräulein –

OLIVIA. Eine tröstliche Lehre, und läßt sich viel darüber sagen. Wo steht Euer Text?

VIOLA. In Orsinos Brust.

OLIVIA. In seiner Brust? In welchem Kapitel seiner Brust?

VIOLA. Um methodisch zu antworten, im ersten seines Herzens.

OLIVIA. Oh, ich hab' es gelesen: es ist Ketzerei. Habt Ihr weiter nichts zu sagen?

VIOLA. Liebes Fräulein, laßt mich Euer Gesicht sehn!

OLIVIA. Habt Ihr irgendeinen Auftrag von Eurem Herrn, mit meinem Gesicht zu verhandeln? Jetzt seid Ihr aus dem Text gekommen. Doch will ich den Vorhang wegziehn, und Euch das Gemälde weisen. *Sie entschleiert sich.* Seht, Herr, so sah ich in diesem Augenblick aus. Ist die Arbeit nicht gut?

VIOLA. Vortrefflich, wenn sie Gott allein gemacht hat.

OLIVIA. Es ist echte Farbe, Herr; es hält Wind und Wetter aus.

VIOLA.
's ist reine Schönheit, deren Rot und Weiß
Natur mit zarter, schlauer Hand verschmelzte:
Fräulein, Ihr seid die Grausamste, die lebt,
Wenn Ihr zum Grabe diese Reize tragt,
Und laßt der Welt kein Abbild.

OLIVIA. O Herr, ich will nicht so hartherzig sein: ich will Verzeichnisse von meiner Schönheit ausgehn lassen; es wird ein Inventarium davon gemacht, und jedes Teilchen und Stückchen meinem Testamente angehängt: als item, zwei leidlich rote Lippen; item, zwei blaue Augen nebst Augenlidern dazu; item, ein Hals, ein Kinn und so weiter. Seid Ihr hieher geschickt, um mich zu taxieren?

VIOLA. Ich seh' Euch, wie Ihr seid: Ihr seid zu stolz;
Doch wärt Ihr auch der Teufel, Ihr seid schön.
Mein Herr und Meister liebt Euch: solche Liebe
Kann nur vergolten werden, würdet Ihr
Als Schönheit ohnegleichen auch gekrönt.

OLIVIA. Wie liebt er mich?

VIOLA. Mit Tränenflut der Anbetung, mit Stöhnen,
Das Liebe donnert, und mit Flammenseufzern.

OLIVIA. Er kennt mich, daß ich ihn nicht lieben kann.
Doch halt' ich ihn für tugendhaft, ich weiß,
Daß er von edlem Stamm, von großen Gütern,
In frischer, fleckenloser Jugend blüht;
Geehrt vom Ruf, gelehrt, freigebig, tapfer,
Und von Gestalt und Gaben der Natur
Ein feiner Mann; doch kann ich ihn nicht lieben.
Er konnte längst sich den Bescheid erteilen.

VIOLA. O liebt' ich Euch mit meines Herren Glut,
Mit solcher Pein, so todesgleichem Leben,
Ich fänd' in Euerm Weigern keinen Sinn,
Ich würd' es nicht verstehn.

OLIVIA. Nun wohl, was tätet Ihr?

VIOLA. Ich baut' an Eurer Tür ein Weidenhüttchen,
Und riefe meiner Seel' im Hause zu,
Schrieb' fromme Lieder der verschmähten Liebe,
Und sänge laut sie durch die stille Nacht,
Ließ' Euern Namen an die Hügel hallen,
Daß die vertraute Schwätzerin der Luft
»Olivia!« schrie! Oh, Ihr solltet mir
Nicht Ruh' genießen zwischen Erd' und Himmel,

Bevor Ihr Euch erbarmt!
OLIVIA. Wer weiß, wie weit
Ihr's bringen könntet! Wie ist Eure Herkunft?
VIOLA. Obschon mir's wohl geht, über meine Lage:
Ich bin ein Edelmann.
OLIVIA. Geht nur zu Eurem Herrn:
Ich lieb' ihn nicht: laßt ihn nicht weiter schicken,
Wo Ihr nicht etwa wieder zu mir kommt,
Um mir zu melden, wie er's nimmt. Lebt wohl!
Habt Dank für Eure Müh'! Denkt mein hiebei!
VIOLA. Steckt Euern Beutel ein, ich bin kein Bote;
Mein Herr bedarf Vergeltung, nicht ich selbst.
Die Liebe härte dessen Herz zu Stein,
Den Ihr einst liebt, und der Verachtung nur
Sei Eure Glut, wie meines Herrn, geweiht!
Gehabt Euch wohl dann, schöne Grausamkeit!
Ab.
OLIVIA. Wie ist Eure Herkunft?
»Obschon mir's wohl geht, über meine Lage:
Ich bin ein Edelmann.« – Ich schwöre drauf;
Dein Antlitz, deine Zunge, die Gebärden,
Gestalt und Mut, sind dir ein fünffach Wappen.
Doch nicht zu hastig! nur gemach, gemach!
Der Diener müßte denn der Herr sein. – Wie?
Weht Ansteckung so gar geschwind uns an?
Mich deucht, ich fühle dieses Jünglings Gaben
Mit unsichtbarer, leiser Überraschung
Sich in mein Auge schleichen. – Wohl, es sei!
Heda, Malvolio!
Malvolio kommt.
MALVOLIO. Hier, Fräulein; zu Befehl.
OLIVIA. Lauft diesem eigensinn'gen Abgesandten
Des Grafen nach; er ließ hier diesen Ring,
Was ich auch tat: sagt ihm, ich wollt' ihn nicht.
Nicht schmeicheln soll er seinem Herrn, noch ihn
Mit Hoffnung täuschen; nimmer werd' ich sein.
Wenn etwa morgen hier der junge Mensch
Vorsprechen will, soll er den Grund erfahren.
Mach' fort, Malvolio!
MALVOLIO. Das will ich, Fräulein.
Ab.
OLIVIA. Ich tu', ich weiß nicht was: wofern nur nicht
Mein Auge mein Gemüt zu sehr besticht.
Nun walte, Schicksal! Niemand ist sein eigen;
Was sein soll, muß geschehn: so mag sich's zeigen!
Ab.

Zweiter Aufzug

Erste Szene

Die Seeküste.
Antonio und Sebastian treten auf.

ANTONIO. Wollt Ihr nicht länger bleiben? und wollt auch nicht, daß ich mit Euch gehe?
SEBASTIAN. Mit Eurer Erlaubnis, nein. Meine Gestirne schimmern dunkel auf mich herab: die Mißgunst meines Schicksals könnte vielleicht das Eurige anstecken. Ich muß mir daher Eure Einwilligung ausbitten, meine Leiden allein zu tragen. Es wär' ein schlechter Lohn für Eure Liebe, Euch irgend etwas davon aufzubürden.
ANTONIO. Laßt mich doch noch wissen, wohin Ihr Euren Weg richtet.
SEBASTIAN. Nein, Herr, verzeiht mir! Die Reise, die ich vor habe ist nichts als ein toller Einfall. Doch werde ich an Euch einen vortrefflichen Zug von Bescheidenheit gewahr, daß Ihr mir nicht abnötigen wollt, was ich zu verschweigen wünsche; um so eher verbindet mich gute Sitte, mich Euch zu offenbaren. Mein Vater war der Sebastian von Metelin, von dem Ihr, wie ich weiß, gehört habt. Er hinterließ mich und eine Schwester, beide in einer Stunde geboren: hätt' es dem Himmel gefallen, so wollt' ich, wir hätten auch so geendigt! Aber dem kamt Ihr zuvor: denn etwa eine Stunde, ehe Ihr mich aus dem Schiffbruch rettetet, war meine Schwester ertrunken.
ANTONIO. Guter Himmel!
SEBASTIAN. Sie war ein Mädchen, das, ob man gleich sagte, sie sehe mir sehr ähnlich, von vielen für schön gehalten ward; aber konnt' ich auch darin nicht mit so übertriebner Bewund'rung einstimmen, so darf ich doch kühnlich behaupten, ihr Gemüt war so geartet, daß der Neid es selbst schön nennen mußte. Sie ertrank in der salzigen Flut, ob ich gleich ihr Andenken von neuem damit zu ertränken scheine.
ANTONIO.
Verzeiht mir, Herr, Eure schlechte Bewirtung!
SEBASTIAN. O bester Antonio, vergebt mir Eure Beschwerden!
ANTONIO. Wenn Ihr mich nicht für meine Liebe umbringen wollt, so laßt mich Euern Diener sein!
SEBASTIAN. Wenn Ihr nicht zerstören wollt, was Ihr getan, nämlich den umbringen, den Ihr gerettet habt, so verlangt es nicht! Lebt ein für allemal wohl! Mein Herz ist voller Zärtlichkeit, und ich habe noch so viel von der Art meiner Mutter an mir, – wenn Ihr mir noch den geringsten Anlaß gebt, werden meine Augen davon überfließen. Ich will zum Hofe des Grafen Orsino: lebt wohl! *Ab.*
ANTONIO. Mög' aller Götter Milde dich geleiten! –
Ich hab' am Hof Orsinos viele Feinde,
Sonst ging' ich nächstens hin, dich dort zu sehn.
Doch mag's drum sein! Du liegst mir so am Herzen,
Ich will zu dir, und mit Gefahren scherzen.
Ab.

Zweite Szene

Eine Straße.
Viola, Malvolio ihr nachgehend.

MALVOLIO. Wart Ihr nicht eben jetzt bei der Gräfin Olivia?
VIOLA. Eben jetzt, mein Herr; in einem mäßigen Schritte bin ich seitdem nur bis hieher gekommen.
MALVOLIO. Sie schickt Euch diesen Ring wieder,

Herr; Ihr hättet mir die Mühe sparen können, wenn Ihr ihn selbst mitgenommen hättet. Sie fügt außerdem hinzu, Ihr solltet Euern Herrn aufs bündigste bedeuten, daß sie ihn nicht will. Noch eins: Ihr möchtet Euch niemals erdreisten, in seinen Angelegenheiten wieder zu ihr zu kommen, es wäre denn, um zu berichten, wie Euer Herr dies aufgenommen hat. So nehmt ihn hin!

VIOLA. Sie nahm den Ring von mir: ich will ihn nicht.

MALVOLIO. Hört, Ihr habt ihn ihr ungestüm hingeworfen, und ihr Wille ist, ich soll ihn ebenso zurückgeben. Ist es der Mühe wert, sich darnach zu bücken, so liegt er hier vor Euern Augen; wo nicht, so nehm' ihn der erste, der ihn findet. *Ab.*

VIOLA. Ich ließ ihr keinen Ring: was meint dies Fräulein?
Verhüte, daß mein Schein sie nicht betört!
Sie faßt' ins Auge mich; fürwahr so sehr,
Als ließ sie ganz die Zunge aus den Augen.
Sie sprach verwirrt in abgebrochnen Reden.
Sie liebt mich, ja! Die Schlauheit ihrer Neigung
Lädt mich durch diesen mürr'schen Boten ein.
Der Ring von meinem Herrn? – Er schickt' ihr keinen:
Ich bin der Mann. – Wenn dem so ist, so täte
Die Arme besser, einen Traum zu lieben.
Verkleidung! Du bist eine Schalkheit, seh' ich,
Worin der list'ge Feind gar mächtig ist.
Wie leicht wird's hübschen Gleisnern nicht, ihr Bild
Der Weiber weichen Herzen einzuprägen!
Nicht wir sind schuld, ach! unsre Schwäch' allein:
Wie wir gemacht sind, müssen wir ja sein.
Wie soll das gehn? Orsino liebt sie zärtlich;
Ich armes Ding bin gleich verliebt in ihn,
Und sie, Betrogne, scheint in mich vergafft.
Was soll draus werden? Wenn ich Mann bin, muß
Ich an der Liebe meines Herrn verzweifeln;
Und wenn ich Weib bin: lieber Himmel, ach!
Wie fruchtlos wird Olivia seufzen müssen!
O Zeit! du selbst entwirre dies, nicht ich:
Ein zu verschlungner Knoten ist's für mich.
Ab.

Dritte Szene

Ein Zimmer in Olivias Hause.
Junker Tobias und Junker Christoph.

JUNKER TOBIAS. Kommt, Junker Christoph! Nach Mitternacht nicht zu Bette sein, heißt früh auf sein und diluculo surgere, weißt du –

JUNKER CHRISTOPH. Nein, bei meiner Ehre, ich weiß nicht; aber ich weiß: spät aufbleiben ist spät aufbleiben.

JUNKER TOBIAS. Ein falscher Schluß, mir so zuwider wie 'ne leere Kanne. Nach Mitternacht auf sein, und dann zu Bett gehn, ist früh; und also heißt nach Mitternacht zu Bett gehn, früh zu Bett gehn. Besteht unser Leben nicht aus den vier Elementen?

JUNKER CHRISTOPH. Ja wahrhaftig, so sagen sie; aber ich glaube eher, daß es aus Essen und Trinken besteht.

JUNKER TOBIAS. Du bist ein Gelehrter; laß uns also essen und trinken! – Heda, Marie! – Ein Stübchen Wein!

Der Narr kommt.

JUNKER CHRISTOPH.
Da kommt der Narr, mein' Seel'.

NARR. Was macht ihr, Herzenskinder? Sollen wir im Wirtshaus zu den drei Narren einkehren?

JUNKER TOBIAS. Willkommen, du Eselskopf! Laß uns einen Kanon singen!

JUNKER CHRISTOPH. Mein' Seel', der Narr hat eine prächtige Lunge. Ich wollte ein halb Dutzend Dukaten drum geben, wenn ich so 'ne Wade hätte, und so 'nen schönen Ton zum Singen, wie der Narr. Wahrhaftig, du brachtest gestern abends charmante Possen vor, da du von Pigrogromitus erzähltest, von den Vapianern, die die Linie von Queubus passieren. Es war prächtig, meiner Treu. Ich schickte dir einen Batzen für dein Schätzchen. Hast ihn gekriegt?

NARR. Ich habe dein Präsent in den Sack gesteckt, denn Malvolios Nase ist kein Peitschenstiel; mein Fräulein hat eine weiße Hand, und die Myrmidonier sind keine Bierhäuser.

JUNKER CHRISTOPH. Herrlich! So geht das Spaßen am besten, wenn alles vorbei ist. Nun sing' eins!

JUNKER TOBIAS. Mach' zu, da hast du einen Batzen: laß uns ein Lied hören!

JUNKER CHRISTOPH. Da hast du auch einen von mir: was dem einen recht ist –

NARR. Wollt ihr ein Liebeslied, oder ein Lied von gutem Lebenswandel?

JUNKER TOBIAS. Ein Liebeslied! ein Liebeslied!

JUNKER CHRISTOPH. Ja! ja! ich frage nichts nach gutem Lebenswandel.

NARR *singt.*
O Schatz! auf welchen Wegen irrt Ihr?
O bleibt und hört! Der Liebste girrt hier,
Singt in hoh- und tiefem Ton
Hüpft nicht weiter, zartes Kindlein!
Liebe find't zuletzt ihr Stündlein,
Das weiß jeder Muttersohn.

JUNKER CHRISTOPH. Exzellent, wahrhaftig!

JUNKER TOBIAS. Schön! Schön!

NARR *singt.*
Was ist die Lieb'? Sie ist nicht künftig;
Gleich gelacht ist gleich vernünftig;
Was noch kommen soll, ist weit.
Wenn ich zögre, so verscherz' ich;
Komm denn, Liebchen, küss' mich herzig!
Jugend hält so kurze Zeit.

JUNKER CHRISTOPH. Eine honigsüße Stimme, so wahr ich ein Junker bin!

JUNKER TOBIAS. Eine reine Kehle!

JUNKER CHRISTOPH.
Recht süß und rein, wahrhaftig!

JUNKER TOBIAS. Ja, wenn man sie durch die Nase hört, süß bis zum Übelwerden. Aber sollen wir den Himmel voll Geigen hängen?

Sollen wir die Nachteule mit einem Kanon aufstören, der einem Leinweber drei Seelen aus dem Leibe haspeln könnte?

JUNKER CHRISTOPH. Ja, wenn Ihr mich lieb habt, so tut das! Ich bin wie der Teufel auf einen Kanon. Stimmt an:
»Du Schelm –«

NARR. »Halt 's Maul, du Schelm?« Da würd' ich ja genötigt sein, dich Schelm zu nennen, Junker.

JUNKER CHRISTOPH. Es ist nicht das erste Mal, daß ich jemand nötige, mich Schelm zu nennen. Fang' an, Narr! Es fängt an: »Halt 's Maul!«

NARR. Ich kann niemals anfangen, wenn ich das Maul halte.

JUNKER CHRISTOPH. Das ist, mein' Seel', gut! Nu fang' an!

Sie singen einen Kanon.

Maria kommt.

MARIA. Was macht ihr hier für ein Katzenkonzert? Wenn das Fräulein nicht ihren Haushofmeister Malvolio gerufen hat, daß er euch aus dem Hause werfen soll, so will ich nicht ehrlich sein.

JUNKER TOBIAS. Das Fräulein ist ein Tuckmäuser; wir sind Kannengießer; Malvolio ist eine alte Käthe, und

singt

»Drei lust'ge Kerle sind allhier.«

Bin ich nicht ihr Blutsverwandter? Bin ich nicht aus ihrem Geblüt? Lala, Fräulein!

Singt.

»In Babylon da wohnt ein Mann!
Lalalalalala!«

NARR. Weiß der Himmel! der Junker gibt prächtige Narrenstreiche an.

JUNKER CHRISTOPH. Ja, das kann er so ziemlich, wenn er aufgelegt ist, und ich auch. Ihm steht es besser, aber mir steht es natürlicher.

JUNKER TOBIAS *singt.*
»Am zwölften Tag im Wintermond –«

NARR. Um des Himmels willen, still!

Malvolio kommt.

MALVOLIO. Seid ihr toll, ihr Herren? oder was seid ihr? Habt ihr keine Scham noch Schande, daß ihr so spät in der Nacht wie Zahnbrecher schreit? Wollt ihr des gnädigen Fräuleins Haus zur Schenke machen, daß ihr eure Schuhflickermelodien mit so unbarmherziger Stimme herausquäkt? Könnt ihr weder Maß noch Ziel halten?

JUNKER TOBIAS. Wir haben bei unserm Singen recht gut Maß gehalten. Geht zum Kuckuck!

MALVOLIO. Junker Tobias, ich muß rein heraus mit Euch sprechen. Das gnädige Fräulein trug mir auf, Euch zu sagen: ob sie Euch gleich als Verwandten beherbergt, so habe sie doch nichts mit Euren Unordnungen zu schaffen. Wenn Ihr Euch von Eurer üblen Aufführung losmachen könnt, so seid Ihr in ihrem Hause willkommen. Wo nicht, und es beliebt Euch Abschied von ihr zu nehmen, so wird sie Euch sehr gern Lebewohl sagen.

JUNKER TOBIAS *singt.*
»Leb wohl, mein Schatz, ich muß von hinnen gehn.«

MALVOLIO. Ich bitt' Euch, Junker Tobias!

NARR *singt.*
Man sieht's ihm an, bald ist's um ihn geschehn.

MALVOLIO. Wollt Ihr es durchaus nicht lassen?

JUNKER TOBIAS *singt.*
»Ich sterbe nimmermehr.«

NARR *singt.*
Da, Junker, lügt Ihr sehr.

MALVOLIO. Es macht Euch wahrhaftig viel Ehre.

JUNKER TOBIAS *singt.*
»Heiß' ich gleich ihn gehn?«

NARR *singt.*
Was wird daraus entstehn?

JUNKER TOBIAS *singt.*
»Heiß' ich gleich ihn gehn, den Wicht?«

NARR *singt.*
Nein, nein, nein, Ihr wagt es nicht.

JUNKER TOBIAS. Aus dem Takt, Kerl! Gelogen! – Bist du was mehr als ein Haushofmeister! Vermeinest du, weil du tugendhaft seiest, solle es in der Welt keine Torten und keinen Wein mehr geben?

NARR. Das soll's, bei Sankt Kathrinen! und der Ingwer soll Euch noch im Munde brennen.

JUNKER TOBIAS. Du hast recht. – Geht, Herr, tut groß gegen das Gesinde! – Ein Stübchen Wein, Maria!

MALVOLIO. Jungfer Maria, wenn Ihr Euch das Geringste aus der Gnade des Fräuleins machtet, so würdet Ihr diesem unfeinen Lebenswandel keinen Vorschub geben. Sie soll es wissen, bei meiner Ehre. *Ab.*

MARIA. Geh und brumme nach Herzenslust!

JUNKER CHRISTOPH. Es wär' ebenso ein gutes Werk, als zu trinken, wenn man hungrig ist, wenn ihn einer herausfoderte, und ihm dann sein Wort nicht hielte und ihn zum Narren hätte.

JUNKER TOBIAS. Tu das, Junker; ich will dir eine Ausfoderung schreiben, oder ich will ihm deine Entrüstung mündlich kund tun.

MARIA. Lieber Junker Tobias, haltet Euch nur diese Nacht still: seit der junge Mann vom Grafen heute bei dem Fräulein war, ist sie sehr unruhig. Mit Musje Malvolio laßt mich nur machen: Wenn ich ihn nicht so foppe, daß er zum Sprichwort und zum allgemeinen Gelächter wird, so glaubt nur, daß ich nicht gescheit genug bin, um grade im Bett zu liegen. Ich bin meiner Sache gewiß.

JUNKER TOBIAS. Laß hören! laß hören! Erzähle uns was von ihm!

MARIA. Nun, Herr, er ist manchmal eine Art von Pietisten.

JUNKER CHRISTOPH. Oh, wenn ich das wüßte, so wollte ich ihn hundemäßig prügeln.

JUNKER TOBIAS. Was? Weil er ein Pietist ist? Deine wohl erwognen Gründe, Herzensjunker?

JUNKER CHRISTOPH. Wohl erwogen sind meine Gründe eben nicht, aber sie sind doch gut genug.

MARIA. Den Henker mag er ein Pietist, oder sonst etwas anders auf die Dauer sein, als einer, der den

Mantel nach dem Winde hängt. Ein gezierter Esel, der vornehme Redensarten auswendig lernt und sie bei großen Brocken wieder von sich gibt; aufs beste mit sich selbst zufrieden; wie er meint, so ausgefüttert mit Vollkommenheiten, daß es ein Glaubensartikel bei ihm ist, wer ihn ansieht, müsse sich in ihn verlieben. Dies Laster an ihm wird meiner Rache vortrefflich zu statten kommen.

JUNKER TOBIAS. Was hast du vor?

MARIA. Ich will ihm unverständliche Liebesbriefe in den Weg werfen, worin er sich nach der Farbe seines Bartes, dem Schnitt seiner Waden, der Weise seines Ganges, nach Augen, Stirn und Gesichtsfarbe handgreiflich abgeschildert finden soll. Ich kann genauso wie das Fräulein, Eure Nichte, schreiben: wenn uns ein Zettel über eine vergeßne Sache vorkommt, so können wir unsre Hände kaum unterscheiden.

JUNKER TOBIAS. Herrlich! ich wittre den Pfiff.

JUNKER CHRISTOPH.
Er sticht mir auch in der Nase.

JUNKER TOBIAS. Er soll denken, die Briefe, die du ihm in den Weg fallen lässest, kämen von meiner Nichte, und sie wäre in ihn verliebt.

MARIA. Ja, so sieht der Handel ungefähr aus.

JUNKER CHRISTOPH. Oh, es wird prächtig sein!

MARIA. Ein königlicher Spaß, verlaßt euch drauf: ich weiß, mein Tränkchen wird bei ihm wirken. Ich will euch beide – der Narr kann den dritten Mann abgeben – auf die Lauer stellen, wo er den Brief finden soll. Gebt acht, wie er ihn auslegt! Für heute nacht zu Bett, und laßt euch von der Kurzweil träumen! Adieu! *Ab.*

JUNKER TOBIAS. Gute Nacht, Amazone!

JUNKER CHRISTOPH.
In meinen Augen ist sie 'ne brave Dirne.

JUNKER TOBIAS. Sie ist ein artiges Kätzchen, und sie betet mich an: doch was will das sagen?

JUNKER CHRISTOPH.
Ich wurde auch einmal angebetet.

JUNKER TOBIAS. Komm zu Bett, Junker! – Es täte not, daß du dir Geld kommen ließest.

JUNKER CHRISTOPH. Wenn ich Eure Nichte nicht habhaft werden kann, so habe ich mich schlimm gebettet.

JUNKER TOBIAS. Laß Geld kommen, Junker; wenn du sie nicht am Ende noch kriegst, so will ich Matz heißen.

JUNKER CHRISTOPH. Wenn ich sie nicht kriege, so bin ich kein ehrlicher Kerl, nehmt's, wie Ihr wollt.

JUNKER TOBIAS. Komm, komm! Ich will gebrannten Wein zurecht machen; es ist jetzt zu spät, zu Bette zu gehn. Komm, Junker! komm, Junker! *Ab.*

Vierte Szene

Ein Zimmer im Palaste des Herzogs.
Der Herzog, Viola, Curio und andre treten auf.

HERZOG.
Macht mir Musik! – Ei, guten Morgen, Freunde! –
Nun dann, Cesario, jenes Stückchen nur,
Das alte schlichte Lied von gestern abend!
Mich dünkt, es linderte den Gram mir sehr,
Mehr als gesuchte Wort' und lust'ge Weisen
Aus dieser raschen, wirbelfüß'gen Zeit.
Kommt! eine Strophe nur!

CURIO.
Euer Gnaden verzeihn, der es singen sollte, ist nicht hier.

HERZOG. Wer war es?

CURIO. Fest, der Spaßmacher, gnädiger Herr; ein Narr, an dem Fräulein Olivias Vater großes Behagen fand. Er wird nicht weit von hier sein.

HERZOG.
So sucht ihn auf, und spielt die Weis' indes!
Curio ab. Musik.
Komm näher, Junge! – Wenn du jemals liebst,
Gedenke meiner in den süßen Qualen:
Denn so wie ich sind alle Liebenden,
Unstät und launenhaft in jeder Regung,
Das stäte Bild des Wesens ausgenommen,
Das ganz geliebt wird. – Magst du diese Weise?

VIOLA.
Sie gibt ein rechtes Echo jenem Sitz,
Wo Liebe thront.

HERZOG. Du redest meisterhaft.
Mein Leben wett' ich drauf, jung wie du bist,
Hat schon dein Aug' um werte Gunst gebuhlt.
Nicht, Kleiner?

VIOLA. Ja, mit Eurer Gunst, ein wenig.

HERZOG. Was für ein Mädchen ist's?

VIOLA. Von Eurer Farbe.

HERZOG.
So ist sie dein nicht wert. Von welchem Alter?

VIOLA. Von Eurem etwa, gnäd'ger Herr.

HERZOG.
Zu alt, beim Himmel! Wähle doch das Weib
Sich einen Ältern stets! So fügt sie sich ihm an,
So herrscht sie dauernd in des Gatten Brust.
Denn, Knabe, wie wir uns auch preisen mögen,
Sind unsre Neigungen doch wankelmüt'ger,
Unsichrer, schwanker, leichter her und hin
Als die der Frau'n.

VIOLA. Ich glaub' es, gnäd'ger Herr.

HERZOG. So wähl' dir eine jüngere Geliebte,
Sonst hält unmöglich deine Liebe stand.
Denn Mädchen sind wie Rosen: kaum entfaltet,
Ist ihre holde Blüte schon veraltet.

VIOLA. So sind sie auch: ach! muß ihr Los so sein,
Zu sterben, grad' im herrlichsten Gedeihn?
Curio kommt zurück und der Narr.

HERZOG. Komm, Bursch! Sing' uns das Lied von gestern abend!
Gib acht, Cesario, es ist alt und schlicht;
Die Spinnerinnen in der freien Luft,
Die jungen Mägde, wenn sie Spitzen weben,
So pflegen sie's zu singen; 's ist einfältig,
Und tändelt mir der Unschuld süßer Liebe
So wie die alte Zeit.

NARR. Seid Ihr bereit, Herr?

HERZOG. Ja, sing', ich bitte dich.

NARR *singt.*

Komm herbei, komm herbei, Tod!
Und versenk' in Zypressen den Leib!
Laß mich frei, laß mich frei, Not!
Mich erschlägt ein holdseliges Weib.
Mit Rosmarin mein Leichenhemd,
O bestellt es!
Ob Lieb' ans Herz mir tödlich kömmt,
Treu' hält es.

Keine Blum', keine Blum' süß
Sei gestreut auf den schwärzlichen Sarg.
Keine Seel', keine Seel' grüß'
Mein Gebein, wo die Erd' es verbarg.
Um Ach und Weh zu wenden ab,
Bergt alleine
Mich, wo kein Treuer wall' ans Grab
Und weine.

HERZOG. Da hast du was für deine Mühe.

NARR.
Keine Mühe, Herr; ich finde Vergnügen am Singen.

HERZOG. So will ich dein Vergnügen bezahlen.

NARR. Gut, Herr; das Vergnügen macht sich über kurz oder lang immer bezahlt.

HERZOG. Erlaube mir, dich zu beurlauben!

NARR. Nun, der schwermütige Gott beschirme dich, und der Schneider mache dir ein Wams von Schillertaft, denn dein Gemüt ist ein Opal, der in alle Farben spielt! Leute von solcher Beständigkeit sollte man auf die See schicken, damit sie alle Dinge treiben und nach allen Winden steuern müßten; denn wenn man nicht weiß, wo man hin will, so kommt man am weitesten. – Gehabt Euch wohl! *Ab.*

HERZOG. Laßt uns, ihr andern! –

Curio und Gefolge ab.

Einmal noch, Cesario,
Begib dich zu der schönen Grausamkeit:
Sag, meine Liebe, höher als die Welt,
Fragt nicht nach weiten Strecken staub'gen Landes;
Die Gaben, die das Glück ihr zugeteilt,
Sag ihr, sie wiegen leicht mir wie das Glück.
Das Kleinod ist's, der Wunderschmuck, worein
Natur sie faßte, was mich an sie zieht.

VIOLA.
Doch, Herr, wenn sie Euch nun nicht lieben kann?

HERZOG. Die Antwort nehm' ich nicht.

VIOLA. Ihr müßt ja doch.
Denkt Euch, ein Mädchen, wie's vielleicht eins gibt,
Fühl' eben solche Herzenspein um Euch
Als um Olivien Ihr; Ihr liebt sie nicht,
Ihr sagt's ihr: muß sie nicht die Antwort nehmen?

HERZOG. Nein, keines Weibes Brust
Erträgt der Liebe Andrang, wie sie klopft
In meinem Herzen; keines Weibes Herz
Umfaßt so viel; sie können nicht beharren.
Ach, deren Liebe kann Gelust nur heißen
(Nicht Regung ihres Herzens, nur des Gaums),
Die Sattheit, Ekel, Überdruß erleiden;
Doch meine ist so hungrig wie die See,
Und kann gleich viel verdaun; vergleiche nimmer
Die Liebe, so ein Weib zu mir kann hegen,
Mit meiner zu Olivien!

VIOLA. Ja, doch ich weiß –

HERZOG. Was weißt du? Sag mir an!

VIOLA. Zu gut nur, was ein Weib für Liebe hegen kann.
Fürwahr, sie sind so treuen Sinns wie wir.
Mein Vater hatt' eine Tochter, welche liebte,
Wie ich vielleicht, wär' ich ein Weib, mein Fürst,
Euch lieben würde.

HERZOG. Was war ihr Lebenslauf?

VIOLA. Ein leeres Blatt,
Mein Fürst. Sie sagte ihre Liebe nie,
Und ließ Verheimlichung, wie in der Knospe
Den Wurm, an ihrer Purpurwange nagen.
Sich härmend, und in bleicher, welker Schwermut,
Saß sie wie die Geduld auf einer Gruft,
Dem Grame lächelnd. Sagt, war das nicht Liebe?
Wir Männer mögen leicht mehr sprechen, schwören,
Doch der Verheißung steht der Wille nach.
Wir sind in Schwüren stark, doch in der Liebe schwach.

HERZOG. Starb deine Schwester dann an ihrer Liebe?

VIOLA. Ich bin, was aus des Vaters Haus an Töchtern
Und auch von Brüdern blieb; und doch, ich weiß nicht –
Soll ich zum Fräulein?

HERZOG. Ja, das ist der Punkt.
Auf! eile! Gib ihr dieses Kleinod; sage,
Daß ich noch Weigern, noch Verzug ertrage.

Beide ab.

Fünfte Szene

Olivias Garten. Junker Tobias, Junker Christoph und Fabio treten auf.

JUNKER TOBIAS. Komm dieses Wegs, Signor Fabio!

FABIO. Freilich werd' ich kommen. Wenn ich einen Gran von diesem Spaß verlorengehn lasse, so will ich in Melancholie zu Tode gebrüht werden.

JUNKER TOBIAS. Würdest du dich nicht freun, den knauserigen hundsföttischen Spitzbuben in Schimpf und Schande gebracht zu sehen?

FABIO. Ja, Freund, ich würde triumphieren; Ihr wißt, er brachte mich einmal um die Gunst des gnädigen Fräuleins, wegen einer Fuchsprelle.

JUNKER TOBIAS. Ihm zum Ärger soll der Fuchs noch einmal dran; und wir wollen ihn braun und blau prellen. Nicht wahr, Junker Christoph?

JUNKER CHRISTOPH. So wir das nicht täten, möchte sich der Himmel über uns erbarmen.

Maria kommt.

JUNKER TOBIAS. Hier kommt der kleine Schelm. – Nun, wie steht's, mein Goldmädchen?

MARIA. Stellt euch alle drei hinter die Hecke: Malvolio kommt diesen Gang herunter. Er ist seit einer halben Stunde dort in der Sonne gewesen und hat seinem eignen Schatten Künste gelehrt. Gebt acht auf ihn, bei allem, was lustig ist! Denn ich weiß, dieser Brief wird einen nachdenklichen Pinsel aus ihm machen. Still, so lieb euch ein Schwank ist! –

Die Männer verbergen sich.

Lieg' du hier *Sie wirft den Brief hin.* denn dort kommt die Forelle, die mit Kitzeln gefangen werden muß. *Ab.*

Malvolio kommt.

MALVOLIO. 's ist nur ein Glück, alles ist Glück. – Maria sagte mir einmal, sie hegte eine Neigung zu mir; und ich habe sie selbst es schon so nahe geben hören: wenn sie sich verlieben sollte, so müßte es jemand von meiner Statur sein. Außerdem begegnet sie mir mit einer ausgezeichneteren Achtung als irgend jemanden in ihrem Dienst. Was soll ich davon denken?

JUNKER TOBIAS. Der eingebildete Schuft!

FABIO. O still! Die Beratschlagung macht einen stattlichen kalekutischen Hahn aus ihm. Wie er sich unter seinen ausgespreizten Federn bläht!

JUNKER CHRISTOPH.
Sakrament, ich könnte den Schuft so prügeln!

JUNKER TOBIAS. Still, sag' ich!

MALVOLIO. Graf Malvolio zu sein. –

JUNKER TOBIAS. O du Schuft!

JUNKER CHRISTOPH.
Schießt ihn tot! Schießt ihn tot!

JUNKER TOBIAS. Still! Still!

MALVOLIO. Man hat Beispiele: die Oberhofmeisterin hat einen Kammerdiener geheiratet.

JUNKER CHRISTOPH. Pfui, daß dich!

FABIO. O still! Nun steckt er tief drin; seht, wie ihn die Einbildungskraft aufbläst!

MALVOLIO. Bin ich alsdann drei·Monate mit ihr vermählt gewesen, und sitze in meinem Prachtsessel –

JUNKER TOBIAS. Eine Windbüchse her, um ihm ins Auge zu schießen!

MALVOLIO. Rufe meine Beamten um mich her, in meinem geblümten Samtrock; komme so eben von einem Ruhebett, wo ich Olivien schlafend gelassen.

JUNKER TOBIAS. Hagel und Wetter!

FABIO. O still! still!

MALVOLIO. Und dann hat man eine vornehme Laune; und nachdem man seine Blicke nachdrücklich umhergehn lassen und ihnen gesagt hat: man kenne seinen Platz, und sie möchten auch den ihrigen kennen, fragt man nach dem Vetter Tobias, –

JUNKER TOBIAS. Höll' und Teufel!

FABIO. O still, still, still! Jetzt, jetzt!

MALVOLIO. Sieben von meinen Leuten springen mit untertäniger Eilfertigkeit nach ihm hinaus: ich runzle die Stirn indessen, ziehe vielleicht meine Uhr auf, oder spiele mit einem kostbaren Ringe. Tobias kommt herein, macht mir da seinen Bückling, –

JUNKER TOBIAS.
Soll man dem Kerl das Leben lassen?

FABIO. Schweigt doch, und wenn man Euch auch die Worte mit Pferden aus dem Munde zöge!

MALVOLIO. Ich strecke die Hand so nach ihm aus, indem ich mein vertrauliches Lächeln durch einen strengen Blick des Tadels dämpfe.

JUNKER TOBIAS. Und gibt Euch Tobias dann keinen Schlag aufs Maul?

MALVOLIO. Und sage: Vetter Tobias, da mich mein Schicksal an Eure Nichte gebracht hat, so habe ich das Recht, Euch folgende Vorstellungen zu machen.

JUNKER TOBIAS. Was? was?

MALVOLIO. Ihr müßt den Trunk ablegen.

JUNKER TOBIAS. Fort mit dir, Lump!

FABIO. Geduldet Euch doch, oder wir brechen unserm Anschlage den Hals.

MALVOLIO. Überdies verschwendet Ihr Eure kostbare Zeit mit einem narrenhaften Junker –

JUNKER CHRISTOPH.
Das bin ich, verlaßt euch drauf!

MALVOLIO. Einem gewissen Junker Christoph –

JUNKER CHRISTOPH. Ich wußte wohl, daß ich's war, denn sie nennen mich immer einen Narren.

MALVOLIO. Was gibt's hier zu tun?

Er nimmt den Brief auf.

FABIO. Nun ist die Schnepfe dicht am Garn.

JUNKER TOBIAS. O still! und der Geist der Schwänke gebe ihm ein, daß er laut lesen mag.

MALVOLIO. So wahr ich lebe, das ist meines Fräuleins Hand. Dies sind grade ihre C's, ihre U's und ihre T's, und so macht sie ihre großen P's. Es ist ohne alle Frage ihre Hand.

JUNKER CHRISTOPH.
Ihre C's, ihre U's und ihre T's? Warum das?

MALVOLIO. »Dem unbekannten Geliebten dies und meine freundlichen Wünsche.« – Das ist ganz ihr Stil. – Mit deiner Erlaubnis, Siegellack! – Sacht! und das Petschaft ist ihre Lukretia, womit sie zu siegeln pflegt: es ist das Fräulein! An wen mag es sein?

FABIO. Das fängt ihn mit Leib und Seele.

MALVOLIO.

»Den Göttern ist's kund,
Ich liebe: doch wen?
Verschleuß dich, o Mund!
Nie darf ich's gestehn.«

»Nie darf ich's gestehn.« – Was folgt weiter? Das Silbenmaß verändert! »Nie darf ich's gestehn.« Wenn du das wärst, Malvolio?

JUNKER TOBIAS. An den Galgen, du Hund!

MALVOLIO.

»Ich kann gebieten, wo ich liebe;
Doch Schweigen, wie Lukretias Stahl,
Durchbohrt mein Herz voll zarter Triebe.
M.O.A.I. ist meine Wahl.«

FABIO. Ein unsinniges Rätsel!

JUNKER TOBIAS. Eine herrliche Dirne, sag' ich!

MALVOLIO. »M.O.A.I. ist meine Wahl.« Zuerst aber – laß sehn – laß sehn – laß sehn!

FABIO. Was sie ihm für ein Tränkchen gebraut hat!

JUNKER TOBIAS. Und wie der Falk darüber herfällt!

MALVOLIO. »Ich kann gebieten, wo ich liebe.« Nun ja, sie kann über mich gebieten; ich diene ihr, sie ist meine Herrschaft. Nun, das leuchtet jedem notdürftig gesunden Menschenverstande ein. – Dies macht gar keine Schwierigkeit; und der Schluß? Was mag wohl diese Anordnung von Buchstaben bedeuten? Wenn ich machen könnte, daß dies auf die eine oder andre Art an mir zuträfe! – Sacht! M.O.A.I.

JUNKER TOBIAS. Oh! Ei! Bring' das doch heraus! Er ist jetzt auf der Fährte.

FABIO. Der Hund schlägt an, als ob er einen Fuchs witterte.

MALVOLIO. M. – Malvolio – M – nun, damit fängt mein Name an.

FABIO. Sagt' ich nicht, er würde es ausfindig machen? Er hat eine treffliche Nase.

MALVOLIO. M. – Aber dann ist keine Übereinstimmung in dem folgenden; es erträgt die nähere Beleuchtung nicht: A sollte folgen, aber O folgt.

FABIO. Und mit O wird's endigen, hoff' ich.

JUNKER TOBIAS. Ja, oder ich will ihn prügeln, bis er O schreit.

MALVOLIO. Und dann kommt I hinterdrein.

FABIO. I daß dich!

MALVOLIO. M.O.A.I. – Diese Anspielung ist nicht so klar wie die vorige. Und doch, wenn man es ein wenig handhaben wollte, so würde sich's nach mir bequemen: denn jeder von diesen Buchstaben ist in meinem Namen. Seht, hier folgt Prosa. – »Wenn dies in deine Hände fällt, erwäge: Mein Gestirn erhebt mich über dich, aber sei nicht bange vor der Hoheit. Einige werden hoch geboren, einige erwerben Hoheit, und einigen wird sie zugeworfen. Dein Schicksal tut dir die Hand auf; ergreife es mit Leib und Seele! Und um dich an das zu gewöhnen, was du Hoffnung hast zu werden, wirf deine demütige Hülle ab und erscheine verwandelt! Sei widerwärtig gegen einen Verwandten, mürrisch mit den Bedienten; laß Staatsgespräche von deinen Lippen schallen; lege dich auf ein Sonderlingsbetragen. Das rät dir die, so für dich seufzt. Erinnre dich, wer deine gelben Strümpfe lobte und dich beständig mit kreuzweise gebundnen Kniegürteln zu sehen wünschte: ich sage, erinnre dich! Nur zu! Dein Glück ist gemacht, wo du es wünschest. Wo nicht, so bleib' nur immer ein Hausverwalter, der Gefährte von Lakaien und nicht wert, Fortunas Hand zu berühren. Leb wohl! Sie, welche die Dienstbarkeit mit dir tauschen möchte, die Glücklich-Unglückselige.«
Das Sonnenlicht ist nicht klarer! Es ist offenbar. Ich will stolz sein; ich will politische Bücher lesen; ich will Junker Tobias ablaufen lassen; ich will mich von gemeinen Bekanntschaften säubern; ich will aufs Haar der rechte Mann sein. Ich habe mich jetzt nicht selbst zum besten, daß ich mich etwa von der Einbildung übermannen ließe. Sie lobte neulich meine gelben Strümpfe, sie rühmte meine Kniegürtel; und hier gibt sie sich meiner Liebe kund, und nötigt mich mit einer feinen Wendung zu diesen Trachten nach ihrem Geschmack. Ich danke meinen Sternen, ich bin glücklich. Ich will fremd tun, stolz sein, gelbe Strümpfe tragen und die Kniegürtel kreuzweise binden, so schnell sie sich nur anlegen lassen. Die Götter und meine Sterne sei'n gepriesen! – Hier ist noch eine Nachschrift: »Du kannst nicht umhin, mich zu erraten. Wenn du meine Liebe begünstigst, so laß es in deinem Lächeln sichtbar werden. Dein Lächeln steht dir wohl, darum lächle stets in meiner Gegenwart, ich bitte dich!« – Götter, ich danke euch! Ich will lächeln, ich will alles tun, was du verlangst. *Ab.*

FABIO. Ich wollte meinen Anteil an diesem Spaße nicht für den reichsten Jahrgehalt vom großen Mogul hingeben.

JUNKER TOBIAS. Ich könnte die Dirne für diesen Anschlag zur Frau nehmen.

JUNKER CHRISTOPH. Das könnte ich auch.

JUNKER TOBIAS. Und wollte keine andre Aussteuer von ihr verlangen als noch einen solchen Schwank.

JUNKER CHRISTOPH. Ich auch nicht.

Maria kommt.

FABIO. Hier kommt unsre herrliche Vogelstellerin.

JUNKER TOBIAS. Willst du deinen Fuß auf meinen Nacken setzen?

JUNKER CHRISTOPH. Oder auch auf meinen?

JUNKER TOBIAS. Soll ich meine Freiheit beim Damenspiel gegen dich setzen und dein Sklave werden?

JUNKER CHRISTOPH. Ja wahrhaftig, soll ich's auch?

JUNKER TOBIAS. Du hast ihn in solch einen Traum gewiegt, daß er toll werden muß, wenn ihn die Einbildung wieder verläßt.

MARIA. Nein, sagt mir im Ernst, wirkt es auf ihn?

JUNKER TOBIAS.
Wie Branntewein auf eine alte Frau.

MARIA. Wenn ihr denn die Frucht von unserm Spaß sehn wollt, so gebt acht auf seine erste Erscheinung bei dem gnädigen Fräulein: Er wird in gelben Strümpfen zu ihr kommen, und das ist eine Farbe, die sie haßt; die Kniegürtel kreuzweise gebunden, eine Tracht, die sie nicht ausstehn kann; und er wird sie anlächeln, was mit ihrer Gemütsverfassung so schlecht übereinstimmt, da sie sich der Melancholie ergeben hat, daß es ihn ganz bei ihr heruntersetzen muß. Wenn ihr es sehn wollt, so folgt mir!

JUNKER TOBIAS. Bis zu den Pforten der Hölle, du unvergleichlicher Witzteufel.

JUNKER CHRISTOPH. Ich bin auch dabei.

Alle ab.

Dritter Aufzug

Erste Szene

Olivias Garten. Viola und der Narr mit einer Trommel.

VIOLA. Gott grüß' dich, Freund, und deine Musik! Stehst du dich gut bei deiner Trommel?

NARR.
Nein, Herr, ich stehe mich gut bei der Kirche.

VIOLA. Bist du ein Kirchenvorsteher?

NARR. Das nicht, Herr, ich stehe mich gut bei der Kirche, denn ich stehe mich gut in meinem

Hause, und mein Haus steht bei der Kirche.

VIOLA. So könntest du auch sagen, der König stände sich gut bei einer Bettlerin, wenn die Bettlerin bei ihm steht, oder die Kirche stände sich gut bei der Trommel, wenn die Trommel bei der Kirche steht.

NARR. Richtig, Herr. – Seht mir doch dies Zeitalter! Eine Redensart ist nur ein lederner Handschuh für einen witzigen Kopf: wie geschwind kann man die verkehrte Seite herauswenden!

VIOLA. Ja, das ist gewiß; wer artig mit Worten tändelt, kann sie geschwind leichtfertig machen.

NARR. Darum wollte ich, man hätte meiner Schwester keinen Namen gegeben.

VIOLA. Warum, Freund?

NARR. Ei, Herr, ihr Name ist ein Wort, und das Tändeln mit dem Wort könnte meine Schwester leicht fertig machen. Aber wahrhaftig, Worte sind rechte Hundsfötter, seit Verschreibungen sie zuschanden gemacht haben.

VIOLA. Dein Grund?

NARR. Meiner Treu, Herr, ich kann Euch keinen ohne Worte angeben, und Worte sind so falsch geworden, daß ich keine Gründe darauf bauen mag.

VIOLA. Ich wette, du bist ein lustiger Bursch und kümmerst dich um nichts.

NARR. Nicht doch, Herr, ich bekümmere mich um etwas. Aber auf Ehre, ich kümmere mich nicht um Euch; wenn das heißt, sich um nichts kümmern, so wünschte ich, es möchte Euch unsichtbar machen.

VIOLA. Bist du nicht Fräulein Olivias Narr?

NARR. Keinesweges, Herr. Fräulein Olivia hat keine Narrheit; sie wird keinen Narren halten, bis sie verheiratet ist; und Narren verhalten sich zu Ehemännern wie Sardellen zu Heringen: der Ehemann ist der größte von beiden. Ich bin eigentlich nicht ihr Narr, sondern ihr Wortverdreher.

VIOLA. Ich sah dich neulich beim Grafen Orsino.

NARR. Narrheit, Herr, geht rund um die Welt; sie scheint allenthalben. Es täte mir leid, wenn der Narr nicht so oft bei Euerm Herrn als bei meinem Fräulein wäre. Mich deucht, ich sah Eure Weisheit daselbst.

VIOLA. Wenn du mich zum besten haben willst, so habe ich nichts mehr mit dir zu schaffen. Nimm, da hast du was zu deiner Ergötzlichkeit.

NARR. Nun, möge dir Jupiter das nächste Mal, daß er Haare übrig hat, einen Bart zukommen lassen!

VIOLA. Wahrhaftig, ich sage dir, ich verschmachte fast nach einem, ob ich gleich nicht wollte, daß er auf meinem Kinne wüchse. Ist dein Fräulein zu Hause?

NARR *auf das Geld zeigend.* Sollte nicht ein Paar von diesen jungen?

VIOLA. Ja, wenn man sie zusammenhielte und gehörig wirtschaften ließe.

NARR. Ich wollte wohl den Herrn Pandarus von Phrygien spielen, um diesem Troilus eine Cressida zuzuführen.

VIOLA. Ich verstehe Euch: Ihr bettelt gut.

NARR. Ich denke, es ist keine große Sache, da ich nur um eine Bettlerin bettle. Cressida war eine Bettlerin. Mein Fräulein ist zu Haus, Herr. Ich will ihr bedeuten, woher Ihr kommt; wer Ihr seid, und was Ihr wollt, das liegt außer meiner Sphäre; ich könnte sagen: »Horizont«, aber das Wort ist zu abgenutzt. *Ab.*

VIOLA.

Der Bursch ist klug genug, den Narr'n zu spielen,
Und das geschickt tun, fodert ein'gen Witz.
Die Laune derer, über die er scherzt,
Die Zeiten und Personen muß er kennen
Und wie der Falk auf jede Feder schießen,
Die ihm vors Auge kommt. Dies ist ein Handwerk,
So voll von Arbeit als des Weisen Kunst.
Denn Torheit, weislich angebracht, ist Witz;
Doch wozu ist des Weisen Torheit nütz?

Junker Tobias und Junker Christoph kommen.

JUNKER TOBIAS. Gott grüß' Euch, Herr!

VIOLA. Euch gleichfalls, Herr!

JUNKER CHRISTOPH. Dieu vous garde, Monsieur.

VIOLA. Et vous aussi; votre serviteur.

JUNKER CHRISTOPH. Hoffentlich seid Ihr's, und ich bin der Eurige.

JUNKER TOBIAS. Wollt Ihr unser Haus begrüßen? Meine Nichte wünscht, Ihr möchtet hineintreten, wenn Ihr ein Geschäft an sie habt.

VIOLA. Ich bin Eurer Nichte verbunden; ich will sagen, ich bin verbunden, zu ihr zu gehn.

JUNKER TOBIAS. So kostet Eure Beine, Herr, setzt sie in Bewegung!

VIOLA. Meine Beine verstehn mich besser, Herr, als ich verstehe, was Ihr damit meint, daß ich meine Beine kosten soll.

JUNKER TOBIAS.

Ich meine, Ihr sollt gehn, hineintreten.

VIOLA. Ich will Euch durch Gang und Eintritt antworten; aber man kommt uns zuvor.

Olivia und Maria kommen.

Vortreffliches, unvergleichliches Fräulein, der Himmel regne Düfte auf Euch herab!

JUNKER CHRISTOPH. Der junge Mensch ist ein großer Hofmann: »Düfte regnen.« Schön!

VIOLA. Mein Auftrag ist stumm, Fräulein, außer für Euer bereitwilliges und herablassendes Ohr.

JUNKER CHRISTOPH. »Düfte!« »Bereitwillig!« »Herablassend!« – Ich will mir alles dreies merken.

OLIVIA. Macht die Gartentür zu, und laßt mich ihm Gehör geben!

Junker Tobias, Junker Christoph und Maria ab.

Gebt mir die Hand, mein Herr!

VIOLA. Gebietet über meine Dienste, Fräulein!

OLIVIA. Wie ist Eu'r Name?

VIOLA. Reizende Prinzessin,
Cesario ist der Name Euers Dieners.

OLIVIA.

Mein Diener, Herr? Die Welt war nimmer froh,
Seit niedres Heucheln galt für Artigkeit.
Ihr seid Orsinos Diener, junger Mann.

VIOLA. Und der ist Eurer; Eures Dieners Diener
Muß ja, mein Fräulein, auch der Eure sein.
OLIVIA.
Sein denk' ich nicht; wär' sein Gedächtnis lieber
Ein leeres Blatt, als angefüllt mit mir!
VIOLA. Ich komm', um Euer gütiges Gedächtnis
An ihn zu mahnen –
OLIVIA. O entschuldigt mich!
Ich hieß Euch niemals wieder von ihm reden.
Doch hättet Ihr sonst etwa ein Gesuch,
Ich hörte lieber, wenn Ihr das betriebt,
Als die Musik der Sphären.
VIOLA. Teures Fräulein –
OLIVIA.
Ich bitt', erlaubt! Nach der Bezauberung,
Die Ihr nur erst hier angestiftet, sandte
Ich einen Ring Euch nach; und täuschte so
Mich, meinen Diener, und ich fürcht', auch Euch.
Nun steh' ich Eurer harten Deutung bloß,
Weil ich Euch aufdrang mit unwürd'ger List,
Was, wie Ihr wußtet, doch nicht Euer war.
Was mochtet Ihr wohl denken? Machtet Ihr
Zu Eurem Ziele meine Ehre nicht,
Und hetztet jeglichen Verdacht auf sie,
Den ein tyrannisch Herz ersinnen kann?
Für einen, der behende faßt wie Ihr,
Zeigt' ich genug; ein Flor, und nicht ein Busen,
Versteckt mein armes Herz: so sprecht nun auch!
VIOLA. Ihr dauert mich.
OLIVIA. Das ist ein Schritt zur Liebe.
VIOLA. Nein, nicht ein Fuß breit; die Erfahrung zeigt,
Daß man sich oft auch Feinde dauern läßt.
OLIVIA. So wär's ja wohl zum Lächeln wieder Zeit.
O Welt! wie leicht wird doch der Arme stolz!
Soll man zur Beute werden, wie viel besser
Dem Löwen zuzufallen als dem Wolf!
Die Glocke schlägt.
Die Glocke wirft mir Zeitverschwendung vor. –
Seid ruhig, junger Freund! Ich will Euch nicht.
Und doch, kommt Witz und Jugend erst zur Reife,
So erntet Euer Weib 'nen feinen Mann.
Dorthin liegt Euer Weg, grad' aus nach Westen!
VIOLA. Wohlauf, nach Westen!
Geleit' Eu'r Gnaden Heil und froher Mut!
Ihr sagt mir, Fräulein, nichts für meinen Herrn?
OLIVIA. Bleib'!
Ich bitt' dich, sage, was du von mir denkst.
VIOLA.
Nun, daß Ihr denkt, Ihr seid nicht, was Ihr seid.
OLIVIA.
Und denk' ich so, denk' ich von Euch dasselbe.
VIOLA. Da denkt Ihr recht: ich bin nicht, was ich bin.
OLIVIA.
Ich wollt', Ihr wärt, wie ich Euch haben wollte!
VIOLA. Wär's etwas Bessers, Fräulein, als ich bin,
So wünsch ich's auch; jetzt bin ich Euer Narr.
OLIVIA. O welch ein Maß von Hohn liebreizend steht
Im Zorn und der Verachtung seiner Lippe!
Verschämte Lieb', ach! sie verrät sich schnell
Wie Blutschuld: ihre Nacht ist sonnenhell.
Cesario, bei des Frühlings Rosenjugend!
Bei jungfräulicher Sitt' und Treu und Tugend!
So lieb' ich dich, trotz meinem stolzen Sinn,
Daß ich des Herzens nicht mehr mächtig bin.
Verhärte nicht dich klügelnd durch den Schluß,
Du könntest schweigen, weil ich werben muß.
Nein, feßle lieber Gründe so mit Gründen:
Süß sei es, Lieb' erflehn, doch süßer, Liebe finden.
VIOLA. Bei meiner Jugend! bei der Unschuld! nein!
Ein Herz, ein Busen, eine Treu', ist mein,
Und die besitzt kein Weib; auch wird nie keine
Darüber herrschen, außer ich alleine.
Und Fräulein, so lebt wohl: nie klag' ich Euerm Ohr
Die Seufzer meines Herren wieder vor.
OLIVIA.
O komm zurück! Du magst dies Herz betören,
Ihn, dessen Lieb' es haßt, noch zu erhören.
Beide ab.

Zweite Szene

Ein Zimmer in Olivias Hause. Junker Tobias, Junker Christoph und Fabio treten auf.

JUNKER CHRISTOPH. Nein, wahrhaftig, ich bleibe keine Minute länger.

JUNKER TOBIAS. Deinen Grund, lieber Ingrimm! sag deinen Grund!

FABIO. Ihr müßt durchaus Euren Grund angeben, Junker Christoph.

JUNKER CHRISTOPH. Ei, ich sah Eure Nichte mit des Grafen Diener freundlicher tun, als sie jemals gegen mich gewesen ist; drunten im Garten sah ich's.

JUNKER TOBIAS. Sah sie dich derweil auch, alter Knabe? Sag mir das!

JUNKER CHRISTOPH. So deutlich, wie ich Euch jetzt sehe.

FABIO.
Das war ein großer Beweis ihrer Liebe zu Euch.

JUNKER CHRISTOPH. Wetter! wollt Ihr einen Esel aus mir machen?

FABIO. Ich will es in bester Form beweisen, Herr, auf den Eid des Urteils und der Vernunft.

JUNKER TOBIAS. Und die sind Obergeschworne gewesen, ehe noch Noah ein Schiffer ward.

FABIO. Sie tat mit dem jungen Menschen vor Euern Augen schön, bloß um Euch aufzubringen, um Eure Murmeltierstapferkeit zu erwecken, um Euer Herz mit Feuer und Schwefel zu füllen. Da hättet Ihr Euch herbei machen sollen; da hättet Ihr den jungen Menschen, mit den vortrefflichsten Späßen, funkelnagelneu von der Münze, stumm ängstigen sollen. Dies wurde von Eurer Seite erwartet, und dies wurde vereitelt. Ihr habt die doppelte Vergoldung dieser Gelegenheit von der Zeit abwaschen lassen, und seid in der Meinung des gnädigen Fräuleins nordwärts gesegelt, wo Ihr nun wie ein Eiszapfen am Bart eines Holländers hängen werdet, wenn Ihr es nicht durch irgendeinen preiswürdigen Streich der Tapferkeit oder Politik wieder gut macht.

JUNKER CHRISTOPH. Soll's auf irgendeine Art sein, so muß es durch Tapferkeit geschehn; denn Politik hasse ich; ich wäre eben so gern ein Pietist als ein Politikus.

JUNKER TOBIAS. Wohlan denn, baun wir dein Glück auf den Grund der Tapferkeit! Fodre mir den Burschen des Grafen auf den Degen heraus; verwunde ihn an eilf Stellen; meine Nichte wird sich's merken, und sei versichert, daß kein Liebesmäkler in der Welt einen Mann den Frauen kräftiger empfehlen kann, als der Ruf der Tapferkeit.

FABIO.
Es ist kein andres Mittel übrig, Junker Christoph.

JUNKER CHRISTOPH. Will einer von euch eine Ausfoderung zu ihm tragen?

JUNKER TOBIAS. Geh, schreib' in einer martialischen Hand; sei verwegen und kurz! Gleichviel wie witzig, wenn es nur beredt und voll Erfindung ist. Mach' ihn mit aller Freiheit der Feder herunter; wenn du ihn ein halb dutzendmal duzest, so kann es nicht schaden; und so viel Lügen als auf dem Papier liegen können, schreib' sie auf! Geh, mach' dich dran! Laß Galle genug in deiner Tinte sein, wenn du auch mit einem Gänsekiel schreibst, es tut nichts. Mach' dich dran!

JUNKER CHRISTOPH. Wo soll ich euch treffen?

JUNKER TOBIAS. Wir wollen dich auf deinem cubiculo abrufen. Geh nur!

Junker Christoph ab.

FABIO. Das ist Euch ein teures Männchen, Junker.

JUNKER TOBIAS. Ich bin ihm auch teuer gewesen, Junge! auf ein paar Tausend, drüber oder drunter.

FABIO. Wir werden einen kostbaren Brief von ihm bekommen, aber Ihr werdet ihn nicht übergeben.

JUNKER TOBIAS. Nein, das könnt Ihr glauben. Aber vor allen Dingen treibt den jungen Menschen an, sich zu stellen! Ich denke, man brächte sie nicht an einander, wenn man auch Ochsen vorspannte. Was den Junker betrifft, wenn der geöffnet würde, und Ihr fändet so viel Blut in seiner Leber, als eine Mücke auf dem Schwanze davon tragen kann, so wollt' ich das übrige Gerippe aufzehren.

FABIO. Und sein Gegner, der junge Mensch, verkündigt auch eben nicht viel Grausamkeit mit seinem Gesicht.

Maria kommt.

JUNKER TOBIAS.
Seht, da kommt unser kleiner Zeisig.

MARIA. Wollt ihr Milzweh haben und euch Seitenstechen lachen, so kommt mit mir! Der Pinsel Malvolio ist ein Heide geworden, ein rechter Renegat. Denn kein Christ, der durch den wahren Glauben selig zu werden hofft, glaubt jemals einen solchen Haufen abgeschmacktes Zeug. Er geht in gelben Strümpfen.

JUNKER TOBIAS. Und die Kniegürtel kreuzweise?

MARIA. Ganz abscheulich, wie ein Schulmeister. – Ich bin ihm nachgeschlichen wie ein Dieb: er richtet sich nach jedem Punkte des Briefs, den ich fallen ließ, um ihn zu betrügen. Er lächelt mehr Linien in sein Gesicht hinein, als auf der neuen Weltkarte mit beiden Indien stehn. Ihr könnt euch so was nicht vorstellen; ich kann mich kaum halten, daß ich ihm nicht etwas an den Kopf werfe. Ich weiß, das Fräulein wird ihm Ohrfeigen geben; und wenn sie es tut, so wird er lächeln und es für eine große Gunst halten.

JUNKER TOBIAS. Komm, führ' uns hin, führ' uns hin, wo er ist.

Alle ab.

Dritte Szene

Eine Straße. Antonio und Sebastian treten auf.

SEBASTIAN.
Es war mein Wille nicht, Euch zu beschweren,
Doch da Ihr aus der Müh' Euch Freude macht,
Will ich nicht weiter schmälen.

ANTONIO.
Ich konnt' Euch so nicht lassen: mein Verlangen,
Scharf wie geschliffner Stahl, hat mich gespornt;
Und nicht bloß Trieb zu Euch (obschon genug,
Um mich auf einen längern Weg zu ziehn),
Auch Kümmernis, wie Eure Reise ginge,
Da Ihr dies Land nicht kennt, das einem Fremden,
Der führerlos und freundlos, oft sich rauh
Und unwirtbar erzeigt. Bei diesen Gründen
Der Furcht ist meine will'ge Liebe Euch
So eher nachgeeilt!

SEBASTIAN. Mein güt'ger Freund,
Ich kann Euch nichts als Dank hierauf erwidern,
Und Dank, und immer Dank; oft werden Dienste
Mit so verrufner Münze abgefertigt.
Doch wär' mein Gut gediegen wie mein Sinn,
Ihr fändet bessern Lohn. – Was machen wir?
Sehn wir die Altertümer dieser Stadt?

ANTONIO.
Auf morgen, Herr; seht erst nach einer Wohnung!

SEBASTIAN.
Ich bin nicht müd', und es ist lang' bis Nacht.
Ich bitt' Euch, laßt uns unsre Augen weiden
Mit den Denkmälern und berühmten Dingen,
So diese Stadt besitzt.

ANTONIO. Entschuldigt mich:
Ich wandre mit Gefahr durch diese Gassen.
Im Seekrieg tat ich gegen die Galeeren
Des Herzogs Dienste; ja in Wahrheit, solche,
Daß, wenn man hier mich fing', ich könnte kaum
Darüber Rede stehn.

SEBASTIAN. Ihr habt vielleicht
Ihm eine große Menge Volks erschlagen?

ANTONIO.
Nicht von so blut'ger Art ist meine Schuld,
War Zeit und Zwist schon der Beschaffenheit,
Daß sie uns Stoff zu blut'gen Taten gaben.
Es hätt' indes geschlichtet werden mögen
Durch Wiederzahlung des genommnen Guts,
Was auch aus unsrer Stadt des Handels wegen
Die meisten taten; ich allein blieb aus:

Wofür, ertappt man mich an diesem Ort,
Ich teuer büßen werde.

SEBASTIAN. Geht also nicht zu offenbar umher!

ANTONIO. Es wär' nicht ratsam. Nehmt! Hier ist mein Beutel.
Man wohnt am besten in der Südervorstadt
Im Elefanten; ich will unsre Kost
Bestellen, während Ihr die Stunden täuscht
Und durch Beschauen Eure Kenntnis nährt:
Dort trefft Ihr mich.

SEBASTIAN. Weswegen mir den Beutel?

ANTONIO. Vielleicht fällt Euer Aug' auf einen Tand,
Den Ihr zu kaufen wünscht; und Eure Barschaft
Reicht, denk' ich, nicht zu müß'gem Einkauf hin.

SEBASTIAN. Ich will Eu'r Säckelmeister sein und auf
Ein Stündchen gehn.

ANTONIO. Im Elefanten –

SEBASTIAN. Wohl!

Beide ab.

Vierte Szene

Olivias Garten.
Olivia und Maria treten auf.

OLIVIA.
Ich hab' ihm nachgeschickt; gesetzt, er kommt:
Wie kann ich wohl ihn feiern? was ihm schenken?
Denn Jugend wird erkauft, mehr als erbeten. –
Ich sprach zu laut. –
Wo ist Malvolio? – Er ist ernst und höflich,
Und paßt zum Diener sich für meinen Fall.
Wo ist Malvolio?

MARIA. Eben kommt er, Fräulein,
Doch wunderlich genug. Er ist gewiß besessen.

OLIVIA. Was gibt's denn? Spricht er irr'?

MARIA. Nein, er tut nichts
Als lächeln; Euer Gnaden täten wohl,
Wen bei der Hand zu haben, wenn er kommt,
Denn sicher ist der Mann nicht recht bei Sinnen.

OLIVIA. Geht, ruft ihn her! – So toll wie er bin ich,
Gleicht lust'ge Tollheit und betrübte sich.

Malvolio kommt.

Wie geht's, Malvolio?

MALVOLIO *lächelt phantastisch.* Schönes Fräulein, he, he!

OLIVIA. Lächelst du?
Ich rief dich her bei einem ernsten Anlaß.

MALVOLIO. Ernst, Fräulein? Ich könnte wohl ernsthaft sein; es macht einige Stockung im Blute, dies Binden der Kniegürtel. Aber was tut's? Wenn es den Augen einer Einzigen gefällt, so heißt es bei mir wie jenes wahrhafte Sonett: »Gefall' ich einer, so gefall' ich allen!«

OLIVIA. Ei, Malvolio, wie steht es mit dir? Was geht mit dir vor?

MALVOLIO. Ich bin nicht schwarz von Gemüt, obschon gelb an den Beinen. Es ist ihm zu Handen gekommen, und Befehle sollen vollzogen werden. Ich denke, wir kennen die schöne römische Hand.

OLIVIA. Willst du nicht zu Bett gehn, Malvolio?

MALVOLIO. Zu Bett? Ja, liebes Herz, und ich will zu dir kommen.

OLIVIA. Gott helfe dir! Warum lächelst du so und wirfst so viele Kußhände?

MARIA. Wie geht's Euch, Malvolio?

MALVOLIO. Auf Eure Erkundigung? – Ja, Nachtigallen antworten Krähen.

MARIA. Warum erscheint Ihr mit dieser lächerlichen Unverschämtheit vor dem Fräulein?

MALVOLIO. »Sei nicht bange vor der Hoheit.« Das war schön gesagt.

OLIVIA. Was meinst du damit, Malvolio?

MALVOLIO. »Einige werden hoch geboren – «

OLIVIA. Nun?

MALVOLIO. »Einige erwerben Hoheit – «

OLIVIA. Was sagst du?

MALVOLIO. »Und einigen wird sie zugeworfen.«

OLIVIA. Der Himmel steh' dir bei!

MALVOLIO. »Erinnre dich, wer deine gelben Strümpfe lobte.«

OLIVIA. Deine gelben Strümpfe?

MALVOLIO. »Und dich mit kreuzweise gebundnen Kniegürteln zu sehn wünschte.«

OLIVIA. Mit kreuzweise gebundnen Kniegürteln?

MALVOLIO. »Nur zu! Dein Glück ist gemacht, wo du es wünschest.«

OLIVIA. Mein Glück?

MALVOLIO.
»Wo nicht, so bleib' nur immer ein Bedienter.«

OLIVIA. Nun, das ist eine rechte Hundstagstollheit.

Ein Bedienter kommt.

BEDIENTER. Gnädiges Fräulein, der junge Kavalier vom Grafen Orsino ist wieder da; ich konnte ihn kaum bewegen, zurückzukommen. Er erwartet Euer Gnaden Befehle.

OLIVIA. Ich komme gleich zu ihm.

Bedienter ab.

Liebe Maria, trag' mir für diesen Menschen Sorge! Wo ist mein Vetter Tobias? Daß ein paar von meinen Leuten recht genau auf ihn achten: Ich wollte um alles nicht, daß ihm ein Unglück zustieße.

Olivia und Maria ab.

MALVOLIO. Ha, ha! legt Ihr mir's nun näher? Kein Geringerer als Junker Tobias soll Sorge für mich tragen? Dies trifft aufs Haar mit dem Briefe überein. Sie schickt ihn mit Fleiß, damit ich mich widerspenstig gegen ihn betragen kann: denn dazu ermahnt sie mich ja in dem Briefe. »Wirf deine demütige Hülle ab«, sagt sie, »sei widerwärtig gegen einen Verwandten, mürrisch mit den Bedienten; laß Staatsgespräche von deinen Lippen schallen; lege dich auf ein Sonderlingsbetragen«; und hierauf setzt sie die Art und Weise aus einander, als da ist: ein ernsthaftes Gesicht, eine stattliche Haltung, eine langsame Zunge, nach der Manier eines vornehmen Herrn, und so weiter. Ich habe sie im Netz, freilich durch der Götter Gnade, und geben die Götter, daß ich dankbar sei! Und als sie eben wegging: »Tragt mir für diesen Menschen Sorge!« Mensch! Nicht Malvolio, oder nach meinem Titel, sondern Mensch! Ja, alles paßt zu einander, so daß kein Gran von einem Skrupel, kein Skrupel von einem Skrupel, kein Hindernis, kein unwahrscheinlicher oder zweideutiger Umstand – Was kann man einwenden? Es kann nichts geben, was sich zwischen mich und die weite Aussicht meiner Hoffnungen stellen könnte. Wohl, die Götter, nicht ich, haben dies zustande gebracht, und ihnen gebührt der Dank.

Maria kommt mit Junker Tobias und Fabio zurück.

JUNKER TOBIAS. Wo ist er hin, im Namen der Gottseligkeit? Hätten sich auch alle Teufel der Hölle zusammengedrängt, und besäße ihn Legion selbst, so will ich ihn doch anreden.

FABIO. Hier ist er, hier ist er. Wie steht's mit Euch, Freund? Wie steht's mit Euch?

MALVOLIO. Geht fort! Ich entlasse Euch. Laßt mich meine Einsamkeit genießen! Geht fort!

MARIA. Hört doch, wie hohl der Böse aus ihm spricht! Sagt' ich's Euch nicht? – Junker Tobias, das Fräulein bittet Euch, Sorge für ihn zu tragen.

MALVOLIO. He, he! tut sie das?

JUNKER TOBIAS. Still! Still! Wir müssen sanftmütig mit ihm umgehn; laßt mich nur machen! Was macht Ihr, Malvolio? Wie steht's mit Euch? Ei, Freund, leistet dem Teufel Widerstand: bedenkt, er ist der Erbfeind der Menschenkinder.

MALVOLIO. Wißt Ihr auch, was Ihr sagt?

MARIA. Seht nur, wenn Ihr vom Teufel übel redet, wie er sich's zu Herzen nimmt. Gebe Gott, daß er nicht behext ist!

FABIO. Die weise Frau muß ihm das Wasser beschaun.

MARIA. So wahr ich lebe, es soll morgen früh geschehn. Das Fräulein möchte ihn um alles in der Welt nicht missen.

MALVOLIO. Ei so, Jungfer?

MARIA. Ojemine!

JUNKER TOBIAS. Ich bitte dich, sei ruhig! Dies ist nicht die rechte Art: seht Ihr nicht, daß Ihr ihn reizt? Laßt mich allein machen!

FABIO. Da hilft nichts wie Sanftmut. Sanftmütig! sanftmütig! Der böse Feind ist trotzig und läßt sich nicht trotzig begegnen.

JUNKER TOBIAS. Ei, was machst du, mein Täubchen? Wie geht's, mein Puthühnchen?

MALVOLIO. Herr!

JUNKER TOBIAS. Ei sieh doch! komm, tucktuck! – Nun, Mann? Es steht der Ehrbarkeit nicht an, mit dem Teufel Knicker zu spielen. – Fort mit dem garstigen Schornsteinfeger!

MARIA. Laßt ihn sein Gebet hersagen, lieber Junker Tobias! Bringt ihn zum Beten!

MALVOLIO. Mein Gebet, Meerkatze?

MARIA. Seht, ich sagt' es Euch; er will nichts von Gottesfurcht wissen.

MALVOLIO. Geht alle zum Henker! Ihr seid alle dumme alberne Geschöpfe. Ich gehöre nicht in eure Sphäre: ihr sollt weiter von mir hören. *Ab.*

JUNKER TOBIAS. Ist's möglich?

FABIO. Wenn man dies auf dem Theater vorstellte, so tadelte ich es vielleicht als eine unwahrscheinliche Erdichtung.

JUNKER TOBIAS. Sein Kopf ist bis oben an voll von unserm Einfalle.

MARIA. Ja, setzt ihm nur gleich zu, damit der Einfall nicht Luft kriegt und verfliegt.

FABIO. Wir werden ihn gewiß völlig toll machen.

MARIA. Desto ruhiger wird's im Hause zugehn.

JUNKER TOBIAS. Kommt, er soll in eine dunkle Kammer gesperrt und gebunden werden. Meine Nichte ist schon in dem Glauben, daß er toll ist; wir können's so forttreiben, uns zum Spaß und ihm zur Buße, bis unser Zeitvertreib selbst so müde gejagt ist, daß er uns bewegt, Erbarmen mit ihm zu haben; und du, Mädchen, sollst bestallter Tollheitsvisitator werden. Aber seht! seht!

Junker Christoph kommt.

FABIO.

Hier ist wieder etwas für einen Fastnachtsabend.

JUNKER CHRISTOPH.

Da habt ihr die Ausfoderung; lest sie: ich steh' dafür, es ist Salz und Pfeffer darin.

FABIO. Ist sie so verwegen?

JUNKER CHRISTOPH. Ei ja doch! Ich stehe ihm dafür. Lest nur!

JUNKER TOBIAS. Gib her! »Junger Mensch, was du auch sein magst, du bist doch nur ein Lumpenkerl.«

FABIO. Schön und tapfer!

JUNKER TOBIAS. »Wundre dich nicht, und erstaune nicht in deinem Sinn, warum ich dich so nenne, denn ich will dir keinen Grund davon angeben.«

FABIO. Eine gute Klausel! Das stellt Euch vor dem Verklagen sicher.

JUNKER TOBIAS. »Du kommst zu Fräulein Olivia, und sie tut vor meinen Augen schön mit dir: aber du lügst's in den Hals hinein, das ist nicht die Ursache, warum ich dich herausfodre.«

FABIO. Ungemein kurz und auserlesen im Sinnlosen.

JUNKER TOBIAS. »Ich will dir beim Nachhausegehn aufpassen, und wenn du alsdann das Glück hast, mich umzubringen – «

FABIO. Schön!

JUNKER TOBIAS. »So bringst du mich um wie ein Schuft und ein Spitzbube.«

FABIO. Ihr haltet Euch immer außerhalb dem Schusse.

JUNKER TOBIAS. »Leb wohl, und Gott erbarme sich einer von unsern Seelen! Er kann sich der meinigen erbarmen, aber ich hoffe ein Besseres, und also sieh dich vor! Dein Freund, je nachdem du ihm begegnest, und dein geschworner Feind, Christoph von Bleichenwang.«

Wenn dieser Brief ihn nicht aufbringt, so ist er gar nicht auf die Beine zu bringen. Ich will ihn ihm geben.

MARIA. Ihr könnt leicht Gelegenheit dazu finden: er ist jetzt in einem Gespräch mit dem Fräulein und wird gleich weggehn.

JUNKER TOBIAS. Geh, Junker, laure ihm an der Gartenecke auf wie ein Häscher; sobald du ihn nur erblickst, zieh' und fluche fürchterlich dabei: denn es geschieht oft, daß ein entsetzlicher Fluch, in einem rechten Bramarbastone herausgewettert, einen mehr in den Ruf der Tapferkeit setzt, als eine wirkliche Probe davon jemals getan hätte. Fort!

JUNKER CHRISTOPH. Nun, wenn's Fluchen gilt, so laßt mich nur machen! *Ab.*

JUNKER TOBIAS. Ich will mich wohl hüten, seinen Brief zu übergeben. Das Betragen des jungen Mannes zeigt, daß er verständig und wohl erzogen ist; sein Geschäft für seinen Herrn bei meiner Nichte bestätigt das auch: also wird dieser Brief wegen seiner außerordentlichen Abgeschmacktheit dem jungen Mann kein Schrecken erregen; er wird merken, daß er von einem Pinsel herkommt. Ich will statt dessen die Ausfoderung mündlich bestellen, will ein großes Wesen von Bleichenwangs Tapferkeit machen, und jenem, der jung genug ist, um sich leicht etwas aufbinden zu lassen, eine gewaltige Meinung von seiner Wut, Geschicklichkeit und Hitze beibringen. Dies wird sie beide so in Angst setzen, daß sie einander wie Basilisken mit den Augen umbringen werden.

Olivia und Viola kommen.

FABIO. Da kommt er mit Eurer Nichte. Macht ihnen Platz, bis er Abschied nimmt, und dann gleich hinter ihm drein!

JUNKER TOBIAS. Ich will mich indessen auf recht entsetzliche Ausdrücke für die Ausfoderung bedenken.

Junker Tobias und Fabio ab.

OLIVIA.
Zu viel schon sagt' ich für ein Herz von Stein,
Gab unbesonnen meine Ehre bloß.
In mir ist was, das mir den Fehl verweist;
Doch solch ein starrer, mächt'ger Fehler ist's,
Er trotzt Verweisen nur.

VIOLA. Ganz nach der Weise Eurer Leidenschaft
Geht's mit den Schmerzen meines Herrn.

OLIVIA.
Tragt mir zu lieb dies Kleinod, 's ist mein Bildnis;
Schlagt es nicht aus, mit Schwatzen quält's Euch nicht;
Und kommt, ich bitt' Euch, morgen wieder her!
Was könnt Ihr bitten, das ich weigern würde,
Wenn unverletzt es Ehre geben darf?

VIOLA. Nur dieses: Euer Herz für meinen Herrn.

OLIVIA. Wie litte meine Ehr', ihm das zu geben,
Was Ihr von mir schon habt?

VIOLA. Ich sag' Euch los.

OLIVIA. Gut, lebe wohl, und sprich mir morgen zu!
Zur Hölle lockte mich ein böser Feind wie du.
Ab.

Junker Tobias und Fabio kommen.

JUNKER TOBIAS. Gott grüß' dich, junger Herr!

VIOLA. Euch gleichfalls, Herr!

JUNKER TOBIAS. Was du für Waffen bei dir hast, nimm sie zur Hand; von welcher Art die Beleidigungen sind, die du ihm zugefügt, weiß ich nicht; aber dein Nachsteller, hoch ergrimmt, blutig wie der Jäger, erwartet dich an der Gartenecke. Heraus mit der Klinge! Rüste dich wacker! Denn dein Gegner ist rasch, geschickt und mörderlich.

VIOLA. Ihr irrt Euch, Herr; ich bin gewiß, daß niemand irgendeinen Zank mit mir hat. Mein Gedächtnis ist völlig rein und frei von Vorstellungen eines Unrechts, das ich jemanden zugefügt haben sollte.

JUNKER TOBIAS. Ihr werdet es anders finden, ich versichre Euch: wenn Ihr also das Geringste aus Eurem Leben macht, so seid auf Eurer Hut: denn Euer Gegner hat alles für sich, was Jugend, Stärke, Geschicklichkeit und Wut einem verschaffen kann.

VIOLA. Um Verzeihung, Herr, was ist er für ein Mann?

JUNKER TOBIAS. Er ist ein Ritter, dazu geschlagen mit unversehrtem Schwert, auf gewirktem Boden; aber er ist ein rechter Teufel in Zweikämpfen: der Seelen und Leiber, so er geschieden, sind drei; und sein Grimm in diesem Augenblick ist so unversöhnlich, daß er keine andre Genugtuung kennt, als Todesangst und Begräbnis. Drauf und dran! ist sein Wort; mir nichts, dir nichts!

VIOLA. Ich will wieder in das Haus gehn und mir eine Begleitung von der Dame ausbitten. Ich bin kein Raufer. Ich habe wohl von einer Art Leute gehört, die mit Fleiß Händel mit andern anzetteln, um ihren Mut zu prüfen: vielleicht ist er einer von diesem Schlage.

JUNKER TOBIAS. Nein, Herr; seine Entrüstung rührt von einer sehr wesentlichen Beleidigung her; also vorwärts, und tut ihm seinen Willen! Zurück zum Hause sollt Ihr nicht, wenn Ihr's nicht mit mir aufnehmen wollt, da Ihr Euch doch ebenso wohl ihm selbst stellen könntet. Also vorwärts, oder zieht gleich fasernackt vom Leder; denn schlagen müßt Ihr Euch, das ist ausgemacht, oder für immer verschwören, eine Klinge zu tragen.

VIOLA. Das ist ebenso unhöflich als seltsam. Ich bitte Euch, erzeigt mir die Gefälligkeit, den Ritter zu fragen, worin ich ihn beleidigt habe; es ist gewiß nur aus Unachtsamkeit, nicht aus Vorsatz geschehn.

JUNKER TOBIAS. Das will ich tun. Signor Fabio, bleibt Ihr bei diesem Herrn, bis ich zurückkomme. *Ab.*

VIOLA. Ich bitte Euch, mein Herr, wißt Ihr um diesen Handel?

FABIO. Ich weiß nur, daß der Ritter auf Tod und Leben gegen Euch erbost ist, aber nichts von den näheren Umständen.

VIOLA. Um Verzeihung, was ist er für eine Art von Mann?

FABIO. Sein Äußeres verrät nichts so Außerordentliches, als Ihr durch die Proben seiner Herzhaftigkeit an ihm werdet kennen lernen. Er ist in der Tat der behendeste, blutgierigste und verderblichste Gegner, den Ihr in ganz Illyrien hättet finden können. Wollt Ihr ihm entgegen gehn? Ich will Euch mit ihm aussöhnen, wenn ich kann.

VIOLA. Ich würde Euch sehr verbunden sein; ich für mein Teil habe lieber mit dem Lehrstande als dem Wehrstande zu tun; ich frage nicht darnach, ob man mir viel Herz zutraut.

Beide ab.

Fünfte Szene

Die Straße bei Olivias Garten. Junker Tobias und Junker Christoph kommen.

JUNKER TOBIAS. Ja, Freund, er ist ein Teufelskerl: ich habe niemals solch einen Haudegen gesehn. Ich machte einen Gang mit ihm auf Klinge und Scheide, und er tut seine Ausfälle mit so 'ner höllenmäßigen Geschwindigkeit, daß nichts dagegen zu machen ist; und wenn er pariert hat, bringt er Euch den Stoß so gewiß bei, als Euer Fuß den Boden trifft, wenn Ihr auftretet. Es heißt, er ist Fechtmeister beim großen Mogul gewesen.

JUNKER CHRISTOPH. Hol's der Henker, ich will mich nicht mit ihm schlagen.

JUNKER TOBIAS. Ja, er will sich aber nun nicht zufrieden sprechen lassen: Fabio kann ihn da drüben kaum halten.

JUNKER CHRISTOPH. Hol's der Kuckuck! Hätte ich gewußt, daß er herzhaft und so ein großer Fechter wäre, so hätte ihn der Teufel holen mögen, eh' ich ihn herausgefodert hätte. Macht nur, daß er die Sache beruhn läßt, und ich will ihm meinen Hans, den Apfelschimmel, geben.

JUNKER TOBIAS. Ich will ihm den Vorschlag tun; bleibt hier stehn, und stellt Euch nur herzhaft an! *Beiseit.* Dies soll ohne Mord und Totschlag abgehn. Mein' Seel', ich will Euer Pferd so gut reiten als Euch selbst.

Fabio und Viola kommen.

JUNKER TOBIAS *zu Fabio.* Ich habe sein Pferd, um den Streit beizulegen. Ich habe ihn überredet, daß der junge Mensch ein Teufelskerl ist.

FABIO *zu Junker Tobias.* Der hat eben solch eine fürchterliche Einbildung von dem andern: er zittert und ist bleich, als ob ihm ein Bär auf der Ferse wäre.

JUNKER TOBIAS *zu Viola.* Es ist keine Rettung, Herr, er will sich mit Euch schlagen, weil er einmal geschworen hat. Zwar wegen seiner Händel mit Euch hat er sich besser besonnen, er findet sie jetzt kaum der Rede wert; zieht also nur, damit er seinen Schwur nicht brechen darf: Er beteuert, er will Euch kein Leid zufügen.

VIOLA *beiseit.* Gott steh' mir bei! Es hängt nur an einem Haar, so sage ich ihnen, wie viel mir zu einem Manne fehlt.

FABIO. Wenn Ihr seht, daß er wütend wird, so zieht Euch zurück!

JUNKER TOBIAS. Kommt, Junker Christoph, es ist keine Rettung: der Kavalier will nur ehrenhalber einen Gang mit Euch machen; er kann nach den Gesetzen des Duells nicht umhin, aber er hat mir auf sein ritterliches Wort versprochen, er will Euch kein Leid zufügen. Nun frisch daran!

JUNKER CHRISTOPH.
Gott gebe, daß er sein Wort hält! *Er zieht.*

Antonio kommt.

VIOLA. Glaubt mir, ich tu' es wider meinen Willen!

Sie zieht.

ANTONIO.
Den Degen weg! – Wenn dieser junge Mann
Zu nah Euch tat, so nehm' ich es auf mich;
Tut Ihr zu nah ihm, fodr' ich Euch statt seiner.

Er zieht.

JUNKER TOBIAS. Ihr, Herr? Wer seid Ihr denn?

ANTONIO.
Ein Mann, der mehr für seine Freunde wagt,
Als Ihr ihn gegen Euch habt prahlen hören.

JUNKER TOBIAS.
Wenn Ihr ein Raufer seid, gut! ich bin da.

Er zieht.

Zwei Gerichtsdiener kommen.

FABIO. Bester Junker Tobias, haltet ein! Hier kommen die Gerichtsdiener.

JUNKER TOBIAS
zu Antonio. Wir sprechen uns nachher!

VIOLA. Ich bitt' Euch, steckt Euern Degen ein, wenn's Euch gefällig ist!

JUNKER CHRISTOPH. Mein' Seel', Herr, das will ich, – und wegen dessen, was ich Euch versprochen habe, halte ich Euch mein Wort. Er geht bequem und ist leicht in der Hand.

ERSTER GERICHTSDIENER.
Dies ist er: tu' deine Pflicht!

ZWEITER GERICHTSDIENER.
Antonio, ich verhaft' Euch auf Befehl
Von Graf Orsino.

ANTONIO.
Ihr irrt Euch, Herr, in mir.

ERSTER GERICHTSDIENER.
Nicht doch, ich kenne Eu'r Gesicht gar wohl,
Ob Ihr schon jetzt kein Schifferkäppchen tragt.
Nur fort mit ihm! Er weiß, ich kenn' ihn wohl.

ANTONIO.
Ich muß gehorchen. – Dies entsteht daraus,
Daß ich Euch suchte; doch da hilft nun nichts.
Ich werd' es büßen. Sagt, was wollt Ihr machen?
Nun dringt die Not mich, meinen Beutel wieder
Von Euch zu fodern; und es schmerzt mich mehr
Um das, was ich nun nicht für Euch vermag,
Als was mich selbst betrifft. Ihr steht erstaunt;
Doch seid getrost!

ZWEITER GERICHTSDIENER.
Kommt, Herr, und fort mit uns!

ANTONIO.
Ich muß um etwas von dem Geld Euch bitten.

VIOLA. Von welchem Gelde, Herr?
Der Güte wegen, die Ihr mir erwiesen,
Und dann durch Eure jetz'ge Not bewegt,
Will ich aus meinen schmalen, armen Mitteln
Euch etwas borgen; meine Hab' ist klein,
Doch will ich teilen, was ich bei mir trage:

Da! meine halbe Barschaft.

ANTONIO. Leugnet Ihr mir ab?
Ist's möglich, braucht denn mein Verdienst um Euch
Der Überredung? – Versucht mein Elend nicht,
Es möchte sonst so tief herab mich setzen,
Daß ich Euch die Gefälligkeiten vorhielt,
Die ich für Euch gehabt.

VIOLA. Ich weiß von keinen,
Und kenn' Euch nicht von Stimme, noch Gesicht.
Ich hasse Undank mehr an einem Menschen
Als Lügen, Hoffart, laute Trunkenheit,
Als jedes Laster, dessen starkes Gift
Das schwache Blut bewohnt.

ANTONIO. Gerechter Himmel!

ZWEITER GERICHTSDIENER.
Kommt, Herr! Ich bitt' Euch, geht!

ANTONIO. Hört einen Augenblick! Der Jüngling da,
Halb riß ich aus des Todes Rachen ihn,
Pflegt' ihn mit solcher Heiligkeit der Liebe,
Und seinem Bild, das hocherhabnen Wert,
Glaubt' ich, verhieße, huldigt' ich mit Andacht.

ERSTER GERICHTSDIENER.
Was soll uns das? Die Zeit vergeht: macht fort!

ANTONIO. Doch oh! wie wird der Gott zum schnöden Götzen!
Sebastian, du entehrest edle Züge.
Gesinnung schändet einzig die Natur,
Und häßlich heißt mit Recht der Böse nur.
Tugend ist Schönheit: doch der Reizend-Arge
Gleicht einem glänzend übertünchten Sarge.

ERSTER GERICHTSDIENER. Der Mann wird rasend: fort mit ihm! Kommt! kommt!

ANTONIO. So führt mich weg!

Antonio mit den Gerichtsdienern ab.

VIOLA. Es zeigt der Ungestüm, womit er spricht,
Er glaubt sich selbst; ich glaube mir noch nicht.
O möchtest du, Vermutung, dich bewähren,
Mein Bruder! daß wir zwei verwechselt wären!

JUNKER TOBIAS. Komm her, Junker! komm her, Fabio! Laßt uns unsre Köpfe zusammenstecken und einen weisen Rat pflegen!

VIOLA. Er nannte den Sebastian: lebt ja doch
Des Bruders Bild in meinem Spiegel noch.
Er glich genau nach allen Zügen mir,
Und trug sich so in Farbe, Schnitt und Zier,
Denn ihn nur ahm' ich nach. Oh, wenn es ist, so sind
Die Stürme sanft, die Wellen treu gesinnt!

Ab.

JUNKER TOBIAS. Ein recht ehrloser lumpiger Bube, und so feig wie ein Hase. Seine Ehrlosigkeit zeigt sich darin, daß er seinen Freund hier in der Not verläßt und ihn verleugnet, und wegen seiner Feigheit fragt nur den Fabio!

FABIO. Eine Memme, eine fromme Memme, recht gewissenhaft in der Feigheit.

JUNKER CHRISTOPH. Wetter! ich will ihm nach und ihn prügeln!

JUNKER TOBIAS. Tu's, puff' ihn tüchtig, nur zieh' den Degen nicht!

JUNKER CHRISTOPH. Wenn ich's nicht tue! – *Ab.*

FABIO. Kommt, laßt uns sehn, wie's abläuft!

JUNKER TOBIAS. Ich will wetten, was Ihr wollt, es wird doch nichts daraus.

Beide ab.

Vierter Aufzug

Erste Szene

Die Straße vor Olivias Hause.
Sebastian und der Narr treten auf.

NARR. Wollt Ihr mir weis machen, ich wäre nicht nach Euch geschickt?

SEBASTIAN. Nun ja doch, ja! Du bist ein toller Bursch: Erlöse mich von dir!

NARR. Gut durchgeführt, meiner Treu! Nein, ich kenne Euch nicht; das Fräulein hat mich auch nicht nach Euch geschickt, damit Ihr kommen und mit ihr sprechen möchtet; Euer Name ist auch nicht Monsieur Cesario, und dies ist auch nicht meine Nase. Nichts ist so, wie es ist.

SEBASTIAN.
Kram' deine Narrheit doch wo anders aus:
Mich kennst du nicht.

NARR. Meine Narrheit auskramen! Er hat das Wort von irgendeinem großen Manne gehört, und wendet es nun auf einen Narren an. Meine Narrheit auskramen! Ich fürchte, dieser große Tölpel, die Welt, wird ein Zieräffchen werden. Ich bitte dich nun, entgürte dich deiner Seltsamkeit, und sage mir, was ich meinem gnädigen Fräulein auskramen soll. Soll ich ihr auskramen, daß du kommst?

SEBASTIAN.
Ich bitt' dich, toller Kuppler, laß mich gehn!
Da hast du Geld: doch wenn du länger zögerst,
So gibt es schlechtre Zahlung.

NARR. Auf meine Ehre, du hast eine offne Hand. – Solche weise Leute, die Narren Geld geben, machen sich einen guten Namen, wenn sie sich ein Dutzend Jahre darum beworben haben.

Junker Tobias, Junker Christoph und Fabio kommen.

JUNKER CHRISTOPH. Nun, Herr, treff ich Euch endlich wieder? Da habt Ihr was. *Schlägt den Sebastian.*

SEBASTIAN *schlägt Junker Christoph.* Da hast du auch was! und da! und da! Sind alle Leute toll geworden?

JUNKER TOBIAS. Haltet ein, Herr, sonst soll Euer Degen über das Haus fliegen.

NARR. Dies will ich gleich dem gnädigen Fräulein erzählen. Ich wollte nicht für einen Dreier in Eurer Haut stecken. *Ab.*

JUNKER TOBIAS. Gleich, Herr, haltet ein! *Er hält den Sebastian.*

JUNKER CHRISTOPH. Nein, laßt ihn nur! Ich will schon auf eine andre Art mit ihm fertig werden; ich will eine Klage wegen Prügelei gegen ihn anstellen, wenn noch Recht und Gerechtigkeit in Illyrien ist. Hab' ich schon zuerst geschlagen, das macht nichts.

SEBASTIAN. Laß deine Hand los!

JUNKER TOBIAS. Ei was, ich will Euch nicht los lassen. Nur den Degen eingesteckt, mein junger Kriegsheld! Ihr seid gut beschlagen: nur fort!

SEBASTIAN. Ich will dich los sein. Sag, was willst du nun? Nimmst du's noch weiter mit mir auf, so zieh'! *Er zieht.*

JUNKER TOBIAS. Was? was? Nun, so muß ich ein paar Unzen von deinem naseweisen Blut haben. *Er zieht.*

Olivia kommt.

OLIVIA. Tobias, halt! bei deinem Leben, halt!

JUNKER TOBIAS. Fräulein?

OLIVIA. Wird's niemals anders sein? Unholder Frevler!
Geschickt für Wüstenei'n und rauhe Höhlen,
Wo Sitte fremd ist! Fort aus meinen Augen! –
Sei nicht beleidigt, mein Cesario! –
Fort, Grobian!

Junker Tobias, Junker Christoph und Fabio ab.

Ich bitt' dich, lieber Freund,
Gib deiner Weisheit, nicht dem Zorn Gehör
Bei diesem wilden, ungerechten Ausfall
Auf deine Ruh'. Geh mit mir in mein Haus,
Und höre da, wie viele lose Streiche
Der Lärmer angezettelt, daß du diesen
Alsdann belächeln magst; mitkommen mußt du,
Verweigr' es nicht! Verwünscht sei er von mir,
Eins meiner Herzen kränkt' er ja in dir.

SEBASTIAN.
Wo weht dies her? Wie dünkt es meinem Gaum?
Bin ich im Wahnsinn, oder ist's ein Traum?
Tauch' meinen Sinn in Lethe, Phantasie!
Soll ich so träumen, gern erwach' ich nie.

OLIVIA. Komm, bitte! Folg' in allem meinem Rat!

SEBASTIAN. Ja, Fräulein, gern.

OLIVIA. Oh, mach' dein Wort zur Tat!

Beide ab.

Zweite Szene

Ein Zimmer in Olivias Hause. Maria und der Narr treten auf.

MARIA. Nun, sei so gut und leg' diesen Mantel und Kragen an; mach' ihm weis, du seist Ehrn Matthias der Pfarrer. Mach' geschwind, ich will unterdessen den Junker rufen. *Ab.*

NARR. Ich will ihn anziehn, und mich darin verstellen, und ich wollte, ich wäre der erste, der sich in solch einem Mantel verstellt hätte. Ich bin nicht groß genug, um mich in der Amtsverrichtung gut auszunehmen, und nicht mager genug, um für einen Studierten zu gelten. Aber ein ehrlicher Mann und guter Haushälter zu heißen, klingt eben so gut als ein bedächtiger Mann und großer Gelahrter. – Da kommen meine Kollegen schon.

Junker Tobias und Maria kommen.

JUNKER TOBIAS. Gott segne Euch, Herr Pfarrer!

NARR. Bonos dies, Junker Tobias! Denn wie der alte Klausner von Prag, der weder lesen noch schreiben konnte, sehr sinnreich zu einer Nichte des Königs Gorboduk sagte, das, was ist, ist: so auch ich, maßen ich der Herr Pfarrer bin, bin ich der Herr Pfarrer. Denn was ist das als das, und ist als ist?

JUNKER TOBIAS. Redet ihn an, Ehrn Matthias!

NARR. He, niemand hier? – Friede sei in diesem Gefängnis!

JUNKER TOBIAS. Der Schelm macht gut nach; ein braver Schelm!

MALVOLIO *in einem innern Zimmer.* Wer ruft da?

NARR. Ehrn Matthias der Pfarrer, welcher kommt, um Malvolio den Besessenen zu besuchen.

MALVOLIO. Herr Pfarrer, Herr Pfarrer! lieber Herr Pfarrer! Geht zu meinem Fräulein –

NARR. Hebe dich weg, du ruhmrediger böser Geist! Wie plagest du diesen Mann? Redest du von nichts denn von Fräulein?

JUNKER TOBIAS. Wohl gesprochen, Ehrn Matthias.

MALVOLIO. Herr Pfarrer, niemals hat man einem ärger mitgespielt; lieber Herr Pfarrer, glaubt nicht, daß ich unklug bin; sie haben mich in schreckliche Finsternis eingesperrt.

NARR. Pfui, du unsaubrer Satan! Ich nenne dich bei dem mildesten Namen, denn ich bin eins von den sanften Gemütern, die dem Teufel selbst mit Höflichkeit begegnen. Sagest du, diese Behausung sei finster?

MALVOLIO. Wie die Hölle, Herr Pfarrer.

NARR. Ei, sie hat ja Luken, die so durchsichtig wie Fensterladen sind, und die hellen Steine von Südnorden strahlen wie Ebenholz: und dennoch beklagest du dich über Verfinsterung?

MALVOLIO. Ich bin nicht unklug, Herr Pfarrer; ich sage Euch, diese Behausung ist finster.

NARR. Wahnsinniger, du irrest. Ich sage dir aber, es gibt keine andre Finsternis als Unwissenheit, worein du mehr verstrickt bist, als die Ägyptier in ihrem Nebel.

MALVOLIO. Ich sage, diese Behausung ist finster wie die Unwissenheit, wäre die Unwissenheit auch so finster wie die Hölle; und ich sage, man hat niemals einem so übel mitgespielt. Ich bin ebenso wenig unklug als Ihr; legt mir nur ordentliche Fragen vor, um mich zu prüfen!

NARR. Was ist des Pythagoras Lehre, wildes Geflügel anlangend?

MALVOLIO. Daß die Seele unsrer Großmutter vielleicht in einem Vogel wohnen kann.

NARR. Was achtest du von seiner Lehre?

MALVOLIO. Ich denke würdig von der Seele, und billige seine Lehre keineswegs.

NARR. Gehab' dich wohl! Verharre du immer in Finsternis! Ehe ich dir deinen gesunden Verstand zugestehe, sollst du die Lehre des Pythagoras bekennen und dich fürchten, eine Schnepfe umzubringen, auf daß du nicht etwa die Seele deiner Großmutter verjagen mögest. Gehab' dich wohl!

MALVOLIO. Herr Pfarrer! Herr Pfarrer!

JUNKER TOBIAS. Mein allerliebster Ehrn Matthias!

NARR. Nicht wahr, mir sind alle Röcke gerecht?

MARIA. Du hättest dies ohne Mantel und Kragen verrichten können, er sieht dich nicht.

JUNKER TOBIAS. Nun rede ihn mit deiner eignen Stimme an, und melde mir, wie du ihn findest: ich wollte, wir wären diese Schelmerei auf eine gute Art los. Wenn man ihn schicklich freilassen kann, so möchte es nur geschehn; denn ich stehe jetzt so übel mit meiner Nichte, daß ich den Spaß nicht mit Sicherheit bis zum Beschlusse forttreiben kann. Komm dann gleich auf mein Zimmer!

Junker Tobias und Maria ab.

NARR *singt.*

Heisa, Hänschen! liebes Hänschen!
Sag mir, was dein Mädchen macht!

MALVOLIO.
Narr! –

NARR *singt.*

Ach, sie ist mir bitter feind!

MALVOLIO.
Narr! –

NARR *singt.*

Und weswegen denn, mein Freund?

MALVOLIO.
Narr, sage ich!

NARR *singt.*

Weil sie einen andern liebt. –
Wer ruft da? he?

MALVOLIO. Lieber Narr, wo du dich jemals um mich verdient machen willst, hilf mir zu einem Lichte, zu Feder, Tinte und Papier! So wahr ich ein ehrlicher Mann bin, ich will dir noch einmal dankbar dafür sein.

NARR. Der Herr Malvolio? –

MALVOLIO. Ja, lieber Narr.

NARR. Ach, Herr, wie seid Ihr doch um Eure fünf Sinne gekommen?

MALVOLIO. Niemals hat man einem so abscheulich mitgespielt. Ich bin ebenso gut bei Sinnen wie du, Narr.

NARR. Nur ebenso gut? So seid Ihr wahrhaftig unklug, wenn Ihr nicht besser bei Sinnen seid als ein Narr.

MALVOLIO. Sie haben mich hier eingesperrt, halten mich im Finstern, schicken Geistliche zu mir, Eselsköpfe, und tun alles, was sie können, um mich aus meinen Sinnen herauszuhetzen.

NARR. Bedenkt, was Ihr sagt: der Geistliche ist hier. – »Malvolio, Malvolio, deinen Verstand stelle der Himmel wieder her! Bringe dich zum Schlafen! und laß ab von deinem eiteln Geplapper!«

MALVOLIO. Herr Pfarrer –

NARR. »Führe kein Gespräch mit ihm, mein guter Freund!« – Wer? ich, Herr? Nein, gewiß nicht. Gott geleite Euch, Herr Pfarrer! – »Amen, sage ich.« – Gut, das will ich tun.

MALVOLIO. Narr, Narr, Narr, sage ich –

NARR. Ach, lieber Herr, seid ruhig! Was sagt Ihr? Ich werde ausgeschmält, weil ich mit Euch rede.

MALVOLIO. Lieber Narr, verhilf mir zu einem bißchen Licht und Papier! Ich sage dir, ich bin so gut bei Verstande als irgendeiner in Illyrien.

NARR. Du meine Zeit! wenn das doch wahr wäre!

MALVOLIO. Auf mein Wort, ich bin's. Lieber Narr, schaff' mir Tinte, Papier und Licht, und überbringe dem Fräulein, was ich aufsetzen will: es soll dir auch den besten Briefträgerlohn einbringen.

NARR. Ich will Euch dazu verhelfen, aber sagt mir aufrichtig: seid Ihr wirklich nicht unklug, oder tut Ihr nur so?

MALVOLIO. Glaub' mir, ich sage dir die Wahrheit.

NARR. Ei, ich will einem unklugen Menschen niemals trauen, bis ich sein Gehirn sehe. Ich will Euch Licht, Papier und Tinte holen.

MALVOLIO. Narr, ich will dich aufs beste dafür belohnen. Ich bitte dich, geh!

NARR *singt.*

Ich bin fort, Herr,
Und aufs Wort, Herr,
Ich bin gleich wieder da.
Daran hegt keinen Zweifel,
Denn ich trotze dem Teufel
Und seiner Frau Großmama.

Ab.

Dritte Szene

Olivias Garten.
Sebastian tritt auf.

SEBASTIAN.
Dies ist die Luft, dies ist die lichte Sonne;
Dies Kleinod gab sie mir, ich fühl', ich seh' es:
Und ob mich schon Bezauberung umstrickt,
Ist's doch kein Wahnsinn. Wo ist wohl Antonio?
Ich konnt' ihn nicht im Elefanten finden.
Doch war er da: man gab mir den Bescheid,
Er streife durch die Stadt, mich aufzusuchen.
Jetzt eben wär' sein Rat mir Goldes wert:
Denn überlegt mein Geist schon mit den Sinnen,
Daß dies ein Irrtum sein kann, doch kein Wahnsinn,
So übersteigt doch diese Flut von Glück
In solchem Grade Beispiel und Begriff,
Ich hätte Lust, den Augen mißzutrauen
Und die Vernunft zu schelten, die ein andres
Mich glauben machen will, als ich sei toll,
Wo nicht, das Fräulein toll: doch wäre dies,
Sie könnte Haus und Diener nicht regieren,
Bestellungen besorgen und empfangen,
Mit solchem stillen, weisen, festen Gang,
Wie ich doch merke, daß sie tut. Hier steckt
Ein Trug verborgen. Doch da kommt das Fräulein.

Olivia kommt mit einem Priester.

OLIVIA.
Verzeiht mir diese Eile: meint Ihr's gut,
So geht mit mir und diesem heil'gen Mann
In die Kapelle neben an, und dort,
Vor ihm und unter dem geweihten Dach,
Verbürget feierlich mir Eure Treu',
Daß mein ungläub'ges, allzu banges Herz
Zur Ruh' gelangen mag. Er soll's verbergen,
Bis Ihr gesonnen seid, es kund zu machen,
Und um die Zeit soll meinem Stand gemäß
Die Feier unsrer Hochzeit sein. – Was sagt Ihr?

SEBASTIAN.
Ich geh' mit Euch und diesem guten Alten,
Will Treue schwören und sie ewig halten.

OLIVIA.
So führ' uns, Vater! – Mag des Himmels Schein
Zu dieser Tat uns freundlich Segen leihn!

Alle ab.

Fünfter Aufzug

Erste Szene

Vor Olivias Hause.
Der Narr und Fabio.

FABIO. Wenn du mich lieb hast, laß mich seinen Brief sehen!

NARR. Lieber Herr Fabio, tut mir dafür einen andern Gefallen!

FABIO. Was du willst.

NARR. Verlangt nicht, diesen Brief zu sehn!

FABIO. Das heißt, du schenkst mir einen Hund, und foderst nachher zur Belohnung den Hund wieder.

Der Herzog, Viola und Gefolge treten auf.

HERZOG.
Gehört ihr dem Fräulein Olivia an, Freunde?

NARR. Ja, Herr, wir sind ein Teil ihres Hausrates.

HERZOG. Ich kenne dich sehr wohl: wie geht's dir, guter Bursch?

NARR. Aufrichtig, Herr, je mehr Feinde, desto besser; je mehr Freunde, desto schlimmer.

HERZOG. Grade umgekehrt; je mehr Freunde, desto besser.

NARR. Nein, Herr, desto schlimmer.

HERZOG. Wie ginge das zu?

NARR. Ei, Herr, sie loben mich und machen einen Esel aus mir; meine Feinde hingegen sagen mir grade heraus, daß ich ein Esel bin: also nehme ich durch meine Feinde in der Selbsterkenntnis zu, und durch meine Freunde werde ich hintergangen. Also, Schlüsse wie Küsse betrachtet, wenn vier Verneinungen zwei Bejahungen ausmachen: Je mehr Freunde, desto schlimmer, und je mehr Feinde, desto besser.

HERZOG. Ei, das ist vortrefflich.

NARR. Nein, Herr, wahrhaftig nicht; ob es Euch gleich gefällt, einer von meinen Freunden zu sein.

HERZOG. Du sollst aber meinetwegen doch nicht schlimmer dran sein: da hast du Gold.

NARR. Wenn Ihr kein Doppler dadurch würdet, Herr, so wollte ich, Ihr könntet noch ein Stück daraus machen.

HERZOG. Oh, Ihr gebt mir einen schlechten Rat.

NARR. Steckt Eure Gnade für diesmal noch in die Tasche, und laßt Euer Fleisch und Blut ihr gehorchen!

HERZOG. Gut, ich will mich einmal versündigen und ein Doppler sein: da hast du noch ein Stück.

NARR. Zum ersten, zum zweiten, zum dritten, dann wird erst zugeschlagen; wie das alte Sprichwort sagt, sind aller guten Dinge drei; der Dreiachteltakt, Herr, ist ein guter lustiger Takt; die Betglocke kann's Euch zu Gemüte führen, sie sagt immer: eins, zwei, drei.

HERZOG. Ihr könnt auf diesen Wurf nicht mehr Geld aus mir herausnarrieren. Wollt Ihr Euerm Fräulein melden, daß ich sie zu sprechen wünsche, und machen, daß sie hieher kommt, so möchte das vielleicht meine Freigebigkeit wieder aufwecken.

NARR. Nun, Herr, eiapopeia Eurer Freigebigkeit, bis ich zurückkomme! Ich gehe, Herr, aber Ihr müßt ja nicht denken, mein Verlangen, zu haben, sei Gewinnsucht. Doch, wie Ihr sagt, laßt Eure Freigebigkeit nur ein wenig einnicken; ich will sie gleich wieder aufwecken. *Ab.*

Antonio und Gerichtsdiener kommen.

VIOLA.
Hier kommt der Mann, der mich gerettet, Herr.

HERZOG.
Auf dies Gesicht besinn' ich mich gar wohl;
Doch als ich es zuletzt sah, war es schwarz
Vom Dampf des Krieges, wie Vulkan, besudelt.
Er war der Hauptmann eines winz'gen Schiffs,
Nach Größ' und flachem Bau von keinem Wert,
Womit er sich so furchtbar handgemein
Mit unsrer Flotte stärksten Segeln machte,
Daß selbst der Neid und des Verlustes Stimme
Preis über ihn und Ehre rief. – Was gibt's?

ERSTER GERICHTSDIENER.
Orsino, dies ist der Antonio,
Der Euch den Phönix nahm und seine Ladung;
Dies ist er, der den Tiger enterte,
Wo Euer junger Neff' ein Bein verlor.
Hier in den Straßen ward er, frech und tollkühn,
Auf einer Schlägerei von uns ertappt.

VIOLA.
Er tat mir Dienste, Herr, focht mir zum Schutz,
Doch hielt zuletzt mir wunderliche Reden:
Ich weiß nicht, was es sonst als Wahnwitz war.

HERZOG. Berüchtigter Pirat! Du Seespitzbube!
Welch toller Mut gab dich in deren Hand,
Die mit so blut'gem, teuerm Handel du
Zu Feinden dir gemacht?

ANTONIO. Orsino, edler Herr,
Erlaubt mir, diese Namen abzuschütteln:
Antonio war noch nie Pirat noch Dieb,
Obschon, ich geb' es zu, mit gutem Grund
Orsinos Feind. Ein Zauber zog mich her;
Den allerundankbarsten Knaben dort
Entriß ich dem ergrimmten, schäum'gen Rachen
Der wüsten See; er war des Todes Raub:
Ich gab sein Leben ihm, gab überdies
Ihm meine Liebe, ohne Grenz' und Rückhalt,
Sein, gänzlich hingegeben; seinetwillen
Wagt' ich hieher mich, einzig ihm zu Liebe,
In die Gefahren dieser Feindesstadt,
Und focht für ihn, da man ihn angefallen.
Als ich dabei verhaftet ward, so lehrte
Ihn seine falsche List (denn die Gefahr
Mit mir zu teilen war er nicht gewillt),

Mir die Bekanntschaft ins Gesicht zu weigern;
Er wurde mir auf zwanzig Jahr entfremdet
In einem Umsehn; leugnete sogar
Mir meinen Beutel ab, den zum Gebrauch
Kaum vor der halben Stund' ich ihm gelassen.

VIOLA. Wie kann dies sein?

HERZOG. Wann kam er in die Stadt?

ANTONIO. Erst heute, und drei Monden lang vorher
Sind wir beisammen Tag und Nacht gewesen,
Auch nicht einmal Minuten lang getrennt.

Olivia kommt mit Gefolge.

HERZOG.
Die Gräfin kommt, der Himmel geht auf Erden. –
Du aber, Mensch, Mensch, deine Red' ist Wahnsinn:
Drei Monden dient mir dieser junge Mann.
Doch mehr hievon nachher. – Führt ihn beiseit!

OLIVIA.
Was wünscht mein Fürst, bis auf das ihm Versagte,
Worin Olivia kann gefällig sein? –
Cesario, Ihr haltet mir nicht Wort.

VIOLA. Mein Fräulein –

HERZOG. Reizende Olivia –

OLIVIA. Cesario, was sagt Ihr? – Gnäd'ger Herr –

VIOLA. Mein Herr will reden, Ehrfurcht heißt mich schweigen.

OLIVIA. Wenn's nach der alten Leier ist, mein Fürst,
So ist es meinem Ohr so widerwärtig
Wie Heulen nach Musik.

HERZOG. Noch immer grausam?

OLIVIA. Noch immer standhaft, gnäd'ger Herr.

HERZOG. In der Verkehrtheit? wie? Unholde Schöne,
An deren nimmer segnenden Altären
Mein Herz die treusten Opfer ausgehaucht,
So je die Andacht darbot! – Was soll ich tun?

OLIVIA.
Ganz nach Gefallen, was Eu'r Gnaden ansteht.

HERZOG.
Weswegen sollt' ich nicht, litt' es mein Herz,
Wie der ägypt'sche Dieb in Todesnot,
Mein Liebstes töten: wilde Eifersucht,
Die oft ans Edle grenzt? Doch höret dies:
Weil Ihr denn meine Treue gar nichts achtet,
Und ich so ziemlich doch das Werkzeug kenne,
Das meinen Platz in Eurer Gunst mir sperrt,
So lebt nur, marmorbusige Tyrannin!
Doch diesen Euern Günstling, den Ihr liebt,
Den ich, beim Himmel, lieb und teuer halte,
Ihn will ich aus dem stolzen Auge reißen,
Wo hoch er thronet, seinem Herrn zum Trotz. –
Komm, Junge! Mein Entschluß ist reif zum Unheil:
Ich will mein zartgeliebtes Lamm entseelen,
Um einer Taube Rabenherz zu quälen.

Will abgehen.

VIOLA. Und ich, bereit, mit frohem, will'gem Sinn,
Gäb', Euch zum Trost, mich tausend Toden hin.

Will ihm folgen.

OLIVIA. Wo will Cesario hin?

VIOLA.
Ihm folg' ich nach, dem ich mich ganz ergeben,
Der mehr mir ist als Augenlicht, als Leben;
Ja mehr, um alles, was man mehr nur nennt,
Als dieses Herz je für ein Weib entbrennt.
Und red' ich falsch, ihr hohen Himmelsmächte,
An meinem Leben rächt der Liebe Rechte!

OLIVIA. Weh mir! entsetzlich! wie getäuscht bin ich!

VIOLA. Wer täuscht Euch denn? Wer tut Euch einen Hohn?

OLIVIA. Vergißt du selbst dich? Ist's so lange schon? –
Ruft doch den Priester her!

Einer von ihren Leuten ab.

HERZOG. Komm! Fort mit mir!

OLIVIA. Wohin? – Gemahl! Cesario, bleib' hier!

HERZOG. Gemahl?

OLIVIA.
Ja, mein Gemahl. – Kannst du es leugnen? Sprich!

HERZOG. Du, ihr Gemahl?

VIOLA. Nein, gnäd'ger Herr, nicht ich.

OLIVIA.
Ach, es ist nur die Knechtschaft deiner Furcht,
Was dich dein Eigentum erwürgen heißt.
Cesario, fürchte nichts, ergreif' dein Glück,
Sei, was du weißt, du seist es, und dann bist du
So groß, als was du fürchtest. –

Der Bediente kommt mit dem Priester zurück.

O willkommen,
Ehrwürd'ger Vater! Ich beschwöre dich
Bei deinem heil'gen Amt, hier zu bezeugen
(Wiewohl vor kurzem wir die Absicht hatten,
In Nacht zu hüllen, was der Anlaß nun,
Noch eh' es reif, ans Licht zieht), was du weißt,
Daß ich und dieser Jüngling jetzt vollbracht.

PRIESTER. Ein Bündnis ewigen Vereins der Liebe,
Bestätigt durch in eins gefügte Hände,
Bezeugt durch eurer Lippen heil'gen Druck,
Bekräftigt durch den Wechsel eurer Ringe;
Und alle Fei'rlichkeiten des Vertrags
Versiegelt durch mein Amt, mit meinem Zeugnis.
Seitdem, sagt mir die Uhr, hab' ich zum Grabe
Zwei Stunden nur gewallet.

HERZOG. O heuchlerische Brut! Was wirst du sein,
Wann erst die Zeit den Kopf dir grau besät?
Wo nicht so hoch sich deine List erhebt,
Daß sie dir selber eine Falle gräbt.
Leb wohl und nimm sie: aber geh auf Wegen,
Wo wir einander nie begegnen mögen!

VIOLA. Ich schwöre, gnäd'ger Herr –

OLIVA. Oh, keinen Schwur!
Bei so viel Furcht, heg' etwas Treu' doch nur!

Junker Christoph kommt mit einem blutigen Kopfe.

JUNKER CHRISTOPH. Um Gottes Barmherzigkeit willen, einen Feldscherer! Und schickt gleich einen zum Junker Tobias!

OLIVIA. Was gibt's?

JUNKER CHRISTOPH. Er hat mir ein Loch in den Kopf geschlagen, und Junker Tobias hat auch eine blutige Krone weg. Um Gottes Barmherzigkeit willen, helft! Ich wollte hundert Taler drum geben, daß ich zu Hause wäre.

OLIVIA. Wer hat es getan, Junker Christoph?

JUNKER CHRISTOPH. Des Grafen Kavalier, Cesario heißt er. Wir glaubten, er wäre 'ne Memme, aber er ist der eingefleischte Teufel selbst.

HERZOG. Mein Kavalier, Cesario?

JUNKER CHRISTOPH. Potz Blitz, da ist er! – Ihr habt mir um nichts und wieder nichts ein Loch in den Kopf geschlagen, und was ich getan habe, dazu hat mich Junker Tobias angestiftet.

VIOLA.
Was wollt Ihr mir? Ich tat Euch nichts zu Leid:
Ihr zogt ohn' Ursach' gegen mich den Degen,
Ich gab Euch gute Wort' und tat Euch nichts.

JUNKER CHRISTOPH. Wenn eine blutige Krone was Leides ist, so habt Ihr mir was zu Leide getan. Ich denke, es kommt nichts einer blutigen Krone bei.

Junker Tobias kommt, betrunken und von dem Narren geführt.

Da kommt Junker Tobias angehinkt, Ihr sollt noch mehr zu hören kriegen. Wenn er nicht was im Kopfe gehabt hätte, so sollte er Euch wohl auf 'ne andre Manier haben tanzen lassen.

HERZOG. Nun, Junker, wie steht's mit Euch?

JUNKER TOBIAS. Es ist all eins: er hat mich verwundet und damit gut. – Schöps, hast du Görgen den Feldscherer gesehn, Schöps?

NARR. Oh, der ist betrunken, Junker Tobias, schon über eine Stunde; seine Augen waren früh um acht schon untergegangen.

JUNKER TOBIAS. So ist er ein Schlingel und eine Schlafmütze. Nichts abscheulicher als so'n betrunkner Schlingel!

OLIVIA. Fort mit ihm! Wer hat sie so übel zugerichtet?

JUNKER CHRISTOPH. Ich will Euch helfen, Junker Tobias, wir wollen uns zusammen verbinden lassen.

JUNKER TOBIAS. Wollt Ihr helfen? – Ein Eselskopf, ein Hasenfuß und ein Schuft! ein lederner Schuft! ein Pinsel!

OLIVIA.
Bringt ihn zu Bett und sorgt für seine Wunde!

Der Narr, Junker Tobias und Junker Christoph ab. Sebastian kommt.

SEBASTIAN.
Es tut mir leid um Euers Vetters Wunde,
Doch wär's der Bruder meines Bluts gewesen,
Ich konnte nicht mit Sicherheit umhin.
Ihr blicket fremd mich an, mein Fräulein, und
Daran bemerk' ich, daß es Euch beleidigt.
Verzeiht mir, Holde, jener Schwüre wegen,
Die wir einander eben nur getan.

HERZOG.
Gesicht, Ton, Kleidung eins, doch zwei Personen:
Ein wahrer Gaukelschein, der ist und nicht ist!

SEBASTIAN. Antonio! Oh, mein teuerster Antonio!
Wie haben nicht die Stunden mich gefoltert,
Seitdem ich Euch verlor!

ANTONIO. Seid Ihr Sebastian?

SEBASTIAN. Wie? zweifelst du daran, Antonio?

ANTONIO. Wie habt Ihr denn Euch von Euch selbst getrennt?
Ein Ei ist ja dem andern nicht so gleich
Als diese zwei Geschöpfe. Wer von beiden
Ist nun Sebastian?

OLIVIA. Höchst wunderbar!

SEBASTIAN.
Steh' ich auch dort? Nie hatt' ich einen Bruder,
Noch trag' ich solche Göttlichkeit in mir,
Daß von mir gölte: hier und überall.
Ich hatte eine Schwester, doch sie ist
Von blinden Wellen auf der See verschlungen.

Zu Viola.

Um Gottes willen, seid Ihr mir verwandt?
Aus welchem Land? Wes Namens? Wes Geschlechts?

VIOLA. Von Metelin; Sebastian war mein Vater.
Solch ein Sebastian war mein Bruder auch.
Den Anzug nahm er in sein feuchtes Grab,
Und kann ein Geist Gestalt und Tracht erborgen,
So kommt Ihr, uns zu schrecken.

SEBASTIAN. Ja, ich bin ein Geist,
Doch in den Körper fleischlich noch gehüllt,
Der von der Mutter Schoß mir angehört.
Wärt Ihr ein Weib, da alles andre zutrifft,
Ich ließ' auf Eure Wangen Tränen fallen,
Und spräch': Viola, sei, Ertrunkne, mir willkommen!

VIOLA. Mein Vater hatt' ein Mal auf seiner Stirn.

SEBASTIAN. Das hatt' auch meiner.

VIOLA. Und starb den Tag, als dreizehn Jahr Viola
Seit der Geburt gezählt.

SEBASTIAN.
Oh, die Erinn'rung lebt in meiner Seele!
Ja, er verließ die Sterblichkeit den Tag,
Der meiner Schwester dreizehn Jahre gab.

VIOLA.
Steht nichts im Weg, uns beide zu beglücken,
Als diese angenommne Männertracht,
Umarmt mich dennoch nicht, bis jeder Umstand
Von Lage, Zeit und Ort sich fügt und trifft,
Daß ich Viola bin; dies zu bestärken,
Führ' ich Euch hin zu einem Schiffspatron
Am Ort hier, wo mein Mädchenanzug liegt.
Durch seine güt'ge Hülf' errettet, kam
Ich in die Dienste dieses edlen Grafen;
Und was seitdem sich mit mir zugetragen,
War zwischen dieser Dam' und diesem Herrn.

SEBASTIAN.
So kam es, Fräulein, daß Ihr Euch geirrt,
Doch die Natur folgt' ihrem Zug hierin.
Ihr wolltet einer Jungfrau Euch verbinden,
Und seid darin, beim Himmel! nicht betrogen:
Jungfräulich ist der Euch vermählte Mann.

HERZOG.
Seid nicht bestürzt! Er stammt aus edlem Blut. –
Wenn dies so ist, und noch scheint alles wahr,
So hab' ich teil an diesem frohen Schiffbruch.

Zu Viola.

Du hast mir, Junge, tausendmal gesagt,
Du würd'st ein Weib nie lieben so wie mich.

VIOLA. Und all die Worte will ich gern beschwören,
Und all die Schwüre treu im Herzen halten,
Wie die gewölbte Feste dort das Licht,
Das Tag' und Nächte scheidet.

HERZOG. Gib mir deine Hand,
Und laß mich dich in Mädchenkleidern sehn!

VIOLA.
Der Schiffspatron, der hier an Land mich brachte,
Bewahrt sie; er ist wegen eines Handels
Jetzt in Verhaft, auf Foderung Malvolios,
Der einen Ehrendienst beim Fräulein hat.

OLIVIA. Er soll ihn gleich in Freiheit setzen: ruft
Malvolio her! – Ach, nun erinnr' ich mich,
Der arme Mann soll ganz von Sinnen sein.
Der Narr kommt zurück mit einem Briefe.
Ein höchst zerstreu'nder Wahnsinn in mir selbst
Verbannte seinen ganz aus meinem Geist. –
Was macht er, Bursch?

NARR. Wahrhaftig, gnädiges Fräulein, er hält sich den Belzebub so gut vom Leibe, als ein Mensch in seinen Umständen nur irgend kann. Er hat Euch da einen Brief geschrieben, ich hätte ihn schon heute morgen übergeben sollen; aber Briefe von Tollen sind kein Evangelium, also kommt nicht viel darauf an, wann sie bestellt werden.

OLIVIA. Mach' ihn auf und lies!

NARR. Nun erbaut Euch recht, wenn der Narr den Tollen vorträgt: – »Bei Gott, Fräulein!« –

OLIVIA. Was ist dir? Bist du toll?

NARR. Nein, Fräulein, ich lese nur Tollheit. Wenn Euer Gnaden beliebt, daß ich es gehörig machen soll, so muß meine Stimme freien Lauf haben.

OLIVIA. Sei so gut und lies bei gesundem Verstande!

NARR. Das tu' ich, Madonna: aber um seinen gesunden Verstand zu lesen, muß man so lesen. Also erwägt, meine Prinzessin, und merkt auf!

OLIVIA. Lest Ihr es, Fabio!

FABIO *liest.* »Bei Gott, Fräulein, Ihr tut mir unrecht, und die Welt soll es wissen. Habt Ihr mich schon in ein dunkles Loch gesperrt und Euerm betrunknen Vetter Aufsicht über mich gegeben, so habe ich doch den Gebrauch meiner Sinne ebenso gut als Euer Gnaden. Ich habe Euern eignen Brief, der mich zu dem angenommenen Betragen bewogen hat, und bin gewiß, daß ich mich damit rechtfertigen und Euch beschämen kann. Denkt von mir, wie Ihr wollt! Ich stelle meine Ehrerbietung auf einen Augenblick beiseite, und rede nach der zugefügten Beleidigung.
Der toll-behandelte Malvolio.«

OLIVIA. Hat er das geschrieben?

NARR. Ja, Fräulein.

HERZOG.
Das schmeckt nicht sehr nach Verrücktheit.

OLIVIA.
Setz' ihn in Freiheit, Fabio, bring' ihn her! –
Fabio ab.
Mein Fürst, beliebt's Euch, nach erwogner Sache
Als Schwester mich statt Gattin anzusehn,
So krön' ein Tag den Bund, wenn's Euch beliebt,
In meinem Hause und auf meine Kosten.

HERZOG.
Eu'r Antrag, Fräulein, ist mir höchst willkommen.
Zu Viola.
Eu'r Herr entläßt Euch: für die getanen Dienste,
Ganz streitend mit der Schüchternheit des Weibes,
Tief unter der gewohnten zarten Pflege,
Und weil Ihr mich so lange Herr genannt,
Nehmt meine Hand hier, und von jetzo an
Seid Euers Herrn Herr.

OLIVIA. Schwester? – Ja, Ihr seid's.
Fabio kommt mit Malvolio zurück.

HERZOG. Ist der da der Verrückte?

OLIVIA. Ja, mein Fürst.
Wie steht's, Malvolio?

MALVOLIO. Fräulein, Ihr habt mir Unrecht angetan,
Groß Unrecht.

OLIVIA. Hab' ich das, Malvolio? Nein.

MALVOLIO.
Ihr habt es, Fräulein; lest nur diesen Brief!
Ihr dürft nicht leugnen, dies ist Eure Hand;
Schreibt anders, wenn Ihr könnt, in Stil und Zügen,
Sagt, Siegel und Erfindung sei nicht Euer.
Ihr könnt es nicht: wohlan, gesteht es denn
Und sagt mir um der Sitt' und Ehre willen,
Was gebt Ihr mir so klare Gunstbeweise,
Empfehlt mir, lächelnd vor Euch zu erscheinen,
Die Gürtel kreuzweis und in gelben Strümpfen,
Und gegen Euern Vetter stolz zu tun
Und das geringre Volk; und da ich dies
In untertän'ger Hoffnung ausgeführt:
Weswegen ließt Ihr mich gefangen setzen,
Ins Dunkle sperren, schicktet mir den Priester,
Und machtet mich zum ärgsten Narr'n und Gecken,
An dem der Witz sich jemals übte? Sagt!

OLIVIA.
Ach, guter Freund! Dies ist nicht meine Hand,
Obschon, ich muß gestehn, die Züg' ihr gleichen;
Doch ohne Zweifel ist's Marias Hand.
Und nun besinn' ich mich, sie sagte mir
Zuerst, du seist verrückt; dann kamst du lächelnd,
Und in dem Anzug, den man in dem Brief
An dir gerühmt. Ich bitte dich, sei ruhig!
Es ist dir ein durchtriebner Streich gespielt;
Doch kennen wir davon die Täter erst,
So sollst du beides, Kläger sein und Richter
In eigner Sache.

FABIO. Hört mich, wertes Fräulein,
Und laßt kein Hadern, keinen künft'gen Zank
Den Glanz der gegenwärt'gen Stunde trüben,
Worüber ich erstaunt. In dieser Hoffnung
Bekenn' ich frei, ich und Tobias haben
Dies gegen den Malvolio ausgedacht,
Für seinen Trotz und ungeschliffnes Wesen,
Das uns von ihm verdroß. Maria schrieb
Den Brief auf starkes Dringen unsers Junkers,
Zum Dank wofür er sie zur Frau genommen.
Wie wir's mit lust'ger Bosheit durchgesetzt,
Ist mehr des Lachens als der Rache wert,
Erwägt man die Beleidigungen recht,
Die beiderseits geschehn.

OLIVIA.
Ach, armer Schelm, wie hat man dich geneckt!

NARR. Ja, »einige werden hochgeboren, einige erwerben Hoheit, und einigen wird sie zugeworfen.« – Ich war auch eine Person in diesem Possenspiele, mein Herr; ein gewisser Ehrn Matthias, mein Herr; aber das kommt auf eins heraus. – »Beim Himmel, Narr, ich bin nicht toll.« – Aber erinnert Ihr Euch noch? »Gnädiges Fräulein, warum lacht Ihr über solch einen ungesalznen Schuft? Wenn Ihr nicht lacht, so ist ihm der Mund zugenäht.« – Und so bringt das Dreherchen der Zeit seine gerechte Vergeltung herbei.

MALVOLIO.
Ich räche mich an Eurer ganzen Rotte. *Ab.*

OLIVIA.
Man hat ihm doch entsetzlich mitgespielt.

HERZOG.
Geht, holt ihn ein, bewegt ihn zur Versöhnung! –
Er muß uns von dem Schiffspatron noch sagen:
Wenn wir das wissen und die goldne Zeit
Uns einlädt, soll ein feierlicher Bund
Der Seelen sein. – Indessen, wertes Fräulein,
Verlassen wir Euch nicht. Cesario, kommt!
Das sollt Ihr sein, solang' Ihr Mann noch seid;
Doch wenn man Euch in andern Kleidern schaut,
Orsinos Herrin, seiner Liebe Braut.
Alle ab.

NARR *singt.*
Und als ich ein winzig Bübchen war,
Hop heisa, bei Regen und Wind!
Da machten zwei nur eben ein Paar;
Denn der Regen, der regnet jeglichen Tag.

Und als ich vertreten die Kinderschuh',
Hop heisa, bei Regen und Wind!
Da schloß man vor Dieben die Häuser zu;
Denn der Regen, der regnet jeglichen Tag.

Und als ich, ach! ein Weib tät frein,
Hop heisa, bei Regen und Wind!
Da wollte mir Müßiggehn nicht gedeihn;
Denn der Regen, der regnet jeglichen Tag.

Und als der Wein mir steckt' im Kopf,
Hop heisa, bei Regen und Wind!
Da war ich ein armer betrunkner Tropf;
Denn der Regen, der regnet jeglichen Tag.

Die Welt steht schon eine hübsche Weil',
Hop heisa, bei Regen und Wind!
Doch das Stück ist nun aus, und ich wünsch' euch viel Heil;
Und daß es euch künftig so gefallen mag.
Ab.

TROILUS & CRESSIDA.

Personen

Priamus, König von Troja
Hektor,
Troilus,
Paris,
Deiphobus,
Helenus, seine Söhne
Äneas,
Antenor, trojanische Heerführer
Kalchas, ein Priester
Pandarus, Oheim der Cressida
Margarelon
Agamemnon, Oberanführer der Griechen
Menelaus, sein Bruder
Achilles,
Ajax,
Ulysses,
Nestor,
Diomedes,
Patroklus, griechische Heerführer
Thersites
Alexander, Diener der Cressida
Edelknaben
Helena, Gemahlin des Menelaus
Andromache, Gemahlin des Hektor
Kassandra, Tochter des Priamus
Cressida, Tochter des Kalchas
Trojanische und griechische Krieger und Gefolge
Die Szene ist in Troja und im griechischen Lager vor dieser Stadt

Prologus

Die Szen' ist Troja. Von den Inseln Grăcias
Sandten zornmüt'ge Fürsten, heißen Bluts,
Zum Hafen von Athen die Ruderschiffe,
Beladen mit den Dienern und der Rüstung
Des grausen Krieges. Neunundsechzig Führer,
Prangend im Fürstenhut, sind abgesegelt
Von Attika gen Phrygia; ihr Gelübde,
Troja zu schleifen, wo im Schirm der Mauern
Frau Helena, geraubt dem Menelaus,
Beim üpp'gen Paris schläft: – das ist der Krieg.
Sie ziehn nach Tenedos,
Und dort entlasten die tiefkiel'gen Schiffe
Sich ihrer tapfern Fracht; auf Iliums Ebnen
Schart sich der frischen, noch vollzähl'gen Griechen
Feldlager: – Priamus' sechstor'ge Stadt
(Dardania, Thymbria, Ilias, Chetas, Troas
Und Antenoridas), mit mächt'gen Krampen
Und wohlausfüllend schwer gewicht'gen Riegeln,
Weckt Trojas Söhnen Kampflust. –
Erwartung nun, die muntern Geister schürend
Auf dieser Seit' und jener, Troer, Griechen,
Setzt alles auf das Spiel: und hieher komm' ich
Als Prologus, im Harnisch; nicht vertrauend
Dem Werk des Dichters, noch der Spieler Kunst,
Nur angetan, dem Kriegsgedichte ziemend,
Meld' ich euch, edle Hörer, wie das Spiel,
Des Kampfs Beginn und Erstlinge verschweigend,
Anfängt im Mittelpunkt; von dort enteilt,
Und nur, wo sich die Szene bietet, weilt.
So haltet Lob und Tadel nicht zurück;
Bald gut, bald schlimm, es ist nur Kriegesglück.

Erster Aufzug

Erste Szene

Troja.
Troilus und Pandarus treten auf.

TROILUS.
Ruft meinen Knappen her, mich zu entwaffnen;
Was soll ich vor den Mauern Trojas fechten,
Dem hier im Innern tobt so wilder Kampf?
Wem von den Troern noch ein Herz gehört,
Der zieh' ins Feld; ach, Troilus hat keins! –

PANDARUS. Stets noch das alte Lied?

TROILUS.
Der Griech' ist stark, und bei der Kraft gewandt,
Keck bei Gewandtheit, und bei Keckheit tapfer:
Doch ich bin schwächer als des Weibes Tränen,
Zahmer als Schlaf, betörter als die Einfalt,
Zaghafter als die Jungfrau in der Nacht,
Und ungewandt, wie unbelehrte Kindheit.

PANDARUS. Nun, ich habe dir's genug gesagt; ich, meines Teils, werde mich nicht mehr drein mischen und mengen. Der, der aus dem Weizen einen Kuchen haben will, muß das Mahlen abwarten. –

TROILUS. Hab' ich nicht gewartet?

PANDARUS. Ja, auf das Mahlen; aber Ihr müßt das Beuteln abwarten.

TROILUS. Hab' ich nicht gewartet?

PANDARUS. Ja, auf das Beuteln; aber Ihr müßt das Säuern abwarten.

TROILUS. Auch darauf hab' ich gewartet.

PANDARUS. Ja, aufs Säuern; aber nun kommt noch in dem Wort hernach das Kneten, das Formen des Kuchens, das Heizen des Ofens und das Backen; ja, Ihr müßt auch noch das Kaltwerden abwarten, oder Ihr lauft Gefahr, Euch die Lippen zu verbrennen.

TROILUS.
Die Langmut selbst, wie sehr sie Göttin ist,
Weicht vor dem Dulden mehr als ich zurück.
Ich sitz' an Priams Königstisch; und kommt
Die holde Cressida mir in den Sinn,
Verräter du! – Sie kommt? Wann wär' sie fort?

PANDARUS. Gewiß, sie war gestern abend reizender, als ich sie oder irgendein Mädchen je gesehn.

TROILUS.
Oh, laß dir noch erzählen: Wie mein Herz,
Als sprengt's ein Seufzer, mir zerbrechen wollte, –
Daß mich mein Vater nicht erriet, noch Hektor,
Verbarg ich, wie die Sonn' im Sturme leuchtet,
In eines Lächelns Falte diesen Seufzer:
Doch gleicht, in Schein der Lust verhüllt, Bedrängnis
Dem Scherz, der bald zum Gram wird durchs Verhängnis.

PANDARUS. Ja, wär' ihr Haar nicht etwas dunkler als das der Helena, – doch, was tut das? – so wäre gar kein Unterschied zwischen den beiden Frauen. Doch was mich betrifft, so ist sie meine Nichte; ich möchte sie nicht, wie man zu sagen pflegt, herausstreichen; aber ich wollte, es hätte sie jemand gestern reden hören wie ich. Ich will dem Verstand deiner Schwester Kassandra nicht zu nahe treten; aber ...

TROILUS.
O *Pandarus*! Ich sag' dir, Pandarus, –
Wenn ich dir sage, dort ertrank mein Hoffen,
Erwidre nicht, wie viele Klafter tief
Es untersank. Ich sag', ich bin verzückt
Aus Lieb' in Cressida; du nennst sie schön,
Senkst in die offne Wunde meines Herzens
Den Blick, das Haar, die Wange, Gang und Stimme;
Handelst in deiner Red', ... o liebe Hand,
Mit der verglichen alles Weiß wie Tinte
Sich selbst das Urteil schreibt; ihr sanft Berühren
Macht rauh des Schwanes Flaum, die feinste Fühlung
Hart wie des Pflügers Faust; – dies sagst du mir,
Und wahrhaft ganz, wenn ich dir schwör', ich liebe:
Doch mit dem Wort legst du in jede Wunde,
Mit der mich Liebe traf, statt Öls und Balsams
Den Dolch, der sie geschlagen.

PANDARUS. Ich sage nur, was wahr.

TROILUS. Nicht einmal so viel! –

PANDARUS. Meiner Treu', ich mische mich nicht mehr hinein. Mag sie sein, wie sie ist! Ist sie schön, um so besser für sie; ist sie's nicht, so wird sie schon wissen, wie sie sich helfen kann.

TROILUS.
Lieber Pandarus! – Was ist, Pandarus? –

PANDARUS. Müh' und Not hatt' ich von meinen Wegen; verkannt von ihr und verkannt von

Euch; immer hin und her gelaufen, und schlechten Dank für meine Mühe.

TROILUS.
Was, bist du böse, Pandarus? Auf mich? –

PANDARUS. Weil sie mit mir verwandt ist, darum ist sie nicht so schön als Helena; wäre sie nicht mit mir verwandt, da wäre sie Freitags eben so schön als Helena Sonntags. Doch was kümmert's mich? Mir soll's einerlei sein, und wenn sie schwarz wie eine Mohrin aussähe; es ist mir alles gleich.

TROILUS. Sage ich denn, sie sei nicht schön? –

PANDARUS. Es kümmert mich nicht, ob Ihr's sagt, oder nicht. Sie ist eine Törin, daß sie ihrem Vater nicht nachfolgt; sie muß zu den Griechen, und das werde ich ihr sagen, sobald ich sie sehe. Ich, meines Teils, will mich nicht mehr drein mischen noch mengen. –

TROILUS. Pandarus –

PANDARUS. Ich nicht.

TROILUS. Bester Pandarus –

PANDARUS. Bitt' Euch, laßt mich in Frieden. Ich lasse alles, wie ich's gefunden, und damit gut. Pandarus *ab.*

Es wird zum Kampf geblasen.

TROILUS.
Still, rauhe Töne! Still, unholder Klang! –
Narr'n beiderseits! Schön sein muß Helena,
Wenn ihr sie täglich schminkt mit eurem Blut.
Der Anlaß kann mich nicht zum Kampf begeistern,
Zu dürftig für mein Schwert ist dieser Preis! –
Und Pandarus, – wie quält ihr mich, ihr Götter!
Zugänglich nur wird Cressida durch ihn;
Den Kind'schen werb' ich nie zum Werben an,
Und sie bleibt spröd' verschlossen jeder Bitte.
Sag mir, Apoll,' um deiner Daphne Liebe,
Was Cressida, was Pandar ist, was ich?
Ihr Bett ist Indien! Dort als Perle ruht sie;
Was zwischen ihrem Thron und unserm Ilium,
Nenn' ich empörtes, flutbewegtes Meer,
Mich selbst den Kaufherrn, und den Schiffer Pandar
Mein Boot, mein Schiffgeleit: mein zweifelnd Hoffen.

Trompeten. Äneas tritt auf.

ÄNEAS.
Wie nun, Prinz Troilus? Weshalb nicht im Feld?

TROILUS.
Weil ich nicht dort. Die Weiberantwort paßt,
Denn weibisch ist es, draußen nicht zu sein. –
Was gibt's, Äneas, Neues heut im Feld?

ÄNEAS.
Daß Paris heimgekommen und verwundet.

TROILUS. Durch wen, Äneas?

ÄNEAS. Menelaus tat's.

TROILUS.
Zum Lachen! Nahm ihn jener so aufs Korn?
Paris geschrammt von Menelaus' Horn?

ÄNEAS.
Horch! Lust'ge Jagd dort außen, hell und scharf!

TROILUS.
Weit schöner hier, wenn »dürft' ich« hieß: »ich darf«
Doch hin zur Jagd des Felds! Willst du hinunter?

ÄNEAS. In aller Eil'.

TROILUS. So gehn wir rasch und munter!

Sie gehn ab.

Zweite Szene

Ebendaselbst.
Es treten auf Cressida und Alexander, ihr Diener.

CRESSIDA. Wer ging vorbei?

ALEXANDER. Die Königin Hekuba
Und Helena.

CRESSIDA. Wohin?

ALEXANDER. Zum Turm nach Osten,
Des Höh' die ganze Gegend überschaut,
Die Schlacht zu sehen. Hektor, des Geduld
Sonst unerschütterlich, ward heut bewegt:
Er schalt Andromache und schlug den Wappner;
Und gleich, als gölt' im Kriege gute Wirtschaft,
War er in Waffen vor dem Morgenlicht
Und zog ins Feld hinaus, wo jede Blume
Wie ein Prophet beweint, was sie voraussieht
In Hektors Zorn.

CRESSIDA. Was reizte seine Wut?

ALEXANDER.
So wird erzählt: im Heer der Griechen kämpfte
Ein Fürst aus Troerblut, des Hektors Neffe,
Ajax mit Namen.

CRESSIDA. Wohl; was sagt man weiter?

ALEXANDER.
Er ist, so heißt's, ein ganz besondrer Mann
Und steht allein.

CRESSIDA. Das tun alle Männer, wenn sie nicht betrunken oder krank sind oder keine Beine haben.

ALEXANDER. Dieser Mann, mein Fräulein, hat sich die Eigentümlichkeit von allerlei Tieren zugeeignet: er ist so kühn wie der Löwe, so täppisch wie der Bär, so langsam wie der Elefant: ein Mann, in dem die Natur so viele Launen gehäuft hat, daß seine Tüchtigkeit in Torheit untergeht, seine Torheit durch Verständigkeit gewürzt ist. Niemand besitzt eine Tugend, von der er nicht einen Anflug bekommen hätte, noch irgend jemand eine Unart, von der ihm nicht etwas anklebte; er ist melancholisch ohne Ursach' und lustig wider den Strich; er hat die Gelenkigkeit zu jedem Dinge, aber jedes Ding ist an ihm so ungelenk, daß er wie ein gichtischer Briareus hundert Hände und keine zum Gebrauch hat, oder wie ein stockblinder Argus lauter Augen und keine Sehkraft.

CRESSIDA. Wie kann aber dieser Mann, dermich lächeln macht, den Hektor in Zorn bringen?

ALEXANDER. Man erzählt, er sei gestern mit Hektor in der Schlacht handgemein geworden und habe ihn niedergeschlagen, und der Verdruß darüber und die Schmach habe den Hektor seitdem nicht essen noch schlafen lassen.

Pandarus kommt.

CRESSIDA. Wer kommt? –

ALEXANDER. Fräulein, Euer Oheim Pandarus.

CRESSIDA. Hektor ist ein tapfrer Degen.

ALEXANDER.
Wie nur irgend einer in der Welt, Fräulein!

PANDARUS. Was sagt Ihr? Was sagt Ihr? –

CRESSIDA. Guten Morgen, Oheim Pandarus!

PANDARUS. Guten Morgen, Muhme Cressida!

Wovon sprecht Ihr? Guten Morgen, Alexander! – Wie geht's dir, Nichte? Wann warst du in Ilium?

CRESSIDA. Heute morgen, Oheim.

PANDARUS. Wovon spracht Ihr, als ich kam? War Hektor schon gewaffnet und ins Feld gezogen, als du nach Ilium kamst? Helena war wohl noch nicht aufgestanden, nicht wahr? –

CRESSIDA. Hektor war schon fort, aber Helena noch nicht aufgestanden.

PANDARUS.
Ja, ja, Hektor war recht früh auf den Beinen.

CRESSIDA. Davon sprachen wir eben; und daß er aufgebracht sei.

PANDARUS. War er aufgebracht?

CRESSIDA. Das sagt mir dieser da.

PANDARUS. Freilich war er aufgebracht; ich weiß auch, warum; heut wird er's ihnen beibringen, das kann ich ihnen sagen, und Troilus wird ihm so ziemlich gleichkommen; sie mögen sich nur vor Troilus in acht nehmen: das mögen sie mir glauben!

CRESSIDA. Wie! Ist der auch aufgebracht? –

PANDARUS.
Was, Troilus? Troilus ist der Beßre von beiden.

CRESSIDA. O Jupiter! Da ist gar kein Vergleich!

PANDARUS. Wie, nicht zwischen Troilus und Hektor? Erkennst du nicht einen Mann, wenn du ihn siehst?

CRESSIDA. Nun ja, wenn ich ihn sonst schon sah und kannte.

PANDARUS.
Ganz recht; ich spreche, Troilus ist Troilus.

CRESSIDA. Da sprecht Ihr wie ich, denn ich weiß gewiß, er ist nicht Hektor.

PANDARUS. Nein, und Hektor ist auch nicht Troilus in gewissem Betracht.

CRESSIDA.
So tun wir keinem Unrecht: er ist er selbst.

PANDARUS. Er selbst? Ach, du armer Troilus! Ich wollte, er wäre –

CRESSIDA. Er ist es ja.

PANDARUS.
Mit dem Beding ginge ich barfuß nach Indien!

CRESSIDA. Hektor ist er nicht!

PANDARUS. Er selbst? Nein, er ist nicht er selbst; – ja, ich wollte, er wäre er selbst. Nun, die Götter leben noch; die Zeit schafft's ihm oder entrafft's ihm; ja, Troilus, ich wollte, sie hätte mein Herz im Leibe! Nein, Hektor ist kein beßrer Mann als Troilus.

CRESSIDA. Verzeiht! –

PANDARUS. Er ist älter. –

CRESSIDA. Ich bitte um Entschuldigung!

PANDARUS. Der andre ist noch nicht so alt; Ihr sollt ganz anders sprechen, wenn der andre erst so alt sein wird. Hektor kann lange warten, ehe er seinen Verstand bekommt!

CRESSIDA. Den braucht er auch nicht, wenn er seinen eignen hat.

PANDARUS. Noch seine Eigenschaften –

CRESSIDA. Tut nichts!

PANDARUS. Noch seine Schönheit!

CRESSIDA.
Sie würde ihn nicht kleiden, seine eigne ist besser.

PANDARUS. Du hast kein Urteil, Nichte! Helena selbst beteuerte neulich, daß Troilus, wenn von brauner Farbe die Rede sei – denn braun ist er allerdings - und doch nicht so recht eigentlich braun –

CRESSIDA. Nein; sondern braun.

PANDARUS. Die Wahrheit zu sagen, braun und nicht braun.

CRESSIDA.
Die Wahrheit zu sagen, wahr und nicht wahr.

PANDARUS.
Sie stellte sein Kolorit über das des Paris.

CRESSIDA. Nun, Paris hat Farbe genug.

PANDARUS. Das hat er auch.

CRESSIDA. So hätte Troilus denn zu viel Farbe; wenn sie sein Kolorit über das des andern stellt, ist er höher an Farbe; wenn nun Paris rot genug ist und Troilus hochrot, so ist das ein zu feuriges Lob für ein gutes Kolorit. Eben so gern hätte Helenas goldne Zunge den Troilus wegen einer Kupfernase rühmen können.

PANDARUS. Ich schwöre dir, ich glaube, Helena liebt ihn mehr als den Paris.

CRESSIDA. Dann ist sie eine sehr verliebte Griechin.

PANDARUS. Nein, ganz gewiß, das tut sie. Neulich stellte sie sich zu ihm in das Bogenfenster, und du weißt, er hat nur drei oder vier Haare am Kinn –

CRESSIDA. O gewiß, eines Bierzapfers Rechenkunst würde hinreichen, diese Einheiten in eine Summe zu ziehn.

PANDARUS. Nun, er ist noch sehr jung, und doch sind seine Nerven so stählern, daß er dir bis auf zwei, drei Pfund eben so viel aufheben wird als sein Bruder Hektor.

CRESSIDA. Was! Ein so junger Mann, und schon solche Stehlergaben? –

PANDARUS. Um dir zu beweisen, daß Helena in ihn verliebt ist – denke nur, sie kam und legte dir ihre weiße Hand an sein gespaltnes Kinn –

CRESSIDA. Juno sei uns gnädig! Wer hat's ihm gespalten?

PANDARUS. Erinnerst du dich denn nicht seines Grübchens? Mir scheint, sein Lächeln steht ihm besser als irgend jemand in ganz Phrygien.

CRESSIDA. O ja, er lächelt recht brav.

PANDARUS. Nicht wahr?

CRESSIDA. Freilich, wie eine Regenwolke im Herbst.

PANDARUS. O still doch! Ich wollte dir ja beweisen, daß Helena in Troilus verliebt sei!

CRESSIDA. Troilus wird Euch diesen Beweis nicht verweisen. Wenn Ihr ihn führen könnt.

PANDARUS. Troilus? Nun, der fragt nicht mehr nach ihr, als ich nach einem hohlen Ei frage.

CRESSIDA. Wenn Ihr die hohlen Eier so gern habt als die hohlen Köpfe, seid Ihr wohl schal genug, die Schalen ohne Eier zu essen.

PANDARUS. Wahrhaftig, ich muß noch immer lachen, wenn ich dran denke, wie sie ihm am Kinn kitzelte. Das ist doch gewiß, sie hat eine wundervoll weiße Hand; das muß man bekennen.

CRESSIDA. Ohne Folter.

PANDARUS. Und da fällt es ihr ein, ein weißes Haar auf seinem Kinn zu entdecken.

CRESSIDA.
Das arme Kinn! Ist doch manche Warze reicher!

PANDARUS. Aber das gab ein Gelächter! Königin Hekuba lachte, daß ihr die Augen übergingen –

CRESSIDA. Von Mühlsteinen.

PANDARUS. Und Kassandra lachte! –

CRZSSIDA. Aber es war unter dem Topf ihrer Augen wohl ein mäßigeres Feuer: liefen ihre Augen auch über?

PANDARUS. Und Hektor lachte! –

CRESSIDA. Und wem galt all dies Lachen?

PANDARUS. Ei, dem weißen Haar, das Helena an Troilus' Kinn erspäht.

CRESSIDA. Wär' es ein grünes gewesen, so hätt' ich auch gelacht.

PANDARUS. Sie lachten nicht so sehr über das Haar, als über seine hübsche Antwort.

CRESSIDA. Wie war seine Antwort?

PANDARUS. Sie hatte gesagt: »Hier sind nur einundfunfzig Haare an Euerm Kinn, und eins davon ist weiß.«

CRESSIDA. Das war ihre Frage?

PANDARUS. Jawohl, das bedarf keiner Frage. »Einundfunfzig Haare«, sagte er, »und ein weißes: das weiße Haar ist mein Vater, und die übrigen sind seine Söhne.« »O Jupiter«, sagte sie, »welches von diesen Haaren ist Paris, mein Gemahl?« »Das gespaltene«, sagte er: »reißt es aus und gebt's ihm!« Und nun entstand solch ein Gelächter, und Helena ward so rot, und Paris so böse, und die übrigen lachten so sehr, daß es ins Weite ging.

CRESSIDA. Da mag es auch bleiben, denn es ist nicht weit her.

PANDARUS. Nun, Nichte, ich sagte dir gestern etwas: das nimm dir zu Herzen.

CRESSIDA. Das tu' ich auch.

PANDARUS. Ich schwöre dir, es ist wahr, er weint dir, wie einer, der im April geboren ist.

Man hört zum Rückzug blasen.

CRESSIDA. Und ich will in diesen Tränen so lustig aufwachsen, wie eine Nessel im Mai.

PANDARUS. Horch! Sie kommen aus dem Felde zu Haus; sollen wir hier hinauf treten und sie nach Ilium ziehn sehn? Tu' es, liebste Nichte; tu' es, liebste Nichte Cressida!

CRESSIDA. Wie es Euch gefällt.

PANDARUS. Hier, hier ist ein allerliebster Platz, hier können wir's recht schmuck mit ansehn. Ich will sie dir alle bei Namen nennen, wie sie vorbeiziehn; merke nur vor allen auf Troilus.

Äneas geht über die Bühne.

CRESSIDA. Sprecht nicht so laut.

PANDARUS. Das ist Äneas; ist das nicht ein hübscher Mann? Es ist eine rechte Blume unter den Troern, das kann ich dir sagen. Aber merke nur auf Troilus: gleich wird er kommen.

CRESSIDA. Wer ist das?

Antenor geht vorüber.

PANDARUS. Das ist Antenor, der ist recht kurz angebunden, das kann ich dir sagen, und ist ein guter Soldat; einer von den besten Köpfen in ganz Troja, und ein artiger Mann in seiner ganzen Person. – Wann kommt doch Troilus? Gleich sollst du Troilus sehn. Gib acht, wie er nicken wird, wenn er mich sieht.

CRESSIDA.
Nickt er immer ein, wenn er Euch sieht? –

Hektor geht vorüber.

PANDARUS. Das ist Hektor, der da! Der da! Siehst du, der! Das ist ein Kavalier! Gott sei mit dir, Hektor; das ist ein wackrer Mann, Nichte. O du edler Hektor! Sieh, wie er um sich blickt! Das ist eine Haltung! Ist's nicht ein stattlicher Mann?

CRESSIDA. Ein recht stattlicher Mann.

PANDARUS. Nicht wahr? Es ist eine rechte Herzenslust, ihn zu sehn. Sieh nur, wie viel Beulen auf seinem Helm sind! Sieh nur hin, siehst du's? Sieh nur hin! Mit dem ist nicht zu spaßen; der versteht's; mit dem soll's einmal einer aufnehmen! Das nenn' ich Hiebe! –

CRESSIDA. Sind die von Schwertern?

Paris geht vorüber.

PANDARUS. Von Schwertern? Von was sie wollen, das kümmert ihn nicht. Wenn auch der Teufel mit ihm anbände, das ist ihm alles gleich. Ja, beim Element, es ist eine wahre Lust; ach, dort kommt Paris, dort kommt Paris; siehst du dort, Nichte? Ist das nicht auch ein hübscher Mann? Nicht? – Ei, das ist ja allerliebst – wer sagte doch, er wäre heut verwundet? Er ist nicht verwundet. Nun, das wird für Helena eine rechte Freude sein. Oh, wenn ich doch nur den Troilus sähe! Gleich wirst du Troilus zu sehn bekommen.

CRESSIDA. Wer ist das?

Helenus geht vorüber.

PANDARUS. Das ist Helenus. Ich begreife gar nicht, wo Troilus bleibt, – das ist Helenus:- er wird wohl gar nicht zu Felde gezogen sein, – das ist Helenus.

CRESSIDA. Kann Helenus fechten, Onkel?

PANDARUS. Helenus? Nein; – ja, er ficht so ziemlich erträglich. – Ich begreife nicht, wo Troilus bleibt – Horch! Hörst du nicht, wie die Soldaten rufen: Troilus? – Helenus ist ein Priester.

CRESSIDA.
Was für ein Duckmäuser kommt denn da heran?

Troilus geht vorüber.

PANDARUS. Wo, dort? Das ist Deiphobus: – nein, Troilus ist's. Ach, welche ein Mann! Nichte! Hem! O du wackrer Troilus! Du Fürst der Ritterschaft!

CRESSIDA. Still doch, ums Himmels willen, still!

PANDARUS. Gib acht auf ihn; faß ihn recht ins Auge – o du wackrer Troilus! Sieh ihn dir recht an, Nichte; siehst du, wie blutig sein Schwert ist, und sein Helm noch mehr zerhauen als der des Hektor. Und wie er um sich blickt, wie er einhergeht! – O wunderschöner Jüngling; und noch nicht dreiundzwanzig! Geh mit Gott, Troilus, geh mit Gott; hätte ich eine Grazie zur Schwester, oder eine Göttin zur Tochter, er sollte die Wahl haben. O wunderschöner Held! – Paris? – Paris ist ein Quark gegen ihn, und ich wette, Helena tauschte gern, und gäbe noch Geld in den Kauf.

Mehrere Soldaten ziehn vorüber.

CRESSIDA. Dort kommen noch mehr.

PANDARUS. Esel! Narren! Spreu und Kleie! Spreu

und Kleie! Suppe nach der Mahlzeit! In Troilus' Anblick könnt' ich leben und sterben. Sieh nicht weiter hin, sieh nicht weiter hin: die Adler sind vorüber; Krähen und Dohlen, Krähen und Dohlen! Lieber wär' ich solch ein Held wie Troilus, als Agamemnon mit ganz Griechenland!

CRESSIDA. Die Griechen haben ihren Achilles; der übertrifft den Troilus.

PANDARUS. Achilles? Ein Lastträger, ein Karrenschieber, ein rechtes Kamel.

CRESSIDA. Nun, nun! –

PANDARUS. Nun, nun? Hast du denn kein Urteil? Hast du denn keine Augen? Verstehst du, was ein Mann ist? Sind denn nicht Geburt, Schönheit, gute Bildung, Beredsamkeit, Mannhaftigkeit, Verstand, Artigkeit, Tapferkeit, Jugend, Freigebigkeit, und was dem gleicht, die Spezereien und das Salz, die einen Mann würzen?

CRESSIDA. O ja; ein Mengelmus von einem Manne, und so in der Pastete gehackt und gebacken gibt's ein Mus von lauter Mängeln.

PANDARUS. Was sind das nun wieder für Reden! Man weiß nie, auf welcher Lauer du liegst.

CRESSIDA. Auf meinem Rücken, um meinen Leib frei zu haben; auf meinem Witz, um meine Launen zu verteidigen; auf meiner Verschwiegenheit, um meinen guten Ruf zu sichern; meiner Maske vertrau' ich, um meine Schönheit zu bewahren; dann endlich Euch, um das alles zu schützen: und auf allen diesen Lauerplätzen lieg' ich und habe wohl tausend Wachen.

PANDARUS. Nenne mir eine deiner Wachen!

CRESSIDA. Das ist eben meine Hauptwache, die gegen Euch gerichtet ist. Denn wenn ich erst nicht mehr behüten kann, was niemand finden sollte, so kann ich Euch wenigstens bewachen, daß Ihr nicht erfahrt, wie ich zu Schaden kam; es müßte denn so zunehmen, daß sich's nicht mehr verstecken ließe; und dann wär's ohnehin mit dem Wachen vorbei.

PANDARUS. Ihr seid mir die Rechte!

Der Page des Troilus kommt.

PAGE. Herr, mein Gebieter wünscht Euch gleich zu sprechen.

PANDARUS. Wo?

PAGE. In Euerm Hause, Herr; dort legt er seine Rüstung ab.

PANDARUS.
Lieber Kleiner, sag ihm, ich komme gleich.

Der Page geht.

Ich fürchte, er ist verwundet. Lebe wohl, liebe
Nichte, lebe wohl!

CRESSIDA. Lebt wohl, Oheim!

PANDARUS. Ich bin gleich wieder bei Euch, Nichte.

CRESSIDA. Und bringt mir ...

PANDARUS.
Nun ja! Ein Liebespfand von Troilus. *Geht ab.*

CRESSIDA.
Bei diesem Liebespfand, du bist ein Kuppler! –
Wort, Gab' und Trän' und heil'gen Schwurs Beteuern
Läßt er nicht ab für jenen zu erneuern;
Zwar mehr in Troilus hab' ich gewahrt,
Als was mir Pandars Spiegel offenbart:
Doch weigr' ich. Frau'n sind Engel stets, geworben;
Ahnung ist Lust, doch im Genuß erstorben.
Nichts weiß ein liebend Mädchen, bis sie weiß,
Allein das Unerreichte steh' im Preis;
Daß nie, erhört, das Glück so groß im Minnen,
Als wenn Begier noch fleht, um zu gewinnen;
Drum folg' ich diesem Spruch der Liebessitte:
Gewähren wird Befehl, Versagen Bitte, –
Und mag mein Herz auch treue Lieb' empfinden,
Nie soll ein Blick, ein Wort sie je verkünden.

Ab.

Dritte Szene

Das griechische Lager.
Trompeten. Es treten auf Agamemnon, Nestor, Ulysses, Menelaus und andre.

AGAMEMNON.
Fürsten,
Kann Gram mit Gelbsucht eure Wangen färben?
Der weite Vorwurf, den Erwartung bildet
Bei jedem Plan auf Erden hier begonnen,
Entbehrt gehoffter Größe. – Unstern und Hemmung
Keimt in den Adern hocherhabner Tat,
Wie Knorren, durch zu üpp'gen Saft erzeugt,
Der schlanken Fichte Wachstum stockend lähmen,
Daß sie gekrümmt und siech nicht hoch erwächst.
Auch kann's, ihr Fürsten, nicht befremdlich sein,
Wenn uns Erwartung täuscht, und Trojas Mauern
Noch aufrecht stehn, bedroht seit sieben Jahren,
Weil jede Kriegstat schon in vor'ger Zeit,
Von der uns Kunde zukam, ward gekreuzt,
Und im Versuch weit abgelenkt vom Ziel
Und jenem geist'gen Vorbild des Gedankens,
Das ihr ein Traumbild schuf. Weshalb denn, Fürsten,
Seht ihr beschämten Blicks auf unser Werk,
Als wäre Schmach, was doch nichts anders ist,
Als des erhabnen Zeus verzögert Prüfen,
Ob noch im Menschen fest Beharren sei?
Denn nicht erprobt sich dieser echte Stahl,
Begünstigt uns Fortuna – denn alsdann
Scheint Held und Feiger, Narr und Weiser, Künstler
Und Tor, Weichling und Starker nah verwandt -
Doch in dem Sturm und Schnauben ihres Zorns
Wirft Sond'rung mit gewalt'ger, breiter Schaufel
Alles aufschüttelnd, leichte Spreu hinweg;
Und was Gewicht und Stoff hat in sich selbst,
Bleibt reich an Tugend liegen, unvermischt.

NESTOR.
In schuld'ger Ehrfurcht deinem heil'gen Thron,
O Agamemnon, wird dein letztes Wort
Nestor erläutern. In dem Kampf mit Wechsel
Bewährt sich echte Kraft. Auf stiller See,
Wie fährt so mancher gaukelnd winz'ge Kahn
Auf ihrer ruh'gen Brust und gleitet hin
Mit Seglern mächt'gen Baus?
Doch laß den Raufer Boreas erzürnen
Die sanfte Thetis, – rasch durchschneidet dann
Das starkgerippte Schiff die Wellenberge,
Springt zwischen beiden feuchten Elementen
Gleich Perseus' Roß – wo bleibt das eitle Boot,
Des schwachgefügte Seiten eben noch

Wettkämpften mit der Kraft? Es flieht zum Hafen,
Wenn's nicht Neptun verschlingt. So trennt sich auch
Des Mutes Schein vom wahren Kern des Muts
Im Sturm des Glücks; denn strahlt es hell und mild,
Dann wird die Bremse quälender der Herde
Als selbst der Tiger; doch wenn Stürme spaltend
Der knot'gen Eiche Knie darniederbeugen
Und Schutz die Fliege sucht, – ja, dann das Tier des Muts,
Wie aufgeregt von Wut, wird selber Wut,
Und brüllt, in gleichen Tönen widerhallend,
Dem zorn'gen Glück entgegen.

ULYSSES. Agamemnon,
Du großer Fürst, Gebein und Nerv der Griechen,
Herz unsrer Scharen, Seel' und einz'ger Geist,
In dem Gemüt und Wesen aller sollte
Beschlossen sein, – hör', was Ulysses spricht,
Den Beifall und die Huld'gung abgerechnet,
Die, Mächt'ger du durch Rang und Herrscherwürde,
Und du, Ehrwürd'ger durch dein hohes Alter,
Ich euren Reden zolle (die so trefflich,
Daß Agamemnon und der Griechen Hand
Sie sollt' in Erz erhöhn, und deine gleichfalls,
Ehrwürd'ger Nestor, silberweiß, mit Banden
Aus Luft gewebt, stark wie die Ax', um die
Der Himmel kreist, sollt' aller Griechen Ohr
An deine weise Zunge fesseln) – doch,
Du Staatsmann und du Fürst, vergönnt Ulysses,
Nach euch zu reden.

AGAMEMNON.
Sprich, Held von Ithaka: so sicher ist's,
Daß kein unnützes, kein gehaltlos Wort
Je deine Lippen teilt, als wir erwarten,
Wenn Hund Thersites anstimmt sein Gebell,
Je Witz, Musik, Orakel zu vernehmen.

ULYSSES. Troja, noch unerschüttert, wär' gefallen,
Und herrenlos des großen Hektor Schwert,
Wenn folgendes nicht hemmte:
Verkannt wird Seel' und Geist des Regiments;
Und seht! So viele Griechenzelte hohl
Stehn auf dem Feld, so viel Parteien-Hohlheit. –
Wenn nicht der Feldherr gleicht dem Bienenstock,
Dem alle Schwärme ihre Beute zollen,
Wie hofft ihr Honig? Wenn sich Abstufung verlarvt,
Scheint auch der Schlechtste in der Maske edel.
Die Himmel selbst, Planeten und dies Zentrum,
Reihn sich nach Abstand, Rang und Würdigkeit,
Beziehung, Jahrszeit, Form, Verhältnis, Raum,
Amt und Gewohnheit in der Ordnung Folge;
Und deshalb thront der majestät'sche Sol,
Als Hauptplanet, in höchster Herrlichkeit
Vor allen andern; sein heilkräftig Auge
Verbessert den Aspekt bösart'ger Sterne,
Und trifft, wie Königs Machtwort, allbeherrschend
Auf Gut' und Böses. Doch wenn die Planeten
In schlimmer Mischung irren ohne Regel,
Welch Schrecknis! Welche Plag' und Meuterei!
Welch Stürmen auf der See! Wie bebt die Erde!
Wie rast der Wind! Furcht, Umsturz, Graun und Zwiespalt
Reißt nieder, wühlt, zerschmettert und entwurzelt
Die Eintracht und vermählte Ruh' der Staaten
Ganz aus den Fugen! Oh, wird Abstufung,
Die Leiter aller hohen Plan', erschüttert,
So krankt die Ausführung. Wie könnten Gilden,
Würden der Schule, Brüderschaft in Städten,
Friedsamer Handelsbund getrennter Ufer,
Der Vorrang und das Recht der Erstgeburt,
Ehrfurcht vor Alter, Szepter, Kron' und Lorbeer
Ihr ewig Recht ohn' Abstufung behaupten?
Tilg' Abstufung, verstimme diese Saite,
Und höre dann den Mißklang! Alles träf'
Auf offnen Widerstand. Empört dem Ufer
Erschwöllen die Gewässer übers Land,
Daß sich in Schlamm die feste Erde löste;
Macht würde der Tyrann der blöden Schwäche,
Der rohe Sohn schlüg' seinen Vater tot;
Kraft hieße Recht – nein, Recht und Unrecht, deren
Endlosen Streit Gerechtigkeit vermittelt,
Verlören, wie Gerechtigkeit, den Namen.
Dann löst sich alles auf nur in Gewalt,
Gewalt in Willkür, Willkür in Begier;
Und die Begier, ein allgemeiner Wolf,
Zwiefältig stark durch Willkür und Gewalt,
Muß dann die Welt als Beute an sich reißen
Und sich zuletzt verschlingen. Großer König,
Dies Chaos, ist erst Abstufung erstickt,
Folgt ihrem Mord: –
Und dies Nichtachten jeder Abstufung
Geht rückwärts Schritt für Schritt, indem's hinauf
Zu klimmen strebt. Des Oberfeldherrn spottet
Der unter ihm zunächst, den höhnt der Zweite,
Den nächsten dann sein Untrer:so vergiftet
Vom ersten Schritt, der seinem Obern trotzt,
Wird jeder folgende zum neid'schen Fieber
Kraftloser, bleicher Nebenbuhlerschaft: –
Und solch ein Fieber ist's, das Troja schirmt,
Nicht eigne Stärke. Kurz, den Troern schafft
Nur unsre Schwäche Frist, nicht eigne Kraft.

NESTOR. Sehr weislich hat Ulysses uns enthüllt
Die Seuch', an welcher unsre Macht erkrankt.

AGAMEMNON.
Der Krankheit Art hast du durchschaut, Ulysses;
Welch Mittel nun?

ULYSSES. Der Held Achilles, den die Meinung krönt
Als Nerv und rechte Hand des ganzen Heers, –
Das Ohr gefüllt mit seinem luft'gen Ruhm,
Wird frech und launenhaft, und ruht im Zelt,
Verspottend unser Tun. Mit ihm Patroklus,
Auf einem Lotterbett, treibt freche Possen
Den lieben langen Tag,
Und stellt mit tölpisch lächerlichem Pathos
(Das der Verleumder Nachahmung benennt)
Uns all' zur Schau. Manchmal, o großer König,
Agiert er deine höchste Majestät,
Stolzierend wie ein Bühnenheld, des Geist
Im Kniebug wohnt, und den's erhaben dünkt,
Der Bretter Schall und hölzern Echo hören,
Wenn er mit steifem Fuß den Boden stampft, –
So jämmerlich verdreht und übertrieben
Verzerrt er deine Hoheit. Wenn er spricht,
Klingt's wie geborstne Glocken: sinnlos Zeug,
Wie es von Typhons Schlund hervorgebrüllt
Noch Bombast schiene. Bei dem schalen Wust
Liegt breit und faul Achilles auf den Polstern,
Lacht aus der tiefen Brust ihm lauten Beifall,

Ruft: »Herrlich! Das ist Agamemnon völlig!
Nun spiel' mir Nestor! Räuspre, streich' den Bart
Wie er, wenn er zu reden Anstalt macht!« –
Er tut's und trifft's, wie Nord und Süd sich treffen,
So ähnlich, wie Vulkan der Gattin ist.
Doch Freund Achill ruft nochmals:»Meisterhaft!
's ist Nestor ganz! Jetzt spiel' ihn mir, Patroklus,
Wie er sich nachts beim Überfall bewaffnet.« –
Und dann, wie klein! Muß selbst des Alters
Schwachheit
Zur Posse dienen; hustend räuspert er,
Schiebt, krankhaft fuschelnd, an des Panzers Hals
Die Nieten ein und aus: und bei dem Spaß
Stirbt Herr Großmächtig, schreit: »Genug, Patroklus!
Schaff' Rippen mir von Stahl! Sonst spreng' ich alle
Vor übermäß'ger Lust!« So dient den beiden
All unsre Fähigkeit, Natur, Gestalt,
Besondre Gab' und allgemeine Art,
Vollbrachte Tat, Entwurf, Befehl und Plan,
Auffoderung zum Kampf, Antrag um Stillstand,
Erfolg und Mißgeschick, was ist und nicht ist,
Zum Stoff für Albernheit und Übertreibung.

NESTOR.
Und von dem schlimmen Beispiel dieser zwei,
Die, wie Ulysses sagt, die Meinung krönt
Mit Herrscherton, ward mancher angesteckt.
Ajax, voll Eigendünkels, trägt das Haupt
So hoch gezäumt, so trotzig wie der breite
Achilles; bleibt in seinem Zelt wie jener;
Gibt Schmause den Partei'n; schimpft unsre Waffen,
Als wär' er ein Orakel; hetzt Thersites,
Den Schalksnarr'n, der wie Münze Läst'rung prägt,
Durch niedrigen Vergleich uns zu besudeln,
Mit Schimpf und Hohn zu schmähn auf unsre
Drangsal,
Wie sehr uns auch ringsher Gefahr bedräut. –

ULYSSES. Sie lästern unsre Politik als Feigheit;
Sie stoßen Weisheit aus dem Rat des Kriegs,
Verlachen Vorbedacht und würdigen
Nur Tat der Faust – die stille Geisteskraft,
Die prüft, wie viele Hände wirken sollen,
Wenn's Zeit erheischt, und durch mühsame
Schätzung
Voraus bestimmt, wie zahlreich sei der Feind, –
Das alles hält man keines Fingers wert,
Bettarbeit nennt man's, Stubenkrieg und Schreibwerk;
So daß der Widder, der die Mauern bricht,
Und die Gewalt und Sturmkraft seiner Wucht
Den Rang hat vor der Hand, die ihn gezimmert,
Ja selbst vor denen, die mit List und Klugheit
Scharfsinnig seine Wirkung angeordnet.

NESTOR. Dies eingeräumt, so gilt Achilles' Pferd
Viel Thetis-Söhne!

Trompetenstoß.

AGAMEMNON. Horcht! Wes die Trompeten?
Sieh, Menelaus!

MENELAUS. Von Troja!

Äneas tritt auf.

AGAMEMNON. Was führt Euch hieher?

ÄNEAS. Ist dies
Des großen Agamemnon Zelt?

AGAMEMNON. Ja, dieses.

ÄNEAS. Darf einer, der ein Herold ist und Fürst,
Mit offner Botschaft nahn des Königs Ohr?

AGAMEMNON.
Noch sichrer, als geschützt vom Arm Achills,
Vor allen griech'schen Häuptern, die einstimmig
Als Haupt und Feldherrn Agamemnon ehren.

ÄNEAS. Höflich Gewähren; Sicherheit vollauf.
Wie mag, wer diesen höchsten Blicken fremd,
Von andern Sterblichen ihn unterscheiden?

AGAMEMNON. Wie?

ÄNEAS. Ich frag', auf daß ich Ehrfurcht in mir wecke
Und ein Erröten auf die Wange rufe,
Beschämt, so wie Aurora, wenn sie kühl
Zum jungen Phöbus schaut.
Wer ist der Gott im Amt, der Helden lenkt?
Wer ist der Hochgebieter Agamemnon?

AGAMEMNON.
Der Troer höhnt uns, oder Trojas Ritter
Sind überfeine Hofherrn.

ÄNEAS. Hofherrn so mild und adlig, ohne Wehr,
Wie Engel hold geneigt: also im Frieden.
Doch fehlt im Kriegsschmuck Zorn nicht,
kräft'ger Arm,
Der Glieder Macht, getreues Schwert, – und,
Gott voran,
Kein Herz so muterfüllt. Doch still, Äneas!
Still, Troer! Leg' den Finger auf die Lippe,
Des Ruhmes Würdigkeit verliert an Wert,
Wenn der Gepriesne selbst mit Lob sich ehrt:
Doch Lob, das vom besiegten Feind erklingt,
Der Taten Ruf ist's, der zum Himmel dringt.

AGAMEMNON.
Trojan'scher Ritter, nennt Ihr Euch Äneas?

ÄNEAS. Ja, Grieche, also heiß' ich.

AGAMEMNON. Eu'r Geschäft?

ÄNEAS. Verzeiht, es ist für Agamemnons Ohr!

AGAMEMNON.
Er hört nichts heimlich, was von Troja kommt.

ÄNEAS.
Auch kam ich nicht von Troja, ihm zu flüstern;
Trompeten lass' ich schmettern an sein Ohr
Und weck' es, aufmerksam sich mir zu neigen;
Dann will ich reden.

AGAMEMNON. Sprich, so frei wie Luft;
Dies ist nicht Agamemnons Schlummerstunde;
Vernehmen sollst du, Troer, er ist wach:
Er selber sagt es dir.

ÄNEAS. Trompet', erklinge
Mit eh'rnem Schall durch all die trägen Zelte;
Und jedem tapfern Griechen tu' es kund,
Was Troja edel meint, das spricht es laut.

Trompetenstoß.

In Troja lebt, o großer Agamemnon,
Ein Prinz, Hektor mit Namen, Priams Sohn,
Den diese dumpfe, lange Waffenruh'
Verrostet hat. Nimm die Trompeten, sprach er,
Und rede so: Ihr Kön'ge, Fürsten, Herrn,
Ist einer von den Edeln Griechenlands,
Dem mehr die Ehre gilt als seine Ruh',
Der mehr nach Ruhm strebt, als Gefahren scheut,
Der seinen Mut wohl kennt, nicht seine Furcht,
Der seine Dame mehr liebt als in Worten,
Mit müß'gen Schwüren ihrem Mund gelobt, –
Und ihren Wert und Reiz behaupten darf

Nicht bloß mit Liebeswaffen, – dem entbiet' ich:
Im Angesicht der Griechen und Trojaner
Beweist es Hektor, oder müht sich drum, –
Er hab' ein Weib, verständ'ger, schöner, treuer,
Als an die Brust jemals ein Grieche schloß: –
Und morgen ruft er mit Trompetenklang
In Mitten eurer Zelt' und Trojas Mauern,
Daß sich ein Griech' erheb' in Liebe treu.
Tritt einer auf, wird Hektor hoch ihn ehren;
Wenn keiner kommt, wird er in Troja sagen:
Die griech'schen Frau'n sind sonnverbrannt und unwert
Des Splitters einer Lanze. – Dies mein Auftrag.

AGAMEMNON.
So, Prinz, verkünd' ich's unsern Liebenden.
Hat keiner ein Gemüt also entzündet,
Kam keiner mit uns her. Doch wir sind Ritter:
Und sei mit Schmach vom Rittertum vertrieben,
Wer nicht schon liebt, geliebt hat, noch wird lieben!
Drum, wer in Lieb' ist, sein wird oder war,
Der stelle sich, sonst biet' ich selbst mich dar.

NESTOR.
Sag ihm vom Nestor, der ein Mann schon war,
Als Hektors Ältervater sog die Brust, –
Er ist nun alt, – doch findet sich im Heer
Kein edler Mann, in dem ein Funke glüht,
Zu stehn für seine Dame. – sag ihm dies:
Den Silberbart berg' ich im Goldvisier
Und in der Schiene den gewelkten Arm:
So tret' ich auf und sag' ihm, mein Gemahl
Besiegt' an Schönheit seine Ältermutter,
An Keuschheit alle. Seinem Jugendmut
Zeug' ich's mit meinen sieben Tropfen Blut.

ÄNEAS. Verhüte Gott, daß Jugend also selten!

ULYSSES. Amen!

AGAMEMNON.
Erlauchter Lord Äneas, reicht die Hand!
Ich führ' Euch, Herr, in unsern Pavillon:
Achill vernehme, was Ihr heut bestellt,
Und jeder griech'sche Ritter, Zelt für Zelt –
Dann speist mit uns, eh' Ihr nach Troja kehrt,
Und edler Feindesgruß sei Euch gewährt!

Sie gehn ab.
Es bleiben Ulysses und Nestor.

ULYSSES. Nestor –

NESTOR. Was sagt Ulysses?

ULYSSES.
In meinem Hirn erzeugt sich ein Gedanke;
Seid Ihr die Zeit, ihn zur Geburt zu fördern!

NESTOR. Was ist es?

ULYSSES. Dies: man sprengt mit stumpfem Keil
Den harten Klotz. Den überreifen Stolz,
Der hoch in Saat geschossen in dem üpp'gen
Achill, muß unsre Sichel schleunig mähn,
Sonst streut er rings dieselbe böse Saat,
Uns alle zu ersticken.

NESTOR. Wohl! Und wie?

ULYSSES.
Der Kampf, zu dem der tapfre Hektor ruft, –
(Obschon in Allgemeinheit ausgesprochen)
Zielt doch zunächst allein nur auf Achill.

NESTOR. Der Zweck ist augenfällig; wie ein Ganzes,
Des Großheit sich aus kleinen Teilen formt.
Und wird dies kund getan, so zweifle nicht,
Achilles, wär' auch sein Gehirn so trocken
Als Libyens Strand – (und doch, Apoll bezeug's,
's ist dürr genug), – wird mit eilfert'gem Urteil,
Ja, 'unverzüglich, Hektors Zweck durchschaun,
Daß er auf ihn gezielt.

ULYSSES. Und sich der Ford'rung stellen, denkt Ihr?

NESTOR. Ja;
So muß es sein. Wer mißt sich sonst mit ihm,
Der aus dem Kampf mit Hektorn Ehre brächte,
Als nur Achill? Ist's gleich ein Spielgefecht,
Hängt an der Kampfesprobe doch die Meinung.
Denn unser Köstlichstes schmeckt hier der Troer
Mit seinem feinsten Gaum, und glaubt, Ulysses,
Man wird unpassend schätzen unsre Würze
Nach dieser Eitelkeit; denn der Erfolg,
Obschon des einen Mannes, gibt den Ausschlag
Dem allgemeinen gut und schlimmen Ruf –
Und solcher Index (ob auch kleine Lettern,
Verglichen mit der Bände Folge) zeigt
In Kindsgestalt den Riesenkörper schon
Von dem, was kommen soll. – Man sieht im Streiter,
Der sich dem Hektor stellt, nur unsre Wahl:
Und Wahl, einmüt'ger Einklang alles Urteils,
Leiht Würde dem Erkornen, kocht heraus
Gleichsam von unsrer aller Wert und Kraft
Die Quintessenz des Manns. Mißlingt es dem,
Welch Herz faßt dann der Sieger in dem Kampf,
Die eingebild'te Ehre noch zu stählen!
Der Ehrenpunkt belebt dann jedes Werkzeug
Nicht minder kraftvoll, als Geschoß und Schwert
Vom Arm geführt.

ULYSSES. Verzeihung meinem Wort!
Drum muß Achilles nicht mit Hektor kämpfen.
Zeigt wie ein Krämer erst die schlechtste Ware,
Vielleicht bringt Ihr sie an; geläng' es nicht,
Dann wird der Glanz der bessern Euch erhöht,
Zeigt Ihr die schlechte erst. Drum gebt nicht zu,
Daß Hektor und Achill zusammen fechten:
Sonst folgen unsrer Schmach wie unserm Ruhm
Zwei höchst verderbliche Gefährten nach.

NESTOR.
Mein altes Auge sieht sie nicht: wer sind sie?

ULYSSES.
Der Ruhm, den sich Achill erringt vom Hektor,
Wär' er nicht stolz, wir alle teilten ihn:
Doch allzu übermütig ward er schon;
Und lieber möcht' uns Libyens Sonne dörren,
Als seiner Augen Stolz und bittrer Hohn,
Besiegt ihn Hektor nicht: und wich' er ihm,
Zerstörten wir den allgemeinen Glauben
Durch unsres Helden Schmach. Nein, losen wir
Und lenken's klug, daß Tölpel Ajax ziehe
Das Blatt zum Kampf mit Hektor! Unter uns
Rühm' Euer Zeugnis ihn als besten Krieger;
Das wird Arznei dem großen Myrmidonen,
Der auf die Volksgunst pocht; dann sinkt sein Kamm,
Der stolz sich wie der Regenbogen bäumt.
Kommt der schwerköpf 'ge Ajax heil davon,
Erhebt ihn unser Lob; und schlägt's ihm fehl,
Dann bleibt doch stets die Meinung unverletzt,
Daß wir noch beßre haben. Wie's auch fällt,

Des Plans geheime Absicht muß gelingen:
Ajax, erwählt, rupft dem Achill die Schwingen.

NESTOR. Ulysses,
Jetzt fängt dein Vorschlag an, mir einzuleuchten;
Und ungesäumt soll Agamemnon gleichfalls
Ihn kosten. – Gehn wir in sein Zelt sofort;
Hier zähm' ein Hund den andern: Stolz allein
Muß dieser Bullenbeißer Knochen sein.

Sie gehn ab.

Zweiter Aufzug

Erste Szene

Das griechische Lager.
Ajax und Thersites treten auf.

AJAX. Thersites –

THERSITES. Agamemnon ... wie, wenn er Beulen hätte? Vollauf, über und über, allenthalben –

AJAX. Thersites –

THERSITES. Und die Beulen liefen; gesetzt, so wär's: liefe dann nicht der ganze Feldherr? Wäre das nicht eine offne Eiterbeule?

AJAX. Hund –

THERSITES. Auf diese Art käme doch etwas Materielles aus ihm; jetzt seh' ich gar nichts.

AJAX. Du Brut einer Wolfspetze, kannst du nicht hören? So fühle denn! – *Schlägt ihn.*

THERSITES. Daß dich die griechische Pestilenz, du köterhafter, rindsköpfiger Lord!

AJAX. Sprich denn, du abgestandner Klumpen Sauerteig; sprich! Ich will dich zu einer hübschen Figur prügeln! –

THERSITES. Ich könnte dich leichter zu einem Witzigen und Gottesfürchtigen lästern; aber dein Hengst hält eher eine Rede aus dem Kopf, als du ein Gebet auswendig sprichst. Du kannst schlagen, nicht? Das kannst du? Die Pferdeseuche über deine Gaulmanieren! –

AJAX. Giftpilz! Erzähle mir, was hat man ausgerufen?

THERSITES. Denkst du, ich sei fühllos, daß du mich so schlägst?

AJAX. Was hat man ausgerufen?

THERSITES. Man hat dich als Narren ausgerufen, denk' ich.

AJAX. Nimm dich in acht, Stachelschwein, nimm dich in acht! Meine Finger jucken!

THERSITES. Ich wollte, es juckte dich vom Kopf zu den Füßen, und ich müßte dich kratzen; ich wollte dich zum schäbigsten Scheusal in Griechenland machen. Wenn du dich einmal bei einem Ausfall voranwagst, schlägst du so schläfrig wie ein andrer.

AJAX. Ich frage, was hat man ausgerufen?

THERSITES. Jede Stunde brummst und grollst du auf den Achilles und bist neidisch auf seine Größe wie Cerberus auf Proserpinens Schönheit; ja, du bellst ihn an! –

AJAX. Frau Thersites!

THERSITES. Den solltest du schlagen!

AJAX. Fladen!

THERSITES. Der würde dich mit seiner Faust zu Krümchen quetschen, wie ein Matrose seinen Zwieback! –

AJAX. Du verdammter Köter! – *Schlägt ihn.*

THERSITES. So recht! –

AJAX. Du Hexenstuhl! –

THERSITES. Recht, recht so, du grützköpfiger Lord! Du hast nicht mehr Hirn als ich im Ellbogen; ein Packesel kann dein Zuchtmeister sein; du schäbiger, tapfrer Esel! Du bist hieher geschickt, um auf die Trojaner zu dreschen, und unter Leuten von einigem Witz bist du verraten und verkauft wie ein afrikanischer Sklav'. – Wenn du dich darauf legst, mich zu schlagen, will ich bei deiner Ferse anfangen und dir Zoll für Zoll sagen, was du bist, du Klotz ohne Eingeweide!

AJAX. Hund!

THERSITES. Schäbiger Lord!

AJAX. Köter! *Schlägt ihn.*

THERSITES. Mars' dummer Tölpel! – Nur zu, Grobian; nur zu, Kamel; immer zu! –

Achilles und Patroklus treten auf.

ACHILLES. Was gibt es, Ajax? Warum tut Ihr das? Was gibt's, Thersites? Wovon ist die Rede? –

THERSITES. Ihr seht ihn da, nicht wahr?

ACHILLES. Nun ja, was gibt's?

THERSITES. Nein, seht ihn an!

ACHILLES. Das tu' ich ja; was ist denn?

THERSITES. Nein, seht ihn Euch recht an!

ACHILLES. Nun ja, das tu' ich.

THERSITES. Und doch seht Ihr ihn nicht recht an; denn wofür Ihr ihn immer halten mögt, er ist Ajax.

ACHILLES. Ich kenn' ihn ja, du Narr! –

THERSITES. Ja, aber der Narr kennt sich selbst nicht!

AJAX. Darum prügle ich dich.

THERSITES. O ho! O ho! Welche kleine Dosen Witz er von sich gibt! Seine Ausfälle haben Ohren so lang. Ich habe mehr sein Gehirn, als er meine Knochen zerschlagen. Neun Spatzen kann ich für einen Heller kaufen, und seine pia mater ist nicht so viel wert, als der neunte Teil eines Spatzen. Dieser Lord, Achilles – der Ajax, der seinen Verstand im Bauch trägt und seine Kaldaunen im Kopf, – ich will Euch sagen, was ich von ihm denke.

ACHILLES. Was?

THERSITES. Ich sage, dieser Ajax ...

Ajax will Thersites schlagen; Achilles tritt zwischen sie.

ACHILLES. Laßt doch, guter Ajax! –

THERSITES. ... hat nicht so viel Verstand –

ACHILLES. Nein, so muß ich Euch zurückhalten!

THERSITES. ... daß er das Öhr von Helenas Nadel füllen könnte, für die er zu fechten herkam.

ACHILLES. Halt Friede, Narr!

THERSITES. Ich hielt gern Friede und Ruhe, aber der Narr will nicht: seht nur, dieser da, der dort!

AJAX. Ei du schändlicher Hund, ich will ...

ACHILLES. Wollt Ihr Euern Witz gegen den eines Narren setzen?

THERSITES. Nein, gewiß nicht, denn des Narren Verstand würde ihn zu schanden machen.

PATROKLUS. Gib dich zur Ruhe, Thersites!

ACHILLES. Worüber zankt ihr?

AJAX. Ich hieß dem garstigen Schuhu, sich nach

dem Inhalt des Aufrufs erkundigen, und da schimpft er auf mich los.

THERSITES. Ich bin dein Diener nicht.

AJAX. Seht nur! Seht nur!

THERSITES. Ich diene hier freiwillig!

ACHILLES. Euer letztes Dienen war leidend, es war nicht freiwillig; niemand läßt sich freiwillig schlagen; Ajax war hier der Freiwillige, und Ihr wurdet zum Dienst gepreßt.

THERSITES. Meint Ihr! Euch steckt auch der Verstand größtenteils in den Sehnen, oder die Welt lügt. Hektor wird einen rechten Fang tun, wenn er einem von euch das Gehirn ausschlägt: eben so gut möchte er eine taube Nuß ohne Kern aufknacken.

ACHILLES. Fängst du auch mit mir an, Thersites?

THERSITES. Da sind Ulysses und der alte Nestor, dessen Witz schon schimmlicht war, ehe Euer Großvater Nägel auf den Zehen hatte, – die jochen euch wie ein Gespann Ochsen zusammen, daß ihr den Krieg umpflügen müßt.

ACHILLES. Was? Was?

THERSITES. Ja, meiner Treu! Hot, Achilles! Ho, Ajax! –

AJAX. Ich reiße dir die Zunge aus! –

THERSITES. Das macht nichts, ich werde hernach noch eben so beredt sein wie du.

PATROKLUS. Kein Wort mehr, Thersites; halt' Friede!

THERSITES. Ich muß Friede halten, wenn's Achills Troddel verlangt, nicht wahr? –

ACHILLES. Das war für dich, Patroklus!

THERSITES. Ich will euch gehängt sehn wie dumme Teufel, ehe ich je wieder in euer Zelt komme; ich werde mich zu Leuten halten, die ihre fünf Sinne haben, und die Zunft der Narren verlassen. *Geht ab.*

PATROKLUS. Glück auf den Weg!

ACHILLES.
Nun wißt: durchs ganze Lager ward verkündigt,
Daß Hektor morgen um die fünfte Stunde,
In Mitten unsrer Zelt' und Trojas Mauern,
Wird einen Ritter fodern zum Gefecht,
Der Lust hat, einen Gang zu tun; weshalb,
Das weiß ich nicht: 's ist Lumperei! – Lebt wohl!

AJAX. Lebt wohl! Wer wird sich stellen?

ACHILLES.
Ich weiß nicht: Lose soll'n entscheiden; sonst
Fänd' er wohl seinen Mann.

AJAX.
Aha! Euch selbst? – Da muß ich mehr von hören!
Sie gehn ab.

Zweite Szene

Priams Palast.
Es treten auf Priamus, Hektor, Troilus, Paris und Helenus.

PRIAMUS. Nachdem viel Stunden, Wort' und Leben schwanden,
Spricht nochmals Griechenland durch Nestor dies: –
»Gebt Helena, und jeder andre Schaden,
Als Ehre, Zeitverlust, Aufwand und Müh',
Blut, Freund', was und noch Teures sonst verschlang
Des nimmersatten Krieges heiße Gier,
Sei abgetan.« Hektor, wie dünkt es dich?

HEKTOR.
Scheut niemand minder Grācien auch als ich,
Was mich als einzelnen betrifft, – dennoch,
Erhabner Priamus,
Gab's nie ein Weib von zärtlicherm Gefühl,
Empfänglicher dem Sinn der Furcht, geneigter
Zum bangen Ruf: »Wer weiß, was draus entsteht?«
Als Hektor. Sicherheit macht Frieden krank,
Zu sichre Sicherheit; doch weiser Zweifel
Wird dem Klugen Leuchte, dem Arzte Sonde,
Der Wunde Grund zu prüfen. Geh' denn Helena!
Seitdem für sie der erste Schwertstreich fiel,
War jede zehnte Seel' aus tausend Zehnten
In unserm Volk so teu'r als Helena:
Verloren wir so manches Zehnt der Unsern
Für eine, die uns fremd, – für uns nicht wert,
Wenn sie die Unsre wär', ein Zehnteil nur: –
Welcher vernünft'ge Grund denn, der uns hindert,
Sie auszuliefern?

TROILUS. Pfui, o pfui, mein Bruder!
Wägst du die Her' und Würde eines Königs,
Wie unser hoher Vater, nach dem Maß
Gemeiner Unzen? Willst mit Pfenn'gen zählen
Seiner Unendlichkeit maßlosen Wert?
Ein unabsehbar weit Gebiet umzirken
Mit Zoll und Spanne so geringer Art,
Wie Fürchten und Vernunft? O pfui der Schmach!

HELENUS.
Kein Wunder, wenn Vernunft du schiltst, der selbst
Vernunft entbehrt. Soll unser Vater nicht
Sein großes Herrscheramt baun auf Vernunft,
Weil unvernünftig deine Rede war?

TROILUS. Du bist für Träum' und Schlummer, Bruder, Priester,
Und fütterst deine Handschuh' mit Vernunft:
Dies sind nun deine Gründe:
Du weißt, ein Feind sinnt drauf, dir weh zu tun,
Du weißt, gezückte Schwerter dröhn Gefahr,
Und die Vernunft flieht das, was Schaden bringt;
Was Wunder denn, wenn Helenus gewahrt
Den Griechen und sein Schwert, daß er selbst Fitt'ge
Tiefer Vernunft sich an die Fersen bindet
Und wie Merkur, wenn Zeus ihn schilt, entflieht,
Schnell wie ein Sternschuß? Pred'gen wir Vernunft,
So schließt die Tor' und schlaft! Mannheit und Ehre,
Wenn sie mit Gründen nur sich mästeten,
Gewännen Hasenherz; Vernunft und Sinnen
Macht Lebern bleich und Jugendkraft zerrinnen.

HEKTOR.
Bruder, sie ist nicht wert, was sie uns kostet,
Sie hier zu halten.

TROILUS.
Was hat wohl andern Wert, als wir es schätzen?

HEKTOR.
Doch nicht des Einzeln Willkür gibt den Wert,
Er hat Gehalt und Würdigkeit sowohl
In eigentümlich innrer Kostbarkeit,
Als in dem Schätzer: Wahn und Tollheit ist's,
Den Dienst zu machen größer als den Gott! –
Und töricht schwärmt der Wille, der sich neigt

Zu dem, was seine Liebe fälschlich adelt,
Wenn innrer Wert dem Scheinverdienst gebricht.

TROILUS. Ich nehme heut ein Weib, und meine Wahl
Hängt von der Leitung meines Willens ab:
Mein Wille ward entflammt durch Aug' und Ohr,
Zwei wackern Lotsen durch die schroffen Klippen
Von Will' und Urteil. Wie verstieß' ich nun
(Wenn einst dem Willen meine Wahl mißfiel)
Das Weib, das ich erkor! – Da ist kein Ausweg,
Kein Wanken gilt, wenn Ehre soll bestehn.
Wir senden nicht die Seide heim dem Kaufmann,
Die wir verderbt, noch werfen wir verächtlich
Die übrigbliebnen Speisen durch einander,
Weil wir nun satt: – man hielt es wohlgetan,
Daß Paris Rache nehm' am Griechenvolk;
Einmüt'ger Beifall schwellt' ihm seine Segel:
Die alten Kämpfer, Meer und Wind, sie ruhten,
Ihm beizustehn; den Port erreicht' er schnell,
Und statt der alten Base, dort gefangen,
Bracht' er 'ne griech'sche Fürstin, deren Frische
Apollo runzlicht, welk den Morgen macht. –
Mit welchem Fug? Die Griechen halten jene! –
Und ist sie's wert? Ha, eine Perle ist sie,
Die mehr denn tausend Schiffe jagt' ins Meer
Und Kaufherrn schuf aus Kön'gen.
Gesteht ihr ein, recht war's, daß Paris ging –
(Ihr müßt; denn alles rief: Zieh hin! Zieh hin!),
Bekennt ihr, daß ein Kleinod seine Beute –
(Ihr müßt; denn alle schlugt ihr in die Hände
Und rieft: Unschätzbar!): warum schmäht ihr nun
Den Ausgang eures eignen weisen Plans
Und tut, was selbst Fortuna nicht getan,
Entwürd'gend, was ihr reicher habt geschätzt
Als Land und Meer? Dann, pfui dem schnöden
Raub!
Wir stahlen, was wir fürchten zu behalten,
Als Dieb', unwert des so gestohlnen Guts!
Was wir vergeltend raubten ihrem Strand,
Scheun wir zu schützen in der Heimat Land!

KASSANDRA *draußen.*
Weint. Troer, weint! –

PRIAMUS. Welch Schrei'n? Welch Angstgestöhn?

TROILUS.
Die tolle Schwester; ihre Stimm' erkenn' ich.

KASSANDRA *draußen.*
Weint, Troer!

HEKTOR. 's ist Kassandra!

Kassandra kommt, in Verzückung, mit fliegenden Haaren.

KASSANDRA.
Weint, Troer, weint! Leiht mir zehntausend Augen,
Und alle füll' ich mit prophet'schen Tränen!

HEKTOR. Still, Schwester, still! –

KASSANDRA.
Jungfrau'n und Knaben, Männer, schwache Greise,
Unmünd'ge Kindheit, die nichts kann als weinen,
Verstärkt mein Wehgeschrei! Und zahlt voraus
Die Hälfte all des Jammers, der uns nah!
Weint, Troer, weint: gewöhnt Eu'r Aug' an Tränen:
Troja vergeht, das schöne Ilium sinkt!
Paris, der Feuerbrand, verzehrt uns alle.
Weint, weint! O Helena, du Weh der Wehen! –
Weint! Troja brennt! Verbannt sie, heißt sie gehen!
Geht ab.

HEKTOR.
Nun, junger Troilus, weckt dies grause Lied
Der prophezei'nden Schwester kein Gefühl
Der Reu' im Herzen? Oder ist dein Blut
So toll erhitzt, daß Überlegung nicht,
Noch Furcht vor schlechtem Ausgang schlechter
Sache
Die Glut dir mäß'gen kann? –

TROILUS. Ei, Bruder Hektor,
Wir dürfen nicht die Güte jeder Tat
Ermessen nach dem Ausgang des Erfolgs,
Noch unsre Herzen gleich entmut'gen, weil
Kassandra rast. Ihr hirnverrücktes Toben
Verbittre nicht die Lust an einem Streit,
Dem unser aller Ehre sich verpfändet
Als wohlgeziemend. Mir, für meinen Anteil,
Gilt er nicht mehr als jedem Sohn des Priam;
Und Zeus verhüte, daß wir etwas täten,
Verföchten, drauf beharrten, was auch nur
Rechtmäß'gen Grund zum kleinsten Tadel gäbe!

PARIS.
Sonst dürfte wohl die Welt des Leichtsinns zeihn
Mein Unternehmen so wie euern Rat.
Doch, bei den Göttern! Eu'r vollkommner Beifall
Gab Flügel meinem Wunsch und schnitt hinweg
Jeglich Bedenken solcher kühnen Wagnis.
Denn was vermag allein mein schwacher Arm?
Was beut die Kühnheit eines Manns für Kampf,
All' derer Stoß und Feindschaft zu bestehn,
Die solche Fehd' erweckte? Dennoch schwör' ich:
Müßt' ich allein den schweren Kampf versuchen,
Und käme nur die Macht dem Willen gleich,
Nie widerriefe Paris, was er tat,
Noch wankt er im Verfolg!

PRIAMUS. Paris, du sprichst
Wie einer, der von süßen Lüsten schwindelt.
Du hast den Honig stets, die Galle sie,
So tapfer sein verdiente Ruhm noch nie.

PARIS. Ich trachte nicht allein den Freuden nach,
Die solche Schönheit ihrem Eigner bringt;
Des holden Raubes Vorwurf wünscht' ich auch
Getilgt, indem wir ehrenvoll sie wahren.
Welch ein Verrat an der entführten Herrin,
Schmach euerm hohen Ruhm und Schande mir,
Nun aufzugeben solch ein Eigentum
Nach abgezwungenem Vergleich? Wär's möglich,
Daß so entartete Gesinnung je
Den Eingang fänd' in eure edlen Herzen?
Auch dem Geringsten nicht in unserm Volk
Fehlt Mut, zu wagen und das Schwert zu ziehn
Für Helena; und kein so Edler ist,
Des Lebens wär' zu teu'r, des Tod unrühmlich,
Ist Helena der Preis. Deshalb beteur' ich,
Wohl ziemt es sich, im Kampfe nicht zu weichen
Für die, der auf der Welt nichts zu vergleichen! –

HEKTOR. Paris und Troilus, beide spracht ihr gut,
Und habt erörtert Frag' und Stand des Streits,
Doch oberflächlich – nicht ungleich der Jugend,
Die Aristoteles unfähig hielt
Zum Studium der Moralphilosophie.
Die Gründe, die ihr vortragt, leiten mehr
Zu heißer Leidenschaft des wilden Bluts,
Als die Entscheidung frei und klar zu schlichten,

Was Recht und Unrecht. Denn die Rach' und Wollust
Sind tauber als der Ottern Ohr dem Ruf
Wahrhaften Urteils! Die Natur verlangt
Erstattung jedes Guts dem Eigner: nun,
Wo wär' in aller Menschheit näh'res Anrecht,
Als zwischen Mann und Eh'frau? Wird ein solches
Naturgesetz verletzt durch Leidenschaft,
Und große Geister, dem betäubten Willen
Zu leicht sich fügend, widerstreben ihm,
So gibt's in jedem Volksrecht ein Gesetz
Als Zügel solcher wütenden Begierden,
Die in Empörung alle Schranken brechen.
Ist Helena des Sparterkönigs Weib, –
Wie sie's denn ist, – so ruft Moralgesetz
Des Staats wie der Natur, mit lauter Stimme,
Sie ihm zurück zu senden. Fest beharren
Im Unrecht tun, vermindert Unrecht nicht,
Nein, macht es schwerer. Dies ist Hektors Meinung,
Wenn er das Recht erwägt. Gleichwohl indes,
Ihr feur'gen Brüder, neig' ich mich zu euch
In dem Entschluß, nicht Helena zu lassen.
Denn wicht'gen Einfluß hat des Streits Entscheidung
Auf aller so wie jedes Einzlen Ruhm.

TROILUS.
Ja, das ist unsres Trachtens Kraft und Inhalt.
Wär's nicht die Ehre, die uns mehr entflammt,
Als unserm schwell'nden Groll genug zu tun, –
Nicht einen Tropfen Troerblut mehr wollt' ich
Für sie vergeudet sehn. Doch, tapfrer Hektor,
Sie ist ein Gegenstand für Her' und Ruhm,
Ein Sporn zu tapfrer, hochbeherzter Tat,
Gibt jetzt uns Mut, die Feinde zu vernichten,
Und für die Zukunft Preis, der uns verklärt.
Denn, weiß ich doch, Held Hektor gäbe nicht
So reichen Vorteil der verheißnen Glorie,
Wie sie auf dieses Kampfes Stirn uns lächelt,
Für alles Gold der Welt.

HEKTOR. Wohl hast du recht,
Du tapfrer Sproß des großen Priamus.
Ich sandte schon aufreizend Fehdewort
Den trägen und entzweiten Griechenfürsten,
Das ihre Schlummergeister wecken wird.
Wie ich vernommen, schläft ihr bester Held;
Neid und Parteiung schleichen durch das Feld:
Dies, hoff' ich, regt ihn auf.

Sie gehn ab.

Dritte Szene

Das griechische Lager.
Thersites tritt auf.

THERSITES. Wie nun, Thersites? Ganz verloren im Labyrinth deines Grimms? Soll's der Elefant Ajax so davon tragen? Er schlägt mich, und ich schimpfe auf ihn: oh, schöne Genugtuung! Ich wollte, es stände umgekehrt, und ich könnte ihn schlagen, während er auf mich schimpft! – Blitz, ich will Teufel bannen und beschwören lernen, damit ich doch irgendeine Frucht meiner zornigen Verwünschungen sehe. – Dann, dieser Achilles! Der ist mir ein trefflicher Ingenieur! Wenn Troja nicht eh'r genommen wird, bis diese beiden es untergraben, so mögen die Mauern stehn, bis sie von selbst einfallen. O du großer Donnerschleud'rer des Olymp, vergiß, daß du Jupiter, der Götterkönig, bist; und du, Merkur, verliere alle Schlangenkraft deines Caduceus, wenn ihr ihnen nicht das kleine, kleine, weniger als kleine Körnchen Verstand nehmt, das sie haben; von dem die kurzarmige Dummheit selbst einsieht, es sei so übermäßig winzig, daß es nicht so viel Umsicht haben wird, eine Fliege vor einer Spinne zu retten, ohne das plumpe Schlachtschwert zu ziehn und das Gewebe zu durchhauen. Hiernächst wünsch' ich dem ganzen Lager die Pestilenz, oder besser das Knochenweh: denn der Fluch, dünkt mich, sollte denen folgen, welche um einen Unterrock Krieg führen. Das ist mein Gebet, und der Teufel Bosheit spreche das Amen. Heda! Holla! Fürst Achilles! –

Patroklus tritt auf.

PATROKLUS. Wer da, Thersites? Lieber Thersites, komm herein und schimpfe!

THERSITES. Hätt' ich nur an eine vergoldete falsche Münze gedacht, du wärst meiner frommen Betrachtung nicht entschlüpft; aber es macht nichts. Dich selbst wünsche ich dir an den Hals! Der allgemeine Fluch der Menschen, Torheit und Unwissenheit, sei dein in reichlicher Fülle! Der Himmel behüte dich vor einem Hofmeister, und gute Zucht komme dir nicht nah! Dein Blut regiere dich bis an deinen Tod! Wenn dich dann die Leichenfrau eine schöne Leiche nennt, so schwöre ich meinen besten Eid, sie hat nie andre als Aussätzige eingekleidet. – Amen! Wo ist Achilles? –

PATROKLUS. Was? Gehörst du zu den Frommen? Sprachst du ein Gebet?

THERSITES. Ja; der Himmel erhöre mich! –

Achilles tritt auf.

ACHILLES. Wer ist da?

PATROKLUS. Thersites, Herr.

ACHILLES. Wo, wo? Bist du da? Ei, mein Käse, mein Verdauungspulver, warum hast du dich seit so mancher Mahlzeit nicht bei mir aufgetischt? Sag an, was ist Agamemnon? –

THERSITES. Dein Oberherr, Achilles. Nun sage mir, Patroklus, was ist Achilles?

PATROKLUS. Dein Gebieter, Thersites. Nun sage mir, was bist du selbst?

THERSITES. Dein Kenner, Patroklus. Nun sage mir, Patroklus, was bist du?

PATROKLUS. Das mußt du, der mich kennt, am besten wissen.

ACHILLES. O sag doch! Sag doch! –

THERSITES. Ich will die Frage noch einmal durchgehn. – Agamemnon befiehlt dem Achilles; Achilles ist mein Gebieter; ich bin Patroklus' Kenner, und Patroklus ist ein Narr!

PATROKLUS. Du Schuft! –

THERSITES. Still, Narr, ich bin noch nicht fertig.

ACHILLES.
Er hat das Privilegium. Nur weiter, Thersites!

THERSITES. Agamemnon ist ein Narr, Achilles ist ein Narr, Thersites ist ein Narr, und, wie schon gesagt, Patroklus ist ein Narr.

ACHILLES. Beweise das. Nun?

THERSITES. Agamemnon ist ein Narr, weil er dem Achilles befehlen will; Achilles ist ein Narr, weil er sich vom Agamemnon befehlen läßt; Thersites ist ein Narr, weil er einem solchen Narren dient; und Patroklus ist ein Narr schlechthin.

PATROKLUS. Warum bin ich ein Narr?

THERSITES. Die Frage tue deinem Schöpfer, mir ist's genug, daß du's bist. Seht, wer hier kommt?

Es treten auf Agamemnon, Ulysses, Nestor, Ajax und Diomedes.

ACHILLES. Patroklus, ich will mit niemand reden. Komm mit mir hinein, Thersites! *Geht ab.*

THERSITES. Über alle die Lumpigkeit, alle die Gaukelei, alle die Nichtswürdigkeit! Die ganze Geschichte dreht sich um einen Hahnrei und eine Hure; ein hübscher Gegenstand, um Parteiung und Ehrgeiz aufzuhetzen und sich daran zu Tode zu bluten: daß doch der Aussatz das Gesindel fräße! Und Krieg und Lüderlichkeit alle zusammen verdürbe! – *Geht ab.*

AGAMEMNON. Wo ist Achilles?

PATROKLUS.
In seinem Zelt; doch nicht wohlauf, mein Fürst.

AGAMEMNON.
Tut ihm zu wissen, ich sei selber hier.
Wir schickten unsre Boten, und wir tun
Verzicht auf unsre Würde, ihn besuchend:
Dies zeigt ihm an: daß er nicht etwa glaube,
Wir sei'n in Zweifel über unsern Rang,
Uns selbst verkennend.

PATROKLUS. Also sag ich's ihm.

Geht ab.

ULYSSES.
Wir sahn ihn wohl am Eingang seines Zelts,
Er ist nicht krank.

AJAX. Ja doch, löwenkrank; krank an einem stolzen Herzen. Ihr mögt's Melancholie nennen, wenn Ihr höflich von dem Manne reden wollt; aber, bei meinem Haupt, 's ist Stolz: aber, auf was? Auf was? Er soll uns einmal einen Grund angeben! Ein Wort, mein Fürst!

Nimmt Agamemnon auf die Seite

NESTOR. Was hat Ajax, daß er so gegen ihn bellt?

ULYSSES. Achilles hat ihm seinen Narren abspenstig gemacht.

NESTOR. Wen? Thersites?

ULYSSES. Eben den.

NESTOR. Dann wird's dem Ajax an Stoff fehlen, wenn er sein Thema verloren hat.

ULYSSES. Nein, Ihr seht, der ist sein Thema, der sein Thema hat: Achilles.

NESTOR. Das kann nicht schaden; sie sind besser zerschellt, als gesellt. Aber das war ein starkes Bündnis, das ein Narr trennen konnte!

ULYSSES. Die Freundschaft, welche Weisheit nicht knüpfte, kann Torheit leicht auflösen. Hier kommt Patroklus.

Patroklus kommt zurück.

NESTOR. Kein Achilles mit ihm.

ULYSSES. Der Elefant hat Gelenke, aber keine für die Höflichkeit; seine Beine sind Beine fürs Bedürfnis, nicht für die Verbeugung.

PATROKLUS.
Achill heißt mich Euch sagen, er bedaure,
Wenn etwas sonst als Eure Lust und Kurzweil
Eu'r Gnaden jetzt nebst Euren edlen Freunden
Zu ihm geführt; er hofft, es sei allein
Für Eu'r Verdaun und der Gesundheit wegen,
Ein Gang nach Eurer Mahlzeit.

AGAMEMNON. Hört, Patroklus,
Wir kennen dies Erwidern nur zu gut.
Doch dieser Vorwand, so mit Hohn beschwingt,
Kann doch nicht unsrer Wahrnehmung entfliegen.
Manch seltnen Wert besitzt er, mancher Grund
Heißt uns dies eingestehn; doch seine Tugend,
Nicht tugendlich verwendet seinerseits,
Verlor in unsern Augen fast den Glanz:
Ja, gleich der Würz' in ungesunder Speise,
Verdirbt wohl ungekostet. Meldet ihm,
Wir kommen, ihn zu sehn. Ihr sündigt nicht,
Wenn Ihr ihm sagt, er dünk' uns mehr als stolz
Und minder als gesittet: viel größer noch
In eignem Hochmut als nach echter Schätzung.
Manch Bess'rer krümmt sich hier der spröden Wildheit
In die er sich verlarvt,
Entäußert sich der heil'gen Herrschermacht
Und räumt ihm ein, nachsichtig und aus Schonung,
Den Vorrang seiner Laune: ja, bewacht
Sein kindisch Wechseln, seine Ebb' und Flut,
Als ob der Lauf und Fortgang dieses Kriegs
Mit seiner Witt'rung schiffte. Sagt ihm dies;
Sagt noch, daß, wenn er so sich überschätzt,
Wir ihn verschmähn; dann lieg' er, wie ein Rüstzeug,
Zu dem man spricht, weil's zum Gebrauch zu schwer:
»Bewegung her! – dies kann nicht in den Krieg!« –
Und daß wir vorziehn einen rühr'gen Zwerg
Dem Riesen, welcher schläft. Dies alles sagt ihm!

PATROKLUS.
Ich tu's und bring Euch Antwort unverzüglich.

Geht ab.

AGAMEMNON.
Antwort durch fremden Mund genügt uns nicht;
Er komme selbst. Geht Ihr, Ulyß, zu ihm!

Ulysses geht ab.

AJAX. Was ist er mehr als andre?

AGAMEMNON. Nicht mehr, als was er selbst zu sein wähnt.

AJAX. So viel? Und glaubt Ihr nicht, daß er sich dünkt ein bess'rer Mann als ich zu sein?

AGAMEMNON. Das ist kein Zweifel.

AJAX. Und teilt Ihr diesen Dünkel? Bejaht Ihr's?

AGAMEMNON. Nein, edler Ajax; Ihr seid eben so stark, so tapfer, so klug, so edel, und viel gesitteter.

AJAX. Warum sollte ein Mensch stolz sein? Wo kommt der Stolz her? Ich weiß nicht, was Stolz ist!

AGAMEMNON. Eu'r Gemüt ist um so reiner, Ajax, und Eure Tugenden um so leuchtender. Wer stolz ist, verzehrt sich selbst; Stolz ist sein eigner Spiegel, seine eigne Trompete, sein eigne Chronik! Und wer sich selbst preist, außer durch die Tat, vernichtet die Tat im Preise.

AJAX. Ich hasse einen stolzen Mann, wie ich das

Brüten der Kröten hasse.
NESTOR *beiseit.* Und liebst dich selber doch: ist das nicht seltsam?

Ulysses kommt zurück.

ULYSSES. Achill will morgen nicht im Feld erscheinen.
AGAMEMNON. Womit entschuldigt er's?
ULYSSES. Den Grund verschweigt er,
Dem Strome seiner Stimmung folgt er nach
Und weigert jedem Ehrfurcht und Gehorsam
In selbstisch eigenwilliger Verstocktheit.
AGAMEMNON. Warum nicht kommt er, freundlich doch ersucht,
Aus seinem Zelt und teilt die Luft mit uns?
ULYSSES.
Ein Stäubchen, die Verhandlung zu erschweren,
Macht er zum Berg; er ist an Größe krank;
Ja, mit sich selbst nur redend, schnaubt sein Hochmut,
Und ihm versagt der Atem. Eigendünkel
Erregt sein Blut durch so erhitzten Schwulst,
Daß, wie des Leibs und Geistes Kräfte kämpfen,
Sein Reich des Lebens in Empörung wütet
Und den Achilles niederstürzt. Was noch?
So pestkrank ist sein Stolz, daß jede Beule
Ruft: Keine Rettung!
AGAMEMNON. Ajax, geht zu ihm!
Mein teurer Fürst, geht Ihr hinein und grüßt ihn;
Man sagt, er schätzt Euch sehr, und kommt vielleicht
Ein wenig zu sich selbst, von Euch ermahnt.
ULYSSES. O Agamemnon, dies geschehe nicht!
Es soll des Ajax Schritt gesegnet sein,
Der weggeht vom Achill. Soll jener Stolze,
Der seinen Trotz mit eignem Fett beträuft
Und nichts, was nur geschehn ist, je gewürdigt
Der Überlegung, – wenn's ihn selber nicht
Anregt' und traf, – soll dem gehuldigt werden
Von ihm, der unser Abgott mehr als er?
Nein, dieser dreimal würd'ge, tapfre Fürst
Soll nicht so schmähn den wohlerrungnen Lorbeer,
Noch sich mit meinem Will'n so weit erniedern –
Er, ganz so hochberühmt als selbst Achill –,
Jetzt zum Achill zu gehn.
Das hieße spicken Stolz, der schon zu feist,
Und Feu'r zutragen dem Cancer, wenn er flammt
In des Hyperion strahlendem Geleit. –
Der Fürst vor ihm erscheinen? Zeus verhüt' es
Und spreche donnernd: Geh' Achill zu diesem! –
NESTOR *beiseit.*
O das ist recht; er kratzt ihn, wo's ihn juckt.
DIOMEDES *beiseit.*
Und wie sein Schweigen diesen Beifall trinkt!
AJAX. Geh' ich zu ihm, dann mit der Eisenfaust
Schlag' ich ihm ins Gesicht.
AGAMEMNON. Ihr sollt nicht gehn.
AJAX. Und tut er stolz, so zwiebl' ich seinen Stolz;
Laßt mich nur hin!
ULYSSES.
Nicht um den ganzen Kampfpreis unsres Kriegs!
AJAX. Der schuft'ge, freche Bursch!
NESTOR *beiseit.* Wie er sich selber schildert!
AJAX. Kann er nicht umgänglich sein?
ULYSSES *beiseit.* Der Rabe schilt auf die Schwärze!
AJAX. Ich will seinen Launen zur Ader lassen!
AGAMEMNON *beiseit.* Der will der Arzt sein, der der Kranke sein sollte.
AJAX. Dächten nur alle so wie ich –
ULYSSES *beiseit.* Dann käme Witz aus der Mode.
AJAX. Dann ginge es ihm so nicht durch! – Er müßte erst Klingen kosten; soll's der Hochmut davon tragen?
NESTOR *beiseit.* Wenn das geschieht, fällt dir die Hälfte zu.
ULYSSES *beiseit.* Zehn Teile wären sein.
AJAX. Ich will ihn kneten, will ihn geschmeidig machen, –
NESTOR. Er ist noch nicht heiß genug: stopft ihn mit Lob; füllt nach, füllt nach, sein Hochmut ist noch trocken.
ULYSSES *zu Agamemnon.* Mein Fürst, Ihr nehmt Euch den Verdruß zu nah. –
NESTOR. Erhabner Feldherr, tut es nicht!
DIOMEDES.
Zu dem Gefecht kommt sicher nicht Achilles.
ULYSSES.
Ihn nennen hören, muß den Mann schon kränken.
Hier ist ein Held – doch, weil er gegenwärtig, –
So schweig' ich lieber.
NESTOR. Warum wollt Ihr das?
Er ist nicht wie Achill von Ehrgeiz krank!
ULYSSES.
Sei's kund der ganzen Welt: gleich tapfer ist er!
AJAX. Ein niederträchtiger Hund, der uns verhöhnt!
Wär' er ein Troer! –
NESTOR. Welch ein Fleck am Ajax –
ULYSSES. Erschien er stolz?
DIOMEDES. Wär' er auf Ruhm erpicht?
ULYSSES. Zanksüchtig?
DIOMEDES. Selbstisch oder eigenwillig? –
ULYSSES. Ihr seid, gottlob, von sanfter Art, mein Fürst;
Preis ihm, der dich gezeugt, ihr, die dich säugte!
Ruhm deinem Lehrer! Deinem Mutterwitz
Dreimal mehr Ruhm als aller Wissenschaft!
Doch wer im Fechten deinen Arm geübt,
Für den halbiere Mars die Ewigkeit
Und geb' ihm eine Hälfte! Gilt es Stärke?
Stierträger Milo weiche dir an Ehre,
Gewalt'ger Held! Von deiner Weisheit schweig' ich,
Die wie ein Hag, ein Zaun, ein Damm umgrenzt
Dein weites Denkgebiet. Hier, seht auf Nestor!
Belehrt durch Alter, muß er weise sein,
Und ist es auch: er kann ja anders nicht;
Allein verzeiht, mein Vater: wär' Eu'r Leben
So jung wie Ajax', und Eu'r Haupt wie damals,
Ihr hättet keinen Vorrang, wär't nicht mehr,
Als Ajax ist.
AJAX. Soll ich Euch Vater nennen?
ULYSSES. Ja, guter Sohn.
DIOMEDES. Nehmt Rat von ihm, Fürst Ajax!
ULYSSES.
Hier gilt kein Zögern; denn der Hirsch Achill
Verläßt den Wald nicht. Unser hoher Feldherr
Berufe jetzt der Obern ganze Schar –
Hülfskönige verstärkten Troja; morgen
Muß für uns bürgen unsre höchste Kraft:
Hier steht der Mann! – Ritter von Ost und Westen,
Kommt, pflückt den Preis: Ajax besiegt den Besten.

AGAMEMNON.
Folgt mir zum Rat; ob auch Achilles schlief,
Schnell schwimmt der Kahn, das Orlogschiff
geht tief.

Sie gehn ab.

Dritter Aufzug

Erste Szene

Troja.
Es treten auf Pandarus und ein Diener; man hört Musik hinter der Szene.

PANDARUS. Freund, Ihr da, bitte Euch, nur ein Wort – folgt Ihr nicht dem jungen Herrn Paris? –
DIENER. Ja, Herr, wenn er vor mir geht.
PANDARUS. Ich meine, Ihr dient ihm?
DIENER. Ich diene dem Herrn.
PANDARUS. Dann dient Ihr einem edeln Herrn; ich kann nicht anders als ihn lobpreisen.
DIENER. Der Herr sei gepriesen!
PANDARUS. Ihr kennt mich, nicht wahr?
DIENER. Ei nun, Herr, so obenhin.
PANDARUS. Freund, lernt mich besser kennen: ich bin der Herr Pandarus.
DIENER. Ich hoffe, Eure Herrlichkeit besser kennen zu lernen.
PANDARUS. Das wünsche ich.
DIENER. So seid Ihr also im Stande der Gnade?
PANDARUS. Gnade? O nein, Freund; Hochgeboren und Gestrengen sind meine Titel. Was ist das für Musik?
DIENER. Ich kenne sie nur zum Teil: es ist Musik mit verteilten Stimmen.
PANDARUS. Kennt Ihr die Musikanten?
DIENER. Ganz und gar, Herr.
PANDARUS. Für wen spielen sie?
DIENER. Für die Zuhörer, Herr.
PANDARUS. Wem zu Gefallen?
DIENER.
Mir, Herr, und allen denen, die gern Musik hören.
PANDARUS. Auf wes Geheiß trag' ich, Freund?
DIENER. Ich denke, Ihr fragt auf niemands Geheiß.
PANDARUS. Freund, wir verstehn einander nicht. Ich bin zu höflich, und Ihr seid zu spitz. Auf wes Verlangen spielen diese Leute? –
DIENER. Ja, nun traft Ihr's, Herr. Nun, auf das Verlangen des Prinzen Paris, meines Herrn, welcher selbst dabei ist, und mit ihm die sterbliche Venus, das Herzblatt der Schönheit, der Liebe unsichtbare Seele –
PANDARUS. Wer? Meine Nichte Cressida?
DIENER. Nein, Herr, Helena; konntet Ihr das nicht aus ihren Ehrentiteln erraten?
PANDARUS. Ich sehe schon, lieber Freund, du kennst das Fräulein Cressida noch nicht. Ich komme, um mit Paris vom Prinzen Troilus zu sprechen; ich will eine freundliche Bestellung ihm eilend beibringen, denn mein Geschäft ist siedend.
DIENER. Ein gesottnes Geschäft! Das nenn' ich eine Phrase für die Schwitzbäder.

Es treten auf Paris und Helena mit Gefolge.

PANDARUS. Alles Schöne für Euch, mein Prinz, und für Eure schöne Umgebung! Schöne Wünsche in schönem Maß begleiten Euch schönstens! Vor allen Euch, schönste Königin! Schöne Träume seien Euer schönes Kopfkissen!
HELENA.
Werter Herr, Ihr seid voll von schönen Worten.
PANDARUS. Ihr sprecht Euer schönstes Wohlgefallen aus, holde Königin. Schönster Prinz, hier ist vortreffliche fugierte Musik.
PARIS. Ihr habt sie aus den Fugen gebracht, Vetter; so wahr ich lebe, Ihr sollt sie wieder herstellen: Ihr sollt ein Stück von Eurer Komposition anstücken. Er ist ein Meister in der Harmonie, Lenchen.
PANDARUS. Ach nein, Königin!
HELENA. Oh, mein Herr. ...
PANDARUS. Rauh, bei den Göttern; ja, bei den Göttern, sehr rauh und unmelodisch.
PARIS. In den Dissonanzen; gut gesagt, Vetter!
PANDARUS. Ich habe ein Geschäft mit dem Prinzen, teure Königin. Gnädiger Herr, wollt Ihr mir ein Wort vergönnen?
HELENA. Nein, damit sollt Ihr uns das Tor nicht sperren; wir müssen Euch singen hören, ganz gewiß.
PANDARUS. Ihr habt die Gnade, mit mir zu scherzen, süße Königin. Aber die Sache ist die, mein Prinz, ... mein gnädigster Prinz und höchst geehrter Freund, Euer Bruder Troilus –
HELENA.
Herr Pandarus! Mein honigsüßer Pandarus –
PANDARUS. Laßt mich, süße Königin, laßt mich; ...empfiehlt sich Euch aufs inständigste –
HELENA. Ihr sollt uns nicht aus unsrer Melodie foppen; wenn Ihr's tut, so komme unsre Melancholie über Euch!
PANDARUS. Süße Königin! Das ist eine süße Königin! Nein, welche süße Königin!
HELENA. Und eine süße Königin traurig machen, ist ein bittrer Frevel.
PANDARUS. Nein, damit setzt Ihr's nicht durch, damit wahrhaftig nicht! Nein! Solche Worte machen mich nicht irre, nein! Nein! – Und, mein gnädiger Prinz, er bittet Euch, Ihr wollt seine Entschuldigung übernehmen, wenn der König bei der Abendtafel nach ihm fragt.
HELENA. Bester Pandarus –
PANDARUS. Was sagt die süße Königin? Die allersüßeste Königin?
PARIS. Was hat er denn vor? Wo speist er zu Nacht?
HELENA. Aber, bester Pandarus –
PANDARUS. Was sagt die süße Königin? Meine Nichte würde sich mit Euch erzürnen.
HELENA.
Ihr dürft nicht fragen, wo er zu Nacht speist! –
PARIS. Ich setze mein Leben dran, bei meiner Herzenskaiserin Cressida.
PANDARUS. Ach nein, nichts dergleichen: nein, da irrt Ihr; Eure Herzenskaiserin ist krank.
PARIS. Gut, ich will ihn entschuldigen.
PANDARUS. Schön, mein teurer Prinz. Wie kommt Ihr auf Cressida? Nein, Eure arme Herzenskaiserin ist krank.

PARIS. Ich errate.

PANDARUS. Ihr erratet? Was erratet Ihr? Kommt, gebt mir eine Zither! Nun, süße Königin?

HELENA. So, das ist recht artig von Euch.

PANDARUS. Meine Nichte ist erschrecklich verliebt in ein Ding, das Ihr habt, süße Königin.

HELENA. Sie soll's haben, wenn's nicht mein Gemahl Paris ist.

PANDARUS. Den? Nein, nach dem fragt sie nicht. Er und sie sind entzweit.

HELENA. Heut zwieträchtig, morgen einträchtig: so könnten wohl drei draus werden.

PANDARUS. Geht, geht, nichts mehr davon: ich will Euch nun mein Lied singen. –

HELENA. Ja; singt es gleich! Meiner Treu, Pandarus, Ihr habt eine hübsche Stirn.

PANDARUS. Ei, ei! –

HELENA. Singt uns ein verliebtes Lied: die Liebe wird uns noch alle verderben. O Cupido, Cupido, Cupido!

PANDARUS. Ein Liebeslied! Ja, wahrhaftig!

PARIS. Ja, von Liebe; nichts als von Liebe! –

PANDARUS. Wahrhaftig, so fängt's auch an:

O Liebe, Lieb' in jeder Stunde! –
Dein Pfeil mit Weh
Trifft Hirsch und Reh;
Doch nicht entrafft
Sie gleich der Schaft,
Er kitzelt nur die Wunde.
Verliebte schrein:
O Todespein!
Doch was so tödlich erst gedroht,
Daraus wird Jubeln und Juchhein.
Die Sterbenden sind frisch und rot;
O weh, ein Weilchen, dann ha! Ha!
O weh seufzt nur nach ha! Ha! Ha!
Juchhei!

HELENA. Verliebt, wahrhaftig, bis an die Spitze seiner Nase!

PARIS. Er ißt nichts als Tauben, Liebste, und die brüten ihm heißes Blut, und heißes Blut erzeugt heiße Gedanken, und heiße Gedanken erzeugen heiße Werke, und heiße Werke sind Liebe.

PANDARUS. Ist dies die Stammtafel der Liebe? Heißes Blut, heiße Gedanken und heiße Werke: das heiße ich eine heiße Abstammung. – Wer ist heut im Felde, liebster Prinz?

PARIS. Hektor, Deiphobus, Helenus, Antenor und die ganze junge Ritterschaft von Troja. Ich hätte heut auch gern die Waffen angelegt, Lenchen wollte es aber nicht zugeben. Wie kommt's, daß mein Bruder Troilus ausblieb? –

HELENA. Er läßt den Mund um etwas hängen, – Ihr wißt schon warum, Herr Pandarus.

PANDARUS. Ich weiß nichts, honigsüße Königin. Mich soll doch wundern, wie es ihnen heut gegangen ist. – Ihr denkt daran, Euern Bruder zu entschuldigen?

PARIS. Aufs pünktlichste.

PANDARUS. Lebt wohl, süße Königin!

HELENA. Empfehlt mich Eurer Nichte!

PANDARUS. Das werd' ich tun, süße Königin.

Er geht ab. Es wird zum Rückzug geblasen.

PARIS. Sie kehren heim. Gehn wir in Priams Halle,
Sie zu begrüßen; und du, süßes Weib,
Hilf Hektorn sich entpanzern. Fühlt sein Harnisch
Den Zauber deiner weißen Hand, gehorcht er
Weit williger als scharfem Stahl, gezückt
Von griech'scher Kraft; und dir gelingt, was nicht
Dem Bundesheer: Held Hektorn zu entwaffnen.

HELENA.
Es soll mein Stolz sein, ihm zu dienen, Paris.
Das, was wir ihm als schuld'ge Pflicht geweiht,
Wird unsrer Schönheit Palme noch erhöhn;
Ja, überstrahlt uns selbst.

PARIS. Du Süße! Über alles lieb' ich dich!

Sie gehn ab.

Zweite Szene

Troja. Pandars Garten.
Pandarus und Troilus' Diener treten auf.

PANDARUS. Heda! Wo ist dein Herr? Ist er bei meiner Nichte Cressida? –

DIENER. Nein, Herr, er wartet auf Euch, daß Ihr ihn zu ihr führt.

Troilus kommt.

PANDARUS. Oh, hier kommt er. Nun, wie geht's? Wie geht's?

TROILUS. Du da, geh fort!

Diener ab.

PANDARUS. Habt Ihr meine Nichte gesehn? –

TROILUS. Nein, Pandarus. Ich wank' um ihre Tür
Gleich einer neuen Seel' am Strand des Styx,
Des Fährmanns wartend. O sei du mein Charon
Und schaff' mich schnell zu jenen sel'gen Fluren,
Wo ich mag schwelgen in dem Lilienbeet,
Bestimmt für den Beglückten! Liebster Pandar,
Von Amors Schulter nimm die bunten Schwingen,
Und fleuch mit mir zu Cressida!

PANDARUS. Weilt hier im Garten; und ich rufe sie.

Pandarus geht ab.

TROILUS. Mir schwindelt; rings im Kreis dreht mich Erwartung;
Die Wonn' in meiner Ahnung ist so süß,
Daß sie den Sinn verzückt. Wie wird mir sein,
Wenn nun der durst'ge Gaumen wirklich schmeckt
Der Liebe lautern Nektar? Tod, so fürcht' ich,
Vernichtung, Ohnmacht, oder Lust zu fein,
Zu tief eindringend, zu entzückend süß
Für meiner gröbern Sinn' Empfänglichkeit:
Dies furcht' ich sehr, und fürchte außerdem,
Daß im Genuß mir Unterscheidung schwindet,
Wie in der Schlacht, wenn Scharen wild sich drängend
Den flieh'nden Feind bestürmen.

Pandarus kommt zurück.

PANDARUS. Sie macht sich fertig: gleich wird sie hier sein; nun seid gescheut! Sie errötet und holt so kurz Atem, als wäre sie von einem Gespenst erschreckt. Ich will sie holen. Es ist die niedlichste Spitzbübin: sie atmet so kurz wie ein eben gefangner Sperling. *Geht ab.*

TROILUS.
Die gleiche Angst umspannt auch meine Brust;

Mein Herz schlägt rascher als ein Fieberpuls,
Und alle Kräfte stocken regungslos,
Vasallen gleich, die unversehns begegnen
Dem Aug' der Majestät.

Pandarus kommt mit Cressida zurück.

PANDARUS. Komm, komm; wozu dies Erröten? Scham ist nur ein einfältiges Kind. – Hier ist sie nun; schwört Ihr nun die Eide, die Ihr mir geschworen habt. – Was, willst du schon wieder entfliehen? Muß man dich erst durch Wachen zähmen, sag? Komm doch heran; komm heran! Wenn du zurückgehst, stellen wir dich vorn in die Reihen. – Warum sprecht Ihr nicht mit ihr? Nun, zieh doch diesen Vorhang weg, und laß dein Gemälde betrachten! Liebe Zeit! Wie sie sich fürchtet, dem Tageslicht ein Ärgernis zu geben! Wenn es dunkel wäre, ihr würdet einander schon näher kommen. So, so; jetzt bietet Schach, und Ihr nehmt die Dame. Seht, dieser Kuß war das Handgeld – hier baue, Zimmermann; hier ist die Luft lieblich. Ja, wahrhaftig, ihr sollt alle Karten ausgespielt haben, ehe ich euch von einander lasse – nur zu! Nur zu!

TROILUS. Ihr habt mich aller Worte beraubt, Liebste! –

PANDARUS. Worte zahlen keine Schulden; gebt ihr Taten; aber sie wird Euch auch um die Taten bringen, wenn sie Eure Tätigkeit in Anspruch nimmt. – Was, wieder geschnäbelt? Hier heißt's, »zur Bekräftigung dessen von beiden Parteien wechselseitig« – Kommt hinein, kommt hinein, ich will ein Feuer machen lassen. *Pandarus geht ab.*

CRESSIDA. Wollt Ihr hineingehn, mein Prinz?

TROILUS. O Cressida, wie oft habe ich mich so gewünscht!

CRESSIDA. Gewünscht, mein Prinz? Die Götter gewähren – o mein Prinz! –

TROILUS. Was sollen sie gewähren? Was verursacht dies liebliche Abbrechen? Was für tiefverborgne Trübung erspäht mein süßes Mädchen in dem klaren Brunnen unsrer Liebe?

CRESSIDA. Mehr Trübung als Wasser, wenn meine Furcht Augen hat.

TROILUS. Die Furcht macht Teufel aus Engeln; sie sieht nie richtig.

CRESSIDA. Blinde Furcht, von sehender Vernunft geführt, geht sichrer zum Ziel als blinde Vernunft, die ohne Furcht strauchelt. Das Schlimmste fürchten, heilt oft das Schlimmste.

TROILUS. Was könnte meine Geliebte fürchten? In Cupidos Maskenzug wird nie ein Ungeheuer aufgeführt.

CRESSIDA. Auch nie etwas Ungeheures?

TROILUS. Nichts als unsre Unternehmungen: wenn wir geloben, Meere zu weinen, in Flammen zu leben, Felsen zu verschlingen, Tiger zu zähmen; weil wir wähnen, es sei der Dame unsres Herzens schwerer, genug Prüfungen zu ersinnen, als für uns irgend etwas Unmögliches zu bestehn. Das ist das Ungeheure in der Liebe, meine Teure, – daß der Wille unendlich ist, und die Ausführung beschränkt; daß das Verlangen grenzenlos ist, und die Tat ein Sklav' der Beschränkung.

CRESSIDA. Man sagt, jeder Liebhaber schwöre, mehr zu vollbringen, als ihm möglich ist, und behalte dennoch Kräfte, die er nie in Anwendung bringt; er gelobe, mehr als zehn auszuführen, und bringe kaum den zehnten Teil von dem, was einer vermöchte, zustande. Wer die Stimme eines Löwen und das Tun eines Hasen hat, ist der nicht ein Ungeheuer?

TROILUS. Gibt es solche? Wir sind nicht von dieser Art. Lobt uns nach bestandener Prüfung, und schätzt uns nach Taten; unser Haupt müsse unbedeckt bleiben, bis Ruhm es krönt. Keine Vollkommenheit, die noch erst erreicht werden soll, werde in der Gegenwart gepriesen; wir wollen das Verdienst nicht vor seiner Geburt taufen, und ist es geboren, so soll seine Bezeichnung demütig sein: Wenig Worte und feste Treue! Troilus wird für Cressida ein solcher sein, daß, was Bosheit ihm Schlimmstes nachsagen mag, ein Spott über seine Treue sei; und was Wahrheit am wahrsten sprechen kann, nicht wahrer als Troilus.

CRESSIDA. Wollt Ihr hineingehn, mein Prinz?

Pandarus kommt zurück.

PANDARUS. Wie? Noch immer errötend? Seid Ihr noch nicht mit Schwätzen fertig?

CRESSIDA. Nun, Oheim, was ich Törichtes beginne, sei Euch zugeeignet.

PANDARUS. Ich danke schönstens. Wenn der Prinz von dir einen Buben bekommt, so soll er mir gehören. Sei dem Prinzen treu; wenn er wankelmütig wird, so halte dich an mich.

TROILUS. Ihr kennt nun Eure Bürgen: Eures Oheims Wort und meine feste Treue.

PANDARUS. Nun, ich will auch für sie gut sagen. Die Mädchen aus unsrer Verwandtschaft wollen lange gebeten sein; aber, einmal gewonnen, sind sie standhaft: rechte Kletten, sag' ich Euch, sie bleiben haften, wo man sie hinwirft.

CRESSIDA. Kühnheit kommt nun zu mir und macht mir Mut:
Prinz Troilus! Euch liebt' ich Tag und Nacht,
Seit manchem langen Mond.

TROILUS.
Wie warst du mir so schwer denn zu gewinnen?

CRESSIDA. Schwer nur zum Schein; doch war ich schon gewonnen
Vom ersten Blick, der jemals, – o verzeiht!
Sag' ich zu viel, so spielt Ihr den Tyrannen.
Ich lieb' Euch nun; doch nicht bis jetzt so viel,
Daß ich's nicht zähmen kann – doch nein, ich lüge:
Mein Sehnen war wie ein verzognes Kind
Der Mutter Zucht entwachsen. Oh, wir Ärmsten!
Was plaudr' ich da? Wer bleibt uns wohl getreu,
Wenn wir uns selbst so unverschwiegen sind?
So sehr ich liebte, warb ich nicht um Euch,
Und doch fürwahr wünscht' ich ein Mann zu sein,
Oder daß wir der Männer Vorrecht hätten,
Zuerst zu sprechen. Liebster, heiß' mich still sein!
Sonst im Entzücken red' ich ganz gewiß,
Was mich dereinst gereut. O sieh, dein Schweigen,
So schlau verstummend, lockt aus meiner Schwachheit

Die innersten Gedanken: schließ' den Mund mir!
TROILUS. Gern! Tönt er auch die süßeste Musik.
Er küßt sie.
PANDARUS. Recht artig! Meiner Treu!
CRESSIDA.
Mein Prinz, ich bitt' Euch sehr, entschuldigt mich;
Nicht wollt' ich so mir einen Kuß erbetteln.
Ich bin beschämt, – o Himmel! Was begann ich?
Für diesmal muß ich Abschied nehmen, Prinz.
TROILUS. Abschied, mein süßes Mädchen?
PANDARUS. Abschied? Nun ja, ihr mögt bis morgen früh Abschied nehmen –
CRESSIDA. Laßt's nun genug sein –
TROILUS. Was erzürnt dich, Liebste?
CRESSIDA. Mein eignes Hiersein, Prinz.
TROILUS. Ihr könnt Euch selbst
Doch nicht entfliehn?
CRESSIDA. Laßt mich, daß ich's versuche.
Zwar, eine Art von meinem Selbst bleibt hier,
Doch ein Unart'ges, das sich selbst verläßt,
Als deine Törin. Oh, wo blieb mein Sinn?
Ich möchte gehn, – ich sprech', ich weiß nicht was.
TROILUS.
Wer so verständig spricht, weiß, was er spricht.
CRESSIDA. Vielleicht, mein Prinz, zeig' ich mehr
List als Liebe
Und sprach so dreist ein frei Geständnis aus,
Mir Euer Herz zu fahn. Doch Ihr seid weise,
Oder liebt nicht; denn weise sein und lieben
Vermag kein Mensch; nur Götter können's üben.
TROILUS. Oh, daß ich glaubt', es könne je ein Weib
(Und wenn sie's kann, glaub' ich's zuerst von Euch)
Für ewig nähren Liebesflamm' und Glut,
In Kraft und Jugend ihre Treu' bewahren,
Die Schönheit überdauernd durch ein Herz,
Das frisch erblüht, ob auch das Blut uns altert!
Daß nur die Überzeugung mir erstarkte,
Ihr könntet meine Treu' und Innigkeit
Erwidern mit dem gleichgefüllten Maß
Der reinen, ungetrübten Herzensneigung:
Wie würde mich's erheben! Aber, ach!
Ich bin so wahrhaft, wie der Wahrheit Einfalt,
So einfach, wie die Wahrheit spricht im Kinde.
CRESSIDA. Den Wettkampf nehm' ich an.
TROILUS. O hold Gefecht,
Wenn Recht um Sieg und Vorrang ficht mit Recht!
Treuliebende in Zukunft werden schwören
Und ihre Treu' mit Troilus versiegeln:
Und wenn dem Vers voll Schwür' und
schwülst'gen Bildern
Ein Gleichnis fehlt, der oft gebrauchten müde,
Als – treu wie Stahl, wie Sonnenschein dem Tag,
Pflanzen dem Mond, das Täubchen seinem Täuber,
Dem Zentrum Erde, Eisen dem Magnet,
Dann, nach so viel Vergleichungen der Treu',
Wird als der Treue höchstes Musterbild
»So treu wie Troilus« den Vers noch krönen
Und weihn das Lied.
CRESSIDA. Prophetisch sei dies Wort!
Werd' ich dir falsch, untreu nur um ein Haar, –
Wenn Zeit gealtert und sich selbst vergaß,
Wenn Regen Trojas Mauern aufgelöst,
Blindes Vergessen Städte eingeschlungen,
Und mächt'ge Reiche spurlos sind zermalmt
Ins staub'ge Nichts: – auch dann noch mög'
Erinn'rung,
Spricht man von falschen, ungetreuen Mädchen,
Schmähn meine Falschheit: sagten sie, so falsch
Wie Luft, wie Wasser, Wind und lockrer Sand,
Wie Fuchs dem Lamm, wie Wolf dem jungen Kalbe,
Panther dem Reh, Stiefmutter ihrem Sohn,
Ja, schließ' es dann und treff' ins Herz der Falschheit:
»So falsch wie Cressida!«
PANDARUS. Wohlan, der Handel ist geschlossen; das Siegel drauf, das Siegel drauf, ich will Zeuge sein. Hier fass' ich Eure Hand, hier die meiner Nichte; wenn ihr je einander untreu werdet, die ich mit so viel Mühe zusammengebracht habe, so mögen alle armen Liebesvermittler bis an der Welt Ende nach meinem Namen Pandarus heißen; alle unbeständigen Liebhaber soll man Troilus nennen, alle falschen Mädchen Cressida, und alle Zwischenträger Pandarus. Sagt Amen!
TROILUS. Amen!
CRESSIDA. Amen!
PANDARUS. Amen! Und somit will ich euch eine Kammer und ein Bett nachweisen: und damit das Bett euer artiges Liebeständeln nicht ausschwatze, drückt es tot! Nun fort! – Und Amor gönn' auch hier allen schweigsamen Kindern 'nen Pandar, Bett und Kammer, um ihre Not zu lindern.
Sie gehn ab.

Dritte Szene

Das griechische Lager.
Es treten auf Agamemnon, Ulysses, Diomedes, Nestor, Ajax, Menelaus und Kalchas.

KALCHAS.
Nun, Fürsten, für den Dienst, den ich getan,
Ermahnt der Zeit Gelegenheit mich laut,
Zu fodern Lohn. Erinnert euch, wie ich,
Vorahnend das Geschick, dem Liebesgott
Mein Eigentum und Troja überließ,
Schmach des Verräters trug, und eingetauscht
Für wohlerworbnen ruhigen Besitz
Unsichre Zukunft, losgesagt von allen,
Die Zeit, Bekanntschaft, Umgang und Gewöhnung
Zu Freunden und Vertrauten mir gemacht;
Und hier, um euch zu dienen, bin geworden
Ein Neuling in der Welt, fremd, unbekannt.
Deshalb ersuch' ich euch, als Vorgeschmack
Mir jetzt ein kleines Gunstgeschenk zu geben
Aus jenen vielen mir von euch verheiß'nen,
Die ihr mir zugedacht nach Euerm Wort.
AGAMEMNON.
Was willst du von uns, Troer? Fodre denn!
KALCHAS.
Ihr machtet einen Troer zum Gefangnen,
Antenor, gestern; Troja schätzt ihn sehr.
Oft habt ihr – und ich dankt' euch oft dafür –
Mir meine Cressida auswechseln wollen,
Die Troja stets verweigert. Doch Antenor
Ist, weiß ich, solche Triebkraft ihres Tuns,

Daß ihre Volksberatung, fehlt sein Wirken,
Erschlaffen muß; und diesen einzutauschen
Gäben sie wohl 'nen Prinzen von Geblüt,
Ja, einen Sohn des Priam. Den entlaßt
Als Preis für meine Tochter; deren Freiheit
Zahlt alle Dienste, die ich euch erwies,
In hocherkannter Müh'.

AGAMEMNON. Geleit' ihn, Diomed,
Und bring' uns Cressida: gewährt sei Kalchas,
Was er von uns gewünscht. Ihr, Diomed,
Rüstet Euch stattlich aus zu diesem Tausch:
Zugleich erforscht, ob Hektor seines Aufrufs
Erwid'rung morgen wünscht; Ajax ist fertig.

DIOMEDES.
Dies übernehm' ich gern, als eine Bürde,
Die ich zu tragen stolz bin.

Diomedes und Kalchas gehn ab.
Achilles und Patroklus treten aus ihrem Zelt.

ULYSSES. Achilles steht am Eingang seines Zelts; –
Wollt nun, mein Feldherr, fremd vorübergehn,
Als wär' er ganz vergessen; und, ihr Fürsten,
Nachlässig nur und achtlos blickt ihn an.
Ich folg' euch nach; gewiß dann fragt er mich,
Warum so seitab kalt man auf ihn sah.
Dann, als Medikament, soll Ironie
Behandeln seinen Stolz und euer Fremdtun,
Die er freiwillig gern verschlucken wird.
Das mag wohl helfen: Stolz hat keinen Spiegel,
Sich selbst zu schaun, als Stolz: des Knies Verehrung
Mästet den Hochmut, wird des Stolzen Zehrung.

AGAMEMNON.
Wir tun nach Euerm Rat und woll'n uns fremd
Gebärden, wie wir ihm vorübergehn.
So tue jeder Lord und grüß' ihn gar nicht,
Oder verächtlich: das verdrießt ihn mehr,
Als säh' ihn keiner an. Ich geh' voraus.

ACHILLES.
Wie? Kommt der Feldherr zum Gespräch mit mir?
Ihr wißt's, ich fechte gegen Troja nicht! –

AGAMEMNON.
Was sagt Achill? Begehrt er was von uns?

NESTOR.
Wollt Ihr, mein Fürst, etwas vom Feldherrn?

ACHILLES. Nein!

NESTOR. Nichts, Feldherr!

AGAMEMNON. Um so besser!

ACHILLES. Guten Tag! Guten Tag!

MENELAUS. Wie geht's? Wie geht's?

ACHILLES. Was, spottet mein der Hahnrei?

AJAX. Wie steht's, Patroklus?

ACHILLES. Guten Morgen, Ajax!

AJAX. He?

ACHILLES. Guten Morgen!

AJAX. Ja, und guten Tag dazu! –

Sie gehn vorüber.

ACHILLES.
Was heißt das? Kennt das Volk Achilles nicht?

PATROKLUS.
Sie tun ganz fremd! Sonst bückten sie sich tief
Und sandten dir entgegen schon ihr Lächeln,
Demütig nah'nd, als wenn zur Tempelweihe
Sie schlichen!

ACHILLES. Ha! Bin ich verarmt seit gestern?
Zwar, Größe, wenn sie mit dem Glück zerfällt,
Zerfällt mit Menschen auch. Der Hingestürzte
Liest sein Geschick so schnell im Blick der Menge,
Als er den Fall gefühlt. Die Menschen zeigen,
Wie Schmetterlinge, die bestäubten Schwingen
Dem Sommer nur, und keinen Menschen gibt's,
Der, weil er Mensch ist, irgend Ehre hat –
Er hat nur Ehre, jener Ehre halb,
Die Zutat ist, als Reichtum, Rang und Gunst
Des Zufalls Lohn so oft, wie des Verdienstes –:
Wenn diese fallen, die nur schlüpfrig sind,
Muß Lieb', an sie gelehnt und schlüpfrig auch,
Eins mit dem andern niederziehn, und alle
Im Sturze sterben. Nicht so ist's mit mir;
Das Glück und ich sind Freunde; noch genieß' ich
In vollem Umfang, was ich sonst besaß,
Bis auf die Blicke jener, die, so scheint mir's,
An mir gefunden, was so reichen Ansehns
Wie sonst nicht würdig ist. Da kommt Ulyß –
Ich will sein Lesen unterbrechen –:
Wie nun, Ulyß?

ULYSSES. Nun, großer Thetis-Sohn?

ACHILLES. Was lest Ihr da?

ULYSSES. Nun, ein seltsamer Geist
Schreibt hier: »Ein Mann, wie trefflich ausgestattet,
Wie reich begabt an äußerm Gut und innerm,
Rühmt sich umsonst zu haben, was er hat,
Noch fühlt er's sein, als nur im Widerstrahl –
Als müßte erst sein Wert auf andre scheinen
Und dann das Feuer, das er jenen lieh,
Dem Geber wiederkehren.«

ACHILLES. Das ist nicht seltsam!
Die Schönheit, die uns hier im Antlitz blüht,
Kennt nicht der Eigner: fremdem Auge nur
Empfiehlt sie sich. Auch selbst das Auge nicht,
Das geistigste der Sinne, schaut sich selbst
Für sich allein; nur Auge gegen Auge
Begrüßen sich mit wechselseit'gem Glanz.
Denn Sehkraft kehrt nicht zu sich selbst zurück,
Bis sie gewandert und sich dort vermählt,
Wo sie sich sieht. Das ist durchaus nicht seltsam!

ULYSSES. Der Satz an sich ist mir nicht aufgefallen:
Er ist nicht neu; die Folg'rung nur des Autors,
Der, wie er ihn erörtert, dartun will,
Niemand sei Herr von irgendeinem Ding
(Obgleich in ihm und für sich selbst bestehend),
Bis er's als Gabe andern mitgeteilt:
Noch hab' er selbst Begriff von ihrem Wert,
Eh' er sie abgeformt im Beifall sieht,
Der sie auffaßt und, einer Wölbung gleich,
Rückwirft die Stimme; oder wie ein Tor
Von Stahl die Sonn' empfängt und wiedergibt
Ihr Bild und ihre Glut. – Ich war vertieft
In dem Gedanken: alsbald fiel mir ein
Ajax, so unbeachtet.
O Himmel, welch ein Mann! Ein wahres Pferd,
Das hat, es weiß nicht was. Natur, wie manches
Wird schlecht geschätzt und ist, genutzt, so teuer!
Wie steht ein andres in erhabnem Ansehn,
Das arm an Wert ist! Morgen sehn wir nun
Durch Tat, die ihm das Los nur zugeworfen,
Ajax berühmt. Himmel, was mancher tut,
Indessen andre alles Tun verschmähn!

Wie der zum Saal der launigen Fortuna kriecht,
Wenn der vor ihren Augen müßig spielt den Narr'n!
Wie der sich in den Ruhm einschwelgt des andern,
Wenn jener macht den Müßiggang zum Schmaus! –
Seht unsre Griechenfürsten! Wie sie schon
Dem Tölpel Ajax auf die Schultern klopfen,
Als stemmt' er seinen Fuß auf Hektors Brust
Und Troja zitterte!

ACHILLES.
Ich glaub' es wohl; sie gingen mir vorüber,
Wie Geiz'ge Bettlern, gönnten mir auch nicht
Wort oder Blick. So ward ich schon vergessen?

ULYSSES.
Die Zeit trägt einen Ranzen auf dem Rücken,
Worin sie Brocken wirft für das Vergessen,
Dies große Scheusal von Undankbarkeit.
Die Krumen sind vergangne Großtat, aufgezehrt
So schleunig als vollbracht, so bald vergessen
Als ausgeführt. Beharrlichkeit, mein Fürst,
Hält Her' im Glanz; was man getan hat, hängt
Ganz aus der Mode, wie ein rost'ger Harnisch,
Als armes Monument, dem Spott verfallen.
Verfolge ja den Pfad, der vor dir liegt;
Denn Ehre wandelt in so engem Hohlweg,
Daß einer Platz nur hat: drum bleib' im Gleise!
Denn tausend Söhne hat die Ruhmbegier,
Und einer drängt den andern; gibst du Raum,
Lenkst du zur Seit' und weichst vom gradsten Weg,
Gleich eingetretner Flut stürzt alles vor
Und läßt dich weit zurück –
Oder du fällst, ein edles Roß, im Vorkampf
Und liegst als Damm für den verworfnen Troß,
Zerstampft und überrannt. Was diese jetzt tun,
Wird Größres, das du tatest, überragen:
Denn Zeit ist wie ein Wirt nach heut'ger Mode,
Der lau dem Gast die Hand drückt, wenn er scheidet,
Doch ausgestreckten Arms, als wollt' er fliegen,
Umschlingt den, welcher eintritt.
Stets lächelt Willkomm', Lebewohl geht seufzend.
Nie hoffe Wert für das, was war, den Lohn;
Denn Schönheit, Witz,
Geburt, Verdienst im Kriege, Kraft der Sehnen,
Geist, Freundschaft, Wohltat, alle sind sie Knechte
Der neidischen, verleumdungssücht'gen Zeit.
Natur macht hierin alle Menschen gleich;
Einstimmig preist man neugebornen Tand,
Ward er auch aus vergangnem nur geformt,
Und schätzt den Staub, ein wenig übergoldet,
Weit mehr als Gold, ein wenig überstäubt.
Die Gegenwart rühmt Gegenwärt'ges nur;
Drum staune nicht, o hochberühmter Held,
Daß alle Griechen jetzt auf Ajax schaun:
Denn die Bewegung fesselt mehr den Blick
Als Ruhendes. Sonst jauchzte alles dir;
Und tät' es noch, und würd' es wieder tun,
Wenn du dich lebend selber nicht begrübst
Und deinen Ruhm einhegtest in dein Zelt –
Du, dessen glorreich Tun noch jüngst im Kampf
Neid und Parteiung selbst den Göttern schuf
Und Mars zum Einschritt rief.

ACHILLES. Für mein Entziehn
War starker Grund.

ULYSSES. Doch wider dein Entziehn
Sind heldenhafter noch die Gründ' und mächt'ger.
Es ist bekannt, Achill, Ihr seid verliebt
In eine Tochter Priams.

ACHILLES. Ha! Bekannt?

ULYSSES. Ist das ein Wunder?
Die Weisheit einer klug wachsamen Staatskunst
Kennt jedes Korn beinah' von Plutos' Gold,
Ergründet unerforschte Tiefen; sitzt
Zu Rat mit dem Gedanken; ja, wie Götter fast
Schaut sie in seiner stummen Wieg' ihn schleierlos.
Ein tief Geheimnis wohnt (dem die Geschichte
Stets fremd geblieben) in des Staates Seele,
Des Wirksamkeit so göttlicher Natur,
Daß Sprache nicht noch Feder sie kann deuten.
All der Verkehr, den Ihr mit Troja pflogt,
Ist unser so vollkommen, Fürst, wie Euer,
Und besser ziemte wohl sich's für Achill,
Hektorn bezwingen, als Polyxena.
Denn zürnen muß daheim der junge Pyrrhus,
Wenn durch die Inseln Famas Tuba schallt
Und unsre griech'schen Mädchen hüpfend singen:
»Des Hektor Schwester konnt' Achill besiegen,
Doch Hektor selbst mußt' Ajax unterliegen.«
Lebt wohl, ich sprach als Freund. Der Tor kann gleiten
Nun übers Eis, weil Ihr's nicht bracht bei Zeiten.

Ulysses geht ab.

PATROKLUS.
Wie oft ermahnt' ich Euch zu gleichem Zweck –,
Ein Weib, das unverschämt und männlich ward,
Ist nicht so widrig als ein weib'scher Mann,
Wenn's Taten gilt. Ich werde drum gescholten!
Man glaubt, mein schwacher Eifer für den Krieg
Und Eure Gunst zu mir lähmt Euern Arm:
Drum, Liebster, auf! Des zarten Weichlings Amor
Lieblich Umarmen streift von Euerm Nacken,
Und wie Tautropfen von des Löwen Mähne
Sei er zu luft'gem Nichts zerschüttelt.

ACHILLES. Soll
Ajax mit Hektorn kämpfen?

PATROKLUS.
Ja, und vielleicht viel Her' an ihm gewinnen.

ACHILLES. Ich seh' es wohl, mein Ruhm steht auf dem Spiel;
Mein Ruf ist schwer verwundet.

PATROKLUS. Oh, dann wahrt Euch!
Denn selbstgeschlagne Wunden heilen schwer!
In Ohnmacht unterlassen das Notwend'ge,
Heißt eine Vollmacht zeichnen der Gefahr:
Und heimlich, faßt Gefahr uns wie ein Fieber,
Selbst wenn wir müßig in der Sonne sitzen.

ACHILLES.
Geh, ruf' mir den Thersites, holder Freund;
Den Narr'n send' ich zum Ajax und ersuch' ihn,
Die Troerfürsten zu mir einzuladen,
Uns friedlich nach dem Kampfe hier zu sehn.
Mich treibt ein kranker Wunsch, ein Frau'ngelüst,
Im Hauskleid hier zu sehn den großen Hektor,
Mit ihm zu reden, sein Gesicht zu schaun
Nach Herzenslust. Da sieh, ersparte Müh'! –

Thersites tritt auf.

THERSITES. Ein Wunder!
ACHILLES. Was?
THERSITES. Ajax geht das Feld auf und ab und sucht nach sich selbst.
ACHILLES. Wieso?
THERSITES. Morgen soll er einen Zweikampf mit Hektor bestehn und ist so prophetisch stolz auf ein heroenmäßiges Abprügeln, daß er, ohne ein Wort zu reden, rast.
ACHILLES. Wie das?
THERSITES. Ei nun, er stolziert auf und ab wie ein Pfau; ein Schritt und dann ein Halt; murmelt, wie eine Wirtin, die keine Rechentafel hat als ihren Kopf, um die Zeche richtig zu machen; beißt sich in die Lippe mit einem staatsklugen Blick, als wollt' er sagen: in diesem Haupt wäre Witz, wenn er nur heraus könnte; und es ist auch vielleicht welcher da, aber er liegt so kalt in ihm, wie Feuer im Kiesel, das nicht zum Vorschein kommt, eh' er geschlagen wird. Der Mann ist auf ewig geliefert, denn wenn ihm Hektor nicht im Kampf den Hals bricht, so bricht er ihn sich selbst durch seinen Dünkel. Mich kennt er nicht mehr: ich sagte ihm: »Guten Morgen, Ajax!« Und er antwortete: »Großen Dank, Agamemnon!« Was meint Ihr von einem Menschen, der mich für den Feldherrn ansieht? Er ist ein wahrer Landfisch geworden, sprachlos, ein Ungeheuer. Hol' der Henker die öffentliche Meinung! – Es kann sie einer auf beiden Seiten tragen, wie ein ledernes Wams.
ACHILLES.
Du sollst mein Gesandter an ihn sein, Thersites.
THERSITES. Wer, ich? Ei, er gibt niemand Antwort: Antworten sind seine Sache nicht; reden schickt sich für Bettler: er trägt die Zunge im Arm. Ich will ihn Euch vorstellen; laßt nun Patroklus Fragen an mich richten. Ihr sollt ein Schauspiel vom Ajax sehn.
ACHILLES. Red' ihn an, Patroklus. Sag ihm, ich lasse den tapfern Ajax in Demut ersuchen, er wolle den großmütigen Hektor einladen, unbewaffnet in meinem Zelt zu erscheinen, und ihm ein sichres Geleit verschaffen bei dem höchst mannhaften und durchlauchtigen, sechs- oder siebenmal preiswürdigen Feldhauptmann des Griechenheers, Agamemnon: – nun, fang' an!
PATROKLUS. Heil dem großen Ajax!
THERSITES. Hum!
PATROKLUS. Ich komme von dem edeln Achilles –
THERSITES. Ha!
PATROKLUS. Der Euch in aller Demut ersucht, Hektorn in sein Zelt einzuladen –
THERSITES. Hum!
PATROKLUS. – und ihm sichres Geleit von Agamemnon zu verschaffen –
THERSITES. Agamemnon?
PATROKLUS. Ja, mein Fürst.
THERSITES. Ha! –
PATROKLUS. Was meint Ihr dazu?
THERSITES. Gott sei mit Euch! Ganz der Eurige.
PATROKLUS. Eure Antwort, Herr!
THERSITES. Wenn's morgen ein schöner Tag ist, – um elf Uhr, – da wird sich's finden auf eine oder die andre Art; aber wie's auch wird, er soll für mich zahlen, ehe er mich bekommt.
PATROKLUS. Eine Antwort, Herr!
THERSITES. Lebt wohl! Ganz der Eurige.
ACHILLES. Und ist er wirklich in solcher Stimmung? Sag!
THERSITES. Nein, in eben solcher Verstimmung. Wie viel Musik in ihm nachbleibt, wenn Hektor ihm den Schädel eingeschlagen hat, das weiß ich nicht, aber ich denke gar keine: Fiedler Apollo müßte denn seine Sehnen nehmen und sich Darmsaiten daraus machen.
ACHILLES. Komm, du sollst ihm jetzt diesen Brief bringen.
THERSITES. Gebt mir noch einen für sein Pferd, denn das ist doch von beiden die klügste Bestie.
ACHILLES.
Mein Geist ist trüb, wie ein gestörter Quell,
Ich selber kann ihm auf den Grund nicht schaun.
Achilles und Patroklus gehn ab.
THERSITES. Ich wollte, der Born Eures Geistes wäre wieder klar, daß ich einen Esel daraus tränken könnte. Wär' ich doch lieber eine Laus in Schafwolle, als solche tapfre Dummheit! *Er geht ab.*

Vierter Aufzug

Erste Szene

Troja. Eine Straße.
Es treten auf Äneas und ein Diener mit einer Fackel, von der einen Seite; von der andern Paris, Antenor, Deiphobus und Diomedes nebst Gefolge und Fackeln.

PARIS. Heda, wer kommt hier?
DEIPHOBUS. Fürst Äneas, Herr.
ÄNEAS. Wie, Paris, seid Ihr's wirklich?
Hätt' ich so schönen Anlaß, lang' zu schlafen,
Als Ihr, mein Prinz, – nur heil'ge Pflichten hielten
Von meiner Bettgenossin mich entfernt.
DIOMEDES.
So denk' ich auch. Guten Morgen, Fürst Äneas!
PARIS.
Ein tapfrer Griech', Äneas; reicht die Hand ihm;
Erinnert Euch, wie oft Ihr uns erzählt,
Daß Diomed Euch eine ganze Woche
Täglich im Kampf gesucht.
ÄNEAS. Ich biet' Euch Gruß,
Solang' der Stillstand währt und Waffenruh';
Doch treff' ich Euch im Feld, so finstern Trotz,
Wie nur das Herz ihn denkt, ausführt der Mut! –
DIOMEDES.
Freundschaft wie Kampf erwidert Diomed;
Nun wallt das Blut uns kühl, drum Gruß und Heil!
Doch trifft Gelegenheit und Schlacht zusammen,
Beim Zeus, dann mach' ich auf dein Leben Jagd
Mit aller Kraft, Verschlagenheit und List.
ÄNEAS. Und jagen sollst du einen Leu'n, der flieht
Mit rückgewandtem Haupt. Jetzt sei gegrüßt
In Freundlichkeit: ja, bei Anchises' Leben,
Herzlich willkommen! Bei Venus' Hand beteur' ich,
Kein Mann auf Erden kann in solcher Weise
Den Feind mehr lieben, den er wünscht zu töten! –

DIOMEDES.
Wir fühlen gleich. Zeus, laß Äneas leben,
Wenn meinem Schwert sein Tod nicht Ruhm erkauft,
Bis tausend Sonnenläufe sich erfüllen –
Doch mir zu Preis und Ehre laß ihn sterben,
Verwundet jedes Glied, und morgen schon! –
ÄNEAS. Wir kennen uns einander gut.
DIOMEDES.
Und wünschen auch im Bösen uns zu kennen.
PARIS. Das ist so schmähend trotz'ger Feindesgruß,
So edler Liebeshaß, als je geboten. –
Warum so früh geschäftig, edler Fürst?
ÄNEAS. Der König
Hat mich verlangt, doch weiß ich nicht, warum.
PARIS.
Ich kann's Euch melden. Diesen Griechen führt
In Kalchas' Haus: dort für Antenors Freiheit
Sollt Ihr die schöne Cressida erstatten.
Laßt uns zusammen gehn; sonst, wenn Ihr wollt,
Eilt jetzt vor uns zu ihm. Ich glaube sicher –
Vielmehr, mein Glaub' ist ein bestimmtes Wissen –
Dort weilt mein Bruder Troilus zu Nacht.
Weckt ihn und meldet ihm, daß wir uns nahn,
Und Kunde gebt, weshalb; ich fürchte sehr,
Wir sind ihm nicht willkommen.
ÄNEAS. Sicher nicht! –
Eh' wünscht erTroja hin nach Griechenland,
Als Cressida aus Troja.
PARIS. Wer kann's ändern!
Der Zeit gebiet'rische Notwendigkeit
Verlangt es so: geht, Fürst, wir folgen Euch.
ÄNEAS. Guten Morgen allerseits!
Er geht ab.
PARIS. Nun sagt mir, edler Diomed, sagt frei,
Im echten Geist aufricht'ger Brüderschaft –
Wer würd'ger sei der schönen Helena,
Ich oder Menelaus?
DIOMEDES. Beide gleich! –
Wert ist er, sie zu haben, der sie sucht,
Für gar nichts achtend ihrer Ehre Fleck,
Mit solcher Welt von Qual und Höllenpein; –
Du wert, sie zu behalten, der sie schützt
(Mit stumpfem Gaum nicht ihre Schande schmeckend),
Mit solchem teuern Preis von Gut und Blut.
Er, ein schwachmüt'ger Hahnrei, tränke willig
Die Neig' und Hefe abgestandnen Weins;
Dich Lüderlichen freut's, aus Hurenleib
Dir deine künft'gen Erben zu erzeugen:
Drum wiegt ihr gleich, wie man die Pfunde setze,
Hat einer mehr Gewicht, ist's um 'ne Metze.
PARIS. Zu herbe seid Ihr Eurer Landsmännin.
DIOMEDES.
Herb ist sie ihrem Lande. Hört mich, Paris:
Für jeden Tropfen ihres schnöden Bluts
Zahlt eines Griechen Leben; jeder Skrupel
Des pesterfüllten, buhlerischen Leibes
Erschlug 'nen Troer. Seit sie stammeln konnte,
Sprach sie der guten Worte nicht so viel,
Als griechisch Volk und troisch für sie fiel.
PARIS.
Freund Diomed, Ihr macht's wie kluge Käufer
Und schmäht das Gut, das Ihr zu markten wünscht; –
Doch wir sind Euch voraus und schweigen still;
Man rühmt nicht, was man nicht verkaufen will.
Hier geht der Weg. –
Sie gehn ab.

Zweite Szene

Garten.
Troilus und Cressida.

TROILUS.
Mein Liebchen, müh' dich nicht; die Luft ist kalt.
CRESSIDA.
Dann, Liebster, ruf ich mir den Ohm herab,
Er soll das Tor aufschließen.
TROILUS. Stör' ihn nicht!
Zu Bett, zu Bett! Schlaft süß, ihr holden Augen,
Und linde Ruh' umschmiege deine Sinnen
Wie Kindern, aller Sorgen frei!
CRESSIDA. Guten Morgen denn!
TROILUS. Ich bitt' dich, nun zu Bett! –
CRESSIDA. So seid Ihr mein schon müde?
TROILUS. O Cressida! Nur daß der rege Tag,
Geweckt vom Lerchenton, aufscheucht die Krähe,
Und Nacht nicht länger unsre Freuden birgt,
Sonst schied' ich nicht.
CRESSIDA. Die Nacht war allzu kurz!
TROILUS. Giftmischern weilt die widerwärt'ge Hexe,
Wie Hölle scheußlich; doch der Liebe Kosen
Flieht sie, mit Schwingen schneller als Gedanken. –
Erkälten wirst du dich und auf mich zürnen.
CRESSIDA.
O blieb' noch! Männer wollen niemals warten.
Ich Törin! Hätt' ich nein zu dir gesagt,
Dann würd'st du wohl noch warten. Horch! Wer kommt?
PANDARUS *draußen.*
Was? Alle Türen offen?
TROILUS. 's ist dein Oheim.
Pandarus kommt.
CRESSIDA.
Der Unerträgliche! Nun wird er spotten,
Das wird ein Leiden sein –
PANDARUS. Nun, wie geht's? wie geht's? Wie steht's um die Jungfernschaft? Hört, Ihr, Jungfer: wo ist meine Nichte Cressida? –
CRESSIDA.
Fort, fort mit Euch, Ihr böser, spött'scher Ohm!
Erst treibt Ihr mich dazu, dann höhnt Ihr mich!
PANDARUS. Wozu? Wozu? Nun sage doch einmal, wozu? Wozu habe ich dich gebracht?
CRESSIDA.
Pfui, schlimmer Ohm! Ihr selbst tut nimmer gut,
Noch leidet Ihr's von andern.
PANDARUS. Ha, ha, ha! Ach du armes Ding! Das liebe Närrchen! Hast du diese Nacht nicht geschlafen? Wollte er dich nicht schlafen lassen, der garstige Mann? Hol' ihn der Popanz! –
Es wird an die Tür geklopft.
CRESSIDA. Sagt' ich's nicht? – Klopft doch lieber seinen Kopf!
Wer pocht so? Geht doch, lieber Oheim, seht!
Ihr, Liebster, kommt zurück in meine Kammer –

Ihr lächelt spöttisch, als meint' ich was Arges.
TROILUS. Ha, ha!
CRESSIDA.
Ihr irrt Euch; nein, an so was denk' ich nicht.
Man klopft wieder.
Wie stark man klopft! Ich bitt' Euch, geht hinein;
Halb Troja nähm' ich nicht, wenn man Euch fände.
Sie gehn.

PANDARUS. Wer ist denn da? Was gibt's? Wollt Ihr die Tür einschlagen? Was ist? Was gibt's? –
Äneas tritt auf.

ÄNEAS. Guten Morgen, Herr, guten Morgen!

PANDARUS. Wer ist's? Fürst Äneas? Auf meine Ehre, ich kannte Euch nicht; was bringt Ihr so früh Neues?

ÄNEAS. Ist nicht Prinz Troilus hier? –

PANDARUS.
Hier? Was sollte er wohl hier machen?

ÄNEAS. Ei, er ist hier; verleugnet ihn nur nicht!
Es liegt ihm viel daran, mit mir zu reden.

PANDARUS. Er ist hier, sagt Ihr? Das ist mehr, als ich weiß, das schwöre ich Euch. Was mich betrifft, so kam ich spät heim. Was sollte er hier zu tun haben?

ÄNEAS. Wer? Nun, wahrhaftig, –
Geht, geht! Ihr tut ihm Schaden, eh' Ihr's denkt;
Ihr wollt ihm treu sein und verratet ihn –
Wißt immer nichts von ihm, nur holt ihn her!
Geht! –
Während Pandarus abgeht, kommt Troilus.

TROILUS. Nun, was gibt es hier?

ÄNEAS.
Kaum bleibt mir Zeit, Euch zu begrüßen, Prinz,
So drängt mich mein Geschäft. Ganz nah schon sind
Eu'r Bruder Paris und Deiphobus,
Der Grieche Diomed und, neu befreit,
Unser Antenor; und für diesen soll'n wir
Noch diese Stunde, vor dem Morgenopfer,
In Diomedes' Hand als Preis erstatten
Das Fräulein Cressida.

TROILUS. Ist das beschlossen?

ÄNEAS.
Von Priamus und Trojas ganzem Rat;
Sie nahn und sind bereit, es zu vollziehn.

TROILUS.
Wie spottet mein nun der errungne Preis! –
Ich geh', sie zu empfahn, und Ihr, Äneas,
Traft mich durch Zufall, fandet mich nicht hier.

ÄNEAS.
Recht wohl, mein Prinz! Naturgeheimnisse
Sind nicht mit größrer Schweigsamkeit begabt. –
Troilus und Äneas gehn ab.

PANDARUS. Ist's möglich? Wie gewonnen, so zerronnen? Hole der Teufel diesen Antenor! Der junge Prinz wird den Verstand verlieren. Zum Henker mit diesem Antenor! Ich wollte, sie hätten ihm den Hals gebrochen! –
Cressida kommt.

CRESSIDA.
Wie nun? Was gibt es hier? Wer kam vorhin?

PANDARUS. Ach, ach! –

CRESSIDA.
Was seufzt Ihr so? Wo ist mein Liebster? Fort?
Sagt, lieber Ohm, was ist geschehn?

PANDARUS. Ich wollte, ich wäre so tief unter der Erde, als ich drüber bin! –

CRESSIDA. O Götter! Nun, was ist geschehn? –

PANDARUS. Ach, geh nur hinein. Wärst du doch nie geboren! Ich wußte es wohl, du würdest sein Tod sein. Oh, der arme, junge Mann! Verdammter Antenor!

CRESSIDA. Mein bester Ohm, auf meinen Knie'n beschwör' ich,
Ich fleh' Euch, sagt, was ist geschehn? –

PANDARUS. Du mußt fort, Kind, du sollst fort; du bist für den Antenor ausgewechselt; zu deinem Vater sollst du, und den Troilus verlassen. Das wird sein Tod sein, das überlebt er nicht, das bringt ihn um! –

CRESSIDA.
O ihr Unsterblichen! Ich gehe nicht! –

PANDARUS. Du mußt!

CRESSIDA.
Ich will nicht, Ohm. Was frag' ich nach dem Vater!
Was ist Verwandtschaft mir? Nein, keine Seele,
Nicht Freundschaft, Lieb' und Blut sind mir so nah
Als du, herzliebster Troilus. O Götter,
Laßt Cressida der Falschheit Gipfel heißen,
Wenn sie dich je verläßt! Zeit, Not und Tod,
Tut diesem Leben euer Äußerstes;
Doch meiner Liebe starker Bau und Grund
Ist wie der Erde ew'ger Mittelpunkt,
Der alles an sich zieht. Ich will hinein
Und weinen.

PANDARUS. Ja, mein Kind.

CRESSIDA. Zerraufen will ich
Mein glänzend Haar; die schönen Wangen furchen,
Die Stimme heiser schluchzen, und mein Herz
Zersprengen mit dem Namen Troilus: –
Ich will nicht fort von Troja! –
Sie gehn ab.

Dritte Szene

Straße.
Es treten auf Paris, Troilus, Äneas, Diomedes und Gefolge.

PARIS.
Es ist schon heller Morgen, und die Stunde,
Sie abzuliefern diesem tapfern Griechen,
Rückt schnell heran. Mein bester Troilus,
Sag du der Dame, was ihr nah bevorsteht,
Und heiß' sie eilen.

TROILUS.
Geht ins Haus hinein;
Ich sende sie dem Griechen ungesäumt; –
Und seine Hand, wenn ich sie überliefre,
Ist der Altar, dein Bruder Troilus
Der Priester, der sein eignes Herz dort opfert.
Troilus ab.

PARIS.
Ich weiß, was Lieben heißt, und wünschte nur,
Ich könnte dir, wie Mitleid, Hülfe bieten. –
Beliebt's, ihr Herrn, so geht hinein!
Sie gehn ab.

Vierte Szene

Garten.
Pandarus und Cressida treten auf.

PANDARUS. Sei mäßig, Kind, sei mäßig!
CRESSIDA.
Was sprecht Ihr mir von Mäßigung? Der Schmerz,
Den ich empfind', ist geistig, tief, erschöpfend,
Und ganz so groß und heftig, wie die Ursach',
Die ihn erzeugt: wie kann ich ihn da mäß'gen?
Wenn meine Liebe mit sich handeln ließe,
Daß sie dem kältern, schwächern Sinn genügte,
So könnt' ich eben so den Schmerz auch kühlen;
Mein Sehnen duldet kein vermittelnd Lindern,
So großes Leid vermag nicht Trost zu mindern.
Troilus kommt.
PANDARUS. Hier, hier, hier kommt er. Ach die lieben Täubchen!
CRESSIDA. O Troilus! Troilus!
PANDARUS. Welch ein Schauspiel! Das arme Paar! Laßt mich euch auch umarmen. – O Herz – wie's im alten Liede steht –
O Herz, o volles Herz,
Was seufzest du, und brichst nicht?
Und er antwortet hernach:
Weil du nicht lindern kannst den Schmerz,
Drum wend'st du dich, und sprichst nicht.
Nie gab's einen so wahren Reim. Man muß nichts wegwerfen, denn wir können's alle erleben, solchen Vers nötig zu haben; wir sehn es, wir sehn es. Nun, meine Lämmchen? –
TROILUS.
Ich liebe dich mit solcher seltnen Reinheit,
Daß sel'ge Götter, meiner Liebe zürnend, –
Die heißer als Gebet, von kalten Lippen
Der Gottheit dargebracht, – dich mir entreißen!
CRESSIDA. Sind Götter neidisch?
PANDARUS.
Ja, ja! Da sieht man's deutlich!
CRESSIDA.
Und ist es wahr? Muß ich von Troja scheiden?
TROILUS. Verhaßte Wahrheit!
CRESSIDA. Auch von Troilus?
TROILUS. Von Troja wie von Troilus!
CRESSIDA. Unmöglich!
TROILUS.
Und augenblicks, so daß des Schicksals Hohn
Das Lebewohl zurückweist; jede Muße
Grausam versagt; arglistig unsern Lippen
Alle Vereinung wehrt; gewaltsam hemmt
Der Lieb' Umarmung und den Schwur erstickt
Im Kreißen und Geburtsschmerz unsres Atems.
Wir beide, die wir uns mit tausend Seufzern
Gewonnen, müssen ärmlich uns verkaufen
Für eines Einz gen abgebrochenen Hauch.
Der rohe Augenblick, mit Diebes Hast,
Zwängt ein den reichen Raub fast unbesehn.
So manch Lebwohl als Stern' am Himmel, jedes
Mit eignem Kuß und Abschiedswort besiegelt,
Huscht er zusammen in ein kalt Ade
Und speist uns ab mit einem dürft'gen Kuß,
Verbittert mit dem Salz verhalt'ner Tränen.

ÄNEAS *draußen.*
Prinz, ist das Fräulein nun bereit?
TROILUS. Sie rufen dich! So ruft der Todesengel
Sein »Komm!« dem Mann, der plötzlich sterben soll. –
Heißt jene warten, sie wird gleich erscheinen.
PANDARUS. Wo sind meine Tränen? Regnet, damit dieser Sturm sich lege, sonst reißt es mein Herz mit allen Wurzeln aus.
Pandarus geht.
CRESSIDA. So muß ich zu den Griechen?
TROILUS. 's ist kein Mittel!
CRESSIDA.
Ein trauernd Mädchen bei den lust'gen Griechen?
Wann werden wir uns wiedersehn?
TROILUS. Hör' mich, Geliebte, bleibe du nur treu –
CRESSIDA.
Ich treu? Wie das? Welch schmählicher Verdacht!
TROILUS.
Nein, laß uns freundlich schlichten diesen Streit,
Er scheidet gleich von uns.
Ich sage nicht aus Argwohn: Sei mir treu,
Denn selbst dem Tod werf' ich den Handschuh hin,
Daß ohne Fleck und Makel sei dein Herz;
Dies »Sei mir treu« war nur, um einzuleiten
Die folgende Beteu'rung: Sei mir treu,
Und bald seh' ich dich wieder.
CRESSIDA.
O dann, mein Prinz, wagt Ihr Euch in Gefahren,
Zahllos und furchtbar. Doch ich bleib' Euch treu!
TROILUS.
Dann lockt Gefahr mich. Tragt die Ärmelkrause!
CRESSIDA. Und Ihr den Handschuh. Wann seh' ich Euch wieder?
TROILUS.
Erkaufen werd' ich mir die griech'schen Wachen
Und dann dich nachts besuchen. Doch sei treu!
CRESSIDA. O Himmel! Wieder dies: Sei treu!
TROILUS. Hör' an,
Geliebteste, weshalb ich dir's gesagt.
Die griech'schen Jünglinge sind reich begabt;
Ihr Lieben schmücken sie mit Körperschönheit,
Und Kunst und List vollenden ihren Reiz.
Wie Neuheit rühren mag und Wohlgestalt,
Ach! Läßt mich eine fromme Eifersucht
(Ich bitt' dich, nenn' es tugendhafte Sünde)
Zu sehr befürchten.
CRESSIDA. Oh, Ihr liebt mich nimmer! –
TROILUS. Dann mag ich sterben als ein Bösewicht!
Nicht deine Treu' und Liebe macht mich zweifeln
So sehr, als mein Verdienst. Ich kann nicht dichten,
Nicht springen wie ein Tänzer, künstlich kosen,
Noch feine Spiele spielen: lauter Gaben,
Worin die Griechen meisterlich gewandt;
Allein ich weiß, in jeder dieser Zierden
Lauert ein list'ger, stummberedter Teufel,
Der schlau versucht. O laß dich nicht versuchen! –
CRESSIDA. Glaubst du, ich werd' es?
TROILUS. Nein!
Doch oft geschieht uns, was wir nicht gewollt,
Und oftmals sind wir unsre eignen Teufel,
Wenn wir des Willens Schwäche selbst versuchen,

Zu stolz auf unsre wandelbare Kraft.
ÄNEAS *draußen.*
Nun, werter Prinz –
TROILUS. Noch einen Kuß zum Abschied!
PARIS *draußen.*
Auf, Bruder Troilus!
TROILUS. Paris, komm herein,
Und bring' Äneas mit und Diomedes!
CRESSIDA. Ihr bleibt doch treu, mein Prinz?
TROILUS.
Wer, ich? Das ist mein Fehl ja, meine Schwäche!
Wenn andre listig Gunst und Ehre fischen,
Fang' ich mit echter Treu' mir schlichte Einfalt;
Wenn mancher schlau sein Kupferblech vergoldet,
Trag' ich es schlicht und ehrlich ungeschmückt.
Sorg' nicht um meine Treu'; denn all mein Sinnen
Ist ehrlich, treu: mehr will ich nicht gewinnen.
Äneas, Paris und Diomedes treten auf.
Willkommen, Diomed! Hier ist die Dame,
Die für Antenor wir euch überliefern.
Am Tor, Herr, geb' ich sie in deine Hand
Und schildre unterwegs dir, was sie ist.
Begegn' ihr gut, und dann, beim Himmel, Grieche,
Fällst du jemals in meines Schwerts Gewalt
Und nennst mir Cressida, dann bleibst du sicher,
Wie Priamus in Ilium.
DIOMEDES. Schöne Dame,
Ihr spart den Dank mir, den der Prinz erwartet.
Eu'r glänzend Aug', der Himmel dieser Wangen,
Heischt wackern Dienst; und Diomedes nennt
Euch seine Herrin, ist Euch ganz gewidmet.
TROILUS.
Grieche, nicht höflich gegen mich verfährst du,
Das Siegel meiner Bitte nicht zu achten
Durch solchen Preis. Ich sag' dir, griech'scher Fürst,
Sie überstrahlt so hoch dein Lob, als du
Unwürdig bist, dich ihrem Dienst zu weihn.
Ich heiß' dir, halt' sie gut, weil ich's dir heiße:
Denn, beim furchtbaren Pluto, tust du's nicht,
Wär' auch dein Schutz Achilles' ries'ge Wucht,
Du hast gelebt.
DIOMEDES. O nicht so hitzig, Prinz!
Laßt mir das Vorrecht meiner Sendung, daß
Ich frei hier sprechen darf. Bin ich erst fort,
Dann folg' ich meiner Willkür; und vernimm,
Ich tu' nichts auf Geheiß: nach ihrem Wert
Wird sie geschätzt; doch sprichst du: So soll's sein,
Werd' ich nach Mut und Her' erwidern: Nein!
TROILUS.
So komm zum Tor! – Und wisse, Diomed,
Daß, wer hier trotzt, dereinst um Gnade fleht.
Gebt, Fräulein, mir die Hand, und mag im Wandeln
Ein leises Wort des Herzens Wunsch verhandeln.
Troilus und Cressida gehn ab. Trompetenstoß.
PARIS. Horch! Hektors Herold! –
ÄNEAS. Wie der Morgen schwand!
Der Prinz muß träge mich und säumig schelten,
Da ich versprach, vor ihm im Feld zu sein.
PARIS.
Die Schuld trägt Troilus: kommt, ins Feld mit ihm!
DIOMEDES. Nun laßt uns eilig sein!
ÄNEAS. Ja, mit des Bräut'gams muntrer Freudigkeit
Woll'n wir dem Hektor folgen auf dem Fuß.
Heut ficht für unsres Troja Heil und Ruhm
Sein Arm allein und edles Rittertum! –
Sie gehn ab.

Fünfte Szene

Das griechische Lager.
Es treten auf Ajax, in voller Rüstung; Agamemnon, Achilles, Patroklus, Menelaus, Ulysses, Nestor und Gefolge.

AGAMEMNON.
Hier stehst du, Auserwählter, frisch und kühn,
Der Zeit voreilend mit frühregem Mut.
Laß die Drommete laut dich Troja künden,
Furchtbarer Ajax, daß die Luft entsetzt
Des großen Kämpen Ohr durchbohre scharf
Und stürm' ihn her!
AJAX. Trompeter, nimm die Börse;
Nun spreng' die Lung' und brich dein erznes Rohr:
Blas', Kerl, bis deine aufgeschwellte Wange
Noch straffer sei als Pausback Aquilo;
Dehn' aus die Brust, dem Aug' entspritze Blut,
Du schmetterst Hektorn mir heran!
ULYSSES. Kein Erz gibt Antwort! –
ACHILLES. 's ist noch früh am Tag.
AGAMEMNON.
Kommt dort nicht Diomed mit Kalchas' Tochter?
ULYSSES.
Ja wohl, ich kenn' ihn an der Art des Gangs,
Er hebt sich auf den Zeh'n; hochatmend strebt
Sein Geist von dieser Erd' empor.
Diomedes und Cressida treten auf.
AGAMEMNON. Ist dies das Fräulein Cressida?
DIOMEDES. Sie ist's.
AGAMEMNON.
Seid hold gegrüßt den Griechen, schönes Fräulein!
NESTOR.
Mit einem Kuß begrüßt Euch der Feldhauptmann.
ULYSSES.
Wer möchte nicht solch reizend Feld behaupten?
Wir folgen Haupt für Haupt dem Mann ins Feld.
NESTOR.
Ein trefflich art'ger Vorschlag! Ich beginne: –
Soviel für Nestor.
ACHILLES. Ich will das Eis von Euern Lippen küssen:
Achill heißt Euch willkommen, schönes Kind.
MENELAUS.
Zum Küssen hatt' ich hübschen Anlaß sonst –
PATROKLUS.
Doch ist das Anlaß nicht zum Küssen jetzt: –
Denn so wie ich drang Paris Euch ins Haus,
Und mit dem hübschen Anlaß war es aus.
ULYSSES.
O bittre Schmach! All unsrer Leiden Born!
Mit unserm Lebensblut färbt er sein Horn!
PATROKLUS. Der Kuß für Menelaus, der für mich;
Patroklus küßt Euch.
MENELAUS. Ei, so abzuziehn!
PATROKLUS. Paris und ich, wir küssen stets für ihn.
MENELAUS.
Erlaubt mir, meinen Kuß will ich nicht missen.
CRESSIDA. So sagt, empfangt Ihr oder nehmt im Küssen?

MENELAUS. Ich nehm' und geb' im Kusse.
CRESSIDA. Dann vergönnt:
Ihr nehmt Euch bessern, als Ihr geben könnt;
Drum keinen Kuß.
MENELAUS.
Ich zahl' Euch Aufgeld, geb' Euch drei für einen;
CRESSIDA.
Von einem halben Manne nehm' ich keinen.
MENELAUS.
Ein halber? Und wo wär' die andre Hälfte?
CRESSIDA.
Die hat Prinz Paris längst sich eingefangen,
Als er mit Eurer Frau davon gegangen.
MENELAUS. Ihr schnippt mir an die Stirn!
CRESSIDA. O nein, fürwahr!
ULYSSES. Wie brächt' Eu'r Händchen seinem Horn Gefahr?
Darf ich um einen Kuß Euch bitten, Schöne?
CRESSIDA. Ihr dürft!
ULYSSES. Gern hätt' ich einen!
CRESSIDA. Nun, so bittet!
ULYSSES. Um Venus werde mir ein Kuß von dir,
Wenn Helena als Jungfrau lebt, und hier!
CRESSIDA. Sobald die Schuld verfallen, zahl' ich sie.
ULYSSES.
Dann hat es gute Zeit, Ihr küßt mich nie.
DIOMEDES.
Fräulein, ein Wort: ich bring' Euch Euerm Vater.
Geht mit Cressida ab.
NESTOR. Sie hat behenden Witz.
ULYSSES. Pfui über sie!
An ihr spricht alles, Auge, Wang' und Lippe,
Ja selbst ihr Fuß: der Geist der Lüsternheit
Blickt vor aus jedem Glied und Schritt und Tritt.
O der Kampflustigen, so zungenglatt
Die Willkomm' schielen, eh' man sie noch grüßt,
Und weit auftun die Blätter ihres Denkbuchs
Für jeden üpp'gen Leser! Merkt sie euch
Als niedre Beute der Gelegenheit
Und Töchter schnöder Lust.
Trompetenstoß.
ALLE. Trojas Trompete!
AGAMEMNON. Seht, es naht der Zug! –
Es treten auf Hektor, Äneas, Troilus und Gefolge.
ÄNEAS.
Heil, Griechenfürsten! Was wird dem zu Teil,
Der obsiegt? Oder habt ihr nicht den Vorsatz,
Daß einer Sieger sei? Sollen die Ritter
Aus aller Kraft sich bis aufs äußerste
Bekämpfen? Oder wird der Streit geschieden
Durch irgend ein Gebot und Kampfgericht?
So fragt euch Hektor.
AGAMEMNON. Was ist Hektors Wunsch?
ÄNEAS.
Ihm gilt es gleich, er fügt sich der Bestimmung.
ACHILLES.
Ganz Hektorn ähnlich, doch sehr zuversichtlich;
Ein wenig stolz, und überaus mißachtend
Den Gegner.
ÄNEAS. Wenn Achilles nicht, mein Fürst,
Wer seid Ihr?
ACHILLES. Wenn Achilles nicht, dann nichts.
ÄNEAS. Achilles also. Demnach, Held, vernehmt: –
In beiden Äußersten von Groß und Klein,
Sind Stolz und Mut in Hektor unerreicht;
Der eine fast so endlos wie das All,
Der andre leer wie nichts. Erwägt ihn recht,
Und was Euch stolz scheint, ist nur Höflichkeit:
Held Ajax ist von Hektors Blute halb;
Zu Liebe dem bleibt Hektor halb zu Hause:
Halb Herz, halb Hand, halb Hektor naht er, wo er
Den Bastardhelden sucht, halb Griech', halb Troer.
ACHILLES.
Ein Scheingefecht also! Ha, ich versteh' Euch! –
Diomedes tritt auf.
AGAMEMNON.
Hier kommt Fürst Diomed. Auf, edler Ritter,
Stellt Euch zu unserm Ajax; so wie Ihr
Und Lord Äneas ordnen dies Gefecht,
So sei es: ob ein Anlauf, ob ein Gang
Auf Tod und Leben; weil die zwei verwandt,
Ist halb der Kampf erloschen, eh' entbrannt.
ULYSSES. Sie stehn sich gegenüber.
AGAMEMNON.
Wer ist der Troer, der so finster schaut?
ULYSSES.
Des Priam jüngster Sohn: ein echter Ritter;
Kaum reif, schon unvergleichbar: fest von Wort,
Beredt in Tat und tatlos in der Rede;
Nicht bald gereizt, doch dann nicht bald besänftig
Sein Herz wie Hand gleich offen, beide frei:
So gibt er, was er hat, spricht, was er denkt;
Doch gibt er nur, lenkt Urteil seine Güte.
Nie adelt er durch Wort unwürd'ges Denken;
Mannhaft wie Hektor, doch gefährlicher:
Denn Hektor, in des Zornes Glut, verschont
Gefallne; während dieser, kampfbegeistert,
Blutdürst'ger trifft als eifersücht'ge Liebe.
Man nennt ihn Troilus und baut auf ihn
Die zweite Hoffnung, stark, wie Hektor selbst;
So spricht Äneas, der den Jüngling kennt
Ganz durch und durch, und in Geheimgespräch
Im großen Ilion mir ihn so geschildert.
Trompeten. Hektor und Ajax kämpfen.
AGAMEMNON. Der Kampf beginnt.
NESTOR. Nun, Ajax, halt' dich brav!
TROILUS. Hektor, du schläfst, erwache!
AGAMEMNON.
Er führt den Degen trefflich: recht so, Ajax!
Die Trompeten hören auf zu blasen.
DIOMEDES. Ihr dürft nicht weiter! –
ÄNEAS. Prinzen, 's ist genug!
AJAX.
Ich bin kaum warm, tun wir noch einen Gang.
DIOMEDES. Wie's Hektor wünscht.
HEKTOR. Nun gut, denn sei's geendet.
Du, Fürst, bist meines Vaters Schwestersohn,
Ein Freund und Vetter Priams großem Stamm,
Und der Verwandtschaft Heiligkeit verbietet,
Daß sich der Kampf des Ruhms mit Blut entscheide.
Wär' Grächien dir und Troja so gemischt,
Daß du könnt'st sagen: Diese Hand ist griechisch,
Und troisch jene; dieses Schenkels Bau
Griechisch, der troisch; meiner Mutter Blut
Rinnt in der rechten Wange; das des Vaters
In jener linken: beim allmächt'gen Zeus!

Hinweg von mir trüg'st du kein griechisch Glied,
Dem nicht mein Schwert hätt' eingeprägt ein Mal
Des bösen Streits. Doch hindern das die Götter,
Daß nur ein Tropfen deines Mutterbluts,
Geheiligt mir, von meinem Todesstahl
Vergossen sei. Laß dich umarmen, Ajax!
Bei dem, der donnert, du hast tücht'ge Arme!
Gern läßt sich Hektor so von ihnen fassen:
Dir, Vetter, aller Ruhm!

AJAX. Ich dank' dir, Hektor!
Du bist ein Mann, zu frei und hoch gesinnt;
Dich töten wollt' ich, Vetter, und an Ehre
Durch deinen Fall mir reichen Zuwachs ernten.

HEKTOR. Selbst Neoptolemus, der Wunderheld,
Von dessen Helm lauttönend Fama ruft:
Das ist Er selbst! Hegt nicht den Wahngedanken,
Daß Ruhm, Hektorn entrissen, seinen mehrte.

ÄNEAS. Von beiden Seiten fragt Erwartung jetzt,
Was ferner ihr beginnt?

HEKTOR. Dies unsre Antwort:
Der Ausgang ist Umarmung. – Ajax, leb wohl! –

AJAX. Wenn ich Erfolg der Bitte könnt' erwarten,
Der selten mir zu Teil wird, – lüd' ich Euch,
Ruhmvoller Vetter, zu den griech'schen Zelten.

DIOMEDES.
's ist Agamemnons Wunsch; auch Held Achilles
Möcht' ohne Wehr den tapfern Hektor sehn.

HEKTOR. Ruf' meinen Bruder Troilus, Äneas,
Und melde diesen friedlichen Besuch
Der Troer Schar, die meiner Rückkunft harrt; –
Sie soll'n heimkehren. – Gib die Hand mir, Vetter;
Ich speis' in deinem Zelt mit Euern Rittern.

AJAX. Der Herrscher Agamemnon naht sich uns. –

HEKTOR. Sag mir die Namen aller Würdigsten;
Nur den Achilles laß mein spähend Aug'
An seiner Hochgestalt und Wucht erkennen.

AGAMEMNON.
Streitbarer Held! Willkommen mir, wie einem,
Der solches Feindes gern entledigt wäre!
Doch das ist kein Willkomm; drum red' ich klarer:
Vergangnes und Zukünftiges verdeckt
Formloser Schutt und Trümmer des Vergessens:
Doch in der gegenwärt'gen Stund' entbeut
Dir Treu' und Glaub' in frommster Lauterkeit,
Abwendig aller schiefen Nebendeutung,
O großer Mann, herzinnige Begrüßung.

HEKTOR. Ich dank' dir, hocherhabner Agamemnon.

AGAMEMNON.
Erlauchter Troilus, nicht mindres Euch!

MENELAUS.
Ich grüß' Euch, wie mein königlicher Bruder:
Du krieg'risch Brüderpaar, sei uns willkommen!

HEKTOR. Wer spricht zu uns?

MENELAUS. Der edle Menelaus.

HEKTOR.
Oh, Feldherr, Dank, bei Mavors' Eisenhandschuh!
Verargt mir nicht den seltsamlichen Schwur:
Eu'r weiland Weib schwört stets bei Venus' Handschuh;
Wohl ist sie – doch sie schickt Euch keinen Gruß.

MENELAUS.
Nennt sie nicht jetzt; sie mahnt an tödlich Weh.

HEKTOR. Verzeihung! Ich vergaß! –

NESTOR.
Ich sah dich oft, du weidlicher Trojaner,
Wenn du, in Arbeit für den Tod, dir Bahn
Durch unsre Jugend wütig brachst; ich sah dich,
Wie Perseus heiß dein phrygisch Schlachtroß spornend,
Viel Waffentat und Kampfespreis verschmähn.
Vordringend schwangst du hoch ums Haupt dein Schwert,
Und nicht auf den Gefallnen durft' es fallen;
So daß ich sprach zu meinen Schlachtgenossen:
Seht Jupiter, wie er dort Leben spendet!
Dann sah ich dich verschnaufend Atem schöpfen,
Wenn dich ein Kreis von Griechen rings umschloß,
Wie ein olymp'scher Ringer: solches sah ich;
Doch dies dein Antlitz, stets in Stahl verriegelt,
Schau' ich erst heut. Mit deinem Ältervater
Focht ich einmal: er war ein guter Streiter,
Allein, beim Kriegsgott, unser aller Haupt,
Dir nimmer gleich. Nimm eines Greisen Kuß,
Und unserm Zelt sei, tapfrer Fürst, willkommen!

ÄNEAS. Er ist der alte Nestor.

HEKTOR. Laß dich umarmen, gute, alte Chronik,
Die mit der Zeit so lang' schritt Hand in Hand:
Ehrwürd'ger Nestor, froh umschließ' ich dich.

NESTOR.
O daß mein Arm dir's gleich tun könnt' im Kampf,
Wie er nun kämpft mit dir in Freundlichkeit!

HEKTOR. Ich wünscht' es gleichfalls.

NESTOR. Ha,
Bei diesem weißen Bart, ich föchte mit dir morgen!
Willkommen dann, willkomm! Ich sah die Zeit –

ULYSSES.
Mich wundert nur, wie jene Stadt noch steht,
Da wir jetzt ihren Grund und Pfeiler haben!

HEKTOR. Wohl kenn' ich Eure Züge, Fürst Ulyß! –
O Herr, schon mancher Griech' und Troer fiel,
Seit ich zuerst Euch sah mit Diomed
In Ilion, als Gesandte Griechenlands.

ULYSSES.
Da sagt' ich Euch vorher, was folgen würde;
Noch weilt auf halbem Weg die Prophezeiung,
Denn jene Mauern, keck die Stadt umschirmend,
Die Zinnen, die mit Wolken üppig buhlen,
Sie küssen noch den eignen Fuß.

HEKTOR. Nicht glaub' ich's!
Da stehn sie noch; bescheiden mein' ich auch,
Uns zahlt für jedes phryg'schen Steines Fall
Ein Tropfen Griechenblut. Das Ende krönt's;
Und jener alte, ew'ge Richter, Zeit,
Wird einst es enden.

ULYSSES. Lassen wir es ihm!
Höchst edler, tapfrer Hektor, sei willkommen!
Nach unserm Feldherrn bitt' ich dich zunächst,
Mein Gast zu sein und mich im Zelt zu sehn.

ACHILLES.
Dawider muß ich Einspruch tun, Ulysses!
Nun, Hektor, hast du meinen Blick gesättigt.
Mit scharfem Aug' durchforscht' ich dich, o Hektor,
Und prüfte Glied vor Glied.

HEKTOR. Ist dies Achilles? –

ACHILLES. Ich bin Achilles.

HEKTOR. Ich bitte, stell' dich so, daß ich dich schaue!

ACHILLES. Sieh dich nur satt!
HEKTOR. Nun, ich bin fertig schon.
ACHILLES.
Du bist zu eilig. Ich durchmustre dich
Noch einmal Zug für Zug, als wär's zum Kauf.
HEKTOR.
So wie ein Scherzbuch blätterst du mich durch?
Doch mehr wohl liegt in mir, als du verstehst!
Was will mich so dein Auge niederdrücken? –
ACHILLES.
Ihr Götter, sagt, an welchem Teil des Körpers
Vernicht' ich ihn? Ist's hier, dort oder da?
Daß ich genau den Sitz der Wunde nennen
Und scharf das Tor bezeichnen mag, wodurch
Sein großer Geist entflieht. Antwort, ihr Götter!
HEKTOR.
Mißziemen würd' es heil'gen Göttern, Stolzer.
Antwort zu geben solcher Frage. Sprich:
Glaubst du mein Leben so im Scherz zu fahn,
Daß du vorzeichnen willst im scharfen Umriß,
Wo treffen soll der Tod? –
ACHILLES. Ja, sag' ich dir.
HEKTOR. Und wär'st du, solches kündend, ein Orakel,
Nicht glaubt' ich dir. Hinfort sei auf der Hut!
Denn nicht hier töt' ich dich, noch dort, noch da,
Nein, bei dem Hammer, der Mars' Helm geformt,
Dich töt' ich, wo's auch sei; ja über und über.
Verzeiht, ihr weisen Griechen, meinem Prahlen:
Sein Hochmut zwingt mich, Törichtes zu reden.
Doch streb' ich, so zu tun, wie ich gesprochen,
Sonst mög' ich nie –
AJAX. Kommt nicht in Eifer, Vetter!
Und Ihr, Achilles, unterlaßt dies Drohen,
Bis Zufall oder Vorsatz wahr es macht.
Genug könnt Ihr von Hektor täglich haben,
Wenn es Euch hungert; doch ganz Griechenland
Bringt Euch wohl kaum mit ihm in Hader, denk' ich.
HEKTOR.
Ich bitt' Euch, laßt im Feld uns Euch begegnen;
Es gab nur kleinen Krieg, seit Ihr verließt
Die griech'schen Fahnen.
ACHILLES. Du verlangst nach mir?
Dir nah' ich morgen, furchtbar wie der Tod: –
Heut abend sei'n wir Freunde!
HEKTOR. Wohl, schlag' ein!
AGAMEMNON. Vorerst, ihr griech'schen Herrn, kommt in mein Zelt,
Dort woll'n wir Tafel halten; und hernach,
Wie Hektors Muß' und eure Gastlichkeit
Zusammentrifft, bewirtet ihn dann einzeln.
Nun laßt die Pauken, laßt Trompeten schallen:
Willkommen sei der Troerfürst uns allen!

Sie gehn ab. Es bleiben Troilus und Ulysses.

TROILUS.
Ich bitt' Euch, Fürst Ulysses, gebt mir Kunde,
In welchem Teil des Lagers Kalchas weilt.
ULYSSES.
In Menelaus' Zelt, mein edler Prinz:
Dort speiset Diomed mit ihm zu Nacht,
Der nicht an Erde mehr noch Himmel denkt
Und, ganz von Lieb' entflammt, nur Augen hat
Für Fräulein Cressida.
TROILUS.
Erzeigt Ihr mir die Huld, mein werter Fürst,
Wann wir verlassen Agamemnons Zelt,
Mich hinzuführen?
ULYSSES. Schaltet über mich!
Gleich freundlich sagt, mein Prinz, in welchem Ruf
Hielt Troja diese Schöne? Weint ihr dort
Kein Liebster nach? –
TROILUS.
O Fürst, wer rühmend prahlt mit seinen Wunden,
Verdienet Spott. Gehn wir zusammen, Herr?
Sie liebt' und ward geliebt, und wird's noch heute,
Doch neid'schem Glück ward Liebe stets zur Beute.

Sie gehn ab.

Fünfter Aufzug

Erste Szene

Zelt des Achilles.
Es treten auf Achilles und Patroklus.

ACHILLES. Mit griech'schem Wein durchglüh' ich heut sein Blut,
Und mit dem Schwerte kühl' ich's morgen ab.
Patroklus, laß uns weidlich mit ihm bechern!
PATROKLUS. Hier kommt Thersites.

Thersites tritt auf.

ACHILLES. Nun, du neid'sche Schwäre?
Du der Natur verbrannt Gebäck, was gibt's?
THERSITES. Nun, du Bildnis dessen, was du scheinst, du Abgott der Dummheit-Anbeter, hier ist ein Brief für dich.
ACHILLES. Von woher, du Brocken?
THERSITES.
Nun, du volle Schüssel Narrheit, aus Troja.
PATROKLUS. Wer blieb in den Zelten?
THERSITES. Soll ich von euern Zeltern und Mäulern Rechenschaft geben, Esel?
PATROKLUS.
Nicht übel, Scheelsucht; nun, was soll die Bosheit?
THERSITES. Ich bitte dich, Knabe, schweig' still; ich lerne nichts aus deinem Geschwätz. Man hält dich für Achills Mann-Buben.
PATROKLUS.
Mann-Buben, du Schurke? Was soll das heißen?
THERSITES. Ei nun, seine männliche Hure. Mögen doch alle faulen Seuchen des Südwinds, Bauchgrimmen, Brüche, Flüsse, Stein- und Rückenschmerzen, Schlafsucht, Lähmung, (triefende Augen, verschleimte Lebern, pfeifende Lungen,) Eiterbeulen, Hüftweh, verkalkte Finger, unheilbarer Knochenfraß und das Ehrengeschenk der schäbigtsten Krätze fallen und nochmals fallen auf so widernatürliche Entdeckungen! –
PATROKLUS. Was, du teuflische Giftbüchse du, was willst du mit all diesen Flüchen?
THERSITES. Fluch' ich dir?
PATROKLUS. Nein, du wurmstichiges Faß, du verruchter, hündischer Blendling, das nicht.
THERSITES. Nicht? Worüber ereiferst du dich denn, du lose, fasrige Seidenflocke, du

grünflorner Schirm für ein böses Auge, du Quast an eines Verschwenders Geldbeutel du? Ach, wie die arme Welt verpestet wird von solchen Wasserfliegen! Solchem Wegwurf der Natur! –

PATROKLUS. Pfui über dich, Galle!

THERSITES. Finkenei! –

ACHILLES.
Liebster Patroklus, ganz durchkreuzt der Brief
Mein großes Wollen für den nächsten Morgen.
Es sendet ihn die Kön'gin Hekuba
Und ihre Tochter, meine schöne Buhlin;
Sie beide tadeln und beschwören mich,
Zu halten meinen Eid: ich brech' ihn nicht.
Fallt, Griechen, welke Ruhm, werd' Ehre Spreu:
Mein erst Gelübd' ist hier, dem bleib' ich treu.
Thersites, geh und ordne mir das Mahl,
Die Nacht durchjubeln wir beim Festpokal.
Komm, mein Patroklus!

Sie gehn ab.

THERSITES. Bei zu viel Blut und zu wenig Hirn können die beiden noch toll werden; wenn sie's aber bei zu viel Hirn und zu wenig Blut werden, so will ich selbst Narren kurieren. Da ist Agamemnon: eine gute, ehrliche Haut und Liebhaber von jungen Schnepfen; aber Gehirn hat er nicht so viel als Ohrenschmalz. Und nun vollends diese unvergleichliche noble Metamorphose des Jupiter, sein Bruder, der Stier, – dieses uranfängliche Prototyp und Musterbild der Hahnreie, – dieses gedeihliche Schuhhorn an der Kette, das an seines Bruders Schenkel hängt, – in welche andere Gestalt als seine eigne könnte Bosheit mit Witz gespickt und Witz mit Bosheit gefüllt den umschaffen? In einen Esel? Das wäre nichts; er ist beides, Ochs und Esel. In einen Ochsen? Das wäre nichts; er ist beides, Esel und Ochs. Müßt' ich ein Hund sein, ein Maultier, ein Kater, ein Iltis, eine Eidechse, eine Kröte, eine Eule, ein Fischrabe oder ein Hering ohne Rogen, das sollte mir nichts machen; aber ein Menelaus sein? Da würde ich gegen das Fatum rebellieren. Fragt mich nicht, was ich sein möchte, wenn ich nicht Thersites wäre; denn mir wär's gleichviel, die Laus eines Aussätzigen zu werden, müßt' ich nur nicht Menelaus sein. – Heida! Geister und Feuer! –

Es kommen Hektor, Troilus, Ajax, Agamemnon, Ulysses, Nestor, Menelaus und Diomedes mit Fackeln.

AGAMEMNON. Wir gehn fehl, wir gehn fehl!

AJAX. O nein, dort ist's,
Wo Ihr die Lichter seht! -

HEKTOR. Ich werd' Euch lästig.

AJAX. O nicht doch! -

ULYSSES. Seht, er kommt Euch selbst entgegen.

Achilles tritt auf.

ACHILLES.
Held Hektor und ihr, Fürsten, seid willkommen!

AGAMEMNON.
Nun, gute Nacht, mein edler Prinz von Troja;
Ajax besorgt Euch sichre Ehrenwache.

HEKTOR. Dank und gute Nacht dem Feldherrn Griechenlands!

MENELAUS. Gut' Nacht!

HEKTOR. Gut' Nacht, liebwerter Menelaus! –

THERSITES. Liebwerter Abtritt! Liebwerter, – so! – Liebwerter Kloak, liebwerter Rinnstein!

ACHILLES.
Gut' Nacht und Willkomm allen, die da gehn
Und bleiben!

AGAMEMNON. Gute Nacht!

Agamemnon und Menelaus ab.

ACHILLES. Bleibt, Vater Nestor – Ihr auch, Diomed;
Verweilt mit Hektorn hier auf ein paar Stunden!

DIOMEDES.
Ich kann nicht, Prinz; mich ruft ein wichtiges
Geschäft, das dringend mahnt. Gut' Nacht,
Held Hektor!

HEKTOR. Gebt mir die Hand!

ULYSSES *zu Troilus.*
Er geht zu Kalchas' Zelt, folgt seiner Fackel;
Ich geb' Euch das Geleit.

TROILUS. Viel Ehre, Herr!

HEKTOR. Nun dann, gut' Nacht!

ACHILLES. Kommt, tretet in mein Zelt!

Sie gehn nach verschiedenen Seiten ab.

THERSITES. Der Diomed da ist ein falscher Schurke, eine recht tückische Bestie. Ich traue ihm so wenig, wenn er von der Seite schielt, als einer Schlange, wenn sie zischt; er hat ein so weites, freigebiges Maul für Versprechungen, wie ein kläffender Hund; aber wenn er sie erfüllt, prophezeien die Sterndeuter daraus: es ist ein Wunderzeichen, das eine Umwälzung ankündigt; die Sonne borgt vom Monde, wenn Diomed Wort hält. Ich will lieber den Hektor nicht sehn, als diesem nicht nachspüren; man sagt, er hält sich eine trojanische Metze, und der Verräter Kalchas leiht ihm sein Zelt; ich will ihm nach. Nichts als Unzucht! Lauter lüderliche Spitzbuben! *Geht ab.*

Zweite Szene

Kalchas' Zelt.
Diomedes tritt auf.

DIOMEDES.
Heida! Seid Ihr noch wach hier? Holla! Sprecht!

KALCHAS. Wer ruft hier? –

DIOMEDES. Diomed.
's ist Kalchas, denk' ich. Wo ist Eure Tochter?

KALCHAS. Sie kommt zu Euch.

Troilus und Ulysses kommen und stellen sich in den Hintergrund des Zelts; nach ihnen Thersites.

ULYSSES.
Bleibt stehn, daß uns die Fackel nicht verrate!

Cressida tritt auf.

TROILUS. Was, Cressida, die zu ihm kommt?

DIOMEDES. Wie geht's, mein Mündel?

CRESSIDA. Lieber Vormund, hört, –
Ein Wort mit Euch.

Sie spricht leise mit Diomedes.

TROILUS. Und so vertraulich?

ULYSSES. Sie spielt Euch jedem auf, beim ersten Anblick.

THERSITES. Und jeder spielt sie vom Blatt, wenn er den Schlüssel weiß; sie ist notiert.

DIOMEDES. Willst du dran denken?
CRESSIDA. Dran denken? Ja!
DIOMEDES. Nun gut, vergiß es nicht,
Und laß die Tat zu deinen Worten stimmen!
TROILUS. Was soll sie nicht vergessen?
ULYSSES. Lauscht!
CRESSIDA. Nicht weiter
Verlocke mich zur Torheit, süßer Grieche!
THERSITES. O ihr Gesindel!
DIOMEDES. Nun dann, –
CRESSIDA. Hör' mich an!
DIOMEDES.
Nichts, nichts da; Kinderei! Du hältst nicht Wort.
CRESSIDA.
Wirklich, es geht nicht. Was verlangst du denn?
THERSITES.
'nen Diebesdietrich für geheime Fächer.
DIOMEDES.
Was hast du zugesagt? Was schwurst du mir?
CRESSIDA. Ich bitte dich, besteh nicht auf den Schwur;
Nur das begehre nicht, mein süßer Grieche!
DIOMEDES. Gut' Nacht!
TROILUS. O Wut!
ULYSSES. Still, Troer!
CRESSIDA. Diomed –
DIOMEDES. Nein, nicht gut' Nacht; ich bin dein Narr nicht länger.
TROILUS. Dein Beßrer muß es sein!
CRESSIDA. Ein Wort ins Ohr –
TROILUS. O Tod und Wahnsinn! –
ULYSSES.
Ihr seid bewegt, Prinz; laßt uns fort, ich bitt' Euch,
Daß Euer Schmerz sich nicht entladen möge
Zu wüt'ger Tat! Der Ort hier ist gefährlich,
Die Zeit todbringend; ich beschwör' Euch, kommt!
TROILUS. Seht nur, o seht!
ULYSSES. Entfernt Euch, werter Prinz!
Ihr seid dem Wahnsinn nah – kommt, lieber Herr!
TROILUS. Ich bitt' dich, bleib'!
ULYSSES. Ihr habt nicht Fassung, kommt!
TROILUS.
Ich bitt' Euch, bleibt! Bei Höll' und Höllenqual,
Ich rede nicht ein Wort.
DIOMEDES. Nun dann, gut' Nacht!
CRESSIDA. Du gehst doch nicht in Zorn?
TROILUS. Das kümmert dich? –
Verwelkte Treu'!
ULYSSES. Still, Prinz!
TROILUS. Beim Jupiter!
Ich schweige.
CRESSIDA.
Mein Beschützer, – lieber Grieche –
DIOMEDES.
Pah! Pah! Lebt wohl! Ihr habt mich nur zum besten!
CRESSIDA.
Nein, ganz gewiß nicht. Kommt noch einmal her!
ULYSSES. Ihr schreckt zusammen, Prinz – wollt Ihr nun gehn?
Ihr brecht noch los!
TROILUS. Sie streicht die Wang' ihm!
ULYSSES. Kommt!
TROILUS.
Nein, bleibt! Beim Zeus, ich rede nicht ein Wort!
Geduld hält Wache zwischen meinem Willen
Und aller Kränkung. Bleibt nur noch ein wenig!
THERSITES. Wie der Unzuchtteufel mit dem feisten Bauch und dem Kartoffelfinger die zwei zusammenkitzelt! Siede, Lüderlichkeit, siede!
DIOMEDES. So willst du wirklich?
CRESSIDA.
Nun ja, ich will, sonst trau' mir niemals wieder!
DIOMEDES. Gib mir zur Sicherheit ein Unterpfand!
CRESSIDA. Ich hole dir's. *Cressida geht ab.*
ULYSSES. Ihr schwurt Geduld!
TROILUS. Seid unbesorgt! Ich will
Ich selbst nicht sein; will mir bewußt nicht werden,
Was ich empfinde; ich bin ganz Geduld.
Cressida kommt zurück.
THERSITES.
Nun kommt das Pfand; jetzt, jetzt, jetzt! –
CRESSIDA. Hier, Diomedes, trag' die Ärmelkrause!
TROILUS. O Schönheit! Wo ist deine Treu'?
ULYSSES. Mein Prinz. ...
TROILUS.
Ich will ja ruhig sein; von außen will ich's.
CRESSIDA.
Ihr seht die Kraus' Euch an; beschaut sie wohl!
Er liebte mich! O falsches Mädchen! Gebt sie wieder!
DIOMEDES. Wes war sie?
CRESSIDA. Gleichviel wes! Ich hab' sie wieder.
Ich werd' Euch nicht erwarten morgen nacht;
Ich bitt' dich, Diomed, besuch' mich nicht!
THERSITES. Nun wetzt sie; recht so, Schleifstein!
DIOMEDES. Ich muß sie haben.
CRESSIDA. Was?
DIOMEDES. Nun, diese da!
CRESSIDA. O Götter! O du liebes, liebes Pfand!
Dein Herr liegt jetzt im Bett, und denkt gewiß
An dich und mich, und seufzt; nimmt meinen Handschuh,
Und gibt ihm manchen süßen Kuß gedenksam,
So wie ich dir. Nein, reiß' sie mir nicht weg;
Wer diese nimmt, muß auch mein Herz mit nehmen.
DIOMEDES.
Dein Herz war mein schon; dieses folgt ihm nach.
TROILUS. Ich schwur Geduld!
CRESSIDA.
Dies kriegst du nicht, nein, wahrlich, Diomed;
Ich geb' dir etwas anders.
DIOMEDES. Ich will dies Pfand: wes war's?
CRESSIDA. Das gilt ja gleich.
DIOMEDES. Komm, sag' von wem dir's kam?
CRESSIDA.
Von einem, der mich mehr geliebt als du:
Doch nun es dein, behalt' es!
DIOMEDES. Wessen war's?
CRESSIDA.
Bei Diana selbst und ihren Nymphen dort,
Das werd' ich dir nicht sagen.
DIOMEDES.
Ich trag' es morgen früh an meinem Helm
Und kränk' ihn, der's nicht wagt zurückzufodern.
TROILUS.
Wär'st du der Teufel, der es trüg' am Horn,
Gefodert soll es werden.

CRESSIDA.
Nun gut, 's ist aus, vorbei! Nein! Doch nicht aus;
Ich will mein Wort nicht halten!
DIOMEDES. Leb denn wohl!
Du neckst den Diomed zum letzten Mal.
CRESSIDA.
So bleibe doch! Sagt man auch nur ein Wort,
Gleich fährst du auf!
DIOMEDES. Ich hasse solche Possen.
THERSITES.
Ich auch, beim Pluto! Doch was dir mißfällt,
Behagt mir just am besten.
DIOMEDES. Nun, soll ich kommen? Wann?
CRESSIDA. Ja, komm! O Zeus,
Komm nur. Schlimm wird mir's gehn!
DIOMEDES. Leb wohl so lange!
Geht ab.
CRESSIDA.
Gut' Nacht; – ich bitt' dich, komm! – Ach, Troilus,
Noch blickt mein eines Auge nach dir hin,
Das andre wandte sich, so wie mein Sinn.
Wir armen Frau'n, wir dürfen's nicht verhehlen,
Des Augs Verirrung lenkt zugleich die Seelen:
Was Irrtum führt, muß irr'n: so folgt denn, ach!
Vom Blick betört, verfällt die Seel' in Schmach!
Ab.
THERSITES.
Das sind untrüglich folgerechte Sätze;
Noch richt'ger: meine Seele ward zur Metze.
ULYSSES. So wär's denn aus!
TROILUS. Ja, aus!
ULYSSES. Wozu noch bleiben?
TROILUS.
Um mir's im Geist recht tief noch einzuprägen,
Silbe für Silbe, was ich hier gehört. –
Doch, sag' ich, wie die beiden hier gehandelt,
Werd' ich, das Wahre kündend, dann nicht lügen?
Denn immer noch wohnt mir ein Glaub' im Herzen,
Ein Hoffen also fest und unverwüstlich,
Das leugnet, was mir Aug' und Ohr bezeugt;
Als wenn die Sinne, uns zum Trug erschaffen,
Nur als Verleumder tätig hier gewirkt.
War's Cressida?
ULYSSES. Denkst du, ich banne Geister?
TROILUS. Gewiß, sie war's nicht!
ULYSSES. Ja, gewiß, sie war's.
TROILUS. Nun, mein Verleugnen schmeckt doch nicht nach Tollheit?
ULYSSES. Auch meins nicht. Cressida war eben hier.
TROILUS. Um aller Frauen Ehre, glaubt es nicht!
Denkt, daß wir Mütter hatten, gebt nicht recht
Den rohen Läst'rern, die auch ohne Grund
Die Frau'n erniedern, – jedes Weib zu messen
Nach Cressida: eh'r denkt, sie war es nicht! –
ULYSSES. Was tat sie, unsre Mütter zu beflecken? –
TROILUS.
Nichts, gar nichts, wenn dies Cressida nicht war.
THERSITES. Will er seinen Augen einen blauen Dunst vormachen?
TROILUS. Dies wäre sie?
Nein, dies ist Diomedes' Cressida!
Hat Schönheit Seele, dann war sie es nicht.
Wenn Seele Eide zeugt, wenn Eide heilig,
Wenn Heiligkeit den Göttern Wonne ist,
Wenn Maß und Ordnung in der Einheit walten,
Dann war sie's nicht. O Wahnsinn der Gedanken,
Der Gründe aufstellt für und gegen sich,
Durch schnöde Anmaßung! Wo sich Vernunft
Empört und nicht vernichtet, wo Verlust
Alle Vernunft mit fortreißt ohn' Empörung:
So war dies Cressida und war es nicht!
In meiner Seele hebt ein Kämpfen an
Seltsamster Art, das ein unteilbar Wesen
Mehr von einander reißt als Erd' und Himmel! –
Und doch gewährt die weitgespaltne Kluft,
Um einzudringen, nicht den kleinsten Zugang
Für einen Punkt, fein wie Arachnes Faden.
Beweis, Beweis, so fest wie Plutos Pforte:
Ein Himmelsband schließt mich an Cressida; –
Beweis, Beweis, fest wie der Himmel selbst:
Das Himmelsband ist mürb, erschlafft, gelöst,
Ein andrer Knoten, den fünf Finger knüpften,
Schlingt jetzt die Trümmer ihrer Lieb' und Treu',
Den Abhub, Nachlaß, Rest und ekle Brocken
Der abgestandnen Lieb' um Diomed.
ULYSSES. Und kann der würd'ge Troilus nur halb
Das fühlen, was der Wahnsinn aus ihm spricht? –
TROILUS.
Ja, Griech', und offenkundig soll's erscheinen,
In Lettern, purpurrot wie Mavors' Herz,
Entflammt von Venus! Nimmer liebt' ein Jüngling
Mit so unendlich ewig fester Treu'!
Hör', Grieche: wie ich Cressida geliebt,
Ganz so unendlich hass' ich Diomed.
Die Kraus' ist mein, die er am Helm will tragen;
Und wär' der Helm ein Schmiedewerk Vulkans,
Mein Schwert zerschnitt' es: nicht der grause Schwall
Des Meers, den Schiffer Hurrikano nennen,
Durch den allmächt'gen Sol zum Berg verdichtet,
Betäubt mit mehr Gekrach das Ohr Neptuns
Im Niedersturz, als meines Schwertes Wucht
Einschmettern soll auf Diomed.
THERSITES.
Er wird ihn kitzeln für seine Fleischeslust! –
TROILUS.
O falsche Cressida! O falsch, falsch, falsch!
Zu deinem schnöden Namen hingestellt,
Glänzt alle Untreu' rein! –
ULYSSES.
Bezähmt Euch, Prinz! –
Eu'r Toben wird gehört! –
Äneas tritt auf.
ÄNEAS.
Seit einer Stunde such' ich Euch, mein Prinz;
Hektor legt schon die Waffen an daheim,
Und Ajax, Eu'r Geleitsmann, harrt auf Euch.
TROILUS. Ich steh' zu Dienst; – mein güt'ger Fürst, lebt wohl!
Falsche, fahr' hin! Und stürze, Diomed,
Ob auch ein Turm auf deinem Haupte steht!
ULYSSES. Ich bring' Euch bis ans Tor.
TROILUS. Empfangt verwirrten Dank!
Troilus, Äneas und Ulysses ab.
THERSITES. Käme mir nur der Schurke Diomed in den Wurf, ich wollte krächzen wie ein Rabe; – dem wollt' ich – dem wollt' ich prophezeien!

Patroklus gibt mir, was ich will, wenn ich ihm von dieser Hure sage: kein Papagei tut mehr für eine Mandel, als er für eine willige Metze. Unzucht, Unzucht; lauter Krieg und Lüderlichkeit; die bleiben immer in der Mode. Daß ein brennender Teufel sie holte! – *Er geht ab.*

Dritte Szene

Troja, im Palast. Hektor und Andromache treten auf.

ANDROMACHE.
Wann war mein Gatte je so schlimm gelaunt,
Sein Ohr zu schließen einer Warnungsstimme?
Entwaffn', entwaffne dich, ficht heute nicht!
HEKTOR.
Du zwingst mich, hart zu sein; geh du hinein!
Bei allen ew'gen Göttern! Ich will kämpfen.
ANDROMACHE.
Mein Traum weissagt ein Unglück diesem Tag!
HEKTOR. Nichts weiter, sag' ich! –

Kassandra kommt.

KASSANDRA. Wo ist mein Bruder Hektor?
ANDROMACHE.
Bewaffnet, Schwester, und auf Blut gestellt.
Stimm' ein mit mir in lautem, heft'gen Flehn!
Beschwören wir ihn knieend! Denn mir träumte
Von blut'gem Wirrwarr, und die ganze Nacht
Sah ich Phantome nur und Mordgestalten.
KASSANDRA. Oh, das trifft ein!
HEKTOR. Laß die Trompete schallen!
KASSANDRA.
Kein Ton zum Angriff; Gott verhüt' es, Bruder!
HEKTOR.
Hinweg, die Götter hörten meinen Schwur.
KASSANDRA.
Taub sind die Götter raschen, tör'gen Eiden:
Das sind entweihte Spenden, mehr verhaßt
Als fleck'ge Lebern eines Opfertiers!
ANDROMACHE.
Oh, laß dir raten! Acht' es nicht für heilig,
Durch Rechttun schaden. Gleich erlaubt ja wär's,
Was wir als Dieb errungen, zu verschenken
Und aus barmherz'ger Liebe Raub begehn.
KASSANDRA.
Der gute Vorsatz leiht dem Eid die Kraft,
Nicht Eid auf jeden Vorsatz darf uns binden:
Entwaffne dich, mein Hektor! –
HEKTOR. Laßt mich, Frau'n!
Denn meine Ehre trotzt des Schicksals Sturm.
Das Leben gilt uns teu'r; doch teurer Mut
Hält Her' um vieles teurer als das Leben.

Troilus kommt.

Nun, junger Mann, denkst du zu fechten heut?
ANDROMACHE.
Kassandra, ruf den Vater, ihm zu raten!

Kassandra geht ab.

HEKTOR.
Nein, junger Troilus, leg' die Rüstung ab!
Heut hab' ich hohen Mut zur Ritterschaft! –
Laß wachsen erst die Sehnen stark und fest,
Und noch versuche nicht den Sturm der Schlacht!
Entwaffne dich, mein Knab', und glaub's dem Starken,
Heut schirmt er dich, sich selbst und Trojas Marken.
TROILUS.
Bruder, in deiner Großmut wohnt ein Fehl,
Der mehr dem Löwen ziemet als dem Mann.
HEKTOR.
Was für ein Fehl, mein Troilus? Schilt mich drum!
TROILUS.
Oft, wenn gefangne Griechen stürzten hin
Schon vor dem Wehen und Sausen deines Schwerts,
Riefst du: steht auf, und lebt! –
HEKTOR. So spielen Helden!
TROILUS. So spielen Narr'n, beim Zeus! –
HEKTOR. Wie das? Wie das?
TROILUS. Um aller Götter willen,
Dies Klausner-Mitleid laß bei unsrer Mutter;
Und haben wir den Panzer umgeschnallt,
Dann schweb' auf unsern Schwertern gift'ge Rache,
Das Mitleid zügelnd, und mit Leid sie spornend.
HEKTOR. Pfui, Wilder, pfui!
TROILUS. Hektor, dann ist es Krieg!
HEKTOR.
Heut wünscht' ich, Troilus, du bliebest heim!
TROILUS. Wer hielte mich zurück?
Nicht Schicksal, nicht Gehorsam, selbst nicht Mars,
Mit feur'gem Stab gebietend meinen Rückzug:
Nicht Hekuba noch Priam auf den Knie'n,
Mit Augen rot von bittrer Tränen Salz, –
Noch du, mein Bruder, mir mit tapferm Schwert
Entgegendrohend, sperrtest mir den Weg,
Als durch den Tod.

Kassandra kommt zurück mit Priamus.

KASSANDRA.
Leg' Hand an ihn, o Priam, halt' ihn fest:
Es ist dein Stab; verlierst du deine Stütze, –
Auf ihn gelehnt, und Trojas Volk auf dich,
Sinkt alles hin mit eins.
PRIAMUS. Bleib', Hektor, bleib';
Dein Weib sah Träume, deine Mutter Zeichen,
Kassandra weissagt Unglück, und ich selbst,
Wie ein Prophet in plötzlicher Verzückung,
Verkünde dir, der Tag ist vorbedeutend:
Drum kehr' zurück!
HEKTOR. Äneas harrt im Feld;
Und manchem Griechen hab' ich's zugesagt,
Ins Angesicht des Ruhms, an diesem Morgen
Mich ihm zu stellen.
PRIAMUS. Dennoch sollst du bleiben.
HEKTOR. Ich darf mein Wort nicht brechen.
Ihr kennt mich pflichtgedenk; drum, teurer Herr,
Laßt mich die Ehrfurcht nicht verletzen; laßt
Auf Eu'r Geheiß und Wort dem Lauf mich folgen,
Den Ihr mir jetzt verweigert, hoher Fürst.
KASSANDRA. Oh, Priam, gib nicht nach!
ANDROMACHE. Tu's nicht, mein Vater!
HEKTOR.
Andromache, ich bin erzürnt auf dich.
Bei deiner Liebe fodr' ich's, geh hinein!

Andromache ab.

TROILUS. Die abergläub'sche, tolle Träumerin
Schafft all die Angst.
KASSANDRA. Leb wohl, mein teurer Hektor!
Sieh, wie du stirbst! Sieh, wie dein Aug' erbleicht!
Sieh, wie dein Blut aus vielen Wunden strömt!

Horch Trojas Wehruf, Hekubas Geheul,
Den lauten Jammerschrei Andromaches!
O sieh Verzweiflung, Wahnsinn, wild Entsetzen
Gleich tollen Larven durcheinander rennen
Und rufen: »Hektor! Hektor fiel! O Hektor!« –

TROILUS. Hinweg! Hinweg!

KASSANDRA.
Leb wohl! Doch still! Nie sehen wir uns wieder;
Du täuschest dich und stürzest Troja nieder!

Sie geht ab.

HEKTOR. Du staunst, o Herr, ob ihrem Weheruf!
Geh, sprich dem Volk Mut ein, wir woll'n zur Schlacht
Und tapfre Tat dir künden noch vor Nacht.

PRIAMUS.
Leb wohl! Die Götter leih'n dir ihren Schutz! –

Priamus und Hektor ab. Kriegslärm.

TROILUS.
Die Schlacht beginnt. Auf, Diomed, zum Reigen!
Und gölt's den Arm, der Ärmel wird mein eigen!

Pandarus kommt.

PANDARUS.
Hört doch, mein bester Prinz, o hört doch!

TROILUS. Was gibt's?

PANDARUS. Hier ist ein Brief von dem armen Kinde.

TROILUS. Laß sehn! –

PANDARUS. Ein verwettertes Asthma, einverwettertes, niederträchtiges Asthma, setzt mir so zu, und obendrein das närrische Schicksal der Dirne, und bald das eine, und bald das andre, daß ich Euch nächster Tage drauf gehn werde. Und außerdem einen Fluß auf dem Auge, und solch ein Reißen im Gebein, daß mich wer behext haben muß, oder ich weiß nicht, was ich davon denken soll. – Was schreibt sie denn?

TROILUS.
Nur Wort' und Worte, aus dem Herzen nichts;

Zerreißt den Brief.

Die Wirklichkeit verfolgt ganz andern Weg.
Geh' Wind zum Wind; da dreht und wirbelt fort!
Mit Trug und Wort will sie mein Lieben krönen,
Und ihre Taten spart sie auf für jenen. –

Sie gehn ab.

Vierte Szene

Vor Troja.
Schlachtlärm. Thersites tritt auf.

THERSITES. Nun hämmern sie auf einander los, und ich will mir's ansehn. – Der heuchlerische, boshafte Bube Diomed hat jenes lumpigen, verliebten, dummen, trojanischen, jungen Gelbschnabels Ärmelkrause an seinen Helm gesteckt: ich wollte, sie gerieten an einander, und daß unser junger Esel aus Troja, der die Metze dort liebt, den schurkischen, griechischen Dirnenjäger mit seiner Krause zu der heuchlerischen, lüderlichen Hure zurückschickte und ihn einmal recht kraus auszackte. Und nun auf der andern Seite, die Staatsweisheit dieser ränkevollen, hochbeteuernden Schurken, – des alten, abgestandenen, mauszerfressenen, dürren Käse Nestor und des Schelmenfuchses Ulysses ist nun, wie sich's ausweist, keine Heidelbeere wert. Da hetzen sie in ihrer Staatskunst den Blendlings-Bullenbeißer Ajax gegen den eben so schlechten Köter Achilles auf, und nun ist Köter Ajax stolzer als Köter Achilles und will heut nicht ins Feld: so daß die Griechen anfangen, es mit der Barbarei zu halten, und die Staatsweisheit in Verruf kommt. Still! Hier sehe ich Ärmel und den andern.

Diomedes und Troilus treten auf.

TROILUS.
Flieh' nicht! Denn schirmte dich die Flut des Styx,
Ich schwömme nach!

DIOMEDES. Rückzug ist keine Flucht;
Ich fliehe nicht; aus guter Vorsicht nur
Entzog ich mich der überlegnen Zahl.
Nun sieh dich vor! –

Sie gehn fechtend ab.

THERSITES. Wehr' dich für deine Metze, Grieche! Ficht für deine Metze, Trojaner! Nun gilt's die Krause! Nun gilt's die Krause!

Hektor tritt auf.

HEKTOR.
Wer bist du, Grieche? Bist du Hektors würdig?
Von echtem Blut und Ehre?

THERSITES. Nein, nein, ich bin ein Schuft, ein schäbiger, schmähsüchtiger Bube, ein recht armseliger Lump.

HEKTOR. Ich glaube dir, drum lebe! *Hektor geht ab.*

THERSITES. Gott Lob und Dank, daß du mir glauben willst; aber die Pest breche dir den Hals, daß du mich so erschreckt hast. – Was ist aus den lüderlichen Bengeln geworden? Ich denke, sie haben einander aufgefressen: über das Wunder wollt' ich mich totlachen. Und doch frißt sich auf gewisse Weise die Lüderlichkeit selbst auf. Ich will sie suchen.

Er geht ab.

Fünfte Szene

Ebendaselbst. Diomed und ein Diener treten auf.

DIOMEDES.
Geh, Knappe, nimm das Pferd des Troilus,
Und bring' das gute Roß an Cressida;
Entbiete meinen Ritterdienst der Schönen,
Sag, der verliebte Troer sei gezüchtigt,
Und ich ihr treubewährter Held.

DIENER. Ich gehe.

Ab.
Agamemnon tritt auf.

AGAMEMNON. Drauf, drauf! Der wütige Polydamus
Erschlug Menon; Bastard Margarelon
Siegt über Doreus,
Steht als Koloß und schwenkt den Weberbaum
Hoch überm hingestreckten wunden Leib
Der Fürsten Cedius und Epistrophus.
Polyxenes ist tot; Amphimachus
Und Thoas schwer verwundet; tot Patroklus,
Wenn nicht gefangen; Ritter Palamedes
Tödlich verletzt; der grimme Bogenschütz
Schreckt unsre Reih'n. Eilt, Diomed, wir holen
Verstärkung, sonst erliegt das ganze Heer.

Nestor kommt.

NESTOR.
Geht, tragt Patroklus' Leiche zum Achill!
Der träge Ajax waffne sich aus Scham! –
Ein tausend Hektors schalten heut im Feld: –
Nun kämpft er hier, vom Rosse Galathee,
Und alles stürzt; gleich ist er hier zu Fuß,
Und alles weicht ihm, oder stirbt wie Fischbrut
Im Rachen eines Hais; dann kehrt er wieder,
Und die gedrängten Griechen, reif der Sichel,
Sie fallen vor ihm, wie des Mähers Schwad.
Hier, dort und allwärts schneidet er und rafft,
Und so gehorcht Gewandtheit seiner Lust.
Daß, was er will, er tut; und tut so viel,
Daß solch Gelingen scheint Unmöglichkeit.

Ulysses tritt auf.

ULYSSES.
Mut, Mut gefaßt, ihr Fürsten! Held Achill
Greift zu den Waffen, weint, flucht, dürstet Rache.
Patroklus' Fall erregt sein schläfrig Blut
Und sein verstümmelt Myrmidonenvolk,
Das hand- und nasenlos, zerhackt, ihn anschreit,
Hektorn verklagend. – Ajax verlor den Freund
Und schäumt vor Wut und naht in Waffen schon,
Brüllend nach Troilus, der, wie im Wahnsinn,
Unglaublich, übermenschlich heut gemordet,
Einstürzend in den Drang, sich draus befreiend
Mit so sorgloser Kraft und schwacher Sorgfalt,
Als ob ein solch Gelingen recht zum Trotz
Der Klugheit alles ihn gewinnen hieße.

Ajax kommt.

AJAX.
Troilus! Du Memme, Troilus!

Ab.

DIOMEDES.
Dort! Dort!

NESTOR. Nun zieht's mit allen Strängen! –

Sie gehn ab.
Achilles kommt.

ACHILLES. Wo ist Hektor?
Komm, Knabenwürger, zeig' mir dein Gesicht!
Sieh, was es heißt, Achilles' Zorn begegnen!
Hektor! Wo ist Hektor? Ich will einzig Hektor!

Geht ab.

Sechste Szene

Ebendaselbst.
Ajax tritt auf.

AJAX. Troilus! Du Memme Troilus, laß dich sehn! –

Diomedes kommt.

DIOMEDES. Troilus, dich ruf' ich: wo ist Troilus?

AJAX. Was willst du?

DIOMEDES. Zücht'gen will ich ihn.

AJAX.
Wär' ich der Feldherr, meine Würd' empfingst du
Eh'r als dies Zuchtamt. Troilus, sag' ich, Troilus!

Troilus kommt.

TROILUS. Oh, falscher Diomed! Hieher, Verräter!
Und büß' mit deinem Leben für mein Roß!

DIOMEDES. Ha, bist du da?

AJAX. Ich kämpf allein mit ihm; weg, Diomed!

DIOMEDES.
Er ist mein Kampfpreis; müßig bleib' ich nicht.

TROILUS. Kommt beid', ihr falschen Griechen, steht mir beide! –

Sie gehn kämpfend ab.
Hektor kommt.

HEKTOR.
's ist Troilus: o recht brav, mein jüngster Bruder!

Achilles kommt.

ACHILLES.
Nun seh' ich dich; so komm und steh mir, Hektor!

Sie fechten.

HEKTOR. Verschnaufe, wenn du willst! –

ACHILLES *fechtend.*
Hohn deiner Höflichkeit, du stolzer Troer!
Sei froh, daß meine Waffen außer Übung –
Mein Ruhn und Lässigsein kommt dir zu gut;
Doch alsobald vernimmst du mehr von mir.
Bis dahin geh auf gutes Glück!

Ab.

HEKTOR. Leb wohl!
Ich wär' zum Kampf ein frischrer Mann gewesen,
Hätt' ich auf dich gewartet. – Nun, mein Bruder?

Troilus kommt zurück.

TROILUS. Ajax fing den Äneas: – dulden wir's?
Nein, bei dem Lichtglanz des erhabnen Himmels,
Er darf ihn nicht behalten, ich errett' ihn,
Und sollt' ich fallen. Schicksal, hör' mein Wort:
Mich kümmert's nicht, raffst du mich heute fort.

Ein Grieche in einer sehr schönen Rüstung tritt auf.

HEKTOR.
Steh, Grieche, steh! Du bist ein weidlich Ziel.
Nicht? – Willst du nicht? – Dein Panzer dünkt mich schön;
Ich klopf' ihn dir und brech' ihm alle Nieten,
Bis er mein eigen. – Läufst du, Tier, so schnell?
Flieh' immerhin! Ich jage nur dein Fell.

Geht ab.

Siebente Szene

Ebendaselbst.
Achilles tritt auf, mit einem Gefolge von Myrmidonen.

ACHILLES.
Kommt um mich her, ihr, meine Myrmidonen,
Vernehmt mein Wort: Folgt mir, wohin ich führe;
Tut keinen Streich, erhaltet frisch die Kraft;
Doch wenn der blut'ge Hektor uns erscheint,
Dann rings mit euren Lanzen pfählt ihn ein,
Und ohn' Erbarmen braucht mir eure Waffen!
Folgt, Knappen, schaut mir nach, wohin ich leite:
Held Hektor sei des Todes sichre Beute! –

Sie gehn ab.

Achte Szene

Ebendaselbst.
Thersites, Menelaus und Paris treten auf.

THERSITES. Der Hahnrei und der Hahnreimacher sind an einander: nun drauf los, Stier! Drauf los, Köter! Faß ihn, Paris, faß! – Frisch, du Spatz mit der zweimännigen Henne; faß, Paris, faß! – Der Stier hat den Vorteil; nimm dich vor den Hörnern in acht, ho! –

Paris und Menelaus ab. Margarelon tritt auf.

MARGARELON. Komm, Sklav', und ficht!

THERSITES. Wer bist du?

MARGARELON.
Ein Bastardsohn des Priamus.

THERSITES. Ich bin auch ein Bastard; ich liebe die Bastarde; ich bin ein eingefleischter Bastard, ein ausgelernter Bastard, ein Bastard an Geist, Bastard an Herz, in allen Dingen illegitim. Eine Krähe hackt der andern die Augen nicht aus, warum soll's ein Bastard? Sieh dich vor; der Kampf wäre für uns gegen alle Religion: wenn der Sohn einer Hure für eine Hure ficht, so ist kein Menschenverstand drin. Leb wohl, Bastard!

MARGARELON.
Hol' dich der Teufel, Feighard! – *Gehn ab.*

Neunte Szene

Ebendaselbst.
Hektor tritt auf.

HEKTOR.
Du ganz verfaulter Kern, so schön von außen
Dein schmucker Panzer brachte dir den Tod. –
Mein Tagwerk ist getan, gekühlt mein Mut:
Ruh' jetzt, mein Schwert, du schwelgtest heut in
Blut.

Er legt den Helm und Schild ab.
Achilles tritt auf mit seinen Myrmidonen.

ACHILLES.
Sieh, Hektor, wie die Sonne sinkt herab
Und schwarze Nacht auf ihren Spuren keucht:
Und wenn die Sonn' im Dunkel niederschwebt,
Erlischt der Tag, und Hektor hat gelebt.

HEKTOR.
Entwaffnet bin ich: dann wirst du nicht fechten!

ACHILLES. Schlagt, Bursche, schlagt! Wir trafen hier den Rechten.

Hektor fällt.

So, Ilion, fall' auch du! Troja, stürz' ein!
Hier liegt dein Herz, dein Nerv und dein
Gebein: –
Auf, Myrmidonen, ruft aus aller Macht:
Achilles hat den Hektor umgebracht! –
Horch! Rückzug wird geblasen von den
Griechen!

MYRMIDONEN.
Im Troerfeld ertönt der gleiche Schall.

ACHILLES.
Die Nacht mit Drachenflügeln deckt die Flur
Und trennt die Scharen mit dem Heroldstab.
Schlaf' nun vergnügt, mein halbgesättigt
Schwert,
Das gern noch mehr so leckern Fang verzehrt;
Kommt, knüpft den Leib an meines Rosses
Schweife,
Daß ich ihn so um Trojas Mauern schleife.

Sie gehn ab. Es wird zum Rückzug geblasen.

Zehnte Szene

Ebendaselbst. Es treten auf Agamemnon, Ajax, Nestor, Menelaus, Diomedes und andere im Marsch. Draußen Freudengeschrei.

AGAMEMNON. Horch, welch ein Freudenruf?

NESTOR. Still, Trommeln, still!

SOLDATEN *hinter der Szene.*
Achilles hoch! Fürst Hektor fiel! Achilles!

DIOMEDES.
Sie rufen: Hektor fiel! Und durch Achilles!

AJAX.
Und wenn's auch ist, so prahlet nicht so sehr,
Held Hektor war nicht minder wert als er.

AGAMEMNON.
Zieht still vorbei. Entbietet dem Achill,
Daß ich in meinem Zelt ihn sprechen will.
Da uns sein Sieg den größten Feind gebändigt,
Fällt Troja bald, und unser Feldzug endigt.

Sie marschieren weiter.

Elfte Szene

Ebendaselbst. Äneas und Trojaner treten auf.

ÄNEAS. Halt! Weicht nur nicht! Noch ist das
Schlachtfeld unser,
Wir halten stand, erwarten hier den Tag.

Troilus tritt auf.

TROILUS. Hektor ist tot.

ALLE. Hektor? Verhüt'es Zeus! –

TROILUS.
Ja, tot; und an dem Roßschweif seines Mörders
Viehisch geschleift auf der beschämten Flur.
Zürnt, Götter! Eure Rache treff' uns schnell;
Hohnlächelnd schaut von Euerm Thron herab,
Die Gnade nur gewährt, und endet schnell:
Verzögert nicht den sichern Untergang!

ÄNEAS. Mein Prinz, das ganze Heer entmutigt Ihr!

TROILUS.
Ihr faßt nicht meinen Sinn, wenn Ihr so sprecht.
Ich rede nicht von Furcht, von Flucht, noch
Tod;
Trotz biet' ich allem Grau'n, womit die Götter
Und Menschen noch bedrohn. – Hektor dahin! –
Wer sagt es Priam? Wer der Hekuba?
Wer hat den Mut, als nächt'ge Eule krächzend,
In Troja zu verkünden: Hektor fiel!
Solch Wort verwandelt Priamus in Stein,
In Quell'n und Niobes: Jungfrau'n und Weiber,
Jüngling' in Marmorbilder, und entsetzt
Troja zum Wahnsinn. Auf denn, Freunde, fort!
Hektor ist hin! Das ist das Todeswort.
Doch halt! Ihr schnöden, gottverhaßten Zelte,
So stolz gereiht auf unsrer phryg'schen Flur –
Erhebe Titan sich, so früh er mag,
Ich stürm' euch durch! Und du, feigherz'ger Riese,
Kein Erdenraum soll trennen unsern Haß:
Dir jag' ich wie dein bös Gewissen nach,
Das Larven scheußlich weckt wie Fieberwahnsinn. –
Schlagt rasch den Marsch zur Heimkehr; faßt
euch Herz:

Der Rache Wunsch betäub' den innern Schmerz!

Äneas mit den Troern ab.

Pandarus kommt.

PANDARUS.

Hört mich, mein Prinz! Hört mich! –

TROILUS.

Fort, kupplerischer Pandar! Dein Gedächtnis
Sei ew'ge Schmach, und Schande dein Vermächtnis!

Troilus geht.

PANDARUS. Eine schöne Arznei für meine Gliederschmerzen! Oh, Welt, Welt, Welt! So wird dein armer Unterhändler verhöhnt! O ihr Verführer und Kuppler, wie eifrig nimmt man eure guten Dienste in Anspruch, und wie schlecht lohnt man euch! Warum sind unsre Bemühungen so geliebt, und unser Ausgang so getrübt? Welchen Denkreim gibt's dafür? Welch Gleichnis? Laß sehn: –

Recht lustiglich summt euch das Bienchen vor,
Solang' es Waff und Honig nicht verlor;
Doch ist sein scharfer Stachel erst heraus,
Ist's mit dem süßen Ton und süßen Honig aus.
Ihr, die ihr euch des schwachen Fleisches annehmt, setzt dies in eure gemalten Tapeten:
So viel hier von der Zunft des Pandar sind,
Halb blind schon, weint bei seinem Fall euch blind;
Und stöhnt, wenn euch die Träne ward versagt,
Wenn nicht um mich, doch weil die Gicht euch plagt.
Hört, wer zum Kupplerorden sich bekennt,
Auf nächsten Herbst mach' ich mein Testament:
Ich tät' es jetzt, doch trat die Furcht dazwischen,
Ein Gänschen aus Winchester möchte zischen.
Drum laßt mir Zeit, mich schwitzend neu zu fiedern,
Und all mein Kreuz vermach' ich euern Gliedern.

Er geht ab.

ENDE GUT, ALLES GUT.

Personen

Der König von Frankreich
Der Herzog von Florenz
Bertram, Graf von Roussillon
Lafeu, ein Vasall des Königs
Parolles, Gesellschafter des Grafen
Mehrere junge französische Edelleute
Haushofmeister,
Narr,
Ein Page, in Diensten der Gräfin von Roussillon
Die Gräfin von Roussillon
Helena, ihre Pflegetochter
Eine Witwe
Diana, deren Tochter
Violenta,
Mariane, Dianens Freundinnen
Herren vom Hofe; Hauptleute; Soldaten
Die Szene ist teils in Frankreich, teils in Toskana

Erster Aufzug

Erste Szene

Roussillon.
Es treten auf Bertram, die Gräfin von Roussillon, Helena und Lafeu, sämtlich in Trauer.

GRÄFIN. Indem ich meinen Sohn in die Welt schicke, begrabe ich einen zweiten Gemahl.

BERTRAM. Und ich, indem ich gehe, teure Mutter, beweine meines Vaters Tod aufs neue; aber ich muß dem Befehl des Königs gehorchen, dessen Mündel ich jetzt, so wie für immer sein Vasall bin.

LAFEU. Ihr, gnädige Frau, werdet an dem Könige einen Gemahl finden; Ihr, Graf, einen Vater. Er, der so unbedingt zu allen Zeiten gut ist, muß notwendig auch gegen Euch sich so bewähren, denn Euer Wert würde seine Tugend erwecken, selbst wenn sie mangelte; und um so weniger wird diese Euch entstehn, da er sie im Überfluß besitzt.

GRÄFIN. Was für Hoffnung hat man für die Besserung Seiner Majestät?

LAFEU. Er hat seine Ärzte verabschiedet, gnädige Frau, unter deren Behandlung er die Zeit mit Hoffnung verschwendet und in ihrem Verlauf nur das gewonnen hatte, daß er mit der Zeit auch die Hoffnung verlor.

GRÄFIN. Dieses junge Mädchen hatte einen Vater – (oh, dies »hatte«! – welcher traurige Gedanke liegt darin!), dessen Talent fast so groß war als seine Rechtschaffenheit. Wäre es ihr ganz gleich gekommen, es hätte die Natur unsterblich gemacht, und der Tod, aus Mangel an Arbeit, hätte sich dem Spiel ergeben. Ich wünschte um des Königs willen, er lebte noch; ich glaube, das würde für des Königs Krankheit der Tod sein.

LAFEU. Wie hieß der Arzt, von dem Ihr redet, gnädige Frau?

GRÄFIN. Er war in seiner Kunst hochberühmt, und zwar mit größtem Recht: Gerhard von Narbonne.

LAFEU. Allerdings war er ein vortrefflicher Mann, gnädige Frau; der König sprach noch neulich von ihm mit Bewund'rung und Bedauern. Er war geschickt genug, um immer zu leben, wenn Wissenschaft gegen Sterblichkeit in die Schranken treten könnte.

BERTRAM. Und woran leidet der König, mein teurer Herr?

LAFEU. An einer Fistel, Herr Graf.

BERTRAM. Davon habe ich noch nie gehört.

LAFEU. Ich wollte, es wüßte niemand davon! – War dies junge Mädchen die Tochter Gerhards von Narbonne? –

GRÄFIN. Sein einziges Kind, Herr Ritter, und meiner Aufsicht anvertraut. Ich hoffe, sie wird durch ihre Güte erfüllen, was ihre Erziehung verspricht; ihre Anlagen sind ihr angeerbt, und dadurch werden schöne Gaben noch schöner: denn wenn ein unlautres Gemüt herrliche Fähigkeiten besitzt, so lobt man, indem man bedauert: es sind Vorzüge und zugleich Verräter; in ihr aber stehen sie um so höher wegen ihrer Reinheit. – Ihre Tugend ist ihr angestammt, ihre Herzensgüte hat sie sich erworben.

LAFEU. Eure Lobsprüche, gnädige Frau, entlocken ihr Tränen! –

GRÄFIN. Das beste Salz, womit ein Mädchen ihr Lob würzen kann. Das Gedächtnis ihres Vaters kommt nie in ihr Herz, ohne daß die Tyrannei ihres Kummers alle Farbe des Lebens von ihrer Wange nimmt. Nicht mehr so, meine Helena! Nicht so! Damit man nicht glaube, du pflegst traurig zu scheinen, ohne es zu sein!

HELENA. Allerdings pflege ich meine Trauer, aber ich bin auch traurig.

LAFEU. Gemäßigte Klage ist das Recht des Toten; übertriebener Gram der Feind des Lebenden.

HELENA. Wenn der Lebende dem Gram erst feind ist, wird diesem das Übermaß bald tödlich werden.

BERTRAM. Teure Mutter, ich bitte um Euer Gebet für mich.

LAFEU *indem er Helena ansieht.*
Wie verstehn wir das?

GRÄFIN.
Dich segn' ich, Bertram! Gleiche deinem Vater
An Sinn wie an Gestalt; Blut so wie Tugend
Regieren dich gleichmäßig: deine Güte
Entspreche deinem Stamm! Lieb' alle, wen'gen traue;
Beleid'ge keinen; sei dem Feinde furchtbar,
Durch Kraft mehr als Gebrauch; den Freund bewahre
So wie dein Herz! Laß dich zum Schweigen tadeln,
Doch nie um Reden schelten! Was der Himmel
Dir sonst an Segen spenden, und mein Beten
Erflehn mag, fall' auf dieses Haupt! Leb wohl! –
Mein Herr, noch nicht gereift zum Hofmann ist er:
Beratet ihn!-

LAFEU. Was meine Lieb' vermag, sei ihm gewährt.

GRÄFIN. Der Himmel segne dich! Bertram, leb wohl!
Ab.

BERTRAM *zu Helena:* Die besten Wünsche, die in der Werkstatt Eurer Gedanken reifen können, mögen Euch dienstbar sein! Seid der Trost meiner Mutter, Eurer Gebieterin, und haltet sie wert! –

LAFEU. Lebt wohl, schönes Kind! Ihr müßt den Ruhm Eures Vaters aufrecht erhalten.
Bertram und Lafeu gehn ab.

HELENA.
Ach, wär's nur das! Des Vaters denk' ich kaum;
Und jener Großen Träne ehrt ihn mehr,
Als seiner Tochter Gram. – Wie sah er aus?
Vergessen hab' ich ihn; kein andres Bild
Wohnt mehr in meiner Phantasie als Bertram.
Ich bin verloren! Alles Leben schwindet
Dahin, wenn Bertram geht. Gleichviel ja wär's,
Liebt' ich am Himmel einen hellen Stern,
Und wünscht' ihn zum Gemahl; er steht so hoch!
An seinem hellen Glanz und lichten Strahl
Darf ich mich freun; in seiner Sphäre nie.
So straft sich selbst der Ehrgeiz meiner Liebe:
Die Hindin, die den Löwen wünscht zum Gatten,
Muß liebend sterben. O der süßen Qual,
Ihn stündlich anzusehn! Ich saß und malte
Die hohen Brau'n, sein Falkenaug', die Locken

In meines Herzens Tafel, allzu offen
Für jeden Zug des süßen Angesichts!
Nun ist er fort, und mein abgöttisch Lieben
Bewahrt und heiligt seine Spur. – Wer kommt? –

Parolles tritt auf.

Sein Reisefreund. – Ich lieb' ihn seinethalb,
Und kenn' ihn doch als ausgemachten Lügner,
Weiß, er ist Narr im Haufen, einzeln Memme:
Doch dies bestimmte Böse macht ihn schmuck
Und hält ihn warm, indes stahlherz'ge Tugend
Im Frost erstarrt. Dem Reichtum, noch so schlecht,
Dient oft die Weisheit arm und nackt als Knecht.

PAROLLES. Gott schütz' Euch, meine Königin!

HELENA. Und Euch, mein Sultan!

PAROLLES. Der? Nein! –

HELENA. Und ich auch nicht.

PAROLLES. Denkt Ihr über das Wesen des Jungfrauentums nach?

HELENA. Ja, eben. Ihr seid so ein Stück von Soldaten; laßt mich Euch eine Frage tun. Die Männer sind dem Jungfrauentum feind: wie können wir's vor ihnen verschanzen?

PAROLLES. Weist sie zurück!

HELENA. Aber sie belagern uns, und unser Jungfrauentum, wenn auch in der Verteidigung tapfer, ist dennoch schwach; – lehrt uns einen kunstgerechten Widerstand!

PAROLLES. Alles vergeblich; die Männer, sich vor euch lagernd, unterminieren euch und sprengen euch in die Luft.

HELENA. Der Himmel bewahre unser armes Jungfrauentum vor Minierern und Luftsprengern! Gibt's keine Kriegspolitik, wie Jungfrauen die Männer in die Luft sprengen könnten? –

PAROLLES. Läßt sich denn ein vernünftiger Grund im Naturrecht nachweisen, das Jungfrauentum zu bewahren? Verlust des Jungfrauentums ist vielmehr verständige Zunahme; und noch nie ward eine Jungfrau geboren, daß nicht vorher ein Jungfrauentum verloren ward. Das, woraus Ihr besteht, ist Stoff, um Jungfrauen hervorzubringen. Euer Jungfrauentum, einmal verloren, kann zehnmal wieder ersetzt werden; wollt Ihr's immer erhalten, so geht's auf ewig verloren; es ist ein zu frostiger Gefährte: weg damit!

HELENA. Ich will's doch noch ein wenig behaupten, und sollt' ich darüber als Mädchen sterben.

PAROLLES. Dafür läßt sich wenig sagen; es ist gegen die Ordnung der Natur. Die Partei des Jungfrauentums nehmen, heißt, seine Mutter anklagen; welches offenbare Empörung wäre. Einer, der sich aufhängt, ist wie solch eine Jungfrau: das Jungfrauentum gleicht einem Selbstmörder, und sollte an der Heerstraße begraben werden, fern von aller geweihten Erde, wie ein tollkühner Frevler gegen die Natur. Das Jungfrauentum brütet Grillen, wie ein Käse Maden, zehrt sich ab bis auf die Rinde und stirbt, indem sich's von seinem eignen Eingeweide nährt. Überdem ist das Jungfrauentum wunderlich, stolz, untätig, aus Selbstliebe zusammengesetzt, welches die verpönteste Sünde in den zehn Geboten ist. Behaltet's nicht; Ihr könnt gar nicht anders, als dabei verlieren. Leiht es aus, im Lauf eines Jahrs habt Ihr zwei für eins; das ist ein hübscher Zins, und das Kapital hat nicht sehr dadurch abgenommen. Fort damit!

HELENA. Was aber tun, um es anzubringen nach eignem Wohlgefallen?

PAROLLES. Laßt sehn! Ei nun, leiden vielmehr, um dem wohlzugefallen, dem es gefällt. Es ist eine Ware, die durchs Liegen allen Glanz verliert; je länger aufbewahrt, je weniger wert: fort damit, solange es noch verkäuflich ist. Nutzt die Zeit der Nachfrage! Das Jungfrauentum, wie eine welke Hofdame, trägt eine altmodische Haube, ein Hofkleid, dem keiner mehr den Hof macht; wie die Schleife am Hut und der Zahnstocher, die jetzt veraltet sind. – –

HELENA.
Nun warten tausend Liebsten deines Herrn,
Eine Mutter, – eine Freundin, – eine Braut, –
Ein Phönix, – eine Feindin und Monarchin, –
Göttin, und Führerin, und Königin,
Ratgeberin, Verräterin, und Liebchen,
Demüt'ger Ehrgeiz und ehrgeiz'ge Demut,
Harmon'sche Dissonanz, verstimmter Einklang,
Und Treu', und süßer Unstern; und so nennt er
'ne Unzahl art'ger, holder Liebeskinder,
Die Amor aus der Taufe hebt. – Nun wird er –
Ich weiß nicht, was er wird, – Gott send' ihm Heil;
Es lernt sich viel am Hof; und er ist einer –

PAROLLES. Nun, was für einer?

HELENA.
Mit dem ich's gut gemeint; – und schade ist's, –

PAROLLES. Um was? –

HELENA.
Daß unserm Wunsch kein Körper ward verliehn,
Der fühlbar sei; damit wir Ärmeren,
Beschränkt von unserm neid'schen Stern auf Wünsche,
Mit ihrer Wirkung folgten dem Geliebten,
Und er empfände, wie wir sein gedacht,
Wofür uns kaum ein Dank wird.

Ein Page tritt auf.

PAGE. Monsieur Parolles, der Graf läßt Euch rufen. *Ab.*

PAROLLES. Kleines Helenchen, leb wohl! Wenn ich mich auf dich besinnen kann, will ich deiner am Hofe gedenken.

HELENA. Monsieur Parolles, Ihr seid unter einem liebreichen Stern geboren.

PAROLLES. Unterm Mars!

HELENA. Das hab' ich immer gedacht: unterm Mars.

PAROLLES. Warum unterm Mars?

HELENA. Der Krieg hat Euch immer so herunter gebracht, daß Ihr notwendig unterm Mars müßt geboren sein.

PAROLLES. Als er am Himmel dominierte.

HELENA. Sagt lieber, als er am Himmel retrogradierte.

PAROLLES. Warum glaubt Ihr das?

HELENA. Ihr geht immer so sehr rückwärts, wenn Ihr fechtet!

PAROLLES. Das geschieht um meines Vorteils willen.

HELENA. So ist's auch mit dem Weglaufen, wenn Furcht die Sicherheit empfiehlt. Aber die

Mischung, die Eure Tapferkeit und Eure Furcht in Euch hervorbringen, ist eine schönbeflügelte Tugend, und die Euch wohl ansteht.

PAROLLES. Ich bin so voller Geschäfte, daß ich dir nicht gleich spitzig antworten kann. Ich kehre zurück als ein vollkommner Hofmann; dann soll mein Unterricht dich hier naturalisieren, wenn du anders für eines Hofmanns Geheimnis empfänglich bist und begreifen willst, was weiser Rat dir mitteilt; wo nicht, so stirb dann in deiner Undankbarkeit, und deine Unwissenheit raffe dich hinweg! Leb wohl! Wenn du Zeit hast, sprich dein Gebet; wenn du keine hast, denk' an deine Freunde! Schaff' dir einen guten Mann und halte ihn, wie er dich hält, und so leb wohl! *Ab.*

HELENA.
Oft ist's der eigne Geist, der Rettung schafft,
Die wir beim Himmel suchen. Unsrer Kraft
Verleiht er freien Raum, und nur dem Trägen,
Dem Willenlosen, stellt er sich entgegen.
Mein Liebesmut die höchste Höh' ersteigt,
Doch naht mir nicht, was sich dem Auge zeigt.
Des Glückes weitsten Raum vereint Natur,
Daß sich das Fernste küßt wie Gleiches nur.
Wer klügelnd abwägt und dem Ziel entsagt,
Weil er vor dem, was nie geschehn, verzagt,
Erreicht das Größte nie. Wann rang nach Liebe
Ein volles Herz, und fand nicht Gegenliebe?
Des Königs Krankheit – täuscht mich nicht, Gedanken;
Ich halte fest und folg' Euch ohne Wanken.
Ab.

Zweite Szene

Paris.

Trompeten und Zinken. Der König von Frankreich, einen Brief in der Hand, und mehrere Lords treten auf.

KÖNIG. Florenz und Siena sind schon handgemein;
Die Schlacht blieb unentschieden, und der Krieg
Wird eifrig fortgesetzt.

ERSTER LORD. So wird erzählt. –

KÖNIG.
So weiß man's schon gewiß. Hier meldet uns
Die sichre Nachricht unser Vetter Östreich
Und fügt hinzu, wie uns um schnellen Beistand
Florenz ersuchen wird; es warnt zugleich
Mein teurer Freund uns im voraus und hofft,
Wir schlagen's ab.

ERSTER LORD. Sein Rat und seine Treu',
So oft erprobt von Eurer Majestät,
Verdienen vollen Glauben.

KÖNIG. Er bestimmt uns:
Florenz ist abgewiesen, eh' es wirbt. –
Doch unsern Rittern, die sich schon gerüstet
Zum Feldzug in Toskana, stell' ich frei,
Nach ihrer Wahl hier oder dort zu fechten.

ERSTER LORD.
Erwünschte Schule unsrer edeln Jugend,
Die sich nach Krieg und Taten sehnt.

KÖNIG. Wer kommt?

Bertram, Lafeu und Parolles treten auf.

ERSTER LORD.
Graf Roussillon, mein Fürst, der junge Bertram.–

KÖNIG. Jüngling, du trägst die Züge deines Vaters.
Die gütige Natur hat wohlbedacht,
Nicht übereilt, dich schön geformt: sei drum
Auch deiner väterlichen Tugend Erbe!
Willkommen in Paris!

BERTRAM.
Mein Dienst und Dank sind Eurer Majestät.

KÖNIG. O hätt' ich jetzt die Fülle der Gesundheit,
Als da dein Vater und ich selbst in Freundschaft
Zuerst als Krieger uns versucht! Den Dienst
Der Zeiten hatt' er wohl studiert und war
Der Bravsten Schüler. Lange hielt er aus;
Doch welkes Alter überschlich uns beide
Und nahm uns aus der Bahn. Ja, es erquickt mich,
Des Edlen zu gedenken. – In der Jugend
Hatt' er den Witz, den ich wohl auch bemerkt
An unsern jetz'gen Herrn: nur scherzen die,
Bis stumpf der Hohn zu ihnen wiederkehrt,
Eh' sie den leichten Sinn in Ehre kleiden.
Hofmann so echt, daß Bitterkeit noch Hochmut
Nie färbten seine Streng' und seinen Stolz:
Geschah's, so war's nur gegen seines Gleichen.
Und seine Ehre zeigt' als treue Uhr
Genau den Punkt, wo Zeit ihn reden hieß,
Und dann gehorcht' ihr Zeiger seiner Hand.
Geringre
Behandelt' er als Wesen andrer Art;
Beu gt' ihrer Niedrigkeit den hohen Wipfel,
Daß sie sich stolz durch seine Demut fühlten,
Wie er herabstieg in ihr armes Lob.
Solch Vorbild mangelt diesen jüngern Zeiten;
Und wär' es da, so zeigt' es uns zu sehr
Als rückwärts Schreitende.

BERTRAM. Sein guter Nachruhm
Glänzt mehr von Euerm Mund als seinem Grabe:
So rühmlich preist ihn nicht sein Epitaph,
Als Euer königliches Wort.

KÖNIG. O daß ich mit ihm wär'! Er sagte stets –
(Mich dünkt, ich hör' ihn noch: sein goldnes Wort
Streut' er nicht in das Ohr, er pflanzt' es tief,
Damit es keim' und reife): – »ich mag nicht leben« –
(So sagt' er oft in lebenswertem Ernst
Im letzten Akt und Schluß des Zeitvertreibs,
Wenn man sich trennte) –, »ich mag nicht leben«, sprach er,
»Wenn's meiner Flamm' an Öl gebricht, als Schnuppe
Der jungen Welt, die mit leichtfert'gem Sinn
Nichts als das Neue liebt; die ihren Ernst
Allein auf Moden lenkt; bei der die Treue
Mit ihren Trachten wechselt«: Also wünscht' er.
Ich, scheidend, wünsche wie der Abgeschiedne,
Weil ich nicht Wachs noch Honig bringe heim,
Recht bald erlöst zu sein aus meinem Stock,
Raum gönnend Jüngern.

ZWEITER LORD. Sire, Euch liebt das Volk;
Wer Euch verkennt, wird Euch am meisten missen.

KÖNIG.
Ich füll' 'nen Platz, ich weiß. – Wie lang' ist's, Graf,
Seit Eures Vaters Arzt gestorben ist?
Man rühmt' ihn sehr.

BERTRAM. Sechs Monat sind's, mein Fürst.

KÖNIG.
Lebt' er noch, hätt' ich's doch mit ihm versucht.
Gebt mir den Arm! – Die andern schwächten mich
Durch mancherlei Behandlung: mag's Natur
Und Krankheit nun entscheiden. – Willkommen, Graf! –
Mein Sohn ist mir nicht teurer.

BERTRAM. Dank Eu'r Hoheit! –

Trompetenstoß. Alle gehn ab.

Dritte Szene

Roussillon.
Es treten auf die Gräfin, der Haushofmeister und der Narr.

GRÄFIN. Jetzt will ich Euch anhören. – Nun, was sagt Ihr von dem jungen Fräulein?

HAUSHOFMEISTER. Gnädige Gräfin, ich wünschte, die Sorgfalt, die ich angewandt, Euer Verlangen zu befriedigen, möchte in den Kalender meiner früheren Bemühungen eingetragen werden; denn wenn wir selbst sie bekannt machen, verwunden wir unsre Bescheidenheit und trüben die helle Reinheit unsrer Verdienste.

GRÄFIN. Was will der Schelm hier? Fort mit Euch, Freund! – Ich will nicht allen Beschwerden glauben, die gegen Euch verlauten: es ist meine Trägheit, daß ich's nicht tue; denn ich weiß, es fehlt Euch nicht an Torheit, solche Schelmstücke zu unternehmen, und Ihr seid geschickt genug, sie auszuführen.

NARR. Es ist Euch nicht unbekannt, gnädige Frau, daß ich ein armer Teufel bin.

GRÄFIN. Nun gut!

NARR. Nein, gnädige Frau, das eben ist nicht gut, daß ich arm bin (obschon viele von den Reichen zur Hölle fahren): aber wenn Elsbeth es nur bei Euer Gnaden erreicht, daß Ihr sie unter die Haube bringen helft, so wollen wir schon sehn, wie wir als Mann und Frau zusammen fortkommen.

GRÄFIN.
Willst du denn mit Gewalt ein Bettler werden?

NARR. Ich bettle nur um Eure gnädige Einwilligung in diese Sache.

GRÄFIN. In welche Sache?

NARR. In Elsbeths Sache und meine eigne. Dienst ist keine Erbschaft, und ich denke, ich gelange nicht zu Gottes Segen, bis ich Nachkommenschaft sehe; denn, wie die Leute sagen: Kinder sind ein Segen Gottes.

GRÄFIN.
Sag mir den Grund, warum du heiraten willst.

NARR. Mein armes Naturell, gnädige Frau, verlangt es. Mich treibt mein Fleisch dazu, und wen der Teufel treibt, der muß wohl gehn.

GRÄFIN.
Und das ist alle Ursach', die Eu'r Gnaden hat?

NARR. Die Wahrheit zu sagen, ich habe noch andre heilige Ursachen, wie sie nun so sind.

GRÄFIN. Darf die Welt sie wissen?

NARR. Ich bin eine sündige Kreatur gewesen, gnädige Frau, gerade wie Ihr, und wie alles Fleisch und Blut; und mit einem Wort, ich will heiraten, damit ich bereuen könne.

GRÄFIN. Deine Heirat mehr als deine Sündhaftigkeit.

NARR. Es fehlt mir an Freunden, gnädige Frau, und ich hoffe, um meiner Frau willen Freunde zu finden.

GRÄFIN. Solche Freunde sind deine Feinde, Bursch!

NARR. Ihr versteht Euch wenig auf gute Freunde, gnädige Frau; denn die Schelme werden das für mich tun, was mir zu viel wird. Wer mein Land ackert, spart mir mein Gespann und schafft mir Zeit, die Frucht unter Dach zu bringen; wenn ich sein Hahnrei bin, ist er mein Knecht. Wer mein Weib tröstet, sorgt für mein Fleisch und Blut; wer für mein Fleisch und Blut sorgt, liebt mein Fleisch und Blut; wer mein Fleisch und Blut liebt, ist mein Freund: ergo wer meine Frau küßt, ist mein Freund. Wären die Leute nur zufrieden, das zu sein, was sie einmal sind, so gäbe es keine Skrupel in der Ehe: denn Charbon. Der junge Puritaner, und Meister Poysam, der alte Papist, wie verschieden ihre Herzen auch in der Religion sind, läuft's doch mit ihren Köpfen auf eins hinaus; sie können sich mit ihren Hörnern knuffen, so gut, wie irgendein Bock in der Herde.

GRÄFIN. Willst du immer ein frecher, verleumderischer Schelm bleiben?

NARR. Ein Prophet, gnädige Frau; ich rede die Wahrheit ohne Umschweif: –
Gedenkt nur an das alte Lied,
Es gilt noch heut wie gestern:
Was einmal sein soll, das geschieht,
Der Kuckuck sucht nach Nestern.

GRÄFIN. Geht nur, Freund, ich will die Sache ein ander Mal mit Euch verhandeln.

HAUSHOFMEISTER. Wär' es Euer Gnaden nicht gefällig, daß er Helena zu Euch riefe: ich wollte von ihr reden.

GRÄFIN. Freund, geh und sag dem jungen Fräulein, ich wolle sie sprechen: ich meine Helena.

NARR *singt.*
Verdient die Schöne, sprach sie dann,
Daß Troja ward zerstört?
O Narretei, o Narretei,
Herr Priam ward betört!
Worauf sie seufzt und weinen tut,
Worauf sie seufzt und weinen tut,
Und spricht: Da könnt ihr sehn,
Ist von neun Schlimmen eine gut,
Ist von neun Schlimmen eine gut,
Ist's eine doch von zehn.

GRÄFIN. Was? Eine gut von zehn? Du verdrehst ja das Lied, Bursch.

NARR. Eine gute Frau unter zehnen, Gräfin, das heißt ja die Ballade verbessern. Wollte Gott nur alle Jahr so viel tun, so hätte ich über die Weiberzehnten nicht zu klagen, wenn ich der Pfarrer wäre. Eine unter zehnen? Das glaub' ich! Wenn uns nur jeder Komet eine gute Frau brächte, oder jedes Erdbeben, so stände es schon ein gut Teil besser um die Lotterie: jetzt kann sich einer das Herz aus dem Leibe ziehn, ehe er eine trifft.

GRÄFIN. Werdet Ihr bald gehn, Herr Taugenichts, und tun, was ich Euch befahl?

NARR. Daß ein Mann einer Evastochter gehorchen muß, und es erfolgt kein Ärgernis! Zwar ist Ehrlichkeit kein Puritaner, aber dennoch soll sie diesmal kein Ärgernis geben und den weißen Chorrock der Demut über dem schwarzen Priesterkleide ihres unmutigen Herzens tragen. Ich gehe, verlaßt Euch drauf: ich soll an Helena sagen, hieher zu kommen. *Ab.*

GRÄFIN. Nun, also?

HAUSHOFMEISTER. Ich weiß, gnädige Frau, Ihr liebt Euer Fräulein von Herzen.

GRÄFIN. Allerdings; ihr Vater hinterließ sie mir, und sie selbst kann, abgesehn von ihren Vorzügen, mit allem Recht auf so viel Liebe Anspruch machen, als sie bei mir findet. Ich bin ihr mehr schuldig, als ich ihr zahle, und werde ihr mehr zahlen, als sie fodern wird.

HAUSHOFMEISTER. Gnädige Frau, ich war ihr neulich näher, als sie vermutlich wünschen mochte; sie war allein und sprach mit sich selbst, ihr eignes Wort ihrem eignen Ohr; sie glaubte – das darf ich wohl beschwören –, es werde von keinem Fremden vernommen. Der Inhalt war: sie liebe Euern Sohn. Fortuna, sagte sie, sei keine Göttin, weil sie eine so weite Kluft zwischen ihren Verhältnissen errichtet habe; Amor kein Gott, weil er seine Macht nicht weiter ausdehne, als auf gleichen Stand; Diana keine Königin der Jungfrauen, weil sie zugebe, daß ihre armen Nymphen überrascht werden, ohne Schutzwehr für den ersten Angriff, noch Entsatz im ferneren Kampf. Dies klagte sie mit dem Ausdruck des bittersten Schmerzes, in dem ich je ein Mädchen habe weinen hören. Ich hielt es für meine Pflicht, Euch eiligst davon zu unterrichten: sintemal, wenn hieraus ein Unglück entstehen sollte, es Euch gewissermaßen wichtig ist, vorher davon zu erfahren.

GRÄFIN. Ihr habt dies mit Redlichkeit ausgerichtet; behaltet's nun für Euch! Schon vorher hatten mich manche Vermutungen hierauf geführt; sie hingen aber so schwankend in der Waagschale, daß ich weder glauben noch zweifeln konnte. Ich bitte Euch, verlaßt mich nun! Verschließt dies alles in Eurer Brust, und ich danke Euch für Eure redliche Sorgfalt; ich will hernach weiter mit Euch darüber sprechen.

Haushofmeister ab.

So mußt' ich's, als ich jung war, auch erleben:
Natur verlangt ihr Recht; der scharf Dorn
Ward gleich der Jugendrose mitgegeben,
Die Leidenschaft quillt aus des Blutes Born.
Natur bewährt am treusten ihre Kraft,
Wo Jugend glüht in starker Leidenschaft;
Und denk' ich jetzt der Fehl' in vor'gen Stunden,
Hab' ich den Irrtum damals nicht gefunden. –
– Es macht ihr Auge krank, ich seh' es wohl.

Helena tritt auf.

HELENA. Was wünscht Ihr, gnäd'ge Frau?

GRÄFIN.
Du weißt, mein Kind, ich bin dir eine Mutter.

HELENA. Meine verehrte Herrin!

GRÄFIN. Eine Mutter –
Warum nicht Mutter? Bei dem Worte: Mutter
Schien's, eine Schlange sähst du: wie erschreckt dich
Der Name Mutter? Ich sage, deine Mutter;
Und trage dich in das Verzeichnis derer,
Die ich gebar. Wetteifern sehn wir oft
Pflegkindschaft mit Natur, und wundersam
Eint sich der fremde Zweig dem eignen Stamm;
Mich quälte nie um dich der Mutter Ächzen,
Doch zahlt' ich dir der Mutter Liebe dar –
Um's Himmels willen, Kind! Erstarrt dein Blut,
Weil ich dich grüß' als Mutter? Sag, wie kommt's,
Daß dir die kranke Heroldin des Weinens,
Die mannigfarb'ge Iris, kränzt dein Auge? –
Weil du mir Tochter bist?

HELENA. Das bin ich nicht! –

GRÄFIN. Bin ich nicht deine Mutter?

HELENA. Ach, verzeiht! –
Graf Roussillon kann nie mein Bruder sein;
Ich bin von niederm, er vom höchsten Blut;
Mein Stamm gering, der seine hochberühmt:
Er ist mein Herr und Fürst: mein ganzes Leben
Hab' ich als Dienerin ihm treu ergeben:
Nennt ihn nicht meinen Bruder; –

GRÄFIN. Und mich nicht Mutter?

HELENA. Ja, meine Mutter seid Ihr; wärt Ihr doch
– Müßt' Euer Sohn nur nicht mein Bruder sein! –
Ganz meine Mutter; wärt uns beiden Mutter:
Das wünscht' ich, wie ich mir den Himmel wünsche:
Nur ich nicht seine Schwester! Ist's nur dann vergönnt,
Wenn er mir Bruder wird, daß Ihr mich Tochter nennt?

GRÄFIN. Wohl, Helena!
Du könntest meine Schwiegertochter sein. –
Hilf Gott! Du denkst es wohl? Mutter und Tochter
Stürmt so auf deinen Puls: nun wieder bleich?
Mein Argwohn hat dein Herz durchschaut; nun ahnd' ich
Das Rätsel deiner Einsamkeit, die Quelle
Der bittern Tränen: offenbar nun seh' ich,
Du liebst ihn, meinen Sohn: Verstellung schämt sich,
Dem lautern Ruf der Leidenschaft entgegen,
Mir nein zu sagen; darum sprich die Wahrheit:
Sag mir, so ist's; denn deine Wangen, Kind,
Bekennen's gegenseitig; deine Augen
Sehn es so klar in deinem Tun geschrieben,
Daß sie vernehmlich reden; nur die Zunge
Fesseln dir Sünd' und höll'scher Eigensinn,
Die Wahrheit noch zu hehlen. Ist's nicht so?
Wenn's ist, so schürztest du 'nen wackern Knoten!
Ist's nicht, so schwöre: Nein; doch wie's auch sei,
Wie Gott mir helfen mag dir beizustehn,
Ich fodre, daß du Wahrheit sagst.

HELENA. Verzeihung!

GRÄFIN. Sprich! Liebst du Bertram?

HELENA. Teure Frau, verzeiht!

GRÄFIN. Liebst du ihn?

HELENA. Gnäd'ge Frau, liebt Ihr ihn nicht? –

GRÄFIN.
Das frag' ich nicht. Ich habe Pflicht und Grund
Vor aller Welt für mein Gefühl. Nun wohl!

Entdecke mir dein Herz; denn allzu laut
Verklagt dich deine Unruh'.
HELENA. So bekenn' ich
Hier auf den Knieen vor Euch und Gott dem Herrn,
Daß ich vor Euch und nächst dem Herrn des Himmels
Ihn einzig liebe. Arm, doch tugendhaft
War mein Geschlecht: so ist mein Lieben auch.
Seid nicht erzürnt, es bringt ihm keine Kränkung,
Von mir geliebt zu sein: nie offenbart' ich
Ein Zeichen ihm zudringlicher Bewerbung;
Ich wünsch' ihn nicht, eh' ich ihn mir verdient,
Und ahnde nicht, wie ich ihn je verdiente!
Ich weiß, ich lieb' umsonst, streb' ohne Hoffnung;
Und doch, in dies unhaltbar lockre Sieb
Gieß' ich beständig meiner Liebe Flut,
Die nimmer doch erschöpft wird: gleich dem Indier,
Gläubig in frommem Wahne flehend, ruf' ich
Die Sonne an, die auf den Beter schaut,
Ohne von ihm zu wissen. Teure Herrin,
Laßt Euren Haß nicht meine Liebe treffen,
Weil sie dasselbe liebt wie Ihr. Nein, habt Ihr
Eu'r würdig Alter bürgt die lautre Jugend –
Jemals in solcher reinen Glut der Neigung
Treulich geliebt und keusch gehofft – daß Diana
Eins schien mit Eurer Lieb' – oh, dann hegt Mitleid
Für sie, die ohne Wahl und Hoffnung liebt,
Alles verlierend, stets von neuem gibt;
Nie zu besitzen hofft, wonach sie strebt,
Und rätselgleich in süßem Sterben lebt.
GRÄFIN. Warst du nicht neulich Willens, nach Paris
Zu reisen? Sprich die Wahrheit!
HELENA. Gnäd'ge Frau,
Das war ich.
GRÄFIN. Und in welcher Absicht? Sag mir's!
HELENA.
So hört: ich schwör's Euch bei der ew'gen Gnade!
Ihr wißt, mein Vater ließ Vorschriften mir
Von seltner Wunderkraft, wie seiner Forschung
Vielfache Prüfung als untrüglich sie
Bewährt erfand: die hat er mir vererbt,
Sie in geheimster Obhut zu bewahren,
Als Schätze, deren Kern und innrer Wert
Weit über alle Schätzung. Unter diesen
Ist ein Arkan verzeichnet, viel erprobt,
Als Gegenmittel jener Todeskrankheit,
An der der König hinwelkt.
GRÄFIN. Dies bestimmte
Dich nach Paris zu gehn?
HELENA.
Der junge Graf ließ mich daran gedenken,
Sonst hätten wohl Paris, Arznei und König
In meiner Seele Werkstatt keinen Eingang
Gefunden.
GRÄFIN. Glaubst du wirklich, Helena,
Wenn du ihm dein vermeintes Mittel böt'st,
Er werd' es nehmen? – Er und seine Ärzte
Sind eines Sinns: Er, keiner könn' ihm helfen,
Sie: keine Hülfe gäb's. Wie trauten sie
'nem armen Mädchen, wenn die Schule selbst
In ihrer Weisheit Dünkel die Gefahr
Sich selber überläßt?
HELENA. Mich treibt ein Glaube
Mehr noch als meines Vaters Kunst (des größten
In seinem Fach), daß sein vortrefflich Mittel,
Auf mich vererbt, von glücklichen Gestirnen
Geheiligt werden soll: und will Eu'r Gnaden
Mir den Versuch gestatten, setz' ich gern
Mein Haupt zum Unterpfand für unsres Herrn
Genesung zur bestimmten Zeit.
GRÄFIN. Das glaubst du?
HELENA. Ja, gnäd'ge Frau, gewißlich.
GRÄFIN. Nun, wohlan!
So geb' ich Urlaub dir und Liebe mit,
Geld und Gefolg' und Gruß an meine Freunde
Am Hofe dort; ich bleib' indes daheim
Und fleh' um Gottes Segen für dein Werk.
Auf morgen geh, und glaub' mit Zuversicht:
Wo ich's vermag, fehlt dir mein Beistand nicht.
Beide gehn ab.

Zweiter Aufzug

Erste Szene

Paris.
Es treten auf der König von Frankreich, mehrere junge Edelleute, Bertram und Parolles. Trompeten und Zinken.

KÖNIG.
Lebt wohl, Herr; diese krieg'rische Gesinnung
Haltet mir fest; auch Ihr, Herr, lebet wohl!
Teilt unter euch den Rat; nimmt jeder alles,
Dehnt sich die Gabe den Empfängern aus
Und reicht für beide hin.
ERSTER EDELMANN. Wir hoffen, Herr,
Als wohlversuchte Krieger heimzukehren
Und Eure Majestät gesund zu finden.
KÖNIG. Nein, nein, das kann nicht sein; doch will mein Herz
Sich nicht gestehn, daß es die Krankheit hegt,
Die meinem Leben droht. Geht, junge Ritter!
Leb' ich nun oder sterbe, seid die Söhne
Würd'ger Franzosen: zeigt dem obern Welschland,
Den Ausgearteten, die nur den Fall
Der letzten Monarchie geerbt, ihr kamet
Als Freier nicht, – nein, als der Ehre Buhlen,
Und wo der Bravste zagt, erringt das Ziel,
Daß Fama laut von euch erschall'! Lebt wohl! –
ZWEITER EDELMANN. Heil Euch, mein König!
Ganz nach Euerm Wunsch! –
KÖNIG.
Die welschen Mädchen – seid auf eurer Hut! –
Der Franke, sagt man, kann, was sie verlangen,
Nicht weigern – werdet nicht Gefangene,
Bevor ihr dientet!
BEIDE. Dank für Eure Warnung! –
KÖNIG. Lebt wohl! – Kommt her zu mir!
Der König legt sich auf ein Ruhebett.
ERSTER EDELMANN.
O lieber Graf! Daß Ihr nicht mit uns zieht!
PAROLLES. Schad' um den jungen Degen!
ZWEITER EDELMANN. Edler Krieg!
PAROLLES.
Höchst glorreich. Schon erlebt' ich solchen Krieg.

BERTRAM.
Man hält mich fest – und stets das alte Lied:
»Zu jung«; und »künftig Jahr«; und »noch zu früh!«
PAROLLES.
Treibt dich das Herz, mein Sohn, so stiehl dich weg!
BERTRAM.
Man will, ich soll den Weiberknecht agieren,
Hier auf dem Estrich meine Schuh vernutzend,
Bis Ehre weggekauft, kein Schwert getragen,
Als nur zum Tanz! – Weiß Gott, ich stehl' mich weg!
ERSTER EDELMANN.
Der Diebstahl brächt' Euch Ruhm.
PAROLLES. Begeht ihn, Graf!
ZWEITER EDELMANN.
Ich mach' Halbpart mit Euch; und so lebt wohl!
BERTRAM. Ich bin so sehr der Eure, daß unsre Trennung einem gefolterten Körper gleicht.
ERSTER EDELMANN. Lebt wohl, Hauptmann!
ZWEITER EDELMANN. Teurer Monsieur Parolles –
PAROLLES. Edle Paladine, mein Schwert und das eure sind Blutsfreunde: treffliche Degen und junge Recken; ein Wort, meine Phönixe: Im Regiment der Spini werdet ihr einen Hauptmann Spurio finden, mit einer Narbe, einem Kriegsemblem, hier auf seiner linken Wange: diese gute Klinge grub sie ein; sagt ihm, ich lebe, und beachtet, was er von mir aussagen wird!
ZWEITER EDELMANN.
Das wollen wir, edler Hauptmann.
Die beiden Edelleute gehn ab.
PAROLLES. Mars verschwende seine Gunst an euch, seine Novizen! – Nun, was wollt Ihr tun? –
BERTRAM. Bleiben. – Der König ...
PAROLLES. Ihr solltet gegen diese edeln Kavaliere ein ausdrucksvolleres Zeremoniell annehmen; Ihr aber beschränkt Euch in den Grenzen eines allzu kaltsinnigen Abschieds. Zeigt ihnen mehr Entgegenkommen; denn sie schwimmen obenauf in der Strömung der Zeit; sie sind die vollkommenen Meister des echten Gehens, Essens und Redens und bewegen sich unter dem Einfluß des anerkanntesten Gestirns; und wäre der Teufel ihr Vortänzer, man muß ihnen dennoch nachfolgen. Darum nach! Und nehmt einen förmlicheren Abschied! –
BERTRAM. Das will ich tun! –
PAROLLES. Allerliebste Bursche! Und gewiß mit der Zeit recht herkulische Ehrenrichter! –
Sie gehn ab.
Lafeu tritt auf.
LAFEU *knieend.*
Verzeihn, mein Fürst, für mich und meine Botschaft!
KÖNIG.
Dein Aufstehn sei die Zahlung! –
LAFEU. Wohl! Hier steh' ich
Und kaufe mir Verzeihn. Ich wünschte, Sire,
Ihr hättet hier gekniet, um mich zu bitten,
Und könntet aufstehn, wenn ich's Euch geheißen.
KÖNIG.
Ich gleichfalls! Dann zerschlüg' ich dir den Kopf
Und bät' dich um Verzeihung.
LAFEU.
Kreuzweis' wohl gar? Doch, teurer Herr, erlaubt:
Wünscht Ihr geheilt zu sein von Eurer Krankheit?
KÖNIG. Nein.
LAFEU.
Wollt Ihr nicht die schönen Trauben essen,
Mein königlicher Fuchs? O ja, Ihr wollt;
Wenn nur mein königlicher Fuchs die Trauben
Erreichen könnt'! – Ich hab' Arznei gesehn,
Die hauchte wohl den Steinen Leben ein,
Brächt' einen Fels in Gang und macht' Euch selbst
Gaillarden tanzen flink und leicht; berührt
Von ihrer Hand, erstände Fürst Pipin,
Ja, Carol Magnus nahm' zur Hand die Feder
Und schriebe Vers' an sie.
KÖNIG. An welche Sie?
LAFEU. Ei, eine Ärztin, Sire: sie ist schon hier,
Wenn Ihr sie ansehn wollt. Auf Her' und Treu',
Wenn ich nach diesem leichten Vortrag ernstlich
Berichten darf: – ich sprach mit einem Mädchen,
Das mich durch Absicht, Jugend und Geschlecht,
Verstand und festen Sinn so sehr entzückt,
Daß ich mich drum nicht tadle. Seht sie selbst
(Das ist ihr Wunsch) und hört, was sie Euch bringt;
Dann lacht mich aus nach Lust!
KÖNIG. Nun, Freund Lafeu,
Zeig' uns dies Wunder, daß wir ihm mit dir
Unser Erstaunen zollen, oder deins
Vermindern durch Erstaunen, wie dir's kam.
LAFEU. Nun, ich will Euch bedienen, und sogleich.
Lafeu geht.
KÖNIG. So hält er stets Prologe seinem Nichts.
Lafeu kommt zurück mit Helena.
LAFEU. Nun tretet vor!
KÖNIG. Die Eil' hat wahrlich Flügel!
LAFEU. Nein, tretet vor!
Hier Seine Majestät: sagt Euern Wunsch!
Eu'r Blick ist sehr verrät'risch, doch der König
Scheut selten solcherlei Verrat; ich bin
Der Oheim Cressidas, der's wagen darf,
Zwei so allein zu lassen. Fahrt nun wohl!
Geht ab.
KÖNIG.
Nun, schönes Kind, habt Ihr mit uns Geschäfte?
HELENA.
Ja, hoher König. Gerhard von Narbonne war
Mein Vater, wohlerprobt in seiner Kunst.
KÖNIG. Ich kannt' ihn.
HELENA.
So eh'r erspar' ich mir, ihn Euch zu rühmen;
Ihn kennen, ist genug. Auf seinem Todbett
Gab er mir manch Rezept; vor allen eins,
Das als die höchste Blume seiner Forschung
Und vielerfahrnen Praxis liebstes Kleinod
Er mich verwahren hieß als dreifach Auge,
Teurer als meine beiden. Also tat ich;
Und hörend, wie Eu'r Majestät verschmachtet
An jener bösen Krankheit, die den Ruhm
Von meines Vaters Kunst zumeist erhöht,
Kam ich mit Wünschen und mit Demut, Euch
Die Rettung anzubieten.
KÖNIG. Dank Euch, Jungfrau.
Doch glaub' ich nicht so leicht an Heilung mehr,
Wo so gelehrte Ärzt' uns aufgegeben,
Und die vereinte Fakultät entschied,

Kunst könne nie aus unheilbarem Zustand
Natur erlösen. Drum soll unser Urteil
Nicht so abirrn, noch Hoffnung uns verleiten,
Ein rettungsloses Übel preis zu geben
Quacksalbern; Majestät und Zutraun so
Zu schmähn, sinnlosem Beistand nachzutrachten,
Wenn wir als Unsinn allen Beistand achten.

HELENA.
So zahlt die treue Pflicht mir mein Bemühn:
Nicht weiter sei mein Dienst Euch aufgedrängt;
Und nur in Demut bitt' ich Eure Hoheit
Bescheidentlich, mich gnädig zu entlassen.

KÖNIG.
Das ist das mind'ste, was ich muß gewähren;
Dein guter Wunsch ist meines Dankes wert,
Weil stets der Kranke gern von Bess'rung hört;
Doch was du ganz verkennst, durchschau' ich klar:
Wie fern dein Trost, wie nah mir die Gefahr.

HELENA.
Unschädlich wär's, wenn den Versuch Ihr wagt,
Weil Ihr der Heilung wie dem Trost entsagt;
Er, der die größten Taten läßt vollbringen,
Legt oft in schwache Hände das Gelingen:
So zeigt die Schrift in Kindern weisen Mut,
Wo Männer kindisch waren; große Flut
Entspringt aus kleinem Quell, und Meere schwinden,
Ob Weise auch die Wunder nicht ergründen,
Oft schlägt Erwartung fehl, und dann zumeist,
Wo sie gewissen Beistand uns verheißt;
Und wird erfüllt, wo Hoffnung längst erkaltet,
Wo Glaube schwand und die Verzweiflung waltet.

KÖNIG.
Genug, mein Kind! Zu lange weilst du schon,
Und dein vergeblich Mühn trägt keinen Lohn,
Als Dank für einen Dienst, den ich nicht brauche.

HELENA.
So weicht, was Gott mir eingab, einem Hauche;
Er ist nicht so, der alles mag durchschaun,
Wie wir, die stets dem leeren Schein vertraun,
Und stolzer Hochmut wär's, der Gottheit Trachten
Und Himmelswort für Menschenwerk zu achten.
O teurer Fürst, gebt meinen Wünschen nach;
Denkt nicht, daß ich, – nein, daß der Himmel sprach!
Ich treibe nicht mit Euch ein trüglich Spiel,
Noch berg' ich meiner Worte wahres Ziel.
Ich glaub' es, Herr, und glaub' auf festem Grunde:
Noch siegt die Kunst, nah ist der Rettung Stunde.

KÖNIG. Das hoffst du so gewiß? In wie viel Zeit?

HELENA. Wenn mir die höchste Gnade Gnade leiht,
Eh' zweimal noch das Lichtgespann durchschreitet
Die Bahn, auf der sein Lenker Glanz verbreitet,
Eh' zweimal in dem Tau der trüben Feuchte
Der Abendstern auslöscht die müde Leuchte.
Ja, eh' die Sanduhr vierundzwanzig Stunden
Dem Schiffer zeigt, die diebisch ihm verschwunden,
Seid Ihr genesen; Euer Schmerz entflieht,
Die Krankheit stirbt, und neue Kraft erblüht.

KÖNIG. Bei so viel Selbstvertraun und Sicherheit,
Was wagst du?

HELENA. Daß man mich der Frechheit zeiht;
Mich Metze schilt; der Pöbel mich verspottet,
Schimpflieder singt; und schmählich ausgerottet
Mein Jungfrau'n-Name sei; ja, daß mein Leben
Sich ende, schnöden Martern preis gegeben.

KÖNIG.
Mir scheint, es spricht aus dir ein sel'ger Geist,
Der sich in schwachem Werkzeug stark erweist,
Und was die Sinnen sonst unmöglich nennen,
Muß ich in höherm Sinn jetzt anerkennen;
Dein Leben ist dir wert, denn dich beglückt
Noch alles, was das Dasein je geschmückt:
Schönheit und Anmut, Weisheit, hoher Mut,
Und was nur Frühling hofft als Lebensgut: –
So viel zu wagen, solch Vertraun zu zeigen,
Ist nur der Kunst, wo nicht dem Wahnsinn eigen;
Drum, lieber Arzt, versuch' an mir dein Heil,
Und sterb' ich, wird dir selbst der Tod zu teil.

HELENA.
Fehl' ich die Zeit, mißlingt ein Wort von allen,
Die ich verhieß, – sei ich dem Tod verfallen,
Wie ich's verdient! Helf' ich Euch nicht, so sterb' ich:
Doch, wenn ich helfe, welchen Lohn erwerb' ich?

KÖNIG. Fodre, mein Kind!

HELENA. Und wollt Ihr's wirklich geben?

KÖNIG. Bei meinem Szepter, ja, beim ew'gen Leben!

HELENA.
Gib zum Gemahl mit königlicher Hand,
Wen ich mir fodern darf in deinem Land!
Doch ferne sei von mir der Übermut,
Daß ich ihn wähl' aus Frankreichs Fürstenblut,
Und ein Geschlecht, unwürdig wie das meine,
Mit deines Stamms erhabnem Zweig sich eine;
Nein, solchen Untertan, den ich in Ehren
Von dir verlangen darf, und du gewähren.

KÖNIG.
Hier meine Hand. Kannst du dein Wort erfüllen,
So bürg' ich dir, ich tu' nach deinem Willen.
Nun wähl' dir selbst die Zeit: es ziemt dem Kranken,
Des Arztes Wort zu folgen ohne Wanken.
Zwar möcht' ich viel noch fragen, viel noch hören
(Ob Zweifel auch den Glauben nimmer stören):
Woher du kamst, mit wem? Doch sei's gewagt;
Vertraun und Liebe biet' ich ungefragt. –
He! Kommt und helft mir auf! – Schaffst du mir Rat,
So lohn' auch deine Taten meine Tat!

Sie gehn ab.

Zweite Szene

Roussillon.
Es treten auf die Gräfin von Roussillon und der Narr.

GRÄFIN. Komm her, Freund, ich will einmal deine Ausbildung auf die höchste Probe stellen.

NARR. Ihr werdet bald sehn, ich sei besser genährt als gelehrt, und daraus folgt, für den Hof sei ich gut genug.

GRÄFIN. Gut genug! Nun, auf welche Stelle hast du's abgesehn, wenn du davon so verächtlich sprichst? Gut genug für den Hof! –

NARR. Wahrhaftig, gnädige Frau, wem Gott einige gute Manieren mitgegeben hat, der wird sie leicht am Hof anbringen können. Wer keinen Kratzfuß machen, seine Mütze nicht abnehmen, seine Hand nicht küssen und nichts sagen kann, hat weder Fuß, Hand, Mund noch Mütze; und ein solcher Mensch, um präzis zu reden, paßt sich nicht für den Hof. Was aber mich betrifft, so hab' ich eine Antwort, die für jedermann taugt.

GRÄFIN. Nun, das ist eine ersprießliche Antwort, die zu allen Anreden paßt.

NARR. Sie ist wie ein Barbierstuhl, der für alle Hintern paßt, für die schmalen, die runden, die derben: kurz, für alle Hintern.

GRÄFIN.
Deine Antwort ist also für alle Anreden passend? –

NARR. So passend, wie ein Taler für die Hand eines Advokaten; wie Eure französische Krone für die Hand Eurer taftnen Dirne; wie Hansens Messer für Gretens Scheide; wie ein Pfannkuchen für die Fastnacht; wie ein Mohrentanz für den Maitag; wie der Nagel für sein Loch; wie der Hahnrei für sein Horn; wie ein keifendes Weibsbild für einen zänkischen Mann; wie die Lippe der Nonne für den Mund des Mönchs; ja, wie die Wurst für ihre Haut.

GRÄFIN. Habt Ihr – frag' ich noch einmal – eine Antwort, die eben so passend ist für alle Anreden?

NARR. Herunter vom Herzog an bis unter den Konstabel hinab paßt sie auf alle Anreden.

GRÄFIN. Nun, das muß eine Antwort von ungeheuerm Kaliber sein, die auf alles eine Auskunft weiß.

NARR. Im Gegenteil, beim Licht besehn, nur eine Kleinigkeit, wenn die Gelehrten die Wahrheit davon sagen sollten. Hier ist sie mit allem Zubehör: Fragt mich einmal, ob ich ein Hofmann sei; es wird Euch nicht schaden, etwas zu lernen.

GRÄFIN. Wieder jung zu werden, wenn's möglich wäre. – Ich will so närrisch sein, zu fragen, in der Hoffnung, desto weiser durch Eure Antwort zu werden. Sagt mir also, mein Herr, seid Ihr ein Hofkavalier?

NARR. Ach Gott, Herr! – Das war bald abgetan; nur immer weiter, noch hundert solche Fragen.

GRÄFIN. Herr, ich bin eine arme Freundin von Euch, die Euch gut ist.

NARR.
Ach Gott, Herr! – Immer zu, schont mich nicht!

GRÄFIN. Ich glaube, mein Herr, Ihr werdet wohl nicht von solcher Hausmannskost essen? –

NARR. Ach Gott, Herr! – Nein, nur drauf zu, ohne Umstände! –

GRÄFIN. Ihr wurdet neulich gepeitscht, mein Herr, scheint mir?

NARR. Ach Gott, Herr! – Schont mich nicht! –

GRÄFIN. Ruft Ihr: »Ach Gott, Herr«, wenn Ihr gepeitscht werdet, und »Schont mich nicht?« Euer »Ach Gott, Herr« paßte recht wohl zu Euern Schlägen; Ihr würdet gut dabei antworten, wenn's so weit käme.

NARR. So schlimm bin ich noch nie mit meinem »Ach Gott, Herr!« angekommen. Ich sehe, man kann etwas lange brauchen, aber nicht immer brauchen.

GRÄFIN. Ich bin eine recht verschwend'rische Hausfrau mit meiner Zeit, daß ich sie so spaßhaft mit einem Narren verbringe.

NARR.
Ach Gott, Herr! – Seht Ihr, da paßte es wieder.

GRÄFIN. Genug für jetzt! – Gebt dies an Helena,
Und treibt sie, eine Antwort gleich zu senden;
Empfehlt mich meinem Sohn und meinen Vettern:
Das ist nicht viel.

NARR. Nicht viel Empfehlung, meint Ihr?

GRÄFIN.
Nicht viel zu tun für Euch: Versteht Ihr mich?

NARR. Höchst lehrreich; ich bin da noch eh'r als meine Füße.

GRÄFIN. Kommt bald zurück!

Beide gehn ab.

Dritte Szene

Im Palast des Königs.
Bertram, Lafeu und Parolles treten auf.

LAFEU. Man sagt, es geschehn keine Wunder mehr, und unsre Philosophen sind dazu da, die übernatürlichen und unergründlichen Dinge alltäglich und trivial zu machen. Daher kommt es, daß wir mit Schrecknissen Scherz treiben, und uns hinter unsre angebliche Wissenschaft verschanzen, wo wir uns vor einer unbekannten Gewalt fürchten sollten.

PAROLLES. In der Tat, es ist die allerseltsamste Wundergeschichte, die in unsern letzten Zeiten aufgetaucht ist.

BERTRAM. Das ist sie auch.

LAFEU. Aufgegeben von den Kunstverständigen –

PAROLLES.
Das sage ich eben; von Galenus und Paracelsus –

LAFEU. Von allen diesen gelehrten und weltberühmten Doktoren ... –

PAROLLES. Nun eben! –

LAFEU. Die ihn für unheilbar erklärten –

PAROLLES. Da liegt's: das sag' ich auch.

LAFEU. Für rettungslos –

PAROLLES. Recht! Für einen, der gleichsam gefaßt sein müsse –

LAFEU. Auf ein ungewisses Leben und einen gewissen Tod –

PAROLLES. Richtig und wohl gesagt: das wollte ich auch sagen.

LAFEU. Ich darf wohl behaupten, es ist etwas Unerhörtes in der Welt.

PAROLLES. Das ist es auch: wenn's einer im Schauspiel sehn wollte, müßte er's nachlesen in – nun, wie heißt es doch?

LAFEU. Im »Schauspiel von der Wirkung himmlischer Gnade in einem irdischen Gefäß«.

PAROLLES. Recht so: das meinte ich, eben das.

LAFEU. Wahrhaftig, ein Delphin ist nicht muntrer – mein' Seel', ich rede mit aller Hochachtung –

PAROLLES. Nein, 's ist seltsam, sehr seltsam; das ist das Kurze und das Lange von der Sache; und der muß von höchst fasziniertem Geist sein, der nicht gestehn will, es sei die –

LAFEU. Unverkennbare Hand des Himmels. –

PAROLLES. Ja, so sag' ich.

LAFEU. In einem sehr schwachen –

PAROLLES. Und hinfälligen Werkzeug große Macht, große Energie, wovon allerdings noch anderweitiger Gebrauch statt finden sollte, als nur zur Genesung des Königs; damit wir alle –

LAFEU. Dankbar sein möchten.

Der König, Helena und Gefolge treten auf.

PAROLLES. Das wollt' ich auch sagen; Ihr sagtet recht. Hier kommt der König.

LAFEU. Lustik, wie der Holländer spricht. Ich will allen Mädchen dafür noch einmal so gut sein, solange ich noch einen Zahn im Kopfe habe. Wahrhaftig, er ist imstande und fodert sie zu einer Courante auf.

PAROLLES. Mort du vinaigre! Ist das nicht Helena?

LAFEU. Beim Himmel! Das glaub' ich auch.

KÖNIG. Geht, ruft uns alle Ritter meines Hofs!
Du, sitz' bei deinem Kranken, holder Arzt;
Und diese neu genes'ne Hand, durch dich
Begabt mit längst verbannter Kraft, bestät'ge
Nochmals dir jene zugesagte Gabe,
Dein, wie du sie nur nennst.

Einige Hofleute treten auf.

Nun, schönes Kind, schau' um: dies muntre Volk
Von wackern Jünglingen folgt meinem Willen,
Gehorsam meinem königlichen Spruch
Und Vaterwort: so nenne frei dir einen;
Du darfst dir wählen, jene nicht verneinen.

HELENA.
Ein fromm und schönes Fräulein send' euch allen
Der Liebe Gunst, – euch allen, bis auf einen.

LAFEU.
Ich gäb' den braunen Bleß mit samt dem Zeug,
Hätt' ich so frische Zähn' als diese Knaben,
Und auch vom Bart nicht mehr.

KÖNIG. Betrachte sie:
Nicht einer, der nicht stammt aus edlem Blut.

HELENA. Geehrte Herrn,
Gott hat durch mich den König hergestellt.

ALLE. Wir hörten's, und wir danken Gott für Euch.

HELENA.
Ich bin ein einfach Mädchen; all mein Reichtum
Ist, daß ich einfach mich ein Mädchen nenne. –
Mit Eurer Hoheit Gunst, ich bin zu Ende:
Die Wangen, schamgerötet, flüstern mir:
»Wir glühen, daß du wählst; wirst du verworfen,
Wird bleicher Tod für immer auf uns thronen:
Nie kehrt das Rot zurück.«

KÖNIG. Dein Wahlrecht übe;
Wer dich verschmäht, verschmäht auch meine Liebe.

HELENA. So flieh' ich, Diana, deine Weihaltäre,
Und meine Seufzer richt' ich an die hehre
Hochheil'ge Liebe. – Kennt Ihr mein Gesuch? –

ERSTER EDELMANN. Ja, und gewähr's.

HELENA. Habt Dank! Damit genug!

LAFEU. Ich möchte lieber hier zur Wahl stehn, als alle Ass' um mein Leben werfen.

HELENA. Der Stolz, der Euch im edlen Auge flammt,
Hat mich, noch eh' ich sprach, zu streng verdammt:
Euch sei ein zehnfach höh'res Glück beschert,
Das höh're Lieb' als meine Euch gewährt.

ZWEITER EDELMANN. Kein beßres wünsch' ich.

HELENA. Mög' Euch nimmer fehlen
Cupidos Gunst: so will ich mich empfehlen.

LAFEU. Schlagen alle sie aus? Wenn das meine Söhne wären, ich ließe sie peitschen, oder schickte sie zu den Türken, um Verschnittne draus zu machen.

HELENA.
Sorgt nicht, ich lasse Eure Hand schon fahren,
Ich will Euch die Verlegenheit ersparen.
Heil Eurer Wahl! Eu'r Lieben zu beglücken,
Mög' ein schönre Braut Eu'r Lager schmücken!

LAFEU. Das junge Volk ist von Eis, keiner will sie.
Ganz gewiß sind sie englische Bastarde;
Franzosen haben sie nicht gezeugt.

HELENA. Ihr seid zu jung, zu glücklich, und zu gut,
Ich wünsch' Euch keinen Sohn aus meinem Blut.

VIERTER EDELMANN. Schöne, so denk' ich nicht.

LAFEU. Da ist noch eine Traube; ich weiß gewiß, dein Vater trank Wein: wenn du aber nicht ein Esel bist, so bin ich ein Junge von vierzehn. Ich kenne dich schon.

HELENA.
Ich sage nicht, ich nehm' Euch; doch ich gebe
Mich selbst und meine Pflicht, solang' ich lebe,
In Eure edle Hand. Dies ist der Mann. –

KÖNIG. Nimm sie denn, junger Bertram, als Gemahlin!

BERTRAM.
Gemahlin, gnäd'ger Herr? Mein Fürst, vergönnt,
In solcherlei Geschäft laßt mich gebrauchen
Die eignen Augen!

KÖNIG. Bertram, weißt du nicht,
Was sie für mich getan?

BERTRAM. Ja, großer König;
Doch folgt daraus, daß ich mich ihr vermähle?

KÖNIG. Du weißt, sie half mir auf vom Krankenbett.

BERTRAM.
Und soll ich deshalb selbst zum Tod erkranken,
Weil sie Euch hergestellt? Ich kenne sie,
Mein Vater ließ als Waise sie erziehn:
Des armen Arztes Kind mein Weib! – Weit lieber
Verzehre mich die Schmach!

KÖNIG. Den Stand allein verachtest du, den ich
Erhöhn kann. Seltsam ist's, daß unser Blut
Vermischte man's – an Farbe, Wärm' und Schwere
Den Unterschied verneint, und doch so mächtig
Sich trennt durch Vorurteil. Ist jene wirklich
Von reiner Tugend, und verschmähst du nur
Des armen Arztes Kind, – so schmähst du Tugend
Um eines Namens willen. Das sei fern!
Wo Tugend wohnt, und wär's am niedern Herd,
Wird ihre Heimat durch die Tat verklärt.
Erhabner Rang bei sündlichem Gemüte
Gibt schwülstig hohle Ehre: wahre Güte
Bleibt gut auch ohne Rang, das Schlechte schlecht;
Nach innerm Kern und Wesen fragt das Recht,
Nicht nach dem Stand. Jung, schön, und ohne Tadel,
Schenkt ihr Natur unmittelbaren Adel,
Der Ehre zeugt, wie Ehre den verdammt,
Der sich berühmt, er sei von ihr entstammt,
Und gleicht der Mutter nicht. Der Ehre Saat
Gedeiht weit minder durch der Ahnen Tat,
Als eignen Wert. Das Wort frönt wie ein Sklav'
Jeglicher Gruft, auf jedem Epitaph
Lügt es Trophäen; oft schweigt's, und dem Gedächtnis
Ehrwürd'ger Namen läßt es als Vermächtnis
Vergessenheit und Staub. Folg' meinem Ruf!
Liebst du dies Mädchen, wie Natur sie schuf,
Das andre schaff' ich: Weisheit, Reiz und Zier

Hat sie von Gott; Reichtum und Rang von mir.

BERTRAM.
Sie lieb' ich nicht und streb' auch nie danach.

KÖNIG. Unglück dir selber, strebst du mir entgegen!

HELENA.
Mich freut, mein Fürst, daß Ihr genesen seid;
Das andre laßt! –

KÖNIG. Zum Pfand steht meine Ehre: sie zu retten,
Mag denn der König sprechen. Nimm sie hin,
Hochmüt'ger Jüngling, unwert solches Guts,
Der du in schnöder Mißachtung verkennst
So meine Gunst wie ihr Verdienst; nicht träumst,
Daß wir, gelegt in ihre leichte Schale,
Dich schnellen bis zum Balken; nicht begreifst,
An mir sei's, deine Ehre da zu pflanzen,
Wo uns ihr Wachsen frommt. Brich deinen Trotz!
Folg' unserm Willen, der dein Wohl bezweckt;
Mißtraue deinem Stolz, und augenblicks
Füg' dich zu eignem Glück dem Lehnsgehorsam,
Den deine Pflicht und unsre Macht erheischt;
Sonst schleudr' ich dich aus meiner Gunst für immer
In den ratlosen Absturz und den Schwindel
Der Jugend und der Torheit; Haß und Rache
Loslassend wider dich im Lauf des Rechts,
Taub jeglichem Erbarmen. Sprich! Gib Antwort! –

BERTRAM.
Verzeiht mir, gnäd'ger Herr, denn meine Neigung
Soll Euerm Wink sich fügen. Überleg' ich,
Welch große Schöpfung, welches Maß von Ehre
Folgt Euerm Wort, so find' ich sie, noch jüngst
Gering in meinem Wahne, jetzt gepriesen
Vom König selbst, und so durch ihn geadelt,
Als wär' sie ebenbürtig.

KÖNIG. Reich' die Hand ihr.
Und nenne sie dein Weib, und ich verheiße
Vollwichtigen Ersatz, der deinen Reichtum
Noch überbieten soll.

BERTRAM. Gib mir die Hand! –

KÖNIG.
Freundliches Glück und deines Königs Gunst
Lächeln auf diesen Bund; des Heiligung,
Rasch folgend diesem plötzlichen Verlöbnis,
Vor Nacht vollzogen sei. Das Hochzeitmahl
Verschieben wir auf spätre Zeit, erwartend
Die fernen Freunde. Wenn dein Herz sie ehrt,
So ist's von echter Treu', sonst höchst verkehrt.

Alle gehn ab, bis auf Lafeu und Parolles.

LAFEU. Hört doch, Monsieur, ein Wort mit Euch! –

PAROLLES. Was steht zu Dienst?

LAFEU. Euer Herr und Gebieter tat wohl, daß er sich zur Abbitte entschloß.

PAROLLES. Zur Abbitte? Mein Herr? Mein Gebieter?

LAFEU. Freilich: ist das keine Sprache, die ich rede?

PAROLLES. Eine sehr herbe, und kaum verständlich ohne blutige Explikation. Mein Herr?

LAFEU.
Seid Ihr nicht der Begleiter des Grafen Roussillon?

PAROLLES. Jedes Grafen; aller Grafen; aller Leute.

LAFEU. Aller Leute des Grafen: des Grafen, Herr, will schon mehr sagen.

PAROLLES. Ihr seid zu alt, Herr, laßt Euch genügen; Ihr seid zu alt!

LAFEU. Ich muß dir sagen, Bursch, ich heiße Mann; das ist ein Titel, zu dem das Alter dich nie bringen wird.

PAROLLES. Was ich allzu leicht wage, wag' ich nicht.

LAFEU. Ich hielt dich nach zwei Mahlzeiten für einen leidlich vernünftigen Burschen; du machtest erträglichen Wind von deinen Reisen, das mochte hingehn; aber die Wimpel und Fähnchen an dir brachten mich doch mehr als einmal davon ab, dich für ein Schiff von zu großer Ladung zu achten. Ich habe dich nun gefunden; wenn ich dich wieder verliere, gilt mir's gleich; du bist doch des Aufhebens nicht wert.

PAROLLES. Trügst du nicht den Freibrief der Antiquität an dir. ...

LAFEU. Stürze dich nicht kopfüber in Ärger, du möchtest sonst deine Prüfung beschleunigen; und wenn ... Gott schenke dir Gnade, du armes Huhn! Und so, mein gutes Gitterfenster, leb wohl! Du brauchst mir deine Laden nicht zu öffnen, ich sehe dich durch und durch. Gib mir deine Hand!

PAROLLES. Gnädiger Herr, – Ihr bietet mir das Sublimierte der Beleidigung!

LAFEU.
Ja, von ganzem Herzen, und du bist ihrer wert.

PAROLLES.
Ich habe das nicht verdient, gnädiger Herr!

LAFEU. Ja, weiß Gott, jeden Gran davon, und ich erlasse dir keinen Skrupel.

PAROLLES. Gut, ich will klüger werden.

LAFEU. Das tu', sobald du kannst, denn du schmeckst mir sehr nach dem Gegenteil. Wenn sie dich nächstens einmal mit deiner eignen Sphäre binden und prügeln, so sollst du sehn, was es heißt, auf seine Verbindungen stolz sein. Ich habe Lust, meine Bekanntschaft mir dir fortzusetzen, oder vielmehr meine Kenntnis von dir; damit ich im Notfall sagen könne, den Menschen kenne ich.

PAROLLES. Gnädiger Herr, Ihr molestiert mich auf eine höchst verwundende Art.

LAFEU. Ich wollte, ich könnte dir die ewige Höllenpein schaffen, obgleich die Zeit des Schaffens bei mir vorüber ist; doch so viel verschafft mir mein Alter noch, daß ich dich verlassen kann. *Lafeu geht ab.*

PAROLLES. Nun, du hast einen Sohn, der diesen Schimpf von mir abnehmen soll, schäbiger, alter, filziger, schäbiger Herr! – Wohl, ich muß Geduld haben; Ansehn läßt sich nicht in Fesseln legen. Ich will ihn prügeln, bei meinem Leben, wenn ich ihm auf irgend eine passende Art begegnen kann, und wär' es doppelt und dreifach ein vornehmer Herr. Ich will nicht mehr Mitleid mit seinem Alter haben, als mit. ... Ich will ihn prügeln, wenn ich ihm nur wieder begegnen kann.

Lafeu kommt zurück.

LAFEU. He, Freund! Euer Herr und Gebieter ist verheiratet: da habt Ihr etwas Neues für Euch; Ihr habt eine neue Gebieterin.

PAROLLES. Ich ersuche Euer Gnaden höchst unumwunden, mit Euern Beleidigungen etwas an sich zu halten. Er ist mein guter Herr; der, dem ich dort oben diene, ist mein Gebieter.

LAFEU. Wer? Gott?

PAROLLES. Ja, Herr.

LAFEU. Der Satan ist's, der ist dein Gebieter. Was schürzest du deine Arme so auf? Sollen deine Ärmel Hosen vorstellen? Tun das andre Bediente? Du solltest lieber dein Unterteil dahin setzen, wo dir die Nase sitzt. Bei meiner Ehre, wär' ich nur zwei Stunden jünger, ich prügelte dich; mir scheint, du bist ein allgemeines Ärgernis, und jedermann sollte dich prügeln. Ich glaube, du wurdest geschaffen, damit man sich an dir eine Motion machen könne.

PAROLLES. Das ist ein rauhes und unverdientes Verfahren, gnädiger Herr!

LAFEU. Geht doch, Freund! Ihr wurdet in Italien geprügelt, weil Ihr einen Kern aus einem Granatapfel stahlt; Ihr seid ein Landstreicher, und kein echter Reisender: Ihr betragt Euch viel unverschämter mit Edelleuten und Vornehmen, als das Patent Eurer Geburt und Vorzüge Euch die Ahnenprobe gibt. Ihr verdient kein Wort mehr, sonst nennt' ich Euch noch Schurke. Ich verlasse Euch! *Er geht.*

Bertram tritt auf.

PAROLLES. Gut, sehr gut; mag's drum sein! Gut, sehr gut; es mag eine Zeit lang geheim bleiben! –

BERTRAM. Verloren! Ew'gem Unmut preis gegeben!

PAROLLES. Was gibt es, lieber Schatz?

BERTRAM.
Obgleich ich's freilich dem Priester schwur,
Will ich die Ehe nicht vollziehn.

PAROLLES. Was gibt's?
Was gibt's, mein Kind?

BERTRAM. O mein Parolles, sie haben mich vermählt!
Ins Feld nach Florenz! Nie mit ihr zu Bett!

PAROLLES. Ein Loch für Hund' ist Frankreich,
und verdient nicht,
Daß Helden es beschreiten. Auf, ins Feld! –

BERTRAM.
Hier schreibt mir meine Mutter: was sie meldet,
Weiß ich noch nicht.

PAROLLES.
Das zeigt sich schon. Ins Feld, mein Sohn, ins Feld!
Dem bleibt die Her' unsichtbar in der Tasche,
Der hier zu Hause herzt den Seelenschatz,
In dessen Arm sein männlich Mark vergeudend,
Das den Galopp und hohen Sprung von Mars'
Feurigem Roß aushalten soll. Hinaus!
In ferne Zonen! Frankreich ist ein Stall,
Und wir die Mähren drin: drum fort ins Feld!

BERTRAM.
So soll's geschehn: ich sende sie nach Haus,
Der Mutter offenbar' ich meinen Abscheu,
Und was mich trieb von hier; dem König schreib' ich,
Was ich zu sagen fürchte. Seine Mitgift
Schafft mir die Mittel zum toskan'schen Krieg,
Wo Ritter kämpfen. Krieg wird Zeitvertreib
Bei solchem Hauskreuz und verhaßtem Weib.

PAROLLES.
Und bleibt dir solch Capriccio auch gewiß?

BERTRAM. Geh mit mir auf mein Zimmer, rate mir!
Sie soll sogleich hinweg; ich gehe morgen
Ins Feld; sie lass' ich einsam ihren Sorgen.

PAROLLES. Heissa, wie springt der Ball und lärmt!
Dein Eh'stand,
Mein armer Knabe, ward dir früh zum Wehstand!
Drum fort! Verlaß sie, männlich dich zu zeigen –
Der König kränkt dich – still! Wir müssen schweigen.

Sie gehn ab.

Vierte Szene

Ebendaselbst.
Helena und der Narr treten auf.

HELENA. Meine Mutter grüßt mich freundlich; ist sie wohl?

NARR. Sie ist nicht wohl, und doch ist sie bei Gesundheit; sie ist recht munter, und doch ist sie nicht wohl; aber Gott sei Dank, sie ist sehr wohl, und ihr fehlt nichts in der Welt; und doch ist sie nicht wohl.

HELENA. Wenn sie sehr wohl ist, was fehlt ihr denn, daß sie nicht wohl ist?

NARR. In Wahrheit, sie ist sehr wohl, ganz gewiß; bis auf zwei Dinge.

HELENA. Was für zwei Dinge?

NARR. Einmal, daß sie nicht im Himmel ist, wohin Gott sie recht bald fördern wolle; zweitens, daß sie auf Erden ist, von wo Gott sie recht bald fördern wolle.

Parolles tritt auf.

PAROLLES. Gott segne Euch, meine höchstbeglückte Dame!

HELENA. Ich hoffe, Herr, ich habe Eure Einwilligung zu meinem Glück?

PAROLLES. Ihr hattet mein Gebet, Euch dahin zu geleiten; und Euch dabei zu bewahren, sollt Ihr es behalten. – O mein wackrer Schelm! Was macht unsre alte Gräfin?

NARR. Hättet Ihr nur ihre Runzeln, und ich ihr Geld, so möchte sie immer machen, was Ihr sagt.

PAROLLES. Ich sage ja nichts.

NARR. Mein' Seel', dann seid Ihr um so klüger; denn manches Dieners Zunge schwatzt nur seines Herrn Verderben herbei. Nichts sagen, nichts tun, nichts wissen und nichts haben, darin besteht ein großer Teil Eures Guts, das eigentlich ein Nichts ist.

PAROLLES. Fort mit dir, du bist ein Schelm.

NARR. Ihr hättet sagen sollen, Herr, vor einem Schelm bist du ein Schelm, das heißt, vor mir bist du ein Schelm: so wär's die Wahrheit gewesen.

PAROLLES. Geh mir, du bist ein witziger Narr, ich habe dich gefunden!

NARR. Habt Ihr Euch in mir gefunden, Herr? Oder hat man Euch gelehrt, mich zu finden? Das Suchen, Herr, war von gutem Erfolg; und mögt Ihr doch noch recht viel Narrheit in Euch finden, zu aller Welt Ergötzen und Förd'rung des Lachens.

PAROLLES.
Ein guter Schelm und trefflich aufgefüttert. –
Gräfin, mein gnäd'ger Herr verreist heut nacht,
Höchst wichtige Geschäfte rufen ihn.
Den großen Anspruch und der Liebe Vorrecht
Erkennt er gern als Pflicht, die Euch gebührt;
Doch muß er sie versäumen, notbedrängt.

Ihr Aufschub selbst und Zögern beut Euch Nektar;
Die finstre Zeit bereitet ihn als Trost,
Damit die Zukunft überfließ' in Wonne
Und Lust bis an den Rand.

HELENA. Was wünscht er sonst?

PAROLLES.
Daß Ihr sogleich vom König Abschied nehmt,
Ihm diese Hast als Eure Wahl bezeichnet
Und unterstützt mit Gründen, daß sie glaublich
Und dringend scheine.

HELENA. Was noch mehr befiehlt er?

PAROLLES. Daß, wenn Ihr dies erreicht, Ihr alsogleich
Erwartet, was er ferner von Euch wünscht.

HELENA. In allen Stücken harr' ich seines Winks.

PAROLLES. Das werd' ich melden.

HELENA. Darum bitt' ich Euch.

Parolles geht.

Komm, Freund!

Helena und der Narr gehn ab.

Fünfte Szene

Ebendaselbst.

Lafeu und Bertram treten auf.

LAFEU. Ich hoffe doch, Euer Gnaden hält ihn nicht für einen Soldaten?

BERTRAM.
Ja, edler Herr, und von sehr bewährter Tapferkeit.

LAFEU. Ihr habt's aus seiner eignen Überlieferung?

BERTRAM.
Und von manchen andern verbürgten Zeugen.

LAFEU. So geht meine Sonnenuhr nicht richtig; ich hielt diese Lerche für einen Spatz.

BERTRAM. Ich versichre Euch, gnädiger Herr, er ist von tiefer Einsicht und eben so vieler Tapferkeit.

LAFEU. So habe ich denn gegen seine Erfahrung gesündigt und mich gegen seine Tapferkeit vergangen, und mein Zustand erscheint um so gefährlicher, als ich noch zu keiner Reue in meinem Herzen gelangen kann. Hier kommt er: ich bitte Euch, versöhnt uns wieder, ich will diese Freundschaft kultivieren.

Parolles tritt auf.

PAROLLES. Alles soll besorgt werden, Herr.

LAFEU. Ich bitt' Euch, Herr, wer ist sein Schneider?

PAROLLES. Herr? –

LAFEU. Oh, ich kenne ihn schon; ja, Herr, er ist ein guter Nadelführer, ein sehr guter Schneider.

BERTRAM *beiseit.* Ist sie zum König gegangen?

PAROLLES. Soeben.

BERTRAM. Will sie heut abend fort?

PAROLLES. Wie Ihr's verlangt habt.

BERTRAM. Die Briefe sind bereit, mein Geld verpackt,
Bestellt die Pferde, – und in dieser Nacht,
Anstatt Besitz zu nehmen von der Braut,
Und eh' ich noch begann –

LAFEU. Ein verständiger Reisender gilt etwas gegen das Ende der Mahlzeit; aber einen, der drei Dritteile lügt und eine bekannte Wahrheit als Paß für tausend Windbeuteleien braucht, sollte man einmal anhören und dreimal abprügeln. Gott behüte Euch, Hauptmann!

BERTRAM. Gibt es irgendeine Mißhelligkeit zwischen diesem edlen Herrn und Euch, Monsieur?

PAROLLES. Ich weiß nicht, wie ich's verdient habe, in Seiner Gnade Ungnade zu fallen.

LAFEU. Ihr seid Hals über Kopf mit Stiefeln und Sporen hinein gerannt, wie der Bursch, der in die Mehlpastete sprang, und Ihr werdet wohl eher wieder herauslaufen, als Rede stehn, warum Ihr drin verweilt.

BERTRAM. Ihr habt ihn wohl nicht recht gewürdigt, edler Herr.

LAFEU. Das wird auch nie geschehn, selbst wenn ich ihn beim Hochwürdigsten träfe. Lebt wohl, Herr Graf, und glaubt mir, in dieser tauben Nuß kann kein Kern stecken; die Seele dieses Menschen sitzt in seinen Kleidern. Traut ihm nicht in wichtigen Angelegenheiten; ich habe solches Volk zahm gemacht und kenne seine Art. Gott befohlen, Monsieur! Ich habe besser von Euch gesprochen, als Ihr's um mich verdient habt oder verdienen werdet: aber man soll Böses mit Gutem vergelten. *Ab.*

PAROLLES. Ein sehr müßiger Schwätzer, auf Ehre! –

BERTRAM. Das scheint so.

PAROLLES. Wie, Ihr kennt ihn nicht?

BERTRAM. O ja, ich kenn' ihn wohl, und allgemein
Steht er in gutem Ruf. – Da kommt mein Kreuz! –

Helena tritt auf.

HELENA. Ich habe, Herr, wie Ihr mir's anbefahlt,
Den König schon gesehn, und seinen Urlaub
Erhalten, gleich zu reisen. Nur verlangt er
Ein Wort mit Euch allein.

BERTRAM. Ich folge dem Gebot.
Nicht wundr' Euch dies Betragen, Helena,
Das nicht die Farbe trägt der Zeit, noch leistet,
Was mir nach Pflichtgefühl und Schuldigkeit
Zunächst obliegt. Ich war nicht vorbereitet
Auf diesen Fall; drum bin ich überrascht
Durch solch Verhältnis; deshalb bitt' ich Euch,
Daß Ihr alsbald nach Haus Euch hinbegebt
Und lieber sinnt als fragt, warum ich's fodre.
Was mich bestimmt, ist besser, als es scheint,
Und mein Geschäft drängt mich mit ernsterm Zwang,
Als Euch beim ersten Blick bedünken mag,
Da Ihr's nicht überseht. – Dies meiner Mutter.

Gibt ihr einen Brief.

Zwei Tage noch, dann treff' ich Euch – und so
Lass' ich Euch Eurer Klugheit.

HELENA. Ich kann nichts sagen, Herr,
Als daß ich Eure treuergebne Magd –

BERTRAM. O laßt! Nichts mehr davon!

HELENA. Und stets bemüht
Mit treuer Sorglichkeit Euch zu ersetzen,
Was mir ein niedriges Gestirn versagt,
Um wert zu sein so großen Glücks.

BERTRAM. Genug!
Denn meine Hast ist groß. Lebt wohl, und eilt!

HELENA. O lieber Herr! Verzeiht. ...

BERTRAM. Nun sagt, was meint Ihr?

HELENA.
Ich bin nicht wert des Reichtums, der mir ward,
Noch darf ich mein ihn nennen, und doch ist er's;
Doch wie ein scheuer Dieb möcht' ich mir stehlen,

Was mir nach Recht gehört.

BERTRAM. Was wünscht Ihr noch?

HELENA.
Etwas – und kaum so viel – im Grunde nichts –
Ungern nenn' ich den Wunsch: doch ja! So wißt,
Nur Fremd' und Feinde scheiden ungeküßt.

BERTRAM. Ich bitt' Euch, säumt nicht, setzt Euch
rasch zu Pferd!

HELENA. Ich füge dem Befehl mich, teurer Herr.

Helena ab.

BERTRAM. Sind meine Leute da? – Leb wohl! Geh du
Nach Haus, wohin ich nimmermehr will kehren,
Solang' ich fechten kann und Trommeln hören.
Nun fort, auf unsre Flucht!

PAROLLES. Bravo! Corraggio!

Sie gehn ab.

Dritter Aufzug

Erste Szene

Im Palast des Herzogs von Florenz.
Es treten auf der Herzog von Florenz, zwei französische Edelleute und Soldaten. Trompetenstoß.

HERZOG.
So daß ihr nun von Punkt zu Punkt vernahmt
Den wahren Grund und Anlaß dieses Kriegs,
Des große Lösung vieles Blut verströmt
Und dürstet stets nach mehr.

ERSTER EDELMANN. Der Zwist scheint heilig
Auf Eurer Hoheit Seite, schwarz und frevelnd
An Euerm Gegner.

HERZOG.
Drum wundert uns, daß unser Vetter Frankreich
In so gerechtem Streit sein Herz verschloß,
Als wir um Beistand warben.

DRITTER EDELMANN. Gnäd'ger Fürst,
Die Gründe unsres Staats sind mir verhüllt,
Als einem schlichten Mann, entfernt vom Hof,
Der unsres Rats erhabnes Ansehn ehrt
Und eignen Wirkens sich begibt. Drum wag' ich
Kein Urteil, denn ich traf die Wahrheit nie,
Und meine schwankende Vermutung irrte,
So oft ich riet.

HERZOG. Er tue nach Gefallen!

ZWEITER EDELMANN.
Doch sicher weiß ich, unsre muntre Jugend,
Von Frieden übersatt, wird Tag für Tag
Arznei hier suchen.

HERZOG. Sei sie uns willkommen!
Und alle Ehren, die wir spenden mögen,
Erwarten sie. Auf euern Posten hin!
Wenn Höh're fallen, ist's für euch Gewinn.
Morgen ins Feld! –

Sie gehn ab.

Zweite Szene

Roussillon.
Es treten auf die Gräfin und der Narr.

GRÄFIN. Alles hat sich zugetragen, wie ich's wünschte, außer daß er nicht mit ihr kommt.

NARR. Meiner Treu, ich denke, unser junger Herr ist ein sehr melancholischer Mann.

GRÄFIN. Und woran hast du das bemerkt?

NARR. Ei, er sieht auf seinen Stiefel und singt; zupft an der Krause und singt; tut Fragen und singt; stochert die Zähne und singt; ich kannte einen, der solchen Ansatz von Melancholie hatte und einen hübschen Meierhof für ein Singsang verkaufte.

GRÄFIN. Laß mich sehn, was er schreibt, und wann er zu kommen denkt. *Sie öffnet einen Brief.*

NARR. Ich frage nichts mehr nach Elsbeth, seit ich am Hofe gewesen bin. Unser alter Stockfisch und unsre Elsbeths auf dem Lande sind doch nichts gegen den alten Stockfisch und die Elsbeths am Hofe. Mein Cupido läßt die Flügel hängen, und ich fange an zu lieben, wie ein alter Mann das Geld liebt, ohne Appetit! –

GRÄFIN. Was sehe ich hier?

NARR. Grade was Ihr seht. *Geht ab.*

GRÄFIN *liest.* »Ich sende Euch eine Schwiegertochter; sie hat den König hergestellt, und mich zu Grunde gerichtet. Ich habe sie geheiratet, aber nicht die Vermählung vollzogen, und geschworen, dieses 'Nicht' ewig zu machen. Ihr werdet hören, ich sei davon gegangen; erfahrt es durch mich, eh' der Ruf es Euch meldet. Wenn die Welt breit genug ist, werde ich mich in weiter Entfernung halten.
Mit kindlicher Hochachtung Euer unglücklicher
Sohn Bertram.« –
Das ist nicht recht, unbänd'ger, rascher Knabe! –
Die Gunst zu meiden solches guten Herrn,
Und auf dein Haupt zu sammeln seinen Zorn,
Die Braut verstoßend, die so edel ist,
Daß Kaiser selbst sie nicht verschmähten! –

Der Narr kommt zurück.

NARR. Oh, gnädige Frau, draußen gibt's betrübte Neuigkeiten zwischen zwei Soldaten und der jungen Gräfin.

GRÄFIN. Was ist?

NARR. Freilich, etwas Trost ist in den Neuigkeiten, etwas Trost; Euer Sohn wird nicht so bald umkommen, als ich dachte.

GRÄFIN. Woran sollte er denn umkommen?

NARR. Das denke ich auch, gnädige Frau, wenn er davon läuft, wie ich höre, daß er tut: die Gefahr ist im Zusammenbleiben; denn dadurch gehn Kinder auf und Männer drauf. – Hier kommen welche, die Euch mehr sagen werden; ich meines Teils weiß nur, daß der junge Graf davon gegangen ist.

Helena und zwei Edelleute treten auf.

ERSTER EDELMANN.
Gott grüß' Euch, edle Gräfin!

HELENA.
O Gräfin, mein Gemahl ist hin, auf immer hin!

ZWEITER EDELMANN. Sagt das nicht!

GRÄFIN. Sei nur gefaßt! – Ich bitt' euch, liebe Herrn,
Mich traf so mancher Schlag von Freud' und Gram,
Daß beider plötzlich schreckende Erscheinung
Mich kaum entmutigt. Sagt, wo ist mein Sohn?

ZWEITER EDELMANN. Er ging zum Dienst des

Herzogs von Florenz;
Wir trafen ihn hinreisend, als wir kamen
Von dort; und wie der Hof uns nur entläßt,
Gehn wir dahin zurück.

HELENA. Seht diesen Brief! Das ist mein Reisepaß! »Wenn du den Ring an meinem Finger erhalten kannst, der niemals davon kommen soll; und mir ein Kind zeigen, von deinem Schoß geboren, zu dem ich Vater bin; dann nenne mich Gemahl; aber dieses 'dann' ist so viel als 'nie'.«
Das ist ein harter Spruch!

GRÄFIN. Habt ihr den Brief gebracht, ihr Herrn?

ERSTER EDELMANN. Ja, Gräfin;
Um solchen Inhalt reut uns unsre Müh'.

GRÄFIN. Ich bitt' dich, Liebe, fasse bessern Mut!
Leg' nicht Beschlag auf alles Leid für dich,
Sonst raubst du meine Hälfte. Er war mein Sohn;
Allein ich wasch' ihn weg aus meinem Blut
Und nenne dich mein einzig Kind. Nach Florenz
Ist er gegangen?

ZWEITER EDELMANN. Ja.

GRÄFIN. Im Feld zu dienen?

ZWEITER EDELMANN.
Das ist sein edler Vorsatz; und gewiß,
Der Herzog wird ihm alle Her' erweisen,
Die ihm gebührt.

GRÄFIN. Kehrt ihr dahin zurück?

ERSTER EDELMANN.
Ja, Gräfin, mit der Eile schnellstem Flug.

HELENA. »Bis ich kein Weib hab', hab' ich nichts in Frankreich.«
's ist bitter!

GRÄFIN. Schreibt er das?

HELENA. Ja, gnäd'ge Frau.

ERSTER EDELMANN.
Vielleicht 'ne Kühnheit nur der Hand, von der
Sein Herz nichts weiß.

GRÄFIN.
Bis er kein Weib hat, hat er nichts in Frankreich?
Ich weiß in Frankreich nichts zu gut für ihn,
Als sie allein; und ihr gebührt ein Mann,
Dem zehn so rohe Knaben dienen sollten,
Sie stündlich Herrin nennend. Wer war mit ihm?

ERSTER EDELMANN.
Nur ein Bedienter, und ein Kavalier,
Den ich seit kurzem kenne.

GRÄFIN. Ist's Parolles?

ERSTER EDELMANN. Ja, gnäd'ge Frau.

GRÄFIN.
Ein sehr verrufner Bursch, und voller Bosheit;
Mein Sohn verdirbt sein gut geartet Herz
Durch seinen schlechten Rat.

ERSTER EDELMANN. Recht, edle Gräfin.
Der Bursch hat viel zu viel von dem, was hindert,
Daß viel aus ihm je werde.

GRÄFIN. Seid willkommen,
Ihr Herrn! Ich bitt' euch, sagt doch meinem Sohn,
Es könn' ihm nie sein Schwert die Her' erringen,
Die er verliert; noch Weitres bitt' ich euch
Ihm schriftlich einzuhänd'gen.

ZWEITER EDELMANN.
Zählt auf uns,
Euch hierin wie im Wichtigsten zu dienen!

GRÄFIN. Nicht dienen – wir wollen Freunde sein.
Wollt ihr nicht näher treten?

Die Gräfin und die beiden Edelleute gehn ab.

HELENA. »Bis ich kein Weib hab', hab' ich nichts in Frankreich.«
Er hat in Frankreich nichts, bis er kein Weib hat!
Du sollst keins haben, Bertram, keins in Frankreich:
Dann hast du wieder alles. Armer Graf!
Bin ich's, die dich aus deiner Heimat jagt,
Der Glieder zarten Bau dem Zufall preis gibt
Des schonungslosen Kriegs? Bin ich's, die dich
Vertreibt vom lust'gen Hof, wo schöne Augen
Nach dir gezielt, und jetzt im Schuß zu stehn
Dampfender Feuerschlünd'? O bleir'ne Boten,
Die auf des Blitzes Hast verwundend fahren,
Fliegt andre Bahn; teilt die gleichgült'ge Luft,
Die singt, wenn ihr sie trefft! Nicht ihn berührt!
Wer nach ihm schießt, den hab' ich hingestellt.
Wer anlegt auf sein heldenmütig Herz,
Den hab' ich Meuchelmörderin gedungen;
Und töt' ich ihn nicht selbst, war ich doch Ursach',
Daß solcher Tod ihn traf. Viel besser wär's,
Den Löwen fänd' ich, wenn er schweifend brüllt
Im scharfen Drang des Hungers; besser wär's,
Daß alles Elend, das Natur umfaßt,
Mein würd' auf eins. Kehr' wieder, Roussillon,
Von dort, wo Her' aus der Gefahr sich meist
Nur Narben holt und alles oft verliert.
Ich geh': mein Bleiben hält von hier dich fern,
Und dazu blieb' ich? Nimmermehr! Ob auch
Des Paradieses Luft dies Haus umwehte
Und Engel drin mir dienten. Ich will gehn.
Meld' ihm, Gerücht, mitleidig, daß ich floh,
Und tröst' ihn! Komm, o Nacht! Mit Tags Entweichen
Will ich, ein armer Dieb, von hier mich schleichen.

Ab.

Dritte Szene

Florenz.

Trompetenstoß. Es treten auf der Herzog von Florenz, Bertram, Parolles, Soldaten mit Trommeln und kriegerischer Musik.

HERZOG. Sei du Anführer unsrer Reiter; wir,
An Hoffnung reich, vertraun mit gläub'ger Liebe
Auf dein verheißend Glück.

BERTRAM. Mein Fürst, es ist
'ne Last, zu schwer für meine Kraft; doch streb' ich,
Für Eure würd'ge Sache sie zu tragen
Bis an der Wagnis fernste Grenze.

HERZOG. Geh dann,
Und Glück umflattre deinen Siegerhelm
Als schützende Gebiet'rin!

BERTRAM. Großer Mars!
Noch heut tret' ich in deine Kriegerreih'n;
Laß stark mich werden, wie mein Sinn: dann fass' ich
Das Schlachtschwert liebend, und die Liebe hass' ich.

Alle gehn ab.

Vierte Szene

Roussillon.
Es treten auf die Gräfin und der Haushofmeister.

GRÄFIN. Ach! Wie nur nahmst du diesen Brief von ihr?
Dacht'st du nicht, daß sie täte, was sie tat,
Weil sie den Brief mir schickte? Lies noch einmal!

HAUSHOFMEISTER *liest.*
»Sankt Jakobs Pilgrim beut Euch heil'gen Gruß!
Weil Lieb' und Ehrgeiz wild mein Herz zerrissen,
Wandr' ich auf hartem Grund mit nacktem Fuß,
Ein fromm Gelübd' erleichtre mein Gewissen.
Schreibt Eurem Sohn, schreibt meinem liebsten Herrn,
Daß er aus blut'ger Schlacht zur Heimat kehre;
Ihn segne Frieden hier, indes ich fern
Mit heißer Andacht seinen Namen ehre.
Er mag verzeihn die Müh'n, die ich ihm schuf;
Ich, seine strenge Juno, sandt' ihn aus
Von Lust und Scherzen hin zum Kriegsberuf,
Wo auf den Tapfern lauert Todesgraus;
Er ist zu schön für mich, zu schön zu sterben:
Dies sei mein Los; er mag die Freiheit erben!«

GRÄFIN. Wie scharfe Stacheln in so mildem Wort!
Reinhold, so unbedachtsam konnt'st du sein,
Daß du sie reisen ließest: sprach ich sie,
Ich hätte wohl sie anders noch gelenkt;
Nun kam sie uns zuvor.

HAUSHOFMEISTER. Verzeiht, Gebiet'rin!
Gab ich den Brief Euch noch die Nacht, vielleicht
War sie noch einzuholen; schreibt sie gleich,
Nachspüren sei vergeblich.

GRÄFIN. Welch ein Engel
Wird den unwürd'gen Gatten schützen? Keiner,
Wenn ihr Gebet, das gern der Himmel hört
Und gern gewährt, ihn nicht vom Zorn erlöst
Des höchsten Richters. Schreib', o schreib', mein Reinhold,
An diesen Mann, der solcher Frau nicht würdig;
Gib ihrem Wert Gewicht durch jedes Wort,
Denn viel zu leicht erwog er ihn; mein Leid,
Des Größ' er nicht empfindet, schärf ihm ein!
Send' ihm den sichersten, bewährt'sten Boten:
Vielleicht, wenn er vernimmt, sie sei entflohn,
Kommt er zurück; und wenn sie solches hört,
Dann, hoff' ich, lenkt auch sie den Fuß zur Heimkehr,
Geführt von reiner Liebe. Wer von beiden
Mir jetzt der Liebste sei, vermag ich kaum
Zu unterscheiden. Sorge für den Boten:
Mich beugen Gram und meines Alters Schwächen;
Mein Schmerz will Tränen, Kummer heißt mich sprechen.

Sie gehn ab.

Fünfte Szene

Vor den Toren von Florenz.
Feldmusik in der Ferne. Es treten auf eine alte Witwe aus Florenz, Diana, Violenta, Mariana, Bürger.

WITWE. Kommt nur mit, denn wenn sie näher an die Stadt rücken, verlieren wir das ganze Schauspiel.

DIANA. Man sagt, der französische Graf habe sich sehr rühmlich gehalten.

WITWE. Es heißt, er habe ihren ersten Feldherrn gefangen genommen und mit eigner Hand des Herzogs Bruder getötet. – Unsre Mühe ist vergeblich gewesen, sie haben einen andern Weg genommen; horch! Ihr könnt es an ihren Trompeten hören.

MARIANA. Kommt, kehren wir wieder zurück und begnügen uns an der Erzählung! Hüte dich nur vor dem französischen Grafen, Diana; die Ehre eines Mädchens ist ihr Ruf, und kein Vermächtnis ist so reich als Ehrbarkeit.

WITWE. Ich habe meiner Nachbarin erzählt, wie Ihr von einem seiner Kavaliere verfolgt worden seid.

MARIANA. Ich kenne den Schurken, der Henker hole ihn! Es ist ein gewisser Parolles, ein nichtswürdiger Helfershelfer des jungen Grafen für solche Streiche. Nimm dich vor ihnen in acht, Diana; ihre Versprechungen, Lockungen, Schwüre, Liebeszeichen und alle diese Künste der Verführung sind das nicht, wofür sie sich ausgeben; schon manche Jungfrau ist durch sie verleitet worden, und leider vermag das Beispiel, das uns verlorne Unschuld so furchtbar erblicken läßt, dennoch nicht von der Nachfolge abzuschrecken, sondern viele kleben an der Leimrute, die ihnen droht. Ich hoffe, ich brauche dich nicht weiter zu warnen; deine Tugend, hoffe ich, wird dich erhalten, wo du stehst, wäre auch keine weitre Gefahr dabei sichtbar, als der Verlust deines guten Rufs.

DIANA. Ihr sollt nicht Ursache haben, meinetwegen besorgt zu sein.

Helena tritt auf, als Pilgerin verkleidet.

WITWE. Das hoffe ich. Seht, da kommt eine Pilgerin: ich weiß, sie wird in meinem Hause herbergen wollen, dahin weisen sie stets einer den andern. Ich will sie fragen: –
Gott grüß' Euch, Pilgerin; wo denkt Ihr hin? –

HELENA. Zum ältern Sankt Jakobus.
Wo finden Pilger Wohnung? Sagt mir an!

WITWE. Beim Franziskanerkloster, hier am Tor.

HELENA. Ist dies der Weg?

WITWE. Jawohl, das ist er. – Horcht!

Kriegsmusik in der Ferne.

Sie kommen doch hieher. Wollt Ihr noch warten,
Bis daß der Zug vorüber,
So zeig' ich Euch den Weg in Eu'r Quartier;
Denn Eure Wirtin, müßt Ihr wissen, kenn' ich
Ganz wie mich selbst.

HELENA. Ihr selber seid die Wirtin?

WITWE. Zu dienen, heil'ge Pilgerin.

HELENA. Ich dank' Euch,
Und warte hier, solang' es Euch beliebt.

WITWE. Ihr kommt aus Frankreich, denk' ich?

HELENA. Ja, von dort.

WITWE.
Dann sollt Ihr einen tapfern Landsmann sehn,
Der sich viel Ruhm erwarb.

HELENA. Sein Nam', ich bitt' Euch?

DIANA.
Der Graf von Roussillon; kennt Ihr ihn schon?

HELENA. Von Hörensagen, und man rühmt ihn sehr;
Gesehn hab' ich ihn nie.
DIANA. Wie er auch sei,
Hier gilt er viel. Er floh aus Frankreich heimlich,
Erzählt man, weil der König ihn vermählt
Entgegen seiner Neigung. Ist das wahr?
HELENA. Ja wohl ist's wahr! Ich kenne seine Frau.
DIANA. Hier ist ein Edelmann in seinem Dienst,
Der spricht gering von ihr.
HELENA. Wie heißt der Mann?
DIANA. Monsieur Parolles.
HELENA. Nun, ich geb' ihm recht;
Denn in Betracht der Würd' und Trefflichkeit
Des hohen Grafen selbst ist sie zu niedrig,
Um oft erwähnt zu sein. All ihr Verdienst
Ist strenge Sittsamkeit; und diese hört' ich
Noch nie in Zweifel ziehn.
DIANA. Ach, arme Dame!
Das nenn' ich bittre Qual, vermählt zu sein
Dem Mann, der uns verabscheut! –
WITWE. Gewiß! Das liebe Kind! Wo sie auch sei,
Sie muß viel dulden. Seht, dies Mädchen könnt' ihr
Gefährlich werden, wollte sie's.
HELENA. Wie meint Ihr?
Stellt der verliebte Graf vielleicht ihr nach
In unerlaubter Absicht?
WITWE. Ja, das tut er,
Und lockt mit allem, was in solcher Werbung
Der zarten Ehre eines Mädchens droht.
Doch sie ist auf der Hut und schützt sich selbst
Durch ehrbar Widerstreben.

Bertram, Parolles, Soldaten marschieren über die Bühne.

MARIANA. Gott verhüt' auch,
Daß es je anders sei!
WITWE. Sie kommen jetzt: –
Dies ist Anton, des Herzogs ältster Prinz;
Dies Escalus.
HELENA. Und der Franzose?
DIANA. Dieser!
Der mit der Feder: 's ist ein feiner Mann;
Ich wollt', er liebte seine Frau; weit hübscher
Fänd' ich ihn, wär' er treu. – Ist er nicht artig? –
HELENA. Ja, er gefällt mir wohl!
DIANA.
Schade, daß er nicht treu! – Da, seht den Schurken,
Der ihn verführt; ja, wär' ich seine Frau,
Dem Buben gäb' ich Gift.
HELENA. Wer ist es denn?
DIANA. Der Geck mit all den Bändern. Warum ist
er wohl melancholisch?
HELENA. Er ward vielleicht in der Schlacht verwundet.
PAROLLES. Die Trommel zu verlieren! – Nun –
MARIANA. Er scheint gewaltig verdrießlich. Seht,
er hat uns ausgespäht.
WITWE. Wär' er doch am Galgen!
MARIANA. Und sein Grüßen dazu! Solch ein
Gelegenheitsmacher!

Bertram, Parolles und Soldaten ziehn vorüber.

WITWE. Der Zug ist nun vorbei. Kommt, Pilgerin,
Ich bring' Euch unter Dach; vier oder fünf
Bußfert'ge Waller nach Sankt Jakobs Grab
Sind schon in meinem Haus.
HELENA. Ich dank' Euch bestens! –
Will unsre Wirtin und dies art'ge Mädchen
Mit uns zu Abend speisen? Kost und Dank
Nehm' ich auf mich, und gäb' als Zahlung gern
Noch einige Lehren dieser Jungfrau mit,
Die wohl zu brauchen sind.
BEIDE. Wir danken freundlich!

Alle gehn ab.

Sechste Szene

Lager vor Florenz.
Bertram und die beiden französischen Edelleute treten auf.

ERSTER EDELMANN. Ja, lieber Graf, versucht's mit ihm; laßt ihm einmal seinen Willen!

ZWEITER EDELMANN. Wenn Ihr nicht findet, er sei ein Lump, gnädiger Herr, so versagt mir auf immer Eure Achtung!

ERSTER EDELMANN. So wahr ich lebe, gnädiger Herr, eine Schaumblase.

BERTRAM. Meint Ihr, ich hätte mich so ganz in ihm getäuscht?

ERSTER EDELMANN. Glaubt mir's, Graf, nach allem, was ich unmittelbar von ihm weiß – ohne irgend Bosheit, und indem ich nur von ihm rede, wie ich von meinem Vetter tun würde –, er ist ein ausgemachter Hasenfuß, ein unendlicher und grenzenloser Lügner, ein stündlicher Wortbrecher und Besitzer keine einzigen Eigenschaft, die es verdiente, daß Eure Herrlichkeit sich seiner annimmt.

ZWEITER EDELMANN. Es wäre gut, Ihr durchschautet ihn, damit Ihr nicht bei zu viel Vertrauen auf seine Tapferkeit, die er nicht hat, in einem großen und erheblichen Vorfall, wo es gelten möchte, von ihm getäuscht werdet.

BERTRAM. Ich wollte, es ergäbe sich eine besondere Veranlassung, ihn auf die Probe zu stellen.

ZWEITER EDELMANN. Am besten, Ihr laßt ihn seine Trommel wieder holen, was er, wie Ihr hört, so zuversichtlich übernimmt.

ERSTER EDELMANN. Ich, mit einem Trupp Florentiner, werde ihn plötzlich überfallen; ich will solche auswählen, die er gewiß nicht vom Feinde unterscheidet. Wir wollen ihn dergestalt fesseln und ihm die Augen verbinden, daß er nicht anders denken soll, als er sei ins Lager der Feinde geführt, wenn wir ihn in unsre eigne Zelte bringen. Seid Ihr nur, mein gnädiger Herr, bei seinem Verhör zugegen: wenn er nicht, um seinen Pardon zu erhalten, und in der äußersten Beklemmung einer schändlichen Furcht, sich erbietet, Euch zu verraten, und alles, was er irgend weiß, gegen Euch auszusagen, ja, und obendrein das ewige Heil seiner Seele verschwört, – so sollt Ihr nie wieder meinem Urteil in irgend etwas trauen.

ZWEITER EDELMANN. Oh, der Lachlust wegen laßt ihn seine Trommel holen! Er sagt, er hat eine Kriegslist dazu. Wenn Ihr alsdann, mein gnädiger Herr, seinem Erfolg auf den Grund seht, und in welche Schlacken dieser aufgehäufte Klumpen Erz einschmelzen wird, – und Ihr traktiert ihn hernach nicht wie einen, der eine Tracht Schläge verdient, so ist Eure Zuneigung nicht zu vertilgen. Da kommt er.

Parolles tritt auf.

ERSTER EDELMANN. Oh, der Lachlust wegen, hindert den beabsichtigten Spaß nicht: laßt ihn auf jeden Fall seine Trommel holen!

BERTRAM. Wie geht's, Monsieur? Diese Trommel scheint Euch schwer auf dem Herzen zu liegen.

ZWEITER EDELMANN. Hol' sie der Henker! Laßt sie doch, es ist ja nur eine Trommel.

PAROLLES. Nur eine Trommel? Nur eine Trommel, sagt Ihr? Eine Trommel so zu verlieren! Das war mir ein herrliches Kommando! Mit der Reiterei in unsern eignen Flügel einzuhauen, und unsre eignen Leute zu werfen! –

ERSTER EDELMANN. Das war nicht die Schuld des Kommando; es war ein Kriegsunglück, das Cäsar selbst nicht hätte hindern können, wenn er uns kommandiert hätte.

BERTRAM. Nun, wir haben nicht so sehr über unser Schicksal zu klagen; etwas Unehre bringt uns freilich der Verlust dieser Trommel, aber die ist einmal nicht wieder zu bekommen.

PAROLLES. Man konnte sie wieder bekommen! –

BERTRAM. Man konnte! Aber das ist jetzt vorbei.

PAROLLES. Man kann sie noch wieder bekommen. Wenn nur das Verdienst im Felde nicht so selten dem wahren und eigentlichen Vollbringer zugerechnet würde, – ich schaffte diese Trommel wieder, oder eine andre, oder hic jacet ...

BERTRAM. Nun, wenn Ihr so großes Gelüst danach habt, Monsieur, – wenn Ihr glaubt, Eure geheime Wissenschaft von Kriegslisten könne dies Instrument der Ehre wieder in sein heimisches Quartier bringen, so zeigt Euch großherzig in der Unternehmung, und geht ans Werk! Ich will den Versuch als eine glorreiche Tat mit Ruhm erheben: wenn sie Euch gelingt, soll der Herzog nicht nur davon sprechen, sondern Euch bis zur kleinsten Silbe Eures Verdienstes so bedenken, wie sich's für seine Größe geziemen wird.

PAROLLES. Bei der Hand eines Soldaten! Ich will's unternehmen.

BERTRAM. Ihr müßt aber die Sache nicht schlummern lassen.

PAROLLES. Noch diesen Abend will ich dran; gleich jetzt will ich meinen Operationsplan aufs Papier werfen, mich in meiner Zuversicht ermutigen, mein militärisches Testament aufsetzen, – und um Mitternacht mögt Ihr weiter nach mir fragen.

BERTRAM. Darf ich im voraus den Herzog davon benachrichtigen, daß Ihr Euch an das Unternehmen macht?

PAROLLES. Ich weiß nicht, wie der Erfolg sein wird, gnädiger Herr, aber den Versuch gelob' ich.

BERTRAM. Ich weiß, du bist tapfer; und für das Äußerste, was dein Soldatencharakter nur möglich machen kann, will ich mich für dich verbürgen. Fahre wohl!

PAROLLES. Ich bin kein Freund von vielen Worten. *Geht ab.*

ERSTER EDELMANN. So wenig als ein Fisch vom Wasser. – Ist das nicht ein wunderlicher Kauz, gnädiger Herr, der so zuversichtlich diese Sache zu unternehmen scheint, von der er weiß, sie sei nicht durchzuführen? Der sich dazu verdammt, sie zu tun, und lieber verdammt wäre, eh' er sie täte?

ZWEITER EDELMANN. Ihr kennt ihn nicht, gnädiger Herr, wie wir. Wahr ist's, daß er sich wohl in jemands Gunst zu stehlen weiß und eine Woche lang mannigfachen Entdeckungen auszuweichen versteht: aber durchschaut ihn einmal, so habt Ihr ihn dann für immer.

BERTRAM. Wie! Meint ihr denn, er wird von dem allem nichts tun, wozu er sich doch so ernstlich anheischig macht?

ZWEITER EDELMANN. Nicht das mindeste; mit einer Erfindung wird er wiederkommen und Euch zwei oder drei wahrscheinliche Lügen auftischen. Aber wir haben ihn schon fast müde gehetzt, und Ihr sollt ihn diese Nacht fallen sehn; denn in der Tat, er verdient Euer Gnaden Achtung nicht.

ERSTER EDELMANN. Wir wollen Euch erst noch eine kleine Jagd mit dem Fuchs halten, eh' wir ihn abstreifen. Der alte Herr Lafeu hat ihn zuerst ausgewittert; wenn er seine Maske einmal abgelegt, sollt Ihr sehn, was für einen Zeisig Ihr an ihm habt, und noch diesen Abend werdet Ihr's erleben.

ZWEITER EDELMANN. Ich muß gehn und nach meinen Leimruten sehn; er wird bald fest sein.

BERTRAM. Doch erst soll Euer Bruder mit mir gehn.

ZWEITER EDELMANN.
Wie's Euch gefällt; ich will mich Euch empfehlen.

BERTRAM. Nun führ' ich Euch zum Haus, Ihr seht das Mädchen,
Von der ich sprach.

ERSTER EDELMANN. Doch sagt Ihr, sie sei keusch?

BERTRAM.
Das ist ihr Fehl; ich sprach sie einmal nur,
Und fand sie seltsam streng; doch schickt' ich ihr
Durch jenen Narr'n, den wir entlarven wollen,
Geschenk' und Briefe, die zurück sie sandte. –
So stehn wir nun; sie ist ein reizend Kind:
Wollt Ihr sie sehn?

ERSTER EDELMANN. Sehr gern, mein gnäd'ger Herr.

Sie gehn ab.

Siebente Szene

Florenz. Ein Zimmer im Hause der Witwe.
Helena und die Witwe treten auf.

HELENA. Wenn Ihr's bezweifelt, ich sei Helena,
Kann ich Euch nicht noch mehr Beweise geben,
Will ich nicht selbst die Hülfe mir zerstören.

WITWE. Obgleich verarmt, bin ich aus gutem Haus;
Ich wußte nie von solcherlei Geschäft;
Ich möchte jetzt nicht meinen Namen leihn
Zweideut'gem Tun.

HELENA. Das war auch nie mein Wunsch.
Vornehmlich glaubt, der Graf sei mein Gemahl,
Und was ich insgeheim Euch anvertraut,
Sei wahr von Wort zu Wort: dann irrt Ihr nicht,
Wenn Ihr mir, so wie ich gebeten, helft,

Und bleibt von Tadel frei.
WITWE. Ich sollt' Euch glauben;
Denn was Ihr mir geboten, macht es klar,
Ihr seid sehr reich! –
HELENA. Nehmt diese Börse Gold;
Und laßt mich Euren güt'gen Dienst erkaufen,
Den ich noch einmal, zweimal will bezahlen,
Wenn's mir gelang. – Der Graf bestürmt Eu'r Kind,
Sein üpp'ger Sinn belagert ihre Schönheit,
Und strebt nach Sieg: – sie geb' ihm endlich nach;
Wir zeigen ihr, wie sich's am besten fügt.
Sein ungestümes Blut wird nichts verweigern,
Was sie begehrt. Der Graf trägt einen Ring.
Seit alter Zeit vererbt in seinem Stamm
Von Sohn zu Sohn, vier, fünf Geschlechter durch,
Seit ihn der erste trug: er hält dies Kleinod
In höchstem Preis; doch in der heft'gen Glut
Nach seinem Ziele scheint's ihm wohl nicht teuer,
Bereut er's auch hernach.
WITWE. Nun seh' ich schon
Das Ziel, wonach Ihr strebt.
HELENA.
Ihr seht, es ist erlaubt. Nicht mehr verlang'ich,
Als daß Eu'r Kind, eh' sie gewonnen scheint,
Den Ring verlangt, ihm eine Zeit bestimmt,
Und endlich mir das Weitre überläßt, –
Sie selbst in zücht'ger Ferne. Dann versprech' ich
Zum Brautschatz außer dem, was ich gelobt,
Dreitausend Kronen noch.
WITWE. Ich bin gewonnen:
Lehrt meine Tochter, wie sie sich verhalte,
Daß Zeit und Stunde dem erlaubten Trug
Behülflich sei'n. Er kommt an jedem Abend
Mit aller Art Musik und Sang, gedichtet
Auf ihren Unwert; und es hilft uns nichts,
Vom Haus ihn schelten, denn er bleibt beharrlich,
Als gölt' es ihm sein Leben.
HELENA. Wohl, heut nacht
Beginnen wir das Spiel, das, wenn's gelungen,
Durch bösen Vorsatz frommen Zweck errungen,
Erlaubte Absicht in erlaubter Tat,
Schuldlosen Wandel auf des Lasters Pfad.
Kommt denn, es auszuführen! –

Sie gehn ab.

Vierter Aufzug

Erste Szene

Im florentinischen Lager.
Ein französischer Edelmann tritt auf. Fünf oder sechs Soldaten im Hinterhalt.

EDELMANN. Er kann nirgend anders herkommen, als an dieser Zaunecke. Wenn ihr auf ihn losstürzt, redet irgend eine fürchterliche Sprache, welche ihr wollt, wenn ihr sie auch selbst nicht versteht, gleichviel; denn wir müssen nicht tun, als verständen wir ihn, außer einem von uns, den wir für unsern Dolmetscher ausgeben müssen.

SOLDAT. Lieber Hauptmann, laßt mich den Dolmetscher sein!

EDELMANN. Bist du nicht mit ihm bekannt? Kennt er deine Stimme nicht?

SOLDAT. Nein, Herr, gewiß nicht.

EDELMANN. Aber was für Kauderwelsch willst du uns erwidern?

SOLDAT. Eben solches, als Ihr mir sagen werdet.

EDELMANN. Er muß uns für einen Haufen Fremder halten, die in feindlichem Solde stehn. Nun hat er von allen benachbarten Sprachen etwas aufgeschnappt, darum muß jeder so sprechen, wie es ihm in den Mund kommt, und nicht drauf achten, was einer dem andern sagt, wenn wir nur das im Auge behalten, was zu unsrer Absicht dient: töricht Gewäsch und Rotwelsch, alles ist gut genug. Ihr, Dolmetscher, müßt recht politisch tun. Aber sacht! Duckt euch; hier kommt er, um zwei Stunden zu verschlafen und dann zurück zu kommen, und auf die Lügen zu schwören, die er schmiedet.

Parolles tritt auf.

PAROLLES. Zehn Uhr! – Nach drei Stunden wird's zeitig genug sein, nach Haus zu gehn. Was soll ich sagen, das ich getan habe? Ich muß schon etwas recht Glaubliches erfinden, wenn mir's durchhelfen soll. Sie fangen an, mir in die Karten zu sehn, und das Unglück klopft seit kurzem zu oft an meine Tür. Ich finde, meine Zunge wird zu tolldreist, aber mein Herz hat die Furcht des Mars und seiner Kreaturen vor Augen, und wagt nicht, was meine Zunge prahlt.

EDELMANN *beiseit.* Das ist die erste Wahrheit, deren sich deine Zunge je schuldig gemacht.

PAROLLES. Was in Teufels Namen hat mich nur dazu gebracht, das Wiederschaffen dieser Trommel zu unternehmen? Da ich doch klar einsehe, wie unmöglich es ist, und weiß, daß ich niemals solche Absicht hatte! – Ich muß mir einige Wunden beibringen, und sagen, ich erhielt sie in der Aktion. Aber leichte Wunden werden's nicht tun; sie werden sagen: »Kamst du mit so wenigem davon?« Und große mag ich mir nicht geben. Was fang' ich nun an? Wie führ' ich den Beweis? Zunge, ich muß dich in eines Butterweibs Mund stecken und eine andre von Bajazets Maultiere kaufen, wenn du mich in solche Gefahren plauderst!

EDELMANN *beiseit.* Ist's möglich, daß er weiß, wer er ist, und dennoch der ist, der er ist? –

PAROLLES. Ich wollte, ich käme damit ab, meine Montur zu zerschneiden, oder meine spanische Klinge zu zerbrechen!

EDELMANN *beiseit.* Damit können wir dich nicht absolvieren.

PAROLLES. Oder mir den Bart zu scheren, und zu sagen, es sei eine Kriegslist gewesen!

EDELMANN *beiseit.* Das würde dir nichts helfen!

PAROLLES. Oder meine Kleider ins Wasser zu werfen, und zu sagen, man habe mich ausgezogen?

EDELMANN *beiseit.* Hilft schwerlich.

PAROLLES. Wollt' ich etwa schwören, ich wäre aus dem Fenster der Zitadelle gesprungen –

EDELMANN *beiseit.* Wie tief?

PAROLLES. – Dreißig Klafter tief –

EDELMANN *beiseit.* Das würden dir drei große

Schwüre nicht glauben machen.

PAROLLES. Hätte ich nur eine feindliche Trommel; ich wollte schwören, ich habe sie erobert.

EDELMANN *beiseit.* Gleich sollst du eine hören.

Trommeln und Geschrei hinter der Szene.

PAROLLES. Eine feindliche Trommel!

EDELMANN.
Throcamovousus, cargo! Cargo! Cargo!

ALLE. Cargo, cargo, vilianda par carbo!

Sie greifen ihn und verbinden ihm die Augen.

PAROLLES. Oh, Pardon! Pardon! Bindet mir nicht die Augen zu! –

DOLMETSCHER. Barcos thromuldo boscos.

PAROLLES.
Ich weiß, ihr seid von Muscos Regiment,
Und 's ist mein Tod, daß mir die Sprache fremd.
Ist hier kein Deutscher, Niederländer, Däne,
Franzose, Italiener? Laßt ihn sprechen,
So sag' ich alles, was dem Florentiner
Verderben bringen kann.

DOLMETSCHER. Boscos vouvado:
Ich rede deine Sprache und versteh' dich: –
Kerelybonto: – Freund,
Schließ' deine Rechnung ab, denn siebzehn Dolche
Stehn auf der Brust dir.

PAROLLES. Oh!

DOLMETSCHER. Oh, bete, bete!
Mancha revania dulche.

EDELMANN. Oscoribi dulchos volivorco ...

DOLMETSCHER.
Der Feldherr will, daß man dich noch verschone,
Und du verkappt, so wie du bist, ihm folgst
Und Rede stehst: vielleicht bericht'st du dann,
Was dir das Leben rettet.

PAROLLES. Laßt mich leben,
So sag' ich, was ich nur vom Heere weiß:
Der Truppen Zahl, den Kriegsplan – ja, ich meld' euch,
Was euch verwundern soll.

DOLMETSCHER. Und ohne Falsch?

PAROLLES. Ja, sonst will ich verdammt sein.

DOLMETSCHER. Acordo linta.
Komm denn, man gönnt dir Aufschub.

Dolmetscher und Parolles ab.
Trommeln hinter der Szene.

EDELMANN *zu einem der Soldaten.*
Geh, sag Graf Roussillon und meinem Bruder,
Der Gimpel sei im Garn und fest vermummt,
Bis sie Bescheid gesendet.

SOLDAT. Gleich, Herr Hauptmann.

EDELMANN. Und sag den Herrn, er woll' uns allzumal
Uns selbst verraten.

SOLDAT. Wohl!

EDELMANN. Doch bis dahin
Soll er im Finstern sitzen, wohl verwahrt.

Alle gehn ab.

Zweite Szene

Florenz. Im Hause der Witwe.
Bertram und Diana treten auf.

BERTRAM.
Man sagte mir, Ihr heißet Fontibella?

DIANA. Nein, Diana, gnäd'ger Herr.

BERTRAM. Erhabne Göttin,
Und wert noch mehr als dies! Doch, schönstes Wesen,
Hat deine Wunderform kein Teilchen Liebe?
Belebt nicht Jugendfeuer dein Gemüt,
Bist du kein Mädchen, nein, ein Marmorbild:
Nach deinem Tod erst solltest du das sein,
Was du jetzt bist, so kalt und streng; doch jetzt
Solltest du sein, wie deine Mutter war,
Als sie dein süßes Bild erschuf.

DIANA. Da war sie tugendhaft.

BERTRAM. Das bist du!

DIANA. Nein;
Sie tat nach ihrer Pflicht; wie Euer Weib
Von Euch sie fodert, Graf.

BERTRAM. Still, davon nichts!
Nicht sprich dafür, wogegen ich geschworen!
Sie ward mir aufgedrungen; doch dich lieb' ich
Durch süßen Liebeszwang und weih' auf ewig
Dir meinen treuen Dienst.

DIANA. So dient Ihr uns,
Bis wir Euch dienen; bracht Ihr unsre Rose,
Dann ist's Euch gleich, wie uns die Dornen stechen:
Des Raubes lacht ihr dann.

BERTRAM. Was schwur ich dir?

DIANA. Nicht viele Eide sind Beweis von Treue,
Nein, nur ein einz'ger Schwur, wahrhaft gelobt.
Was ist wohl Heiliges, bei dem wir schwören,
Das uns der Höchste nicht bezeugen soll?
Doch nun sagt selbst, ich bitt' Euch:
Gelobt' ich Euch bei Amors ew'gen Kräften,
Ich liebt' Euch herzlich: glaubtet Ihr dem Schwur,
Liebt' ich, um Euch zu schaden? Wär's nicht sinnlos,
Ihm, dem ich Liebe hoch beteure, schwören,
Ich sänn' auf sein Verderben? Euer Eid
Ist drum nur Wort und Schein, schwach, ohne Siegel,
Mind'stens nach meinem Sinn.

BERTRAM. Oh, ändr' ihn, ändr' ihn!
Sei nicht so heilig grausam! Lieb' ist heilig,
Und meine Lauterkeit kennt nicht die List,
Der du die Männer zeihst. Nicht Ausflucht mehr!
Nein, gib dich meiner kranken Sehnsucht hin,
Die dann gesundet. Sage, du seist mein,
Und so wie heut soll stets mein Lieben sein.

DIANA.
Ich seh', Ihr schlingt ein Seil zur steilsten Klippe,
Uns zu gefährden. Gebt mir diesen Ring!

BERTRAM. Ich leih' ihn dir, Geliebte: ihn verschenken
Steht nicht bei mir.

DIANA. Ihr wollt nicht, gnäd'ger Herr?

BERTRAM. Es ist ein Ehrenkleinod unsres Hauses,
Von vielen alten Ahnen mir vererbt,
Und mir der größte Makel auf der Welt,
Verlör' ich's.

DIANA. Meine Her' ist solch ein Ring:
Die Keuschheit ist das Kleinod unsres Hauses.
Von langer Ahnenreihe mir vererbt,
Und mir der größte Makel auf der Welt,
Verlör' ich sie. So führt mir Eure Weisheit

Den Kämpfer Ehre her zu meinem Schirm
Vor Euerm nicht'gen Angriff.

BERTRAM. Nimm den Ring!
Stamm, Ehre, ja mein Leben selbst sei dein,
Und ich dein eigner Knecht.

DIANA.
Um Mitternacht klopft an mein Kammerfenster:
Ich sorge, daß die Mutter Euch nicht hört.
Jedoch versprecht mir, wie Ihr wahrhaft seid:
Wenn Ihr mein noch jungfräulich Bett erobert,
Bleibt eine Stunde nur, und sprecht kein Wort;
Ich habe trift'gen Grund, und sag' ihn Euch,
Wenn Ihr den Ring dereinst zurück erhaltet.
Und einen andern Ring steck' ich heut nacht
An Euern Finger, der zukünft'gen Tagen
Ein Pfand sei, was mit uns sich zugetragen.
Lebt wohl, bis dahin! Fehlt nicht; ich erwarb
Ein Weib Euch, wenn auch so mein Hoffen starb.

BERTRAM.
Des Himmels Glück auf Erden dank' ich dir!
Geht ab.

DIANA.
Lebt lang'! Und dankt's dem Himmel einst und mir!
Vielleicht geschieht's dereinst. –
Ganz schilderte sein Werben mir die Mutter,
Als säß' sie ihm im Herzen: »gleiche Eide
Hat«, sprach sie, »jeder Mann.« Ist tot sein Weib,
So schwört er, mich zu frein; drum bin ich tot,
Sei er mein Mann. Wenn so Franzosen werben,
Mag frein, wer will, ich werd' als Mädchen sterben:
Doch dünkt mich keine Sünde, den betrügen.
Der als ein falscher Spieler hofft zu siegen.
Geht ab.

Dritte Szene

Im florentinischen Lager.
Die beiden französischen Edelleute und einige Soldaten treten auf.

ERSTER EDELMANN. Ihr habt ihm den Brief seiner Mutter noch nicht gegeben.

ZWEITER EDELMANN. Ich gab ihn ihm vor einer Stunde; es muß etwas darin stehn, das ihn schmerzlich trifft; denn als er ihn las, ward er fast in ein andres Wesen verwandelt.

ERSTER EDELMANN. Er verdient den schärfsten Tadel, daß er eine so würdige Gemahlin und holde Dame verstoßen hat.

ZWEITER EDELMANN. Besonders hat er sich des Königs Ungnade für ewige Zeiten zugezogen, der eben seine Huld dazu gestimmt hatte, ihm Glück zu singen. – Ich will Euch etwas sagen, aber es muß in tiefem Dunkel bei Euch verborgen bleiben.

ERSTER EDELMANN. Wenn Ihr's ausgesprochen habt, ist es tot, und es liegt in mir begraben.

ZWEITER EDELMANN. Er hat hier in Florenz ein junges Fräulein vom sittsamsten Ruf verführt, und diese Nacht sättigt er seine Lust mit dem Raube ihrer Ehre. Er hat ihr seinen Familienring geschenkt und hält sich für überglücklich in dieser unkeuschen Verbindung.

ERSTER EDELMANN. Nun, Gott erbarme sich unsers Abfalls! Was sind wir für Geschöpfe, wenn wir unserneignen Weg gehn!

ZWEITER EDELMANN. Nur unsre eignen Verräter. Und wie, nach dem gewöhnlichen Lauf aller Verrätereien, sie sich immer selbst aufdecken, ehe sie ihr ruchloses Ziel erreicht haben, so wird auch er, der in dieser Tat seinen innern Adel herabsetzt, zugleich der Herold seiner eignen Schande.

ERSTER EDELMANN. Ist es denn nicht eine höchst strafwürdige Gesinnung, selbst die Verkünder unsrer verbotnen Absichten zu sein? – Wir werden ihn also nicht heut abend in unsrer Gesellschaft sehn? –

ZWEITER EDELMANN. Nicht bis nach Mitternacht, denn das ist die ihm bestimmte Stunde.

ERSTER EDELMANN. Die ist nicht mehr fern. Ich möchte gern, daß er seinen Freund anatomiert sähe, damit er sein eignes Urteil würdigen lerne, in welches er diesen falschen Demant so künstlich eingefaßt hatte.

ZWEITER EDELMANN. Wir wollen uns mit jenem nicht abgeben, bis der Graf kommt; denn seine Gegenwart muß die Geißel des Gesellen werden.

ERSTER EDELMANN. Sagt mir derweil, was hört Ihr von diesem Krieg?

ZWEITER EDELMANN. Ich höre, man spricht von Friedensunterhandlungen.

ERSTER EDELMANN. Nein, ich versichre Euch, der Friede ist schon geschlossen.

ZWEITER EDELMANN. Was wird Graf Roussillon dann beginnen? – Wird er weiter reisen oder nach Frankreich zurückkehren?

ERSTER EDELMANN. Ich schließe aus dieser Frage, daß Ihr nicht ganz in sein Geheimnis eingeweiht seid.

ZWEITER EDELMANN. Dafür behüte mich Gott, Herr! Dann hätte ich auch großen Teil an seinem Tun.

ERSTER EDELMANN. Seine Gemahlin, Herr, entfloh vor zwei Monaten aus seinem Hause: zum Vorwand nahm sie eine Pilgerfahrt zu Sankt Jakob dem Ältern, und vollbrachte dies heilige Unternehmen mit der strengsten Andacht. Während sie dort noch verweilte, ward die Zartheit ihrer Natur ihrem Kummer zur Beute; endlich seufzte sie ihren letzten Atem aus, und betet jetzt im Himmel.

ZWEITER EDELMANN. Wie weiß man das mit Gewißheit?

ERSTER EDELMANN. Größtenteils aus ihren eignen Briefen; diese bestätigen ihre Geschichte bis auf den Punkt ihres Todes. Ihr Tod selbst, den sie nicht berichten konnte, ward zuverlässig durch den Pfarrer des Orts beglaubigt.

ZWEITER EDELMANN. Ist das alles dem Grafen zugekommen?

ERSTER EDELMANN. Ja, und die besondern Belege, Punkt für Punkt, zur völligen Bekräftigung der Wahrheit.

ZWEITER EDELMANN. Es tut mir herzlich leid, daß er darüber froh sein wird.

ERSTER EDELMANN. Wie wunderbar finden wir oft einen Trost in unserm Verlust!

ZWEITER EDELMANN. Und wie wunderbar benetzen wir oft unsern Gewinn mit Tränen! Die große Auszeichnung, die seine Tapferkeit ihm hier erworben, wird in seinem Vaterlande einer eben so tiefen Schande begegnen.

ERSTER EDELMANN. Das Gewebe unsres Lebens besteht aus gemischtem Garn, gut und schlecht durch einander. Unsre Tugenden würden stolz sein, wenn unsre Fehler sie nicht geißelten, und unsre Laster würden verzweifeln, wenn sie nicht von unsern Tugenden ermuntert würden.

Ein Diener tritt auf.

Nun, wo ist dein Herr?

DIENER. Er begegnete dem Herzog auf der Straße, Herr, und beurlaubte sich feierlich bei ihm. Seine Gnaden wollen morgen nach Frankreich; der Herzog hat ihm Empfehlungsschreiben an den König angeboten.

ZWEITER EDELMANN. Die werden ihm dort mehr als nötig sein, sagten sie auch mehr zu seinem Lobe, als sie können.

ERSTER EDELMANN. Sie können nicht süß genug für des Königs herbe Stimmung sein. – Da kommt der Graf. –

Bertram tritt auf.

Nun, gnädiger Herr, ist's nicht schon nach Mitternacht?

BERTRAM. Ich habe diesen Abend sechzehn Geschäfte abgetan, jedes allein einen Monat lang; so kurz habe ich mich gefaßt. Ich habe vom Herzog Abschied genommen, mich seiner Umgebung empfohlen, ein Weib begraben, Trauer getragen, meiner Mutter geschrieben, ich käme zurück; meine Reise eingerichtet, und außer diesen Hauptobliegenheiten noch allerlei kleine Dinge ausgerichtet. Das letzte war das wichtigste, aber mit dem bin ich noch nicht zu Ende.

ZWEITER EDELMANN. Wenn die Sache einige Schwierigkeit hat und Ihr diesen Morgen abreisen wollt, muß Euer Gnaden sich beeilen.

BERTRAM. Ich meine, die Sache ist nicht zu Ende, weil ich fürchte, noch in der Folge davon zu hören. – Aber sollen wir nicht die Szene zwischen dem Narr'n und den Soldaten aufführen?
Kommt, bringt uns dies falsche Muster her; er hat mich betrogen, wie ein doppelzüngiger Prophet.

ZWEITER EDELMANN. Führt ihn her! Er hat die ganze Nacht im Stock gesessen, der arme, tapfre Wicht.

BERTRAM. Tut nichts; seine Fersen haben's verdient, weil sie sich so lange der Sporen angemaßt. Wie ist denn seine Fassung? –

ERSTER EDELMANN. Wie ich Euer Gnaden sagte, seine Einfassung ist der Block. Aber um Euch zu antworten, wie Ihr verstanden sein wollt: er weint wie eine Dirne, die ihre Milch verschüttet hat. Er hat dem Morgan gebeichtet, den er für einen Mönch hält, von der Zeit seiner frühesten Erinnerung an, bis zu diesem gegenwärtigen Unglück seines Stocksitzens: was meint Ihr wohl, daß er gebeichtet hat?

BERTRAM. Nichts von mir, hoff' ich? –

ZWEITER EDELMANN. Seine Beichte ist zu Protokoll gebracht und soll in seiner Gegenwart abgelesen werden. Wenn Euer Gnaden darin vorkommen, wie ich fast glaube, so müßt Ihr die Geduld haben, es anzuhören.

Die Soldaten kommen zurück mit Parolles.

BERTRAM. Hol' ihn der Henker, den vermummten Kerl! Er kann nichts von mir sagen. Still! Still!

ERSTER EDELMANN. Da kommt die Blindekuh! – Porto Tartarossa.

DOLMETSCHER. Er ruft nach der Tortur: wollt Ihr nicht ohne das bekennen?

PAROLLES. Ich will ohne Zwang sagen, was ich weiß; wenn Ihr mich kerbt wie einen Pastetendeckel, ich kann nicht mehr sagen.

DOLMETSCHER. Bosco chimurcho.

ZWEITER EDELMANN. Boblibindo chicurmurco.

DOLMETSCHER. Ihr seid ein gnädiger General. – Unser General befiehlt Euch, auf die Fragen zu antworten, die ich von meinem Zettel vorlesen werde.

PAROLLES. Und so wahrhaft, als ich zu leben hoffe.

DOLMETSCHER. »Zuerst fragt ihn, wie stark des Herzogs Reiterei ist.« Was sagt Ihr dazu?

PAROLLES. Fünf- bis sechstausend; aber sehr schwach und schlecht exerziert; die Truppen sind alle verstreut, und die Hauptleute arme Teufel: auf meine Ehre und Reputation, so wahr ich zu leben hoffe!

DOLMETSCHER.
Soll ich Eure Antwort so niederschreiben?

PAROLLES. Tut das: ich will das Sakrament darauf nehmen, wie und wo Ihr wollt.

BERTRAM. Dem ist alles eins; der Schurke ist ohne Gnade verloren!

ERSTER EDELMANN. Ihr irrt Euch, gnädiger Herr: es ist Monsieur Parolles, der ausbündige Günstling des Mars (das war seine eigne Phrase), der die ganze Theorie der Kriegskunst in dem Knoten seiner Schärpe trägt, und die Praxis im Gehenk seines Seitengewehrs.

ZWEITER EDELMANN. Ich will nie wieder jemand trauen, weil er seine Klinge blank hält, noch glauben, daß er der höchste der Menschen sei, weil sein Anzug sauber ist.

DOLMETSCHER. Gut, das ist geschrieben.

PAROLLES. Fünf- oder sechstausend Pferde, sagte ich, ich will aufrichtig sein; oder so ungefähr, schreibt hin: denn ich will die Wahrheit sagen.

ERSTER EDELMANN.
Hierin ist er der Wahrheit sehr nahe.

BERTRAM. Aber ich weiß ihm keinen Dank für die Art und Weise, wie er sie aussagt.

PAROLLES. Arme Teufel, das schreibt doch ja!

DOLMETSCHER. Gut, da steht's!

PAROLLES. Untertänigsten Dank, Herr; wahr bleibt wahr; es sind recht miserable Teufel.

DOLMETSCHER. »Fragt ihn, wie stark ihr Fußvolk ist.« – Was sagt Ihr dazu?

PAROLLES. Auf meine Ehre, Herr – hätt' ich nur noch diese Stunde zu leben – ich will die

Wahrheit sagen. Laßt sehn: Spurio, einhundertundfünfzig; – Sebastian, eben so viel; – Corambus, eben so viel; – Jaques, eben so viel, – Guiltian, Cosmo, Lodovico und Grazii, jeder zweihundertundfünfzig; – meine eigne Kompagnie, Christopher, Vaumond, Benzii, jeder zweihundertundfünfzig: so daß die Musterrolle, Gesunde und Kranke, sich bei meiner Ehre nicht auf fünfzehntausend Köpfe beläuft; und von denen wagt die Hälfte nicht den Schnee von ihren Wämsern abzuschütteln, damit sie nicht aus einander fallen.

BERTRAM. Was soll man mit ihm anfangen?

ERSTER EDELMANN. Nichts, als sich bei ihm bedanken. – Fragt ihn doch nach meinen Umständen, und wie ich beim Herzog angeschrieben bin.

DOLMETSCHER. Gut, das steht geschrieben. – »Ihr sollt ihn fragen, ob ein gewisser Hauptmann Dumain im Lager ist, ein Franzose; in welchem Ruf er beim Herzog steht; wie es mit seiner Tapferkeit, Rechtschaffenheit und Kriegskenntnis beschaffen ist; und ob er's nicht für möglich hält, ihn mit einer vollwichtigen Summe zur Desertion zu bestechen.« Was sagt Ihr dazu? Wißt Ihr etwas davon?

PAROLLES. Bitt' Euch, laßt mich diese Fragstücke einzeln beantworten: fragt jedes besonders!

DOLMETSCHER.
Kennt Ihr diesen Hauptmann Dumain?

PAROLLES. Ich kenne ihn! Er war bei einem Kleiderflicker in Paris in der Lehre, von dort wurde er weggepeitscht, weil er des Landrichters blödsinnige Magd geschwängert hatte – ein einfältiges stummes Ding, die nicht Nein sagen konnte.

Dumain hebt im Zorn seine Hand auf.

BERTRAM. Nein, ich bitte Euch, laßt Eure Hand in Ruhe; sein Schädel gehört dem ersten Ziegel, der vom Dach fällt.

DOLMETSCHER. Nun, und ist dieser Hauptmann im Lager des Herzogs von Florenz?

PAROLLES.
So viel ich weiß, steckt er da, und voller Läuse.

ERSTER EDELMANN. Oh, seht mich nicht so an, gnädiger Herr; nun wird gleich die Reihe an Euch kommen.

DOLMETSCHER.
In welchem Ruf steht er beim Herzog?

PAROLLES. Der Herzog kennt ihn nur als einen armen Offizier von meiner Kompagnie und schrieb mir vor ein paar Tagen, ich solle ihn fortjagen. Ich glaube, ich habe seinen Brief noch in der Tasche.

DOLMETSCHER. Kommt, wir wollen nachsuchen.

PAROLLES. In vollem Ernst, ich weiß doch nicht; entweder ist er da, oder er hängt mit des Herzogs andern Briefen auf dem Faden in meinem Zelte.

DOLMETSCHER. Hier ist er; hier ist ein Papier: soll ich's Euch vorlesen? –

PAROLLES. Ich weiß nicht, ob er's ist oder nicht.

BERTRAM. Unser Dolmetscher macht es gut!

ERSTER EDELMANN. Vortrefflich!

DOLMETSCHER *liest.* »Diana, der Graf ist ein Narr, und schwer von Gold« –

PAROLLES. Das ist nicht des Herzogs Brief, Herr: das ist eine Warnung für ein artiges Mädchen in Florenz, eine gewisse Diana, sich vor den Lockungen eines gewissen Grafen von Roussillon in acht zu nehmen, eines albernen, müßigen, jungen Menschen, der aber bei alle dem sehr verliebt ist. Ich bitte Euch, Herr, steckt ihn wieder ein.

DOLMETSCHER.
Nein, ich will ihn erst lesen, wenn Ihr erlaubt.

PAROLLES. Meine Absicht dabei war bei meiner Ehre sehr redlich, zum Besten des Mädchens; denn ich kenne diesen jungen Grafen als einen gefährlichen und lüderlichen Burschen, einen rechten Walfisch aller Jungferschaft, der jede Beute verschlingt, die ihm in den Wurf kommt.

BERTRAM.
Verdammter Kerl! Auf beiden Seiten ein Schurke!

DOLMETSCHER *liest.*
»Schwört er, so fodre Gold und halt' es klüglich;
Sonst zahlt er nie die Zeche nach dem Zechen.
Wer halb gewinnt, kauft gut: drum sag' ich füglich,
Weil er nicht nachzahlt, laß vorher ihn blechen!
Und Diana, ein Soldat tut dir zu wissen:
Mit Männern halt's, nicht Knaben laß dich küssen!
Dem Braven trau', dem Grafen nimmermehr:
Zahlt er voraus nicht, prellt er hinterher.
Der deine, wie er dir ins Ohr gelobt.
Parolles.«

BERTRAM. Er soll durchs ganze Lager gepeitscht werden, mit diesem Reim an seiner Stirn.

ZWEITER EDELMANN. Das ist Euer treu ergebner Freund. Herr, der vielbewanderte Sprachkenner und waffenkundige Soldat.

BERTRAM. Ich habe von jeher alles ertragen können, nur keine Katze, und nun ist er eine Katze für mich.

DOLMETSCHER. Ich schließe aus des Feldherrn Blicken, Herr, daß wir wohl nicht werden umhin können, Euch aufzuhängen.

PAROLLES. O Herr, nur mein Leben, auf jeden Fall; nicht, daß ich mich vor dem Tode fürchte, sondern weil meiner Sünden so viel sind, daß ich sie gern in dieser Zeitlichkeit abbüßen möchte. Laßt mich leben, Herr, in einem Kerker, im Block, wo es auch sei, wenn ich nur lebe.

DOLMETSCHER. Wir wollen sehn, was sich tun läßt, wenn Ihr aufrichtig bekennt. Also, – um nochmals auf diesen Hauptmann Dumain zu kommen, – über sein Ansehn beim Herzog und über seine Tapferkeit habt Ihr geantwortet. Wie steht's um seine Rechtschaffenheit?

PAROLLES. Er wird Euch ein Ei aus einem Kloster stehlen; an Gewalttätigkeiten und Entführungen kommt er dem Nessus gleich. Er gibt sich nie damit ab, seine Eide zu halten; sie zu brechen, darin ist er stärker als Herkules. Lügen kann er mit solcher Geläufigkeit, daß Ihr die Wahrheit für eine Närrin halten solltet; Trunkenheit ist seine beste Tugend, denn er säuft Euch wie ein Vieh, und in seinem Schlaf tut er niemand was zu Leide, als seinen Bettüchern; aber man kennt seine Unarten schon und legt ihn auf Stroh. Sonst weiß ich nicht viel mehr von seiner Rechtschaffenheit zu sagen, Herr: er hat alles, was ein rechtschaffner Mann nicht haben sollte; und was ein rechtschaffner Mann haben sollte, davon hat er nichts.

ERSTER EDELMANN. Ich fange an, ihm dafür gut zu werden.

BERTRAM. Für diese Beschreibung deiner Rechtschaffenheit? Ich meinesteils wünsche ihn zum Henker; er wird mir immer mehr und mehr zur Katze.

DOLMETSCHER. Was sagt Ihr von seiner Kriegskenntnis?

PAROLLES. Meiner Treu, er hat die Trommel vor den englischen Komödianten her geschlagen; belügen möchte ich ihn eben nicht, und mehr weiß ich nicht von seiner Soldatenschaft, außer daß er in England die Ehre hatte, Dienste an einem Orte zu tun, den sie dort Mile-End nennen; und da hat er die Leute exerziert, zwei Mann hoch zu stehn. Ich möchte dem Menschen gern alle mögliche Ehre antun, aber dieser Sache bin ich nicht recht gewiß.

ERSTER EDELMANN. Er hat den Schuft so überschuftet, daß die Seltenheit ihn frei spricht.

BERTRAM. Zum Henker mit ihm! Er bleibt immer eine Katze.

DOLMETSCHER. Da seine Eigenschaften so wenig wert sind, so brauche ich Euch wohl nicht zu fragen, ob Gold ihn wohl zur Desertion verführen könnte?

PAROLLES. Für einen Quart d'Ecu verkauft er Euch das Freilehn seiner Seligkeit, sein Erbrecht dran, und prellt alle seine Agnaten um ihre Anwartschaft und Sukzession auf ewige Zeiten.

DOLMETSCHER. Was sagt Ihr denn von seinem Bruder, dem andern Hauptmann Dumain?

ZWEITER EDELMANN. Warum fragt er ihn nach mir?

DOLMETSCHER. Wie ist's mit dem? –

PAROLLES. Auch eine Krähe aus demselben Nest; nicht ganz so groß als der Älteste im Guten, aber ein großes Teil größer im Bösen. Er übertrifft seinen Bruder als Memme, und doch gilt sein Bruder für eine der vorzüglichsten in der Welt. Auf der Flucht überrennt er jeden Läufer, und wenn's zum Angriff geht, hat er den Krampf.

DOLMETSCHER. Wenn Euch das Leben geschenkt wird, wollt Ihr dann versprechen, den Herzog von Florenz zu verraten?

PAROLLES. Ja, und den Anführer seiner Reiterei, den Grafen Roussillon, obendrein.

DOLMETSCHER. Ich will heimlich mit dem General reden und hören, was sein Wille ist.

PAROLLES *beiseit.* Ich will keine Trommeln mehr; hol' die Pest alle Trommeln! Nur um den Schein des Verdiensts zu haben und den Argwohn dieses lüderlichen jungen Grafen zu hintergehn, habe ich mich in solche Gefahr begeben. Wer hätte aber auch einen Hinterhalt vermutet, wo ich gefangen ward?

DOLMETSCHER. Es ist keine Hülfe, Freund, Ihr müßt sterben. Der General sagt, wer so verräterisch die Geheimnisse seines Heers entdeckt und so giftige Berichte über höchst ehrenwerte Männer aussagt, könne der Welt nicht redlich nützen; darum müßt Ihr sterben. Kommt, Scharfrichter; herunter mit seinem Kopf!

PAROLLES. O Gott, Herr, laßt mich leben, oder laßt mich meinen Tod sehn! –

DOLMETSCHER. Das sollt Ihr, und Abschied nehmen von allen Euren Freunden. *Er nimmt ihm die Binde ab.* So, seht Euch um; kennt Ihr jemand hier?

BERTRAM. Guten Morgen, edler Hauptmann!

ZWEITER EDELMANN. Gott segn' Euch, Hauptmann Parolles!

ERSTER EDELMANN. Gott schütz' Euch, edler Hauptmann!

ZWEITER EDELMANN. Hauptmann, habt Ihr einen Gruß für Herrn Lafeu? Ich will nach Frankreich.

ERSTER EDELMANN. Lieber Hauptmann, wollt Ihr mir nicht eine Abschrift von dem Sonett geben, das Ihr an Diana geschickt, um ihr den Grafen von Roussillon zu empfehlen? Wenn ich nicht eine Erzmemme wäre, so zwänge ich sie Euch ab; aber so lebt wohl!

Bertram und die Edelleute gehn ab.

DOLMETSCHER. Ihr seid verloren, Hauptmann, ganz aufgelöst; nur Eure Schärpe ist es nicht, die hat noch einen Knoten.

PAROLLES. Wen zertrümmerte wohl nicht ein solches Komplott?

DOLMETSCHER. Könntet Ihr ein Land auffinden, wo die Weiber nicht mehr Scham hätten als Ihr, Ihr würdet dort ein recht unverschämtes Volk stiften. Gehabt Euch wohl, Herr! Ich will auch nach Frankreich; wir werden dort von Euch erzählen. *Geht ab.*

PAROLLES.
Doch bin ich dankbar. Wäre groß mein Herz,
Jetzt bräch' es! Mit der Hauptmannschaft ist's aus;
Doch soll mir Speis' und Trank und Schlaf gedeihn,
Als wär' ich Hauptmann; nähren muß mich nun
Mein nacktes Selbst. Wer sich erkennt als Prahler,
Der nehm' ein Beispiel dran; es kann nicht fehlen,
Kein Großmaul weiß sein Eselsohr zu hehlen.
Verroste, Schwert, und Scham, fahr' hin! Glück auf;
Beginn' als Narr den neuen Lebenslauf,
Denn noch sind Platz und Unterhalt zu Kauf. –
Ich geh' mit ihnen.

Er geht ab.

Vierte Szene

Florenz. Im Hause der Witwe.
Helena, die Witwe und Diana treten auf.

HELENA.
Damit Ihr klar erkennt, ich täuscht' Euch nicht,
Sei meine Bürgschaft einer von den Größten
Der Christenheit: vor dessen Thron notwendig
Ich knien muß, eh' ich meinen Zweck erreicht.
Ich hab' ihm einst erwünschten Dienst getan,
Kostbar, wie fast sein Leben: solche Wohltat,
Daß selbst des harten Scythen Herz gerührt
Ihm Dank nachriefe. Sichre Kunde ward mir,

Daß in Marseille der König sei; dorthin
Reis' ich mit schicklichem Geleit. Ihr wißt,
Man glaubt mich tot; der Graf, nachdem das Heer
Sich aufgelöst, wird nach der Heimat ziehn,
Und mit des Himmels Beistand und des Königs
Vergunst, hoff' ich, noch vor ihm dort zu sein.

WITWE. Ihr hattet nimmer eine Dienerin,
Verehrte Frau, der Eu'r Geschick so nah
Am Herzen lag.

HELENA. Noch eine Freundin Ihr,
Die mit so treuem Eifer Eurer Güte
Zu lohnen strebte. Zweifelt nicht, der Himmel
Schickt mich, Eu'r junges Fräulein auszustatten,
Und wählte sie als Mittlerin, den Gatten
Mir zuzuwenden. O seltsame Männer! –
So süß könnt ihr behandeln, was ihr haßt,
Wenn der betrognen Sinne lüstern Wähnen
Die schwarze Nacht beschämt. So spielt die Lust
Mit dem, was sie verabscheut, unbewußt.
Doch mehr hievon ein ander Mal. Ihr, Diana,
Müßt unter meiner armen Leitung manches
Für mich noch dulden.

DIANA. Folgt auch Tod in Ehren
Mit dem, was Ihr mir auflegt, ich bin Euer
Und trage, was Ihr fodert.

HELENA. Nur Geduld!
Eh' wir uns umsehn, bringt die Zeit den Sommer,
Dann trägt die Rose Blüten so wie Dornen,
So süß als scharf. Wir müssen jetzt von hier,
Der Wagen steht bereit, die Zukunft winkt:
Ende gut, alles gut: das Ziel beut Kronen;
Wie auch der Lauf, das Ende wird ihn lohnen.

Sie gehn ab.

Fünfte Szene

Roussillon.
Die Gräfin, Lafeu und der Narr treten auf.

LAFEU. Nein, nein, nein, Euer Sohn ward von dem verdammten, taftgeschnitzten Kerl dort verführt, dessen niederträchtiger Safran wohl die ganze ungebackne und teigichte Jugend einer Nation hätte färben können. Eure Schwiegertochter lebte sonst noch diese Stunde, Euer Sohn wäre hier in Frankreich, und der König hätte ihn weiter gefördert als jene rotgeschwänzte Hummel, von der ich rede.

GRÄFIN. Ich wollte, ich hätte ihn nie gekannt; er gab den Tod dem tugendhaftesten Mädchen, mit deren Schöpfung sich die Natur jemals Ehre erwarb. Wäre sie aus meinem Blut, und kostete mir die tiefsten Seufzer einer Mutter, meine Liebe zu ihr könnte nicht tiefer gewurzelt sein.

LAFEU. Es war ein gutes Mädchen, ein gutes Mädchen. Wir können tausendmal Salat pflücken, eh' wir wieder solch ein Kraut antreffen.

NARR. Ja wahrhaftig, sie war das Tausendschönchen im Salat, oder vielmehr der echte Ehrenpreis.

LAFEU. Das sind ja keine Salatkräuter, du Schelm, das sind ja Gartenblumen.

NARR. Ich bin kein großer Nebukadnezar, Herr; ich verstehe mich nicht sonderlich auf Gras.

LAFEU. Für was gibst du dich eigentlich, für einen Schelm oder einen Narren?

NARR. Für einen Narren, Herr, im Dienst einer Frau, und für einen Schelm im Dienst eines Mannes.

LAFEU. Wie das?

NARR. Den Mann würd' ich um seine Frau prellen und seinen Dienst tun.

LAFEU. Dann wärst du freilich ein Schelm in seinem Dienst!

NARR. Und seiner Frau liehe ich meine Pritsche und böte ihr meinen Dienst.

LAFEU. Ich will für dich gut sagen, daß du beides, ein Schelm und ein Narr bist.

NARR. Zu Euerm Dienst.

LAFEU. Nein, nein, nein! –

NARR. Nun, Herr, wenn ich Euch nicht dienen kann, so nehme ich Dienste bei einem Prinzen, der ein eben so großer Herr ist, als Ihr seid. –

LAFEU. Bei wem denn? Einem Franzosen?

NARR. Mein' Seel', er hat einen englischen Namen, aber seine Physiognomie hat mehr Feuer in Frankreich als in England.

LAFEU. Welchen Prinzen meinst du?

NARR. Den schwarzen Prinzen, alias den Fürsten der Finsternis, alias den Teufel.

LAFEU. Halt, da ist meine Börse. Ich gebe dir das nicht, um dich deinem Herrn, von dem du sprichst, abspenstig zu machen; diene ihm nur immerhin!

NARR. Ich bin aus einem Holzlande, Herr, und war vor jeher ein Liebhaber von großem Feuer, und die Herrschaft, von der ich sage, hat immer ein gutes Feuer gehalten. Aber da er einmal der Fürst dieser Welt ist, mag sein Adel an seinem Hof bleiben; ich bin für das Haus mit der engen Pforte, die wohl zu klein für die Magnaten ist; wer sich eben bücken will, kommt wohl durch; aber die meisten werden zu frostig und zu verwöhnt sein, und wandeln auf dem blumigen Pfade, der zur breiten Pforte und zum großen Feuer führt.

LAFEU. Geh deiner Wege, ich fange an, dich satt zu haben, und ich sage dir's bei Zeiten, denn ich möchte nicht, daß wir in Unfrieden gerieten. Geh deiner Wege, laß nach meinen Pferden sehn; aber ohne Schelmenstreiche!

NARR. Wenn ich ihnen mit Streichen komme, Herr, so sollen's Peitschenstreiche sein, die gebühren ihnen nach dem Gesetz der Natur. *Geht ab.*

LAFEU. Ein durchtriebener, boshafter Schelm!

GRÄFIN. Das ist er. Mein seliger Graf machte sich vielen Spaß mit ihm. Nach seinem Willen darf er hier bleiben, und das hält er für einen Freibrief für seine Unverschämtheiten; und in der Tat, er bleibt nie auf der Bahn und rennt, wohin es ihm gefällt.

LAFEU. Ich habe ihn gern; der Bursch ist nicht uneben. Ich war vorhin im Begriff, Euch zu sagen, daß ich, als ich den Tod der armen jungen Gräfin vernommen, und weil Euer Sohn auf der Heimreise ist, den König, meinen Herrn, ersucht habe, sich für meine Tochter zu verwenden; ein Vorschlag, den Seine Majestät, als beide noch Kinder waren, aus eignem Allerhöchsten Antriebe zuerst getan. Seine Hoheit hat mir's zugesagt; und es gibt kein beßres Mittel, die Ungnade abzuwenden, die er gegen Euern Sohn gefaßt hat. Was sagt Ihr dazu, gnädige Frau?

GRÄFIN. Ich bin ganz mit Euch einverstanden, mein Herr, und hoffe, Ihr führt es glücklich aus.

LAFEU. Seine Hoheit kommt in Eil' von Marseille, so frisch und rüstig, als zählte er dreißig; er wird morgen hier sein, oder ein Freund, der in solchen Dingen gewöhnlich gut unterrichtet ist, müßte mich getäuscht haben.

GRÄFIN. Es freut mich, daß ich hoffen darf, ihn vor meinem Ende wiederzusehn. Ich habe Briefe, daß mein Sohn heut abend hier sein wird, und bitte Euch, gnädiger Herr, bei mir zu verweilen, bis sie hier zusammentreffen.

LAFEU. Eben überlegte ich mir, gnädige Frau, auf welche Weise ich am besten Zutritt erhalten könnte.

GRÄFIN. Ihr braucht nur das ehrenwerte Vorrecht Eures Namens geltend zu machen.

LAFEU. Das habe ich nur allzu oft als zuverlässiges Geleit benutzt; und dem Himmel sei Dank, noch gilt es wohl.

Der Narr kommt zurück.

NARR. O gnädige Frau, draußen ist der junge Graf, Euer Sohn, mit einem Samtpflaster auf dem Gesicht. Ob eine Schmarre drunter ist oder nicht, mag der Samt wissen; aber es ist ein stattliches Samtpflaster. Sein linker Backen ist ein Backen von drittehalb Haaren; aber sein rechter Backen ist kahl getragen.

GRÄFIN. Eine rühmlich erhaltene Schmarre ist ein edles Abzeichen der Ehre: das wird auch diese wohl sein.

NARR. Aber sein Gesicht sieht aus wie eine Karbonade.

LAFEU. Laßt uns Euerm Sohn entgegen gehn, ich bitte Euch: ich sehne mich, den edlen jungen Krieger zu sprechen.

NARR. Meiner Treu, draußen steht ein ganzes Dutzend von ihnen, mit allerliebsten feinen Hüten und überaus höflichen Federn, die sich verneigen und jedermann zunicken.

Alle gehn ab.

Fünfter Aufzug

Erste Szene

Straße in Marseille.
Helena, die Witwe und Diana treten auf.

HELENA.
Doch dies unmäß'ge Reisen, Tag und Nacht,
Muß Euch erschöpfen: ändern kann ich's nicht:
Doch weil Ihr Nacht und Tag zu eins gemacht,
Daß mir zu Lieb' Ihr kränkt den zarten Leib,
Faßt Mut! Ihr wuchst so fest in meiner Schuld,
Daß nichts Euch kann entwurzeln. – Wie erwünscht! –

Ein edler Falkonier tritt auf.

Der Mann kann mir Gehör beim König schaffen,
Wenn er sein Ansehn brauchen will. Gott grüß'
Euch!

EDELMANN. Und Euch!

HELENA. Mir scheint, ich sah Euch schon an
Frankreichs Hof.

EDELMANN. Ich war zu Zeiten dort.

HELENA.
Ich hoffe, Herr Ihr habt noch nicht verleugnet,
Was alle Welt von Eurer Güte rühmt:
Und drum, gedrängt von strenger Not des Schicksals,
Wo wir die Form vergessen, wend' ich mich
An Eure Tugend, deren ich mit Dank
Fortan gedenken will.

EDELMANN. Was ist Eu'r Wunsch?

HELENA. Daß Ihr geruhn mögt,
Dies arme Blatt dem König einzuhänd'gen
Und mir mit Euerm Einfluß beizustehn.
Daß er mich hören wolle.

EDELMANN. Der König ist nicht hier.

HELENA. Nicht hier, Herr?

EDELMANN. Nein,
Er reiste gestern nacht von hier, und schneller,
Als er sonst pflegt.

WITWE. Gott, welch vergeblich Mühn!

HELENA.
Ende gut, alles gut! Bleibt doch mein Trost,
Ob auch die Zeit entgegen, schwach die Kraft.
Ich bitt' Euch, sagt, wohin er abgereist?

EDELMANN.
Nun, wenn ich recht gehört, nach Roussillon,
Wohin ich selber gehn will.

HELENA. Ich ersuch' Euch,
Da Ihr den König eh'r wohl seht als ich,
Legt dies Papier in seine gnäd'ge Hand;
Ich hoff', es zieht Euch keinen Tadel zu,
Vielleicht verdient es eh'r Euch einen Dank.
Ich werd' Euch folgen mit so schneller Eil',
Wie irgend möglich.

EDELMANN. Das soll gern geschehn.

HELENA. Und Euer wartet einst der beste Dank,
Was auch geschehn mag. Jetzt zu Pferde wieder;
Auf, laßt uns eilen!

Sie gehn ab.

Zweite Szene

Roussillon.
Der Narr und Parolles treten auf.

PAROLLES. Liebster Monsieur Lavache, gebt dem gnädigen Herrn Lafeu diesen Brief: Ihr habt mich wohl sonst vornehmer gekannt, Herr, als ich noch mit frischeren Kleidern in vertrautem Umgang lebte; aber nun, Herr, bin ich in Fortunens Morast muddig geworden und rieche etwas streng nach ihrer strengen Ungnade.

NARR. Mein' Seel', Fortunens Ungnade muß recht garstig sein, wenn sie so strenge riecht, wie du sagst. Ich werde künftig keinen Fisch aus Fortunens Bratpfanne mehr essen. Bitt' dich, stelle dich unter den Wind!

PAROLLES. Nun, Freund, Ihr braucht Euch die Nase drum nicht zuzuhalten, ich rede nur in einer Metapher.

NARR. Ja, mein Bester, wenn Eure Metapher stinkt, so werde ich meine Nase zuhalten, und das bei jedermanns Metapher. Bitt' ich, geh fürbaß!

PAROLLES. Habt die Gewogenheit, mein Freund, und besorgt mir dies Papier!

NARR. Puh! Mache, daß du wegkommst; ein Papier aus Fortunens Nachtstuhl einem Edelmann geben? Sieh, da kommt er selbst.

Lafeu tritt auf.

Hier ist ein Kater der Fortuna, Herr, – oder eine Fortuna-Katze, – aber keine Bisamkatze, – welche in den unsaubern Fischteich ihrer Ungnade gefallen und, wie er sagt, muddig geworden ist. Ich bitte Euch, Herr, verfahrt mit diesem Karpfen, wie Ihr Lust habt, denn er sieht aus wie ein armer, schäbiger, kniffiger, schelmenhafter Taugenichts. Ich bemitleide seinen Unstern mit meinem trostreichen Lächeln und lasse ihn Euer Gnaden. *Geht ab.*

PAROLLES. Gnädiger Herr, ich bin ein Mann, den Fortuna jämmerlich zerkratzt hat.

LAFEU. Und was kann ich dabei tun? Jetzt ist's zu spät, ihr die Nägel zu schneiden. Was habt Ihr der Fortuna für Streiche gespielt, daß sie Euch kratzen mußte? An sich ist sie doch eine gute Dame, die nur nicht leiden kann, daß es den Schelmen zu lange unter ihrem Schutz wohl gehe. Da habt Ihr einen Quart d'Ecu – laßt Euch die Richter wieder mit ihr aussöhnen; ich habe mehr zu tun.

PAROLLES. Ich ersuche Euer Gnaden, hört mich nur auf ein einziges Wort!

LAFEU. Ihr bittet um einen einzigen Pfennig mehr: gut, Ihr sollt ihn haben; spart Euer Wort!

PAROLLES. Mein Name, gnädiger Herr, ist Parolles.

LAFEU. So bittet Ihr mich um mehr als ein Wort. Potz Element! Gebt mir Eure Hand; was macht Eure Trommel?

PAROLLES. Oh, mein gnädiger Herr, Ihr wart der erste, der mich ausfand.

LAFEU. War ich's, wirklich? Und ich war auch der erste, der dich verlor.

PAROLLES. Nun steht's bei Euch, gnädiger Herr, mich wieder in einige Gnade zu bringen; denn Ihr brachtet mich heraus.

LAFEU. Pfui, schäme dich, Kerl! Schiebst du mir zugleich das Amt Gottes und des Teufels zu? Der eine bringt dich in die Gnade hinein, der andre bringt dich aus ihr heraus. –

Trompetenstoß.

Der König kommt, ich hör' es an seinen Trompeten. Frag' ein ander Mal wieder nach mir, Bursch; ich sprach noch gestern abend von dir – obgleich du ein Narr und ein Schelm dazu bist, sollst du doch nicht verhungern; komm nur mit!

PAROLLES. Ich preise Gott für Euch. –

Sie gehn ab.

Dritte Szene

Ebendaselbst.
Trompetenstoß. Der König, die Gräfin von Roussillon, Lafeu, Edelleute und Gefolge treten auf.

KÖNIG. Ein Kleinod haben wir an ihr verloren,
Und unsre Gunst ward ärmer. Doch Eu'r Sohn,
Durch Tollheit wie verrückt, war ohne Sinn
Für ihren vollen Wert.

GRÄFIN. Nun ist's geschehn;
Und ich ersuch' Eu'r Hoheit, seht es an
Als einen Aufruhr jugendlicher Glut,
Wenn Öl und Feu'r, zu stark für die Vernunft,
In Flammen überwallt.

KÖNIG. Verehrte Frau,
Vergeben hab' ich alles und vergessen,
Obgleich mein Zorn sich stark auf ihn gespannt
Und fertig war zum Schuß.

LAFEU. Dies muß ich sagen –
Doch bitt' ich erst Vergunst –, der junge Graf
Verging sich schwer an seinem Könige,
An seiner Mutter und an seiner Gattin;
Am meisten doch an sich. Ihm starb sein Weib,
Des Schönheit auch das reichste Aug' geblendet,
Des Rede jeglich Ohr gefangen nahm,
Des hoher Wert auch überstolze Herzen
Zum Dienen zwang.

KÖNIG. Das preisen, was dahin,
Macht im Erinnern Schmerz. – Nun ruft ihn her!
Wir sind versöhnt; der erste Anblick töte
Jeglich Erwähnen: Nicht um Gnade bitt' er;
Der Geist erlosch, durch den er schwer gesündigt;
Und tiefer als Vergessen sei begraben
Des Brandes Zunder. Komm' er denn zu uns
Als Fremder, als Beleid'ger nicht: erklärt ihm,
Was unser Wille sei!

EDELMANN. Sogleich, mein König.

Ab.

KÖNIG.
Spracht Ihr mit ihm von Eurer Tochter, Herr?

LAFEU. Er fügt sich ganz in Eurer Hoheit Willen.

KÖNIG.
So gibt's 'ne Hochzeit. Ich erhielt ein Schreiben,
Das rühmlich sein gedenkt.

Bertram tritt auf.

LAFEU. Er scheint vergnügt.

KÖNIG. Ich bin kein Tag, unwandelbar verfinstert;
Denn Sonnenschein und Hagel stehn zugleich
Auf meiner Stirn; doch weicht den hellsten Strahlen
Die dunkle Wolke. Darum komm nur näher;
Der Himmel hellt sich auf.

BERTRAM. Die tiefbereute Schuld
Verzeiht, mein teurer Lehnsherr!

KÖNIG. Alles gut!
Kein Wort nun mehr von der vergangnen Zeit!
Am Stirnhaar laß den Augenblick uns fassen,
Denn wir sind alt, und unsre schnellsten Schlüsse
Beschleicht der unhörbare, leise Fuß
Der Zeit, eh' sie vollzogen sind. Gedenkt Ihr
Der Tochter dieses Herrn?

BERTRAM.
Und mit Bewund'rung stets, mein Fürst. Zuerst
Fiel meine Wahl auf sie, eh' noch mein Herz
Die Zung' erkor als allzu dreisten Herold.
Dann, als ihr Bild geprägt in mein Gemüt,
Lieh mir sein höhnend Fernglas spröder Stolz,
Das jedes fremden Reizes Züg' entstellte,
Der Wangen Rot verschmäht', als sei's erborgt,
Und alle Formen einzog oder dehnte
Zu widerwärt'ger Häßlichkeit: so kam's,

Daß sie, die alle priesen, die ich selbst
Geliebt, seit sie mir starb, – in meinem Auge
Der Staub ward, der's geblendet.

KÖNIG. Gut entschuldigt!
Daß du sie liebst, tilgt große Summen weg
Von deiner Rechnung. Doch zu spätes Lieben
Klagt wie Begnad'gung, zögernd überbracht,
Den großen Richter an mit bitterm Vorwurf
Und ruft: »Gott ist, was tot.« Der hast'ge Irrtum
Verschmäht als niedrig unser bestes Gut
Und schätzt es nicht, bis es im Grabe ruht.
Verkennen oft, zu eignem Ungemach,
Zerstört den Freund, und weint dem Toten nach;
Beweint die wache Lieb' ein teures Leben,
Wird roher Haß sich starrem Schlaf ergeben. –
Dies sei der süßen Helena Geläut': –
Und nun vergeßt sie; sendet einen Ring
Als Brautgeschenk der schönen Magdalis;
Denn sie ist Eu'r. Wir wollen hier verweilen
Und unsers Witwers zweites Brautfest teilen.

GRÄFIN.
Und beßres Glück, o Himmel, woll'st du geben:
Sonst, o Natur, nimm mich aus diesem Leben!

LAFEU. Komm her, mein Sohn, der meines Stamms Gedächtnis
Forterben soll, – gib mir ein Liebespfand,
Des Funkeln meiner Tochter Geist errege
Zu schneller Eil'. Bei meinem greisen Bart,
Und jedem Haar drin: unsere Helena
War hold und reizend; solchen Ring, wie den,
Als sie das letzte Mal erschien am Hof,
Trug sie an ihrem Finger.

BERTRAM. Diesen nicht!

KÖNIG.
Ich bitt' Euch, laßt mich sehn: denn schon vorhin
Hat, als ich sprach, mein Aug' auf ihm geruht.
Der Ring war mein; ich gab ihn Helena
Und schwur, wenn sie des Beistands je bedürfe,
Dies sei ein Pfand, daß ich ihr helfen wolle.
Wie nur vermocht'st du, des sie zu berauben,
Was ihr am teuersten?

BERTRAM. Mein gnäd'ger Herr,
Obgleich es Euch gefällt, es so zu nehmen,
Der Ring gehört' ihr nie.

GRÄFIN. Sohn, ja! Beim Himmel,
Ich sah, wie sie ihn trug; sie hielt ihn wert,
Mehr als ihr Leben.

LAFEU. Ja, gewiß, sie trug ihn.

BERTRAM.
Ihr irrt Euch, gnäd'ger Herr, sie sah ihn nie.
In Florenz ward er mir aus einem Fenster
Geworfen, in Papier gewickelt, das
Die Geberin mir nannte: sie war adlig
Und hielt mich noch für frei; doch da mein Schicksal
Gebunden war und ich ihr klar gezeigt,
Ich könnte nicht in Ehren ihr erwidern,
Was sie von mir gehofft, entließ sie mich,
Nach manchem Kampf beruhigt; doch den Ring
Zwang sie mich zu behalten.

KÖNIG. Plutus selbst,
Erfahren in Tinktur und Alchemie,
Kennt der Natur Geheimnis nicht vertrauter,
Als ich den Ring: ich schenkt' ihn Helena,
Gleichviel, wer ihn Euch gab. Drum, wenn Ihr wißt,
Daß Ihr von Euerm Tun Erinn'rung habt,
Bekennt, so sei's, und welcher rauhe Zwang
Ihn Euch gewann. Sie schwur bei allen Heil'gen,
Sie woll' ihn nie von ihrem Finger lassen,
Wenn sie ihn Euch nicht gäb' in ihrem Brautbett
(Wohin Ihr nie gekommen), oder schickt' ihn
Mir selbst in harter Not.

BERTRAM. Sie sah ihn nie.

KÖNIG.
Das sprichst du falsch, so wahr mir Ehre lieb!
Und weckst Argwohn und Furcht mir, der ich gern
Den Zugang wehrte. Wenn es sich erwiese,
Du seist so grausam – nicht wird sich's erweisen, –
Und dennoch ahnet mir –: dein Haß war tödlich,
Und sie ist tot. Nichts konnte, daß sie starb,
Mich überreden, außer wenn ich selbst
Das Aug' ihr schloß, so sehr als dieser Ring!
Führt ihn hinweg! Wie auch der Fall sich wende,
Nicht ohne Grund geb' ich dem Zweifel Raum,
Der ohne Grund zu viel vertraute. – Fort!
Wir forschen weiter nach.

BERTRAM. Beweist Ihr erst,
Der Ring gehört' ihr je, – dann leicht beweist Ihr,
Daß ich in Florenz ihr genaht als Gatte,
Wo sie doch niemals war.

Bertram wird weggeführt.

KÖNIG. Ein düstrer Argwohn quält mich.

Ein Edelmann tritt auf.

EDELMANN. Gnäd'ger Fürst!
Ich weiß nicht, ob ich Unrecht tat, ob nicht:
Dies gab mir eine Florentinerin,
Weil sie um vier, fünf Posten Euch verfehlt,
Es selbst zu überreichen. Ich versprach's,
Bewogen durch die Anmut und die Reden
Der armen Bittenden, die jetzt, so hör' ich,
Hier wartet. Wichtig scheint mir ihr Gesuch
Nach ihrer Miene; und betrifft – so sprach sie
Mit wenig holden Worten – Eure Hoheit
Nicht minder als sie selbst.

KÖNIG *liest.* – »Auf seine vielen Beteurungen, mich zu heiraten, wenn seine Gattin tot wäre – ich erröte, es zu sagen –, gewann er mich. Jetzt ist der Graf Roussillon ein Witwer, seine Gelübde sind mir verfallen, und ich habe ihn mit meiner Ehre bezahlt. Er verließ Florenz heimlich, ohne Abschied zu nehmen, und ich folge ihm in sein Vaterland, um Recht zu finden. Gewährt es mir, o König: es steht völlig bei Euch; sonst triumphiert ein Verführer, und ein armes Mädchen ist verloren.
Diana Capulet.«

LAFEU. Ich will mir einen Schwiegersohn auf dem Jahrmarkt kaufen und verzollen, den hier mag ich nicht.

KÖNIG. Der Himmel meint es gut mit dir, Lafeu,
Der dir's enthüllte. Schafft mir jene Frau'n,
Geht, eilt, und führt den Grafen wieder her!

Ein Edelmann geht mit einigen Dienern.

Ich fürchte, Gräfin, Helena kam schändlich
Ums Leben!

GRÄFIN. Dann, Gerechtigkeit den Tätern!

Bertram mit Wache tritt auf.

KÖNIG.
Mich wundert, Graf, wenn Ihr die Frau'n so haßt
Und flieht, sobald Ihr ihnen Treue schwurt,
Wie Ihr an Heirat denkt. Wer ist dies Mädchen?
Ein Edelmann führt die Witwe und Diana herein.
DIANA. Ich Arme bin aus Florenz, gnäd'ger König,
Entsprossen von den alten Capulet.
Was mich hieher führt, hör' ich, kennt Ihr schon,
Und wißt, wie sehr ich zu beklagen bin.
WITWE. Sie ist mein Kind, Herr; ihre Mutter Ehre
Und Alter kränkt die Klage, die wir bringen,
Und beide gehn zu Grunde, helft Ihr nicht.
KÖNIG. Graf, tretet näher: kennt Ihr diese Frau'n?
BERTRAM.
Mein Fürst, ich kann und will Euch nicht verbergen,
Daß ich sie kenne. Sagt, wes zeihn sie mich?
DIANA. Warum blickt Ihr so fremd auf Euer Weib?
BERTRAM. Das ist sie nicht, Herr!
DIANA. Wollt Ihr Euch vermählen,
So gebt Ihr weg die Hand, und sie ist mein:
So gebt Ihr weg den Schwur, und er ist mein:
So gebt Ihr weg mich selbst, und ich bin mein.
So unzertrennlich bin ich Euch vereint,
Daß, wer sich Euch vermählt, sich mir vermählt,
Uns beiden oder keinem.
LAFEU. Euer Ruf fängt an, zu schlecht für meine Tochter zu werden, Ihr seid kein Mann für sie.
BERTRAM. Herr, dies ist 'ne verliebte, wilde Dirne,
Mit der ich einst gescherzt; heg' Eure Hoheit
Von meiner Ehre beßre Meinung doch,
Als daß Ihr sie so tief gesunken achtet.
KÖNIG.
Graf, meine Meinung ist Euch schlecht befreundet,
Bis Ihr sie neu verdient: Eu'r Leumund muß
Weit heller strahlen, als er jetzt erscheint.
DIANA. Mein güt'ger Fürst,
Fragt ihn auf seinen Eid, ob er nicht glaubt,
Er hab' als Jungfrau mich gewonnen.
KÖNIG. Sprich,
Was sagst du drauf?
BERTRAM. Herr, sie ist unverschämt;
Im Lager war sie jedem leichte Beute.
DIANA. Er tut mir Unrecht, König. War ich das,
Dann um ganz leichten Preis wohl kauft' er mich;
Glaubt seinen Worten nicht! Oh, seht den Ring,
Des hoher Wert und reiche Kostbarkeit
Nicht seines Gleichen findet: und trotz dem
Gab er ihn an die leichte Lagerdirne,
Wenn ich es bin.
GRÄFIN. Erröt'st du? 's ist der Ring:
Sechs seiner Ahnherrn haben dies Juwel
Im Testament vererbt dem nächsten Sproß,
Und jeder trug und schätzt' es; 's ist sein Weib,
Der Ring zeugt tausendfach.
KÖNIG. Mir scheint, Ihr sagtet,
Ihr kenntet einen Zeugen hier am Hof?
DIANA.
Das tat ich, Herr; doch ein Gewährsmann ist's,
Den ich mit Scham Euch nenn': er heißt Parolles.
LAFEU.
Ich sah den Mann noch heut, wenn der ein Mann ist.
KÖNIG. Sucht ihn und bringt ihn her.
BERTRAM. Was soll er hier?
Er ist bekannt als ein treuloser Schuft,
Mit allen Makeln dieser Welt beschmutzt,
Dem's von Natur schon widert, wahr zu reden:
Und sollt' ich sein, wie der mich schildern wird,
Der aussagt, was man fodert?
KÖNIG. Euern Ring
Besitzt sie doch?
BERTRAM. Ich glaube, ja; sie hat ihn.
's ist wahr, sie reizte mich; und nach dem Brauch
Verliebter Jugend macht' ich mich an sie.
Sie hielt sich fern und angelte nach mir,
Und schürte meine Glut durch Sprödigkeit
(Wie jede Hemmung in der Liebe Bahn
Die Liebe nur entflammt): und so, zuletzt,
Als List sich ihrem mäß'gen Reiz vereint,
Erreichte sie ihr Ziel; sie nahm den Ring,
Und ich erhielt, was jeder Untergebne
Wohl um den Marktpreis hätt' erkauft.
DIANA. Ich schweige.
Ihr, der schon einst so edles Weib verstießt,
Schmält nun mit Recht auf mich. Doch bitt' ich Euch
(Wie Ihr der Tugend, will ich Euch entsagen),
Schickt nach dem Ring: ich will ihn mit mir nehmen,
Und gebt den meinen mir!
BERTRAM. Ich hab' ihn nicht –
KÖNIG. Was war das für ein Ring?
DIANA. Mein Fürst, er glich
Ganz dem an Eurem Finger.
KÖNIG. Kennt Ihr den Ring? Noch eben war er sein.
DIANA. Und dieser war's, den ich ihm gab im Bett.
KÖNIG.
So war's ein Märchen, daß Ihr ihn dem Grafen
Aus einem Fenster zuwarft?
DIANA. Wahrhaft sprach ich.
Parolles tritt auf.
BERTRAM.
Den Ring, ich will's gestehn, besaß sie einst.
KÖNIG.
Ihr schwankt verzweifelt; jede Feder schreckt Euch!
Ist dies der Mann, von dem du sprachst?
DIANA. Ja, Herr.
KÖNIG.
Erzähle, Mensch, und sprich die reine Wahrheit,
Und fürchte nicht die Ungunst deines Herrn
(Die, bist du redlich, ich schon bänd'gen will):
Was trug sich zu mit ihm und diesem Mädchen?
PAROLLES. Mit Eurer Majestät Vergunst, mein Herr war jederzeit ein ehrenwerter Kavalier. Streiche hat er freilich gemacht, wie alle junge Kavaliere sie machen.
KÖNIG. Fort, fort, zur Sache: liebt' er dieses Mädchen?
PAROLLES. In der Tat, Herr, er liebte sie; aber wie?
KÖNIG. Wie denn also?
PAROLLES. Er liebte sie, Herr, wie ein Kavalier ein Mädchen liebt.
KÖNIG. Und das ist?
PAROLLES. Er liebte sie, Herr, und liebte sie nicht.
KÖNIG. Wie du ein Schelm bist, und kein Schelm.
Was für ein silbenstechender Gesell das ist!
PAROLLES. Ich bin ein armer Tropf, und zu Euer Majestät Befehl.
LAFEU. Er ist ein guter Trommler, mein König,

aberein nichtsnutziger Redner.

DIANA. Wißt Ihr, daß er mir die Ehe versprach?

PAROLLES. Mein' Seel', ich weiß mehr, als ich sagen werde.

KÖNIG. Aber wirst du alles sagen, was du weißt?

PAROLLES. Ja, zu Euer Majestät Befehl. Ich war ihr Zwischenträger, wie gesagt; aber überdem liebte er sie, denn wahrhaftig, er war ganz verrückt um sie, und sprach vom Satan, und vom Fegefeuer, und von den Furien, und was weiß ich noch alles; aber ich war damals so gut bei ihm angeschrieben, daß ich wußte, wie sie mit einander zu Bett gingen, und von andern Dingen, als zum Beispiel, daß er ihr die Ehe versprach, und sonst noch manches, was mir schlecht vergolten werden würde, wenn ich davon spräche; darum will ich nicht sagen, was ich weiß.

KÖNIG. Du hast schon alles gesagt, wenn du nicht etwa noch melden kannst, daß sie verheiratet sind. Aber du bist zu schlau in deiner Aussage; darum tritt beiseit!
Der Ring, sagt Ihr, war Euer?

DIANA. Ja, mein Fürst.

KÖNIG.
Wo hast du ihn erkauft? Wer schenkt' ihn dir?

DIANA.
Er ward mir nicht geschenkt, noch kauft' ich ihn.

KÖNIG. Wer lieh ihn dir?

DIANA. Ich lieh ihn auch von niemand.

KÖNIG. So sag, wo fandst du ihn!

DIANA. Ich fand ihn nicht.

KÖNIG. Wenn du ihn denn auf keine Art erwarbst,
Wie gabst du ihm den Ring?

DIANA. Ich gab ihn nie.

LAFEU. Dies Mädchen ist ein williger Handschuh, mein Fürst: sie geht an und aus, wie man's verlangt.

KÖNIG. Der Ring war mein, ich gab ihn seiner Frau!

DIANA. Mein'thalb der Eure oder auch der ihre.

KÖNIG.
Führt sie in Haft, ich will nichts von ihr wissen;
Geht, schafft sie fort, und führt auch ihn hinweg!
Gestehst du nicht, wie du den Ring erhieltst,
So stirbst du heut noch.

DIANA. Nimmer sag' ich's Euch.

KÖNIG. Fort, sag ich!

DIANA. Einen Bürgen stell' ich Euch.

KÖNIG.
Nun glaub' ich dich 'ne ganz gemeine Dirne!

DIANA.
Bei Gott, wußt' ich von einem Mann, seid Ihr's.

KÖNIG. Weshalb hast du bis jetzt denn ihn verklagt?

DIANA.
Herr, weil er schuldig ist, und doch nicht schuldig.
Er glaubt, ich sei nicht Jungfrau, wird's beschwören;
Ich weiß, ich bin noch Jungfrau, und in Ehren.
Nichts wahrlich kann als niedrig mich beweisen:
Bin ich nicht Jungfrau, bin ich Weib des Greisen.

Auf Lafeu zeigend.

KÖNIG.
Sie höhnt uns nur: drum ins Gefängnis, fort!

DIANA. Geht, liebe Mutter, holt den Bürgen mir!

Die Witwe geht.

Sie ruft den Juwelier, des Ringes Eigner:
Der leistet Sicherheit. Doch diesen Herrn,
Der mich entehrt hat, wie er selber weiß
(Obschon er nie mich kränkte), sprech' ich frei.
Er war in meinem Bett, so muß er denken;
Doch wird sein Weib ihm einen Erben schenken.
Zwar tot, fühlt sie der Liebe Frucht sich heben.
Das ist mein Rätsel: die Gestorbnen leben.
Hier seht die Lösung!

Helena wird hereingeführt.

KÖNIG. Ist kein Zaubrer hier,
Der meiner Augen treuen Dienst berückt?
Ist's wirklich, was ich seh'?

HELENA. Nein, teurer Fürst;
Ihr seht hier nur den Schatten einer Frau,
Den Namen, nicht das Wesen.

BERTRAM. Beide, beide!
Oh, kannst du mir verzeihn!

HELENA. O lieber Herr,
Als ich noch diesem Mädchen ähnlich war,
Fand ich Euch wunderzärtlich! Dies der Ring:
Und seht, hier ist Eu'r Brief. So schriebt Ihr damals:
»Wenn Ihr den Ring gewinnt von meinem Finger,
Und tragt ein Kind von mir«, – dies ist gelungen;
Seid Ihr nun mein, so zwiefach mir errungen?

BERTRAM. Kann sie, mein König, dies beweisen klar,
Lieb' ich sie herzlich, jetzt und immerdar.

HELENA. Du sollst es wahr und zweifellos erkennen,
Sonst mög' uns Scheidung bis zum Tode trennen. –
O teure Mutter, find' ich Euch am Leben! –

LAFEU. Meine Augen riechen Zwiebeln, ich werde gleich weinen. *Zu Parolles.* Lieber Trommelhans, leih' mir dein Schnupftuch! So, ich danke dir, du kannst mich nach Hause begleiten. Ich will meinen Spaß mit dir haben: laß deine Bücklinge, sie sind kläglich.

KÖNIG.
Ihr sollt mir's noch von Punkt zu Punkt erklären.
In Wonn' entzückt werd' ich die Wahrheit hören.

Zu Diana.

Bist du noch Mädchenblume, wähl' dir morgen
Den Gatten! Für den Brautschatz will ich sorgen.
Ich merke, dein Bemühn und züchtig Walten
Hat sie als Frau, als Jungfrau dich erhalten.
Das Weitre und des Hergangs ganze Kunde
Erforsch' ich näher zu gelegner Stunde.
Gut scheint jetzt alles: mög' es glücklich enden,
Und bittres Leid in süße Lust sich wenden!

Alle gehn ab.

Epilog

vom König gesprochen

Der König wird zum Bettler nach dem Spiel:
Doch ist das Ende gut und führt zum Ziel,
Wenn's euch gefällt: wofür euch Tag für Tag
Der Bühne treulich Streben zahlen mag.
Schenkt nur Geduld; wenn wir gefehlt, verzeiht;
Uns sei die Hand, euch unser Herz geweiht.

MASS für MASS

Personen

Vincentio, Herzog von Wien
Angelo, Statthalter während des Herzogs Abwesenheit
Escalus, ein alter Herr vom Staatsrat und Gehülfe des Angelo
Claudio, ein junger Edelmann
Lucio, ein Wüstling
Zwei junge Edelleute, Freunde des Lucio
Varrius, ein Edelmann, in des Herzogs Diensten
Ein Kerkermeister
Thomas
Peter, Mönche
Elbogen, ein einfältiger Gerichtsdiener
Schaum, ein alberner junger Mensch
Pompejus, Bierzapfer bei der Frau Überley
Grauslich, ein Scharfrichter
Bernardino, ein Mörder
Isabella, Schwester des Claudio
Mariane, Angelos Verlobte
Julia, Claudios Geliebte
Franziska, eine Nonne
Frau Überley, eine Kupplerin
Herren, Wachen, Gerichtsdiener und andres Gefolge
Die Szene ist in Wien

Erster Aufzug

Erste Szene

Ein Zimmer in des Herzogs Palast.
Es treten auf der Herzog, Escalus, Herren vom Hofe und Gefolge.

HERZOG. Escalus –
ESCALUS. Mein Fürst? –
HERZOG. Das Wesen der Regierung zu entfalten,
Erschien' in mir als Lust an eitler Rede,
Weil mir bewußt, daß Eure eigne Kenntnis
Die Summe alles Rates überschreitet,
Den meine Macht Euch böte. Nehmt sie denn,
Wie Euer Edelsinn und Wert verdient,
Und laßt sie wirken. Unsers Volkes Art,
Der Stadt Gesetze wie des ganzen Staats
Gemeines Recht habt Ihr so wohl erforscht,
Als Kunst und Übung irgend wen bereichert,
Den wir gekannt. So nehmt die Vollmacht hin,
Die Euch die Bahn bezeichne. Ruft hieher
Den Angelo, daß er vor uns erscheine.
Ein Diener geht.
Wie meint Ihr, wird er unsern Platz vertreten?
Denn wißt, daß mit besonderm Vorbedacht
Wir ihn erwählt, an unsrer Statt zu herrschen,
Ihm unsre Schrecken liehn und unsre Gnade,
Und ihm als Stellvertreter alle Waffen
Der eignen Macht vertraut. Wie dünkt Euch dies? –
ESCALUS. Wenn irgend einer je in Wien verdient,
So reiche Huld und Ehre zu erfahren,
So ist's Lord Angelo.
Angelo tritt auf.
HERZOG. Da kommt er selbst.
ANGELO. Stets Euer Hoheit Willen untertänig,
Bitt' ich um Euern Auftrag.
HERZOG. Angelo,
Es ist 'ne Schrift in deiner Lebensweise,
Die dem Bemerker klar entfaltet, was
Du je erlebt. Du selbst und dein Talent
Sind nicht dein eigen, daß du dich verzehrst
Für deinen eignen Wert, den Wert für dich.
Der Himmel braucht uns, so wie wir die Fackeln,
Sie leuchten nicht für sich; wenn unsre Kraft
Nicht strahlt nach außen ihn, wär's ganz so gut,
Als hätten wir sie nicht. Geister sind schön geprägt
Zu schönem Zweck; noch leiht jemals Natur
Den kleinsten Skrupel ihrer Trefflichkeit,
Daß sie sich nicht, als wirtschaftliche Göttin,
Den Vorteil eines Gläub'gers ausbedingt,
So Dank wie Zinsen. Doch ergeht mein Wort
An einen Mann, der mich belehren könnte:
Nimm hin denn, Angelo!
Solang' wir fern, sei unser zweites Selbst;
Tod und Begnad'gung wohn' allein in Wien
In deiner Brust und Zunge. Escalus,
Obschon zuerst berufen, steh' dir nach:
Empfange deine Vollmacht!
ANGELO. Oh, mein Fürst,
Laßt schärfre Prüfung mein Metall bestehn,
Bevor ein so erhabnes, edles Bild
Darauf geprägt wird.
HERZOG. Keine Ausflucht mehr!
Mit wohl gereifter, lang' bedachter Wahl
Wardst du ersehn; deshalb nimm deine Würden!
So schnelle Eil' erfodert unsre Reise,
Daß sie mich drängt und unentschieden läßt
Geschäfte wicht'ger Art. Wir schreiben Euch,
Wie uns Begebenheit und Zeit ermahnt,
Was uns betrifft; und wünschen zu erfahren,
Was hier begegnen mag. So lebt denn wohl:
Ein glückliches Gelingen sei mit Euch,
Nach unsern Wünschen!
ANGELO. Doch erlaubt, mein Fürst,
Daß wir ein Stück des Weges Euch geleiten.
HERZOG. Die Eil' erlaubt es nicht;
Ihr sollt, bei meinem Wort, mit keinem Zweifel
Euch plagen. Eure Macht ist gleich der meinen:
So schärft nun oder mildert die Gesetze,
Wie's Eure Einsicht heischt. Gebt mir die Hand.
Ich reis' im stillen. Lieb' ich gleich das Volk,
Doch wünscht' ich nicht, zur Schau mich ihm zu stellen;
Ob wohl gemeint, doch mundet mir nicht wohl
Sein lauter Ruf, sein ungestümes Jauchzen;
Noch scheint mir der ein Mann von reifem Urteil,
Der sich daran erfreut. Nochmals, lebt wohl!
ANGELO. Der Himmel sei mit Euch und Euerm Tun!
ESCALUS.
Er leit' und bring' Euch glücklich wieder heim!
HERZOG. Ich dank' Euch. Lebet wohl!
Ab.
ESCALUS. Ich werd' Euch um ein ungestört Gespräch
Ersuchen, Herr; es liegt mir viel daran,
Ganz durchzuschaun mein Amt bis auf den Grund.
Vollmacht hab' ich, doch welcher Kraft und Art,
Ward mir noch nicht erklärt.
ANGELO. So ist's mit mir. Laßt uns zusammen gehn,
Dann wird sich Auskunft wohl genügend finden.
Was diesen Punkt betrifft.
ESCALUS. Ich folg' Eu'r Gnaden.
Gehn ab.

Zweite Szene

Eine Straße.
Es treten auf Lucio und zwei Edelleute.

LUCIO. Wenn sich der Herzog und die andern Herzoge nicht mit dem König von Ungarn vergleichen, nun, so fallen alle Herzoge über den König her.
ERSTER EDELMANN. Der Himmel gebe uns seinen Frieden, aber nicht des Königs von Ungarn Frieden! –
ZWEITER EDELMANN. Amen!
LUCIO. Du sprichst dein Schlußgebet wie der gottselige Seeräuber, der mit den zehn Geboten zu Schiff ging, das eine aber aus der Tafel auskratzte.
ZWEITER EDELMANN. »Du sollst nicht stehlen?«
LUCIO. Ja, das schabte er aus.

ERSTER EDELMANN. Nun, das war ja auch ein Gebot, das dem Kapitän und seinem ganzen Haufen gebot, ihren Beruf aufzugeben: sie hatten sich eingeschifft, um zu stehlen. Da ist keiner von uns Soldaten, dem beim Tischgebet vor der Mahlzeit die Bitte um Frieden recht gefiele.

ZWEITER EDELMANN. Ich habe noch keinen gehört, dem sie mißfallen hätte.

LUCIO. Das will ich dir glauben! Denn ich denke, du bist nie dabei gewesen, wo ein Gratias gesprochen ward.

ZWEITER EDELMANN.
Nicht? Ein dutzendmal wenigstens! –

ERSTER EDELMANN.
Wie hast du's denn gehört? In Versen?

ZWEITER EDELMANN.
In allen Silbenmaßen und Sprachen!

ERSTER EDELMANN.
Und wohl auch in allen Konfessionen? –

LUCIO. Warum nicht? Gratias ist Gratias, aller Kontrovers zum Trotz, so wie du, Exempli gratia, ein durchtriebener Schelm bist, und mehr von den Grazien weißt als vom Gratias.

ERSTER EDELMANN. Schon gut; wir sind wohl beide über einen Kamm geschoren.

LUCIO. Recht, wie Samt und Egge; du bist die Egge.

ERSTER EDELMANN. Und du der Samt; du bist ein schönes Stück Samt, von der dreimal geschornen Sorte. Ich will viel lieber die Egge von einem Stück englischen haarichten Fries sein, als ein Samt, über den eine französische Schere gekommen ist. Habe ich dich nun einmal recht herzhaft geschoren?

LUCIO. Nein, ich denke, du hast diese Schere schon recht schmerzhaft verschworen, und ich will nach deinem eignen Geständnis deine Gesundheit ausbringen lernen, aber, solange ich lebe, vergessen, nach dir zu trinken.

ERSTER EDELMANN. Ich habe mir wohl eben selbst zu nahe getan; habe ich nicht?

ZWEITER EDELMANN. Das hast du auch, du magst dich verbrannt haben oder nicht.

LUCIO. Seht nur, kommt da nicht unsre Frau Minnetrost? Ich habe mir Krankheiten unter ihrem Dach geholt, die kosten mich –

ZWEITER EDELMANN. Wie viel?

ERSTER EDELMANN. Ratet nur! –

ZWEITER EDELMANN. Er wird Euch nicht gestehn, wieviel Mark sie ihm jährlich kosten.

ERSTER EDELMANN. Recht, und überdem noch –

LUCIO. Ein paar französische Kronen! –

ERSTER EDELMANN. Immer willst du mir Krankheiten andichten; aber du steckst im Irrtum, ich habe mir nichts geholt.

LUCIO. Und doch bist du hohl durch und durch; deine Knochen sind hohl, die Ruchlosigkeit hat in dir geschwelgt.

Eine Kupplerin kommt.

ERSTER EDELMANN. Nun, wie geht's? An welcher von deinen Hüften hast du jetzt die gründlichste Sciatica?

KUPPLERIN. Schon gut! Eben wird einer verhaftet und ins Gefängnis gesteckt, der war mehr wert als fünftausend solche wie Ihr.

ERSTER EDELMANN. Wer denn, sagt doch?

KUPPLERIN.
Zum Henker, Herr, Claudio ist's, Signor Claudio!

ERSTER EDELMANN.
Claudio im Gefängnis? Nicht möglich!

KUPPLERIN. Ich sage Euch, es ist gewiß; ich sah ihn verhaftet, ich sah ihn weggeführt; und was noch mehr ist, binnen drei Tagen soll ihm der Kopf abgehauen werden.

LUCIO. Nun, trotz allen Torheiten von eben, das sollte mir leid sein. Weißt du's denn gewiß?

KUPPLERIN. Nur zu gewiß; es geschieht, weil Fräulein Julia schwanger von ihm ward.

LUCIO. Glaubt mir, es ist nicht unmöglich. Er versprach mir, mich vor zwei Stunden zu treffen, und er war immer pünktlich im Worthalten.

ZWEITER EDELMANN. Dazu kommt, daß es ganz mit dem übereinstimmt, wovon wir zusammen sprachen.

ERSTER EDELMANN. Und am meisten mit dem letzten öffentlichen Ausruf.

LUCIO. Kommt, hören wir, was an der Sache ist.

Lucio und die Edelleute gehn ab.

KUPPLERIN. So bringen mich denn teils der Krieg und teils das Schwitzen, und teils der Galgen, und teils die Armut um alle meine Kunden. Nun? Was bringst du mir Neues?

Pompejus kommt.

POMPEJUS. Den haben sie jetzt eben eingesteckt! –

KUPPLERIN. Und was hat er vorgehabt?

POMPEJUS. Ein Mädchen.

KUPPLERIN. Ich meine, was hat er begangen?

POMPEJUS.
In einem fremden Bach Forellen gefischt.

KUPPLERIN.
Wie? Hat ein Mädchen ein Kind von ihm?

POMPEJUS. Nein, aber es hat eine Weibsperson ein Mädchen von ihm. Habt Ihr nicht von dem Ausruf gehört? He?

KUPPLERIN. Was für ein Ausruf, Mann?

POMPEJUS. Alle Häuser in den Vorstädten von Wien sollen eingerissen werden.

KUPPLERIN.
Und was soll aus denen in der Stadt werden?

POMPEJUS. Die sollen zur Saat stehen bleiben; sie wären auch drauf gegangen, aber ein wohlweiser Bürger hat sich für sie verwendet.

KUPPLERIN. Sollen denn alle unsre Gast- und Schenkhäuser in der Vorstadt eingerissen werden?

POMPEJUS. Bis auf den Grund, Frau.

KUPPLERIN. Nun, das heiß' ich eine Veränderung im Staat! Was soll nun aus mir werden? –

POMPEJUS. Ei, fürchtet Ihr nichts; guten Advokaten fehlt es nicht an Klienten. Wenn Ihr schon Euer Quartier ändert, braucht Ihr darum nicht Euer Gewerbe zu ändern; ich bleibe noch immer Euer Zapfer. Mut gefaßt! Mit Euch wird man's so genau nicht nehmen; Ihr habt Eure Augen in Euerm Beruf fast aufgebraucht; über Euch werden sie schon ein Auge zudrücken.

KUPPLERIN. Was soll nun werden, Zapfer Thomas? Laß uns auf die Seite gehn.

POMPEJUS. Hier kommt Signor Claudio, den der Schließer ins Gefängnis führt, und da ist auch Fräulein Julia.

Gehn ab.

Dritte Szene

Daselbst.
Es treten auf der Schließer, Claudio und Gerichtsdiener; Lucio und die zwei Edelleute; Julia wird vorüber geführt.

CLAUDIO.
Mensch, warum muß die ganze Welt mich sehn? –
Bring' mich zum Kerker, wie dir aufgetragen.

SCHLIESSER.
Ich tu' dies nicht aus eignem bösen Willen,
Nur weil's Lord Angelo bestimmt verlangt.

CLAUDIO. Ja, so kann dieser Halbgott Majestät
Uns nach Gewicht die Sünde zahlen lassen.
Des Himmels Wort: wen ich erwähl', erwähl' ich,
Wen nicht, verstoß' ich. ... und doch stets gerecht! –

LUCIO.
Nun sag doch, Claudio, woher solcher Zwang?

CLAUDIO. Von zu viel Freiheit, Lucio, zu viel Freiheit!
Wie Überfüllung strenge Fasten zeugt,
So wird die Freiheit, ohne Maß gebraucht,
In Zwang verkehrt; des Menschen Hang verfolgt
(Wie Ratten gierig selbst ihr Gift sich rauben)
Die durst'ge Sünd', und tödlich wird der Trunk! –

LUCIO. Wenn ich im Arrest so weislich zu reden wüßte, so würde ich einige von meinen Gläubigern rufen lassen. Und doch, die Wahrheit zu sagen, mir ist die Narrenteidung der Freiheit lieber als die Moral der Gefangenschaft. Was ist dein Vergehn, Claudio? –

CLAUDIO. Was nur zu nennen neuen Anstoß gäbe!

LUCIO. Was: ist's ein Mord?

CLAUDIO. Nein!

LUCIO. Unzucht?

CLAUDIO. Nenn' es so.

SCHLIESSER. Fort, Herr, Ihr müßt jetzt weiter.

CLAUDIO.
Ein Wort, mein Freund; Lucio, ein Wort mit Euch.

Nimmt ihn auf die Seite.

LUCIO. Ein Dutzend, wenn's dir irgend helfen kann.
Wird Unzucht so bestraft?

CLAUDIO.
So steht's mit mir: – nach redlichem Verlöbnis
Nahm ich Besitz von meiner Julia Bett.
Ihr kennt das Fräulein; sie ist ganz mein Weib,
Nur daß wir noch bisher nicht kund getan
Die äußre Förmlichkeit; dies unterblieb
Um einer nicht bezahlten Mitgift willen,
Die noch in ihrer Vettern Truhen liegt;
So daß wir unsern Bund verschweigen wollten,
Bis Zeit sie uns befreundet. Doch der Raub
Höchst wechselseit'gen Kosens zeigt sich leider
Mit allzu großer Schrift auf ihr geprägt.

LUCIO.
Schwanger vielleicht?

CLAUDIO.
Zum Unglück ist es so!
Denn unsers Herzogs neuer Stellvertreter,
Sei es die Schuld und falscher Glanz der Neuheit,
Sei's, daß ihm das gemeine Wohl erscheint
Gleich einem Roß, auf dem der Landvogt reitet,
Der, kaum im Sattel, daß es gleich empfinde
Des Reiters Kunst, den Sporn ihm fühlen läßt;
Sei's, daß die Tyrannei im Herrscheramt,
Sei's, daß sie wohn' im Herzen Seiner Hoheit, –
Ich weiß es nicht: genug, der neue Richter
Weckt mir die längst verjährten Strafgesetze,
Die gleich bestäubter Wehr im Winkel hingen,
So lang', daß neunzehn Jahreskreise schwanden
Und keins gebraucht ward; und aus Sucht nach Ruhm
Muß ihm das schläfrige, vergeßne Recht
Frisch wider mich erstehn: ja, nur aus Ruhmsucht!

LUCIO. Ja, wahrhaftig, so ist es, und dein Kopf steht so kitzlig auf deinen Schultern, daß ein verliebtes Milchmädchen ihn herunter seufzen könnte. Sende dem Herzog Botschaft und appelliere an ihn! –

CLAUDIO.
Das tat ich schon, doch ist er nicht zu finden;
Ich bitt' dich, Lucio, tu' mir diese Freundschaft:
Heut tritt ins Kloster meine Schwester ein,
Und ihre Probezeit beginnt sie dort:
Erzähl' ihr die Gefahr, die mich bedroht;
In meinem Namen flehe, daß sie Freunde
Dem strengen Richter schickt, ihn selbst beschwört.
Ich hoffe viel von ihr; denn ihre Jugend
Ist kräft'ge Rednergabe ohne Wort,
Die Männer rührt; zudem ist sie begabt,
Wenn sie es will, mit holdem Spruch und Witz,
Und leicht gewinnt sie jeden.

LUCIO. Der Himmel gebe, daß sie es könne, sowohl zum Trost aller derer, die sich im gleichen Fall befinden und sonst unter schwerer Zucht stehn würden, als damit du dich deines Lebens erfreust; denn es wäre mir leid, wenn du's so närrischer Weise um ein Spiel Tricktrack verlieren solltest. Ich gehe zu ihr.

CLAUDIO. Ich danke dir, mein bester Freund.

LUCIO. In zwei Stunden –

CLAUDIO. Kommt, Schließer; wir gehn.

Alle ab.

Vierte Szene

Ein Kloster.
Es treten auf der Herzog und Pater Thomas.

HERZOG.
Nein, heil'ger Vater! Fort mit dem Gedanken!
Glaubt nicht, der Liebe leichter Pfeil durchbohre

Des echten Mannes Brust. Daß ich dich bat
Um ein geheim Asyl, hat ernsten Zweck,
Gereifteren, als Ziel und Wünsche sind
Der glüh'nden Jugend.

MÖNCH. Könnt Ihr mir vertraun?

HERZOG.
Mein frommer Freund, Ihr selber wißt am besten,
Wie sehr ich stets die Einsamkeit geliebt,
Geringe Freude fand am eitlen Schwarm,
Wo Jugend herrscht und Gold und sinnlos Prunken.
Dem Grafen Angelo hab' ich vertraut
(Als einem Mann von strenger Zucht und Keuschheit)
Mein unumschränktes Ansehn hier in Wien;
Und dieser wähnt, ich sei verreist nach Polen,
Denn also hab' ich's ausgesprengt im Volk,
Und also glaubt man's. Nun, mein heil'ger Freund,
Fragt Ihr mich wohl, weshalb ich dies getan?

MÖNCH. So fragt' ich gern.

HERZOG.
Hier gilt ein scharf Gesetz, ein starres Recht,
Als Kappzaum und Gebiß halsstarr'gen Pferden,
Das wir seit vierzehn Jahren ließen schlafen,
Gleich einem alten Löwen in der Höhle,
Der nicht mehr raubt. Nun, wie ein schwacher Vater,
Der wohl die Birkenreiser drohend bindet
Und hängt sie auf zur Schau vor seinen Kindern,
Zum Schreck, nicht zum Gebrauch: bald wird die Rute
Verhöhnt mehr, als gescheut: so unsre Satzung,
Tot für die Straf', ist für sich selbst auch tot,
Und Frechheit zieht den Richter an der Nase;
Der Säugling schlägt die Amm', und ganz verloren
Geht aller Anstand.

MÖNCH. Euch, mein Fürst, lag ob,
Die Fesseln des gebundnen Rechts zu lösen;
Und dies erschien von Euch noch schrecklicher
Als von Lord Angelo.

HERZOG. Zu schrecklich, fürcht' ich.
Da meine Säumnis Freiheit ließ dem Volk,
Wär's Tyrannei, wollt' ich mit Härte strafen,
Was ich erlaubt. Denn der erteilt Erlaubnis,
Der freien Lauf der bösen Lust gewährt,
Anstatt der Strafe. Drum, verehrter Vater,
Hab' ich auf Angelo dies Amt gelegt:
Der, hinter meines Namens Schutz, mag treffen,
Derweil ich selbst vom Kampfe fern mich halte
Und frei vom Tadel bleibe. Sein Verfahren
Zu prüfen, will ich als ein Ordensbruder
Besuchen Fürst und Volk; drum bitt' ich Euch,
Schafft mir ein klösterlich Gewand, belehrt mich,
Wie ich in aller äußern Form erscheine
Als wahrer Mönch. Mehr Gründe für dies Tun
Will ich bei beßrer Muße Euch enthüllen.
Nur dies: – Lord Angelo ist scharf und streng,
Vor Läst'rung auf der Hut, gesteht sich kaum,
Blut fließ' in seinen Adern, und sein Hunger
Sei mehr nach Brot als Stein. Bald wird sich's zeigen,
Ob Macht ihn lockt, ob echte Treu' ihm eigen.

Gehn ab.

Fünfte Szene

Ein Nonnenkloster.
Es treten auf Isabella und Franziska.

ISABELLA.
Und habt ihr Nonnen keine Freiheit sonst?

FRANZISKA. Scheint diese dir zu klein? –

ISABELLA.
O nein! Ich sprach's nicht, als begehrt' ich mehr;
Im Gegenteil, ich wünschte strengre Zucht
Sankt Klarens Schwesterschaft und ihrem Orden.

LUCIO *draußen.*
He! Friede diesem Ort! –

ISABELLA. Wer ruft denn da? –

FRANZISKA. Es ist ein Mann. O liebe Isabella,
Schließt Ihr ihm auf und fragt, was sein Begehr.
Ihr könnt es tun, ich nicht: Ihr schwurt noch nicht:
Doch eingekleidet sprecht Ihr nie mit Männern,
Als nur in der Äbtissin Gegenwart,
Und wenn Ihr sprecht, bleibt Eu'r Gesicht verhüllt;
Entschleiert Ihr das Antlitz, müßt Ihr schweigen.
Er ruft noch einmal: bitt' Euch, gebt ihm Antwort!

Franziska ab.

ISABELLA.
Frieden und Heil mit Euch! Wer ist's, der ruft? –

Lucio tritt auf.

LUCIO.
Heil, Jungfrau! Daß Ihr's seid, verkündet mir
Die Wangenblüte. Könnt Ihr so mich fördern,
Zum Fräulein Isabella mich zu führen,
Die hier Novize ist; der schönen Schwester
Des unglücksel'gen jungen Claudio?

ISABELLA.
Warum unsel'gen Claudio? Frag' ich Euch,
Und um so mehr, weil ich Euch melden muß,
Ich selbst bin Isabella, seine Schwester.

LUCIO. Holdsel'ge Schöne, Euer Bruder grüßt Euch,
Doch daß ich's kürzlich meld': er ist im Kerker.

ISABELLA. Weh' mir! Für was? –

LUCIO. Um das, wofür, wenn ich sein Richter wär',
Er seine Straf' empfangen sollt' in Dank:
Er half zu einem Kinde seiner Freundin.

ISABELLA. Herr, macht mich nicht zu Euerm Scherz!

LUCIO. 's ist wahr;
Ich möchte nicht, ist's gleich mein alter Fehl,
Mit Mädchen Kiebitz spielen, weit vom Herzen
Die Zunge, – so mit allen Jungfrau'n tändeln:
Ihr seid mir ein verklärter Himmelsgast
Und durch Enthaltsamkeit unkörperlich;
Drum muß das Wort mit Euch wahrhaftig sein,
Als nahte man sich einer Heiligen.

ISABELLA.
Ihr lästert das Erhabne, mich verhöhnend.

LUCIO.
Das glaubt nicht! Kurz und wahr, so steht die Sache:
Eu'r Bruder und sein Liebchen herzten sich;
Und wie die Speise füllt; der blüh'nde Mai
Den dürren Furchen nach der Saat verhilft

Zu schwell'nder Fülle: also zeigt ihr Schoß
Sein fleißiges Bemühn und emsig Tun.

ISABELLA.
Ist jemand von ihm schwanger? Muhme Julia?

LUCIO. So, ist sie Eure Muhme?

ISABELLA.
Durch Wahl: wie Schülerinnen Namen tauschen
In kindisch treuer Freundschaft.

LUCIO. Diese ist's.

ISABELLA. Oh, nehm' er sie zur Frau!

LUCIO. Das ist der Punkt: –
Der Herzog hat höchst seltsam sich entfernt;
Und manchen Edeln – (mich nebst andern) - foppt er
Mit Hoffnung auf ein Amt; doch hören wir
Von solchen, die den Nerv des Staates kennen,
Was er uns vorgab, sei unendlich weit
Von seiner wahren Absicht. Jetzt regiert
Statt seiner, mit der unbeschränkt'sten Vollmacht,
Lord Angelo, ein Mann, dem statt des Bluts
Schneewasser in den Adern fließt; der nie
Der Sinne muntre Trieb' und Regung kannte;
Der ihren Stachel hemmt und abgestumpft
Mit geist'ger Arbeit, Fasten und Studieren.
Dieser, in Furcht zu setzen Lust und Freiheit,
Die lang' das drohende Gesetz umschwärmt
(Wie Mäus' um Löwen), klaubt den Spruch hervor,
Durch dessen schweren Inhalt Claudios Leben
Verwirkt ist; setzt sogleich ihn in Verhaft
Und folgt genau der Satzung totem Wort
Zu strenger Warnung. Alles ist verloren,
Wenn Euch nicht Gnade wird, durch holdes Flehn
Ihn zu erweichen. Dies nun ist der Kern
Des Auftrags, den mir Euer Bruder gab.

ISABELLA. So will er seinen Tod?

LUCIO. Hat die Sentenz
Schon unterschrieben, und der Schließer, hör' ich,
Erhielt Befehl, das Urteil zu vollziehn.

ISABELLA. Ach, welche arme Fähigkeit besitz' ich,
Ihm noch zu helfen?

LUCIO. Eure Macht versucht!

ISABELLA. Weh mir! Ich zweifle –

LUCIO. Zweifel sind Verräter,
Die oft ein Gut entziehn, das wir erreichten, –
Weil den Versuch wir scheuten. Geht zu Angelo
Und lehrt ihn, daß, wenn Jungfrau'n flehn, die Männer
Wie Götter geben; weinen sie und knien,
Dann wird ihr Wunsch so frei ihr Eigentum,
Als ob sie selber die Gewährung sprächen.

ISABELLA. Ich will versuchen, was ich kann.

LUCIO. Nur schnell! –

ISABELLA. Ich geh' sogleich,
Nicht länger säum' ich; der Äbtissin nur
Meld' ich's vorher. Ich dank' Euch, Herr, in Demut;
Empfehlt mich meinem Bruder: noch vor Nacht
Send' ich ihm sichre Nachricht des Erfolgs. –

LUCIO. Dann nehm' ich Abschied.

ISABELLA. Gott befohlen, Herr! –

Beide gehn.

Zweiter Aufzug

Erste Szene

Eine Halle in Angelos Hause.
Es treten auf Angelo, Escalus, ein Richter, Schließer, Gerichtsdiener und Gefolge.

ANGELO.
Das Recht darf nicht zur Vogelscheuche werden,
Als ständ' es da, um Habichte zu schrecken,
Und bliebe regungslos, bis sie zuletzt,
Gewöhnt, drauf ausruhn, statt zu fliehn.

ESCALUS. Gut, laßt uns
Dann lieber scharf sein und ein wenig schneiden,
Als tödlich niederschlagen. Ach, der Jüngling,
Für den ich bat, hat einen edeln Vater!
Bedenkt, mein werter Herr (von dem ich weiß,
Ihr seid sehr streng in Tugend),
Ob in der Regung Eurer Leidenschaft,
Wenn, Zeit mit Ort gestimmt und Ort mit Wunsch,
Ob, wenn das heft'ge Treiben Eures Bluts
Das Ziel erreichen mochte, das Euch lockte, –
Ob, sag' ich, Ihr nicht selbst wohl konntet irren
In diesem Punkt, den Ihr an ihm verdammt,
Und dem Gesetz verfallen? –

ANGELO. Ein andres ist, versucht sein, Escalus,
Ein andres, fallen. Leugnen will ich nicht,
In dem Gerichte, das auf Tod erkennt,
Sei unter zwölf Geschwornen oft ein Dieb,
Wohl zwei noch schuld'ger als der Angeklagte.
Wer offenbar dem Rechte ward,
Den straft das Recht. Was kümmert's das Gesetz,
Ob Dieb den Dieb verurteilt? 's ist natürlich,
Daß wir den Demant auf vom Boden heben,
Weil wir ihn sehn; doch was wir nicht gesehn,
Wir treten drauf und denken nicht daran.
Ihr dürft nicht deshalb mildern sein Vergehn,
Weil ich auch fehlen konnte; sagt vielmehr,
Wenn ich, sein Richter, solch Verbrechen übe,
Sei mir der eigne Spruch Vorbild des Todes,
Und nichts entschuld'ge mich. Freund, er muß sterben. –

ESCALUS. Wie's Eurer Weisheit dünkt.

ANGELO. Wo ist der Schließer?

SCHLIESSER. Hier, gnäd'ger Herr.

ANGELO. Ihr steht dafür, daß Claudio
Enthauptet werde morgen früh um neun.
Bringt ihm den Beicht'ger, laßt ihn sich bereiten,
Denn das ist seiner Wallfahrt letzte Stunde.

Schließer ab.

ESCALUS.
Nun, Gott verzeih' ihm und verzeih' uns allen!
Der steigt durch Schuld, der muß durch Tugend fallen;
Vom Eis, das bricht, kommt der gesund herab,
Den stürzt ein einz'ger Fehltritt in das Grab.

Es treten auf Elbogen, Schaum, Pompejus, Gerichtsdiener.

ELBOGEN. Kommt, bringt sie herbei! Wenn das rechtschaffne Leute im gemeinen Wesen sind, die nichts taten, als ihre Untaten in gemeinen Häusern auszurichten, so weiß ich nicht, was Jura ist. Bringt sie herbei!

ANGELO. Was gibt's, Freund, wovon ist die Rede? Wie heißt Ihr?

ELBOGEN. Mit Euer Gnaden Vergunst, ich bin des armen Herzogs Konstabel, und mein Name ist Elbogen; ich bin ein Stück Justiz, Herr, und führe Eurer gestrengen Gnaden hier ein paar notorische Benefikanten vor.

ANGELO. Benefikanten? Was denn für Benefikanten? Ihr meint wohl Malefikanten?

ELBOGEN. Nichts für ungut, gnädiger Herr; ich weiß nicht recht, was sie sind; aber zwei absolutgesinnte Spitzbuben sind sie, und ohne ein Körnchen von der Kontribution, die ein guter Christ haben muß.

ESCALUS. Vortrefflich vorgetragen! Da haben wir einen verständigen Konstabel! –

ANGELO. Zur Sache: Was für Leute sind es? Elbogen heißt du? Warum sprichst du nicht, Elbogen? –

POMPEJUS. Er kann nicht, Herr, er ist am Ellbogen zerrissen.

ANGELO. Wer seid Ihr, Freund?

ELBOGEN. Der, gnädiger Herr? Ein Bierzapfer, Herr; ein Stück von einem Kuppler; dient einem schlechten Weibsbilde, deren Haus, wie es heißt, in den Vorstädten eingerissen ist: und nun macht sie Prozession von einem Badehause, und das ist auch ein recht schlechtes Haus.

ESCALUS. Wie wißt Ihr das?

ELBOGEN. Mein Weib, gnädiger Herr, wie ich's vor Euer Gnaden detestiere, –

ESCALUS. Wie! Dein Weib?

ELBOGEN. Ja, Herr, maßen es, Gott sei Dank, ein ehrliches Weib ist, –

ESCALUS. Und darum detestierst du's?

ELBOGEN. Ich sage, Herr, ich für meine eigne Person detestiere hierin eben so gut, wie sie: wenn dieses Haus nicht einer Kupplerin Haus ist, so wär's schade drum; denn es ist ein ganz nichtsnutziges Haus.

ESCALUS. Wie weißt du das, Konstabel? –

ELBOGEN. Blitz, Herr, von meiner Frau: denn wenn sie eine Frau wäre, die den kardinalischen Lüsten nachhinge, so hätte sie in diesem Hause zu Proskription und Ehebruch und aller Unsauberkeit verführt werden können.

ESCALUS. Durch dieses Weibes Anstiften?

ELBOGEN. Ja, Herr, durch das Anstiften der Frau Überley; wie sie ihm aber ins Gesicht spuckte, so wußte er, woran er war.

POMPEJUS. Herr, mit Euer Gnaden Erlaubnis, so war's nicht.

ELBOGEN. Das beweise mir einmal vor diesen Schlingeln, du ehrenwerter Mann, das beweise mir! –

ESCALUS. Hört Ihr, wie er sich verspricht?

POMPEJUS. Herr, sie kam an, und war hochschwanger, und hatte – (mit Eu'r Gnaden Respekt) – ein Gelust nach gekochten Pflaumen. Nun hatten wir nur zwei im Hause, gnädiger Herr, und die lagen eben in dem Monument gleichsam auf einem Fruchtteller, ein Teller für drei oder vier Pfennige: Euer Gnaden müssen solche Teller schon gesehn haben; es sind keine Teller aus China, aber doch sehr gute Teller.

ESCALUS. Weiter; weiter; am Teller ist nichts gelegen.

POMPEJUS. Nein, wahrhaftig, Herr, nicht so viel, als eine Stecknadel wert ist, das ist vollkommen richtig. Aber nun zur Hauptsache: Wie gesagt, die Frau Elbogen war, wie gesagt, guter Hoffnung, und ansehnlich stark, und hatte, wie gesagt, ein Gelust nach Pflaumen; und weil, wie gesagt, nur zwei auf dem Teller lagen, – denn Junker Schaum, der nämliche Herr hier, hatte, wie gesagt, die andern gegessen; – und er bezahlte sie sehr gut, das muß ich sagen; denn wie Ihr wohl wißt, Junker Schaum, ich konnte Euch keinen Dreier herausgeben, –

SCHAUM. Ja, das ist wahr.

POMPEJUS. Seht Ihr wohl? Ihr wart eben dabei, wenn Ihr's Euch noch besinnt, und knacktet die Steine von den vorbesagten Pflaumen.

SCHAUM. Ja, das tat ich auch, mein' Seel.

POMPEJUS. Nun, seht Ihr wohl? Ich sagte Euch just, wenn Ihr's Euch noch besinnt, daß der und der und dieser und jener von der Krankheit, die Ihr wohl wißt, nicht durchkuriert worden wären, wenn sie nicht so sehr gute Diät gehalten hätten, sagte ich Euch.

SCHAUM. Alles richtig.

POMPEJUS. Seht Ihr's?

ESCALUS. Geht mir, Ihr seid ein langweiliger Narr: zur Sache! Was tat man denn der Frau des Elbogen, daß er Ursach' zu klagen hat? Kommt jetzt auf das, was man ihr tat.

POMPEJUS. Herr, Eu'r Gnaden kann darauf noch nicht kommen.

ESCALUS. Das ist auch nicht meine Absicht.

POMPEJUS. Herr, Ihr sollt aber darauf kommen, mit Eu'r Gnaden Vergunst; und betrachtet Euch einmal den Junker Schaum hier, mein gnädiger Herr: er bringt's auf achtzig Pfund im Jahr, und sein Vater starb am Allerheiligen-Tage. War's nicht am Allerheiligen-Tage, Junker Schaum? –

SCHAUM. Allerheiligen-Abend.

POMPEJUS. Nun, seht Ihr wohl? Ich hoffe, hier gibt's Wahrheit! Er saß eben auf einem niedrigen Sessel, gnädiger Herr: es war in der goldnen Traube, wo Ihr so gern sitzt, nicht so?

SCHAUM. Ja, das tu' ich; denn es ist ein offnes Zimmer, und gut für den Winter.

POMPEJUS.
Seht Ihr wohl? Ich hoffe, hier gibt's Wahrheit! –

ANGELO.
Dies währt wohl eine Winternacht in Rußland,
Wenn Nächte dort am längsten sind. Ich geh'
Und überlass' Euch diese Untersuchung:
Ich hoff', Ihr findet Grund, sie all' zu stäupen.

ESCALUS. Das denk' ich auch, ich wünsch' Euch guten Morgen.

Angelo ab.

Nun, Freunde, weiter! Was tat man Elbogens

Frau, noch einmal?

POMPEJUS. Einmal, gnädiger Herr? Einmal hat man ihr nichts getan.

ELBOGEN. Ich ersuche Euch, Herr, fragt ihn, was dieser Mann hier meiner Frau getan hat.

POMPEJUS. Ich bitt' Eu'r Gnaden, fragt mich.

ESCALUS. Nun denn, was hat dieser Herr ihr getan?

POMPEJUS. Ich bitt' Eu'r Gnaden, seht diesem Herrn einmal ins Gesicht. Lieber Junker Schaum, seht doch Ihre Gnaden an; ich sag's aus guter Meinung; betrachten sich Eu'r Gnaden sein Gesicht!

ESCALUS. O ja, recht wohl.

POMPEJUS. Nein, ich bitte, betrachtet's Euch genau!

ESCALUS. Nun ja, das tu' ich.

POMPEJUS. Sieht Euer Gnaden etwas Unrechts in seinem Gesicht?

ESCALUS. O nein.

POMPEJUS. Ich will's vor Gericht deklamieren, daß sein Gesicht das Schlimmste an ihm ist. Nun gut: wenn sein Gesicht das Schlimmste an ihm ist, wie konnte Junker Schaum des Konstabels Frau etwas Unrechts tun? – Das möcht' ich von Euer Gnaden hören.

ESCALUS. Da hat er recht. Konstabel, was sagt Ihr dazu?

ELBOGEN. Erstlich, mit Eu'r Gnaden Erlaubnis, ist es ein respektierliches Haus; ferner ist dieser hier ein respektierlicher Kerl, und seine Wirtin ist ein respektierliches Weibsbild.

POMPEJUS. Bei dieser Hand, Herr, Elbogens Frau ist eine so respektierliche Person, als einer von uns allen.

ELBOGEN. Schlingel, du lügst, du lügst, gottloser Schlingel! Die Zeit soll noch kommen, wo sie je respektiert war mit Mann, Weib und Kind.

POMPEJUS. Herr, sie war schon mit ihm respektiert, eh' er mit ihr verheiratet war.

ESCALUS. Wer ist nun hier gescheiter? Die Gerechtigkeit oder die Ruchlosigkeit? Ist das wahr? –

ELBOGEN. O du Lumpenkerl! O du Schlingel! O du menschenfresserischer Hannibal! Ich mit ihr respektiert vor unserer Heirat? Wenn ich mit ihr oder sie mit mir respektiert gewesen ist, so soll Eu'r Gnaden mich nicht für des armen Herzogs Diener halten. Beweise das, du gottloser Hannibal, sonst belange ich dich wegen tätlicher Mißhandlung! –

ESCALUS. Wenn er Euch jetzt eine Maulschelle gäbe, so hättet Ihr noch obendrein eine Klage wegen anzüglicher Reden.

ELBOGEN. Sapperment, ich danke Eu'r Gnaden. Was wäre Eu'r Gnaden Inklination, daß ich mit diesem gottlosen Lump anfangen soll?

ESCALUS. Ich denke, Konstabel, weil er allerlei Bosheiten in sich trägt, die du gern heraus brächtest, wenn du könntest, so mag's mit ihm sein Bewenden haben, bis wir erfahren, worin sie bestehn.

ELBOGEN. Sapperment, ich danke Eu'r Gnaden. Da siehst du nun, du gottloser Schlingel, wohin es mit dir gekommen ist; das Bewenden sollst du kriegen, das Bewenden! –

ESCALUS *zu Schaum.* Wo seid Ihr geboren, Freund?

SCHAUM. Hier in Wien, gnädiger Herr.

ESCALUS. Habt Ihr achtzig Pfund im Jahr?

SCHAUM. Ja, wenn's Euer Gnaden gefällig ist.

ESCALUS. So. – Was ist dein Gewerbe, Freund?

POMPEJUS. Ein Bierzapfer, Herr; einer armen Witwe Zapfer.

ESCALUS. Wie heißt Eure Wirtin?

POMPEJUS. Frau Überley.

ESCALUS. Hat sie mehr als einen Mann gehabt?

POMPEJUS. Neun, Herr; der letzte war Überley.

ESCALUS. Neun! Kommt einmal her, Junker Schaum! Junker Schaum, ich dächte. Ihr ließt Euch nicht mit Zapfern ein: sie ziehn Euch nur aus, Junker Schaum, und Ihr bringt sie an den Galgen. Geht Eurer Wege, und laßt mich nichts mehr von Euch hören!

SCHAUM. Ich danke Eurer Herrlichkeit. Ich für mein Teil bin auch nie in eine Schenkstube gekommen, daß ich's nicht recht anziehend gefunden hätte.

ESCALUS. Schon gut, Junker Schaum; geht mit Gott!

Schaum ab.

Jetzt kommt Ihr einmal heran, Meister Bierzapfer; wie heißt Ihr, Meister Zapfer?

POMPEJUS. Pompejus.

ESCALUS. Wie weiter?

POMPEJUS. Pumphose.

ESCALUS. So! An Eurer Pumphose habt Ihr freilich etwas Großes, und so wäret Ihr, wo von Hosen die Rede ist, Pompejus der Große. – Pompejus, Ihr seid ein Stück von einem Kuppler, Pompejus, obgleich Ihr Euch hinter Euer Bierzapferamt verstecken wollt. Seid Ihr's nicht? Kommt, sagt mir die Wahrheit, es soll Euer Schade nicht sein.

POMPEJUS. In Wahrheit, Herr, ich bin ein armer Junge, der gern leben will.

ESCALUS. Wovon willst du leben, Pompejus? Vom Kuppeln? Was dünkt dich von diesem Gewerbe, Pompejus? Ist das ein gesetzlich erlaubtes Gewerbe?

POMPEJUS.

Wenn das Gesetz nichts dagegen hat, Herr –

ESCALUS. Aber das Gesetz hat etwas dagegen, Pompejus, und wird in Wien immer etwas dagegen haben.

POMPEJUS. Will denn Eure Herrlichkeit aus allen jungen Leuten in der Stadt Wallachen und Kapaunen machen?

ESCALUS. Nein, Pompejus.

POMPEJUS. Sieht Eur' Herrlichkeit, so werden sie nach meiner geringen Meinung nicht davon lassen. Wenn Eu'r Herrlichkeit nur die lüderlichen Dirnen und losen Buben in Ordnung halten kann, so braucht sie die Kuppler gar nicht zu fürchten.

ESCALUS. Es fängt auch jetzt ein hübsches Regiment an, kann ich dir sagen; es handelt sich nur um Köpfen und Hängen.

POMPEJUS. Wenn Ihr nur zehn Jahre lang hinter einander alle die hängen und köpfen laßt, die sich in diesem Stücke vergehn, so könnt Ihr Euch bei Zeiten danach umsehn, woher Ihr mehr Köpfe verschreiben wollt. Wenn dies Gesetz zehn Jahre in Wien besteht, will ich im schönsten Hause das Stockwerk für sechs Dreier mieten; solltet Ihr's erleben, daß es so weit kommt, so sagt nur, Pompejus hab' es Euch vorausgesagt.

ESCALUS. Dank, trefflicher Pompejus. Nun, um dir die Prophezeiung zu erwidern, so rat' ich dir, verstehst du, laß dich auf keiner neuen Klage betreffen, und ebensowenig in deiner jetzigen Wohnung; denn wenn das geschehn sollte, Pompejus, so werde ich dich in dein Zelt zurückschlagen und ein schlimmer Cäsar für dich werden: und, grade heraus zu sagen, Pompejus, ich werde dich peitschen lassen. So, für diesmal, Pompejus, gehab' dich wohl!

POMPEJUS. Ich dank' Eu'r Herrlichkeit für Euern guten Rat; aber folgen werd' ich ihm, wie Fleisch und Schicksal es fügen. Mich peitschen? Peitschen laßt den Kärrner seine Mähre: Wer peitscht aus dem Beruf je einen Mann von Ehre? *Ab.*

ESCALUS. Kommt einmal her, Meister Elbogen, kommt einmal her, Meister Konstabel. Wie lange ist es her, daß Ihr Eurem Amt als Konstabel vorsteht? –

ELBOGEN.
Sieben und ein halbes Jahr, gnädiger Herr.

ESCALUS. Ich dachte mir's nach Eurer Fertigkeit im Amt, Ihr müßtet es schon eine Weile verwaltet haben. Sieben ganze Jahre, sagt Ihr?

ELBOGEN. Und ein halbes.

ESCALUS. Ach! Da hat es Euch viel Mühe gemacht. Es geschieht Euch Unrecht, daß man Euch so oft zum Dienst requiriert; sind denn nicht andre Leute in Euerm Kirchspiel, die imstande wären, ihn zu versehn?

ELBOGEN. Meiner Treu, gnädiger Herr, es sind wenige, die etwas Einsicht in solchen Dingen haben; wenn sie gewählt werden, sind sie immer froh, mich wieder statt ihrer zu wählen; ich tu's für ein Stück Geld und übernehme es so für sie alle.

ESCALUS. Hört, schafft mir die Namen von sechs oder sieben Leuten, die die brauchbarsten in Euerm Kirchspiele sind.

ELBOGEN. In Euer Herrlichkeit Haus, mein gnädiger Herr?

ESCALUS.
In mein Haus. Lebt wohl! Was ist wohl die Uhr?

Elbogen ab.

RICHTER. Elf, gnädiger Herr.

ESCALUS. Wollt Ihr so gut sein und mit mir essen?

RICHTER. Ich danke Euch untertänig.

ESCALUS. Es ist mir herzlich leid um Claudios Tod,
Doch seh' ich keinen Ausweg.

RICHTER. Lord Angelo ist streng!

ESCALUS. Das tut auch not;
Ihr seid nicht gnädig, zeigt sich immer Huld:
Verzeihung ist nur Mutter neuer Schuld.
Und doch, du armer Claudio! 's ist kein Ausweg! –
Kommt. Herr!

Gehn ab.

Zweite Szene

Ein andres Zimmer daselbst.
Es treten auf der Schließer und ein Diener.

DIENER. Er hält noch ein Verhör, er kommt sogleich. Ich meld' Euch an.

SCHLIESSER. Das tut.

Diener ab.

Ich frag' ihn nochmals,
Was er beschließt; vielleicht doch zeigt er Gnade.
Er hat ja nur als wie im Traum gesündigt.
Der Fehl färbt jede Sekt' und jedes Alter,
Und er drum sterben! –

Angelo tritt auf.

ANGELO. Nun, was wollt Ihr, Schließer?

SCHLIESSER.
Befehlt Ihr, Herr, daß Claudio morgen sterbe?

ANGELO.
Sagt' ich dir nicht schon ja? Befahl ich's nicht?
Was fragst du denn?

SCHLIESSER. Aus Furcht, zu rasch zu sein;
Verzeiht, mein gnäd'ger Herr: ich weiß den Fall,
Daß nach vollzognem Urteil das Gericht
Bereute seinen Spruch.

ANGELO. Mein sei die Sorge! –
Tut Eure Pflicht, sonst sucht ein ander Amt,
Man wird Euch leicht entbehren.

SCHLIESSER. Herr, verzeiht!
Was soll mit Julien, die schon leidet, werden?
Denn ihre Stunde rückt heran.

ANGELO. Die schafft mir
In ein bequem'res Haus, und das sogleich!

Diener kommt zurück.

DIENER.
Hier ist die Schwester des zum Tod Verdammten,
Die Euch zu sprechen wünscht.

ANGELO. Hat er 'ne Schwester?

SCHLIESSER.
Ja, gnäd'ger Herr; ein tugendhaftes Fräulein,
Die bald nun eintritt in die Schwesterschaft,
Wenn's nicht bereits geschehn.

ANGELO. Führt sie herein;

Diener ab.

Und die Geschwächte schafft sogleich hinweg;
Reicht ihr notdürft'ge Kost, nicht Überfluß!
Ausfert'gen lass' ich den Befehl.

Lucio und Isabella treten auf.

SCHLIESSER. Gott schütz' Euch!

Will abgehn.

ANGELO. Bleibt noch! –

Zu Isabella.

Ihr seid willkommen; was begehrt Ihr?

ISABELLA.
Von Gram erfüllt, möcht' ich Eu'r Gnaden flehn,
Wenn Ihr mich hören wollt –

ANGELO. Wohlan! Was wünscht Ihr?

ISABELLA. Es gibt ein Laster, mir verhaßt vor allen,
Dem ich vor allen harte Strafe wünsche;
Fürbitten möcht' ich nicht, allein ich muß –
Fürbitten darf ich nicht, allein mich drängt

Ein Kampf von Wollen und Nichtwollen.

ANGELO. Weiter!

ISABELLA.

Mein Bruder ward verdammt, den Tod zu leiden;
Ich fleh' Euch an, laßt seine Sünde tilgen,
Den Bruder nicht!

SCHLIESSER. Gott schenk' dir Kraft, zu rühren!

ANGELO.

Ich soll die Schuld verdammen, nicht den Täter?
Verdammt ist jede Schuld schon vor der Tat.
Mein Amt zerfiele ja in wahres Nichts,
Straft' ich die Schuld, wie das Gesetz begehrt,
Und ließe frei den Täter.

ISABELLA. O gerecht, doch streng! –
So hatt' ich einen Bruder. Gott beschirm' Euch!

Will gehn.

LUCIO *zu Isabella.*

Gebt's so nicht auf! Noch einmal dran, und bittet;
Kniet vor ihm nieder, hängt an seinem Mantel!
Ihr seid zu kalt; verlangtet Ihr 'ne Nadel,
Ihr könntet nicht mit zahmrer Zunge bitten. –
Noch einmal zu ihm, frisch! –

ISABELLA. So muß er sterben? –

ANGELO. Jungfrau, 's ist keine Rettung.

ISABELLA. O ja! Ich denk'. Ihr könntet ihm verzeihn,
Und weder Gott noch Menschen zürnten Euch.

ANGELO. Ich will's nicht tun.

ISABELLA. Doch könnt Ihr's, wenn Ihr wollt?

ANGELO.

Was ich nicht will, das kann ich auch nicht tun.

ISABELLA.

Doch könntet Ihr's ohn' Unrecht an der Welt,
Wenn Euer Herz die gleiche Rührung fühlte
Wie meins?

ANGELO. Er ward verurteilt, 's ist zu spät.

LUCIO *zu Isabella.*

Ihr seid zu kalt!

ISABELLA.

Zu spät? O nein doch! Mein gesprochnes Wort,
Ich kann es widerrufen! Seid gewiß,
Kein Attribut das Mächtige verherrlicht,
Nicht Königskrone, Schwert des Reichsverwesers,
Des Marschalls Stab, des Richters Amtsgewand,
Keins schmückt sie alle halb mit solchem Glanz,
Als Gnade tut. War er an Eurer Stelle,
An seiner Ihr, Ihr straucheltet gleich ihm;
Doch er im Amt wär' nicht so strengen Sinns! –

ANGELO. Ich bitt' Euch, geht!

ISABELLA. O güt'ger Gott, hätt' ich nur Eure Macht,
Und Ihr wär't Isabella! Ständ' es so,
Dann zeigt' ich, was es heißt, ein Richter sein,
Was ein Gefangner.

LUCIO *leise.*

Das ist die rechte Weise! –

ANGELO. Eu'r Bruder ist verfallen dem Gesetz,
Und Ihr verschwendet Eure Worte.

ISABELLA. Weh mir!
Ach! Alle Seelen waren einst verfallen,
Und Er, dem Fug und Macht zur Strafe war,
Fand noch Vermittlung. Wie erging' es Euch,
Wollt' Er, das allerhöchste Recht, Euch richten
So, wie Ihr seid? Oh, das erwäget, Herr,
Und Gnade wird entschweben Euren Lippen
Mit Kindes Unschuld.

ANGELO. Faßt Euch, schönes Mädchen;
Denn das Gesetz, nicht ich, straft Euern Bruder.
Wär' er mein Vetter, Bruder, ja mein Sohn,
Es ging' ihm so: sein Haupt wird morgen fallen.

ISABELLA. Schon morgen! Das ist schnell! O
schont ihn, schont ihn,
Er ist noch nicht bereit. Wir schlachten ja
Geflügel nur, wenn's Zeit ist; dienten wir
Gott selbst mit mindrer Achtung, als wir sorgen
Für unser grobes Ich? Denkt, güt'ger, güt'ger Herr,
Wer büßte schon für dies Vergehn mit Tod?
So manche doch begingen's! –

LUCIO *leise.*

So ist's recht.

ANGELO. Nicht tot war das Gesetz, obwohl es schlief.
Die vielen hätten nicht gewagt den Frevel,
Wenn nur der erste, der die Vorschrift brach,
Für seine Tat gebüßt. Nun ist's erwacht,
Forscht, was verübt ward, und Propheten gleich
Sieht es im Spiegel, was für künft'ge Sünden
(Ob jetzt schon, ob durch Nachsicht neu erzeugt,
Und ferner ausgebrütet und geboren)
Hinfort sich stufenweis' nicht mehr entwickeln,
Nein, sterben im Entstehn.

ISABELLA. Zeigt dennoch Mitleid! –

ANGELO. Das tu' ich nur, zeig' ich Gerechtigkeit.
Denn dann erbarmen mich, die ich nicht kenne,
Die jetz'ge Nachsicht einst verwunden möchte;
Und ihm wird Recht, der, ein Verbrechen büßend,
Nicht lebt, ein zweites zu begehn. Dies g'nüge; –
Claudio muß morgen sterben; – seid zufrieden!

ISABELLA.

So muß zuerst von Euch solch Urteil kommen,
Und er zuerst es dulden? Ach, 's ist groß,
Des Riesen Kraft besitzen; doch tyrannisch,
Dem Riesen gleich sie brauchen.

LUCIO *leise.*

Ha, vortrefflich! –

ISABELLA. Könnten die Großen donnern
Wie Jupiter, sie machten taub den Gott:
Denn jeder winz'ge, kleinste Richter brauchte
Zum Donnern Jovis Äther; – nichts als Donnern!
O gnadenreicher Himmel!
Du mit dem zack'gen Felsenkeile spaltest
Den unzerkeilbar knot'gen Eichenstamm,
Nicht zarte Myrten: doch der Mensch, der stolze
Mensch,
In kleine, kurze Majestät gekleidet,
Vergessend, was am mind'sten zu bezweifeln,
Sein gläsern Element, – wie zorn'ge Affen,
Spielt solchen Wahnsinn gaukelnd vor dem Himmel,
Daß Engel weinen, die, gelaunt wie wir,
Sich alle sterblich lachen würden. –

LUCIO. Nur weiter, weiter, Kind; er gibt schon nach;
Es wirkt, ich seh' es.

SCHLIESSER. Geb' ihr Gott Gelingen! –

ISABELLA.

Miß nicht den Nächsten nach dem eignen Maß:

Ihr Starken scherzt mit Heil'gen. Witz an euch
Ist, was am Kleinen nur Entweihung wär'.
LUCIO. Das ist die rechte Weise; immer mehr! –
ISABELLA.
Was in des Feldherrn Mund ein zornig Wort,
Wird beim Soldaten Gotteslästerung.
LUCIO. Wo nimmst du das nur her? Fahr' fort! –
ANGELO.
Was überhäufst du mich mit all den Sprüchen? –
ISABELLA.
Weil Hoheit, wenn sie auch wie andre irrt,
Doch eine Art von Heilkraft in sich trägt,
Die Fehl' und Wunden schließt. Fragt Euer Herz,
Klopft an die eigne Brust, ob nichts drin wohnt,
Das meines Bruders Fehltritt gleicht: bekennt sie
Menschliche Schwachheit, wie die seine war,
So steig' aus ihr kein Laut auf Eure Zunge
Zu Claudias Tod.
ANGELO. Sie spricht so tiefen Sinns,
Daß Sinn und Geist ihr folgen. – Lebt nun wohl! –
ISABELLA. O teurer Herr, kehrt um! –
ANGELO.
Ich überleg' es noch. Kommt morgen wieder! –
ISABELLA.
Hört, wie ich Euch bestechen will! Kehrt um,
Mein güt'ger Herr!
ANGELO.
Wie! Mich bestechen?
ISABELLA.
Ja, mit solchen Gaben,
Wie sie der Himmel mit Euch teilt! –
LUCIO.
Gut, sonst verdarbst du alles! –
ISABELLA.
Nicht eitle Seckel voll geprägten Goldes,
Noch Steine, deren Wert bald reich, bald arm,
Nachdem die Laun' es schätzt: nein, fromm
Gebet,
Das auf zum Himmel steigt und zu ihm dringt
Vor Sonnenaufgang; Bitten reiner Seelen,
Fastender Jungfrau'n, deren Herz nicht hängt
An dieser Zeitlichkeit.
ANGELO.
Gut, morgen kommt
Zu mir!
LUCIO.
Jetzt geht nur; es gelingt Euch. – Kommt! –
ISABELLA.
Der Himmel schütz' Eu'r Gnaden! –
ANGELO *für sich.*
Amen! Denn
Ich bin schon auf dem Wege der Versuchung,
Der die Gebete kreuzt.
ISABELLA.
Um welche Stunde morgen
Wart' ich Eu'r Gnaden auf?
ANGELO.
Zu jeder Zeit vor Mittag.
ISABELLA.
Gott beschütz' Euch!
Lucio, Isabella und Schließer gehn ab.

ANGELO.
Vor dir! Vor deiner Tugend selbst! –
Was ist dies? Was? Ist's ihre Schuld, ist's meine?
Wer sündigt mehr? Ist's die Versucherin,
Ist's der Versucher? Ha!
Nicht sie, nein, sie versucht auch nicht! Ich bin's,
Der bei dem Veilchen liegt im Sonnenschein
Und gleich dem Aase, nicht der Blume gleich,
Verwest in der balsam'schen Luft. Ist's möglich,
Daß Sittsamkeit mehr unsern Sinn empört
Als Leichtsinn? Da uns wüster Raum nicht fehlt,
Soll man die heil'gen Tempel niederreißen,
Den Frevel dort zu baun? O pfui, pfui, pfui! –
Was tust du! Ha, was bist du, Angelo!
Du wünschest sie verderbt, um eben das,
Was sie erhebt? Oh, laß den Bruder leben! –
Es hat der Dieb ein freies Recht zum Raub,
Wenn erst der Richter stiehlt. Was! Lieb' ich sie,
Daß mich's verlangt, sie wieder reden hören,
An ihrem Blick mich weiden ... Wovon träum' ich?
O list'ger Erbfeind! Heil'ge dir zu fangen,
Köderst du sie mit Heil'gen: höchst gefährlich
Ist die Versuchung, die durch Tugendliebe
Zur Sünde reizt. Nie konnte feile Wollust
Mit ihrer Doppelmacht, Natur und Kunst,
Mich je verlocken: doch dies fromme Mädchen
Besiegt mich ganz. Bis heut begriff ich nie
Die Liebestorheit, fragte lachend, wie? –
Ab.

Dritte Szene

Zimmer im Gefängnis.
Es treten auf der Herzog als Mönch gekleidet und der Schließer.

HERZOG.
Heil Euch, Freund Schließer! Denn das seid Ihr,
denk' ich.
SCHLIESSER.
Der Schließer bin ich; was begehrt Ihr, Pater?
HERZOG.
Nach Christenlieb' und meiner heil'gen Regel
Komm' ich mit Zuspruch zu den armen Seelen
In diesem Kerker. Laßt, so wie's der Brauch,
Sie dort mich sehn, und nennet mir den Grund
Von ihrer Haft, daß ich, wie sich's geziemt,
Mein Amt verwalten mag.
SCHLIESSER.
Gern tat' ich mehr, wenn Ihr noch mehr bedürft.
Julia kommt.
Blickt auf, dort kommt ein Fräulein, hier verhaftet,
Die durch den Sturm der eignen Jugend fiel
Und ihren Ruf befleckt. Sie trägt ein Kind,
Des Vater sterben muß: ein junger Mann,
Geeigneter, den Fehl zu wiederholen,
Als drum zu sterben.
HERZOG. Wann soll er sterben?
SCHLIESSER. Morgen, wie ich glaube.
Zu Julia.
Ich traf schon Anstalt; wartet noch ein wenig,

Dann führt man Euch von hier.

HERZOG. Bereust du, Kind, was du gesündigt hast? –

JULIA. Ich tu's, und trage meine Schmach geduldig.

HERZOG.
Ich lehr' Euch, wie Ihr Eu'r Gewissen prüft
Und Eure Reu' erforscht, ob sie aufrichtig,
Ob hohl im Innern.

JULIA. Freudig will ich's lernen.

HERZOG.
Liebt Ihr den Mann, der Euch ins Unglück stürzte?

JULIA. Ja, wie das Weib, das ihn ins Unglück stürzte.

HERZOG. So seh' ich denn, daß beide ihr gesündigt
Im Einverständnis?

JULIA. Ja, im Einverständnis.

HERZOG.
Dann ist Euer Unrecht schwerer noch als seins.

JULIA. Ja, das bekenn' ich, Vater, und bereu' es.

HERZOG.
Recht, liebes Kind: nur darum nicht bereu' es,
Weil dich die Sünd' in diese Schmach geführt;
Solch Leid sieht auf sich selbst, nicht auf den Himmel,
Und zeigt, des Himmels denkt man nicht aus Liebe,
Nein, nur aus Furcht.

JULIA. Ich fühle Reu', weil es ein Unrecht war,
Und trage gern die Schmach.

HERZOG. Beharrt dabei!
Eu'r Schuldgenoß muß morgen, hör' ich, sterben:
Ich geh' zu ihm und spend' ihm Trost und Rat. –
Gnade geleit' Euch! Benedicite! –

Geht ab.

JULIA. Muß morgen sterben! O grausame Milde,
Die mir mein Leben schont, das immerdar
Nur Grau'n des Todes beut statt Trost!

SCHLIESSER. 's ist schad' um ihn! –

Gehn ab.

Vierte Szene

Zimmer in Angelos Hause.
Angelo tritt auf.

ANGELO.
Bet' ich und denk' ich, geht Gedank' und Beten
Verschiednen Weg. Gott hat mein hohles Wort,
Indes mein Dichten, nicht die Zunge hörend,
An Isabellen ankert. Gott im Munde –
Als prägten nur die Lippen seinen Namen;
Im Herzen wohnt die giftig schwell'nde Sünde
Des bösen Trachtens. – Der Staat, mein Studium einst,
Ist wie ein gutes Buch, zu oft gelesen,
Schal und verhaßt: ja selbst mein Tugendruhm,
Der sonst – o hör' es niemand! – all mein Stolz,
Ich gäb' ihn für ein Federchen mit Freuden,
Das müßig spielt im Wind. O Rang! O Würde!
Wie oft durch äußre Schal' und Form erzwingst du
Ehrfurcht von Toren; lockst die Bessern selbst
Durch falschen Schein! – Blut, du behältst dein Recht;
Schreibt »guter Engel!« auf des Teufels Hörner,
So sind sie nicht sein Zeichen mehr.

Ein Diener kommt.

Was gibt's?

DIENER. Eine Nonn' ist draußen, Isabella heißt sie,
Die Zutritt wünscht.

ANGELO. Führt sie zu mir herein!

Diener geht.

O Himmel!
Wie sich mein Blut im Sturm zum Herzen drängt,
Dort alle Kraft und Regsamkeit erstickend,
Und allen meinen andern Gliedern raubend
Den nöt'gen Geist! –
So zum Ohnmächt'gen drängt die tör'ge Menge,
Bereit zu helfen, und entzieht die Luft,
Die ihn beleben sollte: eben so
Der Volksdrang, zeigt sich ein geliebter König,
Läuft vom Gewerb' und schwärmt in läst'gem Eifer
Um seine Gegenwart, wo ungezogne Liebe
Beleid'gung scheinen muß.

Isabella tritt auf.

Nun, schöne Jungfrau?

ISABELLA. Ich kam, zu hören, was Euch wohl gefällig.

ANGELO. Viel mehr gefiele mir, wenn du es wüßtest,
Als daß du mich drum fragst. – Dein Bruder kann nicht leben! –

ISABELLA. Das war's? – Gott schütz' Euch, Herr!

Will gehn.

ANGELO.
Zwar könnt' er wohl noch leben, und vielleicht
So lang' als Ihr und ich; doch muß er sterben.

ISABELLA. Durch Euer Urteil?

ANGELO. Ja.

ISABELLA.
Ich bitt' Euch: Wann? – Damit in seiner Frist –
Lang oder kurz – er sich bereiten mag,
Daß er nicht Schaden nehm' an seiner Seele! –

ANGELO.
Ha! Pfui dem schnöden Fehl! Mit gleichem Recht
Verzieh' ich dem, der aus der Welt entwandt
Ein schon geformtes Wesen, als willfahrt' ich
Unreiner Lust, des Himmels Bild zu prägen
Mit unerlaubtem Stempel. Ganz so leicht,
Ein echt geschaffnes Leben falsch vernichten,
Als Saat zu streuen wider das Gebot,
Ein falsches zu erzeugen.

ISABELLA.
So steht's im Himmel fest, doch nicht auf Erden.

ANGELO.
Ah, meinst du? Dann bist du mir schnell gefangen!
Was wählst du jetzt? Daß höchst gerechtem Spruch
Dein Bruder fällt; wo nicht, ihn zu erlösen,
Du selbst den Leib so süßer Schmach dahingäbst,
Als sie, die er entehrt?

ISABELLA. Herr, glaubt es mir,
Eh' geb' ich meinen Leib hin als die Seele.

ANGELO. Nicht sprech' ich von der Seel'.
Erzwungne Sünden,
Sie werden nur gezählt, nicht angerechnet.

ISABELLA. Wie meint Ihr, Herr? –

ANGELO.
Nun, nicht verbürg' ich das; denn ich darf sprechen

Auch gegen meine Worte. Doch erwäge:
Ich, jetzt der Mund des anerkannten Rechts,
Fälle das Todesurteil deinem Bruder:
Wär' etwa nicht Erbarmung in der Sünde,
Die ihn befreite?

ISABELLA. So begeht sie denn,
Ich nehm' auf meine Seele die Gefahr.
Durchaus nicht Sünde wär' es, nur Erbarmung! –

ANGELO.
Begingt Ihr sie und nähmt auf Euch die Tat,
Gleich schwer dann wögen Sünde wie Erbarmung.

ISABELLA. Wenn ich sein Leben bitt', ist Sünde das,
Die laß mich tragen! Gott! Gewährt Ihr es,
Ist Sünde das, – dann sei's mein Frühgebet,
Daß sie zu meinem Unrecht sei gezählt
Und Ihr sie nicht vertretet.

ANGELO. Nein doch, hört mich: –
Dein Sinn erfaßt mich nicht, sprichst du's in
Einfalt?
Stellst du dich listig so? Das ist nicht gut! –

ISABELLA. Sei ich einfältig dann und gut in nichts,
Als daß ich fromm erkenn', ich sei nicht besser.

ANGELO.
So strebt die Weisheit nur nach hellstem Glanz,
Setzt sie sich selbst herab, wie schwarze Masken
Verdeckte Schönheit zehnmal mehr erheben,
Als Reiz, zur Schau getragen. Doch merkt auf;
Daß Ihr mich ganz begreift, red' ich bestimmter: –
Eu'r Bruder kann nicht leben.

ISABELLA. Wohl! –

ANGELO. Und sein Vergehn ist so, daß offenbar
Nach dem Gesetz ihn diese Strafe trifft.

ISABELLA. Wahr! –

ANGELO.
Nehmt an, kein Mittel gäb's, ihn zu erretten –
(Zwar nicht verbürg' ich dieses, noch ein andres,
Und setze nur den Fall) – Ihr, seine Schwester,
Würdet begehrt von einem Mächtigen,
Des hoher Rang und Einfluß auf den Richter
Den Bruder könnt' erlösen aus den Fesseln
Allbindender Gesetze; und es gäbe
Den einz'gen Ausweg nur, ihn zu befrein,
Daß Ihr den Reichtum Eurer Schönheit schenktet
Dem Mächtigen, – wo nicht, – stürb' Euer Bruder: –
Was tätet Ihr? –

ISABELLA. So viel für meinen Bruder als für mich;
Das heißt: wär' über mich der Tod verhängt,
Der Geißel Striemen trüg' ich als Rubinen,
Und zög' mich aus zum Tode, wie zum Schlaf,
Den ich mir längst ersehnt, eh' ich den Leib
Der Schmach hingäbe.

ANGELO. Dann müßt' Euer Bruder sterben.

ISABELLA. Und besser wär's gewiß.
Viel lieber mag ein Bruder einmal sterben,
Als daß die Schwester, um ihn frei zu kaufen,
Auf ewig sterben sollte.

ANGELO.
Wär't Ihr dann nicht so grausam, als der Spruch,
Auf den Ihr so geschmäht? –

ISABELLA.
Die Schand' im Loskauf und ein frei Verzeihn
Sind nicht Geschwister: des Gesetzes Gnade
War nie verwandt mit schmählichem Erkauf!

ANGELO.
Noch eben schien das Recht Euch ein Tyrann,
Und Eures Bruders Fehltritt dünkt' Euch mehr
Ein Scherz als ein Verbrechen.

ISABELLA.
O gnäd'ger Herr, verzeiht! Oft ist der Fall,
Zu haben, was man wünscht, spricht man nicht,
wie man's meint.
So mocht' ich das Verhaßte wohl entschuld'gen
Zum Vorteil dessen, der mir teuer ist.

ANGELO. Schwach sind wir alle.

ISABELLA. Sonst möcht' er immer sterben,
Wenn kein Vasall als er allein der Schwachheit –
Oh, wir sind alle der Versuchung Erben! –

ANGELO. Nun, auch das Weib ist schwach! –

ISABELLA. Ja, wie der Spiegel, drin sie sich beschaut,
So leicht zerbricht, als er Gestalten prägt.
Das Weib! Hilf Gott! Der Mann entweiht ihr Edles,
Wenn er's mißbraucht. Nennt mich denn
zehnmal schwach,
Denn wir sind sanft, wie unsre Bildung ist,
Nachgiebig falschem Eindruck.

ANGELO. Ja, so ist's:
Und auf Eu'r eignes Zeugnis Eurer Schwäche
(Denn auch wir Männer, mein' ich, sind nicht stärker,
Als daß uns Fehler schütteln) dreist nun sprech' ich:
Ich halte dich beim Wort: sei, was du bist,
Ein Weib; willst mehr du sein, so bist du keins;
Und bist du eins (wie all dein äußrer Reiz
So holde Bürgschaft gibt), so zeig' es jetzt,
Und kleide dich in die bestimmte Farbe!

ISABELLA. Ich hab' nur eine Zunge: teurer Herr,
Ich fleh' Euch an, sprecht Eure vor'ge Sprache!

ANGELO. Ich sag' es frei und klar, ich liebe dich.

ISABELLA. Mein Bruder liebte Julien, und Ihr sagt,
Er müsse dafür sterben.

ANGELO. Liebst du mich, Isabella, soll er nicht.

ISABELLA.
Ich weiß es, Eurer Würde ward dies Vorrecht,
Sie scheint ein wenig schlimmer, als sie ist,
Und prüft uns andre.

ANGELO. Glaub', auf meine Ehre,
Mein Wort spricht meinen Vorsatz.

ISABELLA. O kleine Ehre, so viel ihr zu glauben!
Und Gott verhaßter Vorsatz! Schein, o Schein! –
Ich werde dich verkünden, sieh dich vor:
Gleich unterzeichne mir des Bruders Gnade,
Sonst ruf ich's aller Welt mit lautem Schrei,
Was für ein Mann du bist.

ANGELO. Wer glaubt dir's, Isabella?
Mein unbefleckter Ruf, des Lebens Strenge,
Mein Zeugnis gegen dich, mein Rang im Staat
Wird dein Beschuld'gen überbieten,
Daß du ersticken wirst am eignen Wort,
Und nach Verleumdung schmecken. Ich begann;
Und nun, entzügelt, nehmt den Lauf, ihr Sinne:
Ergib dich meiner glühenden Begier,
Weg sprödes Weigern, zögerndes Erröten,
Das abweist, was es wünscht; kauf' deinen Bruder,

Indem du meinem Willen dich ergibst;
Sonst muß er nicht allein des Todes sterben,
Ja, deine Härte soll den Tod ihm dehnen
Durch lange Martern. Antwort gib mir morgen;
Denn, bei der Leidenschaft, die mich beherrscht,
Ich werd' ihm ein Tyrann! Und dir sei klar,
Sprich, was du kannst; mein Falsch besiegt dein Wahr.

Geht ab.

ISABELLA.
Wem sollt' ich's klagen? Wem ich dies erzählte,
Wer glaubte mir's? O gleisnerischer Mund,
Der mit der einen und derselben Zunge
Verdammnis spricht und Billigung zugleich!
Der das Gesetz nach Willkür schweigen heißt,
Und krümmt nach seinen Lüsten Recht und Unrecht,
Sich ihm zu schmiegen! Hin zum Bruder eil' ich,
Und fiel er auch durch allzu heißes Blut,
Doch lebt in ihm so großer Geist der Ehre,
Daß, hätt' er zwanzig Häupter hinzustrecken
Auf zwanzig blut'ge Blöck', er böte sie,
Eh' seine Schwester ihren Leib entheiligt
In so abscheulicher Entweihung.
Ja, Claudio, stirb: ich bleibe keusch und rein;
Mehr als ein Bruder muß mir Keuschheit sein.
Ich sag' ihm noch, was Angelo beschieden,
Dann geh' er durch den Tod zum ew'gen Frieden.

Geht ab.

Dritter Aufzug

Erste Szene

Im Gefängnis.
Es treten auf der Herzog, Claudio und der Schließer.

HERZOG. So hofft Ihr Gnade von Lord Angelo?
CLAUDIO.
Im Elend bleibt kein andres Heilungsmittel,
Als Hoffnung nur:
Ich hoffe Leben, bin gefaßt auf Tod.
HERZOG.
Sei's unbedingt auf Tod! Tod so wie Leben
Wird dadurch süßer. Sprich zum Leben so:
Verlier' ich dich, so geb' ich hin, was nur
Ein Tor festhielte. Sprich: du bist ein Hauch,
Abhängig jedem Wechsel in der Luft,
Der diese Wohnung, die dir angewiesen,
Stündlich bedroht; du bist nur Narr des Todes,
Denn durch die Flucht strebst du ihm zu entgehn,
Und rennst ihm ewig zu. Du bist nicht edel;
Denn alles Angenehme, das dich freut,
Erwuchs aus Niederm. Tapfer bist du nicht;
Du fürchtest ja die zartgespaltne Zunge
Des armen Wurms: – dein bestes Ruh'n ist Schlaf,
Den rufst du oft, und zitterst vor dem Tod,
Der doch nichts weiter. Du bist nicht du selbst;
Denn du bestehst durch Tausende von Körnern,
Aus Staub entsprossen. Glücklich bist du nicht:
Was du nicht hast, dem jagst du ewig nach,
Vergessend, was du hast. Du bist nicht stetig,
Denn dein Befinden wechselt seltsam launisch
Mit jedem Mond. Reich, bist du dennoch arm;
Dem Esel gleich, der unter Gold sich krümmt,
Trägst du den schweren Schatz nur einen Tag,
Und Tod entlastet dich. Freunde hast du keine;
Denn selbst dein Blut, das Vater dich begrüßt,
Die Wirkung deiner eignen innern Kraft,
Flucht deiner Gicht, dem Aussatz und der Lähmung,
Daß sie nicht schneller mit dir enden.
Du hast zu eigen Jugend nicht noch Alter,
Nein, gleichsam nur 'nen Schlaf am Nachmittag,
Der beides träumt; denn all dein Jugendglanz
Lebt wie bejahrt und fleht vom welken Alter
Die Zehrung sich: und bist du alt und reich,
Hast du nicht Glut noch Triebe, Mark noch Schönheit,
Der Güter froh zu sein. Was bleibt nun noch,
Das man ein Leben nennt? Und dennoch birgt
Dies Leben tausend Tode; dennoch scheu'n wir
Den Tod, der all die Widersprüche löst.
CLAUDIO. Habt Dank, mein Vater!
Ich seh', nach Leben strebend, such' ich Sterben,
Tod suchend, find' ich Leben. Nun, er komme! –

Isabella kommt.

ISABELLA.
Macht auf! Heil sei mit euch, und Gnad' und Frieden!
SCHLIESSER. Wer da? Herein! Der Wunsch verdient Willkommen!
HERZOG. Bald, lieber Sohn, werd' ich Euch wiedersehn.
CLAUDIO. Ehrwürd'ger Herr, ich dank' Euch.
ISABELLA.
Ich wünsche nur ein kurzes Wort mit Claudio.
SCHLIESSER.
Von Herzen gern; Herr, Eure Schwester ist's.
HERZOG *beiseit.*
Schließer, ein Wort mit Euch!
SCHLIESSER. So viel Ihr wollt.
HERZOG.
Verbergt mich, Freund, wo ich sie sprechen höre'

Der Herzog und der Schließer ab.

CLAUDIO. Nun, Schwester, was für Trost? –
ISABELLA.
Nun ja, wie aller Trost ist; gut, sehr gut! –
Lord Angelo hat ein Geschäft im Himmel
Und sucht dich aus als schnellen Abgesandten,
Wo du ihm bleibst als ew'ger Stellvertreter.
Drum schick' dich an zur Wand'rung ungesäumt;
Auf morgen reisest du.
CLAUDIO. Ist denn kein Mittel?
ISABBLLA.
Nein; nur ein Mittel, das, ein Haupt zu retten,
Zerspalten würd' ein Herz.
CLAUDIO. So gibt es eins? –
ISABELLA. Ja, Bruder, du kannst leben. –
In diesem Richter wohnt ein teuflisch Mitleid:
Willst du dies anflehn, wird dein Leben frei,
Dich aber fesselt er bis in dein Grab.
CLAUDIO. Wie! Ew'ge Haft?
ISABELLA. Ja, nenn' es ew'ge Haft; es wär' ein Zwang,

Der, stünd' auch offen dir der weite Weltraum,
Dich bänd' an eine Qual.
CLAUDIO. Von welcher Art?
ISABBLLA.
Von solcher Art, daß, wenn du eingewilligt,
Du schältest ab die Ehre deinem Stamm
Und bliebest nackt.
CLAUDIO. Laß mich die Sache wissen!
ISABELLA. O Claudio, ich fürchte dich und zittre,
Du möcht'st ein fiebernd Leben dehnen wollen;
Sechs oder sieben Winter teurer achten
Als ew'ge Ehre. Hast du Mut zum Tod? –
Des Todes Schmerz liegt in der Vorstellung;
Der arme Käfer, den dein Fuß zertritt,
Fühlt körperlich ein Leiden, ganz so groß,
Als wenn ein Riese stirbt.
CLAUDIO. Weshalb beschämst du mich?
Meinst du, ich suche mir entschloßnen Mut
Aus zartem Blumenschmelz? Nein, muß ich sterben,
Grüß' ich die Finsternis als meine Braut
Und drücke sie ans Herz!
ISABELLA. Das sprach mein Bruder:
Das war wie eine Stimme
Aus meines Vaters Grab. Ja, du mußt sterben! –
Du bist zu groß, ein Leben zu erkaufen
Durch niedre Schmach! – Der außenheil'ge Richter –
Des finstre Stirn und tiefbedachtes Wort
Die Jugend ängstigt und die Torheit scheucht,
So wie der Falk die Taub' – ist doch ein Teufel:
Sein innrer Schlamm hinweggeschöpft, erschien' er
Ein Pfuhl, tief wie die Hölle.
CLAUDIO. Der fromme Angelo?
ISABELLA. Das ist die list'ge Ausstattung der Hölle.
Den frechsten Schalk verkleidend einzuhüllen
In fromme Tracht. Glaubst du wohl, Claudio,
Wenn ich ihm meine Unschuld opfern wollte,
Du würdest frei?
CLAUDIO. O Himmel! Ist es möglich?
ISABELLA. Ja, er vergönnte dir's, für solche Sünde
Noch mehr hinfort zu sünd'gen. Diese Nacht
Soll das geschehn, was ich mit Abscheu nenne,
Sonst stirbst du morgen.
CLAUDIO. Das sollst du nie!
ISABELLA. O wär' es nur mein Leben,
Ich würf' es leicht für deine Freiheit hin
Wie eine Nadel!
CLAUDIO. Dank dir, teure Schwester!
ISABELLA. Bereite dich auf morgen denn zum Tod! –
CLAUDIO. Ja. – Fühlt auch er Begierden,
Für die er das Gesetz mit Füßen tritt,
Indem er's schärfen will? Dann ist's nicht Sünde,
Die kleinste mind'stens von den Todessünden! –
ISABELLA. Welch' ist die kleinste?
CLAUDIO.
Wär' sie verdammlich: ein so weiser Mann,
Wie könnt' er eines Augenblicks Genuß
Mit Ewigkeiten büßen? Isabella! ...
ISABELLA. Was sagt mein Bruder?
CLAUDIO. Sterben ist entsetzlich!
ISABELLA. Und leben ohne Ehre hassenswert!
CLAUDIO. Ja! Aber sterben! Gehn, wer weiß, wohin,
Da liegen, kalt, eng eingesperrt, und faulen;
Dies lebenswarme, fühlende Bewegen
Verschrumpft zum Kloß; und der entzückte Geist
Getaucht in Feuerfluten, oder schaudernd
Umstarrt von Wüsten ew'ger Eisesmassen;
Gekerkert sein in unsichtbare Stürme,
Und mit rastloser Wut gejagt rings um
Die schwebende Erd'; oder Schlimmres werden
Als selbst das Schlimmste,
Was Phantasie wild schwärmend, zügellos,
Heulend erfindet: das ist zu entsetzlich! –
Das schwerste, jammervollste ird'sche Leben.
Das Alter, Meineid, Schmerz, Gefangenschaft
Dem Menschen auflegt, – ist ein Paradies
Gegen das, was wir vom Tode fürchten!
ISABELLA. Ach! –
CLAUDIO. O Liebste, laß mich leben! –
Was du auch tust, den Bruder dir zu retten,
Natur tilgt diese Sünde so hinweg,
Daß sie zur Tugend wird.
ISABELLA. O Tier!
O feige Memm'! o treulos Ehrvergeßner,
Soll meine Sünde dich zum Mann erschaffen? –
Ist's nicht blutschänd'risch, Leben zu empfahn
Durch deiner Schwester Schmach? Was muß ich glauben?
Hilf Gott! War meine Mutter falsch dem Vater?
Denn solch entartet wildes Unkraut sproß
Niemals aus seinem Blute. Dir entsag' ich,
Stirb, fahre hin! Wenn auch mein Fußfall nur
Dein Schicksal wenden möcht', ich ließ' es walten:
Ich bete tausendmal für deinen Tod,
Kein Wort zur Rettung.
CLAUDIO. Schwester, hör' mich an!
ISABELLA. O pfui, pfui, pfui! –
Dein Sünd'gen war kein Fall, war schon Gewerbe,
Und Gnade würd' an dir zur Kupplerin:
Am besten stirbst du gleich.

Will abgehn.

CLAUDIO. O hör' mich, Schwester! –

Der Herzog kommt zurück.

HERZOG. Vergönnt ein Wort, junge Schwester, nur ein einziges Wort!
ISABELLA. Was ist Euer Wunsch?
HERZOG. Wenn Eure Zeit es zuließe, hätte ich gern eine kurze Unterredung mit Euch; diese Gewährung meiner Bitte würde zugleich zu Euerm Frommen sein.
ISABELLA. Ich habe keine überflüssige Zeit; mein Verweilen muß ich anderen Geschäften stehlen; doch will ich noch etwas verweilen.
HERZOG *beiseit zu Claudio.* Mein Sohn, ich habe mit angehört, was zwischen Euch und Eurer Schwester vorging. Angelo hatte nie die Absicht, sie zu verführen; er hat nur einen Versuch auf ihre Tugend gemacht, um sein Urteil über das menschliche Gemüt zu schärfen. Sie, im wahren Gefühl echter Ehre, entgegnete ihm die fromme Weigerung, die er mit höchster Freude vernahm. Ich bin Angelos Beichtiger und weiß, daß dieses wahr ist. Bereitet Euch deshalb auf den Tod;

schmeichelt Eurer Standhaftigkeit nicht durch trügliche Hoffnungen; morgen müßt Ihr sterben. Fallt auf Eure Kniee und macht Euch fertig!

CLAUDIO. Laßt mich meine Schwester um Verzeihung bitten. Die Liebe zum Leben ist mir so vergangen, daß ich bitten werde, davon befreit zu sein.

HERZOG. Dabei bleibt's. Lebt wohl! –

Claudio ab.

Der Schließer kommt zurück.

Schließer, ein Wort mit Euch!

SCHLIESSER. Was wünscht Ihr, Pater?

HERZOG. Daß Ihr, wie Ihr kamt, jetzt wieder geht. Laßt mich ein wenig allein mit diesem Fräulein; meine Gesinnung und mein Kleid sind Euch Bürge, daß sie von meiner Gesellschaft nichts zu fürchten hat.

SCHLIESSER. Es sei so. – *Geht ab.*

HERZOG. Dieselbe Hand, die Euch schön erschuf, hat Euch auch gut erschaffen. Güte, von der Schönheit gering geachtet, läßt auch der Schönheit nicht lange ihre Güte; aber Sittsamkeit, die Seele Eurer Züge, wird Euch auch immer schön erhalten. Von dem Angriff, den Angelo auf Euch versucht, hat mich der Zufall in Kenntnis gesetzt, und böte nicht die menschliche Schwachheit Beispiele für sein Straucheln, ich würde mich über Angelo wundern. Wie wollt Ihr's nun machen, diesen Statthalter zufrieden zu stellen und Euren Bruder zu retten?

ISABELLA. Ich gehe gleich, ihm meinen Entschluß zu sagen: ich wolle lieber, daß mir ein Bruder nach dem Gesetz sterbe, als daß mir ein Sohn wider das Gesetz geboren werde. Aber, oh, wie irrt sich der gute Herzog in diesem Angelo! Wenn er je zurück kommt, und ich kann zu ihm gelangen, so will ich meine Lippen nie wieder öffnen, oder diese Verwaltung enthüllen.

HERZOG. Das würde nicht unrecht getan sein. Indes wie die Sache nun steht, wird er Eurer Anklage entgegnen, er habe Euch nur prüfen wollen. Darum leihet Euer Ohr meinem Rat; denn meinem Wunsch, Gutes zu stiften, bietet sich ein Mittel dar. Ich bin überzeugt, Ihr könnt mit aller Rechtschaffenheit einem armen gekränkten Fräulein eine verdiente Wohltat erzeigen; Euern Bruder dem strengen Gesetz entreißen; Eure eigne fromme Seele rein erhalten und den abwesenden Herzog sehr erfreuen, wenn er vielleicht dereinst zurückkehren und von dieser Sache hören sollte.

ISABELLA. Fahrt fort, mein Vater! Ich habe Herz, alles zu tun, was meinem Herzen nicht verwerflich erscheint.

HERZOG. Tugend ist kühn, und Güte ohne Furcht. Hörtet Ihr nie von Marianen, der Schwester Friedrichs, des tapfern Helden, der auf der See verunglückte?

ISABELLA. Ich hörte von dem Fräulein, und nichts als lauter Gutes.

HERZOG. Eben die sollte dieser Angelo heiraten: mit dieser war er feierlich verlobt und die Hochzeit festgesetzt. Zwischen der Zeit des Verlöbnisses aber und dem Trauungstage ging das Schiff ihres Bruders Friedrich unter, und mit ihm das Heiratsgut der Schwester. Nun denkt Euch, wie hart das arme Fräulein hiedurch getroffen ward. Sie verlor einen edlen und berühmten Bruder, dessen Liebe für sie von jeher die zärtlichste und brüderlichste gewesen; mit ihm ihr Erbteil und den Nerv ihres Glücks, ihr Heiratsgut: mit beiden zugleich den ihr bestimmten Bräutigam, diesen redlich scheinenden Angelo! –

ISABELLA. Ist es möglich? Und Angelo verließ sie wirklich?

HERZOG. Verließ sie in ihren Tränen und trocknete nicht eine durch seinen Trost; widerrief sein Treuwort, indem er Entdeckungen über ihre verletzte Ehre vorgab; kurz, überließ sie ihrem Kummer, dem sie noch immer um seinetwillen ergeben ist; und er, ein Fels gegen ihre Tränen, wird von ihnen benetzt, aber nicht erweicht. –

ISABELLA. Wie verdienstlich vom Tode, wenn er dieses arme Mädchen aus der Welt nähme! Welcher Frevel von diesem Leben, daß es diesen Mann leben läßt! Aber wie soll ihr hieraus Hülfe werden?

HERZOG. Es ist eine Wunde, die Ihr leicht heilen könnt; und diese Kur rettet nicht allein Euren Bruder, sondern schützt Euch vor Schande, wenn Ihr sie unternehmt.

ISABELLA. Zeigt mir an, wie? Ehrwürdiger Vater!

HERZOG. Jenes Mädchen hegt noch immer ihre erste Neigung; seine ungerechte Lieblosigkeit, die nach Vernunftgründen ihre Zärtlichkeit ausgelöscht haben sollte, hat sie wie eine Hemmung im Strom nur heftiger und unaufhaltsamer gemacht. – Geht Ihr zu Angelo, erwidert auf sein Begehren mit scheinbarem Gehorsam; bewilligt ihm die Hauptsache, nur behaltet Euch diese Bedingungen vor: erstlich, daß Ihr nicht lange bei ihm verweilen dürft; dann, daß für die Zeit alle Begünstigung der Dunkelheit und Stille sei; und daß der Ort den Umständen entspreche. Gesteht er dies zu, dann gelingt alles. Wir bereden das gekränkte Mädchen, sich an Eurer Statt zur bestimmten Verabredung einzufinden. Wenn die Zusammenkunft hernach bekannt wird, so muß ihn das zu einem Ersatz zwingen, und dann wird auf diese Weise Euer Bruder gerettet, Eure Ehre bewahrt, die arme Mariane beglückt und der böse Statthalter entlarvt. Das Mädchen will ich unterrichten und zu dem Versuch überreden. Willigt Ihr ein, dies alles auszuführen, so schützt die doppelte Wohltat diesen Trug vor Tadel. Was dünkt Euch davon? –

ISABELLA. Der Gedanke daran beruhigt mich schon, und ich hoffe, es wird zum glücklichsten Erfolg gedeihn.

HERZOG. Es kommt alles auf Euer Betragen an. Eilt ungesäumt zu Angelo! Wenn er Euch um diese Nacht bittet, so sagt ihm Gewährung zu. Ich gehe sogleich nach Sankt Lukas – dort in der einsamen Hütte wohnt diese verstoßene

Mariane –; dort sucht mich auf; und mit Angelo macht es ab, damit die Sache sich schnell entscheide.

ISABELLA. Ich danke Euch für diesen Beistand – lebt wohl, ehrwürdiger Vater!

Sie gehn ab zu verschiednen Seiten.

Zweite Szene

Straße vor dem Gefängnis.
Es treten auf der Herzog, Elbogen Pompejus und Gerichtsdiener.

ELBOGEN. Nun wahrhaftig, wenn da kein Einhalt geschieht, und Ihr wollt mit aller Gewalt Manns- und Frauensleute wie das liebe Vieh verkaufen, so wird noch die ganze Welt braunen und weißen Bastard trinken.

HERZOG. O Himmel! Was haben wir hier für Zeug! –

POMPEJUS. Mit der lustigen Welt ist's zu Ende, seit sie von zwei Wucherern dem lustigsten sein Handwerk gelegt hat und dem schlimmsten von Gerichts wegen einen Pelzrock zuerkannt, um sich warm zu halten; und noch dazu gefüttert mit Lämmerfell und verbrämt mit Fuchs, um anzudeuten, daß List besser fortkommt als Unschuld.

ELBOGEN. Geht Eurer Wege, Freund! Gott grüß' Euch, guter Vater Bruder!

HERZOG. Und Euch, werter Bruder Vater! Was hat Euch dieser Mann zu Leide getan, Herr? –

ELBOGEN. Dem Gesetze hat er etwas zu Leide getan, Herr; und obendrein, Herr, halten wir ihn für einen Dieb; denn wir haben einen ganz besondern Dietrich bei ihm gefunden, Herr, den wir an den Statthalter eingeschickt haben.

HERZOG.
Pfui, Schuft, ein Kuppler, ein verruchter Kuppler! –
Die Sünde, die dein Beistand fördern hilft,
Verschafft dir Unterhalt. Denk', was das heißt,
Den Wanst sich füllen, sich den Rücken kleiden
Mit so unsauberm Laster! Sprich zu dir:
Von ihrem schändlich viehischen Verkehr
Trink' ich und esse, kleide mich und lebe: –
Und glaubst du wohl, dein Leben sei ein Leben,
Wenn es so stinkt zum Himmel? Geh! Tu' Buße! –

POMPEJUS. Freilich, auf gewisse Weise stinkt es, Herr; aber doch, Herr, könnt' ich beweisen, ...

HERZOG. Ja, gibt der Teufel dir Beweis für Sünde,
Bist du ihm überwiesen. – Führt ihn fort;
Zucht und Ermahnung müssen wirksam sein,
Eh' solch ein störrig Vieh sich bessert.

ELBOGEN. Er muß vor den Statthalter, Herr, der hat ihn gewarnt; der Statthalter kann solch Hurenvolk nicht ausstehn; wenn er dergleichen Hurenhändlerhandwerk treibt und kommt vor ihn, da wäre ihm besser eine Meile weiter.

HERZOG. So mancher scheint von allen Fehlern rein;
Oh, wär' er's auch! Und jeder Fehl vom Schein! –

Lucio kommt.

ELBOGEN. Sein Hals wird's nun bald machen wie Euer Leib, Herr: ein Strick darum.

POMPEJUS. Da wittre ich Rettung – ich rufe mir einen Bürgen; hier kommt ein Edelmann, ein Freund von mir.

LUCIO. Was macht mein edler Pompejus? Was, an Cäsars Fersen? Wirst du im Triumph aufgeführt? Was? Wo sind nun deine Pygmalionsbilder, deine neugebacknen Weiber, die einem eine Hand in die Tasche stecken und sie als Faust wieder heraus ziehn? Was hast du für eine Replik, he? Wie gefällt dir diese Melodie, Manier und Methode? Ist sie nicht im letzten Regen ersoffen? Nun, was sagst du, Pflastertreter? Ist die Welt noch, wie sie war, mein Guter? Wie heißt nun dein Lied? Geht's betrübt und einsilbig? Oder wie? Was ist der Humor davon? –

HERZOG.
Immer so und wieder so! Immer schlimmer!

LUCIO. Wie geht's meinem niedlichen Schätzchen, deiner Frau? Verschafft sie noch immer Kunden, he?

POMPEJUS. I nun, Herr, sie war mit ihrem Vorrat von gesalznem Fleisch zu Ende, nun hat sie sich selbst in die Beize begeben.

LUCIO. Ei, recht so; so gehört sich's; so muß es sein: Eure Fische immer frisch, Eure Hökerin in der Lauge: so ist's der Welt Lauf, so muß es sein. Begibst du dich ins Gefängnis, Pompejus?

POMPEJUS. Ja, mein' Seel', Herr.

LUCIO. Ei, das läßt sich hören, Pompejus! Glück zu! – Geh, sag, ich hätte dich hingeschickt; Schulden halber, Pompejus; oder vielleicht –

ELBOGEN.
Weil er ein Kuppler ist, weil er ein Kuppler ist.

LUCIO. Schön! Darum ins Gefängnis mit ihm; wenn sich das Gefängnis für einen Kuppler gehört, dann geschieht ihm ja sein Recht; ein Kuppler ist er unleugbar, und zwar von alters her: ein geborner Kuppler. Leb wohl, teurer Pompejus, empfehlt mich dem Gefängnis; Ihr werdet wohl nun ein guter Haushalter werden, denn man wird Euch zu Hause halten.

POMPEJUS. Ich hoffe doch, Euer Hochgeboren wird für mich Bürge sein? –

LUCIO. Nein, wahrhaftig, das werd' ich nicht, Pompejus; das ist jetzt nicht Mode. Ich will mich für dich verwenden, daß man dich noch länger sitzen läßt; wenn du dann die Geduld verlierst, so zeigst du, daß du Haare auf den Zähnen hast. Leb wohl, beherzter Pompejus! – Guten Abend, Pater! –

HERZOG. Gleichfalls.

LUCIO.
Schminkt sich Brigittchen noch immer, Pompejus?

ELBOGEN. Fort mit Euch! Kommt jetzt! –

POMPEJUS.
Ihr wollt also dann nicht Bürge sein, Herr?

LUCIO. Weder dann noch jetzt. – Was gibt's auswärts Neues, Pater? – Was gibt's Neues? –

ELBOGEN. Fort mit Euch! Kommt jetzt! –

LUCIO. Fort, ins Hundeloch, Pompejus! Fort! –

Elbogen, Pompejus und Gerichtsdiener gehn ab.

Was gibt's Neues vom Herzog, Pater?

HERZOG.
Ich weiß nichts; könnt Ihr mir etwas mitteilen?

LUCIO. Einige sagen, er sei beim Kaiser von Rußland; andre, er sei nach Rom gereist. Wo meint Ihr, daß er sei?

HERZOG. Ich weiß es nicht, aber wo er sein mag, wünsch' ich ihm Gutes.

LUCIO. Das war ein toller, phantastischer Einfall von ihm, sich aus dem Staat wegzustehlen und sich auf die Bettelei zu werfen, zu der er nun einmal nicht geboren ist. Lord Angelo herzogt indes recht tapfer in seiner Abwesenheit; er nimmt das galante Wesen rechtschaffen ins Gebet.

HERZOG. Daran tut er wohl.

LUCIO. Ein wenig mehr Milde für die Lüderlichkeit könnte ihm nicht schaden, Pater; etwas zu sauertöpfisch in dem Punkt, Pater.

HERZOG. Es ist ein zu allgemeines Laster, und nur Strenge kann es heilen.

LUCIO. Freilich, das Laster ist von großer Familie und vornehmer Verwandtschaft; aber es ist unmöglich, es ganz auszurotten, Pater, man müßte denn Essen und Trinken abschaffen. Man sagt, der Angelo sei gar nicht auf dem ordentlichen Wege der Natur von Mann und Weib erzeugt. Sollte das wohl wahr sein? Was meint Ihr?

HERZOG. Wie wäre er denn erzeugt?

LUCIO. Einige erzählen, eine Meernixe habe ihn gelaicht; andre, er sei von zwei Stockfischen in die Welt gesetzt: aber das ist gewiß, daß, wenn er sein Wasser abschlägt, der Urin gleich zu Eis gefriert; daran ist nicht der mindeste Zweifel. Er ist eine Marionette ohne Zeugungskraft, das kann nicht in Abrede gestellt werden.

HERZOG.
Ihr scherzt, mein Herr, und führt lose Reden.

LUCIO. Zum Henker, ist denn das nicht eine unbarmherzige Manier, um eines rebellischen Hosenlatzes willen einem Mann das Leben zu nehmen? Hätte der Herzog, der jetzt abwesend ist, das wohl je getan? Ehe der einen hätte hängen lassen um hundert Bastarde, hätte er das Kostgeld für ein ganzes Tausend aus seiner Tasche bezahlt. Er war kein Kostverächter, er verstand den Dienst, und das machte ihn nachsichtig.

HERZOG. Ich habe nie gehört, daß man den abwesenden Herzog eben mit Weibern in Verdacht gehabt hätte; er hatte dazu keinen Hang.

LUCIO. O Herr, da seid Ihr im Irrtum! –

HERZOG. Unmöglich!

LUCIO. Was? Der Herzog nicht? Ja doch! Fragt nur Euer altes fünfzigjähriges Bettelweib; er pflegte ihr immer einen Dukaten in ihre Klapperbüchse zu stecken. Der Herzog hatte seine Nücken; er war auch gern betrunken: das glaubt mir auf mein Wort!

HERZOG. Ganz gewiß, Ihr tut ihm Unrecht.

LUCIO. Herr, ich war sein vertrauter Freund; ein Duckmäuser war der Herzog, und ich glaube, ich weiß, warum er davon gegangen ist.

HERZOG. Nun, sagt mir doch, warum denn?

LUCIO. Nein, um Vergebung, das ist ein Geheimnis, das man zwischen Zähnen und Lippen verschließen muß. Aber so viel kann ich Euch doch zu verstehn geben: der größte Teil seiner Untertanen hielt den Herzog für einen verständigen Mann.

HERZOG.
Verständig? Nun, das war er auch ohne Frage!

LUCIO. Ein sehr oberflächlicher, unwissender, unbrauchbarer Gesell!

HERZOG. Entweder ist dies Neid, oder Narrheit von Euch, oder Irrtum; der ganze Lauf seines Lebens, die Art, wie er das Staatsruder geführt, würden, wenn es der Bürgschaft bedürfte, ein besseres Zeugnis von ihm ablegen. Laßt ihn nur nach dem beurteilt werden, wie er sich gezeigt hat, und er wird dem Neide selbst als ein Gelehrter, ein Staatsmann und ein Soldat erscheinen. Deshalb redet Ihr ohne Einsicht; oder wenn Ihr mehr Verstand habt, wird er sehr von Eurer Bosheit verfinstert.

LUCIO. Herr, ich kenne ihn und liebe ihn.

HERZOG. Liebe spricht mit beßrer Einsicht, und Einsicht mit mehr Liebe.

LUCIO. Ei was, Herr, ich weiß, was ich weiß.

HERZOG. Das kann ich kaum glauben, da Ihr nicht wißt, was Ihr sprecht. Aber wenn der Herzog je zurückkehrt (wie wir alle beten, daß es geschehn möge), so laßt mich Euch ersuchen, Euch vor ihm zu verantworten. Habt Ihr der Wahrheit gemäß gesprochen, so habt Ihr Mut, es zu vertreten.
Meine Pflicht ist; Euch dazu aufzufodern; und deshalb bitt' ich Euch, wie ist Euer Name?

LUCIO.
Herr, mein Name ist Lucio; der Herzog kennt mich.

HERZOG. Er wird Euch noch besser kennen lernen, wenn ich so lange lebe, daß ich ihm Nachricht von Euch geben kann.

LUCIO. Ich fürchte Euch nicht.

HERZOG. Oh, Ihr hofft, der Herzog werde nicht zurückkehren, oder Ihr haltet mich für einen zu unbedeutenden Gegner. Und in der Tat, ich kann Euch wenig schaden: Ihr werdet dies alles wieder abschwören.

LUCIO. Ehe will ich mich hängen lassen; du irrst dich in mir, Pater. Doch genug hievon. Kannst du mir sagen, ob Claudio morgen sterben muß oder nicht?

HERZOG. Warum sollte er sterben, Herr?

LUCIO. Nun, weil er eine Flasche mit einem Trichter gefüllt. Ich wollte, der Herzog, von dem wir reden, wäre wieder da; dieser unvermögende Machthaber wird die Provinz durch Enthaltsamkeit entvölkern; nicht einmal die Sperlinge dürfen an seiner Dachtraufe bauen, weil sie verbuhlt sind. Der Herzog hätte gewiß, was im Dunkeln geschah, auch im Dunkeln gelassen; er hätte es nimmermehr ans Licht gebracht; ich wollte, er wäre wieder da! Wahrhaftig, dieser

Claudio wird verdammt, weil er eine Schleife aufgeknüpft! Leb wohl, guter Pater! Ich bitte dich, schließ' mich in dein Gebet! Der Herzog, sage ich dir, verschmäht auch Fleisch am Freitag nicht. Er ist jetzt über die Zeit hinaus, und doch sag' ich dir, er würde eine Bettlerin schnäbeln, und röche sie nach Schwarzbrot und Knoblauch. Sag nur, ich hätte dir's gesagt! Leb wohl! – *Ab.*

HERZOG.
Nichts rettet Macht und Größe vor dem Gift
Der Schmähsucht; auch die reinste Unschuld trifft
Verleumdung hinterrücks; ja selbst den Thron
Erreicht der tück'schen Lästerzunge Hohn. –
Doch wer kommt hier?

Escalus, der Schließer, die Kupplerin und Gerichtsdiener treten auf.

ESCALUS. Fort, bringt sie ins Gefängnis! –

KUPPLERIN. Liebster, gnädiger Herr, habt Mitleid mit mir; Euer Gnaden gilt für einen sanftmütigen Herrn – liebster, gnädiger Herr! –

ESCALUS. Doppelt und dreifach gewarnt, und immer das nämliche Verbrechen! – das könnte die Gnade selbst in Wut bringen und zum Tyrannen machen.

SCHLIESSER. Eine Kupplerin, die es seit elf Jahren treibt, mit Euer Gnaden Vergunst! –

KUPPLERIN. Gnädiger Herr, das hat ein gewisser Lucio mir eingerührt. Jungfer Käthchen Streckling war schwanger von ihm zu des Herzogs Zeit; er versprach ihr die Ehe; sein Kind ist fünfviertel Jahr alt auf nächsten Philippi und Jakobi; ich habe es selbst aufgefüttert, und seht nun, wie er mit mir umspringen will!

ESCALUS. Dies ist ein Mensch von sehr schlechter Aufführung: ruft ihn vor uns! Fort mit ihr ins Gefängnis – kein Wort mehr weiter! –

Kupplerin und Gerichtsdiener ab.

Schließer, mein Bruder Angelo läßt sich nicht überreden; Claudio muß morgen sterben. Besorgt ihm geistlichen Zuspruch, und was er zu christlicher Erbauung bedarf. Wenn mein Bruder gleiches Mitleid wie ich empfände, so stände es nicht so um Claudio.

SCHLIESSER. Gnädiger Herr, dieser Pater ist bei ihm gewesen und hat ihm mit Rat beigestanden, dem Tode entgegen zu gehn.

ESCALUS. Guten Abend, guter Pater!

HERZOG. Gnade und Segen über Euch! –

ESCALUS. Von wannen seid Ihr?

HERZOG.
Nicht diesem Land gehör' ich, wo mich Zufall
Für eine Zeit lang hält. Ich bin ein Bruder
Aus frommem Orden, über See gekommen
Mit wicht'gem Auftrag seiner Heiligkeit.

ESCALUS. Was gibt's Neues im Auslande?

HERZOG. Nichts; außer daß Rechtschaffenheit an einem so starken Fieber leidet, daß ihre Auflösung sie heilen muß. Nur dem Neuen wird nachgefragt, und es ist ebenso gefährlich geworden, in irgendeiner Lebensbahn alt zu werden, als es schon eine Tugend ist, in irgendeinem Unternehmen standhaft zu bleiben. Kaum ist noch so viel Vertrauen wirksam, um der Gesellschaft Sicherheit zu verbürgen; aber Bürgschaft so überlei, daß man allen Umgang verwünschen möchte. Um diese Rätsel dreht sich die ganze Weisheit der Welt; dies Neue ist alt genug, und dennoch das Neue des Tages. Ich bitt' Euch, Herr, von welcher Gesinnung war Euer Herzog?

ESCALUS. Von der, daß er vorzüglich dahin strebte, sich genau selbst kennen zu lernen.

HERZOG. Welchen Vergnügungen war er ergeben?

ESCALUS. Mehr erfreut, andre froh zu sehn, als froh über irgend etwas, das ihn selbst vergnügt hätte; ein Herr, der in allen Dingen mäßig war. Doch überlassen wir ihn seinem Schicksal, mit einem Gebet für sein Wohlergehn, und vergönnt mir die Frage, wie Ihr Claudio vorbereitet fandet? Wie ich höre, habt Ihr ihm Euren Besuch gegönnt.

HERZOG. Er bekennt, sein Richter habe ihn nicht mit zu strengem Maß gemessen; vielmehr demütigt er sich mit großer Ergebung vor dem Ausspruch der Gerechtigkeit. Doch hatte er sich, der Eingebung seiner Schwachheit folgend, manche täuschende Lebenshoffnung gebildet, die ich allmählich herabgestimmt habe; und jetzt ist er gefaßt zu sterben.

ESCALUS. Ihr habt dem Himmel Euer Gelübde und gegen den Gefangenen alle Pflichten Eures Berufs erfüllt. Ich habe mich für den armen jungen Mann bis an die äußerste Grenze meiner Zurückhaltung verwendet; aber meines Mitbruders Gerechtigkeitssinn zeigte sich so strenge, daß er mich zwang, ihm zu sagen, er sei in der Tat die Gerechtigkeit selbst.

HERZOG. Wenn sein eigner Wandel dieser Schroffheit seines Verfahrens entspricht, so wird sie ihm wohl anstehn; sollte er aber fehlen, so hat er sich sein eignes Urteil gesprochen.

ESCALUS.
Ich gehe, den Gefangnen zu besuchen. Lebt wohl! –

HERZOG.
Friede sei mit Euch! –

Escalus und der Schließer gehn ab.

Wem Gott vertraut des Himmels Schwert,
Muß heilig sein und ernst bewährt;
Selbst ein Muster, uns zu leiten,
So festzustehn, wie fortzuschreiten;
Gleiches Maß den fremden Fehlen,
Wie dem eignen Frevel wählen.
Schande dem, der tödlich schlägt
Unrecht, das er selber hegt!
Schmach, Angelo, Schmach deinem Richten,
Der fremde Spreu nur weiß zu sichten!
Wie oft birgt innre, schwere Schuld,
Der außen Engel scheint an Huld;
Wie oft hat Schein, in Sünd' erzogen,
Der Zeiten Auge schon betrogen,
Daß er mit dünnen Spinneweben
Das Schwerste, Gröbste mag erheben! –

List gegen Bosheit wend' ich nun:
Lord Angelo soll heute ruhn
Bei der Verlobten, erst Verschmähten:
So soll der Trug den Trug vertreten,
Falschheit die Falschheit überwinden,
Und neu der alte Bund sich gründen.
Ab.

Vierter Aufzug

Erste Szene

Zimmer in Marianens Hause.
Mariane sitzend; ein Knabe singt.

Lied
Bleibt, o bleibt, ihr Lippen, ferne,
Die so lieblich falsch geschworen;
Und ihr Augen, Morgensterne,
Die mir keinen Tag geboren!
Doch den Kuß gib mir zurück,
Gib zurück,
Falsches Siegel falschem Glück,
Falschem Glück! –

MARIANE. Brich ab dein Lied und eile schnell hinweg;
Hier kommt ein Mann des Trostes, dessen Rat
Oft meinen wildempörten Gram gestillt.
Knabe ab. Der Herzog tritt auf.
O lieber Herr, verzeiht! Ich wünschte fast,
Ihr hättet nicht so sangreich mich gefunden.
Entschuldigt mich und glaubt, wie ich's Euch sage,
Es war nicht Lust, nur Mild'rung meiner Plage.

HERZOG. Recht wohl; doch üben Töne Zauberkraft,
Die Schlimmes gut, aus Gutem Schlimmes schafft. –
Ich bitt' Euch, sagt mir, hat hier jemand heut nach mir gefragt? Eben um diese Stunde versprach ich, ihn hier zu treffen.

MARIANE. Es hat niemand nach Euch gefragt; ich habe hier den ganzen Tag gesessen.
Isabella kommt.

HERZOG. Ich glaube Euch zuversichtlich; die Zeit ist da: eben jetzt. Ich muß Euch bitten, Euch auf einen Augenblick zu entfernen; ich denke, wir sprechen uns gleich wieder, um für Euch etwas Gutes einzuleiten.

MARIANE. Ich bin Euch stets verpflichtet.
Ab.

HERZOG. Seid höchlich mir willkommen! –
Wie ist's mit diesem trefflichen Regenten?

ISABELLA. Sein Garten ist umringt von einer Mauer,
Die gegen West an einen Weinberg lehnt;
Und zu dem Weinberg führt ein Lattentor,
Das dieser größre Schlüssel öffnen wird;
Der andre schließt ein kleines Pförtchen auf,
Das aus dem Weinberg in den Garten führt:
Dort hab' ich zugesagt mich einzustellen,
Grad' in der Stunde ernster Mitternacht.

HERZOG.
Doch seid Ihr auch gewiß, den Weg zu finden?

ISABELLA. Ich merkte alles sorglich und genau;
Mit flüsternd und höchst sündenvollem Eifer
Genau vorzeichnend alles, wies er mir
Zweimal den Weg.

HERZOG. Sind keine andre Zeichen
Von Euch bestimmt, die sie zu merken hat?

ISABELLA.
Nein; nur daß wir im Dunkel uns begegnen,
Und ich ihm eingeschärft, nur kurze Zeit
Könn' ich verweilen; denn, so sagt' ich ihm,
Begleiten werd' ein Mädchen mich dahin,
Die auf mich wart', und deren Meinung sei,
Ich komm' des Bruders halber.

HERZOG. Wohl erdacht;
Ich habe von dem allen noch kein Wort
Marianen mitgeteilt. – He! Fräulein, kommt! –
Mariane kommt wieder.
Ich bitt' Euch, macht Bekanntschaft mit der Jungfrau,
Sie kommt, Euch zu verpflichten.

ISABELLA. Ja, so wünsch' ich's.

HERZOG.
Vertraut Ihr mir, daß ich Euch lieb' und achte?

MARIANE.
Ich weiß, Ihr tut's, und hab' es schon erfahren.

HERZOG.
So nehmt denn diese Freundin an der Hand
Und hört, was sie Euch jetzt erzählen wird.
Ich werd' Euch hier erwarten. – Eilt indes,
Die feuchte Nacht ist nah.

MARIANE. Gefällt's Euch, mitzugehn?
Mariane und Isabella ab.

HERZOG
O Größ' und Hoheit, tausend falscher Augen
Haften auf dir! In Bänden voll Geschwätz
Rennt falsches Spähn, mit sich in Widerspruch,
Dein Handeln an; des Witzes Fehlgeburt
Macht dich zum Vater ihrer müß'gen Träume
Und zwängt dich ihren Grillen ein. – Willkommen!
Seid ihr ganz einig?
Mariane und Isabella kommen zurück.

ISABELLA. Sie will die Unternehmung wagen, Vater,
Wenn Ihr sie billigt.

HERZOG. Nicht ermahn' ich nur,
Ich forde, daß sie's tut.

ISABELLA. Zu sagen habt Ihr wenig;
Nur, wenn Ihr von ihm scheidet, leis' und schwach: –
»Gedenkt jetzt meines Bruders! -«

MARIANE. Fürchtet nichts!

HERZOG. Auch Ihr, geliebte Tochter, fürchtet nichts!
Er ist mit Euch vermählt durch sein Verlöbnis:
Euch so zusammenfügen ist nicht Sünde,
Weil Eures Anspruchs unbestrittnes Recht
Den Trug zur Wohltat macht. Kommt, geht hinein;
Wer ernten will, muß erst den Samen streun.
Gehn ab.

Zweite Szene

Ein Zimmer im Gefängnis.
Der Schließer und Pompejus treten auf.

SCHLIESSER. Kommt einmal her, Bursch; könnt

Ihr wohl einem Menschen den Kopf abschlagen?

POMPEJUS. Wenn der Mensch ein Junggesell ist, Herr, so kann ich's; ist's aber ein verheirateter Mann, so ist er seines Weibes Haupt; und ich kann unmöglich einen Weiberkopf abschlagen.

SCHLIESSER. Hört, Freund, laßt die Narrenspossen und antwortet mir geradezu. Morgen früh sollen Claudio und Bernardino sterben; wir haben hier im Gefängnis unsern gewöhnlichen Scharfrichter, der einen Gehülfen im Dienst braucht: wenn Ihr's übernehmen wollt, ihm beizustehn, so sollt Ihr von Euem Fußschellen loskommen; wo nicht, so habt Ihr Eure volle Zeit im Gefängnis auszuhalten, und beim Abschied noch ein unbarmherziges Auspeitschen, denn Ihr seid ein stadtkündiger Kuppler gewesen.

POMPEJUS. Herr, ich bin seit undenklicher Zeit ein unzünftiger Kuppler gewesen; aber jetzt will ich mir's gefallen lassen, ein zünftiger Henker zu werden. Es soll mir ein Vergnügen sein, einigen Unterricht von meinem Amtsbruder zu erhalten.

SCHLIESSER.
Heda, Grauslich! Wo stecktst du, Grauslich?

Grauslich kommt.

GRAUSLICH. Ruft Ihr, Herr? –

SCHLIESSER. Seht einmal, hier ist ein Bursch, der Euch morgen bei der Hinrichtung helfen soll; wenn's Euch recht ist, so nehmt ihn an auf ein Jahr und behaltet ihn hier bei Euch; wo nicht, so braucht ihn für diesmal und laßt ihn gehn. Ihr könnt euch wegen der Ehre nicht unter einander zanken, denn er ist ein Kuppler gewesen.

GRAUSLICH. Ein Kuppler? Pfui, da verunehrt er unsre Kunst.

SCHLIESSER. Ach, geht nur! Ihr wiegt gleich viel; eine Feder wird auf der Waage den Ausschlag geben. *Ab.*

POMPEJUS. Wollt Ihr nicht eine Ausnahme mit mir machen? Denn bis auf Eure hängenden Augen nehmt Ihr Euch sehr gut aus. Ihr nennt also Eure Hantierung eine Kunst?

GRAUSLICH. Ja, Herr, eine Kunst.

POMPEJUS. Das Malen, Herr, habe ich sagen hören, sei eine Kunst; und da die Huren, Herr, unter deren Regiment ich gedient habe, sich aufs Malen verstehn, so folgt, daß meine Hantierung eine Kunst sei: aber was für eine Kunst im Hängen sein sollte – und wenn Ihr mich hängen wolltet –, das kann ich nicht einsehn.

GRAUSLICH. Herr, es ist eine Kunst.

POMPEJUS. Beweis?

GRAUSLICH. Jedes ehrlichen Mannes Anzug muß für einen Dieb passen.

POMPEJUS. Freilich; denn sind Anzug und Halsschmuck ihm auch zu eng, der ehrliche Mann hält sie doch für weit genug; und findet Euer Dieb sie zu vollständig und derb, der ehrliche Mann hält sie für eng genug. Auf diese Weise muß jedes ehrlichen Mannes Anzug für den Dieb anpassend sein.

Der Schließer kommt zurück.

SCHLIESSER. Nun, seid ihr einig?

POMPEJUS. Herr, ich will ihm dienen; denn ich sehe, so ein Henker hat doch ein bußfertigeres Gewerbe als so ein Kuppler; er bittet öfter um Vergebung.

SCHLIESSER. Ihr da, haltet Euer Beil und Euern Block auf morgen um vier Uhr in Bereitschaft!

GRAUSLICH. Komm mit, Kuppler, ich will dich in meiner Hantierung unterrichten; folge mir!

POMPEJUS. Ich bin sehr wißbegierig, Herr, und ich hoffe, wenn Ihr einmal Gelegenheit habt, mich für Euch selbst zu brauchen, Ihr sollt mich rührig finden; und wahrhaftig, Herr, Ihr habt so viel Güte für mich, daß ich Euch wieder gefällig sein möchte.

SCHLIESSER.
Ruft mir jetzt Bernardin und Claudio her: –

Grauslich und Pompejus gehn ab.

Der tut mir leid, doch jener Mörder nicht,
Und wär's mein Sohn, verfiel er dem Gericht.

Claudio tritt auf.

Hier ist dein Todesurteil, Claudio, lies!
Jetzt ist es Mitternacht; um acht Uhr früh
Gehst du zur Ewigkeit. – Wo ist Bernardin?

CLAUDIO. So fest im Schlafe wie schuldlose Arbeit,
Wenn sie des Wandrers Glieder schwer belastet;
Er wird nicht wach.

SCHLIESSER. Ihm kann auch keiner helfen.
Nun geht, bereitet Euch! – Horcht, welch Geräusch?

Man hört klopfen. Claudio geht ab.

Gott woll' Euch Trost verleihn! Schon gut, ich komme! –
Ich hoff', es ist Begnad'gung oder Aufschub
Für unsern guten Claudio. – Willkommen, Vater! –

Der Herzog tritt auf.

HERZOG. Der Nacht heilsamste, beste Geisterschar
Umgeb' Euch, guter Schließer! War hier niemand?

SCHLIESSER.
Seitdem die Abendglock' ertönte, niemand.

HERZOG. Nicht Isabella?

SCHLIESSER. Nein.

HERZOG. Dann kommen sie.

SCHLIESSER. Ist Trost für Claudio?

HERZOG. Ein'ge Hoffnung bleibt.

SCHLIESSER. Das ist ein harter Richter! –

HERZOG.
Das nicht! Das nicht! Sein Leben folgt genau
Der strengen Richtschnur seines ernsten Rechts.
In heiliger Enthaltsamkeit bezwingt er
An sich, was seine Herrschermacht mit Nachdruck
In andern strebt zu dämpfen. Schwärzt' ihn selbst,
Was er bestraft, dann wär' er ein Tyrann;
Doch so ist er gerecht. – Jetzt sind sie da. –

Es wird geklopft. Schließer ab.

Der Mann ist mild! Und selten, daß geneigt
Der harte Schließer sich dem Menschen zeigt!
Was gibt's? Wer pocht? Das ist ein hast'ger Geist,
Der so mit Klopfen schlägt ans stille Tor! –

Der Schließer kommt zurück und spricht zu einem draußen.

SCHLIESSER.
Laßt ihn noch warten, bis der Pförtner kommt
Ihn einzulassen; er ist unterwegs.

HERZOG.
Ward der Befehl noch nicht zurückgenommen?
Muß Claudio morgen sterben?

SCHLIESSER. Keine Änd'rung!

HERZOG. Wie nah die Dämm'rung, Schließer,
dennoch hoff' ich,
Vor Tagesanbruch hört Ihr mehr.

SCHLIESSER. Vielleicht
Wißt Ihr etwas. Doch fürcht' ich sehr, ihm wird
Begnad'gung nicht. Nie ward solch Beispiel kund;
Und überdies hat selbst vom Richterstuhl
Lord Angelo dem Ohr des ganzen Volks
Das Gegenteil erklärt.

Ein Bote kommt.

HERZOG. Ein Diener des Regenten!

SCHLIESSER. Der bringt für Claudio die Begnadigung.

BOTE. Mein Herr sendet Euch diese Zeilen, und durch mich den mündlichen Auftrag, daß Ihr nicht von dem kleinsten Punkt derselben abweichen sollt, weder in Zeit, Inhalt, noch sonst einem Umstand. – Guten Morgen, denn ich denke, der Tag bricht schon an. *Bote geht ab.*

SCHLIESSER. Ich werde gehorchen.

HERZOG.
Sein Gnadenbrief! Erkauft durch solche Sünden,
Die den Begnad'ger selbst als Frevler künden!
Da blüht den Lastern schnell und leicht Gedeihn,
Wo Macht und Hoheit ihnen Schutz verleihn.
Wirkt Sünde Huld, wird zu viel Huld geübt,
Weil sie des Frevels halb den Frevel liebt. –
Nun, Herr? Was schreibt er Euch?

SCHLIESSER. Wie gesagt, Lord Angelo, der mich vermutlich nachlässig im Dienst glaubt, ermuntert mich durch dies ungewöhnliche Treiben. Mir scheint dies seltsam, denn es war früher nie seine Gewohnheit.

HERZOG. Ich bitt' Euch, laßt doch hören!

SCHLIESSER *liest.* »Was Ihr auch immer vom Gegenteil hören mögt, laßt Claudio um vier Uhr hinrichten, und nachmittags den Bernardin. Zu besserer Versicherung schickt mir Claudios Kopf um fünf. Laßt dies genau vollzogen werden, und seid eingedenk, daß mehr hieran liegt, als wir Euch für jetzt mitteilen dürfen. Verfehlt daher nicht, Eure Pflicht zu tun, indem Ihr auf eigne Gefahr dafür stehen müßt.« – Was sagt Ihr dazu, Herr? –

HERZOG. Wer ist der Bernardin, der diesen Nachmittag enthauptet werden soll?

SCHLIESSER. Ein Zigeuner von Geburt, doch hier im Lande erzogen und groß geworden; er sitzt schon seit neun Jahren gefangen. –

HERZOG. Wie kommt es, daß ihn der abwesende Herzog nicht entweder in Freiheit setzte oder hinrichten ließ? Wie ich höre, pflegte er immer so zu verfahren.

SCHLIESSER. Seine Freunde wirkten beständig Aufschub für ihn aus, und in der Tat ward sein Verbrechen erst unter Lord Angelos Regierung unzweifelhaft erwiesen.

HERZOG. Ist es jetzt dargetan? –

SCHLIESSER. Ganz offenbar, und von ihm selbst eingestanden.

HERZOG. Hat er Reue im Gefängnis an den Tag gelegt? Scheint er gerührt zu sein?

SCHLIESSER. Ein Mensch, dem der Tod nicht fürchterlicher vorkommt als ein Weinrausch; sorglos, unbekümmert, furchtlos vor Vergangenheit, Gegenwart und Zukunft; ohne Scheu vor dem Tod, und ein ruchloser Mörder.

HERZOG. Ihm fehlt Belehrung.

SCHLIESSER. Die hört er nicht an; er hat jederzeit viel Freiheit im Gefängnis gehabt; man könnte ihm freistellen zu entfliehen, er würde es nicht tun. Er berauscht sich mehrmals am Tage; oft ist er mehrere Tage hinter einander betrunken. Mehr als einmal haben wir ihn geweckt, als wollten wir ihn zur Hinrichtung führen, und ihm einen vorgeblichen Befehl dafür gezeigt: es hat nicht den mindesten Eindruck auf ihn gemacht.

HERZOG. Hernach mehr von ihm. Auf Eurer Stirn, Kerkermeister, stehn Redlichkeit und Entschlossenheit geschrieben; lese ich nicht recht, so täuscht mich meine alte Erfahrung. Indes, im Vertrauen auf mein sichres Urteil will ich's drauf wagen. Claudio, für dessen Hinrichtung Ihr jetzt den Befehl habt, ist dem Gesetz nicht mehr verfallen als Angelo, der ihn verurteilt hat. Euch davon durch eine augenscheinliche Probe zu versichern, bedarf es nur eines Aufschubs von vier Tagen, während dessen Ihr mir eine augenblickliche und gewagte Gefälligkeit erzeigen sollt.

SCHLIESSER. Und worin, ehrwürdiger Herr?

HERZOG. Indem Ihr seinen Tod verschiebt!

SCHLIESSER. Ach, wie kann ich das? Da mir die Stunde bestimmt und der ausdrückliche Befehl zugesandt ist, bei Todesstrafe seinen Kopf dem Angelo vor Augen zu bringen? Ich würde mir Claudios Schicksal zuziehn, wollte ich nur im geringsten hievon abweichen.

HERZOG. Bei meinem Ordensgelübde will ich Euch für alles einstehn, wenn Ihr meiner Leitung zu folgen wagt. Laßt diesen Bernardin heut morgen hinrichten und schickt seinen Kopf dem Angelo!

SCHLIESSER. Angelo sah sie beide und würde das Gesicht erkennen.

HERZOG. Oh, der Tod ist Meister im Entstellen, und Ihr könnt ihm zu Hülfe kommen. Schert ihm das Haupt, kürzt ihm den Bart, und sagt, der reuige Sünder habe dies vor seinem Tode so verlangt: Ihr wißt, daß der Fall häufig vorkommt. Wenn Euch irgend etwas hieraus erwächst, als Dank und gutes Glück: bei dem Heiligen, dem ich mich geweiht, so will ich's mit meinem Leben vertreten.

SCHLIESSER. Verzeiht mir, guter Pater, es ist gegen meinen Eid.

HERZOG. Schwurt Ihr dem Herzog oder seinem Statthalter?

SCHLIESSER. Dem Herzog und seinem Stellvertreter.

HERZOG. Ihr würdet nicht glauben, Euch vergangen zu haben, wenn der Herzog dies Verfahren billigte?

SCHLIESSER. Aber welche Wahrscheinlichkeit hätte ich dafür?

HERZOG. Nicht nur eine Möglichkeit, nein, eine Gewißheit. Doch weil ich Euch furchtsam sehe, und weder meine Ordenstracht, meine lautre Gesinnung, noch meine Überredung Euch gewinnen können, so will ich weiter gehn, als ich mir's vorgesetzt, um alle Furcht in Euch zu vernichten. Seht her, Freund! Hier ist des Herzogs Handschrift und Siegel. Ihr kennt die Schrift ohne Zweifel, und das Petschaft wird Euch nicht fremd sein.

SCHLIESSER. Ich kenne sie beide.

HERZOG. Dieser Brief meldet des Herzogs Rückkehr; Ihr sollt ihn sogleich nach Gefallen durchlesen, und werdet sehn, daß er binnen zwei Tagen hier sein wird. Dies ist ein Umstand, den Angelo nicht weiß; denn eben heut erhält er Briefe von sonderbarem Inhalt: vielleicht daß der Herzog gestorben, vielleicht daß er in ein Kloster gegangen sei; aber wohl nichts von dem, was hier geschrieben steht. Seht, der Morgenstern macht den Schäfer schon munter. Staunt nicht zu sehr, wie alles dies zusammenhängt; alle Schwierigkeiten sind leichter, wenn man sie kennt. – Ruft Eure Scharfrichter, und herab mit Bernardinos Haupt; ich will sogleich seine Beichte hören und ihn für ein beßres Leben vorbereiten. Ich sehe, Ihr seid noch erstaunt; aber dies muß Euch durchaus zur Entschließung bringen. Kommt mit, es ist schon lichte Dämmerung.

Beide ab.

Dritte Szene

Anderes Zimmer im Gefängnis.
Pompejus tritt auf.

POMPEJUS. Ich bin hier so bekannt, als ich's in unserm eignen Hause war; man sollte meinen, es wäre das Haus der Frau Überley, denn hier kommen eine Menge von ihren alten Kunden zusammen. Fürs erste ist hier der junge Herr Rasch; der sitzt hier für eine Provision von Packpapier und altem Ingwer, hundertsiebenundneunzig Pfund zusammen, woraus er fünf Mark bares Geld gemacht; freilich muß der Ingwer eben nicht sehr gesucht gewesen sein, und die alten Weiber waren wohl eben alle gestorben. Dann ist hier ein Herr Capriole, den Meister Dreihaar, der Seidenhändler, eingeklagt hat: für ein drei oder vier Stück schwarzen Atlas hat er ihn in unsre Gesellschaft eingeschwärzt. Dann haben wir hier den jungen Schwindlich, und den jungen Herrn Fluchmaul, und Herrn Kupfersporn, und Herrn Hungerdarm, den Dolch- und Degenmann, und den jungen Fegesack, der den lustigen Pudding tot schlug; und Junker Stichfest, den Klopffechter, und den schmucken Herrn Schuhriem, den weitgereisten; und den wilden Halbnösel, der dem Krug den Garaus machte, und ich glaube ihrer vierzig mehr; lauter tapfre Leute in unsrer Hantierung, und werden jetzt heimgesucht um des Herrn willen.

Grauslich kommt.

GRAUSLICH. Fort Kerl! Hol' uns Bernardin her! –

POMPEJUS. Meister Bernardin! Ihr müßt wach werden und Euch hängen lassen! Meister Bernardin! –

GRAUSLICH. He, holla! Bernardin! –

BERNARDIN. Daß Euch das Donnerwetter übern Hals käme! Wer macht den Lärm da? Wer seid Ihr?

POMPEJUS. Euer guter Freund, mein Herr, der Henker! Ihr müßt so gut sein, mein Herr, und aufstehn und Euch hinrichten lassen!

BERNARDIN. Fort, du Schurke, fort, sag' ich, ich will schlafen.

GRAUSLICH. Sag ihm, er muß wach werden, und das gleich.

POMPEJUS. Bitt' Euch, Meister Bernardin, werdet nur wach, bis man Euch hingerichtet hat, nachher könnt Ihr weiter schlafen.

GRAUSLICH. Geh hinein und hol' ihn heraus!

POMPEJUS. Er kommt schon, Herr, er kommt schon; ich höre sein Stroh rascheln.

Bernardin tritt auf.

GRAUSLICH. Ist das Beil auf dem Block, du?

POMPEJUS. Fix und fertig, Herr.

BERNARDIN. Nun, Grauslich? Was habt Ihr vor?

GRAUSLICH. Im Ernst, Freund, macht Euch dran und haspelt Euer Gebet herunter; denn, seht Ihr, der Befehl ist da.

BERNARDIN. Ihr Schurke, ich habe die ganze Nacht durch gesoffen; es ist mir ungelegen.

POMPEJUS. Ei desto besser; wenn er die ganze Nacht durch gesoffen hat, und man hängt ihn den Morgen früh, da hat er den andern Tag, um auszuschlafen.

Der Herzog kommt.

GRAUSLICH. Seht, Freund, da kommt Euer Beichtvater. Meint Ihr noch, es sei Spaß? He!

HERZOG. Mein Freund, ich hörte, wie bald Ihr die Welt verlassen müßt, und kam aus christlicher Nächstenliebe, Euch zu ermahnen, zu trösten und mit Euch zu beten.

BERNARDIN. Pater, daraus wird nichts. Ich habe die ganze Nacht scharf gesoffen und muß mehr Zeit haben mich zu besinnen, sonst sollen sie mir das Hirn mit Keulen herausschlagen. Ich tu's nicht, daß ich mich heut hinrichten lasse; dabei bleibt's.

HERZOG. O Freund, Ihr müßt; und darum bitt' ich Euch, schaut vorwärts auf den Weg, der Euch bevorsteht.

BERNARDIN. Ich schwöre aber, daß kein Mensch mich dazu bringen soll, heut zu sterben.

HERZOG. So hört nur!

BERNARDIN. Nicht ein Wort! Wenn Ihr mir was zu sagen habt, kommt in mein Gefängnis, denn ich will heut keinen Schritt heraustun. *Ab.*

Der Schließer kommt zurück.

HERZOG. Ganz unbereit
Zum Leben wie zum Tod. O steinern Herz! –
Ihm nach, Gesellen, führt ihn hin zum Block!

Grauslich und Pompejus ab.

SCHLIESSER.
Nun, Herr, wie fandet Ihr den Delinquenten?

HERZOG. Durchaus verstockt, unfertig für den Tod;
In der Verfassung ihn hinauszuführen
Wäre verdammlich.

SCHLIESSER. Hier im Kerker, Vater,
Starb diesen Morgen grad' am hitz'gen Fieber
Ragozyn, ein berüchtigter Pirat,
Ein Mann von Claudios Alter: Bart und Haare
Genau von gleicher Farbe. Sagt, wie wär's,
Wenn wir dem Mörder Zeit zur Buße gönnten,
Und täuschten den Regenten mit dem Kopf
Des Ragozyn, der mehr dem Claudio gleicht? –

HERZOG.
Das ist ein Glücksfall, den der Himmel sendet:
Verfügt es augenblicks; es naht die Zeit,
Die Angelo bestimmt. Mit Pünktlichkeit
Vollzieht den Auftrag, während ich durch Lehre
Den Rohen dort zu reu'gem Tod bekehre.

SCHLIESSER.
Das soll geschehn, Ehrwürd'ger, unverzüglich;
Doch Bernardin muß diesen Abend sterben.
Und wie verfährt man weiter nun mit Claudio
Und wendet die Gefahr, die mich bedroht,
Wird es bekannt, daß er noch lebt?

HERZOG. Verfügt es so: bringt in geheime Haft
Bernardin so wie Claudio; eh' die Sonne
Zweimal in ihrem Tageslauf gegrüßt
Die untern Erdbewohner, findet Ihr
Vollkommne Sicherstellung.

SCHLIESSER. Ich tu' mit Freuden, wie Ihr sagt.

HERZOG. So eilt,
Besorgt's, und schickt das Haupt dem Angelo!

Schließer ab.

Nun schreib' ich Briefe gleich dem Angelo
(Der Schließer bringt sie ihm), nach deren Inhalt
Ihm Meldung wird, ich sei der Heimat nah,
Und daß ein wicht'ger Anlaß mich bestimmt
Zu öffentlichem Einzug. Ihn entbiet' ich
Mir zu begegnen am geweihten Quell,
Zwei Stunden vor der Stadt; von dort aus dann,
Durch ruhig Steigern der gewicht'gen Schalen,
Verfahren wir mit Angelo.

Der Schließer kommt.

SCHLIESSER.
Hier ist der Kopf, ich trag' ihn selber hin.

HERZOG.
So ist's am sichersten. Kehrt bald zurück,
Denn manches muß ich Euch vertraun, das sonst
Kein Ohr vernehmen darf.

SCHLIESSER. Ich will mich eilen.

Schließer ab.

ISABELLA *draußen.*
Friede mit Euch! Macht auf! Ist keiner da?

HERZOG. 's ist Isabellens Ruf: sie kommt, zu hören,
Ob ihrem Bruder Gnade sei gewährt;
Doch bleib' ihr seine Rettung noch verhehlt,
Daß aus Verzweiflung Himmelstrost ihr werde,
Wenn sie's am mind'sten hofft.

Isabella tritt auf.

ISABELLA. Vergönnt, o Herr! –

HERZOG.
Seid mir gegrüßt, mein schönes, frommes Kind!

ISABELLA.
Ein lieber Gruß von solchem heil'gen Mund! –
Hat schon der Bruder Freiheit vom Regenten? –

HERZOG. Er hat ihn, Tochter, von der Welt erlöst;
Das abgeschlagne Haupt ward ihm gesandt.

ISABELLA. Nein doch! Es ist nicht so!

HERZOG. Es ist nicht anders! –
Zeigt Eure Weisheit, Jungfrau, durch Ergebung!

ISABELLA. Ich will zu ihm, ausreißen ihm die Augen! –

HERZOG.
Er wird gewiß den Zutritt Euch verweigern.

ISABELLA.
Weh, armer Claudio! Weh dir, Isabella! –
Grausame Welt! Verdammter Angelo! –

HERZOG.
So schadet Ihr ihm nicht, noch helft Ihr Euch;
Seid ruhig dann, stellt Gott die Sach' anheim.
Merkt, was ich sage: jede Sylbe sollt Ihr
Glaubwürdig, zuverlässig wahrhaft finden.
Der Fürst kehrt morgen heim: – nein, weint nicht so!
Ein Bruder unsers Ordens, und sein Beicht'ger,
Gab mir die Nachricht; auch gelangte schon
An Escalus und Angelo die Kunde:
Sie sollen ihm am Tor entgegen ziehn;
Ihr Amt zurück dort geben. Könnt' Ihr's, wandelt
Mit Klugheit auf dem Pfad, den ich Euch zeige,
Und Ihr kühlt Euern Sinn an dem Verworfnen,
Euch wird des Fürsten Huld, dem Herzen Rache,
Und allgemeines Lob.

ISABELLA. Ich folg' Euch gern.

HERZOG. So gebt dem Bruder Peter diesen Brief,
Er ist's, der mir des Herzogs Heimkehr schrieb.
Sagt, auf dies Zeichen lad' ich ihn heut nacht
In Marianens Wohnung. Ihre Sach' und Eure
Leg' ich in seine Hand; er bringt Euch vor
Den Fürsten; dann dem Angelo ins Antlitz
Klagt lauter ihn und lauter an. Ich Armer
Bin durch ein heiliges Gelübd' gebunden,
Das fern mich hält.
Nun geht mit diesem Brief,
Erleichtert Euer Herz und bannt vom Aug'
Dies herbe Naß – traut meinem heil'gen Orden,
Ich rat' Eu'r Bestes. – Wer da?

Lucio kommt.

LUCIO. Guten Abend!
Mönch, sag, wo ist der Schließer?

HERZOG. Nicht zugegen.

LUCIO. O schöne Isabella, mein ganzes Herz erblaßt, deine Augen so rot zu sehn! Du mußt dich in Geduld fassen. Ich muß mich auch drin finden, mittags und abends mit Wasser und Brot zufrieden zu sein; so lieb mein Kopf mir ist, darf ich meinen Bauch nicht füllen; eine einzige derbe Mahlzeit, und ich wäre geliefert. Aber wie es heißt, kommt der Herzog morgen wieder. Bei meiner Seele, Isabella, ich liebte deinen Bruder; hätte nur der alte phantastische Herzog, der Winkelkriecher, zu Hause gesessen, er lebte noch!

Isabella geht ab.

HERZOG. Herr, der Herzog ist Euern Reden über ihn außerordentlich wenig Dank schuldig; das beste ist nur, daß Eure Schild'rung ihm nicht gleicht.

LUCIO. Geh nur, Mönch, du kennst den Herzog nicht so, wie ich; er ist ein beßrer Wildschütz, als du denkst.

HERZOG. Nun, Ihr werdet dies einmal zu verantworten haben. Lebt wohl!

LUCIO. Nein, wart' noch, ich gehe mit dir; ich kann dir hübsche Geschichten von dem Herzog erzählen.

HERZOG. Ihr habt mir schon zu viele erzählt, wenn sie wahr sind; und sind sie's nicht, so wäre eine einzige zu viel.

LUCIO. Ich mußte einmal vor ihm erscheinen, weil eine Dirne von mir schwanger geworden war.

HERZOG. Ist Euch so etwas begegnet?

LUCIO. Nun freilich war sie's von mir; aber ich schwur die Geschichte ab; ich hätte sonst die faule Mispel heiraten müssen.

HERZOG. Herr, Eure Gesellschaft ist mehr unterhaltend als anständig; schlaft wohl!

LUCIO. Mein' Seel', ich bringe dich noch bis an die Ecke. Wenn dir Zotengeschichten zuwider sind, so wollen wir dir nicht zu viel auftischen – ja, Mönch, ich bin eine Art von Klette, ich hänge mich an.

Gehn ab.

Vierte Szene

Ein Zimmer in Angelos Hause.
Angelo und Escalus treten auf.

ESCALUS. Jeder Brief, den er schreibt, widerspricht dem vorhergehenden.

ANGELO. Auf die ungleichste und widersinnigste Weise. Seine Handlungen erscheinen fast wie Wahnsinn; der Himmel gebe, daß sein Verstand nicht gelitten habe! Und warum ihm vor dem Tore entgegen kommen und unsre Ämter dort niederlegen? –

ESCALUS. Ich errate es nicht.

ANGELO. Und warum sollen wir eben in der Stunde seiner Ankunft ausrufen lassen, daß, wenn jemand über Unrecht zu klagen hat, er sein Gesuch auf offener Straße anbringen möge?

ESCALUS. Hierfür gibt er Gründe an: er will alle Klagen auf einmal abtun und uns für die Zukunft vor Streitigkeiten sicher stellen, die alsdann keine Kraft mehr gegen uns haben sollen.

ANGELO.
Wohl; ich ersuch' Euch, macht's der Stadt bekannt.
Auf nächsten Morgen früh hol' ich Euch ab;
Und teilt es allen mit, die Rang und Amt
Befugt, ihn einzuholen.

ESCALUS. Das will ich, Herr; so lebt denn wohl!

ANGELO. Gut' Nacht! –

Escalus geht ab.

Die Tat nimmt allen Halt mir, stumpft den Sinn
Und lähmt mein Handeln. – Ein entehrtes Mädchen! –
Und durch den höchsten Richter, der die Strafe
Geschärft! Wenn zarte Scheu ihr nicht verwehrte,
Den jungfräulichen Raub bekannt zu machen,
Wie könnte sie mich zeichnen! Doch Vernunft
Zwingt sie zum Schweigen. Denn des Zutrauns Wucht
Folgt so gewaltig meiner Würd' und Hoheit,
Daß, wagt der Läst'rer einzeln dran zu rühren,
Er sich vernichtet. – Mocht' er leben bleiben!
Doch seiner wilden Jugend hitzig Blut
Konnt' einst in Zukunft wohl auf Rache denken,
Wenn ihm ein so entehrtes Leben ward
Erkauft durch solche Schmach. – Lebt' er doch lieber! –
Ach, wenn uns erst erlosch der Gnade Licht,
Nichts geht dann recht, wir wollen, wollen nicht! –

Geht ab.

Fünfte Szene

Feld vor der Stadt.
Es treten auf der Herzog in eigner Tracht und Bruder Peter.

HERZOG. Die Briefe bringt mir zur gelegnen Zeit;
gibt ihm Briefe
Der Schließer weiß um unsern Zweck und Plan.
Die Sach' ist nun im Gang; folgt Eurer Vorschrift
Und schreitet fest zum vorgesetzten Ziel,
Wenn Ihr auch manchmal ablenkt hier und dort,
Wie sich der Anlaß beut. Geht vor beim Flavius
Und sagt ihm, wo ich sei; das Gleiche meldet
Dem Valentin, dem Roland und dem Crassus,
Und heißt zum Tor sie die Trompeten senden;
Doch Flavius schickt zuerst!

PETER. Ich werd' es schnell besorgen.

Geht ab.

Varrius tritt auf.

HERZOG. Dank, Varrius, daß du kamst in solcher Eil';
Komm, gehn wir, denn es gibt noch andre Freunde,
Die uns begrüßen wollen, lieber Varrius.

Alle gehn ab.

Sechste Szene

Straße beim Tor.
Isabella und Mariane treten auf.

ISABELLA. Dies unbestimmte Reden fällt mir schwer;
Gern spräch' ich wahr; doch so ihn anzuklagen
Ist Eure Rolle. – Dennoch muß ich's tun,
Um unsern Plan zu bergen, wie er sagt.

MARIANE. Folgt ihm nur ganz!

ISABELLA. Und ferner warnt er, daß, wenn allenfalls
Er spräche wider mich für meinen Feind,
Mich's nicht befremden soll: es sei Arznei,
Bitter, doch heilsam.

MARIANE. Wenn nur Bruder Peter. ...

ISABELLA. O still, da kommt er schon.

Bruder Peter tritt auf.

PETER.
Kommt, Fräulein, einen höchst gelegnen Platz
Fand ich, wo Euch der Herzog nicht entgeht.
Zweimal gab die Trompete schon das Zeichen;
Die Edeln nebst den Würdigsten der Stadt
Sind schon am Tor versammelt, und alsbald
Beginnt des Herzogs Einzug. Darum eilt! –

Sie gehn ab.

Fünfter Aufzug

Erste Szene

Ein öffentlicher Platz am Tor.
Von der einen Seite treten auf Mariane, verschleiert; Isabella und Bruder Peter; – von der andern der Herzog, Varrius, Herren vom Hofe, Angelo Escalus, Lucio, der Schließer und Bürger aus der Stadt.

HERZOG.
Seid mir willkommen, mein sehr würd'ger Vetter;
Uns freut's, zu sehn Euch, alter, treuer Freund!

ANGELO UND ESCALUS.
Beglückt sei Eurer Hoheit Wiederkehr!

HERZOG. Euch beiden herzlichen, vielfachen Dank!
Wir haben uns erkundigt, und vernehmen
So trefflich Lob von eurer Staatsverwaltung,
Wie's öffentlichen Dank von uns erheischt,
Bis auf vollkommnern Lohn.

ANGELO. Euch um so mehr verpflichtet!

HERZOG.
Oh! Solch Verdienst spricht laut; ich tät' ihm Unrecht,
Schlöss' ich's in meiner Brust verschwiegne Haft,
Da es verdient, mit erzner Schrift bewahrt
Unwandelbar dem Zahn der Zeit zu trotzen
Und des Vergessens Sichel. Reicht die Hand,
Zeigt Euch dem Volk, damit es so erfahre,
Wie äußre Höflichkeit gern laut verkündet
Des Busens innre Liebe. Escalus,
Kommt her; steht hier zu meiner andern Hand –
Ja, ihr seid wackre Stützen! –

Bruder Peter und Isabella treten auf.

PETER.
Nun ist es Zeit; sprecht laut und kniet vor ihm!

ISABELLA.
Gerechtigkeit, mein Fürst! Lenkt Euern Blick
Auf die gekränkte – ach! Gern sagt' ich, Jungfrau! –
O edler Fürst, entehrt nicht Euer Auge,
Auf irgendeinen andern Gegenstand es wendend,
Bis Ihr vernommen die gerechte Klage
Und Recht mir zugesprochen! Recht, Recht, Recht! –

HERZOG.
Gekränkt? Worin? Von wem? Erzählt es kurz:
Hier ist Lord Angelo, der schafft Euch Recht;
Entdeckt ihm Euern Fall!

ISABELLA. O edler Herzog,
Ihr heißt Erlösung mich beim Teufel flehn!
Hört selbst mich an; denn was ich reden muß,
Heischt Strafe gegen mich, glaubt Ihr es nicht;
Sonst schreit's um Rache. Hört! O hört mich hier! –

ANGELO.
Mein Fürst, ich sorg', es hat ihr Kopf gelitten.
Sie bat um Gnade mich für ihren Bruder,
Der starb im Lauf des Rechts.

ISABELLA. Im Lauf des Rechts? –

ANGELO. Und bitter wird sie nun und seltsam reden.

ISABELLA.
Höchst seltsam, doch höchst wahrhaft werd' ich reden.
Daß Angelo meineidig ist; wie seltsam!
Daß Angelo ein Mörder ist; wie seltsam!
Daß Angelo ein dieb'scher Ehebrecher,
Ein Heuchler und ein Jungfrau'nschänder ist:
Ist das nicht seltsam? Seltsam?

HERZOG. Zehnfach seltsam!

ISABELLA. Nicht wahrer ist's, daß Angelo er sei,
Als daß dies alles ganz so wahr, als seltsam;
Ja, zehnfach wahrer; Wahrheit bleibt ja Wahrheit,
Wie wir die Summe ziehn!

HERZOG. Fort mit ihr! Ärmste,
In ihrem Wahnsinn spricht sie so!

ISABELLA.
Fürst, ich beschwöre dich (so wahr du glaubst,
Es sei noch andres Heil, als hier auf Erden),
Verwirf mich nicht im Wahn, ich sei gestört
Durch Tollheit! Mach' nicht zur Unmöglichkeit,
Was nur unglaublich scheint: 's ist nicht unmöglich!
Ja, der verruchtste Frevler auf der Welt
Kann streng erscheinen, fromm, verschämt, vollkommen,
Wie Angelo: so mag auch Angelo,
In aller Haltung, Würde, Hoheit, Form,
Doch ein Erz-Schurke sein: glaub', wär' er wen'ger,
So wär' er nichts, mein Fürst: doch er ist mehr;
Hätt' ich mehr Namen nur für Schändlichkeit! –

HERZOG. Bei meiner Ehre!
Ist sie verrückt, – und anders glaub' ich nicht, –
So hat ihr Unsinn seltne Form von Sinn;
So viel Zusammenhang von Wort zu Wort,
Als ich bei Tollheit nie gehört.

ISABELLA. O Fürst,
Nicht dieses Wort! Verbanne nicht Vernunft
Als widersprechend; nein, laß deine dienen,
Wahrheit hervorzurufen, die verhüllt
Das Laster birgt, das tugendgleich erscheint.

HERZOG.
Manchem Gesunden fehlt wohl mehr Verstand. –
Was wollt'st du sagen?

ISABELLA. Ich bin die Schwester jenes Claudio, Herr,
Der wegen Unzucht ward verdammt, zu büßen
Mit seinem Haupt; verdammt von Angelo.
Zu mir, Novize einer Schwesterschaft,

Schickte mein Bruder: ein gewisser Lucio
Kam mit der Nachricht ...

LUCIO. Das bin ich, mit Gunst.
Ich kam, gesandt von Claudio, und bewog sie,
Ihr rührend Fürwort bei Lord Angelo
Für ihren armen Bruder zu versuchen.

ISABELLA. Ja, dieser ist's.

HERZOG *zu Lucio.*
Euch hieß man nicht zu reden.

LUCIO. Nein, gnäd'ger Herr,
Doch auch zu schweigen nicht.

HERZOG. So tu' ich's jetzt;
Ich bitt' Euch, merkt Euch das, und habt Ihr einst
Zu sprechen für Euch selber, dann fleht zum Himmel,
Daß Ihr nicht stecken bleibt.

LUCIO. Herr, dafür steh' ich.

HERZOG.
Steht für Euch selber! Nehmt Euch wohl in acht!

ISABELLA. Der Herr erzählte den Beginn der Sache.

LUCIO. Recht!

HERZOG.
Recht mag's sein; doch Ihr seid sehr im Unrecht
Zu sprechen vor der Zeit. – Fahrt fort!

ISABELLA. Ich kam
Zu diesem gottlos schändlichen Regenten, ...

HERZOG. Das sieht fast aus wie Wahnsinn!

ISABELLA. Herr, verzeiht,
Das Wort paßt für die Sache.

HERZOG.
Kann sein! – Zur Sache denn: fahrt fort, ich bitt' Euch!

ISABELLA.
Kurz denn, – um zu verschweigen, was nicht not:
Wie ich ihm zusprach, wie ich bat und kniete,
Wie er mich abwies, was er drauf erwidert –
Denn so verging viel Zeit, – beginn' ich gleich
Den schnöden Schluß mit Schmerz und Scham zu klagen.
Nur für das Opfer meiner Keuschheit selbst
An seine lüstern ungezähmte Gier
Sprach er den Bruder frei. Nach langem Kampf
Siegt schwesterliches Mitleid über Ehre,
Und ich ergab mich ihm; doch nächsten Morgens,
Im Übermaß der Bosheit, fodert er
Des armen Bruders Haupt.

HERZOG. Traun, höchst wahrscheinlich!

ISABELLA.
O wär' es so wahrscheinlich, als es wahr ist!

HERZOG.
Ha, töricht Ding, du weißt nicht, was du sprichst,
Oder bist zur Verleumdung angestiftet
Durch gift'gen Haß. Zuerst ist seine Tugend rein
Und fleckenlos; dann wär' es widersinnig,
Mit solcher Tyrannei den Fehl zu strafen,
In den er selber fiel. Sündigt' er also,
Dann wägt' er deinen Bruder nach sich selbst,
Und nicht vertilgt' er ihn. Nein, du bist angestiftet;
Gesteh' es frei und sag, auf wessen Rat
Du diese Klage vorbringst?

ISABELLA. Ist dies alles?
Dann, o ihr gnadenreichen Engel droben,
Stärkt mit Geduld mich, und zu reifer Zeit
Entdeckt die Untat, die sich hier verhüllt
In höherm Schutz! Gott hüt' Euch so vor Wehe,
Wie ich gekränkt, geschmäht von hinnen gehe!

HERZOG.
Ich weiß, Ihr gingt wohl gern – ruft einen Häscher,
Bringt sie in Haft! Wie! Sollt' ich's ruhig ansehn,
Daß Gift und Läst'rung treffe solchen Freund,
Der uns so nah? Gewiß! Hier waltet Trug.
Wer weiß von Euerm Plan? Und daß Ihr kamt?

ISABELLA. Einer, den ich her wünschte: Pater Ludwig.

HERZOG.
Ihr Beicht'ger wohl. – Kennt jemand diesen Ludwig?

LUCIO. Ich kenn' ihn, Herr: in alles mengt er sich,
Mir ist er widrig; schützt' ihn nicht die Kutte, –
Um seine Reden wider Eure Hoheit,
Als Ihr entfernt, hätt' ich ihn derb gebläut.

HERZOG.
Was, Reden wider mich? Welch saubrer Mönch! –
Und hier dies arme Mädchen anzuhetzen
Auf unsern Stellvertreter! Schafft den Mönch! –

LUCIO. Noch gestern abend sah ich ihn, mein Fürst,
Mit ihr im Kerker; 's ist ein frecher Bursch,
Ein schäbichter Gesell.

PETER. Gott schütz' Eu'r Hoheit!
Ich war zugegen, gnäd'ger Fürst, und hörte
Eu'r fürstlich Ohr gemißbraucht. Den Regenten
Beschuldigt dieses Mädchen höchst verleumd'risch;
Der ist so frei von Sünd' und Schuld mit ihr,
Als sie mit einem, der noch nicht geboren.

HERZOG. Nicht Mind'res glaubten wir. –
Kennt Ihr den Pater Ludwig, den sie nannte?

PETER.
Ich kenn' ihn als 'nen frommen, heil'gen Mann,
Nicht frech, noch je in Weltliches sich mengend,
Wie dieser Herr von ihm vermeldete;
Und auf mein Wort, ein Mann, der nimmermehr,
Wie er behauptet, Eure Hoheit schmähte.

LUCIO.
Mein gnäd'ger Fürst, höchst ehrlos, glaubt mir das!

PETER. Gut, mit der Zeit rechtfertigt er sich wohl;
Doch eben jetzo liegt er krank, mein Fürst,
An heft'gem Fieber. Nur auf sein Gesuch
(Weil er erfuhr, daß eine Klage hier
Lord Angelo bedrohe,) kam ich her,
Zu zeugen, was er weiß, in seinem Namen,
Was wahr, was falsch; und was mit einem Eid
Und gültigem Beweis er dartun wird,
Ruft man ihn auf. Zuerst, dies Mädchen hier –
Den würd'gen Herrn Statthalter loszusprechen
So öffentlich und tödlich angeklagt –
Will ich der Lüge zeihn vor ihren Augen,
Daß sie es selbst gestehn soll.

Isabella wird weggeführt.

HERZOG. Wohl! Laßt hören.
Belächelt Ihr dies nicht, Lord Angelo?
Über die Eitelkeit der armen Toren! –
Reicht Sessel her! Kommt, Vetter Angelo;

Ich will nur Hörer sein, sprecht Ihr als Richter
In Eurer eignen Sache! – Ist dies die Zeugin?

Mariane tritt vor.

Sie zeig' uns ihr Gesicht und rede dann!

MARIANE.
Verzeiht, mein Fürst, nicht zeig' ich mein Gesicht,
Bis mein Gemahl befiehlt.

HERZOG. Seid Ihr vermählt?

MARIANE. Nein, gnäd'ger Herr.

HERZOG. Seid Ihr ein Mädchen?

MARIANE. Nein.

HERZOG. So seid Ihr Witwe?

MARIANE. Auch nicht.

HERZOG. Nun, dann seid Ihr
Gar nichts: nicht Mädchen, Witwe nicht, noch Frau.

LUCIO. Gnädiger Herr, es wird wohl ein Schätzchen sein, denn die sind gewöhnlich weder Mädchen, Witwen, noch Frauen.

HERZOG.
Schweigt doch den Menschen! Hätt' er Ursach' nur,
Zu schwatzen für sich selbst! –

LUCIO. Gut, gnäd'ger Herr.

MARIANE.
Ich muß gestehn, ich war niemals vermählt,
Und ich gesteh' es auch, ich bin kein Mädchen.
Ich hab' erkannt ihn, doch mein Mann erkennt nicht,
Daß er mich je erkannt.

LUCIO. So war er also betrunken, gnädiger Herr; es kann nicht anders sein.

HERZOG. Ich wollt', du wärst es auch: so schwiegst du endlich.

LUCIO. Gut, mein Fürst.

HERZOG. Dies ist kein Zeugnis für Lord Angelo.

MARIANE. Nun komm' ich drauf, mein Fürst,
Sie, die ihn anklagt um verletzte Zucht,
Dadurch zugleich verklagt sie meinen Gatten,
Und zwar erwähnt sie solcher Zeit, mein Fürst,
Wo ich bezeug', ich selbst umarmt' ihn damals
In Lieb' und Zärtlichkeit.

ANGELO. Meint sie wen sonst, als mich?

MARIANE. Nicht daß ich wüßte!

HERZOG. Nicht?
Ihr sagtet, Euer Gatte? –

MARIANE. Jawohl, mein Fürst: und das ist Angelo,
Der glaubt, daß er mich niemals hat berührt,
Und wähnt, daß Isabella ihn umarmt.

ANGELO.
Das geht zu weit! Laß dein Gesicht uns sehn!

MARIANE.
Mein Gatte fodert's, dann entschleir' ich mich.

Sie nimmt den Schleier ab.

Sieh dies Gesicht, grausamer Angelo,
Dem einst du schwurst, es sei des Anblicks wert:
Sieh diese Hand, die durch geweihten Bund
Sich fest in deine fügte: sieh mich selbst,
Die dich von Isabellen losgekauft
Und in dem Gartenhause dir begegnet,
Als wär' es jene.

HERZOG. Kennt Ihr dieses Mädchen?

LUCIO. Ja, fleischlich, sagt sie.

HERZOG. Still doch, Mensch!

LUCIO. Schon gut! –

ANGELO.
Mein Fürst, ich leugn' es nicht, ich kenne sie;
Fünf Jahre sind's, da war von Heirat wohl
Die Rede zwischen uns; doch brach ich's ab,
Teils, weil das festgesetzte Heiratsgut
Nicht dem Vertrag entsprach; teils, und zumeist,
Weil ich erfuhr, sie schade ihrem Ruf
Durch Leichtsinn. Seit der Zeit, fünf Jahre sind's,
Sprach ich sie nicht, noch sah und hört' ich sie,
Bei meiner Treu' und Ehre.

MARIANE. Hoher Herr,
Wie Licht vom Himmel kommt, vom Hauch das Wort,
Wie Sinn in Wahrheit ist, Wahrheit in Tugend:
Ich bin sein anverlobtes Weib, so fest
Ein Treugelübde bindet; ja, mein Fürst,
Erst Dienstag nacht in seinem Gartenhaus
Erkannt' er mich als Weib. Wie dies die Wahrheit,
So mög' ich ungekränkt vom Knien erstehn;
Wo nicht, – auf ewig festgebannt hier haften,
Ein marmorn Monument! –

ANGELO. Bisher hört' ich's mit Lächeln;
Jetzt, gnäd'ger Fürst, laßt meinem Recht den Lauf;
Hier bricht mir die Geduld. Ich seh' es wohl,
Die armen Klägerinnen sind durchaus
Werkzeuge nur in eines Mächt'gen Hand,
Der sie regiert. Gebt Freiheit mir, mein Fürst,
Die Ränke zu entlarven!

HERZOG. Ja, von Herzen;
Und straft sie nur, so wie's Euch wohlgefällt.
Einfält'ger Mönch, und du, boshaftes Weib,
Im Bund mit der, die ging: glaubst du, dein Schwur,
Und zwäng' er alle Heil'gen her vom Himmel,
Sei Zeugnis gegen solch Verdienst und Ansehn,
Das unser Zutraun stempelt? Ihr, Lord Escalus,
Setzt Euch zu meinem Vetter; steht ihm bei,
Die Quelle dieses Unfugs zu erspähn.
Noch war's ein andrer Mönch, der sie gehetzt:
Den schafft herbei!

PETER.
Ich wünscht', er wär' schon hier; denn allerdings
War er's, der diese Weiber trieb zur Klage.
Eu'r Schließer weiß den Ort, wo er verweilt,
Und kann ihn holen.

HERZOG. Tut es ungesäumt!

Schließer ab.

Und Ihr, mein würd'ger, wohlerprobter Vetter,
Dem daran liegt, die Sache zu durchforschen,
Verfahrt mit dieser Schmähung, wie Ihr mögt,
Und wählt die Strafe! Ich verlass' Euch jetzt
Auf kurze Zeit; Ihr bleibt, bis Ihr durchaus
Mit den Verleumdern alles abgetan.

ESCALUS. Mein Fürst, es soll an uns nicht fehlen. –

Der Herzog geht ab.

Signor Lucio, sagtet Ihr nicht, Ihr kenntet jenen Pater Ludwig als einen Menschen von unehrbarem Wandel?

LUCIO. Cucullus non facit monachum: ehrbar in nichts, als in seinem Habit; und hat höchst niederträchtig von unserm Herzog gesprochen.

ESCALUS. Seid so gut und wartet hier, bis er kommt, um dies gegen ihn zu behaupten. Es wird sich ergeben, daß dieser Mönch ein schlimmer Gesell ist.

LUCIO.
So sehr, als irgendeiner in Wien, auf mein Wort!

ESCALUS. Ruft besagte Isabella wieder her, ich will mit ihr reden. Erlaubt mir, gnädiger Herr, sie zu vernehmen. Ihr sollt sehen, wie ich ihr zusetzen werde.

LUCIO.
Nicht besser als der, nach ihrer eigenen Aussage.

ESCALUS. Wie war das?

LUCIO. Ei, gnädiger Herr, ich meine nur, wenn Ihr insgeheim ihr zusetzt, so wird sie eher beichten; vielleicht schämt sie sich, es so vor der Welt zu tun.

Gerichtsdiener führen Isabella herein; es kommen der Herzog, als Mönch verkleidet, und der Schließer.

ESCALUS. Es liegt mir dran, recht bald alles Dunkle zu erklären.

LUCIO.
Recht so, erklärt Ihr Euer Anliegen im Dunkeln.

ESCALUS. Tretet näher, junges Mädchen; hier dieses Frauenzimmer widerspricht allem, was Ihr gesagt habt.

LUCIO. Gnädiger Herr, hier kommt der Schurke, von dem ich sprach – hier, mit dem Schließer.

ESCALUS. Eben recht; redet Ihr jedoch nicht zu ihm, bis wir Euch aufrufen.

LUCIO. Mum.

ESCALUS. Näher, guter Freund! Habt Ihr diese Weiber angestiftet, Lord Angelo zu verleumden? Sie haben bekannt, daß Ihr es tatet.

HERZOG. Das ist falsch.

ESCALOS. Was? Wißt Ihr, wo Ihr seid?

HERZOG.
Ehrfurcht vor Eurer Würde! Selbst den Teufel
Ehrt mancher wohl um seinen Flammenthron. –
Wo ist der Fürst? Ihm will ich Rede stehn.

ESCALUS. Er ist in uns; Ihr sollt uns Rede stehn;
Gebt acht und redet ziemlich!

HERZOG.
Kühnlich gewiß. Doch ach! Ihr armen Kinder!
Kamt ihr, das Lamm beim Fuchse hier zu fodern?
Nun, gute Nacht, Ersatz! Der Herzog ging?
Dann geht auch ihr zu Grunde! Euer Herzog
Ist ungerecht, daß er von sich zurückweist
Eu'r laut gewordenes Rechtgesuch an ihn
Und in des Schurken Mund eu'r Urteil legt,
Den ihr hier angeklagt! –

LUCIO.
Dies ist der Schuft! Der ist's, von dem ich sprach.

ESCALUS.
Wie, du unheil'ger, unehrwürd'ger Mönch,
War's nicht genug, die Frau'n hier anzustiften
Wider den würd'gen Herrn? Noch jetzt mit Läst'rung, –
Ja hier, vor seinem eignen Ohre – wagst du's,
Und nennst ihn Schurke?
Und schielst von ihm sogar noch auf den Fürsten,
Und schiltst ihn ungerecht? Führt ihn hinweg! –
Fort, auf die Folter! Zerrt ihm Glied für Glied,
Bis er den Plan bekennt! Was, ungerecht! –

HERZOG. Seid nicht so hitzig! Euer Herzog
Wagt nicht, mir nur den Finger anzurühren,
Nicht mehr, als er den eignen foltern wird.
Auch bin ich ihm nicht untertan,
Noch hier vom Sprengel. Meiner Sendung Amt
Ließ manches mich erleben hier in Wien:
Ich sah, wie hier Verderbnis dampft und siedet.
Und überschäumt: Gesetz für jede Sünde;
Doch Sünden so beschützt, daß Eure Satzung
Wie Warnungstafeln in des Baders Stube
Da steht und, was verpönt, nur wird verhöhnt.

ESCALUS.
Den Staat geschmäht? Fort, bringt ihn in den Kerker!

ANGELO. Wes könnt Ihr ihn verklagen, Signor Lucio?
Ist dies der Mann, von dem Ihr uns gesagt?

LUCIO. Derselbige, gnädiger Herr. Kommt heran, Gevatter Kahlkopf, kennt Ihr mich?

HERZOG. Ich erinnere mich Eurer, Herr, an dem Ton Eurer Stimme; ich traf Euch während des Herzogs Abwesenheit im Kerker. –

LUCIO. So? Traft Ihr mich? Und erinnert Ihr Euch noch, was Ihr vom Herzog sagtet?

HERZOG. Vollkommen, Signor.

LUCIO. Wirklich, Herr? Und läuft der Herzog den Dirnen nach? Und ist er ein Geck und eine Memme, wie Ihr von ihm sagtet?

HERZOG. Ihr müßt erst unsre Rollen tauschen, Herr, eh' Ihr mich das sagen laßt; Ihr allerdings spracht so von ihm, und viel mehr, viel schlimmer.

LUCIO. Ei, du lästerlicher Bursch, zog ich dich nicht bei der Nase, wie du so sprachst?

HERZOG. Ich versichre, daß ich den Herzog so sehr liebe, als mich selbst.

ANGELO. Hört doch, wie der Schurke jetzt abbrechen möchte, nachdem er verräterische Lästerungen ausgestoßen! –

ESCALUS. Mit solchem Kerl muß man kein Wort verlieren: fort mit ihm ins Gefängnis! Wo ist der Schließer? Fort mit ihm ins Gefängnis! – Legt ihm Eisen genug an, laßt ihn nicht weiter reden; und nun auch fort mit den leichtfertigen Dirnen und ihren andern Spießgesellen.

Der Schließer legt Hand an den Herzog.

HERZOG. Halt da! Haltet ein! –

ANGELO. Was? Er widersetzt sich? Helft ihm, Lucio!

LUCIO. Wartet nur, wartet nur, wartet nur; pfui doch! Was, Ihr kahlköpfiger, lügnerischer Schuft, Ihr müßt Euch den Kopf so vermummen? Müßt Ihr? Zeigt einmal Euer Schelmengesicht, und an den Galgen mit Euch! Zeigt Euer Strauchdiebsgesicht, und laßt Euch frisch hängen! Will die Kapuze nicht herunter?

Reißt ihm die Mönchskappe ab und erkennt den Herzog.

HERZOG. Du bist der erste Bube,
Der je 'nen Herzog machte!
Erst, Schließer, meine Bürgschaft diesen drei'n. –
– Schleicht Euch nicht weg, Freund. Denn der Mönch und Ihr

Sind noch nicht fertig; haltet mir ihn fest!
LUCIO. Das kann noch schlimmer werden als hängen.
HERZOG *zu Escalus.*
Was Ihr gesagt, will ich verzeihn. Setzt Euch!
Zu Angelo.
Wir borgen diesen Platz, – mit Eurer Gunst. –
– Hast du noch Wort und Witz, hast du noch Frechheit,
Die zu Gebot dir stehn? Wenn du sie hast,
So halt' sie fest, bis ich zu End' erzählt,
Und zittre dann! –
ANGELO. O mein furchtbarer Fürst!
Ich wäre schuld'ger wohl als meine Schuld,
Dächt' ich, ich könnt' Euch irgend noch entschlüpfen,
Da ich erkannt, wie Ihr mein Tun durchschaut,
Dem ew'gen Richter gleich. Drum, gnäd'ger Fürst,
Nicht längre Sitzung prüfe meine Schande;
Statt des Verhörs nehmt mein Geständnis an;
Unmittelbarer Spruch und schneller Tod
Ist alles, was ich flehe.
HERZOG. Kommt, Mariane! –
Sprich, warst du je verlobt mit diesem Fräulein?
ANGELO. Das war ich, Herr.
HERZOG. So geh, vollzieh' die Trauung ungesäumt:
Ihr, Mönch, vermählt sie; wenn Ihr das vollbracht,
Bringt ihn zurück hieher! – Geh, folg' ihm, Schließer!
Angelo, Mariane, Peter und Schließer ab.
ESCALUS.
O Herr! Mehr noch entsetzt mich seine Schande,
Als dieses Handels Seltsamkeit!
HERZOG. Kommt näher, Isabella:
Eu'r Mönch ist nun Eu'r Fürst. Wie ich vorhin
Als Freund mit treuem Rat mich Euch geweiht,
Nicht wechselnd Sinn mit Kleidung, bin ich noch
Gewidmet Eurem Dienst.
ISABELLA. O Fürst, verzeiht,
Daß die Vasallin mit Geschäft und Müh'n
Die unbekannte Majestät beschwert! –
HERZOG. Euch ist verziehn.
Und nun, du Teure, sei auch mir so mild!
Des Bruders Tod, ich weiß, drückt dir das Herz,
Und staunen magst du, daß ich nur verhüllt
Gestrebt, ihn dir zu retten, nicht vielmehr
Mich rasch hervorhob aus verborgner Macht,
Statt ihn dahin zu geben. Liebreich Wesen!
Es war der schnelle Hergang seines Tods,
Der, wie ich wähnte, trägern Fußes käme,
Was meinen Plan zerstört. Doch ruh' er sanft! –
Glücksel'ger dort, der Todesfurcht entrafft,
Als hier in steter Furcht. Nimm das zum Trost:
Dies Glück ward deinem Bruder.
Angelo, Mariane, Peter und Schließer kommen zurück.
ISABELLA. Wohl, mein Fürst.
HERZOG. Hier diesem Neuvermählten, der uns naht,
Des üpp'ge Lüsternheit dich kränken wollte
An deiner wohlgeschirmten Her' und Tugend,
Möcht'st du verzeihn um Marianens willen –
Doch weil er deinem Bruder gab den Tod
(Er, schuldig selbst der doppelten Verletzung
Geweihter Keuschheit und gelobten Schwurs,
Mit dem er dir des Bruders Rettung bürgte), –
Ruft des Gesetzes Gnade selber nun
Vernehmlich, ja selbst aus des Schuld'gen Munde:
»Ein Angelo für Claudio, Tod für Tod:
Liebe für Liebe, bittern Haß für Haß,
Gleiches mit Gleichem zahl' ich, Maß für Maß.«
Drum, Angelo, da dein Vergehn am Tage,
So klar, daß selbst kein Leugnen Hülfe böte,
Sei nun verurteilt zu demselben Block,
Wo Claudio fiel, und zwar mit gleicher Hast.
Hinweg mit ihm!
MARIANE. O gnadenreicher Fürst!
Ich hoff', Ihr gabt zum Spott mir nicht den Gatten?
HERZOG.
Der Gatte selbst gab Euch zum Spott den Gatten.
Nur zur Beschützung Eurer Ehre hielt ich
Den Eh'bund nötig, daß kein Vorwurf je,
Weil Ihr die Seine wart, Eu'r Leben treffe
Und hemme künft'ges Glück. All seine Güter,
Obwohl nach dem Gesetz an uns verfallen,
Sind Euch als Wittum und Besitz verliehn;
Kauft damit einen bessern Mann.
MARIANE. O Herr,
Ich wünsche keinen andern je, noch bessern.
HERZOG.
Vergeblich wünscht Ihr: wir sind fest entschlossen.
MARIANE *kniet.*
Huldreichster Fürst, –
HERZOG. Umsonst ist Eure Müh'.
Fort, führt ihn hin zum Tod! –
Zu Lucio.
Nun, Herr, zu Euch!
MARIANE. O milder Fürst! Hilf, süße Isabella!
Leih' mir dein Knie: mein ganzes Leben will ich,
All meine Zukunft deinem Dienste leihn.
HERZOG. Ganz wider allen Sinn bedrängst du sie!
Wenn sie für diese Tat um Gnade kniete,
Zersprengte Claudios Geist sein steinern Bett
Und riß sie hin in Schrecknis.
MARIANE. Isabella,
O Herzensfreundin, dennoch kniet nur mit,
Die Händ' erhebt, sprecht nichts, ich red' allein.
Durch Fehler, sagt man, sind die besten Menschen
Gebildet, werden meist um so viel besser,
Weil sie vorher ein wenig schlimm; so geht's
Vielleicht auch meinem Gatten. Isabella,
Willst du nicht mit mir knien?
HERZOG. Er stirbt für Claudios Tod.
ISABELLA. Huldreicher Fürst,
Ich fleh' Euch, schaut auf diesen Mann der Schuld,
Als lebte Claudio noch. Fast muß ich denken,
Aufricht'ge Pflicht hat all sein Tun regiert,
Bis er mich sah. Wenn es sich so verhält,
Laßt ihn nicht sterben! Claudio ward sein Recht,
Weil er den Fehl beging, für den er starb.
Doch Angelo, –
Sein Tun kam nicht dem sünd'gen Vorsatz gleich,
Und muß begraben ruhn als eitler Vorsatz,
Der starb entstehend. – Gedanken sind nicht Taten;
Vorsätze nur Gedanken.
MARIANE. Nur Gedanken! –

HERZOG.
Eu'r Flehn erweicht mich nicht; steht auf; ich will's.
Noch kommt ein neu Vergehn mir in den Sinn: –
Schließer, wie kam's, daß Claudio ward enthauptet
Zu ungewohnter Stunde?
SCHLIESSER. Also ward mir's
Geboten.
HERZOG. Ward Euch schriftlicher Befehl? –
SCHLIESSER.
Nein, gnäd'ger Fürst, es war ein mündlich Wort.
HERZOG.
Und dafür seid Ihr Eures Amts entsetzt: –
Gebt Eure Schlüssel ab!
SCHLIESSER. Verzeihung, gnäd'ger Fürst:
Mir ahnt', es sei ein Fehl, doch wußt' ich's nicht,
Und als ich überlegt, hab' ich's bereut.
Des zum Beweis blieb einer im Verhaft,
Dem gleichfalls mündlich Wort den Tod erkannt,
Und den ich leben ließ.
HERZOG. Wer?
SCHLIESSER. Bernardino.
HERZOG. O hätt'st du doch an Claudio das getan!
Geh', hol' ihn her, ich will ihn sehn.

Schließer geht.

ESCALUS. Mich schmerzt,
Daß ein so weiser, so gelehrter Mann,
Als Ihr, Lord Angelo, mir stets erschient,
So gröblich fehlte – erst durch heißes Blut,
Und Mangel richt'gen Urteils hinterher.
ANGELO.
Mich schmerzt, daß ich Euch diesen Schmerz bereitet,
Und solche Reu' durchdringt mein wundes Herz,
Daß mir der Tod willkommner scheint als Gnade.
Ich hab' ihn wohl verdient und bitte drum! –

Der Schließer, Bernardino, Claudio und Julia kommen zurück.

HERZOG. Welcher ist Bernardin?
SCHLIESSER. Der, gnäd'ger Herr.
HERZOG. Ein Mönch erzählte mir von diesem Mann.
Hör' an! Man sagt, du seist verstockten Herzens,
Du fürchtest nichts jenseit des Irdischen,
Und dem entspricht dein Tun. Du bist verurteilt;
Doch deine Schuld auf Erden sei verziehn:
So strebe nun, daß solche Huld dich leite
Auf beßre Zukunft. Pater, unterweist ihn,
Ich lass' ihn Euch. – Wer ist der Eingehüllte?
SCHLIESSER.
Noch ein Gefangner ist's, den ich gerettet,
Der sterben sollt', als Claudio ward enthauptet,
Und fast dem Claudio gleich, als wie sich selbst.

Nimmt Claudio die Verhüllung ab.

HERZOG *zu Isabella.*
Wenn er ihm ähnlich sieht, – um seinethalb
Sei ihm verziehn; und Eurer Anmut halb
Gebt mir die Hand und sagt, Ihr seid die Meine:
Er ist mein Bruder dann. Doch dies für künftig.
Lord Angelo sieht also, daß er lebt;
Mir scheint, sein Aug' erglänzt in neuer Hoffnung.
Nun! Eure Sünde zahlt Euch noch so ziemlich.
Liebt ja Eu'r Weib; ihr Wert gibt Wert dem Euern. –
Ich fühle Neigung, allen zu verzeihn;
Doch jenem da, ihm kann ich nicht vergeben.
Ihr frecher Mensch, der weiß, ich sei ein Narr,
Und feig und lüderlich, ein Tor, ein Toller:
Womit, sagt an, hab' ich's um Euch verdient,
Daß Ihr mich so erhobt?
LUCIO. Meiner Treu, gnädigster Herr, ich sagte das nur so nach hergebrachter Mode; wollt Ihr mich dafür hängen lassen, so mag's geschehn; aber ich säh' es lieber, wenn Ihr geruhen wolltet, mich durchpeitschen zu lassen.
HERZOG. Zuerst gepeitscht, Herr, dann gehängt.
Laßt es ausrufen, Schließer, durch ganz Wien:
Hat wo ein Mädchen Klag' auf diesen Burschen
(Wie er mir selber schwor, daß eine sei,
Die ihm ein Kind gebar), so melde sie's,
Dann soll er sie heiraten: – nach der Hochzeit
Stäupt ihn und hängt ihn auf!
LUCIO. Ich bitt' Euer Hoheit um alles, verheiratet mich, doch nicht an eine Metze! Eu'r Hoheit sagte noch eben, ich hätte Euch zum Herzoge gemacht: liebster, gnädiger Herr, lohnt mir nun nicht damit, daß Ihr mich zum Hahnrei macht.
HERZOG. Bei meinem Wort, heiraten sollst du sie.
Dein Schmähn vergeb' ich, und was weitres du
Verwirkt hast, gleichfalls. Führt ihn ins Gefängnis,
Und sorgt, daß mein Befehl vollzogen wird!
LUCIO. Solch einen lüderlichen Fisch heiraten, gnädiger Herr, ist erdrückt, erstickt, gepeitscht und gehängt werden.
HERZOG. Den Fürsten schmähn, verdient's.
Claudio, die Ihr gekränkt, bringt sie zu Ehren;
Glück Euch, Mariane! Liebt sie, Angelo:
Ich war ihr Beicht'ger, ihre Tugend kenn' ich.
Dir, Escalus, sei Dank für alles Gute;
Ich bin auf bessern Glückwunsch noch bedacht.
Dank, Schließer, weil du treu und sorglich schwiegst;
Wir stellen dich auf einen würd'gern Platz.
Vergebt ihm, Angelo, daß er den Kopf
Des Ragozyn statt Claudios Euch gebracht;
Der Fehl ist keiner. – Teure Isabella,
Noch hab' ich eine Bitt', auch Euch zum Besten:
Und wollt Ihr freundliches Gehör mir leihn,
So wird das Meine Eu'r, das Eure mein.
Zum Palast dann; und hört aus meinem Munde
Von dem, was noch zu sagen bleibt, die Kunde!

Alle gehn ab.

PERIKLES.

Personen

Antiochus, König von Antiochien
Perikles, Fürst von Tyrus
Helicanus
Escanes, Hofleute aus Tyrus
Simonides, König von Pentapolis
Cleon, Statthalter von Tharsus
Lysimachus, Statthalter von Mitylene
Cerimon, ein Hofmann aus Ephesus
Thaliard, ein Hofmann aus Antiochien
Philemon, Cerimons Diener
Leonin, Dionysas Diener
Marschall
Ein Kuppler
Bolz, sein Diener
Gower, an Stelle des Chores
Die Tochter des Antiochus
Thaisa, Tochter des Simonides
Marina, Tochter des Perikles und der Thaisa
Dionysa, Gemahlin des Cleon
Lychorida, Marinas Amme
Diana
Eine Kupplerin
Hofleute, Ritter, Matrosen,
Seeräuber, Fischer, Boten
Die Szene ist in verschiedenen Ländern

Erster Akt

Erste Szene

Gower tritt auf als Vorredner.

GOWER. Zu singen, was Vorzeit vernahm,
Vom Tode der alte Gower kam,
Nahm an menschlich Gebrechlichkeit,
Daß er Euch Aug' und Ohr erfreut;
Dies sang man wohl bei Festgelag,
Quatember und auch Feiertag,
In alten Tagen Mann und Weib
Las dieses auch zum Zeitvertreib;
Vor Hochgemüt flieht so Bekümmernus,
Et bonum quo antiquius eo melius.
Kann Euch, geboren in spätern Tagen,
Bei reiferm Witz mein Reim behagen,
Kann, was ein alter Mann mag singen,
Vergnügen, wie Ihr's wünschet, bringen,
Wünscht' ich mir Leben, daß ich's fein
Verbraucht' um Euch wie Kerzenschein. –
Antiochus, der Große, diese Stadt
Zum Hauptsitz sich erbauet hat,
Die schönst' im ganzen Syrer-Land
(Wie ich es in den Büchern fand).
Der König nahm ein Weib fürwahr,
Sie starb, ein Töchterlein gebar,
Ganz lustsam, schön und rot und weiß,
Geschmückt von Gott mit allem Fleiß.
Davon der Vater ward gerührt,
Und zur Blutschande sie verführt.
Schlimm Kind, und bös'rer Vater, eigen Blut
Zu reizen, daß es also übel tut!
Gewohnheit bald sie dahin bracht,
Daß es nicht Sünde ward geacht't.
Mit Schönheit zog das sünd'ge Weib
Dahin wohl manches Fürsten Leib,
Der sie erwählt zum Bettgenoß
Und zu der Eh'lust Spielgenoß;
D'rum ließ er ein Gesetz nun walten,
Zu schrecken, sie für sich zu halten,
Daß, wer nicht, der sie gehrt zum Weib,
Sein Rätsel riet, verlör' den Leib.
Um sie manch Held gab auf sein Leben,
Wie dort die Häupter Zeugnis geben:
Was noch erfolgt, soll Euch vor Augen leben,
Die können dann am besten Zeugnis geben.

Geht ab.

Zweite Szene

Antiochien. Ein Zimmer im Palast.
Antiochus, Fürst Perikles und Gefolge.

ANTIOCHUS.
Von Tyrus junger Prinz, du kennst nun ganz
Wie hoch gefährlich sei, was du beginnst.
PERIKLES. Antiochus, mich führt ein solcher Geist,
Von ihrer Schönheit hohem Ruhm entzündet,
Daß Tod mich nicht im Wagestück entsetzt.
ANTIOCHUS.
Musik führ' unsre Tochter her, im Brautgewand,
Geschmückt wie für des hohen Jovis Bett;
Als sie empfangen, bis Lucina herrschte,
Gab ihr Natur die Mitgift, sie zu zieren,
Daß jeglicher Planet zu Rate saß,
Die höchste Trefflichkeit in ihr zu wirken.

Die Tochter des Antiochus kommt.

PERIKLES.
Sie kömmt, wie Frühlingsglanz, die Königin,
Von aller Anmut, ihrem hohen Sinn
Dient jeder Preis, der Menschen herrlich macht:
Im Angesicht, dem Buch der Schönheit, liest
Man nur die feinste Lust, als sei von dort
Der Gram vertilgt auf immer, mürrisch Zürnen
Auf ewig unbekannt dem heitern Blick.
Götter, die ihr in Liebe herrscht, mich schuft,
Die ihr in meiner Brust Begier entzündet,
Die Frucht von jenem Himmelsbaum zu kosten,
Zu sterben im Mißlingen, seid behülflich,
Wie ich als Sohn und Diener euch gehorche,
So schrankenlose Wonne zu umfassen.
ANTIOCHUS. Fürst Perikles –
PERIKLES.
Der Sohn sein will Antiochus dem Großen.
ANTIOCHUS.
Es steht vor dir der Hesperiden Garten,
Mit goldner Frucht, gefahrvoll zu berühren,
Denn Drachen, Tod dräu'nd, entsetzen dich;
Ihr himmlisch Antlitz reizt dich, anzuschau'n
Zahllose Wonnen, die Verdienst erringt,
Verdienstlos aber, weil dein Aug' im Fürwitz
Dahin gestrebt, stirbt alles mit dem Auge.
Schau dort berühmte Fürsten, einst wie du
Vom Ruf gelockt, sich wagend durch Begier:
Es sagt die stumme Zung', ihr bleicher Schein,
Daß sie, bedeckt allein vom Sternenfeld,
Hier Märt'rer steh'n in Amors Schlacht gefällt;
Mit toten Wangen raten sie Entweichen
Dem Todesnetz, das alle muß erreichen.
PERIKLES. Antiochus, viel Dank, daß du mich lehrst,
Wie meine schwache Menschheit sich erkennt,
Daß ich bei diesen Schrecknissen bereite
Mich selbst zu dem, was mich, wie sie, betrifft;
An Tod gedenken, heißt im Spiegel schau'n,
Wie Leben Hauch und Irrtum ihm vertrau'n;
Drum an mein Testament; wie Krank' in When
Die Welt erkennen, Himmel vor sich seh'n,
Und nicht, wie sonst, nach Erdenfreuden haschen;
Dir, allen Edlen sei des Friedens Gut,
Den sollte wünschen jedes Fürsten Mut,
Mein Reichtum sei der Erde, die ihn gab,
Doch dir die reine Flamme meiner Liebe.
Bereitet so zu Leben oder Tod,
Erwart' ich nun den Schlag, Antiochus,
Vorsicht verschmähend; laß das Blatt mich lesen.
ANTIOCHUS.
Gelesen, nicht erklärt, ist es beschlossen,
Du hast, wie diese hier, dein Blut vergossen.
DIE TOCHTER.
Was du gesagt, sei dir zum Glück beschert,
Was du gesagt, das wünsch' ich dir zum Heil.
PERIKLES.
Ein kühner Ritter tret' ich in die Schranken,
Von keinem Sinnen sonst mehr Rat erforschend,

Als nur von Mut und Treue.

Liest das Rätsel.

Ich nähre mich, nicht Viper zwar,
Vom Mutterfleisch, die mich gebar;
Den Mann sucht' ich, in dem Bemüh'n
Des Vaters Liebe mir erschien,
Er Vater, Sohn ist und Gemahl,
Ich Mutter, Weib und Kind zumal;
Wie das geschieht, da zwei wir sind,
Wollt Ihr nicht sterben, sagt geschwind.
Das letzt' ist bitt'rer Trank. – Gabt ihr, ihr Mächte!
Des Menschen Tun zu sehn, dem Himmel tausend Augen,
Wie wölken sie nicht immerdar die Blicke?
Ist wahr, was mich im Lesen hier erbleicht? –
Dich liebt' ich, schön Kristall! Nun stirbt der Wille,
Der reiche Schrein ist nur der Gräuel Hülle;
Ja, jetzt empört dagegen sich mein Herz.
Kein Mann von Tugend folgt so schwachem Rat,
Daß, weiß er Sünde drin, dem Tod er naht;
Schön bist du, Laute, und dein Sinn die Saiten,
Du würdest, recht gerührt, Musik ertönen,
Daß Himmelsgötter kämen, dir zu lauschen;
Doch nun, da du gespielt vor deiner Zeit,
Tanzt Hölle nach dem Ton der Heiserkeit.
Fahr' hin, du kümmerst mich nicht mehr.

ANTIOCHUS.
Nicht angerührt, mein Fürst, bei deinem Leben!
Denn das ist ein Artikel unsrer Satzung,
Wie jenes, tödlich. Deine Zeit ist um,
Nun lös' es, oder laß dein Urteil sprechen.

PERIKLES.
Monarch! Ungern hört man die Sünde, gern getan,
Ich schölte Euch zu arg, wenn ich es sagte:
Wer in ein Buch verfaßt, was Kön'ge tun,
Verschließt es sichrer wohl, als er es zeigt;
Erzähltes Laster fährt wie Wind dahin,
Bläst Staub in andrer Augen, sich verbreitend;
Doch ist es endlich nur erkauft zu teuer,
Der Hauch verweht, das kranke Aug' sieht freier,
Und scheut die Luft; der blinde Maulwurf hügelt
Gen Himmel, klagt, die Erde sei bedrückt
Von Menschen, dafür stirbt der arme Wurm.
Ein Fürst ist Erdengott, Gesetz wird sein Verbrechen:
Schweift Zeus auch aus, wer wird von ihm als Sünder sprechen?
Genug schon, daß du's weißt, es will sich schicken,
Das, was bekannt verschlimmert, zu ersticken.
Den Leib liebt jeder, der uns Nahrung gibt,
Vergönnt, daß so ihr Haupt die Zunge liebt.

ANTIOCHUS. O Himmel! Hätt' ich doch dein Haupt! Er fand den Sinn;
Doch will ich mit ihm heucheln. – Junger Fürst,
Obgleich nach unsrer strengen Satzung Kraft,
Da deine Deutung fälschlich ausgefallen,
Wir deine letzte Stunde könnten messen;
Doch Hoffnung, die so schönem Baum entsprießt,
So edlem Stamm, hat anders uns gestimmt;
Wir gönnen Euch noch vierzig Tage Frist,
Entschleiert das Geheimnis in der Zeit,
Die Güte zeigt, daß Ihr als Sohn uns freut;
Bis dahin wird man Euch hier unterhalten,
Wie's Eurer Her' und Eurer Würde ziemt.

Sie gehn ab.

PERIKLES *allein.*
Wie Höflichkeit die Sünde gern bedeckte
Dann gleicht dem Heuchler die gescheh'ne Tat,
Der Gutes nichts, als nur den Anschein hat;
Denn wär' es wahr, daß ich hier falsch erklärt,
So hättet Ihr so schändlich nicht befleckt
Die Seelen mit blutschänderischem Greuel;
Wo du nun beides, Vater bist und Sohn,
Dein eigen Kind gottlos in Armen hältst,
(Die Freude, die dem Mann, nicht Vater ziemt)
Und sie sich nährt von ihrer Mutter Fleisch,
Da sie das elterliche Bett entehrt,
Und beide Schlangen gleich, die schöne Blüten
Genießen, und doch tödlich Gift nur brüten.
Fahr' wohl, du Stadt, denn Weisheit lehrt, daß wer
Nicht Taten, dunkler als die Nacht, vermied,
Nichts scheuen wird, daß sie das Licht nicht sieht;
Denn eine Sünde weckt die andre auch,
Mord ist Nachbar der Lust, wie Flamm' und Rauch.
Gift und Verrat sind wohl der Sünde Hände,
Ja, Schilde auch, die Schande abzuhalten:
Um euch zu rein'gen, dient euch wohl mein Tod,
Drum flieh' ich die Gefahr, die mich bedroht.

Geht ab.

Dritte Szene

Antiochien. Ein Zimmer im Palast.
Antiochus tritt auf.

ANTIOCHUS.
Er fand den Sinn, und drum sind wir gesinnt
Sein Haupt zu haben.
Er soll nicht leben, meine Schande zu posaunen,
Der Welt zu sagen, daß Antiochus
In Sünde lebt so schwarzer Art.
Drum sterbe dieser junge Prinz alsbald,
Denn nur sein Tod ist meiner Ehre Halt. –
Ist niemand draußen?

Thaliard kommt.

THALIARD. Ruft wohl Eure Hoheit?

ANTIOCHUS.
Thaliard, du bist mein Kämmerer, mein Geist
Vertraut sein Inn'res deiner Schweigsamkeit,
Und deiner Treue halb erhöh' ich dich;
Thaliard, sieh, hier ist Gift, und hier ist Gold,
Ich hasse den von Tyrus, töte ihn.
Ich will nicht, daß du um die Ursach' fragst;
Dir genüge: ich befahl es. Ist's getan?

THALIARD. Es ist getan, mein König.

ANTIOCHUS. Nun genug.

Ein Bote kommt.

ANTIOCHUS. Kühl' deinen Atem, sage deine Eil.

BOTE. Geflohen ist Prinz Perikles.

ANTIOCHUS. Wie du
Das Leben liebst, ihm nach! Und wie ein Pfeil
Aus eines guten Schützen Hand das Ziel
Unfehlbar trifft, so kehre du nicht wieder,
Wenn du nicht sagst, Fürst Perikles ist tot.

THALIARD. Mein Fürst, kommt er mir nah nur auf Pistolenschuß,

Treff ich ihn sicher. Lebet wohl, mein König.
Geht ab.

ANTIOCHUS.
Leb wohl. Bis Perikles nicht mehr am Leben,
Kann meinem Haupt das Herz nicht Hülfe geben.
Geht ab.

Vierte Szene

Tyrus. Ein Zimmer im Palast.
Perikles, Helicanus, andere Lords.

PERIKLES. Es stör' uns niemand. –
Wie muß denn diese Wandlung der Gedanken,
Befreundet mit blödäugiger Melancholie,
Ein steter Gast mir sein? Daß keine Stunde,
In Tages frohem Glanz, in stiller Nacht,
(Dem Grab der Sorge) Ruhe mir gewährt?
Hier schmeichelt Lust dem Aug', mein Auge
flieht sie;
Dräu'nde Gefahr ist dort zu Antiochien.
Zu kurz scheint wohl sein Arm, mich hier zu treffen;
Doch kann die Lust nicht meinen Geist erfreu'n,
Noch kann die Ferne jenes Trost gewähren;
Natürlich ist's, die Leidenschaft der Seele,
Die anfangs schwanger von Befürchten wird,
Bekommt von Sorge Nahrung dann und Leben;
Erst ist es Furcht, was wohl geschehen möchte,
Nun älter, Sorge, daß es nicht geschieht.
So ist's mit mir. – Antiochus der Große,
Den zu bestreiten ich zu klein nur bin,
Setzt durch in Übermacht, was er nur will,
Er meint, ich spreche, schwör' ich gleich zu
schweigen;
Mir frommt nicht, daß ich sag', ich ehre ihn,
Hat er Verdacht, ich möchte ihn entehren;
Was ihn erröten mag, wird es bekannt.
Rät Wegräumung, wodurch es wird bekannt,
Er wird das Land mit Heerskraft überziehn',
Und so gewaltig schau'n im Maß des Krieges,
Daß das Entsetzen allen Mut verscheucht.
Mein Volk besiegt, noch vor dem Widerstand,
Gestraft der Untertan, der nie beleidigt.
Aus Sorg' um sie, aus Mitleid nicht mit mir,
(Der ich den Wipfeln nur der Bäume gleiche,
Die Schirm den Wurzeln sind, durch die sie wachsen)
Mein Leib die Qual, die Seele Angst gewinnt,
Und straft voraus, was er zu strafen sinnt.

ERSTER LORD.
Nur Freud' und Trost sei Eurer heil'gen Brust.

ZWEITER LORD.
Und mache Euer Herz, da Ihr zurück
Uns kommt, vergnügt, erfüllt mit Frieden.

HELICANUS.
Still! Laßt die Zunge der Erfahrung sprechen!
Die kränken nur den König, die ihm schmeicheln,
Denn Schmeicheln facht, ein Blasbalg, an die Sünde;
Das, dem geschmeichelt wird, ist nur ein Funke,
Vom Winde erst bekömmt es Kraft und Glut;
Doch Tadel, der in Demut vorgebracht,
Geziemt dem König; er ist Mensch, kann irren,
Wenn hier Herr Süß mit Frieden Euch gesegnet,
Es schmeichelt nur, führt Krieg mit Eurem Leben.
Vergebung oder Schlag erwart' ich hie,
Viel tiefer fall' ich nicht als auf die Knie.

PERIKLES.
Ihr andern laßt uns, forscht mit Sorgfalt nach,
Was Schiffe hier im Hafen fertig liegen,
Und kommt zurück dann. –
Sie gehn.
Helicanus, du
Bewegst uns; was siehst du in unsern Blicken?

HELICANUS. Ein Zürnen, hoher Herr.

PERIKLES.
Schreckt solches Dräu'n auf eines Fürsten Stirn,
Wie darf dein Wort solch' Zürnen dort erregen?

HELICANUS.
Wie dürfen Pflanzen auf zum Himmel schau'n,
Von welchem sie doch ihre Nahrung zieh'n?

PERIKLES.
Du weißt, ich kann des Lebens dich berauben.

HELICANUS.
Ich schärfte selbst das Beil, tut denn den Schlag.

PERIKLES.
Steh' auf, ich bitte! Sitz', du bist kein Schmeichler,
Ich danke dir dafür. Beim Himmel, nein!
Nie darf ein Fürst dem Tadler feindlich sein.
Du, so geschickt zum Rat und Fürstendiener,
Des Weisheit dir den Fürsten macht zum Diener,
Was willst du, daß ich tu?

HELICANUS.
Zu tragen solchen Kummer mit Geduld,
Den Ihr nur selbst Euch selbst habt auferlegt.

PERIKLES. Du sprichst, mein Helicanus, wie ein Arzt,
Du überreichst mir einen solchen Trank,
Den du nur selbst mit Zittern nehmen würdest,
So hör': ich ging nach Antiochia,
Wo, wie du weißt, dem Tode ins Gesicht,
Ich hohe Schönheit zu gewinnen strebte,
Die mir ein solch' Geschlecht gebären möchte,
Das meine Kraft, des Landes Glück vermehrte.
Ihr Antlitz schien mir mehr als wundervoll,
Das andre, (dir ins Ohr) blutschändrisch schwarz;
Dies fand ich aus; der sündenvolle Vater,
Statt schlagen, streichelte; doch, du wirst wissen,
Zeit ist's zu fürchten, wenn Tyrannen küssen;
So groß war diese Furcht, ich floh hierher,
Verhüllt von einer Nacht, die für mich sorgte
Und mir Beschützerin schien; hier bin ich nun,
Bedenke, was geschah, was kommen mag;
Er ist Tyrann, Tyrannen Furchtsamkeit
Vermindert nicht, wächst schneller als die Zeit,
Und wenn er glaubt, (wie er gewißlich glaubt)
Daß ich der Luft, der lauschenden, entdecke,
Wie mancher Fürsten Blut vergossen ward,
Das Lager seiner Gräuel zu verbergen. –
Zu töten diese Furcht, bringt er ein Heer,
Schützt Kränkung vor, die ich ihm angetan;
Dann büßt mein Fehlen, (wenn man es so nennt)
Das Volk im Krieg, der keine Unschuld kennt;
Aus Liebe aller, deren einer du,
Der du mich deshalb tadelst. –

HELICANUS. Ach! Mein König.

PERIKLES.
Flieht Schlaf dies Auge, Röte von den Wangen,
Bedenk' ich stets mit tausendfält'gen Zweifeln,

Wie ich den Sturm beschwicht'ge, eh' er kommt;
Ich fand nicht Trost, wie ich auch suchte herzlich,
Drum hielt ich's Fürstenmilde; klagen schmerzlich.

HELICANUS.
Da Ihr, mein Fürst, mir Freiheit gebt zu sprechen,
So sprech' ich dreist. Antiochus Ihr fürchtet,
Und nicht mit Unrecht scheut Ihr den Tyrannen,
Der öffentlich mit Krieg, still mit Verrat
Euch nach dem Leben trachten wird.
Drum, eine Zeitlang reiset fort, mein Fürst,
Bis daß sein Zorn und seine Wut vergessen,
Oder Geschick sein Leben ihm zerschneidet.
Gebt andern Händen Euer Reich: wenn meinen,
Soll Licht dem Tage nimmer treuer scheinen.

PERIKLES. Ich zweifle nicht an deiner Treue;
Doch sollt' er, wenn ich fort, das Reich bedrücken –

HELICANUS. Dann fließe unser Blut auf dieses Land,
Das uns gebar, das Mutter wir genannt.

PERIKLES. So wend' ich dir den Rücken, Tyrus, reise
Nach Tharsus, wo ich von dir hören werde,
Und mich dann ganz nach deinen Briefen fügen.
Die Sorg' um meine guten Untertanen
Leg' ich auf dich, des Weisheit Kraft sie trägt.
Dein Wort ist mir genug, schwör keine Eide,
Wer eins nicht achtet, bricht ohn Anstand beide.
So sicher weben wir in unsern Kreisen,
Uns beiden gibt die Zeit dies Zeugnis immer;
Der Diener wie der Fürst strahlt' echten Schimmer.

Sie gehn ab.

Fünfte Szene

Tyrus. Ein Vorzimmer im Palast.
Thaliard tritt auf.

THALIARD. So, dies ist also nun Tyrus, und dies ist der Hof. Hier muß ich den Perikles umbringen, und tu' ich es nicht, so kann ich sicher sein, zu Hause gehängt zu werden; das ist ein schlimmes Ding. – Ich sehe wohl, der war ein kluger Gesell und von ziemlichem Verstande, der, als ihm der König erlaubte, sich eine Gnade auszubitten, ihn ersuchte, ihm keines seiner Geheimnisse zu sagen. Jetzt seh' ich ein, daß er Ursache dazu hatte; denn wenn der König von jemand verlangt, er soll ein Schurke sein, so ist er, kraft seines Eides gezwungen, einer zu werden. – Still, hier kommen die Herren von Tyrus.

Helicanus, Escanes und andere Lords.

HELICANUS.
Nicht nötig, habt Ihr, Freund und Reichsgefährten,
Um Eures Königs Reise mehr zu sorgen,
Die Vollmacht, untersiegelt, mir vertraut,
Sagt deutlich: um zu reisen ging er fort.

THALIARD *beiseit.*
Wie? Der König fort?

HELICANUS.
Doch wollt Ihr noch was Näheres erfahren,
Wie, Eurer Liebe gleichsam hinterrücks,
Er von Euch ging, geb' ich Euch Licht hierin:
Zu Antiochia –

THALIARD *beiseit.*
Was gibt's von Antiochien?

HELICANUS.
Ward ihm (warum, das weiß ich nicht) erzürnt
Antiochus; er glaubt es wenigstens,
Und was er nun gesündigt oder irrte,
Will er an sich mit herber Trauer strafen;
Er unterzieht sich selbst des Seemanns Müh'n,
Den jeder Augenblick mit Tod bedroht.

THALIARD *beiseit.*
Ich sehe wohl,
Ich werde nicht gehängt, wenn ich auch wollte;
Er ist nun fort, vielleicht ist ihm beschieden
Der Tod zur See, den er zu Land vermieden.
Ich zeige mich. – Den Herrn von Tyrus Friede!

HELICANUS.
Gegrüßt, Lord Thaliard, von Antiochus!

THALIARD. Er sendet mich
Dem Fürsten Perikles mit Botschaft zu,
Doch, als ich landete, erfuhr ich gleich,
Daß er auf unbekannten Reisen sei:
Drum kehr' ich mit der Botschaft gleich zurück.

HELICANUS.
Wir haben keinen Grund, darnach zu forschen,
Denn sie geht unsern Herren an, nicht uns;
Doch bitten wir, bevor Ihr reis't nach Hause,
Seid unser Gast beim freundschaftlichen Schmause.

Sie gehn ab.

Sechste Szene

Tharsus. Ein Zimmer im Hause des Statthalters.
Cleon tritt auf, Dionysa. Gefolge.

CLEON. O Dionysa, sollen wir hier ruh'n,
Und mit Erzählungen von fremdem Kummer
Versuchen, unsern eignen zu vergessen?

DIONYSA. Das hieß', in Feuer blasen, es zu löschen;
Wer Hügel abgräbt, weil sie aufwärts streben,
Wirft um den Berg, ihn höher zu erheben:
So, trau'rnder Gemahl, mit unserm Kummer,
Wenn wir durch Unglücksaugen ihn beschau'n;
Denn höher wächst der Wald, der erst behau'n.

CLEON. O Dionysa,
Wem Nahrung mangelt, kann er davon schweigen,
Den Hunger wohl verbergen bis zum Tode?
Laut klagt die Zung' und schreit des Wehes Bangen
In Luft, es strömen Tränen von den Wangen;
Doch lauter muß die Zunge Klag' ertönen,
Damit der Himmel aufwacht, wenn er schläft,
Und hülfreich seinen Kreaturen wird:
Drum sprech' ich unser Weh', das längst uns quält,
Mit Tränen hilf, wenn mir die Stimme fehlt.

DIONYSA. Ich tue, was ich kann.

CLEON. Tharsus allhier, des Statthalter ich bin,
Sonst von des Überflusses Hand gesegnet,
Des Reichtum selber in den Straßen lag,
Des Türme hochgebaut die Wolken küßten,
Daß jeder Fremde staunte, der es sah;
Des Herrn und Frau'n im bunten Schmuck sich
spreizten,
Als spiegle sich zum Putz der ein' im andern;
Ihr Tisch so reich, zur Freude allen Blicken,
Mehr Augenlust, als nährend zu erquicken,
Armut verlacht, so hoch die Hoffart stieg,

Daß man den Namen Hülfe selbst verschwieg.
DIONYSA. O nur zu wahr!
CLEON.
Doch sieh' des Himmels Macht in unserm Wechsel!
Die Münde, denen Erde, See und Luft
Zu wenig zur Ergetzung bieten konnten,
Wie sie vollauf die Kreaturen gaben,
(Wie Häuser wohl verfallen, nicht gebraucht,)
Verzehren sich, aus Mangel aller Nahrung;
Die Gaumen, die vor zweien Sommern noch
Erfindung brauchten, Leckerheit zu reizen,
Sie würden jetzt am Brot sich freu'n, drum betteln;
Die Mütter, die zur Pflege ihrer Kleinen
Nichts allzu köstlich hielten, machen sich
Bereit, die zarten Liebling' aufzuzehren;
So quält der Zahn des Hungers! Weib und Mann
Zieh'n Lose, wer den andern fristen kann.
Hier weint ein Edler, dort die Frau, hin stürzen andre;
Doch jene, die den Fall gesehen haben,
Sind kaum noch stark genug, sie zu begraben.
Ist dies nicht Wahrheit?
DIONYSA. Zeugnis ist unsre Wang' und hohles Auge.
CLEON. Die Städte, die vom Kelch des Überflusses
Und allem Wohlsein nach Gelüsten kosten,
Möcht' ihre Üppigkeit die Tränen seh'n!
Dies Elend kann auch über sie ergeh'n.

Ein Lord kommt.

LORD. Wo ist der Herr Statthalter?
CLEON. Hier.
Sprich eilig aus den Kummer, den du bringst,
Denn allzufern ist Trost für uns und Hoffnung.
LORD. Wir sahen, nahe schon an unsrer Küste,
Ein stattliches Geschwader hieher segeln.
CLEON. Das war es, was ich glaubte!
Allein kommt nie ein Kummer, er bringt mit
Den Erben, der in seine Rechte tritt:
Und so geschieht es uns; ein Nachbarvolk
Wird unser schweres Elend nun benutzen,
Und bringt in hohlen Schiffen Kriegesvolk,
Uns zu vernichten, die vernichtet sind;
Mich Unglückseligen zu unterwerfen,
Den zu besiegen großen Ruhm nicht schafft.
LORD.
Das ist die kleinste Furcht, denn nach dem Schein
Der weißen Flaggen bringen sie uns Frieden,
Und kommen wohl als Helfer, nicht als Feinde.
CLEON. Du sprichst wie der, der nicht belehrt genug;
Der schönste Schein birgt meist den
schlimmsten Trug,
Doch bringen sie auch, was sie immer mögen,
Was soll uns neue Not?
Wir sind gestorben halb, das ärgst' ist Tod.
Sag' ihrem General, wir warten seiner,
Weshalb, woher er kommt, hier zu vernehmen,
Und was er will.
LORD. Ich gehe schon.

Geht ab.

CLEON. Willkommen, bringt er Frieden unserm Land,
Wenn Krieg, sind wir zu schwach zum Widerstand.

Perikles kommt mit Gefolge.

PERIKLES. Herr Statthalter, (der seid Ihr, wie ich höre)
Nicht sollen unsre Schiff' und ihre Mannschaft
Ein Feuerturm Euch sein, um Euch zu schrecken;
Wir hörten fern bis Tyrus Euer Elend,
Und seh'n den Jammer hier in Euern Straßen:
Nicht sollen reichlicher die Tränen fließen,
Nein, Euern Kummer wollen wir erleichtern:
Und diese unsre Schiffe, die Ihr wohl
Wie der Trojaner Pferd gefüllet meint
Mit blut'ger Feindschaft, drohendem Verderben,
Sie bringen Korn, und, was Euch höchlich not,
Den Halberstorb'nen Leben mit und Brot.
ALLE. Die Götter Griechenlands beschützen Euch!
Wir wollen für Euch beten.
PERIKLES. Stehet auf!
Wir suchen nicht Verehrung, sondern Liebe,
Herberg den Schiffen, uns und unsern Leuten.
CLEON. Wenn einer Euch nicht alle Lieb' erzeigt,
Wenn einer in Gedanken undankbar,
Sein's unsre Weiber, Kinder oder wir,
Den treffe Fluch des Himmels und der Menschen!
Bis dahin, (wie ich hoffe, immerdar)
Seid Ihr mein Fürst, der Stadt und uns willkommen.
PERIKLES.
Wir danken Euch, und bleiben hier als Freund,
Bis unser zorn'ger Stern uns freundlich scheint.

Sie gehn ab.

Zweiter Akt

Erste Szene

Gower tritt ein.

GOWER. Ein mächt'ger König hier fürwahr
Sein Kind zur Blutschand' brachte gar,
Ein bess'rer Fürst zeigt auch sich dort,
Der gottesfürchtig war in Tat und Wort.
So seid denn still, und hört es an.
Wie durch das Unglück drang der Mann;
Ihr seht, daß, wer mit Unglück streitet,
Das Sandkorn mißt, den Berg erbeutet.
Der Gute in Gesellenschaft
(Ich geb' ihm meines Segens Kraft)
Ist noch zu Tharsus, jedermann
Hält heilig, was er sprechen kann;
Zum Angedenken seiner Milde
Verehrt man ihn im auferbauten Bilde.
Doch schlimm're Nachricht wird vernommen;
Was sprech' ich noch? Ihr seht sie kommen. –
STUMMES SPIEL.
Es tritt auf der einen Seite Perikles auf, im Gespräch mit Cleon, der ganze Zug folgt ihnen. Von der anderen Seite kommt ein Edelmann, mit einem Briefe an den Perikles; Perikles zeigt Cleon den Brief, hierauf gibt er dem Boten eine Belohnung und schlägt ihn zum Ritter. Perikles geht auf der einen und Cleon auf der andern Seite ab.
GOWER. Seht, Helicanus saß daheim,
Schmaus't nicht, wie Drohnen, Honigseim
Der andern Bienen, sein Bestreben
Ist, Bös ertöten, Gut beleben.
Zu tun, was ihm sein Fürst befahl,
Schreibt er ihm, was gescheh'n zumal:
Wie Thaliard kam mit bösem Sinn,
In Absicht, zu ermorden ihn,
Drum schien er ihm nicht gut zu tun,

In Tharsus länger auszuruh'n.
Er folgt dem Rat und geht zur See,
Da lernt der Mensch oft Ach und Weh;
Der Wind nun mächtig stürmen tut,
Der Donner oben, unten Flut,
Macht solch Gerümmel, daß sein Schiff,
Das ihn behaus't, zerscheitert bricht;
Der arme Fürst, dem nichts geblieben,
Von Wogen auf und ab getrieben,
Verliert den Schatz und die Gesellen,
Er selber kaum entflieht den Wellen;
Das Glück, ihn zu verfolgen müde,
Wirft ihn ans Land, und gibt ihm Friede.
Hier kommt er, und was nun geschieht,
Das seht ihr, zu lang wird mein Lied.

Geht ab.

Zweite Szene

Pentapolis. Ein offener Platz am Meeresufer. Perikles tritt auf, ganz durchnäßt.

PERIKLES.
Genug der Wut, ihr zorn'gen Himmelssterne!
Denkt, Regen, Donner, Wind, des ird'schen Menschen
Gebrechlichkeit kann euch nicht widersteh'n;
Auch meines Leibes Schwäche muß gehorchen!
Mich hat die See geworfen auf die Felsen,
Das Leben mir, nach langem Kampf, zu schenken,
Daß ich auf nichts als nahen Tod kann denken;
Genüg' es euch, ihr allgewalt'gen Mächte,
Ihr raubtet alles einem Könige;
Es soll mein Grab nicht sein in Wassersmitten,
Nun will ich nur um sanften Tod euch bitten.

Drei Fischer treten auf.

ERSTER FISCHER. He! Leder-Wams!

ZWEITER FISCHER.
Ja, ich komme schon mit den Netzen.

ERSTER FISCHER. Du! Flick-Hose, du!

DRITTER FISCHER. Was gibt's, Meister?

ERSTER FISCHER. Sieh', wie du trendelst! Mach fort, oder ich werde dir übers Fell kommen.

DRITTER FISCHER. Meister, ich dachte meiner Treu eben an die armen Menschen, die vor unsern Augen untergingen in diesem Augenblicke.

ERSTER FISCHER. Jawohl, die armen Leute; es ging mir durch die Seele, daß sie so kläglich schrien; wir sollten ihnen helfen; du lieber Himmel! Wir konnten uns kaum selber helfen.

DRITTER FISCHER. Meister, hab' ich's nicht voraus gesagt, als ich die Meerschweine so springen und tanzen sah? Sie sollen halb Fisch und halb Fleisch sein; hol' sie doch der Henker! Sobald sie sich sehen lassen, kann ich mich auf eine gute Wäsche gefaßt machen. – Meister, wie können doch nur die Fische in der See leben?

ERSTER FISCHER. Nun! Eben so, wie die Menschen zu Lande; die Großen fressen die Kleinen. Unsre reichen Geizhälse kann ich mit nichts so gut, als mit einem Walfische vergleichen; der spielt und bäumt, und treibt die armen kleinen Fische vor sich her, bis er sie zuletzt all' mit einem Schluck hinunterschlingt. Solche Walfische soll es auch auf dem Lande geben, die solange das Maul aufsperren, bis sie das ganze Kirchsprengel, Kirche, Glockenturm, Glocken und alles hinuntergeschluckt haben.

PERIKLES *beiseit.* Eine gute Anwendung.

DRITTER FISCHER. Meister, wär' ich der Küster gewesen, so hätt' ich an dem Tage im Glockenhause sein mögen.

ERSTER FISCHER. Warum?

DRITTER FISCHER. Dann hätte er mich mit verschlungen; so wie ich nun in seinem Bauche gewesen wäre, so wollte ich mit den Glocken solchen Lärm angefangen haben, daß er keine Ruhe gehabt hätte, bis er Glocken, Turm, Kirche und Sprengel wieder ausgespieen hätte. Wenn aber nur der gute König Simonides meine Gedanken hätte. –

PERIKLES *beiseit.* Simonides?

DRITTER FISCHER. Dann wollten wir das Land schon von diesen Drohnen reinigen, die den Bienen ihren Honig stehlen.

PERIKLES.
Wie von der Art der schupp'gen Seegeschöpfe,
Sie sprechen von Gebrechlichkeit der Menschen,
So können sie mit ihren Wasserreichen
Der Menschen gut und böses Tun vergleichen.
Glücklichen Fang, ehrliche Fischersleute!

ZWEITER FISCHER. Ehrlich? Lieber Freund, was meint Ihr damit? Ist es ein Tag, den Ihr brauchen könnt, so nehmt ihn Euch nur aus dem Kalender heraus, und kein Mensch wird ihn vermissen.

PERIKLES. Auf Eure Küste warf die See mich aus. –

ZWEITER FISCHER. Welch ein betrunk'ner Schuft von See, dich hier, uns in den Weg auszuwerfen!

PERIKLES.
Ein Mann, den Stürm' und Wasserfluten hier
In diesem weiten Ballhof umgeschleudert
Zum wilden Spiel, der Euch um Mitleid bittet,
Euch fleht nun an, der niemals betteln lernte.

ERSTER FISCHER. Nicht betteln könnt Ihr, mein Freund? Es gibt ihrer hier in unserm Griechenlande, die mit Betteln mehr verdienen, als wir mit Arbeiten.

ZWEITER FISCHER. So kannst du doch wohl Fische fangen?

PERIKLES. Ich hab' es nie geübt.

ZWEITER FISCHER. Dann mußt du ohne Frage verhungern, denn hier bringt man heutzutage nichts vor sich, wenn man nicht darnach fischt.

PERIKLES.
Was ich gewesen, hab' ich schon vergessen,
Bedürfnis lehrt mich, was ich jetzo bin:
Ein Mann erstarrt, den Frost in allen Adern,
Nur kaum belebt, der Zunge so viel Wärme
Zu leih'n, um Euch um Hülfe anzusprechen,
Versagt Ihr die, laßt mich nach meinem Sterben,
Weil ich ein Mensch doch bin, ein Grab erwerben.

ERSTER FISCHER. Sterben sagt er? Das sollen die Götter verhüten! Hier hab' ich einen Mantel; komm, zieh' ihn an! Halt' dich warm. Nun, meiner Seel', ein recht hübscher Mensch! Komm, du sollst mit mir geh'n, du sollst Fleisch haben für alle Tage, Fische an den Fasttagen, und noch etwas mehr, oder Pudding und Eierkuchen, und herzlich sollst du mir willkommen sein.

PERIKLES. Ich danke dir, mein Freund.

ZWEITER FISCHER. Hört doch, Freund; Ihr sagtet ja, Ihr könntet nicht betteln?

PERIKLES. Ich ersuchte Euch nur.

ZWEITER FISCHER. So! Ersuchte nur? Nun, so will ich auch ein Ersucher werden, um dem Auspeitschen zu entgehen.

PERIKLES.
Werden denn alle Bettler hier ausgepeitscht?

ZWEITER FISCHER. O nein, nicht alle, Freund, nicht alle; denn wenn alle Bettler ausgepeitscht würden, so möcht' ich mir kein besseres Amt, als die Büttelstelle wünschen. Aber, Meister, ich geh' und zieh' das Netz auf.

Geht ab mit dem dritten Fischer.

PERIKLES.
Wie gut anständ'ger Scherz der Arbeit ziemt.

ERSTER FISCHER.
Hört doch! Wißt Ihr denn, wo Ihr seid.

PERIKLES. Nicht recht.

ERSTER FISCHER. So will ich's Euch sagen. Dies hier heißt Pentapolis, und unser König der gute König Simonides.

PERIKLES. Ihr nennt ihn den guten König Simonides?

ERSTER FISCHER. Jawohl, und er verdient auch den Namen, wegen seiner friedfertigen und guten Regierung.

PERIKLES. Er ist beglückt, da ihn die Untertanen,
So wie er sie beherrscht, den Guten nennen.
Wie weit ist denn sein Hof von dieser Küste?

ERSTER FISCHER. Nur eine halbe Tagereise. Und hört nur, er hat eine Tochter, deren Geburtstag ist morgen, und Fürsten und Herren sind von allen Teilen der Welt zusammengekommen, um ihr zu Liebe zu tyostieren und zu turnieren.

PERIKLES.
Wär' meinem Wunsche nur mein Glück gemäß,
So möcht' ich auch dort einen Ritter machen.

ERSTER FISCHER. Ei, Lieber, jedes Ding geht wie es kann, und was ein Mann nicht zeugen kann, darum muß er auch der Frau kein gutes Wort geben.

Die beiden Fischer kommen und ziehen das Netz auf.

ZWEITER FISCHER. Helft, Meister, helft! Hier hängt ein Fisch im Netz, wie das Recht eines Armen im Prozeß; gar nicht heraus zu kriegen. – Ha! Daß dich der Geier! Nun kommt's endlich, und ist eine rostige Waffenrüstung.

PERIKLES. Ha, eine Rüstung! Bitte, zeigt sie mir.
O, Dank dir, Glück, daß, wie du mich verfolgt,
Du mir doch etwas gibst, um mir zu helfen;
Zwar war es mein, ein Teil von meinem Erbe,
Das mir mein teurer Vater hat vermacht,
Mit dieser Weisung, die er sterbend gab:
Bewahr' es, Perikles, es war ein Schirm
Mir gegen Tod (er wies auf dieses Erz).
Wie's mich erhielt, so mag es in Gefahren
(O nahten sie dir nie!) auch dich bewahren!
Stets war es wo ich war, so liebt' ich es,
Die See riß es in Wut zu sich hernieder,
Da sie besänftigt ist, gibt sie es wieder.
Dir sei gedankt! Mein Schiffbruch dünkt mir Glück,
Es kam des Vaters Erbschaft mir zurück.

ERSTER FISCHER. Was ist Eure Meinung?

PERIKLES.
Von euch die Rüstung, Freunde, zu erbitten,
Denn sie war sonst wohl eines Königs Schirm,
Hieran erkenn' ich sie; er liebte mich,
Um seinetwillen wünsch' ich sie zu haben;
Geleitet mich zum Hofe eures Herrschers,
Hiermit kann ich als Ritter dort erscheinen;
Viel Lohn wird euch, hebt mich des Glückes Huld,
So lange bleib' ich stets in eurer Schuld.

ERSTER FISCHER.
Willst du denn für die Dame turnieren?

PERIKLES. Ich zeige meine Kunst der Waffen dort.

ERSTER FISCHER. Nun, so nimm es, und die Götter lassen es dir gedeih'n.

ZWEITER FISCHER. Aber, hört doch, Freund, wir waren es, die den Harnisch aus den rauhen Klüften des Wassers heraufholten; es gibt doch so gewisse Trink- und Schmerzensgelder. Ich hoffe, wenn Ihr Glück habt, so erinnert Ihr Euch, von wem Ihr das da bekamt.

PERIKLES. Das werd' ich,
Durch euch bin ich in Stahl nunmehr gekleidet,
Und allem wilden Raub der See zum Trotz
Halt' ich dies Kleinod noch an meinem Arm;
Sein Wert soll mich alsbald beritten machen,
Auf einem Renner, der mit schnellen Sprüngen
Jedweden, der ihn sieht, erfreuen wird. –
Noch, Freund, bin ich verseh'n mit keinen Decken.

ERSTER FISCHER. Wir wollen dich schon damit versehen; du sollst meinen besten Mantel haben, dir welche daraus zu schneiden, und ich will dich selbst an den Hof bringen.

PERIKLES. So sei denn, Ehre, Diener meinem Willen!
Heut steig' ich, oder muß das Maß des Unglücks
füllen.

Sie gehn ab.

Dritte Szene

Pentapolis. Ein Weg, der zu dem Turnierplatz führt. Ein Zelt an der Seite, zum Empfange des Königs, der Prinzessin, Herren usw.

Simonides mit Gefolge und Thaisa.

SIMONIDES.
Sind denn bereit die Ritter zum Turnier?

ERSTER LORD. O ja, mein Fürst,
Sie warten Eurer, um sich darzustellen.

SIMONIDES.
Wir sind bereit! Es sitzt die Tochter hier,
Deren Geburt verherrlicht dies Turnier,
Der Schönheit Kind, so von Natur beglückt,
Daß sie im Anschau'n jedermann entzückt.

THAISA.
Mein Vater, so beliebt's Euch, mich zu nennen,
Doch darf ich meinen eignen Unwert kennen.

SIMONIDES.
So muß ich denken, Fürsten sind die Muster,

Die nach dem eig'nen Bild der Himmel schafft;
Den Wert verliert ein Kleinod, nicht betrachtet,
So Fürsten ihren Ruhm, wenn nicht geachtet,
Dein ist die Ehre, Tochter, zu erkennen,
Was jedes Ritters Sinnbild sagen will.

THAISA. Das tu ich, diese Ehre mir bewahrend.

Der erste Ritter geht vorüber.

SIMONIDES. Wer ist der erste, der sich vorgestellt?

THAISA. Ein Held aus Sparta, mein berühmter Vater;
Das Sinnbild, das auf seinem Schilde steht:
Ein schwarzer Mohr, der nach der Sonne greift;
Das Wort: Lux tua vita mihi.

SIMONIDES.
Sehr liebt dich, wer nur Leben von' dir hat.

Der zweite Ritter geht vorüber.

Wer ist der zweite, der sich dargestellt?

THAISA. Ein macedon'scher Prinz, mein hoher Vater;
Das Sinnbild, das auf seinem Schilde steht:
Besiegt von einer Dam' ein Held in Rüstung,
Auf spanisch dieses Motto: mas per dulzura che per fuerza.

Der dritte Ritter geht vorüber.

SIMONIDES. Und wer der dritte?

THAISA. Von Antiochien;
Sein Sinnbild ist ein Kranz der Ritterschaft;
Das Wort: me pompae provexit apex.

Der vierte Ritter geht vorüber.

SIMONIDES. Was hat der vierte?

THAISA. Die Fackel brennend, aber umgekehrt;
Das Wort: quod me alit, me extinguit.

SIMONIDES.
Besagt, daß Schönheit hat die dopple Macht,
Daß sie ertötet wie in Flammen facht.

Der fünfte Ritter geht vorüber.

THAISA. Der fünfte, eine Hand umhüllt mit Wolken,
Die Gold hinhält und auf dem Probstein prüft;
Der Wahlspruch: sic spectanda fides.

Der sechste Ritter geht vorüber.

SIMONIDES.
Das sechst' und letzte, das der Ritter selbst
Dir hinhält mit so adligen Gebärden?

THAISA. Er scheint ein Fremder, und sein Bildnis ist
Ein welker Zweig, nur an der Spitze grün,
Der Spruch: in hac spe vivo.

SIMONIDES. Sehr schön ersonnen!
Er hofft, es soll durch dich sein Glück von neuem
Aus seinem armen Zustand auferblühn.

ERSTER LORD.
Und wohl bedarf er, daß was andres, als
Sein Äußeres zu seinem Besten spricht:
Denn so verrostet scheint es, daß er wohl
Die Peitsche statt der Lanze sonst geschwungen.

ZWEITER LORD.
Er muß wohl Wunder tun, denn wunderlich
Kommt er hieher zur Feier des Turniers.

DRITTER LORD.
Er ließ den Harnisch rostig und beschmutzt,
Er weiß, im Sande wird er heut geputzt.

SIMONIDES.
Man tört sich oft, wenn man zu kennen meint
Den Mann, so wie er äußerlich erscheint.

Gefecht drinnen; großes Freudengeschrei;
alle rufen der geringe Ritter!

Doch still, die Ritter kommen, laßt uns gehn
Dort in die Galerie.

Alle gehn ab.

Vierte Szene

Daselbst. Eine Festhalle. Ein Bankett bereit.
Simonides, Thaisa, die Ritter, die vom Ritterspiel kommen.

SIMONIDES.
Unnötig, Ritter, wär's, euch Willkomm sagen,
Dem Buche eurer Taten aufzuschreiben,
Als wie ein Titelblatt, die Ritterwürde,
Was weder ihr erwartet, noch sich ziemt,
Denn selber lobt sich offenbarer Wert.
Seid fröhlich denn, die Fröhlichkeit schmückt Feste,
Denn Fürsten seid ihr all' und meine Gäste.

THAISA. Ihr aber seid mein Ritter und mein Gast,
Den ich mit diesem Siegerkranz bekröne,
Als König dieses freudenreichen Tags.

PERIKLES.
Durch Glück begünstigt mehr, als durch Verdienst.

SIMONIDES.
Nennt's, wie Ihr immer wollt, der Tag ist Euer,
Und keiner hier, so hoff' ich, trägt Euch Neid:
So wird sich Kunst im Künstlerbilden zeigen,
Dem gibt sie viel, dem andern mehr zu eigen;
Ihr seid ihr Günstling, Königin des Festes,
Nimm, Tochter, deinen Platz, uns zu ergetzen,
Der Marschall wird nach Rang die andern setzen.

DIE RITTER. Sehr hoch ehrt uns Simonides der Gute.

SIMONIDES.
Ihr freut uns, denn stets werd' ich Ehre loben,
Wer Ehre haßt, der haßt die Götter oben.

MARSCHALL. Hier Euer Platz.

PERIKLES. Ein andrer ziemt mir mehr.

ERSTER RITTER.
Nicht streitet, Herr, denn unser edle Sinn,
(Im Innern nicht und Äußern aufgebläht)
Den Hoh'n nicht neidet, noch den Niedern schmäht.

PERIKLES. Adlige Ritter seid ihr ganz.

SIMONIDES. Nun sitzt!
Bei Jupiter, dem König der Gedanken,
Das Mahl mir ekelt, denk' ich nicht an ihn.

THAISA. Bei Juno, die der Ehe Königin,
Nur widrig sind die Speisen allzumal
Dem Gaumen, denn ich wünschte ihn zum Mahl. –
Gewiß ist er ein edler Herr.

SIMONIDES. Ein Edelmann vom Lande;
Er hat nicht mehr getan, als andre Ritter,
Lanzen gebrochen, damit laß es sein.

THAISA. Er glänzt wie gegen Glas der Edelstein.

PERIKLES. Mir scheint der König meines Vaters Bild,
Das mich erinnert, welche Pracht er führte,
Den Thron umringt von Fürsten, Sternen gleich,
Er ihre Sonne, der sie huldigten;
Wer ihn nur schaute, senkte vor ihm nieder
Die Kron' alsbald, den kleinern Lichtern gleich;
Nun ist sein Sohn ein Glühwurm in der Nacht,
Des Glanz im Dunkeln nur wird angefacht.
Wohl seh' ich, Zeit ist Herrscherin der Menschen,
Erzeugt sie erst, um dann sie zu begraben,
Gibt, was sie will, nicht was sie möchten haben.

SIMONIDES. Seid ihr vergnügt, ihr Ritter?
DIE RITTER. Wie anders hier in diesem Königshause?
SIMONIDES. Mit diesem Kelch, zum Rande angefüllt,
(Und wie ihr eure Damen liebt, schenkt ein)
Trink' ich auf euer Wohl!
DIE RITTER. Dank, Eurer Hoheit.
SIMONIDES. Noch haltet an!
Mich dünkt, der Ritter dort ist allzu traurig,
Als wäre seinem Werte zu gering
Die Festlichkeit an unserm Hofe hier.
Thaisa, siehst du's nicht?
THAISA. Was kümmert's mich, mein Vater?
SIMONIDES. Nein, wisse, meine Tochter,
So wie die Götter sollen Fürsten sein,
Die frei beschenken, wer mit Ehrfurcht ihnen naht,
Und unfreigeb'ge Fürsten gleichen Fliegen.
Gesumm, Verwundern, wenn sie tot da liegen.
Deshalb, um ihn allhier mehr zu erfreu'n.
Sag' ihm, daß wir die Schale Weins ihm leeren.
THAISA. Ach, lieber Vater, das geziemt mir nicht,
So dreist zu sein mit einem fremden Ritter,
Er dürfte wohl es Unverschämtheit schelten,
Ein freundlich Wort muß oft für Frechheit gelten.
SIMONIDES.
Ha! – Tu', wie ich sage, soll ich dir nicht zürnen.
THAISA. Bei allen Göttern; nichts tat ich so gern.
SIMONIDES.
Und sag' ihm, daß wir zu erfahren wünschen
Sein Vaterland und Namen und Geschlecht.
THAISA. Mein königlicher Vater trinkt Euch zu.
PERIKLES. Ich dank' ihm.
THAISA.
Es möcht' Euch soviel Blut dem Herzen geben.
PERIKLES. Ich danke ihm und Euch, und tu' Bescheid.
THAISA. Dann wünscht er ferner von Euch zu erfahren
Das Vaterland und Namen und Geschlecht.
PERIKLES. Ich bin aus Tyrus, Perikles mein Name;
Zu Kunst und Waffen ward ich auferzogen.
Nach Abenteuern dann die Welt durchziehend,
Hat Schiff' und Menschen mir die See geraubt,
Und mich verarmt an dieses Land geworfen.
THAISA. Er dankt Eurer Hoheit, und heißt Perikles;
Er stammt aus Tyrus, Schiffbruch raubte ihm
Die Schiff' und Menschen, und er wurde dann
An dieses Land geworfen.
SIMONIDES.
Nun bei den Göttern, sehr beklag' ich ihn,
Und will aus seiner Trauer ihn erwecken. –
Ihr Herren, kömmt, wir sitzen allzu lange,
Die Zeit vergeht, es wartet andre Lust,
In eurer Rüstung, wie ihr seid gekleidet,
Wird gut ein kriegerischer Tanz sich schicken:
Und kein Entschuld'gen gilt, daß ihr wohl sagt,
Den Damen sei zu rauh derlei Getön;
Der Held im Bett wie Rüstung dünkt sie schön.
Sie tanzen.
Freundlich ersucht und freundlich ausgeführt. –
Kommt, Herr, hier diese Dame möchte gern
sich tummeln,
Und wohl sagt man, daß Ihr aus Tyrus
Versteht, im Tanz die Damen umzuschwingen,
So wie Ihr trefflich seid im ernsten Tanz.
PERIKLES. Mein König, ja, diese die Kunst versteh'n.
SIMONIDES.
Ihr werdet dieser Auffod'rung nicht nein
Antworten wollen. Auf! Zum Tanz! Zum Tanz!
Sie tanzen.
Ihr Herren, Dank, ihr alle tatet gut,
Doch Ihr am besten. – Pagen, kommt zu leuchten
Jedwedem Ritter hin nach seiner Wohnung! –
Ihr sollt zunächst an uns ein Zimmer finden.
PERIKLES. Stets bin ich Eurer Majestät verpflichtet.
SIMONIDES.
Zu spät, ihr Fürsten, ist's, von Liebe sprechen,
Denn das ist eure Absicht, wie ich merke;
Jetzt gehe jeder nur, um auszuruh'n,
Und morgen mag das Beste jeder tun.
Alle gehn ab.

Fünfte Szene

Tyrus. Ein Zimmer im Hause des Statthalters.
Helicanus, Escanes treten ein.

HELICANUS.
Nein, Escanes, glaubt sicher und fürwahr,
Antiochus nicht frei des Lasters war,
Wofür die hohen Götter nicht gesonnen
Zurückzuhalten mehr die grause Strafe,
Die solchen schrecklichen Verbrechen ziemt,
Grad' als er in dem Stolz all' seines Pomps
Auf einem Wagen saß, unschätzbar köstlich,
Die Tochter mit ihm, Feu'r vom Himmel sandten,
Das beide so versengte, daß sie allen
Nur Ekel waren und Gestank;
Daß, wer vor ihnen sonst tief kniend lag,
Die Hand kaum zum Begräbnis reichen mag.
ESCANES. Sehr seltsam!
HELICANUS. Nur gerecht, denn war auch groß
Der König, konnte Größe ihn nicht wahren,
Des Himmels schwere Strafe zu erfahren.
ESCANES. Sehr wahr.
Drei Lords treten herein.
ERSTER LORD.
Sieh', niemand hat im heimlichen Gespräch,
Im Rate sein Vertrauen, als nur er.
ZWEITER LORD.
Wir tragen nicht mehr still, was uns verdrießt.
DRITTER LORD.
Verwünscht, wer hierbei seine Hülfe weigert.
ERSTER LORD.
So folgt mir. Ein Wort, edler Helicanus.
HELICANUS.
Mit mir? Willkommen! Seid beglückt, ihr Herrn.
ERSTER LORD.
Wißt, unser Kummer stieg zur höchsten Grenze,
Nun überfließt er endlich seine Ufer.
HELICANUS.
Weshalb? Kränkt Euren teuern Fürsten nicht.
ERSTER LORD.
Kränkt Euch nicht selbst denn, edler Helicanus!
Lebt unser Fürst noch, laßt ihn uns begrüßen,
Erfahren, welches Land sein Hauch beglückt;
Lebt er auf Erden, suchen wir ihn auf,
Ruht er im Grabe, finden wir ihn dort,
Und wissen, daß er lebt, uns zu beherrschen,

Oder daß wir ihn tot beklagen müssen,
Und uns dann frei steht eine neue Wahl.
ZWEITER LORD. Sein Tod ist wohl am meisten wahrscheinlich.
Und da wir wissen, ohne Haupt dies Reich
Gleicht einem guten Hause ohne Dach,
Das in Verderben fällt, erkennen wir
Euch, der am besten die Regierung kennt,
Als unserm Könige das Regiment.
ALLE. Lange lebe der edle Helicanus!
HELICANUS. Der Ehre folgt, und laßt die Huldigung,
Laßt dies, liebt ihr den Fürsten Perikles. –
(Nähm' ich es an, ich spräng' in eine See,
Wo Lust des Augenblicks für Stunden Weh)
Zwölf Monat länger, laßt mich euch erbitten,
Das Absein eures Königs zu ertragen;
Ist er nach dieser Zeit noch nicht zurück,
Trag' ich mit altem Gleichmut euer Joch;
Doch kann ich dies nicht eurer Lieb' abringen.
So geht und sucht wie edle Untertanen,
Wagt euch im Suchen auf so edle Art,
Und findet ihr ihn, kehrt mit ihm zurück,
Und glänzt um seine Kron' als Diamanten.
ERSTER LORD.
Der ist ein Tor, der nicht der Weisheit folgt;
Da Helicanus unsrer Meinung beistimmt.
So wollen wir auf Reisen uns bemüh'n.
HELICANUS.
Dann Lieb' und Eintracht, gehn wir Hand in Hand;
Die Edlen so verknüpft, steht fest das Land.
Sie gehn ab.

Sechste Szene

Pentapolis. Ein Zimmer im Palast.
Von der einen Seite tritt auf Simonides, welcher einen Brief liest; die Ritter kommen ihm von der anderen Seite entgegen.

ERSTER RITTER.
Simonides dem Guten Heil und Glück.
SIMONIDES.
Die Tochter will, ich soll euch, Helden, sagen,
Daß innerhalb zwölf Monden sie sich nicht
Vermählen will; den Grund weiß sie nur selber,
Ich kann ihn keineswegs von ihr erfahren.
ZWEITER RITTER.
Und nicht vergönnt ist es, ihr aufzuwarten?
SIMONIDES.
Auf keine Weise; denn sie hält so strenge
Sich eingesperrt, daß es unmöglich ist.
Sie will Dianens Tracht zwölf Monden tragen:
Bei Cynthias Augen hat sie das beschworen,
Und hält den Schwur, bei ihrer Jungfrauenehre.
DRITTER RITTER.
Wir nehmen Urlaub, traurig, so zu scheiden.
Sie gehn ab.
SIMONIDES.
So, sie sind fort! Nun zu der Tochter Brief.
Sie schreibt, vermählt sie sich dem Fremden nicht,
So will sie nicht mehr sehen des Tages Licht.
Recht gut, Fräulein, die Wahl stimmt mit der meinen:
Es freut mich; aber, wie befehlerisch!
Ganz sorglos, ob es mir auch recht mag sein.
Ich lobe ihre Wahl, und will nicht länger
Verzögern, – aber still, hier kommt er selbst;
Ich will mich noch verstellen.
Perikles tritt auf.
PERIKLES. Simonides dem Guten alles Glück!
SIMONIDES.
Euch ebenfalls! Ich bin Euch sehr verbunden
Für Eure süße Musik gestern abend;
Niemals, beteu'r ich, ward mein Ohr gerührt
Von so anmutig schöner Harmonie.
PERIKLES. Mich loben ist Euer Hoheit Wohlgefallen,
Denn ich verdien' es nicht.
SIMONIDES. Ihr seid ein Meister.
PERIKLES. Der schlechteste der Schüler, guter Herr.
SIMONIDES.
Laßt mich Euch etwas fragen. Sagt, wie dünkt
Euch meine Tochter?
PERIKLES. Höchst verehrungswürdig.
SIMONIDES. Auch schön ist sie; nicht wahr?
PERIKLES.
So wie ein Sommertag; von hoher Schönheit.
SIMONIDES.
Und meine Tochter denkt sehr gut von Euch,
So gut, daß Ihr ihr Meister werden müßt,
Denn sie will zu Euch in die Schule gehen.
PERIKLES. Unwert bin ich, sie irgend zu belehren.
SIMONIDES.
Sie denkt nicht so, denn lest nur diesen Brief.
PERIKLES. Wie? Was? Ein Brief, daß sie von Tyrus liebt den Ritter?
Des Königs List, mein Leben mir zu nehmen. –
O edler Herr, nicht sucht mich so zu fangen,
Ein fremder Ritter ich, im Unglück strebte
Niemals so hoch, zu lieben Eure Tochter;
Mein Dienst war ihrer Ehre stets gewidmet.
SIMONIDES. Bezaubert hast du meine Tochter, bist
Ein Niederträcht'ger.
PERIKLES. Bei den Göttern, nein!
Auch kein Gedanke hat sie wollen kränken,
Nichts tat ich, ihre Gunst auf mich zu lenken
Und Euern Zorn.
SIMONIDES. Du lügst, Verräter!
PERIKLES. Verräter?
SIMONIDES. Ja, Verräter!
PERIKLES. In jeden Hals, den König ausgenommen,
Wer mich Verräter nennt, schleudr' ich die Lüge!
SIMONIDES.
Nun, bei den Göttern, mir gefällt sein Mut!
PERIKLES. So edel wie mein Sinn sind meine Taten,
Die nimmer noch nach niedrer Abkunft schmeckten,
Um Ehre kam ich her an deinen Hof,
Und nicht, ihr also schändlich abzufallen;
Und wer es immer anders von mir meint,
Dem zeigt dies Schwert, er sei der Ehre Feind.
SIMONIDES. Nicht? – Hier kommt mein Kind, die es bezeugen kann.
Thaisa kommt.
PERIKLES.
Dann, wie Ihr seid gleich tugendhart und schön,
So sagt dem zornigen Vater, ob ich je
Mit Worten um Euch warb, ob ich das Kleinste
Je tat, um Eure Liebe zu gewinnen.
THAISA. Und wär' es auch gescheh'n,

Wen kränkt, was ich mit Freuden würde seh'n?

SIMONIDES.
Ei, Fräulein, seid Ihr denn so übermütig? –
Von Herzen freut mich's. – Bänd'gen will ich Euch,
Ja, ich will Euch wohl unterwürfig machen!
Wie, ohne meinen Willen
Willst du die Lieb' und deine Zuneigung
Auf einen Fremden werfen? – (Der, ich glaub' es,
Und kann nicht anders denken, von Geschlecht
So hoch wohl ist, als ich nur selber bin) –
Drum, Fräulein, hört, entweder meinem Willen
Gebt nach, und Ihr, mein Herr, fügt Euch im Guten,
Wo nicht, so mach' ich euch – zu Mann und Frau! –
Kommt, Händ' und Lippen müssen's auch besiegeln,
Und so vereint, stör' ich so eure Hoffnung.
Zur Strafe denn – Gott geb' euch viele Freude!
Nun, seid ihr glücklich?

THAISA. Ja, wenn Ihr mich liebt.

PERIKLES. So wie mein Leben, wie mein Lebensblut!

SIMONIDES. Nun, seid ihr einig?

BEIDE. Ja, wenn's Euch gefällt, mein König.

SIMONIDES.
So gut, daß ich euch gleich vermählt will seh'n,
Dann sollt ihr auch alsbald zu Bette gehn.

Sie gehn ab.

Dritter Akt

Erste Szene

Gower tritt auf.

GOWER. Zum Schlaf streckt sich nun jeder aus,
Kein Schall, als Schnarchen um das Haus,
So lauter aus der vollen Brust,
Die satt vom Pomp der Hochzeitslust.
Die Katz', mit Augen brennend grün,
Liegt lauernd vor dem Mausloch hin,
Das Heimchen zirpt vom Ofen her,
Die Hitze macht es fröhlicher.
Zu Bett ist nun die Braut gebracht
Von Hymen; sie wird in der Nacht
Zur Frau, und schwanger. Merket auf!
Die Zeit in ihrem schnellen Lauf
Ergänzt durch Einbildung geschickt;
Ich deute, was ihr stumm erblickt.

STUMMES SPIEL.
Auf der einen Seite treten Perikles und Simonides mit ihrem Gefolge ein; ein Bote tritt ihnen entgegen, kniet, und gibt dem Perikles einen Brief, Perikles zeigt ihn dem Simonides, die Lords knien vor ihm; dann kommt Thaisa schwanger, mit der Amme Lychorida, der König zeigt ihr den Brief, sie ist erfreut, sie und Perikles nehmen Abschied vom Vater, und alle gehn ab.

GOWER. Mühseliglich an allen Orten
Ist Perikles gesuchet worden,
In Ecken vier, durch die die Welt
Sich gegensteh'nd zusammenhält;
Es ist daran gespart kein Fleiß,
Was Roß' und Schiff', und Geld und Schweiß
Vermocht; endlich von Tyrus dann,
Weil scharf die Nachsuchung getan,
Wird an den Hof Simonidis
Ein Brief gebracht, der Inhalt dies:
Nachdem nun tot Antiochus,
Wollten die Edlen von Tyrus
Helicanus sollt' König sein
Von Tyrus, aber er spricht: Nein;
Zu dämpfen Aufruhr, er verhieß,
Daß, wenn der König Perikles
Nicht in zwölf Monden wiederkehrt,
Er ihres Willens sie gewährt,
Und nimmt die Krone. Alles dies
Schreibt man nun nach Pentapolis;
Da wird die Landschaft freudenreich,
Mit lautem Schall ruft jeder gleich:
Ein König ist der Erbprinz hier!
Wem kam das doch im Traume für?
Kurz, nun nach Tyrus muß der Wert',
Die schwangre Königin begehrt
Zu reisen mit; wer kann's versagen?
(Ich schweige von dem Leid und Klagen).
Die Amm', Lychorida, sie nimmt,
Und so zur See. Das Fahrzeug schwimmt
Auf Neptuns Wogen; halb die Fahrt
Ist schon vollbracht, da läßt von Art
Das Glück wiedrum, der Norden graus
Spei't solchen wilden Sturm heraus,
Daß wie die Ente taucht hernieder,
So treibt das Schiff auch hin und wider:
Es schreit die Frau, und, helf' uns Gott!
Fällt gar vor Angst in Kindesnot.
Was nun im Sturme mag gescheh'n,
Das sollt ihr selbst mit Augen seh'n.
Nichts sag' ich mehr, in Handlung kann
Das andere leichtlich sein getan,
Nicht, was ich euch bis jetzt erzählt,
Wenn Einbildung nur fest behält:
Die Bühn' ist Schiff, und vom Verdecke
Spricht Perikles, der seebestürmte Recke.

Geht ab.

Zweite Szene

Auf einem Schiff zur See.
Perikles, auf dem Schiffe.

PERIKLES.
Du Gott der großen Flut, schilt diese Wogen,
Die Himmel und Hölle waschen! Du, der Stürmen
Gebeut, verschließ' in Erz sie, der du erst
Sie aus der Tiefe rief'st; o schweige doch
Die furchtbar betäubenden Donner, lösch' die behenden
Schweflichten Flammen! – Ha, Lychorida!
Wie geht's der Königin? – So stürm' denn rasend!
Willst du dich ganz ausspei'n? – Des Seemanns Pfeife
Ist wie Geflister in des Todes Ohr.
Lychorida! – Du hörst nicht? – O Lucina,
Göttlichster Schutz, und güt'ge Hülfe denen,
Die nächtlich zu dir schrei'n, bring' deine Gottheit
Auf unser tanzend Schiff; mach kurz die Wehen
Des seufzenden Gemahls. – Lychorida –

Lychorida tritt auf.

LYCHORIDA.
Hier ist ein Ding, zu jung für solchen Ort,

Hätt' es Verstand, es stürbe, wie ich noch muß;
Faßt in die Arm' dies Stück der toten Kön'gin.

PERIKLES. Ha! – Wie? – Lychorida! –

LYCHORIDA.
Geduldig, guter Herr, helft nicht dem Sturm,
Dies blieb von Eurer Königin lebendig:
Ein Töchterlein, um derentwillen seid
Gefaßt, und tröstet Euch.

PERIKLES. Ihr großen Götter!
Was gebt ihr uns Geschenke, die wir lieben,
Und reißt sie wieder von uns?
Wir nehmen nicht, was wir geschenkt, zurück,
Und können so mit euch in Ehre eifern.

LYCHORIDA. Geduldig, Herr, um diese Eure Sorge.

PERIKLES. Es möge milde sein dein Leben!
Nie hatt' ein Kind wohl stürmisch're Geburt.
Dein Sinn mag sanft und immer ruhig sein;
So rauh ward nie in diese Welt bewillkommt
Ein Fürstenkind. Beglückt sei deine Zukunft!
Wild tobend war die Stunde der Geburt,
Den ärgsten Gruß gab Feuer, Wasser, Erde,
Luft, Himmel dir, aus Mutterleib erscheinend;
Im Anbeginn ist dein Verlust schon größer,
Als dir das Leben je ersetzen kann.
Ihr Götter schaut gütig und freundlich nieder!

Zwei Matrosen kommen.

ERSTER MATROSE. Wie stets um den Mut, Herr?
Gott erhalt' Euch!

PERIKLES.
Ha, Mut genug, ich fürchte nicht den Sturm,
Er tat das Ärgste mir; um Willen doch
Des armen Kindes, des allzu kleinen Seemanns,
Möcht' ich, es würde ruhig.

ERSTER MATROSE.
Schlaff die Boileinen! – Wird's nicht? –
Wird's nicht? Nun so blase bis du platzest!

ZWEITER MATROSE. Nur Seeraum, so mögen Salzflut und wolkenhohe Wogen den Mond küssen? Was kümmert's mich?

ERSTER MATROSE. Herr, Eure Königin muß über Bord; die See geht hoch, der Wind ist laut, und wird nicht ruhig, bis das Schiff von Toten gesäubert ist.

PERIKLES. Das ist nur Euer Aberglaube.

ERSTER MATROSE. Vergebung, Herr, bei uns zur See wird's immer so gehalten; sind wir streng, drum gebt sie ohne Umstände, sie muß über Bord.

PERIKLES. So wie Ihr wollt. – O arme Königin!

LYCHORIDA. Da liegt sie, Herr.

PERIKLES.
Ein furchtbar Kindbett hatt'st du, meine Teure,
Nicht Licht, nicht Feu'r; die wilden Elemente
Vergaßen dich so ganz, auch fehlt mir Zeit,
Geweiht dich in dein Grab zu legen; stracks,
Kaum eingesargt, werf' ich dich in die Flut,
Wo statt des Monuments auf deiner Leiche,
Statt Lampen, über dir der Walfisch wälzt,
Das Wasser summend dein Gebein umtost,
Auf Muscheln liegend: O Lychorida!
Nestor soll Spezerei'n, Papier und Tinte,
Das Kästchen mit dem Schmuck mir bringen,
Nikander
Den Seidenschrein; so lege denn das Kind
Auf Kissen; schnell! Indes ein fromm Fahrwohl
Ich ihr noch sage. Eile dich, du Frau!

ZWEITER MATROSE. Herr, wir haben unten im Raum eine Kiste, die schon verstopft und ausgepicht ist.

PERIKLES. Dank! Sag', Matrose, welche Küst' ist dies?

ZWEITER MATROSE. Wir sind nahe bei Tharsus.

PERIKLES. Dahin, mein Freund,
Statt Tyrus, segeln wir. Wann kommst du hin?

ZWEITER MATROSE.
Mit Tages Anbruch, wenn der Wind ruhig wird.

PERIKLES. Auf denn, nach Tharsus!
Cleon besuch' ich dort; denn bis nach Tyrus
Hält dieses Kind nicht aus. Dort lass' ich es
In ems'ger Pflege. Geh nur, guter Schiffer,
Ich bringe dir den Leichnam gleich.

Sie gehn ab.

Dritte Szene

Ephesus. Ein Zimmer in Cerimons Haus.
Lord Cerimon kommt mit einem Diener, einige arme Leute folgen.

CERIMON. Philemon! He!

Philemon kommt.

PHILEMON. Ruft mein Herr?

CERIMON.
Für diese Armen Feuer gleich und Speise.
Das war ein Sturm und Tosen diese Nacht!

DIENER.
Schon manche sah' ich; solche Nacht wie diese
Hab' ich nie überstanden.

CERIMON.
Dein Herr wird tot sein, eh du wiederkommst,
Nichts, was nur heilsam irgend der Natur
Kann ihm mehr helfen. – Dies zum Apotheker,
Und sagt mir, wie es wirkt.

Alle übrigen ab.
Zwei Edelleute kommen.

ERSTER EDELMANN. Guten Morgen.

ZWEITER EDELMANN.
Euer Gnaden guten Morgen.

CERIMON. Warum so früh auf, meine Herrn?

ERSTER EDELMANN.
Hart an der See steht unsre Wohnung, Herr,
Sie zitterte, als wenn die Erde bebte,
Es schien das Fundament entzwei zu spalten
Und alles einzustürzen; Furcht und Angst
Hat aus dem Hause uns gejagt.

ZWEITER EDELMANN.
Und darum sind wir Euch so früh zur Last;
Uns treibt nicht Fleiß heraus.

CERIMON. Ihr seid willkommen.

ERSTER EDELMANN.
Doch sehr verwundert mich, daß Euer Gnaden,
So reich bedeckt, schon zu so früher Stunde
Von sich der Ruhe gold'nen Schlummer schüttelt;
Denn das ist seltsam,
Daß die Natur mit Mühen Umgang hat,
Wenn nicht dazu gezwungen.

CERIMON. Immer glaubt' ich,
Daß Kunst und Tugend edler uns begaben,

Als Gold und Adel; denn saumsel'ge Erben
Verdunkeln und verschwenden sie wohl beide;
Den erstern aber folgt Unsterblichkeit,
Sie wandeln um zum Gott den Menschen. Immer
Hab' ich Physik, geheime Kunst studiert;
Durch Forschungen der Bücher, und zugleich
Durch eig'ne Übung, wurden mir vertraut,
Und dienstbar all die segensreichen Kräfte,
Die in Metallen, Pflanzen, Steinen wohnen.
So mag ich alle Störungen erkennen,
Die die Natur bewirkt und ihre Heilung;
Dies gibt mir größere Lust in wahrer Freude,
Als nach der Ungewissen Ehre dürsten,
In seid'ne Beutel mein Vergnügen binden,
Damit mich Narr und Tod verlachen.

ZWEITER EDELMANN.
Durch Ephesus hier habt Ihr Eure Milde
Ergossen; Hunderte sie nennen sich
Geschöpfe Eurer Liebe, die Ihr heiltet;
Und Kenntnis nicht allein und Müh', stets offne
Freigeb'ge Hand, hat dem Lord Cerimon
Den Ruhm erbaut, der nie durch Zeit verfällt.

Einige Diener bringen eine Kiste.

DIENER. So, hergesetzt!

CERIMON. Was ist das?

DIENER. Eben jetzt
Warf diese Kist' an unser Land die See,
Ein Stück vom Schiffbruch.

CERIMON. Setzt hin; laßt uns seh'n!

ERSTER EDELMANN. Es gleicht 'nem Sarge.

CERIMON. Was es immer sei,
Es ist gewaltig schwer. Gleich brecht es auf!
Hat sich mit Gold der See Schlund überladen,
So ist es gutes Glück, daß sie bei uns
Es wieder ausspei't.

ZWEITER EDELMANN. Wohl, mein gnäd'ger Herr.

CERIMON.
Wie fest verküttet, verleimt! Die See warf's aus?

DIENER. Nie sah ich solche große Woge, Herr,
Als die's auf unsre Küste warf!

CERIMON. Brich auf!
Es duftet lieblich.

ZWEITER EDELMANN. Trefflicher Geruch!

CERIMON.
Wie ich nur je gefühlt. – So! Nun wär's auf!
O ihr allmächt'gen Götter! Wie? Ein Leichnam?

ERSTER EDELMANN. Sehr wunderbar.

CERIMON
In Prachtgewand gehüllt, gebalsamt, Schätze,
Und Beutel voll Spezerei'n, auch Schrift!
Apollo, laß die Züge mich versteh'n!
Durch die Schrift sei es bekannt,
Kommt dieser Sarg jemals zu Land:
Mir, Perikles, starb sie zu Leid,
Die mehr mir als Weltkostbarkeit.
Ein Grab bereit' ihr, wer sie find't,
Sie war ein's reichen Königs Kind,
Und nehm' zu Lohn die edlen Stein',
Der Himmel mag ihm günstig sein.
Wenn, Perikles, du lebst, so muß dein Herz
Vor Weh zerbrechen. Dies geschah die Nacht.

ZWEITER EDELMAMN. Sehr wahrscheinlich.

CERIMON. Nein, ganz gewiß zu Nacht.
Seht nur, wie frisch sie aussieht. Allzu grausam
War's, sie ins Meer zu werfen! – Macht drin Feuer!
Bringt alle Büchsen her aus meinem Zimmer!
Tod kann Natur auf Stunden lang bewält'gen,
Und doch die unterdrückten Geister wieder
Des Lebens Funk' entzünden; einst hört' ich,
Daß ein Ägypter tot lag schon neun Stunden,
Durch gute Pflege mochte er doch gesunden.

Diener kommen mit Tüchern und Feuer.

So recht, so recht, das Feuer und die Tücher! –
Laßt doch die dumpfe klagende Musik,
Ich bitt' Euch sehr, ertönen. –
Noch einmal die Phiol'! – Nun, wird's bald, Block? –
Jetzt die Musik. Ich bitte, laßt ihr Raum. –
Ihr Herrn, die Königin wird leben! –
Natur erweckt aus ihr schon warmen Atem,
Sie war noch nicht verschieden seit fünf Stunden:
Seht, wie sie schon zur Lebensblume auf –
Zublüh'n beginnt.

ERSTER EDELMANN.
Durch Euch vermehrt der Himmel
Die Wunder, und macht ewig Euch berühmt.

CERIMON. Sie ist belebt! Seht, ihre Augenlider,
Die Einfassung der himmlischen Juwelen,
Die Perikles verlor, zerteilen schon
Die Säume hellen Golds; die Diamanten
Vom allerreinsten Wasser zeigen sich,
Kostbar die Welt zu machen; leb' und laß uns weinen
Dein Schicksal, schönes Bild, von dir zu hören.

Sie bewegt sich.

THAISA. Diana! Wo bin ich? Wo mein Gemahl?
Und welche Welt?

ZWEITER EDELMANN. Ist das nicht seltsam?

ERSTER EDELMANN. Wunder!

CERIMON. Still, liebe Nachbarn, leiht mir eure Hand,
Tragt sie ins nächste Zimmer, Leinen schafft!
Viel Sorg' erfordert's jetzt; denn tödlich wäre
Ein Rückfall. Kommt, und Äskulap sei gnädig!

Sie tragen sie fort, und alle gehn ab.

Vierte Szene

Tharsus. Ein Zimmer in Cleons Haus.
Perikles, Cleon, Dionysa.

PERIKLES. Geehrter Cleon, durchaus muß ich gehn,
Entfloh'n sind die zwölf Monden, Tyrus steht
Im zweifelhaften Frieden; nehmt den Dank
Des Herzens, Ihr samt der Gemahlin, und
Die Götter mögen alles Euch vergelten.

CLEON. Wie tödlich Euch des Glücks Erschüttern jagt,
So wirft es wunderbaren Glanz auf uns.

DIONYSA. Die holde Königin! Der strengen Mächte!
Daß uns ihr Anblick nicht besel'gen sollte!

PERIKLES.
Wir müssen uns wohl unserm Schicksal fügen,
Und tobt' und brüllt' ich, wie die See, die sie begräbt,
So bleibt es, wie es ist. Mein holdes Kind, Marina,
(Weil sie zur See geboren, so genannt)
Vertrau' ich Eurer Liebe, lasse sie
Als Eure Sorge hier, und bitt' Euch, fürstlich
Sie zu erzieh'n, daß Sitte und Geburt
Sich gleichen.

CLEON. Sorgt, mein König, nicht, Ihr habt
Mit Eurem Korne dieses Land gespeis't,
Wofür das Volk Euch täglich Segen ruft:
Dies wird in Eurem Kind vergolten; wär' ich
So schlecht, es zu versäumen, zwänge mich
Das Land, das Ihr erlöst, zu meiner Pflicht;
Doch, wenn ich dazu irgend Sporn bedarf,
Räch' es an mir der Himmel an den Meinen,
Bis zur Vertilgung des Geschlechts.

PERIKLES. Ich glaub'Euch!
Mich sichern Eure Her' und Eure Güte
Auch ohne Schwur. Bis sie vermählt ist, bei
Der glänzenden Diana, die wir ehren,
Bleibt diese meine Erbin hier geschwisterlos,
Scheint dies auch Eigensinn. So nehm' ich Abschied;
Macht, edle Frau, mich in der Sorgfalt glücklich,
Im Auferzieh'n des Kind's.

DIONYSA. Ich hab' ein Kind,
Das soll nicht teurer meinem Herzen sein
Als dies, mein König!

PERIKLES. Dank Euch und Gebet.

CLEON.
Zum Saum des Meers geleiten wir Eu'r Gnaden,
Um Euch zu übergeben dem verlarvten
Neptun und allen günst'gen Himmelswinden.

PERIKLES. Ich nehm' es an; so kommt, Ihr edle Frau –
Nein, keine Tränen, o Lychorida,
Für deine kleine Herrin sorge, der
Du künftig unterworfen bist. – So kommt.

Alle gehn ab.

Fünfte Szene

Ein Zimmer in Cerimons Haus.
Cerimom, Thaisa.

CERIMON. Der Brief hier, edle Frau, und manch Juwel
Lag bei Euch in dem Schrein, es ist das Eure.
Kennt Ihr die Hand?

THAISA. Von dem Gemahl.
Daß ich ward eingeschifft, erinnr' ich mich,
Auch meiner Weh'n, doch ob ich ward entbunden,
Das, bei den hohen Göttern, weiß ich nicht;
Doch, da ich niemals wieder seh' den mir
Vermählten König Perikles, will ich
Gehn in Vestalentracht, mich nie mehr freu'n.

CERIMON. Wenn Ihr ausführen wollt, was Ihr gesagt,
Es ist hier nahe bei Dianens Tempel,
Da mögt Ihr bis zum letzten Tage wohnen,
Und wenn's Euch so gefällt, soll meine Nichte
Euch dort bedienen.

THAISA. Nur Dank statt Lohn, das muß genügend sein;
Mein guter Will' ist groß, die Gabe klein.

Gehn alle ab.

Vierter Akt

Erste Szene

Gower tritt herein.

GOWER.
Denkt euch zu Tyrus nach Wunsch und Verlangen
Als Herrn begrüßt Perikles und empfangen,
Die Königin bleibt zu Ephesus in Leid,
Und hat sich dort Dianen still geweiht. –
Nun zu Marina kehrt geschwind,
Die die schnell geh'nde Szene find't
Zu Tharsus, wo die Meister ihr
In Schrift, Musik, in aller Zier
Gibt Cleon; jedermann verehrt
Geschick und Kunst und ihren Wert.
Doch, weh, das Ungeheuer Neid,
Das oft Verderben zubereit't
Verdientem Ruhm, will drum erheben
Die Hand gegen Marinas Leben.
Denn so hat Cleon gleicher Art
'ne Tochter, die erwachsen ward,
Zur Ehe reif, das Mägdlein hieß
Philoten, es sagt für gewiß
Des Dichters Buch, daß sie allein
Wollt' immer um Marina sein;
Sei's, daß sie Seide stickt' mit Fleiß,
Mit Fingern länglicht, schmal, milchweiß,
Sei's, daß mit Stichen sie verwund't
Das Tuch, das davon ward gesund,
Oder daß sie in den Saiten rauschte
Und sang, daß selbst die N'acht'gall lauschte,
Die immer Klage tönt; auch wie
Ihr reicher Griffel dichtete
Dianen, ihre Herrin – stritt
Auch Philoten in allem mit;
Marinas hohe Schönheit war
Wie Taubenglanz von Paphos gar
Zu Kräh'ngefieder, alle Huld
Wird ihr gezahlt wie eine Schuld,
Nicht wie Geschenk, und dunkel scheint
Was Philoten als Zierde meint;
So Bosheit Cleons Weib vergällt,
Daß einen Mörder sie bestellt
Marinen, damit nur ihr Kind
Durch Mord an Herrlichkeit gewinnt;
Wodurch es leichter noch geschah,
Die Amm' ist tot, Lychorida.
Das Werkzeug dieses bösen Neids
Der Dionysa ist bereits
Schlagfertig. Was noch wird getan,
Das seht nun freundlich selber an;
Ich führte nur beschwingte Zeit
Auf lahmem Fuß des Reims so weit.
Doch geht sie niemals so weit mit,
Folgt eu'r Gedank nicht Schritt für Schritt.
Dionysa mit bösem Sinn
Kommt mit dem Mörder Leonin.

Geht ab.

Zweite Szene

Tharsus. Ein offener Platz am Seestrand.
Dionysa, Leonin.

DIONYSA. Gedenke deines Eids, du schwurst die Tat;
Ein einz'ger Streich, den hier kein Mensch kann seh'n,
Im kurzen Augenblick ist es gescheh'n,
Was dir viel Nutzen schafft; laß das Gewissen,
Das kalt ist, nicht die Brust zu Lieb' entflammen,

Töricht entflammen, noch laß auch das Mitleid,
Das selbst die Weiber abgelegt, dich schmelzen,
Standhaftigkeit erzeige als Soldat.

LEONIN.
Ich tu's! doch ist sie wohl ein trefflich Wesen.

DIONYSA. So besser paßt sie für die Götter. Sieh,
Sie kommt und weint um ihrer Lieben Tod.
Du bist entschlossen?

LEONIN. Ja, ich bin entschlossen.

Marina kommt mit einem Korbe voll Blumen.

MARINA.
Nein, ich will Tellus ihres Schmucks berauben,
Zu streu'n dein Grab voll Blumen, gelbe, blaue,
Die Purpurveilchen und die Ringelblumen:
Sie sollen Teppich gleich dein Grab bedecken,
So lang der Sommer währt. Ich armes Mädchen,
Im Sturm geboren, als die Mutter starb,
Noch immer ist die Welt für mich ein Sturm,
Der mich von meinen Freunden scheucht.

DIONYSA. Wie geht's, Marina? Warum so allein?
Wie kömmt's, daß meine Tochter nicht bei dir?
Verzehre nicht mit Kummer so dein Blut;
Ich bin dir, wie die Amm' – ei! Wie verwandelt
Von diesem schlimmen Gram! Gib mir die Blumen,
Und geh' mit Leonin, bevor die See
Eintritt, lustwandeln dort; die Luft ist frisch,
Und schärft, wie sie durchdringt, den Hunger.
Komm!
Fass', Leonin, sie an, und geh' mit ihr.

MARINA.
Ich will Euch Euers Dieners nicht berauben.

DIONYSA.
Komm, komm, den König, deinen Vater und auch dich
Lieb' ich mit inn'gem Herzen; jeden Tag
Erwarten wir ihn, kommt er nun, und findet
So blaß sein weltberühmtes Schönheitsbild,
So reu't ihn nur die mächtig weite Reise,
Er tadelt mich und meinen Mann, daß wir
Nicht mehr auf dich geachtet. Geh, ich bitte,
Spazier', und sei von Herzen wieder froh;
Bewahr' die hohe Schönheit, welche Jung
Und Alt die Augen stahl, und meinethalb
Sei unbesorgt, ich geh' allein nach Hause.

MARINA.
Ich geh, doch treibt mich nicht mein Wunsch dazu.

DIONYSA. Komm, komm, ich weiß, es ist dir gut.
Geh, Leonin, 'ne halbe Stunde mind'stens.
Vergiß nicht, was ich sagte.

LEONIN. Ganz gewiß nicht.

DIONYSA.
Ich lasse dich ein Weilchen, süßes Mädchen;
Langsam spazier', erhitze nicht dein Blut.
Ja, ja, viel Sorg' hab' ich um dich.

MARINA. Dank, Liebste.

Dionysa geht ab.

Ist das ein Westwind, der jetzt weht?

LEONIN. Südwest.

MARINA. Nord war der Wind, als ich geboren.

LEONIN. So?

MARINA.
Mein Vater, sprach die Amm', war nicht in Angst,
Rief: brave Seeleut'! den Matrosen zu,
Rieb wund die Königshand mit Zieh'n der Taue,
Den Mast umklammernd hielt er solche See aus,
Die das Verdeck fast wegriß.

LEONIN. Wann war das?

MARINA. Als ich geboren ward.
Nie waren Wog' und Wind so stürmisch je;
Aus der Strickleiter ward herabgespült
Ein Schiffersjung; ha! Nimmt's dich? Ruft ein anderer;
Sie springen taumelnd hin und her, vom Schnabel
Zum Hinterteil, es tönt des Bootmanns Pfeife,
Es schrei't der Schiffspatron und mehrt den Wirrwarr.

LEONIN. Kommt, betet gleich.

MARINA. Was wollt Ihr machen?

LEONIN. Begehrt Ihr einen Augenblick zum Beten,
Der ist gewährt; nur betet nicht zu lange,
Die Götter haben schnell Gehör, und rasch
Mein Werk tu'n schwur ich.

MARINA. Warum denn mich töten?

LEONIN. Weil's meine Herrin so befahl.

MARINA. Warum will sie mich töten lassen?
So viel ich weiß, hab' ich, bei meiner Treu,
In meinem Leben ihr kein Leid getan.
Sprach kein schlimm Wort, tat keinem lebenden
Geschöpfe Harm, das glaubt mir auf mein Wort;
Kein Mäuschen macht' ich tot, kränkt' keine Fliege;
Mal trat ich auf 'nen Wurm, ohn' meinen Willen,
Und weinte drum; wie hab' ich mich vergangen,
Daß Ihr mein Tod erwünscht ist, oder daß
Gefahr von meinem Leben droht?

LEONIN. Mein Auftrag
Ist nicht die Tat besprechen, sondern tun.

MARINA. Gewiß, Ihr tut es nicht um alle Welt.
Ihr seid so gut gebildet. Eure Blicke
Verkünden edlen Sinn; ich sah Euch neulich
Verwunden, als Ihr zwei im Fechten trenntet;
Das stand Euch wahrlich schön! Das tut jetzt auch,
Denn Eure Herrin sucht mein Leben; rettet
Dazwischentretend mich, den Schwächern.

LEONIN. Nein,
Ich schwur und will es tun.

Seeräuber kommen.

ERSTER SEERÄUBER. Halt! Schurke!

Leonin entflieht.

ZWEITER SEERÄUBER. Beute! Beute!

DRITTER SEERÄUBER.
Halbpart, Kam'raden, halbpart!
Kommt, wir wollen sie schnell an Bord bringen.

Sie gehn ab mit Marina.

Dritte Szene

Tharsus. Ein offener Platz am Seestrand.
Leonin kommt zurück.

LEONIN.
Vom großen Seedieb Valdes sind die Schelme;
Mit nahmen sie Marina. – Mag sie gehn!
Nie kommt sie wieder. Daß sie tot, beschwör' ich,
Und in die See geworfen. – Noch verweil' ich;
Vielleicht vergnügen sie sich nur mit ihr,
Und nehmen sie nicht mit; und wenn sie bleibt,
Wird, die sie schändeten, von mir entleibt.

Geht ab.

Vierte Szene

Mitylene. Ein Zimmer in einem Bordell.
Ein Kuppler, Bolz und die Kupplerin treten herein.

KUPPLER. Bolz!

BOLZ. Ja.

KUPPLER. Sieh dich genau auf dem Markt um. Mitylene ist voll junger Herren, und wir haben in dieser Jahr'szeit zuviel eingebüßt, weil wir so ganz ohne Mädchen waren.

BOLZ. Wir waren nie von Weibsen so entblößt. Armselige drei sind noch da, und die können nicht mehr tun, als sie tun; von beständiger Arbeit sind die schon so gut wie verwest.

KUPPLER. Drum müssen wir zu jedem Preise frische haben. Gewissenhaft muß man bei jeder Hantierung sein, sonst ist kein Segen drin.

KUPPLERIN. Das ist wohl wahr, denn das macht's immer noch nicht gut, daß man arme Bastarde aufbringt, wie ich, denk' ich, wohl ein Stück eilf aufgebracht habe. –

BOLZ. Ja, bis zu eilf, und sie dann wieder herunter gebracht. Aber soll ich mich auf dem Markte umsehen?

KUPPLERIN. Natürlich. Was wir haben, das weht ein starker Wind entzwei, so erbärmlich sind sie verkocht.

KUPPLER. Jawohl, zwei davon sind zu ungesund. Der arme Transilvanier ist tot, der bei dem kleinen Nickel gelegen hat.

BOLZ. Ja, die hat's ihm schnell versalzen, sie hat einen Braten für Würmer aus ihm gemacht. Aber ich will gehn, und mich auf dem Markte umsehen. *Geht ab.*

KUPPLER. Drei oder vier tausend Zechinen wäre ein hübsches Kapital, um sich zur Ruhe zu setzen, und die Sache aufzugeben.

KUPPLERIN. Warum aufgeben, in aller Welt? Ist es denn eine Schande, auch noch im Alter was vor sich zu bringen?

KUPPLER. Ja, wenn unser Kredit nur mit der Ware frisch würde, oder sich die Ware nur mit der Gefahr gleich hielte! Wenn wir also in unsern jungen Tagen ein hübsches Vermögen zusammenscharren könnten, so möchten wir nachher nur die Bude schließen. Außerdem sollte uns auch, daß wir bei den Göttern so schlecht angeschrieben stehen, antreiben, die Sache aufzugeben.

KUPPLERIN.
Ei was! Andre Stände sündigen so gut wie wir.

KUPPLER. So gut wie wir? O ja, wohl auch zum bessern, wir sündigen zum schlimmsten, dann ist ja auch unser Wesen kein Gewerbe oder Beruf, – aber hier kommt Bolz.

Bolz kommt mit den Seeräubern und Marina.

BOLZ. Nur hier herein! – Sie ist eine Jungfrau, meine Herrn?

ERSTER SEERÄUBER. Daran zweifeln wir nicht.

BOLZ. Seht, Meister, für dies Stück bin ich hoch hinauf gegangen; gefällt sie Euch; gut, wo nicht, so habe ich mein Aufgeld verloren.

KUPPLERIN. Bolz, hat sie Eigenschaften?

BOLZ. Sie hat ein gutes Gesicht, sie spricht hübsch und hat ganz vortreffliche Kleider, weiter sind keine Eigenschaften vonnöten, als daß sie jedem ansteht.

KUPPLERIN. Wie teuer, Bolz?

BOLZ. Sie wollen keinen Pfennig von tausend Stück nachlassen.

KUPPLER. Folgt mir, ihr Herren, ihr sollt gleich euer Geld haben. Nimm sie hinein, Frau; unterrichte sie, was sie zu tun hat, daß sie sich in ihren Geschäften nicht zu linkisch benimmt.

Ab mit den Seeräubern.

KUPPLERIN. Bolz, merk' dir ihre Kennzeichen, ihr Haar, ihre Farbe, die Größe, ihr Alter, und daß sie noch Jungfrau ist, und rufe aus: wer das meiste bietet, soll sie zuerst haben. Eine solche Jungfrauschaft wäre nichts Wohlfeiles, wenn es noch Männer gäbe wie ehmals. Tu', wie ich dir befehle.

BOLZ. Sogleich soll es ausgeführt werden. *Geht ab.*

MARINA. Ach, warum war so langsam, Leonin?
Was schlug er nicht, statt sprach? Und die Piraten
(Zu menschlich) warum warfen sie mich nicht
Vom Schiff, um meine Mutter aufzusuchen.

KUPPLERIN. Warum weinst du, du hübsches Ding?

MARINA. Daß ich hübsch bin.

KUPPLERIN. Laß gut sein, die Götter haben das Ihrige an dir getan.

MARINA. Ich klage sie nicht an.

KUPPLERIN. Du bist in meine Hände gefallen, und bei mir wirst du leben.

MARINA. So schlimmer mein Geschick, daß ich den Händen entrann, durch die ich sterben sollte!

KUPPLERIN. Und in Freuden wirst du leben.

MARINA. Nein.

KUPPLERIN. O ja, gewiß, und alle Arten von feinen Herrn wirst du versuchen. Es wird dir gut tun, du wirst die Verschiedenheit aller Temperamente haben. Wie? Du hältst dir die Ohren zu?

MARINA. Seid Ihr eine Frau?

KUPPLERIN. Nun, was sollt' ich denn sonst sein, wenn ich keine Frau wäre?

MARINA. Eine tugendhafte Frau, oder keine Frau.

KUPPLERIN. Ei, daß du Ohrfeigen kriegtest, du Gänschen! Ich merke, du wirst mir zu schaffen machen. Komm, du bist ein junger kindischer Schößling, du mußt dich biegen, wie ich dich haben will.

MARINA. Die Götter werden mich erlösen.

KUPPLERIN. Wenn es den Göttern gefällt, dich durch Männer zu lösen, so müssen Männer dich vergnügen, so müssen Männer dich speisen, so müssen Männer sich an dich machen. – Bolz ist zurück.

Bolz kommt.

Nun, hast du sie auf dem Markt ausgerufen?

BOLZ. Ausgerufen fast jedes einzelne Haar von ihr? Ich habe sie mit meiner Stimme abgemalt.

KUPPLERIN. Nun, wie fandest du denn das Völkchen gestimmt, vorzüglich die jungen Leute?

BOLZ. Mein' Treu', sie hörten mir zu, als wenn sie auf das Testament ihrer Väter horchten. Einem Spanier wässerte der Mund so, daß er mit der

Beschreibung schon zu Bette ging.

KUPPLERIN. Den haben wir morgen mit seiner besten Halskrause hier.

BOLZ. Heut abend, heut abend; aber Frau, Ihr kennt doch den französischen Ritter, der mit den krummen Knien geht?

KUPPLERIN. Den Monsieur Veroles?

BOLZ. Ja, der gab sich beim Ausrufen Mühe, eine Capriole zu schneiden, aber es wurde ein Ächzen daraus, und er schwur, daß er sie morgen sehen wollte.

KUPPLERIN. Nun schön, schön, er für seine Person brachte seine Krankheiten schon hierher, hier frischte er sie auf; ich weiß, der kommt her in unsern Schatten, um seine Kronen in der Sonne durchzubringen.

BOLZ. O Ja, wenn wir von jeder Nation einen Reisenden hätten, ein solches Zeichen würde sie alle festhalten.

KUPPLERIN *zu Marina.* Komm her ein wenig. Jetzt regnet es Glück auf dich. Höre, du mußt das mit Furcht zu tun scheinen, was du doch gern tust, stelle dich, als verschmäh'st du allen Vorteil, wo du den meisten Gewinn ziehen kannst; wenn du über deine Lebensweise weinst, so erregt das bei deinen Liebhabern Mitleid, und meist erzeugt das Mitleid eine gute Meinung von dir, und diese gute Meinung wird wieder klarer Gewinn.

MARINA. Ich versteh' Euch nicht.

BOLZ. O nehmt sie hinein, Frau, nehmt sie hinein; dieses Rotwerden muß im Augenblick durch Tätigkeit ausgelöscht werden.

KUPPLERIN. Du hast recht, mein' Treu', das muß es auch; denn eine Braut geht ja selbst mit Scham den Weg, zu dem sie doch ein Privilegium hat.

BOLZ. Mein' Seel', einige tun es, andere nicht. Aber, Frau, da ich den Handel um das Wild gemacht habe –

KUPPLERIN. Sollte auch ein Stückchen für dich vom Spieß abfallen?

BOLZ. Jawohl.

KUPPLERIN. Nun freilich. Komm junges Ding, deine Kleider steh'n dir recht hübsch.

BOLZ. Ja wahrhaftig, sie soll noch keine andere anzieh'n.

KUPPLERIN. Bolz, da, verzehre das in der Stadt; sage, welche Ware wir haben; du wirst bei der Kundschaft nichts verlieren. Als die Natur dies Ding erschuf, hatte sie es gut mit dir vor, darum erzähle nur von ihrer Herrlichkeit, und aus deinen Reden wird eine Ernte für dich.

BOLZ. Verlaßt Euch darauf, Frau, der Donner soll kein Aalnest so lebendig machen, als mein Herausstreichen ihrer Schönheit alle Liederlichen auf die Beine bringen soll. Heut abend will ich welche mit mir bringen.

KUPPLERIN. Nun komm mit mir.

MARINA.
Brennt Feuer, schneiden Dolch', ertränkt die Flut;
Bewahrt den Jungfrauengürtel mir mein Mut.
Und du, Diana, hilf!

KUPPLERIN. Was haben wir mit Dianen zu tun?
Nun, willst du wohl mit mir kommen?

Sie gehn ab.

Fünfte Szene

Tharsus. Ein Zimmer in Cleons Haus.
Cleon, Dionysa.

DIONYSA. Wie? Bist du töricht? Wird's so ungetan?
CLEON. O Dionysa, niemals sah'n herab
Auf solche Schlachtung Sonne noch und Mond.
DIONYSA.
Zum Kinde, denk' ich, wirst du wieder werden.
CLEON. Ja, wär' ich Herr der ganzen weiten Welt,
Ich gäb' sie hin, es ungetan zu machen.
O sie, in Tugend größer als Geburt,
Der allerhöchsten Königskrone wert,
Sie ohnegleichen! Schurke Leonin!
Den hast du nun vergiftet auch! Das hieß' ich
Noch gut getan, wenn du ihm zugetrunken,
Das ziemte dir! Was kannst du nun wohl sagen,
Wenn Perikles nach seinem Kinde fragt?
DIONYSA. Nun, daß sie starb. Ein Wärter ist kein Gott,
Der es ernährt und immerdar erhält.
Sie starb bei Nacht; ich sag's: wer widerspricht?
Du müßtest denn den frevlen Blödsinn spielen,
Und, ehrlich nur zu heißen, zwischenfahren;
Sie starb auf unerlaubte Art!
CLEON. Gewiß,
Von allen Sünden unterm Himmel, zürnen
Zumeist die Götter dieser.
DIONYSA. Glaube doch,
Zaunkön'ge werden fort von Tharsus fliegen.
Und es Perikles sagen. Pfui der Schande;
Entsprossen sein so edlem Stamm, und doch
So feigen Geistes!
CLEON. Wer solch' Tun nur billigt,
Auch wenn es schon geschehen, wenn er auch nicht
Vorher mit eingestimmt, der fließt wohl nicht
Aus edlem Quell.
DIONYSA. So mag's denn also sein,
Doch keiner weiß, als du, wie sie gestorben,
Niemand erfährt's, da Leonin nicht lebt.
Verachtet ward mein Kind durch sie, sie stand
Im Wege ihrem Glück; wer sah sie an?
Marinen nur ging jedes Auge nach,
Der unsern war man grob, sie schien ein Mensch,
Nicht Guten Morgen wert. Das stach mein Herz;
Und nennst du gleich, was ich tat, unnatürlich,
Der du dein Kind nicht liebst, so fühl' ich doch,
Es lacht mich an als eine Tat der Liebe
Für deine einz'ge Tochter.
CLEON. O verzeih'es, Himmel!
DIONYSA. Und was den Perikles betrifft,
Was kann er sagen? Wir beweinten sie,
Und trauern noch; ihr Monument ist fast
Vollendet, und ihr Epitaphium sagt
Im goldnen Glanz der Schrift den Ruhm,
Der allgemein in ihr war, und unsre Liebe,
Die's kostbar ihr gesetzt.
CLEON. Du gleichst Harpyen,
Die zum Verrat ein Engelantlitz tragen,
Und mit den Adlerklauen Beute greifen.
DIONYSA. Du gleichst dem, der abergläubisch Göttern
Beschwört, daß Winter umgebracht die Fliegen;
Doch wirst du wohl dich meinem Rate fügen.

Sie gehn ab.

Sechste Szene

Tharsus. Vor dem Grabmal der Marina.
Gower tritt ein.

GOWER.
So schwindet uns die Zeit, der längste Raum,
Das Meer wird überhüpft, es lebt der Traum,
Wir reisen in der Einbildung sogleich
Durch alle Grenzen und von Reich zu Reich;
Wenn ihr verzeiht, so ist es kein Verbrechen,
Daß alle Land' dieselbe Sprache sprechen,
Wo unsre Szene lebend scheint. Vergönnt mir,
Der in den Lücken steht, das Wort, so kennt ihr
Die Bühnen der Geschichte. Wiederum
Fährt Perikles auf falscher See herum,
(Viel edle Herrn und Ritter mit ihm sind)
Um seines Lebens Lust zu seh'n, sein Kind;
Auch Helicanus sich nicht von ihm trennt,
Und zur Regierung bleibt, den ihr wohl kennt,
Nun Escanes, den Helicanus hat
Gebracht zu hohem Ehrenamt im Staat.
Die schnellen Schiffe, günst'gen Winde brachten
Den Herrn nach Tharsus (zu Philoten machten
Wir die Gedanken, die in Eile gingen),
Die Tochter, die verloren, heim zu bringen;
Laßt, Schatten gleich, sie sich ein Weilchen regen,
Ich will dem Ohr, was Aug' jetzt sieht, auslegen.

STUMMES SPIEL.
Perikles tritt mit seinem Zuge von der einen Seite auf, Cleon und Dionysa von der andern; Cleon zeigt dem Perikles das Grabmal, worauf Perikles heftige Klage führt, ein Trauerkleid anlegt und im größten Schmerz abgeht.

GOWER.
So leidet Glaube durch den Heuchelschein,
Der falsche Schmerz spielt oftmals wahre Pein,
Perikles, in Kummer ganz zerflossen,
Seufzerdurchbohrt, von Tränen übergossen,
Schifft wieder fort, und schwört, er schneidet nicht
Sein Haar, und wäscht nicht mehr sein Angesicht;
Er sitzt im Trauerkleid, ein Sturm her wettert,
Der fast sein sterbliches Gefäß zerschmettert,
Er merkt ihn kaum. Nun mögt ihr hören jetzt
Die Grabschrift, die Marinen hat gesetzt
Die böse Dionysa:
»Hier ruht die Schönheit, Anmut, Güte,
Die in des Lebens Lenz verblühte,
Von Tyrus, Fürst ihr Vater dort,
An die der Tod übt' schnöden Mord;
Marina hieß sie, als zum Licht sie kam,
Thetis im Stolz ein Stück der Erde nahm,
Und Überschwemmung fürchtend, hat das Land
Zum Himmel Thetis Pate drauf gesandt;
Drum diese nun, zum ew'gen Zorn erregt,
Mit wilder Wut die fels'gen Ufer schlägt.«
Nicht besser birgt sich schwarze Meuterei,
Als hinter sanfte glatte Schmeichelei.
Mag Perikles nun glauben den Berichten,
Bis endlich die Verwirrung ihm mag schlichten
Fortuna: indes wir Euch spielen müssen
Der Tochter Ach und Weh und schweres Büßen
Im Dienst der Bösen: ruhig mögt Ihr' s seh'n,
Und denkt euch alle jetzt in Mitylen'.

Geht ab.

Siebente Szene

Mitylene. Eine Straße vor dem Bordell.
Zwei Edelleute treten auf.

ERSTER EDELMANN.
Habt Ihr je dergleichen gehört?

ZWEITER EDELMANN. Niemals; auch wird man nie wieder dergleichen an solchem Orte hören, wenn sie einmal fort ist.

ERSTER EDELMANN. Aber hier Theologie predigen! Konnte Euch das je im Traum einfallen?

ZWEITER EDELMANN. Nein, nein. Kommt, ich mag nichts mehr von schlechten Häusern wissen. Wollen wir geh'n und die Vestalinnen singen hören?

ERSTER EDELMANN. Alles, was tugendhaft ist, will ich gern tun, aber vom Wege der Liederlichkeit bin ich zeitlebens abgekommen.

Sie gehn ab.

Achte Szene

Mitylene. Ein Zimmer im Bordell.
Kuppler, Kupplerin, Bolz.

KUPPLER. Lieber als zweimal, was sie kostet, hätt' ich, daß sie nie ins Haus gekommen wäre.

KUPPLERIN. Pfui, pfui über sie! Sie ist imstande, den Gott Priapus kalt zu machen und ein ganzes Geschlecht zugrunde zu richten. Man muß ihr entweder Gewalt tun, oder sie loszuwerden suchen. Wann sie gegen ihre Freunde so sein soll, wie sich's gehört, wenn sie das tun soll, was unsrer Profession zukommt, so kommt sie daher mit ihren Finten, ihren Beweisen und Hauptbeweisen, ihren Gebeten und Kniebeugungen, so daß sie den Teufel zum Puritaner machen könnte, wenn er nur einen Kuß von ihr einhandeln wollte.

BOLZ. Mein' Seel', ich muß ihr Gewalt tun, oder sie verjagt uns alle unsre Kavaliere und macht unsre Flucher zu Priestern.

KUPPLER. Die Franzosen über ihre Bleichsucht!

KUPPLERIN. Mein' Seel', die loszuwerden, ist der Weg zu ihnen der einzige. Hier kommt der Lord Lysimachus verkleidet.

BOLZ. Wir würden alles, Lords und Lumpen, hier haben, wenn die einfältige Kreatur sich nur mit Kunden einlassen wollte.

Lysimachus kommt.

LYSIMACHUS. Nun, wie teuer das Dutzend Jungfrauschaften?

KUPPLERIN. Die Götter segnen Euer Gnaden!

BOLZ. Ich freue mich, den gnädigen Herrn gesund zu seh'n.

LYSIMACHUS. Freilich ist es für Euch besser, wenn Eure Kunden auf gesunden Beinen steh'n. Nun, du heilsame Straflosigkeit, hast du denn was, womit ein Mann sich einlassen kann und über den Wundarzt lachen?

KUPPLER. Wir haben hier eine, Herr, wenn die nur wollte, – wahrlich, ihresgleichen kam noch nie nach Mitylene.

LYSIMACHUS. Wenn sie nur die Taten der

Finsternis tun wollte, willst du sagen.

KUPPLERIN. Der gnädige Herr weiß wohl von selbst, was die Meinung ist.

LYSIMACHUS. Nun, rufe sie, rufe sie.

BOLZ. Was Fleisch und Blut betrifft, Herr, weiß und rot; eine Rose werdet Ihr seh'n; und sie wäre in der Tat eine Rose, hätte sie noch –

LYSIMACHUS. Nun was?

BOLZ. O Herr, ich kann züchtig sein.

LYSIMACHUS. Das bringt den Namen eines Kupplers zu Ehren, auf gleiche Weise kommen viele zum Ruf der Keuschheit.

Marina kommt.

KUPPLERIN. Hier kommt, was am Stock wächst; niemals noch abgepflückt, das versich're ich Euch. – Ist sie nicht ein schönes Geschöpf?

LYSIMACHUS. O ja, so nach langer Seereise wäre sie schon gut genug. – Da ist für Euch, nun laßt uns.

KUPPLERIN. Ich bitte Euer Gnaden, erlaubt mir nur ein Wort, und gleich bin ich fertig.

LYSIMACHUS. Nun so macht.

KUPPLERIN *zu Marina.* Erstlich, müßt Ihr Euch merken, das ist ein ehrenvoller Mann.

MARINA. Ich wünsche ihn so zu finden, daß ich ihn als würdig merken möge.

KUPPLERIN. Dann ist er der Regent dieses Landes und ein Mann, dem ich verpflichtet bin.

MARINA. Wenn er das Land regiert, so seid Ihr ihm freilich verpflichtet, aber wie ehrenvoll er darin ist, kann ich nicht sagen.

KUPPLERIN. Hört, ohne weiter jüngferliches Zieren, wollt Ihr gegen ihn freundlich sein? Er wird Eure Schürze mit Gold füllen.

MARINA. Was er liebreich tut, werde ich dankbar annehmen.

LYSIMACHUS. Seid Ihr fertig?

KUPPLERIN. Gnädiger Herr, sie hat noch keine Schule, Ihr müßt Euch einige Mühe geben, sie abzurichten. Kommt, wir wollen den gnädigen Herrn und sie allein lassen.

Die übrigen gehn ab.

LYSIMACHUS. Nun, du hübsches Ding, seit wie lange bist du bei diesem Gewerbe?

MARINA. Welchem Gewerbe, Herr?

LYSIMACHUS. Ei, nennen kann ich es nicht, ohne unanständig zu sein.

MARINA. Mein Gewerbe kann mich nicht unanständig machen. Seid so gütig, es zu nennen.

LYSIMACHUS. Wie lange hast du diese Hantierung getrieben?

MARINA. Seit ich denken kann.

LYSIMACHUS. So jung bist du dran gegangen? Warst du von fünf oder von sieben schon im Dienst?

MARINA. Nach früher, Herr, wenn ich es jetzt bin.

LYSIMACHUS. Nun, das Haus, worin du wohnst, macht es ja deutlich, daß du ein Geschöpf für Geld bist.

MARINA. Kennt Ihr dies Haus als einen solchen Ort und kommt doch herein? Man sagte mir, Ihr wäret ehrenwert, und der Statthalter dieser Gegend.

LYSIMACHUS. So? Also hat dir deine Herrschaft gesagt, wer ich bin?

MARINA. Wer ist meine Herrschaft?

LYSIMACHUS. Nun, da dein Kräuterweib, sie, die den Samen und die Wurzeln der Schande und Gottlosigkeit legt. O, du hast von meinem Einfluß gehört, und nun hältst du dich hoch, damit ich um so dringender werden soll. Aber ich schwöre dir, du hübsches Kind, meine Autorität soll dich nicht seh'n oder vielmehr freundlich auf dich blicken. Komm, bring' mich in ein abgeleg'nes Zimmer; komm!

MARINA. Seid Ihr von edlem Stamm, so zeigt es jetzt,
Erhieltet Ihr den Adel, so bestätigt
Das Urteil, das Euch dessen würdig hielt.

LYSIMACHUS. Wie war das? Wie? Nur weiter. –
Sprich deine Weisheit.

MARINA. Ich armes Mädchen,
Wenn mich auch gleich ein unfreundlich Geschick
Versetzt in diesen ekelhaften Koben,
Wo Krankheit, seh' ich, teurer wird verkauft
Als Arzenei, – o daß die gütigen Götter
Von diesem Ort des Unheil's mich erlösten,
Wenn sie mich auch zum schlechtesten Vogel machten,
Der fliegt in reiner Luft.

LYSIMACHUS. Ich dachte nicht,
Daß du so gut spräch'st, träumte nicht davon;
Hätt' ich verderbten Sinn hierher gebracht,
Dein Wort hätt' ihn verwandelt. Nimm dies Gold,
Beharre stets auf diesem reinen Wege,
Und ihren Beistand geben dir die Götter!

MARINA. Die Götter schützen Euch.

LYSIMACHUS. Was mich betrifft,
Ich kam mit schlechtem Vorsatz nicht hierher,
Denn mir riecht Tür und Fenster schon abscheulich.
Fahr' wohl. Du bist ein Bild der Tugend, wardst
Gewiß von edler Art erzogen. Nimm,
Hier hast du noch mehr Gold.
Fluch über den, er sterbe wie ein Dieb,
Der deiner Tugend dich beraubt! Hörst du
Von mir, so soll's zu deinem Besten sein.

Bolz kommt.

BOLZ. Ich bitt', Eu'r Gnaden, mir ein Stück!

LYSIMACHUS.
Weg, schändlicher Türhüter! Euer Haus,
Wenn diese Jungfrau nicht es unterstützte,
Stürzt' ein, euch alle zu verschütten. Weg!

Geht ab.

BOLZ. Was ist das? Mit Euch müssen wir eine andere Einrichtung treffen. Ehe Eu're lumpige Keuschheit, die kein Frühstück in der wohlfeilsten Gegend unter der Sonne wert ist, eine ganze Haushaltung zugrunde richten soll, will ich mich wie einen Hühnerhund verschneiden lassen. Kommt gleich!

MARINA. Wohin soll ich kommen?

BOLZ. Eu're Jungfrauschaft muß herunter, oder der Stadthenker soll sie hinrichten. Kommt gleich! Hier werden keine vornehme Herren mehr weggejagt! Gleich kommt, sag' ich!

Die Kupplerin kommt.

KUPPLERIN. Nun? Wie steht's?

BOLZ. Schlimmer und schlimmer, Frau; da hat sie hier heilige Reden mit dem Lord Lysimachus geführt.

KUPPLERIN. O, abscheulich!

BOLZ. Sie macht unsre Hantierung gleichsam stinkend vor dem Angesichte der Götter.

KUPPLERIN. An den Galgen mit ihr!

BOLZ. Der edle Herr würde sich wie ein edler Herr gegen sie aufgeführt haben, und da schickt sie ihn weg, so kalt, wie einen Schneeball, und er sagt noch sein Gebet dazu her.

KUPPLERIN. Bolz, nimm sie hin, tu mit ihr nach Gefallen, zerbrich das Glas ihrer Jungfrauschaft, daß sich das übrige nachher hämmern läßt.

BOLZ. Wäre sie ein noch dorniger Grundstück als sie ist, so sollte sie doch umgepflügt werden.

MARINA. Hört! Hört! Ihr Götter!

KUPPLERIN. Sie beschwört; fort mit ihr! Wäre sie doch nie über meine Schwelle gekommen! Sie ist zu unserm Ruin geboren. Du willst den Weg nicht gehen, den alle Menschen geh'n? Ja, hat sich was! Du Gericht Keuschheit mit Rosmarin und Lorbeer! *Geht ab.*

BOLZ. Nun kommt, Fräulein, nun gleich mit mir!

MARINA. Wohin soll ich geh'n?

BOLZ. Euch das Juwel zu nehmen, das Ihr so teuer haltet.

MARINA. Ich bitte, sagt mir erst Eins.

BOLZ. Nun, her mit Eurem Einem.

MARINA. Was wünschest du wohl, daß dein Feind sein möchte?

BOLZ. Nun, ich wünschte ihm, er wäre mein Herr, oder lieber noch die Frau.

MARINA.
Doch keiner ist so schlecht, als du es bist,
Denn höher steh'n sie, da sie dir gebieten.
Du hast ein Amt, das der gequälteste Teufel
Der Hölle nicht mit dir aus Ehrgeiz tauschte;
Hünd'scher Türhüter bist du jedem Lump,
Der sich nur zeigt, nach seinem Mensch zu fragen;
Dein Ohr gibt jedes Schuftes zorn'ger Faust
Sich preis; ja deine Speise selbst ist schon
Verpestet von dem Hauch verdorbner Lungen.

BOLZ. Was soll ich denn aber tun? In den Krieg geh'n? wo man sieben Jahr' um den Verlust eines Beines dienen kann und am Ende nicht Geld genug hat, um sich ein hölzernes zu kaufen?

MARINA. Tu' jedes Ding, nur nicht das, was du tu'st,
Kanäle rein'ge, schmutzige Kloake;
Verdinge als Knecht dich dem gemeinen Henker,
Denn jeder Stand ist besser als dein jetz'ger;
Ein Pavian, wenn er nur sprechen könnte,
Würd' sich zu teuer achten Du zu sein.
O möchten mich die Götter nur erretten
Aus diesem Hause! Hier ist Gold für dich;
Und wünscht dein Herr durch mich Gewinn zu zieh'n,
Ruf' aus, ich singe, nähe, tanze,
Kann manches noch, was ich nicht rühmen will;
Ich unternehm' es, Unterricht zu geben,
Und zweifle nicht, daß diese große Stadt
Mir manche Schülerinnen liefern wird.

BOLZ. Aber könnt Ihr auch wirklich in allen diesen Dingen Unterricht geben?

MARINA.
Ist es nicht wahr, so nimm mich wieder her,
Und gib mich preis dem niedrigsten der Knechte,
Der Euer Haus besucht.

BOLZ. Nun gut, ich will seh'n, was ich für dich tun kann; kann ich dich wo unterbringen, so will ich es tun.

MARINA. Aber doch bei sittsamen Frauen?

BOLZ. Unter denen hab' ich freilich wenig Bekanntschaft. Da aber mein Herr und meine Frau dich gekauft haben, so kann nichts ohne ihre Einwilligung gescheh'n; drum will ich ihnen deinen Vorschlag bekannt machen, und ich zweifle nicht, sie werden mit sich wohl handeln lassen. Komm, ich will für dich tun, was ich nur irgend kann – nun komm mit mir.

Sie gehn ab.

Fünfter Akt

Erste Szene

Gower tritt ein.

GOWER.
So wird Marina frei, und kommt allda
Wohl in ein sittsam Haus. Sie singet Weisen
Wie die Unsterblichen; wer dazu sah
Den Tanz, der mußte sie als Göttin preisen;
Tiefsinn'ge macht' sie stumm, der Nadel Güte
Schafft, wie Natur, Zweig, Blum' und Vogel, Blatt,
Verschwistert Kunst der wahren Rosenblüte,
Die Kirsch' ihr täuschend Bild zum Zwilling hat.
Bald folgen ihr viel edle Schülerinnen,
Die reichlich sie belohnen, und sie schenkt
Das Gold der Kupplerin, – gewandt von hinnen
Nun ihres Vaters wiederum gedenkt!
Den ließen wir zur See, vom Sturm gescheucht;
Der Wind ermüdet, ausgeworfen hat
Er seinen Anker, und das Land erreicht,
Wo seine Tochter wohnt. Es will sie Stadt
Neptuns Jahrsfest begehen, da erblickt
Lysimachus wie unser Schiff hier liegt,
Die Wimpel schwarz, mit reicher Kunst geschmückt,
Worauf er in der Barke zu ihm fliegt;
Noch einmal seht mit Eu'rer Phantasie,
Denkt dies das Schiff, worauf der Trauermann;
Alsbald geschieht vor Euern Augen hie
Das Wichtigste, drum seht es ruhig an.

Geht ab.

Zweite Szene

An Bord von Perikles Schiff bei Mitylene. Ein Zelt auf dem Verdeck mit einem Vorhang davor. Perikles darinnen auf einem Ruhebett. Ein Boot liegt neben dem tyrischen Schiffe. Zwei Matrosen treten auf

ERSTER MATROSE.
Wo ist Lord Helicanus? Der kann's sagen, –
Hier ist er ja. –

Helicanus kommt.

Da ist von Mitylene eine Barke,
Sie führt Lysimachus, den Statthalter,
Der gern an Bord will. Was ist Euer Wille?

HELICANUS. Der seinige gescheh'. Ruft ein'ge Herrn.

ERSTER MATROSE.
He! Meine Herrn! Es ruft der Lord.
Einige Edelleute kommen.
ERSTER EDELMANN. Ruft Euer Gnaden?
HELICANUS. Ihr Herrn, es will ein edler Mann an Bord hier kommen,
Ich bitte ihn mit Anstand zu begrüßen.
Lysimachus kommt mit Gefolge.
ERSTER MATROSE.
Dies ist der Mann, der kann Euch alles sagen.
LYSIMACHUS.
Ehrwürd'ger Herr, die Götter schützen Euch.
HELICANUS.
Und Euch, daß Ihr mein Alter überlebt,
Und sterbt, so wie ich wünsche.
LYSIMACHUS. Edler Wunsch.
Am Ufer feiern wir das Fest Neptuns,
Ich sah von dort das schöne Schiff hier liegen,
Und kam zu wissen, von woher Ihr seid.
HELICANUS. Erst, was ist Eure Würde?
LYSIMACHUS.
Statthalter dieses Orts, vor dem Ihr liegt.
HELICANUS.
Mein Herr, von Tyrus ist dies Schiff, der König drauf,
Ein Mann, der seit drei Monaten kein Wort
Mit niemand sprach, und der nur Nahrung nimmt,
Um seinen Kummer zu verlängern.
LYSIMACHUS.
Und die Verstimmung, woher schreibt sie sich?
HELICANUS. Die Wiederholung wäre zu ermüdend,
Allein der größte Gram entspringt, weil er
Ein liebes Kind verlor und seine Gattin.
LYSIMACHUS. Wär's möglich, ihn zu sehen?
HELICANUS.
O ja, doch hilft es Euch zu nichts, er spricht
Mit niemand.
LYSIMACHUS. Doch gewährt mir meinen Wunsch.
Helicanus hebt einen Teppich auf, Perikles sitzt in tiefer Schwermut.
HELICANUS.
So seh't ihn denn: ein schöner Mann war dies,
Bis Unglück, das die Sterblichen bedrückt,
Ihn dahin brachte.
LYSIMACHUS. Heil! Mein König! – Heil! –
Die Götter schützen Euch! – Heil, edler Fürst! –
HELICANUS.
Es ist umsonst, er wird nicht zu Euch sprechen.
EIN LORD. Ein Mädchen ist in Mitylen', ich wette,
Die macht' ihn reden.
LYSIMACHUS. Der Gedank' ist gut.
Sie wird gewiß mit süßer Harmonie
Und vieler selt'nen Lieblichkeit ihn reizen,
Und Öffnung stürmen durch die festen Tore,
Die jetzt verschlossen sind.
In allem glücklich, und die Schönste aller,
Mit weiblichen Gefährten ist sie oben
Im Laubengang', der hier auf dieser Seite
Sich nach dem Meere zieht.
HELICANUS.
Wie's unnütz sei, mag man doch nichts versäumen,
Was nur wie Heilung klingt. Da Eu're Güte
So weit sich streckt, laßt Euch noch ferner bitten,
Daß wir um Gold Vorrat bekommen mögen,
Der uns nicht mangelt, weil er ausgegangen,
Doch nicht mehr frisch, uns widert.
LYSIMACHUS. Weigerten
Wir diesen Dienst, so schickten wohl die Götter
Mit Recht in jedes Reis ein fressend Wurm,
Das Land zu strafen. – Einmal noch ersuch' ich,
Daß ich genauer mag des Königs Leid
Erfahren.
HELICANUS. Sitz't, ich will es Euch erzählen. –
Doch seh't, man stör't uns.
Marina, mit einem Gefolge von Mädchen.
LYSIMACHUS. Dieses ist das Mädchen,
Nach der ich sandte. Sei gegrüßt, du Schöne. –
Ist sie nicht trefflich?
HELICANUS. Lieblich anzuschau'n.
LYSIMACHUS.
Ihr Wert ist so, daß, wär' ich nur versichert,
Sie sei von edler Art und Abstammung,
Ich um sie frei't, und hoch vermählt mich dünkte. –
Was Anmut und der Schönheit Kraft vermag
Versuch' an diesem königlichen Kranken;
Wenn dein kunstreich glückseliges Gestirn
Ihn nur zu irgendeiner Antwort bringt,
Wird die geweihte Heilung dir vergolten,
Wie du nur wünschen kannst.
MARINA. Herr, ich versuche,
Was ich nur mag, ihn wieder herzustellen,
Doch niemand muß, als ich und dieses Mädchen
Ihm nahekommen.
LYSIMACHUS. Zieh'n wir uns zurück;
Die Götter segnen dein Bemüh'n!
Marina singt.
LYSIMACHUS. Hört' er das Lied?
MARINA. Nein, sah uns auch nicht an.
LYSIMACHUS. seh't, sie will zu ihm sprechen.
MARINA. Heil, königlicher Herr! – O hört mich an.
PERIKLES. Hm! – Ha! –
MARINA. Mein Fürst, ich bin ein Mädchen,
Das niemals sonst die Augen eingeladen,
Nein, ich ward angestaunt wie ein Komet;
Das spricht, mein Fürst, die wohl ein Leid erduldet hat,
Das Eu'rem gleich't, wenn man sie beide wägt.
Mein Stamm schreibt sich von solchen Ahnen her,
Die gleiches Rang's mit großen Kön'gen waren,
Doch hat die Zeit entwurzelt mein Geschlecht,
Und mich der Welt und widerwärtigem Stand
Zum Dienst verkauft. – Nein, ich will nichts mehr sagen,
Doch glüh't ein Etwas auf den Wangen mir,
Und flüstert: bis er spricht, geh' nicht von hier!
PERIKLES.
Mein Glück, – Geschlecht, – ein vornehmes Geschlecht –
Dem meinem gleich, – so war's? – Nicht wahr, so war's?
Er stößt sie heftig von sich.
MARINA.
Mein Fürst, ich sagte, wär' Euch mein Geschlecht bekannt,
Ihr tätet mir nicht so Gewalt.
PERIKLES. Mag sein, –
Sieh mich noch einmal an, – du gleichst jemand, –

Du bist ein Mädchen hier, nicht wahr, vom Fest,
Vom Schauspiel hier?

MARINA. O nein, von keinem Schauspiel,
Zum Leid' ward ich geboren, und nichts anders,
Als was ich scheine, bin ich.

PERIKLES.
Wehschwanger bring' ich Tränen nun zur Welt. –
Mein holdes Weib war diesem Mädchen gleich,
So könnte meine Tochter jetzo sein;
Der Königin Brauen, völlig ihre Größe,
Gewachsen wie ein Rohr, die Silberstimme,
Juwel das Aug', und auch so reich gefaßt,
Juno im Gang;
Das Ohr erstirbt, wenn sie es nährt, wird hung'rig,
So mehr sie ihm der Rede gibt. – Wo lebst du?

MARINA.
Wo ich nur Fremdling bin; Ihr könnt den Ort
Wohl vom Verdecke seh'n.

PERIKLES. Und wo erzogen?
Wie wurden diese Gaben dir, die Zier
Von dir empfangen?

MARINA. Meine Geschichte, wollt' ich sie erzählen,
Sie schiene Lüge, die man nur verhöhnt.

PERIKLES.
Nein, sprich, von dir kann keine Falschheit kommen,
Du siehst bescheiden, wie das Recht, und scheinst
Ein Palast, wo gekrönte Wahrheit wohnt;
Dir will ich glauben,
Mein Sinn soll deinem Wort durchaus vertrau'n,
Bis zu Unmöglichkeiten, denn du gleichst
Jemand, den ich geliebt. Wem stamm'st du ab?
Du sagtest ja, als ich dich von mir stieß, –
Gleich als ich dich zuerst geseh'n, – du sei'st
Von guter Abkunft?

MARINA. Das hab' ich gesagt.

PERIKLES.
So nenne dein Geschlecht; mir dünkt, du sagtest,
Es sei dir Schmach und Kränkung widerfahren;
Du meintest, daß dein Leid wohl meinem gliche,
Wenn beide kund.

MARINA. Ich sagte was, dem ähnlich,
Und sagte nur damit, was mein Gedanke
Mir als nicht unwahrscheinlich will verbürgen.

PERIKLES.
Erzähl' dein Leid, und wenn es, recht erwogen,
Ein Tausendteil von meinem Drangsal ist,
Bist du ein Mann, ich habe Mädchen gleich
Erlitten; ja du siehst aus, wie Geduld
Die Königsgräber anschau't, und mit Lächeln
Entwaffnet das Verzweifeln – und die Eltern?
Und wie verlor'st – wie heißt du, zart'ste Jungfrau?
Nun sag', ich bitte; komm, sitz' zu mir her.

MARINA. Marina ist mein Nam'.

PERIKLES. Ich werd' ein Spott –
Ein zorn'ger Gott hat dich hierher gesandt,
Daß mich die Welt verlachen soll!

MARINA. Geduld,
Mein Fürst, sonst schließ' ich hier.

PERIKLES. Ich bin geduldig;
Du denkst wohl nicht, wie sehr du mich erschreckt,
Daß du Marina dich genannt.

MARINA. Der Name
Ward mir von einem Mächtigen gegeben,
Vom Vater, der ein König war.

PERIKLES.
Wie? Königstochter? Und genannt Marina?

MARINA. Ihr habt versprochen, mir zu glauben,
Doch um nicht Eure Ruhe mehr zu stören,
Beschließ' ich hier.

PERIKLES. Doch bist du Fleisch und Blut?
Schlägt denn dein Puls, und bist du keine Fee?
Kein Blendwerk? – Weiter: wo ward'st du geboren?
Warum Marina denn genannt?

MARINA. Marina,
Weil ich zur See geboren ward.

PERIKLES. Zur See?
Und wer war deine Mutter?

MARINA. Sie war die Tochter eines Königes,
Sie starb im Augenblick, als ich geboren,
Wie mir mit Tränen oft die gute Amme
Lychorida erzählt'.

PERIKLES.
Ein Weilchen still'! – Dies ist der schönste Traum,
Womit noch dummer Schlaf je trauernde
Narren höhnte:
Das kann nicht die begrab'ne Tochter sein –
Sei's denn! – Wo ward'st erzogen? Ich will hören
Bis auf den Grund, dich nicht mehr unterbrechen.

MARINA.
Ihr höhnt mich, glaubt, am besten wär's zu enden.

PERIKLES. Ich will dir ja zur letzten Silbe glauben,
Was du auch sag'st.
Nun sei so gut, wie kamst du denn hierher?
Wo wurdest du erzogen?

MARINA.
Zu Tharsus ließ der König mich, mein Vater,
Bis Cleon und sein gottvergessenes Weib
Mich morden wollten.
Zur Tat war schon ein Bösewicht gedungen,
Der zog sein Schwert bereits,
Als eine Schar Seeräuber mich erlöste,
Und mich nach Mitylene brachte. – Lieber Herr,
Was macht Ihr mit mir? Warum weint Ihr denn?
Ihr mögt mich für Betrügerin wohl achten;
Nein, wahrlich,
Ich bin das Kind des Königs Perikles,
Wenn er noch lebt, der gute Perikles.

PERIKLES. He! Helicanus!

HELICANUS. Ruft mein Herr?

PERIKLES. Du bist ein ernster und ein edler Rat,
Stets weise: sage mir denn, wenn du kannst,
Wer ist dies Mädchen? Wer wohl kann sie sein,
Die so mich weinen macht?

HELICANUS. Das weiß ich nicht,
Doch ist hier der Regent von Mitylene,
Der edel von ihr spricht.

LYSIMACHUS.
Sie wollte nie von ihrer Abkunft sagen,
Wenn man sie fragte, saß sie nur und weinte.

PERIKLES. O Helicanus, schlag' mich, edler Freund!
Verwunde mich, mach' mir fühlbaren Schmerz,
Daß nicht dies Freudenmeer, das auf mich stürzt,
Die Ufer meines Lebens überschwelle,
Und mich in Lust ertränk'. – O komm hierher,
Du, die erzeugt, der dein Erzeuger war,
Du, seegeboren, zu Tharsus begraben,

Zur See gefunden wieder? – Helicanus,
Auf deine Knie, den heil'gen Göttern danke
So laut, wie Donner schilt: – Dies ist Marina! –
Wie hieß die Mutter? Sage nur noch das –
Wahrheit kann nie genug bekräftig't sein,
Und wenn auch jeder Zweifel schläft.

MARINA. Ich bitte, Herr, wie seid Ihr denn genannt?

PERIKLES. Ich bin von Tyrus Perikles; nun nenne
Noch meiner meerbegrab'nen Königin Namen,
Dann, wie du warst den Göttern gleich vollkommen
In allem, bist du Erbin großer Reiche,
Und ganz ein zweiter Perikles, dein Vater.

MARINA. Nur dieses fehlt', um Tochter Euch zu sein,
Daß ich Thaisa, meine Mutter nenne?
Thaisa hieß die Mutter, die geendet
Im Augenblick, als ich begann.

PERIKLES.
Mein Segen dir. Steh' auf, du bist mein Kind. –
Mir frisch Gewand! – Sie ist mein, Helicanus,
Sie starb zu Tharsus nicht, wie sie gesollt
Vom wilden Cleon – sie wird dir erzählen,
Dann wirst du knien, erkennend huldigen.
Sie ist die echte Erbin. – Wer ist dies?

HELICANUS. Der Statthalter von Mitylene ist's,
Der herkam, Euch zu seh'n, da er gehört
Von Eu'rer Trauer.

PERIKLES. Ich umarm' Euch. – Kleider
Gebt her! Ich schau' so wild. – Mein Mädchen segne,
O Himmel! – Aber horcht! Was für Musik? –
Wie, Helicanus? – Du Marina
Erzähl's ihm Punkt für Punkt, denn er scheint noch
Zu zweifeln, daß du meine Tochter sei'st. –
Wo ist denn die Musik?

HELICANUS. Ich höre keine.

PERIKLES.
Nicht? – Die Musik der Sphären. – Horch, Marina!

LYSIMACHUS.
Sagt ja: es ist nicht gut, ihm widersprechen.

PERIKLES. Herrlicher Klang! Hört Ihr?

LYSIMACHUS. Musik hör' ich, mein König.

PERIKLES. Recht himmlische Musik,
Sie schläfert ein im Lauschen; Schlummer dämmernd
Hängt auf den Augen mir – nun laßt mich ruh'n.

Er schläft.

LYSIMACHUS.
Ein Kissen für sein Haupt. – Verlaßt ihn all'.

MARINA.
Wenn dies entspricht meinem Erwarten, Mädchen,
Gefährtinnen, will ich Euch wohl bedenken.

Alle ziehen sich zurück, Diana kommt, und tritt vor Perikles.

DIANA.
Mein Tempel steht in Ephesus, fahr' hin geschwind,
Auf meinem Altar bringe Opfer dort,
Und wenn die Jungfrau'npriester kommen sind,
Mußt du vor allem Volke reden,
Wie du verlorst die Gattin auf der See;
Ruf' aus, was du erlitt'st, die Tochter, jeden
Unfall erneu're, jedes Leid und Weh;
Tu' dies, sonst wirst in Elend du gezogen,
Tust du's, beglückt, bei meinem Silberbogen!
Erwach', erzähle deinen Traum.

Geht ab.

PERIKLES.
Diana, himmlische, Göttin im Silberglanz,
Dir will ich folgen. – Helicanus! –
Nach Tharsus wollt' ich, dort den Gastverletzer
Cleon zu schlagen, doch vollbring' ich erst
Andächtig Tun: drum lenkt nach Ephesus
Die vollen Segel, bald wißt Ihr den Grund. –
Erfrischen wir uns wohl auf Eu'rer Küste?
Wir zahlen Gold für solchen Vorrat, als
Wir noch bedürfen.

LYSIMACHUS.
Ja, vom ganzen Herzen,
Und wenn wir auf dem Lande sind, so hört Ihr
Auch eine Bitte meinerseits.

PERIKLES.
Sie ist gewährt, und wär's um meine Tochter,
Denn edel, scheint es, seid Ihr ihr gewesen.

LYSIMACHUS. Gebt mir den Arm.

PERIKLES. Komm denn, Marina, Kind.

Alle gehn ab.

Dritte Szene

Vor dem Tempel der Diana in Ephesus.
Gower tritt auf.

GOWER. Fast verlaufen ist der Sand,
Etwas noch, dann Stillestand,
Und gewährt als letzte Gunst mir,
(Denn es wirkt nur eure Kunst hier)
Daß ihr mit geschickten Sinnen,
Euch denkt, was Lust und Spiel beginnen.
Der Herrscher läßt in Mitylen',
Was für Gesang und Aufzug schön,
Zum Gruß des Königs. Er verfehlt
Des Zweckes nicht, denn er erhält
Als Braut Marina, doch nur dann,
Wenn erst das Opfer ist getan,
So wie Diana hieß; so weit
Vernichtet alle Zwischenzeit;
Die Segel bläst ein frischer Wind,
Es wird der Wunsch erfüllt geschwind,
Hier Ephesus, den Tempel seht,
Den König, und wer mit ihm geht,
Daß er so balde hierher kam,
Hat eure Phantasie getan.

Geht ab.

Vierte Szene

Im Tempel der Diana in Ephesus.
Von der einen Seite treten auf Perikles, Marina, Lysimachus, Helicanus und Gefolge, von der andern die Priesterinnen der Diana, Thaisa unter diesen, Cerimon im Gefolge.

PERIKLES. Diana, Heil! Zu tun, was du befahlst,
Bekenn' ich laut: ich bin von Tyrus König,
Gescheucht von meinem Reich, ward mir die schöne
Thaisa zu Pentapolis vermählt;
Sie starb zur See im Kindbett, doch gebar sie
Ein Töchterlein, Marina, die, o Göttin,
In deiner Silbertracht noch geht. Zu Tharsus

Erzog sie Cleon, der vor vierzehn Jahren
Sie zu ermorden strebte; bessere Sterne
Geleiteten nach Mitylene sie,
Da brachte sie ihr Glück auf unser Schiff,
Wo durch ihr eigen klar Erinnern sie
Als meine Tochter sich entdeckt'.

THAISA. Gestalt
Und Ton! – Du bist – o König, Perikles!

PERIKLES.
Was will die Frau? Sie stirbt. Helft doch, ihr Herrn!

CERIMON.
Spracht Ihr die Wahrheit vor Dianens Altar,
Ist diese Eure Gattin.

PERIKLES. Nein, Ehrwürd'ger,
Ich warf sie über Bord mit diesen Armen.

CERIMON. An diese Küste, glaubt, –

PERIKLES. Nein, ganz gewiß.

CERIMON.
seh't nach der Frau. – Sie ist nur überfreut. –
Sie trieb an einem frühen stürm'schen Morgen
An dieses Land; ich öffnete den Sarg,
Fand reiche Steine, gab sie ihr, und brachte
Sie in Dianens Tempel.

PERIKLES. Zeigt sie mir.

CERIMON.
Mein König, in mein Haus lass' ich sie bringen,
Kommt, bitt' ich, zu mir. – Seht, sie ist erwacht.

THAISA.
Laßt mich ihn seh'n, ist er der meine nicht,
Wird meine Andacht nicht den Sinnen gönnen
Ein üppig Ohr, sie trotz des Anblick's zähmen. –
Seid Ihr, mein König, denn nicht Perikles?
Ihr sprecht gleich ihm, gleich ihm seid Ihr gestaltet,
Spracht Ihr von Sturm' nicht, und Geburt, und Tod?

PERIKLES. Die Stimme der gestorbenen Thaisa!

THAISA.
Die bin ich, tot gewähnt, im Meer begraben.

PERIKLES. Göttin Diana!

THAISA. Nun kenn' ich Euch besser.
Als wir Pentapolis mit Tränen ließen,
Gab Euch den Ring mein königlicher Vater.

PERIKLES. Jaja, – nicht mehr, ihr Götter – Eu're Güte
Macht nur zum Scherz vergangnes Leid; o laßt mich
Gleich, wenn ich ihren Mund berühre, schmelzen,
Hinschwinden ganz! Komm, sei begraben denn
Zum zweiten Male an dieser Brust!

MARINA. Mein Herz
Will in den Busen meiner Mutter springen.

PERIKLES.
Sieh, wer hier kniet, Fleisch von deinem Fleisch,
Dein Kind der Angst zur See, genannt Marina,
Weil sie zur Welt dort kam.

THAISA. Gesegnet! Mein!

HELICANUS. Heil meiner Königin!

THAISA. Ich kenn' Euch nicht.

PERIKLES. Ich sagte dir, als ich von Tyrus floh,
Ließ ich statt meiner einen Greis zurück;
Gedenkst du noch, wie ich den Mann genannt?
Oft sprach ich von ihm.

THAISA. Helicanus dann!

PERIKLES. Noch mehr Bestätigung!
Umarm' ihn denn, Thaisa, dieser ist's!
Jetzt möcht' ich wissen, wie man dich gefunden?
Und wie gerettet? Wem mein Dank gebührt,
Zunächst den Göttern, für dies große Wunder?

THAISA.
Lord Cerimon, hier dieser Mann, durch welchen
Die Götter ihre Macht gezeigt, er kann
Den Hergang sagen.

PERIKLES. O ehrwürd'ger Mann,
Die Götter haben keinen ird'schen Diener
Gottähnlicher. Wollt Ihr mir denn erzählen,
Wie diese tote Königin lebt'?

CERIMON. Ich will es,
Folgt mir, ich bitte, erst nach meinem Hause,
Da zeig' ich Euch, was ich bei ihr gefunden,
Und wie sie dann in diesen Tempel kam,
Nichts Nötiges vergessend.

PERIKLES. Reine Göttin!
Dank, daß du mir erschienest, in der Nacht
Weih' ich dir Opfer. – Dieser Fürst, Thaisa,
Ist der Verlobte deiner Tochter, zu
Pentapolis soll die Vermählung sein,
Und diese Zier, die mich so wild entstellt,
Soll nun zuerst nach vierzehn Jahren wieder
Das Messer fühlen, sich von neuem schmücken,
Um zu verschönern den Vermählungstag.

THAISA. Es hat Lord Cerimon glaubwürd'ge Briefe,
Mein Vater starb.

PERIKLES. Er werd' ein Stern am Himmel!
Dort wollen wir das Hochzeitsfest begeh'n,
Wir bleiben dann in diesem Königreich,
Zu Tyrus herrschen unser Sohn und Tochter. –
Lord Cerimon, wir zögern hier zu lange,
Führt uns, erzählt, wonach ich sehr verlange.

Alle ab.

Fünfte Szene

Gower tritt ein und beschließt.

GOWER. In Antiochus und der Tochter sahet ihr
Greuelhafte Lust, gerechten Lohn dafür;
In Perikles, der Königin, seinem Kind,
Wie sie vom Glück auch scharf bedränget sind,
Die Tugend nicht dem wilden Sturm erliegen,
Der Himmel schützt, krönt endlich mit Vergnügen;
Ein Bild von Recht und Treu' ward euch im alten
Und edlen Helicanus vorgehalten;
In Cerimons Ehrwürdigkeit erscheint
Der Wert, den Lieb' und Weisheit sich vereint;
Doch Cleon und sein Weib – als das Gerücht
Die schwarze Tat, Perikles Namen spricht,
Der hoch geliebt – die Stadt zusammenrennt
Ihn und die Seinen im Palast verbrennt:
Die Götter schienen so den Mord zu hassen,
Daß sie, auch unvollbracht, ihn strafen lassen.
Viel Dank für die Geduld, die ihr gegönnt mir,
Seid immer froh, das Spiel erreicht sein End' hier.

Geht ab.

CYMBELINE

Personen

Cymbeline, König von Britannien
Cloten, Sohn der Königin, von ihrem ersten Gemahl
Leonatus Posthumus, ein Edelmann, Imogens Gemahl
Bellarius, ein verbannter Lord, unter dem Namen Morgan
Guiderius
Arviragus, Cymbelines Söhne, unter den Namen Polydor und Cadwall; für Bellarius' Söhne gehalten
Philario, Posthumus' Freund
Jachimo, Philarios Freund
Ein französischer Edelmann, Philarios Freund
Cajus Lucius, römischer Feldherr
Ein römischer Hauptmann, zwei britische Hauptleute
Pisanio, Posthumus' Diener
Cornelius, ein Arzt
Zwei Edelleute
Zwei Kerkermeister
Die Königin, Cymbelines Gemahlin
Imogen, Cymbelines Tochter, von der vorigen Königin
Helene, Imogens Kammerfrau
Lords, Hofdamen, römische Senatoren, Tribunen, Geister, ein Wahrsager, ein Holländer, ein Spanier, Musiker, Anführer, Soldaten, Boten, Gefolge
Szene: abwechselnd in Britannien und Rom

Erster Aufzug
Erste Szene

Britannien. Garten in Cymbelines Palast.
Zwei Edelleute treten auf.

ERSTER EDELMANN.
Ja, hier schaut jeder finster: unser Blut
Folgt minder nicht dem Himmel, als der Höfling
Stets wie der König scheinen will.
ZWEITER EDELMANN. Der Grund?
ERSTER EDELMANN.
Die Erbin dieses Reiches, seine Tochter,
Bestimmt' er seiner Frauen einz'gem Sohn,
Die er als Witwe kürzlich sich vermählt.
Die Tochter wählte nun den Gatten selbst,
Der arm, doch edel ist: sie sind vermählt;
Der Mann verbannt, verhaftet sie: und alles
Ist äußrer Schmerz; obwohl der König, mein' ich,
Wahrhaft bekümmert ist.
ZWEITER EDELMANN. Der König nur?
ERSTER EDELMANN.
Auch er, der sie verlor; die Kön'gin gleichfalls,
Die jenes Bündnis wünschte. Doch kein Höfling
(Wenn alle auch ihr Antlitz stimmen nach
Des Königs Blick), des Herz sich nicht erfreut
Ob dem, weshalb sie grollen.
ZWEITER EDELMANN. Und warum?
ERSTER EDELMANN.
Der die Prinzeß verlor, ist ein Geschöpf,
Zu schlecht, ihn schlecht zu nennen; der sie hat
(Das heißt, dem sie vermählt, der Ärmste, ach!
Deshalb verbannt) ist solch vollendet Wesen,
Daß, wenn man auch den Erdkreis rings
durchsuchte
Nach einem, so wie er, stets blieb' ein Mangel
Dem, der sich ihm vergleicht: denn ich vermeine,
Mit so viel innerm Wert und äußrer Schönheit
Sei niemand sonst begabt.
ZWEITER EDELMANN. Ihr übertreibt.
ERSTER EDELMANN.
Ich mess' ihn nur weit unter seiner Größe,
Drück' ihn zusammen, statt ihn zu entfalten
In voller Macht.
ZWEITER EDELMANN.
Wie ist sein Nam' und Ursprung?
ERSTER EDELMANN.
Ich kenne seinen Stammbaum nicht. Sicilius,
So hieß sein Vater, kämpft' einst ruhmbekränzt
Gegen die Römer, mit Cassibelan;
Doch dem Tenantius dankt er seine Würden,
Dem er mit Glanz und seltnem Glück gedient;
So ward er Leonatus zubenannt.
Er hatte, außer jenem edlen Sohn,
Zwei andre noch, die, in dem Krieg der Zeit,
Das Schwert in Händen, fielen, was des Greises
Zu heft'ge Vaterliebe so erschüttert,
Daß er sich tot gehärmt; sein edles Weib,
Schwanger mit dem, von dem wir sprechen, starb
Bei der Geburt. Da nimmt das Kind der König
In seinen Schutz, und nennt ihn Posthumus
Leonatus;
Läßt ihn erziehn, macht ihn zu seinem Pagen,
Zu jeder Wissenschaft ihm Zugang bahnend,
Für die sein Alter reif. Das sog er ein,
Wie wir die Luft, es augenblicks begreifend;
Sein Frühling ward schon Ernt'; er lebt' am Hofe
(Ein seltner Fall!) in Lieb' und Lob der Erste;
Dem Jüngsten Musterbild, dem Reiferen
Ein Spiegel für des Schmucks Vollendung, und
Ein Kind den Ernstern, die zu Toren wurden,
Um führen sich zu lassen; seiner Gattin,
Für die er jetzt verbannt, – ihr eigner Wert
Zeigt, wie sie ihn und seine Tugend schätzte:
In ihrer Wahl könnt Ihr am besten lesen,
Was für ein Mann er ist.
ZWEITER EDELMANN. Ich hör' ihn schon,
In Eurer Schild'rung. Doch, ich bitt' Euch, sagt mir,
Ist sie des Königs einz'ges Kind?
ERSTER EDELMANN. Sein einz'ges.
Zwei Söhne hatt' er (dünkt's Euch merkenswert,
So hört mir zu): der älteste drei Jahr,
Der zweit' in Windeln, wurden sie gestohlen
Aus ihrer Ammenstub', und niemand ahnet
Bis diese Stunde, was aus ihnen ward.
ZWEITER EDELMANN. Wann fiel das vor?
ERSTER EDELMANN. Vor etwa zwanzig Jahren.
ZWEITER EDELMANN.
Daß Königskinder so entwendet wurden!
So schlecht bewacht! So schläfrig aufgesucht,
Daß keine Spur sich fand!
ERSTER EDELMANN. Mag's seltsam sein,
Und fast zum Lachen solche Lässigkeit,
So ist es dennoch wahr.
ZWEITER EDELMANN. Ich glaub' es Euch.
ERSTER EDELMANN.
Wir müssen uns zurückziehn, denn hier kommt
Der edle Herr, die Kön'gin und Prinzessin.
Sie gehn ab.

Zweite Szene

Ebendaselbst.
Es treten auf die Königin, Imogen und Posthumus.

KÖNIGIN.
Nein, Tochter, sei gewiß, nie find'st du mich,
Nach der Stiefmütter allgemeinem Ruf,
Scheeläugig gegen dich: zwar als Gefangne
Bewahr' ich dich; doch gibt dein Wächter selbst
Den Kerkerschlüssel dir. Und, Posthumus,
Sobald ich kann den grimmen König sänft'gen,
Sollt Ihr in mir den Anwalt sehn; doch jetzt
Entflammt ihn noch der Zorn: drum ist es besser,
Ihr neigt Euch seinem Spruch, und so geduldig,
Wie Euch die eigne Weisheit lehrt.
POSTHUMUS. Ja, Hoheit,
Ich reise heut.
KÖNIGIN. Wohl kennt ihr die Gefahr –
Nur durch den Garten geh' ich, denn mich jammert
Die Qual gehemmter Lieb'; obwohl der König
Befahl, ihr sollt nicht mit einander sprechen.
Sie geht ab.
IMOGEN.
O heuchlerische Güte! Schmeichelnd kitzelt

Die Schlange, wo sie sticht! – Geliebter Mann,
Wohl fürcht' ich etwas meines Vaters Zorn,
Doch nicht (mein heilig Bündnis ausgenommen),
Was seine Wut mir tun kann. Du mußt fort;
Ich bleibe hier zurück, ein stündlich Ziel
Erzürnten Blicks; nichts tröstet mich im Leben,
Als daß die Welt mein Kleinod noch bewahrt,
Damit ich's wiederseh'.

POSTHUMUS. O meine Kön'gin,
Herrin, Geliebte, weint nicht mehr; daß mich
Verdacht nicht treffe weichrer Zärtlichkeit,
Als sie dem Manne ziemt! Ich bleib' auf ewig
Der treuste Gatte, der je Treu' gelobte.
In Rom nun wohn' ich, bei Philario dort,
Der meines Vaters Freund war, doch mit mir
Durch Briefe nur verbunden: dorthin schreibe,
Und mit den Augen trink' ich deine Worte,
Ist Galle gleich die Tinte.

Die Königin kommt zurück.

KÖNIGIN. Eilt, ich bitte!
Denn wenn der König kommt, so fällt auf mich
Wer weiß wie viel von seinem Zorn.

Beiseit.

Doch führ' ich
Ihn dieses Weges; kränk' ich ihn auch stets,
Mein Unrecht kauft er ab, versöhnt zu sein,
Zahlt mein Versünd'gen schwer.

Geht ab.

POSTHUMUS. Nähmen wir Abschied
So lange Zeit, als wir noch leben sollen,
Der Schmerz der Trennung wüchse stets. Leb wohl!

IMOGEN. Oh, nicht so rasch:
Ritt'st du nur aus, um frische Luft zu schöpfen,
Zu kurz wär' solch ein Abschied. Sieh, Geliebter,
Der Demant ist von meiner Mutter: nimm ihn;
Bewahr' ihn, bis ein andres Weib du freist,
Ist Imogen gestorben.

POSTHUMUS. Wie! Ein andres? –
Ihr Götter, laßt mir die nur, die ich habe,
Und wehrt mir die Umarmung einer andern
Mit Todesbanden! – Bleib', o bleibe hier,
Solang' hier Leben wohnt!

Er steckt den Ring an.

Und, Süße, Holde,
Wie ich mein armes Selbst für dich vertauschte,
Zu deinem schlimmsten Nachteil: so gewinn' ich
Sogar bei diesem Tand; dies trag' von mir,
's ist eine Liebesfessel, die ich um
Die holdeste Gefangne lege.

Er legt ihr ein Armband an.

IMOGEN. Götter!
Ach! Wann sehn wir uns wieder?

Cymbeline tritt auf mit Gefolge.

POSTHUMUS. Weh! Der König!

CYMBELINE.
Hinweg! Elender du, mir aus den Augen!
Belästigst du den Hof nach diesem Wort
Mit deinem Unwert noch, so stirbst du; fort! –
Gift bist du meinem Blut.

POSTHUMUS. Die Götter schützen Euch!
Und segnen alle Guten, die hier bleiben!
Ich gehe.

Er geht ab.

IMOGEN. Keine Marter hat der Tod
So scharf wie diese.

CYMBELINE. Pflichtvergeßnes Ding,
Du sollt'st die Jugend mir erneun, und häufst
Mir nur der Jahre Last.

IMOGEN. Ich bitt' Eu'r Hoheit,
Kränkt Euch nicht selbst mit Eurem Gram: ich bin
Gefühllos Eurem Zorn; ein tiefres Leid
Tilgt Furcht und Angst.

CYMBELINE. So ohne Gnad' und Sitte?

IMOGEN. Ja, ohne Hoffnung: so weit ohne Gnade.

CYMBELINE.
Den einz'gen Sohn der Kön'gin auszuschlagen!

IMOGEN.
Oh! Wohl mir, daß ich's tat! Den Adler wählt' ich,
Und jagt' den Raben fort.

CYMBELINE.
Den Bettler nahmst du, hättest meinen Thron
Zum Sitz der Niedrigkeit gemacht.

IMOGEN. O nein;
Ich gab ihm neuen Glanz.

CYMBELINE. Verworfne!

IMOGEN. Vater,
Nur Ihr seid schuld, lieb' ich den Posthumus:
Ihr zogt ihn auf als meinen Spielgefährten;
Er ist ein Mann, wert jeder Frau; und der
Fast um den ganzen Preis mich überzahlt.

CYMBELINE. Was! – bist du toll?

IMOGEN.
Beinah', der Himmel steh' mir bei! – Oh, wär' ich
Doch eines Schäfers Tochter! Mein Leonatus,
Des Nachbarhirten Sohn!

Die Königin tritt auf.

CYMBELINE. Du töricht Mädchen! –
Beisammen waren wieder sie; Ihr tatet
Nicht, wie wir Euch befahlen. Fort mit ihr,
Und schließt sie ein!

KÖNIGIN. Ich bitt' Euch, ruhig – still,
Prinzessin Tochter, still! – Geliebter Herr,
Laßt uns allein, und sucht Euch zu erheitern,
Wie Ihr's am besten könnt!

CYMBELINE. Mag sie verschmachten
Täglich um einen Tropfen Bluts, und alt
An dieser Torheit sterben!

Er geht ab.

Pisanio tritt auf.

KÖNIGIN. Pfui! – Gebt nach!
Hier ist Eu'r Diener. – Nun, was bringst du Neues?

PISANIO.
Der Prinz, Eu'r Sohn, zog gegen meinen Herrn.

KÖNIGIN. Kein Leid ist doch geschehn?

PISANIO. Es konnte treffen,
Nur spielte mehr mein Herr, anstatt zu fechten,
Und war durch Zorn nicht angereizt; es trennten
Sie ein'ge Herren in der Näh'.

KÖNIGIN. Das freut mich.

IMOGEN. Ja, meines Vaters Freund ist Euer Sohn;
Er nimmt sich seiner an. –
Auf den Verbannten ziehn! – O tapfrer Held! –
Ich wünschte sie in Afrika beisammen,
Und mich mit Nadeln dort, um den zu stechen,
Der rückwärts geht. – Was ließest du den Herrn?

PISANIO. Weil er's befahl; zum Hafen ihn zu bringen,

Erlaubt' er nicht; er gab mir dies Verzeichnis
Von Diensten, die ich Euch zu leisten hätte,
Gefiel's Euch, mich zu brauchen.

KÖNIGIN. Dieser war
Dein treuer Diener stets; mein Wort verpfänd' ich,
Daß er's auch bleiben wird.

PISANIO. Ich dank' Eu'r Hoheit.

KÖNIGIN. Komm, zum Spazierengehn!

IMOGEN. Frag' bei mir an
In einer halben Stunde: – meinen Herrn
Mußt du an Bord noch sehn; – für jetzt verlaß mich!

Alle ab.

Dritte Szene

Freier Platz.
Cloten tritt auf mit zwei Edelleuten.

ERSTER EDELMANN. Prinz, ich möchte Euch doch raten, das Hemde zu wechseln; die Heftigkeit der Bewegung macht, daß Ihr wie ein Opfer raucht: wo Luft ausströmt, zieht auch Luft ein, und keine äußere Luft ist so gesund, als die Ihr ausströmt.

CLOTEN. Wenn mein Hemd blutig wäre, dann sollt's gewechselt – Hab' ich ihn verwundet?

ZWEITER EDELMANN *für sich.* Nein, wahrhaftig; nicht einmal seine Geduld.

ERSTER EDELMANN. Ihn verwundet? Sein Körper ist ein durchdringliches Beingerippe, wenn er nicht verwundet ist – er ist eine Durchfahrt für Stahl, wenn er nicht verwundet ist.

ZWEITER EDELMANM *für sich.* Sein Degen hatte Schulden, und versteckte sich hinterwärts.

CLOTEN. Der Schurke wollte mir nicht stehn.

ZWEITER EDELMANN *für sich.* Nein, er floh immer vorwärts, auf dein Gesicht zu.

ERSTER EDELMANN. Euch stehn! Ihr habt selbst schon Land genug, aber er vergrößerte Euern Besitz: er gab Euch noch etwas Boden zu.

ZWEITER EDELMANN *für sich.* Ja, so viel Zoll, als du Weltmeere hast; ihr Laffen!

CLOTEN. Ich wollte, sie wären nicht zwischen uns gekommen.

ZWEITER EDELMANN *für sich.* Das wollte ich auch, bis du gemessen hättest, wie lang ein Narr ist, wenn er auf der Erde liegt.

CLOTEN. Und daß sie diesen Kerl lieben muß, und mich abweisen!

ZWEITER EDELMANN *für sich.* Wenn es Sünde ist, eine richtige Wahl zu treffen, so ist sie verdammt.

ERSTER EDELMANN. Prinz, ich sagte es Euch immer, ihre Schönheit und ihr Verstand halten nicht gleichen Schritt; sie ist ein treffliches Gemälde, aber ich habe wenige Reflexe ihres Geistes gesehen.

ZWEITER EDELMANN *für sich.* Sie scheint nicht auf Narren, der Reflex möchte ihr schaden.

CLOTEN. Kommt auf mein Zimmer; ich wollte, es wäre irgendein Unglück geschehen.

ZWEITER EDELMANN *für sich.* Das wollte ich nicht; es wäre denn der Fall eines Esels, was kein großes Unglück ist.

CLOTEN. Wollt Ihr mit uns gehn?

ERSTER EDELMANN.
Ich folge Euch, gnädiger Herr.

CLOTEN. Nein, kommt, gehn wir zusammen!

ZWEITER EDELMANN. Wohl, mein Prinz.

Alle ab.

Vierte Szene

Zimmer im Palast. Imogen und Pisanio tretenauf.

IMOGEN.
Ich wollt', am Hafen ständ'st du eingewurzelt
Und fragtest jedes Schiff. Wenn er mir schriebe,
Und ich bekäm's nicht, solch ein Brief verloren
Ist wie Verlust des Heils. Was war das Letzte,
Was er sprach?

PISANIO. Es war: »O meine Königin!«

IMOGEN. Dann winkt' er mit dem Tuch?

PISANIO. Und küßt' es, Fürstin.

IMOGEN.
Fühllose Leinwand, glücklicher als ich! –
Und das war alles?

PISANIO. Nein, Prinzessin; denn
Solang' er's machen konnte, daß ihn Auge
Und Ohr von andern unterschied, blieb er
Auf dem Verdeck, mit Handschuh, Tuch und Hut
Stets winkend, wie der Sturm und Drang der Seele
Ausdrücken konnt' am besten, wie so langsam
Sein Herz von hinnen zieh', wie schnell sein Schiff.

IMOGEN. Er mußte klein wie eine Kräh' dir werden,
Und kleiner, eh' du aufgabst, nachzuschaun.

PISANIO. Das tat ich, gnäd'ge Frau.

IMOGEN. Zerrissen hätt' ich mir die Augennerven,
Nur um nach ihm zu sehn, bis die Verklein'rung
Des Raums ihn zugespitzt wie meine Nadel.
Ihm schaut' ich nach, bis er verschmolzen wäre
Von Kleinheit einer Mück' in Luft; und dann
Hätt' ich mich abgewendet und geweint. –
Pisanio, sprich, wann hören wir von ihm?

PISANIO.
Gewiß mit nächster Schiffsgelegenheit.

IMOGEN.
Wir nahmen Abschied nicht, und noch viel Liebes
Wollt' ich ihm sagen – zu erzählen wünscht' ich,
Wie ich sein dächt' in der und jener Stunde,
Gedenken dies und das; und schwören sollt' er,
Italiens Liebchen möchten nicht verlocken
Mein Recht und seine Her'; ich wollt' ihn nöt'gen,
Um sechs Uhr morgens, Mitternacht und Mittag
Mir betend zu begegnen, weil ich dann
Für ihn im Himmel bin; ich wollt' ihm geben
Den Abschiedskuß, den in zwei Zauberworte
Ich eingefaßt: da tritt mein Vater ein,
Und wie der grimme Hauch des Nordens schüttelt
Er unsre Knospen ab, eh' sie erblüht.

Eine Hofdame tritt auf.

HOFDAME.
Die Kön'gin wünscht Eu'r Hoheit Gegenwart.

IMOGEN.
Was ich dir aufgetragen, das besorge! –
Der Kön'gin wart' ich auf.

PISANIO. Wie Ihr befehlt.

Alle ab.

Fünfte Szene

Rom, in Philarios Hause.
Es treten auf Philario, Jachimo, ein Franzose, ein Holländer und ein Spanier.

JACHIMO. Glaubt mir, Herr, ich kannte ihn in Britannien: sein Ansehn war damals im Wachsen, und man erwartete die Vortrefflichkeit von ihm, die ihm später auch dem Namen nach zugestanden wurde; aber ich hätte ihn damals ohne die Nachhülfe der Bewunderung ansehn können, wenn auch das Verzeichnis aller seiner Gaben neben ihm aufgestellt gewesen wäre und ich ihn so artikelweise durchgelesen hätte.

PHILARIO. Ihr sprecht von einer Zeit, da er noch weniger ausgestattet war, als er jetzt ist, mit allen den Gaben, die ihn geistig und leiblich so auszeichnen.

FRANZOSE. Ich sah ihn in Frankreich, und dort hatten wir viele, die mit ebenso festem Auge als er in die Sonne blicken konnten.

JACHIMO. Der Umstand, daß er seines Königs Tochter geheiratet hat (wobei er mehr nach ihrem als nach seinem eigenen Werte gewogen werden muß), ist gewiß ein Hauptgrund, daß man ihn weit über die Wahrheit hinaus preist.

FRANZOSE. Und dann seine Verbannung: –

JACHIMO. Ja, und die Billigung derer, die diese klägliche Scheidung beweinen und der Fürstin zugetan sind; alle diese erheben ihn wunderbar über sein Maß; geschähe es auch nur, um der Prinzessin Urteilmehr zu befestigen, welches außerdem ein schwaches Geschütz niederschmettern würde, wenn sie einen Bettler genommen hätte, den nicht die höchsten Gaben schmückten. Aber wie kommt es, daß er bei Euch wohnen wird? Woher schreibt sich diese Bekanntschaft?

PHILARIO. Sein Vater und ich waren Kriegskameraden, und ich hatte diesem oft nichts Geringeres als mein Leben zu danken.

Posthumus tritt auf.

Hier kommt der Brite: laßt seine Aufnahme unter euch so sein, wie sie Männern von eurem Verstand gegen einen Fremden von seinen Verdiensten ziemt! – Ich bitte euch alle, macht euch näher mit diesem Herrn bekannt, den ich euch als meinen edlen Freund empfehle: seine Vortrefflichkeit möge sich in Zukunft lieber selbst kund geben, als von mir vor seinem Ohr gepriesen werden.

FRANZOSE. Herr, wir kannten uns in Orleans.

POSTHUMUS. Seitdem war ich Euer Schuldner für Artigkeiten, an denen ich stets abzuzahlen haben und doch in Eurer Schuld bleiben werde.

FRANZOSE. Herr, Ihr überschätzt meine geringen Freundschaftsdienste: es war mir lieb, daß ich Euch und meinen Landsmann versöhnen konnte; es wäre schade gewesen, wäret Ihr mit so tödlichen Vorsätzen zusammen gekommen, wie ihr sie damals beide hattet, und wegen einer Sache von so leichter, unbedeutender Art.

POSTHUMUS. Verzeiht mir, ich war damals ein junger Reisender; etwas störrisch, dem, was ich hörte, beizustimmen, und wenig geneigt, mich in jeglicher Handlung durch die Erfahrung anderer leiten zu lassen; aber auch nach meinem reiferen Urteil (wenn ich nicht prahle, es reifer zu nennen) war mein Zwist von damals doch nicht so ganz unbedeutend.

FRANZOSE. Wahrhaftig doch zu unbedeutend, um der Entscheidung der Waffen unterworfen zu werden; und von zwei solchen Männern, wo, höchst wahrscheinlich, einer vom andern vernichtet oder beide gefallen wären.

JACHIMO. Darf man, ohne Unbescheidenheit, fragen, was der Streit war?

FRANZOSE. Warum nicht? Es wurde öffentlich verhandelt, und mag drum ohne Anstoß wieder erzählt werden. Es betraf einen Punkt, dem ähnlich, über den wir gestern abend stritten, wo jeder von uns sich im Lob der Damen seines Landes ergoß; dieser Herr beteuerte damals (und zwar auf die Gewähr, es mit seinem Blute zu beweisen), die seinige sei schöner, tugendhafter, weiser, keuscher, standhafter und unverführbarer als irgendeine unsrer auserlesensten Damen in Frankreich.

JACHIMO. Diese Dame lebt nicht mehr; oder der Glaube dieses Herrn ist, was den Punkt betrifft, schwächer geworden.

POSTHUMUS. Sie behauptet noch ihre Tugend, und ich meine Meinung.

JACHIMO. Ihr dürft sie nicht so sehr über unsere Italienerinnen erheben.

POSTHUMUS. Wenn ich so gereizt würde, wie damals in Frankreich, so würde ich sie ebenso wenig beeinträchtigen lassen; obwohl ich mich ihren Anbeter nenne, nicht ihren Geliebten.

JACHIMO. Ebenso schön als gut (fast eine zu verschwisterte Vergleichung), wäre etwas zu schön und zu gut für irgendeine Dame in Britannien gewesen. Wenn sie andre, die ich gekannt habe, so sehr übertrifft, wie dieser Euer Diamant manchen, den ich sah, übertrahlt, so muß ich wohl glauben, daß sie unter vielen die vorzüglichste ist; doch unter allen Kleinodien, die es gibt, sah ich wohl nicht das köstlichste, noch Ihr die edelste unter den Weibern.

POSTHUMUS. Ich pries sie, wie ich sie schätze: und so auch meinen Stein.

JACHIMO. Wie hoch haltet Ihr ihn?

POSTHUMUS.
Höher als alles, dessen die Welt sich rühmt.

JACHIMO. Entweder ist Eure unvergleichliche Geliebte tot, oder sie wird von einer Kleinigkeit überboten.

POSTHUMUS. Ihr seid im Irrtum; das eine mag verkauft oder verschenkt werden, wenn Reichtum genug für die Zahlung, oder Verdienst genug für die Gabe da wäre; das andere ist nicht feil, und nur einzig Gabe der Götter.

JACHIMO.
Welche die Götter Euch verliehen haben?

POSTHUMUS.
Welche, durch ihre Gnade, mein bleiben wird.

JACHIMO. Ihr mögt sie, dem Namen nach, als die Eurige haben; aber Ihr wißt, fremde Vögel lassen sich auf den Teich des Nachbars nieder. Euer Ring kann Euch ebenfalls gestohlen werden: so ist von Euren beiden unschätzbaren Gütern das eine nur schwach, und das andere zufällig; ein listiger Dieb oder ein in dem Punkt vollendeter Hofmann würden es unternehmen, Euch das eine oder das andere abzugewinnen.

POSTHUMUS. Euer Italien besitzt keinen so vollendeten Höfling, daß er die Ehre meiner Geliebten in Gefahr bringen könnte; wenn Ihr sie im Bewahren oder Verlust derselben schwach nennen wollt. Ich zweifle nicht im mindesten, daß Ihr einen Überfluß von Dieben habt, demungeachtet fürchte ich nichts für meinen Ring.

PHILARIO. Laßt uns hier abbrechen, meine Freunde!

POSTHUMUS. Von Herzen gern. Dieser würdige Signor, ich danke ihm dafür, behandelt mich nicht als Fremden; wir sind gleich bei erster Bekanntschaft Vertraute.

JACHIMO. Mit fünfmal so viel Gespräch würde ich mir bei Eurer schönen Gebieterin Bahn machen, sie rückwärts treiben, ja, zum Wanken bringen, hätte ich Zutritt und Gelegenheit zu Freunden.

POSTHUMUS. Nein, nein.

JACHIMO. Ich wage es, darauf die Hälfte meines Vermögens gegen Euren Ring zu verpfänden, die, nach meiner Schätzung, noch etwas mehr wert ist; aber ich unternehme meine Wette vielmehr gegen Eure Zuversicht, als ihre Ehre: und, um hierin auch jede Beleidigung Eurer auszuschließen, ich wage den Versuch gegen jede Dame in der Welt.

POSTHUMUS. Ihr seid außerordentlich getäuscht in dieser zu dreisten Überzeugung, und ich zweifle nicht, Euch wird das, was Ihr durch solcherlei Versuch verdient.

JACHIMO. Und das wäre?

POSTHUMUS. Eine Abweisung; obwohl Euer Versuch, wie Ihr es nennt, mehr verdient: Züchtigung auch.

PHILARIO. Ihr Herrn, genug davon: das kam zu plötzlich; laßt es sterben, wie es geboren ward, und – ich bitte – lernt euch besser kennen!

JACHIMO. Ich wollte, ich hätte mein und meines Nachbars Vermögen auf die Beweisführung dessen gesetzt, was ich behauptete.

POSTHUMUS. Welche Dame wähltet Ihr zu Eurem Angriff?

JACHIMO. Die Eure, deren Festigkeit Ihr für so unerschütterlich haltet. Ich setze zehntausend Dukaten gegen Euren Ring, mit dem Beding, Ihr empfehlt mich an den Hof, wo Eure Dame lebt, ohne mehr Begünstigung, als die Gelegenheit eines zweiten Gesprächs, und ich bringe von dort diese ihre Ehre mit, die Ihr so sicher bewahrt glaubt.

POSTHUMUS. Ich will Gold wetten gegen Euer Gold: meinen Ring achte ich so teuer als meinen Finger; er ist ein Teil von ihm.

JACHIMO. Ihr seid der Geliebte, und deshalb um so vorsichtiger. Wenn Ihr Frauenfleisch auch das Quentchen für eine Million kauft, so könnt Ihr es doch nicht vor Ansteckung bewahren; aber ich sehe, es ist etwas Religion in Euch, daß Ihr furchtsam seid.

POSTHUMUS. Dies ist nur eine Gewohnheit Eurer Zunge; Euer Vorsatz ist, hoffe ich, ehrbarer.

JACHIMO. Ich bin Herr und Meister meiner Reden, und würde unternehmen, was ich sprach, das beschwör' ich.

POSTHUMUS. Würdet Ihr? – Ich werde Euch meinen Diamant bis zu Eurer Rückkehr nur leihen – mag ein Vertrag zwischen uns aufgesetzt werden. Meine Geliebte übertrifft in Tugend die Unermeßlichkeit Eurer unwürdigen Denkart. Ich fodre Euch zu dieser Wette auf: hier ist mein Ring.

PHILARIO. Es soll keine Wette sein.

JACHIMO. Bei den Göttern, sie ist es; – wenn ich Euch nicht hinlängliche Beweise bringe, daß ich das teuerste Kleinod Eurer Geliebten genoß, so sind meine zehntausend Dukaten Euer, und Euer Diamant dazu. Wenn ich abgewiesen werde, und sie die Ehre bewahrt, auf welche Ihr so fest vertraut, so ist sie, Euer Juwel, dies Euer Juwel und mein Gold Euer, – doch, wie bedungen, ich habe Eure Empfehlung, um ungehinderten Zutritt zu bekommen.

POSTHUMUS. Ich nehme diese Bedingungen an; laßt die Artikel unter uns aufsetzen: – und nur insofern sollt Ihr verantwortlich sein. Wenn Ihr Eure Unternehmung gegen sie richtet, und mir deutlich zu erkennen gebt, daß Ihr gesiegt habt, so bin ich nicht ferner Euer Feind, sie war unsers Streites nicht wert; wenn sie aber unverführt bleibt, und Ihr das Gegenteil nicht beweisen könnt, so sollt Ihr wegen Eurer schlechten Gesinnung und für den Angriff auf ihre Keuschheit mir mit dem Schwerte Rede stehen.

JACHIMO. Eure Hand, es gilt! Wir wollen diesen Vertrag gerichtlich festsetzen, dann fort nach Britannien, daß diese Unternehmung sich nicht erkälte und absterbe! Ich will mein Gold holen, und unsre gegenseitige Wette niederschreiben lassen.

POSTHUMUS. Einverstanden!

Posthumus und Jachimo gehn ab.

FRANZOSE. Glaubt Ihr, daß dies durchgehn wird?

PHILARIO. Signor Jachimo wird nicht davon abstehen. Kommt, laßt uns ihnen folgen!

Alle ab.

Sechste Szene

Britannien, in Cymbelines Palast.
Es treten auf die Königin, Hofdamen und Cornelius.

KÖNIGIN.
Solang' der Tau am Boden, pflückt die Blumen;
Rasch: wer hat das Verzeichnis?

ERSTE HOFDAME. Ich.

KÖNIGIN. So geht: –

Die Hofdamen gehn ab.

Nun, Doktor, bracht'st du mir die Spezereien?

CORNELIUS *ihr ein Fläschchen reichend.*
Wie Eure Hoheit mir befahl, hier sind sie.
Doch ich ersuch' Eu'r Gnaden (zürnt mir nicht,
Denn mein Gewissen dringt auf diese Frage):
Weshalb verlangtet Ihr die gift'gen Mittel,
Die, angewandt, langsamen Tod bewirken,
Nicht schnell, doch sicher sind?

KÖNIGIN. Mich wundert, Doktor,
Daß du mich also fragst; war ich nicht lange
Schon deine Schülerin? Lehrt'st du mich nicht
Einmachen, destillieren, Weihrauch mischen?
Daß unser großer König selbst mich oft
Um meine Früchte bat? So vorgeschritten
(Hältst du mich nicht für teuflisch), ist's ein Wunder,
Wenn ich mein Wissen zu erweitern trachte
Durch andre Proben? So will ich die Kräfte
Der Kunst an solchen Kreaturen prüfen,
Die nicht des Hängens wert (an Menschen nicht);
Um ihre Wirkung zu erproben, wend' ich
Dann Gegenmittel an, und so erforsch' ich
Den mannigfachen Einfluß.

CORNELIUS. Solche Übung
Muß, hohe Fürstin, Euer Herz verhärten;
Auch ist der Anblick dieser Wirkung schädlich
Sowohl als ekelhaft.

KÖNIGIN. Oh, sei ganz ruhig! –

Pisanio tritt auf.

KÖNIGIN *für sich.*
Hier kommt ein schmeichlerischer Bub'; an ihm
Prüf' ich's zuerst: er ist für seinen Herrn,
Und meinem Sohn entgegen. – Ei, Pisanio! –
Doktor, für jetzt bedarf ich dein nicht mehr:
Du magst nun gehn.

CORNELIUS *für sich.*
Ich trau' Euch nicht; doch, Kön'gin,
Ihr sollt kein Unheil stiften.

KÖNIGIN *zu Pisanio.*
Hör', ein Wort –

CORNELIUS *für sich.*
Verdächtig ist sie mir. Sie glaubt, sie habe
Ein zehrend Gift: doch kenn' ich ihren Sinn,
Und würde keinem, der ihr gleicht an Tücke,
So höll'schen Trank vertraun; das, was sie hat,
Betäubt und stumpft den Sinn auf kurze Zeit.
Vielleicht versucht sie's erst an Hunden, Katzen,
Dann immer höher auf; doch in dem Schein
Des Todes, den dies gibt, ist nicht Gefahr:
Es fesselt nur auf kurze Zeit den Geist,
Der um so frischer dann erwacht. Getört
Wird sie durch falschen Schein; ich, falsch an ihr,
Bin um so treuer.

KÖNIGIN. Doktor, du magst gehn,
Bis wir dich rufen lassen.

CORNELIUS. Ich gehorche.

Er geht ab.

KÖNIGIN.
Du sagst, sie weint noch immer? Glaubst du nicht,
Daß mit der Zeit sie ruh'ger wird und Rat
Einläßt, wo Torheit herrscht? Tu', was du kannst:
Sagst du mir einst, sie liebe meinen Sohn,
Dann, glaube mir, stehst du im Augenblick
Hoch, wie dein Herr, und höher; denn sein Glück
Liegt sprachlos da, sein Name selbst schöpft bald
Den letzten Hauch. Heimkehren kann er nicht,
Noch bleiben, wo er ist; den Ort verändern,
Heißt nur ein Elend mit dem andern tauschen,
Und jeder neue Tag zerstört ihm nur
Des vor'gen Tages Werk. Was kannst du hoffen,
Lehnst du dich an ein Ding, das im Verfall
Und neu gebaut nicht werden kann? Er hat
Nicht Freund', um ihn zu stützen. –

Die Königin läßt das Fläschchen fallen, Pisanio hebt es auf.

Du nimmst auf,
Und weißt nicht was, doch nimm's für deine Müh':
Ich macht' es selbst, und fünfmal hat's den König
Vom Tod gerettet; keine beßre Stärkung
Ist mir bekannt. – Behalt's, ich bitte dich;
Es sei das Handgeld eines größern Lohns,
Den ich dir zugedacht. – Sag deiner Herrin,
Wie ihre Sache steht, tu's wie von selbst.
Bedenk', wie sich dein Glücksstand ändert; denk' nur,
Die Fürstin bleibt dir, meinen Sohn gewinnst du,
Der dich auszeichnen wird; den König stimm' ich
Zu jeder Art Beförd'rung, wie du nur
Sie wünschen magst; zumeist bin ich verpflichtet,
Die Mühe glänzend zu belohnen. Sende
Mir meine Frau'n, und denke meiner Worte! –

Pisanio geht ab.

Ein standhaft, tück'scher Schelm: nicht zu erschüttern;
Der Anwalt seines Herrn, und ihr ein Mahner,
Um ihre Hand dem Gatten zu bewahren.
Ich gab ihm etwas: wenn er es genießt,
So hat sie keinen mehr, der Botschaft läuft
Für ihren Schatz; und beugt sie nicht den Sinn,
Soll sie es wahrlich auch bald kosten müssen.

Pisanio kommt mit den Hofdamen zurück.

So, so; – recht gut, recht gut:
Die Veilchen, Schlüsselblumen und die Primeln
Bringt in mein Schlafgemach! Leb wohl, Pisanio!
Gedenke meines Worts!

Die Königin und die Hofdamen gehn ab.

PISANIO. Das werd' ich tun:
Doch sollt' ich meine Treu' am Herren brechen,
Würg' ich mich selbst; mehr will ich nicht versprechen.

Er geht ab.

Siebente Szene

Ein anderes Zimmer im Palast.
Imogen tritt auf.

IMOGEN.
Der Vater grausam, – die Stiefmutter falsch, –
Ein tör'ger Freier der vermählten Frau,
Und deren Mann verbannt! – Oh, dieser Mann!
Die Krone meines Grams! Und alle Drangsal
Um seinetwillen! – Wär' ich auch geraubt,
Wie meine Brüder, wohl mir! Doch höchst elend
Ist Sehnsucht auf dem Thron: gesegnet, wem,
Wie niedrig auch, ehrbarer Wunsch erfüllt wird,
Durch Freud' erheitert! – Wer denn quält mich wieder?

Pisanio und Jachimo treten auf.

PISANIO. Fürstin, dies ist ein edler Herr aus Rom.
Mit Briefen meines Herrn.

JACHIMO. Erschreckt Ihr, Fürstin?
Der würd'ge Leonatus ist ganz wohl,
Und grüßt Eu'r Hoheit herzlich.

Er gibt ihr einen Brief.

IMOGEN. Herr, ich dank' Euch!

Ihr seid willkommen sehr.

JACHIMO *für sich.*
Alles an ihr, was äußerlich: wie reich!
Ist ihr Gemüt so herrlich ausgestattet,
Ist einzig sie Arabiens Phönix, und
Verloren hab' ich. Kühnheit, sei mein Freund!
Frechheit, bewaffne mich von Kopf zu Fuß!
Sonst muß ich, wie der Parther, fliehend fechten;
Ja, geradezu entfliehn.

IMOGEN *liest.* »Er ist ein Mann von der edelsten Auszeichnung, dessen Freundschaft mich ihm unendlich verpflichtet hat. Beachte ihn in dem Maße, wie dir deine Pflicht teuer ist.
Leonatus.«
Nur so weit les' ich laut:
Doch meines Herzens Innres wird durchglüht
Vom übrigen und nimmt es dankbar an. –
Den Willkomm habt Ihr, edler Herr, den ich
Mit allen Worten geben kann, und sollt ihn finden
In allem, was mein Tun vermag.

JACHIMO. Dank, schönste Frau!
Ha! Wie? Sind Menschen toll? Gab die Natur
Das Aug', um anzuschaun des Himmels Bogen
Und diesen reichen Schatz von See und Land?
Das trennend unterscheidet Stern von Stern
Und Stein von Stein am kieselreichen Ufer?
Und kann solch köstliches Organ nicht scheiden
Häßlich von schön?

IMOGEN. Was macht Euch so erstaunen?

JACHIMO.
Im Auge kann's nicht sein; denn Aff und Pavian
Wird, bei zwei solchen Weibchen, dahin plappern,
Und der Gesichter ziehn; auch nicht im Urteil:
Der Blödsinn wird als weiser Richter Schönheit
Wohl unterscheiden; noch in Lüsternheit:
Schmutz, solchem reinen Glanz entgegen, zwänge
Selbst die Begier, die Leerheit auszubrechen,
Nicht lockt' er sie zur Speise.

IMOGEN. Herr, was ist Euch?

JACHIMO. Der überfüllte Wille, die Begier,
Satt und doch ungesättigt; dieses Faß,
Voll und doch leck, frißt erst das Lamm, und lüstert
Dann noch nach dem Gedärm.

IMOGEN. Was, teurer Herr,
Reißt Euch so hin? Seid Ihr nicht wohl?

JACHIMO.
Dank, Fürstin, mir ist wohl. – Ich bitt' Euch, Freund,
Sucht meinen Diener auf, wo ich ihn ließ:
Er ist hier fremd und blöde.

PISANIO. So eben wollt ich gehn, ihn zu begrüßen.
Er geht ab.

IMOGEN.
Wie geht es meinem Gatten? Ist er wohl?

JACHIMO. Prinzessin, er ist wohl.

IMOGEN.
Und ist er frohen Muts? Ich hoff', er ist es.

JACHIMO.
Ausnehmend aufgeweckt; kein Fremder dort
Ist so voll Scherz und Heiterkeit; man nennt ihn
Den ausgelass'nen Briten.

IMOGEN. Als er noch hier war,
Neigt' er sich oft zur Schwermut; wußt' er gleich
Selbst nicht, warum.

JACHIMO. Ich sah ihn niemals ernst.
Dort ist sein Kam'rad ein Franzos', ein sehr
Ausbünd'ger Herr: der, scheint es, ist verliebt
In ein französisch Kind zu Haus; der dampft
Die schwersten Seufzer aus; der lust'ge Brite,
Eu'r Gatte, lacht aus voller Brust und ruft:
»Oh! Meine Seiten springen, denk' ich, daß
Ein Mann, der durch Geschichte weiß und eigne Prüfung,
Was Frauen sind, ja, was sie müssen sein, –
In seinen freien Stunden schmachten kann
Nach sichrer Knechtschaft.«

IMOGEN. So spricht mein Gemahl?

JACHIMO.
Ja, und die Augen tränen ihm vor Lachen.
Es ist ein wahres Fest, ihn anzuhören,
Wie er den Franzmann höhnt. Doch, weiß der Himmel,
Mancher ist sehr zu tadeln.

IMOGEN. Er nicht, hoff' ich.

JACHIMO.
Er nicht; doch hätte wohl des Himmels Huld
Mehr Dank verdient. – In ihm schon unbegreiflich,
In Euch, die sein ward über sein Verdienst, –
Wie ich erstaunen muß, so muß ich auch
Tief Mitleid fühlen.

IMOGEN. Und mit wem, mein Herr?

JACHIMO. Mit zweien Wesen.

IMOGEN. Und bin ich das eine?
Ihr blickt mich an: was ist an mir zerstört,
Das Euer Mitleid heischt?

JACHIMO. Oh, welch ein Jammer!
Dem Glanz der Sonn' entfliehn und Tröstung suchen
Im Kerker, bei der Schnuppe Dampf?

IMOGEN. Ich bitt' Euch,
Laßt Eure Antwort offen das erklären,
Was ich gefragt: Weshalb beklagt Ihr mich?

JACHIMO. Daß von andern,
Fast wollt' ich sagen, Euch geraubt wird – doch,
Es ist der Götter Amt, dies zu bestrafen,
Nicht meins, davon zu sprechen.

IMOGEN. Scheint Ihr doch
Zu wissen, was mich nah betrifft: Ich bitte
(Da Ahnung eines Übels oft mehr quält
Als Überzeugung: denn gewisses Unglück
Ist ohne Rettung, oder, früh erkannt,
Dadurch geheilt), entdeckt mir, was zugleich
Euch spornt und zügelt!

JACHIMO. Hätt' ich diese Wange,
Die Lippe drauf zu baden; diese Hand,
Die, nur berührt, des Fühlers Seele zwingt
Zum Eid der Treu'; dies Angesicht, das fesselt
Das wilde Schweifen meines Auges, einzig
Es hier entzündend: würd' ich geifern dann
Mit Lippen (Schmach!) gemein, so wie die Stufen
Zum Kapitol; und Hände drücken, hart
Durch stete Falschheit (Falschheit ihre Arbeit),
Dann in ein Auge blinzeln, niederträchtig,
Und glorreich wie das qualm'ge Licht, das sich
Vom ranz'gen Talge nährt? Gerecht wär's nur,
Wenn aller Höllenfluch auf solchen Abfall
Zugleich sich stürzte!

IMOGEN. Mein Gemahl, ich fürchte,

Vergaß Britannien.

JACHIMO. Und sich selbst. Nicht gern
Gab ich aus freier Neigung diese Kunde
Von seinem Bettlertausch; nur Euer Reiz
Beschwor, aus stummstem Gram, auf meine Zunge
Das herbe Wort.

IMOGEN.
Laßt mich kein zweites hören!

JACHIMO.
O göttlich Wesen! Eure Schmach erschüttert
Krankhaft mein Herz. Ein Frauenbild, so schön,
Und Erbin eines Kaisertums, erhöhte
Zu Doppelwert den größten König! Dirnen
Nun zugesellt, bezahlt von Ausstattung,
Die Ihr ihm schenkt! Mit angesteckten Läufern,
Die um Gewinn mit jeder Krankheit kosen,
Durch die Natur verweset! Stoff, so ätzend,
Daß er das Gift vergiften könnte! Rächt Euch!
Sonst war, die Euch gebar, nicht Königin,
Und Ihr entartet Eurem großen Stamm.

IMOGEN. Mich rächen?
Wie könnt' ich wohl mich rächen? Ist dies wahr
(Doch hab' ich solch ein Herz, das meine Ohren
So schnell nicht täuschen sollen), ist es wahr,
Wie könnt' ich wohl mich rächen?

JACHIMO. Er ließe mich,
Im kalten Bett, wie Dianens Priest'rin, leben?
Indes er frevelt in den frechsten Lüsten,
Zur Kränkung Euch, von Eurem Golde? Rächt es!
Ich weihe selbst mich Euren süßen Freuden,
Weit edler als der Flüchtling Eures Lagers;
Und werde fest an Eurer Liebe halten,
So sicher wie geheim.

IMOGEN. Heda, Pisanio!

JACHIMO.
Laßt Euren Lippen meinen Dienst verpfänden!

IMOGEN.
Hinweg! – Fluch meinen Ohren, die so lange
Dich angehört! – Wärst du ein Mann von Ehre,
Du hätt'st um Tugend dies erzählt, und nicht
Für einen Zweck, so niedrig als befremdend.
Du schmähst 'nen edlen Mann, der so entfernt
Von deiner Schild'rung ist, wie du von Ehre;
Und buhlst um eine Frau, die dich verabscheut,
Dich und den Teufel gleich. – Pisanio, he! –
Dem König, meinem Vater, wird gemeldet
Dein Angriff, und wenn er es schicklich findet,
Daß hier am Hof ein frecher Fremdling marktet,
Wie in dem röm'schen Bad, und viehisch darlegt
Den schnöden Sinn: so hat er einen Hof,
Für den er wenig sorgt, und eine Tochter,
Die er für gar nichts achtet. – He, Pisanio! –

JACHIMO.
O sel'ger Leonatus! So nun sprech' ich:
Der feste Glaube deiner edlen Gattin
Verdient wohl deine Treu', und deiner Tugend
Vollendung ihren Glauben! – Lange lebt beglückt!
O Weib des Edelsten, den je ein Land
Den Seinen nannte! Und Ihr, seine Herrin,
Die nur der Edelste verdient! Verzeiht,
Ich sprach dies prüfend nur, ob Euer Zutraun
Tief Wurzel schlug; so wird nun Euer Gatte
Das, was er ist, erneut: und er ist einer
Von reinsten Sitten; solch ein heil'ger Zaubrer,
Daß er in Scharen alles zu sich bannt:
Der Herzen Hälft' ist sein.

IMOGEN. Ihr söhnt mich aus.

JACHIMO.
Verehrt, ein Gott, sitzt er im Kreis der Menschen;
Die Huld'gung, die ihm wird, hebt ihn empor
Vor allen Sterblichen. Seid nicht erzürnt,
Erhabne Fürstin, daß ich es gewagt,
Durch Lüge Euch zu prüfen: Eure Weisheit
Hat durch den festen Sinn sich neu bewährt,
Wie in der Wahl des einzig edeln Mannes,
Der fehllos ist; zu ihm die Herzensliebe
Gab mir die Sichtung ein; doch, allen ungleich,
Schuf Euch der Himmel spreulos. Drum vergebt!

IMOGEN. Jetzt ist es gut, mein Herr:
Was ich am Hof vermag, steht Euch zu Dienst.

JACHIMO.
Ich dank' in Demut. Fast hätt' ich vergessen,
Um Eure Huld zu flehn in kleiner Sache,
Und wichtig doch, denn Euren Herrn betrifft es;
Ich selbst und ein'ge Freunde nehmen teil
An dem Geschäft.

IMOGEN. So sagt mir, was es ist!

JACHIMO.
Ein Dutzend von uns Römern und Eu'r Gatte,
Die schönste Feder unsrer Schwinge, kauften
Gemeinsam für den Kaiser ein Geschenk;
Ich, der Agent der andern, tat's in Frankreich;
's ist Silberzeug von seltner Arbeit, Steine
Mit reicher, edler Fassung, großen Werts;
Und etwas ängstlich bin ich hier, als Fremder
Sie sicher zu verwahren: nähmet Ihr
Sie wohl in güt'ge Obhut?

IMOGEN. Herzlich gern;
Für ihre Sicherheit bürgt Euch mein Wort:
Und da mein Gatte teil dran hat, bewahrt sie
Mein Schlafgemach.

JACHIMO. Sie sind in einer Kiste
Bei meinen Leuten, und ich bin so dreist,
Sie Euch zu senden, nur für diese Nacht;
Ich muß an Bord schon morgen.

IMOGEN. Oh, nein, nein.

JACHIMO.
Verzeiht, ich muß; sonst kommt mein Wort zu kurz,
Verlängr' ich meine Fahrt. Von Gallien
Kreuzt' ich die See: mein Wunsch war's und Versprechen,
Zu sehn Eu'r Hoheit.

IMOGEN.
Dank für Eure Müh'!
Doch morgen reist Ihr nicht.

JACHIMO. Ich muß, Prinzessin;
Drum bitt' ich sehr, wenn Ihr noch Euren Herrn
Durch Briefe grüßen wollt, so tut's heut abend:
Ich blieb zu lange schon, und wichtig ist
Die Überreichung des Geschenks.

IMOGEN. Ich schreibe.
Schickt Eure Kiste, sie wird gut verwahrt
Und sicher Euch zurück gestellt. Lebt wohl!

Sie gehn ab.

Zweiter Aufzug

Erste Szene

Britannien, ein Hof vor dem Palast.
Cloten tritt auf mit zwei Edelleuten.

CLOTEN. Hatte je ein Mensch solch Unglück! Wenn meine Kugel schon die andre berührte, weggestoßen zu werden! Ich hatte hundert Pfund darauf gesetzt: und dann muß solch ein verwünschter Maulaffe mir noch mein Fluchen vorwerfen; als wenn ich meine Flüche von ihm borgte, und sie nicht nach Gefallen ausgeben könnte!

ERSTER EDELMANN. Was hat es ihm geholfen? Ihr habt ihm mit Eurer Kugel den Kopf zerschlagen.

ZWEITER EDELMANN *für sich.* Wenn sein Verstand dem Verwundenden gleich wäre, so wäre er ganz ausgelaufen.

CLOTEN. Wenn ein vornehmer Herr Lust hat zu fluchen, so schickt sich's nicht für irgend jemand, der dabei ist, ihm seine Flüche verschneiden zu wollen.

ZWEITER EDELMANN. Nein, mein Prinz; *für sich* oder ihnen die Ohren zu stutzen.

CLOTEN. Verwünschter Hund! – Ich ihm Genugtuung geben? Ich wollte, er wäre von meinem Range!

ZWEITER EDELMANN *für sich.* Um auch solche Range zu sein wie du?

CLOTEN. Nichts auf der Welt kann mich so ärgern, – der Henker hol's! Ich möchte lieber nicht so vornehm sein, als ich bin; sie getrauen sich nicht, mit mir zu fechten, wegen der Königin meiner Mutter; jeder Hansnarr schlägt sich die Haut voll, und ich muß auf und ab gehen, wie ein Hahn, an den sich keiner traut.

ZWEITER EDELMANN *für sich.* Und doch ist Euch die Dummheit angetraut.

CLOTEN. Was sagst du?

ERSTER EDELMANN. Es schickt sich nicht für Euer Gnaden, sich mit jedem Gesellen herum zu schlagen, den Ihr beleidigt.

CLOTEN. Ja, das weiß ich wohl; aber es schickt sich für mich, die zu beleidigen, die weniger sind als ich.

ZWEITER EDELMANN. Ja, das schickt sich nur für Euer Gnaden allein.

CLOTEN. Nun, das mein' ich.

ERSTER EDELMANN. Habt Ihr von jenem Ausländer gehört, der heut abend an den Hof gekommen ist?

CLOTEN. Ein Ausländer! Und ich weiß nichts davon?

ZWEITER EDELMANM *für sich.* Er ist selbst ein ausländisch Tier, und weiß es nicht.

ERSTER EDELMANN. Ein Italiener ist angekommen; und wie man sagt, ein Freund des Leonatus.

CLOTEN. Leonatus? Der verbannte Schuft; und dieser ist auch einer, er mag sein, wer er will. Wer sagte Euch von diesem Ausländer?

ERSTER EDELMANN.
Einer von Euer Gnaden Pagen.

CLOTEN. Schickt es sich, daß ich gehe und ihn ansehe? Ist das keine Erniedrigung für mich?

ERSTER EDELMANN. Ihr könnt Euch gar nicht erniedrigen, Prinz.

CLOTEN. Nicht so leicht, das glaube ich auch.

ZWEITER EDELMANN *für sich.* Ihr seid ein ausgemachter Narr, und dadurch so erniedrigt, daß nichts, was Ihr tut, Euch noch mehr erniedrigen kann.

CLOTEN. Kommt, ich will diesen Italiener ansehn; was ich im Kugelspiel verloren habe, will ich heut abend von ihm wieder gewinnen. Kommt, gehn wir!

ZWEITER EDELMANN. Zu Euer Gnaden Befehl.

Cloten und der erste Edelmann gehn ab.

Daß ein so list'ger Teufel, wie die Mutter,
Der Welt den Esel gab! Ein Weib, das alles
Mit ihrem Geist erdrückt; und er, ihr Sohn,
Kann, für sein Leben, nicht von zwanzig zwei
Abziehn, daß achtzehn bleiben. Arme Fürstin,
O edle Imogen, was mußt du dulden!
Der Vater hier, den die Stiefmutter lenkt;
Die Mutter dort, die stündlich Ränke spinnt;
Ein Freier, hassenswürd'ger als der Bann
Des teuren Gatten und der sünd'ge Vorsatz
Der Scheidung! Unerschüttert halte Gott
Die Mauer deiner Her', und unentweiht
Den Tempel, dein Gemüt; die Treu' belohne
Rückkehr des Gatten und die Herrscherkrone!

Er geht ab.

Zweite Szene

Schlafzimmer, in einer Ecke steht die Kiste.
Imogen im Bett, lesend, eine Kammerfrau.

IMOGEN. Ist jemand da? Wie, Helena?

KAMMERFRAU. Hier bin ich.

IMOGEN. Was ist die Uhr?

KAMMERFRAU. Fast Mitternacht, Prinzessin.

IMOGEN.
Drei Stunden las ich denn; mein Aug' ist matt –
Schlag' hier das Blatt ein, wo ich blieb; zu Bett!
Nimm nicht die Kerze weg – nein, laß sie brennen;
Und könntest du um vier Uhr munter werden,
So, bitte, weck' mich! Schlaf umfängt mich ganz.

Die Kammerfrau geht ab.

Ihr Götter, eurem Schutz befehl' ich mich!
Vor Elfen und den nächtlichen Versuchern
Schirmt mich, ich flehe!

Sie schläft ein. Jachimo steigt aus der Kiste.

JACHIMO.
Die Heimchen schrill'n, der Mensch, von Arbeit matt,
Gewinnt sich Kraft im Ruh'n; so leis' auf Binsen
Schlich einst Tarquin, eh' er die Keuschheit weckte,
Die er verwundete. – O Cytherea,
Wie hold schmückst du dein Bett! Du frische Lilie!
Und weißer als das Linnen! Dürft' ich rühren!
Nur küssen; einen Kuß! – Rubinen, himmlisch,
Wie zart sie schließen! – Ihre Atemzüge
Durchwürzen so den Raum. Das Licht der Kerze
Beugt sich ihr zu und möchte lauschen unter

Das Augenlid, zu sehn verhüllte Sterne,
Jetzt von den Fenstergattern zugedeckt:
Weiß und Azur umsäumt mit Himmelsdunkel.
Allein mein Vorsatz?
Das Zimmer merken – alles schreib' ich nieder; –
Gemälde, die und die – das Fenster dort –
Des Bettes Umhang so; – Teppich, Figuren
Sind so: – dies der Geschichte Stoff; – doch oh!
Nur ein natürlich Merkmal ihres Leibes,
Mehr als zehntausend niedre Dinge würd' es
Bezeugen, mein Verzeichnis zu bekräft'gen.
Schlaf, Todesaffe, liege schwer auf ihr!
Und ihr Gefühl sei wie ein steinern Bild,
Das in der Kirche ruht! – Komm, komm herab,

Er nimmt ihr das Armband ab.

So schlüpfrig, wie der gord'sche Knoten fest!
Mein ist's, und ist nunmehr ein äußrer Zeuge,
So kräftig, wie Bewußtsein innerlich,
Zur Raserei den Mann zu treiben. Auf
Der linken Brust ein Mal, fünfsprenklig, wie
Die roten Tropfen in dem Schoß der Primel:
Beweis, hier gült'ger als Gerichtsausspruch:
Dies Zeichen zwingt ihn, daß er glaubt, ich löste
Das Schloß und raubte ihrer Ehre Schatz.
Genug. – Was soll's?
Wozu noch schreiben, was geschmiedet mir,
Geschroben ins Gedächtnis? Sie las eben
Vom Tereus noch; das Blatt ist eingelegt,
Wo Philomele sich ergab; – genug!
Zurück zum Schrein, die Feder springe zu!
Schnell, Drachenzug der Nacht, – daß
Dämm'rung öffne
Des Raben Auge! Furcht umschließt die Stelle;
Ruht hier ein Engel gleich, ist dies doch Hölle.

Die Uhr schlägt.

Eins, zwei, drei. – Nun ist es Zeit!

Er geht wieder in die Kiste.

Dritte Szene

Vor Imogens Gemach.
Cloten tritt auf und die Edelleute.

ERSTER EDELMANN. Euer Gnaden sind der geduldigste Mann beim Verlust, der kaltblütigste, der je ein As aufschlug.

CLOTEN. Es muß jeden Menschen kalt machen, wenn er verliert.

ERSTER EDELMANN. Aber nicht jeden so geduldig, wie Eure edle Gemütsart ist, mein Prinz: Ihr seid nur hitzig und wütig, wenn Ihr gewinnt.

CLOTEN. Gewinn macht den Menschen mutig. Könnte ich nur diese alberne Imogen erlangen, so hätte ich Gold genug. Nicht wahr, es ist fast Morgen?

ERSTER EDELMANN. Schon Tag, gnädiger Herr.

CLOTEN. So wollte ich, daß die Musik käme; sie haben mir geraten, ihr des Morgens Musik zu bringen; sie sagen, das würde durchdringen.

Die Musiker kommen.

Na, kommt; stimmt! Wenn ihr mit eurer Fingerei bei ihr durchdringen könnt, gut; dann wollen wir es auch mit der Zunge versuchen; wenn nichts hilft, so mag sie laufen, doch aufgeben will ich es nicht. Erst ein vortreffliches, gut gespieltes Ding; nachher ein wunderbar süßer Gesang, mit erstaunlichen, übermäßigen Worten dazu. – Dann mag sie sich's überlegen.

Lied

Horch! Lerch' am Himmelstor singt hell,
Und Phöbus steigt herauf,
Sein Roßgespann trinkt süßen Quell
Von Blumenkelchen auf;
Die Ringelblum' erwacht aus Traum,
Tut güldne Äuglein auf;
Lacht jede Blüt' im grünen Raum,
Drum, holdes Kind, steh auf;
Steh auf, steh auf!

CLOTEN. So, nun fort; wenn dies durchdringt, werde ich eure Musik um so besser beachten: wo nicht, so ist es ein Fehler an ihren Ohren, den Roßhaare, Darmsaiten und die Stimmen von Hämlingen noch dazu nicht bessern können.

Die Musiker gehn ab.
Cymbeline und die Königin treten auf.

ZWEITER EDELMANN. Hier kommt der König.

CLOTEN. Es ist mir lieb, daß ich so spät noch auf war, denn das ist Ursach', daß ich so früh schon wieder auf bin. Er muß diese Liebesbewerbung väterlich aufnehmen. Ich wünsche Eurer Majestät und meiner gnädigen Mutter einen guten Morgen.

CYMBELINE. Harrt Ihr vor unsrer strengen Tochter Tür? Und kommt sie nicht?

CLOTEN. Ich habe sie mit Musik bestürmt, aber sie geruht nicht, darauf zu achten.

CYMBELINE.
Zu neu ist die Verbannung ihres Lieblings;
Noch denkt sie sein; und eine längre Zeit
Muß erst sein Bild in ihrer Seele löschen,
Dann ist sie dein.

KÖNIGIN. Viel Huld zeigt dir der König;
Er nutzt jedweden Anlaß, der dich fördert
Bei seiner Tochter; tu' nun selbst das Beste
Durch angebracht Bewerben: sei befreundet
Mit Zeit und Stunde; durch Verweigerung
Vermehre sich dein Eifer, daß es scheine,
Begeist'rung treibe dich zu allen Diensten,
Die du ihr weihst; daß du ihr stets gehorchst,
Nur wenn sie dir befiehlt, dich zu entfernen,
Dann sei wie sinnlos!

CLOTEN. Sinnlos? Das fehlte noch?

Ein Bote tritt auf.

BOTE. Gesandte sind von Rom da, hoher Herr;
Der ein' ist Cajus Lucius.

CYMBELINE. Ein wackrer Mann,
Kommt er auch jetzt auf bösen Anlaß; doch
Nicht schuld ist er. Wir müssen ihn empfangen,
Gemäß der Ehre dessen, der ihn sendet;
Und daß er einst uns Freundesdienste tat,
Sei frisch in der Erinn'rung! – Teurer Sohn,
Sobald Ihr Eure Herrin habt begrüßt,
Folgt uns und Eurer Mutter; Ihr seid nötig
In Gegenwart des Römers. – Kommt, Gemahlin!

Cymbeline, Königin, Bote und Edelleute gehn ab.

CLOTEN.
Ist sie schon auf, so will ich mit ihr sprechen;
Wo nicht, so schlaf' und träume sie. – Heda! –
Er klopft an.
Stets hat sie ihre Frau'n um sich. Wie wär's,
Salbt' ich die Hand der einen? Gold ist's ja,
Das Zutritt kauft, sehr oft; ja, es besticht
Dianens Förster, daß sie selbst das Wild
Dem Dieb entgegen treiben; Gold ist's ja,
Was Brave mordet und den Räuber schützt;
Ja, manchmal Dieb und Redlich bringt zum Galgen.
Was kann's nicht schaffen und vernichten? Mir
Soll's eine ihrer Frau'n zum Anwalt machen;
Ich selbst versteh' das Ding noch nicht so recht.
Ist niemand da?
Er klopft.
Eine Kammerfrau tritt auf.
KAMMERFRAU. Wer klopft?
CLOTEN. Ein Edelmann.
KAMMERFRAU. Nichts mehr?
CLOTEN. Ja, einer Edeldame Sohn.
KAMMERFRAU.
Und das ist mehr, als mancher rühmen kann,
Des Schneider ihm so hoch kommt als der Eure:
Was ist denn meinem gnäd'gen Herrn gefällig?
CLOTEN. Eu'r gnäd'ges Fräulein da: ist sie bereit?
KAMMERFRAU.
O ja, aus ihrem Zimmer nicht zu gehn.
CLOTEN. Da habt Ihr Gold, verkauft mir Eure Liebe!
KAMMERFRAU.
Wie! Euch zu lieben? Oder andern nur
Mit Liebe von Euch sprechen? – Die Prinzeß –
Imogen tritt auf.
CLOTEN.
Guten Morgen, schönste Schwester – Eure Hand!
IMOGEN.
Guten Morgen, Prinz; Ihr kauft mit zu viel Mühe
Euch Unruh' nur: der Dank, den ich Euch gebe,
Ist das Geständnis, daß ich, arm an Dank,
Ihn nicht verschenken kann.
CLOTEN. Stets, schwör' ich, lieb' ich Euch.
IMOGEN. Sagt Ihr es bloß, so gilt's mir minder nicht;
Doch schwört Ihr stets, bleibt Euer Lohn doch stets,
Daß ich's nicht achte.
CLOTEN. Das ist keine Antwort.
IMOGEN.
Nur daß mein Schweigen nicht Nachgeben scheine,
Sonst spräch' ich nichts. Ich bitte, laßt mir Ruhe:
Glaubt, Eure beste Zärtlichkeit erweckt
Mißhöflichkeit, wie jetzt; ein Mann, so weise,
Lernt doch wohl, einen Vorsatz aufzugeben.
CLOTEN. Euch in der Tollheit lassen? Sünde wär's.
Ich tu' es nimmer.
IMOGEN. Narren sind nicht toll.
CLOTEN. Nennt Ihr mich Narr?
IMOGEN. Ich tu' es, da ich toll bin.
Seid Ihr vernünftig, bin ich nicht mehr toll;
Das heilt uns beide. Es tut mir leid, mein Prinz,
Ihr zwingt mich, daß ich fremd der Frauensitte
So gradezu bin. Ein für allemal,
Ich, die mein Herz geprüft, beteure hier
Bei dessen Treu': ich frage nichts nach Euch,
Und bin fast so der Nächstenlieb' entfremdet
(Ich klage selbst mich an), daß ich Euch hasse.
Fühltet Ihr's lieber, braucht' ich mich nicht dessen
Zu rühmen.
CLOTEN. Am Gehorsam sündigt Ihr,
Den Euer Vater fodern darf. Denn Ehe,
Die Ihr vorschützt mit diesem niedern Wicht
(Den Almos', kalte Schüsseln aufgefüttert,
Abfall des Hofes), ist nicht Ehe, nein!
Und wenn man niedern Ständen auch vergönnt
(Doch wer ist niedriger?), ihr Herz zu binden
(Bei ihnen wird nichts mehr erzielt als Bälge
Und Bettelpack) in selbstgeschürzten Knoten,
Hält Euch vor solchem Unfug doch gezügelt
Das Anrecht auf den Thron; des Kostbarkeit
Dürft Ihr nicht schmähn mit einem niedern Sklaven,
Einem Mietling für Bedient', einem Tischaufwärter,
Brotschneider, noch zu schlecht für solche Würden.
IMOGEN. Verworfner Mensch!
Wärst du der Sohn des Zeus, und sonst so, wie
Du jetzt bist, wärst du doch zu niederträchtig,
Sein Knecht zu sein; hoch wärest du geehrt
(Selbst um den Neid zu wecken, schätzte man
Euch beide nach Verdienst), würd'st du ernannt
In seinem Reich zum Unterbüttel, und
Gehaßt für unverdiente Gunst.
CLOTEN. Treff' ihn die Pest!
IMOGEN. Kein größer Unheil kann ihn treffen, als
Von dir genannt zu sein. Das schlechtste Kleid,
Das je nur seinen Leib umschloß, ist teurer
Für mich, als alle Haar' auf deinem Kopf,
Wär' jedes solch ein Mann. – Heda, Pisanio!
Pisanio tritt auf.
CLOTEN. Sein Kleid? Der Teufel hol's –
IMOGEN.
Geh schnell zu Dorothee, der Kammerfrau –
CLOTEN. Sein Kleid?
IMOGEN. Ein Narr verfolgt mich wie ein Spuk;
Macht Schreck und noch mehr Ärger: – heiß' das Mädchen
Nach einem Kleinod suchen, unversehens
Glitt mir's vom Arm: es war von meinem Gatten;
Wahrlich, nicht für den Schatz des größten Königs
In ganz Europa möcht' ich's missen. Heut
Am Morgen, dünkt mich, sah ich's noch, doch sicher
War's gestern abend noch an meinem Arm;
Da küßt' ich's: es entfloh, doch, nicht dem Herrn
Zu sagen, daß ich außer ihm was küßte.
PISANIO. Wohl findet sich's.
IMOGEN. Das hoff' ich: geh und such'!
Pisanio geht ab.
CLOTEN. Ihr habt mich schwer gekränkt – sein schlechtstes Kleid?
IMOGEN. Jawohl, das war mein Wort;
Wenn Ihr mich drum verklagen wollt, ruft Zeugen!
CLOTEN. Eu'r Vater hört es.
IMOGEN. Eure Mutter auch.
Sie ist mir hold gesinnt und wird das Schlimmste
Gern von mir denken. So empfehl' ich Euch
Dem schlimmsten Unmut.
Imogen geht ab.
CLOTEN. Rache muß ich haben –
Sein schlechtstes Kleid? – Schon gut!
Ab.

Vierte Szene

Rom, in Philarios Hause.
Posthumus und Philario treten auf.

POSTHUMUS.
Freund, fürchtet nichts: Wär' ich so sicher nur,
Den König zu gewinnen, wie ich weiß,
Daß ihre Ehre sicher ist!
PHILARIO. Welch Mittel
Gebraucht Ihr, ihn zu sühnen?
POSTHUMUS. Keins; ich warte
Der Zeiten Wechsel ab, und zittre jetzt
Beim Winterfrost, in Hoffnung wärmrer Tage;
So kränkelnd kann ich nichts als Dank Euch bieten:
Schlägt Hoffen fehl, so sterb' ich Euer Schuldner.
PHILARIO.
Schon Eure Freundschaft, Euer edler Umgang
Zahlt übervoll, was ich getan. Eu'r König
Hat jetzt Augustus' Botschaft. Cajus Lucius
Wird streng, mit Nachdruck sprechen; jener, denk' ich,
Bewilligt den Tribut und zahlt den Rückstand,
Sonst schaut er unser Heer, des Angedenken
Noch frisch in Eurer Kränkung lebt.
POSTHUMUS. Ich glaube
(Bin ich kein Staatsmann gleich und werd' es nie),
Dies bringt uns Krieg; und Ihr vernehmt wohl eher,
Daß Eure gallischen Legionen landen
In unserm unerschrocknen Vaterland,
Als daß man einen Deut zahlt. Kriegsgeübter
Ist unser Volk, als einst, da Julius Cäsar,
Ihr Ungeschick belächelnd, ihren Mut
Doch finstrer Blicke wert fand: ihre Kriegszucht,
Nunmehr von Mut beschwingt, wird es beweisen
Dem, der sie prüft, sie seien wohl ein Volk,
Das fortschritt mit der Zeit.

Jachimo tritt auf.

PHILARIO. Seht! Jachimo!
POSTHUMUS.
Die schnellsten Hirsche zogen Euch zu Lande,
Und alle Winde küßten Eure Segel,
Um Euer Schiff zu treiben.
PHILARIO. Seid willkommen!
POSTHUMUS.
Die rasche Antwort, die Euch wurde, hoff ich,
Führt Euch so bald zurück.
JACHIMO. Eure Gemahlin,
Sie ist die schönste, die ich je gesehn.
POSTHUMUS.
Dazu die beste; sonst mag ihre Schönheit
Durchs Fenster schaun und falsche Herzen locken
Und falsch mit ihnen sein.
JACHIMO. Da habt Ihr Briefe.
POSTHUMUS. Ihr Inhalt ist doch gut?
JACHIMO. Das glaub' ich wohl.
POSTHUMUS.
War Cajus Lucius an dem brit'schen Hof
Bei Eurer Ankunft dort?
JACHIMO. Er wurd' erwartet,
Doch war noch nicht gelandet.
POSTHUMUS. Alles gut. –
Glänzt dieser Stein wie früher? Oder ist er
Zu schlecht für Eure Hand?
JACHIMO. Verlor ich ihn,
So hätt' ich seinen Wert an Gold verloren.
Gern macht' ich einen Weg, noch mal so weit,
Für eine zweite Nacht, so süß und kurz,
Als mir Britannien gab; mein ist der Ring.
POSTHUMUS.
Zu schwer ist es, dem Steine beizukommen.
JACHIMO. Nicht, da sich Eure Frau so leicht erfand.
POSTHUMUS.
Macht nicht zum Spaß so den Verlust: ich hoffe,
Ihr wißt, daß wir nicht Freunde bleiben dürfen.
JACHIMO.
Doch, guter Herr, wenn den Vertrag Ihr haltet.
Hätt' ich nicht die Ergebung Eurer Frau
Mit mir gebracht, dann gäb' es freilich Kampf;
Nun nenn' ich mich Gewinner ihrer Ehre;
Und Eures Rings dazu; und nicht Beleid'ger
Von ihr noch Euch, da ich nach beider Willen
Getan.
POSTHUMUS. Könnt Ihr beweisen, daß Ihr sie
Im Bett umarmt, ist Euer Hand und Ring:
Wo nicht, so muß dafür, daß Ihr so schändlich
Von ihr gedacht, mein oder Euer Schwert
Verloren sein; vielleicht, daß herrenlos
Sie beide liegen für den nächsten Finder.
JACHIMO. Was ich aussagen kann, ist fast Beweis
Durch jeden Umstand, daß Ihr glauben werdet;
Doch will ich alles noch durch Eid erhärten,
Was Ihr mir, zweifl' ich nicht, erlassen werdet,
Wenn es Euch selber überflüssig scheint.
POSTHUMUS. Fahre fort!
JACHIMO. So hört denn: Erst ihr Schlafgemach
(Wo ich nicht schlief, gesteh' ich, doch bekenne,
Erhielt, was Wachens wert) ist rund umhangen
Mit Teppichen von Seid' und Silber, schildernd
Cleopatra, die ihren Römer trifft,
Der Cydnus über seine Ufer schwellend,
Aus Drang der Fahrzeug' oder Stolz: ein Werk,
So reich, so schön gewebt, daß Kunst und Pracht
Ihr Äußerstes getan; mich macht' es staunen,
Wie es so fein und sorgsam ausgeführt,
Ganz wie das Leben selbst; –
POSTHUMUS. Nun freilich, ja
Doch hörtet Ihr's vielleicht von mir; wo nicht,
Von andern.
JACHIMO. Manch besondrer Umstand noch
Muß den Beweis verstärken.
POSTHUMUS. Ja, das muß er,
Sonst kränkt Ihr Eure Ehre.
JACHIMO. Der Kamin
Ist südwärts im Gemach, und das Kaminstück
Die keusche Dian' im Bad – nie sah ich Bilder
So durch sich selbst erklärt: der Künstler schuf
Stumm, wie Natur, und übertraf sie, ließ
Nur Atem und Bewegung aus.
POSTHUMUS. Dies alles
Habt Ihr wohl durch Erzählung Euch gesammelt:
Da man viel drüber spricht.
JACHIMO. Des Zimmers Decke
Ist ausgelegt mit goldnen Cherubim;
Die Feuerböcke (ich vergaß) von Silber,

Zwei schlummernde Cupidos, jeder zierlich
Auf einem Fuß, gestützt auf seiner Fackel.

POSTHUMUS. Und dies ist ihre Ehre! –
Mag sein, Ihr saht dies alles (und ich lobe
Eu'r gut Gedächtnis), – die Beschreibung dessen,
Was ihr Gemach enthält, gewinnt noch lange
Die Wette nicht.

JACHIMO. Dann, wenn Ihr könnt, erbleicht:

Er zieht das Armband hervor.

Erlaubt, das Kleinod nur zu lüften: seht! –
Nun ist es wieder fort; mit Eurem Ring
Vermählt sich dies: und mein sind beide.

POSTHUMUS. Zeus!
Laßt mich's noch einmal sehn: ist es dasselbe:
Was ich ihr gab?

JACHIMO. Ja, Dank sei ihr, dasselbe:
Sie streift's von ihrem Arm; ich seh' sie noch;
Ihr lieblich Tun war mehr noch als die Gabe,
Und machte doch sie reich; sie gab mir's, sagend:
Sie schätzt' es einst.

POSTHUMUS. Kann sein, sie nahm es ab,
Um mir's zu senden.

JACHIMO. Schreibt sie so? Seht nach!

POSTHUMUS.
Oh, nein, nein, nein; 's ist wahr. Hier, nehmt das auch;

Er gibt ihm den Ring.

Er ist jetzt meinem Aug' ein Basilisk,
Und tötet mich im Anschaun: – Keine Ehre,
Wo Schönheit; keine Treu', wo Schein; noch Liebe,
Wo je ein andrer Mann: der Frauen Schwur
Hält fester nicht an dem, dem er geweiht,
Als Frau'n an ihrer Tugend; das ist – gar nicht!
O ungeheure Falschheit!

PHILARIO. Faßt Euch, Freund,
Nehmt Euren Ring zurück; noch ist er Euer:
Kann sein, daß sie's verlor; wer weiß, ob nicht
Ein' ihrer Frauen, die bestochen ward,
Es ihr entwendet hat.

POSTHUMUS. Gewiß;
Und so, denk' ich, erlangt' er's: – her den Ring!
Nennt mir an ihr ein körperliches Zeichen,
Von mehr Gewicht als dies; dies ward gestohlen.

JACHIMO. Beim Jupiter! Von ihrem Arm bekam ich's.

POSTHUMUS.
O hört, er schwört; er schwört beim Jupiter.
Wahr ist's; – hier, nehmt den Ring – wahr ist's: o sicher,
Sie konnt' es nicht verlieren: ihre Diener
Sind treu, beeidigt all' – verführt zum Stehlen?
Und durch 'nen Fremden? – Nein; sie war die seine.
Dies ist das Wappen ihrer frechen Lust, –
So teuer kaufte sie den Namen Hure. –
Nimm deine Zahlung, da; und Höll' und Teufel
Mag unter euch sich teilen!

PHILARIO. Freund, seid ruhig:
Denn dies genügt zur Überzeugung nicht,
Da Ihr des Glaubens –

POSTHUMUS. Ha! Verliert kein Wort mehr;
Denn seine Buhle war sie.

JACHIMO. Wenn Ihr fodert
Noch stärkre Proben: unter ihrer Brust
(So wert des Druckes) ist ein Mal, recht stolz
Auf diesen süßen Platz. Bei meinem Leben,
Ich küßt' es, und es gab mir neuen Hunger
Zu frischem Mahl, nach dem Genuß. Erinnert
Ihr Euch des Mals?

POSTHUMUS. Und Zeuge ist's des Brandmals,
So ungeheuer, wie der Raum der Hölle,
Umschlöss' er nichts als diesen Greu'l.

JACHIMO. Hört noch mehr!

POSTHUMUS.
Spart Eure Rechnung; zählt nicht auf die Sünden;
Ein Mal, und 'ne Million!

JACHIMO. Ich schwöre –

POSTHUMUS. Schwört nicht!
Schwört Ihr, daß Ihr's nicht habt getan, so lügt Ihr;
Und ich ermorde dich, wenn du es leugnest,
Daß du mich hast beschimpft.

JACHIMO. Ich leugne nichts.

POSTHUMUS.
Hätt' ich sie hier, sie stückweis' zu zerreißen!
Ja, ich geh' hin, und tu's am Hofe vor
Des Vaters Augen! – Etwas will ich tun –

Er geht ab.

PHILARIO.
Der Fassung ganz beraubt! – Ihr habt gewonnen.
Laßt uns ihm nach, die rasche Wut zu wenden,
Die auf sich selbst er kehrt.

JACHIMO. Von ganzem Herzen.

Sie gehn ab.

Fünfte Szene

Ebendaselbst.
Posthumus tritt auf.

POSTHUMUS.
Kann denn kein Mensch entstehn, wenn nicht das Weib
Zur Hälfte wirkt? Bastarde sind wir alle;
Und jener höchst ehrwürd'ge Mann, den ich stets Vater
Genannt, war weiß der Himmel wo, als ich
Geformt ward; eines Münzers Werkzeug prägte
Als falsches Goldstück mich. Doch meine Mutter
Galt für die Diana ihrer Zeit: so steht
Mein Weib in dieser gleichlos. – Rache, Rache!
Rechtmäß'ges Glück verweigerte sie mir,
Und bat mich oft um Mäß'gung; tat es mit
So ros'ger Sittsamkeit: dies süße Bild
Hätt' auch Saturn erwärmt; mir schien sie rein
Wie ungesonnter Schnee – oh, all ihr Teufel! –
Der gelbe Jachimo, in einer Stunde, –
Nicht wahr? – Nein, schneller, – gleich: er sprach wohl kaum!
Wie ein gemäst'ter deutscher Eber schrie er
Nur »Oh!« und tat's: fand solch Entgegnen nur,
Daß, was ihn hemmen sollte, sie ihm schnell
Als Sieger gab. Oh, fänd' ich doch nur aus
Des Weibes Teil in mir! Denn keine Regung,
Die sich zum Laster neigt im Mann, ich schwör' es,
Die nicht des Weibes Teil: sei's Lügen, merkt,
Es ist des Weibes; Schmeicheln, ihr's; Trug, ihr's;
Wollüst'ger Sinn, ihr's, ihr's; die Rachsucht, ihr's;
Geiz, Ehrsucht, Hohn, Hoffart im steten Wechsel,

Verleumdung, seltsam Lüsten, Wankelmut,
Was Laster heißt, was nur die Hölle kennt,
Ist ihr's, zum Teil, wenn ganz nicht; ja, doch ganz:
Denn selbst im Laster
Sind sie nicht fest, nein, tauschen immer Laster,
Das nur Minuten alt, mit einem andern,
Nur halb so alt. Ich schreibe gegen sie,
Verfluche sie: – Nein, Rache mehr zu stillen,
Bet' ich aus Haß, es geh' nach ihrem Willen:
Mehr quälen kann sie nicht der schlimmste Teufel.

Er geht ab.

Dritter Aufzug

Erste Szene

Britannien, im Palast.
Es treten auf von einer Seite Cymbeline, die Königin, Cloten und Gefolge; von der andern Seite Cajus Lucius und seine Begleiter.

CYMBELINE.
Nun sprich, was uns Augustus Cäsar will?

LUCIUS.
Als Julius Cäsar (des Gedächtnis noch
Lebt in der Menschen Blick; für Ohr und Zunge
Ein ew'ger Gegenstand!) im Reich hier war
Und es besiegt', versprach Cassibelan,
Dein Ohm, berühmt durch Cäsars Lob, nicht minder
Als es sein Tun verdient, für sich und sein
Geschlecht Tribut an Rom, dreitausend Pfund
Jedwedes Jahr; seit kurzem hast du diesen
Nicht eingeliefert.

KÖNIGIN. Und nie wird's geschehn,
Das Staunen gleich zu töten.

CLOTEN. 's gibt viel Cäsars,
Eh' solch ein Julius kommt. Britannien ist
'ne Welt für sich; und wir bezahlen nichts
Für unsre eignen Nasen.

KÖNIGIN. Zeit und Glück,
Die ihnen günstig waren, uns zu drücken,
Stehn jetzt uns bei, zu weigern. – Denkt, mein Herrscher,
Der Kön'ge, Eurer Ahnen; und zugleich,
Wie die Natur umbollwerkt unsre Insel:
Sie steht, ein Park Neptuns, umpfählt, verzäunt
Mit unersteigbar'n Felsen, brüll'nden Fluten,
Sandbänken, die kein feindlich Fahrzeug tragen,
Nein, es verschlucken bis zum Wimpel.
Wohl ward hier Cäsarn eine Art Erob'rung;
Doch ward ihm hier sein Prahlen nicht erfüllt,
Von »kam, und sah, und siegte«: nein, mit Schmach
(Der ersten, die ihn je berührte!) floh,
Zweimal geschlagen, er von unserm Strand:
Sein Schiffgezeug, arm, unbehülflich Spielwerk
Auf unsrer Schreckenssee, wie Eierschalen
Hob es die Brandung, und zerschellt' es leicht
An unsern Klippen. Freudig des Erfolgs,
Cassibelan, ruhmreich, einst Meister fast
(O ungetreues Glück!) von Cäsars Schwert,
Erleuchtete Luds Stadt mit Freudenfeuern,
Und jeder Brit' erhob sich siegesstolz.

CLOTEN. Was da! Es wird kein Tribut mehr gezahlt; unser Reich ist jetzt stärker als damals, und, wie gesagt, es gibt nicht solche Cäsars mehr; manche mögen noch krumme Nasen haben, aber so stämmige Arme hat keiner.

CYMBELINE.
Sohn, laß die Mutter reden!

CLOTEN. Wir haben noch manchen unter uns, der eben so tüchtig zugreifen kann wie Cassibelan; ich will nicht sagen, daß ich einer bin, aber eine Faust hab' ich auch. – Warum Tribut? Warum sollen wir Tribut bezahlen? Wenn Cäsar uns die Sonne mit einem Laken zudecken kann, oder den Mond in die Tasche stecken, so wollen wir ihm für das Licht Tribut zahlen; sonst, Herr, kein Tribut mehr: kurz und gut!

CYMBELINE. Erinnert Euch,
Bis Rom anmaßend den Tribut uns abzwang,
War frei dies Volk. Der Ehrgeiz dieses Cäsar
(So angeschwollen, daß er fast zersprengte
Den Bau der Welt) warf ohne Schein und Vorwand
Dies Joch auf uns; es wieder abzuschütteln,
Ziemt einem tapfern Volk, wie wir zu sein
Uns rühmen. Also sprechen wir zu Cäsar:
Mulmutius, unser Ahnherr, war's, der unser
Gesetz uns schuf (des Kraft der Degen Cäsars
Zu sehr verstümmelt hat; es herzustellen
Und zu befrein durch uns verliehne Macht,
Sei unsre Tugend, wenn auch Rom drum zürnt!);
Mulmutius schuf unser Gesetz, der erste
Der Briten, der mit einer goldnen Krone
Die Stirne sich umgab, sich König nannte.

LUCIUS.
So muß ich denn mit Kummer, Cymbeline,
Verkünden öffentlich Augustus Cäsar
(Cäsar, dem Kön'ge mehr als Diener folgen,
Als Hausbediente dir) als deinen Feind:
So hör' es denn von mir: – Krieg und Zerstörung
Ruf' ich in Cäsars Namen aus; dich trifft
Sein Zorn vernichtend. – So herausgefodert,
Nimm Dank, was mich betrifft!

CYMBELINE. Du bist willkommen, Cajus.
Dein Cäsar schlug zum Ritter mich, und unter ihm
Tat ich als Jüngling viel; er schuf mir Ehre;
Jetzt will er sie mir rauben, und ich muß
Auf Tod nun kämpfen; auch weiß ich gewiß,
Daß die Pannonier und Dalmatier wacker
Für ihre Freiheit rüsten: uns ein Vorgang,
Der, nicht erkannt, den Briten furchtsam zeigte:
So wird ihn Cäsar nimmer finden.

LUCIUS. Die Tat entscheide!

CLOTEN. Seine Majestät heißt Euch willkommen. Tut Euch hier gütlich mit uns einen Tag, oder zwei, oder länger; wenn Ihr uns nachher auf andre Art sucht, so werdet Ihr uns in unserm Gürtel von Salzwasser finden: wenn Ihr uns heraus schlagen könnt, so ist er Euer; wenn Ihr in der Unternehmung umkommt, so finden die Krähen an Euch um so bessere Mahlzeit; und damit gut!

LUCIUS. Ja, Prinz.

CYMBELINE. Ich weiß den Willen Eures Herrn, er meinen; Für alles übrige seid mir willkommen!

Alle ab.

Zweite Szene

Ein anderes Zimmer im Palast.
Pisanio tritt auf mit Briefen.

PISANIO.
Wie? Ehebruch? Weshalb denn schreibst du nicht,
Welch Scheusal sie beschuldigt? – Leonatus!
Oh, Herr! Was für ein fremder Pesthauch goß
Sich in dein Ohr? Welch falscher Italiener
(Mit Zung' und Hand vergiften sie!) besiegte
Den allzu leichten Sinn dir? – Treulos? Nein!
Für ihre Treu' wird sie gestraft, und duldet,
Mehr einer Göttin gleich als einer Frau,
Andrang, dem wohl der meisten Kraft erläge. –
Oh, mein Herr!
So tief steht dein Gemüt jetzt unter ihr,
Als sonst dein Glück stand! – Wie! Ich sie ermorden?
Bei Lieb' und Treu' und Pflicht, die deinem Dienst
Ich angelobt? – Ich, sie? – Ihr Blut vergießen?
Nennst du dies guten Dienst, nie heiße man
Mich guten Diener! Wie denn seh' ich aus,
Daß ich so bar von Menschlichkeit erscheine,
So sehr, wie diese Tat es fodert?
Er liest.
»Tu' es,
Gelegenheit wird ihr Befehl dir geben,
Auf meinen Brief an sie.« Verdammtes Blatt!
Schwarz, wie die Tint' auf dir! Fühlloser Fetzen,
Bist Mitverschworner dieser Tat, und scheinst
So jungfräulich von außen? Ach! Sie kommt.
Imogen tritt auf.
Ich tu', als wüßt' ich nichts von dem Befehl.

IMOGEN. Was gibt's, Pisanio?

PISANIO.
Hier ist ein Brief von meinem Herrn, Prinzessin.

IMOGEN.
Wer? Dein Herr? Das ist mein Herr, Leonatus?
Oh, weise wär' der Astronom, der so
Die Sterne kennte, wie ich diese Schrift;
Ihm wär' die Zukunft klar. – Ihr güt'gen Götter,
Laßt, was dies Blatt enthält, von Liebe sprechen,
Vom Wohlsein, der Zufriedenheit des Gatten, –
Doch nicht mit unsrer Trennung, nein, die
schmerz' ihn;
Denn mancher Schmerz ist heilsam: so ist dieser,
Er stärkt die Liebe; – drum Zufriedenheit,
Nur damit nicht! – Erlaube, liebes Wachs –
Gesegnet seid, ihr Bienen, die ihr knetet
Der Heimlichkeiten Schloß! Der Liebende
Und Schuldbedrängte betet sehr verschieden;
Den Ausgeklagten werft ihr ins Gefängnis,
Hold riegelt ihr das Wort Cupidos ein! –
Gebt gute Nachricht, Götter!
Sie liest. »Die Gerechtigkeit und der Zorn deines Vaters, wenn er mich auf seinem Gebiete ergriffe, könnten nicht so grausam gegen mich sein, daß dein Blick, Geliebteste, mich nicht in das Leben zurück riefe. Wisse, daß ich in Cambria, in Milford Hafen bin. Was deine Liebe dir auf diese Nachricht raten wird, dem folge! Hiermit wünscht dir alles Glück, der seinem Eide getreu und der Deinige bleibt in stets wachsender Liebe,
Leonatus Posthumus.«
Oh ein geflügelt Roß! – Hörst du, Pisanio?
Er ist in Milford Hafen: lies, und sprich,
Wie weit von hier? Quält mancher sich um Nicht'ges
In einer Woche hin, könnt' ich denn nicht
In einem Tag hingleiten? – Drum, du Treuer
(Der, so wie ich, sich sehnt, den Herrn zu schaun:
Sich sehnt, – doch minder, – nicht, nicht so, wie ich: –
Dennoch sich sehnt, – doch schwächer: – nicht
wie ich;
Denn meins ist endlos, endlos), sprich, und schnell
(Amors Vertrauter müßte des Gehörs
Eingänge rasch, bis zum Ersticken füllen),
Wie weit es ist, dies hochbeglückte Milford;
Und nebenher, wie Wales so glücklich wurde,
Solch einen Hafen zu besitzen. Doch, vor allem,
Wie stehlen wir uns weg? Und wie den Riß
Der Zeit, von unserm Fortgehn bis zur Rückkehr,
Entschuldigen? – Doch erst, wie komm' ich fort?
Warum vor dem Erzeugen schon gebären
Entschuldigung? Das sprechen wir nachher.
O bitte, sprich,
Wie vielmal zwanzig Meilen reiten wir
In einer Stunde?

PISANIO. Zwanzig an einem Tag
Ist Euch genug, Prinzeß, und viel zu viel.

IMOGEN.
Ei, der zum Richtplatz ritte, Freund, er könnte
So säumen nicht; von Pferdewetten hört' ich,
Wo Rosse schneller liefen als der Sand
Im Stundenglas. – Doch dies ist Kinderei: –
Geh, meine Kammerfrau soll krank sich stellen,
Und heim zu ihrem Vater wollen. Du
Schaff' mir ein Reitkleid, besser nicht als ziemlich
Der Pächterfrau!

PISANIO. Fürstin, bedenkt doch lieber –

IMOGEN.
Nur vorwärts blick' ich, weder rechts noch links,
Noch rückwärts: dort ist Nebel überall,
Der mir die Augen schließt. Ich bitte, fort;
Tu', was ich sage: – laß so Furcht wie Hoffen,
Nach Milford einzig ist der Weg mir offen.
Sie gehn ab.

Dritte Szene

Wales, eine waldige Berggegend mit einer Höhle.
Es treten auf Bellarius, Guiderius und Arviragus.

BELLARIUS.
Ein heitrer Tag, nicht drin zu sitzen, wenn man
So niedres Dach wie wir hat! Schlaft ihr, Knaben?
Dies Tor lehrt euch, wie man zum Himmel betet;
Es beugt euch zu des Morgens heil'gem Dienst.
Der Kön'ge Tore sind so hoch gewölbt,
Daß Riesen durchstolzieren können, ohne
Zu lüften ihren freveln Turban, um
Den Morgen zu begrüßen. – Heil, du schöner
Himmel!
Wir Felsbewohner sind dir wen'ger hart
Als Stolzbegüterte.

GUIDERIUS. Heil, Himmel!

ARVIRAGUS. Himmel, Heil!
BELLARIUS. Nun an die Bergjagd: ihr zum Hügel auf,
Jung ist eu'r Fuß; ich bleib' im Tal. Betrachtet,
Wenn ihr von dort mich klein als Krähe seht,
Daß nur der Platz verkleinert und vergrößert:
Und so durchdenkt, was ich euch viel erzählte,
Von Höfen, Fürsten und des Krieges Tücken;
Der Dienst ist Dienst nicht, weil man ihn getan,
Nur wenn er so erkannt. Solch Überlegen
Zieht Vorteil uns aus allem, was wir sehn:
Und oft, zu unserm Troste, finden wir
In beßrer Hut den hartbeschalten Käfer
Als hochbeschwingten Adler. Oh, dies Leben
Ist edler, als aufwarten und geschmäht sein;
Reicher, als nichts tun für ein nichtig Spielwerk;
Stolzer, als rauschen in geborgter Seide:
Solchen begrüßt zwar der, der ihn so putzte,
Doch wird dadurch die Rechnung nicht bezahlt:
Kein Leben gleich dem unsern.
GUIDERIUS. Aus Erfahrung
Sprecht Ihr; wir armen Flügellosen schwangen
Uns nie noch weit vom Nest und wissen nicht,
Was draußen weht für Luft. Dies Leben mag
Das beste sein, ist Ruh' das beste Leben;
Süßer für Euch, weil Ihr ein schärfres kanntet;
Für Euer steifes Alter passend; doch
Für uns ein Käfig der Unwissenheit,
Reisen im Bett, ein Kerker, wo der Schuldner
Nicht über seine Grenze darf.
ARVIRAGUS. Wovon
Doch sprechen wir, sind wir in Eurem Alter?
Wenn draußen Wind und Regen schlägt des dunkeln
Dezember, wie, geklemmt in unsre Höhle,
Verschwatzen wir alsdann die frost'gen Stunden?
Wir sahen nichts, wir sind nur wie das Vieh,
Schlau, wie der Fuchs, um Beute; wie der Wolf
Krieg'risch um unsre Ätzung: unsre Kühnheit
Ist jagen das, was fliehet; unser Käfig
Wird uns zum Chor, wie dem gefangnen Vogel,
Mit Freimut unsre Knechtschaft zu besingen.
BELLARIUS. Wie ihr nun sprecht!
Kenntet ihr nur die Wucherei der Städte,
Und hättet sie gefühlt; die Kunst des Hofes,
Der, schwer errungen, schmerzlich wird verlassen,
Wo bis zum Gipfel klimmen sichrer Fall ist,
Der Gipfel selbst so schlüpfrig, daß die Furcht
So schlimm ist wie der Fall; – des Kriegs Beschwer,
Ein Mühn, das nur Gefahr zu suchen scheint
Um Glanz und Ruhm, der dann im Suchen stirbt;
Und daß ein schmachvoll Epitaph so oft
Statt edler Tat Gedächtnis lohnt; ja, selbst
Durch wackres Tun verhaßt wird, und, noch
schlimmer,
Sich beugen muß der Bosheit. – Oh, ihr Kinder!
Dergleichen mag die Welt an mir erkennen:
Gezeichnet ist mein Leib von Römerschwertern;
Mein Ruf stand einst den Besten obenan.
Mich liebte Cymbeline; kam auf Soldaten
Die Rede, war mein Nam' in jedes Mund;
Damals glich ich dem Baum, der seine Äste
Fruchtschwer herabsenkt: doch in einer Nacht
Ward – wie ihr's nennen wollt – durch Sturm,
durch Raub,
Mein reifes Obst, ja Laub selbst, abgeschüttelt,
Und kahl blieb ich dem Frost.
GUIDERIUS. Unsichre Gunst!
BELLARIUS.
Mein Fehl war nichts (wie ich euch oft erzählte),
Als daß zwei Buben, deren Meineid mehr
Als meine Ehre galt, dem König schwuren,
Ich sei verbunden mit den Römern: so
Ward ich verbannt; und diese zwanzig Jahr
War dieser Fels, die Waldung meine Welt.
In edler Freiheit lebt' ich hier und zahlte
Mehr fromme Schuld dem Himmel, als vorher
Die ganze Lebenszeit. – Doch, auf zum Bergwald!
Dies ist nicht Jägersprache. – Wer zuerst
Ein Wild erlegt, der sei der Herr des Festes;
Die beiden andern sollen ihn bedienen,
Und wir besorgen nichts von Gift, das lauert
In glanzvoll prächt'gen Räumen. Hier im Tal
Treff' ich euch wieder.
Guiderius und Arviragus gehn ab.
Wie schwer, die Funken der Natur zu bergen!
Die Kinder träumt nicht, daß sie Königssöhne;
Und Cymbeline denkt nicht, daß sie noch leben.
Sie glauben, daß sie mein; und, wenn gleich niedrig
Erwachsen in der engen Höhle, reicht
Ihr Sinn doch an die Dächer der Paläste,
Und die Natur lehrt sie bei schlechten Dingen
Ein fürstlich Tun, weit mehr als andr' erkünsteln.
Der Polydor, – Britanniens Erb' und Cymbelines,
Guiderius genannt von seinem Vater, – Zeus!
Wenn auf dreibein'gem Stuhl ich sitz', erzählend
Von Kriegertat, durch mich vollbracht, fliegt seine
Begeist'rung in mein Reden; – sprech' ich:
»So fiel mein Feind, so setzt' ich meinen Fuß
Auf seinen Nacken!« – alsbald steigt dann
Sein Fürstenblut ihm in die Wang', er schwitzt
Und spannt die jungen Muskeln in der Stellung,
Die meine Schild'rung malt. Der jüngre, Cadwal
(Arviragus sonst), gleich heftig in Gebärden,
Leiht Leben meinem Wort, mehr selbst erregt
Als hörend. – Horch! Das Wild ist aufgescheucht! –
O Cymbeline! Gott weiß und mein Gewissen,
Wie ungerecht du mich verbanntest: damals
Stahl ich, zwei und drei Jahr alt, diese Kinder;
Nachkommen wollt' ich dir entziehn, wie du
Die Güter mir geraubt. Du säugtest sie,
Euriphile, du galt'st als Mutter ihnen,
Und täglich ehren sie dein Grab; mich selbst,
Bellarius (Morgan jetzt geheißen), halten
Für ihren Vater sie. – Die Jagd beginnt.
Er geht ab.

Vierte Szene

In der Nähe von Milford Hafen. Imogen und Pisanio treten auf.

IMOGEN. Als wir vom Pferde stiegen, sagtest du,
Wir wären gleich zur Stelle. – Niemals sehnte
Sich meine Mutter so nach mir, als ich jetzt. –
Pisanio! Mann! Wo ist nun Posthumus?
Was ist dir im Gemüt, daß du so starrst?
Warum aus deiner innern Brust dies Ächzen?

Ein Mensch, so nur gemalt, ihn kennte jeder
Als Bildnis des Entsetzens, spräch' er nichts:
Zeig' dich in minder schrecklicher Gestalt,
Eh' Wahnwitz meinen festern Sinn bewältigt!
Was gibt es? Warum reichst du mir dies Blatt,
Mit diesem wilden Blick? Ist's Frühlingskunde,
So lächle erst: ist's winterlich, so paßt
Die Miene gut dazu. – Des Gatten Hand!
Italiens Gifthauch hat ihn angesteckt,
Er ist in schwerer Drangsal. – Sprich! Dein Mund
Mildert vielleicht den Greuel, der gelesen
Mir tödlich werden kann.

PISANIO. Ich bitte, lest;
Dann seht Ihr, daß mich armen Mann das Schicksal
Ins tiefste Elend stürzte.

IMOGEN *liest.* »Deine Gebieterin, Pisanio, hat als Metze mein Bett entehrt: die Beweise davon liegen blutend in mir. Ich spreche nicht aus schwacher Voraussetzung, sondern aus einem Zeugnis, so stark wie mein Gram, und so gewiß, wie ich Rache erwarte. Diese Rolle, Pisanio, mußt du an meiner Statt spielen, wenn deine Treue nicht durch den Bruch der ihrigen befleckt ist. Mit eigner Hand nimm ihr das Leben: ich verschaffe dir Gelegenheit dazu bei Milford Hafen. Sie bekommt deshalb einen Brief von mir; wenn du dich fürchtest, sie zu töten, und mir nicht gewisse Nachricht davon gibst, so bist du der Kuppler ihrer Schmach, und im Verrat gegen mich verbunden.«

PISANIO. Was brauch' ich noch mein Schwert zu ziehn? Der Brief
Durchstach ihr schon das Herz. – Nein, 's ist Verleumdung,
Sie schneidet schärfer als das Schwert; ihr Mund
Vergiftet mehr als alles Nilgewürm:
Ihr Wort fährt auf dem Sturmwind und belügt
Jedweden Erdstrich: Kaiser, Königinnen,
Fürsten, Matronen, Jungfrau'n, ja in Grabes
Geheimnis wühlt das Natterngift Verleumdung. –
Wie ist Euch, Fürstin?

IMOGEN.
Falsch seinem Bett? Was heißt das, falsch ihm sein?
Wachend drin liegen, und an ihn nur denken?
Weinend von Stund' zu Stund'? Erliegt Natur
Dem Schlaf, auffahren mit furchtbarem Traum
Von ihm; erwachen gleich in Schreckenstränen?
Heißt das nun falsch sein seinem Bette? Heißt es?

PISANIO. Ach, gute Fürstin!

IMOGEN.
Ich falsch! Ha, eigne Schuld nur: – Jachimo,
Als du der Unenthaltsamkeit ihn zeihtest,
Da glichst du einem Schuft; doch scheint mir jetzt
Dein Aussehn leidlich gut. – 'ne röm'sche Elster,
Die Tochter ihrer Schmink', hat ihn verführt:
Ich Ärmste bin unschmuck, ein Kleid nicht modisch;
Und weil zu reich ich bin, im Schrank zu hängen,
Muß ich zerschnitten sein: – in Stücke mit mir! – Oh!
Der Männer Schwüre sind der Frau'n Verräter!
Durch deinen Abfall, o Gemahl, gilt selbst
Der beste Schein für Bosheit; heimisch nicht
Da, wo er glänzt, nur angelegt als Köder
Für Frau'n.

PISANIO. Oh, hört mich, teuerste Prinzessin!

IMOGEN.
Des bravsten Manns Erzählung galt für falsch
In jener Zeit, weil falsch Äneas war;
Die frommsten Tränen schmähte Sinons Weinen,
Das wahrste Elend fand Erbarmen nicht:
So wirst du, Posthumus,
Vergiften alle Männer schöner Bildung!
Edel und ritterlich scheint falsch, meineidig,
Seit deinem großen Fall. – Komm, sei du redlich,
Tu' deines Herrn Geheiß: wenn du ihn siehst,
Meinen Gehorsam rühm' ein wenig! Sieh!
Ich ziehe selbst das Schwert: nimm es, und triff
Der Liebe schuldlos Wohnhaus, dieses Herz!
Nicht zage: alles wich dort, Gram nur blieb:
Dein Herr wohnt nicht mehr dort; sonst war er freilich
Sein einz'ger Schatz; tu' sein Gebot: stoß' zu! –
Du bist vielleicht bei besserm Anlaß tapfer,
Jetzt bist du feige nur.

PISANIO. Fort, schändlich Werkzeug!
Nicht werde meine Hand durch dich verflucht!

IMOGEN.
Nun, sterben muß ich. Tut's nicht deine Hand,
So bist du nicht ein Diener deines Herrn;
Selbstmord verbeut so göttlich hehre Satzung,
Daß meine schwache Hand erbebt. Hier ist
Mein Herz: was find' ich? – Still! Nein, keine Schutzwehr. –
Gehorsam, wie die Scheide. – Was ist hier?
Die Schriften des rechtgläub'gen Leonatus
All' Ketzerei geworden? Fort mit euch,
Verfälscher meines Glaubens! Nicht mehr sollt ihr
Mein Herz umgürten! So traut falschen Lehrern
Manch armes Kind. Fühlen Betrogne auch
Den Stachel des Verrats, lebt der Verräter
Doch für noch schlimmres Weh.
Und Posthumus, der du zum Ungehorsam
Mich gegen meinen Vater hast verleitet,
Daß manch Gesuch von fürstlichen Bewerbern
Ich höhnisch abwies, – dies erkennst du einst
Als eine Tat nicht von gemeiner Art,
Nein, hoher Seltenheit; und es betrübt mich,
Zu denken, wenn du ihrer satt nun bist,
Die deine Gier jetzt nährt, wie dein Gedächtnis
Durch mich dann wird gequält sein. – Bitt' dich, schnell!
Das Lamm ermutiget den Schlächter. Wo
Hast du dein Messer? Allzu träge bist du
Des Herrn Geheiß, zumal wenn ich's begehre.

PISANIO. Oh, gnäd'ge Frau, seit ich Befehl empfing,
Die Tat zu tun, schloß ich kein Auge mehr.

IMOGEN. So tu's, und dann zu Bett!

PISANIO. Eh' soll vor Wachen
Die Sehkraft mir erblinden!

IMOGEN. Warum denn
Gingst du es ein? Und maßest so viel Meilen
Unnütz, mit diesem Vorwand? Kamst hieher?
Wozu dies Tun von dir und mir? Ermüdung
Der Rosse? Zeit, dir günstig? Angst am Hofe
Um meine Flucht? Wohin ich nie zurück
Zu kehren denke. Was gingst du so weit,
Und zielst jetzt nicht, da du den Stand genommen,
Auf das von dir erlesne Wild?

PISANIO. Zeit wollt' ich
Gewinnen und dies böse Amt verlieren:
Indes ersann ich einen Plan; Prinzessin,
Hört mich geduldig!
IMOGEN. Rede! Sprich dich müde:
Ich hört', ich sei 'ne Metze; nach dem Schlag,
Dem lügenhaften, gibt's nicht größre Wunde;
Sie traf so tief, daß ich sie nicht ergründe.
Sprich!
PISANIO. Nun, ich dacht', Ihr ginget nicht zurück.
IMOGEN. Natürlich, denn du brachtest mich hieher,
Um mich zu töten.
PISANIO. Nein, gewiß, auch das nicht:
Wär' ich so klug als ehrlich, führte wohl
Zum Glück mein Vorschlag; 's kann nicht anders sein,
Mein Herr ist schändlich hintergangen worden:
Ein Schelm, ja, und ein Meister seiner Kunst,
Tat an euch beiden dies verdammte Werk.
IMOGEN. 'ne röm'sche Buhlin.
PISANIO. Nein, bei meinem Leben!
Ich geb' ihm Nachricht, Ihr seid tot, und send' ihm
Davon ein blutig Zeichen; denn befohlen
Ward mir auch dies; am Hof vermißt man Euch,
Und dadurch scheint's gewiß.
IMOGEN. Doch was, du Treuer,
Tu' ich indes? Wo berg' ich mich? Wie leb' ich?
Und was für Trost im Leben, bin ich tot
Für meinen Mann?
PISANIO. Wollt Ihr zurück zum Hof –
IMOGEN.
Kein Hof, kein Vater, und nicht längre Qual
Mit jenem rohen, tör'gen, stolzen Nichts,
Dem Cloten, dessen Liebeswerben furchtbar
Mir wie Belag'rung war.
PISANIO. Wenn nicht am Hof,
So bleibt auch in Britannien nicht!
IMOGEN. Wo denn? –
Hat nur Britannien Sonne? Tag und Nacht,
Sind sie nur hier? Im großen All der Welt
Scheint abseits nur Britanniens Nebenwerk;
Im großen Teich ein Schwanennest; auch außer
Britannien leben Menschen.
PISANIO. Mich erfreut's,
Daß Ihr auf andre Örter denkt. Der Römer
Lucius, der Abgesandte, kommt nach Milford
Schon morgen: könnt Ihr Euren Sinn verdunkeln,
Wie Euer Glück ist, wollt Ihr das verbergen,
Was, wenn's erschiene, immer nur Gefahr
Euch bringen würde, – steht ein Pfad Euch offen,
Recht wegsam und voll Aussicht: ja, vielleicht
Führt er zu Posthumus – so nah ihm mind'stens,
Daß, wenn Ihr auch sein Tun nicht sehen könnt, doch
Der Ruf es stündlich Euerm Ohr erzählt,
Der Wahrheit treu.
IMOGEN. Oh, nenne mir dies Mittel!
Verletzt es Sittsamkeit nur nicht zum Tode,
So wag' ich's gern.
PISANIO. Gut denn, dies ist die Sache:
Ihr müßt die Frau vergessen, und Befehl
In Dienst verwandeln; Scheu und Zierlichkeit
(Der Frau'n Begleiterinnen, ja, vielmehr
Der Frauen zartes Selbst) in kecken Mut;
Gewandt im Spotten, trotzig, schnell von Zunge,
Und zänkisch wie das Wiesel: ja, Ihr müßt
Vergessen diese Kleinod' Eurer Wangen,
Und sie (o hartes Herz! Doch muß es sein)
Der gierigen Berührung Titans bieten,
Der alles küßt; vergessen Eure schmucken,
Mühsam geflochtnen Locken, die den Neid
Der großen Juno wecken.
IMOGEN. Nun, sei kurz:
Ich merke deinen Zweck, und bin fast schon
Zum Mann geworden.
PISANIO. Schafft Euch erst den Schein!
Dies vorbedenkend, hab' ich schon bereit
In meinem Mantelsack Wams, Hose, Hut
Und allen Zubehör: so ausgestattet,
Und im erborgten Anstand eines Jünglings
So zarten Alters, stellt dem edlen Lucius
Euch vor, daß er in Dienst Euch nehme; sagt ihm,
Worin Ihr seid geschickt: das merkt er bald,
Wenn für Musik er Sinn hat; ohne Zweifel
Nimmt er Euch gern. Er ist ein Mann von Ehre,
Und, was noch mehr ist, fromm. Auswärts zu leben,
Gebraucht, was mein ist, und es fehlt Euch nicht
Für jetzt und künftig.
IMOGEN.
Du bist aller Trost,
Den mir die Götter gönnen. Bitte, fort:
Noch mehr ist zu bedenken; schlichten wir's,
Wie's uns die Zeit erlaubt: dem Unternehmen
Werb' ich mich an, und will es auch bestehn
Mit Fürstenmut. Ich bitte dich, hinweg!
PISANIO.
Prinzessin, laßt uns kurzen Abschied nehmen,
Damit, werd' ich vermißt, man Eure Flucht
Vom Hof mir nicht zur Last legt. Edle Fürstin,
Dies Fläschchen nehmt, mir gab's die Königin;
Was drin, ist kostbar; seid Ihr krank zur See,
Wohl auch zu Lande schwach, ein wenig hievon
Vertreibt die Übelkeit. – Geht dort ins Dickicht,
Und schafft Euch um zum Mann! Die Götter leiten
Zum besten alles!
IMOGEN. Amen! Habe Dank!
Sie gehn ab.

Fünfte Szene

In Cymbelines Palast.
Es treten auf Cymbeline, die Königin, Cloten, Lucius und Gefolge.

CYMBELINE. So weit; und nun lebt wohl!
LUCIUS. Dank, großer König!
Mein Kaiser schrieb, und ich muß eilig fort,
Und bin betrübt, daß ich Euch melden muß
Als meines Herren Feind.
CYMBELINE. Es will mein Volk
Sein Joch nicht länger tragen, und ich selbst
Erschiene, zeigt' ich wen'ger Herrscherstolz,
Unköniglich.
LUCIUS. Herr, so vergönnt mir denn
Geleit nach Milford Hafen, durch das Land! –
Kön'gin, Euch wünsch' ich alles Heil, und Euch!

CYMBELINE.
Mylords, ihr seid zu diesem Dienst erlesen;
Versäumt der Ehre Pflicht in keinem Punkt! –
Lebt, edler Lucius, wohl!
LUCIUS. Prinz, Eure Hand!
CLOTEN.
Empfangt sie freundschaftlich; doch von jetzt an
Gebrauch' ich sie als Feind.
LUCIUS. Der Ausgang, Prinz,
Nennt erst des Siegers Namen. Lebt denn wohl!
CYMBELINE.
Laßt nicht den würd'gen Lucius, edle Herrn,
Bis er jenseit der Severn! – Glück mit Euch!
Lucius geht ab mit Gefolge.
KÖNIGIN. Im Zorne geht er fort; doch ehrt es uns,
Daß wir ihm Ursach' gaben.
CLOTEN. Um so besser;
Der tapfern Briten Wunsch wird nun erfüllt.
CYMBELINE.
Lucius hat seinem Kaiser schon geschrieben,
Wie es hier steht. Drum ist's die höchste Zeit,
Daß unsre Ross' und Wagen wir bereiten;
Die Truppen, die er schon in Gallien hat,
Sind schnell versammelt; von dort kommt sein
Kriegsheer
Nach unserm Land.
KÖNIGIN. Nicht frommt Saumseligkeit;
Mit Kraft und Schnelle müssen wir uns rüsten.
CYMBELINE.
Erwartung, daß dies kommen werde, trieb uns
Zur Vorbereitung. Doch wo, teure Kön'gin,
Mag unsre Tochter sein? Nicht vor dem Römer
Erschien sie, und versagt auch uns die Pflicht
Des Morgengrußes: ein Geschöpf, mich dünkt,
Aus Bosheit mehr geschaffen als Gehorsam –
Wir merkten's wohl. – Ruft sie herbei; wir waren
Zu lässig im Erdulden.
Ein Diener geht ab.
KÖNIGIN. Großer König,
Seit Posthumus' Verbannung führte sie
Ein einsam Leben; solcher Wunden Arzt
Ist nur die Zeit. Geruh' Eu'r Majestät,
Nicht hart mit ihr zu reden: tief empfindet
Verweise sie, so daß ihr Worte Streiche,
Und Streiche Tod sind.
Der Diener kommt zurück.
CYMBELINE. Nun, wo bleibt sie? Was
Entschuldigt ihren Starrsinn?
DIENER. Herr, vergebt,
Ihr Zimmer ist verschlossen, und es folgt
Auf unser lautstes Klopfen keine Antwort.
KÖNIGIN. Sie bat mich, da ich sie zuletzt besuchte,
Bei Euch ihr einsam Leben zu entschuld'gen;
Ihr Kränkeln, sprach sie, nöt'ge sie dazu,
Daß sie so unerfüllt die Pflichten lasse,
Die sie Euch täglich schuldig: und sie bat mich,
Euch dies zu sagen; doch des Hofes Unruh'
Macht mein Gedächtnis tadelnswert.
CYMBELINE. Verschlossen
Die Tür? Sie unsichtbar? Der Himmel gebe,
Daß meine Ahnung falsch!
Er geht ab.
KÖNIGIN. Sohn, folg' dem König!
CLOTEN. Den alten Knecht, Pisanio, ihren Diener,
Sah ich zwei Tage nicht.
KÖNIGIN. Geh, forsche nach! –
Cloten geht ab.
Pisanio, du, des Posthumus Vertrauter! –
Er hat Arznei von mir: käm' sein Verschwinden
Daher, daß er sie trank! Er glaubt, es sei
Ein kostbar Mittel. Doch, wo ist sie nur?
Vielleicht, daß sie Verzweiflung hat ergriffen;
Vielleicht, beschwingt von Liebesandacht, floh sie
Zu ihrem teuren Posthumus. Fort ist sie,
In Tod, in Schmach gestürzt; und meinem Zweck
Kann beides dienen: sie nicht mehr am Leben,
Hab' ich die Britenkrone zu vergeben.
Cloten kommt zurück.
Wie nun, mein Sohn?
CLOTEN. 's ist richtig, sie entfloh.
Geht, sprecht dem König zu, er wütet; keiner
Wagt ihm zu nahn.
KÖNIGIN. So besser: daß der Schlag
Ihn schon entseelte vor dem nächsten Tag!
Die Königin geht ab.
CLOTEN.
Ich lieb' und hasse sie: sie ist schön und Fürstin;
Ausbünd'ger hat sie alle Zier des Hofes
Als eine Dam', als alle Damen, alle Frau'n;
Von jeder hat sie 's Beste: so zusammen
Gesetzt aus allen, sticht sie alle aus:
Drum lieb' ich sie; doch mich verhöhnen, weg
An jenen Knecht sich werfen, das befleckt
Ihr Urteil so; daß alles, noch so herrlich,
Daran verdirbt; und dies in ihr beschließ' ich
Zu hassen, ja, und mich an ihr zu rächen.
Denn wenn Dummköpfe so –
Pisanio tritt auf.
Wer ist das? Was!
Kabalen machst du, Kerl? Hieher gekommen!
Kostbarer Kuppler du! Spitzbube, wo
Ist deine Fürstin? Schnell, sonst schick' ich dich
Zu allen Teufeln hin.
PISANIO. Oh, bester Prinz! –
CLOTEN. Wo ist die Fürstin? Sonst, beim Jupiter! –
Ich frage nicht noch mal. Verschwiegner Schelm,
'raus dein Geheimnis aus dem Herzen, sonst
Spalt' ich's und such's. Ist sie bei Posthumus?
Aus dessen Zentner Niederträchtigkeit
Auch nicht ein Gran von Adel ist zu schmelzen?
PISANIO.
Ach, gnäd'ger Herr, wie kann sie bei ihm sein?
Wann wurde sie vermißt? Er ist in Rom.
CLOTEN. Wo ist sie? 'raus damit, kein Stottern mehr:
Gib gründlichen Bescheid, was ward aus ihr?
PISANIO. Ach, mein sehr würd'ger Prinz!
CLOTEN. Sehr würd'ger Schuft!
Sprich, wo ist deine Herrin? Gleich sprich's aus,
Mit einem Wort, – nichts mehr von würd'gem
Prinzen;
Sprich's aus, sonst ist dein Schweigen augenblicklich
Dein Todesurteil und dein Tod.
PISANIO. So nehmt
Dies Blatt: darauf steht alles, was ich weiß
Von ihrer Flucht.
Er gibt ihm einen Brief.

CLOTEN. Laß sehn! Ich lauf' ihr nach
Bis vor Augustus' Thron.

PISANIO *für sich.*
Ich muß, sonst sterb' ich.
Sie ist schon fern genug; was er da liest,
Bringt Mühe ihm, doch ihr Gefahr nicht.

CLOTEN. Ha!

PISANIO *für sich.*
Dem Herrn meld' ich sie tot. Oh, Imogen,
Glück dir, du magst nach Rom, zur Heimat gehn!

CLOTEN. Du, ist der Brief auch echt?

PISANIO. So viel ich weiß.

CLOTEN. Es ist Posthumus' Hand, ich kenne sie. – Kerl, wenn du kein Spitzbube sein wolltest, und mir treu dienen, die Geschäfte besorgen, zu denen ich Gelegenheit hätte, dich zu brauchen, mit einem wahren Eifer – das heißt, jede Schurkerei, die ich dir zu tun befehle, ausführen, geradezu und gewissenhaft, – so würde ich dich für einen ehrlichen Mann halten: da solltest du auf meine ganze Hülfe zu deinem Besten rechnen können, und auf meine Stimme zu deiner Beförderung.

PISANIO. Gut, mein edler Prinz.

CLOTEN. Willst du mir dienen? Denn da du so geduldig und standhaft bei dem kahlen Glück des bettelhaften Posthumus ausgehalten hast, so mußt du nach den Regeln der Dankbarkeit auch getreuer Anhänger des meinigen sein. Willst du mir dienen?

PISANIO. Ja, ich will.

CLOTEN. Gib mir deine Hand, hier hast du meinen Beutel! Hast du von deinem vorigen Herrn Kleider in deiner Verwahrung?

PISANIO. Ich habe eins in meiner Wohnung, Prinz, dasselbe Kleid, das er trug, als er von meiner Herrin und Gebieterin Abschied nahm.

CLOTEN. Der erste Dienst, den du mir tun sollst, ist, daß du mir das Kleid holst. Das soll dein erster Dienst sein. Geh!

PISANIO. Sogleich, Prinz. *Er geht ab.*

CLOTEN. Dich in Milford Hafen treffen! – ein Ding vergaß ich noch zu fragen, ich will gleich daran denken – gerade da, du Schurke Posthumus, will ich dich umbringen. Ich wollte, die Kleider wären erst da. Sie sagte mal (die Bitterkeit davon stößt mir noch immer im Herzen auf), daß sie das bloße Kleid des Posthumus höher achte, als meine eigne, edle, natürliche Person, mitsamt dem Schmuck meiner Eigenschaften. In demselben Kleide will ich ihr Gewalt antun – erst ihn umbringen, und vor ihren Augen; da soll sie meine Tapferkeit sehn, und das wird eine Marter für ihren Hochmut sein. Er auf dem Boden, meine Rede voll Hohn auf seinem toten Leichnam beendigt, – und wenn ich meine Lust gebüßt habe (was ich, wie ich sagte, sie zu quälen, alles in den Kleidern tun will, die sie lobte), will ich sie nach Hofe zurück schlagen, sie mit den Füßen wieder nach Hause stoßen. Es machte ihr eine rechte Freude, mich zu verhöhnen: nun will ich auch in meiner Rache ausgelassen sein.

Pisanio kommt mit den Kleidern.

Sind das die Kleider?

PISANIO. Ja, mein edler Herr.

CLOTEN.
Wie lange ist's, daß sie nach Milford Hafen ging?

PISANIO. Sie kann kaum dort sein.

CLOTEN. Trage diesen Anzug auf mein Zimmer: das ist das zweite Ding, das ich dir befohlen habe; das dritte ist, daß du von Herzen gern von meiner Absicht schweigst. Sei nur dienstbeflissen, und hohe Beförderung wird dir selbst entgegen kommen. – Meine Rache wohnt jetzt zu Milford: ich wollte, ich hätte Flügel, um sie zu verfolgen! Komm, und sei treu! *Cloten geht ab.*

PISANIO.
Du rätst mir schlecht: dir treu, das sei mir fern,
Das wäre Falschheit an dem treusten Herrn!
Nach Milford geh, doch wirst du nimmer schauen,
Die du dort suchst. Oh, möge niedertauen
Auf sie des Himmels Segen! Diesen Toren
Halt' Säumnis auf, sein Mühen sei verloren!

Er geht ab.

Sechste Szene

Vor Bellarius' Höhle.
Imogen tritt auf in Mannskleidern.

IMOGEN. Ich seh', als Mann zu leben ist beschwerlich:
Ich bin ermattet. Schon zwei Nächte war
Mein Bett die Erde, und ich würd' erkranken,
Hielt' mein Entschluß mich aufrecht nicht. – Milford,
Als dich Pisanio mir vom Berge zeigte,
Schienst du nicht fern. O Jupiter! Ich glaube,
Gebäude fliehn den Unglücksel'gen, solche,
Wo er Erquickung sucht. Zwei Bettler sagten,
Ich könne fehl nicht gehn: – lügt armes Volk,
Das Leiden trägt, und selber weiß, wie schwer
Als Züchtigung sie oder Prüfung lasten?
Kein Wunder, da kaum wahr der Reiche spricht.
Im Überfluß zu sündigen ist schlimmer,
Als Lüg' aus Not; und Falschheit zeigt sich böser
Im Kön'ge als im Bettler. – Teurer Gatte!
Du bist der Falschen einer: dein gedenkend,
Vergeht der Hunger; eben wollt' ich noch
Verschmachtend niedersinken. – Was ist das?
Es führt ein Pfad hinein: welch Haus der Wildnis?
Am besten wohl, nicht rufen; nein, ich wag's nicht;
Doch macht Verhungern tapfer die Natur,
Eh' es sie aufreibt ganz. Der Überfluß
Und Friede zeugen Memmen, Drangsal ist
Der Keckheit Mutter. – Heda! Wer ist hier?
Bist ein gesittet Wesen, sprich; bist wild,
Nimm oder gib! – Ganz still? So tret' ich ein.
Doch zieh' ich erst mein Schwert, und wenn mein Feind
Das Schwert nur fürchtet so wie ich, dann wagt er's
Kaum anzusehn. Oh, solchen Feind, ihr Götter!

Sie geht in die Höhle.
Bellarius, Guiderius und Arviragus treten auf.

BELLARIUS. Du warst der beste Weidmann, Polydor,
Und bist des Festes König; ich und Cadwal
Sind Koch und Diener: so ist unsre Ordnung;
Verderben würd' und sterben Fleiß und Kunst,

Errängen sie nicht Vorzug. Kommt, der Hunger
Würzt die geringe Mahlzeit. Müdigkeit
Schnarcht auf dem Stein, und Trägheit findet hart
Das Daunenbett. – Heil dir, du armes Haus,
Das selbst sich hütet!

GUIDERIUS. Ich bin tüchtig müde.

ARVIRAGUS.
Ich schwach an Kräften, doch im Hunger stark.

GUIDERIUS. Im Fels ist kalte Kost; wir nagen dran,
Bis unser Wildbret gar.

BELLARIUS *in die Höhle schauend.*
Halt, nicht hinein!
Äß' es von unsern Speisen nicht, so dächt' ich,
Eine Elfe wär's.

GUIDERIUS. Was gibt es, teurer Vater?

BELLARIUS. Bei Jupiter, ein Engel! Wenn nicht das,
Ein irdisch Wunderbild! Seht, Gottheit selbst
In eines Knaben Alter!

Imogen kommt aus der Höhle.

IMOGEN. Ihr guten Herrn, o tut mir nichts zu leide!
Eh' ich hinein ging, rief ich, und ich dachte
Zu betteln oder kaufen, was ich nahm.
Weiß Gott, ich habe nichts gestohlen; tat's nicht,
Fand ich den Boden auch mit Gold bestreut.
Dies Geld hier für mein Essen, legen wollt' ich's
Da auf den Tisch, so wie ich nur gesättigt,
Im Scheiden betend für den Wirt.

GUIDERIUS. Geld, Kind?

ARVIRAGUS. Eh' werde alles Gold und Silber Kot,
Wie's denn auch ist, und dem nur kostbar scheint,
Der Kot als Gott verehrt.

IMOGEN. Ich seh', ihr zürnt:
Wißt, wenn ihr mich um mein Vergehen tötet,
Ich wär' gestorben, wenn ich's nicht beging.

BELLARIUS. Wo willst du hin?

IMOGEN. Nach Milford.

BELLARIUS. Wie dein Name?

IMOGEN. Fidelio. Einen Anverwandten hab' ich,
Der sich in Milford einschifft nach Italien;
Ich reise zu ihm; fast vor Hunger tot,
Fiel ich in diese Sünde.

BELLARIUS. Schöner Jüngling,
Halt' uns für Wilde nicht; miß unsern Sinn
Nicht nach dem rauhen Wohnort! Sei willkommen!
Fast ist es Nacht; du sollst ein beßres Mahl
Erhalten, eh' du gehst; und Dank, wenn du
Verweilst und speisest! – Grüßt ihn herzlich, Jungen!

GUIDERIUS.
Wärst du ein Mädchen, würb' ich stark um dich,
Doch ehrlich, dir zu dienen. – So viel biet' ich,
Als wollt' ich dich erkaufen.

ARVIRAGUS. Mir sei's Freude,
Daß er Mann ist; so lieb' ich ihn als Bruder: –
Und wie nach langer Trennung man den Bruder
Begrüßt, so grüß' ich dich – herzlich willkommen!
Sei froh, du kamst zu Freunden.

IMOGEN. Ja, zu Freunden!

Für sich.

Warum nicht Brüder? – Wär's doch so, dann hießen
Sie meines Vaters Söhn', ich sänk' im Preis,
Und wöge gleich mit dir, mein Posthumus!

BELLARIUS. Ihn drückt ein Kummer.

GUIDERIUS. Könnt' ich ihm doch helfen!

ARVIRAGUS. Und ich; was es auch sei, und was es koste,
Gefahr und Müh', ihr Götter!

BELLARIUS. Hört, ihr Kinder!

Sie sprechen heimlich.

IMOGEN. Die höchsten Herrn,
Von einem Hof umgeben, räum'ger nicht
Als diese Höhle, die sich selbst bedienten,
Von solcher Tugend, die versiegelt würde
Durch eigenes Gewissen, ganz vergessend
Den nicht'gen Prunk der urteilsleeren Menge –
Sie überstrahlten nicht die zwei. Ihr Götter!
Vertauschen möcht' ich mein Geschlecht, als ihr
Genoß, da Leonatus falsch.

BELLARIUS. So sei's!
Laßt uns das Wild bereiten! – Komm, mein Knabe,
Es spricht sich hungrig schwer; wenn wir gespeist,
Befragen wir dich höflich um dein Leben,
So viel du sagen magst.

GUIDERIUS. Oh, komm herein!

ARVIRAGUS.
Die Nacht ist nicht der Eul', und nicht der Morgen
Der Lerche so willkommen.

IMOGEN. Dank!

ARVIRAGUS. Tritt ein!

Alle ab.

Siebente Szene

Rom.
Es treten zwei Senatoren und Tribunen auf.

ERSTER SENATOR.
Dies ist der Inhalt von des Kaisers Schreiben:
Weil die Gemeinen jetzt im Felde stehn,
Pannonien und Dalmatien zu bekämpfen,
Und die Legionen, die in Gallien liegen,
Zu schwach sind, um den Krieg zu führen gegen
Die abgefallnen Briten, wird der Adel
Für diesen Feldzug aufgerufen. Lucius
Ernennt er zum Prokonsul; euch, Tribunen,
Erteilt er unumschränkte Vollmacht, schleunig
Die Truppen auszuheben. Heil dem Cäsar!

TRIBUN. Ist Lucius Führer dieses Zuges?

ERSTER SENATOR. Ja.

TRIBUN. Ist er in Gallien noch?

ERSTER SENATOR. Mit den Legionen,
Die ich genannt, die eure Aushebung
Ergänzen muß; die Vollmacht nennt euch noch
Die Zahl, die euch bestimmt, so wie die Zeit
Des Aufbruchs.

TRIBUN. Schnell sei unsre Pflicht erfüllt!

Alle ab.

Vierter Aufzug

Erste Szene

Der Wald bei der Höhle. Cloten tritt auf.

CLOTEN. Der Platz, wo sie sich treffen sollten,

muß hier in der Nähe sein, wenn's Pisanio richtig bezeichnet hat. Wie gut mir seine Kleider passen! Warum sollte seine Geliebte, die von dem gemacht wurde, der den Schneider machte, mir nicht auch passen? Um so mehr, weil man zu sagen pflegt, ein Weib kommt einem zu passe, wenn man ihr aufzupassen weiß, und das ist jetzt meine Sache. Ich mag es mir selbst wohl gestehen (denn es ist keine Eitelkeit für einen Mann, mit seinem Spiegel zu Rate zu gehn; in seinem eignen Zimmer, mein' ich), die Fugen meines Körpers sind so richtig, wie die seinigen; eben so jung bin ich, stärker, stehe nicht unter ihm im Glück, und über ihm in allen Vorteilen der Zeit; bin höher von Geburt, eben so bewandert im allgemeinen Dienst, und preiswürdiger im einzelnen Gefecht: und doch liebt ihn dies eigensinnige Ding mir zum Trotz. Was ist doch der sterbliche Mensch! Dein Kopf, Posthumus, der jetzt noch auf deinen Schultern steht, muß noch diese Stunde herunter; deiner Geliebten wird Gewalt angetan; deine Kleider vor deinen Augen in Stücke gerissen, und wenn das vorbei ist, treibe ich sie mit Fußstößen zu ihrem Vater zurück, der vielleicht etwas böse über mein zu hartes Verfahren sein wird; aber meine Mutter, die seine wunderlichen Launen ganz beherrscht, wird alles zu meinem Besten kehren. Mein Pferd hab' ich angebunden. Heraus, Schwert, zu deinem tödlichen Werk! Fortuna, gib sie in meine Hand! Dies muß gerade der Platz sein, wo sie sich treffen wollten; und der Kerl wagt wohl nicht, mich zu hintergehen.

Geht ab.

Zweite Szene

Vor der Höhle.
Bellarius, Guiderius, Arviragus und Imogen kommen aus der Höhle.

BELLARIUS.
Du bist nicht wohl: drum bleib' hier in der Höhle:
Wir kommen zu dir nach der Jagd.
ARVIRAGUS. Bleib', Bruder!
Sind wir nicht Brüder?
IMOGEN.
Das sollte Mensch dem Menschen immer sein;
Doch gibt sich Staub vor Staub der Hoheit Schein,
Ist beider Staub auch gleich. Ich bin recht krank.
GUIDERIUS.
Geht ihr zum Jagen, ich will bei ihm bleiben.
IMOGEN.
Nein, so krank bin ich nicht! – und doch nicht wohl;
Doch solch verwöhnter Städter nicht, der glaubt
Zu sterben, eh' er krankt: drum geht, und laßt mich;
Folgt eurem Tagsgeschäft; Gewohnheit stören,
Heißt alles stören. Ich bin krank; doch hilft mir
Eu'r Bleiben nicht: Gesellschaft ist kein Trost
Dem Ungesell'gen; ich bin nicht sehr krank,
Ich kann noch drüber reden. Laßt das Haus
Mich hüten! Nur mich selbst werd' ich berauben,
Und wenn ich sterb', ist's nur ein kleiner Diebstahl.
GUIDERIUS. Ich liebe dich, ich hab's gesagt, so innig
Wie selbst den Vater nur.
BELLARIUS. Wie! Was ist das?
ARVIRAGUS. Ist's Sünde, das zu sagen, trag' ich auch
Des Bruders Schuld: ich weiß es nicht, warum
Ich diesen Jüngling lieb'; Ihr sagtet einst,
Der Liebe Grund sei grundlos; wenn die Bahre
Hier ständ', und einer müßte sterben, spräch' ich:
»Mein Vater, nicht der Jüngling!«
BELLARIUS *für sich.*
Hohes Streben!
O Adel der Natur und großer Ursprung!
Schlecht stammt von schlecht, niedrig von niedrig nur,
Mehl hat und Kleie, Huld und Schmach Natur:
Ich bin ihr Vater nicht, doch wundervoll,
Daß mehr als mich man diesen lieben soll! –
Es ist des Morgens neunte Stunde.
ARVIRAGUS. Bruder,
Leb wohl!
IMOGEN. Euch Glück!
ARVIRAGUS. Dir Beßrung! – Woll'n wir gehn!
IMOGEN *für sich.*
Wie freundliche Geschöpfe! Gott, wie lügt man!
Der Hofmann sagt, was nicht am Hof, sei wild:
Erfahrung, ach, du zeigst ein andres Bild!
Das tiefe Meer zeugt Ungeheu'r, indessen
Der Bach manch süßen Fisch uns gibt zum Essen.
Ich bin wohl krank, recht herzensmatt – Pisanio,
Dein Mittel kost' ich jetzt.
GUIDERIUS. Nichts bracht' ich 'raus:
Er sprach, er sei von Adel, doch im Elend;
Unredlich zwar gekränkt, doch redlich selbst.
ARVIRAGUS.
Die Antwort gab er mir; doch sagte dann,
Einst würd' ich mehr erfahren.
BELLARIUS. Fort, zum Wald: –
Wir lassen Euch indes; ruht in der Höhle!
ARVIRAGUS. Wir bleiben lang' nicht aus.
BELLARIUS. Und sei nicht krank,
Du bist ja unsre Hausfrau.
IMOGEN. Wohl und übel,
Euch stets verbunden.
BELLARIUS. Und das sollst du bleiben.
Imogen geht ab.
Wie kummervoll der Knab' auch ist, so scheint er
Doch edlen Bluts.
ARVIRAGUS. Wie engelgleich er singt!
GUIDERIUS. Und seine Kochkunst –
ARVIRAGUS. Wurzeln schnitzt er zierlich,
Und würzt die Brüh'n, als wäre Juno krank,
Und er ihr Pfleger. Und wie lieblich paart er
Seufzer mit Lächeln, gleich als wenn der Seufzer
Beseufzte, daß er nicht solch Lächeln sei;
Als spottete das Lächeln jenes Seufzers,
Der aus so holdem Tempel flieht, um sich
Mit Sturm zu mischen, den der Seemann schilt.
GUIDERIUS.
Ich seh' Geduld und Kummer, so verwachsen,
Daß sie die Wurzeln in einander schlingen.
ARVIRAGUS. O wachse du Geduld!
Und möchte vom Holunder Gram, dem bösen,
Des süßen Weinstocks Wurzel ab sich lösen!

BELLARIUS.
'S ist hoch am Tage. Fort! – Doch wer kommt da?
Cloten tritt auf.
CLOTEN. Ich finde die Landstreicher nicht; gehöhnt
Hat mich der Schuft: – nun bin ich matt.
BELLARIUS. Landstreicher?
Meint er nicht uns? Kenn' ich ihn nicht? – Es ist
Cloten, der Kön'gin Sohn. Verrat besorg' ich.
Ich sah ihn manches Jahr nicht, und weiß doch,
Er ist's: – da vogelfrei wir sind: hinweg!
GUIDERIUS.
Es ist nur einer; sucht Ihr mit dem Bruder,
Was für Gesellen in der Nähe; geht
Mit ihm, laßt mich nur machen!
Bellarius und Arviragus ab.
CLOTEN. Halt! Wer seid ihr,
Die vor mir fliehn? Wohl tückische Waldräuber?
Man spricht von solchen. – Welch ein Sklav' bist du?
GUIDERIUS.
Nicht so sehr Sklave, daß ich solchen Gruß
Erwidert' ohne Schlag.
CLOTEN. Du bist ein Räuber,
Ein Spitzbub' und ein Schuft: ergib dich, Dieb!
GUIDERIUS.
Wem? Dir? Wer bist du? Ist mein Arm so stark
Wie deiner nicht? Mein Herz nicht ganz so stark?
In Worten bist du freilich stärker, denn
Ich trage nicht den Dolch im Mund. Wer bist du?
Weshalb mich dir ergeben?
CLOTEN. Niedrer Schuft,
Kennst mich an meinen Kleidern nicht?
GUIDERIUS. Nein, Schurke!
Noch deinen Schneider, deinen Großpapa:
Er machte dir das Kleid, das, wie es scheint,
Dich macht.
CLOTEN. Wie, auserlesner Schelm, mein Schneider
Hat's nicht gemacht.
GUIDERIUS. Fort denn, und danke dem,
Der dir's geschenkt! Du bist ein rechter Narr.
Mich ekelt's, dich zu schlagen.
CLOTEN. Bösewicht,
Hör' meinen Namen nur, und zittre!
GUIDERIUS. Nun?
Wie ist dein Name denn?
CLOTEN. Cloten, du Schurke!
GUIDERIUS.
Du Doppelschurke! Sei Cloten dein Name,
Ich zittre nicht davor; wär's Kröte, Spinne,
Das rührte eh' mich.
CLOTEN. Mehr dich noch zu schrecken,
Ja, völlig zu vernichten, sollst du wissen,
Ich bin der Kön'gin Sohn.
GUIDERIUS. Das tut mir leid;
Du scheinst nicht edel, wie dein Stamm.
CLOTEN. Und noch
Fürcht'st du dich nicht?
GUIDERIUS. Die ich verehre, fürcht' ich:
Die Klugen; über Narren lach' ich nur,
Die fürcht' ich nicht.
CLOTEN. So stirb des Todes denn!
Wenn ich mit eignen Händen dich erschlagen,
So folg' ich jenen nach, die erst geflohn,
Und auf Luds Tore pflanz' ich eure Köpfe.
Ergib dich, wilder Räuber des Gebirges!
Sie gehn fechtend ab.
Bellarius und Arviragus treten auf.
BELLARIUS. Kein Mensch ist weiter dort.
ARVIRAGUS.
Nichts in der Welt: Ihr irrtet Euch in ihm.
BELLARIUS.
Ich weiß nicht, lang' ist's her, seit ich ihn sah,
Doch keinen Zug des Angesichts von damals
Hat Zeit verwischt; dies Stottern seiner Stimme,
Dies Sprudeln, wenn er spricht, ist seins: ich bin
Gewiß, es ist Cloten.
ARVIRAGUS. Hier blieben sie:
Wird nur mein Bruder nicht von ihm beschädigt!
Ihr sagt, er ist so schlimm.
BELLARIUS. Nur dürftig ausgebildet
Zum Menschen, mein' ich, nahm er auch nicht wahr,
Was Graus und Schrecken sei: so macht der Mangel
An Urteil furchtbar oft. Doch sieh, dein Bruder!
Guiderius kommt, mit Clotens Kopf.
GUIDERIUS.
Der Cloten war ein Narr, ein leerer Beutel,
Kein Geld darin. Nicht Herkules konnt' ihm
Das Hirn ausschlagen, denn er hatte keines;
Hätt' ich dies nicht getan, so trug der Narr
Jetzt meinen Kopf, wie seinen ich.
BELLARIUS. Was tatst du?
GUIDERIUS.
Ich weiß wohl, was: ich schlug ab Clotens Kopf,
Der Kön'gin Sohn, wie er mir selbst gesagt;
Der mich Verräter, Räuber nannt', und schwur,
Daß er allein uns all' hier fangen wolle,
Abnehmen unsre Köpfe, wo, Gott Lob,
Sie stehn, und über Luds Stadt henken.
BELLARIUS. Weh!
Wir alle sind verloren.
GUIDERIUS. Würd'ger Vater,
Was können wir verlieren, als was er
Zu nehmen schwur: das Leben? Das Gesetz
Beschützt uns nicht: drum, weshalb schwächlich zagen,
Wenn ein hochmüt'ger Fleischklotz uns bedroht,
Der Richter spielt und Henker, alles selbst,
Weil das Gesetz wir fürchten? Von Genossen
Wie viele saht ihr?
BELLARIUS. Keine Seele weiter
Kann man ersehn; doch muß, vernünft'ger Weise,
Gefolge bei ihm sein. Sucht' er auch Ehre
Zumeist in stetem Wechsel, ja, und das
Vom Schlechten nur zum Schlimmern, konnte doch
Verrücktheit, Aberwitz so rasen nicht,
Allein hieher zu kommen. Möglich wohl,
Wie man am Hof gehört, daß unsers Gleichen,
Felswohner jagen hier, als vogelfrei,
Und mit der Zeit zur Bande werden könnten:
Er hört' es wohl, brach auf (es sieht ihm gleich)
Und schwur, uns einzufangen; – doch nicht glaublich,
Daß er allein kam: weder wagt' er das,
Noch litten sie's; drum fürchten wir mit Grund,
Wenn wir den Schweif von diesem Leib für schlimmer
Noch halten als das Haupt.
ARVIRAGUS. Das Unheil komme,

Wie Gott es sendet; aber dennoch tat
Mein Bruder recht.

BELLARIUS. Ich hatte keine Lust
Zu jagen heut; Fidelios Krankheit machte
Den Weg mir lang.

GUIDERIUS. Mit seinem eignen Schwert,
Das gegen meinen Hals er zuckte, schlug ich
Den Kopf ihm ab; ich werf' ihn in die Bucht
An unserm Fels, er schwimm' ins Meer, und sage
Den Fischen, er sei Cloten, Sohn der Königin:
Was kümmert's mich!

Er geht ab.

BELLARIUS. Ich fürcht', es wird gerächt.
O Polydor, hätt'st du s doch nicht getan!
Wie sehr dein Mut dich ziert. –

ARVIRAGUS. Tat ich es lieber,
Wenn mich allein die Rache träfe! – Polydor,
Dich lieb' ich brüderlich, doch neid' ich dir
Die Tat, die du mir nahmst: Vergeltung mag,
Kann Menschenkraft ihr widerstehn, uns nur
Hier suchen, zur Verantwortung uns ziehn.

BELLARIUS. Nun wohl, es ist geschehn!
Heut keine Jagd, laßt uns Gefahr nicht suchen,
Wo uns kein Vorteil winkt. Geh in den Fels,
Du und Fidelio sind die Köch'; ich warte
Hier auf den raschen Polydor, und bring' ihn
Zur Mahlzeit gleich.

ARVIRAGUS. Du armer, kranker Knabe!
Gern geh' ich hin. Die Wangen ihm zu röten,
Ließ' ich ein ganzes Dorf voll Clotens bluten,
Und rühmte mich der Menschlichkeit.

Er geht ab.

BELLARIUS. O göttliche
Natur, wie herrlich du dich selbst verkündigst
In diesen Fürstenkindern! Sie sind sanft,
Wie Zephyr, dessen Hauch das Veilchen küßt,
Sein süßes Haupt nicht schaukelnd; doch so rauh,
Wird heiß ihr Königsblut, wie grauser Sturm,
Der an dem Wipfel faßt die Bergestanne
Und sie zum Tal beugt. Es ist wundervoll,
Wie unsichtbar Instinkt in ihnen bildet
Königsgesinnung, ohne Unterricht;
Her', ungelehrt; Anstand, gesehn von keinem;
Mut, welcher wild in ihnen wächst, und Ernte
Gewährt, als wär' er ausgesät! Doch seltsam,
Was Clotens Kommen uns bedeuten mag
Und was sein Tod uns bringt.

Guiderius kommt zurück.

GUIDERIUS. Wo ist mein Bruder?
Den Strom hinab mag Clotens Klotzkopf treiben,
Als Bot' an seine Mutter; Geisel bleibt
Sein Leichnam bis zur Wiederkehr.

Feierliche Musik in der Höhle.

BELLARIUS.
Mein kunstreich Instrument! Horch, Polydor,
Es tönt! Doch weshalb spielt es Cadwal jetzt?
Horch!

GUIDERIUS. Ist er drin?

BELLARIUS. Er ging erst jetzt hinein.

GUIDERIUS.
Was meint er? Seit der teuren Mutter Tode
Erklang es nicht. Nur feierlichem Anlaß
Entspricht ein feierliches Tun. Was deutet's?
Triumph um nichts und Klag' um Kleinigkeit
Ist Affenlust und eitler Knaben Leid.
Ist Cadwal toll?

Arviragus tritt auf und trägt Imogen wie tot in seinen Armen.

BELLARIUS. Oh, sieh! Da kommt er her,
Und trägt der Klage bittern Grund im Arm,
Um die wir ihn geschmäht.

ARVIRAGUS. Tot ist das Vöglein,
Das wir so zärtlich pflegten. Lieber wollt' ich
Von sechzehn Jahr zu sechzig überspringen,
Und kräft'gen Schritt mit matter Krücke tauschen,
Als dies erblicken.

GUIDERIUS. O du süße Lilie,
Nicht halb so schön ruhst du in Bruders Arm,
Als da du selbst dich trugst.

BELLARIUS. Melancholie,
Wer maß je deine Tiefe? Fand den Boden,
Zu raten, welche Küst' am leichtesten
Der schwer beladnen Sorg' als Hafen dient? –
O du gesegnet Kind! Die Götter wissen,
Welch edler Mann du wurdest einst; doch ach!
Schwermut dem Tode früh die Pflanze brach! –
Wie fand'st du ihn?

ARVIRAGUS. Starr tot wie jetzt; so lächelnd,
Als hätt' ihn eine Flieg' in Schlaf gekitzelt,
Nicht wie des Todes Pfeil, den er verlachte,
Die rechte Wang' auf einem Kissen ruhend.

GUIDERIUS. Wo?

ARVIRAGUS.
Auf dem Grund, die Arme so verschränkt
Ich dacht', er schlief; und zog die Nägelschuh'
Mir ab, die, schwer, zu laut die Tritte stampften.

GUIDERIUS.
Er schläft auch nur: ist er verschieden, macht er
Sein Grab zum Bett; weibliche Elfen tanzen
Um seine Gruft, und Würmer nahn dir nicht.

ARVIRAGUS. Die schönsten Blumen,
Solange Sommer währt und ich hier lebe,
Streu' ich auf deine Gruft; dir soll nicht fehlen
Die Blume, deinem Antlitz gleich, die blasse Primel,
Die Hyazinthe, blau wie deine Adern;
Noch Rosenblätter, die, um sie zu preisen,
Süß wie dein Atem sind. Rotkehlchen werden
Mit frommen Schnabel alles dies dir bringen
(O Schande jenem reich gewordnen Erben,
Der ohne Denkmal läßt des Vaters Grab!);
Auch weiches Moos, wenn Blumen nicht mehr sind,
Für deines Leichnams Winterschmuck.

GUIDERIUS. Hör' auf,
Und spiele nicht in mädchenhaften Worten
Mit dem, was ernst ist! Laß uns ihn bestatten,
Und nicht verzögern mit Bewund'rung so
Die Pflicht! – Zum Grab!

ARVIRAGUS. Wo legen wir ihn hin?

GUIDERIUS. Zur guten Mutter Euriphile.

ARVIRAGUS. Wohlan!
Und laß uns, Polydor, sind unsre Stimmen
Gleich männlich rauh schon, ihm das Grablied singen,
Wie einst der Mutter; gleiche Wort' und Weise,
Nur statt Euriphile Fidelio.

GUIDERIUS. Cadwal!
Ich kann nicht singen, weinend sprech' ich's mit;

Denn Töne, die durch Schmerz verstimmt, sind schlimmer,
Als Priesterlug im Tempel.

ARVIRAGUS. Nun, so sprich es!

BELLARIUS.
Ein großer Schmerz heilt kleinern: ihr vergeßt
Cloten. Er war doch einer Kön'gin Sohn;
Und kam er auch als unser Feind, bedenkt,
Er hat's gebüßt; verwest gleich hoch und niedrig
Vereint, im selben Staub, so trennt doch Ehrfurcht,
Der Engel dieser Welt, den Platz des Mächt'gen
Vom Niedern. Unser Feind war Prinz, und nahmt
Ihr ihm das Leben gleich als unserm Feind,
Bestattet ihn als Fürsten!

GUIDERIUS. Holt ihn her,
Thersites' Leichnam ist so gut wie Ajax',
Sind beide tot.

ARVIRAGUS. Geht Ihr und bringt ihn her,
So sprechen wir das Lied indes. – Fang' an!

Bellarius geht ab.

GUIDERIUS.
Nach Osten, Cadwal, muß sein Antlitz liegen;
Der Vater hat 'nen Grund dafür.

ARVIRAGUS. 's ist wahr.

GUIDERIUS.
Komm, hilf, hier leg' ihn hin!

ARVIRAGUS. So, nun fang' an!

Lied

GUIDERIUS.
Fürchte nicht mehr Sonnenglut,
Noch des Winters grimmen Hohn!
Jetzt dein irdisch Treiben ruht,
Heim gehst, nahmst den Tageslohn:
Jüngling und Jungfrau goldgehaart,
Zu Essenkehrers Staub geschart.

ARVIRAGUS.
Fürstenzorn macht dir nicht Not,
Fürchte nicht Tyrannenstreich;
Sorge nicht um Kleid und Brot,
Eich' und Bins' ist dir nun gleich:
König, Arzt und Hochgelahrt,
All' in einem Staub gepaart.

GUIDERIUS.
Fürchte nicht mehr Flammenblitze,

ARVIRAGUS.
Zittre nicht vorm Donnerschlage;

GUIDERIUS.
Stumpf ist der Verleumdung Spitze;

ARVIRAGUS.
Dir verstummt jetzt Lust und Klage:

BEIDE.
Jung Liebchen, Liebster, goldgehaart,
Wird, so wie du, dem Staub gepaart.

GUIDERIUS.
Kein Zauberspruch verstör' dich!

ARVIRAGUS.
Nicht Hexenkunst beschwör' dich!

GUIDERIUS.
Kein irr Gespenst umschwärm' dich!

ARVIRAGUS.
Und nie was Böses härm' dich!

BEIDE.
Ruhiges Verwesen hier;
Ehre, nach dem Tod, sei dir!

Bellarius kommt mit Clotens Leiche.

GUIDERIUS.
Die Feier ist vollbracht: legt den hier nieder!

BELLARIUS.
Hier sind auch Blumen – mehr um Mitternacht;
Die Kräuter, die der kalte Nachttau feuchtet,
Sind bester Schmuck für Gräber. – Auf ihr Antlitz –
Ihr wart wie Blumen, jetzt verwelkt, wie diese,
Welkt dieses Kraut auch, jetzt entpflückt der Wiese. –
Kommt nun, und fern dort werft euch auf die Knie!
Die Erde, die sie gab, nahm sie zurück:
Hier ist ihr Leid geendet wie ihr Glück.

Bellarius, Guiderius und Arviragus gehn ab.

IMOGEN *indem sie erwacht.*
Ja, Herr, nach Milford Hafen: dies der Weg? –
Ich dank' Euch. – Bei dem Busch? – Wie weit ist's noch?
O Jemine! – Kann's noch sechs Meilen sein? –
Ich ging die ganze Nacht: nun, ich will schlafen.
Doch still! Kein Schlafkam'rad! Oh, all ihr Götter!

Sie sieht den Leichnam.

Die Blumen sind wohl wie die Lust der Welt,
Der blut'ge Mann die Leiden drunter. – Immer
Noch Traum, – das hoff' ich.
So war mir auch, ich sei ein Höhlenwächter
Und Koch für wackre Leute: doch, 's ist nichts,
Es ist ein Pfeil, von Nichts auf Nichts geschossen,
Den unser Hirn aus Dünsten formt. Selbst Augen
Sind manchmal, wie das Urteil, blind. Fürwahr,
Ich zittre noch aus Furcht; doch blieb im Himmel
Ein kleiner Tropfen Mitleid, winzig, wie
Ein Hänflingsaug', – ihr furchtbar'n Götter, davon
Ein Teilchen mir! Der Traum bleibt immer noch:
Selbst wachend ist er außer mir wie in mir;
Nicht vorgestellt, gefühlt. Hauptlos ein Mann! –
Das Kleid des Posthumus! Oh, ich erkenne
Des Beins Gestalt: und dies ist seine Hand;
Der Fuß Merkurs; des Kriegesgottes Schenkel;
Herkules' Arm, – doch ach, sein Jovis Antlitz –
Im Himmel Mord? – Wie? – Dieses fehlt. – Pisanio,
Die Flüche all', die rasend Hekuba
Den Griechen schrie, zermalmen dich mit meinen!
Du, mit Cloten vereint, dem wilden Teufel,
Erschlugst hier meinen Mann! – Sei Schreiben, Lesen
Verrat hinfort! – Du höllischer Pisanio!
Mit falschen Briefen – höllischer Pisanio!
Schlugst du vom schönsten Fahrzeug in der Welt
Den Hauptmast ab! – O Posthumus! Weh mir!
Wo ist dein Haupt? Wo ist es? Ach! Wo ist es?
Pisanio konnte ja dein Herz durchbohren,
Ließ er dir nur das Haupt! – Wie war es möglich?
Er und Cloten, Bosheit und Habsucht legten
Dies Weh hieher. Oh, zu, nur zu gewiß!
Der Trank, den er mir gab und köstlich nannte
Und herzerquickend, ward er mir nicht mörd'risch,
Betäubend? Das bestätigt's noch:
Dies ist Pisanios Tat und Clotens. Ach! –
Mit deinem Blut schmink' mir die bleichen Wangen,
Daß wir so schrecklicher uns denen zeigen,
Die uns hier finden. Oh, Gemahl! Gemahl!

Es treten auf Lucius, ein Hauptmann, mehrere Anführer und ein Wahrsager.

HAUPTMANN.
Die gallischen Legionen kreuzten schon
Das Meer, wie Ihr befahlt, und harren Euer
In Milford Hafen, wo die Schiffe liegen:
Sie sind bereit.
LUCIUS. Was hören wir von Rom?
HAUPTMANN.
Die Edelleute und die Grenzbewohner
Hat der Senat entboten – rasche Geister,
Die edlen Dienst verheißen: und sie kommen,
Der kühne Jachimo befehligt sie,
Siennas Bruder.
LUCIUS. Doch wann landen sie?
HAUPTMANN. Mit nächstem günst'gen Wind.
LUCIUS. Dies Eilen schafft
Uns schöne Hoffnung. Laßt die Truppen mustern,
Die hier sind; jeder Führer achte drauf. –
Nun, Freund, was träumtest du von diesem Krieg?
WAHRSAGER.
Die Götter sandten mir die Nacht ein Zeichen,
Ich fastete, und betet' um Erleuchtung:
Roms Aar, der Vogel Jupiters, entschwebte
Vom feuchten Süd zu diesem Teil des West,
Wo er im Sonnenlicht verschwand: dies deutet,
Ist nicht durch Sündlichkeit mein Schaun getrübt,
Den röm 'schen Waffen Glück.
LUCIUS. Träum' immer so,
Und nimmer falsch! – Still, welcher Stamm ist dies,
Beraubt des Gipfels? Diese Trümmer sprechen,
Dies war ein edler Bau einst. – Seht, ein Page! –
Tot oder schlafend auf ihm? Doch wohl tot:
Denn die Natur ergraut vor solchem Bette,
Bei Abgeschiednen, auf des Todes Stätte. –
Laßt mich des Knaben Antlitz sehn!
HAUPTMANN. Er lebt.
LUCIUS.
Dann gibt er Kunde von dem Leichnam. – Jüngling,
Erzähl' dein Schicksal uns; denn, wie mich dünkt,
Ist es des Forschens wert; wer ist's, den du
Zu deinem blut'gen Kissen machst? Wer war's,
Der, was Natur mit edler Hand gebildet,
Zerstören durfte? Wie viel ging dir unter
In diesem Schiffbruch? Wie geschah's? Wer ist dies?
Wer du?
IMOGEN. Ein Nichts bin ich, und besser wär' mir,
Ein Nichts zu sein. Mein Herr war dieser Mann,
Er war ein tapfrer Brit', und liebevoll,
Und ist durch Bergbewohner hier erschlagen –
Ach! Solchen Herrn gibt's nicht mehr; wandert' ich
Von Ost nach West, und weinte laut um Dienst,
Fänd' manchen, alle gut, und diente treu,
Nie träf ich solchen Herrn.
LUCIUS. Ach, guter Jüngling!
Du rührst mich minder nicht durch deine Klagen,
Als durch sein Blut dein Herr: wie war sein Name?
IMOGEN. Richard du Champ.
Für sich.
Lüg' ich und schade keinem,
Wenn's auch die Götter hören, hoff' ich doch,
Verzeihn sie's. – Wie?
LUCIUS. Dein Name?
IMOGEN. Herr, Fidelio.
LUCIUS. Als solchen hast du wahrlich dich bewährt,
So treu gesinnt bist du des Namens wert.
Willst du's mit mir versuchen? Find'st du gleich
So guten Herrn nicht mehr, doch sicher einen,
Der dich nicht minder liebt. Ein Brief des Kaisers,
Mir vom Senat gesandt, empföhle dich
Nicht besser als dein eigner Wert. Komm mit mir!
IMOGEN.
Ich folg' Euch, Herr. Doch erst, gefällt's den Göttern,
Berg' ich vor Fliegen meinen Herrn, so tief,
Wie diese armen Schaufeln graben können.
Hab' ich mit Blum' und Laub die Gruft bestreut,
Und hergesagt ein Hundert von Gebeten,
Zweimal, wie ich sie weiß, mit Seufzern, Tränen,
Verlass' ich seinen Dienst, um Euch zu folgen,
Wenn Ihr mich nehmen wollt.
LUCIUS. Ja, guter Knabe,
Und mehr dein Vater als Gebieter sein. –
Dies Kind, ihr Freunde, lehrt uns Männerpflicht.
Laßt uns den schönsten Rasenfleck erkiesen
Und ihm mit Lanz und Speer die Gruft bereiten!
Um deinethalb ist er mir lieb, o Knabe –
Kommt, hebt ihn auf, bestattet ihn zum Grabe
Auf Kriegerart! – Erheitre deinen Blick:
Ein tiefer Fall führt oft zu höherm Glück.
Alle ab.

Dritte Szene

In Cymbelines Palast.
Es treten auf Cymbeline, Lords, Pisanio.

CYMBELINE.
Fort! Bringt mir Nachricht, wie es mit ihr steht!
Ein Fieber um des Sohns Abwesenheit,
Ein Wahnsinn, der dem Leben droht – O Himmel,
Wie hart schlägst du mich plötzlich! Imogen,
Mein größter Trost, dahin; die Königin
Liegt auf dem Todesbett; zu einer Zeit,
Da Krieg mir schrecklich droht, ihr Sohn verschwunden,
So unentbehrlich jetzt: es trifft mich schwer
Und hoffnungslos. – Doch du, Gesell, der sicher
Um ihre Flucht gewußt, und jetzt dich stellst
Wie einer, der nichts weiß, dir wird's erpreßt
Durch Folterqual.
PISANIO. Mein Leben, Herr, ist Euer,
Demütig leg' ich's Euch zu Füßen – doch,
Wo meine Herrin ist, ich weiß es nicht,
Weshalb sie floh, noch wann sie wiederkehrt;
Ich bitt' Eu'r Hoheit, haltet mich für treu!
ERSTER LORD. Mein König,
Den Tag, als sie vermißt ward, war er hier,
Ich steh' für seine Treu', und weiß, er tut,
Was Untertanen ziemt. Nach Cloten wird
Mit Fleiß und Eifer emsiglich gesucht,
Man findet ihn gewiß.
CYMBELINE. Die Zeit ist stürmisch:
Für diesmal schlüpfe durch, doch schwebt Verdacht
Noch über deinem Haupt.
ZWEITER LORD. Eu'r Majestät,
Die röm'schen Legionen sind gelandet

Von Gallien aus, und werden noch ergänzt
Durch röm'schen Adel, vom Senat gesandt.

CYMBELINE.
Oh, jetzt den Rat der Kön'gin und des Sohnes!
Zu viel bricht auf mich ein.

ERSTER LORD. Mein edler Fürst,
Eu'r Heer ist minder stark nicht als der Feind:
Und kommt auch mehr, seid Ihr für mehr gerüstet!
Man braucht nur die Armee ins Feld zu stellen,
Die eifrig dies begehrt.

CYMBELINE. Ich dank' Euch! Kommt!
Begegnen wir der Zeit, wie sie uns sucht!
Wir fürchten nicht, was von Italien dräut:
Uns quält der nächste Kummer nur. Hinweg!

Cymbeline und Lords ab.

PISANIO.
Kein Wort von meinem Herrn, seit ich ihm schrieb,
Daß Imogen erschlagen: das ist seltsam!
Auch hör' ich nichts von ihr, die doch mir Nachricht
Versprach zu geben; kann auch nicht erfahren,
Was aus Cloten geworden: alles dies
Macht mich verwirrt. Die Götter mögen helfen!
Durch Falschheit bin ich ehrlich, treu durch Untreu'.
Im Krieg zeig' ich, wie ich Britannien liebe,
Der König rühme selbst mich, fall' ich nicht.
Die Zeit mag, was noch dunkel ist, erhellen:
Heim bringen steuerlos manch Boot die Wellen.

Er geht ab.

Vierte Szene

Vor der Höhle.
Bellarius, Guiderius und Arviragus treten auf.

GUIDERIUS. Der Lärm ist ringsum.

BELLARIUS. Ziehn wir uns zurück!

ARVIRAGUS.
Wo ist des Lebens Lust, verschließen wir's
Vor Tat und vor Gefahr?

GUIDERIUS. Ja, welche Hoffnung
Bringt uns die Flucht? Die Römer morden doch
Als Briten uns; wo nicht, so nehmen sie
Uns auf als unnatürliche Rebellen,
Gebrauchen uns, und morden uns nachher.

BELLARIUS.
Kommt höher aufs Gebirg', da sind wir sicher.
Wir dürfen nicht zum Königsheer; die Neuheit
Von Clotens Tod (wir unbekannt, gemustert
Nicht mit dem Volk) bringt uns in Untersuchung,
Wo wir gelebt: so zwingt man uns denn ab,
Was wir getan, und Eingestehn wird Tod,
Verlängt durch Qual.

GUIDERIUS. Dies, Vater, ist Befürchtung,
Die Euch in solchen Zeiten nicht geziemt,
Noch uns genügt.

ARVIRAGUS. Es ist wohl nicht zu glauben,
Daß, hören sie die röm'schen Rosse wiehern,
Sehn ihre Lagerfeuer, Aug' und Ohr
Geblendet und betäubt durchs Wichtigste,
Daß ihnen Zeit noch bleibt, uns zu bemerken,
Zu fragen, wer wir sind.

BELLARIUS. Ich bin gekannt
Im Heer von manchem dort; so manches Jahr,
War Cloten jung auch damals, löscht' ihn nicht
Aus dem Gedächtnis mir. Auch ist der König
Nicht meines Diensts und eurer Liebe wert;
Mein Bann war schuld, daß euch Erziehung fehlte,
Daß ihr als Wilde lebtet; alles Glück,
Das eure Wiege euch verhieß, verschwand,
Daß euch der heiße Sommer bräunt, als Sklaven
Ihr schaudern müßt dem Winter.

GUIDERIUS. Besser sterben
Als so zu leben. Bitte, kommt zum Heer:
Mich und den Bruder kennt kein Mensch, Ihr selbst
Seid längst vergessen, drum aus aller Sinn,
Und niemand fragt nach Euch.

ARVIRAGUS. Beim Licht der Sonne,
Ich muß dahin! Was ist's, daß ich noch nie
Sah sterben einen Mann? Kein Blut erblickte,
Als feiger Hasen, hitz'ger Gemsen, Hirsche?
Daß ich kein Roß bestieg, als eins, das Reiter
Nur trug, wie ich bin, solche, deren Ferse
Nie Sporn und Eisen ziert'? Ich schäme mich,
Die heil'ge Sonne anzuschaun, die Wohltat
Des sel'gen Strahls zu haben, und zu bleiben
Ein armes Nichts.

GUIDERIUS. Beim Himmel, ich will gehn!
Wollt Ihr mich segnen, freundlich mich entlassen,
So geh' ich froher; wollt Ihr aber nicht,
So falle die Gefahr nur dreist auf mich,
Durch Römerschwerter!

ARVIRAGUS. So sag' ich, und Amen!

BELLARIUS. Da ihr so wenig euer Leben achtet,
Was soll mit größrer Sorg' ich mein verfallnes
Noch schonen? Söhne, auf! Ich geh' mit euch,
Und opfert ihr fürs Vaterland das Leben,
So sei auch mir solch Todesbett gegeben: –

Für sich.

Die Zeit scheint lang. Zorn jagt ihr Blut in Flammen,
Bis es entströmt und zeugt, woher sie stammen.

Alle ab.

Fünfter Aufzug

Erste Szene

Feld zwischen dem römischen und britischen Lager.
Posthumus kommt mit einem blutigen Tuche.

POSTHUMUS.
Ja, blutig Tuch, dich heb' ich auf: denn so
Verlangt' ich dich gefärbt. Ihr Ehemänner,
Verführ't ihr alle so, wie würde mancher
Ein Weib erschlagen, besser, als er selbst,
Weil sie ein wenig fehlte! – O Pisanio!
Ein guter Diener tut nicht jeden Dienst;
Nur was gerecht, ist Pflicht. – Ihr Götter! Straftet
Ihr meine Sünden so, dann lebt' ich nicht,
Dies anzuregen: zu bereuen ward
Geschont die edle Imogen, und mich
Verworfnen traf gerechte Rache. Doch
Um kleine Schuld entrafft ihr den, aus Liebe,
Daß er nicht tiefer falle: andre dürfen
Auf Sünde Sünde häufen, schlimmer stets,
Und Furcht erregend selbst gesichert bleiben.
Doch euch gesellt ist Imogen: tut, wie ihr wollt,

Und laßt mein Heil mich im Gehorchen finden!
Ich kam mit röm'schen Rittern zu bekämpfen
Der Gattin Reich: doch ist's genug, Britannien,
Daß deine Fürstin ich erschlug; sei ruhig!
Dir geb' ich keine Wunde. Drum, ihr Götter,
Hört meinen Vorsatz gnädig an: hier leg' ich
Italiens Kleider ab, und hülle mich
In brit'sche Bauerntracht: so fecht' ich gegen
Das Volk, mit dem ich kam; so will ich sterben.
Für dich, o Imogen, ist doch mein Leben,
Ja, jeder Atemzug ein Tod; so unbekannt,
Gehaßt nicht, noch beklagt, weih' ich mich selbst
Dem Untergang. Erkenne kühnern Geist
Jedweder Feind, als mein Gewand verheißt!
Schenkt, Götter, mir der Leonate Kraft!
Die Welt beschämend, will ich jetzt beginnen
Den neuen Brauch: schlecht außen, kostbar innen.

Geht ab.

Zweite Szene

Ebendaselbst.
Von einer Seite kommen Lucius, Jachimo und das römische Heer; von der andern Seite das britische Heer, Leonatus Posthumus darunter, als gemeiner Krieger. Sie marschieren vorüber und gehn ab. Kriegsgetümmel. Im Gefecht kommen Jachimo und Posthumus zurück; dieser besiegt und entwaffnet den Jachimo, und geht dann ab.

JACHIMO.
Der Sünden Last in der gequälten Brust
Lähmt meine Mannheit; eine Frau belog ich,
Die Fürstin dieses Reichs: zur Strafe raubt
Die Luft mir alle Kraft: wie konnte sonst
Der Kerl, der Ackerknecht, mich so bezwingen
Im Ritterkampf? Geerbte Her' und Würde
Trag' ich nur als der Schmach und Schande Bürde.
Britannien, steht dein Adel diesem Lump
Voran, wie er uns Große macht zum Spott,
Sind wir kaum Männer, jeder hier ein Gott.

Er geht ab.

Die Schlacht dauert fort; die Briten fliehen; Cymbeline wird gefangen; Bellarius, Guiderius und Arviragus kommen ihm zu Hülfe.

BELLARIUS.
Steht, steht! Des Bodens Vorteil haben wir;
Der Paß ist wohlbesetzt: nichts macht uns wanken,
Als unsrer Feigheit Schmach.

GUIDERIUS UND ARVIRAGUS.
Steht, steht und kämpft!

Posthumus kommt und hilft den Briten; sie befreien Cymbeline und gehen ab; dann kommen Lucius, Jachimo und Imogen.

LUCIUS.
Fort, aus dem Haufen, Knab', und rette dich;
Denn Freund schlägt Freund, Verwirrung wächst, als wäre
Krieg blind und taub.

JACHIMO. Das macht die frische Hülfe.

LUCIUS.
Das Glück hat seltsam sich gewandt; beizeiten
Laßt uns Verstärkung suchen oder fliehn!

Alle ab.

Dritte Szene

Ein anderer Teil des Schlachtfeldes.
Posthumus tritt auf und ein britischer Lord.

LORD. Kommst du von dort, wo stand sie hielten?

POSTHUMUS. Ja.

LORD.
Doch Ihr, so scheint's, kommt von den Flücht'gen.

LORD. Ja.

POSTHUMUS.
Kein Tadel drum, denn alles war verloren:
Nur Hoffnung auf den Himmel. Der König selbst
Fern von den Flügeln, ganz sein Heer durchbrochen,
Und nur der Briten Rücken sichtbar, alle
In Flucht durch engen Paß; der Feind voll Siegslust,
Nach Blut die Zunge lechzend, mehr zur Schlachtung
In Vorrat, als er Messer hatte, fällte
Die tödlich wund, die leicht berührt, die stürzend
Aus bloßem Schreck; so ward der Paß gedämmt
Mit Toten, wund im Rücken, Feigen, lebend,
Um mit verlängter Schmach zu sterben.

LORD. Wo
War dieser enge Paß?

POSTHUMUS.
Beim Schlachtfeld dicht, im aufgeworfnen Rasen,
Was sich zu Nutz ein alter Krieger machte, –
Ein Ehrenmann, das schwör' ich – wohl verdient
Er langes Leben und sein Silberhaar
Durch diese Tat fürs Vaterland – im Paß,
Er mit zwei Knaben (Kindern, mehr geeignet
Zu munterm Tanze als zu solchem Morden;
Mit Angesichtern wie für Larven, schöner
Als die verhüllt Scham oder Reiz bewahren),
Schützt' nun den Weg und rief den Flücht'gen zu:
»Der brit'sche Hirsch stirbt auf der Flucht, kein Krieger:
Zur Hölle rennt, ihr rückwärts Flieh'nden! Steht,
Sonst macht ihr uns zu Römern, und wir schlachten
Wie Vieh euch, die ihr viehisch lauft; euch rettet
Ein zornig Rückwärtsschauen; steht, o steht!« –
Die drei, dreitausend durch Vertraun, und wahrlich,
Nicht minder waren sie's durch Kraft und Tat
(Drei Helden sind das Heer, wenn alle andern
Ein Nichts sind), mit dem Worte: »Steht, o steht!«,
Begünstigt durch den Platz, doch mehr noch zaubernd
Durch eignen Adel (der wohl wandeln konnte
Zum Speer die Kunkel), entflammten matte Blicke,
Halb Scham, halb muterneut; und manche, feige
Durchs Beispiel nur (oh, eine Sünd' im Kriege,
Verdammt im ersten Sünder!), wandten um
Auf ihrem Weg, und schäumten, Löwen gleich,
Dem Jägerspieß entgegen. Da entstand
Ein Anhalt der Verfolgung, Rückzug; schnell
Verwirrung, Niederlage: – die als Adler
Daher gestürmt, entfliehn als Tauben; Sklaven,
Wo sie als Sieger prangten; unsre Memmen
(Wie Brocken auf bedrängter Seefahrt) wurden
Nun Lebensrettung in der Not; die Hintertür
Der unbewachten Herzen offen findend,
O Himmel, wie nun hieben sie! Auf schon

Erschlagne, Sterbende, auf Freunde, die
Die vor'ge Woge überwälzte: zehn,
Die einer jagte; jeder ist nun jetzt
Von zwanzigen der Schlächter: die eh'r sterben
Als kämpfen wollten, sind des Felds Entsetzen.

LORD. Wie sonderbar:
Ein enger Paß! Zwei Knaben und ein Greis!

POSTHUMUS.
Nicht wundert Euch! Ihr staunt wohl lieber, hört Ihr
Von Taten, als Ihr selber welche tut.
Wollt Ihr's im Reim, als Spottgedicht? So klingt's:
Zwei Knaben und ein Greis, zweimal so alt als beide,
Ein Paß, ward uns zum Hort, dem Feind zum Leide.

LORD. Nun, seid nicht böse!

POSTHUMUS. So war's nicht gemeint.
Wer vor dem Feind nicht steht, dem bin ich Freund:
Denn, tut er seiner Art nach, sicherlich
Läßt er auch meine Freundschaft bald im Stich.
Ich komm' ins Reimen schon.

LORD. Geht, Ihr seid böse.

Geht ab.

POSTHUMUS.
Doch gehn? Das heißt ein Lord! O Adelsheld!
Fragt in der Schlacht, wie's um die Schlacht bestellt!
Wie mancher heut gab seine Ehre preis,
Den Leichnam nur zu retten! Lief davon,
Und starb doch! Ich, durch Schmerzen fest gemacht,
Fand nicht den Tod, wo ich ihn ächzen hörte;
Fühlt' ihn nicht, wo er schlug; ein Untier, scheußlich
Seltsam, verbirgt er sich im lust'gen Becher,
Im sanften Bett und süßen Wort; hat mehr
Bedient' als wir, die seine Klingen zücken.
Sei's, dennoch find' ich ihn:
Denn, wie ich jetzt den Briten beigestanden,
Bin ich nicht Brite mehr und nehme wieder
Das Kleid, in dem ich kam.

Er wechselt die Kleider.

Nicht fecht' ich mehr,
Ich gebe mich dem schlechtsten Bauer, der
Mich nur berührt. Groß ist der Mord, den hier
Der Römer angestellt; schwer muß sich rächen
Der Brite. Ich – mein Lösegeld sei Sterben,
Um Tod wollt' ich auf beiden Seiten werben;
Denn länger soll er mir nicht widerstehn,
Und so vollend' ich's denn für Imogen.

Es kommen zwei britische Hauptleute und Soldaten.

ERSTER HAUPTMANN.
Dank allen Göttern! Lucius ist gefangen:
Man hält die Knaben und den Greis für Engel.

ZWEITER HAUPTMANN.
Ein vierter Mann war noch, im schlechten Rock,
Der auch den Feind zurücktrieb.

ERSTER HAUPTMANN. So erzählt man;
Doch alle sind verschwunden. – Halt! Wer bist du?

POSTHUMUS. Ein Römer,
Der nicht hier um sich triebe, hätten andre
Wie er getan.

ZWEITER HAUPTMANN.
Legt Hand an ihn; ein Hund!
Es soll kein Bein zurück nach Rom und sagen,
Wie hier die Kräh'n sie hackten. Er stolziert,
Als wär' er Großes; bringt ihn hin zum König!

Cymbeline tritt auf mit Gefolge; Bellarius, Guiderius, Arviragus und römische Gefangne. Die Hauptleute führen Posthumus vor Cymbeline, welcher ihn einem Kerkermeister übergibt; darauf gehn alle ab.

Vierte Szene

Gefängnis.
Posthumus tritt auf mit zwei Kerkermeistern.

ERSTER KERKERMEISTER.
Jetzt stiehlt Euch keiner, Ihr seid angeschlossen;
Grast, wenn Ihr Weide habt.

ZWEITER KERKERMEISTER. Ja, oder Hunger.

Sie gehn beide ab.

POSTHUMUS.
O seid willkommen, Ketten! Denn ihr führt,
Hoff' ich, zur Freiheit: ich bin weit beglückter
Als einer, den die Gicht plagt; weil der lieber
Möcht' ewig seufzen, als geheilt sich sehn
Durch Tod, den sichern Arzt; er ist der Schlüssel,
Der diese Eisen löst. Oh, mein Gewissen!
Du bist gefesselt mehr als Fuß und Hand.
Schenkt, güt'ge Götter, mir der Büßung Mittel,
Den Riegel aufzutun, dann, ew'ge Freiheit!
Genügt's, daß es mir leid tut?
So sänft'gen Kinder wohl die ird'schen Väter;
Gnäd'ger sind Götter. Soll ich denn bereun?
Nicht besser kann's geschehen als in Ketten,
Erwünscht, nicht aufgezwängt: – genug zu tun,
Ist das der Freiheit Hauptbeding? So schreibt
Nicht härtre Pfändung vor, nehmt nur mein alles!
Ihr habt mehr Mild' als gier'ge Menschen, weiß ich,
Die 'n Drittel vom bankrutten Schuldner nehmen,
Ein Sechstel, Zehntel, daß am Abzug wieder
Er sich erhole; das begehr' ich nicht:
Fürs teure Leben Imogens nehmt meins,
Und gilt's auch nicht so viel, ist's doch ein Leben.
Ihr prägtet es; man wägt nicht jede Münze,
Man nimmt auch leichtes Stück des Bildes wegen;
Ihr um so eher mich, als euren Stempel:
So, ihr urew'gen Mächte,
Nehmt ihr den Rechnungsschluß, so nehmt mein Leben,
Und reißt entzwei den Schuldbrief! Imogen!
Ich spreche jetzt zu dir im Schweigen.

Er schläft ein.
Feierliche Musik.
Als Geistererscheinung treten auf Sicilius Leonaius, der Vater des Posthumus, ein Greis in kriegerischem Schmuck; er führt eine Matrone an der Hand, seine Gattin, die Mutter des Posthumus.
Ihnen folgen die jungen Leonate, des Posthumus Brüder, mit offnen Wunden, wie sie in der Schlacht fielen. Sie stellen sich rings um den schlafenden Posthumus.

SICILIUS.
Du Donnerschleud'rer, kühle nicht
Am schwachen Wurm den Mut:
Den Mars bedräu' und Juno schilt',
Die eifersücht'ge Wut
Zur Rache treibt.
War nicht mein Sohn stets fromm und rein,
Des Blick mir nie gelacht?
Denn als ich starb, hatt' ihn Natur

Noch nicht ans Licht gebracht.
Als Vater (sagt man doch, du sollst
Der Waisen Vater sein)
Warum nicht schirmst und rett'st du ihn
Von dieser ird'schen Pein?

MUTTER.
Lucina half mir nicht, ich starb
Schmerzvoll, noch im Gebären:
Mir Posthumus entschnitten ward;
Zu Feinden kam mit Zähren
Das arme Kind.

SICILIUS.
Ihn schuf Natur, den Ahnen gleich,
So männlich, stark und groß,
Und er erwarb den Preis der Welt,
Als des Sicilius Sproß.

ERSTER BRUDER.
Und als er nun zum Mann gereift
Im mächt'gen Britenland,
War keiner ihm an Tugend gleich,
Weshalb er Gnade fand
Vor Imogen, die seinen Wert,
Sein edles Herz erkannt.

MUTTER.
Was ward durch Eh'glück er gehöhnt,
Verbannt zu sein mit Schmerz,
Geraubt ihm Leonatus' Gut
Und der Geliebten Herz,
Der süßen Imogen?

SICILIUS.
Was litt'st du, daß ihn Jachimo,
Italiens eitler Tor,
In eifersücht'gen Wahn verstrickt,
Daß er den Sinn verlor;
Daß fremdes Bubenstück ihm Hohn
Und Törung aufbeschwor?

ZWEITER BRUDER.
Drum kommen Vater, Mutter aus
Der Sel'gen Heiligtum,
Und wir, die für das Vaterland
Gefallen sind mit Ruhm,
Verfechtend des Tenantius Recht
Im echten Rittertum.

ERSTER BRUDER.
Mit gleichem Mut zog Posthumus
Für Cymbeline das Schwert:
Was hast du, Götterfürst, ihm nicht
Verdienten Lohn gewährt?
Und was er würdiglich erwarb
In Leid und Schmerz verkehrt?

SICILIUS.
Tu' dein kristallnes Fenster auf;
Schau her; hör' unser Flehn:
Laß nicht so alten, edeln Stamm
Durch deinen Grimm vergehn!

MUTTER.
O Jupiter, mein Sohn ist fromm,
Drum lös' ihm diese When!

SICILIUS.
Schau aus dem Marmorhaus und hilf –
Wir armen Geister schrein
Sonst gegen dich zum Götterrat,
Daß sie uns Hülfe leihn.

ZWEITER BRUDER.
Hilf, wir verklagen sonst dich selbst,
Willst du gerecht nicht sein.

Jupiter steigt mit Donner und Blitz herab, auf einem Adler sitzend; er schleudert einen Blitzstrahl. Die Geister fallen auf die Kniee.

JUPITER.
Schweigt, schwache Schatten ihr vom niedern Sitz,
Betäubt mein Ohr nicht, still! – Wie wagt ihr, Geister,
Den Donn'rer zu verklagen, dessen Blitz,
Rebell'n zerschmetternd, kenntlich macht den Meister?
Elysiums leichte Schatten, fort, und ruht
Auf eurer nie verwelkten Blumenflur!
Kein irdisches Geschick trüb' euren Mut;
Ihr wißt, nicht eure Sorg' ist's, meine nur.
Den hemm' ich, den ich lieb'; es wird sein Lohn
Verspätet süßer nur. Traut meiner Macht;
Mein Arm hebt auf den tief gefallnen Sohn,
Sein Glück erblüht, die Prüfung ist vollbracht.
Mein Sternlicht schien, als er zur Welt geboren,
Mein Tempel sah den Eh'bund. – Auf und schwindet! –
Ihm ist nicht Fürstin Imogen verloren,
Und durch dies Leid wird mehr sein Glück begründet.
Dies Täflein legt auf seine Brust; aus Huld
Spricht hier sein Schicksal unser Wohlgefallen;
Und so hinweg, daß meine Ungeduld
Nicht aufwacht, hör' ich solche Klagen schallen! –
Auf, Aar, zu meinen kristallin'nen Hallen!

Er steigt wieder hinauf.

SICILIUS. Er kam im Donner; und sein Götterhauch
War Schwefeldampf; der heilige Adler stieg
Mit Dräun hernieder; doch sein Aufschwung ist
Süß wie Elysiums Flur: der Königsvogel
Spreizt seine ew'gen Schwingen, wetzt den Schnabel,
Als wär' sein Gott vergnügt.

ALLE. Dank, Jupiter!

SICILIUS.
Die Marmorwölbung schließt sich, er erreicht
Sein strahlend Götterhaus – Fort! Uns zum Heil
Vollbringt sein großes Machtgebot in Eil'!

Die Geister verschwinden.

Posthumus erwacht.

POSTHUMUS.
O Schlaf, du warst mein Ahnherr, und erzeugtest
Den Vater mir – auch meine Mutter schufst du,
Mein Brüderpaar: doch höhnend nur, verloren!
Schon abgeschieden, als sie kaum geboren,
So nun erwacht. – Armsel'ge, die sich stützen
Auf Gunst der Großen, träumen, wie ich träumte;
Erwachen, finden nichts. – Doch, leerer Dunst!
Mancher hat nicht Verdienst noch Traumesgunst,
Und wird bedeckt mit Lohn; so wird mir hie,
Ich finde goldnes Glück und weiß nicht wie.
Was hausen hier für Feen? Ein Buch? Oh, Kleinod!
Sei nicht wie unsre Stutzerwelt, ein Kleid
Edler, als der es trägt: laß deinen Inhalt
Auch golden sein, ganz ungleich jetz'gem Hofmann:
Halte, was du versprichst:
Er liest. »Wenn eines Löwen Junges, sich selbst unbekannt, ohne Suchen findet, und umarmt

wird von einem Stück zarter Luft; und wenn von einer stattlichen Zeder Äste abgehauen sind, die, nachdem sie manches Jahr tot gelegen haben, sich wieder neu beleben, mit dem alten Stamm vereinen und frisch empor wachsen: dann wird Posthumus' Leiden geendigt, Britannien beglückt und in Frieden und Fülle blühend.«

Noch immer Traum, wo nicht solch Zeug wie Tolle
Verstandlos plaudern: beides, oder nichts:
Entweder sinnlos Reden, oder solch Gerede,
Das Sinn nicht kann enträtseln. Sei's, was immer,
Dem Irrsal meines Lebens ist es gleich,
Der Sympathie halb will ich es bewahren.

Die Kerkermeister kommen zurück.

KERKERMEISTER. Kommt, Herr, seid Ihr für den Tod gar gemacht?

POSTHUMUS. Beinah' schon zu hart gebraten: gar schon lange.

KERKERMEISTER. Hängen ist die Losung; wenn Ihr dafür gar seid, so seid Ihr gut gekocht.

POSTHUMUS. Wenn mich also die Zuschauer wohlschmeckend finden, so zahlt das Gericht die Zeche.

KERKERMEISTER. Eine schwere Rechnung für Euch, Herr; aber der Trost ist, Ihr werdet nun nicht mehr zu Zahlungen gefodert werden, keine Wirtshausrechnung mehr zu fürchten haben, die oft das Scheiden betrübt macht, wie sie erst die Lust erweckte. Ihr kommt schwach an, weil Ihr der Speise bedürft, und geht taumelnd fort, weil Ihr ein Glas zu viel getrunken habt: traurig, weil Ihr zu viel ausgegeben: traurig, weil Ihr zu viel eingenommen habt: Kopf und Beutel leer: der Kopf um so schwerer, weil er zu leicht ist, der Beutel um so leichter, weil ihm seine Schwere abgezapft ist. Oh! Aller dieser Widersprüche werdet Ihr nun los. – O über die Menschenliebe eines Pfennigstricks! Tausende macht er in einem Augenblicke richtig: es gibt kein besseres Debet und Kredit als ihn; er quittiert alles Vergangene, Jetzige und Zukünftige – Euer Hals ist Feder, Buch und Rechenpfennig; und so folgt der völlige Abschluß.

POSTHUMUS. Ich bin freudiger zu sterben, als du zu leben.

KERKERMEISTER. Wahrhaftig, Herr, wer schläft, fühlt kein Zahnweh; aber einer, der Euren Schlaf schlafen sollte, wobei der Henker ihm ins Bett steigen hilft, ich denke, der tauschte gern seinen Platz mit seinem Aufwärter: denn seht, Ihr wißt noch nicht, welches Weges Ihr gehen werdet.

POSTHUMUS. O ja, Freund, ich weiß es wohl.

KERKERMEISTER. Nun, dann hat Euer Tod Augen im Kopf; so Habe ich ihn noch nicht gemalt gesehen: Ihr müßt Euch entweder von denen führen lassen, die behaupten, den Weg zu kennen, oder Ihr müßt Euer eigner Führer sein, da ich doch weiß, Ihr kennt den Weg nicht: oder Euch auf eigne Gefahr über alle diese Untersuchungen hinwegsetzen: und wie es Euch am Schluß gerät, – nun, ich denke, Ihr kehrt niemals zurück, um irgendeinem das zu erzählen.

POSTHUMUS. Ich sage dir, keinem fehlen die Augen, ihn auf dem Wege zu leiten, den ich jetzt gehen werde, als solchen, die die Augen zudrücken und sie nicht gebrauchen wollen.

KERKERMEISTER. Welch ein Tausend Spaß wär' das, daß ein Mensch den besten Gebrauch seiner Augen hätte, um den Weg der Blindheit zu sehen! Ich bin gewiß, Hängen ist der Weg, die Augen zuzudrücken.

Ein Bote tritt auf.

BOTE. Nehmt ihm die Fesseln ab, und führt Euren Gefangenen zum König!

POSTHUMUS. Du bringst gute Botschaft; – ich werde zur Freiheit gerufen.

KERKERMEISTER. Dann will ich mich hängen lassen.

POSTHUMUS. Dann wirst du freier sein als ein Schließer; für den Toten gibt es keine Riegel.

Posthumus geht mit dem Boten ab.

KERKERMEISTER. Wenn einer einen Galgen heiraten wollte, um junge Kniegalgen zu erzeugen, könnte er nicht versessener drauf sein wie der. Doch auf mein Gewissen, es gibt noch größere Schurken, die zu leben wünschen, mag dieser auch ein Römer sein: – und unter ihnen gibt es auch welche, die gegen ihren Willen sterben; wie ich tun würde, wenn ich einer wäre. Ich wollte, wir wären alle einer Gesinnung, und die eine Gesinnung wäre gut; oh! Dann würden alle Kerkermeister und Galgen aussterben! Ich spreche gegen meinen jetzigen Vorteil; aber mein Wunsch schließt eine Beförderung ein. *Er geht ab.*

Fünfte Szene

In Cymbelines Palast.
Es treten auf Cymbeline, Bellarius, Guiderius, Arviragus, Pisanio, Lords, Krieger und Gefolge.

CYMBELINE.
Steht mir zur Seit', ihr, die die Götter sandten
Als Stützen meines Throns! Es quält mein Herz,
Daß jener Arme, der so herrlich focht,
Des Kittel goldne Rüstungen beschämte,
Des nackte Brust sich vordrang erznen Panzern,
Nicht kann gefunden werden: der sei glücklich,
Der ihn entdeckt – kann unsre Huld beglücken.

BELLARIUS.
Nie sah ich solchen Heldenzorn in so
Armsel'gem Bild; solch fürstlich Tun in einem,
Der nur geboren schien für Bettlerangst.

CYMBELINE. Und weiß man nichts von ihm?

PISANIO.
Man sucht' ihn unter Lebenden und Toten,
Doch fand man keine Spur.

CYMBELINE. Zu meinem Kummer
Bin ich der Erbe seines Lohns; und füge
Ihn euch noch zu, Herz, Leber, Hirn Britanniens:
Durch euch ja lebt es nur. Jetzt ist es Zeit,
Zu fragen, wo ihr herstammt – sprecht!

BELLARIUS. Mein König,
Aus Cambria gebürtig sind wir, adlig:
Unschicklich wär' und unwahr, mehr zu rühmen;

Nur daß wir ehrlich, sag' ich noch.
CYMBELINE. Kniet nieder
Steht auf als meine Ritter von der Schlacht:
Ihr seid hiermit die Nächsten im Gefolge,
Und Würden geb' ich, eurem Stand geziemend.
Cornelius kommt mit den Hofdamen.
Eil' spricht aus aller Blick: – Warum so traurig
Begrüßt ihr unsern Sieg? Ihr blickt gleich Römern,
Nicht wie vom brit'schen Hof.
CORNELIUS.
Heil, großer König!
Dein Glück zu trüben, muß ich dir den Tod
Der Kön'gin melden.
CYMBELINE. Wem steht solche Botschaft
Wohl schlechter als dem Arzt? Doch wissen wir,
Arznei verlängt das Leben wohl, doch rafft
Der Tod zuletzt den Arzt auch hin. – Wie starb sie?
CORNELIUS.
Im Wahnsinn, schauderhaft, wie sie gelebt;
Grausam der Welt im Leben, starb sie auch
Grausamen Todes. Was sie hat bekannt,
Meld' ich, wenn Ihr befehlt; und diese Frauen,
Sie mögen, irr' ich, mich der Lüge zeihen;
Sie sahen, feuchten Blicks, ihr Ende.
CYMBELINE. Sprich!
CORNELIUS. Zuerst bekannte sie, sie liebt' Euch nie;
Durch Euch erhöht sein war ihr Ziel, nicht Ihr;
Nur Eurem Thron war sie vermählt als Gattin,
Euch selber hassend.
CYMBELINE. Sie nur konnt' es wissen:
Und sprach sie's sterbend nicht, so glaubt' ich's nimmer
Selbst ihren eignen Lippen. Fahre fort!
CORNELIUS. Und Eure Tochter, der sie trügerisch
So große Liebe zeigte, sie bekannt' es,
War ein Skorpion im Aug' ihr; und sie wollte –
Nur daß die Flucht sie hinderte – mit Gift
Ihr Leben tilgen.
CYMBELINE. O du list'ger Teufel!
Wer kann ein Weib durchschau'n? – Weißt du noch mehr?
CORNELIUS.
Und Schlimmres. Sie gestand, daß sie für Euch
Ein tödlich Mittel habe, das, genommen,
Minutenweis' am Leben zehrt und langsam
Euch zollweis' töten sollt', indessen sie,
Durch Wachen, Weinen, Pfleg' und Zärtlichkeit,
Durch falschen Schein Euch täuschte – ja die Zeit,
Indem ihr Mittel auf Euch wirkte, nützte,
Um ihrem Sohn die Krone zu versichern.
Da nun ihr Zweck durch sein Verschwinden fehl schlug,
Erfaßte sie schamlos Verzweifeln; Menschen
Und Gott zum Trotz, gestand sie ihre Absicht;
Bereute, daß das Unheil nicht gereift,
Und starb in Wut.
CYMBELINE. Ihr Frau'n vernahmt dies auch?
HOFDAME. So ist es, hoher König.
CYMBELINE. Meine Augen
Sind ohne Schuld, denn sie war schön; mein Ohr,
Das sie mit Schmeichelei erfüllt; mein Herz,
Das ihrem falschen Schein getraut; nur Laster
Konnt' Argwohn fassen: – aber, o mein Kind!
Daß ich ein Tor gewesen, darfst du sagen,
Dein Unglück hat's bestätigt. Hilf uns, Himmel!
Es treten auf Lucius, Jachimo, der Wahrsager und mehrere römische Gefangene mit Wachen; Posthumus und Imogen zuletzt.
Jetzt kommst du nicht, Tribut zu fodern, Cajus;
Den hat Britannien ausgetilgt, wenn auch
Durch manches Tapfern Tod; und deren Freunde
Verlangen Sühnung ihrer Geister durch
Die Tötung der Gefangnen, was ich ihnen
Bewilligt: So erwäge dein Geschick!
LUCIUS.
Bedenk' des Krieges Wechsel! Nur durch Zufall
War dein der Sieg; und wär' er uns geworden,
Bedräuten wir mit kaltem Blute nicht
Die Kriegsgefangenen. Doch da die Götter
Es also wollten, daß nur unser Leben
Als Zahlung gilt, so mag es sein: – man weiß,
Ein Römer kann mit Römerherzen dulden –
Augustus lebt, und rächt es einst: – so viel,
Was mich betrifft. Dies eine nur will ich
Von Euch erbitten: Nehmet Lösung an
Für meinen Knaben, dieses Landes Sohn;
Kein Herr hatt' einen Pagen je, so sanft,
So pflichtergeben, aufmerksam und fleißig,
So allerwege treu, so weiblich pflegsam:
Mag sein Verdienst mit meiner Bitte sprechen,
Ihr könnt sie, edler König, nicht versagen;
Er kränkte keinen Briten, war er Diener
Auch eines Römers: – ihn verschont, und spart
Kein Blut sonst!
CYMBELINE. Sicher hab' ich ihn gesehn;
Sein Antlitz ist mir wohlbekannt. – Mein Knabe,
Es hat dein Blick sich mir ins Herz gesenkt,
Und du bist mein. – Mich treibt's, ich weiß nicht wie,
Zu sagen, lebe! – dank' nicht deinem Herrn –
Und fodre, was du willst, von Cymbeline:
Ziemt's meiner Güt' und deinem Stand, gewähr' ich's;
Ja, wenn du auch von den Gefangnen foderst
Den edelsten.
IMOGEN. In Demut dank' ich Euch.
LUCIUS.
Nicht bitt' ich, daß du sollst mein Leben fodern;
Doch weiß ich, liebes Kind, du wirst.
IMOGEN. Ach nein:
Um ganz was anders handelt sich's; da seh' ich
Mir Schlimmres noch als Tod: dein Leben, guter Herr,
Muß selbst sich umtun.
LUCIUS. Mich verschmäht der Knabe,
Verläßt, verspottet mich – wie schnell verschwindet
Ein Glück, das sich auf Knab' und Mädchen gründet! –
Was steht er so betäubt?
CYMBELINE. Was willst du, Knabe?
Mehr lieb' ich dich und mehr; denk' mehr und mehr,
Was du gern hättest. Kennst du, den du anschaust?
Willst du sein Leben? Ist's dein Freund? Verwandter?
IMOGEN.
Er ist ein Römer, mir nicht mehr verwandt,
Als ich Eu'r Hoheit; doch ich steh' Euch näher
Als Untertan.
CYMBELINE. Was schaust du ihn so an?
IMOGEN.

Ich sag's Euch im geheim, wenn Ihr geruht,
Mich anzuhören.

CYMBELINE. Ja, von ganzem Herzen,
Und bin für dich ganz Ohr. Wie ist dein Name?

IMOGEN. Fidelio, Herr.

CYMBELINE.
Du bist ein wackrer Knabe;
Mein Page, ich dein Herr: komm und sprich frei!

Cymbeline und Imogen sprechen heimlich.

BELLARIUS.
Ist er vom Tod erstanden, dieser Knabe?

ARVIRAGUS.
Ein Sandkorn sieht dem andern nicht so gleich:
Das ros'ge Kind, Fidelio, welches starb –
Was meint Ihr?

GUIDERIUS. Ganz dasselbe Wesen lebend.

BELLARIUS.
Still! Er sieht uns nicht an; seid ruhig, wartet!
Wohl gleichen Menschen sich, und wenn er's wäre,
So spräch' er auch mit uns.

GUIDERIUS. Wir sahn ihn tot.

BELLARIUS. Schweigt, warten wir es ab!

PISANIO *für sich.*
's ist meine Herrin!
Nun, da sie lebt, mag kommen, was da will,
Gut oder schlimm!

CYMBELINE. Komm, stell' dich neben mich,
Tu' deine Fragen laut! – Du da, tritt vor,
Gib Antwort diesem Knaben und sprich frei;
Sonst, bei der Majestät und ihrer Gnade,
Der wir uns rühmen, sollen schwere Foltern
Wahrheit und Lüge scheiden. – Sprich zu ihm!

IMOGEN. Ich bitte, daß der Edelmann uns sage,
Wer ihm den Ring gab.

POSTHUMUS *für sich.*
Was kann ihn das kümmern?

CYMBELINE. Der Diamant an deinem Finger, sprich,
Wie ward er dein?

JACHIMO.
Du wirst mich foltern, daß ich das nicht sage,
Was ausgesprochen selbst dich foltert.

CYMBELINE. Mich?

JACHIMO.
Erwünscht ist mir der Zwang, das auszusprechen,
Was mich im Schweigen quält. Durch Schurkerei
Ward mir der Ring, einst Leonatus' Kleinod,
Den du verbanntest; und (dies pein'ge dich
Mehr als mich selbst!) nie lebt' ein beßrer Mann
Auf weiter Erde. Willst du mehr noch hören?

CYMBELINE. Das Nötige.

JACHIMO. Der Engel, deine Tochter,
Um die mein Herz Blut weint, und, an sie denkend,
Mir Pein die Kraft raubt – Weh! Ich sinke nieder –

CYMBELINE.
Mein Kind! Was ist mir ihr? Ermanne dich:
Eh' sei dir Leben, bis Natur es endet,
Als daß du schweigend stirbst: frisch auf, und rede!

JACHIMO. Zu einer Zeit (unselig war die Glocke,
Die jene Stunde schlug!) in Rom (verflucht
Das Haus!) bei einem Fest (oh, waren Gift
Die Speisen! Mindestens, die ich genoß!)
Der gute Posthumus – (gut, sag' ich? Freilich,
Zu gut, mit bösen Menschen zu verkehren;
War er doch selbst bei Auserwählten, Höchsten,
Der Beste aller!) ernsthaft saß er, hörte,
Wie die Geliebten unsers Lands wir priesen,
Um Schönheit, die den höchsten Schwung erlahmte
Des, der am besten sprach; und um Vollendung,
Daß Venus und Minerva ward verdunkelt,
Bildwerke die Natur beschämen; und
Um Geistesadel; alle Wundergaben,
Um die man Weiber liebt (der Reiz beseitigt
Des Herzens Angel, der die Augen trifft) –

CYMBELINE.
Es brennt der Boden mir. Laß mich's erfahren!

JACHIMO.
Zu bald, wenn du nicht bald dir Kummer
wünschest. –
Er, Posthumus, in Liebe hochgesinnt,
Fürstlich geliebt, sprach nun in solcher Würde,
Und nicht mißpreisend, die wir priesen (darin
Wie Tugend mild), begann er seiner Herrin
Gemälde, das, wie seine Zung' es schuf,
Und ihm dann Seele gab, uns prahlen hieß
Von Küchenmägden, oder seine Schilderung
Zeigt' uns als Blödsinn, dem die Rede fehlt.

CYMBELINE. Zur Sache; schnell!

JACHIMO.
Die Keuchheit Eurer Tochter – hier beginnt's –
Er sprach, als hätte Diana üpp'ge Träume,
Und sie allein sei kalt: worauf ich, Bube,
Sein Lob verhöhnt', und mit ihm Wette spielte,
Goldsummen gegen das, was damals trug
Sein ehrenvoller Finger, durch Verführung
Und seine Schmach den Ring hier zu gewinnen,
Durch Ehebruch mit ihr; er, echter Ritter,
Der ihrer Ehre minder nicht vertraute,
Als ich sie wahrhaft fand, setzt' diesen Ring,
Und hätt's getan, war's ein Karfunkel auch
An Phöbus' Rad; und konnt' es sicher, galt's
Den Wert ganz des Gespanns. Fort, nach Britannien
Eil' ich deshalb – Ihr mögt Euch wohl erinnern
Am Hofe mein, wo Eure keusche Tochter
Den großen Unterschied von Lieb' und Unzucht
Mir lehrte. So, im Hoffen, nicht im Wünschen
Erstickt, fing an mein welsches Hirn zu wirken
In Eurer schweren Luft, höchst niederträchtig,
Doch herrlich meinem Nutzen. Und, in Kürze:
Durchaus gelang mein Kunststück, daß ich kehrte
Mit Scheinbeweisen, g'nug, um toll zu machen
Den edlen Leonatus, schwer verwundend
Sein fest Vertraun in ihrer Tugend Ruhm,
Durch die und jene Zeichen: ich beschrieb
Gemälde, Tepp'che, zeigt' ihr Armband ihm
(O List, die mir's gewann!), und nannt' ein heimlich
Merkmal an ihrem Leib. Er mußte glauben,
Vernichtet sei'n die Pflichten ihrer Keuschheit,
Und ich Besitzergreifer. Nun hierauf –
Mich dünkt, ich seh' ihn jetzt –

POSTHUMUS *hervortretend.*
Ja, also ist's,
Du welscher Teufel! – Weh! weh mir
leichtgläub'gem Toren!
Ausbünd'gem Mörder, Dieb, ja alles, was
Nur Bösewichter schimpft der Vorzeit, Gegenwart
Und Zukunft! – Gebe Strick mir, Messer, Gift

Ein biedrer Richter! König, sende fort
Nach ausgesuchten Foltern: ich bin der,
Der alles, was die Welt verabscheut, adelt,
Da weit verworfner ich! Ich bin der Posthumus,
Der dir dein Kind erschlug! – O nein, ich lüge
bübisch:
Der einem schuft'gern Buben als ich selbst,
'nem kirchenräuberischen Dieb den Mord befahl; –
Der Tugend Tempel war sie, nein, die Tugend selbst.
Wirf Stein' und Kot auf mich, und spei' mich an;
Laß hetzend auf mich los der Straßen Hunde,
Geschimpft sei jeder Bube Posthumus,
Und jede andre Büberei sei Ruhm! –
O Imogen!
Mein Weib, mein Leben, meine Königin!
O Imogen! Imogen!

IMOGEN. Still, Herr, hört –

POSTHUMUS.
Ist hier ein Schauspiel? Du vorwitz'ger Page,
Da liegt deine Rolle!

Er schlägt sie, sie fällt hin.

PISANIO. Helft, ihr Herrn!
Helft mein und eurer Fürstin! – Posthumus!
Erst jetzt erschlugst du Imogen: – helft, helft!
O teure Fürstin!

CYMBELINE. Dreht die Welt sich um?

POSTHUMUS. Wie kommt der Schwindel mir?

PISANIO. Erwacht, Prinzessin!

CYMBELINE.
Ist dies, so wollen mich die Götter töten
Mit Todesfreuden!

PISANIO.
Wie geht es, Fürstin?

IMOGEN. Geh mir aus den Augen,
Du gabst mir Gift. Fort, du heimtück'scher Mensch!
Und atme nicht, wo Fürsten sind!

CYMBELINE. Es ist
Die Stimme Imogens!

PISANIO. Gebieterin,
Zerschmettern mich der Götter Donnerkeil',
Wenn ich das Fläschchen nicht, das ich Euch gab,
Für heilsam hielt: mir gab's die Königin.

CYMBELINE. Noch etwas Neues?

IMOGEN. Mir war's Gift.

CORNELIUS. O Himmel!
Eins, was die Kön'gin noch gestand, vergaß ich,
Das rettet deine Ehre: »Gab Pisanio«,
Sprach sie, »das Fläschchen seiner Herrin, das
Ich als Arznei ihm schenkt', ist sie bedient,
Wie Ratten man bedient.«

CYMBELINE. Wie das, Cornelius?

CORNELIUS.
Die Königin, mein Fürst, drang oft in mich,
Ihr Gift zu mischen; Trieb nach Wissenschaft
Gab sie stets vor und sprach, sie wolle töten
Nur niedrige Geschöpf', als Katzen, Hunde,
Die man nicht schont; ich, fürchtend, daß ihr
Anschlag
Auf Größres ziele, mischt' ihr einen Trank,
Der, eingenommen, augenblicklich hemmt
Die Lebensgeister; doch nach kurzer Zeit
Erwachen alle Kräfte der Natur
Zum vor'gen Dienst. – Habt Ihr davon genommen?

IMOGEN. Gewiß; denn ich war tot.

BELLARIUS. Seht, meine Söhne,
Daher der Irrtum.

GUIDERIUS. Ja, es ist Fidelio.

IMOGEN. Wirfst du so weg dein angetrautes Weib?
Denk', daß du auf 'nem Felsen stehst, und wirf
Mich wieder fort!

Sie umarmt Posthumus.

POSTHUMUS. Häng' hier als Frucht, mein Leben,
Bis der Baum stirbt!

CYMBELINE. Wie nun, mein Fleisch, mein Kind,
Machst du zum Gaffer mich in diesem Spiel?
Hast du kein Wort für mich?

IMOGEN *vor ihm knieend.*
Herr, Euren Segen!

BELLARIUS.
Daß ihr den Jüngling liebtet, tadl' ich nicht;
Ihr hattet Grund.

CYMBELINE. Sei dieser Tränenguß
Geweihtes Wasser dir! O Imogen,
Tot ist die Mutter.

IMOGEN. Es tut mir weh, mein Vater.

CYMBELINE. Oh, sie war bös', und ihre Schuld allein
Ist's, daß wir so uns wiedersehn. Ihr Sohn
Ist fort, wir wissen nicht, wohin.

PISANIO. Mein König,
Jetzt, frei von Furcht, verhehl' ich nichts. Prinz
Cloten
Kam, als die Fürstin man vermißt, zu mir
Mit bloßem Schwert, und schäumt' vor Wut und
schwur.
Entdeckt' ich ihm nicht gleich, wohin sie floh,
So wär's im Augenblick mein Tod. Durch Zufall
Hatt' ich 'nen falschen Brief von meinem Herrn
In meiner Tasche: dieser gab ihm an,
Bei Milford in den Bergen sie zu suchen;
Dahin, voll Wut, in meines Herren Kleidern,
Die er von mir erzwang, ging er in Eil',
Mit bösem Vorsatz; meiner Herrin Ehre
Schwur er zu rauben. Was aus ihm geworden,
Erfuhr ich nicht.

GUIDERIUS. So schließ' ich die Erzählung:
Ich hab' ihn dort erschlagen.

CYMBELINE. Gott verhüt' es,
Daß deinen edlen Taten meine Zunge
Ein hartes Urteil sprechen soll; ich bitte,
Verleugn' es, tapfrer Jüngling!

GUIDERIUS. Ich sagt' es, und ich tat's.

CYMBELINE. Er war ein Prinz.

GUIDERIUS.
Ein sehr unhöflicher: wie er mich schmähte,
Das war nicht prinzlich; denn er reizte mich
Mit Worten; brüllte so das Meer mich an,
Ich böt' ihm Trotz; den Kopf schlug ich ihm ab,
Und freue mich, daß er nicht hier kann stehn,
Von meinem dies erzählen.

CYMBELINE. Ich klag' um dich:
Dein eignes Wort verdammt dich, das Gesetz
Heißt Tod: du stirbst!

IMOGEN. Den Leichnam ohne Haupt
Hielt ich für meinen Gatten.

CYMBELINE. Bindet ihn,
Führt den Verbrecher fort!

BELLARIUS. Halt' ein, Herr König:
Weit besser ist der Mann als der Erschlagne,
Er ist so viel als du; und hat um dich
Wohl mehr verdient als eine Bande Clotens,
Die keine Narbe wagten. Laßt die Arm' ihm frei,
Sie sind für Bande nicht.
CYMBELINE. Ha! Alter Krieger,
Willst du noch ungelohnt Verdienst dir rauben
Und unsern Zorn erregen? So viel wär' er,
Als selber wir?
ARVIRAGUS. Darin ging er zu weit.
CYMBELINE. Er stirbt dafür!
BELLARIUS. Wir sterben alle drei:
Erst zeig' ich's, zwei von uns sind ganz so vornehm,
Wie ich gesagt. – Geliebte Söhn', ich muß
Ein Wort enträtseln, das gefährlich mir,
Doch glücklich ist für euch.
ARVIRAGUS. Was Euch gefährlich,
Ist's uns.
GUIDERIUS. Und unsers, Euer Glück.
BELLARIUS. Wohlan! –
Du hatt'st, o König, einen Untertan,
Er hieß Bellarius.
CYMBELINE. Was von ihm? Verbannt
Ward der Verräter.
BELLARIUS. Er ist's, der dies Alter
Erreicht hat; freilich, ein verbannter Mann:
Weshalb Verräter, weiß ich nicht.
CYMBELINE. Fort mit ihm,
Die ganze Welt soll ihn nicht retten.
BELLARIUS. Nicht zu hitzig:
Erst zahle mir die Kost für deine Söhne;
Und alles sei verfallen gleich, wie ich's
Empfangen habe!
CYMBELINE. Kost für meine Söhne?
BELLARIUS.
Ich bin zu kühn und dreist. Hier knie' ich nieder,
Und steh' nicht auf, eh' ich die Söhn' erhoben;
Dann schone nicht den Alten! Großer König,
Die beiden edeln Knaben, die mich Vater
Genannt, sich meine Söhne, sind nicht mein;
Sie sind die Sprossen deines Stamms, mein Lehnsherr,
Und Blut von deinem Blut.
CYMBELINE. Wie, mir entsprossen?
BELLARIUS. Wie deinem Vater du. Ich, alter Morgan,
Bin der Bellarius, den du einst verbannt:
Dein Will' allein war meine Sünd' und Strafe;
Dies mein Verrat; daß ich so dulden mußte,
War mein Verbrechen. Diese edeln Prinzen –
Sie sind es wahrlich! – hab' ich auferzogen
Seit zwanzig Jahren: und ihr Wissen ist,
Wie ich es lehren konnte; meine Bildung
Kennt Ihr. Euriphile, die Wärterin,
Die für den Raub ich freite, stahl die Kinder
Nach meinem Bann; ich reizte sie dazu,
Da ich vorher die Straf' empfing für das,
Was ich nachher verübt; für Treu geschlagen,
Ward ich dadurch Verräter; ihr Verlust,
Je mehr von Euch gefühlt, entsprach so mehr
Der Absicht meines Raubs. Huldreicher Herr,
Nimm deine Söhne hier, verlier' ich auch
Die holdesten Gefährten von der Welt: –
Des Himmels vollster Segen tau' herab
Auf ihre Häupter! Denn sie sind es wert,
Den Himmel auszuschmücken mit Gestirnen.
CYMBELINE.
Du weinst und redest. Was ihr drei im Kriege
Vollbracht, ist Wunder mehr als dein Erzählen;
Geraubt sind meine Kinder: sind es diese,
Kann ich mir nicht zwei beßre Söhne wünschen.
BELLARIUS. Geduld ein Weilchen! –
Der Jüngling, den ich Polydor genannt,
Ist Prinz Guiderius, Euer edler Sohn;
Mein Cadwal, dieser Jüngling, Arviragus,
Eu'r jüngster Prinz; er war in einen Mantel
Gehüllt, künstlich gewebt von eigner Hand
Der Kön'gin, seiner Mutter, den, als Merkmal,
Ich leicht dir zeigen kann.
CYMBELINE. Guiderius hatte
Ein Mal am Hals, so wie ein blut'ger Stern:
Es war ein seltsam Zeichen.
BELLARIUS. Dieser trägt
Noch jenen Stempel der Natur an sich;
Sie gab ihm dies aus weiser Vorsicht mit,
Sein Zeugnis jetzt zu sein.
CYMBELINE. Bin ich so Mutter
Von dreien Kindern? Nie war eine Mutter
So froh nach der Geburt. – O seid gesegnet,
Daß, wie ihr seltsam eurem Kreis entwicht,
Ihr jetzt drin herrschen mögt! – O Imogen!
Dadurch hast du ein Königreich verloren.
IMOGEN.
Mein Vater, nein; zwei Welten so gewonnen. –
Oh, liebste Brüder, trafen wir uns so?
Sagt künftig nie, daß ich nicht wahrer spreche:
Ihr hießt mich Bruder, und ich war nur Schwester;
Ich nannt' euch Brüder, die ihr wirklich waret.
CYMBELINE. Habt ihr euch schon gesehn?
ARVIRAGUS. Ja, teurer König,
GUIDERIUS.
Und liebten uns beim ersten Blick, beharrten
Im Lieben, bis wir ihn gestorben wähnten.
CORNELIUS. Vom Trank der Königin.
CYMBELINE. O Wunder des Instinkts!
Wann fass' ich's ganz? Die rohe Abkürzung
Ist so seltsam verzweigt, daß jedes einzeln
Sich glänzend hebt. – Wie, wo habt ihr gelebt?
Und wie kamst in den Dienst des Römers du?
Wie fandst du, wie verließest du die Brüder?
Weshalb entflohst vom Hof du, und wohin?
Auch was euch alle drei zur Schlacht getrieben,
Und wie viel andres noch muß ich erfragen;
Die Nebensachen all', wie sich's begeben,
Glücklich und seltsam; doch nicht Zeit noch Ort
Paßt für so lange Fragartikel. Seht,
Es ankert Posthumus auf Imogen;
Und sie, wie Wetterleuchten, wirft ihr Auge
Auf ihn, die Brüder, mich, den Gatten, schießend
Auf jeglichen den Freudenblitz; in jedem spricht
Entzücken anders. Gehn wir denn von hier,
Und fülle Weihrauchduft die Tempelhallen! –
Du bist mein Bruder; der sollst du mir bleiben.
IMOGEN. Ihr seid mein Vater auch, erquicktet mich,
Um dieses Heil zu sehn.

CYMBELINE. Es jauchzt nun alles,
Nur die in Ketten nicht: sie mögen auch
Sich freuen unsrer Milde!
IMOGEN. Euch, Gebieter,
Will ich doch helfen noch.
LUCIUS. Seid denn beglückt?
CYMBELINE.
Der tapfre Krieger, den wir noch vermissen,
Er hätte diesen Kreis geziert; dann wäre
Die Dankbarkeit des Königs nicht verkürzt.
POSTHUMUS. Mein Fürst,
Der Krieger, der mit diesen dreien kämpfte
In armer Tracht, wie sie der Absicht ziemte,
Die damals ich verfolgte, – der bin ich.
Sprich, Jachimo, du lagst vor mir am Boden,
Erschlagen konnt' ich dich.
JACHIMO *vor ihm knieend.*
Hier lieg' ich wieder,
Doch des Gewissens Druck beugt jetzt mein Knie,
Wie damals deine Kraft. Nimm hin mein Leben,
Das ich so oft verwirkt: doch erst den Ring,
Und hier das Armband der getreusten Fürstin,
Die jemals Liebe schwur.
POSTHUMUS. Knie' nicht vor mir:
Die Macht, die ich besitz', ist dich verschonen;
Und meine Rache, dir verzeihen. Lebe,
Sei besser gegen andre!
CYMBELINE. Edler Spruch!
Es soll uns Großmut unser Eidam lehren:
Verzeihung allen!
ARVIRAGUS. Herr, Ihr halfet uns,
Als wenn Ihr wirklich unser Bruder wäret;
Wir freun uns, daß Ihr's seid.
POSTHUMUS.
Eu'r Knecht, ihr Prinzen. – Edler Herr von Rom,
Ruft Euren Zeichendeuter: Als ich schlief,
Schien mir's, daß Jupiter auf seinem Adler
Sich mir genaht mit andern Geistgestalten
Von meinem Haus; als ich erwachte, fand ich
Dies Täfelchen auf meiner Brust; die Schrift
Ist dunkeln Sinnes, so daß ich sie nicht
Mir deuten kann: laßt seine Kunst ihn zeigen!
LUCIUS. Philarmonus –
WAHRSAGER. Hier, Herr!
LUCIUS. Lies und erkläre!
WAHRSAGER *liest.* »Wenn eines Löwen Junges, sich selbst unbekannt, ohne Suchen findet, und umarmt wird von einem Stück zarter Luft; und wenn von einer stattlichen Zeder Äste abgehauen sind, die, nachdem sie manches Jahr tot gelegen haben, sich wieder neu beleben, mit dem alten Stamm vereinen und frisch empor wachsen; dann wird Posthumus' Leiden geendigt, Britannien beglückt und in Frieden und Fülle blühend.«
Du, Leonatus, bist des Löwen Junges;
So wird dein Name treu und recht erklärt,
Da Leo-natus ganz dasselbe deutet;
Das Stück der zarten Luft, dein edles Kind,
Wir nennen's mollis aer; mollis aer
Bedeutet mulier: mulier nun, erklär' ich,
Ist dies standhafte Weib, die eben jetzt,
Buchstäblich nach den Worten des Orakels,
Euch unerkannt und ungesucht umschloß
Als zarte Luft.
CYMBELINE.
Ein Schein, doch von Bedeutung.
WAHRSAGER.
Die Zeder, königlicher Cymbeline,
Bist du, und deine abgehaunen Zweige
Sind deine Söhne, die Bellarius stahl:
Seit lange tot geglaubt, und neu belebt,
Vereint der mächt'gen Zeder, deren Zweige
Britannien Fried' und Überfluß verheißen.
CYMBELINE. Wohl!
Beginnen wir mit Frieden! – Cajus Lucius,
Zwar Sieger, unterwerfen wir uns Cäsarn
So wie dem röm'schen Reiche, und versprechen,
Tribut zu zahlen, wie bisher, wovon
Die böse Königin uns abgeraten;
Die Rache der gerechten Götter fiel
Mit schwerer Hand auf sie und ihren Sohn.
WAHRSAGER.
Der Himmelsmächte Finger stimmt die Saiten
Zur Harmonie des Friedens. Das Gesicht,
Das ich dem Lucius offenbart', eh' noch
Die kaum erkühlte Schlacht begann, erfüllt
Sich diesen Augenblick. Der röm'sche Adler,
Der, hohen Flugs, von Süd nach Westen schwebte,
Ward kleiner stets, bis er im Sonnenstrahl
Verschwand: dies zeigt, daß unser Fürstenadler,
Der große Cäsar, sich in Liebe wieder
Mit Cymbeline, dem strahlenden, vereint,
Der hier im Westen glänzt.
CYMBELINE. Preis sei den Göttern!
Es wirble Rauch empor zu ihrem Sitz
Aus heil'gen Tempeln! Ruft den Frieden aus
All unsern Untertanen! Ziehn wir heim:
Ein römisch und ein britisch Banner wehe
Freundlich vereint: so gehn wir durch Luds Stadt;
Und in dem Tempel Jupiters beschwören
Den Frieden wir, besiegeln ihn mit Festen.
Brecht auf! – Nie hatt' ein Krieg, eh' noch die Hände
Vom Blut sich wuschen, solch ein schönes Ende.
Alle gehn mit Musik und in einem feierlichen Marsche ab.

DAS WINTERMÄRCHEN.

Personen

Leontes, König von Sizilien
Hermione, seine Gemahlin
Mamillius
Perdita, seine Kinder
Camillo
Antigonus
Cleomenes
Dion, vornehme Sizilianer
Herren vom Hofe und sizilianische Edelleute
Paulina, Antigonus' Gemahlin
Emilia, Kammerfrau der Königin
Hofdamen
Ein Beamter und mehrere Gerichtsdiener
Ein Kerkermeister
Ein Matrose
Polyxenes, König von Böhmen
Florizel, sein Sohn
Archidamus, am Hofe des Königs
Ein alter Schäfer
Sein Sohn
Autolycus, ein Spitzbube
Mopsa und Dorcas. Schäferinnen.
Schäfer. Knechte
Die Zeit als Chorus

Erster Aufzug

Erste Szene

Sizilien. Ein Zimmer in Leontes' Palast. Camillo und Archidamus treten auf.

ARCHIDAMUS. Wenn es sich einmal treffen sollte, Camillo, daß Ihr Böhmen besuchtet, bei einer ähnlichen Veranlassung, als mich jetzt in meinem Dienst hieher geführt, so werdet Ihr, wie ich schon gesagt habe, einen großen Unterschied zwischen unserm Böhmen und Euerm Sizilien finden.

CAMILLO. Ich glaube, den nächsten Sommer gedenkt der König von Sizilien dem König von Böhmen den Besuch zu erwidern, den er ihm schuldig ist.

ARCHIDAMUS. Worin unsre Bewirtung uns beschämen sollte, das wird unsre Liebe entschuldigen; denn, in der Tat –

CAMILLO. Ich bitte Euch –

ARCHIDAMUS. In der Tat, ich spreche aus der Vollmacht meiner Überzeugung: wir können nicht mit dieser Pracht – in so ausgesuchter –, ich weiß nicht, was ich sagen soll. – Wir werden euch einen Schlaftrunk geben, damit eure Sinne, unsre Unzulänglichkeit nicht empfindend, uns, wenn sie uns auch nicht loben können, doch ebenso wenig anklagen mögen.

CAMILLO. Ihr bezahlt viel zu teuer, was gern gegeben wird.

ARCHIDAMUS. Glaubt mir, ich sage, was meine Einsicht mich lehrt und meine Redlichkeit mich nötigt auszusprechen.

CAMILLO. Sizilien kann Böhmen nie zu viel Huld erweisen. Sie wurden in der Kindheit mit einander auferzogen, und da wurzelte eine solche Liebe zwischen ihnen, daß sie jetzt wohl Zweige treiben muß. Seit ihre reifere Würde und ihre königlichen Pflichten ihr Beisammensein trennten, waren ihre Begegnungen, obwohl nicht persönlich, doch königlich bevollmachtet, und tauschten Gaben, Briefe, liebevolle Botschaften, so daß sie, obwohl getrennt, doch vereint schienen, wie über einen Abgrund einander die Hände reichten, und sich gleichsam von den Enden entgegengesetzter Winde umarmten. Der Himmel erhalte ihre Freundschaft!

ARCHIDAMUS. Ich glaube, es gibt in der Welt keine Bosheit oder Veranlassung, die sie erschüttern könnte. Ihr habt einen unaussprechlichen Trost an Euerm jungen Prinzen Mamillius: er ist ein Wesen, das die größten Erwartungen erregt; ich sah nie seines Gleichen.

CAMILLO. Gern stimme ich Euch in den Hoffnungen auf ihn bei: er ist ein herrliches Kind, und wahrlich, ein Heilmittel für den Untertan, und eine Erfrischung alter Herzen; die, welche auf Krücken gingen, ehe er geboren ward, wünschen noch zu leben, um ihn als Mann zu sehn.

ARCHIDAMUS.
Würden sie denn sonst gern sterben?

CAMILLO. Ja, wenn sie keinen andern Vorwand hätten, sich ein längeres Leben zu wünschen.

ARCHIDAMUS. Wenn der König keinen Sohn hätte, so würden sie wünschen auf Krücken zu gehen, bis er einen bekäme.

Es treten auf Leontes, Polyxenes, Hermione, Mamillius und Gefolge.

POLYXENES.
Schon neunmal gab des feuchten Sternes Wechsel
Dem Schäfer Kunde, seit der Bürd' entledigt
Wir ließen unsern Thron; so viele Monde
Sollt' unser Dank, geliebter Bruder, füllen;
Und dennoch gingen wir für ew'ge Zeit
Als Euer Schuldner fort; drum, gleich der Null
An reichen Platz gestellt, laßt mich dies eine
»Wir danken Euch« zu tausenden vermehren,
Die ihm vorangehn.

LEONTES. Spart noch Euern Dank,
Und zahlt ihn, wenn Ihr reist!

POLYXENES.
Herr, das ist morgen.
Mich mahnt die Furcht, was wohl geschehn sein mag,
Was unser Fernsein zeugte; bläst nur nicht
Ein scharfer Wind daheim und macht uns sagen,
»Zu sehr nur traf es ein!« Auch weilt' ich schon
Euch zur Beschwer.

LEONTES. Wir sind zu zäh', mein Bruder,
Damit setzt Ihr's nicht durch.

POLYXENES. Ich kann nicht bleiben.

LEONTES. Nur eine Woche noch.

POLYXENES. Nein, wahrlich, morgen.

LEONTES.
So laß die Zeit uns teilen, und dann will ich
Nicht widersprechen.

POLYXENES. Bitt' Euch, drängt mich nicht;
Kein Mund, nein, keiner in der Welt, gewinnt mich
So leicht als Eurer; und er würd' es jetzt,
Trieb' Zwang Euch zum Gesuch, wenn auch mich Zwang
Zum Weigern nötigte. Des Staats Geschäfte
Ziehn mich gewaltsam heimwärts; Eure Liebe,
Dies hindernd, würde Geißel mir; mein Bleiben
Euch Last und Unruh'; beides zu vermeiden,
Lebt wohl, mein Bruder!

LEONTES.
Ist unsre Königin verstummt? Sprich du!

HERMIONE.
Ich dachte, Herr, zu schweigen, bis Ihr Eide
Ihm abgezwungen, nicht zu bleiben. Kalt nur
Bestürmt Ihr ihn; sagt ihm. Ihr wißt, es stehe
In Böhmen alles gut; die frohe Botschaft
Sei gestern angekommen; sagt ihm dies,
So schlagt Ihr ihn aus seiner besten Schanze.

LEONTES. Recht so, Hermione.

HERMIONE.
Sagt er, er sehnt sich nach dem Sohn, das gilt;
Doch laßt's ihn sagen, und dann laßt ihn gehn;
Laßt's ihn beschwören, und er soll nicht bleiben,
Wir treiben ihn mit unsern Spindeln fort.
Doch wag' ich's, Eurer hohen Gegenwart
'ne Woche abzuborgen. Wenn in Böhmen
Euch mein Gemahl besucht, geb' ich ihm Vollmacht

Für einen Monat länger, als die Zeit
Bestimmt zur Reis': und doch fürwahr, Leontes,
Kein Haar breit wen'ger lieb' ich dich, als je
Ein Weib den Mann geliebt. – Ihr bleibt?

POLYXENES. Nein, Fürstin.

HERMIONE. O ja. Ihr tut's.

POLYXENES. Ich kann nicht, wahrlich!

HERMIONE. Wahrlich!
Ihr weist mich ab mit leichtem Schwur; doch ich,
Wollt Ihr die Stern' auch aus den Sphären schwören,
Ich sagte doch: Herr, nichts von Reisen! Wahrlich,
Ihr bleibt; das »Wahrlich« einer Frau ist gültig,
Wie immer das des Manns. Wollt Ihr noch fort?
Ihr zwingt mich, als Gefangnen Euch zu halten,
Und nicht als Gast; dann zahlt Ihr, wenn Ihr scheidet,
Für Eure Kost, und spart den Dank. Was sagt Ihr?
Gefangner oder Gast? Bei jenem »Wahrlich«:
Eins müßt Ihr sein.

POLYXENES. Eu'r Gast denn, Königin;
Gefangner setzt Beleidigung voraus,
Die zu begehn mir schwerer fallen würde,
Als Euch zu strafen.

HERMIONE. Dann nicht Kerkermeister,
Nein, liebevolle Wirtin. Kommt, erzählt mir
Von meines Herrn und Euren Knabenstreichen;
Ihr wart wohl muntre Herrchen?

POLYXENES. Schöne Fürstin,
Zwei Buben, die nicht weiter vorwärts dachten,
Als, solch ein Tag wie heut sei morgen auch,
Und daß wir ewig Knaben bleiben würden.

HERMIONE. War nicht mein Herr der ärgste
Schalk von beiden?

POLYXENES.
Wir waren Zwillingslämmern gleich, die blökend
Im Sonnenscheine mit einander spielten;
Nur Unschuld tauschten wir für Unschuld;
kannten
Des Unrechts Lehre nicht, noch träumten wir,
Man täte Böses; lebten wir so weiter,
Und stieg nie höher unser schwacher Geist
Durch heißres Blut, wir könnten kühn dem
Himmel
Einst sagen: Frei von Schuld, – die abgerechnet,
Die unser Erbteil.

HERMIONE. Daraus muß man schließen,
Ihr straucheltet seitdem.

POLYXENES. O heil'ge Fürstin,
Versuchung ward seitdem uns; denn in jenen
Unflüggen Tagen war mein Weib ein Kind;
Und Eure Schönheit war noch nicht dem Blick
Des Spielgenoß begegnet.

HERMIONE. Gnad' uns Gott!
Zieht daraus keinen Schluß, sonst nennt Ihr
mich
Und Eure Kön'gin Teufel; doch fahrt fort,
Was Ihr durch uns gefehlt, vertreten wir:
Wenn Ihr mit uns zuerst gesündigt habt
Und nur mit uns die Sünde fortgesetzt
Und nie mit andern als mit uns gestrauchelt.

LEONTES. Gewannst du ihn?

HERMIONE. Er bleibt.

LEONTES. Und wollt' es nicht auf meine Bitte.
Hermione, Geliebte, niemals sprachst du
So gut zum Zweck.

HERMIONE. Niemals?

LEONTES. Niemals, nur einmal noch.

HERMIONE. Wie? sprach ich zweimal gut? Wann
war es früher?
Ich bitte, sag es mir; füttr' uns mit Lob,
Wie zahme Vögelchen!
Die gute Tat, die ungepriesen stirbt,
Würgt tausend andre, die sie zeugen könnte.
Eu'r Lob ist unser Lohn; eh' treibt Ihr uns
Mit einem sanften Kusse tausend Meilen,
Als mit dem Sporn zehn Schritt nur. Doch zum
Ziel:
Die letzte gute Tat war, ihn erbitten;
Was war die erste? wenn ich recht verstand,
Hat sie 'ne ältre Schwester: Oh, sei Gnad' ihr
Name!
Zum Zweck sprach ich schon einmal. Wann?
Oh, laßt
Mich hören, mich verlangt's.

LEONTES. Nun, das war damals:
Drei bittre Monde starben langsam hin,
Eh' ich's erlangt, daß du die weiße Hand
Mir als Geliebte reichtest, und da sprachst du:
»Ich bin auf ewig dein.«

HERMIONE. Ja, das war Gnade.
Ei seht, so sprach ich zweimal denn zum Zweck:
Eins warb auf immer mir den edlen Gatten,
Das andre mir den Freund auf wen'ge Tage.
Sie reicht Polyxenes die Hand.

LEONTES *für sich.*
Zu heiß, zu heiß!
So heftig Freundschaft einen, eint das Blut.
Die Brust ist mir beklemmt, es tanzt mein Herz,
Doch nicht aus Freude, Freude nicht. – Solch
traulich Wesen
Nimmt heitern Schein, erklärt die Freiheit nur
Für Freundschaft, Herzlichkeit und Seelengüte,
Und zierlich mag's dem Spieler stehn, es mag;
Doch mit den Händen tätscheln, Finger
drücken,
Wie jetzt sie tun, dabei bedeutend lächeln,
Wie in den Spiegel, seufzen dann, so tief,
Wie ein verendend Wild, – solch traulich Wesen
Gefällt nicht meinem Herzen, nicht der Stirn. –
Mamillius,
Bist du mein Jung'?

MAMILLIUS. Ja, Väterchen

LEONTES. Mein' Seel'?
Ja, bist mein Bengel. Wie, die Nase schmutzig? –
Sie sagen, daß sie meiner gleicht. Komm, Kerl,
Wir müssen schmuck sein; schmuck nicht,
sondern rein;
Denn geht nicht Stier und Kalb und Kuh, ein jedes
Im Schmuck des Haupts einher? Noch immer
spielend
Auf seiner Hand? Wie geht's, mein muntres Kalb?
Bist du mein Kalb?

MAMILLIUS. Ja, Vater, wie du willst.

LEONTES.
Dir fehlt ein rauher Kopf und meine Sprossen,
Um ganz mir gleich zu sein; – doch, sagt man,
gleichen

Wir uns wie Wassertropfen; Weiber sagen's,
Die sagen alles: doch wären sie so falsch
Wie aufgefärbtes Schwarz, wie Wind und Wasser;
Falsch, wie sich der die Würfel wünscht, der Mein
Und Dein nicht trennen will; doch ist es Wahrheit,
Zu sagen, daß dies Kind mir gleicht. – Komm, Page,
Blick' mit dem Himmelsaug' mich an, du Schelm!
Mein Herz! mein Schatz! – Kann deine Mutter?
– kann sie? –
Affekt! dein Ahnen bohrt zum Mittelpunkt;
Das machst du möglich, was unmöglich schien,
Verkehrst mit Träumen? – (Wie kann dies
geschehn?) –
Mit Schatten, du einbildungsfäh'ge Kunst,
Und bist dem Nichts verbrüdert; nun, wie glaublich,
Daß du auch Wesen dich gesellst; so ist's
(Und das jenseit des Wahnes, und ich fühl' es);
Und das bis zur Vergiftung meines Hirns
Und meiner Stirn Verhärtung.

POLYXENES. Was ist dem König?

HERMIONE. Es scheint, als quäl' ihn was.

POLYXENES. Wie steht's, mein Fürst?

LEONTES. Was gibt's? wie geht es Euch, mein
bester Bruder?

HERMIONE. Ihr habt ein Ansehn,
Als wär' die Stirn Euch von Gedanken schwer.
Herr, fehlt Euch etwas?

LEONTES. Nein, in vollem Ernst. –
Wie oft verrät Natur die eigne Torheit
Und Zärtlichkeit, und macht sich zum Gespött
Für härtre Seelen! Hier, des Knaben Antlitz
Betrachtend, war es mir, als ging' ich rückwärts
Um dreiundzwanzig Jahr; so sah ich mich
Im grünen Kinderröckchen, in der Scheide
Fest meinen Dolch, daß er den Herrn nicht stoße,
Und so, wie Putzwerk oft, gefährlich werde.
Wie ähnlich, dünkt mich, war ich da der Knospe,
Dem Sproß da, diesem Herrchen; – starker Mann,
Nimmst du statt Silberstüber Nasenstüber?

MAMILLIUS. O nein, ich schlage los.

LEONTES. So? wer's trifft, hat den Preis! – Mein
teurer Bruder,
Seid Ihr in Euern Prinzen so verliebt,
Wie wir in unsern sind?

POLYXENES. Bin ich daheim,
Ist er mein Ziel für Scherz und Ernst, mein Spielwerk,
Jetzt mein geschworner Freund, und dann mein
Feind,
Mein Höfling, mein Minister, mein Soldat:
Er kürzt mir Juli zu Dezembertagen,
Und heilt durch tausend Kinderei'n Gedanken,
Die sonst mein Blut verdickten.

LEONTES. Ganz das Amt
Hat dieser Herr bei mir; ich geh' mit ihm,
Ihr geht wohl ernstern Weg. – Hermione,
Wie du mich liebst, zeig' unsers Gasts Bewirtung;
Was kostbar in Sizilien, werde wohlfeil;
Mit dir und meinem kleinen Schelm ist er
Der Nächste meinem Herzen.

HERMIONE. Sucht Ihr uns,
So trefft Ihr uns im Garten; kommt Ihr bald?

LEONTES.
Geht Eurer Neigung nach, ich find' Euch schon,
Bleibt Ihr am Tageslicht; –
beiseit
ich angle jetzt,
Wenn Ihr auch nicht die Schnur mich werfen seht.
Schon gut, schon gut!
Er beobachtet Polyxenes und Hermione.
Wie sie nach ihm den Mund, den Schnabel reckt!
Und sich mit eines Weibes Frechheit rüstet,
Des Mannes Schwachsinn trauend! Ha, schon fort!
Polyxenes und Hermione gehn mit Gefolge ab.
Zolldick, knietief, über Kopf und Ohr gehörnt! –
Geh, spiel', Kind, deine Mutter spielt, auch ich;
Doch meine Roll' ist schmachvoll, und der Schluß
Wird in mein Grab mich zischen; Hohngeschrei
Mir Sterbeglocke sein. – Geh, Kind, und spiel'! –
Auch sonst gab's, irr' ich nicht, betrogne Männer;
Und manchen gibt's noch jetzt im Augenblick,
Der, grad' indem ich sprech', umarmt sein Weib; –
Er träumt nicht, daß sie ihm ward abgeleitet,
Sein Teich vom nächsten Nachbar ausgefischt,
Ja, vom Herrn Nachbar Lächler: das ist Trost;
Auch andre haben Tor', und offne Tore,
Wie ich, sehr wider Willen. Soll verzweifeln,
Wem sich sein Weib empört, so hängte sich
Der Menschheit Zehntel. Dafür hilft kein Arzt.
Es ist ein kupplerisch Gestirn, das trifft,
Wo es regiert, und mächtig muß es sein
In Ost, West, Nord und Süd; drum steht es fest,
Für eine Frau ist keine Grenzensperre;
O glaubt's! Sie läßt den Feind herein, hinaus,
Mit Sack und Pack. Viel tausend unter uns,
Die diese Krankheit haben, fühlen's nicht. –
Nun, Knabe?

MAMILLIUS. Man sagt, ich gleich' Euch.

LEONTES. Ja, das ist noch Trost.
Wie, ist Camillo hier?

CAMILLO. Ja, teurer Herr.

LEONTES.
Geh spielen, Kind; du bist ein ehrlich Blut. –
Mamillius geht ab.
Der große König bleibt noch hier, Camillo.

CAMILLO.
Viel Mühe macht's Euch, eh' sein Anker hielt:
So oft Ihr auswarft, wich er.

LEONTES. Merktest du's?

CAMILLO. Auf Eure Bitten blieb er nicht; ihm schien
Zu wichtig sein Geschäft.

LEONTES. Hast du's beachtet?
Sie passen mir schon auf; sie flüstern, murmeln:
Sizilien ist ein solcher: das geht weit,
Fällt mir's zuletzt ins Aug'. – Wie kam's, Camillo,
Daß er noch bleibt?

CAMILLO. Die gute Kön'gin bat ihn.

LEONTES. Die Kön'gin, ja; »gut« wäre angemessen;
Doch so ist's, daß es nicht so ist. Griff dies
Nur ein so kluger Kopf wie deiner auf?
Denn dein Verstand saugt ein, nimmt in sich auf
Mehr als gemeiner Dummkopf; – dies ward nur
Von schärferm Sinn beachtet? und von wen'gen,
Durchdringend im Verstand? Die gröbre Masse
Ist wohl stockblind für diesen Handel? Sprich!

CAMILLO.
Für diesen Handel? Jeder, denk' ich, sieht,

Daß Böhmen länger bleibt.

LEONTES. Wie?

CAMILLO. Länger bleibt.

LEONTES. Ja, doch weshalb?

CAMILLO. Um Eurer Hoheit Bitte zu befried'gen,
Und unsrer gnäd'gen Fürstin.

LEONTES. Zu befried'gen?
Die Bitten Eurer Fürstin zu befried'gen? –
Das ist genug. Camillo, dir vertraut' ich,
Was mir zunächst am Herzen lag, wie auch
Mein Staatsgeheimnis; priesterlich entludest
Du mir die Brust; und stets gebessert schied ich
Von dir, wie von dem Beicht'ger; doch wir wurden
Getäuscht in deiner Redlichkeit, getäuscht
In dem, was so uns schien.

CAMILLO. Verhüt' es Gott!

LEONTES.
So starr zu sein! – Du bist nicht ehrlich, oder
Willst du es sein, bist du 'ne Memme doch,
Die Ehrlichkeit von rückwärts lähmt und hemmt
Im festen Lauf; oder du bist ein Diener,
Zum edelsten Vertrauen eingeweiht,
Und hierin lässig; oder sonst ein Tor,
Der falsches Spiel, den Satz verloren sieht,
Und alles nimmt für Scherz.

CAMILLO. Mein gnäd'ger Herr,
Wohl mag ich lässig, töricht, furchtsam sein;
Kein Mensch ist frei von allen diesen Fehlern,
Daß seine Torheit, Lässigkeit und Furcht
Nicht in des Lebens mannigfachem Treiben
Sich öfter zeigt. In Euren Sachen, Herr,
Wenn jemals ich mit Willen lässig war,
So war es Torheit; wenn ich wissentlich
Den Toren spielte, war es Lässigkeit,
Die nicht das End' erwog; und war ich furchtsam,
Zu handeln, wo der Ausgang mißlich schien
Und der Erfolg nachher wohl schelten durfte
Die Unterlassung, – war es eine Furcht nur,
An der auch oft der Weise krankt; dies, König,
Sind so bekannte Fehl', daß Ehrlichkeit
Stets daran leidet. Doch, mein hoher König,
Sprecht frei heraus, und zeigt mir mein Vergehn
Mit eignem Antlitz; wenn ich dann es leugne,
So ist's nicht mein.

LEONTES. Camillo, sahst du nicht
(Doch ja, du mußtest, ist dein Augenfenster
Nicht dicker als ein Hahnreihorn); hört'st du
(Denn wo der Augenschein so klar, da kann
Gerücht nicht schweigen), dacht'st du (denn Gedanke
Lebt in dem Menschen nicht, der das nicht denkt),
Mein Weib sei ungetreu? Bekenn' es gleich
(Sonst mußt mit frecher Stirn du auch verleugnen
Gedank' und Aug' und Ohr): dann sprich, es sei
Mein Weib ein Steckenpferd, und schmählicher
Zu nennen als die Viehmagd, die sich hingibt
Vor der Verlobung. Gesteh's und sage ja!

CAMILLO.
Nie ständ' ich wohl dabei und hörte so
Beschimpfen meine höchste Fürstin; nein,
Zur Rache schritt' ich schnell. Bei meinem Leben,
Nie spracht Ihr etwas, das Euch wen'ger ziemte;
Es wiederholen wäre Sünde, greulich
Wie jene, wär' sie wahr.

LEONTES. Ist Flüstern nichts?
Und Wang' an Wange lehnen? Nas' an Nase?
Mit innern Lippen küssen? durch 'nen Seufzer
Den Lauf des Lachens hemmen? (Sichres Zeichen
Gebrochner Ehre!) – Setzen Fuß auf Fuß?
In Winkel kriechen? Uhren schneller wünschen?
Die Stunde zur Minut' und Tag zur Nacht?
Und aller Augen blind, stockblind, nur ihre
Nicht, ihre nicht,
Um ungesehn zu freveln? Ist das nichts?
Dann ist die Welt und was darin ist nichts,
Des Himmels Wölbung nichts, und Böhmen nichts,
Mein Weib ist nichts, und nichts in all dem Nichts,
Wenn dies nichts ist.

CAMILLO. Oh, laßt Euch heilen, Herr,
Von diesem Fieberwahn, und das bei Zeiten,
Denn er ist tödlich.

LEONTES. Sprich, sag: ja, es ist.

CAMILLO. Nein! Nein! mein Fürst.

LEONTES. Es ist; du lügst, du lügst;
Ich sag', du lügst, und hasse dich, Camillo;
Nenn' dich 'nen Tropf und sinnberaubten Sklaven,
Wo nicht, zweizüng'gen Achselträger, der
Zugleich dasselb' als gut und böse sieht
Und beides lobt. Wär' meines Weibes Leber
Vergiftet, wie ihr Leben, stürbe sie
Mit dieser Stunde.

CAMILLO. Wer vergiftet sie?

LEONTES.
Nun, er, dem wie ein Ehrenschmuck sie um
Den Nacken hängt, der Böhme; der – hätt' ich
Noch treue Diener, die mit gleichen Augen
Auf meine Ehr' und ihren Vorteil schauten,
Auf ihren eignen Nutzen, – sie wohl täten,
Was hemmte jenes Tun; jawohl, und du,
Sein Mundschenk, – den aus niederm Stand ich hob
Zu Rang und Würden, der so klar es sieht,
Wie Himmel Erde sieht und Erde Himmel,
Wie ich gekränkt bin, – kannst den Becher würzen,
Der meinem Feind ein ew'ger Schlaftrunk würde,
Mir stärkend Heilungsmittel.

CAMILLO. Herr, mein Fürst,
Tun könnt' ich's wohl, und nicht durch rasche Mittel,
Nein, durch ein langsam zehrendes, das scharf
Nicht wirkt, wie Gift; doch kann ich nimmer glauben,
Daß solch ein Makel meine Fürstin traf,
Die auf der Ehre höchstem Gipfel steht.
Ich liebt' Euch –

LEONTES. Sei verdammt, wenn du noch zweifelst!
Denkst, ich sei so verschlammt, so ganz verwahrlost,
Mir selbst zu schaffen diese Qual? die Weiße
Und Reinheit meines Lagers zu besudeln,
Das ungekränkt mir Schlaf ist, doch befleckt
Mich sticht wie Nesseln, Dornen, gift'gé Wespen?
Das Blut des Prinzen, meines Sohns, zu schmähen,
Der, glaub' ich, mein ist, den ich lieb' als mein, –
Ohn' überlegten Antrieb? Tät' ich dies?
Ist wohl ein Mensch so toll?

CAMILLO. Ich muß Euch glauben;
Ich tu's, und schaff Euch Böhmen auf die Seite,
Vorausgesetzt, Eure Hoheit schenkt der Kön'gin,

Ist jener fort, die vor'ge Liebe wieder;
Schon Euers Sohnes halb, wie auch, zu fesseln
Die Lästerzungen all der Reich' und Höfe,
Die Euch befreundet und verwandt.

LEONTES. Du rätst mir,
Wie ich den eignen Weg mir schon erwählt:
Ich will die Ehr' ihr nicht beflecken, nein.

CAMILLO. Mein König,
So geht; und heitern Angesichts, wie nur
Die Freundschaft zeigt bei Festen, sprecht mit Böhmen
Und Eurer Königin; ich bin sein Mundschenk:
Wenn er von mir gesunden Trank erhält,
So zählt mich zu den Euren nicht.

LEONTES. Genug;
Tu's, so ist dein die Hälfte meines Herzens,
Tu's nicht, so spalt'st du deins.

CAMILLO. Ich tu's, mein Fürst.

LEONTES.
So will ich freundlich scheinen, wie du rietest.

Er geht ab.

CAMILLO.
O unglücksel'ge Frau! – Doch, weh, wie steht es
Nun um mich selbst? Ich soll der Mörder werden
Des gütigen Polyxenes; kein Antrieb,
Als meines Herrn Gebot; und eines Herrn,
Der in Empörung mit sich selbst verlangt,
Daß mit ihm rast, wer ihm gehört. – Es tun,
Befördert mich; wenn ich ein Beispiel fände
Von Tausenden, die Mord gesalbter Kön'ge
Zum Glück erhob, so tät' ich's nicht; doch so,
Da Erz, Stein, Pergament nicht eins bewahrt,
Verschwör' es selbst die Schändlichkeit. Verlassen
Muß ich den Hof; Tun, Nichttun, beides bricht
Den Hals mir sicher. Glücksstern, geh mir auf!
Hier kommt Polyxenes.

Polyxenes tritt auf.

POLYXENES. Seltsam! mich dünkt,
Im Sinken hier sei meine Gunst. Nicht sprechen?
Camillo, guten Tag!

CAMILLO. Heil, teurer König!

POLYXENES. Was gibt's am Hofe Neues?

CAMILLO. Nichts Besondres.

POLYXENES.
Der König blickt so ernst, als ging verloren
Ihm eine der Provinzen, ein Gebiet,
Das wie sich selbst er liebt; ich traf ihn eben
Und grüßt' ihn auf gewohnte Art; doch er,
Den Blick zur Seite werfend und verächtlich
Die Lippe beißend, eilt vorüber, läßt
Mich sinnend stehn, was sich wohl zugetragen,
Das seine Sitten so verwandelt.

CAMILLO. Herr,
Nicht wag' ich, es zu wissen.

POLYXENES. Wie! wagst du's nicht! Du weißt's, und wagst es nicht
Mir mitzuteilen? Ja, so ist's gemeint;
Denn was du weißt, das mußt du dir doch sagen,
»Nicht wag' ich's«, paßt da nicht. Du guter Mann,
Dein Blick ist, so verwandelt, mir ein Spiegel,
Der mir den meinen auch verwandelt zeigt;
Mich muß der Wechsel angehn, da ich selbst
Auch mit verwechselt bin.

CAMILLO. Es gibt ein Übel,
Das manchen aufreibt, doch die Krankheit nennen,
Das kann ich nicht; auch kam die Ansteckung
Von Euch, der Ihr gesund.

POLYXENES. Wie das? von mir?
Nein, gib mir nicht des Basilisken Auge,
Ich sah auf Tausend, die nur mehr gediehn
Durch meinen Blick; Tod bracht' er nie. – Camillo, –
So wie ein Edelmann du bist und auch
Gelehrt, erfahren (was nicht wen'ger ziert
Den Adel, als der Väter edle Namen,
Durch die wir adlig sind), – beschwör' ich dich,
Weißt etwas du, das meinem Wissen frommt, –
Werd' ich davon belehrt, so sperr' es nicht
In den Verschluß des Schweigens!

CAMILLO. Ich kann nichts sagen.

POLYXENES.
Krankheit, die ich gebracht, und ich gesund!
Du mußt es sagen. – Hörst du wohl, Camillo,
Bei jeder Pflicht des Manns beschwör' ich dich,
Die heilig ist der Ehr' – und diese Bitte
Ist wahrlich nicht verächtlich –, gib mir Aufschluß,
Was du von einem nah'nden Übel weißt,
Das auf mich zuschleicht, ob es fern, ob nah;
Wie (wenn dies möglich ist) ihm vorzubeugen;
Wo nicht, wie sich's am besten trägt.

CAMILLO. So hört:
Ihr selbst, höchst ehrenvoll, beschwört mich bei
Der Ehre; darum merket meinen Rat,
Den Ihr befolgen müßt, so schnell als ich
Ihn geben kann, sonst haben beide wir
Das Spiel verloren, und zu Ende ist's.

POLYXENES. Fahr' fort, Camillo!

CAMILLO.
Ich bin von ihm bestellt, Euch zu ermorden.

POLYXENES. Von wem?

CAMILLO. Von meinem König.

POLYXENES. Und weshalb?

CAMILLO.
Er denkt, ja schwört mit vollster Zuversicht,
Als ob er's sah und selbst ein Werkzeug war,
Euch anzuketten, – daß auf frevle Weise
Die Kön'gin Ihr berührt.

POLYXENES. Zu Gift dann eitre
Mein reinstes Blut, geschmiedet sei mein Name
An jenen, der den Heiligsten verriet!
Mein unbefleckter Ruf werd' eine Fäulnis,
Durch die mein Nahn dem stumpfsten Sinn ein Ekel;
Und meine Gegenwart sei scheu vermieden,
Ja, und gehaßt, mehr als die schlimmste Pest,
Die das Gerücht und Bücher je geschildert!

CAMILLO.
Schwört Ihr auch gegen seinen Wahn bei jedem
Besondern Stern und seinem Himmelseinfluß,
Könnt Ihr doch leichter wohl der See verbieten,
Dem Monde zu gehorchen, als durch Schwur
Ihr wegschiebt oder durch Vernunft erschüttert
Das Bauwerk seiner Torheit, dessen Grund
Auf seinem Glauben ruht und dauern wird,
Solang' sein Leib besteht.

POLYXENES. Woher entsprang dies?

CAMILLO.
Ich weiß nicht; doch gewiß, zu fliehn ist sichrer

Das, was uns droht, als fragen, wie's entsprang.
Deshalb, vertraut Ihr meiner Redlichkeit,
Die dieser Leib verschließt, den Ihr als Pfand
Sollt mit Euch nehmen, – macht Euch auf zu
Nacht!
Die Euren will ich in geheim belehren,
Und durch verschiedne Pförtchen schaff' ich sie
Zu zwei'n, zu drei'n zur Stadt hinaus; ich selbst,
In Euerm Dienst such' ich mein Glück, das hier
Durch die Entdeckung stirbt. Bedenkt Euch
nicht,
Denn ich, bei meiner Eltern Ehre, sprach
Die reinste Wahrheit: wollt Ihr dies erprüfen,
So weil' ich nicht, und Ihr seid hier nicht sichrer
Als einer, den des Königs eigner Mund
Verurteilt und die Hinrichtung geschworen.

POLYXENES. Ich glaube dir: ich sah in seinem Antlitz
Sein Herz. Gib mir die Hand, sei mein Pilot,
Und du sollst immer mir der Nächste bleiben.
Die Schiffe sind bereit, und meine Leute
Erwarten schon die Abfahrt seit zwei Tagen.
Die Eifersucht verfolgt ein kostbar Wesen,
Und wird so groß, wie jenes einzig ist;
Er, im Besitz der Macht, wird furchtbar toben,
Und da er glaubt, er sei durch einen Mann
Entehrt, der immer ihm der Nächste war,
So muß dies seine Rache bittrer schärfen.
Mich überschattet Furcht:
Beglückter Ausgang sei mein Freund, und tröste
Die holde Kön'gin, die dies Unglück teilt,
Doch unverdient den bösen Argwohn! Komm,
Wie einen Vater ehr' ich dich, wenn du
Mich ungekränkt von hier bringst; laß uns
fliehn!

CAMILLO.
Es stehn mir durch mein Ansehn alle Schlüssel
Der Tore zu Gebot; gefällt's Eu'r Hoheit,
Dem Drang des Augenblicks zu folgen: kommt!
Sie gehn ab.

Zweiter Aufzug

Erste Szene

Sizilien, im Palast.
Hermione, Mamillius und Hofdamen.

HERMIONE.
Nehmt Ihr den Knaben, denn er quält mich so,
Ich kann es nicht ertragen.

ERSTE DAME. Kommt, mein Prinz,
Wollt Ihr zum Spielkam'rad mich haben?

MAMILLIUS. Nein,
Dich mag ich nicht.

ERSTE DAME. Weshalb, mein süßer Prinz?

MAMILLIUS.
Du küssest mich und sprichst mit mir, als wär'
Ich noch ein kleines Kind. – Dich hab' ich lieber.

ZWEITE DAME. Und warum das, mein Prinz?

MAMILLIUS. Nicht etwa, weil
Du schwärzre Brauen hast; doch schwarze Brauen,
Sagt man, sind schön bei manchen Frau'n, nur muß
Nicht zu viel Haar darin sein, nur ein Bogen,
Ein Halbmond, fein gemacht wie mit der Feder.

ZWEITE DAME. Wer lehrt' Euch das?

MAMILLIUS.
Ich lernt' es selbst aus Frau'ngesichtern. – Sprich,
Von welcher Farb' sind deine Brauen?

ERSTE DAME. Blau.

MAMILLIUS.
Ach, Spaß! Einmal sah ich bei einer Frau
Die Nase blau, doch nicht die Brauen.

ZWEITE DAME. Hört:
Die Kön'gin, Eure Mutter, kommt bald nieder:
Dann werden einem hübschen neuen Prinzen
Wir dienen, und Ihr spaßtet gern mit uns,
Wenn wir Euch möchten.

ERSTE DAME. Ja, sie ward seit kurzem
Sehr stark: Gott schenk' ihr eine gute Stunde!

HERMIONE.
Ei, welche Weisheit kramt Ihr aus? Komm, Freund,
Für dich bin ich nun wieder; setz' dich zu mir,
Erzähl' ein Märchen!

MAMILLIUS. Lustig oder traurig?

HERMIONE. So lustig, wie du willst.

MAMILLIUS. Ein traurig Märchen
Paßt für den Winter, und ich weiß von Geistern
Und Hexen eins.

HERMIONE. Das laß uns hören, Sohn!
Setz' dich, fang' an, und mach' mich recht zu
fürchten
Mit deinen Geistern; darin bist du stark.

MAMILLIUS. Es war einmal ein Mann –

HERMIONE. Nein, setz' dich, dann fang' an!

MAMILLIUS. Der wohnt' am Kirchhof – ich will
sacht erzählen,
Die Heimchen sollen's dort nicht hören.

HERMIONE. Wohl,
So sag es mir ins Ohr!

Es treten auf Leontes, Antigonus und andre Herren vom Hofe.

LEONTES.
Man traf ihn dort? Sein Zug? Camillo mit ihm?

ERSTER HERR.
Ich traf sie hinterm Pinienwald; noch nie
Sah Menschen ich so eilen; meine Blicke
Verfolgten zu den Schiffen sie.

LEONTES. Wie glücklich,
Daß ich so recht gesehn, die Wahrheit traf! –
Ach! irrt' ich lieber! Wie verdammt bin ich
In diesem Glück! – Wohl kann sich eine Spinne
Verkriechen in den Becher, und man trinkt;
Man geht, und spürt kein Gift; nicht angesteckt
Ward das Bewußtsein; aber hält uns einer
Die ekelhafte Zutat vor, und sagt uns,
Was wir getrunken, sprengt man Brust und Seiten
Mit heft'gem Würgen: – ich trank und sah die Spinne.
Camillo half dazu und war sein Kuppler; –
Ein Anschlag ist's auf meinen Thron, mein Leben;
Zur Wahrheit wird Verdacht: – der falsche Bube,
Den ich bestellt, war vorbestellt von ihm;
Er hat ihm meinen Plan entdeckt, und ich
Bin ein geäffter Tor für sie, ein Spielball
Für ihre Laune. – Wie denn sind so leicht
Die Pforten ihnen aufgetan?

ERSTER HERR. Durch Vollmacht,

Durch die er oft schon dies ins Werk gestellt,
Wenn Ihr's befahlt.

LEONTES. Ich weiß es nur zu wohl. –
Gib mir das Kind; ein Glück, daß du's nicht nährtest:
Trägt er von mir auch manchen Zug, hat er
Doch zu viel Blut von dir.

HERMIONE. Was ist das? Scherz?

LEONTES.
Tragt fort das Kind, er soll nicht bei ihr sein;
Hinweg mit ihm: – mit jenem mag sie scherzen,
Womit sie schwanger, denn Polyxenes
Verdankst du das.

HERMIONE. Ich kann es wohl verneinen
Und schwören, daß Ihr meinem Leugnen glaubt,
Wenn Ihr gleich anders scheinen wollt.

LEONTES. Ihr Herren,
Schaut dort sie an und scharf, gern spräch' dann jeder,
Nicht wahr: »Die Frau ist lieblich?« Doch es muß
Die Redlichkeit des Herzens alsbald sprechen:
»Wie schade, daß sie keusch nicht ist und ehrbar!«
Preist sie nur um dies Außenwerk des Leibes
(Das man gewiß hoch darf in Rechnung stellen),
Und gleich wird Achselzucken, Hum und Ha,
Die kleinen Brandmal', die Verleumdung braucht, –
Oh! weit gefehlt, die Milde braucht; Verleumdung
Brennt ja die Tugend selbst: – dies Achselzucken,
Dies Hum und Ha, wie ihr sie lieblich nanntet,
Dringt, eh' ihr keusch sie nennen könnt, hervor.
Doch hört
Von ihm, den's wohl am tiefsten schmerzen muß:
Sie ist Eh'brecherin.

HERMIONE. Sagte das ein Bube,
Der ausgemachtste Bube auf der Welt,
Er wär' ein um so ärgrer Bub': Ihr, mein Gemahl,
Seid nur im Irrtum.

LEONTES. Ihr, Fürstin, wart verirrt.
Weit, vom Leontes zum Polyxenes.
O du Geschöpf!
Das ich nicht nennen will, wie du verdienst,
Daß Barbarei, an mir ein Beispiel nehmend,
Nicht gleiche Sprach' in allen Ständen führe,
Vernichtend jede Sitte, die den Fürsten
Vom Bettler unterschied! – Ich hab's gesagt,
Sie ist Eh'brecherin, und gesagt, mit wem;
Mehr noch, Verrät'rin ist sie, und Camillo
Ihr Mitverschworner, der um alles weiß,
Was sie sich schämen sollte selbst zu wissen,
Sie nur, mit ihrem schändlichen Verführer,
Daß sie verbuhlt ist, schlecht wie jene, die
Der Pöbel mit den frechsten Namen schilt;
Ja, auch vertraut war sie mit dieser Flucht.

HERMIONE. Bei meinem Leben! Nein,
Vertraut mit nichts von dem; wie wird's Euch schmerzen,
Wenn Ihr zu hellrer Einsicht einst gelangt,
Daß Ihr mich so beschimpft habt! Teurer Herr,
Ihr könnt mir kaum genug tun, sagt Ihr dann:
Ihr irrtet Euch.

LEONTES. Nein, nein; wenn ich mich irre
In diesem Fundament, worauf ich baue,
So ist die Erd' nicht stark genug, zu tragen
Des Knaben Kreisel. – Fort mit ihr zum Kerker!
Wer für sie spricht, der ist schon deshalb schuldig,
Bloß weil er spricht.

HERMIONE. Es herrscht ein bös Gestirn;
Ich muß geduldig sein, bis der Aspekt
Am Himmel günst'ger ist. – Ihr guten Herrn,
Ich weine nicht so schnell, wie mein Geschlecht
Wohl pflegt; der Mangel dieses eiteln Taues
Macht wohl eu'r Mitleid welken; doch hier wohnt
Der ehrenvolle Schmerz, der heft'ger brennt,
Als daß ihn Tränen löschten: ich ersuch' euch,
Mit einem Sinn, so mild, als eure Liebe
Euch stimmen mag, meßt mich, – und so geschehe
Des Königs Wille!

LEONTES *zu der Wache.*
Wird man mir gehorchen?

HERMIONE.
Und wer begleitet mich? – Ich bitt' Eu'r Hoheit,
Mir meine Frau'n zu lassen; denn ihr seht,
Mein Zustand fodert's. Weint nicht, gute Kinder,
Es ist kein Grund; hört ihr, daß eure Herrin
Verdient den Kerker, dann laßt Tränen strömen,
Wär' ich auch frei. Der Kampf, in den ich gehe,
Dient mir zum ew'gen Heil. – Lebt wohl, mein König,
Ich wünscht' Euch nie betrübt zu sehn; doch glaub' ich,
Ich werd' es jetzt. – Nun kommt, ihr habt Erlaubnis.

LEONTES. Hinweg, und tut, was wir befohlen! Fort!

Die Königin geht mit ihren Damen ab.

ERSTER HERR.
Ich bitt' Eu'r Hoheit, ruft zurück die Fürstin!

ANTIGONUS.
Herr, handelt mit Bedacht, damit das Recht
Gewalt nicht sei, und so drei Große leiden,
Ihr, Eure Kön'gin, Euer Sohn.

ERSTER HERR. Mein Leben
Wag' ich zum Pfand zu setzen, und ich tu's,
Nehmt Ihr es an, daß unsre Fürstin rein,
Vor Euch und vor des Himmels Aug'; ich meine
Von dem, des Ihr sie anklagt.

ANTIGONUS. Wird bewiesen,
Daß sie's nicht ist, so will ich Schildwacht halten
Bei meiner Frau, mit ihr gekoppelt gehen,
Und ihr nur traun, wenn ich sie seh' und fühle;
Denn jeder Zoll von Weiberfleisch ist falsch,
Ja, jeder Gran von allen auf der Welt,
Wenn sie es ist.

LEONTES. Schweigt still!

ERSTER HERR. Mein teurer König –

ANTIGONUS.
Für Euch ist's, daß wir reden, nicht für uns.
Ihr seid getäuscht von einem Ohrenbläser,
Der dafür sei verdammt; kennt' ich den Schurken,
Den Garaus macht' ich ihm. – Sie ehrvergessen! –
Drei Töchter hab' ich, elf die älteste,
Die zweit' und dritte neun und etwa fünf;
Zeigt dies sich wahr, so sollen sie's bezahlen,
Bei meiner Ehr', und vierzehn nicht erleben;
Ich töte sie, eh' falsch Geschlecht sie bringen:
Sie nur sind meine Erben, aber lieber
Verschnitt' ich mich, als daß sie mir nicht brächten
Erwünschte Enkel.

LEONTES. Schweigt, nichts mehr davon!

Ihr spürt die Sache mit so kaltem Sinn,
Wie eines Leichnams Nas'; ich seh's und fühl' es;
Wie Ihr fühlt, fass' ich Euch und seh' die Hände,
Die Euch ergreifen.

ANTIGONUS. Ist es so, dann braucht's
Kein Grab, um Tugend zu beerd'gen: denn
Kein Körnchen blieb von ihr, um zu versüßen
Das kot'ge Rund der weiten Welt.

LEONTES. Glaubt man mir nicht?

ERSTER HERR. Viel besser, wenn man uns glaubt, und nicht Euch,
In diesem Punkt; und mehr erfreut es uns,
Bewährt sich ihre Ehr', als Euer Argwohn,
Zürnt Ihr auch noch so sehr.

LEONTES. Was brauchen wir
Mit Euch uns zu beraten? Folgen nicht
Vielmehr dem mächt'gen Drang? Die Majestät
Bedarf nicht Euers Rats. Nur unsre Güte
Teilt euch dies mit; wenn ihr, blödsinnig ganz,
Wo nicht, aus List so scheinend, wollt nicht, könnt nicht
Die Wahrheit sehn gleich uns: so forscht ihr nach!
Doch brauchen wir nicht Euers Rats; die Sache,
Verlust, Gewinn, Befehl und Ausführung
Geht uns nur an.

ANTIGONUS.
So wünscht' ich, mein Gebieter,
Ihr hättet schweigend es im Geist erwogen,
Nie öffentlich erklärt.

LEONTES. Wie wär' es möglich?
Du bist, vor Alter, stumpfen Sinns, wo nicht
Ein Tor schon von Geburt; Camillos Flucht,
Dazu dann ihr vertrauter Umgang, der
So augenscheinlich Argwohn überbot,
Dem nur noch Anblick fehlte, nichts, als Zeugnis
Des eignen Auges, – denn das andre alles
Zeigt als geschehn die Tat, – zwingt, so zu handeln.
Doch, um es mehr noch zu bekräftigen
(Da in so wicht'gem Fall ein wild Verfahren
Sehr zu bejammern wäre), sandt' ich Boten
Zum heil'gen Delphi, zu Apollos Tempel;
Cleomenes und Dion, die ihr kennt
Als fest und zuverlässig. Vom Orakel
Hängt alles ab, sein heil'ger Ratschluß soll
Mich spornen oder zügeln. Tat ich wohl?

ERSTER HERR. Sehr wohl, mein Fürst.

LEONTES.
Bin ich befriedigt auch, nichts mehr bedürfend,
Als was ich weiß, wird das Orakel doch
Der andern Sinn beruh'gen, die, gleich jenem,
Mit gläub'gem Unverstand es nicht vermögen,
Zur Wahrheit aufzuschaun. So schien's uns gut,
Sie einzuschließen, unsrer Näh' beraubt,
Auf daß nicht der Verrat der zwei Entflohnen
Ihr zur Vollziehung bleibe. – Folgt mir nach,
Jetzt red' ich öffentlich; denn dies Geschäft
Regt all' uns auf.

ANTIGONUS *beiseit:*
Ja, doch zum Lachen, denk' ich,
Wenn an den Tag die rechte Wahrheit kommt.

Alle ab.

Zweite Szene

Ein äußeres Zimmer des Gefängnisses, Paulina tritt auf mit mehreren Dienern.

PAULINA. Der Kerkermeister – ruft sogleich ihn her;
Und sagt ihm, wer ich bin. –

Ein Diener geht ab.

Du edle Frau!
Kein Hof Europas ist zu gut für dich:
Was machst du denn im Kerker?

Ein Diener kommt mit dem Kerkermeister.

Nun, mein Freund? Ihr kennt mich doch?

KERKERMEISTER. Als eine würd'ge Frau,
Die ich verehre.

PAULINA. Nun, so bitt' ich dich,
Führ' mich zur Königin!

KERKERMEISTER.
Ich darf nicht, gnäd'ge Frau; das Gegenteil
Ward streng mir eingeschärft.

PAULINA. Das ist ein Lärm,
Um zu verschließen Ehr' und Redlichkeit
Vor guter Freunde Zuspruch! – Ist's erlaubt,
Sagt, ihre Kammerfrau zu sehn? nur eine?
Emilia?

KERKERMEISTER. Seid so gütig, gnäd'ge Frau,
Und schickt die Diener fort, so führ' ich Euch
Emilia her.

PAULINA. Ich bitte, geh und ruf sie!
Entfernt Euch!

Die Diener gehn ab.

KERKERMEISTER.
Doch ich muß zugegen sein,
Wenn Ihr sie sprecht.

PAULINA. Gut, geh nur, mag's so sein.

Kerkermeister geht ab.

Man müht sich hier, die Reinheit zu beflecken,
So schwarz man immer kann.

Der Kerkermeister kommt mit Emilia.

Nun, liebe Frau, wie geht's der gnäd'gen Fürstin?

EMILIA.
So gut, wie so viel Größ' und so viel Unglück
Vereint gestatten mag; durch Schreck und Kummer,
Der eine zarte Frau nie härter traf,
Ist sie entbunden, etwas vor der Zeit.

PAULINA. Ein Knab'?

EMILIA. Ein Mädchen, und ein schönes Kind,
Kräftig und lebensvoll. Sein Anblick tröstet
Die Kön'gin: »mein gefangnes, armes Kind«,
Sagt sie, »ich bin so unschuldig, so wie du.«

PAULINA. Das will ich schwören: –
Verdammt des Königs heillos blinder Wahnsinn!
Er muß es hören, und er soll; dies Amt
Ziemt einer Frau zumeist, ich übernehm' es;
Ist süß mein Mund, mag meine Zunge schwären,
Und nie mehr meines rot erglüh'nden Zorns
Trompete sein! – Ich bitte dich, Emilia,
Empfiehl der Kön'gin meinen treuen Dienst;
Und will sie mir ihr kleines Kind vertrauen,
Trag' ich's dem König hin und übernehm' es,
Ihr lauter Anwalt dort zu sein. Wer weiß,

Wie ihn des Kindes Anblick mag besänft'gen:
Oft spricht beredt der reinen Unschuld Schweigen,
Wo Worte nichts gewinnen.

EMILIA. Würd'ge Frau,
So offen zeigt sich Eure Ehr' und Güte,
Daß Euerm kühnen Schritt ein günst'ger Ausgang
Nicht fehlen kann. Kein Weib ist so geschaffen
Für diesen großen Auftrag; habt die Gnade
Und geht ins nächste Zimmer, daß ich gleich
Der Kön'gin Euern edlen Antrag melde;
Noch heut erst übersann sie solchen Plan,
Nicht wagend, einen Mann von Rang zu bitten,
Aus Furcht, er schlüg' es ab.

PAULINA. Sag ihr, Emilia,
Die Zunge, die ich habe, will ich brauchen;
Entströmt ihr Geist, wie Kühnheit meiner Brust,
So richt' ich ganz gewiß was aus.

EMILIA. Gott lohn' Euch!
Ich geh' zur Kön'gin; bitte, tretet näher!

KERKERMEISTER.
Gefällt's der Königin, das Kind zu schicken: –
Ich weiß nicht, was ich wage, lass' ich's durch;
Denn keine Vollmacht hab' ich.

PAULINA. Fürchte nichts:
Gefangen war das Kind im Mutterleib,
Und ist, nach Recht und Fortgang der Natur,
Daraus erlöst und frei, hat keinen Teil
Am Zorn des Königes, und keine Schuld,
Wenn's eine gäbe, an der Kön'gin Fehltritt.

KERKERMEISTER. Das glaub' ich wohl.

PAULINA. Drum fürchte nichts: auf Ehre;
Ich trete zwischen dich und die Gefahr.

Alle ab.

Dritte Szene

Palast.
Leontes, Antigonus, Herren vom Hofe, Gefolge.

LEONTES. Nicht Ruhe Tag noch Nacht; es ist nur Schwäche,
Den Vorfall so zu nehmen, nichts als Schwäche –
Wär' nur der Grund vertilgt – des Grundes Hälfte,
Die Ehebrech'rin! Der verbuhlte König
Ist außer meines Arms Bereich, entrückt
Der List, und jedem Plan verschanzt; – doch sie
Kann ich mir greifen. – Ja, wär' sie nicht mehr,
Verzehrt vom Feuertod, der Ruhe Hälfte
Käm' mir vielleicht zurück. – Heda!

DIENER. Mein König –

LEONTES. Was macht der Prinz?

DIENER. Er schlief die Nacht recht gut;
Man hofft, die Krankheit sei gehoben.

LEONTES. Seht
Des Kindes Adel!
Als er begriff die Schande seiner Mutter,
Gleich nahm er ab, verfiel, und fühlt' es tief;
Er zog die Schmach, als sein, ins eigne Herz,
Floh Munterkeit, aß nicht, verlor den Schlaf;
Er welkt dem Tod entgegen. – Laßt mich: – geht,
Seht, was er macht! – Pfui, kein Gedank' an ihn; –
Schon der Gedank' der Rache dieses Weges
Kehrt alsbald um; zu mächtig durch sich selbst,
Durch Freund' und Bundsgenossen, – mag er bleiben,
Bis einst die Zeit mir dient; doch schnelle Rache
Nimm jetzt an ihr! Polyxenes, Camillo
Verlachen mich und spotten meines Grams;
Erreicht' ich sie, so sollten sie nicht lachen,
Und sie soll's nicht, da sie in meiner Macht.

Paulina tritt auf mit einem Kinde.

ERSTER HERR. Ihr dürft hier nicht herein.

PAULINA.
Nein; liebe, gute Herrn, seid mir behülflich!
Zittert ihr mehr vor seinem grimmen Wüten,
Als für der Kön'gin Leben? Sie, die Holde,
Sie, reiner, als er eifersüchtig ist.

ANTIGONUS. Und das ist viel.

ERSTER HERR.
Er schlief nicht, gnäd'ge Frau, und hat befohlen
Daß keiner zu ihm darf.

PAULINA. Freund, nicht so hitzig;
Ich komm', ihm Schlaf zu bringen. – Euresgleichen,
Die schleichen um ihn her wie Schatten, stöhnen,
So oft er grundlos seufzt, – ja, euresgleichen,
Die nähren seines Wachens Ursach'; ich,
Mit Worten komm' ich, die so wahr als heilsam,
Wie beides redlich, ihm das Gift zu nehmen,
Das ihn am Schlaf verhindert.

LEONTES. Welch ein Lärm? Ha!

PAULINA.
Kein Lärm, mein Fürst, notwend'ges Reden nur
Wegen der Paten für Eu'r Hoheit.

LEONTES. Wie?
Hinweg mit dieser kühnen Frau; Antigonus,
Ich warnte dich, daß sie nicht zu mir käme;
Ich kannte ihren Vorsatz.

ANTIGONUS. Herr, ich droht' ihr
Bei Strafe Eures Zorns, so wie des meinen,
Euch nicht zu nahn.

LEONTES. Wie, kannst du sie nicht zügeln?

PAULINA.
Vor allem Bösen, ja: in dieser Sache –
(Wenn er's nicht macht wie Ihr und mich verhaftet,
Nur weil ich ehrenhaft) – bei meiner Seele,
Soll er mich nimmer zügeln.

ANTIGONUS. Nun, da hört Ihr's!
Wenn sie den Zaum so nimmt, lass' ich sie laufen,
Doch stolpert sie niemals.

PAULINA. Mein guter König,
Ich komm' und bitte, hört mich; denn gewiß,
Ich bin Euch treue Dienerin und Arzt,
Euch ganz ergebner Rat; ja, der es wagt,
Um Euch zu trösten, wen'ger so zu scheinen,
Als die hier um Euch stehn: ich sag', ich komme
Von Eurer guten Kön'gin.

LEONTES. Gute Kön'gin?

PAULINA. Ja, gute Kön'gin, sag' ich, gute Kön'gin;
Und wollt's im Kampf erhärten, wär' ich nur
Ein Mann, der schwächste hier!

LEONTES. Werft sie hinaus!

PAULINA. Wer seine Augen nur geringe achtet,
Komm' mir zu nah: von selbst werd' ich schon gehn;
Doch erst verriebt' ich mein Geschäft. – Die gute Kön'gin,

Denn sie ist gut, gebar Euch eine Tochter:
Hier ist sie, und empfiehlt sie Eurem Segen.

Sie legt das Kind vor Leontes hin.

LEONTES. Verwegne! Fort mit ihr! Hinaus!
Du abgefeimte Kupplerin!

PAULINA. Nicht also:
Die Sache kenn' ich nicht, und Ihr verkennt mich,
Mich so zu nennen; ganz so redlich bin ich,
Als Ihr verrückt, was, meiner Treu, genug ist,
Daß, wie die Welt geht, man für redlich gelte.

LEONTES. Verräter!
Ihr stoßt sie nicht hinaus? Gebt ihr den Bastard: –
Du Narr, du Weiberknecht, läßt fort dich beißen,
Von der Frau Kratzefuß, – nimm auf den Bastard,
Nimm ihn und gib ihn deiner Alten!

PAULINA. Ewig
Sei deine Hand beschimpft, wenn auf so schmachvoll
Erlogne Namen, wie er ihr gegeben,
Du die Prinzeß berührst.

LEONTES. Er scheut sein Weib!

PAULINA.
Ich wollt', Ihr tätet's auch, dann nenntet sicher
Ihr Eure Kinder Eu'r.

LEONTES. Ein Pack Verräter!

ANTIGONUS. Das bin ich nicht, bei Gott!

PAULINA. Noch ich, und keiner.
Nur einen seh' ich hier, das ist er selbst,
Der sein' und seiner Kön'gin heil'ge Ehre,
Des Sohns, der Tochter, der Verleumdung opfert,
Die schärfer sticht als Schwerter; nicht 'mal will er
(Denn also fügt es sich, es ist ein Bann,
Daß nichts ihn zwingt zum Bessern) nur anrühren
Die Wurzel seines Wahns, die so verfault ist,
Wie Eich' und Felsen je gesund nur war.

LEONTES.
Die Belferin von frechem Maul, den Mann
Hat sie geprügelt und hetzt mich nunmehr!
Die Brut geht mich nichts an,
Entsprossen ist sie vom Polyxenes;
Hinweg mit ihr so wie mit ihrer Mutter,
Und werft ins Feuer sie!

PAULINA. Das Kind ist Euer;
Und, nach dem alten Sprichwort, gleicht Euch so,
Daß es 'ne Schand' ist. – Seht doch, liebe Herrn,
Ist auch der Druck nur klein, der ganze Inhalt
Des Vaters Abschrift: Augen, Mund und Nase,
Der finstre Zug der Brau'n, die Stirn, die Grübchen.
Die hübschen hier auf Wang' und Kinn; sein Lächeln;
Ganz auch die Form der Nägel, Finger, Hände: –
Natur, du gute Göttin, die es schuf
So ähnlich dem, der's zeugte, bildest du
Auch das Gemüt, so gib aus allen Farben
Ihm nur kein Gelb, daß sie, wie er, nicht wähne,
Ihr Kind sei ihres Gatten nicht!

LEONTES. Die Hexe! –
Und, schwacher Pinsel, du bist Hängens wert,
Der ihr den Mund nicht stopft.

ANTIGONUS. Hängt alle Männer,
Die das nicht können, und es bleibt Euch kaum
Ein Untertan.

LEONTES. Noch einmal, fort mit ihr!

PAULINA. Der wild'ste, unnatürlichste Gebieter
Ist nicht so arg.

LEONTES. Ich lasse dich verbrennen.

PAULINA. Ich frage nichts danach;
Der ist dann Ketzer, der das Feuer schürt,
Nicht sie, die brennt. Ich nenn' Euch nicht Tyrann,
Doch diese Grausamkeit an Eurer Kön'gin,
Da Ihr kein andres Zeugnis stellen könnt
Als so schwachmüt'gen Argwohn, schmeckt ein wenig
Nach Tyrannei und macht zum Abscheu Euch,
Zur Schmach für alle Welt.

LEONTES. Bei Eurer Lehnspflicht,
Zur Tür mit ihr hinaus! Wär' ich Tyrann,
Wo wär' ihr Leben? Nimmer spräch' sie das,
Wenn sie mich dafür hielte. Fort mit ihr!

PAULINA. Ich bitt' Euch, drängt mich nicht, ich gehe schon.
Sorgt für Eu'r Kind, Herr, Euer ist's; Gott geb' ihm
Verständ'gern Geist! – Was sollen diese Hände? –
Ihr, die so zärtlich seine Torheit pflegt,
Tut ihm kein Gut, kein einz'ger von euch allen!
Laßt, laßt: – Lebt wohl, ich gehe schon.

Sie geht ab.

LEONTES. Verräter, du triebst hiezu an dein Weib. –
Mein Kind? Hinweg damit! – Und grade du,
Dem's so am Herzen liegt, nimm du es weg,
Und lass' es augenblicks ins Feuer werfen;
Du sollst es tun, kein andrer. Nimm es gleich:
In dieser Stunde meld', es sei geschehn,
Bring' gült'ges Zeugnis, sonst bezahlt's dein Leben
Und derer, die du dein nennst. Weigerst du
Und willst begegnen meiner Wut, so sprich,
Und gleich mit eigner Hand schlag' ich hier aus
Des Bastards Hirn. Geh, wirf es gleich ins Feuer,
Denn du triebst an dein Weib.

ANTIGONUS. Das tat ich nicht;
Die Herrn hier, meine edlen Freunde, sprechen
Mich davon frei.

ERSTER HERR. Wir können's, großer König:
Er ist nicht schuld, daß sie herein gekommen.

LEONTES. Ihr allesamt seid Lügner.

ERSTER HERR.
Eu'r Hoheit mög' uns beßre Meinung schenken:
Wir haben stets Euch treu gedient, und bitten,
Uns so zu achten; auf den Knieen flehn wir,
Als einz'gen Lohn für unsre besten Dienste,
Vergangne, künft'ge, – ändert diesen Vorsatz,
Der, von so furchtbar blut'ger Art, muß führen
Zu unheilvollem Ausgang. Alle knien wir.

LEONTES.
Ich bin nur Feder jedem Hauch des Windes; –
Leben soll ich, den Bastard knien zu sehn,
Mich Vater nennend? Besser, jetzt verbrannt,
Als dann ihm fluchen. Doch es sei, er lebe;
Und dennoch soll er nicht. – Du, komm hieher,
Der in so zarter Sorge sich bemühte,
Mit Dame Frechmaul, der Hebamme da,
Den Bastard hier zu retten, – denn das ist er,
So wahr, wie grau dein Bart, – was willst du wagen,
Zu retten dieser Brut das Leben?

ANTIGONUS. Alles,
Was meine Fähigkeit vermag, mein König,

Und Ehre fodern kann: zum mind'sten dies:
Das wen'ge Blut, das mir noch blieb, verpfänd' ich
Zum Schutz der Unschuld: alles, was nur möglich.

LEONTES.
Ja, möglich ist es; schwör' bei diesem Schwert,
Daß meinen Willen du vollbringst.

ANTIGONUS. Ich schwöre.

LEONTES.
Gib acht und tu's: denn siehe, fehlst du nur
Im kleinsten Punkt, das bringt nicht dir allein,
Auch deinem lästerzüng'gen Weib den Tod,
Der ich verzeih' für diesmal. – Wir gebieten
Bei deiner Lehnspflicht, nimm hier diesen Bastard,
Und trag' ihn gleich von dann', an einen Ort,
Der wüst und menschenleer und weit entfernt
Von unsern Grenzen ist, und lass' ihn dort
Ohn' alle Gnad' in seinem eignen Schutz,
Der freien Luft vertraut. Von einem Fremdling
Kam er zu uns: mit Recht befehl' ich drum,
Bei deiner Seele Heil, des Leibes Marter,
Daß du ihn wo in fremdes Land aussetzest,
Wo Glück ihn nähren, töten mag. So nimm ihn!

ANTIGONUS.
All dies beschwör' ich, obwohl schneller Tod
Barmherz'ger wäre. – Komm, du armes Kind;
Ein mächt'ger Geist mag Kräh'n und Geiern lehren,
Daß sie dir Ammen sind! Hat Bär und Wolf
Doch, wie man sagt, der Wildheit schon vergessen
In gleichem Liebesdienst. – Herr, seid beglückt,
Mehr als es diese Tat verdient! Und Segen
Mag solcher Grausamkeit entgegen kämpfen,
Für dich, du armes Ding, dem Tod geweiht!

Er geht mit dem Kinde ab.

LEONTES.
Nein, fremde Brut will ich nicht auferziehn.

ERSTER DIENER.
Mein Fürst, so eben langte Botschaft an
Von Euren Abgesandten zum Orakel;
Cleomenes und Dion kehrten glücklich
Von Delphi wieder heim und sind gelandet,
Bald hier zu sein.

ERSTER HERR. Erlaubt, die Reise war
Beschleunigt, mehr als wir erwarten konnten.

LEONTES. Sie waren dreiundzwanzig Tage fort,
Sehr schnell; dies zeigt, der mächtige Apollo
Will, daß man hievon bald die Wahrheit wisse.
Bereitet euch, ihr Herrn, beruft den Rat,
Daß wir die höchst treulose Kön'gin richten:
Denn, wie sie öffentlich ist angeklagt,
So werd' ihr auch gerecht und frei Verhör.
Solang' sie lebt, ist mir das Herz beschwert: –
Jetzt laßt mich, und tut das, was ich befohlen!

Alle ab.

Dritter Aufzug

Erste Szene

Feld. Cleomenes und Dion treten auf.

CLEOMENES.
Der Himmelsstrich ist lieblich, süß die Luft,
Die Insel fruchtbar, und der Tempel schöner,
Als es der Ruf verkündet.

DION. Preisen werd' ich,
Entzückend war's, die himmlischen Gewänder,
Denn so muß ich sie nennen, und die Würde
Der ernsten Priester. Oh, das Opfer dann!
Wie prunkvoll heilig war und überirdisch
Der Tempeldienst!

CLEOMENES. Vor allem doch das Krachen
Der Ohr betäubenden Orakelstimme,
Verwandt mit Jovis Donner, schreckte mich
Ganz aus mir selbst.

DION. Ist der Erfolg der Reise
So glücklich für die Kön'gin – wär' er's doch! –,
Als sie für uns schön, schnell und lieblich war,
So war die Zeit gut angewandt.

CLEOMENES. Apollo
Mög' alles glücklich wenden! Dies Gericht,
Das so der Kön'gin aufdringt ein Verbrechen,
Gefällt mir nicht.

DION. Solch heftig Treiben endet
Den Handel oder klärt ihn auf; wird kund
Der Spruch, versiegelt von des Gottes Priester,
So wird sein Inhalt etwas Wundervolles
Den Menschen offenbaren. – Frische Pferde!
Und glücklich sei der Ausgang!

Sie gehn ab.

Zweite Szene

Ein Gerichtshof.
Leontes, Herren vom Hofe, Beamte, Gerichtsdiener.

LEONTES.
Dies Staatsgericht, mit Kummer sagen wir's,
Greift uns ans eigne Herz: die Angeklagte,
Die Tochter eines Königs, unsre Gattin,
Zu sehr von uns geliebt. – Es spricht uns frei
Vom Schein der Tyrannei der offne Gang
In diesem Rechtsfall, der auf gradem Weg
Zur Rein'gung oder zur Verdammung führt. –
Bringt die Gefangne her!

BEAMTER. Die Majestät heißt jetzt die Königin
Persönlich vor Gericht allhier erscheinen.

Allgemeines Stillschweigen.
Hermione kommt mit Wache, von Paulina und anderen Hofdamen begleitet.

LEONTES. Lest nun die Klage!

BEAMTER. »Hermione, Gemahlin des erlauchten Leontes, Königs von Sizilien, du bist hier angeklagt und vor Gericht gestellt wegen Hochverrats, indem du Ehebruch begingst mit Polyxenes, dem Könige von Böhmen, und dich verschwurst mit Camillo, das Leben unsers hohen Herrn, deines königlichen Gemahls, zu verkürzen. Da diese Bosheit durch Umstände zum Teil entdeckt wurde, hast du, Hermione, der Pflicht und Treue eines redlichen Untertans entgegen, ihnen geraten und geholfen, zu ihrer größern Sicherheit bei Nacht zu entfliehen.«

HERMIONE. Da, was ich sagen will, nichts andres ist,
Als dem, des man mich anklagt, widersprechen,
Und mir kein ander Zeugnis steht zur Seite,
Als was ich selbst mir gebe, frommt mir kaum

Zu rufen: »Frei von Schuld!«: da hier für Lüge
Gilt meine Lauterkeit, wird, was ich sage,
Auch also heißen. Doch – wenn Himmelsmächte
Sehn unser menschlich Tun (sie schaun herab),
Dann zweifl' ich nicht, die Unschuld macht erröten
Die falsche Klag', und Tyrannei erbebt
Vor der Geduld. – Mein Fürst, Ihr wißt am besten,
Scheint Ihr auch jetzt am wenigsten zu wissen:
So rein und treu war mein vergangnes Leben,
Wie ich jetzt elend bin, und das ist mehr,
Als die Geschichte und Erdichtung, noch
Das Schauspiel kennt, die Menge zu bezaubern.
Denn schaut mich an, –
Genossin königlichen Betts, der halb
Der Thron gehörte, eines Königs Tochter,
Die Mutter eines edeln Prinzen, – steh' ich
Und sprech' und schwatze hier für Ehr' und Leben,
Vor jedem, der es hören will. Mein Leben,
Es drückt mich wie mein Gram, gern miss' ich beide;
Doch Ehr', ein Erbteil ist sie für die Meinen,
Sie nur verdient mein Wort. Ich mahn' Euch, Herr,
Fragt Eu'r Bewußtsein, eh' Polyxenes
An Euern Hof kam, wie Ihr mich geliebt,
Und wie ich es verdient; seit er gekommen,
Mit welch unziemlichem Entgegentreten
Verging ich mich, daß man mich also deutet;
Wenn's nur ein Haar breit war jenseit der Ehre,
Sei's Tat, sei's Wille nur, im Weg des Unrechts,
So werde Stein das Herz jedweden Hörers,
Und ekel sei mein Grab dem nächsten Blutsfreund!

LEONTES. Dem fehlte nie, der freche Laster übte,
Die Unverschämtheit, seine Tat zu leugnen,
Mit der er sündigte.

HERMIONE. Das ist sehr wahr;
Doch niemals kann ein solcher Spruch mich treffen.

LEONTES. Du läßt ihn gelten nicht.

HERMIONE. Mehr, als mir eignet
Und mir als Fehl entgegen tritt, kann nimmer
Ich anerkennen. Ihn, Polyxenes,
Ich sag' es frei, mit dem Ihr mich beschuldigt,
Liebt' ich, wie er in Ehren fodern durfte,
Mit einer solchen Liebe, wie's geziemlich
Für eine Frau gleich mir, mit einer Liebe,
So und nicht anders, als Ihr selbst befahlt;
Und tat ich's nicht, so hätt' ich mich zugleich
Als undankbar gezeigt und ungehorsam,
Euch und dem Freund, des Liebe deutlich sprach,
Von früher Kindheit, seit ihr Sprache ward,
Sie sei ganz Euer. Nun, der Hochverrat,
Ich weiß nicht, wie er schmeckt, tischt man ihn gleich
Mir auf, davon zu kosten: das nur weiß ich,
Stets ward Camillo ehrenvoll befunden;
Warum er Euch verließ, ist selbst den Göttern,
Wenn sie nicht mehr als ich drum wissen, fremd.

LEONTES.
Ihr wußtet seine Flucht, so gut Ihr wußtet,
Was Ihr zu tun beschlossen, war er fort.

HERMIONE. Herr,
Die Sprache, die Ihr sprecht, versteh' ich nicht:
Mein Leben ist's, was Eure Träum' erzielen,
Gern werf' ich's ab.

LEONTES. Nur deine Taten träum' ich;
Du hast 'nen Bastard von Polyxenes,
Ich träumt' es nur: – wie du der Scham entfremdet,
Wie alle deiner Art, bist du's der Wahrheit;
Sie leugnen liegt dir ob, doch frommt dir nicht;
Denn wie dein Balg, der nur sich selbst gehört,
Als vaterlos ward ausgestoßen (freilich,
Mehr dein als sein Verbrechen), so sollst du
Empfinden unsern Rechtsspruch; noch so milde,
Erwarte wen'ger nicht als Tod!

HERMIONE. Spart Euer Drohn:
Das Greu'l, womit du schrecken willst, erbitt' ich;
Mir kann das Leben kein Geschenk mehr sein.
Die Kron' und Lust des Lebens, Eure Liebe,
Die geb' ich auf: ich fühl' es, sie ist hin.
Doch wie, das weiß ich nicht; mein zweites Glück,
Der Erstling meines Leibs, ihn nimmt man mir,
Als wär' ich angesteckt; mein dritter Trost
Wird durch unsel'ger Sterne Kraft mir von der Brust,
In ganz unschuld'gem Mund unschuld'ge Milch,
Zum Mord geschleppt. Ich selbst an jeder Ecke
Als Metze ausgeschrien; mit rohem Haß
Des Kindbettrechts beraubt, das man doch Weibern
Von jeder Art vergönnt: – zuletzt gerissen
In freie Luft hieher, bevor ich noch
Die nöt'ge Kraft gewann. Nun sagt, mein König,
Welch Glück kann mir das Leben wohl noch bieten,
Daß ich den Tod soll fürchten? Drum fahrt fort!
Doch hört noch dies, versteht mich recht: –
Mein Leben,
Ich acht' es nur wie Spreu: – doch meine Ehre,
Nur die möcht' ich befrein. Werd' ich verurteilt
Bloß auf Verdacht, da jedes Zeugnis schläft,
Das Eure Eifersucht nicht weckt, so sag' ich,
's ist Tyrannei, kein Recht. – Ihr Edlen, hört,
Daß ich auf das Orakel mich berufe:
Apollo sei mein Richter!

ERSTER HERR. Dies Begehren
Ist ganz gerecht; so bringet denn herbei,
Und in Apollos Namen, das Orakel!
Einige Beamte gehn ab.

HERMIONE.
Der große Kaiser Rußlands war mein Vater:
Oh, wär' er noch am Leben, hier zu schauen
Die Tochter vor Gericht! Oh, säh' er doch,
Wie tief mich Elend beugte; doch mit Augen
Des Mitleids, nicht der Rache!
Der Beamte kommt mit Cleomenes und Dion.

BEAMTER.
Schwört hier auf diesem Schwerte des Gerichts,
Daß ihr, Cleomenes und Dion, beide
In Delphi wart, und daß von dort versiegelt
Ihr dies Orakel bringt, das euch der Priester
Des hohen Phöbus gab, und daß seitdem
Ihr freventlich das Siegel nicht erbracht,
Noch den geheimen Inhalt saht.

CLEOMENES UND DION. Wir schwören
Dies alles.

LEONTES. Brecht das Siegel nun und lest!

BEAMTER *liest.* »Hermione ist keusch, Polyxenes tadellos, Camillo ein treuer Untertan, Leontes ein eifersüchtiger Tyrann, sein unschuldiges Kind rechtmäßig erzeugt, und der König wird ohne Erben leben, wenn das, was verloren ist, nicht wieder gefunden wird.«

ALLE. Gepriesen sei der große Gott Apollo!
HERMIONE. Er sei gelobt!
LEONTES. Und hast du recht gelesen?
BEAMTER.
Ja, Herr; ganz so, wie hier geschrieben steht.
LEONTES.
Nur Lüg' und Falschheit spricht aus dem Orakel;
Fort geh' die Sitzung: dies ist nur Betrug.
Ein Diener kommt eilig.
DIENER. Mein Herr, mein Herr und König!
LEONTES. Nun, was gibt's?
DIENER.
O Herr, Haß wird mich für die Nachricht treffen:
Der Prinz, dein Sohn, aus lauter Furcht und Ahnung,
Der Königin halb, ist hin.
LEONTES. Wie? hin?
DIENER. Ist tot.
LEONTES.
Apollo zürnt, und selbst der Himmel schlägt
Mein ungerecht Beginnen.
Hermione fällt in Ohnmacht.
Was ist das?
PAULINA. Die Nachricht ist der Kön'gin Tod: – schaut nieder
Und seht, wie Tod hier handelt!
LEONTES. Tragt sie fort!
Paulina und die Hofdamen tragen Hermionen fort.
Sie wird erstehn, ihr Herz ist überladen: –
Zu viel hab' ich dem eignen Wahn geglaubt. –
Ich bitt' euch, braucht mit Sorgfalt jedes Mittel
Zu ihrer Rettung! – Oh, verzeih', Apollo!
Verzeih' die Läst'rung gegen dein Orakel!
Ich will mich mit Polyxenes versöhnen,
Der Gattin Lieb' erflehn, Camillo rufen,
Den ich getreu und mild hier laut erkläre.
Durch Eifersucht zu Rach' und Blutgedanken
Gerissen, rief ich mir Camillo auf,
Polyxenes, den Teuren, zu vergiften.
Auch wär's vollbracht,
Wenn nicht Camillos edler Sinn verzögert
Den schleunigen Befehl, obgleich durch Tod,
Durch Lohn, ich ihn ermutigt und geschreckt,
Wofern er's tat und ließ; doch wahrhaft menschlich
Und ehrenvoll enthüllt' er meinen Plan
Dem hohen Gast, verließ hier sein Vermögen,
Das groß war, wie ihr wißt, und gab sich selbst
Als sichres Spiel unsichrem Zufall preis,
Nur reich an Ehre. – Oh, wie glänzt er rein
Durch meinen Rost! Und seine Frömmigkeit,
Wie färbt sie schwärzer meine Missetaten!
Paulina tritt auf.
PAULINA. O Not und Wehe!
Schneid't auf den Latz mir, daß mein Herz, ihn sprengend,
Nicht auch zerbricht!
ERSTER HERR. Woher, Frau, dies Entsetzen?
PAULINA.
Welch Martern sinnst du jetzt, Tyrann, mir aus?
Welch Rädern? Foltern? Brennen? Schinden? Sieden
In Öl, in Blei? Welch alt' und neue Qual
Erdenkst du mir, da jedes meiner Worte
Die Raserei dir schürt? Dein wild tyrannisch
Gemüt mit deiner Eifersucht im Bunde, –
Grillen, zu schwach für Knaben, viel zu unreif
Für kleine Mädchen! – hör', was sie getan,
Und werde toll dann, rasend toll, denn jede
Bisher'ge Torheit war nur Würze dieser.
Daß du Polyxenes verrietst, war nichts,
Das zeigte dich als Narr nur, wankelmütig
Und teuflisch undankbar; auch war es wenig,
Daß du Camillos Ehre wollt'st vergiften
Durch einen Königsmord: armsel'ge Sünden,
Da ungeheure folgen: dazu rechn' ich,
Daß du den Kräh'n hinwarfst die zarte Tochter,
Als wenig, nichts, obgleich ein Teufel eher
Aus Flammengluten Wasserströme weinte;
Noch fällt allein auf dich des Prinzen Tod,
Dem hoher Sinn (zu hoch so zarter Jugend)
Sein Herz zerbrach vor Schmerz, daß töricht roh
Der Vater ehrlos macht die holde Mutter;
Dies nicht, dies nicht kann keiner schuld dir geben;
Allein das Letzte: – Weh ruft, wie ich's sagte! –
Die Kön'gin, sie, die Kön'gin,
Das reinste, süßeste Geschöpf, ist tot,
Und noch stürzt Rache nicht herab!
ERSTER HERR. Verhüten's
Die ew'gen Mächte!
PAULINA.
Ich sage, sie ist tot; ich schwör's; wenn Wort
Und Eid nicht gilt, so geht und schaut; könnt ihr
In Lipp' und Auge Farb' und Glanz erwecken,
Die äußre Wärm' und innern Hauch, so bet' ich
Euch wie die Götter an. – Doch, o Tyrann!
Bereu' nicht, was du tatst; es ist zu ruchlos,
Und keine Klage sühnt's: drum stürze wild
Dich in Verzweiflung! Tausend Knie', zehntausend
Jahr' nach einander, fastend, nackt, auf kahlem
Gebirg', im steten Winter, ew'gen Sturm, –
Die Götter könnt' es nicht bewegen, dahin
Zu schauen, wo du lägest.
LEONTES. Recht so, recht:
Du kannst zu viel nicht sagen, ich verdiene
Die Flüche aller Zungen.
ERSTER HERR. Sprecht nicht weiter:
Wie auch die Sachen stehn, Ihr habt gefehlt
Durch das zu kühne Wort.
PAULINA. Es tut mir leid.
Was ich auch tu', wenn ich den Fehl erkenne,
Bereu' ich ihn. Ach, zu sehr zeigt' ich wohl
Die Raschheit einer Frau: er ist getroffen
Ins tiefste Herz. – Wo man nicht helfen kann,
Soll man auch jammern nicht: nein, nicht betrübt Euch
Um mein Gered', ich bitte; lieber laßt
Mich strafen, weil ich Euch an das erinnert,
Was Ihr vergessen solltet. Guter König,
Herr, hoher Herr, vergebt der Weibestorheit
Die Liebe zu der Kön'gin, – wieder töricht! –
Nie sprech' ich mehr von ihr, noch Euren Kindern;
Ich will Euch nie an meinen Gatten mahnen,
Der auch dahin ist. Faßt Euch in Geduld;
So sag' ich nichts mehr.
LEONTES. Nein, du sprachst nur gut,

Als du die Wahrheit sprachst, und lieber ist mir's
Als dies dein Mitleid. Bitte, führe mich
Hin zu der Kön'gin Leich' und meines Sohnes:
Ein Grab vereine beid'; auf ihm erscheine
Die Ursach' ihres Todes, uns zur Schmach
Für alle Zeiten; einmal Tags besuch' ich
Die Gruft, die sie verschließt, und Tränen, dort vergossen.
Sind dann mein einz'ges Labsal: und so lange
Natur ertragen kann die heil'ge Feier,
Gelob' ich, täglich sie zu halten. Komm
Und führe mich zu diesen bittern Schmerzen!

Alle ab.

Dritte Szene

Böhmen, eine wüste Gegend am Meer.
Antigonus tritt auf mit dem Kinde und ein Matrose.

ANTIGONUS.
Bist du gewiß, daß unser Schiff gelandet
An Böhmens Wüstenei'n?

MATROSE. Ja, Herr, doch fürcht' ich,
Zur schlimmen Stunde: düster wird die Luft
Und droht mit bald'gem Sturm. Auf mein Gewissen,
Der Himmel zürnt auf das, was wir hier tun,
Und blickt uns drohend an.

ANTIGONUS.
Geschen' sein heil'ger Wille! – Geh an Bord,
Sieh nach dem Boot: nicht lange soll es währen,
So bin ich dort.

MATROSE. Eilt, was Ihr könnt, und geht nicht
Zu weit ins Land: gewiß kommt bald ein Wetter,
Auch ist die Gegend hier herum verrufen,
Der wilden Tiere wegen.

ANTIGONUS. Geh du fort:
Ich folge gleich.

MATROSE. Ich bin von Herzen froh,
Daß dies nicht mein Geschäft.

Er geht ab.

ANTIGONUS. Komm, armes Kind: –
Ich hörte wohl, doch glaubt' ich's nicht, die Geister
Verstorbner gingen um: wenn's wahr, erschien mir
Heut nacht wohl deine Mutter, denn kein Traum
Gleicht so dem Wachen. Zu mir kommt ein Wesen,
Das Haupt bald rechts, bald links hinab gesenkt;
Nie sah ich ein Gefäß so voll von Gram,
Und lieblich doch; in glänzend weißen Kleidern,
Wie Reinheit selbst, trat sie in die Kajüte,
Worin ich schlief. Dreimal sich vor mir neigend,
Wie um zu sprechen, seufzt' sie tief, da wurden
Zwei Quellen ihre Augen: als erschöpft
Der inn'ge Schmerz, sieh, da vernehm' ich dies:
»Mein Freund Antigonus,
Da dich das Schicksal, gegen bessern Willen,
Erwählt hat, daß durch dich mein armes Kind,
So wie du schwurst, hinaus geworfen werde, –
Einsamer Stellen gibt's in Böhmen viel,
Dort klag', und lass' es weinend; und da jeder
Das Kind verloren gibt für immer, nenne
Sie Perdita; für diese Grausamkeit,
Die dir mein Gatte auftrug, siehst du nie
Dein Weib Paulina wieder.« – So, mit Wimmern
Zerschmolz in Luft sie. Das Entsetzen wich,
Ich fand mich langsam wieder, dachte, wirklich
Sei alles und nicht Schlaf; Tand sind die Träume:
Doch für dies eine Mal, ja, abergläubig
Tu' ich, was dieser mir befahl. Ich glaube,
Den Tod erlitt Hermione, und daß
Apoll gebeut, weil wirklich dies ein Sprößling
Polyxenes', daß ich hieher ihn lege,
Zum Leben oder Tod, auf diesen Boden
Des wahren Vaters. – Kindchen, geh' dir's gut!

Er legt das Kind hin.

Hier lieg', und hier dein Name; hier auch dies,

Er legt ein Paket hin.

Das, will's das Glück, dich wohl mag auferziehn
Und dein verbleiben. – Der Sturm beginnt: – du Ärmstes.
So ausgesetzt für deiner Mutter Sünde,
Dem Tod und jedem Leid! – Ich kann nicht weinen,
Doch blutet mir das Herz; wie schlimm, daß mich
Ein Eid hiezu verdammt hat. – Fahre wohl!
Der Tag wird trüb und trüber: du kriegst wahrlich
Ein rauhes Wiegenlied; ich sah noch nie
Die Luft so schwarz am Tag. Welch wild Geschrei!
Wär' ich am Bord! – Das Tier, ha, das sie jagen!
Weh mir, ich bin verloren!

Er entflieht, von einem Bären verfolgt.
Ein alter Schäfer tritt auf.

DER ALTE SCHÄFER. Ich wollte, es gäbe gar kein Alter zwischen zehn und dreiundzwanzig, oder die jungen Leute verschliefen die ganze Zeit: denn dazwischen ist nichts, als den Dirnen Kinder schaffen, die Alten ärgern, stehlen, balgen. – Hört nur! – Wer anders als solche Brauseköpfe zwischen neunzehn und zweiundzwanzig würden wohl in dem Wetter jagen? Sie haben mir zwei von meinen besten Schafen weggescheucht, und ich fürchte, die wird der Wolf eher wieder finden als der Herr; sind sie irgendwo, so ist es nach der Küste hin, wo sie den Efeu abweiden. Gutes Glück, so es dein Wille ist – aber was haben wir hier? *Er findet das Kind.* Gott sei uns gnädig, ein Kind, ein sehr hübsches Kind! Ob es wohl ein Bube oder ein Mädel ist? Ein hübsches, ein sehr hübsches Ding, gewiß so ein heimlich Stück; wenn ich auch kein Studierter bin, so kann ich doch so ein Kammerjungferstückchen herauslesen. Das ist so eine Treppenarbeit, so eine Schrankarbeit, so hinter der Tür gearbeitet; sie waren wärmer, die dies zeugten, als das arme Ding hier ist. Ich will es aus Mitleid aufnehmen: doch will ich warten, bis mein Sohn kommt, er schrie noch eben dort. Holla hoh!

Der junge Schäfer kommt.

DER JUNGE SCHÄFER. Holla hoh!

DER ALTE SCHÄFER. Was, bist so nah? Wenn du was sehen willst, wovon man noch reden wird, wenn du tot und verfault bist, komm hieher! Was fehlt dir, Bengel?

DER JUNGE SCHÄFER. Ich habe zwei solche Gesichte gesehen, zur See und zu Lande, – aber ich kann nicht sagen »See«, denn es ist nur Himmel, und man kann dazwischen keine Nadelspitze stecken.

DER ALTE SCHÄFER. Nun, Junge, was ist es denn?

DER JUNGE SCHÄFER. Ich wollte, Ihr könntet sehen, wie es schäumt, wie es wütet, wie es das Ufer herauf kommt! Aber das ist noch nicht das Rechte: oh, das höchst klägliche Geschrei der armen Seelen! Bald sie zu sehen, bald nicht zu sehen: nun das Schiff mit seinem Hauptmast den Mond anbohren, und gleich jetzt verschlungen von Gischt und Schaum, als wenn man einen Stöpsel in ein Oxhoft würfe. Und dann die Landgeschichte, – zu sehn, wie ihm der Bär das Schulterblatt ausriß, wie er zu mir um Hülfe schrie und sagte, er heiße Antigonus, ein Edelmann. – Aber mit dem Schiff zu Ende zu kommen, – zu sehen, wie die See es einschluckte, – aber erst, wie die armen Seelen brüllten und die See sie verhöhnte, – und wie der arme Herr brüllte und der Bär ihn verhöhnte, und sie beide lauter brüllten als See und Sturm.

DER ALTE SCHÄFER. Um Gottes willen, wann war das, Junge?

DER JUNGE SCHÄFER. Jetzt, jetzt; ich habe nicht mit den Augen geblinkt, seit ich diese Geschichte sah: die Menschen sind noch nicht kalt unter dem Wasser, noch der Bär halb satt von dem Herrn: er ist noch dabei.

DER ALTE SCHÄFER. Ich wollte, ich wäre da gewesen, um dem alten Mann zu helfen!

DER JUNGE SCHÄFER. Ich wollte, Ihr wäret neben dem Schiff gewesen, um da zu helfen: da hätte Euer Mitleid keinen Grund und Boden gefunden.

DER ALTE SCHÄFER. Schlimme Geschichten! schlimme Geschichten! Aber sieh hier, Junge! Nun sperr' die Augen auf, du kommst, wo's zum Tode geht, ich, wo was Neugebornes ist. Hier ist ein anderes Gesicht für dich; sieh doch, ein Taufkleid, wie für eines Edelmanns Kind! Schau her, nimm auf, nimm auf, Junge; bind' es auf! So, laß sehn: es wurde mir prophezeit, ich sollte reich werden durch die Feen; das ist ein Wechselkind: – bind' es auf: was ist darin, Junge?

DER JUNGE SCHÄFER. Ihr seid ein gemachter alter Mann; wenn die Sünden Eurer Jugend Euch vergeben sind, so werdet Ihr gute Tage haben. Gold! lauter Gold!

DER ALTE SCHÄFER. Das ist Feengold, Junge, und das wird sich zeigen: fort damit, halt' es fest; nach Hause, nach Hause, auf dem nächsten Weg! Wir sind glücklich, Junge, und um es immer zu bleiben, ist nichts nötig, als Verschwiegenheit. Laß die Schafe nur laufen! – Komm, guter Junge, den nächsten Weg zu Hause!

DER JUNGE SCHÄFER. Geht Ihr mit Eurem Fund den nächsten Weg; ich will nachsehen, ob der Bär von dem Herrn weg gegangen ist, und wie viel er gefressen hat: sie sind nur schlimm, wenn sie hungrig sind; wenn noch etwas von ihm übrig ist, so will ich's begraben.

DER ALTE SCHÄFER. Das ist eine gute Tat; wenn du an dem, was von ihm übrig geblieben ist, unterscheiden kannst, was er ist, so hole mich, es auch zu sehn.

DER JUNGE SCHÄFER. Schon gut, das will ich, und Ihr sollt helfen, ihn unter die Erde bringen.

DER ALTE SCHÄFER. Das ist ein Glückstag, Junge, an dem wollen wir auch Gutes tun.

Sie gehn ab.

Die Zeit tritt auf - als Chorus.

ZEIT. Ich, die ich alles prüfe, Gut' und Böse,
Erfreu' und schrecke, Irrtum schaff' und löse;
Ich übernehm' es, unterm Namen Zeit
Die Schwingen zu entfalten. Drum verzeiht
Mir und dem schnellen Flug, daß sechzehn Jahre
Ich überspring' und nichts euch offenbare
Von dieser weiten Kluft, da meine Stärke
Gesetze stürzt, in einer Stund' auch Werke
Und Sitten pflanzt und tilgt. So seht mich an,
Wie stets ich war, eh' Ordnung noch begann,
So alt' als neue: denn ich sah die Stunde,
Die sie hervorgebracht; so geb' ich Kunde
Von dem, was jetzt geschieht; durch mich erbleicht
Der Glanz der Gegenwart, in Dunkel weicht,
Was jetzt hier vorgestellt. Dies eingeräumt,
Wend' ich mein Glas; als hättet ihr geträumt,
Verwandelt sich die Szen': Als falsch erkannte
Leontes seine Eifersucht, und wandte
Im Gram der Einsamkeit sich zu. Denkt jetzt,
Ihr edeln Hörer hier, ihr seid versetzt
Ins schöne Böhmen, und besinnt euch schnell,
Ich sprach vom Sohn des Königs; Florizel
Nenn' ich ihn nun; erzähl' euch auch zugleich
Von Perdita, die schön und anmutreich
Erwuchs, zum Staunen aller; ihr Geschick
Sag' ich euch nicht vorher, der Augenblick
Zeig' euch, was er erschafft: – des Schäfers Kind,
Er und sein Haushalt, all dergleichen sind
Der Inhalt nun des Spiels: seht, wie es endet,
Wenn ihr sonst Zeit wohl schlechter habt verwendet;
Geschah es nie, muß Zeit selbst eingestehn,
Sie wünscht im Ernst, es möge nie geschehn.

Vierter Aufzug

Erste Szene

Böhmen, im Palast.

Polyxenes und Camillo treten auf.

POLYXENES. Ich bitte dich, guter Camillo, dringe nicht mehr in mich; es macht mich krank, dir irgend etwas abzuschlagen; aber dir dies zu bewilligen, wäre mein Tod.

CAMILLO. Es sind fünfzehn Jahre, seit ich mein Vaterland nicht sah; obwohl ich die meiste Zeit auswärts zubringen mußte, wünsche ich doch meine Gebeine dort zur Ruhe zu legen. Auch hat der reuevolle König, mein Herr, nach mir gesendet, dessen tiefem Kummer ich zum Trost gereichen möchte, oder mir wenigstens einbilde, daß ich es könnte; und dies ist ein zweiter Antrieb zu meiner Abreise.

POLYXENES. Wenn du mich liebst, Camillo, so lösche nicht alle deine guten Dienste dadurch aus, daß du mich jetzt verlässest; daß ich dich nicht mehr entbehren kann, daran ist deine eigne Trefflichkeit schuld; besser, ich hätte dich nie besessen, als dich jetzt verlieren. Da du mir Geschäfte eingeleitet hast, die niemand außer dir genügend handhaben kann, so mußt du entweder bleiben und sie selbst zu Ende führen, oder die Dienste, die du mir getan hast, mit dir fortnehmen; habe ich diese nicht genug vergolten – denn über Gebühr kann ich es nie –, so soll größere Dankbarkeit mein Streben sein, und mein Vorteil sei, dir mehr Liebe zu erweisen. Von dem unglückseligen Lande Sizilien, bitte, sprich nicht mehr: dieser Name schon martert mich, indem er mich an jenen reuigen König, wie du ihn nennst, meinen versöhnten Bruder, erinnert; der Verlust seiner unschätzbaren Königin und seiner Kinder muß noch jetzt, wie neu geschehen, beklagt werden. – Sage mir, wann sahest du den Prinzen Florizel, meinen Sohn? Die Könige sind nicht minder unglücklich, deren Kinder nicht begabt sind, als jene, die solche verlieren, deren Vorzüge sich schon zeigten.

CAMILLO. Herr, es sind drei Tage, seit ich den Prinzen sah. Was seine glücklicheren Geschäfte sein mögen, ist mir unbekannt: aber ich habe gelegentlich bemerkt, daß er sich seit kurzem vom Hofe zurück zieht und seine fürstlichen Übungen nachlässiger treibt, als er es früher tat.

POLYXENES. Das bemerke ich auch, Camillo, und mit Sorge, so daß ich mir unter meinen Dienern Augen halte, die seine Zurückgezogenheit beobachten; von ihnen habe ich die Nachricht, daß er sich fast immer in dem Hause eines ganz gemeinen Schäfers aufhält, eines Mannes, der, wie sie sagen, aus dem Nichts, und auf eine seinen Nachbarn unbegreifliche Art zu außerordentlichem Wohlstande gelangt ist.

CAMILLO. Ich habe von einem solchen Manne gehört, Herr, und daß er eine Tochter habe von nie gesehener Schönheit; der Ruf von ihr ist so ausgebreitet, daß man kaum begreift, wie er aus so niederer Hütte entstehen konnte.

POLYXENES. So lautet auch zum Teil, was ich erfuhr. Ich fürchte, dies ist die Angel, die meinen Sohn dahin zieht. Du sollst mich nach dem Ort begleiten, wo wir, das nicht scheinend, was wir sind, uns mit dem Schäfer bekannt machen wollen; von seiner Einfalt, denke ich, wird es nicht schwer sein, die Ursache der häufigen Besuche meines Sohnes zu erfahren. Ich bitte dich, begleite mich alsbald zu diesem Geschäft, und verbanne alle Gedanken an Sizilien!

CAMILLO.
Bereitwillig gehorche ich Eurem Befehl.

POLYXENES. Mein bester Camillo! – Wir müssen uns verkleiden.

Sie gehn ab.

Zweite Szene

Eine Landstraße nicht weit von des Schäfers Hütte. Autolycus tritt singend auf.

AUTOLYCUS.
Wenn die Narzisse blickt herfür, –
Mit Heisa! das Mägdlein über dem Tal, –
Ja, dann kommt des Jahres lieblichste Zier;
Statt Winter bleich herrscht rotes Blut zumal.
Weiß Linnen bleicht auf grünem Plan, –
Mit Heisa! beim lieblichen Vogelgesang! –
Das wetzt mir alsbald den Diebeszahn;
Denn 'ne Kanne Bier ist ein Königstrank.
Die Lerche, die singt Tirlirilirei, –
Mit Amselton, Heisa! und Drossellieder –
Sind Sommerlust, ist mein Schätzchen dabei,
Wenn wir springen und tummeln im Grase nieder.

Ich habe dem Prinzen Florizel gedient und trug einst dreischürigen Samt; aber jetzt bin ich außer Diensten:

Doch sollt' ich deshalb trauern, mein Schatz?
Der Mond bei Nacht scheint hell,
Und wenn ich wandre von Platz zu Platz,
Dann komm ich zur rechten Stell'.
Wenn Kesselflicker im Lande leben
Und wandern mit Ruß geschwärzt,
So darf ich doch auch noch Antwort geben,
Und im Stock selbst wird wohl gescherzt.

Mein Handelszweig ist Hemden; wenn erst der Habicht baut, so seht nur auch nach der kleineren Wäsche. Mein Vater nannte mich Autolycus; der, da er wie ich unter dem Merkur geworfen wurde, ebenfalls ein Aufschnapper von unbedeutenden Kleinigkeiten war. Die Würfel und die Dirnen haben mir zu dieser Ausstaffierung verholfen, und mein Einkommen ist die winzige Taschendieberei; Galgen und Totschlag sind mir zu mächtig auf der großen Straße, denn Prügeln und Hängen sind mir ein Graus; was das zukünftige Leben betrifft, den Gedanken daran verschlaf' ich. – Ein Fang! Ein Fang!

Der junge Schäfer tritt auf.

DER JUNGE SCHÄFER. Laßt doch sehen: – immer elf Hammel machen einen Stein, – jeder Stein gibt ein Pfund – und etliche Schilling: fünfzehnhundert geschoren – wie hoch kommt die Wolle dann?

AUTOLYCUS *beiseit.* Wenn die Schlinge hält, so ist die Schnepfe mein.

DER JUNGE SCHÄFER. Ich kann es ohne Rechenpfennige nicht herausbringen. – Laßt doch sehn, was soll ich kaufen für unser Schafschurfest? »Sieben Pfund Korinthen, drei Pfund Zucker, Reis« – was will denn meine Schwester mit Reis machen? Aber mein Vater hat sie zur Wirtin beim Fest gemacht, und sie versteht's. Sie hat mir vierundzwanzig Sträuße für die Scherer gebunden, immer drei singen einen Kanon, und herrlich; freilich sind die meisten Tenor und Baß; nur ein Puritaner ist darunter, und der singt Psalmen zum Dudelsack. Ich muß haben »Safran, die Apfeltorten zu färben, Muskatenblüte, – Datteln – « keine, die stehn nicht auf dem Zettel: »Muskatennüsse, sieben; ein oder zwei Stangen Ingwer«; aber die müssen sie mir zugeben: – »vier Pfund Pflaumen und ebenso viel Traubenrosinen.«

AUTOLYCUS. Oh, wär' ich nie geboren! *Er wälzt sich auf der Erde.*

DER JUNGE SCHÄFER. Ei, ei, um Gottes willen –

AUTOLYCUS. Oh, Hülfe! Reißt mir diese Lumpen

ab, und dann Tod, Tod!

DER JUNGE SCHÄFER. Ach, arme Seele! du hättest eher nötig, daß dir mehr Lumpen angelegt würden, als diese da abgerissen.

AUTOLYCUS. Ach, Herr, der Ekel vor ihnen quält mich mehr als die Schläge, die ich bekommen habe, und die waren derb und wohl Millionen.

DER JUNGE SCHÄFER. Du armer Mensch! Millionen Prügel, das mag ziemlich viel ausmachen.

AUTOLYCUS. Ich bin beraubt, Herr, und geschlagen; mein Geld und meine Kleider sind mir genommen, und dies abscheuliche Zeug ist mir angezogen.

DER JUNGE SCHÄFER. Wie, durch einen Reiter oder einen Fußgänger?

AUTOLYCUS. Ein Fußgänger, lieber Herr, ein Fußgänger.

DER JUNGE SCHÄFER. Wahrhaftig, nach der Kleidung, die er dir gelassen hat, muß er ein Fußgänger gewesen sein; wenn das ein Reiterwams ist, so muß es heißen Dienst ausgestanden haben. Gib mir die Hand, ich will dir aufhelfen; komm, gib mir die Hand! *Er hilft ihm auf.*

AUTOLYCUS. Oh! guter Herr, sachte, au weh, sachte!

DER JUNGE SCHÄFER. Ei, du arme Seele!

AUTOLYCUS. Ach, lieber Herr, sachte; guter Herr, sachte! [ich fürchte, mein Schulterblatt ist ausgerenkt.

DER JUNGE SCHÄFER.
Wie geht's? Kannst du stehen?

AUTOLYCUS. Sacht, liebster Herr; guter Herr, sachte!
Er zieht ihm die Börse aus der Tasche. Ihr habt mir einen rechten Liebesdienst getan.

DER JUNGE SCHÄFER. Brauchst du Geld? Ich will dir etwas Geld geben.

AUTOLYCUS. Nein, guter, süßer Herr, nein, ich bitte Euch; ich habe ungefähr drei Viertel Meile von hier einen Verwandten, zu dem ich gehn wollte, dort bekomm' ich Geld und alles, was ich brauche; bietet mir kein Geld, ich bitt' Euch, das kränkt mein Herz.

DER JUNGE SCHÄFER. Was für eine Art von Kerl war es, der dich beraubte?

AUTOLYCUS. Ein Kerl, Herr, den ich wohl habe mit dem Spiel Trou-Madame herumgehen sehn; ich weiß, daß er auch einmal in des Prinzen Diensten war: doch kann ich nicht sagen, guter Herr, für welche von seinen Tugenden es war, aber gewiß, er wurde vom Hofe weggepeitscht.

DER JUNGE SCHÄFER. Laster wolltest du sagen, denn es gibt keine Tugenden, die vom Hofe gepeitscht werden; sie halten sie dort wert, damit sie bleiben sollen, und doch pflegen sie nur immer durchzureisen.

AUTOLYCUS. Laster wollte ich sagen, Herr. Ich kenne den Mann wohl, er ist seitdem ein Affenführer gewesen, dann ein Gerichtsknecht und Scherge; darauf brachte er zu Wege ein Puppenspiel vom verlornen Sohn, und heiratete eines Kesselflickers Frau, eine Meile von meinem Haus und Hof, und nachdem er jede diebische Profession durchlaufen hatte, setzte er sich endlich als Spitzbube; einige nennen ihn Autolycus.

DER JUNGE SCHÄFER. Der Henker hol' ihn! Ein Gauner, mein' Seel', ein Gauner; er treibt sich auf Kirchmessen, Jahrmärkten und Bärenhetzen herum.

AUTOLYCUS. Sehr wahr, Herr, der ist es, Herr; das ist der Schurke, der mich in dies Zeug gesteckt hat.

DER JUNGE SCHÄFER. Kein so feiger Schurke in ganz Böhmen; hättest du dich nur etwas in die Brust geworfen und ihn angespuckt, so wäre er davon gelaufen.

AUTOLYCUS. Ich muß gestehn, Herr, ich bin kein Fechter; in dem Punkte steht es schwach mit mir, und das wußte er, das könnt Ihr glauben.

DER JUNGE SCHÄFER. Wie geht's dir nun?

AUTOLYCUS. Viel besser als vorher, süßer Herr, ich kann stehn und gehn; ich will nun Abschied von Euch nehmen und ganz sachte zu meinem Vetter hingehn.

DER JUNGE SCHÄFER. Soll ich dich auf den Weg bringen?

AUTOLYCUS. Nein, schöner Herr; nein, mein süßer Herr.

DER JUNGE SCHÄFER. So lebe denn wohl; ich muß gehn und für unsre Schafschur Gewürze kaufen. *Er geht ab.*

AUTOLYCUS. Viel Glück, süßer Herr! – Dein Beutel ist nicht heiß genug, um Gewürz zu kaufen. Ich will Euch auch bei Eurer Schafschur heimsuchen. Wenn ich aus dieser Schelmerei nicht eine zweite hervor bringe, und die Scherer nicht zu Schafen mache, so möge man mich ausstoßen und meinen Namen auf das Register der Tugend setzen!

Frisch auf, frisch auf, den Fußsteig geht,
Über den Graben, lustig in Eil' ja;
Der Lust'ge läuft von früh bis spät,
Der Mürr'sche kaum 'ne Meil' ja.

Er geht ab.

Dritte Szene

Freier Platz vor des Schäfers Hütte
Florizel und Perdita treten auf.

FLORIZEL.
Dies fremde Kleid macht jeden deiner Reize
Lebend'ger: keine Schäferin, nein, Flora,
Dem frühsten Lenz entsprossen. Diese Schafschur,
Versammlung ist sie aller Liebesgötter,
Und du bist ihre Kön'gin.

PERDITA. Gnäd'ger Herr,
Eu'r seltsam Tun zu schelten ziemt mir nicht;
Verzeiht, ich nenn' es so; Eu'r hohes Selbst,
Des Landes holden Stern, habt Ihr verdunkelt
Durch Bauerntracht; mich arme, niedre Magd
Geputzt gleich einer Göttin. Die Gewohnheit
Erlaubt viel Törichtes bei unsern Festen,
Gebilligt stets, sonst müßt' ich wohl erröten,
Euch in dem Kleid zu sehn, gewählt, so mein' ich,
Ein Spiegel mir zu sein.

FLORIZEL. Heil jenem Tage,
Als über deines Vaters Grund hinflog

Mein lieber Falke!

PERDITA. Füge sich's zum Guten!
Mich ängstet dieser Abstand: Eure Hoheit
Verschmäht die Furcht; doch mich befällt ein Zittern,
Denk' ich, es könn' ein Zufall Euren Vater,
Wie Euch, des Weges führen; o ihr Götter,
Wie würd' er staunen, in so schlechtem Band
Sein edles Buch zu sehn? Was würd' er sagen?
Und ich, so in geborgtem Tand, wie könnt' ich
Die Strenge seines Blicks ertragen?

FLORIZEL. Denke
Jetzt nichts als Fröhlichkeit! Die Götter selbst,
Sich vor der Liebe Gottheit beugend, hüllten
Sich oft in Tiergestalten; Jupiter,
Er brüllt' als Stier; Neptun, der grüne, blökte
Als Widder, und der Gott im Feuerkleid,
Apoll, der goldne, war ein armer Schäfer,
Wie ich jetzt scheine; sie verwandelten
Sich nie um einer holdern Schönheit willen,
Noch in so reiner Meinung, denn mein Wunsch
Geht nicht voraus der Ehr', und mein Verlangen
Brennt heißer nicht als meine Treu'.

PERDITA. Doch, Prinz,
Brecht Ihr dies Wort einst, wenn, und so geschieht's,
Des Königs Macht sich ihm entgegen stellt:
Eins von den beiden wird Notwendigkeit,
Die dann gebeut, daß Eure Liebe ende,
Wo nicht mein Leben.

FLORIZEL. Teure Perdita,
Verdunkle mit so fernen Sorgen nicht
Des Festes Lust; dein will ich sein, Geliebte,
Oder des Vaters nicht; denn ich kann nimmer
Mein eigen sein noch irgend wem gehören,
Wenn ich nicht dein bin; hieran halt' ich fest,
Spricht auch das Schicksal: »Nein.« Sei fröhlich, Holde,
Zerstreue alle Sorgen so wie diese
Im Scherz der Gegenwart. Die Gäste kommen:
Erheitre dein Gesicht, als wäre heut
Der hochzeitliche Tag, den wir uns beide
Geschworen, daß er kommen soll.

PERDITA. Fortuna
Sei uns geneigt!

Es treten auf der alte und junge Schäfer mit vielen andern Schäfern; Polyxenes und Camillo verkleidet unter ihnen. Mopsa, Dorcas und andere Mädchen.

FLORIZEL. Sieh, deine Gäste nahn:
Nun stimme dich, sie froh zu unterhalten,
Daß rot die Wangen sind in Freud' und Scherz.

DER ALTE SCHÄFER.
Pfui, Tochter! da noch meine Alt' am Leben,
An dem Tag war sie Schaffner, Kellner, Koch,
Hausfrau und Magd, empfing, bediente jeden,
Sang ihren Vers, tanzt' ihren Reih'n; bald hier,
Zu oberst an dem Tisch, bald in der Mitte;
Auf den gelehnt und den; ihr Antlitz Feuer,
Durch Arbeit und durch das, womit sie's löschte,
Denn allen trank sie zu; du bist so blöde,
Als wärst du von den Gästen, nicht die Wirtin
Des Hauses: bitte, geh und heiß' willkommen
Die unbekannten Freunde; denn so werden
Sie uns zu bessern und bekanntern Freunden.
Komm, dämpfe dein Erröten, zeige dich
Vorstand des Festes, wie du bist; komm her,
Und heiß' bei deiner Schafschur uns willkommen,
Daß dir gedeih' die Herde!

PERDITA *zu Polyxenes.*
Herr, willkommen!
Mein Vater will, daß ich der Hausfrau Amt
Heut übernehmen soll: – Ihr seid willkommen!
Gib mir die Blumen, Dorcas! – Würd'ge Herrn,
Für euch ist Rosmarin und Raute; Frische
Und Duft bewahren sie den ganzen Winter:
Sei Gnad' und Angedenken euer Teil!
Willkommen unsrer Schafschur!

POLYXENES. Schäferin,
Wie bist du schön; dem Alter ziemend schenkst du
Uns Winterblumen.

PERDITA. Wenn das Jahr nun altert –
Noch vor des Sommers Tod und der Geburt
Des frost'gen Winters –, dann blühn uns am schönsten
Blutnelken und die streif'gen Liebesstöckel,
Bastarde der Natur will man sie nennen:
Die trägt nicht unser Bauergarten; Senker
Von ihnen hab' ich nie gesucht.

POLYXENES. Weshalb
Verschmähst du sie, mein holdes Kind?

PERDITA. Ich hörte,
Daß, nächst der großen schaffenden Natur,
Auch Kunst es ist, die diese bunt färbt.

POLYXENES. Sei's:
Doch wird Natur durch keine Art gebessert,
Schafft nicht Natur die Art: so, ob der Kunst,
Die, wie du sagst, Natur bestreitet, gibt es
Noch eine Kunst, von der Natur erschaffen.
Du siehst, mein holdes Kind, wie wir vermählen
Den edlern Sproß dem allerwildsten Stamm;
Befruchten so die Rinde schlechtrer Art
Durch Knospen edler Frucht. Dies ist 'ne Kunst,
Die die Natur verbessert, – mind'stens ändert:
Doch diese Kunst ist selbst Natur.

PERDITA. So ist es.

POLYXENES.
Drum schmück' mit Liebesstöckeln deinen Garten,
Schilt sie Bastarde nicht!

PERDITA. Den Spaten steck' ich
Nicht in die Erd', ein einz'ges Reis zu pflanzen:
So wenig als, wär' ich geschminkt, ich wünschte,
Daß dieser Jüngling mich drum lobt', und deshalb
Nur mich zur Braut begehrt'. – Hier habt ihr Blumen!
Lavendel, Münze, Salbei, Majoran;
Die Ringelblum', die mit der Sonn' entschläft
Und weinend mit ihr aufsteht: das sind Blumen
Aus Sommersmitt', und die man geben muß
Den Männern mittlern Alters: seid willkommen!

CAMILLO.
Wär' ich aus deiner Herd', ich ließ' die Fluren
Und lebte nur vom Schauen.

PERDITA. O weh! Ihr würdet
So mager dann, daß durch und durch Euch bliesen
Die Stürme des Januar. – Nun, schönster Freund,
Wünscht' ich mir Frühlingsblumen, die sich ziemen
Für Eure Tageszeit, und Eur', und Eure,
Die Ihr noch tragt auf jungfräulichem Zweig

Die Mädchenknospe. – O Proserpina!
Hätt' ich die Blumen jetzt, die du erschreckt
Verlorst von Plutos Wagen! Anemonen,
Die, eh' die Schwalb' es wagt, erscheinen und
Des Märzes Wind' mit ihrer Schönheit fesseln;
Violen, dunkel wie der Juno Augen,
Süß wie Cytherens Atem; bleiche Primeln,
Die sterben unvermählt, eh' sie geschaut
Des goldnen Phöbus mächt'gen Strahl, ein Übel,
Das Mädchen oft befällt; die dreiste Maßlieb.
Die Kaiserkrone, Lilien aller Art,
Die Königslilie drunter! Hätt' ich die,
Dir Kron' und Kranz zu flechten, süßer Freund,
Dich ganz damit bestreuend!

FLORIZEL. Wie den Leichnam?

PERDITA.
Nein, wie der Liebe Lager, drauf zu kosen,
Nicht wie ein Leichnam, mind'stens nicht fürs Grab,
Nein, lebend mir im Arm. Kommt, nehmt die Blumen:
Mich dünkt, ich rezitiere, wie ich's sah
Im Pfingstspiel; denn gewiß, dies prächt'ge Kleid
Verwandelt meinen Sinn,

FLORIZEL. Was du auch tust,
Ist stets das Holdeste. Sprichst du, Geliebte,
Wünsch' ich, du tätst dies immer; wenn du singst,
Wünsch' ich, du kauftest, gäbst Almosen so,
Sängst dein Gebet, tätst jedes Hausgeschäft
Nur im Gesange; tanzest du, so wünsch' ich,
Du seist 'ne Meereswell', und tätest nichts
Als dies, stets in Bewegung, immerdar,
Dies dein Gebärden. All dein Tun und Wirken,
So auserlesen im Gewöhnlichsten,
Krönt all dein Handeln, wie du's eben tust,
Daß Königin ist jeglich Walten.

PERDITA. Doricles,
Dein Lob ist allzuhoch; wenn deine Jugend
Und treues Blut, das lieblich sie durchleuchtet,
Dich nicht als Schäfer echten Sinns bezeugte,
So müßt' ich weislich fürchten, Doricles,
Du würbest falsch um mich.

FLORIZEL. Du hast, so denk' ich,
Zur Furcht so wenig Gab', als ich den Willen,
Sie zu erregen. – Doch zum Tanz, ich bitte,
Gib mir die Hand: so paaren Turteltauben,
Die nimmer scheiden wollen.

PERDITA. Darauf schwör' ich.

POLYXENES.
Dies ist das schmuckste Hirtenkind, das je
Gehüpft auf grünem Plan: nichts tut noch spricht sie,
Das nicht nach Größrem aussieht, als sie ist,
Zu hoch für solchen Platz.

CAMILLO. Er sagt ihr etwas,
Das sie erröten macht; fürwahr, sie ist
Die Königin von Milch und Rahm.

DER JUNGE SCHÄFER. Spielt auf!

DORCAS. Mopsa muß mit Euch tanzen;
Knoblauch her,
Um ihren Kuß zu würzen! –

MOPSA. Seht doch, seht!

DER JUNGE SCHÄFER.
Kein Wort, kein Wort; hier gilt's auf Sitte halten. –
Spielt auf!

Musik; Tanz der Schäfer und Schäferinnen.

POLYXENES.
Sprich, Schäfer, wer ist jener schöne Hirt,
Der jetzt mit deiner Tochter tanzt?

DER ALTE SCHÄFER. Sie nennen
Ihn Doricles, und er berühmt sich selbst,
Daß er vermögend sei; doch weiß ich solches
Allein durch ihn und glaub's; denn er sieht aus
Wie Wahrheit selbst. Er sagt, er liebt mein Mädchen:
Ich schwöre drauf, denn niemals sah der Mond
So starr ins Wasser, als er steht und gleichsam
Der Tochter Blick studiert; und, meiner Seele,
Nicht einen halben Kuß beträgt es wohl,
Wer mehr den andern liebt.

POLYXENES. Sie tanzt sehr zierlich.

DER ALTE SCHÄFER.
So tut sie alles; ob ich's selbst schon sage,
Für den sich's wohl nicht schickt: wenn Doricles
Sie noch bekommt, so bringt sie ihm was mit,
Wovon er sich nicht träumen läßt.

Ein Knecht tritt auf.

KNECHT. O Herr, wenn Ihr den Hausierer vor der Tür hören könntet, so würdet Ihr nie wieder nach Trommel und Pfeife tanzen, nein, selbst der Dudelsack brächte Euch nicht auf die Beine; er singt so mancherlei Melodien, schneller als Ihr Geld zählt; sie kommen ihm aus dem Munde, als hätte er Balladen gegessen, und aller Ohren hängen an seinen Worten.

DER JUNGE SCHÄFER. Er konnte niemals gelegener kommen, er soll eintreten. Eine Ballade liebe ich über alles: wenn es eine traurige Geschichte ist, zu einer lustigen Melodie, oder ein recht spaßhaftes Ding, und kläglich abgesungen.

KNECHT. Er hat Lieder für Mann und Weib, lang und kurz: kein Putzhändler kann seine Kunden so mit Handschuh' bedienen; er hat die artigsten Liebeslieder für Mädchen, so ohne Anstößigkeiten, und das ist was Seltenes, und so feine Schlußreime mit »Dideldum« und »Trallalla«, und »pufft sie« und »knufft sie« und wo so ein breitmäuliger Flegel gleichsam was Böses sagen möchte und mit der Tür ins Haus fallen, da läßt er das Mädchen antworten: »Heisa, tu' mir nichts, mein Schatz«; sie fertigt ihn ab und läßt ihn laufen mit: »Heisa, tu' mir nichts, mein Schatz!«

POLYXENES. Das ist ein allerliebster Kerl.

DER JUNGE SCHÄFER. Mein' Seel', das muß ein außerordentlich gebildeter Kerl sein. Hat er Waren von Bedeutung?

KNECHT. Er hat Bänder von allen Farben des Regenbogens. spitzige Häkeleien, mehr als alle Advokaten in Böhmen handhaben können, wollten sie sie ihm auch in Masse abnehmen: Garn, Wolle, Kammertuch, Leinewand hat er, und er singt sie alle ab, als wären es lauter Götter und Göttinnen; Ihr würdet denken, ein Weiberhemd wäre ein weiblicher Engel, so singt er Euch über das Ärmelchen und über den Busenstreifen.

DER JUNGE SCHÄFER. Ich bitte dich, bring' ihn her und lass' ihn mit Gesang herein kommen!

PERDITA. Verwarne ihn, daß er keine unschicklichen Sachen in seinen Liedern anbringt!

DER JUNGE SCHÄFER. O Schwester, es gibt Hausierer, die mehr auf sich haben, als du dir vorstellst.

PERDITA.
Ja, guter Bruder, oder mir vorstellen mag.

Autolycus kommt singend herein.

AUTOLYCUS.

Linnen, weiß wie frischer Schnee,
Kreppflor, schwärzer als die Kräh',
Handschuh', weich wie Frühlingsrasen,
Masken für Gesicht und Nasen,
Armband, Halsgehäng' voll Schimmer,
Rauchwerk für ein Damenzimmer,
Goldne Mütz' und blanker Latz,
Junggesell, für deinen Schatz;
Nadeln, Zeug' in Woll' und Seiden,
Sich von Kopf zu Fuß zu kleiden:
Kauft, Bursche, daß ich Handgeld löse!
Kauft, kauft, sonst wird das Mädchen böse!

DER JUNGE SCHÄFER. Wenn ich nicht in Mopsa verliebt wäre, so solltest du mir kein Geld abnehmen; aber da sie mich einmal weg hat, sollst du auch einige Bänder und Handschuhe los werden.

MOPSA. Sie wurden mir schon zu dem Fest versprochen, aber sie kommen nun auch noch früh genug.

DORCAS. Er hat dir mehr als das versprochen, wenn es keine Lügner hier gibt.

MOPSA. Dir hat er alles bezahlt, was er dir versprach, vielleicht auch noch mehr, und was dir Schande machen würde, ihm wieder zu geben.

DER JUNGE SCHÄFER. Sind denn gar keine Manieren mehr unter den Mädchen? Wollen sie ihre Unterröcke da aushängen, wo sie ihre Gesichter tragen sollten? Ist denn keine Zeit beim Melken, wenn ihr zu Bette geht, oder am Backofen, von diesen Heimlichkeiten zu flüstern, daß ihr euer Kikelkakel vor allen Gästen ausschreien müßt? Zum Glück sprechen sie heimlich mit einander; haltet 's Maul mit euren Zungen, und kein Wort mehr!

MOPSA. Ich bin fertig. Komm, du versprachst mir ein blankes Schnürband und ein Paar wohlriechende Handschuh'.

DER JUNGE SCHÄFER. Hab' ich dir denn nicht erzählt, wie ich unterwegs geprellt ward und um all mein Geld kam?

AUTOLYCUS. Freilich, Herr, es gibt Gauner hier herum; darum muß der Mensch auf seiner Hut sein.

DER JUNGE SCHÄFER. Fürchte du dich nicht, Mann, du sollst hier nichts verlieren.

AUTOLYCUS. Das hoff' ich, Herr, denn ich habe manch Stück von Wert bei mir.

DER JUNGE SCHÄFER. Was hast du da? Balladen?

MOPSA. Ei, bitte, kauf' ein paar; eine Ballade gedruckt hab' ich für mein Leben gern, denn da weiß man doch gewiß, daß sie wahr sind.

AUTOLYCUS. Hier ist eine auf gar klägliche Weise: Wie eines Wucherers Frau in Wochen kam mit zwanzig Geldsäcken, und wie sie ein Gelüst hatte nach Schlangenköpfen und frikassierten Kröten.

MOPSA. Glaubt Ihr, daß das wahr ist?

AUTOLYCUS. Gewiß wahr, und erst vor einem Monat geschehn.

DORCAS. Gott bewahre mich davor, einen Wucherer zu heiraten!

AUTOLYCUS. Hier ist der Name der Hebamme, einer gewissen Frau Schwatzmann, und von noch fünf oder sechs ehrlichen Frauen, die dabei waren; warum sollte ich wohl Lügen herum tragen?

MOPSA. Bitte, kauf' das!

DER JUNGE SCHÄFER. Schon gut, legt es beiseit, und zeigt uns erst noch mehr Balladen; die andern Sachen wollen wir auch gleich kaufen.

AUTOLYCUS. Hier ist eine andere Ballade, von einem Fisch, der sich an der Küste sehen ließ, Mittwochs den achtzigsten April, vierzigtausend Klafter über dem Wasser, der sang diese Ballade gegen die harten Herzen der Mädchen; man glaubt, er sei ein Weib gewesen, die in einen kalten Fisch verwandelt ward, weil sie einen, der sie liebte, nicht glücklich machen wollte. Die Ballade ist sehr kläglich und ebenso wahr.

DORCAS. Glaubt Ihr, daß das auch wahr ist?

AUTOLYCUS. Fünf Beamte haben es unterschrieben, und Zeugen mehr, als mein Paket fassen kann.

DER JUNGE SCHÄFER. Legt es auch beiseit; noch eine!

AUTOLYCUS. Dies ist eine lustige Ballade, aber eine sehr hübsche.

MOPSA. Einige lustige müssen wir auch haben.

AUTOLYCUS. Nun, dies ist eine sehr lustige, und sie geht auf die Melodie: »Zwei Mädchen freiten um einen Mann«; es ist kaum ein Mädchen da nach dem Westen zu, das sie nicht singt; sie wird sehr gesucht, das kann ich euch sagen.

MOPSA. Wir beide können sie singen: willst du eine Stimme singen, so kannst du sie hören; sie ist dreistimmig.

DORCAS.
Wir haben die Weise schon seit einem Monat.

AUTOLYCUS. Ich kann meine Stimme singen; ihr müßt wissen, das ist eigentlich meine Beschäftigung. Nun fangt an!

Gesang

AUTOLYCUS.

Fort mit dir, denn ich muß gehn;
Doch wohin, darfst du nicht sehn.

DORCAS.

Nicht doch!

MOPSA.

Oh, nicht doch!

DORCAS.

Nicht doch!

MOPSA.

Soll ich traun auf deinen Eid,
Sag mir deine Heimlichkeit!

DORCAS.

Nimm mich mit, wohin? O sprich doch!

MOPSA.
Geht's zur Mühle? Geht's zur Scheuer?
DORCAS.
Ist es, so bezahlst du's teuer.
AUTOLYCUS.
Nicht doch!
DORCAS.
Wie, nicht doch?
AUTOLYCUS.
Nicht doch!
DORCAS.
Schworst du nicht, mein Schatz zu sein?
MOPSA.
Nein, du schworst es mir allein;
Wohin denn gehst du? Sprich doch!

DER JUNGE SCHÄFER. Wir wollen dies Lied für uns zu Ende singen; mein Vater und die Herren sind in einem ernsthaften Gespräch, und wir wollen sie nicht stören. Komm, und nimm dein Paket mit! Dirnen, ich will euch beiden was kaufen: – Krämer, laß uns zuerst aussuchen! – Kommt mir nach, Kinder!

AUTOLYCUS *beiseit.* Und du sollst gut für sie bezahlen.

Singt.

Kauft Band und Spitzen,
Schnür' an die Mützen!
Mein Hühnchen, meine Kleine da:
Auch Zwirn und Seide
Und Kopfgeschmeide,
Die neu'ste War', ganz feine, ja.
Wer nur dem Krämer
Geld gibt, da, nehm' er,
Der ganze Pack ist seine, ha!

Der junge Schäfer, Autolycus, Dorcas und Mopsa gehn ab. Ein Knecht tritt auf.

KNECHT. Herr, da sind drei Fuhrknechte, drei Schäferknechte, drei Ochsenknechte und drei Schweineknechte, die haben sich ganz zu Menschen voller Haare gemacht; sie nennen sich selber Saaltiere, und sie haben einen Tanz, von dem die Dirnen sagen, es ist ein Gemengsel von Luftsprüngen, weil sie nicht mit dabei sind. Aber sie selbst sind der Meinung (wenn es nicht zu wild ist für einige, die von nichts wissen, als von Ländern und Walzen), es würde ausnehmend gefallen.

DER ALTE SCHÄFER. Fort damit! wir wollen es nicht; wir haben schon zu viel bäurische Narrenspossen gehabt: – ich weiß, Herr, wir machen Euch Langeweile.

POLYXENES. Ihr macht denen Langeweile, die uns Kurzweil bringen; ich bitt' Euch, laßt uns die vier Dreiheiten von Knechten sehn.

KNECHT. Drei von ihnen haben, wie sie selbst sagen, vor dem Könige getanzt, und nicht der schlechteste von den dreien, der nicht zwölf und einen halben Fuß in der Breite springen kann.

DER ALTE SCHÄFER. Laß dein Schwatzen; und da es diesen werten Männern recht ist, mögen sie herein kommen, aber denn auch gleich!

KNECHT. Ei, sie sind hier nahe bei.

Der Knecht geht ab.

Zwölf Bauern kommen als Satyrn verkleidet, sie tanzen und gehn ab.

POLYXENES.
Ja, Vater, Ihr sollt mehr dereinst erfahren. –
Beiseit.
Ging's nicht zu weit schon? – Zeit ist's, sie zu trennen. –
In Einfalt sagt er g'nug. –
Laut.
Nun, schöner Schäfer,
Eu'r Herz ist voll von etwas, das vom Fest
Den Sinn Euch ablenkt. Wahrlich, als ich jung
Und so verliebt wie Ihr, da überlud ich
Mit Tand mein Mädchen; ausgeplündert hätt' ich
Des Krämers seidnen Schatz und ihr zu Füßen
Ihn ausgeschüttet; doch Ihr ließt ihn gehn
Und kauftet nichts; wenn Eure Liebste sich
Zu deuten dies erlaubt und schilt es Mangel
An Lieb' und Großmut, seid Ihr wohl verlegen
Um eine Antwort, ist's Euch wirklich Ernst,
Ihr Herz Euch zu bewahren.

FLORIZEL. Alter Herr,
Ich weiß, sie achtet nicht auf solchen Tand;
Geschenke, die von mir sie hofft, sind im
Verschluß von meinem Herzen; das ist schon
Ihr Eigentum, wenn auch nicht überliefert. –
Vernimm mein Innerstes vor diesem Greis,
Der, wie es scheint, auch einst in Liebe war;
Hier nehm' ich deine Hand, die teure Hand,
Wie Flaum von Tauben weich, und ganz so weiß
Wie eines Mohren Zahn, wie frischer Schnee,
Der zweimal ward vom Nordwind rein gesiebt.

POLYXENES. Und weiter dann? –
Wie hübsch der junge Mann zu waschen scheint
Die Hand, so weiß vorher! – Ich macht' Euch irre: –
Doch fahrt nun fort in der Beteurung, laßt
Mich hören, was Ihr schwört!

FLORIZEL. Wohl, seid mein Zeuge!

POLYXENES. Und hier mein Nachbar auch?

FLORIZEL. Und er, und mehr
Als er, und Menschen, Himmel, Erd' und alles,
Daß – trüg' ich auch des größten Reiches Krone,
Als Würdigster, wär' ich der schönste Jüngling,
Der je ein Aug' entzückt, an Kraft und Wissen
Mehr als ein Mensch, – dies alles schätzt' ich nichts,
Ohn' ihre Lieb'; ihr schenkt' ich alles dann;
In ihrem Dienst nur würd' es niedrig, hoch,
Oder als nichts verdammt.

POLYXENES. Ein hohes Wort.

CAMILLO. Dies zeugt von starker Liebe.

DER ALTE SCHÄFER. Meine Tochter,
Sagst du ihm eben das?

PERDITA. Ich kann so gut
Nicht reden, nichts so tun, nicht besser fühlen;
Nach meines eignen Sinnes Klarheit mess' ich
Des seinen Reinheit.

DER ALTE SCHÄFER.
Beschlossen, gebt die Hände; –
Und, unbekannte Freund', ihr seid uns Zeugen:
Die Tochter geb' ich ihm, und ihre Mitgift
Mach' ich der seinen gleich.

FLORIZEL. Das könnt Ihr nur
In Eurer Tochter Wert. Wenn jemand stirbt,

Hab' ich einst mehr, als Ihr Euch träumen laßt;
Genug für Euer Staunen. Jetzt verbindet
Vor diesen Zeugen uns!

DER ALTE SCHÄFER. So gebt die Hand, –
Auch, Tochter, du!

POLYXENES. Halt, Jüngling, noch ein wenig!
Hast du 'nen Vater?

FLORIZEL. Ja. Doch was soll der?

POLYXENES. Weiß er davon?

FLORIZEL. Nein, und er soll auch nicht.

POLYXENES. Ein Vater, dünkt mich,
Ist bei des Sohnes Hochzeitfest ein Gast,
Der seinen Tisch am meisten schmückt. Sprich, bitte,
Ist nicht dein Vater zu vernünft'gem Tun
Unfähig? auch nicht blöd gesinnt vor Alter?
Von Gicht geplagt? Kann er noch sprechen, hören?
Sein Gut verwalten? Menschen unterscheiden?
Liegt er gelähmt im Bett? und handelt nur
Wie kind'sches Alter?

FLORIZEL. Nein, mein guter Herr,
Er ist gesund, und wen'ge seines Alters
Sind so voll Kraft.

POLYXENES. Bei meinem weißen Bart,
Ihr tut ihm, ist es so, ein Unrecht, das
Nicht einem Kinde ziemt; Recht ist's, daß sich
Mein Sohn selbst wählt die Braut; doch Recht nicht minder,
Daß auch der Vater, dessen größte Freude
Die Enkel sind, zu Rat gezogen werde
Bei diesem Schritt.

FLORIZEL. Das will ich nicht bestreiten;
Doch wegen andrer Gründe, ernster Herr,
Die Ihr nicht wissen dürft, sagt' ich dem Vater
Von meinem Vorsatz nichts.

POLYXENES. Doch laßt's ihn wissen!

FLORIZEL. Er soll nicht.

POLYXENES. Tut's, ich bitt' Euch!

FLORIZEL. Nein, er darf nicht.

DER ALTE SCHÄFER.
Tu's, lieber Sohn; er hat sich nicht zu grämen,
Erfährt er deine Wahl.

FLORIZEL. Nein, nein, er darf nicht: –
Jetzt zur Verlöbnis!

POLYXENES *indem er sich zu erkennen gibt.*
Jetzt zur Scheidung, Knabe,
Den ich nicht Sohn mehr nennen darf; zu niedrig
Für dieses Wort: der seinen Szepter tauscht
Um einen Schäferstab! – Greiser Verräter,
Lass' ich dich hängen, kürz' ich leider nur
Dein Leben um acht Tage. – Und du, Prachtstück
Ausbünd'ger Hexenkunst, die kennen mußte
Den Königsnarren, der ihr nachlief; –

DER ALTE SCHÄFER. Oh, mein Herz!

POLYXENES.
Der Dorn soll deine Schönheit dir zergeißeln,
Bis sie nichtswürd'ger wird als deine Herkunft. –
Dir sag' ich, junger Tor, – erfahr' ich je,
Daß du nur seufzest, weil du nie mehr, nie
Dies Ding hier siehst, wie du gewiß nicht sollst,
Verschließ' ich dir dein Erbrecht, nenne dich
Mein Blut nicht, ja, mir auch nicht anverwandt,
Fern von Deukalion her: – merk' auf mein Wort,
Folg' uns zum Hof! – Du, Bauer, für diesmal,
Ob unsers Zorns gleich wert, doch freigesprochen
Von seinem Todesstreich. – Und du, Bezaub'rung,
Wohl eines Schafknechts wert, ja, sein sogar,
Für den du, wär' mein Ruhm dadurch nicht krank,
Zu gut noch bist, – wenn du von jetzt an wieder
Für ihn den Riegel dieser Hütte öffnest
Und seinen Leib mit deinem Arm umklammerst, –
Erfind' ich Todesarten dir, so grausam,
Wie du für sie zu zart bist.

Er geht ab.

PERDITA. Nun schon jetzt vernichtet!
Ich war nicht sehr erschreckt, denn ein, zweimal
Wollt' ich schon reden, wollt' ihm offen sagen,
Dieselbe Sonn', an seinem Hofe leuchtend,
Verberg' ihr Antlitz nicht vor unsrer Hütte
Und schau' auf beide gleich. – Wollt Ihr nun gehn, mein Prinz?
Ich sagt' Euch, was draus werden würde; bitte,
Denkt Eures Standes nun: von meinem Traum
Erwacht, bin ich kein Zoll mehr Kön'gin, nein,
Die Schafe melkend wein' ich.

CAMILLO. Nun, Vater, wie?
Sprich, eh' du stirbst!

DER ALTE SCHÄFER.
Nicht denken, sprechen kann ich,
Getrau' mir nicht zu wissen, was ich weiß. –
O Prinz!
Elend macht Ihr den Mann von dreiundachtzig,
Der ohne Angst sein Grab zu füllen dachte,
Im Bett zu sterben, wo mein Vater starb,
Ganz nah bei seinem ehrbar'n Staub zu liegen:
Jetzt hüllt ein Henker mich ins Leichenhemd,
Wirft hin mich, wo kein Priester Erde streut. –
Gottloses Ding! die du den Prinzen kanntest,
Und hatt'st das Herz, dich mit ihm zu verloben! –
Oh, Unheil! Unheil! Stürb' ich diese Stunde,
Hätt' ich's erlebt, zu sterben recht nach Wunsch.

Er geht ab.

FLORIZEL. Was seht Ihr mich so an?
Ich bin verstört, nicht abgeschreckt; verhindert,
Doch nicht verändert: was ich war, das bin ich;
Nur mut'ger streb' ich vor, zieht man mich rückwärts,
Nicht folg' im Mißmut ich dem Zügel.

CAMILLO. Prinz,
Ihr kennt des Vaters Sinnesart: für jetzt
Ist nicht mit ihm zu sprechen, – und, ich denke,
Das ist auch Eure Absicht nicht; – so wird er
Auch Euren Anblick kaum ertragen, fürcht' ich;
Drum, bis der Zorn der Majestät sich stillt,
Erscheinet nicht vor ihm!

FLORIZEL. Ich will auch nicht.
Ihr seid Camillo?

CAMILLO. Ja, mein gnäd'ger Herr.

PERDITA.
Wie oft sagt' ich Euch nicht, so würd' es kommen?
Wie oft sprach ich: die Würde trag' ich nur,
Bis es bekannt wird?

FLORIZEL. Nichts kann sie dir nehmen,
Als meiner Treue Bruch; und leichter möchte
Natur der Erde Wölbung wohl zerdrücken
Und allen innern Lebenskeim vernichten! –

Erheb' den Blick; – streich', Vater, mich als Erbe
Des Reiches aus, bleibt mir doch meine Liebe!

CAMILLO. Nehmt Rat an!

FLORIZEL.
Ich tu's, von meinem Herzen; wenn Vernunft
Sich ihm gehorsam fügt, hab' ich Vernunft;
Wo nicht, heißt mein Gemüt Wahnsinn
willkommen,
Als bessern Freund.

CAMILLO. Das ist Verzweiflung, Prinz.

FLORIZEL.
So nennt es, aber meinen Schwur erfüllt es,
Und so muß mir es Tugend sein. Camillo,
Für Böhmen nicht, noch jenen Pomp, den etwa
Ich hier verliere, für alles, was die Sonne
Erblickt, die Erd' umwölbt, die See verbirgt
In dunkeln Tiefen, brech' ich meinen Eid
Ihr, der Geliebten: darum bitt' ich dich,
Wie du stets meines Vaters Freund gewesen,
Wenn er mich nun entbehrt, wie ich ihn nie mehr
Zu sehn gedenke, sänft'ge seinen Zorn
Durch gutes Wort; ich und mein Glück, wir ringen
Nun künftig mit einander. Dies nur wisse,
Und sag es ihm, – ich sei zur See gegangen,
Mit ihr, die ich im Lande nicht kann schützen;
Und, höchst erwünscht für unsre Not, hab' ich
Ein Schiff hier nahe, wenn gleich nicht gerüstet
Für diesen Zweck. Wohin mein Lauf sich wendet,
Frommt deiner Kenntnis nicht, noch paßt es mir,
Es dir zu sagen.

CAMILLO. Prinz, ich wünschte, daß
Sich Euer Geist dem guten Rat mehr fügte,
Wenn ihn nicht Not bezwingen soll.

FLORIZEL. Horch, Perdita! –
Ich hör' Euch gleich.

CAMILLO. Er ist ganz unbeweglich
Zur Flucht entschlossen. Glücklich wär' ich jetzt,
Könnt' ich sein Weggehn mir zum Vorteil kehren,
Vor Leid ihn schützen, Lieb' und Dienst ihm weihn,
Siziliens teuren Anblick so erkaufen
Und meines Herrn, des unglücksel'gen Königs,
Wonach ich lange schmachte.

FLORIZEL. Nun, Camillo,
Von ungewohnten Sorgen so belastet,
Verletzt' ich den Anstand.

CAMILLO. Mein Prinz, ich glaube,
Ihr wißt, wie ganz mein armer Dienst in Liebe
Sich Eurem Vater weihte.

FLORIZEL. Ja, höchst edel
Hast du ihm stets gedient; ihm ist's Musik,
Dein Tun zu preisen, nicht sein kleinstes Sorgen,
Es so zu lohnen, wie er des gedenkt.

CAMILLO. Wohl, Prinz!
Glaubt Ihr im Ernst, daß ich den König liebe,
Und, seinethalb, was ihm am nächsten steht,
Eu'r teures Selbst: so laßt durch mich Euch leiten,
Wenn Eu'r gewicht'ger, überlegter Plan
Veränd'rung dulden mag: bei meiner Ehre,
Ich führ' Euch hin, wo man Euch so empfängt,
Wie Eurer Hoheit ziemt, Ihr der Geliebten
Euch mögt erfreun (von der, das seh' ich wohl,
Euch nichts mehr trennt, als eins, und das verhüte
Der Himmel: Euer Tod!), Euch ihr vermählen,
Und seid Ihr fort, such' ich mit aller Müh'
Den mißvergnügten Vater zu besänft'gen
Und zur Versöhnung ihn zu stimmen.

FLORIZEL. Wie!
Dies, fast ein Wunder, sollte möglich sein?
Dann nenn' ich mehr dich als ein menschlich Wesen
Und will dir so vertraun.

CAMILLO. Habt Ihr bestimmt,
Nach welchem Land Ihr schiffen wollt?

FLORIZEL. Noch nicht;
Denn wie unvorgesehner Zufall schuld
An dem ist, was wir rasch beginnen, so
Ergeben wir als Sklaven uns dem Wechsel,
Und folgen jedem Windeshauch.

CAMILLO. So hört mich:
Ich rat' Euch, – wollt Ihr Euren Plan nicht ändern
Und Euch der Flucht vertraun –: geht nach Sizilien,
Und stellt Euch dort, mit Eurer schönen Fürstin
(Das wird sie, wie ich seh'), Leontes vor;
Man wird sie wohl empfangen, wie sich's ziemt
Für Euer Eh'gemahl. Ich sehe schon
Leontes, wie er weit die Arme öffnet
Und Willkomm Euch entgegen weint: Vergebung
Von Euch, dem Sohn, erfleht, als wär's der Vater:
Die Hände küßt der jugendlichen Fürstin;
Jetzt denkt er seiner Härte, jetzt der Liebe;
Verwünscht den Haß zur Höll' und wünscht,
daß Liebe
Noch schneller wachs' als Stunden und Gedanken.

FLORIZEL. Mein würdigster Camillo,
Welch einen Anstrich geb' ich dem Besuch?

CAMILLO. Daß Euch der König, Euer Vater, sendet,
Um ihn zu grüßen, ihn zu trösten. Prinz,
Die Art, wie Ihr vor ihm Euch zeigen müßt,
Was Ihr von Eurem Vater ihm sollt melden,
Was nur uns drei'n bekannt, schreib' ich Euch auf.
Dies zeigt Euch an, was Ihr zu sagen habt
In jeglichem Gespräch; so muß er denken,
Ihr bringt des Vaters eigne Seele mit
Und sprecht sein ganzes Herz.

FLORIZEL. Ich dank' Euch innig:
In diesem Plan ist Leben.

CAMILLO. Mehr verheißt Euch dies,
Als gebt Ihr Euch in blinder Unterwerfung
Pfadlosen Fluten, ungeträumten Küsten,
Gewissem Elend hülf- und ratlos hin:
Ein Leid besiegt, droht Euch das zweite schon:
Nichts Euch so treu, als Euer Anker, der,
Tut er den besten Dienst, dort fest Euch hält,
Wo wider Willen Ihr verweilt. Auch wißt Ihr,
Glück ist allein das wahre Band der Liebe;
Mit ihrem frischen Rot verwandelt auch
Ihr Herz die Trübsal.

PERDITA. Eines nur ist wahr:
Trübsal, denk' ich, besiegt die Wange wohl,
Doch dringt sie nicht ins Herz.

CAMILLO. So, glaubt Ihr das?
Es wird wohl deines Vaters Haus nicht wieder
In sieben Jahren solch ein Kind geboren.

FLORIZEL. Sie ist in ihrem Adel mehr voraus,
Als sie zurück in unserm Stammbaum steht.

CAMILLO. Bedauern kann ich nicht, daß Unterricht
Ihr mangelt; denn sie meistert jeden Lehrer.

PERDITA.
Zu viel, mein Herr; Erröten ist mein Dank.
FLORIZEL. Du süße Perdita! –
Doch, oh, wir stehn auf Dornen hier! Camillo, –
Du Retter meines Vaters, jetzt der meine;
Du unsres Hauses Arzt! – was soll'n wir tun?
Wie Böhmens Sohn sind wir nicht ausgestattet,
Noch werden wir dort so erscheinen.
CAMILLO. Prinz,
Das fürchtet nicht: Ihr wißt, mein ganz Vermögen
Liegt dort; und meine Sorge sei's, so fürstlich
Euch auszustatten, als wenn Ihr für mich
Auf meiner Bühne spieltet. Und zum Beispiel,
Damit Ihr seht, daß nichts Euch mangelt – hört!

Sie sprechen heimlich mit einander.

Autolycus tritt auf.

AUTOLYCUS. Ha, ha! was für ein Narr ist doch Ehrlichkeit! Und Redlichkeit, ihr geschworner Bruder, ist ein recht einfältiger Herr! Ich habe alle meinen Plunder verkauft; kein unechter Stein, kein Band, Spiegel, Bisamkugel, Spange, Taschenbuch, Ballade, Messer, Zwirnstrahn, Handschuh, Schuhriemen, Armband, Hornring mehr ist mir geblieben: sie drängten sich danach, wer zuerst kaufen sollte; als wenn alle meine Lumpereien geweiht wären und dem Käufer einen Segen brächten: durch dies Mittel sah ich nun, wessen Börse das beste Ansehn hatte; und was ich sah, das merkte ich mir zu beliebigem Gebrauch. Mein junger Narr, dem nur etwas fehlt, um ein vernünftiger Mensch zu sein, war so in die Dirnenlieder verliebt, daß er nicht wanken und weichen wollte, bis er Text und Weise hatte; und dies zog die ganze andre Herde so zu mir, daß alle ihre übrigen Sinne in den Ohren steckten; ich hätte einen Schlüssel abfeilen können, den sie an einer Kette trugen: kein Gehör, kein Gefühl, als für die Lieder meines Burschen, und die Bewunderung ihres Nichts. So daß ich, während dieser Betäubung, die meisten ihrer festlichen Börsen abschnitt und erschnappte; und wäre nicht der Alte dazu gekommen, mit einem Hallo über seine Tochter und den Sohn des Königs, womit er meine Krähen von dem Kaff scheuchte, so hätte ich in der ganzen Armee nicht eine Börse am Leben gelassen.
CAMILLO.
Nein, meine Brief, auf diesem Weg zugleich
Mit Euch dort, werden jeden Zweifel lösen.
FLORIZEL.
Die Ihr mir von Leontes wollt verschaffen –
CAMILLO. Beruh'gen Euren Vater.
FLORIZEL. Seid gesegnet!
Was Ihr nur sagt, beglückt.
CAMILLO. Wer ist das hier?
Wir woll'n zum Werkzeug ihn gebrauchen; nichts
Bleib' unbenutzt, was uns nur helfen kann.
AUTOLYCUS *beiseit.* Wenn die mich behorcht haben, – dann – hängen!
CAMILLO. Heda, guter Freund! Warum zitterst du so? Fürchte dich nicht, hier tut man dir nichts zu Leide.
AUTOLYCUS. Ach, Herr, ich bin ein armer Kerl.
CAMILLO. Nun, das magst du bleiben; hier ist niemand, der dir das nehmen wird; doch, was die Außenseite deiner Armut betrifft, da müssen wir einen Tausch treffen: darum entkleide dich sogleich, – du mußt wissen, daß es dringend ist, – und wechsle die Gewänder mit diesem Herrn; obwohl der Verlust auf seiner Seite bedeutend genug ist, so sollst du doch außerdem noch dies zum Ersatz erhalten.
AUTOLYCUS. Ach, Herr, ich bin ein armer Kerl. – *Für sich.* Ich kenne Euch recht gut.
CAMILLO. Nun, mach' fort; der Herr ist schon halb abgestreift.
AUTOLYCUS. Ist es Euer Ernst, Herr? *Für sich.* Ich wittre die Geschichte.
FLORIZEL. Mach' fort, ich bitte dich.
AUTOLYCUS. Freilich hab' ich schon Geld darauf bekommen; aber ich kann es doch mit gutem Gewissen nicht nehmen.
CAMILLO. Knöpf los, knöpf los! –

Florizel und Autolycus wechseln die Kleider.

Beglückte Herrin, – möge dieses Wort
Sich Euch erfüllen! – Zieht Euch nun zurück
In jenes Dickicht; nehmt des Liebsten Hut
Und drückt ihn in die Stirn; verhüllt das Antlitz;
Verkleidet Euch: verstellt, so viel Ihr könnt,
Das, was Ihr wirklich seid, daß Ihr gelangt
(Denn Späher fürcht' ich überall) an Bord,
Und unentdeckt.
PERDITA. Ich seh', das Spiel ist so,
Daß ich die Rolle nehmen muß.
CAMILLO. Da hilft nichts. –
Nun, seid Ihr fertig?
FLORIZEL. Säh' mich jetzt mein Vater,
Er nennte mich nicht Sohn.
CAMILLO. Nein, diesen Hut
Bekommt Ihr nicht. – Kommt, Fräulein! –
Du, lebe wohl!
AUTOLYCUS. Lebt wohl, Herr!
FLORIZEL. O Perdita, was haben wir vergessen!
Komm, nur ein Wort!

Sie reden heimlich.

CAMILLO *beiseit.*
Mein erst Geschäft ist nun, dem König sagen,
Daß sie entflohn, wohin sie sich gewendet;
Wodurch, das hoff ich, er bewogen wird,
Schnell nachzueilen; mit ihm werd' ich dann
Sizilien wieder sehn, nach dessen Anblick
Ich krankhaft schmachte.
FLORIZEL. Glück sei unser Führer! –
So gehn wir denn, Camillo, nach dem Strand.
CAMILLO. Je schneller, um so besser.

Florizel, Perdita, Camillo gehn ab.

AUTOLYCUS. Ich verstehe den Handel, ich höre jedes Wort: ein offnes Ohr, ein scharfes Auge und eine schnelle Hand sind einem Beutelschneider unentbehrlich; eine gute Nase gehört auch dazu, Arbeit für die andern Sinne auszuwittern. Ich sehe, dies ist eine Zeit, in der der Ungerechte gedeiht. Welch ein Tausch wäre dies gewesen, auch ohne Überschuß? und welch ein Überschuß ist noch bei diesem Tausch? Wahrhaftig, in diesem Jahre sehn uns die Götter durch die Finger, und wir können alles ex tempore tun. Der Prinz selbst ist auf Schelmereien aus, und stiehlt sich von seinem Vater weg mit dem Klotz am Bein; dächt' ich – es wäre ein ehrliches Stückchen, dem König was davon zu sagen, – so wollte ich – es nicht tun: – ich halte es für die größere Schurkerei, es zu verschweigen, und bleibe meinem Beruf getreu.

Der alte und der junge Schäfer kommen.

Beiseit', beiseit'; – hier ist noch mehr Stoff für ein feuriges Gehirn. Jede Gassenecke, jeder Laden, Kirche, Sitzung, Hinrichtung gibt einem aufmerksamen Mann was zu tun.

DER JUNGE SCHÄFER. Seht, seht; was Ihr für ein Mann seid! Es ist kein ander Mittel, als dem Könige zu sagen, daß sie ein Wechselkind und nicht Euer Fleisch und Blut ist.

DER ALTE SCHÄFER. Nein, aber höre mich!

DER JÜNGE SCHÄFER. Nein, hört Ihr mich!

DER ALTE SCHÄFER. Nun, so sprich!

DER JUNGE SCHÄFER. Da sie nicht Euer Fleisch und Blut ist, hat Euer Fleisch und Blut den König nicht beleidigt; und so kann er Euer Fleisch und Blut nicht strafen. Zeigt die Sachen, die Ihr mit ihr gefunden habt, die geheimnisvollen Sachen alle, außer denen, die sie bei sich hat: wenn Ihr das tut, dann mag sich das Gesetz nur das Maul wischen, dafür steh' ich Euch.

DER ALTE SCHÄFER. Ich will dem König alles sagen, jedes Wort, ja, und seines Sohnes Schelmerei auch, der, das kann ich wohl sagen, kein ehrlicher Mann ist, weder gegen seinen Vater, noch gegen mich, daß er so darauf aus war, mich zu des Königs Schwager zu machen.

DER JUNGE SCHÄFER. Jawohl, Schwager war das Wenigste, was Ihr von ihm werden konntet; und dann wäre Euer Blut kostbarer geworden, ich weiß nicht, um wie viel jede Unze.

AUTOLYCUS *beiseit.* Sehr verständig, ihr Maulaffen!

DER ALTE SCHÄFER. Gut, komm zum König; wegen dessen, was in diesem Bündel ist, wird er sich hinter den Ohren kratzen.

AUTOLYCUS. Ich weiß nicht, wie diese Klage die Flucht meines Herrn hindern könnte.

DER JUNGE SCHÄFER. Gebe der Himmel, daß er im Schloß ist!

AUTOLYCUS. Bin ich auch von Natur nicht ehrlich, so bin ich's doch zuweilen durch Zufall: – ich will meinen Hausiererbart in die Tasche stecken. – *Er nimmt sich seinen falschen Bart ab.* Heda, Bauersleute! wo hinaus?

DER ALTE SCHÄFER. Nach dem Palast, mit Eurer Gnaden Erlaubnis.

AUTOLYCUS. Euer Geschäft dort? was? mit wem? die Beschaffenheit dieses Bündels? Euer Wohnort? Euer Name? Euer Alter? Vermögen? Familie? Alles, was zur Sache gehört, gebt es an!

DER JUNGE SCHÄFER. Wir sind nur schlichte Leute, Herr.

AUTOLYCUS. Gelogen; ihr seid rauh und behaart: laßt mich keine Lüge hören: die schickt sich nur für Handelsleute, und sie werfen uns Soldaten oft Lügen vor: aber wir bezahlen sie ihnen mit geschlagener Münze, nicht mit schlagendem Eisen; darum schenken sie uns die Lügen nicht.

DER JUNGE SCHÄFER. Euer Gnaden hätten uns bald eine Lüge vorgeworfen, hättet Ihr Euch nicht auf frischer Tat ertappt.

DER ALTE SCHÄFER. Seid Ihr vom Hofe, Herr, wenn es erlaubt ist?

AUTOLYCUS. Es mag erlaubt sein oder nicht, so bin ich vom Hofe. Siehst du nicht die Hofmanier in dieser Umhüllung? Hat mein Gang nicht den Hoftakt? Strömt nicht von mir Hofgeruch in deine Nase? Bestrahle ich nicht deine Niedrigkeit mit Hofverachtung? Denkst du, weil ich mich in dein Anliegen hinein vertiefe und es aus dir herauswinden möchte, ich sei deshalb nicht vom Hofe? Ich bin ein Hofmann von Kopf zu Fuß; und einer, der dein Geschäft entweder vorwärts bringen oder hintertreiben wird: deshalb befehle ich dir, mir dein Anliegen zu eröffnen.

DER ALTE SCHÄFER. Mein Geschäft geht an den König, Herr.

AUTOLYCUS. Was für einen Advokaten hast du dazu?

DER ALTE SCHÄFER. Ich weiß nicht, mit Verlaub.

DER JUNGE SCHÄFER. Advokat ist der Hofausdruck für Fasan; sagt, daß Ihr keinen habt.

DER ALTE SCHÄFER. Ich habe keinen Fasan, weder Hahn noch Henne.

AUTOLYCUS.
Wie glücklich wir, die nicht so simpel sind!
Doch konnte mich Natur wie diese schaffen,
Drum will ich nicht verachten.

DER JUNGE SCHÄFER. Das muß gewiß ein großer Hofmann sein.

DER ALTE SCHÄFER. Seine Kleider sind reich, aber er trägt sie nicht hübsch.

DER JUNGE SCHÄFER. Je seltsamer, desto vornehmer; ein großer Mann, das versichre ich Euch; man sieht es an seinem Zähnestochern.

AUTOLYCUS. Das Bündel da, was ist in dem Bündel? Was soll die Büchse?

DER ALTE SCHÄFER. Herr, in diesem Bündel und dieser Büchse liegen solche Geheimnisse, die nur der König wissen darf: und die er auch noch diese Stunde wissen soll, wenn ich bei ihm vorgelassen werde.

AUTOLYCUS. Alter Mensch, du hast deine Mühe verloren.

DER ALTE SCHÄFER. Warum, Herr?

AUTOLYCUS. Der König ist nicht im Palast; er ist an Bord eines neuen Schiffes gegangen, um die Melancholie auszutreiben und sich zu zerstreuen; denn, wenn in dir Fassungskraft für ernste Dinge ist, so wisse, der König ist voll Kummer.

DER ALTE SCHÄFER. So sagt man, Herr; wegen seines Sohnes, der eines Schäfers Tochter heiraten wollte.

AUTOLYCUS. Wenn der Schäfer nicht schon in Haft ist, so möge er fliehn; die Flüche, die über ihn ausgesprochen werden sollen, die Martern, die er dulden soll, brächen wohl die Kraft eines Mannes und das Herz eines Ungeheuers.

DER JUNGE SCHÄFER. Glaubt Ihr das, Herr?

AUTOLYCUS. Nicht er allein soll alles ertragen, was der Scharfsinn Schweres, die Rache Bitteres ersinnen kann; sondern auch alle, die mit ihm verwandt sind, wenn auch nur im fünfzigsten Grade, fallen dem Henker anheim: obwohl dies sehr betrübt ist, so ist es doch notwendig. Ein alter schafziehender Spitzbube, ein Hammelpfleger, der setzt sich's in den Kopf, daß seine Tochter majestätisch werden soll! Einige sagen, er soll gesteinigt werden; aber der Tod wäre zu gelinde für ihn, sage ich: unsern Thron in eine Schafshütte zu ziehn! Alle Todesarten zusammen sind zu wenig, die schwerste zu leicht.

DER JUNGE SCHÄFER. Hat der alte Mann etwa einen Sohn? Habt Ihr nichts davon gehört, wenn man fragen darf?

AUTOLYCUS. Er hat einen Sohn; dieser soll lebendig geschunden, dann mit Honig bestrichen und über ein Wespennest gestellt werden; dort bleiben, bis er drei Viertel und ein Achtel tot ist: dann mit Aquavit oder einer anderen hitzigen Einflößung wieder zum Leben gebracht werden: dann, so roh wie er ist, und an dem heißesten Tage, den der Kalender prophezeit, gegen eine Ziegelmauer gestellt werden, woselbst ihn die Sonne mit südlichem Auge anschaut und er sie wieder anstarren muß, bis er von Fliegen tot gestochen ist. Aber was sprechen wir von diesen verräterischen Spitzbuben, deren Elend man nur belachen kann, da ihr Verbrechen so ungeheuer ist? Sagt mir, denn ihr scheint ehrliche, einfache Leute, was ihr bei dem König anzubringen habt; da ich gewissermaßen in einem freundlichen Verhältnis mit ihm bin, will ich euch zu ihm an Bord bringen, eure Personen seiner huldreichen Gegenwart vorstellen, ihm zu eurem Besten ins Ohr flüstern; und wenn außer dem König jemand imstande ist, euer Begehr durchzusetzen, so steht hier ein Mann, der es vermag.

DER JUNGE SCHÄFER. Er scheint von außerordentlichem Einfluß zu sein: macht Euch an ihn, gebt ihm Gold; und ist auch die Größe ein störriger Bär, so wird sie doch oft durch Gold bei der Nase herum geführt; zeigt das Inwendige Eures Beutels dem Auswendigen seiner Hand, und damit gut: denkt nur, »gesteinigt« und »lebendig geschunden«!

DER ALTE SCHÄFER. Wenn Ihr die Gnade haben wollt, unsre Sache zu übernehmen, so ist hier alles Gold, das ich bei mir habe; ich will noch mal so viel holen und diesen jungen Mann hier zum Pfande lassen, bis ich es Euch bringe.

AUTOLYCUS. Wenn ich getan habe, was ich versprach?

DER ALTE SCHÄFER. Ja, Herr.

AUTOLYCUS. Gut, so gib mir die Hälfte; – bist du auch in dieser Sache beteiligt?

DER JUNGE SCHÄFER. Gewissermaßen, Herr; sollte es mir auch an die Haut gehn, so hoffe ich doch, man wird mich nicht aus ihr herausschinden.

AUTOLYCUS. O nein, das ist nur der Fall bei des Schäfers Sohn: – an den Galgen mit ihm, an ihm muß man ein Exempel statuieren.

DER JUNGE SCHÄFER. Ein schöner Trost! Wir müssen zum König und ihm unsre wunderlichen Geschichten zeigen; er muß erfahren, daß sie weder Eure Tochter noch meine Schwester ist; sonst ist es aus mit uns. Herr, ich will Euch ebenso viel geben, wie dieser alte Mann, wenn die Sache durchgeführt ist, und, wie er sagt, als Pfand bei Euch bleiben, bis er es bringt.

AUTOLYCUS. Ich will euch trauen. Geht voraus nach dem Ufer, geht da nur rechts hin; ich will nur einmal über die Hecke sehen und euch gleich nach kommen.

DER JUNGE SCHÄFER. Dieser Mann ist uns ein Segen, das muß man sagen, ein wahrer Segen.

DER ALTE SCHÄFER. Laß uns voraus gehn, wie er uns befahl; er ist recht dazu bestellt, uns Gutes zu tun.

Die beiden Schäfer gehn ab.

AUTOLYCUS. Wenn ich auch Lust hätte, ehrlich zu sein, so seh' ich doch, das Schicksal will es nicht; es läßt mir die Beute in den Mund fallen. Ein doppelter Vorteil bewirbt sich jetzt um mich: Gold, und ein Mittel, dem Prinzen, meinem Herrn, Liebes zu tun; wer weiß, wie mir das noch einmal zu Gute kommt? Ich will diese beiden blinden Maulwürfe an Bord bringen zu ihm; wenn er's für gut hält, sie wieder ans Ufer zu setzen, und betrifft die Klage, die sie dem König anbringen wollen, ihn nicht, so mag er mich, für meine zu große Dienstfertigkeit, einen Schelm nennen; denn gegen diesen Titel und die Schande, die dazu gehört, bin ich gestählt. Ich will sie ihm vorstellen, es kann doch zu etwas führen.

Er geht ab.

Fünfter Aufzug

Erste Szene

Sizilien, Palast.
Es treten auf Leontes, Cleomenes, Dion, Paulina und andre.

CLEOMENES.
Mein Fürst, Ihr habt genug getan, gebüßt
Gleich einem Heil'gen: was Ihr immer fehltet,
Habt Ihr dadurch gesühnt; ja, Ihr bezahltet
Mehr Reu', als Sünde Ihr begingt. Zum Schluß,
Tut wie der Himmel tat, vergeßt Gescheh'nes;
Verzeiht es Euch, wie er!

LEONTES. Solang' ich ihrer
Gedenk' und ihrer Tugend, kann ich nimmer
Der eignen Schmach vergessen; stets ja quält mich
Das Unrecht, das ich selbst mir tat, so groß,
Daß es mein Reich der Erben bat beraubt;
Zerstört die holdste Frau, die einem Mann
Je süße Hoffnung gab.

PAULINA. Wahr, allzu wahr, mein Fürst.
Wenn, Weib auf Weib, die ganze Welt Ihr freitet,
Wenn Ihr von jeder etwas Gutes nähmet,
Und schüf't das beste Weib: die Ihr erschlugt,

Wär' dennoch unerreicht.
LEONTES. Jawohl! Erschlagen:
Die ich erschlug! – Ich tat's, doch du verwundest
Mich tödlich, da du's sagst; gleich bitter ist's,
Wenn du es sprichst, als wenn ich's denke: – Liebe,
Sprich so nur selten!
CLEOMENES. Niemals, werte Frau!
Ihr könntet tausend Dinge sprechen, welche
Der Zeit mehr ziemten und Euch freundlicher
Uns zeigen möchten.
PAULINA. Ihr seid einer derer,
Die neuvermählt ihn wünschen.
DION. Wünscht Ihr's nicht,
So liebt Ihr nicht das Land, nicht seines Namens
Erlauchte Fortpflanzung; erwägt nur wenig,
Was für Gefahr, da kinderlos der Herr,
Dem Reiche droht, auch die verschlingen kann,
Die dies gleichgültig sehn. Ist es nicht fromm,
Wenn wir die Seligkeit der Kön'gin preisen?
Ist es nicht frömmer noch, – um Kronenerben,
Um gegenwärt'gen Trost und künft'ges Heil, –
Das Bett der Majestät aufs neu' zu segnen
Mit einer holden Gattin?
PAULINA. Kein' ist's wert,
Denkt Ihr an sie, die starb. Auch will die Gottheit,
Daß ihr geheimer Ratschluß werd' erfüllt.
Denn sprach nicht so der himmlische Apoll,
War das nicht des Orakels heil'ges Wort:
Es soll Leontes keinen Erben haben,
Bis sein verlornes Kind sich fand? Dies ist
Nach unsrer Einsicht ebenso unmöglich,
Als daß Antigonus das Grab durchbräche
Und wieder zu mir käme; der doch wahrlich
Verdarb zusamt dem Kind. Ist's Euer Wille,
Daß unser Herr dem Himmel widerstrebt
Und seinem Ratschluß trotzt? – Sorgt nicht um Herrscher;
Es find't das Reich den Erben. Alexander
Ließ seins dem Würdigsten; so war's vermutlich
Der Beste, der ihm folgte.
LEONTES. O, Paulina, –
Ich weiß, du Gute hältst das Angedenken
Hermionens in Ehren. Hätt' ich immer
Mich deinem Rat gefügt! – Dann könnt' ich jetzt
In meiner Kön'gin helles Auge schaun,
Schätz' ihrer Lipp' entnehmen.
PAULINA. Die dann reicher
Durch Geben ward.
LEONTES. Oh! du sprichst wahr.
So gibt's kein Weib mehr; drum kein Weib; ein schlechtres
Und mehr geliebt, trieb' ihren sel'gen Geist
In ihren Leichnam und auf diese Bühne,
Wo ich, ihr Mörder, steh'; und rief' im Schmerz:
»Warum geschieht mir das?«
PAULINA. Wär's ihr vergönnt,
Sie spräche so mit Recht.
LEONTES. Gewiß, und würde
Zum Morde mich der zweiten Frau entflammen.
PAULINA. War' ich der irre Geist, ich käme dann
Und hieß' Euch schaun in jener Aug', und fragte,
Ob Ihr um diesen matten Blick sie wähltet;
Dann kreischt' ich auf, daß Euer Ohr zerrisse,
Und schiede mit dem Wort: »Gedenke mein!«
LEONTES. Ha. Sterne, Sterne waren's,
Und alle andern Augen tote Kohlen! –
Oh, fürchte du kein Weib,
Ich will kein Weib, Paulina.
PAULINA. Wollt Ihr schwören,
Nie, bis ich beigestimmt, Euch zu vermählen?
LEONTES. Niemals, bei meiner Seele Heil, Paulina.
PAULINA.
Ihr, werte Herrn, seid Zeugen seines Schwurs.
CLEOMENES. Ihr quält ihn allzusehr.
PAULINA. Bis eine andre,
Hermione so ähnlich wie ihr Bild,
Sein Auge schaut.
CLEOMENES. Oh, laßt –
Leontes gibt ihm einen Wink.
Ich schweige still.
PAULINA.
Doch will mein König sich vermählen, – wollt Ihr,
Wollt Ihr durchaus, – so überlaßt es mir,
Die Gattin ihm zu wählen; nicht so jung
Wie Eure erste soll sie sein, doch so,
Daß, käm' der ersten Kön'gin Geist, er freudig
In Eurem Arm sie sähe.
LEONTES. Treue Freundin,
Nur, wenn du's willst, vermählen wir uns.
PAULINA. Das
Ist nur, wenn Eure Kön'gin wieder lebt;
Bis dahin nie.
Ein Edelmann tritt auf.
EDELMANN.
Ein Jüngling, der Prinz Florizel sich nennt,
Den Sohn Polyxenes', mit seiner Gattin, –
Die schönste Fürstin, die ich je gesehn, –
Wünscht Eurer Hoheit sich zu nahn.
LEONTES. Wer mit ihm?
Er kommt nicht in des Vaters Glanz: sein Nahn
So ohne Förmlichkeit, so plötzlich, sagt uns,
Nicht vorbedacht sei der Besuch; erzwungen
Durch Not und Zufall nur. Was für Gefolge?
EDELMANN. Geringe nur und wen'ge.
LEONTES. Die Gemahlin,
So sagst du, mit ihm?
EDELMANN. Ja, das herrlichst schönste
Geschöpf, das je die Sonne nur beglänzte.
PAULINA. O Hermione!
Wie jede Gegenwart sich prahlend höher
Als beßre Vorzeit stellt: so wird dein Grab
Auch jetzt geschmäht vom Neu'sten. Herr, Ihr selbst,
Ihr spracht, Ihr schriebt (doch nun ist Eure Schrift
Kalt, wie ihr Gegenstand): »sie war niemals
Und wird auch nie erreicht«; – so trug Eu'r Lied
Ihr Lob in hoher Flut, – sehr ward es Ebbe,
Da Ihr jetzt eine schöner preist.
EDELMANN. Verzeiht!
Die ein' ist fast vergessen, zürnt mir nicht!
Doch diese, wenn sie Euer Aug' entzückte,
Stimmt' Eure Zunge auch. Sie ist ein Wesen,
Das, lehrt sie Ketzerei, den Eifer löscht
In jedem Gläub'gen, – Proselyt wird jeder,
Wenn sie ihn folgen heißt.
PAULINA. Wie? auch die Frauen?

EDELMANN.
Die Frauen lieben sie, weil Frau sie ist,
Mehr wert als alle Männer; und die Männer,
Weil sie der Frauen schönste.

LEONTES. Geh, Cleomenes;
Du selbst mit deinen würd'gen Freunden, führt
In unsre Arme sie!

Cleomenes mit mehrern andern ab.

Doch seltsam immer
Der unversehne Gruß.

PAULINA. Sah unser Prinz,
Das Kleinod unter Kindern, diesen Tag,
War er mit diesem Herrn ein schönes Paar;
Denn dieser Prinz war kaum vier Wochen älter.

LEONTES.
Ich bitte dich, nichts mehr, hör' auf; du weißt,
Er stirbt mir immer wieder, nennst du ihn;
Erblick' ich diesen Prinzen, kann kein Wort
In mir Gedanken wecken, die mich leicht
Berauben könnten der Vernunft. – Sie kommen.

Es treten auf Cleomenes, Florizel und Perdita mit Gefolge.

Prinz, Eure Mutter war dem Eh'bund treu;
Denn Eures edeln Vaters Bild empfing sie,
In Euch geprägt; wär' ich jetzt einundzwanzig –
So ähnlich stellt Ihr Euren Vater dar,
Sein ganzes Wesen – Bruder nennt' ich Euch,
Wie ihn; erzählt' Euch einen Schwank, den beide
Wir ausgeführt. Seid herzlich mir willkommen!
Und Eure schöne Fürstin! – Göttin! – Ach!
Ein Paar verlor ich; zwischen Erd' und Himmel
Stünd' es wohl so jetzt da, Bewund'rung zeugend,
Wie ihr, holdsel'ges Paar! Und dann verlor ich
Durch eigne Torheit alles, die Gesellschaft,
Ja, Freundschaft Eures biedern Vaters; den,
Bin ich auch gramgebeugt, ich gern im Leben
Noch einmal wiedersäh'!

FLORIZEL. In seinem Auftrag
Erschein' ich in Sizilien, und von ihm
Bring' ich Euch Grüße, wie ein Freund, ein König,
Dem Bruder senden mag; und wenn nicht
Schwäche,
Begleiterin des Alters, ihm vermindert
Die rasche Kraft, so hätt' er selbst durchmessen
Die Meer' und Länder zwischen euren Reichen,
Euch anzuschauen, den er inn'ger liebt
Als alle Fürsten – so hieß er mich sagen –,
Die lebend jetzt regieren.

LEONTES. Oh, mein Bruder,
Du Trefflicher! Das Leid, das ich dir tat,
Quält mich von neuem jetzt, und diese Sendung,
So ausgezeichnet freundlich, klagt so herber
Mein träges Säumen an. – O seid willkommen,
So wie der Lenz der Flur. Und hat er auch
Dies Wunder ausgesetzt dem grausen, oder
Doch rohen Treiben des furchtbaren Meers,
Den Mann zu grüßen, ihrer Müh' nicht wert,
Viel wen'ger seinethalb ihr Leben wagend?

FLORIZEL.
Mein gnäd'ger Fürst, sie kommt von Libyen.

LEONTES.
Wo Held Smalus gefürchtet und geliebt ist?

FLORIZEL.
Erlauchter Herr, von dort; von ihm, des Tränen
Im Scheiden sie als Tochter anerkannten:
Von da bracht' uns ein günst'ger Südwind her,
Um meines Vaters Auftrag zu erfüllen,
Euch zu besuchen: meine ersten Diener
Hab' ich gleich von Sizilien fort geschickt,
Nach Böhmen hin, um dort bekannt zu machen
Der Reise glücklichen Erfolg in Libyen
Und mein und meiner Gattin sichre Landung
Hier, wo wir sind.

LEONTES. Die gnäd'gen Götter rein'gen
Von ungesunden Dünsten unsre Luft,
Solang' Ihr weilt! Oh, Euer frommer Vater,
Der gnadenvolle Fürst, an dessen Haupt,
Dem heiligen, ich so gefrevelt habe:
Weshalb der Himmel, zornentbrannt, der Kinder
Mich hat beraubt; Eu'r Vater ist gesegnet,
Wie von dem Himmel er's verdient, durch Euch,
Wert seines edlen Sinns. Was wär' ich selbst,
Könnt' ich auch jetzt auf Sohn und Tochter
schaun:
Solch wackres Paar wie ihr?

Ein Hofherr tritt auf.

HOFHERR. Mein gnäd'ger König,
Unglaublich wird Euch scheinen, was ich melde,
Doch gleich bestätigt sich's. Mein hoher Herr,
Persönlich grüßt Euch Böhmen selbst durch mich:
Will, daß Ihr fest nehmt seinen Sohn, der kürzlich,
Den hohen Rang, die Pflichten all' vergessend,
Von seinem Vater floh und seinem Erbteil,
Mit eines Schäfers Tochter.

LEONTES. Böhmen! – sprich, wo ist er?

HOFHERR.
Hier in der Stadt; ich kam von ihm so eben.
Verwildert red' ich; wie das Wunderbare
Mich zwingt und meine Botschaft. Als er zum Hof
Hieher geeilt, verfolgend, wie ich glaube,
Dies schöne Paar, erblickt' er auf dem Wege
Den Vater dieser vorgegebnen Fürstin
Und ihren Bruder, die ihr Land verließen
Mit diesem Prinzen.

FLORIZEL. Mich verriet Camillo,
Des Redlichkeit und Ehre jedem Wetter
Bis jetzt getrotzt.

HOFHERR. Macht ihm den Vorwurf selbst;
Denn er ist mit dem König.

LEONTES. Wer? Camillo?

HOFHERR.
Camillo, Herr, ich sprach ihn; er verhört
Die Armen. Niemals sah ich noch Elende
So zittern: wie sie knien, den Boden küssen,
Verschwören Leib und Seel' in jedem Wort.
Böhmen verstopft sein Ohr, und droht mit Tod
Und tausend Martern.

PERDITA. Oh, mein armer Vater!
Der Himmel schickt uns Späher nach; er will nicht
Erfüllung unsres Bunds.

LEONTES. Seid ihr vermählt?

FLORIZEL.
Wir sind's nicht, Herr, und werden's nun wohl
nimmer!
Eh' werden Sterne noch die Täler küssen.

LEONTES. Ist dies die Tochter eines Königs, Prinz?

FLORIZEL. Sie ist es, ist sie einst mit mir vermählt.

LEONTES.
Dies »Einst« wird wohl durch Eures Vaters Eile
Sehr langsam nahn. Beklagen muß ich höchlich,
Daß Ihr Euch seiner Liebe habt entfremdet,
Die heil'ge Pflicht Euch war: beklagen muß ich,
Daß die Gewählte Rang nicht hat wie Schönheit,
Mit Recht Euch zu verbleiben.

FLORIZEL. Mut, Geliebte!
Obgleich das Schicksal sichtbar uns verfolgt
Durch meinen Vater, kann's doch unsre Liebe
Nicht um ein Haar breit schwächen. – Herr, ich
bitt' Euch,
Gedenkt der Zeit, da Ihr nicht mehr als ich
Dem Alter schuldig wart: mit dem Gefühl
Seid mein Vertreter jetzt; denn, wenn Ihr bittet,
Gewährt mein Vater Großes leicht wie Tand.

LEONTES.
Eu'r schönes Liebchen müßt' er dann mir geben,
Die er für Tand nur achtet.

PAULINA. Herr, mein Fürst,
Eu'r Aug' hat zu viel Jugend; einen Monat
Vor Eurer Kön'gin Tod, war solcher Blicke
Sie würdiger, als was Ihr jetzt betrachtet.

LEONTES.
Nur ihrer dachte mein entzücktes Auge. –
Doch unerwidert ist noch Eure Bitte:
Zu Eurem Vater eil' ich; hat Begier
Gekränkt nicht Eure Ehre, bin ich Euer,
Und Eurer Wünsche Freund: zu dem Geschäft
Geh' ich ihm jetzt entgegen; folgt mir nun,
Und seht, wie mir's gelingt! Kommt, edler Prinz!

Alle ab.

Zweite Szene

Vor dem Palast.
Autolycus und ein Edelmann treten auf.

AUTOLYCUS. Ich bitte Euch, Herr, waret Ihr gegenwärtig bei dieser Erzählung?

ERSTER EDELMANN. Ich war bei dem Öffnen des Bündels, und hörte den Bericht des alten Schäfers, wie er ihn fand. Darauf, nach einem kurzen Staunen, hieß man uns alle das Zimmer verlassen; nur das, dünkt mich, hörte ich den Schäfer noch sagen, er habe das Kind gefunden.

AUTOLYCUS. Ich möchte gern den Ausgang wissen.

ERSTER EDELMANN. Ich mache nur einen unvollständigen Bericht von der Sache; – aber die Verwandlung, die ich an dem König und Camillo bemerkte, war Zeichen einer großen Verwund'rung; sie schienen fast, so starrten sie einander an, ihre Augenlider zu zersprengen; es war Sprache in ihrem Verstummen, und Rede selbst in ihrer Gebärde; sie sahen aus, als wenn sie von einer neu entstandenen oder untergegangenen Welt gehört hätten: solche Verzückung des Staunens war an ihnen sichtbar; doch die klügsten Zuschauer, die nichts wußten, als was sie sahen, konnten nicht sagen, ob der Anlaß Freude oder Schmerz war: aber der höchste Grad des einen oder des andern mußte es sein.

Ein zweiter Edelmann tritt auf.

Da kommt ein Herr, der vielleicht mehr weiß. Was gibt's, Rogero?

ZWEITER EDELMANN. Nichts als Freudenfeuer: das Orakel ist erfüllt; des Königs Tochter gefunden. So viel wunderbare Dinge sind in dieser Stunde zum Vorschein gekommen, daß es nicht Balladenmacher genug gibt, sie zu besingen.

Ein dritter Edelmann tritt auf.

Da kommt der Paulina Haushofmeister, der kann Euch mehr erzählen. – Wie steht es nun, Herr? Diese Neuigkeit, die man als wirklich bekräftigt, sieht einem alten Märchen so ähnlich, daß ihre Wahrhaftigkeit sehr verdächtig scheint. Hat der König seine Erbin gefunden?

DRITTER EDELMANN. Ganz gewiß, wenn die Wahrheit je durch Umstände bewiesen ward: Ihr möchtet schwören, das zu sehen, was Ihr hört, – solch eine Übereinstimmung ist in den Beweisen. Der Mantel der Königin Hermione – ihr Juwel, das sie um den Hals zu tragen pflegte – des Antigonus Briefe, dabei gefunden, in denen sie seine Handschrift erkennen – die Majestät des Mädchens, in der Ähnlichkeit mit der Mutter – der Ausdruck von Adel, welcher zeigt, wie Natur höher steht als Erziehung – und viele andre Zeugnisse bekunden sie, mit der allergrößeten Sicherheit, als des Königs Tochter. Sahet Ihr die Zusammenkunft der beiden Könige?

ZWEITER EDELMANN. Nein.

DRITTER EDELMANN. Dann habt Ihr einen Anblick verloren, den man gesehen haben muß, den man nicht beschreiben kann. Da hättet Ihr sehen können, wie eine Freude die andre krönte; so, auf solche Weise, daß es schien, der Schmerz weinte, weil er sie verlassen sollte; denn ihre Freude watete in Tränen. Da war ein Augenaufschlagen, ein Händeemporwerfen, und die Angesichter in einer solchen Verzücktheit, daß man sie nur noch an ihren Kleidern und nicht an ihren Zügen erkennen mochte. Unser König, als wenn er aus sich selbst vor Freude über seine gefundene Tochter stürzen wollte, als wäre diese Freude plötzlich ein Unglück geworden, schreit: »Oh, deine Mutter! deine Mutter!« Dann bittet er Böhmen um Vergebung; dann umarmt er seinen Eidam, dann wieder zerdrückt er fast seine Tochter mit Umhalsungen; nun dankt er dem alten Schäfer, der dabei steht wie ein altes verwittertes Brunnenbild von manches Königs Regierung her. Ich hörte noch nie von einer solchen Zusammenkunft. die jede Erzählung, welche ihr folgen möchte, lähmt und die Beschreibung vernichtet, die sie zeichnen will.

ZWEITER EDELMANN. Doch, bitte, was ward aus Antigonus, der das Kind von hier fort brachte?

DRITTER EDELMANN. Immer wie ein altes Märchen, das noch vieles vorzutragen hat, wenn auch der Glaube schliefe und kein Ohr es hörte: Er wurde von einem Bären zerrissen: dies bestätigt der Sohn des Schäfers, den nicht nur seine Einfalt, die groß scheint, rechtfertigt, sondern auch ein Schnupftuch und Ringe vom Manne, die Paulina erkennt.

ERSTER EDELMANN. Was wurde aus seinem Schiffe und seinem Gefolge?

DRITTER EDELMANN. Gescheitert, in demselben Augenblick, da ihr Herr ums Leben kam, und im Angesichte des Schäfers: so daß alle Werkzeuge, welche zur Aussetzung des Kindes beitrugen, gerade da unter gingen, als das Kind gerettet ward. Aber, ach, der edle Kampf, den Schmerz und Freude in Paulina kämpften! Ein Auge senkte sich um den Verlust des Gatten, indem das andre sich erhob, weil das Orakel nun erfüllt war; sie hob die Prinzessin von der Erde auf, und schloß sie so fest in ihre Umarmung, als wollte sie sie an ihr Herz heften, damit sie nur nicht von neuem verloren gehen möchte.

ERSTER EDELMANN. Die Hoheit dieser Szene verdiente Könige und Fürsten als Zuschauer, denn von solchen ward sie gespielt.

DRITTER EDELMANN. Einer der rührendsten Züge von allen, und der auch nach meinen Augen angelte (das Wasser bekam er, aber nicht den Fisch), war, wie bei der Erzählung von der Königin Tode, mit der Art, wie sie unterlag (wundervoll erzählt und vom König betrauert), wie da starres Hinhören seine Tochter durchbohrte: bis, von einem Zeichen des Schmerzes zum andern, sie endlich, mit einem »Ach!« möchte ich doch sagen, Tränen blutete; denn, das weiß ich gewiß, mein Herz weinte Blut. Wer am meisten Stein war, veränderte jetzt die Farbe; einige taumelten ohnmächtig, alle waren tief betrübt: hätte die ganze Welt dies anschauen können, der Jammer hätte alle Völker ergriffen.

ERSTER EDELMANN.
Sind sie zum Hof zurückgekehrt?

DRITTER EDELMANN. Nein, da die Prinzessin von der Statue ihrer Mutter hörte, welche in Paulinas Verwahrung ist, – ein Werk, woran schon seit vielen Jahren gearbeitet ward, und das jetzt kürzlich erst vollendet ist, durch Julio Romano, den großen italienischen Meister, der, wenn er selbst Ewigkeit hätte und seinen Werken Odem einhauchen könnte, die Natur um ihre Kunden brächte, so vollkommen ist er ihr Nachäffer: er hat die Hermione so der Hermione gleich gemacht, daß, wie man sagt, man mit ihr sprechen und Antwort erwarten möchte: dorthin, mit aller Gier der Liebe, sind sie jetzt gegangen, und dort wollen sie zu Nacht essen.

ERSTER EDELMANN. Ich dachte es wohl, daß sie dort etwas Wichtiges vor habe, denn seit Hermiones Tode hat sie ganz geheim das entlegene Haus täglich zwei- oder dreimal besucht. Wollen wir hin und durch unsre Gegenwart an der Freude teil nehmen?

ZWEITER EDELMANN. Wer möchte weg bleiben, der die Wohltat des Zutritts genießen darf? Mit jedem Augenwink kann irgendeine neue Freude geboren werden: und unsere Abwesenheit verkümmert uns das Mitwissen. Laßt uns gehn!

Die drei Edelleute gehn ab.

AUTOLYCUS. Jetzt nun, klebte nicht der Makel meines vorigen Lebens an mir, würde Beförderung auf mich nieder regnen. Ich brachte den alten Mann und seinen Sohn auf das Schiff des Prinzen, sagte ihm, daß ich von einem Bündel hörte, und ich weiß nicht, was alles: aber er, eben zu besorgt um die Schäferstochter, dafür hielt er sie noch, welche anfing, sehr seekrank zu werden, und er nur um weniges besser, weil der Sturm dauerte, konnte die Entdeckung des Geheimnisses nicht anhören. Aber das ist alles eins für mich: wäre ich auch der Ausfinder der Sache gewesen, würde es doch nicht meinen übrigen Verunglimpfungen den schlechten Geschmack genommen haben.

Der alte und der junge Schäfer treten auf.

Hier kommen die, denen ich Gutes tat gegen meinen Willen, und sie erscheinen schon in den Blüten ihres Glücks.

DER ALTE SCHÄFER. Nun, Junge, ich werde keine Kinder mehr bekommen; aber deine Söhne und Töchter werden alle als Edelleute geboren sein.

DER JUNGE SCHÄFER. Gott grüß' Euch, Herr: Ihr wolltet Euch neulich nicht mit mir schlagen, weil ich kein geborner Edelmann war: seht Ihr diese Kleider? Sprecht, daß Ihr sie nicht seht, und haltet mich noch immer für keinen gebornen Edelmann: Ihr dürftet wohl gar sagen, diese Putzsachen wären keine gebornen Edelleute. Straft mich jetzt einmal Lügen, so sollt Ihr erfahren, ob ich ein geborner Edelmann bin.

AUTOLYCUS. Herr, ich weiß, daß Ihr jetzt ein geborner Edelmann seid.

DER JUNGE SCHÄFER. Ja, und das bin ich immer gewesen, seit vier Stunden.

DER ALTE SCHÄFER. Ich auch, Junge.

DER JUNGE SCHÄFER. Ja, Ihr auch: – aber ich war ein Edelmann geboren vor meinem Vater: denn der Sohn des Königs nahm mich bei der Hand und nannte mich Bruder; und dann nannten die beiden Könige meinen Vater Bruder; und dann nannten der Prinz, mein Bruder, und die Prinzeß, meine Schwester, meinen Vater Vater, und da weinten wir: und das waren die ersten Edelmannstränen, die wir vergossen.

DER ALTE SCHÄFER. Gott schenke uns langes Leben, Sohn, damit wir noch viele vergießen!

DER JUNGE SCHÄFER. Ja; sonst wäre es ein wahres Unglück, da wir in so despektablem Zustande sind.

AUTOLYCUS. Ich bitte Euch demütig, Herr, mir alles zu verzeihen, was ich gegen Euer Gnaden gefehlt habe, und ein gutes Wort für mich bei dem Prinzen, meinem Herrn, einzulegen.

DER ALTE SCHÄFER. Ich bitte dich, Sohn, tue das, denn wir müssen edel sein, da wir nun Edelleute sind.

DER JUNGE SCHÄFER. Willst du deinen Lebenswandel bessern?

AUTOLYCUS. Ja, wenn Euer Gnaden erlauben.

DER JUNGE SCHÄFER. Gib mir die Hand: ich will dem Prinzen schwören, daß du ein ehrlicher und aufrichtiger Mensch bist, wie nur einer in Böhmen.

DER ALTE SCHÄFER. Sagen kannst du das, aber nicht schwören.

DER JUNGE SCHÄFER. Nicht schwören, da ich nun ein Edelmann bin? Bauern und Bürger mögen's sagen, ich will es beschwören.

DER ALTE SCHÄFER.
Wenn's aber falsch wäre, Sohn?

DER JUNGE SCHÄFER. Wenn es noch so falsch ist, ein echter Edelmann kann es beschwören, zum Besten seines Freundes: – und ich will dem Prinzen schwören, daß du dich wie ein herzhafter Kerl betragen und dich nicht betrinken wirst; obwohl ich weiß, daß du dich nicht wie ein herzhafter Kerl betragen, und dich wohl betrinken wirst; aber ich will es doch beschwören – und ich wollte, du möchtest dich wie ein herzhafter Kerl betragen.

AUTOLYCUS. Ich will es werden, Herr, aus allen Kräften.

DER JUNGE SCHÄFER. Ja, werde nur auf jeden Fall ein wackrer Kerl; wenn ich mich nicht verwundre, wie du das Herz hast, dich zu betrinken, da du kein herzhafter Kerl bist, so traue mir nie wieder! – Horch! Der König und die Prinzen, unsre Verwandtschaft, gehn zu dem Bilde der Königin. Komm, folge uns: wir wollen deine guten Herren sein.

Sie gehn ab.

Dritte Szene

Saal in Paulinas Hause.
Es treten auf Leontes, Polyxenes, Florizel, Perdita, Camillo, Paulina, Hofherren und Gefolge.

LEONTES. Oh, würdige Paulina, wie viel Trost
Empfing ich stets von dir!

PAULINA. Was, gnäd'ger Herr,
Ich unrecht tat, meint' ich doch recht. Mein Dienst
Ist reich bezahlt, dadurch, daß Ihr geruht,
Mit Eurem Bruder und den Neuverlobten,
Einst Herrschern hier, mein armes Haus zu sehn:
Es ist ein Übermaß von Huld; mein Leben
Zu kurz, um Euch zu danken.

LEONTES. Oh, Paulina,
Beläst'gung dünkt dich Ehre. Doch wir kamen,
Zu sehn der Kön'gin Standbild; deine Säle
Durchgingen wir, nicht ohne groß Ergötzen
An mancher Seltenheit; doch sahn wir nicht,
Was meine Tochter sehnlich wünscht zu schaun,
Der Mutter Bild.

PAULINA. So wie sie unvergleichlich
Im Leben war, so, glaub' ich, übertrifft
Ihr totes Abbild, was Ihr je gesehn
Und Menschenhand je schuf: drum halt' ich's hier
Liebend gesondert: schaut, und seid gefaßt,
Zu sehn, wie dies lebendig höhnt das Leben,
Mehr als der Schlaf den Tod: hier; sagt, 's ist gut.
Sie zieht einen Vorhang weg, man sieht eine Statue,
Recht, daß Ihr schweigt, es drückt am besten aus,
Wie Ihr erstaunt: doch sprecht – zuerst, mein König,
Ist's ihr nicht ziemlich gleich?

LEONTES. Ganz ihre Haltung! –
Schilt mich, geliebter Stein; dann mag ich sagen,
Du seist Hermione: doch mehr bist du's,
Da du so freundlich schweigst; denn sie war mild,
Wie Kindheit und wie Gnade. – Doch, Paulina,
Hermione war nicht gealtert, so
Wie dieses Bildnis scheint.

POLYXENES. Nein, wahrlich nicht.

PAULINA.
Um so viel höher steht des Bildners Kunst,
Der sechzehn Jahre überhüpft, sie schaffend,
Als lebte jetzt sie.

LEONTES. Wie sie jetzt noch könnte,
Zum süßen Trost mir, so wie nun der Anblick
Mein Herz durchschneidet. Oh! so stand sie da,
In so lebend'ger Hoheit (warmes Leben.
Was kalt nun da steht), als zuerst ich warb.
Ich bin beschämt: wirft nicht der Stein mir vor,
Ich sei mehr Stein als er? – Oh, fürstlich Bild,
In deiner Majestät ist Zaubermacht,
Die meine Sünden neu herauf beschwört,
Dein staunend Kind der Lebenskraft beraubt,
Daß sie da steht, ein Stein wie du!

PERDITA. Vergönnt:
Und nennt's nicht Aberglauben, wenn ich knie'
Und bitt' um ihren Segen! – Teure Kön'gin,
Die endete, als ich begann zu leben,
Reich' mir die Hand zum Kuß!

PAULINA. Oh, nicht so rasch!
Das Bild ist kürzlich erst vollendet, noch
Sind nicht die Farben trocken.

CAMILLO.
Mein Fürst, Eu'r Schmerz ist allzu tief gewurzelt;
Da sechzehn Winterstürm' ihn nicht verweht,
Noch sechzehn Sommer ausgetrocknet: kaum
Lebt Freude je so lang', und Kummer nie,
Er bringt sich früher selber um.

POLYXENES. Mein Bruder,
Laßt ihm, der Ursach' hiezu gab, das Recht,
So viel des Grams Euch zu erleichtern, als
Er gerne mit Euch trägt.

PAULINA. Gewiß, mein König,
Hätt' ich gewußt, daß dies mein armes Bild
Euch so bewegte (denn der Stein ist mein),
Ich hätt' es nicht gezeigt.

LEONTES. Zieh' nicht den Vorhang!

PAULINA.
Ihr sollt nicht länger schaun; in der Verzückung
Glaubt Ihr am End', es regt sich.

LEONTES. Laß, o laß!
Könnte mein Tod – doch sieh, – mich dünkt bereits –
Wer war es, der dies schuf? – O seht, mein Fürst,
Ist's nicht, als ob es atmet? warmes Blut
Durch diese Adern fließt?

POLYXENES. Ein Meisterwerk:
Das Leben selbst spielt warm auf ihrer Lippe.

LEONTES.
Der Glanz in ihrem Auge hat Bewegung.
Kann uns die Kunst so täuschen?

PAULINA. Ich verhüll' es;
Mein König ist so außer Fassung; endlich
Denkt er noch gar, es lebt.

LEONTES. O teure Freundin,
Mach', daß ich immer zwanzig Jahr so denke;

Nicht die Vernunft der ganzen Welt kommt gleich
Der Wonne dieses Wahnsinns. Zieh' nicht vor!

PAULINA. Es ängstet mich, daß ich Euch so erregt:
Ich könnt' Euch stärker noch erschüttern.

LEONTES. Tu's;
Denn dies Erschüttern ist so süße Kost,
Wie je ein Labetrunk. – Mich dünkt noch immer,
Es atmet von ihr her: welch zarter Meißel
Grub jemals Hauch? Oh, spottet meiner nicht,
Ich will sie küssen.

PAULINA. Nicht doch, teurer Fürst:
Die Röt' auf ihren Lippen ist noch naß;
Eu'r Kuß verdirbt es, und gibt Euch von Öl
Und Farbe Flecken. Schließ' ich jetzt den Vorhang?

LEONTES. Die zwanzig Jahre nicht.

PERDITA. Auch ich ständ' hier
So lange wohl, es anzuschaun.

PAULINA. Verlaßt
Die Halle jetzt; wo nicht, bereitet Euch
Auf größres Staunen: wenn Ihr's tragen könnt,
So mach' ich, daß das Bild sich regt, herab steigt,
Und Eure Hand ergreift: doch glaubt Ihr dann
(Was ich abschwören mag), ich steh' im Bund
Mit böser Macht.

LEONTES. Was du sie heißest tun,
Das seh' ich an mit Freuden; was sie sprechen,
Das hör' ich an mit Freuden: denn so leicht
Machst du sie sprechen wohl, als gehn.

PAULINA. Ihr müßt
Den Glauben wecken: und nun alle still;
Und die, so für ein unerlaubt Beginnen
Dies halten, mögen fort gehn.

LEONTES. Säume nicht:
Jedweder bleibe!

PAULINA. Wecke sie, Musik!

Musik.

Zeit ist's: sei nicht mehr Stein, komm, steig' herab;
Füll' alle, die dich sehn, mit Staunen! Nahe,
Dein Grab verschließ' ich: nun, so komm doch her;
Dem Tod vermach' dein Starrsein, denn von ihm
Erlöst dich frohes Leben. – Schaut, sie regt sich.

Hermione steigt herab.

Erschreckt nicht: heilig ist ihr Tun, und auch
Mein Zauberspruch ist fromm: nicht kehrt Euch von ihr,
Sonst seht Ihr wiederum sie sterben; dann
Habt Ihr sie zweimal umgebracht. Die Hand her:
Als sie noch jung, da warbt Ihr; jetzt, im Alter,
Muß sie das Frein beginnen.

LEONTES *indem er sie umarmt.*
Sie ist warm!
Ist dies Magie, so sei sie eine Kunst,
Erlaubt wie Essen.

POLYXENES. Sie umarmt ihn wirklich.

CAMILLO. Sie hängt an seinem Hals;
Und lebt sie dann, so mag sie sprechen auch.

POLYXENES. Ja, und verkünden, wo sie hat gelebt,
Wie sie dem Tod entronnen.

PAULINA. Daß sie lebt,
Wenn man's Euch sagte, würdet Ihr's verlachen
So wie ein altes Märchen: doch Ihr seht,
Sie lebt, spricht sie gleich nicht. Nur noch ein Weilchen! –
Ihr, schönes Kind, müßt dies bewirken: kniet,
Um Eurer Mutter Segen! – Teure Fürstin,
Schaut her, gefunden unsre Perdita!

Perdita kniet vor der Königin.

HERMIONE. Ihr Götter, blickt herab,
Und Gnade gießt aus euren heil'gen Schalen
Auf meiner Tochter Haupt! – O sprich, mein Einz'ges,
Wie du gerettet wardst, wo du gelebt?
Wie her zum Vater kamst? Dann wisse du,
Ich – durch Paulina hörend, das Orakel
Gab Hoffnung, daß du lebst, – verbarg mich hier,
Den Schluß erwartend.

PAULINA. Spart dies andern Stunden;
Sonst fragt, erzählt im Schreck hier jeder, trübt
Den Wonnentaumel so. – Geht mit einander,
Ihr seligen Gewinner: nur Entzücken
Sprecht alle jetzt! Ich alte Turteltaube
Schwing' mich auf einen dürren Ast und weine
Um meinen Gatten, der nie wieder kommt,
Bis ich gestorben bin.

LEONTES. Paulina, nein;
Du mußt von meiner Hand den Gatten nehmen,
Wie ich von dir ein Weib: so war's beschlossen,
Beschworen unter uns. Du fandst die Meine,
Wie, muß ich noch erfahren: denn ich sah sie,
So glaubt' ich, tot; und manch Gebet, im Wahn,
Sprach ich auf ihrem Grab. Nicht such' ich weit
(Da mir sein Sinn zum Teil bekannt) für dich
Den ehrenvollen Gatten: – Komm, Camillo,
Nimm ihre Hand: du, dessen Ehr' und Treue
So wohl bewährt und hier bekräftigt ist
Von zweien Königen. – Komm fort von hier! –
Wie? – Schau auf meinen Bruder – Oh, verzeiht,
Daß zwischen euren frommen Blicken je
Mein böser Argwohn stand, – dies ist dein Eidam,
Und dieses Königs Sohn, durch Himmelsfügung
Verlobt mit deiner Tochter. O Paulina,
Führ' uns von hier, daß dann mit beßrer Muße
Ein jeder frag' und höre, welche Rolle
Wir in dem weiten Raum der Zeit gespielt,
Seit wir zuerst uns trennten. Folgt mir schnell!

Alle ab.

DER STURM.
J. Gilbert

Personen

Alonso, König von Neapel
Sebastian, sein Bruder
Prospero, der rechtmäßige Herzog von Mailand
Antonio, sein Bruder, der unrechtmäßige Herzog von Mailand
Ferdinand, Sohn des Königs von Neapel
Gonzalo, ein ehrlicher alter Rat des Königs
Adrian
Francisco, Herren vom Hofe
Caliban, ein wilder und mißgestalter Sklav'
Trinculo, ein Spaßmacher
Stephano, ein betrunkener Kellner
Ein Schiffepatron, Bootsmann und Matrosen
Miranda, Tochter des Prospero
Ariel, ein Luftgeist
Iris
Ceres
Juno
Nymphen
Schnitter, Geister
Andre dem Prospero dienende Geister
Die Szene ist anfänglich die See mit einem Schiffe, nachher eine unbewohnte Insel

Erster Aufzug

Erste Szene

In einem Schiffe auf der See. Ein Ungewitter mit Donner und Blitz.
Ein Schiffspatron und ein Bootsmann.

SCHIFFSPATRON. Bootsmann –
BOOTSMANN. Hier, Patron! Was gibt's?
SCHIFFSPATRON. Gut! Sprecht mit den Matrosen! Greift frisch an, oder wir treiben auf den Strand. Rührt euch! rührt euch! *Ab.*
Matrosen kommen.
BOOTSMANN. Heisa, Kinder! Lustig, lustig, Kinder! Frisch daran! Zieht das Bramsegel ein! Paßt auf des Patrons Pfeife! – Ei so blase, daß du bersten möchtest, wenn Platz genug da ist!
Alonso, Sebastian, Antonio, Ferdinand, Gonzalo und andre kommen.
ALONSO. Guter Bootsmann, trage Sorge! Wo ist der Patron? Haltet euch brav!
BOOTSMANN. Ich bitte Euch, bleibt unten!
ANTONIO. Wo ist der Patron, Bootsmann?
BOOTSMANN. Hört Ihr ihn nicht? Ihr seid uns im Wege; bleibt in der Kajüte! Ihr steht dem Sturme bei!
GONZALO. Freund, seid doch ruhig!
BOOTSMANN. Wenn's die See ist. Fort! Was fragen die Brausewinde nach dem Namen König? In die Kajüte! Still! Stört uns nicht!
GONZALO. Gut, aber bedenk', wen du am Bord hast!
BOOTSMANN. Niemand, den ich lieber habe als mich selbst. Ihr seid Rat; könnt Ihr diesen Elementen Stillschweigen gebieten und auf der Stelle Frieden stiften, so wollen wir kein Tau mehr anrühren: gebraucht nur Euer Ansehen! Wo nicht, so dankt Gott, daß Ihr so lange gelebt habt, und bereitet Euch in der Kajüte auf Euer Stündlein, wenn es schlagen sollte. – Lustig, liebe Kinder! – Aus dem Wege, sag' ich! *Ab.*
GONZALO. Der Kerl gereicht mir zu großem Trost; mir deucht, er sieht nicht nach dem Ersaufen aus: er hat ein echtes Galgengesicht. Gutes Schicksal, bestehe drauf, ihn zu hängen! Mach' den Strick seines Verhängnisses zu unserm Ankertau, denn unsres hilft nicht viel. Wenn er nicht zum Hängen geboren ist, so steht es kläglich mit uns.
Alle ab.
Der Bootsmann kommt wieder.
BOOTSMANN. Herunter mit der Bramstange! Frisch! Tiefer! Tiefer! Versucht mit dem Schönfahrsegel zu treiben!
Ein Geschrei drinnen.
Hol' der Henker das Heulen! Sie überschreien das Ungewitter und unsre Verrichtungen. –
Sebastian, Antonio und Gonzalo kommen zurück.
Doch wieder da? Was wollt ihr hier? Sollen wir's aufgeben und ersaufen? Habt ihr Lust, zu sinken?
SEBASTIAN. Die Pest fahr' Euch in den Hals, bellender, gotteslästerlicher ',unchristlicher' Hund, der Ihr seid!
BOOTSMANN. Arbeitet Ihr denn!
ANTONIO. An den Galgen, du Hund! Du hundsföttischer, unverschämter Lärmer, wir fürchten uns weniger zu ersaufen als du.
GONZALO. Ich stehe ihm fürs Ersaufen, wenn das Schiff auch so dünne wie eine Nußschale wäre und so leck wie eine lockre Dirne.
BOOTSMANN. Legt das Schiff hart an den Wind! Setzt zwei Segel auf! Wieder in See! Legt ein!
Matrosen mit durchnäßten Kleidern kommen.
MATROSEN. Wir sind verloren! Betet! sind verloren!
BOOTSMANN. Was? Müssen wir ins kalte Bad?
GONZALO.
Der Prinz und König beten: tun wir's auch;
Wir sind in gleichem Fall.
SEBASTIAN. Ich bin ganz wütend.
ANTONIO. So prellen Säufer uns um unser Leben.
Der weitgemaulte Schurk'! – Lägst du ersaufend,
Zehn Fluten lang durchweicht!
GONZALO. Er wird doch hängen,
Schwür' jeder Tropfe Wassers auch dawider
Und gähnt', ihn zu verschlingen!
Ein verworrner Lärm im Schiffsraum; »Gott sei uns gnädig! – Wir scheitern! wir scheitern! – Lebt wohl, Weib und Kinder! – Leb wohl, Bruder! – Wir scheitern! wir scheitern! wir scheitern!«
ANTONIO.
So laßt uns alle mit dem König sinken! *Ab.*
SEBASTIAN.
Laßt uns Abschied von ihm nehmen! *Ab.*
GONZALO. Jetzt gäb' ich tausend Hufen See für einen Morgen dürren Landes: hohe Heide, braune Geniste, was es auch wäre. Der Wille droben geschehe, aber ich stürbe gern eines trocknen Todes! *Ab.*

Zweite Szene

Die bezauberte Insel, vor Prosperos Zelle.
Prospero und Miranda treten auf.

MIRANDA. Wenn Eure Kunst, mein liebster Vater, so
Die wilden Wasser toben hieß, so stillt sie!
Der Himmel, scheint es, würde Schwefel regnen,
Wenn nicht die See, zur Stirn der Feste steigend,
Das Feuer löschte. Oh, ich litt mit ihnen,
Die ich so leiden sah: ein wackres Schiff,
Das sicher herrliche Geschöpfe trug,
In Stücke ganz zerschmettert! Oh, der Schrei
Ging mir ans Herz! Die Armen, sie versanken!
Wär' ich ein Gott der Macht gewesen, lieber
Hätt' ich die See versenket in den Grund,
Eh' sie das gute Schiff verschlingen dürfen
Samt allen Seelen drinnen.
PROSPERO. Fasse dich!
Nichts mehr von Schreck! Sag deinem weichen Herzen:
Kein Leid geschah.
MIRANDA. O Tag des Wehs!
PROSPERO. Kein Leid.

Ich tat nichts als aus Sorge nur für dich,
Für dich, mein Teuerstes, dich, meine Tochter,
Die unbekannt ist mit sich selbst, nicht wissend,
Woher ich bin, und daß ich viel was Höhers
Als Prospero, Herr einer armen Zelle,
Und dein nicht größrer Vater.

MIRANDA. Mehr zu wissen,
Geriet mir niemals in den Sinn.

PROSPERO. 's ist Zeit,
Dir mehr zu offenbaren. Leih' die Hand
Und nimm den Zaubermantel von mir!

Er legt den Mantel nieder.

So!
Da lieg' nun, meine Kunst! Du, trockne dir
Die Augen; sei getrost! Das grause Schauspiel
Des Schiffbruchs, so des Mitleids ganze Kraft
In dir erregt, hab' ich mit solcher Vorsicht
Durch meine Kunst so sicher angeordnet,
Daß keine Seele – nein, kein Haar gekrümmt
Ist irgendeiner Kreatur im Schiff,
Die schrein du hörtest, die du sinken sahst.
Setz' dich! Du mußt nun mehr erfahren.

MIRANDA. Öfter
Begannt Ihr mir zu sagen, wer ich bin.
Doch bracht Ihr ab, ließt mich vergebnem Forschen
Und schlosset: Wart'! Noch nicht!

PROSPERO. Die Stund' ist da,
Ja die Minute fodert dein Gehör.
Gehorch' und merke! Kannst du dich einer Zeit
Erinnern, eh' zu dieser Zell' wir kamen?
Kaum glaub' ich, daß du's kannst: denn damals warst du
Noch nicht drei Jahr alt.

MIRANDA. Allerdings, ich kann's.

PROSPERO.
Woran? An andern Häusern, andern Menschen?
Sag mir das Bild von irgendeinem Ding,
Das dir im Sinn geblieben.

MIRANDA. 's ist weit weg,
Und eher wie ein Traum als wie Gewißheit,
Die mein Gedächtnis aussagt. Hatt' ich nicht
Vier bis fünf Frauen einst zu meiner Wartung?

PROSPERO.
Die hatt'st du – mehr, Miranda: doch wie kömmt's,
Daß dies im Geist dir lebt? Was siehst du sonst
Im dunkeln Hintergrund und Schoß der Zeit?
Besinnst du dich auf etwas, eh' du herkamst,
So kannst du, wie du kamst.

MIRANDA. Das tu' ich aber nicht.

PROSPERO.
Zwölf Jahr, Miranda, sind es her, zwölf Jahre,
Da war dein Vater Mailands Herzog, und
Ein mächt'ger Fürst.

MIRANDA. Seid Ihr denn nicht mein Vater?

PROSPERO. Ein Tugendbild war deine Mutter, und
Sie gab dich mir als Tochter, und dein Vater
War Mailands Herzog; seine einz'ge Erbin
Prinzessin, nichts Geringers.

MIRANDA. Lieber Himmel!
Welch böser Streich, daß wir von dannen mußten.
Wie? Oder war's zum Glücke?

PROSPERO. Beides, Liebe:
Ein böser Streich verdrängt' uns, wie du sagst,
Doch unser gutes Glück half uns hieher.

MIRANDA.
Oh, wie das Herz mir blutet, wenn ich denke,
Wie viel Beschwer ich damals Euch gemacht,
Wovon ich nichts mehr weiß! Beliebt's Euch, weiter?

PROSPERO.
Mein Bruder und dein Oheim – er hieß Antonio –
Ich bitte dich, gib Achtung! – daß ein Bruder
So treulos sein kann! – er, den ich nächst dir
Vor aller Welt geliebt und ihm die Führung
Des Landes anvertraut, das zu der Zeit
Die Krone aller Herzogtümer war,
Wie Prospero der Fürsten; dafür galt er
Der Würde nach und in den freien Künsten
Ganz ohnegleichen. Dieser nur beflissen,
Warf ich das Regiment auf meinen Bruder
Und wurde meinem Lande fremd, verzückt
Und hingerissen in geheimes Forschen.
Dein falscher Oheim – aber merkst du auf?

MIRANDA. Mein Vater, sehr genau.

PROSPERO. Sobald er ausgelernt, wie man Gesuche
Gewährt, wie abschlägt; wen man muß erhöhn,
Und wen als üpp'gen Schößling fällen: schuf er
Geschöpfe neu, die mir gehörten; tauschte,
Versteh' mich, oder formte neu sie. So
Hatt' er der Diener und des Dienstes Schlüssel
Und stimmte jedes Herz im Staat zur Weise,
Die seinem Ohr gefiel; war nun das Efeu,
Das meinen herzoglichen Stamm versteckt,
Das Grün mir ausgesogen. – Doch du hörst nicht.

MIRANDA. O lieber Herr, ich tu's.

PROSPERO. Ich bitte dich, gib Achtung!
Daß nun ich so mein zeitlich Teil versäumte,
Der Still' ergeben, mein Gemüt zu bessern
Bemüht mit dem, was, wär's nicht so geheim,
Des Volkes Schätzung überstieg', – dies weckte
In meinem falschen Bruder bösen Trieb.
Mein Zutraun, wie ein guter Vater, zeugte
Verrat von ihm, so groß im Gegenteil
Als mein Vertraun, das keine Grenzen hatte;
Ein ungemeßner Glaube. Er, nun Herr
Nicht nur von dem, was meine Renten trugen,
Auch allem sonst, was meiner Macht gebührte –
Wie einer, bis zur Wahrheit, durchs Erzählen
Zu solchem Sünder sein Gedächtnis macht,
Daß es der eignen Lüge traut – er glaubte,
Er sei der Herzog selbst, durch seine Stellvertretung
Und freies Walten mit der Hoheit äußerm Schein
Samt jedem Vorrecht; dadurch wuchs sein Ehrgeiz –
Hörst du?

MIRANDA.
Herr, die Geschichte könnte Taubheit heilen.

PROSPERO.
Um keine Scheid'wand zwischen dieser Rolle
Und dem zu sehn, für welchen er sie spielte,
Nimmt er sich vor, der unumschränkte Mailand
Durchaus zu sein. Mich armen Mann – mein Büchersaal

War Herzogtums genug –, für weltlich Regiment
Hält er mich ungeschickt; verbündet sich
(So lechzt' er nach Gewalt) mit Napels König,
Tribut zu zahlen, Huldigung zu tun,
Den Fürstenhut der Krone zu verpflichten,
Sein freies Herzogtum – ach, armes Mailand! –
Zu schnödem Dienst zu beugen.

MIRANDA. Guter Himmel!

PROSPERO.
Hör', was er sich bedungen, und den Ausgang:
Dann sag mir, ob das wohl ein Bruder war.

MIRANDA.
Ich sündigte, wenn ich von Eurer Mutter
Nicht würdig dächte: mancher edle Schoß
Trug schlechte Söhne schon.

PROSPERO. Nun die Bedingung.
Der König Napels, mein geschworner Feind,
Horcht dem Gesuche meines Bruders: nämlich
Er sollte, gegen die versprochnen Punkte
Von Lehnspflicht, und ich weiß nicht wie viel Zins,
Mich und die Meinen gleich vom Herzogtum
Austilgen und zu Lehn das schöne Mailand
Samt allen Würden meinem Bruder geben.
Drauf, als man ein Verräterheer geworben,
In einer Nacht, erkoren zu der Tat,
Schloß nun Antonio Mailands Tore auf,
Und in der mitternächt'gen Stille rissen
Die Diener seines Anschlags uns hinweg,
Mich und dich weinend Kind.

MIRANDA. Ach, welch ein Jammer!
Ich, die vergessen, wie ich damals weinte,
Bewein' es jetzt aufs neu'; es ist ein Wink,
Der Tränen mir erpreßt.

PROSPERO. Hör' noch ein wenig,
Dann bring' ich dich auf das Geschäft, das jetzt
Uns vorliegt, ohne welches die Geschichte
Sehr unnütz wär'.

MIRANDA. Warum nicht brachten sie
Zur Stund' uns um?

PROSPERO. Ja, Mädchen, gut gefragt!
Das Vor'ge heischt den Zweifel. Kind, sie wagten's nicht
(So treue Liebe trug das Volk zu mir),
Der Tat solch blutig Siegel aufzudrücken,
Und schminkten schöner den verruchten Zweck.
Sie rissen uns an eines Schiffleins Bord,
Dann ein paar Meilen seewärts; nahmen dort
Ein faul Geripp' von Boot, ganz abgetakelt,
Kein Mast noch Segel; selbst die Ratzen hatten's
Aus Furcht geräumt: da laden sie uns aus,
Zu weinen ins Gebrüll der See, zu seufzen
Den Winden, deren Mitleid, wieder seufzend,
Nur liebend weh uns tat.

MIRANDA. Ach, welche Not
Macht' ich Euch damals!

PROSPERO. Oh, ein Cherubim
Warst du, der mich erhielt! Du lächeltest,
Beseelt mit Unerschrockenheit vom Himmel,
Wann ich, die See mit salzen Tropfen füllend,
Ächzt' unter meiner Last; und das verlieh
Mir widersteh'nde Kraft, um auszuhalten,
Was auch mir widerführ'.

MIRANDA. Wie kamen wir an Land?

PROSPERO. Durch Gottes Lenkung.
Wir hatten etwas Speis' und frisches Wasser,
Das uns ein edler Neapolitaner,
Gonzalo, zum Vollbringer dieses Plans
Ernannt, aus Mitleid gab, nebst reichen Kleidern,
Auch Leinwand, Zeug und allerlei Gerät,
Das viel seitdem genützt: so, aus Leutseligkeit,
Da ihm bekannt, ich liebe meine Bücher,
Gab er mir Bänd' aus meinem Büchersaal,
Mehr wert mir als mein Herzogtum.

MIRANDA. O könnt' ich
Den Mann je sehen!

PROSPERO. Jetzt erheb' ich mich.
Bleib' still und hör' das Ende unsrer Seenot:
Zu diesem Eiland kamen wir, und hier
Hab' ich, dein Meister, weiter dich gebracht,
Als andre Fürsten können, bei mehr Muße
Zu eitler Lust und minder treuen Lehrern.

MIRANDA.
Der Himmel lohn' Euch das! Und nun, ich bitt' Euch
(Denn stets noch tobt mir's im Gemüt): Warum
Erregtet Ihr den Sturm?

PROSPERO. So viel noch wisse:
Durch seltne Schickung hat das güt'ge Glück,
Jetzt meine werte Herrin, meine Feinde
An diesen Strand gebracht; mir zeigt die Kunde
Der Zukunft an, es hänge mein Zenit
An einem günst'gen Stern: versäum' ich's jetzt
Und buhl' um dessen Einfluß nicht, so richtet
Mein Glück sich nie mehr auf. – Hier laß dein Fragen.
Dich schläfert: diese Müdigkeit ist gut,
Und gib ihr nach! – Ich weiß, du kannst nicht anders.

Miranda schläft.

Herbei, mein Diener! Komm! Ich bin bereit.
Nah' dich, mein Ariel! Komm!

Ariel kommt.

ARIEL. Heil, großer Meister! Heil dir, weiser Herr!
Ich komme, deinen Winken zu begegnen.
Sei's Fliegen, Schwimmen, in das Feuer tauchen,
Auf krausen Wolken fahren: schalte nur
Durch dein gewaltig Wort mit Ariel
Und allen seinen Kräften.

PROSPERO. Hast du, Geist,
Genau den Sturm vollbracht, den ich dir auftrug?

ARIEL. In jedem Punkt. Ich enterte das Schiff
Des Königs; jetzt am Schnabel, jetzt im Bauch,
Auf dem Verdeck, in jeglicher Kajüte
Flammt' ich Entsetzen; bald zerteilt' ich mich
Und brannt' an vielen Stellen; auf dem Mast,
An Stang' und Bugspriet flammt' ich abgesondert,
Floß dann in eins. Zeus' Blitze, die Verkünder
Des schreckbar'n Donnerschlags, sind schneller nicht
Und Blick-entrinnender; das Feu'r, die Stöße
Von schweflichtem Gekrach, sie stürmten, schien's,
Auf den gewaltigen Neptun und machten

Erbeben seine kühnen Wogen, ja
Den furchtbar'n Dreizack wanken.
PROSPERO. Mein wackrer Geist! –
Wer war so fest, so standhaft, dem der Aufruhr
Nicht die Vernunft verwirrte?
ARIEL. Keine Seele,
Die nicht ein Fieber gleich den Tollen fühlte
Und Streiche der Verzweiflung übte. Alle,
Bis auf das Seevolk, sprangen in die schäum'ge Flut
Und flohn das Schiff, jetzt eine Glut durch mich.
Der Sohn des Königs, Ferdinand, sein Haar
Emporgesträubt wie Binsen, nicht wie Haar,
Sprang vor den andern, schrie: »Die Höll' ist ledig,
Und alle Teufel hier!«
PROSPERO. Ei, lieber Geist!
Dies war doch nah beim Strand?
ARIEL. Ganz dicht, mein Meister!
PROSPERO. Sie sind doch unversehrt?
ARIEL. Kein Haar gekrümmt,
Kein Fleck an den sie tragenden Gewändern,
Die frischer wie zuvor. Wie du mich hießest,
Zerstreut' ich sie in Rotten auf der Insel.
Den Sohn des Königs landet' ich für sich
Und ließ ihn dort, die Luft mit Seufzern kühlend:
In einem öden Winkel sitzt er, schlingt
Betrübt die Arme so.
PROSPERO. Was machtest du,
Sag, mit dem Schiff des Königs, den Matrosen,
Der Flotte ganzem Rest?
ARIEL. Still liegt im Hafen
Des Königs Schiff in tiefer Bucht, allwo
Du einst um Mitternacht mich aufriefst, Tau
Zu holen von den stürmischen Bermudas;
Das Seevolk sämtlich in den Raum gepackt,
Wo ich durch Zauber nebst bestand'ner Müh'
Sie schlafend ließ; der Rest der Flotte endlich,
Den ich zerstreut, hat wieder sich vereint
Und kehrt nun auf der Mittelländ'schen Welle
Voll Trauer heim nach Napel,
Der Meinung, daß sie scheitern sahn das Schiff
Des Königs und sein hohes Haupt versinken.
PROSPERO. Dein Auftrag, Ariel. ist genau erfüllt,
Doch gibt's noch mehr zu tun. Was ist's am Tage?
ARIEL. Schon über Mittagszeit.
PROSPERO. Zwei Stundengläser
Aufs wenigste. Die Zeit von hier bis sechs
Bedürfen wir zum kostbarsten Gebrauch.
ARIEL. Mehr Arbeit noch? Da du mir Mühe gibst,
So laß mich dich an dein Versprechen mahnen,
Das mir noch nicht erfüllt ist.
PROSPERO. Seht mir! Mürrisch?
Was kannst du denn verlangen?
ARIEL. Meine Freiheit.
PROSPERO. Eh' deine Zeit noch um? Kein Wort!
ARIEL. O bitte!
Bedenk', ich hab' dir braven Dienst getan;
Ich log dir nie was vor, versah dir nichts,
Und murrt' und schmollte niemals. Du versprachst mir
Ein volles Jahr Erlaß.
PROSPERO. Vergißt du denn,
Von welcher Qual ich dich befreite?
ARIEL. Nein.
PROSPERO.
Ja doch, und achtest groß es, zu betreten
Der salzen Tiefe Schlamm,
Zu rennen auf des Nordens scharfem Wind,
Mein Werk zu schaffen in der Erde Adern,
Wann sie von Froste starrt.
ARIEL. Fürwahr nicht, Herr.
PROSPERO. Du lügst, boshaftes Ding! Vergaßest du
Die Hexe Sycorax, die Neid und Alter
Gekrümmt in einen Reif? Vergaßt du sie?
ARIEL. Nein, Herr.
PROSPERO. Ja, sag' ich. Sprich, wo war sie her?
ARIEL. Aus Algier, Herr.
PROSPERO. Ha, so? Ich muß dir einmal
In jedem Mond vorhalten, was du bist;
Denn du vergißt es. Die verruchte Hexe,
Die Sycorax, ward für unzähl'ge Frevel
Und Zauberei'n, wovor ein menschlich Ohr
Erschrecken muß, von Algier, wie du weißt,
Verbannt; um eines willen, das sie tat,
Verschonten sie ihr Leben. Ist's nicht wahr?
ARIEL. Ja, Herr.
PROSPERO.
Die Unholdin ward schwanger hergebracht.
Hier ließen sie die Schiffer. Du, mein Sklav'
(So sagst du selbst aus), warst ihr Diener damals.
Allein da du, ein allzuzarter Geist,
Ihr schnödes fleischliches Geheiß zu tun,
Dich ihrem großen Werk entzogst, verschloß sie
Mit ihrer stärkern Diener Hülfe dich,
In ihrer höchsten unbezähmbar'n Wut,
In einer Fichte Spalt; ein Dutzend Jahre
Hielt diese Kluft dich peinlich eingeklemmt.
Sie starb in dieser Zeit und ließ dich da,
Wo du Gestöhn ausstießest, unablässig,
Wie Mühlenräder klappern. Damals zierte
(Bis auf ein scheckig Wechselbalg, den Sohn,
Den sie hier warf) noch menschliche Gestalt
Dies Eiland nicht.
ARIEL. Ja, Caliban, ihr Sohn.
PROSPERO. So sag' ich, dummes Ding! Der Caliban,
Der jetzt mir dienstbar ist. Du weißt am besten,
In welcher Marter ich dich fand. Dein Ächzen
Durchdrang der nie gezähmten Bären Brust
Und machte Wölfe heulen; eine Marter
War's für Verdammte, welche Sycorax
Nicht wieder lösen konnte: meine Kunst,
Als ich hieher kam und dich hörte, hieß
Die Fichte gähnen und heraus dich lassen.
ARIEL. Ich dank' dir, Meister.
PROSPERO. Wenn du mehr noch murrst,
So will ich einen Eichbaum spalten und
Dich in sein knot'ges Eingeweide keilen,
Bis du zwölf Winter durchgeheult.
ARIEL. Verzeih'!
Ich will mich ja Befehlen fügen, Herr,
Und ferner zierlich spüken.
PROSPERO. Tu' das, und in zwei Tagen
Entlass' ich dich.

ARIEL. Das sprach mein edler Meister.
Was soll ich tun? O sag, was soll ich tun?
PROSPERO.
Geh, werde gleich 'ner Nymphe! Dich erkenne
Nur mein und dein Gesicht: sei unsichtbar
Für jedes Auge sonst. Nimm diese Bildung
Und komm darin zurück. Geh! Fort! mit Eile!
Ariel ab.
Erwach', mein Herz! Erwach'! Hast wohl geschlafen:
Erwach'!
MIRANDA. Das Wunderbare der Geschichte
Befing mit Schlaf mich.
PROSPERO. Schüttl' ihn ab! Komm, laß uns
Zu Caliban, dem Sklaven, gehn, der nie
Uns freundlich Antwort gibt.
MIRANDA. Er ist ein Bösewicht,
Den ich nicht ansehn mag.
PROSPERO. Doch, wie's nun steht,
Ist er uns nötig; denn er macht uns Feuer,
Holt unser Holz, verrichtet mancherlei,
Das Nutzen schafft. He, Sklave! Caliban!
Du Erdkloß, sprich!
CALIBAN *drinnen.*
's ist Holz genug im Hause.
PROSPERO.
Heraus! sag' ich: es gibt noch andre Arbeit.
Schildkröte, komm! Wann wird's?
Ariel kommt zurück in Gestalt einer Wassernymphe.
Ach, schönes Luftbild! Schmucker Ariel,
Hör' insgeheim!
ARIEL. Mein Fürst, es soll geschehen.
Ab.
PROSPERO.
Du gift'ger Sklav', gezeugt vom Teufel selbst
Mit deiner bösen Mutter! Komm heraus!
Caliban kommt.
CALIBAN. So böser Tau, als meine Mutter je
Von faulem Moor mit Rabenfedern strich,
Fall' auf euch zwei! Ein Südwest blas' euch an
Und deck' euch ganz mit Schwären!
PROSPERO.
Dafür, verlaß dich drauf, sollst du zu Nacht
In Krämpfen liegen, Seitenstiche haben,
Die dir den Odem hemmen; Igel sollen
Die Nachtzeit durch, wo sie sich rühren dürfen,
An dir sich üben; zwicken soll dich's dicht
Wie Honigzellen, jeder Zwick mehr stechen
Als Bienen, die sie baun.
CALIBAN. Ich muß zu Mittag essen. Dieses Eiland
Ist mein, von meiner Mutter Sycorax,
Das du mir wegnimmst. Wie du erstlich kamst,
Da streicheltest du mich und hielt'st auf mich,
Gabst Wasser mir mit Beeren drein und lehrtest
Das große Licht mich nennen und das kleine,
Die brennen tags und nachts; da liebt' ich dich
Und wies dir jede Eigenschaft der Insel:
Salzbrunnen, Quellen, fruchtbar Land und dürres.
Fluch, daß ich's tat, mir! Alle Zauberei
Der Sycorax, Molch, Schröter, Fledermaus
befall' Euch!
Denn ich bin, was Ihr habt an Untertanen,
Mein eigner König sonst; und stallt mich hier
In diesen harten Fels, derweil Ihr mir
Den Rest des Eilands wehrt.
PROSPERO. Du lügnerischer Sklav',
Der Schläge fühlt, nicht Güte! Ich verpflegte,
Kot wie du bist, dich menschlich; nahm dich auf
In meiner Zell', bis du versucht zu schänden
Die Ehre meines Kindes.
CALIBAN.
Ho, ho! Ich wollt', es wär' geschehn. Du kamst
Mir nur zuvor, ich hätte sonst die Insel
Mit Calibans bevölkert.
PROSPERO. Schnöder Sklav',
In welchem keine Spur des Guten haftet,
Zu allem Bösen fähig! Ich erbarmte
Mich deiner, gab mir Müh', zum Sprechen dich
Zu bringen, lehrte jede Stunde dir
Dies oder jenes. Da du, Wilder, selbst
Nicht wußtest, was du wolltest, sondern nur
Höchst viehisch kollertest, versah ich dich
Mit Worten, deine Meinung kund zu tun.
Doch deiner niedern Art, obwohl du lerntest,
Hing etwas an, das edlere Naturen
Nicht um sich leiden konnten: darum wardst du
Verdienterweis' in diesen Fels gesperrt,
Der du noch mehr verdient als ein Gefängnis.
CALIBAN. Ihr lehrtet Sprache mir, und mein Gewinn
Ist, daß ich weiß zu fluchen. Hol' die Pest Euch
Fürs Lehren Eurer Sprache!
PROSPERO. Fort, Hexenbrut!
Schaff Holz her, und sei hurtig, rat' ich dir,
Um andres noch zu leisten! Zuckst du, Unhold?
Wenn du versäumest oder ungern tust,
Was ich befehle, foltr' ich dich mit Gichtern,
Füll' dein Gebein mit Schmerzen, mach' dich brüllen,
Daß Bestien zittern vor dem Lärm.
CALIBAN. Nein, bitte!
Beiseit.
Ich muß gehorchen; seine Kunst bezwänge
Wohl meiner Mutter Gott, den Setebos,
Und macht' ihn zum Vasallen.
PROSPERO. Fort denn, Sklav'!
Caliban ab.
Ariel kommt unsichtbar, spielend und singend. Ferdinand folgt ihm.
Ariels Lied
ARIEL.
Kommt auf diesen gelben Strand!
Fügt Hand in Hand!
Wann ihr euch geküßt, verneigt
(Die See nun schweigt):
Hier und dort behende springt,
Und den Chor, ihr Geister, singt!
Horch! Horch!
ZERSTREUTE STIMMEN.
Wau! Wau!
Es bellt der Hund:
ZERSTREUTE STIMMEN.
Wau! Wau!
Horch! Horch!
Der Hahn tut seine Wache kund,

Er kräht: Kikiriki!

FERDINAND.
Wo ist wohl die Musik? In der Luft? Auf Erden? –
Sie spielt nicht mehr: – sie dienet einem Gott
Der Insel sicherlich. Ich saß am Strand
Und weint' aufs neu' den König, meinen Vater:
Da schlich sie zu mir über die Gewässer
Und lindert' ihre Wut und meinen Schmerz
Mit süßer Melodie; dann folgt' ich ihr,
Sie zog vielmehr mich nach. Nun ist sie fort;
Da hebt sie wieder an.

ARIEL *singt.*
Fünf Faden tief liegt Vater dein:
Sein Gebein wird zu Korallen;
Perlen sind die Augen sein:
Nichts an ihm, das soll verfallen,
Das nicht wandelt Meereshut
In ein reich und seltnes Gut.
Nymphen läuten stündlich ihm,
Da horch! ihr Glöcklein – Bim! Bim!
Bim!

CHOR. Bim! Bim! Bim!

FERDINAND.
Das Liedlein spricht von meinem toten Vater.
Dies ist kein sterblich Tun; der Ton gehört
Der Erde nicht: jetzt hör' ich droben ihn.

PROSPERO.
Zieh' deiner Augen Fransenvorhang auf
Und sag, was siehst du dort?

MIRANDA. Was ist's? Ein Geist?
O Himmel, wie's umherschaut! Glaubt mir, Vater,
's ist herrlich von Gestalt; doch ist's ein Geist.

PROSPERO.
Nein, Kind, es ißt und trinkt, hat solche Sinne
Wie wir ganz so. Der Knabe, den du siehst,
War bei dem Schiffbruch, und entstellt' ihn Gram,
Der Schönheit Wurm, nicht, nenntest du mit Recht
Ihn wohlgebildet. Er verlor die Freunde
Und schweift umher nach ihnen.

MIRANDA. Nennen möcht' ich
Ein göttlich Ding ihn: nichts Natürliches
Sah ich so edel je.

PROSPERO *beiseit.*
Ich seh', es geht
Nach Herzenswunsch. Geist! lieber Geist! Dafür
Wirst in zwei Tagen frei.

FERDINAND. Gewiß die Göttin,
Der die Musik dient. – Gönnet meinem Wunsch
Zu wissen, ob Ihr wohnt auf dieser Insel;
Wollt Anleitung mir geben, wie ich hier
Mich muß betragen; meiner Bitten erste,
Zuletzt gesagt, ist diese: schönes Wunder,
Seid Ihr ein Mädchen oder nicht?

MIRANDA. Kein Wunder,
Doch sicherlich ein Mädchen.

FERDINAND. Meine Sprache! Himmel!
Ich bin der Höchste derer, die sie reden,
Wär' ich, wo man sie spricht.

PROSPERO. Der Höchste? Wie?
Was wärst du, hörte dich der König Napels?

FERDINAND. Ein Wesen, wie ich jetzo bin, erstaunt,
Daß du von Napel redest. Er vernimmt mich;
Ich weine, daß er's tut; ich selbst bin Napel
Und sah mit meinen Augen, ohne Ebbe
Seitdem, den König, meinen Vater, sinken.

MIRANDA. O welch ein Jammer!

FERDINAND.
Ja glaubt es mir, samt allen seinen Edlen,
Der Herzog Mailands und sein guter Sohn
Auch unter dieser Zahl.

PROSPERO. Der Herzog Mailands
Und seine beßre Tochter könnten leicht
Dich wider legen, wär' es an der Zeit. –
Beiseit.
Beim ersten Anblick tauschten sie die Augen.
Mein zarter Ariel, für diesen Dienst
Entlass' ich dich. – Ein Wort, mein Herr! Ich fürchte,
Ihr habt Euch selbst zu nah getan: ein Wort!

MIRANDA.
Was spricht mein Vater nur so rauh! Dies ist
Der dritte Mann, den ich gesehn; der erste,
Um den ich seufzte. Neig' auf meine Seite
Den Vater Mitleid doch!

FERDINAND. Oh, wenn ein Mädchen,
Und Eure Neigung frei noch, mach' ich Euch
Zur Königin von Napel.

PROSPERO. Sanft, Herr ! Noch ein Wort! –
Beiseit.
Eins ist des andern ganz: den schnellen Handel
Muß ich erschweren, daß nicht leichter Sieg
Den Preis verringre. – Noch ein Wort! Ich sag' dir,
Begleite mich! Du maßest einen Namen
Dir an, der dein nicht ist; und hast die Insel
Betreten als Spion, mir, ihrem Herrn,
Sie zu entwenden.

FERDINAND. Nein, bei meiner Ehre!

MIRANDA.
Nichts Böses kann in solchem Tempel wohnen.
Hat ein so schönes Haus der böse Geist,
So werden gute Wesen neben ihm
Zu wohnen trachten.

PROSPERO. Folge mir! – Du, sprich
Nicht mehr für ihn, 's ist ein Verräter. – Komm,
Ich will dir Hals und Fuß zusammen schließen;
Seewasser soll dein Trank sein, deine Nahrung
Bachmuscheln, welke Wurzeln, Hülsen, die
Der Eichel Wiege sind. Komm, folge!

FERDINAND. Nein!
Ich widerstehe der Begegnung, bis
Mein Feind mich übermannt.
Er zieht.

MIRANDA. O lieber Vater,
Versucht ihn nicht zu rasch! Er ist ja sanft
Und nicht gefährlich.

PROSPERO. Seht doch! will das Ei
Die Henne meistern? Weg dein Schwert, Verräter!
Du drohst, doch wagst du keinen Streich, weil
Schuld
Dir das Gewissen drückt. Steh nicht zur Wehr!
Ich kann dich hier mit diesem Stab entwaffnen,
Daß dir das Schwert entsinkt.

MIRANDA. Ich bitt' Euch, Vater!

PROSPERO. Fort! Häng' dich nicht an meinen Rock!
MIRANDA. Habt Mitleid!
Ich sage gut für ihn.
PROSPERO. Schweig'! Noch ein Wort,
Und schelten müßt' ich dich, ja hassen. Was?
Wortführerin für den Betrüger? Still!
Du denkst, sonst gäb' es der Gestalten keine,
Weil du nur ihn und Caliban gesehn.
Du töricht Mädchen! Mit den meisten Männern
Verglichen, ist er nur ein Caliban,
Sie Engel gegen ihn.
MIRANDA. So hat in Demut
Mein Herz gewählt; ich hege keinen Ehrgeiz,
Einen schönern Mann zu sehn.
PROSPERO *zu Ferdinand.*
Komm mit! Gehorch'!
Denn deine Sehnen sind im Stand der Kindheit
Und haben keine Kraft.
FERDINAND. Das sind sie auch:
Die Lebensgeister sind mir wie im Traum
Gefesselt. Meines Vaters Tod, die Schwäche,
So ich empfinde, aller meiner Freunde
Verderben, oder dieses Mannes Drohn,
In dessen Hand ich bin, ertrüg' ich leicht,
Dürft' ich nur einmal tags aus meinem Kerker
Dies Mädchen sehn! Mag Freiheit alle Winkel
Der Erde sonst gebrauchen: Raum genug
Hab' ich in solchem Kerker.
PROSPERO. Es wirkt. – Komm mit!
Zu Ariel.
Das hast du gut gemacht, mein Ariel! –
Folgt mir!
Zu Ferdinand und Miranda.
Zu Ariel.
Vernimm, was sonst zu tun ist!
Spricht heimlich mit ihm.
MIRANDA. Seid getrost!
Mein Vater, Herr, ist besserer Natur,
Als seine Red' ihn zeigt; was er jetzt tat,
Ist ungewohnt von ihm.
PROSPERO. Frei sollst du sein.
Wie Wind' auf Bergen: tu' nur Wort für Wort,
Was ich dir aufgetragen!
ARIEL. Jede Silbe.
PROSPERO.
Kommt, folgt mir! – Sprich du nicht für ihn!
Alle ab.

Zweiter Aufzug

Erste Szene

Eine andre Gegend der Insel.
Alonso, Sebastian, Antonio, Gonzalo, Adrian, Francisco und andre treten auf.

GONZALO.
Ich bitt' Euch, Herr, seid fröhlich: Ihr habt Grund
Zur Freude, wie wir alle. Unsre Rettung
Ist mehr als der Verlust; denn unser Fug
Zur Klage ist gemein: an jedem Tage
Hat ein Matrosenweib, der Schiffspatron
Von einem Kaufmann, und der Kaufmann selbst
Zu gleicher Klage Stoff; allein das Wunder,
Ich meine unsre Rettung, aus Millionen
Geschah's nur uns. Drum, lieber Herr, wägt weislich
Leid gegen Trost.
ALONSO. Ich bitte dich, sei still!
SEBASTIAN. Der Trost geht ihm ein wie kalte Suppe.
ANTONIO. Der Krankenbesucher läßt ihn so noch nicht fahren.
SEBASTIAN. Seht, jetzt windet er die Uhr seines Witzes auf; gleich wird sie schlagen.
GONZALO. Herr –
SEBASTIAN. Eins – zählt doch!
GONZALO.
Wenn jeder Gram gepflegt wird, der uns vorkommt,
So wird dafür dem Pfleger –
SEBASTIAN. Die Zehrung.
GONZALO. Ganz recht, denn er zehrt sich ab; Ihr habt richtiger gesprochen, als Eure Absicht war.
SEBASTIAN.
Und Ihr habt es gescheiter genommen, als ich dachte.
GONZALO. Also, gnädiger Herr –
ANTONIO. Pfui doch! Welch ein Verschwender ist er mit seiner Zunge!
ALONSO. Ich bitte dich, laß.
GONZALO. Gut, ich bin fertig, aber doch –
SEBASTIAN. Muß er reden.
ANTONIO. Was gilt die Wette, ob er oder Adrian zuerst anfangen wird zu krähen?
SEBASTIAN. Ich sage, der alte Hahn.
ANTONIO. Nein, das Hähnlein.
SEBASTIAN. Gut: was wetten wir?
ANTONIO. Ein Gelächter.
SEBASTIAN. Topp!
ADRIAN. Scheint diese Insel gleich wüst –
SEBASTIAN. Ha ha ha!
ANTONIO. Nun, Ihr habt bezahlt.
ADRIAN. Unbewohnbar und beinah' unzugänglich –
SEBASTIAN. Dennoch –
ADRIAN. Dennoch –
ANTONIO. Es konnte nicht fehlen.
ADRIAN. Muß ihr Himmelsstrich von der sanftesten und angenehmsten Milde sein.
ANTONIO. Milde ist eine angenehme Dirne.
SEBASTIAN. Ja, und sanft obendrein, wie er sehr gelahrt zu vernehmen gegeben.
ADRIAN. Die Luft haucht uns hier recht lieblich an.
SEBASTIAN. Als hätte sie 'ne Lunge, und zwar 'ne verfaulte.
ANTONIO.
Oder als wäre sie aus einem Sumpfe gewürzt.
GONZALO. Hier ist alles zum Leben Dienliche vorhanden.
ANTONIO. Richtig, ausgenommen Lebensmittel.
SEBASTIAN. Die gibt's hier wenig oder gar nicht.
GONZALO. Wie frisch und lustig das Gras aussieht! wie grün!
ANTONIO. Wirklich, der Boden ist fahl.
SEBASTIAN. Mit einer kleinen Schattierung von

Grün darin.

ANTONIO. Er trifft nicht weit vom Ziel.

SEBASTIAN.
Nein, er verfehlt das Rechte nur ganz und gar.

GONZALO. Aber die Seltenheit dabei ist – was in der Tat beinah' allen Glauben übersteigt –

SEBASTIAN. Wie manche beteuerte Seltenheiten!

GONZALO. Daß unsre Kleider, so durchweicht in der See wie sie waren, dennoch ihre Frische und ihren Glanz behalten haben; so daß sie eher neu gefärbt, als von Seewasser befleckt sind.

ANTONIO. Wenn nur eine von seinen Taschen sprechen könnte, würde sie ihn nicht Lügen strafen?

SEBASTIAN. Ja, oder seine Aussage heuchlerischer Weise einstecken.

GONZALO. Mir deucht, unsre Kleider sind jetzt so frisch, als da wir sie zuerst in Afrika, bei der Heirat der schönen Tochter des Königs, Claribella, mit dem König von Tunis, anlegten.

SEBASTIAN. Es war eine schöne Heirat, und wir haben viel Segen bei unsrer Rückreise.

ADRIAN. Tunis war noch nie vorher mit solch einem Ausbunde von einer Königin beglückt.

GONZALO. Seit den Zeiten der Witwe Dido nicht.

ANTONIO. Witwe? Hol's der Henker! Was hat die Witwe hier zu tun? Witwe Dido?

SEBASTIAN. Wie, wenn er auch Witwer Äneas gesagt hätte? Lieber Himmel, wie Ihr gleich auffahrt!

ADRIAN. Witwe Dido, sagt Ihr ? Ihr gebt mir da was zu denken: sie war ja von Karthago, nicht von Tunis.

GONZALO. Dies Tunis, Herr, war Karthago.

ADRIAN. Karthago?

GONZALO. Ich versichre Euch, Karthago.

ANTONIO. Sein Wort vermag mehr als die wundertätige Harfe.

SEBASTIAN. Er hat die Mauer aufgebaut und Häuser dazu.

ANTONIO. Welch eine Unmöglichkeit wird er zunächst zustande bringen?

SEBASTIAN. Ich denke, er trägt die Insel in der Tasche nach Haus und bringt sie seinem Sohn als einen Apfel mit.

ANTONIO. Und säet die Kerne davon in die See, um mehr Inseln zu ziehn.

GONZALO. Wie?

ANTONIO. Nun, weiter nichts.

GONZALO. Herr, wir sprachen davon, daß unsre Kleider jetzt noch so frisch aussehn, als da wir in Tunis bei der Vermählung Eurer Tochter waren, die nun Königin ist.

ANTONIO. Und zwar die herrlichste, die je dahin kam.

SEBASTIAN. Mit Erlaubnis, bis auf Witwe Dido.

ANTONIO. Oh, Witwe Dido! Ja, Witwe Dido.

GONZALO. Ist mein Wams nicht so frisch, Herr, als den ersten Tag, da ich es trug? Ich will sagen, auf gewisse Weise.

ANTONIO.
Die Weise hat er zu rechter Zeit aufgefischt.

GONZALO.
Da ich es bei der Vermählung Eurer Tochter trug?

ALONSO.
Ihr stopft mir diese Wort' ins Ohr, ganz wider
Die Neigung meines Sinns. Hätt' ich doch nie
Die Tochter dort vermählt! Denn auf der Heimkehr
Verlor ich meinen Sohn; in meinen Augen
Auch sie, die so entfernt ist, daß ich nie
Sie werde wieder sehn. O du, mein Erbe
Von Napel und von Mailand, welcher Meerfisch
Hat dich verschlungen?

FRANCISCO. Herr, er lebt vielleicht.
Ich sah ihn unter sich die Wellen schlagen,
Auf ihrem Rücken reiten; er beschritt
Das Wasser, dessen Anfall von sich schleudernd,
Und bot die Brust der hochgeschwoll'nen Woge,
Die ihm entgegen kam. Das kühne Haupt
Hielt aus den streitbar'n Fluten er empor
Und ruderte sich selbst mit wackern Armen
In frischem Schlag ans Ufer, das zu ihm
Sich über seinen unterhöhlten Grund
Hinneigt', als wollt' es helfen: ohne Zweifel
Kam er gesund ans Land.

ALONSO. Nein, er ist hin.

SEBASTIAN.
Herr, dankt Euch selber nur für den Verlust:
Ihr gönntet nicht Europa Eure Tochter,
Verlort sie an den Afrikaner lieber,
Wo sie verbannt doch lebt von Eurem Auge,
Das diesen Gram zu netzen Ursach' hat.

ALONSO. O still doch!

SEBASTIAN. Wir alle knieten und bestürmten Euch
Vielfältig, und die holde Seele selbst
Wog, zwischen Abscheu und Gehorsam, wo
Die Schale sinken sollte. Euern Sohn
Verloren wir für immer, wie ich fürchte.
Mailand und Napel hat der Witwen mehr,
Die dieser Handel machte, als wir Männer,
Um sie zu trösten, bringen; und die Schuld
Ist Euer.

ALONSO. Auch das Schwerste des Verlustes.

GONZALO. Mein Prinz Sebastian,
Der Wahrheit, die Ihr sagt, fehlt etwas Milde
Und die gelegne Zeit: Ihr reibt den Schaden,
Statt Pflaster aufzulegen.

SEBASTIAN. Gut gesagt!

ANTONIO. Und sehr feldscherermäßig.

GONZALO. Es ist schlecht Wetter bei uns allen, Herr,
Wenn Ihr betrübt seid.

SEBASTIAN. Schlecht Wetter?

ANTONIO. Sehr schlecht.

GONZALO.
Hätt' ich, mein Fürst, die Pflanzung dieser Insel –

ANTONIO. Er säte Nesseln drauf.

SEBASTIAN. Oder Kletten, oder Malven.

GONZALO. Und wäre König hier: was würd' ich tun?

SEBASTIAN.
Dem Trunk entgehn, weil er keinen Wein hätte.

GONZALO. Ich wirkte im gemeinen Wesen alles
Durchs Gegenteil; denn keine Art von Handel
Erlaubt' ich, keinen Namen eines Amts;
Gelahrtheit sollte man nicht kennen; Reichtum,
Dienst, Armut gäb's nicht; von Vertrag und

Erbschaft,
Verzäunung, Landmark, Feld- und Weinbau nichts;
Auch kein Gebrauch von Korn, Wein, Öl, Metall,
Kein Handwerk; alle Männer müßig, alle;
Die Weiber auch, doch völlig rein und schuldlos;
Kein Regiment –

SEBASTIAN. Und doch wollte er König sein!

ANTONIO. Das Ende seines gemeinen Wesens vergißt den Anfang.

GONZALO. In der gemeinsamen Natur sollt' alles
Frucht bringen ohne Müh' und Schweiß; Verrat,
Betrug,
Schwert, Speer, Geschütz, Notwendigkeit der
Waffen
Gäb's nicht bei mir; es schaffte die Natur
Von freien Stücken alle Hüll' und Fülle,
Mein schuldlos Volk zu nähren.

SEBASTIAN.
Keine Heiraten zwischen seinen Untertanen?

ANTONIO. Nichts dergleichen, Freund: alle los und ledig, Huren und Taugenichtse.

GONZALO. So ungemein wollt' ich regieren, Herr,
Daß es die goldne Zeit verdunkeln sollte.

SEBASTIAN. Gott erhalte Seine Majestät!

ANTONIO. Lang' lebe Gonzalo!

GONZALO. Und, – Ihr versteht mich, Herr?

ALONSO. Ich bitt' dich, schweig'! Du sprichst von Nichts zu mir.

GONZALO. Das glaube ich Eurer Hoheit gern; und ich tat es, um diesen Herrn Gelegenheit zu machen, die so reizbare, bewegliche Lungen haben, daß sie immer über nichts zu lachen pflegen.

ANTONIO. Wir lachten über Euch.

GONZALO. Der ich in dieser Art von lustigen Possen gegen Euch nichts bin; Ihr mögt daher fortfahren und ferner über nichts lachen.

ANTONIO. Was ward da für ein Streich versetzt!

SEBASTIAN. Ja, wenn er nicht flach gefallen wäre.

GONZALO. Ihr seid Kavaliere von herzhaftem Gemüt: Ihr würdet den Mond aus seiner Sphäre heben, wenn er fünf Wochen darin bleiben wollte, ohne zu wechseln.

Ariel kommt, unsichtbar, und spielt eine feierliche Melodie.

SEBASTIAN. Ja, das würden wir, und dann mit ihm ein Klopfjagen bei Nacht anstellen.

ANTONIO. Lieber Herr, seid nicht ungehalten!

GONZALO. Nein, verlaßt Euch drauf, ich werde meine Vernunft nicht so leichtsinnig dran wagen. Wollt Ihr mich in Schlaf lachen, denn ich bin sehr müde?

ANTONIO. Geht schlafen und hört uns zu!

Alle schlafen ein, außer Alonso, Sebastian und Antonio.

ALONSO.
Wie? All' im Schlaf? O schlössen meine Augen
Mit sich auch die Gedanken zu! Ich fühle,
Sie sind dazu geneigt.

SEBASTIAN. Beliebt's Euch, Herr,
Versäumet nicht die müde Einladung.
Sie naht dem Kummer selten: wann sie's tut,
So bringt sie Trost.

ANTONIO. Wir beide wollen Euch
Behüten, gnäd'ger Herr, indes Ihr ruht,
Und Wache halten.

ALONSO.
Dank Euch! Seltsam müde –

Alonso schläft ein.

Ariel ab.

SEBASTIAN.
Welch eine fremde Schläfrigkeit befällt sie?

ANTONIO. Es ist die Art des Himmelstrichs.

SEBASTIAN. Warum
Drückt sie denn unsre Augenlider nicht?
Ich fühl' in mir zum Schlafen keinen Trieb.

ANTONIO.
Auch ich nicht, meine Sinne sind ganz munter.
Sie fielen alle wie auf einen Wink,
Sie sanken, wie vom Blitz gerührt. Was könnte –
Würd'ger Sebastian? – Oh, was könnte? – Still! –
Und doch ist mir, ich säh' auf deiner Stirn,
Was du verdienst; der Anlaß ruft, und meine
Lebend'ge Einbildung sieht eine Krone
Sich senken auf dein Haupt.

SEBASTIAN. Wie? Bist du wach?

ANTONIO. Hörst du mich denn nicht reden?

SEBASTIAN. Ja, und wahrlich,
'‚s ist eine Träumersprache, und du sprichst
Aus deinem Schlaf. Was war es, das du sagtest?
Dies ist 'ne wunderbare Ruh', zu schlafen
Mit offnen Augen, stehend, sprechend, gehend,
Und doch so tief im Schlaf.

ANTONIO. Edler Sebastian,
Du läßt dein Glück entschlafen, sterben; taumelst,
Indessen du doch wachst.

SEBASTIAN. Du schnarchst verständlich;
Dein Schnarchen hat Bedeutung.

ANTONIO.
Ja, ich bin ernster, als ich pflege, Ihr
Müßt's auch sein, wenn Ihr mich begreift; und das
Verdreifacht dich.

SEBASTIAN. Wohl, ich bin steh'ndes Wasser.

ANTONIO. Ich will Euch fluten lehren.

SEBASTIAN. Tut das doch:
Denn ebben heißt mich angeerbte Trägheit.

ANTONIO.
Oh, wüßtet Ihr, wie Ihr den Anschlag hegt,
Da Ihr ihn höhnt, wie, da Ihr ihn entblößt,
Ihr mehr ihn schmückt! Denn freilich, wer da ebbt,
Muß häufig auf den Grund beinah' geraten
Durch eigne Furcht und Trägheit.

SEBASTIAN. Fahre fort,
Ich bitte dich: dein Blick und deine Wange
Verkünden etwas; die Geburt, fürwahr,
Macht große Wehen dir.

ANTONIO. So hört! Obschon
Der an Erinn'rung schwache Herr da, dieser,
Der auch nicht stärker im Gedächtnis sein wird,
Wenn er beerdigt ist, den König hier
Fast überredet hat – er ist ein Geist
Der Überredung, gibt mit nichts sich ab
Als überreden – , daß sein Sohn noch lebe:
's ist so unmöglich, daß er nicht ertrank,
Als daß der schwimme, der hier schläft.

SEBASTIAN. Ich bin
Ganz ohne Hoffnung, daß er nicht ertrank.

ANTONIO.
Aus diesem ohne Hoffnung, oh, was geht Euch
Für große Hoffnung auf! Hier ohne Hoffnung, ist
Auf andre Art so hohe Hoffnung, daß
Der Blick der Ehrsucht selbst nicht jenseits dringt
Und, was er dort entdeckt, bezweifeln muß.
Gebt Ihr mir zu, daß Ferdinand ertrunken?

SEBASTIAN. Ja, er ist hin.

ANTONIO. So sagt mir, wer ist denn
Der nächste Erbe Napels?

SEBASTIAN. Claribella.

ANTONIO. Sie, Königin von Tunis? Die am Ende
Der Welt wohnt? Die von Napel keine Zeitung
Erhalten kann, wofern die Sonne nicht
Als Bote liefe (denn zu langsam ist
Der Mann im Mond), bis neugeborne Kinne
Bebartet sind? Von der uns alle kommend
Die See verschlang, doch ein'ge wieder auswarf;
Und dadurch sie ersehn zu einer Handlung,
Wovon, was jetzt geschah, ein Vorspiel ist,
Doch uns das Künft'ge obliegt.

SEBASTIAN. Was für Zeug ist dies?
Was sagt Ihr? – Wahr ist's, meines Bruders Tochter
Ist Königin von Tunis, ebenfalls
Von Napel Erbin, zwischen welchen Ländern
Ein wenig Raum ist.

ANTONIO. Ja, ein Raum, wovon
Ein jeder Fußbreit auszurufen scheint:
»Wie soll die Claribella uns zurück
Nach Napel messen?« – Bleibe sie in Tunis,
Sebastian wach'! – Setzt, dies wär' der Tod,
Was jetzt sie überfallen: nun, sie wären
Nicht schlimmer dran als jetzt. Es gibt der Leute,
Die Napel wohl so gut, als der hier schläft,
Regieren würden; Herrn, die schwatzen können,
So weit ausholend und so unersprießlich
Wie der Gonzalo hier; ich könnte selbst
So elsterhaft wohl plaudern. Hättet Ihr
Doch meinen Sinn! Was für ein Schlaf wär' dies
Für Eure Standserhöhung! Ihr versteht mich?

SEBASTIAN. Mich dünket, ja.

ANTONIO. Und wie hegt Euer Beifall
Eu'r eignes gutes Glück?

SEBASTIAN. Es fällt mir bei,
Ihr stürztet Euern Bruder Prospero.

ANTONIO. Wahr!
Und seht, wie wohl mir meine Kleider sitzen,
Weit saubrer wie zuvor. Des Bruders Diener,
Die damals meine Kameraden waren,
Sind meine Leute jetzt.

SEBASTIAN. Doch Eu'r Gewissen?

ANTONIO.
Ei, Herr, wo sitzt das? Wär's der Frost im Fuß,
Müßt' ich in Socken gehn; allein ich fühle
Die Gottheit nicht im Busen. Zehn Gewissen,
Die zwischen mir und Mailand stehn, sie möchten
Gefroren sein und auftaun, eh' sie mir
Beschwerlich fielen. Hier liegt Euer Bruder, –
Nicht besser als die Erd', auf der er liegt,
Wär' er, was jetzt er scheinet, nämlich tot,
Den ich mit diesem will'gen Stahl, drei Zoll davon,
Zu Bett auf immer legen kann; indes Ihr gleichfalls
Die alte Ware da, den Meister Klug,
In Ruh'stand setztet, der uns weiter nichts
Vorrücken sollte. All die andern nehmen
Eingebung an, wie Milch die Katze schleckt;
Sie zählen uns zu jedem Werk die Stunde,
Wozu wir sagen, es sei Zeit.

SEBASTIAN. Mein Freund,
Dein Fall zeigt mir den Weg: wie du zu Mailand,
Komm' ich zu Napel. Zieh dein Schwert! Ein Streich
Löst vom Tribut dich, den du zahlst; und ich,
Der König, will dir hold sein.

ANTONIO. Zieht mit mir,
Und heb' ich meine Hand, tut Ihr desgleichen,
Und nieder auf Gonzalo!

SEBASTIAN. Halt, noch ein Wort!

Sie unterreden sich leise.

Musik. Ariel kommt unsichtbar.

ARIEL.
Mein Herr sieht die Gefahr durch seine Kunst,
Worin Ihr schwebt, sein Freund; und schickt mich aus,
Weil sein Entwurf sonst stirbt, die hier zu retten.

Er singt in Gonzalos Ohr.

Weil Ihr schnarchet, nimmt zur Tat
Offnen Auges der Verrat
Die Zeit in acht.
Ist Euch Leben lieb und Blut:
Rüttelt Euch, seid auf der Hut!
Erwacht! Erwacht!

ANTONIO. So laßt uns beide schnell sein!

GONZALO. Ihr guten Engel, steht dem König bei!

Sie erwachen sämtlich.

ALONSO.
Wie? Was? He! wach? Wozu mit bloßem Degen?
Warum die stieren Blicke?

GONZALO. Nun, was gibt's?

SEBASTIAN.
Da wir hier standen, Eure Ruh' bewachend,
Jetzt eben brach ein hohles Brüllen aus,
Als wie von Bullen oder Löwen gar.
Weckt' es Euch nicht? Es traf mein Ohr entsetzlich.

ALONSO. Ich hörte nichts.

ANTONIO.
Oh, ein Getös', um Ungeheu'r zu schrecken,
Erdbeben zu erregen! Das Gebrüll
Von ganzen Herden Löwen!

ALONSO. Hörtet Ihr's, Gonzalo?

GONZALO.
Auf meine Ehre, Herr, ich hört' ein Summen,
Und zwar ein sonderbares, das mich weckte;
Ich schüttelt' Euch und rief: als ich die Augen auftat,
Sah ich die Degen bloß. Ein Lärm war da,

Das ist gewiß: wir sollten auf der Hut sein
Und diesen Platz verlassen. Zieht die Degen!

ALONSO.
Gehn wir von hier, und laßt uns weiter suchen
Nach meinem armen Sohn!

GONZALO. Behüt ihn Gott
Vor diesen wilden Tieren! denn er ist
Gewißlich auf der Insel.

ALONSO. Laßt uns gehn!

ARIEL *für sich.*
Ich will, was ich getan, dem Meister offenbaren.
Geh, König, such' den Sohn, nun sicher vor
Gefahren!

Alle ab.

Zweite Szene

Eine andre Gegend der Insel.
Caliban kommt mit einer Tracht Holz. Man hört in der Entfernung donnern.

CALIBAN.
Daß aller Giftqualm, den die Sonn' aufsaugt
Aus Sumpf, Moor, Pfuhl, auf Prosper fall' und
mach' ihn
Siech durch und durch! Mich hören seine Geister.
Und muß doch fluchen. Zwar sie kneifen nicht,
Erschrecken mich als Igel, stecken mich
In Kot, noch führen sie wie Bränd' im Dunkeln
Mich irre, wenn er's nicht geheißen; aber
Für jeden Bettel hetzt er sie auf mich;
Wie Affen bald, die Mäuler ziehn und plärren
Und dann mich beißen; bald wie Stachelschweine,
Die, wo ich barfuß geh', sich wälzen und
Die Borsten sträuben, wenn mein Fuß auftritt;
Manchmal bin ich von Nattern ganz umwunden,
Die mit gespaltnen Zungen toll mich zischen.

Trinculo kommt.

Seht! jetzt! Hu, hu! Da kommt ein Geist von ihm,
Um mich zu plagen, weil ich's Holz nicht bringe;
Platt fall' ich hin, so merkt er wohl mich nicht.

TRINCULO. Hier ist weder Busch noch Strauch, einen nur ein bißchen vor dem Wetter zu schützen, und schon munkelt ein neues Ungewitter. Ich hör's im Winde pfeifen: die schwarze Wolke da, die große, sieht wie ein alter Schlauch aus, der sein Getränk verschütten will. Wenn es wieder so donnert wie vorher, so weiß ich nicht, wo ich unterducken soll; die Wolke da muß schlechterdings mit Mulden gießen. – Was gibt's hier? Ein Mensch oder ein Fisch? Tot oder lebendig? Ein Fisch: er riecht wie ein Fisch; 's ist ein recht ranziger und fischichter Geruch; so 'ne Art Laberdan, nicht von dem frischesten. Ein seltsamer Fisch! Wenn ich nun in England wäre, wie ich einmal gewesen bin, und hätte den Fisch nur gemalt, jeder Pfingstnarr gäbe mir dort ein Stück Silber. Da wäre ich mit dem Ungeheuer ein gemachter Mann; jedes fremde Tier macht dort seinen Mann; wenn sie keinen Deut geben wollen, einem lahmen Bettler zu helfen, so wenden sie zehn dran, einen toten Indianer zu sehn. – Beine wie ein Mensch! Seine Floßfedern wie Arme! Warm, mein' Seel'! Ich lasse jetzt meine Meinung fahren und behaupte sie nicht länger: es ist kein Fisch, sondern einer von der Insel, den ein Donnerkeil eben erschlagen hat. *Donner.* O weh! das Ungewitter ist wieder heraufgekommen: das beste ist, ich krieche unter seinen Mantel, es gibt hier herum kein andres Obdach. Die Not bringt einen zu seltsamen Schlafgesellen; ich will mich hier einwickeln, bis die Grundsuppe des Gewitters vorüber ist.

Stephano kommt singend, eine Flasche in der Hand.

STEPHANO. Ich geh' nicht mehr zur See, zur See,
Hier sterb' ich auf dem Land. –
Das ist eine lausige Melodie, gut bei einer Beerdigung zu singen: aber hier ist mein Trost. *Trinkt.*
Der Meister, der Bootsmann, der Konstabel und
ich,
Wir halten's mit artigen Mädchen,
Mit Lieschen und Gretchen und Hedewig;
Doch keiner fragt was nach Käthchen.
Denn sie macht ein beständig Gekeifel;
Kommt ein Seemann, da heißt's: geh zum Teufel!
Den Pech- und den Teergeruch haßt sie aufs Blut;
Doch ein Schneider, der juckt sie, wo's nötig ihr
tut,
Auf die See, Kerls, und hol' sie der Teufel!
Das ist auch eine lausige Melodie; aber hier ist mein Trost.

Trinkt.

CALIBAN. Plage mich nicht! Oh!

STEPHANO. Was heißt das? Gibt's hier Teufel! Habt ihr uns zum besten mit Wilden und indianischen Männern? Ha! Dazu bin ich nicht nahe am Ersaufen gewesen, um mich jetzt vor deinen vier Beinen zu fürchten; denn es heißt von ihm: so 'n wackrer Kerl, als jemals auf vier Beinen gegangen ist, kann ihn nicht zum Weichen bringen; und es soll auch ferner so heißen, solange Stephano einen lebendigen Odem in seiner Nase hat.

CALIBAN. Der Geist plagt mich – Oh! –

STEPHANO. Dies ist ein Ungeheuer aus der Insel mit vier Beinen, der meines Bedünkens das Fieber gekriegt hat. Wo Henker mag er unsre Sprache gelernt haben? Ich will ihm was zur Stärkung geben, wär's nur deswegen: kann ich ihn wieder zurecht bringen und ihn zahm machen, und nach Neapel mit ihm kommen, so ist er ein Präsent für den besten Kaiser, der je auf Rindsleder getreten ist.

CALIBAN. Plag' mich nicht, bitte! Ich will mein Holz geschwinder zu Haus bringen.

STEPHANO. Er hat jetzt seinen Anfall und redet nicht zum gescheitesten. Er soll aus meiner Flasche kosten; wenn er noch niemals Wein getrunken hat, so kann es ihm leicht das Fieber vertreiben. Kann ich ihn wieder zurecht bringen und ihn zahm machen, so will ich nicht zu viel für ihn nehmen: wer ihn kriegt, soll für ihn bezahlen, und das tüchtig.

CALIBAN. Noch tust du mir nicht viel zu Leid; du wirst es bald, ich merk's an deinem Zittern. Jetzt treibt dich Prospero.

STEPHANO. Laß das gut sein! Mach' das Maul auf! Hier ist was, das dich zur Vernunft bringen soll, Katze: mach' das Maul auf! Dies wird dein Schütteln schütteln, sag' ich dir, und das tüchtig. Niemand weiß, wer sein Freund ist. Tu' die Kinnbacken wieder auf!

TRINCULO. Ich sollte die Stimme kennen; das wäre ja wohl – aber er ist ertrunken, und dies sind Teufel. Oh, behüte mich!

STEPHANO. Vier Beine und zwei Stimmen: ein allerliebstes Ungeheuer! Seine Vorderstimme wird nun Gutes von seinem Freunde reden; seine Hinterstimme wird böse Reden ausstoßen und verleumden. Reicht der Wein in meiner Flasche hin, ihn zurecht zu bringen, so will ich sein Fieber kurieren. Komm! – Amen! Ich will dir was in deinen andern Mund gießen.

TRINCULO. Stephano –

STEPHANO. Ruft mich dein andrer Mund bei Namen? Behüte! Behüte! Dies ist der Teufel und kein Ungeheuer. Ich will keine Suppe mit ihm essen, ich habe keinen langen Löffel.

TRINCULO. Stephano! – Wenn du Stephano bist, rühr' mich an und sprich mit mir, denn ich bin Trinculo – fürchte dich nicht! – dein guter Freund Trinculo.

STEPHANO. Wenn du Trinculo bist, so komm heraus! Ich will dich bei den dünneren Beinen ziehen: wenn hier welche Trinculos Beine sind, so sind's diese. – Du bist wirklich ganz und gar Trinculo. Wie kamst du dazu, der Abgang dieses Mondkalbes zu sein? Kann er Trinculos von sich geben?

TRINCULO. Ich dachte, er wäre vom Blitz erschlagen. – Bist du denn nicht ertrunken, Stephano? Ich will hoffen, du bist nicht ertrunken. Ist das Ungewitter vorüber? Ich steckte mich unter des toten Mondkalbes Mantel, weil ich vor dem Ungewitter bange war. Du bist also am Leben, Stephano? O Stephano, zwei Neapolitaner davon gekommen!

STEPHANO. Ich bitte dich, dreh' mich nicht so herum, mein Magen ist nicht recht standfest.

CALIBAN. Gar schöne Dinger, wo's nicht Geister sind!
Das ist ein wackrer Gott, hat Himmelstrank:
Will vor ihm knien.

STEPHANO. Wie kamst du davon? Wie kamst du hieher? Schwöre bei dieser Flasche, wie du herkamst. Ich habe mich auf einem Fasse Sekt gerettet, das die Matrosen über Bord warfen: bei dieser Flasche, die ich aus Baumrinden mit meinen eignen Händen gemacht habe, seit ich ans Land getrieben bin!

CALIBAN. Bei der Flasche will ich schwören, dein treuer Knecht zu sein, denn das ist kein irdisches Getränk.

STEPHANO.
Hier schwöre nun: wie kamst du ans Land?

TRINCULO. Ans Land geschwommen, Kerl, wie 'ne Ente; ich kann schwimmen wie 'ne Ente, das schwör' ich dir.

STEPHANO. Hier küsse das Buch! Kannst du schon schwimmen wie 'ne Ente, so bist du doch natürlich wie eine Gans.

TRINCULO. O Stephano, hast mehr davon?

STEPHANO. Das ganze Faß, Kerl; mein Keller ist in einem Felsen an der See, da habe ich meinen Wein versteckt. Nun, Mondkalb? was macht dein Fieber?

CALIBAN. Bist du nicht vom Himmel gefallen?

STEPHANO. Ja, aus dem Monde, glaub's mir: ich war zu seiner Zeit der Mann im Monde.

CALIBAN. Ich habe dich drin gesehn und bete dich an. Meine Gebieterin zeigte dich mir und deinen Hund und deinen Busch.

STEPHANO. Komm, schwöre hierauf! Küsse das Buch! Ich will es gleich mit neuem Inhalt anfüllen! Schwöre!

TRINCULO. Beim Firmament, das ist ein recht einfältiges Ungeheuer. – Ich mich vor ihm fürchten? – Ein recht betrübtes Ungeheuer! Der Mann im Monde? – Ein armes leichtgläubiges Ungeheuer! – Gut ausgedacht, Ungeheuer, meiner Treu!

CALIBAN. Ich zeig' dir jeden fruchtbar'n Fleck der Insel
Und will den Fuß dir küssen: bitte, sei mein Gott!

TRINCULO. Beim Firmament, ein recht hinterlistiges betrunknes Ungeheuer! Wenn sein Gott schläft, wird es ihm die Flasche stehlen.

CALIBAN.
Ich will den Fuß dir küssen, will mich schwören
Zu deinem Knecht.

STEPHANO. So komm denn: nieder, und schwöre!

TRINCULO. Ich lache mich zu Tode über dies mopsköpfige Ungeheuer. Ein lausiges Ungeheuer! Ich könnte über mich gewinnen, es zu prügeln. –

STEPHANO. Komm! Küß!

TRINCULO. Wenn das arme Ungeheuer nicht besoffen wäre. – Ein abscheuliches Ungeheuer!

CALIBAN.
Will dir die Quellen zeigen, Beeren pflücken,
Will fischen und dir Holz genugsam schaffen.
Pest dem Tyrannen, dem ich dienen muß!
Ich trag' ihm keine Klötze mehr; ich folge
Dir nach, du Wundermann.

TRINCULO. Ein lächerliches Ungeheuer, aus einem armen Trunkenbolde ein Wunder zu machen.

CALIBAN.
Laß mich dir weisen, wo die Holzbirn' wächst;
Mit meinen langen Nägeln grab' ich Trüffeln,
Zeig' dir des Hähers Nest; ich lehre dich,
Die hurt'ge Meerkatz' fangen; bringe dich
Zum vollen Haselbusch und hol' dir manchmal
Vom Felsen junge Möwen. Willst du mitgehn?

STEPHANO. Ich bitte dich, geh voran, ohne weiter zu schwatzen. – Trinculo, da der König und unsre ganze Mannschaft ertrunken ist, so wollen wir hier Besitz nehmen. – Hier, trag' meine Flasche! – Kamerad Trinculo, wir wollen sie gleich wieder füllen.

CALIBAN *singt im betrunknen Mute.*
Leb wohl, mein Meister! Leb wohl! Leb wohl!
TRINCULO.
Ein heulendes Ungeheuer! ein besoffenes Ungeheuer!
CALIBAN.
Will nicht mehr Fischfänger sein,
Noch Feu'rung holen,
Wie's befohlen;
Noch die Teller scheuern rein:
Ban, ban, Ca – Caliban
Hat zum Herrn einen andern Mann:
Schaff einen neuen Diener dir an!
Freiheit, heisa! heisa, Freiheit! Freiheit, heisa! Freiheit!
STEPHANO.
O tapfres Ungeheuer, zeig' uns den Weg!
Alle ab.

Dritter Aufzug

Erste Szene

Vor Prosperos Zelle.
Ferdinand, ein Scheit Holz tragend.

FERDINAND.
Es gibt müh'volle Spiele, und die Arbeit
Erhöht die Lust dran; mancher schnöde Dienst
Wird rühmlich übernommen, und das Ärmste
Führt zu dem reichsten Ziel. Dies niedre Tagwerk
Wär' so beschwerlich als verhaßt mir; doch
Die Herrin, der ich dien', erweckt das Tote
Und macht die Müh'n zu Freuden. Oh, sie ist
Zehnfach so freundlich als ihr Vater rauh,
Und er besteht aus Härte. Schleppen muß ich
Und schichten ein paar tausend dieser Klötze,
Bei schwerer Strafe: meine süße Herrin
Weint, wenn sie's sieht, und sagt, so knecht'scher Dienst
Fand nimmer solchen Täter. Ich vergesse;
Doch diese lieblichen Gedanken laben
Die Arbeit selbst; ich bin am müßigsten,
Wann ich sie tue.
Miranda kommt. Prospero in einiger Entfernung.
MIRANDA. Ach, ich bitte, plagt
Euch nicht so sehr! Ich wollte, daß der Blitz
Das Holz verbrannt, das Ihr zu schichten habt.
Legt ab und ruht Euch aus! Wenn dies hier brennt,
Wird's weinen, daß es Euch beschwert. Mein Vater
Steckt tief in Büchern: Bitte, ruht Euch aus!
Ihr seid vor ihm jetzt auf drei Stunden sicher.
FERDINAND. O teuerste Gebieterin! die Sonne
Wird untergehn, eh' ich vollbringen kann,
Was ich doch muß.
MIRANDA. Wenn Ihr Euch setzen wollt,
Trag' ich indes die Klötze. Gebt mir den!
Ich bring' ihn hin.
FERDINAND. Nein, köstliches Geschöpf!
Eh' sprengt' ich meine Sehnen, bräch' den Rücken,
Als daß Ihr solcher Schmach Euch unterzögt,
Und ich säh' träge zu.
MIRANDA. Es stände mir
So gut wie Euch, und ich verrichtet' es
Weit leichter, denn mich treibt mein guter Wille,
Und Euerm ist's zuwider.
PROSPERO. Armer Wurm,
Du bist gefangen! Dein Besuch verrät's.
MIRANDA. Ihr seht ermüdet aus.
FERDINAND. Nein, edle Herrin,
Bei mir ist's früher Morgen, wenn Ihr mir
Am Abend nah seid. Ich ersuche Euch
(Hauptsächlich, um Euch im Gebet zu nennen),
Wie heißet Ihr?
MIRANDA. Miranda. – O mein Vater!
Ich hab' Eu'r Wort gebrochen, da ich's sagte.
FERDINAND.
Bewunderte Miranda! In der Tat
Der Gipfel der Bewund'rung; was die Welt
Am höchsten achtet, wert! Gar manches Fräulein
Betrachtet' ich mit Fleiß, und manches Mal
Bracht' ihrer Zungen Harmonie in Knechtschaft
Mein allzu emsig Ohr; um andre Gaben
Gefielen andre Frau'n mir; keine je
So ganz von Herzen, daß ein Fehl in ihr
Nicht haderte mit ihrem schönsten Reiz
Und überwältigt' ihn: doch Ihr, oh, Ihr,
So ohnegleichen, so vollkommen, seid
Vom besten jegliches Geschöpfs erschaffen.
MIRANDA.
Vom eigenen Geschlechte kenn' ich niemand,
Erinn're mir kein weibliches Gesicht,
Als meines nur im Spiegel; und ich sah
Nicht mehre, die ich Männer nennen könnte,
Als Euch, mein Guter, und den teuern Vater.
Was für Gesichter anderswo es gibt,
Ist unbewußt mir; doch bei meiner Sittsamkeit,
Dem Kleinod meiner Mitgift! wünsch' ich keinen
Mir zum Gefährten in der Welt als Euch,
Noch kann die Einbildung ein Wesen schaffen,
Das ihr gefiele, außer Euch. Allein
Ich plaudre gar zu wild und achte darin
Des Vaters Vorschrift nicht.
FERDINAND. Ich bin nach meinem Stand
Ein Prinz, Miranda, ja ich denk', ein König –
(Wär' ich's doch nicht!), – und trüg' so wenig wohl
Hier diese hölzerne Leibeigenschaft,
Als ich von einer Fliege mir den Mund
Zerstechen ließ'. – Hört meine Seele reden!
Den Augenblick, da ich Euch sahe, flog
Mein Herz in Euern Dienst; da wohnt es nun,
Um mich zum Knecht zu machen: Euretwegen
Bin ich ein so geduld'ger Tagelöhner.
MIRANDA. Liebt Ihr mich?
FERDINAND. O Erd', o Himmel! zeuget diesem Laut
Und krönt mit günst'gem Glück, was ich beteure,
Red' ich die Wahrheit; red' ich falsch, so kehrt
Die beste Vorbedeutung mir in Unglück!

Weit über alles, was die Welt sonst hat,
Lieb' ich und acht' und ehr' Euch.

MIRANDA. Ich bin töricht,
Zu weinen über etwas, das mich freut.

PROSPERO.
Ein schön Begegnen zwei erwählter Herzen!
Der Himmel regne Huld auf das herab,
Was zwischen ihnen aufkeimt!

FERDINAND. Warum weint Ihr?

MIRANDA.
Um meinen Unwert, daß ich nicht darf bieten,
Was ich zu geben wünsche; noch viel minder,
Wonach ich tot mich sehnen werde, nehmen.
Doch das heißt Tändeln, und je mehr es sucht
Sich zu verbergen, um so mehr erscheint's
In seiner ganzen Macht. Fort, blöde Schlauheit!
Führ' du das Wort mir, schlichte, heil'ge Unschuld!
Ich bin Eu'r Weib, wenn Ihr mich haben wollt,
Sonst sterb' ich Eure Magd; Ihr könnt mir's weigern,
Gefährtin Euch zu sein, doch Dienerin
Will ich Euch sein: Ihr wollet oder nicht.

FBRDINAND. Geliebte, Herrin, und auf immer ich
So untertänig!

MIRANDA. Mein Gatte denn?

FERDINAND. Ja, mit so will'gem Herzen,
Als Dienstbarkeit sich je zur Freiheit wandte.
Hier habt Ihr meine Hand!

MIRANDA. Und Ihr die meine,
Mit meinem Herzen drin; und nun lebt wohl
Auf eine halbe Stunde!

FBRDINAND. Tausend, tausendmal!

Beide ab.

PROSPERO.
So froh wie sie kann ich nicht drüber sein,
Die alles überrascht; doch größre Freude
Gewährt mir nichts.
Ich will zu meinem Buch,
Denn vor der Abendmahlzeit hab' ich noch
Viel Nöt'ges zu verrichten.

Ab.

Zweite Szene

Eine andere Gegend der Insel.
Stephano und Trinculo kommen. Caliban folgt mit einer Flasche.

STEPHANO. Sagt mir da nicht von! Wenn das Faß leer ist, wollen wir Wasser trinken. Vorher keinen Tropfen! Also haltet Euch frisch und stecht sie an. Diener-Ungeheuer, tu' mir Bescheid!

TRINCULO. Diener-Ungeheuer? Ein tolles Stück von Insel! Sie sagen, es wären nur fünfe auf dieser Insel: wir sind drei davon; wenn die andern beiden so gehirnt sind wie wir, so wackelt der Staat.

STEPHANO. Trink, Diener-Ungeheuer, wenn ich dir's heiße. Die Augen stecken dir fast ganz im Kopfe drinnen.

TRINCULO. Wo sollten sie sonst stecken? Er wäre wahrlich ein prächtiges Ungeheuer, wenn sie ihm im Schweife steckten.

STEPHANO. Mein Kerl-Ungeheuer hat seine Zunge in Sekt ersäuft. Was mich betrifft, mich kann das Meer nicht ersäufen. Ich schwamm, eh' ich wieder ans Land kommen konnte, fünfunddreißig Meilen, ab und zu: beim Element! – Du sollst mein Lieutenant sein, Ungeheuer, oder mein Fähndrich.

TRINCULO. Euer Lieutenant, wenn's Euch beliebt: er kann die Fahne nicht halten.

STEPHANO. Wir werden nicht laufen, Musje Ungeheuer.

TRINCULO. Gehn auch nicht; Ihr werdet liegen wie Hunde und den Mund nicht auftun.

STEPHANO. Mondkalb, sprich einmal in deinem Leben, wenn du ein gutes Mondkalb bist.

CALIBAN. Wie geht's deiner Gnaden? Laß mich deine Schuh' lecken. Ihm will ich nicht dienen, er ist nicht herzhaft.

TRINCULO. Du lügst, unwissendes Ungeheuer. Ich bin imstande, einem Bettelvogt die Spitze zu bieten. Ei, du liederlicher Fisch du, war jemals einer eine Memme, der so viel Sekt getrunken hat als ich heute? Willst du eine ungeheure Lüge sagen, da du nur halb ein Fisch und halb ein Ungeheuer bist?

CALIBAN. Sieh, wie er mich zum besten hat: willst du das zugeben, mein Fürst?

TRINCULO. Fürst, sagt er? – Daß ein Ungeheuer solch ein Einfaltspinsel sein kann!

CALIBAN. Sieh, sieh! schon wieder! Bitte, beiß' ihn tot!

STEPHANO. Trinculo, kein loses Maul! Wenn Ihr aufrührisch werdet, soll der nächste Baum – das arme Ungeheuer ist mein Untertan, und ihm soll nicht unwürdig begegnet werden.

CALIBAN. Ich danke meinem gnädigen Herrn. Willst du geruhn, nochmals auf mein Gesuch zu hören, das ich dir vorbrachte?

STEPHANO. Ei freilich will ich: knie' und wiederhol' es! Ich will stehn, und das soll Trinculo auch.

Ariel kommt, unsichtbar.

CALIBAN. Wie ich dir vorher sagte, ich bin einem Tyrannen untertan, (einem Zauberer,) der mich durch seine List um die Insel betrogen hat.

ARIEL. Du lügst.

CALIBAN. Du lügst, du possenhafter Affe, du!
Daß dich mein tapfrer Herr verderben möchte!
Ich lüge nicht.

STEPHANO. Trinculo, wenn Ihr ihn in seiner Erzählung noch irgend stört, bei dieser Faust! ich schlag' Euch ein paar Zähne ein.

TRINCULO. Nun, ich sagte ja nichts.

STEPHANO. St also, und nichts weiter! – Fahre fort!

CALIBAN. Durch Zauberei gewann er diese Insel,
Gewann von mir sie. Wenn nun deine Hoheit
Ihn strafen will – ich weiß, du hast das Herz,
Doch dies Ding hier hat keins –

STEPHANO. Das ist gewiß.

CALIBAN. So sollst du Herr drauf sein, ich will dir dienen.

STEPHANO. Aber wie kommen wir damit zustande? Kannst du mir zu dem Handel Anweisung geben?

CALIBAN. Ja, ja, mein Fürst! Ich liefr' ihn dir im Schlaf,
Wo du ihm seinen Kopf durchnageln kannst.

ARIEL. Du lügst, du kannst nicht.

CALIBAN.
Der scheckige Hanswurst! Du lump'ger Narr! –
Ich bitte deine Hoheit, gib ihm Schläge,
Und nimm ihm seine Flasche; ist die fort,
So mag er Lake trinken, denn ich zeig' ihm
Die frischen Quellen nicht.

STEPHANO. Trinculo, stürze dich in keine weitere Gefahr: Unterbrich das Ungeheuer noch mit einem Worte, und, bei dieser Faust, ich gebe meiner Barmherzigkeit den Abschied und mache einen Stockfisch aus dir.

TRINCULO. Wie? Was hab' ich getan? Ich habe nichts getan, ich will weiter weggehn.

STEPHANO. Sagtest du nicht, er löge?

ARIEL. Du lügst.

STEPHANO. Lüg' ich? Da hast du was. *Schlägt ihn.* Wenn du das gern hast, straf mich ein andermal Lügen.

TRINCULO. Ich strafte Euch nicht Lügen. – Seid Ihr um Euern Verstand gekommen, und ums Gehör auch? Zum Henker Eure Flasche! So weit kann Sekt und Trinken einen bringen. – Daß die Pestilenz Euer Ungeheuer, und hol' der Teufel Eure Finger!

CALIBAN. Ha ha ha!

STEPHANO. Nun weiter in der Erzählung. – Ich bitte dich, steh beiseite.

CALIBAN.
Schlag' ihn nur tüchtig! Nach 'nem kleinen Weilchen
Schlag' ich ihn auch.

STEPHANO.
Weiter weg! – Komm, fahre fort!

CALIBAN.
Nun, wie ich sagte, 's ist bei ihm die Sitte,
Des Nachmittags zu ruhn; du kannst ihn würgen,
Hast du erst seine Bücher: mit 'nem Klotz
Den Schädel ihm zerschlagen, oder ihn
Mit einem Pfahl ausweiden, oder auch
Mit deinem Messer ihm die Kehl' abschneiden.
Denk' dran, dich erst der Bücher zu bemeistern,
Denn ohne sie ist er nur so ein Dummkopf,
Wie ich bin, und es steht kein einz'ger Geist
Ihm zu Gebot. Sie hassen alle ihn
So eingefleischt wie ich. Verbrenn' ihm nur
Die Bücher! Er hat schön Gerät (so nennt er's).
Sein Haus, wenn er eins kriegt, damit zu putzen.
Und was vor allem zu betrachten, ist
Die Schönheit seiner Tochter; nennt er selbst
Sie ohnegleichen doch. Ich sah noch nie ein Weib
Als meine Mutter Sycorax und sie:
Doch sie ist so weit über Sycorax,
Wie 's Größte übers Kleinste.

STEPHANO. Ist es so 'ne schmucke Dirne?

CALIBAN.
Ja, Herr, sie wird wohl anstehn deinem Bett,
Das schwör' ich dir, und wackre Brut dir bringen.

STEPHANO. Ungeheuer, ich will den Mann umbringen; seine Tochter und ich, wir wollen König und Königin sein (es lebe unsre Hoheit!), und Trinculo und du, ihr sollt Vizekönige werden. – Gefällt dir der Handel, Trinculo?

TRINCULO. Vortrefflich!

STEPHANO. Gib mir deine Hand! Es tut mir leid, daß ich dich schlug: aber hüte dich dein Lebelang vor losen Reden!

CALIBAN.
In einer halben Stund' ist er im Schlaf:
Willst du ihn dann vertilgen?

STEPHANO.
Ja, auf meine Ehre!

ARIEL *beiseit.*
Dies meld' ich meinem Herrn.

CALIBAN.
Du machst mich lustig, ich bin voller Freude:
So laßt uns jubeln! Wollt Ihr' s Liedlein trallern,
Das Ihr mich erst gelehrt?

STEPHANO. Auf dein Begehren, Ungeheuer, will ich mich dazu verstehn, mich zu allem verstehn. Wohlan, Trinculo, laß uns singen!
Neckt sie und zeckt sie, und zeckt sie und neckt sie!
Gedanken sind frei!

CALIBAN. Das ist die Weise nicht.

Ariel spielt die Melodie mit Trommel und Pfeife.

STEPHANO. Was bedeutet das?

TRINCULO. Es ist die Weise unsers Liedes, vom Herrn Niemand aufgespielt.

STEPHANO. Wo du ein Mensch bist, zeige dich in deiner wahren Gestalt; bist du ein Teufel, so tu', was du willst!

TRINCULO. O vergib mir meine Sünden!

STEPHANO. Wer da stirbt, zahlt alle Schulden. Ich trotze dir. – Gott sei uns gnädig!

CALIBAN. Bist du in Angst?

STEPHANO. Nein, Ungeheuer, das nicht.

CALIBAN.
Sei nicht in Angst! Die Insel ist voll Lärm,
Voll Tön' und süßer Lieder, die ergötzen
Und niemand Schaden tun. Mir klimpern manchmal
Viel tausend helle Instrument' ums Ohr,
Und manchmal Stimmen, die mich, wenn ich auch
Nach langem Schlaf erst eben aufgewacht,
Zum Schlafen wieder bringen: dann im Traume
War mir, als täten sich die Wolken auf
Und zeigten Schätze, die auf mich herab
Sich schütten wollten, daß ich beim Erwachen
Aufs neu' zu träumen heulte.

STEPHANO. Dies wird mir ein tüchtiges Königreich werden, wo ich meine Musik umsonst habe.

CALIBAN. Wenn Prospero vertilgt ist.

STEPHANO. Das soll bald geschehn: ich habe die Geschichte noch im Kopf.

TRINCULO. Der Klang ist im Abzuge. Laßt uns ihm folgen und dann unser Geschäft verrichten!

STEPHANO. Geh voran, Ungeheuer, wir wollen folgen. – Ich wollte, ich könnte diesen Trommelschläger sehn; er hält sich gut.

TRINCULO. Willst kommen? Ich folge, Stephano.

Alle ab.

Dritte Szene

Eine andre Gegend der Insel.
Alonso, Sebastian, Antonio, Gonzalo, Adrian, Francisco und andre.

GONZALO.
Bei unsrer Frauen, Herr, ich kann nicht weiter.
Die alten Knochen schmerzen mir; das heiß' ich
Ein Labyrinth durchwandern, grade aus
Und in geschlungnen Wegen! Mit Erlaubnis,
Ich muß notwendig ausruhn.
ALONSO. Alter Herr,
Ich kann dich drum nicht tadeln, da ich selbst
Von Müdigkeit ergriffen bin, die ganz
Die Sinne mir betäubt: setz' dich und ruh'!
Hier tu' ich mich der Hoffnung ab und halte
Nicht länger sie als meine Schmeichlerin.
Er ist ertrunken, den zu finden so
Wir irre gehn, und des vergebnen Suchens
Zu Lande lacht die See. Wohl, fahr' er hin!
ANTONIO *beiseit zu Sebastian.*
Mich freut's, daß er so ohne Hoffnung ist.
Gebt eines Fehlstreichs wegen nicht den Anschlag,
Den Ihr beschlossen, auf!
SEBASTIAN. Den nächsten Vorteil
Laßt ja uns recht ersehn!
ANTONIO. Es sei zu Nacht.
Denn nun, bedrückt von der Ermüdung, werden
Und können sie sich nicht so wachsam halten
Als wie bei frischer Kraft.
SEBASTIAN. Zu Nacht, sag' ich: nichts weiter!
Feierliche und seltsame Musik, und Prospero in der Höhe, unsichtbar.
ALONSO.
Welch eine Harmonie? Horcht, gute Freunde!
GONZALO. Wundersam liebliche Musik!
Verschiedne seltsame Gestalten kommen und bringen eine besetzte Tafel. Sie tanzen mit freundlichen Gebärden der Begrüßung um dieselbe herum, und indem sie den König und die übrigen einladen zu essen, verschwinden sie.
ALONSO. Verleih' uns gute Wirte, Gott! Was war das?
SEBASTIAN.
Ein lebend Puppenspiel. Nun will ich glauben,
Daß es Einhörner gibt, daß in Arabien
Ein Baum des Phönix Thron ist und ein Phönix
Zur Stunde dort regiert.
ANTONIO. Ich glaube beides;
Und was man sonst bezweifelt, komme her,
Ich schwöre drauf, 's ist wahr. Nie logen
Reisende,
Schilt gleich zu Haus der Tor sie.
GONZALO. Meldet' ich
Dies nun in Napel, würden sie mir's glauben?
Sagt' ich, daß ich Eiländer hier gesehen
(Denn sicher sind dies Leute von der Insel),
Die, ungeheu'r gestaltet, dennoch, seht,
Von sanftern, mildern Sitten sind, als unter
Dem menschlichen Geschlecht ihr viele, ja
Kaum einen finden werdet.
PROSPERO *beiseit.*
Wackrer Mann,
Du hast wohl recht! Denn manche dort von euch
Sind mehr als Teufel.
ALONSO.
Ich kann nicht satt mich wundern:
Gestalten solcher Art, Gebärde, Klang,
Die, fehlt gleich der Gebrauch der Zunge,
trefflich
Ein Stumm Gespräch aufführen.
PROSPERO *beiseit.*
Lobt beim Ausgang!
FRANCISCO. Sie schwanden seltsam.
SEBASTIAN. Tut nichts, da sie uns
Die Mahlzeit ließen, denn wir haben Mägen. –
Beliebt's zu kosten, was hier steht?
ALONSO. Mir nicht.
GONZALO.
Herr, hegt nur keine Furcht. In unsrer Jugend,
Wer glaubte wohl, es gebe Bergbewohner
Mit Wammen so wie Stier', an deren Hals
Ein Fleischsack hing? Es gebe Leute, denen
Der Kopf im Busen säße? als wovon
Jetzt jeder, der sein Schifflein läßt versichern,
Uns gute Kundschaft bringt.
ALONSO. Ich gehe dran und esse,
Wär's auch mein letztes. Mag es! fühl' ich doch,
Das Beste sei vorüber. – Bruder, Herzog,
Geht dran und tut wie wir!
Donner und Blitz. Ariel kommt in Gestalt einer Harpye, schlägt mit seinen Flügeln auf die Tafel, und vermittelst einer zierlichen Erfindung verschwindet die Mahlzeit.
ARIEL.
Ihr seid drei Sündenmänner, die das Schicksal
(Das diese niedre Welt, und was darinnen,
Als Werkzeug braucht) der nimmersatten See
Geboten auszuspein; und an dies Eiland,
Von Menschen unbewohnt, weil unter Menschen
Zu leben ihr nicht taugt. Ich macht' euch toll,
Alonso, Sebastian und die übrigen ziehn ihre Degen.
Und grad in solchem Mut ersäufen, hängen
Sich Menschen selbst. Ihr Toren! ich und meine
Brüder
Sind Diener des Geschicks; die Elemente,
Die eure Degen härten, könnten wohl
So gut den lauten Wind verwunden, oder
Die stets sich schließenden Gewässer töten
Mit eitlen Streichen, als am Fittig mir
Ein Fläumchen kränken. Meine Mitgesandten sind
Gleich unverwundbar: könntet ihr auch schaden,
Zu schwer sind jetzt für eure Kraft die Degen
Und lassen sich nicht heben. Doch bedenkt
(Denn das ist meine Botschaft), daß ihr drei
Den guten Prospero verstießt von Mailand,
Der See ihn preisgabt, – die es nun vergolten, –
Ihn und sein harmlos Kind; für welche Untat
Die Mächte, zögernd, nicht vergessend, jetzt
Die See, den Strand, ja alle Kreaturen
Empöret gegen euern Frieden. Dich,
Alonso, haben sie des Sohns beraubt,
Verkünden dir durch mich: ein schleichend Unheil,
Viel schlimmer als ein Tod, der einmal trifft,

Soll Schritt vor Schritt auf jedem Weg dir folgen.
Um euch zu schirmen vor derselben Grimm,
Der sonst in diesem gänzlich öden Eiland
Aufs Haupt euch fällt, hilft nichts als Herzensleid
Und reines Leben künftig.

Er verschwindet unter Donnern; dann kommen die Gestalten bei einer sanften Musik wieder, tanzen mit allerlei Fratzengesichtern und tragen die Tafel weg.

PROSPERO *beiseit.*
Gar trefflich hast du der Harpye Bildung
Vollführt, mein Ariel; ein Anstand war's,
verschlingend!
Von meiner Vorschrift hast du nichts versäumt,
Was du zu sagen hattest; und so haben
Mit guter Art und seltsamen Gebräuchen
Auch meine untern Diener jeglicher
Sein Amt gespielt. Mein hoher Zauber wirkt,
Und diese meine Feinde sind gebunden
In ihrem Wahnsinn; sie sind in meiner Hand.
Ich lass' in diesem Anfall sie und gehe
Zum jungen Ferdinand, den tot sie glauben,
Und sein- und meinem Liebling.

Er verschwindet.

GONZALO.
In heil'ger Dinge Namen, Herr, was steht Ihr
So seltsam starrend?

ALONSO. Oh, es ist gräßlich! gräßlich!
Mir schien, die Wellen riefen mir es zu,
Die Winde sangen mir es, und der Donner,
Die tiefe grause Orgelpfeife, sprach
Den Namen Prospero, sie rollte meinen Frevel.
Drum liegt mein Sohn im Schlamm gebettet, und
Ich will ihn suchen, wo kein Senkblei forschte.
Und mit verschlämmt da liegen.

Ab.

SEBASTIAN. Gebt mir nur einen Teufel auf einmal,
So fecht' ich ihre Legionen durch!

ANTONIO. Ich steh' dir bei.

Sebastian und Antonio ab.

GONZALO.
Sie alle drei verzweifeln; ihre große Schuld,
Wie Gift, das lang' nachher erst wirken soll,
Beginnt sie jetzt zu nagen. Ich ersuch' euch,
Die ihr gelenker seid, folgt ihnen nach
Und hindert sie an dem, wozu der Wahnsinn
Sie etwa treiben könnte.

ADRIAN. Folgt, ich bitt' euch!

Alle ab.

Vierter Aufzug

Erste Szene

Vor Prosperos Zelle.
Prospero, Ferdinand und Miranda treten auf.

PROSPERO. Hab' ich zu strenge Buß' Euch auferlegt,
So macht es die Vergeltung gut: ich gab
Euch einen Faden meines eignen Lebens,
Ja das, wofür ich lebe; noch einmal
Biet' ich sie deiner Hand. All deine Plage
War nur die Prüfung deiner Lieb', und du
Hast deine Probe wunderbar bestanden.
Hier vor des Himmels Angesicht bestät'ge
Ich dies mein reich Geschenk. O Ferdinand!
Lächl' über mich nicht, daß ich mit ihr prahle:
Denn du wirst finden, daß sie allem Lob
Zuvoreilt und ihr nach es hinken läßt.

FERDINAND.
Ich glaub' es auch, selbst gegen ein Orakel.

PROSPERO.
Als Gabe dann und selbsterworbnes Gut,
Würdig erkauft, nimm meine Tochter! Doch
Zerreißt du ihr den jungfräulichen Gürtel,
Bevor der heil'gen Feierlichkeiten jede
Nach hehrem Brauch verwaltet werden kann,
So wird der Himmel keinen Segenstau
Auf dieses Bündnis sprengen: dürrer Haß,
Scheeläugiger Verdruß und Zwist bestreut
Das Bett, das euch vereint, mit eklem Unkraut,
Daß ihr es beide haßt. Drum hütet euch,
So Hymens Kerz' euch leuchten soll!

FERDINAND. So wahr
Ich stille Tag', ein blühendes Geschlecht
Und langes Leben hoff' in solcher Liebe
Als jetzo: nicht die dämmerigste Höhle,
Nicht der bequemste Platz, die stärkste Lockung
So unser böser Genius vermag,
Soll meine Ehre je in Wollust schmelzen,
Um abzustumpfen jenes Tages Feier,
Wann Phöbus' Zug gelähmt mir dünken wird,
Die Nacht gefesselt drunten.

PROSPERO. Wohl gesprochen!
Sitz' denn und rede mit ihr, sie ist dein. –
He, Ariel, mein geflißner Diener Ariel!

Ariel kommt.

ARIEL.
Was will mein großer Meister? Ich bin da.

PROSPERO.
Vollbracht hast du mit den geringern Brüdern
Den letzten Dienst geziemend; und ich brauch' Euch
Aufs neu' zu so 'nem Streich. Geh, bring' hieher
Den Pöbel, über den ich Macht dir leihe.
Laß sie behend sich regen, denn ich muß
Die Augen dieses jungen Paares weiden
Mit Blendwerk meiner Kunst; ich hab's
versprochen,
Und sie erwarten es von mir.

ARIEL. Sogleich?

PROSPERO. Jawohl, in einem Wink.

ARIEL. Eh' du kannst sagen: komm und geh.
Atem holst und rufst: he he,
Mach' ich, wie ich geh' und steh',
Daß hier jeder auf der Zeh'
Sich mit Hokuspokus dreh'!
Liebst du mich, mein Meister? – Ne.

PROSPERO.
Herzlich, mein guter Ariel! Bleib' entfernt,
Bis du mich rufen hörst.

ARIEL. Gut, ich verstehe.

Ab.

PROSPERO. Sieh zu, daß du dein Wort hältst! Laß dem Tändeln
Den Zügel nicht zu sehr: die stärksten Schwüre
Sind Stroh dem Feu'r im Blut. Enthalt' dich mehr.
Sonst: gute Nacht, Gelübd'!

FERDINAND. Herr, seid versichert,
Der weiße, kalte, jungfräuliche Schnee
An meiner Brust kühlt meines Blutes Hitze.

PROSPERO. Gut!
Nun komm, mein Ariel! Bring' ein Übrig's lieber,
Als daß ein Geist uns fehlt; erschein', und artig! –
Kein Mund! Ganz Auge! Schweigt!

Sanfte Musik.
Iris tritt auf.

IRIS. Ceres, du milde Frau! Dein reiches Feld
Voll Weizen, Roggen, Haber, Gerst' und Spelt;
Die Hügel, wo die Schaf' ihr Futter rauben
Und Wiesen, wo sie ruhn, bedeckt von Schauben;
Die Bäche mit betulptem, buntem Bord,
Vom wäss'rigen April verzieret auf dein Wort,
Zu keuscher Nymphen Kränzen; dein Gesträuch,
Wo der verstoßne Jüngling, liebebleich,
Sein Leid klagt; deine pfahlgestützten Reben;
Die Küsten, die sich felsig dürr erheben,
Wo du dich sonnst: des Himmels Königin,
Der Wasserbogen ich und Botin bin,
Heißt dich die alle lassen und, geladen
Auf diesen Rasenplatz, mit ihrer Gnaden
Ein Fest begehn. – Schon fliegt ihr Pfauenpaar:
Komm, reiche Ceres, stelle dich ihr dar!

Ceres tritt auf.

CERES. Heil dir, vielfärb'ge Botin, die du sorgst,
Wie du der Gattin Jovis stets gehorchst;
Die du von Safranschwingen süßen Tau
Herab mir schüttest auf die Blumenau,
Und krönst mit deinem blauen Bogen schön
Die offnen Flächen und bebüschten Höh'n,
Ein Gürtel meiner stolzen Erde! Sprich:
Warum entbietet deine Herrin mich
Auf diesen kurzbegrasten Plan durch dich?

IRIS. Ein Bündnis treuer Liebe hier zu feiern
Und eine Gabe willig beizusteuern
Zum Heil des Paares.

CERES. Sag mir, Himmelsbogen,
Du weißt's ja, kommt auch Venus hergezogen
Mit ihrem Sohn? Seit ihre List ersann,
Wodurch der düstre Dis mein Kind gewann,
Verschwor ich ihre samt des kleinen Blinden
Verrufene Gesellschaft.

IRIS. Sie zu finden
Sei sorglos: ihre Gottheit traf ich schon,
Wie sie nach Paphos hin, mit ihrem Sohn,
Die Wolken teilt in ihrem Taubenwagen.
Sie dachten hier den Sieg davon zu tragen
Durch üpp'gen Zauber über diesen Mann
Und diese Jungfrau, so den Schwur getan,
Nicht zu vollziehn des Bettes heil'ge Pflichten,
Bis Hymens Fackel brennt. Allein mit nichten!
Mars' heiße Buhle machte sich davon,
Zerbrochen hat die Pfeil' ihr wilder Sohn:
Der Trotzkopf schwört, er will nicht weiter zielen,
Ganz Junge sein und nur mit Spatzen spielen.

CERES. Da kommt der Juno höchste Majestät:
Ich kenne sie, wie stolz einher sie geht.

Juno tritt auf.

JUNO.
Wie geht es, güt'ge Schwester? Kommt herbei,
Dies Paar zu segnen, daß es glücklich sei
Und Ruhm erleb' an Kindern!

Lied

JUNO.
Ehre, Reichtum, Eh'bescherung,
Lange Dauer und Vermehrung!
Stündlich werde Lust zu teil euch!
Juno singt ihr hohes Heil euch.

CERES.
Hüll' und Füll', Gedeihen immer,
Scheun' und Boden ledig nimmer;
Reben, hoch voll Trauben rankend;
Pflanzen, von der Bürde wankend;
Frühling werd' euch schon erneuert,
Wann der Herbst kaum eingescheuert!
Dürftigkeit und Mangel meid' euch!
Ceres' Segen so geleit' euch!

FERDINAND.
Dies ist ein majestätisch Schauspiel, und
Harmonisch zum Bezaubern. Darf ich diese
Für Geister halten?

PROSPERO. Geister, die mein Wissen
Aus ihren Schranken rief, um vorzustellen,
Was mir gefällt.

FERDINAND. Hier laßt mich immer leben:
So wunderherrlich Vater und Gemahl
Macht mir den Ort zum Paradies.

Juno und Ceres sprechen leise, und senden Iris auf eine Botschaft.

PROSPERO. Still, Lieber!
Juno und Ceres flüstern ernstiglich:
Es gibt noch was zu tun. St! und seid stumm,
Sonst ist der Zauber hin. –

IRIS.
Ihr Nymphen von den Bächen, die sich schlängeln,
Mit mildem Blick, im Kranz von Binsenstengeln!
Verlaßt die krummen Betten: auf dem Plan
Allhier erscheinet: Juno sagt's euch an.
Auf, keusche Nymphen, helft uns einen Bund
Der treuen Liebe feiern: kommt zur Stund!

Verschiedene Nymphen kommen.

Ihr braunen Schnitter, müde vom August!
Kommt aus den Furchen her zu einer Lust:
Macht Feiertag, schirmt euch mit Sommerhüten,
Den frischen Nymphen hier die Hand zu bieten
Zum Erntetanz!

Verschiedene Schnitter kommen, sauber gekleidet, die sich mit den Nymphen zu einem anmutigen Tanze vereinigen. Gegen das Ende desselben fährt Prospero plötzlich auf und spricht, worauf sie unter einem seltsamen, dumpfen und verworfnen Getöse langsam verschwinden.

PROSPERO *beiseit.*
Vergessen hatt' ich ganz den schnöden Anschlag

Des Viehes Caliban und seiner Mitverschwornen,
Mich umzubringen; und der Ausführung
Minute naht. –

Zu den Geistern.

Schon gut! Brecht auf! Nichts mehr!

FERDINAND. Seltsam! Eu'r Vater ist in Leidenschaft,
Die stark ihn angreift.

MIRANDA. Nie bis diesen Tag
Sah ich ihn so von heft'gem Zorn bewegt.

PROSPERO.
Mein Sohn, Ihr blickt ja auf verstörte Weise,
Als wäret Ihr bestürzt: seid gutes Muts!
Das Fest ist jetzt zu Ende; unsre Spieler,
Wie ich Euch sagte, waren Geister, und
Sind aufgelöst in Luft, in dünne Luft.
Wie dieses Scheines lockrer Bau, so werden
Die wolkenhohen Türme, die Paläste,
Die hehren Tempel, selbst der große Ball,
Ja, was daran nur Teil hat, untergehn
Und, wie dies leere Schaugepräng' erblaßt,
Spurlos verschwinden. Wir sind solcher Zeug
Wie der zu Träumen, und dies kleine Leben
Umfaßt ein Schlaf. – Ich bin gereizt, Herr: habt
Geduld mit mir; mein alter Kopf ist schwindlicht.
Seid wegen meiner Schwachheit nicht besorgt.
Wenn's dir gefällt, begib dich in die Zelle
Und ruh' da; ich will auf und ab hier gehn,
Um mein Gemüt zu stillen.

FERDINAND UND MIRANDA. Findet Frieden!

Beide ab.

PROSPERO.
Komm wie ein Wind! – Ich dank' dir. – Ariel, komm!

Ariel kommt.

ARIEL.
An deinen Winken häng' ich. Was beliebt dir?

PROSPERO. Geist,
Wir müssen gegen Caliban uns rüsten.

ARIEL.
Ja, mein Gebieter; als ich die Ceres spielte,
Wollt' ich dir's sagen, doch ich war besorgt,
Ich möchte dich erzürnen.

PROSPERO.
Sag noch einmal, wo ließest du die Buben?

ARIEL.
Ich sagt' Euch, Herr, sie glühten ganz vom Trinken,
Voll Mutes, daß sie hieben in den Wind,
Weil er sie angehaucht; den Boden schlugen,
Der ihren Fuß geküßt; doch stets erpicht
Auf ihren Plan. Da rührt' ich meine Trommel;
Wie wilde Füllen spitzten sie das Ohr
Und machten Augen, hoben ihre Nasen,
Als röchen sie Musik. Ihr Ohr betört' ich so,
Daß sie wie Kälber meinem Brüllen folgten
Durch scharfe Disteln, Stechginst, Strauch und
Dorn,
Die ihre Beine ritzten; endlich ließ ich
Im grünen Pfuhl sie, jenseit Eurer Zelle,
Bis an den Hals drin watend, daß die Lache
Die Füße überstank.

PROSPERO. Gut so, mein Vogel!
Behalt' die unsichtbare Bildung noch!
Den Trödelkram in meinem Hause, geh,
Bring' ihn hieher, dies Diebsvolk anzukörnen!

ARIEL. Ich geh'! Ich geh'!

Ab.

PROSPERO. Ein Teufel, ein geborner Teufel ist's,
An dessen Art die Pflege nimmer haftet,
An dem die Mühe, die ich menschlich nahm,
Ganz, ganz verloren ist, durchaus verloren;
Und wie sein Leib durchs Alter garst'ger wird,
Verstockt sein Sinn sich. Alle will ich plagen,
Bis zum Gebrüll.

Ariel kommt zurück mit glänzenden Kleidungsstücken.

Komm, häng's an diese Schnur!

Prospero und Ariel bleiben, unsichtbar. Caliban, Stephano und Trinculo kommen ganz durchnäßt.

CALIBAN.
Ich bitt' euch, tretet sacht! Der blinde Maulwurf
Hör' unsern Fuß nicht fallen; wir sind jetzt
Der Zelle nah.

STEPHANO. Ungeheuer, dein Elfe, von dem du sagst, er sei ein harmloser Elfe, hat eben nichts Bessers getan, als uns zum Narren gehabt.

TRINCULO. Ungeheuer, ich rieche lauter Pferdeharn, worüber meine Nase höchlich entrüstet ist.

STEPHANO. Meine auch. Hörst du, Ungeheuer? Sollt' ich ein Mißfallen auf dich werfen, siehst du –

TRINCULO. Du wärst ein geliefertes Ungeheuer.

CALIBAN.
Mein bester Fürst, bewahr' mir deine Gunst;
Sei ruhig, denn der Preis, den ich dir schaffe,
Verdunkelt diesen Unfall: drum sprich leise,
's ist alles still wie Nacht.

TRINCULO. Ja, aber unsre Flaschen in dem Pfuhl zu verlieren!

STEPHANO. Das ist nicht nur eine Schmach und Beschimpfung, Ungeheuer, sondern ein unermeßlicher Verlust.

TRINCULO. Daran liegt mir mehr als an meinem Naßwerden; und das ist nun dein harmloser Elfe, Ungeheuer!

STEPHANO. Ich will meine Flasche herausholen, käm' ich auch für die Mühe bis über die Ohren hinein.

CALIBAN.
Bitt' dich, sei still, mein König! Siehst du hier
Der Zelle Mündung: ohne Lärm hinein,
Und tu' den guten Streich, wodurch dies Eiland
Auf immer dein, und ich dein Caliban,
Dein Füßelecker werde.

STEPHANO. Gib mir die Hand: ich fange an, blutige Gedanken zu haben.

TRINCULO.
O König Stephano! O Herr! O würd'ger Stephano!
Sieh, welch eine Garderobe hier für dich ist!

CALIBAN. Laß es doch liegen, Narr; es ist nur Plunder.

TRINCULO. O ho, Ungeheuer! Wir wissen, was auf den Trödel gehört. – O König Stephano!

STEPHANO. Nimm den Mantel herunter, Trinculo; bei meiner Faust! ich will den Mantel!

TRINCULO. Deine Hoheit soll ihn haben.

CALIBAN.
Die Wassersucht ersäuf den Narr'n! Was denkt ihr,
Vergafft zu sein in solche Lumpen? Laßt,
Und tut den Mord erst; wacht er auf, er zwickt
Vom Wirbel bis zum Zeh' die Haut uns voll,
Macht seltsam Zeug aus uns.

STEPHANO. Halt' dich ruhig, Ungeheuer! Madame Linie, ist nicht dies mein Wams? Nun ist das Wams unter der Linie; nun, Wams, wird dir wohl das Haar ausgehn, und du wirst ein kahles Wams werden.

TRINCULO. Nur zu! nur zu! Wir stehlen recht nach der Schnur, mit Eurer Hoheit Erlaubnis.

STEPHANO. Ich danke dir für den Spaß, da hast einen Rock dafür. Witz soll nicht unbelohnt bleiben, solang' ich König in diesem Lande bin. »Nach der Schnur stehlen«, ist ein kapitaler Einfall. Da hast du noch einen Rock dafür.

TRINCULO. Komm, Ungeheuer, schmiere deine Finger, und fort mit dem Übrigen!

CALIBAN. Ich will's nicht: wir verlieren unsre Zeit
Und werden all' in Baumgäns' oder Affen
Mit schändlich kleiner Stirn verwandelt werden.

STEPHANO. Ungeheuer, tüchtig angepackt! Hilf mir dies hintragen, wo mein Oxhoft Wein ist, oder ich jage dich zu meinem Königreich hinaus. Frisch! trage dies!

TRINCULO. Dies auch.

STEPHANO. Ja, und dies auch.

Ein Getöse von Jägern wird gehört.
Es kommen mehr Geister in Gestalt von Hunden, und jagen sie umher. Prospero und Ariel hetzen diese an.

PROSPERO. Sasa, Waldmann, sasa!

ARIEL. Tiger! da läuft's, Tiger!

PROSPERO. Packan! Packan! Da, Sultan, da! Faß! faß!

Caliban, Stephano und Trinculo werden hinausgetrieben.

Geh, heiß' die Kobold' ihr Gebein zermalmen
Mit starren Zuckungen, die Sehnen straff
Zusammenkrampfen und sie fleck'ger zwicken
Als wilde Katz' und Panther.

ARIEL. Horch, sie brüllen!

PROSPERO.
Laß brav herum sie hetzen! Diese Stunde
Gibt alle meine Feind' in meine Hand;
In kurzem enden meine Müh'n, und du
Sollst frei die Luft genießen: auf ein Weilchen
Folg' noch und tu' mir Dienst!

Ab.

Fünfter Aufzug

Erste Szene

Vor Prosperos Zelle.
Prospero in seiner Zaubertracht und Ariel treten auf.

PROSPERO.
Jetzt naht sich der Vollendung mein Entwurf,
Mein Zauber reißt nicht, meine Geister folgen,
Die Zeit geht aufrecht unter ihrer Last.
Was ist's am Tag?

ARIEL. Die sechste Stunde, Herr,
Um welche Zeit Ihr sagtet, daß das Werk
Ein Ende nehmen solle.

PROSPERO. Ja, ich sagt' es,
Als ich den Sturm erregte. Sag, mein Geist,
Was macht der König jetzt und sein Gefolg'?

ARIEL. Gebannt zusammen auf dieselbe Weise,
Wie Ihr mir auftrugt; ganz wie Ihr sie ließt;
Gefangen alle, Herr, im Lindenwäldchen.
Das Eure Zelle schirmt: sie können sich
Nicht rippeln, bis Ihr sie erlöst. Der König,
Sein Bruder, Eurer, alle drei im Wahnsinn.
Die andern trauren um sie, übervoll
Von Gram und Schreck; vor allen er, den Ihr
»Den guten alten Herrn Gonzalo« nanntet.
Die Tränen rinnen ihm am Bart hinab,
Wie Wintertropfen an der Trauf' aus Rohr.
Eu'r Zauber greift sie so gewaltig an,
Daß, wenn Ihr jetzt sie sähet, Eu'r Gemüt
Erweichte sich.

PROSPERO. Glaubst du das wirklich, Geist?

ARIEL. Meins würd' es, wär' ich Mensch.

PROSPERO. Auch meines soll's.
Hast du, der Luft nur ist, Gefühl und Regung
Von ihrer Not? und sollte nicht ich selbst,
Ein Wesen ihrer Art, gleich scharf empfindend,
Leidend wie sie, mich milder rühren lassen?
Obschon ihr Frevel tief ins Herz mir drang,
Doch nehm' ich gegen meine Wut Partei
Mit meinem edlern Sinn: der Tugend Übung
Ist höher als der Rache; da sie reuig sind,
Erstreckt sich meines Anschlags ein'ger Zweck
Kein Stirnerunzeln weiter: geh, befrei' sie!
Ich will den Zauber brechen, ihre Sinne
Herstellen, und sie sollen nun sie selbst sein.

ARIEL. Ich will sie holen, Herr.

Ab.

PROSPERO.
Ihr Elfen von den Hügeln, Bächen, Hainen;
Und ihr, die ihr am Strand, spurloses Fußes,
Den ebbenden Neptunus jagt und flieht,
Wann er zurückkehrt; halbe Zwerge, die ihr
Bei Mondschein grüne saure Ringlein macht,
Wovon das Schaf nicht frißt; die ihr zur Kurzweil
Die nächt'gen Pilze macht; die ihr am Klang
Der Abendglock' euch freut; mit deren Hülfe
(Seid ihr gleich schwache Fäntchen) ich am Mittag
Die Sonn' umhüllt, aufrühr'sche Wind' entboten,
Die grüne See mit der azurnen Wölbung
In lauten Kampf gesetzt, den furchtbar'n Donner
Mit Feu'r bewehrt, und Jovis' Baum gespalten
Mit seinem eignen Keil, des Vorgebirgs
Grundfest' erschüttert, ausgerauft am Knorren
Die Ficht' und Zeder; Grüft', auf mein Geheiß,
Erweckten ihre Toten, sprangen auf
Und ließen sie heraus, durch meiner Kunst
Gewalt'gen Zwang: doch dieses grause Zaubern
Schwör' ich hier ab; und hab' ich erst, wie jetzt
Ich's tue, himmlische Musik gefodert,
Zu wandeln ihre Sinne, wie die luft'ge

Magie vermag: so brech' ich meinen Stab,
Begrab' ihn manche Klafter in die Erde,
Und tiefer, als ein Senkblei je geforscht,
Will ich mein Buch ertränken.

Feierliche Musik.

Ariel kommt zurück; Alonso folgt ihm mit rasender Gebärde, begleitet von Gonzalo; Sebastian und Antonio ebenso, von Adrian und Francisco begleitet: sie treten alle in den Kreis, den Prospero gezogen hat, und stehn bezaubert da. Prospero bemerkt es und spricht.

Ein feierliches Lied, der beste Tröster
Zur Heilung irrer Phantasie! – Dein Hirn,
Jetzt nutzlos, kocht im Schädel dir: da steht!
Denn ihr seid festgebannt. –
Heil'ger Gonzalo! ehrenwerter Mann!
Mein Auge läßt, befreundet mit dem Tun
Des deinen, brüderliche Tropfen fallen.
Allmählich löst sich die Bezaub'rung auf,
Und wie die Nacht der Morgen überschleicht,
Das Dunkel schmelzend, fangen ihre Sinnen
Erwachend an, den blöden Dunst zu scheuchen,
Der noch die hellere Vernunft umhüllt:
O wackerer Gonzalo! mein Erretter,
Und redlicher Vasall dem, so du folgst!
Ich will dein Wohltun reichlich lohnen, beides
Mit Wort und Tat. – Höchst grausam gingst du um
Mit mir, Alonso, und mit meiner Tochter;
Dein Bruder war ein Förderer der Tat –
Das nagt dich nun, Sebastian! – Fleisch und Blut,
Mein Bruder du, der Ehrgeiz hegte, austrieb
Gewissen und Natur; der mit Sebastian
(Des inn're Pein deshalb die stärkste) hier
Den König wollte morden! Ich verzeih' dir,
Bist du schon unnatürlich. – Ihr Verstand
Beginnt zu schwellen, und die nah'nde Flut
Wird der Vernunft Gestad' in kurzem füllen,
Das daliegt, schwarz und schlammig. – Nicht einer drunter,
Der schon mich ansäh' oder kennte. – Ariel,
Hol' mir den Hut und Degen aus der Zelle,

Ariel ab.

Auf daß ich mich entlarv' und stelle dar
Als Mailand, so wie vormals. – Hurtig, Geist,
Du wirst nun eh'stens frei..

Ariel kommt singend zurück und hilft den Prospero ankleiden.

ARIEL. Wo die Bien', saug' ich mich ein,
Bette mich in Maiglöcklein,
Lausche da, wenn Eulen schrein,
Fliege mit der Schwalben Reih'n
Lustig hinterm Sommer drein.
Lustiglich, lustiglich leb' ich nun gleich
Unter den Blüten, die hängen am Zweig.

PROSPERO.
Mein Liebling Ariel! Ja, du wirst mir fehlen,
Doch sollst du Freiheit haben. So, so, so!
Unsichtbar, wie du bist, zum Schiff des Königs,
Wo du das Seevolk schlafend finden wirst
Im Raum des Schiffs: den Schiffspatron und Bootsmann,
Sobald sie wach sind, nöt'ge sie hieher;
Und gleich, ich bitte dich.

ARIEL. Ich trink' im Flug die Luft und bin zurück,
Eh' zweimal Euer Puls schlägt.

Ab.

GONZALO.
Nur Qual, Verwirrung, Wunder und Entsetzen
Wohnt hier: führ' eine himmlische Gewalt uns
Aus diesem furchtbar'n Lande!

PROSPERO. Seht, Herr König,
Mailands gekränkten Herzog, Prospero:
Und zum Beweis, daß ein lebend'ger Fürst
Jetzt mit dir spricht, umarm' ich deinen Körper
Und heiße dich und dein Gefolge herzlich
Willkommen hier.

ALONSO. Ob du es bist, ob nicht,
Ob ein bezaubert Spielwerk, mich zu täuschen,
Wie ich noch eben, weiß ich nicht: dein Puls
Schlägt wie von Fleisch und Blut; seit ich dich sah,
Genas die Seelenangst, womit ein Wahnsinn
Mich drückte, wie ich fürchte. Dies erfodert,
Wenn's wirklich ist, die seltsamste Geschichte.
Dein Herzogtum geb' ich zurück, und bitte,
Vergib mein Unrecht mir! – Doch wie kann Prospero
Am Leben sein und hier?

PROSPERO. Erst, edler Freund,
Laß mich dein Alter herzen, dessen Ehre
Nicht Maß noch Grenze kennt.

GONZALO. Ob dies so ist,
Ob nicht, will ich nicht schwören.

PROSPERO. Ihr erprobt
Kunststücke dieser Insel noch, die Euch
Nicht für gewiß die Dinge halten lassen.
Willkommen, meine Freunde!

Beiseit zu Antonio und Sebastian.

Aber ihr,
Mein Paar von Herren, wär' ich so gesinnt,
Ich könnte seiner Hoheit Zorn euch zuziehn
Und des Verrats euch zeihen: doch ich will
Nicht plaudern jetzt.

SEBASTIAN *beiseit.*
Der Teufel spricht aus ihm.

PROSPERO. Nein. –
Euch, schlechter Herr, den Bruder nur zu nennen
Schon meinen Mund beflecken würd', erlass' ich
Den ärgsten Fehltritt; alle; und verlange
Mein Herzogtum von dir, das du, ich weiß,
Durchaus mußt wiedergeben.

ALONSO. Bist du Prospero,
Meld' uns das Nähere von deiner Rettung;
Wie du uns trafst, die vor drei Stunden hier
Am Strand gescheitert, wo für mich verloren
(Wie scharf der Stachel der Erinn'rung ist!)
Mein Sohn! mein Ferdinand!

PROSPERO. Herr, ich beklag's.

ALONSO. Unheilbar ist der Schad', und die Geduld
Sagt, sie vermag hier nichts.

PROSPERO. Ich denke eher,
Ihr suchtet ihre Hülfe nicht, durch deren
Sanftmüt'ge Huld bei ähnlichem Verlust
Ich ihres hohen Beistands teilhaft ward
Und mich zufrieden gab.

ALONSO. Ihr ähnlichen Verlust?

PROSPERO.
Gleich groß für mich, gleich neu; und ihn erträglich
Zu finden, hab' ich doch weit schwächre Mittel,
Als Ihr zum Trost herbei könnt rufen: ich
Verlor ja meine Tochter.

ALONSO. Eine Tochter?
O Himmel! wären sie doch beid' in Napel
Am Leben, König dort und Königin!
Wenn sie's nur wären, wünscht' ich selbst versenkt
In jenes schlamm'ge Bett zu sein, wo jetzt
Mein Sohn liegt. Wann verlort Ihr Eure Tochter?

PROSPERO.
Im letzten Sturm. Ich merke, diese Herrn
Sind ob dem Vorfall so verwundert, daß
Sie ihren Witz verschlingen und kaum denken,
Ihr Aug' bediene recht sie, ihre Worte
Sei'n wahrer Odem; doch, wie sehr man euch
Gedrängt aus euren Sinnen, wißt gewiß,
Daß Prospero ich bin, derselbe Herzog,
Von Mailand einst verstoßen; der höchst seltsam
An diesem Strand, wo ihr gescheitert, ankam,
Hier Herr zu sein. Nichts weiter noch hievon!
Denn eine Chronik ist's von Tag zu Tag,
Nicht ein Bericht bei einem Frühstück, noch
Dem ersten Wiedersehen angemessen.
Willkommen, Herr! Die Zell' da ist mein Hof.
Hier hab' ich nur ein klein Gefolg', und auswärts
Nicht einen Untertan: seht doch hinein!
Weil Ihr mein Herzogtum mir wiedergebt,
Will ich's mit eben so was Gutem lohnen,
Ein Wunder mind'stens auftun, daß Euch freue
So sehr als mich mein Herzogtum.

Der Eingang der Zelle öffnet sich, und man sieht Ferdinand und Miranda, die Schach zusammen spielen.

MIRANDA. Mein Prinz, Ihr spielt mir falsch.

FERDINAND. Mein teures Leben,
Das tät' ich um die Welt nicht.

MIRANDA. Ja, um ein Dutzend Königreiche würdet
Ihr hadern, und ich nennt' es ehrlich Spiel.

ALONSO.
Wenn dies nichts weiter ist als ein Gesicht
Der Insel, werd' ich einen teuren Sohn
Zweimal verlieren.

SEBASTIAN. Ein erstaunlich Wunder!

FERDINAND.
Droht gleich die See, ist sie doch mild: ich habe
Sie ohne Grund verflucht.

Er kniet vor Alonso.

ALONSO. Nun, aller Segen
Des frohen Vaters fasse rings dich ein!
Steh auf und sag, wie kamst du her?

MIRANDA. O Wunder!
Was gibt's für herrliche Geschöpfe hier!
Wie schön der Mensch ist! Wackre neue Welt,
Die solche Bürger trägt!

PROSPERO. Es ist dir neu.

ALONSO.
Wer ist dies Mädchen da, mit dem du spieltest?
Drei Stunden kaum kann die Bekanntschaft alt sein.
Ist sie die Göttin, die uns erst getrennt,
Und so zusammenbringt?

FERDINAND. Herr, sie ist sterblich,
Doch durch unsterbliches Verhängnis mein.
Ich wählte sie, als ich zu Rat den Vater
Nicht konnte ziehn, noch glaubt', ich habe einen.
Sie ist die Tochter dieses großen Herzogs
Von Mailand, dessen Ruhm ich oft gehört,
Doch nie zuvor ihn sah; von ihm empfing ich
Ein zweites Leben, und zum zweiten Vater
Macht ihn dies Fräulein mir.

ALONSO. Ich bin der ihre;
Doch oh, wie seltsam klingt's, daß ich mein Kind
Muß um Verzeihung bitten!

PROSPERO. Haltet, Herr:
Laßt die Erinnerung uns nicht belasten
Mit dem Verdrusse, der vorüber ist.

GONZALO.
Ich habe innerlich geweint, sonst hätt' ich
Schon längst gesprochen. Schaut herab, ihr Götter,
Senkt eine Segenskron' auf dieses Paar!
Denn ihr seid's, die den Weg uns vorgezeichnet,
Der uns hieher gebracht.

ALONSO. Ich sage Amen!

GONZALO.
Ward Mailand darum weggebannt von Mailand,
Daß sein Geschlecht gelangt' auf Napels Thron?
O freut mit seltner Freud' euch; grabt's mit Gold
In ew'ge Pfeiler ein: auf einer Reise
Fand Claribella den Gemahl in Tunis,
Und Ferdinand, ihr Bruder, fand ein Weib,
Wo man ihn selbst verloren; Prospero
Sein Herzogtum in einer armen Insel;
Wir all' uns selbst, da niemand sein war.

ALONSO *zu Ferdinand und Miranda.*
Gebt
Die Hände mir! Umfasse Gram und Leid
Stets dessen Herz, der euch nicht Freude wünscht!

GONZALO. So sei es, Amen!

Ariel kommt mit dem Schiffspatron und Bootsmann, die ihm betäubt folgen.

O seht, Herr! seht, Herr! Hier sind unser mehr.
Ich prophezeite, gäb's am Lande Galgen,
So könnte der Geselle nicht ersaufen.
Nun, Lästerung, der du die Gottesfurcht
Vom Bord fluchst, keinen Schwur hier auf dem
Trocknen?
Hast keinen Mund zu Land? Was gibt es Neues?

BOOTSMANN.
Das beste Neue ist, daß wir den König
Und die Gesellschaft wohlbehalten sehn;
Das nächste: unser Schiff, das vor drei Stunden
Wir für gescheitert ansahn, ist so dicht,
So fest und brav getakelt, als da erst
In See wir stachen.

ARIEL *beiseit.*
Herr, dies alles hab' ich
Besorgt, seitdem ich ging.

PROSPERO *beiseit.*
Mein flinker Geist!

ALONSO.
All dies geht nicht natürlich zu: von Wundern

Zu Wundern steigt es. – Sagt, wie kamt Ihr her?

BOOTSMANN.

Herr, wenn ich dächte, ich wär' völlig wach,
Versucht' ich, Euch es kund zu tun. Wir lagen
In Totenschlaf und (wie, das weiß ich nicht)
All' in den Raum gepackt; da wurden wir
Durch wunderbar und mancherlei Getöse
Von Brüllen, Kreischen, Heulen, Kettenklirren
Und mehr Verschiedenheit von Lauten, alle gräßlich,
Jetzt eben aufgeweckt; alsbald in Freiheit;
Wo wir in voller Pracht, gesund und frisch,
Sahn unser königliches, wackres Schiff,
Und der Patron sprang gaffend drum herum:
Als wir im Nu, mit Eurer Gunst, wie träumend
Von ihnen weggerissen und verdutzt
Hier wurden hergebracht.

ARIEL *beiseit.*

Macht' ich es gut?

PROSPERO.

Recht schön, mein kleiner Fleiß! Du wirst auch frei.

ALONSO. Dies ist das wunderbarste Labyrinth,
Das je ein Mensch betrat; in diesem Handel
Ist mehr, als unter Leitung der Natur
Je vorging: ein Orakel muß darein
Uns Einsicht öffnen.

PROSPERO. Herr, mein Lehenshaupt,
Verstört nicht Eu'r Gemüt durch Grübeln über
Der Seltsamkeit des Handels; wenn wir Muße
Gesammelt, was in kurzem wird geschehn,
Will ich Euch Stück für Stück Erklärung geben,
Die Euch gegründet dünken soll, von jedem
Ereignis, das geschehn: so lang' seid fröhlich
Und denket gut von allem! –

Beiseit.

Geist, komm her!
Mach' Caliban und die Gesellen frei,
Lös' ihren Bann! –

Ariel ab.

Was macht mein gnäd'ger Herr?
Es fehlen vom Gefolg' Euch noch ein paar
Spaßhafte Bursche, die Ihr ganz vergeßt.

Ariel kommt zurück und treibt Caliban, Stephano und Trinculo in ihren gestohlnen Kleidern vor sich her.

STEPHANO. Jeder mache sich nur für alle übrigen zu schaffen, und keiner sorge für sich selbst, denn alles ist nur Glück. – Courage, Blitzungeheuer, Courage!

TRINCULO. Wenn dies wahrhafte Kundschafter sind, die ich im Kopfe trage, so gibt es hier was Herrliches zu sehn.

CALIBAN. O Setebos, das sind mir wackre Geister!
Wie schön mein Meister ist! Ich fürchte mich,
Daß er mich zücht'gen wird.

SEBASTIAN. Ha, ha!
Was sind das da für Dinger, Prinz Antonio?
Sind sie für Geld zu Kauf?

ANTONIO. Doch wohl! Der eine
Ist völlig Fisch, und ohne Zweifel marktbar.

PROSPERO.

Bemerkt nur dieser Leute Tracht, ihr Herrn,
Und sagt mir dann, ob sie wohl ehrlich sind.
Der mißgeschaffne Schurke – seine Mutter
War eine Hex', und zwar so stark, daß sie
Den Mond in Zwang hielt, Flut und Ebbe machte
Und außer ihrem Kreis Gebote gab. –
Die drei beraubten mich; und der Halbteufel
(Denn so ein Bastard ist er) war mit ihnen
Verschworen, mich zu morden. Ihr müßt zwei
Von diesen Kerlen kennen als die euren;
Und dies Geschöpf der Finsternis erkenn' ich
Für meines an.

CALIBAN. Ich werde tot gezwickt!

ALONSO.

Ist dies nicht Stephano, mein trunkner Kellner?

SEBASTIAN.

Er ist jetzt betrunken: wo hat er Wein gekriegt?

ALONSO.

Und Trinculo ist auch zum Torkeln voll:
Wo fanden sie nur diesen Wundertrank,
Der sie verklärt? Wie kamst du in die Brühe?

TRINCULO. Ich bin so eingepökelt worden, seit ich Euch zuletzt sah, daß ich fürchte, es wird nie wieder aus meinen Knochen herausgehn. Vor den Schmeißfliegen werde ich sicher sein.

SEBASTIAN. Nun, Stephano, wie geht's?

STEPHANO. O rührt mich nicht an! Ich bin nicht Stephano, sondern ein Krampf.

PROSPERO. Ihr wolltet hier auf der Insel König sein, Schurke?

STEPHANO. Da wär' ich ein geschlagner König gewesen.

ALONSO *auf Caliban zeigend.* Nie sah ich ein so seltsam Ding als dies.

PROSPERO. Er ist so ungeschlacht in seinen Sitten
Als von Gestalt. – Geh, Schurk', in meine Zelle,
Nimm deine Spießgesellen mit: wo du
Vergebung wünschest, putze nett sie auf!

CALIBAN. Das will ich, ja; will künftig klüger sein
Und Gnade suchen: welch dreifacher Esel
War ich, den Säufer für 'nen Gott zu halten
Und anzubeten diesen dummen Narr'n!

PROSPERO. Mach' zu! Hinweg!

ALONSO.

Fort! Legt den Trödel ab, wo ihr ihn fandet!

SEBASTIAN. Vielmehr, wo sie ihn stahlen.

Caliban, Stephano und Trinculo ab.

PROSPERO. Ich lade Eure Hoheit nebst Gefolge
In meine arme Zell', um da zu ruhn
Für diese eine Nacht, die ich zum Teil
Mit solchen Reden hinzubringen denke,
Worunter sie, wie ich nicht zweifle, schnell
Wird hingehn: die Geschichte meines Lebens
Und die besondern Fälle, so geschehn,
Seit ich hieher kam; und am Morgen früh
Führ' ich euch hin zum Schiff und so nach
Napel.
Dort hab' ich Hoffnung, die Vermählungsfeier
Von diesen Herzgeliebten anzusehn.
Dann zieh' ich in mein Mailand, wo mein dritter
Gedanke soll das Grab sein.

ALONSO. Mich verlangt
Zu hören die Geschichte Eures Lebens,
Die wunderbar das Ohr bestricken muß.

PROSPERO.
Ich will es alles kund tun, und verspreche
Euch stille See, gewognen Wind, und Segel
So rasch, daß Ihr die königliche Flotte
Weit weg erreichen sollt. –
Beiseit.
Mein Herzens-Ariel,
Dies liegt dir ob; dann in die Elemente!
Sei frei und leb du wohl! – Beliebt's Euch, kommt!

Epilog

von Prospero gesprochen

Hin sind meine Zauberei'n,
Was von Kraft mir bleibt, ist mein,
Und das ist wenig: nun ist's wahr,
Ich muß hier bleiben immerdar,
Wenn ihr mich nicht nach Napel schickt.
Da ich mein Herzogtum entrückt
Aus des Betrügers Hand, dem ich
Verziehen, so verdammet mich
Nicht durch einen harten Spruch
Zu dieses öden Eilands Fluch.
Macht mich aus des Bannes Schoß
Durch eure will'gen Hände los.
Füllt milder Hauch aus Euerm Mund
Mein Segel nicht, so geht zu Grund
Mein Plan; er ging auf eure Gunst.
Zum Zaubern fehlt mir jetzt die Kunst;
Kein Geist, der mein Gebot erkennt;
Verzweiflung ist mein Lebensend',
Wenn nicht Gebet mir Hülfe bringt,
Welches so zum Himmel dringt,
Daß es Gewalt der Gnade tut
Und macht jedweden Fehltritt gut.
Wo ihr begnadigt wünscht zu sein,
Laßt eure Nachsicht mich befrein.

DIE BEIDEN EDLEN VETTERN*

*** Zu dieser Komödie existiert leider keine Titel-Illustration von John Gilbert.**

Personen

Theseus, Herzog von Athen
Pirithous, atheniensischer Feldherr
Artesius, atheniensischer Hauptmann
Palämon,
Arcites, Neffen des thebanischen Königs Kreon
Valerius, ein thebanischer Edelmann
Sechs Ritter
Ein Herold
Kerkermeister
Ein Freier der Tochter des Kerkermeisters
Ein Arzt
Bruder und
Freunde des Kerkermeisters
Ein Edelmann
Gerrold, ein Schulmeister
Hippolyta, eine Amazone, Braut des Theseus
Emilia, Schwester des Theseus
Drei Königinnen
Die Tochter des Kerkermeisters
Dienstfrauen der Emilia. Landleute. Boten. Ein Mann, welcher Hymen vorstellt. Ein Knabe. Ein Henker. Wache. Dienstboten. Landmädchen. Nymphen.

Scene: Athen und seine Umgebung, außer im ersten Act, wo die Handlung auch in Theben und seiner Umgebung vor sich geht.

Prolog

Ein neues Stück und eine junge Maid,
Sie gleichen sich einander beid'!
Ist es mit ihnen gut bestellt,
Begehrt man sie und schont für sie kein Geld.
Ein neues Stück, das mädchenhaft erglüht,
Wenn's seinen Hochzeitstag gekommen sieht,
Und bangend, hoffend, ahnungsvoll
Nun seine Unschuld opfern soll,
Gleicht einer Jungfrau, die von ihrer Art
Sich nach der Trauung so viel noch bewahrt,
Daß sie bei allem, was sie thut und treibt,
Obgleich sie Frau nun, doch noch Mädchen bleibt –
So wünschen wir, daß unser Stück möcht' sein!
Nach Herkunft ist es edel, gut und rein,
Hat einen Vater, wie ein zweiter so
Nicht zwischen Silber-Trent und Po
Gefunden wird, denn Chaucer ist der Mann,
Der diese Märe uns ersann.
Sein Ruhm wird ewig dauern jung und frisch,
Und sollt' etwa durch unsre Schuld Gezisch
Der erste Willkomm seines Kindes sein,
So würde sich im Grabe sein Gebein
Umdrehn, und rufen würd' er ohne Zweifel:
Jagt diese Pfuscher mir zum Teufel,
Die meinen hohen Werth begriffen nicht
Und ärger plündern mein Gedicht,
Als Robin Hood des Reisenden Gepäck!
Ja! Diese Furcht, wir reden sie nicht weg,
Denn freilich wissen wir wie knabenhaft
Die Hoffnung ist, mit unsrer schwachen Kraft
Ihm nach in seine tiefen Wasser gehn.
Doch sollen wir die Wahrheit Euch gestehn?
Wir rechneten auf Eure Helfershand,
Die schon manch Unglück von uns abgewandt.
Auch diesmal bitten wir um Eure Gunst
Für dieses Spiel, das freilich seiner Kunst
Nicht würdig ist, indeß vielleicht doch werth,
Daß Ihr ein Stündchen opfert und es hört.
Doch müßten wir erleben, daß dies Spiel,
Statt Euch die Zeit zu kürzen, nur misfiel,
So würde das den Muth uns so benehmen,
Daß wir dann lieber gar nicht wiederkämen!

Erster Act

Erste Scene

(Athen; vor einem Tempel.)
Hymen mit einer brennenden Fackel tritt auf; vor ihm her ein Knabe in weißem Gewande, Blumen streuend und singend. Ihm folgt eine Nymphe mit gelöstem Haar, einen Aehrenkranz auf dem Haupte. Hierauf Theseus zwischen zwei andern Nymphen, die ebenfalls Aehrenkränze tragen. Dann, von Pirithous geführt, Hippolyta mit hängendem Haar. Eine Nymphe hält über ihrem Haupte einen Aehrenkranz. Zuletzt Emilia, ihre Schleppe über dem Arm tragend. Artesius und Gefolge. – Musik.

Gesang

Dornenfreie, makellose
Königin der Düfte, Rose,
Farbenreiche, licht und mild,
Federnelke, bar der Düfte,
Asphodil, du Schmuck der Grüfte,
Herzblatt echter Treue Bild;
Primel, erste von den süßen
Blümlein, die den Lenz begrüßen,
Wenn er seinen Einzug hält;
Maßlieb mit den blauen Aeuglein,
Schlüsselblum' an schwankem Zweiglein,
Rittersporn, du tapfrer Held;
Kinder des vergnügten Maien,
Laßt dem edlen Paar euch streuen,
Labt ihm Auge und Geruch;
Englein, steigt vom Himmel nieder,
Vöglein, Sänger süßer Lieder,
Lenket hierher euern Flug!
Kuckuck aber, Eul' und Krähe,
Kommet nicht in seine Nähe,
Denn ihr kündet nur Gefahr;
Sollt nicht nisten hier noch singen,
Unheil nicht und Zwietracht bringen
Unserm holden Liebespaar!

(Die drei Königinnen, in schwarze Schleier und Gewänder gehüllt, Königskronen auf dem Haupte, treten auf. Die erste fällt vor Theseus, die zweite vor Hippolyta, die dritte vor Emilia nieder.)

ERSTE.
Um der Barmherzigkeit und Gnade willen
Erhöret mich!

ZWEITE. Um Eurer Mutter willen,
Und daß Ihr holde Kinder mögt gebären,
Erhöret mich!

DRITTE. Um des Beglückten willen,
Dem Zeus die Ehre Eures Bettes einst
Gewähren wird, – um Eurer Keuschheit willen
Erbarmt Euch unsres Leids. Die gute That
Löscht jedes Unheil, das im Buch des Schicksals
Für Euch verzeichnet steht, auf immer aus!

THESEUS. Steht auf!

HIPPOLYTA. Steht auf!

EMILIA. O, kniet nicht vor mir!
Für jede meiner Schwestern, die sich grämt,
Hab' ich ein fühlend Herz.

THESEUS. Was bittet ihr?
Für alle rede eine von euch drei'n.

ERSTE KÖNIGIN.
Wir sind drei Königinnen, deren Gatten
Als Opfer fielen König Kreon's Wuth.
Dort im Theban'schen Felde liegen sie
Den Raben, Geiern, Krähen hingeworfen.
Er will nicht dulden, daß wir ihre Leichen
Zu Asche brennen und in Urnen bergen,
Damit der Greuel menschlicher Verwesung
Dem Strahlenauge Phöbus' sei entrückt.
Erbarmt Euch unsrer! Ihr, der Erde Herrscher,
Zieht Euer siegreich Schwert, des Rechtes Hort,
Und gebt der todten Könige Gebeine
Uns Jammernden, damit wir sie bestatten!

Und dann erwägt in Eurem edlen Sinn,
Daß wir, gekrönte Königinnen, ach!
Kein Obdach haben, außer da, wo Löwen
Und Bären hausen, wenn nicht schlimmer noch.

THESEUS. Ich bitte, stehet auf, kniet länger nicht!
So sehr hat Eure Rede mich ergriffen,
Daß ich darob vergaß, Euch aufzuheben.
Das Schicksal eurer edlen Gatten kenn' ich,
Und Mitleid feuert mich zur Rache an.
Ihr war't mit König Kapaneus vermählt!
An Eurem Hochzeitstag, 's war um die Zeit
Des Jahres, wo auch ich jetzt Hochzeit halte,
Traf ich mit Eurem Bräutigam zusammen
An Mars' Altar. Ihr waret damals schön,
Eu'r Lockenhaar floß dicht und voll und golden
Von Eurem Haupte, schöner als der Schleier
Der Göttin Juno. Euer Aehrenkranz,
Er strahlte frisch und war noch unversehrt.
Fortuna lächelte Euch freundlich zu,
Und unser Vetter Hercules, besiegt
Von Euern Blicken, streckte seine Keule,
Warf sich auf des Numäischen Löwen Fell
Und schwur, ihm sei der Sehnen Kraft geschmolzen.
O, wie doch Zeit und Leid bis zur Vernichtung
An allem zehren!

ERSTE KÖNIGIN. Unsre Hoffnung ist,
Es werd' ein Gott in Eure Heldenseele
Ausgießen seine Kraft und Euch bestellen
Zu unsrem Helfer!

THESEUS. Nicht vor mir, Verwaiste,
Kniet vor Bellona, der behelmten, hin
Und fleht für Euren Krieger. Weh' ergreift mich!
(Er wendet sich ab.)

ZWEITE KÖNIGIN. Hippolyta, du tapfrer Amazonen
Gefürchtetste, die den fünfzahn'gen Eber
Erschlug und dann mit ihrem starken Arm,
So stark als schön, das Volk der Männer fast
Dem weiblichen Geschlecht hätt'st unterworfen,
Wenn er, der jetzt dein Herr, der Schöpfung Willen
Nicht aufrecht hätt' erhalten, und die Flut,
Die über ihre Ufer schwellte, bändigend
Durch Liebe dich und Kraft bezwungen hätte:
Du Kriegerin so barsch wie mitleidsvoll,
Die Macht hat über ihn, wie er zuerst
Sie über dich geübt, der seine Kraft
Wie seine Liebe dir zu Diensten stellte
Und seiner Rede deinen Inhalt leiht;
Du Spiegel aller Frau'n, o bitte ihn,
Daß er uns, von der Glut des Kriegs Verzehrten
Im Schatten seines Schwerts, das über uns
Er breitet, Kühlung gebe. Bitte ihn
Mit sanfter Frauenstimme, so wie wir,
Und spare auch dabei der Thränen nicht.
Fall' vor ihm auf das Knie, doch länger nicht,
Als sterbend der geköpften Taube Flügel
Den Boden schlägt, – und rede solche Worte,
Wie sie dir kämen, wenn er selbst verwesend
Auf blutgetränktem Felde läg', der Sonne
Die Zähne weisend und den Mond angrinsend!

HIPPOLYTA. Kein Wort mehr. Glaubt mir:
freud'ger schreit' ich nicht
Der heil'gen Handlung dort im Tempel zu,
Als ich bereit für Euch zu handeln bin.
Mein Herr ist tief von Eurem Leid ergriffen,
Er überlege erst, dann rede ich.

DRITTE KÖNIGIN *(vor Emilia kniend).*
Zu Eis gefroren war mein Flehn, das nun
Der Schmerzen heiße Glut zu Tropfen schmolz.
So weicht der Gram, der keinen Ausdruck findet,
Dem stärkern Drang.

EMILIA. Ich bitte Euch, steht auf!
In jedem Eurer Züge les' ich Gram.

DRITTE KÖNIGIN.
Nein, wehe mir! Dort könnt' Ihr ihn nicht lesen,
Wie Kiesel in des klaren Stromes Flut
Seht Ihr ihn nur verschoben. Edle Frau,
Wer ganz der Erde Schätze will erkunden,
Muß dringen bis zum tiefsten Kern hinab,
Und wer mein kleinstes Fischchen fangen will,
Der senke tief ins Herz mir seine Angel.
Die höchste Noth, die den Verstand sonst schärft,
Macht mich zur Närrin.

EMILIA. Bitte, sagt nichts mehr!
Wer in dem Regen steht und ihn nicht fühlt,
Der weiß auch nicht, was naß, was trocken ist.
Wenn eines Meisters Meisterstück Ihr wäret,
Ich würd' Euch kaufen, mich vor Gram zu warnen,
So herzzerreißend stellet Ihr ihn dar.
Doch da Ihr mir als Weib verschwistert seid,
Trifft Euer bittres Leid so lebhaft mich,
Daß es von meinem Herz abprallen soll
Auf meines Bruders Herz und es erweichen,
Wär' es so hart als Stein. Drum seid getrost!

THESEUS. Jetzt in den Tempel! Laßt andächtig uns
Die heiligen Gebräuche dort verrichten.

ERSTE KÖNIGIN.
O, diese Feier! Länger wird sie dauern
Und mehr Euch kosten, als ein Krieg für uns.
Bedenkt, daß Euer Ruhm die Welt erfüllt.
Was schnell Ihr thut, ist drum nicht übereilt.
Mehr werth, als andrer langes Ueberlegen
Ist Euer plötzlicher Entschluß, – mehr werth
Als all ihr Handeln, Euer Ueberlegen.
Doch wenn Ihr unverweilt zum Werke schreitet,
Betäubt Ihr sie, wie Spiritus den Fisch,
Eh' sie sich rühren. Edler Fürst, bedenkt,
Wie hart gebettet unsre Kön'ge liegen!

ZWEITE KÖNIGIN.
Wie ruhelos auf unsrem Lager wir,
Da unsre theuren Gatten keine haben –

DRITTE KÖNIGIN.
Wie's Todten doch geziemt. Wer überdrüssig
Des Sonnenlichts, durch Strick, Dolch, Gift und
Sturz
Den eignen Tod gesucht hat und gefunden,
Selbst dem gibt menschlich Mitleid noch ein Grab!

ERSTE KÖNIGIN.
Doch unsre Gatten faulen in der Sonne,
Obgleich sie lebend gute Herrscher waren.

THESEUS.
Ihr redet wahr, und Trost will ich Euch bringen,
Ein Grab den Todten geben, doch dazu

Muß ich mit Kreon, Thebens Herrscher, kämpfen.
ERSTE KÖNIGIN.
Gewiß, ein solcher Kampf steht Euch bevor.
Jetzt nimmt die Hitze ab, die Zeit ist günstig,
Unnütze Arbeit lohnt nur eigner Schweiß.
Jetzt wähnt er sicher sich und träumet nicht,
Daß wir vor Euch Gewalt'gem unser Flehn,
Von Thränen unterstützt, erschallen lassen.
ZWEITE KÖNIGIN.
Jetzt greift ihn an, wo er vom Siege trunken –
DRITTE KÖNIGIN.
Und wo sein Herr in üpp'gem Nichtsthun schwelgt.
THESEUS. Artesius, du bist der rechte Mann,
Dies Unternehmen klüglich einzuleiten,
Die nöth'ge Zahl der Truppen zu bestimmen
Und was zu unsrem Zwecke dienen kann
Vorzubereiten. Dir sei's überlassen,
Indeß wir selbst den großen Lebensact
Vollziehen, dieses kühne Unternehmen –
Uns zu vermählen.
ERSTE KÖNIGIN. Schwestern, laßt uns gehn,
Umsonst war unser Flehen! Dieser Aufschub
Beraubt uns jeder Hoffnung.
ALLE DREI. Lebet wohl!
ZWEITE KÖNIGIN.
Zur Unzeit kamen wir. Doch konnte Leid
Sich je den besten Augenblick zur Bitte
Frei wählen?
THESEUS. Edle Frau'n, die heil'ge Handlung,
Zu der ich schreiten will, ist wicht'ger mir
Als jeder Krieg, und geht mich näher an
Als alles andre, was ich je vollbracht
Und was ich künftig noch vollbringen werde!
ERSTE KÖNIGIN.
Um so viel hoffnungsloser unsre Bitte!
Wenn ihre Arme, die die Macht besitzen,
Selbst Zeus vom Götterrathe fern zu halten,
Im sanften Licht des Mondes Euch umschlingen,
Ihr Purpurlippenpaar an Eurem hängt,
Was werd't Ihr da an Kön'ge, die verwesen,
An grambedrängte Königinnen denken?!
Wie soll Euch kümmern, was Ihr selbst nicht fühlt,
Wenn, was Ihr fühlt, selbst Mars bewegen könnte
Die Trommel hinzuwerfen? Eine Nacht
Mit ihr und jede Stunde macht für hundert
Euch zum Gefangenen, daß Ihr alles andre
Vergessen werdet über diesem Mahl,
So Euch geboten wird!
HIPPOLYTA *(vor Theseus kniend).*
Obgleich ich fürchte,
Ihr möchtet wen'ger liebeeifrig sein
Als zornig, daß ich Euch mit Bitten plage,
Doch mein' ich, folgt' ich nur dem eignen Wunsche
Und suchte meine Freude nur, wo jene
An dem, was schnelle Heilung fordert, leiden,
So dürfte jede Frau mit Recht mich tadeln.
Darum, o Herr, laßt meiner Bitten Kraft
Erproben mich, ob sie Euch rühren können,
Ob machtlos sie verhallen! Schiebt die Feier,
Die wir begehen wollen, auf und hängt
Um Euren Nacken, der mein Eigenthum
Und den ich diesen armen Königinnen
Zu Lehen jetzt will geben, Euren Schild!
ALLE DREI. Ja helft, auf Euren Knieen fleht für uns!
EMILIA.
Wenn Ihr der Schwester rührendes Gesuch,
Das sie so dringend an das Herz Euch legte,
Nicht in dem gleichen Sinn und schnell erfüllt,
So werd' ich nie Euch mehr um etwas bitten
Und niemals einem Manne mich vermählen!
THESEUS.
Ich bin bewegt; steht auf! Mich selber drängt's
Zu thun, was Ihr da knieend von mir fordert.
Pirithous, führ' du die Braut nach Haus;
Um Sieg und Rückkehr flehet zu den Göttern.
Ihr Königinnen, folget Eurem Ritter!
Artesius, mach' schnell dich auf den Weg,
Und so viel Truppen, als du sammeln kannst,
Führt' uns nach Aulis nach; dort finden wir
Schon viele vor, – was selbst zu schwererm Werke
Genügen würd'! Da Eile uns geboten,
(Zu Hippolyta.)
Drück' ich auf deine Lippen diesen Kuß,
Als meiner Liebe Zeichen.
(Zu Artesius.)
Geh' voran,
Daß ich dich gehen sehe! – Lebe wohl,
Lieb' Schwesterlein! Pirithous, du lass'
Dem Feste seinen Gang; um keine Stunde
Sei es gekürzt!
PIRITHOUS. Ich möchte, Herr, Euch folgen,
Das Fest kann warten, bis Ihr wiederkehrt!
THESEUS. Nein, Vetter! Rühre von Athen dich nicht!
Wir sind zurück, noch eh' das Fest zu Ende,
Das nicht gestört soll werden! Einmal noch:
Lebt alle wohl!
ERSTE KÖNIGIN. So thut Ihr, was die Welt
Von Euch erwartet!
ZWEITE KÖNIGIN. Schwingt zum Gott Euch auf,
Ein andrer Mars.
DRITTE KÖNIGIN. Seid größer noch als er,
Zu göttlicher Verehrung zwinget Ihr,
Ein Sterblicher, die Herzen. Die das thun,
So sagt man, leiden unter solcher Last!
THESEUS.
Wie sollt' es anders sein? Denn sie verlieren
Der Menschheit Rechte! Folgt uns, edle Frauen,
Zu Eurem Trost sind wir bereit zu handeln!

Zweite Scene

(Theben. Der Hof vor dem königlichen Palaste.)
Palämon und Arcites treten auf.

ARCITES.
Geliebter Vetter, theurer mir durch Neigung
Als durch Verwandtschaft noch, der du dich rein
Von Lastern hast erhalten, laß uns fliehn
Vor den Versuchungen, die hier in Theben
Uns rings umlauern, daß wir nicht zuletzt
Der jungen Seelen Unschuld noch verlieren!
Wir schämen uns, der Ausschweifung zu fröhnen

Und ebenso Enthaltsamkeit zu üben!
Nicht mit dem Strome schwimmen, heißet hier
So viel, als in dem Strome untergehn!
Es wäre mindestens verlorne Müh',
Und folgten wir dem Strom, so trieb' er uns
Zu solchen Wirbeln, wo wir wenden oder
Ertrinken müßten; kämen wir hindurch,
Wär' der Gewinn ein Leben der Erschöpfung.

PALÄMON.
Die Weisheit deines Rathes zeigt ein Beispiel:
Wenn wir durch Theben wandern, auf wie viele
Ruinen stoßen wir, die alle erst
Es wurden seit den Zeiten unsrer Kindheit!
Auf wie viel ärmliche Gewänder, Narben,
Dem einzigen Gewinne Kriegeslust'ger,
Die wohl von Haufen Golds und Ehren träumten
Doch nie erlangten, allem Sieg zum Trotz,
Getäuscht vom Frieden, den sie uns erkämpften.
Wer opferte da noch an Mars' Altar?
Begegn' ich solchen, blutet mir das Herz;
Dann wünsch' ich, daß der Juno Eifersucht
Den Kriegern Arbeit gäb' durch Friedensbruch
Und Streit und Krieg.

ARCITES. Doch das ist Eines nur:
Sahst du sonst nichts, dein Mitleid zu erregen,
Als unversorgte Krieger?

PALÄMON. O, noch manches,
Denn alles, was zu Grunde geht, beklag' ich,
Am meisten aber jene, deren Schweiß
Ehrlicher Arbeit man mit Eis bezahlt,
Sie abzukühlen!

ARCITES. Davon sprach ich nicht,
Das ist nun einmal so Thebaner Art.
Ich wollt' nur sagen, wie gefährlich es
Für unsre Tugend sei, wenn wir noch länger
In Theben bleiben, wo man alles Böse
So schön zu färben weiß und alles Gute
Als Maske für das Böse nur gebraucht,
Wo jeder, der nicht mit den Wölfen heult,
Als Fremder und Barbar geachtet wird.

PALÄMON.
Es steht in unsrer Macht – wir hielten denn
Affen für gute Muster – unsre Sitte
Uns selbst zu machen. Hab' ich Selbstvertraun,
Was werd' ich eines andern Gangesart
Nachahmen, oder einer andern Weise
Zu sprechen mich befleißen, da man meine,
Die ich zu reden pflege, ja versteht?
Was sollte mich vermögen, dem zu folgen,
Der seinem Schneider folgt, bis dieser ihn
Zuguterletzt verfolgt? Ich möcht' doch wissen,
Warum mein Bartscher schlechter sollte sein,
Und ebenso mein Kinn, weil es nicht just
Nach eines Gecken Spiegel ward geschoren!
Gibt's eine Regel, die von mir verlangt,
Daß ich statt an der Hülfe, in der Hand
Den Degen trage, auf den Spitzen gehe,
Obgleich die Wege rein? Entweder will ich
Das Leitpferd sein im Zuge, oder gar nicht
Mit andern gehn! Doch kümmert alles das
Mich wahrlich äußerst wenig; was mich grämt
Und tief betrübt, ist –

ARCITES. Kreon, unser Oheim!

PALÄMON. Ja er, der ungezügelte Tyrann,
Der macht, daß man den Himmel nicht mehr
fürchtet,
Daß Niedertracht auf ihre Stärke trotzt,
Auf Gunst vertraut und blindem Zufall huldigt;
Der alles das, was andre für ihn thun,
Sich selber zumißt, ihre Dienste fordert
Und dabei Ruhm und Beute an sich reißt;
Der furchtlos Böses thut, doch Gutes nie
Zu thun sich untersteht. O, könnten Egel
Dies Blut, das mich mit ihm versippt, aussaugen,
Bis sie, der Fäulniß voll, vom Leib mir fielen!

ARCITES.
Mein guter Vetter, laß den Hof uns fliehn,
Damit uns diese Schmach nicht auch ergreife
Und unsre Milch nach schlechter Weide schmecke.
Entweder Schurken oder Widersacher,
Das ist für uns, die wir mit ihm durch Blut,
Nicht durch Gesinnung nah verwandt, die Wahl!

PALÄMON. Nur allzu wahr! Das Echo seiner Frevel
Hat, wie ich glaube, taub gemacht das Ohr
Der himmlischen Gerechtigkeit. Das Schrei'n
Der Witwen dringt nicht zu der Götter Thron,
Kehrt ungehört zurück. Valerius!

(Valerius tritt auf.)

VALERIUS.
Der König schickt nach euch, doch eilet nicht,
Bis sich erst seine Wuth gelegt. Als Phöbus
Den Peitschenstiel auf seinen Sonnenrossen
Zerbrach und aufschrie, war's ein Lispeln nur,
Verglichen mit dem Aufschrei seiner Wuth!

PALÄMON.
Der kleinste Hauch bläst ihn zur Flamme auf;
Doch was war jetzt der Grund?

VALERIUS. Tödliche Fehde
Entbot ihm Theseus, dessen Drohn allein
Schon Schrecken ist. Vernichten will er Theben,
Und naht sich, seinen Vorsatz auszuführen!

ARCITES. Er möge kommen, fürchteten wir nicht
In ihm die Götter, sollt' er uns nicht schrecken,
Obgleich er stärker ist als unsrer Drei.
Doch wer kann sich auf seine Kraft verlassen,
Wenn, was er sonst mit Ueberzeugung thäte,
Für Böses nur gethan wird?

PALÄMON. Laß das jetzt,
Um Theben handelt's sich und nicht um Kreon!
Beiseit' zu stehn erlaubt uns Ehre nicht,
Und gegen ihn zu streiten wär' Verrath –
So müssen wir mit ihm bis an das Ende
Sein Schicksal theilen.

ARCITES. Ja, das müssen wir!
Hat schon der Krieg begonnen, oder wird
Noch unterhandelt?

VALERIUS. Er hat schon begonnen!
Zu gleicher Zeit mit unserm Boten traf
Die Kriegserklärung ein.

ARCITES. Zum König komm'!
Wär' nur ein Viertheil von der Ehre sein,
Die seinem Feind gebührt, so wagten wir

Gesunden Aderlaß, und unser Blut
Wär' nicht verschwendet, nein, gut angelegt.
Doch so, da wir mit unsern Händen nur,
Nicht mit den Herzen kämpfen, bringt's nicht Heil,
Wie auch die Schläge fallen.

PALÄMON. Das verkündet
Der Richter, der nie irret, der Erfolg,
Uns, wenn wir's selber wissen. Laßt uns jetzt
Der Stimme unsres Schicksals folgen. Kommt!

(Alle ab.)

Dritte Scene

(Vor den Thoren von Athen.)
Pirithous, Hippolyta und Emilia treten auf.

PIRITHOUS. Nicht weiter!

HIPPOLYTA. Lebet wohl, Pirithous!
Bringt meine Grüße unserm großen Fürsten,
Sagt ihm, an seinem Siege zweifl' ich nicht,
Doch sollte bösem Glücke er begegnen,
So wünsch' ich ihm, daß seine Kraft es zwinge.
Eilt schnell zu ihm! man hat ja nie genug
Der treuen Helfer.

PIRITHOUS. Nur ein Tropfen ist,
Was ich in seinen Ocean kann schütten,
Doch ist's Tribut, den ich ihm schuldig bin.

(Zu Emilia.)

Mein theures Kind, bewahrt Euch im Gemüthe
Die köstlichen Gefühle, die der Himmel
Nur seinen Auserwählten senkt ins Herz!

EMILIA.
Ich dank' Euch, lieber Herr; und grüßt von mir
Den königlichen Bruder. Beten will ich
Daß ihm Bellona günstig sei! Und da
Uns Erdgebornen Bitte ohne Gabe
Nicht ansteht, will ich ihr das Beste bringen,
Von dem man sagt, sie lieb' es. Unsre Herzen
Sind dort bei seinem Heer – in seinem Zelt.

HIPPOLYTA.
In seiner Brust! Wir waren selber Krieger
Und jammern nicht, wenn unsre theuren Helden
Den Helm aufsetzen, auf die Meerfahrt ziehn,
Von aufgespießten Säuglingen erzählen,
Oder von Frauen, die die eignen Kinder
Gesalzt mit ihren Thränen selbst verschlangen.
Wenn Ihr auf solche Schwachheit von uns wartet,
So kommt Ihr, denk' ich, niemals fort von hier!

PIRITHOUS.
Den Frieden wünsch' ich Euch, und mir den Krieg,
In den ich ohne Weilen nun will ziehn.

(Ab.)

EMILIA. Wie sehr er sich nach seinem Freunde sehnt!
Seit jener fortzog, galt ihm alles gleich:
Das Wichtigste, das seine Sorgfalt heischte,
Nachlässig that er's, völlig unbekümmert,
Ob es zum Vortheil ausschlug oder Schaden;
Wenn ein Geschäft ihm auf den Händen lag,
So dacht' er an ein andres, und sein Geist
Mußt' so verschiedenart'ge Zwillinge
Zu gleicher Zeit ernähren. Habt Ihr ihn,
Seid Theseus von uns schied, beobachtet?

HIPPOLYTA.
Sehr aufmerksam und ihn nur mehr geliebt.
Sie beide waren Kampf- und Schlafgenossen,
Die, so in Mangel wie Gefahr vereint,
Zu mancher Zeit, an manchem Orte kämpften.
Reißende Ströme haben sie durchschwommen,
Vor deren Wuth der kühnste Schwimmer bebt,
Gefochten, wo gewisser Tod in Aussicht –
Doch brachten sie es durch. Ihr Band der Liebe
Ist so mit Kunst, so stark und fest gewebt,
Daß sich's verschleißen, doch nicht reißen kann.
Ich meine, müßte Theseus seines Herzens
Aufricht'ge Neigung theilen, daß er selbst
Nicht würde sagen können, welche Hälfte,
Wollt' er gerecht sein, ihm die liebre wär'.

EMILIA. Doch eine muß es sein und die seid Ihr,
Ich wüßte keinen Grund, weswegen nicht!
Einst gab es eine Zeit, in welcher ich
Mich einer Spielgenossin durft' erfreun.
Ihr war't damals im Krieg, als sie das Grab
Verherrlichte, das stolz war sie zu betten,
Und Abschied nahm vom Monde, der erblich,
Als sie von hinnen ging. Wir waren beide
Elf Jahr' erst alt!

HIPPOLYTA. Du meinst Flavina?

EMILIA. Ja!
Ihr spracht von Theseus' und Pirithous' Liebe.
Begründeter gewiß ist ihre, reifer,
Durch Wahl und Urtheil stärker ausgerüstet,
Da gegenseitiges Bedürfniß ja
Der Liebe engverschlungne Wurzeln nährt.
Doch ich und sie, von der ich seufzend rede,
Wir waren kleine, unschuldsvolle Dinger,
Die sich nur liebten, weil sie eben mußten,
Wie Elemente einfach wirken müssen,
Und selber doch nicht wissen wie? warum?
Was ihr gefiel, gefiel auch mir, was nicht,
Das war auch ohne weitres mir zuwider.
Brach ich 'ne Blume, die ich in den Busen
Mir steckte (der zu schwellen erst begann),
Litt es sie nicht, bis daß sie eine gleiche
An ihre jungfräuliche Brust gelegt,
Wo beide dann ihr Leben, phönixgleich,
In Duft verhauchten. Meiner Locken Schmuck
War Muster ihr; die Kleidung, die sie trug,
Die einfach immer, doch geschmackvoll war,
Wählt' ich zu Festen mir. Hatt' ich ein Lied
Mit meinem Ohr erlauscht und summt' es leise,
So sing sie's auf, ließ es nicht wieder los
Und sang's im Schlafe noch. – Was ungerufen
Mir so in das Gedächtniß kommt, beweist,
Daß Liebe zwischen Mädchen heft'ger ist
Als zwischen den verschiedenen Geschlechtern.

HIPPOLYTA. Ihr seid ganz hingerissen, dieser Eifer
Beweist nur, daß ihr niemals einen Mann
So lieben könnt, wie Ihr Flavina liebtet.

EMILIA. Dess' bin ich ganz gewiß.

HIPPOLYTA. Doch, Schwesterchen,
Glaub' ich in diesem Punkt Euch dennoch nicht,
Obgleich ich weiß, daß Ihr es ehrlich meint.

Mir scheint dies nur ein krankhafter App'tit,
Der leicht in Ekel umschlägt. Wär' ich reif
Für Eure Weisheit, ei da hättet Ihr
Fürwahr genug gesagt, um aus den Armen
Des edlen Theseus mich herauszureden,
Für dessen Heil ich in dem Tempel jetzt
Will beten, mit der freudigen Gewißheit,
Daß ich den ersten Platz in seinem Herzen
Dennoch besitze vor Pirithous.

EMILIA. Bewahrt Euch diesen Glauben, während ich
Bei meinem bleibe.

(Beide ab.)

Vierte Scene

(Eine Ebene vor Theben.)
Trompetenstöße. Schlacht. Rückzug. Theseus als Sieger tritt auf. Ein Herold. Gefolge. Die drei Königinnen gehen Theseus entgegen und fallen vor ihm nieder.

ERSTE KÖNIGIN. Dir leuchten alle Sterne!

ZWEITE KÖNIGIN. Erd' und Himmel
Sei'n günstig dir!

DRITTE KÖNIGIN. Der Götter Segen träufle
Auf dich hernieder, Amen, ruf' ich, Amen!

THESEUS.
Vom hohen Himmel schaun gerechte Götter
Auf Sterbliche herab, sehn, wie sie irren,
Und strafen, wenn es Zeit. Nun geht und sucht
Nach den Gebeinen Eurer todten Gatten,
Bestattet sie mit feierlichen Ehren.
Daß nichts dazu Euch fehle, sorgen wir
Und geben Auftrag, daß man Euch sofort
In Eure Würd' einsetze und vollende,
Was unsre Eile unvollendet läßt.
So lebet wohl, der Himmel schütze Euch!

(Die drei Königinnen ab.)

(Man bringt Palämon und Arcites auf einer Tragbahre herein.)

Sag', wer sind diese?

HEROLD. Nach der Kleidung Leute
Von hohem Stande. Wie theban'sche Männer
Uns sagten, wäre sie des Königs Neffen,
Die Söhne seiner Schwestern.

THESEUS. Bei Mars' Helm,
Ich sah die beide in der Schlacht, wie Löwen
Vom Blut des Wildes triefend, ihren Weg
Durch der erschreckten Krieger Reih'n sich bahnen.
Unausgesetzt behielt ich sie im Auge,
Es war ein Schauspiel, eines Gottes würdig!
Wie nannte der Gefangne sie, den ich
Nach ihrem Namen fragte?

HEROLD. Hört' ich recht,
So nannt' er sie Palämon und Arcites.

THESEUS.
Ganz recht, es sind dieselben. Sind sie todt?

HEROLD.
Nicht todt und nicht lebendig. Hätt' man sie,
Als sie verwundet wurden, gleich gefangen,
So wären sie vielleicht davongekommen;
Doch athmen sie und sehn wie Männer aus!

THESEUS.
Und auch wie Männer soll man sie behandeln.
Die Hefe solcher gilt unendlich mehr
Als Millionen andrer bester Wein.
Ruft alle unsre Aerzte für sie her,
Spart nicht den Balsam, sei er noch so kostbar,
Für ihre Heilung, denn ihr Leben gilt
Mir mehr als Theben. – Lieber als in Freiheit
Und kräftig, wie sie heute Morgen waren,
Säh' ich sie todt, doch hunderttausendmal
Noch lieber so gefangen hier, als todt.
Die frische Luft möcht' ihnen schädlich sein,
Tragt sie hinein. Was Menschenhülfe nur
Kann leisten, leistet es um unsertwillen.
Ich weiß, wie Schrecken, Wuth, der Freunde
Drängen,
Reizung der Liebe, Eifer, Müh' um Frau'n,
Wie Sehnsucht nach der Freiheit, Fieber, Wahnsinn
Uns solche Ziele setzen, daß Natur
Sie ohne großen Zwang nicht kann erreichen,
Wobei dann Kraft des Willens und Vernunft
Leicht Schiffbruch leiden. Darum thut für mich
Und um Apollo's Gnade, was Ihr könnt
Und pflegt sie gut. Jetzt führt mich in die Stadt,
Von wo ich, wenn ich alles dort geordnet,
Fort eile nach Athen, dem Heer voraus.

(Trompetenstöße. Alle ab.)

Fünfte Scene

(Ein anderer Theil desselben Feldes, etwas entfernter von Theben.)
Die drei Königinnen mit den Todtenbahren ihrer Gatten, in feierlichem Zuge.

Musik

Erde, öffne deine Grüfte,
Weihrauch steige in die Lüfte,
Seufzer, Stöhnen, bittre Klag',
Ueberflort den lichten Tag.
Lieber Tod als solche Schmerzen!
Leichenöl und wunde Herzen,
Opferkrüglein, voll von Thränen,
Bringen wir und ruhlos Sehnen.
Was nur trüb und schwarz erscheint
Lustbegier'gem Aug' ein Feind,
Nahe uns, daß wir vereint
Sei'n verbündet und befreund't.

DRITTE KÖNIGIN.
Auf jenem Wege dort gelanget Ihr
Zu Eurer heimatlichen Todtenstätte.
Mög' Freud' Euch wieder werden. Friede ihm!

ZWEITE KÖNIGIN. Auf diesem ziehet Ihr!

ERSTE KÖNIGIN. Auf diesem Ihr!
So hat der Himmel wohl der Wege viel,
Doch führen alle zu demselben Ziel.

DRITTE KÖNIGIN.
Die Welt ist eine Stadt mit tausend Straßen,
Zu Marktplatz Tod bringt jed' uns gleichermaßen.

(Alle nach verschiedenen Richtungen ab.)

(Der Vorhang fällt.)

Zweiter Act

Erste Scene

(Athen. Ein Garten; im Hintergrunde eine Burg.)
Der Kerkermeister und der Freier seiner Tochter treten auf.

KERKERMEISTER. Bei meinen Lebzeiten kann ich nur wenig geben; etwas vielleicht, aber viel nicht. In das Gefängniß, dem ich vorstehe, schwimmt selten ein fetter Fisch herein, obschon es eigentlich nur für solche bestimmt ist. Fünfzig Gründlinge für einen Lachs. Man hält mich für reicher, als ich in der That bin. Ich wollte, ich wäre, wofür man mich hält. Doch alles, was ich habe (soviel es nun ist), soll meine Tochter nach meinem Tode bekommen.

FREIER. Mehr verlange ich nicht. Dagegen sichere ich ihr alles das zu, was ich versprochen habe.

KERKERMEISTER. Nun gut. Nach dem Feste wollen wir weiter darüber reden. Aber habt Ihr auch ihre Zusage? Wenn das der Fall ist, so soll es an meiner Einwilligung nicht fehlen.

FREIER. Die habe ich, Herr; da kommt sie selbst.

KERKERMEISTER. Dein Freund und ich sprachen hier eben von dir und der bewußten Angelegenheit. Aber jetzt nichts weiter davon. Wenn der Spectakel hier bei Hofe vorbei sein wird, wollen wir die Sache zu Ende bringen. Unterdessen laß dir die beiden Gefangenen angelegen sein. Ich kann dir sagen, es sind Prinzen.

TOCHTER. Dies Streuwerk ist für ihr Zimmer. Es ist wahrlich recht traurig, daß sie im Gefängniß sind; aber noch mehr sollte es mir leidthun, wenn sie nicht drin wären. Ich glaube, sie besitzen solch eine Geduld, daß sie alles ruhig ertragen würden; das Gefängniß kann stolz darauf sein. Sie wiegen die ganze Welt auf.

KERKERMEISTER. Ja, man sagt, sie wären ein paar ganz ungewöhnliche Leute.

TOCHTER. O, glaubt mir, das Gerücht stammelt nur ihren Ruhm. Sie stehen weit über allem, was man von ihnen sagt.

KERKERMEISTER. Ich hörte, so tapfer wie sie hätte keiner in der Schlacht gekämpft.

TOCHTER. Das traue ich ihnen zu; darum leiden sie auch so tapfer. Ich hätt' sie erst als Sieger sehen mögen, da sie es so gut verstehen, sich selbst in der Gefangenschaft wie Freie zu betragen, über ihr Unglück zu scherzen und alle Traurigkeit hinwegzuspotten.

KERKERMEISTER. Thun sie das?

TOCHTER. Mir scheint, sie kümmern sich um ihre Gefangenschaft gerade so viel, wie ich mich um die Herrschaft Athens, – haben guten Appetit, sehen ganz vergnügt aus und sprechen von allem Möglichen, außer von ihrer unglücklichen Lage. Manchmal nur stößt einer von ihnen einen halbunterdrückten Seufzer aus, was der andere ihm dann so sanft verweist, daß man wünschen möchte, selbst so ein Seufzer zu sein, um so verwiesen, oder noch besser, solch ein Seufzender, um so getröstet zu werden.

FREIER. Ich habe sie noch nicht gesehen.

KERKERMEISTER. Der Herzog kam ganz heimlich in der Nacht an und sie auch. Ich weiß nicht, was das bedeuten mag.

(Man sieht Palämon und Arcites oben am Fenster der Burg.)

Sieh, da sind sie; der sich umschaut ist Arcites.

TOCHTER. Nein, Vater, das ist Palämon; der kleinere ist Arcites. Ihr könnt ihn nur halb sehen.

KERKERMEISTER. Zeige doch nicht mit der Hand auf sie; sie wollen gewiß nicht gesehen sein. Kommt weg von hier!

TOCHTER. Solch ein Anblick ist ein wahrer Genuß. Gott! Wie die Menschen doch verschieden sind. *(Sie gehen ab.)*

Zweite Scene

(Ebendaselbst.)
Palämon und Arcites treten auf den Balkon heraus.

PALÄMON. Wie geht es, Vetter?

ARCITES. Sag', wie geht es dir?

PALÄMON.
Noch bin ich stark genug, daß ich das Unglück
Verlachen und des Schicksals böse Laune
Ertragen kann. Wir sind Gefangne hier;
Für immer, fürcht' ich!

ARCITES. Ja, so scheint es, Vetter,
Auf solch ein Schicksal mach' ich mich gefaßt!

PALÄMON. O, mein Arcites, wo ist Theben jetzt?
Wo unser edles Land, wo unsre Freunde
Und Anverwandte? Was so theuer uns,
Wir sehen nie es wieder! – niemals mehr
Die tapfern Jünglinge beim Waffenspiel,
Geschmückt mit den Devisen ihrer Schönen,
Beflaggten Schiffen unter Segeln gleich,
Und wir als frischer Ostwind unter ihnen,
Der träger zieh'nden Wolkenschar voraus,
Arcit-Palämon, den lautschall'nden Beifall
Der Menge überholend geilen Sprungs
Und schneller uns den Siegeskranz erobernd,
Als noch der Wunsch entstand, er schmücke uns.
Wir beide, – Zwillinge der Ehre, sollen
Nun nicht mehr unsre guten Waffen proben,
Nicht Rosse, stolzer als des Meeres Flut,
Mehr bändigen, und unsre guten Schwerter,
Wie bess're der rothäug'ge Kriegesgott,
Getragen nie und die man uns geraubt,
Sie sollen in den Tempeln nun der Götter,
Die uns verfolgen, rosten; unsre Hand
Soll sie mit Blitzesleuchten nicht mehr zücken
Und ganze Heere schrecken!

ARCITES. Ja, Palämon,
Die Hoffnung liegt jetzt hier mit uns gefangen.
Hier wird der Jugend Blüte uns verwelken,
Wie ein zu früh gekommner Lenz; hier uns
Das Alter finden (wehe!) unvermählt!
Des holden Weibes zärtliche Umarmung,

Ihr Kuß, der Gattenliebe Seligkeiten
Sind uns versagt, versagt das Vaterglück!
Wir werden unsre Knaben niemals lehren,
Wie junge Adler auf den Glanz der Waffen
Den Blick zu richten, niemals ihnen sagen:
»Denkt eurer Väter, kämpft und siegt wie sie!«
Schönäug'ge Jungfrau'n werden uns beweinen,
Dem blinden Glück in ihren Liedern fluchen,
Bis es erkennt, wie schwer es sich verging
An Jugend und Natur. – Hier unsre Welt!
Wir beid' allein und niemand außer uns.
Nichts hören, als den Glockenschlag der Uhr,
Die uns die Stunden unsres Elends zählt.
Der Sommer kommt in aller seiner Pracht,
Doch um uns her bleibt's todeskalter Winter!

PALÄMON.
Ach! nur zu wahr, Arcit. In Thebens Wäldern
Wird unsrer Hunde Klaffen nicht das Echo
Mehr wecken, werden wir den scharfen Spieß
Nicht schleudern mehr, wird nicht der wilde Eber,
Von ihm getroffen, mit des Partherpfeils
Geschwindigkeit vor unsrem Wurfe fliehn.
Die tapfern Spiele, edler Geister Nahrung
Und täglich Brot, für uns sind sie dahin!
Und endlich sterben wir – was ja das Schlimmste
Des Ruhmes ist – vergessen und als Kinder
Des Elends!

ARCITES. Ja, Palämon. Dennoch steigt
Selbst aus der Tiefe dieses herbsten Schicksals,
Das uns betreffen konnte, noch ein Trost
Und Segen! Mit der Götter Hülfe tragen
Wir's in Geduld und tragen es vereint!
Solange du bei mir, scheint dieser Ort
Mir ein Gefängniß kaum!

PALÄMON. Ja, wahrlich, Vetter,
Ein großes Glück, daß uns dasselbe Los
Gemeinsam traf. Denn wenn zwei edle Seelen,
Im Leib getrennt, des Schicksals Wuth erleiden,
So wachsen sie zusammen, werden – können
Nicht untergehn. Ein stillgefaßter Mann,
Er stirbt im Schlaf und alles ist vorbei!

ARCITES. Wir wollen würdig nützen diesen Ort,
Der jedermann verhaßt ist.

PALÄMON. Wie, mein Lieber?

ARCITES. Laß dies Gefängniß wie ein Heiligthum
Uns ansehn, das uns vor Verführung schützt.
Wir sind noch jung und möchten gern die Wege
Der Ehre wandeln, nicht durch lose Reden,
Durch unbeschränkte Freiheit, die ein Gift
Für reine Seelen sind, wie Buhlerei,
Seitab gezogen werden. Diesen Segen
Verschafft uns sinnige Betrachtung hier.
Wie eine unerschöpflich reiche Mine
Sind wir einander, sind uns Gattinnen,
Sind Väter, Freunde, sind Familie uns, –
Mein Erbe du, der deine ich; hier wird
Kein Unterdrücker unsre Erbschaft uns
Zu nehmen wagen. Ruhig können wir,
Wenn wir geduldig sind, hier lange leben
Und lange lieben ohne Ueberdruß;
Hier rührt die Faust des Kriege keinen an,
Und niemand wird vom wilden Meer verschlungen. –
Wenn frei wir wären, ei, wie leicht könnt' da
Ein Weib uns, oder etwas sonst uns trennen,
Streit uns entzweien, böser Menschen Neid
Sich drängen zwischen uns. – Es wäre möglich,
Daß, würd' ich krank, du nichts davon erführest,
Und stürb' ich, deine Bruderhand mir nicht
Die Augen schlösse, zu den Göttern du
Nicht für mich flehtest! Wären wir nicht hier,
Wir wären tausend Wechseln unterworfen!

PALÄMON. Ich danke dir, Arcit. Du hast mich fast
Dahin gebracht, Gefangenschaft zu lieben.
Wie elend nun, da draußen frei zu leben,
Dem dummen Viehe gleich bald hier, bald dort;
Ein bess'rer Aufenthalt ist diese Burg!
Nun ward mir klar, wie nichtig alle Freuden
Doch sind, die nur zur Eitelkeit verlocken!
Der Welt möcht' ich's verkünden, sie sind nichts
Als prächt'ge Schatten, so die Zeit, die alte,
Die nimmer ruht und rastet, mit sich nimmt.
Wenn wir an Kreon's Hof geblieben wären,
Wo Sünde Recht und Thorheit Tugend ist,
Was wär' aus uns geworden? Liebster Vetter,
Hätt' nicht die Gnade Gottes diesen Ort
Für uns hier ausgewählt, so wären wir
Als alte böse Menschen einst gestorben,
Beweint von niemand, – unser Epitaph
Des Volkes Fluch. Wie, sage ich nicht wahr?

ARCITES. Sprich immer weiter nur, ich hör' so gern!

PALÄMON.
Vernahm man je von Zweien, die sich mehr
Als wir geliebt, Arcit?

ARCITES. Das ist unmöglich!

PALÄMON.
So wie's unmöglich ist, daß unsre Freundschaft
Je schwinden könnte!

ARCITES. Bis zum Tode nicht!

(Emilia und ihre Zofe treten unten auf.)

Und dann gehn unsre Seelen hin zu jenen,
Die ewig lieben. Rede, lieber Bruder!

EMILIA. O, gar zu schön ist es im Garten hier!
Wie heißt die Blume da?

ZOFE. Narcisse, Fräulein!

EMILIA. So hieß ein schöner Jüngling, doch er war
Ein Narr und in sich selbst verliebt. Gab es
Denn Mädchen nicht genug?

ARCITES *(oben).*
Fahr fort!

PALÄMON. Sogleich!

EMILIA *(unten).*
Wie? Oder wären alle unerbittlich
Gewesen!

ZOFE. Schwerlich, denn er war ja schön.

EMILIA.
Du wärst nicht so gewesen?

ZOFE. Wahrlich nicht!

EMILIA. Ein gutes Mädchen! Aber sieh dich vor
Und sei auch nicht zu gut!

ZOFE. Warum nicht, Fräulein?

EMILIA. Die Männer sind so schlimm!

ARCITES *(oben).*

Sprich, lieber Vetter!

EMILIA *(unten).*
Kannst du mit Seide solche Blumen sticken?

ZOFE. O ja!

EMILIA. Ich möcht' ein Kleid, bestickt mit diesen
Und diesen da. O, welche schöne Farbe,
Die muß auf einem Kleid sich prächtig machen!

ZOFE. Vortrefflich!

ARCITES *(oben).* Vetter, Vetter, höre doch!
Was ist dir?

PALÄMON. O Arcit, erst jetzt, erst jetzt
Fühl' ich gefangen mich!

ARCITES. Was sagst du da?

PALÄMON.
Dort, dort, schau hin, – beim Himmel, eine Göttin!

ARCITES. Was seh' ich? Ha!

PALÄMON. Auf deine Knie sink'
Und bet' sie an, denn eine Göttin ist's!

EMILIA *(unten).* Von allen Blumen ist die Rose doch
Die herrlichste!

ZOFE. Warum das, edles Fräulein?

EMILIA. Sie ist der zarten Jungfrau Ebenbild,
Denn ihren Kelch erschließet züchtig sie
Des Westwinds sanftem Wehn und fängt den Strahl
Der Sonne auf in lieblichem Erröthen;
Doch rührt der ungestüme Nord sie an,
Verbirgt erschreckt sie ihre Reize schnell
Im Knospenhaus und streckt dem Wilden nur
Den scharfen Dorn entgegen.

ZOFE. Aber, Fräulein,
Zuweilen geht der Schreck bei ihr so weit,
Daß sie zu Boden fällt. Ein jedes Mädchen
Von Ehre thäte gut, sie nähm' an ihr
Kein Beispiel sich.

EMILIA. Du bist ein loses Ding.

ARCITES *(oben).* Wie wunderschön sie ist!

PALÄMON. Die Schönheit selbst!

EMILIA *(unten).*
Hoch steht die Sonne schon, gehn wir hinein.
Die Blumen hebe auf, wir wollen sehn,
Ob's unsrer Kunst gelingt, sie nachzuahmen.
Wie leicht zu Muth mir ist, ich könnte jauchzen!

ZOFE. Und ich im Gras mich wälzen!

EMILIA. Mit noch Einem?

ZOFE. Das käm' drauf an!

EMILIA. Nun, such' dir einen Partner!

(Emilia und die Zofe ab.)

PALÄMON. Ist sie nicht schön?

ARCITES. Wahrhaftig, selten schön!

PALÄMON. Nur selten?

ARCITES. Nein, ich meine unvergleichlich!

PALÄMON.
Muß da nicht jeder ganz in Lieb' zerfließen?

ARCITES.
Ich weiß nicht, wie es dir ergeht, doch ich
Bin völlig hin. Verdammt sei'n meine Augen,
Jetzt fühl' ich meine Fesseln erst!

PALÄMON. Du liebst sie?

ARCITES. Wer liebt sie nicht?

PALÄMON. Und möchtest sie besitzen?

ARCITES. Ja, lieber noch als frei sein!

PALÄMON. Ich hab' sie
Zuerst gesehn!

ARCITES. Was kümmr' ich darum mich!

PALÄMON. Du mußt!

ARCITES. Ich sah sie auch!

PALÄMON. Doch sollst du sie
Nicht lieben!

ARCITES. Nicht wie du, anbeten nicht,
Als eine segensreiche Himmelsgöttin.
Ich liebe sie als Weib, will sie besitzen,
So können wir sie beide lieben!

PALÄMON. Nein,
Du sollst sie gar nicht lieben!

ARCITES. Gar nicht lieben?
Wer will es mir verwehren?

PALÄMON. Ich, der sie
Zuerst erblickte, der von diesen Reizen,
Die sie den Menschenkindern offenbart,
Zuerst Besitz ergriff mit meinen Augen.
Wenn du sie liebst, dich in den Weg mir stellst,
So bist du ein Verräther, bist ein Bube,
Falsch, wie dein Recht auf sie. Von Freundschaft, Blut,
Von allen Banden zwischen dir und mir
Sag' ich mich los, wenn du an sie nur denkst!

ARCITES. Ich liebe sie, und gälte es mein Leben,
Von ganzer Seele müßte ich sie lieben!
Verlier' ich dadurch dich, leb' wohl, Palämon!
Noch einmal sag' ich dir, ich liebe sie,
Denn frei bin ich, bin würdig sie zu lieben,
Und hab' dasselbe Recht auf ihre Schönheit,
Als irgendein Palämon, oder sonst
Ein andrer!

PALÄMON. Nannt' ich je dich meinen Freund?

ARCITES. Ja wohl, und hast mich immer so befunden!
Was bist du so erregt? Laß uns doch ruhig
Zusammen reden. Bin ich nicht ein Theil
Von deinem Blute wie von deiner Seele?
Hast du nicht selbst gesagt, ich sei Palämon
Und du Arcit?

PALÄMON. Ja wohl!

ARCITES. Theil' ich nicht alles
Als Freund mit dir, was dich erfreut, bekümmert,
Erzürnt und ängstigt?

PALÄMON. Ja, ich geb' es zu!

ARCITES.
Und warum willst du nur im Punkt der Liebe
So selbstisch, feindlich, so unritterlich
Mit mir verfahren? Meinest du vielleicht
Ich sei nicht werth gewesen, sie zu sehn?

PALÄMON.
O nein, doch gibt dir das allein kein Recht!

ARCITES.
Nimm an, ein andrer hätt' den Feind zuerst
Erblickt, soll ich zum Schaden meiner Ehre
Mich etwa dann des Kampfs mit ihm enthalten?

PALÄMON. Ja, wenn's nur Einer ist!

ARCITES. Doch wenn der Eine
Mich grade sucht?

PALÄMON. So möge er es sagen,
Dann geb' ich Freiheit dir, – doch wenn du sonst

Ihr nachstellt, bist du ein infamer Bube,
Ein Landverräther, ein verdammter Schurke!
ARCITES. Du bist von Sinnen!
PALÄMON. Ja, gewiß, ich bin's,
Bis du vernünftig wirst. 's hat mich gepackt;
Es wär' nicht zu verwundern, wenn ich mich,
Toll wie ich bin, an dir vergriffe!
ARCITES. Pfui!
Du redest wie ein Kind. Ich will und werde
Und muß sie lieben; darauf wag' ich es,
Es ist mein Recht!
PALÄMON. O, wär' dein falsches Ich
Und wäre ich, dein Freund, nur Eine Stunde
In Freiheit, daß wir nach den Schwertern greifen
Und fechten könnten, – lehren wollt' ich dich,
Was es bedeutet, andern Liebe stehlen.
Du bist ja schlechter als ein Beutelschneider!
Steck' noch einmal durchs Fenster deinen Kopf,
So nagl' ich ihn ans Brett, so wahr ich lebe!
ARCITES.
Das wagst und kannst du nicht, dazu bist du
Zu schwach. Nicht durch das Fenster meinen Kopf?
Den ganzen Leib steck' ich hindurch und springe,
Wenn ich sie kommen sehe, in den Garten
Gerad in ihre Arme, dir zum Trotz!
PALÄMON.
Genug! Der Kerkermeister kommt. Ich werde
Dir noch mit meinen Ketten das Gehirn
Einschlagen!
ARCITES. Thu's!

(Kerkermeister tritt auf.)

KERKERMEISTER.
Verzeihet, edle Herrn, –
PALÄMON. Was gibt es, Kerkermeister?
KERKERMEISTER. Herzog Theseus
Verlangt nach Prinz Arcites. Was er will,
Kann ich nicht sagen!
ARCITES. Wohl, ich folge dir!
KERKERMEISTER.
So muß ich Euren Freund Euch, Prinz, ein Weilchen
Entführen!

(Kerkermeister ab mit Arcites.)

PALÄMON.
Nehmt ihn fort, auch mich meintwegen,
Und wenn's zum Tode wäre. Doch weshalb
Schickt man nach ihm? Will man sie nicht vielleicht
Zum Weib ihm geben? Er ist wohl gestalt't,
Sein Aussehn, seine Herkunft hat dem Herzog
Vielleicht gefallen? – Aber welche Falschheit!
Wie kann ein Freund so schlecht, so treulos sein?
Wenn er sich dadurch ein so herrlich Weib
Erringen kann, so mögen Ehrenmänner
Nur nicht mehr lieben. Könnt' ich doch noch einmal
Die Holde sehn! O, du gelobter Garten,
Ihr Früchte, Blumen, wie seid ihr gesegnet,
Ihr blüht und reifet unter ihren Augen!
Ich gäbe all mein künft'ges Glück darum,
Wär' ich die blüh'nde Aprikose dort,
Das kleine Bäumchen. In ihr Fensterlein
Wollt' ich sehnsüchtig meine Zweige strecken,
Ihr Früchte tragen, hoher Götter würdig,
Die Jugend ihr und Freude bringen sollten,
Wenn sie sie kostete; vor allen selig
Wollt' ich sie machen, ja den Göttern gleich,
Daß diese selber sie beneiden müßten!

(Der Kerkermeister kommt zurück.)

Dann würde sie mich lieben! – Meister, sagt,
Wie steht es mit Arcit?
KERKERMEISTER.
Er ward verbannt!
Pirithous erbat für ihn die Freiheit,
Doch mußt' er sich einen Eid verpflichten,
Mit keinem Fuß dies Land mehr zu betreten.
PALÄMON.
Er ist ein Kind des Glücks! Nun kann er wieder
Nach Theben gehn und unsre jungen Krieger
Aufrufen zu den Waffen, daß sie sich
Wie Feuersäulen stürzen auf den Feind.
Ja, er hat Aussicht nun, ein würd'ger Freier
Zu werden, wenn er Schlachten für sie kämpft.
Verlör' er sie, so wäre er ein Feigling.
Ich wollt' so Großes, Herrliches vollbringen,
Daß sich die Jungfrau, die erröthende,
Zum Manne wandeln und versuchen sollte
Gewalt mir anzuthun!
KERKERMEISTER. Ich habe, Herr,
Für Euch noch einen Auftrag!
PALÄMON. Was für einen?
Sollst du mich tödten?
KERKERMEISTER. Nein, nur fort Euch bringen
Von diesem Ort, hier sind zu viele Fenster!
PALÄMON. Der Teufel hole diese neid'sche Brut!
Viel lieber tödte mich.
KERKERMEISTER. Um selbst nachher
Dafür zu hängen!
PALÄMON. Hätt' ich nur ein Schwert,
So tödtete ich dich!
KERKERMEISTER. Warum, mein Prinz?
PALÄMON.
Du bringst nur immer Böses mir und bist
Nicht werth zu leben. Nein, ich gehe nicht!
KERKERMEISTER. Ihr werdet müssen!
PALÄMON. Kann man dort den Garten
Auch sehen!
KERKERMEISTER. Nein!
PALÄMON. Nun wohl, so bleib' ich hier!
KERKERMEISTER.
Dann werd' ich mit Gewalt Euch weiter schaffen,
Und widersetzt Ihr Euch, Euch stärker fesseln!
PALÄMON.
Thu's immerhin, die Fesseln schüttl' ich ab;
Und schlafen sollst du nicht, solch einen Tanz
Führ' ich dir auf! – So muß ich wirklich gehn?
KERKERMEISTER. Ich seh' kein andres Mittel!
PALÄMON. Nun, leb' wohl,
Du liebes Fenster! Möge nie ein Sturm
Dir schaden. Holde Dame meines Herzens,
Wenn jemals du erfahren hast, was Leid,
So träume von dem meinen! – Komm, begrab' mich!

(Beide ab.)

Dritte Scene

(Gegend bei Athen.)
Arcites tritt auf.

ARCITES.
Verbannt des Landes! Eine große Gnade,
Für die ich dankbar sein muß, – doch verbannt
Aus ihrem Angesicht, für die ich lebe?
Viel härter als der Tod ist diese Strafe,
So hart, daß, wär' ich alt und schuldbeladen,
All meine Sünden solche Strafe nicht
Rechtfert'gen würden. – Jetzt bist du, Palämon,
Im Vortheil; du bleibst da und kannst nunmehr
An jedem Morgen sehn, wie ihre Blicke
Sich auf dein Fenster richten, neues Leben
In dir entzündend; kannst vom Honigseim
Der Schönheit zehren, wie Natur sie nie
Noch übertraf und übertreffen wird. –
Ihr Götter, wie Palämon glücklich ist!
Ich wette drauf, sie kommt und spricht mit ihm,
Und wenn sie gütig, wie sie reizend ist,
Gewinnt er sie, denn er hat eine Zunge,
Die Stürme sänft'gen kann und rauhe Felsen
Geschmeidig machen. – Komme, was da will,
Ich bleibe hier; das Schlimmste ist der Tod!
In meinem Lande find' ich nichts als Trümmer,
Da ist kein Trost, und geh' ich fort von hier,
So hat er sie. Darum soll mir Verkleidung
Zum Ziele helfen, oder – ich bin todt!
So oder so, ich werde glücklich sein,
Ihr nahe, oder überhaupt nicht mehr!
(Vier Landleute, einer von ihnen mit einem Kranze voran, treten auf.)

ERSTER LANDMANN. Nu gut, ich gehe mit.
ZWEITER LANDMANN. Und ich desgleichen.
DRITTER LANDMANN. Dann geh' ich auch.
VIERTER LANDMANN.
Laßt nur die Weiber schimpfen,
Was schiert uns das? Stellt Euren Pflug beiseite,
Ich schind' die Mähren morgen dafür doppelt.
ERSTER LANDMANN.
Die Meine ist so eifersüchtig wie
Ein Truthahn, aber das ist mir egal;
Ich gehe doch und wenn sie noch so schilt!
ZWEITER LANDMANN.
Geh' lieber morgen Abend drauf und gib
Ihr eine volle Ladung, dann ist's gut.
DRITTER LANDMANN.
Ja, gib ihr's in die Hand und du wirst sehn,
Wie sie sich schnell bekehrt und kirre wird.
Zuerst gehn wir zur Maie.
VIERTER LANDMANN. Warum das?
DRITTER LANDMANN. Arcas ist dort.
ZWEITER LANDMANN. Auch Sennois und Rycas,
Drei bess're Bursche haben um die Maie
Noch nie getanzt, und nun die Mädchens erst!
Was meint ihr aber, wird der Domine,
Der Dorfschulmeister, kommen? Denn ihr wißt,
Er ist die Hauptperson.
DRITTER LANDMANN. O, seid nicht bange,
Sein A-b-c-Buch würd' er eh'r verschlingen,
Als nicht dabei sein. Mit des Gerbers Tochter
Ist ja die Sache schon zu weit gediehn,
Er läßt nicht los. Sie muß den Herzog sehn,
Und tanzen will sie auch!
VIERTER LANDMANN. 's wird herrlich werden!
ZWEITER LANDMANN.
Die Bursche in Athen, sie können alle,
So wie sie sind, uns in die Hosen blasen.
Hier will ich sein und dort und wieder hier
Und wieder dort! Die Weber sollen leben!
ERSTER LANDMANN. Im Wald agiren wir.
VIERTER LANDMANN. Wär' es nicht besser –
ZWEITER LANDMANN.
Nein, nein, so steht's im Buch; der Domine
Wird vor dem Herzog eine Rede halten.
Im Wald ist er vortrefflich; auf dem Felde
Dagegen keinen Heller werth.
DRITTER LANDMANN. Nu gut!
Erst sehn wir uns die Spiele an, dann gehen
Wir ins Geschirr. Laßt uns nur gut probiren,
Eh' uns die Damens sehn, und seid recht zärtlich.
Gott weiß, was noch daraus entstehen kann!
VIERTER LANDMANN.
Nu, Jungens, kommt und haltet euch zusammen.
ARCITES. Erlaubt mir, lieben Freunde, wohin geht ihr?
VIERTER LANDMANN.
Was fragt Ihr uns so närrisch?
ARCITES. Nun, ich frage,
Weil ich es wissen möchte.
DRITTER LANDMANN. Zu den Spielen!
ZWEITER LANDMANN.
Ihr seid wohl nicht von hier, sonst wüßtet Ihr's.
ARCITES. Nein, ich bin fremd. Gibt's heute Spiele hier?
ERSTER LANDMANN.
Das will ich meinen, bess're saht Ihr nie,
Der Herzog selbst wird gegenwärtig sein.
ARCITES. Und was für Spiele sind das?
ZWEITER LANDMANN. Ringen, Laufen!
He, wollt Ihr mit uns gehn?
ARCITES. Ich komme nach!
VIERTER LANDMANN.
Nu, wie Ihr wollt! Kommt, Jungens.
ERSTER LANDMANN. Ich mistraue
Dem Kerl; dem steckt was Falsches in der Hüfte,
Sie nur, sein Leib ist wie dazu gemacht –
ZWEITER LANDMANN.
Ich will mich hängen lassen, wenn er's wagt.
Der Teufel hole diesen Tellerlecker!
Der ringen? Faule Eier! Jungens, kommt!
(Die vier Landleute ab.)
ARCITES.
Nicht besser hätte die Gelegenheit
Mir passen können. Alle Kenner sagen,
Ich wär' im Ringen Meister und im Laufen
So flüchtig wie der Wind, wenn er die Aehren
Des Feldes streift. Ich wag's, – verkleidet will
Ich zu dem Spiele gehn, und wenn das Glück
Mir günstig ist, so kann ich dort vielleicht
Den Kranz und solche Stellung mir erringen,
Daß ich in ihrer Nähe bleiben darf.
(Ab.)

Vierte Scene

(Ein Zimmer im Gefängniß.)
Die Tochter des Gefängnißwärters tritt auf.

TOCHTER.
Ach! warum lieb' ich ihn? Er wird doch niemals
Mich wieder lieben. Ich bin ihm zu schlecht,
Mein Vater ist sein Kerkermeister, er
Ein Prinz! Sein Weib zu werden, daran ist
Doch nicht zu denken, und sein Liebchen nur
Zu sein, wär' eine Schmach, das möcht' ich nicht.
Was doch uns armen Mädchen alles droht,
Wenn wir die Fünfzehn erst im Rücken haben!
Als ich zuerst ihn sah, dacht' ich bei mir:
»Ein schöner Mann! Wenn er's benutzen wollte,
Er könnt' den Frauen schon gefährlich werden,
Mehr als ein andrer, den ich je gesehn.« –
Danach that er mir leid, und jeder hätt' er's
Gethan, die träumend ihrer Jugend Unschuld
Sich aufbewahrt für einen schönen Mann.
Dann liebt' ich ihn unendlich, unaussprechlich,
Obgleich sein Vetter ihm an Schönheit gleicht.
Doch hier in meinem Herzen herrscht Palämon
Allein und unumschränkt! – Ihn singen hören
Des Abends, welche Himmelslust, und doch
Wie traurig ist sein Lied! – Voll süß'rer Rede
War nie ein Mann. Wenn ich am Morgen komme
Und Wasser bringe, neigt er sich zum Gruß
Und spricht dann: »Guten Morgen, liebes Mädchen,
Geb' dir der Himmel einen braven Mann.«
Ja einmal hat er mich sogar geküßt,
Zehn Tag' lang war ich stolz auf meine Lippen.
Ich wollt' er thät es öfter! Ach, sein Elend
Macht traurig ihn und mich, wenn ich es sehe.
Wie fang' ich es doch an, damit er weiß,
Daß ich ihn liebe, – wollt', er wäre mein!
Soll ich es wagen, – ihm die Freiheit geben?
Doch das Gesetz? – ei, was, – was kümmern mich
Gesetze und Verwandtschaft! Ja, ich thu's
Noch heute oder morgen ist er mein!
(Ab.)

Fünfte Scene

(Ein offener Platz in Athen.)
Theseus, Hippolyta, Pirithous, Emilia, Arcites (als Bauer verkleidet) mit dem Kranze, Landleute.

THESEUS.
Du hast es brav gemacht. Seit Hercules
Sah ich mit so gewalt'gen Sehnen keinen.
Wer du auch seist, du ringst und läufst so gut,
Wie ich's von keinem sah.
ARCITES. Ihr macht mich stolz.
THESEUS. Welch Land erzog dich?
ARCITES. Dieses, gnäd'ger Herr,
Doch fern von hier.
THESEUS. Bist du ein Edelmann?
ARCITES. Mein Vater sagte so und zog als solchen
Mich auf.
THESEUS. Bist du sein Erbe?
ARCITES. Nein, ich bin
Ein jüng'rer Sohn.
THESEUS. Fürwahr, dein Vater ist
Beneidenswerth. Was kannst du?
ARCITES. Allerlei,
Was einem Edelmann zu können ziemt.
Mit Falken weiß ich umzugehn, der Meute
Gekläff' kann ich mit Jägerrufe wecken,
Und was die Kunst des Reitens anbetrifft,
So will ich mich nicht rühmen, doch man sagt,
Daß sie die beste sei von meinen Künsten;
Am liebsten aber wär' ich doch Soldat.
THESEUS. Du bist der Mann dazu.
PIRITHOUS. Bei meiner Seele!
EMILIA. Ja, das ist wahr!
PIRITHOUS. Gefällt er Euch, mein Fräulein?
HIPPOLYTA.
Ich staune! Wenn es wahr ist, was er sagt,
Sah ich noch niemals einen edlern Mann
In schlecht'rer Tracht.
EMILIA. Gewiß war seine Mutter
Ein wunderschönes Weib. Irr' ich mich nicht,
So hat er ihr Gesicht.
HIPPOLYTA. Und von dem Vater
Den kräft'gen Körper und den Feuergeist.
PIRITHOUS. Wie das verhüllte Licht der Sonne bricht
Aus schlechter Kleidung seine Kraft hervor!
HIPPOLYTA. Ja, er ist schön gegliedert.
THESEUS. Sag', was suchst
Du hier in dieser Stadt?
ARCITES. O, edler Theseus,
Ich suche Ruhm und möchte meine Dienste
Dem Würdigsten der Würd'gen weihen – dir.
Denn nirgends sonst, an keinem Hof der Welt,
Wohnt sternenklare Ehre so wie hier.
PIRITHOUS.
Höchst lobenswerth ist alles, was er spricht.
THESEUS. Ich danke dir, daß du gekommen bist,
Und lasse dich nicht fort. Pirithous,
Dir übergeb' ich diesen jungen Mann.
PIRITHOUS.
Ich danke, Theseus, dir. Wer Ihr auch seid,
Jetzt seid Ihr mein, und so bestell' ich Euch
Zum Dienste dieser jungen, schönen Dame,
Dem edelsten, dem ich Euch weihen kann.
Ihr habt durch Eure Kraft und Kunst ihr Fest
Verherrlicht, und deshalb gehört Ihr ihr.
Küßt ihre schöne Hand!
ARCITES. O Herr, Ihr seid
Ein edler Geber. Laßt, verehrte Schöne,
Mich das Gelübde meiner Treu besiegeln!
(Er küßt Emilia's Hand.)
Wenn jemals Euer Diener, Euer Sklav',
Euch kränken sollte, laßt ihn Tod erleiden.
EMILIA. Das wäre doch zu grausam! Euer Werth
Wird, denk' ich, mir nicht lang' verborgen bleiben.
Ihr seid nun mein, und besser will ich Euch
Behandeln, als es Euer Rang verlangt.
PIRITHOUS.
Vorerst sei's meine Sorg', Euch auszustatten,

Und da Ihr sagt, Ihr wär't ein guter Reiter,
So probet heute Nachmittag mir eins
Von meinen Pferden; 's ist ein wenig wild!

ARCITES. O, desto besser, Herr, dann werd' ich nicht
In meinem Sattel frieren.

THESEUS. Theures Weib,
Und du Emilia, du Freund, ihr alle
Macht fertig euch, den ersten Tag des Mai
Im Wald Diana's morgen früh zu feiern.

(Zu Arcites.)

Gib nur auf deine Herrin sorglich Acht.

(Zu Emilia.)

Er wird doch nicht zu Fuße gehen müssen?

EMILIA. Hab' ich etwa der Pferde nicht genug?
Wähl' eines dir davon, und was du sonst
Noch etwa nöthig hast, das lass' mich wissen.
So lang' du treu mir dienst, das sei versichert,
Will ich dir eine güt'ge Herrin sein.

ARCITES. Und dien' ich anders, möge das mir werden,
Was meist mein Vater haßte: Schläg' und Schande!

THESEUS. Jetzt aber führ' uns an! Du warest Sieger
Und sollst, wie sich's gebührt, auch alle Ehre,
Die du erworben hast, von uns empfangen.
Wahrhaftig, Schwester, hätt' ich solchen Diener
Und wär' ein Weib, er sollte Herr mir sein;
Doch du bist weise!

EMILIA. Dazu, ja, zu weise!

(Alle ab.)

Sechste Scene

(Athen; vor dem Gefängniß.)
Die Tochter des Gefängnißwärters tritt auf.

TOCHTER.
Nun laß den Herzog, laß die Teufel toben,
In Freiheit ist er, – ja ich hab's gewagt!
Ich habe nach dem Wäldchen ihn gewiesen,
Nicht fern von hier, da, wo die hohe Ceder
Am Bache steht, die Zweige weit ausbreitend,
Dort soll er bleiben, bis ich Feilen ihm
Und Speise hingebracht, denn von den Fesseln
Ist er noch nicht befreit.
Was bist du doch,
O Liebe, für ein wagehalsig Ding!
Mein Vater hätte eh'r dem kalten Eisen
Ins Angesicht geschaut, als das gethan!
Ich aber lieb' ihn, brünstig, ohne maßen,
Zum Wahnsinn, und ich hab's ihm auch gesagt.
Es ist mir alles gleich, ich bin verzweifelt!
Wenn das Gesetz mich faßt und mich verdammt,
So werden mitleidherz'ge Jungfrau'n mir
Ein Grablied singen und im Tode noch
Als Märtyrin mich preisen.
Dorthin ging er,
Das ist auch mein Weg. Sicher wird er nicht.
So schmachvoll handeln und mich sitzen lassen.
Wenn er das thäte, würde nie ein Mädchen
Den Männern mehr vertrau'n! – Und doch – er hat
Für das, was ich gethan, mir nicht gedankt,
Mich nicht einmal geküßt. Das war nicht recht!
Kaum daß ich ihn zur Flucht bewegen konnte;
Er fürchtete für mich und meinen Vater
Die schlimmsten Folgen. – Aber mit der Zeit,
So hoff' ich, wird er mich ja doch noch lieben.
Wenn er nur sanft und freundlich mit mir ist,
So ist's schon gut, dann thu' er, was er will.
Doch ist er das nicht, sag' ich ins Gesicht ihm,
Daß er kein guter und gerechter Mann!
Nun muß ich ein'ges noch für ihn besorgen
Und meine Kleider packen. – Wo er weilt,
Da will ich bei ihm sein, und wie sein Schatten
Ihn nicht verlassen. – Nur ein Stündchen noch,
So schallt der Wache Nachtruf durchs Gefängniß,
Dann küss' ich den, den ihr zu hüten glaubt.
Leb' wohl, mein Vater! Wenn du solcher Töchter
Und solcher Staatsgefangnen viele hättest,
Du würdest bald allein sein. Jetzt zu ihm!

(Ab.)
(Der Vorhang fällt.)

Dritter Act

Erste Scene

(Ein Wald nahe bei Athen.)
Arcites tritt auf.

ARCITES. Der Herzog sucht Hippolyta. Sie ritt
Nach andrer Richtung. – Heute feiert man
Das Fest des Blumenmonds im grünen Walde
Hier bei Athen. – Emilia, Königin,
Du, frischer als der Mai, viel schöner du
Als seine goldnen Knösplein an den Zweigen,
Als all der Gärten und der Wiesen Zier,
Was ist die Nymphe, die des Baches Ufer
Mit Blumen schmückt, was ist sie gegen dich?
Du bist des Waldes, bist der Welt Juwel,
Und heiligst jeden Ort, an dem du weilst.
O, daß du manchmal meiner doch gedächtest,
Und unsere Gedanken so sich träfen!
Dreimal gesegnet nenn' ich mein Geschick,
Das solche edle Herrin mir beschieden.
Sag' mir, Fortuna, – du, die nächst Emilia
Gebietest über mich, was darf ich hoffen?
Gewogen scheint sie mir, hält mich um sich
Und hat mir heut an diesem schönen Morgen,
Dem lieblichsten des Jahrs, zwei prächt'ge Pferde,
Die selbst gekrönte Könige zu tragen
Zu schlecht nicht wären, zum Geschenk gemacht. –
Palämon, armer Vetter, dich Gefangnen
Bedaur' ich! Ach! So wenig ahnest du,
Wie glücklich ich jetzt bin, daß du dich selbst
Für den Beglückten hältst, weil du Emilien
Dich näher glaubst; doch wenn dir jemand sagte,
Daß der Geliebten Athem mich umweht,
Mein Ohr sie hört, in ihrem Blick ich lebe,
O, Vetter, dich verzehrte Eifersucht!

(Palämon tritt aus einem Gebüsch heraus, noch mit den Fesseln beladen; er hebt gegen Arcites die Faust auf.)

PALÄMON. Verrätherischer Vetter! Hinderten

Nicht diese Zeichen der Gefangenschaft
Den Arm mir, hätt' ein Schwert ich in der Hand,
So wollt' ich meinen Zorn dich fühlen lassen,
Bekennen solltest du dich als Verräther
Vor mir und meiner Liebe Richterstuhl!
Treuloser mit des Edelmanns Mienen,
Ehrloser, der der Ehre Zeichen trägt,
Heimtück'scher Vetter, der sein Blut verleugnet –
Du nennst sie dein? Beweisen will ich dir's,
Gefesselt wie ich bin, mit diesen Händen,
Wie ich da steh', daß du ein Lügner bist,
Ein Liebesdieb, ein unverschämter Prahler,
Der selbst den Namen Schurke nicht verdient!
Hätt' ich ein Schwert und wär' der Fesseln ledig –

ARCITES. Palämon, lieber Vetter! –

PALÄMON. Gib mir Antwort,
Wie's einem Mann geziemt! –

ARCITES. Ich finde nichts
In meiner Brust, dein Drohen zu erwidern!
Hör' mich mit Ruhe an: Die Leidenschaft
Führt irre dich, sie ist dein eigner Feind
Und darum auch der meine. Ehr' und Treue
Sind heilig mir, wie sehr du mir sie auch
Absprechen willst! Mit ihnen, guter Vetter,
Bring' ich in Einklang alles, was ich that;
Ein Ebenbürt'ger steht dir gegenüber!
Fügt' ich dir Unrecht zu, so sag' es mir
In würd'ger Weise, – und mit Wort und Schwert
Werd' ich als Edelmann dir Rede stehn!

PALÄMON. Das wagtest du, Arcit?

ARCITES. Ei, ei, Palämon!
Ich denke doch, du wüßtest, was ich wage,
Mein Schwert kennt keine Furcht! Wahrhaftig, niemand
Bezweifelt meine Tapferkeit als du,
Der vor dem Altar für sie zeugen sollte.

PALÄMON.
's ist wahr, im Kampf der Männer sah ich dich
Als Held; man nennt dich einen guten Ritter
Und tapfer. Aber regnet's einen Tag,
So ist die ganze Woche gleich verdorben.
Verräthern geht die Tapferkeit verloren,
Sie kämpfen wie gefangne Bären, die
Viel lieber flöhen, wenn sie frei nur wären.

ARCITES. Sprich immer, stell' dir's so im Spiegel vor,
Nicht mir, der dich verachtet!

PALÄMON. Komm heran,
Nimm mir die Fesseln ab, gib mir ein Schwert,
Das schlechteste, und – aus Barmherzigkeit
Etwas zu essen. Dann tritt vor mich hin
Mit einem guten Schwerte in der Hand
Und sage, daß Emilia dir gehöre!
Vergeben will ich alles, was du that'st,
Ja, meinen Tod selbst, wenn du Sieger bleibst;
Und wenn mich im Elysium tapfre Seelen,
Die männlich starben, um der Erde Dinge
Befragen, will ich ihnen nichts verkünden,
Als daß du brav und tapfer bist.

ARCITES. Sei ruhig
Und geh' zurück jetzt in dein grünes Haus.
In stiller Nacht komm' ich mit Speise her,
Die Fesseln feil' ich ab und bring' dir Kleider,
Auch duftend Oel, des Kerkers Dunst zu scheuchen.
Sobald du dann gestärkt dich fühlst und sprichst:
»Arcit, jetzt ist mir wohl!« soll's auch an Schwert
Und Rüstung dir nicht fehlen!

PALÄMON.
O, ihr Götter,
Ward Missethat so edel je vollbracht?
Das kann fürwahr Arcit nur, – er allein
Ist das zu thun im Stande.

ARCITES. Lieber Vetter, –

PALÄMON.
Dein Anerbieten nehm' ich an und danke;
Willkommen ist's – dein Anerbieten mein' ich.
Dich selber aber, offen sprech' ich's aus,
Wünsch' ich mir vor die Schneide meines Schwertes.

(Hörnerklang.)

ARCITES. Hörst du die Hörner dort! In das Gebüsch
Zieh' dich zurück und laß den Zug vorüber.
Gib mir die Hand jetzt, lebe wohl! Ich bringe
Dir alles, was du brauchst, und bitte dich:
Sei stark und fasse Muth!

PALÄMON. Halt dein Versprechen,
Wie schwer es dir auch wird. Du liebst mich nicht,
Das weiß ich, darum sprich nur rauh mit mir
Und laß der Rede glatte Form beiseite;
Ich möcht' statt jedes Worts dir Schläge geben,
Mit Gründen schafft man einmal nichts bei mir.

ARCITES.
Das wenigstens ist ehrlich. Jeder macht's
Nach seiner Art. Ich schelte nicht mein Pferd,
Wenn ich es sporne; Aerger wie Gefallen,
Sie tragen einerlei Gesicht bei mir.

(Hörnerklang.)

Jetzt ruft man die Zerstreuten zum Banket,
Mein Dienst verlangt dorthin mich!

PALÄMON. Solch ein Dienst
Gefällt dem Himmel nicht, denn unbefugt
Versiehst du ihn.

ARCITES. Man übertrug ihn mir,
So ist's mein Recht; doch diese heikle Frage,
Sie bleibt als Krankheit zwischen uns, die erst
Durch einen Aderlaß geheilt muß werden.
So überlaß sie also deinem Schwert
Und sprich nicht mehr davon.

PALÄMON. Nur noch ein Wort:
Du gehst und wirst jetzt meine Herrin sehn,
Denn mir gehört sie –

ARCITES. Mir!

PALÄMON. Nein, sie ist mein! –
Durch Speise willst du neue Kraft mir geben,
Indeß du einer Sonn' ins Antlitz schaust,
Die allem Kraft verleiht, auf das sie blickt.
So bist du doch im Vortheil gegen mich.
Gleichviel – bis ich es bess're, sei's! Leb' wohl!

(Beide ab.)

Zweite Scene

(Ein anderer Theil des Waldes.)
Die Tochter des Gefängnißwärters.

TOCHTER.
Den Ort, den ich ihm angab, fand er nicht,
Er irrt umher, und schon beginnt's zu tagen.
Was fang' ich an? Ich wollt', 's wär' ewig Nacht
Und Finsterniß wär' Herrscherin der Welt.
Horch, horch! Das ist ein Wolf! Ach, mir hat Leid
Die Furcht getödtet. Um Palämon nur
Bin ich in Sorge; hätt' er nur die Feilen,
So möchte mich der Wolf verschlingen. Ha,
Wie wär' es, wenn ich ein Hallo erhübe?
Zu schwach ist meine Stimme! Oder ahm' ich
Den Ruf der Eule nach? Er hört es nicht,
Ich locke damit nur den Wolf heran.
Was das für ein Geheul die ganz Nacht
Im Wald hier war! Wenn er nur nicht die Beute
Der wilden Thiere ward, denn ohne Waffen
Ist er, und dabei doch am Lauf behindert.
Das Klirren seiner Ketten lockt die Bestien
Auf seine Spur, die aus Instinct schon wissen,
Ob einer wehrlos oder gut gewaffnet
Zum Widerstande ist. – Gesetzt den Fall,
Sie hätten, ach, in Stücke ihn zerrissen,
Denn viele heulten miteinander hier,
Und können ihn gar leicht verschlungen haben,
Was dann? Mach' es dir klar, was dann, was dann?
Ach, wenn er todt ist, so ist alles aus!
Doch nicht! Du irrst, dann hängt man deinen Vater,
Weil jener floh, und schickt dich Arme betteln,
Wenn du am Leben hängst und alles leugnest,
Was du gethan. Doch nein, das werd' ich nicht,
Und müßt' ich tropfenweis den Tod verschlucken.
Mir schwindelt! Seit zwei Tagen aß ich nichts,
Trank etwas Wasser nur und schloß kein Auge.
Erlöse mich von meinen Leiden, Tod,
Daß ich verrückt nicht werde, mich ersäufe,
Erdolche oder hänge! Brich, Natur,
Zusammen, da die besten Stützen wanken.
Wo geh' ich hin? Wohin, als in das Grab,
Auf jedem andern Wege find' ich Qualen.
Die Heimchen zirpen schon, der Mond geht unter,
Der Eule Schrei verscheucht die Dämmerung.
Die Nacht hat ihr Geschäft vollbracht, nur meines
Blieb ungethan; doch alles muß zuletzt
Ein Ende nehmen, das ist noch das Beste!
(Ab.)

Dritte Scene

(Derselbe Theil des Waldes wie in der ersten Scene.)
Arcites tritt auf; er bringt Essen, Wein, Feilen u.s.w. getragen.

ARCITES. Hier bin ich nah' dem Ort. Palämon – ho –
(Palämon kommt.)
PALÄMON. Arcites?
ARCITES. Ja! Ich bring' dir Speis' und Feilen,
Komm, fürchte nichts, kein Theseus lauert hier.
PALÄMON. Nein, keiner, der so edel.
ARCITES. Laß das jetzt,
Davon nachher! Nun fasse frischen Muth,
Du sollst nicht sterben wie ein Vieh. Da, trink'!
Du kannst ja kaum mehr stehn; – das Weitre später.
PALÄMON. Du könntest mich vergiften, Vetter.
ARCITES. Freilich,
Das könnt' ich, aber dann müßt' ich dich fürchten.
Sitz' ruhig hin und laß nun das Gewäsch,
Wir kennen uns und wissen, was wir werth sind,
So reden Narr'n und Feige miteinander.
Hier trink' ich auf dein Wohl!
PALÄMON. Wie dir's gefällt.
ARCITES. Und sprich jetzt von Emilia nicht mehr,
Bei Ehr' und Ehrlichkeit beschwör' ich dich,
Das bringt uns nur zusammen, – davon später!
PALÄMON. Nun wohl, ich thu' Bescheid dir.
ARCITES. Trinke tüchtig,
Das macht frisch Blut; he, merkst du, daß es wirkt?
PALÄMON.
Erst ein paar Züge noch, dann sag' ich's dir.
ARCITES.
Nur nicht geschont, der Herzog hat noch mehr.
Jetzt aber iß!
PALÄMON. Gewiß!
ARCITES. Ich freu' mich nur,
Daß du so einen guten Magen hast.
PALÄMON.
Und ich noch mehr, daß ich für diesen Magen
So gute Speise habe.
ARCITES. Sage, Vetter,
Es läßt sich wohl recht schlecht im Wald hier hausen?
PALÄMON. Für jeden, der ein schlecht Gewissen hat.
ARCITES. Wie schmeckt das Essen dir? Mir scheint, dein Hunger
Bedarf der Saucen nicht?
PALÄMON. Da hast du recht!
Und so ist's gut; die deine, Vetter, wäre
Mir doch zu beißend. Was für Fleisch ist das?
ARCITES. Ich glaube Wildpret.
PALÄMON. Delicat, fürwahr.
Schenk' ein! Hier, auf das Wohl der hübschen Mädchen,
Die wir zu uns'rer Zeit gekannt. Erinnerst
Du dich des Mundschenks schöner Tochter noch?
ARCITES. Und du?
PALÄMON. Sie liebte einen jungen Mann
Mit dunkelbraunem Haar –
ARCITES. Nun wohl, was weiter?
PALÄMON. Der, wie die Rede ging, Arcites hieß –
ARCITES. Nur frisch heraus!
PALÄMON. In einer Laube trafen
Sie oft zusammen, Vetter; wozu das?
Spielt' er ihr etwas vor auf dem Spinett?
Worüber sie dann einen ganzen Mond,
Ja zwei und drei und zehn hat seufzen müssen!
ARCITES.
Nicht besser ging's, wenn ich mich recht entsinne
Des Marschalls Schwester, nicht? Denn wenigstens
Sprach man so etwas. Stoße an auf sie!
PALÄMON. Ich bin bereit!

ARCITES. Ein allerliebstes Mädchen.
Einmal geschah's, da gingen junge Leute
Zum Jagen in den Wald, – dort stand 'ne Birke,
Und an die Birke hing sich ein Geschichtchen.
Ei, ei!

PALÄMON *(aufspringend).*
Bei Gott, Emilia allein!
Hinweg mit alle dieser Narretei.
Ich sag's noch einmal, dieser Seufzer galt
Emilien, und du, verdammter Vetter,
Fängst jetzt schon wieder an!

ARCITES. Da irrest du!

PALÄMON.
Bei Erd' und Himmel, nichts an dir ist ehrlich.

ARCITES.
Ich gehe, denn du gleichst jetzt einer Bestie!

PALÄMON.
Ja, dazu hast du mich gemacht, Verräther!

ARCITES.
Du hast jetzt alles, was du brauchst, hast Feilen,
Hast Oel und Salben und ein frisch Gewand.
Nach zween Stunden bin ich wieder hier,
Dann bring' ich was uns weiter Ruh' soll schaffen.

PALÄMON. Ja, Schwert und Rüstung.

ARCITES. Fürchte nichts von mir.
Jetzt bist du noch zu schwach mir. Lebe wohl,
Trag' deine Sachen fort; nichts soll dir mangeln!

PALÄMON. Ha, Vetter!

ARCITES. Geh', ich will nichts weiter hören!
(Ab.)

PALÄMON.
Hält er sein Wort, dann muß er dafür sterben.
(Ab.)

Vierte Scene

(Ein anderer Theil des Waldes.)
Die Tochter des Kerkermeisters tritt auf.

TOCHTER.
Mich friert! Die Sterne droben sind erloschen,
So groß wie klein, des Himmels Flitterschmuck;
Das Licht der Sonne schaut auf meine Thorheit.
Palämon, ach, er ist im Himmel nun,
Und wo bin ich? – Dort ist die See und dort
Ein schwankend Schiff, das auf den Wellen tanzt.
Dort unterm Wasser liegt ein Fels und lauert, –
Jetzt, jetzt, – da stößt es auf – die Planken splittern, –
Dreht's nach dem Wind, sonst seid ihr alle hin, –
Schnell an die Segel, fest gehalten, Leute –
Gut Nacht – sie sanken schon! –
Mich hungert sehr!
Ich wollt', ich könnte mir ein Fröschlein finden,
Das sollt' mir sagen, was da draußen Neues
In weiter Welt geschieht. Dann baut' ich mir
Ein schönes Schiff aus einer Muschelschale
Und führ' gen Ost zum König der Pygmä'n,
Der kann die Zukunft deuten, wie kein andrer!
Ich wett', um meines Vaters Nacken dreht
Sich morgen eine Schlinge. Stille – still!
Einen Fuß überm Knie meinen grünen Rock,
Einen Zoll unterm Aug meine gelbe Lock',
Hei di hei, will ich scheren.
Will kaufen mir eine weiße Mähr',
Ihn suchen und reiten hin und her,
Hei di hei, soll's niemand mir wehren.
O, einen Dorn mir, wie die Nachtigall,
Die Brust mir zu durchbohren! Schlafen, schlafen!
(Ab.)

Fünfte Scene

(Ein anderer Theil des Waldes.)
Gerrold, vier Bauern als Morristänzer, ein fünfter als Pavian, vier Landmädchen mit einem Tambourinschläger treten auf.

GERROLD.
Pfui, wie ihr ungeschickt und täppisch seid!
Hab' ich so lang' euch mit der Muttermilch
Der Weisheit aufgepäppelt, so zu sagen
Mit meiner Lehre Mark und Pflaumentunk'
Herangefüttert, daß ihr nun nichts wißt,
Als immer nur wie? wo? weshalb? zu fragen?
Ihr Esel, sagt' ich nicht: »So soll es sein«,
Und »Hier soll's sein« und »Dann soll's sein«?
Doch keiner
Von euch begriff's. *Proh Deum, medius fidius,*
Schafsköpfe seid ihr alle. – Hier steh' ich.
Weswegen, he? Weil hier der Herzog kommt!
In dem Gebüsch hier nebenan steht ihr;
Sobald er kommt, geh' ich entgegen ihm
Und sprech' ihm allerlei gelehrte Dinge
In kräft'gen Bildern vor. Er horcht und nickt,
Ruft dann: »Vortrefflich!« Und ich fahre fort.
Dann werf' ich meine Mütze in die Luft,
Das ist das Zeichen, – dann brecht ihr hervor
Wie Meleager und der wilde Eber,
Doch zierlich, wie es Treuverliebten ziemt,
Stellt euch in Positur und tanzt ihm, Jungens,
Mit zartem Anstand euren Reigen vor.

ERSTER BAUER.
Ja, ja, mit zartem Anstand, Meister Gerrold.

ZWEITER BAUER.
Nu kommt! Wo ist der mit dem Tamburin?

DRITTER BAUER. Herr Timothe, wo bist du?

TIMOTHE. Hier Kam'raden!

GERROLD. Und wo sind eure Mädchens?

VIERTER BAUER. Hier ist Fritze
Und Lorchen hier –

ZWEITER BAUER. Und da das kleine Lieschen
Mit ihren weißen Beinen – und Karline –

ERSTER BAUER.
Und Nelly mit den Sommersprossen.

GERROLD. Habt
Ihr auch die Bänder nicht zu Haus vergessen?
Nun, nur recht frei und lose in den Hüften,
Und hin und wieder einen kleinen Hops!

NELLY. Das werden wir schon machen!

GERROLD. Aber wo
Ist die Musik?

DRITTER BAUER. Vertheilt, wie Ihr's befahlt.

GERROLD. So tretet jetzt zu Paaren an und seht,
Ob auch nichts fehlt. Wo ist der Pavian?
Gib Acht, mein Freund, daß du mit deinem Schwanz
Die Damen nicht beleidigst und recht männlich-
Verwegen deine Purzelbäume schlägst!
Und wenn du brüllst, so brülle ja recht fein!
PAVIAN. Verlaßt Euch nur auf mich!
GERROLD.
Quousque tandem?
Hier fehlt ja noch ein Mädchen!
VIERTER BAUER. Sapperment,
Nu pfeif' dir was! Im Feuer liegt der Speck.
GERROLD.
Wir haben einen Ziegelstein gewaschen,
Wie wir Gelehrte sagen, waren *fatui*
Und plagten uns umsonst!
ZWEITER BAUER. Ei, diese Vettel!
Cäcilia, der Näht'rin Tochter, die!
So fest versprach sie, pünktlich hier zu sein.
Nu, warte nur, – aus Hundeleder sollen
Die nächsten Handschuh sein, die du von mir
Bekommen wirst. Ihr könnt's dem Arcas sagen,
Zu kommen schwur sie mir bei Brot und Wein!
GERROLD. Ein Frauenzimmer und ein Al, so sagt
Der Dichter, wollen bei dem Schwanz
Und mit den Zähnen fest gefaßt sein, wenn
Sie nicht entschlüpfen sollen. Pfui doch, pfui!
ERSTER BAUER. Das Fieber über sie, da sitzen wir!
DRITTER BAUER. Was fangen wir nun an?
GERROLD. Jetzt ist es aus,
All unsre Müh' ist eine Nullität,
'ne traurig jammervolle Nullität!
VIERTER BAUER.
Wo's um die Ehre unsres Dorfs sich handelt,
So pflichtvergessen sein, 's ist unverzeihlich!
Sie soll mir kommen, das gedenk' ich ihr!
(Die Tochter des Kerkermeisters tritt auf und singt.)
TOCHTER.
Ho ho, von Süden Jung Jürge kam,
Von der Küste der Barbarei,
Brave Gesellen er zu sich nahm,
Einen und zwei und drei.
Willkommen, willkommen ihr Bursche fein,
Wo geht eure Reise hin?
Nun lasset mich euer Gefährte sein,
Bis ich zur Stelle bin.
Drei Narren erhuben ein groß' Geheul:
Der eine sagte, er wär' 'ne Eul',
Der zweite thät sich's verbitten,
Der dritte sagte, er wär' ein Falk,
Sie hätten ihm aber, meinte der Schalk,
Die Glocken abgeschnitten.
DRITTER BAUER.
Seht, Meister, seht, da kommt uns eine prächt'ge
Verrückte in den Wurf, die ist so toll
Wie ein Märzhase. Kriegen wir sie rum,
Daß sie mittanzt, so sind wir aus der Noth.
Die macht gewiß ganz wundervolle Sprünge!
GERROLD. Sag', Liebchen, bist du toll?
TOCHTER. 's wär' traurig sonst!
Reich' mir die Hand.
GERROLD. Wozu?
TOCHTER. Will dir wahrsagen.
Du bist ein Narr. Zähl' zehn! Da siehst du. Bums!
Iß nur kein Weißrot, denn sonst werden dir
Die Zähne bluten. Wollen wir eins tanzen?
Ich weiß, du bist ein Kesselflicker. Flicke
Nur nicht mehr Löcher, als du sollst!
GERROLD. *O, dii,*
Ein Kesselflicker, ich!
TOCHTER. Oder ein Zaubrer.
Beschwör' mir einen Teufel, der *qui passa*
Auf Glocken und auf Todtenknochen spielt.
GERROLD.
Schafft sie beiseit' und bringt zur Ruh' sie. *Atque*
Opus exegi, quod nec Jovis ira
Nec ignis – aber fort, nur fort!
ZWEITER BAUER. Kommt, Mädchens!
TOCHTER. Ich will euch führen.
GERROLD. Seid nur ja recht freundlich
Mit ihr und macht's geschickt.
(Hörnerklänge.)
Verschwindet, schnell!
(Alle ab außer Gerrold.)
Ich höre Hörner. Laßt mir etwas Zeit
Zum Ueberlegen und versäumt nur nicht
Das Stichwort. – Jetzt, Minerva, steh' mir bei!
(Theseus, Pirithous, Hippolyta, Emilia, Arcites und Gefolge treten auf.)
THESEUS.
Nach dieser Richtung floh der Hirsch!
GERROLD. Hier Halt!
Und lasse dich erbau'n!
THESEUS. Was gibt es hier?
PIRITHOUS.
Ein ländlich Spiel, so wahr ich lebe, Herr!
THESEUS.
Nun wohl, so woll'n wir uns erbauen lassen.
Ihr Damen setzt euch. Hier gilt's auszuhalten.
Fangt an!
GERROLD. Heil unserm tapfern Herzog, Heil
Und Heil den holden Frau'n.
THESEUS. Ein schwacher Anfang.
GERROLD. Auf Eure Nachsicht rechnet unser Spiel.
Vom Dorfe sind wir, ungeschlachte Leute,
Die sich in diesem Wald versammelt heute;
Ein lustig Völkchen, eine bunte Schar
(Ich lüge nicht, ein jedes Wort ist wahr),
Figürlicher zu reden noch, ein Chor,
Der deiner Hoheit gern was tanzte vor.
Das Spiel von A bis Z hab' ich erdacht
Und es mit großer Müh' gebracht
Zu richt'gem Schluß,
Ich unsres Dorfs Pädagogus,
Der unsern Jungen zieht die Hosen stramm
Und auch die Alten kämmt mit seinem Kamm.
Heut aber leg' ich ab mein Birkenreis
Und bitt' dich, Herr, dess' Heldenruhm und -preis
Von Dis bis Dädalus, von Pfahl zu Säule
Die ganze Welt durchblitzt mit Blitzes Eile,
Hilf deinem wohlgeneigten Knecht
Und blinzle gnädig, schlecht und recht

Den Tänzern Beifall zu und ihren Sprüngen,
Womit wir unsre Huldigung dir bringen,
Wir haben viele Müh' darauf verwandt.
Zuerst komm' ich, so schlecht, wie ich nun bin,
Als Prologus dahergerannt
Und zeige an des Spiels Beginn.
Dann kommt Herr Mai mit seiner schönen Frau'n
Und Zof' und Diener, die im Morgengrau'n
Ein stilles Plätzchen suchen; dann mein Wirth
Mit seinem fetten Weib; – wer sich verirrt
In diesen Wald, den bittet er zu bleiben
Und läßt vom Zapfer dann die Rechnung schreiben;
Darauf der Rüpel, der das Rindfleisch frißt,
Dann der Hansnarre, der sein Schatten ist,
Und hinter diesen beiden endlich dann
Mit seinem großen Schwanz der Pavian,
Cum multis aliis. Jetzt sind sie fertig
Zum Tanz und deines Augenwinks gewärtig!

THESEUS. Mein lieber Domine, nur zu!

PIRITHOUS. Fangt an!

GERROLD *(wirft seine Mütze in die Luft.)*
Intrate filii, ihr könnt beginnen.
(Musik, ein maurischer Tanz.)

GERROLD *(nachdem der Tanz beendigt).*
Wenn's lustig war und euch das Spiel,
Verehrte Damen, wohlgefiel,
Und ihr's gesehen mit Behagen,
So könnt ihr immerhin nun sagen,
Daß der Schulmeister, der's erfand,
Kein gar zu großer Ignorant.
Gefiel's Euch, Herzog, aber auch
Und hieltet Ihr dabei den Bauch
Euch, während unsre Jungen
Herumgehüpft sind und gesprungen,
So gebt zu einer lust'gen Maie
Uns ein Stück Geld, zwei oder dreie,
Damit wir Euch und Eure Schar
Im nächsten Jahr
Wieder zu lachen
Machen!

THESEUS. Nimm zwanzig, Domine.
(Zu Hippolyta.)
Mein trautes Herz,
Hat dir's gefallen?

HIPPOLYTA. Ueber alle maßen!

EMILIA. Der Tanz war prächtig, und was den Prolog
Erst anbetrifft, so hört' ich nie was Bess'res.

THESEUS.
Ich danke dir, Schulmeister. Seht, daß jeder
Von ihnen reich beschenkt wird!

PIRITHOUS. Auch von mir
Ist hier etwas, die Maie aufzuputzen.

THESEUS.
Und nun an unser Weidwerk wieder, Freunde!
(Hörnerblasen. Theseus, Pirithous, Hippolyta, Emilia, Arcites und Gefolge ab.)

GERROLD.
Daß sich der Hirsch zum Schusse Euch stell',
Daß die Hunde ihm folgen stark und schnell,
Ihn nicht zerfleischen, wenn er verreckt,
Und den Damen der Braten schmeckt!
Nun laßt uns gehn, *dii deaeque omnes,*
Ihr Wettermädels habt famos getanzt!
(Alle ab.)

Sechste Scene

(Wald, wie in der dritten Scene.)
Palämon tritt aus dem Busch.

PALÄMON.
Um diese Stunde wollt' er wiederkommen
Mit Schwert und Rüstung. Hält er nicht sein Wort,
So ist er auch kein Ehrenmann und Krieger.
Als er hinweg ging, glaubt' ich, eine Woche
Sei nicht genug, zu Kräften mich zu bringen,
So hatte mich das Fasten abgeschwächt.
Arcit, ich danke dir, du bist ein Feind,
Wie man ihn besser sich nicht wünschen kann.
Jetzt fühl' ich mich von neuem frisch und stark
Für jegliche Gefahr. Wollt' ich noch warten,
So könnt' man meinen, daß ich wie ein Schwein
Mich mästen wollte. Drum soll dieser Morgen
Der letzte sein, und will er nicht sein Schwert
Mit meinem messen, wohl, so tödt' ich ihn.
Steh' Lieb' und Glück mir bei! – Ha, Guten Morgen!
(Arcit mit Schwertern und Rüstungen tritt auf.)

ARCITES.
Dasselbe wünsch' ich dir, mein lieber Vetter!

PALÄMON. Ich mache wahrlich zu viel Mühe dir!

ARCITES.
Nicht mehr, als meine Ehr' und Pflicht dir schulden.

PALÄMON. Ich wollt', Arcit, du wärst in allem so,
Daß ich in dir den theuren Blutsverwandten
Könnt' sehen, nicht den edelmüth'gen Feind,
Und mit Umarmung danken, statt mit Schlägen.

ARCITES.
Mach's nach Belieben, beides dünkt mir gut.

PALÄMON. Dir zahlen werd' ich schon.

ARCITES. Begegnest du
So ruhig mir, hör' ich dir willig zu.
Um unsrer Ehre willen, laß das Schmäh'n,
Zum Zank mit Worten sind wir nicht erzogen.
Stehn wir gerüstet, mit dem nackten Schwert
Einander gegenüber, wohl, dann mag
Sich gegenseitig unsre Wuth entladen,
Wie wenn zwei Fluten miteinander kämpfen.
Dann wird auch ohne Hohn und Stachelreden,
Ohn' Lästern der Person und Schmäh'n und Schimpfen,
Wie es Schulknaben nur und Mädchen ziemt,
Sich zeigen, wem dies Wunderwerk der Schönheit
Gehören soll, ob dir, ob mir. Deshalb,
Ist dir's genehm, so waffne dich, doch fühlst du
Dich noch zu schwach, und ist die alte Kraft
Dir noch nicht wieder ganz zurückgekehrt,
So wart' ich, Vetter, und will jeden Tag,
Wenn ich abkommen kann, dich hier besuchen
Und mit dir plaudern, bis du stark dich fühlst.
Denn trotz dem allen bin ich doch dein Freund
Und wünschte fast, ich hätte nicht gesagt,
Wie ich's gethan, daß ich Emilien liebe.

Doch da ich's einmal that, so muß ich auch
Einstehn für meine Liebe und mein Recht.

PALÄMON.
Arcit, du bist ein Feind so gut und brav,
Daß nur dein Vetter werth ist, dich zu tödten.
Und da ich wieder stark bin, wähle jetzt
Dir deine Waffen.

ARCITES. Wähle du zuerst!

PALÄMON.
Willst du mich denn in allem überbieten?
Wie? Oder rechnest du vielleicht auf Schonung?

ARCITES.
Da irrst du, Vetter, denn ich bin Soldat,
So denke nicht, daß ich dich schonen werde!

PALÄMON. Nicht schlecht gesagt!

ARCITES. So sollst du es erfinden.

PALÄMON.
Als Mann von Ehre und von Rechtsgefühl,
Zahl' ich dir heim, was ich dir schuldig bin –
Ich wähle diese hier!

ARCITES. Dann mir die andern!
Laß mich zuerst dich waffnen.

PALÄMON. Sage, Vetter,
Wo kriegtest du die schönen Waffen her?

ARCITES. Vom Herzog! Um die Wahrheit zu gestehn,
Ich stahl sie ihm. – That ich dir weh?

PALÄMON. O nein!

ARCITES. Ist dir die Rüstung nicht zu schwer?

PALÄMON. Ich trug
Wohl eine leicht're schon, doch geht auch diese.

ARCITES. Soll ich sie fester schnallen?

PALÄMON. Ja, ein wenig.

ARCITES. Willst du vielleicht ein Halshemd?

PALÄMON. Nein, wir kämpfen
Ja nicht zu Pferde. Wie mir scheint, so freust du
Dich auf den Kampf?

ARCITES. Ach, mir ist alles gleich.

PALÄMON.
Ganz so wie mir. Ich bitte, Vetter, schiebe
Den Schild ein wenig höher.

ARCITES. Wie du willst.

PALÄMON. Nun nur den Helm noch.

ARCITES. Aber sollen wir
Mit unbedecktem Arm den Kampf bestehn?

PALÄMON. So sind wir freier.

ARCITES. Dann nimm wenigstens
Die Handschuh dort, – noch besser, nimm die meinen.

PALÄMON. Ich danke dir, Arcit, wie seh' ich aus?
Ein bischen abgemagert, nicht?

ARCITES. Nur wenig,
Die Liebe hat dich mild genug behandelt.

PALÄMON.
Verlaß dich drauf, zu schlagen werd' ich schon!

ARCITES.
Thu's, Vetter, was zu schlagen sollst du kriegen!

PALÄMON.
Jetzt du! Die Rüstung da gleicht jener sehr,
Die du am Tag, wo die drei Kön'ge fielen,
Bei Theben trugst; sie war nur etwas leichter.

ARCITES. 's war eine gute Rüstung. Stets gedenken
Werd' ich des Tags! Da übertrafst du mich;
So was von Tapferkeit sah ich noch nie.
Du warfst dich auf des Feindes linken Flügel,
Und trotz des guten Pferdes, das ich ritt,
Wollt' es mir nicht gelingen, dir zu folgen.

PALÄMON. Ja, ich erinn're mich, ein prächtig Thier,
Ein heller Brauner.

ARCITES. Alles war umsonst!
Du flogest wie ein Sturmwind vor mir her,
Kaum konnt' ich dich mit meinem Wunsch
erreichen.
Ein wenig nur sucht' ich dir's nachzuthun.

PALÄMON.
Mir nachzuthun? Du folgtest eignem Drang;
Gar zu bescheiden bist du, guter Vetter!

ARCITES. Als ihr zusammenpralltet, war es mir
Als hört' ich einen furchtbar'n Donnerschlag
Herschallen von dem Feind.

PALÄMON. Dem erst der Blitz
Von deiner Tapferkeit vorangegangen.
Wart'! Ist der Panzer nicht zu fest geschnallt?

ARCITES. Nein, es ist gut so.

PALÄMON. Außer meinem Schwert
Soll nichts dir weh thun; eine Schande wär's,
Erlitt'st du nur die kleinste Quetschung.

ARCITES. So,
Nun bin ich fertig!

PALÄMON. Also tritt zurück!

ARCITES.
Erst nimm mein Schwert, ich glaube, es ist besser.

PALÄMON.
Ich danke dir, behalt' es nur, dein Leben
Hängt davon ab. Wenn dieses nicht zerbricht,
Brauch' ich nichts weiter. – Die gerechte Sache
Und meine Ehre schützen mich.

ARCITES. Und mich
Schützt meine Liebe.

(Sie wenden sich nach verschiedenen Seiten, gehen dann wieder aufeinander los und machen Halt.)

Blieb' noch was zu sagen?

PALÄMON.
Nur dies noch: Deine Mutter und die meine
Sie waren Schwestern! Jetzt sind wir dabei,
Das Bruderblut einander abzuzapfen,
Du mir, ich dir. In dieser meiner Hand
Halt' ich mein Schwert, und solltest du mich tödten,
Vergeben's dir die Götter, so wie ich.
Gibt's einen Ort, wo todte Ehrenmänner
Im Tode ruhn, so mög' die müde Seele
Dess', der da fällt, an diesen Ort gelangen.
Nun kämpfe tapfer! Reich' die Hand mir, Vetter!

ARCITES.
Nimm sie, Palämon! Niemals wird sie nun
Sich freundlich wieder in die deine legen.

PALÄMON.
Nein, niemals! Fall' ich, fluche mir und sage,
Ich war ein Feigling, denn ein solcher nur
Erliegt in so gerechtem Gotteskampf.
Noch einmal Vetter, lebe wohl!

ARCITES. Leb' wohl.

(Sie fechten.)

(Man hört Hörnerklang hinter der Scene. Sie halten inne.)

ARCITES.
Horch, Vetter, unsre Thorheit rächt sich schon.
PALÄMON. Wie so?
ARCITES. Ich sagte dir, der Herzog jage
Im Walde heut, und sollt' er uns entdecken,
Sind wir verloren! Ich beschwöre dich
Bei deiner Ehr' und Sicherheit, zieh' eilig
Dich ins Gebüsch zurück; wir finden schon
Noch eine andre Zeit, um uns zu tödten.
Erblickt er uns, ist uns der Tod gewiß,
Dir, weil du aus dem Kerker ihm entwichest,
Mir, weil ich nicht entwich und seine Gnade
Misachtete. Dann wird man spottend sagen,
Es wär' zwar zwischen uns ein Unterschied,
Nur leider schlecht vertheilt.
PALÄMON. Nein, Vetter, nein,
Ich lasse mich nicht noch einmal verstecken
Und schiebe den begonn'nen Kampf nicht auf.
Ich kenne deine List, weiß, was du sinnst!
Schmach dem, der jetzt noch zögert! Leg' dich aus
Und sei auf deiner Hut!
ARCITES. Sag', bist du toll?
PALÄMON.
Hier, diese Stunde nutz' ich, was dann später
Mit mir geschieht, das fürcht' ich weniger
Als meiner Liebe Schicksal. Du, Verzagter,
Sollst eingestehn, daß ich Emilien liebe
Und dich und jedes Hinderniß besiege!
ARCITES.
Komm' denn heran, und du sollst eingestehn,
Daß reden, schlafen, sterben Eins nur ist.
Ich fürchte nur den Tod durch Henkers Hand.
Dein Leben schütze!
PALÄMON. Schütze du das deine!
(Sie fechten wieder. Hörnerklang. Theseus, Hippolyta, Emilia, Pirithous nebst Gefolge treten auf.)
THESEUS. Verrätherische Buben, wer seid ihr,
Daß ihr, misachtend mein Gesetz, ohn' Zeugen
Und ohne, daß ich euch Erlaubniß gab,
Hier miteinander kämpft? Dafür, bei Castor,
Erleidet ihr den Tod!
PALÄMON. Seid ruhig, Herzog!
Gewiß, Verräther sind wir und Verächter
Von dem, was dir und deiner Hoheit ziemt.
Ich bin Palämon, der aus deinem Kerker
Entfloh und keinen Grund hat dich zu lieben.
Erwäge das! Doch dieser ist Arcites,
Und nie gab's einen schmählichern Verräther,
Nie einen falschern Freund! Dies ist der Mann,
Dem du die Freiheit gabst und ihn verbanntest,
Der dich verlacht und dein Gebot misachtet,
Der in Verkleidung deiner Schwester folgt,
Emilien, dem hellen Stern der Schönheit,
Zu deren Dienste ich allein berechtigt,
Da ich zuerst sie sah und meine Seele
In Lieb' zu ihr entbrannte, – ja, noch mehr,
Der wagt zu wähnen, daß sie ihm gehöre!
Als Treuverliebter hab' ich Rechenschaft
Für diesen Hochverrath von ihm gefordert.
Bist du so groß und edel, wie man sagt,
Der Richter aller Ungerechtigkeit,
So gib uns freies Feld, daß ich mein Recht
Mir selber schaffen kann, sodaß du, Theseus,
Mich d'rob beneiden sollst. Ist das geschehn,
So nimm mein Leben hin, – ich geb' es dir!
PIRITHOUS. O Himmel, welch ein Mann ist dies!
THESEUS. Ich schwur!
ARCITES.
Wir bitten, Theseus, nicht um deine Gnade:
Zu sterben fällt mir schwerer nicht, als dir
Zu sagen: »Stirb!« Doch da mich dieser Mann
Verräther nennt, so steh' ein Wort mir frei.
Ist Lieb' Verrath im Dienste solcher Schönheit,
Als die ich lieb' und immer lieben werde,
Für die mein Leben ich zum Opfer bring',
An der ich fest in Treu und Ehren hange
Und tödten will den Vetter, der mich's wehrt,
So nenne immerhin Verräther mich!
Daß aber dein Gebot ich nicht befolgte,
Deswegen, Herzog, frage diese Dame,
Warum sie denn so schön und ihre Augen
Mich hießen, daß ich bliebe und sie liebe.
Sagt sie »Verräther«, nun so bin ich schuldig
Und keines ehrenvollen Grabes werth!
PALÄMON.
Als Gnade, Theseus, werden wir's betrachten,
Wenn du sie jedem von uns zwein verweigerst.
Gerecht, wie du ja bist, verstopf' dein Ohr!
Bei deinem Heldenthum, beim Angedenken
Des edlen Vetters, der die zwölf Arbeiten
Vollführte, laß uns alle beide sterben,
Ihn nur ein wenig früher, daß ich sagen
Kann meiner Seele: »Er bekam sie nicht!«
THESEUS.
Dein Wunsch soll in Erfüllung gehn. In Wahrheit
Hat mich dein Vetter zehnmal mehr beleidigt
Als du, obgleich er Aergres nicht verbrach,
Doch größ're Gnade hab' ich ihm erwiesen.
Kein Wort jetzt mehr für sie! Noch eh' die Sonne
Zur Rüste geht, umfängt sie ew'ger Schlaf.
HIPPOLYTA.
Barmherzigkeit! Jetzt, Schwester, oder nie,
Jetzt rede du, er kann dir's nicht verweigern,
Sonst bleibt an deinem Antlitz stets der Fluch
Des Todes dieser beiden Vettern haften!
EMILIA.
Nein, liebe Schwester, nicht mein Antlitz war's,
Das sie entzweite und das Unheil schuf,
Sie tödtet ihrer eig'nen Augen Schuld.
Jedoch als Weib folg' ich des Mitleids Drange
Und will auf meinen Knien um Gnade flehn.
Hilf, Schwester, mir bei diesem guten Werk,
Und aller Frauen Bitte sei mit uns.
(Sie knien vor Theseus.)
EMILIA. Mein Bruder –
HIPPOLYTA. Herr, bei unsrer Ehe Bund!
EMILIA. Bei deiner eignen makellosen Ehre!
HIPPOLYTA. Bei deiner Treue, deiner schönen Hand,
Bei deinem edlen, liebevollen Herzen,
Womit du mich beglückst –
EMILIA. Bei dem Erbarmen,
Das du um deiner eignen Tugend willen

An andern üben sollst –
HIPPOLYTA. Bei all den Freuden
Der keuschen Nächte, die ich dir gewährt –
THESEUS. Fürwahr, gewaltige Beschwörungen!
PIRITHOUS. Zu denen ich die meinen noch geselle:
Bei uns'rer Bruderschaft, bei den Gefahren,
Die wir vereint bestanden, wie bei dem,
Was Ihr am meisten liebt, bei Kampf und Krieg
Und dieser holden Frau –
EMILIA. Bei deiner Scheu,
Der Mädchenbitte etwas abzuschlagen –
HIPPOLYTA.
Bei deiner Augen Licht, bei dem du hoch
Mir schwurst und theuer, daß ich alle Frau'n,
Ja Männer selbst als Sieg'rin überträfe
– Obgleich ich deiner Macht doch unterlag –
PIRITHOUS.
Und endlich noch, bei deiner edlen Seele,
Der Gnad' Bedürfniß ist, beschwör' ich dich –
HIPPOLYTA. Erhöre meine Bitte –
EMILIA. Und die meine –
PIRITHOUS. Gewähre Gnade –
HIPPOLYTA. Gnade –
EMILIA. Diesen Fürsten!
THESEUS.
Ihr macht mich ganz verwirrt; fühlt' ich auch Mitleid,
Wie meint ihr, daß ich es bethät'gen soll?
EMILIA. Laß sie am Leben und verbanne sie!
THESEUS.
Da sprichst du, liebe Schwester, wie ein Weib;
Ja Mitleid hast du, doch an Urtheil fehlt's!
Willst du ihr Leben, so erfinde etwas,
Das sich'rer als Verbannung ist. Wie können
Denn diese beiden in der Todespein
Der Liebe leben, ohne sich zu tödten?
Sie werden, glaub' mir, täglich um dich kämpfen
Und täglich deine Ehre bei den Leuten
Zum Gegenstand der Unterhaltung machen.
Darum vergiß sie, denk' nicht mehr an sie.
Es handelt sich um deinen Ruf und meinen.
Ich hab's einmal gesagt, »sie sollen sterben«,
Und besser ist's, sie sterben durchs Gesetz,
Als daß sie sich einander selber tödten.
Bedenke meine Ehre!
EMILIA. Edler Bruder,
Der Eidschwur, den du that'st, war übereilt;
Im Zorn ward er gethan, Vernunft verwirft ihn!
Wenn solchen Schwüren auch der Wille noch
Zur That verhülfe, müßt' die Welt vergehn.
Und dann: ich stelle diesem einen andern
Entgegen von viel größerem Gewicht,
Der wohl erwogen ward, der Liebe athmet
Und den nicht Leidenschaft dir eingab.
THESEUS. Welchen?
PIRITHOUS.
Nur zu, Prinzessin, laßt ihn ja nicht los!
EMILIA.
Daß du mir nie etwas versagen wolltest,
Was billig ich könnt wünschen – du gewähren!
An diesem Worte halt' ich jetzt dich fest.
Misachtest du's, so kränk'st du deine Ehre.
Ich, Knieende, fleh' nur um dein Erbarmen,
Ob dann ihr Leben meinem Rufe schade,
Das gilt mir gleich. Soll jemand, der mich liebt,
Um meinetwillen, ach! den Tod erleiden?
Das wäre eine unbarmherz'ge Vorsicht.
Pflückt man vom jungen Zweig die Blüten ab,
Weil sie der Fliegen Schmeiß verderben könnte?
O, Herzog Theseus, alle edlen Mütter,
Die schmerzensreich gebaren, alle Jungfrau'n,
Die zärtlich lieben, werden – bleibst du fest –
Von nun an mir und meiner Schönheit fluchen,
Und wegen dieser hier in Klageliedern
Verdammen meine Grausamkeit, und Wehe
Ausrufen über mich, bis ich nur noch
Ein Spott der Frauen bin. Ums Himmels willen,
Verschon' ihr Leben und verbanne sie!
THESEUS. Wie meinst du, daß ich's thu'?
EMILIA. Laß sie beschwören
Mit heil'gen Eiden, fortan niemals mehr
Um mich zu hadern, mich nicht mehr zu kennen,
Dein Land mit ihrem Fuß nicht zu betreten
Und fremd zu sein einander, wo sie sich
Zufällig treffen.
PALÄMON. Eh' ich das beschwöre
Laß mich in Stücke hau'n! Vergessen soll ich,
Daß ich sie liebe? Dann verachte mich!
Verbannt zu sein, das ginge wohl noch an,
Wenn wir nur unser Schwert und unsre Sache
Mitnehmen dürfen; – sonst nimm unser Leben,
Denn lieben muß ich, lieben werd' ich sie,
Und werde meinen Vetter darum tödten,
Damit ich Friede hier auf Erden hab'!
THESEUS. Arcit, gehst du auf die Bedingung ein?
PALÄMON. Ein Schurke müßt' er sein!
PIRITHOUS. Ha, das sind Männer!
ARCITES.
Nein, Herzog, niemals! Lieber würd' ich betteln,
Als mir um diesen Preis mein Leben kaufen.
Wenn ich auch niemals sie besitzen sollte,
Bewahren will ich mir der Liebe Ruhm
Und für sie sterben. Hol' den Tod der Teufel!
THESEUS.
Was soll ich thun? Denn Mitleid fühl' ich jetzt!
PIRITHOUS. So folgt ihm unbedingt.
THESEUS. Emilia, sage,
Wär' einer von den beiden todt – und sicher
Muß einer sterben – wärest du bereit,
Den andern dann zum Eh'gemahl zu nehmen?
Sie beide können dich doch nicht besitzen.
Wie du sind sie von fürstlichem Geblüt
Und hochgepriesen von der Fama Munde.
Schau sie dir an, und wenn du Liebe fühlst,
So ende diesen Zwiespalt. Meine Stimme
Hast du. Seid ihr damit zufrieden, Prinzen?
BEIDE. Von ganzer Seele.
THESEUS. Der, den nicht sie wählt,
Er sterbe!
BEIDE. Welchen Tod du immer willst!
PALÄMON.
Sterb' ich durch ihren Mund, so sterb' ich selig,
Und segnen werden kommende Geschlechter

Von Treuverliebten meine Asche noch!

ARCITES.
Verwirft sie mich, vermählt sie mich dem Grab,
Und Krieger werden mir das Grablied singen!

THESEUS. So triff nun deine Wahl!

EMILIA. Unmöglich, Bruder!
Zu edel sind sie beide, nicht ein Haar
Von ihrem Haupte falle.

HIPPOLYTA. Was wird nun
Aus ihnen?

THESEUS. Hört! Und was ich jetzt befehle,
Geschehen soll's, sonst müßt ihr beide sterben.
Entlassen will ich euch in euer Land;
Nach einem Monat kehrt von dort zurück,
Ein jeder in Begleitung dreier Ritter,
An diesen Ort, wo eine Säule dann
Soll aufgerichtet stehn. Wer von euch beiden
Vor uns, die wir dann gegenwärtig sind,
In ritterlichem Kampf den Vetter zwingt
Die Säule zu berühren, dem gehört sie;
Der andre aber, so wie seine Freunde,
Verlieren ihren Kopf und sollen dann
Sich nicht beklagen, es geschäh' um sie!
Seid ihr's zufrieden?

PALÄMON. Ja! Bis dahin, Vetter
Arcit, bin ich dein Freund, so wie vorher.

ARCITES. Laß dich umarmen!

THESEUS. Schwester, bist auch du
Damit zufrieden?

EMILIA. Muß ich es doch sein!

THESEUS.
So reicht die Hände euch und gebt nun Acht,
So wahr ihr Ritter seid, daß euer Streit
Bis dahin schlafe und ihr Friede haltet.

PALÄMON. Verlasset Euch auf uns!

THESEUS. Von nun an will ich
Als Fürsten und als Freunde euch behandeln.
Kehrt ihr zurück, dann bleibt der Sieger hier,
Den Unterliegenden beweinen wir.

(Alle ab.)
(Der Vorhang fällt.)

Vierter Act

Erste Scene

(Athen; ein Zimmer im Gefängniß.)
Kerkermeister mit einem Freunde tritt auf.

KERKERMEISTER.
Was hörtet Ihr? War keine Rede sonst
Von mir und von Palämon's Flucht? Denkt nach!

FREUND.
Ich hörte nichts, doch mußt' ich bald nach Haus,
Eh' alles noch zu Ende war; so viel
Nur schien mir sicher, daß den beiden Kämpfern
Verziehen werden würde. Denn es flehten
Hippolyta und Theseus' schöne Schwester
Auf ihren Knien so leiblich um ihr Leben,
Daß, wie man sah, der Herzog wankend ward,
Wem er sollt' folgen, seinem raschen Schwur
Oder dem Drängen dieser beiden Frau'n.
Da nun zuletzt auch noch der edle Prinz
Pirithous, des Herzogs andre Hälfte,
Mit ihnen sich verband, so zweifl' ich nicht,
Daß alles gut wird enden. Euer Name
Ward nicht genannt, noch auch der Flucht erwähnt.

KERKERMEISTER.
Der Himmel gebe, daß Ihr recht gesehn!

(Ein zweiter Freund tritt auf.)

ZWEITER FREUND.
Seid guten Muths, ich bringe Nachricht Euch,
Und zwar vortreffliche.

KERKERMEISTER. Sie sei willkommen!

ZWEITER FREUND.
Palämon spricht von jeder Schuld Euch frei,
Sodaß Euch keine Strafe droht. Die Flucht
Hat Eure Tochter ganz allein vermittelt,
Doch ward auch ihr vom Herzog schon verziehn.
Und daß sich der Befreite dankbar zeige,
Hat er als Mitgift eine Summe Geldes
Ihr ausgesetzt, die sehr ansehnlich ist!

KERKERMEISTER.
Ihr seid doch wirklich eine treue Seele,
Die stets nur Gutes bringt!

ERSTER FREUND. Wie kam's zuletzt?

ZWEITER FREUND.
Wie's kommen mußte. Sie, die nie umsonst
Zu bitten pflegen, kriegten, was sie baten,
Und den Gefangnen schenkte er das Leben.

ERSTER FREUND.
Ich wußte gleich, daß es so enden würde!

ZWEITER FREUND.
Doch stellt' er ihnen noch Bedingungen,
Von denen ich nachher Euch sprechen werde.

KERKERMEISTER. Sind sie annehmbar?

ZWEITER FREUND. Wenigstens vertragen
Sie sich mit ihrer Ehre. Daß sie milde,
Kann ich nicht sagen!

ERSTER FREUND. Nun, das wird sich zeigen.

(Der Freier tritt auf.)

FREIER. Sagt, wo ist Eure Tochter?

KERKERMEISTER. Weshalb fragt Ihr?

FREIER. Wann saht Ihr sie zuletzt?

ZWEITER FREUND. Wie er verstört!

KERKERMEISTER. Heut Morgen!

FREIER. War sie wohl, sagt, war sie wohl?
Wann schlief sie?

ERSTER FREUND. Was für sonderbare Fragen!

KERKERMEISTER.
So recht gesund schien sie mir nicht zu sein!
Jetzt denk' ich dran, – ich fragte sie etwas,
Und sie gab solche quere Antwort mir,
Betrug sich überhaupt so ungewöhnlich,
So kindisch und so albern, daß man wirklich
Hätt' glauben können, sie sei halb gestört.
Ich ward ganz ärgerlich. Was ist mit ihr?

FREIER. Ach nichts, als daß ich herzlich Euch bedaure;
Doch besser ist es, daß von mir Ihr's hört,
Als einem andern, der sie nicht so liebt!

KERKERMEISTER. Was meint Ihr?

ERSTER FREUND. Ist sie krank?
ZWEITER FREUND. Was fehlt ihr?
FREIER. Ach,
Die Wahrheit zu gestehn, sie ist verrückt!
ERSTER FREUND. Unmöglich!
FREIER. Glaubt mir!
KERKERMEISTER. Was Ihr mir da sagt,
Hab' ich gefürchtet. Helf' der Himmel ihr!
Entweder ihre Liebe zu Palämon,
Oder die Furcht, daß seine Flucht mir schade,
Vielleicht auch beides, trägt die Schuld daran.
FREIER. Sehr möglich!
KERKERMEISTER. Doch was seid Ihr so in Hast?
FREIER.
Vernehmt! Ganz unlängst saß ich an dem Teich,
Dort hinter dem Palaste, dessen Ufer
Mit Schilf und Binsen dicht bewachsen sind,
Und angelte. Vertieft in mein Geschäft,
Hört' ich auf einmal eine schrille Stimme,
Dem Klange nach mußt' sie (so schien es mir)
Die eines Knaben oder Mädchens sein.
Ich steckte meine Angel in den Grund
Und näherte der Stelle mich, von wo
Die Stimme kam, doch konnte nichts erspähn,
Da Schilf und Rohr am Sehn mich hinderten.
Ich legt' mich also auf den Boden hin,
Die Worte des Gesanges zu erlauschen,
Und sah dabei durch eine kleine Oeffnung,
Daß jene Säng'rin Eure Tochter war!
KERKERMEISTER. Ich bitte, fahret fort!
FREIER. Sie sang und sang,
Doch alles ohne Sinn, nur hört' ich oft
Sie wiederholen: »Mein Palämon ging
Früh in den Wald, um Beeren sich zu pflücken,
Erst morgen kehrt er wieder!«
ERSTER FREUND.
Arme Seele! –
FREIER. »Verrathen werden seine Fesseln ihn,
Man wird ihn fangen. Was beginn' ich dann?
Will eine Schar schwarzäug'ger Mädchen sammeln,
Verliebte so wie ich, mit Purpurlippen
Und Rosenwangen, die von Daffodillen
Auf ihrem Haupte schöne Kränze tragen.
Dann tanzen wir dem Herzog etwas vor
Und betteln um sein Leben.« – Darauf sprach sie
Von Euch und daß Ihr morgen Euren Kopf
Verlieren würdet, und daß zum Begräbniß
Sie Blumen sammeln müßt' und danach sehn,
Daß alles hübsch in Ordnung sei zu Hause.
Dann sang sie Weide, Weide, immer Weide,
Dazwischen nur Palämon, mein Palämon
Und: »Ja Palämon war ein schöner Jüngling!«
Auf tiefer Stelle saß sie, halb im Wasser,
Um ihre Locken einen Binsenkranz
Gewunden und mit tausend Wasserblumen
In allen Farben ihr Gewand geschmückt,
Sodaß man meint', des Seees schöne Nymphe
Zu sehen oder Iris, Juno's Botin,
Wie sie vom Himmel hoch herabgestiegen.
Aus Binsen, die sie abriß, dreht' sie Ringe
Und sprach mit ihnen, zierlich, anmuthsvoll:
»Nun ist für unsre Treulieb' rechte Zeit,
Den hier darfst du verlieren, nur nicht mich!«
Und mehr der Art. Dann wieder weinte sie
Und sang und seufzte laut und lächelte
Zum andernmal und küßte ihre Hand.
ZWEITER FREUND. O, welch ein Jammer!
FREIER. Als ich zu ihr eilte
Und sie mich kommen sah, sprang sie ins Wasser,
Ich sprang ihr nach und brachte sie ans Land.
Doch dort entfloh sie mir mit lautem Schrei
Und lief den Weg zur Stadt mit solcher Eile,
Daß ihr zu folgen mir unmöglich war.
Von weitem sah ich nur, daß mehre Leute,
Darunter Euer Bruder, zu ihr rannten;
Und da sie hinfiel und nicht wieder aufstand,
Ließ ich mit jenen sie und kam hierher,
Den Umstand Euch zu melden. Doch da sind sie!

(Bruder und Tochter des Kerkermeisters nebst andern treten auf.)

TOCHTER *(singt).*
»Soll nie kein Licht dir leuchten mehr! la, la.«
Ein schönes Lied, nicht wahr?
BRUDER. Ein trefflich Lied!
TOCHTER. Ich kann noch zwanzig andre.
BRUDER. Kannst du wirklich?
TOCHTER.
Vom zierlichen Rothkehlchen und vom Ginster.
Sag' bist du nicht ein Schneider?
BRUDER. Freilich, freilich!
TOCHTER. Wo ist mein Hochzeitskleid?
BRUDER. Ich bring' dir's morgen!
TOCHTER.
Doch halte Wort, sonst bin ich nicht zu Haus.
Die Schwestern muß ich laden und die Sänger
Bestellen, denn beim ersten Hahnenschrei
Ist es um meine Jungfernschaft geschehn!
(Singt.)
»O, Lieb, mein Lieb.«
BRUDER. Ertrag's geduldig, Bruder!
TOCHTER.
Gott grüß' euch, gute Leute. Habt ihr jemals
Von einem, der Palämon heißt, gehört?
KERKERMEISTER. Gewiß, wir kennen alle ihn!
TOCHTER. Nicht wahr,
Das ist ein feiner Herr?
KERKERMEISTER. Das ist er, Liebe!
BRUDER.
Gebt ihr nur immer recht, sonst wird sie wild
Und ist dann schwer zu bändigen!
ERSTER FREUND. Ei ja,
Ein feiner Herr!
TOCHTER. Nicht wahr? Hast du 'ne Schwester?
ERSTER FREUND. Ja wohl!
TOCHTER. Die wird ihn aber nicht bekommen,
Das sag' ihr nur, – ich hab' ein Zaubermittel.
Am besten ist's, wenn sie ihn gar nicht sieht;
Denn sieht sie ihn, so ist sie gleich verloren
Im selben Augenblick. Die jungen Mädchen
Hier in der Stadt sind all in ihn verliebt.
Doch lach' ich nur darüber, – laß sie lieben!
Ist das nicht klug von mir?

ERSTER FREUND. Das Allerbeste!
TOCHTER.
Zweihundert wenigstens sind von ihm schwanger
Und viere ganz gewiß. Doch ich bin stumm
Wie eine Muschel. Alles werden Knaben,
Das weiß er so zu machen. Sind sie dann
Zehn Jahre alt, so werden's Musikanten
Und singen Theseus' Kriege.
ZWEITER FREUND. Wunderbar!
TOCHTER.
So was ist nicht erhört, doch sag' nur nichts.
Von allen Seiten strömen sie ihm zu.
In letzter Nacht hatt' er nicht weniger
Als ihrer zwanzig, aber in zwei Stunden
Ist er damit zu Ende, wenn er anfängt.
KERKERMEISTER.
Sie ist von Sinnen, keine Hoffnung mehr!
BRUDER. Verhüten es die Götter!
TOCHTER. Du, komm her!
Du bist ein kluger Mann!
ERSTER FREUND. Erkennt sie ihn?
ZWEITER FREUND. Daß es so wäre!
TOCHTER. Bist ein Schiffer? Nicht?
Wo hast du deinen Kompaß?
KERKERMEISTER. Hier!
TOCHTER. So dreh' ihn
Nach Norden jetzt und nimm den Curs zum Wald,
Wo mein Palämon nach mir seufzt. Das andre
Ist meine Sache. Hebt die Anker auf!
ALLE. Hio, hio, hio! Der Wind ist günstig,
Die Raaen loppt – die Segel aufgespannt,
Die Pfeife, Meister!
BRUDER. Lasset schneller uns
Hinein sie bringen!
KERKERMEISTER. Auf die Masten, Jungens!
BRUDER. Ruft den Pilot!
ERSTER FREUND. Hier, hier!
TOCHTER. Kennst du die Gegend?
ZWEITER FREUND. Ihr meint den großen Wald?
TOCHTER. Da steure hin!
Nun frisch!
(Singt.)
»Als Cynthia mit erborgtem Licht.«
(Man führt sie fort. Alle ab.)

Zweite Scene

(Athen; ein Zimmer im Palast.)
Emilia, zwei Gemälde in der Hand tragend, tritt auf.

EMILIA.
Wie ich auch diese Wunden möcht' verbinden,
Aufspringen würden sie und sich verbluten,
Um meinetwillen! Darum muß ich wählen
Und enden diesen Streit, denn nimmer sollen
Zwei schöne, edle Jünglinge wie sie
Für mich ihr Leben lassen. Ihre Mütter,
Der Todtenasche ihrer Söhne folgend,
Sie würden meine Grausamkeit verfluchen! –
O, welch ein lieblich Antlitz hat Arcites!
Ja, wahrlich, wär' Natur, die weise selbst,
Begabt mit allen Reizen, aller Schönheit,
Womit sie edle Menschenleiber schmückt,
Ein sterblich Weib und fühlte sie dabei
Der jungen Mädchen scheues Widerstreben,
In diesen Mann verliebte sie sich sicher!
Wie feurig blitzt, wie zärtlich strahlt sein Auge,
Die Liebe selbst nahm ihren Sitz darin!
Mit solchem Auge setzte Ganymed
In Flammen Zeus und zwang den hehren Gott,
Daß er den schönen Knaben neben sich
Als glänzend Sternbild an den Himmel setzte.
Wie groß ist seine Stirn, wie majestätisch
Gewölbt, gleich Juno's, nur um vieles milder,
Und sanft wie Pelop's Schulter. Ja, von ihr,
So will mir dünken, müssen Ruhm und Ehre
Wie von der Höhe eines Vorgebirgs
Die Schwingen regen und der niedern Welt
Der Götter und Heroen Liebesthaten
Und Kämpfe singen. – Eine Folie nur
Ist ihm Palämon, mehr nicht als sein Schatten.
Schwarzbraun und mager, mit so düstrem Blick,
Als wäre seine Mutter ihm gestorben;
Ein Träumer, keine Heiterkeit in ihm,
Und nichts, was ihn erregt und recht belebte,
Von Witz und Geistesschärfe keine Spur.
Was Mangel nur zu nennen ist, besitzt er.
Doch auch Narcissus war ein ernster Jüngling,
Und dennoch himmlisch schön. Wer kann bestimmen,
Wohin des Weibes Phantasie sich lenkt?
Ja, eine Närrin bin ich, – unverständig,
Und habe keine Wahl; so schmählich log' ich,
Daß alle Frauen mich verachten müßten.
Palämon, ach, verzeih' mir, du allein
Bist reizend! Deine Augen sind die Leuchter
Der Schönheit, welche Liebe von uns fordern.
Wo ist die Maid, die ihnen widersteht?
Wie ernst, wie kühn und doch wie liebeheischend
Ist nicht dein männlich braunes Angesicht!
Von nun an, Liebe! ist das meine Farbe.
Mit seiner herrlichen Gestalt verglichen,
Bist du, Arcit, doch nur ein Wechselbalg.
Ich bin verwirrt, – der Jungfrau Selbstgefühl
Hat mich verlassen. Wenn mein Bruder jetzt
Gefragt mich hätte, wen ich liebt' von beiden?
Arcit hätt' ich gesagt; und fragte dann
Mich meine Schwester, sagte ich: Palämon.
Jetzt tretet beide her! Nun frage, Bruder.
»Ich weiß es nicht!« Jetzt Schwester, frage du:
»Ich muß sie mir noch einmal recht besehn!«
O, welch ein Kind ist doch die Phantasie,
Die unter zweien Dingen – beide herrlich –
Nicht wählen kann und so nach beiden schreit.
(Ein Hofherr tritt auf.)
Was bringt Ihr mir?
HOFHERR. Vom Herzog, Eurem Bruder,
Die Meldung, daß die Prinzen angekommen.
EMILIA. Den Streit zu enden?
HOFHERR. Ja!
EMILIA. O, wär' ich todt!
Keusche Diana, was hab' ich verbrochen,

Daß Fürstenblut die Reinheit meiner Jugend
Beflecken muß, daß meine Jungfrauschaft
Der Altar sein soll, wo zwei Liebende,
So schön und edel, wie noch keine Mutter
Sie je beglückt, als Opfer fallen müssen!
(Theseus, Hippolyta, Pirithous nebst Gefolge treten auf.)

THESEUS.
Führt schneller sie hierher und zögert nicht!
Begierig bin ich, sie zu sehen. Schwester,
Die beiden Freier sind jetzt wieder da
Zum Kampf um dich, mit seinen Rittern jeder.
Nun mußt du einen lieben!

EMILIA. Besser wär's,
Wenn ihrer keiner um mich sterben müßte!

THESEUS. Hat jemand sie gesehn?

PIRITHOUS. Ich, Herr!

HOFHERR. Und ich.
(Ein Bote tritt auf.)

THESEUS. Wo kommst du her?

BOTE. Ich komme von den Rittern.

THESEUS.
So sprich! Du sahst sie, was für Leute sind's?

BOTE.
Die Wahrheit sag' ich Euch: sechs bess're Männer
Dem Aussehn nach, als diese Prinzen brachten,
Sah ich noch nie, und las von solchen nie.
Der Vornehmste von dem Gefolg' Arcit's
Ist stark gebaut, sein Antlitz eines Fürsten,
Die Farbe des Gesichts mehr braun als schwarz;
Voll Ernst und Würde schaut er um sich her,
Furchtlos und kühn, verachtend die Gefahr.
Aus seinen Augen sprüht der Seele Feuer,
So gleichet einem zorn'gen Löwen er.
Sein langes Haar hängt dunkelschwarz und glänzend
Auf breite Schultern ihm wie Rabenfitt'che.
Vom Scheitel bis zum Fuß ist er gewaffnet,
Und auf der Hüft', an seltsam reichem Gurt,
Trägt er ein Schwert, um seinem Willen Nachdruck
Zu leihen, wenn er zürnt. So wahr ich lebe,
Bessern Gefährten kann kein Krieger haben!

THESEUS. Du hast ihn gut geschildert.

PIRITHOUS. Doch mich dünkt
Palämon's Erster übertrifft ihn noch!

THESEUS. Ich bitte, Freund, berichte.

PIRITHOUS. Er nicht minder
Scheint mir ein Fürst zu sein, vielleicht ein größ'rer,
Denn er trägt an sich aller Ehren Schmuck.
Ein wenig dicker ist er als der andre,
Doch sein Gesicht, das eine Farbe hat
Wie reife Trauben, scheint mir angenehmer.
Man sieht's ihm an, er liebt, wofür er ficht,
Des Freundes Sache gilt ihm als die seine.
In seinen Mienen spiegelt sich Vertrau'n
Auf glücklichen Erfolg. Ist er erzürnt,
Durchströmt ihn eine ruh'ge Tapferkeit,
Von Uebertreibung fern, indeß sein Arm
Zu kräft'ger That sich spannt. Furcht kennt er nicht,
So schwache Regung ist ihm gänzlich fremd.
Sein Haar ist blond und hart und krausgelockt,
Wie dichtverschlungner Epheu, den kein Sturm
So leicht verwirrt. Auf seinen Wangen trägt
Er blendend Roth und Weiß, der Schlachtenjungfrau'n
Livrey, denn noch fehlt ihm des Mannes Bart.
In seinen roll'nden Augen thront der Sieg,
Als wollt' er seinen Liebling nie verlassen.
Der Schwung der Nase zeigt den Mann von Ehre,
Und seiner Lippen Roth ist wohl geschickt,
Nach Kampf und Schlacht um Frauengunst zu buhlen.

EMILIA. Und diese wären auch dem Tod geweiht!

PIRITHOUS.
Hörst du ihn sprechen, schallt's aus seiner Brust
Wie Kriegsdrommete; jedes seiner Glieder
Ist stark und kräftig, wie es nur ein Mann
Sich wünschen kann. In seinen Händen schwingt er
Ein gutgestähltes Beil mit gold'nem Stiel.
Sein Alter, – etwa fünfundzwanzig Jahr.

BOTE. Da ist ein andrer noch, ein kleiner Mann,
Doch voller Muth und Kraft, wie irgendeiner,
Der größer ist. Gewiß, er leistet mehr,
Als man's von solchem Knirps erwarten sollte.

PIRITHOUS.
Du meinst den mit den Sommersprossen?

BOTE. Ja!
's sind alles tücht'ge Leute.

PIRITHOUS. Meine Ansicht!

BOTE. So wenige sie sind, da ist nicht einer,
Dess' Art und Haltung nicht zu loben wäre.
Der, den ich nannte, hat hellblondes Haar,
Nicht milchweiß etwa, männlichere Farbe,
Ins Braune spielend, ist gelenk und mager,
Was schließen läßt auf rege Thätigkeit;
Hat Arme, muskelreich mit starken Sehnen,
Anschwellend mehr nach oben, was bezeugt,
Daß er vor keiner Anstrengung sich scheut
Und dem Gewicht der Waffen nicht erliegt.
Sonst ruhig, springt er wie ein Tiger auf,
Wenn man ihn reizt. Nach seinen grauen Augen
Zu schließen, hat er Mitleid mit Besiegten,
Versteht es, seinen Vortheil zu erspähn,
Und ist allzeit bereit ihn auszunutzen.
Er thut kein Unrecht und erduldet keins.
Sein glatt Gesicht läßt, lächelnd, den Verliebten,
Wenn er's in Falten zieht, den Krieger sehn.
Auf seinem Helm trägt er ein Siegeszeichen,
Zunebst den Farben seiner Herzensdame.
Von Alter mag er fünfunddreißig sein,
Und in den Händen hält er eine Lanze
Mit Silber eingelegt.

THESEUS. Sind all' ihm ähnlich?

PIRITHOUS. Sie alle sind der Ehre wahre Söhne.

THESEUS.
O, kaum erwarten kann ich ihren Anblick!
Nun Liebste, sollst du sehn, wie Männer fechten.

HIPPOLYTA.
Gern säh' ich es, wär' es um andres nur,
Zum Beispiel um zwei mächt'ge Königreiche.
O, daß doch Liebe so tyrannisch ist!
Was meinst du, liebe Schwester, zarte Seele?
Nein, weine nicht, eh' sie noch Blut geweint.

Es muß ja sein!

THESEUS. Mit deiner Schönheit stählest Du sie! Pirithous, dir überlass' ich Das Kampffeld, ordne alles so dort an, Wie es sich ziemt für die, die kämpfen werden.

PIRITHOUS. Seid überzeugt –

THESEUS. Und nun, schnell auf den Weg, Mich duldet's länger nicht, bis ich sie sehe. Mach's fürstlich, Freund!

PIRITHOUS. Es soll gewiß nichts fehlen.

EMILIA. Du aber weine! Denn wer auch gewinnt, Den Vetter tödtet er! – Ich armes Kind!

Dritte Scene

(Athen; ein Zimmer im Gefängniß).
(Kerkermeister, Doctor und Freier treten auf.)

DOCTOR. Nicht wahr, wenn der Mond scheint, so pflegt es immer schlimmer mit ihr zu gehen?

KERKERMEISTER. Sie ist immerfort nicht bei Sinnen; aber auf eine harmlose Weise, schläft wenig, ißt fast gar nichts, trinkt viel und spricht nur immer von einer andern, bessern Welt. Was ihr auch durch den Kopf geht, in alles mischt sie den Namen Palämon ein. Seht, da kommt sie. Beobachtet sie genau.

(Die Tochter tritt auf.)

TOCHTER. Ich hab' es ganz vergessen. Der Refrain war »Ducke dich, ducke dich«, und kein Schlechterer hat es gemacht, als Gerrold, Emiliens Schulmeister. Er ist ein solcher Phantast, wie es keinen zweiten mehr auf Erden gibt; in der andern Welt aber wird Dido den Palämon zu sehen bekommen, und dann ist es mit der Liebe zu Aeneas aus.

DOCTOR. Was sie für Unsinn redet. Armes Mädchen!

KERKERMEISTER. So geht es den ganzen Tag.

TOCHTER. Was den Zauber anbetrifft, von dem ich Euch sagte, so müßt Ihr Euch ein Silberstück auf die Zungenspitze legen, sonst geht es nicht. Wenn wir dann zu den seligen Geistern kommen – und warum sollte das nicht geschehen? – so werden wir Mädchen, die ihre Herzen verloren haben, weil die Liebe sie in Stücke brach, den ganzen Tag über nichts weiter thun, als mit Proserpina Blumen pflücken, dann werd' ich einen Strauß binden für Palämon und werde dann – merkt auf – werde –

DOCTOR. Wie lieblich sie in ihrem Wahnsinn ist! Laßt sie mich noch etwas länger beobachten.

TOCHTER. Ihr könnt mir's glauben, manchmal gehen wir auch zum Erntetanz, das heißt, wir Seligen. Ach, die an dem andern Ort da führen ein trauriges Leben; nichts als Brennen, Braten, Sieden, Heulen, Zähnklappern und Fluchen. Hu, hu! Sie leiden schreckliche Qualen. Nehmt euch in Acht! Ist einer toll oder erhängt oder ersäuft sich, so kommt er dahin. Zeus bewahre uns davor. Da steckt man uns in große bleierne Kessel mit Wuchererschmalz, zusammen mit tausend Beutelschneidern und kocht uns darin wie Schinken, ewig, ewig!

DOCTOR. Was das für Phantasien sind!

TOCHTER. Vornehme Herren und Hofleute, die Mädchen geschwängert haben, sind auch da drin: dort müssen sie bis zum Nabel im Feuer und bis zum Herzen in Eis stehen. Womit sie gesündigt haben, das brennt, und womit sie betrogen haben, das friert. Doch eine harte Strafe für solch eine Kleinigkeit. Mancher würde lieber eine aussätzige Hexe heirathen, um nur davon loszukommen, das könnt ihr mir glauben.

DOCTOR. Sie hält immer ein und dasselbe fest. Ausgesprochene Tollheit ist das nicht, aber eine schwere Melancholie.

TOCHTER. Horch! Da heulen eine vornehme Dame und ein stolzes Kaufmannsweib miteinander. Ein Vieh wär' ich, wenn ich daran Vergnügen fände. – Die eine schreit: »O, dieser Rauch«; die andre: »O, dieses Feuer«. Die eine jammert: »Ach, daß ich es hinter dem Vorhang that«, und heult dann; die andere verflucht den drängenden Bewerber und das Gartenhaus. *(Singt.)* »Mein Glück, mein Stern, dir bleib' ich treu!« *(Ab.)*

DOCTOR. Ich meine, ihr Geist ist zerrüttet, und da kann ich wohl nicht helfen.

KERKERMEISTER. Ach, was soll dann werden?!

DOCTOR. Habt Ihr einen Begriff davon, ob sie je einem gut war, bevor sie Palämon erblickte?

KERKERMEISTER. Vordem hoffte ich stark, daß sie ihre Neigung diesem meinem jungen Freunde hier geschenkt hätte.

FREIER. Ich glaubte das auch, und würde gern mein halbes Vermögen darum geben, daß wir miteinander noch auf demselben Fuße stehen sollten.

DOCTOR. Die Unmäßigkeit ihrer Augen hat das Gleichgewicht ihrer übrigen Sinne gestört. Diese können sich ermannen und ihre regelmäßigen Functionen wieder aufnehmen, doch vor der Hand sind sie in der größten Verwirrung. Was Ihr zu thun habt, ist Folgendes: Haltet sie in einem Zimmer, in welches nur wenig Tageslicht hineinscheint. Ihr, junger Freund, nehmt den Namen Palämon an und sagt, Ihr kämet zu ihr, um mit ihr zu essen und in Liebe zu verkehren. Das wird ihre Aufmerksamkeit erregen und ihren Geist auf einen bestimmten Punkt festhalten, während sonst alle andern Gegenstände, die zwischen ihr Auge und ihr Begriffsvermögen treten, zum Spielball ihrer Tollheit werden. Singt ihr solche Lenz- und Liebeslieder vor, wie sie von Palämon im Gefängniß gehört hat, steckt Euch schöne Blumen ins Knopfloch, wie die Jahreszeit gerade bietet, und benetzt dieselben außerdem noch mit wohlriechenden Essenzen, die den Sinnen schmeicheln. Alles das wird sie an Palämon erinnern, denn Palämon versteht zu singen, ist immer sanft und freundlich und stets guter Dinge. Besteht darauf, mit ihr zu essen, schneidet ihr vor, trinkt ihr zu und thut überhaupt

Euer Bestes, ihre Liebe und Zuneigung zu gewinnen. Erkundigt Euch, wer von den jungen Mädchen ihre Spielgenossinnen gewesen sind, und sorgt dafür, daß dieselben den Namen Palämon immer im Munde führen und häufige Anspielungen auf ihn machen. Der Zustand, in welchem sie sich befindet, ist ein unwahrer und deshalb muß er auch mit Unwahrheiten bekämpft werden. – Auf diese Weise, hoffe ich, wird sie dahin gebracht werden, wieder zu essen und zu schlafen, wodurch alles, was bei ihr jetzt in Unordnung gerathen ist, wieder in die frühere Ordnung zurückkehrt. Das habe ich schon oft bewährt gefunden, öfter, als ich es Euch sagen kann, und daß dies auch hier der Fall sein wird, davon bin ich fest überzeugt. Im weitern Verlaufe der Cur steht Euch meine ärztliche Hülfe natürlich immer zu Diensten. Beginnt nur nun damit und beschleunigt auf diese Weise den Erfolg, der Euch Trost und Erleichterung bringen möge.

(Alle ab.)
(Der Vorhang fällt.)

Fünfter Act

Erste Scene

(Athen. Man sieht drei Altäre mit den Inschriften: Mars, Venus und Diana.)
Theseus, Hippolyta und Pirithous nebst Gefolge treten auf. Trompetenstöße.

THESEUS.
Sie mögen nun sich nah'n und zu den Göttern
In frommer Andacht flehen. Laßt die Tempel
Von heil'gen Feuern flammen und empor
Von den Altären reichen Weihrauch steigen
Zu jenen über uns. Versäumet nichts,
Denn edel ist das Werk, zu dem sie schreiten,
Und ehren soll's die gnadenreichen Götter!

PIRITHOUS. Sie nahen, Herr!
(Arcites und Palämon, ein jeder mit seinen drei Rittern, treten auf).

THESEUS. Ihr blutsverwandten Fürsten,
Unausgesöhnte Feinde, die ihr kamt,
Den Hader zwischen euch heut auszutragen,
Vergeßt in dieser Stunde euren Zorn
Und beugt in Demuth eure trotz'gen Leiber
Vor eurer Helfer heiligen Altären,
Der Götter, die ihr fürchtet. Euer Groll
Ist mehr als menschlich, so sei euer Beistand!
Die Götter schaun auf euch; drum kämpfet ehrlich!
Ich wünsche Glück dem einen wie dem andern.

PIRITHOUS.
Dem Würdigsten von euch der Ehre Kranz!
(Theseus, Hippolyta, Pirithous und Gefolge ab.)

PALÄMON.
Eh' jetzt der Sand im Stundenglas verronnen,
Ist einer von uns todt. Bedenk' nur dies:
Wär' etwas in mir, das in dieser Sache
Mich hindern wollt', etwa ein Aug' das andre,
Ein Arm den andern, von mir würf' ich es,
Ob's schon ein Theil von mir, – das thät' ich, Vetter!
Daran erkenn', ob ich dich schonen kann.

ARCITES.
Mir kostet's Müh' und Arbeit, deinen Namen,
Unsre Verwandtschaft, deine alte Liebe
Aus meinem Angedenken zu verbannen
Und etwas andres dafür hinzustellen,
Das ich vernichten möcht'. Doch laß uns nun
Die Segel hissen, welche unsre Schiffe
Zu jenen Häfen tragen, die die Götter
Bestimmt uns haben.

PALÄMON. Das war wohlgesprochen!
Bevor ich geh', laß dich umarmen, Vetter,
Noch einmal – nie dann wieder!
(Sie umarmen sich.)

ARCITES. Lebe wohl!

PALÄMON. Das Schicksal will es, lebe wohl!

ARCITES. Leb' wohl!
(Palämon mit seinen drei Rittern ab.)

ARCITES. Ihr, edle, Ritter, Freunde, Anverwandte,
Die ihr bereit seid, euch für mich zu opfern,
Mars' tapf're Söhne, dessen Geist in euch
Jedwede Furcht und Bangigkeit verscheucht,
Laßt jetzt uns vor den Gott, den wir bekennen,
Gemeinsam treten, und des Löwen Herz,
Des Tigers Wuth, Furchtlosigkeit und Schnelle,
Der Schlange List und Klugheit uns erflehn.
Ihr wißt, der Preis, um den ich werbe, muß
Mit Blut errungen werden; großer Thaten
Bedarf's, den Kranz mir auf das Haupt zu setzen,
In welchem sie als schönste Blume prangt.
Drum lasset uns an jenen Gott uns wenden,
Der auf der Wahlstatt, roth vom Blut der Kämpfer,
Gebietend waltet. Steht mir dazu bei
Und beugt im Geiste auch vor seiner Macht!
(Sie treten vor den Altar des Mars, fallen auf das Angesicht und knien dann.)
Gewaltiger, der du der Meere Grün
In Purpurroth verwandelst; dessen Nah'n
Kometen uns verkünden, dessen Fuß
Auf weitem Blachfeld Spuren der Verwüstung
Und bleichende Gebeine hinterläßt;
Dess' Athem Ceres' Kinder niedermäht
Und dessen starke Hand aus luft'ger Höhe,
Der Thürme Zinnen stürzt, volkreicher Städte
Steingürtel baut und gleich der Erde macht:
Verleihe deinem Zögling, mir, dem Jüngsten,
Der deinem Schlachtruf folgte, Kraft und Weisheit,
Daß er zu deiner Ehr' sein Fähnlein schwinge,
Und du als Held des Tags ihn krönen kannst.
Gib, großer Mars, ein Zeichen deiner Gunst!
(Hier fallen alle wie vorher auf das Angesicht. Man vernimmt Waffengeklirr und kurzes Donnerrollen, worauf alle sich gegen den Altar verbeugen.)
Du, der die Zeit, die aus den Fugen ging,
Von neuem wieder fügst, – entnervte Reiche
Zertrümmerst, – über Staub und alte Rechte
Gericht hältst, – wenn die Erde krank, mit Blut

Sie heilest und vor Uebervölk'rung
Die Welt bewahrst: ich nehme dies, dein Zeichen,
Als glückverheißend an und gehe kühn
In deinem Namen an mein Werk. Kommt alle!

(Arcites und die Ritter ab.)

(Palämon und seine Ritter treten wieder auf.)

PALÄMON. In neuem Glanze müssen unsre Sterne
Aufgehen heute oder ganz verlöschen.
Um Liebe kämpfen wir, und wem die Göttin
Die Braut bestimmt, dem gibt sie auch den Sieg.
So eint euch jetzt, die ihr aus Edelmuth
Um meinetwillen kämpfen, wagen wollt',
Im Geist mit mir. Laßt das, was wir beginnen,
Der Göttin Venus Gnade uns empfehlen
Und ihre starke Hülfe uns erflehn!

(Sie treten vor den Altar der Venus, fallen auf das Angesicht und knien dann.)

Heil dir, geheimnißvolle Herrscherin,
Die du die Macht hast, des Tyrannen Wuth
Zu bänd' gen, daß er wie ein Mädchen weint, –
Mit einem einz'gen Winke deines Auges
Mars' Trommel läßt verstummen und den Lärm
Der Schlacht zu leisem Flüstern sich verlieren.
Den Krüppel läßt du seine Krücke schwingen
Und heilest trotz Apollo ihn. Den König
Machst du zum Unterthanen seines eignen
Vasallen, – lässest steife Gravität
Im Tanz sich drehen, – läßt den Hagelstolz,
Dess' Jugend deine Flamme übersprang
(Wie wilde Buben über Freudenfeuer),
Mit siebzig Jahren spät noch Feuer fangen
Und, wie zum Spotte seiner heisern Kehle,
Verliebte Lieder singen. Welche Macht,
Wie groß auch, könnte deiner sich vergleichen?!
Die Flammen Phöbus' mehrst du mit den deinen,
Die heißer noch als seine Flammen glühn.
Das Himmelsfeuer sengte ihm den Sohn,
Den sterblichen, doch du versengst ihn selbst.
Diana, doch bekannt als streng und kalt,
Warf hin den Bogen und begann zu seufzen.
– In Gnaden nimm mich an als deinen Jünger!
Geduldig hab' ich stets dein Joch getragen,
Wie einen Kranz von Rosen, ob es schwerer
Als Blei auch war und mehr als Nesseln sticht.
Nie hab' ich wider dein Gesetz gegrollt,
Geheimes nie verrathen, denn mir war
Ja nichts bekannt, doch hätt's auch nicht gethan,
Wenn alles offenbar mir wär' gewesen.
Nie hab' ich eines andern Weib verführt,
Vielmehr bin ich erröthet, wenn ich sah,
Wie andre es versuchten. Heftig frug ich
Und zürnend dann: Habt ihr denn keine Mutter?
Ich hatte eine und sie war ein Weib,
Wie also könnet ihr ein Weib beleid'gen?
Dabei erzählt' ich, daß ich einen Mann
Von achtzig Jahren hätt' gekannt, der sich
Mit einer Jungfrau hätt' vermählt von Vierzehn,
Denn so verjünget deine Macht den Staub!
Des Alters Krämpfe hatten seine Füße
Verborgen, Gicht die Finger ihm gekrümmt;
Die stieren Augen hatten heft'ge Schmerzen
Aus ihren Höhlen ihm herausgetrieben,
Was in ihm Leben war, war eitel Qual.
Und doch erzielte diese halbe Leiche
Mit ihrer Gattin einen kräft'gen Buben!
Daß er der Vater war, bezweifl' ich nicht,
Denn sie beschwor's, und wer mußt' ihr nicht glauben
Genug – zu denen, die's gethan und plaudern,
Gehör' ich nicht, – noch weniger zu denen,
Die 's nicht gethan und doch sich dessen rühmen,
Wie ich dagegen über die kann lachen
Die's hätten gern gethan, und nur nicht konnten.
Doch jene hass' ich, die gewährte Huld
Mit Namensnennung unverschämt verkünden.
So bin ich, – und beschwören kann ich es,
Nie seufzte ein Verliebter wahrer, treuer.
Und darum, holde Göttin, laß mich siegen
In diesem Kampf, der treuer Liebe soll
Den Lohn verleihn, und segne gnädig mich
Mit einem Zeichen deines Wohlgefallens.

(Musik läßt sich vernehmen, Tauben flattern über die Bühne. Die Ritter fallen auf ihr Angesicht und knien dann.)

O du, die in der Brust der Sterblichen
Von elf bis neunzig herrschest – deren Plan
Die ganze Welt und wir ihr Wild! Ich danke
Für dieses Zeichen, das mir Zuversicht
Ins Herze gießt und meinen Gliedern Kraft
Zu diesem Werk verleiht. – Steht auf und laßt
In Ehrfurcht von der Himmlischen uns scheiden,
Denn es ist Zeit!

(Sie verbeugen sich und gehen ab. Die Flötenmusik dauert fort. Emilia, weiß gekleidet mit herabwallendem Haar, einen weißen Kranz auf dem Haupte, tritt auf. Eine ebenfalls weißgekleidete Jungfrau trägt ihr die Schleppe, eine andere, die ihr vorangeht, eine Hirschkuh von Silber, welche mit Weihrauch und Spezereien angefüllt ist, und stellt dieselbe auf Diana's Altar nieder. Während die übrigen Jungfrauen sich um den Altar stellen, zündet Emilia den Weihrauch an.)

EMILIA. Du heil'ge, keusche Königin der Nacht,
Verächt'rin wilder Lust, stummwandelnde,
In einsamer Betrachtung, hehre, reine,
Du, reiner als der frischgefall'ne Schnee,
Die ihren Dienerinnen mehr des Bluts
Nicht zuertheilt, als zum Erröthen nöthig,
Dem Ordenskleid, das deine Jünger tragen:
Vor deinem Altar knie' ich, deine Priest'rin,
In Demuth hier! O blicke gnadenreich
Mit deinem Auge, das Unreines flieht,
Auf mich, die Jungfrau! Leihe, Silberreine,
Dein Ohr, das nie unkeuschem Wort gelauscht
Und sich unzücht'ger Rede stets verschloß,
Dem, was ich hier mit heil'ger Bitt' erflehe,
Der Jungfrau letzter Opferdienst ist dies.
Als Braut geschmückt, bin ich doch Mädchen noch;
Bestimmt ist mir ein Gatte, aber welcher
Von zweien weiß ich nicht. Ich soll den einen
Von ihnen wählen und für ihn den Sieg
Erbitten von den Göttern. Doch ich kann

Mich dieser Wahl nicht schuldig machen; lieber
Gäb' ich ein Auge hin, als daß ich einen
Von ihnen schickte in den sichern Tod.
Darum laß du, sittsame Königin,
Von beiden Freiern den, der mir am meisten
In Liebe und in Treue zugethan,
Den weißen Kranz von meinem Haupte nehmen.
Sonst aber, Himmlische, gestatte mir,
Daß ich der Jungfrau Stell' und Eigenschaft,
Die ich in deiner Schar besaß, behalte.
(Hier versinkt die Hirschkuh in den Altar; dafür steigt aus demselben ein Rosenstock mit Einer Blüte empor.)
Seht, was der Ebb' und Flut Gebieterin
Aus ihres heil'gen Altars Eingeweiden
Erstehen läßt in feierlichem Act,
Nur eine einz'ge Rose! Deut' ich recht,
So rafft der Kampf die beiden Tapfern hin,
Und einsam soll ich jungfräuliche Blume
Und ungepflückt verblühn.
(Hier erschallt eine lebhafte Musik. Die Rose fällt von dem Stocke ab, der zugleich im Altar verschwindet.)
Die Blume fiel, der Stock verschwand! O, Herrin,
Entlassen hast du mich! So scheint es demnach
Daß ich gepflückt soll werden? Doch dein Wille
Ward mir nicht klar. Enthülle das Geheimniß
Und zürne nicht! Verheißend war das Zeichen!
(Sie verbeugen sich alle und gehen ab.)

Zweite Scene

(Athen; ein Zimmer im Gefängniß.)
Der Doctor, Kerkermeister und Freier (wie Palämon gekleidet) treten auf.

DOCTOR. Hat ihr der Rath geholfen, den ich gab?
FREIER.
Bedeutend, denn sie glaubt es den Mädchen,
Die um sie sind, daß ich Palämon sei.
Vor einer halben Stunde fragte sie
Mich lächelnd, was ich heute essen wollte,
Und ob ich sie nicht küssen würde? Ich
War gleich bereit und küßte zweimal sie.
DOCTOR. Ei, zwanzigmal wär' besser noch gewesen.
Das ist die beste Cur!
FREIER. Dann sagte sie,
Sie wolle mit mir wachen heute Nacht,
Sie wüßte schon, wann's mich zu packen pflege.
DOCTOR.
I seht einmal! Nun, wenn es Euch dann packt,
So packt sie ordentlich nur, daß sie es merkt.
FREIER. Dann sollt' ich ihr was singen.
DOCTOR. Thatet Ihr's?
FREIER. Ach nein!
DOCTOR. Das war nicht recht von Euch! Ihr müßt
Thun, was sie will.
FREIER. Ich habe keine Stimme.
DOCTOR.
Das schadet nichts, so viel kann jeder singen.
In allem müßt Ihr zu Willen sein,
Und wenn sie sich mit Euch zu Bett wollt' legen.
KERKERMEISTER. Oho, Herr Doctor!
DOCTOR. Ja, so will's die Cur.
KERKERMEISTER.
Wohl möglich, aber nicht die Ehrbarkeit!
DOCTOR.
Ach, Possen! Opfert nicht der Ehrbarkeit!
Das eigne Kind. Erst heilt sie, will sie dann
Noch ehrbar sein, so hat sie Zeit genug.
KERKERMEISTER. Ich danke schön!
DOCTOR. Jetzt geht und holt sie her,
Damit ich sie mir anseh'.
KERKERMEISTER. Gut, ich gehe
Und sag' ihr, daß Palämon sie erwartet.
Herr Doctor, aber darin habt Ihr unrecht.
(Ab.)
DOCTOR.
Ja geht nur. Wie die Väter närrisch sind!
Was Ehrbarkeit! Der müßt' man eh'r was geben,
Damit sie –
FREIER. Haltet Ihr sie nicht für ehrbar?
DOCTOR. Wie alt ist sie?
FREIER. Kaum achtzehn.
DOCTOR. Dann ist's möglich,
Daß sie's noch ist, doch darauf kommt's nicht an.
Ihr Vater mag nun sagen, was er will,
Wenn Ihr bemerkt, daß sie danach verlangt,
Wovon ich sprach, *videlicet* nach Fleisch,
So gebt es Ihr –
FREIER. Ganz wohl –
DOCTOR. Und macht sie satt;
Das heilt sie, und vergehen werden ihr
Alsbald die melancholischen Humore.
(Der Kerkermeister kehrt mit seiner Tochter und ihrem Mädchen zurück.)
KERKERMEISTER.
Komm, liebes Kind! Palämon stehet dort,
Schon eine Stunde wartet er auf dich.
TOCHTER. Schön Dank für so viel gütige Geduld,
Er ist ein lieber Herr, ich schuld' ihm viel.
Sahst du den Zelter, den er mir geschenkt?
KERKERMEISTER. Ja wohl!
TOCHTER. Gefiel er dir?
KERKERMEISTER. Ein prächtig Thier!
TOCHTER. Sahst du ihn tanzen?
KERKERMEISTER. Nein!
TOCHTER. Das sollt'st du sehen!
Er tanzt die Gigue unvergleichlich schön,
Mit langem und mit kurzgestutztem Schwanz,
Und dreht sich wie ein Kreisel.
KERKERMEISTER. Unbegreiflich!
TOCHTER.
Auf Maurisch tanzt er zwanzig Meil' die Stunde,
Was ihm das beste Steckenpferd im Kirchspiel,
Soviel ich mich darauf versteh' nicht nachmacht;
Und galoppirt zum Liede »Lieb' mein Lieb'«. –
Was meinst du zu dem Pferd?
KERKERMEISTER. Wenn's so geschickt ist,
So könnte man ja Federball ihm lehren.
TOCHTER. O, das wär nichts!
KERKERMEISTER. Versteht er auch zu lesen,
Vielleicht sogar zu schreiben?
TOCHTER. Ganz vortrefflich.

Die Rechnung über seinen Proviant
Führt er allein. Den Stallknecht wollt' ich sehn,
Der ihn beschuppen kann. Die braune Stute
Des Herzogs kennst du doch?

KERKERMEISTER. O ja, sehr gut!

TOCHTER.
Das arme Vieh ist ganz verliebt in ihn,
Doch er ist kalt und spröde wie sein Herr.

KERKERMEISTER. Was hat sie denn als Mitgift?

TOCHTER. Ei, sie hat
Zweihundert Bündel Heu und zwanzig Maß
Vom besten Hafer, doch er will sie nicht.
Ach, wenn er wiehert, wie er dabei lispelt –
Das könnte einen Müllergaul bezaubern,
Es wird ihr Tod noch sein!

DOCTOR. Was sie für Unsinn
Zu Tage bringt!

KERKERMEISTER.
Da kommt dein Liebster, grüß' ihn!

FREIER.
Wie geht es dir, mein Herz? Wie schön du bist,
Und welch ein Knicks!

TOCHTER. Ganz Euch zu Diensten, Herr,
In aller Ehrbarkeit! Sagt, liebe Freunde,
Wie weit noch ist es, bis ans End' der Welt?

DOCTOR. Das kann wohl eine Tagereise sein.

TOCHTER. Was meint Ihr, wollt' Ihr mit mir gehn?

FREIER. Was sollen
Wir denn dort machen?

TOCHTER. Fußball spielen, ei,
Was sonst?

FREIER. Mir ist es recht, ich gehe mit,
Vorausgesetzt, daß wir dort Hochzeit halten.

TOCHTER.
Ja, das ist wahr! Dort finden wir gewiß
'nen blinden Priester, der uns trauen wird.
Denn hier zu Lande sind sie gar zu mäklig,
Und außerdem wird auch mein Vater morgen
Gehängt, – das paßte doch nicht gut zusammen.
Du bist Palämon?

FREIER. Kennst du mich denn nicht?

TOCHTER.
O ja, doch kümmerst du dich nicht um mich.
Ich hab' auch nichts als dieses eine Kleid
Und nur zwei Hemden noch.

FREIER. Das macht nichts aus,
Ich will dich einmal haben.

TOCHTER. Willst du wirklich?
So lass' zu Bett' uns gehn!

FREIER. Wann dir's gefällt!

(Er küßt sie.)

TOCHTER. Du naschest gar zu gern!

FREIER. Was wischest du
Dir meine Küsse ab?

TOCHTER. Sie sind so heiß
Und räuchern vor der Hochzeit schon mich ein.
Ist das Arcites nicht, Eu'r Vetter?

DOCTOR. Ja!
Der überaus zufrieden, daß Palämon
Solch eine gute Wahl getroffen hat.

TOCHTER. So meint Ihr auch, er wird zur Frau
mich nehmen?

DOCTOR. Gewiß!

TOCHTER. Ist das auch Eure Meinung?

KERKERMEISTER. Ja!

TOCHTER.
Wir werden wohl recht viele Kinder haben.
Mein Gott, wie feist Ihr wurdet! Hoffentlich
Macht's Euch Palämon nach; nun ist er frei,
Die schlechte Wohnung und die schmale Kost,
Sie haben ganz vom Fleische ihn gebracht,
Ich werd' ihn aber schon zurecht mir küssen!

(Ein Bote tritt auf.)

BOTE.
Was hockt ihr hier und geht des schönsten Anblicks
Verlustig, der euch je geboten ward?!

KERKERMEISTER. So sind sie schon dabei?

BOTE. I, freilich, freilich!
Und Ihr habt dort ein Amt.

KERKERMEISTER. Gleich will ich ihn,
Darum lebt wohl!

DOCTOR. Wir werden Euch begleiten,
So was muß ich mir ansehn.

KERKERMEISTER. Nun, was meint Ihr
Zu ihrer Krankheit?

DOCTOR. Habt nur guten Muth,
In ein paar Tagen ist sie ganz gesund.
Fahrt nur so fort und laßt sie nicht allein.

FREIER. Gewiß nicht.

DOCTOR. Führt sie fort!

FREIER. Jetzt komm zum Essen,
Mein liebes Herz, nach Tische spielen wir
Mit Karten.

TOCHTER. Aber küssen wir uns auch?

FREIER. Ei freilich, hundertmal.

TOCHTER. Und zwanzigmal.

FREIER. Und zwanzigmal.

TOCHTER. Und gehn zusammen schlafen.

DOCTOR. Nehmt es nur an.

FREIER. Und gehn zusammen schlafen.

TOCHTER. Ihr dürft mir aber nichts zu Leide thun.

FREIER. Nein, Herzchen, nein.

TOCHTER. Sonst fang' ich an zu schrein.

(Alle ab.)

Dritte Scene

(Ein Theil des Waldes bei Athen, nahe dem für den Kampf bestimmten Platz.)
Trompetenstöße. Theseus, Hippolyta, Emilia, Pirithous nebst Gefolge treten auf.

EMILIA. Ich bleibe hier.

PIRITHOUS. Wollt Ihr es nicht mit ansehn?

EMILIA.
Nein, lieber wollt' ich sehn, wie ein Rothkehlchen
Die Mücke spießt, als diesem Kampf beiwohnen;
Denn jeder Schlag bedroht ein edles Leben,
Seufzt, wenn er niederfallen muß und klingt
Wie Leichenglocke mehr als Schwerterschlag.
Ich bleibe hier, genug schon, daß mein Ohr
Mit dem, was dort geschieht, bestraft soll werden,

Daß ich's nicht stopfen kann, – mein Auge aber
Kann ich verschließen vor dem Schreckensanblick.

PIRITHOUS.
Herr, Eure Schwester will nicht weiter gehn.

THESEUS.
Sie muß, dort wird sie Heldenthaten sehn,
Verherrlicht wohl von Pinsel und von Meißel,
Doch hier vollbracht in ihrer Gegenwart,
Daß Ohr und Auge davon zeugen können.
Du darfst nicht fehlen, denn des Siegers Lohn
Und Preis und Krone bist du, wie du ja
Des Kampfes Anlaß warst.

EMILIA. Verzeih' mir, Bruder,
Wär' ich dabei, ich schlösse doch die Augen.

THESEUS.
Du mußt dabei sein. Dieser Zweikampf ist
Wie eine Nacht und du der einz'ge Stern,
Der sie erhellt.

EMILIA. Laß mich erloschen sein!
Unselig ist dies Licht, es zeigt den einen
Dem andern nur, so daß sich beide finden.
O Finsterniß, des Schreckens Mutter du,
Die Millionen Sterbliche verwünschen,
Wirf deinen schwarzen Mantel über sie,
Daß keiner seinen Gegner sehen möge.
So bess're deinen Namen und thu' Buße
Für manche Greuelthat, die du begingst.

HIPPOLYTA. Komm mit uns, Schwester!

EMILIA. Nein, ich bleibe hier.

THESEUS.
Dein Auge soll der Ritter Muth entflammen.
Du bist des Kampfes Kleinod, darfst nicht fehlen,
Du mußt den Preis ertheilen!

EMILIA. Laß mich, Bruder!
Wer König ist, der schöpft aus sich sein Recht.

THESEUS.
Nun, wie du willst. Doch die gezwungen sind
Mit dir zu bleiben, werden ihren Dienst
Gewiß verwünschen.

HIPPOLYTA. Schwester, lebe wohl!
Mich freut es nur, daß ich auf diese Weise
Doch etwas früher deinen Gatten soll
Erfahren als du selber. Mögen nun
Die Götter von den beiden dir den besten
Bescheren, darum bitt' ich sie inbrünstig.

(Alle ab, außer Emilia und einige ihres Gefolges.)

EMILIA.
Ein würdevolles Antlitz hat Arcites!
Doch ist sein Auge wie ein schwer Geschütz,
Das nicht gerichtet ward und niemand droht,
Wie eine scharfe Waffe in der Scheide.
Auf seinem Angesicht sind Mannesmuth
Und Milde Bettgenossen. Krieg'rischer
Sieht wohl Palämon aus. Ihm ist die Stirn
Gefurcht, und wenn er sie zusammenzieht,
Begräbt er eine ganze Welt darin.
Doch ist's nicht immer so, es ändert sich
Nach den Gedanken, die ihn grad' beherrschen.
Lang' weilt sein Aug' auf einem Gegenstand;
Ihm stehet Schwermuth gut, Arciten Frohsinn,
Doch ist Palämon's Traurigkeit nichts weiter
Als eine Art von Frohsinn, so gemischt,
Als mach' ihn Frohsinn traurig, Schwermuth fröhlich.
Der finstre Ernst, der andern häßlich steht,
Zeigt sich bei ihm in einer schönen Form.

(Hörnerklang. Dann Trompetenstöße, wie zum Angriff.)

Horch, wie es jetzt zum Kampf die Fürsten ruft.
Wird mich Arcit gewinnen? Wird Palämon
Arciten so verwunden, daß er ihm
Des Leibes Schönheit raubt? O, nur zu sehr
Ist dies zu fürchten! Wäre ich dabei,
Nur Schaden brächt' es. Ihre Augen würden
Auf mich gerichtet sein; so könnt' es kommen,
Daß sie versäumten sich zu rechter Zeit
Zu schützen oder vorzugehn zum Angriff.
Nein, besser ist es, daß ich ferne bin.
O, lieber nicht geboren sein, als solchem
Unsel'gen Spiel als Zeuge beizuwohnen.

(Hörnerklang und Rufe hinter der Scene. Man hört »Hoch Palämon!« schreien.)

Was für ein Lärm!

DIENERIN. Sie rufen: »Hoch Palämon!«

EMILIA. So siegte er? Ich hab' es gleich gedacht.
Auf seinem schönen Antlitz lag der Sieg;
Der Männer erster ist er zweifellos.
Ich bitte dich, lauf' hin und bring' mir Nachricht,
Wie es dort steht!

(Lärm. Hörnerklang. Erneuerte Rufe: »Hoch Palämon!«)

DIENERIN. Noch immer: »Hoch Palämon!«

EMILIA. Lauf hin und frage.

(Dienerin ab.)

Ach, mein armer Ritter,
Du unterlagst! Auf meiner rechten Brust
Trag' ich dein Bild, Palämon's auf der linken.
Warum? Ich weiß es nicht, der Zufall that's,
Es war nicht Absicht. Auf der linken Seite
Da liegt das Herz, die beste Stelle hatte
Palämon.

(Wiederholtes Geschrei, Hörnerschall und Rufen.)

Dieser Stimmen lautes Toben
Bedeutet, daß der Kampf zu Ende ist.

(Die Dienerin kehrt zurück.)

DIENERIN. Man sagte mir, Palämon hätt' Arciten
Schon fingerbreit der Säule nah gedrängt,
Sodaß man »Hoch Palämon« hätt' gerufen;
Da hätten seine Kampfgefährten ihn
Durch ihren Beistand schnell befreit und nun
Sei'n beide Kämpfer handgemein geworden.

EMILIA. O, daß in Einen sie verwandelt würden!
Was sag' ich? Gäb' es auf der Welt ein Weib,
Das solchen Doppelmannes würdig wäre?
Was jedem den besonderen Werth verleiht,
Und einen von dem andern unterscheidet,
Ist schon viel mehr, als eine Frau verdient.

(Hörnerschall. Rufe hinter der Scene: »Arcit, Arcit!«)

Noch immer, wie? Palämon?

DIENERIN. Nein, sie rufen
»Arcit« jetzt.

EMILIA. Horch mit beiden Ohren hin,
Ich bitte dich, daß du auch recht verstehst.

(Hörnerschall. Lärm. Geschrei: »Sieg, Sieg, Arcit!«)

DIENERIN.
Sie rufen: »Sieg, Arcit!« Horcht: »Sieg, Arcit!«
Der Hörner Schall zeigt an des Kampfes Ende.

EMILIA.
Mit halbem Blicke konnt' es jeder sehn,
Kein Schwächling sei Arcit. Aus seinem Auge
Brach mächtig seines Geistes Kraft hervor,
Wie man im Flachs nicht Feuer kann verstecken,
Und niedres Ufer nicht der Wasser Schwall,
Wenn er von wildem Sturm getrieben wird,
Abwehren kann. Vermuthet hab' ich's gleich,
Palämon würde unterliegen müssen,
Nur weiß ich nicht, warum ich es vermuthet!?
Vernünft'ge Gründe pflegen nicht Propheten
Zu sein, viel öfter Einbildungen. Sieh,
Da kommen sie.

(Hörnerschall.)

Palämon thut mir leid.

(Theseus, Hippolyta, Pirithous, Arcit als Sieger nebst Gefolge treten auf.)

THESEUS.
In Furcht und Zagen harret unsre Schwester
Des Ausgangs hier. Vernimm, Emilia,
Kraft himmlischer Entscheidung gaben dir
Die Götter diesen Ritter zum Gemahl,
Ein besserer schlug nie den Feind aufs Haupt.
Reicht Euch die Hände, nimm sie hin – du ihn,
Und solche Lieb' vereine segnend euch,
Die immer wächst, je mehr ihr selbst vergeht.

ARCITES. Emilia, – dich zu gewinnen gab ich
Das Köstlichste dahin (dich ausgenommen),
Was ich besaß, doch dünket mich der Preis,
Um den ich solchen Schatz erwarb, gering.

THESEUS.
Er redet von dem besten Ritter, Schwester,
Der je ein edles Roß bestiegen hat;
Ihn lassen unvermählt die Götter sterben,
Daß sein Geschlecht nicht ihnen vor der Welt
Zu ähnlich werde. Denn mit ihm verglichen
Scheint der Alcide nur ein Klumpen Blei,
So hat er mich entzückt. Doch wie ich immer
Sein Lob auch singen mag, darum verliert
Arcit nicht das Geringste, – denn der Große
Fand seinen Größern noch. –
Das Ohr der Nacht
Hört' ich wetteifernd einst zwei Nachtigallen
Mit wechselseitigem Gesang bestürmen;
Bald lauter diese, jene bald, dann wieder
Die erste ihre Schwester überbietend,
Sodaß das Ohr zu keinem Urtheil kam.
Nichts anders war es lang' bei diesen Vettern,
Bis einer siegte durch des Himmels Schluß.
Mit Stolz und Freude trage deinen Kranz,
Doch den Besiegten sei Gerechtigkeit
Nun schnell von uns gewährt. Ich weiß, ihr Leben
Ist ihnen nur zur Qual. Hier laßt es sein,
Für uns ist das kein Anblick, gehn wir also,
Im Herzen fröhlich, doch nicht ohne Trauer.
Umarme deinen Preis; ich weiß, um nichts
In aller Welt gäbst du ihn wieder her.
Hippolyta, in deinem schönen Auge
Blinkt eine Thräne?!

EMILIA. Ach, heißt das gewinnen?
O Himmelsmächte, ist das eure Gnade?
Sprächt ihr gebietend nicht: »So soll es sein,
Nun tröste du den armen, freundeslosen,
Den unglückhaften Fürsten, der ein Leben
Geopfert hat, mehr werth als alle Frau'n« –
Ich würde lieber sterben!

HIPPOLYTA. Ach, wie traurig,
Daß sich vier Augen wandten auf die eine
Und zwei nun brechen müssen!

THESEUS. Ja, so ist's!

(Alle ab.)

Vierte Scene

(Ebendaselbst.)

Palämon mit seinen Rittern gefesselt. Kerkermeister, Henkersleute und andere treten auf. Wache.

PALÄMON.
So mancher lebt, der seines Volkes Liebe
Längst überlebt hat, und dasselbe gilt
Von manchen Vätern und von manchen Kindern.
In dem Gedanken liegt ein kleiner Trost,
Wir sterben doch, von andern noch beklagt,
Man wünscht uns, daß wir länger leben möchten.
Des Alters böse Zeit bleibt uns erspart.
Der Gicht und Gliederschmerzen schweren Pein,
Die an des Lebens Ende auf uns lauert,
Entgehen wir. Wir kommen zu den Göttern
Noch jung und frisch, von Lastern und Verbrechen
Noch nicht befleckt. So werden sie uns auch
Willkommen heißen und vor jenen andern
Mit Nektar tränken, da wir reine Geister.
Doch immer gebt ihr, liebe Anverwandte,
Zu wohlfeil euer junges Leben noch
Für diesen kümmerlichen Trost dahin.

ERSTER RITTER.
Wir sind mit solchem guten Tod zufrieden.
Die Sieger hatten nur für sich das Glück,
Dem der Erfolg gewiß, wie uns der Tod.
An keines Körnchens Ehre überwiegen
Sie uns!

ZWEITER RITTER.
Laßt Lebewohl uns sagen, Brüder,
Und setzen wir das wankelmüth'ge Glück
Durch unsere Geduld in helle Wuth!

DRITTER RITTER. Wer macht den Anfang?

PALÄMON.
Wem als mir, der euch
Zu dem Bankete führte, käm' es zu,
Davon zuerst zu kosten? –

(Zum Kerkermeister.)

Ha, mein Freund,
Dein holdes Kind gab mir einmal die Freiheit,
Du sollst sie nun für alle Zeit mir geben.
Wie geht es ihr? Man sagte, sie sei krank?
Daß sie so leiden muß, betrübt mich sehr!

KERKERMEISTER.
Sie ist genesen, Herr, und hält bald Hochzeit.

PALÄMON.
Bei meinem Restchen Leben, das ist schön,
Das freut mich, sag' ihr das, grüß' sie von mir
Und gib ihr dies!
(Er gibt ihm seine Börse.)
ERSTER RITTER. Wir steuern alle bei!
ZWEITER RITTER. Ist sie noch Jungfrau?
PALÄMON. Ja gewiß, das denk' ich,
Ein gutes, liebes Wesen, dem ich mehr
Verdanke, als ich sagen kann und lohnen!
(Sie geben dem Kerkermeister alle ihre Börsen.)
KERKERMEISTER.
Nehmt ihren Dank, die Götter lohnen's euch!
PALÄMON.
Und nun lebt wohl! Mach's kurz mit meinem Leben,
Wie ich mit meinem Abschied!
ERSTER RITTER.
Führ' uns an,
Wir folgen willig dir, geliebter Bruder!
(Palämon legt sein Haupt auf den Block. Man hört hinter der Bühne Geräusch und die Rufe: »Lauft, rettet, halt!« Ein Bote tritt eilig auf.)
BOTE. Halt, halt, ums Himmels willen, haltet ein!
(Pirithous tritt eilig auf.)
PIRITHOUS.
Halt ein, halt ein! Verwünscht sei Eure Hast,
Wie leicht wär's nicht geschehn! – Edler Palämon,
Die Götter wollen dir zu ihrem Ruhm
Das Leben noch verlängern!
PALÄMON.
Ist es möglich,
Obschon ich sagte, daß mir Venus log?
Wie ging das zu?
PIRITHOUS.
Erheb' dich, edler Herr,
Und leih' dein Ohr der Nachricht, die ich bringe,
Die freudevoll zugleich schmerzlich ist!
PALÄMON.
Was weckt uns so aus unserm Traum?
PIRITHOUS. Vernimm!
Das Roß, das ihm Emilia jüngst geschenkt,
Bestieg Arcites. Schwarz ist's wie die Nacht,
Kein weißes Haar an ihm, was seinen Werth,
Wie manche meinen, eben nicht vermehrt,
Da es vorweg auf Tücke schließen läßt;
Wer abergläubisch ist, wird ihm nicht trau'n.
Auf diesem Pferd durchritt Arcit die Straßen
Athens, – langsamen Schritts, als ob die Steine
Er zählen wolle, während ja das Thier,
Hätt' seine Kunst der Reiter zeigen wollen,
Ihn wie ein Pfeil dahingetragen hätte.
So aber ließ er's zur Musik der Hufen
Nur zierlich tanzen. (Sagt man doch, Musik
Sei aus des Eisens Klang zuerst entstanden.)
Da plötzlich zuckt aus einem neid'schen Kiesel,
Kalt wie Saturn und g'rade so wie er
Bösart'gen Feuers voll, ein Funke her!
Das Pferd, so hitzig wie das Feuer selbst,
Erschrickt, macht einen Satz, stemmt sich zurück,
Kennt keine Zucht und Ordnung mehr, – dem Sporn
Gehorcht es nicht, schreit wie ein junges Schwein,
Geräth in Wuth und sucht auf alle Weise
Durch Bocken sich des Reiters zu entled'gen.
Der aber sitzt in seinem Sattel fest;
Der Zaum ist stark, der Sattelgurt platzt nicht,
Ausschlagen ist umsonst, der Reiter drückt
Es mächtig auf die Hinterbeine nieder –
Da bäumt es sich empor, sodaß die Füße
Arcit's hoch über seinem Kopfe stehn,
Als hing er in der Luft; der Siegeskranz
Fällt ihm vom Haupt und hintenüber stürzt
Das wilde Thier und deckt mit seiner Last
Des edlen Reiters Leib! –
Noch lebt er zwar,
Doch ist ein Schiff nur, das die nächste Welle
Verschlingen muß. Noch einmal wünscht er Euch
Vor seinem Tod zu sprechen. Seht, er naht!
(Theseus, Hippolyta, Emilia. Arcites wird in einem Lehnsessel hereingetragen.)
PALÄMON.
O, unglücksel'ges Ende unsrer Freundschaft!
Allmächtig sind die Götter! – Wenn dein Herz,
Dein würdig, männlich Herz noch schlägt,
Arcites,
So sprich ein letztes Wort zu mir. Ich bin
Palämon, der dich Sterbenden noch liebt.
ARCITES.
Nimm du Emilien und nimm mit ihr
Die ganze Lust der Welt. Gib mir die Hand,
Leb' wohl! Mein Stundenglas ist abgelaufen.
Geirrt hab' ich, doch treulos war ich nie!
Vergib mir, Vetter. – Einen einz'gen Kuß
Emilia nur –
(Er küßt sie.)
so, so – nun nimm sie hin.
Ich sterbe!
(Stirbt.)
PALÄMON. Seine Heldenseele zog
Jetzt in Elysium ein!
EMILIA. Laß mich die Augen
Dir schließen, Fürst! Nun bei den Sel'gen wohne!
Solang' ich lebe will ich diesen Tag
Den Thränen weihn!
PALÄMON. Und ich dem Ruhm des Helden!
THESEUS.
An dieser Stelle fochtet ihr zuerst,
Hier trennt' ich euch. Den Göttern bringe Dank,
Daß du noch lebst und athmest. Seine Rolle
Hat er nun ausgespielt, und war sie kurz,
So hat er doch als Meister sich bewährt.
Dein Tag ist länger und des Himmels Segen
Troff auf dich nieder. Venus, die Gewalt'ge,
Bewährte ihres Altars Kraft an dir
Und gab dir, was du liebst, wogegen Mars,
Der Krieger Herr, Arcit den Sieg verlieh,
Wie sein Orakel diesem es verheißen.
So zeigten sich die Götter euch gerecht. –
Tragt jetzt den Todten fort!
PALÄMON.
O Vetter, Vetter!
Daß wir, was wir begehrten, selber uns
Dann wieder rauben und den Schatz der Liebe

Mit dem Verlust der Lieb' erkaufen mußten!

THESEUS.

Nie hat das Glück ein schlau'res Spiel gespielt,
Denn der Besiegte triumphirt, der Sieger
Erlag, und dabei haben sich die Götter
Der Einmischung enthalten. Dir, Palämon,
Gestand dein Vetter selbst das Vorrecht zu
Auf die Geliebte, da du sie zuerst
Erblickt und deine Liebe gleich erklärtest.
Er gab sie dir zurück, wie ein Juwel,
Das er dir stahl, und bat dich um Verzeihung,
Damit er ruhig und in Frieden sterbe.
Die Götter nehmen die Gerechtigkeit
Aus meiner Hand und üben selber sie.
Jetzt führe, die du liebst, hinweg von hier
Und ruf' vom Henkerblocke die Gefährten,
Sie sollen fortan meine Freunde sein.
Zwei Tage oder drei weihn wir der Trauer,
Bis wir Arcit zur Erd' bestattet haben.
Dann aber ziehn wir Hochzeitskleider an
Und jubeln mit Palämon, den ich noch
Betrauerte vor einer Stunde, während
Ich froh war mit Arcit. Jetzt thut Arcit
Mir leid und mit Palämon freu' ich mich!
– Ihr Zauberer dort droben, sagt, was macht ihr
Aus uns für Wesen? Laßt bei dem uns jubeln,
Was wir verlieren, und bei dem uns trauern,
Was wir erlangen. Wahre Kinder sind wir!
Doch laßt uns dankbar sein für das, was ist,
Und haben nicht mit Euch, den über uns
Allmächtig Waltenden. Kommt jetzt mit mir,
Und was die Zeit verlangt, das laßt uns thun!

(Alle ab.)

(Der Vorhang fällt.)

Ende

Epilog

Wie Euch das Stück gefiel, seid nun befragt.
Ich bin zwar wie ein Schulbub' nicht verzagt,
Doch bitt' ich Euch, bleibt noch ein bischen stehn,
Daß ich mir Eure Mienen kann besehn.
Wie? Keiner lacht? Das ist nun freilich schier
Ein schlimmes Zeichen! Ist nicht Einer hier,
Der einmal recht geliebt? Er tret' heraus
Und zisch' uns wider sein Gewissen aus.
Wär' keiner hier, das wär' doch sonderbar!
Wir möchten Euer Urtheil, kurz und klar.
Versteht mich recht: ich bin ja meiner Sache
Nicht so gewiß; indeß, wenn auch die Mache
Euch nicht gefiel, so war die Fabel doch
Des Stückes gut, sodaß wir immer noch
Vielleicht damit erzielt, was wir gewollt.
Und wenn Ihr uns ein bischen Beifall zollt,
So werden wir bald Bess'res Euch bescheren,
Die alte Liebe zwischen uns zu nähren.
Denn alles, was nur steht in unsrer Macht,
Ist Euch, Ihr Herrn, zu Dienst. – Jetzt Gute Nacht!

HISTORIEN

König Johann.

Personen

König Johann
Prinz Heinrich, sein Sohn, nachmaliger König Heinrich III.
Arthur, Herzog von Bretagne, Sohn des verstorbnen Herzogs Gottfried von Bretagne, älteren Bruders vom König Johann
William Mareshall, Graf von Pembroke
Geffrey Fitz-Peter, Graf von Essex, Oberrichter von England
William Longsword, Graf von Salisbury
Robert Bigot, Graf von Norfolk
Hubert de Burgh, Kämmerer des Königs
Robert Faulconbridge, Sohn des Sir Robert Faulconbridge
Philipp Faulconbridge, sein Halbbruder, Bastard König Richard I.
Jakob Gurney, Diener der Lady Faulconbridge
Peter von Pomfret, ein Prophet
Philipp, König von Frankreich
Louis, der Dauphin
Der Erzherzog von Österreich
Kardinal Pandulpho, Legat des Papstes
Melun, ein französischer Edelmann
Chatillon, Gesandter von Frankreich an König Johann
Eleonore, die Witwe König Heinrich II. und Mutter König Johanns
Constanze, Arthurs Mutter
Blanca, Tochter Alfonsos, des Königs von Kastilien, und Nichte König Johanns
Lady Faulconbridge, Mutter des Bastards und Robert Faulconbridges
Herren und Frauen, Bürger von Angers, ein Sheriff, Herolde, Beamte, Soldaten, Boten und andres Gefolge
Die Szene ist bald in England, bald in Frankreich

Erster Aufzug
Erste Szene

Northampton. Ein Staatszimmer im Palaste.
König Johann, Königin Eleonore, Pembroke, Essex, Salisbury und andre, nebst Chatillon, treten auf.

KÖNIG JOHANN.
Nun, Chatillon, sag, was will Frankreich uns?
CHATILLON.
So redet Frankreichs König, nach dem Gruß,
Durch meinen Vortrag zu der Majestät,
Erborgten Majestät von England hier.
ELEONORE. Erborgten Majestät? – Seltsamer Anfang!
KÖNIG JOHANN.
Still, gute Mutter? Hört die Botschaft an!
CHATILLON.
Philipp von Frankreich, kraft und laut des Namens
Von deines weiland Bruder Gottfried Sohn,
Arthur Plantagenet, spricht rechtlich an
Dies schöne Eiland samt den Ländereien,
Als Irland, Poictiers, Anjou, Touraine, Maine;
Begehrend, daß du legst beiseit das Schwert,
Das dieses Erb' anmaßendlich beherrscht,
Daß Arthur es aus deiner Hand empfange,
Dein Neff' und königlicher Oberherr.
KÖNIG JOHANN.
Und wenn wir dieses weigern, was erfolgt?
CHATILLON.
Der stolze Zwang des wilden, blut'gen Kriegs,
Zu dringen auf dies abgedrungne Recht.
KÖNIG JOHANN.
Wir haben Krieg für Krieg und Blut für Blut,
Zwang wider Zwang: antworte Frankreich das!
CHATILLON.
So nehmt denn meines Königs Fehderuf
Aus meinem Munde, meiner Botschaft Ziel!
KÖNIG JOHANN.
Bring' meinen ihm, und scheid' in Frieden so!
Sei du in Frankreichs Augen wie der Blitz:
Denn eh' du melden kannst, ich komme hin,
Soll man schon donnern hören mein Geschütz.
Hinweg denn! Sei du unsers Grimms Trompete
Und ernste Vorbedeutung eures Falls! –
Gebt ehrliches Geleit ihm auf dem Weg:
Besorgt es, Pembroke! – Chatillon, lebt wohl!
Chatillon und Pembroke ab.
ELEONORE.
Wie nun, mein Sohn? Hab' ich nicht stets gesagt,
Constanzens Ehrgeiz würde nimmer ruhn,
Bis sie für ihres Sohns Partei und Recht
Frankreich in Brand gesetzt und alle Welt?
Dies konnte man verhüten; es war leicht
Durch freundliche Vermittlung auszugleichen,
Was die Verwaltung zweier Reiche nun
Durch schrecklich blut'gen Ausgang muß entscheiden.
KÖNIG JOHANN.
Uns schirmt Besitzes Macht und unser Recht.
ELEONORE.
Besitzes Macht weit mehr als Euer Recht,
Sonst müßt' es übel gehn mit Euch und mir.
So flüstert in das Ohr Euch mein Gewissen,
Was nur der Himmel, Ihr und ich soll wissen.
Der Sheriff von Northamptonshire tritt auf und spricht heimlich mit Essex.
ESSEX. Mein Fürst, hier ist der wunderlichste Streit,
Vom Land an Euren Richterstuhl gebracht,
Wovon ich je gehört. Bring' ich die Leute?
KÖNIG JOHANN. Ja, führt sie vor! –
Sheriff ab.
Die Klöster und Abteien sollen zahlen
Die Kosten dieses Zugs. –
Der Sheriff kommt zurück mit Robert Faulconbridge und Philipp, seinem Bastard-Bruder.
Wer seid ihr beide?
BASTARD. Ich Euer treuer Knecht, ein Edelmann,
Hier aus Northamptonshire, und, wie ich glaube,
Der älteste Sohn des Robert Faulconbridge,
Den Löwenherzens ruhmverleih'nde Hand
Für Kriegesdienst' im Feld zum Ritter schlug.
KÖNIG JOHANN. Wer bist du?
ROBERT.
Der Erb' und Sohn desselben Faulconbridge.
KÖNIG JOHANN.
Ist das der ältre, und der Erbe du?
So scheint's, ihr seid von einer Mutter nicht.
BASTARD.
Gewiß von einer Mutter, mächt'ger König,
Das weiß man, und ich denk' auch, einem Vater:
Doch die gewisse Kenntnis dieses Punktes
Macht mit dem Himmel aus und meiner Mutter:
Ich zweifle dran, wie jeder Sohn es darf.
ELEONORE.
Pfui, grober Mann! Du schändest deine Mutter
Und kränkest ihren Ruf mit dem Verdacht.
BASTARD.
Ich, gnäd'ge Frau? Ich habe keinen Grund;
Das schützt mein Bruder vor, ich keineswegs:
Denn wenn er es beweist, so prellt er mich
Zum mind'sten um fünfhundert Pfund des Jahrs.
Gott schütz' mein Lehn und meiner Mutter Ehre!
KÖNIG JOHANN.
Ein wackrer, dreister Bursch! – Warum spricht er,
Als Jüngstgeborner, deine Erbschaft an?
BASTARD.
Ich weiß nicht, außer um das Lehn zu kriegen;
Doch einmal schalt er einen Bastard mich.
Ob ich so echt erzeugt bin oder nicht.
Das leg' ich stets auf meiner Mutter Haupt;
Allein, daß ich so wohl erzeugt bin, Herr,
(Ruh' dem Gebein, das sich für mich bemüht!) –
Vergleicht nur die Gesichter, richtet selbst!
Wenn uns der alte Herr, Sir Robert, beide
Erzeugt', und dieser Sohn dem Vater gleicht, –
O alter Robert! Vater! siehe mich
Gott knieend danken, daß ich dir nicht glich!
KÖNIG JOHANN.
Nun, welch ein Tollkopf ist uns hier beschert?
ELEONORE.
Er hat etwas von Löwenherzens Zügen,
Und seiner Sprache Ton ist ihm verwandt.
Erkennt Ihr nicht Merkmale meines Sohnes
Im großen Gliederbaue dieses Manns?
KÖNIG JOHANN.
Mein Auge prüfte seine Bildung wohl

Und fand sie sprechend ähnlich. – Ihr da, sprecht,
Was treibt Euch, Eures Bruders Lehn zu fodern?

BASTARD.
Weil er ein Halbgesicht hat, wie mein Vater,
Möcht' er mein Lehn ganz für das Halbgesicht.
Sein Groschen mit dem Halbgesicht-Gepräge
Brächt' ihm alsdann fünfhundert Pfund des Jahrs.

ROBERT.
Mein gnäd'ger Lehnsherr, als mein Vater lebte,
Braucht' Euer Bruder meinen Vater oft, –

BASTARD.
Ei, Herr, damit gewinnt Ihr nicht mein Lehn:
Erzählt uns, wie er meine Mutter brauchte!

ROBERT.
Und sandt' ihn einst auf eine Botschaft aus,
Nach Deutschland, mit dem Kaiser dort zu handeln
In wichtigen Geschäften jener Zeit.
Der König nutzte die Entfernung nun
Und wohnt' indes in meines Vaters Haus.
Wie er's erlangte, schäm' ich mich zu sagen;
Doch wahr ist wahr: es trennten meinen Vater
Von meiner Mutter Strecken See und Land
(Wie ich von meinem Vater selbst gehört),
Als dieser muntre Herr da ward erzeugt.
Auf seinem Todbett ließ er mir sein Gut
Im Testament und starb getrost darauf,
Der, meiner Mutter Sohn, sei seiner nicht;
Und wenn er's war, so kam er in die Welt
An vierzehn Wochen vor der rechten Zeit.
So gönnt mir denn, was mein ist, bester Fürst,
Des Vaters Gut nach meines Vaters Willen!

KÖNIG JOHANN.
Still! Euer Bruder ist ein echtes Kind;
Des Vaters Weib gebar ihn in der Eh',
Und wenn sie ihn betrog, ist's ihre Schuld,
Worauf es alle Männer wagen müssen,
Die Weiber nehmen. Sagt mir, wenn mein Bruder,
Der, wie Ihr sprecht, sich diesen Sohn geschafft,
Von Eurem Vater ihn gefodert hätte:
Traun, guter Freund, sein Kalb von seiner Kuh
Könnt' er behaupten gegen alle Welt;
Das könnt' er, traun! War er von meinem Bruder,
So konnt' ihn der nicht fodern; Euer Vater
Ihn nicht verleugnen, war er auch nicht sein.
Kurz, meiner Mutter Sohn zeugt' Eures Vaters Erben,
Dem Erben kommt das Gut des Vaters zu.

ROBERT. Hat meines Vaters Wille keine Kraft,
Das Kind, das nicht das seine, zu enterben?

BASTARD.
Nein, nicht mehr Kraft, mich zu enterben, Herr,
Als, wie ich glaub', er mich zu zeugen hatte.

ELEONORE.
Was willst du lieber sein? ein Faulconbridge,
Der Lehn-Besitzer wie dein Bruder, oder
Des Löwenherzens anerkannter Sohn,
Herr deines Adels, und kein Lehn dazu?

BASTARD.
Ja, Fürstin, säh' mein Bruder aus wie ich,
Und ich wie er, Sir Roberts Ebenbild,
Und hätt' ich Beine wie zwei Reitergerten
Und Arme wie von ausgestopfter Aalhaut,
Ein dünn Gesicht, daß ich mit keiner Rose,
Ins Ohr gesteckt, mich dürfte lassen sehn,
Daß man nicht schrie': »Seht da Drei-Heller gehn!«
Und wär' ich dieses ganzen Landes Erbe:
Ich will von hier nie weichen, gäb' ich nicht
Den letzten Fußbreit hin für dies Gesicht.
Um keinen Preis würd' ich ein solcher Wicht.

ELEONORE.
Ich hab' dich gern: willst du dein Teil verlassen,
Das Land ihm übermachen und mir folgen?
Ich bin Soldat und geh' auf Frankreich los.

BASTARD.
Bruder, nimm du mein Land, wie ich mein Los.
Gilt Eu'r Gesicht fünfhundert Pfund auch heuer,
Verkauft Ihr's für fünf Heller doch zu teuer. –
Ich folge, gnäd'ge Frau, Euch in den Tod.

ELEONORE.
Nein, lieber will ich Euch vorangehn lassen.

BASTARD. Des Landes Sitte gibt den Höhern Vortritt.

KÖNIG JOHANN. Wie ist dein Name?

BASTARD.
Philipp, mein Fürst: mein Name so beginnt;
Des alten Roberts Eh'frau ältstes Kind.

KÖNIG JOHANN.
Führ' künftig dessen Namen, dem du gleichst:
Knie' du als Philipp, doch steh auf erhöht:
Steh auf, Sir Richard und Plantagenet!

BASTARD. Gebt, mütterlicher Bruder, mir die Hand:
Mein Vater gab mir Adel, Eurer Land.
Gesegnet schienen Sonne oder Sterne,
Als ich erzeugt ward in Sir Roberts Ferne.

ELEONORE. Das wahre Feuer der Plantagenet!
Nennt mich Großmutter, Richard, denn ich bin's.

BASTARD.
Von ungefähr, nicht förmlich; doch was tut's?
Geht's nicht grad' aus, so sieht man, wie man's macht:
Herein zum Fenster, oder übern Graben.
Wer nicht bei Tage gehn darf, schleicht bei Nacht,
Und, wie man dran kömmt, haben ist doch haben.
Weit oder nah, gut Schießen bringt Gewinn,
Und ich bin ich, wie ich erzeugt auch bin.

KÖNIG JOHANN.
Geh, Faulconbridge! Du hast, was du begehrt;
Ein armer Ritter hat dir Gut beschert. –
Kommt, Mutter! Richard, kommt! Wir müssen eilen
Nach Frankreich, Frankreich! Denn hier gilt kein
Weilen.

BASTARD. Bruder, leb wohl! Das Glück sei dir geneigt!
Du wurdest ja in Ehrbarkeit erzeugt.

Alle ab außer der Bastard.

Um einen Schritt zur Ehre besser nun,
Doch schlimmer um viel tausend Schritte Lands.
Ich kann ein Gretchen nun zur Dame machen; –
»Habt guten Tag, Sir Richard!« – »Dank, Gesell!« –
Und wenn er Jürge heißt, nenn' ich ihn Peter:
Denn neugeschaffner Rang vergißt die Namen;
Es ist zu aufmerksam und zu vertraulich
Für unsern Hofton. – Dann mein Reisender,
An meiner Gnaden Tisch die Zähne stochernd,
Und ist mein ritterlicher Magen voll,
So saug' ich an den Zähnen und befrage
Den Schönbart aus der Fremde: »Bester Herr«, –
So auf den Arm mich stützend, fang' ich an, –
»Ich möcht' Euch bitten«, – das ist die Frage nun,
Und dann kommt Antwort wie ein Abc-Buch:

»O Herr«, sagt Antwort, »gänzlich zu Befehl,
Wie's Euch beliebt, zu Euren Diensten, Herr.« –
Sagt Frage: »Nein, ich, bester Herr, zu Euren.«
Und so, eh' Antwort weiß, was Frage will, –
Bloß mit dem hin und her Komplimentieren
Und Schwatzen von den Alpen, Apenninen,
Den Pyrenäen und dem Flusse Po
Zieht es sich bis zur Abendmahlzeit hin.
Das ist hochadlige Gesellschaft nun,
Die strebenden Gemütern ziemt, gleich mir.
Wer nicht nach Wahrnehmung der Sitte schmeckt,
Der ist ja nur ein Bastard seiner Zeit;
(Das bleib' ich zwar, mit oder ohne Beischmack:)
Und dies nicht bloß in Tracht und Lebensart,
In äußerlichem Wesen und Manier,
Nein, auch aus innern Kräften, zu erzeugen
Süß, süßes Gift für des Zeitalters Gaum.
Will ich dies schon nicht üben zum Betrug,
So will ich's doch, Betrug zu meiden, lernen:
Mir soll's die Stufen der Erhöhung ebnen. –
Wer kommt in solcher Eil'? im Reithabit?
Welch eine Frau'n-Post? Hat sie keinen Mann,
Der sich bequemt, das Horn vor ihr zu blasen?

Lady Faulconbridge und Jakob Gurney treten auf.

O weh! 's ist meine Mutter. – Nun, gute Frau,
Was bringt Euch hier so eilig an den Hof?

LADY FAULCONBRIDGE.
Wo ist der Schalk, dein Bruder? sag mir, wo.
Der außer Atem meine Ehre hetzt?

BASTARD. Mein Bruder Robert? alten Roberts Sohn?
Colbrand der Riese, der gewalt'ge Mann?
Ist es Sir Roberts Sohn, den Ihr so sucht?

LADY FAULCONBRIDGE.
Sir Roberts Sohn! Ja, du verwegner Bube,
Sir Roberts Sohn: was höhnest du Sir Robert?
Er ist Sir Roberts Sohn, du bist es auch.

BASTARD. Laß, Jakob, eine Weil' uns hier allein!

GURNEY. Empfehl' mich, guter Philipp.

BASTARD. Philipp? Possen! Jakob,
Hier ist was los, sogleich erfährst du mehr.

Gurney ab.

Ich bin Sir Roberts Sohn, des alten, nicht:
Sir Robert konnte seinen Teil an mir
Karfreitags essen und doch Fasten halten.
Sir Robert konnte was; doch – grad' heraus:
Konnt' er mich zeugen? Nein, das konnt' er nicht:
Wir kennen ja sein Machwerk. – Gute Mutter,
Sagt also, wem verdank' ich diese Glieder?
Nie half Sir Robert, dieses Bein zu machen.

LADY FAULCONBRIDGE.
Verschworst auch du mit deinem Bruder dich,
Der meine Ehr' aus Klugkeit schützen sollte?
Was soll dies Höhnen, ungeschliffner Knecht?

BASTARD. Kein Knecht, ein Ritter, meine gute Mutter;
Ich hab' den Ritterschlag, hier auf der Schulter.
Doch, Mutter, ich bin nicht Sir Roberts Sohn;
Sir Robert und mein Erbe gab ich auf,
Nam', ehrliche Geburt, und alles fort:
Drum, gute Mutter, nennt mir meinen Vater!
Ich hoff', ein feiner Mann; wer war es, Mutter?

LADY FAULCONBRIDGE.
Hast du dem Namen Faulconbridge entsagt?

BASTARD. Entsagt von Herzen, wie dem Teufel selbst

LADY FAULCONBRIDGE.
Dich zeugte König Richard Löwenherz.
Durch lange, heft'ge Zumutung verführt,
Nahm ich ihn auf in meines Gatten Bett.
Der Himmel mag den Fehltritt mir verzeihn!
Du bist die Frucht vom sträflichen Vergehn,
Dem ich, bedrängt, nicht konnte widerstehn.

BASTARD.
Beim Sonnenlicht! Sollt' ich zur Welt erst kommen,
So wünscht' ich keinen bessern Vater mir!
Es gibt auf Erden losgesprochne Sünden,
Und Eure ist's; Ihr fehltet nicht aus Torheit:
Ihr mußtet dem durchaus Eu'r Herz ergeben,
Als Huldigungstribut für mächt'ge Liebe,
Mit dessen Grimm und Stärke sondergleichen
Der unerschrockne Leu nicht kämpfen konnte,
Noch Richards Hand sein fürstlich Herz entziehn.
Wer mit Gewalt das Herz dem Löwen raubt,
Gewinnt von einem Weib es leicht. Ach, Mutter!
Von Herzen dank' ich dir für meinen Vater.
Wer sagen darf, daß Übles sei geschehn,
Als ich erzeugt ward, soll zur Hölle gehn.
Komm, meine Anverwandten sollst du kennen;
Sie werden sprechen: hätt'st du Nein gesagt,
Als Richard warb, das wäre Sünd' zu nennen.
Ein Lügner, wer zu widersprechen wagt!

Ab.

Zweiter Aufzug

Erste Szene

*Frankreich. Vor den Mauern von Angers.
Von der einen Seite kommt der Erzherzog von Österreich mit Truppen, von der andern Philipp, König von Frankreich, mit Truppen, Louis, Constanze, Arthur und Gefolge.*

LOUIS.
Gegrüßt vor Angers, tapfrer Österreich! –
Arthur! der große Vorfahr deines Bluts,
Richard, der einst dem Leu'n sein Herz geraubt
Und heil'ge Krieg' in Palästina focht,
Kam früh ins Grab durch diesen tapfern Herzog.
Und zur Entschädigung für sein Geschlecht
Ist er auf unser Dringen hergekommen
Und schwingt die Fahnen, Knabe, für dein Recht,
Um deines unnatürlich schnöden Oheims,
Johanns von England, Anmaßung zu dämpfen.
Umarm' ihn, lieb' ihn, heiß' ihn hier willkommen!

ARTHUR.
Gott wird Euch Löwenherzens Tod verzeihn,
Je mehr Ihr seiner Abkunft Leben gebt,
Ihr Recht mit Euren Krieges-Flügeln schattend.
Seid mir bewillkommt mit ohnmächt'ger Hand,
Doch einem Herzen reiner Liebe voll:
Willkommen vor den Toren Angers', Herzog!

LOUIS. Ein edles Kind! Wer stünde dir nicht bei?

ÖSTERREICH.
Auf deine Wange nimm den heil'gen Kuß
Als Siegel an dem Pfandbrief meiner Liebe,
Daß ich zur Heimat nimmer kehren will,
Bis Angers und dein sonstig Recht in Frankreich,

Samt jenem Felsenufer, dessen Fuß
Zurück des Weltmeers wilde Fluten stößt
Und trennt sein Inselvolk von andern Ländern,
Bis jenes England, von der See umzäunt,
Dies wellenfeste Bollwerk, sicher stets
Und unbesorgt vor fremdem Unternehmen, –
Ja! bis der westlich fernste Winkel dich
Als König grüßt; bis dahin, holder Knabe,
Denk' ich der Heimat nicht und bleib' im Feld.

CONSTANZE.
O nehmt der Mutter, nehmt der Witwe Dank,
Bis Eure starke Hand ihm Stärke leiht
Zu besserer Vergeltung Eurer Liebe!

ÖSTERREICH.
Den lohnt des Himmels Friede, der sein Schwert
In so gerechtem, frommem Kriege zieht.

KÖNIG PHILIPP.
Nun gut, ans Werk! Wir richten das Geschütz
Ins Antlitz dieser widerspenst'gen Stadt. –
Ruft unsre Häupter in der Kriegskunst her,
Die vorteilhaft'sten Stellen zu ersehn! –
Wir wollen lieber hier vor dieser Stadt
Hinstrecken unser königlich Gebein,
Zum Marktplatz waten in Franzosen-Blut,
Als diesem Knaben nicht sie unterwerfen.

CONSTANZE.
Erwartet erst Bescheid auf Eure Botschaft,
Daß Ihr zu rasch mit Blut das Schwert nicht färbt;
Vielleicht bringt Chatillon das Recht in Frieden
Von England, das wir hier mit Krieg erzwingen;
Dann wird uns jeder Tropfe Bluts gereun,
Den wilde Eil' so unbedacht vergoß.

Chatillon tritt auf.

KÖNIG PHILIPP.
Ein Wunder, Fürstin! – Sieh, auf deinen Wunsch
Kommt unser Bote Chatillon zurück. –
Was England sagt, sag's kürzlich, edler Freiherr!
Wir warten ruhig dein: Sprich, Chatillon!

CHATILLON.
So kehrt von dieser winzigen Belag'rung
All Eure Macht auf einen größern Kampf!
England nicht duldend Eu'r gerecht Begehren,
Hat sich gewaffnet; widerwärt'ge Winde,
Die mich verzögert, gaben ihm die Zeit,
Mit mir zugleich zu landen seine Scharen.
Er naht mit schnellen Märschen dieser Stadt,
Die Heersmacht stark, die Krieger voller Mut.
Mit ihm kommt seine Mutter Königin,
Als Ate, die zu Kampf und Blut ihn treibt;
Dann ihre Nichte, Blanca von Kastilien,
Ein Bastard vom verstorbnen König auch;
Und aller ungestüme Mut im Land,
Verwegne, rasche, wilde Abenteurer
Mit Mädchenwangen und mit Drachengrimm;
Sie haben all' ihr Erb' daheim verkauft,
Stolz ihr Geburtsrecht auf dem Rücken tragend,
Es hier zu wagen auf ein neues Glück.
Kurz, eine beßre Auswahl kühner Herzen,
Als Englands Kiele jetzt herübertragen,
Hat nie gewogt auf der geschwollnen Flut,
Zu Harm und Schaden in der Christenheit.

Man hört Trommeln.

Die Unterbrechung ihrer frechen Trommeln
Kürzt jeden Umschweif ab; sie sind zur Hand,
Zu Unterhandlung oder Kampf: empfangt sie!

KÖNIG PHILIPP.
Wie unversehn kommt dieser Heereszug!

ÖSTERREICH.
Je mehr uns unerwartet, um so mehr
Muß es zum Widerstand den Eifer wecken;
Es steigt der Mut mit der Gelegenheit.
Sie sei'n willkommen denn, wir sind bereit.

König Johann, Eleonore, Blanca, der Bastard, Pembroke treten auf mit Truppen.

KÖNIG JOHANN.
Mit Frankreich Frieden, wenn es friedlich uns
Gönnt einzuziehn in unser Erb' und Recht!
Wo nicht: so blute Frankreich, und der Friede
Steig' auf zum Himmel, während wir, als Gottes
Grimmvolle Geißel, zücht'gen deren Trotz,
Die seinen Frieden so zum Himmel bannten.

KÖNIG PHILIPP.
Mit England Frieden, wenn der Krieg aus Frankreich
Nach England kehrt, in Frieden dort zu leben.
Wir lieben England, und um Englands willen
Bringt unser Rüstung Bürd' uns hier in Schweiß.
Dies unsrer Werk käm' deiner Sorge zu;
Doch, daß du England liebest, fehlt so viel,
Daß seinen echten König du verdrängt,
Zerstört die Reih' der Abstammung, gehöhnt
Des Staats Unmündigkeit, und an der Krone
Jungfräulich reiner Tugend Raub verübt.
Schau hier das Antlitz deines Bruders Gottfried!
Die Stirn, die Augen sind nach ihm geformt,
Der kleine Auszug hier enthält das Ganze,
Das starb mit Gottfried; und die Hand der Zeit
Wird ihn entfalten zu gleich großer Schrift.
Der Gottfried war der ältre Bruder dir,
Und dies sein Sohn; England war Gottfrieds Recht,
Und er ist Gottfrieds: in dem Namen Gottes,
Wie kommt es denn, daß du ein König heißest, –
Weil lebend Blut in diesen Schläfen wallt,
Der Krone wert, die du bewältigt hast?

KÖNIG JOHANN.
Von wem hast du die große Vollmacht, Frankreich,
Zur Rede mich zu stellen auf Artikel?

KÖNIG PHILIPP.
Vom höchsten Richter, der des Guten Trieb
In jeder Brust von hohem Ansehn weckt,
Des Rechtes Bruch und Fälschung zu durchschaun;
Der setzte mich zum Vormund diesem Knaben;
Aus seiner Vollmacht zeih' ich dich des Unrechts,
Mit seiner Hülfe hoff' ich es zu strafen.

KÖNIG JOHANN.
Ach, maße dir kein fremdes Ansehn an!

KÖNIG PHILIPP.
Verzeih', es ist, um Anmaßung zu dämpfen.

ELEONORE.
Wen, Frankreich, zeihest du der Anmaßung?

CONSTANZE.
Laßt mich die Antwort geben! – Deinen Sohn.

ELEONORE.
Ha, Freche! König soll dein Bastard sein,
Damit du herrschen mögst als Königin.

CONSTANZE.
Mein Bett war immer deinem Sohn so treu

Als deines deinem Gatten; dieser Knabe
Gleicht mehr an Zügen seinem Vater Gottfried
Als du und dein Johann an Sitten euch:
Die ihr einander gleichet wie der Regen
Dem Wasser, wie der Teufel seiner Mutter.
Mein Sohn ein Bastard! Denk' ich doch beim Himmel,
Sein Vater war so ehrlich nicht erzeugt.
Wie könnt' er, da du seine Mutter warst?

ELEONORE.
Eine gute Mutter, Kind! Schmäht deinen Vater!

CONSTANZE.
Eine gute Großmama, die dich will schmähn!

ÖSTERREICH. Still!

BASTARD. Hört den Rufer!

ÖSTERREICH. Wer zum Teufel bist du?

BASTARD.
Ein Mensch, der Teufelsspiel mit Euch will treiben,
Ertappt er Euch und Euer Fell allein.
Ihr seid der Hase, wie das Sprichwort geht,
Der tote Löwen keck am Barte zupft.
Pack' ich Euch recht, so schwefl' ich Euren Pelzrock:
Ja, seht Euch vor! Ich tu's fürwahr, ich tu's!

BLANCA.
O wie so wohl stand dem des Leu'n Gewand,
Der dies Gewand dem Leuen hatt' entwandt!

BASTARD. Es liegt so stattlich auf dem Rücken ihm
Wie Herkuls Löwenhaut auf einem Esel.
Bald, Esel, nehm' ich Euch die Last vom Nacken,
Um andres drauf, was besser drückt, zu packen.

ÖSTERREICH.
Wer packt hier solche Prahlereien aus,
Die unser Ohr mit leerem Schall betäuben?

KÖNIG PHILIPP.
Louis, entscheidet, was wir sollen tun!

LOUIS.
Ihr Narr'n und Weiber, laßt vom Hadern ab! –
König Johann, die kurze Summ' ist dies:
England und Irland, Anjou, Touraine, Maine
Sprech' ich von dir in Arthurs Namen an;
Trittst du sie ab und legst die Waffen nieder?

KÖNIG JOHANN.
Mein Leben eher, – Trotz sei, Frankreich, dir!
Vertraue mir dich, Arthur von Bretagne;
Aus treuer Liebe will ich mehr dir geben,
Als Frankreichs feige Hand gewinnen kann.
Ergib dich, Knabe!

ELEONORE. Komm zur Großmutter, Kind!

CONSTANZE.
Tu's, Kind! Geh' hin zur Großmama, mein Kind!
Gib Königreich an Großmama! Sie gibt dir
'ne Kirsche, 'ne Rosine und 'ne Feige:
Die gute Großmama!

ARTHUR. Still, gute Mutter!
Ich wollt', ich läge tief in meinem Grab:
Ich bin's nicht wert, daß solch ein Lärm entsteht.

ELEONORE. Der arme Junge weint, weil seine Mutter
Ihn so beschämt.

CONSTANZE. Sie tu' es oder nicht,
Scham über Euch! Nein, der Großmutter Unrecht,
Nicht die Beschämung seiner Mutter lockt
Aus seinen armen Augen diese Perlen,
Die als ein Pfand der Himmel nehmen wird.
Ja, der krystallne Schmuck besticht den Himmel,
Zu schaffen ihm sein Recht und Rach' an Euch.

ELEONORE.
O du Verleumderin von Erd' und Himmel!

CONSTANZE.
O du Verbrecherin an Erd' und Himmel!
Nein, ich verleumde nicht. Du und die Deinen,
Ihr risset Landeshoheit, Würden, Rechte
Von dieses unterdrückten Knaben Haupt.
Er ist der Sohn von deinem ältsten Sohn,
In keinem Stück unglücklich als in dir;
Dein Frevel wird am armen Kind gestraft,
Der Ausspruch des Gebotes sucht ihn heim,
Weil er, im zweiten Gliede nur entfernt,
Aus deinem sündenschwangern Schoße stammt.

KÖNIG JOHANN. Wahnwitz, hör' endlich auf!

CONSTANZE. Nur dieses noch:
Er wird nicht bloß geplagt um ihre Sünde,
Gott machte ihre Sünd' und sie zur Plage
Für diesen Nachkömmling, geplagt für sie;
Mit ihr plagt ihn ihr Sohn, ihr Unrecht ist
Sein Unrecht, er der Büttel ihrer Sünden.
Das alles wird in diesem Kind bestraft,
Und alles bloß um sie: Fluch über sie!

ELEONORE.
Du töricht lästernd Weib! Ein letzter Wille
Schließt deinen Sohn von jedem Anspruch aus.

CONSTANZE.
Wer zweifelt dran? Ein Will', ein Weiber-Wille,
Ein böser, tückischer Großmutter-Wille!

KÖNIG PHILIPP.
Still, Fürstin! oder mäßigt besser Euch!
Schlecht ziemt es diesem Kreise, Beifall rufen
Zum Mißlaut solcher Wiederholungen. –
Lad' ein Trompeter auf die Mauern hier
Die Bürger Angers'; hören wir, wes Recht
Bei ihnen gilt, ob Arthurs, ob Johanns.

Trompetenstoß. Bürger erscheinen auf den Mauern.

ERSTER BÜRGER.
Wer ist es, der uns auf die Mauern ruft?

KÖNIG PHILIPP. Frankreich, für England.

KÖNIG JOHANN. England für sich selbst.
Ihr Männer Angers', mein getreues Volk, –

KÖNIG PHILIPP.
Getreue Männer Angers', Arthurs Volk, –
Wir luden euch zu freundlichem Gespräch, –

KÖNIG JOHANN.
In unsern Sachen; – darum hört uns erst!
Die Banner Frankreichs, die sich hier genaht
Bis vor das Aug' und Antlitz eurer Stadt,
Sind angerückt euch zur Beschädigung.
Mit Grimm gefüllt ist der Kanonen Bauch;
Sie sind gestellt schon, gegen eure Mauern
Die eiserne Entrüstung auszuspein.
Zum blut'gen Angriff alle Vorbereitung
Und der Franzosen feindlich Tun bedroht
Die Tore, eurer Stadt geschloss'ne Augen.
Und, wenn wir nicht genaht, so wären jetzt
Die ruh'nden Steine, die euch rings umgürten,
Durch des Geschützes stürmende Gewalt
Aus ihrem festen Bett von Leim gerissen.
Und die Verwüstung bahnte blut'ger Macht
Den Weg, auf euren Frieden einzubrechen.
Doch auf den Anblick eures echten Königs,

Der mühsamlich, mit manchem schnellen Marsch,
Vor eure Tor' ein Gegenheer gebracht,
Um unverletzt die Wangen eurer Stadt
Zu schützen, – siehe da! erstaunt bequemen
Zur Unterredung die Franzosen sich;
Und schießen nun, statt Kugeln, rings in Feuer,
Um eure Mauern fieberhaft zu schütteln,
Nur sanfte Worte, eingehüllt in Dampf,
Um eure Ohren treulos zu betören.
Traut ihnen dem zufolge, werte Bürger,
Und laßt uns, euren König, ein, des Kräfte,
Erschöpft durch dieses Zuges strenge Eil',
Herberge heischen im Bezirk der Stadt!

KÖNIG PHILIPP.
Wann ich gesprochen, gebt uns beiden Antwort!
Seht, hier an meiner Rechten, deren Schutz
Aufs heiligste gelobt ist dessen Recht,
Der sie gefaßt, steht Prinz Plantagenet,
Sohn von dem ältern Bruder dieses Manns,
Und König über ihn und all das Seine.
Für dies zertretne Recht nun treten wir
Im Kriegerzug den Plan vor eurer Stadt,
Wiewohl wir weiter euer Feind nicht sind,
Als Nötigung gastfreundschaftlichen Eifers
Zur Hülfe dieses unterdrückten Kinds
Uns im Gewissen treibt. Seid denn gewillt,
Die schuld'ge Pflicht dem, welchem sie gebührt,
Zu leisten, nämlich diesem jungen Prinzen:
Und unsre Waffen werden, wie ein Bär
Nach angelegtem Maulkorb, harmlos sein.
Der Stücke Grimm wird auf des Himmels Wolken,
Die unverwundbar sind, sich fruchtlos wenden;
Mit frohem, freiem Rückzug wollen wir,
Die Helm' und Schwerter ohne Beul' und Scharte,
Das frische Blut nach Hause wieder tragen,
Das wir an eure Stadt zu spritzen kamen,
Und euch mit Weib und Kind in Frieden lassen.
Doch schlagt ihr töricht dies Erbieten aus,
So soll nicht eurer grauen Mauern Ring
Vor unsern Kriegesboten euch verbergen,
Wär' all dies Volk von England und ihr Zeug
In ihren rauhen Umkreis auch gelegt.
Sagt denn, erkennt uns eure Stadt als Herrn
Zu Gunsten des, für den wir es geheischt?
Wie, oder geben wir der Wut Signal
Und ziehn durch Blut in unser Eigentum?

ERSTER BÜRGER.
Wir sind dem König Englands untertan,
Die Stadt bleibt ihm und seinem Recht bewahrt.

KÖNIG JOHANN.
Erkennt den König denn und laßt mich ein!

ERSTER BÜRGER.
Wir können's nicht; wer sich bewährt als König,
Der soll bewährt uns finden: bis dahin
Verrammen wir die Tore aller Welt.

KÖNIG JOHANN.
Bewährt die Krone Englands nicht den König?
Genügt das nicht, so bring' ich Zeugen mit,
Aus Englands Stamm an dreißigtausend Herzen, –

BASTARD. Bastarde und so weiter.

KÖNIG JOHANN.
Die mit dem Leben stehn für unser Recht.

KÖNIG PHILIPP. Nicht weniger, noch minder
edles Blut –

BASTARD. Auch einige Bastarde.

KÖNIG PHILIPP.
Steht hier, der Federung zu widersprechen.

ERSTER BÜRGER.
Bis ausgemacht, wes Recht das würdigste,
Verweigern für den Würdigsten wir's beiden.

KÖNIG JOHANN.
Vergebe Gott denn aller Seelen Sünden,
Die heut zu ihrem ew'gen Aufenthalt,
Bevor der Abend taut, entschweben werden,
Im grausen Kampf um unsers Reiches König!

KÖNIG PHILIPP.
Amen! – Zu Pferd, ihr Ritter! zu den Waffen!

BASTARD.
Sankt George, der Drachenspießer, der seitdem
Auf jeder Schenke Schild zu Pferde sitzt,
Nun steh uns bei!

Zu Österreich.

Ihr da! Wär' ich daheim,
In Eurer Höhle, Herr, bei Eurer Löwin,
Ich setzt' ein Stierhaupt auf Eu'r Löwenfell
Und macht' Euch so zum Untier.

ÖSTERREICH. Still doch, still!

BASTARD.
O zittert, denn Ihr hört des Leu'n Gebrüll.

KÖNIG JOHANN.
Hinauf zur Ebne, wo in bester Ordnung
Wir alle unsre Truppen reihen wollen!

BASTARD. So eilt, der Stellung Vorteil zu gewinnen.

KÖNIG PHILIPP *zu Louis.*
So sei's; und an den andern Hügeln heißt
Den Rest sich stellen! – Gott und unser Recht!

Alle ab.

Zweite Szene

Getümmel und Schlacht. Dann ein Rückzug. Ein französischer Herold mit Trompetern tritt an die Tore.

FRANZÖSISCHER HEROLD.
Ihr Männer Angers', öffnet weit die Tore,
Laßt Arthur, Herzog von Bretagne, ein,
Der heut durch Frankreichs Hand viel Stoff zu Tränen
Den Müttern Englands schaffte, deren Söhne
Gesäet liegen auf dem blut'gen Grund.
Auch mancher Witwe Gatte liegt im Staub,
Nun kalt umarmend die verfärbte Erde;
Und Sieg, mit wenigem Verluste, spielt
Auf der Franzosen tanzenden Panieren,
Die triumphierend schon entfaltet stehn,
Um einzuziehn und Arthur von Bretagne
Aus Englands Herrn und euren auszurufen.

Ein englischer Herold mit Trompetern.

ENGLISCHER HEROLD.
Freut euch, ihr Männer Angers'! Läutet Glocken!
König Johann, Englands und eurer, naht,
Gebieter dieses heißen, schlimmen Tags.
Die ausgerückt in silberheller Rüstung,
Sie nahn, vergoldet mit Franzosen-Blut;
Kein Englisch Haupt trug Federn auf dem Helm,
Die eine Lanze Frankreichs weggerissen;

Die Fahnen kehren in denselben Händen,
Die erst beim Auszug sie entfaltet, heim.
Und wie ein muntrer Trupp von Jägern, kommen
Die Englischen, die Hände ganz bepurpurt,
Gefärbt vom Morde, der die Feind' entfärbt.
Tut auf die Tor' und gebt den Siegern Raum!

ERSTER BÜRGER.
Herolde, von den Türmen sahn wir wohl
Den Angriff und den Rückzug beider Heere
Von Anfang bis zu Ende: ihre Gleichheit
Scheint ohne Tadel unserm schärfsten Blick.
Blut kaufte Blut, und Streiche galten Streiche,
Macht gegen Macht, und Stärke stand der Stärke.
Sie sind sich gleich, wir beiden gleichgesinnt.
Bis einer überwiegt, bewahren wir
Die Stadt für keinen und für beide doch.

Von der einen Seite treten auf König Johann mit Truppen, Eleonore. Blanca und der Bastard, von der andern König Philipp. Louis, Österreich und Truppen.

KÖNIG JOHANN.
Frankreich, hast du mehr Blut noch zu vergeuden?
Hat freien Lauf nun unsers Rechtes Strom?
Er wird, gehemmt durch deinen Widerstand,
Sein Bett verlassen und in wilder Bahn
Selbst dein beschränkend Ufer überschwellen.
Wo du sein silbernes Gewässer nicht
In Frieden gleiten läßt zum Ozean.

KÖNIG PHILIPP.
England, du spartest keinen Tropfen Blut
In dieser heißen Prüfung mehr als Frankreich;
Verlorst eh' mehr: und bei der Hand hier schwör' ich,
Die herrscht, so weit sich dieser Himmel streckt:
Wir wollen die gerecht getragnen Waffen
Nicht niederlegen, bis wir dich gestürzt,
Auf den sie zielen, sollten wir auch selbst
Mit königlicher Zahl die Toten mehren
Daß dann die Liste von des Kriegs Verlust
Mit Mord beim Namen eines Königs prange.

BASTARD.
Ha, Majestät! wie hoch dein Ruhm sich schwingt,
Wenn köstlich Blut in Königen entglüht!
Ha! nun beschlägt der Tod mit Stahl die Kiefern,
Der Krieger Schwerter sind ihm Zähn' und Hauer;
So schmaust er nun, der Menschen Fleisch verschlingend,
In unentschiednem Zwist der Könige. –
Was stehn so starr die königlichen Heere?
Ruft Sturm! Zum blut'gen Schlachtfeld eilt zurück,
Ihr gleichen Mächte, wild entflammte Geister!
Laßt eines Teiles Fall des andern Frieden
Versichern; bis dahin: Kampf, Blut und Tod!

KÖNIG JOHANN.
Auf wessen Seite treten nun die Städter?

KÖNIG PHILIPP.
Für England, Bürger, sprecht: wer ist eu'r Herr?

ERSTER BÜRGER.
Der König Englands, kennen wir ihn erst.

KÖNIG PHILIPP.
Kennt ihn in uns, die wir sein Recht vertreten.

KÖNIG JOHANN.
In uns, wie wir selbst eigne Vollmacht führen,
Und uns allhier behaupten in Person:
Herr unser selbst, von Angers und von euch.

ERSTER BÜRGER.
Dies weigert eine höh're Macht als wir;
Bis es entschieden ist, verschließen wir
Den vor'gen Zweifel in gesperrten Toren,
Von unsrer Furcht beherrscht, bis diese Furcht
Uns ein gewisser Herrscher löst und bannt.

BASTARD.
Bei Gott! dies Pack von Angers höhnt euch, Fürsten:
Sie stehn auf ihren Zinnen sorglos da,
Wie im Theater gaffen sie und zeigen
Auf dies geschäft'ge Schauspiel voller Tod.
Folg' eure Fürstenhoheit meinem Rat!
Wie die Empörer von Jerusalem
Seid Freunde eine Weil' und kehrt vereint
Der Feindschaft ärgste Mittel auf die Stadt!
Von Ost und West laßt Frankreich so wie England
Die übervoll geladnen Stücke feuern,
Bis ihre Donnerstimme niederbrüllt
Die Kiesel-Rippen dieser kecken Stadt.
Ich wollt' auf dies Gesindel rastlos zielen,
Bis wehrlos liegende Verheerung sie
So nackend ließ' wie die gemeine Luft.
Wenn das geschehn, teilt die vereinte Macht,
Trennt die vermischten Fahnen noch einmal:
Kehrt Stirn an Stirn und Spitze gegen Spitze!
Dann wird Fortuna sich im Augenblick
Auf einer Seite ihren Liebling wählen:
Dem wird sie günstig den Gewinn des Tages,
Glorreichen Sieg mit ihrem Kuß verleihn.
Behagt der wilde Rat euch, mächt'ge Staaten?
Schmeckt er nicht etwa nach der Politik?

KÖNIG JOHANN.
Beim Himmel, der sich wölbt ob unsern Häuptern!
Mir steht er an. – Sag, Frankreich, sollen wir
Die Macht verbinden und dies Angers schleifen,
Dann fechten, wer davon soll König sein?

BASTARD.
Ja, wenn dich stolzer Fürstenmut beseelt,
Da dich wie uns die lump'ge Stadt beleidigt,
So kehre deiner Stücke Mündungen
Mit unsern gegen diese trotz'gen Mauern;
Und wenn wir nun zu Boden sie gesprengt,
Dann fodert euch, und schafft euch auf der Stelle,
Wie's kommen mag, zu Himmel oder Hölle!

KÖNIG PHILIPP.
So sei's! – Sagt, wo berennet Ihr die Stadt?

KÖNIG JOHANN.
Von Westen wollen wir Zerstörung senden
In ihren Busen.

ÖSTERREICH. Ich von Norden her.

KÖNIG PHILIPP.
Und unser Donner soll sein Kugelschauer
Aus Süden regnen über diese Stadt.

BASTARD *beiseit.*
Von Nord nach Süden – welch ein kluger Fund! –
Schießt Östreich sich und Frankreich in den Mund:
Ich will dazu sie hetzen. – Fort denn, fort!

ERSTER BÜRGER.
Verweilt noch, große Fürsten, hört ein Wort,
Und Frieden zeig' ich euch und frohen Bund.
Gewinnt die Stadt doch ohne Wund' und Streich,
Bewahrt die Leben für den Tod im Bette,
Die hier als Opfer kommen in das Feld:

Beharrt nicht, sondern hört mich, mächt'ge Fürsten!

KÖNIG JOHANN.
Sprecht! mit Genehmigung; wir hören an.

ERSTER BÜRGER.
Die Tochter da von Spanien, Fräulein Blanca,
Ist England nah verwandt: schaut auf die Jahre
Des Dauphin Louis und der holden Magd!
Wenn muntre Liebe nach der Schönheit geht,
Wo fände sie sie holder als in Blanca?
Wenn fromme Liebe nach der Tugend strebt,
Wo fände sie sie reiner als in Blanca?
Fragt ehrbegier'ge Liebe nach Geburt:
Wes Blut strömt edler als der Fräulein Blanca?
Wie sie, an Tugend, Schönheit und Geburt,
Ist auch der Dauphin allerdings vollkommen.
Wo nicht vollkommen: sagt, er ist nicht sie;
Und ihr fehlt wieder nichts, wenn dies für Mangel
Nicht etwa gelten soll, sie sei nicht er.
Er ist die Hälfte eines sel'gen Manns,
Den eine solche Sie vollenden muß,
Und sie, geteilte holde Trefflichkeit,
Von der in ihm Vollendungsfülle liegt.
O so zwei Silberströme, wenn vereint,
Verherrlichen die Ufer, die sie fassen;
Und solche Ufer so vereinter Ströme,
Zwei Grenzgestade, Kön'ge, mögt ihr sein,
Wenn ihr ein fürstlich Paar wie dies vermählt.
Der Bund wird an den festverschloss'nen Toren
Mehr tun, als Stürmen: denn auf diese Heirat
Tut plötzlicher, als Pulver sprengen kann,
Der Tore Mündung angelweit sich auf,
Euch einzulassen! Aber ohne sie
Ist die empörte See nicht halb so taub,
Nicht Löwen unerschrockner, Berg' und Felsen
Nicht unbeweglicher, ja selbst der Tod
In grauser Wut nicht halb so fest entschieden
Als wir, die Stadt zu halten.

BASTARD. Das ist ein Trumpf!
Der schüttelt euch des alten Tods Geripp'
Aus seinen Lumpen! Traun, ein großes Maul,
Das Tod ausspeit und Berge, Felsen, Seen,
Das so vertraut von grimmen Löwen schwatzt
Wie von dem Schoßhund dreizehnjähr'ge Mädchen.
Hat den Kumpan ein Kanonier erzeugt?
Er spricht Kanonen, Feuer, Dampf und Knall,
Er gibt mit seiner Zunge Bastonnaden,
Das Ohr wird ausgeprügelt; jedes Wort
Pufft kräftiger als eine fränk'sche Faust.
Blitz! ich bin nie mit Worten so gewalkt,
Seit ich des Bruders Vater Tatte nannte.

ELEONORE.
Sohn, horch auf diesen Vorschlag, schließ' die Heirat,
Gib unsrer Nichte würd'gen Brautschatz mit:
Denn dieses Band verspricht so sicher dir
Den widersprochnen Anspruch auf die Krone,
Daß dort dem Kindlein Sonne fehlen wird,
Die Blüte bis zur mächt'gen Frucht zu reifen.
Ich sehe Willfahrung in Frankreichs Blicken;
Sieh, wie sie flüstern: dring' in sie, derweil
Die Seelen dieser Ehrsucht fähig sind,
Daß nicht der Eifer, durch den Hauch geschmelzt
Von sanften Bitten, Mitleid und Bereuen,
Zu seiner vor'gen Härt! aufs neu' erstarrt.

ERSTER BÜRGER.
Warum erwidern nicht die Majestäten
Den Freundes-Vorschlag der bedrohten Stadt?

KÖNIG PHILIPP.
Red' England erst, das erst sich hingewandt,
Zu dieser Stadt zu reden. – Was sagt Ihr?

KÖNIG JOHANN.
Kann dein erlauchter Sohn, der Dauphin dort,
»Ich lieb'« in diesem Buch der Schönheit lesen,
So wägt ihr Brautschatz Königinnen auf;
Denn Anjou soll, samt Poictiers, Touraine, Maine
Und allem, was wir nur diesseit des Meers,
Bis auf die jetzt von uns berennte Stadt,
An unsre Kron' und Herrschaft pflichtig finden,
Das Brautbett ihr vergülden und sie reich
An Titeln, Ehren und Gewalten machen,
Wie sie an Reiz, Erziehung und Geburt
Sich neben jegliche Prinzessin stellt.

KÖNIG PHILIPP.
Was sagst du, Sohn? Schau in des Fräuleins Antlitz!

LOUIS.
Ich tu's, mein Fürst, und find' in ihrem Auge
Ein Wunder, das mich in Verwund'rung setzt,
Den Schatten von mir selbst in ihrem Auge,
Der da, wiewohl nur Schatten Eures Sohns,
Zur Sonne wird und macht den Sohn zum Schatten.
Ich schwör' es Euch, ich liebte niemals mich,
Bis ich mich selber eingefaßt hier sah,
In ihren Augen schmeichelnd abgespiegelt.

Er spricht heimlich mit Blanca.

BASTARD.
In ihren Augen schmeichelnd abgespiegelt!
In finstern Runzeln ihrer Stirn gehängt!
Im Herzen ihr gefesselt und verriegelt!
So rühmt er sich, von Liebespein bedrängt.
Nur schade, daß, wo Huld und Schönheit thront,
Gehängt, gefesselt, solch ein Tölpel wohnt.

BLANCA.
Des Oheims Will' in diesem Stück ist meiner.
Sieht er etwas in Euch, das ihm gefällt,
So kann ich leicht dies Etwas, das er sieht,
In meinen Willen übertragen; oder,
Um richtiger zu reden, wenn Ihr wollt,
Will ich es meiner Liebe gern empfehlen.
Nicht weiter schmeicheln will ich Euch, mein Prinz,
Der Liebe wert sei, was ich seh' an Euch,
Als so: daß ich an Euch nichts sehen kann
(Wenn selbst die Mißgunst Euer Richter wär'),
Was irgend Haß mir zu verdienen schiene.

KÖNIG JOHANN.
Was sagt das junge Paar? was sagt Ihr, Nichte?

BLANCA. Daß Ehre sie verpflichtet, stets zu tun,
Was Eure Weisheit ihr geruht zu sagen.

KÖNIG PHILIPP. So sprecht denn, Prinz, könnt Ihr dies Fräulein lieben?

LOUIS.
Nein, fragt, ob ich mich kann der Lieb' erwehren,
Denn unverstellten Herzens lieb' ich sie.

KÖNIG JOHANN.
Dann geb' ich dir Volquessen, Touraine, Maine,
Poictiers und Anjou, diese fünf Provinzen,
Mit ihr zugleich, und diese Zutat noch,

Bar dreißigtausend Mark engländisch Geld.
Philipp von Frankreich, wenn es dir gefällt,
Laß Sohn und Tochter nun die Hand sich geben!

KÖNIG PHILIPP.
Es sei! Vereint die Hände, junges Paar!

ÖSTERREICH.
Die Lippen auch! So ist der Brauch belobt:
Ich macht' es so, als ich mich einst verlobt.

KÖNIG PHILIPP.
Nun, Angers' Bürger, öffnet eure Tore
Und laßt die Freundschaft ein, die ihr gestiftet:
Denn in Marien Kapelle wollen wir
Sogleich die Bräuche der Vermählung feiern. –
Ist Frau Constanze nicht in dieser Schar?
Gewißlich nicht; denn die geschloss'ne Heirat
Hätt' ihre Gegenwart sonst sehr gestört.
Wo ist sie und ihr Sohn? Sagt, wer es weiß!

LOUIS.
Sie ist voll Gram in Eurer Hoheit Zelt.

KÖNIG PHILIPP.
Und, auf mein Wort, der Bund, den wir geschlossen,
Wird ihrem Grame wenig Lind'rung geben. –
Bruder von England, wie befried'gen wir
Die Fürstin Witwe? Ihrem Recht zu lieb
Sind wir gekommen, welches wir, Gott weiß,
Auf andern Weg gelenkt zu eignem Vorteil.

KÖNIG JOHANN.
Wir machen alles gut: den jungen Arthur
Ernennen wir zum Herzog von Bretagne
Und Graf von Richmond, machen ihn zum Herrn
Von dieser reichen Stadt. – Ruft Frau Constanze,
Ein eil'ger Bote heiße sie erscheinen
Bei unsrer Fei'rlichkeit: – Wir werden, hoff ich,
Wo nicht erfüllen ihres Willens Maß,
Doch in gewissem Maß ihr so genugtun,
Daß wir ihr Schrei'n dagegen hemmen werden.
Gehn wir, so gut die Eil' es uns erlaubt,
Zu diesem unverseh'nen Feierzug!

Alle außer dem Bastard ab. Die Bürger ziehen sich von den Mauern zurück.

BASTARD.
O Welt! o tolle Fürsten! tolles Bündnis!
Johann, um Arthurs Anspruch an das Ganze
Zu hemmen, hat ein Teil davon erteilt;
Und Frankreich, den Gewissen selbst gepanzert,
Den Christenlieb' und Eifer trieb ins Feld
Als Gottes Streiter: da der schlaue Teufel,
Der Vorsatz-Ändrer, ihm ins Ohr geraunt,
Der Mäkler, der die Treu' zur Makel macht,
Der Alltags-Meineid, der um alle wirbt, –
Um Kön'ge, Bettler, Alte, Junge, Mägde, –
Die er, wenn sie nichts zu verlieren haben
Als das Wort Magd, um dies die Armen trügt, –
Der glatte Herr, der Schmeichler Eigennutz, –
Ja Eigennutz, der schiefe Hang der Welt,
Der Welt, die gleich gewogen ist an sich,
Auf ebnem Boden grade hin zu rollen;
Bis dieser Vorteil, dieser schnöde Hang,
Der Lenker der Bewegung, Eigennutz,
Sie abwärts neigt von allem Gleichgewicht,
Von aller Richtung, Vorsatz, Lauf und Ziel;
Und dieser Hang nun, dieser Eigennutz,
Dies allverwandelnde Vermittler-Wort,
Für Frankreichs leichten Sinn ein Augenpflaster.
Zieht ihn von seiner selbstverlieh'nen Hülfe
Von einem wackern, ehrenvollen Krieg,
Zu einem schnöden, schlechtgeschloss'nen Frieden. –
Und warum schelt' ich auf den Eigennutz?
Doch nur, weil er bis jetzt nicht um mich warb.
Nicht, daß die Hand zu schwach wär', zuzugreifen,
Wenn seine schönen Engel sie begrüßten;
Nein, sondern weil die Hand, noch unversucht,
Dem armen Bettler gleich, den Reichen schilt.
Gut, weil ich noch ein Bettler, will ich schelten
Und sagen, Reichtum sei die einz'ge Sünde;
Und bin ich reich, spricht meine Tugend frei:
Kein Laster geb' es außer Bettelei.
Bricht Eigennutz in Königen die Treu',
So sei mein Gott, Gewinn, und steh mir bei!

Ab.

Dritter Aufzug

Erste Szene

Das Zelt des Königs von Frankreich, Constanze, Arthur und Salisbury treten auf.

CONSTANZE.
So sich vermählt! Den Frieden so geschworen!
Falsch Blut vereint mit falschem! Freunde nun!
Soll Louis Blanca haben? Sie die Länder?
Es ist nicht so: du hast verredt', verhört;
Besinne dich, sag den Bericht noch 'mal:
Es kann nicht sein; du sagst nur, daß es ist:
Ich traue drauf, daß nicht zu traun dir steht;
Dein Wort ist eines Menschen eitler Odem.
Ja, glaube, daß ich dir nicht glaube, Mann;
Ich hab' dawider eines Königs Eid.
Man soll dich strafen, daß du mich erschreckt:
Denn ich bin krank, empfänglich für die Furcht,
Von Leid bedrängt und also voller Furcht,
Bin Witwe, gattenlos, ein Raub der Furcht,
Ein Weib, geboren von Natur zur Furcht;
Und ob du nun bekennst, du scherztest nur,
Kommt doch kein Fried' in die verstörten Geister,
Daß sie nicht bebten diesen ganzen Tag.
Was meinst du mit dem Schütteln deines Kopfes?
Was blickst du so betrübt auf meinen Sohn?
Was meint die Hand auf dieser deiner Brust?
Warum tritt diese Salzflut in dein Auge,
Gleich einem Strom, der stolz dem Bett entschwillt?
Sind diese Zeichen deines Worts Beteurer?
So sprich! Nicht ganz die vorige Erzählung,
Dies Wort nur: ob sie wahr sei oder nicht?

SALISBURY.
So wahr, wie Ihr gewiß für falsch die haltet,
Die schuld sind, daß Ihr wahr mein Wort erfindet.

CONSTANZE.
Oh, lehrst du mich, zu glauben dieses Leid,
So lehr' du dieses Leid, mich umzubringen!
Laß Glauben sich und Leben so begegnen
Wie zwei verzweiflungsvoller Menschen Wut,
Wo jeder fällt und stirbt beim ersten Stoß.
Louis vermählt mit Blanca! Kind, wo bleibst du?
Frankreich mit England Freund? Was wird aus mir?

Fort, Mensch! Dein Anblick ist mir unerträglich:
Wie häßlich hat die Zeitung dich gemacht!

SALISBURY.
Was tat ich denn für Harm Euch, gute Fürstin,
Als daß ich sprach vom Harm, den andre tun?

CONSTANZE.
Der Harm ist so gehässig in sich selbst,
Daß, wer davon nur spricht, nicht harmlos bleibt.

ARTHUR. Beruhigt Euch, ich bitte, liebe Mutter!

CONSTANZE.
Wärst du, der mich beruhigt wünscht, abscheulich.
Häßlich und schändend für der Mutter Schoß!
Voll widerwärt'ger Flecke, garst'ger Makeln,
Lahm, albern, bucklicht, mißgeboren, schwarz.
Mit ekelhaften Mälern ganz bedeckt:
Dann fragt' ich nichts danach, dann wär' ich ruhig
Dann würd' ich dich nicht lieben, und du wärst
Nicht wert der hohen Abkunft noch der Krone.
Doch du bist schön, dich schmückten, lieber Knabe,
Natur und Glück vereint bei der Geburt.
Von Gaben der Natur prangst du mit Lilien
Und jungen Rosen; doch Fortuna – oh!
Sie ist verführt, verwandelt, dir entwandt.
Sie buhlt mit deinem Oheim stündlich, hat
Mit goldner Hand Frankreich herbeigerissen,
Der Hoheit Anspruch in den Grund zu treten,
Daß seine Majestät ihr Kuppler wird.
Er ist Fortunas Kuppler und Johanns,
Der Buhlerin mit ihm, dem Kronenräuber. –
Sag mir, du Mann, ist Frankreich nicht meineidig?
Vergift' ihn mir mit Worten, oder geh,
Und laß allein dies Weh, das ich allein
Zu tragen bin bestimmt.

SALISBURY. Verzeiht mir, Fürstin.
Ich darf ohn' Euch nicht zu den Kön'gen gehn.

CONSTANZE.
Du darfst, du sollst: ich will nicht mit dir gehn.
Ich will mein Leiden lehren, stolz zu sein;
Denn Gram ist stolz, er beugt den Eigner tief.
Um mich und meines großen Grames Staat
Laßt Kön'ge sich versammeln; denn so groß
Ist er, daß nur die weite, feste Erde
Ihn stützen kann; den Thron will ich besteigen,
Ich und mein Leid; hier laßt sich Kön'ge neigen!

Sie wirft sich auf den Boden.

König Johann, König Philipp, Louis, Blanca, Eleonore, der Bastard, Österreich und Gefolge treten auf.

KÖNIG PHILIPP. Ja, holde Tochter: diesen Segenstag
Soll man in Frankreich festlich stets begehn.
Um ihn zu feiern, wird die hehre Sonne
Verweilen und den Alchymisten spielen,
Verwandelnd mit des kostbar'n Auges Glanz
Die magre Erdenscholl' in blinkend Gold.
Der Jahres-Umlauf, der ihn wiederbringt,
Soll ihn nicht anders denn als Festtag sehn. –

CONSTANZE *aufstehend.*
Ein Sündentag und nicht ein Feiertag!
Was hat der Tag verdient und was getan,
Daß er mit goldnen Lettern im Kalender
Als eins der hohen Feste sollte stehn?
Nein, stoßt ihn aus der Woche lieber aus,
Den Tag der Schande, der Gewalt, des Meineids,
Und bleibt er stehn, laßt schwangre Weiber beten,
Nicht auf den Tag der Bürde frei zu werden,
Daß keine Mißgeburt die Hoffnung täusche;
Der Seemann fürcht' an keinem sonst den Schiffbruch,
Kein Handel brech', als der an ihm geschlossen;
Was dieser Tag beginnt, schlag' übel aus,
Ja, Treue selbst verkehr' in Falschheit sich!

KÖNIG PHILIPP.
Beim Himmel, Fürstin, Ihr habt keinen Grund,
Dem schönen Vorgang dieses Tags zu fluchen.
Setzt' ich Euch nicht die Majestät zum Pfand?

CONSTANZE.
Ihr troget mich mit einem Afterbild,
Das glich der Majestät: allein berührt, geprüft,
Zeigt es sich ohne Wert; Ihr seid meineidig,
Ihr wolltet meiner Feinde Blut vergießen,
Und nun vermischt Ihr Eures mit dem ihren.
Die Ringer-Kraft, das wilde Drohn des Krieges
Kühlt sich in Freundschaft und geschminktem Frieden,
Und unsre Unterdrückung schloß den Bund.
Straf, Himmel, straf' die eidvergess'nen Kön'ge!
Hör' eine Witwe, sei mir Gatte, Himmel!
Laß nicht die Stunden dieses sünd'gen Tags
In Frieden hingehn; eh' die Sonne sinkt,
Entzweie diese eidvergess'nen Kön'ge!
Hör' mich, o hör' mich!

ÖSTERREICH. Frau Constanze, Friede!

CONSTANZE.
Krieg! Krieg! Kein Friede! Fried' ist mir ein Krieg.
O Östreich! o Limoges! du entehrst
Die Siegstrophäe: du Knecht, du Schalk, du Memme!
Du klein an Taten, groß an Büberei!
Du immer stark nur auf der stärkern Seite!
Fortunas Ritter, der nie ficht, als wenn
Die launenhafte Dame bei ihm steht
Und für ihn sorgt! Auch du bist eidvergessen
Und dienst der Größe. Welch ein Narr bist du,
Gespreizter Narr, zu prahlen, stampfen, schwören
Für meine Sache! Du kaltblüt'ger Sklav',
Hast du für mich wie Donner nicht geredet?
Mir Schutz geschworen? mich vertrauen heißen
Auf dein Gestirn, dein Glück und deine Kraft?
Und fällst du nun zu meinen Feinden ab?
Du in der Haut des Löwen? Weg damit,
Und häng' ein Kalbsfell um die schnöden Glieder!

ÖSTERREICH.
O daß ein Mann zu mir die Worte spräche!

BASTARD.
Und häng' ein Kalbsfell um die schnöden Glieder!

ÖSTERREICH.
Ja, untersteh dich das zu sagen, Schurke!

BASTARD.
Und häng' ein Kalbsfell um die schnöden Glieder!

KÖNIG JOHANN.
Wir mögen dies nicht, du vergißt dich selbst.

Pandulpho tritt auf.

KÖNIG PHILIPP.
Hier kommt der heilige Legat des Papstes.

PANDULPHO.
Heil euch, gesalbte Stellvertreter Gottes!
König Johann, dir gilt die heil'ge Botschaft.
Ich, Pandulph, Kardinal des schönen Mailand

Und von Papst Innocenz Legat allhier,
Frag' auf Gewissen dich in seinem Namen,
Warum du unsre heil'ge Mutter Kirche
So störrig niedertrittst und Stephan Langton,
Erwählten Erzbischof von Canterbury,
Gewaltsam abhältst von dem heil'gen Stuhl?
In des genannten heil'gen Vaters Namen,
Papst Innocenz, befrag' ich dich hierum!

KÖNIG JOHANN.
Welch ird'scher Name kann wohl zum Verhör
Geweihter Kön'ge freien Odem zwingen?
Kein Nam' ist zu ersinnen, Kardinal,
So leer, unwürdig und so lächerlich,
Mir Antwort abzufodern, als der Papst.
Sag den Bericht ihm, und aus Englands Mund
Füg' dies hinzu noch: daß kein welscher Priester
In unsern Landen zehnten soll und zinsen.
Wie nächst dem Himmel wir das höchste Haupt,
So wollen wir auch diese Oberhoheit
Nächst ihm allein verwalten, wo wir herrschen,
Ohn' allen Beistand einer ird'schen Hand.
Das sagt dem Papst, die Scheu bei Seit' gesetzt
Vor ihm und seinem angemaßten Ansehn.

KÖNIG PHILIPP.
Bruder von England, damit lästert Ihr!

KÖNIG JOHANN.
Ob alle Könige der Christenheit
Der schlaue Pfaff' so gröblich irre führt,
Daß Ihr den Fluch, den Geld kann lösen, scheut
Und um den Preis von schnödem Gold, Kot, Staub
Verfälschten Ablaß kauft von einem Mann,
Der mit dem Handel ihn für sich verscherzt;
Ob Ihr und alle, gröblich mißgeleitet,
Die heil'ge Gaunerei mit Pfründen hegt,
Will ich allein, allein, den Papst nicht kennen
Und seine Freunde meine Feinde nennen.

PANDULPHO.
Dann durch die Macht, die mir das Recht erteilt,
Bist du verflucht und in den Bann getan:
Gesegnet soll der sein, der los sich sagt
Von seiner Treue gegen einen Ketzer;
Und jede Hand soll man verdienstlich heißen,
Kanonisieren und gleich Heil'gen ehren,
Die durch geheime Mittel aus dem Weg
Dein feindlich Leben räumt.

CONSTANZE. O sei's erlaubt,
Daß ich mit Rom mag eine Weile fluchen!
Ruf' Amen, guter Vater Kardinal,
Zu meinem Fluch; denn ohne meine Kränkung
Hat keine Zunge Kraft, ihm recht zu fluchen.

PANDULPHO.
Mein Fluch gilt durch Gesetz und Vollmacht, Fürstin.

CONSTANZE.
Und meiner auch: schafft das Gesetz kein Recht,
So sei's gesetzlich, nicht dem Unrecht wehren.
Mein Kind erlangt sein Reich nicht vom Gesetz,
Denn, der sein Reich hat, bindet das Gesetz.
Weil das Gesetz denn höchstes Unrecht ist,
Verbiet' es meiner Zunge nicht zu fluchen.

PANDULPHO.
Philipp von Frankreich, auf Gefahr des Fluchs,
Laß fahren dieses argen Ketzers Hand,
Und Frankreichs Macht entbiete wider ihn,
Wenn er nicht selber Rom sich unterwirft!

ELEONORE.
Wirst du blaß, Frankreich? Zieh' die Hand nicht weg!

CONSTANZE.
Gib, Teufel, acht, daß Frankreich nicht bereut!
Der Hände Trennung raubt dir eine Seele.

ÖSTERREICH.
Hört auf den Kardinal, erlauchter Philipp!

BASTARD. Hängt ihm ein Kalbsfell um die
schnöden Glieder!

ÖSTERREICH. Gut, Schurk', ich muß dies in die
Tasche stecken Weil –

BASTARD. Eure Hosen weit genug dazu.

KÖNIG JOHANN.
Philipp, was sprichst du zu dem Kardinal?

CONSTANZE. Wie spräch' er anders als der Kardinal?

LOUIS. Bedenkt Euch, Vater, denn der Unterschied
Ist: hier Gewinn des schweren Fluchs von Rom,
Dort nur Verlust von Englands leichter Freundschaft.
Wagt das Geringre denn!

BLANCA. Das ist Roms Fluch.

CONSTANZE.
O Louis, steh! Der Teufel lockt dich hier
In einer jungen schmucken Braut Gestalt.

BLANCA.
Constanze spricht nach Treu' und Glauben nicht,
Sie spricht nach ihrer Not.

CONSTANZE. Gibst du die Not mir zu,
Die einzig lebt, weil Treu' und Glauben starb,
So muß die Not notwendig dies erweisen,
Daß Treu' und Glauben auflebt, wenn sie stirbt.
Tritt nieder meine Not, und Treue steigt;
Halt' aufrecht sie, und Treue wird zertreten.

KÖNIG JOHANN.
Der König steht bestürzt und gibt nicht Antwort.

CONSTANZE. O tritt zurück von ihm! Antworte gut!

ÖSTERREICH.
Tu's, König Philipp, häng' nicht nach dem Zweifel!

BASTARD.
Häng' um ein Kalbsfell, schönster, dummer Teufel!

KÖNIG PHILIPP.
Ich bin verwirrt und weiß nicht, was zu sagen.

PANDULPHO.
Was du auch sagst, es wird dich mehr verwirren,
Wenn du verflucht wirst und in Bann getan.

KÖNIG PHILIPP.
Setzt Euch an meine Stell', ehrwürd'ger Vater,
Und sagt mir, wie Ihr Euch betragen würdet.
Die königliche Hand und meine hier
Sind neu verknüpft, die innersten Gemüter
Vermählt zum Bund, verschlungen und umkettet
Von aller frommen Kraft geweihter Schwüre.
Der letzte Hauch, der Ton den Worten gab,
War fest geschworne Treue, Fried' und Freundschaft
Für unser beider Reich und hohes Selbst.
Und eben vor dem Stillstand, kurz zuvor, –
So lang', daß wir die Hände waschen konnten,
Um auf den Friedenshandel einzuschlagen, –
Der Himmel weiß es, waren sie betüncht
Von des Gemetzels Pinsel, wo die Rache
Den furchtbar'n Zwist erzürnter Kön'ge malte;
Und diese Hände, kaum von Blut gereinigt,
In Liebe neu vereint, in beidem stark,

Sie sollen lösen Druck und Freundes-Gruß?
Die Treu' verspielen? mit dem Himmel scherzen?
So wankelmüt'ge Kinder aus uns machen,
Nun wiederum zu reißen Hand aus Hand,
Uns loszuschwören von geschworner Treu'
Und auf des holden Friedens Ehebett
Mit blut'gem Heer zu treten, einen Aufruhr
Zu stiften auf der ebnen milden Stirn
Der graden Offenheit? O heil'ger Herr!
Ehrwürd'ger Vater! Laßt es so nicht sein!
In Eurer Huld ersinnt, beschließt, verhängt
Gelindre Anordnung: so wollen wir
Euch froh zu Willen sein und Freunde bleiben.

PANDULPHO.
Unordentlich ist jede Anordnung,
Die gegen Englands Liebe nicht sich wendet.
Drum zu den Waffen! Sei der Kirche Streiter!
Sonst werfe ihren Fluch die Mutter Kirche,
Der Mutter Fluch, auf den empörten Sohn!
Frankreich, du kannst die Schlange bei der Zunge,
Den Leu'n im Käfig bei der furchtbar'n Tatze,
Beim Zahn den gier'gen Tiger sichrer halten,
Als diese Hand in Frieden, die du hältst.

KÖNIG PHILIPP.
Ich kann die Hand, doch nicht die Treue lösen.

PANDULPHO.
So machst du Treu' zum Feinde deiner Treu'.
Du stellst, wie Bürgerkrieg, Eid gegen Eid
Und deine Zunge gegen deine Zunge.
O daß dein Schwur, dem Himmel erst getan,
Dem Himmel auch zuerst geleistet werde!
Er lautet: Streiter unsrer Kirche sein.
Was du seitdem beschworst, ist wider dich
Und kann nicht von dir selbst geleistet werden.
Wenn du verkehrt zu tun geschworen hast,
So ist es nicht verkehrt, das Rechte tun,
Und wo das Tun zum Übel zielt, da wird
Durch Nichttun Recht am besten ausgeübt.
Das beste Mittel bei verfehltem Vorsatz
Ist, ihn verfehlen: ist dies ungerade,
So wird dadurch doch Ungerades grade,
Und Falschheit heilet Falschheit, wie das Feuer
In den versengten Adern Feuer kühlt.
Religion ist's, was den Eid macht halten,
Doch du schworst gegen die Religion:
Wobei du schwörst, dawider schwörest du;
So machst du Eid zum Zeugen wider Eid
Für deine Treu', da Treue, die nicht sicher
Des Schwures ist, nur schwört, nicht falsch zu schwören.
Welch ein Gespötte wäre Schwören sonst?
Du aber schwörst, meineidig nur zu sein,
Meineidig, wenn du hältst, was du beschworst.
Die spätern Eide gegen deine frühern
Sind drum in dir Empörung wider dich;
Und keinen bessern Sieg kannst du erlangen,
Als wenn du dein standhaftes edles Teil
Bewaffnest wider diese lose Lockung;
Für welches Beßre wir Gebete tun,
Wenn du genehm sie hältst: wo nicht, so wisse,
Daß unsrer Flüche Drohn dich trifft, so schwer,
Daß du sie nie sollst von dir schütteln; nein,
Verzweifelnd sterben unter schwarzer Last.

ÖSTERREICH. Kein Zaudern! Offne Fehde!

BASTARD. Immer noch?
Wird denn kein Kalbsfell deinen Mund dir stopfen?

LOUIS. Auf, Vater! Krieg!

BLANCA. An deinem Hochzeittag.
Und gegen das mit dir vermählte Blut?
Wie? Sollen unser Fest Erschlagne feiern?
Soll schmetternde Trompet' und laute Trommel,
Der Hölle Lärm, begleiten unsern Zug?
O Gatte, hör' mich! – ach, wie neu ist Gatte
In meinem Munde! – um des Namens willen,
Den meine Zunge niemals sprach bis jetzt,
Bitt' ich auf meinen Knie'n, ergreif' die Waffen
Nicht gegen meinen Oheim!

CONSTANZE. Oh, auf meinen Knie'n,
Vom Knieen abgehärtet, bitt' ich dich,
Du tugendhafter Dauphin, ändre nicht
Den Ausspruch, den der Himmel hat verhängt.

BLANCA. Nun werd' ich deine Liebe sehn: was kann
Dich stärker rühren als der Name Weib?

CONSTANZE. Was deine Stütze stützet: seine Ehre.
O deine Ehre, Louis, deine Ehre!

LOUIS. Wie scheint doch Eure Majestät so kalt,
Da sie so hohe Rücksicht treibt zu handeln?

PANDULPHO.
Ich will den Fluch verkünden auf sein Haupt.

KÖNIG PHILIPP.
Du brauchst nicht. – England, ich verlasse dich.

CONSTANZE.
O schöne Rückkehr echter Fürstlichkeit!

ELEONORE.
O schnöder Abfall fränk'scher Flüchtigkeit!

KÖNIG JOHANN.
Frankreich, dich reut die Stund', eh' sie verstreicht.

BASTARD.
Der alte Glöckner Zeit, der kahle Küster,
Beliebt es ihm? Gut denn, so reut es Frankreich.

BLANCA.
Die Sonn' ist blutig: schöner Tag, fahr' hin!
Mit welcher der Parteien soll ich gehen?
Mit beiden: jedes Heer hat eine Hand,
Und ihre Wut, da ich sie beide halte,
Reißt auseinander und zerstückelt mich.
Gemahl, ich kann nicht flehn, daß du gewinnst;
Oheim, ich muß wohl flehn, daß du verlierst;
Vater, ich kann nicht wünschen für dein Glück;
Großmutter, deine Wünsche wünsch' ich nicht;
Wer auch gewinnt, ich habe stets Verlust,
Er ist mir sicher, eh' das Spiel beginnt.

LOUIS.
Bei mir, Prinzessin, ist dein Glück und Hort.

BLANCA.
Wenn hier mein Glück lebt, stirbt mein Leben dort.

KÖNIG JOHANN.
Geht, Vetter, zieht zusammen unsre Macht! –

Bastard ab.

Frankreich, mein Innres zehrt entbrannter Zorn;
Die Hitze meiner Wut ist so beschaffen,
Daß nichts sie löschen kann, nein, nichts als Blut,
Das Blut, das köstlichste, das Frankreich hegt.

KÖNIG PHILIPP.
Die Wut soll dich verzehren, und du wirst
Zu Asch', eh' unser Blut das Feuer löscht.

Sieh nun dich vor! Ich mache dir zu schaffen. –

KÖNIG JOHANN.

Und ich dem Droher auch. – Fort zu den Waffen!

Alle ab.

Zweite Szene

Ebene bei Angers.
Getümmel, Angriffe. Der Bastard tritt auf mit Österreichs Kopf.

BASTARD.

Bei meinem Leben, dieser Tag wird heiß.
Ein böser Luftgeist schwebt am Firmament
Und schleudert Unheil. Östreichs Kopf, lieg' da,
Solange Philipp atmet!

König Johann, Arthur und Hubert treten auf.

KÖNIG JOHANN.

Hubert, bewahr' den Knaben! – Philipp, auf!
Denn meine Mutter wird in unserm Zelt
Bestürmt und ist gefangen, wie ich fürchte.

BASTARD.

Ich habe sie errettet, gnäd'ger Herr.
Sie ist in Sicherheit: befürchtet nichts!
Doch immer zu, mein Fürst! Denn kleine Müh'
Bringt dieses Werk nun zum beglückten Schluß.

Alle ab.

Dritte Szene

Getümmel, Angriffe, ein Rückzug. König Johann, Eleonore, Arthur, der Bastard, Hubert und Edelleute.

KÖNIG JOHANN *zu Eleonore.*

So sei es: stark bewacht soll Eure Hoheit
Zurück hier bleiben. – Sieh nicht traurig, Vetter;
Großmutter liebt dich, und dein Oheim wird
So wert dich halten, als dein Vater tat.

ARTHUR.

O dieser Gram wird meine Mutter töten!

KÖNIG JOHANN *zum Bastard.*

Ihr, Vetter, fort nach England! Eilt voran,
Und eh' wir kommen, schüttle du die Säcke
Aufspeichernder Prälaten; setz' in Freiheit
Gefangne Engel; denn die fetten Rippen
Des Friedens müssen jetzt den Hunger speisen.
Ich geb' hiezu dir unbeschränkte Vollmacht.

BASTARD. Buch, Glock' und Kerze sollen mich nicht schrecken,
Wenn Gold und Silber mir zu kommen winkt.
Ich lasse Eure Hoheit; – ich will beten,
Großmutter, wenn mir's einfällt, fromm zu sein,
Für Euer Wohl: so küss' ich Euch die Hand.

ELEONORE. Lebt wohl, mein lieber Vetter!

KÖNIG JOHANN. Lebe wohl!

Bastard ab.

ELEONORE.

Komm zu mir, kleiner Enkel! Hör' ein Wort!

Sie nimmt Arthur beiseit.

KÖNIG JOHANN.

Komm zu mir, Hubert! – O mein bester Hubert!
Wir schulden viel dir; eine Seele wohnt
In diesem Fleisch, die dich als Schuldner achtet
Und deine Liebe will mit Wucher zahlen.
Und dein freiwill'ger Eid, mein guter Freund,
Lebt sorgsamlich gepflegt in dieser Brust.
Gib mir die Hand! Ich hätte was zu sagen,
Allein ich spar's auf eine beßre Zeit.
Beim Himmel, Hubert, fast muß ich mich schämen,
Zu sagen, wie du lieb und wert mir bist:

HUBERT. Gar sehr verpflichtet Eurer Majestät.

KÖNIG JOHANN.

Noch, Freund, hast du nicht Ursach', das zu sagen,
Doch du bekömmst sie; wie die Zeit auch schleicht,
So kömmt sie doch für mich, dir wohlzutun.
Ich hatte was zu sagen, – doch es sei:
Die Sonn' ist droben, und der stolze Tag,
Umringt von den Ergötzungen der Welt,
Ist allzu üppig und zu bunt geputzt,
Um mir Gehör zu geben. – Wenn die Glocke
Der Mitternacht mit eh'rner Zunge Ruf
Die Nacht an ihre träge Laufbahn mahnte;
Wenn dies ein Kirchhof wäre, wo wir stehn,
Und du von tausend Kränkungen bedrückt;
Und hätte Schwermut, jener düstre Geist,
Dein Blut gedörrt, es schwer und dick gemacht,
Das sonst mit Kitzeln durch die Adern läuft
Und treibt den Geck, Gelächter, in die Augen,
Daß eitle Lustigkeit die Backen bläht, –
Ein Trieb, der meinem Tun verhaßt ist; – oder
Wenn du mich könntest ohne Augen sehn,
Mich hören ohne Ohren und erwidern
Ohn' eine Zunge, mit Gedanken bloß,
Ohn' Auge, Ohr und läst'gen Schall der Worte:
Dann wollt' ich, trotz dem lauernd wachen Tag,
In deinen Busen schütten, was ich denke.
Doch ach! ich will nicht. – Doch bin ich dir gut,
Und glaub' auch, meiner Treu! du bist mir gut.

HUBERT.

So sehr, daß, was Ihr mich vollbringen heißt,
Wär' auch der Tod an meine Tat geknüpft,
Ich tät's beim Himmel doch.

KÖNIG JOHANN. Weiß ich das nicht?
Mein guter Hubert! Hubert! Wirf den Blick
Auf jenen jungen Knaben: hör', mein Freund,
Er ist 'ne rechte Schlang' in meinem Weg,
Und wo mein Fuß nur irgend niedertritt,
Da liegt er vor mir: du verstehst mich doch?
Du bist sein Hüter.

HUBERT. Und will so ihn hüten,
Daß Eure Majestät nichts fürchten darf.

KÖNIG JOHANN. Tod.

HUBERT. Mein Fürst?

KÖNIG JOHANN. Ein Grab.

HUBERT. Er soll nicht leben.

KÖNIG JOHANN. Genug!
Nun könnt' ich lustig sein; Hubert, ich lieb' dich,
Ich will nicht sagen, was ich dir bestimme.
Gedenke dran! – Lebt wohl denn, gnäd'ge Frau:
Ich sende Eurer Majestät die Truppen.

ELEONORE. Mein Segen sei mit dir.

KÖNIG JOHANN. Komm, Vetter, mit nach England!
Hubert soll dein Gefährt' sein, dich bedienen
Mit aller Treu' und Pflicht. – Fort, nach Calais!

Alle ab.

Vierte Szene

Zelt des Königs von Frankreich.
König Philipp, Louis, Pandulpho und Gefolge treten auf.

KÖNIG PHILIPP.
So wird durch tobend Wetter auf der Flut
Ein ganz Geschwader von verstörten Segeln
Zerstreut und die Genossenschaft getrennt.
PANDULPHO.
Habt Mut und Trost! Es geht noch alles gut.
KÖNIG PHILIPP.
Was kann noch gut gehn nach so schlimmem Fall?
Ist nicht das Heer geschlagen, Angers fort?
Arthur gefangen? werte Freunde tot?
Und England blutig heimgekehrt nach England,
Frankreich zum Trotz durch alle Dämme brechend?
LOUIS. Was er erobert, hat er auch befestigt.
So rasche Eil', so mit Bedacht gelenkt,
So weise Ordnung bei so kühnem Lauf
Ist ohne Beispiel. – Wer vernahm und las
Von irgendeiner Schlacht, die dieser glich?
KÖNIG PHILIPP.
Ich könnte England diesen Ruhm wohl gönnen,
Wüßt' ich für unsre Schmach ein Vorbild nur.
Constanze tritt auf.
Seht, wer da kommt? Ein Grab für eine Seele,
Das wider Willen hält den ew'gen Geist
Im schnöden Kerker des bedrängten Odems.
Ich bitte, Fürstin, kommt hinweg mit mir!
CONSTANZE.
Da seht nun, seht den Ausgang Eures Friedens!
KÖNIG PHILIPP.
Geduld, Constanze! Mutig, werte Fürstin!
CONSTANZE.
Nein, allen Trost verschmäh' ich, alle Hülfe,
Bis auf den letzten Trost, die wahre Hülfe,
Tod! Tod! – O liebenswürd'ger, holder Tod!
Balsamischer Gestank! Gesunde Fäulnis!
Steig' auf aus deinem Lager ew'ger Nacht,
Du Haß und Schrecken der Zufriedenheit,
So will ich küssen dein verhaßt Gebein.
In deiner Augen Höhlung meine stecken,
Um meine Finger deine Würmer ringeln,
Mit eklem Staub dies Tor des Odems stopfen
Und will ein grauser Leichnam sein, wie du.
Komm, grins' mich an! Ich denke dann, du lächelst,
Und herze dich als Weib. Des Elends Buhle,
O komm zu mir!
KÖNIG PHILIPP. O holde Trübsal, still!
CONSTANZE.
Nein, nein, ich will nicht, weil ich Odem habe.
O wäre meine Zung' im Mund des Donners!
Erschüttern wollt' ich dann die Welt mit Weh
Und aus dem Schlafe rütteln das Geripp',
Das eines Weibes matten Laut nicht hört
Und eine schwache Anrufung verschmäht.
PANDULPHO.
Fürstin, Ihr redet Tollheit und nicht Gram.
CONSTANZE.
Du bist nicht fromm, daß du mich so belügst.
Ich bin nicht toll: dies Haar, das ich zerrauf', ist mein;
Constanze heiß' ich; ich war Gottfrieds Weib;
Mein Sohn ist Arthur, und er ist dahin.
Ich bin nicht toll, – o wollte Gott, ich wär's!
Denn ich vergäße dann vielleicht mich selbst,
Und könnt' ich's, welchen Gram vergäß' ich nicht! –
Ja, pred'ge Weisheit, um mich toll zu machen,
Und du sollst Heil'ger werden, Kardinal.
Da ich nicht toll bin, und für Gram empfindlich,
Gibt mein vernünftig Teil mir Mittel an,
Wie ich von diesem Leid mich kann befrein,
Und lehrt mich, mich ermorden oder hängen.
Ja, wär' ich toll, vergäß' ich meinen Sohn,
Säh' ihn wohl gar in einer Lumpenpuppe.
Ich bin nicht toll: zu wohl, zu wohl nur fühl' ich
Von jedem Unglück die verschiedne Qual.
KÖNIG PHILIPP.
Bind't diese Flechten auf! – O welche Liebe
Seh' ich in ihres Haares schöner Fülle!
Wo nur etwa ein Silbertropfe fällt,
Da hängen tausend freundschaftliche Fäden
Sich an den Tropfen in gesell'gem Gram,
Wie treue, unzertrennliche Gemüter,
Die fest im Mißgeschick zusammenhalten.
CONSTANZE. Nach England, wenn Ihr wollt!
KÖNIG PHILIPP. Bind't Euer Haar auf!
CONSTANZE.
Das will ich, ja: und warum will ich's tun?
Ich riß sie aus den Banden und rief laut:
»O lösten diese Hände meinen Sohn,
Wie sie in Freiheit dieses Haar gesetzt!«
Doch nun beneid' ich ihre Freiheit ihnen
Und will sie wieder in die Banden schlagen:
Mein armes Kind ist ein Gefangner ja. –
Ich hört' Euch sagen, Vater Kardinal,
Wir sehn und kennen unsre Freund' im Himmel;
Ist das, so seh' ich meinen Knaben wieder;
Denn seit des Erstgebornen Kain Zeit,
Bis auf das Kind, das erst seit gestern atmet,
Kam kein so liebliches Geschöpf zur Welt.
Nun aber nagt der Sorgen Wurm mein Knöspchen
Und scheucht den frischen Reiz von seinen Wangen,
Daß er so hohl wird aussehn wie ein Geist,
So bleich und mager wie ein Fieberschauer,
Und wird so sterben; und so auferstanden,
Wenn ich ihn treffe in des Himmels Saal,
Erkenn' ich ihn nicht mehr: drum werd' ich nie,
Nie meinen zarten Arthur wiedersehn.
PANDULPHO. Ihr übertreibt des Grames Bitterkeit.
CONSTANZE.
Der spricht zu mir, der keinen Sohn je hatte.
KÖNIG PHILIPP.
Ihr liebt den Gram so sehr als Euer Kind.
CONSTANZE.
Gram füllt die Stelle des entfernten Kindes,
Legt in sein Bett sich, geht mit mir umher,
Nimmt seine allerliebsten Blicke an,
Spricht seine Worte nach, erinnert mich
An alle seine holden Gaben, füllt
Die leeren Kleider aus mit seiner Bildung;
Drum hab' ich Ursach', meinen Gram zu lieben.
Gehabt Euch wohl! Wär' Euch geschehn, was mir,
Ich wollt' Euch besser trösten als Ihr mich.
Sie reißt ihren Kopfputz ab.
Ich will die Zier nicht auf dem Haupt behalten,

Da mein Gemüt so wild zerrüttet ist.
O Gott, mein Kind! Mein holder Sohn! Mein Arthur!
Mein Leben! Meine Lust! Mein alles du!
Mein Witwentrost und meines Kummers Heil!
Ab.

KÖNIG PHILIPP.
Ich fürcht' ein Äußerstes und will ihr folgen.
Ab.

LOUIS. Es gibt nichts in der Welt, was mich kann freun;
Das Leben ist so schal wie 'n altes Märchen,
Dem Schläfrigen ins dumpfe Ohr geleiert;
Und Schmach verdarb des süßen Worts Geschmack,
Daß es nur Schmach und Bitterkeit gewährt.

PANDULPHO.
Vor der Genesung einer heft'gen Krankheit,
Im Augenblick der Kraft und Bess'rung, ist
Am heftigsten der Anfall; jedes Übel,
Das Abschied nimmt, erscheint am übelsten.
Was büßt Ihr ein durch dieses Tags Verlust?

LOUIS. Des Ruhmes, Heils und Glücks gesamte Tage.

PANDULPHO.
Gewißlich, wenn Ihr ihn gewonnen hättet.
Nein, wenn das Glück den Menschen wohltun will,
So blickt es sie mit droh'nden Augen an.
Unglaublich ist's, wie viel Johann verliert
Durch das, was er für rein gewonnen achtet.
Grämt dich's, daß Arthur sein Gefangner ist?

LOUIS. So herzlich, wie er froh ist, ihn zu haben.

PANDULPHO.
Eu'r Sinn ist jugendlich wie Euer Blut.
Nun hört mich reden mit prophet'schem Geist;
Denn selbst der Hauch des, was ich sprechen will,
Wird jeden Staub und Halm, den kleinsten Anstoß
Wegblasen aus dem Pfad, der deinen Fuß
Zu Englands Thron soll führen: drum gib acht!
Johann hat Arthurn jetzt in der Gewalt,
Und, weil noch warmes Leben in den Adern
Des Kindes spielt, kann, seinem Platze fremd,
Johann unmöglich eine Stunde, ja
Nur einen Odemzug der Ruh' genießen.
Ein Szepter, mit verwegner Hand ergriffen,
Wird ungestüm behauptet wie erlangt;
Und wer auf einer glatten Stelle steht,
Verschmäht den schnöd'sten Halt zur Stütze nicht.
Auf daß Johann mag stehn, muß Arthur fallen:
So sei es, denn es kann nicht anders sein.

LOUIS.
Doch was werd' ich durch Arthurs Fall gewinnen?

PANDULPHO.
Ihr, kraft des Rechtes Eurer Gattin Bianca,
Habt jeden Anspruch dann, den Arthur machte.

LOUIS. Und büße alles ein, wie's Arthur machte.

PANDULPHO. Wie neu Ihr seid in dieser alten Welt!
Johann macht Bahn, die Zeit begünstigt Euch;
Denn wer sein Heil in echtes Blut getaucht,
Der findet nur ein blutig, unecht Heil.
Der Frevel wird die Herzen seines Volks
Erkälten und den Eifer frieren machen;
Daß, wenn sich nur der kleinste Vorteil regt,
Sein Reich zu stürzen, sie ihn gern ergreifen:
Am Himmel kein natürlich Dunstgebild,
Kein Spielwerk der Natur, kein trüber Tag,
Kein leichter Windstoß, kein gewohnter Vorfall,
Die sie nicht ihrem wahren Grund entreißen
Und nennen werden Meteore, Wunder,
Vorzeichen, Mißgeburten, Himmelsstimmen,
Die den Johann mit Rache laut bedrohn.

LOUIS. Vielleicht berührt er Arthurs Leben nicht
Und hält durch sein Gefängnis sich gesichert.

PANDULPHO.
O Herr, wenn er von Eurer Ankunft hört,
Ist dann der junge Arthur noch nicht hin,
So stirbt er auf die Nachricht; und alsdann
Wird all sein Volk die Herzen von ihm wenden,
Des unbekannten Wechsels Lippen küssen
Und Antrieb aus den blut'gen Fingerspitzen
Johanns zur Wut und zur Empörung ziehn.
Mich dünkt, ich seh' den Wirrwarr schon im Gang,
Und oh, was brüten noch für beßre Dinge,
Als ich genannt! – Der Bastard Faulconbridge
Ist jetzt in England, plündert Kirchen aus
Und höhnt die Frömmigkeit: wär' nur ein Dutzend
Von Euren Landesleuten dort in Waffen,
Sie wären wie Lockvögel, die zehntausend
Engländer zu sich über würden ziehn;
Oder wie wenig Schnee, umhergewälzt,
Sogleich zum Berge wird. O edler Dauphin,
Kommt mit zum König! Es ist wundervoll,
Was sich aus ihrem Unmut schaffen läßt.
Nun da der Haß in ihren Seelen gärt,
Nach England auf! Ich will den König treiben.

LOUIS. Ja, starke Gründe machen seltsam wagen:
Kommt! Sagt Ihr Ja, er wird nicht Nein Euch sagen.
Beide ab.

Vierter Aufzug

Erste Szene

Northampton. Ein Zimmer in der Burg.
Hubert und zwei Aufwärter treten auf.

HUBERT.
Glüh' mir die Eisen heiß, und stell' du dann
Dich hinter die Tapete; wenn mein Fuß
Der Erde Busen stampft, so stürzt hervor
Und bind't den Knaben, den ihr bei mir trefft,
Fest an den Stuhl! Seid achtsam! Fort und lauscht!

ERSTER AUFWÄRTER.
Ich hoff', Ihr habt die Vollmacht zu der Tat.

HUBERT.
Unsaubre Zweifel! Fürchtet nichts, paßt auf!
Aufwärter ab.
Kommt, junger Bursch', ich hab' Euch was zu sagen.
Arthur tritt auf.

ARTHUR. Guten Morgen, Hubert!

HUBERT. Guten Morgen, kleiner Prinz!

ARTHUR.
So kleiner Prinz mit solchem großen Anspruch,
Mehr Prinz zu sein als möglich. Ihr seid traurig.

HUBERT. Fürwahr, ich war schon lust'ger.

ARTHUR. Liebe Zeit!
Mich dünkt, kein Mensch kann traurig sein als ich:
Doch weiß ich noch, als ich in Frankreich war,
Gab's junge Herrn, so traurig wie die Nacht,
Zum Spaße bloß. Bei meinem Christentum!

Wär' ich nur frei und hütete die Schafe,
So lang der Tag ist, wollt' ich lustig sein.
Und das wollt' ich auch hier, besorgt' ich nicht,
Daß mir mein Oheim noch mehr Leid will tun.
Er fürchtet sich vor mir und ich vor ihm:
Ist, daß ich Gottfrieds Sohn war, meine Schuld?
Nein, wahrlich nicht: und, Hubert, wollte Gott,
Ich wär' Eu'r Sohn, wenn Ihr mich lieben wolltet.

HUBERT *beiseit.*
Red' ich mit ihm, so wird sein schuldlos Plaudern
Mein Mitleid wecken, das erstorben liegt:
Drum will ich rasch sein und ein Ende machen.

ARTHUR.
Seid Ihr krank, Hubert? Ihr seht heute blaß:
Im Ernst, ich wollt'. Ihr wärt ein wenig krank,
Daß ich die Nacht aufbliebe, bei Euch wachte.
Gewiß, ich lieb' Euch mehr, als Ihr mich liebt. –

HUBERT.
Sein Reden nimmt Besitz von meinem Busen.
Lies, junger Arthur! –

Zeigt ihm ein Papier. Beiseit.

Nun, du töricht Wasser?
Du treibst die unbarmherz'ge Marter aus?
Ich muß nur kurz sein, daß Entschließung nicht
Dem Aug' entfall' in weichen Weibestränen. –
Könnt Ihr's nicht lesen? Ist's nicht gut geschrieben?

ARTHUR.
Zu gut zu solcher schlimmen Absicht, Hubert.
Müßt Ihr mir ausglühn meine beiden Augen
Mit heißem Eisen?

HUBERT. Junger Knab', ich muß.

ARTHUR. Und wollt Ihr?

HUBERT. Und ich will.

ARTHUR. Habt Ihr das Herz? Als Euch der Kopf nur schmerzte,
So band ich Euch mein Schnupftuch um die Stirn,
Mein bestes, eine Fürstin stickt' es mir,
Und niemals fodert' ich's Euch wieder ab;
Hielt mit der Hand den Kopf Euch mitternachts,
Und wie der Stunde wachsame Minuten
Ermuntert' ich die träge Zeit beständig,
Frug bald: »Was fehlt Euch?« und: »Wo sitzt der Schmerz?«
Und bald: »Was kann ich Euch für Liebes tun?«
Manch armen Manns Sohn hätte still gelegen
Und nicht ein freundlich Wort zu Euch gesagt;
Doch Euer Krankenwärter war ein Prinz.
Ihr denkt vielleicht: das war nur schlaue Liebe,
Und nennt es List? Tut's, wenn Ihr wollt; gefällt es
Dem Himmel, daß Ihr mich mißhandeln müßt,
So müßt Ihr. – Wollt Ihr mir die Augen blenden?
Die Augen, die kein einzig Mal Euch scheel
Ansahn, noch ansehn werden?

HUBERT. Ich hab's geschworen,
Und ausglühn muß ich sie mit heißem Eisen.

ARTHUR.
Ach! niemand tät' es, wär' die Zeit nicht eisern!
Das Eisen selbst, obschon in roter Glut,
Genaht den Augen, tränke meine Tränen,
Und löschte seine feurige Entrüstung
In dem Erzeugnis meiner Unschuld selbst;
Ja, es verzehrte sich nachher in Rost,
Bloß weil sein Feuer mir das Aug' verletzt.
Seid Ihr denn härter als gehämmert Eisen?
Und hätte mich ein Engel auch besucht
Und mir gesagt, mich werde Hubert blenden,
Ich hätt' ihm nicht geglaubt: niemand als Euch.

HUBERT *stampft.*
Herbei!

Aufwärter kommen mit Eisen, Stricken usw.

Tut, wie ich euch befahl!

ARTHUR.
O helft mir, Hubert! Helft mir! Meine Augen
Sind aus schon von der blut'gen Männer Blicken.

HUBERT. Gebt mir das Eisen, sag' ich, bindet ihn!

ARTHUR.
Was braucht Ihr, ach! so stürmisch rauh zu sein?
Ich will nicht sträuben, ich will stockstill halten.
Ums Himmels willen, Hubert! Nur nicht binden!
Nein, hört mich, Hubert, jagt die Männer weg,
Und ich will ruhig sitzen, wie ein Lamm;
Will mich nicht rühren, nicht ein Wörtchen sagen,
Noch will ich zornig auf das Eisen sehn.
Treibt nur die Männer weg, und ich vergeb' Euch,
Was Ihr mir auch für Qualen antun mögt.

HUBERT. Geht! Tretet ab, laßt mich allein mit ihm!

ERSTER AUFWÄRTER.
Ich bin am liebsten fern von solcher Tat.

Aufwärter ab.

ARTHUR. O weh: so schalt ich meinen Freund hinweg.
Sein Blick ist finster, doch sein Herz ist mild. –
Ruft ihn zurück, damit sein Mitleid Eures
Beleben mag!

HUBERT. Komm, Knabe, mach' dich fertig!

ARTHUR. So hilft denn nichts?

HUBERT. Nichts, als dich blenden lassen.

ARTHUR. O Himmel! Säß' Euch was im Auge nur,
Ein Korn, ein Stäubchen, eine Mück', ein Haar,
Was irgend nur den edeln Sinn verletzt!
Dann, fühltet Ihr, wie da das Kleinste tobt,
Müßt' Euch die schnöde Absicht greulich scheinen.

HUBERT.
Verspracht Ihr das? Still! Haltet Euren Mund!

ARTHUR. Hubert, die Rede zweier Zungen spräche
Noch nicht genugsam für ein Paar von Augen:
Laßt mich den Mund nicht halten, Hubert, nein!
Und wollt Ihr, schneidet mir die Zunge aus,
Wenn ich die Augen nur behalten darf:
O schonet meine Augen! sollt' ich auch
Sie nie gebrauchen, als Euch anzuschaun.
Seht, auf mein Wort! Das Werkzeug ist schon kalt
Und würde mir kein Leid tun.

HUBERT. Ich kann's glühen, Knabe.

ARTHUR.
Nein, wahrlich nicht: das Feuer starb vor Gram,
Daß es, bestimmt zum Wohltun, dienen soll
Zu unverdienten Qualen. Seht nur selbst!
Kein Arges ist in dieser glüh'nden Kohle,
Des Himmels Odem blies den Geist ihr aus
Und streute Aschen auf ihr reuig Haupt.

HUBERT. Mein Odem kann sie neu beleben, Knabe.

ARTHUR.
Wenn Ihr das tut, macht Ihr sie nur erröten
Und über Eu'r Verfahren glühn vor Scham.
Ja, sie würd' Euch vielleicht ins Auge sprühn,
Und wie ein Hund, den man zum Kampfe zwingt,

Nach seinem Meister schnappen, der ihn hetzt.
Was Ihr gebrauchen wollt, mir weh zu tun,
Versagt den Dienst; nur Euch gebricht das Mitleid,
Das wildes Feu'r und Eisen hegt, Geschöpfe,
Zu unbarmherz'gen Zwecken ausersehn.

HUBERT.
Gut, leb'! Ich will dein Auge nicht berühren
Für alle Schätze, die dein Oheim hat.
Doch schwur ich drauf und war entschlossen,
Knabe,
Mit diesem Eisen hier sie auszubrennen.

ARTHUR.
Nun seht Ihr aus wie Hubert! All die Zeit
Wart Ihr verkleidet.

HUBERT. Still! Nichts mehr! Lebt wohl!
Eu'r Oheim darf nicht wissen, daß Ihr lebt;
Ich will die Spürer mit Gerüchten speisen,
Und, holdes Kind, schlaf' sorgenlos und sicher,
Daß Hubert für den Reichtum aller Welt
Kein Leid dir tun will.

ARTHUR. O Himmel! Dank Euch, Hubert!

HUBERT. Nichts weiter! Still hinein begleite mich!
In viel Gefahr begeb' ich mich für dich.

Beide ab.

Zweite Szene

Ebendaselbst. Ein Staatszimmer im Palaste.
König Johann, gekrönt; Pembroke, Salisbury und andre Herren treten auf.
Der König setzt sich auf den Thron.

KÖNIG JOHANN.
Hier nochmals sitzen wir, nochmals gekrönt,
Und angeblickt, hoff' ich, mit freud'gen Augen.

PEMBROKE.
Dies »Nochmals«, hätt' es Eurer Hoheit nicht
Also beliebt, war einmal überflüssig.
Ihr wart zuvor gekrönt, und niemals ward
Euch dieses hohe Königtum entrissen,
Der Menschen Treu' mit Aufruhr nicht befleckt;
Es irrte frische Hoffnung nicht das Land
Auf frohen Wechsel oder beßres Glück.

SALISBURY.
Drum, sich umgeben mit zweifachem Prunk,
Den Rang verbrämen, der schon stattlich war,
Vergülden feines Gold, die Lilie malen,
Auf die Viole Wohlgerüche streun,
Eis glätten, eine neue Farbe leihn
Dem Regenbogen, und mit Kerzenlicht
Des Himmels schönes Auge schmücken wollen,
Ist lächerlich und unnütz Übermaß.

PEMBROKE.
Müßt' Euer hoher Wille nicht geschehn,
So wär's die Handlung wie ein altes Märchen,
Das, wiederholt, nur Überdruß erregt,
Weil man zu ungelegner Zeit es vorbringt.

SALISBURY.
Hiedurch wird das bekannte, würd'ge Ansehn
Der schlichten alten Weise sehr entstellt;
Und, wie der umgesetzte Wind ein Segel,
So kehrt es der Gedanken Richtung um;
Daß die Erwägung scheu und stutzig wird,
Gesunde Meinung krank, Wahrheit verdächtig,
Weil sie erscheint in so neumod'ger Tracht.

PEMBROKE.
Der Handwerksmann, der's allzugut will machen,
Verdirbt aus Ehrgeiz die Geschicklichkeit,
Und öfters, wenn man einen Fehl entschuldigt,
Macht ihn noch schlimmer die Entschuldigung;
Wie Flicken, die man setzt auf kleine Risse,
Da sie den Fehl verbergen, mehr entstellen
Als selbst der Fehl, eh' man ihn so geflickt.

SALISBURY.
Auf dieses Ziel, eh' neugekrönt Ihr wart,
Ging unser Rat: doch es gefiel Eu'r Hoheit,
Ihn nicht zu achten, und wir sind zufrieden,
Weil all und jedes Teil von unserm Wollen
In Eurer Hoheit Willen sich ergibt.

KÖNIG JOHANN.
Verschiedne Gründe dieser zweiten Krönung
Trug ich euch vor, und halte sie für stark:
Und stärkre noch, wenn meine Furcht sich mindert,
Vertrau' ich euch: indessen fodert nur,
Was ihr verbessert wünscht, das übel steht,
Und merken sollt ihr bald, wie willig ich
Gesuche hören und gewähren will.

PEMBROKE.
Ich dann, – bestellt als dieser Männer Zunge,
Um aller Herzen Wünsche kund zu tun, –
Sowohl für mich als sie, (allein vor allem
Für Eure Sicherheit, wofür sie sämtlich
Ihr best Bemühn verwenden) bitte herzlich
Um die Befreiung Arthurs, des Gefängnis
Des Mißvergnügens murr'nde Lippen reizt,
In diesen Schluß bedenklich auszubrechen:
Habt Ihr mit Recht, was Ihr in Ruh' besitzt,
Warum sollt' Eure Furcht, – die, wie man sagt,
Des Unrechts Schritt begleitet, – Euch bewegen,
So einzusperren Euren zarten Vetter,
In ungeschliffner Einfalt seine Tage
Zu dämpfen, seiner Jugend zu verweigern
Der ritterlichen Übung reiche Zier?
Damit der Zeiten Feinde dies zum Vorwand
Nicht brauchen können, laßt uns Euch ersuchen,
Daß Ihr uns seine Freiheit bitten heißt,
Wobei wir nichts zu unserm Besten bitten,
Als nur, weil unser Wohl, auf Euch beruhend,
Für Euer Wohl es hält, ihn frei zu geben.

KÖNIG JOHANN.
So sei es; ich vertraue eurer Leitung
Den Jüngling an.

Hubert tritt auf.

Hubert, was gibt es Neues?

PEMBROKE.
Der ist's, der sollte tun die blut'ge Tat:
Er wies die Vollmacht einem Freund von mir.
Es lebt das Bild von böser arger Schuld
In seinem Auge: dies verschloßne Ansehn
Zeigt Regung einer sehr beklommnen Brust;
Und fürchtend glaub' ich, schon geschah, wozu
Wir so gefürchtet, daß er Auftrag hatte.

SALISBURY.
Des Königs Farbe kommt und geht: sein Anschlag
Und sein Gewissen schickt sie hin und her,
So wie Herolde zwischen furchtbar'n Heeren.

Die Leidenschaft ist reif, bald bricht sie auf.
PEMBROKE. Und wenn sie aufbricht, fürcht' ich, kommt der Eiter
Von eines holden Kindes Tod heraus.
KÖNIG JOHANN.
Wir halten nicht des Todes starken Arm.
Lebt schon mein Will' zu geben, edle Herrn,
So ist doch eu'r Gesuch dahin und tot:
Er sagt, daß Arthur diese Nacht verschied.
SALISBURY. Wir fürchteten, sein Übel sei unheilbar.
PEMBROKE.
Wir hörten, wie so nah dem Tod er war,
Eh' noch das Kind sich selber krank gefühlt.
Dies fodert Rechenschaft hier oder sonst.
KÖNIG JOHANN.
Was richtet ihr auf mich so ernste Stirnen?
Denkt ihr, daß ich des Schicksals Schere halte?
Hab' ich dem Lebenspulse zu gebieten?
SALISBURY.
Ein offenbar betrüglich Spiel! und Schande,
Daß Hoheit es so gröblich treiben darf! –
Viel Glück zu Eurem Spiel, und so lebt wohl!
PEMBROKE.
Noch bleib', Lord Salisbury; ich geh' mit dir
Und finde dieses armen Kindes Erbe,
Sein kleines Reich des aufgezwungnen Grabes.
Das Blut, dem all dies Eiland war bestellt,
Besitzt drei Fuß davon: o schlimme Welt!
Dies ist nicht so zu dulden; was uns kränkt,
Bricht alles los, und schleunig, eh' man's denkt.

Die Herren ab.

KÖNIG JOHANN.
Sie brennen in Entrüstung; mich gereut's,
Es wird mit Blut kein fester Grund gelegt,
Kein sichres Leben schafft uns andrer Tod.

Ein Bote kommt.

Ein schreckend Aug' hast du: wo ist das Blut,
Das ich in diesen Wangen wohnen sah?
Solch trüben Himmel klärt ein Sturm nur auf.
Schütt' aus dein Wetter! – Wie geht in Frankreich alles?
BOTE.
Von Frankreich her nach England. Niemals ward
Zu einer fremden Heerfahrt solche Macht
In eines Landes Umfang ausgehoben.
Sie lernten Eurer Eile Nachahmung;
Denn da Ihr hören solltet, daß sie rüsten,
Kommt Zeitung, daß sie alle angelangt.
KÖNIG JOHANN.
Oh, wo war unsre Kundschaft denn berauscht?
Wo schlief sie? Wo ist meiner Mutter Sorge,
Daß Frankreich so ein Heer vereinen konnte
Und sie es nicht gehört?
BOTE. Mein Fürst, ihr Ohr
Verstopfte Staub: am Ersten des April
Starb Eure edle Mutter, und ich höre,
Daß Frau Constanz' in Raserei gestorben
Drei Tage früher; doch dies hört' ich flüchtig
Vom Mund des Rufs und weiß nicht, ob es wahr ist.
KÖNIG JOHANN.
Halt' inne, furchtbare Gelegenheit!
Schließ' einen Bund mit mir, bis ich besänftigt
Die mißvergnügten Pairs! – Wie? Mutter tot?
Wie wild gehn meine Sachen dann in Frankreich! –
Mit welcher Führung kam das Heer von Frankreich,
Das, wie du aussagst, hier gelandet ist?
BOTE. Unter dem Dauphin.

Der Bastard und Peter von Pomfret treten auf.

KÖNIG JOHANN. Schwindlig machst du mich
Mit deiner Botschaft. – Nun, was sagt die Welt
Zu Eurem Tun? Stopft nicht in meinen Kopf
Mehr üble Neuigkeiten; er ist voll.
BASTARD.
Doch scheut Ihr Euch, das Schlimmste anzuhören,
So laßt es ungehört aufs Haupt Euch fallen!
KÖNIG JOHANN.
Ertragt mich, Vetter, denn ich war betäubt
Unter der Flut: allein nun atm' ich wieder
Hoch überm Strom und kann jedweder Zunge
Gehör verleihn, sie spreche, was sie will.
BASTARD.
Wie mir's gelungen bei der Geistlichkeit,
Das werden die geschafften Summen zeigen.
Doch da ich reiste durch das Land hieher,
Fand ich die Leute wunderlich gelaunt,
Besessen vom Gerücht, voll eitler Träume,
Nicht wissend, was sie fürchten, doch voll Furcht.
Und hier ist ein Prophet, den ich mit mir
Aus Pomfrets Straßen brachte, den ich fand,
Wie Hunderte ihm auf der Ferse folgten,
Derweil er sang in ungeschlachten Reimen,
Es werd' auf nächste Himmelfahrt vor Mittags
Eu'r Hoheit ihre Krone niederlegen.
KÖNIG JOHANN.
Du eitler Träumer, warum sprachst du so?
PETER. Vorwissend, daß es also wird geschehn.
KÖNIG JOHANN.
Fort mit ihm, Hubert, wirf ihn ins Gefängnis,
Und auf den Tag zu Mittag, wo er sagt,
Daß ich die Kron' abtrete, laß ihn hängen!
Bring' ihn in sichre Haft, und komm zurück:
Ich hab' dich nötig. –

Hubert mit Peter ab.

O mein bester Vetter,
Weißt du die Nachricht schon, wer angelangt?
BASTARD.
Herr, die Franzosen; alles Volk bespricht es.
Dann traf ich auch Lord Bigot und Lord Salisbury,
Mit Augen, rot wie neugeschürtes Feuer,
Und andre mehr: sie suchten Arthurs Grab,
Der, sagten sie, die Nacht getötet sei
Auf Euren Antrieb.
KÖNIG JOHANN. Liebster Vetter, geh,
Misch' dich in ihren Kreis; ich hab' ein Mittel,
Mir ihre Liebe wieder zu gewinnen.
Bring' sie zu mir!
BASTARD. Ich geh', sie aufzusuchen.
KÖNIG JOHANN.
Ja, aber eilt! Es jag' ein Fuß den andern!
Oh, keine feindlichen Vasallen nur,
Da fremde Gegner meine Städte schrecken
Mit eines kühnen Einbruchs furchtbar'm Pomp! –
Sei du Merkur, nimm Flügel an die Fersen,
Und fliege wie Gedanken wieder her!
BASTARD.
Der Geist der Zeiten soll mich Eile lehren.

Ab.

KÖNIG JOHANN.
Gesprochen wie ein wackrer Edelmann!
Geh, folg' ihm, denn ihm ist vielleicht vonnöten
Ein Bote zwischen mir und jenen Pairs;
Und der sei du!
BOTE. Von Herzen gern, mein Fürst.
Ab.
KÖNIG JOHANN. Und meine Mutter tot!
Hubert tritt auf.
HUBERT.
Mein Fürst, es heißt, man sah die Nacht fünf Monde,
Vier stehend, und der fünfte kreiste rund
Um jene vier in wunderbarer Schwingung.
KÖNIG JOHANN.
Fünf Monde?
HUBERT. In den Straßen prophezei'n:
Bedenklich alte Frau'n und Männer drüber.
Von Mund zu Munde geht Prinz Arthurs Tod,
Und wenn sie von ihm reden, schütteln sie
Die Köpfe, flüstern sich einander zu,
Und der, der spricht, ergreift des Hörers Hand,
Weil der, der hört, der Furcht Gebärden macht,
Die Stirne runzelt, winkt und Augen rollt.
Ich sah 'nen Schmied mit seinem Hammer, so,
Indes sein Eisen auf dem Amboß kühlte,
Mit offnem Mund verschlingen den Bericht
Von einem Schneider, der, mit Scher' und Maß
In Händen, auf Pantoffeln, so die Eil'
Verkehrt geworfen an die falschen Füße,
Erzählte, daß ein großes Heer Franzosen
Schlagfertig schon gelagert steh' in Kent.
Ein andrer hagrer, schmutz'ger Handwerksmann
Fällt ihm ins Wort und spricht von Arthurs Tod.
KÖNIG JOHANN.
Was suchst du diese Furcht mir einzujagen
Und rügst so oft des jungen Arthurs Tod?
Dein Arm ermordet' ihn; ich hatte mächt'gen Grund,
Ihn tot zu wünschen, doch du hattest keinen,
Ihn umzubringen!
HUBERT. Keinen, gnäd'ger Herr?
Wie, habt Ihr nicht dazu mich aufgefodert?
KÖNIG JOHANN.
Es ist der Kön'ge Fluch, bedient von Sklaven
Zu sein, die Vollmacht sehn in ihren Launen,
Zu brechen in des Lebens blut'ges Haus
Und nach dem Wink des Ansehns ein Gesetz
Zu deuten, zu erraten die Gesinnung
Der droh'nden Majestät, wenn sie vielleicht
Aus Laune mehr als Überlegung zürnt.
HUBERT. Hier Euer Brief und Siegel für die Tat.
KÖNIG JOHANN.
Oh, wenn die Rechnung zwischen Erd' und Himmel
Wird abgeschlossen, dann wird wider uns
Der Brief und Siegel zur Verdammnis zeugen!
Wie oft bewirkt die Wahrnehmung der Mittel
Zu böser Tat, daß man sie böslich tut!
Wenn du nicht da gewesen wärst, ein Mensch,
Gezeichnet von den Händen der Natur
Und ausersehn zu einer Tat der Schmach,
So kam mir dieser Mord nicht in den Sinn.
Doch da ich acht gab auf dein scheußlich Ansehn,
Geschickt zu blut'ger Schurkerei dich fand,
Bequem zu brauchen für ein Wagestück,
So deutet' ich von fern auf Arthurs Tod:
Und du, um einem König wert zu sein,
Trugst kein Bedenken, einen Prinz zu morden.
HUBERT. Mein Fürst, –
KÖNIG JOHANN.
Hätt'st du den Kopf geschüttelt, nur gestutzt,
Da ich von meinem Anschlag dunkel sprach,
Ein Aug' des Zweifels auf mich hingewandt,
Und mich in klaren Worten reden heißen:
Ich wär' verstummt vor Scham, hätt' abgebrochen,
Und deine Scheu bewirkte Scheu in mir.
Doch du verstandst aus meinen Zeichen mich
Und pflogst durch Zeichen mit der Sünde Rat,
Ja ohne Anstand gab dein Herz sich drein
Und dem zufolge deine rohe Hand,
Die Tat zu tun, die wir nicht nennen durften. –
Aus meinen Augen fort! Nie sieh mich wieder!
Der Adel läßt mich; meinem Staate trotzen
Vor meinen Toren fremder Mächte Reih'n;
Ja selbst in diesem fleischlichen Gebiet,
Dem Reich hier, dem Bezirk von Blut und Odem,
Herrscht Feindlichkeit und Bürgerzwist, erregt
Durch mein Gewissen und des Neffen Tod.
HUBERT. Bewehrt Euch gegen Eure andern Feinde,
Ich gebe Frieden Eurer Seel' und Euch.
Prinz Arthur lebt, und diese Hand hier ist
Noch eine jungfräuliche, reine Hand,
Gefärbt von keines Blutes Purpurflecken.
In diesen Busen drängte nie sich noch
Die grause Regung mörd'rischer Gedanken.
Ihr schmähtet die Natur in meiner Bildung,
Die, wie sie äußerlich auch roh erscheint,
Doch eine beßre Sinnesart verhüllt,
Als Henker eines armen Kinds zu werden.
KÖNIG JOHANN.
Lebt Arthur noch? O eile zu den Pairs,
Gieß' den Bericht auf die entbrannte Wut
Und zähme zur Ergebenheit sie wieder!
Vergib, was meine Leidenschaft gedeutet
Aus deinen Zügen: meine Wut war blind;
Mein Aug', in blut'ger Einbildung verwildert,
Wies dich mir fürchterlicher, als du bist.
O sprich nicht! Eilends die erzürnten Großen
In mein Gemach zu bringen, mach' dich auf!
Langsam beschwör' ich, schneller sei dein Lauf!
Beide ab.

Dritte Szene

Ebendaselbst. Vor der Burg.
Arthur erscheint auf den Mauern.

ARTHUR.
Die Mau'r ist hoch, ich springe doch hinab:
Sei milde, guter Boden, schone mich! –
Fast niemand kennt mich; täten sie es auch,
Die Schifferjungen-Tracht verstellt mich ganz.
Ich fürchte mich, und doch will ich es wagen.
Komm' ich hinab und breche nicht den Hals.
So weiß ich, wie ich Raum zur Flucht erwerbe:
So gut, ich sterb' und geh', als bleib' und sterbe.
Er springt hinunter.
Weh! Meines Oheims Geist ist in dem Stein, –

Nimm, Gott, die Seel', und England mein Gebein!

Er stirbt.

Pembroke, Salisbury und Bigot treten auf.

SALISBURY.
Ihr Herrn, ich treff' ihn zu Sankt Edmunds-Bury.
Dies stellt uns sicher, und man muß ergreifen
Den Freundes-Antrag der bedrängten Zeit.

PEMBROKE. Wer brachte diesen Brief vom Kardinal?

SALISBURY.
Der Graf Melun, ein edler Herr von Frankreich,
Des mündlich Zeugnis von des Dauphins Liebe
Viel weiter geht, als diese Zeilen sagen.

BIGOT. So laßt uns also morgen früh ihn treffen!

SALISBURY.
Nein, auf den Weg uns machen; denn es sind
Zwei starke Tagereisen bis zu ihm.

Der Bastard tritt auf.

BASTARD.
Noch einmal heut gegrüßt, erzürnte Herrn!
Der König läßt durch mich euch zu sich laden.

SALISBURY.
Der König hat sich unser selbst beraubt.
Wir wollen seinen dünnen, schmutz'gen Mantel
Mit unsern reinen Ehren nicht verbrämen,
Noch folgen seinem Fuß, der Stapfen Bluts,
Wo er nur wandelt, nachläßt; kehrt zurück
Und sagt ihm das: wir wissen schon das Schlimmste.

BASTARD.
Wie schlimm ihr denkt, denkt doch auf gute Worte!

SALISBURY.
Der Unmut, nicht die Sitte spricht aus uns.

BASTARD.
Doch eurem Unmut fehlt es an Vernunft,
Drum wär's vernünftig, daß ihr Sitte hättet.

PEMBROKE.
Herr, Herr! hat Ungeduld ihr Vorrecht doch.

BASTARD.
Ja, ihrem Herrn zu schaden, keinem sonst.

SALISBURY *indem er Arthur erblickt.*
Dies ist der Kerker: wer ist's, der hier liegt?

PEMBROKE.
O Tod! auf reine Fürstenschönheit stolz!
Die Erde hat kein Loch, die Tat zu bergen.

SALISBURY.
Der Mord, als haßt' er, was er selbst getan,
Legt's offen dar, die Rache aufzufodern.

BIGOT.
Oder, dem Grabe diese Schönheit weihend,
Fand er zu fürstlich reich sie für ein Grab.

SALISBURY.
Sir Richard, was denkt Ihr? Saht Ihr wohl je,
Last oder hörtet oder konntet denken,
Ja, denkt Ihr jetzt beinah', wiewohl Ihr's seht,
Das, was Ihr seht? Wer könnte dies erdenken,
Läg' es vor Augen nicht? Es ist der Gipfel,
Der Helm, die Helmzimier am Wappenschild
Des Mordes; ist die blutigste Verruchtheit,
Die wildste Barbarei, der schnödste Streich,
Den je felsäugige, starrseh'nde Wut
Des sanften Mitleids Tränen dargeboten.

PEMBROKE.
Kein Mord geschah, den dieser nicht entschuldigt;
Und dieser hier, so einzig unerreichbar,
Wird eine Heiligkeit und Reinheit leihn
Der ungebornen Sünde künft'ger Zeiten;
Ein tödlich Blutvergießen wird zum Scherz,
Hat es zum Vorbild dies verhaßte Schauspiel.

BASTARD.
Es ist ein blutig und verdammtes Werk,
Ein frech Beginnen einer schweren Hand,
Wenn irgend eine Hand das Werk vollbracht.

SALISBURY.
Wenn irgend eine Hand das Werk vollbracht?
Wir hatten eine Spur, was folgen würde:
Es ist das schnöde Werk von Huberts Hand,
Der Anschlag und die Eingebung vom König, –
Aus dessen Pflicht ich meine Seel' entziehe,
Vor diesen Trümmern süßen Lebens knieend
Und atmend der entseelten Trefflichkeit
Den Weihrauch eines heiligen Gelübdes:
Niemals zu kosten Freuden dieser Welt,
Nie angesteckt zu werden vom Genuß,
Mich nie auf Muß' und Trägheit einzulassen,
Bis ich mit Ruhm verherrlicht diese Hand,
Indem ich ihr den Schmuck der Rache gebe.

PEMBROKE UND BIGOT.
Inbrünstig stimmen unsre Seelen bei.

Hubert tritt auf.

HUBERT.
Herrn, ich bin heiß vor Eil', euch aufzusuchen:
Prinz Arthur lebt, der König schickt nach euch.

SALISBURY.
Oh, er ist frech, der Tod beschämt ihn nicht!
Fort, du verhaßter Schurke! Heb' dich weg!

HUBERT. Ich bin kein Schurke.

SALISBURY *den Degen ziehend.*
Muß ich die Beute den Gerichten rauben?

BASTARD.
Eu'r Schwert ist blank, Herr, steckt es wieder ein.

SALISBURY.
Wenn ich's in eines Mörders Leib gestoßen.

HUBERT.
Zurück, Lord Salisbury! zurück, sag' ich!
Mein Schwert, beim Himmel, ist so scharf als Eures:
Ich möchte nicht, daß Ihr Euch selbst vergäßt
Und meiner Gegenwehr Gefahr erprobtet;
Ich möchte sonst, auf Eure Wut nur merkend,
Vergessen Euren Wert und Rang und Adel.

BIGOT. Was, Kot, du trotzest einem Edelmann?

HUBERT.
Nicht um mein Leben; doch verteid'gen darf ich
Mein schuldlos Leben gegen einen Kaiser.

SALISBURY. Du bist ein Mörder.

HUBERT. Macht mich nicht dazu,
Noch bin ich's nicht. Wes Zunge fälschlich spricht,
Der spricht nicht wahr, und wer nicht wahr spricht, lügt.

PEMBROKE. Haut ihn in Stücke!

BASTARD. Haltet Friede, sag' ich!

SALISBURY.
Bei Seit'! Sonst werd' ich schlagen, Faulconbridge.

BASTARD.
Schlag' du den Teufel lieber, Salisbury!
Sieh mich nur finster an, rühr' deinen Fuß,
Lehr' deinen raschen Zorn, mir Schmach zu tun,
So bist du tot. Steck' ein das Schwert bei Zeiten,

Sonst bläu' ich dich und deinen Bratspieß so,
Daß Ihr den Teufel auf dem Hals Euch glaubt.

BIGOT. Was willst du tun, berühmter Faulconbridge?
Beistehen einem Schelm und einem Mörder?

HUBERT. Lord Bigot, ich bin keiner.

BIGOT. Wer schlug diesen Prinzen?

HUBERT. Gesund verließ ich ihn vor einer Stunde,
Ich ehrt' ihn, liebt' ihn, und verweinen werd' ich
Mein Leben um des seinigen Verlust.

SALISBURY.
Traut nicht den schlauen Wassern seiner Augen,
Denn Bosheit ist nicht ohne solches Naß;
Und der, der ausgelernt ist, läßt wie Bäche
Des Mitleids und der Unschuld sie erscheinen.
Hinweg mit mir, ihr alle, deren Seelen
Den eklen Dunst von einem Schlachthaus fliehn!
Denn mich erstickt hier der Geruch der Sünde.

BIGOT. Hinweg! Nach Bury, zu dem Dauphin dort!

PEMBROKE.
Dort, sagt dem König, kann er uns erfragen.

Die Edelleute ab.

BASTARD. Nun, das geht schön! – Ihr wußtet um dies Stückchen?
So endlos weit die Gnade reichen mag,
Die Tat des Todes, wenn du sie getan,
Verdammt dich, Hubert.

HUBERT. Hört mich doch nur, Herr!

BASTARD. Ha, laß mich dir was sagen:
Du bist verdammt, so schwarz, es gibt nichts Schwärzres;
Verdammt noch tiefer als Fürst Lucifer;
So scheußlich gibt's noch keinen Geist der Hölle,
Als du wirst sein, wenn du dies Kind erschlugst.

HUBERT. Bei meiner Seele, –

BASTARD. Stimmtest du nur ein
Zu dieser Greueltat, o so verzweifle!
Fehlt dir ein Strick, so reicht der dünnste Faden,
Den eine Spinn' aus ihrem Leibe zog,
Dich zu erdrosseln hin; ein Strohhalm wird zum Balken,
Dich dran zu hängen; willst du dich ertränken,
Tu' etwas Wasser nur in einen Löffel,
Und es wird sein so wie der Ozean,
Genug, um solchen Schurken zu ersticken. –
Ich habe schweren Argwohn gegen dich.

HUBERT.
Wenn ich durch Tat, durch Beifall, ja Gedanken
Am Raub des süßen Odems schuldig bin,
Den diese schöne Staubhüll' in sich hielt,
So sei für mich die Höll' an Qualen arm!
Gesund verließ ich ihn.

BASTARD.
So geh und trag' ihn weg auf deinen Armen! –
Ich bin wie außer mir; mein Weg verliert sich
In Dornen und Gefahren dieser Welt. –
Wie leicht nimmst du das ganze England auf!
Aus diesem Stückchen toten Königtums
Floh dieses Reiches Leben, Recht und Treu'
Zum Himmel auf, und bleibt für England nichts,
Als Balgen, Zerren, mit den Zähnen Packen
Das herrenlose Vorrecht stolzer Hoheit.
Nun sträubet um den abgenagten Knochen
Der Majestät der Krieg den zorn'gen Kamm
Und fletscht dem Frieden in die milden Augen.
Nun treffen fremde Macht und heim'scher Unmut
Auf einen Punkt, und die Verheerung wartet,
So wie der Rab' auf ein erkranktes Vieh,
Auf nahen Fall des abgerungnen Prunks.
Nun ist der glücklich, dessen Gurt und Mantel
Dies Wetter aushält. Trag' das Kind hinweg
Und folge mir mit Eil'; ich will zum König:
Denn viele tausend Sorgen sind zur Hand,
Der Himmel selbst blickt dräuend auf das Land.

Ab.

Fünfter Aufzug

Erste Szene

Ebendaselbst. Ein Zimmer im Palaste.
König Johann, Pandulpho mit der Krone, und Gefolge treten auf.

KÖNIG JOHANN.
So übergab ich denn in Eure Hand
Den Zirkel meiner Würde.

PANDULPHO *indem er dem Könige die Krone gibt.*
Nehmt zurück
Aus dieser meiner Hand, als Lehn des Papstes,
Die königliche Hoheit und Gewalt!

KÖNIG JOHANN.
Nun haltet Euer heil'ges Wort: begebt
Ins Lager der Franzosen Euch, und braucht
Von Seiner Heiligkeit all Eure Vollmacht,
Sie aufzuhalten, eh' in Brand wir stehn.
Die mißvergnügten Gauen fallen ab,
In Zwietracht ist das Volk mit seiner Pflicht,
Ergebenheit und Herzensliebe schwörend
Ausländ'schem Blut und fremdem Königtum.
Und diese Überschwemmung böser Säfte
Kann nur von Euch allein besänftigt werden.
Drum zögert nicht: die Zeiten sind so krank,
Daß, wenn man nicht sogleich Arznei verordnet,
Unheilbares Verderben folgen muß.

PANDULPHO.
Mein Odem war's, der diesen Sturm erregt
Auf Euer starr Verfahren mit dem Papst.
Nun, da Ihr Euch zu mildem Sinn bekehrt,
So soll mein Mund den Sturm des Krieges stillen
Und dem durchtobten Land schön Wetter geben.
Auf diesen Himmelfahrtstag, merkt es wohl,
Nach Eurem Schwur, dem Papst zu dienen, schaff' ich,
Daß Frankreich seine Waffen niederlege.

Ab.

KÖNIG JOHANN.
Ist Himmelfahrtstag? Sprach nicht der Prophet,
Auf Himmelfahrt um Mittag würd' ich mich
Der Kron' entäußern? Also tat ich auch:
Ich glaubte da, es sollt' aus Zwang geschehn,
Doch, Gott sei Dank, es ist freiwillig nur.

Der Bastard tritt auf.

BASTARD.
Ganz Kent ergab sich schon; nichts hält sich dort
Als Dover-Schloß; den Dauphin und sein Heer
Hat London wie ein güt'ger Wirt empfangen;
Eu'r Adel will nicht hören und ist fort,
Um Eurem Feinde Dienste anzubieten,

Und wildeste Bestürzung jagt umher
Die kleine Zahl der zweifelhaften Freunde.

KÖNIG JOHANN.
Und wollten nicht zurück die Edlen kommen,
Als sie gehört, Prinz Arthur lebe noch?

BASTARD. Sie fanden tot ihn auf der Straße liegen,
Ein leeres Kästchen, wo des Lebens Kleinod
Von einer Frevlerhand gestohlen war.

KÖNIG JOHANN.
Der Schurke Hubert sagte mir, er lebe.

BASTARD.
Bei meiner Seel', er wußt' es auch nicht anders.
Doch was senkt Ihr das Haupt? Was seht Ihr traurig?
Seid groß in Taten, wie Ihr's wart im Sinn,
Laßt nicht die Welt von Furcht und trübem Mißtrau'n
Beherrscht ein königliches Auge sehn:
Seid rührig wie die Zeit, Feu'r gegen Feuer,
Bedroht den Droher, übertrotzt des Schreckens
Prahlhafte Stirn: so werden niedre Augen,
Die ihr Betragen von den Großen leihn,
Durch Euer Vorbild groß, und sie erfüllt
Der kühne Geist der Unerschrockenheit.
Hinweg! und glänzet wie der Gott des Kriegs,
Wenn er gesonnen ist, das Feld zu zieren:
Zeigt Kühnheit und erhebendes Vertrau'n!
Soll man den Leu'n in seiner Höhle suchen?
Und da ihn schrecken? da ihn zittern machen?
Oh, daß man das nicht sage! – Macht Euch auf,
Und trefft das Unheil weiter weg vom Haus,
Und packt es an, eh' es so nahe kommt!

KÖNIG JOHANN.
Es war hier bei mir der Legat des Papstes,
Mit dem ich glücklich einen Frieden schloß;
Und er versprach, die Heersmacht wegzusenden,
Die mit dem Dauphin kommt.

BASTARD. O schmählich Bündnis!
So sollen wir, auf eignem Grund und Boden,
Begrüßung senden und Vergleiche machen,
Verhandlungen, Vorschläge, feigen Stillstand
Auf solchen Angriff? Soll ein glatter Knabe,
Ein seidnes Bübchen, trotzen unsern Au'n
Und seinen Mut auf streitbar'm Boden weiden,
Die Luft mit eitel weh'nden Fahnen höhnend,
Und nichts ihn hemmen? König, zu den Waffen!
Dem Kardinal gelingt wohl nicht der Friede,
Und wenn auch, mind'stens sage man von uns,
Daß sie zur Gegenwehr bereit uns sahn!

KÖNIG JOHANN.
Die Anordnung der jetz'gen Zeit sei dein!

BASTARD.
Fort denn, mit gutem Mut! und Ihr sollt sehn,
Wir könnten einen stolzern Feind bestehn.
Ab.

Zweite Szene

Eine Ebene bei Sankt Edmunds-Bury.
Louis, Salisbury, Melun, Pembroke, Bigot kommen in Waffen mit Soldaten.

LOUIS.
Graf Melun, laßt dies hier in Abschrift nehmen,
Und die bewahrt zum Angedenken uns;
Die Urschrift gebt Ihr diesen Herrn zurück,
Daß sie sowohl wie wir, die Schrift durchlesend,
Die unsern Bund beglaubigt, wissen mögen,
Worauf wir jetzt das Sakrament genommen
Und fest und unverletzt die Treue halten.

SALISBURY.
Wir werden unsrerseits sie nimmer brechen.
Und, edler Dauphin, schwören wir Euch schon
Willfähr'gen Eifer, ungezwungne Treu'
Zu Eurem Fortschritt: dennoch glaubt mir, Prinz,
Ich bin nicht froh, daß solch Geschwür der Zeit
Ein Pflaster in verschmähtem Aufruhr sucht
Und einer Wunde eingefreßnen Schaden
Durch viele heilet: oh! es quält mein Herz,
Daß ich den Stahl muß von der Seite ziehn
Und Witwen machen; – oh! und eben da,
Wo ehrenvolle Gegenwehr und Rettung
Lautmahnend ruft den Namen Salisbury.
Allein, so groß ist der Verderb der Zeit,
Daß wir zur Pfleg' und Heilung unsers Rechts
Zu Werk nicht können gehn, als mit der Hand
Des harten Unrechts und verwirrten Übels. –
Und ist's nicht Jammer, o bedrängte Freunde!
Daß wir, die Söhn' und Kinder dieses Eilands,
Solch eine trübe Stund' erleben mußten,
Wo wir auf ihren milden Busen treten
Nach fremdem Marsch und ihrer Feinde Reih'n
Ausfüllen (ich muß abgewandt beweinen
Die Schande dieser notgedrungnen Wahl),
Den Adel eines fernen Lands zu zieren,
Zu folgen unbekannten Fahnen hier?
Wie, hier? – O Volk, daß du von hinnen könntest!
Daß dich Neptun, des Arme dich umfassen,
Wegtrüge von der Kenntnis deiner selbst
Und würfe dich auf einen Heidenstrand,
Wo diese Christenheere leiten könnten
Der Feindschaft Blut in eine Bundesader
Und nicht es so unnachbarlich vergießen!

LOUIS. Ein edles Wesen zeigest du hierin:
Aus großen Trieben, dir im Busen ringend,
Bricht ein Erdbeben aus von Edelmut.
O welchen edlen Zweikampf hast du nicht
Gefochten zwischen Not und biedrer Rücksicht!
Laß trocknen mich den ehrenvollen Tau,
Der silbern über deine Wangen schleicht:
Es schmolz mein Herz bei Frauentränen wohl,
Die doch gemeine Überschwemmung sind;
Doch dieser Tropfen männliche Ergießung,
Dies Schauer, von der Seele Sturm erregt,
Entsetzt mein Aug' und macht bestürzter mich,
Als säh' ich das gewölbte Dach des Himmels
Mit glüh'nden Meteoren ganz gestreift.
Erheb' die Stirn, berühmter Salisbury,
Und dräng' den Sturm mit großem Herzen weg:
Laß diese Wasser jenen Säuglings-Augen,
Die nie die Riesenwelt in Wut gesehn,
Noch anders als beim Fest das Glück getroffen,
Von Blut erhitzt, von Lust und Brüderschaft.
Komm, komm! denn du sollst deine Hand so tief
In des Erfolges reichen Beutel stecken
Als Louis selbst; – das, Edle, soll ein jeder,
Der seiner Sehnen Kraft an meine knüpft.
Pandulpho tritt auf mit Gefolge.

Und eben jetzt dünkt mich, ein Engel sprach:
Seht! dort erscheint der heilige Legat,
Uns Vollmacht von des Himmels Hand zu geben
Und unserm Tun zu leihn des Rechtes Namen
Durch heil'ges Wort.

PANDULPHO. Heil, edler Prinz von Frankreich!
Dies folgt demnächst: versöhnt hat sich mit Rom
König Johann; sein Sinn hat sich gewandt,
Der so der heil'gen Kirche widerstrebte,
Der größten Hauptstadt und dem Stuhl von Rom
Drum rolle nun die droh'nden Fahnen auf
Und zähm' den wüsten Geist des wilden Krieges,
Daß, wie ein Löwe nach der Hand gezogen,
Er ruhig liege zu des Friedens Fuß
Und nur dem Ansehn nach gefährlich sei.

LOUIS. Verzeiht, Hochwürden, ich will nicht zurück:
Ich bin zu hochgeboren, um mit mir
Zu lassen schalten, mich zu untergeben
Als ein bequemer Dienstmann, als ein Werkzeug,
An irgend eine Herrschaft in der Welt.
Eu'r Odem schürte erst die toten Kohlen
Des Krieges zwischen diesem Reich und mir;
Ihr schafftet Stoff herbei, die Glut zu nähren;
Nun ist sie viel zu stark, sie auszublasen
Mit jenem schwachen Wind, der sie entflammt.
Ihr lehrtet mich, des Rechtes Antlitz kennen,
Ihr zeigtet mir Ansprüche auf dies Land,
Ja, warft dies Unternehmen in mein Herz.
Und kommt Ihr nun und sagt mir, daß Johann
Mit Rom den Frieden schloß? Was kümmert's mich?
Ich, kraft der Würde meines Ehebetts,
Begehr' als mein dies Land nach Arthurs Abgang;
Und nun ich's halb erobert, muß ich weichen,
Bloß weil Johann mit Rom den Frieden schloß?
Bin ich Roms Sklav'? Wo schaffte Rom denn Gelder,
Wo warb es Truppen, sandte Kriegsgerät,
Dies Werk zu unterstützen? Bin ich's nicht.
Der diese Bürde trägt? Wer sonst als ich
Und die, so, meinem Anspruch pflichtig, schwitzen
In diesem Handel und bestehn den Krieg?
Rief nicht dies Inselvolk: »Vive le Roi!«
Als ich vorbei an ihren Städten fuhr?
Hab' ich die besten Karten nicht zum Sieg
In diesem leichten Spiel um eine Krone?
Und gäb' ich nun den Satz auf, der schon mein ist?
Nein, nein! Auf Ehre, nie soll man das sagen.

PANDULPHO. Ihr seht die Sache nur von außen an.

LOUIS. Von außen oder innen, ich beharre,
Bis mein Versuch so weit verherrlicht ist,
Als meiner hohen Hoffnung ward versprochen,
Eh' ich dies wackre Kriegsheer aufgebracht
Und diese feur'gen Geister auserkoren,
Den Sieg zu überfliegen, Ruhm zu suchen
Im Rachen der Gefahr, des Todes selbst. –

Trompetenstoß.

Welch mutige Trompete mahnet uns?

Der Bastard mit Gefolge tritt auf.

BASTARD.
Der Höflichkeits-Gebühr der Welt gemäß
Gebt mir Gehör: ich bin gesandt zu reden. –
Vom König komm' ich, heil'ger Herr von Mailand,
Zu hören, wie Ihr Euch für ihn verwandt;
Und wie Ihr Antwort gebt, weiß ich die Grenze
Und Vollmacht, meiner Zunge vorgezeichnet.

PANDULPHO.
Der Dauphin ist zu widersetzlich starr
Und will sich nicht auf mein Gesuch bequemen.
Er sagt: er lege nicht die Waffen nieder.

BASTARD. Bei allem Blut, das je die Wut gehaucht,
Der junge Mann tut wohl. – Hört Englands
König nun,
Denn so spricht seine Majestät durch mich:
Er ist gerüstet, und das ziemt sich auch;
Denn Eure äffisch dreiste Fahrt hieher,
Geharn'schte Mummerei und tolle Posse,
Unbärt'ge Keckheit, knabenhafte Truppen
Belacht der König, und ist wohl gerüstet,
Die Zwerges-Waffen, den Pygmäen-Krieg
Aus seiner Länder Kreise wegzupeitschen.
Die Hand, die Kraft besaß, vor Euren Türen
Euch abzuprügeln, daß Ihr sprangt ins Haus,
Wie Eimer in verborgne Brunnen tauchtet,
In Eurer Stallverschläge Lager krocht,
Wie Pfänder Euch in Kisten schloßt und Kasten,
Bei Säuen stalltet, süße Sicherheit
In Gruft und Kerker suchtet und erbebtet
Selbst vor dem Schrei'n von Eures Volkes Hahn,
Als wär' die Stimm' ein englischer Soldat; –
Soll hier die Siegerhand entkräftet sein,
Die Euch gezüchtigt hat in Euren Kammern?
Nein! Wißt, der tapfre Fürst ist in den Waffen
Und schwebt als Adler über seiner Brut,
Herabzuschießen, wenn dem Nest was naht.
Und ihr abtrünn'ge, undankbare Art,
Blutdürst'ge Neros, die den Leib zerfleischen
Der Mutter England, werdet rot vor Scham!
Denn eure eignen Frau'n und blassen Mädchen,
Wie Amazonen, trippeln nach der Trommel,
Aus Fingerhüten Waffenhandschuh' machend,
Aus Nadeln Lanzen, und das sanfte Herz
Zu blutiger und wilder Regung kehrend.

LOUIS.
Dein Pochen ende hier, und scheid' in Frieden!
Wir geben's zu, du kannst uns überschelten:
Leb wohl! Wir achten unsre Zeit zu hoch,
Um sie mit solchem Prahler zu verschwenden.

PANDULPHO. Erlaubt zu reden mir!

BASTARD. Nein, ich will reden.

LOUIS. Wir wollen keinen hören. Rührt die Trommel!
Des Krieges Zunge führe nun das Wort
Für unsern Anspruch und für unser Hiersein!

BASTARD.
Ja, schlagt die Trommeln, und sie werden schrein;
Ihr auch, wenn wir euch schlagen. Wecke nur
Ein Echo auf mit deiner Trommel Lärm,
Und eine Trommel ist bereit zur Hand,
Die laut, wie deine, widerschallen soll;
Rühr' eine andre, und die andre soll
So laut wie dein' ans Ohr des Himmels schmettern,
Des tiefen Donners spottend: denn schon naht,
Nicht trauend diesem hinkenden Legaten,
Den er aus Spaß viel mehr als Not gebraucht,
Der krieg'rische Johann; und auf der Stirn
Sitzt ihm ein Beingeripp', des Amt es ist,
Zu Tausenden Franzosen aufzuschwelgen.

LOUIS. Rührt unsre Trommeln, sucht denn die Gefahr!

BASTARD.
Du wirst sie finden, Dauphin, das bleibt wahr!
Alle ab.

Dritte Szene

Ebendaselbst. Ein Schlachtfeld.
Getümmel. König Johann und Hubert treten auf.

KÖNIG JOHANN.
Wie geht der Tag für uns? O sag mir, Hubert!
HUBERT.
Schlecht, fürcht' ich; was macht Eure Majestät?
KÖNIG JOHANN.
Dies Fieber, das so lange mich geplagt,
Liegt schwer auf mir: oh, ich bin herzlich krank!
Ein Bote tritt auf.
BOTE. Herr, Euer tapfrer Vetter, Faulconbridge,
Mahnt Eure Majestät, das Feld zu räumen;
Geruht zu melden ihm, wohin Ihr geht!
KÖNIG JOHANN.
Sagt ihm, nach Swinstead, dort in die Abtei.
BOTE.
Seid gutes Mutes, denn die große Hülfsmacht,
Die hier erwartet ward vom Dauphin, ist
Vorgestern Nacht auf Goodwin-Strand gescheitert.
Die Nachricht kam bei Richard eben an:
Schon fechten die Franzosen matt und weichen.
KÖNIG JOHANN.
Weh mir! Dies Fieber brennt mich grausam auf
Und läßt mich nicht die Zeitung froh begrüßen.
Fort denn nach Swinstead! Gleich zu meiner Sänfte!
Schwachheit bewältigt mich, und ich bin matt.
Alle ab.

Vierte Szene

Ein andrer Teil des Schlachtfeldes.
Salisbury, Pembroke, Bigot und andre treten auf

SALISBURY.
Ich hielt den König nicht so reich an Freunden.
PEMBROKE.
Noch einmal auf! Ermutigt die Franzosen!
Mißglückt es ihnen, so mißglückt es uns.
SALISBURY.
Der mißgeborne Teufel, Faulconbridge
Trotz allem Trotz, hält er die Schlacht allein.
PEMBROKE.
Es heißt, der König räumte krank das Feld.
Melun kommt, verwundet und von Soldaten geführt.
MELUN.
Führt mich zu den Rebellen Englands hier!
SALISBURY.
In unserm Glück gab man uns andre Namen.
PEMBROKE.
Es ist Graf Melun.
SALISBURY.
Auf den Tod verwundet.
MELUN.
Flieht, edle Englische, ihr seid verkauft;
Entfädelt der Empörung rauhes Öhr
Und neu bewillkommt die entlaßne Treu'!
Sucht euren König auf, fallt ihm zu Füßen:
Denn wird der Dauphin Herr des schwülen Tags,
So denkt er euch genommne Müh' zu lohnen,
Indem er euch enthauptet; er beschwor's,
Und ich mit ihm, und viele mehr mit mir
Auf dem Altare zu Sankt Edmunds-Bury,
Auf eben dem Altar, wo teure Freundschaft
Und ew'ge Liebe wir euch zugeschworen.
SALISBURY.
O wär' das möglich! Sollt' es Wahrheit sein!
MELUN.
Hab' ich nicht grausen Tod im Angesicht?
Und heg' in mir nur etwas Leben noch,
Das weg mir blutet, wie ein wächsern Bild,
Am Feuer schmelzend, die Gestalt verliert?
Was in der Welt kann mich zum Trug bewegen,
Jetzt, da kein Trug Gewinn mir bringen kann?
Warum denn sollt' ich falsch sein, da ich weiß,
Daß ich hier sterb' und dort durch Wahrheit lebe?
Ich sag' es noch: ist Louis Sieger heut,
So schwur er falsch, wenn diese eure Augen
Je einen andern Tag anbrechen sehn.
Ja, diese Nacht noch, deren schwarzer Hauch
Schon dampfet um den glüh'nden Federbusch
Der alten, schwachen, tagemüden Sonne, –
Noch diese böse Nacht sollt ihr verscheiden,
Zur Buße für bedungenen Verrat,
Verräterisch gebüßt um euer Leben,
Wenn Louis unter eurem Beistand siegt.
Grüßt einen Hubert, der beim König blieb:
Die Freundschaft zwischen uns, und überdies
Die Rücksicht, daß mein Ahn aus England stammte,
Weckt mein Gewissen auf, dies zu bekennen.
Dafür, ich bitt' euch, tragt von hinnen mich,
Aus dem Getös' und Lärm des Feldes weg,
Wo ich in Frieden der Gedanken Rest
Ausdenken kann und Leib und Seele trennen
In der Betrachtung und in frommen Wünschen.
SALISBURY.
Wir glauben dir, – und strafe mich der Himmel,
Gefällt mir nicht die Mien' und die Gestalt
Von dieser freundlichen Gelegenheit,
Den Weg verdammter Flucht zurückzumessen,
Wir wollen uns, gesunknen Fluten gleich,
Die Ausschweifung und irre Bahn verlassend,
Den Schranken neigen, die wir überströmt,
Und in Gehorsam ruhig gleiten hin
Zu unserm Meer, zu unserm großen König. –
Mein Arm soll helfen, dich hier wegzubringen,
Denn schon seh' ich die bittre Todesangst
In deinem Blick. – Fort, Freunde! Neue Flucht!
Neuheit ist Glück, wenn altes Recht die Frucht.
Alle ab. Melun wird weggeführt.

Fünfte Szene

Das französische Lager.
Louis kommt mit seinem Zuge.

LOUIS.
Des Himmels Sonne, schien's, ging ungern unter;
Sie weilt' und färbte rot das Firmament,

Als Englands Heer den eignen Grund zurückmaß
Mit mattem Zug; oh, brav beschlossen wir,
Als wir mit Salven ungebrauchter Schüsse
Nach blut'gem Tagwerk boten gute Nacht
Und rollten die zerrißnen Fahnen auf,
Zuletzt im Feld und Herrn beinah' davon. –

Ein Bote kommt.

BOTE. Wo ist mein Prinz, der Dauphin?
LOUIS. Hier; was gibt's?
BOTE. Graf Melun fiel, die englischen Barone
Sind auf sein Dringen wieder abgefallen;
Und die Verstärkung, die Ihr lang gewünscht,
Auf Goodwin-Strand gescheitert und gesunken.
LOUIS.
Verwünschte Zeitung! Sei verwünscht dafür!
Ich dachte nicht so traurig diesen Abend
Zu sein, als sie mich macht. – Wer war's, der sagte.
Der König sei geflohn, nur ein paar Stunden,
Eh' irre Dunkelheit die Heere schied?
BOTE. Wer es auch sagte, es ist wahr, mein Fürst.
LOUIS.
Wohl, haltet gut Quartier zu Nacht, und Wache:
Der Tag soll nicht so bald auf sein wie ich,
Des Glückes Gunst auf morgen zu versuchen.

Alle ab.

Sechste Szene

Ein offner Platz in der Nachbarschaft der Abtei Swinstead.
Der Bastard und Hubert begegnen einander.

HUBERT.
Wer da? He, sprecht! und schnell! Ich schieße sonst.
BASTARD. Gut Freund! Wer bist du?
HUBERT. Englischer Partei.
BASTARD. Und wohin gehst du?
HUBERT.
Was geht's dich an? Kann ich nach deinen Sachen
Dich nicht so gut wie du nach meinen fragen?
BASTARD. Ich denke, Hubert.
HUBERT. Dein Gedank' ist richtig.
Ich will auf jegliche Gefahr hin glauben,
Du seist mein Freund, der meinen Ton so kennt.
Wer bist du?
BASTARD. Wer du willst; beliebt es dir,
So kannst du mir die Liebe tun, zu denken,
Ich sei wohl den Plantagenets verwandt.
HUBERT.
O kränkend Wort! – Du und die blinde Nacht
Habt mich beschämt: verzeih' mir, tapfrer Krieger,
Daß Laute, die von deiner Zunge kamen,
Entschlüpft sind der Bekanntschaft meines Ohrs.
BASTARD.
Kommt, ohne Förmlichkeit: was gibt es Neues?
HUBERT.
Hier wandr' ich, in den schwarzen Brau'n der Nacht,
Nach Euch umher.
BASTARD. Kurz denn: was ist die Zeitung?
HUBERT.
Oh, bester Herr! Zeitung, der Nacht gemäß,
Schwarz, trostlos, fürchterlich und grausenvoll.
BASTARD.
Zeigt mir den wund'sten Fleck der Zeitung nur:
Ich bin kein Weib, ich falle nicht in Ohnmacht.
HUBERT.
Den König, fürcht' ich, hat ein Mönch vergiftet.
Ich ließ ihn sprachlos fast, und stürzte fort,
Dies Übel Euch zu melden, daß Ihr besser
Euch waffnen möchtet auf den schnellen Fall.
Als wenn Ihr es bei Weil' erfahren hättet.
BASTARD. Wie nahm er es? Wer kostete vor ihm?
HUBERT.
Ein Mönch, so sag' ich, ein entschloßner Schurke,
Des Eingeweide plötzlich barst; der König
Spricht noch und kann vielleicht davon genesen.
BASTARD. Wer blieb zur Pflege Seiner Majestät?
HUBERT.
Ei, wißt Ihr's nicht? Die Herrn sind wieder da
Und haben den Prinz Heinrich mitgebracht,
Auf des Gesuch der König sie begnadigt,
Und sie sind all' um Seine Majestät.
BASTARD.
Besänft'ge die Entrüstung, großer Himmel,
Versuche nicht uns über unsre Kräfte! –
Hör' an, mein halbes Heer ist diese Nacht
In jener Nied'rung von der Flut ereilt:
Die Lachen Lincolns haben sie verschlungen,
Ich selbst bin wohlberitten kaum entwischt.
Fort! Mir voran! Führ' mich zum König hin;
Ich fürchte, er ist tot, noch eh' ich komme.

Beide ab.

Siebente Szene

Der Garten der Abtei Swinstead.
Prinz Heinrich, Salisbury, Bigot und andre treten auf.

PRINZ HEINRICH.
Es ist zu spät, das Leben seines Bluts
Ist tödlich angesteckt, und sein Gehirn,
Der Seele zartes Wohnhaus, wie sie lehren,
Sagt uns durch seine eitlen Grübelei'n
Das Ende seiner Sterblichkeit vorher.

Pembroke tritt auf.

PEMBROKE. Der König spricht noch, und er hegt den Glauben,
Daß, wenn man an die freie Luft ihn brächte,
So lindert' es die brennende Gewalt
Des scharfen Giftes, welches ihn bestürmt.
PRINZ HEINRICH.
So laßt ihn bringen in den Garten hier!

Bigot ab.

Rast er noch immer?
PEMBROKE. Er ist ruhiger,
Als da Ihr ihn verließt; jetzt eben sang er.
PRINZ HEINRICH.
O Wahn der Krankheit! Wildeste Zerrüttung,
Wenn sie beharret, fühlt sich selbst nicht mehr.
Der Tod, wenn er die äußern Teil' erbeutet,
Verläßt sie unsichtbar; sein Sitz ist nun
Nach dem Gemüt zu, das er sticht und quält
Mit Legionen seltner Phantaseien,
Die sich im Drang um diesen letzten Halt
Verwirren. Seltsam, daß der Tod noch singt! –
Ich bin das Schwänlein dieses bleichen Schwans,

Der Klage-Hymnen tönt dem eignen Tod
Und aus der Orgelpfeife seiner Schwäche
Zu ew'ger Ruhe Leib und Seele singt.

SALISBURY.
Seid gutes Mutes, Prinz; Ihr seid geboren,
Um Bildung dem verworrnen Stoff zu geben,
Den er so roh und so gestaltlos ließ.

Bigot kommt zurük mit Begleitern. Die den König Johann auf einem Stuhle hereintragen.

KÖNIG JOHANN.
Ah, nun schöpft meine Seele freie Luft!
Sie wollt' aus Tür noch Fenster nicht hinaus.
So heißer Sommer ist in meinem Busen,
Daß er mein Eingeweid' in Staub zermalmt.
Ich bin ein hingekritzelt Bild, gezeichnet
Auf einem Pergament; vor diesem Feuer
Verschrumpf' ich.

PRINZ HEINRICH. Was macht Eure Majestät?

KÖNIG JOHANN.
Gift, – übel, – tot, verlassen, ausgestoßen;
Und keiner will den Winter kommen heißen,
Die eis'ge Hand mir in den Leib zu stecken,
Noch mir die Ströme meines Reiches leiten
In den verbrannten Busen, noch den Nord
Bewegen, daß er seine scharfen Winde
Mir küssen lasse die gesprungnen Lippen
Und mich mit Kälte labe; – wenig bitt' ich,
Nur kalten Trost; und doch seid ihr so karg
Und undankbar, daß ihr mir das versagt.

PRINZ HEINRICH.
O wär' doch eine Kraft in meinen Tränen,
Die Euch erquickte!

KÖNIG JOHANN. Das Salz in ihnen brennt.
In mir ist eine Hölle, und das Gift
Ist eingesperrt da, wie ein böser Feind,
Um rettungslos verdammtes Blut zu quälen.

Der Bastard kommt.

BASTARD.
Oh, ich bin siedend, von dem hast'gen Lauf
Und Eilen, Eure Majestät zu sehn!

KÖNIG JOHANN.
O Vetter, du kommst her, mein Aug' zu schließen!
Verbrannt ist meines Herzens Takelwerk,
Und alle Tau' an meines Lebens Segeln
Sind nur ein Faden, nur ein dünnes Haar;
Mein Herz hängt noch an einer armen Schnur,
Die kaum wird halten während deiner Zeitung;
Dann ist, was du hier siehst, nichts als ein Erdkloß
Und Abbild des zerstörten Königtums.

BASTARD.
Der Dauphin rüstet sich zum Zug hieher,
Wo wir ihn, Gott weiß wie, empfangen werden.
Denn meiner Truppen beste Hälfte ward,
Als ich zurückzog, sichern Stand zu fassen,
In einer Nacht, ganz plötzlich, in den Lachen
Verschlungen von der unverseh'nen Flut.

Der König stirbt.

SALISBURY.
Ihr sagt die tote Nachricht toten Ohren. –
Mein Fürst! Mein Herr! – Kaum König noch, –
nun so!

PRINZ HEINRICH.
So muß auch meine Bahn sein, so mein Ziel.
Wo ist denn auf die Welt Verlaß und Glaube,
Wenn, was ein König war, so wird zu Staube?

BASTARD.
Bist du dahin? Ich bleibe nur zurück,
Für dich den Dienst der Rache zu verrichten,
Dann soll dir meine Seel' im Himmel folgen,
Wie sie auf Erden immer dir gedient. –
Nun, Sterne, die ihr rollt in eignen Sphären,
Wo ist eu'r Einfluß? Zeigt nun beßre Treu',
Und augenblicklich kehrt mit mir zurück,
Zerstörung und beständ'ge Schmach zu stoßen
Aus des erschlafften Landes schwachem Tor!
Stracks laßt uns suchen, daß man uns nicht sucht;
Der Dauphin wütet schon an unsern Fersen.

SALISBURY.
So scheint es, Ihr wißt weniger als wir:
Der Kardinal Pandulpho rastet drinnen,
Er kam vom Dauphin vor der halben Stunde
Und bringt von ihm Vorschläge zu dem Frieden,
Die wir mit Ehr' und Anstand eingehn dürfen,
Mit Absicht, gleich von diesem Krieg zu lassen.

BASTARD. Er tut es um so eher, wenn er sieht,
Daß wir zur Gegenwehr uns wohl gestärkt.

SALISBURY. Ja, ein'germaßen ist es schon getan,
Denn viele Wagen hat er weggesandt
Zur Küste hin, und seinen Zwist und Handel
Dem Kardinal zu schlichten überlassen;
Mit welchem Ihr, ich und die andern Herrn,
Wenn es Euch gut dünkt, diesen Nachmittag
Zu des Geschäfts Vollendung reisen wollen.

BASTARD. So mag es sein, und Ihr, mein edler Prinz,
Mit andern Herrn, die dort entbehrlich sind,
Besorget das Begängnis Eures Vaters!

PRINZ HEINRICH.
Zu Worcester muß sein Leib beerdigt werden,
Denn so verlangt' er's.

BASTARD. Dahin soll er denn!
Und glücklich lege Euer holdes Selbst
Des Lands ererbten Staat und Hoheit an,
Dem ich in aller Demut, auf den Knie'n,
Zu eigen gebe meinen treuen Dienst
Und Unterwürfigkeit für ew'ge Zeiten.

SALISBURY.
Wir tun ein gleich Erbieten unsrer Liebe,
Daß immerdar sie ohne Flecken sei.

PRINZ HEINRICH.
Ich hab' ein freundlich Herz, das gern Euch dankte
Und es nicht weiß zu tun als nur mit Tränen.

BASTARD.
Laßt uns der Zeit das nöt'ge Weh nur zahlen,
Weil sie vorausgeeilt ist unserm Gram. –
Dies England lag noch nie und wird auch nie
Zu eines Siegers stolzen Füßen liegen,
Als wenn es erst sich selbst verwunden half.
Nun seine Großen heimgekommen sind,
So rüste sich die Welt an dreien Enden,
Wir trotzen ihr: nichts bringt uns Not und Reu',
Bleibt England nur sich selber immer treu.

Alle ab.

KÖNIG
RICHARD
DER ZWEITE.

Personen

König Richard II.
Edmund von Langley, Herzog von York
Johann von Gaunt, Herzog von Lancaster, Oheime des Königs
Heinrich, mit dem Zunamen Bolingbroke, Herzog von Hereford, Sohn Johanns von Gaunt nachmaliger König Heinrich IV.
Herzog von Aumerle, Sohn des Herzogs von York
Mowbray, Herzog von Norfolk
Herzog von Surrey
Graf von Salisbury
Graf Berkley
Bushy, Bagot, Green, Kreaturen König Richards
Graf von Northumberland
Heinrich Percy, sein Sohn
Lord Ross
Lord Willoughby
Lord Fitzwater
Bischof von Carlisle
Abt von Westminster
Der Lord Marschall und ein andrer Lord
Sir Pierce von Exton
Sir Stephen Scroop
Der Hauptmann einer Schar von Wallisern
Die Königin, Gemahlin König Richards
Herzogin von Gloster
Herzogin von York
Ein Hoffräulein der Königin
Herren von Adel, Herolde, Offiziere, Soldaten, zwei Gärtner, Gefangenwärter, Bote, Stallknecht und andres Gefolge
Die Szene ist an verschiednen Orten in England und Wales

Erster Aufzug
Erste Szene

London. Ein Zimmer im Palaste.
König Richard tritt auf mit Gefolge: Johann von Gaunt und andre Edle mit ihm.

KÖNIG RICHARD.
Johann von Gaunt, ehrwürd'ger Lancaster
Hast du nach Schwur und Pfand hiehergebracht
Den Heinrich Hereford, deinen kühnen Sohn,
Von jüngst die heft'ge Klage zu bewähren,
Die gleich zu hören Muße uns gebrach,
Wider den Herzog Norfolk, Thomas Mowbray?

GAUNT. Ja, gnäd'ger Herr.

KÖNIG RICHARD.
So sag mir ferner, hast du ihn erforscht,
Ob er aus altem Groll den Herzog anklagt,
Ob würdiglich, als guter Untertan,
Nach einer Kenntnis des Verrats in ihm?

GAUNT.
So weit ich in dem Stück ihn prüfen konnte,
Um augenscheinliche Gefahr, gerichtet
Auf Eure Hoheit, nicht aus altem Groll.

KÖNIG RICHARD.
So ruft sie vor: denn Antlitz gegen Antlitz
Und droh'nde Stim an Stirne, wollen wir
Frei reden hören Kläger und Beklagten.
Einige aus dem Gefolge ab.
Hochfahrend sind sie beid' und in der Wut
Taub wie die See, rasch wie des Feuers Glut.
Die vom Gefolge kommen zurück mit Bolingbroke und Norfolk.

BOLINGBROKE.
Manch Jahr beglückter Tage mög' erleben
Mein gnäd'ger König, mein huldreicher Herr!

NORFOLK.
Ein Tag erhöhe stets des andern Glück,
Bis einst der Himmel, neidisch auf die Erde,
Ein ew'ges Recht zu Eurer Krone fügt!

KÖNIG RICHARD.
Habt beide Dank: doch einer schmeichelt nur,
Wie durch den Grund, warum ihr kommt, sich zeigt,
Einander nämlich Hochverrats zu zeihn.
Vetter von Hereford, sag, was wirfst du vor
Dem Herzog da von Norfolk, Thomas Mowbray?

BOLINGBROKE.
Erst – sei der Himmel Zeuge meiner Rede! –
Aus eines Untertans ergebner Pflicht,
Für meines Fürsten teures Heil besorgt
Und frei von anderm, mißerzeugten Haß,
Komm' ich als Kläger vor dein fürstlich Haupt. –
Nun, Thomas Mowbray, wend' ich mich zu dir,
Und acht' auf meinen Gruß: denn was ich sage,
Das soll mein Leib auf Erden hier bewähren,
Wo nicht, die Seel' im Himmel Rede stehn.
Du bist ein Abgefallner und Verräter,
Zu gut, um es zu sein, zu schlecht, zu leben:
Denn je krystallner sonst der Himmel glüht,
Je trüber scheint Gewölk, das ihn durchzieht.
Noch einmal, um die Schmach mehr einzuprägen,
Werf' ich das Wort Verräter dir entgegen.
Beweisen möge, wenn's mein Fürst gewährt,
Was meine Zunge spricht, mein wackres Schwert!

NORFOLK.
Laßt meiner Antwort Kälte meinen Eifer
Herab nicht setzen! Denn kein Weiberkrieg,
Das bittre Schelten zwei erboster Zungen,
Kann diese Frage zwischen uns entscheiden;
Das Blut ist heiß, das hierum kalt muß werden.
Doch rühm' ich mich so zahmer Duldung nicht,
Daß ich nichts sagen und verstummen sollte.
Erst hält mich Scheu vor Eurer Hoheit ab,
Zu spornen statt zu zügeln meine Rede,
Die sonst wohl liefe, bis sie den Verrat
Ihm doppelt in den Hals zurückgeschleudert.
Von seines Blutes Hoheit abgesehn,
Nehmt an, er sei nicht meines Lehnsherrn Vetter:
So fodr' ich ihn heraus und spei' ihn an,
Nenn' ihn verleumderische Memm' und Schurke.
Ungleichen Kampf bestünd' ich gern hierauf
Und träf ihn, müßt' ich laufen auch zu Fuß
Bis auf der Alpen eingefrorne Zacken,
Ja jeden andern unbewohnbar'n Boden,
Wo je ein Englischer sich hingewagt.
Zum Schutze meiner Treu' indes genügt:
So wahr ich selig werden will! er lügt.

BOLINGBROKE.
Da, bleiche Memme! werf' ich hin mein Pfand,
Entsagend der Verwandtschaft eines Königs;
Und achte nicht mein fürstliches Geblüt,
Das deine Furcht, nicht Ehrerbietung vorschützt.
Wenn schuld'ge Angst dir so viel Stärke läßt,
Mein Ehrenpfand zu nehmen, bücke dich;
Bei dem und jedem Brauch des Rittertums
Will ich, Arm gegen Arm, dir, was ich sprach
Und was du Schlimmres denken kannst, bewähren.

NORFOLK.
Ich nehm' es auf und schwöre bei dem Schwert,
Das sanft mein Rittertum mir aufgelegt:
Ich stehe dir nach jeglicher Gebühr,
Nach jeder Weise ritterlicher Prüfung;
Und sitz' ich auf, nie steig' ich lebend ab,
Wenn mein Verrat zur Klage Recht dir gab!

KÖNIG RICHARD.
Was gibt dem Mowbray unser Vetter schuld?
Groß muß es sein, was nur mit dem Gedanken
Von Übel in ihm uns befreunden soll.

BOLINGBROKE.
Seht, was ich spreche, dafür steht mein Leben: –
Daß er achttausend Nobel hat empfangen,
Als Borg für Eurer Hoheit Kriegesvolk,
Die er behalten hat zu schlechten Zwecken,
Als ein Verräter und ein arger Schurke.
Dann sag' ich, und ich will's im Kampf beweisen,
Hier oder sonst wo, bis zur fernsten Grenze,
Die je ein englisch Auge hat erblickt,
Daß jeglicher Verrat, seit achtzehn Jahren
In diesem Land erdacht und angestiftet,
Vom falschen Mowbray ausgegangen ist.
Ich sage ferner und will ferner noch
Dies alles dartun auf sein schnödes Leben,
Daß er des Herzog Glosters Tod betrieben,

Mißleitet seine allzugläub'gen Gegner
Und feig verrät'risch die schuldlose Seele
Dadurch ihm ausgeschwemmt in Strömen Bluts,
Das, wie das Blut des Opfer-weih'nden Abel,
Selbst aus der Erde stummen Höhlen schreit
Zu mir um Recht und strenge Züchtigung.
Und bei der Ahnen Ruhm, den ich ererbt,
Mein Arm vollbringt's, sonst sei mein Leib verderbt!

KÖNIG RICHARD.
Wie hohen Flugs sich sein Entschluß erschwingt!
Thomas von Norfolk, was sagt Ihr hiezu?

NORFOLK.
Oh, wende mein Monarch sein Antlitz weg
Und heiße taub sein Ohr ein Weilchen sein,
Bis ich die Schmach von seinem Blut erzählt,
Wie Gott und Biedre solchen Lügner hassen!

KÖNIG RICHARD.
Mowbray, mein Aug' und Ohr ist unparteilich;
Wär' er mein Bruder, ja des Reiches Erbe,
Statt meines Vaters Brudern Sohn zu sein,
Bei meines Szepters Würde schwör' ich doch,
Die Nachbarschaft mit unserm heil'gen Blut
Sollt' ihn nicht schützen, noch parteilich machen
Den Vorsatz meines redlichen Gemüts.
Er ist uns Untertan, Mowbray, wie du:
Furchtlose Red' erkenn' ich frei dir zu.

NORFOLK.
Dann, Bolingbroke, durch deinen falschen Hals
Bis tief hinunter in dein Herz: du lügst!
Drei Viertel von dem Vorschuß für Calais
Zahlt' ich dem Kriegsvolk Seiner Hoheit richtig,
Den Rest behielt ich auf Verwilligung,
Weil mein Monarch in meiner Schuld noch war
Von wegen Rückstands einer großen Rechnung,
Seit ich aus Frankreich sein Gemahl geholt.
Nun schling' die Lüg' hinab! – Was Glosters Tod betrifft,
Ich schlug ihn nicht, allein, zu eigner Schmach,
Ließ von der Pflicht, die ich geschworen, nach. –
Was Euch gilt, edler Herr von Lancaster,
Der ehrenwerte Vater meines Feindes,
Einst stellt' ich heimlich Eurem Leben nach,
Ein Fehl, der meine bange Seele kränkt:
Doch eh' ich letzt das Sakrament empfing,
Bekannt' ich es und bat um Euer Gnaden
Verzeihung förmlich; und ich hoff', Ihr gabt sie.
So weit geht meine Schuld; der Rest der Klage
Kömmt her aus Tücken eines Bösewichts,
Abtrünn'gen und entarteten Verräters,
Was an mir selbst ich kühnlich will bestehn;
Und wechselseitig schleudr' ich hin mein Pfand
Auf dieses trotzigen Verräters Fuß,
Um mich als biedern Ritter zu bewähren
Im besten Blut, das ihm im Busen wohrt.
Dies zu beschleun'gen bitt' ich um die Gnade,
Daß Eu'r Gebot auf einen Tag uns lade.

KÖNIG RICHARD.
Ihr wutentflammten Herrn, folgt meinem Rat,
Vertreibt die Galle, ohne Blut zu lassen;
So sprechen wir, zwar nicht arzneigelehrt,
Weil tiefe Bosheit allzutief versehrt.
Vergebt, vergeßt, seid einig, ohne Haß!
Der Doktor sagt: Hier frommt kein Aderlaß. –
Mein Ohm, wo dies begann, da laßt es enden:
Ihr müßt den Sohn, ich will den Herzog wenden.

GAUNT.
Das Friedestiften ziemt des Greisen Sinn.
Wirf, Sohn, das Pfand des Herzogs Norfolk hin!

KÖNIG RICHARD. Und, Norfolk, seines Ihr!

GAUNT. Nun, Heinrich? nun?
Gehorsam will, du sollst es willig tun.

KÖNIG RICHARD.
Norfolk, wirf hin! Wir wollen's, und es muß.

NORFOLK.
Mich selbst, mein Herrscher, werf' ich dir zu Fuß.
Gebeut mein Leben, nur nicht meine Scham:
Das bin ich schuldig; doch mein reiner Nam',
Der trotz dem Tode lebt auf meinem Grabe,
Soll dein nicht sein, der finstern Schmach zur Habe.
Entehrt, verklagt, steh' ich hier voll Beschwer;
Durchbohrt hat mich der Läst'rung gift'ger Speer,
Kein Balsam als sein Herzblut kann dies dämpfen,
Aus dem das Gift kam.

KÖNIG RICHARD. Wut muß man bekämpfen,
Gib her sein Pfand! Der Leu macht Pardel zahm.

NORFOLK.
Doch färbt er sie nicht um; nehmt meine Scham,
Und willig geb' ich auch mein Pfand dann auf.
Der reinste Schatz in diesem ird'schen Lauf,
Mein teurer Fürst, ist unbefleckte Ehre,
Ohn' die der Mensch bemalter Leim nur wäre.
Ein kühner Geist im treuen Busen ist
Ein Kleinod in zehnfach verschloßner Kist'.
Ehr' ist des Lebens einziger Gewinn;
Nehmt Ehre weg, so ist mein Leben hin.
Drum, teurer Fürst, laßt mich um Ehre werben,
Ich leb' in ihr und will für sie auch sterben.

KÖNIG RICHARD.
Vetter, werft hin das Pfand! Beginnet Ihr!

BOLINGBROKE.
Oh, solche Sünde wende Gott von mir!
Soll ich entherzt vor meinem Vater stehn?
Mit blasser Bettlerfurcht die Hoheit schmähn
Vor dem verhöhnten Zagen? Eh' so schnöde
Mit eigner Zung' ich meine Ehre töte
Durch feigen Antrag: eh' zerreißt mein Zahn
Das Werkzeug bangen Widerrufs fortan,
Und blutend spei' ich sie, zu höchstem Hohn,
In Mowbrays Angesicht, der Schande Thron.

Gaunt ab.

KÖNIG RICHARD.
Uns ziemet, statt zu bitten, zu befehlen.
Da wir euch auszusöhnen nicht vermocht,
So stellt euch ein, wofür eu'r Leben bürge,
Zu Coventry, auf Sankt Lambertus' Tag!
Da soll entscheiden euer Speer und Schwert
Den Zwist des Hasses, den ihr steigend nährt.
Weil wir euch nicht versöhnt, bewähr' das Recht
Die Ritterschaft des Siegers im Gefecht.
Lord Marschall, laßt das Heroldsamt der Waffen
Die Führung dieser innern Unruh' schaffen!

Alle ab.

Zweite Szene

Ebendaselbst. Ein Zimmer im Palaste des Herzogs von Lancaster.
Gaunt und die Herzogin von Gloster treten auf.

GAUNT.
Ach, mein so naher Teil an Glosters Blut
Treibt mehr mich an als Euer Schreien, mich
Zu rühren gegen seines Lebens Schlächter.
Doch weil Bestrafung in den Händen liegt,
Die das getan, was wir nicht strafen können,
Befehlen wir dem Himmel unsre Klage,
Der, wenn er reif die Stund' auf Erden sieht.
Aufs Haupt der Sünder heiße Rache regnet.

HERZOGIN VON GLOSTER.
So ist die Brüderschaft kein schärfrer Sporn?
Und schürt die Lieb' in deinem alten Blut
Kein lebend Feuer? Eduards sieben Söhne,
Wovon du selber einer bist, sie waren
Wie sieben Flaschen seines heil'gen Bluts,
Wie sieben Zweig' aus einer Wurzel sprossend.
Ein Teil ist nun natürlich eingetrocknet,
Ein Teil der Zweige vom Geschick gefällt;
Doch Thomas, mein Gemahl, mein Heil, mein Gloster,
Von Eduards heil'gem Blute eine Flasche,
Ein blüh'nder Zweig der königlichen Wurzel,
Ist eingeschlagen und der Trank verschüttet,
Ist umgehau'n und all sein Laub verwelkt,
Durch Neides Hand und Mordes blut'ge Axt.
Ach, Gaunt! sein Blut war deins; das Bett, der Schoß.
Der Lebensgeist, die Form, die dich gestaltet,
Macht' ihn zum Mann; und lebst du schon und atmest,
Du bist in ihm erschlagen: du stimmst ein
In vollem Maß zu deines Vaters Tod,
Da du den armen Bruder sterben siehst,
Der Abdruck war von deines Vaters Leben.
Nenn's nicht Geduld, es ist Verzweiflung, Gaunt;
Indem du so den Bruder läßt erschlagen,
Zeigst du den offnen Pfad zu deinem Leben
Und lehrst den finstern Mord, dich auch zu schlachten.
Was wir an Niedern rühmen als Geduld,
Ist blasse Feigheit in der edlen Brust.
Was red' ich viel? Du schirmst dein eignes Leben
Am besten, rächst du meines Glosters Tod.

GAUNT.
Der Streit ist Gottes, denn sein Stellvertreter,
Sein Bot', in seinem Angesicht gesalbt,
Hat seinen Tod verursacht; wenn mit Unrecht,
Mag Gott es rächen: ich erhebe nie
Den Arm im Zorne gegen seinen Diener.

HERZOGIN VON GLOSTER.
Wo soll ich, ach! denn meine Klage führen?

GAUNT. Beim Himmel, der die Witwen schützt und schirmt.

HERZOGIN VON GLOSTER.
Nun gut, das will ich. Alter Gaunt, leb wohl!
Du gehst nach Coventry, den grimmen Mowbray
Mit Vetter Hereford fechten da zu sehn.
Oh, Glosters Unrecht sitz' auf Herefords Speer,
Auf daß er dring' in Schlächter Mowbrays Brust!
Und schlägt dem Unglück fehl das erste Rennen,
So schwer sei Mowbrays Sünd' in seinem Busen,
Daß sie des schäum'gen Rosses Rücken bricht
Und wirft den Reiter häuptlings in die Schranken,
Auf Gnad' und Ungnad' meinem Vetter Hereford!
Leb wohl, Gaunt! Deines weiland Bruders Weib
Verzehrt in Grams Gesellschaft ihren Leib.

GAUNT.
Schwester, leb wohl! Nach Coventry muß ich:
Heil bleibe bei dir und begleite mich!

HERZOGIN VON GLOSTER.
Ein Wort noch! – Gram springt, wo er fällt, zurück,
Durch sein Gewicht, nicht durch die hohle Leerheit.
Ich nehme Abschied, eh' ich noch begann;
Leid endet nicht, wann es scheint abgetan.
Empfiehl mich meinem Bruder, Edmund York.
Sieh, dies ist alles: – doch warum so eilen?
Ist dies schon alles, mußt du doch noch weilen;
Mir fällt wohl mehr noch ein. Heiß' ihn – o was?
Zu mir nach Plashy unverzüglich gehn.
Ach, und was wird der alte York da sehn
Als leere Wohnungen und nackte Mauern
Samt öden Hallen, unbetretnen Steinen?
Was zum Willkommen hören als mein Weinen?
Darum empfiehl mich: laß ihn dort das Leid
Nicht suchen, denn es wohnt ja weit und breit.
Trostlos will ich von hinnen und verscheiden:
Mein weinend Auge sagt das letzte Scheiden.
Ab.

Dritte Szene

Gosford-Aue bei Coventry.
Der Lord Marschall und Aumerle treten auf.

LORD MARSCHALL.
Mylord Aumerle, ist Heinrich Hereford rüstig?

AUMERLE.
In voller Wehr, begehrend einzutreten.

LORD MARSCHALL.
Der Herzog Norfolk, wohlgemut und kühn,
Harrt nur auf die Trompete seines Klägers.

AUMERLE.
So sind die Kämpfer denn bereit und warten
Auf nichts als Seiner Majestät Erscheinung.
Trompetenstoß. König Richard tritt auf und setzt sich auf seinen Thron; Gaunt und verschiedne Edle nehmen gleichfalls ihre Plätze. Eine Trompete wird geblasen und von einer andern Trompete draußen erwidert. Alsdann erscheint Norfolk in voller Rüstung, mit einem Herold vor ihm her.

KÖNIG RICHARD.
Marschall, erfraget von dem Kämpfer dort
Die Ursach' seiner Ankunft hier in Waffen;
Auch seinen Namen, und verfahrt mit Ordnung,
Den Eid ihm abzunehmen auf sein Recht!

LORD MARSCHALL.
In Gottes Namen und des Königs, sprich:
Wer bist du, und weswegen kommst du her,
So ritterlich mit Waffen angetan?
Und wider wen kommst du, und was dein Zwist?
Sprich wahrhaft, auf dein Rittertum und Eid,

So schütze dich der Himmel und dein Mut!

NORFOLK.

Mein Nam' ist Thomas Mowbray, Norfolks Herzog;
Ich komme her, durch einen Eid gebunden
(Verhüte Gott, daß den ein Ritter bräche!),
Um zu verfechten, daß ich Treu' und Pflicht
Gott und dem König halt' und meinen Erben,
Wider den Herzog Hereford, der mich anklagt;
Und will, durch Gottes Gnad' und meinen Arm
Mich wehrend, ihn erweisen als Verräter
An Gott, an meinem König und an mir.
So schütze Gott mich, wie ich wahrhaft fechte!

Er nimmt seinen Sitz ein.

Eine Trompete wird geblasen. Bolingbroke erscheint in voller Rüstung, mit einem Herold vor ihm her.

KÖNIG RICHARD.

Marschall, befragt den Ritter dort in Waffen
Erst, wer er ist, und dann, warum er komme,
Mit kriegerischem Zeuge so gestählt;
Und förmlich, unserem Gesetz gemäß,
Vernehmt ihn auf das Recht in seiner Sache!

LORD MARSCHALL.

Wie ist dein Nam', und warum kommst du her
Vor König Richard in die hohen Schranken?
Und wider wen kommst du, und was dein Zwist?
So schütz' dich Gott, sprich als wahrhafter Ritter!

BOLINGBROKE.

Heinrich von Hereford, Lancaster und Derby
Bin ich, der hier bereit in Waffen steht,
Durch Gottes Gnad' und meines Leibes Kraft
Hier in den Schranken gegen Thomas Mowbray,
Herzog von Norfolk, darzutun, er sei
Ein schnöder und gefährlicher Verräter
An Gott, an König Richard und an mir;
Und schütze Gott mich, wie ich wahrhaft fechte!

LORD MARSCHALL.

Bei Todesstrafe sei kein Mensch so kühn,
Daß er die Schranken anzurühren wage,
Den Marschall ausgenommen und Beamten,
Die dies Geschäft gebührend ordnen sollen.

BOLINGBROKE.

Lord Marschall, laßt des Fürsten Hand mich küssen
Und niederknie'n vor Seiner Majestät:
Denn ich und Mowbray sind zwei Männern gleich,
Die lange, schwere Pilgerfahrt gelobt.
Laßt uns denn feierlichen Abschied nehmen
Und Lebewohl von beiderseit'gen Freunden!

LORD MARSCHALL.

Der Kläger, grüßt Eu'r Hoheit ehrerbietigst
Und wünscht zum Abschied Eure Hand zu küssen.

KÖNIG RICHARD.

Ihn zu umarmen steigen wir herab. –
Vetter von Hereford, wie dein Handel recht,
So sei dein Glück im fürstlichen Gefecht!
Leb wohl, mein Blut! Mußt du es heut verströmen,
Darf ich's beklagen, doch nicht Rache nehmen.

BOLINGBROKE.

Kein edles Aug' müss' eine Trän' um mich
Entweihn, wenn ich von Mowbrays Speer erblich;
So zuversichtlich, wie des Falken Stoß
Den Vogel trifft, geh' ich auf Mowbray los.

Zum Lord Marschall.

Mein güt'ger Herr, ich nehme von Euch Abschied, –
Von Euch, mein edler Vetter, Lord Aumerle: –
Nicht krank, hab' ich zu schaffen gleich mit Tod,
Nein, lustig Atem holend, frisch und rot. –
Seht, wie beim Mahl, das Ende zu versüßen,
Will ich zuletzt das Auserwählt'ste grüßen: –

Zu Gaunt.

O du, der ird'sche Schöpfer meines Bluts,
Des jugendlicher Geist, in mir erneuert,
Mit doppelter Gewalt empor mich hebt,
Den Sieg zu greifen über meinem Haupt!
Mach' meine Rüstung fest durch dein Gebet,
Durch deinen Segen stähle meine Lanze,
Daß sie in Mowbrays Panzerhemde dringe,
Und glänze neu der Nam' Johann von Gaunt
Im mutigen Betragen seines Sohns!

GAUNT.

Gott geb' dir Glück bei deiner guten Sache!
Schnell, wie der Blitz, sei in der Ausführung,
Und laß, zwiefach verdoppelt, deine Streiche
Betäubend, wie den Donner, auf den Helm
Des tödlichen, feindsel'gen Gegners fallen!
Reg' auf dein junges Blut, sei brav und lebe!

BOLINGBROKE.

Mein Recht und Sankt Georg mir Beistand gebe!

Er nimmt seinen Sitz.

NORFOLK *aufstehend.*

Wie Himmel oder Glück mein Los auch wirft,
Hier lebt und stirbt, treu König Richards Throne,
Ein redlicher und biedrer Edelmann.
Nie warf mit froherm Herzen ein Gefangner
Der Knechtschaft Fesseln ab und hieß willkommen
Die goldne, ungebundne Loslassung,
Als wie mein tanzendes Gemüt dies Fest
Des Kampfes wider meinen Gegner feiert.
Großmächt'ger Fürst, und meiner Freunde Schar!
Es wünscht mein Mund euch manch beglücktes Jahr.
Ich geh' zum Kampfe, munter, wie zur Lust,
Denn Ruhe wohnt in einer treuen Brust.

KÖNIG RICHARD.

Gehabt Euch wohl: ich kann genau erspähn,
Wie Mut und Tugend aus dem Aug' Euch sehn. –
Befehlt den Zweikampf, Marschall, und beginnt!

Der König und die Herren kehren zu ihren Sitzen zurück.

LORD MARSCHALL.

Heinrich von Hereford, Lancaster und Derby,
Empfang' die Lanz', und schütze Gott dein Recht!

BOLINGBROKE *aufstehend.*

Stark wie ein Turm in Hoffnung, ruf' ich Amen.

LORD MARSCHALL *zu einem Beamten.*

Bring' diese Lanz' an Thomas, Norfolks Herzog!

ERSTER HEROLD.

Heinrich von Hereford, Lancaster und Derby
Steht hier für Gott, für seinen Herrn und sich,
Bei Strafe, falsch und ehrlos zu erscheinen,
Um darzutun dem Thomas Mowbray, Herzog
Von Norfolk, er sei schuldig des Verrats
An Gott, an seinem König und an ihm,
Und fodert ihn zu dem Gefecht heraus.

ZWEITER HEROLD.

Hier stehet Thomas Mowbray, Norfolks Herzog,
Bei Strafe, falsch und ehrlos zu erscheinen,
Sich zu verteidigen und darzutun

Heinrich von Hereford, Lancaster und Derby
Treulos an Gott, an seinem Herrn und ihm:
Mit williger Begehr und wohlgemut,
Erwartend nur das Zeichen zum Beginn.

LORD MARSCHALL.
Trompeten, blast! und Streiter, macht euch auf!
Es wird zum Angriff geblasen.
Doch halt! der König wirft den Stab herunter.

KÖNIG RICHARD.
Laßt sie beiseit die Helm' und Speere legen
Und beide wiederkehren zu dem Sitz!
Zu Gaunt und den übrigen Großen, indem er sich gegen den Hintergrund der Bühne zurückzieht.
Ihr, folget uns! – und laßt Trompeten schallen,
Bis wir den Gegnern kund tun unsern Schluß!
Trompeten, anhaltend.
Wieder vortretend zu den Streitern.
Kommt her!
Vernehmt, was wir mit unserm Rat verfügt: –
Auf daß nicht unsers Reiches Boden werde
Befleckt mit teurem Blut, das er genährt;
Weil unser Aug' den grausen Anblick scheut
Von Wunden, aufgepflügt durch Nachbarschwerter;
Und weil uns dünkt, der stolze Adlerflug
Ehrsücht'ger, himmelstrebender Gedanken
Und Neid, der jeden Nebenbuhler haßt,
Hab' euch gereizt, zu wecken unsern Frieden,
Der, in der Wiege unsers Landes schlummernd,
Die Brust mit süßem Kindes-Odem schwellt;
Der, aufgerüttelt nun von lärm'gen Trommeln,
Samt heiserer Trompeten wildem Schmettern
Und dem Geklirr ergrimmter Eisenwehr,
Aus unsern stillen Grenzen schrecken möchte
Den holden Frieden, daß wir waten müßten
In unsrer Anverwandten Blut: – deswegen
Verbannen wir aus unsern Landen euch. –
Ihr, Vetter Hereford, sollt bei Todesstrafe,
Bis unsre Au'n zehn Sommer neu geschmückt,
Nicht wiedergrüßen unser schönes Reich
Und fremde Pfade der Verbannung treten.

BOLINGBROKE.
Gescheh' Eu'r Wille! Dies muß Trost mir sein:
Die Sonne, die hier wärmt, gibt dort auch Schein;
Und dieser goldne Strahl, Euch hier geliehn,
Wird auch um meinen Bann vergüldend glühn.

KÖNIG RICHARD.
Norfolk, dein wartet ein noch härtrer Spruch,
Den ich nicht ohne Widerwillen gebe:
Der Stunden leise Flucht soll nicht bestimmen
Den grenzenlosen Zeitraum deines Banns;
Das hoffnungslose Wort »Nie wiederkehren!«
Sprech' ich hier wider dich bei Todesstrafe.

NORFOLK.
Ein harter Spruch, mein höchster Lehensherr,
Ganz unversehn aus Eurer Hoheit Mund!
Erwünschten Lohn, nicht solche tiefe Schmach,
Daß man mich ausstößt in die weite Welt,
Hab' ich verdient von seiten Eurer Hoheit.
Die Sprache, die ich vierzig Jahr gelernt,
Mein mütterliches Englisch, soll ich missen;
Und meine Zunge nützt mir nun nicht mehr
Als, ohne Saiten, Laute oder Harfe,
Ein künstlich Instrument im Kasten, oder
Das, aufgetan, in dessen Hände kömmt,
Der keinen Griff kennt, seinen Ton zu stimmen.
Ihr habt die Zung' in meinen Mund gekerkert,
Der Zähn' und Lippen doppelt Gatter vor;
Und dumpfe, dürftige Unwissenheit
Ist mir zum Kerkermeister nun bestellt.
Ich bin zu alt, der Amme liebzukosen,
Zu weit in Jahren, Zögling noch zu sein:
Was ist dein Urteil denn als stummer Tod,
Das eignen Hauch zu atmen mir verbot?

KÖNIG RICHARD.
Es hilft dir nicht, in Wehmut zu verzagen:
Nach unserm Spruche kommt zu spät das Klagen.

NORFOLK.
So wend' ich mich vom lichten Vaterland,
In ernste Schatten ew'ger Nacht gebannt.
Er entfernt sich.

KÖNIG RICHARD.
Komm wieder, nimm noch einen Eid mit dir!
Legt die verbannten Händ' auf dies mein Schwert,
Schwört bei der Pflicht, die ihr dem Himmel schuldet
(Denn unser Teil dran ist mit euch verbannt),
Den Eid zu halten, den wir auferlegen: –
Nie sollt ihr, so euch Gott und Wahrheit helfe!
Mit Lieb' einander nahn in eurem Bann,
Noch jemals ins Gesicht einander schaun,
Noch jemals schreiben, grüßen, noch besänft'gen
Die Stürme des daheim erzeugten Hasses,
Noch euch mit überlegtem Anschlag treffen,
Um Übles auszusinnen gegen uns
Und unsre Untertanen, Staat und Land.

BOLINGBROKE. Ich schwöre.

NORFOLK. Und ich auch, all dies zu halten.

BOLINGBROKE.
Norfolk, so weit sich's unter Feinden ziemt: –
Um diese Zeit, ließ es der König zu,
Irrt' in der Luft schon eine unsrer Seelen,
Verbannt aus unsers Fleisches morschem Grabe,
Wie jetzt dies Fleisch verbannt ist aus dem Lande:
Bekenne den Verrat, eh' du entweichst;
Weil du so weit zu gehn hast, nimm nicht mit
Die schwere Bürde einer schuld'gen Seele!

NORFOLK. Nein, Bolingbroke: war ich Verräter je,
So sei getilgt mein Nam' im Buch des Lebens
Und ich verbannt vom Himmel, wie von hier!
Doch was du bist, weiß Gott und du und ich.
Und nur zu bald wird es den König reu'n.
Lebt wohl, mein Fürst! – Nicht fehlgehn kann ich jetzt:
Die weite Welt ist mir zum Ziel gesetzt.
Ab.

KÖNIG RICHARD.
Oheim, ich seh' im Spiegel deiner Augen
Dein tiefbekümmert Herz; dein traur'ger Anblick
Hat vier aus seiner Zahl verbannter Jahre
Entrückt: –
Zu Bolingbroke.
sobald sechs frost'ge Winter aus,
Kehr' du willkommen aus dem Bann nach Haus!

BOLINGBROKE.
Wie lange Zeit liegt in so kleinem Wort!
Vier träge Winter und vier lust'ge Maien
Beschließt ein Wort, wenn Kön'ge Kraft ihm leihen.

GAUNT.
Dank meinem Fürsten, daß er mir zu lieb
Vier Jahre meines Sohns Verbannung kürzt!
Allein ich ernte wenig Frucht davon.
Eh' die sechs Jahre, die er säumen muß,
Die Monde wandeln und den Lauf vollenden,
Erlischt in ew'ger Nacht mein schwindend Licht,
Die Lampe, der vor Alter Öl gebricht;
Mit meinem Endchen Kerze ist's geschehn,
Und blinder Tod läßt mich den Sohn nicht sehn.

KÖNIG RICHARD.
Ei, Oheim, du hast manches Jahr zu leben.

GAUNT.
Nicht 'ne Minute, Herr, die du kannst geben.
Verkürzen kannst du meine Tag' in Sorgen,
Mir Nächte rauben, leihn nicht einen Morgen;
Du kannst der Zeit wohl helfen Furchen ziehn,
Doch nicht sie hemmen in dem raschen Fliehn:
Ihr gilt dein Wort für meinen Tod sogleich,
Doch, tot, schafft keinen Odem mir dein Reich.

KÖNIG RICHARD.
Dein Sohn ist weisem Rat gemäß verbannt,
Wozu dein Mund ein Miturteil gegeben:
Nun scheinst du finster auf das Recht zu schaun?

GAUNT.
Was süß schmeckt, wird oft bitter beim Verdau'n.
Ihr setztet mich als Richter zum Berater;
Oh, hießt Ihr doch mich reden wie ein Vater!
Wär' er mir fremd gewesen, nicht mein Kind,
So war ich milder seinem Fehl gesinnt.
Parteien-Leumund sucht' ich abzuwenden,
Und mußte so mein eignes Leben enden.
Ach! Ich schaut' um, ob keiner spräche nun,
Ich sei zu streng, was mein, so wegzutun;
Doch der unwill'gen Zung' habt ihr erlaubt,
Daß sie mich wider Willen so beraubt.

KÖNIG RICHARD.
Vetter, lebt wohl! – Und, Oheim, sorgt dafür:
Sechs Jahr' ist er verbannt und muß von hier.
Trompetenstoß. König Richard und Gefolge ab.

AUMERLE.
Vetter, lebt wohl! Was Gegenwart verwehrt
Zu sagen, melde Schrift von da, wo Ihr verkehrt.

LORD MARSCHALL. Kein Abschied, gnäd'ger Herr! denn ich will reiten,
So weit das Land verstattet, Euch zur Seiten.

GAUNT. Oh, zu was Ende sparst du deine Worte,
Daß du den Freunden keinen Gruß erwiderst?

BOLINGBROKE.
Zu wen'ge hab' ich, um von Euch zu scheiden,
Da reichlich Dienst die Zunge leisten sollte,
Des Herzens vollen Jammer auszuatmen.

GAUNT. Dein Gram ist nur Entfernung für 'ne Zeit.

BOLINGBROKE.
Lust fern, Gram gegenwärtig für die Zeit.

GAUNT. Was sind sechs Winter? Sie sind bald dahin.

BOLINGBROKE.
Im Glück, doch Gram macht zehn aus einer Stunde.

GAUNT.
Nenn's eine Reise, bloß zur Lust gemacht!

BOLINGBROKE.
Mein Herz wird seufzen, wenn ich's so mißnenne,
Und findet es gezwungne Pilgerschaft.

GAUNT.
Den traur'gen Fortgang deiner müden Tritte
Acht' einer Folie gleich, um drein zu setzen
Das reiche Kleinod deiner Wiederkehr!

BOLINGBROKE.
Nein, eher wird mich jeder träge Schritt
Erinnern, welch ein Stück der Welt ich wandre
Von den Kleinodien meiner Liebe weg.
Muß ich nicht eine lange Lehrlingschaft
Auf fremden Bahnen dienen, und am Ende,
Bin ich nun frei, mich doch nichts weiter rühmen,
Als daß ich ein Gesell des Grames war?

GAUNT.
Ein jeder Platz, besucht vom Aug' des Himmels,
Ist Glückes-Hafen einem weisen Mann.
Lehr' deine Not die Dinge so betrachten;
Es kommt der Not ja keine Tugend bei.
Denk' nicht, daß dich der König hat verbannt,
Nein, du den König: Leid sitzt um so schwerer,
Wo es bemerkt, daß man nur schwach es trägt.
Geh, sag, daß ich dich ausgesandt nach Ehre,
Nicht, daß der Fürst dich bannte; oder glaube,
Verschlingend hänge Pest in unsrer Luft,
Und du entfliehst zu einem reinern Himmel.
Was deine Seele wert hält, stell' dir vor
Da, wo du hingehst, nicht, woher du kommst:
Die Singevögel halt' für Musikanten,
Das Gras für ein bestreutes Prunkgemach,
Für schöne Frau'n die Blumen, deine Tritte
Für nichts als einen angenehmen Tanz:
Denn knirschend Leid hat minder Macht, zu nagen
Den, der es höhnt und nichts danach will fragen.

BOLINGBROKE.
Oh, wer kann Feu'r dadurch in Händen halten,
Daß er den frost'gen Kaukasus sich denkt?
Und wer des Hungers gier'gen Stachel dämpfen
Durch bloße Einbildung von einem Mahl?
Wer nackend im Dezemberschnee sich wälzen,
Weil er phantast'sche Sommerglut sich denkt?
O nein! die Vorstellung des Guten gibt
Nur desto stärkeres Gefühl des Schlimmern;
Nie zeugt des Leides grimmer Zahn mehr Gift,
Als wenn er nagt, doch durch und durch nicht trifft.

GAUNT. Komm, komm, mein Sohn, daß ich den Weg dir weise;
So jung wie du, verschöb' ich nicht die Reise.

BOLINGBROKE.
Leb wohl denn, Englands Boden! Süße Erde,
Du Mutter, Wärterin, die noch mich trägt!
Wo ich auch wandre, bleibt der Ruhm mein Lohn:
Obschon verbannt, doch Englands echter Sohn.
Alle ab.

Zweiter Aufzug

Erste Szene

Coventry. Ein Zimmer in des Königs Schloß. König Richard, Bagot und Green treten auf. Aumerle nach ihnen.

KÖNIG RICHARD.
Wir merkten's wohl. – Vetter Aumerle, wie weit

Habt Ihr den hohen Hereford noch begleitet?

AUMERLE.

Den hohen Hereford, wenn Ihr so ihn nennt,
Bracht' ich zur nächsten Straß' und ließ ihn da.

KÖNIG RICHARD.

Und wandtet Ihr viel Abschiedstränen auf?

AUMERLE.

Ich keine, traun; wenn der Nordostwind nicht,
Der eben schneidend ins Gesicht uns blies,
Das salze Naß erregt' und so vielleicht
Dem hohlen Abschied eine Träne schenkte.

KÖNIG RICHARD.

Was sagte unser Vetter, als Ihr schiedet?

AUMERLE. »Leb wohl!« –
Doch weil mein Herz verschmähte, daß die Zunge
Dies Wort so sollt' entweihn, so lernt' ich schlau
Von solchem Jammer mich belastet stellen,
Daß meine Wort' in Leid begraben schienen.
Hätt' ihm das Wort »Leb wohl« verlängt die Stunden
Und Jahre zu dem kurzen Bann gefügt,
So hätt' er wohl ein Buch voll haben sollen;
Doch weil's dazu nicht half, gab ich ihm kein's.

KÖNIG RICHARD.

Er ist mein Vetter, Vetter; doch wir zweifeln,
Wenn heim vom Bann die Zeit ihn rufen wird,
Ob er die Freunde dann zu sehen kommt.
Wir selbst und Bushy, Bagot hier und Green
Sahn sein Bewerben beim geringen Volk,
Wie er sich wollt' in ihre Herzen tauchen
Mit traulicher, demüt'ger Höflichkeit;
Was für Verehrung er an Knechte wegwarf,
Handwerker mit des Lächelns Kunst gewinnend
Und ruhigem Ertragen seines Loses,
Als wollt' er ihre Neigung mit verbannen.
Vor einem Austerweib zieht er die Mütze;
Ein Paar Karrnzieher grüßten: »Gott geleit' Euch!«
Und ihnen ward des schmeid'gen Knies Tribut
Nebst: »Dank, Landsleute! meine güt'gen Freunde!«
Als hätt' er Anwartschaft auf unser England
Und wär' der Untertanen nächste Hoffnung.

GREEN. Gut, er ist fort, und mit ihm diese Plane.
Nun die Rebellen, die in Irland stehn! –
Entschloßne Führung gilt es da, mein Fürst,
Eh' weitres Zögern weitre Mittel schafft
Zu ihrem Vorteil und Eu'r Hoheit Schaden.

KÖNIG RICHARD.

Wir wollen in Person zu diesem Krieg.
Und weil die Kisten, durch zu großen Hof
Und freies Spenden, etwas leicht geworden,
So sind wir unser königliches Reich
Genötigt zu verpachten; der Ertrag
Soll unser jetziges Geschäft bestreiten.
Reicht das nicht hin, so sollen die Verwalter
Zu Hause leer gelass'ne Briefe haben,
Worein sie, wen sie ausgespürt als reich,
Mit großen Summen Gold einschreiben sollen,
Für unsre Notdurft sie uns nachzusenden:
Denn unverzüglich wollen wir nach Irland.

Bushy kommt.

Bushy, was gibt's?

BUSHY. Der alte Gaunt liegt schwer danieder, Herr,
Plötzlich erkrankt, und sendet eiligst her,
Daß Eure Majestät ihn doch besuche.

KÖNIG RICHARD. Wo liegt er?

BUSHY. In Ely-Haus.

KÖNIG RICHARD.

Gib, Himmel, seinem Arzt nun in den Sinn,
Ihm augenblicklich in sein Grab zu helfen!
Die Fütt'rung seiner Koffer soll zu Röcken
Der Truppen dienen im irländ'schen Krieg. –
Ihr Herren, kommt! Gehn wir, ihn zu besuchen,
Und gebe Gott, wir eilen schon zu spät!

Alle ab.

Zweite Szene

London. Ein Zimmer in Ely-Haus.
Gaunt auf einem Ruh'bett; der Herzog von York und andre um ihn her stehend.

GAUNT.

Sagt, kommt der König, daß mein letzter Hauch
Heilsamer Rat der flücht'gen Jugend sei?

YORK.

Quält Euch nicht selbst, noch greift den Odem an,
Denn ganz umsonst kommt Rat zu seinem Ohr.

GAUNT.

Oh, sagt man doch, daß Zungen Sterbender
Wie tiefe Harmonie Gehör erzwingen;
Wo Worte selten, haben sie Gewicht:
Denn Wahrheit atmet, wer schwer atmend spricht,
Nicht der, aus welchem Lust und Jugend schwätzt.
Der wird gehört, der bald nun schweigen muß;
Beachtet wird das Leben mehr zuletzt:
Der Sonne Scheiden und Musik am Schluß
Bleibt, wie der letzte Schmack von Süßigkeiten,
Mehr im Gedächtnis als die frühern Zeiten:
Wenn Richard meines Lebens Rat verlor,
Des Todes Warnung trifft vielleicht sein Ohr.

YORK.

Nein, das verstopfen andre Schmeicheltöne:
Als Rühmen seines Hofstaats; dann Gesang
Verbuhlter Lieder, deren gift'gem Klang
Das offne Ohr der Jugend immer lauscht;
Bericht von Moden aus dem stolzen Welschland,
Dem unser blödes Volk, nach Art der Affen
Nachhinkend, strebt sich knechtisch umzuschaffen.
Wo treibt die Welt 'ne Eitelkeit ans Licht
(Sei sie nur neu, so fragt man nicht, wie schlecht).
Die ihm nicht schleunig würd' ins Ohr gesummt?
Zu spät kommt also Rat, daß man ihn höret,
Wo sich der Wille dem Verstand empöret.
Den leite nicht, der seinen Weg sich wählt:
Denn du verschwendest Odem, der dir fehlt.

GAUNT.

Ich bin ein neu begeisterter Prophet,
Und so weissag' ich über ihn, verscheidend:
Sein wildes, wüstes Brausen kann nicht dauern,
Denn heft'ge Feuer brennen bald sich aus;
Ein sanfter Schau'r hält an, ein Wetter nicht,
Wer frühe spornt, ermüdet früh sein Pferd,
Und Speis' erstickt den, der zu hastig speist.
Die Eitelkeit, der nimmersatte Geier,
Fällt nach verzehrtem Vorrat selbst sich an.
Der Königsthron hier, dies gekrönte Eiland,
Dies Land der Majestät, der Sitz des Mars,

Dies zweite Eden, halbe Paradies,
Dies Bollwerk, das Natur für sich erbaut,
Der Ansteckung und Hand des Kriegs zu trotzen,
Dies Volk des Segens, diese kleine Welt,
Dies Kleinod, in die Silbersee gefaßt,
Die ihr den Dienst von einer Mauer leistet,
Von einem Graben, der das Haus verteidigt
Vor weniger beglückter Länder Neid;
Der segensvolle Fleck, dies Reich, dies England,
Die Amm' und schwangre Schoß erhabner Fürsten,
An Söhnen stark und glorreich von Geburt;
So weit vom Haus berühmt für ihre Taten,
Für Christen-Dienst und echte Ritterschaft,
Als fern im starren Judentum das Grab
Des Weltheilandes liegt, der Jungfrau Sohn:
Dies teure, teure Land so teurer Seelen,
Durch seinen Ruf in aller Welt so teuer,
Ist nun in Pacht, – ich sterbe, da ich's sage, –
Gleich einem Landgut oder Meierhof.
Ja, England, eingefaßt vom stolzen Meer.
Des Felsgestade jeden Wellensturm
Des neidischen Neptunus wirft zurück,
Ist nun in Schmach gefaßt, mit Tintenflecken
Und Schriften auf verfaultem Pergament.
England, das andern obzusiegen pflegte,
Hat schmählich über sich nun Sieg erlangt.
Oh, wich' das Ärgernis mit meinem Leben,
Wie glücklich wäre dann mein naher Tod!

König Richard, die Königin, Aumerle, Bushy, Green, Bagot, Roß und Willoughby kommen.

YORK.
Da kömmt der König; geht mit seiner Jugend
Nur glimpflich um; denn junge hitz'ge Füllen,
Tobt man mit ihnen, toben um so mehr.

KÖNIGIN.
Was macht mein edler Oheim Lancaster?

KÖNIG RICHARD.
Nun, Freund, wohlauf? Was macht der alte Gaunt?

GAUNT.
Oh, wie der Name meinem Zustand ziemt!
Wohl Gaunt: der Tod wird meinen Leib verganten;
Und alter Gaunt, der längst den Gant erwartet.
In Sorg' um England zehrt' ich mein Vermögen,
Mein Bestes nahmst du mit dem Sohn mir weg:
Nun machen böse Gläub'ger, Krankheit, Alter,
Am alten Gaunt ihr altes Gantrecht gültig,
Da wird er in sein Ganthaus Grab gebracht,
Wo nichts von ihm zurückbleibt als Gebein.

KÖNIG RICHARD.
Und spielen Kranke so mit ihren Namen?

GAUNT. Nein, Elend liebt es, über sich zu spotten.
Weil du den Namen töten willst mit mir,
Schmeichl' ich, sein spottend, großer König, dir.

KÖNIG RICHARD. So schmeichelt denn, wer stirbt, dem, der noch lebt?

GAUNT.
Nein, der noch lebet, schmeichelt dem, der stirbt.

KÖNIG RICHARD.
Du, jetzt im Sterben, sagst, du schmeichelst mir.

GAUNT.
O nein, du stirbst, bin ich schon kränker hier.

KÖNIG RICHARD.
Ich bin gesund, ich atm' und seh' dich schlimm.

GAUNT.
Der dich erschaffen, weiß, ich seh' dich schlimm;
Schlimm, da ich selbst mich seh', und auch dich sehend, schlimm.
Dein Todbett ist nicht kleiner als dein Land,
Worin du liegst, an übelm Rufe krank;
Und du, sorgloser Kranker, wie du bist,
Vertrauest den gesalbten Leib der Pflege
Derselben Ärzte, die dich erst verwundet.
In deiner Krone sitzen tausend Schmeichler,
Da ihr Bezirk nicht weiter als dein Haupt.
Und doch, genistet in so engem Raum,
Verpraßten sie nicht minder als dein Land.
Oh! daß dein Ahn prophetisch hätt' erkannt
Das Unheil seiner Söhn' im Sohnes-Sohn!
Er hätte dir die Schande weggeräumt.
Dich abgesetzt vor deiner Einsetzung,
Die nun dich selber abzusetzen dient.
Ei, Vetter, wärst du auch Regent der Welt,
So war' es Schande, dieses Land verpachten;
Doch, um die Welt! da du dies Land nur hast,
Ist es nicht mehr als Schand', es so zu schänden?
Landwirt von England bist du nun, nicht König:
Gesetzes Macht dient knechtisch dem Gesetz,
Und –

KÖNIG RICHARD.
Du, ein seichter und mondsücht'ger Narr,
Auf eines Fiebers Vorrecht dich verlassend,
Darfst uns mit deinen frost'gen Warnungen
Die Wangen bleichen, unser fürstlich Blut
Vor Zorn aus seinem Aufenthalt verjagen?
Bei meines Thrones hoher Majestät!
Wärst du des großen Eduard Sohnes Bruder nicht, –
Die Zunge, die so wild im Kopf dir wirbelt,
Trieb' dir den Kopf von den verwegnen Schultern.

GAUNT.
O schone mein nicht, meines Bruders Eduard Sohn,
Weil seines Vaters Eduard Sohn ich war!
Du hast dies Blut ja, wie der Pelikan,
Schon abgezapft und trunken ausgezecht.
Mein Bruder Gloster, – schlichte biedre Seele,
Dem's wohl im Himmel geh' bei sel'gen Seelen! –
Kann uns ein Vorbild sein und guter Zeuge,
Daß ohne Scheu du Eduards Blut vergießest.
Mach' du mit meiner Krankheit einen Bund:
Dein Zorn sei wie der Alte mit der Hippe
Und mähe rasch die längst verwelkte Blume!
Leb' in der Schmach! Schmach sterbe nicht mit dir!
Einst sei dein Quäler dieses Wort von mir!
Bringt mich ins Bett, dann sollt ihr mich begraben:
Laßt leben die, so Lieb' und Ehre haben!

Er wird von den Bedienten weggetragen.

KÖNIG RICHARD.
Laßt sterben die, so Laun' und Alter haben:
Denn beides hast du, beides sei begraben!

YORK. Ich bitt' Eu'r Majestät, schreibt seine Worte
Der mürr'schen Krankheit und dem Alter zu:
Er liebt und hält Euch wert, auf meine Ehre!
Wie Heinrich Hereford, wenn er hier noch wäre.

KÖNIG RICHARD.
Recht! Herefords Liebe kommt die seine bei,
Der ihren mein', und alles sei, wie's sei!

Northumberland kommt.

NORTHUMBERLAND.
Der alte Gaunt empfiehlt sich Eurer Majestät.
KÖNIG RICHARD. Was sagt er?
NORTHUMBERLAND. Gar nichts; alles ist gesagt:
Die Zung' ist ein entsaitet Instrument,
Welt, Leben, alles hat für ihn ein End'.
YORK. Sei York der nächste, dem es so ergeh'!
Ist Tod schon arm, er endigt tödlich Weh.
KÖNIG RICHARD.
Er fiel wie reife Früchte; seine Bahn
Ist aus, doch unsre Wallfahrt hebt erst an.
So viel hievon. – Nun von dem Krieg in Irland!
Man muß die straub'gen Räuberbanden tilgen,
Die dort wie Gift gedeihn, wo sonst kein Gift,
Als sie allein, das Vorrecht hat zu leben.
Und weil dies große Werk nun Aufwand fodert,
So ziehen wir zu unserm Beistand ein
Das Silberzeug, Geld, Renten und Gerät,
Was unser Oheim Gaunt besessen hat.
YORK. Wie lang' bin ich geduldig? Ach, wie lang'
Wird zarte Pflicht ertragen solchen Zwang?
Nicht Glosters Tod, noch Herefords Bann, noch Gaunts
Verunglimpfung, noch Englands Druck und Not,
Noch die Vermählung, die vereitelt ward
Dem armen Bolingbroke, noch meine Schmach
Bewog mich je, die Miene zu verziehn
Und wider meinen Herrn die Stirn zu runzeln.
Ich bin der letzte Sohn des edlen Eduard:
Der erste war dein Vater, Prinz von Wales.
Im Krieg war kein ergrimmter Leu je kühner,
Im Frieden war kein sanftes Lamm je milder
Als dieser junge, prinzlich edle Herr.
Du hast sein Angesicht, so sah er aus,
Als er die Anzahl deiner Tag' erfüllt;
Doch wenn er zürnte, galt es die Franzosen,
Nicht seine Freunde; seine edle Hand
Gewann, was er hinweggab, gab nicht weg,
Was siegreich seines Vaters Hand gewonnen.
Er war nicht schuldig an Verwandten-Blut,
Nur blutig gegen Feinde seines Stamms.
O Richard! York ist allzutief im Kummer,
Sonst stellt' er nimmer die Vergleichung an.
KÖNIG RICHARD. Nun, Oheim! Was bedeutet's?
YORK. O mein Fürst,
Verzeiht mir, wenn es Euch gefällt; wo nicht,
Nun, so gefällt mir's, daß Ihr nicht verzeiht.
Wollt Ihr in Anspruch nehmen, an Euch reißen
Die Leh'n und Rechte des verbannten Hereford?
Ist Gaunt nicht tot, und lebt nicht Hereford noch?
War Gaunt nicht redlich? Ist nicht Heinrich treu?
Verdiente nicht der eine einen Erben?
Ist nicht sein Erb' ein wohlverdienter Sohn?
Nimm Herefords Rechte weg, und nimm der Zeit
Die Privilegien und gewohnten Rechte;
Laß Morgen denn auf Heute nicht mehr folgen;
Sei nicht du selbst, denn wie bist du ein König
Als durch gesetzte Folg' und Erblichkeit?
Nun denn, bei Gott! – wenn Ihr – was Gott verhüte! –
Gewaltsam Euch der Rechte Herefords anmaßt,
Die Gnadenbriefe einzieht, die er hat,
Um mittelst seiner Anwalt' anzuhalten,
Daß ihm das Leh'n von neuem werd' erteilt,
Und die erbotne Huldigung verweigert:
So zieht Ihr tausend Sorgen auf Eu'r Haupt,
Büßt tausend wohlgesinnte Herzen ein
Und reizt mein zärtlich Dulden zu Gedanken,
Die Ehr' und schuld'ge Treu' nicht denken darf.
KÖNIG RICHARD.
Denkt, was Ihr wollt: doch fällt in meine Hand
Sein Silberzeug, sein Geld, sein Gut und Land.
YORK.
Lebt wohl, mein Fürst! Ich will es nicht mit sehn:
Weiß niemand doch, was hieraus kann entstehn.
Doch zu begreifen ist's bei bösen Wegen,
Daß sie am Ende nie gedeihn zum Segen.
Ab.
KÖNIG RICHARD.
Geh, Bushy, geh zum Lord von Wiltshire gleich,
Heiß' ihn nach Ely-Haus sich her verfügen
Und dies Geschäft versehn! Auf nächsten Morgen
Gehn wir nach Irland, und fürwahr! 's ist Zeit;
Und wir ernennen unsern Oheim York
In unserm Absein zum Regenten Englands,
Denn er ist redlich und uns zugetan. –
Kommt, mein Gemahl! Wir müssen morgen scheiden:
Die Zeit ist kurz: genießt sie noch in Freuden!
Trompetenstoß.
König, Königin, Aumerle, Bushy, Green und Bagot ab.
NORTHUMBERLAND.
Nun, Herrn! der Herzog Lancaster ist tot.
ROSS. Auch lebend: denn sein Sohn ist Herzog nun.
WILLOUGHBY.
Doch bloß dem Titel, nicht den Renten nach.
NORTHUMBERLAND.
Nach beiden reichlich, hätte Recht das Seine.
ROSS. Mein Herz ist voll, doch muß es schweigend brechen,
Eh' es die freie Zung' entlasten darf.
NORTHUMBERLAND.
Ei, sprich dich aus, und spreche der nie wieder,
Der dir zum Schaden deine Worte nachspricht!
WILLOUGHBY.
Gilt, was du sagen willst, den Herzog Hereford?
Wenn dem so ist, nur keck heraus damit!
Schnell ist mein Ohr, was gut für ihn, zu hören.
ROSS. Nichts Gutes, das ich könnte tun für ihn,
Wenn ihr nicht gut es nennet, ihn bedauern,
Der seines Erbes bar ist und beraubt.
NORTHUMBERLAND.
Beim Himmel! es ist Schmach, solch Unrecht dulden
An einem Prinzen und an andern mehr
Aus edlem Blut in dem gesunknen Land.
Der König ist nicht mehr er selbst, verführt
Von Schmeichlern; und was diese bloß aus Haß
Angeben wider einen von uns allen,
Das setzt der König strenge gegen uns
Und unser Leben, Kinder, Erben durch.
ROSS.
Das Volk hat er geschatzt mit schweren Steuern,
Und abgewandt ihr Herz; gebüßt die Edlen
Um alten Zwist, und abgewandt ihr Herz.
WILLOUGHBY.
Und neue Pressungen ersinnt man täglich,
Als offne Briefe, Darlehn und ich weiß nicht was;

Und was, um Gottes Willen, wird daraus?
NORTHUMBERLAND.
Der Krieg verzehrt' es nicht, er führte keinen,
Er gab ja durch Verträge schmählich auf,
Was seine Ahnen mit dem Schwert erworben.
Er braucht im Frieden mehr, als sie im Krieg.
ROSS. Der Graf von Wiltshire hat das Reich in Pacht.
WILLOUGHBY.
Der König ist zum Bankrottierer worden.
NORTHUMBERLAND.
Verrufenheit und Abfall hänget über ihm.
ROSS. Er hat kein Geld für diese Krieg' in Irland,
Der drückenden Besteu'rung ungeachtet,
Wird der verbannte Herzog nicht beraubt.
NORTHUMBERLAND.
Sein edler Vetter: – o verworfner König!
Doch, Herrn, wir hören dieses Wetter pfeifen
Und suchen keinen Schutz, ihm zu entgehn;
Wir sehn den Wind hart in die Segel drängen
Und streichen doch sie nicht, gehn sorglos unter.
ROSS.
Wir sehn den Schiffbruch, den wir leiden müssen,
Und unvermeidlich ist nun die Gefahr,
Weil wir die Ursach' unsers Schiffbruchs leiden.
NORTHUMBERLAND.
Nein, blickend aus des Todes hohlen Augen,
Erspäh' ich Leben, doch ich darf nicht sagen,
Wie nah die Zeitung unsers Trostes ist.
WILLOUGHBY.
Teil', was du denkst, mit uns, wie wir mit dir!
ROSS.
Sprich unbedenklich doch, Northumberland:
Wir drei sind nur du selbst, und deine Worte
Sind hier nur wie Gedanken: drum sei kühn!
NORTHUMBERLAND.
Dann lautet's so: es wird aus Port le Blanc,
Dem Hafen in Bretagne, mir gemeldet,
Daß Heinrich Hereford, Reginald Lord Cobham,
Der Sohn des Grafen Richard Arundel,
Der jüngst vom Herzog Exeter geflüchtet,
Sein Bruder, Erzbischof sonst von Canterbury,
Sir Thomas Erpingham, Sir John Ramston,
Sir John Norbery, Sir Robert Waterton und
Francis Quoint, –
Daß alle die, vom Herzog von Bretagne
Wohl ausgerüstet mit acht großen Schiffen
Und mit dreitausend Mann, in größter Eil'
Hieher sind unterwegs und kürzlich hoffen
Im Norden unsre Küste zu berühren;
Sie hätten's schon getan, sie warten nur
Des Königs Überfahrt nach Irland ab.
Und wollen wir das Joch denn von uns schütteln,
Des Lands zerbrochne Flügel neu befiedern,
Die Kron' aus mäkelnder Verpfändung lösen,
Den Staub abwischen von des Szepters Gold,
Daß hohe Majestät sich selber gleiche:
Dann mit mir fort, in Eil' nach Ravenspurg!
Doch solltet ihr's zu tun zu furchtsam sein,
Bleibt und verschweigt nur, und ich geh' allein.
ROSS. Zu Pferd! zu Pferd! Mit allen Zweifeln fort!
WILLOUGHBY.
Hält nur mein Pferd, bin ich der erste dort.
Alle ab.

Dritte Szene

London. Ein Zimmer im Palaste.
Die Königin, Bushy und Bagot treten auf.

BUSHY. Allzu betrübt ist Eure Majestät.
Verspracht Ihr nicht dem König, als er schied,
Die härmende Betrübnis abzulegen
Und einen frohen Mut Euch zu erhalten?
KÖNIGIN. Zu lieb dem König tat ich's; mir zu lieb
Kann ich's nicht tun; doch hab' ich keinen Grund,
Warum ich Gram als Gast willkommen hieße,
Als daß ich einem süßen Gast, wie Richard,
Das Lebewohl gesagt: dann denk' ich wieder,
Ein ungebornes Leiden, reif im Schoß
Fortunas, naht mir, und mein Innerstes
Erbebt vor nichts, und grämt sich über was,
Das mehr als Trennung ist von dem Gemahl.
BUSHY.
Das Wesen jedes Leids hat zwanzig Schatten,
Die aussehn wie das Leid, doch es nicht sind;
Das Aug' des Kummers, überglast von Tränen,
Zerteilt ein Ding in viele Gegenstände.
Wie ein gefurchtes Bild, grad' angesehn,
Nichts als Verwirrung zeigt, doch, schräg betrachtet,
Gestalt läßt unterscheiden: so entdeckt
Eu'r holde Majestät, da sie die Trennung
Von dem Gemahl schräg ansieht, auch Gestalten
Des Grams, mehr zu bejammern als er selbst,
Die, grade angesehn, nichts sind als Schatten
Des, was er nicht ist! Drum, Gebieterin!
Beweint die Trennung, seht nichts mehr darin,
Was nur des Grams verfälschtem Aug' erscheint,
Das Eingebildetes als wahr beweint!
KÖNIGIN. Es mag so sein; doch überredet mich
Mein Innres, daß es anders ist; wie dem auch sei,
Ich muß betrübt sein, und so schwer betrübt,
Daß ich, denk' ich schon nichts, wenn ich's bedenke,
Um banges Nichts verzage und mich kränke.
BUSHY. Es sind nur Grillen, teure gnäd'ge Frau.
KÖNIGIN.
Nichts weniger; denn Grillen stammen immer
Von einem Vater Gram; nicht so bei mir:
Denn Nichts erzeugte meinen Gram mir, oder
Etwas das Nichts, worüber ich mich gräme.
Nur in der Anwartschaft gehört es mir;
Doch was es ist, kann ich nicht nennen, eh'
Als es erscheint: 's ist namenloses Weh.
Green kommt.
GREEN.
Heil Eurer Majestät! – und wohlgetroffen, Herrn!
Der König, hoff ich, ist nach Irland noch
Nicht eingeschifft?
KÖNIGIN. Weswegen hoffst du das?
Es ist ja beßre Hoffnung, daß er's ist;
Denn Eile heischt sein Werk, die Eile Hoffnung.
Wie hoffst du denn, er sei nicht eingeschifft?
GREEN. Damit er, unsre Hoffnung, seine Macht
Zurückzieh' und des Feindes Hoffnung schlage,
Der stark in diesem Lande Fuß gefaßt:
Zurück vom Bann ruft Bolingbroke sich selbst
Und ist mit droh'nden Waffen angelangt
Zu Ravenspurg.

KÖNIGIN. Verhüt' es Gott im Himmel!

GREEN.
Oh, es ist allzuwahr! und, was noch schlimmer,
Der Lord Northumberland, Percy, sein junger Sohn,
Die Lords von Roß, Beaumond und Willoughby,
Samt mächt'gem Anhang, sind zu ihm geflohn.

BUSHY. Warum erklärtet ihr Northumberland
Und der empörten Rotte ganzen Rest
Nicht für Verräter?

GREEN.
Wir taten es, worauf der Graf von Worcester
Den Stab gebrochen, sein Hofmeistertum
Hat aufgesagt und alles Hofgesinde
Mit ihm entwichen ist zum Bolingbroke.

KÖNIGIN.
So, Green! Du bist Wehmutter meines Wehs,
Und Bolingbroke ist meines Kummers Sohn.
Nun ist der Seele Mißgeburt erschienen,
Mir keuchenden und kaum entbundnen Mutter
Ist Weh auf Weh und Leid auf Leid gehäuft.

BUSHY. Fürstin, verzweifelt nicht!

KÖNIGIN. Wer will mir's wehren?
Ich will verzweifeln und will Feindschaft halten
Mit falscher Hoffnung, dieser Schmeichlerin,
Schmarotzerin, Rückhalterin des Todes,
Der sanft des Lebens Bande lösen möchte,
Das Hoffnung hinhält in der höchsten Not.

York tritt auf.

GREEN. Da kommt der Herzog York.

KÖNIGIN.
Mit Kriegeszeichen um den alten Nacken.
Oh, voll Geschäft' und Sorgen ist sein Blick! –
Oheim, um Gottes willen, sprecht Trostesworte!

YORK. Tät' ich es, so belög' ich die Gedanken.
Trost wohnt im Himmel, und wir sind auf Erden,
Wo nichts als Kreuz, als Sorg' und Kummer lebt.
Eu'r Gatt' ist fort, zu retten in der Ferne,
Da andre ihn zu Haus zu Grunde richten.
Das Land zu stützen, blieb ich hier zurück,
Der ich, vor Alter schwach, mich selbst kaum halte.
Nun kommt nach dem Gelag' die kranke Stunde,
Nun mag er seine falschen Freund' erproben.

Ein Bedienter kommt.

BEDIENTER.
Herr, Euer Sohn war fort, schon eh' ich kam.

YORK.
War er? – Nun ja! – Geh' alles, wie es will!
Die Edlen, die sind fort, die Bürger, die sind kalt
Und werden, fürcht' ich, sich zu Hereford schlagen. –
He, Bursch!
Nach Plashy auf, zu meiner Schwester Gloster!
Heiß' sie unverzüglich tausend Pfund mir schicken:
Da hier, nimm meinen Ring!

BEDIENTER.
Herr, ich vergaß, Eu'r Gnaden es zu sagen:
Heut, als ich da vorbeikam, sprach ich vor, –
Allein ich kränk' Euch, wenn ich weiter melde.

YORK. Was ist es, Bube?

BEDIENTER.
Die Herzogin war tot seit einer Stunde.

YORK.
Gott sei uns gnädig! Welche Flut des Wehs
Bricht auf dies wehevolle Land herein!
Ich weiß nicht, was ich tun soll. – Wollte Gott
(Hätt' ich durch Untreu' nur ihn nicht gereizt),
Der König hätte mir, wie meinem Bruder,
Das Haupt abschlagen lassen! – Wie, sind noch
Eilboten nicht nach Irland abgeschickt? –
Wie schaffen wir zu diesen Kriegen Geld? –
Kommt, Schwester! – Nichte, mein ich, – o verzeiht!

Zu dem Bedienten.

Geh, Bursch! Mach' dich nach Haus, besorge Wagen
Und führ' die Waffen weg, die dort noch sind!

Bedienter ab.

Ihr Herrn, wollt ihr Leute mustern gehn? –
Wenn ich weiß,
Wie, auf was Art ich diese Dinge ordne,
So wüst verwirrt in meine Hand geworfen,
So glaubt mir nie mehr! – Beide sind meine Vettern,
Der eine ist mein Fürst, den mich mein Eid
Und Pflicht verteid'gen heißt; der andre wieder
Mein Vetter, den der König hat gekränkt,
Den Freundschaft und Gewissen heißt vertreten.
Wohl! Etwas muß geschehn. – Kommt, Nichte! Ich
Will für Euch sorgen. – Ihr, Herrn, geht,
mustert eure Leute
Und trefft mich dann sogleich auf Berkley-Schloß!
Nach Plashy sollt' ich auch: –
Die Zeit erlaubt es nicht; – an allem Mangel,
Und jedes Ding schwebt zwischen Tür und Angel.

York und die Königin ab.

BUSHY. Der Wind befördert Zeitungen nach Irland,
Doch keine kommt zurück. Hier Truppen werben,
Verhältnismäßig mit dem Feinde, ist
Für uns durchaus unmöglich.

GREEN. Außerdem
Ist unsre Nähe bei des Königs Liebe
Dem Hasse derer nah, die ihn nicht lieben.

BAGOT. Das ist das wandelbare Volk, des Liebe
In seinen Beuteln liegt; wer diese leert,
Erfüllt ihr Herz gleich sehr mit bitterm Haß.

BUSHY.
Weshalb der König allgemein verdammt wird.

BAGOT. Und wenn sie Einsicht haben, wir mit ihm,
Weil wir dem König immer nahe waren.

GREEN. Gut, ich will gleich nach Bristol-Schloß
mich flüchten,
Der Graf von Wiltshire ist ja dort bereits.

BUSHY. Dahin will ich mit Euch; denn wenig Dienst
Ist zu erwarten vom erbosten Volk,
Als daß sie uns, wie Hund', in Stücke reißen.
Wollt Ihr uns hin begleiten?

BAGOT. Nein, lebt wohl!
Ich will zu Seiner Majestät in Irland.
Wenn Ahndungen des Herzens nicht mich äffen,
So scheiden drei hier, nie sich mehr zu treffen.

BUSHY.
Vielleicht, wenn York den Bolingbroke verjagt.

GREEN. Der arme Herzog, der es unternimmt,
Den Sand zu zählen, trinken will die Meere!
Wenn einer für ihn ficht, fliehn ganze Heere.

BUSHY.
Lebt wohl mit eins! Für einmal und für immer!

GREEN. Wir sehn uns wieder wohl.

BAGOT. Ich fürchte, nimmer.

Alle ab.

Vierte Szene

Die Wildnis in Glostershire.
Bolingbroke und Northumberland treten auf mit Truppen.

BOLINGBROKE.
Wie weit, Herr, haben wir bis Berkley noch?
NORTHUMBERLAND.
Glaubt mir, mein edler Herr,
Ich bin ein Fremdling hier in Glostershire.
Die rauhen Weg' und hohen wilden Hügel
Ziehn unsre Meilen mühsam in die Länge;
Doch Euer schön Gespräch macht, wie ein Zucker,
Den schweren Weg süß und vergnüglich mir.
Doch ich bedenke, wie so lang der Weg
Von Ravenspurg bis Cotswold dünken wird
Dem Roß und Willoughby, die Euer Beisein missen,
Das, ich beteur' es, die Verdrießlichkeit
Und Dauer meiner Reise sehr getäuscht.
Zwar ihre wird versüßet durch die Hoffnung
Auf diesen Vorzug, des ich teilhaft bin;
Und Hoffnung auf Genuß ist fast so viel
Als schon genoßne Hoffnung: dadurch werden
Die müden Herrn verkürzen ihren Weg,
So wie ich meinen durch den Anblick dessen,
Was mein ist, Eure edle Unterhaltung.
BOLINGBROKE.
Viel minder wert ist meine Unterhaltung
Als Eure guten Worte. Doch wer kommt?
Heinrich Percy kommt.
NORTHUMBERLAND.
Mein Sohn ist's, Heinrich Percy, abgeschickt,
Woher es sei, von meinem Bruder Worcester. –
Heinrich, was macht Eu'r Oheim?
PERCY. Ich dachte, Herr, von Euch es zu erfahren.
NORTHUMBERLAND.
Ei, ist er denn nicht bei der Königin?
PERCY.
Nein, bester Herr, er hat den Hof verlassen,
Des Amtes Stab zerbrochen und zerstreut
Des Königs Hausgesinde.
NORTHUMBERLAND. Was bewog ihn?
Das war nicht sein Entschluß, als wir zuletzt uns sprachen.
PERCY. Weil man Eu'r Gnaden als Verräter ausrief.
Er ist nach Ravenspurg gegangen, Herr,
Dem Herzog Hereford Dienste anzubieten,
Und sandte mich nach Berkley, zu entdecken,
Was Herzog York für Truppen aufgebracht,
Dann mit Befehl, nach Ravenspurg zu kommen.
NORTHUMBERLAND.
Vergaßest du den Herzog Hereford, Knabe?
PERCY.
Nein, bester Herr, denn das wird nicht vergessen,
Was niemals im Gedächtnis war: ich sah,
So viel ich weiß, ihn nie in meinem Leben.
NORTHUMBERLAND.
So lern' ihn kennen jetzt: dies ist der Herzog.
PERCY.
Mein gnäd'ger Herr, noch jung und unerfahren,
Biet' ich Euch meinen Dienst, so wie er ist,
Bis ältre Tage ihn zur Reife bringen
Und zu bewährterem Verdienst erhöhn.
BOLINGBROKE.
Ich dank' dir, lieber Percy! Sei gewiß,
Ich achte mich in keinem Stück so glücklich,
Als daß mein Sinn der Freunde treu gedenkt.
Und wie mein Glück mit deiner Liebe reift,
Soll dieser Sinn der Liebe Lohn dir spenden.
Dies Bündnis schließt mein Herz, die Hand besiegelt's.
NORTHUMBERLAND.
Wie weit ist Berkley, und wie rührt sich dort
Der gute alte York mit seinem Kriegesvolk?
PERCY.
Dort steht die Burg bei jenem Haufen Bäume,
Bemannt, so hört' ich, mit dreihundert Mann.
Und drinnen sind die Lords von York, Berkley und Seymour,
Sonst keine von Geburt und hohem Rang.
Roß und Willoughby kommen.
NORTHUMBERLAND.
Da sind die Lords von Roß und Willoughby,
Vom Spornen blutig, feuerrot vor Eil'.
BOLINGBROKE.
Willkommen, Herrn! Ich weiß es, eure Liebe
Folgt dem Verbannten und Verräter nach.
Mein ganzer Schatz besteht nur noch in Dank,
Der nicht gespürt wird, aber, mehr bereichert,
Euch eure Lieb' und Mühe lohnen soll.
ROSS.
Eu'r Beisein macht uns reich, mein edler Herr.
WILLOUGHBY.
Und übersteigt die Müh', es zu erreichen.
BOLINGBROKE.
Nur immer Dank, des Armen Kasse, die,
Bis mein unmündig Glück zu Jahren kommt,
Für meine Güte bürgt. Doch wer kommt da?
Berkley tritt auf.
NORTHUMBERLAND.
Es ist der Lord von Berkley, wie mich dünkt.
BERKLEY.
An Euch, Lord Hereford, lautet meine Botschaft.
BOLINGBROKE.
Herr, meine Antwort ist: an Lancaster;
Und diesen Namen such' ich jetzt in England
Und muß in Eurem Mund den Titel finden,
Eh' ich, auf was Ihr sagt, erwidern kann.
BERKLEY.
Herr, mißversteht mich nicht; ich meine gar nicht
Zu schmälern einen Titel Eurer Ehre.
Zu Euch, Herr, komm' ich (Herr von was Ihr wollt)
Vom rühmlichen Regenten dieses Landes,
Dem Herzog York, zu wissen, was Euch treibt,
Von der verlaßnen Zeit Gewinn zu ziehn
Und unsern heim'schen Frieden wegzuschrecken
Mit selbstgetragnen Waffen?
York tritt auf mit Gefolge.
BOLINGBROKE. Ich bedarf,
Zum Überbringer meiner Wort' Euch nicht:
Hier kommt er in Person. – Mein edler Oheim!
Er knieet vor ihm.
YORK.
Zeig' mir dein Herz demütig, nicht dein Knie,
Des Ehrbezeigung falsch und trüglich ist!
BOLINGBROKE. Mein gnäd'ger Oheim!

YORK. Pah! pah!
Nichts da von Gnade, und von Oheim nichts!
Ich bin's nicht dem Verräter; das Wort Gnade
In einem sünd'gen Mund ist nur Entweihung.
Warum hat dein verbannter Fuß gewagt,
Den Staub von Englands Erde zu berühren?
Noch mehr Warum: warum so viele Meilen
Gewagt zu ziehn auf ihrem milden Busen,
So kriegerisch mit schnöder Waffen Pomp
Die bleichen Dörfer schreckend? – Kommst du her,
Weil der gesalbte König fern verweilt?
Ei, junger Tor, der König blieb daheim:
In meiner treuen Brust liegt seine Macht.
Wär' ich nur jetzt so heißer Jugend voll,
Als da dein wackrer Vater Gaunt und ich
Den Schwarzen Prinzen, diesen jungen Mars,
Aus der Franzosen dichten Reih'n gerettet:
O dann, wie schleunig sollte dieser Arm,
Den jetzt die Lähmung fesselt, dich bestrafen
Und Büßung deinem Fehler auferlegen!

BOLINGBROKE.
Mein gnäd'ger Oheim, lehrt mich meinen Fehler,
In welcher Übertretung er besteht?

YORK.
In Übertretung von der schlimmsten Art:
In grobem Aufruhr, schändlichem Verrat.
Du bist verbannt, und bist hieher gekommen,
Eh' die gesetzte Zeit verstrichen ist,
In Waffen trotzend deinem Landesherrn.

BOLINGBROKE.
Da ich verbannt ward, galt es mir als Hereford;
Nun, da ich komme, ist's um Lancaster.
Und, edler Oheim, ich ersuch' Eu'r Gnaden,
Seht unparteilich meine Kränkung an:
Ihr seid mein Vater, denn mich dünkt, in Euch
Lebt noch der alte Gaunt: O dann, mein Vater!
Wollt Ihr gestatten, daß ich sei verdammt
Als irrer Flüchtling, meine Recht' und Leh'n
Mir mit Gewalt entrissen, hingegeben
An niedre Prasser? – Was hilft mir die Geburt?
So gut mein Vetter König ist von England,
Gesteht mir, bin ich Herzog auch von Lancaster.
Euch ward ein Sohn, Aumerle, mein edler Vetter:
Starbt Ihr zuerst, und trat man ihn so nieder,
Sein Oheim Gaunt wär' Vater ihm geworden,
Der seine Kränkungen zu Paaren triebe.
Man weigert mir die Mutung meiner Leh'n,
Die meine Gnadenbriefe mir gestatten;
Mein Erb' wird eingezogen und verkauft,
Und dies und alles übel angewandt.
Was soll ich tun? Ich bin ein Untertan
Und fodre Recht; Anwalte wehrt man mir,
Und darum nehm' ich in Person Besitz
Von meinem Erbteil, das mir heimgefallen.

NORTHUMBERLAND.
Der edle Herzog ward zu sehr mißhandelt.

ROSS.
Eu'r Gnaden kommt es zu, ihm Recht zu schaffen.

WILLOUGHBY.
Mit seinen Lehen macht man Schurken groß.

YORK.
Ihr Lords von England, laßt mich dies euch sagen:
Ich fühlte meines Vetters Kränkung wohl
Und strebte, was ich konnt', ihm Recht zu schaffen;
Doch so in droh'nden Waffen herzukommen,
Für sich zugreifen, seinen Weg sich haun,
Nach Recht mit Unrecht gehn, – es darf nicht sein;
Und ihr, die ihr ihn bei der Art bestärkt,
Hegt Rebellion und seid zumal Rebellen.

NORTHUMBERLAND.
Der edle Herzog schwor, er komme bloß
Um das, was sein ist; bei dem Recht dazu
Ihn zu beschützen, schworen wir ihm teuer,
Und wer das bricht, dem geh' es nimmer wohl!

YORK.
Gut! gut! ich sehe dieser Waffen Ziel,
Ich kann's nicht ändern, wie ich muß bekennen:
Denn meine Macht ist schwach, und nichts in Ordnung.
Doch könnt' ich es: bei dem, der mich erschaffen!
Ich nähm' euch alle fest und nötigt' euch,
Begnadigung vom König anzuflehn.
Doch da ich's nicht vermag, so sei euch kund:
Ich nehme nicht Partei. Somit lebt wohl, –
Wenn es euch nicht beliebt, ins Schloß zu kommen
Und da für diese Nacht euch auszuruhn!

BOLINGBROKE.
Wir nehmen, Oheim, dies Erbieten an.
Wir müssen Euch gewinnen, mitzugehn
Nach Bristol-Schloß, das, wie man sagt, besetzt ist
Von Bushy, Bagot und von ihrem Troß,
Dem gift'gen Wurmfraß des gemeinen Wesens,
Den auszurotten ich geschworen habe.

YORK.
's ist möglich, daß ich mit Euch geh', – doch halt!
Denn ungern tu' ich dem Gesetz Gewalt.
Als Freund, als Feind seid ihr mir nicht willkommen:
Wo nichts mehr hilft, bin ich der Sorg' entnommen.
Alle ab.

Dritter Aufzug

Erste Szene

Ein Lager in Wales.
Salisbury und ein Hauptmann treten auf.

HAUPTMANN.
Lord Salisbury, wir warteten zehn Tage
Und hielten unser Volk mit Müh' beisammen,
Doch hören wir vom König keine Zeitung,
Drum wollen wir uns nun zerstreun. Lebt wohl!

SALISBURY.
Bleib' einen Tag noch, redlicher Walliser!
Der König setzt sein ganz Vertrau'n auf dich.

HAUPTMANN.
Man glaubt den König tot, wir warten nicht.
Die Lorbeerbäum' im Lande sind verdorrt,
Und Meteore drohn den festen Sternen,
Der blasse Mond scheint blutig auf die Erde,
Hohläugig flüstern Seher furchtbar'n Wechsel;
Der Reiche bangt, Gesindel tanzt und springt:
Der, in der Furcht, was er genießt, zu missen,
Dies, zu genießen durch Gewalt und Krieg.
Tod oder Fall von Kön'gen deutet das.
Lebt wohl! Auf und davon sind unsre Scharen,

Weil für gewiß sie Richards Tod erfahren.

Ab.

SALISBURY.

Ach, Richard! mit den Augen banges Muts
Seh' ich, wie einen Sternschuß, deinen Ruhm
Vom Firmament zur niedern Erde fallen.
Es senkt sich weinend deine Sonn' im West,
Die nichts als Sturm, Weh, Unruh' hinterläßt.
Zu deinen Feinden sind die Freund' entflohn,
Und widrig Glück spricht jeder Mühe Hohn.

Ab.

Zweite Szene

Bolingbrokes Lager zu Bristol.
Bolingbroke, York, Northumberland, Percy, Willoughby, Roß; im Hintergrunde Gerichtsbediente mit Bushy und Green als Gefangnen.

BOLINGBROKE.

Führt diese Männer vor! –
Bushy und Green, ich will nicht eure Seelen,
Weil sie sogleich vom Leibe scheiden müssen,
Durch Rügung eures Frevlerlebens plagen:
Denn nicht barmherzig wär's; doch um von meiner Hand
Eu'r Blut zu waschen, will ich öffentlich
Hier ein'ge Gründe eures Tods enthüllen.
Ihr habt mißleitet einen edlen Fürsten,
An Blut und Zügen glücklich ausgestattet,
Durch euch verunglückt und entstaltet ganz;
Mit euren sünd'gen Stunden schiedet ihr
Gewissermaßen ihn und sein Gemahl;
Ihr bracht den Bund des königlichen Bettes
Und trübtet einer holden Fürstin Wange
Mit Tränen, die eu'r Unrecht ihr entlockte.
Ich selbst, ein Prinz durch Rechte der Geburt,
Dem König nah im Blut und nah in Liebe,
Bis ihr bewirkt, daß er mich mißgedeutet,
Mußt' eurem Unrecht meinen Nacken beugen,
In fremde Wolken meinen Odem seufzen
Und essen der Verbannung bittres Brot:
Indessen ihr geschwelgt auf meinen Gütern,
Mir die Geheg' enthegt, gefällt die Forste,
Mein Wappen aus den Fenstern mir gerissen,
Den Wahlspruch mir verlöscht, kein Zeichen lassend
Als andrer Meinung und mein lebend Blut,
Der Welt als Edelmann mich darzutun.
Dies und viel mehr, viel mehr als zweimal dies
Verdammt zum Tod euch: laßt sie überliefern
Der Hand des Todes und der Hinrichtung!

BUSHY.

Willkommner ist der Streich des Todes mir,
Als Bolingbroke dem Reiche. – Lords, lebt wohl!

GREEN.

Mein Trost ist, unsre Seelen gehn zum Himmel,
Der mit der Hölle Pein das Unrecht straft.

BOLINGBROKE.

Schafft sie zum Tode, Lord Northumberland!

Northumberland und andre mit den Gefangnen ab.

Ihr sagtet, Oheim, daß die Königin
Nach Eurem Hause sich begeben hat.
Ums Himmels Willen, laßt ihr gut begegnen:
Sagt ihr, daß ich mich bestens ihr empfehle;
Tragt Sorge, meinen Gruß ihr zu bestellen!

YORK. Ich sandte einen meiner Edelleute
Mit Briefen, die ihr Eure Liebe schildern.

BOLINGBROKE. Habt, Oheim, Dank! – Kommt, Herrn, zum letzten Schlag!
Noch eine Weil' ans Werk: dann Feiertag!

Alle ab.

Dritte Szene

Die Küste von Wales. Ein Schloß im Prospekt. Trompetenstoß und Kriegsmusik. König Richard, der Bischof von Carlisle und Aumerle treten auf mit Truppen.

KÖNIG RICHARD.

Barkloughly-Schloß nennt Ihr das dort zur Hand?

AUMERLE.

Ja, gnäd'ger Herr; wie dünket Euch die Luft
Nach Eurem Schwanken auf der hohlen See?

KÖNIG RICHARD.

Wohl muß sie gut mir dünken: vor Freude wein' ich,
Noch 'mal auf meinem Königreich zu stehn. –
Ich grüße mit der Hand dich, teure Erde,
Verwunden schon mit ihrer Rosse Hufen
Rebellen dich; wie eine Mutter, lange
Getrennt von ihrem Kinde, trifft sie's wieder,
Mit Tränen und mit Lächeln zärtlich spielt:
So weinend, lächelnd, grüß' ich dich, mein Land,
Und schmeichle dir mit königlichen Händen.
Nähr' deines Herren Feind nicht, liebe Erde,
Dein Süßes lab' ihm nicht den Räubersinn!
Nein, laß sich Spinnen, die dein Gift einsaugen,
Und träge Kröten in den Weg ihm legen,
Zu plagen die verräterischen Füße,
Die dich mit unrechtmäß'gen Tritten stampfen!
Beut scharfe Nesseln meinen Feinden dar,
Und pflücken sie von deinem Busen Blumen,
Laß, bitt' ich, Nattern lauernd sie bewahren,
Die mit der Doppelzunge gift'gem Stich
Den Tod auf deines Herren Feinde schießen! –
Lacht nicht der unempfundenen Beschwörung!
Die Erde fühlt, und diese Steine werden
Bewehrte Krieger, eh' ihr echter König
Des Aufruhrs schnöden Waffen unterliegt.

CARLISLE.

Herr, fürchtet nicht! Der Euch zum König setzte,
Hat Macht, dabei trotz allem Euch zu schützen.
Des Himmels Beistand muß ergriffen werden
Und nicht versäumt; sonst, wenn der Himmel will
Und wir nicht wollen, so verweigern wir
Sein Anerbieten, Hülf' und Herstellung.

AUMERLE.

Er meint, mein Fürst, daß wir zu lässig sind,
Da Bolingbroke durch unsre Sicherheit
Stark wird und groß an Mitteln und an Freunden.

KÖNIG RICHARD.

Entmutigender Vetter! Weißt du nicht,
Wenn hinterm Erdball sich das späh'nde Auge
Des Himmels birgt, der untern Welt zu leuchten,
Dann schweifen Dieb' und Räuber, ungesehn,
In Mord und Freveln blutig hier umher:

Doch wenn er, um den ird'schen Ball hervor,
Im Ost der Fichten stolze Wipfel glüht
Und schießt sein Licht durch jeden schuld'gen Winkel:
Dann stehn Verrat, Mord, Greuel, weil der Mantel
Der Nacht gerissen ist von ihren Schultern,
Bloß da und nackt und zittern vor sich selbst.
So, wenn der Dieb, der Meuter Bolingbroke,
Der all die Zeit her nächtlich hat geschwärmt,
Indes wir bei den Antipoden weilten,
Uns auf sieht steigen in des Ostens Thron,
Wird sein Verrat im Antlitz ihm erröten,
Er wird des Tages Anblick nicht ertragen
Und selbsterschreckt vor seiner Sünde zittern.
Nicht alle Flut im wüsten Meere kann
Den Balsam vom gesalbten König waschen;
Der Odem ird'scher Männer kann des Herrn
Geweihten Stellvertreter nicht entsetzen.
Für jeden Mann, den Bolingbroke gepreßt,
Den Stahl zu richten auf die goldne Krone,
Hat Gott für seinen Richard einen Engel
In Himmelssold: mit Engeln im Gefecht
Besteht kein Mensch; der Himmel schützt das Recht.

Salisbury kommt.

Willkommen, Lord! Wie weit liegt Eure Macht?

SALISBURY.

Noch nah, noch weiter weg, mein gnäd'ger Herr,
Als dieser schwache Arm: Not lenkt die Zunge
Und heißt von nichts sie reden als Verzweiflung.
Ein Tag zu spät, fürcht' ich, mein edler Herr,
Bewölkt all deine frohen Tag' auf Erden.
Oh, rufe Gestern wieder, laß die Zeit
Umkehren, und du hast zwölftausend Streiter!
Dies Heute, dieser Unglückstag, zu spat
Stürzt deine Freuden, Freunde, Glück und Staat,
Denn all die Wäl'schen, tot dich wähnend schon,
Sind hin zu Bolingbroke, zerstreut, entflohn.

AUMERLE.

Getrost, mein Fürst: was seht Ihr doch so bleich?

KÖNIG RICHARD.

Noch eben prangt' in meinem Angesicht
Das Blut von zwanzigtausend; sie sind fort.
Hab' ich denn Ursach' zu erbleichen nicht,
Bis so viel Blut zurückgekehrt ist dort?
Wer sicher sein will, flieh' von meiner Seit',
Denn meinen Stolz gezeichnet hat die Zeit.

AUMERLE.

Getrost, mein Fürst! Bedenket, wer Ihr seid!

KÖNIG RICHARD.

Ja, ich vergaß mich selbst: bin ich nicht König?
Erwache, feige Majestät! Du schläfst.
Des Königs Nam' ist vierzigtausend Namen.
Auf, auf, mein Nam'! Ein kleiner Untertan
Droht deiner Herrlichkeit. – Senkt nicht den Blick,
Ihr Königs–Günstlinge! Sind wir nicht hoch?
Laßt hoch uns denken! – Oheim York, ich weiß,
Hat Macht genug zu unserm Dienst. Doch wer
Kommt da?

Scroop tritt auf.

SCROOP.

Mehr Heil und Glück begegne meinem Herrn,
Als meine Not-gestimmte Zung' ihm bringt!

KÖNIG RICHARD.

Mein Ohr ist offen, und mein Herz bereit:
Du kannst nur weltlichen Verlust mir melden.
Sag, ist mein Reich hin? War's doch meine Sorge;
Welch ein Verlust denn, sorgenfrei zu sein?
Strebt Bolingbroke so groß zu sein als wir?
Er soll nicht größer sein; wenn er Gott dient,
Ich dien' ihm auch und werde so ihm gleich.
Empört mein Volk sich? Das kann ich nicht ändern,
Sie brechen Gott ihr Wort so gut wie mir.
Ruft Weh, Zerstörung, Fall! Der ärgste Schlag
Ist doch nur Tod, und Tod will seinen Tag.

SCROOP.

Gern seh' ich Eure Hoheit so gerüstet,
Des Mißgeschickes Zeitung zu ertragen.
Gleichwie ein stürmisch ungestümer Tag
Die Silberbäch' aus ihren Ufern schwellt,
Als wär' die Welt in Tränen aufgelöst:
So über alle Schranken schwillt die Wut
Des Bolingbroke, Eu'r banges Land bedeckend
Mit hartem Stahl und mit noch härtern Herzen.
Graubärte decken ihre kahlen Schädel
Mit Helmen wider deine Majestät;
Und weiberstimm'ge Knaben mühn sich, rauh
Zu sprechen, stecken ihre zarten Glieder
In steife Panzer wider deinen Thron;
Selbst deine Pater lernen ihre Bogen
Von Eiben, doppelt tödlich, auf dich spannen.
Ja, Kunkelweiber führen rost'ge Piken
Zum Streit mit dir; empört ist Kind und Greis,
Und schlimmer geht's, als ich zu sagen weiß.

KÖNIG RICHARD.

Zu gut, zu gut sagst du so schlimme Dinge!
Wo ist der Graf von Wiltshire? wo ist Bagot?
Was ist aus Bushy worden? wo ist Green?
Daß sie den Todfeind ungestörtes Trittes
Durchmessen ließen unsers Reichs Bezirk?
Gewinnen wir, so soll ihr Kopf es büßen.
Sie schlossen Frieden, traun, mit Bulingbroke?

SCROOP.

Ja, Herr, sie machten wirklich mit ihm Frieden.

KÖNIG RICHARD.

O Schelme, Vipern, rettungslos verdammt!
O Hunde, die vor jedem Fremden wedeln!
An meines Herzens Blut erwärmte Schlangen,
Die nun ins Herz mir stechen! Drei Judasse,
Und dreimal ärger jeglicher als Judas!
Sie schlossen Frieden? Dafür mag die Hölle
Mit Krieg bestürmen ihre schwarzen Seelen!

SCROOP. Ich seh', wenn süße Liebe läßt von Art,
Wird sie zum tödlichsten und herbsten Haß.
Nehmt Euren Fluch zurück: den Frieden schloß
Ihr Kopf, nicht ihre Hand; die Ihr verflucht,
Traf schon der grimme Streich der Todeswunde;
Sie liegen eingescharrt im hohlen Grunde.

AUMERLE.

Ist Bushy, Green, der Graf von Wiltshire tot?

SCROOP. Ja, alle sind zu Bristol sie enthauptet.

AUMERLE. Wo ist mein Vater York mit seiner Macht?

KÖNIG RICHARD.

Das ist gleichviel; von Troste rede niemand,
Von Gräbern sprecht, von Würmern, Leichensteinen!
Macht zum Papier den Staub, und auf den Busen
Der Erde schreib' ein regnicht Auge Jammer!
Vollzieher wählt und sprecht von Testamenten:

Nein, doch nicht: – denn was können wir vermachen,
Als unsern abgelegten Leib dem Boden?
Hat Bolingbroke doch unser Land und Leben,
Und nichts kann unser heißen als der Tod
Und jenes kleine Maß von dürrer Erde,
Die dem Gebein zur Rind' und Decke dient.
Ums Himmels willen, laßt uns niedersitzen
Zu Trauermären von der Kön'ge Tod: –
Wie die entsetzt sind, die im Krieg erschlagen,
Die von entthronten Geistern heimgesucht,
Im Schlaf erwürgt, von ihren Frau'n vergiftet,
Ermordet alle; denn im hohlen Zirkel,
Der eines Königs sterblich Haupt umgibt,
Hält seinen Hof der Tod: da sitzt der Schalksnarr,
Höhnt seinen Staat und grinst zu seinem Pomp;
Läßt ihn ein Weilchen, einen kleinen Auftritt
Den Herrscher spielen, drohn, mit Blicken töten;
Flößt einen eitlen Selbstbetrug ihm ein,
Als wär' dies Fleisch, das unser Leben einschanzt,
Unüberwindlich Erz; und, so gelaunt,
Kommt er zuletzt und bohrt mit kleiner Nadel
Die Burgmau'r an, und – König, gute Nacht!
Bedeckt die Häupter, höhnt nicht Fleisch und Blut
Mit Ehrbezeugung; werft die Achtung ab,
Gebräuche, Sitt' und äußerlichen Dienst!
Ihr irrtet euch die ganze Zeit in mir:
Wie ihr, leb' ich von Brot, ich fühle Mangel,
Ich schmecke Kummer und bedarf der Freunde.
So unterworfen nun,
Wie könnt ihr sagen, daß ich König bin?

CARLISLE.
Herr, Weise jammern nie vorhandnes Weh,
Sie schneiden gleich des Jammers Wege ab.
Den Feind zu scheun, da Furcht die Stärke hemmt,
Das gibt dem Feinde Stärk' in Eurer Schwäche,
Und so ficht Eure Torheit wider Euch.
Furcht bringt uns um, nichts Schlimmres droht beim Fechten,
Tod wider Tod ist Sterben im Gefecht,
Doch fürchtend sterben ist des Todes Knecht.

AUMERLE.
Erkundigt Euch nach meines Vaters Macht
Und lernt, wie man ein Glied zum Körper macht.

KÖNIG RICHARD.
Wohl schiltst du: – stolzer Bolingbroke, ich eile,
Daß Streich um Streich uns unser Los erteile.
Dies Fieberschau'r der Furcht flog schon von hinnen.
Wie leichte Müh', mein Eignes zu gewinnen!
Sag, Scroop, wo mit dem Heer mein Oheim blieb?
Sprich heiter, sind schon deine Blicke trüb!

SCROOP.
Man schließet aus des Himmels Farb' und Schein,
Zu welchem Stand sich neigen wird der Tag:
So kann mein trübes Aug' Euch Zeichen sein,
Daß ich nur trübe Dinge sagen mag.
Den Foltrer spiel' ich, daß ich in die Länge
Das Ärgste dehne, was gesagt muß werden.
Eu'r Oheim ist mit Bolingbroke vereint,
Im Norden Eure Burgen all' erobert,
Im Süden Euer Adel all in Waffen
Auf seiner Seite.

KÖNIG RICHARD. Schon genug gesagt! –
Verwünscht sei, Vetter, der mich abgelenkt
Von dem bequemen Wege zur Verzweiflung!
Was sagt Ihr nun? Was haben wir für Trost?
Bei Gott, den will ich hassen immerdar,
Der irgend Trost mich ferner hegen heißt.
Kommt, hin nach Flint-Burg! Dort will ich mich grämen,
Des hohen Knechts darf sich das Weh nicht schämen.
Dankt meine Scharen ab und heißt sie gehen,
Wo Hoffnung noch zum Wachstum, Land zu säen;
Bei mir ist keine, – rede keiner mehr,
Dies abzuändern: aller Rat ist leer.

AUMERLE. Mein Fürst, ein Wort!

KÖNIG RICHARD. Der kränkt mich doppelt jetzt,
Der mit der Zunge Schmeicheln mich verletzt.
Entlaßt mein Volk! Hinweg, wie ich euch sage,
Von Richards Nacht zu Herefords lichtem Tage!

Alle ab.

Vierte Szene

Wales. Vor Flint-Burg.
Truppen mit klingendem Spiel und fliegenden Fahnen.
Bolingbroke, York, Northumberland und andre treten auf.

BOLINGBROKE.
Durch diese Kundschaft also lernen wir,
Die Wäl'schen sind zerstreut, und Salisbury
Ist hin zum König, der an dieser Küste
Mit wenigen Vertrauten jüngst gelandet.

NORTHUMBERLAND.
Die Zeitung ist erwünscht und gut, mein Prinz:
Richard verbarg sein Haupt nicht weit von hier.

YORK.
Es ziemte wohl dem Lord Northumberland,
Zu sagen »König Richard«. – O der Zeiten,
Wo solch ein heil'ger Fürst sein Haupt muß bergen!

NORTHUMBERLAND.
Ihr mißversteht mich; nur um kurz zu sein,
Ließ ich den Titel aus.

YORK. Es gab 'ne Zeit,
Wo er, wenn Ihr so kurz mit ihm verfuhrt,
So kurz mit Euch verfuhr, Euch abzukürzen
Um Euren Kopf, der so sich überhob.

BOLINGBROKE.
Mißnehmt nicht, Oheim, da, wo Ihr nicht solltet!

YORK.
Nehmt nicht, mein Vetter, da, wo Ihr nicht solltet,
Damit Ihr nicht mißnehmt: der Himmel waltet.

BOLINGBROKE.
Ich weiß es, Oheim, und ich setze mich
Nicht gegen seinen Willen. – Doch wer kommt da?

Percy tritt auf.

Willkommen, Heinrich! Wie, die Burg hält stand?

PERCY.
Die Burg ist königlich bemannt, mein Prinz,
Und wehrt den Eintritt.

BOLINGBROKE.
Königlich? Nun, sie faßt doch keinen König?

PERCY. Ja, bester Herr,
Wohl faßt sie einen: König Richard liegt
In dem Bezirk von jenem Leim und Steinen,
Und bei ihm sind der Lord Aumerle, Lord Salisbury,

Sir Stephen Scroop; dann noch ein Geistlicher
Von würd'gem Ansehn; wer, das weiß ich nicht.

NORTHUMBERLAND.
Es ist vielleicht der Bischof von Carlisle.

BOLINGBROKE *zu Northumberland.*
Edler Herr,
Geht zu den Rippen jener alten Burg,
Aus der Trompete sendet Hauch des Friedens
In ihr zerfallnes Ohr und meldet so:
Heinrich Bolingbroke
Küßt König Richards Hand auf beiden Knie'n
Und sendet Lehenspflicht und echte Treu'
Dem königlichen Herrn; hieher gekommen,
Zu seinen Füßen Wehr und Macht zu legen,
Vorausgesetzt, daß Widerruf des Banns
Und meine Güter mir bewilligt werden;
Wo nicht, so nütz' ich meine Übermacht
Und lösch' den Sommerstaub in Schauern Bluts
Aus Wunden der erschlagnen Engelländer.
Wie fern dies sei von Bolingbrokes Gemüt,
Daß solch ein Purpurwetter sollte tränken
Den grünen Schoß von König Richards Land,
Soll meine Ehrfurcht demutsvoll bezeugen.
Geht, deutet ihm das an, indes wir hier
Auf dieser Ebne Rasenteppich ziehn.

Northumberland nähert sich der Burg mit einem, Trompeter.

Laßt ohne droh'nder Trommeln Lärm uns ziehn,
Damit man auf der Burg verfallnen Zinnen
Den bill'gen Antrag wohl vernehmen möge!
Mich dünkt, ich und der König sollten uns
So schreckbar treffen wie die Elemente
Von Feu'r und Wasser, wenn ihr lauter Stoß
Des Himmels wolk'ge Wangen jäh zerreißt.
Sei er das Feu'r, ich das geschmeid'ge Wasser,
Sein sei die Wut, derweil ich meine Fluten
Zur Erde niederregne, nicht auf ihn.
Rückt vor und merkt auf König Richards Blick!

Aufforderung mit der Trompete, die von innen beantwortet wird.

Trompetenstoß. Auf den Mauern erscheinen König Richard, der Bischof von Carlisle, Aumerle, Scroop und Salisbury.

YORK.
Seht, seht den König Richard selbst erscheinen,
So wie die Sonn', errötend, mißvergnügt,
Aus feurigem Portal des Ostens tritt,
Wenn sie bemerkt, daß neid'sche Wolken streben,
Zu trüben ihren Glanz, den lichten Pfad
Zum Okzident hinüber zu beflecken.
Doch sieht er wie ein König; seht, sein Auge,
So leuchtend wie des Adlers, schießt hervor
Gewalt'ge Majestät: ach, ach, der Pein,
Daß Harm verdunkeln soll so holden Schein!

KÖNIG RICHARD.
Wir sind erstaunt: so lange standen wir,
Die scheue Beugung Eures Knies erwartend,
Weil wir für dein rechtmäßig Haupt uns hielten;
Und sind wir das, wie dürfen deine Glieder
Der ehrerbiet'gen Pflicht vor uns vergessen?
Sind wir es nicht, so zeig' uns Gottes Hand,
Die uns entlassen der Verwalterschaft;
Wir wissen, keine Hand von Fleisch und Blut
Kann unsers Szepters heil'gen Griff erfassen,
Als durch Entweihung, Raub und Anmaßung.
Und denkt Ihr schon, daß alle, so wie Ihr,
Den Sinn verkehrt, da sie von mir ihn kehrten,
Und daß wir bloß sind und der Freunde ledig,
So wißt doch, der allmächt'ge Gott, mein Herr,
Hält in den Wolken Musterung von Scharen
Der Pestilenz, uns beizustehn; die werden
Noch ungeborne Kinder derer treffen,
Die an mein Haupt Vasallenhänd' erheben
Und meiner Krone kostbar'n Schmuck bedrohn.
Sagt Bolingbroke (dort ist er, wie mich dünkt),
Gefährlicher Verrat sei jeder Schritt,
Auf meinem Land getan; er kommt, zu öffnen
Des blut'gen Krieges purpurn Testament:
Doch eh' die Kron', um die er wirbt, in Frieden
Die Schläf' ihm deckt, da werden blut'ge Schläfen
Von zehentausend Muttersöhnen übel
Dem blüh'nden Antlitz Englands stehn, verwandeln
Die Farbe ihres Mädchen-blassen Friedens
In scharlachne Entrüstung und betaun
Der Auen Gras mit Englands echtem Blut.

NORTHUMBERLAND.
Des Himmels Herr verhüte, daß der König
So von unbürgerlichen Bürgerwaffen
Bestürmt soll sein! Dein dreifach edler Vetter,
Heinrich Bolingbroke, küßt deine Hand in Demut
Und schwöret bei dem ehrenwerten Grab,
Das die Gebeine deines königlichen
Großvaters deckt, und bei dem Fürstenadel
Von Euer beider Blut, verwandten Strömen,
Aus einem höchst erlauchten Quell entsprungen,
Bei des mannhaften Gaunt begrabner Hand
Und seinem eignen Wert und seiner Ehre,
Was alle Schwür' und Reden in sich faßt:
Daß er hieher kam, hat kein weitres Ziel
Als seiner Ahnen Rechte, und zu bitten
Befreiung ohne Zögern auf den Knie'n.
Hast du die königlicherseits gewährt,
So will er seine schimmerreichen Waffen
Dem Roste, die mit Stahl belegten Rosse
Den Ställen übergeben, und sein Herz
Dem treuen Dienste Eurer Majestät.
Er schwört, so wahr er Prinz ist, dies sei billig,
Und ich, so wahr ich adlig, stimm' ihm bei.

KÖNIG RICHARD.
Northumberland, sag, also spricht der König:
Sein edler Vetter ist willkommen hier,
Und seiner bill'gen Foderungen Zahl
Soll ohne Widerspruch bewilligt werden.
Mit dem holdsel'gen Wesen, das du hast,
Bring' güt'ge Grüße an sein freundlich Ohr!

Zu Aumerle.

Wir setzen uns herab, Vetter, nicht wahr,
Daß wir so ärmlich sehn, so milde sprechen?
Soll ich Northumberland noch wieder rufen,
Trotz bieten dem Verräter und so sterben?

AUMERLE.
Nein, Herr! Laßt sanfte Wort' uns Waffen sein,
Bis Zeit uns Freunde, diese Schwerter leihn.

KÖNIG RICHARD.
O Gott! o Gott! Daß jemals diese Zunge,
Die der Verbannung furchtbar'n Spruch gelegt

Auf jenen stolzen Mann, ihn weg muß nehmen
Mit mildem Glimpf! Oh, wär' ich meinem Gram
Gewachsen, oder kleiner als mein Name!
Daß ich vergessen könnte, was ich war,
Oder nicht gedenken, was ich nun muß sein!
Schwillst, stolzes Herz? Zu schlagen steh' dir frei,
Weil Feinden frei steht, dich und mich zu schlagen.

AUMERLE.
Da kommt Northumberland vom Bolingbroke.

KÖNIG RICHARD.
Was muß der König nun? Sich unterwerfen?
Der König wird es tun. Muß er entsetzt sein?
Der König gibt sich drein. Den Namen König
Einbüßen? Nun, er geh' in Gottes Namen! –
Ich gebe mein Geschmeid' um Betkorallen,
Den prächtigen Palast für eine Klause,
Die bunte Tracht für eines Bettlers Mantel,
Mein reich Geschirr für einen hölzern Becher,
Mein Szepter für 'nes Pilgers Wanderstab,
Mein Volk für ein paar ausgeschnitzte Heil'ge,
Mein weites Reich für eine kleine Gruft,
Ganz kleine, kleine, unbekannte Gruft;
Oder auf des Königs Heerweg scharrt mich ein,
Wo viel Verkehr ist, wo des Volkes Füße
Das Haupt des Fürsten stündlich treten können.
Sie treten ja mein Herz, jetzt, da ich lebe:
Warum nicht auch des schon Begrabnen Haupt?
Aumerle, du weinst, mein weichgeherzter Vetter! –
Laßt schlechtes Wetter mit verschmähten Tränen
Uns machen, sie und unsre Seufzer sollen
Zu Boden legen alles Sommerkorn
Und im empörten Lande Teu'rung schaffen.
Wie, oder sollen wir mit unserm Leid
Mutwillen treiben, eine art'ge Wette
Anstellen mit Vergießung unsrer Tränen?
Zum Beispiel so: auf einen Platz sie träufeln,
Bis sie ein Paar von Gräbern ausgehöhlt;
Zur Inschrift: »Vetter waren die Entseelten,
Die sich ihr Grab mit eignen Augen höhlten«?
Tät' nicht dies Übel gut? – Gut, ich seh' ein,
Ich rede töricht, und Ihr spottet mein. –
Erlauchter Prinz, Mylord Northumberland,
Vermeldet, was sagt König Bolingbroke?
Will Seine Majestät Erlaubnis geben,
Daß Richard lebe, bis sein Ende da?
Ihr scharrt den Fuß, und Bolingbroke sagt Ja.

NORTHUMBERLAND.
Herr, er erwartet Euch im niedern Hof;
Wär's Euch gefällig nicht, herabzukommen?

KÖNIG RICHARD.
Herab, herab komm' ich, wie Phaeton,
Der Lenkung falscher Mähren nicht gewachsen.
Northumberland kehrt zum Bolingbroke zurück.
Im niedern Hof? Wo Kön'ge niedrig werden,
Verrätern horchen und sich hold gebärden.
Im niedern Hof? Herab, Hof! König, nieder!
Denn Eulen schrein statt froher Lerchen Lieder.
Alle von oben ab.

BOLINGBROKE. Was sagte Seine Majestät?

NORTHUMBERLAND. Das Herzeleid
Macht, daß er irre redet, wie Verrückte.
Jedoch ist er gekommen.
König Richard und seine Begleiter erscheinen unten.

BOLINGBROKE. Steht beiseit,
Zeigt Ehrerbietung Seiner Majestät!
Knieend.
Mein gnäd'ger Herr, –

KÖNIG RICHARD.
Mein Vetter, Ihr entehrt Eu'r prinzlich Knie,
Da Ihr die Erde stolz macht, es zu küssen.
Ich möchte lieber Eure Lieb' empfinden,
Als unerfreut Eu'r höflich Werben sehn.
Auf, Vetter! auf! So hoch zum mind'sten steigt,
Indem er sein eignes Haupt berührt.
Weiß ich, Eu'r Herz, wie auch das Knie sich beugt.

BOLINGBROKE.
Mein gnäd'ger Herr, ich will nur, was mein eigen.

KÖNIG RICHARD.
Eu'r Eigentum ist Eu'r, und ich und alles.

BOLINGBROKE.
So weit seid mein, erhabner Fürst, als ich
Durch Dienste Eure Liebe kann verdienen.

KÖNIG RICHARD.
Ja wohl verdient Ihr – der verdient zu haben,
Der kühn und sicher zu erlangen weiß. –
Oheim, gebt mir die Hand! Nein, keine Zähren,
Die Liebe zeigen, aber Trost entbehren. –
Vetter, ich bin zu jung zu Eurem Vater,
Doch Ihr seid alt genug zu meinem Erben.
Was Ihr verlangt, das geb' ich Euch, und willig;
Denn der Gewalt ergeben wir uns billig.
Nach London gehn wir: soll es nicht so sein?

BOLINGBROKE. Ja, bester Herr.

KÖNIG RICHARD. Ich darf nicht sagen, nein.
Trompetenstoß. Alle ab.

Fünfte Szene

Langley. Garten des Herzogs von York.
Die Königin und zwei Fräulein treten auf.

KÖNIGIN.
Welch Spiel ersinnen wir in diesem Garten,
Der Sorge trübes Sinnen zu verscheuchen?

ERSTES FRÄULEIN.
Wir wollen Kugeln rollen, gnäd'ge Frau.

KÖNIGIN.
Da werd' ich mir die Welt voll Anstoß denken,
Und daß mein Glück dem Hang entgegen rollt.

ERSTES FRÄULEIN.
Wir wollen tanzen, gnäd'ge Frau.

KÖNIGIN.
Mein Fuß kann nicht zur Lust ein Zeitmaß halten,
Indes mein Herz kein Maß im Grame hält.
Drum, Mädchen, keinen Tanz, ein ander Spiel!

ERSTES FRÄULEIN.
So wollen wir Geschichten Euch erzählen.

KÖNIGIN. Von Freude oder Leid?

ERSTES FRÄULEIN. Von beidem, gnäd'ge Frau.

KÖNIGIN. Von keinem, Mädchen.
Denn wär's von Freude, welche ganz mir fehlt,
So würd' es mich noch mehr an Sorg' erinnern:
Und wär's von Kummer, welcher ganz mich drückt,
Würd' ich noch mehr der Freude Mangel fühlen.
Ich darf nicht wiederholen, was ich habe,
Es hilft nicht zu beklagen, was mir fehlt.

ERSTES FRÄULEIN. So will ich singen.
KÖNIGIN. Gut, wenn du es magst;
Doch du gefällst mir besser, wenn du weinst.
ERSTES FRÄULEIN.
Ich könnte weinen, wenn es Euch was hülfe.
KÖNIGIN.
Ich könnte weinen, wenn es mir was hülfe,
Und dürfte keine Träne von dir leihn.
Doch still! Die Gärtner kommen dort:
Laßt uns in dieser Bäume Schatten treten!

Ein Gärtner kommt mit zwei Gesellen.

Mein Elend wett' ich um 'nen Nadelbrief,
Daß sie vom Staat sich unterhalten werden.
Vor einem Wechsel tut das jedermann,
Dem Unglück geht Bekümmernis voran.

Die Königin und ihre Fräulein treten zurück.

GÄRTNER.
Du, bind' hinauf die schwanken Aprikosen,
Die, eigenwill'gen Kindern gleich, den Vater
Mit ihrer üpp'gen Bürde niederdrücken;
Gib eine Stütze den gebognen Zweigen!
Geh du, und hau' als Diener des Gerichtes
Zu schnell gewachsner Sprossen Häupter ab,
Die allzu hoch stehn im gemeinen Wesen:
In unserm Staat muß alles eben sein. –
Nehmt ihr das vor, ich geh' und jät' indes
Das Unkraut aus, das den gesunden Blumen
Die Kraft des Bodens unnütz saugt hinweg.
ERSTER GESELLE.
Was sollen wir, im Umfang eines Zauns,
Gesetz und Form und recht Verständnis halten,
Als Vorbild zeigend unsern festen Staat?
Da unser Land, der See-umzäunte Garten,
Voll Unkraut ist; erstickt die schönsten Blumen,
Die Fruchtbäum' unbeschnitten, dürr die Hecken,
Verwühlt die Beet', und die gesunden Kräuter
Von Ungeziefer wimmelnd.
GÄRTNER. Schweige still!
Der diesen ausgelaßnen Frühling litt,
Hat selbst nunmehr der Blätter Fall erlebt.
Die Ranken, die sein breites Laub beschirmte,
Die, an ihm zehrend, ihn zu stützen schienen,
Sind ausgerauft, vertilgt vom Bolingbroke;
Der Graf von Wiltshire, mein' ich, Bushy, Green.
ERSTER GESELLE. Wie? Sind sie tot?
GÄRTNER. Ja wohl, und Bolingbroke
Hat unsers üpp'gen Königs sich bemeistert.
Oh, welch ein Jammer ist es, daß er nicht
Sein Land so eingerichtet und gepflegt,
Wie wir den Garten! – Um die Jahreszeit
Verwunden wir des Fruchtbaums Haut, die Rinde,
Daß er nicht überstolz vor Saft und Blut
Mit seinem eignen Reichtum sich verzehre.
Hätt' er erhöhten Großen das getan,
So konnten sie des Dienstes Frucht noch bringen,
Und er sie kosten. Überflüss'ge Äste
Haun wir hinweg, damit der Fruchtzweig lebe.
Tat er's, so konnt' er selbst die Krone tragen,
Die eitler Zeitvertreib nun ganz zerschlagen.
ERSTER GESELLE.
Wie? Denkt Ihr denn, der König werd' entsetzt?
GÄRTNER. Besetzt hat man bereits ihn, und entsetzt
Wird er vermutlich. Briefe sind gekommen
Verwichne Nacht an einen nahen Freund
Des guten Herzogs York, voll schwarzer Zeitung.
KÖNIGIN.
Oh, ich ersticke, mach' ich mir nicht gleich
Mit Reden Luft! –

Sie kommt hervor.

Du, Adams Ebenbild,
Gesetzt zum Pfleger dieses Gartens, sprich:
Wie darf mir deine harte, rauhe Zunge
Die unwillkommne Neuigkeit verkünden?
Welch eine Schlang' und Eva lehrte dich
Den zweiten Fall des fluchbeladnen Menschen?
Was sagst du, König Richard sei entsetzt?
Darfst du, ein wenig beßres Ding als Erde,
Erraten seinen Sturz? Wo, wann und wie
Kam diese Nachricht dir? Elender, sprich!
GÄRTNER.
Verzeiht mir, gnäd'ge Frau: es freut mich wenig,
Zu melden dies: doch was ich sag', ist wahr.
Der König Richard ist in Bolingbrokes
Gewalt'ger Hand; gewogen wird ihr Glück:
In Eures Gatten Schal' ist nichts als er
Und Eitelkeiten, die ihn leichter machen;
Der große Bolingbroke, samt allen Pairs
Von England, macht die andre Schale voll.
Und mit dem Vorteil wiegt er Richard auf.
Reist nur nach London und erfahrt: so sei's;
Ich sage nichts, was nicht ein jeder weiß.
KÖNIGIN.
Behendes Mißgeschick, so leicht von Füßen!
Geht deine Botschaft nicht mich an, und ich
Muß sie zuletzt erfahren? Oh, du willst
Zuletzt mir nahn, daß ich dein Leid am längsten
Im Busen trage. – Fräulein, kommt! Wir gehn,
Zu London Londons Fürst in Not zu sehn.
War ich dazu bestimmt, mit trüben Blicken
Des großen Bolingbroke Triumph zu schmücken?
Gärtner, weil du berichtet dieses Weh,
Gedeih' kein Baum dir, den du impfest, je!

Königin und die Fräulein ab.

GÄRTNER.
Ach, arme Fürstin! Geht's nur dir nicht schlimmer,
So treffe mein Gewerb' der Fluch nur immer!
Hier fielen Tränen; wo die hingetaut,
Da setz' ich Raute, bittres Weihekraut.
Reumütig wird die Raute bald erscheinen
Und Tränen einer Königin beweinen.

Ab.

Vierter Aufzug

Erste Szene

Westminster-Halle.
Die geistlichen Lords zur Rechten des Throns, die weltlichen Lords zur Linken, die Gemeinen unterhalb. Bolingbroke, Aumerle, Surrey, Northumberland, Percy, Fitzwater, ein andrer Lord, Bischof von Carlisle, Abt von Westminster und Gefolge. Im Hintergrunde Gerichtsbediente mit Bagot.

BOLINGBROKE. Ruft Bagot vor! –
Nun, Bagot, rede frei heraus,

Was du vom Tod des edlen Gloster weißt:
Wer trieb den König an, und wer vollbrachte
Den blut'gen Dienst zu seinem frühen Ende?

BAGOT. So stellt mir vors Gesicht den Lord Aumerle!

BOLINGBROKE.
Vetter, kommt vor und schaut auf diesen Mann!

BAGOT.
Mylord Aumerle, ich weiß, Eu'r kühner Mund
Verschmäht zu leugnen, was er einst erklärt.
Zur stillen Zeit, da Glosters Tod im Werk war,
Hört' ich Euch sagen: »Ist mein Arm nicht lang,
Der bis Calais zu meines Oheims Haupt
Von Englands sorgenfreiem Hofe reicht?«
Zur selben Zeit, nebst vielen andern Reden,
Hört' ich Euch sagen, daß Ihr nicht dafür
An hunderttausend Kronen nehmen wolltet,
Daß Bolingbroke nach England wiederkäme.
Auch rühmtet Ihr, wie glücklich für dies Land
Sein würde dieses Eures Vetters Tod.

AUMERLE. Prinzen und edle Herrn,
Wie soll ich diesem schlechten Mann erwidern?
Soll ich so sehr entehren mein Gestirn,
Auf gleichen Fuß ihm Züchtigung zu geben?
Ich muß entweder, oder meine Ehre
Bleibt mir befleckt vom Leumund seiner Lippen. –
Da liegt mein Pfand, des Todes Handpetschier,
Das dich der Hölle weiht; ich sag', du lügst,
Und will bewähren, was du sagst, sei falsch,
In deinem Herzblut, ist es schon zu schlecht,
Der ritterlichen Klinge Stahl zu trüben.

BOLINGBROKE.
Bagot, halt' ein, du sollst das Pfand nicht nehmen!

AUMERLE.
Auf einen nach, wollt' ich, der wär' der beste
In diesem Kreise, der mich so gereizt.

FITZWATER.
Wenn du bestehst auf Ebenbürtigkeit,
Da liegt mein Pfand, Aumerle, zum Pfand für deins.
Beim Sonnenlicht, das deine Stirn bescheint!
Ich hört' dich sagen, und du sprachst es rühmend,
Du hab'st des edlen Glosters Tod bewirkt.
Wenn du es leugnest, lügst du zwanzigmal,
Und deine Falschheit kehr' ich in dein Herz,
Das sie ersann, mit meines Degens Spitze

AUMERLE.
Du wagst den Tag nicht zu erleben, zage!

FITZWATER.
Bei Gott, ich wollt', es wär' noch diese Stunde.

AUMERLE.
Fitzwater, dies verdammt zur Hölle dich.

PERCY.
Du lügst, Aumerle: so rein ist seine Ehre
In dieser Klage, wie du schuldig bist;
Und daß du's bist, werf' ich mein Pfand hier hin
Und will's bis zu des Lebens letztem Hauch
An dir beweisen; nimm es, wenn du darfst!

AUMERLE. Und tu' ich's nicht, so faule meine Hand
Und schwinge nie den rächerischen Stahl
Auf meines Feindes hellgeschliffnen Helm!

EIN LORD.
Zu gleichem Werk biet' ich den Boden auf,
Meineidiger Aumerle, und sporne dich
Mit so viel Lügen, als man nur von Sonne
Zu Sonn' in das verräterische Ohr
Dir donnern kann; hier ist mein Ehrenpfand,
Bewahr' es auf den Zweikampf, wenn du darfst!

AUMERLE.
Wer fodert noch? Beim Himmel, allen trotz' ich!
In einem Busen hab' ich tausend Geister,
Um zwanzigtausenden, wie euch, zu stehn.

SURREY.
Mylord Fitzwater, wohl erinnr' ich mich
Derselben Zeit, da mit Aumerle Ihr spracht.

FITZWATER.
Ganz recht, Ihr waret damals gegenwärtig,
Und Ihr könnt mit mir zeugen, dies sei wahr.

SURREY.
So falsch, bei Gott, als Gott die Wahrheit ist!

FITZWATER. Surrey, du lügst!

SURREY. Du ehrvergeßner Knabe!
Schwer soll die Lüg' auf meinem Schwerte liegen,
Daß es vergelte, räche, bis du selbst,
Der Lügenstrafer, samt der Lüge, still
Im Boden liegst, wie deines Vaters Schädel.
Des zum Beweis ist hier mein Ehrenpfand,
Bewahr' es auf den Zweikampf, wenn du darfst!

FITZWATER.
Wie töricht spornst du doch ein rasches Pferd!
Darf ich nur essen, trinken, atmen, leben,
So darf ich Surrey in der Wüste treffen
Und auf ihn spei'n, indem ich sag', er lügt
Und lügt und lügt: hier ist mein Band der Treu',
An meine mächt'ge Strafe dich zu fesseln. –
So geh' mir's wohl in dieser neuen Welt,
Aumerle ist meiner wahren Klage schuldig.
Auch hört' ich den verbannten Norfolk sagen,
Daß du, Aumerle, zwei deiner Leute sandtest,
Den edlen Herzog zu Calais zu morden.

AUMERLE.
Vertrau' ein wackrer Christ mir doch ein Pfand,
Daß Norfolk lügt: hier werf' ich nieder dies,
Wenn er heimkehren darf zur Ehrenprobe.

BOLINGBROKE.
All diese Zwiste bleiben unterm Pfand,
Bis Norfolk heimberufen; denn das wird er,
Und wieder eingesetzt, wiewohl mein Feind,
In seine Leh'n und Herrlichkeiten; ist er da,
So geh' sein Zweikampf vor sich mit Aumerle.

CARLISLE. Nie werden wir den Tag der Ehre sehn.
Gar manches Mal focht der verbannte Norfolk
Für Jesus Christus, im glorreichen Feld
Des Kreuzes christliches Panier entrollend
Auf schwarze Heiden, Türken, Sarazenen.
Und matt von Kriegeswerken zog er sich
Zurück nach Welschland: gab da zu Venedig
Des schönen Landes Boden seinen Leib,
Die reine Seele seinem Hauptmann Christus,
Des Fahnen er so lang' im Kampf gefolgt.

BOLINGBROKE. Wie, Bischof? Ist Norfolk tot?

CARLISLE. So wahr ich lebe, Herr!

BOLINGBROKE. Geleite süßer Friede seine Seele
Zum Schoß des guten alten Abraham!
Ihr Herren Kläger, eure Zwiste sollen
All' unterm Pfande bleiben, bis wir euch
Auf euren Tag des Zweikampfs herbescheiden.

York tritt auf mit Gefolge.

YORK. Ich komme, großer Lancaster, zu dir
Vom schmuckberaubten Richard, der dich willig
Zum Erben nimmt und gibt das hohe Szepter
In deiner königlichen Hand Besitz.
Besteig' den Thron, der dir gebührt nach ihm:
Lang' lebe Heinrich, vierter dieses Namens!

BOLINGBROKE.
In Gottes Namen, ich besteig' den Thron.

CARLISLE. Ei, das verhüte Gott!
Schlecht red' ich vor so hoher Gegenwart,
Doch ziemt es mir am besten, wahr zu reden.
O wollte Gott, in diesem edlen Kreis
Wär' einer edel g'nug, gerecht zu richten
Den edlen Richard: echter Adel würde
Von solchem Frevel ihn Enthaltung lehren.
Kann je ein Untertan den König richten?
Und wer ist hier nicht Richards Untertan?
Selbst Diebe richtet man abwesend nicht,
Sieht man gleich offenbare Schuld an ihnen;
Und soll das Bild von Gottes Majestät,
Sein Hauptmann, Stellvertreter, Abgesandter,
Gesalbt, gekrönt, gepflanzt seit so viel Jahren,
Durch Untertanen-Wort gerichtet werden,
Und er nicht gegenwärtig? Oh, verhüt' es Gott,
Daß feine Seelen in der Christenheit
So schwarze, schnöde Tat verüben sollten!
Ich red', ein Untertan, zu Untertanen,
Vom Himmel kühn erweckt für meinen König.
Der Herr von Hereford, den ihr König nennt,
Verrät des stolzen Herefords König schändlich,
Und krönt ihr ihn, so laßt mich prophezein: –
Das Blut der Bürger wird den Boden düngen,
Und ferne Zukunft stöhnen um den Greu'l.
Der Friede wird bei Türk' und Heiden schlummern,
Und hier im Sitz des Friedens wilder Krieg
Mit Blute Blut und Stamm mit Stamm verwirren.
Zerrüttung, Grausen, Furcht und Meuterei
Wird wohnen hier, und heißen wird dies Land
Das Feld von Golgatha und Schädelstätte.
Oh, wenn ihr Haus so gegen Haus erhebt,
Es wird die kläglichste Entzweiung sein,
Die je auf die verfluchte Erde fiel:
Verhütet, hemmt sie, laßt es nicht so sein,
Daß Kind und Kindeskind Weh über euch nicht
schrein!

NORTHUMBERLAND.
Ihr rechtet bündig, Herr, und für die Müh'
Verhaften wir Euch hier um Hochverrat. –
Herr Abt von Westminster, sorgt Ihr dafür,
Ihn zum Gerichtstag sicher zu verwahren! –
Gewährt ihr, Lords, der Bürgerschaft Gesuch?

BOLINGBROKE.
Holt Richard her, daß er vor aller Augen
Sein Reich abtrete; so verfahren wir
Frei von Verdacht.

YORK. Ich will sein Führer sein.

Ab.

BOLINGBROKE.
Ihr Lords, die wir in unsre Haft genommen,
Stellt eure Bürgschaft auf den Tag des Urteils!

Zu Carlisle.

Gar wenig sind wir Eurer Liebe schuldig,
Und wenig Gut's versahn wir uns zu Euch.

York kommt zurück mit König Richard und Beamten, welche die Reichskleinodien tragen.

KÖNIG RICHARD.
Ach, warum ruft man mich vor einen König,
Eh' ich des Fürstensinns mich abgetan,
Womit ich herrschte? Kaum hab' ich gelernt
Zu schmeicheln, mich zu schmiegen, Knie zu
beugen;
Laßt Leid noch eine Weile mich erziehn
Zur Unterwerfung! Dieser Männer Züge
Sind wohl im Sinne mir: waren sie nicht mein?
Und riefen sie nicht manchmal »Heil!« mir zu?
Das tat auch Judas Christo: aber der
Fand in der Zahl von zwölfen alle treu,
Auf einen nach; ich von zwölftausend keinen.
Gott schütz' den König! – Sagt hier niemand Amen?
Bin ich so Pfaff' als Küster? Gut denn, Amen!
Gott schütz' den König! wenn ich's gleich nicht bin;
Und Amen! doch, bin ich's nach Gottes Sinn. –
Zu welchem Dienste bin ich hergeholt?

YORK. Zu einer Handlung eignen freien Willens,
So müde Majestät dich hieß erbieten:
Die Übergebung deiner Kron' und Macht
An Heinrich Bolingbroke.

KÖNIG RICHARD.
Gebt mir die Krone: – Vetter, faßt die Krone;
Legt Eure Hand dort an, ich meine hier.
Nun ist die goldne Kron' ein tiefer Brunn
Mit zweien Eimern, die einander füllen;
Der leere immer tanzend in der Luft,
Der andre unten, ungesehn, voll Wasser;
Der Eimer unten, tränenvoll, bin ich;
Mein Leiden trink' ich und erhöhe dich.

BOLINGBROKE.
Ich glaubt', Ihr wär't gewillt, Euch zu entkleiden?

KÖNIG RICHARD.
Der Krone, ja; doch mein sind meine Leiden.
Nehmt meine Herrlichkeit und Würde hin,
Die Leiden nicht, wovon ich König bin!

BOLINGBROKE.
Ihr gebt mir mit der Kron' ein Teil der Sorgen.

KÖNIG RICHARD.
Durch Eure Sorg' ist meine nicht geborgen.
Die mein' ist, daß mir alte Sorg' entrinnt;
Die Eure, daß Ihr neue nun gewinnt.
Die Sorge, die ich gebe, hab' ich noch:
Sie folgt der Kron' und bleibet bei mir doch.

BOLINGBROKE.
Seid Ihr gewillt, die Krone abzutreten?

KÖNIG RICHARD.
Ja, nein; – nein, ja; mein Will' ist nicht mehr mein,
So gilt mein Nein ja nicht, Ja muß es sein.
Merkt auf, wie ich mich nun vernichten will!
Die schwere Last geb' ich von meinem Haupt,
Das unbeholfne Szepter aus der Hand,
Den Stolz der Herrschaft aus dem Herzen weg.
Mit eignen Tränen wasch' ich ab den Balsam,
Mit eignen Händen geb' ich weg die Krone,
Mit eignem Mund leugn' ich mein heil'ges Recht,
Mit eignem Odem lös' ich Pflicht und Eid.
Ab schwör' ich alle Pracht und Majestät,
Ich gebe Güter, Zins und Renten auf,
Verordnungen und Schlüssen sag' ich ab.

Verzeih' Gott jeden Schwur, den man mir bricht!
Bewahr' Gott jeden Eid, den man dir spricht!
Mich, der nichts hat, mach' er um nichts betrübt;
Dich freue alles, dem er alles gibt!
Lang' lebe du, auf Richards Sitz zu thronen;
Und bald mag Richard in der Grube wohnen!
Gott schütze König Heinrich! – also spricht
Entfürstet Richard –, geb' ihm Heil und Licht! –
Was ist noch übrig?

NORTHUMBERLAND *überreicht ihm ein Papier.*
Nichts, als daß Ihr hier
Die Anklagspunkte lest und die Verbrechen,
Die Ihr durch Eure Diener oder in Person
Begangen wider dieses Landes Wohl;
Daß, wenn Ihr sie bekennt, der Menschen Seelen
Ermessen, Ihr seid würdiglich entsetzt.

KÖNIG RICHARD.
Muß ich das tun? entstricken das Gewebe
Verworrner Torheit? Lieber Northumberland,
Wenn deine Fehler aufgezeichnet ständen,
Würd' es dich nicht beschämen, so vor Leuten
Die Vorlesung zu halten? Wolltest du's,
Da fänd'st du einen häßlichen Artikel,
Enthaltend eines Königs Absetzung
Und Bruch der mächtigen Gewähr des Eides,
Schwarz angemerkt, verdammt im Buch des Himmels.
Ihr alle, die ihr steht und auf mich schaut,
Weil mich mein Elend hetzt, wiewohl zum Teil
Ihr wie Pilatus eure Hände wascht
Und äußres Mitleid zeigt: doch, ihr Pilate,
Habt ihr mich überliefert meinem Kreuz,
Und Wasser wäscht die Sünde nicht von euch.

NORTHUMBERLAND.
Herr, macht ein Ende, leset die Artikel!

KÖNIG RICHARD.
Ich kann nicht sehn, die Augen sind voll Tränen:
Doch blendet salzes Wasser sie nicht so,
Daß sie nicht hier 'ne Schar Verräter säh'n.
Ja, wend' ich meine Augen auf mich selbst,
So find' ich mich Verräter wie die andern.
Denn meine Seele hat hier eingewilligt,
Den Schmuck von eines Königs Leib zu streifen,
Zur Schmach die Glorie, stolze Majestät
Zum Knecht zu machen und den Staat zum Bauern.

NORTHUMBERLAND. Herr, –

KÖNIG RICHARD.
Nein, nicht dein Herr, du Stolzer, der mich höhnt,
Noch jemands Herr; ich habe keinen Namen
Noch Titel, ja bis auf den Namen selbst,
Der an dem Taufstein mir gegeben ward,
Der recht mir zukäm'; oh, der schlimmen Zeit,
Daß ich so viele Winter durchgelebt
Und nun nicht weiß, wie ich mich nennen soll!
Wär' ich ein Possenkönig doch aus Schnee
Und stünde vor der Sonne Bolingbrokes,
Um mich in Wassertropfen wegzuschmelzen!
Du guter König! hoher König! – doch
Nicht höchlich gut, – gilt noch mein Wort in England,
So schaff' es gleich mir einen Spiegel her,
Daß er mir zeige, welch Gesicht ich habe,
Seit es der Majestät verlustig ist.

BOLINGBROKE.
Geh' wer von euch und hole einen Spiegel!

Einer aus dem Gefolge ab.

NORTHUMBERLAND.
Lest dies Papier, derweil der Spiegel kömmt!

KÖNIG RICHARD.
Du plagst mich, böser Feind, noch vor der Hölle.

BOLINGBROKE.
Drängt ihn nicht weiter, Lord Northumberland!

NORTHUMBERLAND.
Die Bürgerschaft wird nicht befriedigt sonst.

KÖNIG RICHARD.
Sie soll befriedigt werden: lesen will ich
Genug, wenn ich das rechte Buch erst sehe,
Wo meine Sünden stehn, und das – bin ich.

Der Bediente kommt zurück mit einem Spiegel.

Gib mir den Spiegel, darin will ich lesen. –
Noch keine tiefern Runzeln? Hat der Gram
So manchen Streich auf mein Gesicht geführt
Und tiefer nicht verwundet? Schmeichelnd Glas,
Wie die Genossen meines günst'gen Glücks
Betörst du mich! – War dieses das Gesicht,
Das täglich unter seines Hauses Dach
Zehntausend Menschen hielt? Dies das Gesicht,
Das, wie die Sonn', Anschauer blinzen machte?
Dies das Gesicht, das so viel Torheit sah,
Bis endlich Bolingbroke es übersehn?
Hinfäll'ger Glanz erleuchtet dies Gesicht,
Hinfällig wie der Glanz ist das Gesicht, –

Er schmeißt den Spiegel gegen den Boden.

Da liegt's, zerschmettert in viel hundert Scherben!
Merk', schweigender Monarch, des Spieles Lehre,
Wie bald mein Kummer mein Gesicht zerstört!

BOLINGBROKE.
Zerstört hat Eures Kummers Schatten nur
Den Schatten des Gesichts.

KÖNIG RICHARD. Sag das noch 'mal!
Der Schatten meines Kummers? Ha! laß sehn:
Es ist sehr wahr, mein Gram wohnt innen ganz,
Und diese äußern Weisen der Betrübnis
Sind Schatten bloß vom ungeseh'nen Gram,
Der schweigend in gequälter Seele schwillt.
Da liegt sein Wesen; und ich dank' dir, König,
Für deine große Güte, die nicht bloß
Mir Grund zum Klagen gibt, nein, auch mich lehrt,
Wie diesen Grund bejammern. Eins nur bitt' ich,
Dann will ich gehn und Euch nicht weiter stören.
Soll ich's erlangen?

BOLINGBROKE. Nennt es, wackrer Vetter!

KÖNIG RICHARD.
Wackrer Vetter? Ja, ich bin mehr als König,
Denn als ich König war, hatt' ich zu Schmeichlern
Nur Untertanen; jetzt, ein Untertan,
Hab' ich zum Schmeichler einen König hier.
Da ich so groß bin, brauch' ich nicht zu bitten.

BOLINGBROKE. So fodert doch!

KÖNIG RICHARD. Soll ich es haben?

BOLINGBROKE. Ja.

KÖNIG RICHARD.
Erlaubt mir denn zu gehn!

BOLINGBROKE. Wohin?

KÖNIG RICHARD.
Gleichviel wohin, muß ich nur Euch nicht sehn.

BOLINGBROKE.
Gehn eurer ein'ge, nehmt ihn mit zum Turm!

KÖNIG RICHARD.
Mitnehmen? Gut! Mitnehmer seid ihr alle,
Die ihr so steigt bei eines Königs Falle.
König Richard, einige Lords und Wache ab.

BOLINGBROKE.
Auf nächsten Mittwoch setzen wir die Feier
Der Krönung an: ihr Lords, bereitet euch!
Alle ab, außer der Abt, der Bischof von Carlisle und Aumerle.

ABT. Ein kläglich Schauspiel haben wir gesehn.

CARLISLE.
Die Klage kommt erst: die noch Ungebornen
Wird dieser Tag einst stechen, scharf wie Dornen.

AUMERLE.
Ehrwürd'ge Herren, wißt ihr keinen Plan,
Wie diese Schmach des Reichs wird abgetan?

ABT. Eh' ich hierüber rede frei heraus,
Sollt ihr das Sakrament darauf empfangen,
Nicht nur geheim zu halten meine Absicht,
Auch zu vollführen, was ich ausgedacht.
Ich seh' voll Mißvergnügen eure Stirn,
Eu'r Herz voll Gram, eu'r Auge voller Tränen:
Kommt mit zur Abendmahlzeit, und ich sage
Euch einen Plan, der schafft uns frohe Tage.
Ab.

Zweite Szene

London. Eine Straße, die zum Turm führt.
Die Königin und ihre Fräulein treten auf.

KÖNIGIN.
Hier kommt der König her: dies ist der Weg
Zu Julius Cäsars mißerbautem Turm,
In dessen Kieselbusen mein Gemahl
Gekerkert wird vom stolzen Bolingbroke.
Hier laßt uns ruhn, wenn dies empörte Land
Ruh' hat für seines echten Königs Weib.
König Richard tritt auf mit der Wache.
Doch still, doch seht, – nein, lieber sehet nicht
Verwelken meine Rose; doch schaut auf!
Seht hin, daß ihr vor Mitleid schmelzt in Tau,
Und frisch ihn wieder wascht mit Liebestränen!
Ah du, das Denkmal, wo einst Troja stand!
Der Ehre Muster! König Richards Grab!
Nicht König Richard! Schönster Gasthof du,
Warum beherbergst du den finstern Gram,
Indes Triumph zum Bierhaus-Gast geworden?

KÖNIG RICHARD.
Vereine nicht mit Gram dich, holdes Weib,
Zu meinem schnellen Ende: tu' es nicht!
Lern', gute Seele, unsern vor'gen Stand
Wie einen frohen Traum dir vorzustellen.
Davon erwacht, sehn wir, der Wahrheit nach,
Das, was wir sind: ich bin geschworner Bruder
Der grimmen Not, Geliebte; sie und ich
Sind bis zum Tod verbündet. Eil' nach Frankreich,
Und da verschließ' dich in ein geistlich Haus:
Denn Heiligkeit gewinnt die Kron' im Himmel,
Die hier zerschlagen eitles Weltgetümmel.

KÖNIGIN.
Wie, ist mein Richard an Gestalt und Sinn
Verwandelt und geschwächt? Hat Bolingbroke
Dir den Verstand entsetzt? ist dir ins Herz gedrungen?
Der Löwe streckt die Klaue sterbend aus,
Zerreißt noch, wenn sonst nichts, die Erd' aus Wut,
Daß er besiegt ist: und du willst, wie Kinder,
Die Strafe mild empfahn, die Rute küssen
Und kriechen vor der Wut mit schnöder Demut,
Da du ein Löwe bist, der Tiere Fürst?

KÖNIG RICHARD.
Der Tiere Fürst, ja! Wären sie was Bessers,
So wär' ich noch ein froher Fürst der Menschen.
Doch gute weiland Königin, bereite
Nach Frankreich dich zu gehn: denk', ich sei tot,
Und daß du, wie an meinem Todbett, hier
Mein scheidend letztes Lebewohl empfängst.
In langen Winternächten sitz' am Feuer
Bei guten alten Leuten, laß sie dir
Betrübte Fäll' aus ferner Vorzeit sagen,
Und eh' du gute Nacht sagst, zur Erwid'rung
Erzähl' du meinen klagenswerten Fall
Und schick' die Hörer weinend in ihr Bett:
Ja, die fühllosen Brände werden stimmen
Zum dumpfen Tone der betrübten Zunge;
Sie weinen mitleidsvoll das Feuer aus
Und trauren, teils in Asche, teils kohlschwarz,
Um die Entsetzung eines echten Königs.
Northumberland und andere kommen.

NORTHUMBERLAND.
Herr, Bolingbroke hat seinen Sinn geändert,
Ihr müßt nach Pomfret nun, nicht in den Turm. –
Für Euch ist auch Befehl da, gnäd'ge Frau:
Ihr müßt in aller Eil' nach Frankreich fort.

KÖNIG RICHARD.
Northumberland, du Leiter, mittelst deren
Der kühne Bolingbroke den Thron besteigt,
Die Zeit wird nicht viel Stunden älter sein,
Als sie nun ist, eh' arge Sünde, reifend,
Ausbrechen wird in Fäulnis; du wirst denken,
Wenn er das Reich auch teilt und halb dir gibt,
Zu wenig sei's, da du ihm alles schafftest;
Und er wird denken, du, der Mittel weiß,
Ein unrechtmäßig Königtum zu stiften,
Du werdest, leicht gereizt, auch Mittel wissen,
Wie man ihn stürzt vom angemaßten Thron.
Die Liebe böser Freunde wird zur Furcht,
Die Furcht zum Haß, und einem oder beiden
Bringt Haß Gefahren und verdienten Tod.

NORTHUMBERLAND.
Die Schuld auf meinen Kopf, und damit aus!
Nehmt Abschied, trennt euch, denn das müßt ihr gleich.

KÖNIG RICHARD.
Doppelt geschieden? – Frevler, ihr verletzt
Zwiefachen Eh'stand: zwischen meiner Krone
Und mir, und zwischen mir und meinem Weib. –
Laß mich den Eid entküssen zwischen uns:
Doch nein, es hat ein Kuß ihn ja bekräftigt. –
Trenn' uns, Northumberland: ich hin zum Norden,
Wo kalter Schau'r und Siechtum drückt die Luft;
Mein Weib nach Frankreich, von woher in Pomp
Sie ankam, wie der holde Mai geschmückt,
Gleich einem Wintertag nun heimgeschickt.

KÖNIGIN. So scheiden müssen wir? uns ewig missen?

KÖNIG RICHARD.
Ja, Hand von Hand und Herz von Herz gerissen.
KÖNIGIN.
Verbannt uns beid' und schickt mit mir den König!
NORTHUMBERLAND.
Das wäre Liebe, doch von Klugheit wenig.
KÖNIGIN. Wohin er geht, erlaubt denn, daß ich geh'!
KÖNIG RICHARD.
So zwei zusammen weinend, sind ein Weh.
Beweine dort mich, hier sei du beweint;
Besser weit weg, als nah, doch nie vereint.
Zähl' deinen Weg mit Seufzern, ich mit Stöhnen.
KÖNIGIN.
So wird der längre Weg das Weh mehr dehnen.
KÖNIG RICHARD.
Bei jedem Tritt will ich denn zweimal stöhnen,
Den kurzen Weg verlängre trübes Sehnen.
Komm, laß nur rasch uns werben um das Leid;
Vermählt mit uns, bleibt es uns lange Zeit.
Ein Kuß verschließe unsrer Lippen Schmerz:
So nehm' ich dein's und gebe so mein Herz.
Er küßt sie.
KÖNIGIN *küßt ihn wieder.*
Gib meins zurück: es wär' ein arger Scherz,
Bewahrt' ich erst und tötete dein Herz.
Nun geh! Da du mir meins zurückgegeben,
Will ich mit Stöhnen es zu brechen streben.
KÖNIG RICHARD.
Dies Zögern macht das Weh nur ausgelassen.
Leb wohl! Das andre mag dein Kummer fassen.
Alle ab.

Fünfter Aufzug

Erste Szene

London. Ein Zimmer im Palaste des Herzogs von York.
York und die Herzogin von York treten auf.

HERZOGIN.
Ihr wolltet, mein Gemahl, den Rest erzählen,
Als Ihr vor Weinen die Geschichte abbracht
Von unsrer Vetter Einzug hier in London.
YORK. Wo blieb ich stehn?
HERZOGIN. Bei der betrübten Stelle,
Daß ungeratne Hände aus den Fenstern
Auf König Richard Staub und Kehricht warfen.
YORK. Wie ich gesagt, der große Bolingbroke
Auf einem feurigen und mut'gen Roß,
Das seinen stolzen Reiter schien zu kennen,
Ritt fort, in stattlichem, gemeßnem Schritt,
Weil alles rief: »Gott schütz' dich, Bolingbroke!«
Es war, als wenn die Fenster selber sprächen,
So manches gier'ge Aug' von jung und alt
Schoß durch die Flügel sehnsuchtsvolle Blicke
Auf sein Gesicht; als hätten alle Wände,
Behängt mit Schilderei'n, mit eins gesagt:
»Christ segne dich! Willkommen, Bolingbroke!«
Er aber, sich nach beiden Seiten wendend,
Barhäuptig, tiefer als des Gaules Nacken,
Sprach sie so an: »Ich dank' euch, Landesleute!«
Und so stets tuend, zog er so entlang.
HERZOGIN. Ach, armer Richard! Wo ritt er indes?
YORK. Wie im Theater wohl der Menschen Augen,
Wenn ein beliebter Spieler abgetreten,
Auf den, der nach ihm kömmt, sich lässig wenden
Und sein Geschwätz langweilig ihnen dünkt:
Ganz so, und mit viel mehr Verachtung blickten
Sie scheel auf Richard; niemand rief: »Gott
schütz' ihn!«
Kein froher Mund bewillkommt' ihn zu Haus.
Man warf ihm Staub auf sein geweihtes Haupt,
Den schüttelt' er so mild im Gram sich ab,
Im Antlitz rangen Tränen ihm und Lächeln,
Die Zeugen seiner Leiden und Geduld:
Daß, hätte Gott zu hohen Zwecken nicht
Der Menschen Herz gestählt, sie mußten schmelzen,
Und Mitleid fühlen selbst die Barbarei.
Doch diese Dinge lenkt die Hand des Herrn:
Und seinem Willen fügt sich unsrer gern.
Wir schwuren Bolingbroke uns untertan,
Sein Reich erkenn' ich nun für immer an.
Aumerle tritt auf.
HERZOGIN. Da kommt mein Sohn Aumerle.
YORK. Aumerle vordem,
Doch weil er Richards Freund war, ist das hin.
Ihr müßt nun, Herzogin, ihn Rutland nennen.
Ich bürg' im Parlament für seine Treu'
Und Lehnspflicht gegen unsern neuen König.
HERZOGIN.
Willkommen, Sohn! Wer sind die Veilchen nun,
Gehegt im grünen Schoß des neuen Frühlings?
AUMERLE.
Ich weiß nicht, gnäd'ge Frau, mich kümmert's wenig
Gott weiß, ich bin so gerne keins als eins.
YORK.
Wohl! Tut, wie's für den Lenz der Zeit sich schickt,
Damit man nicht Euch vor der Blüte pflückt.
Was gibt's in Oxford? Währt das Stechen noch
Und die Gepränge?
AUMERLE. Ja, soviel ich weiß.
YORK. Ich weiß, Ihr wollt dahin.
AUMERLE.
Wenn Gott es nicht verwehrt, ich bin es willens.
YORK. Was für ein Siegel hängt dir aus dem Busen?
Ha, du erblassest? Laß die Schrift mich sehn!
AUMERLE. Herr, es ist nichts.
YORK. Dann darf es jeder sehn.
Ich will nicht ruhn: du mußt die Schrift mir zeigen.
AUMERLE. Ich bitte Euer Gnaden, zu verzeihn,
's ist eine Sache, die nicht viel bedeutet,
Die ich aus Gründen nicht gesehn will haben.
YORK. Und die ich, Herr, aus Gründen sehen will.
Ich fürcht', ich fürchte, –
HERZOGIN. Was doch fürchtet Ihr?
's ist nichts als ein Vertrag, den er hat eingegangen,
Zu bunter Tracht auf des Gepränges Tag.
YORK.
Wie? Mit sich selbst? Was soll ihm ein Vertrag,
Der ihn verpflichtet? Du bist närrisch, Weib.
Sohn, laß die Schrift mich sehn!
AUMERLE.
Ich bitt' Euch sehr, verzeiht; ich darf's nicht zeigen.
YORK.
Ich will befriedigt sein: gib her, sag' ich!
Er reißt das Papier weg und liest.

Verrat! Verbrechen! – Schelm! Verräter! Knecht!
HERZOGIN. Was ist es, mein Gemahl?
YORK. He! ist denn niemand drin?
Ein Bedienter kommt.
Sattelt mein Pferd!
Erbarm' es Gott, was für Verräterei!
HERZOGIN. Nun, mein Gemahl, was ist's?
YORK. Die Stiefeln her, sag' ich! Sattelt mein Pferd! –
Nun auf mein Wort, auf Ehre und auf Leben,
Ich geb' den Schurken an.
Bedienter ab.
HERZOGIN. Was ist die Sache?
YORK. Still, töricht Weib!
HERZOGIN.
Ich will nicht still sein. – Sohn, was ist die Sache?
AUMERLE. Seid ruhig, gute Mutter; 's ist nur etwas,
Wofür mein armes Leben einstehn muß.
HERZOGIN. Dein Leben einstehn?
Der Bediente kommt zurück mit Stiefeln.
YORK. Bringt mir die Stiefeln; ich will hin zum König.
HERZOGIN. Schlag' ihn, Aumerle! – Du starrst ganz, armer Junge. –
Zu dem Bedienten.
Fort, Schurke! komm mir nie mehr vors Gesicht!
YORK. Die Stiefeln her, sag' ich!
HERZOGIN. Ei, York, was willst du tun?
Willst du der Deinen Fehltritt nicht verbergen?
Hast du mehr Söhne? oder mehr zu hoffen?
Ist des Gebärens Zeit mir nicht versiegt?
Und willst mir nun den holden Sohn entreißen?
Mir einer Mutter frohen Namen rauben? –
Gleicht er dir nicht? Ist er dein eigen nicht?
YORK. Du töricht, unklug Weib!
Willst diese nächtliche Verschwörung hehlen?
Ein Dutzend ihrer hat das Sakrament genommen
Und wechselseitig Handschrift ausgestellt,
Zu Oxford unsern König umzubringen.
HERZOGIN.
Er soll nicht drunter sein; wir halten ihn
Bei uns zurück: was geht es ihn denn an?
YORK. Fort, töricht Weib! Und wär' er zwanzigmal
Mein Sohn, ich gäb' ihn an.
HERZOGIN. Hätt'st du um ihn geächzt,
Wie ich, du würdest mitleidvoller sein.
Nun weiß ich deinen Sinn: du hegst Verdacht,
Als wär' ich treulos deinem Bett gewesen,
Und dieser wär' ein Bastard, nicht dein Sohn.
Mein Gatte, süßer York, sei nicht des Sinns:
Er gleicht dir so, wie irgend jemand kann,
Mir gleicht er nicht, noch wem, der mir verwandt,
Und dennoch lieb' ich ihn.
YORK. Mach' Platz, unbändig Weib!
Ab.
HERZOGIN.
Aumerle, ihm nach! Besteige du sein Pferd,
Sporn', eile, komm vor ihm beim König an
Und bitt' um Gnade, eh' er dich verklagt hat!
Ich folg' in kurzem dir: bin ich schon alt,
So hoff' ich doch so schnell wie York zu reiten,
Und niemals steh' ich wieder auf vom Boden,
Bevor dir Bolingbroke verziehn. Hinweg!
Mach fort!
Ab.

Zweite Szene

Windsor. Ein Zimmer im Schlosse.
Bolingbroke als König, Percy und andre Lords treten auf.

BOLINGBROKE.
Weiß wer von meinem ungeratnen Sohn?
Drei volle Monat' sind's, seit ich ihn sah:
Wenn irgend eine Plag' uns droht, ist's er.
Ich wollte, Lords, zu Gott, man könnt' ihn finden;
Fragt nach in London, um die Schenken dort:
Da, sagt man, geht er täglich aus und ein
Mit ungebundnen lockern Spießgesellen,
Wie sie, so sagt man, stehn auf engen Wegen,
Die Wache schlagen, Reisende berauben;
Indes er, ein mutwillig weibisch Bübchen,
Es sich zur Ehre rechnet, zu beschützen
So ausgelaßnes Volk.
PERCY.
Vor ein paar Tagen, Herr, sah ich den Prinzen
Und sagt' ihm von dem Schaugepräng' in Oxford.
BOLINGBROKE. Was sagte drauf der Wildfang?
PERCY.
Die Antwort war, er woll' ins Badhaus gehn,
Der feilsten Dirne einen Handschuh nehmen,
Um ihn als Pfand zu tragen, und mit dem
Den bravsten Streiter aus dem Sattel heben.
BOLINGBROKE.
So liederlich wie tollkühn! Doch durch beides
Seh' ich noch Funken einer bessern Hoffnung,
Die ältre Tage glücklich reifen können.
Doch wer kommt da?
Aumerle tritt hastig ein.
AUMERLE. Wo ist der König?
BOLINGBROKE. Was ist unserm Vetter,
Daß er so starrt und blickt so wild umher?
AUMERLE.
Gott schütz' Eu'r Gnaden! Ich ersuch' Eu'r Majestät
Um ein Gespräch, allein mit Euer Gnaden.
BOLINGBROKE.
Entfernet euch, und laßt uns hier allein!
Percy und die Lords ab.
Was gibt es denn mit unserm Vetter nun?
AUMERLE *knieend.*
Für immer soll mein Knie am Boden wurzeln,
Die Zung' in meinem Mund am Gaumen kleben,
Wenn ich aufsteh' und red', eh' Ihr verzeiht!
BOLINGBROKE.
War dies Vergehen Vorsatz oder Tat?
Wenn jenes nur, wie heillos dein Beginnen,
Verzeih' ich dir, dich künftig zu gewinnen.
AUMERLE.
Erlaubt mir denn, den Schlüssel umzudrehn,
Daß niemand kommt, bis mein Bericht zu Ende.
BOLINGBROKE. Tu' dein Begehren!
Aumerle schließt die Türe ab.
YORK *draußen.*
Mein Fürst, gib Achtung! Sieh dich vor!
Du hast ja einen Hochverräter bei dir.
BOLINGBROKE. Ich will dich sichern, Schurk'.
AUMERLE. Halt' ein die Rächerhand,
Du hast nicht Grund zu fürchten!
YORK *draußen.*

Mach' auf die Tür, tollkühner, sichrer König!
Muß ich aus Liebe dich ins Antlitz schmähn?
Die Tür auf, oder ich erbreche sie!

Bolingbroke schließt die Türe auf. York tritt ein.

BOLINGBROKE. Was gibt es, Oheim? Sprecht!
Schöpft Odem, sagt, wie nah uns die Gefahr,
Daß wir uns waffnen können wider sie!

YORK. Lies diese Schrift, sei vom Verrat belehrt,
Den meine Eil' mir zu berichten wehrt!

AUMERLE. Bedenke, wenn du liest, was du versprachst!
Lies hier nicht meinen Namen, ich bereue:
Mein Herz ist nicht mit meiner Hand im Bund.

YORK.
Das war es, Schelm, eh' deine Hand ihn schrieb.
Ich riß dies aus dem Busen des Verräters;
Furcht und nicht Liebe zeugt in ihm die Reu'.
Gönn' ihm kein Mitleid, daß dein Mitleid nicht
Zur Schlange werde, die ins Herz dir steche!

BOLINGBROKE.
O arge, kühne, mächtige Verschwörung!
O biedrer Vater eines falschen Sohns!
Du klarer, unbefleckter Silberquell,
Aus welchem dieser Strom durch kot'ge Wege
Den Lauf genommen und sich selbst beschmutzt!
Dein überströmend Gutes wird zum Übel,
Doch deiner Güte Überfluß entschuldigt
Dies tödliche Vergehn des irren Sohns.

YORK. So wird die Tugend Kupplerin des Lasters,
Und seine Schmach verschwendet meine Ehre,
Wie Söhne, prassend, karger Väter Gold.
Meine Ehre lebt, wenn seine Schande stirbt,
In der mein Leben schnöde sonst verdirbt.
Sein Leben tötet mich: dem Frevler Leben,
Dem Biedern Tod wird deine Gnade geben.

HERZOGIN *draußen.*
Mein Fürst! Um Gottes willen, laßt mich ein!

BOLINGBROKE.
Wer mag so gellend seine Bitten schrein?

HERZOGIN.
Ein Weib, und deine Muhme, großer König!
Sprich, habe Mitleid, tu' mir auf das Tor,
Der Bettlerin, die niemals bat zuvor!

BOLINGBROKE.
Das Schauspiel ändert sich; sein Ernst ist hin:
Man spielt »den König und die Bettlerin«.
Mein schlimmer Vetter, laßt die Mutter ein:
Es wird für Eure Schuld zu bitten sein.

YORK. Wenn du verzeihest, wer auch bitten mag,
Verzeihung bringt mehr Sünden an den Tag.
Dies faule Glied weg, bleibt der Rest gesund;
Doch dies verschont, geht alles mit zu Grund'.

Herzogin tritt ein.

HERZOGIN.
O Fürst, glaub' nicht dem hartgeherzten Mann,
Der sich nicht liebt, noch andre lieben kann!

YORK. Verrücktes Weib, was ist hier dein Begehren?
Soll deine Brust noch 'mal den Buben nähren?

HERZOGIN. Sei ruhig, lieber York! Mein König, höre!

Sie kniet.

BOLINGBROKE. Auf, gute Muhme!

HERZOGIN. Noch nicht, ich beschwöre!
Denn immer will ich auf den Knieen flehn
Und nimmer Tage der Beglückten sehn,
Bis du mich wieder heißest Freude haben,
Rutland verzeihend, meinem schuld'gen Knaben.

AUMERLE. Ich werfe zu der Mutter Flehn mich nieder.

YORK. Und wider beide beug' ich treue Glieder.
Gewährst du Gnade, so gedeih' dir's schlecht!

HERZOGIN.
Meint er's im Ernst? Sieh ins Gesicht ihm recht:
Sein Auge tränet nicht, sein Bitten ist nur Scherz,
Der Mund nur spricht bei ihm, bei uns das Herz.
Er bittet schwach und wünscht nichts zu gewinnen,
Wir bitten mit Gemüt und Herz und Sinnen.
Gern stünd' er auf, die matten Knie sind wund;
Wir knie'n, bis unsre wurzeln in dem Grund.
Sein Flehn ist Heucheln und voll Trüglichkeit,
Voll Eifer unsres, biedre Redlichkeit.
Es überbitten unsre Bitten seine;
Gnad' ist der Bitten Lohn: gewähr' uns deine!

BOLINGBROKE. Steht auf doch, Muhme!

HERZOGIN. Nein, sag nicht: »Steht auf!«
»Verzeihung!« erst, und hintennach: »Steht auf!«
Und sollt' ich dich als Amme lehren lallen,
»Verzeihung« wär' das erste Wort von allen.
So sehnt' ich mich, ein Wort zu hören, nie:
»Verzeihung« sprich; dich lehre Mitleid, wie;
Das Wort ist kurz, doch nicht so kurz als süß,
Kein Wort ziemt eines Königs Mund wie dies.

YORK. So sprich französisch; sag: pardonnez-moi!

HERZOGIN.
Lehrst du Verzeihung, wie sie nicht verzeih'?
Ach, herber, hartgeherzter Gatte du!
Du setzest mit dem Wort dem Worte zu.
»Verzeihung« sprich, wie man zu Land hier spricht:
Französisch Kauderwelsch verstehn wir nicht.
Dein Auge red't schon, laß es Zunge sein;
Dein Ohr nimm ins mitleid'ge Herz hinein,
Daß es, durchbohrt von Bitten und von Klagen,
Dich dringen mag, »Verzeihung« anzusagen.

BOLINGBROKE. Steht auf doch, Muhme!

HERZOGIN. Ich bitte nicht um Stehn,
Verzeihung ist allhier mein einzig Flehn.

BOLINGBROKE.
Verzeihung ihm, wie Gott mir mag verzeihn!

HERZOGIN.
O eines knie'nden Kniees schön Gedeihn!
Noch bin ich krank vor Furcht: oh, sag's zum zweiten!
Zweimal gesagt, soll's ja nicht mehr bedeuten,
Bekräftigt eines nur.

BOLINGBROKE. Verziehen werde
Von Herzen ihm!

HERZOGIN. Du bist ein Gott der Erde.

BOLINGBROKE.
Was unsern biedern Schwager angeht und den Abt
Und all die andern der verbundnen Rotte,
Stracks sei Verderben ihnen auf der Ferse:
Schafft, guter Oheim, Truppen hin nach Oxford
Und überall, wo die Verräter stecken:
Ich schwör's, sie sollen schleunig aus der Welt;
Weiß ich erst wo, so sind sie bald gefällt.
Oheim, lebt wohl! und Vetter, bleibt mir treu!
Wohl bat für Euch die Mutter; hegt nun Scheu!

HERZOGIN.
Komm, alter Sohn, und mache Gott dich neu!

Alle ab.

Dritte Szene

Exton und ein Bedienter treten auf.

EXTON. Gabst du nicht Achtung, was der König sagte?
»Hab' ich denn keinen Freund, der mich erlöst
Von der lebend'gen Furcht?« – War es nicht so?
BEDIENTER. Das waren seine Worte.
EXTON.
»Hab' ich denn keinen Freund?« so sagt' er zweimal
Und wiederholt' es dringend. Tat er's nicht?
BEDIENTER. Er tat's.
EXTON.
Und wie er's sprach, sah er auf mich bedeutend,
Als wollt' er sagen: »Wärst du doch der Mann,
Der diese Angst von meinem Herzen schiede!«
Zu Pomfret nämlich den entsetzten König.
Komm, laß uns gehn: ich bin des Königs Freund
Und will erlösen ihn von seinem Feind.
Ab.

Vierte Szene

Pomfret. Das Gefängnis in der Burg.
König Richard tritt auf.

KÖNIG RICHARD.
Ich habe nachgedacht, wie ich der Welt
Den Kerker, wo ich lebe, mag vergleichen;
Und, sintemal die Welt so volkreich ist,
Und hier ist keine Kreatur als ich,
So kann ich's nicht, – doch grübl' ich es heraus.
Mein Hirn soll meines Geistes Weibchen sein,
Mein Geist der Vater; diese zwei erzeugen
Dann ein Geschlecht stets brütender Gedanken,
Und die bevölkern diese kleine Welt
Voll Launen, wie die Leute dieser Welt:
Denn keiner ist zufrieden. Die beßre Art,
Als geistliche Gedanken, sind vermengt
Mit Zweifeln, und sie setzen selbst die Schrift
Der Schrift entgegen.
Als: »Laßt die Kindlein kommen«; und dann wieder:
»In Gottes Reich zu kommen, ist so schwer,
Als ein Kamel geht durch ein Nadelöhr.«
Die, so auf Ehrgeiz zielen, sinnen aus
Unglaubliches: mit diesen schwachen Nägeln
Sich Bahn zu brechen durch die Kieselrippen
Der harten Welt hier, dieser Kerkerwände;
Und weil's unmöglich, härmt ihr Stolz sie tot.
Die auf Gemütsruh' zielen, schmeicheln sich,
Daß sie des Glückes erste Sklaven nicht,
Noch auch die letzten sind; wie arme Toren,
Die, in den Stock gelegt, der Schmach entgehn,
Weil vielen das geschah und noch geschehn wird.
In dem Gedanken finden sie dann Trost,
Ihr eignes Unglück tragend auf dem Rücken
Von andern, die zuvor das Gleiche traf.
So spiel' ich viel Personen ganz allein,
Zufrieden keine: manchmal bin ich König,
Dann macht Verrat mich wünschen, ich wär' Bettler;
Dann werd' ich's, dann beredet Dürftigkeit
Mich drückend, daß mir besser war als König.
Dann werd' ich wieder König, aber bald
Denk' ich, daß Bolingbroke mich hat entthront,
Und bin stracks wieder nichts: doch wer ich sei,
So mir als jedem sonst, der Mensch nur ist,
Kann nichts genügen, bis er kommt zur Ruh',
Indem er nichts wird. –
Musik.
Hör' ich da Musik?
Ha, haltet Zeitmaß! – Wie so sauer wird
Musik, so süß sonst, wenn die Zeit verletzt
Und das Verhältnis nicht geachtet wird!
So ist's mit der Musik des Menschenlebens.
Hier tadl' ich nun mit zärtlichem Gehör
Verletzte Zeit an einer irren Saite,
Doch für die Eintracht meiner Würd' und Zeit
Hatt' ich kein Ohr, verletztes Maß zu hören.
Die Zeit verdarb ich, nun verderbt sie mich,
Denn ihre Uhr hat sie aus mir gemacht;
Gedanken sind Minuten, und sie picken
Mit Seufzern ihre Zahlen an das Zifferblatt
Der Augen, wo mein Finger wie ein Zeiger
Stets hinweist, sie von Tränen reinigend.
Der Ton nun, der die Stunde melden soll,
Ist lautes Stöhnen, schlagend auf die Glocke,
Mein Herz; so zeigen Seufzer, Tränen, Stöhnen
Minute, Stund' und Zeit; – doch meine Zeit
Jagt zu im stolzen Jubel Bolingbrokes.
Und ich steh' faselnd hier, sein Glockenhans. –
Wenn die Musik doch schwieg', sie macht mich toll!
Denn hat sie Tollen schon zum Witz geholfen,
In mir, so scheint's, macht sie den Weisen toll.
Und doch, gesegnet sei, wer mir sie bringt!
Denn sie beweist ja Lieb', und die für Richard
Ist fremder Schmuck in dieser Hasser-Welt.
Ein Stallknecht tritt auf.
STALLKNECHT. Heil, königlicher Fürst!
KÖNIG RICHARD. Heil, edler Pair!
Wer überteuert nun den andern mehr?
Wer bist du? und wie bist hiehergekommen,
Wo niemand hinkommt, als der finstre Hund,
Der Speise bringt, das Mißgeschick zu fristen?
STALLKNECHT.
Ich war ein armer Knecht vom Marstall, König,
Als du noch König warst; nach York nun wandernd,
Erlangt' ich's mit genauer Not, zu schaun
Das Antlitz meines weiland gnäd'gen Herrn.
Oh, wie das Herz mir weh tat, anzusehn
In Londons Straßen jenen Krönungstag,
Als Bolingbroke den Barberschimmel ritt!
Das Pferd, das du so oft geritten hast!
Das Pferd, das ich so sorgsamlich gepflegt!
KÖNIG RICHARD.
Ritt er den Barber? Sag mir, lieber Freund,
Wie ging er unter ihm?
STALLKNECHT. So stolz, als wär' die Erd' ihm zu gering.
KÖNIG RICHARD.
So stolz, daß Bolingbroke sein Reiter war!
Die Mähr' aß Brot aus königlicher Hand,
Die Hand hier machte sie mit Klatschen stolz.
Und strauchelt' er denn nicht? Fiel er nicht nieder
(Stolz kommt ja vor dem Fall) und brach den Hals
Des stolzen Manns, der seinen Rücken einnahm?
Verzeihung, Pferd! Was schelt' ich doch auf dich,
Da du, dem Menschen untertan, geboren

Zum Tragen bist? Ich, nicht als Pferd erschaffen,
Trag' eines Esels Bürde doch, gejagt
Und wund gespornt vom wilden Bolingbroke.

Gefangenwärter kommt mit einer Schüssel.

GEFANGENWÄRTER *zu dem Stallknechte.*
Mach' Platz, Gesell! Du darfst nicht länger weilen.

KÖNIG RICHARD.
Wenn du mich liebst, mußt du hinweg nun eilen.

STALLKNECHT. Was nicht mein Mund sagt, soll mein Herz doch teilen.

Ab.

GEFANGENWÄRTER. Herr, ist's gefällig, zuzugreifen?

KÖNIG RICHARD. So koste erst, wie du gewöhnlich tust!

GEFANGENWÄRTER.
Ich darf nicht, Herr: Sir Pierce von Exton, der
Kürzlich vom König kam, befiehlt das Gegenteil.

KÖNIG RICHARD.
Der Teufel hole Heinrich Lancaster und dich!
Geduld ist schal, und ich hab's nun genug.

Er schlägt den Gefangenwärter.

GEFANGENWÄRTER. Hülfe! Hülfe! Hülfe!

Exton und Bediente kommen bewaffnet.

KÖNIG RICHARD. Ha!
Was will der Tod mit diesem Überfall?
Schelm, deine Hand beut deines Todes Werkzeug.

Er reißt einem das Gewehr weg und erlegt ihn.

Geh du, füll' einen Platz noch in der Hölle!

Er erlegt noch einen, dann stößt ihn Exton nieder.

Die Hand soll nie verlöschend Feuer foltern,
Die so mich stürzet. Deine freche Hand
Befleckt mit Königs Blut des Königs Land.
Auf, auf, mein Geist, den hohen Sitz zu erben,
Indes mein Fleisch hier niedersinkt, zu sterben.

Er stirbt.

EXTON. Voll Mut so wie voll königlichem Blut:
Beides vergoß ich: wär' die Tat nur gut!
Nun flüstert mir der Teufel, der's geraten,
Sie steh' verzeichnet bei der Hölle Taten.
Den toten König bring' ich, König, dir;
Tragt fort die andern und begrabt sie hier!

Ab.

Fünfte Szene

Windsor. Ein Zimmer im Schlosse.
Trompetenstoß. Bolingbroke und York mit andern Lords und Gefolge treten auf.

BOLINGBROKE.
Mein Oheim York, die letzte Nachricht war
Aus Glostershire, daß unsre Stadt Cicester
Von den Rebellen eingeäschert ist.
Ob sie gefangen, ob geschlagen worden,
Erfuhren wir noch nicht.

Northumberland tritt auf.

Willkommen, Herr! Was bringt Ihr Neues mit?

NORTHUMBERLAND.
Erst wünsch' ich deinem heil'gen Regiment
Das glücklichste Gedeihn. – Nach London schon
Sandt' ich die Köpfe – sei dir ferner kund –
Des Sal'sbury, des Spencer, Kent und Blunt.
Wie sie gefangen worden, möge dir
Ausführlich hier berichten dies Papier.

Er überreicht ihm eine Schrift.

BOLINGBROKE.
Wir danken, lieber Percy, deinen Müh'n,
Und würdiglich soll deine Würde blühn.

Fitzwater tritt auf.

FITZWATER.
Mein Fürst, ich sandt' aus Oxford hin nach London
Den Kopf des Brokas und Sir Bennet Seely,
Zwei der gefährlichen verschwornen Rotte,
Die dir zu Oxford greulich nachgestellt.

BOLINGBROKE.
Fitzwater, deine Müh' wird nie vergessen;
Wie hoch dein Wert sei, hab' ich längst ermessen.

Percy tritt auf mit dem Bischof von Carlisle.

PERCY.
Der Hauptverschwörer, Abt von Westminster,
Hat vor Gewissens-Druck und düstrer Schwermut
Dem Grabe hingegeben seinen Leib;
Doch hier steht Carlisle lebend vor dem Thron,
Den Spruch erwartend, seines Stolzes Lohn.

BOLINGBROKE.
Carlisle, dies ist dein Urteil: wähl' dir aus
Zum stillen Aufenthalt ein geistlich Haus,
Mehr als du hast; da labe deinen Sinn,
Und lebst du friedlich, scheid' auch friedlich hin:
Denn hegtest du schon immer Feindesmut,
Ich sah in dir der Ehre reine Glut.

Exton tritt auf mit Dienern, die einen Sarg tragen.

EXTON. In diesem Sarg bring' ich dir, großer König
Begraben deine Furcht: hier liegt entseelt
Der Feinde mächtigster, die du gezählt,
Richard von Bourdeaux, her durch mich gebracht.

BOLINGBROKE.
Exton, ich dank' dir nicht; du hast vollbracht
Ein Werk der Schande, mit verruchter Hand,
Auf unser Haupt und dies berühmte Land.

EXTON. Aus Eurem Mund, Herr, tat ich diese Tat.

BOLINGBROKE.
Der liebt das Gift nicht, der es nötig hat,
So ich dich: ob sein Tod erwünscht mir schien,
Den Mörder hass' ich, lieb' ermordet ihn.
Nimm für die Mühe des Gewissens Schuld,
Doch weder mein gut Wort noch hohe Huld:
Wie Kain wandre nun in nächt'gem Grau'n
Und laß dein Haupt bei Tage nimmer schaun!
Lords, ich beteur' es, meiner Seel' ist weh,
Daß ich mein Glück bespritzt mit Blute seh'.
Kommt und betrauert mit, was ich beklage;
Daß düster Schwarz sofort ein jeder trage!
Ich will die Fahrt tun in das Heil'ge Land,
Dies Blut zu waschen von der schuld'gen Hand.
Zieht ernst mir nach, und keine Tränen spare,
Wer meine Trauer ehrt, an dieser frühen Bahre!

Alle ab.

KÖNIG
HEINRICH DER VIERTE.
ERSTER TEIL.

Personen

König Heinrich IV.
Heinrich, Prinz von Wales
Prinz Johann von Lancaster, Söhne des Königs
Graf von Westmoreland
Sir Walter Blunt, Freunde des Königs
Graf von Worcester
Graf von Northumberland
Heinrich Percy, mit dem Beinamen Heißsporn, sein Sohn
Edmund Mortimer, Graf von March
Scroop, Erzbischof von York
Archibald, Graf von Douglas
Owen Glendower
Sir Richard Vernon
Sir John Falstaff
Poins
Gadshill
Peto
Bardolph
Lady Percy, Gemahlin des jungen Percy und Mortimers Schwester
Lady Mortimer, Glendowers Tochter und Mortimers Gemahlin
Frau Hurtig, Wirtin einer Schenke zu Eastcheap
Herren von Adel, Beamte, Sheriff, Kellner, Hausknecht, Küfer, zwei Kärrner, Reisende, Gefolge usw.

Erster Aufzug

Erste Szene

London. Ein Zimmer im Palast.
König Heinrich, Westmoreland, Sir Walter Blunt und andre treten auf.

KÖNIG HEINRICH.
Erschüttert wie wir sind, vor Sorge bleich,
Ersehn wir doch für den gescheuchten Frieden
Zu atmen Zeit, und abgebrochne Laute
Von neuem Kampf zu stammeln, welcher nun
Beginnen soll an weit entlegnem Strand.
Nicht mehr soll dieses Bodens durst'ger Schlund
Mit eigner Kinder Blut die Lippen färben;
Nicht Krieg mehr ihre Felder schneidend furchen,
Noch ihre Blumen mit bewehrten Hufen
Des Feinds zermalmen; die entbrannten Augen,
Die, eines trüben Himmels Meteore,
Von einer Art, erzeugt aus einem Wesen,
Noch jüngst sich trafen in dem innern Sturm
Und wildem Drang der Bürger-Metzelei:
Sie werden nun, gepaart in schönen Reih'n,
Den gleichen Weg ziehn und nicht mehr entgegen
Bekannten stehn, Blutsfreunden, Bundsgenossen.
Der Krieg wird, wie ein Messer ohne Scheide,
Nicht seinen Herrn mehr schneiden. Darum, Freunde,
So weit hin bis zur Grabesstätte Christs,
Des Krieger nun, mit dessen heil'gem Kreuz
Wir sind gezeichnet und zum Streit verpflichtet,
Woll'n wir ein Heer von Englischen sofort
Ausheben, deren Arm im Mutterschoß
Geformt schon ward, zu jagen jene Heiden
Im Heil'gen Lande, über dessen Hufen
Die segensreichen Füße sind gewandert,
Die uns zum Heil vor vierzehnhundert Jahren
Genagelt wurden an das bittre Kreuz.
Doch dieser unser Plan ist jährig schon,
Es frommt zu sagen nicht: wir wollen gehn;
Deshalb sind wir nicht hier. – Drum laßt mich hören
Von Euch, mein teurer Vetter Westmoreland,
Was gestern abend unser Rat beschloß
Zu dieses teuren Werkes Förderung.

WESTMORELAND.
Mein Fürst, mit Eifer ward die Eil' erwogen
Und mancher Kostenanschlag aufgesetzt
Noch gestern abend, als der Quere ganz
Eine Post aus Wales voll schwerer Zeitung kam;
Die schlimmste, daß der edle Mortimer,
Das Volk von Herfordshire zum Kampfe führend
Wider den wilden, stürmischen Glendower,
Von dieses Wäl'schen roher Hand gefangen,
Und ein Tausend seiner Leute ward erwürgt,
An deren Leichen solche Mißhandlung,
So schamlos viehische Entstellung ward
Von wäl'schen Frau'n verübt, daß ohne Scham
Man es nicht sagen noch erzählen kann.

KÖNIG HEINRICH.
So scheint es denn, die Zeitung dieses Zwistes
Brach das Geschäft zum Heil'gen Lande ab.

WESTMORELAND.
Ja, dies gepaart mit anderm, gnäd'ger Herr.
Denn stürmischer und unwillkommner kam
Bericht vom Norden, und er lautet so:
Am Kreuzerhöhungstag stieß Heinrich Percy,
Der wackre Heißsporn, dort auf Archibald,
Den immer tapfern und gepriesnen Schotten,
Zu Holmedon,
Wo's eine harte, blut'ge Stunde gab,
Wie man nach ihrer Lösung des Geschützes
Und anderm Schein die Neuigkeit erzählt;
Denn, der sie brachte, stieg recht in der Hitze
Und höchsten Kraft des Handgemeng's zu Pferd,
Noch irgend eines Ausgangs nicht gewiß.

KÖNIG HEINRICH.
Hier ist ein teurer, wahrhaft tät'ger Freund,
Sir Walter Blunt, vom Pferd erst abgestiegen.
Bespritzt mit jedes Bodens Unterschied,
So zwischen Holmedon liegt und unserm Sitz,
Und der bringt schöne und willkommne Zeitung:
Der Graf von Douglas ist aufs Haupt geschlagen;
Zehntausend Schotten, zweiundzwanzig Ritter,
In eignem Blut geschichtet, sah Sir Walter
Auf Holmedons Plan: gefangen ward vom Heißsporn
Mordake, der Graf von Fife und ältster Sohn
Des überwundnen Douglas; dann die Grafen
Von Athol, Murray, Angus und Menteith.
Und ist dies ehrenvolle Beute nicht?
Ein hoher Preis? Sagt, Vetter, ist es nicht?

WESTMORELAND.
Fürwahr, es ist ein Sieg, des wohl ein Prinz
Sich rühmen könnte.

KÖNIG HEINRICH.
Ja, da betrübst du mich und machst mich sünd'gen
Durch Neid, daß Lord Northumberland der Vater
Solch eines wohlgeratnen Sohnes ist:
Ein Sohn, den Ehre stets im Munde führt,
Der Stämme gradester im ganzen Wald,
Des holden Glückes Liebling und sein Stolz;
Indes ich, wenn ich seinen Ruhm betrachte,
Wüstheit und Schande meinem jungen Heinrich
Seh' auf die Stirn gedrückt. Oh, ließe sich's
Erweisen, daß ein Elfe, nächtlich spükend,
In Windeln unsre Kinder ausgetauscht,
Meins Percy, seins Plantagenet genannt,
Dann hätt' ich seinen Heinrich und er meinen.
Doch weg aus meinem Sinn! – Was meint Ihr, Vetter,
Vom Stolz des jungen Percy? Die Gefangnen,
Die er bei diesem Treffen hat gemacht,
Behält er für sich selbst und gibt Bescheid,
Mordake, den Lord von Fife, nur sollt' ich haben.

WESTMORELAND.
Das lehret ihn sein Oheim, das ist Worcester,
Euch feindlich unter jeglichem Aspekt;
Dies macht, daß er sich brüstet und den Kamm
Der Jugend gegen Eure Würde sträubt.

KÖNIG HEINRICH.
Auch hab' ich ihn zur Rechenschaft berufen,
Weshalb auf eine Weile nachstehn muß
Der heil'ge Vorsatz nach Jerusalem.
Vetter, auf nächsten Mittwoch woll'n wir Rat
Zu Windsor halten: meldet das den Lords!
Kommt aber selbst mit Eil' zu uns zurück,
Denn mehr noch ist zu sagen und zu tun,
Als ich vor Zorne vorzubringen weiß.

WESTMORELAND. Ich will's, mein Fürst.

Alle ab.

Zweite Szene

Ein anderes Zimmer im Palast.
Prinz Heinrich von Wales und Falstaff treten auf.

FALSTAFF.
Nu, Heinz! welche Zeit am Tage ist es, Junge?

PRINZ HEINRICH. Dein Witz ist so feist geworden, durch Sekttrinken, Westenaufknöpfen nach Tisch und nachmittags auf Bänken schlafen, daß du vergessen hast, das eigentlich zu fragen, was du eigentlich wissen möchtest. Was Teufel hast du mit der Zeit am Tage zu schaffen? Die Stunden müßten denn Gläser Sekt sein, und Minuten Kapaunen, und Glocken die Zungen der Kupplerinnen, und Zifferblätter die Schilder von liederlichen Häusern, und Gottes Sonne selbst eine schöne hitzige Dirne in feuerfarbnem Taft; sonst sehe ich nicht ein, warum du so vorwitzig sein solltest, nach der Zeit am Tage zu fragen.

FALSTAFF. Wahrlich! da triffst du es, Heinz. Denn wir, die wir Geldbeutel wegnehmen, gehn nach dem Mond und dem Siebengestirn umher, und nicht nach Phöbus, – »dem irrenden Ritter fein«. Und ich bitte dich, Herzensjunge, wenn du König bist, – wie du, Gott erhalte deine Gnaden! – Majestät sollte ich sagen, denn Gnade wird dir nicht zu teil werden -

PRINZ HEINRICH. Was? keine Gnade?

FALSTAFF. Nein, meiner Treu! Nicht so viel, um dir ein geröstet Ei damit zu gesegnen.

PRINZ HEINRICH. Nun, was weiter? Rund heraus mit der Sprache!

FALSTAFF. Nun gut denn, Herzensjunge: wenn du König bist, so laß uns, die wir Ritter vom Orden der Nacht sind, nicht Diebe unter den Horden des Tages heißen: laß uns Dianens Förster sein, Kavaliere vom Schatten, Schoßkinder des Mondes; und laß die Leute sagen, daß wir Leute von gutem Wandel sind, denn wir wandeln, wie die See, mit der Luna, unsrer edlen und keuschen Gebieterin, unter deren Begünstigung wir stehlen.

PRINZ HEINRICH. Gut gesprochen, und es paßt auch gut, denn unser Glück, die wir Leute des Mondes sind, hat seine Ebbe und Flut, wie die See, da es, wie die See, unter dem Monde steht. Als zum Beispiel: ein Beutel mit Gold, der Montag nachts auf das herzhafteste erschnappt ist, wird Dienstag morgens auf das scherzhafteste durchgebracht; gekriegt mit Fluchen: »leg' ab!« und verzehrt mit Schreien: »bring' her!« Jetzt so niedrige Ebbe, wie der Fuß der Leiter, und gleich darauf so hohe Flut, wie der Gipfel des Galgens.

FALSTAFF. Beim Himmel, du redest wahr, Junge. Und ist nicht unsre Frau Wirtin von der Schenke eine recht süße Kreatur?

PRINZ HEINRICH. Wie der Honig von Hybla, mein alter Eisenfresser. Und ist nicht ein Büffelwams ein recht süßes Stück zum Strapazieren?

FALSTAFF. Nu, nu, toller Junge! Hast du einmal wieder deine Faxen und Quinten im Kopfe? Was zum Kuckuck habe ich mit einem Büffelwams zu schaffen?

PRINZ HEINRICH. Ei, was zum Henker habe ich mit unsrer Frau Wirtin von der Schenke zu schaffen?

FALSTAFF. Nun, du hast manches liebe Mal eine Rechnung mit ihr abgemacht.

PRINZ HEINRICH. Rief ich dich je dazu, dein Teil zu bezahlen?

FALSTAFF. Nein, ich lasse dir Gerechtigkeit widerfahren: du hast da immer alles bezahlt.

PRINZ HEINRICH. Ja, und anderswo auch, soweit mein bares Geld reichte, und wo es mir ausging, habe ich meinen Kredit gebraucht.

FALSTAFF. Ja, und ihn so verbraucht, daß, wenn du nicht vermutlicher Thronerbe wärst, so würde vermutlich – Aber sage mir, Herzensjunge, soll ein Galgen in England stehen bleiben, wenn du König bist? Soll die Tapferkeit von dem rostigen Gebiß des alten Schalksnarren Gesetz eingezwängt werden, wie jetzt? Häng' du keinen Dieb, wenn du König bist!

PRINZ HEINRICH. Nein, du sollst es tun.

FALSTAFF. Ich? O herrlich! Beim Himmel, ich werde ein wackrer Urteilsprecher sein.

PRINZ HEINRICH. Du sprichst schon ein falsches: ich meine, du sollst die Diebe zu hängen haben und ein trefflicher Henker werden.

FALSTAFF. Gut, Heinz, gut! Auf gewisse Weise paßt es auch zu meiner Gemütsart, so gut wie bei Hofe aufwarten, das sage ich dir.

PRINZ HEINRICH. Um befördert zu werden.

FALSTAFF. Ja, um befördert zu werden, was der Henker nicht nötig hat, weil er selbst befördert. Blitz, ich bin so melancholisch wie ein Brummkater, oder wie ein Zeiselbär.

PRINZ HEINRICH. Oder ein alter Löwe, oder die Laute eines Verliebten.

FALSTAFF. Ja, oder das Geschnarre eines Lincolner Dudelsacks.

PRINZ HEINRICH. Was meinst du zu einem Hasen? oder so melancholisch wie ein fauler Sumpf?

FALSTAFF. Du hast die abschmeckendsten Gleichnisse von der Welt und bist wahrhaftig der vergleichsamste, spitzbübischste, niedlichste junge Prinz. – Aber, Heinz, ich bitte dich, suche mich nicht mehr mit Eitelkeiten heim! Ich wollte, du und ich, wir wüßten, wo ein Vorrat von guten Namen zu kaufen wäre. Ein alter Herr vom Rate schalt mich neulich auf der Gasse Euretwegen aus, junger Herr, aber ich merkte nicht auf ihn; und doch redete er sehr weislich, aber ich achtete nicht auf ihn; und doch redete er weislich, und obendrein auf der Gasse.

PRINZ HEINRICH. Du tatest wohl daran: denn die Weisheit läßt sich hören in den Gassen, und niemand achtet ihrer.

FALSTAFF. Oh, du hast verruchte Nutzanwendungen im Kopf und bist wahrhaftig imstande, einen Heiligen zu verführen. Du hast viel an mir verschuldet, Heinz, Gott vergebe es dir! Eh' ich dich kannte, Heinz, wußte ich von gar nichts, und nun bin ich, die rechte Wahrheit zu sagen, nicht viel besser als einer von den Gottlosen. Ich muß dies Leben aufgeben, und ich will's auch aufgeben. Bei Gott, ich bin ein Schuft, wenn ich's nicht tue; ich will für keinen Königssohn in der Christenheit zur Hölle fahren.

PRINZ HEINRICH. Wo sollen wir morgen einen Beutel erschnappen, Hans?

FALSTAFF. Wo du willst, Junge, ich bin dabei; wo ich's nicht tue, so nennt mich einen Schuft und foppt mich nach Herzenslust!

PRINZ HEINRICH. Ich werde eine schöne Bekehrung an dir gewahr; vom Beten fällst du aufs Beutelschneiden.

FALSTAFF. Je, Heinz! 's ist mein Beruf, Heinz; 's ist einem Menschen nicht zu verargen, daß er in seinem Berufe arbeitet.

Poins tritt auf.

Poins! – Nun werden wir hören, ob Gadshill was ausgespürt hat. Oh, wenn die Menschen durch Verdienst selig würden, welcher Winkel in der Hölle wäre heiß genug für ihn? Dies ist der überschwenglichste Spitzbube, der je einem ehrlichen Manne »Halt!« zurief.

PRINZ HEINRICH. Guten Morgen, Eduard.

POINS. Guten Morgen, lieber Heinz. – Was sagt Monsieur Gewissensbiß? Was sagt Sir John Zuckersekt? Sag, Hans, wie verträgt sich der Teufel und du um deine Seele, die du ihm am letzten Karfreitage um ein Glas Madera und eine Kapaunenkeule verkauft hast?

PRINZ HEINRICH. Sir John hält sein Wort, der Teufel soll seines Handels froh werden; er hat noch nie ein Sprichwort gebrochen; er gibt dem Teufel, was des Teufels ist.

POINS. Also bist du verdammt, weil du dem Teufel dein Wort hältst.

PRINZ HEINRICH. Sonst würde er verdammt, weil er den Teufel hinters Licht geführt hätte.

POINS. Aber, Jungen! Jungen! morgen früh um vier Uhr nach Gadshill. Es gehen Pilgrime nach Canterbury mit reichen Gaben, es reiten Kaufleute nach London mit gespickten Beuteln; ich habe Masken für euch alle, ihr habt selbst Pferde; Gadshill liegt heute nacht zu Rochester, ich habe auf morgen abend in Eastcheap Essen bestellt, wir können es so sicher tun wie schlafen. Wollt ihr mitgehn, so will ich eure Geldbeutel voll Kronen stopfen; wollt ihr nicht, so bleibt zu Haus und laßt euch hängen!

FALSTAFF. Hör' an, Eduard: wenn ich zu Hause bleibe und nicht mitgehe, so lass' ich euch hängen, weil ihr mitgeht.

POINS. So, Maulaffe!

FALSTAFF. Willst du dabei sein, Heinz?

PRINZ HEINRICH. Wer? ich ein Räuber? ich ein Dieb? Ich nicht, meiner Treu!

FALSTAFF. Es ist keine Redlichkeit in dir, keine Mannhaftigkeit, keine echte Brüderschaft; du stammst auch nicht aus königlichem Blut, wenn du nicht das Herz hast, nach ein paar Kronen zuzugreifen.

PRINZ HEINRICH. Nun gut, einmal in meinem Leben will ich einen tollen Streich machen.

FALSTAFF. Nun, das ist brav!

PRINZ HEINRICH. Ei, es mag daraus werden, was will, ich bleibe zu Haus.

FALSTAFF. Bei Gott, so werde ich ein Hochverräter, wenn du König bist.

PRINZ HEINRICH. Meinetwegen.

POINS. Sir John, ich bitte dich, laß den Prinzen und mich allein, ich will ihm solche Gründe für dies Unternehmen vorlegen, daß er mitgehen soll.

FALSTAFF. Gut, mögest du den Geist der Überredung und er die Ohren der Lehrbegierde haben, damit das, was du sagst, fruchten und das, was er hört, Glauben finden möge, auf daß der wahrhafte Prinz, der Erlustigung wegen, ein falscher Dieb werde; denn die armseligen Mißbräuche der Zeit haben Aufmunterung nötig. Lebt wohl, ihr findet mich in Eastcheap.

PRINZ HEINRICH. Leb wohl, du Spätfrühling! du alter Jungfern-Sommer!

Falstaff ab.

POINS. Nun, mein bester Zuckerprinz, reitet morgen mit uns: ich habe einen Spaß vor, den ich nicht allein ausführen kann. Falstaff, Bardolph, Peto und Gadshill sollen diese Leute berauben, denen wir schon aufpassen lassen; Ihr und ich, wir wollen nicht dabei sein; und haben sie nun die Beute, Ihr sollt mir den Kopf von den Schultern schlagen, wenn wir beide sie ihnen nicht abjagen.

PRINZ HEINRICH. Aber wie sollen wir uns beim Aufbruch von ihnen losmachen?

POINS. Wir wollen früher oder später aufbrechen und ihnen einen Platz der Zusammenkunft bestimmen, wo es bei uns steht, nicht einzutreffen; dann werden sie sich ohne uns in das Abenteuer wagen, und sobald sie es vollbracht, machen wir uns an sie.

PRINZ HEINRICH. Ja, doch es ist zu vermuten, daß sie uns an unsern Pferden, an unsern Kleidern und hundert andern Dingen erkennen werden.

POINS. Pah! unsre Pferde sollen sie nicht sehen, die will ich im Walde festbinden; die Masken wollen wir wechseln, wenn wir sie verlassen haben, und hör' du! ich habe Überzüge von Steifleinen bei der Hand, um unsre gewohnte äußre Tracht zu verlarven.

PRINZ HEINRICH. Aber ich fürchte, sie werden uns zu stark sein.

POINS. Ei, zwei von ihnen kenne ich als die ausgemachtesten Memmen, die je Fersengeld bezahlt haben; und was den dritten betrifft, wenn der länger ficht, als ratsam ist, so will ich die Waffen abschwören. Der Hauptspaß dabei werden die unbegreiflichen Lügen sein, die uns dieser feiste Schlingel erzählen wird, wenn wir zum Abendessen zusammenkommen: wie er zum wenigsten mit dreißigen gefochten, was er für Ausfälle, für Stöße, für Lebensgefahren bestanden; und daß er damit zu schanden wird, ist eben der Spaß.

PRINZ HEINRICH. Gut, ich will mit dir gehen: sorge für alles Nötige und triff mich morgen abend in Eastcheap; da will ich zu Nacht essen. Leb wohl!

POINS. Lebt wohl, mein Prinz!

Ab.

PRINZ HEINRICH.

Ich kenn' euch all' und unterstütz' ein Weilchen
Das wilde Wesen eures Müßiggangs.
Doch darin tu' ich es der Sonne nach,
Die niederm, schädlichem Gewölk erlaubt,
Zu dämpfen ihre Schönheit vor der Welt,
Damit, wenn's ihr beliebt, sie selbst zu sein,
Weil sie vermißt ward, man sie mehr bewundre,
Wenn sie durch böse, garst'ge Nebel bricht
Von Dünsten, die sie zu ersticken schienen.
Wenn alle Tag' im Jahr gefeiert würden,
So würde Spiel so lästig sein wie Arbeit:
Doch seltne Feiertage sind erwünscht,
Und nichts erfreut wie unverseh'ne Dinge.
So, wenn ich ab dies lose Wesen werfe
Und Schulden zahle, die ich nie versprach,
Täusch' ich der Welt Erwartung um so mehr,
Um wie viel besser als mein Wort ich bin;
Und wie ein hell Metall auf dunkelm Grund
Wird meine Beßrung, Fehler überglänzend,
Sich schöner zeigen und mehr Augen anziehn,
Als was durch keine Folie wird erhöht.
Ich will mit Kunst die Ausschweifungen lenken.
Die Zeit einbringen, eh' die Leut' es denken.

Ab.

Dritte Szene

Ein andres Zimmer im Palast.
König Heinrich, Northumberland, Worcester, Percy, Sir Walter Blunt und andere.

KÖNIG HEINRICH.

Zu kalt und zu gemäßigt war mein Blut,
Unfähig, bei den Freveln aufzuwallen,
Und ihr habt mich erkannt: deswegen tretet
Ihr meine Duldung nieder; aber glaubt,
Ich will hinfüro mehr ich selber sein,
Mächtig und furchtbar mehr als meine Art,
Die glatt wie Öl gewesen, weich wie Flaum,
Und der Verehrung Anspruch drum verloren,
Die Stolzen nur die stolze Seele zahlt.

WORCESTER.

Mein Lehnsherr, unser Haus verdient gar wenig,
Daß sich darauf der Hoheit Geißel kehre,
Und jener Hoheit zwar, die unsre Hände
So stattlich machen halfen.

NORTHUMBERLAND. Gnäd'ger Herr, –

KÖNIG HEINRICH.

Worcester, mach' dich fort, ich sehe dir
Gefahr und Ungehorsam in den Augen.
Wißt, Ihr benehmt Euch allzu dreist und herrisch,
Und niemals noch ertrug die Majestät
Das finstre Trotzen einer Dienerstirn.
Ihr seid entlassen: wenn wir Euren Rat
Und Hülfe brauchen, woll'n wir nach Euch senden.

Worcester ab.

Zu Northumberland.

Ihr wolltet eben reden.

NORTHUMBERLAND. Ja, mein Fürst.
Die Kriegsgefangnen, in Eu'r Hoheit Namen
Begehrt, die Heinrich Percy hier, mein Sohn,
Zu Holmedon machte, wurden, wie er sagt,
Auf so entschiedne Weise nicht verweigert,
Als Eurer Majestät berichtet ward.
Neid also oder üble Deutung ist
An diesem Fehler schuld, und nicht mein Sohn.

PERCY.

Mein Fürst, ich schlug nicht die Gefangnen ab
Doch ich erinnre mich, nach dem Gefecht,
Als ich, von Wut und Anstrengung erhitzt,
Matt, atemlos, mich lehnte auf mein Schwert,
Kam ein gewisser Herr, nett, schon geputzt,
Frisch wie ein Bräut'gam; sein gestutztes Kinn
Sah Stoppelfeldern nach der Ernte gleich.
Er war bebalsamt wie ein Modekrämer,
Und zwischen seinem Daum und Finger hielt er
Ein Bisam-Büchschen, das er ein ums andre
Der Nase reichte und hinweg dann zog,
Die, zornig drüber, wenn sich's wieder nahte,
Ins Schnauben kam; stets lächelt' er und schwatzte,
Und wie das Kriegsvolk Tote trug vorbei,
Nannt' er sie ungezogne, grobe Buben,
Daß sie 'ne liederliche, garst'ge Leiche
Zwischen den Wind und seinen Adel trügen.
Mit vielen Feiertags- und Fräuleins-Worten
Befragt' er mich und fodert' unter anderm
Für Eure Majestät die Kriegsgefangnen.
Ich, den die kalt gewordnen Wunden schmerzten,
Nun so geneckt von einem Papagei,
In dem Verdruß und in der Ungeduld
Antwortete so hin, ich weiß nicht was:
Er sollte oder nicht, – mich macht' es toll,
Daß er so blank aussah und roch so süß,
Und wie ein Kammerfräulein von Kanonen,
Von Trommeln schwatzt' und Wunden (beßr' es Gott!),
Und sagte mir, für innre Schäden komme
Nichts auf der Welt dem Spermaceti bei;
Und großer Jammer sei es, ja fürwahr,
Daß man den bübischen Salpeter grabe
Aus unsrer guten Mutter Erde Schoß,
Der manchen wackern, wohlgewachsnen Kerl
Auf solche feige Art schon umgebracht.
Und wären nicht die häßlichen Kanonen,
So war' er selber ein Soldat geworden.
Auf dies sein kahles, loses Schwatzen, Herr,
Antwortet' ich nur lässig, wie gesagt.
Und ich ersuch' Euch, daß nicht sein Bericht
Als gült'ge Klage zwischen meine Liebe
Und Eure hohe Majestät sich dränge.

BLUNT. Erwägen wir die Lage, bester Herr,
So kann, was Heinrich Percy auch gesagt
Zu solcherlei Person, an solchem Ort,
Zu solcher Zeit, samt allem sonst Erzählten
Gar füglich sterben und nie auferstehn,
Um ihn zu drücken oder zu verklagen,
Wenn er nun widerruft, was er gesagt.

KÖNIG HEINRICH.

Er gibt ja die Gefangnen noch nicht her,
Als nur mit Klauseln und bedingungsweise,
Daß wir auf eigne Kosten seinen Schwager,
Den albern Mortimer, auslösen sollen;
Der doch, bei meiner Seel', mit Fleiß verriet

Das Leben derer, die zum Kampf er führte
Mit dem verruchten Zauberer Glendower,
Des Tochter, sagt man uns, der Graf von March
Seitdem zur Ehe nahm. Soll unser Schatz
Geleert sein, um Verräter einzulösen?
Soll'n wir Verrat erkaufen? unterhandeln
Für Feigheit, die sich selbst verloren gab?
Nein, auf den kahlen Höh'n laßt ihn verschmachten,
Denn niemals halt' ich den für meinen Freund,
Des Mund mich nur um einen Pfennig anspricht
Zur Lösung des abtrünn'gen Mortimer.

PERCY. Abtrünn'gen Mortimer!
Nie fiel er ab von Euch, mein Oberherr,
Als durch des Krieges Glück. – Dies zu beweisen,
G'nügt eine Zunge für den offnen Mund
So vieler Wunden, die er kühn empfing,
Als an des schönen Severn bins'gem Ufer,
Im einzelnen Gefechte handgemein,
Er eine volle Stunde fast verlor,
Dem mächtigen Glendower stand zu halten.
Dreimal verschnauften sie und tranken dreimal
Nach Übereinkunft aus des Severn Flut,
Der, bang vor ihren blutbegier'gen Blicken,
Sein bebend Schilf entlang erschrocken lief
Und barg sein krauses Haupt im hohlen Ufer,
Befleckt mit dieser tapfern Streiter Blut.
Nie färbte nackte, faule Politik
Das, was sie schaffte, mit so herben Wunden;
Auch hätte nie der edle Mortimer
So viel' empfangen und so willig alle.
So werd' er denn mit Abfall nicht verleumdet!

KÖNIG HEINRICH.
Oh, du belügst ihn, Percy, du belügst ihn!
Er hat im Kampf Glendower nie bestanden.
Ich sage dir,
Er träf' so gern sich mit dem Teufel allein,
Als Owen Glendower feindlich zu begegnen.
Schämst du dich nicht? – Ich rat' Euch, daß ich nie
Von Mortimer Euch ferner reden höre.
Schickt die Gefangnen mir aufs schleunigste,
Sonst sollt Ihr solchermaßen von mir hören,
Daß es Euch nicht behagt. – Mylord
Northumberland,
Ihr seid von uns samt Eurem Sohn beurlaubt. –
Schickt die Gefangnen, sonst sollt Ihr's noch hören!

König Heinrich, Blunt und Gefolge ab.

PERCY.
Und wenn der Teufel kommt und brüllt nach ihnen,
Schick' ich sie nicht; – ich will gleich hinterdrein
Und ihm das sagen, so mein Herz erleichtern,
Und wär's auch mit Gefahr für meinen Kopf.

NORTHUMBERLAND.
Wie? was? Berauscht von Galle? Wart' ein Weilchen:
Da kommt dein Oheim.

Worcester kommt zurück.

PERCY. Nicht von Mortimer?
Blitz! ich will von ihm reden, und ich will
Nicht selig werden, halt' ich's nicht mit ihm;
Ja, alle diese Adern will ich leeren,
Mein Herzblut tropfenweis' in Staub verschütten,
Um den zertretnen Mortimer zu heben
So hoch, wie diesen undankbaren König,
Den undankbaren, gift'gen Bolingbroke.

NORTHUMBERLAND.
Der König machte Euren Neffen toll.

WORCESTER.
Wer schlug dies Feuer auf, nachdem ich ging?

PERCY.
Er will, ei denkt doch! alle die Gefangnen.
Und als ich wieder auf die Lösung drang
Von meines Weibes Bruder, wurd' er blaß
Und wandt' auf mein Gesicht ein Aug' des Todes,
Beim bloßen Namen Mortimer schon zitternd.

WORCESTER.
Ich tadl' ihn nicht; hat der verstorbne Richard
Ihn für den nächsten Erben nicht erklärt?

NORTHUMBERLAND.
Das hat er; die Erklärung hört' ich selbst,
Und zwar geschah sie, als der arme König –
An dem uns unser Unrecht Gott verzeih'! –
Sich zu dem Zug nach Irland wegbegab,
Wovon er, abgerufen, wiederkam,
Entthront und drauf ermordet bald zu werden.

WORCESTER.
Um dessen Tod im Mund der weiten Welt
Man uns entehrt und unsern Namen schmäht.

PERCY. Ich bitt' Euch, still! Erklärte König Richard
Denn meinen Bruder Edmund Mortimer
Zum Erben seines Throns?

NORTHUMBERLAND.
Er tat's, ich hört' es selbst.

PERCY.
Dann tadl' ich nicht den König, seinen Vetter,
Der ihn auf kahlen Höh'n verschmachtet wünschte.
Doch soll es sein, daß ihr, die ihr die Krone
Auf des vergeßnen Mannes Haupt gesetzt
Und seinethalb den bösen Schandfleck tragt
Von Anstiftung zum Morde, – soll es sein,
Daß ihr euch zuzieht eine Welt von Flüchen,
Als Helfershelfer, schnödes Werkzeug nur,
Die Stricke, Leitern oder gar der Henker?
Verzeiht, daß ich so tief hinab muß gehn,
Das Fach zu zeigen und die Rangordnung,
Worin ihr steht bei diesem schlauen König. –
Soll man – o Schmach! – in diesen Zeiten sagen
Und Chroniken damit in Zukunft füllen,
Daß Männer sich von eurer Macht und Adel
Verpflichtet einer ungerechten Sache
(Wie beide ihr – verzeih' es Gott! – getan),
Richard, die süße Rose, auszureißen
Und diesen Dornstrauch, Bolingbroke, zu pflanzen?
Und soll zu größrer Schmach man ferner sagen,
Ihr seid gehöhnt, entlassen, abgeschüttelt
Von ihm, für den ihr diese Schmach ertrugt?
Nein, es ist Zeit noch, die verbannte Ehre
Zurückzulösen und euch vor der Welt
In ihrer guten Meinung herzustellen;
Das stolze, höhnische Verschmähn zu rächen
An diesem König, welcher Tag und Nacht
Drauf sinnt, die ganze Schuld bei euch zu tilgen,
Wär's auch mit eures Todes blut'ger Zahlung.
Drum sag' ich –

WORCESTER. Stille, Vetter! sagt nichts mehr,
Und nun will ich ein heimlich Buch Euch öffnen
Und Eurem schnell begreifenden Verdruß
Gefährliche und tiefe Dinge lesen,

So voll Gefahr und Unternehmungsgeist,
Als über einen Strom, der tobend brüllt,
Auf eines Speeres schwankem Halte schreiten.

PERCY.
Fällt er hinein, gut' Nacht! – schwimm' oder sink'!
Schickt nur Gefahr von Osten bis zum West,
Wenn Ehre sie von Nord nach Süden kreuzt,
Und laßt sie ringen: oh, das Blut wallt mehr
Beim Löwenhetzen als beim Hasenjagen!

NORTHUMBERLAND.
Die Einbildung von großen Taten reißt
Jenseit der Schranken der Geduld ihn hin.

PERCY.
Bei Gott! mich dünkt, es wär' ein leichter Sprung,
Vom blassen Mond die lichte Ehre reißen
Oder sich tauchen in der Tiefe Grund,
Wo nie das Senkblei bis zum Boden reichte,
Und die ertränkte Ehre bei den Locken
Heraufziehn, dürft' ihr Retter ihre Würden
Dann alle tragen, ohne Nebenbuhler.
Doch pfui der ärmlichen Genossenschaft!

WORCESTER.
Er stellt sich eine Welt von Bildern vor,
Doch nicht die Form des, was er merken sollte.
Gebt, Vetter, auf ein Weilchen mir Gehör!

PERCY. Habt Nachsicht mit mir!

WORCESTER. Jene edlen Schotten,
Die Ihr gefangen, –

PERCY. Die behalt' ich alle.
Bei Gott! er soll nicht einen Schotten haben.
Ja, hülf' ein Schott' ihm in den Himmel, doch nicht:
Bei dieser Rechten! ich behalte sie.

WORCESTER.
Ihr fahrt so auf und leiht kein Ohr dem Vorschlag;
Ihr sollt ja die Gefangnen auch behalten.

PERCY. Ich will's auch, kurz und gut.
Er sprach, nicht lösen woll' er Mortimer,
Verbot zu reden mir von Mortimer;
Allein ich find' ihn, wo er schlafend liegt,
Und ruf' ihm in die Ohren: »Mortimer!«
Ja, einen Star schaff' ich, der nichts soll lernen
Zu schrein, als »Mortimer«, und geb' ihm den,
Um seinen Zorn stets rege zu erhalten.

WORCESTER. Hört, Vetter, nur ein Wort!

PERCY.
Hier sag' ich förmlich jedem Streben ab,
Als diesen Bolingbroke recht wund zu kneifen,
Und jenen Schwadronierer, Prinz von Wales:
Dächt' ich nicht, daß sein Vater ihn nicht liebt
Und gerne säh', wenn er ein Unglück nähme,
Ich wollt' ihn mit 'nem Kruge Bier vergiften!

WORCESTER.
Lebt wohl denn, Vetter! Ich will mit Euch sprechen,
Wenn Ihr zum Hören aufgelegter seid.

NORTHUMBERLAND.
Ei, welch ein bremsgestochner, jäher Tor
Bist du, in diese Weiberwut zu fallen,
Dein Ohr nur deiner eignen Zunge fesselnd?

PERCY.
Ja seht, mich peitscht's mit Ruten, brennt wie Nesseln
Und sticht wie Ameishaufen, hör' ich nur
Von dem Politiker, dem schnöden Bolingbroke.
Zu Richards Zeit, – wie nennt Ihr doch den
Ort?
Der Teufel hol's! – er liegt in Glostershire,
Wo der verrückte Herzog lag, sein Oheim,
Sein Oheim York; wo ich zuerst mein Knie
Dem Fürst des Lächelns bog, dem Bolingbroke,
Als Ihr und er von Ravenspurg zurückkamt.

NORTHUMBERLAND. Zu Berkley-Schloß.

PERCY. Ja, Ihr habt recht.
Ei, welchen Haufen Zucker-Artigkeit
Bot mir der schmeichlerische Windhund da!
»Wenn sein unmündig Glück zu Jahren käme«, –
Und »lieber Heinrich Percy«, und »bester Vetter«, –
Oh, zum Teufel solche Betrüger! – Gott verzeih' mir! –
Sagt, Oheim, was Ihr wollt, denn ich bin fertig.

WORCESTER.
Nein, wenn Ihr's noch nicht seid, fangt wieder an;
Wir warten Euer.

PERCY. Ich bin wahrlich fertig.

WORCESTER.
Dann wieder zu den schottischen Gefangnen
Gebt ohne Lösegeld sie gleich zurück
Und macht des Douglas Sohn zu Eurem Mittel,
In Schottland Volk zu werben, was aus Gründen,
Die ich Euch schriftlich geben will, gewiß
Euch leicht bewilligt wird. – Ihr, Mylord, sollt,
Indes Eu'r Sohn in Schottland tätig ist,
Euch insgeheim dem würdigen Prälaten,
Der so beliebt ist, in den Busen schleichen,
Dem Erzbischof.

PERCY. Von York, nicht wahr?

WORCESTER.
Ja, der empfindet hart
Des Bruders Tod zu Bristol, des Lord Scroop.
Ich rede nicht vermutungsweis', es könnte
Vielleicht so sein; nein, sondern wie ich weiß,
Daß es erwogen und beschlossen ist
Und wartet nur auf der Gelegenheit
Gewognen Wink, um an das Licht zu treten.

PERCY.
Ich wittre schon: es geht, bei meinem Leben!

NORTHUMBERLAND.
Du läßt den Hund los, eh' das Wild sich rührt.

PERCY.
Der Anschlag kann nicht anders sein als schön.
Und dann die Macht von Schottland und von York, –
Mit Mortimer vereint. Ha!

WORCESTER. Das soll geschehn.

PERCY. Fürwahr, das ist vortrefflich ausgedacht.

WORCESTER.
Und was uns eilen heißt, ist nichts Geringes:
Durch einen Hauptstreich unser Haupt zu retten.
Denn, mögen wir uns noch so still betragen,
Der König glaubt sich stets in unsrer Schuld,
Und glaubt, daß wir uns nicht befriedigt glauben,
Bis er es uns zu seiner Zeit vergilt.
Ihr seht ja: wie er schon den Anfang macht,
Uns seiner Liebe Blicken zu entfremden.

PERCY.
Das tut er, ja: man muß sich an ihm rächen.

WORCESTER.
Vetter, lebt wohl! Nicht weiter geht hierin,
Als ich durch Briefe Euch den Weg will zeigen:
Wenn reif die Zeit ist, und das wird sie bald,

Schleich' ich zu Glendower und Lord Mortimer,
Wo Ihr und Douglas und die ganze Macht
Durch mein Bemühn sich glücklich treffen sollen,
Um unser Glück in eignem starkem Arm
Zu fassen, das wir jetzt so schwankend halten.

NORTHUMBERLAND.
Lebt wohl, mein Bruder! Es gelingt, so hoff' ich.

PERCY.
Oheim, adieu! Könnt' ich die Stunden kürzen,
Bis Feld und Streich und Weh das Spiel uns würzen!

Alle ab.

Zweiter Aufzug

Erste Szene

Rochester. Ein Hof in der Herberge. Ein Kärrner kommt gähnend mit einer Laterne in der Hand.

KÄRRNER. Ohe! Wenn's nicht schon um viere ist, will ich mich hängen lassen. Der Wagen da droben steht schon über dem neuen Schornstein, und unser Pferd ist noch nicht bepackt. He, Stallknecht!

STALLKNECHT *drinnen.* Gleich! Gleich!

KÄRRNER. Hörst du, Thoms, schlag' mir Hansens Sattel zurecht, steck' ein bißchen Werg unter den Knopf! Das arme Vieh hat sich am Widerrist gedruckt wie nichts Gutes.

Ein anderer Kärrner kommt.

ZWEITER KÄRRNER. Erbsen und Bohnen sind hier so mulstrig wie die Schwerenot, und das ist das rechte Mittel, daß so 'n armes Luder die Würmer kriegt. Das Haus ist um und um gekehrt, seit der alte Fritz tot ist.

ERSTER KÄRRNER. Der arme Kerl! Er kam nicht wieder zurechte, seit der Hafer aufschlug; es war sein Tod.

ZWEITER KÄRRNER. Ich glaube, es gibt kein so niederträchtig Haus auf der ganzen Londner Straße mit Flöhen. Ich bin so bunt gestochen wie 'ne Schleie.

ERSTER KÄRRNER. Wie 'ne Schleie? Sapperment, kein König in der Christenheit kann's besser verlangen, als ich gebissen bin, seit der Hahn zum erstenmal gekräht hat.

ZWEITER KÄRRNER. Ja, sie wollen uns niemals einen Nachttopf geben, und da schlagen wir's in den Kamin ab, und die Kammerlauge, die heckt euch Flöhe wie ein Froschlaich.

ERSTER KÄRRNER. He, Stallknecht, komm heraus und geh an den Galgen! komm heraus!

ZWEITER KÄRRNER. Ich habe eine Speckseite und zwei Packen Ingwer, die soll ich bis Charing-Croß mitnehmen.

ERSTER KÄRRNER. Gotts Blitz! die Truthähne in meinem Korb sind ganz ausgehungert. – He, Stallknecht! – Daß dich die Schwerenot! Hast keine Augen im Kopfe? kannst nicht hören? Wenn es nicht eben so gut wäre, wie einmal zu trinken, dir den Kopf einzuschmeißen, so will ich ein Hundsfott sein. – Komm an den Galgen! Bist ganz des Teufels?

Gadshill kommt.

GADSHILL.
Guten Morgen, Schwager! Was ist die Glocke?

ERSTER KÄRRNER. Ich denke, es ist zwei.

GADSHILL. Sei so gut und leih' mir deine Laterne, daß ich nach meinem Wallach im Stalle sehen kann.

ERSTER KÄRRNER. Ei, sieh da! schönen Dank! Ich weiß Euch Pfiffe, die noch 'mal so gut sind, mein' Seel'!

GADSHILL. Sei so gut und leih' mir deine!

ZWEITER KÄRRNER. Ja, wann geschieht's? Rat' einmal! – »Leih mir deine Laterne«; so? – Ei ja doch, ich will dich erst am Galgen sehen.

GADSHILL. He, Kärrner! um welche Zeit denkt Ihr in London zu sein?

ZWEITER KÄRRNER. Zeit genug, um bei Licht zu Bette zu gehn, dafür stehe ich dir. – Kommt, Nachbar, wir wollen die Herren wecken; sie wollen mit Gesellschaft fort, denn sie haben groß Gepäck bei sich.

Kärrner ab.

GADSHILL. Heda, Hausknecht!

HAUSKNECHT *drinnen.* Ja, ja! »Bei der Hand«, sagt der Beutelschneider.

GADSHILL. Das paßt so gut, als: »bei der Hand«, sagt der Hausknecht. Du bist vom Beutelschneider nicht mehr verschieden, als Anweisung geben vom Arbeiten. Du machst die Anschläge.

Der Hausknecht kommt.

HAUSKNECHT. Guten Morgen, Meister Gadshill! Es bleibt dabei, was ich Euch gestern abend sagte: es ist hier ein Gutsherr aus der Kentschen Wildnis, der führt dreihundert Mark in Golde bei sich. Ich hört's ihn gestern abend zu einem aus der Gesellschaft sagen, einer Art von Kammerrevisor, einem, der auch eine Last Gepäck bei sich hat, Gott weiß was. Sie sind schon auf und verlangen geröstete Eier, sie wollen gleich fort.

GADSHILL. Hör' du, wenn sie nicht Sankt Niklas seine Gesellen antreffen, so lass' ich dir meinen Hals.

HAUSKNECHT. Ne, ich mag ihn nicht, der gehört für den Schinder; denn ich weiß, du bedienst Sankt Niklas so ehrlich, als ein falscher Kerl nur immer kann.

GADSHILL. Was sprichst du mir vom Schinder? Wenn ich hänge, so mache ich ein paar Galgen fett, denn wenn ich hänge, so muß der alte Sir John mithängen, und du weißt, der ist kein Hungerleider. Pah! es gibt noch andre Trojaner, wovon du dir nichts träumen läßt, die Spaßes halber sich gefallen lassen, dem Gewerbe eine Ehre anzutun, die, wenn man uns ein bißchen auf die Finger guckte, ihres eignen Kredits wegen alles würden ins Gleiche bringen. Ich halte es mit keinen Fuß-Landstreichern, keinen Langstäben und Buschkleppern; nicht mit solchen tollen, schnurrbärtigen, kupferfarbigen Bierlümmeln: sondern mit Herrschaften und Barschaften; mit Bürgermeistern und großen Kapitalmännern; Leuten, die es an sich kommen lassen; Leuten, die lieber schlagen als sprechen, lieber sprechen als trinken, und lieber trinken als beten. Doch das ist gelogen; denn sie beten beständig zu ihrem Heiligen, dem gemeinen Wesen, oder vielmehr, sie nehmen es ins Gebet: denn sie gerben ihm das Leder und machen sich Stiefeln draus.

HAUSKNECHT. Was? Stiefeln aus dem gemeinen Wesen? Sind sie wasserdicht in schlimmen Wegen?

GADSHILL. Ja wohl, ja wohl, die Gerichte haben sie selbst geschmiert. Wir stehlen, wie in einer Festung, schußfrei; wir haben das Rezept vom Farrnsamen, wir gehen unsichtbar umher.

HAUSKNECHT. Nu, meiner Treu, ich denke, ihr habt es mehr der Nacht als dem Farrnsamen zu danken, wenn ihr unsichtbar herumgeht.

GADSHILL. Topp! schlag' ein! Du sollst dein Teil an dem Erwerb haben, so gewiß ich ein ehrlicher Mann bin.

HAUSKNECHT. Versprich mir's lieber, so gewiß du ein falscher Dieb bist!

GADSHILL. Laß gut sein! Homo ist ein Name, der allen Menschen gemein ist. – Sag dem Pferdeknecht, daß er meinen Wallach aus dem Stalle bringt! – Leb wohl, du Drecklümmel!

Beide ab.

Zweite Szene

Die Straße bei Gadshill.
Prinz Heinrich und Poins treten auf; Bardolph und Peto in der Entfernung.

POINS. Komm, tritt unter! tritt unter! Ich habe Falstaffs Pferd bei Seite geschafft, und er knarrt, wie gesteifter Samt.

PRINZ HEINRICH. Versteck' dich!

Falstaff tritt auf.

FALSTAFF. Poins! Poins und die Schwerenot! Poins!

PRINZ HEINRICH. Still, du gemästeter Schuft! Was verführst du für ein Geschrei?

FALSTAFF. Heinz, wo ist Poins?

PRINZ HEINRICH. Er ist oben auf den Hügel hinaufgegangen, ich will ihn suchen. *Stellt sich, als wenn er Poins suchte.*

FALSTAFF. Ich bin behext, daß ich in Gesellschaft mit dem Diebe rauben muß: der Schurke hat mein Pferd weggeschafft und festgebunden, ich weiß nicht wo. Wenn ich nur vier gemeßne Fuß weiter zu Fuße gehe, so muß ich platzen. Nun, ich hoffe bei alle dem noch eines ordentlichen Todes zu sterben, wenn ich nicht gehängt werde, weil ich den Schuft umbringe. Ich habe seine Gesellschaft diese zweiundzwanzig Jahre her stündlich verschworen, und doch bin ich mit des Schuftes seiner Gesellschaft behext. Wenn der Schurke mir nicht Tränke gegeben hat, daß ich ihn lieb haben muß, so will ich gehängt sein; es kann nicht anders sein, ich habe einen Trank gekriegt. – Poins! – Heinz! Daß euch die Pest – Bardolph! Peto! – Ich will verhungern, eh' ich einen Schritt weiter raube! Wenn es nicht eine so gute Tat wäre, wie zu trinken, ein ehrlicher Kerl zu werden und diese Schufte zu verlassen, so bin ich der ärgste Lumpenhund, der je mit Zähnen gekaut hat. Acht Ellen unebner Boden sind für mich zu Fuß so gut wie ein Dutzend Meilen, und das wissen die hartherzigen Bösewichter recht gut. Hol's der Henker, wenn Diebe nicht ehrlich gegen einander sein können!

Sie pfeifen.

Pfüt! Hol' euch alle der Henker! Gebt mir mein Pferd, ihr Schelme! Gebt mir mein Pferd und geht an den Galgen!

PRINZ HEINRICH. Still, du Dickwanst! Leg' dich nieder, leg' dein Ohr dicht an die Erde und horch, ob du keine Tritte von Reisenden hörst!

FALSTAFF. Habt ihr Hebebäume, mich wieder aufzurichten, wenn ich einmal liege? Blitz, ich will mein Fleisch nicht wieder so weit zu Fuß schleppen, für alles Geld, was in deines Vaters Schatzkammer ist. Was zum Henker fällt euch ein, daß ihr mich so pferdemäßig arbeiten laßt?

PRINZ HEINRICH. Du lügst: nicht pferdemäßig, sondern pferdelos.

FALSTAFF. Ich bitte dich, lieber Prinz Heinz! Hilf mir an mein Pferd, guter Königssohn!

PRINZ HEINRICH. Schäme dich, du Schuft! Soll ich dein Stallknecht sein?

FALSTAFF. Geh, hänge dich in deinem kronprinzlichen Hosenbande auf! Wenn sie mich kriegen, so will ich euch dafür anklagen. Wo ich euch nicht alle in Gassenlieder bringe und lasse sie auf niederträchtige Melodien absingen, so will ich an einem Glase Sekt umkommen. Wenn ein Spaß so weit geht, und obendrein zu Fuß, – das hasse ich in den Tod.

Gadshill kommt.

GADSHILL. Steh!

FALSTAFF. Ich muß wohl, ich mag wollen oder nicht.

POINS. Oh, das ist unser Spürhund, ich kenn' ihn an der Stimme.

BARDOLPH. Was gibt es Neues?

GADSHILL. Die Gesichter zu! Die Masken heraus! Es kommt Geld für den König den Hügel herunter, es geht in des Königs Schatzkammer.

FALSTAFF.
Du lügst, Schuft, es geht in des Königs Schenke.

GADSHILL. Es ist genug, uns allen zu helfen.

FALSTAFF. An den Galgen.

PRINZ HEINRICH. Leute, ihr viere sollt euch in dem engen Hohlwege an sie machen; Poins und ich, wir wollen weiter hinuntergehen: wenn sie eurem Anfall entwischen, so fallen sie uns in die Hände.

PETO. Wie viel sind ihrer denn?

GADSHILL. Ein Stücker acht bis zehn.

FALSTAFF. Wetter! werden sie uns nicht ausplündern?

PRINZ HEINRICH.
Was? eine Memme, Sir John Wanst?

FALSTAFF. Fürwahr, ich bin nicht Euer Großvater Johann von Gaunt, aber doch keine Memme, Heinz.

PRINZ HEINRICH.
Gut, das soll auf die Probe ankommen.

POINS. Hör' du, Hans, dein Pferd steht hinter der Hecke; wenn du es nötig hast, da kannst du es finden. Leb wohl und halte dich gut!

FALSTAFF. Nun kann ich ihn doch nicht prügeln, und wenn's mir ans Leben ginge.

PRINZ HEINRICH. Eduard, wo sind unsre Verkleidungen?

POINS. Hier, dicht bei an; versteckt Euch!

Prinz Heinrich und Poins ab.

FALSTAFF. Nun, meine Freunde! Wer das Glück hat, führt die Braut heim; – jeder tue das Seinige!

Reisende kommen.

ERSTER REISENDER. Kommt, Nachbar, der Junge soll unsre Pferde den Berg hinunter führen: wir wollen ein Weilchen gehn und uns die Füße vertreten.

DIE RÄUBER. Halt!

DIE REISENDEN. Ach, Herr Jesus!

FALSTAFF. Schlagt zu! Macht sie nieder! Brecht den Buben die Hälse! Ei, das unnütze Schmarotzer-Pack! Die Speckfresser! Sie hassen uns junges Volk. Nieder mit ihnen! Rupft sie!

ERSTER REISENDER. Oh, wir sind ruinierte Leute! Ruiniert mit Kind und Kindeskind!

FALSTAFF. An den Galgen, ihr dickbäuchigen Schufte! Seid ihr ruiniert? Nein, ihr fetten Schnauzen! Hättet ihr nur das Eurige bei euch! Fort, ihr Schweinebraten, fort! Was Hundsfötter? Junge Leute müssen auch leben. Ihr seid Obergeschworne, nicht wahr? Wir wollen euch unterschwören, meiner Treu!

Falstaff und die übrigen ab, indem sie die Reisenden vor sich hintreiben.

Prinz Heinrich und Poins kommen verkleidet zurück.

PRINZ HEINRICH. Die Diebe haben die ehrlichen Leute gebunden: wenn wir beiden nun die Diebe berauben könnten und uns lustig nach London aufmachen, es wäre eine Komödie auf eine Woche, was zu lachen auf einen Monat, und ein guter Spaß auf immer.

POINS. Tretet beiseit', ich höre sie kommen!

Die Räuber kommen zurück.

FALSTAFF. Nun, meine Freunde, laßt uns teilen, und dann zu Pferde, ehe es Tag wird! Und wenn der Prinz und Poins nicht zwei ausgemachte Memmen sind, so ist keine Gerechtigkeit auf Erden mehr. Der Poins hat nicht mehr Herz im Leibe als eine wilde Ente.

PRINZ HEINRICH *hervorstürzend.* Euer Geld!

POINS. Spitzbuben!

Während sie im Teilen begriffen sind, fallen der Prinz und Poins über sie her. Nach einigen Stößen laufen Falstaff und die übrigen davon und lassen ihre Beute zurück.

PRINZ HEINRICH.
Mit leichter Müh' erobert! Nun zu Pferd!
Die Diebe sind zerstreut und so besessen
Von Furcht, daß sie sich nicht zu treffen wagen:
Ein jeder hält den Freund für einen Häscher.
Fort, lieber Eduard! Falstaff schwitzt sich tot
Und spickt die magre Erde, wo er geht;
Wär's nicht zum Lachen, ich bedauert' ihn.

POINS. Wie der Schuft brüllte!

Ab.

Dritte Szene

Warkworth. Ein Zimmer in der Burg.
Percy kommt mit einem Brief in der Hand.

PERCY. – »Allein was mich selbst betrifft, ich könnte es wohl zufrieden sein, mich dabei zu finden, in Betracht der Liebe, die ich zu Eurem Hause trage.« Er könnte es zufrieden sein; warum ist er es denn nicht? In Betracht der Liebe, die er zu unserm Hause trägt, – er zeigt dadurch, daß er seine eigne Scheure lieber hat als unser Haus. Laßt mich weiter sehn: »Das Unternehmen, das Ihr vorhabt, ist gefährlich.« – Ja, das ist gewiß: 's ist gefährlich, den Schnupfen zu kriegen, zu schlafen, zu trinken; aber ich sage Euch, Mylord Narr, aus der Nessel Gefahr pflücken wir die Blume Sicherheit. »Das Unternehmen, das Ihr vorhabt, ist gefährlich; die Freunde, die Ihr genannt, ungewiß; die Zeit selbst unpaßlich; und Euer ganzer Anschlag zu leicht für das Gegengewicht eines so großen Widerstandes.« Meint Ihr? meint Ihr? So meine ich wiederum, Ihr seid ein einfältiger feiger Knecht, und Ihr lügt. Welch ein Einfaltspinsel! Bei Gott, unser Anschlag ist so gut, als je einer gemacht ward; unsre Freunde treu und standhaft; ein guter Anschlag, gute Freunde und die beste Erwartung; ein trefflicher Anschlag, sehr gute Freunde! Was ist das für ein frostig gesinnter Bursch? Lobt doch Seine Hochwürden von York unsern Anschlag und die ganze Anordnung des Unternehmens. Blitz! wenn ich jetzt bei dem Schurken wäre, so könnte ich ihm mit seiner Frauen Fächer den Kopf einschlagen. Ist nicht mein Vater, mein Oheim und ich selbst dabei? Lord Edmund Mortimer, der Erzbischof von York und Owen Glendower? Ist nicht endlich der Douglas dabei? Habe ich nicht Briefe von allen, daß sie mich am Neunten des nächsten Monats bewaffnet treffen wollen? Und sind nicht einige von ihnen schon ausgerückt? Was ist das für ein ungläubiger Schurke? Ein Heide! Ha, ihr sollt nun sehen, aus wahrer, aufrichtiger Furcht und Engherzigkeit wird er zum Könige gehn und ihm alle unsre Anstalten vorlegen. Oh, ich könnte mich zerteilen und mir Maulschellen geben, daß ich einen solchen Milchbrei zu einer so ehrenvollen Unternehmung habe bewegen wollen. Zum Henker mit ihm! Er mag's dem Könige sagen: wir sind gerüstet. Ich will noch diese Nach aufbrechen.

Lady Percy tritt auf.

Nun, Käthchen? Ich muß Euch in zwei Stunden verlassen.

LADY PERCY. O mein Gemahl, was seid Ihr so allein?
Für welchen Fehl war ich seit vierzehn Tagen
Ein Weib, verbannt aus meines Heinrichs Bett?
Sag, süßer Gatte, was beraubt dich so
Der Eßlust, Freude und des goldnen Schlafs?
Was heftest du die Augen auf die Erde
Und fährst so oft, wenn du allein bist, auf?
Warum verlorst du deiner Wangen Frische?
Gabst meine Schätze und mein Recht an dich
Starrseh'ndem Grübeln und verhaßter Schwermut?
Ich habe dich bewacht in leichtem Schlummer
Und dich vom eh'rnen Kriege murmeln hören,
Dein bäumend Roß mit Reiterworten lenken
Und rufen: »Frisch ins Feld!« Dann sprachest du
Von Ausfall und von Rückzug, von Gezelten,
Laufgräben, Pallisaden, Parapetten,

Feldschlangen, Basilisken und Kanonen,
Gefangner Lösung und erschlagnen Kriegern
Und jedem Vorfall einer heißen Schlacht.
Dein Geist in dir ist so im Krieg gewesen
Und hat im Schlafe so dich aufgeregt,
Daß Perlen Schweißes auf der Stirn dir standen,
Wie Blasen in dem erst getrübten Strom:
Und im Gesicht erschien gewalt'ge Regung,
Wie wenn ein Mensch den Odem an sich hält
In großer, schneller Eil'. Oh, was sind dies für Zeichen?
Ein schwer Geschäft hat mein Gemahl in Händen,
Und wissen muß ich's, wenn er noch mich liebt.

PERCY. Heda! Ist Wilhelm fort mit dem Paket?

Ein Bedienter kommt.

BEDIENTER. Ja, gnäd'ger Herr, vor einer Stunde.

PERCY. Ist Butler mit den Pferden da vom Sheriff?

BEDIENTER.
Ein Pferd, Herr, hat er eben jetzt gebracht.

PERCY.
Was für ein Pferd? Ein Rapp', ein Stutzohr, nicht?

BEDIENTER. Ja, gnäd'ger Herr.

PERCY. Der Rappe rafft mich weg.
Gut, ich besteig' ihn gleich. – O Espérance! –
Laßt Butler in den Park hinaus ihn führen?

LADY PERCY. So hört doch, mein Gemahl!

PERCY. Was sagst du, meine Gemahlin?

LADY PERCY. Was reißt dich so von mir hinweg?

PERCY. Ei, mein Pferd,
Mein Kind, mein Pferd!

LADY PERCY. O du tollköpf'ger Affe!
Ein Wiesel hat so viele Grillen nicht,
Als die dich plagen. Traun,
Ich will's erfahren, Heinrich, ja durchaus.
Ich fürchte, daß mein Bruder Mortimer
Sein Recht betreibt und hat zu Euch gesandt
Um Vorschub für sein Werk; doch, gehet Ihr –

PERCY. So weit zu Fuß, so werd' ich müde, Kind.

LADY PERCY.
Komm, komm, du Papagei! Antworte mir
Geradezu auf das, was ich dich frage:
Ich breche dir den kleinen Finger, Heinrich,
Wenn du mir nicht die ganze Wahrheit sagst.

PERCY. Fort, fort,
Du Tändlerin! – Lieben? – Ich lieb' dich nicht.
Ich frage nicht nach dir. Ist dies 'ne Welt
Zum Puppenspielen und mit Lippen fechten?
Nein, jetzo muß es blut'ge Nasen geben,
Zerbrochne Kronen, die wir doch im Handel
Für voll anbringen. – Alle Welt, mein Pferd! –
Was sagst du, Käthchen? Wolltest du mir was?

LADY PERCY.
Ihr liebt mich nicht? Ihr liebt mich wirklich nicht?
Gut, laßt es nur; denn, weil Ihr mich nicht liebt,
Lieb' ich mich selbst nicht mehr. Ihr liebt mich nicht?
Nein, sagt mir, ob das Scherz ist oder Ernst?

PERCY. Komm, willst mich reiten sehn?
Wenn ich zu Pferde bin, so will ich schwören,
Ich liebe dich unendlich. Doch höre, Käthchen:
Du mußt mich ferner nicht mit Fragen quälen,
Wohin ich geh', noch raten, was es soll.
Wohin ich muß, muß ich: und kurz zu sein,
Heut abend muß ich von dir, liebes Käthchen.
Ich kenne dich als weise, doch nicht weiser.
Als Heinrich Percys Eh'frau; standhaft bist du,
Jedoch ein Weib, und an Verschwiegenheit
Ist keine besser: denn ich glaube sicher,
Du wirst nicht sagen, was du selbst nicht weißt,
Und so weit, liebes Käthchen, trau' ich dir.

LADY PERCY. Wie? So weit?

PERCY.
Nicht einen Zollbreit weiter. Doch höre, Käthchen:
Wohin ich gehe, dahin sollst du auch;
Ich reise heute, du sollst morgen reisen.
Bist du zufrieden nun?

LADY PERCY. Ich muß ja wohl.

Ab.

Vierte Szene

Eastcheap. Eine Stube in der Schenke zum wilden Schweinskopf.
Prinz Heinrich und Poins treten auf.

PRINZ HEINRICH. Ich bitte dich, Poins, komm aus der fettigen Stube und steh mir ein bißchen mit Lachen bei!

POINS. Wo bist du gewesen, Heinz?

PRINZ HEINRICH. Mit drei bis vier Ochsenköpfen zwischen drei bis vier Dutzend Oxhöften. Ich habe den allertiefsten Ton der Leutseligkeit angegeben. Ja, Mensch, ich habe mit einer Rotte von Küfern Brüderschaft gemacht und kann sie alle bei ihren Taufnamen nennen, als: Thomas, Fritz und Franz. Sie setzen schon ihre Seligkeit daran, daß ich, obschon nur Prinz von Wales, der König der Höflichkeit bin, und sagen mir gerade heraus, ich sei kein stolzer Hans, wie Falstaff, sondern ein Korinthier, ein lustiger Bursch, ein guter Junge. – wahrhaftig, so nennen sie mich, und wenn ich König von England bin, so sollen alle wackre Bursche in Eastcheap mir zu Befehl stehn. Tüchtig trinken heißt bei ihnen sich rot schminken, und wenn Ihr beim Schlucken Atem holt, so rufen sie: »frisch!« und ermahnen Euch, keine Umstände zu machen. Kurz, ich habe es in einer Viertelstunde so weit gebracht, daß ich lebenslang mit jedem Kesselflicker in seiner eignen Sprache trinken kann. Ich sage dir, Eduard, du hast viel Ehre eingebüßt, daß du nicht mit mir in dieser Aktion gewesen bist. Aber, süßer Eduard, – und um diesen Namen zu versüßen, geb' ich dir dies Pfennigstütchen voll Zucker, das mir eben ein Unterkellner in die Hand drückte; einer, der in seinem Leben kein andres Englisch gesprochen hat als: »acht Schilling und sechs Pfennige«; und: »Ihr seid willkommen«, mit dem gellenden Zusatze: »Gleich, Herr! gleich! Eine Flasche Muskat im Halben Monde angekreidet!« oder dergleichen. – Aber, Eduard, um die Zeit hinzubringen, bis Falstaff kommt, geh, bitt' ich dich, in eine Nebenstube, während ich meinen kleinen Küfer befrage, zu welchem Ende er mir den Zucker gegeben hat, und laß die ganze Zeit nicht ab, »Franz« zu rufen, damit er nichts als »Gleich!« vorbringen kann. Tritt beiseit, und ich will dir den Hergang zeigen.

POINS. Franz!

PRINZ HEINRICH. Meisterhaft!

POINS. Franz! *Ab.*

Franz kommt.

FRANZ. Gleich, Herr! gleich! Sieh zu, was sie im »Granatapfel« wollen, Ralf!

PRINZ HEINRICH. Komm her, Franz!

FRANZ. Gnädiger Herr?

PRINZ HEINRICH.
Wie lange mußt du noch dienen, Franz?

FRANZ. Meiner Treu, fünf Jahre, und so lange, bis –

POINS *drinnen.* Franz!

FRANZ. Gleich, Herr! gleich!

PRINZ HEINRICH. Fünf Jahre? Wahrhaftig, eine lange Mietszeit, um mit zinnernen Kannen zu klimpern. Aber, Franz, hättest du wohl das Herz, gegen deinen Kontrakt die Memme zu spielen, die Beine auf die Schultern zu nehmen und ihm durchzugehen?

FRANZ. Du meine Zeit, Herr! Ich will auf alle Bücher in England schwören, ich könnte es übers Herz bringen –

POINS *drinnen.* Franz!

FRANZ. Gleich, Herr! gleich!

PRINZ HEINRICH. Wie alt bist du, Franz?

FRANZ. Laßt mich sehen: Auf nächsten Michaelis werde ich –

POINS *drinnen.* Franz!

FRANZ. Gleich, Herr! – Ich bitte Euch, wartet ein bißchen, gnädiger Herr!

PRINZ HEINRICH. Aber höre nur, Franz: der Zucker, den du mir gabst – es war für einen Pfennig, nicht wahr?

FRANZ.
Lieber Herr, ich wollte, es wäre für zweie gewesen.

PRINZ HEINRICH. Ich will dir tausend Pfund dafür geben, fodre, wann du willst, und du sollst sie haben.

POINS *drinnen.* Franz!

FRANZ. Gleich! Gleich!

PRINZ HEINRICH. Gleich, Franz? Nein, Franz; aber morgen, Franz; oder auf den Donnerstag, Franz, oder wahrhaftig, Franz, wann du willst. Aber, Franz –

FRANZ. Gnädiger Herr? –

PRINZ HEINRICH. Bestöhlest du mir wohl den mit dem ledernen Wams, krystallnen Knöpfen, gestutztem Kopf, agatnen Ringen, schwarzen Strümpfen, zwirnenen Kniegürteln, spanischem Tabaksbeutel –

FRANZ. Lieber Gott, Herr, wen meint Ihr?

PRINZ HEINRICH. Nun, so geht Euch kein Getränk über den braunen Muskat; denn seht, Franz, Euer weißes leinenes Kamisol wird schmutzig werden: in der Barbarei, mein Freund, kann es nicht so weit kommen.

FRANZ. Wie, Herr?

POINS *drinnen.* Franz!

PRINZ HEINRICH. Fort, du Schurke! Hörst du sie nicht rufen?

Hier rufen ihn beide, der Küfer steht verwirrt und weiß nicht, wohin er gehen soll. Der Kellner kommt.

KELLNER. Was? Stehst du still und hörst solch ein Rufen? Sieh nach den Gästen drinnen! *Franz ab.* Gnädiger Herr, der alte Sir John und noch ein halb Dutzend andre sind vor der Tür: soll ich sie hereinlassen?

PRINZ HEINRICH. Laß sie ein Weilchen stehn, und dann mach' die Tür auf! – Poins!

POINS. Gleich, Herr! gleich!

PRINZ HEINRICH. Höre: Falstaff und die übrigen Diebe sind vor der Tür. Sollen wir uns lustig machen?

POINS. So lustig wie Heimchen, mein Junge. Aber wie geschickt habt Ihr die Partie Spaß mit dem Küfer gespielt! Aber was soll nun geschehn?

PRINZ HEINRICH. Ich bin jetzt zu allen Humoren aufgelegt, die sich seit den alten Tagen des Biedermanns Adam bis zu dem unmündigen Alter der gegenwärtigen Mitternacht als Humore gezeigt haben. *Franz kommt zurück mit Wein.* Was ist die Uhr, Franz?

FRANZ. Gleich, Herr! gleich!

PRINZ HEINRICH. Wie nur der Geselle weniger Worte haben kann als ein Papagei, und doch ist er eines Weibes Sohn! Seine Geschäftigkeit ist treppauf und -ab, seine Beredsamkeit ein Stück Rechnung. – Ich bin noch nicht so gesinnt wie Percy, der Heißsporn des Nordens, der Euch sechs bis sieben Dutzend Schotten zum Frühstück umbringt, sich die Hände wäscht und zu seiner Frau sagt: »Pfui über dies stille Leben! Ich muß zu tun haben.« – »O mein Herzens-Heinrich«, sagt sie, »wie viele hast du heute umgebracht?« – »Gebt meinem Rappen zu saufen«, sagt er, und eine Stunde drauf antwortet er: »Ein Stücker vierzehn; Bagatell! Bagatell!« – Ruf doch Falstaff herein, ich will den Percy spielen, und das dicke Vieh soll Dame Mortimer, sein Weib, vorstellen. »Rivo!« schreit der Trunkenbold. Ruft mir das Rippenstück, ruft mir den Talgklumpen!

Falstaff, Gadshill, Bardolph und Peto kommen.

POINS. Willkommen, Hans! Wo bist du gewesen?

FALSTAFF. Hol' die Pest alle feigen Memmen, und das Wetter obendrein! Ja und Amen! – Gib mir ein Glas Sekt, Junge! – Lieber als dies Leben lange führen, will ich Strümpfe stricken und sie stopfen und sie neu versohlen. Hol' die Pest alle feigen Memmen! – Gib mir ein Glas Sekt, Schurke! – Ist keine Tugend mehr auf Erden? *Er trinkt.*

PRINZ HEINRICH. Sahst du niemals den Titan einen Teller voll Butter küssen? Den weichherzigen Titan, der bei einer süßen Erzählung seines Sohnes schmolz? Wenn du es tatest, so betrachte diese Masse!

FALSTAFF. Du Schurke, in dem Glase Sekt ist auch Kalk; nichts als Schurkerei ist unter dem sündhaften Menschenvolk zu finden. Aber eine Memme ist doch noch ärger als ein Glas Sekt mit Kalk drin; so 'ne schändliche Memme! – Geh deiner Wege, alter Hans! Stirb, wann du willst! Wenn Mannhaftigkeit, edle Mannhaftigkeit nicht vom Angesicht der Erde verschwunden ist, so bin ich ein ausgenommener Hering. Nicht drei wackre Leute leben ungehangen in England, und der eine von ihnen ist fett und wird alt. Gott helf' uns! Eine schlechte Welt, sag' ich! Ich wollte, ich wär' ein Weber: ich könnte Psalmen singen, oder was es sonst wäre. Hol' die Pest alle feigen Memmen! sag' ich nochmals.

PRINZ HEINRICH. Nun, du Wollsack, was murmelst du?

FALSTAFF. Ein Königssohn! Wenn ich dich nicht mit einer hölzernen Pritsche aus deinem Königreich hinausschlage und alle deine Untertanen wie eine Herde wilder Gänse vor dir hertreibe, so will ich mein Lebenlang kein Haar mehr im Gesichte tragen. Ihr ein Prinz von Wales!

PRINZ HEINRICH.
Nun, du gemästeter Schlingel, was soll's?

FALSTAFF. Seid Ihr nicht eine Memme? Darauf antwortet mir; und der Poins da?

POINS. Sapperment, du fetter Wanst, wenn du mich eine Memme nennst, so erstech' ich dich.

FALSTAFF. Ich dich eine Memme nennen? Ich will dich verdammt sehen, ehe ich das tue; aber ich wollte tausend Pfund drum geben, daß ich so gut laufen könnte wie du. Ihr seid ziemlich grade gewachsen, ihr fragt nicht darnach, ob jemand euren Rücken sieht: nennt ihr das ein Rückenhalt seiner Freunde sein? Hol' die Pest solches Rückenhalten! Schafft mir Leute, die mir ins Gesicht sehn! – Ein Glas Sekt! Ich bin ein Schelm, wenn ich heute was getrunken habe.

PRINZ HEINRICH. O Spitzbube: du hast dir kaum die Lippen vom Trinken abgewischt.

FALSTAFF. Es kommt alles auf eins heraus. Hol' die Pest alle Memmen! sage ich nochmals. *Er trinkt.*

PRINZ HEINRICH. Was soll's?

FALSTAFF. Was soll's? Viere unter uns, die wir hier sind, haben heute morgen tausend Pfund erbeutet.

PRINZ HEINRICH.
Wo sind sie, Hans? Wo sind sie?

FALSTAFF. Wo sind sie? Uns abgenommen sind sie. An die hundert gegen uns armselige viere!

PRINZ HEINRICH.
Was sagst du, Freund? An die hundert?

FALSTAFF. Ich will ein Schuft sein, wenn ich nicht ein paar Stunden lang mit einem Dutzend von ihnen handgemein gewesen bin. Ich bin durch ein Wunder davon gekommen. Ich habe acht Stöße durch das Wams gekriegt, viere durch die Beinkleider, mein Schild ist durch und durch gehauen, mein Degen zerhackt wie eine Handsäge: ecce signum! Zeit meines Lebens habe ich mich nicht besser gehalten, es half alles nichts. Hol' die Pest alle Memmen! – Laßt die da reden: wenn sie mehr oder weniger als die Wahrheit sagen, so sind sie Spitzbuben und Kinder der Finsternis.

PRINZ HEINRICH. Redet, Leute! Wie war's?

GADSHILL. Wir viere fielen ein Dutzend an, –

FALSTAFF. Sechzehn wenigstens.

GADSHILL. Und banden sie.

PETO. Nein, nein, gebunden wurden sie nicht.

FALSTAFF. Ja, du Schelm, sie wurden gebunden, alle, bis auf den letzten Mann, sonst will ich ein Jude sein, ein rechter Erzjude.

GADSHILL. Wie wir dabei waren zu teilen, fielen uns sechs bis sieben frische Leute an –

FALSTAFF. Und banden die andern los, und dann kamen die übrigen.

PRINZ HEINRICH. Was? Fochtet Ihr mit allen?

FALSTAFF. Alle? Ich weiß nicht, was Ihr alle nennt, aber wenn ich nicht mit ein funfzigen gefochten habe, so will ich ein Bündel Radiese sein. Wenn ihrer nicht zwei- bis dreiundfunfzig über den armen alten Hans her waren, so bin ich keine zweibeinige Kreatur.

POINS.
Gott gebe, daß Ihr keinen davon ermordet habt!

FALSTAFF. Ja, da hilft nun kein Beten mehr. Ich habe zweien die Freude versalzen; zweien, das weiß ich, habe ich ihr Teil gegeben; zwei Schelmen in steifleinenen Kleidern. Ich will dir was sagen, Heinz, – wenn ich dir eine Lüge sage, so spei' mir ins Gesicht, nenne mich ein Pferd! Du kennst meine alte Parade: so lag ich, und so führte ich meine Klinge. Nun dringen vier Schelme in Steifleinen auf mich ein, –

PRINZ HEINRICH. Was, viere? Eben jetzt sagtest du ja nur zwei.

FALSTAFF. Viere, Heinz, ich sagte viere.

POINS. Ja, ja, er hat viere gesagt.

FALSTAFF. Diese viere kamen alle in einer Reihe und taten zusammen einen Ausfall auf mich. Ich machte nicht viel Umstände, sondern fing ihre sieben Spitzen mit meiner Tartsche auf, – so.

PRINZ HEINRICH.
Sieben? Soeben waren ihrer ja nur vier.

FALSTAFF. In Steifleinen.

POINS. Ja, viere in steifleinenen Kleidern.

FALSTAFF. Sieben, bei diesem Degengriff, oder ich will ein Schelm sein.

PRINZ HEINRICH. Ich bitte dich, laß ihn nur, wir werden ihrer gleich noch mehr kriegen.

FALSTAFF. Hörst du auch, Heinz?

PRINZ HEINRICH. Ja, ich merke mir's auch, Hans.

FALSTAFF. Das tu' nur; es ist des Aufhorchens schon wert. Diese neun in Steifleinen, wovon ich dir sagte, –

PRINZ HEINRICH. Also wieder zwei mehr.

FALSTAFF. Da ich sie in der Mitte aus einander gesprengt hatte –

POINS. So fielen ihnen die Hosen herunter.

FALSTAFF. So fingen sie an zu weichen. Ich war aber dicht hinter ihnen drein, mit Hand und Fuß, und wie der Wind gab ich sieben von den eilfen ihr Teil.

PRINZ HEINRICH. O entsetzlich! Eilf steifleinene Kerle aus zweien!

FALSTAFF. Wie ich dabei war, führte der Teufel drei abscheuliche Spitzbuben in hellgrünen Röcken her, die mich von hinten anfielen; – denn es war so dunkel, daß man nicht die Hand vor Augen sehen konnte.

PRINZ HEINRICH. Diese Lügen sind wie der Vater, der sie erzeugt, groß und breit, wie Berge, offenbar, handgreiflich. Ei, du grützköpfiger Wanst! du vernagelter Tropf! du verwetterter, schmutziger, fettiger Talgklumpen, –

FALSTAFF. Nun, bist du toll? Bist du toll? Was wahr ist, ist doch wahr.

PRINZ HEINRICH. Ei, wie konntest du die Kerle in hellgrünen Röcken erkennen, wenn es so dunkel war, daß man die Hand nicht vor Augen sehen konnte? Komm, gib uns deine Gründe an: wie erklärst du das?

POINS. Eure Gründe, Hans, Eure Gründe!

FALSTAFF. Was? Mit Gewalt? Wär' ich auch auf der Wippe oder allen Foltern in der Welt, so ließe ich mir's nicht mit Gewalt abnötigen. Mit Gewalt Gründe angeben! Wenn Gründe so gemein wären wie Brombeeren, so sollte mir doch keiner mit Gewalt einen Grund abnötigen, nein!

PRINZ HEINRICH. Ich will dieser Sünde nicht länger schuldig sein. Diese vollblütige Memme, dieser Bettdrücker, dieser Pferderückenbrecher, dieser (riesenmäßige) Fleischberg, –

FALSTAFF. Fort mit dir, du Hungerbild, du Aalhaut, du getrocknete Rinderzunge, du Ochsenziemer, du Stockfisch, – o hätt' ich nur Odem, zu nennen, was dir gleicht! – du Schneiderelle, du Degen(scheide, du Bogen)futteral, du erbärmliches Rapier, –

PRINZ HEINRICH. Gut, hol' ein Weilchen Odem, und dann geh wieder dran, und wenn du dich in schlechten Vergleichungen erschöpft hast, so höre nur dies!

POINS. Merk' auf, Hans!

PRINZ HEINRICH. Wir zweie sahen euch viere über viere herfallen; ihr bandet sie und machtet euch ihres Gutes Meister. – Nun merkt auf, wie eine ganz simple Geschichte euch zu nichte macht! – Wir zweie fielen hierauf euch viere an und trotzten euch, mit einem Worte, die Beute ab, und haben sie, ja, und können sie euch hier im Hause zeigen; und Ihr, Falstaff, schlepptet Euren Wanst so hurtig davon, mit so behender Geschicklichkeit, und brülltet um Gnade, und lieft und brülltet in einem fort, wie ich je ein Bullenkalb habe brüllen hören. Was bist du für ein Sünder, deinen Degen zu zerhacken, wie du getan hast, und dann zu sagen, es sei im Gefecht geschehen? Welchen Kniff, welchen Vorwand, welchen Schlupfwinkel kannst du nun aussinnen, um dich vor dieser offenbaren Schande zu verbergen?

POINS. Komm, laß uns hören, Hans: was hast du nun für einen Kniff?

FALSTAFF. Beim Himmel, ich kannte euch so gut wie der, der euch gemacht hat. Laßt euch sagen, meine Freunde: kam es mir zu, den Thronerben umzubringen? Sollte ich mich gegen den echten Prinzen auflehnen? Du weißt wohl, ich bin so tapfer wie Herkules: aber denke an den Instinkt: Der Löwe rührt den echten Prinzen nicht an. Instinkt ist eine große Sache, ich war eine Memme aus Instinkt. Ich werde Lebenslang von dir und mir desto besser denken: von mir als einem tapfern Löwen, von dir als einem echten Prinzen. Aber beim Himmel, Bursche, ich bin froh, daß ihr das Geld habt. – Wirtin, die Türen zu! Heute nacht gewacht, morgen gebetet! – Brave, Jungen, Goldherzen! alle Titel guter Kameradschaft sei'n euch gegönnt! He, sollen wir lustig sein? Sollen wir eine Komödie extemporieren?

PRINZ HEINRICH. Zugestanden! Und sie soll von deinem Davonlaufen handeln.

FALSTAFF. Ach, davon nichts weiter, Heinz, wenn du mich lieb hast!

Die Wirtin kommt.

WIRTIN. Gnädiger Herr Prinz, –

PRINZ HEINRICH. Sieh da, Frau Wirtin! Was hast du mir zu sagen?

WIRTIN. Ei, Herr, da ist ein angesehener Herr vom Hofe vor der Tür, der Euch sprechen will: er sagt, er kommt von Eurem Vater.

PRINZ HEINRICH. Mach' ihn zum ungesehenen Herrn und schicke ihn wieder zu meiner Mutter!

FALSTAFF. Was für eine Art von Mann ist es?

WIRTIN. Ein alter Mann.

FALSTAFF. Was hat die Gravität um Mitternacht außer dem Bett zu tun? – Soll ich ihm seinen Bescheid geben?

PRINZ HEINRICH. Ja, tu' das, Hans!

FALSTAFF. Mein' Treu', ich will ihn schon heimleuchten. *Ab.*

PRINZ HEINRICH. Nun, ihr Herren! Beim Himmel, ihr habt schön gefochten, – Ihr, Peto, und Ihr, Bardolph, – ihr seid auch Löwen, ihr lieft aus Instinkt weg; ihr wolltet den echten Prinzen nicht anrühren, bei Leibe nicht. O pfui!

BARDOLPH. Meiner Treu, ich lief, wie ich die andern laufen sah.

PRINZ HEINRICH. Sagt mir nur im Ernst, wie wurde Falstaffs Degen so schartig?

PETO. Nun, er zerhackte ihn mit seinem Dolche und sagte: er wolle Stein und Bein schwören, um Euch glauben zu machen, es wäre im Gefecht geschehen, und er überredete uns, das Gleiche zu tun.

BARDOLPH. Ja, und unsre Nasen mit scharfem Grase zu kitzeln, um sie bluten zu machen, und dann unsre Kleider damit zu beschmieren und zu schwören, es sei das Blut von ehrlichen Leuten. Ich habe so was seit sieben Jahren nicht getan; ich wurde rot über seine abscheulichen Einfälle.

PRINZ HEINRICH. O Spitzbube, du stahlst vor achtzehn Jahren ein Glas Sekt und wurdest auf der Tat ertappt, und seitdem wirst du immerfort ex tempore rot. Du hattest Feuer und Schwert an deiner Seite, und doch liefst du davon; welch ein Instinkt bewog dich dazu?

BARDOLPH. Gnädiger Herr, seht Ihr hier diese Meteore? Bemerkt Ihr diese Feuerdünste?

PRINZ HEINRICH. Ja.

BARDOLPH. Was denkt Ihr, daß sie bedeuten?

PRINZ HEINRICH. Heiße Lebern und kalte Beutel.

BARDOLPH. Galle, Herr, wenn man's recht nimmt.

PRINZ HEINRICH. Nein, wenn man's recht nimmt, Galgen!

Falstaff kommt zurück.

Da kommt der magre Hans, da kommt das Beingerippe Nun, meine allerliebste Wulstpuppe? Wie lange ist es her, Hans, daß du dein eignes Knie nicht gesehn hast?

FALSTAFF. Mein eignes Knie? Als ich in deinen Jahren war, Heinz, war ich um den Leib nicht so dick als eine Adlersklaue, ich hätte durch eines Aldermans Daumenring kriechen können. Hol' die Pest Kummer und Seufzen! Es bläst einen Menschen auf wie einen Schlauch. – Da sind hundsföttische Neuigkeiten los: Sir John Bracy war hier von Eures Vaters wegen, Ihr müßt morgen früh an den Hof. Der bewußte tolle Kerl aus dem Norden, Percy, und der aus Wales, der den Amaimon ausprügelte und Luzifer zum Hahnrei machte und den Teufel auf das Kreuz eines wäl'schen Hakenspießes den Vasalleneid leisten ließ, – wie zum Henker heißt er doch?

POINS. Oh, Glendower.

FALSTAFF. Owen, Owen, eben der; und sein Schwiegersohn Mortimer, und der alte Northumberland, und der mutige Schott' der Schotten, Douglas, der zu Pferde einen Berg steilrecht hinanrennt.

PRINZ HEINRICH. Der in vollem Galopp reitet und dabei mit der Pistole einen Sperling im Fluge schießt.

FALSTAFF. Ihr habt es getroffen.

PRINZ HEINRICH. Er aber niemals den Sperling.

FALSTAFF. Nun, der Schuft hat Herz im Leibe, der läuft nicht.

PRINZ HEINRICH. Ei, was bist du denn für ein Schuft, daß du ihn um sein Laufen rühmst?

FALSTAFF. Zu Pferde, du Finke! Zu Fuß weicht er keinen Fuß breit.

PRINZ HEINRICH. Doch, Hans, aus Instinkt.

FALSTAFF. Das gebe ich zu, aus Instinkt. Gut, der ist auch da; und ein gewisser Mordake, und sonst noch an die tausend Blaumützen. Worcester hat sich bei Nacht weggestohlen; deines Vaters Bart ist vor Schrecken über die Nachricht weiß geworden. Land ist nun so wohlfeil zu kaufen wie stinkende Makrelen.

PRINZ HEINRICH. Nun, wenn ein heißer Junius kommt und diese einheimische Balgerei fortdauert, so sieht es darnach aus, daß man Jungferschaften schockweise kaufen wird, wie Hufnägel.

FALSTAFF. PRINZ HEINRICH. Nicht im geringsten, meiner Treu; ich brauche etwas von deinem Instinkt.

FALSTAFF. Nun, du wirst morgen entsetzlich ausgeschmält werden, wenn du zu deinem Vater kommst; wenn du mich lieb hast, so sinne eine Antwort aus!

PRINZ HEINRICH. Stelle du meinen Vater vor und befrage mich über meinen Lebenswandel!

FALSTAFF. Soll ich? topp! – Dieser Armstuhl soll mein Thron sein, dieser Dolch mein Szepter, und dies Kissen meine Krone.

PRINZ HEINRICH. Dein majestätischer Thron wird nur für einen Schemel geachtet, dein goldnes Szepter für einen bleiernen Dolch, und deine kostbare reiche Krone für eine armselige kahle Krone.

FALSTAFF. Gut, wenn das Feuer der Gnade nicht ganz in dir erloschen ist, so sollst du nun gerührt werden. – Gebt mir ein Glas Sekt, damit meine Augen rot aussehen; man muß denken, daß ich geweint habe, denn ich muß es mit bewegtem Gemüt sprechen, und ich will es in des Königs Kambyses Weise tun.

PRINZ HEINRICH.
Gut! So mache ich meine Reverenz.

FALSTAFF. Und so halte ich meine Rede. – Tretet beiseit, ihr Großen!

WIRTIN. Das ist ein prächtiger Spaß, mein' Seel'!

FALSTAFF. Weint, holde Fürstin, nicht! Vergeblich träufeln Tränen.

WIRTIN. O Jemine, was er sich für ein Ansehen gibt!

FALSTAFF.
O Gott, Herrn! bringt mein bang Gemahl hinaus,
Denn Tränen stopfen ihrer Augen Schleusen.

WIRTIN. O prächtig! Er macht es den Lumpen-Komödianten so natürlich nach, wie man was sehen kann.

FALSTAFF. Still, gute Bierkanne! still, Frau Schnaps! – Heinrich, ich wundre mich nicht bloß darüber, wie du deine Zeit hinbringest, sondern auch, in welcher Gesellschaft du lebest; denn wiewohl die Kamille, je mehr sie getreten wird, um so schneller wächst, so wird doch die Jugend, je mehr man sie verschwendet, um so schneller abgenutzt. Daß du mein Sohn bist, dafür habe ich teils deiner Mutter Wort, teils meine eigne Meinung; hauptsächlich aber einen verwünschten Zug in deinem Auge und ein albernes Hängen deiner Unterlippe, das mir Gewähr dafür leistet. Wofern du denn mein Sohn bist – dahin zielt dies eigentlich – warum, da du mein Sohn bist, wirst du das Ziel des Gespöttes? Soll die glorreiche Sonne des Himmels ein Schulschwänzer werden und Brombeeren naschen? Eine nicht aufzuwerfende Frage. Soll der Sohn Englands ein Dieb werden und Beutel schneiden? Eine wohl aufzuwerfende Frage. Es gibt ein Ding, Heinrich, wovon du oftmals gehört hast, und das vielen in unserm Lande unter dem Namen Pech bekannt ist; dieses Pech, wie alte Schriftsteller aussagen, pflegt zu besudeln: so auch die Gesellschaft, die du hältst. Denn, Heinrich, jetzt rede ich nicht im Trunke zu dir, sondern in Tränen; nicht im Scherz, sondern von Herzen; nicht bloß in Worten, sondern auch in Sorgen. – Und doch gibt es einen tugendhaften Mann, den ich oft in deiner Gesellschaft bemerkt habe, aber ich weiß seinen Namen nicht.

PRINZ HEINRICH. Was für eine Art von Mann, wenn es Euer Majestät gefällig ist?

FALSTAFF. Ein wackrer, stattlicher Mann, in der Tat, und wohlbeleibt; er hat einen heitern Blick, einnehmende Augen und ein sehr edles Wesen, und ich denke, er ist so in den Funfzigen, oder wenn's hoch kommt, gegen sechzig; und jetzt fällt es mir ein: sein Name ist Falstaff. Sollte der Mann ausschweifend sein, so hintergeht er mich; denn, Heinrich, ich sehe Tugend in seinen Blicken. Wenn denn der Baum an den Früchten erkannt wird, wie die Frucht an dem Baume, so muß – das behaupte ich zuversichtlich – Tugend in diesem Fallstaff sein. Zu ihm halte dich, die andern verbanne! Und nun sage mir, du ungezogner Schlingel, sage, wo hast du diesen Monat gesteckt?

PRINZ HEINRICH. Sprichst du wie ein König?

Nimm du meinen Platz ein, und ich will meinen Vater vorstellen.

FALSTAFF. Mich absetzen? Wenn du es halb so gravitätisch und majestätisch machst, in Worten und Werken, so sollst du mich bei den Beinen aufhängen wie ein Kaninchen oder einen Hasen beim Wildhändler.

PRINZ HEINRICH. Gut, hier sitz' ich.

FALSTAFF.
Und hier steh' ich: nun urteilt, meine Herren!

PRINZ HEINRICH. Nun, Heinrich? Von woher kommt Ihr?

FALSTAFF. Von Eastcheap, mein gnädiger Herr.

PRINZ HEINRICH. Es werden arge Beschwerden über dich geführt.

FALSTAFF. Alle Wetter, Herr, sie sind falsch! – Ja, ich will Euch den jungen Prinzen schon eintränken, meiner Treu.

PRINZ HEINRICH. Fluchest du, ruchloser Knabe? Hinfort komm mir nicht mehr vor die Augen! Du wirst der Gnade gewaltsam abwendig gemacht; ein Teufel sucht dich heim in Gestalt eines fetten alten Mannes; eine Tonne von einem Mann ist deine Gesellschaft. Warum verkehrst du mit dem Kasten voll wüster Einfälle, dem Beuteltrog der Bestialität, dem aufgedunsenen Ballen Wassersucht, dem ungeheuren Fasse Sekt, dem vollgestopften Kaldaunensack, dem gebratnen Krönungs-Ochsen mit dem Pudding im Bauche, dem ehrwürdigen Laster, der grauen Ruchlosigkeit, dem Vater Kuppler, der Eitelkeit bei Jahren? Worin ist er gut, als im Sekt kosten und trinken? Worin sauber und reinlich, als im Kapaunen zerlegen und essen? Worin geschickt, als in Schlauigkeit? Worin schlau, als in Spitzbüberei? Worin spitzbübisch, als in allen Dingen? Worin löblich, als in gar nichts?

FALSTAFF. Ich wollte, Euer Gnaden machten sich verständlich. Wen meinen Euer Gnaden?

PRINZ HEINRICH. Den spitzbübischen abscheulichen Verführer der Jugend, Falstaff, den alten weißbärtigen Satan.

FALSTAFF.
Gnädiger Herr, den Mann kenne ich.

PRINZ HEINRICH. Ich weiß, daß du ihn kennst.

FALSTAFF. Aber wenn ich sagte, ich wüßte mehr Schlimmes von ihm als von mir selbst, daß hieße mehr sagen, als ich weiß. Daß er leider Gottes alt ist, das bezeugen seine weißen Haare; aber daß er, mit Respekt zu vermelden, ein Hurenweibel ist, das leugne ich ganz und gar. Wenn Sekt und Zucker ein Fehler ist, so helfe Gott den Lasterhaften! Wenn alt und lustig sein eine Sünde ist, so muß mancher alte Schenkwirt, den ich kenne, verdammt werden. Wenn es Haß verdient, daß man fett ist, so müssen Pharaos magre Kühe geliebt werden. Nein, teuerster Herr Vater, verbannt Peto, verbannt Bardolph, verbannt Poins; aber den lieben Hans Falstaff, den guten Hans Falstaff, den biedern Hans Falstaff, den tapfern Hans Falstaff, um so tapfrer, da er der alte Hans Falstaff ist: den verbanne nicht aus deines Heinrichs Gesellschaft – den verbanne nicht aus deines Heinrichs Gesellschaft: den dicken Hans verbannen, heißt alle Welt verbannen.

PRINZ HEINRICH. Das tu' ich, das will ich.

Man hört klopfen.

Die Wirtin, Franz und Bardolph ab.

Bardolph kommt zurückgelaufen.

BARDOLPH. O gnädiger Herr! gnädiger Herr! Der Sheriff ist mit einer entsetzlichen Wache vor der Tür.

FALSTAFF. Fort, du Schuft! Das Stück zu Ende gespielt! Ich habe viel zu Gunsten des Falstaff zu sagen.

Die Wirtin kommt eilig zurück.

WIRTIN. O Jesus! gnädiger Herr! – gnädiger Herr!

FALSTAFF. Holla! he! Der Teufel reitet auf einem Fiedelbogen. Was gibt's?

WIRTIN. Der Sheriff und die ganze Wache sind vor der Tür, sie kommen, um Haussuchung zu halten: soll ich sie herein lassen?

FALSTAFF. Hörst du, Heinz? Nenne mir ein echtes Goldstück niemals eine falsche Münze; du bist in Wahrheit falsch, ohne es zu scheinen.

PRINZ HEINRICH. Und du eine natürliche Memme, ohne Instinkt.

FALSTAFF. Ich leugne dir den Maior ab; willst du mich dem Sheriff ableugnen, gut; wo nicht, so laß ihn herein! Wenn ich mich auf einem Karre nicht eben so gut ausnehme als ein andrer, so hol' der Teufel meine Erziehung! Ich hoffe, daß ich eben so geschwind als ein andrer mit einem Strick zu erdrosseln bin.

PRINZ HEINRICH. Geh, versteck' dich hinter die Tapete, – die übrigen müssen hinaufgehn. Nun, meine Herrn, ein redlich Gesicht und ein gut Gewissen!

FALSTAFF. Beides habe ich gehabt, aber damit ist es aus, und darum verstecke ich mich.

PRINZ HEINRICH. Ruft den Sheriff herein!

Alle ab, außer dem Prinzen und Poins. Der Sheriff und ein Kärrner kommen.

Nun, Meister Sheriff, was ist Eu'r Begehren?

SHERIFF. Zuerst Verzeihung, Herr! Ein Auflauf hat Gewisse Leut' in dieses Haus verfolgt.

PRINZ HEINRICH. Was sind's für Leute?

SHERIFF.
Der ein' ist wohl bekannt, mein gnäd'ger Herr,
Ein starker fetter Mann.

KÄRRNER. So fett wie Butter.

PRINZ HEINRICH.
Der Mann, Ihr könnt mir glauben, ist nicht hier,
Ich brauche selbst ihn eben in Geschäften.
Und, Sheriff, ich verpfände dir mein Wort,
Daß ich ihn morgen mittag schicken will,
Dir Rechenschaft zu geben oder jedem
Für alles, was man ihm zur Last gelegt;
Und wenn ich bitten darf, verlaßt das Haus!

SHERIFF.
Das will ich, gnäd'ger Herr. Zwei Herrn verloren
Bei dieser Räuberei dreihundert Mark.

PRINZ HEINRICH.
Es kann wohl sein; hat er die zwei beraubt,
So soll er Rede stehn; und so, lebt wohl!

SHERIFF. Gute Nacht, mein gnäd'ger Herr!

PRINZ HEINRICH.
Ich denk', es ist schon guten Morgen: nicht?

SHERIFF.
Ja, gnäd'ger Herr; ich glaub', es ist zwei Uhr. *Ab.*

PRINZ HEINRICH. Der ölichte Schlingel ist so bekannt wie die Paulskirche. – Geh, ruf' ihn heraus!

POINS. Falstaff! – Fest eingeschlafen hinter der Tapete, und schnarcht wie ein Pferd.

PRINZ HEINRICH. Hör' nur, wie schwer er Atem holt. Suche seine Taschen durch!

Poins sucht.

Was hast du gefunden?

POINS. Nichts als Papiere, gnädiger Herr.

PRINZ HEINRICH.
Laßt uns sehen, was es ist: lies sie!

POINS.
»Item, ein Kapaun 2 Schilling 2 Pfennig
»Item, Brühe – – – 4 Pf.
»Item, Sekt, zwei Maß 5 Sch. 8 Pf.
»Item, Sardellen und Sekt nach dem Abendessen 2 Sch. 6 Pf.
»Item, Brot – – – 1/2 Pf.

PRINZ HEINRICH. Oh, ungeheuer! Nur für einen halben Pfennig Brot zu dieser unbilligen Menge Sekt! – Was du sonst noch gefunden hast, bewahre auf, wir wollen es bei beßrer Weile lesen. Laß ihn da schlafen, bis es Tag wird. Ich will früh morgens an den Hof; wir müssen alle in den Krieg, und du sollst einen ehrenvollen Platz haben. Diesem fetten Schlingel schaffe ich eine Stelle zu Fuß, und ich weiß, ein Marsch von ein hundert Fuß wird sein Tod sein. Das Geld soll reichlich wieder erstattet werden. Triff mich morgen bei Zeiten; und somit guten Morgen, Poins!

POINS. Guten Morgen, bester Herr!

Alle ab.

Dritter Aufzug

Erste Szene

Zimmer zu Bangor.
Percy, Worcester, Mortimer und Glendower treten auf.

MORTIMER.
Die Freunde sind gewiß, schön die Versprechen,
Und unser Anfang günst'ger Hoffnung voll.

PERCY. Lord Mortimer und Vetter Glendower,
Wollt ihr euch setzen?
Und Oheim Worcester, – Hol's die Pest! Die Karte
Vergaß ich mitzubringen.

GLENDOWER. Nein, hier ist sie.
Sitzt, Vetter Percy, – sitzt, lieber Vetter Heißsporn;
Denn jedesmal, daß Lancaster Euch nennt
Bei diesem Namen, wird er bleich, und mit
Verhaltnem Seufzer wünscht er Euch im Himmel.

PERCY. Und in der Hölle Euch, so oft er hört
Von Owen Glendower sprechen.

GLENDOWER.
Ich tadl' ihn nicht: als ich zur Welt kam, war
Des Himmels Stirn voll feuriger Gestalten
Und Fackelbrand; zur Stunde der Geburt
Erzitterte der Erde Bau und Gründung
Wie eine Memme.

PERCY. Ei, sie hätt's auch getan
Zur selben Zeit, hätt' Eurer Mutter Katze nur
Gekitzt, wenn Ihr auch nie geboren wär't.

GLENDOWER.
Die Erde, sag' ich, bebt', als ich zur Welt kam.

PERCY.
Und ich sag', die Erde dachte nicht wie ich,
Wofern Ihr denkt, sie bebt' aus Furcht vor Euch.

GLENDOWER.
Der Himmel stand in Feu'r, die Erde wankte.

PERCY.
Oh, dann hat sie geschwankt, weil sie den Himmel
In Feuer sah, nicht bang vor der Geburt.
Die krankende Natur bricht oftmal aus
In fremde Gärungen; die schwangre Erde
Ist mit 'ner Art von Kolik oft geplagt,
Durch Einschließung des ungestümen Windes
In ihrem Schoß, der, nach Befreiung strebend,
Altmutter Erde ruckt, und niederwirft
Kirchtürm' und moos'ge Burgen. Zu der Zeit
Hat unsre Mutter Erde, davon leidend,
Krankhaft gebebt.

GLENDOWER. Vetter, nicht viele dürften
So durch den Sinn mir fahren. Laßt mich Euch
Noch einmal sagen: als ich zur Welt kam, war
Des Himmels Stirn voll feuriger Gestalten.
Die Geißen rannten vom Gebirg', die Herden
Schrien seltsam ins erschrockne Feld hinein.
Dies tat als außerordentlich mich kund;
Und meines Lebens ganzer Hergang zeigt,
Ich sei nicht von der Zahl gemeiner Menschen.
Wo lebt der Mensch wohl, von der See umfaßt,
Die zürnend tobt um England, Schottland, Wales,
Der mich belehrt und mich darf Schüler nennen?
Und bringt mir einen, den ein Weib gebar,
Der in der Kunst mühsamer Bahn mir folgt
Und Schritt mir hält in tiefer Nachforschung.

PERCY.
Ich denke, niemand spricht wohl besser Wäl'sch.
Ich will zur Mahlzeit.

MORTIMER.
Still, Vetter Percy, denn Ihr macht ihn toll.

GLENDOWER.
Ich rufe Geister aus der wüsten Tiefe.

PERCY.
Ei ja, das kann ich auch, das kann ein jeder.
Doch kommen sie, wenn Ihr nach ihnen ruft?

GLENDOWER.
Ich kann Euch lehren, Vetter, selbst den Teufel
Zu meistern.

PERCY.
Und ich, Freund, kann Euch lehren, sein zu spotten
Durch Wahrheit: redet wahr und lacht des Teufels!
Habt Ihr ihn Macht zu rufen, bringt ihn her,
Ich schwör', ich habe Macht, ihn wegzuspotten.
Oh, lebenslang sprecht wahr und lacht des Teufels!

MORTIMER. Kommt! kommt!
Nicht mehr dies unersprießliche Geschwätz!

GLENDOWER.
Dreimal maß Heinrich Bolingbroke sich schon
Mit meiner Macht; dreimal vom Rand des Wye
Und kies'gen Severn sandt' ich so ihn heim,
Daß unbemäntelt seine Niederlage.

PERCY. Was? ohne Mantel lag er auf der Erde?

Ins Teufels Namen, und er kriegt kein Fieber?

GLENDOWER.

Seht hier die Karte: soll'n wir unser Recht
Nun dreifach teilen, unserm Bund gemäß?

MORTIMER. Der Erzdechant hat schon es eingeteilt
In drei Quartiere, völlig gleich gemessen:
England, vom Trent und Severn bis hieher
Im Süd und Ost, ist mir zum Teil bestimmt.
Was westlich, Wales jenseit des Severn Ufer
Und all das reiche Land in dem Bezirk,
Für Owen Glendower; Euch, mein lieber Vetter,
Der Überrest, was nordwärts liegt vom Trent.
Auch der Vertrag ist dreifach aufgesetzt,
Und wenn wir wechselseitig ihn besiegelt,
Was diese Nacht sich noch verrichten läßt,
So ziehn wir, Vetter Percy, Ihr und ich
Und Euer Oheim Worcester, morgen aus,
Um Euren Vater und die schott'sche Macht,
Wie abgered't, zu Shrewsbury zu treffen.
Mein Vater Glendower ist noch nicht bereit,
Auch haben wir die nächsten vierzehn Tage
Nicht seine Hülfe nötig; –

Zu Glendower

– in der Zeit
Könnt Ihr zusammen schon berufen haben
Vasallen, Freund' und Herrn der Nachbarschart.

GLENDOWER.

Ein kürzrer Zeitraum bringt mich zu euch, Herrn,
Und dann geleit' ich eure Frau'n zu euch.
Jetzt müßt ihr ohne Abschied fort euch schleichen,
Denn eine Sündflut gibt's von Tränen sonst,
Wenn ihr und eure Weiber scheiden sollt.

PERCY.

Mich dünkt, mein Anteil nördlich hier von Burton
Ist euren beiden nicht an Größe gleich.
Seht, wie der Fluß mir da herein sich schlängelt
Und schneidet mir von meinem besten Lande
Ein Stück aus, einen großen halben Mond.
Ich will sein Bett an diesem Platz verdämmen,
Und hier soll dann der silberklare Trent
Im neuen Bette schön und ruhig fließen.
Er soll sich da so scharfgezackt nicht winden
Und eines reichen Landstrichs mich berauben.

GLENDOWER.

Nicht winden? Doch, er soll; Ihr seht, er tut's.

MORTIMER. Ja, doch bemerkt,
Wie er den Lauf nimmt und sich hier hinauf
Mit gleichem Vorteil kehrt zur andern Seite,
Das Land da drüben um so viel beschneidend,
Als er Euch an der andern Seite nimmt.

WORCESTER.

Mit wenig Kosten gräbt man hier ihn durch
Und schlägt die Spitze Land dem Norden zu:
Dann läuft er grad' und eben.

PERCY. Ich will's, mit wenig Kosten ist's geschehn.

GLENDOWER. Ich will es nicht verändert wissen.

PERCY. Nicht?

GLENDOWER. Nein, und Ihr sollt nicht.

PERCY. Wer will Nein mir sagen?

GLENDOWER. Ei, das will ich!

PERCY. So macht, daß ich Euch nicht versteh':
Sagt es auf Wäl'sch!

GLENDOWER.

Ich spreche Englisch, Herr, so gut wie Ihr,
Ich wurde ja an Englands Hof erzogen,
Wo ich in meiner Jugend zu der Harfe
Manch englisch Liedlein lieblich fein gesetzt
Und so der Zunge reiche Zier geliehn;
Und solche Gabe sah man nie an Euch.

PERCY.

Traun, und ich bin des froh von ganzem Herzen.
Ich wär' ein Kitzlein lieber und schrie' Miau,
Als einer von den Vers-Balladen-Krämern.
Ich hör' 'nen eh'rnen Leuchter lieber drehn,
Oder ein trocknes Rad die Achse kratzen;
Das würde mir die Zähne gar nicht stumpfen,
So sehr nicht, als gezierte Poesie.
's ist wie der Paßgang eines steifen Gauls.

GLENDOWER.

Nun gut, wir leiten Euch den Trent zur Seite.

PERCY.

Es gilt mir gleich: wohl dreimal so viel Land
Gäb' ich dem wohlverdienten Freund;
Doch, wo's auf Handel ankommt, merkt Ihr wohl,
Da zank' ich um ein Neuntel eines Haars.
Sind die Verträge fertig? Soll'n wir gehn?

GLENDOWER.

Der Mond scheint hell, ihr könnt zu Nacht noch fort.
Ich will den Schreiber mahnen und zugleich
Auf eure Abfahrt eure Frau'n bereiten.
Ich fürchte, meine Tochter kommt von Sinnen,
So zärtlich liebt sie ihren Mortimer.

Ab.

MORTIMER.

Pfui, Vetter, wie Ihr durch den Sinn ihm fahrt!

PERCY.

Ich kann's nicht lassen; oft erzürnt er mich,
Wenn er erzählt von Ameis' und von Maulwurf,
Vom Träumer Merlin, was der prophezeit,
Vom Drachen und vom Fische ohne Flossen,
Berupftem Greif und Raben in der Mause,
Vom ruh'nden Löwen und der Katz' im Sprung,
Und solch 'nen Haufen kunterbuntes Zeug,
Daß mich's zum Heiden macht. Denkt, gestern abend
Hielt er mich wenigstens neun Stunden auf
Mit Aufzählung von all der Teufel Namen
In seinem Sold; ich rief: »Hum! gut! nur weiter!«
Doch hört' ich nicht ein Wort. Oh, er ist lästig,
Mehr als ein lahmes Pferd, ein scheltend Weib;
Noch ärger als ein rauchicht Haus. Viel lieber
Lebt' ich bei Käs' und Knoblauch in der Mühle,
Als daß ich schmaust' und hört' ihn mit mir reden
Im besten Lustschloß in der Christenheit.

MORTIMER.

Bei meiner Treu', er ist ein würd'ger Herr,
Ganz ungemein belesen und vertraut
Mit Wunderkünsten; tapfer wie ein Löwe,
Leutselig ohne Maß, und frei im Geben
Wie Minen Indiens. Darf ich sagen, Vetter?
Er hält in hohen Ehren Eu'r Gemüt
Und tut sich über die Natur Gewalt,
Wenn Ihr ihm durch den Sinn fahrt: ja, fürwahr,
Ich schwör' es Euch, der Mann lebt nicht auf Erden,
Der so, wie Ihr getan, ihn reizen dürfte

Und nicht Gefahr erproben und Verweis.
Doch tut es nicht zu oft, laßt mich Euch bitten!

WORCESTER.
Fürwahr, Mylord, Ihr seid zu tadelsüchtig,
Und seit Ihr hier seid, tatet Ihr genug,
Um völlig aus der Fassung ihn zu bringen.
Ihr müßt durchaus den Fehl verbessern lernen:
Zeigt es schon manchmal Größe, Mut und Blut
(Was doch die höchste Zier, die es gewährt),
So offenbart es oftmals rauhen Zorn,
An Sitten Mangel und an Mäßigung,
Stolz, Hochmut, Meinung von sich selbst und Hohn,
Wovon, an einem Edelmanne haftend,
Das kleinste ihm der Menschen Herz verliert,
An aller Gaben Schönheit einen Fleck
Zurückläßt und sie um ihr Lob betrügt.

PERCY.
Gut, meistert mich: Gott segn' Euch feine Sitten!
Hier kommen unsre Frau'n, nun laßt uns scheiden.

Glendower kommt zurück mit Lady Percy und Lady Mortimer.

MORTIMER.
Das ist für mich der tödlichste Verdruß,
Mein Weib versteht kein Englisch, ich kein Wäl'sch.

GLENDOWER.
Die Tochter weint, sie will nicht von Euch scheiden:
Sie will Soldat sein, will mit in den Krieg.

MORTIMER.
Mein Vater, sagt ihr, daß sie und Tante Percy
In Eurer Leitung schleunig folgen sollen.

Glendower spricht auf Wäl'sch zu seiner Tochter, und sie antwortet ihm in derselben Sprache.

GLENDOWER.
Sie ist außer sich, die störr'ge, eigenwill'ge Dirne,
An der die Überredung nichts vermag.

Lady Mortimer spricht auf Wäl'sch zu Mortimer.

MORTIMER.
Ja, ich versteh' den Blick; das holde Wäl'sch,
Das du von diesen schwell'nden Himmeln
gießest,
Kenn' ich zu gut; und müßt' ich nicht mich schämen,
Ich pflöge gern ein solch Gespräch mit dir.

Lady Mortimer spricht.

Versteh' ich deinen Kuß doch und du meinen,
Und das ist ein gefühltes Unterreden.
Doch bis ich, Liebe, deine Sprach' erlernt,
Will ich nie müßig gehn; denn deine Zunge
Macht Wäl'sch so süß wie hoher Lieder Weisen,
Die eine schöne Königin entzückend
Zu ihrer Laut' in Sommerlauben singt.

GLENDOWER.
Ja, wenn Ihr hinschmelzt, wird sie gar verrückt.

Lady Mortimer spricht wieder.

MORTIMER. Oh, hierin bin ich ganz Unwissenheit!

GLENDOWER.
Sie will, Ihr sollt
Euch niederlegen auf die leichten Binsen
Und sanft Eu'r Haupt an ihrem Schoße ruhn:
So singt sie Euch das Lied, das Euch gefällt,
Und krönt den Schlummergott auf Euren Wimpern,
Eu'r Blut mit süßer Müdigkeit bezaubernd,
Den Schlaf vom Wachen so gelinde scheidend,
Als zwischen Tag und Nacht die Scheidung ist,
Die Stunde, eh' das himmlische Gespann
Im Osten seinen goldnen Zug beginnt.

MORTIMER.
Von Herzen gern will ich sie singen hören;
Indes wird unsre Schrift wohl fertig sein.

GLENDOWER. Tut das!
Die Musikanten, die Euch spielen sollen,
Sind tausend Meilen weit von hier in Lüften
Und sollen flugs doch hier sein. Sitzt und horcht!

PERCY. Komm, Käthchen, du verstehst dich aufs stille liegen; komm, geschwind! geschwind! daß ich meinen Kopf in deinen Schoß lege.

LADY PERCY. Geh mir, du wilde Gans!

Glendower spricht einige wäl'sche Worte, und dann spielt die Musik.

PERCY.
Nun merk' ich, daß der Teufel Wäl'sch versteht,
Und 's ist kein Wunder, daß er launisch ist.
Mein' Seel', er ist ein guter Musikant.

LADY PERCY. Dann solltet Ihr ganz und gar musikalisch sein, denn Ihr werdet ganz von Launen regiert. Lieg' stille, du Schelm, und höre die Dame Wäl'sch singen!

PERCY. Ich möchte lieber Dame, meine Dogge, Irländisch heulen hören.

LADY PERCY.
Möchtest du gern ein Loch im Kopfe haben?

PERCY. Nein.

LADY PERCY. So liege still!

PERCY. Auch nicht, das ist ein Weiberfehler.

LADY PERCY. Nun, Gott helfe dir!

PERCY. Zu der wäl'schen Dame Bett.

LADY PERCY. Was soll das?

PERCY. Still! Sie singt.

Ein wäl'sches Lied von Lady Mortimer gesungen.

Kommt, Käthchen, Ihr müßt mir auch ein Lied
singen.

LADY PERCY. Ich nicht, gewiß und wahrhaftig.

PERCY. Ihr nicht, gewiß und wahrhaftig!
Herzchen, Ihr schwört ja wie eine Konditors-Frau. Ihr nicht, »gewiß und wahrhaftig!« und: »so wahr ich lebe!« und: »wo mir Gott gnädig sei!« und: »so gewiß der Tag scheint!«
Und gibst so taftne Bürgschaft deiner Schwüre,
Als wärst du weiter nie als Finsbury spaziert.
Nimm als 'ne Dame, Käthchen, deinen Mund
Mit derben Schwüren voll; und laß »fürwahr«
Und solche Pfeffernuß-Beteu'rungen
Den Sammet-Borten und den Sonntagsbürgern!
Komm, sing'!

LADY PERCY. Ich will nicht singen.

PERCY. Es führt auch gerade Weges dazu, Schneider zu werden oder Rotkehlchen abzurichten. Wenn die Kontrakte aufgesetzt sind, so will ich in den nächsten zwei Stunden fort; also kommt mir nach, wenn Ihr wollt! *Ab.*

GLENDOWER.
Kommt, kommt, Lord Mortimer! Ihr seid so träge,
Als glühend heiß Lord Percy ist zu gehn.
Die Schrift wird fertig sein: wir woll'n nur siegeln,
Und dann sogleich zu Pferd!

MORTIMER.
Von ganzem Herzen!

Alle ab.

Zweite Szene

London. Ein Zimmer im Palast.
König Heinrich, Prinz von Wales und Lords treten auf.

KÖNIG HEINRICH.
Laßt uns, ihr Lords! Der Prinz von Wales und ich,
Wir müssen uns geheim besprechen; doch
Seid nah zur Hand, wir werden euch bedürfen.
Lords ab.
Ich weiß nicht, ob es Gott so haben will
Für mißgefäll'ge Dienste, die ich tat,
Daß sein verborgner Rat aus meinem Blut
Mir Züchtigung und eine Geißel zeugt.
Doch du, in deinen Lebensbahnen, machst
Mich glauben, daß du nur gezeichnet bist
Zur heißen Rach' und zu des Himmels Rute
Für meine Übertretung. Sag mir sonst,
Wie könnten solche wilde, niedre Lüste,
Solch armes, nacktes, liederliches Tun,
So seichte Freuden, ein so roher Kreis
Als der, womit du dich verbrüdert hast,
Sich zu der Hoheit deines Bluts gesellen
Und sich erheben an dein fürstlich Herz?

PRINZ HEINRICH.
Geruh' Eu'r Majestät: ich wollt', ich könnte
Von jedem Fehl so völlig los mich sagen,
Als ich mich ohne Zweifel rein'gen kann
Von vielen, die mir schuld gegeben werden.
Doch so viel Milderung laßt mich erbitten,
Daß, nach erlogner Märchen Widerlegung,
Die oft das Ohr der Hoheit hören muß
Von Liebedienern und gemeinen Klätschern,
Mir etwas Wahres, wo mich meine Jugend
Verkehrt geleitet und unregelmäßig,
Auf wahre Unterwerfung sei verziehn.

KÖNIG HEINRICH.
Verzeih' dir Gott! – Doch muß mich's wundern,
Heinrich,
Daß deine Neigung so die Schwingen richtet,
Ganz abgelenkt von deiner Ahnen Flug.
Dein Platz im Rat ward gröblich eingebüßt,
Den nun dein jüngrer Bruder eingenommen;
Du bist beinah' ein Fremdling in den Herzen
Des ganzen Hofs, der Prinzen vom Geblüt.
Die Hoffnung und Erwartung deiner Zeit
Ist ganz dahin, und jedes Menschen Seele
Sagt sich prophetisch deinen Fall voraus.
Hätt' ich so meine Gegenwart vergeudet,
So mich den Augen aller ausgeboten,
So dem gemeinen Umgang gäng und feil:
So wär' die Meinung, die zum Thron mir half,
Stets dem Besitze untertan geblieben
Und hätte mich in dunkelm Bann gelassen
Als einen, der nichts gilt und nichts verspricht.
Doch, selten nur gesehn, ging ich nun aus,
So ward ich angestaunt, wie ein Komet,
Daß sie den Kindern sagten: »Das ist er«;
Und andre: »Welcher? Wo ist Bolingbroke?«
Dann stahl ich alle Freundlichkeit vom Himmel
Und kleidete in solche Demut mich,
Daß ich Ergebenheit aus aller Herzen,
Aus ihrem Munde Gruß und Jauchzen zog,
Selbst in dem Beisein des gekrönten Königs.
So hielt ich die Person mir frisch und neu;
Mein Beisein, wie ein Hohepriesterkleid,
Ward staunend nur gesehn, und so erschien
Selten, doch kostbar, wie ein Fest, mein Aufzug;
Das Ungewohnte gab ihm Fei'rlichkeit.
Der flinke König hüpfte auf und ab
Mit seichten Spaßern und mit stroh'rnen Köpfen.
Leicht lodernd, leicht verbrannt; vertat die Würde,
Vermengte seinen Hof mit Possenreißern,
Ließ ihren Spott entweihen seinen Namen
Und lieh sein Ansehn, wider seinen Ruf,
Schalksbuben zu belachen, jedem Ausfall
Unbärt'ger, eitler Necker bloß zu stehn;
Ward ein Gesell der öffentlichen Gassen,
Gab der Gemeinheit selber sich zu Lehn;
Daß, da die Augen täglich in ihm schwelgten,
Von Honig übersättigt, sie zu ekeln
Der süße Schmack begann, wovon ein wenig
Mehr als ein wenig viel zu viel schon ist.
Wenn dann der Anlaß kam, gesehn zu werden,
War er so wie der Kuckuck nur im Juni,
Gehört, doch nicht bemerkt; gesehn mit Augen,
Die, matt und stumpf von der Gewöhnlichkeit,
Kein außerordentlich Betrachten kennen,
Wie's sonnengleiche Majestät umgibt,
Strahlt sie nur selten den erstaunten Augen;
Sie schläferten, die Augenlider hängend,
Ihm ins Gesicht vielmehr und gaben Blicke,
Wie ein verdroßner Mann dem Gegner pflegt,
Von seinem Beisein überfüllt und satt.
Und in demselben Rang, Heinrich, stehst du,
Da du dein fürstlich Vorrecht eingebüßt
Durch niedrigen Verkehr: kein Auge gibt's,
Dem nicht dein Anblick Überdruß erregt,
Als meins, das mehr begehrt hat, dich zu sehn,
Das nun tut, was ich gern ihm wehren möchte,
Und blind sich macht aus tör'ger Zärtlichkeit.

PRINZ HEINRICH.
Ich werd' hinfort, mein gnädigster Gebieter,
Mehr sein, was mir geziemt.

KÖNIG HEINRICH. Um alle Welt!
Was du zu dieser Zeit, war Richard damals,
Als ich aus Frankreich kam nach Ravenspurg,
Und grade, was ich war, ist Percy jetzt.
Bei meinem Szepter nun und meiner Seele!
Er hat viel höhern Anspruch an den Staat
Als du, der Schatten nur der Erblichkeit.
Denn, ohne Recht noch Anschein eines Rechtes,
Füllt er mit Kriegszeug in dem Reich das Feld,
Beut Trotz dem Rachen des ergrimmten Löwen
Und führt, nicht mehr als du dem Alter schuldig,
Bejahrte Lords und würd'ge Bischöf' an
Zu blut'gen Schlachten und Geklirr der Waffen.
Welch nie verblüh'nden Ruhm erwarb er nicht
An dem gepriesnen Douglas, dessen Taten,
Des rasche Züge, großer Nam' in Waffen
Die Oberstelle sämtlichen Soldaten
Und höchste kriegerische Würd' entzieht
In jedem Königreich der Christenheit.
Dreimal schlug Heißsporn, dieser Mars in Windeln,
Dies Heldenkind, in seinen Unternehmen

Den großen Douglas; nahm ein mal ihn gefangen,
Gab dann ihn los und macht' ihn sich zum Freund,
Um so der alten Fehde Kluft zu füllen
Und unsers Throns Grundfesten zu erschüttern.
Was sagt Ihr nun hiezu? Percy, Northumberland,
Der Erzbischof von York, Douglas, Mortimer
Sind wider uns verbündet und in Wehr.
Doch warum sag' ich diese Zeitung dir?
Was sag' ich, Heinrich, dir von unsern Feinden,
Da du mein nächst- und schlimmster Gegner bist,
Der, allem Anschein nach, aus knecht'scher Furcht,
Aus einem schnöden Hang und jähen Launen
In Percys Solde wider mich wird fechten,
Ihm nachziehn und vor seinen Runzeln kriechen,
Zu zeigen, wie du ausgeartet bist!

PRINZ HEINRICH.
Nein, denkt das nicht, Ihr sollt es nicht so finden:
Verzeih' Gott denen, die mir so entwandt
Die gute Meinung Eurer Majestät!
Ich will auf Percys Haupt dies alles lösen
Und einst, an des glorreichsten Tages Schluß,
Euch kühnlich sagen, ich sei Euer Sohn,
Wann ich ein Kleid, von Blut ganz, tragen werde
Und mein Gesicht mit blut'ger Larve färben,
Die, weggewaschen, mit sich nimmt die Scham.
Das soll der Tag sein, wann er auch mag scheinen,
Daß dieses Kind der Ehren und des Ruhms,
Der wackre Heißsporn, der gepriesne Ritter,
Und Eu'r vergeßner Heinrich sich begegnen.
Daß jede Ehr', auf seinem Helme prangend,
Doch Legion wär', und auf meinem Haupt
Die Schmach verdoppelt! Denn es kommt die Zeit,
Da dieser nord'sche Jüngling seinen Ruhm
Mir tauschen muß für meine Schmählichkeiten.
Percy ist mein Verwalter, bester Herr,
Der glorreich handelt zum Erwerb für mich:
Ich will so streng zur Rechenschaft ihn ziehn,
Daß er mir jeden Ruhm heraus soll geben,
Selbst den geringsten Vorrang seiner Jahre,
Sonst reiß' ich ihm die Rechnung aus dem Herzen.
Dies sag ich hier im Namen Gottes zu,
Was, wenn es ihm beliebt, daß ich's vollbringe,
Bitt' ich Eu'r Majestät, den alten Schaden
Von meinen Ausschweifungen heilen mag;
Wo nicht, so tilget alle Schuld der Tod,
Und hunderttausend Tode will ich sterben,
Eh' ich von diesem Schwur das kleinste breche.

KÖNIG HEINRICH.
Dies tötet Hunderttausende Rebellen;
Du sollst hiebei Befehl und Vollmacht haben.

Blunt tritt auf.

Nun, guter Blunt? Dein Blick ist voller Eil'.

BLUNT. So das Geschäft, wovon ich reden muß.
Lord Mortimer von Schottland meldet uns,
Daß Douglas und die englischen Rebellen
Am eilften dieses Monats sich vereint
Zu Shrewsbury: ein so gewaltig Heer,
Wenn allerseits man die Versprechen hält,
Als je in einem Staat Verwirrung schaffte.

KÖNIG HEINRICH.
Der Graf von Westmoreland zog heute aus
Mit ihm mein Sohn, Johann von Lancaster,
Denn diese Botschaft ist fünf Tage alt.
Auf nächsten Mittwoch, Heinrich, brecht Ihr auf,
Wir setzen selbst uns Donnerstags in Marsch.
Bridgnorth ist unser Ziel; und Heinrich, Ihr
Marschiert auf Glostershire: auf diese Art
Wird, wie ich rechne, etwa in zwölf Tagen
Zu Bridgnorth unser Heer versammelt sein.
Es gibt vollauf zu tun: so laßt uns eilen.
Denn Feindes Übermacht nährt sich durch Weilen.

Ab.

Dritte Szene

Eastcheap. Ein Zimmer in der Schenke zum wilden Schweinskopf.
Falstaff und Bardolph kommen.

FALSTAFF. Bardolph, bin ich seit der letzten Affaire nicht schmählich abgefallen? verzehr' ich mich nicht? schrumpfe ich nicht ein? Wahrhaftig, meine Haut hängt um mich herum, wie das lose Kleid einer alten Dame; ich bin so welk, wie ein gebratner Apfel. Gut, ich will mich bekehren, und das geschwind, solange ich noch einigermaßen bei Fleische bin; bald werde ich ganz mattherzig sein, und dann habe ich keine Kräfte mehr zur Bekehrung. Wo ich nicht vergessen habe, wie eine Kirche von innen beschaffen ist, so bin ich ein Pfefferkorn, ein Brauerpferd. – Gesellschaft, abscheuliche Gesellschaft hat mich zu Grunde gerichtet.

BARDOLPH. Sir John, Ihr seid so ingrimmig, Ihr könnt nicht lange leben.

FALSTAFF. Ja, da haben wir's: – komm, sing' mir ein Zotenlied, mache mich lustig! Ich war so tugendhaft gewöhnt, als ein Mann von Stande zu sein braucht – tugendhaft genug; ich fluchte wenig, würfelte nicht über siebenmal in der Woche, in schlechte Häuser ging ich nicht über einmal in einem Viertel – einer Stunde; Geld, das ich geborgt, bezahlt' ich wieder, drei- bis viermal; ich lebte gut und in gehörigen Schranken: und nun lebe ich außer aller Ordnung, außer allen Schranken.

BARDOLPH. Ei, Ihr seid so fett, Sir John, daß Ihr wohl außer allen Schranken sein müßt, außer allen erdenklichen Schranken, Sir John.

FALSTAFF. Beßre du dein Gesicht, so will ich mein Leben bessern. Du bist unser Admiral-Schiff: du trägst die Laterne am Steuerverdeck; aber sie steckt dir in der Nase, du bist der Ritter von der brennenden Lampe.

BARDOLPH. Ei, Sir John, mein Gesicht tut Euch nichts zu Leide.

FALSTAFF. Nein, darauf will ich schwören. Ich mache so guten Gebrauch davon, als mancher von einem Totenkopf oder einem memento mori. Ich sehe dein Gesicht niemals, ohne an das höllische Feuer zu denken und an den reichen Mann, der in Purpurkleidern lebte; denn da sitzt er in seiner Tracht und brennt und brennt. Wärst du einigermaßen der Tugend ergeben, so wollt' ich bei deinem Gesicht schwören; mein Schwur sollte sein: »bei diesem flammenden Cherub-Schwerte!« Aber du liegst ganz im Argen, und wenn's nicht das Licht in deinem Gesichte täte, wärst du gänzlich ein Kind der Finsternis. Als du in der Nacht Gadshill hinaufliefest, um mein Pferd zu fangen, – wenn ich nicht dachte, du wärst ein ignis fatuus oder ein Klumpen wildes Feuer gewesen, so ist für Geld nichts mehr zu haben. Oh, du bist ein beständiger Fackelzug, ein unauslöschliches Freudenfeuer! Du hast mir an die tausend Mark für Kerzen und Fackeln erspart, wenn ich mit dir nachts von Schenke zu Schenke wanderte; aber für den Sekt, den du mir getrunken hast, hätte ich bei dem teuersten Lichtzieher in Europa eben so wohlfeil Lichter haben können. Seit zweiunddreißig Jahren nunmehr habe ich diesen Euren Salamander mit Feuer unterhalten; der Himmel lohne es mir!

BARDOLPH. Blitz! ich wollte, mein Gesicht säße Euch im Bauche!

FALSTAFF. Gott steh' mir bei! Da müßte ich sicher vor Sodbrennen umkommen.

Die Wirtin kommt.

Nun, Frau Kratzefuß die Henne! Habt Ihr's noch nicht heraus, wer meine Taschen ausgeleert hat?

WIRTIN. Ei, Sir John! Was denkt Ihr, Sir John? Denkt Ihr, ich halte Diebe in meinem Hause? Ich habe gesucht, ich habe gefragt, mein Mann hat es auch, Mann für Mann, Jungen für Jungen, Bedienten für Bedienten. Es ist sonst niemals eine Haarspitze in meinem Hause weggekommen.

FALSTAFF. Ihr lügt, Wirtin; Bardolph ist hier rasiert und hat gar manches Haar eingebüßt, und ich will drauf schwören, mir ist die Tasche ausgeleert. Geht mir, Ihr seid ein Weibsbild, geht!

WIRTIN. Wer? Ich? Das untersteh' dich! So hat mich noch niemand in meinem eignen Hause geheißen.

FALSTAFF. Geht mir, ich kenne Euch wohl.

WIRTIN. Nein, Sir John! Ihr kennt mich nicht, Sir John; ich kenne Euch, Sir John: Ihr seid mir Geld schuldig, Sir John, und nun zettelt Ihr einen Zank an, um mich darum zu betrügen: ich habe Euch ein Dutzend Hemden auf den Leib gekauft.

FALSTAFF. Sackleinewand! Garstige Sackleinewand! Ich habe sie an Bäckerfrauen weggegeben, die haben Siebbeutel daraus gemacht.

WIRTIN. Nun, so wahr ich eine ehrliche Frau bin, holländische Leinewand für acht Schillinge die Elle! Ihr seid hier auch noch Geld für Eure Zehrung schuldig, Sir John, für Getränk und vorgeschoßnes Geld, an vierundzwanzig Pfund.

FALSTAFF. Der hat auch sein Teil daran gehabt, laßt ihn bezahlen!

WIRTIN. Der? Ach Gott, der ist arm, der hat nichts.

FALSTAFF. Was? Arm? Seht nur sein Gesicht an! Was nennt Ihr reich? Laßt ihn seine Nase ausmünzen, seine Backen ausmünzen, ich zahle keinen Heller. Was, wollt Ihr mich als einen Neuling zum besten haben? Soll ich keine Ruhe in meiner Herberge genießen können, ohne daß mir die Taschen ausgeleert werden? Ich bin um einen Siegelring von meinem Großvater gekommen, der vierzig Mark wert war.

WIRTIN. O Jemine, ich weiß nicht, wie oft ich den Prinzen habe sagen hören, der Ring wäre von Kupfer.

FALSTAFF. Ei was, der Prinz ist ein Hanswurst, ein Schlucker; und wenn er hier wäre, so wollte ich ihn hundemäßig prügeln, wenn er das sagte.

Der Prinz und Poins kommen herein marschiert; Falstaff geht dem Prinzen entgegen, der auf seinem Kommandostabe, wie auf einer Querpfeife, spielt.

FALSTAFF. Was gibt's, Bursch? Bläst der Wind aus der Ecke, wahrhaftig? Müssen wir alle marschieren?

BARDOLPH. Ja, zwei je zwei, wie die Gefangnen nach Newgate.

WIRTIN. Gnädiger Herr, ich bitte Euch, hört mich!

PRINZ HEINRICH. Was sagst du, Frau Hurtig? Was macht dein Mann? Ich mag ihn wohl leiden, es ist ein ehrlicher Mann.

WIRTIN. Bester Herr, hört mich!

FALSTAFF. Bitte, laß sie gehn und höre auf mich!

PRINZ HEINRICH. Was sagst du, Hans?

FALSTAFF. Neulich Abend fiel ich hier hinter der Tapete in Schlaf, und da sind mir die Taschen ausgeleert. Dies ist ein schlechtes Haus geworden, sie leeren die Taschen aus.

PRINZ HEINRICH. Was hast du verloren, Hans?

FALSTAFF. Wirst du mir's glauben, Heinz? Drei bis vier Assignationen, jede von vierzig Pfund, und einen Siegelring von meinem Großvater.

PRINZ HEINRICH.
Ein Bagatell, für acht Pfennige Ware.

WIRTIN. Das sagte ich ihm auch, gnädiger Herr, und ich sagte, ich hätte es Euer Gnaden sagen hören; und er spricht recht niederträchtig von Euch, so ein lästerlicher Mensch wie er ist; und er sagte, er wollte Euch prügeln.

PRINZ HEINRICH. Was? Ich will nicht hoffen?

WIRTIN. Wenn's nicht wahr ist, so ist keine Treue, keine Redlichkeit, keine Frauenschaft in mir zu finden.

FALSTAFF. Du hast nicht mehr Treue, als gekochte Pflaumen; nicht mehr Redlichkeit, als ein abgehetzter Fuchs; und was Frauenschaft betrifft, so könnte Jungfer Mariane, die Mohrentänzerin, gegen dich die Frau des Aufsehers vom Quartiere sein. Geh, du Ding, du!

WIRTIN. Sag, was für ein Ding? was für ein Ding?

FALSTAFF. Was für ein Ding? Ei nun, ein Ding, wofür man Gotteslohn sagt.

WIRTIN. Ich bin kein Ding, wofür man Gottes Lohn sagt, das sollst du wissen. Ich bin eines ehrlichen Mannes Frau, und deine Ritterschaft aus dem Spiel, du bist ein Schuft, daß du mich so nennst.

FALSTAFF. Und deine Frauenschaft aus dem Spiel, du bist eine Bestie, daß du es anders sagst.

WIRTIN. Was für eine Bestie? Sag, du Schuft, du!

FALSTAFF. Was für eine Bestie? Nun, eine Otter.

PRINZ HEINRICH.
Eine Otter, Sir John! Warum eine Otter?

FALSTAFF. Warum? Sie ist weder Fisch noch

Fleisch, man weiß nicht, wo sie zu haben ist.

WIRTIN. Du bist ein unbilliger Mensch, daß du das sagst; du und jedermann weiß, wo ich zu haben bin, du Schelm, du.

PRINZ HEINRICH. Du sagst die Wahrheit, Wirtin, und er verleumdet dich aufs gröblichste.

WIRTIN. Ja, Euch auch, gnädiger Herr, und er sagte neulich, Ihr wärt ihm tausend Pfund schuldig.

PRINZ HEINRICH. Was? Bin ich Euch tausend Pfund schuldig?

FALSTAFF. Tausend Pfund, Heinz? Eine Million! Deine Liebe ist eine Million wert, du bist mir deine Liebe schuldig.

WIRTIN. Ja, gnädiger Herr, er nannte Euch Hanswurst und sagte, er wollte Euch prügeln.

FALSTAFF. Sagt' ich das, Bardolph?

BARDOLPH.
In der Tat, Sir John, Ihr habt es gesagt.

FALSTAFF.
Ja, wenn er sagte, mein Ring wäre von Kupfer.

PRINZ HEINRICH. Ich sage, er ist von Kupfer; unterstehst du dich nun, dein Wort zu halten?

FALSTAFF. Je, Heinz, du weißt, sofern du nur ein Mann bist, untersteh' ich mich's; aber sofern du ein Prinz bist, fürchte ich dich wie das Brüllen der jungen Löwenbrut.

PRINZ HEINRICH. Warum nicht wie den Löwen?

FALSTAFF. Den König selbst muß man wie den Löwen fürchten. Denkst du, ich will dich fürchten wie deinen Vater? Wenn ich das tue, so soll mir der Gürtel platzen.

PRINZ HEINRICH. Oh, wenn das geschähe, wie würde dir der Wanst um die Kniee schlottern! Aber zum Henker, es ist kein Platz für Glauben, Treu' und Redlichkeit in dem Leibe da: er ist ganz mit Därmen und Netzhaut ausgestopft. Ein ehrliches Weib zu beschuldigen, sie habe dir die Taschen ausgeleert! Ei, du liederlicher, unverschämter, aufgetriebner Schuft! Wenn irgend was in deiner Tasche war als Schenkenrechnungen, Tagebücher aus schlechten Häusern und für einen armseligen Pfennig Zuckerkandi, dir die Kehle geschmeidig zu machen; wenn deine Tasche mit andrer Ungebühr als dieser ausgestattet war, so will ich ein Schurke sein. Und doch prahlst du; doch willst du nichts einstecken. Schämst du dich nicht?

FALSTAFF. Hörst du, Heinz? Im Stande der Unschuld, weißt du, ist Adam gefallen; und was soll der arme Hans Falstaff in den Tagen der Verderbnis tun? Du siehst, ich habe mehr Fleisch als andre Menschen, und also auch mehr Schwachheit. – Ihr bekennt also, daß Ihr mir die Taschen ausgeleert habt?

PRINZ HEINRICH.
Die Geschichte kommt so heraus.

FALSTAFF. Wirtin, ich vergebe dir. Geh, mach' das Frühstück fertig, liebe deinen Mann, achte auf dein Gesinde, pflege deine Gäste: du sollst mich bei allen vernünftigen Foderungen billig finden; du siehst, ich bin besänftigt. – Noch was? Nein, geh nur, ich bitte dich! *Wirtin ab.* Nun, Heinz, zu den Neuigkeiten vom Hofe: Wegen der Räuberei, Junge, wie ist das ins Gleiche gebracht?

PRINZ HEINRICH. Oh, mein schönster Rinderbraten, ich muß immer dein guter Engel sein. Das Geld ist zurückgezahlt.

FALSTAFF. Ich mag das Zurückzahlen nicht, es ist doppelte Arbeit.

PRINZ HEINRICH. Ich bin gut Freund mit meinem Vater und kann alles tun.

FALSTAFF. So plündre mir vor allen Dingen die Schatzkammer, und das zwar mit ungewaschnen Händen!

BARDOLPH. Tut das, gnädiger Herr!

PRINZ HEINRICH. Ich habe dir eine Stelle zu Fuß geschafft, Hans.

FALSTAFF. Ich wollte, es wäre eine zu Pferde. Wo werde ich einen finden, der gut stehlen kann? Oh, einen hübschen Dieb von zweiundzwanzigen oder so ungefähr! Ich bin entsetzlich auf dem Trocknen. Nun, Gott sei gedankt für diese Rebellen! Sie tun niemanden was, als ehrlichen Leuten: ich lobe sie, ich preise sie.

PRINZ HEINRICH. Bardolph!

BARDOLPH. Gnädiger Herr?

PRINZ HEINRICH.
Bring' diesen Brief an Lord Johann von Lancaster,
An meinen Bruder; den an Mylord Westmoreland!
Geh, Poins! zu Pferd! zu Pferd! Denn du und ich,
Wir reiten dreißig Meilen noch vor Tisch. –
Hans, triff mich morgen in dem Tempelsaal
Um zwei Uhr nachmittags;
Da wirst du angestellt, und da empfängst du
Geld und Befehl zur Ausrüstung des Volks.
Es brennt das Land, Percy ist hoch gestiegen:
Wir müssen, oder sie nun unterliegen.

Der Prinz, Poins und Bardolph ab.

FALSTAFF. Schön Reden! Wackre Welt! Wirtin, mein Frühstück her!
Oh, daß die Schenke meine Trommel wär'!

Ab.

Vierter Aufzug

Erste Szene

Das Lager der Rebellen bei Shrewsbury.
Percy, Worcester und Douglas treten auf.

PERCY. Ganz recht, mein edler Schotte! Wenn nicht Wahrheit
In dieser feinen Welt für Schmeicheln gölte,
Dem Douglas käme solches Zeugnis zu,
Daß vom Gepräge dieser Zeit kein Krieger
So gangbar sollte sein in aller Welt.
Bei Gott, ich kann nicht schmeicheln; glatte Zungen
Verschmäh' ich: aber einen bessern Platz
In meiner Liebe hat kein Mensch als Ihr.
Ja, haltet mich bei Wort, erprüft mich, Herr!

DOUGLAS. Du bist der Ehre König.
Auf Erden lebt kein so gewalt'ger Mann,
Dem ich nicht trotzte.

PERCY. Tut das, und 's ist gut.

Ein Bote kommt mit Briefen.

Was bringst du da? – Nur danken kann ich

Euch.
BOTE. Von Eurem Vater kommen diese Briefe.
PERCY.
Briefe von ihm? Warum kommt er nicht selbst?
BOTE.
Er kann nicht, gnäd'ger Herr, er ist schwer krank.
PERCY. Blitz! wie hat er die Muße, krank zu sein
In so bewegter Zeit? Wer führt sein Volk?
In wessen Leitung rücken sie heran?
BOTE.
Sein Brief, nicht ich, kann Euch das sagen, Herr.
WORCESTER.
Ich bitt' dich, sag mir, hütet er das Bett?
BOTE.
Ja, gnäd'ger Herr, vier Tage, eh' ich reiste,
Und zu der Zeit, als ich dort Abschied nahm,
Ward von den Ärzten sehr um ihn gesorgt.
WORCESTER.
Ich wollte nur, die Zeit wär' schon genesen,
Eh' ihn die Krankheit hätte heimgesucht.
Nie galt sein Wohlbefinden mehr als jetzt.
PERCY.
Nun krank! Nun matt! Oh, diese Krankheit greift
Das Herzblut unsers Unternehmens an!
Die Ansteckung reicht bis hieher ins Lager.
Er schreibt mir da, – daß innerliche Krankheit, –
Daß er durch Boten nicht so schnell die Freunde
Versammeln konnt' und auch Bedenken trug,
Ein Werk von so gefährlichem Belang
Wem anders als sich selber zu vertraun.
Er gibt uns dennoch kühne Anmahnung,
Mit unserm schwachen Bunde vorzudringen,
Zu sehn, ob uns das Glück gewogen ist.
Denn, wie er schreibt, so gilt kein Zagen jetzt,
Weil sicherlich der König Kenntnis hat
Von allen unsern Planen. – Was bedünkt Euch?
WORCESTER.
Für uns ist seine Krankheit eine Lähmung.
PERCY. Ein blut'ger Streich, ein abgehau'nes Glied.
Und doch: fürwahr nicht! Daß wir jetzt ihn missen,
Ist nicht so übel, als es scheint. – Wär's gut,
Die volle Summe des, was wir vermögen,
Auf einen Wurf zu setzen? solchen Schatz
Auf einer zweifelhaften Stunde Glück?
Es wär' nicht gut: denn darin läsen wir
Die ganze Tief' und Seele unsrer Hoffnung,
Die Grenzen und das wahrhaft Äußerste
Von unser aller Glück.
DOUGLAS. Das täten wir,
Da nun noch schöne Anwartschaft uns bleibt.
Wir dürfen kühn vertun, in Hoffnung dessen,
Was einkommt;
Dies hält den Trost auf einen Rückzug rege.
PERCY.
Auf eine Zuflucht, einen Sammelplatz,
Sollt' etwa Mißgeschick und Teufel finster
Auf unsrer Sachen Erstlingsprobe schaun.
WORCESTER.
Doch wollt' ich, Euer Vater wäre hier.
Denn unsers Anschlags Eigenschaft und Farbe
Gestattet keine Teilung: man wird denken,
Wo man nicht weiß, weswegen er nicht kömmt,
Daß weiser Sinn, Vasallentreu', Mißfallen
An unserm Tun zurück den Grafen hält.
Bedenkt, wie eine solche Vorstellung
Die Flut der schüchternen Parteiung wenden
Und unser Recht in Frage stellen kann.
Ihr wißt, wir auf der rüst'gen Seite müssen
Uns fern von scharfer Untersuchung halten
Und jede Öffnung, jeden Spalt verstopfen,
Wodurch das Auge der Vernunft kann spähn.
Dies Zögern Eures Vaters hebt den Vorhang
Und zeigt Unkund'gen eine Art von Furcht,
Wovon man nicht geträumt.
PERCY. Ihr geht zu weit;
Mir scheint vielmehr sein Zögern vorteilhaft.
Es leihet Glanz und eine höh're Meinung,
Ein kühners Wagen unserm Unternehmen,
Als wenn der Graf hier wäre: man muß denken,
Wenn ohne seine Hülfe wir dem Reich
Die Spitze bieten können, stürzen wir
Mit seiner Hülf' es über Kopf und Hals. –
Noch geht's ja wohl, noch sind die Sehnen fest.
DOUGLAS.
Wie sich's das Herze wünscht. Kein solches Wort
Hört man in Schottland als den Namen Furcht.
Sir Richard Vernon tritt auf.
PERCY. Mein Vetter Vernon! Traun, Ihr seid willkommen!
VERNON.
Gott gebe, meine Zeitung sei es wert!
Lord Westmoreland, an siebentausend stark,
Marschiert hieherwärts, mit ihm Prinz Johann.
PERCY. Kein Arg: was mehr?
VERNON. Und ferner ward mir kund,
Daß in Person der König ausgezogen
Und sich hieherwärts schleunig hat gewandt
Mit mächtiger und starker Zurüstung.
PERCY.
Er soll willkommen sein. Wo ist sein Sohn,
Der schnellgefüßte tolle Prinz von Wales,
Und seine Kameraden, die die Welt
Bei Seite schoben und sie laufen ließen?
VERNON.
Ganz rüstig, ganz in Waffen, ganz befiedert
Wie Strauße, die dem Winde Flügel leihn;
Gespreizt wie Adler, die vom Baden kommen;
Mit Goldstoff angetan wie Heil'genbilder;
So voller Leben wie der Monat Mai,
Und herrlich wie die Sonn' in Sommers Mitte;
Wie Geißen munter, wild wie junge Stiere.
Ich sah den jungen Heinrich, Sturmhut auf,
Die Schienen an den Schenkeln, stolz gewaffnet,
Wie der beflügelte Merkur vom Boden
So leicht gewandt sich in den Sattel schwingen,
Als schwebt' ein Engel nieder aus den Wolken,
Den Pegasus zu tummeln und die Welt
Mit edlen Reiterkünsten zu bezaubern.
PERCY.
Genug, genug! Mehr, wie die Sonn' im März,
Wirkt fieberhaft dies Preisen. Laßt sie kommen!
Wie Opfer kommen sie in ihrem Putz:
Wir wollen sie der glutgeaugten Jungfrau
Des dampf'gen Krieges heiß und blutend bringen;
Der eh'rne Mars soll auf dem Altar sitzen
Bis an den Hals in Blut. Ich bin entbrannt,

Zu hören, daß so nah die reiche Beute
Und noch nicht unser. – Kommt, gebt mir mein Pferd,
Das wie ein Donnerkeil mich hin soll tragen,
Wo mir der Prinz von Wales den Panzer beut:
Heinrich auf Heinrich, Roß auf Roß gestellt,
Soll kämpfen, bis der ein' als Leiche fällt.
Oh, wär' doch Glendower da!

VERNON. Es gibt mehr Neues:
Ich hört' in Worcester unterwegs, er kann
In vierzehn Tagen seine Macht nicht sammeln.

DOUGLAS.
Das ist die schlimmste Zeitung noch von allen.

WORCESTER.
Ja, meiner Treu, das hat 'nen frost'gen Klang.

PERCY.
Wie hoch mag sich des Königs Macht belaufen?

VERNON. Auf dreißigtausend.

PERCY. Laßt es vierzig sein:
Ist schon mein Vater und Glendower fern,
G'nügt unsre Macht so großem Tage gern.
Kommt, stellen wir die Must'rung schleunig an:
Der Jüngste Tag ist nah; sterbt lustig, Mann für Mann!

DOUGLAS.
Sprecht nicht von Sterben: für dies halbe Jahr
Kenn' ich nicht Furcht vor Tod und Todsgefahr.

Alle ab.

Zweite Szene

Eine Heerstraße bei Coventry.
Falstaff und Bardolph kommen.

FALSTAFF. Bardolph, mach' dich voraus nach Coventry, fülle mir eine Flasche mit Sekt! Unsre Soldaten sollen durchmarschieren, wir wollen heute abend nach Sutton-Colfield.

BARDOLPH. Wollt Ihr mir Geld geben, Kapitän?

FALSTAFF. Leg' aus, leg' aus!

BARDOLPH. Diese Flasche macht einen Engel.

FALSTAFF. Nun, wenn sie das tut, nimm ihn für deine Mühe; und wenn sie zwanzig macht, nimm sie alle, ich stehe für das Gepräge. Sage meinem Lieutenant Peto, er soll mich am Ende der Stadt treffen!

BARDOLPH. Das will ich, Kapitän; lebt wohl! *Ab.*

FALSTAFF. Wenn ich mich nicht meiner Soldaten schäme, so bin ich ein Stockfisch. Ich habe den königlichen Aushebungsbefehl schändlich gemißbraucht. Anstatt hundertundfunfzig Soldaten habe ich dreihundert und etliche Pfund zusammengebracht. Ich hebe keine aus, als gute Landwirte, Pächterssöhne, erfrage mir versprochne Junggesellen, die schon zweimal aufgeboten sind; solche Ware von Ofenhockern, die eben so gern den Teufel hören, als eine Trommel; die den Knall einer Büchse ärger fürchten, als ein einmal getroffnes Feldhuhn oder eine angeschossene wilde Ente. Ich hob keine aus, als solche Butterbemmen, mit Herzen im Leibe, nicht dicker als Stecknadelköpfe: die haben sich vom Dienste losgekauft, und nun besteht meine ganze Truppe aus Fähndrichen, Korporalen, Lieutenants, Dienstgefreiten, Kerlen, die so zerlumpt sind, wie Lazarus auf gemalten Tapeten, wo die Hunde des reichen Mannes ihm die Schwären lecken, und die in ihrem Leben nicht Soldaten gewesen sind, sondern abgedankte, nichtsnutzige Bedienten, jüngere Söhne von jüngeren Brüdern, rebellische Küfer und bankerotte Schenkwirte: das Ungeziefer einer ruhigen Welt und eines langen Friedens, zehnmal schmählicher zerlumpt als eine alte geflickte Standarte. Und solche Kerle hab' ich nun an der Stelle derer, die sich vom Dienste losgekauft haben, daß man denken sollte, ich hätte hundertundfunfzig abgelumpte verlorne Söhne, die eben vom Schweinehüten und Trebernfressen kämen. Ein toller Kerl begegnete mir unterwegs und sagte mir, ich hätte alle Galgen abgeladen und die toten Leichname geworben. Kein menschlich Auge hat solche Vogelscheuchen gesehn. Ich will nicht mit ihnen durch Coventry marschieren, das ist klar, – je, und die Schurken marschieren auch so mit gesperrten Beinen, als wenn sie Fußeisen anhätten; denn freilich kriegt' ich die meisten darunter aus dem Gefängnis. Nur anderthalb Hemden gibt es in meiner ganzen Kompagnie; und das halbe besteht aus zwei zusammengenähten Servietten, die über die Schultern geworfen sind, wie ein Heroldsmantel ohne Ärmel; und das Hemde ist, die Wahrheit zu sagen, dem Wirte zu St. Albans gestohlen, oder dem rotnasigen Bierschenken zu Daintry. Doch das macht nichts; Linnen werden sie genug auf allen Zäunen finden.

Prinz Heinrich und Westmoreland treten auf.

PRINZ HEINRICH.
Wie geht's, dicker Hans? wie geht's, Wulst?

FALSTAFF. Sieh da, Heinz? Wie geht's, du toller Junge? Was Teufel machst du hier in Warwickshire? – Mein bester Lord Westmoreland, ich bitte um Verzeihung! Ich glaubte, Euer Gnaden wären schon zu Shrewsbury.

WESTMORELAND. Wahrlich, Sir John, 's ist höchste Zeit, daß ich da wäre, und Ihr auch; aber meine Truppen sind schon dort. Der König, das kann ich Euch sagen, sieht nach uns allen aus; wir müssen die ganze Nacht durch marschieren.

FALSTAFF. Pah! Seid um mich nicht bange: ich stehe auf dem Sprunge, wie eine Katze, wo es Rahm zu mausen gibt.

PRINZ HEINRICH. Freilich wohl, Rahm zu mausen; denn vor lauter Stehlen bist du schon ganz zu Butter geworden. Aber sage mir, Hans, wessen Leute sind das, die hinter uns drein kommen?

FALSTAFF.
Meine, Heinz, meine.

PRINZ HEINRICH. Zeitlebens sah ich keine so erbärmlichen Schufte.

FALSTAFF. Pah! pah! Gut genug zum Aufspießen; Futter für Pulver, Futter für Pulver; sie füllen eine Grube so gut wie bessere; hm, Freund! sterbliche Menschen! sterbliche Menschen!

WESTMORELAND. Aber mich dünkt doch, Sir

John, sie sind ungemein armselig und ausgehungert, gar zu bettelhaft.

FALSTAFF. Mein' Treu', was ihre Armut betrifft, ich weiß nicht, woher sie die haben; und das Hungern, – ich bin gewiß, das haben sie nicht von mir gelernt.

PRINZ HEINRICH. Nein, das will ich beschwören; man müßte denn drei Finger dick auf den Rippen ausgehungert nennen. Aber beim Wetter, eilt Euch: Percy ist schon im Felde.

FALSTAFF.
Wie? Steht der König im Lager?

WESTMORELAND. Ja wohl, Sir John; ich fürchte, wir halten uns zu lange auf.

FALSTAFF. Gut!
Beim Gefecht gegen 's Ende, und zum Anfang beim Feste,
Ziemt träge Streiter und hungrige Gäste.

Alle ab.

Dritte Szene

Das Lager der Rebellen bei Shrewsbury.
Percy, Worcester, Douglas und Vernon treten auf.

PERCY. Wir greifen nachts ihn an.
WORCESTER. Es darf nicht sein.
DOUGLAS. Ihr gebt ihm Vorteil dann.
VERNON. Im mind'sten nicht.
PERCY.
Wie sprecht Ihr so? Hofft er nicht auf Verstärkung?
VERNON. Wir auch.
PERCY. Die sein' ist sicher, unsre zweifelhaft.
WORCESTER.
Nehmt Rat an, Vetter; rührt Euch nicht zu Nacht.
VERNON. Herr, tut es nicht!
DOUGLAS. Ihr gebt nicht guten Rat,
Ihr redet so aus Furcht und mattem Herzen.
VERNON.
Douglas, verleumdet nicht! Bei meinem Leben!
Mein Leben soll dafür zu Pfande stehn,
Wenn wohlverstandne Ehre fort mich zieht,
Pfleg' ich so wenig Rat mit schwacher Furcht
Als Ihr, Herr, oder irgend wer in Schottland.
Wir wollen morgen sehn, wer von uns beiden
Im Treffen zagt.
DOUGLAS. Ja, noch zu Nacht!
VERNON. Es gilt!
PERCY. Zu Nacht, sag' ich!
VERNON. Geht! Geht! es darf nicht sein.
Ich wundre mich, daß solche große Führer
Nicht einsehn, welche Hindernisse rückwärts
Die Unternehmung ziehn. Eine Anzahl Pferde
Von meinem Vetter Vernon kam noch nicht;
Die meines Oheims Worcester heute erst:
Und nun ist all ihr Feuer eingeschlafen,
Ihr Mut von harter Arbeit träg' und zahm,
Daß keins nur halb die Hälfte von sich gilt.
PERCY. So sind des Feindes Pferd' im ganzen auch,
Vom Reisen abgemattet und herunter;
Der unsern beßres Teil hat ausgeruht.
WORCESTER.
Des Königs Anzahl übertrifft die unsre:
Um Gottes willen, Vetter! Wartet doch,
Bis alle da sind!

Trompeten, die eine Unterhandlung ankündigen. Sir Walter Blunt tritt auf.

BLUNT.
Vom König bring' ich gnäd'ge Anerbieten,
Wenn ihr Gehör und Achtung mir gewährt.
PERCY.
Sir Walter Blunt, willkommen! Wollte Gott,
Daß Ihr desselben Sinnes wärt mit uns!
Hier will Euch mancher wohl, und diese selbst
Beneiden Eu'r Verdienst und guten Namen,
Weil Ihr von unserer Partei nicht seid
Und wider uns vielmehr als Gegner steht.
BLUNT.
Verhüte Gott, daß ich je anders stünde,
Solang' ihr, außer Schranken und Gesetz,
Steht wider die gesalbte Majestät!
Doch, mein Geschäft! – Der König sandte mich,
Zu hören, was ihr für Beschwerden führt;
Warum ihr aus des Bürgerfriedens Brust
So kühne Feindlichkeit herauf beschwört
Und seine treu ergebnen Untertanen
Verwegne Greuel lehrt? Wofern der König
Jemals vergessen eure guten Dienste,
Die mannigfaltig sind, wie er bekennt:
So nennt nur die Beschwerden, und ihr sollt,
Was ihr verlangt, mit Zinsen schleunigst haben,
Auch gänzliche Verzeihung für euch selbst
Und die, so eure Eingebung mißleitet.
PERCY.
Der König ist gar gütig, und wir wissen,
Er weiß, wann zu versprechen, wann zu zahlen.
Mein Vater und mein Oheim und ich selbst,
Wir gaben ihm das Szepter, das er führt,
Und als er keine dreißig stark noch war,
Krank in der Menschen Achtung, klein und elend,
Ein unbemerkt heimschleichender Verbannter,
Bewillkommt' ihn mein Vater an dem Strand;
Und als er ihn bei Gott geloben hörte,
Er komm' als Herzog nur von Lancaster
Zur Mutung seiner Leh'n und Friede suchend,
Mit Eifers Worten und der Unschuld Tränen:
So schwor mein Vater ihm aus gutem Herzen
Und Mitleid Beistand zu und hielt es auch.
Nun, als die Lords und Reichsbarone merkten,
Daß sich Northumberland zu ihm geneigt,
Da kamen groß und klein mit Reverenz,
Begrüßten ihn in Flecken, Städten, Dörfern,
Erwarteten an Brücken ihn und Pässen,
Erboten Schwür' und Gaben; brachten ihm
Als Pagen ihre Erben; folgten dann
Ihm an den Fersen nach in goldner Schar.
Er alsobald, wie Größe selbst sich kennt,
Schritt auch ein wenig höher als sein Schwur,
Den er, noch blöden Mutes, meinem Vater
Am nackten Strand zu Ravenspurg getan.
Und nun, man denke! nimmt er sich heraus,
Verordnungen und Lasten abzuschaffen,
Die das gemeine Wesen hart gedrückt;
Schreit über Mißbrauch, scheinet zu beweinen
Die Schmach des Landes, und mit dem Gesicht,

Der scheinbar'n Stirn der Billigkeit, gewann
Er jedes Herz, wonach er angelte;
Ging weiter, schlug die Häupter sämtlich ab
Der Günstlinge, die der entfernte König
Zur Stellvertretung hier zurückgelassen,
Als er persönlich war im ir'schen Krieg.
BLUNT. Ich kam nicht, dies zu hören.
PERCY. Dann zur Sache:
In kurzer Zeit setzt' er den König ab,
Und bald darauf beraubt' er ihn des Lebens;
Dann, Schlag auf Schlag, schatzt' er das ganze Reich;
Noch schlimmer nun: ließ seinen Vetter March
(Der doch, wenn jeder stünd' an seinem Platz,
Sein echter König ist) in Wales verstrickt,
Dort hülflos ohne Lösegeld zu liegen;
Beschimpfte mich in meinem Siegesglück
Und war bemüht, durch Kundschaft mich zu fangen;
Schalt meinen Oheim weg vom Sitz im Rat,
Entließ im Zorn vom Hofe meinen Vater;
Brach Eid auf Eid, tat Unrecht über Unrecht
Und trieb uns schließlich, unsre Sicherheit
In diesem Bund zu suchen und zugleich
Zu spähn nach seinem Anspruch, welchen wir
Nicht gültig g'nug für lange Dauer finden.
BLUNT.
Soll ich dem König diese Antwort bringen?
PERCY.
Nicht doch, Sir Walter: erst beraten wir's.
Geht hin zum König, laßt uns eine Bürgschaft
Verpfändet sein zu sichrer Wiederkehr,
Und früh am Morgen soll mein Oheim ihm
Vorschläge von uns bringen; so lebt wohl!
BLUNT. Ich wollt', ihr nähmet Lieb' und Gnade an.
PERCY. 's ist möglich, daß wir's tun.
BLUNT. Das gebe Gott!
Alle ab.

Vierte Szene

York. Ein Zimmer im Hause des Erzbischofs.
Der Erzbischof von York und ein Edelmann treten auf.

ERZBISCHOF.
Hurtig, Sir Michael! Mit beschwingter Eil'
Bringt den petschierten Brief hier zum Lord Marschall,
Den meinem Vetter Scroop, und all die andern,
An wen sie sind gerichtet; wüßtet Ihr,
Wie viel an ihnen liegt, Ihr würdet eilen
EDELMANN. Mein gnäd'ger Herr,
Ich rate ihren Inhalt.
ERZBISCHOF. Das mag sein.
Guter Sir Michael, morgen ist ein Tag,
An dem das Glück von zehentausend Mann
Die Probe stehn muß: denn zu Shrewsbury,
Wie ich gewiß vernehme, trifft der König
Mit mächtigem und schnell erhobnem Heer
Lord Heinrich; und, Sir Michael, ich fürchte, –
Teils wegen Krankheit des Northumberland,
Auf dessen Macht so stark gerechnet ward,
Teils wegen Owen Glendowers Entfernung,
Der ihnen auch als sichre Stütze galt
Und nun nicht kommt, beherrscht von Weissagungen, –
Ich fürchte, Percys Macht ist allzu schwach,
Gleich mit dem König den Versuch zu wagen.
EDELMANN. Ei, gnäd'ger Herr, seid unbesorgt:
Douglas ist dort ja und Lord Mortimer.
ERZBISCHOF. Nein, Mortimer ist nicht da.
EDELMANN. Doch dort ist Mordake, Vernon,
Lord Heinrich Percy,
Dort auch Mylord von Worcester, und ein Heer
Von tapfern Kriegern, wackern Edelleuten.
ERZBISCHOF.
So ist's; allein der König zog zusammen
Des Landes ganze Stärke: bei ihm sind
Der Prinz von Wales, Johann von Lancaster,
Der edle Westmoreland, der tapfre Blunt
Und sonst viel Mitgenossen und von Ruf
Und Führung in den Waffen teure Männer.
EDELMANN.
Herr, zweifelt nicht, man wird schon widerstehn.
ERZBISCHOF.
Ich hoff' es auch, doch nötig ist's zu fürchten,
Und um dem Schlimmsten vorzubeugen, eilt!
Denn, siegt Lord Percy nicht, so denkt der König,
Eh' er sein Heer entläßt, uns heimzusuchen:
Er hat gehört von unserm Einverständnis,
Und 's ist nur Klugheit, wider ihn sich rüsten.
Deswegen eilt! Ich muß an andre Freunde
Noch schreiben gehn, und so lebt wohl, Sir Michael!
Von verschiednen Seiten ab.

Fünfter Aufzug

Erste Szene

Des Königs Lager bei Shrewsbury.
König Heinrich, Prinz Heinrich, Prinz Johann, Sir Walter Blunt und Falstaff treten auf.

KÖNIG HEINRICH.
Wie blutig über jenen busch'gen Hügel
Die Sonne blickt hervor! Der Tag sieht bleich
Ob ihrem kranken Schein.
PRINZ HEINRICH. Der Wind aus Süden
Tut, was sie vorhat, als Trompeter kund
Und sagt, durch hohles Pfeifen in den Blättern,
Uns Sturm vorher und einen rauhen Tag.
KÖNIG HEINRICH.
So stimm' er dann in der Verlierer Sinn,
Denn nichts scheint denen trübe, die gewinnen.
Trompete. Worcester und Vernon kommen.
Wie nun, Mylord von Worcester? 's ist nicht gut,
Daß Ihr und ich auf solchem Fuß uns treffen,
Als jetzt geschieht: Ihr täuschtet unser Zutraun
Und zwangt mir, statt der weichen Friedenskleider,
Die alten Glieder in unglimpflich Erz.
Das ist nicht gut, Mylord, das ist nicht gut.
Was sagt Ihr? Wollt Ihr wiederum entschürzen
Den Knoten dieses allverhaßten Kriegs?
Und Euch im unterwürf'gen Kreis bewegen,
Wo Ihr ein schön natürlich Licht verlieht,
Und ferner nicht ein dunstig Meteor,
Ein Schreckenszeichen sein, das lauter Unheil
Noch ungebornen Zeiten prophezeit?

WORCESTER. Hört mich, mein Fürst!
Was mich betrifft, mir wär' es ganz genehm,
Den Überrest von meinen Lebenstagen
Der Ruh' zu pflegen; denn ich kann beteuern,
Nie hab' ich dieses Tages Bruch gesucht.

KÖNIG HEINRICH.
Ihr habt ihn nicht gesucht? Woher denn kam er?

FALSTAFF. Die Rebellion lag ihm vor den Füßen, und da nahm er sie auf.

PRINZ HEINRICH. Still, Frikassee! Still!

WORCESTER. Eu'r Majestät beliebt' es, Eure Blicke
Der Gunst von uns und unserm Haus zu wenden;
Und dennoch muß ich Euch erinnern, Herr,
Wir waren Euch die ersten, nächsten Freunde;
Um Euch zerbrach ich meines Amtes Stab
Zu Richards Zeit und reiste Tag und Nacht,
Euch zu begegnen, Eure Hand zu küssen,
Als Ihr an Rang und Würdigkeit noch längst
So stark und so beglückt nicht wart als ich.
Ich war es und mein Bruder und sein Sohn,
Die heim Euch brachten und der Zeit Gefahren
Mit kühnem Mut getrotzt. Ihr schworet uns,
Und diesen Eid schwort Ihr zu Doncaster, –
Ihr hättet keinen Anschlag auf den Staat,
Noch Anspruch, als Eu'r heimgefallnes Recht,
Gaunts Sitz, das Herzogtum von Lancaster,
Wozu wir Hülf' Euch schworen. Doch in kurzem,
Da regnete das Glück auf Euer Haupt,
Und solche Flut von Hoheit fiel auf Euch, –
Durch unsern Beistand teils, des Königs Ferne,
Das Unrecht einer ausgelaßnen Zeit,
Die scheinbar'n Leiden, so Ihr ausgestanden,
Und widerwärt'ge Winde, die den König
So lang' in seinen ir'schen Kriegen hielten,
Daß ihn in England alle tot geglaubt; –
Von diesem Schwarme günst'ger Dinge nahmt Ihr
Die schnell zu werbende Gelegenheit,
In Eure Hand das Regiment zu fassen;
Vergaßt, was Ihr zu Doncaster geschworen,
Und tatet, da wir Euch gepflegt, an uns,
Wie die unedle Brut, des Kuckucks Junges,
Dem Sperling tut: bedrücktet unser Nest,
Wuchst so gewaltig an durch unsre Pflege,
Daß unsre Lieb' Euch nimmer durfte nahn
Aus Furcht, erwürgt zu werden; ja, wir mußten
Uns sicher stellen mit behendem Flug
Vor Eurem Blick und diese Kriegsmacht werben,
Womit wir Gegner Euch durch Mittel sind,
Wie Ihr sie selbst geschmiedet wider Euch
Durch kränkendes Verfahren, droh'nde Mienen
Und aller Treu' Verletzung, die Ihr uns
In Eures Unternehmens Jugend schwort.

KÖNIG HEINRICH.
Dies habt Ihr freilich stückweis hergezählt,
Auf Märkten ausgerufen, in den Kirchen
Verlesen, um das Kleid der Rebellion
Mit einer schönen Farbe zu verbrämen,
Die Wankelmüt'gen in die Augen sticht
Und armen Mißvergnügten, welche gaffen
Und die Ellbogen reiben, auf die Nachricht
Von Neuerung, die drauf und drunter geht;
Und niemals fehlten solche Wasserfarben
Dem Aufruhr, seine Sache zu bemalen,
Noch solche finstre Bettler, die nach Zeiten
Des blinden Mords und der Verwirrung schmachten.

PRINZ HEINRICH.
In beiden Heeren gibt es manche Seele,
Die teuer diesen Zwist bezahlen wird,
Wenn's zur Entscheidung kommt. Sagt Eurem Neffen,
Der Prinz von Wales stimm' ein mit aller Welt
In Heinrich Percys Lob; bei meiner Hoffnung!
Das jetz'ge Unternehmen abgerechnet,
Glaub' ich nicht, daß solch wackrer Edelmann,
So rüstig tapfer, tapfer jugendlich,
So kühn und mutig, außer ihm noch lebt,
Mit edlen Taten unsre Zeit zu schmücken.
Was mich betrifft, ich sag's zu meiner Scham,
Ich war im Rittertum ein Müßiggänger,
Und dafür, hör' ich, sieht er auch mich an.
Doch dies vor meines Vaters Majestät:
Ich bin's zufrieden, daß er mir voraus
Den großen Ruf und Namen haben mag,
Und will, auf beiden Seiten Blut zu sparen,
Mein Glück im einzlen Kampf mit ihm versuchen.

KÖNIG HEINRICH.
Und, Prinz von Wales, so wagen wir dich dran,
Obschon unendlich viel Erwägungen
Dawider sind. – Nein, guter Worcester, nein,
Wir lieben unser Volk; wir lieben selbst
Die, so mißleitet Eurem Vetter folgen;
Und wenn sie unsrer Gnad' Erbieten nehmen,
Soll er und sie und Ihr und jedermann
Mein Freund von neuem sein, und ich der seine:
Sagt Eurem Vetter das und meldet mir,
Was er beschließt! – Doch will er uns nicht weichen,
So steht Gewalt und Züchtigung uns bei,
Die sollen ihren Dienst tun. – Somit geht,
Behelligt jetzt uns mit Erwidern nicht:
Nehmt weislich auf, was unsre Milde spricht!

Worcester und Vernon ab.

PRINZ HEINRICH.
Sie nehmen es nicht an, bei meinem Leben!
Der Douglas und der Heißsporn mit einander,
Sie bieten einer Welt in Waffen Trotz.

KÖNIG HEINRICH.
Drum fort, zu seiner Schar ein jeder Führer!
Auf ihre Antwort greifen wir sie an,
Und Gott beschirme die gerechte Sache!

König Heinrich, Blunt und Prinz Johann ab.

FALSTAFF. Heinz, wenn du mich in der Schlacht am Boden siehst, so komm und stelle dich schrittlings über mich, so: – es ist eine Freundespflicht.

PRINZ HEINRICH. Niemand als ein Kolossus kann dir diese Freundschaft erweisen. Sag dein Gebet her und leb wohl!

FALSTAFF. Ich wollte, es wäre Schlafenszeit, Heinz, und alles gut.

PRINZ HEINRICH. Ei, du bist Gott einen Tod schuldig. *Ab.*

FALSTAFF. Er ist noch nicht verfallen, ich möchte ihn nicht gern vor seinem Termin bezahlen. Was brauche ich so bei der Hand zu sein, wenn er mich nicht ruft? Gut, es mag sein: Ehre beseelt mich vorzudringen. Wenn aber Ehre mich beim Vordringen entseelt? Wie dann? Kann Ehre ein Bein ansetzen? Nein. Oder einen Arm? Nein. Oder den Schmerz einer Wunde stillen? Nein. Ehre versteht sich also nicht auf die Chirurgie? Nein. Was ist Ehre? Ein Wort. Was steckt in dem Wort Ehre? Was ist diese Ehre? Luft. Eine feine Rechnung! – Wer hat sie? Er, der vergangene Mittwoch starb. Fühlt er sie? Nein. Hört er sie? Nein. Ist sie also nicht fühlbar? Für die Toten nicht. Aber lebt sie nicht etwa mit den Lebenden? Nein. Warum nicht? Die Verleumdung gibt es nicht zu. Ich mag sie also nicht. – Ehre ist nichts als ein gemalter Schild beim Leichenzuge, und so endigt mein Katechismus. *Ab.*

Zweite Szene

Das Lager der Rebellen.
Worcester und Vernon treten auf.

WORCESTER.
O nein, Sir Richard! Ja nicht darf mein Neffe
Des Königs gütiges Erbieten wissen.
VERNON. Er sollt' es doch.
WORCESTER. Dann ist's um uns geschehn.
Es ist durchaus unmöglich, kann nicht sein,
Daß uns der König Wort im Lieben hielte;
Er wird uns mißtraun und die Zeit ersehn,
In andern Fehlern dies Vergehn zu strafen.
Stets wird der Argwohn voller Augen stecken;
Denn dem Verrat traut man nur wie dem Fuchs,
Der, noch so zahm, gehegt und eingesperrt,
Nicht abläßt von den Tücken seines Stamms.
Seht, wie Ihr wollt, ernst oder lustig, aus,
Die Auslegung wird Euren Blick mißdeuten,
Und leben werden wir, wie Vieh im Stall,
Je mehr gepflegt, je näher stets dem Tode.
Des Neffen Fehltritt kann vergessen werden,
Denn hitzig Blut entschuldigt ihn und Jugend
Und ein als Vorrecht beigelegter Name:
Ein schwindelköpf'ger Heißsporn, jähen Muts.
All seine Sünden fallen auf mein Haupt
Und seines Vaters; wir erzogen ihn,
Und da von uns ihm die Verderbnis kam,
So büßen wir, als Quell von allem, alles.
Drum, lieber Vetter, Heinrich wisse nie,
In keinem Fall, des Königs Anerbieten!
VERNON.
Bestellt dann, was Ihr wollt, ich will's bejahn;
Da kommt der Vetter.
Percy und Douglas kommen, Offiziere und Soldaten hinter ihnen.
PERCY.
Mein Oheim ist zurück, – nun liefert aus
Den Lord von Westmoreland! – Oheim, was bringt Ihr?
WORCESTER. Der König wird sogleich die Schlacht Euch bieten.
DOUGLAS.
So fodert ihn durch Lord von Westmoreland!
PERCY.
Lord Douglas, gehet Ihr und sagt ihm das!
DOUGLAS.
Fürwahr, das will ich, und von Herzen gern.
Ab.
WORCESTER.
Der König zeigt von Gnade keinen Schein.
PERCY.
Und batet Ihr ihn drum? – Verhüt' es Gott!
WORCESTER.
Ich sagt' ihm sanft von unseren Beschwerden
Und seinem Meineid; – dies beschönigt' er,
Indem er abschwur, daß er falsch geschworen.
Rebellen, Meuter schilt er uns und droht,
Dies Tun zu geißeln mit der Waffen Zwang.
Douglas kommt zurück.
DOUGLAS.
Auf, Ritter! Zu den Waffen! Kecken Trotz
Hab' ich in König Heinrichs Hals geschleudert,
Und Westmoreland, der Geisel war, bestellt ihn;
Unfehlbar treibt es schleunig ihn heran.
WORCESTER.
Der Prinz von Wales trat bei dem König auf
Und, Neffe, fodert' Euch zum einzlen Kampf.
PERCY.
Oh, läg' der Zwist auf unsern Häuptern doch,
Und niemand sonst käm' heute außer Atem
Als ich und Heinrich Monmouth! Sagt mir, sagt mir,
Wie klang sein Antrag? Schien er voll Verachtung?
VERNON.
Nein, auf mein Wort! Zeitlebens hört' ich nicht
Bescheidner einen Feind herausgefodert,
Es müßt' ein Bruder denn den Bruder mahnen
Zur Waffenprob' und friedlichem Gefecht.
Er gab Euch alle Pflichten eines Manns,
Staffiert' Eu'r Lob mit fürstlich reicher Zunge,
Zählt' Eu'r Verdienst wie eine Chronik auf,
Euch immer höher stellend als sein Lob,
Das er zu schwach fand gegen Euren Wert;
Und, was ihm ganz wie einem Prinzen stand,
Er tat errötende Erwähnung seiner
Und schalt mit Anmut seine träge Jugend,
Als wär' er da zwiefachen Geistes Herr,
Zu lehren und zu lernen auf einmal.
Da hielt er inn': doch laßt der Welt mich sagen,
Wenn er dem Neide dieses Tags entgeht,
Besaß noch England nie so süße Hoffnung,
So sehr in ihrem Leichtsinn mißgedeutet.
PERCY.
Es scheint ja, Vetter, du bist ganz verliebt
In seine Torheit: niemals hört' ich noch
Von einem Prinzen solche wilde Freiheit.
Doch sei es, wie es will, einmal vor nachts
Will ich ihn mit Soldatenarm umfassen,
Daß er erliegen soll vor meinem Gruß. –
Auf! Waffnet euch! – Und, Krieger, Freunde, Brüder,
Erwäget besser, was ihr habt zu tun,
Als ich, der nicht der Zunge Gabe hat,
Eu'r Blut durch Überredung kann erhitzen
Ein Bote kommt.
BOTE. Herr, da sind Briefe für Euch.
PERCY. Ich kann sie jetzt nicht lesen. –
Oh, edle Herrn, des Lebens Zeit ist kurz:
Die Kürze schlecht verbringen, wär' zu lang',
Hing' Leben auch am Weiser einer Uhr

Und endigte, wie eine Stunde kömmt.
Wir treten Kön'ge nieder, wenn wir leben;
Wenn sterben: wackrer Tod, mit Fürsten sterben!
Nun, was Gewissen gilt: – gut sind die Waffen,
Ist nur die Absicht, die sie führt, gerecht.

Ein andrer Bote kommt.

BOTE. Herr, rüstet Euch, der König naht in Eil'.

PERCY. Ich dank' es ihm, daß er mich unterbricht,
Denn Reden ist mein Fach nicht. – Nur noch dies:
Tu' jeder, was er kann; und hier zieh' ich
Ein Schwert, des Stahl ich mit dem besten Blut
Beflecken will, dem ich begegnen kann
Im Abenteuer dieses furchtbar'n Tags.
Nun: Espérance! Percy! und hinan!
Tönt all die hohen Krieges-Instrumente
Und laßt umarmen uns bei der Musik:
Denn, Himmel gegen Erde! mancher wird
Nie mehr erweisen solche Freundlichkeit.

Trompeten. Sie umarmen sich und gehen ab.

Dritte Szene

Ebene bei Shrewsbury.
Angriffe und fechtende Parteien. Feldgeschrei. Dann kommen Douglas und Blunt von verschiedenen Seiten.

BLUNT.
Wie ist dein Name, daß du in der Schlacht
Mich so mußt kreuzen? Welche Ehre suchst du
Auf meinem Haupt?

DOUGLAS. Mein Nam' ist Douglas, wisse,
Und ich verfolge so dich in der Schlacht,
Weil man mir sagt, daß du ein König bist.

BLUNT. Man sagt dir wahr.

DOUGLAS.
Dem Lord von Stafford kam die Ähnlichkeit
Schon hoch zu stehn; statt deiner, König Heinrich,
Hat ihn dies Schwert erlegt; das soll's auch dich,
Wenn du dich nicht gefangen mir ergibst.

BLUNT. Das ist nicht meine Art, du stolzer Schotte!
Hier find'st du einen König, der den Tod
Lord Staffords rächt.

Sie fechten, und Blunt fällt. Percy kommt.

PERCY.
O Douglas, wenn du so zu Holmedon fochtest,
Nie triumphiert' ich über einen Schotten.

DOUGLAS.
Gewonnen! Sieg! Hier liegt entseelt der König.

PERCY. Wo?

DOUGLAS. Hier!

PERCY. Der, Douglas? Nein, ich kenne dies Gesicht:
Ein wackrer Ritter war's, sein Name Blunt,
In gleicher Rüstung wie der König selbst.

DOUGLAS.
Ein Narr mit deiner Seel', wohin sie geht!
Zu hoch erkauft ist dein erborgter Titel.
Weswegen sagtest du, du seist ein König?

PERCY. Viel Ritter fechten in des Königs Röcken.

DOUGLAS.
Bei diesem Schwert, ich töt' all seine Röcke,
Ich mord' ihm die Gard'robe, Stück für Stück,
Bis ich den König treffe.

PERCY. Auf, und hin!
Es steht aufs beste für des Tags Gewinn.

Beide ab. Neues Getümmel. Falstaff kommt.

FALSTAFF. Zu London kriegt' ich nicht leicht einen Hieb, aber hier fürchte ich mich davor. Hier kreiden sie die Zeche nicht anders an, als gleich auf den Kopf. – Sacht! wer bist du da? Sir Walter Blunt. – Ihr habt Euer Teil Ehre weg; das ist nun keine Eitelkeit. – Ich bin so heiß, wie geschmolznes Blei, und so schwer ebenfalls; Gott halte mir Blei aus dem Leibe! Ich brauche nicht mehr Last, als meine eignen Eingeweide. – Ich habe mein Lumpenpack hingeführt, wo sie eingepökelt sind: nur drei von meinen hundertundfunfzigen sind noch am Leben; und die sind gut für die Stadttore, ihr Lebenlang zu betteln. Aber wer kommt da?

Prinz Heinrich kommt.

PRINZ HEINRICH.
Was stehst du müßig hier? Leih' mir dein Schwert!
Schon mancher Edelmann liegt starr und steif
Unter den Hufen prahlerischer Feinde
In ungerochnem Tod. Dein Schwert, ich bitte!

FALSTAFF. O Heinz, ich bitte dich, laß mich ein Weilchen Atem schöpfen! Der Türke Gregor hat nie solche Kriegstaten vollbracht, als ich an diesem Tage. Dem Percy habe ich sein Teil gegeben, der ist in Sicherheit.

PRINZ HEINRICH. Das ist er auch, und lebt, dich umzubringen. Ich bitte dich, leih' mir dein Schwert!

FALSTAFF. Nein, bei Gott, Heinz, wenn Percy noch am Leben ist, so kriegst du mein Schwert nicht; aber nimm mein Pistol, wenn du willst!

PRINZ HEINRICH.
Gib es mir! Wie? Steckt es im Futteral?

FALSTAFF. Ja, Heinz, 's ist heiß! 's ist heiß! Das wird den aufrührischen Sektengeist zu Paaren treiben.

Der Prinz zieht eine Flasche Sekt heraus.

PRINZ HEINRICH. Was? Ist dies eine Zeit zu Späßen und Possen? *Wirft ihm die Flasche zu und geht ab.*

FALSTAFF. Gut, wenn Percy noch nicht erstochen ist, so will ich ihn anstechen. *Er zieht den Kork von der Flasche und trinkt.* – Kommt er mir in den Weg, je nun; tut er's nicht, und ich komme ihm freiwillig in den seinen, so soll er eine Karbonade aus mir machen. Ich mag nicht solche grinsende Ehre, als Sir Walter hat. Laßt mir das Leben! Kann ich's davon bringen, gut; wo nicht, so kommt die Ehre ungebeten, und damit aus. *Ab.*

Vierte Szene

Getümmel, Angriffe. Hierauf kommen der König, Prinz Heinrich, Prinz Johann und Westmoreland.

KÖNIG HEINRICH. Ich bitte dich,
Heinrich, geh in dein Zelt: du blutest stark.
Geht mit ihm, Lord Johann von Lancaster!

PRINZ JOHANN.
Ich nicht, mein Fürst, ich müßte selbst denn bluten.

PRINZ HEINRICH.
Ich bitte Eure Majestät, brecht auf:
Es schreckt die Unsern, wenn man Euch vermißt.
KÖNIG HEINRICH. Das will ich auch.
Mylord von Westmoreland, führt ihn in sein Zelt!
WESTMORELAND.
Kommt, Prinz, ich will in Euer Zelt Euch führen.
PRINZ HEINRICH.
Mich führen, Herr? Ich brauche keine Hülfe.
Verhüte Gott, daß einer Schramme wegen
Der Prinz von Wales verlassen sollt' ein Feld,
Wo blutbefleckt der Adel liegt im Staub
Und Aufruhr im Gemetzel triumphiert!
PRINZ JOHANN.
Wir ruhn zu lang: – kommt, Vetter Westmoreland!
Dort ruft uns Pflicht; um Gottes willen, kommt!
Prinz Johann und Westmoreland ab.
PRINZ HEINRICH.
Beim Himmel, Lancaster, du täuschtest mich;
Ich glaubte nicht dich Meister solches Muts:
Zuvor liebt' ich als Bruder dich, Johann,
Doch nun verehr' ich dich wie meine Seele.
KÖNIG HEINRICH.
Ich sah ihn Percy von der Brust sich wehren
Und rüst'ger stand ihm halten, als sich ließ
Erwarten von so unerwachsnem Krieger.
PRINZ HEINRICH.
Oh, dieser Knabe leiht uns allen Feuer.
Ab.
Getümmel. Douglas tritt auf.
DOUGLAS. Ein andrer König noch!
Sie wachsen wie der Hydra Köpfe nach.
Ich bin der Douglas, allen denen tödlich,
Die diese Farben tragen. – Wer bist du,
Der du als König dich verkleidet hast?
KÖNIG HEINRICH.
Der König selbst, dem's herzlich leid ist, Douglas,
Daß du so viele seiner Schatten trafst
Und nicht den König selbst. Zwei Söhne hab' ich,
Die suchen dich und Percy rings im Feld;
Doch da du dich so glücklich dargeboten,
Nehm' ich es auf mit dir: verteid'ge dich!
DOUGLAS. Ich fürcht', auch du bist nur ein Afterbild,
Und doch, mein' Treu', gehabst du dich als König.
Doch mein bist du gewiß, wer du auch seist,
Und so besieg' ich dich.
Sie fechten: da der König in Gefahr ist, kommt Prinz Heinrich dazu.
PRINZ HEINRICH.
Das Haupt auf, schnöder Schotte, oder nie
Hältst du es wiederum empor! Die Geister
Des Shirley, Stafford, Blunt sind all' in mir.
Es ist der Prinz von Wales, der dich bedroht,
Der nie verheißt, wo er nicht zahlen will.
Sie fechten, Douglas flieht.
Getrost, mein Fürst! Wie steht's mit Euer Hoheit?
Sir Nicholas Gawsey hat gesandt um Hülfe,
Und Clifton auch; ich will zum Clifton gleich.
KÖNIG HEINRICH.
Halt! Atm' ein Weilchen auf!
Du hast gelöset die verlorne Meinung
Und dargetan, mein Leben sei dir teuer,
Da du so edle Rettung mir gebracht.
PRINZ HEINRICH.
O Himmel, wie mir die zu nahe taten,
Die stets gesagt, ich laur' auf Euren Tod!
Wär' das, so konnt' ich ja gewähren lassen
Die freche Hand des Douglas über Euch,
Die Euch so schleunig hätte weggerafft,
Als alle gift'gen Tränke in der Welt,
Und Eurem Sohn Verräter-Müh' erspart.
KÖNIG HEINRICH.
Brich auf zum Clifton: ich zu Nicholas Gawsey.
König Heinrich ab. Percy tritt auf.
PERCY.
Irr' ich mich nicht, so bist du Heinrich Monmouth.
PRINZ HEINRICH.
Du sprichst, als wollt' ich meinen Namen leugnen.
PERCY. Mein Nam' ist Heinrich Percy.
PRINZ HEINRICH. Gut, so seh' ich
Den tapfersten Rebellen dieses Namens.
Ich bin der Prinz von Wales, und denk' nicht, Percy,
An Herrlichkeit mir ferner gleich zu stehn:
Zwei Sterne kreisen nicht in einer Sphäre;
In einem England können zwei nicht herrschen,
Du, Heinrich Percy, und der Prinz von Wales.
PERCY.
Gewiß nicht, Heinrich! Denn die Stunde kam,
Wo einer von uns endet; wollte Gott,
Dein Nam' in Waffen wär' so groß als meiner!
PRINZ HEINRICH.
Ich mach' ihn größer, eh' ich von dir scheide.
Und alle Ehren, auf dem Helm dir sprießend,
Will ich zum Kranze pflücken für mein Haupt.
PERCY. Nicht länger duld' ich deine Prahlerei'n.
Sie fechten. Falstaff tritt auf.
FALSTAFF.
Recht so, Heinz! Dran, Heinz! –
Nein, hier gibt's kein Kinderspiel, das könnt ihr glauben.
Douglas kommt und ficht mit Falstaff, der niederfällt, als wenn er tot wäre. Hierauf Douglas ab. Percy wird verwundet und fällt.
PERCY.
O Heinrich, du beraubst mich meiner Jugend!
Mich kränkt nicht der Verlust des flücht'gen Lebens
Wie dein an mir ersiegter stolzer Ruhm:
Der trifft den Sinn, mehr als dein Schwert mein Fleisch.
Doch ist der Sinn des Lebens Sklav', das Leben
Der Narr der Zeit; und Zeit, des Weltlaufs Zeugin,
Muß enden. Oh, ich könnte prophezein,
Nur daß die erd'ge, kalte Hand des Todes
Den Mund mir schließt. – Nein, Percy, du bist Staub
Und Speise für –
Stirbt.
PRINZ HEINRICH.
Für Würmer, wackrer Percy! Großes Herz, leb wohl!
Wie eingeschwunden, schlecht gewebter Ehrgeiz!
Als dieser Körper einen Geist enthielt,
War ihm ein Königreich zu enge Schranke;
Nun sind zwei Schritte der gemeinsten Erde
Ihm Raum genug. – Kein beßrer Krieger lebt
In diesem Lande, wo du leblos liegst.
Wenn du gefühlig wärst für Freundlichkeit,

So würd' ich nicht so warmen Eifer zeigen.
Doch laß mich dein entstellt Gesicht verhüllen
Mit meinem Schmuck; und selbst in deinem Namen
Dank' ich mir diese holden Liebesdienste.
Leb wohl, und nimm dein Lob mit dir zum Himmel!
Es schlaf' im Grabe deine Schmach mit dir
Und sei in deiner Grabschrift nicht erwähnt!

Er sieht Falstaff am Boden liegen.

Wie, alter Freund? Konnt' all dies Fleisch denn nicht
Ein bißchen Leben halten? Armer Hans, leb wohl!
Ich könnte besser einen Bessern missen.
Oh, bitter würde dein Verlust mich schmerzen,
Wenn mir die Eitelkeit noch läg' am Herzen!
Heut hat der Tod manch edles Wild umstellt,
Doch kein so feistes Wild als dies gefällt.
So lange, bis ich eingesargt dich sehe,
Lieg' hier im Blut, in edlen Percys Nähe!

Ab.

FALSTAFF *langsam aufstehend.* Eingesargt! Wenn du mich heute einsargst, so gebe ich dir Erlaubnis, mich morgen einzupökeln, und zu essen obendrein. Blitz, es war Zeit, eine Maske anzunehmen, sonst hätte mich der hitzige Brausekopf von Schotten gar zum Schatten gemacht. Eine Maske? Ich lüge, ich bin keine Maske; sterben heißt eine Maske sein, denn der ist nur die Maske eines Menschen, der nicht das Leben eines Menschen hat; aber die Maske des Todes annehmen, wenn man dadurch sein Leben erhält, heißt das wahre und vollkommne Bild des Lebens sein. Das bessere Teil der Tapferkeit ist Vorsicht, und mittelst dieses besseren Teils habe ich mein Leben gerettet. Wetter, ich fürchte mich vor dem Schießpulver Percy, ob er schon tot ist; wenn er auch eine Maske angenommen hätte und stünde auf? Ich fürchte, er würde seine Maske besser spielen. Darum will ich ihn in Sicherheit bringen, ja, und will schwören, daß ich ihn umgebracht habe. Warum könnte er nicht eben so gut aufstehen wie ich? Nichts kann mich widerlegen als Augen, und hier sieht mich niemand. *Er sticht nach ihm.* Also kommt, Bursch! Mit einer neuen Wunde im Schenkel müßt Ihr mit mir fort. *Nimmt Percy auf den Rücken.*

Prinz Heinrich kommt mit Prinz Johann.

PRINZ HEINRICH.
Komm, Bruder! Mannhaft hast du eingeweiht
Dein junges Schwert.

PRINZ JOHANN. Doch still! Was gibt es hier?
Spracht Ihr nicht, dieser feiste Mann sei tot?

PRINZ HEINRICH.
Ich tat's; ich sah tot, atemlos und blutend
Ihn auf dem Boden –
Sag, lebst du, oder ist es Phantasie,
Die das Gesicht uns blendet? Bitte, sprich!
Wir traun nicht unserm Aug' ohn' unser Ohr:
Du bist nicht, was du scheinst.

FALSTAFF. Ja, das ist gewiß, denn ich bin kein doppelter Mensch, aber wenn ich nicht Hans Falstaff bin, so bin ich ein Hanswurst. Da habt Ihr den Percy: *Wirft den Leichnam nieder.* Will Euer Vater mir etwas Ehre erzeigen, gut; wo nicht, so laßt ihn den nächsten Percy selbst umbringen! Ich erwarte, Graf oder Herzog zu werden, das kann ich Euch versichern.

PRINZ HEINRICH. Ei, den Percy brachte ich selbst um und sah dich tot.

FALSTAFF. So, wirklich? – Ach, großer Gott, wie die Welt dem Lügen ergeben ist! – Ich gebe Euch zu, ich war am Boden und außer Atem; das war er auch; aber wir standen beide in einem Augenblicke auf und fochten eine gute Stunde nach der Glocke von Shrewsbury. Will man mir glauben, gut; wo nicht, so fällt die Sünde auf deren Haupt, die die Tapferkeit belohnen sollten. Ich sterbe darauf, daß ich ihm diese Schenkelwunde versetzt habe; lebte der Mann noch und wollte es leugnen, so sollte er ein Stück von meinem Degen aufessen.

PRINZ JOHANN.
Nie hört' ich solche seltsame Geschichte.

PRINZ HEINRICH.
Dies ist ein seltsamer Gesell, mein Bruder. –
Komm, trag' die Bürde stattlich auf dem Rücken:
Für mein Teil, schafft dir eine Lüge Gunst,
Vergold' ich sie mit meinen schönsten Worten.

Trompeten.

Man bläst zum Rückzug, unser ist der Tag.
Kommt, Bruder, gehn wir auf der Walstatt Höhe,
Zu sehn, wer lebt, wer tot ist von den Freunden!

Beide ab.

FALSTAFF. Ich will hinterdrein, nach Lohn gehn. Wer mich belohnt, dem lohne es Gott! Wenn ich zunehme, so will ich abnehmen, denn ich will purgieren, und den Sekt lassen, und säuberlich leben, wie sich's für einen Edelmann schickt.

Geht ab mit der Leiche.

Fünfte Szene

Trompeten, König Heinrich, Prinz Heinrich, Prinz Johann, Westmoreland und andre, mit Worcester und Vernon als Gefangnen.

KÖNIG HEINRICH.
So fand Rebellion stets ihre Strafe. –
Argmüt'ger Worcester! Sandten wir nicht Gnade,
Verzeihung, freundlichen Vergleich euch allen?
Und dies Erbieten durftest du verleugnen?
Mißbrauchen deines Neffen ganz Vertraun?
Drei Ritter, heute unsrerseits geblieben,
Ein edler Graf und manche Kreatur
Wär' noch zur Stund' am Leben,
Hättest du treulich als ein Christ bestellt
Wahrhafte Botschaft zwischen unsern Heeren.

WORCESTER.
Was ich getan, hieß Sicherheit mich tun!
Und ich empfange dieses Los geduldig,
Weil es so unvermeidlich auf mich fällt.

KÖNIG HEINRICH.
Führt Worcester hin zum Tod, und Vernon auch:
Mit andern Schuld'gen wollen wir's erwägen.
Worcester und Vernon werden mit Wache abgeführt.
Wie geht's im Felde?

PRINZ HEINRICH.
Der edle Schott', Lord Douglas, als er sah,
Daß sich des Tages Glück ganz abgewandt,

Der edle Percy tot und seine Leute
Auf flücht'gen Füßen, floh er mit dem Rest
Und fiel, am Abhang stürzend, sich so wund,
Daß man ihn eingeholt. In meinem Zelt
Ist nun der Douglas, und ich bitt Eu'r Gnaden,
Gebt ihn in meine Macht!

KÖNIG HEINRICH. Von Herzen gern!

PRINZ HEINRICH.
Dann, Prinz Johann von Lancaster, mein Bruder,
Sei Euch dies ehrenvolle Werk erteilt:
Geht zu dem Douglas, setzt in Freiheit ihn,
Wohin er gehn will, ohne Lösegeld:
Sein Mut, an unsern Helmen heut bewiesen,
Hat uns gelehret, wie man hohe Taten
Selbst in der Gegner Busen ehren muß.

KÖNIG HEINRICH.
Dann bleibt noch dies, daß unsre Macht wir teilen.
Ihr, Sohn Johann und Vetter Westmoreland,
Zieht eiligst hin nach York und trefft mir dort
Northumberland und den Prälaten Scroop,
Die, heißt es, eifrig in den Waffen sind!
Wir, mein Sohn Heinrich, wollen hin nach Wales,
Mit Glendower und dem Grafen March zu streiten.
Rebellion wird hier im Land gedämpft,
Wenn solch ein zweiter Tag sie niederkämpft;
Und weil so glücklich das Geschäft begonnen,
Laßt uns nicht ruhn, bis alles ist gewonnen!

Alle ab.

KÖNIG HEINRICH IV.
ZWEITER TEIL.

Personen

König Heinrich IV.
Prinz Heinrich von Wales
Thomas, Herzog von Clarence
Prinz Johann von Lancaster
Prinz Humphrey von Gloster, Söhne des Königs
Graf von Warwick
Graf von Westmoreland
Gower
Harcourt, von des Königs Partei
Der Oberrichter von der königlichen Bank
Ein Unterbeamter im Gefolge des Oberrichters
Graf von Northumberland,
Scroop, Erzbischof von York
Lord Mowbray
Lord Hastings
Lord Bardolph, Feinde des Königs
Sir John Colevile
Travers und Morton, Bediente Northumberlands
Falstaff
Bardolph
Pistol
Ein Page
Poins und Peto, Begleiter Prinz Heinrichs
Schaal und Stille, Friedensrichter auf dem Lande
David, Schaals Bedienter
Schimmelig, Schatte, Warze, Schwächlich und Bullenkalb, Rekruten
Klaue und Schlinge, Gerichtsdiener
Ein Pförtner
Lady Northumberland
Lady Percy
Frau Hurtig, Wirtin
Dortchen Lakenreißer
Lords und andres Gefolge, Offiziere, Soldaten, Bote, Küfer, Büttel, Kammerdiener usw.

Prolog

Warkworth. Vor Northumberlands Burg.
Gerücht, ganz mit Zungen bemalt, tritt ein.

GERÜCHT.
Die Ohren auf! Denn wer von euch verstopft
Des Hörens Tor, wenn laut Gerüchte spricht?
Ich, von dem Osten bis zum müden West
Rasch auf dem Winde reitend, mache kund,
Was auf dem Erdenball begonnen wird.
Beständ'ger Leumund schwebt auf meinen Zungen,
Den ich in jeder Sprache bringe vor,
Der Menschen Ohr mit falscher Zeitung stopfend.
Von Frieden red' ich, während unterm Lächeln
Der Ruh' versteckter Groll die Welt verwundet;
Und wer, als nur Gerücht, als ich allein,
Schafft drohn'de Musterung, wache Gegenwehr,
Indes das Jahr, geschwellt von anderm Leid,
Für schwanger gilt von dem Tyrannen Krieg,
Was doch nicht ist? Gerücht ist eine Pfeife,
Die Argwohn, Eifersucht, Vermutung bläst,
Und von so leichtem Griffe, daß sogar
Das Ungeheuer mit zahllosen Köpfen,
Die immer streit'ge, wandelbare Menge,
Drauf spielen kann. Allein wozu zergliedre
Ich meinen wohlbekannten Körper so
Vor meinem Hausstand? Was will hier Gerücht?
Vor König Heinrichs Siege lauf' ich her,
Der in dem blut'gen Feld bei Shrewsbury
Den jungen Heißsporn und sein Heer geschlagen,
Löschend die Flamme kühner Rebellion
In der Rebellen Blut. – Was fällt mir ein,
Sogleich so wahr zu reden? Auszusprengen
Ist mein Geschäft, daß Heinrich Monmouth fiel
Unter des edlen Heißsporn grimm'gem Schwert,
Und daß der König vor des Douglas Wut
Zum Tode sein gesalbtes Haupt gebeugt.
Dies hab' ich durch die Landstädt' ausgebreitet,
Vom königlichen Feld zu Shrewsbury
Bis hier zu dieser wurmbenagten Feste
Von rauhem Stein, wo Heißsporns alter Vater
Northumberland schwer krank danieder liegt.
Die Boten kommen nun ermüdet an,
Und keiner meldet, als was ich gelehrt.
Schlimmer als wahres Übel ist erklungen
Falsch süße Tröstung von Gerüchtes Zungen.
Ab.

Erster Aufzug

Erste Szene

Ebendaselbst.
Der Pförtner am Tor. Lord Bardolph tritt auf.

LORD BARDOLPH.
Wer wacht am Tor da? He! – Wo ist der Graf?
PFÖRTNER. Wer, sag' ich, daß Ihr seid?
LORD BARDOLPH. Sag du dem Grafen,
Es warte der Lord Bardolph hier auf ihn.
PFÖRTNER.
Der gnäd'ge Herr ist draußen in dem Garten:
Beliebt's Eu'r Edlen, klopft nur an dem Tor,
So gibt er selbst Euch Antwort.
LORD BARDOLPH. Da kommt der Graf.
Northumberland tritt auf.
NORTHUMBERLAND.
Was gibt's, Lord Bardolph? Jegliche Minute
Muß jetzt die Mutter einer Kriegstat sein.
Wild sind die Zeiten: Hader, wie ein Pferd
Voll mut'ger Nahrung, das sich losgerissen,
Rennt alles vor sich nieder.
LORD BARDOLPH. Edler Graf,
Von Shrewsbury bring' ich gewisse Zeitung.
NORTHUMBERLAND. So Gott will, gute.
LORD BARDOLPH. Gut nach Herzenswunsch.
Der König ist zum Tode fast verwundet,
Durch Eures Sohnes Glück ist auf der Stelle
Prinz Heinrich umgebracht, und beide Blunts
Von Douglas' Hand getötet; Prinz Johann
Und Westmoreland und Stafford sind geflüchtet,
Und Heinrich Monmouths feistes Schwein, Sir John,
Gefangner Eures Sohns; o solch ein Tag,
So schön erfochten, durchgesetzt, gewonnen,
Erschien nicht zur Verherrlichung der Zeiten
Seit Cäsars Glück!
NORTHUMBERLAND.
Doch woher schreibt sich dies?
Saht Ihr das Feld? Kamt Ihr von Shrewsbury?
LORD BARDOLPH.
Ich sprach mit einem, Herr, der dorther kam,
Mit einem Mann von Stand und gutem Namen,
Der diese Nachricht dreist als wahr mir gab.
NORTHUMBERLAND. Da kommt mein Diener
Travers, den ich Dienstags,
Um Neuigkeiten auszuhorchen, sandte.
LORD BARDOLPH.
Herr, unterwegs ritt ich an ihm vorbei;
Er ist mit mehr Gewißheit nicht versehn,
Als was er etwa mir kann nacherzählen.
Travers kommt.
NORTHUMBERLAND.
Nun, Travers, was für gute Nachricht bringst du?
TRAVERS.
Mylord, Sir John Umfrevile sandte mich
Mit froher Zeitung heim und kam mir, besser
Beritten, vor. Nach ihm kam hastig spornend
Ein Edelmann, von Eile fast erschöpft,
Der bei mir hielt, und ließ sein Pferd verschnaufen.
Er frug den Weg nach Chester, und von ihm
Erfuhr ich, was es gab zu Shrewsbury.
Er sagte, Rebellion hab' übles Glück,
Des jungen Heinrich Percy Sporn sei kalt;
Damit ließ er dem raschen Pferd die Zügel
Und stieß, vorlehnend, die bewehrten Fersen
In seiner armen Mähr' erhitzte Weichen
Bis an des Rädleins Knopf: so schoß er fort
Und schien den Weg im Laufe zu verschlingen,
Nicht weiter Frage stehend.
NORTHUMBERLAND. Ha! noch 'mal!
Sagt' er, des jungen Percy Sporn sei kalt?
Aus Heißsporn Kaltsporn? Und Rebellion
Hab' übles Glück?
LORD BARDOLPH. Mylord, hört mich nur an:
Wenn Euer Sohn nicht Herr des Tages ist,

So geb' ich meine Baronie, auf Ehre,
Für eine seidne Schnur; sprecht nicht davon!

NORTHUMBERLAND.
Weswegen hätte denn der Edelmann,
Der hinter Travers herkam, den Verlust
Mit solchen Punkten angegeben?

LORD BARDOLPH. Der?
Das war ein Vagabunde, der sein Pferd
Gestohlen hatte, und, bei meinem Leben!
Sprach aufs Geratewohl. Sieh da, mehr Zeitung!

Morton kommt.

NORTHUMBERLAND.
Ja, dieses Manns Stirn, wie ein Titelblatt,
Verkündigt eines trag'schen Buches Art.
So sieht der Strand aus, wo die stolze Flut
Ein Zeugnis angemaßter Herrschaft ließ. –
Sag, Morton, kommst du her von Shrewsbury?

MORTON.
Ich lief von Shrewsbury, mein edler Herr,
Wo grauser Tod die ärgste Larve nahm,
Die Unsrigen zu schrecken.

NORTHUMBERLAND.
Was macht mein Sohn und Bruder?
Du zitterst, und die Blässe deiner Wange
Sagt deine Botschaft besser als dein Mund.
Ganz solch ein Mann, so matt, so atemlos,
So trüb, so tot im Blick, so hin vor Weh,
Zog Priams Vorhang auf in tiefster Nacht
Und wollt' ihm sagen, halb sein Troja brenne;
Doch Priam fand das Feu'r, eh' er die Zunge:
Ich meines Percy Tod, eh' du ihn meldest.
Du wolltest sagen: »Eu'r Sohn tat das und das;
Eu'r Bruder das; so focht der edle Douglas«,
Mein gierig Ohr mit ihren Taten stopfend:
Allein am Ende, recht mein Ohr zu stopfen,
Wehst du dies Lob mit einem Seufzer weg
Und endest: »Bruder, Sohn und alle tot.«

MORTON.
Der Douglas lebt und Euer Bruder noch,
Doch Euer edler Sohn –

NORTHUMBERLAND. Ja, der ist tot!
Seht, welche fert'ge Zunge Argwohn hat!
Der, welcher fürchtet, was er wissen will,
Hat durch Instinkt aus andrer Augen Kenntnis,
Geschehn sei, was er fürchtet. Sprich nur, Morton:
Sag deinem Grafen, seine Ahnung lügt,
Ich will für einen süßen Schimpf es halten
Und reich dich machen, weil du so mich kränkst.

MORTON.
Ihr seid zu groß für meinen Widerspruch,
Eu'r Sinn ist wahrhaft, Eure Furcht gewiß.

NORTHUMBERLAND.
Trotz allem dem, sag nicht, daß Percy tot!
Ein wunderlich Bekenntnis nehm' ich wahr
In deinem Aug': du schüttelst deinen Kopf
Und achtest für Gefahr es oder Sünde,
Die Wahrheit reden. Sag's, wenn er erschlagen;
Die Zung' ist schuldlos, die ihn tot berichtet,
Und Sünde ist's, die Toten zu belügen,
Nicht, wenn man sagt, der Tote lebe nicht.
Allein der Bringer unwillkommner Zeitung
Hat ein nachteilig Amt, und seine Zunge
Klingt stets nachher wie eine dumpfe Glocke,
Die einst dem abgeschiednen Freund geläutet.

LORD BARDOLPH.
Ich kann's nicht denken, Euer Sohn sei tot.

MORTON.
Mich schmerzt, daß ich Euch nöt'gen soll zu glauben,
Was, wollte Gott, ich hätt' es nie gesehn.
Doch diese meine Augen sahen ihn,
In blut'gem Stande, matt und atemlos,
Ohnmächtige Vergeltung nur erwidernd
Dem Heinrich Monmouth, dessen rascher Grimm
Den nie verzagten Percy schlug zu Boden,
Von wo er nie lebendig sprang empor.
Und kurz, sein Tod (des Seele Feuer lieh
Dem trägsten Knechte selbst in seinem Lager),
Sobald er ruchtbar, raubte Feu'r und Hitze
Dem bestbewährten Mut in seinem Heer.
Denn sein Metall nur stählte die Partei:
Da es in ihm erweicht war, kehrten alle
In sich zurück wie stumpfes, schweres Blei,
Und wie ein Ding, das schwer ist an sich selbst,
Auf Nötigung mit schnellster Eile fliegt:
So liehen unsre Leute, schwer gedrückt
Von dem Verluste Heißsporns, dem Gewicht
Durch ihre Furcht solch eine Leichtigkeit,
Daß Pfeile nie zum Ziele schneller flogen,
Als unsre Krieger, zielend auf ihr Heil,
Vom Felde flohn; da ward der edle Worcester
Zu bald gefangen, und der wilde Schotte,
Der blut'ge Douglas, dessen eifernd Schwert
Dreimal den Anschein eines Königs schlug,
Fing an, entherzt zu werden, und beschönte
Die Schande derer, die den Rücken wandten;
Und da er in dem Fliehn aus Furcht gestrauchelt,
Ward er gefaßt. Die Summ' von allem ist:
Der König hat gewonnen, und er sendet
Ein schleunig Heer, Euch zu begegnen, Herr,
Unter des jungen Lancaster Befehl
Und Westmorelands; da habt Ihr den Bericht!

NORTHUMBERLAND.
Ich werde Zeit genug zum Trauern haben.
Im Gift ist Arzenei, und diese Zeitung,
Die, wär' ich wohl, mich hätte krank gemacht,
Macht, da ich krank bin, mich beinah' gesund.
Und wie der Arme, fieberschwach von Gliedern,
Die wie gelähmte Angeln von der Last
Des Lebens niederhängen, ungeduldig
Des Anfalls, wie ein Feuer aus den Armen
Der Wächter bricht: so sind auch meine Glieder,
Geschwächt vom Leid und wütend nun vor Leid,
Dreimal sie selbst; drum fort, du zarte Krücke!
Ein schupp'ger Handschuh muß mit Stahlgelenken
Mir decken diese Hand; fort, kranke Binde!
Du bist ein allzu üpp'ger Schutz dem Haupt,
Wonach, gereizt von Siegen, Fürsten zielen.
Bind't meine Stirn mit Eisen! Und nun nahe
Die rauhste Stund', die Zeit und Trotz kann bringen,
Dem wütenden Northumberland zu dräun!
Küss' Erde sich und Himmel, ihren Schranken
Entweiche wild die Flut! Die Ordnung sterbe!
Und diese Welt sei länger keine Bühne,
Die Hader nährt in zögernder Verwicklung;
Es herrsch' ein Geist des erstgebornen Kain
In allen Busen, daß, wenn jedes Herz

Auf Blut gestellt, die rohe Szene schließe
Und Finsternis die Toten senk' ins Grab!

TRAVERS. Die Heftigkeit tut Euch zu nah, Mylord.

LORD BARDOLPH.
Trennt Weisheit nicht von Ehre, bester Graf!

MORTON.
Das Leben Eurer liebenden Genossen
Hängt an dem Euern, das, ergebt Ihr Euch
Der stürm'schen Leidenschaft, notwendig leidet.
Ihr habt den Krieg berechnet, edler Herr,
Des Zufalls Summ' gezogen, eh' Ihr spracht:
»Laßt uns entgegen stehn!« Ihr habt vermutet,
Im Drang der Streiche könnt' Eu'r Sohn auch fallen.
Ihr wußtet, daß er auf Gefahren wandle,
Am Abgrund, wo es minder glaublich war,
Er komm' hinüber, als er fall' hinein.
Euch war bekannt, es sei sein Fleisch empfänglich
Für Wund' und Narben, und sein kühner Geist
Werd' ins Gewühle der Gefahr ihn reißen;
Doch sagtet Ihr: »Zieh' aus!«, und nichts hievon,
Auch noch so stark befürchtet, konnte hemmen
Den starren Schluß: was ist denn nun geschehn,
Was brachte dieses kühne Unternehmen,
Als, daß nun ist, was zu vermuten war?

LORD BARDOLPH.
Wir alle, die in den Verlust verstrickt,
Wir kannten diese See als so gefährlich,
Daß unsre Rettung Zehn wär' gegen Eins;
Doch wagten wir's um den gehofften Lohn,
Nicht achtend allen Anschein von Gefahr:
Und, umgestürzt nun, wagen wir's noch 'mal.
Kommt! Alles dran gesetzt: Leib, Gut und Blut!

MORTON.
Es ist die höchste Zeit; und, edler Herr,
Ich hör' als sicher, und ich rede wahr, –
Der wackre Erzbischof von York ist rege
Mit wohlverseh'ner Macht; er ist ein Mann,
Der seine Leute bind't mit doppelter Gewähr.
Es hatt' Eu'r edler Sohn die Körper bloß,
Schein und Gestalt von Männern nur, zum Kampf:
Denn dieses Wort, Rebellion, schied ganz
Die Handlung ihrer Leiber von den Seelen.
So fochten sie mit Ekel und gezwungen,
Wie man Arznei nimmt; nur die Waffen schienen
Auf unsrer Seite; die Gemüter hatte
Diese Wort, Rebellion, so eingefroren
Wie Fisch' in einem Teich. Doch nun verwandelt
Der Bischof Aufruhr in Religion,
Man achtet ihn aufricht'gen, heil'gen Sinns,
Drum folgen sie mit Leib ihm und Gemüt.
Er nährt den Aufstand mit des teuren Richard
Von Pomfrets Steinen abgekratztem Blut,
Sagt ihnen, er beschreit' ein blutend Land,
Das unter Bolingbroke nach Leben ächzt,
Und groß und klein drängt sich, ihm nachzufolgen.

NORTHUMBERLAND.
Ich wußte dies zuvor: doch, wahr zu reden,
Das jetz'ge Leid verwischt' es meinem Sinn.
Kommt mit herein, und jedermann berate
Den besten Weg zur Sicherheit und Rache.
Werbt Freunde, sendet schnelles Aufgebot:
Nie waren sie so selten, nie so not.

Ab.

Zweite Szene

London, eine Straße.
Falstaff tritt auf mit einem Pagen, der seinen Degen und Schild trägt.

FALSTAFF. He, du Riese! Was sagt der Doktor zu meinem Wasser?

PAGE. Er sagte, Herr, das Wasser an sich selbst wäre ein gutes, gesundes Wasser, aber die Person, der es zugehörte, möchte mehr Krankheiten haben, als sie wüßte.

FALSTAFF. Menschen von aller Art bilden sich was darauf ein, mich zu necken. Das Gehirn dieses närrisch zusammengekneten Tones, der Mensch heißt, ist nicht im Stande, mehr zu erfinden, das zum Lachen dient, als was ich erfinde, oder was über mich erfunden wird. Ich bin nicht bloß selbst witzig, sondern auch Ursache, daß andre Witz haben. Ich gehe hier vor dir her wie eine Sau, die ihren ganzen Wurf aufgefressen hat, bis auf eins. Wenn der Prinz dich aus irgend einer andern Ursache bei mir in Dienst gegeben hat, als um gegen mich abzustechen, so habe ich keinen Menschenverstand. Du verwünschtes Alräunchen, ich sollte dich eher auf meine Mütze stecken, als daß du meinen Fersen folgst. Noch niemals bis jetzt hat mir ein Achat aufgewartet: aber ich will Euch weder in Gold noch Silber fassen, sondern in schlechte Kleider, und Euch wiederzu Euerm Herrn zurücksenden, als ein Juwel, zu dem Juvenil, dem Prinzen, Eurem Herrn, dessen Kinn noch nicht flügge ist. Mir wird eher ein Bart in der flachen Hand wachsen, als er einen auf der Backe kriegt, und doch trägt er kein Bedenken, zu sagen, sein Gesicht sei ein Kronengesicht. Gott kann es fertig machen, wenn er will, noch ist kein Haar daran verdorben; er kann es beständig als ein Kronengesicht behalten, denn kein Barbier wird ein paar Batzen daran verdienen; und doch macht er sich mausig, als wenn er für einen Mann gegolten hätte, seit sein Vater ein Junggeselle war. Er mag seine Gnade für sich behalten, er ist beinah' aus der meinigen gefallen, das kann ich ihm versichern. – Was sagte Meister Dumbleton wegen des Atlasses zu meinem kurzen Mantel und Pluderhosen?

PAGE. Er sagte, Herr, Ihr solltet ihm beßre Bürgschaft stellen als Bardolph seine; er wollte seine Handschrift und die Eure nicht annehmen, die Sicherheit gefiele ihm nicht!

FALSTAFF. Daß er verdammt wäre wie der reiche Mann! Daß ihm die Zunge noch ärger am Gaumen klebte! – So 'n verwetterter Ahitophel! ein schuftischer Mit-Verlaub-Hans! Hat einen Edelmann unter Händen und besteht noch auf Sicherheit! – Die verwetterten Glattköpfe gehen jetzt nicht anders als mit hohen Schuhen und einem Bund Schlüssel am Gürtel, und wenn sich nun einer auf redliches Borgen mit ihnen einläßt, da bestehen sie noch gar auf Sicherheit. Ich ließe mir eben so gern Rattenpulver ins Maul stecken, als daß sie mir's wollen stopfen mit Sicherheit. Ich dachte, er sollte mir zweiundzwanzig Ellen Atlas schicken, so wahr ich ein Ritter bin, und er schickt mir Sicherheit. Gut, er mag in Sicherheit schlafen, er hat das Horn des Überflusses, und seiner Frauen Leichtfertigkeit leuchtet hindurch; und doch kann er nicht sehen, ob er schon seine eigne Laterne hat, ihm zu leuchten. – Wo ist Bardolph?

PAGE. Er ist nach Smithfield gegangen, um Euer Edlen ein Pferd zu kaufen.

FALSTAFF. Ich kaufte ihn in der Paulskirche, und er will mir ein Pferd zu Smithfield kaufen. Könnte ich nur ein Weib im Bordell kriegen, so wäre ich bedient, beritten und beweibt.

Der Oberrichter kommt mit einem Unterbeamten.

PAGE. Herr, da kommt der Lord, der den Prinzen verhaftete, weil er ihn Bardolphs wegen schlug.

FALSTAFF. Halt' dich still, ich will ihn nicht sehen.

OBERRICHTER. Wer ist das, der dort geht?

UNTERBEAMTER.
Falstaff, zu Euer Gnaden Befehl.

OBERRICHTER. Der wegen des Straßenraubs in Untersuchung war?

UNTERBEAMTER. Derselbe, gnädiger Herr, aber er hat seitdem zu Shrewsbury gute Dienste geleistet und geht nun, wie ich höre, mit einem Auftrage zum Prinzen Johann von Lancaster.

OBERRICHTER. Wie, nach York? Ruft ihn zurück!

UNTERBEAMTER. Sir John Falstaff!

FALSTAFF. Junge, sag ihm, daß ich taub bin!

PAGE. Ihr müßt lauter sprechen, mein Herr ist taub.

OBERRICHTER. Ja, das glaub' ich, wenn er irgend etwas Gutes hören soll. – Geht, zupft ihn am Ellbogen, ich muß mit ihm sprechen.

UNTERBEAMTER. Sir John, –

FALSTAFF. Was? Ein so junger Bursch und betteln? Gibt's keine Kriege? Gibt es keinen Dienst? Braucht der König keine Untertanen? Haben die Rebellen keine Soldaten nötig? Ob es wohl eine Schande ist, anderswo als auf der einen Seite zu sein, so ist es doch noch ärgere Schande, zu betteln, als auf der ärgsten Seite zu sein, wäre sie auch noch ärger, als der Name Rebellion es ausdrücken kann.

UNTERBEAMTER. Ihr irrt Euch in mir, Herr.

FALSTAFF. Ei, Herr, sagte ich, Ihr wärt ein ehrlicher Mann? Mein Rittertum und meine Soldatenschaft bei Seite gesetzt, hätte ich in meinen Hals hinein gelogen, wenn ich das gesagt hätte.

UNTERBEAMTER. Dann bitte ich Euch, Herr, setzt Euer Rittertum und Eure Soldatenschaft bei Seite, und gebt mir Verlaub, Euch zu sagen, daß Ihr es in Euern Hals hinein lügt, wenn Ihr sagt, ich sei was anders als ein ehrlicher Mann.

FALSTAFF. Ich dir Verlaub geben, mir das zu sagen? Ich bei Seite setzen, was mir anhängt? Wenn du von mir Verlaub bekommst, so häng' mich auf; wenn du dir Verlaub nimmst, so solltest du gehängt werden. Du Mäusefänger, fort! Heb' dich weg!

UNTERBEAMTER. Der Lord will mit Euch sprechen.

OBERRICHTER. Sir John Falstaff, auf ein Wort!

FALSTAFF. Mein bester Herr! – Gott erhalte Euer Gnaden in gutem Wohlsein! Es freut mich, Euer Gnaden außer Hause zu sehn, ich hörte, Euer Gnaden wären krank, ich hoffe, Euer Gnaden gehen nicht ohne Erlaubnis aus. Euer Gnaden sind zwar noch nicht ganz über die Jugend weg, aber Sie haben doch schon einen kleinen Beischmack vom Alter, eine Würzung vom Salze der Zeit, und ich ersuche Euer Gnaden untertänig, mit aller Sorgfalt über Dero Gesundheit zu wachen.

OBERRICHTER. Sir John, ich habe vor Eurem Abmarsch nach Shrewsbury nach Euch geschickt.

FALSTAFF. Mit Euer Gnaden Erlaubnis, ich höre, daß Seine Majestät mit einigem Ungemach von Wales zurückgekommen ist.

OBERRICHTER. Ich rede nicht von Seiner Majestät. – Ihr wolltet nicht kommen, da ich nach Euch schickte.

FALSTAFF. Und ich höre außerdem, daß Seine Hoheit von der alten verwünschten Apoplexie befallen ist.

OBERRICHTER. Nun, der Himmel lasse ihn genesen! Ich bitte, laßt mich mit Euch sprechen!

FALSTAFF. Diese Apoplexie ist meines Bedünkens eine Art von Lethargie, wenn Euer Gnaden erlauben; eine Art von Schlafen im Blut, ein verwettertes Kitzeln.

OBERRICHTER.
Wie gehört das hieher? Es sei, was es wolle, –

FALSTAFF. Es hat seinen Ursprung von vielem Kummer; von Studieren und Zerrüttungen des Gehirns. Ich habe die Ursache seiner Wirkungen beim Galenus gelesen: es ist eine Art von Taubheit.

OBERRICHTER. So scheint's, Ihr seid von dem Übel befallen, denn Ihr hört nicht, was ich Euch sage.

FALSTAFF. Oh, sehr gut, gnädiger Herr, sehr gut! Es ist vielmehr, wenn's Euch beliebt, das Übel des Nicht-Aufhorchens, die Krankheit des Nicht-Achtgebens, womit ich behaftet bin.

OBERRICHTER. Euch an den Füßen zu strafen, würde die Aufmerksamkeit Eurer Ohren verbessern, und es kommt mir nicht darauf an, einmal Euer Arzt zu sein.

FALSTAFF. Ich bin so arm wie Hiob, gnädiger Herr, aber nicht so geduldig. Euer Gnaden können mir den Trank der Verhaftung anbefehlen, in Betracht meiner Armut; ob ich aber geduldig sein würde, Eure Vorschriften zu befolgen, daran kann der Weise einen Gran von einem Skrupel, ja wohl gar einen ganzen Skrupel hegen.

OBERRICHTER. Ich schickte nach Euch, als Dinge wider Euch auf Leib und Leben vorgebracht wurden, um mit mir darüber zu sprechen.

FALSTAFF. Wie mir damals mein in den Gesetzen des Landdienstes erfahrner Sachwalter riet, kam ich nicht.

OBERRICHTER. Nun, die Wahrheit ist, Sir John, Ihr lebt in großer Schande.

FALSTAFF. Wer meinen Gürtel umschnallt, kann nicht in geringerer leben.

OBERRICHTER. Eure Mittel sind schmal, und Ihr lebt auf einem großen Fuß.

FALSTAFF. Umgekehrt, um die Mitte bin ich breit, die Füße sind zu schwach, sie zu tragen.

OBERRICHTER.
Ihr habt den jungen Prinzen mißleitet.

FALSTAFF. Der junge Prinz hat mich mißleitet; ich bin der Mann mit dem dicken Bauche, und er ist mein Hund.

OBERRICHTER. Nun, ich will nicht gern eine neu geheilte Wunde aufreißen; Eure Dienste am Tage bei Shrewsbury haben Eure Heldentaten bei Nacht zu Gadshill ein wenig übergüldet: Ihr habt den unruhigen Zeiten zu danken, daß Ihr über diese Klage so ruhig hinüber gekommen seid.

FALSTAFF. Gnädiger Herr?

OBERRICHTER. Doch, da nun alles gut ist, so erhaltet es dabei; weckt den schlafenden Wolf nicht auf!

FALSTAFF. Einen Wolf aufwecken ist eben so schlimm, als einen Fuchs riechen.

OBERRICHTER. Ei, Ihr seid wie ein Licht, das beste Teil herunter gebrannt.

FALSTAFF. Leider, gnädiger Herr, bestehe ich ganz aus Talg; ich kann mich auch mit einem Wachslicht vergleichen, weil ich immer noch in die Breite wachse.

OBERRICHTER. Jedes weiße Haar auf Euerm Gesicht sollte Zeugnis ablegen für Eure Würde.

FALSTAFF. Bürde, Bürde, Bürde!

OBERRICHTER. Ihr geht mit dem jungen Prinzen aus und ein, wie sein böser Engel.

FALSTAFF. Nicht doch, gnädiger Herr: so ein böser Engel ist allzu leicht, aber ich hoffe, wer mich ansieht, wird mich ohne Goldwaage für voll annehmen; und doch, das muß ich gestehn, auf gewisse Weise bin ich auch nicht in Umlauf zu bringen. Ich weiß nicht, aber die Tugend wird in diesen Apfelkrämer-Zeiten so wenig geachtet, daß echte Tapferkeit zum Bärenführer geworden ist; Scharfsinn ist zum Bierschenken gemacht und verschwendet seinen behenden Witz in Rechnungen; alle andern Gaben, die zum Menschen gehören, sind keine Johannisbeere wert, wie die Tücke des Zeitalters sie ummodelt. Ihr, die ihr alt seid, bedenkt nicht, was uns, die wir jung sind, möglich ist; und wir, die wir noch im Vortrab der Jugend stehen, sind freilich auch durchtriebene Schelme.

OBERRICHTER. Setzt Ihr Euern Namen auf die Liste der Jugend, da Ihr mit allen Merkzeichen des Alters eingeschrieben seid? Habt Ihr nicht ein feuchtes Auge, eine trockne Hand, eine gelbe Wange, einen weißen Bart, ein abnehmendes Bein, einen zunehmenden Bauch? Ist nicht Eure Stimme schwach? Euer Atem kurz? Euer Kinn doppelt? Euer Witz einfach? Und alles um und an Euch vom Alter verderbt? Und doch wollt Ihr Euch noch jung nennen? Pfui, pfui, pfui, Sir John!

FALSTAFF. Gnädiger Herr, ich wurde um drei Uhr nachmittags geboren, mit einem weißen Kopf und einem gleichsam runden Bauch. Was meine Stimme betrifft, die habe ich mit lautem Chorsingen verdorben. Meine Jugend ferner dartun, das will ich nicht; die Wahrheit ist daß ich bloß alt an Urteil und Verstande bin, und wer mit mir für tausend Mark um die Wette Kapriolen schneiden will, der mag mir das Geld leihen und sich vorsehen. Was die Ohrfeige betrifft, die Euch der Prinz gab, so gab er sie wie ein roher Prinz, und Ihr nahmt sie wie ein feinsinniger Lord. Ich habe es ihm verwiesen, und der junge Löwe tut Buße, freilich nicht im Sack und in der Asche, sondern in altem Sekt und neuer Seide.

OBERRICHTER. Nun, der Himmel sende dem Prinzen einen bessern Gesellschafter!

FALSTAFF. Der Himmel sende dem Gesellschafter einen bessern Prinzen! Ich kann ihn nicht los werden.

OBERRICHTER. Nun, der König hat Euch und Prinz Heinrich getrennt; ich höre, Ihr zieht mit Prinz Johann von Lancaster gegen den Erzbischof und den Grafen Northumberland.

FALSTAFF. Ja, das habe ich Eurem allerliebsten feinen Witze zu danken. Aber betet nur ja, ihr alle, die ihr Madame Ruhe zu Hause küßt, daß unsre Armeen sich nicht an einem heißen Tage treffen; denn bei Gott, ich nehme nur zwei Hemden mit, und ich denke nicht außerordentlich zu schwitzen; wenn es ein heißer Tag ist, und ich schwinge etwas anderes als meine Flasche, so will ich niemals wieder weiß ausspucken. Es kann keine gefährliche Affaire aufducken, so werde ich gleich daran gesetzt. Nun, ich kann nicht immer vorhalten, aber es ist beständig der Tick unsrer englischen Nation gewesen, wenn sie was Gutes haben, es zu gemein zu machen. Wenn Ihr denn durchaus behauptet, ich sei ein alter Mann, so solltet Ihr mir Ruhe gönnen. Wollte Gott, mein Name wäre dem Feind nicht so schrecklich, als er ist. Es wäre besser, daß mich der Rost verzehrte, als daß ich durch beständige Bewegung zu Tode gescheuert werde.

OBERRICHTER. Nun, seid redlich! Seid redlich! Und Gott segne Eure Unternehmung!

FALSTAFF. Wollen Euer Gnaden mir zu meiner Ausrüstung tausend Pfund leihen?

OBERRICHTER. Nicht einen Pfennig, nicht einen Pfennig; Ihr seid nicht geduldig genug, um Kreuzer zu tragen. Lebt wohl und empfehlt mich meinem Vetter Westmoreland!

Oberrichter und Unterbeamter ab.

FALSTAFF. Wenn ich das tue, so gebt mir mit einer Ramme Nasenstüber. – Ein Mensch kann eben so wenig Alter und Filzigkeit, als junge Gliedmaßen und Lüderlichkeit trennen; aber das Podagra plagt jenes, und die Franzosen zwicken diese, und so kommen beide Lebensstufen meinen Flüchen zuvor. – Bursch!

PAGE. Herr?

FALSTAFF. Wie viel Geld ist in meinem Beutel?

PAGE. Sieben Batzen und zwei Pfennige.

FALSTAFF. Ich weiß kein Mittel gegen diese Auszehrung des Geldbeutels; Borgen zieht es bloß in die Länge, aber die Krankheit ist unheilbar. – Geh, bring' diesen Brief an Mylord von Lancaster, diesen dem Prinzen, diesen dem

Grafen von Westmoreland, und diesen der alten Frau Ursula, der ich wöchentlich geschworen habe, sie zu heiraten, seit ich das erste weiße Haar an meinem Kinn merkte. Frisch zu! Ihr wißt, wo Ihr mich findet.

Der Page ab.

Daß die Franzosen in dies Podagra führen! Oder das Podagra in diese Franzosen! Denn eins von beiden macht sich mit meinem großen Zehen lustig. Es macht nichts aus, ob ich hinke; ich habe den Krieg zum Vorwande, und meine Pension wird um so billiger scheinen. Ein guter Kopf weiß alles zu benutzen: ich will Krankheiten zum Vorteil kehren. *Ab.*

Dritte Szene

York. Ein Zimmer im Palast des Erzbischofs. Der Erzbischof von York, die Lords Hastings, Mowbray und Bardolph treten auf.

ERZBISCHOF.
Ihr kennt nun unsre Sach' und unsre Mittel,
Und, edle Freund', ich bitt' euch allesamt,
Sagt frei von unsern Hoffnungen die Meinung:
Zuerst, Lord Marschall, was sagt Ihr dazu?
MOWBRAY. Den Anlaß unsrer Fehde geb' ich zu,
Allein ich wäre besser gern befriedigt,
Wir wir's, bei unsern Mitteln, machen sollen,
Mit einer Stirne, keck und stark genug,
Der Macht des Königs ins Gesicht zu sehn.
HASTINGS.
Die jetz'gen Musterrollen steigen schon
Auf auserlesne zwanzigtausend Mann;
Und reichlich lebt die Hoffnung auf Verstärkung
Im mächtigen Northumberland, des Busen
Vom ungestümen Feu'r der Kränkung brennt.
LORD BARDOLPH.
Demnach, Lord Hastings, steht die Frage so:
Ob mit den jetz'gen fünfundzwanzigtausend
Wir ohne ihn die Spitze bieten können?
HASTINGS. Mit ihm gewiß.
LORD BARDOLPH. Nun ja, da liegt es eben.
Doch finden wir uns ohne ihn zu schwach,
So denk' ich, sollten wir zu weit nicht gehn,
Bis wir zur Hand erst seinen Beistand haben.
Denn bei Entwürfen von so blut'gem Antlitz,
Da darf Erwartung, Anschein, Mutmaßung
Unsichrer Hülfe nicht in Anschlag kommen
ERZBISCHOF.
Sehr wahr, Lord Bardolph! Denn gewiß, dies war
Des jungen Heißsporn Fall zu Shrewsbury.
LORD BARDOLPH.
Ja, gnäd'ger Herr; er speiste sich mit Hoffnung,
Verschlang die Luft auf zugesagten Beistand,
Sich schmeichelnd mit der Aussicht einer Macht,
Die kleiner ausfiel als sein kleinster Traum.
So führt' er, voll von großen Einbildungen,
Dem Wahnwitz eigen, seine Macht zum Tod
Und stürzte blindlings sich in das Verderben.
HASTINGS.
Allein verzeiht, es hat noch nie geschadet,
Wahrscheinlichkeit und Hoffnung zu erwägen.
LORD BARDOLPH.
Ja, wenn die jetz'ge Eigenschaft des Kriegs
Sogleich zu handeln trieb'; ein Werk im Gang
Lebt so auf Hoffnung, wie im frühen Lenz
Wir Knospen sehn erscheinen, denen Hoffnung
So viel Gewähr nicht gibt, einst Frucht zu werden,
Als gänzliche Verzagung, daß sie Fröste
Ertöten werden. Wenn wir bauen wollen,
Beschaun wir erst den Platz, ziehn einen Riß;
Und sehn wir die Gestalt des Hauses nun,
Dann müssen wir des Baues Aufwand schätzen.
Ergibt sich's, daß er über unsre Kräfte,
Was tun wir, als den Riß von neuem ziehn,
Mit wenigern Gemächern, oder ganz
Abstehn vom Bau? Vielmehr noch sollten wir
Bei diesem großen Werk, das fast ein Reich
Danieder reißen heißt und eins errichten,
Des Platzes Lage und den Riß beschaun,
Zu einer sichern Gründung einig werden,
Baumeister fragen, unsre Mittel kennen,
Wie fähig, sich dem Werk zu unterziehn,
Den Gegner aufzuwiegen; sonst verstärken
Wir uns auf dem Papier und in Figuren
Und setzen statt der Menschen Namen bloß;
Wie, wer den Riß von einem Hause macht,
Das über sein Vermögen; der, halb fertig,
Es aufgibt und sein halberschaffnes Gut
Als nackten Knecht den trüben Wolken läßt
Und Raub für schnöden Winters Tyrannei.
HASTINGS.
Gesetzt, die Hoffnung, die so viel verspricht,
Käm' tot zur Welt, und wir besäßen schon
Den letzten Mann, der zu erwarten ist:
Doch denk' ich, unser Heer ist stark genug,
Es, wie wir sind, dem König gleich zu tun.
LORD BARDOLPH.
Wie? Hat er denn nur fünfundzwanzigtausend?
HASTINGS. Für uns nicht mehr, nein, nicht so viel, Lord Bardolph.
Denn seine Teilung, wie die Zeiten toben,
Ist dreifach: Ein Heer wider die Franzosen,
Eins wider den Glendower, und ein drittes
Muß uns bestehn: so ist der schwache König
In drei zerteilt, und seine Koffer klingen
Vor Leerheit und vor hohler Dürftigkeit.
ERZBISCHOF.
Daß er zusammen seine Truppen zöge
Und rückte gegen uns mit ganzer Macht,
Braucht man nicht zu befürchten.
HASTINGS. Tut er das,
So läßt er seinen Rücken unbewehrt.
Die Wäl'schen und Franzosen bellen dann
Ihm an den Fersen; das besorgt nur nicht!
LORD BARDOLPH.
Wer, glaubt Ihr, wird sein Heer hieher wohl führen?
HASTINGS.
Der Prinz von Lancaster und Westmoreland;
Er selbst und Heinrich Monmouth wider Wales;
Wer wider die Franzosen ihn vertritt,
Bin ich nicht unterrichtet.
ERZBISCHOF. Laßt uns fort!
Und tun wir unsrer Fehde Anlaß kund!
Es krankt der Staat an seiner eignen Wahl,

Die gier'ge Liebe hat sich überfüllt.
Ein schwindlicht und unzuverlässig Haus
Hat der, so auf das Herz des Volkes baut.
O blöde Menge! Mit wie lautem Jubel
Drang nicht dein Segnen Bolingbrokes zum Himmel,
Eh' du, wozu du wolltest, ihn gemacht!
Und da er nun nach deiner Lust bereitet,
Bist du so satt ihn, viehischer Verschlinger,
Daß du ihn auszuspein dich selber reizest.
So, du gemeiner Hund, entludest du
Die Schlemmer-Brust vom königlichen Richard;
Nun möchtest du dein Weggebrochnes fressen
Und heulst darnach. Worauf ist jetzt Verlaß?
Die Richards Tod begehrten, als er lebte,
Sind nun verliebt geworden in sein Grab:
Du, die ihm Staub warfst auf sein nacktes Haupt,
Als durch das stolze London seufzend er
An Bolingbrokes gefei'rten Fersen kam,
Rufst nun: »O Erde, gib uns jenen König
Zurück, nimm diesen hier!« Verkehrtes Trachten,
Vergangnes, Künft'ges hoch, nie Jetz'ges achten!

MOWBRAY. So mustern wir das Volk und rücken an?

HASTINGS. Die Zeit befiehlt's, ihr sind wir untertan.

Alle ab.

Zweiter Aufzug

Erste Szene

London. Eine Straße.
Die Wirtin mit Klaue, Schlinge hinter ihnen.

WIRTIN. Meister Klaue, habt Ihr die Klage eingeschrieben?

KLAUE. Sie ist eingeschrieben.

WIRTIN. Wo ist Euer Diener? Ist es ein tüchtiger Diener? Steht er seinen Mann?

KLAUE. Heda, wo ist Schlinge?

WIRTIN. O Jemine! Der gute Meister Schlinge!

SCHLINGE. Hier, hier!

KLAUE.
Schlinge, wir müssen Sir John Falstaff verhaften.

WIRTIN. Ja, lieber Meister Schlinge, ich habe ihn verklagt, und alles mit einander.

SCHLINGE. Das könnte leicht ein paaren von uns das Leben kosten, er wird nach uns stechen.

WIRTIN. Ach du meine Zeit! Seht Euch ja vor! Er hat nach mir in meinem eignen Hause gestochen, und das wahrhaftig recht viehischer Weise. Er fragt gar nicht darnach, was er für Unheil anrichtet, wenn er einmal blank gezogen hat: er stößt wie der Teufel und schont weder Mann, Weib noch Kind.

KLAUE. Kann ich handgemein mit ihm werden, so frage ich nichts nach seinen Stößen.

WIRTIN. Ich auch nicht! Ich will Euch zur Hand sein.

KLAUE. Wenn ich ihn nur einmal packen kann, wenn er mir nur vor die Faust kommt, –

WIRTIN. Ich bin ruiniert, wenn er weggeht; ich versichre Euch, er steht innorm hoch in meinem Buch. Lieber Meister Klaue, packt ihn fest! Lieber Meister Schlinge, laßt ihn nicht entwischen! Er kommt kontinuierlich an die Pasteten-Ecke, mit Euer Mannhaften Verlaub, um einen Sattel zu kaufen; und er ist im Leoparden-Kopf in der Lombard- Straße bei Meister Glatt, dem Seidenhändler, (zum Essen) irritiert. Ich bitte Euch, da mein Prozeß eingeleitet und meine Geschichte so offenbar vor aller Welt bekannt ist, so bringt ihn zur Verantwortung! Hundert Mark borgen, wenn man sich selbst kaum zu bergen weiß, das ist viel für eine arme, verlassene Frau; ich habe ausgehalten, und ausgehalten, und ausgehalten, und bin gefoppt, und gefoppt, und gefoppt, von einem Tage zum andern Tage, daß es eine Schande ist, wenn man daran denkt. Das ist kein ehrlicher Handel, wenn eine Frau nicht gar ein Esel sein soll und ein Vieh, jeden Schelmes sein Unrecht zu tragen. –

Falstaff, der Page und Bardolph kommen.

Da kommt er, und mit ihm der Erzschelm mit der Burgunder-Nase, Bardolph. Tut eure Dienste, tut eure Dienste, Meister Klaue und Meister Schlinge: ihr müßt mich, (und ihr müßt,) und ihr müßt mich bedienen!

FALSTAFF. Nun, wessen Gaul ist tot? Was gibt's?

KLAUE. Sir John, ich verhafte Euch auf die Klage der Frau Hurtig.

FALSTAFF. Fort, ihr Schlingel! – Zieh', Bardolph! Hau' mir des Schurken seinen Kopf herunter, wirf das Mensch in die Gosse!

WIRTIN. Mich in die Gosse werfen? Wart', ich will dich in die Gosse werfen! Das willst du? Das willst du, unehrlicher Schelm? – Mord! Mord! O du bandhüterischer Spitzbube! Willst du Gottes und des Königs seine Beamten umbringen? O du Schelm von Bandhüter! Du bist ein Bandhüter, ein Totschläger und ein Frauenschläger!

FALSTAFF. Halt' sie ab, Bardolph!

KLAUE. Hülfe! Hülfe!

WIRTIN. Lieben Leute, schafft doch eine Hülfe her, oder ein Paar! – Sieh! Sieh doch! Das willst du? Ich will dich! Nur zu, du Schelm! Nur zu, du Bandhüter!

PAGE. Fort, du Wischhader! Du Bagage! Du Schlampalie! Ich will dir das Oberstübchen fegen!

Der Oberrichter kommt mit Gefolge.

OBERRICHTER. Was gibt's? Haltet Frieden hier! He!

WIRTIN. Bester Herr, sorgt für mein Bestes! Ich flehe Euch an, steht mir bei!

OBERRICHTER.
Ei, ei, Sir John? Was? So hier im Gezänk?
Ziemt Eurer Stelle, Zeit, Geschäften das?
Ihr solltet auf dem Weg nach York schon sein. –
Weg da, Gesell! Was hängst du so an ihm?

WIRTIN. O mein hochwürdigster Lord, mit Euer Gnaden Erlaubnis, ich bin eine arme Witwe aus Eastcheap, und er wird auf meine Klage verhaftet.

OBERRICHTER. Für was für eine Summe?

WIRTIN. Nichts von Summen, es ist alles zusammen, alles, was ich habe. Er hat mich mit Haus und Hof aufgefressen und mein ganzes Vermögen in seinen fetten Bauch da gesteckt, – aber ich will was davon wieder heraus haben, oder ich will dich des Nachts drücken wie der Alp.

FALSTAFF. Ich denke, ich könnte eben so gut den Alp drücken, wenn des Orts Gelegenheit es gibt, daß ich aufkommen kann.

OBERRICHTER. Wie kommt das, Sir John? Pfui, welcher rechtliche Mann möchte einen solchen Sturm von Ausrufungen über sich ergehen lassen? Schämt Ihr Euch nicht, daß Ihr eine arme Witwe zu so harten Mitteln zwingt, an das Ihrige zu kommen?

FALSTAFF. Was ist denn die große Summe, die ich dir schuldig bin?

WIRTIN. Mein' Seel', wenn du ein ehrlicher Kerl wärst, dich selbst und das Geld dazu. Du schwurst mir auf einen vergoldeten Becher, in meiner Delphinkammer, an dem runden Tisch, bei einem Steinkohlenfeuer, am Mittwoch in der Pfingstwoche, als dir der Prinz ein Loch in den Kopf schlug, weil du seinen Vater mit einem Kantor von Windsor verglichst: da schwurst du mir, wie ich dir die Wunde auswusch, du wolltest mich heiraten und mich zu deiner Frau Gemahlin machen. Kannst du es leugnen? Kam nicht eben Mutter Unschlitt, des Schlächters Frau, herein und nannte mich Gevatterin Hurtig? Und kam sie nicht, um einen Napf Essig zu borgen, und sagte uns, sie hätte eine gute Schüssel Krabben? Worauf du Appetit kriegtest, welche zu essen, worauf ich dir sagte, sie wären nicht gut bei einer frischen Wunde? Und befahlst du mir nicht an, wie sie die Treppe hinunter war, ich sollte mit so geringen Leuten nicht mehr so familiär tun? Und sagtest, in kurzem sollten sie mich Madam nennen? Und küßtest du mich nicht und hießest mich, die dreißig Schillinge holen? Ich schiebe dir nun den Eid in dein Gewissen: leug'n es, wenn du kannst!

FALSTAFF. Gnädiger Herr, sie ist eine arme, unkluge Seele, und sie sagt aller Orten in der Stadt, ihr ältester Sohn sehe Euch ähnlich; sie ist im Wohlstande gewesen, und die Wahrheit ist, Armut hat sie verrückt gemacht. Was diese albernen Gerichtsdiener betrifft, so bitte ich Euch, verschafft mir Genugtuung gegen sie!

OBERRICHTER. Sir John, Sir John! Ich bin wohl bekannt mit Eurer Weise, eine gerechte Sache zu verdrehen. Keine zuversichtliche Miene noch ein Haufen Worte, die Ihr mit mehr als unverschämter Frechheit herausstoßt, können mich von einer billigen Erwägung wegtreiben. Ihr habt, wie es mir klar ist, dem nachgiebigen Gemüt dieser Frau zugesetzt und sie dahin gebracht, Euch sowohl mit ihrem Beutel als mit ihrer Person zu dienen.

WIRTIN. Ja fürwahr, Mylord! –

OBERRICHTER. (Still doch! –) Zahlt ihr die Schuld aus, die sie an Euch zu fodern hat, und nehmt die Schande zurück, die Ihr mit ihr verübt habt: das eine könnt Ihr mit barem Gelde, das andre mit echter Reue.

FALSTAFF. Gnädiger Herr, ich will diesen Ausputzer nicht ohne Antwort hinnehmen. Ihr nennt edle Kühnheit unverschämte Frechheit; wenn jemand Bücklinge macht und gar nichts sagt, denn ist er tugendhaft. Nein, gnädiger Herr, bei allem untertänigen Respekt vor Euch, will ich Euch nicht den Hof machen. Ich sage Euch, ich verlange Befreiung von diesen Gerichtsdienern, da ich in eiligen Geschäften für den König bin.

OBERRICHTER. Ihr redet wie einer, der Macht hat, Übles zu tun: aber entsprecht Eurem Rufe durch die Tat und befriedigt die arme Frau!

FALSTAFF. Komm her, Wirtin! *Er zieht sie beiseit.*

Gower kommt.

OBERRICHTER. Nun, Herr Gower, was gibt's?

GOWER. Mylord, der König und der Prinz von Wales
Sind nah zur Hand: das Weitre sagt dies Blatt.

FALSTAFF. So wahr ich ein Edelmann bin, –

WIRTIN. Ja, das habt Ihr sonst auch schon gesagt.

FALSTAFF. So wahr ich ein Edelmann bin, – kommt, kein Wort weiter!

WIRTIN. Bei diesem himmlischen Boden, worauf ich trete, ich muß gern mein Silbergeschirr und die Tapeten in meinen Eßzimmern versetzen.

FALSTAFF. Du hast ja Gläser; es geht nichts über Gläser zum Trinken! Und was deine Wände betrifft, da ist irgend eine artige kleine Schnurre, die Geschichte vom verlornen Sohn oder eine deutsche Jagd in Wasserfarben, mehr wert als tausend solche Bettvorhänge und mottenzerfressene Tapeten. Sieh zu, daß es zehn Pfund ausmacht, wenn du kannst. Komm, komm, wenn nicht deine Launen wären, so gäbe es kein besseres Weib in England. (Geh,) wasch' dein Gesicht und nimm deine Klage zurück! Komm, du mußt keine solche Launen gegen mich annehmen! Kennst du mich denn nicht? Komm, komm, ich weiß, daß du hiezu aufgehetzt bist.

WIRTIN. Bitte, Sir John, können es nicht zwanzig Nobel tun? Wahrhaftig, ich tue es nicht gerne, daß ich mein Silberzeug versetze, in allem Ernst.

FALSTAFF. Laßt es bleiben, ich will es schon sonst kriegen. Ihr werdet doch immer eine Närrin bleiben.

WIRTIN. Gut, Ihr sollt es haben, müßt' ich auch meinen Rock versetzen. Ich hoffe, Ihr kommt zum Abendessen. Wollt Ihr mir alles zusammen bezahlen?

FALSTAFF. Will ich das Leben behalten? – *Zu Bardolph.* Geh mit ihr, geh mit ihr! Häng' dich an! Häng' dich an!

WIRTIN. Soll ich Euch Dortchen Lakenreißer zum Abendessen bitten?

FALSTAFF. Keine Worte weiter! Laß sie kommen!

Wirtin, Bardolph und Gerichtsdiener ab.

OBERRICHTER. Ich habe beßre Neuigkeit gehört.

FALSTAFF. Wie lauten die Neuigkeiten, bester gnädiger Herr?

OBERRICHTER. Wo lag der König letzte Nacht?

GOWER. Zu Basingstoke.

OBERRICHTER. Kommt seine ganze Macht zurück?

GOWER.
Nein, funfzehnhundert Mann, fünfhundert Pferde
Sind ausgerückt zum Prinz von Lancaster,
Northumberland entgegen und dem Erzbischof.

FALSTAFF. Kommt der König von Wales zurück, mein edler Herr?

OBERRICHTER.
Ich will Euch unverzüglich Briefe geben.
Kommt, seid so gut und geht mit mir, Herr Gower!

FALSTAFF. Gnädiger Herr!

OBERRICHTER. Was gibt's?

FALSTAFF. Herr Gower, darf ich Euch auf den

Mittag zum Essen bitten?

GOWER. Ich muß meinem gnädigen Herrn hier aufwarten, ich dank' Euch, lieber Sir John.

OBERRICHTER. Sir John, Ihr zaudert hier zu lange, da Ihr in den Grafschaften, wie Ihr durchkommt, Soldaten ausheben sollt.

FALSTAFF. Wollt Ihr mit mir zum Abend essen, Herr Gower?

OBERRICHTER. Welcher alberne Lehrmeister hat Euch diese Sitten gelehrt?

FALSTAFF. Herr Gower, wenn sie mir nicht gut stehen, so war der ein Narr, der sie mir gelehrt hat. Dies ist der wahre Fechter-Anstand, gnädiger Herr: Tick für Tack, und somit friedlich auseinander!

OBERRICHTER. Nun, der Herr erleuchte dich! Du bist ein großer Narr.

Alle ab.

Zweite Szene

Eine andre Straße in London.
Prinz Heinrich und Poins treten auf.

PRINZ HEINRICH.
Glaube mir, ich bin ungemein müde.

POINS. Ist es dahin gekommen? Ich hätte nicht gedacht, daß Müdigkeit sich an einen von so hohem Blut machen dürfte.

PRINZ HEINRICH. Mein' Treu', sie macht sich an mich, ob meine Hoheit gleich erröten muß, es anzuerkennen. Nimmt es sich nicht gemein an mir aus, Verlangen nach Dünnbier zu haben?

POINS. Ein Prinz sollte nicht so obenhin studiert haben, daß ihm eine so matte Komposition nur in den Sinn käme.

PRINZ HEINRICH. Vielleicht war dann mein Appetit nicht prinzlich erzeugt, denn fürwahr, jetzt kommt mir nur die arme Kreatur Dünnbier in den Sinn. Aber gewiß, diese demütigen Rücksichten machen mir meine Größe ganz zuwider. Welche Schmach ist es mir, mich deines Namens zu erinnern? Oder dein Gesicht morgen zu kennen? Oder mir zu merken, wie viel Paar seidne Strümpfe du hast, nämlich diese da und die weiland pfirsichblütfarbenen? Oder das Register deiner Hemden zu führen, als: eins zum Überfluß und eins zum Gebrauch? – Aber das weiß der Wirt im Ballhause besser als ich, denn es ist niedrige Ebbe in deiner Wäsche, wenn du dort nicht das Rakett führst. Du hast es nun eine lange Zeit her nicht getan, weil der Rest deiner Niederlande deine holländischen Besitzungen zu verschlingen gesucht hat; und Gott weiß, ob die, welche aus den Trümmern deiner Leinwand herausquäken, sein Reich erben werden. Aber die Hebammen sagen, die Kinder können nicht dafür; die Welt wird dadurch bevölkert, und die Verwandtschaften gewaltig verstärkt.

POINS. Wie schlecht paßt sich's, daß Ihr so müßige Reden führt, nachdem Ihr so schwer gearbeitet habt! Sagt mir, wie viel junge Prinzen würden das wohl tun, deren Väter so krank wären, als Eurer gegenwärtig ist?

PRINZ HEINRICH. Soll ich dir etwas sagen, Poins?

POINS. Ja, und daß es nur etwas Vortreffliches ist.

PRINZ HEINRICH. Es reicht hin für witzige Köpfe, die nicht vornehmer sind als du.

POINS. Nur zu, ich bin schon auf das Etwas gerüstet, das Ihr sagen wollt.

PRINZ HEINRICH. Gut, ich sage dir also, es schickt sich nicht für mich, traurig zu sein, da mein Vater krank ist; wiewohl ich dir sagen kann: – als einem, den es mir in Ermangelung eines Besseren beliebt Freund zu nennen, – ich könnte traurig sein, und recht im Ernst traurig.

POINS. Schwerlich bei einer solchen Veranlassung.

PRINZ HEINRICH. Bei dieser Rechten, du denkst, ich stünde eben so stark in des Teufels Buch als du und Falstaff, wegen Halsstarrigkeit und Verstocktheit. Das Ende wird's ausweisen. Ich sage dir aber, mein Herz blutet innerlich, daß mein Vater so krank ist; und daß ich so schlechten Umgang halte, wie du bist, hat mich mit gutem Grunde aller äußern Bezeugung des Kummers verlustig gemacht.

POINS. Aus welchem Grunde?

PRINZ HEINRICH. Was würdest du von mir denken, wenn ich weinte?

POINS. Ich würde denken, du seiest der fürstlichste Heuchler.

PRINZ HEINRICH. Das würde jedermanns Gedanke sein, und du bist ein gesegneter Bursch, daß du denkst, wie jedermann denkt: keines Menschen Gedanken auf der Welt halten sich mehr auf der Heerstraße als deine. Wirklich würde jedermann denken, ich sei ein Heuchler. Und was bewegt Eure hochgeehrtesten Gedanken, so zu denken?

POINS. Nun, weil Ihr so lüderlich und so sehr mit Falstaff verstrickt gewesen seid.

PRINZ HEINRICH. Und mit dir.

POINS. Beim Sonnenlicht, von mir spricht man gut, ich kann es mit meinen eignen Ohren hören. Das Schlimmste, was sie von mir sagen können, ist, daß ich ein jüngerer Bruder bin und ein tüchtiger Geselle auf meine eigne Hand, und ich gestehe, diese beiden Dinge kann ich nicht ändern. Ei der Tausend, da kommt Bardolph!

PRINZ HEINRICH. Und der Junge, den ich dem Falstaff gab. Er hat ihn von mir als einen Christen bekommen, und sieh nur, ob der fette Schlingel nicht einen Affen aus ihm gemacht

Bardolph und der Page kommen.

BARDOLPH. Gott erhalte Euer Gnaden!

PRINZ HEINRICH. Und Eure auch, mein sehr edler Bardolph!

BARDOLPH *zum Pagen.* Komm, du tugendhafter Esel, du verschämter Narr! Mußt du rot werden? Warum wirst du rot? Welch ein jungfräulicher Soldat bist du geworden! Ist es so eine große Sache, die Jungferschaft eines Vier-Nößel-Krugs zu erobern?

PAGE. Jetzt eben, gnädiger Herr, rief er mich durch ein rotes Gitterfenster, und ich konnte gar nichts von seinem Gesicht vom Fenster unterscheiden; zuletzt wurde ich seine Augen gewahr, und ich dachte, er hätte zwei Löcher in der Bierschenkin ihren neuen Rock gemacht und guckte da durch.

PRINZ HEINRICH. Hat der Junge nicht zugelernt?

BARDOLPH. Fort, du Blitzkaninchen auf zwei Beinen, fort!

PAGE. Fort, du Schelm von Altheas Traum, fort!

PRINZ HEINRICH. Erkläre uns das, Junge: was für ein Traum?

PAGE. Ei, gnädiger Herr, Althea träumte, sie käme mit einem Feuerbrande nieder, und darum nenne ich ihn ihren Traum.

PRINZ HEINRICH. Eines Talers werte, gute Auslegung, und da hast du ihn, Junge! *Gibt ihm Geld.*

PAGE. Oh, daß ich diese schöne Blüte vor dem Wurm bewahren könnte! – Nun, ist da ein Batzen, um dich zu hüten.

BARDOLPH. Wenn ihr nicht sorgt, daß ihr ihn unter euch aufhängt, so geschieht dem Galgen zu nah.

PRINZ HEINRICH.
Nun, wie geht's deinem Herrn, Bardolph?

BARDOLPH. Gut, gnädiger Herr. Er hörte, daß Euer Gnaden nach London kämen: da ist ein Brief an Euch.

POINS. Mit gutem Anstande bestellt. – Und was macht der Martinstag, Euer Herr?

BARDOLPH. Gesunden Leibes, Herr.

POINS. Freilich, sein unsterbliches Teil braucht einen Arzt, aber das kümmert ihn nicht; ist das schon krank, so stirbt es doch nicht.

PRINZ HEINRICH. Ich erlaube dem Kropf, so vertraut mit mir zu tun wie mein Hund, und er behauptet seinen Platz: denn seht nur, wie er schreibt!

POINS *liest.* »John Falstaff, Ritter« – jedermann muß das wissen, so oft er Gelegenheit hat, sich zu nennen. Grade wie die Leute, die mit dem König verwandt sind, denn die stechen sich niemals in den Finger, ohne zu sagen: »Da wird etwas von des Königs Blut vergossen.« – »Wie geht das zu?« sagt einer, der sich heraus nimmt, nicht zu begreifen, und die Antwort ist so geschwind bei der Hand wie eine geborgte Mütze: »Ich bin des Königs armer Vetter, mein Herr.«

PRINZ HEINRICH. Ja, sie wollen mit uns verwandt sein, und wenn sie es von Japhet ableiten. Aber den Brief!

POINS. »Sir John Falstaff, Ritter, dem Sohne des Königs, der seinem Vater am nächsten, Heinrich, Prinzen von Wales, Gruß.« – Ei, das ist ein Attestat.

PRINZ HEINRICH. Still!

POINS. »Ich will den ruhmwürdigen Römer in der Kürze nachahmen«: – er meint gewiß, in der Kürze des Atems, – »ich empfehle mich dir, ich empfehle dich, und ich verlasse dich. Sei nicht zu vertraulich mit Poins; er mißbraucht deine Gunst so sehr, daß er schwört, du müssest seine Schwester Lene heiraten. Tu' Buße in müßigen Stunden, wie du kannst, und somit gehab' dich wohl! Der Deinige bei Ja und Nein (das will sagen, je nachdem du ihm begegnest), Hans Falstaff für meine vertrauten Freunde, John für meine Brüder und Schwestern, und Sir John für ganz Europa.«
Mein Prinz, ich will diesen Brief in Sekt tauchen und ihn zwingen, ihn zu essen.

PRINZ HEINRICH. Das hieße ihn zwingen, seine eignen Worte hinunter zu schlucken. Aber geht Ihr so mit mir um, Eduard? Muß ich Eure Schwester heiraten?

POINS. Wäre der Dirne nur nichts Geringeres beschert! Aber gesagt habe ich es nie.

PRINZ HEINRICH. So treiben wir Possen mit der Zeit, und die Geister der Weisen sitzen in den Wolken und spotten unser. – Ist Euer Herr hier in London?

BARDOLPH. Ja, gnädiger Herr.

PRINZ HEINRICH. Wo ißt er zu Abend? – Mästet sich der alte Eber noch auf dem alten Koben?

BARDOLPH. An dem alten Platze, gnädiger Herr: zu Eastcheap.

PRINZ HEINRICH. Was hat er für Gesellschaft?

BARDOLPH. Ephesier, gnädiger Herr: von der alten Kirche.

PRINZ HEINRICH. Essen Weiber mit ihm?

PAGE. Keine, gnädiger Herr, als die alte Frau Hurtig und Jungfer Dortchen Lakenreißer.

PRINZ HEINRICH.
Was mag das für eine Heidin sein?

PAGE. Eine artige Mamsell, Herr, und eine Verwandte meines Herrn.

PRINZ HEINRICH. Grade so verwandt wie die Gemeinde-Kühe dem Stadtbullen. – Sollen wir sie beim Abendessen beschleichen, Eduard?

POINS. Ich bin Euer Schatten, gnädiger Herr, ich folge Euch.

PRINZ HEINRICH. He! Du Bursch, – und Ihr, Bardolph! – sagt eurem Herrn kein Wort, daß ich schon in die Stadt gekommen bin! Da habt ihr was für euer Schweigen!

BARDOLPH. Ich habe keine Zunge, Herr.

PAGE.
Und was meine betrifft, Herr, ich will sie regieren.

PRINZ HEINRICH. Lebt denn wohl, geht!

Bardolph und Page ab.

Diese Dortchen Lakenreißer muß irgend eine Heerstraße sein.

POINS. Das versichre ich Euch, so gemein wie der Weg von London nach St. Albans.

PRINZ HEINRICH. Wie könnten wir den Falstaff heute abend in seinen wahren Farben sehen, ohne selbst gesehen zu werden?

POINS. Stecken wir uns in zwei lederne Wämser und Schürzen und warten ihm bei Tische auf wie Küfer!

PRINZ HEINRICH. Von einem Gott zu einem Stier? Eine schwere Herabsetzung! Sie war Jupiters Fall. Aus einem Prinzen in einen Kellerjungen? Eine niedrige Verwandlung! Sie soll die meinige sein, denn in jedem Dinge muß die Absicht mit der Torheit auf die Waagschale gelegt werden. Folge mir, Eduard! *Ab.*

Dritte Szene

Warkworth. Vor der Burg.
Northumberland, Lady Northumberland und Lady Percy treten auf.

NORTHUMBERLAND.
Ich bitt' euch, liebend Weib und werte Tochter,
Gebt meinen rauhen Händeln ebnen Weg:
Legt ihr nicht auch der Zeiten Miene an
Und seid wie sie dem Percy zur Beschwer!

LADY NORTHUMBERLAND.
Ich geb' es auf, ich will nicht weiter reden;
Tut, was Ihr wollt, es leit' Euch Eure Weisheit!

NORTHUMBERLAND.
Ach, liebes Weib! Die Ehre steht zum Pfand,
Und außer meinem Gehn kann nichts sie lösen.

LADY PERCY.
Um Gottes willen, nicht in diesen Krieg!
Einst habt Ihr, Vater, Euer Wort gebrochen,
Da Ihr ihm mehr verbunden wart als jetzt:
Als Euer Percy, mein herzlieber Percy,
Den Blick oft nordwärts wandt', ob nicht sein Vater
Zu Hülfe zöge, doch er harrt' umsonst.
Wer überredt' Euch da, zu Haus zu bleiben?
Zwei Ehren fielen da, des Sohns und Eure.
Die Eure möge Himmelsglanz erleuchten!
Die seine stand ihm schön, so wie die Sonne
Am blauen Firmament, und durch ihr Licht
Bewog sie alle Ritterschaft von England
Zu wackern Taten; ja, er war der Spiegel,
Wovor die edle Jugend sich geschmückt.
Wer seinen Gang nicht annahm, war gelähmt.
Und Stottern, was ein Fehler der Natur
Bei ihm, ward der Akzent der Tapfern nun.
Denn die, so leis' und ruhig sprechen konnten,
Verkehrten ihren Vorzug in Gebrechen,
Ihm gleich zu sein: so daß in Sprach', in Gang,
In Lebensart, in Neigungen der Lust,
In Kriegskunst und in Launen des Geblüts
Er Ziel und Spiegel, Buch und Vorschrift war,
Der andre formte. Und ihn! – den Herrlichen!
Dies Wunderwerk von Mann! – verließet Ihr:
Der keinem wich, von dem wicht Ihr zurück,
Daß er den grausen Gott des Krieges mußte
Im Nachteil schauen und ein Feld behaupten,
Wo nichts als nur der Klang von Heißsporns Namen
Noch wehrbar schien: so ganz verließt Ihr ihn,
Drum nie, o nie! tut seinem Geist die Schmach,
Daß Ihr auf Eure Ehre strenger haltet
Mit andern als mit ihm; laßt sie für sich!
Der Marschall und der Erzbischof sind stark:
Wenn mein Geliebter halb die Zahl nur hatte,
So könnt' ich heut, an Heißsporns Nacken hängend,
Von Monmouths Grabe reden.

NORTHUMBERLAND. Holde Tochter,
Verzeih' Euch Gott! Ihr raubt mir allen Mut,
Indem ihr alte Fehler neu bejammert.
Doch ich muß gehn und die Gefahr da treffen,
Sonst sucht sie andrer Orten mich und findet
Mich schlechter noch gerüstet.

LADY NORTHUMBERLAND.
O flieht nach Schottland,
Bis erst die Edlen und das Volk in Waffen
Mit ihrer Macht ein wenig sich versucht.

LADY PERCY.
Wenn sie dem König Boden abgewinnen,
So schließt Euch an, wie eine Ribb' aus Stahl,
Die Stärke mehr zu stärken; aber erst,
Um unser aller Liebe willen, laßt
Sie sich versuchen! Das tat Euer Sohn,
Das gab man zu bei ihm: so ward ich Witwe,
Und nie wird lang' genug mein Leben dauern,
Erinn'rung mit den Augen zu betaun,
Daß sie erwachs' und sprosse bis zum Himmel,
Zum Angedenken meines edlen Gatten.

NORTHUMBERLAND.
Kommt, geht hinein mit mir, denn mein Gemüt
Ist wie die Flut zu ihrer Höh' geschwellt,
Die Stillstand macht, nach keiner Seite fließend.
Gern möcht' ich gehn, zum Erzbischof zu stoßen,
Doch tausend Gründe halten mich zurück.
Ich wende mich nach Schottland, dort zu weilen,
Bis Zeit und Vorteil andern Rat erteilen.
Alle ab.

Vierte Szene

London. Eine Stube in der Schenke zum wilden Schweinskopf in Eastcheap.
Zwei Küfer kommen.

ERSTER KÜFER. Was Teufel hast du da gebracht? Arme Ritter? Du weißt, Sir John kann keine armen Ritter leiden.

ZWEITER KÜFER. Wetter, du hast recht. Der Prinz setzte ihm einmal eine Schüssel mit armen Rittern vor und sagte ihm, da wären noch fünf andre Sir Johns, hierauf nahm er seinen Hut ab und sagte: »Ich empfehle mich diesen sechs altbacknen, kraftlosen, aufgequollnen armen Rittern.« Es ärgerte ihn von ganzer Seele, (aber) das hat er nun vergessen.

ERSTER KÜFER. Nun, so decke und setz' sie hin; und sieh, ob du Schleichers Bande antreffen kannst: Jungfer Lakenreißer möchte gern ein bißchen Musik haben. Mach' fort! Die Stube, wo sie gegessen haben, ist zu heiß, sie werden gleich kommen.

ZWEITER KÜFER. Hör' du, der Prinz wird bald hier sein und Herr Poins, und sie wollen zwei Wämser und Schürzen von uns antun, und Sir John darf nichts davon wissen; Bardolph hat es bestellt.

ERSTER KÜFER. Potz Wetter, hier wird der Teufel los sein. Das wird einen herrlichen Spaß geben.

ZWEITER KÜFER. Ich will sehen, ob ich Schleicher finden kann. *Ab.*

Wirtin und Dortchen Lakenreißer kommen.

WIRTIN. Wahrhaftig, Herzchen, mich dünkt, jetzt seid Ihr in einer vortrefflichen Temprامentur; Euer Pülschen schlägt so ungemein, wie man sich's nur wünschen kann, und von Farbe, Ihr könnt mir's glauben, seht Ihr so frisch aus wie eine Rose. Aber wahrhaftig, Ihr habt zu viel Kanariensekt getrunken, und das ist ein verzweifelt durchschlagender Wein: der würzt Euch das Blut, ehe man eine Hand umdreht. – Wie geht's Euch nun?

DORTCHEN. Besser als vorhin, Hem.

WIRTIN. Nun, das macht Ihr schön, wenn das Herz nur gut ist.
Seht, da kommt Sir John!

Falstaff kommt singend.

FALSTAFF.
»Als Arthur erst am Hof« –
Bringt den Nachttopf aus!
»Und war ein würd'ger Herr.«

Küfer ab.

Was macht Ihr nun, Jungfer Dortchen?

WIRTIN. Ihr ist übel, es fehlt ihr an Beängstigungen; ja, meiner Seel'.

FALSTAFF. So sind alle Weibsbilder; wenn man sie nicht immer beängstigt, so wird ihnen übel.

DORTCHEN. Ihr schmutziger Balg! Ist das aller Trost, den ich von Euch habe?

FALSTAFF.
Ihr macht aufgedunsne Bälge, Jungfer Dortchen.

DORTCHEN. Ich mache sie? Fresserei und Krankheiten machen sie, ich nicht.

FALSTAFF. Wenn der Koch die Fresserei machen hilft, so helft Ihr die Krankheiten machen, Dortchen. Wir kriegen von Euch ab, Dortchen, wir kriegen von Euch ab: gib das zu, liebe Seele, gib das zu!

DORTCHEN. Ja wohl, unsre Ketten und Juwelen.

FALSTAFF.
»Rubinen, Perlen und Karfunkeln,« –
Denn Ihr wißt, wer tapfer dient, kommt hinkend aus dem Felde; der kommt aus der Bresche, seine Pike tapfer eingelegt, und tapfer zum Chirurgus; der geht tapfer auf geladne Feldkatzen los.

DORTCHEN. Laßt Euch hängen, garstiger Schweinigel, laßt Euch hängen!

WIRTIN. Meiner Treu, das ist die alte Weise, ihr beiden kommt niemals zusammen, ohne daß ihr in Zank geratet. Gewiß und wahrhaftig, ihr seid so widerhaarig wie zwei geröstete Semmelscheiben ohne Butter, ihr könnt einer des andern Kommoditäten nicht tragen. Du meine Zeit! Einer muß tragen, und das müßt Ihr sein. *Zu Dortchen.* Ihr seid das schwächere Gefäß, wie man zu sagen pflegt, das ledige Gefäß.

DORTCHEN. Kann ein schwaches, lediges Gefäß solch ein ungeheures, volles Oxhoft tragen? Er hat eine ganze Ladung von Bourdeauxschem Zeuge im Leibe, ich habe niemals einen Schiffsraum besser ausgestopft gesehen. – Komm, ich will gut Freund mit dir sein, Hans; du gehst jetzt in den Krieg, und ob ich dich jemals wieder sehen soll oder nicht, da fragt kein Mensch darnach.

Ein Küfer kommt.

KÜFER. Herr, unten ist Fähndrich Pistol und will mit Euch sprechen.

DORTCHEN. An den Galgen mit dem Schelm von Renommisten! laßt ihn nicht hereinkommen: es gibt kein loseres Maul in ganz England.

WIRTIN. Wenn er renommiert, so laßt ihn nicht hereinkommen: nein, meiner Seele, ich muß mit meinen Nachbarn leben, ich will keine Renommisten, ich bin in guter Renommee bei den allerbesten Leuten. – Schließt die Tür zu, wir lassen hier keine Renommisten herein, ich habe es nicht so weit in der Welt gebracht, um nun hier renommieren zu lassen; schließt die Tür zu, ich bitte Euch!

FALSTAFF. Hörst du, Wirtin?

WIRTIN. Ich bitte, beruhigt Euch, Sir John, wir lassen hier keine Renommisten herein.

FALSTAFF. Hörst du? Es ist mein Fähndrich.

WIRTIN. Wischewasche, Sir John, sagt mir da nicht von, Euer Renommisten-Fähndrich soll nicht in meine vier Wände kommen. Ich wurde letzthin bei Herrn Zehrung, dem Kommissär, vorgefodert, und wie er mir sagte, – es ist nicht länger her als letzten Mittwoch, – »Nachbarin Hurtig«, sagte er, – Meister Stumm, unser Pfarrer, war auch dabei, – »Nachbarin Hurtig«, sagte er, »nehmt bloß ordentliche Leute auf; denn«, sagte er, »Ihr seid in üblem Rufe« – und ich weiß auch, warum er das sagte, »denn«, sagte er, »Ihr seid eine ehrliche Frau, und man denkt gut von Euch: darum seht Euch vor, was für Gäste Ihr aufnehmt; nehmt keine renommierenden Gesellen auf«, sagte er. – Ich lasse keine herein: Ihr würdet Euch kreuzigen und segnen, wenn Ihr gehört hättet, was er sagte. Nein, ich will keine Renommisten!

FALSTAFF. Er ist kein Renommist, Wirtin, ein zahmer Locker ist er; er läßt sich so geduldig von Euch streicheln wie ein Windspiel, er renommiert nicht gegen eine Truthenne, wenn sich ihre Federn irgend sträuben, um Widerstand zu drohen. – Ruf' ihn herauf, Küfer!

WIRTIN. Locker nennt Ihr ihn? Nun, ich will keinem ehrlichen Mann das Haus verschließen, und keinem lockern auch nicht. Aber das Renommieren mag ich nicht leiden; meiner Treu, mir wird schlimm, wenn einer sagt: Renommist. Fühlt nur an, liebe Herrn, wie ich zittre; seht, ihr könnt mir's glauben!

DORTCHEN. Das tut Ihr auch, Wirtin.

WIRTIN. Tu' ich's nicht? Ja, wahrhaftig tu' ich's, wie ein Espenlaub: ich kann die Renommisten nicht ausstehn.

Pistol, Bardolph und Page kommen.

PISTOL. Gott grüß' Euch, Sir John!

FALSTAFF. Willkommen, Fähndrich Pistol! Hier, Pistol, ich lade dich mit einem Glase Sekt, gib du dann der Frau Wirtin die Ladung!

PISTOL. Ich will ihr die Ladung geben, Sir John, mit zwei Kugeln.

FALSTAFF. Sie ist pistolenfest, Ihr werdet ihr schwerlich ein Leid zufügen.

WIRTIN. Geht, ich habe nichts mit Euren Pistolen und Kugeln zu schaffen: ich trinke nicht mehr, als mir gut bekömmt, keinem Menschen zu lieb.

PISTOL. Dann zu Euch, Jungfer Dorothee, ich will Euch die Ladung geben.

DORTCHEN. Mir die Ladung geben? Ja, kommt mir, Lausekerl! Was, so 'n armer Schelm von Betrüger, der kein heiles Hemd auf dem Leibe hat! Packt Euch, Ihr abgestandener Schuft! fort! Ich bin ein Bissen für Euren Herrn.

PISTOL. Ich kenne Euch, Jungfer Dorothee.

DORTCHEN. Packt Euch, Ihr Schurke von Beutelschneider! Ihr garstiger Taschendieb, fort! Bei dem Wein hier, ich fahre Euch mit meinem Messer zwischen die schimmlichten Kinnbacken, wenn Ihr Euch bei mir mausig machen wollt. Packt Euch, Ihr Bierschlingel! Ihr lahmer Fechtboden-Springer Ihr! – Seit wann, Herr, ich bitte Euch? Ei, zwei Schnüre auf der Schulter! der Tausend!

PISTOL. Dafür will ich Euren Kragen ermorden.

FALSTAFF. Nicht weiter, Pistol, ich möchte nicht, daß du hier losgingest. Drücke dich aus unsrer Gesellschaft ab, Pistol!

WIRTIN. Nein, bester Hauptmann Pistol! Nicht hier, schönster Hauptmann!

DORTCHEN. Hauptmann! Du abscheulicher, verdammter Betrüger, schämst du dich nicht, Hauptmann zu heißen? Wenn Hauptleute so gesinnt wären wie ich, so prügelten sie dich hinaus, weil du ihre Namen annimmst, eh' du sie verdient hast. Ihr ein Hauptmann, Ihr Lump? Wofür? Weil Ihr einer armen Hure in einem Bordell den Kragen zerrissen habt? Er ein Hauptmann? An den Galgen mit ihm! Er lebt von verschimmelten, gesottnen Pflaumen und altbacknem Kuchen. Ein Hauptmann! Solche Spitzbuben werden das Wort Hauptmann noch ganz verhaßt machen, drum sollten Hauptleute ein Einsehn tun.

BARDOLPH.
Ich bitte dich, geh hinunter, bester Fähndrich!

FALSTAFF. Pst! Auf ein Wort, Jungfer Dortchen!

PISTOL. Ich nicht. Ich will dir was sagen, Korporal Bardolph: – ich könnte sie zerreißen, – ich will gerochen sein.

PAGE. Ich bitte dich, geh hinunter!

PISTOL. Sie sei verdammt erst, – zu Plutos grausem See, zur höll'schen Tiefe, mit Erebus und schnöden Qualen auch. Halt' Lein' und Angel, sag' ich. Fort, Hunde! Fort, Gesindel! Ist nicht Irene hier?

WIRTIN. Lieber Hauptmann Pesel, seid ruhig! Es ist wahrhaftig schon sehr spät: ich bitte Euch, forciert Euren Zorn!

PISTOL. Das wären mir Humore! Soll'n Packpferde
Und hohl gestopfte Mähren Asiens,
Die dreißig Meilen nur des Tages laufen,
Mit Cäsarn sich und Kannibalen messen
Und griech'schen Troern? Eh' verdammt sie mit
Fürst Cerberus und brüll' das Firmament!
Entzwei'n wir uns um Tand?

WIRTIN. Meiner Seel', Hauptmann, das sind recht harte Reden.

BARDOLPH. Geht, guter Fähndrich, sonst wird noch eine Prügelei daraus.

PISTOL.
Wie Hunde sterben Menschen; Kronen gebt
Wie Nadeln weg: ist nicht Irene hier?

WIRTIN. Auf mein Wort, Hauptmann, so eine ist gar nicht hier.
Ei du liebe Zeit! Denkt Ihr, ich wollte sie Euch verleugnen?
Um Gottes willen, seid ruhig!

PISTOL. So iß und sei fett, schöne Calipolis!
Kommt, gebt uns Sekt!
Si fortuna me tormenta, sperato me contenta;
Scheu'n Salven wir? Nein, feur' der böse Feind!
Gebt mir was Sekt, und, Herzchen, lieg' du da!
Indem er den Degen ablegt.
Sind wir am Schlußpunkt schon, und kein et cetera gibt's?

FALSTAFF. Pistol, ich wäre gern in Ruhe.

PISTOL. Ich küsse deine Pfote, holder Ritter. Was? Sahn wir nicht das Siebengestirn?

DORTCHEN. Werft ihn die Treppe hinunter, ich kann so einen aufgestelzten Schuft nicht ausstehn.

PISTOL. »Werft ihn die Treppe hinunter?« Wir kennen Klepper ja?

FALSTAFF. Schleudre ihn hinunter, Bardolph, wie einen Peilkenstein! Wenn er nichts tut, als Nichts sprechen, so soll er hier auch nichts vorstellen.

BARDOLPH.
Kommt, macht Euch die Treppe hinunter!

PISTOL.
So muß man Einschnitt machen? muß besudeln?
Greift seinen Degen auf.
Dann wieg' mich, Tod, in Schlaf! Verkürz' die Jammertage!
Dann sei'n durch schwere, grause, offne Wunden
Die Schwestern drei gelöst! Komm, sag' ich, Atropos!

WIRTIN. Das sind mir herrliche Streiche!

FALSTAFF. Gib mir meinen Degen, Bursch!

DORTCHEN. Ich bitte dich, Hans, ich bitte dich, zieh' nicht!

FALSTAFF. Packt Euch die Treppe hinunter! *Er zieht und jagt Pistol hinaus.*

WIRTIN. Das ist mir ein herrlicher Lärm! Ich will das Wirtschafthalten abschwören, lieber als daß ich so einen Schreck und Terrör haben will. Nu, das gibt Mord, glaubt mir's! – Ach je! Ach je! Steckt eure bloßen Gewehre ein! Steckt eure bloßen Gewehre ein!

Pistol und Bardolph ab.

DORTCHEN. Ich bitte dich, Hans, sei ruhig! Der Schuft ist fort. Ach du kleiner tapfrer Blitzschelm du!

WIRTIN. Seid Ihr nicht in der Weiche verwundet? Mich dünkt, er tat einen gefährlichen Stoß nach Eurem Bauche.

Bardolph kommt zurück.

FALSTAFF. Habt Ihr ihn zur Tür hinaus geworfen?

BARDOLPH. Ja, Herr. Der Schuft ist besoffen, Ihr habt ihn in die Schulter verwundet.

FALSTAFF. So ein Schurke! Mir zu trotzen!

DORTCHEN. Ach, du allerliebster kleiner Schelm du! Ach, armer Affe, wie du schwitzest! Komm, laß mich dein Gesicht abwischen, – komm doch her, du närrische Schnauze! – Ach, Schelm! Mein' Seel', ich liebe dich. Du bist so tapfer wie der trojanische Hektor, fünf Agamemnons wert, und zehn Mal besser als die neun Helden. – Ein Spitzbube!

FALSTAFF. Ein niederträchtiger Schurke! Ich will den Schelm auf einer Bettdecke prellen.

DORTCHEN. Ja, tu's, wenn du das Herz hast: wenn du's tust, so will ich dich zwischen zwei Laken vorkriegen.

Musikanten kommen.

PAGE. Die Musikanten sind da, Herr.

FALSTAFF. Laß sie spielen! – Spielt, Leute! – Dortchen, setz' dich auf meinen Schoß! Ein elender Großprahler! Der Schurke lief vor mir davon wie Quecksilber.

DORTCHEN. Wahrhaftig, und du warst wie ein Kirchturm hinter ihm drein. Du verwettertes, kleines, zuckergebacknes Weihnachts-Schweinchen, wenn wirst du das Fechten bei Tage und das Raufen bei Nacht lassen und anfangen, deinen alten Leib für den Himmel zurecht zu flicken?

Im Hintergrunde erscheinen Prinz Heinrich und Poins, in Küfer verkleidet.

FALSTAFF. Still, liebes Dortchen! Sprich nicht wie ein Totenkopf, erinnre mich nicht an mein Ende!

DORTCHEN. Hör' doch, von was für einem Humor ist denn der Prinz?

FALSTAFF. Ein guter, einfältiger junger Mensch. Er hätte einen guten Brotmeister abgegeben, er würde das Brot gut vorschneiden.

DORTCHEN. Aber Poins soll einen feinen Witz haben.

FALSTAFF. Der einen feinen Witz? Zum Henker mit dem Maulaffen! Sein Witz ist so dick wie Senf von Tewksbury, er hat nicht mehr Verstand als ein Hammer.

DORTCHEN. Weswegen hat ihn denn der Prinz so gern?

FALSTAFF. Weil der eine so dünne Beine hat wie der andre, und weil er gut Peilke spielt, und ißt Meeraal und Fenchel, und schluckt brennende Kerzen-Endchen im Wein hinunter, und trägt sich Huckepack mit den Jungen, und springt über Schemel, und flucht mit gutem Anstande, und trägt seine Stiefeln glatt an, wie an einem ausgehängten Bein auf einem Schilde, und stiftet keinen Zank durch Ausplaudern von feinen Geschichten, und mehr dergleichen Springergaben hat er, die einen schwachen Geist und einen geschickten Körper beweisen, weswegen ihn der Prinz um sich leidet; denn der Prinz ist selbst eben so ein Gesell: das Gewicht eines Haars wird zwischen ihnen der einen Schale den Ausschlag geben.

PRINZ HEINRICH. Sollte man dieser Nabe von einem Rade nicht die Ohren abschneiden?

POINS. Laßt uns ihn vor den Augen seiner Hure prügeln!

PRINZ HEINRICH. Seht doch, läßt sich der welke Alte nicht den Kopf krauen wie ein Papagei?

POINS. Ist es nicht wunderbar, daß die Begierde das Vermögen um so viele Jahre überlebt?

FALSTAFF. Küß mich, Dortchen!

PRINZ HEINRICH. Saturn und Venus heuer in Konjunktion! Was sagt der Kalender dazu?

POINS. Seht nur, flüstert nicht auch sein Kerl, der feurige Triangel, mit dem alten Register seines Herrn, seiner Schreibtafel, seinem Denkbuche?

FALSTAFF. Du gibst mir angenehme Schmätzchen.

DORTCHEN. Ja wahrhaftig, ich küsse dich mit einem recht beständigen Herzen.

FALSTAFF. Ich bin alt, ich bin alt.

DORTCHEN. Ich habe dich lieber, als alle die jungen Gelbschnabel miteinander.

FALSTAFF. Aus was für Zeug willst du eine Schürze haben? Auf den Donnerstag kriege ich Geld, du sollst morgen eine Mütze haben. Komm, ein lustiges Lied! Es wird spät, wir wollen zu Bett. Wenn ich weg bin, wirst du mich vergessen.

DORTCHEN. Meiner Treu, du wirst mich zum Weinen bringen, wenn du das sagst; sieh zu, ob ich mich jemals hübsch kleide, bis du wieder zurück bist. Nun warte das Ende ab!

FALSTAFF. Was Sekt, Franz!

PRINZ HEINRICH UND POINS *hervortretend.* Gleich, Herr! gleich!

FALSTAFF. Ha! ein Bastard-Sohn des Königs. Und bist du nicht Poins sein Bruder?

PRINZ HEINRICH. Ei, du Erdball von sündlichen Ländern, was für ein Leben führst du?

FALSTAFF. Ein besseres als du: Ich bin ein Mann von Stande, du ziehst Bier ab.

PRINZ HEINRICH. Ganz richtig, Herr, und darum komme ich, Euch das Fell abzuziehn.

WIRTIN. Oh, der Herr erhalte Eure wackre Gnaden! Meiner Treu, willkommen in London! – Nun, der Herr segne dies dein holdes Angesicht! O Jesus, seid Ihr aus Wales zurückgekommen?

FALSTAFF *indem er die Hand auf Dortchen legt.* Du verwettertes, tolles Stück Majestät, bei diesem leichtfertigen Fleisch und verderbten Blut, du bist willkommen!

DORTCHEN. Was, Ihr gemästeter Narr? Ich frage nicht nach Euch.

POINS. Gnädiger Herr, er wird Euch aus Eurer Rache heraustreiben und alles in einen Spaß verwandeln, wenn Ihr ihm nicht in der ersten Hitze zusetzt.

PRINZ HEINRICH. Du verfluchte Talggrube, wie niederträchtig sprachst du nicht jetzt eben von mir vor diesem ehrbaren, tugendhaften, artigen Frauenzimmer?

WIRTIN. Gott segne Euer gutes Herz, das ist sie auch, gewiß und wahrhaftig.

FALSTAFF. Hast du es angehört?

PRINZ HEINRICH. Ja, und Ihr kanntet mich wie damals, da Ihr bei Gadshill davonlieft; Ihr wußtet, daß ich hinter Euch stand, und tatet es mit Fleiß, um meine Geduld auf die Probe zu stellen.

FALSTAFF. Nein, nein, nein, das nicht; ich glaubte nicht, daß du mich hören könntest.

PRINZ HEINRICH. So müßt Ihr mir die vorsätzliche Beschimpfung eingestehn, und dann weiß ich, wie ich Euch handhaben soll.

FALSTAFF. Keine Beschimpfung, Heinz, auf meine Ehre, keine Beschimpfung!

PRINZ HEINRICH. Nicht? Mich herunter zu machen und mich Brotmeister und Brotschneider und ich weiß nicht was zu nennen!

FALSTAFF. Keine Beschimpfung, Heinz!

POINS. Keine Beschimpfung?

FALSTAFF. Nein, Eduard, keine Beschimpfung auf der Welt; nicht die geringste, mein ehrlicher Eduard! Ich machte ihn herunter vor den Gottlosen, damit die Gottlosen sich nicht in ihn verlieben möchten; darin habe ich die Pflicht eines besorgten Freundes und eines redlichen Untertans ausgeübt, und dein Vater hat mir dafür zu danken. Keine Beschimpfung, Heinz! nicht die geringste, Eduard! – Nein, Kinder, nicht die geringste!

PRINZ HEINRICH. Nun sieh einmal, bringt dich nicht bloße Furcht und ausgemachte Feigheit dahin, diesem tugendhaften Frauenzimmer zu nahe zu tun, um dich mit uns auszusöhnen? Ist sie von den Gottlosen? Ist unsre Frau Wirtin da von den Gottlosen? Oder ist der Bursch von den Gottlosen? Oder der ehrliche Bardolph, dessen Andacht in seiner Nase brennt, von den Gottlosen?

POINS. Antworte, du abgestorbne Rüster! Antworte!

FALSTAFF. Den Bardolph hat der böse Feind ohne Rettung gezeichnet, und sein Gesicht ist Luzifers Leibküche, wo er nichts tut als Malzwürmer rösten. Was den Knaben betrifft, so ist ein guter Engel um ihn, aber der Teufel überbietet ihn auch.

PRINZ HEINRICH. Was die Weiber betrifft, –

FALSTAFF. Die eine von ihnen, – die ist schon in der Hölle und brennt, die arme Seele! Was die andre betrifft, – ich bin ihr Geld schuldig, und ob sie dafür verdammt ist, weiß ich nicht.

WIRTIN. Nein, das will ich Euch versichern.

FALSTAFF. Ja, ich denke es auch nicht; ich denke, dessen bist du quitt. (Ey,) es gibt aber noch eine andre Klage wider dich, daß du gegen die Verordnung in deinem Hause Fleisch essen lässest; dafür wirst du, denke ich, noch einmal heulen.

WIRTIN. Das tun alle Speisewirte. Was will eine Schöpskeule oder ein Paar in der ganzen Fastenzeit sagen?

PRINZ HEINRICH. Ihr, Frauenzimmer –

DORTCHEN. Was sagen Euer Gnaden?

FALSTAFF. Seine Gnade sagt etwas, wogegen sich sein Fleisch auflehnt.

WIRTIN. Wer klopft so laut an die Türe? Sieh nach der Türe, Franz!

Peto kommt.

PRINZ HEINRICH.
Peto, was gibt's? Was bringst du Neues?

PETO. Der König, Euer Vater, ist zu Westminster,
Und zwanzig müde und erschöpfte Boten
Sind aus dem Norden da; und wie ich herkam,
Traf ich und holt' ein Dutzend Hauptleut' ein,
Barköpfig, schwitzend, an die Schenken klopfend,
Und alle frugen sie nach Sir John Falstaff.

PRINZ HEINRICH.
Beim Himmel, Poins, ich fühl' mich tadelnswert,
So müßig zu entweihn die edle Zeit,
Wenn Wetter der Empörung wie der Süd,
Von schwarzem Dunst getragen, schmelzen will
Und träuft auf unser unbewehrtes Haupt.
Gib Degen mir und Mantel – Falstaff, gute Nacht!

Prinz Heinrich, Poins, Peto und Bardolph ab.

FALSTAFF. Nun kommt der leckerste Bissen der Nacht, und wir müssen fort und ihn ungenossen lassen.

Man hört klopfen.

Wieder an der Tür geklopft?

Bardolph kommt zurück.

Nun? Was gibt's?

BARDOLPH.
Ihr müßt gleich fort an den Hof, ein Dutzend Hauptleute warten an der Tür auf Euch.

FALSTAFF *zum Pagen.* Bezahl' die Musikanten, Bursch! – Leb wohl, Wirtin, – leb wohl, Dortchen! – Ihr seht, meine guten Weibsbilder, wie Männer von Verdienst gesucht werden: der Unverdiente kann schlafen, während der tüchtige Mann aufgerufen wird. Lebt wohl, meine guten Weibsbilder! – Wenn ich nicht schleunig weggesandt werde, so will ich Euch noch wieder besuchen, eh' ich gehe.

DORTCHEN. Ich kann nicht sprechen, – wenn mir das Herz nicht brechen will. – Nun, herzliebster Hans, trage Sorge für dich selbst!

FALSTAFF. Lebt wohl, lebt wohl!

Falstaff und Bardolph ab.

WIRTIN. Nun, so lebe wohl! Neunundzwanzig Jahre sind's nun, daß ich dich gekannt habe, wenn die grünen Erbsen wieder kommen; aber einen ehrlicheren Mann und ein treueres Gemüt, – Nun, so lebe wohl!

BARDOLPH *draußen.* Jungfer Lakenreißer!

WIRTIN. Was gibt's?

BARDOLPH *draußen.* Heißt Jungfer Lakenreißer zu meinem Herrn kommen!

WIRTIN.
O lauf, Dortchen, lauf! Lauf, liebes Dortchen!

Beide ab.

Dritter Aufzug

Erste Szene

Ein Zimmer im Palast.
König Heinrich kommt im Nachtkleide mit einem Pagen.

KÖNIG HEINRICH.
Geh', ruf' die Grafen Surrey her und Warwick,
Doch heiß' zuvor sie diese Briefe lesen
Und reiflich sie erwägen: tu's mit Eil'!

Page ab.

Wie viel der ärmsten Untertanen sind
Um diese Stund' im Schlaf! – O Schlaf! O holder Schlaf!
Du Pfleger der Natur, wie schreckt' ich dich,
Daß du nicht mehr zudrücken willst die Augen
Und meine Sinne tauchen in Vergessen?
Was liegst du lieber, Schlaf, in rauch'gen Hütten,
Auf unbequemer Streue hingestreckt,
Von summenden Nachtfliegen eingewiegt,
Als in der Großen duftenden Palästen,
Unter den Baldachinen reicher Pracht
Und eingelullt von süßen Melodien?
O blöder Gott, was liegst du bei den Niedern
Auf eklem Bett und läßt des Königs Lager
Ein Schilderhaus und Sturmesglocke sein?
Versiegelst du auf schwindelnd hohem Mast

Des Schifferjungen Aug' und wiegst sein Hirn
In rauher, ungestümer Wellen Wiege
Und in der Winde Andrang, die beim Gipfel
Die tollen Wogen packen, krausen ihnen
Das ungeheure Haupt und hängen sie
Mit tobendem Geschrei ins glatte Tauwerk,
Daß vom Getümmel selbst der Tod erwacht?
Gibst du, o Schlaf, parteiisch deine Ruh'
Dem Schifferjungen in so rauher Stunde,
Und weigerst in der ruhig stillsten Nacht
Bei jeder Foderung sie einem König?
So legt, ihr Niedern, nieder euch, beglückt;
Schwer ruht das Haupt, das eine Krone drückt.

Warwick und Surrey treten auf.

WARWICK. Den schönsten Morgen Eurer Majestät!

KÖNIG HEINRICH.
Ist es schon Morgen, Lords?

WARWICK. Es ist ein Uhr und drüber.

KÖNIG HEINRICH.
So habt denn guten Morgen! Liebe Lords,
Last ihr die Briefe, die ich euch gesandt?

WARWICK. Ja, gnäd'ger Herr.

KÖNIG HEINRICH.
So kennt ihr nun den Körper unsers Reichs,
Wie angesteckt er ist, wie schlimme Übel,
Dem Herzen nah, gefährlich in ihm gären.

WARWICK.
Noch ist es nur wie Unordnung im Körper,
Den guter Rat und wen'ge Arzenei
Zu seiner vor'gen Stärke bringen kann. –
Mylord Northumberland ist bald gekühlt.

KÖNIG HEINRICH.
O Himmel, könnte man im Buch des Schicksals
Doch lesen, und der Zeiten Umwälzung
Die Berge ebnen und das feste Land,
Der Dichte überdrüssig, in die See
Wegschmelzen sehn! und sehn des Ozeans
Umgürtend Ufer für Neptunus' Hüften
Ein ander Mal zu weit! Wie Zufall spielt
Und Wechsel der Veränd'rung Schale füllt
Mit mancherlei Getränk! Oh, säh' man das,
Der frohste Jüngling, diesen Fortgang schauend,
Wie hier Gefahr gedroht, dort Leiden nahn:
Er schlöss' das Buch und setzte sich und stürbe.
Es sind noch nicht zehn Jahr,
Seit Richard und Northumberland als Freunde
Zusammen schmausten, und zwei Jahr nachher
Gab's zwischen ihnen Krieg; acht Jahr nur, seit
Der Percy meinem Herzen war der nächste,
Der wie ein Bruder sich erschöpft für mich
Und Lieb' und Leben mir zu Füßen legte,
Ja, meinetwillen, selbst in Richards Antlitz
Ihm Trotz bot. Doch, wer war dabei von euch

Zu Warwick.

(Ihr, Vetter Nevil, wie ich mich erinnre),
Als Richard, ganz von Tränen überfließend,
Damals gescholten vom Northumberland,
Die Worte sprach, die Prophezeiung wurden?
»Northumberland, du Leiter, mittelst deren
Mein Vetter Bolingbroke den Thron besteigt«; –
Was da, Gott weiß, nicht in den Sinn mir kam,
Wenn nicht Notwendigkeit den Staat so bog,
Daß ich und Größ' einander küssen mußten; –
»Es kommt die Zeit«, dies setzt' er dann hinzu,
»Es kommt die Zeit, daß arge Sünde, reifend,
Ausbrechen wird in Fäulnis«, fuhr so fort
Und sagte dieser Zeiten ganze Lage
Und unsrer Freundschaft Trennung uns vorher.

WARWICK.
Ein Hergang ist in aller Menschen Leben,
Abbildend der verstorbnen Zeiten Art:
Wer den beachtet, kann, zum Ziele treffend,
Der Dinge Lauf im ganzen prophezein,
Die, ungeboren noch, in ihrem Samen
Und schwachem Anfang eingeschachtelt liegen.
Dergleichen wird der Zeiten Brut und Zucht;
Auf die notwend'ge Form hievon vermochte
Richard die sichre Mutmaßung zu baun,
Der mächtige Northumberland, ihm falsch,
Werd' aus der Saat zu größrer Falschheit wachsen,
Die keinen Boden, drein zu wurzeln, fände,
Als nur an Euch.

KÖNIG HEINRICH.
Sind diese Dinge denn Notwendigkeiten?
Bestehn wir auch sie wie Notwendigkeiten!
Dies selbe Wort ruft eben jetzt uns auf. –
Man sagt, der Bischof und Northumberland
Sind funfzigtausend stark

WARWICK. Es kann nicht sein, mein Fürst.
Gerücht verdoppelt, so wie Stimm' und Echo,
Die Zahl Gefürchteter. – Beliebt Eu'r Hoheit,
Zu Bett zu gehn; bei meinem Leben, Herr,
Die Macht, die Ihr schon ausgesendet habt,
Wird leichtlich diese Beute bringen heim.
Euch mehr zu trösten, so empfing ich jetzt
Gewisse Nachricht von Glendowers Tod.
Eu'r Majestät war krank seit vierzehn Tagen,
Und diese unbequemen Stunden müssen
Das Übel mehren.

KÖNIG HEINRICH. Ich folge Eurem Rat.
Und läßt der innre Krieg uns freie Hand,
So ziehn wir, werte Lords, ins Heil'ge Land.

Ab.

Zweite Szene

Hof vor dem Hause des Friedensrichters Schaal in Glocestershire.
Schaal und Stille kommen von verschiednen Seiten; Schimmelig, Schatte, Warze, Schwächlich, Bullenkalb und Bediente im Hintergrunde.

SCHAAL.
Sieh da, sieh da, sieh da! Gebt mir die Hand, Herr!
Gebt mir die Hand, Herr! Früh bei Wege, meiner Six!
Nun, was macht denn mein guter Vetter Stille?

STILLE. Guten Morgen, guter Vetter Schaal!

SCHAAL.
Und was macht meine Muhme, Eure Ehehälfte?
Und unser allerliebstes Töchterchen, mein Patchen Lene?

STILLE.
Ach, das ist eine schwarze Amsel, Vetter Schaal.

SCHAAL. Bei Ja und Nein, Herr, ich will drauf wetten, mein Vetter Wilhelm ist ein guter Lateiner geworden. Er ist noch zu Oxford, nicht wahr?

STILLE. Ja freilich, es kostet mir Geld.

SCHAAL. Da muß er bald in die Rechtshöfe. Ich war auch einmal in Clemens-Hof, wo sie, denke ich, noch von dem tollen Schaal sprechen werden.

STILLE. Ihr hießt damals der muntre Schaal, Vetter.

SCHAAL. Beim Element, ich hieß, wie man wollte, und ich hätte auch getan, was man wollte, ja, wahrhaftig, und das frisch weg. Da war ich, und der kleine Johann Deut aus Staffordshire, und der schwarze Georg Kahl, und Franz Nagebein, und Wilhelm Quaake, einer aus Cotswold, – es gab seitdem keine vier solche Haudegen in allen den Rechtshöfen zusammen, und ich kann's Euch wohl sagen, wir wußten, wo lose Ware zu haben war, und hatten immer die beste zu unserm Befehl. Damals war Hans Falstaff, jetzt Sir John, ein junger Bursch und Page bei Thomas Mowbray, Herzog von Norfolk.

STILLE. Derselbe Sir John, Vetter, der jetzt eben der Soldaten wegen herkommt?

SCHAAL. Derselbe Sir John, eben derselbe. Ich habe ihn am Tor des Kollegiums dem Skogan ein Loch in den Kopf schlagen sehn, da er ein Knirps, nicht so hoch, war; grade denselben Tag schlug ich mich mit einem gewissen Simson Stockfisch, einem Obsthändler, hinter Grays Hof. O die tollen Tage, die ich hingebracht habe! Und wenn ich nun sehe, daß so viele von meinen alten Bekannten tot sind!

STILLE. Wir werden alle nachfolgen, Vetter.

SCHAAL. Gewiß, ja, das ist gewiß. Sehr sicher! Sehr sicher! Der Tod, wie der Psalmist sagt, ist allen gewiß, alle müssen sterben. Was gilt ein gutes Paar Ochsen auf dem Markt zu Stamford?

STILLE. Wahrhaftig, Vetter, ich bin nicht da gewesen.

SCHAAL. Der Tod ist gewiß. – Ist der alte Doppel, Euer Landsmann, noch am Leben?

STILLE. Tot, Herr.

SCHAAL. Tot? – Sieh! Sieh! – Er führte seinen guten Bogen – und ist tot! – Er schoß seinen tüchtigen Schuß; Johann von Gaunt hatte ihn gern und wettete viel Geld auf seinen Kopf. Tot! – Auf zweihundertundvierzig Schritt traf er ins Weiße und trieb Euch einen leichten Bolzen auf zweihundertundachtzig, auch neunzig Schritt, daß einem das Herz im Leibe lachen mußte. – Wieviel gilt die Mandel Schafe jetzt?

STILLE. Es ist, nachdem sie sind: eine Mandel guter Schafe kann wohl zehn Pfund wert sein.

SCHAAL. Und ist der alte Doppel tot?

Bardolph kommt und einer mit ihm.

STILLE. Hier kommen, denk' ich, zwei von Sir John Falstaffs Leuten.

BARDOLPH. Guten Morgen, wackre Herren! Ich bitte euch, wer von euch ist der Friedensrichter Schaal?

SCHAAL. Ich bin Robert Schaal, Herr: ein armer Gutsbesitzer aus der Grafschaft und einer von des Königs Friedensrichtern. Was steht zu Eurem Befehl?

BARDOLPH. Mein Hauptmann, Herr, empfiehlt sich Euch; mein Hauptmann, Sir John Falstaff: ein tüchtiger Kavalier, beim Himmel, und ein sehr beherzter Anführer.

SCHAAL. Ich danke für seinen Gruß. Ich habe ihn als einen sehr guten Fechter gekannt. Was macht der gute Ritter? Darf ich fragen, was seine Frau Gemahlin macht?

BARDOLPH. Um Verzeihung, Herr, ein Soldat ist besser akkommodiert ohne Frau.

SCHAAL. Es ist gut gesagt, meiner Treu, Herr; in der Tat, recht gut gesagt. Besser akkommodiert! Es ist gut, ja, in allem Ernst: gute Phrasen sind und waren von jeher sehr zu rekommandieren. Akkommodiert! – Es kommt von accommodo her, sehr gut! eine gute Phrase!

BARDOLPH. Verzeiht mir, Herr, ich habe das Wort so gehört. Phrase nennt Ihr es? Beim Element, die Phrase kenne ich nicht, aber das Wort will ich mit meinem Degen behaupten: daß es ein soldatenmäßiges Wort ist, und womit man erstaunlich viel ausrichten kann. Akkommodiert: das heißt, wenn ein Mensch, wie sie sagen, abkommodiert ist; oder wenn ein Mensch das ist – was maßen, – wodurch man ihn für akkommodiert halten kann, was eine herrliche Sache ist.

Falstaff kommt.

SCHAAL. Sehr gut! – Seht, da kommt der gute Sir John – gebt mir Eure liebe Hand, gebt mir Euer Edeln liebe Hand! Auf mein Wort, Ihr seht wohl aus und tragt Eure Jahre sehr wohl. Willkommen, bester Sir John!

FALSTAFF. Ich bin erfreut, Euch wohl zu sehen, guter Herr Robert Schaal; – Herr Gutspiel, wo mir recht ist?

SCHAAL. Nein, Sir John; es ist mein Vetter Stille, und mein Kollege im Amte.

FALSTAFF. Guter Herr Stille, es schickt sich gut für Euch, daß Ihr zum Friedensamte gehört.

STILLE. Euer Edlen sind willkommen!

FALSTAFF. Daß dich, das ist heiße Witterung. – Meine Herren, habt ihr mir ein halb Dutzend tüchtige Leute geschafft?

SCHAAL. Freilich haben wir das, Herr. Wollt Ihr Euch nicht setzen?

FALSTAFF. Laßt mich sie sehn, ich bitte Euch!

SCHAAL. Wo ist die Liste? Wo ist die Liste? Wo ist die Liste? – Laßt sehn! Laßt sehn! Laßt sehn! So, so, so, so, – ja, was wollt' ich sagen, Herr: – Rolf Schimmelig, – daß sie vortreten, wie ich sie aufrufe; daß sie mir's ja tun, daß sie mir's ja tun! – Laßt sehn! Wo ist Schimmelig?

SCHIMMELIG. Hier, mit Verlaub.

SCHAAL. Was meint Ihr, Sir John? Ein wohlgewachsner Kerl, jung, stark, und aus einer guten Familie.

FALSTAFF. Dein Name ist Schimmelig?

SCHIMMELIG. Ja, mit Verlaub.

FALSTAFF. Desto mehr ist es Zeit, daß du gebraucht wirst.

SCHAAL. Ha ha ha! Ganz vortrefflich, wahrhaftig! Dinge, die schimmelig sind, müssen gebraucht werden. Ganz ungemein gut! – Wahrhaftig, gut gesagt, Sir John, sehr gut!

FALSTAFF *zu Schaal.* Streicht ihn an!

SCHIMMELIG. Damit macht Ihr mir einen Strich durch die Rechnung, Ihr hättet mich können gehen lassen. Meine alte Hausfrau hat nun niemand in der Gotteswelt, der ihre Wirtschaft und ihre Plackerei verrichtet. Ihr hättet mich nicht anzustreichen brauchen; es gibt andre, die geschickter sind zu marschieren als ich.

FALSTAFF. Seht mir! Ruhig, Schimmelig, Ihr müßt mit! Schimmelig, es ist Zeit, daß Ihr verbraucht werdet.

SCHIMMELIG. Verbraucht?

SCHAAL. Ruhig, Kerl, ruhig! Tretet beiseit! Wißt Ihr auch, wo Ihr seid? – Nun zu den andern, Sir John! Laßt sehn: Simon Schatte.

FALSTAFF. Ei ja, den gebt mir, um darunter zu sitzen: er wird vermutlich ein kühler Soldat sein.

SCHAAL. Wo ist Schatte?

SCHATTE. Hier, Herr.

FALSTAFF. Schatte, wessen Sohn bist du?

SCHATTE. Meiner Mutter Sohn, Herr.

FALSTAFF. Deiner Mutter Sohn! Das mag wohl sein: und deines Vaters Schatte; auf die Art ist der Sohn des Weibes der Schatte des Mannes; es ist so oft so, in der Tat, aber nicht viel von des Vaters Kraft.

SCHAAL. Gefällt er Euch, Sir John?

FALSTAFF. Schatte ist gut auf den Sommer, – streicht ihn an, denn wir haben eine Menge von Schatten, um die Musterrolle anzufüllen.

SCHAAL. Thomas Warze!

FALSTAFF. Wo ist er?

WARZE. Hier, Herr.

FALSTAFF. Ist dein Name Warze?

WARZE. Ja, Herr.

FALSTAFF. Du bist eine sehr ruppige Warze.

SCHAAL. Soll ich ihn anstreichen, Sir John?

FALSTAFF. Es wäre überflüssig: sein Bündel ist ihm auf den Rücken gebaut, und die Beine, worauf die ganze Figur steht, sind selbst nur ein Paar Striche; also keinen Strich weiter!

SCHAAL. Ha ha ha! Ihr versteht es, Herr, Ihr versteht es. Das muß man rühmen. – Franz Schwächlich?

SCHWÄCHLICH. Hier, Herr.

FALSTAFF. Was für ein Gewerbe treibst du, Schwächlich?

SCHWÄCHLICH.
Ich bin ein Frauenschneider, Herr.

SCHAAL. Soll ich ihm einen Strich anfügen?

FALSTAFF. Das tut nur; wenn er aber ein Mannsschneider wäre, so könnte er Euch einen Strich anfügen. – Willst du so viel Löcher in die feindliche Schlachtordnung bohren, als du in einen Weiberrock gemacht hast?

SCHWÄCHLICH. Ich will nach besten Kräften tun, Herr, Ihr könnt nicht mehr verlangen.

FALSTAFF. Wohlgesprochen, guter Frauenschneider! Wohlgesprochen, beherzter Schwächlich! Du wirst so tapfer sein wie die ergrimmte Taube oder allergroßmütigste Maus. – Gebt dem Frauenschneider einen guten Strich, Herr Schaal; tüchtig, Herr Schaal!

SCHWÄCHLICH. Ich wollte, Warze wäre mitgegangen, Herr.

FALSTAFF. Ich wollte, du wärst ein Mannsschneider, damit du ihn könntest flicken und geschickt machen, mitzugehn. Ich kann den nicht zum gemeinen Soldaten machen, der der Anführer von so vielen Tausenden ist. Laß dir das genügen, allergewaltigster Schwächlich!

SCHWÄCHLICH. Ich lasse es mir genügen, Herr.

FALSTAFF. Ich bin dir sehr verbunden, ehrwürdiger Schwächlich. – Wer kommt zunächst?

SCHAAL. Peter Bullenkalb von der Wiese.

FALSTAFF. Ei ja, laßt uns Bullenkalb sehen!

BULLENKALB. Hier, Herr.

FALSTAFF. Weiß Gott, ein ansehnlicher Kerl! – Kommt, streicht mir Bullenkalb, bis er noch einmal brüllt!

BULLENKALB. O Jesus! Bester Herr Kapitän, –

FALSTAFF. Was? Brüllst du, eh' du gestrichen wirst?

BULLENKALB.
O Jesus, Herr, ich bin ein kranker Mensch.

FALSTAFF. Was für eine Krankheit hast du?

BULLENKALB. Einen verfluchten Schnupfen, Herr; einen Husten, Herr; ich habe ihn vom Glockenläuten in des Königs Geschäften gekriegt, an seinem Krönungstage, Herr.

FALSTAFF. Komm nur, du sollst in einem Schlafrock zu Felde ziehn, wir wollen deinen Schnupfen vertreiben, und ich will es so einrichten, daß deine Freunde für dich läuten sollen. – Sind das alle?

SCHAAL. Es sind schon zwei über die Zahl aufgerufen, Ihr bekommt hier nur viere, Herr; und somit bitte ich Euch, bleibt bei mir zum Essen!

FALSTAFF. Wohlan, ich will mit Euch eins trinken, aber die Mahlzeit kann ich nicht abwarten. Ich bin erfreut, Euch zu sehn, auf mein Wort, Herr Schaal.

SCHAAL. O Sir John, erinnert Ihr Euch noch, wie wir die ganze Nacht in der Windmühle auf St. Georgenfeld zubrachten?

FALSTAFF. Nichts weiter davon, lieber Herr Schaal, nichts weiter davon!

SCHAAL. Ha, das war eine lustige Nacht. Und lebt Hanne Nachtrüstig noch?

FALSTAFF. Ja, sie lebt, Herr Schaal.

SCHAAL. Sie konnte niemals mit mir auskommen.

FALSTAFF. Niemals, niemals; sie pflegte immer zu sagen, sie könnte Herrn Schaal nicht ausstehn.

SCHAAL. Weiß der Himmel, ich konnte sie bis aufs Blut ärgern. Sie war damals lose Ware. Hält sie sich noch gut?

FALSTAFF. Alt, alt, Herr Schaal.

SCHAAL. Freilich, sie muß alt sein, sie kann nicht anders als alt sein; alt ist sie ganz gewiß: sie hatte schon den Ruprecht Nachtrüstig vom alten Nachtrüstig, eher ich nach Clemens-Hof kam.

STILLE. Das ist fünfundfunfzig Jahre her.

SCHAAL. Ach, Vetter Stille, wenn du das gesehen hättest, was dieser Ritter und ich gesehen haben! He, Sir John, hab' ich recht?

FALSTAFF. Wir haben die Glocken um Mitternacht spielen hören, Herr Schaal.

SCHAAL. Ja, das haben wir, das haben wir, das haben wir; meiner Treu, Sir John, das haben wir! Unsre Parole war: »He, Bursche!« Kommt, laßt uns zu Tisch gehn, laßt uns zu Tisch gehn! O über die Tage, die wir gesehn haben! Kommt, kommt!

Falstaff, Schaal und Stille ab.

BULLENKALB. Lieber Herr Korperad Bardolph, legt ein gut Wort für mich ein, und hier sind auch vier Zehnschillingsstücke in französischen Kronen für Euch. In rechtem Ernst, Herr, ich ließe mich eben so gern hängen, als daß ich mitgehe; zwar für meine Person frag' ich nichts darnach, sondern vielmehr, weil ich keine Lust habe, und für meine Person ein Verlangen trage, bei meinen Freunden zu bleiben; sonst, Herr, wollte ich für meine Person nicht so viel darnach fragen.

BARDOLPH. Gut, tretet beiseit!

SCHIMMELIG. Und lieber Herr Korporal Kapitän, meiner alten Hausfrauen wegen, legt ein gut Wort für mich ein! Sie hat niemanden, der ihr was verrichten kann, wenn ich weg bin, denn sie ist alt und kann sich selbst nicht helfen; Ihr sollt auch vierzig Schillinge haben, Herr.

BARDOLPH. Gut, tretet beiseit!

SCHWÄCHLICH. Meiner Treu, ich frage nichts darnach: ein Mensch kann nur einmal sterben, wir sind Gott einen Tod schuldig, ich will mich nicht schlecht halten, – ist es mein Schicksal, gut; wo nicht, auch gut; kein Mensch ist zu gut, seinem Fürsten zu dienen, und es mag gehn, wie es will, wer dies Jahr stirbt, ist für das nächste quitt.

BARDOLPH.
Wohlgesprochen, du bist ein braver Kerl.

SCHWÄCHLICH.
Mein' Seel', ich will mich nicht schlecht halten.

Falstaff kommt zurück mit Schaal und Stille.

FALSTAFF.
Kommt, Herr, was soll ich für Leute haben?

SCHAAL. Viere, was für welche Ihr wollt.

BARDOLPH. Herr, auf ein Wort! Ich habe drei Pfund von Schimmelig und Bullenkalb, um sie frei zu lassen.

FALSTAFF. Schon gut.

SCHAAL. Wohlan, Sir John, welche viere wollt Ihr?

FALSTAFF. Wählt Ihr für mich!

SCHAAL. Nun dann: Schimmelig, Bullenkalb, Schwächlich und Schatte.

FALSTAFF. Schimmelig und Bullenkalb! Ihr, Schimmelig, bleibt zu Hause, bis Ihr nicht mehr zum Dienste taugt; – und was Euch betrifft, Bullenkalb, wachst heran, bis Ihr tüchtig seid: ich mag euch nicht.

SCHAAL. Sir John, Sir John, Ihr tut Euch selber Schaden: es sind Eure ansehnlichsten Leute, und ich möchte Euch mit den besten aufwarten.

FALSTAFF. Wollt Ihr mich meine Leute auswählen lehren, Herr Schaal? Frage ich nach den Gliedmaßen, dem Fleisch, der Statur, dem großen und starken Ansehn eines Menschen? Auf den Geist kommt es an, Herr Schaal. Da habt Ihr Warze, – Ihr seht, was es für eine ruppige Figur ist: der ladet und schießt Euch so flink, wie ein Zinngießer hämmert: läuft auf und ab, geschwinder wie einer, der des Brauers Eimer am Schwengel trägt. Und der Gesell da mit dem Halbgesicht, Schatte, – gebt mir den Menschen! Er gibt dem Feinde keine Fläche zum Treffen; der Feind kann eben so gut auf die Schneide eines Federmessers zielen; und geht's zum Rückzuge: – wie geschwind wird dieser Schwächlich, der Frauenschneider, davon laufen! O gebt mir die unansehnlichen Leute, so will ich die großen gar nicht ansehn. – Gib dem Warze eine Muskete in die Hand, Bardolph!

BARDOLPH.
Da, Warze, marschiere: so, so, so!

FALSTAFF. Komm her, handhabe mir einmal deine Muskete! So – recht gut! – Nur zu! – Sehr gut, außerordentlich gut! Oh, ich lobe mir so einen kleinen, magern, alten, gestutzten, kahlen Schützen! – Brav, Warze, meiner Treu! Du bist ein guter Schelm; nimm, da hast du einen Sechser.

SCHAAL. Er ist noch nicht Meister im Handwerk, er versteht es nicht recht. Ich erinnre mich, als ich in Clemens-Hof war, auf der Mile-end-Wiese, – ich war damals Sir Dagonet in dem Spiel vom Arthur –, da war ein kleiner flinker Kerl, der regierte auch sein Gewehr so; und dann drehte er sich um und um, und dann kam er da, und dann kam er da; »piff! paff!« sagte er; »bautz!« sagte er; und dann ging er wieder weg, und dann kam er wieder her, – in meinem Leben sah ich so 'nen Kerl nicht wieder.

FALSTAFF. Diese Leute sind schon zu gebrauchen, Herr Schaal. Gott erhalte Euch, Herr Stille! Ich will nicht viel Worte mit Euch machen. – Lebt beide wohl, ihr Herren! ich danke euch, ich muß heute abend noch zwölf Meilen machen. – Bardolph, gib den Soldaten Röcke!

SCHAAL. Sir John, der Himmel segne Euch und gebe Euren Sachen guten Fortgang und sende uns Frieden! Wenn Ihr zurück kommt, besucht mein Haus, laßt uns die alte Bekanntschaft erneuern: vielleicht gehe ich mit Euch an den Hof.

FALSTAFF.
Ich wollte, Ihr tätet's, Herr Schaal.

SCHAAL. Laßt mich machen! Ich habe es gesagt: ein Wort, ein Mann! Lebt wohl!

Schaal und Stille ab.

FALSTAFF. Lebt wohl, ihr herrlichen Herrn! Weiter, Bardolph, führe die Leute weg!

Bardolph mit den Rekruten ab.

Wenn ich zurück komme, will ich diese Friedensrichter herumholen; den Friedensrichter Schaal habe ich schon ausgekostet. Lieber Gott, was wir alten Leute dem Laster des Lügens ergeben sind! Dieser schmächtige Friedensrichter hat mir in einem fort von der Wildheit seiner Jugend vorgeschwatzt und von den Taten, die er in Turnbullstraße ausgeführt hat; und ums dritte Wort eine Lüge, dem Zuhörer richtiger ausgezahlt als der Tribut dem Großtürken. Ich erinnere mich seiner in Clemens-Hof, da war er wie ein Männchen, nach dem Essen aus einer Käserinde verfertigt; wenn er nackt war, sah er natürlich aus wie ein gespaltner Rettich, an dem man ein lächerliches Gesicht mit einem Messer geschnitzt hat; er war so schmächtig, daß ein stumpfes Gesicht gar keine Breite und Dicke an ihm wahrnehmen konnte. Der wahre Genius des Hungers, dabei so geil wie ein Affe, und die Huren nannten ihn Alräunchen; er war immer im Nachtrabe der Mode und sang schmierigen Weibsbildern die Melodien vor, die er von Fuhrleuten hatte pfeifen hören, und schwor darauf: es wären seine eigne Einfälle oder Ständchen. Und nun ist diese Narrenpritsche ein Gutsbesitzer geworden und spricht so vertraulich von Johann von Gaunt, als wenn er sein Duzbruder gewesen wäre, und ich will darauf schwören, er hat ihn nur ein einziges Mal gesehen, im Turnierplatz: und da schlug er ihm ein Loch in den Kopf, weil er sich zwischen des Marschalls Leute drängte. Ich sah es und sagte zu Johann von Gaunt: sein Stock prügelte einen andern. Denn man hätte ihn und seine ganze Bescherung in eine Aalhaut packen können; ein Hoboen-Futteral war eine Behausung für ihn, ein Hof! Und nun hat er Vieh und Ländereien. Gut, ich will mich mit ihm bekannt machen, wenn ich zurück komme, und es müßte schlimm zugehen, wenn ich nicht einen doppelten Stein der Weisen aus ihm mache. Wenn der junge Gründling ein Köder für den alten Hecht ist, so sehe ich nach dem Naturrecht keinen Grund, warum ich nicht nach ihm schnappen sollte. Kommt Zeit, kommt Rat, und damit gut.

Alle ab.

Vierter Aufzug

Erste Szene

Ein Wald in Yorkshire.
Der Erzbischof von York, Mowbray, Hastings und andere treten auf.

ERZBISCHOF. Wie heißt hier dieser Wald?
HASTINGS.
's ist Gualtree-Wald, mit Eurer Gnaden Gunst.
ERZBISCHOF.
Hier haltet, Lords, und sendet Späher aus.
Die Anzahl unsrer Feinde zu erfahren!
HASTINGS. Wir sandten schon sie aus.
ERZBISCHOF. 's ist wohl getan.
Ihr Freund' und Brüder bei dem großen Werk,
Ich muß euch melden, daß ich frische Briefe
Empfangen habe von Northumberland;
Ihr kalter Sinn und Inhalt lautet so:
Er wünschet sich, hier in Person zu sein
Mit einer Macht, die seinem Rang gemäß;
Die konnt' er nicht versammeln, zog hierauf,
Sein wachsend Glück zu reifen, sich zurück
Nach Schottland; und er schließt, Gott herzlich bittend,
Daß euer Anschlag die Gefahr bestehe
Und furchtbar Stoßen auf den Gegenteil.
MOWBRAY.
So fällt, was wir von ihm gehofft, zu Boden
Und schmettert sich in Stücke.

Ein Bote kommt.

HASTINGS. Nun, was gibt's?
BOTE. Westlich vom Wald, kaum eine Meile weit,
Rückt in geschloßnem Zug der Feind heran,
Und nach dem Boden, den er einnimmt, schätz' ich
Ihn dreißigtausend oder nah daran.
MOWBRAY.
Genau die Anzahl, wie wir sie vermutet:
Ziehn wir denn fort und treffen sie ihm Feld!

Westmoreland tritt auf.

ERZBISCHOF.
Welch wohlbewehrter Führer naht sich da?
MOWBRAY.
Ich denk', es ist der Lord von Westmoreland.
WESTMORELAND.
Habt Heil und Gruß von unserm General,
Dem Prinz Johann, Herzog von Lancaster!
ERZBISCHOF.
Sprecht friedlich weiter, Lord von Westmoreland,
Worauf zielt Euer Kommen?
WESTMORELAND. Wohl, Mylord,
So wend' ich ganz den Inhalt meiner Rede
An Euer Gnaden. Käme Rebellion
Sich selber gleich, in niedern, schnöden Haufen,
Mit Wut verbrämt, geführt von blut'ger Jugend,
Von Bettelei und Buben unterstützt:
Ich sag', erschien verdammter Aufruhr so
In angeborner, eigenster Gestalt,
So wäret Ihr nicht hier, ehrwürd'ger Vater,
Noch diese edlen Lords, die ekle Bildung
Der blutigen Empörung zu bekleiden
Mit Euren Ehren. Ihr, Herr Erzbischof,
Des Stuhl durch Bürgerfrieden wird beschützt,
Des Bart des Friedens Silberhand berührt,
Des Wissen und Gelahrtheit Fried' erzogen,
Des weiße Kleidungen auf Unschuld deuten,
Des Friedens Taub' und echten Segensgeist:
Was übersetzt Ihr selber Euch so übel
Aus dieser Friedenssprache voller Huld
In die geräusch'ge, rauhe Zung' des Kriegs?
Verkehrt in Beinharnische Eure Bücher,
Die Tint' in Blut, in Lanzen Eure Federn,
Und Eurer Zunge geistliche Belehrung
In schmetternde Trompet' und Kriegsgetön?
ERZBISCHOF.
Weswegen ich dies tu'? – So steht die Frage.
Zu diesem Ende: – wir sind alle krank,
Und unser schwelgendes und wüstes Leben
Hat in ein hitzig Fieber uns gebracht,
Wofür wir bluten müssen; an dem Übel
Starb unser König Richard, angesteckt.
Allein, mein edler Lord von Westmoreland,
Ich gebe hier für keinen Arzt mich aus,
Noch schar' ich wie ein Feind des Friedens mich
In das Gedränge kriegerischer Männer:
Vielmehr erschein' ich wie der droh'nde Krieg
Auf eine Zeitlang, üppige Gemüter
Zu heilen, die an eignem Glücke kranken,
Zu rein'gen die Verstopfung, welche schon
Die Lebensadern hemmt. Hört mich bestimmter;
Ich hab' in gleicher Waage recht gewogen,
Was unser Krieg für Übel stiften kann,
Was wir für Übel dulden: und ich finde
Die Klagen schwerer als die Übertretung.
Wir sehn, wohin der Lauf der Zeiten geht,
Und werden aus der stillen Ruh' gerissen
Von der Gelegenheit gewalt'gem Strom;
Auch setzten wir all unsre Klagen auf,
Zu rechter Zeit Artikel vorzuweisen,

Die wir schon längst dem König dargeboten,
Allein durch kein Gesuch Gehör erlangt;
Geschieht zu nah uns, und wir wollen klagen,
So weigern die den Zutritt uns zu ihm,
Die selbst am meisten uns zu nah getan.
Teils die Gefahren erst vergangner Tage,
Die ihr Gedächtnis mit noch sichtbar'm Blut
Der Erde eingeschrieben, – dann die Fälle
Die jegliche Minute jetzt noch liefert:
Sie haben diese übelsteh'nden Waffen
Uns angelegt, nicht zu des Friedens Bruch
Noch des Geringsten, was dazu gehört, –
Nein, einen Frieden wirklich hier zu stiften,
Der es der Art nach wie dem Namen sei.

WESTMORELAND.
Wann ward Euch jemals schon Gehör versagt?
Worin seid Ihr vom König wohl gekränkt?
Was für ein Pair ward wider Euch verhetzt.
Daß Ihr auf dies gesetzlos blut'ge Buch
Der Rebellion ein göttlich Siegel drückt
Und heiliget des Aufruhrs scharfe Schneide?

ERZBISCHOF. Den allgemeinen Bruder, unsern Staat,
Macht häuslich Unrecht am gebornen Bruder
Zu meinem Zwist noch insbesondre mir.

WESTMORELAND.
Es braucht hier keiner solchen Herstellung,
Und wär' es auch, so kommt sie Euch nicht zu.

MOWBRAY.
Warum nicht ihm zum Teil, und sämtlich uns,
Die wir die Schäden vor'ger Tage fühlen
Und leiden, daß der Zustand dieser Zeiten
Mit einer schweren und ungleichen Hand
Auf unsre Ehre drückt?

WESTMORELAND. O mein Lord Mowbray,
Nach ihrer Notdurft legt die Zeiten aus,
Und sagen werdet Ihr, es sei die Zeit
Und nicht der König, der Euch Unrecht tut.
Allein, was Euch betrifft, so scheint mir's nicht,
Daß Ihr ein Zoll breit eines Grundes hättet,
Um Klagen drauf zu baun: seid Ihr nicht hergestellt
In alle Herrlichkeiten Eures Vaters,
Herzogs von Norfolk edlen Angedenkens?

MOWBRAY.
Was büßt' an Ehre dann mein Vater ein,
Das neu in mir belebt zu werden brauchte?
Der König liebt' ihn, doch so stand der Staat,
Daß er gezwungen ward, ihn zu verbannen;
Und da, als Heinrich Bolingbroke und er –
Im Sattel beide festgezwungen nun,
Ihr wiehernd Streitroß reizend mit dem Sporn,
Die Stangen eingelegt, Visiere nieder,
Die Augen sprühend durch des Stahles Gitter,
Und die Trompete sie zusammen blasend; –
Da, da, als nichts vermochte, meinen Vater
Vom Busen Bolingbrokes zurück zu halten,
Oh, als der König seinen Stab herabwarf,
Da hing sein eignes Leben an dem Stab;
Da warf er sich herab und aller Leben,
Die durch Verklagung und Gewalt des Schwerts
Seitdem verunglückt unter Bolingbroke.

WESTMORELAND. Ihr sprecht, Lord Mowbray,
nun, Ihr wißt nicht was;
Der Graf von Hereford galt zu jener Zeit
In England für den bravsten Edelmann:
Wer weiß, wem da das Glück gelächelt hätte?
Doch wär' Eu'r Vater Sieger dort gewesen,
Nie hätt' er's fortgebracht aus Coventry.
Denn wie mit einer Stimme schrie das Land
Haß wider ihn; all ihr Gebet und Liebe
Wandt' auf den Hereford sich: der ward vergöttert,
Gesegnet und geehrt mehr als der König.
Doch dies ist Abschweifung von meinem Zweck.
Ich komme hier vom Prinzen, unserm Feldherrn,
Zu hören, was Ihr klagt, und Euch zu melden,
Daß er Gehör Euch leihn will, und worin
Sich Eure Foderungen billig zeigen,
Sollt Ihr Euch ihrer freuen; ganz beseitigt,
Was irgend nur als Feind' Euch achten läßt!

MOWBRAY. Er zwang uns, dies Erbieten abzudringen,
Und Politik, nicht Liebe gab es ein.

WESTMORELAND.
Mowbray, Ihr blendet Euch, wenn Ihr's so nehmt,
Von Gnade, nicht von Furcht kommt dies Erbieten;
Denn seht! Im Angesicht liegt unser Heer,
Auf meine Ehre, zu voll Zuversicht,
Von Furcht nur den Gedanken zuzulassen.
Mehr Namen sind in unsrer Schlachtordnung,
Geübter unsre Männer in den Waffen,
Gleich stark die Rüstung, unsre Sache besser:
Drum heißt Vernunft auch gleich beherzt uns sein.
Nennt das Erbieten denn nicht abgedrungen!

MOWBRAY.
Gut, geht's nach mir, so gilt kein Unterhandeln.

WESTMORELAND.
Damit beweist Ihr nur des Fehltritts Schande:
Ein fauler Schade leidet kein Betasten.

HASTINGS.
Hat denn der Prinz Johann vollständ'gen Auftrag
Aus seines Vaters Machtvollkommenheit,
Um anzuhören, schließlich zu entscheiden,
Was für Bedingungen man uns verspricht?

WESTMORELAND.
Das liegt ja in des Feldherrn Namen schon:
Ich wundre mich, daß Ihr so eitel fragt.

ERZBISCHOF. Dann, Lord von Westmoreland,
nehmt diesen Zettel,
Denn er enthält die sämtlichen Beschwerden.
Wenn jeder Punkt hierin verbessert ist,
All unsre Mitgenossen, hier und sonst,
Die dieser Handlung Sehnen angespannt,
Nach echter, gült'ger Weise losgesprochen
Und schnelle Ausführung von unserm Willen
Uns zugesichert ist und unserm Zweck,
So treten wir in unsrer Demut Schranken
Und fesseln unsre Macht im Arm des Friedens.

WESTMORELAND.
Ich will's dem Feldherrn zeigen. Laßt uns, Lords,
Im Angesicht der beiden Heer' uns treffen,
Daß wir's in Frieden enden, wie Gott gebe!
Wo nicht, zum Ort des Streits die Schwerter rufen,
Die es entscheiden müssen.

ERZBISCHOF. Ja, Mylord

Westmoreland ab.

MOWBRAY. In meiner Brust lebt etwas, was mir sagt,
Daß kein Vertrag des Friedens kann bestehn.

HASTINGS.

Das fürchtet nicht: wenn wir ihn schließen können
Auf so entschieden ausgedehnte Rechte,
Wie unsern Foderungen es gemäß,
So wird der Friede stehn wie Felsenberge.

MOWBRAY. Ja, doch wir werden so geachtet werden,
Daß jede leichte, falsch gewandte Ursach',
Ja, jeder eitle und spitzfind'ge Grund
Dem König schmecken wird nach dieser Tat;
Daß, würd' auch unsre Treu' zur Märterin,
Man wird uns worfeln mit so rauhem Wind,
Daß unser Korn so leicht wie Spreu erscheint
Und Gut und Böses keine Scheidung findet.

ERZBISCHOF.
Nein, nein, Mylord: bedenkt, der König ist
So ekler, läppischer Beschwerden satt.
Er fand, durch Tod den einen Zweifel enden,
Das weckt zwei größre in des Lebens Erben.
Und darum wird er rein die Tafel wischen
Und keinen Klätscher dem Gedächtnis halten,
Der den Verlust zu stetiger Erinn'rung
Ihm wiederhole: denn er weiß gar wohl,
Daß er sein Land nicht so genau kann gäten,
Als ihm sein Argwohn immer Anlaß gibt.
So eng verwachsen sind ihm Freund und Feind,
Daß, wenn er reißt, den Gegner zu entwurzeln,
Er einen Freund auch los' und wankend macht;
So daß dies Land ganz wie ein trotzend Weib,
Das ihn erzürnt, mit Streichen ihr zu drohn,
Wie er nun schlägt, sein Kind entgegen hält
Und schweben macht entschloßne Züchtigung
Im Arm, der schon zur Ausführung erhoben.

HASTINGS. Auch hat der König alle seine Ruten
An vor'gen Übertretern aufgebraucht,
Ihm fehlen nun Werkzeuge selbst zum Strafen,
Daß seine Macht, ein klauenloser Löwe,
Drohn, doch nicht fassen kann.

ERZBISCHOF. Das ist sehr wahr,
Und darum glaubt nur, wertester Lord Marschall,
Wird jetzt die Aussöhnung zu stand gebracht,
So wird, wie ein geheiltes Bein, der Friede
Nur stärker durch den Bruch.

MOWBRAY. Es mag dann sein.
Da kommt der Lord von Westmoreland zurück.

Westmoreland kommt zurück.

WESTMORELAND.
Der Prinz ist in der Näh'; gefällt's Eu'r Edlen,
In gleichem Abstand zwischen unsern Heeren
Den gnäd'gen Herrn zu treffen?

MOWBRAY. Eu'r Hochwürden
Von York, so brecht in Gottes Namen auf!

ERZBISCHOF.
Bringt unsern Gruß zuvor: Mylord, wir kommen.

Alle ab.

Zweite Szene

Ein anderer Teil des Waldes.
Von einer Seite treten auf Mowbray, der Erzbischof, Hastings und andre; von der andern Prinz Johann von Lancaster, Westmoreland, Offiziere und Gefolge.

PRINZ JOHANN.
Ihr seid willkommen hier, mein Vetter Mowbray; –
Habt guten Tag, lieber Herr Erzbischof, –
Und Ihr, Lord Hastings, alle insgesamt!
Mylord von York, es stand Euch besser an,
Wie Eure Herd', auf Eurer Glocke Ruf,
Euch rings umgab, mit Ehrfurcht anzuhören
Vom heil'gen Texte Eure Auslegung,
Als daß Ihr hier erscheint, ein eh'rner Mann,
Mit Eurer Trommel Meutervolk ermunternd,
Die Lehr' in Wehr, in Tod das Leben wandelnd.
Der Mann, der dem Monarchen thront im Herzen
Und reift im Sonnenscheine seiner Gunst,
Wenn er des Königs Schutz mißbrauchen wollte,
Ach, welches Unheil stiften könnt' er nicht
Im Schatten solcher Hoheit! Mit Euch, Herr Bischof,
Ist's eben so: wer hat nicht sagen hören,
Wie tief Ihr in den Büchern Gottes seid?
Uns seid Ihr Sprecher seines Parlaments,
Uns die geglaubte Stimme Gottes selbst,
Der wahre Offenbarer und Vermittler
Zwischen der Gnad' und Heiligkeit des Himmels
Und unserm blöden Tun. Wer wird nicht glauben,
Daß Ihr die Würde des Berufs mißbraucht,
Des Himmels Schutz und Gnade so verwendet,
Wie falsche Günstlinge der Fürsten Namen,
Zu ehrenlosen Taten? Ihr verhetzt,
Durch einen vorgegebnen Eifer Gottes,
Das Volk dem König, seinem Stellvertreter,
Treibt, seinem und des Himmels Frieden trotzend,
Sie hier zusammen.

ERZBISCHOF. Werter Prinz von Lancaster,
Nicht wider Eures Vaters Frieden komm' ich,
Wie ich dem Lord von Westmoreland gesagt.
Der Zeit Verwirrung, nach gemeinem Sinn,
Zwängt uns in diese mißgeschaffne Form,
Zu unsrer Sicherheit. Ich sandt' Eu'r Gnaden
Die Teile und Artikel unsrer Klage,
Die man mit Hohn vom Hofe weggeschoben,
Was diesen Hydra-Sohn, den Krieg, erzeugt,
Des drohend Aug' in Schlaf sich zaubern läßt
Durch die Gewährung so gerechter Wünsche:
So daß Gehorsam, dieses Wahnsinns frei,
Der Majestät sich zahm zu Füßen legt.

MOWBRAY.
Wo nicht, so wagen wir's mit unserm Glück
Bis auf den letzten Mann.

HASTINGS. Und fallen wir schon hier,
Wir haben Hülfsmacht, uns zu unterstützen;
Schlägt's dieser fehl, so stützt die ihre sie:
So wird von Unheil eine Reih' geboren,
Und Erb' auf Erb' erhält den Zwist im Gang,
Solang' als England noch Geschlechter hat.

PRINZ JOHANN.
Ihr seid zu seicht, Lord Hastings, viel zu seicht,
Der Folgezeiten Boden zu ergründen.

WESTMORELAND.
Beliebt's Eu'r Gnaden, ihnen zu erklären,
Wie weit Ihr die Artikel billiget?

PRINZ JOHANN. Ich bill'ge alle und genehm'ge sie
Und schwöre hier bei meines Blutes Ehre,
Der Wille meines Vaters ist mißdeutet,
Und ein'ge um ihn haben allzu frei
Mit seiner Meinung und Gewalt geschaltet; –
Mylord, die Klagen werden abgestellt,

Sie werden's, auf mein Wort. Genügt Euch das,
Entlaßt Eu'r Volk, zu seiner Grafschaft jedes,
Wie unsres wir; hier zwischen beiden Heeren
Laßt einen Trunk uns tun und uns umarmen,
Daß aller Augen heim die Zeichen tragen
Von hergestellter Lieb' und Einigkeit.

ERZBISCHOF.
Ich nehm' Eu'r prinzlich Wort der Abstellung.

PRINZ JOHANN.
Ich geb' es Euch und will mein Wort behaupten,
Und hierauf trink' ich Euer Gnaden zu.

HASTINGS *zu einem Offizier.*
Geht, Hauptmann, überbringt dem Heer die Zeitung
Des Friedens, laßt sie Sold und Abschied haben;
Ich weiß, sie werden froh sein: eil' dich,
Hauptmann!

Der Offizier ab.

ERZBISCHOF.
Eu'r Wohlsein, edler Lord von Westmoreland!

WESTMORELAND.
Ich tu' Bescheid Eu'r Gnaden; wüßtet Ihr,
Mit welcher Müh' ich diesen Frieden schaffte,
So tränkt Ihr frei: doch meine Lieb' zu Euch
Soll offenbarer sich hernach beweisen.

ERZBISCHOF. Ich zweifle nicht an Euch.

WESTMORELAND. Das freut mich sehr.
Gesundheit meinem edlen Vetter Mowbray!

MOWBRAY. Ihr wünscht Gesundheit zu gelegner Zeit,
Denn plötzlich fühl' ich mich ein wenig schlimm.

ERZBISCHOF.
Vor einem Unfall ist man immer froh,
Doch Schwermut meldet glücklichen Erfolg.

WESTMORELAND.
Seid, Vetter, also froh, weil plötzlich Sorgen
Nur sagen will: es kömmt was Gutes morgen.

ERZBISCHOF.
Glaubt mir, ich bin erstaunlich leichten Muts.

MOWBRAY.
Wenn Eure Regel wahr ist, um so schlimmer!

Jubelgeschrei hinter der Szene.

PRINZ JOHANN.
Des Friedens Wort hallt wider: hört sie jauchzen!

MOWBRAY.
Dies wär' erfreulich nach dem Sieg gewesen.

ERZBISCHOF.
Ein Fried' ist seiner Art nach wie Erob'rung,
Wo beide Teile rühmlich sind besiegt
Und keiner etwas einbüßt.

PRINZ JOHANN. Geht, Mylord,
Und laßt auch unser Heer den Abschied haben: –

Westmoreland ab.

Und, werter Herr, laßt unsre Truppen doch
Vorbeiziehn, daß wir so die kennen lernen,
Womit uns Kampf bevorstand.

ERZBISCHOF. Geht, Lord Hastings,
Und eh' man sie entläßt, laßt sie vorbeiziehn!

Hastings ab.

PRINZ JOHANN.
Ich hoffe, Lords, wir sind heut nacht beisammen.

Westmoreland kommt zurück.

Nun, Vetter, warum steht denn unser Heer?

WESTMORELAND.
Die Führer, weil Ihr sie zu stehn befehligt,
Gehn nicht, bevor sie Euer Wort gehört.

PRINZ JOHANN. Sie kennen ihre Pflicht.

Hastings kommt zurück.

HASTINGS. Herr, unser Heer ist allbereits zerstreut,
Wie junge losgejochte Stiere nehmen
Sie ihren Lauf nach Ost, West, Süd und Nord,
Oder wie eine aufgehobne Schule
Stürzt jeder sich zum Spielplatz und nach Haus.

WESTMORELAND.
Lord Hastings, gute Zeitung! – Und zum Lohn
Verhaft' ich dich um Hochverrat, Verräter; –
Und Euch, Herr Erzbischof, – und Euch, Lord
Mowbray,
Um peinlichen Verrat greif' ich euch beide.

MOWBRAY. Ist dies Verfahren ehrlich und gerecht?

WESTMORELAND. Ist's euer Bund etwa?

ERZBISCHOF. So brecht Ihr Euer Wort?

PRINZ JOHANN. Ich gab euch keins,
Versprach nur der Beschwerden Abstellung,
Worüber ihr geklagt: was ich, auf Ehre,
Mit christlichem Gewissen will vollziehn.
Doch ihr, Rebellen, hofft den Sold zu kosten,
Den Rebellion und solches Tun verdient.
Einfältig wart ihr, als ihr Krieg begannt,
Dumm hergelockt und töricht fortgesandt.
Rührt unsre Trommeln, folgt der Flücht'gen Tritten!
Nicht wir, der Himmel hat für uns gestritten.
Bewahrt dem Blocke der Verräter Haupt,
Dem würd'gen Bett, das schnell den Odem raubt!

Alle ab.

Dritte Szene

Ein andrer Teil des Waldes.
Getümmel. Angriffe. Falstaff und Colevile kommen von verschiedenen Seiten.

FALSTAFF. Wie ist Euer Name, Herr? Von welchem Stande seid Ihr und von welchem Orte, wenn's Euch beliebt?

COLEVILE. Ich bin ein Ritter, Herr, und mein Name ist Colevile vom Tal.

FALSTAFF. Nun gut, Colevile ist Euer Name, ein Ritter ist Euer Rang, und Euer Ort das Tal; Colevile soll auch ferner Euer Name sein, ein Verräter Euer Rang, und der Kerker Euer Wohnort, – ein Ort, der tief genug liegt: so werdet Ihr immer noch Colevile vom Tal sein.

COLEVILE. Seid Ihr nicht Sir John Falstaff?

FALSTAFF. Ein eben so wackrer Herr als er, Herr, wer ich auch sein mag. Ergebt Ihr Euch, Herr, oder muß ich Euretwegen schwitzen? Wenn ich schwitze, so werden es die Tropfen deiner Freunde sein, die um deinen Tod weinen: deswegen erwecke Furcht und Zittern in dir und huldige meiner Gnade!

COLEVILE. Ich glaube, Ihr seid Sir John Falstaff, und in diesem Glauben ergebe ich mich.

FALSTAFF. Ich habe eine ganze Schule von Zungen in diesem meinem Bauch, und keine einzige von allen spricht ein ander Wort als meinen Namen. Hätte ich nur einen einigermaßen leidlichen Bauch, so wäre ich schlechtweg der rüstigste Kerl in Europa: mein Wanst, mein Wanst, mein Wanst ruiniert mich! – Da kommt unser General.

Prinz Johann von Lancaster, Westmoreland und andre treten auf.

PRINZ JOHANN.
Die Hitze ist vorbei, verfolgt nicht weiter:
Ruft, Vetter Westmoreland, das Volk zurück!

Westmoreland ab.

Nun, Falstaff, wo wart Ihr die ganze Zeit?
Wenn alles schon vorbei, dann kommt Ihr an?
Die trägen Streiche brechen noch einmal,
Bei meinem Leben, eines Galgens Rücken.

FALSTAFF. Es sollte mir leid tun, gnädiger Herr, wenn das nicht geschähe: ich wußte es nie anders, als daß Tadel und Vorwürfe der Lohn der Tapferkeit waren. Haltet Ihr mich für eine Schwalbe, einen Pfeil oder eine Kanonenkugel? Habe ich bei meinem kümmerlichen und alten Fortkommen die Schnelligkeit des Gedankens? Mit dem alleräußersten Zollbreit der Möglichkeit bin ich hieher geeilt, ich habe hundertundachtzig und etliche Postpferde zu schanden geritten, und hier, erschöpft vom Reisen, wie ich bin, habe ich in meiner reinen und unbefleckten Tapferkeit Sir John Colevile vom Tal zum Gefangnen gemacht, einen wütenden Ritter und tapfern Feind. Doch was will das sagen? Er sah mich und ergab sich, so daß ich mit Recht wie der krummnasige Kerl von Rom sagen kann: ich kam, sah und siegte.

PRINZ JOHANN. Es war mehr Höflichkeit von ihm als Euer Verdienst.

FALSTAFF. Ich weiß nicht: hier ist er, und hier überliefere ich ihn; und ich ersuche Euer Gnaden, laßt es mit den übrigen Taten des heutigen Tages aufzeichnen, oder bei Gott, ich will mir sonst eine besondere Ballade darauf schaffen, mit meinem eignen Bildnis oben darüber, dem Colevile die Füße küssen soll. Wenn ich zu dieser Maßregel genötigt werde, und ihr nehmt euch nicht alle wie vergoldete Zweihellerstücke gegen mich aus, und ich überscheine euch nicht am lichten Himmel des Ruhms, so sehr wie der Vollmond die glimmernden Funken des Firmaments, die sich wie Nadelknöpfe gegen ihn ausnehmen, so glaubt keinem Edelmann mehr auf sein Wort! Darum gebt mir mein Recht, und das Verdienst steige!

PRINZ JOHANN. Deins ist zu schwer zum Steigen.

FALSTAFF. So laßt es leuchten!

PRINZ JOHANN. Deines ist zu dick, um zu leuchten.

FALSTAFF. So laßt es irgend was tun, gnädigster Herr, was zu meinem Besten gereicht, und nennt es, wie Ihr wollt!

PRINZ JOHANN. Dein Nam' ist Colevile?

COLEVILE. Ja, gnäd'ger Herr.

PRINZ JOHANN.
Ein künd'ger Meuter bist du, Colevile.

FALSTAFF. Und ein künd'ger treuer Untertan nahm ihn gefangen.

COLEVILE.
Ich bin nur, Herr, was meine Obern sind,
Die mich hieher geführt: wenn sie mir folgten,
So hättet Ihr viel teurer sie gewonnen.

FALSTAFF. Ich weiß nicht, um welchen Preis sie sich verkauft haben, aber du hast dich wie ein guter Mensch umsonst weggegeben, und ich danke dir für dich.

Westmoreland kommt zurück.

PRINZ JOHANN.
Nun, habt Ihr nachzusetzen aufgehört?

WESTMORELAND.
Der Rückzug ist geschehn, und Halt gemacht.

PRINZ JOHANN.
Schickt Colevile samt seinen Mitverschwornen
Nach York, zu ihrer schleun'gen Hinrichtung!
Blunt, führt ihn weg, bewahrt mir sicher ihn!

Einige mit Colevile ab.

Nun laßt zum Hof uns eilen, werte Lords:
Mein Vater, wie ich höre, ist schwer krank:
Die Zeitung geh' voraus zu Seiner Majestät,
Ihr, Vetter, sollt sie bringen, ihn zu trösten;
Wir folgen Euch in mäß'ger Eile nach.

FALSTAFF. Gnädiger Herr, erlaubt mir, durch Glostershire zu gehen, und wenn Ihr an den Hof kommt, so seid doch mein gewogner Herr mit einem günstigen Bericht!

PRINZ JOHANN.
Lebt wohl denn, Falstaff: ich an meiner Stelle
Will besser von Euch reden, als Ihr's wert seid.

Prinz Johann mit Gefolge ab.

FALSTAFF. Ich wollte, Ihr hättet nur den Witz dazu, das wäre besser als Euer Herzogtum. – Meiner Treu, dieser junge Knabe von nüchternem Geblüt liebt mich nicht, auch kann ihn kein Mensch zum Lachen bringen, aber das ist kein Wunder, er trinkt keinen Wein. Es wird niemals aus diesen bedächtigen Burschen etwas Rechtes, denn das dünne Getränk und die vielen Fisch-Mahlzeiten kühlen ihr Blut so übermäßig, daß sie in eine Art von männlicher Bleichsucht verfallen, und wenn sie dann heiraten, zeugen sie nichts wie Dirnen; sie sind gemeiniglich Narren und feige Memmen, – was einige von uns auch sein würden, wenn's nicht die Erhitzung täte. Ein guter spanischer Sekt hat eine zwiefache Wirkung an sich. Er steigt euch in das Gehirn, zerteilt da alle die albernen, (dummen) und rohen Dünste, die es umgeben, macht es sinnig, schnell und erfinderisch, voll von behenden, feurigen und ergötzlichen Bildern; wenn diese dann der Stimme, der Zunge überliefert werden, was ihre Geburt ist, so wird vortrefflicher Witz daraus. Die zweite Eigenschaft unsers vortrefflichen Sekts ist die Erwärmung des Bluts, welches, zuvor kalt und ohne Bewegung, die Leber weiß und bleich läßt, was das Kennzeichen der Kleinmütigkeit und Feigheit ist: aber der Sekt erwärmt es und bringt es von den innern bis zu den äußersten Teilen in Umlauf. Er erleuchtet das Antlitz, welches wie ein Wachfeuer das ganze kleine Königreich, Mensch genannt, zu den Waffen ruft, und dann stellen sich alle die Insassen des Leibes und die kleinen Lebensgeister aus den Provinzen ihrem Hauptmann, dem Herzen, welches, durch dies Gefolge groß und aufgeschwellt, jegliche Tat des Mutes verrichtet. Und diese Tapferkeit kommt vom Sekt, so daß Geschicklichkeit in den Waffen nichts ist ohne Sekt: denn der setzt sie in Tätigkeit; und Gelahrtheit ist ein bloßer Haufe Goldes, von einem Teufel verwahrt, bis Sekt sie promoviert und in Gang und Gebrauch setzt. Daher kommt es, daß Prinz Heinrich tapfer ist; denn das kalte Blut, das er natürlicher Weise von seinem Vater erben mußte, hat er wie magres, unfruchtbares und dürres Land gedüngt, gepflügt und beackert, mit ungemeiner Bemühung wackren Trinkens und gutem Vorrat von fruchtbarem Sekt, so daß er sehr hitzig und tapfer geworden ist. Wenn ich tausend Söhne hätte, der erste menschliche Grundsatz, den ich ihnen lehren wollte, sollte sein, dünnes Getränk abzuschwören und sich dem Sekt zu ergeben.

Bardolph kommt.

Wie steht's, Bardolph?

BARDOLPH. Die ganze Armee ist entlassen und aus einander gegangen.

FALSTAFF. Laß sie gehn! Ich will durch Glostershire, und da will ich Herrn Robert Schaal, Esquire, besuchen; er wird mir schon weich zwischen dem Finger und Daumen, und bald will ich mit ihm siegeln. Komm mit!

Beide ab.

Vierte Szene

Westminster. Ein Zimmer im Palast.
König Heinrich, Clarence, Prinz Humphrey, Warwick und andre treten auf.

KÖNIG HEINRICH.
Nun, Lords, beendigt nur der Himmel glücklich
Den Zwist, der jetzt an unsern Toren blutet,
So führen wir in höh'res Feld die Jugend
Und ziehn nur Schwerter, die geheiligt sind.
Die Flotte ist bereit, die Macht versammelt,
Bestallt im Absein unsre Stellvertreter,
Und jedes Ding bequemt sich unserm Wunsch.
Nur fehlt uns etwas körperliche Kraft
Und Muße, bis die jetzigen Rebellen
Dem Joch des Regiments sich unterziehn.

WARWICK. Gewiß wird beides Eure Majestät
Gar bald erfreun.

KÖNIG HEINRICH.
Humphrey, mein Sohn von Gloster,
Wo ist der Prinz, Eu'r Bruder?

PRINZ HUMPHREY. Ich denk', er ging zur Jagd,
mein Fürst, nach Windsor.

KÖNIG HEINRICH. Und wer begleitet' ihn?

PRINZ HUMPHREY.
Das weiß ich nicht, mein Fürst.

KÖNIG HEINRICH. Ist nicht sein Bruder,
Thomas von Clarence, bei ihm?

PRINZ HUMPHREY.
Nein, gnäd'ger Herr, der ist hier gegenwärtig.

CLARENCE. Was will mein Herr und Vater?

KÖNIG HEINRICH.
Nichts will ich als dein Wohl, Thomas von Clarence.
Wie kommt's, daß du nicht bei dem Prinzen bist?
Er liebt dich, aber du versäumst ihn, Thomas;
Du hast den besten Platz in seinem Herzen
Vor allen deinen Brüdern: heg' ihn, Kind,
So mögen edle Dienste der Vermittlung,
Nachdem ich tot bin, zwischen Seiner Hoheit
Und deinen andern Brüdern dir gelingen.
Darum versäum' ihn nicht, stoß' ihn nicht ab,
Verliere nicht den Vorteil seiner Gunst,
Indem du kalt und achtlos um ihn scheinst:
Denn er ist hold, bemüht man sich um ihn;
Er hat des Mitleids Trän' und eine Hand,
So offen wie der Tag der weichen Milde;
Jedoch, wenn er gereizt, ist er von Stein,
So launisch wie der Winter, und so plötzlich
Wie eis'ge Winde beim Beginn des Tags.
(Deshalb ist sein Gemüt wohl zu beachten:)
Schilt ihn um Fehler, tu' es ehrerbietig,
Siehst du sein Blut zur Fröhlichkeit geneigt;
Doch, wenn er finster, laß ihn frei gewähren,
Bis seine Leidenschaften selber sich,
So wie ein Walfisch auf dem festen Boden,
Zernichten durch ihr Treiben. Lern' das, Thomas,
Und deinen Freunden wirst du dann ein Schirm,
Ein goldner Reif, der deine Brüder bindet,
Daß eures Bluts gemeinsames Gefäß,
Vermischt mit Gifte fremder Eingebung,
Was doch durchaus die Zeit hinein wird gießen,
Nie leck mag werden, wirkt es auch so stark
Als Aconitum oder rasches Pulver.

CLARENCE.
Mit Sorg' und Liebe will ich auf ihn achten.

KÖNIG HEINRICH.
Warum bist du nicht mit in Windsor, Thomas?

CLARENCE.
Er ist nicht dorten heut, er speist in London.

KÖNIG HEINRICH.
Und in was für Begleitung? Weißt du das?

CLARENCE.
Mit Poins und andern, die ihm immer folgen.

KÖNIG HEINRICH.
Am meisten Unkraut trägt der fettste Boden,
Und er, das edle Bildnis meiner Jugend,
Ist überdeckt damit: darum erstreckt
Mein Gram sich jenseits meiner Todesstunde,
Mir weint das Blut vom Herzen, denk' ich mir
In Einbildungen die verwirrten Tage,
Die faulen Zeiten, die ihr werdet sehn,
Wenn ich entschlafen bin bei meinen Ahnen,
Wenn nichts mehr die unbänd'ge Wüstheit zügelt,
Wenn Gier und heißes Blut ihm Räte sind,
Wenn Mittel sich und üpp'ge Sitten treffen:
Mit welchen Schwingen wird sein Hang dann fliegen
In trotzende Gefahr und droh'nde Fäll'!

WARWICK.
Mein gnäd'ger König, Ihr verkennt ihn ganz:
Der Prinz studiert nur seine Spießgesellen
Wie eine fremde Sprache, der zu lieb
Notwendig man das unehrbarste Wort
Ansehn und lernen muß; einmal erlangt,
Weiß Eure Hoheit, braucht man es nicht weiter,
Als daß man's kennt und haßt. So wird der Prinz
Bei reifrer Zeit wie grober Redensarten
Sich der Gefährten abtun; ihr Gedächtnis
Wird nur als Muster leben oder Maß,
Womit er andrer Leben messen kann,
Vormal'ges Übel kehrend zum Gewinn.

KÖNIG HEINRICH.
Nicht leicht verläßt die Biene ihren Waben
Im toten Aas. – Wer kommt da? Westmoreland?
Westmoreland tritt auf.

WESTMORELAND.
Heil meinem Oberherrn! Und neues Glück,
Zu dem gefügt, das ich berichten soll!
Der Prinz Johann küßt Euer Hoheit Hand:
Mowbray, der Bischof Scroop, Hastings und alle
Sind unter des Gesetzes Zucht gebracht;
Und kein Rebellen-Schwert ist mehr entblößt,
Es sproßt des Friedens Ölzweig überall.
Die Art, wie dies Geschäft vollführt ist worden,
Kann Euer Hoheit hier bei Muße lesen,
Des weitern angezeigt nach dem Verlauf.

KÖNIG HEINRICH.
O Westmoreland, du bist ein Sommervogel,
Der an des Winters Fersen immerdar
Des Tages Aufgang singt. Seht, noch mehr Neues.
Harcourt tritt auf.

HARCOURT.
Der Himmel schütz' Eu'r Majestät vor Feinden,
Und wer da aufsteht wider Euch, der falle
Wie die, wovon ich Euch zu melden komme!
Der Graf Northumberland und der Lord Bardolph
Mit großer Macht von Englischen und Schotten
Sind durch den Sheriff von Yorkshire besiegt.
Die Weis' und wahre Ordnung des Gefechts
Berichtet dies Paket, wenn's Euch beliebt.

KÖNIG HEINRICH.
Und muß so gute Zeitung krank mich machen?
Kommt nie das Glück mit beiden Händen voll?
Schreibt seine schönsten Wort' in garst'gen Zügen?
Es gibt entweder Eßlust ohne Speise,
Wie oft dem Armen; oder einen Schmaus
Und nimmt die Eßlust weg: so ist der Reiche,
Der Fülle hat und ihrer nicht genießt.
Ich sollte mich der guten Zeitung freun,
Und nun vergeht mir das Gesicht und schwindelt's.
O weh! Kommt um mich, denn mir wird so schlimm.
Er fällt in Ohnmacht.

PRINZ HUMPHREY.
Der Himmel tröste Eure Majestät!

CLARENCE. O mein königlicher Vater!

WESTMORELAND.
Mein hoher Herr, ermuntert Euch! Blickt auf!

WARWICK. Seid ruhig, Prinzen, solch ein Anfall ist
Bei Seiner Hoheit, wißt ihr, sehr gewöhnlich.
Entfernt euch, gebt ihm Luft; gleich wird ihm besser.

CLARENCE.
Nein, nein, er hält nicht lang' die Qualen aus;
Die ew'ge Sorg' und Arbeit des Gemüts
Hat so die Mau'r, die es umschließt, vernutzt,
Das Leben blickt schon durch und will heraus.

PRINZ HUMPHREY.
Die Leute schrecken mich: denn sie bemerken
Verhaßte Ausgeburten der Natur
Und vaterlose Erben; es verändern
Die Zeiten ihre Sitt', als ob das Jahr
Monate schlafend fand und übersprang.

CLARENCE.
Dreimal ohn' Ebbe hat der Strom geflutet,
Und alte Leute, kind'sche Zeitregister,
Versichern, dies sei kurz zuvor geschehn,
Eh' unser Ältervater, Eduard, krankt' und starb.

WARWICK.
Sprecht leiser, Prinzen, er erholt sich wieder.

PRINZ HUMPHREY.
Gewiß wird dieser Schlag sein Ende sein.

KÖNIG HEINRICH.
Ich bitt' euch, nehmt mich auf und tragt mich fort
In eine andre Kammer: sanft, ich bitte!
Sie tragen den König in einen innern Teil des Zimmers und legen ihn auf ein Bett.
Laßt keinen Lärm hier machen, liebe Freunde,
Wenn eine dumpfe günst'ge Hand nicht etwa
Musik will flüstern meinem müden Geist.

WARWICK.
Ruft die Musik her in das andre Zimmer!

KÖNIG HEINRICH.
Legt mir die Krone auf mein Kissen hier!

CLARENCE.
Ein Aug' ist hohl, er hat sich sehr verwandelt.

WARWICK. O still doch! Still!
Prinz Heinrich tritt auf.

PRINZ HEINRICH. Wer sah den Herzog Clarence?

CLARENCE. Hier bin ich, Bruder, voller Traurigkeit.

PRINZ HEINRICH.
Wie nun? Im Hause regnet's und nicht draußen?
Was macht der König?

PRINZ HUMPHREY. Er ist äußerst schlecht.

PRINZ HEINRICH.
Hat er die gute Zeitung schon gehört?
Sagt sie ihm!

PRINZ HUMPHREY.
Wie er sie hörte, hat er sich verwandelt.

PRINZ HEINRICH. Ist er vor Freuden krank,
So wird er ohn' Arznei schon besser werden.

WARWICK. Nicht so viel Lärm, Mylords! Sprecht leise, lieber Prinz!
Der König, euer Vater, wünscht zu schlafen.

CLARENCE.
Ziehn wir ins andre Zimmer uns zurück!

WARWICK. Beliebt es Euer Gnaden mitzugehn?

PRINZ HEINRICH.
Ich will hier sitzen und beim König wachen.
Alle ab, außer Prinz Heinrich.
Weswegen liegt die Kron' auf seinem Kissen.
Die ein so unruhvoller Bettgenoß?
O glänzende Zerrüttung! goldne Sorge!
Die weit des Schlummers Pforten offen hält
In mancher wachen Nacht! – Nun damit schlafen!
Doch so gesund nicht, noch so lieblich tief
Als der, des Stirn, mit grobem Tuch umwunden,
Die nächt'ge Zeit verschnarcht. O Majestät!
Wenn du den Träger drückst, so sitzest du
Wie reiche Waffen in des Tages Hitze,
Die schützend sengen. Bei des Odems Toren
Liegt ihm ein Federchen, das sich nicht rührt;
Und atmet' er, der leichte, lose Flaum
Bewegte sich. – Mein gnäd'ger Herr! Mein Vater!
Der Schlaf ist wohl gesund: dies ist ein Schlaf,
Der manchen König Englands hat geschieden
Von diesem goldnen Zirkel. Dein Recht an mich
Sind Tränen, tiefe Trauer deines Bluts,

Was dir Natur und Lieb' und Kindessinn,
O teurer Vater, reichlich zahlen soll.
Mein Recht an dich ist diese Herrscherkrone,
Die, als dem Nächsten deines Rangs und Bluts
Mir sich vererben muß. Hier sitzt sie, seht!
Er setzt sie auf sein Haupt.
Der Himmel schütze sie: – nun legt die Stärke
Der ganzen Welt in einen Riesenarm,
Er soll mir diese angestammte Ehre
Nicht mit Gewalt entreißen: dies von dir
Lass' ich den Meinen, wie du's ließest mir.
Ab.

KÖNIG HEINRICH. Warwick! Gloster! Clarence!
Warwick kommt mit den übrigen zurück.

CLARENCE. Ruft der König?

WARWICK.
Was wollt' Eu'r Majestät? Wie ist Eu'r Gnaden?

KÖNIG HEINRICH.
Weswegen ließt ihr so allein mich, Lords?

CLARENCE.
Wir ließen hier den Prinzen, meinen Bruder,
Der's übernommen, bei Euch aufzusitzen.

KÖNIG HEINRICH.
Der Prinz von Wales? Wo ist er? Laßt mich sehn:
Er ist nicht hier.

WARWICK. Die Tür ist offen, dort ist er hinaus.

CLARENCE.
Er kam nicht durch das Zimmer, wo wir waren.

KÖNIG HEINRICH.
Wo ist die Krone? Wer nahm sie mir vom Kissen?

WARWICK.
Mein Fürst, beim Weggehn ließen wir sie hier.

KÖNIG HEINRICH.
Der Prinz nahm sie mit weg: – geht, sucht ihn auf!
Ist er so eilig, daß er glaubt, es sei
Mein Schlaf mein Tod? –
Lord Warwick, findet ihn, schmält ihn hieher!
Warwick ab.
Dies Tun von ihm vereint sich mit dem Übel
Und hilft mich enden. – Seht, Söhne, was ihr seid!
Wie schleunig die Natur in Aufruhr fällt,
Wird Gold ihr Gegenstand!
Und dafür brechen töricht bange Väter
Mit Denken ihren Schlaf, den Kopf mit Sorge,
Mit Arbeit ihr Gebein;
Dafür vermehrten sie und türmten auf
Die falschen Haufen fremd erworbnen Goldes,
Dafür bedachten sie, die Söhn' in Künsten
Und kriegerischer Übung einzuweihn:
Denn, wie die Biene, jede Blume schatzend
Um ihre süße Kraft,
Die Schenkel voller Wachs, den Mund voll Honig,
So bringen wir's zum Korb; und wie die Bienen
Erwürgt man uns zum Lohn. Der bittre Schmack
Beut seine Last dem Vater, welcher scheidet.
Warwick kommt zurück.
Nun, wo ist der, der nicht so lang' will warten,
Bis sein Freund Krankheit mir ein Ende macht?

WARWICK.
Ich fand den Prinzen, Herr, im nächsten Zimmer,
Mit Tränen mild die holden Wangen waschend,
In solchem tiefen Anschein großer Trauer,
Daß Tyrannei, die immer Blut nur zecht,
Bei diesem Anblick waschen würd' ihr Messer
Mit milden Augentropfen. Er kommt her.

KÖNIG HEINRICH.
Allein warum nahm er die Krone weg?
Prinz Heinrich kommt zurück.
Da kommt er, seht! – Hieher komm zu mir, Heinrich! –
Räumt ihr das Zimmer, laßt uns hier allein!
Clarence, Prinz Humphrey, Lords und übrige ab.

PRINZ HEINRICH.
Ich dachte nicht, Euch noch ein Mal zu hören.

KÖNIG HEINRICH.
Dein Wunsch war des Gedankens Vater, Heinrich.
Ich zögre dir zu lang', ermüde dich.
So hungerst du nach meinem led'gen Stuhl,
Daß du dich mußt in meine Ehren kleiden,
Eh' noch die Stunde reif? O blöder Jüngling!
Die Größe, die du suchst, wird dich erdrücken.
Wart' nur ein wenig: denn die Wolke meiner Würde
Hält ein so schwacher Wind vom Fallen ab,
Daß sie bald sinken muß; mein Tag ist trübe.
Du stahlst mir das, was nur nach wenig Stunden
Dein ohne Schuld war, und bei meinem Tod
Hast du mir die Erwartung noch besiegelt:
Dein Leben zeigte, daß du mich nicht liebtest,
Und du willst, daß ich des versichert sterbe.
In deinem Sinne birgst du tausend Dolche,
Die du am Felsenherzen dir gewetzt,
Ein Stündchen meines Lebens zu ermorden.
Wie? Kannst du nicht ein Stündchen auf mich warten?
So mach' dich fort und grabe selbst mein Grab,
Heiß' deinem Ohr die frohen Glocken tönen,
Daß du gekrönt wirst, nicht daß ich gestorben!
Die Tränen, die den Sarg betaun mir sollten,
Laß Balsamtropfen sein, dein Haupt zu weihen;
Mich mische nur mit dem vergeßnen Staub,
Gib das den Würmern, was dir Leben gab!
Setz' meine Diener ab, brich meine Schlüsse,
Nun ist die Zeit da, aller Form zu spotten:
Heinrich der Fünfte ist gekrönt! – Wohlauf,
Ihr Eitelkeiten! Nieder, Königswürde!
Ihr weisen Räte, macht euch alle fort!
Und nun versammelt euch an Englands Hof
Von jeder Gegend, Affen eitlen Tands!
Nun, Grenznachbarn, schafft euren Abschaum weg!
Habt ihr 'nen Wüstling, welcher flucht, zecht, tanzt,
Die Nächte schwärmt, raubt, mordet und verübt
Die ältsten Sünden auf die neuste Art:
Seid glücklich, er belästigt euch nicht mehr,
England wird zwiefach seine Schuld vergolden,
England wird Amt ihm geben, Ehre, Macht:
Der fünfte Heinrich nimmt gezähmter Frechheit
Des Zwanges Maulkorb, und das wilde Tier
Wird seinen Zahn an jeder Unschuld weiden.
O armes Reich du, krank von Bürgerstreichen!
Wenn deinen Unfug nicht mein Sorgen hemmte,
Was wirst du tun, wenn Unfug für dich sorgt!
Oh, du wirst wieder eine Wildnis werden,
Besetzt von Wölfen, deinen alten Bürgern!

PRINZ HEINRICH *knieend.*
Mein Fürst, verzeiht mir! Wären nicht die Tränen
Die feuchten Hindernisse meiner Rede,
So hätt' ich vorgebaut der harten Rüge,

Eh' Ihr mit Gram gered't und ich so weit
Den Lauf davon gehört. Hier ist die Krone,
Und er, der seine Kron' unsterblich trägt,
Erhalte lang' sie Euch! Wünsch' ich sie mehr
Als Eure Ehre und als Euren Ruhm,
So mög' ich nie von dem Gehorsam aufstehn,
Den treuster, innerlich ergebner Sinn
Mich lehrt, der unterwürf'gen äußern Biegung!
Der Himmel sei mein Zeuge, wie ich kam
Und keinen Odem fand in Eurer Majestät,
Wie es mein Herz betroffen! Wenn ich heuchle,
O mög' ich in der jetz'gen Wildheit sterben
Und der ungläub'gen Welt den edlen Tausch,
Den ich mir vorgesetzt, nie dartun können!
Zu Euch hier kommend, denkend, Ihr seid tot,
Und tot beinah', zu denken, daß Ihr's wart,
Sprach ich zur Kron', als hätte sie Gefühl,
Und schalt sie so: »Die Sorge, so dir anhängt,
Hat meines Vaters Körper aufgezehrt;
Drum bist du, bestes Gold, von Gold das schlechtste.
Andres, das wen'ger fein, ist köstlicher,
Bewahrt in trinkbarer Arznei das Leben;
Doch du, das feinste, ruhm- und ehrenreichste,
Verzehrtest deinen Herrn.« So, mein Gebieter,
Verklagt' ich sie und setzte sie aufs Haupt,
Mit ihr als einem Feind, der meinen Vater
Vor meinem Angesicht ermordet hätte,
Den Streit des echten Erben auszumachen.
Doch wenn sie mir das Blut mit Lust erhitzt,
Geschwellt zu stolzer Hoffart die Gedanken,
Wenn irgend ein rebell'scher eitler Geist
In mir, mit des Willkommens kleinster Regung,
Der Macht derselben gern entgegenkam:
So halte Gott sie stets vom Haupt mir fern
Und mache mich zum niedrigsten Vasallen,
Der voller Schreck und Ehrfurcht vor ihr kniet!

KÖNIG HEINRICH. O mein Sohn!
Der Himmel gab dir ein, sie wegzunehmen,
Daß du des Vaters Liebe mehr gewönnest,
Da du so weise deine Sache führst.
Komm her denn, Heinrich, setz' dich an mein Bett
Und hör' den letzten Ratschlag, wie ich glaube,
Den ich je atmen mag: Gott weiß, mein Sohn,
Durch welche Nebenschlich' und krumme Wege
Ich diese Kron' erlangt; ich selbst weiß wohl,
Wie lästig sie auf meinem Haupte saß.
Dir fällt sie heim nunmehr mit beßrer Ruh',
Mit beßrer Meinung, besserer Bestät'gung,
Denn jeder Flecken der Erlangung geht
Mit mir ins Grab. An mir erschien sie nur
Wie eine Ehr', erhascht mit heft'ger Hand;
Und viele lebten noch, mir vorzurücken,
Daß ich durch ihren Beistand sie gewonnen,
Was täglich Zwist und Blutvergießen schuf,
Dem vorgegebnen Frieden Wunden schlagend.
All diese dreisten Schrecken, wie du siehst,
Hab' ich bestanden mit Gefahr des Lebens:
Denn all mein Regiment war nur ein Auftritt
Der diesen Inhalt spielte; nun verändert
Mein Tod die Weise: denn was ich erjagt,
Das fällt dir nun mit schönerm Anspruch heim,
Da du durch Erblichkeit die Krone trägst.
Und, stehst du sichrer schon, als ich es konnte,
Du bist nicht fest genug, solang' die Klagen
So frisch noch sind; und allen meinen Freunden,
Die du zu deinen Freunden machen mußt,
Sind Zähn' und Stachel kürzlich nur entnommen,
Die durch gewaltsam Tun mich erst befördert,
Und deren Macht wohl Furcht erregen konnte,
Vor neuer Absetzung: was zu vermeiden
Ich sie verdarb und nun des Sinnes war,
Zum Heil'gen Lande viele fortzuführen,
Daß Ruh' und Stilleliegen nicht zu nah
Mein Reich sie prüfen ließ. Darum, mein Heinrich,
Beschäft'ge stets die schwindlichten Gemüter
Mit fremdem Zwist, daß Wirken in der Fern'
Das Angedenken vor'ger Tage banne.
Mehr wollt' ich, doch die Lung' ist so erschöpft,
Daß kräft'ge Rede gänzlich mir versagt ist.
Wie ich zur Krone kam, o Gott! vergebe,
Daß sie bei dir in wahrem Frieden lebe!

PRINZ HEINRICH. Mein gnäd'ger Fürst,
Ihr trugt, erwarbt, bewahrtet, gabt sie mir:
Klar ist daher auch mein Besitz an ihr,
Den wider alle Welt nach vollen Rechten
Mit nicht gemeiner Müh' ich will verfechten.

Prinz Johann von Lancaster, Warwick, Lords und andre treten auf.

KÖNIG HEINRICH.
Seht, hier kommt mein Johann von Lancaster.

PRINZ JOHANN.
Gesundheit, Friede, Glück mit meinem Vater!

KÖNIG HEINRICH.
Du bringst mir Glück und Frieden, Sohn Johann;
Gesundheit, ach! die floh mit jungen Schwingen
Den kahlen, welken Stamm: bei deinem Anblick
Stehn meine weltlichen Geschäfte still. –
Wo ist Mylord von Warwick?

PRINZ HEINRICH. Mylord von Warwick?

KÖNIG HEINRICH.
Kommt irgend ein besondrer Name zu
Dem Zimmer, wo ich erst in Ohnmacht fiel?

WARWICK. Es heißt Jerusalem, mein edler Herr.

KÖNIG HEINRICH.
Gelobt sei Gott! – Hier muß mein Leben enden.
Vor vielen Jahren ward mir's prophezeit,
Ich würde sterben in Jerusalem,
Was fälschlich ich vom Heil'gen Lande nahm.
Doch bringt mich zu der Kammer, dort zu ruhn:
In dem Jerusalem stirbt Heinrich nun.

Alle ab.

Fünfter Aufzug

Erste Szene

Glostershire. Ein Zimmer in Schaals Hause.
Schaal, Falstaff, Bardolph und Page treten auf.

SCHAAL. Der Tausend noch einmal! Herr, Ihr sollt heute nacht nicht weg! – He, David, sag' ich!

FALSTAFF. Ihr müßt mich entschuldigen, Herr Robert Schaal.

SCHAAL. Ich will Euch nicht entschuldigen; Ihr sollt nicht entschuldigt sein; Entschuldigungen sollen nicht zugelassen werden; keine

Entschuldigung soll was gelten; Ihr sollt nicht entschuldigt sein. – Nun, David!

David kommt.

DAVID. Hier, Herr.

SCHAAL. David, David, David, – laß mich sehn, David, laß mich sehn, – ja, wahrhaftig: Wilhelm der Koch, den heiß' mir herkommen! – Sir John, Ihr sollt nicht entschuldigt sein.

DAVID. Ja, Herr, das war's: Die Verhaftsbefehle hier sind nicht anzubringen; und dann, Herr: – sollen wir das Querland mit Weizen besäen?

SCHAAL. Mit rotem Weizen, David. Aber wegen Wilhelm dem Koch, – sind keine jungen Tauben da?

DAVID. Ja, Herr. – Hier ist nun des Schmieds Rechnung fürs Beschlagen und die Pflugeisen.

SCHAAL. Zieh' die Summe und bezahl' es! – Sir John, Ihr sollt nicht entschuldigt sein.

DAVID. Ferner, Herr, wir müssen durchaus eine neue Kette an dem Eimer haben; – und, Herr, denkt Ihr dem Wilhelm was von seinem Lohne zurückzuhalten wegen des Sacks, den er letzthin auf dem Markte zu Hinkley verloren hat?

SCHAAL. Er muß ihn ersetzen. – Einige Tauben, David, ein paar kurzbeinige Hennen, eine Schöpskeule und sonst ein allerliebstes kleines Allerlei: sag das Wilhelm dem Koch!

DAVID. Bleibt der Kriegsmann den ganzen Abend hier, Herr?

SCHAAL. Ja, David, ich will ihm gut begegnen: ein Freund am Hofe ist besser als ein Pfennig im Beutel. Begegne seinen Leuten gut, David, denn es sind ausgemachte Schelme und schwärzen einen hinter dem Rücken an.

DAVID. Nicht ärger, als sie selbst hinter dem Rücken angeschwärzt sind, Herr, denn sie haben erschrecklich schmutzige Wäsche an.

SCHAAL. Ein schöner Einfall, David! An deine Arbeit, David!

DAVID. Ich bitte Euch, Herr, Wilhelm Visor von Woncot gegen Clemens Perkes vom Berge zu unterstützen.

SCHAAL. Gegen den Visor kommen viele Klagen ein, David; der Visor ist ein ausgemachter Schelm, soviel ich weiß.

DAVID. Ich gestehe Euer Edlen zu, daß er ein Schelm ist, Herr; aber da sei Gott vor, Herr, daß ein Schelm nicht auf die Fürsprache eines Freundes einige Unterstützung finden sollte. Ein ehrlicher Mann, Herr, kann für sich selbst sprechen, wenn ein Schelm es nicht kann. Ich habe Euer Edlen treulich seit acht Jahren gedient, Herr; und wenn ich nicht ein oder ein paar Mal in einem Vierteljahr einem Schelm gegen einen ehrlichen Mann durchhelfen kann, so habe ich auch gar zu wenig Kredit bei Euer Edlen. Der Schelm ist mein ehrlicher Freund, Herr, darum bitte ich Euer Edlen, laßt ihm Unterstützung angedeihen!

SCHAAL. Gib dich zufrieden, ich sage, ihm soll nichts geschehen. Sieh nach allem!

David ab.

Wo seid Ihr, Sir John? Kommt, die Stiefeln abgelegt! Gebt mir die Hand, Meister Bardolph!

BARDOLPH. Ich freue mich, Euer Edlen zu sehn.

SCHAAL. Ich danke dir von ganzem Herzen, mein lieber Meister Bardolph; – *Zu dem Pagen.* und willkommen, mein starker Mann! Kommt, Sir John! *Schaal ab.*

FALSTAFF. Ich komme nach, lieber Herr Robert Schaal. Bardolph, sieh nach unsern Pferden!

Bardolph und Page ab.

Wenn ich in Portionen gesägt würde, so könnte man vier Dutzend solcher bärtigen Klausnerstöcke aus mir machen, wie Meister Schaal. Es ist ein wunderliches Ding, den gegenseitigen Zusammenhang zwischen dem Geist seiner Leute und dem seinigen zu sehn: sie, indem sie ihn beobachten, betragen sich wie alberne Friedensrichter; er wird durch den Umgang mit ihnen in einen friedensrichterlichen Bedienten verwandelt; ihr Wesen ist durch den geselligen Verkehr so miteinander vermählt, daß sie sich immer einträchtig zusammenhalten wie ein Haufen wilder Gänse. Hätte ich ein Gesuch bei Meister Schaal, so wollte ich seine Leute damit guter Laune machen, daß ich ihnen Ähnlichkeit mit ihrem Herrn zuschriebe; bei seinen Leuten, so wollte ich Meister Schaal damit kitzeln, daß niemand seinen Bedienten besser zu befehlen wisse. Es ist gewiß, sowohl weises Betragen als einfältige Aufführung nimmt einer vom andern an, wie Krankheiten anstecken: deswegen mag sich jeder mit seiner Gesellschaft vorsehen. Ich will aus diesem Schaal Stoff genug ziehn, um Prinz Heinrich in beständigem Gelächter zu erhalten, sechs neue Moden hindurch, was so lange dauert als vier Gerichtstermine, oder zwei Schuldklagen, und er soll ohne Intervallum lachen. Oh, es ist viel, daß eine Lüge mit einem leichten Schwur und ein Spaß mit einer gerunzelten Stirn bei einem Burschen, der niemals Schulternweh gefühlt hat, ihrer Sachen gewiß sind! Oh, ihr sollt ihn lachen sehn, bis sein Gesicht aussieht wie ein nasser, schlecht zusammengefalteter Mantel.

SCHAAL *draußen.* Sir John!

FALSTAFF. Ich komme, Herr Schaal! Ich komme, Herr Schaal!

Ab.

Zweite Szene

Westminster. Ein Zimmer im Palast.
Warwick und der Oberrichter treten auf.

WARWICK.
Wie nun, Herr Oberrichter? Wo hinaus?

OBERRICHTER. Wie geht's dem König?

WARWICK.
Ausnehmend gut, sein Sorgen hat ein Ende.

OBERRICHTER. Nicht tot, hoff' ich.

WARWICK. Er ging des Fleisches Weg,
Und unsrer Weise nach lebt er nicht mehr.

OBERRICHTER.
Daß Seine Majestät mich mitgenommen hätte!
Der Dienst, den ich ihm treulich tat im Leben,

Läßt jeder Kränkung nun mich bloßgestellt.

WARWICK.
Der junge König, denk' ich, liebt Euch nicht.

OBERRICHTER.
Ich weiß, daß er's nicht tut, und waffne mich,
Der neuen Zeit Bewandtnis zu begrüßen,
Die scheußlicher auf mich nicht blicken kann,
Als meine Phantasei sie vorgestellt.

Prinz Johann, Prinz Humphrey, Clarence, Westmoreland und andre.

WARWICK.
Da kommt des toten Heinrichs trauriges Geschlecht.
O hätte doch der Heinrich, welcher lebt,
Die Sinnesart des schlechtsten der drei Herren!
Wie manchem Edlen bliebe dann sein Platz,
Der niedern Geistern muß die Segel streichen!

OBERRICHTER.
Ach! Alles, fürcht' ich, wird zu Grunde gehn.

PRINZ JOHANN.
Guten Morgen, Vetter Warwick!

PRINZ HUMPHREY UND CLARENCE.
Guten Morgen, Vetter!

PRINZ JOHANN.
Wir haben, scheint's, die Sprache ganz vergessen.

WARWICK.
Sie ist uns noch im Sinn, doch unser Vorwurf
Ist zu betrübt, viel Reden zu gestatten.

PRINZ JOHANN.
Wohl, Frieden ihm, der uns betrübt gemacht!

OBERRICHTER.
Uns Frieden, daß wir nicht betrübter werden!

PRINZ HUMPHREY.
O bester Lord, Euch starb ein Freund, fürwahr;
Ich schwöre drauf, Ihr borgt nicht diese Miene
Scheinbaren Leids: sie ist gewiß Eu'r eigen.

PRINZ JOHANN.
Weiß keiner gleich, wie er in Gunst wird stehn,
Euch bleibt die kälteste Erwartung doch.
Es tut mir leid, ich wollt', es wäre anders.

CLARENCE.
Ja wohl, nun müßt Ihr Sir John Falstaff schmeicheln,
Und das schwimmt gegen Eurer Würde Strom.

OBERRICHTER.
In Ehren tat ich alles, werte Prinzen,
Gelenkt von unparteiischem Gemüt;
Und niemals sollt ihr sehen, daß ich bettle
Um eitle, schimpfliche Begnadigung. –
Hilft Redlichkeit mir nicht und offne Unschuld,
So will ich meinem Herrn, dem König, nach
Und will ihm melden, wer mich nachgesandt.

WARWICK. Da kommt der Prinz.

König Heinrich V. tritt auf.

OBERRICHTER.
Guten Morgen! Gott erhalt' Euer Majestät!

KÖNIG.
Dies neue prächt'ge Staatskleid, Majestät,
Sitzt mir nicht so gemächlich, wie Ihr denkt.
Brüder, ihr mischt mit ein'ger Furcht die Trauer:
Dies ist der englische, nicht türk'sche Hof,
Hier folgt nicht Amurath auf Amurath,
Auf Heinrich Heinrich. Doch trauert, lieben Brüder;
Die Wahrheit zu gestehn, es ziemt euch wohl:
Das Leid erscheint in euch so königlich,
Daß ich der Sitte ganz mich will ergeben
Und sie im Herzen tragen. Wohl denn, trauert,
Doch zieht's nicht mehr euch an, geliebte Brüder,
Als eine Last, uns allen auferlegt.
Was mich betrifft, beim Himmel, seid versichert,
Ich will euch Vater und auch Bruder sein.
Gebt eure Lieb', ich nehme eure Sorgen;
Doch weint, daß Heinrich tot ist; ich will's auch.
Doch Heinrich lebt, der alle diese Tränen
In so viel Stunden Glücks verwandeln wird.

PRINZ JOHANN UND DIE ÜBRIGEN.
So hoffen wir's von Eurer Majestät.

KÖNIG. Ihr blickt auf mich befremdet;

Zum Oberrichter.

Ihr am meisten.
Ich denk', Ihr seid gewiß, ich lieb' Euch nicht.

OBERRICHTER.
Ich bin gewiß, wenn man gerecht mich mißt,
Hat Eure Majestät zum Haß nicht Ursach'.

KÖNIG. Nicht? Wie konnt' ein Prinz von meiner Anwartschaft
So großen zugefügten Schimpf vergessen?
Was? Schelten, schmäh'n und hart gefangen setzen
Den nächsten Erben Englands! War das nichts?
Läßt sich's im Lethe waschen und vergessen?

OBERRICHTER.
Da übt' ich die Person von Eurem Vater,
Ich trug an mir das Abbild seiner Macht,
Und da ich bei Verwaltung des Gesetzes
Geschäftig war für das gemeine Wesen,
Gefiel's Eu'r Hoheit, gänzlich zu vergessen
Mein Amt und des Gesetzes Majestät,
Das Bild des Königs, welchen ich vertrat,
Und schlugt mich, recht auf meinem Richtersitz:
Worauf, als den Beleid'ger Eures Vaters,
Ich, kühnlich meines Ansehns mich bedienend,
Euch in Verhaft nahm. War die Handlung schlecht,
So wünscht Euch, da Ihr nun die Krone tragt,
Auch einen Sohn, der Eurer Schlüsse spottet,
Gerechtigkeit vom ernsten Sitze reißt,
Den Lauf des Rechtes stürzt und stumpft das Schwert,
Das Eure Sicherheit und Frieden schirmt;
Noch mehr, Eu'r hohes Bild mit Füßen tritt
Und höhnt Eu'r Werk in einem Stellvertreter.
Fragt Euren hohen Sinn, setzt Euch den Fall:
Seid nun ein Vater, denkt Euch einen Sohn,
Hört Eure eigne Würde so entweiht,
Die furchtbarsten Gesetze keck verachtet,
Seht so Euch selbst von einem Sohn entwürdigt;
Dann stellt Euch vor, ich führe Eure Sache
Und bring' aus Eurer Vollmacht Euren Sohn
Gelind zum Schweigen: meinen Spruch erteilt
Mir nun nach dieser kühlen Überlegung!
So wahr Ihr König, sprecht nach Eurer Würde:
Was tat ich wohl, das meinem Amt, Person
Und Dienstpflicht gegen meinen Herrn mißziemte?

KÖNIG.
Ihr habt recht, Richter, und erwägt dies wohl.
Führt denn hinfort die Waagschal' und das Schwert;
Und mögen Eure Ehren immer wachsen,
Bis Ihr's erlebt, daß Euch ein Sohn von mir
Beleidigt und gehorchet, wie ich tat.

Dann werd' ich meines Vaters Worte sprechen:
»Beglückt bin ich, solch kühnen Mann zu haben,
Der Recht an meinem Sohn zu üben wagt.
Beglückt nicht minder, daß ein Sohn mir ward,
Der seiner Größe zu des Rechtes Handen
Sich so entäußert.« – Ihr habt mich gepfändet,
Darum verpfänd' ich nun in Eure Hand
Dies reine Schwert, das Ihr zu führen pflegtet,
Mit dieser Mahnung: daß Ihr selbes braucht,
So kühn, gerecht und unpartei'schen Sinns,
Wie damals wider mich. Hier meine Hand:
Ihr sollt ein Vater meiner Jugend sein,
Was Ihr mir einhaucht, soll mein Mund verkünden,
Und meinen Willen unterwerf' ich gern
So wohlerfahr'nen, weisen Anleitungen.
Und, all ihr Prinzen, glaubt es mir, ich bitt' euch:
Wild ist mein Vater in sein Grab gegangen,
In seiner Gruft ruhn meine Leidenschaften,
Und in mir überlebt sein ernster Geist,
Um die Erwartung aller Welt zu täuschen,
Propheten zu beschämen, auszulöschen
Die faule Meinung, die mich niederschrieb
Nach meinem Anschein. Der Strom des Bluts in mir
Hat stolz bis jetzt in Eitelkeit geflutet:
Nun kehrt er um und ebbt zurück zur See,
Wo er sich mit der Fluten Haupt soll mischen,
In ernster Majestät forthin zu fließen.
Berufen wir nun unsern hohen Hof
Des Parlaments und wählen solche Glieder
Des edlen Rates, daß der große Körper
Von unserm Staat in gleichem Range steh'
Selbst mit der bestregierten Nation;
Daß Krieg und Frieden, oder beides auch
Zugleich, bekannt uns und geläufig sei;

Zum Oberrichter.

Wobei Ihr, Vater, sollt den Vorsitz führen.
Nach unsrer Krönung rufen wir zusammen,
Wie wir zuvor erwähnt, den ganzen Staat;
Und stimmt der Himmel meinem Willen bei,
So soll noch Prinz, noch Pair mit Grunde sagen:
»Gott kürze was an Heinrichs frohen Tagen!«

Alle ab.

Dritte Szene

Glostershire. Der Garten bei Schaals Hause. Falstaff, Schaal, Stille, Bardolph, der Page und David kommen.

SCHAAL. Nein, Ihr müßt meinen Baumgarten sehn, da wollen wir uns in eine Laube setzen und einen Pippin vom vorigen Jahre essen, den ich selbst gepfropft habe, nebst einem Teller Konfekt und so weiter; – nun kommt, Vetter Stille, und dann zu Bett!

FALSTAFF. Weiß Gott, Ihr habt hier einen trefflichen, reichen Wohnsitz.

SCHAAL. Mager, mager, mager! Allesamt Bettler, allesamt Bettler, Sir John! – Ei nun, die Luft ist gut. – Decke, David; decke, David; das machst du gut, David.

FALSTAFF. Der David leistet Euch gute Dienste: er ist Euer Aufwärter und Euer Wirtschafter.

SCHAAL. Ein guter Bursch, ein guter Bursch, ein sehr guter Bursch, Sir John. – Beim Sakrament, ich habe beim Essen zu viel getrunken; – ein guter Bursch! Nun setzt Euch nieder, setzt Euch nieder! Kommt, Vetter!

STILLE. Ei der Tausend, das mein' ich; wir wollen

er singt

»Nichts tun als essen, und keiner was spar',
Und preisen den Himmel fürs lustige Jahr,
Wo wohlfeil das Fleisch und die Mädel rar
Und munteres Völklein hier schwärmet und dar,
So freudiglich,
Und immerzu so freudiglich.«

FALSTAFF. Das ist mir ein fröhliches Herz! – Lieber Herr Stille, dafür will ich sogleich Eure Gesundheit trinken.

SCHAAL. Gib dem Herrn Bardolph Wein, David!

DAVID. Schönster Herr, setzt Euch; *er setzt Bardolph und dem Pagen Stühle an einen anderen Tisch* ich bin gleich wieder bei Euch, – schönster Herr, setzt Euch! – Herr Page, lieber Herr Page, setzt Euch; prosit! Was Euch an Essen abgeht, wollen wir mit Trinken ersetzen. Aber Ihr müßt vorlieb nehmen: der gute Wille ist die Hauptsache. *Ab.*

SCHAAL. Seid lustig, Meister Bardolph, – und Ihr da, mein kleiner Soldat, seid lustig!

STILLE *singt.*

»Seid lustig, seid lustig, die Frau mag auch schrein:
Denn Weiber sind Hexen, so große wie klein'.
Wo Männer allein, geht's drauf und drein,
Und lustige Fastnacht willkommen!
Seid lustig, seid lustig, usw.«

FALSTAFF. Ich hätte nicht gedacht, daß Herr Stille ein Mann von dem Feuer wäre.

STILLE. Wer? Ich? Ich bin wohl schon ein oder ein paar Mal in meinem Leben lustig gewesen.

DAVID *kommt zurück.* Da ist ein Teller voll Pelzäpfel für Euch.

Setzt sie vor Bardolph hin.

SCHAAL. David!

DAVID. Euer Edlen? *Zu Bardolph.* Ich will gleich bei Euch sein. – Ein Gläschen Wein, Herr?

STILLE *singt.*

»Ein Gläschen Wein, der stark und rein,
Und trink' es zu der Liebsten mein,
Und ein fröhliches Herz lebt am längsten.«

FALSTAFF. Wohlgesprochen, Herr Stille!

STILLE. Und wir wollen fröhlich sein, das Beste von der Nacht geht nun erst an.

FALSTAFF.
Eure Gesundheit und langes Leben, Herr Stille!

STILLE *singt.*

»Füllt das Glas, ich trink' es leer,
Und wär's eine Meil' auf den Boden.«

SCHAAL. Ehrlicher Bardolph, willkommen! Wenn dir irgend was fehlt und du foderst nicht, so mach' es mit dir selber aus! – *Zu dem Pagen.* Willkommen, mein allerliebster kleiner Schelm! Ja wahrhaftig, recht sehr willkommen! – Ich will zu Ehren Meister Bardolphs trinken und aller Kavaliere in London.

DAVID. Ich hoffe, London noch einmal vor

meinem Tode zu sehen.

BARDOLPH.
Wenn ich Euch da sehen könnte, David, –

SCHAAL. Beim Sakrament, ihr stächet gewiß ein Quart miteinander aus! Ha! nicht wahr, Meister Bardolph?

BARDOLPH. Ja, Herr, in einer Vier-Nößel-Kanne.

SCHAAL. Ich danke dir. Der Schelm wird sich an dich halten, das kann ich dir versichern; der wankt und weicht nicht, es ist ein treues Blut.

BARDOLPH. Ich will mich auch an ihn halten, Herr.

SCHAAL. Das heißt wie ein König gesprochen. Laßt Euch nichts abgehn, seid lustig!

Es wird draußen geklopft.

Seht, wer da an der Tür ist! He, wer klopft?

David ab.

FALSTAFF *zu Stille, der ein gestrichnes Glas austrinkt.* So, nun habt Ihr mir Bescheid getan.

STILLE *singt.*
»Bescheid mir tu',
Schlag' mich Ritter dazu;
Samingo.«
Ist es nicht so?

FALSTAFF. Ja, so ist's.

STILLE. Ist es so? Nun, so sagt, daß ein alter Mann auch was kann.

David kommt zurück.

DAVID. Wenn's Euer Edlen beliebt, da ist ein Pistol mit Neuigkeiten vom Hofe.

FALSTAFF.
Vom Hofe? Laßt ihn hereinkommen!

Pistol tritt auf.

Wie steht's, Pistol?

PISTOL. Gott erhalte Euch, Sir John!

FALSTAFF.
Welch ein Wind hat dich hergeblasen, Pistol?

PISTOL. Der schlimme nicht, der keinem bläst zum Heil. – Herzens-Ritter, du bist nun einer der größten Leute im Königreich.

STILLE. Sapperment, das denke ich auch, außer Gevatter Puff von Barson.

PISTOL. Puff?
Puff in die Zähne dir, höchst schnöde Memme!
Sir John, ich bin dein Freund und dein Pistol,
Und holterpolter ritt ich her zu dir,
Und Zeitung bring' ich und beglückte Lust,
Und goldne Zeit, und Neuigkeit von Wert.

FALSTAFF. Ich bitte dich, melde sie nun wie ein Mensch von dieser Welt!

PISTOL.
Ein Pfifferling für Welt und Weltling schnöde!
Von Afrika red' ich und goldner Lust.

FALSTAFF.
O du assyr'scher Wicht, was bringst du Neues?
König Cophetua will die Wahrheit wissen.

STILLE *singt.*
»Und Robin Hood, Scharlach und Hans«

PISTOL. Soll Hundebrut den Helikonen trotzen?
Und höhnt man gute Zeitung?
So leg' dein Haupt, Pistol, in Furien-Schoß!

SCHAAL. Mein ehrlicher Herr, ich kenne Eure Lebensart nicht.

PISTOL. Nun, so wehklage drum!

SCHAAL. Verzeiht mir, Herr, wenn Ihr mit Neuigkeiten vom Hofe kommt, so gibt es meines Bedünkens nur zwei Wege: entweder Ihr bringt sie vor, oder Ihr behaltet sie bei Euch. Ich stehe unter dem Könige, Herr, in einiger Autorität.

PISTOL. Doch unter welchem König, du Halunk'?
Sprich oder stirb!

SCHAAL.
Unter König Heinrich.

PISTOL.
Heinrich dem Vierten oder Fünften?

SCHAAL. Heinrich dem Vierten.

PISTOL. Ein Pfifferling dann für dein ganzes Amt!
Sir John, dein zartes Lamm ist König nun;
Heinrich der Fünfte heißt's! Ich rede wahr:
Tut dies mir, lügt Pistol: gebt mir die Feigen,
So wie der stolze Spanier!

FALSTAFF.
Was? Ist der alte König tot?

PISTOL.
Wie Maus im Loch; das, was ich sag', ist richtig.

FALSTAFF. Fort, Bardolph, sattle mein Pferd! – Herr Robert Schaal, wähle dir, welches Amt im Lande du willst, es ist dein. – Pistol, ich will dich doppelt mit Würden laden.

BARDOLPH. O freudiger Tag! Ich tausche mein Glück mit keinem Ritter.

PISTOL. Was? Bring' ich gute Zeitung?

FALSTAFF. Bringt Herrn Stille zu Bett! – Herr Schaal, Mylord Schaal, sei, was du willst, ich bin des Glückes Haushofmeister. Zieh' deine Stiefeln an, wir wollen die Nacht durch reiten. – O allerliebster Pistol! – Fort, Bardolph!

Bardolph ab.

Komm, Pistol, erzähl' mir noch mehr und denke zugleich auf etwas, das du gern hättest! – Stiefeln, Stiefeln, Herr Schaal! Ich weiß, der junge König ist krank vor Sehnsucht nach mir. Laßt uns Pferde nehmen, wessen sie auch sind: die Gesetze Englands stehen mir zu Gebote. Glücklich sind die, welche meine Freunde waren, und wehe dem Herrn Oberrichter!

PISTOL.
Laßt schnöde Gei'r die Lung' ihm fressen ab!
»Wo ist mein vorig' Leben?« sagen sie.
Hier ist's; willkommen diese frohen Tage!

Alle ab.

Vierte Szene

London. Eine Straße.
Büttel, welche die Wirtin Hurtig und Dortchen Lakenreißer herbeischleppen.

WIRTIN. Nein, du Erzschelm! Ich wollte, ich stürbe, damit du gehängt würdest. Du hast mir die Schulter ganz aus dem Gelenke gerissen.

ERSTER BÜTTEL. Die Gerichtsdiener haben sie mir überliefert, und sie soll genug mit Peitschen bewillkommnet werden, dafür stehe ich ihr: es sind ihretwegen seit kurzem ein oder ein paar Menschen totgeschlagen.

DORTCHEN. Äpfelstange, Äpfelstange, du lügst!

Komm nur, ich will dir was sagen, du verdammter Schuft mit dem Kaldaunengesicht. Wenn das Kind, womit ich schwanger gehe, zu Schaden kommt, so wäre dir besser, du hättest deine Mutter geschlagen, du Spitzbube von Papiergesicht!

WIRTIN. O Jemine, daß Sir John doch zurück wäre! Ich weiß wohl, wem er einen blutigen Tag machen würde. Aber ich bitte Gott, daß die Frucht ihres Leibes zu Schaden kommen mag.

ERSTER BÜTTEL. Wenn das geschieht, so sollt Ihr ein Dutzend Kissen wieder haben; Ihr habt jetzt nur noch elfe. Kommt, ihr müßt beide mit mir gehn: der Mann ist tot, den ihr und Pistol beide unter euch geprügelt habt.

DORTCHEN. Ich will dir was sagen, du ausgedörrter Knecht Ruprecht, dafür sollt Ihr mir tüchtig ausgewalkt werden, Ihr Schuft von Blaurock! Ihr garstiger, hungriger Zuchtmeister! Wenn Ihr nicht geprügelt werdet, so will ich keine kurzen Schürzen wieder tragen.

ERSTER BÜTTEL.
Kommt, kommt, Ihr irrende Ritterin! Kommt!

WIRTIN.
O daß Recht die Gewalt so unterdrücken muß!
Nun, aus Leiden kommen Freuden.

DORTCHEN. Kommt, Ihr Schelm! Kommt, bringt mich vor einen Friedensrichter!

WIRTIN. Ja, kommt, Ihr ausgehungerter Bluthund!

DORTCHEN. Gevatter Tod! Gevatter Beingerippe!

WIRTIN. Du Skelett du!

DORTCHEN. Kommt, Ihr magres Ding! Kommt, Ihr spitziger Bube!

ERSTER BÜTTEL. Es ist schon gut.

Alle ab.

Fünfte Szene

Ein öffentlicher Platz bei der Westminsterabtei.
Zwei Kammerdiener, die Binsen streuen.

ERSTER KAMMERDIENER.
Mehr Binsen! Mehr Binsen!

ZWEITER KAMMERDIENER.
Die Trompeten haben schon zweimal geblasen.

ERSTER KAMMERDIENER. Es wird zwei Uhr, ehe sie von der Krönung kommen. Mach' zu! Mach' zu!

Beide ab.

Falstaff, Schaal, Pistol, Bardolph und der Page kommen.

FALSTAFF. Steht hier neben mir, Herr Robert Schaal, ich will machen, daß Euch der König Gnade erzeigt. Ich will ihn anblinzeln, wie er vorbeigeht, und merkt nur auf die Mienen, die er mir machen wird!

PISTOL. Gott segne deine Lunge, guter Ritter!

FALSTAFF. Komm her, Pistol, stell' dich hinter mich! *Zu, Schaal.* O hätte ich nur die Zeit gehabt, neue Livreien machen zu lassen, ich hätte die von Euch geliehnen tausend Pfund daran gewandt. Aber es tut nichts: dieser armselige Aufzug ist besser: es beweist den Eifer, den ich hatte, ihn zu sehn.

SCHAAL. Das tut's.

FALSTAFF. Es zeigt die Herzlichkeit meiner Zuneigung.

SCHAAL. Das tut's.

FALSTAFF. Meine Ergebenheit.

SCHAAL. Das tut's, das tut's, das tut's.

FALSTAFF. So Tag und Nacht zu reiten, nicht zu überlegen, nicht zu denken, nicht die Geduld zu haben, mich anders anzuziehn.

SCHAAL. Das ist sehr gewiß.

FALSTAFF. Schmutzig von der Reise dazustehn, schwitzend vor Begierde, ihn zu sehen, an nichts anders gedacht, alles andre der Vergessenheit übergeben, als ob gar nichts anders zu tun wäre als ihn sehen.

PISTOL.
's ist semper idem, denn absque hoc nihil est:
's ist alles überall.

SCHAAL. Es ist so, in der Tat.

PISTOL. Ich will dein' edle Brust entflammen, Ritter,
Dich wüten machen.
Dein Dortchen, deines edlen Sinnes Helena,
Ist in Verhaftung schnöd' und gift'gem Kerker,
Hieher geschleppt
Von allerniedrigster und schmutz'ger Hand.
Weck' auf die Rach' aus schwarzer Kluft mit
Schlang' Alektos Grimm,
Denn Dortchen sitzt: Pistol spricht Wahrheit nur.

FALSTAFF. Ich will sie befreien.

Trompeten.

PISTOL.
Da brüllt' die See und scholl Trompetenklang.

Der König kommt mit seinem Zuge, darunter der Oberrichter.

FALSTAFF.
Heil, König Heinz! Mein königlicher Heinz!

PISTOL.
Der Himmel hüte dich, erhabner Ruhmessproß!

FALSTAFF. Gott schütz' dich, Herzensjunge!

KÖNIG.
Sprecht mit dem eitlen Mann, Herr Oberrichter!

OBERRICHTER.
Seid Ihr bei Sinnen? Wißt Ihr, was Ihr sagt?

FALSTAFF.
Mein Fürst! Mein Zeus! Dich red' ich an, mein Herz!

KÖNIG.
Ich kenn' dich, Alter, nicht; an dein Gebet!
Wie schlecht steht einem Schalksnarrn weißes Haar!
Ich träumte lang' von einem solchen Mann,
So aufgeschwellt vom Schlemmen, alt und ruchlos:
Doch, nun erwacht, veracht' ich meinen Traum.
Den Leib vermindre, mehre deine Gnade,
Laß ab vom Schwelgen: wisse, daß das Grab
Dir dreimal weiter gähnt als andern Menschen!
Erwidre nicht mit einem Narrenspaß,
Denk' nicht, ich sei das Ding noch, das ich war:
Der Himmel weiß, und merken soll's die Welt,
Daß ich mein vor'ges Selbst hinweggetan,
Wie nun auch die, so mir Gesellschaft hielten.
Vernimmst du, daß ich sei, wie ich gewesen,
Dann komm, und du sollst sein, was du mir warst,
Der Lehrer und der Pfleger meiner Lüste.
Bis dahin bann' ich dich bei Todesstrafe,
Und all die andern auch, die mich mißleitet,
Zehn Meilen weit von unserer Person.
Was Unterhalt betrifft, den sollt ihr haben,

Daß Dürftigkeit euch nicht zum Bösen zwinge,
Und wie wir hören, daß ihr euch bekehrt,
So wollen wir, nach eurer Kraft und Fähigkeit,
Beförd'rung euch erteilen. Sorgt, Mylord,
Daß unsers Wortes Inhalt werd' erfüllt!
(Zieht weiter!)

Der König und sein Zug ab.

FALSTAFF. Herr Schaal, ich bin Euch tausend Pfund schuldig.

SCHAAL. Ja wahrhaftig, Sir John, und ich bitte Euch, sie mir mit nach Hause zu geben.

FALSTAFF. Das kann schwerlich geschehen, Herr Schaal. Bekümmert Euch hierüber nicht, man wird mich insgeheim zu ihm rufen: seht, er muß sich vor der Welt dies Ansehn geben. Fürchtet nichts wegen Eurer Beförderung, ich bin immer noch der Mann, der Euch groß machen kann.

SCHAAL. Ich kann nicht begreifen, wie; Ihr müßtet mir denn Euer Wams geben und mich mit Stroh ausstopfen. Ich bitte Euch, guter Sir John, gebt mir nur fünfhundert von meinen tausend!

FALSTAFF. Herr, ich will Euch mein Wort noch halten: was Ihr eben gehört habt, war nur eine angenommene Maske.

SCHAAL. Aber eine Maske, fürchte ich, worin Ihr bis an Euren Tod stecken werdet, Sir John.

FALSTAFF. Macht Euch nichts aus so einer Maske, kommt mit mir zum Essen! Komm, Lieutenant Pistol! Komm, Bardolph! Ich werde heute abend bald gerufen werden.

Prinz Johann, der Oberrichter, Offiziere usw. kommen zurück.

OBERRICHTER.
Geht, bringt den Sir John Falstaff ins Gefängnis,
Nehmt seine ganze Brüderschaft mit fort!

FALSTAFF. Mylord, Mylord, –

OBERRICHTER.
Ich kann nicht jetzo, bald will ich Euch hören.
Nehmt sie mit weg!

PISTOL.
Si fortuna me tormenta, spero me contenta.

Falstaff, Schaal, Pistol, Bardolph, Page und Offiziere ab.

PRINZ JOHANN.
Mir steht dies edle Tun des Königs an:
Er will, daß seine vorigen Begleiter
Versorgt zum besten alle sollen sein;
Doch alle sind verbannt, bis sich ihr Umgang
Bescheidner zeigt und weiser vor der Welt.

OBERRICHTER. Das sind sie auch.

PRINZ JOHANN.
Der König hat sein Parlament berufen.

OBERRICHTER. Das hat er.

PRINZ JOHANN.
Was wettet Ihr? Wir tragen nun noch heuer
Das Bürgerschwert und angeborne Feuer
Bis Frankreich hin: es sang ein Vogel so,
Des Ton, so schien's, den König machte froh.
Kommt, wollt Ihr mit?

Beide ab.

Epilog

Zuerst meine Furcht, dann meine Verbeugung, zuletzt meine Rede. Meine Furcht ist euer Mißfallen, meine Verbeugung meine Schuldigkeit, und meine Rede, euch um Verzeihung zu bitten. Wenn ihr eine gute Rede erwartet, so bin ich verloren. Denn was ich zu sagen habe, ist von mir erdacht, und was ich in der Tat sagen sollte, wird gewiß von mir verdorben werden. Aber zur Sache, und sei es gewagt! – Wißt denn – wie ihr es schon wißt –, ich stand neulich am Schluß eines durchgefallenen Stückes hier, euch um Nachsicht dafür zu ersuchen und ein besseres zu versprechen. Nun hatte ich im Sinne, euch mit diesem hier zu bezahlen; wenn es aber nun in eine verunglückte Spekulation fehlschlägt, so bin ich bankerott, und ihr, meine edlen Gläubiger, habt den Verlust. Hier, so versprach ich euch, würde ich wieder sein, und hier übergebe ich mich selbst eurer Gnade; laßt mir etwas nach, etwas bezahle ich euch und verspreche euch, wie die meisten Schuldner tun, unendlich viel.

Wenn meine Zunge euch nicht bewegen kann, mich loszusprechen, befehlt ihr mir dann vielleicht, meine Beine zu brauchen? Und doch wäre es nur eine leichte Zahlung, mich aus meiner Schuld herauszutanzen. Ein gutes Gewissen aber wird jede mögliche Genugtuung geben, und das will ich auch. Alle Damen hier haben mir verziehen; tun es die Herren nicht, so harmonieren die Herren nicht mit den Damen, was bis jetzt in einer solchen Versammlung noch nie gesehen wurde.

Noch ein Wort, mit Erlaubnis! Seid ihr nicht zu sehr mit fetter Speise übersättigt, so wird unser demütiger Verfasser die Geschichte fortsetzen, mit Sir John drinnen, und euch durch die schöne Katharine von Frankreich belustigen, wo dann, soviel ich weiß, Falstaff an einer Schwitzkur sterben wird, wenn er nicht schon durch euren Unwillen getötet ist; denn Oldcastle starb als ein Märtyrer, und dieser hier ist nicht jener Mann. Meine Zunge ist müde; wenn meine Beine es auch sind, werde ich euch gute Nacht sagen und vor euch knieen, in der Tat aber, um für die Königin zu beten.

KÖNIG HEINRICH V.

Personen

König Heinrich V.
Herzog von Gloster,
Herzog von Bedford, Brüder des Königs
Herzog von Exeter, Oheim des Königs
Herzog von York, Vetter des Königs
Graf von Salisbury
Graf von Westmoreland
Graf von Warwick
Erzbischof von Canterbury
Bischof von Ely
Graf von Cambridge,
Lord Scroop,
Sir Thomas Grey, Verschworne gegen den König
Sir Thomas Erpingham,
Gower,
Fluellen,
Macmorris,
Jamy, Offiziere in Heinrichs Armee
Bates, Court, Williams, Soldaten in derselben
Nym, Bardolph, Pistol, ehemals Bediente Falstaffs, jetzt ebenfalls Soldaten in derselben
Ein Bursch, der sie bedient
Karl VI., König von Frankreich
Louis, der Dauphin
Herzog von Burgund
Herzog von Orleans
Herzog von Bourbon
Der Connetable von Frankreich
Rambures und Grandprê, französische Edelleute
Befehlshaber von Harfleur
Montjoye, ein französischer Herold
Gesandte an den König von England
Isabelle, Königin von Frankreich
Katharina, Tochter Karls und Isabellens
Alice, ein Fräulein im Gefolge der Prinzessin Katharina
Wirtin Hurtig, Pistols Frau
Herren und Frauen vom Adel, Offiziere, französische und englische Soldaten, Boten und Gefolge
Die Szene ist anfangs in England, nachher ununterbrochen in Frankreich

CHORUS *tritt ein.*
Oh! eine Feuermuse, die hinan
Den hellsten Himmel der Erfindung stiege!
Ein Reich zur Bühne, Prinzen drauf zu spielen,
Monarchen, um der Szene Pomp zu schaun!
Dann käm', sich selber gleich, der tapfre Heinrich
In Mars' Gestalt; wie Hund' an seinen Fersen
Gekoppelt, würde Hunger, Feu'r und Schwert
Um Dienst sich schmiegen. Doch verzeiht, ihr Teuren,
Dem schwunglos seichten Geiste, der's gewagt,
Auf dies unwürdige Gerüst zu bringen
Solch großen Vorwurf. Diese Hahnengrube,
Faßt sie die Ebnen Frankreichs? Stopft man wohl
In dieses O von Holz die Helme nur,
Wovor bei Agincourt die Luft erbebt?
O so verzeiht, weil ja in engem Raum
Ein krummer Zug für Millionen zeugt;
Und laßt uns, Nullen dieser großen Summe,
Auf eure einbildsamen Kräfte wirken!
Denkt euch im Gürtel dieser Mauern nun
Zwei mächt'ge Monarchieen eingeschlossen,
Die, mit den hocherhobnen Stirnen, dräuend,
Der furchtbar enge Ozean nur trennt.
Ergänzt mit den Gedanken unsre Mängel,
Zerlegt in tausend Teile einen Mann
Und schaffet eingebild'te Heereskraft.
Denkt, wenn wir Pferde nennen, daß ihr sie
Den stolzen Huf seht in die Erde prägen.
Denn euer Sinn muß unsre Kön'ge schmücken:
Bringt hin und her sie, überspringt die Zeiten,
Verkürzet das Ereignis manches Jahrs
Zum Stundenglase. Daß ich dies verrichte,
Nehmt mich zum Chorus an für die Geschichte,
Der als Prolog euch bittet um Geduld:
Hört denn und richtet unser Stück mit Huld.

Erster Aufzug

Erste Szene

London. Ein Vorzimmer im Palast des Königs.
Der Erzbischof von Canterbury und Bischof von Ely treten auf.

CANTERBURY.
Mylord, ich sag' Euch, eben die Verordnung
Wird jetzt betrieben, die im eilften Jahr
Von der Regierung des verstorbnen Königs
Beinahe wider uns wär' durchgegangen,
Wenn die verworrne, unruhvolle Zeit
Aus weitrer Frage nicht verdrängt sie hätte.

ELY.
Doch sagt, Mylord, wie wehrt man jetzt sie ab?

CANTERBURY.
Man muß drauf denken. Geht sie durch, so büßen
Wir unsrer Güter beßre Hälfte ein.
Denn all das weltlich Land, das fromme Menschen
Im Testament der Kirche zugeteilt,
Will man uns nehmen; nämlich so geschätzt:
So viel, um für des Königs Staat zu halten
An funfzehn Grafen, funfzehnhundert Ritter,
Sechstausendundzweihundert gute Knappen;
Zum Trost für Sieche dann und schwaches Alter.
Für dürft'ge Seelen, leiblich unvermögend,
Einhundert wohlbegabte Armenhäuser;
Und sonst noch in des Königs Schatz des Jahrs
Eintausend Pfund: so lautet die Verordnung.

ELY. Das wär' ein starker Zug.

CANTERBURY.
Der schlänge Kelch und alles mit hinab.

ELY. Allein wie vorzubeugen?

CANTERBURY.
Der König ist voll Huld und milder Rücksicht.

ELY. Und ein wahrhafter Freund der heil'gen Kirche.

CANTERBURY.
Sein Jugendwandel zwar verhieß es nicht:
Doch kaum lag seines Vaters Leib entseelt,
Als seine Wildheit auch, in ihm ertötet,
Zu sterben schien: ja in dem Augenblick
Kam beßre Überlegung wie ein Engel
Und peitscht' aus ihm den sünd'gen Adam weg.
Daß wie ein Paradies sein Leib nun blieb,
Das Himmelsgeister aufnimmt und umfaßt.
Nie ward so schnell ein Zögling noch gebildet;
Nie hat noch Besserung mit einer Flut
So raschen Stromes Fehler weggeschwemmt,
Und nie hat hydraköpf'ger Eigensinn
So bald den Sitz verloren, und mit eins,
Als jetzt bei diesem König.

ELY. Die Umwandlung ist segensvoll für uns.

CANTERBURY.
Hört ihn nur über Gottsgelahrtheit reden.
Und, ganz Bewund'rung, werdet Ihr den Wunsch
Im Innern tun, der König wär' Prälat.
Hört ihn verhandeln über Staatsgeschäfte,
So glaubt Ihr, daß er einzig das studiert;
Horcht auf sein Kriegsgespräch, und grause Schlachten
Vernehmt Ihr vorgetragen in Musik.
Bringt ihn auf einen Fall der Politik,
Er wird desselben gord'schen Knoten lösen,
Vertraulich wie sein Knieband; daß, wenn er spricht,
Die Luft, der ungebundne Wüstling, schweigt
Und stumm Erstaunen lauscht in aller Ohren,
Die honigsüßen Sprüche zu erhaschen,
So daß des Lebens Kunst und praktisch Teil
Der Meister dieser Theorie muß sein.
Ein Wunder, wie sie Seine Hoheit auflas,
Da doch sein Hang nach eitlem Wandel war,
Sein Umgang ungelehrt und roh und seicht,
Die Stunden hingebracht in Saus und Braus,
Und man nie ernsten Fleiß an ihm bemerkt,
Auch kein Zurückziehn, keine Sonderung
Von freiem Zulauf und von Volksgewühl.

ELY.
Es wächst die Erdbeer' unter Nesseln auf,
Gesunde Beeren reifen und gedeihn
Am besten neben Früchten schlechtrer Art;
Und so verbarg der Prinz auch die Betrachtung
Im Schleier seiner Wildheit; ohne Zweifel
Wuchs sie, wie Sommergras, bei Nacht am schnellsten,
Das, ungesehn, doch kräft'gen Wachstum hat.

CANTERBURY.
Es muß so sein, denn Wunder gibt's nicht mehr;

Deshalb muß man die Mittel eingestehn,
Wie was zu stande kommt.

ELY. Doch, bester Lord,
Was nun zu tun zur Mild'rung dieses Vorschlags,
Den die Gemeinen tun? Ist Seine Majestät
Für oder wider?

CANTERBURY. Er scheint unbestimmt,
Doch neigt er mehr auf unsre Seite sich,
Als daß er wider uns den Antrag fördert.
Denn ein Erbieten tat ich Seiner Majestät,
Auf unsre geistliche Zusammenrufung
Und in Betracht von jetzt vorhandnen Gründen,
Die Seiner Hoheit näher ich eröffnet,
Anlangend Frankreich: eine größre Summe
Zu geben, als die Geistlichkeit noch je
Auf einmal seinen Vorfahr'n ausgezahlt.

ELY. Wie nahm man dies Erbieten auf, Mylord?

CANTERBURY.
Es ward von Seiner Majestät genehmigt,
Nur war nicht Zeit genug, um anzuhören
(Was Seine Hoheit, merkt' ich, gern getan)
Das Näh're und die klare Ableitung
Von seinem Recht an ein'ge Herzogtümer
Und überhaupt an Frankreichs Kron' und Land
Von Eduard, seinem Ältervater, her.

ELY. Was war die Hind'rung, die dies unterbrach?

CANTERBURY.
Den Augenblick bat Frankreichs Abgesandter
Gehör sich aus; die Stund' ist, denk' ich, da,
Ihn vorzulassen. Ist es nicht vier Uhr?

ELY. Ja.

CANTERBURY.
Gehn wir hinein, die Botschaft zu erfahren,
Die ich jedoch gar leichtlich raten wollte,
Eh' der Franzose noch ein Wort gesagt.

ELY. Ich folg' Euch; mich verlangt, sie anzuhören.

Ab.

Zweite Szene

Ein Audienzsaal im Palast.
König Heinrich, Gloster, Bedford, Exeter, Warwick, Westmoreland und Gefolge.

KÖNIG HEINRICH.
Wo ist der würd'ge Herr von Canterbury?

EXETER. Nicht gegenwärtig.

KÖNIG HEINRICH.
Sendet nach ihm, Oheim.

WESTMORELAND.
Mein König, soll man den Gesandten rufen?

KÖNIG HEINRICH.
Noch nicht, mein Vetter; Dinge von Gewicht,
Betreffend uns und Frankreich, liegen uns
Im Sinne, über die wir Auskunft wünschen,
Eh' wir ihn sprechen.

Der Erzbischof von Canterbury und Bischof von Ely treten auf.

CANTERBURY. Gott samt seinen Engeln
Beschirme Euren heil'gen Thron und gebe,
Daß Ihr ihn lange ziert!

KÖNIG HEINRICH. Wir danken Euch.
Fahrt fort, wir bitten, mein gelehrter Herr,
Erklärt rechtmäßig und gewissenhaft,
Ob uns das Salische Gesetz in Frankreich
Von unserm Anspruch ausschließt oder nicht.
Und Gott verhüte, mein getreuer Herr,
Daß Ihr die Einsicht drehn und modeln solltet
Und schlau Eu'r wissendes Gemüt beschweren
Durch Vortrag eines mißerzeugten Anspruchs,
Des eigne Farbe nicht zur Wahrheit stimmt.
Denn Gott weiß, wie so mancher, jetzt gesund,
Sein Blut zu des Bewährung noch vergießt,
Wozu uns Eu'r Hochwürden treiben wird.
Darum gebt acht, wie Ihr Euch selbst verpfändet,
Wie Ihr des Krieges schlummernd Schwert erweckt,
In Gottes Namen mahn' ich Euch: gebt acht!
Denn niemals stritten noch zwei solche Reiche,
Daß nicht viel Blut floß; des unschuld'ge Tropfen
Ein jeglicher ein Weh und bittre Klage
Sind über den, der schuldig Schwerter wetzte,
Die so die kurze Sterblichkeit verheeren.
Nach der Beschwörung sprecht, mein würd'ger Herr:
Wir wollen's merken und im Herzen glauben,
Das, was Ihr sagt, sei im Gewissen Euch
So rein wie Sünde bei der Tauf' gewaschen.

CANTERBURY.
So hört mich, gnädiger Monarch, und Pairs,
Die diesem Herrscherthron eu'r Leben, Treue
Und Dienste schuldig seid: – nichts einzuwenden
Ist wider Seiner Hoheit Recht an Frankreich,
Als dies, was sie vom Pharamund ableiten:
»In terram Salicam mulieres ne succedant.«
Auf Weiber soll nicht erben Salisch Land.
Dies Sal'sche Land nun deuten die Franzosen
Als Frankreich fälschlich aus, und Pharamund
Als Stifter dieser Ausschließung der Frauen.
Doch treu bezeugen ihre eignen Schreiber,
Daß dieses Sal'sche Land in Deutschland liegt,
Zwischen der Sala und der Elbe Strömen,
Wo Karl der Große, nach der Unterjochung
Der Sachsen, Franken angesiedelt ließ,
Die, aus Geringschätzung der deutschen Frau'n,
Als die in unehrbaren Sitten lebten,
Dort dies Gesetz gestiftet, daß kein Weib
Je Erbin sollte sein im Sal'schen Land,
Das, wie ich sagte, zwischen Elb' und Sala
In Deutschland heutzutage Meißen heißt.
So zeigt sich's klar, das Salische Gesetz
Ward nicht ersonnen für der Franken Reich;
Noch auch besaßen sie das Sal'sche Land,
Als bis vierhunderteinundzwanzig Jahre
Nach dem Hinscheiden König Pharamunds,
Den man den Stifter des Gesetzes wähnt.
Er starb im Jahr nach unsers Heiland Kunft
Vierhundertsechsundzwanzig, und Karl der Große
Bezwang die Sachsen, setzte Franken ein
Jenseit des Flusses Sala, in dem Jahr
Achthundertfünf. Dann sagen ihre Schreiber,
König Pippin, der Childrich abgesetzt,
Gab Recht und Anspruch vor an Frankreichs Krone
Als allgemeiner Erbe, von Blithilden,
Der Tochter stammend Königes Chlotar.
Auch Hugo Capet, der die Kron' entriß
Herzogen Karl von Lothring, einz'gem Erben
Vom echten Haus und Mannsstamm Karls des

Großen,
Mit ein'gem Schein den Anspruch zu beschönen,
Der doch in Wahrheit schlecht und nichtig war,
Gab sich als Erben aus von Frau Lingaren,
Der Tochter Karlmanns, der von Kaiser Ludwig
Der Sohn war, so wie Ludewig der Sohn
Von Karl dem Großen. Auch Ludwig der Zehnte,
Des Usurpators Capet einz'ger Erbe,
Konnt' im Gewissen keine Ruhe haben
Bei Frankreichs Krone, bis man ihm erwies,
Daß Isabell', die schöne Königin,
Von der er Enkel war in grader Reih',
Abstamme von Frau Irmengard, der Tochter
Des vorerwähnten Herzogs Karl von Lothring;
Durch welche Eh' die Linie Karls des Großen
Mit Frankreichs Krone neu vereinigt ward,
So daß so klar wie Sonnenlicht erscheint:
Das Recht Pippins und Hugo Capets Vorwand
Und Ludewigs Beruhigung, sie gründen
Sich auf der Frauen Recht und Anspruch alle;
Wie Frankreichs Kön'ge tun bis diesen Tag,
Wiewohl sie gern das Salische Gesetz
Behaupten möchten, Euer Hoheit Anspruch
Von Frauen Seite damit auszuschließen,
Und lieber sich verstricken in ein Netz,
Als die verdrehten Rechte bloß zu legen,
Von Euch und Euren Vordern angemaßt.

KÖNIG HEINRICH.
Kann ich nach Pflicht und Recht die Fod'rung tun?

CANTERBURY.
Die Sünde auf mein Haupt, gestrenger Fürst!
Denn in dem Buch der Numeri steht geschrieben:
»Der Tochter sei das Erbe zugewandt,
Wenn der Sohn stirbt.« Behauptet, gnäd'ger Herr,
Was Euch gebührt; entrollt Eu'r Blutpanier,
Schaut Euch nach Euren mächt'gen Ahnen um,
Geht, Herr, zu Eures Ältervaters Gruft,
Auf den Ihr Euch mit Eurer Fod'rung stützt;
Ruft seinen tapfern Geist und Eduards an,
Des Schwarzen Prinzen, Eures Großoheims,
Der dort auf fränk'schem Grund ein Trauerspiel,
Die Macht von Frankreich schlagend, aufgeführt,
Indes sein großer Vater lächelnd stand
Auf einer Höh' und seinen jungen Löwen
Sich weiden sah im Blut des fränk'schen Adels.
O edle Englische, die trotzen konnten
Mit halbem Heere Frankreichs ganzem Stolz,
Und lachend stand dabei die andre Hälfte,
Ganz unbeschäftigt und um Kampf verlegen.

ELY. Weckt die Erinn'rung dieser tapfern Toten,
Mit mächt'gem Arm erneuet ihre Taten!
Ihr seid ihr Erb', Ihr sitzt auf ihrem Thron,
Das Blut, der Mut rinnt in den Adern Euch,
Der sie erhob; mein dreimal mächt'ger Fürst
Ist in dem Maienmorgen seiner Jugend,
Zu Tat und großer Unternehmung reif.

CANTERBURY.
Die Herrn der Erde, Eure Mitmonarchen,
Erwarten alle, daß Ihr Euch ermannt,
So wie die vor'gen Löwen Eures Bluts.

WESTMORELAND.
Sie wissen, Ihr habt Grund und Macht und Mittel;
Die hat Eu'r Hoheit auch: kein König Englands
Hat einen reichern Adel je gehabt
Noch treu're Untertanen, deren Herzen
Die Leiber hier in England heim gelassen
Und sich in Frankreichs Feldern schon gelagert.

CANTERBURY.
O laßt die Leiber folgen, bester Fürst,
Gewinnt Eu'r Recht mit Blut und Feu'r und Schwert,
Wozu wir von der Geistlichkeit Eu'r Hoheit
Solch eine starke Summ' erheben wollen,
Als nie die Klerisei mit einem Mal
Noch einem Eurer Ahnen zugebracht.

KÖNIG HEINRICH.
Man muß nicht bloß sich wider die Franzosen
Zum Angriff rüsten, auch zum Widerstand
Die Vorkehrungen gegen Schottland treffen,
Das einen Zug sonst wider uns wird tun
Mit allem Vorteil.

CANTERBURY.
Die an den Marken dort, mein gnäd'ger Fürst,
Sind stark genug zur Mau'r, das innre Land
Vor Plünderern der Grenze zu beschützen.

KÖNIG HEINRICH.
Wir meinen nicht die leichten Streifer bloß,
Die Hauptgewalt des Schotten fürchten wir,
Der stets für uns ein wilder Nachbar war.
Denn Ihr könnt lesen, daß mein Ältervater
Mit seinen Truppen nie nach Frankreich zog,
Daß nicht der Schott' ins unbewehrte Reich
Hereinbrach, wie die Flut in einen Riß,
Mit reicher Überfülle seiner Kraft,
Das leere Land mit heißem Angriff plagend,
Die Städt' und Burgen mit Belag'rung gürtend,
Daß unsre Landschaft, aller Wehr entblößt,
Gebebt vor solcher üblen Nachbarschaft.

CANTERBURY.
Sie hatte dann mehr Schreck als Schaden, Herr,
Denn hört sie nur bewähret durch sich selbst:
Als ihre Ritterschaft in Frankreich war
Und sie betrübte Witwe ihrer Edlen,
Hat sie nicht bloß sich selber gut verteidigt;
Sie fing der Schotten König, sperrt' ihn ein,
Sandt' ihn nach Frankreich dann, um Eduards Ruhm
Zu füllen mit gefangner Kön'ge Zahl
Und Eure Chronik reich an Preis zu machen,
Wie Meeres Schlamm und Boden ist an Trümmern
Gesunkner Schiff' und Schätzen ohne Maß.

WESTMORELAND.
Doch gibt es einen Spruch, sehr alt und wahr:
»So du Frankreich willt gewinnen,
Mußt mit Schottland erst beginnen.«
Denn ist der Adler England erst auf Raub,
So kommt das Wiesel Schottland angeschlichen
Zu seinem unbewachten Nest und saugt
Ihm so die königlichen Eier aus;
Es spielt die Maus, die, wenn die Katze fort,
Besudelt und verdirbt, was sie nicht frißt.

EXETER.
Die Katze muß demnach zu Hause bleiben,
Allein verwünscht sei diese Nötigung!
Gibt's Schlösser doch, den Vorrat zu verwahren,
Und feine Fallen für die kleinen Diebe.
Indes die Hand, bewaffnet, auswärts ficht,
Wehrt sich zu Hause das beratne Haupt;

Denn Regiment, zwar hoch und tief und tiefer
Verteilt an Glieder, hält den Einklang doch
Und stimmt zu einem vollen reinen Schluß,
So wie Musik.

CANTERBURY. Sehr wahr: drum teilt der Himmel
Des Menschen Stand in mancherlei Beruf
Und setzt Bestrebung in beständ'gen Gang,
Dem, als zum Ziel, Gehorsam ist gestellt.
So tun die Honigbienen, Kreaturen,
Die durch die Regel der Natur uns lehren,
Zur Ordnung fügen ein bevölkert Reich.
Sie haben einen König und Beamte
Von unterschiednem Rang, wovon die einen,
Wie Obrigkeiten, Zucht zu Hause halten,
Wie Kaufleut' andre auswärts Handel treiben,
Noch andre wie Soldaten, mit den Stacheln
Bewehrt, die samtnen Sommerknospen plündern
Und dann den Raub mit lust'gem Marsch nach Haus
Zum Hauptgezelte ihres Kaisers bringen;
Der, emsig in der Majestät, beachtet,
Wie Maurer singend goldne Dächer baun;
Die stillen Bürger ihren Honig kneten;
Wie sich die armen Tagelöhner drängen
Mit schweren Bürden an dem engen Tor;
Wie, mürrisch summend, der gestrenge Richter
Die gähnende und faule Drohne liefert
In bleicher Henker Hand. Ich folgre dies:
Daß viele Dinge, die zusammenstimmen
Zur Harmonie, verschieden wirken können,
Wie viele Pfeile da und dorther fliegen
Zu einem Ziel;
Wie viel verschiedne Weg' in eine Stadt,
Wie viele frische Ström' in einen See,
Wie viele Linien in den Mittelpunkt
An einer Sonnenuhr zusammenlaufen:
So, erst im Gang, kann tausendfaches Wirken
Zu einem Zweck gedeihn, wohl durchgeführt
Und ohne Mangel. Drum nach Frankreich, Herr!
Teilt Euer glücklich England in vier Teile:
Ein Viertel nehmt davon nach Frankreich hin,
Ihr könnt damit ganz Gallien zittern machen.
Wenn wir mit dreimal so viel Macht zu Haus
Die eigne Tür dem Hund nicht wehren können,
So laßt uns zausen, und dies Volk verliere
Den Ruhm der Tapferkeit und Politik.

KÖNIG HEINRICH.
Ruft die vom Dauphin hergesandten Boten!
Einer vom Gefolge ab. Der König besteigt den Thron.
Wir sind entschlossen, und, mit Gottes Hülfe
Und Eurer (unsrer Stärke edlen Sehnen),
Da Frankreich unser, wollen wir vor uns
Es beugen oder ganz in Stücke brechen;
Wir wollen dort entweder waltend sitzen
In weiter hoher Herrschaft über Frankreich
Und die fast königlichen Herzogtümer;
Sonst ruhe dies Gebein in schlechter Urne,
Grablos und ohne Denkmal über ihm.
Wenn die Geschichte nicht mit vollem Mund
Kühn meine Taten spricht, so sei mein Grab
Gleich einem türk'schen Stummen ohne Zunge,
Nicht mit papiernem Epitaph geehrt.
Die französischen Gesandten treten auf
Wir sind bereit, was unserm Vetter Dauphin
Beliebt, nun zu vernehmen; denn wir hören,
Von ihm ist euer Gruß, vom König nicht.

GESANDTER. Geruhn Eu'r Majestät, uns zu erlauben,
Frei zu bestellen, was der Auftrag ist;
Wie, oder sollen schonend wir von fern
Des Dauphins Meinung, unsre Botschaft, zeigen?

KÖNIG HEINRICH.
Nicht ein Tyrann, ein christlicher Monarch
Sind wir, und unsre Leidenschaft der Gnade
So unterworfen, wie in unsern Kerkern
Verbrecher angefesselt; darum sagt
Mit freier, ungehemmter Offenheit
Des Dauphins Meinung aus.

GESANDTER. Dann kürzlich so:
Eu'r Hoheit, neulich hin nach Frankreich sendend,
Sprach dort gewisse Herzogtümer an,
Kraft Eures großen Vorfahr'n Eduard des Dritten:
Zur Antwort nun sagt unser Herr, der Prinz,
Daß Ihr zu sehr nach Eurer Jugend schmeckt,
Und heißt Euch wohl bedenken, daß in Frankreich
Mit muntern Tänzen nichts gewonnen wird;
Ihr könnt Euch nicht in Herzogtümer schwärmen.
Drum schickt er, angemeßner Eurem Geist,
Euch dieser Tonne Schatz, begehrt dafür,
Ihr wollet fernerhin die Herzogtümer
Nicht von Euch hörenlassen. So der Dauphin.

KÖNIG HEINRICH. Der Schatz, mein Oheim?

EXETER. Federbälle, Herr.

KÖNIG HEINRICH.
Wir freun uns, daß der Dauphin mit uns scherzt,
Habt Dank für Eure Müh' und sein Geschenk
Wenn wir zu diesen Bällen die Raketten
Erst ausgesucht, so wollen wir in Frankreich
Mit Gottes Gnad' in einer Spielpartie
Des Vaters Kron' ihm in die Schanze schlagen;
Sagt ihm, er ließ sich ein mit solchem Streiter,
Daß alle Höfe Frankreichs ängsten wird
Der Bälle Sprung. Und wir verstehn ihn wohl,
Wie er uns vorhält unsre wildern Tage
Und nicht ermißt, wozu wir sie benutzt.
Wir schätzten niemals diesen armen Sitz
Von England hoch: drum in der Ferne lebend,
Ergaben wir uns wilder Ausschweifung,
Wie Menschen immer es zu halten pflegen,
Daß sie am lustigsten vom Hause sind.
Doch sagt dem Dauphin, daß ich meinen Rang
Behaupten will, gleich einem König sein
Und meiner Größe Segel will entfalten,
Erheb' ich mich auf meinem fränk'schen Thron.
Ich legte meine Majestät bei Seit'
Und plagte mich gleich einem Werktags-Mann;
Doch dort steh' ich in voller Glorie auf,
Die alle Augen Frankreichs blenden soll,
Ja auch den Dauphin selbst mit Blindheit schlagen.
Und sagt dem muntern Prinzen, dies Gespött
Verwandle seine Bäll' in Büchsensteine,
Und seine Seele lade schwer auf sich
Die Schuld verheerungsvoller Rache, die
Mit ihnen ausfliegt: denn viele tausend Witwen
Wird dies Gespött um werte Gatten spotten,
Um Söhne Mütter, Burgen niederspotten,
Und mancher jetzt noch ungeborne Sohn
Wird künftig fluchen auf des Dauphins Hohn.

Doch dies beruht in Gottes Willen alles,
Auf den ich mich beruf', und in des Namen
Sagt ihr dem Dauphin, daß ich komme, mich
Zu rächen, wie ich kann, und auszustrecken
In heil'ger Sache den gerechten Arm.
So zieht in Frieden hin und sagt dem Dauphin,
Sein Spaß wird nur wie schaler Witz erscheinen,
Wenn tausend mehr, als lachten, drüber weinen. –
Gebt ihnen sicheres Geleit! – Lebt wohl!

Gesandte ab.

EXETER. Gar eine lust'ge Botschaft.

KÖNIG HEINRICH.
Wir hoffen ihren Sender rot zu machen.

Er steigt vom Thron.

Drum, Lords, versäumet keine günst'ge Stunde,
Die unser Unternehmen fördern mag.
Denn mein Gedank' ist einzig Frankreich nun,
Nur der an Gott geht dem Geschäfte vor.
Laßt denn zu diesem Krieg bald unsre Mittel
Versammelt sein und alles wohl bedacht,
Was Federn unsern Schwingen leihen kann
Zu weiser Schnelligkeit: denn, Gott voraus,
Straf' ich den Dauphin in des Vaters Haus.
Drum strenge jeder seinen Geist nun an,
Dem edlen Werk zu schaffen freie Bahn.

Alle ab.

Zweiter Aufzug

CHORUS *tritt auf.*
Nun ist die Jugend Englands ganz in Glut,
Und seidne Buhlschaft liegt im Kleiderschrank;
Die Waffenschmiede nun gedeihn, der Ehre
Gedanke herrscht allein in aller Brust.
Sie geben um das Pferd die Weide feil,
Dem Spiegel aller Christen-Kön'ge folgend,
Beschwingten Tritts, wie englische Merkure.
Denn jetzo sitzt Erwartung in der Luft
Und birgt ein Schwert, vom Griff bis an die Spitze
Mit Kaiserkronen, Herrn- und Grafen-Kronen,
Heinrich und seinen Treuen zugesagt.
Die Franken, welche gute Kundschaft warnt
Vor dieser Schreckens-Rüstung, schütteln sich
In ihrer Furcht, und bleiche Politik
Bemüht sich, Englands Zwecke abzulenken.
O England! Vorbild deiner innern Größe,
Gleich einem kleinen Leib mit mächt'gem Herzen,
Was könntest du nicht tun, was Ehre will,
Wär' jedes deiner Kinder gut und echt!
Doch sieh nur! Frankreich fand in dir ein Nest
Von hohlen Busen, und das füllt es an
Mit falschen Kronen. Drei verderbte Männer:
Der eine, Richard Graf von Cambridge, dann
Heinrich, Lord Scroop von Masham, und der dritte,
Sir Thomas Grey, Northumberlandscher Ritter,
Sie sind um fränk'schen Sold (o Schuld, nicht Sold!)
Eidlich verschworen mit dem bangen Frankreich.
Und dieser Ausbund aller Kön'ge muß
Von ihren Händen sterben (wenn ihr Wort
Verrat und Hölle halten), eh' er sich
Nach Frankreich eingeschifft, und in Southampton.
Verlängt noch die Geduld, so ordnen wir
Der Ferne Mißbrauch nach des Spieles Zwang.
Die Summe ist bezahlt; die Frevler einig;
Der König fort von London, und die Szene
Ist nun verlegt, ihr Teuren, nach Southampton.
Da ist das Schauspielhaus, da müßt ihr sitzen,
Von da geleiten wir nach Frankreich euch
Und bringen sicher euch zurück, beschwörend
Die schmale See, daß sanfte Überfahrt
Sie euch gewährt; denn gehn nach uns die Sachen,
So soll dies Spiel nicht einen seekrank machen.
Doch wenn der König kommt, und nicht zuvor,
Rückt unsre Szene nach Southampton vor.

Ab.

Erste Szene

London. Straße in Eastcheap.
Nym und Bardolph begegnen einander.

BARDOLPH. Willkommen, Korporal Nym.

NYM. Guten Morgen, Lieutenant Bardolph.

BARDOLPH. Sagt, seid Ihr und Fähndrich Pistol wieder gute Freunde?

NYM. Ich für mein Teil frage nicht darnach, ich sage wenig, aber wenn die Zeit kommt, kann es freundlich zugehen; doch das mag sein, wie es will. Fechten mag ich nicht, aber ich kann die Augen zutun und meinen Spieß vorhalten. Er ist nur ganz einfältig, aber was tut's? Man kann Käse daran rösten, und er hält die Kälte aus, so gut wie andrer Menschen Degen auch, und das ist der Humor davon.

BARDOLPH. Ich will ein Frühstück daran wenden, euch zu guten Freunden zu machen, und dann wollen wir alle als geschworne Brüder nach Frankreich ziehn. Bietet dazu die Hand, guter Korporal Nym.

NYM. Mein' Treu, ich will so lange leben, als es geht, das ist ausgemacht, und wenn ich nicht länger leben kann, so will ich sehen, wie ich's mache. Das ist mein Schluß, das ist das laus deo dabei.

BARDOLPH. Es ist gewiß, Korporal, daß er mit Lene Hurtig verheiratet ist, und gewißlich, er tat Euch Unrecht, denn Ihr wart mit ihr versprochen.

NYM. Ich weiß es nicht: die Sachen müssen gehn, wie sie können; es kann kommen, daß Leute schlafen, und daß sie zu der Zeit ihre Gurgel bei sich haben, und etliche behaupten, Messer haben Schneiden. Es muß gehen, wie es kann. Ist Geduld schon eine abgetriebne Mähre, so schleppt sie sich doch fort. Es muß eine Endschaft werden. Nun, ich weiß es nicht.

Pistol und Frau Hurtig kommen.

BARDOLPH. Da kommt Fähndrich Pistol und seine Frau. – Guter Korporal, nun haltet Euch ruhig. – Nun, wie steht's, Herr Wirt?

PISTOL. Du Zecke, nennst mich Wirt?
Bei dieser Hand, das ist für mich kein Name,
Noch herbergt meine Lene.

FRAU HURTIG. Wenigstens nicht lange, meiner Treu, denn wir können nicht ein Dutzend Frauenzimmer oder was drüber in Wohnung und Kost haben, die sich ehrbar vom Stich ihrer Nadeln ernähren, ohne daß man gleich denkt, wir hielten ein liederliches Haus.

Nym zieht den Degen.

O Herr! Da ist Korporal Nym seiner – nun haben wir hier vorsätzlichen Ehebruch und Mord. Guter Korporal Nym, zeige dich als einen tüchtigen Mann und steck' den Degen ein. – Guter Lieutenant – guter Korporal, nehmt nichts vor!

NYM. Pah!

PISTOL. Pah dir, isländ'scher Hund! Du kecker Spitz von Island!

NYM.
Willst du abziehn? Ich möchte dich solus haben

Steckt den Degen in die Scheide.

PISTOL. Solus, du ungemeiner Hund? O Viper!
Das solus in dein seltsamlich Gesicht,
Das solus in die Zähn' und Kehle dir,
In deine schnöde Lunge, ja in deinen Magen,
Und was noch schlimmer, in den garst'gen Mund!
Dein solus schleudr' ich dir ins Eingeweide:
Denn reden kann ich, und der Hahn Pistols
Ist schon gespannt, und blitzend Feuer folgt.

NYM. Ich bin nicht Barbason, Ihr könnt mich nicht beschwören. Ich bin im Humor, Euch leidlich derb auszupochen; wenn Ihr mir Schimpf antut, so will ich Euch mit meinen Rapier fegen, wie ich in allen Ehren tun darf; wollt Ihr davon gehn, so möchte ich Euch ein bißchen in die Gedärme prickeln, wie ich nach guter Sitte tun darf, und das ist der Humor davon.

PISTOL. O Prahler feig, verdammter grimm 'ger Wicht!
Es gähnt das Grab, und Tod ist ächzend nah;
Drum hol' heraus!

Pistol und Nym ziehen.

BARDOLPH *zieht.* Hört mich an, hört an, was ich sage: wer den ersten Streich tut, dem renn' ich den Degen bis ans Gefäß in den Leib, so wahr ich ein Soldat bin.

PISTOL. Ein Schwur von sondrer Kraft, und legen soll sich Wut.
Gib deine Faust, den Vorderfuß mir gib:
Dein Mut ist kernhaft stark.

NYM. Ich will dir die Kehle abschneiden, über kurz oder lang, in allen Ehren, das ist der Humor davon.

PISTOL. So heißt es, coupe la gorge? – Ich trotze dir aufs neu'
O Hund von Kreta, hoffst du auf mein Weib?
Nein; geh in das Spital
Und hol' vom Pökelfaß der Schande dir
Den eklen Gei'r von Cressidas Gezücht,
Genannt mit Namen Dortchen Lakenreißer;
Die nimm zur Eh': ich hab' und will behaupten
Die quondam Hurtig als die einz'ge Sie;
Und pauca, damit gut!

Der Bursch kommt.

BURSCH. Herr Wirt Pistol, Ihr müßt zu meinem Herrn kommen, – Ihr auch, Wirtin; – er ist sehr krank und will zu Bett. – Guter Bardolph, steck' die Nase zwischen seine Bettlaken und verrichte den Dienst eines Bettwärmers; wahrhaftig, ihm ist sehr schlimm.

BARDOLPH. Fort, du Schelm!

FRAU HURTIG. Meiner Treu, er wird nächster Tage den Krähen eine fette Mahlzeit geben; der König hat ihm das Herz gebrochen. – Lieber Mann, komm gleich nach Hause.

Frau Hurtig und der Bursch ab.

BARDOLPH. Kommt, soll ich euch beide zu Freunden machen? Wir müssen zusammen nach Frankreich: was Teufel sollen wir Messer führen, einander die Gurgeln abzuschneiden?

PISTOL. Die Flut schwell' an, die Hölle heul' um Raub!

NYM. Wollt Ihr mir die acht Schillinge bezahlen, die ich Euch in einer Wette abgewann?

PISTOL. Ein schnöder Knecht bezahlt.

NYM. Die will ich jetzo haben, das ist der Humor davon.

PISTOL. Wie Mannheit Ausspruch tut. Stoß' zu!

BARDOLPH. Bei diesem Schwert! Wer den ersten Stoß tut, den bring' ich um; bei diesem Schwert! Das tu' ich.

PISTOL. Schwert ist ein Schwur, und Recht der Schwüre gilt.

BARDOLPH. Korporal Nym, willst du gut Freund sein, so sei gut Freund; willst du nicht, nun, so mußt du auch mit mir Feind sein. Bitte, steck' ein!

NYM. Soll ich meine acht Schillinge haben, die ich Euch in einer Wette abgewann?

PISTOL. Sollst einen Nobel haben, und das bar,
Und will Getränk dir gleichermaßen geben,
Und Freundschaft sei vereint und Brüderschaft;
Ich lebe nun bei Nym, und Nym bei mir.
Ist's so nicht recht? – Denn ich will Marketender
Dem Lager sein, und Vorteil fließt mir zu.
Gib mir die Hand!

NYM. Ich soll meinen Nobel haben?

PISTOL. In Barschaft wohl bezahlt.

NYM. Gut denn, das ist der Humor davon.

Frau Hurtig kommt zurück.

FRAU HURTIG. So wahr ihr von Weibern hergekommen seid, kommt hurtig zu Sir John herein. Ach, die arme Seele! Ein brennendes Quotidian- Tertian-Fieber rüttelt ihn so zusammen, daß es höchst kläglich anzusehen ist. Herzensmänner, kommt zu ihm!

NYM. Der König hat üble Humore mit ihm gespielt, das ist das Wahre von der Sache.

PISTOL. Nym, du hast wahr gered't,
Gebrochen ist sein Herz und restauriert.

NYM. Der König ist ein guter König, aber man muß es nehmen, wie es kommt. Er nimmt allerlei Humore und Sprünge vor.

PISTOL. Klagt um den Ritter weh; wir leben nun als Lämmer.

Alle ab.

Zweite Szene

Southampton. Ein Rats-Saal.
Exeter, Bedford und Westmoreland treten auf.

BEDFORD.
Wie traut nur Seine Hoheit den Verrätern!

EXETER. In kurzem werden sie verhaftet sein.

WESTMORELAND.
Wie gleisnerisch und glatt sie sich gebärden,
Als säß' Ergebenheit in ihrem Busen,
Mit Treu' gekrönt und fester Biederkeit.

BEDFORD.
Der König weiß von ihrem ganzen Anschlag
Durch Kundschaft, die sie sich nicht träumen lassen.

EXETER. Nein, aber daß sein Bettgenoß, der Mann,
Den er mit Fürstengunst hat überhäuft,
Um fremdes Gold das Leben seines Herrn
So dem Verrat und Tod verkaufen konnte!

Trompeten. König Heinrich, Scroop, Cambridge, Grey, Lords und Gefolge.

KÖNIG HEINRICH.
Der Wind ist günstig, laßt uns nun an Bord!
Mylord von Cambridge, und bester Lord von Masham,
Und Ihr, mein werter Ritter, gebt uns Rat:
Denkt Ihr nicht, daß die Truppen, so wir führen,
Durch Frankreichs Macht den Weg sich bahnen werden,
Der Tat und der Vollführung G'nüge leistend,
Wozu wir sie in Heereskraft vereint?

SCROOP. Kein Zweifel, Herr, tut nur das Seine jeder.

KÖNIG HEINRICH.
Das zweifl' ich nicht; denn wir sind überzeugt.
Wir nehmen nicht ein Herz mit uns von hinnen,
Das nicht in Einstimmung mit unserm lebt,
Und lassen keins dahinten, das nicht wünscht,
Daß uns Erfolg und Sieg begleiten mag.

CAMBRIDGE.
Kein Fürst ward mehr gefürchtet und geliebt
Als Eure Majestät; kein einz'ger Untertan,
So denk' ich, sitzt in Unruh' und Verdruß
Im süßen Schatten Eures Regiments.

GREY. Selbst die, so Eures Vaters Feinde waren,
Die Gall' in Honig tauchend, dienen Euch
Mit Herzen, ganz aus Treu' und Pflicht gebaut.

KÖNIG HEINRICH.
So haben wir viel Grund zur Dankbarkeit
Und werden eh' die Dienste unsrer Hand
Vergessen, als Vergeltung des Verdienstes
Zufolge seiner Größ' und Würdigkeit.

SCROOP.
So wird der Dienst gestählte Sehnen spannen,
Und Mühe wird mit Hoffnung sich erfrischen,
Eu'r Gnaden unablässig Dienst zu tun.

KÖNIG HEINRICH.
Man hofft nicht minder. – Oheim Exeter,
Laßt frei den Mann, der gestern ward gesetzt,
Der wider uns geschmäht hat; wir erwägen,
Daß Übermaß von Wein ihn angereizt,
Und da er sich besinnt, verzeihn wir ihm.

SCROOP. Das ist zwar gnädig, doch zu sorgenlos.
Laßt ihn bestrafen, Herr: daß nicht das Beispiel
Durch seine Duldung mehr dergleichen zeugt.

KÖNIG HEINRICH.
O laßt uns dennoch gnädig sein!

CAMBRIDGE.
Das kann Eu'r Hoheit und doch strafen auch.

GREY.
Ihr zeigt viel Gnade, schenkt Ihr ihm das Leben,
Nachdem er starke Züchtigung erprobt.

KÖNIG HEINRICH.
Ach, Eure große Lieb' und Sorg' um mich
Sind schwere Bitten wider diesen Armen.
Darf man ein klein Versehn aus Trunkenheit
Nicht übersehn, wie muß der Blick es rügen,
Erscheint vor uns, gekäut, verschluckt, verdaut,
Ein Hauptverbrechen? – Wir lassen doch ihn frei;
Ob Cambridge, Scroop und Grey, aus teurer Sorge
Und wacher Hütung unserer Person,
Gestraft ihn wünschen. Nun zu der fränk'schen Sache:
Wem wurde letzthin Vollmacht zugeteilt?

CAMBRIDGE. Mir eine, gnäd'ger Herr,
Ihr hießt mich, heute sie von Euch begehren.

SCROOP. Mich auch, mein Fürst.

GREY. Mich auch, mein königlicher Herr.

KÖNIG HEINRICH.
Da, Richard Graf von Cambridge, habt Ihr Eure; –
Da Ihr, Lord Scroop von Masham; – und, Herr Ritter
Grey von Northumberland, das hier ist Eure: –
Lest und erkennt, ich kenne euren Wert.
Mylord von Westmoreland und Oheim Exeter,
Wir gehn zu Nacht an Bord. – Wie nun, ihr Herrn?
Was steht in den Papieren, daß ihr euch
Sogar entfärbt? – Seht, wie sie sich verwandeln!
Die Wangen sind Papier. – Was lest ihr nur,
Das euer feiges Blut so hat verjagt
Aus eurem Antlitz?

CAMBRIDGE. Ich gesteh' die Schuld
Und beuge mich vor Eurer Hoheit Gnade.

GREY UND SCROOP. An die wir all' uns wenden.

KÖNIG HEINRICH.
Die Gnade, die noch eben in uns lebte,
Hat euer Rat erdrückt und umgebracht.
Schämt euch und wagt von Gnade nicht zu sprechen:
Es fallen eure Gründ' auf euch zurück,
Wie Hunde, die den eignen Herrn zerfleischen. –
Seht, meine Prinzen und ihr edlen Pairs,
Den Abschaum Englands! Mylord von Cambridge, –
Ihr wißt, wie willig unsre Liebe war,
Mit allem Zubehör ihn zu versehn,
Das seiner Ehre zukam; und der Mann
Hat, leichtgesinnt, um wenig leichte Kronen
Mit Frankreichs Ränken sich verschworen, uns
In Hampton hier zu morden! Was mit ihm
Der Ritter dort, nicht wen'ger meiner Güte
Als jener schuldig, auch beschwor. – Doch, oh!
Was sag' ich erst von dir, Lord Scroop? Du wilde.
Grausame, undankbare Kreatur!
Du, der die Schlüssel meines Rates trug,
Der meiner Seele sah bis auf den Grund,
Der mich beinah' in Gold ausprägen mochte,
Hätt'st du um Vorteil dich bei mir bemüht:
Ist's möglich, daß aus dir die fremde Löhnung
Nur einen Funken Übels konnte ziehn,
Den Finger mir zu kränken? 's ist so seltsam,
Daß, sticht die Wahrheit gleich so derb hervor,
Wie schwarz auf weiß, mein Aug' sie kaum will sehn.
Verrat und Mord, sie hielten stets zusammen,
Wie ein Gespann von einverstandnen Teufeln,
So plump auf ein natürlich Ziel gerichtet,

Daß die Verwund'rung über sie nicht schrie;
Du aber, wider alles Ebenmaß,
Läßt dem Verrat und Mord Erstaunen folgen.
Und was es für ein schlauer Feind auch war,
Der so verkehrt auf dich hat eingewirkt,
Die Hölle hat den Preis ihm zugesprochen;
Denn andre Teufel, die Verrat eingeben,
Staffieren, stutzen die Verdammnis auf
Mit Flicken, falschen Farben, Schaugepränge,
Vom Gleisnerschein der Frömmigkeit entlehnt;
Doch er, der dich gemodelt, hieß dich aufstehn,
Gab keinen Grund dir, den Verrat zu tun,
Als weil er nur dich zum Verräter schlug.
Wenn dieser Dämon, der dich so berückt,
Mit seinem Löwenschritt die Welt umginge,
Zum öden grausen Tartarus zurück
Würd' er sich wenden, um den Legionen
Zu sagen: »Keine Seele werd' ich je
So leicht als dieses Englischen gewinnen.«
Oh, wie hast du vergällt mit Eifersucht
Die Süßigkeit des Zutrauns! Zeigt sich jemand treu?
Nun wohl, du auch. Scheint er gelehrt und ernst?
Nun wohl, du auch. Stammt er aus edlem Blut?
Nun wohl, du auch. Scheint er voll Andacht?
Nun wohl, du auch. Ist er im Leben mäßig,
Von wildem Ausbruch frei in Lust und Zorn,
Von Geiste fest, nicht schwärmend mit dem Blut,
Geziert, bekleidet mit bescheidnen Gaben,
Dem Aug' nicht folgend ohne das Gehör,
Und ohne reifes Urteil keinem trauend?
So, und so fein gesichtet, schienest du:
So ließ dein Fall auch einen Fleck zurück,
Den völl'gen bestbegabten Mann zu zeichnen
Mit ein'gem Argwohn. Ich will um dich weinen,
Denn dieses dein Empören dünket mich
Ein zweiter Sündenfall. – Die Schuld ist klar:
Verhaftet sie zum Stehen vor Gericht,
Und spreche Gott sie ihrer Ränke los!

EXETER.
Ich verhafte dich um Hochverrat, bei dem Namen
Richard Graf von Cambridge.
Ich verhafte dich um Hochverrat, bei dem Namen
Heinrich Lord Scroop von Masham.
Ich verhafte dich um Hochverrat, bei dem Namen
Thomas Grey, Ritter von Northumberland.

SCROOP.
Gerecht hat unsern Anschlag Gott entdeckt,
Es reut mein Fehler mehr mich als mein Tod;
Ich bitt' Eu'r Hoheit, mir ihn zu verzeihn,
Obschon mein Leib den Lohn dafür bezahlt.

CAMBRIDGE.
Mich hat das Gold von Frankreich nicht verführt,
Wiewohl als Antrieb ich es gelten ließ,
Was ich entworfen, schneller auszuführen.
Doch Gott sei Dank für die Zuvorkommung,
Der ich mich herzlich will im Leiden freun,
Anflehend Gott und Euch, mir zu vergeben.

GREY.
Nie freut ein treuer Untertan sich mehr,
Weil man gefährlichen Verrat entdeckt,
Als ich in dieser Stunde über mich,
Gehindert am verruchten Unternehmen.
Verzeiht, Herr, meiner Schuld, nicht meinem Leib.

KÖNIG HEINRICH.
Gott sprech' euch gnädig los! Hört euren Spruch.
Ihr habt auf unsre fürstliche Person
Verschwörung angestiftet, euch verbündet
Mit dem erklärten Feind und habt aus seinen Kisten
Das goldne Handgeld unsers Tods empfangen.
Ihr wolltet euren Herrn dem Mord verkaufen,
Der Knechtschaft seine Prinzen, seine Pairs
Der Schmach, dem Drucke seine Untertanen
Und der Verheerung sein ganz Königreich.
Wir suchen keine Rache für uns selbst,
Doch liegt uns so das Heil des Reiches ob,
Des Fall ihr suchtet, daß wir dem Gesetz
Euch überliefern müssen. Drum macht euch fort,
Elende arme Sünder, in den Tod,
Wovon den Schmack euch Gott aus seiner Gnade
Geduld zu kosten geb', und wahre Reu'
Für eure Missetaten! – Schafft sie fort!
Die Verschwornen werden mit Wache abgeführt.
Nun, Lords, nach Frankreich, welches Unternehmen
Für euch wie uns wird eben glorreich sein.
Wir zweifeln nicht an einem günst'gen Krieg;
Da Gott so gnädig an das Licht gebracht
Den Hochverrat, an unserm Wege lauernd,
Um den Beginn zu stören, zweifl' ich nicht,
Daß jeder Anstoß nicht geschlichtet sei.
Wohlauf denn, liebe Landgenossen! Laßt
In Gottes Hand uns geben unsre Macht,
Indem wir gleich sie zur Vollstreckung führen.
Fröhlich zur See! Die Fahnen fliegen schon;
Kein König Englands ohne Frankreichs Thron!
Alle ab.

Dritte Szene

London. Vor dem Hause der Frau Hurtig in Eastcheap. Pistol, Frau Hurtig, Nym, Bardolph und der Bursch kommen.

FRAU HURTIG. Ich bitte dich, mein honigsüßer Mann, laß mich dich bis Staines begleiten.

PISTOL.
Nein, denn mein männlich Herz klopft weh.
Bardolph, getrost! Nym, weck' die Prahler-Ader!
Bursch, krause deinen Mut! Denn Falstaff, der ist tot,
Und uns muß weh drum sein.

BARDOLPH. Ich wollte, ich wäre bei ihm, wo er auch sein mag, im Himmel oder in der Hölle.

FRAU HURTIG. Nein, gewiß, er ist nicht in der Hölle; er ist in Arthurs Schoß, wenn jemals einer in Arthurs Schoß gekommen ist. Er nahm ein so schönes Ende und schied von hinnen, als wenn er ein Kind im Westerhemdchen gewesen wäre. Just zwischen zwölf und eins fuhr er ab, grade wie es zwischen Flut und Ebbe stand; denn wie ich ihn die Bettlake zerknüllen sah und mit Blumen spielen und seine Fingerspitzen anlächeln, da wußte ich, daß ihm der Weg gewiesen wäre; denn seine Nase war so spitz wie eine Schreibfeder, und er faselte von grünen Feldern. »Nun, Sir John?« sagte ich; »ei Mann, seid gutes Muts!« Damit rief er aus: »Gott! Gott! Gott!« ein Stücker drei- oder viermal. Ich sagte, um ihn zu trösten, er möchte nicht an Gott denken, ich hoffte, es täte ihm noch nicht not, sich mit solchen Gedanken zu plagen. Damit bat er mich, ihm mehr Decken auf die Füße zu legen. Ich steckte meine Hand in das Bett und befühlte sie und sie waren so kalt wie ein Stein; darauf befühlte ich seine Knie, und so immer weiter und weiter hinauf, und alles war so kalt wie ein Stein.

NYM. Sie sagen, er hätte über den Sekt einen Ausruf getan.

FRAU HURTIG. Ja, das tat er auch.

BARDOLPH. Und über die Weibsbilder.

FRAU HURTIG. Ne, das tat er nicht.

BURSCH. Ja, das tat er wohl, und sagte, sie wären eingefleischte Teufel.

FRAU HURTIG. Ja, was ins Fleisch fiel, das konnte er nicht leiden; die Fleischfarbe war ihm immer zuwider.

BURSCH. Er sagte einmal, der Teufel würde seiner noch wegen der Weibsbilder habhaft werden.

FRAU HURTIG. Auf gewisse Weise hantierte er freilich mit Weibsbildern: aber da war er rheumatisch und sprach von der Hure von Babylon.

BURSCH. Erinnert Ihr Euch nicht, wie er einen Floh auf Bardolphs Nase sitzen sah, daß er sagte: es wäre ein schwarze Seele, die im höllischen Feuer brennte?

BARDOLPH. Nun, das Brennholz ist zu Ende, das dies Feuer unterhielt: das ist der ganze Reichtum, den ich in seinem Dienst erworben habe.

NYM. Sollen wir abziehn? Der König wird von Southampton schon weg sein.

PISTOL. Kommt, laßt uns fort! – Mein Herz, gib mir die Lippen!
Acht' auf den Hausrat und mein fahrend Gut.
Laß Sinne walten; »zecht und zahlt!« so heißt's.
Trau' keinem:
Ein Eid ist Spreu, und Treu' und Glaube Waffeln,
Pack' an, das ist der wahre Hund, mein Täubchen;
Drum laß caveto dir Ratgeber sein.
Geh, trockne deine Perlen. – Waffenbrüder,
Laßt uns nach Frankreich! wie Blutigel, Kinder,
Zu saugen, saugen, recht das Blut zu saugen!

BURSCH. Und das ist eine ungesunde Nahrung, wie sie sagen.

PISTOL.
Rührt ihren sanften Mund noch und marschiert.

BARDOLPH. Leb wohl, Wirtin. *Küßt sie.*

NYM. Ich kann nicht küssen, und das ist der Humor davon, aber lebt wohl.

PISTOL. Laß walten Hauswirtschaft! Halt' fest, gebiet' ich dir!

FRAU HURTIG. Leb wohl! Adieu! *Ab.*

Vierte Szene

Frankreich. Ein Saal im Palast des Königs. König Karl mit Gefolge, der Dauphin, Herzog von Burgund, der Connetable und andre.

KÖNIG KARL.
So nahn die Englischen mit Heereskraft,
Und über alle Sorgen liegt uns ob,
Zu unsrer Wehr uns königlich zu stellen.
Drum soll Herzog von Berry, von Bretagne,
Von Orleans und Brabant ziehn ins Feld,
Und Ihr, Prinz Dauphin, mit der schnellsten Eil',
Um unsre Kriegesplätze neu zu rüsten
Mit tapfern Männern und mit wehrbar'm Zeug.
Denn England ist in seinem Andrang rasch,
Wie Wasser, das ein Wirbel in sich saugt.
Es ziemt uns denn, die Vorsicht so zu üben,
Wie Furcht uns lehrt an manchem frischen Beispiel,
Das Englands heillos und versäumtes Volk
Auf unsern Feldern ließ.

DAUPHIN. Großmächt'ger Vater,
Es ist gar recht, uns auf den Feind zu rüsten;
Denn Friede selbst muß nicht ein Königreich
So schläfrig machen (wenn auch nicht die Rede
Von Kriege wär' und ausgemachtem Streit),
Daß Landwehr, Musterung und Rüstung nicht
Verstärkt, gehalten und betrieben würde,
Als wäre die Erwartung eines Kriegs.
Drum heiß' ich's billig, daß wir alle ziehn,
Die schwachen Teile Frankreichs zu besehn;
Das laßt uns tun mit keinem Schein von Furcht,
Ja, mit nicht mehr, als hörten wir, daß England
Sich schick' auf einen Mohrentanz zu Pfingsten.
Denn, bester Herr, so eitel prangt sein Thron,
Und seinen Szepter führet so phantastisch
Ein wilder, seichter, launenhafter Jüngling,
Daß ihm kein Schrecken folgt.

CONNETABLE. O still, Prinz Dauphin!
Ihr irrt Euch allzusehr in diesem König.
Frag' Eure Hoheit die Gesandten nur,
Mit welcher Würd' er ihre Botschaft hörte,
Wie wohl mit edlen Räten ausgestattet,
Wie ruhig im Erwidern, und zugleich
Wie schrecklich in entschloßner Festigkeit:
Ihr werdet sehn, sein vorig eitles Wesen
War nur des röm'schen Brutus Außenseite,
Vernunft in einen Torenmantel hüllend,
Wie oft mit Kot der Gärtner Wurzeln deckt,
Die früh und zart vor allen treiben sollen.

DAUPHIN.
Herr Connetable, ei, dem ist nicht so,
Doch nehmen wir's so an, es schadet nicht.
Im Fall der Gegenwehr ist es am besten,
Den Feind für mächt'ger halten, als er scheint:
So füllet sich das Maß der Gegenwehr,
Die sonst, bei schwachem, kärglichem Entwurf,
Gleich einem Filz, ein wenig Tuch zu sparen,
Den Rock verdirbt.

KÖNIG KARL.
Gut! Halten wir den König Heinrich stark,
Und Prinzen, rüstet stark euch wider ihn.
Denn sein Geschlecht hat unser Fleisch gekostet,
Und er stammt ab von dieser blut'gen Reih',
Die auf den heim'schen Pfaden uns verfolgt.
Des zeugt der zu gedächtniswürd'ge Tag,
Als Cressys Schlacht verderblich ward geschlagen
Und unsre Prinzen alle in die Hände
Dem schwarzen Namen Eduard fielen,
Dem Schwarzen Prinz von Wales, indes sein Vater,
Des Berges Fürst, auf einem Berge stehend,
Hoch in der Luft, gekrönt von goldner Sonne,
Den Heldensprößling sah, und ihn mit Lächeln

Die Werke der Natur verstümmeln sah
Und Bildnisse verlöschen, welche Gott
Und fränk'sche Väter zwanzig Jahr hindurch
Geschaffen hatten. Dieser ist ein Zweig
Von jenem Siegerstamm: und laßt uns fürchten
Die angeborne Kraft und sein Geschick!

Ein Bote tritt auf.

BOTE. Gesandte Heinrichs, Königes von England,
Begehren Zutritt zu Eu'r Majestät.

KÖNIG KARL.
Wir geben ihnen gleich Gehör. – Geht, holt sie.

Bote und einige Herren vom Hofe ab.

Ihr seht, die Jagd wird heiß betrieben, Freunde.

DAUPHIN.
Macht Halt und bietet Stirn! Denn feige Hunde
Sind mit dem Maul am freisten, wenn ihr Wild
Schon weit vorausläuft. Bester Fürst, seid kurz
Mit diesen Englischen und laßt sie wissen,
Von welcher Monarchie das Haupt Ihr seid.
Selbstliebe, Herr, ist nicht so schnöde Sünde
Als Selbstversäumnis.

Die Herren kommen mit Exeter und Gefolge zurück.

KÖNIG KARL. Von unserm Bruder England?

EXETER. Von ihm; so grüßt er Eure Majestät.
Er heischt in des Allmächt'gen Gottes Namen,
Daß Ihr Euch abtun und entkleiden sollt
Erborgter Hoheit, die durch Gunst des Himmels,
Durch der Natur und Völker Recht ihm zusteht
Und seinen Erben; namentlich die Krone
Und aller Ehren weiten Kreis, den Sitte
Und Anordnung der Zeiten zugeteilt
Der Krone Frankreichs. Daß Ihr wissen mögt,
Dies sei kein loser ungereimter Anspruch,
Entdeckt im Wurmfraß längst verschwundner
Tage,
Vom Staube der Vergessenheit gescharrt,
Schickt er Euch diese höchst denkwürd'ge Reih',

überreicht ein Papier

In jedem Zweige wahrhaft überzeugend,
Und heißt Euch diesen Stammbaum überschaun.
Und wenn Ihr grade abgestammt ihn findet
Vom rühmlichsten der hochberühmten Ahnen,
Eduard dem Dritten, heißt er Euch Verzicht
Auf Kron' und Reich tun, die Ihr unrechtmäßig
Ihm als geborner Eigner vorenthaltet.

KÖNIG KARL. Sonst, was erfolgt?

EXETER.
Der blut'ge Zwang; denn wenn ihr selbst die Krone
In euren Herzen bürg't, er stört nach ihr.
Deswegen kommt er an in wildem Sturm,
In Donner und Erdbeben, wie ein Zeus,
Auf daß er nöt'ge, wenn kein Mahnen hilft;
Und heißt Euch, beim Erbarmen Gott des Herrn,
Die Krone abstehn und der armen Seelen,
Für welche dieser gier'ge Krieg den Rachen
Schon öffnet, schonen; und auf Euer Haupt
Wälzt er der Waisen Schrei, der Witwen Tränen,
Der Toten Blut, verlaßner Mädchen Ächzen
Um Gatten, Väter und um Anverlobte,
Die diese Zwistigkeit verschlingen wird.
Dies ist sein Ruf, sein Drohn und meine Botschaft,
Wo nicht der Dauphin gegenwärtig ist,
Den ich ausdrücklich zu begrüßen habe.

KÖNIG KARL.
Was uns betrifft, wir wollen dies erwägen;
Wir geben morgen den Bescheid Euch mit
An unsern Bruder England.

DAUPHIN. Was den Dauphin,
So steh' ich hier für ihn: was schickt ihm England?

EXETER.
Des Trotzes, der Verachtung und des Hohns
Und alles des, was nicht mißziemen mag
Dem großen Sender, schätzet er Euch wert.
So spricht mein Fürst; wenn Eures Vaters Hoheit
Nicht durch Gewährung aller Foderungen
Den bittern Spott versüßt, den Ihr an ihn
gesandt,
Wird er zu heißer Rechenschaft Euch ziehn,
Daß Frankreichs bauchige Gewölb' und Höhlen
Euch schelten sollen und den Spott zurück
In seiner Stücke zweitem Hall Euch geben.

DAUPHIN.
Sagt, wenn mein Vater freundlich Antwort gibt,
Sei's wider meinen Willen; denn mir liegt
An nichts als Zwist mit England: zu dem Ende,
Als seiner eitlen Jugend angemessen,
Sandt' ich ihm die Pariser Bälle zu.

EXETER. Dafür wird Eu'r Pariser Louvre zittern,
Wär's auch Europas hoher Oberhof.
Und glaubt, Ihr werdet einen Abstand finden
(Wie wir, sein Volk, erstaunt gefunden haben)
Von der Verheißung seiner jüngern Tage
Und denen, die er jetzt zu meistern weiß.
Er wägt die Zeit jetzt auf ein Körnchen ab,
Was Ihr in Euren eignen Niederlagen
Erfahren sollt, wenn er in Frankreich bleibt.

KÖNIG KARL.
Auf morgen sollt Ihr unsre Meinung wissen.

EXETER. Entlaßt uns eilig, daß nicht unser König
Nach dem Verzug zu fragen selber komme,
Denn Fuß hat er im Lande schon gefaßt.

KÖNIG KARL. Ihr sollt entlassen werden alsobald
Mit einem bill'gen Antrag; eine Nacht
Ist nur ein Odemzug und kurze Frist,
Um auf so wicht'ge Dinge zu erwidern.

Alle ab.

Dritter Aufzug

CHORUS *tritt auf.*
So fliegt auf eingebild'ten Fittigen
Die rasche Szene mit nicht minder Eil'
Als der Gedanke. Stellt euch vor, ihr saht
Am Hampton-Damm den wohlverseh'nen König
Sein Königtum einschiffen, sein Geschwader
Den jungen Tag mit seidnen Wimpeln fächeln.
Spielt mit der Phantasie, und seht in ihr
Am hänfnen Tauwerk Schifferjungen klettern;
Die helle Pfeife hört, die Ordnung schafft
Verwirrten Lauten; seht die Leinensegel,
Die unsichtbare Winde schleichend heben,
Durch die gefurchte See die großen Kiele,
Den Fluten trotzend, ziehn. Oh, denket nur,
Ihr steht am Strand und sehet eine Stadt
Hintanzen auf den unbeständ'gen Wogen;

Denn so erscheint die majestät'sche Flotte,
Den Lauf nach Harfleur wendend. Folgt ihr!
Folgt ihr!
Hakt euch im Geist an dieser Flotte Steuer,
Verlaßt eu'r England, still wie Mitternacht,
Bewacht von Greisen, Kindern, alten Frau'n,
Wo Mark und Kraft noch fehlt und schon verging;
Denn wer, dem nur ein einzig keimend Haar
Das Kinn begabt, ist nicht bereit, nach Frankreich
Der auserlesnen Ritterschaft zu folgen?
Auf, auf, im Geist! Seht einer Stadt Belag'rung.
Seht das Geschütz auf den Lafetten stehn,
Auf Harfleur mit den Mündern tödlich gähnend.
Denkt, der Gesandt' aus Frankreich sei zurück
Und meld' an Heinrich, daß der König ihm
Antrage seine Tochter Katharina,
Mit ihr zum Brautschatz ein paar Herzogtümer,
So klein und unersprießlich. Das Erbieten
Gefällt nicht, und der schnelle Kanonier
Rührt mit der Lunte nun die höll'schen Stücke,
Getümmel. Es werden Kanonen abgefeuert.
Die alles niederschmettern. Bleibt geneigt!
Eu'r Sinn ergänze, was die Bühne zeigt.
Ab.

Erste Szene

Frankreich. Vor Harfleur.
Getümmel. König Heinrich, Exeter, Bedford, Gloster und Soldaten mit Sturmleitern.

KÖNIG HEINRICH.
Noch einmal stürmt, noch einmal, lieben Freunde!
Sonst füllt mit toten Englischen die Mauer!
Im Frieden kann so wohl nichts einem Mann
Als Demut und bescheidne Stille kleiden;
Doch bläst des Krieges Wetter euch ins Ohr,
Dann ahmt den Tiger nach in seinem Tun;
Spannt eure Sehnen, ruft das Blut herbei,
Entstellt die liebliche Natur mit Wut,
Dann leiht dem Auge einen Schreckensblick
Und laßt es durch des Hauptes Bollwerk spähn
Wie ehernes Geschütz; die Braue schatt' es
So furchtbarlich, wie ein zerfreßner Fels
Weit vorhängt über seinen schwachen Fuß,
Vom wilden, wüsten Ozean umwühlt.
Nun knirscht die Zähne, schwellt die Nüstern auf,
Den Atem hemmt, spannt alle Lebensgeister
Zur vollen Höh'! – Auf, Englische von Adel!
Das Blut von kriegbewährten Vätern hegend,
Von Vätern, die, wie so viel' Alexander,
Von früh bis Nacht in diesen Landen fochten,
Und, nur weil Stoff gebrach, die Schwerter bargen!
Entehrt nicht eure Mütter; nun bewährt,
Daß, die ihr Väter nanntet, euch erzeugt.
Seid nun ein Vorbild Menschen gröbern Bluts
Und lehrt sie kriegen! – Ihr auch, wackres Landvolk,
In England groß gewachsen, zeigt uns hier
Die Kraft genoßner Nahrung; laßt uns schwören,
Ihr seid der Pflege wert, was ich nicht zweifle:
Denn so gering und schlecht ist euer keiner,
Daß er nicht edlen Glanz im Auge trüg'.
Ich seh' euch stehn, wie Jagdhund' an der Leine,
Gerichtet auf den Sprung; das Wild ist auf,
Folgt eurem Mute, und bei diesem Sturm
Ruft: »Gott mit Heinrich! England! Sankt Georg!«
Alle ab. Getümmel und Kanonenschüsse.

Zweite Szene

Ebendaselbst.
Truppen marschieren über die Bühne; dann kommen Nym, Bardolph, Pistol und der Bursch.

BARDOLPH.
Zu, zu, zu, zu! In die Bresche! In die Bresche!

NYM. Ich bitte dich, Korporal, halt! Die Püffe sind zu hitzig, und ich für mein Teil habe nicht ein paar Leben; der Humor davon ist zu hitzig, das ist die wahre Litanei davon.

PISTOL.
Die Litanei ist recht: Humore sind im Schwang,
Gehn Püff' und kommen, Gottes Knechte sterben,
Und Schwert und Schild
Im Blutgefild
Erwirbt sich ew'gen Ruhm.

BARDOLPH. Ich wollte, ich wäre in einer Bierschenke in London! Ich wollte meinen ganzen Ruhm für einen Krug Bier und Sicherheit geben.

PISTOL.
Ich auch:
Wenn Wünsche könnten helfen mir,
An Eifer sollt's nicht fehlen mir,
Ich eilte stracks dahin.

BURSCH. So klar, doch nicht so wahr, wie
Vöglein auf dem Zweige singt.
Fluellen kommt.

FLUELLEN.
Gotts Plitz! – Hinauf in die Presche, ihr Schufte!
Wollt ihr nicht hinauf in die Presche?
Treibt sie vorwärts.

PISTOL.
Sei Erdensöhnen gnädig, großer Herzog!
Laß nach mit Wüten! Laß dein männlich Wüten!
Laß, großer Herzog, nach!
Mein Männchen, keine Wut! Mit Milde, liebstes Kind!

NYM. Das sind gute Humore! So 'ne Ehre bringt schlechte Humore ein.
Nym, Pistol und Bardolph ab. Fluellen ihnen nach.

BURSCH. So jung ich bin, habe ich diese Schwadronierer doch schon beobachtet. Ich bin Bursch bei allen dreien, aber alle drei, wenn sie mir aufwarten wollten, könnten doch nicht mein Kerl sein: denn wahrhaftig, drei solche Fratzen machen zusammen keinen Kerl aus. Was Bardolph betrifft, der ist weiß von Leber und rot von Gesicht, vermöge dessen er verwegen drein sieht, aber nicht ficht. Pistol, der hat eine wilde Zunge und einen stillen Degen, vermöge deren er Worten den Hals bricht und seine Waffen heil erhält. Nym, der hat gehört, daß Männer von wenig Worten die besten sind, und deswegen schämt er sich, sein Gebet herzusagen, damit man ihn nicht für eine feige Memme halte. Aber seine wenigen schlechten Worte sind mit eben so wenigen guten Taten gepaart, denn er schlug nie eines Menschen

Kopf entzwei als seinen eignen, und das geschah gegen einen Pfosten, als er betrunken war. Sie stehlen, was ihnen vorkommt, und das nennen sie Handel und Wandel. Bardolph stahl einen Lautenkasten, trug ihn zwölf Stunden weit und verkaufte ihn für drei Kreuzer. Nym und Bardolph sind geschworne Brüder im Mausen, und in Calais stahlen sie eine Feuerschaufel: ich sah wohl an diesem Probestücke, daß die Kerle Herumstörer wären. Sie wollen mich so vertraut mit andrer Leute Taschen haben als ihre Handschuhe oder Schnupftücher, was meiner Mannheit sehr entgegen ist; wenn ich aus der Tasche eines andern nehmen sollte, um es in meine zu stecken: das hieße geradezu Unrecht einstecken. Ich muß sie verlassen und mir einen bessern Dienst suchen: ihre Schelmerei ist meinem schwachen Magen zuwider, ich muß sie von mir geben. *Bursch ab.*

Fluellen kommt zurück, und Gower nach ihm.

GOWER. Kapitän Fluellen, Ihr müßt unverzüglich zu den Minen kommen; der Herzog von Gloster will mit Euch sprechen.

FLUELLEN. Zu den Minen? Sagt Ihr dem Herzog, daß es nicht gar zu gut ist, zu den Minen zu kommen; denn, seht Ihr, die Minen sein nicht der Kriegsdisziplin gemäß, die Konkavität derselben sein nicht hinreichend; denn, seht Ihr, der Feind, wie Ihr dem Herzoge erläutern könnt, seht Ihr, ist vier Ellen tief unter die Konterminen eingegraben. Bei Jessus, ich denke, er werden alles in die Luft sprengen, wenn da keine bessere Direktionen sein.

GOWER. Der Herzog von Gloster, der den Befehl bei der Belagerung führt, wird ganz von einem Irländer geleitet, einem sehr braven Manne, wahrhaftig.

FLUELLEN.
Es ist der Kapitän Macmorris, nicht wahr?

GOWER. Ich denke, der ist's.

FLUELLEN. Bei Jessus, er sein ein Esel, wie einer in der Welt, das will ich ihm in seinen Bart hinein bezeugen. Er hat nicht mehr Ordonnanz in der wahren Kriegsdisziplin, seht Ihr, was römische Disziplin sein, als ein Gelbschnabel haben tut.

Macmorris und Jamy treten in der Entfernung auf.

GOWER. Da, kommt er, und der schottische Kapitän, Kapitän Jamy, mit ihm.

FLUELLEN. Kapitän Jamy ist ein erstauendlich prafer Mann, das ist gewiß, und von großer Fertigkeit und Wissenschaft in den alten Kriegen, nach meiner absonderlichen Wissenschaft seiner Ordonnanzen; bei Jessus, er behauptet sein Argument so gut als irgendein Kriegesmann, was Disziplinen aus den vormaligen Kriegen der Römer sein.

JAMY. Ich sage guoten Tag, Kapitän Fluellen.

FLUELLEN. Gott grüße Euer Edlen, Kapitän Jamy.

GOWER. Wie steht's, Kapitän Macmorris? Habt Ihr die Minen verlassen? Haben es die Schanzgräber aufgegeben?

MACMORRIS. Bei Chrischtus, 's ischt übel getan: die Arbeit ischt aufgegeben, die Trompeten blasen zum Rückzuge. Bei meiner Hand schwöre ich, und bei meines Vaters Seele, die Arbeit ischt übel getan, sie ischt aufgegeben: ich hätte die Stadt in die Luft gesprengt, so mir Chrischtus helfe, binnen einer Stunde. Oh, 's ischt übel getan, 's ischt übel getan, bei meiner Hand, 's ischt übel getan.

FLUELLEN. Kapitän Macmorris, ich ersuche Euch nun, wollt Ihr mir, seht Ihr, einige wenige Disputationen mit Euch erlauben, als zum Teil betreffend oder angehend die Disziplin des Krieges, was römische Kriege sein; auf dem Wege des Argumentierens, seht Ihr, und freundlichen Kommunizierens: teils um meine Meinung zu rechtfertigen, und teils seht Ihr, zur Rechtfertigung meiner Gesinnung, was die Ordonnanz der Kriegesdisziplin anlangt; das ist der wahre Punkt.

JAMY. Das wird sehr guot sein, ihr guoten Kapitäns beide, und ich will auch mainen Verlaub nehmen, wenn's die Gelegenheit gibt, das will ich, mainer Treu.

MACMORRIS. Es ischt keine Zeit zum Reden, so mir Chrischtus helfe, der Tag ist heiß, und das Wetter, und der Krieg, und der König, und die Herzoge; es ischt keine Zeit zum Reden. Die Stadt wird berannt, und die Trompete ruft uns zur Bresche, und wir sprechen, und tun, bei Chrischtus, gar nichts; 's ischt Schande für uns alle, so mir Gott helfe, 's ischt Schande, still zu stehen, 's ischt Schande, bei meiner Hand: und da hat sich's Kehlen abzuschneiden, und Arbeiten zu tun, und es wird nischt getan, so mir Chrischtus helfe.

JAMY. Beim Sakrament, eher diese maine Augen in Schlaf fallen, will ich guoten Dienst verrichten, oder ich will davor im Ärdboden liegen, ja, oder zum Tode gehen; und ich will es so tapfer bezahlen, wie ich kann, (das werde ich sicherlich tun,) das ist das Kurze und das Lange davon. Main Treu, ich hätte gern ein Gespräch zwischen euch baiden angehört.

FLUELLEN. Kapitän Macmorris, ich denke, seht Ihr, unter Eurer Genehmhaltung, es sein nicht viele von Eurer Nation –

MACMORRIS. Meiner Nation? Was ischt meine Nation? Ischt's ein Hundsfott, und ein Bastard, und ein Schelm, und ein Schurke? Was ischt meine Nation? Wer spricht von meiner Nation?

FLUELLEN. Seht Ihr, wenn Ihr die Sache anders nehmt, als sie gemeint war, Kapitän Macmorris, so werde ich unmaßgeblich denken, daß Ihr mir nicht mit der Leutseligkeit begegnet, als Ihr mir vernünftigerweise begegnen solltet, seht Ihr, da ich ein ebenso guter Mann als Ihr bin, sowohl was die Kriegesdisziplin, als die Abkunft meiner Geburt und andre Absonderlichkeiten betrifft.

MACMORRIS. Ich weiß nicht, daß Ihr ein so guter Mann seid als ich; so mir Chrischtus helfe, ich will Euch den Kopf abhauen.

GOWER. Ihr Herren beide, ihr werdet einander mißverstehen.

JAMY. Ay, das ist ein garstiger Fehler.

Es wird zur Unterhandlung geblasen.

FLUELLEN. Kapitän Macmorris, wenn einmal besser gelegnere Zeit verlangt wird, seht Ihr, so werde ich so dreist sein, Euch zu sagen, daß ich die Kriegesdisziplin verstehe, und damit gut.

Alle ab.

Dritte Szene

Ebendaselbst.
Der Befehlshaber und einige Bürger auf den Mauern; die englischen Truppen unten. König Heinrich und sein Zug treten auf.

KÖNIG HEINRICH. Was hat der Hauptmann dieser Stadt beschlossen?
Wir lassen kein Gespräch nach diesem zu:
Darum ergebt euch unsrer besten Gnade,
Sonst ruft, wie Menschen, auf Vernichtung stolz,
Uns auf zum Ärgsten; denn, so wahr ich ein Soldat
(Ein Nam', der, denk' ich, mir am besten ziemt),
Fang' ich noch einmal das Beschießen an,
So lass' ich nicht das halb zerstörte Harfleur,
Bis es in seiner Asche liegt begraben.
Der Gnade Pforten will ich alle schließen,
Der eingefleischte Krieger rauhes Herzens
Soll schwärmen, sein Gewissen höllenweit,
In Freiheit blut'ger Hand und mähn wie Gras
Die holden Jungfrau 'n und die blüh'nden Kinder.
Was ist es mir denn, wenn ruchloser Krieg,
Im Flammenschmucke, wie der Bösen Fürst,
Beschmiert im Antlitz, alle grausen Taten
Der Plünderung und der Verheerung übt?
Was ist es mir, wenn ihr es selbst verschuldet,
Daß eure reinen Jungfrau'n in die Hand
Der zwingenden und glüh'nden Notzucht fallen?
Was für ein Zügel hält die freche Bosheit,
Wenn sie bergab in wildem Laufe stürmt?
So fruchtlos wendet unser eitles Wort
Beim Plündern sich an die ergrimmten Krieger,
Als man dem Leviathan anbeföhle,
Ans Land zu kommen. Darum, ihr von Harfleur,
Habt Mitleid mit der Stadt und eurem Volk,
Weil noch mein Heer mir zu Gebote steht,
Weil noch der kühle, sanfte Wind der Gnade
Das ekle, giftige Gewölk verweht
Von starrem Morde, Raub und Büberei.
Wo nicht, erwartet augenblicks besudelt
Zu sehn vom blinden blutigen Soldaten
Die Locken eurer gellend schrei'nden Töchter;
Am Silberbart ergriffen eure Väter,
Ihr würdig Haupt geschmettert an die Wand;
Gespießt auf Piken eure nackten Kinder,
Indes der Mütter rasendes Geheul
Die Wolken teilt, wie dort der jüd'schen Weiber
Bei der Herodes-Knechte blut'ger Jagd.
Was sagt ihr? Gebt ihr nach und wollt dies meiden?
Wo nicht, durch Widerstand das Ärgste leiden?

BEFEHLSHABER.
An diesem Tage endet unsre Hoffnung.
Der Dauphin, den um Hülfe wir ersucht,
Erwidert, zu so wichtigem Ersatz
Sei er noch nicht bereit. Drum, großer König,
Ergeben wir die Stadt und unser Leben
In deine milde Gnade; zieh herein,
Schalt' über uns und was nur unser ist,
Denn wir sind nun nicht länger haltbar mehr.

KÖNIG HEINRICH.
Öffnet die Tore! – Oheim Exeter,
Geht und besetzet Harfleur; bleibt daselbst,
Befestigt stark es gegen die Franzosen,
Seid allen gnädig. – Wir, mein teurer Oheim,
Da sich der Winter naht und Krankheit zunimmt
In unserm Heer, ziehn nach Calais zurück.
Heut nacht sind wir in Harfleur Euer Gast,
Auf morgen schon sind wir zum Marsch gefaßt.
Trompetenstoß. Der König, sein Gefolge und Truppen ziehn in die Stadt.

Vierte Szene

Rouen. Ein Zimmer im Palast.
Katharina und Alice treten auf.

KATHARINA. Alice, tu as été en Angleterre, et tu parles bien la langue du pays.
ALICE. Un peu, madame.
KATHARINA. Je te prie, enseigne-la-moi; il faut que j'apprenne à parler. Comment appelez-vous la main en Anglais?
ALICE. La main? Elle est appelée de hand.
KATHARINA. De hand. Et les doigts?
ALICE. Les doigts? Ma foi, j'ai oublié les doigts, mais je m'en souviendrai. Les doigts? Je pense qu'ils sont appelés de fingres; oui, de fingres.
KATHARINA. La main, de hand, les doigts, de fingres. Je pense que je suis bonne écolière: j'ai gagné deux mots d'Anglais assez vite. Comment appelez-vous les ongles?
ALICE. Les ongles? On les appelle de nails.
KATHARINA. De nails. Ecoutez! dites-moi, si je parle bien: de hand, de fingres, de nails.
ALICE.
C'est bien dit, madame, c'est du fort bon Anglais.
KATHARINA. Dites-moi en Anglais, le bras.
ALICE. De arm, madame.
KATHARINA. Et le coude?
ALICE. De elbow.
KATHARINA. De elbow. Je me fais la répétition de tous les mots que vous m'avez appris dès à present.
ALICE. C'est trop difficile, madame, comme je pense.
KATHARINA. Excusez-moi, Alice; écoutez: de hand, de fingres, de nails, de arm, de bilbow.
ALICE. De elbow, madame.
KATHARINA. O seigneur Dieu, je l'oublie: de elbow. Commen appelez-vous le cou?
ALICE. De neck, madame.
KATHARINA. De neck, et le menton?
ALICE. De chin.
KATHARINA.
De sin. Le cou, de neck; le menton, de sin.
ALICE. Oui. Sauf votre honneur, en vérité, vous prononcez les mots aussi juste que les natifs d'Angleterre.
KATHARINA. Je ne doute point que je n'apprendrai par la grace de Dieu, et en peu de temps.
ALICE. N'avez-vous pas déjà oublié ce que je vous ai enseigné?
KATHARINA. Non, je le vous réciterai promptement. De hand, de fingres, de mails, –
ALICE. De nails, madame.

KATHARINA. De nails, de arme, de ilbow, –

ALICE. Sauf votre honneur, de elbow.

KATHARINA. C'est ce que je dis: de elbow, de neck et de sin. Comment appelez-vous le pied et la robe?

ALICE. De foot, madame, et de con.

KATHARINA. De foot et de con? O seigneur Dieu! Ce sont des mots d'un son mauvais, corrompu, grossier et impudique, et dont les dames d'honneur ne sauraient se servir; je ne voudrais prononcer ces mots devant les seigneurs de France pour tout le monde. Il faut de foot et de con néanmoins. Je réciterai encore une fois ma leçon ensemble: de hand, de fingres, de nails, de arm, de elbow, de neck, de sin, de foot, de con.

ALICE. Excellent, madame!

KATHARINA. C'est assez pour une fois: allons-nous-en à dîner.

Ab.

Fünfte Szene

Ein andres Zimmer im Palast.
König Karl, der Dauphin, Herzog von Bourbon, der Connetable von Frankreich und andre treten auf.

KÖNIG KARL.
Man weiß, er ist die Somme schon herüber.

CONNETABLE.
Und ficht man nicht mit ihm, Herr, laßt uns nicht
In Frankreich leben; stehn wir ab von allem
Und geben unser Weinland den Barbaren!

DAUPHIN.
O Dieu vivant! Daß ein paar unsrer Sprossen,
Der Auswurf von den Lüsten unsrer Väter,
Pfropfreiser, in den wilden Stamm gesetzt,
So plötzlich in die Wolken konnten schießen,
Um ihre Impfer nun zu übersehn!

BOURBON.
Normannen nur! Bastarde von Normannen!
Mort de ma vie! Wenn sie unbestritten
Einherziehn, biet' ich feil mein Herzogtum
Und kaufe einen kleinen Meierhof
In der gezackten Insel Albions.

CONNETABLE.
Dieu des batailles! Woher käm' ihr Feuer?
Ist nicht ihr Klima neblicht, rauh und dumpf,
Worauf die Sonne bleich sieht, wie zum Hohn,
Mit finstern Blicken ihre Früchte tötend?
Kann ihre Gerstenbrüh', gesottnes Wasser,
Ein Trank für überrittne Mähren nur,
Ihr kaltes Blut zu tapfrer Hitze kochen?
Und unser reges Blut, vom Wein begeistert,
Scheint frostig? Oh, zu unsers Landes Ehre,
Laßt uns nicht hängen, zäh wie Eises Zacken,
An unsrer Häuser Dach, indes ein frost'ger Volk
Die Tropfen aufgeweckter Jugend schwitzt
In unsern reichen Feldern, arm allein
Ihn ihren angebornen Herrn zu nennen.

DAUPHIN.
Bei Treu' und Glauben! Unsre Damen haben
Zum besten uns und sagen grad' heraus,
Dahin sei unser Feuer, und sie wollen
Der Jugend Englands ihre Leiber bieten,
Mit Bastard-Kriegern Frankreich zu bevölkern.

BOURBON.
Sie weisen uns auf die Tanzböden Englands,
Dort hurt'ge Volten und Couranten lehren;
Sie sagen, unser Ruhm sei in den Fersen,
Und wir sei'n Läufer von der ersten Größe.

KÖNIG KARL.
Wo ist Montjoye, der Herold? Schickt ihn fort!
Mit unserm scharfen Trotze grüß' er England.
Auf, Prinzen, und ins Feld, mit einem Geist,
Den Ehre schärfer wetzt als eure Degen!
Karl De la Bret, Groß-Connetable Frankreichs,
Ihr Herrn von Orleans, Bourbon und Berry,
Alençon, Brabant, Bar und von Burgund,
Jacques Chatillon, Rambures, Vaudemont,
Beaumont, Grandpré, Roussi und Fauconberg,
Foix, Lestrale, Bouciqualt und Charolois,
Herzöge, große Prinzen und Barone,
Und Herrn und Ritter! Für die großen Leh'n
Befreit euch nun von solcher großen Schmach!
Hemmt Heinrich England, der durch unser Land
Mit Fähnlein zieht, mit Harfleurs Blut bemalt;
Stürzt auf sein Heer, wie der geschmolzne Schnee
Ins Tal, auf dessen niedern Dienersitz
Die Alpen ihre Feuchtigkeiten spein.
Zieht – ihr habt Macht genug – zu ihm hinab
Und bringt auf einem Wagen ihn gebunden
Gefangen nach Rouen.

CONNETABLE. So ziemt es Großen.
Mir tut's nur leid, daß seine Zahl so klein,
Sein Volk vom Marsch verhungert ist und krank.
Denn ich bin sicher, sieht er unser Heer,
So sinkt sein Herz in bodenlose Furcht,
Statt Taten wird er seine Lösung bieten.

KÖNIG KARL.
Drum eilet den Montjoye, Herr Connetable,
Laßt ihn an England sagen, daß wir senden,
Zu sehn, was er für will'ge Lösung gibt. –
Prinz Dauphin, Ihr bleibt bei uns in Rouen.

DAUPHIN. Nicht so, ich bitt' Eur' Majestät darum.

KÖNIG KARL.
Seid ruhig, denn Ihr bleibt zurück mit uns. –
Auf, Connetable, und ihr Prinzen all!
Und bringt uns Nachricht bald von Englands Fall!

Alle ab.

Sechste Szene

Das englische Lager in der Pikardie.
Gower und Fluellen treten auf.

GOWER. Wie steht's, Kapitän Fluellen? Kommt Ihr von der Brücke?

FLUELLEN. Ich versichre Euch, es wird bei der Prücke gar fürtrefflicher Dienst ausgerichtet.

GOWER. Ist der Herzog von Exeter in Sicherheit?

FLUELLEN. Der Herzog von Exeter ist so heldenmütig wie Agamemnon, und ein Mann, den ich liebe und verehre mit meiner Seele, und meinem Herzen, und meinem Eifer, und meinem Leben, und meinen Lebtagen, und meinem äußersten Vermögen; er ist, Gott sei Lob und Dank, nicht im geringsten in der Welt verwundet, sondern behauptet die Prücke gar tapfer mit fürtrefflicher Disziplin. Es ist da ein Fähndrich bei der Prücke, ich denke in meinem besten Gewissen, er ist ein so tapfrer Mann wie Mark Anton: und er ist ein Mann von keiner Achtbarkeit in der Welt, aber ich sah ihn wackern Dienst verrichten.

GOWER. Wie nennt Ihr ihn?

FLUELLEN. Er heißt Fähndrich Pistol.

GOWER. Ich kenne ihn nicht.

Pistol kommt.

FLUELLEN. Kennt Ihr ihn nicht? Da kommt unser Mann.

PISTOL.

Hauptmann, ich bitte dich, mir Gunst zu tun:
Der Herzog Exeter ist dir geneigt.

FLUELLEN. Ja, Gott sei gelobt, und ich habe auch einige Liebe seinerseits verdient.

PISTOL.

Bardolph, ein Krieger, fest und stark von Herzen,
Von munterm Mute, hat durch grausam Schicksal
Und tollen Glückes grimmig wechselnd Rad
Der blinden Göttin,
Die auf dem rastlos roll'nden Steine steht, –

FLUELLEN. Mit Eurem Verlaub, Fähndrich Pistol. Fortuna wird plind gemalt, mit einer Binde vor ihren Augen, um Euch anzudeuten, daß das Glück plind ist. Ferner wird sie auch mit einem Rade gemalt, um Euch anzudeuten, was die Moral daraus ist, daß sie wechselnd und unbeständig ist, und Veränderung, und Wankelmütigkeiten; und ihr Fuß, seht Ihr, ist auf einen kugelförmigen Stein gestellt, der rollt und rollt und rollt. In wahrem Ernste, von den Poeten sein gar fürtreffliche Beschreibung der Fortuna gemacht, Fortuna seht Ihr, ist eine fürtreffliche Moral.

PISTOL.

Fortun' ist Bardolphs Feind und zürnt mit ihm:
Er stahl nur ein' Monstranz und muß gehangen sein
Verdammter Tod!
Der Mensch sei frei, der Galgen gähne Hunden,
Und Hanf ersticke nicht die Luftröhr' ihm!
Doch Exeter hat Todesspruch erteilt
Um nichtige Monstranz;
Drum geh und sprich, der Herzog hört dein Wort
Laß Bardolphs Lebensfaden nicht zerschneiden
Mit scharfem Pfennigsstrick und niederm Schimpf.
Sprich, Hauptmann, für sein Heil, und ich
vergelt' es dir.

FLUELLEN. Fähndrich Pistol, ich verstehe gewissermaßen Eure Meinung.

PISTOL. Nun denn, so freu' dich des!

FLUELLEN. Gewißlich, Fähndrich, es ist keine Sache, um sich darüber zu freun; denn, seht Ihr, wenn er mein Pruder wäre, so wollte ich den Herzog bitten, nach bestem Belieben mit ihm zu verfahren und die Exekution an ihm auszuüben, denn Disziplin muß gehandhabt werden.

PISTOL. So stirb und sei verdammt, und figo dir
Für deine Freundschaft!

FLUELLEN. Es ist gut.

PISTOL. Die span'sche Feige.*Pistol ab.*

(**FLUELLEN.** Sehr wohl.)

GOWER. Ei, das ist ein erzbetrügerischer Schelm, jetzt erinnre ich mich seiner; ein Kuppler, ein Beutelschneider.

FLUELLEN. Ich versichre Euch, er gab bei der Prücke so prafe Worte zu vernehmen, wie man sie nur an einem Festtage sehen kann. Aber es ist sehr gut, ich stehe Euch dafür, wenn die Zeit dienlich kommt.

GOWER. Ei, er ist ein Gimpel, ein Narr, ein Schelm, der dann und wann in den Krieg geht, um bei seiner Zurückkunft in London in der Gestalt eines Soldaten zu prangen. Und dergleichen Gesellen sind fertig mit den Namen großer Feldherrn, und sie lernen auswendig, wo Dienste geleistet worden sind: bei der oder der Feldschanze, bei dieser Bresche, bei jener Bedeckung; wer rühmlich davon kam, wer erschossen ward, wer sich beschimpfte, welche Lage der Feind behauptete. Und dies lernen sie vollkommen in der Soldatensprache, die sie mit Flüchen aufstutzen; und was ein Bart nach dem Schnitte des Generals und ein rauher Feldanzug, unter schäumenden Flaschen und witzigen Köpfen in Bier getaucht, vermögen, das ist erstaunlich zu denken. Aber Ihr müßt solche Mißzierden des Zeitalters kennen lernen, sonst könnt Ihr Euch außerordentlich betrügen.

FLUELLEN. Ich will Euch was sagen, Kapitän Gower: ich merke schon, er ist nicht der Mann, als den er sich gern bei der Welt möchte gelten lassen. Wenn ich ein Loch in seinem Rocke finde, so will ich ihm meine Meinung sagen.

Man hört Trommeln.

Hört Ihr, der König kommt, und ich muß mit ihm von wegen der Prücke reden.

König Heinrich, Gloster und Soldaten treten auf.

FLUELLEN. Gott segne Eure Majestät!

KÖNIG HEINRICH. Nun, Fluellen, kommst du von der Brücke?

FLUELLEN. Ja, zu Euer Majestät Befehl. Der Herzog von Exeter hat die Prücke sehr tapfer behauptet, die Franzoser sein davon gegangen, und es gibt daselbst prafe und gar tapfre Vorfälle. Meiner Treu, der Feind tat die Prücke in Besitz nehmen, aber er ist genötigt, sich zurück zu ziehn, und der Herzog von Exeter ist Meister von der Prücke; ich kann Euer Majestät sagen, der Herzog ist ein prafer Mann.

KÖNIG HEINRICH. Was habt Ihr für Leute verloren, Fluellen?

FLUELLEN. Die Schadhaftigkeit des Feindes ist gar groß gewesen, gar ansehnlich groß; aber ich denke für mein Teil, der Herzog hat keinen einzigen Mann verloren, außer einen, der vermutlich hingerichtet wird, weil er eine Kirche beraubt hat, ein gewisser Bardolph, wenn Eure Majestät den Mann kennt: sein Gesicht ist nichts wie Pusteln, Finnen, Knöpfe und Feuerflammen, und seine Lippen plasen ihm an die Nase, und sie sein wie feurige Kohlen, manchmal plau und manchmal rot; aber seine Nase ist hingerichtet, und sein Feuer ist aus.

KÖNIG HEINRICH. Wir wollen alle solche Verbrecher ausgerottet wissen, und wir erteilen ausdrücklichen Befehl, daß auf unsern Märschen durch das Land nichts von den Dörfern erzwungen werde, nichts genommen, ohne zu bezahlen, daß kein Franzose geschmäht oder mit verächtlichen Reden mißhandelt werde: denn wenn Milde und Grausamkeit um ein Königreich spielen, so wird der gelindeste Spieler am ersten gewinnen.

Trompeten. Montjoye tritt auf.

MONTJOYE. Ihr wißt an meiner Tracht, wer ich bin.

KÖNIG HEINRICH. Nun gut, ich weiß es: was soll ich von dir wissen?

MONTJOYE. Meines Herrn Willen.

KÖNIG HEINRICH. Erkläre ihn.

MONTJOYE. So sagt mein König: »Sage du an Heinrich von England, ob wir schon tot schienen, schliefen wir doch nur; Vorteil ist ein besserer Soldat als Übereilung. Sagt ihm, wir hätten ihn bei Harfleur zurückweisen können, aber wir fanden nicht für gut, eine Beleidigung aufzustoßen, bis sie völlig reif wäre; jetzt reden wir auf unser Stichwort, und unsre Stimme ist gebietend: England soll seine Torheit bereun, seine Schwäche sehn und unsre Geduld bewundern. Heiß' ihn also sein Lösegeld bedenken, welches nach dem Verlust, den wir ertragen haben, nach den Untertanen, die wir eingebüßt, nach der Erniedrigung, die wir uns gefallen lassen, abgemessen werden muß: was nach vollem Gewicht zu vergüten, seine Kleinheit erdrücken würde. Für unsern Verlust ist seine Schatzkammer zu arm, für die Vergießung unsers Bluts das Aufgebot seines Königreichs eine zu schwache Zahl, und für unsre Erniedrigung würde seine eigne Person, zu unsern Füßen knieend, nur eine schwache und unwürdige Genugtuung sein. Hierauf laß Herausfoderung folgen, und sag ihm zum Schlusse, er habe seine Leute verraten, deren Verdammnis ausgesprochen ist.« So weit mein Herr und Meister, so viel umfaßt mein Auftrag.

KÖNIG HEINRICH. Wie ist dein Nam'? Ich kenne schon dein Amt.

MONTJOYE. Montjoye.

KÖNIG HEINRICH.
Du führst den Auftrag wacker aus. Zieh heim,
Sag deinem Herrn, ich such' ihn jetzo nicht
Und möchte lieber ohne Hindernis
Zurückziehn nach Calais; denn, wahr zu reden
(Wiewohl es keine Weisheit ist, so viel
Dem schlauen Feind im Vorteil zu bekennen),
Durch Krankheit abgemattet ist mein Volk,
Die Zahl verringert, und der kleine Rest
Beinah' nicht besser als so viel Franzosen;
Da in gesundem Stand, ich sag' dir's, Herold,
Ein englisch Paar von Beinen drei Franzosen
Mir schien zu tragen. – Doch verzeih' mir Gott,
Daß ich so prahle: eure fränk'sche Luft
Weht mir dies Laster an, das ich bereue.
Drum geh, sag deinem Meister, ich sei hier,
Mein Lös'geld dieser schwache, nicht'ge Leib,
Mein Heer nur eine matte, kranke Wacht,
Doch, Gott voran, sag ihm, wir wollen kommen,
Ob Frankreich selbst und noch ein solcher Nachbar
Im Weg uns stände. Hier für deine Müh':
Geh, heiße deinen Herrn sich wohl bedenken.
Kann ich vorbeiziehn, gut; werd' ich gehindert,
So soll eu'r rotes Blut den braunen Grund
Verfärben; und somit, Montjoye, leb wohl!
Der Inhalt unsrer Antwort ist nur dies:
Wir suchen, wie wir sind, ein Treffen nicht,
Noch wollen wir es meiden, wie wir sind.
Sagt Eurem Herrn das.

MONTJOYE.
Ich will's bestellen. Dank sei Euer Hoheit!

Montjoye ab.

GLOSTER.
Sie werden, hoff' ich, jetzt nicht auf uns fallen.

KÖNIG HEINRICH.
Wir sind in Gottes Händen, Bruder, nicht in ihren.
Marschiert zur Brücke; jetzo naht die Nacht,
Jenseits der Brücke wollen wir uns lagern
Und morgen weiter fort sie heißen ziehn.

Alle ab.

Siebente Szene

Das französische Lager bei Agincourt.
Der Connetable, Rambures, Herzog von Orleans, der Dauphin und andre treten auf.

CONNETABLE. Pah! Ich habe die beste Rüstung von der Welt. Wollte, es wär' Tag!

ORLEANS. Ihr habt eine vortreffliche Rüstung, aber laßt auch meinem Pferde Gerechtigkeit widerfahren.

CONNETABLE. Es ist das erste Pferd von Europa.

ORLEANS. Will es denn niemals Morgen werden?

DAUPHIN. Mein Prinz von Orleans und Herr Connetable, ihr redet von Pferden und Rüstung, –

ORLEANS. Ihr seid mit beiden so wohl versehen, als irgendein Prinz von der Welt.

DAUPHIN. Was das für eine lange Nacht ist! – Ich tausche mein Pferd gegen keines, das nur auf vier Pfoten geht. Ah ça! Er springt von der Erde, als ob er mit Haaren ausgestopft wäre, le cheval volant, der Pegasus, qui a les narines de feu. Wenn ich ihn reite, so schwebe ich in Lüften, ich bin ein Falke, er trabt auf der Luft, die Erde singt, wenn er sie berührt; das schlechteste Horn seines Hufes ist musikalischer als die Pfeife des Hermes.

ORLEANS. Er ist von der Farbe der Muskatennuß.

DAUPHIN. Und von der Hitze des Ingwers. Er ist ein Tier für den Perseus: nichts wie Feuer und Luft, und die trägen Elemente der Erde und des Wassers zeigen sich niemals in ihm, außer in seiner geduldigen Stille, während sein Reiter ihn besteigt. Er ist in der Tat ein Pferd, und alle andern Mähren kann man Vieh nennen.

CONNETABLE. In der Tat, gnädiger Herr, es ist ein ganz vollkommnes und vortreffliches Pferd.

DAUPHIN. Es ist der Fürst der Gäule; sein Wiehern ist wie das Gebot eines Monarchen, und sein Anstand nötigt Huldigung ab.

ORLEANS. Nicht weiter, Vetter.

DAUPHIN. Ei, der Mensch hat keinen Witz, der nicht vom Aufsteigen der Lerche bis zum Einpferchen des Lammes mit verdientem Lobe auf meinen Gaul abwechseln kann. Es ist ein

Thema, überfließend wie die See, verwandelt den Sand in beredte Zungen, und mein Pferd gibt ihnen allen zu tun. Er ist würdig, daß ein Souverän darüber rede, und daß der Souverän eines Souveräns darauf reite; und daß die Welt, sowohl die uns bekannte als unbekannte, ihre besondern Geschäfte bei Seite lege und ihn bewundre. Ich schrieb einmal ein Sonett zu seinem Ruhm und fing so an: »O Wunder der Natur,« –

ORLEANS. Ich habe ein Sonett an eine Geliebte so anfangen hören.

DAUPHIN. Dann hat man das nachgeahmt, was ich auf meinen Renner dichtete: denn mein Pferd ist meine Geliebte.

ORLEANS. Eure Gliebte weiß gut zu tragen.

DAUPHIN. Mich wohl, was das ausgemachte Lob und die Vollkommenheit einer guten und ausschließlich eignen Geliebten ist.

CONNETABLE. Ma foi! Mich dünkt, neulich schüttelte Eure Geliebte Euch tüchtig den Rücken zusammen.

DAUPHIN. Das tat Eure vielleicht auch.

CONNETABLE. Meine war nicht gezäumt.

DAUPHIN. Oh, so war sie vielleicht alt und sanftmütig, und Ihr rittet wie ein irländischer Kerne, ohne Eure französischer Pluderhosen, bloß in Euren knappen Beinkleidern.

CONNETABLE. Ihr versteht Euch gut auf Reiterei.

DAUPHIN. So laßt Euch von mir warnen. Die so reiten und nicht vorsichtig reiten, fallen in garstige Sümpfe: ich will lieber mein Pferd zur Geliebten haben.

CONNETABLE. Ich möchte eben so gern, daß meine Geliebte eine Mähre wäre.

DAUPHIN. Ich sage dir, Connetable, meine Geliebte trägt ihr eignes Haar.

CONNETABLE. Das könnte ich ebenso wahrhaft rühmen, wenn ich eine Sau zur Geliebten hätte.

DAUPHIN. Le chien est retourné à son propre vomissement, et la truie lavée au bourbier; du brauchst alles, was es auch sei.

CONNETABLE. Doch nicht mein Pferd zur Geliebten, noch irgend so ein Sprichwort, das so wenig zur Sache paßt.

RAMBURES. Herr Connetable, die Rüstung, die ich heute nacht in Eurem Zelte sah: sind das Sonnen oder Sterne, was Ihr darauf habt?

CONNETABLE. Sterne.

DAUPHIN. Einige davon werden morgen fallen, hoffe ich.

CONNETABLE.

Und doch wird mein Himmel voll sein.

DAUPHIN. Das mag sein, denn Ihr tragt ihrer viel überflüssige, und es würde Euch mehr Ehre bringen, wenn einige weg wären.

CONNETABLE. Gerade so, wie Euer Pferd Eure Lobpreisungen trägt; es würde eben so gut traben, wenn einige Eurer Prahlereien aus dem Sattel geworfen wären.

DAUPHIN. Ich wollte, ich wär' fähig, ihm sein Verdienst aufzuladen. – Will es denn niemals Tag werden? Ich will morgen eine Meile traben, und mein Weg soll mit englischen Gesichtern gepflastert sein.

CONNETABLE. Das will ich nicht sagen, aus Furcht, der Weg möchte mir Gesichter schneiden. Aber ich wollte, es wäre Morgen, denn ich möchte die Engländer gern bei den Ohren haben.

RAMBURES. Wer will sich mit mir an einen Wurf um zwanzig englische Gefangne wagen?

CONNETABLE. Ihr müßt Euch selbst daran wagen, ehe Ihr sie habt.

DAUPHIN. Es ist Mitternacht, ich will gehn und meine Waffen anlegen. *Ab.*

ORLEANS. Der Dauphin verlangt nach dem Morgen.

RAMBURES. Er verlangt die Englischen aufzuessen.

CONNETABLE. Ich denke, er wird alle aufessen, die er umbringt.

ORLEANS. Bei der weißen Hand meiner Dame, er ist ein braver Prinz.

CONNETABLE. Schwört bei ihrem Fuße, damit sie den Schwur austreten kann.

ORLEANS. Er ist ohne Frage der geschäftigste Herr in Frankreich.

CONNETABLE. Vordrängen ist Geschäftigkeit, und er drängt sich immer vor.

ORLEANS. Ich habe nicht gehört, daß er jemals einem was zu Leide tat.

CONNETABLE. Er wird es auch morgen nicht, er wird diesen guten Namen behaupten.

ORLEANS. Ich weiß, daß er tapfer ist.

CONNETABLE. Mir hat es jemand gesagt, der ihn besser kennt als Ihr.

ORLEANS. Wer war das?

CONNETABLE. Ei, er sagte es mir selbst; und er sagte, er kümmerte sich nicht darum, wer es erführe.

ORLEANS. Das braucht er auch nicht, es ist keine versteckte Tugend an ihm.

CONNETABLE. Ja, meiner Treu, das ist sie: niemand hat sie je gesehn, außer sein Lakai. Es ist eine verkappte Tapferkeit, und wenn sie ans Tageslicht kömmt, wird sie die Augen zudrücken.

ORLEANS. Übler Wille führt keine gute Nachrede.

CONNETABLE. Auf dies Sprichwort setze ich ein andres: Freundschaft ist eine Schmeichlerin.

ORLEANS. Und das nehme ich auf, mit: Auch dem Teufel kein Unrecht tun.

CONNETABLE. Gut angebracht: Euer Freund steht da für den Teufel, und um Eurem Sprichworte recht zu Leibe zu gehn, sage ich: Ich frage den Teufel darnach.

ORLEANS. Ihr seid stärker in Sprichwörtern, aber: eines Narren Bolzen sind bald verschossen.

CONNETABLE.

Ihr habt über das Ziel hinausgeschossen.

ORLEANS. Es ist nicht das erstemal, daß über Euch hinausgeschossen wird.

Ein Bote tritt auf.

BOTE. Herr Connetable, die Englischen liegen nur funfzehnhundert Schritte weit von Eurem Zelte.

CONNETABLE. Wer hat das Feld gemessen?

BOTE. Der gnädige Herr Grandpré.

CONNETABLE. Ein wackrer und erfahrner Herr. – Ich wollte, es wäre Tag! – Ach, der arme Heinrich von England! Er verlangt nicht nach der Morgendämmerung wie wir.

ORLEANS. Was für ein armseliger und einfältiger Geselle ist dieser König von England, daß er mit seinen grützköpfigen Leuten so ganz durchhinkömmt!

CONNETABLE. Wenn die Engländer nur die geringste Besinnung hätten, so würden sie davonlaufen.

ORLEANS. Daran fehlt's ihnen: denn hätten ihre Köpfe irgendeine geistige Rüstung, so könnten sie nicht so schwere Sturmhauben tragen.

RAMBURES. Dies Inselland erzeugt sehr tapfre Kreaturen: ihre Bullenbeißer sind von unvergleichlichem Mute.

ORLEANS. Einfältige Hunde, die blindlings einem russischen Bären in den Rachen laufen und sich die Köpfe wie faule Äpfel zerquetschen lassen! Ihr könntet ebenso gut sagen, es sei ein tapfrer Floh, der sein Frühstück auf der Lippe eines Löwen verzehrt.

CONNETABLE. Ganz recht, und die Menschen sympathisieren mit den Bullenbeißern im kräftigen und rauhen Angreifen, sie lassen ihren Witz bei ihren Frauen zurück, und dann gebt ihnen große Mahlzeiten von Rindfleisch, und Eisen und Stahl, so werden sie fressen wie Wölfe und fechten wie Teufel.

ORLEANS. Ja, aber diesen Englischen ist das Rindfleisch verzweifelt ausgegangen.

CONNETABLE. Dann werden wir morgen finden, daß sie bloß Appetit zum Essen, aber nicht zum Fechten haben. Jetzt ist es Zeit, die Waffen anzulegen: kommt, sollen wir daran gehn?

ORLEANS.
Jetzt ist es zwei; eh' noch zehn Uhr vergangen,
Hat jeder hundert Englische gefangen.

Alle ab.

Vierter Aufzug

CHORUS *tritt auf.*
Nun lasset euch gemahnen eine Zeit,
Wo schleichend Murmeln und das späh'nde Dunkel
Des Weltgebäudes weite Wölbung füllt.
Von Lager hallt zu Lager, durch der Nacht
Unsaubern Schoß, der Heere Summen leise,
Daß die gestellten Posten fast vernehmen
Der gegenseit'gen Wacht geheimes Flüstern.
Die Feu'r entsprechen Feuern, und es sieht
Durch ihre bleichen Flammen ein Geschwader
Des andern bräunlich überfärbt Gesicht.
Roß droht dem Roß, ihr stolzes Wiehern dringt
Ins dumpfe Ohr der Nacht; und von den Zelten,
Den Rittern helfend, geben Waffenschmiede,
Die Rüstung nietend mit geschäft'gem Hammer,
Der Vorbereitung grauenvollen Ton.
Des Dorfes Hähne krähn, die Glocken schlagen
Des schlafbetäubten Morgens dritte Stunde.
Stolz auf die Zahl und sichern Muts verspielen
Die muntern, selbstvertrauenden Franzosen
Die nichtsgeacht'ten Englischen in Würfeln
Und schmähn den krüppelhaften Gang der Nacht,
Die, einer schnöden, garst'gen Hexe gleich,
Hinweg so zögernd hinkt. Die armen Englischen,
Wie Opfer sitzen sie bei wachen Feuern
Geduldig und erwägen innerlich
Die morgende Gefahr; die trübe Miene
Auf hohlen Wangen und, vom Krieg vernutzt,
Die Röcke stellen sie dem schau 'nden Mond
Wie grause Geister dar. Oh, wer nun sehen mag
Den hohen Feldherrn der verlornen Schar
Von Wacht zu Wacht, von Zelt zu Zelte wandeln,
Der rufe: »Preis und Ruhm sei seinem Haupt!«
Denn er geht aus, besucht sein ganzes Heer,
Beut mit bescheidnem Lächeln guten Morgen
Und nennt sie Brüder, Freunde, Landesleute.
Auf seinem königlichen Antlitz ist
Kein Merkmal, welch ein furchtbar Heer ihn drängt,
Noch widmet er ein Tüttelchen von Farbe
Der schläfrigen und ganz durchwachten Nacht;
Nein, er sieht frisch und übermannt die Schwäche
Mit frohem Schein und holder Majestät,
Daß jeder Arme, bleich gehärmt zuvor,
Ihn sehend, Trost aus seinen Blicken schöpft:
Und allgemeine Gaben, wie die Sonne,
Erteilet jedem sein freigebig Auge,
Auftauend kalte Furcht. Drum, Hoh' und Niedre,
Seht, wie Unwürdigkeit ihn zeichnen mag,
Den leichten Abriß Heinrichs in der Nacht.
So muß zum Treffen unsre Szene fliegen,
Wo wir (o Schmach!) gar sehr entstellen werden
Mit vier bis fünf zerfetzten schnöden Klingen,
Zu lächerlichem Balgen schlecht geordnet,
Den Namen Agincourt. Doch sitzt und seht,
Das Wahre denkend, wo sein Scheinbild steht.

Ab.

Erste Szene

Das englische Lager zu Agincourt.
König Heinrich, Bedford und Gloster.

KÖNIG HEINRICH.
Wahr ist es, Gloster, die Gefahr ist groß,
Um desto größer sei denn unser Mut. –
Guten Morgen, Bruder Bedford. – Großer Gott!
Es ist ein Geist des Guten in dem Übel,
Zög' ihn der Mensch nur achtsam da heraus.
Früh aufstehn lehren uns die schlimmen Nachbarn,
Was teils gesund und gute Wirtschaft ist;
Dann sind sie unser äußerlich Gewissen
Und Prediger uns allen, die uns warnen,
Daß wir zu unserm End' uns wohl bereiten.
So können wir vom Unkraut Honig lesen
Und machen selbst den Teufel zur Moral.

Erpingham tritt auf.

Guten Morgen, guter Thomas Erpingham!
Ein sanftes Kissen für das weiße Haupt
Wär' besser als der harte Rasen Frankreichs.

ERPINGHAM.
Nicht so, mein Fürst; dies Lager dünkt mir besser:
Ich liege wie ein König, sag' ich nun.

KÖNIG HEINRICH.
's ist gut, daß Beispiel gegenwärt'ge Plagen
Uns lieben lehrt; so wird der Geist erleichtert:
Und lebt erst das Gemüt auf, so erstehn

Auch die zuvor erstorbenen Organe
Aus dumpfem Grab und regen sich aufs neu'
Mit abgestreifter Hüll' und frischem Schwung.
Sir Thomas, leih' mir deinen Mantel. – Brüder,
Empfehlt den Prinzen unsers Lagers mich;
Bringt meinen guten Morgen, und sogleich
Bescheidet alle hin zu meinem Zelt.

GLOSTER. Das wollen wir, mein Fürst.

Gloster und Bedford ab.

ERPINGHAM. Begleit' ich Eure Hoheit?

KÖNIG HEINRICH. Nein, mein wackrer Ritter,
Mit meinen Brüdern geh zu Englands Herrn.
Ich und mein Busen müssen uns beraten,
Da wünsch' ich andere Gesellschaft nicht.

ERPINGHAM.
Dich segne Gott im Himmel, edler Heinrich!

Erpingham ab.

KÖNIG HEINRICH.
Gott dank' dir's, edles Herz! Du sprichst erfreulich.

Pistol tritt auf.

PISTOL. Qui va là?

KÖNIG HEINRICH. Gut Freund.

PISTOL. Erläutre mir: bist du ein Offizier?
Wie? Oder schlecht, gering und aus dem Volk?

KÖNIG HEINRICH.
Ich bin der Führer einer Kompagnie.

PISTOL. Schleppst du den mächt'gen Speer?

KÖNIG HEINRICH. Ja wohl: was seid Ihr?

PISTOL. Ein Edelmann, so gut als wie der Kaiser.

KÖNIG HEINRICH.
So seid Ihr ja vornehmer als der König.

PISTOL.
Der König ist ein Goldherz und ein Schatz,
Ein Wonnejung' und Ruhmessproß.
Von guten Eltern und höchst tapfrer Faust.
Ich küsse seinen schmutz'gen Schuh und liebe
Den lieben Eisenfresser ganz und gar
Von meines Herzens Grund. Wie ist dein Name?

KÖNIG HEINRICH. Heinrich le Roi.

PISTOL. Le Roi? Ein Corn'scher Nam': stammst du aus Cornwalls Brut?

KÖNIG HEINRICH. Nein, ich bin ein Wäl'scher.

PISTOL. Kennst du Fluellen?

KÖNIG HEINRICH. Ja.

PISTOL. Sag ihm, ich will sein Lauch ihm um den Kopf
Am Davids-Tage schlagen.

KÖNIG HEINRICH. So tragt nur Euren Dolch nicht an der Mütze, damit er den nicht um den Eurigen schlägt.

PISTOL. Bist du sein Freund?

KÖNIG HEINRICH. Auch sein Verwandter.

PISTOL. So biet' ich figo dir.

KÖNIG HEINRICH.
Ich dank' Euch: Gott geleit' Euch

PISTOL. Mein Name heißt Pistol.

Ab.

KÖNIG HEINRICH. Er paßt gut zu Eurem Trotz.

Fluellen und Gower kommen von verschiedenen Seiten.

GOWER. Kapitän Fluellen.

FLUELLEN. Nun, im Namen Jessu Christi, sprecht doch leiser! Es ist das Allerverwunderlichste in der sämtlichen Welt, wenn die wahren und uralten Prifilegien und Gesetze des Krieges nicht beobachtet sein. Wenn Ihr Euch nur die Mühe nehmen wolltet, die Kriege von Pompejus dem Großen zu untersuchen, so werdet Ihr finden, dafür stehe ich Euch, daß im Lager des Pompejus kein Schnickschnack und Wischewasche ist; ich stehe Euch dafür, Ihr werdet finden daß die Cärimonien des Krieges, und die Sorgfalt in selbigem, und die Sitten in selbigem, und die Nüchternheit in selbigem, und die Bescheidenheit in selbigem ganz anders sein.

GOWER. Ei, der Feind ist laut, man hat ihn die ganze Nacht hören können.

FLUELLEN. Wenn der Feind ein Esel ist, und ein Narr, und ein plappernder Hasenfuß, denkt Ihr, es sei schicklich, daß wir auch, seht Ihr, ein Esel und ein Narr und ein plappernder Hasenfuß sein? Ich frage Euch auf Euer Gewissen.

GOWER. Ich will leiser sprechen.

FLUELLEN.
Ich bitte Euch und ersuche Euch, daß Ihr's tut.

Gower und Fluellen ab.

KÖNIG HEINRICH.
Erscheint es gleich ein wenig aus der Mode,
Der Wäl'sche hat viel Sorgsamkeit und Mut.

Bates, Court und Williams kommen.

COURT. Bruder Johann Bates, ist das nicht der Morgen, was da anbricht?

BATES. Ich denke, er ist's, aber wir haben nicht viel Grund, die Annäherung des Tages zu verlangen.

WILLIAMS. Wir sehen dort den Anbruch des Tages, aber ich denke, wir werden niemals sein Ende sehn. – Wer geht da?

KÖNIG HEINRICH. Gut Freund.

WILLIAMS. Unter welchem Hauptmann dient Ihr?

KÖNIG HEINRICH. Unter Sir Thomas Erpingham.

WILLIAMS. Ein guter alter Anführer, und ein sehr lieber Herr. Ich bitte Euch, wie denkt er von unserm Zustande?

KÖNIG HEINRICH. Grade wie Menschen, die auf einer Sandbank gescheitert sind und erwarten, von der nächsten Flut weggewaschen zu werden.

BATES.
Hat er seinen Gedanken dem Könige nicht gesagt?

KÖNIG HEINRICH. Nein, und er muß es auch nicht tun. Denn, ob ich es Euch schon sage, ich denke, der König ist nur ein Mensch, wie ich bin. Die Viole riecht ihm, wie sie mir tut, das Firmament erscheint ihm wie mir, alle seine Sinne stehen unter menschlichen Bedingungen; seine Zeremonien bei Seite gesetzt, erscheint er in seiner Nacktheit nur als ein Mensch, und wiewohl seine Neigungen einen höheren Schwung nehmen als unsre, so senken sie sich doch mit demselben Fittig, wenn sie sich senken. Daher wenn er Ursache zur Furcht sieht, wie wir tun, so ist seine Furcht ohne Zweifel von derselben Beschaffenheit wie unsre; doch sollte vernünftigerweise kein Mensch ihn mit einem Schein von Furcht einnehmen, damit er nicht, indem er sie verrät, seine Armee mutlos macht.

BATES. Er mag äußerlich so viel Mut zeigen, als er will, aber ich glaube, so eine kalte Nacht, wie es ist, könnte er sich doch bis an den Hals in die Themse wünschen, und ich wollte auch, daß er drin säße und ich bei ihm, auf alle Gefahr, wenn wir nur hier los wären.

KÖNIG HEINRICH. Bei meiner Treu', ich will nach meinem Gewissen von dem Könige reden: ich denke, er wünscht sich nirgend anderswo hin, als wo er ist.

BATES. Dann wollte ich, er wäre allein hier, so wäre er gewiß, ausgelöst zu werden, und manches armen Menschen Leben würde gerettet.

KÖNIG HEINRICH. Ich darf sagen, Ihr wollt ihm nicht so übel, daß Ihr ihn hier allein wünschen solltet, wiewohl Ihr so sprechen mögt, um andrer Menschen Gesinnungen zu prüfen. Mich dünkt, ich könnte nirgends so zufrieden sterben, als in des Königs Gesellschaft, da seine Sache gerecht und sein Zwist ehrenvoll ist.

WILLIAMS. Das ist mehr, als wir wissen.

BATES. Ja, oder mehr, als wonach wir fragen dürfen, denn wir wissen genug, wenn wir wissen, daß wir des Königs Untertanen sind: wenn seine Sache schlecht ist, so reinigt unser Gehorsam gegen den König uns von aller Schuld dabei.

WILLIAMS. Aber wenn seine Sache nicht gut ist, so hat der König selbst eine schwere Rechenschaft abzulegen; wenn alle die Beine und Arme und Köpfe, die in einer Schlacht abgehauen sind, sich am Jüngsten Tage zusammenfügen, und schreien alle: »Wir starben da und da«; einige fluchend, einige um einen Feldscher schreiend, einige über ihre Frauen, die sie arm zurückgelassen, einige über ihre unbezahlten Schulden, einige über ihre unerzognen Kinder. Ich fürchte, es sterben nur wenige gut, die in einer Schlacht umkommen: denn wie können sie irgend was christlich anordnen, wenn sie bloß auf Blut gerichtet sind? Wenn nun diese Menschen nicht gut sterben, so wird es ein böser Handel für den König sein, der sie dahin geführt, da, ihm nicht zu gehorchen, gegen alle Ordnung der Unterwürfigkeit laufen würde.

KÖNIG HEINRICH. Also, wenn ein Sohn, der von seinem Vater zum Handel ausgesandt wird, sündlich auf der See verunglückt, so müßte man die Schuld seiner Ruchlosigkeit nach Eurer Regel auf den Vater wälzen, der ihn aussandte. Oder wenn ein Bedienter, der unter den Befehlen seines Herrn eine Summe Geldes wohin bringt, von Räubern angefallen wird und in vielen unversöhnten Ungerechtigkeiten stirbt, so könnt Ihr das Geschäft des Herrn den Urheber von der Verdammnis des Bedienten nennen. – Aber dem ist nicht so: der König ist nicht gehalten, für das besondre Ende seiner Soldaten einzustehn, der Vater für das seines Sohnes, und der Herr für das seines Bedienten, denn sie wollen ja nicht ihren Tod, wenn sie ihre Dienste wollen. Außerdem gibt es keinen König, sei seine Sache auch noch so fleckenlos, der, wenn es zur Entscheidung des Schwertes kommt, sie mit ganz unbefleckten Soldaten ausmachen kann. Einige haben vielleicht die Schuld überlegten und vorsätzlichen Mordes auf sich geladen; einige, daß sie Jungfrauen durch die gebrochnen Siegel des Meineides hintergangen; einige machen den Krieg zu ihrem Bollwerk, die zuvor den sanfte Busen des Friedens mit Plündern und Räuberei wund gerissen. Wenn nun diese Menschen das Gesetz vereitelt haben und der natürlichen Strafe entronnen sind: können sie schon den Menschen entlaufen, so haben sie doch keine Flügel, um Gott zu entfliehen. Krieg ist seine Geißel, Krieg ist sein Werkzeug der Rache, so daß hier die Menschen für den vorherigen Bruch der Gesetze des Königs im gegenwärtigen Streit des Königs gestraft werden; wo sie den Tod fürchten, haben sie das Leben davon gebracht, und wo sie sich zu sichern dachten, kommen sie um. Wenn sie daher unvorbereitet sterben, so ist der König nicht mehr an ihrer Verdammnis schuldig, als er es vorher an den Ruchlosigkeiten war, derentwegen sie nun heimgesucht werden. Jedes Untertanen Pflicht gehört dem König, jedes Untertanen Seele ist sein eigen. Darum sollte jeder Soldat im Kriege es wie jeder kranke Mann in seinem Bette machen, jedes Stäubchen aus seinem Gewissen waschen, und wenn er so stirbt, ist der Tod für ihn ein Gewinn; oder wenn er nicht stirbt, so war die Zeit segensvoll verloren, worin eine solche Vorbereitung gewonnen ward; und bei dem, welcher davon kömmt, wäre es keine Sünde zu denken, daß, da er Gott ein so freies Anerbieten macht, dieser ihn den Tag überleben läßt, um seine Größe einzusehen und andern zu lehren, wie sie sich vorbereiten sollen.

WILLIAMS. Es ist gewiß, wenn jemand übel stirbt, so fällt das Übel auf sein eignes Haupt; der König hat nicht dafür einzustehen.

BATES. Ich verlange nicht, daß er für mich einstehen soll, und doch bin ich entschlossen, wacker für ihn zu fechten.

KÖNIG HEINRICH. Ich hörte den König selbst sagen, er wolle sich nicht auslösen lassen.

WILLIAMS. Ja, das sagte er, damit wir gutes Muts fechten möchten; aber wenn uns die Kehlen abgeschnitten sind, so kann er ausgelöst werden, und wir sind dann um nichts klüger.

KÖNIG HEINRICH. Wenn ich das erlebe, so will ich seinem Worte niemals wieder trauen.

WILLIAMS. Teufel, da spielt Ihr ihm einen rechten Streich! Das ist ein gefährlicher Schuß aus einer alten Büchse, den die Unzufriedenheit eines armen Einzelnen gegen einen Monarchen tun kann. Ihr könntet eben so gut damit umgehn, die Sonne dadurch in Eis zu verwandeln, daß Ihr mit einer Pfauenfeder ihr ins Gesicht fächelt. Ihr wollt ihm niemals wieder trauen! Geht, es ist eine alberne Rede.

KÖNIG HEINRICH. Ihr verweist es mir ein wenig zu rund heraus: ich würde böse auf Euch sein, wenn sich die Zeit dazu schickte.

WILLIAMS. Laßt uns den Streit miteinander ausmachen, wenn Ihr am Leben bleibt.

KÖNIG HEINRICH. Ich gehe es ein.

WILLIAMS. Wie soll ich dich wieder kennen?

KÖNIG HEINRICH. Gib mir irgendein Pfand, und ich will es an meiner Mütze tragen: wenn du es je anzuerkennen wagst, so will ich den Streit ausfechten.

WILLIAMS. Hier ist mein Handschuh, gib mir einen von deinen.

KÖNIG HEINRICH. Da.

WILLIAMS. Den will ich auch an meiner Mütze tragen. Wenn du jemals nach dem morgenden Tage zu mir kommst und sagst: »Dies ist mein Handschuh«, – bei dieser Hand, ich gebe dir eine Ohrfeige.

KÖNIG HEINRICH. Wenn ich es erlebe, so will ich ihn gewiß zurückfodern.

WILLIAMS. Du läßt dich ebenso gern hängen.

KÖNIG HEINRICH. Schon gut, ich tu' es, und wenn ich dich in des Königs Gesellschaft fände.

WILLIAMS. Halt' dein Wort, leb wohl!

BATES. Seid Freunde, ihr englischen Narren, seid Freunde: wir haben französische Händel genug, wenn ihr nur zu rechnen wüßtet.

KÖNIG HEINRICH. In der Tat, die Franzosen können zwanzig französische Kronen gegen eine setzen, daß sie uns schlagen werden, denn sie tragen sie auf ihren eignen Schultern. Aber es ist für einen Engländer keine Verräterei, französische Kronen zu beschneiden, und morgen wird der König selbst ein Kipper und Wipper sein.

Die Soldaten ab.

Nur auf den König! Legen wir dem König
Leib, Seele, Schulden, bange Weiber, Kinder
Und Sünden auf, – wir müssen alles tragen.
O harter Stand! der Größe Zwillingsbruder,
Dem Odem jedes Narren untertan,
Des Sinn nichts weiter fühlt als eigne Pein!
Wie viel Behagen muß ein König missen
Des sich der Einzle freut?
Was hat ein König, das dem Einzlen fehlt,
Als allgemeine Zeremonie nur?
Und was bist du, du Götze Zeremonie?
Was bist du für ein Gott, der mehr erleidet
Von ird'scher Not, als deine Diener tun?
Was ist dein Jahrsertrag? Was deine Renten?
O Zeremonie, zeig' mir deinen Wert!
Was ist die Seele deiner Anbetung?
Bist du was sonst als Stufe, Rang und Form,
Die Scheu und Furcht in andern Menschen
    schafft?
Wo du, gefürchtet, minder glücklich bist,
Als sie im Fürchten.
Was trinkst du oft statt süßer Huldigung
Als gift'ge Schmeichelei? O Größe, sieche,
Und heiß' dich deine Zeremonie heilen!
Denkst du, das glüh'nde Fieber werde gehn
Vor Titeln, zugeweht von Schmeichelei?
Wird es vielleicht dem tiefen Bücken weichen?
Steht mit des Bettlers Knie auch seine Stärke
Dir zu Gebote? Nein, du stolzer Traum,
Der listig spielt mit eines Königs Ruh'!
Ich, der ich's bin, durchschau' dich, und ich weiß,
Es ist der Balsam nicht, der Ball und Szepter,
Das Schwert, der Stab, die hohe Herrscherkrone
Das eingewirkte Kleid mit Gold und Perlen,
Der Titel, strotzend vor dem König her,
Der Thron, auf dem er sitzt, des Pompes Flut,
Die anschlägt an den hohen Strand der Welt:
[Nein, nicht all dies, du Prunk der Zeremonie,]
Nicht alles dies, auf majestät'schem Bett,
Was so gesund schläft als der arme Sklav',
Der mit gefülltem Leib und led'gem Mut
Zur Ruh' sich fügt, gestopft mit saurem Brot,
Die grause Nacht, der Hölle Kind, nie sieht,
Weil er wie ein Trabant von früh bis spät
Vor Phöbus' Augen schwitzt, die ganze Nacht
Dann in Elysium schläft; am nächsten Tag
Von neuem aufsteht mit der Dämmerung
Und hilft Hyperion zu seinen Pferden.
So folgt er dem beständ'gen Lauf des Jahrs
Mit vorteilhafter Müh' bis in sein Grab:
Und wäre Zeremonie nicht, so hätte
Ein solcher Armer, der mit Plackerei
Die Tage abrollt und mit Schlaf die Nächte,
Vor einem König Vorrang und Gewinn.
Der Sklav', ein Glied vom Frieden seines Lands,
Genießt ihn, doch sein rohes Hirn weiß wenig,
Wie wach der König ist zum Schirm des
    Friedens,
Des Tag' am besten doch dem Bauer frommen.

Erpingham tritt auf.

ERPINGHAM.
Herr, Eure Edlen, voller Sorglichkeit
Um Euer Absein, suchen Euch im Lager.

KÖNIG HEINRICH.
Mein guter alter Ritter, rufe sie
Bei meinem Zelt zusammen: ich will dort
Noch vor dir sein.

ERPINGHAM. Ich werd' es tun, mein Fürst.

Ab.

KÖNIG HEINRICH.
O Gott der Schlachten! Stähle meine Krieger,
Erfüll' sie nicht mit Furcht, nimm ihnen nun
Den Sinn des Rechnens, wenn der Gegner Zahl
Sie um ihr Herz bringt. – Heute nicht, o Herr,
O heute nicht, gedenke meines Vaters
Vergehn mir nicht, als er die Kron' ergriff!
Ich habe Richards Leiche neu beerdigt
Und mehr zerknirschte Tränen ihr geweiht,
Als Tropfen Bluts gewaltsam ihr entflossen.
Fünfhundert Armen geb' ich Jahresgeld,
Die zweimal Tags die welken Händ' erheben
Zum Himmel, um die Blutschuld zu verzeihn;
Auch zwei Kapellen hab' ich auferbaut,
Wo ernste, feierliche Priester singen
Für Richards Seelenruh'. Mehr will ich tun,
Doch alles, was ich tun kann, ist nichts wert,
Weil meine Reue noch nach allem kommt,
Verzeihung flehend.

Gloster tritt auf.

GLOSTER. Mein Fürst?

KÖNIG HEINRICH.
Die Stimme meines Bruders Gloster? – Ja.
Ich weiß die Botschaft, ich begleite dich,
Der Tag, die Freund' und alles harrt auf mich.

Beide ab.

Zweite Szene

Das französische Lager.
Der Dauphin, Orleans, Rambures und andre treten auf.

ORLEANS.
Der Sonnenschein vergoldet unsre Waffen;
Wohlauf, ihr Herrn!
DAUPHIN.
Montez à cheval! Mein Pferd! Valet! laquais! Ha!
ORLEANS. O wackrer Mut!
DAUPHIN. Via! – les eaux et la terre –
ORLEANS. Et puis? L'air et le feu –
DAUPHIN. Ciel! Vetter Orleans!
Der Connetable tritt auf.
Nun, Herr Connetable?
CONNETABLE.
Horcht, wie die Rosse wiehern auf den Sprung!
DAUPHIN.
Besteigt sie und zerschneidet ihre Haut,
Daß ihr heiß Blut in Feindes Augen spritze
Und lösche sie mit überflüss'gem Mut.
RAMBURES.
Wie? Soll er Blut von unsern Pferden weinen?
Wie säh' man seine eignen Tränen denn?
Ein Bote tritt auf.
BOTE.
Die Feinde stehn in Reih'n, ihr fränk'schen Pairs.
CONNETABLE.
Zu Pferd, ihr wackern Prinzen! Flugs zu Pferd!
Seht nur die hungrige und arme Schar,
Eu'r schöner Schein saugt ihre Seelen weg
Und läßt von Männern ihnen nur die Hülsen.
Für unsre Händ' ist nicht genug zu tun,
Kaum Blut genug in ihren kranken Adern,
Um jeden nackten Säbel zu beflecken,
Die unsre fränk'schen Braven heute ziehn
Und, weil's an Beute fehlt, einstecken werden.
Laßt uns nur auf sie hauchen, und es stürzt
Der Dunst von unsrer Tapferkeit sie um.
's ist ausgemacht ohn' alle Frage, Herrn,
Daß unser überflüss'ger Troß und Bauern,
Die, unnütz tätig, unsre Schlachtgeschwader
Umschwärmen, g'nügen würden, dieses Feld
Von solchem jämmerlichen Feind zu säubern,
Wenn wir auch auf des Berges Grund bei an
Zu müß'gem Zuschaun Posten fassen wollten,
Was Ehre nicht erlaubt. Was soll ich sagen?
Ein kleines, kleines Wenig laßt uns tun,
Und alles ist getan. Laßt die Trompeten,
Daß aufgesessen werde, lustig blasen:
Denn unser Nahn soll so das Feld erschrecken,
Daß England sich in Furcht soll niederstrecken.
Grandpre tritt auf.
GRANDPRE.
Was wartet ihr so lang', ihr fränk'schen Edlen?
Die Insel-Äser dort, an ihrer Haut
Verzweifelnd, stehn dem Felde scheußlich an;
Die lump'gen Fahnen hängen ärmlich los,
Und höhnend schüttelt unsre Luft sie durch.
Mars scheint bankrott in ihrem Bettelheer
Und blickt nur matt durch rostige Visiere.
Die Reiter scheinen aufgesteckte Leuchter
Mit Kerzen in der Hand; es hängt der Kopf,
Und schlottert Hüft' und Haut den armen Mähren,
Aus den erstorbnen Augen tränt der Schleim,
Und in den bleichen, schlaffen Mäulern liegt
Das Kettgebiß, von dem zerkäuten Grase
Beschmutzet, ruhig und bewegungslos.
Und ihre Henker fliegen über ihnen,
Die frechen Kräh'n, die Stunde kaum erwartend.
Beschreibung kann sich nicht in Worte fügen,
Das Leben solcher Schlachtordnung zu schildern,
Im Leben leblos, wie sie selbst sich zeigt.
CONNETABLE.
Sie haben ihr Gebet schon hergesagt
Und sind zum Tod bereit.
DAUPHIN.
Sagt, soll'n wir ihnen Kost und frische Kleider
Und Fütt'rung für die magern Pferde senden,
Und dann mit ihnen fechten?
CONNETABLE.
Ich wart' auf meine Wacht nur; fort, ins Feld!
Ich nehme 'ner Trompet' ihr Fähnlein ab
Und brauch's in meiner Eil'. Kommt, macht euch auf!
Die Sonn' ist hoch, versäumt nicht ihren Lauf.
Alle ab.

Dritte Szene

Das englische Lager.
Englische Truppen, Gloster, Bedford, Exeter, Salisbury und Westmoreland.

GLOSTER. Wo ist der König?
BEDFORD.
Er ritt hinaus, die Schlachtordnung zu sehn.
WESTMORELAND.
Sie haben volle sechzigtausend Streiter.
EXETER. Fünf gegen einen, auch sind alle frisch.
SALISBURY.
Gott sei mit uns! Die Übermacht ist schrecklich.
Lebt, Prinzen, wohl! Ich will an meinen Posten.
Wenn wir im Himmel erst uns wieder treffen,
Dann freudevoll, – mein edler Herr von Bedford,
Ihr teuren Herrn von Gloster und von Exeter,
Und liebster Vetter, – lebt, ihr Krieger, wohl!
BEDFORD. Fahr' wohl, mein guter Salisbury! Und Heil Begleite dich!
EXETER.
Leb wohl, du biedrer Lord, ficht heute tapfer:
Doch tu' ich Schmach dir, dich daran zu mahnen;
Du hegst den echten Kern der Tapferkeit.
Salisbury ab.
BEDFORD. Er ist so voll von Tapferkeit als Güte,
In beiden fürstlich.
König Heinrich tritt auf.
WESTMORELAND. O hätten wir nun hier
Nur ein Zehntausend von dem Volk in England,
Das heut ohn' Arbeit ist!
KÖNIG HEINRICH. Wer wünschte so?
Mein Vetter Westmoreland? – Nein, bester Vetter:
Zum Tode ausersehn, sind wir genug
Zu unsers Lands Verlust; und wenn wir leben,
Je klein're Zahl, je größres Ehrenteil.

Wie Gott will! Wünsche nur nicht einen mehr!
Beim Zeus, ich habe keine Gier nach Gold,
Noch frag' ich, wer auf meine Kosten lebt,
Mich kränkt's nicht, wenn sie meine Kleider tragen;
Mein Sinn steht nicht auf solche äußre Dinge:
Doch wenn es Sünde ist, nach Ehre geizen,
Bin ich das schuldigste Gemüt, das lebt.
Nein, Vetter, wünsche keinen Mann von England:
Bei Gott! Ich geb' um meine beste Hoffnung
Nicht so viel Ehre weg, als ein Mann mehr
Mir würd' entziehn. O wünsch' nicht einen mehr!
Ruf' lieber aus im Heere, Westmoreland,
Daß jeder, der nicht Lust zu fechten hat,
Nur hinziehn mag; man stell' ihm seinen Paß
Und stecke Reisegeld in seinen Beutel:
Wir wollen nicht in des Gesellschaft sterben,
Der die Gemeinschaft scheut mit unserm Tod.
Der heut'ge Tag heißt Crispianus' Fest:
Der, so ihn überlebt und heim gelangt,
Wird auf dem Sprung stehn, nennt man diesen Tag,
Und sich beim Namen Crispianus rühren.
Wer heut am Leben bleibt und kommt zu Jahren,
Der gibt ein Fest am heil'gen Abend jährlich
Und sagt: »Auf Morgen ist Sankt Crispian!«,
Streift dann die Ärmel auf, zeigt seine Narben
Und sagt: »An Crispins Tag empfing ich die.«
Die Alten sind vergeßlich; doch wenn alles
Vergessen ist, wird er sich noch erinnern
Mit manchem Zusatz, was er an dem Tag
Für Stücke tat: dann werden unsre Namen,
Geläufig seinem Mund wie Alltagsworte,
Heinrich der König, Bedford, Exeter,
Warwick und Talbot, Salisbury und Gloster,
Bei ihren vollen Schalen frisch bedacht!
Der wackre Mann lehrt seinem Sohn die Märe,
Und nie von heute bis zum Schluß der Welt
Wird Crispin Crispian vorübergehn,
Daß man nicht uns dabei erwähnen sollte,
Uns wen'ge, uns beglücktes Häuflein Brüder:
Denn welcher heut sein Blut mit mir vergießt,
Der wird mein Bruder; sei er noch so niedrig,
Der heut'ge Tag wird adeln seinen Stand.
Und Edelleut' in England, jetzt im Bett',
Verfluchen einst, daß sie nicht hier gewesen,
Und werden kleinlaut, wenn nur jemand spricht,
Der mit uns focht am Sankt Crispinus-Tag.

Salisbury tritt auf.

SALISBURY.
Mein gnäd'ger Fürst, bereitet Euch in Eil',
Schon stehn die Franken stattlich in den Reihen
Und werden schleunigst ihren Angriff tun.

KÖNIG HEINRICH.
Ist unser Mut bereit, so ist es alles.

WESTMORELAND.
Verderbe der, des Mut dahinten bleibt!

KÖNIG HEINRICH.
Ihr wünscht von England nicht mehr Hülfe, Vetter?

WESTMORELAND.
Herr, wollte Gott, daß Ihr und ich allein
Ohn' andre Hülfe föchten diese Schlacht!

KÖNIG HEINRICH.
Du hast fünftausend nun herabgewünscht,
Was besser mir gefällt, als einen wünschen. –
Gott mit euch allen! Eure Posten kennt ihr.

Trompeten. Montjoye tritt auf.

MONTJOYE.
Noch einmal soll ich hören, König Heinrich,
Ob du dich willst vergleichen um die Lösung
Vor deinem höchst unzweifelbaren Fall.
Denn sicherlich, du bist dem Schlund so nah,
Du mußt verschlungen werden. Überdies
Ersucht aus Mitleid dich der Connetable,
Dein Volk an Reu' zu mahnen, daß die Seelen
In Frieden mögen scheiden und zum Heil
Von diesen Feldern, wo die armen Leiber
Verwesen müssen.

KÖNIG HEINRICH. Wer sendet dich?

MONTJOYE. Der Connetable Frankreichs.

KÖNIG HEINRICH.
Ich bitt' dich, nimm den vorigen Bescheid
Mit dir zurück: heiß' sie mich erst bezwingen,
Dann mein Gebein verhandeln. Guter Gott!
Warum sie arme Leute doch so höhnen?
Der Mann, der einst des Löwen Haut verkauft,
Da er noch lebte, kam beim Jagen um.
Es finden sicher unsrer Leiber viel
Hier ein natürlich Grab, worauf, so hoff' ich,
In Erz ein Zeugnis dieses Tags wird leben.
Denn, die ihr stark Gebein in Frankreich lassen,
Wie Männer sterbend, werden doch berühmt,
Obschon in euren Haufen Kot begraben.
Denn grüßen wird die Sonne nun sie dort
Und ihre Ehren dampfend ziehn zum Himmel,
Indes ihr irdisch Teil die Luft erstickt
Und sein Geruch in Frankreich Pest erzeugt.
Merkt denn das Übermaß der Tapferkeit
An unsern Englischen, daß sie, schon tot,
So wie das Streifen der Kanonenkugel,
Ausbrechen zu des Unheils zweitem Lauf,
Im Rücksprung ihrer Sterblichkeit noch tötend.
Laßt stolz mich reden: Sagt dem Connetable,
Wir sind nur Krieger für den Werkeltag,
All unsre Festlichkeit und Zier beschmitzt
Mit nassen Märschen im mühsel'gen Feld.
Kein Stückchen Feder ist in unserm Heer
(Beweis genug, daß wir euch nicht entfliegen),
Die Zeit hat unsre Sauberkeit vernutzt,
Doch unsre Herzen sind, beim Himmel, schmuck,
Und meine armen Leute sagen mir,
Sie sei'n vor nachts gewiß in frischen Kleidern,
Sonst wollen sie den fränkischen Soldaten
Kopfüber ziehn die neuen bunten Röcke
Und aus dem Dienst sie jagen. Tun sie das
(Ich hoff's zu Gott), so ist auch meine Lösung
Bald aufgebracht. Herold, spar' deine Müh';
Komm du nicht mehr um Lösung, lieber Herold;
Ich gebe, schwör' ich, keine andre nicht
Als diese meine Glieder, die ich ihnen
Erst so zu lassen denke, daß sie wenig
Dran haben: sag dem Connetable das.

MONTJOYE.
Das werd' ich, König Heinrich. So leb wohl,
Du hörest nimmer nun den Herold mehr.

Ab.

KÖNIG HEINRICH.
Du kommst, besorg' ich, noch um Lösung wieder.

Herzog von York tritt auf.

YORK. Herr, untertänig bitt' ich auf den Knie'n
Um Anführung des Vortrabs.

KÖNIG HEINRICH.
Wohl, braver York! Soldaten, auf, ins Feld!
Und ordne, Gott, den Tag, wie dir's gefällt!

Alle ab.

Vierte Szene

Das Schlachtfeld.
Getümmel. Angriffe. Ein französischer Soldat, Pistol und der Bursch kommen.

PISTOL. Ergib dich, Hund!

FRANZÖSISCHER SOLDAT. Je pense que vous êtes un gentilhomme de bonne qualité.

PISTOL. Qualität nennst du mich? Erläutre mir: bist du ein Edelmann? Was ist dein Nam'? Erkläre!

FRANZÖSISCHER SOLDAT. O seigneur Dieu!

PISTOL.
Oh, Signor Djö muß wohl von Adel sein.
Erwäg' mein Wort, o Signor Djö, und merk':
O Signor Djö, du mußt die Klinge springen,
Wofern du, o Signor, nicht große Lösung
Mir geben willst.

FRANZÖSISCHER SOLDAT. Miséricorde! Prenez pitié de moi! Ne me tuez point!

PISTOL. Ein Pfund? Ich will der Pfunde vierzig haben.
Das Zwerchfell hol' ich dir zur Kehl' heraus
In Tropfen roten Bluts.

FRANZÖSISCHER SOLDAT. Est-il impossible d'échapper à la force de votre bras? Ah, dégagez-le de ma gorge! N'allez pas me la couper!

PISTOL. Was? Kupfer, Hund?
Verdammte geile Gemse, bietest du
Mir Kupfer an?

FRANZÖSISCHER SOLDAT. Point de pardon?

PISTOL.
Das lass' ich gelten: ein Paar Tonnen Pfunde.
Hieher komm, Bursch, befrag' den Sklaven da
Mir auf Französisch, wie sein Name heißt.

BURSCH. Écoutez: comment vous appelez-vous?

FRANZÖSISCHER SOLDAT. Monsieur le Fer.

BURSCH. Er sagt, sein Name sei Herr Fer.

PISTOL. Herr Fer! Ich will ihn beferren und pferchen und ferkeln: erklär' ihm selbiges auf Französisch.

BURSCH. Ich weiß das Französische nicht für beferren und pferchen und ferkeln.

PISTOL.
Heiß' ihn bereit sein, weil ich ihm die Kehle
Abschneiden will.

FRANZÖSISCHER SOLDAT. Que dit-il, Monsieur?

BURSCH. Il m'ordonne de vous dire que vous teniez prêt, car ce soldat ici est disposé tout à l'heure à vous couper la gorge.

PISTOL. Oui, couper gorge, par ma foi, du Knecht:
Wo du nicht Kronen, brave Kronen gibst,
So soll mein Schwert dich in die Pfanne hau'n.

FRANZÖSISCHER SOLDAT. O, je vous supplie pour l'amour de dieu, pardonnez-moi! Je suis gentilhomme d'une bonne maison: épargnez ma vie, et je vous donnerai deux cents écus.

PISTOL. Was ist sein Wort?

BURSCH. Er bittet Euch, ihm das Leben zu schenken; er sei ein Edelmann von gutem Hause und wolle Euch als sein Lösegeld zweihundert Kronen geben.

PISTOL.
Sag ihm, daß nachläßt meine Wut und ich
Die Kronen nehmen will.

FRANZÖSISCHER SOLDAT.
Petit monsieur, que dit-il?

BURSCH. Quoique ce soit contre son serment de donner quartier à aucun prisonnier, néanmoins, pour les écus que vous lui avez promis, il est content de vous mettre en liberté.

FRANZÖSISCHER SOLDAT. Sur mes genoux je vous rends mille remercîments, et je m'estime heureux d'être tombé entre les mains d'un chevalier, qui est, je pense, le seigneur de l'Angleterre le plus distingué pour sa valeur.

PISTOL. Erklär' mir, Bursch.

BURSCH. Er dankt Euch tausendmal auf seinen Knieen und schätzt sich glücklich, in die Hände eines Kavaliers gefallen zu sein, der, wie er denkt, der ausgezeichnetste Herr in England von Seiten der Tapferkeit ist.

PISTOL. Bei meinem Blut, ich will barmherzig sein.
Folg' mir, du Hund!

Ab.

BURSCH. Suivez le grand capitaine.

Französischer Soldat ab.

Noch nie habe ich gesehen, daß eine so volle Stimme aus einem so leeren Herzen gekommen wäre; aber der Spruch ist wahr: hohle Töpfe haben den lautesten Klang. Bardolph und Nym hatten zehnmal mehr Herz als dieser brüllende Teufel aus der alten Komödie, dem jedermann die Nägel mit einer hölzernen Pritsche verschneiden könnte, und doch sind sie beide aufgehängt: und das widerführe ihm auch, wenn er irgend was dreist zu stehlen wagte. Ich muß bei den Troßbuben, beim Gepäck unsers Lagers bleiben: der Franzose könnte eine gute Beute haben, wenn er es wüßte; es sind nichts wie Jungen da, um es zu bewachen. *Ab.*

Fünfte Szene

Ein andrer Teil des Schlachtfeldes.
Getümmel. Der Dauphin, Orlean, Bourbon, der Connetable, Rambures und andre treten auf.

CONNETABLE. O diable!

ORLEANS.
O seigneur! La journée est perdue, tout est perdu!

DAUPHIN. Mort de ma vie! Dahin ist alles, alles!
Verachtung sitzt und ew'ge Schande höhnend
In unsern Federbüschen. – O méchante fortune!

Ein kurzes Getümmel.

Lauft nicht davon!

CONNETABLE.
Ja, alle unsre Reihen sind gebrochen.

DAUPHIN.
O stete Schmach! – Entleiben wir uns selbst!
Sind dies die Elenden, die wir verwürfelt?

ORLEANS.
Der König, dem wir Lösung abgefedert?

BOURBON.
O Schand' und ew'ge Schande, nichts als Schande!
Laßt uns nicht sterben drin! Noch 'mal zurück!
Und wer jetzt nicht dem Bourbon folgen will,
Der geh' von hier, und, in der Hand die Mütze,
Halt' er die Kammertür, ein schnöder Kuppler,
Indes ein Sklav', nicht edler als mein Hund,
Die schönste Tochter ihm entehrend schwächt.

CONNETABLE.
Nun helf' uns Unordnung, die uns verdarb
Laßt diesen Englischen in Haufen uns
Das Leben bieten oder rühmlich sterben!

ORLEANS. Es leben unser noch genug im Feld,
Um im Gedräng' die Feinde zu ersticken,
Wenn irgend nur sich Ordnung halten ließ'.

BOURBON.
Zum Teufel nun die Ordnung! Ins Gedränge,
Und kürzt die Schande mit des Lebens Länge!

Alle ab.

Sechste Szene

Ein andrer Teil des Schlachtfeldes.
Getümmel. König Heinrich mit Truppen, Exeter und andre treten auf.

KÖNIG HEINRICH.
Wir taten brav, mein dreimal tapfres Volk,
Doch alles nicht: der Feind hält noch das Feld.

EXETER.
Der Herzog York empfiehlt sich Euer Majestät.

KÖNIG HEINRICH.
Lebt er, mein Oheim? Dreimal, diese Stunde,
Sah ich ihn fallen; dreimal auf, und fechten.
Vom Helm zum Sporne war er nichts als Blut.

EXETER.
In diesem Schmuck verbrämt der wackre Krieger
Den Plan nun, und an seiner blut'gen Seite,
Der ehrenreichen Wunden Mitgenoß,
Liegt da der edle Graf von Suffolk auch.
Suffolk starb erst, und York, zerstümmelt ganz,
Kommt zu ihm, wo er lag in Blut getaucht,
Und faßt ihn bei dem Barte, küßt die Schrammen,
Die blutig gähnten in sein Angesicht,
Und rufet laut: »Wart', lieber Vetter Suffolk!
Mein Geist begleite deinen Geist zum Himmel!
Wart', holde Seel', auf meine, daß wir dann
Gepaarten Flugs entfliehn, wie wir uns hier
Auf rühmlichem und wohl erstrittnem Feld
In unsrer Ritterschaft zusammenhielten.«
Bei diesen Worten kam ich, frischt' ihn auf,
Er lächelte mir zu, bot mir die Hand,
Und matt sie drückend, sagt' er: »Teurer Lord,
Empfehlet meine Dienste meinem Herrn.«
So wandt' er sich, und über Suffolks Nacken
Warf er den wunden Arm, küßt' ihm die Lippen,
Und siegelte, dem Tod vermählt, mit Blut
Ein Testament der schön beschloßnen Liebe.
Die süße und holdsel'ge Weis' erzwang
Von mir dies Wasser, das ich hemmen wollte,
Doch hatt' ich nicht so viel vom Mann in mir,
Daß meine ganze Mutter nicht ins Auge
Mir kam und mich den Tränen übergab.

KÖNIG HEINRICH.
Ich tadl' Euch nicht, denn da ich dieses höre,
Muß ich mit trüben Augen ab mich finden,
Sonst fließen sie auch mir. –
Doch horcht! Was ist das für ein neu Getümmel?
Der Feind hat sein zerstreutes Volk verstärkt;
So töte jeder seinen Kriegsgefangnen.
Gebt weiter den Befehl!

Alle ab.

Siebente Szene

Ein andrer Teil des Schlachtfeldes.
Getümmel. Fluellen und Gower treten auf.

FLUELLEN. Die Puben und den Troß umbringen! 's ist ausdrücklich gegen das Kriegsrecht, 's ist ein so ausgemachtes Stück Schelmerei, versteht Ihr mich, als in der Welt nur vorkommen kann. Ist es nicht so, auf Euer Gewissen?

GOWER. Es ist gewiß, sie haben keinen Buben am Leben gelassen, und eben die feigen Hunde, die aus der Schlacht wegliefen, haben diese Metzelei angerichtet; außerdem haben sie alles verbrannt und weggeschleppt, was in des Königs Zelt war, weswegen der König verdienter Maßen jeder Soldaten seinem Gefangnen die Kehle hat abschneiden lassen. Oh, er ist ein wackrer König!

FLUELLEN. Ja, er ist zu Monmouth gepohren. Wie benennt Ihr den Namen der Stadt, wo Alexander der Preite gepohren ist?

GOWER. Alexander der Große.

FLUELLEN. Ei, ich bitte Euch, ist preit nicht groß? Der preite, oder der große, oder der starke, oder der gewaltige, oder der heldenmütige, tun alle auf eins hinauslaufen, außer daß die Redensart ein wenig verändert sein.

GOWER. Ich denke, Alexander der Große ist in Mazedonien geboren; sein Vater ward Philipp von Mazedonien genannt, wo mir recht ist.

FLUELLEN. Ja, ich denke, es ist in Mazedonien, wo Alexander gepohren ist. Ich sage Euch, Kapitän, wenn Ihr in die Karten der Welt hineinseht, so stehe ich dafür, Ihr werdet bei den Vergleichungen zwischen Mazedonien und Monmouth finden, daß die Lagen, versteht Ihr, von beiden gleich sein. Es befindet sich ein Fluß in Mazedonien, und es befindet sich gleichfalls außerdem ein Fluß zu Monmouth. Zu Monmouth heißt er Wye; aber es will mir nicht in den Kopf fallen, wie der Name des andern Flusses ist; aber es kommt auf eins heraus, es ist sich so gleich wie diese meine Finger meinen Fingern, und es geben Lachse in beiden. Wenn Ihr Alexanders Leben wohl beachtet, so tat das Leben Heinrichs von Monmouth ziemlich gut hinter drein kommen: denn in allen Dingen sein Figuren. Alexander hat (wie Gott weiß und Ihr wißt) in seinem Zorn, und seiner Wut, und seinem

Grimm, und seiner Galle, und seinen Launen, und seinen Unwilligkeiten und Entrüstungen, und auch weil er ein wenig im Kopfe benebelt war, in seinen Biergelagen und seinem Ärger, seht Ihr, seinen pesten Freund Clytus umgebracht.

GOWER. Darin ist ihm unser König nicht ähnlich, er hat noch nie einen von seinen Freunden umgebracht.

FLUELLEN. Es ist nicht wohl getan, versteht Ihr mich, einem die Geschichten aus dem Munde zu nehmen, ehe sie zu Ende gebracht und vollkommen sein. Ich rede nur in den Figuren und Vergleichungen desselbigen; wie Alexander seinen Freund Clytus umbrachte, während er bei seinen Biergelagen und seinen Krügen war: so ebenfalls Heinrich Monmouth, während er bei gutem Verstande und gesunden Sinnen war, tat er den fetten Ritter mit dem großen Bauchwamse abschaffen; er war voller Späße und Pfiffe und Kniffe und Possen; sein Name ist mir vergessen.

GOWER. Sir John Falstaff.

FLUELLEN. Das ist er. Ich kann Euch sagen, es werden prafe Leute zu Monmouth gepohren.

GOWER. Da kommt Seine Majestät.

Getümmel. König Heinrich mit einem Teil der englischen Truppen, Warwick, Gloster, Exeter und andre treten auf.

KÖNIG HEINRICH.
Seit ich nach Frankreich kam, war ich nicht zornig
Bis eben jetzt. – Nimm die Trompete, Herold,
Jag' zu den Reitern auf dem Hügel dort!
Wofern sie mit uns fechten wollen, heiß'
Herab sie ziehn, wo nicht, das Schlachtfeld räumen;
Sie sind mit ihrem Anblick uns zur Last.
Tun sie von beiden keins, so kommen wir
Und stäuben sie da weg, so rasch wie Steine,
Geschnellt aus den assyr'schen alten Schleudern.
Auch wollen wir erwürgen, die wir haben,
Und nicht ein Mann, der in die Händ' uns fällt,
Soll Gnad' erfahren. – Geht, sagt ihnen das.

Montjoye tritt auf.

EXETER.
Hier kommt der Herold der Franzosen, Herr.

GLOSTER. Sein Blick ist demutsvoller, als er pflegte.

KÖNIG HEINRICH.
Nun, was will dieser Herold? Weißt du nicht,
Daß ich dies mein Gebein zur Lösung bot?
Kommst du um Lösung noch?

MONTJOYE. Nein, großer König:
Ich komm' zu dir um milde Zulassung,
Daß wir dies blut'ge Feld durchwandern dürfen,
Die Toten zu verzeichnen und begraben,
Die Edlen vom gemeinen Volk zu sondern.
Denn (o des Wehs!) viel unsrer Prinzen liegen
Ersäuft und eingeweicht in Söldner-Blut;
So taucht auch unser Pöbel rohe Glieder
In Prinzenblut, und ihre wunden Rosse,
Bis an die Fersenbüschel watend, toben
Und schmeißen wütend mit bewehrten Hufen
Auf ihre toten Herrn, zum zweitenmal
Sie tötend. O vergönnt uns, großer König,
Daß wir das Feld in Ruh' beschaun und ordnen
Die Leichen an.

KÖNIG HEINRICH.
Ich weiß in Wahrheit, Herold,
Nicht recht, ob unser oder nicht der Sieg,
Denn Eurer Reiter zeigen sich noch viel
Und sprengen durch das Feld.

MONTJOYE. Der Sieg ist Euer.

KÖNIG HEINRICH.
Gelobt sei Gott, nicht unsre Kraft dafür!
Wie heißt die Burg, die dicht hier neben steht?

MONTJOYE. Man nennt sie Agincourt.

KÖNIG HEINRICH.
So heiße dies die Schlacht bei Agincourt,
Am Tag Crispinus Crispians gefochten.

FLUELLEN. Euer Großvater berühmten Andenkens, mit Euer Majestät Erlaubnis, und Euer Groß-Oheim Eduard, der Schwarze Prinz von Wales, wie ich in den Chroniken gelesen habe, fochten hier in Frankreich eine sehr prafe Schlacht.

KÖNIG HEINRICH. Das taten sie, Fluellen.

FLUELLEN. Eure Majestät sagt sehr wahr: wenn Eure Majestäten dessen erinnerlich sein, die Wäl'schen taten guten Dienst in einem Garten, wo Lauch wuchs, und trugen Lauch auf ihren Monmouther Mützen, welches, wie Eure Majestät weiß, bis auf diese Stunde ein ehrenvolles Feldzeichen ist, und ich glaube, Eure Majestät verschmähn es nicht, das Lauch auf Sankt Davids-Tag zu tragen.

KÖNIG HEINRICH.
Ich trag' es als denkwürd'ges Ehrenzeichen;
Denn ich bin wäl'sch, Ihr wißt es, guter Landsmann.

FLUELLEN. Alles Wasser im Flusse Wye kann Euer Majestät wäl'sches Blut nicht aus Eurem Leibe waschen, das kann ich Euch sagen, Gott segne es und erhalte es, solange als es Seiner Gnaden beliebt und Seiner Majestät obendrein.

KÖNIG HEINRICH. Hab' Dank, mein guter Landsmann.

FLUELLEN. Bei Jessus, ich bin Euer Majestät Landsmann, ich frage nicht darnach, ob es jemand weiß: ich will es der sämtlichen Welt bekennen, ich brauche mich Euer Majestät nicht zu schämen, Gott sei gepriesen, solange Eure Majestät ein ehrlicher Mann sein.

KÖNIG HEINRICH.
Erhalte Gott mich so! – Zurück begleiten
Laßt unsre Herold' ihn, und bringt mir dann
Genaue Nachricht von der Toten Zahl
Auf beiden Seiten. – Ruft den Kerl dort her!

Er zeigt auf Williams. Montjoye und andre ab.

EXETER. Soldat, du mußt zum König kommen.

Williams tritt vor.

KÖNIG HEINRICH. Soldat, warum trägst du den Handschuh an der Mütze?

WILLIAMS. Mit Euer Majestät Erlaubnis, 's ist das Pfand von einem, mit dem ich mich schlagen sollte, wenn er noch am Leben ist.

KÖNIG HEINRICH. Ein Engländer?

WILLIAMS. Mit Euer Majestät Erlaubnis, ein Schelm, der mir letzte Nacht was vorschwadronierte; dem ich, wenn er noch lebt und jemals das Herz hat, seinen Handschuh zu fodern, geschworen habe, ich wollte ihm eine Ohrfeige geben; oder wenn ich meinen Handschuh an seiner Mütze zu sehen kriege (und er schwur, so wahr er ein Soldat wäre, er wollte ihn tragen, wenn er am Leben bliebe), so will ich ihn ihm tüchtig herunter schlagen.

KÖNIG HEINRICH. Was denkt Ihr, Kapitän Fluellen: schickt's sich, daß ein Soldat seinen Schwur hält?

FLUELLEN. Nach meinem Gewissen ist er sonst eine Memme und ein Hundsfott, mit Euer Majestät Erlaubnis.

KÖNIG HEINRICH. Es könnte aber sein, daß sein Feind ein vornehmer Edelmann wäre, ganz darüber hinaus, sich mit einem seines Standes einzulassen.

FLUELLEN. Wenn er auch so ein guter Edelmann, wie der Teifel ist, wie Luzifer und Beelzebub selbst, so ist es doch notwendig, schauen Euer Gnaden, daß er seinen Schwur und seinen Eid hält. Wenn er wortbrüchig ist, seht nur an, so ist seine Reputation ein so ausgemachter Hundsfott und Hanswurst, als jemals mit seinen schwarzen Schuhen auf Gottes Grund und Boden getreten hat, nach meinem Gewissen, seht Ihr.

KÖNIG HEINRICH. So halte deinen Schwur, Bursche, wenn du den Kerl antriffst.

WILLIAMS. Das will ich, gnädigster Herr, wo ich das Leben behalte.

KÖNIG HEINRICH. Unter wem dienst du?

WILLIAMS. Unter Kapitän Gower, gnädigster Herr.

FLUELLEN. Gower sein ein guter Kapitän, und von guter Wissenschaft und Literatur in dem Kriegswesen.

KÖNIG HEINRICH. Ruf' ihn her zu mir, Soldat!

WILLIAMS. Das will ich, gnädigster Herr. *Ab.*

KÖNIG HEINRICH. Hier, Fluellen, trage du dies Ehrenzeichen von mir und steck' es an deine Mütze. Als Alençon und ich zusammen am Boden lagen, riß ich diesen Handschuh von seinem Helm: wenn irgend jemand ihn zurückfodert, so ist er ein Freund Alençons und ein Feind unserer Person; wenn du so einem begegnest, so greife ihn, wo du mich liebst.

FLUELLEN. Eure Gnaden tun mir so große Ehre an, als in dem Herzen seiner Untertanen begehrt werden kann. Ich möchte gern den Menschen sehn, der nur zwei Beine hat, der sich durch diesen Handschuh beleidigt finden wird, das ist alles; aber ich möchte es gern einmal sehen, und es gefalle Gott in seiner Gnade, daß ich es doch sehen möchte.

KÖNIG HEINRICH. Kennst du Gower?

FLUELLEN.
Zu Eurem Befehl, er ist mein werter Freund.

KÖNIG HEINRICH. Ich bitte dich, geh ihn suchen und bring' ihn zu meinem Zelte.

FLUELLEN. Ich will ihn holen. *Ab.*

KÖNIG HEINRICH.
Mylord von Warwick und mein Bruder Gloster,
Folgt dem Fluellen auf den Fersen nach.
Der Handschuh, den ich ihm als Ehrenzeichen
Gegeben, trägt vielleicht ihm eine Maulschell' ein;
Er ist von dem Soldaten; nach dem Handel
Sollt' ich ihn selber tragen. Folgt ihm, Vetter:
Wenn der Soldat ihn schlägt, – und wie ich schließe
Nach seinem plumpen Wesen, hält er Wort, –
So könnt' ein plötzlich Unheil draus entstehn;
Denn den Fluellen kenn' ich als beherzt,
Wenn man die Gall' ihm reizt, wie Pulver hitzig,
Und schnell, Beleidigungen zu erwidern.
Folgt ihm und seht, daß sie kein Leid sich tun. –
Ihr geht mit mir, mein Oheim Exeter.

Alle ab.

Achte Szene

Vor König Heinrichs Zelte.
Gower und Williams treten auf.

WILLIAMS. Glaubt mir, es geschieht, um Euch zum Ritter zu schlagen, Kapitän.

Fluellen kommt.

FLUELLEN. Gottes Willen und Wohlgefallen, Kapitän! Ich ersuche Euch nun, kommt schleunig zum Könige: es steht Euch vielleicht mehr Gutes bevor, als in Eurer Wissenschaft ist, Euch träumen zu lassen.

WILLIAMS. Herr, kennt Ihr diesen Handschuh?

FLUELLEN. Ob ich ihn kenne? Ich weiß, daß der Handschuh ein Handschuh ist.

WILLIAMS. Den da kenne ich, und so fodre ich ihn zurück. *Schlägt ihn.*

FLUELLEN. Plitz! ein Erzverräter, wie irgend einer in der sämtlichen Welt, oder in Frankreich, oder in England!

GOWER. Nun, was soll das, du Schurke?

WILLIAMS.
Denkt Ihr, daß ich meinen Eid brechen will?

FLUELLEN. Tretet zurück, Kapitän Gower, ich will der Verräterei seinen Lohn in Schlägen erteilen, das versichre ich Euch.

WILLIAMS. Ich bin kein Verräter.

FLUELLEN. Das lügst du in deinen Hals hinein. – Ich mahne Euch im Namen Seiner Majestät, greift ihn, er ist ein Freund des Herzogs von Alençon.

Warwick und Gloster treten auf.

WARWICK. Nun, nun! Was geht hier vor?

FLUELLEN. Mylord von Warwick, hier ist, Gott sei Lob und Dank, eine höchst giftige Verräterei ans Licht gekommen, seht Ihr, wie man sie nur an hohen Festtagen verlangen kann. Da kommt Seine Majestät.

König Heinrich und Exeter treten auf.

KÖNIG HEINRICH. Nun, was gibt's hier?

(**FLUELLEN.** Gnädigster Herr, hier ist ein Schelm und ein Verräter, der, sehen Euer Gnaden, nach dem Handschuh geschlagen hat, den Eure Majestät vom Helme des Alençon nehmen tat.)

WILLIAMS. Gnädigster Herr, es war mein Handschuh, hier ist der andre dazu, und der, mit dem ich ihn eingetauscht hatte versprach, ihn an seiner Mütze zu tragen; ich versprach, ihn zu schlagen, wenn er es täte: ich traf diesen Mann mit meinem Handschuh an seiner Mütze, und ich habe mein Wort gehalten.

FLUELLEN. Euer Majestät hören nun, mit allem Respekt vor Dero Mannhaftigkeit, was für ein erzschuftiger, lumpiger, lausiger Spitzbube es ist.

Ich hoffe, Eure Majestät werden mir bezeugen, als auch verbürgen und beurkunden, daß dies der Handschuh vom Alençon ist, den Eure Majestät mir geben tat, nach Eurem besten Gewissen.

KÖNIG HEINRICH. Gib mir deinen Handschuh, Soldat: sieh, hier ist der andre dazu. Ich war es eigentlich, den du zu schlagen versprachest, und du hast mir sehr schnöde Reden gegeben.

FLUELLEN. Eure Majestät beliebe, ihn mit seinem Halse dafür einstehen zu lassen, wo es irgendein militärisches Gesetz in der Welt gibt.

KÖNIG HEINRICH.
Wie kannst du mir Genugtuung schaffen?

WILLIAMS. Alle Beleidigungen, gnädigster Herr, kommen vom Herzen; aus dem meinigen kam nie etwas, das Eure Majestät hätte beleidigen können.

KÖNIG HEINRICH. Wir waren es, dem du übel begegnetest.

WILLIAMS. Eure Majestät kam nicht in eigner Gestalt, Ihr erschient mir nur wie ein gemeiner Mensch; die Nacht, Eure Kleidung, Euer schlichtes Betragen kann es bezeugen; und was Eure Hoheit unter der Gestalt erlitten, das ersuche ich Euch, Eurer eignen Schuld, nicht der meinigen zuzuschreiben; denn wäret Ihr das gewesen, wofür ich Euch nahm, so hätte ich keinen Fehler begangen; darum bitt' ich Eure Hoheit, verzeiht mir!

KÖNIG HEINRICH.
Hier, Oheim, füllt den Handschuh mir mit Kronen
Und gebt dem Burschen ihn. – Behalt' ihn, Bursch,
Trag' ihn als Ehrenzeichen an der Mütze,
Bis ich ihn fodre. – Gebt die Kronen ihm.
Und, Hauptmann, Ihr müßt Euch mit ihm versöhnen.

FLUELLEN. Bei diesem Tageslicht, der Kerl hat Herz genug in seinem Bauche. – Hier, da habt Ihr einen Schilling, und ich bitte Euch, seid gottesfürchtig, und hütet Euch vor Lärm und Gezänk und Palgereien und Zwistigkeiten, und ich versichre Euch, es wird um desto besser für Euch sein.

WILLIAMS. Ich will Euer Geld nicht.

FLUELLEN. Es geschieht mit gutem Willen; ich sage Euch, Ihr könnt Eure Schuh' damit flicken lassen. Geht, weshalb wollt Ihr so plöde sein? Eure Schuh' sein nicht gar zu gut; es ist ein guter Schilling, ich versichre Euch, sonst will ich ihn Euch wechseln.

Ein englischer Herold tritt auf.

KÖNIG HEINRICH.
Nun, Herold, sind die Toten gezählt?

HEROLD. Hier ist die Anzahl der erschlagnen Franken

Übergibt ein Papier.

KÖNIG HEINRICH.
Was für Gefangne hohen Ranges, Oheim?

EXETER. Des Königs Neffe Karl von Orleans,
Johann von Bourbon, Herr von Bouciqualt,
Von andern Herrn, Baronen, Rittern, Knappen
An funfzehnhundert, außer die Gemeinen.

KÖNIG HEINRICH.
Der Zettel sagt mir von zehntausend Franken,
Erschlagen auf dem Platz; in dieser Zahl von Prinzen
Und Herrn, die Fahnen führen, liegen tot
An hundertsechsundzwanzig; außer diesen
Von Rittern, Knappen, wackern Edelleuten
Achttausendundvierhundert, und davon
Schlug man fünfhundert gestern erst zu Rittern;
So daß von den zehntausend Umgekommnen
Nur sechszehnhundert Söldner sind; der Rest
Sind Prinzen, Herrn, Barone, Ritter, Knappen
Und Edelleute von Geburt und Rang.
Die Namen der gebliebnen Großen sind:
Karl de la Bret, Groß-Connetable Frankreichs,
Jacques Chatillon, des Reiches Admiral,
Der Schützen Oberhauptmann, Herr Rambures,
Großmeister Frankreichs, Ritter Guichard Dauphin,
Die Herzög' Alençon und von Brabant,
Der Bruder von dem Herzog von Burgund
Und Eduard von Bar; von tapfern Grafen
Grandpré und Roussi, Fauconberg und Foix,
Beaumont und Marle, Vaudemont und Lestrale –
O fürstliche Genossenschaft des Todes!
Wo ist von unsern Toten das Verzeichnis?

Der Herold überreicht einen andern Zettel.

Eduard Herzog von York, der Graf von Suffolk,
Sir Richard Ketly, David Gam Esquire;
Von Namen keine sonst, und von den andern
Nur fünfundzwanzig. O Gott, dein Arm war hier,
Und nicht uns selbst, nur deinem Arme schreiben
Wir alles zu. – Wann sah man, ohne Kriegslist,
Im offnen Stoß und gleichem Spiel der Schlacht
Wohl je so wenig und so viel Verlust
Auf ein' und andrer Seite? – Nimm es, Gott,
Denn dein ist's einzig.

EXETER. Es ist wundervoll.

KÖNIG HEINRICH.
Kommt, ziehen wir in Prozession zum Dorf,
Und Tod sei ausgerufen durch das Heer,
Wenn jemand prahlt und Gott die Ehre nimmt,
Die einzig sein ist.

FLUELLEN. Ist es nicht rechtmäßig, mit Euer Majestät Erlaubnis, zu sagen, wie viele geblieben sein?

KÖNIG HEINRICH.
Ja, Hauptmann, doch mit dieser Anerkennung,
Daß Gott für uns gefochten.

FLUELLEN.
Ja, auf mein Gewissen, er hat uns gut geholfen.

KÖNIG HEINRICH.
Begehn wir alle heiligen Gebräuche,
Man singe da Non nobis und Te deum.
Und sind die Toten christlich eingescharrt,
Fort nach Calais, und dann in unser Land,
Wo Frankreich nie Beglückt're heimgesandt!

Alle ab.

Fünfter Aufzug

CHORUS *tritt auf.*
Vergönnt, daß denen, welche die Geschichte
Nicht lasen, ich sie deute; wer sie kennt,
Den bitt' ich ziemlichst um Entschuldigung
Für Zeit und Zahl und rechten Lauf der Dinge,
Die hier in ihrem großen wahren Leben
Nicht darzustellen sind. Den König bringen

Wir nach Calais; dort sei er, dort gesehn,
Hebt ihn auf den beflügelten Gedanken
Die See hinüber. Englands Küste, seht,
Umpfählt die Flut mit Männern, Weibern, Kindern;
Sie überjauchzen das tiefstimm'ge Meer,
Das, wie ein mächt'ger Marschall, vor dem König
Den Weg zu bahnen scheint: so laßt ihn landen,
Und feierlich seht ihn nach London ziehn.
So rasch ist des Gedankens Gang, daß ihr
Alsbald ihn auf Black-Heath euch denken könnt,
Wo seine Lords begehren, daß er lasse
Sein umgebognes Schwert, den Helm voll Beulen
Sich durch die Stadt vortragen. Er verbietet's,
Frei von ruhmred'gem Stolz und Eitelkeit,
Und gibt Trophäen, Siegeszeichen, Pomp
Ganz von sich weg an Gott. Nun aber seht
In reger Schmied' und Werkstatt der Gedanken,
Wie London seine Bürgerschaft ergießt.
Der Schulz, samt seinen Brüdern, all' im Staat,
So wie im alten Rom die Senatoren,
An ihren Fersen der Plebejer Schwarm,
Gehn, ihren Sieger Cäsar einzuholen:
Wie (sei's ein kleinres, doch ein liebend Gleichnis),
Wenn jetzt der Feldherr unsrer gnäd'gen Kaiserin,
Wie er es leichtlich mag, aus Irland käme
Und brächt' Empörung auf dem Schwert gespießt:
Wie viele würden diese Friedensstadt
Verlassen, um willkommen ihn zu heißen?
Viel mehre taten, und mit viel mehr Grund
Dies unserm Heinrich. Setzt ihn nun in London,
(Da noch das Weheklagen der Franzosen
Den König Englands heim zu weilen mahnt,
Wie auch des Kaisers Zwischenkunft für Frankreich,
Um Frieden zu vermitteln;) übergeht
All die Ereignisse, die vorgefallen,
Bis Heinrich wieder rückgekehrt nach Frankreich.
Dort müssen wir ihn haben, und ich spielte
Die Zwischenzeit, indem ich euch erinnert,
Sie sei vorbei. Drum duldet Abkürzung,
Und wendet euren Blick nach den Gedanken
Flugs wiederum zurück ins Land der Franken!

Ab.

Erste Szene

Frankreich. Ein englischer Wachtplatz.
Fluellen und Gower treten auf.

GOWER. Ja, das ist recht; aber warum tragt Ihr heute Euer Lauch? Sankt Davids-Tag ist vorbei.

FLUELLEN. Bei allen Dingen sein Veranlassungen und Gründe, warum und weshalb. Ich will Euch als meinem Freunde sagen, Kapitän Gower: der schuftige, grindige, lumpige, lausige, prahlerische Hundsfott Pistol, den Ihr samt Euch selbst und der ganzen Welt für nichts Besseres kennt als einen Menschen, versteht Ihr mich, von gar keinen Verdiensten, der ist zu mir gekommen, und pringt mir gestern Prot und Salz, seht Ihr, und heißt mich mein Lauch essen; es war an einem Orte, wo ich keine Zwistigkeiten mit ihm nicht anfangen konnte; aber ich werde so dreist sein, es an meiner Mütze zu tragen, bis ich ihn einmal wieder sehe, und dann will ich ihm ein kleines Stück von meinen Wünschen sagen.

Pistol tritt auf.

GOWER. Ei, da kommt er, aufgeblasen wie ein kalekutische Hahn.

FLUELLEN. Es tut nichts mit seinem Aufblasen und seinen kalekutischen Hähnen. – Gott grüß' Euch, Fähndrich Pistol! Ihr schäbiger, lausiger Schelm, Gott grüß' Euch.

PISTOL.
Ha, bist du Bedlam? Dürstest, schnöder Trojer,
Daß ich der Parca Todsgewebe falte?
Fort! Denn mir widert der Geruch des Lauchs.

FLUELLEN. Ich ersuche Euch von Herzen, schäbiger, lausiger Schelm, auf meine Bitten, meine Begehren und meine Ansuchungen, dies Lauch, seht Ihr, zu essen; weil Ihr es nicht mögt, seht Ihr, und Eure Neigungen und Eure Appetite und Eure Verdauungen damit nicht übereinstimmen tun, so wollte ich Euch bitten, davon zu essen.

PISTOL. Nicht um Cadwallader und seine Gemsen.

FLUELLEN. Da habt Ihr eine Gemse. *Schlägt ihn.* Wollt Ihr von der Güte sein, grindiger Schuft, und es aufessen?

PISTOL. Müßt sterben, schnöder Trojer.

FLUELLEN. Ihr sagt die Wahrheit, grindiger Schuft, wann es Gottes Wille ist. Ich will Euch bitten, unterdessen zu leben und Eure Kost zu verzehren. Kommt, da habt Ihr Prühe dazu! *Schlägt ihn wieder.* Ihr nanntet mich gestern Bergjunker, aber ich will Euch heute zum »Junker niedern Rangs« machen. Ich bitte Euch, frisch dran; könnt Ihr Lauch verspoten, so könnt Ihr auch Lauch essen.

GOWER. Genug, Kapitän! Ihr habt ihn ganz betäubt.

FLUELLEN. Ich sage, er soll mir ein Stück von meinem Lauch essen, oder ich will ihm den Kopf vier Tage lang priegeln. – Peißt an, ich bitte Euch: es ist gut für Eure frische Wunde und für Eure plutige Krone.

PISTOL. So muß ich beißen?

FLUELLEN. Ja, sicherlich und ohne Zweifel und dazu ohne Frage und ohne Zweideutigkeiten.

PISTOL.
Bei diesem Lauch! Ich will mich gräßlich rächen
Ich ess' und ess' und schwöre.

FLUELLEN. Eßt, ich bitte Euch. Wollt Ihr noch mehr Prühe zu Eurem Lauch haben? Es ist nicht Lauch genug, um dabei zu schwören.

PISTOL. Halt' deinen Prügel ein: du siehst, ich esse.

FLUELLEN. Gut bekomme es Euch, grindiger Schuft, von ganzem Herzen! Nein, ich bitte Euch, werft nichts weg: die Schale ist gut für Eure zerschlagene Krone. Wenn Ihr Gelegenheit nehmt, in der Folge Lauch zu sehen, so bitte ich Euch, spottet darüber; weiter sage ich nichts.

PISTOL. Gut.

FLUELLEN. Ja, Lauche sein gut. Da hier ist ein Groschen, um Euren Kopf zu heilen.

PISTOL. Mir einen Groschen?

FLUELLEN. Ja, gewißlich und in Wahrheit, Ihr sollt ihn nehmen, oder ich habe noch ein Lauch in der Tasche, das Ihr aufessen sollt.

PISTOL.
Ich nehm' ihn an als Handgeld meiner Rache.

FLUELLEN. Wenn ich Euch irgend was schuldig bin, so will ich es in Priegeln bezahlen: Ihr sollt ein Holzhändler werden und nichts als Priegel von mir kaufen. Gott geleit' Euch, und erhalte Euch, und heile Euren Kopf! *Ab.*

PISTOL. Dafür soll sich die ganze Höll' empören!

GOWER. Geht, geht! Ihr seid ein verstellter feiger Schelm. Wollt Ihr einen alten Gebrauch verspotten, der sich auf einen ehrenvollen Anlaß gründet und als eine denkwürdige Trophäe ehemaliger Tapferkeit getragen wird, und habt nicht das Herz, Eure Worte im geringsten durch Eure Taten zu bekräftigen? Ich habe Euch schon zwei- oder dreimal diesen wackern Mann necken und besticheln sehn. Ihr dachtet, weil er das Englische nicht nach seinem eigentümlichen Schnitte sprechen kann, so könne er auch keinen englischen Prügel handhaben. Ihr findet es anders: lernt daher für die Zukunft von einer wäl'schen Züchtigung eine gute englische Gesinnung. Gehabt Euch wohl! *Ab.*

PISTOL.
Wie? Spielt Fortuna nun mit mir das Nickel?
Kund ward mir, daß mein Dortchen im Spital
Am fränk'schen Übel starb;
Und da ist ganz mein Wiedersehn zerstört.
Alt werd' ich, und den müden Gliedern prügelt man
Die Ehre aus. Gut, Kuppler, will ich werden,
Zum Beutelschneider hurt'ger Hand mich neigend.
Nach England stehl' ich mich und stehle dort
Und schwör', wenn ich bepflastert diese Narben,
Daß Galliens Kriege rühmlich sie erwarben.
Ab.

Zweite Szene

Troyes in Champagne.
Von der einen Seite kommen König Heinrich, Bedford, Gloster, Exeter, Warwick, Westmoreland und andre Lords; von der andern König Karl, Königin Isabelle, die Prinzessin Katharina, Herren und Frauen, Herzog von Burgund und sein Gefolge.

KÖNIG HEINRICH.
Sei Fried' in diesem Kreis, den Friede schließt!
Euch, unserm Bruder Frankreich, unsrer Schwester
Erwünschtes Wohlergehn! und Freud' und Lust
Mit unsrer schönsten Muhme Katharina!
Als einen Zweig und Mitglied dieses Königtums,
Der die Zusammenkunft hat angeordnet,
Begrüßen wir Euch, Herzog von Burgund;
Und fränk'schen Prinzen, Pairs, euch allen Heil!

KÖNIG KARL.
Eu'r Antlitz sind wir hoch erfreut zu sehn
Sehr würd'ger Bruder England; seid willkommen:
Ihr alle, Prinzen englischen Geblüts!

ISABELLE. So glücklich ende dieser gute Tag,
Die freundliche Versammlung, Bruder England,
Wie wir uns jetzo Eurer Augen freun,
Der Augen, die sonst wider die Franzosen,
Die ihre Richtung traf, nur in sich trugen
Die Bälle mörderischer Basilisken.
Wir hoffen günstig, solcher Blicke Gift
Verliere seine Kraft, und dieser Tag
Werd' alle Klag' und Zwist in Liebe wandeln.

KÖNIG HEINRICH.
Um Amen drauf zu sagen, sind wir hier.

ISABELLE. Ihr Prinzen Englands alle, seid gegrüßt!

BURGUND.
Euch beiden meine Pflicht bei gleicher Liebe,
Ihr großen Kön'ge! Daß ich dahin getrachtet
Mit allem Witz und Müh' und starkem Streben,
Zu bringen Eure höchsten Majestäten
Zu dieser Schrank' und Reichszusammenkunft,
Zeugt Eure Herrlichkeit mir beiderseits.
Weil denn mein Dienst so weit gelungen ist,
Daß Angesichts und fürstlich Aug' in Auge
Ihr euch begrüßt, so laßt mich's nicht beschämen,
Vor diesem königlichen Kreis zu fragen,
Was für ein Anstoß oder Hindernis
Dem nackten, armen und zerstückten Frieden,
Dem Pfleger aller Künst' und Überflusses
Und freudiger Geburten, nicht erlaubt,
In diesem schönsten Garten auf der Welt,
Dem fruchtbar'n Frankreich, hold die Stirn zu heben.
Ach, allzulang' war er daraus verjagt,
In Haufen liegt all seine Landwirtschaft,
Verderbend in der eignen Fruchtbarkeit.
Sein Weinstock, der Erfreuer aller Herzen,
Stirbt ungeschneitelt; die geflochtne Hecke
Streckt, wie Gefangne wild mit Haar bewachsen,
Verworrne Zweige vor; im brachen Feld
Hat Lolch und Schierling und das geile Erdrauch
Sich eingenistet, weil die Pflugschar rostet,
Die solches Wucherkraut entwurzeln sollte.
Die ebne Wiese, lieblich sonst bedeckt
Mit bunten Primeln, Pimpernell und Klee,
Die Sichel missend, üppig, ohne Zucht,
Wird müßig schwanger und gebieret nichts
Als schlechten Ampfer, rauhe Disteln, Kletten,
Um Schönheit wie um Nutzbarkeit gebracht.
Wie unser Wein nun, Brachland, Wiesen, Hecken
Durch fehlerhaften Trieb zur Wildnis arten,
So haben wir samt unserm Haus und Kindern
Verlernt und lernen nicht, weil Muße fehlt,
Die Wissenschaften, unser Land zu zieren.
Wir wachsen auf gleich Wilden; wie Soldaten,
Die einzig nur auf Blut gerichtet sind,
Zum Fluchen, finstern Blicken, loser Tracht
Und jedem Ding, das unnatürlich scheint.
Um dies zur vorigen Gestalt zu bringen,
Seid ihr vereint: und meine Rede bittet,
Zu wissen, was den holden Frieden hemmt,
Daß er dies Ungemach nicht bannen könnte
Und uns mit seinen vor'gen Kräften segnen.

KÖNIG HEINRICH.
Wünscht Ihr den Frieden, Herzog von Burgund,
Des Mangel den Gebrechen Wachstum gibt,
Die Ihr benannt, so müßt Ihr ihn erkaufen
Durch Leistung aller unsrer Federungen,
Wovon die Summa und besondern Punkte
Ihr, kürzlich abgefaßt, in Händen habt.

BURGUND. Der König hörte sie, worauf er noch

Die Antwort nicht erteilt.

KÖNIG HEINRICH. Nun wohl, der Friede,
Auf den Ihr eben drangt, liegt in der Antwort.

KÖNIG KARL.
Ich habe die Artikel nur durchlaufen
Mit flücht'gem Blick; beliebt es Euer Gnaden,
Von Eurem Rate ein'ge zu ernennen
Zu einer Sitzung, um mit beßrer Acht
Sie wieder durchzugehn, so soll sogleich
Mein Beitritt und entschiedne Antwort folgen.

KÖNIG HEINRICH.
Bruder, so sei's. – Geht, Oheim Exeter,
Und Bruder Clarence, und Ihr, Bruder Gloster,
Warwick und Huntington, geht mit dem König:
Und nehmt mit euch die Vollmacht, zu bekräft'gen,
Zu mehren, ändern, wie es eure Weisheit
Für unsre Würd' am vorteilhaft'sten sieht,
An unsern Foderungen, was es sei;
Wir wollen dem uns fügen. – Teure Schwester
Geht Ihr mit ihnen, oder bleibt bei uns?

ISABELLE.
Ich will mit ihnen gehn, mein gnäd'ger Bruder:
Vielleicht wirkt eines Weibes Stimme Gutes,
Wenn man auf Punkten zu genau besteht.

KÖNIG HEINRICH.
Doch laßt hier unsre Muhme Katharina,
Denn sie ist unsre erste Foderung,
In der Artikel Vorderrang begriffen.

ISABELLE. Es ist ihr gern erlaubt.

Alle ab, außer König Heinrich, Katharina und ihr Fräulein.

KÖNIG HEINRICH.
Nun, schöne Katharina! Allerschönste!
Geruht Ihr, einen Krieger zu belehren,
Was Eingang findet in der Frauen Ohr
Und seiner Lieb' ihr sanftes Herz gewinnt?

KATHARINA. Eure Majestät wird über mich spotten: ich kann Euer Englisch nicht sprechen.

KÖNIG HEINRICH. O schöne Katharina, wenn Ihr mich kräftig mit Eurem französischen Herzen lieben wollt, so werde ich froh sein, es Euch mit Eurer englischen Zunge gebrochen bekennen zu hören. Bist du mir gut, Käthchen?

KATHARINA. Pardonnez-moi, ich nicht verstehen, was ist »mir gut«.

KÖNIG HEINRICH. Die Engel sind dir gut, Käthchen, denn du bist so gut und schön wie ein Engel.

KATHARINA. Que dit-il? Que les anges me veulent du bien, parce que je suis bonne et belle comme un ange?

ALICE.
Oui, vraiment, sauf votre grace, c'est ce qu'il dit.

KÖNIG HEINRICH. Ja, das sagte ich, schöne Katharina, und ich darf nicht erröten, es zu wiederholen.

KATHARINA. O bon dieu! Les langues des hommes sont pleines de tromperies.

KÖNIG HEINRICH. Was sagt sie, mein Kind? Daß die Zungen der Männer voller Betrug sind?

ALICE. Oui, daß die Zungen von die Mann voll der Betrug sein; das is die Prinzeß.

KÖNIG HEINRICH. Die Prinzessin ist die vollkommenste Engländerin von beiden. Meiner Treu, Käthchen, meine Bewerbung ist für dein Verstehen schon gemacht. Ich bin froh, daß du nicht besser Englisch sprechen kannst; denn wenn du es könntest, so würdest du mich einen so schlichten König finden, daß du gewiß dächtest, ich hätte meinen Meierhof verkauft, um meine Krone zu kaufen. Ich verstehe mich nicht auf verblümte Winke bei der Liebe, sondern sage gerade heraus: »Ich liebe Euch«; wenn Ihr mich dann weiter drängt, als daß Ihr fragt: »Tut Ihr das im Ernste?«, so ist mein Werben am Ende. Gebt mir Eure Antwort; im Ernste, tut's: und somit eingeschlagen und ein gemachter Handel. Was sagt Ihr, Fräulein?

KATHARINA. Sauf votre honneur, ich verstehen gut.

KÖNIG HEINRICH. Wahrhaftig, wenn Ihr mich Euretwegen zum Versemachen oder Tanzen bringen wolltet, Käthchen, so wäre ich verloren. Könnte ich eine Dame durch Luftsprünge gewinnen, oder durch einen Schwung in den Sattel mit voller Rüstung, so wollte ich, mit Entschuldigung für mein Prahlen sei es gesagt, mich geschwind in eine Heirat hineinspringen. Oder könnte ich für meine Liebste einen Faustkampf halten oder mein Pferd für ihre Gunst tummeln, so wollte ich dran gehn wie ein Metzger und fest sitzen wie ein Affe, niemals herunter. Aber, bei Gott, ich kann nicht bleich aussehen, noch meine Beredsamkeit auskeichen, und habe kein Geschick in Beteu'rungen: bloße Schwüre ohne Umschweif, die ich nur gedrungen tue und um kein Dringen in der Welt breche. Kannst du einen Mann von dieser Gemütsart lieben, Käthchen, dessen Gesicht nicht wert ist, von der Sonne verbrannt zu werden, der niemals in seinen Spiegel sieht aus Liebe zu irgend was, das er da entdeckt, so laß dein Auge ihn dir zubereiten. Ich spreche mit dir auf gut soldatisch: kannst du mich darum lieben, so nimm mich; wo nicht, und ich sage dir, daß ich sterben werde, so ist es wahr; aber aus Liebe zu dir – beim Himmel, nein! Und doch liebe ich dich wirklich. All dein Leben lang, Käthchen, zieh einen Mann von schlichter und ungeschnitzter Beständigkeit vor, denn der muß dir notwendig dein Recht widerfahren lassen, weil er nicht die Gabe hat, andrer Orten zu freien; denn diese Gesellen von endloser Zunge, die sich in die Gunst der Frauen hineinreimen können, wissen sich auch immer herauszuvernünfteln. Ei was! Ein Redner ist nur ein Schwätzer, ein Reim ist nur eine Singweise. Ein gutes Bein fällt ein, ein gerader Rücken wird krumm, ein schwarzer Bart wird weiß, ein krauser Kopf wird kahl, ein schönes Gesicht runzelt sich, ein volles Auge wird hohl: aber ein gutes Herz, Käthchen, ist die Sonne und der Mond, oder vielmehr die Sonne und nicht der Mond, denn es scheint hell und wechselt nie, sondern bleibt treulich in seiner Bahn. Willst du so eins, so nimm mich; nimm mich, nimm einen Soldaten; nimm einen Soldaten, nimm einen König. Und was sagst du denn zu meiner Liebe? Sprich, meine Holde, und hold, ich bitte dich.

KATHARINA. Ist es möglich, daß ich sollte lieben die Feind von Frankreich?

KÖNIG HEINRICH. Nein, es ist nicht möglich, Käthchen, daß Ihr den Feind Frankreichs lieben solltet: aber indem Ihr mich liebt, würdet Ihr den Freund Frankreichs lieben, denn ich habe Frankreich so lieb, daß ich kein Dorf davon will fahren lassen, es soll ganz mein sein. Und Käthchen, wenn Frankreich mein ist und ich Euer bin, so ist Frankreich Euer, und Ihr seid mein.

KATHARINA. Ich weiß nicht, was das will sagen.

KÖNIG HEINRICH. Nicht, Käthchen? Ich will es dir auf französisch sagen, was gewiß an meiner Zunge hängen wird, wie eine neuverheiratete Frau am Halse ihres Mannes, kaum abzuschütteln. Quand j'ai la possession de France, et quand vous avez la possession de moi (laß sehen, wie nun weiter? Sankt Dionys stehe mir bei!), donc votre est France, et vous êtes mienne. Es wird mir eben so leicht, Käthchen, das Königreich zu erobern, als noch einmal so viel Französisch zu sprechen: auf französisch werde ich dich nie zu etwas bewegen, außer über mich zu lachen.

KATHARINA. Sauf votre honneur, le Français que vous parlez est meilleur que l'Anglais que je parle.

KÖNIG HEINRICH. Nein, wahrlich nicht, Käthchen; sondern man muß eingestehen, daß unser beiden höchst wahrhaft falsches Reden der Sprache des andern ziemlich auf eins hinausläuft. Aber, Käthchen, verstehst du so viel von meiner Sprache: Kannst du mich lieben?

KATHARINA. Ich weiß nicht zu sagen.

KÖNIG HEINRICH. Weiß es wer von Euren Nachbarn zu sagen, Käthchen? Ich will sie fragen. Geh nur, ich weiß, du liebst mich; und zu Nacht, wenn Ihr in Euer Schlafzimmer kommt, werdet Ihr dies Fräulein über mich befragen, und ich weiß, Käthchen, Ihr werdet gegen sie die Gaben an mir herabsetzen, die Ihr von Herzen liebt. Aber, gutes Käthchen, spotte barmherzig über mich, um so mehr, holde Prinzessin, da ich dich grausam liebe. Wenn du jemals mein wirst, Käthchen, – und ich habe einen seligmachenden Glauben in mir, der mir sagt, daß du es werden wirst, – so gewinne ich dich durch Zugreifen in der Rappuse, und du mußt daher notwendig gute Soldaten zur Welt bringen. Werden nicht du und ich, so zwischen Sankt Dionys und Sankt Georg, einen Jungen, halb französisch und halb englisch, zu stande bringen, der nach Konstantinopel gehen und den Türken am Barte zupfen wird? Nicht wahr? Was sagst du, meine schöne goldne Lilie?

KATHARINA. Ich nicht das weiß.

KÖNIG HEINRICH. Ja, wissen kann man es erst in Zukunft, aber versprochen werden muß es jetzt, Käthchen, daß Ihr Euch um Euren französischen Teil eines solchen Jungen bemühen wollt; und für meine englische Hälfte nehmt das Wort eines Königs und eines Junggesellen. Was antwortet Ihr, la plus belle Catharine du monde, montrès chère et divine déesse?

KATHARINA. Eure Majesté 'aben fausse Französisch genug, um zu betrügen la plus sage demoiselle, die sein en France.

KÖNIG HEINRICH. Nein, pfui über mein falsches Französisch! Bei meiner Ehre, auf echt Englisch, ich liebe dich, Käthchen! Ich wage es nicht, bei dieser Ehre zu schwören, daß du mich liebst, jedoch fängt mein Blut an, mir zu schmeicheln, daß du es tust, wiewohl mein Gesicht einen so herber und uneinnehmenden Eindruck macht. Verwünscht sei der Ehrgeiz meines Vaters! Er dachte auf bürgerliche Kriege, als er mich erzeugte: deswegen kam ich mit einer starren Außenseite auf die Welt, mit einer eisernen Gestalt, so daß ich die Frauen erschrecke, wenn ich komme, um sie zu werben. Aber auf Glauben, Käthchen, je älter ich werde, je besser werde ich mich ausnehmen; mein Trost ist, daß das Alter dieser schlechte Verwahrer der Schönheit, meinem Gesichte keinen Schaden mehr tun kann: wenn du mich nimmst, so nimmst du mich in meinem schlechtesten Zustande, und wenn du mich trägst, werde ich durchs Tragen immer besser und besser werden. Und also sagt mir, schönste Katharina, wollt Ihr mich? Legt Euer jungfräuliches Erröten ab und offenbart die Gesinnungen Eures Herzens mit den Blicken einer Kaiserin, nehmt mich bei der Hand und sagt: »Heinrich von England, ich bin dein«; und sobald du mein Ohr mit diesem Worte gesegnet hast, werde ich laut zu dir sagen: »England ist dein, Irland ist dein, Frankreich ist dein, und Heinrich Plantagenet ist dein, der (ob ich es schon in seiner Gegenwart sage) wo nicht der erste der Könige, doch ein König wackrer Leute ist.« Wohlan, gebt mir Eure Antwort in gebrochner Musik: denn Eure Stimme ist Musik, und Euer Englisch gebrochen. Also, Königin der Welt, Katharina, brich dein Stillschweigen in gebrochnem Englisch: willst du mich haben?

KATHARINA. Das ist zu sagen wie es gefallen wird die roi mon père.

KÖNIG HEINRICH. Ei, es wird ihm wohl gefallen, Käthchen; es wird ihm gefallen, Käthchen.

KATHARINA. Denn bin ich es auch zufrieden.

KÖNIG HEINRICH. Somit küsse ich Eure Hand und nenne Euch meine Königin.

KATHARINA. Laissez, monseigneur, laissez, laissez! Ma foi, je ne veux point que vous abaissiez votre grandeur en baisant la main de votre indigne servante; excusez-moi, je vous supplie, mon très puissant seigneur.

KÖNIG HEINRICH. So will ich Eure Lippen küssen, Käthchen.

KATHARINA. Ce n'est pas la coutume de France, de baiser les dames et demoiselles avant leurs noces.

KÖNIG HEINRICH.
Frau Dolmetscherin, was sagt sie?

ALICE. Daß es nicht sein die Sitte pour les Damen in Frankreich – ich weiß nicht zu sagen, was is baiser auf Englisch.

KÖNIG HEINRICH. Küssen.

ALICE. Eure Majestät entendre besser que moi.

KÖNIG HEINRICH. Es ist nicht die Sitte in Frankreich, die Mädchen vor der Heirat zu küssen, wollte sie sagen?

ALICE. Oui, vraiment.

KÖNIG HEINRICH. O Käthchen, strenge Gewohnheiten schmiegen sich vor großen Königen. Liebes Käthchen, wir beiden können uns nicht von den schwachen Schranken der Sitten eines Landes einengen lassen. Wir sind die Urheber von Gebräuchen, Käthchen, und die Freiheit, die unsern Rang begleitet, stopft allen Splitterrichtern den Mund, wie ich es jetzt Eurem tun will, weil er die strenge Sitte Eures Landes aufrecht erhalten wollte, indem er mir einen Kuß weigerte Also geduldig und nachgiebig! *Küßt sie.* Ihr habt Zauberkraft in Euren Lippen, Käthchen; es ist mehr Beredsamkeit in einer süßen Berührung von ihnen, als in den Zungen des ganzen französischen Rates, und sie würden Heinrich von England eher bereden als eine allgemeine Bittschrift der Monarchen. Da kommt Euer Vater.

König Karl und Isabelle, Burgund, Bedford, Gloster, Exeter, Westmoreland und andre französische und englische Herren treten auf.

BURGUND. Gott erhalte Eure Majestät! Mein königlicher Vetter, lehrt Ihr unsre Prinzessin Englisch?

KÖNIG HEINRICH. Ich wünschte, mein werter Vetter, sie möchte lernen, wie vollkommen ich sie liebe, und das ist gut Englisch.

BURGUND. Ist sie nicht gelehrig?

KÖNIG HEINRICH. Unsre Sprache ist rauh, Vetter, und meine Gemütsart nicht sanft, so daß ich, weder mit der Stimme noch dem Herzen der Schmeichelei umgeben, den Geist der Liebe nicht so in ihr herauf beschwören kann, daß er in seiner wahren Gestalt erschiene.

BURGUND. Verzeiht die Freiheit meines Scherzes, wenn ich darauf diene. Wenn Ihr in ihr beschwören wollt, müßt Ihr einen Zirkel machen; wollt Ihr den Liebesgott in ihr in seiner wahren Gestalt herauf beschwören, so muß er nackt und blind erscheinen. Könnt Ihr sie also tadeln, da sie noch ein Mädchen mit den jungfräulichen Rosen der Bescheidenheit überpurpurt ist, wenn sie die Erscheinung eines nackten blinden Knaben in ihrem nackten sehenden Selbst nicht leiden will? Es ist für ein Mädchen in der Tat eine harte Bedingung einzugehn.

KÖNIG HEINRICH. Doch drücken sie ein Auge zu und geben nach, so wie die Liebe blind ist und in sie dringt.

BURGUND. Dann sind sie entschuldigt, mein Fürst, wenn sie nicht sehen, was sie tun.

KÖNIG HEINRICH. Lehrt also Eure Muhme, ein Auge zudrücken, bester Herr.

BURGUND. Ich will ein Auge zudrücken, um es ihr zu verstehen zu geben, wenn Ihr sie nur lehren wollt, meine Meinung zu verstehen. Denn Mädchen, wohl durchgesommert und warm gehalten, sind wie Fliegen um Bartholomäi: blind, ob sie schon ihre Augen haben, und dann lassen sie sich handhaben, da sie zuvor kaum das Ansehen ertrugen.

KÖNIG HEINRICH. Dies Gleichnis vertröstet mich auf die Zeit und einen heißen Sommer; und so werde ich die Fliege, Eure Muhme, am Ende fangen, und sie muß obendrein blind sein.

BURGUND.
Wie die Liebe ist, mein Fürst, ehe sie liebt.

KÖNIG HEINRICH. Ja das ist sie, und einige unter Euch können der Liebe für meine Blindheit danken, daß ich so manche französische Stadt über ein schönes französisches Mädchen, das mir im Wege steht, nicht sehen kann.

KÖNIG KARL. Ja, mein Fürst, Ihr seht sie perspektivisch, die Städte in ein Mädchen verwandelt; denn sie sind alle mit jungfräulichen Mauern umgeben, in welche der Krieg nie hineindrang.

KÖNIG HEINRICH.
Soll Käthchen mein Weib sein?

KÖNIG KARL. So es Euch beliebt.

KÖNIG HEINRICH. Ich bin es zufrieden; wenn nur die jungfräulichen Städte, wovon Ihr sprecht, ihr Gefolge ausmachen dürfen, so wird das Mädchen, das meinem Wunsch im Wege stand, mir den Weg zu meinem Willen weisen.

KÖNIG KARL. Wir geben zu, was irgend billig ist.

KÖNIG HEINRICH. Ist's so, ihr Lords von England?

WESTMORELAND.
Der König hat uns jeden Punkt gewährt,
Erst seine Tochter und demnächst das andre,
Nach unsers Vorschlags festgesetzter Weise.

EXETER. Nur dieses hat er noch nicht unterzeichnet:
Wo Eure Majestät begehrt, daß der König von Frankreich, wenn er Veranlassung hat, schriftlich um etwas anzusuchen, Eure Hoheit folgendermaßen und mit diesem Zusatz auf Französisch benennen soll: Notre très cher fils Henry, roi d'Angleterre, héritier de France; und so auf Lateinisch: Praeclarissimus filius noster Henricus, rex Angliae et heres Franciae.

KÖNIG KARL.
Auch dies hab' ich nicht so geweigert, Bruder,
Daß ich mich Eurem Wunsch nicht fügen sollte.

KÖNIG HEINRICH.
So bitt' ich Euch, nach unserm Liebesbund,
Laßt den Artikel mit den andern gehn
Und somit gebt mir Eure Tochter.

KÖNIG KARL.
Nimm sie, mein Sohn: erweck' aus ihrem Blut
Mir ein Geschlecht, auf daß die zwist'gen Staaten,
Frankreich und England, deren Küsten selbst
Vor Neid erblassen bei des andern Glück,
Den Haß beenden, und dieses teure Bündnis
In ihre holden Busen Nachbarschaft
Und christlich Einverständnis pflanzen mag;
Auf daß der Krieg nie führe blut'ge Streiche
Inmitten England und dem Fränk'schen Reiche!

ALLE. Amen!

KÖNIG HEINRICH.
Willkommen, Käthchen, nun! Und zeugt mir alle,
Daß ich sie küss' als meine Königin!

Trompetenstoß.

ISABELLE.
Gott, aller Ehen bester Stifter, mache
Eins eure Herzen, eure Länder eins!

Wie Mann und Weib, die zwei, doch eins in Liebe,
So sei Vermählung zwischen euren Reichen,
Daß niemals üble Dienste, arge Eifersucht,
Die oft das Bett der heil'gen Ehe stört,
Sich dränge zwischen dieser Reiche Bund,
Um, was einander einverleibt, zu scheiden;
Daß Englische und Franken nur die Namen
Von Brüdern sei'n: Gott sage hiezu Amen!

ALLE. Amen!

KÖNIG HEINRICH.
Bereiten wir die Hochzeit; auf den Tag
Empfang' ich, Herzog von Burgund, von Euch
Und allen Pairs den Eid zu des Vertrags Gewähr.
Dann schwör' ich, Käthchen, dir, du mir dagegen;
Und, treu bewahrt, gedeih' es uns zum Segen!

Alle ab.

CHORUS *tritt auf.*
So weit, mit rauhem, ungelenkem Kiel,
Kam unser Dichter, der Geschicht' sich bückend.
Beschränkend große Leut' in engem Spiel,
Ruckweise ihres Ruhmes Bahn zerstückend.
Nur kleine Zeit, doch groß in seiner Kraft
Schien Englands Stern; das Glück gab ihm sein Schwert,
Das ihm der Erde schönsten Garten schafft
Und seinem Erben Reich und Herrschaft mehrt.
Heinrich der Sechst', in Windeln schon ernennt
Zu Frankreichs Herrn und Englands, folgt' ihm nach,
Durch dessen vielberatnes Regiment
Frankreich verloren ward und England schwach;
Was oft auf unsrer Bühne vorgegangen,
Und wollet drum auch dies geneigt empfangen.

KÖNIG HEINRICH VI.
ERSTER TEIL

Personen

König Heinrich VI.
Herzog von Gloster, Oheim des Königs und Protektor
Herzog von Bedford, Oheim des Königs und Regent von Frankreich
Thomas Beaufort, Herzog von Exeter, Großoheim des Königs
Heinrich Beaufort, Großoheim des Königs, Bischof von Winchester und nachmals Kardinal
Johann Beaufort, Graf von Somerset, nachmals Herzog
Richard Plantagenet, ältester Sohn des hingerichteten Grafen von Cambridge, nachmals Herzog von York
Graf von Warwick
Graf von Salisbury
Graf von Suffolk
Lord Talbot, nachmals Graf von Shrewsbury
Johann Talbot, sein Sohn
Edmund Mortimer, Graf von March
Mortimers Gefangenwarter
Ein Rechtsgelehrter
Sir John Fastolfe
Sir William Lucy
Sir William Glansdale
Sir Thomas Gargrave
Schultheiß von London
Woodville, Kommandant des Turmes
Vernon
Basset
Karl, Dauphin, nachmaliger König von Frankreich
Reignier, Herzog von Anjou und Titular-König von Neapel
Herzog von Burgund
Herzog von Alençon
Der Statthalter von Paris
Bastard von Orleans
Der Büchsenmeister von Orleans und sein Sohn
Der General der französischen Truppen in Bordeaux
Ein französischer Sergeant
Ein Torwärter
Ein alter Schäfer, Vater der Pucelle
Margareta, Reigniers Tochter
Gräfin von Auvergne
Jeanne d'Arc, genannt La Pucelle
Böse Geister, die der Pucelle erscheinen, Herren von Adel, Wächter des Turmes, Herolde, Offiziere, Soldaten, Boten und Gefolge sowohl der englischen als französischen Herrscharten

Die Szene ist teils in England, teils in Frankreich

Erster Aufzug

Erste Szene

Westminster-Abtei.
Totenmarsch. Man sieht die Leiche Heinrichs V. auf einem Paradebette liegend, umgeben von den Herzögen von Bedford. Gloster und Exeter, dem Grafen von Warwich, dem Bischof von Winchester, Herolden u.s.w.

BEDFORD.
Beflort den Himmel, weiche Tag der Nacht!
Kometen, Zeit- und Staatenwechsel kündend,
Schwingt die krystall'nen Zöpf am Firmament
Und geißelt die empörten bösen Sterne,
Die eingestimmt zu König Heinrichs Tod,
Heinrich des Fünften, zu groß, lang' zu leben!
England verlor so würd'gen König nie.

GLOSTER.
Vor ihm hatt' England keinen König noch.
Tugend besaß er, ausersehn zum Herrschen;
Blind machend strahlte sein gezücktes Schwert,
Die Arme spannt' er weit wie Drachenflügel,
Sein funkelnd Auge, grimm'gen Feuers voll,
Betäubte mehr und trieb zurück die Feinde
Als Mittagssonn', auf ihre Stirn gewandt.
Was red' ich? Ihn erreichen Worte nicht,
Er hob die Hand nie auf, daß er nicht siegte.

EXETER.
Wir trauern schwarz: warum doch nicht in Blut?
Heinrich ist tot und lebet nimmer auf,
Und wir begleiten einen Sarg aus Holz,
Verherrlichen des Tods unedlen Sieg
Mit unsrer feierlichen Gegenwart,
Gefangnen gleich am Wagen des Triumphs.
Wie? Sollen wir Unglücks-Planeten fluchen,
Die so gestiftet unsers Ruhmes Sturz?
Oder die schlauen Franken für Beschwörer
Und Zaubrer achten, welche, bang vor ihm,
Durch mag'sche Verse seinen Tod erzielt?

WINCHESTER.
Es war ein Fürst, vom Herrn der Herrn gesegnet.
Der Tag des furchtbaren Gerichts wird nicht
Den Franken furchtbar wie sein Anblick sein.
Er focht die Schlachten für den Herrn der Scharen,
Durch das Gebet der Kirche glückt' es ihm.

GLOSTER.
Der Kirche? Hätten Pfaffen nicht gebetet,
So riß sein Lebensfaden nicht so bald:
Ihr mögt nur einzig einen weib'schen Prinzen,
Den ihr wie einen Schüler meistern könnt.

WINCHESTER.
Gloster, was ich auch mag, du bist Protektor
Und kannst dem Prinzen und dem Reich gebieten.
Dein Weib ist stolz, sie hält dich in der Scheu,
Mehr als Gott oder heil'ge Priester können.

GLOSTER.
Nenn' Heiligkeit nicht, denn du liebst das Fleisch
Und gehst zur Kirche nie im ganzen Jahr,
Als wider deine Feinde nur zu beten.

BEDFORD. Laßt, laßt dies Hadern! Stillet die Gemüter!
Hin zum Altar! – Herolde, geht mit uns; –
Statt Goldes wollen wir die Waffen bieten;
Nun Heinrich tot ist, helfen Waffen nicht.
Nachkommenschaft, erwart' elende Jahre,
Wo an der Mutter feuchtem Aug' das Kindlein saugt,
Dies Eiland Lache salzer Tränen wird
Und Weiber nur zur Totenklage bleiben. –
Heinrich der Fünfte, deinen Geist ruf' ich:
Beglück' dies Reich, schirm' es vor Bürgerzwist,
Bekämpf im Himmel feindliche Planeten!
Ein lichter Stern wird deine Seele werden
Als Julius Cäsar oder Berenice.

Ein Bote tritt auf.

BOTE. Euch allen Heil, ihr ehrenwerten Lords!
Aus Frankreich bring' ich böse Zeitung euch
Von Niederlage, Blutbad und Verlust.
Guienne, Champagne, Reims, Orleans,
Paris, Guisors, Poitiers sind ganz dahin.

BEDFORD.
Was sagst du, Mann, vor Heinrichs Leiche hier?
Sprich leise: beim Verlust so großer Städte
Sprengt er sein Blei sonst und ersteht vom Tod.

GLOSTER. Paris ist hin? Rouen ist übergeben?
Wenn man zurück ins Leben Heinrich rief,
Er gäb' aufs neu' den Geist auf bei der Zeitung.

EXETER.
Was hat uns drum gebracht? Welch ein Verrat?

BOTE. Nein, kein Verrat, nur Geld- und
Menschen-Mangel.
Man murmelt unter den Soldaten dort,
Ihr haltet hier verschiedene Partei'n,
Und statt ins Feld zu rücken und zu fechten,
Entzweiet ihr um eure Feldherrn euch.
Der will langwier'gen Krieg mit wenig Kosten,
Der flöge hurtig gern, doch fehlt's an Schwingen;
Ein dritter denkt, ohn' allen Aufwand sei
Mit glatten Worten Friede zu erlangen.
Erwach', erwache, Englands Adelstand!
Laß Trägheit nicht die neuen Ehren dämpfen:
Die Lilien sind gepflückt in eurem Wappen,
Von Englands Schild die Hälfte weggehaun.

EXETER. Wenn unsre Tränen dieser Leiche fehlten,
Die Zeitung riefe ihre Flut hervor.

BEDFORD.
Mich geht es an, ich bin Regent von Frankreich.
Gebt mir den Panzerrock: ich fecht' um Frankreich.
Fort mit dem schmählichen Gewand des Wehs!
Ich will den Franken Wunden leihn, statt Augen,
Ihr unterbrochnes Elend zu beweinen.

Ein andrer Bote tritt auf.

ZWEITER BOTE.
Seht diese Briefe, Lords, von Unheil durch:
Frankreich empört den Englischen sich ganz,
Bis auf ein paar geringe Städte noch.
Der Dauphin Karl ist schon gekrönt in Reims,
Von Orleans der Bastard ist mit ihm,
Reignier, Herzog von Anjou, tritt ihm bei,
Der Herzog Alençon flieht zu ihm über.

EXETER.
Gekrönt der Dauphin? Alle fliehn zu ihm?
Oh, wohin fliehen wir vor dieser Schmach?

GLOSTER.
Wir woll'n nicht fliehn, als in der Feinde Rachen.
Bedford, wenn du erschlaffst, fecht' ich es aus.

BEDFORD.
Gloster, was zweifelst du an meinem Eifer?
Ich hab' ein Heer gemustert in Gedanken,
Womit schon Frankreich überzogen ist.

Ein dritter Bote tritt auf.

DRITTER BOTE.
Ihr gnäd'gen Lords, den Jammer zu vermehren,
Womit ihr Heinrichs Bahre jetzt betaut,
Muß ich ein schreckliches Gefecht berichten
Zwischen dem rüst'gen Talbot und den Franken.

WINCHESTER.
Was? Worin Talbot Sieger blieb? nicht wahr?

DRITTER BOTE.
O nein, worin Lord Talbot ward besiegt;
Den Hergang will ich Euch genauer melden.
Am zehnten des Augusts, da dieser Held
Von der Belag'rung Orleans' zurückzog
Mit kaum sechstausend Mann in seiner Schar,
Ward er von dreiundzwanzigtausend Franken
Umzingelt überall und angegriffen.
Er hatte keine Zeit, sein Volk zu reihn,
Noch Piken, vor die Schützen hinzustellen,
Statt deren sie aus Zäunen scharfe Pfähle
Nur in den Boden steckten, wie es kam,
Die Reiterei vom Einbruch abzuhalten.
Mehr als drei Stunden währte das Gefecht,
Wo Talbot, tapfer über Menschen Denken,
Mit seinem Schwert und Lanze Wunder tat.
Zur Hölle sandt' er hundert, keiner stand ihm,
Da, dort und überall schlug er ergrimmt;
Die Franken schrien, der Teufel sei in Waffen.
Das ganze Heer entsatzte sich ob ihm.
Da seine Krieger so beherzt ihn sahn,
Schrien »Talbot! Talbot hoch!« sie insgemein
Und stürzten recht sich in das Herz der Schlacht.
Nun hätte völlig sie der Sieg besiegelt,
Wo Sir John Fastolfe nicht die Memme spielte:
Der, in dem Vortrab hinterwärts gestellt,
Um ihnen beizustehn und nachzufolgen,
Floh memmenhaft und tat nicht einen Streich.
Drauf ward Ruin und Blutbad allgemein,
Umzingelt waren von den Feinden sie;
Ein schändlicher Wallon' warf um die Gunst
Des Dauphins einen Speer in Talbots Rücken,
Des, dem ganz Frankreich, mit vereinter Stärke
Nicht einmal wagte ins Gesicht zu sehn.

BEDFORD.
Ist Talbot tot? So bring' ich selbst mich um,
Weil ich hier müßig lebt' in Pomp und Ruh'.
Indes ein würd'ger Feldherr, hülfsbedürftig,
Verzagten Feinden so verraten ward.

DRITTER BOTE.
O nein, er lebt, allein er ist gefangen,
Mit ihm Lord Scales und Lord Hungerford;
Der Rest auch meist erschlagen und gefangen.

BEDFORD.
Ich zahle seine Lösung, niemand sonst.
Ich will vom Thron den Dauphin häuptlings reißen,
Mit seiner Krone lös' ich meinen Freund;
Für einen Lord tausch' ich von ihren vier.
Lebt wohl, ihr Herrn! Ich will an mein Geschäft,
Lustfeuer muß ich gleich in Frankreich machen,
Zu feiern unser groß Sankt Georgen-Fest.
Zehntausend nehm' ich mit mir der Soldaten,
Europa zittre ihren blut'gen Taten.

DRITTER BOTE.
Tut das, denn man belagert Orleans,
Das Heer der Englischen ward matt und schwach
Der Graf von Salisbury begehrt Verstärkung
Und hält sein Volk von Meuterei kaum ab,
Das solche Überzahl bewachen muß.

EXETER.
Lords, denkt der Eide, die ihr Heinrich schwurt:
Entweder ganz den Dauphin zu vernichten,
Oder ihn unter euer Joch zu beugen.

BEDFORD.
Wohl denk' ich ihrer, und hier nehm' ich Abschied,
Um gleich an meine Zurüstung zu gehn.

Ab.

GLOSTER.
Ich will zum Turm in möglichst großer Eil',
Geschütz und Kriegszeug zu beschaun, und dann
Ruf' ich den jungen Heinrich aus zum König.

Ab.

EXETER. Nach Eltham, wo der junge König ist,
Will ich, zur nächsten Aufsicht angestellt,
Und bestens seine Sicherheit beraten.

Ab.

WINCHESTER.
Ein jeder hat sein Amt und seinen Platz,
Mich ließ man aus, für mich ist nichts geblieben;
Doch lang' will ich Hans außer Dienst nicht sein.
Den König send' ich bald von Eltham weg
Und sitz' am Steuer des gemeinen Wesens.

Ab.

Ein innerer Vorhang fällt.

Zweite Szene

Frankreich. Vor Orleans.
Karl mit seinen Truppen, Alençon, Reignier und andre.

KARL. Mars' wahrer Lauf ist, grade wie im Himmel,
Bis diesen Tag auf Erden nicht bekannt:
Jüngst schien er noch der englischen Partei,
Nun sind wir Sieger, und er lächelt uns.
Was fehlen uns für Städte von Gewicht?
Wir liegen hier zur Lust bei Orleans,
Die Englischen, verhungert, blaß wie Geister,
Belagern matt uns eine Stund' im Monat.

ALENÇON.
Sie missen ihre Brüh'n und fettes Rindfleisch;
Entweder muß man sie wie Maultier' halten,
Ihr Futter ihnen binden an das Maul,
Sonst sehn sie kläglich wie ersoffne Mäuse.

REIGNIER.
Entsetzt die Stadt: was sind wir müßig hier?
Talbot, den wir gefürchtet, ist gefangen;
Bleibt keiner als der tolle Salisbury,

Der wohl die Gall' im Ärger mag verzehren:
Er hat zum Kriege weder Volk noch Geld.

KARL. Schlagt Lärm! Schlagt Lärm! Wir stürzen auf sie ein.
Nun für die Ehre der verlornen Franken!
Dem, der mich tötet, sei mein Tod verziehn,
Sieht er mich fußbreit weichen oder fliehn.

Alle ab. – Getümmel, Angriffe, hierauf ein Rückzug. Karl, Alençon, Reignier und andre kommen zurück.

KARL. Sah man je so was? Was für Volk hab' ich?
Die Hunde! Memmen! Ich wär' nie geflohn,
Wenn sie mich nicht vom Feind umringt verließen.

REIGNIER.
Salisbury mordet ganz verzweiflungsvoll,
Er ficht wie einer, der des Lebens müde.
Die andern Lords, wie Löwen voller Gier,
Bestürmen uns als ihres Hungers Raub.

ALENÇON.
Froissard, ein Landesmann von uns, bezeugt,
England trug lauter Olivers und Rolands
Zur Zeit, als Eduard der Dritte herrschte.
Wahrhafter läßt sich dies behaupten jetzt:
Denn Simsons bloß und Goliasse sendet
Es aus zum Fechten. Einer gegen zehn!
Und Schufte nur von Haut und Bein! Wer traute
Wohl solchen Mut und Kühnheit ihnen zu?

KARL. Verlassen wir die Stadt: Tollköpfe sind's,
Und Hunger treibt sie nur zu größerm Eifer.
Von Alters kenn' ich sie: sie werden eher
Die Mauern mit den Zähnen niederreißen,
Als daß sie die Belag'rung gäben auf.

REIGNIER.
Ein seltsam Räderwerk stellt ihr Gewehr,
Glaub' ich, wie Glocken, immer anzuschlagen:
Sie hielten sonst nicht aus, so wie sie tun.
Nach meiner Meinung lassen wir sie gehn.

ALENÇON. So sei es.

Der Bastard von Orleans tritt auf.

BASTARD.
Wo ist Prinz Dauphin? Neues bring' ich ihm.

KARL. Bastard von Orleans, dreimal willkommen!

BASTARD.
Mich dünkt, Eu'r Blick ist trüb, und bang die Miene:
Hat Euer letzter Unfall daran Schuld?
Verzaget nicht, denn Beistand ist zur Hand;
Ich bringe eine heil'ge Jungfrau her,
Die ein Gesicht, vom Himmel ihr gesandt,
Ersehn hat, die Belag'rung aufzuheben
Und aus dem Land die Englischen zu jagen.
Sie hat der tiefen Prophezeiung Geist,
Roms alten neun Sibyllen überlegen;
Was war, was kommen wird, kann sie erspähn.
Sagt, ruf' ich sie herbei? Glaubt meinen Worten,
Denn sie sind ganz untrüglich und gewiß.

KARL. Geht, ruft sie vor.

Bastard ab.

Doch ihre Kunst zu prüfen,
Reignier, nimm du als Dauphin meinen Platz,
Befrag' sie stolz, laß streng die Blicke sein:
So spähn wir aus, was sie für Kunst besitzt.

Er tritt zurück.

Die Pucelle, der Bastard und andre kommen.

REIGNIER.
Bist du's, die Wunder tun will, schönes Mädchen?

PUCELLE.
Reignier, bist du's, der mich zu täuschen denkt?
Wo ist der Dauphin? – Komm hervor von hinten:
Ich kenne dich, wiewohl ich nie dich sah.
Erstaune nicht, vor mir ist nichts verborgen,
Ich will allein dich sprechen im Vertraun.
Bei Seit', ihr Herrn!
Laßt uns auf eine Weil'!

REIGNIER.
Sie nimmt sich brav genug im ersten Sturm.

PUCELLE.
Dauphin, ich bin die Tochter eines Schäfers,
Mein Witz in keiner Art von Kunst geübt.
Doch Gott gefiel's und unsrer lieben Frau,
Auf meinen niedern Stand ihr Licht zu strahlen.
Sieh, da ich meine zarten Lämmer hüte
Und biete dürrem Sonnenbrand die Wangen,
Geruht mir Gottes Mutter zu erscheinen
Und heißt durch ein Gesicht voll Majestät
Mich meinen knechtischen Beruf verlassen,
Mein Vaterland vom Drangsal zu befrein.
Sie sagte Beistand und Erfolg mir zu,
In voller Glorie tat sie mir sich kund
Und, da ich schwarz war und versengt zuvor,
Goß sie auf mich mit jenen klaren Strahlen
Der Schönheit Segen, die ihr an mir seht.
Frag' mich, um was du nur ersinnen kannst,
Unvorbereitet will ich Antwort geben;
Prüf meinen Mut im Kampfe, wenn du darfst,
Und über mein Geschlecht wirst du michfinden.
Entschließe dich: soll alles Glück dir sprossen,
So nimm mich an zu deinem Kriegsgenossen.

KARL.
Ich bin erstaunt ob deinen hohen Reden.
Nur so will ich erproben deinen Mut:
Du sollst mit mir im einzlen Kampf dich messen,
Und wenn du siegst, sind deine Worte wahr;
Wo nicht, so sag' ich allem Zutraun ab.

PUCELLE.
Ich bin bereit: hier ist mein schneidend Schwert
Fünf Lilien zieren es an jeder Seite,
Das zu Touraine im Sankt Kathrinen-Kirchhof
Ich mir aus vielem alten Eisen ausersah.

KARL.
In Gottes Namen, komm, mich schreckt kein Weib

PUCELLE.
Und lebenslang flieh' ich vor keinem Mann.

Sie fechten.

KARL. Halt' ein die Hand! Du bist ein' Amazone,
Und mit dem Schwert Deborahs fechtest du.

PUCELLE.
Christs Mutter hilft mir, sonst wär' ich zu schwach.

KARL.
Wer dir auch hilft, du, du mußt mir nun helfen.
Ich brenne vor Verlangen ungestüm,
Du hast mir Herz und Hand zugleich besiegt.
Hohe Pucelle, wenn du so dich nennst,
Laß deinen Knecht, nicht deinen Herrn mich sein!

Der Dauphin Frankreichs bittet dich hierum.

PUCELLE.
Ich darf der Liebe Bräuche nicht erproben
Weil mein Beruf geheiligt ist von droben.
Wenn ich erst alle Feinde dir verjagt,
Dann werde die Belohnung zugesagt.

KARL. Indes sieh gnädig deinen Sklaven an!

REIGNIER.
Mich dünkt, der Prinz ist lange im Gespräch.

ALENÇON.
Er hört gewiß dem Weiberrock die Beichte,
Sonst dehnt' er so die Unterredung nicht.

REIGNIER.
Er kennt kein Maß: sagt, sollen wir ihn stören?

ALENÇON.
Wohl mehr ermißt er, als wir Armen wissen,
Der Weiber Zungen können schlau verführen.

REIGNIER.
Mein Prinz, wo seid Ihr? Was erwägt Ihr da?
Wird Orleans verlassen oder nicht?

POCELLE. Ich sage nein, kleingläubig Heidenvolk!
Kämpft bis zum letzten Hauch, ich will euch
schirmen.

KARL.
Wie sie sagt, stimm' ich bei: wir fechten's aus.

PUCELLE.
Ich bin zu Englands Geißel ausersehn.
Heut nacht will ich gewiß die Stadt entsetzen:
Erwartet Martins Sommer, Halcyon-Tage,
Nun ich in diese Kriege mich begeben.
Ein Zirkel nur im Wasser ist der Ruhm,
Der niemals aufhört, selbst sich zu erweitern,
Bis die Verbreitung ihn in nichts zerstreut.
Mit Heinrichs Tode endet Englands Zirkel,
Zerstreuet ist der Ruhm, den er umschloß.
Nun bin ich gleich dem stolzen, frechen Schiff,
Das Cäsarn trug zugleich mit seinem Glück.

KARL. Ward Mahomet beseelt von einer Taube,
So hast du eines Adlers Eingebung.
Nicht Helena, die Mutter Konstantins,
Noch auch Sankt Philipps Töchter glichen dir.
Lichtstern der Venus, der zur Erde fiel,
Wie bet' ich ehrerbietig dich genugsam an?

ALENÇON.
Laßt alles Zögern und entsetzt die Stadt!

REIGNIER.
Weib, tu' das Dein' in Rettung unsrer Ehre,
Treib' sie von Orleans, du sollst unsterblich sein.

KARL.
Sogleich versuchen wir's. Kommt, gehn wir dran!
Zeigt sie sich falsch, so trau' ich nie Propheten.

Alle ab.

Dritte Szene

London, vor dem Turm.
Der Herzog von Gloster mit seinen Bedienten in blauen Röcken tritt auf.

GLOSTER.
Heut komm' ich zur Besichtigung des Turms:
Seit Heinrichs Tode, fürcht' ich, wird veruntreut.
Wo sind die Wächter, daß sie hier nicht stehn?
Öffnet die Tore! Gloster ist's, der ruft.

Bediente klopfen an.

ERSTER WÄCHTER *drinnen.*
Wer ist denn da, der so gebiet'risch ruft?

BEDIENTER. Es ist der edle Herzog Gloster.

ZWEITER WÄCHTER *drinnen.*
Wer er auch sei, wir lassen euch nicht ein.

BEDIENTER.
Schelm', ihr antwortet so dem Herrn Protektor?

ERSTER WÄCHTER.
Der Herr beschütz' ihn! Wir antworten so;
Wir tun nicht anders, als man uns geheißen.

GLOSTER.
Wer hieß euch? Wes Geheiß gilt hier, als meins?
Niemand ist Reichs-Protektor als nur ich. –
Brecht auf das Tor, ich will Gewähr euch leisten.
Werd' ich von kot'gen Buben so genärrt?

Die Bedienten stürmen die Tore. Innerhalb nähert sich den Toren der Kommandant Woodville.

WOODVILLE *drinnen.*
Was für ein Lärm? Was gibt's hier für Verräter?

GLOSTER.
Seid Ihr es, Kommandant, des Stimm' ich höre?
Öffnet die Tore! Gloster will hinein.

WOODVILLE *drinnen.*
Geduld! Ich darf nicht öffnen, edler Herzog,
Der Kardinal von Winchester verbot's.
Von ihm hab' ich ausdrücklichen Befehl,
Dich und der Deinen keinen einzulassen.

GLOSTER.
Schwachherz'ger Woodville, achtest ihn vor mir?
Der stolze Winchester! Der trotzige Prälat,
Bei weiland König Heinrich nie gelitten?
Du bist noch Gottes noch des Königs Freund;
Öffne das Tor, sonst schließ' ich dich bald aus.

BEDIENTER.
Öffnet die Tore vor dem Lord Protektor,
Oder wir sprengen sie, wenn ihr nicht schleunig
kommt.

Winchester tritt auf mit einem Gefolge von Bedienten in braunen Röcken.

WINCHESTER.
Wie nun, ehrsücht'ger Humphrey? sag, was soll's?

GLOSTER. Glatzköpf'ger Priester, heißt du aus
mich schließen?

WINCHESTER. Ja, du verräterischer Usurpator,
Protektor nicht des Königs oder Reichs!

GLOSTER.
Zurück, du offenbarer Staatsverschworner!
Der unsern toten Herrn zu morden sinnt;
Der Huren Indulgenzen gibt zur Sünde;
Ich will in deinem breiten Kardinalshut
Dich sichten, wo du fortfährst in dem Trotz.

WINCHESTER.
Tritt du zurück, ich weich' und wanke nicht.
Sei dies Damaskus, du, verflucht wie Kain,
Erschlag' den Bruder Abel, wenn du willst.

GLOSTER.
Ich will dich nicht erschlagen, nur vertreiben.

Mir dient als Kindertuch dein Purpurmantel,
Dich wegzuschaffen aus der Freistatt Schutz.

WINCHESTER.
Tu', was du darfst; ich biete keck dir Trutz.

GLOSTER.
Was? Bietest du ins Angesicht mir Trutz?
Zieht, Leute! Achtet nicht der Freistatt Schutz!
Blaurock auf Braunrock! – Hüte, Pfaff', den Bart,

Gloster und seine Leute greifen den Bischof an.

Ich will ihn zausen und dich tüchtig packen,
Mit Füßen tret' ich deinen Kardinals-Hut;
Dem Papst zum Trotze und der Kirche Würden,
Schleif' ich am Halse hier dich auf und ab.

WINCHESTER.
Gloster, dafür gibt dir der Papst dein Teil.

GLOSTER.
Winchester Gans! Ich ruf': ein Seil! ein Seil!
So schlagt sie fort! Was laßt ihr hier sie bleiben?
Dich will ich fort, du Wolf im Schafskleid, treiben.
Braunröcke, fort! Fort, purpurfarbner Heuchler!

Es entsteht ein großer Tumult; während desselben tritt der Schultheiß von London mit seinen Beamten auf.

SCHULTHEISS.
Pfui, Lords! Daß ihr, als höchste Obrigkeiten,
So schmählich doch den Frieden brechen könnt!

GLOSTER.
Still. Schultheiß! Meine Kränkung weißt du nicht:
Sieh, Beaufort, der noch Gott noch König achtet,
Hat hier den Turm allein an sich gerissen.

WINCHESTER.
Sieh Gloster da, den Feind der Bürgerschaft,
Der immer dringt auf Krieg und nie auf Frieden,
Mit Steuern eure freien Beutel lastend;
Der die Religion zu stürzen sucht,
Weil er Protektor dieses Reiches ist:
Und Waffen haben will hier aus dem Turm,
Den Prinzen zu erdrücken, sich zu krönen.

GLOSTER.
Nicht Worte, Streiche geb' ich dir zur Antwort.

Sie werden wieder handgemein.

SCHULTHEISS.
Nichts bleibt mir in dem stürmischen Gezänk,
Als öffentlichen Ausruf tun zu lassen.
Gerichtsbeamter, komm! So laut du kannst!

GERICHTSBEAMTER. »Alle und jede, so gegenwärtig hier wider Gottes und des Königs Frieden in Waffen versammelt sind, werden in Seiner Hoheit Namen ermahnt und befehligt, sich männiglich nach ihrer Behausung zu verfügen und forthin keinen Degen, Gewehr oder Dolch zu tragen, zu handhaben und zu führen; alles bei Todesstrafe.«

GLOSTER.
Ich breche das Gesetz nicht, Kardinal,
Doch treff' ich dich und will den Trotz dir brechen.

WINCHESTER.
Gloster, wir treffen uns; auf deine Kosten:
Dein Herzblut will ich für dies Tagewerk.

SCHULTHEISS. Wenn ihr nicht fort wollt, ruf' ich noch nach Stangen.
Der Kardinal ist frecher als der Teufel.

WINCHESTER.
Verhaßter Gloster! Hüte deinen Kopf,
Denn ich gedenk' in kurzem ihn zu haben.

Sie gehen ab.

SCHULTHEISS.
Den Platz gesäubert erst! Dann ziehn wir ab.
O Gott! Daß Edle so ergrimmt verfahren!
Nicht einmal fecht' ich selbst in vierzig Jahren.

Ab.

Vierte Szene

Frankreich. Vor Orleans.
Der Büchsenmeister und sein Sohn treten auf den Mauern auf.

BÜCHSENMEISTER.
Du weißt, Bursch, wie man Orleans belagert,
Und wie die Englischen die Vorstadt haben.

SOHN.
Ich weiß es, Vater, und schoß oft nach ihnen,
Unglücklich nur verfehlt' ich stets mein Ziel.

BÜCHSENMEISTER.
Nun sollst du's nicht: laß du von mir dich lenken!
Haupt-Büchsenmeister bin ich dieser Stadt!
Ich muß was tun, um Gunst mir zu erwerben.
Kundschafter von dem Prinzen melden mir,
Wie, in der Vorstadt fest verschanzt, der Feind
Durch ein geheimes Eisengitter pflegt
Auf jenem Turm die Stadt zu überschaun
Und dort erspäht, wie mit dem meisten Vorteil
Sie uns mit Sturm und Schießen drängen können
Um abzustellen nun dies Ungemach,
Hab' ich ein Stück Geschütz darauf gerichtet,
Und seit drei Tagen hab' ich aufgepaßt,
Ob ich sie könnte sehn.
Nun paß du auf, ich kann nicht länger bleiben;
Erspähst du wen, so lauf' und meld' es mir,
Du wirst mich bei dem Festungshauptmann finden.

Ab.

SOHN. Vater, ich steh' dafür, habt keine Sorge;
Ich will Euch nicht bemühn, späh' ich sie aus.

Auf dem obern Stock eines Turmes erscheinen Salisbury und Talbot, Sir William Glansdale, Sir Thomas Gargrave und andre.

SALISBURY.
Talbot, mein Heil, mein Leben wieder da?
Wie hat man dich behandelt als Gefangnen?
Und wie erlangtest du die Auslösung?
Laß uns auf dieses Turmes Zinne reden.

TALBOT.
Der Herzog Bedford hatte wen gefangen,
Der hieß der tapfre Ponton von Santrailles:
Für den bin ich getauscht und ausgelöst.
Doch wollten sie mich einst zum Hohn verhandeln
Um einen Mann, weit schlechter in den Waffen;
Ich, stolz, verschmähte das und heischte Tod,
Eh' ich so spottgering mich schätzen ließ.
Zuletzt ward ich gelöst, wie ich begehrte.
Doch oh! Der falsche Fastolfe kränkt mein Herz.

Mit bloßen Fäusten könnt' ich ihn ermorden,
Wenn ich in meine Macht ihn jetzt bekäm'.

SALISBURY.
Noch sagst du nicht, wie du gehalten wurdest.

TALBOT.
Mit Spott und Schimpf und schmählichem Verhöhnen.
Auf offnen Märkten führten sie mich vor,
Zum allgemeinen Schauspiel für die Menge.
Dies, sagten sie, ist der Franzosen Schrecken,
Die Vogelscheu, wovor den Kindern graut.
Dann riß ich mich von meinen Wächtern los,
Grub mit den Nägeln Steine aus dem Boden,
Auf meiner Schmach Zuschauer sie zu werfen.
Mein gräßlich Aussehn machte andre fliehn,
Des schleun'gen Todes Furcht ließ keinen nahn.
In Eisenmauern hielt man mich nicht sicher;
So sehr war meines Namens Furcht verbreitet,
Daß sie geglaubt, ich bräche Stangen Stahl
Und sprengt' in Stücke diamantne Pfosten.
Drum hatt' ich eine Wacht, die, scharf geladen,
In jeglicher Minute mich umging,
Und wenn ich nur aus meinem Bett mich rührte.
War sie bereit, mir in das Herz zu schießen.

SALISBURY.
Mit Schmerz hör' ich, was du erlitten hast,
Doch uns genugsam rächen wollen wir.
Jetzt ist in Orleans Abendessens-Zeit:
Hier, durch dies Gitter zähl' ich jeden Mann
Und seh', wie die Franzosen sich verschanzen.
Sieh mit herein, es wird dich sehr ergötzen.
Sir Thomas Gargrave und Sir William Glansdale,
Laßt eure Meinung mich ausdrücklich hören:
Wo nun am besten zu beschießen wär'?

GARGRAVE.
Ich denk', am Nordertor, da steht der Adel.

GLANSDALE.
Und ich hier an dem Bollwerk bei der Brücke.

TALBOT.
So viel ich sehn kann, muß man diese Stadt
Aushungern und mit leichten Treffen schwächen.
Ein Schuß von der Stadt. Salisbury und Gargrave fallen.

SALISBURY.
O Herr! Sei gnädig uns elenden Sündern!

GARGRAVE.
O Herr! Sei gnädig mir bedrängtem Mann!

TALBOT.
Was kreuzt uns für ein Zufall plötzlich hier?
Sprich, Salisbury, wofern du reden kannst:
Wie geht's dir, Spiegel aller wackern Krieger?
Ein Aug' und halb die Wange weggeschmettert!
Verfluchter Turm! Verfluchte Unglücks-Hand,
Die dieses leid'ge Trauerspiel vollführt!
In dreizehn Schlachten siegte Salisbury,
Heinrich den Fünften zog er auf zum Krieg,
Solang' Trompete blies und Trommel schlug,
Ließ nie sein Schwert im Feld zu schlagen ab. –
Du lebst noch, Salisbury? Fehlt dir schon die Rede,
Du hast ein Aug', um Gnad' emporzublicken,
Die Sonne schaut mit einem Aug' die Welt. –
Himmel, sei keinem gnädig, der da lebt,
Wenn Salisbury bei dir Erbarmen mißt! –
Tragt fort die Leiche, ich will helfen sie begraben. –
Sir Thomas Gargrave, hast du irgend Leben?
Sprich mit dem Talbot, schau doch auf zu ihm,
Erfrisch' dich, Salisbury, mit diesem Trost:
Du stirbst mir nicht, derweil –
Er winkt mit seiner Hand und lächelt mir,
Als sagt' er: »Wenn ich tot bin und dahin,
Gedenke mich zu rächen an den Franken.«
Plantagenet, ich will's; und gleich dir, Nero,
Die Laute spielend, Städte brennen sehn.
Man hört es donnern, hierauf ein Getümmel.
Was rührt sich? Was für ein Tumult im Himmel?
Woher kommt dies Getümmel und der Lärm?
Ein Bote tritt auf.

BOTE.
Herr, Herr, die Franken bieten uns die Stirn;
Vereint mit einer Jeanne la Pucelle,
Der neu erstandnen heiligen Prophetin,
Führt große Macht der Dauphin zum Entsatz.
Salisbury ächzt.

TALBOT.
Hört, hört, wie Salisbury noch sterbend ächzt!
Es nagt sein Herz, daß Rach' ihm ist versagt. –
Ich werd' ein Salisbury für euch, Franzosen! –
Pucelle oder Buhle, Delphin oder Meerhund,
Die Herzen stampf' ich mit des Pferdes Hufen
Euch aus und eu'r vermischtes Hirn zu Kot. –
Schafft mir den Salisbury in sein Gezelt,
Dann sehn wir, was die feigen Franken wagen.
Sie gehen ab und tragen die Leichen mit fort.

Fünfte Szene

Vor einem der Tore.
Getümmel. Scharmützel. Talbot verfolgt den Dauphin und treibt ihn zurück;
dann kommt die Pucelle, Engländer vor sich herjagend.
Hierauf kommt Talbot.

TALBOT.
Wo ist mein Mut und meine Stärk' und Kraft?
Die Scharen weichen, ich kann nicht sie halten;
Sie jagt ein Weib, mit Rüstung angetan.
Die Pucelle kommt zurück.
Hier kommt sie, hier: – Ich messe mich mit dir
Beschwör' dich, Teufel oder Teufelsmutter!
Ich lasse Blut dir, du bist eine Hexe,
Und stracks gib deine Seel' dem, so du dienst.

PUCELLE.
Komm, komm! Ich bin's, die dich erniedern muß.
Sie fechten.

TALBOT.
Ihr Himmel, laßt ihr so die Hölle siegen?
Eh' soll gespannter Mut die Brust mir sprengen,
Die Arme sollen von den Schultern reißen,
Als daß ich nicht die freche Metze strafte.

PUCELLE. Talbot, leb wohl! Dein Stündlein kommt noch nicht;
Ich muß mit Nahrung Orleans versehn.
Hol' mich nur ein, ich spotte deiner Stärke,

Geh, geh; ermuntre dein verschmachtet Volk;
Hilf Salisbury, sein Testament zu machen:
Der Tag ist unser, wie noch mancher mehr.

Die Pucelle zieht mit ihren Soldaten in die Stadt.

TALBOT.
Mein Kopf geht um, wie eines Töpfers Rad,
Ich weiß nicht, wo ich bin, noch was ich tue.
Durch Furcht, nicht durch Gewalt, wie Hannibal,
Treibt eine Hexe unser Heer zurück
Und siegt, wie's ihr beliebt. So treibt man wohl
Mit Dampf die Bienen, Tauben mit Gestank
Von ihren Stöcken und vom Schlage weg.
Man hieß der Wildheit halb uns englische Hunde,
Nun laufen wir wie Hündlein schreiend fort.

Ein kurzes Getümmel.

Hört, Landesleut'! Erneuert das Gefecht,
Sonst reißt die Löwen weg aus Englands Wappen,
Sagt eurem Land ab, setzt für Löwen Schafe;
Nicht halb so bang fliehn Schafe vor dem Wolf,
Noch Pferd' und Ochsen vor dem Leoparden,
Als ihr vor euren oft bezwungnen Knechten. –

Getümmel. Ein neues Scharmützel.

Es soll nicht sein: – Zurück, zieht in die Schanzen;
Ihr stimmtet alle ein in Salisburys Tod,
Weil keiner einen Streich tat, ihn zu rächen. –
In Orleans ist die Pucelle hinein
Trotz uns und allem, was wir konnten tun.
O möcht' ich sterben doch mit Salisbury!
Ich muß mein Haupt vor Scham hierüber bergen.

Getümmel. Rückzug. Talbot mit seinen Truppen ab.

Sechste Szene

Ebendaselbst.
Auf den Mauern erscheinen die Pucelle, Karl, Reignier, Alençon und Soldaten.

PUCELLE.
Pflanzt unsre weh'nden Fahnen auf die Mauern:
Den Englischen ist Orleans entrissen,
So hielt euch Jeanne la Pucelle Wort.

KARL. Du göttlichstes Geschöpf! Asträas Tochter!
Wie soll ich ehren dich für den Erfolg?
Adonis' Gärten gleichet dein Verheißen,
Die heute blühn und morgen Früchte tragen.
Sieg prang' in deiner herrlichen Prophetin,
O Frankreich! Orleans ist wieder dein:
Nie widerfuhr dem Lande größres Heil.

REIGNIER.
Warum durchtönt nicht Glockenklang die Stadt?
Dauphin, laß Freudenfeu'r die Bürger machen
Und jubeln, schmausen in den offnen Straßen,
Das Glück zu feiern, das uns Gott verliehn.

ALENÇON.
Ganz Frankreich wird erfüllt mit Freud' und Lust,
Wenn sie erfahren, wie wir uns gehalten.

KARL. Nicht wir, 's ist Jeanne, die den Tag gewann,
Wofür ich mit ihr teilen will die Krone,
Und alle Mönch' und Priester meines Reichs
In Prozession ihr stets lobsingen sollen.
Ich bau' ihr eine stolzre Pyramide
Als die zu Memphis oder Rhodopes;
Und wenn sie tot ist, soll, ihr zum Gedächtnis,
Die Asch' in einer köstlicheren Urne
Als das Kleinoden-Kästchen des Darius
Bei hohen Festen umgetragen werden,
Vor Frankreichs Königen und Königinnen.
Nicht länger rufen wir Sankt Dionys,
Patronin ist nun Jeanne la Pucelle.
Kommt, halten wir ein königlich Gelag
Auf diesen siegesreichen goldnenTag!

Trompetenstoß. Alle ab.

Zweiter Aufzug

Erste Szene

Ebendaselbst.
Ein französischer Sergeant und zwei Schildwachen kommen durch das Tor.

SERGEANT.
Nehmt eure Plätze und seid wachsam, Leute;
Bemerkt ihr Lärm, und daß Soldaten nah
Den Mauern sind, an irgendeinem Zeichen,
So gebt im Wachthaus Nachricht uns davon.

ERSTE SCHILDWACHE. Schon gut, Sergeant.

Sergeant ab.

So müssen arme Diener,
Wenn andre schlafen auf bequemem Bett,
In Finsternis, in Kält' und Regen wachen.

Talbot, Bedford, Burgund und ihre Truppen mit Sturmleitern, die Trommeln schlagen einen Totenmarsch.

TALBOT.
Mein Herr Regent, und mächtiger Burgund,
Durch deren Ankunft das Gebiet von Artois,
Wallon und Pikardie uns sind befreundet:
In dieser Glücksnacht sind die Franken sorglos,
Da sie den ganzen Tag geschmaust, gezecht.
Ergreifen wir denn die Gelegenheit,
Sie schickt sich zur Vergeltung ihres Trugs,
Den Kunst ersann und arge Zauberei.

BEDFORD.
Memme von Frankreich! Wie er sich entehrt,
An seines Armes Tapferkeit verzweifelnd,
Mit Hexen und der Höll' in Bund zu treten!

BURGUND. Verräter sind in der Gesellschaft stets.
Doch die Pucelle, für so rein gepriesen,
Wer ist sie?

TALBOT. Ein Mädchen, sagt man.

BEDFORD. Ein Mädchen, und so kriegerisch!

BURGUND.
Geb' Gott, daß sie nicht männlich bald erscheint.
Wenn unter dem Panier der Franken sie
Die Rüstung führt, wie sie begonnen hat.

TALBOT.
Wohl, laßt sie klügeln und mit Geistern handeln.
Gott unsre Burg! In seinem Siegernamen
Laßt uns ihr Felsen-Bollwerk kühn erklimmen.

BEDFORD.
Stürm', braver Talbot, und wir folgen dir.

TALBOT.
Nicht alle hier mit eins: weit besser dünkt mir's,
Hineinzudringen auf verschiednen Wegen,
Daß, wenn es einem unter uns mißlingt,
Der andre wider ihre Macht kann stehn.
BEDFORD. So sei's; ich will zu jener Ecke hin.
BURGUND. Und ich zu dieser.
TALBOT.
Und hier stürmt Talbot oder schafft sein Grab.
Nun, Salisbury, für dich und für das Recht
Heinrichs von England soll die Nacht sich zeigen,
Wie meine Pflicht euch beiden ist geweiht.
Die Englischen ersteigen die Mauern mit Sturmleitern, indem sie: »Sankt Georg!« und: »Talbot hoch!« rufen, und dringen alle in die Stadt.
SCHILDWACHE *drinnen.*
Auf, zu den Waffen, auf! Die Feinde stürmen!
Die Franzosen springen im Hemde über die Mauern. Hierauf kommen von verschiednen Seiten der Bastard, Alençon, Reignier, halb angekleidet, halb nicht.
ALENÇON.
Wie nun, ihr Herrn? Was? So unangekleidet?
BASTARD.
Unangekleidet? Ja und froh dazu,
Daß wir so gut davongekommen sind.
REIGNIER.
Traun, es war Zeit, sich aus dem Bett zu machen,
Der Lärm war schon an unsrer Kammertür.
ALENÇON.
Seit ich die Waffen übte, hört' ich nie
Von einem kriegerischen Unternehmen,
Das tollkühn und verzweifelt war wie dies.
BASTARD.
Der Talbot, denk' ich, ist ein Geist der Hölle.
REIGNIER.
Wo nicht die Höll', ist ihm der Himmel günstig.
ALENÇON.
Da kommt der Prinz, mich wundert, wie's ihm ging.
Karl und die Pucelle treten auf.
BASTARD. Pah! War Sankt Jeanne doch sein
Schirm und Schutz.
KARL. Ist dieses deine List, du falsche Schöne?
Du ließest uns zuerst, um uns zu schmeicheln,
Teilnehmer sein an wenigem Gewinn,
Daß der Verlust nun zehnmal größer wär'?
PUCELLE.
Warum schilt Karl die Freundin ungeduldig?
Muß allzeit meine Macht die gleiche sein?
Schlafend und wachend, muß ich stets gewinnen,
Wenn ihr nicht schmähn und Schuld mir geben sollt?
Bei guter Wache, unvorsicht'ge Krieger,
Wär' dieser schnelle Unfall nie begegnet.
KARL. Herzog von Alençon. Eu'r Fehler war's,
Daß, als der Wache Hauptmann, diese Nacht
Ihr besser nicht den wicht'gen Dienst versehn.
ALENÇON. War jegliches Quartier so wohl bewahrt
Als das, worin ich den Befehl gehabt,
Wir wären nicht so schmählich überfallen.
BASTARD. Meins war in Sicherheit.
REIGNIER. Auch meines, Herr.
KARL. Was mich betrifft, den größten Teil der Nacht
Hab' ich zum Auf- und Abgehn angewandt
In ihrem Viertel und durch mein Revier,
Um immerfort die Wachen abzulösen.
Wie oder wo sind sie denn eingebrochen?
PUCELLE.
Fragt, Herrn, nicht weiter über diesen Fall,
Wie oder wo; genug, sie fanden Stellen,
Nur schwach besetzt, wo sie den Einbruch taten,
Und übrig bleibt uns nun kein andrer Rat,
Als die umher versprengten Leute sammeln
Und neue Schanzen bau'n zu ihrem Schaden.
Getümmel. Ein englischer Soldat kommt und ruft: »Talbot hoch! Talbot hoch!« Sie fliehen, indem sie ihre Kleider zurücklassen.
SOLDAT.
Ich will nur dreist, was sie verlassen, nehmen.
Der Ausruf Talbot dient mir statt des Degens,
Denn ich belud mit vieler Beute mich
Und braucht' als Waffe seinen Namen bloß.
Ab.

Zweite Szene

Orleans. Innerhalb der Stadt.
Talbot, Bedford, Burgund, ein Hauptmann und andre.

BEDPORD.
Der Tag bricht an, und es entflieht die Nacht,
Die um die Erde warf den Rabenmantel.
Blast nun zum Rückzug, hemmt die heiße Jagd!
Man bläst zum Rückzug.
TALBOT.
Die Leiche bringt vom alten Salisbury
Und stellet auf dem Marktplatz hier sie aus,
Dem Mittelpunkte der verfluchten Stadt. –
Nun zahlt' ich mein Gelübde seiner Seele;
Fünf Franken starben mind'stens diese Nacht
Für jeden ihm entwandten Tropfen Bluts.
Und, daß hinfort die Zeiten mögen sehn,
Was für Verheerung ihm zur Rach' erfolgt,
Bau' ich in ihrer Hauptkirch' eine Gruft,
Worin sein Körper soll bestattet werden;
Darauf soll, daß es jeder lesen kann,
Die Plünd'rung Orleans' gegraben sein,
Die falsche Weise seines traur'gen Todes,
Und welch ein Schrecken er für Frankreich war.
Doch, Herrn, bei all dem Blutbad wundert's mich,
Daß wir des Dauphins Hoheit nicht begegnet,
Der tugendsamen Heldin Jeanne d'Arc,
Noch irgendwem der falschen Bundsgenossen.
BEDFORD.
Man sagt, Lord Talbot, als der Kampf begann,
Sei'n, plötzlich aufgeschreckt vom faulen Bett,
Sie unter Haufen des Soldatenvolks
Die Mau'r hinüber in das Feld entsprungen.
BURGUND.
Ich selbst, soviel ich unterscheiden konnte
Im Rauch und Nebeldunst der Nacht, verscheuchte
Den Dauphin sicherlich und seine Trulle,
Als Arm in Arm sie hurtig laufend kamen,
So wie ein Paar verliebter Turteltauben,

Die sich nicht trennen konnten Tag und Nacht.
Wenn erst die Dinge hier in Ordnung sind,
So woll'n wir sie mit aller Macht verfolgen.

Ein Bote tritt auf.

BOTE.
Heil euch, ihr hohen Lords! Was nennet ihr
Von dieser fürstlichen Genossenschaft
Den kriegerischen Talbot, dessen Taten
Im Frankenreich so hoch gepriesen werden?

TALBOT.
Ich bin der Talbot: wer will mit ihm reden?

BOTE. Die tugendsame Gräfin von Auvergne,
Bescheidentlich bewundernd deinen Ruhm,
Ersucht dich, großer Lord, du woll'st geruhn,
Zur armen Burg, worauf sie sitzt, zu kommen,
Damit sie rühmen mag, sie sah den Mann,
Von dessen Herrlichkeit die Welt erschallt.

BURGUND.
Im Ernst? Ei ja, dann seh' ich, unsre Kriege
Verwandeln sich in friedlich Possenspiel,
Wenn Frau'n begehren, daß wir sie bestehn. –
Ihr dürft die art'ge Bitte nicht verschmähn.

TALBOT.
Nein, glaubt mir; denn, wenn eine Welt von Männern
Mit aller Rednerkunst nichts ausgerichtet,
Hat eines Weibes Güte übermeistert. –
Und darum sagt ihr, daß ich herzlich danke
Und untertänig sie besuchen will. –
Gehn Eure Edlen zur Gesellschaft mit?

BEDFORD.
Nein, wahrlich; das ist mehr, als Sitt' erlaubt.
Ich hörte sagen, ungeladne Gäste
Sind nicht willkommner meist, als wenn sie gehn.

TALBOT.
Nun wohl, allein, weil denn kein andrer Rat.
Versuch' ich dieser Dame Höflichkeit.
Hieher kommt, Hauptmann.

Er spricht leise mit ihm.

Ihr versteht die Meinung?

HAUPTMANN.
Ja, gnäd'ger Herr, und meine dem gemäß.

Alle ab.

Dritte Szene

Auvergne. Schloßhof. Die Gräfin und ihr Torwärter treten auf.

GRÄFIN.
Torwärter, merkt Euch, was ich aufgetragen,
Und wenn Ihr es getan, bringt mir die Schlüssel.

TORWÄRTER. Das will ich, gnäd'ge Frau.

Ab.

GRÄFIN. Der Anschlag ist gemacht: geht alles gut,
So macht dies Abenteu'r mich so berühmt,
Als Cyrus' Tod die Scythin Tomyris.
Groß ist der Ruf von diesem furchtbar'n Ritter
Und seine Taten von nicht minderm Wert.
Gern wär' mein Auge Zeuge mit dem Ohr,
Zum Ausspruch über diese Wunderdinge.

Der Bote kommt mit Talbot.

BOTE. Gräfin! Wie Eure Gnaden es begehrt,
Auf meine Botschaft kommt Lord Talbot hier.

GRÄFIN.
Er ist willkommen. Wie? Ist dies der Mann?

BOTE. Ja, gnäd'ge Frau.

GRÄFIN.
Ist dies die Geißel Frankreichs?
Ist dies der Talbot, auswärts so gefürchtet,
Daß man die Kinder stillt mit seinem Namen?
Ich seh', der Ruf ist fabelhaft und falsch.
Ich dacht', es würd' ein Herkules erscheinen,
Ein zweiter Hektor, nach dem grimmen Ansehn
Und der gedrungnen Glieder großem Maß.
Ach, dies ist ja ein Kind, ein blöder Zwerg;
Es kann der schwache eingezog'ne Knirps
Unmöglich so die Feind' in Schrecken jagen.

TALBOT.
Ich war so dreist, zur Last zu fallen, Gräfin;
Doch da Eu'r Gnaden nicht bei Muße sind,
So find' ich andre Zeit wohl zum Besuch.

GRÄFIN.
Was hat er vor? Geh, frag', wohin er geht.

BOTE. Lord Talbot, haltet: meine gnäd'ge Frau
Wünscht Eures raschen Abschieds Grund zu wissen.

TALBOT.
Ei nun, weil sie in falschem Glauben ist,
Geh' ich, ihr zu beweisen, Talbot sei's.

Der Torwärter kommt zurück mit Schlüsseln.

GRÄFIN. Wenn du es bist, so bist du ein Gefangner.

TALBOT. Gefangner? Wes?

GRÄFIN. Blutdürst'ger Lord, der meine,
Und aus dem Grund zog ich dich in mein Haus.
Dein Schatte war schon längst in meinen Banden;
Dein Bildnis hängt in meiner Galerie.
Doch nun soll auch dein Wesen Gleiches dulden,
Und diese Arm' und Beine feßl' ich dir,
Der du mit Tyrannei seit so viel Jahren
Das Land verheertest, unsre Bürger schlugst
Und Söhn' und Gatten zu Gefangnen machtest.

TALBOT. Ha ha ha!

GRÄFIN.
Du lachst, Elender? Jammern wirst du bald.

TALBOT. Ich lache über Euer Gnaden Einbildung,
Als hättet Ihr was mehr als Talbots Schatten,
Woran Ihr Eure Strenge üben mögt.

GRÄFIN. Wie, bist du es nicht selbst?

TALBOT. Ich bin es wirklich.

GRÄFIN. So hab' ich auch sein Wesen.

TALBOT.
Nein, nein, ich bin mein eigner Schatte nur,
Ihr seid getäuscht, mein Wesen ist nicht hier;
Denn, was Ihr seht, ist der geringste Teil
Von meiner Menschheit und das kleinste Maß.
Ich sag' Euch, wär' mein ganz Gebilde hier,
Es ist von so gewalt'gem hohen Wuchs,
Eu'r Dach genügte nicht, es zu umfassen.

GRÄFIN.
Das ist ein Rätselkrämer, wie sich's ziemt:
Hier will er sein, und ist denn doch nicht hier;
Wie können diese Widersprüche passen?

TALBOT. Sogleich will ich's Euch zeigen.

Er stößt in ein Hifthorn. Man hört Trommeln, hierauf eine Salve von grobem Geschütz. Die Tore werden gesprengt, und Soldaten kommen.

Was sagt Ihr, Gräfin, seid Ihr überzeugt,
Daß Talbot nur sein eigner Schatten ist?
Die sind sein Wesen, Sehnen, Arm' und Stärke,
Womit er Euch empörte Nacken beugt,
Die Städte schleift und Eure Festen stürzt
Und wüst in einem Augenblick sie macht.

GRÄFIN.
Verzeih', siegreicher Talbot, mein Vergehn!
Ich seh', du bist nicht kleiner als dein Ruf,
Und mehr, als die Gestalt erraten läßt.
Laß meine Kühnheit deinen Zorn nicht reizen,
Es ist mir leid, daß ich mit Ehrerbietung
Dich nicht so aufgenommen, wie du bist.

TALBOT.
Nicht bange, schöne Frau! Mißdeutet nicht
Den Sinn des Talbot, wie Ihr Euch geirrt
In seines Körpers äußerlichem Bau.
Was Ihr getan, das hat mich nicht beleidigt,
Auch fodr' ich zur Genugtuung nichts weiter,
Als daß, mit Eurer Gunst, wir kosten dürfen
Von Eurem Wein und sehn, wie man hier kocht;
Denn immer rüstig sind Soldatenmagen.

GRÄFIN.
Von ganzem Herzen; und es ehrt mich sehr,
Bei mir solch großen Krieger zu bewirten.
Alle ab.

Vierte Szene

London. Der Garten des Tempels.
Die Grafen von Somerset, Suffolk und Warwick; Richard Plantagenet, Vernon und ein andrer Rechtsgelehrter treten auf.

PLANTAGENET. Ihr großen Lords und Herrn, was soll dies Schweigen?
Will niemand reden in der Wahrheit Sache?

SUFFOLK. Wir waren allzulaut im Tempel-Saal,
Der Garten hier ist schicklicher dazu.

PLANTAGENET.
So sagt mir eins, ob Wahrheit ich behauptet,
Ob nicht der Zänker Somerset geirrt?

SUFFOLK.
Traun, ich war Müßiggänger in den Rechten:
Ich konnte nie darnach den Willen fügen
Und füge drum das Recht nach meinem Willen.

SOMERSET.
So richtet Ihr, Lord Warwick, zwischen uns.

WARWICK.
Von zweien Falken, welcher höher steigt,
Von zweien Hunden, welcher tiefer bellt,
Von zweien Klingen, welche beßrer Stahl,
Von zweien Pferden, wessen Haltung besser,
Von zweien Mädchen, welche muntrer äugelt,
Hab' ich wohl einen flachen Sinn des Urteils:
Doch von des Rechts Praktik und spitzen Kniffen
Hat wahrlich eine Dohle mehr begriffen.

PLANTAGENET. Pah, welche höfliche Zurückhaltung!
Die Wahrheit steht so nackt auf meiner Seite,
Daß selbst das blödste Aug' sie finden kann.

SOMERSET.
Auf meiner Seit' ist sie so wohl gekleidet,
So klar, so strahlend und so offenbar,
Daß sie durch eines Blinden Auge schimmert.

PLANTAGENET.
Weil Redescheu die Zungen denn euch bindet,
Erklärt in stummen Zeichen die Gedanken.
Es pflücke, wer ein echter Edelmann
Und auf der Ehre seines Bluts besteht,
Wenn er vermeint, ich bringe Wahrheit vor,
Mit mir von diesem Strauch 'ne weiße Rose.

SOMERSET.
So pflücke, wer kein Feiger ist noch Schmeichler
Und die Partei der Wahrheit halten darf,
Mit mir von diesem Dorn 'ne rote Rose.

WARWICK.
Ich liebe Schminke nicht; ohn' alle Schminke
Der kriechenden gewandten Schmeichelei
Pflück' ich die weiße Rose mit Plantagenet.

SUFFOLK. Mit Somerset pflück' ich die rote Rose
Und sag', ich halte recht, was er behauptet.

VERNON. Noch haltet, Lords und Herrn, und pflückt nicht mehr,
Bis ihr beschließt, daß der, auf dessen Seite
Vom Baume wen'ger Rosen sind gepflückt,
Des andern rechte Meinung soll erkennen.

SOMERSET.
Mein guter Meister Vernon, wohl bemerkt!
Still geb' ich nach, hab' ich die mindre Zahl.

PLANTAGENET. Ich auch.

VERNON.
Dann, für der Sache Recht und Wahrheit pflücke
Ich die jungfräulich blasse Blüte hier,
Den Ausspruch gebend für die weiße Rose.

SOMERSET.
Stecht nicht den Finger, wie Ihr ab sie pflückt,
Sonst färbt Ihr, blutend, rot die weiße Rose
Und fallt auf meine Seite wider Willen.

VERNON.
Mylord, wenn ich für meine Meinung blute,
So wird die Meinung auch den Schaden heilen
Und mich bewahren auf der jetz'gen Seite.

SOMERSET. Gut, gut: nur zu! Wer sonst?

RECHTSGELEHRTER *zu Somerset.*
Wofern nicht meine Kunst und Bücher lügen,
So habt Ihr unrecht Euren Satz geführt:
Zum Zeichen des pflück' ich die weiße Rose.

PLANTAGENET.
Nun, Somerset, wo ist nun Euer Satz?

SOMERSET.
Hier in der Scheide; dies erwägen, wird
Die weiße Rose blutig rot Euch färben.

PLANTAGENET.
Indes äfft Eure Wange unsre Rosen,
Denn sie ist blaß vor Furcht, als zeugte sie
Für unsre Wahrheit.

SOMERSET. Nein, Plantagenet,
's ist nicht aus Furcht, – aus Zorn, daß deine Wangen,

Vor Scham errötend, unsre Rosen äffen
Und deine Zunge doch dein Irren leugnet.

PLANTAGENET.
Stach dir kein Wurm die Rose, Somerset?

SOMERSET. Hat deine keinen Dorn, Plantagenet?

PLANTAGENET.
Ja, einen scharfen, wahr sich zu behaupten,
Indes dein Wurm an seiner Falschheit nagt.

SOMERSET.
Wohl, Freunde find' ich für mein Rosenblut,
Die da behaupten, daß ich wahr gesagt,
Wo sich Plantagenet nicht sehn darf lassen.

PLANTAGENET.
Bei dieser reinen Blüt' in meiner Hand,
Ich spotte, Knabe, dein und deiner Tracht.

SUFFOLK.
Kehr' sonst wohin den Spott, Plantagenet.

PLANTAGENET.
Nein, stolzer Poole, ich spotte sein und dein.

SUFFOLK.
Mein Teil davon werf' ich in deinen Hals.

SOMERSET.
Fort, guter William de la Poole! Wir tun
Dem Bauern zu viel Ehr', mit ihm zu reden.

WARWICK.
Bei Gott, du tust ihm Unrecht, Somerset.
Sein Urgroßvater war ja Lionel,
Herzog von Clarence, und der dritte Sohn
Des dritten Eduard, Königes von England.
Treibt solche Wurzel wappenlose Bauern?

PLANTAGENET.
Er macht des Platzes Vorrecht sich zu Nutz,
Sein zaghaft Herz ließ' ihn das sonst nicht sagen.

SOMERSET.
Bei dem, der mich erschuf, ich will mein Wort
Auf jedem Fleck der Christenheit behaupten,
Ward nicht dein Vater, Richard Graf von Cambridge,
Zur Zeit des vor'gen Königs um Verrat gerichtet?
Und hat nicht sein Verrat dich angesteckt,
Geschändet und entsetzt vom alten Adel?
In deinem Blut lebt seine Missetat,
Und, bis zur Herstellung, bist du ein Bauer.

PLANTAGENET.
Mein Vater war beklagt, nicht überwiesen;
Starb, um Verrat verdammt, doch kein Verräter:
Und das beweis' ich Höhern noch als Somerset,
Reift meinem Willen erst die Zeit heran.
Was Euren Helfer Poole und Euch betrifft,
So zeichn' ich Euch in mein Gedächtnis-Buch,
Um Euch zu züchtigen für diese Rüge.
Seht Euch denn vor und sagt, daß ich Euch warnte.

SOMERSET.
Nun wohl, du sollst bereit uns immer finden
Und uns an dieser Farb' als Feind' erkennen,
Die meine Freunde tragen dir zum Trotz.

PLANTAGENET.
Und diese bleiche und erzürnte Rose,
Als Sinnbild meines blutbedürft'gen Hasses,
Will ich, bei meiner Seele! künftig tragen,
Ich selber und mein Anhang immerdar,
Bis sie mit mir zu meinem Grabe welkt
Oder zur Höhe meines Rangs erblüht.

SUFFOLK.
Geh vorwärts, und ersticke dich dein Ehrgeiz!
Und so leb wohl, bis ich dich wieder treffe.
Ab.

SOMERSET.
Ich folge, Poole. Leb wohl, ehrgeiz'ger Richard!
Ab.

PLANTAGENET.
Wie man mir trotzt, und doch muß ich es dulden.

WARWICK.
Der Fleck, den sie an Eurem Hause rügen,
Wird ausgelöscht im nächsten Parlament,
Das Winchester und Gloster soll vergleichen;
Und wenn man dann dich nicht zum York ernennt,
So will ich länger nicht für Warwick gelten.
Indes, zum Pfand, daß ich dich vorgezogen
Dem stolzen Somerset und William Poole,
Trag' ich auf deiner Seite diese Rose
Und prophezeie hier: der heut'ge Zank,
Der zur Parteiung ward im Tempel-Garten,
Wird zwischen roter Rose und der weißen
In Tod und Todsnacht tausend Seelen reißen.

PLANTAGENET.
Euch, guter Meister Vernon, sag' ich Dank,
Daß Ihr die Blume mir zu Lieb gepflückt.

VERNON.
Beständig will ich, Euch zu Lieb, sie tragen.

RECHTSGELEHRTER. Das will ich ebenfalls.

PLANTAGENET.
Kommt, gehn wir vier zur Mahlzeit; ich darf sagen:
Blut trinkt noch dieser Streit in andern Tagen.
Alle ab.

Fünfte Szene

Ebendaselbst. Ein Zimmer im Turm.
Mortimer wird von zwei Gefangenwärtern in einem Armstuhl hereingetragen

MORTIMER.
Sorgsame Wärter meines schwachen Alters,
Laßt sterbend ausruhn hier den Mortimer.
So wie ein Mann, der Folter erst entrissen,
Fühl' ich die Länge der Gefangenschaft
In meinen Gliedern; diese grauen Locken,
Des Todes Boten, Nestor-gleich bejahrt
In Jahren voller Sorgen, zeigen an,
Es ende nun mit Edmund Mortimer.
Die Augen, Lampen, die ihr Öl verspendet,
Verdunkeln sich, zum Ausgang schon gewendet.
Die Schultern schwach, erdrückt von Grames Last,
Die Arme marklos, wie verdorrte Reben,
Saftlose Ranken auf den Boden senkend. –
Doch diese Füße von kraftlosem Stand,
Unfähig, diesen Erdenkloß zu stützen,
Sind leicht beschwingt vom Wunsch nach einem Grabe,
Wohl wissend, daß ich andern Trost nicht habe. –
Doch sagt mir, Wärter, will mein Neffe kommen?

ERSTER GEFANGENWÄRTER.

Richard Plantagenet will kommen, Herr;
Zu seinem Zimmer sandten wir im Tempel,
Und Antwort ward erteilt, er wolle kommen.

MORTIMER.
Genug! So wird noch mein Gemüt befriedigt.
Der arme Mann! Er ist gekränkt wie ich.
Seit Heinrich Monmouth erst begann zu herrschen,
Vor dessen Ruhm ich groß in Waffen war,
Lebt' ich in ekler Eingeschlossenheit;
Und auch seitdem ward Richard weggedrängt,
Beraubt der Ehr' und Erbschaft; aber nun,
Da mich, der jegliche Verzweiflung schlichtet,
Der Tod, der milde Schiedsmann alles Elends,
Mit süßer Freilassung von hinnen läßt,
Wollt' ich, auch seine Drangsal wär' vorbei,
Und das Verlorne würd' ihm hergestellt.

Richard Plantagenet tritt auf.

ERSTER GEFANGENWÄRTER.
Herr, Euer lieber Neff' ist nun gekommen.

MORTIMER.
Richard Plantagenet, mein Freund? Ist er da?

PLANTAGENET.
Ja, edler Oheim, schmählich so behandelt,
Eu'r Neffe kommt, der jüngst entehrte Richard.

MORTIMER.
Führt meine Arme, daß ich ihn umhalse,
Den letzten Hauch in seinen Busen keiche;
O sagt mir, wann mein Mund die Wang' ihm rührt,
Daß ich ihn grüße mit ohnmächt'gem Kuß.
Nun, süßer Sprößling von Yorks großem Stamm,
Erklär', warum du »jüngst entehrt« dich nanntest.

PLANTAGENET.
Erst lehn' auf meinen Arm den alten Rücken,
Und, so erleichtert, höre die Beschwer.
Heut, bei dem Streiten über einen Fall,
Kams' zwischen mir und Somerset zu Worten,
Wobei er ohne Maß die Zunge brauchte
Und rückte meines Vaters Tod mir vor.
Der Vorwurf stieß mir Riegel vor die Zunge,
Sonst hätt' ich's ihm auf gleiche Art vergolten.
Drum, bester Ohm, um meines Vaters willen,
Bei deiner Ehr' als ein Plantagenet
Und Bundes halb erklär' den Grund, warum
Mein Vater, Graf von Cambridge, ward enthauptet.

MORTIMER.
Der Grund, der mich verhaftet, holder Neffe,
Und all die blüh'nde Jugend fest mich hielt
In einem eklen Kerker, da zu schmachten,
War das verfluchte Werkzeug seines Todes.

PLANTAGENET.
Entdecke näher, welch ein Grund das war,
Denn ich bin unbelehrt und rat' es nicht.

MORTIMER.
Das will ich, wenn der Odem mir nicht schwindet
Und mich der Tod läßt enden den Bericht.
Heinrich der Vierte, Großvater dieses Königs,
Entsetzte seinen Neffen Richard, Eduards Sohn,
Des Erstgebornen und rechtmäß'gen Erben
Von König Eduard, drittem jener Reih'.
Zu seiner Herrschaft Zeit bestrebten sich
Die Percys aus dem Norden, als sie fanden,
Höchst ungerecht sei seine Anmaßung,
Statt seiner mich zu fördern auf den Thron.
Was diese kriegerischen Lords bewog,
War, daß nach Wegräumung des jungen Richard
[Der keinen Erben ließ, von ihm erzeugt]
Ich von Geburt und Sippschaft war der nächste,
Denn mütterlicher Seite stamm' ich ab
Von Lionel von Clarence, drittem Sohn
König Eduard des Dritten; mittlerweil'
Er von Johann von Gaunt den Stammbaum leitet,
Dem vierten nur in jenem Heldenhaus.
Doch merkt: als sie mit hochgemutem Anschlag
Den rechten Erben einzusetzen rangen,
Verlor die Freiheit ich, und sie das Leben.
Viel später, als Heinrich der Fünfte herrschte
Nach seinem Vater Bolingbroke, geschah's,
Daß, mitleidsvoll mit meiner harten Trübsal,
Dein Vater, Graf von Cambridge, abgestammt
Vom großen Edmund Langley, Herzog York,
Vermählt mit meiner Schwester, deiner Mutter,
Nochmals ein Heer warb, wähnend, mich zu lösen
Und zu bekleiden mit dem Diadem;
Doch wie die andern fiel der edle Graf
Und ward enthauptet. So sind die Mortimers,
Worauf der Anspruch ruhte, unterdrückt.

PLANTAGENET.
Und deren letzter, edler Lord, seid Ihr.

MORTIMER.
Ja, und du siehst, ich habe kein Geschlecht,
Und meine matten Worte melden Tod.
Du bist mein Erbe; rate selbst das andre,
Doch übe Vorsicht bei der fleiß'gen Sorge.

PLANTAGENET.
Die ernste Warnung präget sich mir ein;
Doch dünkt mich meines Vaters Hinrichtung
Geringres nicht als blut'ge Tyrannei.

MORTIMER. Mit Schweigen, Neffe, treibe Politik:
Das Haus der Lancaster ist fest gegründet
Und, einem Felsen gleich, nicht wegzurücken.
Nun aber rückt dein Oheim weg von hier,
Wie Prinzen ihren Hof verlegen, müde
Des langen Weilens am bestimmten Platz.

PLANTAGENET.
Oh, kauft' ein Teil von meinen jungen Jahren
Die Laufbahn Eures Alters doch zurück!

MORTIMER.
Du tätest mir zu nah, dem Mörder gleich,
Der viele Wunden gibt, wo eine tötet;
Wo nicht mein Wohl dir leid ist, traure nicht,
Nur ordne du mir die Bestattung an.
Und so fahr' wohl: dir lache jede Hoffnung,
Dein Leben sei beglückt in Fried' und Krieg!

Stirbt.

PLANTAGENET.
Fried' und nicht Krieg mit deiner flieh'nden Seele!
Im Kerker schlossest du die Pilgerschaft,
Als Klausner überlebend deine Tage. –
Wohl, seinen Rat verschließ' ich in der Brust,
Und was ich sinne, sei nur mir bewußt. –
Wärter, tragt ihn hinweg! Ich sorge selbst,
Ihn besser zu bestatten, als er lebte.

Die Gefangenwärter tragen Mortimer hinaus.
Hier lischt die trübe Fackel Mortimers,
Gedämpft vom Ehrgeiz derer unter ihm;
Und für das Unrecht, für die bittre Kränkung,
Die meinem Hause Somerset getan,
Bau' ich auf ehrenvolle Herstellung.
Und deshalb eil' ich zu dem Parlament:
Man soll zurück mich geben meinem Blut,
Sonst mach' ich bald mein Übel mir zum Gut.
Ab.

Dritter Aufzug

Erste Szene

London. Das Parlament-Haus.
Trompetenstoß. König Heinrich, Exeter, Gloster, Warwick. Somerset und Suffolk, der Bischof von Winchester, Richard Plantagenet und andre treten auf. Gloster will ein Memorial überreichen, Winchester reißt es ihm weg und zerreißt es.

WINCHESTER.
Kommst du mit tief voraus bedachten Zeilen,
Geschriebnen Blättern, künstlich ausgesonnen,
Humphrey von Gloster? Wenn du klagen kannst
Und denkst, mir irgend was zur Last zu legen,
So tu' es ohne Vorbereitung schnell,
Wie ich mit schneller Red' und aus dem Kopf
Dem, was du rügen magst, antworten will.

GLOSTER.
Hochmüt'ger Pfaff'! Der Ort mahnt zur Geduld,
Sonst sollt'st du sehen, daß du mich beschimpft.
Denk' nicht, wiewohl ich schriftlich abgefaßt
Die Weise deiner schnöden Missetaten,
Daß ich deshalb verfälscht und nicht im stande wär',
Der Feder Vortrag mündlich abzuhalten.
Nein. Bischof! So verwegne Bosheit übst du
Und Ränke, frech, verpestend und entzweiend,
Daß Kinder schwatzen selbst von deinem Stolz.
Du bist ein räuberischer Wucherer,
Halsstarrig von Natur, des Friedens Feind,
Wollüstig, üppig, mehr als wohl sich ziemt
Für einen Mann von deinem Amt und Rang.
Und was liegt mehr am Tag als dein Verrat,
Da auf mein Leben Schlingen du gelegt
Sowohl beim Turm als bei der London-Brücke?
Ja, würden die Gedanken dir gesichtet,
Dein Herr, der König, fürcht' ich, ist nicht frei
Von neid'scher Tücke deines schwell'nden Herzens.

WINCHESTER.
Gloster, ich biete Trotz dir. – Lords, geruht
Gehör zu leihn dem, was ich will erwidern.
Wär' ich ehrsüchtig, geizig und verkehrt,
Wie er mich macht: wie bin ich denn so arm?
Wie kommt es, daß ich nicht mich zu erhöhn,
Zu fördern suche, dem Berufe treu?
Was das Entzwein betrifft: wer hegt den Frieden
Mehr, als ich tu', wofern man nicht mich reizt?
Nein, beste Lords, das ist nicht mein Vergehn;
Das ist's nicht, was den Herzog hat entflammt.
Es ist, daß niemand herrschen soll als er,
Niemand als er soll um den König sein,
Und das gebiert ihm Donner in der Brust
Und treibt ihn, diese Klag' heraus zu brüllen.
Doch er soll sehn, ich sei so gut. –

GLOSTER. So gut?
Du Bastard meines Großvaters!

WINCHESTER.
Ja, großer Herr; denn was seid Ihr, ich bitte,
Als einer, herrisch auf des andern Thron?

GLOSTER.
Sag, bin ich nicht Protektor, kecker Pfaff'?

WINCHESTER.
Und bin ich ein Prälat der Kirche nicht?

GLOSTER.
Ja, wie ein Vagabund ein Schloß besetzt
Und es zum Schutze seines Diebstahls braucht.

WINCHESTER. Unwürd'ger Spötter Gloster!

GLOSTER. Du bist würdig
Nur durch dein geistlich Amt, nicht durch dein Leben.

WINCHESTER. Rom soll dem steuern.

WARWICK. So räum' dich weg nach Rom.

SOMERSET. Mylord, Ihr solltet billig Euch enthalten.

WARWICK.
Ei, laßt den Bischof ja nicht übermeistern.

SOMERSET.
Mich dünkt, Mylord sollt' etwas frömmer sein
Und solcher Männer hohe Würde kennen.

WARWICK.
Mich dünkt, sie sollten demutsvoller sein,
Es ziemt sich nicht, daß ein Prälat so rechte.

SOMERSET.
Ja, wenn sein heil'ger Stand wird angetastet.

WARWICK. Unheilig oder heilig, was verschlägt's?
Ist Seine Hoheit nicht des Reichs Protektor?

PLANTAGENET *beiseit.*
Plantagenet, seh' ich, muß still sich halten,
Daß man nicht sagt: »Sprecht, Ihr da, wo Ihr dürft;
Mischt Euer kühner Spruch bei Lords sich ein?«
Sonst hätt' ich einen Strauß mit Winchester.

KÖNIG HEINRICH.
Oheime Gloster und von Winchester,
Besondre Wächter über Englands Wohl!
Ich möchte gern, wenn Bitten was vermögen,
In Lieb' und Freundschaft eure Herzen binden.
Oh, welch ein Ärgernis für unsre Krone,
Daß zwei so edle Pairs, wie ihr, sich zanken!
Glaubt mir, schon wissen's meine zarten Jahre,
Ein gift'ger Wurm ist innerlicher Zwist,
Der nagt am Innern des gemeinen Wesens. –
Man hört draußen einen Lärm: »Nieder mit den Braunröcken!«
Welch ein Tumult?

WARWICK. Ein Auflauf, will ich wetten,
Erregt aus Tücke von des Bischofs Leuten.
Wiederum Lärm: »Steine! Steine!«
Der Schultheiß von London tritt auf mit Gefolge.

SCHULTHEISS.
Oh, lieben Lords und tugendhafter Heinrich!

Erbarmt euch der Stadt London und des Volks!
Des Bischofs Leut' und Herzogs Gloster haben,
Da Wehr zu tragen jüngst verboten ward,
Die Taschen angefüllt mit Kieselsteinen,
Und, in Partei'n gerottet, schmeißen sie
So heftig einer an des andern Kopf,
Daß manchem wird sein wirblicht Hirn zerschmettert;
In allen Gassen schlägt man Fenster ein,
Und unsre Laden zwingt uns Furcht zu schließen.

Die Anhänger Glosters und Winchesters kommen unter beständigem Handgemenge mit blutigen Köpfen.

KÖNIG HEINRICH.
Wir mahnen euch bei Untertanen-Pflicht,
Daß ihr vom Totschlag laßt und Frieden haltet.
Ich bitt' Euch, Oheim Gloster, stillt den Streit.

ERSTER BEDIENTER. Ja, wenn man uns die Steine
Verwehrt, so fallen wir uns mit Zähnen an.

ZWEITER BEDIENTER.
Tut, wie ihr Herz habt, wir sind auch entschlossen.

Von neuem Handgemenge.

GLOSTER.
Ihr, mein Gesinde, laßt dies zänk'sche Lärmen
Und stellt den ungewohnten Kampf beiseit.

DRITTER BEDIENTER.
Wir kennen Eure Hoheit als gerecht
Und redlich und an fürstlicher Geburt
Niemandem weichend, als nur Seiner Majestät;
Und eh' wir dulden, daß ein solcher Prinz,
So güt'ger Vater des gemeinen Wesens,
Von einem Tintenklecker wird beschimpft,
Eh' wollen wir mit Weib und Kindern fechten
Und uns von deinen Feinden morden lassen.

ERSTER BEDIENTER.
Ja, und der Abfall unsrer Nägel schlägt
Nach unserm Tode noch ein Lager auf.

Von neuem Handgemenge.

GLOSTER. Halt, halt, sag' ich!
Und wenn ihr so mich liebt, wie ihr beteuert,
Laßt mich zur Ruh' ein Weilchen euch bereden.

KÖNIG HEINRICH.
Oh, wie die Zwietracht mein Gemüt betrübt!
Könnt Ihr, Mylord von Winchester, mich seufzen
Und weinen sehn und werdet nie erweicht?
Wer soll mitleidig sein, wenn Ihr's nicht seid?
Wer soll bemüht sein, Frieden zu befördern,
Wenn Kirchendiener sich des Haders freun?

WARWICK.
Gebt nach, Protektor! Winchester, gebt nach!
Wofern ihr durch hartnäck'ge Weig'rung nicht
Wollt morden euern Herrn, das Reich zerstören.
Ihr sehet, was für Unheil, was für Mord
Verübt durch eure Feindschaft worden ist.
Seid still dann, wenn ihr nicht nach Blute dürstet.

WINCHESTER.
Er unterwerfe sich, sonst weich' ich nie.

GLOSTER. Aus Mitleid für den König beug' ich mich,
Sonst riss' ich eh' sein Herz aus, eh' der Pfaff'
Dies Vorrecht über mich erlangen sollte.

WARWICK.
Secht an, Mylord von Winchester, der Herzog
Hat finstre, mißvergnügte Wut verbannt,
Wie seine Brau'n geschlichtet es beweisen:
Was blickt Ihr denn so starr und tragisch noch?

GLOSTER.
Hier, Winchester, ich biete dir die Hand.

KÖNIG HEINRICH.
Pfui, Oheim Beaufort! Hört' ich Euch doch pred'gen,
Daß Bosheit große, schwere Sünde sei;
Und wollt Ihr nicht das, was Ihr lehrt, vollbringen
Und selbst darin am ärgsten Euch vergehn?

WARWICK. Holdsel'ger König! Eine milde Weisung! –
Schämt Euch, Mylord von Winchester, und weicht!
Wie! Soll ein Kind Euch lehren, was sich ziemt?

WINCHESTER.
Herzog von Gloster, wohl, ich gebe nach;
Ich biete Lieb' um Lieb' und Hand für Hand.

GLOSTER.
Ja, doch ich fürchte, nur mit hohlem Herzen. –
Seht, meine Freund' und lieben Landsgenossen!
Als Friedensfahne dienet zwischen uns
Und unserm ganzen Anhang dieses Zeichen.
So helfe Gott mir, wie ich's redlich meine!

WINCHESTER *beiseit.*
So helfe Gott mir, wie ich's nicht so meine!

KÖNIG HEINRICH.
O lieber Oheim, werter Herzog Gloster!
Wie freudig hat mich der Vergleich gemacht!
Nun fort, ihr Leute! Stört uns weiter nicht,
Vereint in Freundschaft euch, wie eure Herrn.

ERSTER BEDIENTER.
Sei's drum! Ich will zum Feldscher.

ZWEITER BEDIENTER. Das will ich auch.

DRITTER BEDIENTER.
Ich will Arznei mir in der Schenke suchen.

Die Bedienten, der Schultheiß u.s.w. ab.

WARWICK.
Empfangt dies Blatt hier, gnädigster Monarch,
Das für das Recht Richards Plantagenet
Wir überreichen Euer Majestät.

GLOSTER.
Wohl angebracht, Lord Warwick! Denn, mein Prinz,
Wenn Eure Hoheit jeden Umstand merkt,
Habt Ihr viel Grund, sein Recht ihm zu erweisen;
Besonders auf den Anlaß, welchen ich
Zu Eltham Euer Majestät gesagt.

KÖNIG HEINRICH.
Und dieser Anlaß, Ohm, war von Gewicht;
Drum, lieben Lords, ist unser Wohlgefallen,
Daß Richard seinem Blut sei hergestellt.

WARWICK. Sei Richard seinem Blute hergestellt,
So wird des Vaters Unrecht ihm vergütet.

WINCHESTER.
Wie alle wollen, will auch Winchester.

KÖNIG HEINRICH.
Wenn Richard treu will sein, nicht dies allein,
Das ganze Erbteil geb' ich ihm zugleich,
Das zugehörig ist dem Hause York,
Von wannen Ihr in grader Reihe stammt.

PLANTAGENET.
Dein untertän'ger Knecht gelobt Gehorsam

Und untertän'gen Dienst bis in den Tod.

KÖNIG HEINRICH.
So bück' dich, setz' dein Knie an meinen Fuß,
Und zur Vergeltung dieser Huldigung
Gürt' ich dich mit dem tapfern Schwert von York.
Steh, Richard, auf als ein Plantagenet,
Steh auf, ernannt zum hohen Herzog York!

PLANTAGENET.
Wie deiner Feinde Fall sei Richards Heil,
Und wie mein Dienst gedeiht, verderbe jeder,
Der wider Eure Majestät was denkt!

ALLE. Heil, hoher Prinz, der mächt'ge Herzog York!

SOMERSET *beiseit.*
Stirb, schnöder Prinz, unedler Herzog York!

GLOSTER. Nun dient es Euer Majestät am besten,
Daß Ihr die See hinübersetzt, zur Krönung
In Frankreich; eines Königs Gegenwart
Erzeuget Liebe bei den Untertanen
Und echten Freunden und entherzt die Feinde.

KÖNIG HEINRICH.
Wenn's Gloster sagt, geht König Heinrich schon,
Denn Freundes Rat vernichtet Feindes Drohn.

GLOSTER. Es liegen Eure Schiffe schon bereit.

Alle ab außer Exeter.

EXETER.
Ja, ziehn wir nur in England oder Frankreich,
Nicht sehend, was hieraus erfolgen muß:
Die jüngst erwachsne Zwietracht dieser Pairs
Brennt unter Aschen der verstellten Liebe
Und wird zuletzt in Flammen brechen aus.
Wie erst ein eiternd Glied allmählich fault,
Bis Bein und Fleisch und Sehnen fallen ab,
So wird die tück'sche Zwietracht um sich fressen,
Und nun fürcht' ich die schlimme Weissagung,
Die in dem Munde jedes Säuglings war
In Heinrichs Tagen, zubenamt der Fünfte:
»Heinrich aus Monmouth bauet alles auf,
Heinrich aus Windsor büßet alles ein.«
Dies ist so klar, daß Exeter nur wünscht,
Sein Leben ende vor der Unglückszeit.

Ab.

Zweite Szene

Frankreich. Vor Rouen.

Die Pucelle tritt verkleidet auf, mit Soldaten, wie Landleute gekleidet, mit Säcken auf den Rücken.

PUCELLE.
Dies ist das Stadttor, von Rouen das Tor,
Das unsre Schlauigkeit erbrechen muß.
Gebt Achtung, wie ihr eure Worte stellt,
Sprecht wie Marktleute von gemeinem Schlag,
Die Geld zu lösen kommen für ihr Korn.
Wenn man uns einläßt, wie ich sicher hoffe,
Und wir nur schwach die träge Wache finden,
So meld' ich's durch ein Zeichen unsern Freunden,
Daß Karl, der Dauphin, einen Angriff wage.

ERSTER SOLDAT.
Der Plunder soll die Stadt uns plündern helfen,
Uns Herrn und Meister machen in Rouen.
Drum laßt uns klopfen.

Er klopft an.

WACHE *drinnen.*
Qui est là?

PUCELLE. Paysans, pauvres gens de France;
Marktleute, die ihr Korn verkaufen wollen.

WACHE.
Geht nur hinein, die Markt-Glock' hat geläutet.

Er öffnet das Tor.

PUCELLE.
Wohlauf, Rouen, nun stürz' ich deine Feste.

Die Pucelle und ihre Leute gehen in die Stadt.

Karl. Bastard von Orleans, Alençon und Truppen.

KARL. Sankt Dionys, gesegne diese Kriegslist!
Wir schlafen nochmals sicher in Rouen.

BASTARD.
Hier ging Pucelle hinein mit ihren Helfern;
Doch, nun sie dort ist, wie bezeichnet sie
Den sichersten und besten Weg hinein?

ALENÇON.
Vom Turm dort steckt sie eine Fackel auf,
Die, wahrgenommen, ihre Meinung zeigt,
Der Weg, wo sie hinein kam, sei der schwächste.

Die Pucelle erscheint auf einer Zinne und hält eine brennende Fackel empor.

PUCELLE.
Schaut auf, dies ist die frohe Hochzeitsfackel,
Die ihrem Landesvolk Rouen vermählt,
Doch tödlich brennend für die Talbotisten.

BASTARD. Sieh, edler Karl! Die Fackel, das Signal
Von unsrer Freundin, steht auf jenem Turm.

KARL. Nun strahle sie wie ein Komet der Rache,
Wie ein Prophet von unsrer Feinde Fall!

ALENÇON.
Kein Zeitverlust! denn Zögern bringt Gefahr!
Hinein und schreit: der Dauphin! alsobald
Und räumet dann die Wachen aus dem Weg.

Sie dringen ein.

Getümmel. Talbot kommt mit einigen Englischen.

TALBOT.
Frankreich, mit Tränen sollst du mir dies büßen,
Wenn Talbot den Verrat nur überlebt.
Die Hexe, die verfluchte Zauberin,
Stellt unversehns dies Höllen-Unheil an,
Daß wir dem Stolze Frankreichs kaum entrinnen.

Sie gehen ab in die Stadt.

Getümmel, Ausfälle. Aus der Stadt kommen Bedford, der krank in einem Stuhle hereingetragen wird, mit Talbot, Burgund und, den englischen Truppen. Dann erscheinen auf den Mauern die Pucelle, Karl, der Bastard, Alençon und andre.

PUCELLE.
Guten Morgen, Brave! Braucht ihr Korn zum Brot?
Der Herzog von Burgund wird fasten, denk' ich,
Eh' er zu solchem Preise wieder kauft.
Es war voll Trespe: liebt Ihr den Geschmack?

BURGUND.
Ja, höhne, böser Feind! Schamlose Buhle!
Bald hoff' ich dich im eignen zu ersticken,
Daß du die Ernte dieses Korns verfluchst.

KARL. Eu'r Hoheit könnte wohl zuvor verhungern.

BEDFORD.
Oh, nicht mit Worten, nehmt mit Taten Rache!
PUCELLE.
Was wollt Ihr, alter Graubart? Mit dem Tod
Im Lehnstuhl auf ein Lanzenbrechen rennen?
TALBOT.
Dämon von Frankreich, aller Greuel Hexe,
Von deinen üpp'gen Buhlern eingefaßt!
Steht es dir an, sein tapfres Alter höhnen
Und den halbtoten Mann mit Feigheit zwacken?
Ich muß noch einmal, Dirnchen, mit Euch dran,
Sonst komme Talbot um in seiner Schmach!
PUCELLE.
Seid Ihr so hitzig, Herr? Doch still, Pucelle!
Denn donnert Talbot nur, so folgt auch Regen.
Talbot und die andern beratschlagen sich.
Gott helf' dem Parlament! Wer soll der Sprecher sein?
TALBOT. Wagt ihr euch wider uns ins Feld hinaus?
PUCELLE.
Es scheint, der gnäd'ge Lord hält uns für Narr'n,
Daß wir uns noch bequemten auszumachen,
Ob unser Eignes unser ist, ob nicht.
TALBOT.
Ich sag' es nicht der schmäh'nden Hekate,
Dir sag' ich's und den andern, Alençon:
Kommt ihr und fechtet's wie Soldaten aus?
ALENÇON. Nein, Signor.
TALBOT.
So hängt, Signor! Ihr Maultiertreiber Frankreichs!
Wie Bauerknechte hüten sie die Mauern
Und dürfen nicht wie Edelleute fechten.
PUCELLE.
Hauptleute, fort! Verlassen wir die Mauern,
Denn Talbot meint nichts Gut's nach seinen Blicken.
Gott grüß' Euch, Lord, wir wollten Euch nur sagen,
Wir wären hier.
Die Pucelle mit den übrigen von den Mauern ab.
TALBOT.
Wir wollen auch dort sein in kurzer Zeit,
Sonst werde Schande Talbots größter Ruhm.
Schwör' mir, Burgund, bei deines Hauses Ehre,
Gereizt durch Unrecht, so dir Frankreich tat,
Du woll'st die Stadt erobern oder sterben;
Und ich, so wahr als Englands Heinrich lebt
Und als sein Vater hier Erob'rer war,
So wahr in dieser jüngst verratnen Stadt
Held Löwenherzens Herz begraben ward,
Will ich die Stadt erobern oder sterben.
BURGUND.
Mein Schwur ist deines Schwures Mitgenoß.
TALBOT.
Doch eh' wir gehn, sorgt für ein sterbend Haupt,
Den tapfern Herzog Bedford. – Kommt, Mylord,
Wir wollen einen bessern Platz Euch schaffen,
Für Krankheit schicklicher und mürbes Alter.
BEDFORD. Lord Talbot, nein, entehret mich nicht so;
Hier will ich sitzen vor den Mauern von Rouen,
Teilnehmer Eures Wohles oder Wehs.
BURGUND.
Beherzter Bedford, laßt uns Euch bereden.
BEDFORD.
Nur nicht von hier zu gehn; ich las einmal:
Der starke Pendragon kam in der Sänfte
Krank in das Feld und überwand den Feind.
So möcht' ich der Soldaten Herz beleben,
Denn immer fand ich sie so wie mich selbst.
TALBOT.
Entschloßner Geist in der erstorbnen Brust!
So sei's denn; schütze Gott den alten Bedford!
Nun ohne weitres, wackerer Burgund,
Ziehn wir sogleich zusammen unsre Macht
Und fallen auf den prahlerischen Feind.
Burgund, Talbot und ihre Truppen ab, indem sie Bedford und andre zurücklassen.
Getümmel, Angriffe. Sir John Fastolfe und ein Hauptmann kommen.
HAUPTMANN.
So eilig, Sir John Fastolfe! Wo hinaus?
FASTOLFE.
Nun, wo hinaus? Mich durch die Flucht zu retten,
Wir werden wiederum geworfen werden.
HAUPTMANN.
Was? Flieht Ihr und verlaßt Lord Talbot?
FASTOLFE. Ja,
Alle Talbots in der Welt, um mich zu retten.
Ab.
HAUPTMANN. Verzagter Ritter! Unglück folge dir!
Ab.
Rückzug. Angriffe. Aus der Stadt kommen die Pucelle, Alençon, Karl u.s.w. und gehen fliehend ab.
BEDFORD.
Nun, stille Seele, scheide, wann Gott will,
Denn unsre Feinde sah ich hingestürzt.
Wo ist des Menschen Zuversicht und Kraft?
Sie, die sich jüngst erdreistet mit Gespött,
Sind gerne froh, sich durch die Flucht zu retten.
Er stirbt und wird in seinem Lehnstuhl weggetragen.
Getümmel. Talbot, Burgund und andre treten auf.
TALBOT. In einem Tag verloren und gewonnen!
Gedoppelt ist die Ehre nun, Burgund;
Doch sei dem Himmel Preis für diesen Sieg!
BURGUND.
Sieghafter Krieger Talbot! Dein Burgund
Weiht dir sein Herz zum Schrein und baut ein Denkmal
Des Heldenmuts aus deinen Taten da.
TALBOT.
Dank, edler Herzog. Doch, wo ist Pucelle?
Ich denk', ihr alter Hausgeist fiel in Schlaf.
Wo ist des Bastards Prahlen? Karls Gespött?
Wie? Alle tot? Es hängt Rouen den Kopf
Vor Gram, daß solche tapfre Schar geflohn.
Nun laßt uns Ordnung schaffen in der Stadt
Und setzen drein erfahrne Offiziere;
Dann nach Paris, zum König; denn es liegt
Der junge Heinrich da mit seinen Großen.
BURGUND.
Was Talbot will, das hält Burgund genehm.
TALBOT.
Jedoch laßt, eh' wir gehn, uns nicht vergessen
Den jüngst verschiednen edlen Herzog Bedford,

Und sehn wir sein Begräbnis hier vollbracht.
Kein braverer Soldat schwang je die Lanze,
Kein mildres Herz regierte je am Hof.
Doch sterben müssen Kön'ge, noch so groß;
So endet sich elender Menschen Los.

Alle ab.

Dritte Szene

Die benachbarten Ebnen bei Rouen.
Karl, der Bastard, Alençon, die Pucelle treten auf mit Truppen.

PUCELLE.
Verzagt nicht, Prinzen, über diesen Zufall
Und grämt euch nicht, daß sie Rouen genommen;
Denn Sorge wehrt nicht, sie versehrt und zehrt
Um Dinge, die nicht abzustellen sind.
Der tolle Talbot siegprang' eine Weil'
Und spreize wie ein Pfau sich mit dem Schweif:
Wir rupfen ihn und kürzen ihm die Schleppe,
Läßt Dauphin samt den andern nur sich raten.

KARL. Wir folgten deiner Leitung bis hieher
Und hegten Mißtraun nicht in deine Kunst;
Ein schneller Unfall soll nie Argwohn zeugen.

BASTARD.
Such' deinen Witz durch nach geheimen Listen,
Und ruhmvoll machen wir dich aller Welt.

ALENÇON.
Wir stell'n dein Bildnis an geweihte Plätze
Und beten dich wie eine Heil'ge an.
Bemüh' dich, holde Jungfrau, denn für uns!

PUCELLE. So sei es also, dies ist Jeannes Plan:
Durch Überredungen mit Honigworten
Verstricken wir den Herzog von Burgund,
Den Talbot zu verlassen, uns zu folgen.

KARL.
Ei ja, mein Herz! Wenn wir das könnten, wäre
Frankreich kein Platz für Heinrichs Krieger mehr,
Noch sollte die Nation so mit uns prahlen,
Vielmehr vertilgt aus unsern Landen sein.

ALENÇON.
Für immer wären sie verbannt aus Frankreich
Und führten keiner Grafschaft Titel hier.

PUCELLE.
Ihr sollt schon sehn, wie ich es machen will,
Die Sache zum gewünschten Schluß zu bringen.

Man hört Trommeln.

Horcht! An dem Trommelschlag ist abzunehmen,
Daß ihre Truppen sich Paris-wärts ziehn.

Ein englischer Marsch. In der Entfernung zieht Talbot mit seinen Truppen vorüber.

Da geht der Talbot, fliegend seine Fahnen,
Und alle Scharen Englischer nach ihm.

Ein französischer Marsch. Der Herzog von Burgund mit seinen Truppen.

Nun kommt Burgund im Nachtrab und sein Volk,
Das Glück ließ günstig ihn dahinten weilen.
Man lad' ihn ein: wir wollen mit ihm reden.

Eine Trompete bläst die Einladung zur Unterredung.

KARL. Auf ein Gespräch mit Herzog von Burgund!

BURGUND.
Wer fodert ein Gespräch mit dem Burgund?

PUCELLE.
Dein Landsmann, Frankreichs königlicher Karl.

BURGUND.
Was sagst du, Karl? Denn ich muß weiterziehn.

KARL. Pucelle, sprich! Bezaubre ihn mit Worten!

PUCELLE.
Du Frankreichs Hoffnung, wackerer Burgund!
Laß deine Magd in Demut mit dir reden.

BURGUND.
So sprich, doch mach's nicht übermäßig lang.

PUCELLE.
Blick' auf dein fruchtbar Vaterland, dein Frankreich,
Und sieh die Städt' und Wohnungen entstellt
Durch die Verheerung eines wilden Feinds.
So wie die Mutter auf ihr Kindlein blickt,
Wenn Tod die zart gebrochnen Augen schließt,
So sieh, sieh Frankreichs schmachtendes Erkranken;
Die Wunden schau, die Wunden, unnatürlich,
Die ihrer bangen Brust du selbst versetzt!
O kehr' dein schneidend Schwert wo anders hin,
Triff, wer verletzt, verletz' nicht den, der hilft!
Ein Tropfe Blut aus deines Landes Busen
Muß mehr dich reun als Ströme fremden Bluts;
Drum kehr' zurück mit einer Flut von Tränen
Und wasche deines Landes Flecken weg.

BURGUND.
Entweder hat sie mich behext mit Worten,
Oder mit eins erweicht mich die Natur.

PUCELLE.
Auch schreien alle Franken über dich,
Geburt und echte Herkunft dir bezweifelnd.
An wen gerietst du als ein herrisch Volk,
Daß dir nicht traun mag, als Gewinnes halb?
Wenn Talbot einmal Fuß gefaßt in Frankreich
Und zu des Übels Werkzeug dich gemodelt,
Wer außer Englands Heinrich wird dann Herr,
Und du hinausgestoßen als ein Flüchtling?
Ruf dir zurück und merk' nur dies zur Probe.
War nicht der Herzog Orleans dein Feind?
Und war er nicht in England Kriegsgefangner?
Allein, als sie gehört, er sei dein Feind,
So gaben sie ihn ohne Lösung frei,
Burgund zum Trotz und allen seinen Freunden.
So sieh dann! Wider deine Landsgenossen
Kämpfst du mit denen, die dich morden werden.
Komm, kehre heim! Kehr' heim, verirrter Fürst!
Karl und die andern werden dich umarmen.

BURGUND.
Ich bin besiegt; dies' ihre hohen Worte
Zermalmen mich wie brüllendes Geschütz,
Daß ich auf meinen Knie'n mich fast ergebe. –
Verzeiht mir, Vaterland und Landsgenossen!
Und, Herrn, empfangt die herzliche Umarmung.
All meine Macht und Scharen Volks sind euer;
Talbot, leb wohl! Ich trau' dir länger nicht.

PUCELLE.
Wie ein Franzos: gewandt und umgewandt!

KARL. Heil, braver Herzog! Uns belebt dein Bund.

BASTARD. Und zeuget neuen Mut in unsrer Brust.

ALENÇON. Pucelle hat ihre Rolle brav gespielt
Und eine goldne Krone dran verdient.

KARL.
Nun weiter, Lords; vereinen wir die Truppen
Und sehn, wie wir dem Feinde Schaden tun!

Alle ab.

Vierte Szene

Paris. Ein Saal im Palast.
König Heinrich. Gloster und andre Lords; Vernon, Basset u.s.w. Zu ihnen Talbot und einige von seinen Offizieren.

TALBOT.
Mein gnäd'ger Fürst und ehrenwerte Pairs,
Von eurer Ankunft hier im Reiche hörend,
Ließ ich ein Weilchen meine Waffen ruhn,
Um meinem Oberherrn die Pflicht zu leisten.
Zum Zeichen des senkt dieser Arm (der Euch
An fünfzig Festen zum Gehorsam rief,
Zwölf Städte, sieben Mau'r-umgebne Flecken,
Benebst fünfhundert achtbaren Gefangnen)
Sein Schwert vor Euer Hoheit Füßen nieder;
Und, mit des Herzens untertän'ger Treu',
Schreib' ich den Ruhm gelungener Erob'rung
Erst meinem Gott, dann Euer Hoheit zu.

KÖNIG HEINRICH.
Ist dieses der Lord Talbot, Oheim Gloster,
Der sich so lang' in Frankreich aufgehalten?

GLOSTER. Zu Euer Majestät Befehl, mein Fürst.

KÖNIG HEINRICH.
Willkommen, braver Kriegshauptmann und Held!
Als ich noch jung war (zwar auch jetzt nicht alt),
Erinnr' ich mich, wie mir mein Vater sagte,
Kein beßrer Streiter führte je das Schwert.
Seit lange war uns Eure Treu' bekannt,
Eu'r redlich Dienen, Eure Kriegsbeschwer;
Doch habt Ihr nimmer unsern Lohn geschmeckt,
Noch selber Dank ist Euch erboten worden,
Weil wir bis jetzt nie Euer Antlitz sahn.
Deshalb steht auf, und für so viel Verdienst
Seid hier ernannt zum Grafen Shrewsbury
Und nehmt bei unsrer Krönung Euern Platz.

König Heinrich, Gloster, Talbot und Lords ab.

VERNON.
Nun, Herr, der Ihr so hitzig wart zur See,
Beschimpfend diese Farben, die ich trage
Zu Ehren meinem edlen Lord von York:
Darfst du die vor'gen Worte noch behaupten?

BASSET. Ja, Herr; so wohl als Ihr verteid'gen dürft
Der unverschämten Zunge boshaft Bellen
Auf meinen Lord, den Herzog Somerset.

VERNON. Ha, deinen Lord ehr' ich so, wie er ist.

BASSET. Nun, und wie ist er denn? So gut wie York.

VERNON.
Hört Ihr, nicht so! Zum Zeichen nehmt Ihr das!

Schlägt ihn.

BASSET.
Du weißt es, Schurk', das Waffenrecht ist so,
Daß, wer den Degen zieht, des Todes stirbt;
Sonst zapfte dieser Schlag dein Herzblut an.
Allein ich will zu Seiner Majestät
Und bitt' um Freiheit, diese Schmach zu rächen:
Sieh zu, dann treff' ich dich zu deinem Schaden.

VERNON. Verworfner, ich bin dort so bald wie Ihr
Und treffe dann Euch bälder, als Ihr wünscht.

Beide ab.

Vierter Aufzug

Erste Szene

Paris. Ein Audienz-Saal.
König Heinrich, Gloster, Exeter, York, Suffolk, Somerset, Winchester, Warwick, Talbot, der Statthalter von Paris und andre.

GLOSTER.
Herr Bischof, setzt die Kron' ihm auf sein Haupt.

WINCHESTER.
Heil König Heinrich, sechstem dieses Namens!

GLOSTER.
Nun tut den Eid, Statthalter von Paris:

Der Statthalter kniet.

Ihr wollet keinen andern König kiesen,
Nur seine Freunde für die Euern achten,
Für Feinde nur, die auf sein Regiment
Es mit boshaften Ränken angelegt;
Dies sollt Ihr tun, so Gott Euch helfen möge!

Der Statthalter und sein Gefolge ab.
Sir John Fastolfe tritt auf.

FASTOLFE.
Mein gnädigster Monarch, als von Calais
Ich eilends her zu Eurer Krönung ritt,
Ward mir ein Brief zu Handen übergeben,
Vom Herzog von Burgund an Euch gerichtet.

TALBOT.
Schand' über Herzog von Burgund und dich!
Ich habe, schnöder Ritter, längst gelobt,
Wann ich dich wieder träf', das Hosenband
Von deinem Memmen-Bein herab zu reißen.

Reißt es ab.

Und tu' es nun, weil du unwürdiglich
Bekleidet wurdest mit dem hohen Rang. –
Verzeiht mir, hoher Heinrich, und die andern!
Der Feigling da, beim Treffen von Patai,
Da ich sechstausend stark in allem war
Und zehn beinah' die Franken gegen einen:
Eh' man sich traf, eh' noch ein Streich geschah,
Lief er davon, wie ein getreuer Knappe.
Dabei verloren wir zwölfhundert Mann;
Ich selbst und andre Edelleute wurden
Dort überfallen und zu Kriegsgefangnen.
Nun urteilt, hohe Herrn, ob ich gefehlt,
Ob solche Memmen jemals tragen sollten
Den Schmuck der Ritterschaft; ja oder nein?

GLOSTER.
Die Wahrheit zu gestehn, die Tat war schändlich
Und übel ziemend dem Gemeinsten selbst,
Vielmehr denn einem Ritter, Hauptmann, Führer.

TALBOT. Als man den Orden erst verordnet, waren

Des Hosenbandes Ritter hochgeboren,
Tapfer und tugendhaft, voll stolzen Muts,
Die durch den Krieg zum Ansehn sich erhoben,
Den Tod nicht scheuend, noch vor Nöten zagend,
Vielmehr im Äußersten entschlossen stets.
Wer denn nicht also ausgestattet ist,
Maßt sich nur an den heil'gen Namen Ritter,
Entweihend diesen ehrenvollen Orden;
Und sollte (wär' ich würdig, da zu richten)
Durchaus verworfen werden, wie ein Bettler,
Am Zaun geboren, welcher sich erfrecht,
Mit seinem adeligen Blut zu prahlen.

KÖNIG HEINRICH.
Schimpf deines Lands! Da hörst du deinen Spruch!
Drum pack' dich weg, du, der ein Ritter war:
Wir bannen dich hinfort bei Todesstrafe. –

Fastolfe ab.

Und nun, Mylord Protektor, lest den Brief
Von unserm Oheim, Herzog von Burgund.

GLOSTER *die Überschrift betrachtend.*
Was meint er, so die Schreibart zu verändern?
Nur »an den König« schlicht und grade zu?
Hat er vergessen, wer sein Lehnsherr ist?
Wie? Oder tut die grobe Überschrift
Veränderung des guten Willens kund?
Was gibt es hier?

Liest.

»Ich bin aus eignen Gründen,
Aus Mitleid über meines Lands Ruin
Samt aller derer kläglichen Beschwerden,
Die Eure Unterdrückung ausgezehrt,
Von Eurer höchst verderblichen Partei
Zu Frankreichs echtem König Karl getreten.«
O scheußlicher Verrat! Kann es denn sein,
Daß unter Freundschaft, Bündnissen und Schwüren
So falsch verstellter Trug erfunden wird?

KÖNIG HEINRICH.
Was? Fällt mein Oheim von Burgund mir ab?

GLOSTER.
Ja, gnäd'ger Herr, und ward nun Euer Feind.

KÖNIG HEINRICH.
Ist das das Schlimmste, was sein Brief enthält?

GLOSTER.
Es ist das Schlimmste, weiter schreibt er nichts.

KÖNIG HEINRICH.
Ei nun, so soll Lord Talbot mit ihm sprechen
Und Züchtigung für sein Vergehn ihm geben.
Was sagt Ihr, Mylord? Seid Ihr es zufrieden?

TALBOT. Zufrieden, Herr? Ihr kamt mir nur zuvor,
Sonst hätt' ich um den Auftrag Euch gebeten.

KÖNIG HEINRICH.
So sammelt Macht und zieht gleich wider ihn.
Er fühle, wie uns sein Verrat entrüstet,
Und wie gefehlt es ist, der Freunde spotten.

TALBOT.
Ich gehe, Herr, im Herzen stets begehrend,
Daß Ihr die Feinde mögt vernichtet sehn.

Ab.

Vernon und Basset treten auf.

VERNON.
Gewährt den Zweikampf mir, mein gnäd'ger Herr!

BASSET. Und mir, mein Fürst, gewährt den
Zweikampf auch!

YORK. Dies ist mein Diener: hört ihn, edler Prinz!

SOMERSET.
Dies meiner; liebster Heinrich, sei ihm hold!

KÖNIG HEINRICH.
Seid ruhig, Lords, laßt sie zu Worte kommen;
Sagt, Leute: was bewegt euch, so zu rufen?
Und warum wollt ihr Zweikampf? Und mit wem?

VERNON.
Mit ihm, mein Fürst, denn er hat mich gekränkt.

BASSET.
Und ich mit ihm, denn er hat mich gekränkt.

KÖNIG HEINRICH.
Was ist die Kränkung, über die ihr klagt?
Laßt hören, und dann geb' ich euch Bescheid.

BASSET.
Als ich von England überfuhr nach Frankreich,
So schmähte mich mit boshaft scharfer Zunge
Der Mensch hier um die Rose, die ich trage,
Und sagte, ihrer Blätter blut'ge Farbe
Bedeute das Erröten meines Herrn,
Als er der Wahrheit starr sich widersetzt
Bei einer zwist'gen Frage in den Rechten,
Worüber Herzog York und jener stritt,
Nebst andern schimpflichen und schnöden Worten;
Zu Widerlegung welcher groben Rüge,
Und meines Herrn Verdienste zu verfechten,
Des Waffenrechtes Wohltat ich begehre.

VERNON.
Das ist auch mein Gesuch, mein edler Fürst;
Denn mag er gleich durch schlauen, feinen Vortrag
Der dreisten Absicht einen Firnis leihn:
Wißt dennoch, Herr, ich ward gereizt von ihm,
Und er nahm Anstoß erst an diesem Zeichen,
Mit solchem Ausspruch: dieser Blume Blässe
Verrate Schwäch' im Herzen meines Herrn.

YORK. Läßt diese Bosheit, Somerset, nicht nach?

SOMERSET.
Und Euer Groll, Mylord von York, bricht aus,
Ob Ihr ihn noch so schlau zu dämpfen sucht.

KÖNIG HEINRICH.
O Gott, wie rast der Menschen krankes Hirn,
Wenn aus so läppischem, geringem Grund
So eifrige Parteiung kann entstehn!
Ihr lieben Vettern, York und Somerset,
Beruhigt euch, ich bitt', und haltet Frieden!

YORK.
Laßt ein Gefecht erst diesen Zwist entscheiden,
Und dann gebiete Eure Hoheit Frieden.

SOMERSET.
Der Zank geht niemand an als uns allein,
So werd' er zwischen uns denn ausgemacht.

YORK. Da ist mein Pfand; nimm, Somerset, es an.

VERNON. Nein, laßt es da beruhn, wo es begann.

BASSET. Bestätigt das, mein hochgeehrter Fürst!

GLOSTER. Bestätigt das? Verflucht sei euer Streit!
Mögt ihr und euer frech Geschwätz verderben!
Schämt ihr euch nicht, anmaßende Vasallen,
Mit unbescheidnem, lautem Ungestüm
Den König und uns alle zu verstören?

Und ihr, Mylords, mich dünkt, ihr tut nicht wohl,
Wenn ihr so duldet ihr verkehrtes Trotzen,
Viel minder, wenn ihr selbst aus ihrem Mund
Zu Händeln zwischen euch den Anlaß nehmt.
Laßt mich zu beßrer Weise euch bereden!

EXETER.
Es kränkt den König: lieben Lords, seid Freunde!

KÖNIG HEINRICH.
Kommt her, ihr, die ihr Kämpfer wolltet sein.
Hinfort befehl' ich euch bei meiner Gunst,
Den Streit und seinen Grund ganz zu vergessen;
Und ihr, Mylords! Bedenket, wo ihr seid:
In Frankreich, unter wankelmüt'gem Volk.
Wenn sie in unsern Blicken Zwietracht sehn,
Und daß wir unter uns nicht einig sind,
Wie wird ihr grollendes Gemüt erregt
Zu starrem Ungehorsam und Empörung?
Was wird es überdies für Schande bringen,
Wenn fremde Prinzen unterrichtet sind,
Daß um ein Nichts, ein Ding von keinem Wert.
Des König Heinrichs Pairs und hoher Adel
Sich selbst zerstört und Frankreich eingebüßt?
O denkt an die Erob'rung meines Vaters,
An meine zarten Jahre; laßt uns nicht
Um Possen das, was Blut erkauft, verschleudern!
Laßt mich der streit'gen Sache Schiedsmann sein.
Ich seh' nicht, wenn ich diese Rose trage,
indem er eine rote Rose ansteckt
Weswegen irgendwer argwöhnen sollte,
Ich sei geneigter Somerset als York.
Sie sind verwandt mir, und ich liebe beide;
Man kann so gut an mir die Krone rügen,
Weil ja der Schotten König eine trägt.
Doch eure Weisheit kann euch mehr bereden,
Als ich zur Lehr' und Mahnung fähig bin:
Und drum, wie wir in Frieden hergekommen,
So laßt uns stets in Fried' und Freundschaft bleiben.
Mein Vetter York, in diesem Teil von Frankreich
Bestallen wir für uns Euch zum Regenten;
Und, lieber Herzog Somerset, vereint
Mit seinem Heer zu Fuß die Reiterscharen.
Wie echte Untertanen, Söhne eurer Ahnherrn,
Geht freudiglich zusammen und ergießt
Die zorn'ge Galle wider eure Feinde.
Wir selbst, Mylord Protektor, und die andern
Gehn nach Calais zurück nach ein'ger Rast;
Von da nach England, wo ich hoff', in kurzem
Durch eure Siege vorgeführt zu sehn
Karl, Alençon und die Verräterbande.
Trompetenstoß.
König Heinrich, Gloster, Somerset, Winchester, Suffolk und Basset ab.

WARWICK.
Mylord von York, der König, auf mein Wort,
Hat artig seine Rednerkunst gezeigt.

YORK. Das tat er auch; jedoch gefällt's mir nicht,
Daß er von Somerset das Zeichen trägt.

WARWICK.
Pah! Das war nur ein Einfall, scheltet's nicht:
Der holde Prinz, ich wett', er meint kein Arges.

YORK. Und wenn ich's wüßte, – doch das mag beruhn,
Zu führen gibt's nun andere Geschäfte.
York, Warwick und Vernon ab.

EXETER.
Gut, Richard, daß du deine Stimm' erstickt!
Denn, bräch' die Leidenschaft des Herzens aus,
So fürcht' ich, sähen wir daselbst entziffert
Mehr bittern Groll, mehr tobend wilde Wut,
Als noch sich denken und vermuten läßt.
Doch, wie es sei, der schlichteste Verstand,
Der die Mißhelligkeit des Adels sieht,
Wie einer stets den andern drängt am Hof,
Und ihrer Diener heftige Parteiung,
Muß einen übeln Ausgang prophezein.
Schlimm ist's, wenn Kindeshand den Szepter führt;
Doch mehr, wenn Neid erzeugt gehäss'ge Irrung:
Da kommt der Umsturz, da beginnt Verwirrung.
Ab.

Zweite Szene

Vor Bourdeaux.
Talbot tritt auf mit seinen Truppen.

TALBOT.
Geh zu den Toren von Bourdeaux, Trompeter,
Lad' auf die Mauer ihren Feldhauptmann.
Eine Trompete bläst die Einladung zur Unterredung.
Auf den Mauern erscheint der Befehlshaber der französischen Truppen und andre.
Der Englische John Talbot ruft euch her,
Heinrichs von England Diener in den Waffen;
Und dieses will er: Öffnet eure Tore,
Demütigt euch, nennt meinen König euren,
Und huldigt ihm wie treue Untertanen.
So zieh' ich fort mit meiner blut'gen Macht.
Doch seht ihr sauer dem erbotnen Frieden,
So reizt zur Wut ihr meine drei Begleiter,
Vierteilend Schwert, wild Feuer, hohlen Hunger,
Die eure Türme, so den Lüften trotzen,
Im Augenblick dem Boden machen gleich,
Wenn ihr den Antrag ihrer Huld versäumt.

BEFEHLSHABER.
Du ahndungsvoller, grauser Todesvogel,
Schreck unsrer Nation und blut'ge Geißel!
Es naht das Ende deiner Tyrannei.
Du dringst zu uns nicht ein, als durch den Tod:
Denn, ich beteur' es, wir sind wohl verschanzt
Und stark genug, zu Kämpfen auszufallen;
Ziehst du zurück, so steht bereit der Dauphin,
Dich mit des Krieges Schlingen zu verstricken.
Gelagert sind Geschwader rechts und links,
Dir zu der Flucht die Freiheit zu vermauern;
Du kannst dich nirgends hin um Hülfe wenden,
Wo nicht der Tod mit Untergang dir droht
Und bleich Verderben dir die Stirne bietet.
Zehntausend Franken woll'n, und nahmen drauf
Das Sakrament, ihr tödliches Geschütz
Auf keine Christenseel' als Talbot sprengen.
Sieh! Dort noch stehst und atmest du, ein Mann
Von unbesiegbar'm, unbezwungnem Geist:
Dies ist die letzte Glorie deines Preises,

Mit welcher ich, dein Feind, dich noch begabe;
Denn eh' das Glas, das jetzt beginnt zu rinnen,
Den Fortgang seiner sand'gen Stunde schließt,
Wird dieses Aug', das wohlgefärbt dich sieht,
Dich welk erblicken, blutig, bleich und tot.

Man hört Trommeln in der Ferne.

Horch! Horch!
Des Dauphins Trommel, eine Warnungsglocke,
Spielt deiner bangen Seele Trau'rmusik,
Und meine läute dir zum grausen Abschied.

Der Befehlshaber und Gefolge ab von der Mauer.

TALBOT.
Er fabelt nicht, ich höre schon den Feind. –
Auf, leichte Reiter! Späht um unsre Flanken. –
O lässige, saumsel'ge Kriegeszucht!
Wie sind wir eingehegt und rings umzäunt,
Ein kleiner Rudel scheues Wild aus England,
Von Kuppeln fränk'scher Hunde angeklafft!
Sind wir denn englisch Wild, so seid voll Muts,
Fallt nicht auf einen Biß, Schmaltieren gleich,
Kehrt wie verzweifelnde tollkühne Hirsche
Gestählte Stirnen auf die blut'gen Hunde,
Daß aus der Fern' die Feigen bellend stehn.
Verkauft sein Leben jeglicher wie ich,
So finden sie ein teures Wild an uns.
Gott und Sankt George! Talbot und Englands Recht
Bring' unsern Fahnen Glück in dem Gefecht!

Ab.

Dritte Szene

Ebne in Gascogne.
York tritt auf mit Truppen, zu ihm ein Bote.

YORK. Sind nicht die hurt'gen Späher wieder da,
Die nachgespürt dem mächt'gen Heer des Dauphin?
BOTE.
Sie sind zurück, Mylord, und geben an,
Er sei gezogen nach Bourdeaux mit Macht,
Zum Kampf mit Talbot; wie er zog entlang,
Entdeckten Eure Späher zwei Geschwader,
Noch mächtiger als die der Dauphin führte,
Die nach Bourdeaux, vereint mit ihm, sich wandten.
YORK. Verflucht sei doch der Schurke Somerset,
Der mein versprochnes Hülfswerk so verzögert
Von Reiterei, geworben zur Belag'rung.
Der große Talbot wartet meiner Hülfe,
Und mich betölpelt ein Verräterbube,
Daß ich nicht beistehn kann dem edlen Ritter.
Gott helf' ihm in den Nöten! Geht er unter,
Dann alle Krieg' in Frankreich, fahret wohl!

Sir William Lucy tritt auf.

LUCY. Du fürstlich Haupt der englischen Gewalt,
Der nie so nötig war auf Frankreichs Boden,
Hin sporne zu des edlen Talbots Rettung,
Den Eisenbande jetzt umgürtet haben
Und grimmiges Verderben eingeengt.
Auf, mut'ger Herzog, nach Bourdeaux! Auf, York!
Leb wohl sonst, Talbot, Frankreich, Englands Ehre!
YORK.
O Gott! Wär' Somerset, der, stolzen Herzens,
Mir die Schwadronen hält, an Talbots Stelle:
So würd' ein tapfrer Edelmann gerettet,
Ein Feigling und Verräter dran gewagt.
Daß wir so sterben, zwingt mich Wut zu weinen,
Indes Verräter träg zu schlafen scheinen.
LUCY. O sendet Hülfe dem bedrängten Lord!
YORK.
Er stirbt, wir fall'n; ich brach mein krieg'risch Wort:
Wir trauern, Frankreich lacht; wir fall'n, sie steigen
Durch Somersets verrät'risches Bezeigen.
LUCY.
Erbarm' sich Gott dann Talbots wackrer Seele
Und seines Sohnes John, den vor zwei Stunden
Ich auf der Reise traf zu seinem Vater!
Die sich in sieben Jahren nicht gesehn,
Sie treffen sich: da ist's um sie geschehn.
YORK.
Ach, was für Lust denkt Ihr, daß Talbot habe,
Da er den Sohn willkommen heißt zum Grabe?
Fort! Jammer würgt mich, daß die Todesstund'
Erneuern muß getrennter Freunde Bund.
Lucy, leb wohl! Ich weiß nun keinen Rat,
Als den verfluchen, der den Schaden tat.
Maine, Blois, Poitiers und Tours sind alle hin:
Des Falschen Zögern schaffte den Gewinn.

Ab.

LUCY. So, weil der Geier der Empörung nagt
Am Busen solcher mächtigen Gebieter,
Beut schlafende Versäumnis dem Verlust
Des kaum erkalteten Erob'rers Werk,
Des Manns von ewig lebendem Gedächtnis,
Heinrich des Fünften: weil sie sich zuwider,
Stürzt Leben, Ehre, Land und alles nieder.

Ab.

Vierte Szene

Eine andre Gegend in Gascogne.
Somerset mit seinen Truppen tritt auf, mit ihm ein Offizier von Talbots Heer.

SOMERSET.
Es ist zu spät, ich kann sie nun nicht senden.
Dies Unternehmen legten York und Talbot
Zu vorschnell an; mit unsrer ganzen Macht
Nahm's wohl ein Ausfall aus der Stadt allein
Genugsam auf: der zu vermeßne Talbot
Hat allen vor'gen Ruhmesglanz befleckt
Durch dies verzweifelt wilde Abenteuer.
York trieb ihn an, im Kampf mit Schmach zu sterben,
Weil er nach Talbots Tod den Ruhm will erben.
OFFIZIER. Hier ist Sir William Lucy, der mit mir
Um Hülfe das bedrängte Heer verlassen.

Sir William Lucy tritt auf.

SOMERSET.
Wie steht's, Sir William? Wer hat Euch gesandt?
LUCY. Wer? Der verratne und verkaufte Talbot,
Der, rings bedrängt vom kühnen Mißgeschick,
Anruft den edlen York und Somerset,
Von seinen schwachen Legionen ihm

Den Tod, der sie bestürmt, zurückzuschlagen.
Und weil der ehrenwerte Feldherr dort
Aus kampferschöpften Gliedern blutig schwitzt
Und, klug sich haltend, aus nach Rettung sieht,
So steht ihr beide, seine falsche Hoffnung,
Die Zuversicht von Englands Ehre, fern,
Bloß aus unwürd'ger Nebenbuhlerei.
Laßt euren Zwist die schon geworbne Macht
Nicht vorenthalten, die ihm helfen sollte,
Weil der berühmte edle Lord sein Leben
Dahingibt einer Welt von Übermacht:
Von Orleans der Bastard, Karl, Burgund,
Alençon, Reignier schließen rings ihn ein,
Und Talbot geht zu Grund durch eure Schuld.

SOMERSET.
York trieb ihn an, York mußt' ihm Hülfe senden.

LUCY.
York schreit nicht minder wider Euer Gnaden
Und schwört, Ihr haltet sein geworbnes Heer,
Zu diesem Zug versammelt, ihm zurück.

SOMERSET.
York lügt; er konnte schicken und die Reiter haben.
Ich bin ihm wenig Dienst und Liebe schuldig
Und acht' es Schimpf, sie kriechend selbst zu senden.

LUCY.
Der englische Betrug, nicht Frankreichs Macht
Bestrickt den edelmüt'gen Talbot jetzt.
Er kehrt nach England lebend nie zurück,
Er stirbt: eu'r Zwist verriet ihn bösem Glück.

SOMERSET.
So kommt, ich sende stracks die Reiter ab,
Und in sechs Stunden sind sie ihm zu Dienst.

LUCY. Zu spät! Er ward gefangen oder fiel,
Denn fliehen konnt' er nicht, auch wenn er wollte,
Und, konnt' er's gleich, nie wollte Talbot fliehn.

SOMERSET.
Und ist er tot, fahr' wohl denn, wackrer Held!

LUCY.
Euch bleibt die Schmach, sein Ruhm lebt in der Welt.

Alle ab.

Fünfte Szene

Das englische Lager bei Bourdeaux.
Talbot und sein Sohn John treten auf.

TALBOT.
O John, mein Sohn! Ich sandte nach dir aus,
Dich in des Krieges Künsten zu belehren,
Daß Talbots Name leben möcht' in dir,
Wenn kraftlos Alter, unbeholfne Glieder
Im Armstuhl deinen Vater hielten fest.
Doch, – o mißgünst'ge, unglücksschwangre Sterne! –
Zu einem Fest des Todes kommst du nun,
Zu schrecklich unvermeidlicher Gefahr.
Drum, liebes Kind, besteig' mein schnellstes Roß,
Ich will dir zeigen, wie du kannst entkommen
Durch rasche Flucht: komm, zaudre nicht, und fort!

JOHN.
Heiß' ich denn Talbot? Bin ich Euer Sohn?
Und soll ich fliehn? Oh, liebt Ihr meine Mutter,
So schmäht nicht ihren ehrenwerten Namen,
Indem Ihr mich zum Knecht und Bastard macht.
Von niemand wird für Talbots Blut erkannt,
Der schnöde floh, wo Talbot wacker stand.

TALBOT. Flieh', wenn ich falle, meinen Tod zu rächen.

JOHN.
Wer so entflieht, hält nimmer sein Versprechen.

TALBOT. Wenn beide bleiben, sterben beide hier.

JOHN. So laßt mich bleiben; Vater, fliehet Ihr,
An Euch hängt viel, so solltet Ihr Euch schätzen;
Mein Wert ist unbekannt, leicht zu ersetzen.
Mit meinem Tod kann nicht der Franke prahlen,
Nach Eurem wird uns keine Hoffnung strahlen.
Euch raubt erworbene Ehre nicht die Flucht,
Die meine wohl, der ich noch nichts versucht.
In Eurem Fliehn wird jeder Klugheit sehn;
Weich' ich, so heißt's, es sei aus Furcht geschehn.
Wer hofft wohl, daß ich jemals halte stand,
Wenn ich die erste Stunde fortgerannt?
Hier auf den Knie'n bitt' ich um Sterblichkeit
Statt Leben, das durch Schande nur gedeiht.

TALBOT. Ein Grab soll fassen deiner Mutter Los?

JOHN. Ja, eh' ich schände meiner Mutter Schoß.

TALBOT. Bei meinem Segen heiß' ich fort dich ziehn.

JOHN.
Zum Fechten will ich's, nicht den Feind zu fliehn.

TALBOT. Du schonst vom Vater einen Teil in dir.

JOHN.
Kein Teil, der nicht zur Schande würd' in mir.

TALBOT.
Ruhm war nie dein: du kannst ihn nicht verlieren.

JOHN. Ja, Euer Name: soll ihn Flucht mißzieren?

TALBOT.
Des Vaters Wort macht von dem Fleck dich rein.

JOHN.
Erschlagen, könnt Ihr nicht mein Zeuge sein;
Fliehn beide wir, wenn Tod so sicher droht!

TALBOT.
Und lassen hier mein Volk zu Kampf und Tod?
Nie konnte Schmach mein Alter so beflecken.

JOHN.
Und meine Jugend soll in Schuld sich stecken?
Ich kann nicht mehr von Eurer Seite scheiden,
Als Ihr in Euch Zerteilung könnt erleiden.
Bleibt, geht, tut, was Ihr wollt, ich tu' es eben;
Denn, wenn mein Vater stirbt, will ich nicht leben.

TALBOT.
So nehm' ich hier denn Abschied, holder Sohn,
Geboren, diesen Tag zu sterben schon.
Komm! Miteinander laß uns stehn und fallen,
Und Seel' mit Seele soll gen Himmel wallen.

Beide ab.

Sechste Szene

Ein Schlachtfeld.
Getümmel. Angriffe, worin Talbots Sohn umzingelt und von Talbot gerettet wird.

TALBOT. Sankt George und Sieg! Kämpft, ihr Soldaten, kämpft!

Es brach dem Talbot der Regent sein Wort,
Uns liefernd an des Frankenschwertes Mord.
Wo ist John Talbot? Ruh' und schöpfe Odem!
Ich gab dir Leben, riß dich von den Toten.

JOHN.
Zweimal mein Vater! Zweimal ich dein Sohn!
Das erst verlieh'ne Leben war entflohn,
Als, dem Geschick zum Trotz, dein tapfres Schwert
Ein neues Zeitmaß meiner Bahn gewährt.

TALBOT.
Als du vom Helm des Dauphin Feu'r geschlagen,
Ward deines Vaters Herz emporgetragen
Von stolzer Siegsbegier. Mein träges Blut
Belebte Jugendhitz' und Kämpferwut;
Alençon, Orleans, Burgund schlug ich
Und rettete von Galliens Stolze dich.
Den grimm'gen Bastard Orleans, der dir
Blut abließ und die jüngferliche Zier
Gewann von deinen Waffen, traf ich bald,
Und, Streiche wechselnd, ich es ihm vergalt
An seinem Bastard-Blut; und solche Rede
Gab ich ihm höhnend: »Dies verworfne, schnöde
Und mißerzeugte Blut sei hier vergossen,
Für mein so reines Blut, das erst geflossen,
Das meinem wackern Jungen du geraubt.«
Hier, als ich zu vernichten ihn geglaubt,
Kam Rettung an. Des Vaters Sorge! Sprich!
Bist du nicht müde, John? Wie fühlst du dich?
Kind, willst du noch dem Treffen nicht entweichen,
Besiegelt nun mit ritterlichen Zeichen?
Flieh', meinen Tod zu rächen, wann ich tot:
Jetzt tut mir eines Hülfe wenig not.
O allzu töricht ist es, muß ich sagen,
Uns all' in einen kleinen Kahn zu wagen!
Wenn ich mich heut vor Frankenwut bewahre,
So töten morgen mich die hohen Jahre.
An mir gewinnt der Feind nicht; bleib' ich hier,
Das kürzt nur einen Tag mein Leben mir.
In dir stirbt deine Mutter, unser Same,
Die Rache, deine Jugend, Englands Name.
All dies und mehr gefährdet dein Verweilen;
Dies rettest du, willst du von hinnen eilen.

JOHN.
Das Schwert des Orleans machte nicht mir Schmerz,
Von Euren Worten blutet mir das Herz.
Um den Gewinn, erkauft um solch Erröten,
Den Leib zu retten und den Ruhm zu töten,
Eh' Talbots Sohn entflieht von Talbots Seite,
Eh' fall' das feige Roß, auf dem ich reite,
Und wie ein Bauer Frankreichs mög' ich liegen,
Der Schande Ziel, des Mißgeschicks Vergnügen!
Gewiß, bei allem Preis, den Ihr gewonnen,
Ich bin nicht Talbots Sohn, wenn ich entronnen.
Drum sagt von Flucht nicht: wozu soll es taugen?
Wenn Talbots Sohn, sterb' ich vor Talbots Augen.

TALBOT.
So folg' dem Vater, den verzweifelt Streben
Aus Kreta trieb, mein Ikarus, mein Leben!
Wenn du willst fechten, ficht an Vaters Seite,
Und dich mit mir zu stolzem Tod bereite!

Beide ab.

Siebente Szene

Ein andrer Teil des Schlachtfeldes.
Getümmel, Angriffe. Talbot wird, verwundet, von einem Diener geführt.

TALBOT.
Wo ist mein andres Leben? Meines floh. –
Oh, wo ist John, mein tapfrer Talbot, wo?
Dich, Tod, stolzierend mit Gefangenschaft,
Mußt' ich belächeln bei des Sohnes Kraft.
Als er mich sah, wie knieend ich erlegen,
Schwang über mir er seinen blut'gen Degen,
Und, wie ein Löw' im Hunger, hub er an,
Was wilde Wut und Ingrimm je getan.
Doch als allein mein zorn'ger Wächter stand
Und niemand nahte, der ihn angerannt,
Riß hoher Grimm und augenroll'nde Wut
Von meiner Seit' ihn plötzlich in die Flut
Gedrängter Franken, wo er sich versenkte,
Wo in dem See von Blut mein Sohn ertränkte
Den allzukühn geflognen Geist und starb,
Mein Ikarus, so blühend rosenfarb.

Soldaten kommen mit der Leiche John Talbots.

DIENER.
O bester Herr, da bringt man Euren Sohn!

TALBOT.
Du Schalksnarr, Tod, belachst uns hier zum Hohn;
Doch bald, vereint in ew'gen Banden, frei
Von deiner übermüt'gen Tyrannei,
Entschwingen sich durch Himmelsräume weit
Zwei Talbots, dir zum Trotz, der Sterblichkeit. –
O du, des Wunden lieblich stehn bei Toten,
Sprich mit dem Vater vor dem letzten Odem!
Beut sprechend Trotz dem Tod, wie er's auch meint,
Acht' ihn als einen Franken, deinen Feind.
Der arme Knab' scheint lächelnd noch zu sagen:
Wär' Tod ein Frank', ich hätt' ihn heut erschlagen.
Kommt, kommt und legt ihn in des Vaters Arm,
Mein Geist erträgt nicht länger diesen Harm.
Lebt, Krieger, wohl! Ich habe meine Habe:
Mein alter Arm wird zu John Talbots Grabe.

Stirbt.

Getümmel.
Die Soldaten ab, indem sie die beiden Leichen zurücklassen.
Hierauf kommen Karl, Alençon, Burgund, der Bastard, die Pucelle und Truppen.

KARL.
Wär' York und Somerset zu Hülf' geeilt,
Dies wär' ein blut'ger Tag für uns geworden.

BASTARD. Wie Talbots junger Leu in wilder Wut
Sein winzig Schwert getränkt mit Frankenblut!

PUCELLE. Ich hab' ihn einst getroffen und gesagt:
»Du Jüngling, sei besiegt von einer Magd!«
Allein mit stolzem majestät'schen Hohn
Erwidert' er: »Des großen Talbots Sohn
Soll nicht die Beute frecher Dirnen sein.«
Und, stürzend in der Franken dichte Reih'n,
Verließ er mich, als keines Kampfes wert.

BURGUND. Er hätt' als Ritter sich gewiß bewährt:

Seht, wie er daliegt, eingesargt im Arm
Des blut'gen Pflegers von all seinem Harm!

BASTARD.
Haut sie in Stücken, reißt entzwei dies Paar,
Das Englands Stolz und Galliens Wunder war!

KARL. Nein, haltet ein! Was lebend Flucht gebot,
Das laßt uns nun nicht schänden, da es tot.

Sir William Lucy tritt auf mit Gefolge, ein französischer Herold geht vor ihm her.

LUCY. Herold,
Führ' mich zum Zelt des Dauphin, um zu wissen,
Wer dieses Tages Preis davon getragen.

KARL.
Mit welcher unterwürf'gen Botschaft kommst du?

LUCY. Was? Unterwerfung ist ein fränkisch Wort,
Die englischen Soldaten kennen's nicht.
Ich will nur wissen, wen du nahmst gefangen,
Und dann die Zahl der Toten überschaun.

KARL. Gefangne willst du? Sie bewahrt die Hölle.
Doch sag mir, wen du suchst?

LUCY. Wo ist des Feldes mächtiger Alcides,
Der tapfre Talbot, Graf von Shrewsbury?
Ernannt für seine seltnen Waffentaten
Zum Graf von Wexford, Waterford und Valence,
Lord Talbot von Goodrig und Urchinfield,
Lord Strange von Blackmere, Lord Verdun von Alton,
Lord Cromwell von Wingfield, Lord Furnival von Sheffield,
Der höchst sieghafte Lord von Falconbridge,
Ritter vom edlen Orden Sankt George's,
Des Goldnen Vlieses und Sankt Michaels wert;
Heinrich des Sechsten Oberfeldhauptmann
Für alle seine Krieg' im Frankenreich?

PUCELLE. Das ist ein albern prächt'ger Stil, fürwahr!
Der Türk', der zweiundfünfzig Reiche hat,
Schreibt keinen so verdrießlich langen Stil.
Er, den du ausstaffierst mit all den Titeln,
Liegt stinkend und verwesend dir zu Füßen.

LUCY.
Ist Talbot tot, der Franken einz'ge Geißel,
Schreck eures Lands und schwarze Nemesis?
O würden meine Augen Büchsenkugeln,
Daß ich sie wütend euch ins Antlitz schösse!
O könnt' ich nur erwecken diese Toten,
Es wär' genug, der Franken Reich zu schrecken;
Blieb' unter euch sein Bildnis übrig nur,
Den Stolzesten von euch würd' es verwirren.
Gebt mir die Leichen, daß ich hinweg sie trage
Und sie bestatte, wie ihr Wert es heischt.

PUCELLE.
Der aufgeschoßne Fremdling, denk' ich, ist
Des alten Talbots Geist; wie spräch' er sonst
Mit so gebieterischem stolzen Sinn?
Um Gottes willen, gebt sie! Hier behalten,
Vergiften sie die Luft nur mit Gestank.

KARL. Geht, bringt die Leichen fort!

LUCY. Fort trag' ich sie;
Allein aus ihrer Asche wird erweckt
Ein Phönix, welcher einst ganz Frankreich schreckt.

KARL.
Sind wir nur ihrer los, macht, was Ihr wollt, damit.
Nun nach Paris, von Siegeslust getragen:
Nichts widersteht, da Talbot ist erschlagen.

Alle ab.

Fünfter Aufzug

Erste Szene

London. Ein Zimmer im Palast.
König Heinrich, Gloster und Exeter treten auf.

KÖNIG HEINRICH.
Habt Ihr die Briefe durchgesehn vom Papst,
Vom Kaiser und dem Grafen von Armagnac?

GLOSTER.
Ja, gnäd'ger Fürst, und dieses ist ihr Inhalt:
Sie bitten Eure Herrlichkeit ergebenst,
Daß zwischen England und der Franken Reich
Ein frommer Frieden mag geschlossen werden.

KÖNIG HEINRICH.
Und wie bedünkt der Vorschlag Euer Gnaden?

GLOSTER.
Gut, bester Herr, und als der einz'ge Weg,
Vergießung unsers Christenbluts zu hemmen
Und Ruh' auf allen Seiten fest zu gründen.

KÖNIG HEINRICH.
Ja freilich, Oheim; denn ich dachte stets,
Es sei so frevelhaft wie unnatürlich,
Daß solche Gräßlichkeit und blut'ger Zwist
Bei den Bekennern eines Glaubens herrscht.

GLOSTER. Um diesen Bund so eher zu bewirken
Und fester ihn zu schürzen, bietet auch
Der Graf von Armagnac, Karls naher Vetter,
Ein Mann, des Ansehn viel in Frankreich gilt,
Die einz'ge Tochter Euer Hoheit an
Zur Eh', mit großer, reicher Morgengabe.

KÖNIG HEINRICH.
Zur Eh'? Ach, Oheim, jung sind meine Jahre,
Und angemeßner sind mir Fleiß und Bücher,
Als üppig tändelnd Spiel mit einer Trauten.
Jedoch, ruft die Gesandten und erteilt
Die Antwort jedem, wie es Euch beliebt.
Ich bin die Wahl zufrieden, zielt sie nur
Auf Gottes Ehr' und meines Landes Wohl.

Ein Legat und zwei Gesandte treten auf, nebst Winchester in Kardinalsiracht.

EXETER. Wie? Ist Mylord von Winchester erhöht
Zum Rang des Kardinals und eingekleidet?
Dann merk' ich wohl, bestät'gen wird sich das,
Was oft der fünfte Heinrich prophezeit:
»Wenn er einmal zum Kardinal gelangt,
So macht er seinen Hut der Krone gleich.«

KÖNIG HEINRICH.
Ihr Herrn Gesandten, euer aller Wünsche
Sind wohl erwogen und besprochen worden.
Gut und vernünftig scheint uns euer Zweck,
Und darum sind wir sicherlich entschlossen,
Bedingungen des Friedens aufzusetzen,

Die durch Mylord von Winchester wir gleich
Nach Frankreich wollen überbringen lassen.

GLOSTER. Und anbelangend eures Herrn Erbieten,
Berichtet' ich an Seine Hoheit so,
Daß, um des Fräuleins tugendsame Gaben,
Um ihre Schönheit und der Mitgift Wert,
Er sie zu Englands Königin will machen.

KÖNIG HEINRICH *zu den Gesandten.*
Zum Zeichen und Beweise des Vertrags
Bringt dies Juwel ihr, meiner Neigung Pfand. –
Und so, Mylord Protektor, mit Geleit
Besorgt nach Dover sie; dort eingeschifft,
Vertrauet sie dem Glück des Meeres an.

König Heinrich mit Gefolge, Gloster, Exeter und Gesandten ab.

WINCHESTER.
Bleibt, Herr Legat! Ihr müßt empfangen erst
Die Summe Geldes, welche ich gelobt
An Seine Heiligkeit zu überreichen
Für die Bekleidung mit dem würd'gen Schmuck.

LEGAT. Ich richte mich nach Euer Hoheit Muße.

WINCHESTER.
Nun wird sich Winchester nicht beugen, traun!
Noch nachstehn selbst dem stolzesten der Pairs.
Humphrey von Gloster, merken sollst du wohl,
Daß weder an Geburt noch Ansehn dich
Der Bischof will erkennen über sich.
Ich will dich zwingen, nieder mir zu knien,
Wo nicht, dies Land mit Aufstand überziehn.

Beide ab.

Zweite Szene

Frankreich. Ebne in Anjou.
Karl, Burgund, Alençon und die Pucelle treten auf, mit Truppen im Marsch.

KARL.
Die Zeitung, Herrn, erfrischt die matten Geister:
Man sagt, daß die Pariser sich empören
Und wieder zu den tapfern Franken wenden.

ALENÇON.
Zieht nach Paris denn, königlicher Karl,
Vertändelt nicht die Zeit mit Eurer Macht!

PUCELLE.
Wenn sie sich wenden, sei mit ihnen Friede,
Sonst brech' in ihre Schlösser der Ruin!

Ein Bote tritt auf.

BOTE. Mit unserm tapfern Feldherrn alles Heil,
Und gutes Glück mit seinen Mitgenossen!

KARL. Was melden unsre Späher? Bitte, sprich!

BOTE.
Die englische Armee, die erst getrennt
In zwei Parteien war, ist nun vereint
Und denkt alsbald Euch eine Schlacht zu liefern.

KARL.
Etwas zu plötzlich kommt die Warnung, Herrn,
Doch wollen wir alsbald uns auf sie rüsten.

BURGUND.
Des Talbot Geist, vertrau' ich, ist nicht dort;
Ihr dürft nicht fürchten, Herr, denn er ist fort.

PUCELLE.
Verflucht ist Furcht vor allen schnöden Trieben,
Gebeut den Sieg nur, Karl, und er ist dein,
Laß Heinrich zürnen, alle Welt es reun.

KARL.
Auf dann, ihr Lords! Und Frankreich sei beglückt!

Alle ab.

Dritte Szene

Vor Angers.
Getümmel. Angriffe. Die Pucelle tritt auf.

PUCELLE.
Die Franken fliehn, und der Regent ist Sieger.
Nun helft, ihr Zaubersprüch' und Amulette,
Und ihr, die ihr mich warnt, erles'ne Geister,
Und Zeichen mir von künft'gen Dingen gebt!

Es donnert.

Ihr schleun'gen Helfer, die ihr zugeordnet
Des Nordens herrischem Monarchen seid:
Erscheint und helft mir bei dem Unternehmen!

Böse Geister erscheinen.

Dies schleunige Erscheinen gibt Gewähr
Von eurem sonst gewohnten Fleiß für mich.
Nun, ihr vertrauten Geister, ausgesucht
Aus mächt'gen unterird'schen Regionen,
Helft mir dies eine Mal, daß Frankreich siege!

Sie gehen umher und reden nicht.

O haltet mich nicht überlang' mit Schweigen!
Wie ich mit meinem Blut euch pflog zu nähren,
Hau' ich ein Glied mir ab und geb' es euch
Zum Handgeld einer ferneren Vergeltung,
Wenn ihr euch jetzt herablaßt, mir zu helfen.

Sie hängen die Köpfe.

Ist keine Hülfe mehr? Mein Leib soll euch
Belohnung zahlen, wenn ihr's mir gewährt.

Sie schütteln die Köpfe.

Kann nicht mein Leib, noch Blutes-Opferung
Zu der gewohnten Leistung euch bewegen?
Nehmt meine Seele; Leib und Seel' und alles,
Eh' England Frankreich unter sich soll bringen!

Sie verschwinden.

Seht, sie verlassen mich! Nun kommt die Zeit,
Daß Frankreich muß den stolzen Helmbusch senken
Und niederlegt sein Haupt in Englands Schoß.
Zu schwach sind meine alten Zauberei'n,
Die Hölle mir zu stark, mit ihr zu ringen.
In Staub sinkt, Frankreich, deine Herrlichkeit.

Ab.

Getümmel. Franzosen und Engländer kommen fechtend, die Pucelle und York werden handgemein. Die Pucelle wird gefangen.
Die Franzosen fliehn.

YORK.
Nun, Dirne Frankreichs, denk' ich, hab' ich Euch:
Entfesselt Eure Geister nun mit Sprüchen
Und seht, ob Ihr die Freiheit könnt gewinnen!
Ein schöner Fang, der Huld des Teufels wert!
Seht, wie die garst'ge Hexe Runzeln zieht,
Als wollte sie, wie Circe, mich verwandeln.

PUCELLE.
Dich kann Verwandlung häßlicher nicht machen.
YORK.
Oh, Karl, der Dauphin, ist ein hübscher Mann,
Den zarten Augen kann nur er gefallen.
PUCELLE. Ein folternd Unheil treffe Karl und dich!
Und werdet beide plötzlich überrascht
Von blut'ger Hand, in euren Betten schlafend!
YORK.
Still, schwarze Bannerin! Du Zaub'rin, schweig!
PUCELLE.
Ich bitt' dich, laß mich eine Weile fluchen.
YORK.
Verdammte, fluch', wenn du zum Richtplatz kömmst.
Alle ab.
Getümmel. Suffolk tritt auf, die Prinzessin Margareta an der Hand führend.
SUFFOLK.
Sei, wer du willst, du bist bei mir Gefangne.
Er betrachtet sie.
O holde Schönheit! Fürcht' und fliehe nicht;
Ich will mit ehrerbiet'ger Hand dich rühren,
Sie sanft dir auf die zarte Seite legen;
Zu ew'gem Frieden küss' ich diese Finger;
Küßt ihre Hand.
Wer bist du? Sag's, daß ich dich ehren möge.
MARGARETA.
Margareta heiß' ich, eines Königs Tochter,
Königs von Neapel; sei du, wer du seist.
SUFFOLK.
Ein Graf bin ich, und Suffolk ist mein Name;
Sei nicht beleidigt, Wunder der Natur!
Von mir gefangen werden ist dein Los.
So schützt der Schwan die flaumbedeckten Schwänlein,
Mit seinen Flügeln sie gelangen haltend;
Allein sobald dich kränkt die Sklaverei,
So geh und sei als Suffolks Freundin frei!
Sie wendet sich weg, als wollte sie gehen.
O bleib'! Mir fehlt die Kraft, sie zu entlassen,
Befrein will sie die Hand, das Herz sagt nein.
Wie auf krystallnem Strom die Sonne spielt
Und blinkt mit zweitem nachgeahmten Strahl,
So scheint die lichte Schönheit meinen Augen.
Ich würbe gern, doch wag' ich nicht zu reden;
Ich fodre Tint' und Feder, ihr zu schreiben.
Pfui, de la Poole! Entherze dich nicht selbst.
Hast keine Zung'? Ist sie nicht da?
Verzagst du vor dem Anblick eines Weibs?
Ach ja! Der Schönheit hohe Majestät
Verwirrt die Zung' und macht die Sinne wüst.
MARGARETA.
Sag, Graf von Suffolk (wenn du so dich nennst),
Was gilt's zur Lösung, eh' du mich entlässest?
Denn wie ich seh', bin ich bei dir Gefangne.
SUFFOLK *beiseit.*
Wie weißt du, ob sie deine Bitte weigert,
Eh' du um ihre Liebe dich versucht?
MARGARETA.
Du sprichst nicht: was für Lösung muß ich zahlen?
SUFFOLK *beiseit.*
Ja, sie ist schön: drum muß man um sie werben;
Sie ist ein Weib: drum kann man sie gewinnen.
MARGARETA.
Nun, nimmst du Lösung an, ja oder nein?
SUFFOLK *beiseit.*
O Tor! Erinn're dich, du hast ein Weib;
Wie kann denn diese deine Traute sein?
MARGARETA.
Er hört nicht, ihn verlassen wär' das beste.
SUFFOLK.
Das ist die Karte, die mein Spiel verdirbt.
MARGARETA.
Er spricht ins Wilde, sicher ist er toll.
SUFFOLK. Und doch ist Dispensation zu haben.
MARGARETA.
Und doch wollt' ich, Ihr wolltet Antwort geben.
SUFFOLK.
Ich will dies Fräulein hier gewinnen. Wem?
Ei, meinem König. Pah! Das wäre hölzern.
MARGARETA.
Er spricht von Holz; 's ist wohl ein Zimmermann.
SUFFOLK *beiseit.*
Doch kann ich meiner Neigung so genügen
Und Friede stiften zwischen diesen Reichen.
Allein auch dabei bleibt ein Zweifel noch:
Denn, ist ihr Vater gleich von Napel König,
Herzog von Maine und Anjou, er ist arm,
Und unser Adel wird die Heirat schelten.
MARGARETA.
Hört Ihr, Hauptmann? Habt Ihr itzt keine Zeit?
SUFFOLK.
So soll es sein, wie sie es auch verachten;
Heinrich ist jung und gibt sich bald darein. –
Ich hab' Euch etwas zu entdecken, Fräulein.
MARGARETA *beiseit.*
Bin ich in Banden gleich, er scheint ein Ritter
Und wird auf keine Weise mich entehren.
SUFFOLK. Geruhet, Fräulein, mir Gehör zu leihn.
MARGARETA *beiseit.*
Vielleicht erretten mich die Franken noch,
Dann brauch' ich seine Gunst nicht zu begehren.
SUFFOLK.
Mein Fräulein, hört mich an in einer Sache –
MARGARETA *beiseit.*
Ei, Frauen sind wohl mehr gefangen worden.
SUFFOLK. Fräulein, weswegen sprecht Ihr so?
MARGARETA.
Verzeiht mir, es ist nur ein Quidproquo.
SUFFOLK.
Prinzessin, sagt: pries't Ihr die Banden nicht
Für glücklich, die zur Königin Euch machten?
MARGARETA.
In Banden Königin zu sein, ist schnöder,
Als Knecht zu sein in niedrer Dienstbarkeit;
Denn Fürsten sollten frei sein.
SUFFOLK. Und das sollt Ihr,
Ist nur des reichen Englands König frei.
MARGARETA.
Nun, was geht seine Freiheit mich wohl an?
SUFFOLK. Ich mache dich zu Heinrichs Eh'gemahl,
Geb' in die Hand ein goldnes Szepter dir

Und setz' aufs Haupt dir eine reiche Krone,
Wenn du herab dich läßt zu meiner –

MARGARETA. Was?

SUFFOLK. Zu seiner Trauten.

MARGARETA.
Ich bin unwürdig, Heinrichs Weib zu sein.

SUFFOLK.
Nein, edles Fräulein; ich bin nur nicht würdig,
Für ihn zu frein um solche holde Schöne –
Und selbst nicht Anteil an der Wahl zu haben.
Was sagt Ihr, Fräulein? Seid Ihr es zufrieden?

MARGARETA.
Ich bin's zufrieden, wenn mein Vater will.

SUFFOLK.
Ruft unsre Führer dann und Fahnen vor;
Und, gnäd'ge Frau, vor Eures Vaters Burg
Werd' er von uns geladen zum Gespräch.

Truppen kommen vorwärts.
Eine Einladung zur Unterredung wird geblasen.
Reignier erscheint auf den Mauern.

SUFFOLK. Sieh, Reignier, sieh gefangen deine Tochter.

REIGNIER. Bei wem?

SUFFOLK. Bei mir.

REIGNIER. Suffolk, wie steht zu helfen?
Ich bin ein Krieger, nicht geneigt zum Weinen,
Noch über Wankelmut des Glücks zu schrein.

SUFFOLK. Ja, Herr, zu helfen steht dabei genug.
Gewähre (tu's um deiner Ehre willen)
Zu meines Herrn Gemahlin deine Tochter,
Den ich mit Müh' dazu gewonnen habe;
Und diese flüchtige Gefangenschaft
Hat königliche Freiheit ihr erworben.

REIGNIER. Spricht Suffolk, wie er denkt?

SUFFOLK.
Die schöne Margareta weiß, daß Suffolk
Zu schmeicheln und zu heucheln nicht versteht.

REIGNIER. Ich steige auf dein fürstlich Wort hinab,
Zur Antwort auf dein billiges Begehren.

Oben von der Mauer ab.

SUFFOLK. Und hier erwart' ich deine Ankunft.

Trompeten. Reignier tritt unten ein.

REIGNIER.
Willkommen, wackrer Graf, in unsern Landen!
Befehlt in Anjou, was Euch nur beliebt.

SUFFOLK.
Dank, Reignier, den solch süßes Kind beglückt,
Geschaffen zur Genossin eines Königs.
Was für Bescheid gibt Eure Hoheit mir?

REIGNIER.
Weil ihren kleinen Wert du würdig achtest
Um sie zu frein, als Braut für solchen Herrn:
Wofern ich nur mich ruhig meines Eignen,
Der Grafschaft Maine und Anjou, mag erfreun,
Von Unterdrückung frei und Kriegsgewalt,
Vermähl' ich sie mit Heinrich, wenn er will.

SUFFOLK.
Das ist ihr Lösegeld; nehmt sie zurück!
Auch nehm' ich es auf mich, daß Eure Hoheit
Die beiden Länder ruhig soll genießen.

REIGNIER.
Und ich hinwieder geb', in Heinrichs Namen,
Dir, als Vertreter dieses hohen Herrn,
Der Tochter Hand, zum Pfand gelobter Treu'.

SUFFOLK. Reignier, empfange königlichen Dank,
Weil dies der Handel eines Königs ist.

Beiseit.

Und dennoch, dünkt mich, möcht' ich lieber noch
Mein eigner Anwalt sein in diesem Fall. –
Ich will nach England mit der Neuigkeit
Und der Vermählung Feier dort betreiben.
Reignier, leb wohl! Faß diesen Diamant
In goldene Paläste, wie sich's ziemt.

REIGNIER.
Laß dich umarmen, wie ich König Heinrich,
Dein christlich Haupt, umarmte, wär' er hier.

MARGARETA.
Lebt wohl, Herr! Gute Wünsche, Lob, Gebete
Wird Margareta stets für Suffolk haben.

Will gehen.

SUFFOLK.
Lebt wohl, mein Fräulein! Doch, Margareta, hört:
Kein fürstlicher Empfehl an meinen Herrn?

MARGARETA.
Sagt ihm Empfehle, wie sie einer Magd
Und Jungfrau, seiner Dienerin, geziemen.

SUFFOLK.
Bescheidne Wort', und anmutsvoll gestellt!
Doch, Fräulein, nochmals muß ich Euch beschweren:
Kein Liebespfand für Seine Majestät?

MARGARETA.
Ja, bester Herr: ein unbeflecktes Herz,
Von Liebe nie gerührt, send' ich dem König.

SUFFOLK. Und dies zugleich.

Küßt sie.

MARGARETA.
Das für dich selbst; ich will mich nicht erdreisten
Solch kindisch Pfand zu senden einem König.

Reignier und Margareta ab.

SUFFOLK.
Oh, wärst du für mich selbst! – Doch, Suffolk, halt!
Du darfst nicht irren in dem Labyrinth,
Da lauern Minotaur' und arge Ränke.
Nimm Heinrich ein mit ihrem Wunderlob,
Denk' ihren unerreichten Gaben nach,
Den wilden Reizen, so die Kunst verdunkeln;
Erneus' ihr Bildnis oft dir auf der See,
Damit, wenn du zu Heinrichs Füßen kniest,
Du seiner Sinne ihn beraubst vor Staunen.

Ab.

Vierte Szene

Lager des Herzogs von York in Anjou.
York, Warwick und andre treten auf.

YORK.
Führt vor die Zauberin, verdammt zum Feuer!

Die Pucelle kommt, von Wache umgeben, mit ihr ein Schäfer.

SCHÄFER.
Ach, Jeanne! Dies bricht deines Vaters Herz,
Hab' ich die Lande nah und fern durchsucht,

Und, nun sich's trifft, daß ich dich ausgefunden,
Komm' ich zu deinem frühen bittern Tode?
Ach, liebste Tochter, ich will mit dir sterben!

PUCELLE. Elender Bettler! Abgelebter Knecht!
Von edlerm Blute bin ich abgestammt:
Du bist mein Vater noch mein Blutsfreund nicht.

SCHÄFER.
Pfui, pfui! – Ihr Herrn, erlaubt, dem ist nicht so;
Das ganze Kirchspiel weiß, ich zeugte sie;
Die Mutter, noch am Leben, kann's bezeugen,
Daß sie der Erstling meines Eh'stands war.

WARWICK.
Ruchlose! Willst du deine Sippschaft leugnen?

YORK.
Dies zeigt, was für ein Leben sie geführt,
Verderbt und bös, und so beschließt sie's auch.

SCHÄFER.
O pfui doch, Jeanne, so verstockt zu sein!
Gott weiß, du bist von meinem Fleisch und Blut,
Und deinethalb vergoß ich manche Träne;
Verleugne doch mich nicht, mein liebstes Kind!

PUCELLE.
Pack' dich, du Bauer! Ihr habt den Mann bestellt,
Um meines Adels Krone zu verdunkeln.

SCHÄFER.
's ist wahr, ich gab dem Priester eine Krone,
Den Morgen, als ich ihre Mutter freite. –
Knie' hin und laß dich segnen, gutes Mädchen!
Du weigerst dich? Verflucht sei denn die Zeit,
Wo du zur Welt kamst! Wollt' ich doch, die Milch,
Die du an deiner Mutter Brüsten sogst,
Wär' deinetwillen Rattengift gewesen!
Und, wenn du meine Lämmer triebst zur Weide,
Wollt' ich, dich hätt' ein gier'ger Wolf verzehrt!
Verleugnest du den Vater, garst'ge Dirne?
Verbrennt, verbrennt sie! Hängen ist zu gut.

Ab.

YORK. Schafft sie hinweg! Sie hat zu lang' gelebt,
Die Welt mit ihren Lastern zu erfüllen.

PUCELLE.
Laßt mich euch sagen erst, wen ihr verdammt.
Nicht mich, erzeugt von Hirten auf der Flur,
Nein, aus der Könige Geschlecht entsprossen;
Heilig und tugendsam; erwählt von droben,
(Durch himmlische Begeist'rung reich begnadigt,)
Auf Erden hohe Wunder zu bewirken.
Mit bösen Geistern hatt' ich nie zu tun;
Doch ihr, befleckt von euren eignen Lüsten,
Besudelt mit der Unschuld reinem Blut,
Verderbt und angesteckt von tausend Lastern:
Weil euch die Gnade fehlt, die andre haben,
So achtet ihr's für ein unmöglich Ding,
Ein Wunder wirken, ohne Macht der Teufel.
Nein, Mißbelehrte! Wißt, daß Jeanne d'Arc
Seit ihrer zarten Kindheit Jungfrau blieb,
Selbst in Gedanken keusch und unbefleckt;
Daß ihr jungfräulich Blut, so streng vergossen,
Um Rache schrein wird an des Himmels Toren.

YORK. Ja, ja, nur fort mit ihr zur Hinrichtung!

WARWICK.
Und, Leute, hört: weil sie ein Mädchen ist,
So spart das Reisig nicht, gebt ihr genug,
Stellt Tonnen Pech noch um den Todespfahl,
Damit ihr so die Marter ihr verkürzt.

PUCELLE.
Kann eure starren Herzen nichts erweitern?
So gib denn, Jeanne, deine Schwachheit kund,
Die, dem Gesetz gemäß, ein Vorrecht dir gewährt. –
[Hört, schwanger bin ich, blut'ge Schlächter ihr!]
Drum mordet nicht die Frucht in meinem Schoß,
Schleppt ihr auch mich zum Tod gewaltsam hin.

YORK.
Verhüt' es Gott! Die heil'ge Jungfrau schwanger?

WARWICK.
Das größte Wunder, das Ihr je vollbracht!
Kam's dahin mit der strengen Züchtigkeit?

YORK.
Sie und der Dauphin hielten's mit einander;
Ich dacht' es, was die Ausflucht würde sein.

WARWICK.
Schon gut! Wir lassen keinen Bastard leben,
Wenn Karl der Vater sein muß, noch dazu.

PUCELLE.
Ihr irret Euch, mein Kind ist nicht von ihm;
Alençon war's, der meine Lieb' genoß.

YORK. Alençon, der verrufne Machiavell!
Es stirbt, und wenn es tausend Leben hätte!

PUCELLE.
Nicht doch, verzeiht! Ich täuscht' Euch: weder Karl,
Noch der genannte Herzog, sondern Reignier,
König von Napel, war's, der mich gewann.

WARWICK.
Ein Mann im Eh'stand! Das ist noch das Ärgste.

YORK.
Ei, das ist mir ein Mädchen! die nicht weiß –
So viele waren's –, wen sie soll verklagen.

WARWICK.
Ein Zeichen, daß sie frei und willig war.

YORK.
Und doch, wahrhaftig, eine reine Jungfrau! –
Dein Wort verdammt dich, Metze, samt der Brut:
Versuch' kein Bitten, denn es ist umsonst.

PUCELLE.
So führt mich fort. – Euch lass' ich meinen Fluch.
Die lichte Sonne werfe ihre Strahlen
Nie auf das Land, das euch zum Sitze dient!
Umgeb' euch Nacht und düstrer Todesschatten,
Bis Unheil und Verzweifelung euch drängt,
Den Hals zu brechen oder euch zu hängen!

Sie wird von der Wache abgeführt.

YORK.
Brich du in Stücke und zerfall' in Asche,
Verfluchte schwarze Dienerin der Hölle!

Kardinal Beaufort tritt auf mit Gefolge.

KARDINAL.
Mit einem Brief der Vollmacht, Lord Regent,
Begrüß' ich Eure Herrlichkeit vom König.
Denn wißt, Mylord, es haben sich die Staaten
Der Christenheit, bewogen von Erbarmen
Um diesen wüsten Streit, mit Ernst verwandt
Zum allgemeinen Frieden zwischen uns
Und der Franzosen hochgemutem Volk;

Und seht, schon naht der Dauphin und sein Zug
Um über diese Sache zu verhandeln.

YORK. Ist dieses unsrer Arbeit ganze Frucht?
Nachdem so mancher Pair erschlagen worden,
So mancher Hauptmann, Edelmann, Soldat,
Die überwunden sind in diesem Streit
Und ihren Leib zum Wohl des Lands verkauft:
Soll man zuletzt so weibisch Frieden schließen?
Verloren wir den größten Teil der Städte
Durch Ränke nicht, durch Falschheit und Verrat,
Die unsre großen Ahnherrn all' erobert? –
O Warwick! Warwick! Trauernd seh' ich schon
Den gänzlichen Verlust des Frankenreichs.

WARWICK.
Sei ruhig, York: wenn wir den Frieden schließen,
Wird's mit so strengen Foderungen sein,
Daß die Franzosen wenig dran gewinnen.

Karl mit Gefolge, Alençon, der Bastard, Reignier und andre treten auf.

KARL. Ihr Herrn von England, da genehmigt ist,
Daß Fried' im Land soll ausgerufen werden,
So kommen wir, um von euch selbst zu hören,
Was für Bedingungen der Bund erheischt.

YORK.
Sprich, Winchester; denn Gall' erstickt mir kochend
Den hohlen Ausweg meiner gift'gen Stimme
Beim Anblick der gehäss'gen Feinde da.

KARDINAL.
Karl und ihr andern, so ist's vorgeschrieben:
Daß ihr, inmaßen König Heinrich drein
Aus bloßem Mitleid und aus Milde willigt,
Eu'r Land vom harten Kriege zu befrein
Und süßen Frieden atmen euch zu lassen,
Lehnsleute seiner Krone werden sollt:
Und, Karl, auf die Bedingung, daß du schwörst,
Tribut zu zahlen, dich zu unterwerfen,
Sollst du als Vizekönig unter ihm
Die königliche Würde fortgenießen.

ALENÇON.
So muß er denn sein eigner Schatte sein?
Mit einer Krone seine Schläfe zieren
Und doch, dem Ansehn und dem Wesen nach,
Die Rechte des Privatmanns nur behalten?
Verkehrt und ungereimt ist dies Erbieten.

KARL. Es ist bekannt, daß ich bereits besitze
Mehr als das halbe gallische Gebiet
Und werde drin geehrt als echter König.
Um den Gewinn des unbezwungnen Rests
Soll ich dies Vorrecht mir um so viel schmälern,
Des Ganzen Vizekönig nur zu heißen?
Nein, Herr Gesandter, ich behalte lieber
Das, was ich hab', als daß ich, mehr begehrend,
Mich um die Möglichkeit von allem bringe.

YORK. Hochmüt'ger Karl! Hast du dir insgeheim
Vermittlung ausgewirkt zu einem Bund,
Und, nun die Sache zum Vertrag soll kommen,
Hältst du dich mit Vergleichungen entfernt?
Entweder nimm den angemaßten Titel
Als nur von unserm König kommend an
Und nicht von einem Anspruch des Verdienstes,
Sonst plagen wir mit Krieg ohn' Ende dich.

REIGNIER.
Mein Prinz, Ihr tut nicht wohl, aus Eigenwillen
Zu mäkeln bei dem Fortgang des Vergleichs;
Versäumen wir ihn jetzt, zehn gegen eins,
Wir finden die Gelegenheit nicht wieder.

ALENÇON *leise.*
Es ist, in Wahrheit, Politik für Euch,
Eu'r Volk von solchem Blutbad zu erretten
Und grimmigem Gemetzel, als man täglich
Bei fortgesetzten Feindlichkeiten sieht:
Geht also den Vertrag des Friedens ein,
Brecht Ihr ihn schon, sobald es Euch beliebt.

WARWICK.
Was sagst du, Karl? Soll die Bedingung gelten?

KARL. Sie soll's;
Nur vorbehalten, daß ihr keinen Teil
An der Besatzung unsrer Städte fodert.

YORK. So schwöre Lehnspflicht Seiner Majestät,
So wahr du Ritter bist, stets zu gehorchen
Der Krone Englands, nie dich aufzulehnen
Der Krone Englands, du samt deinem Adel!

Karl und die übrigen machen die Zeichen des Huldigungseides.

So, nun entlaßt Eu'r Heer, wann's Euch beliebt,
Hängt auf die Fahnen, laßt die Trommeln schweigen,
Denn feierlicher Fried' ist hier geschlossen.

Alle ab.

Fünfte Szene

London. Ein Zimmer im Palast.
König Heinrich kommt, im Gespräch mit Suffolk begriffen; Gloster und Exeter folgen.

KÖNIG HEINRICH.
Ich bin erstaunt bei Eurer seltnen Schild'rung
Der schönen Margareta, edler Graf;
Die Tugenden, geziert mit äußern Gaben,
Erregen mir der Liebe Trieb im Herzen;
Und wie die Strenge tobender Orkane
Den stärksten Kiel der Flut entgegen drängt,
So treibt auch mich der Hauch von ihrem Ruf,
Schiffbruch zu leiden oder anzulanden,
Wo ich mich ihrer Liebe mag erfreun.

SUFFOLK.
Still, bester Fürst! Der flüchtige Bericht
Ist nur der Eingang ihres würd'gen Lobs.
All die Vollkommenheit des holden Fräuleins,
Hätt' ich Geschick genug, sie auszusprechen,
Ein Buch wär's, voll verführerischer Zeilen,
Das auch den dumpfsten Sinn entzücken könnte.
Und, was noch mehr, sie ist so göttlich nicht,
Noch so erfüllt mit aller Freuden Wahl,
Daß sie, mit gleicher Demut des Gemüts,
Nicht willig wär', Euch zu Befehl zu sein, –
Befehl, mein' ich, von tugendsamer Art, –
Euch als Gemahl zu lieben und zu ehren.

KÖNIG HEINRICH.
Auch wird es Heinrich anders nie verlangen.
Darum, Mylord Protektor, willigt ein,
Daß Margareta Englands Fürstin werde.

GLOSTER.
So willigt' ich darein, der Sünd' zu schmeicheln.
Ihr wißt, mein Fürst, daß Ihr versprochen seid
Mit einem andern angeseh'nen Fräulein:
Wie können wir uns dem Vertrag entziehn,
Ohn' Eure Ehre Rügen bloßzustellen?

SUFFOLK.
Wie Herrscher tun bei unrechtmäß'gen Schwüren.
Wie einer, der gelobt hat, beim Turnier
Sich zu versuchen, doch verläßt die Schranken
Weil unter ihm zu tief sein Gegner steht.
Zu tief steht eines armen Grafen Tochter:
Drum, wenn man mit ihr bricht, ist nichts versehn.

GLOSTER. Ich bitt' Euch, was ist Margareta mehr?
Ihr Vater ist nichts besser als ein Graf,
Hat er erhabne Titel schon voraus.

SUFFOLK.
Ja, bester Herr, ihr Vater ist ein König
König von Napel und Jerusalem;
Und ist in Frankreich von so großem Ansehn,
Daß seine Freundschaft unsern Frieden sichern
Und in der Treu' die Franken halten wird.

GLOSTER.
Das kann der Graf von Armagnac nicht minder,
Weil er des Dauphins naher Vetter ist.

EXETER.
Auch läßt sein Reichtum großen Brautschatz hoffen,
Da Reignier eher nehmen wird als geben.

SUFFOLK.
Ein Brautschatz, Lords! Entehrt nicht so den König,
Daß er so arm und niedrig sollte sein,
Nach Geld zu gehn, nicht nach vollkommner Liebe.
Heinrich kann seine Königin bereichern
Und sucht nicht eine, die ihn reich soll machen.
So feilschen niedre Bauern ihre Weiber,
Wie auf dem Markt die Ochsen, Schafe, Pferde.
Die Eh' ist eine Sache von mehr Wert,
Als daß man sie durch Anwaltschaft betriebe;
Nicht die ihr wollt, – die Seiner Hoheit lieb,
Muß die Genossin seines Eh'betts sein.
Und da sie, Lords, ihm nun die Liebste ist,
So bindet dies vor allen Gründen uns,
In unsrer Meinung auch sie vorzuziehn.
Was ist gezwungne Eh', als eine Hölle,
Ein Leben voll von Zwist und stetem Hader?
Indes das Gegenteil nur Segen bringt
Und Vorbild von des Himmels Frieden ist.
Wen nähme Heinrich zum Gemahl, als König,
Als Margareten, Tochter eines Königs?
Nebst der Geburt, die Bildung ohnegleichen
Bestimmt für niemand sie als einen König;
Ihr tapfrer Mut und unerschrockner Geist,
Mehr als gewöhnlich man an Weibern sieht,
Entspricht der Hoffnung des Geschlechts vom
König:
Denn Heinrich, da sein Vater ein Erob'rer,
Hat Aussicht, mehr Erob'rer zu erzeugen,
Gesellt er sich in Liebe einer Frau,
Gemutet wie die schöne Margareta.
Gebt nach denn, Lords, und seid von meinem Sinn:
Nur Margareta werde Königin.

KÖNIG HEINRICH.
Ob es die Macht von Eurer Schild'rung ist,
Mein edler Lord von Suffolk, oder daß
Noch meine zarte Jugend nie gerührt
Von einem Trieb entflammter Liebe war,
Kann ich nicht sagen; doch ich weiß gewiß,
So heft'ge Spaltung fühl' ich in der Brust,
Von Furcht und Hoffnung ein so wild Getümmel,
Daß der Gedanken Drängen krank mich macht.
Drum geht zu Schiff, Mylord; nach Frankreich eilt;
Stimmt ein in jeglichen Vertrag und sorgt,
Daß Fräulein Margareta bald geruhe,
Die Überfahrt nach England vorzunehmen,
Und hier sich krönen lass' als König Heinrichs
Getreue und gesalbte Königin;
Für Euren Aufwand und Betrag der Kosten
Nehmt einen Zehnten auf von unserm Volk.
Geht, sag' ich Euch; denn bis Ihr wiederkehrt,
Bleib' ich zurück, verstrickt in tausend Sorgen. –
Ihr, guter Oheim, bannet allen Unmut:
Wenn Ihr nach dem mich richtet, was Ihr wart,
Nicht, was Ihr seid, so weiß ich, Ihr entschuldigt
Die rasche Ausführung von meinem Willen.
Und so geleitet mich, wo einsam ich
Nachhängen kann und sinnen meinem Kummer.
Ab mit Exeter.

GLOSTER.
Ja, Kummer, fürcht' ich, jetzt und immerfort.
Ab.

SUFFOLK.
So siegte Suffolk, und so geht er hin,
Wie einst nach Griechenland der junge Paris,
Mit Hoffnung ähnlichen Erfolgs im Lieben,
Doch bessern Ausgangs, als der Trojer hatte.
Margareta soll den König nun beherrschen,
Ich aber sie, den König und das Reich.
Ab.

KÖNIG HEINRICH VI. ZWEITER TEIL

Personen

König Heinrich VI.
Humphrey, Herzog von Gloster, sein Oheim
Kardinal Beaufort, Bischof von Winchester, Großoheim des Königs
Richard Plantagenet, Herzog von York
Eduard und Richard, seine Söhne
Herzog von Somerset,
Herzog von Suffolk,
Herzog von Buckingham,
Lord Clifford
Der junge Clifford, sein Sohn, von der königlichen Partei
Graf von Salisbury,
Graf von Warwick, von der Yorkschen Partei
Lord Scales, Befehlshaber des Turmes
Lord Say
Sir Humphrey Stafford und **sein Bruder**
Sir John Stanley
Ein Schiffshauptmann, der Patron und sein Gehülfe, und Seyfart Wittmer
Zwei Edelleute, nebst Suffolk gefangen
Ein Herold
Vaux
Hume und Southwell, zwei Pfaffen
Bolingbroke, ein Beschwörer. Ein von ihm aufgerufner Geist
Thomas Horner, ein Waffenschmied
Peter, sein Geselle
Der Schreiber von Chatham
Der Schulz von Sankt-Albans
Simpcox, ein Betrüger
Zwei Mörder
Hans Cade, ein Rebell
Georg Bevis, Johann Holland, Märten der Metzger, Smith der Leinweber, Michel u.a., seine Anhänger
Alexander Iden, ein kentischer Edelmann
Margareta, König Heinrichs Gemahlin
Leonora, Herzogin von Gloster
Grete Jordan, eine Hexe
Simpcoxens Frau
Herren und Frauen von Adel und sonstiges Gefolge; Supplikanten, Aldermänner, ein Büttel, Sheriff und Beamte; Bürger, Lehrbursche, Falkeniere, Wachen, Soldaten, Boten usw.

Die Szene ist abwechselnd in verschiednen Gegenden Englands

Erster Aufzug

Erste Szene

London. Ein Staatszimmer im Palast.
Trompetenstoß, hierauf Hoboen. Von der einen Seite kommen König Heinrich, Herzog von Gloster, Salisbury, Warwick und Kardinal Beaufort; von der andern wird Königin Margareta von Suffolk hereingeführt; York, Somerset, Buckingham und andre folgen.

SUFFOLK.
Wie mir von Eurer höchsten Majestät,
Da ich nach Frankreich ging, der Auftrag ward,
Als Stellvertreter Eurer Herrlichkeit
Zu eh'lichen Prinzessin Margareta:
So, in der alten Reichsstadt Tours, im Beisein
Der Könige von Frankreich und Sizilien,
Der Herzöge von Orleans, Kalabrien,
Bretagne und Alençon, nebst zwölf Baronen,
Sieben Grafen, zwanzig würdigen Prälaten,
Vollbracht' ich mein Geschäft und ward vermählt.
Und untertänig nun auf meinen Knie'n.
In Englands Angesicht und seiner Pairs,
Liefr' ich mein Anrecht an die Königin
In Eure gnäd'ge Hand, als die das Wesen ist
Des großen Schattens, den ich vorgestellt;
Das reichste Pfand, das je ein Markgraf bot,
Die schönste Braut, die je ein Fürst empfing.

KÖMIG HEINRICH.
Suffolk, steh auf. – Willkommen, Königin!
Ich weiß kein inn'ger Zeichen meiner Liebe
Als diesen inn'gen Kuß. Herr meines Lebens,
Leih' mir ein Herz, von Dankbarkeit erfüllt!
Denn in dem schönen Antlitz gabst du mir
Eine Welt von ird'schem Heil für meine Seele,
Wenn Liebes-Eintracht unsern Sinn verknüpft.

MARGARETA.
Mein gnäd'ger Gatte, großer König Englands!
Der trauliche Verkehr, den mein Gemüt
Bei Tag und Nacht, im Wachen und in Träumen,
Im Holkreis und bei meinen Betkorallen
Mit Euch gehabt, mein allerliebster Herr,
Macht um so dreister mich, Euch zu begrüßen
Mit schlichten Worten, wie mein Witz sie lehrt
Und Übermaß der Freude bieten kann.

KÖNIG HEINRICH.
Ihr Anblick schon entzückte; doch nun bringt
Die Anmut ihrer Reden, ihre Worte,
Mit Majestät der Weisheit angetan,
Vom Staunen mich zur Freude, welche weint:
So ist die Fülle meiner Herzenswonne. –
Lords, heißt mit einer Stimme sie willkommenl

ALLE. Lang' lebe Margareta, Englands Heil!
Trompetenstoß.

MARGARETA. Euch allen danken wir.

SUFFOLK.
Mylord Protektor, wenn es Euch beliebt,
Hier sind die Punkte des verglichnen Friedens,
Den unser Herr und König Karl von Frankreich
Auf achtzehn Monat eingegangen sind.

GLOSTER *liest.* »Zum ersten sind der König von Frankreich, Karl, und William de la Poole, Markgraf von Suffolk, Abgesandter König Heinrichs von England, übereingekommen: daß besagter Heinrich Fräulein Margareten, leibliche Tochter Reigniers, Königs von Neapel, Sizilien und Jerusalem, eh'lichen, und selbige vor dem dreißigsten nächsten Maimonats als Königin von England krönen soll. Ferner, daß das Herzogtum Anjou und die Grafschaft Maine frei gelassen und dem Könige, ihrem Vater, übergeben werden sollen« –

KÖNIG HEINRICH. Was habt Ihr, Oheim?

GLOSTER. Gnäd'ger Herr, verzeiht!
Ein plötzlich Übelsein fällt mir aufs Herz
Und trübt die Augen mir zum Weiterlesen.

KÖNIG HEINRICH.
Ich bitt' Euch, Ohm von Winchester, lest weiter!

KARDINAL *liest.* »Ferner sind selbige übereingekommen, daß die Herzogtümer Anjou und Maine frei gelassen und dem Könige, ihrem Vater, übergeben werden sollen: auch daß sie auf des Königs eigne Kosten hinübergeschafft werden soll, ohne Mitgift zu erhalten.«

KÖNIG HEINRICH.
Sie stehn uns an. – Lord Markgraf, kniee nieder,
Sei hier ernannt zum ersten Herzog Suffolk
Und mit dem Schwert umgürtet! –
Vetter von York, Ihr seid hiemit entlassen
Von der Regentschaft in den fränk'schen Landen,
Bis achtzehn Monden Zeit verstrichen sind. –
Dank, Oheim Winchester, Gloster, York und Buckingham,
Somerset, Salisbury und Warwick:
Wir danken sämtlich euch für eure Gunst
Bei meines fürstlichen Gemahls Empfang.
Kommt! Machen wir uns auf und sorgen schleunig,
Daß ihre Krönung werde wohl vollbracht.
König. Königin und Suffolk ab.

GLOSTER.
Des Staates Pfeiler, wackre Pairs von England!
Euch schüttet Herzog Humphrey aus sein Leid
Und eures und des Lands gemeines Leid.
Wie! Gab mein Bruder Heinrich seine Jugend
Und Mut und Geld und Volk dem Kriege hin?
Behalf er sich so oft in offnem Feld,
In Winterkält' und dürrer Sommerhitze,
Sein wahres Erbteil, Frankreich, zu erobern?
Und mühte Bruder Bedford seinen Witz,
Heinrichs Erwerb mit Staatskunst zu behaupten?
Empfingt ihr selbst, Somerset, Buckingbam,
York, Salisbury und der sieghafte Warwick,
In Normandie und Frankreich tiefe Narben?
Oder hat mein Oheim Beaufort und ich selbst,
Samt dem gelehrten Rate dieses Reichs,
So lang' studiert, im Rathaus aufgesessen
Von früh bis nachts, erwägend hin und her,
Wie man in Ehrfurcht die Franzosen hielte?
Und wurde Seine Hoheit zu Paris
Als Kind gekrönt, den Feinden zum Verdruß?
Und sollen diese Müh'n und Ehren sterben?

Heinrichs Erob'rung, Bedfords Wachsamkeit,
Eu'r Waffenglück und unser aller Rat?
O Pairs von England! Schmählich ist dies Bündnis,
Die Eh' verderblich; euren Ruhm vertilgt sie,
Streicht eure Namen im Gedenkbuch aus,
Verlöscht die Züge eures Preises, stürzt
Des überwundnen Frankreichs Monumente,
Vernichtet alles, als wär's nie gewesen.

KARDINAL. Neffe, was soll die ungestüme Rede?
Das Wortgepränge dieser Vorstellung?
Frankreich ist unser, wir behaupten's ferner.

GLOSTER.
Ja, Oheim, wir behaupten's, wenn wir können,
Doch ist's unmöglich nun, daß es geschehe.
Suffolk, der neue Herzog, der da schaltet,
Hat weggeschenkt die Leh'n Anjou und Maine
Dem armen König Reignier, dessen Titel
Mit seinem magern Beutel übel stimmt.

SALISBURY. Nun, bei des Tode, der für alle starb!
Zur Normandie die Schlüssel waren sie.
Doch warum weint Warwick, mein tapfrer Sohn?

WARWICK.
Vor Gram, daß sie dahin sind ohne Rettung:
Denn, wenn noch Hoffnung wäre, so vergösse
Mein Schwert heiß Blut, mein Auge keine Tränen.
Anjou und Maine! Ich selbst gewann sie beide,
Erobert' sie mit diesem meinem Arm;
Und gibt man nun die Städte, die mit Wunden
Ich erst erwarb, zurück mit Friedensworten?
Mort Dieu!

YORK. Der Suffolk stick' an seinem Herzogtum,
Der dieses Helden-Eilands Ehre schwächt!
Frankreich hätt' eh' mein Herz mir ausgerissen,
Als ich zu diesem Bündnis mich bequemt.
Nie las ich anders, als daß Englands Kön'ge
Mit ihren Weibern Summen Golds erhielten:
Und unser Heinrich gibt sein eignes weg,
Um die zu frein, die keinen Vorteil bringt.

GLOSTER. Ein schöner Spaß, und nie erhört zuvor,
Daß Suffolk wen'ger nicht als den Fünfzehnten
Für Kosten ihrer Überfahrt begehrt.
Sie mocht' in Frankreich bleiben und verhungern,
Bevor –

KARDINAL. Mylord von Gloster, Ihr seid allzu hitzig:
Dem König, unserm Herrn, gefiel es so.

GLOSTER.
Mylord von Winchester, ich kenn' Euch wohl;
Nicht meine Reden sind's, die Euch mißfallen,
Nur meine Gegenwart steht Euch im Weg.
Groll muß heraus: hochmütiger Prälat,
Ich seh' die Wut dir an; verweil' ich länger,
So fängt das alte Raufen wieder an. –
Lebt wohl, ihr Lords, und sagt nach meinem Scheiden,
Daß ich geweissagt, bald sei Frankreich hin.

Ab.

KARDINAL. Da geht im Grimme der Protektor fort.
Es ist euch wohl bekannt, er ist mein Feind,
Ja, was noch mehr, uns allen feindgesinnt,
Und, furcht' ich, nicht des Königs großer Freund.
Denkt, Lords, er ist der Nächste von Geblüt,
An den vermutlich Englands Krone fällt;
Wenn Heinrichs Eh'ein Kaisertum ihm brächte
Und all die reichen Königreich' im West,
Er hätte Grund zum Mißvergnügen dran.
Lords, seht euch vor, daß nicht sein glattes Reden
Eu'r Herz betört; seid weise und behutsam.
Begünstigt schon ihn das gemeine Volk,
Nennt »Humphrey« ihn, »den guten Herzog Gloster«,
Klatscht in die Händ' und ruft mit lauter Stimme:
»Jesus erhalt' Eu'r königliche Gnaden!«
Nebst: »Gott beschirm' den guten Herzog Humphrey!«
Doch fürcht' ich, Lords, bei all dem Schmeichelglanz,
Er wird uns ein gefährlicher Protektor.

BUCKINGHAM.
Und warum muß er's sein bei unserm Herrn.
Der selbst das Alter zum Regieren hat?
Vetter von Somerset, eint Euch mit mir,
Ihr all' zusammen mit dem Herzog Suffolk:
Wir heben bald den Herzog aus dem Sitz.

KARDINAL. Es leidet keinen Aufschub dies Geschäft.
Ich will zum Herzog-Suffolk alsobald.

Ab.

SOMERSET.
Vetter von Buckingham, ob Humphreys Stolz
Und Größ' im Amte schon uns kränkend ist,
Laßt uns den trotz'gen Kardinal bewachen.
Sein Übermut ist unerträglicher
Als aller Prinzen in dem Lande sonst;
Setzt man den Gloster ab, wird er Protektor.

BUCKINGHAM.
Ich oder du, Somerset, wird Protektor,
Zum Trotz dem Herzog und dem Kardinal.

Buckingham und Somerset ab.

SALISBURY.
Stolz ging voran, der Ehrgeiz folgt ihm nach.
Weil diese streben, um sich selbst zu fördern,
Geziemt es uns, zu streben für das Reich.
Nie sah ich anders, als daß Herzog Humphrey
Sich wie ein echter Edelmann betrug.
Oft sah ich's, daß der trotz'ge Kardinal
Wie ein Soldat mehr als ein Mann der Kirche,
So keck und stolz, als wär' er Herr von allem,
Geflucht wie ein Bandit und sich gebärdet
Unähnlich dem Regenten eines Staats. –
Warwick, mein Sohn, du meines Alters Trost!
Dein Ruhm, dein schlichtes Wesen, deine Wirtschaft
Gewann die größte Gunst bei den Gemeinen,
Den guten Herzog Humphrey ausgenommen. –
Und Bruder York, in Irland deine Taten,
Da du zur Bürgerzucht sie hast gebracht,
Auch deine Kriegeszüg' in Frankreichs Herzen,
Als du Regent für unsern Fürsten warst:
Sie machten dich beim Volk geehrt, gefürchtet.
Verbinden wir uns fürs gemeine Wohl,
Mit aller Macht zu zügeln und zu hemmen
Den Hochmut Suffolks und des Kardinals,
Samt Buckinghams und Somersets Ehrbegier;
Und unterstützen bestens Glosters Taten,
Solang' sie zielen auf des Lands Gewinn.

WARWICK.
Gott helf' dem Warwick, wie sein Volk er liebt
Und seines Vaterlands gemeines Wohl!
YORK.
Das sagt auch York, er hat am meisten Grund.
SALISBURY.
Nun zeig' den Eifer, Sohn, wie ich dich mahne.
WARWICK. Ja, mahne, Vater, mahne! Hin ist Maine,
Das Maine, welches Warwicks Arm errang,
Der stets des Frankenreiches flüchtig Roß
An dieser Mähne festzuhalten hoffte.
Ihr mahnt mich, Vater; mich gemahnt nur Maine,
Das, fall' ich nicht, bald mein zu sehn ich wähne.
Warwick und Salisbury ab.
YORK. Anjou und Maine gab man den Franzosen:
Paris ist fort; der Strand der Normandie,
Da jene hin sind, hängt an einem Haar.
Suffolk schloß die Artikel des Vergleichs,
Die Pairs genehmigten, und Heinrich war
Es gern zufrieden, für zwei Herzogtümer
Zu tauschen eines Herzogs schöne Tochter.
Nicht tadeln kann ich sie: was gilt es ihnen?
Dein Gut, und nicht ihr eignes, geben sie.
Seeräuber können leicht spottwohlfeil handeln
Und Freund' erkaufen und an Dirnen schenken,
Hoch lebend so wie Herrn, bis alles fort:
Indes des Gutes blöder Eigentümer
Darüber weint, die bangen Hände ringt
Und schüttelt seinen Kopf und steht von fern,
Weil alles ausgeteilt wird und verstreut,
Und darf verhungernd nicht, was sein, berühren.
So sitzt nun York und knirscht und beißt die Zunge,
Weil um sein eignes Land gefeilschet wird.
Mich dünkt, die Reiche England, Frankreich, Irland
Sind so verwebt mit meinem Fleisch und Blut,
Als der verhängnisvolle Brand Altheens
Mit jenes Prinzen Herz von Kalydon.
Anjou und Maine an Frankreich abgegeben!
Ein Schlag für mich, der ich auf Frankreich Hoffnung
So wie auf Englands fruchtbar'n Boden hatte.
Es kommt ein Tag, wo York das Seine heischt;
Drum will ich die Partei der Nevils nehmen
Und Liebes tun dem stolzen Herzog Humphrey
Und, wenn ich Zeit erseh', die Krone fodern,
Denn nach der goldnen Scheibe ziel' ich nur.
Mein Recht soll Lancaster mir nicht entreißen,
Nicht in der kind'schen Faust das Szepter halten,
Das Diadem nicht tragen um sein Haupt,
Des Pfaffenlaunen nicht zur Krone passen.
Drum, York, sei still, bis dich die Zeit begünstigt,
Paß auf und wache du, wenn andre schlafen,
Geheimnisse des Staates zu erspähn;
Bis Heinrich, schwelgend in der Liebe Freuden
Mit Englands teu'r erkauften Königin
Und Humphrey mit den Pairs in Zwist geraten.
Dann heb' ich die milchweiße Rose hoch,
Sie soll mit süßem Duft die Luft durchdringen;
Dann führ' ich im Panier das Wappen Yorks,
Um mit dem Hause Lancaster zu ringen,
Und nehme dem durchaus die Krone wieder,
Des Bücherherrschaft England riß danieder.
Ab.

Zweite Szene

Ebendaselbst. Ein Zimmer im Hause des Herzogs von Gloster.
Gloster und die Herzogin treten auf.

HERZOGIN.
Warum senkt mein Gemahl das Haupt, wie Korn,
Beschwert von Ceres' überreifer Last?
Was zieht die Brau'n der große Herzog Humphrey,
Als säh' er finster auf der Welt Gesichter?
Was haftet nur dein Aug' am dumpfen Boden
Und starrt das an, was dein Gesicht bewölkt?
Was siehst du? König Heinrichs Diadem,
Verbrämt mit allen Ehren dieser Welt?
Ist das, so starr' und kriech' auf deinem Antlitz,
Bis dir das Haupt davon umzirkelt ist.
Streck' aus den Arm nach dem glorreichen Gold!
Ist er zu kurz? Verlängern soll ihn meiner;
Und wenn wir zwei zusammen es gefaßt,
So heben wir das Haupt vereint zum Himmel
Und wollen unser Aug' nie so erniedern,
Noch eines Blicks den Boden wert zu halten.
GLOSTER.
Oh, Herzens-Lene, liebst du deinen Gatten,
So bann' ehrgeiziger Gedanken Wurm!
Sei der Gedanke, wann ich meinem König,
Dem tugendhaften Heinrich, Arges sinne,
Mein letzter Hauch in dieser ird'schen Welt!
Mich macht mein ängst'ger Traum von nachts betrübt.
HERZOGIN.
Was träumte mein Gemahl? Sagt mir, ich lohn' es
Mit süßer Meldung meines Morgentraums.
GLOSTER.
Mir schien's, der Stab hier, meines Amtes Zeichen,
Ward mir zerbrochen; ich vergaß, durch wen,
Doch, wie ich denke, war's der Kardinal;
Und auf den Stücken ward dann aufgesteckt
Der Kopf von Edmund, Herzog Somerset,
Und de la Poole, dem ersten Herzog Suffolk.
Dies war mein Traum: Gott weiß, was er bedeutet.
HERZOGIN.
Ei, das war nichts als ein Beweis, daß der,
Der nur ein Reis in Glosters Lustwald bricht,
Den Kopf für seine Kühnheit soll verlieren.
Doch horch auf mich, mein Humphrey, liebster Herzog!
Mir war, ich säß' auf majestät'schem Sitz,
Im Dom zu Westminster, und auf dem Stuhl,
Wo Kön'ge man und Königinnen krönt,
Wo Heinrich und Margreta vor mir knieten
Und setzten auf mein Haupt das Diadem.
GLOSTER.
O nein, dann muß ich gradezu dich schelten,
Hochmüt'ge Frau, verzogne Leonore!
Bist du die zweite Frau im Reiche nicht
Und des Protektors Weib, geliebt von ihm?

Steht weltliches Vergnügen dir nicht frei,
Mehr als dein Sinn erreichet und ermißt?
Und mußt du immer schmieden am Verrat,
Um deinen Gatten und dich selbst zu stürzen
Vom Ehrengipfel bis zum Fuß der Schmach?
Hinweg von mir, und laß mich nichts mehr hören!

HERZOGIN.
Wie, mein Gemahl? Seid Ihr mit Leonoren
So heftig, weil sie ihren Traum erzählt?
Ich will für mich die Träume schon behalten
Und nicht gescholten sein.

GLOSTER.
Nun, sei nicht zornig, ich bin wieder gut.

Ein Bote tritt auf.

BOTE. Mylord Protektor, Seine Hoheit wünscht,
Daß Ihr zum Ritt Euch anschickt nach Sankt-Albans
Zur Falkenjagd mit Ihro Majestäten.

GLOSTER.
Ich geh'. – Komm, Lene, willst du mit uns reiten?

HERZOGIN.
Ja, bester Herr, ich folge gleich Euch nach.

Gloster und der Bote ab.

Vorangehn kann ich nicht, ich muß wohl folgen,
Solange Gloster klein und niedrig denkt.
Wär' ich ein Mann, ein Herzog, von Geblüt
Der Nächste: diese läst'gen Strauchelblöcke
Räumt' ich hinweg und ebnete mir bald
Auf den kopflosen Nacken meinen Weg;
Und selbst als Weib will ich nicht lässig sein,
Auch meine Roll' im Zug des Glücks zu spielen.
Wo seid Ihr denn, Sir John? Nicht bange, Freund!
Wir sind allein, nur du und ich sind hier.

Hume kommt hervor

HUME. Jesus erhalte Eure Majestät!

HERZOGIN.
Was sagst du, Majestät? Ich bin nur Gnaden.

HUME. Allein mit Gottes Gnad' und Humes Rat
Vervielfacht Euer Gnaden Titel sich

HERZOGIN. Was bringst du, Mann? Hast du dich schon besprochen
Mit Grete Jordan, der verschlagnen Hexe,
Und dem Beschwörer, Roger Bolingbroke?
Und unternehmen sie's, mir Dienst zu leisten?

HUME. Dies haben sie gelobt, Euch einen Geist
Heraufzuholen aus der Tiefe drunten,
Der Antwort geben soll auf alle Fragen.
Die Euer Gnaden vorzulegen wünscht.

HERZOGIN.
Genug; ich will auf Fragen mich bedenken.
Sobald wir von Sankt-Albans heimgekehrt
Soll alles dieses in Erfüllung gehn.
Nimm diesen Lohn hier; mach' dich lustig, Mann,
Mit den Genossen bei der wicht'gen Sache.

Ab.

HUME.
Hume soll sich lustig machen mit dem Gold
Der Herzogin, ei ja, und wird es auch.
Doch wie nun, Sir John Hume? Versiegelt nui
Den Mund und gebt kein Wort von Euch, als: mum!
Die Sache heischt die stillste Heimlichkeit
Frau Leonore gibt mir Gold dafür,
Daß ich die Hexe zu ihr bringen soll;
Wär' sie ein Teufel, Gold kömmt immer recht.
Doch hab' ich Gold, das fliegt noch sonst wo her:
Ich darf nicht sagen, von dem reichen Kardinal
Und von dem großen neuen Herzog Suffolk,
Doch find' ich's so; denn, grad' heraus, die zwei,
Frau Leonorens hohes Trachten kennend
Erkauften mich, um sie zu untergraben
Und die Beschwörungen ihr einzublasen.
Man sagt, ein schlauer Schelm braucht keinen Mäkler,
Doch mäkl' ich Suffolk und dem Kardinal.
Hume, wenn du dich nicht hütest, fehlt nicht viel,
Du nenntest sie ein Paar von schlauen Schelmen.
Nun wohl, so steht's: und so, befürcht ich, stürzt
Humes Schelmerei zuletzt die Herzogin;
Und überweist man sie, muß Humphrey fallen.
Sei's, wie es sei, ich ziehe Gold von allen.

Ab.

Dritte Szene

Ein Zimmer im Palast.
Peter und andre Supplikanten kommen mit Bittschriften.

ERSTER SUPPLIKANT. Meisters, tretet dicht heran; Mylord Protektor wird hier gleich vorbeikommen, und dann können wir unsre Gesuche schriftlich überreichen.

ZWEITER SUPPLIKANT. Ei, Gott beschütz' ihn, denn er ist ein guter Mann. Der Herr Christus segne ihn!

Suffolk und Königin Margareta treten auf.

PETER. Da kommt er, denk' ich, und die Königin mit ihm: ich will gewiß der erste sein.

ZWEITER SUPPLIKANT. Zurück, du Narr! Das ist ja der Herzog von Suffolk und nicht Mylord Protektor.

SUFFOLK. Nun, Geselle? Wolltest du etwas von mir?

ERSTER SUPPLIKANT.
Ich bitte, Mylord, verzeiht mir; ich hielt Euch für den Lord Protektor.

KÖNIGIN *liest die Überschriften.* »An Mylord Protektor.« Sind eure Bittschriften an Seine Herrlichkeit gerichtet? Laßt mich sie sehen! Was betrifft deine?

ERSTER SUPPLIKANT. Meine, mit Euer Gnaden Erlaubnis, ist gegen John Goodman, des Mylord Kardinal seinen Diener, weil er mir mein Haus und Ländereien und Frau und alles vorenthält.

SUFFOLK. Deine Frau auch? Da geschieht dir in der Tat zu nahe. – Was habt Ihr für eine? – Sieh da! *Liest.* »Wider den Herzog von Suffolk, wegen Einhegung der gemeinen Hut und Weide von Melford.« – Was soll das, Herr Schurke?

ZWEITER SUPPLIKANT. Ach, Herr, ich bin nur ein armer Supplikant für unsre ganze Bürgerschaft.

PETER *überreicht seine Bittschrift.* Gegen meinen Meister, Thomas Horner, weil er gesagt hat, daß der Herzog von York rechtmäßiger Erbe der Krone wäre.

KÖNIGIN. Was sagst du? Sagte der Herzog von York, er wäre rechtmäßiger Erbe der Krone?

PETER. Mein Meister wäre es? Nein, wahrhaftig; mein Meister sagte, er wäre es, und der König wäre ein Usurpator.

SUFFOLK. Ist jemand da?

Bediente kommen.

Nehmt den Burschen mit herein und schickt sogleich mit einem Gerichtsboten nach seinem Meister. – Wir wollen von Eurer Sache mehr vor dem Könige hören.

Bedienter mit Peter ab.

KÖNIGIN. Was euch betrifft, die ihr Protektion
Von des Protektors Gnadenflügeln liebt,
Erneuert die Gesuche! Geht an ihn!

Sie zerreißt die Bittschriften.

Fort, ihr Halunken! – Suffolk, laßt sie gehn.

ALLE. Kommt! Laßt uns gehn!

Supplikanten ab.

KÖNIGIN.
Mylord von Suffolk, sagt, ist das die Art,
Ist das die Sitte so an Englands Hof?
Ist dies das Regiment der Briten-Insel
Und dies das Königtum von Albions Herrn?
Wie? Soll denn König Heinrich immer Mündel
Unter des mürr'schen Glosters Aufsicht sein?
Bin ich im Rang und Titel Königin,
Um einem Herzog untertan zu werden?
Ich sag' dir, Poole, als du in der Stadt Tours
Zu Ehren meiner Lieb' ein Rennen hieltest
Und stahlst die Herzen weg den fränk'schen Frauen:
Da dacht' ich, König Heinrich gliche dir
An Mut, an feiner Sitt' und Leibsgestalt.
Doch all sein Sinn steht nur auf Frömmigkeit,
Ave Marie am Rosenkranz zu zählen;
Ihm sind Propheten und Apostel Kämpfer,
Und seine Waffen heil'ge Bibelsprüche,
Sein Zimmer seine Rennbahn, seine Liebsten
Kanonisierter Heil'gen eh'rne Bilder.
Daß doch das Kardinal-Kollegium
Zum Papst ihn wählt' und brächte ihn nach Rom
Und setzt' ihm die dreifache Kron' aufs Haupt:
Das wär' ein Stand für seine Frömmigkeit.

SUFFOLK. Seid ruhig, gnäd'ge Frau: wie ich gemacht,
Daß Eure Hoheit kam nach England, will ich
In England völlig Euch zufriedenstellen.

KÖNIGIN.
Nächst dem Protektor haben wir noch Beaufort,
Den herrischen Pfaffen; Somerset, Buckingham,
Den murr'nden York: und der geringste dieser
Kann mehr in England als der König tun.

SUFFOLK. Und der darunter, der am meisten kann,
Kann nicht mehr tun in England als die Nevils:
Salisbury und Warwick sind nicht bloße Pairs.

KÖNIGIN.
Mich kränken halb so sehr nicht all die Lords
Als des Protektors Weib, die stolze Dame.
Sie fährt herum am Hof mit Scharen Frau'n,
Wie eines Kaisers mehr als Herzogs Weib.
Ein Fremder hält sie für die Königin,
Sie trägt am Leib die Einkünft' eines Herzogs,
Und unsrer Armut spottet sie im Herzen.
Soll ich nicht Rache noch an ihr erleben?
Ein schlechtgebornes Nickel, wie sie ist,
Hat sie bei ihrem Schätzchen jüngst geprahlt,
Der Schlepp von ihrem schlechtsten Rocke sei
Mehr wert als meines Vaters Land, eh' Suffolk
Zwei Herzogtümer gab für seine Tochter.

SUFFOLK. Ich hab' ihr eine Schlinge selbst gelegt
Und eine Schar Lockvögel ausgestellt,
Daß sie sich niederläßt, dem Lied zu horchen,
Und nie mehr aufsteigt und Euch Unruh' macht.
Drum laßt sie ruhn und hört mich, gnäd'ge Frau,
Ich bin so dreist. Euch hierin Rat zu geben:
Ist schon der Kardinal uns nicht gemütlich,
Verbinden wir mit ihm uns und den Lords,
Bis Herzog Humphrey wir in Schmach gebracht.
Was Herzog York betrifft, die neue Klage
Wird nicht gar viel zu seinem Vorteil tun,
So reuten wir sie nach einander aus,
Und Ihr sollt das beglückte Steuer führen.

König Heinrich, York und Somerset im Gespräch mit ihm; Herzog und Herzogin von Gloster, Kardinal Beaufort, Buckingham, Salisbury und Warwick treten auf.

KÖNIG HEINRICH.
Für mein Teil, edle Lords, ich weigr' es keinem.
Sei's Somerset, sei's York, mir gilt es gleich.

YORK.
Wenn York in Frankreich übel sich benommen,
So schlagt ihm immer die Regentschaft ab.

SOMERSET. Wenn Somerset der Stell' unwürdig ist,
Mag York Regent sein, und ich geb' ihm nach.

WARWICK. Ob Euer Gnaden würdig ist, ob nicht,
Wird nicht gefragt: York ist der würdigste.

KARDINAL.
Ehrgeiz'ger Warwick, laß die Obern reden.

WARWICK.
Der Kardinal ist nicht im Feld mein Obrer.

BUCKINGHAM.
Hier sind sie alle deine Obern, Warwick.

WARWICK.
Warwick kann Oberster von allen werden.

SALISBURY.
Still, Sohn! – Und gib uns Gründe, Buckingham,
Daß Somerset hiebei sei vorzuziehn.

KÖNIGIN. Ei, weil der König es so haben will.

GLOSTER. Der König, gnäd'ge Frau, ist alt genug,
Um selbst zu stimmen; dies sind nicht Fraun-Geschäfte.

KÖNIGIN.
Ist er schon alt genug, was braucht Eu'r Gnaden
Protektor Seiner Herrlichkeit zu sein?

GLOSTER.
Ich bin des Reichs Protektor, gnäd'ge Frau;
Wenn's ihm beliebt, entsag' ich meinem Platz.

SUFFOLK.
Entsag' ihm denn und laß den Übermut!
Seitdem du König warst (wer ist's, als du?),
Ging täglich das gemeine Wesen unter;
Jenseit des Meers gewann der Dauphin Feld,
Und alle Pairs im Reich und Edle sind
Wie Sklaven deiner Herrschaft hier gewesen.

KARDINAL Das Volk hast du geplagt; der Klerisei
Hast du die Säckel leicht und leer gepreßt.

SOMERSET.
Dein prächtig Bau'n und deiner Frauen Schmuck
Hat große Haufen aus dem Schatz gekostet.

BUCKINGHAM.
Dein grausames Gericht, an Missetätern
Geübt, ging über das Gesetz hinaus
Und gibt dich in die Willkür des Gesetzes.

KÖNIGIN.
Dein Ämter-Handel, und mit Städten Frankreichs,
Wär' er bekannt, wie er verdächtig ist,
Du sprängest bald wohl ohne Kopf herum.

Gloster ab. Die Königin läßt ihren Fächer fallen.

Hebt meinen Fächer auf. Ei, Schätzchen, könnt Ihr nicht?

Sie gibt der Herzogin eine Ohrfeige.

Wart Ihr es? Ja, da bitt' ich um Verzeihung.

HERZOGIN.
War ich's? Ja wohl, hochmütige Französin.
Könnt' ich an Euer schön Gesicht nur kommen,
Ich setzte meine zehn Gebote drein.

KÖNIG HEINRICH.
Still, liebste Tante; es geschah nicht gern.

HERZOGIN.
Nicht gern? Tu' bald ein Einsehn, guter König,
Sie närrt dich sonst und tänzelt dich wie ein Kind.
Man soll, gibt's hier gleich Männer ohne Hosen,
Nicht ungerächt Frau Leonoren schlagen.

Herzogin ab.

BUCKINGHAM. Lord Kardinal, ich folge Leonoren
Und geb' auf Humphrey acht, wie er sich nimmt.
Sie ist gereizt, ihr Mut braucht keinen Sporn,
Sie rennt schon wild genug in ihr Verderben.

Buckingham ab.

Gloster kommt zurück.

GLOSTER. Nun, Lords, da meine Galle sich gekühlt
Durch einen Gang um dieses Viereck her,
Komm' ich, von Staatsgeschäften hier zu reden.
Anlangend eure häm'schen falschen Rügen,
Beweist sie, und ich stehe dem Gesetz.
Doch Gott soll meiner Seele gnädig sein,
Wie ich mein Land und meinen König liebe!
Jedoch zur Sache, welche vor uns liegt.
Mein Fürst, ich sage, York schickt sich am besten,
Regent für Euch im Frankenreich zu sein.

SUFFOLK.
Erlaubt mir, eh' zur Wahl geschritten wird,
Mit Gründen von nicht kleiner Kraft zu zeigen,
Daß York am schlechtsten sich von allen schickt.

YORK.
Hör', Suffolk, denn, warum ich schlecht mich schicke:
Erst, weil ich deinem Stolz nicht schmeicheln kann;
Dann, wenn ich zu der Stelle werd' ernannt,
Wird hier Mylord von Somerset mich halten
Ohn' Abschluß, ohne Geld und Ausrüstung,
Bis Frankreich in des Dauphins Hand gefallen.
Mußt' ich doch letzthin ihm zu Willen tanzen,
Bis man Paris berannt und ausgehungert.

WARWICK.
Das zeug' ich mit, und einen schnödern Streich
Beging im Lande kein Verräter je.

SUFFOLK. Unbänd'ger Warwick, still!

WARWICK.
Du Bild des Stolzes, warum sollt' ich schweigen?

Bediente Suffolks führen Horner und Peter vor.

SUFFOLK.
Weil hier ein Mann ist, des Verrats beklagt.
Gott gebe, daß sich Herzog York entschuldigt!

YORK. Klagt irgendwer York als Verräter an?

KÖNIG HEINRICH.
Was meinst du, Suffolk? Sag mir: wer sind diese?

SUFFOLK.
Beliebt's Eu'r Majestät, dies ist der Mann,
Der seinen Meister Hochverrats beklagt.
Er hat gesagt, daß Richard Herzog York
Rechtmäß'ger Erbe sei von Englands Krone
Und Eure Majestät ein Usurpator.

KÖNIG HEINRICH.
Sag, Mann, waren das deine Worte?

HORNER. Mit Euer Majestät Erlaubnis, ich habe niemals etwas dergleichen gesagt oder gedacht. Gott ist mein Zeuge, daß ich von dem Bösewicht fälschlich angeklagt werde.

PETER *hält die Finger in die Höhe.* Bei diesen zehn Gebeinen, gnädige Herren, er sagte es mir eines Abends auf der Dachkammer, als wir Mylords von York Rüstung abputzten.

YORK. Gemeiner kot'ger Schurk' und Tagelöhner,
Mir zahlt dein Kopf für die Verräter-Rede.
Ich bitt' Eu'r königliche Majestät,
Laßt ihn die Strenge des Gesetzes fühlen.

HORNER. Ach, ich will gehängt sein, Mylord, wenn ich die Worte jemals gesagt habe. Mein Ankläger ist mein Lehrbursche, und da ich ihn letzthin für ein Vergehen züchtigte, gelobte er auf seinen Knieen, er wollte es mir vergelten: dafür habe ich gute Zeugnisse. Ich bitte Eure Majestät also, werft einen ehrlichen Mann nicht weg auf die Anklage eines Bösewichts.

KÖNIG HEINRICH.
Oheim, was sagen wir hiezu nach Rechten?

GLOSTER.
Dies Urteil, wenn ich sprechen darf, mein Fürst:
Laßt Somerset Regent in Frankreich sein,
Weil dieses Argwohn wider York erzeugt;
Und diesen da beraumet einen Tag
Zum Zweikampf an, auf angemeßnem Platz:
Denn er hat Zeugen für des Knechtes Bosheit.
Dies ist das Recht und Herzogs Humphreys Spruch.

KÖNIG HEINRICH.
So sei es denn, Mylord von Somerset,
Wir machen zum Regenten Euch in Frankreich.

SOMERSET. Ich dank' ergebenst Eurer Majestät.

HORNER.
Und ich bin zu dem Zweikampf gern bereit.

PETER. Ach, gnädiger Herr, ich kann nicht fechten; um Gottes willen, habt Erbarmen! Die Bosheit der Menschen ist mächtig wider mich. O Herr, sei mir gnädig! Ich bin nicht im stande, einen einzigen Streich zu tun. Ach Gott, mein Herz!

GLOSTER.
Ei, Bursch, du mußt nun fechten oder hängen.
KÖNIG HEINRICH.
Fort, schafft sie ins Gefängnis, und der Tag
Zum Zweikampf sei der letzte nächsten Monats. –
Komm, Somerset, damit wir weg dich senden.
Alle ab.

Vierte Szene

Garten des Herzogs von Gloster.
Grete Jordan, Hume, Southwell und Bolingbroke kommen.

HUME. Kommt, Leute: die Herzogin, sag' ich euch, erwartet die Erfüllung eurer Versprechungen.
BOLINGBROKE. Meister Hume, wir sind darauf geschickt. Will Ihro Gnaden unsre Beschwörungen ansehen und hören?
HUME. Ja wohl; was weiter? Seid wegen ihres Mutes nicht besorgt.
BOLINGBROKE. Ich habe sagen hören, sei sie eine Frau von unüberwindlichem Geist. Aber es wird dienlich sein. Meister Hume, daß Ihr droben bei ihr seid, derweil wir unten beschäftigt sind, und so bitte ich Euch, geht in Gottes Namen und verlaßt uns.
Hume ab.
Mutter Jordan, streckt Euch nieder und kriecht an der Erde; – Johann Southwell, lest Ihr; und laßt uns an unsre Arbeit gehn.
Die Herzogin erscheint auf einem Balkon.
HERZOGIN. Das macht ihr gut, Leute, und seid alle willkommen. Ans Werk! Je eher, je lieber.
BOLINGBROKE.
Geduld nur: Zaubrer wissen ihre Zeit.
Die tiefe, finstre Nacht, das Grau'n der Nacht;
Die Zeit, da Troja ward in Brand gesteckt;
Die Zeit, wo Eulen schrein und Hunde heulen,
Wo Geister gehn, ihr Grab Gespenster sprengen:
Die ziemt sich für das Werk, womit wir umgehn.
Sitzt, gnäd'ge Frau, und bangt nicht: wen wir rufen.
Den binden wir in dem geweihten Kreis.
Hier verrichten sie die gehörigen Zeremonien und machen den Kreis; Bolingbroke oder Southwell liest: Conjuro te etc. Es donnert und blitzt entsetzlich dann steigt der Geist auf.
GEIST. Adsum.
GRETE JORDAN. Asmath,
Beim ew'gen Gott, des Namen und Gewalt
Du zitternd hörst, antworte, wie ich frage!
Denn bis du sprichst, sollst du von hinnen nicht.
GEIST.
Frag', wie du willst. – Hätt' ich doch erst gesprochen!
BOLINGBROKE *liest von einem Zettel ab.*
»Zuerst vom König. Was geschieht mit ihm?«
GEIST. Der Herzog lebt, so Heinrich einst entsetzt.
Jedoch ihn überlebt und stirbt gewaltsam.
So wie der Geist spricht, schreibt Southwell die Antwort auf.
BOLINGBROKE.
»Welch ein Geschick erwartet Herzog Suffolk?«
GEIST.
Durch Seefahrt kommt er um und nimmt sein Ende.
BOLINGBROKE.
»Was wird dem Herzog Somerset begegnen?«
GEIST. Er meide Burgen;
Viel sichrer wird er sein auf sand'ger Ebne.
Als wo Burgen stehn getürmt.
Mach' nun ein Ende: mehr ertrag' ich kaum.
BOLINGBROKE.
Steig'nieder in die Nacht zum feur'gen Sumpf:
Verworfner, heb' dich weg!
Donner und Blitz. Der Geist versinkt.
York und Buckingham treten eilig mit Wachen und andern auf.
YORK. Packt die Verräter fest und ihren Plunder!
Altmutter, Euch belau'rten wir aufs Haar! –
Wie, gnäd'ge Frau? Ihr dort? Der König und das Land
Sind Euch für dies Teil Mühe höchst verpflichtet.
Mylord Protektor wird, ich zweifle nicht,
Euch wohl belohnen für so gute Dienste.
HERZOGIN.
Nicht halb so schlimm wie deine für den König,
Verwegner Herzog, der ohn' Ursach' droht.
BUCKINGHAM.
Recht, gnäd'ge Frau, ohn' Ursach'. Kennt Ihr dies?
Er zeigt ihr die Papiere.
Fort mit dem Volk! Sperrt eng sie ein und haltet
Sie auseinander. – Ihr, gnäd'ge Frau, mit uns;
Stafford, nimm sie zu dir! –
Die Herzogin von oben ab.
Eu'r Spielzeug soll nun alles an den Tag. –
Mit allen fort!
Wachen ab mit Southwell, Bolingbroke u.s.w.
YORK.
Lord Buckingham, Ihr habt sie gut belauert.
Ein hübscher Anschlag, um darauf zu baun!
Nun, bitte, laßt des Teufels Handschrift sehn.
Was gibt es hier?
Liest.
»Der Herzog lebt, so Heinrich einst entsetzt,
Jedoch ihn überlebt und stirbt gewaltsam.«
Ja, das ist richtig:
Aio te, Aeacida, Romanos vincere posse.
Gut, weiter nun!
»Sag, welch Geschick erwartet Herzog Suffolk?
Durch Seefahrt kommt er um und nimmt sein Ende.
Was wird dem Herzog Somerset begegnen?
Er meide Burgen.
Viel sichrer wird er sein auf sand'ger Ebne,
Als wo Burgen stehn getürmt.«
Kommt, kommt, ihr Herrn!
Zu den Orakeln kommt man mit Beschwer,
Und schwer versteht man sie.
Der König ist im Zug nun nach Sankt-Albans,
Mit ihm der Gatte dieser werten Dame.
Dahin geht dies nun, so schnell ein Pferd es tragen kann;
Ein traurig Frühstück für Mylord Protektor.
BUCKINGHAM.
Mylord von York, erlaubet mir, daß ich

Der Bote sei, in Hoffnung seines Lohns.
YORK. Nach Eurem Belieben, bester Lord. – He, ist niemand da?
Ein Bedienter kommt.
Die Lords von Salisbury und Warwick ladet
Mit mir zu speisen morgen abend. – Fort!
Ab.

Zweiter Aufzug

Erste Szene

Sankt-Albans.
König Heinrich, Königin Margareta, Gloster, der Kardinal und Suffolk treten auf, mit Falkenieren, die ein Jagdgeschrei machen.

KÖNIGIN.
Ja, glaubt mir, Lords, zu einem Wasserflug
Gab's keine beßre Jagd seit langen Jahren.
Allein, verzeiht, der Wind war ziemlich stark,
Und zehn war's gegen eins, ob Hans nur stiege.
KÖNIG HEINRICH.
Doch welchen Schuß, Mylord, Eu'r Falke tat,
Und wie er über alle flog hinaus!
Wie Gott doch wirkt in seinen Kreaturen!
Ja, Mensch und Vogel schwingen gern sich hoch.
SUFFOLK.
Kein Wunder, mit Eu'r Majestät Erlaubnis,
Daß des Protektors Falken trefflich steigen:
Sie wissen wohl, Ihr Herr ist gern hoch oben
Und denkt hinaus weit über ihren Flug.
GLOSTER.
Mylord, ein niedrig schlecht Gemüt nur strebt
Nicht höher an, als sich ein Vogel schwingt.
KARDINAL.
Ich dacht' es wohl, er will bis in die Wolken.
GLOSTER.
Ja, Mylord Kardinal! Was meint Ihr? Wär's nicht gut,
Eu'r Gnaden könnte in den Himmel fliegen?
KÖNIG HEINRICH.
Den reichen Schoß der ew'gen Herrlichkeit!
KARDINAL.
Dein Himmel ist auf Erden; Aug' und Sinn
Gehn auf die Krone, deines Herzens Schatz.
Gefährlicher Protektor! Schlimmer Pair,
Der Land und König gleisnerisch berückt!
GLOSTER.
Wie, Kardinal? Vermißt sich Euer Priestertum?
Tantaene animis caelestibus irae?
Ein Pfaff so hitzig? Bergt den Groll, mein Ohm!
Bei der Frömmigkeit, wie könnt Ihr?
SUFFOLK.
Kein Groll da, Herr; nicht mehr, als wohl sich ziemt
Für solchen guten Streit und schlechten Pair.
GLOSTER. Als wer, Mylord?
SUFFOLK. Nun, als Ihr, Mylord;
Mit Euer Lord-Protektorschaft Erlaubnis.
GLOSTER.
Ja, Suffolk, England kennt schon deinen Trotz.
KÖNIGIN. Und deinen Ehrgeiz, Gloster.
KÖNIG HEINRICH. Bitte, Liebste,
Sei still und reiz' nicht diese heft'gen Pairs;
Gesegnet, die auf Erden Frieden stiften.
KARDINAL.
Mein sei der Segen, wenn ich Frieden stifte
Mit meinem Schwert hier wider den Protektor!
GLOSTER *beiseit zum Kardinal.*
Traun, frommer Ohm, ich wollt', es käm' dahin!
KARDINAL *beiseit.*
Hast du das Herz, nun gut!
GLOSTER *beiseit.*
Versammle keine Rotten für die Sache,
Dein eigner Leib steh' für den Unglimpf ein.
KARDINAL *beiseit.*
Ja, wo du dich nicht blicken läßt; und wagst du's,
Heut abend, an des Wäldchens Morgenseite.
KÖNIG HEINRICH. Was gibt's, ihr Herrn?
KARDINAL. Glaubt mir, mein Vetter Gloster,
Barg Euer Knecht den Vogel nicht so schnell,
So gab's mehr Jagd noch. –
Beiseit.
Du bringst dein doppelt Schwert?
GLOSTER. Gut, Oheim.
KARDINAL *beiseit.*
Ihr wißt Bescheid? Des Wäldchens Morgenseite?
GLOSTER *beiseit.*
Kardinal, ich treff' Euch an.
KÖNIG HEINRICH. Nun, Oheim Gloster?
GLOSTER.
Vom Beizen ein Gespräch; sonst nichts, mein Fürst. –
Beiseit.
Bei der Mutter Gottes, Pfaff', ich schere dir die Platte,
Sonst gilt mein Fechten nichts.
KARDINAL *beiseit.*
Medice, te ipsum!
Protektor, sieh dich vor! Beschütz' dich selbst!
KÖNIG HEINRICH.
Der Wind wird stürmisch, Lords, wie euer Mut.
Wie widert meinem Herzen die Musik!
Wie wäre Harmonie zu hoffen da,
Wo solche Saiten einen Mißlaut machen?
Ich bitte, Lords, laßt diesen Zwist mich schlichten.
Ein Einwohner von Sankt-Albans kommt und schreit: »Ein Wunder!«
GLOSTER. Was soll der Lärm?
Gesell, was für ein Wunder rufst du aus?
EINWOHNER. Ein Wunder! Ein Wunder!
SUFFOLK.
Komm vor den König und erzähl' das Wunder.
EINWOHNER.
Ein Blinder, denkt, hat vor Sankt-Albans Schrein
In dieser Stunde sein Gesicht erlangt;
Ein Mann, der lebenslang nicht konnte sehn.
KÖNIG HEINRICH.
Gott sei gelobt, der gläub'gen Seelen Licht
Im Finstern gibt und in Verzweiflung Trost!
Der Schulz von Sankt-Albans und seine Bruder kommen; Simpcox wird von zwei Personen auf einem Sessel getragen, seine Frau und ein großer Haufe Volks folgt ihnen nach.

KARDINAL.
Da kommt die Bürgerschaft in Prozession,
Den Mann bei Eurer Hoheit vorzustellen.

KÖNIG HEINRICH.
Groß ist sein Trost in diesem Erdental,
Vervielfacht sein Gesicht schon seine Sünden.

GLOSTER.
Zurück, ihr Leute! Bringt ihn vor den König,
Seine Majestät geruht mit ihm zu reden.

KÖNIG HEINRICH.
Erzähl' uns hier den Hergang, guter Mensch,
Daß Gott für dich von uns verherrlicht werde.
Sag, warst du lange blind und bist geheilt?

SIMPCOX. Blind geboren, verzeihn Euer Gnaden.

FRAU. Ja, fürwahr, das ist er.

SUFFOLK. Was ist dies für ein Weib?

FRAU. Seine Frau, mit Euer Hochedlen Erlaubnis.

GLOSTER.
Wärst du seine Mutter, du könntest besser zeugen.

KÖNIG HEINRICH. Was ist denn dein Geburtsort?

SIMPCOX.
Berwick im Norden Herr, mit Eurer Gunst.

KÖNIG HEINRICH.
Viel Güt' erwies dir Gott, du arme Seele!
Laß Tag und Nacht fortan geheiligt sein,
Und stets bedenke, was der Herr getan.

KÖNIGIN.
Sag, guter Mensch, kamst du durch Zufall her
Oder aus Andacht zu dem heil'gen Schrein?

SIMPCOX.
Gott weiß, aus bloßer Andacht; denn mich rief
Der gute Sankt Albanus hundertmal
Im Schlaf und öfter; »Simpcox«, sagt' er, »komm!
Komm, bet' an meinem Schrein! Ich will dir helfen.«

FRAU. Wahrhaftig wahr, und manches liebe Mal
Hört' ich von solcher Stimme selbst ihn rufen.

KARDINAL. Wie, bist du lahm?

SIMPCOX. Ja, helf' mir der allmächt'ge Gott!

SUFFOLK. Wie wurdest du's?

SIMPCOX. Ein Fall von einem Baum.

FRAU. Ein Pflaumenbaum war's, Herr.

GLOSTER. Wie lange bist du blind?

SIMPCOX. Oh, so geboren, Herr.

GLOSTER. Was, und du klettertest auf einen Baum?

SIMPCOX.
Mein Lebtag' nur auf den, als ein junger Mensch.

FRAU.
Ja wohl, und mußte schwer sein Klettern zahlen.

GLOSTER.
Traun, mochtest Pflaumen gern, dich so zu wagen.

SIMPCOX. Ach, Herr, mein Weib verlangte ein paar Zwetschen
Und ließ mich klettern mit Gefahr des Lebens.

GLOSTER.
Ein feiner Schelm! Doch soll es ihm nichts helfen.
Laß mich deine Augen sehn: drück' zu, – mach' auf, –
Nach meiner Meinung siehst du noch nicht recht.

SIMPCOX. Ja, Herr, klar wie der Tag; ich dank's Gott und Sankt Alban!

GLOSTER.
Ei so! Von welcher Farb' ist dieser Mantel?

SIMPCOX. Rot, Herre, rot wie Blut.

GLOSTER.
Ganz recht. Von welcher Farbe ist mein Rock?

SIMPCOX.
Schwarz, mein' Treu; kohlschwarz wie Ebenholz.

KÖNIG HEINRICH.
Du weißt also, wie Ebenholz gefärbt ist?

SUFFOLK.
Doch, denk' ich, sah er nie kein Ebenholz.

GLOSTER.
Doch Röck' und Mäntel schon vor heut in Menge.

FRAU. Niemals vor heute, all sein Lebenlang.

GLOSTER. Sag mir, Kerl, wie ist mein Name?

SIMPCOX. Ach, Herr, ich weiß nicht.

GLOSTER. Wie ist sein Name?

SIMPCOX. Ich weiß nicht.

GLOSTER. Auch seinen nicht?

SIMPCOX. Nein, fürwahr, Herr.

GLOSTER. Wie ist dein eigner Name?

SIMPCOX.
Sander Simpcox, zu Eurem Befehle, Herr.

GLOSTER.
So sitz' da, Sander, der verlogenste Schelm
Der Christenheit. Denn wärst du blind geboren,
Du hätt'st all unsre Namen wissen können
So gut, als so die Farben nennen, die
Wir tragen. Das Gesicht kann Farben unterscheiden,
Doch alle zu benennen auf einmal,
Das ist unmöglich.
Mylords, Sankt Alban hat ein Wunder hier getan;
Und hieltet ihr's nicht für eine große Kunst,
Die diesem Krüppel wieder auf die Beine hülf?

SIMPCOX. O Herr, wenn Ihr das könntet!

GLOSTER. Ihr Leute von Sankt Albans, habt ihr nicht Büttel in eurer Stadt und Dinger, die man Peitschen heißt?

SCHULZ. Ja, Mylord, zu Euer Gnaden Befehl.

GLOSTER. So laßt unverzüglich einen holen.

SCHULZ.
He, Bursch! Geh, hol' sogleich den Büttel her!

Einer aus dem Gefolge ab.

GLOSTER. Nun holt mir geschwind einen Schemel hieher.

Es wird ein Schemel gebracht.

Nun, Kerl, wenn Ihr ohne Peitschen davonkommen wollt, so springt mir über den Schemel und lauft davon.

SIMPCOX. Ach, Herr, ich bin nicht imstande, allein zu stehen: Ihr geht damit um, mich vergeblich zu plagen.

Der Abgeschickte kommt zurück mit dem Büttel.

GLOSTER. Nun, wir müssen Euch an Eure Beine helfen. He, Büttel, peitsch' ihn, bis er über den Schemel springt.

BÜTTEL. Das will ich, gnädiger Herr. – Komm, Kerl, geschwind mit deinem Wams herunter!

SIMPCOX. Ach, Herr, was soll ich tun? Ich bin nicht imstande zu stehen. *Nachdem ihn der Büttel einmal geschlagen hat, springt er über den Schemel und läuft dovon; und das Volk läuft nach und schreit: »Ein Wunder!«*

KÖNIG HEINRICH. O Gott, du siehst dies und erträgst so lange?
KÖNIGIN. Ich mußte lachen, wie der Bube lief.
GLOSTER. Dem Schelm setzt nach und nehmt die Metze fort!
FRAU.
Ach, Herr, wir taten's aus bloßer Not.
GLOSTER. Laßt sie durch alle Marktplätze peitschen, bis sie nach Berwick kommen, wo sie her sind.

Der Schulz, Büttel, Frau usw. ab.

KARDINAL.
Ein Wunder ist Herzog Humphrey heut gelungen.
SUFFOLK.
Ja wohl, der Lahme läuft und ist entsprungen.
GLOSTER.
Wohl größre Wunder tatet Ihr als dies,
Der ganze Städt' auf einmal springen ließ.

Buckingham tritt auf.

KÖNIG HEINRICH.
Was bringt uns Neues Vetter Buckingham?
BUCKINGHAM.
Was Euch mein Herz zu offenbaren bebt.
Ein Haufe Menschen von verworfnem Wandel
Hat unterm Schutze und im Einverständnis
Frau Leonorens, des Protektors Gattin,
Der Rädelsführerin der ganzen Rotte,
Gefährlich wider Euch es angelegt,
Zu Hexen und zu Zauberern sich haltend.
Wir haben sie ergriffen auf der Tat,
Da sie von drunten böse Geister riefen,
Nach König Heinrichs Tod und Leben fragend,
So wie nach andern vom geheimen Rat,
Wie Eure Hoheit soll des weitern wissen.
KARDINAL *beiseit zu Gloster.*
Und auf die Art, Mylord Protektor, muß
Sich die Gemahlin jetzt in London stellen.
Dies, denk' ich, wendet Eures Degens Spitze;
Vermutlich haltet Ihr die Stunde nicht.
GLOSTER.
Ehrgeiz'ger Pfaff'! Laß ab, mein Herz zu kränken:
All meine Kraft hat Gram und Leid bewältigt;
Und wie ich bin bewältigt, weich' ich dir
Und dem geringsten Knecht.
KÖNIG HEINRICH.
O Gott, welch Unheil stiften doch die Bösen
Und häufen so Verwirrung auf ihr eignes Haupt!
KÖNIGIN.
Gloster, da schau den Flecken deines Nestes;
Sieh, ob du rein bist, sorge für dein Bestes.
GLOSTER.
Ich weiß, daß mir der Himmel Zeugnis gibt,
Wie ich den König und den Staat geliebt.
Mit meinem Weib, ich weiß nicht, wie's da steht;
Es tut mir leid zu hören, was ich hörte:
Sie ist von edlem Sinn, doch wenn sie Ehre
Vergaß und Tugend und mit Volk verkehrte,
Das, so wie Pech, befleckt ein adlig Haus,
So stoß' ich sie von Bett und Umgang aus,
Und sei sie dem Gesetz, der Schmach verpfändet,
Die Glosters reinen Namen so geschändet.
KÖNIG HEINRICH.
Nun gut, wir wollen diese Nacht hier ruhn,
Nach London morgen wiederum zurück,
Um dieser Sache auf den Grund zu sehn
Und Rechenschaft den Frevlern abzufodern;
Daß Recht den Fall in gleichen Schalen wäge,
So nimmer wankt und sieget allewege.

Trompetenstoß. Alle ab.

Zweite Szene

London. Garten des Herzogs von York.
York, Salisbury und Warwick treten auf.

YORK.
Nun, werte Lords von Salisbury und Warwick,
Nach unserm schlichten Mahl erlaubet mir,
In diesem Laubengang mir g'nugzutun,
Euch fragend, was ihr meint von meinem Anspruch
An Englands Krone, der untrüglich ist.
SALISBURY.
Mylord, ich wünsch' ausführlich es zu hören.
WARWICK.
Sprich, lieber York; und ist dein Anspruch gut,
So kannst du schalten mit der Nevils Dienst.
YORK.
Dann so:
Eduard der Dritte hatte sieben Söhne;
Erst Eduard Prinz von Wales, der Schwarze Prinz;
Der zweite, William Hatfield; und der dritte,
Lionel, Herzog Clarence; dem zunächst
Kam John von Gaunt, der Herzog Lancaster;
Der fünfte, Edmund Langley, Herzog York;
Der sechste, Thomas von Woodstock, Herzog Gloster;
William von Windsor war der siebt' und letzte.
Eduard, der Schwarze Prinz, starb vor dem Vater
Und ließ als einz'gen Sohn den Richard nach,
Der nach Eduard des Dritten Tod regierte;
Bis Heinrich Bolingbroke, Herzog Lancaster,
Der ältste Sohn und Erbe Johns von Gaunt,
Der als der vierte Heinrich ward gekrönt,
Das Reich bewältigt, den rechtmäß'gen König
Entsetzt und seine arme Königin
Nach Frankreich fortgesandt, woher sie kam,
Und ihn nach Pomfret: wo der gute Richard,
Wie jeder weiß, verrät'risch ward ermordet.
WARWICK.
Vater, der Herzog redet wahr;
So kam das Haus von Lancaster zur Krone.
YORK.
Die nun sie durch Gewalt, nicht Recht, behaupten:
Nach Richards Tod, des ersten Sohnes Erben,
War an der Reih' des nächsten Sohns Geschlecht.
SALISBURY.
Doch William Hatfield starb ohn' einen Erben.
YORK.
Der dritte, Herzog Clarence, von des Stamm
Entsprossen ich die Krone heische, hatte
Nachkommenschaft: Philippa, eine Tochter,
Vermählt mit Edmund Mortimer, Graf von March.

Edmund erzeugte Roger, Graf von March,
Roger erzeugte Edmund, Anna und Lenore.

SALISBURY.
Der Edmund machte, unter Bolingbroke,
Wie ich gelesen, Anspruch an die Krone;
Und wo's nicht Owen Glendower getan,
So wär' er König worden: denn der hielt
Ihn in Gefangenschaft bis an den Tod.
Doch weiter!

YORK.
Seine ältste Schwester Anna
Und meine Mutter, als der Krone Erbin,
Heiratete Richard, Graf von Cambridge, Sohn
Von Edmund Langley, fünftem Sohn Eduard
des Dritten.
Auf sie bau' ich den Anspruch: sie war Erbin
Von Roger, Graf von March; der war der Sohn
Von Edmund Mortimer, der Philippen hatte,
Die einz'ge Tochter Lionels von Clarence.
So, wenn des ältern Sohns Nachkommenschaft
Vor der des jüngern vorgeht, bin ich König.

WARWICK.
Das Klarste kann nicht klarer sein als dies.
Heinrich besitzt den Thron von John von Gaunt,
Dem vierten Sohn; York heischt ihn von dem dritten
Bis Lionels Geschlecht erloschen, sollte
Seins nicht regieren; es erlosch noch nicht,
Es blüht vielmehr in dir und deinen Söhnen,
Den schönen Sprößlingen von solchem Stamm.
Drum, Vater Salisbury, laß beid' uns knien
Und hier am stillen Ort die ersten sein,
Die unsern echten Oberherrn begrüßen
Mit Ehren des Geburtsrechts an den Thron.

BEIDE.
Lang' lebe König Richard, unser Herr!

YORK.
Wir danken euch. Doch, Lords, ich bin nicht König,
Bis ich gekrönt bin und mein Schwert sich färbte
Mit Herzblut von dem Hause Lancaster;
Und das ist übereilt nicht auszuführen,
Mit Klugheit nur und stiller Heimlichkeit.
Tut ihr wie ich in diesen schlimmen Tagen:
Seid blind für Herzog Suffolks Übermut,
Für Beauforts Stolz, die Ehrsucht Somersets,
Für Buckingham und ihre ganze Schar;
Bis sie der Herde Schäfer erst verstrickt,
Den tugendhaften Prinzen, Herzog Humphrey.
Das suchen sie und finden, dieses suchend,
Den eignen Tod, weiß York zu prophezein.

SALISBURY.
Mylord, genug! Wir sind nun unterrichtet.

WARWICK.
Mein Herz beteuert mir, der Graf von Warwick
Macht Herzog York zum König eines Tags.

YORK.
Und, Nevil, dies beteur' ich selber mir:
Richard erlebt's und macht den Graf von
Warwick
Zum größten Mann in England, nach dem
König.

Alle ab.

Dritte Szene

Ebendaselbst. Ein Gerichtssaal.
Trompeten. König Heinrich, Königin Margareta, Gloster, York, Suffolk und Salisbury treten auf; die Herzogin von Gloster, Grete Jordan, Southwell, Hume und Bolingbroke werden von der Wache herein geführt.

KÖNIG HEINRICH.
Kommt vor, Frau Leonore Cobham, Glosters Weib.
Vor Gott und uns ist Eu'r Vergehen groß:
Empfanget des Gesetzes Spruch für Sünden,
Die Gottes Schrift zum Tod verurteilt hat. –
Ihr vier von hier zurück in das Gefängnis,
Von dannen an den Platz der Hinrichtung.
Die Hexe brenn' in Smithfield man zu Asche,
Und ihr drei sollt erwürgt am Galgen werden. –
Ihr, Herzogin, als edler von Geburt,
Sollt, Eurer Ehre lebenslang beraubt,
Nach dreien Tagen öffentlicher Buße
Im Banne hier in Eurem Lande leben,
Mit Sir John Stanley in der Insel Man.

HERZOGIN.
Willkommen Bann, willkommen wäre Tod.

GLOSTER. Das Recht hat, Leonore, dich gerichtet;
Rechtfert'gen kann ich nicht, wen es verdammt.
Die Herzogin und die übrigen Gefangnen werden mit Wache abgeführt.
Mein Auge schwimmt, mein Herz ist voller Gram.
Ach, Humphrey, diese Schand' in deinem Alter
Bringt noch dein Haupt mit Jammer in die Grube! –
Ich bitt' Eu'r Majestät, weggehn zu dürfen:
Das Leid will Tröstung, und mein Alter Ruh'.

KÖNIG HEINRICH.
Halt, Humphrey, Herzog Gloster! Eh' du gehst,
Gib deinen Stab mir: Heinrich will sich selbst
Protektor sein; und Gott sei meine Hoffnung,
Mein Schutz, mein Hort und meiner Füße Leuchte!
Und geh in Frieden, Humphrey: noch so wert,
Als da du warst Protektor deinem König.

KÖNIGIN.
Ich sehe nicht, warum ein münd'ger König
Beschützt zu werden brauchte wie ein Kind.
Mit Gott soll Heinrich Englands Steuer führen:
Herr, gebt den Stab und laßt ihn selbst regieren.

GLOSTER.
Den Stab? Hier, edler Heinrich, ist mein Stab.
So willig mag ich selbigem entsagen,
Als mich dein Vater Heinrich hieß ihn tragen;
So willig lass' ich ihn zu deinen Füßen,
Als andre dran den Ehrgeiz würden büßen.
Leb wohl, mein König! Wenn ich hingeschieden,
Umgebe deinen Thron ruhmvoller Frieden!
Ab.

KÖNIGIN.
Ja, nun ist Heinrich Herr, Margreta Königin,
Und Humphrey, Herzog Gloster, kaum er selbst;
So arg verstümmelt, auf einmal zwei Stöße,
Sein Weib verbannt, und abgehaun ein Glied,
Der überreichte Stab: – hier sei sein Stand,
Wo er sich hingeziemt, in Heinrichs Hand.

SUFFOLK.
So hängt der hohe Fichtenbaum die Zweige,
So geht Lenorens Stolz, noch jung, zur Neige.

YORK.
Lords, laßt ihn ziehn. – Beliebt's Eu'r Majestät,
Dies ist der Tag, zum Zweikampf anberaumt,
Und Kläger und Beklagter stehn bereit,
Der Waffenschmied und sein Lehrbursch' an den Schranken
Geruht Eu'r Hoheit das Gefecht zu sehn.

KÖNIGIN.
Ja, mein Gemahl; denn dazu eben kam ich
Vom Hof, um ausgemacht den Streit zu sehn.

KÖNIG HEINRICH.
In Gottes Namen, richtet alles ein:
Hier laßt sie's enden, und schütze Gott das Recht!

YORK.
Nie sah ich schlechter einen Kerl gemutet,
Noch mehr in Angst zu fechten, als den Kläger,
Den Burschen dieses Waffenschmieds, Mylords.

Von der einen Seite kommt Horner mit seinen Nachbarn, die ihm so viel zutrinken, daß er betrunken ist; er trägt eine Stange mit einem daran befestigten Sandbeutel, und eine Trommel geht vor ihm her; von der andern Seite Peter mit einer Trommel und eben solcher Stange, begleitet von Lehrburschen, die ihm zutrinken.

ERSTER NACHBAR. Hier, Nachbar Horner, trinke ich Euch zu mit einem Glase Sekt; und seid nicht bange, Nachbar, es wird schon gut gehen.

ZWEITER NACHBAR. Und hier, Nachbar, habt Ihr ein Glas Scharneco.

DRITTER NACHBAR. Und hier ist eine Kanne gutes Doppelbier, Nachbar: trinkt, und fürchtet Euch nicht vor Eurem Burschen.

HORNER. Nur her damit, meiner Treu, und ich will euch allen Bescheid tun, und ich frage den Kuckuck nach Peter.

ERSTER LEHRBURSCHE. Hier, Peter, ich trinke dir zu, und sei nicht bange.

ZWEITER LEHRBURSCHE. Lustig, Peter, und fürchte dich nicht vor deinem Meister; schlage dich für die Reputation von uns Lehrburschen.

PETER. Ich danke euch allen; trinkt und betet für mich, ich bitte euch: denn ich denke, ich habe meinen letzten Trunk in dieser Welt zu mir genommen. – Da, Ruprecht, wenn ich sterbe, so gebe ich dir mein Schurzfell, und Fritz, du sollst meinen Hammer haben; und da, Thoms, nimm alles Geld, das ich habe. – O Herr, sei mir gnädig und barmherzig! Ich kann es nimmermehr mit meinem Meister aufnehmen, er hat schon so viel Fechten gelernt.

SALISBURY. Kommt, laßt das Trinken sein und kommt zu den Streichen. Wie ist dein Name, Bursch?

PETER. Je nun, Peter.

SALISBURY. Peter! Wie weiter?

PETER. Puff.

SALISBURY. Puff! Nun, so sieh zu, daß du deinen Meister tüchtig puffst.

HORNER. Leute, ich bin so zu sagen auf Verlangen meines Gesellen hergekommen, um zu beweisen, daß er ein Hundsfott ist und ich ein ehrlicher Mann; und was den Herzog von York anbetrifft, so will ich darauf sterben, daß ich niemals was wider ihn im Sinne gehabt habe, und gegen den König und die Königin auch nicht. Und also sieh dich vor, Peter, ich will tüchtig ausholen.

YORK.
Macht fort, schon lallt die Zunge diesem Schelm.
Trompeten blast, den Kämpfern zum Signal!

Signal von Trompeten. Sie fechten, und Peter schlägt seinen Meister zu Boden.

HORNER. Halt, Peter, halt! Ich bekenne, ich bekenne meine Verräterei. *Stirbt.*

YORK. Nehmt seine Waffe weg. – Danke Gott, Gesell, und dem guten Wein in deines Meisters Kopf.

PETER. O Gott! Habe ich meinen Feinden in dieser hohen Versammlung obgesiegt? O Peter, du hast deine gute Sache behauptet!

KÖNIG HEINRICH.
Schafft den Verräter weg aus unsern Augen,
Denn seine Schuld beweiset uns sein Tod,
Und offenbart hat der gerechte Gott
Die Treu' und Unschuld dieses armen Menschen,
Den widerrechtlich er zu morden dachte. –
Komm mit, Gesell, empfange deinen Lohn!

Alle ab.

Vierte Szene

Ebendaselbst. Eine Straße.
Gloster tritt auf, von Bedienten begleitet; sämtlich in Trauermänteln.

GLOSTER.
So hat der hellste Tag manchmal Gewölk,
Dem Sommer folgt der kahle Winter stets
Mit seinem grimm'gen, bitterlichen Frost:
So strömet Freud' und Leid, wie Zeiten wandeln. –
Was ist die Glocke, Leute?

BEDIENTER. Zehn, Mylord.

GLOSTER.
Zehn ist die Stunde, die man mir bestimmt,
Zu warten auf mein büßendes Gemahl.
Fast schwer mag sie die stein'gen Straßen dulden,
Mit zartgefühl'gem Fuß sie zu betreten.
Herz-Lene! Schlecht erträgt dein edler Mut
Verworfnes Volk, das ins Gesicht dir gafft,
Mit häm'schen Blicken lachend deiner Schmach,
Das sonst den stolzen Wagenrädern folgte,
Wenn im Triumph du durch die Straßen fuhrst.
Doch still! Da kommt sie, denk' ich, und nun soll
Mein tränbeschwemmtes Aug' ihr Elend sehn.

Die Herzogin von Gloster kommt in einem weißen Hemde, Papiere auf dem Rücken geheftet, barfuß, und mit einer brennenden Kerze in der Hand; Sir John Stanley, ein Sheriff und Beamte.

BEDIENTER.
Geruhn Eu'r Gnaden, und wir machen sie

Von Sheriffs Händen los.

GLOSTER.
Nein, rührt euch nicht,
Bei Leib und Leben, laßt vorbei sie ziehn.

HERZOGIN.
Kommt Ihr, Gemahl, um meine Schmach zu sehn?
Nun tust du Buße mit. Sieh, wie sie gaffen!
Sieh, wie die trunkne Schar mit Fingern weist,
Mit Köpfen nickt und Augen auf dich wirft!
Ach, Gloster, birg dich den gehäss'gen Blicken,
Klag', eingesperrt im Zimmer, meine Schmach
Und fluch' auf deine Feinde, mein' und deine!

GLOSTER.
Geduldig, liebe Lene! Vergiß dies Leid!

HERZOGIN.
Ah, Gloster, lehre mir, mich selbst vergessen!
Denn, weil ich denk', ich bin dein eh'lich Weib
Und du ein Prinz, Protektor dieses Lands,
Dünkt mich, ich sollte so geführt nicht werden,
In Schmach gesteckt, mit Zetteln auf dem Rücken,
Ein Pöbel hinter mir, der meiner Tränen
Und tief geholten Seufzer sich erfreut.
Der grimm'ge Kiesel ritzt die zarten Füße,
Und fahr' ich auf, so lacht das häm'sche Volk
Und heißt mich Achtung geben, wie ich trete.
Ah, Humphrey, kann ich's tragen, dieses Joch?
Meinst du, ich werde je die Welt anschaun
Und glücklich achten, wem die Sonne scheint?
Nein, Dunkel sei mein Licht, und Nacht mein Tag,
Und Denken meines Pomps sei meine Hölle.
Dann sag ich: Ich bin Herzog Humphreys Weib,
Und er ein Prinz und ein Regent des Lands;
Doch so regiert' er und war solch ein Prinz,
Daß er dabei stand, während ich Hülflose
Zum Wunder ward gemacht und zum Gespött
Von jedem müß'gen Buben aus dem Troß.
Sei du nur mild, erröte nicht für mich,
Kehr' dich an nichts, bis über dir das Beil
Des Todes hängt, wie sicher bald geschieht.
Denn Suffolk, er, der alles ist in allem
Bei ihr, die dich haßt und uns alle haßt,
Und York, und Beaufort, der ruchlose Pfaff',
Sie alle stellten Vogelruten dir;
Und flieg' du, wie du kannst, sie fangen dich.
Doch fürchte nichts, bis sich dein Fuß verstrickt,
Und such' nie deinen Feinden vorzukommen!

GLOSTER.
Ach, Lene, halt! Du zielest gänzlich fehl.
Eh' muß ich schuldig sein als überwiesen;
Und hätt' ich zwanzigmal so viele Feinde,
Und jeder hätte zwanzigmal mehr Macht,
Die alle könnten keine Not mir schaffen,
Solang' ich redlich bin, getreu und schuldlos.
Wollt'st du, ich sollte von dem Schimpf dich retten?
Die Schande wär' ja dennoch nicht verwischt,
Doch ich gefährdet durch Gesetzes Bruch.
Die beste Hülf' ist Ruhe, liebe Lene;
Ich bitt' dich, füge zur Geduld dein Herz.
Das Aufsehn wen'ger Tage legt sich bald.

Ein Herold tritt auf.

HEROLD. Ich lade Euer Gnaden zu Seiner Majestät Parlament, das zu Bury am Ersten nächstkommenden Monats gehalten werden soll.

GLOSTER.
Und nicht erst meine Beistimmung gefragt!
Das nenn' ich heimlich. – Gut, ich komme hin.

Herold ab.

Ich scheide, liebe Lene, – und, Meister Sheriff,
Laßt nach des Königs Auftrag nur sie büßen.

SHERIFF.
Mein Auftrag ist hier aus, beliebt's Eu'r Gnaden;
Und Sir John Stanley ist nunmehr bestallt,
Sie mitzunehmen nach der Insel Man.

GLOSTER.
Habt Ihr, Sir John, in Aufsicht mein Gemahl?

STANLEY.
Ja, gnäd'ger Herr, dies Amt ist mir erteilt.

GLOSTER.
Verfahrt mit ihr nicht härter, weil ich bitte,
Daß Ihr sie schont. Die Welt mag wieder lächeln,
Und ich noch Gutes Euch erweisen, wenn
Ihr's ihr getan. Und so, Sir John, lebt wohl!

HERZOGIN.
Geht mein Gemahl und sagt mir kein Lebwohl?

GLOSTER.
Die Tränen zeugen, daß ich's nicht vermag.

Gloster und Bediente ab.

HERZOGIN.
Auch du bist fort? Geh' aller Trost mit dir!
Denn keiner bleibt bei mir: mich freut nur Tod,
Tod, dessen Namen sonst mich oft geschreckt,
Weil Ewigkeit in dieser Welt ich wünschte. –
Stanley, ich bitt' dich, geh, nimm mich von hinnen;
Gleichviel wohin, ich bitte nicht um Gunst,
Geleit' mich nur, wo dir's befohlen ward.

STANLEY.
Ei, gnäd'ge Frau, das ist zur Insel Man.
Nach Eurem Stand gehalten dort zu werden.

HERZOGIN.
Das wäre schlimm genug: ich bin nur Schimpf,
Und soll ich schimpflich denn gehalten werden?

STANLEY.
Wie eine Herzogin, Humphreys Gemahl:
Nach diesem Stand sollt Ihr gehalten werden.

HERZOGIN.
Sheriff, leb wohl, und besser, als ich lebe,
Wiewohl du Führer meiner Schande warst.

SHERIFF.
Es ist mein Amt, verzeiht mir, gnäd'ge Frau.

HERZOGIN.
Ja, ja, leb wohl! Dein Amt ist nun versehn.
Komm, Stanley, soll'n wir gehn?

STANLEY.
Werft ab dies Hemde, nach getaner Buße,
Und gehn wir, um zur Reis' Euch anzukleiden.

HERZOGIN.
Die Schande wechsl' ich mit dem Hemde nicht,
Nein, sie wird an den reichsten Kleidern hängen,
Sich zeigen, wie ich auch mich schmücken mag.
Geh, führe! Mich verlangt in mein Gefängnis.

Ab.

Dritter Aufzug

Erste Szene

Die Abtei zu Bury.
König Heinrich, Königin Margareta, Kardinal Beaufort, Suffolk, York, Buckingham und andre zum Parlament.

KÖNIG HEINRICH.
Mich wundert, daß Mylord von Gloster fehlt:
Er pflegt sonst nicht der letzte Mann zu sein,
Was für ein Anlaß auch ihn jetzt entfernt.

KÖNIGIN.
Könnt Ihr nicht sehn und wollt Ihr nicht bemerken,
Wie fremd sich sein Gesicht verwandelt hat?
Mit welcher Majestät er sich beträgt?
Wie übermütig er seit kurzem ward,
Wie stolz, wie herrisch und sich selbst nicht gleich?
Ich weiß die Zeit, da er noch mild und freundlich war,
Und warfen wir nur einen Blick von fern,
Gleich war er auf den Knieen, daß der Hof
Voll von Bewund'rung war für seine Demut.
Doch trefft ihn jetzt, und sei es morgens früh,
Wann jedermann die Tageszeit doch bietet,
Er zieht die Brau'n und zeigt ein zornig Auge
Und geht mit ungebognem Knie vorbei,
Die Schuldigkeit, die uns gebührt, verschmähend.
Man achtet kleiner Hunde Murren nicht,
Doch Große zittern, wenn der Löwe brüllt,
Und Humphrey ist kein kleiner Mann in England.
Erst merkt, daß er Euch nah ist von Geburt
Und, wenn Ihr fallt, der nächste wär' zum Steigen.
Drum, deucht mir, ist es keine Politik,
Erwogen, welchen Groll er trägt im Herzen,
Und daß sein Vorteil Eurem Hintritt folgt,
Daß er zu Eurer fürstlichen Person
Und Euer Hoheit Rat den Zutritt habe.
Des Volkes Herz gewann ihm Schmeichelei,
Und wenn's ihm einfällt, Aufstand zu erregen,
So ist zu fürchten, alles folgt ihm nach.
Jetzt ist es Frühling, und das Unkraut wurzelt
Nur flach noch; duldet's jetzt, so wuchert es
Im ganzen Garten und erstickt die Kräuter
Aus Mangel einer fleiß'gen Landwirtschaft.
Die ehrerbiet'ge Sorg' um meinen Herrn
Ließ mich im Herzog die Gefahren lesen.
Wenn's töricht ist, nennt's eine Weiberfurcht,
Und können beßre Gründe sie verdrängen,
Gesteh' ich gern, ich tat zu nah dem Herzog.
Mylord von Suffolk, Buckingham und York,
Stoßt um das Angeführte, wenn ihr könnt;
Wo nicht, laßt meine Worte gültig sein.

SUFFOLK.
Wohl schaut Eu'r Hoheit diesen Herzog durch,
Und hätt' ich erst die Meinung äußern sollen,
Ich hätt' in Euer Gnaden Sinn gestimmt.
Die Herzogin begann auf seinen Antrieb,
So wahr ich lebe, ihre Teufelskünste;
Und war er nicht Mitwisser dieser Schuld,
Doch hat Erwägung seiner hohen Abkunft,
Da nach dem König er zum Thron der Nächste,
[Und derlei Prahlen mit des Blutes Adel]
Die hirnverbrannte Herzogin gereizt,
Böslich nach unsers Fürsten Fall zu trachten.
Wo tief der Bach ist, läuft das Wasser glatt,
Und sein so schlichter Schein herbergt Verrat;
Der Fuchs bellt nicht, wann er das Lamm will stehlen.
Nein, nein, mein König! Gloster ist ein Mann,
Noch unergründet und voll tiefen Trugs.

KARDINAL. Erfand er, dem Gesetz zuwider, nicht
Für kleine Fehler fremde Todesarten?

YORK. Und hob er nicht in der Protektorschaft
Im Reiche große Summen Gelds für Sold
Des Heers in Frankreich, den er niemals sandte,
Weshalb die Städte täglich sich empörten?

BUCKINGHAM.
Pah! Dies sind kleine Fehler, neben jenen
Verborgnen, welche bald die Zeit ans Licht
Am gleisnerischen Herzog Humphrey bringt.

KÖNIG HEINRICH.
Mylords, mit eins: die Sorge, die ihr tragt
Die Dornen wegzumähn vor unsern Füßen,
Heischt Lob; doch soll ich nach Gewissen reden?
So rein ist Oheim Gloster, auf Verrat
An unsrer fürstlichen Person zu sinnen,
Als eine sanfte Taub', ein säugend Lamm;
Der Herzog ist zu tugendsam und mild,
Er träumt kein Arg und sucht nicht mein Verderben.

KÖNIGIN.
Ah, wie gefährlich ist dies blinde Zutrau'n!
Er eine Taub'? Entlehnt ist sein Gefieder,
Denn wie der arge Rab' ist er gesinnt.
Ist er ein Lamm? Sein Fell muß ihm gelieh'n sein,
Denn räuberischen Wölfen gleicht sein Mut.
Wer trügen will, kann einen Schein wohl stehlen.
Herr, seht Euch vor: die Wohlfahrt von uns allen
Hängt an dem Fallen dieses falschen Manns.

Somerset tritt auf.

SOMERSET. Heil meinem gnäd'gen Herrn!

KÖNIG HEINRICH. Seid uns willkommen,
Lord Somerset! Was gibt's in Frankreich Neues?

SOMERSET.
Daß alles Euer Teil an dort'gen Landen
Euch gänzlich ist benommen: alles hin!

KÖNIG HEINRICH.
Schlimm Glück, Lord Somerset! Doch, wie Gott will.

YORK *beiseit.*
Schlimm Glück für mich! Ich hatt' auf Frankreich Hoffnung,
So fest ich auf das reiche England hoffe.
So sterben meine Blüten in der Knospe,
Und Raupen zehren meine Blätter weg;
Allein in kurzem steur' ich diesem Handel,
Sonst kauft mein Anspruch mir ein rühmlich Grab.

Gloster tritt auf.

GLOSTER.
Heil sei und Glück dem König, meinem Herrn!
Vergebt, mein Fürst, daß ich so lang' verzog.

SUFFOLK.
Nein, Gloster, wisse, du kamst allzu früh.

Du müßtest treuer, als du bist, denn sein:
Denn ich verhafte dich um Hochverrat.

GLOSTER.
Gut, Suffolk, nicht erröten sollst du mich
Noch Mienen ändern sehn um den Verhaft:
Ein fleckenloses Herz zagt nicht so leicht.
Der reinste Quell ist nicht so frei von Schlamm,
Als ich's bin von Verrat an meinem Herrn.
Wer klagt mich an, und wessen bin ich schuldig?

YORK. Man glaubt, Mylord, daß Frankreich Euch bestochen,
Und daß Ihr unterschlugt der Truppen Sold,
Was Seine Hoheit dann um Frankreich brachte.

GLOSTER.
Man glaubt es nur? Wer sind sie, die das glauben?
Ich raubte nie den Truppen ihren Sold
Und hatte keinen Pfennig je von Frankreich.
So helf' mir Gott, wie ich des Nachts gewacht,
Ja Nacht für Nacht, auf Englands Wohlfahrt sinnend!
Der Deut, den ich dem König je entrungen,
Der Grosche, den ich aufgehäuft für mich,
Sei am Gerichtstag wider mich gebracht.
Nein, manches Pfund von meinen eignen Mitteln,
Weil ich das dürft'ge Volk nicht wollte schatzen,
Hab' ich an die Besatzungen gezahlt
Und meinen Vorschuß nie zurück verlangt.

KARDINAL.
Es steht Euch an, Mylord, das zu behaupten.

GLOSTER.
Ich sag' die Wahrheit nur, so Gott mir helfe!

YORK. In der Protektorschaft erfandet Ihr
Für Missetäter unerhörte Martern,
Daß England ward verschrien um Tyrannei.

GLOSTER.
Weiß doch ein jeder, daß ich als Protektor
Allein des Mitleids Fehler an mir hatte.
Ich schmolz bei eines Missetäters Tränen.
Demüt'ge Worte lösten ihr Vergehn.
War's nicht ein blut'ger Mörder oder Dieb,
Der tückisch arme Reisende geplündert,
So gab ich niemals die verwirkte Strafe.
Mord zwar, die blut'ge Sünde, martert' ich
Noch über Diebstahl oder was auch sonst.

SUFFOLK.
Herr, dies sind leichte Fehl', und bald entschuldigt,
Doch größerer Verbrechen zeiht man Euch,
Wovon Ihr nicht so leicht Euch rein'gen könnt.
Ich geb' Euch Haft in Seiner Hoheit Namen
Und überliefr' Euch dem Lord Kardinal,
Auf ferneres Verhör Euch zu verwahren.

KÖNIG HEINRICH.
Ich hoff' absonderlich, Mylord von Gloster,
Von allem Argwohn Euch befreit zu sehn:
Ihr seid unschuldig, sagt mir mein Gewissen.

GLOSTER.
Ach, gnäd'ger Herr, gefahrvoll ist die Zeit!
Die Tugend wird erstickt vom schnöden Ehrgeiz,
Und Nächstenliebe fortgejagt vom Groll;
Gehäss'ge Anstiftungen walten vor,
Und Billigkeit ist aus dem Reich verbannt.
Ich weiß, ihr Anschlag zielet auf mein Leben;
Und wenn mein Tod dies Eiland glücklich machen
Und ihre Tyrannei beenden könnte,
Ich gäb' es dran mit aller Willigkeit.
Doch meiner ist nur ihres Stücks Prolog;
Mit Tausenden, die noch Gefahr nicht träumen,
Ist ihr entworfnes Trauerspiel nicht aus.
Beauforts rot funkelnd Aug' schwatzt seinen Groll aus,
Und Suffolks düstre Stirn den stürm'schen Haß;
Der scharfe Buckingham entladet sich
Der häm'schen Last des Herzens mit der Zunge;
Der mürr'sche York, der nach dem Monde greift,
Und des vermeßnen Arm ich rückwärts riß,
Zielt mir mit falscher Klage nach dem Leben.
Und Ihr auch, meine Fürstin, mit den andern,
Habt grundlos Schmähung auf mein Haupt gelegt
Und meinen besten Oberherrn gereizt,
Mit eifrigstem Bemühn, mein Feind zu sein.
Ja, alle stakt zusammen ihr die Köpfe, –
Ich wußte selbst von euren Konventikeln, –
Und bloß, mein schuldlos Leben wegzuschaffen.
Mich zu verdammen gibt's wohl falsche Zeugen,
Und Haufen von Verrat, die Schuld zu mehren;
Das alte Sprichwort wird bewährt sich zeigen:
Einen Hund zu schlagen, find't sich bald ein Stock.

KARDINAL.
Mein Oberherr, sein Schmähn ist unerträglich.
Wenn die, so Eure fürstliche Person
Vor des Verrats verstecktem Dolch bewahren,
Getadelt so, gehöhnt, gescholten werden
Und man dem Schuld'gen Raum zu reden gibt,
Es muß den Eifer für Eu'r Gnaden kühlen.

SUFFOLK.
Hat er nicht unsre Fürstin hier gezwackt
Mit schmäh'nden Worten, klüglich zwar gestellt,
Als ob sie Leute angestiftet hätte,
Zum Umsturz seiner Würde falsch zu schwören?

KÖNIGIN. Ich kann ja den Verlierer schelten lassen.

GLOSTER.
Viel wahrer als Ihr's meintet! Wohl verlier' ich:
Fluch den Gewinnern, denn sie spielten falsch!
Wer so verliert, der hat wohl Recht zu reden.

BUCKINGHAM.
Er wird mit Deuteln hier den Tag verbringen.
Lord Kardinal, er ist in Eurer Haft.

KARDINAL.
Ihr, bringt den Herzog fort, verwahrt ihn sicher!

GLOSTER.
Ach, so wirft Heinrich seine Krücke weg,
Eh' seine Beine stark sind, ihn zu tragen;
So schlägt man dir den Schäfer von der Seite,
Und Wölfe blecken, wer dich erst soll schlingen.
Ach, wäre meine Furcht, wär' sie doch Wahn!
Dein Unheil, guter König, seh' ich nahn.

Einige aus dem Gefolge mit Gloster ab.

KÖNIG HEINRICH.
Lords, was das beste eurer Weisheit dünkt,
Beschließt, verwerft, als ob wir selbst hier wären.

KÖNIGIN.
Eu'r Hoheit will das Parlament verlassen?

KÖNIG HEINRICH.
Ja, Margareta! Gram ertränkt mein Herz,
Und seine Flut ergießt sich in die Augen;
Umgürtet ist mein Leib mit Elend ganz,
Denn kann elender was als Mißmut sein?
Ach, Oheim Humphrey! Dein Gesicht enthält
Den Abriß aller Ehr' und Biederkeit,
Und noch, du Guter, soll die Stunde kommen,
Wo ich dich falsch erprobt und dir mißtraut.
Welch finstrer Stern beneidet jetzt dein Glück,
Daß diese großen Lords und mein Gemahl
Dein harmlos Leben zu verderben trachten?
Du kränktest niemals sie und kränktest keinen;
Und wie das Kalb der Metzger nimmt und bindet's,
Und schlägt das arme, wenn es abwärts schweift,
So haben sie ihn grausam weggeführt.
Und wie die Mutter brüllend läuft umher,
Hinsehend, wo ihr Junges von ihr geht,
Und kann nichts tun, als um ihr Herzblatt jammern:
So jammr' ich um des guten Glosters Fall
Mit hülflos leid'gen Tränen, seh' ihm nach
Mit trübem Aug', und kann nichts für ihn tun,
So mächtig sind, die Feindschaft ihm geschworen.
Drum will ich gehn und weinen um sein Los,
Und zwischen jedem Ächzen sag' ich immer:
Wer ist Verräter? Gloster nun und nimmer!
Ab.

KÖNIGIN.
Ihr freien Lords, Schnee schmilzt vom Sonnenstrahl.
Heinrich, mein Gatt', ist kalt in großen Dingen,
Zu voll von blödem Mitleid; und Glosters Schein
Betört ihn, wie das traur'ge Krokodil
Mit Weh gerührte Wanderer bestrickt,
Wie eine Schlang', auf Blumenhöh'n geringelt,
Mit gleißend buntem Balg, den Knaben sticht,
Dem sie der Schönheit halb vortrefflich dünkt.
Glaubt mir, wenn niemand weiser wär' als ich
(Und doch lob' ich hierin den eignen Witz),
Der Gloster würde dieser Welt bald los,
Von unsrer Furcht vor ihm uns loszumachen.

KARDINAL. Zwar, daß er sterb', ist würd'ge Politik,
Doch braucht's Beschönigung für seinen Tod.
Man muß ihn nach des Rechtes Lauf verdammen.

SUFFOLK.
Nach meinem Sinn wär' das nicht Politik.
Der König wird sich mühn für seine Rettung;
Das Volk steht auf vielleicht für seine Rettung;
Und dennoch haben wir nur kahlen Grund,
Mehr als Verdacht, des Tods ihn wert zu zeigen.

YORK.
Demnach begehrt Ihr seinen Tod nicht sehr.

SUFFOLK. Ah, York, kein Mensch auf Erden wünscht ihn mehr!

YORK. York hat am meisten Grund zu seinem Tod. –
Doch, Mylord Kardinal, und Ihr, Mylord von Suffolk,
Sagt, wie ihr denkt, und sprecht vom Herzen weg:
Wär's nicht all eins, den hungrigen Adler setzen
Zum Schutz des Küchleins vor dem gier'gen Geier
Und Herzog Humphrey zum Protektor stellen?

KÖNIGIN. So wär' des armen Küchleins Tod gewiß.

SUFFOLK.
Ja, gnäd'ge Frau; und wär's nicht Raserei,
Dem Fuchs der Hürde Aufsicht zu vertraun?
Verklagte man als schlauen Mörder ihn,
So würd' es seine Schuld nur schlecht bemänteln,
Daß er den Vorsatz noch nicht ausgeführt.
Nein, sterb' er, sintemal ein Fuchs er ist,
Als Feind der Herde von Natur bewährt,
Eh' purpurn Blut den Rachen ihm befleckt,
Wie Gloster, unsers Herrn erwiesner Feind.
Und hängt an Skrupeln nicht, wie man ihn töte:
Sei es mit Fallen, Schlingen, Schlauigkeit,
Im Schlaf, im Wachen, das gilt alles gleich,
Ist er nur tot: denn das ist guter Trug,
Der den erst schlägt, der erst sich legt auf Trug.

KÖNIGIN.
Du sprichst entschlossen, dreimal edler Suffolk?

SUFFOLK.
Entschlossen nicht, wenn es nicht auch geschieht,
Denn oft sagt man ein Ding und meint es nicht.
Doch daß mein Herz mit meiner Zunge stimmt,
Weil für verdienstlich ich die Tat erkenne,
Und meinen Herrn von seinem Feind zu retten:
Sagt nur das Wort, ich will sein Priester sein.

KARDINAL.
Ich aber wünscht' ihn tot, Mylord von Suffolk,
Eh' Ihr Euch könnt zum Priester weihen lassen.
Sagt, Ihr stimmt bei und heißet gut die Tat,
Und einen Henker will ich ihm besorgen,
So wert ist mir des Fürsten Sicherheit.

SUFFOLK. Hier meine Hand, die Tat ist tuenswert.

KÖNIGIN. Das sag' auch ich.

YORK.
Und ich; und nun wir drei es ausgesprochen,
Verschlägt's nicht viel, wer unsern Spruch bestreitet.
Ein Bote tritt auf.

BOTE.
Ihr großen Lords, von Irland eilt' ich her,
Zu melden, daß Rebellen dort erstanden,
Die mit dem Schwert die Englischen vertilgen.
Schickt Hülfe, Lords, und hemmt die Wut beizeiten,
Bevor die Wunde noch unheilbar wird;
Denn, da sie frisch, steht Hülfe sehr zu hoffen.

KARDINAL.
Ein Bruch, der schleunigst ausgefüllt muß werden!
Was ratet Ihr bei diesem wicht'gen Fall?

YORK. Daß Somerset gesandt werd' als Regent.
Den glücklichen Regierer muß man brauchen;
Das Glück bezeugt's, das er in Frankreich hatte.

SOMERSET. Wenn York mit all der feinen Politik
Statt meiner dort Regent gewesen wäre,
Er wär' in Frankreich nicht so lang' geblieben.

YORK. Nein, nicht wie du, um alles zu verlieren:
Mein Leben hätt' ich zeitig eh' verloren,
Als eine Last von Schande heimzubringen
Durch Bleiben, bis verloren alles war.
Zeig' eine Narb', auf deiner Haut geritzt!
Nicht leicht gewinnt, wer so den Leib beschützt.

KÖNIGIN.
Ja, dann wird dieser Funk' ein wütend Feuer,
Wenn Wind und Zunder, ihn zu nähren, kommt.

Nicht weiter, guter York! Still, lieber Somerset!
Dein Glück, York, wärst du dort Regent gewesen,
Es konnte leicht weit schlimmer sein als seins.

YORK. Wie? Schlimmer als nichts? Ja dann, Schand' über alles!

SOMERSET.
Und über dich zugleich, der Schande wünscht!

KARDINAL.
Mylord von York, versucht nun Euer Glück.
Die rohen Kerns von Irland sind in Waffen
Und feuchten Leim mit Blut der Englischen.
Wollt Ihr nach Irland führen eine Schar
Erlesne Leut', aus jeder Grafschaft ein'ge,
Und Euer Glück im ir'schen Krieg versuchen?

YORK. Ja, wenn es Seiner Majestät beliebt.

SUFFOLK. Ei, unser Wort ist seine Beistimmung,
Und, was wir festgesetzt, bestätigt er.
Drum, edler York, nimm dies Geschäft auf dich.

YORK.
Ich bin's zufrieden: schafft mir Truppen, Lords,
Indes ich Ordnung stell' in meinen Sachen.

SUFFOLK.
Ein Amt, Lord York, das ich besorgen will.
Doch kommt nun wieder auf den falschen Humphrey.

KARDINAL.
Nichts mehr von ihm: ich will's mit ihm so machen,
Daß er uns ferner nicht beschweren soll.
Der Tag ist fast vorbei, laßt auf uns brechen;
Lord Suffolk, Ihr und ich, müßt von dem Ausgang sprechen.

YORK.
Mylord von Suffolk, binnen vierzehn Tagen
Erwart' ich nun zu Bristol meine Macht;
Denn dorten schiff' ich sie nach Irland ein.

SUFFOLK.
Es soll mit Fleiß geschehn, Mylord von York.

Alle ab außer York.

YORK.
Jetzt oder nie, York, stähle die Gedanken
Voll Sorg' und wandle Zweifel in Entschluß:
Sei, was du hoffst zu sein, sonst beut dem Tode
Das, was du bist; 's ist nicht Genießens wert.
Laß bleiche Furcht bei niedern Menschen hausen,
Nicht einer königlichen Brust sich nahn.
Wie Frühlingsschauer strömen die Gedanken,
Und kein Gedanke, der nicht Würde denkt.
Mein Hirn, geschäft'ger als die fleiß'ge Spinne,
Webt mühsam Schlingen zu der Feinde Fang.
Gut, Edle, gut! Ihr tut politisch dran,
Mit einem Heer mich auf die Seit' zu schicken.
Ich sorg', ihr wärmt nur die erstorbne Schlange,
Die euch, gehegt am Busen, stechen wird.
Ich brauchte Menschen, und ihr gebt sie mir.
Das nehm' ich gut: doch seid gewiß, ihr gebt
In eines Tollen Hände scharfe Waffen.
Weil ich ein mächtig Heer in Irland nähre,
Will ich in England starken Sturm erregen,
Der an zehntausend Seelen schleudern soll
Zu Himmel oder Höll'; und der soll toben,
Bis auf dem Haupte mir der goldne Reif,
So wie der hehren Sonne klare Strahlen,
Die Wut des tollerzeugten Wirbels stillt.
Und als das Werkzeug dieses meines Plans
Verführt' ich einen strudelköpf'gen Kenter,
John Cade aus Ashford,
Aufruhr zu stiften, wie er's wohl versteht,
Unter dem Namen von John Mortimer.
In Irland sah ich den unbänd'gen Cade
Sich einer Schar von Kerns entgegensetzen;
Und focht so lang', bis seine Schenkel fast
Von Pfeilen starrten wie ein Stachelschwein;
Und, auf die Letzt gerettet, sah ich ihn
Grad' aufrecht springen wie ein Mohrentänzer,
Die blut'gen Pfeile schüttelnd wie die Glocken.
Gar oftmals, als ein zott'ger schlauer Kern,
Hat er Gespräch gepflogen mit dem Feind
Und ist mir unentdeckt zurückgekommen
Und hat mir ihre Büberei'n gemeldet.
Der Teufel sei mein Stellvertreter hier,
Denn dem John Mortimer, der jetzt gestorben,
Gleicht er von Angesicht, von Sprach' und Gang.
Daran werd' ich des Volks Gesinnung merken,
Ob sie geneigt dem Haus und Anspruch Yorks.
Nehmt an, man fing' ihn, quält' und foltert' ihn:
Ich weiß, kein Schmerz, den sie ihm können antun,
Preßt es ihm aus, daß ich ihn angestiftet.
Setzt, ihm gelingt's, wie's allen Anschein hat,
Ja, dann komm' ich mit meiner Macht von Irland
Und ernte, was der Bube hat gesät.
Denn, ist nur Humphrey tot, was bald wird sein,
Und Heinrich weggeschafft, wird alles mein.

Ab.

Zweite Szene

Bury. Ein Zimmer im Palast.
Ein paar Mörder kommen eilig herein.

ERSTER MÖRDER.
Lauft zu dem Lord von Suffolk, meldet ihm,
Daß wir den Herzog nach Befehl befördert.

ZWEITER MÖRDER.
O wär' es noch zu tun! Was taten wir?
Hast jemals wen bußfertiger gesehn?

Suffolk tritt auf.

ERSTER MÖRDER. Da kommt Mylord.

SUFFOLK. Nun, Leute, habt ihr's abgetan?

ERSTER MÖRDER. Ja, bester Herr, er ist tot.

SUFFOLK.
Nun, das ist schön. Geht, macht euch in mein Haus,
Ich will euch lohnen für die dreiste Tat.
Der König und die Pairs sind hier zur Hand;
Habt ihr das Bett zurecht gelegt? und alles
In Ordnung so, wie ich euch angewiesen?

ERSTER MÖRDER. Ja, bester Herr.

SUFFOLK. Fort! Packt euch!

Die Mörder ab.

König Heinrich, Königin Margareta, Kardinal Beaufort, Somerset und andre treten auf.

KÖNIG HEINRICH.
Geht, ladet unsern Oheim gleich hieher;

Wir wollen Seine Gnaden heut verhören,
Wiefern er schuldig ist nach dem Gerücht.

SUFFOLK.
Ich will sogleich ihn rufen, gnäd'ger Herr.
Ab.

KÖNIG HEINRICH.
Lords, nehmt euch Plätze. – Und ich bitt' euch alle,
Verfahrt nicht schärfer gegen unsern Oheim,
Als er auf wahrhaft Zeugnis, guter Art,
In seinen Taten schuldig wird erkannt.

KÖNIGIN.
Verhüte Gott, daß irgend Tücke walte,
Die schuldlos einen Edelmann verdammt!
Gott gebe, daß er von Verdacht sich löst!

KÖNIG HEINRICH. Margreta, habe Dank! Dies Wort erfreut mich sehr –
Suffolk kommt zurück.
Nun, warum siehst du bleich? Was zitterst du?
Wo ist mein Oheim? Was ist begegnet, Suffolk?

SUFFOLK. Herr, tot in seinem Bett; Gloster ist tot.

KÖNIGIN. Verhüt' es Gott!

KARDINAL.
Das sind die heimlichen Gerichte Gottes!
Ich träumte diese Nacht, stumm sei der Herzog,
Und nicht imstand, ein einzig Wort zu sprechen.
Der König fällt in Ohnmacht.

KÖNIGIN. Was macht mein Fürst? – Helft, Lords! Der König stirbt.

SOMERSET.
Man richt' ihn auf, man kneip' ihn an der Nase.

KÖNIGIN. Lauft, geht, helft, helft! – O Heinrich, schlag' die Augen auf!

SUFFOLK.
Er lebt schon auf; seid ruhig, gnäd'ge Frau.

KÖNIG HEINRICH. O großer Gott!

KÖNIGIN. Wie fühlt sich mein Gemahl?

SUFFOLK. Getrost, mein Fürst! Getrost, mein gnäd'ger Heinrich!

KÖNIG HEINRICH.
Wie will Mylord von Suffolk mich getrösten?
Sang er nicht eben mir ein Rabenlied,
Des grauser Ton die Lebenskräfte hemmte;
Und denkt er nun, daß des Zaunkönigs Zirpen,
Indem es Trost zuruft aus hohler Brust,
Den erst vernommnen Laut verjagen kann?
Birg nicht dein Gift in solchen Zuckerworten,
Leg' nicht die Händ' an mich: ich sage, laß!
Wie Schlangenstiche schreckt mich ihr Berühren.
Unsel'ger Bot', aus dem Gesicht mir fort!
Auf deinen Augen sitzt in grauser Hoheit
Mörd'rische Tyrannei, die Welt zu schrecken.
Sieh mich nicht an! Dein Auge blickt verwundend. –
Und dennoch, geh nicht weg! Komm, Basilisk,
Und töte den unschuldigen Betrachter!
Denn in des Todes Schatten find' ich Lust,
Im Leben zwiefach Tod, da Gloster hin.

KÖNIGIN.
Was scheltet Ihr Mylord von Suffolk so?
Wiewohl der Herzog ihm ein Feind gewesen,
Beklagt er doch höchst christlich seinen Tod.
Was mich betrifft, so sehr er Feind mir war,
Wenn helle Tränen, herzbeklemmend Stöhnen
Und blutverzehrend Seufzen ihn erweckte:
Ich wollte blind mich weinen, krank mich stöhnen,
Bleich sehn von Seufzern, die das Blut wegtrinken,
Und alles um des edlen Herzogs Leben.
Wie weiß ich, was die Welt von mir wohl meint?
Denn unsre hohle Freundschaft war bekannt,
Man glaubt vielleicht, ich hab' ihn weggeräumt.
So wird Verleumdung meinen Ruf verwunden,
Und Fürstenhöfe füllt mein Vorwurf an.
Dies schafft sein Tod mir. Ach, ich Unglücksel'ge!
Gekrönt, mit Schande Königin zu sein!

KÖNIG HEINRICH.
Ach! Weh um Gloster, um den armen Mann!

KÖNIGIN.
Wehklag' um mich, die ärmer ist als er!
Wie? Wendest du dich weg und birgst dein Antlitz?
Kein Aussatz macht mich scheußlich, sieh mich an.
Was? Bist du wie die Natter taub geworden?
Sei giftig auch und stich dein arm Gemahl.
Ist all dein Trost in Glosters Grab verschlossen?
Ja, dann war nie Margreta deine Lust;
Dann stell' ihn auf in Marmor, bet' ihn an
Und laß mein Bild ein Bierhaus-Schild nur sein.
War's darum, daß ich fast zur See gescheitert?
Daß unbequemer Wind von Englands Küste
Mich zweimal rückwärts nach der Heimat trieb?
Was deutet' es, als daß der Wind wohlmeinend
Zu warnen schien: »Such' kein Skorpionennest
Und fuße nicht an dem feindsel'gen Strand!«
Was tat ich, als den milden Stürmen fluchen
Und dem, der sie aus eh'rner Höhle ließ
Und hieß sie wehn nach Englands Segensstrand,
Wo nicht, auf starren Fels das Steuer treiben?
Doch wollte Aeolus Kein Mörder sein,
Dir überließ er das verhaßte Amt.
Es weigerte die spielend hohe See
Mich zu ertränken, wissend, daß du mich
Am Lande würdest durch unfreundlich Wesen
In Tränen, salzig wie die See, ertränken.
Die Klippen senkten sich in flachen Sand,
Mich nicht an ihren Zacken zu zerschmettern,
Daß, härter noch als sie, dein Kieselherz
In deinem Schloß verdürbe Margareten.
So weit ich deine Kreidefelsen spähte,
Als uns der Sturm zurück vom Ufer schlug,
Stand in dem Wetter ich auf dem Verdeck;
Und als der Dunst um deines Landes Anblick
Mein emsig gaffend Aug' begann zu täuschen,
Nahm ich vom Hals ein köstliches Juwel
(Es war ein Herz, gefaßt in Diamanten)
Und warf's dem Lande zu; die See empfing es,
Und so, wünscht' ich, möcht' auch dein Leib mein Herz;
Und jetzt verlor ich Englands holden Anblick
Und hieß die Augen mit dem Herzen wandern
Und nannte blinde, trübe Brillen sie,
Weil ihnen Albions teure Küste schwand.
Wie oft versucht' ich Suffolks Zunge nicht,
Die Botin deines schnöden Unbestands.
Mich zu bezaubern, wie Ascanius tat,

Wann er der irren Dido all die Taten
Des Vaters machte kund seit Trojas Brand!
Schwärm' ich nicht so wie sie? Bist du nicht
falsch wie er?
Weh mir, ich kann nicht mehr! Stirb Margareta!
Denn Heinrich weint, daß ich so lang' gelebt.

Draußen Getöse. Warwick und Salisbury treten auf. Das Volk drängt sich zur Türe herein.

WARWICK.
Es will verlauten, mächt'ger Oberherr,
Der gute Herzog Humphrey sei von Suffolk
Und Kardinal Beaufort meuchlerisch ermordet.
Das Volk, wie ein erzürnter Bienenschwarm,
Der seinen Führer mißt, schweift hin und her
Und fragt nicht, wen es sticht in seiner Wut.
Ich stillte selbst die wilde Meuterei,
Bis sie den Hergang seines Todes hören.

KÖNIG HEINRICH.
Sein Tod ist, guter Warwick, allzu wahr;
Doch wie er starb, Gott weiß es, Heinrich nicht.
Geht in sein Zimmer, schaut den Leichnam an
Und macht die Deutung seines jähen Tods.

WARWICK.
Das will ich tun, mein Fürst. – Bleib', Salisbury,
Beim rohen Haufen, bis ich wiederkehre.

Warwick geht in ein inneres Zimmer, und Salisbury zieht sich zurück.

KÖNIG HEINRICH.
O du, der alles richtet, hemm' in mir
Gedanken, welche mein Gemüt bereden,
Gewaltsam sei an Humphrey Hand gelegt!
Wenn falsch mein Argwohn ist, verzeih' mir, Gott!
Denn das Gericht gebühret einzig dir.
Gern möcht' ich seine bleichen Lippen wärmen
Mit tausend Küssen und auf sein Gesicht
Einen Ozean von salzen Tränen schwemmen;
Dem tauben Körper meine Liebe sagen
Und die fühllose Hand mit meiner fühlen;
Doch all umsonst ist diese Leichenfeier,
Und so sein tot und irdisch Bild beschaun,
Was wär' es, als mein Leid nur größer machen?

Die Flügeltüre eines innern Zimmers öffnet sich, und man sieht den Gloster tot in seinem Bett; Warwick und andre stehn umher.

WARWICK.
Kommt her, mein gnäd'ger Fürst, seht diese Leiche!

KÖNIG HEINRICH.
Das heißt, wie tief mein Grab gemacht ist, sehn;
Mit seiner Seele floh mein weltlich Heil,
Ihn sehend, seh' ich nur im Tod mein Leben.

WARWICK. So sicher meine Seele hofft zu leben,
Bei jenem furchtbar'n König, der auf sich
Den Stand der Menschen nahm, uns zu befrein
Von dem ergrimmten Fluche seines Vaters,
Glaub' ich, es ward gewaltsam Hand gelegt
An dieses hochberühmten Herzogs Leben.

SUFFOLK.
Ein grauser Eid, und feierlich geschworen!
Was führt Lord Warwick an für seinen Schwur?

WARWICK.
Seht, wie sein Blut sich ins Gesicht gedrängt!
Oft sah ich einen zeitig Abgeschiednen,
Aschfarb von Ansehn, mager, bleich und blutlos,
Weil alles sich ums Herz hinabgezogen,
Das in dem Kampf, den mit dem Tod es hält,
Es an sich zieht zur Hülfe wider seinen Feind,
Wo's mit dem Herzen kalt wird und nicht rückkehrt,
Die Wangen noch zu röten und verschönen.
Doch sein Gesicht ist schwarz und voller Blut,
Die Augen mehr heraus, als da er lebte,
Entsetzlich starrend, dem Erwürgten gleich,
Das Haar gesträubt, die Nüstern weit vom Ringen,
Die Hände ausgespreizt, wie wer nach Leben
Noch zuckt' und griff und überwältigt ward.
Schaut auf die Laken, seht sein Haar da kleben,
Sein wohlgestalter Bart verworr'n und rauh,
So wie vom Sturm gelagert Sommerkorn.
Es kann nicht anders sein, er ward ermordet;
Das kleinste dieser Zeichen wär' beweisend.

SUFFOLK.
Wer, Warwick, sollt' ihm wohl den Tod antun?
Ich selbst und Beaufort hatten ihn in Obhut;
Und wir, ich hoffe, Herr, sind keine Mörder.

WARWICK.
Doch wart ihr zwei geschworne Feinde Humphreys
Und mußtet, traun! den guten Herzog hüten.
Ihr pflegtet ihn als Freund vermutlich nicht,
Und, wie sich's kund gibt, fand er einen Feind.

KÖNIGIN.
So scheint's, Ihr argwöhnt diese hohen Lords
Als am unzeit'gen Tod des Herzogs schuldig.

WARWICK.
Wer findet tot das Rind und frisch noch blutend,
Sieht dicht dabei den Metzger mit dem Beil
Und argwöhnt nicht, daß der es abgeschlachtet?
Wer find't das Rebhuhn in des Habichts Nest,
Der sich nicht vorstellt, wie der Vogel starb,
Fliegt schon der Geier mit unblut'gem Schnabel?
Ganz so verdächtig ist dies Trauerspiel.

KÖNIGIN.
Seid Ihr der Schlächter, Suffolk? Wo ist Eu'r Messer?
Heißt Beaufort Geier? Wo sind seine Klau'n?

SUFFOLK.
Kein Messer trag' ich, Schlafende zu schlachten;
Doch hier ein rächend Schwert, von Ruh' gerostet,
Das will ich dem im tück'schen Herzen scheuern,
Der mit des Mordes Purpurmal mich brandmarkt.
Sag, stolzer Lord von Warwick, wo du darfst,
Ich habe Schuld an Herzog Humphreys Tod.

Der Kardinal, Somerset und andre ab.

WARWICK. Was darf, getrotzt vom falschen
Suffolk, Warwick nicht?

KÖNIGIN.
Er darf nicht seinen Schmähungsgeist bezähmen,
Noch abstehn von der übermüt'gen Rüge,
Und trotzt ihm Suffolk zwanzigtausend Mal.

WARWICK.
Still, gnäd'ge Frau! Ich sag's mit aller Achtung:
Denn jedes Wort, zu Gunsten ihm gesprochen,
Bringt Eurer königlichen Würde Schimpf.

SUFFOLK.
Stumpfsinn'ger Lord, unedel im Betragen!

Wenn je ein Fräulein den Gemahl so kränkte,
Nahm deine Mutter in ihr sträflich Bett
Einen groben, unerzognen Bauer auf
Und impfte auf den edlen Stamm das Reis
Von einem Wildling, dessen Frucht du bist,
Und nimmer von der Nevils edlem Stamm.

WARWICK.
Nur daß die Schuld des Mordes dich beschirmt,
Und ich den Henker brächt' um seinen Lohn,
Von tausendfacher Schande so dich lösend;
Und daß mich meines Fürsten Beisein sänftigt:
Sonst wollt' ich, falsche mörderische Memme,
Dich auf den Knie'n für die geführte Rede
Verzeihung bitten und dich sagen lassen,
Du habest deine Mutter nur gemeint
Und seist nach Bastardweise selbst erzeugt;
Und, nach der ganzen Huldigung aus Furcht,
Gäb' ich den Sold dir, schickte dich zur Hölle,
Blutsauger, der die Schlafenden vertilgt!

SUFFOLK.
Wann ich dein Blut vergieße, sollst du wachen,
Wagst du mit mir aus diesem Kreis zu gehn.

WARWICK.
Fort alsobald, sonst schlepp' ich dich hinaus!
Unwürdig, wie du bist, besteh' ich dich,
Um Herzog Humphreys Geiste Dienst zu leisten.

Suffolk und Warwick ab.

KÖNIG HEINRICH.
Gibt's einen Harnisch wie des Herzens Reinheit?
Dreimal bewehrt ist der gerechte Streiter,
Und nackt ist der, obschon in Stahl verschlossen,
Dem Unrecht das Gewissen angesteckt.

Man hört draußen Lärm.

KÖNIGIN. Was für ein Lärm?

Suffolk und Warwick kommen mit gezogenen Degen zurück.

KÖNIG HEINRICH.
Nun, Lords? Entblößt hier die ergrimmten Waffen
In unserm Beisein? Dürft ihr's euch vermessen?
Was gibt es hier für Schreien und Tumult?

SUFFOLK.
Der falsche Warwick und das Volk von Bury
Stürmt alles auf mich ein, erhabner Fürst.

Draußen Lärm von einem großen Gedränge. Salisbury kommt zurück.

SALISBURY.
Halt! Eu'r Begehren soll der König wissen. –
Euch meldet, hoher Herr, das Volk durch mich,
Wird nicht der falsche Suffolk gleich gerichtet
Oder verbannt aus Englands schönem Reich,
So wollen sie aus Eurem Schloß ihn reißen
Und peinlich langsam ihn zu Tode foltern.
Sie sagen, daß der gute Herzog Humphrey
Durch ihn gestorben sei; sie sagen ferner
Sie fürchten Euer Hoheit Tod von ihm,
Und bloßer Trieb der Lieb' und treuen Eifers,
Von frecher, widerspenst'ger Absicht frei,
Als wollten Eurem Wunsch sie widersprechen,
Geb' ihnen ein die Fod'rung seines Banns.
Sie sagen, für Eu'r hohes Wohl besorgt:
Wenn Eure Hoheit nun zu schlafen dächte
Und anbeföhle, niemand sollt' Euch stören
Bei Eurer Ungnad' oder Todesstrafe;
Doch, ungeachtet solches Strafgebots,
Würd' eine Schlange mit gespaltner Zunge
Hinschleichend zu Eu'r Majestät gesehn,
So wär' es unumgänglich, Euch zu wecken,
Auf daß nicht Euren Schlummer voller Harm
Das tödliche Gewürm zum ew'gen machte.
Und darum schrein sie, daß sie trotz Verboten
Euch hüten wollen, willig oder nicht,
Vor solchen Schlangen wie der falsche Suffolk,
Durch des verderblichen und gift'gen Stich
Eu'r lieber Oheim, zwanzigmal ihn wert,
Des Lebens schändlich, sagen sie, beraubt sei.

VOLK *draußen.*
Bescheid vom Könige, Mylord von Salisbury!

SUFFOLK.
Sehr glaublich, daß das Volk, ein roher Haufe,
Dem Fürsten solche Botschaft senden konnte!
Doch Ihr, Mylord, nahmt gern den Auftrag an,
Um Eure feine Redekunst zu zeigen.
Doch aller Ruhm, den Salisbury erworben,
Ist, daß er Abgesandter einer Rotte
Von Kesselflickern an den König war.

VOLK *draußen.*
Bescheid vom Könige, wir brechen sonst hinein!

KÖNIG HEINRICH.
Geh, Salisbury, und sag von meinetwegen
Für ihr so liebend Sorgen allen Dank;
Und wär' ich nicht von ihnen aufgefodert,
So hab' ich's doch beschlossen, wie sie bitten.
Denn, wahrlich, stündlich prophezeit mein Sinn
Von Suffolks wegen Unheil meinem Thron.
Und drum – ich schwör's bei dessen Majestät,
Des ich unwürd'ger Stellvertreter bin, –
Sein Atem soll nicht diese Luft verpesten
Mehr als drei Tage noch, bei Todesstrafe!

Salisbury ab.

KÖNIGIN.
O laß mich für den holden Suffolk reden!

KÖNIG HEINRICH.
Unholde Königin, ihn hold zu nennen!
Nicht weiter, sag' ich; wenn du für ihn redest,
Wirst du nur höher steigern meinen Zorn.
Ich hielte Wort, und hätt' ich's nur gesagt,
Doch wenn ich schwöre, ist's unwiderruflich.
Wenn nach drei Tagen Zeit man hier dich findet
Auf irgend einem Boden, wo ich herrsche,
So kauft die Welt dein Leben nicht mehr los. –
Komm, Warwick! Lieber Warwick, geh mit mir!
Denn Großes hab' ich mitzuteilen dir.

König Heinrich, Warwick, Lords u.s.w. ab.

KÖNIGIN.
Unheil und Kummer folg' Euch auf dem Fuß!
Und Herzeleid und bitterste Bedrängnis
Sei'n die Gespielen, die sich Euch gesellen!
Sind Euer zwei, der Teufel sei der dritte!
Dreifache Rache laur' auf Eure Wege!

SUFFOLK.
Halt inne, holde Königin, mit Flüchen:
Laß deinen Suffolk traurig Abschied nehmen.

KÖNIGIN.
Pfui, feiges Weib! weichherziges Geschöpf!
Hast du nicht Mut, zu fluchen deinen Feinden?
SUFFOLK.
Weh ihnen! Warum sollt' ich sie verfluchen?
Wär' Fluchen tödlich wie Alraunen-Ächzen,
So wollt' ich bittre, scharfe Wort' erfinden,
So rauh, verrucht und greulich anzuhören,
Durch die geknirschten Zähn' herausgetobt,
Mit so viel Zeichen eingefleischten Hasses,
Als wie der hagre Neid in ekler Höhle.
Die Zunge sollt' in heft'ger Rede straucheln,
Die Augen wie geschlagne Kiesel sprühn,
Mein Haar wie einem Rasenden sich sträuben,
Ja, alle Glieder mitzufluchen scheinen;
Und eben jetzt bräch' mein belastet Herz,
Wenn ich nicht fluchte. Gift sei ihr Getränk!
Gall', und was bittrer noch, ihr Leckerbissen!
Ihr bester Schatten ein Zypressenwald!
Ihr schönster Anblick grimme Basilisken!
Eidechsenstich' ihr sanftestes Berühren!
Sei ihr Konzert wie Schlangenzischen gräßlich,
Und fall' ein Chor von Unglückseulen ein!
Der mächt'gen Hölle wüste Schrecken alle –
KÖNIGIN.
Genug, mein Suffolk, denn du quälst dich selbst,
Und diese Flüche, wie die Sonn' auf Glas,
Wie überladne Büchsen, prallen rückwärts
Und wenden ihre Stärke wider dich.
SUFFOLK.
Ihr heißt mich fluchen: heißt Ihr's nun mich lassen?
Bei diesem Boden, den der Bann mir wehrt!
Leicht flucht' ich eine Winternacht hinweg,
Stünd' ich schon nackt auf eines Berges Gipfel,
Wo scharfe Kälte keinen Halm läßt keimen,
Und hielt' es nur für 'ner Minute Scherz.
KÖNIGIN.
Oh, auf mein Flehn laß ab! Gib mir die Hand,
Daß ich mit traur'gen Tränen sie betaue:
Des Himmels Regen netze nie die Stelle,
Mein wehevolles Denkmal wegzuwaschen.
Küßt seine Hand.
Oh, prägt' in deine Hand sich dieser Kuß,
Daß, bei dem Siegel, du an diese dächtest,
Durch die ich tausend Seufzer für dich atme!
So mach' dich fort, daß ich mein Leid erfahre;
Derweil du noch dabei stehst, ahnd' ich's nur,
Wie ein Gesättigter an Mangel denkt.
Ich will zurück dich rufen, oder wagen,
Des sei gewiß, verbannt zu werden selbst;
Und bin ich doch verbannt, wenn nur von dir.
Geh! Rede nicht mit mir! Gleich eile fort! –
Oh, geh noch nicht! – So herzen sich und küssen
Verdammte Freund' und scheiden tausendmal,
Vor Trennung hundertmal so bang als Tod.
Doch nun fahr' wohl! Fahr' wohl mit dir mein Leben!
SUFFOLK.
So trifft zehnfacher Bann den armen Suffolk,
Vom König einer, dreimal drei von dir.
Mich kümmert nicht das Land, wärst du von hinnen:
Volkreich genug ist eine Wüstenei,
Hat Suffolk deine himmlische Gesellschaft.
Denn wo du bist, da ist die Welt ja selbst.
Mit all und jeden Freunde in der Welt,
Und wo du nicht bist, hoffnungslose Öde.
Ich kann nicht weiter: leb' du froh des Lebens,
Ich über nichts erfreut, als daß du lebst.
Vaux tritt auf.
KÖNIGIN. Wohin geht Vaux so eilig? Sag, was gibt's?
VAUX. Um zu berichten Seiner Majestät,
Kardinal Beaufort lieg' in letzten Zügen.
Denn jählings überfiel ihn schwere Krankheit,
So daß er keicht und starrt und schnappt nach Luft,
Gott lästernd und der Erde Kindern fluchend.
Bald spricht er, als ob Herzog Humphreys Geist
Zur Seit' ihm stände; ruft den König bald
Und flüstert in sein Kissen, wie an ihn,
Der schwerbeladnen Seele Heimlichkeiten.
Und melden soll ich Seiner Majestät,
Daß er jetzt eben laut nach ihm geschrien.
KÖNIGIN.
Geh, sag dem König diese traur'ge Botschaft.
Vaux ab.
Weh mir! Was ist die Welt? Welch neuer Vorfall?
Doch klag' ich einer Stunde armen Raub,
Suffolk im Bann vergessend, mein Herz-Kleinod?
Was traur' ich, Suffolk, einzig nicht um dich,
Und eifr' in Tränen mit des Südens Wolken,
Das Land befeuchtend die, mein Leid die meinen?
Nun mach' dich fort: du weißt, der König kommt;
Es ist dein Tod, wirst du bei mir gefunden.
SUFFOLK.
Ich kann nicht leben, wenn ich von dir scheide;
Und neben dir zu sterben, wär' es mehr
Als wie ein süßer Schlummer dir im Schoß?
Hier könnt' ich meine Seele von mir hauchen,
So mind und leise wie das Wiegenkind,
Mit seiner Mutter Brust im Munde sterbend;
Da, fern von dir, ich rasend toben würde
Und nach dir schrein, mein Auge zuzudrücken,
Mit deinen Lippen meinen Mund zu schließen:
So hieltest du die flieh'nde Seel' entweder,
Wo nicht, so haucht' ich sie in deinen Leib,
Da lebte dann sie in Elysium.
Bei dir zu sterben, hieß' im Scherz nur sterben:
Entfernt von dir, wär' mehr als Todesqual.
O laß mich bleiben, komme, was da will!
KÖNIGIN.
Fort! Ist die Trennung schon ein ätzend Mittel,
Sie dient für eine Wunde voller Tod.
Nach Frankreich, Suffolk! Laß von dir mich hören,
Denn, wo du seist auf diesem Erdenball,
Soll eine Iris dich zu finden wissen.
SUFFOLK. Ich gehe.
KÖNIGIN. Und nimm mein Herz mit dir.
SUFFOLK.
Ein Kleinod in dem wehevollsten Kästchen,
Das je ein köstlich Ding umschlossen hat.
Wie ein zertrümmert Schiff, so scheiden wir:
Ich sinke hier zum Tod hinab.
KÖNIGIN. Ich hier.
Beide von verschiedenen Seiten ab.

Dritte Szene

London. Kardinal Beauforts Schlafzimmer.
König Heinrich, Salisbury, Warwick und andre. Der Kardinal im Bette, Bediente um ihn her.

KÖNIG HEINRICH.
Wie geht's dir, Beaufort? Sprich zu deinem Fürsten!
BEAUFORT.
Bist du der Tod, ich geb' dir Englands Schätze,
Genug, zu kaufen solch ein zweites Eiland,
So du mich leben läßt, und ohne Pein.
KÖNIG HEINRICH.
Ach, welch ein Zeichen ist's von üblem Leben,
Wenn man des Todes Näh' so schrecklich sieht!
WARWICK.
Beaufort, es ist dein Fürst, der mit dir spricht.
BEAUFORT.
Bringt zum Verhör mich, wann ihr immer wollt.
Er starb in seinem Bett: wo sollt' er sterben?
Kann ich zum Leben einen Menschen zwingen? –
Oh, foltert mich nicht mehr! Ich will bekennen. –
Nochmal lebendig? Zeigt mir, wo er ist,
Ich gebe tausend Pfund, um ihn zu sehn. –
Er hat keine Augen, sie sind blind vom Staub. –
Kämmt nieder doch sein Haar: seht! seht! es starrt,
Leimruten gleich fängt's meiner Seele Flügel! –
Gebt mir zu trinken, heißt den Apotheker
Das starke Gift mir bringen, das ich kaufte.
KÖNIG HEINRICH.
O du, der Himmel ewiger Beweger,
Wirf einen Gnadenblick auf diesen Wurm!
Oh, scheuch' den dreist geschäft'gen Feind hinweg,
Der seine Seele stark belagert hält,
Und rein'ge seinen Busen von Verzweiflung!
WARWICK. Seht, wie die Todesangst ihn grinsen macht.
SALISBURY. Verstört ihn nicht, er fahre friedlich hin.
KÖNIG HEINRICH.
Wenn's Gott geliebt, mit seiner Seele Frieden! –
Lord Kardinal, denkst du an ew'ges Heil,
So heb' die Hand zum Zeichen deiner Hoffnung. –
Er stirbt und macht kein Zeichen: Gott, vergib ihm!
WARWICK.
Solch übler Tod verrät ein scheußlich Leben.
KÖNIG HEINRICH.
O richtet nicht, denn wir sind alle Sünder.
Drückt ihm die Augen zu, zieht vor den Vorhang,
Und laßt uns alle zur Betrachtung gehn.
Alle ab.

Vierter Aufzug

Erste Szene

Kent. Die Seeküste bei Dover.
Man hört zur See feuern. Alsdann kommen aus einem Boot ein Schiffshauptmann, der Patron und sein Gehülfe, Seyfart Wittmer und andre; mit ihnen Suffolk und andre Edelleute als Gefangne.

SCHIFFSHAUPTMANN. Der bunte, plauderhafte, scheue Tag
Hat sich verkrochen in den Schoß der See;
Lautheulend treiben Wölfe nun die Mähren,
Wovon die schwermutsvolle Nacht geschleppt wird,
Die ihre trägen Fitt'ge, schlaff gedehnt,
Auf Grüfte senken und aus dunst'gem Schlund
Die Nacht mit ekler Finsternis durchhauchen.
Drum bringt die Krieger des genommnen Schiffs;
Weil unsre Jacht sich vor die Dünen legt,
So sollen sie sich lösen hier am Strand,
Wo nicht, mit ihrem Blut ihn mir verfärben. –
Patron, hier den Gefangnen schenk' ich dir;
Du, sein Gehülfe, zieh' Gewinn von dem;
Der andre, Seyfart Wittmer, ist dein Teil.
Auf Suffolk zeigend.
ERSTER EDELMANN.
Was ist mein Lösegeld, Patron? Sag an!
PATRON.
Eintausend Kronen, oder Kopf herunter.
GEHÜLFE.
Das gleiche gebt Ihr mir, sonst fliegt der Eure.
SCHIFFSHAUPTMANN.
Was? Dünkt's euch viel, zweitausend Kronen zahlen,
Und nennt und habt euch doch wie Edelleute?
Hals ab den beiden Schurken! Ihr müßt sterben:
Das Leben unsrer eingebüßten Leute
Wiegt solche kleine Summe längst nicht auf.
ERSTER EDELMANN.
Ich zahl' sie, Herr, und also schont mein Leben.
ZWEITER EDELMANN.
Ich auch, und schreibe gleich darum nach Haus.
WITTMER *zu Suffolk.*
Mein Auge büßt' ich bei dem Entern ein,
Und darum, das zu rächen, sollst du sterben,
Und, wenn mein Wille gölte, diese mit.
SCHIFFSHAUPTMANN.
Sei nicht so rasch! Nimm Lösung, laß ihn leben.
SUFFOLK.
Sieh mein Georgenkreuz, ich bin von Adel:
Schätz' mich, so hoch du willst, du wirst bezahlt.
WITTMER.
Das werd' ich schon; mein Nam' ist Seyfart Wittmer.
Nun, warum starrst du so? Wie? Schreckt der Tod?
SUFFOLK.
Mich schreckt dein Nam': in seinem Klang ist Tod.
Mir stellt' ein weiser Mann das Horoskop
Und sagte mir, durch Seefahrt käm' ich um.
Doch darf dich das nicht blutbegierig machen;
Dein Nam' ist Siegfried, richtig ausgesprochen.
WITTMER.
Sei's Siegfried oder Seyfart, mir ist's gleich.
Nie hat noch unsern Namen Schimpf entstellt,
Daß unser Schwert den Fleck nicht weggewischt.
Drum, wenn ich mit der Rache Handel treibe,
Zerbreche man mein Schwert, mein Wappenschild,
Und ruf' als Memme durch die Welt mich aus!
Greift den Suffolk.
SUFFOLK.
Halt, Wittmer! Dein Gefangner ist ein Prinz,
Der Herzog Suffolk, William de la Poole.
WITTMER.
Der Herzog Suffolk, eingemummt in Lumpen?

SUFFOLK.
Ja, doch die Lumpen sind kein Teil vom Herzog;
Ging Zeus doch wohl verkleidet: sollt' ich's nicht?
SCHIFFSHAUPTMANN.
Doch Zeus ward nie erschlagen, wie du jetzt.
SUFFOLK.
Gemeiner Bauer! König Heinrichs Blut,
Das ehrenwerte Blut von Lancaster,
Darf nicht vergießen solch ein Knecht vom Stall.
Gabst du nicht Kußhand, hieltest meinen Bügel,
Liefst neben meinem Saumtier unbedeckt
Und hieltest dich beglückt, wenn ich dir nickte?
Wie oft bedientest du mich bei den Bechern,
Bekamst den Abhub, knietest an der Tafel,
Wann ich mit Königin Margreta schmauste?
Gedenke dran, und laß dich's niederschlagen
Und dämpfen deinen fehlgebornen Stolz.
Wie standest du im letzten Vorgemach
Und harrtest dienstbar, bis ich nun erschien?
Zu deinen Gunsten schrieb hier diese Hand,
Drum feßle sie die wilde Zunge dir.
WITTMER. Durchbohr' ich den Verworfnen?
Hauptmann, sprich!
SCHIFFSHAUPTMANN.
Erst ich mit Worten ihn, so wie er mich.
SUFFOLK.
Sind deine Worte stumpf doch, Sklav', wie du!
SCHIFFSHAUPTMANN.
Fort, und an unsers großen Bootes Rand
Schlagt ihm den Kopf ab!
SUFFOLK. Wagst du deinen dran?
SCHIFFSHAUPTMANN. Ja, Poole.
SUFFOLK. Poole?
SCHIFFSHAUPTMANN.
Poole? Sir Poole? Lord?
Ja, Pfütze, Pfuhl, Kloak, des Kot und Schlamm
Die Silberquelle trübt, wo England trinkt.
Nun stopf' ich diesen aufgesperrten Mund,
Der unsers Reiches Schatz verschlungen hat;
Die Lippen, so die Königin geküßt,
Schleif' ich am Boden hin; und du, der einst
Des guten Herzogs Humphrey Tod belächelt,
Sollst nun umsonst fühllosen Winden grinsen,
Die, wie zum Hohn, zurück dir zischen werden.
Und mit der Hölle Hexen sei verbunden,
Weil du verlobt hast einen mächt'gen Herrn
Der Tochter eines nichtgeacht'ten Königs,
Ohn' Untertanen, Gut und Diadem.
Du wurdest groß durch Teufels-Politik
Und, wie der kühne Sylla, überfüllt
Mit Zügen Bluts aus deiner Mutter Herzen.
Anjou und Maine ward durch dich verkauft;
Durch dich verschmähn abtrünnige Normannen
Uns Herrn zu nennen; und die Pikardie
Schlug die Regenten, fiel in unsre Burgen
Und sandte wund, zerlumpt, das Kriegsvolk heim.
Der hohe Warwick und die Nevils alle,
Die nie umsonst die furchtbar'n Schwerter ziehn,
Stehn wider dich aus Haß in Waffen auf;
Das Haus von York nun, von dem Thron gestoßen
Durch eines wackern Königs schnöden Mord
Und stolze frevelhafte Tyrannei,
Entbrennt von Rachefeuer, und es führt
In hoffnungsvollen Fahnen unsre Sonne
Mit halbem Antlitz, strebend durchzuscheinen,
Wobei geschrieben steht: Invitis nubibus.
Das Volk von Kent hier regt sich in den Waffen,
Und endlich hat sich Schmach und Bettelarmut
In unsers Königes Palast geschlichen,
Und alles das durch dich. Fort! Schafft ihn weg!
SUFFOLK.
O wär' ich doch ein Gott, den Blitz zu schleudern
Auf diese dürft'gen, weggeworfnen Knechte!
Elende sind auf kleine Dinge stolz:
Der Schurke hier, als Hauptmann einer Jacht,
Droht mehr als der illyrische Pirat,
Der mächt'ge Bargulus. Die Drohne saugt
Nicht Adlers-Blut, sie stiehlt aus Bienenstöcken;
Es ist unmöglich, daß ich sterben sollte
Durch solchen niedern Untertan als du.
Dein Reden weckt nur Wut, nicht Reu' in mir.
Nach Frankreich sendet mich die Königin:
Ich sag' es dir, schaff' sicher mich hinüber!
SCHIFFSHAUPTMANN. Seyfart, –
WITTMER.
Komm, Suffolk! daß ich dich zum Tode schaffe.
SUFFOLK.
Pene gelidus timor occupat artus: – dich fürcht' ich.
WITTMER.
Du findest Grund zur Furcht, eh' ich dich lasse.
Wie, bist du nun verzagt? Willst nun dich beugen?
ERSTER EDELMANN.
Mein gnäd'ger Lord, gebt ihm doch gute Worte!
SUFFOLK.
Des Suffolks Herrscherzung' ist streng und rauh,
Weiß zu gebieten, nicht um Gunst zu werben.
Fern sei es, daß wir Volk wie dieses da
Mit unterwürf'gen Bitten ehren sollten.
Nein, lieber neige sich mein Haupt zum Block,
Eh' diese Knie vor irgendwem sich beugen,
Als vor des Himmels Gott und meinem König;
Und eher mag's auf blut'ger Stange tanzen,
Als stehn entblößt vor dem gemeinen Knecht.
Der echte Adel weiß von keiner Furcht:
Mehr halt' ich aus, als ihr vollbringen dürft.
SCHIFFSHAUPTMANN.
Schleppt ihn hinweg, laßt ihn nicht länger reden!
SUFFOLK.
Soldaten, kommt! Zeigt eure Grausamkeit!
Daß diesen meinen Tod man nie vergesse.
Durch Bettler fallen große Männer oft:
Ein röm'scher Fechter und Bandit erschlug
Den holden Tullius; Brutus' Bastard-Hand
Den Julius Cäsar; wildes Inselvolk
Den Held Pompejus; und Suffolk stirbt durch
Räuber.
Suffolk mit Wittmer und andern ab.
SCHIFFSHAUPTMANN.
Von diesen, deren Lösung wir bestimmt,
Beliebt es uns, daß einer darnach reise.
Ihr also kommt mit uns und laßt ihn gehn.
Alle ab, außer der erste Edelmann.

Wittmer kommt mit Suffolks Leiche zurück.

WITTMER.
Da lieg' sein Haupt und sein entseelter Leib,
Bis ihn die traute Königin bestattet!
Ab.

ERSTER EDELMANN.
Oh, ein barbarisches und blut'ges Schauspiel!
Ich will zum König seine Leiche tragen:
Rächt der ihn nicht, so werden's seine Freunde,
Die Königin, die lebend hoch ihn hielt.
Ab mit der Leiche.

Zweite Szene

Blackheath. Georg Bevis und Johann Holland treten auf.

GEORG. Wohlan! Schaff' dir einen Degen, und wenn er auch nur von Holz wäre; seit zwei Tagen sind sie schon auf den Beinen.

JOHANN. Desto nötiger tut's ihnen, sich jetzt hinzusetzen.

GEORG. Ich sage dir, Hans Cade, der Tuchmacher, denkt das gemeine Wesen aufzustutzen und es zu wenden und ihm die Wolle von neuem zu krausen.

JOHANN. Das tut ihm Not, denn es ist bis auf den Faden abgetragen. Nun, das weiß ich, es gab kein lustiges Leben mehr in England, seit die Edelleute aufgekommen sind.

GEORG. O die elenden Zeiten! Tugend wird an Handwerksleuten nichts geachtet.

JOHANN. Der Adel hält es für einen Schimpf, im ledernen Schurz zu gehn.

GEORG. Was noch mehr ist: des Königs Räte sind keine guten Arbeitsleute.

JOHANN. Ja, und es steht doch geschrieben: arbeite in deinem Beruf; was so viel sagen will: die Obrigkeiten sollen Arbeitsleute sein; und also sollten wir Obrigkeiten werden.

GEORG. Richtig getroffen! Denn es gibt kein besser Zeichen von einem wackern Gemüt, als eine harte Hand.

JOHANN. Ich seh' sie kommen! Ich seh' sie kommen! Da ist Bests Sohn, der Gerber von Wingham, –

GEORG. Der soll das Fell unsrer Feinde kriegen, um Hundsleder daraus zu machen.

JOHANN. Und Märten, der Metzger, –

GEORG. Nun, da wird die Sünde vor den Kopf geschlagen wie ein Ochse, und die Ruchlosigkeit wird abgestochen wie ein Kalb.

JOHANN. Und Smith, der Leinweber, –

GEORG. Ergo ist ihr Lebensfaden abgehaspelt.

JOHANN. Kommt, schlagen wir uns zu ihnen!

Trommeln. Cade, Märten der Metzger, Smith der Leinweber und andre in großer Anzahl kommen.

CADE. Wir, Johann Cade, von unserm vermeintlichen Vater so benannt, denn unsre Feinde sollen vor uns niederfallen; vom Geist getrieben, Könige und Fürsten zu stürzen, – befehlt Stillschweigen!

MÄRTEN. Still!

CADE. Mein Vater war ein Mortimer, –

MÄRTEN *beiseit.* Es war ein ehrlicher Mann und ein guter Maurer.

CADE. Meine Mutter eine Plantagenet, –

MÄRTEN *beiseit.* Ich habe sie recht gut gekannt, sie war eine Hebamme.

CADE. Meine Frau stammt vom Geschlecht der Lacies, –

MÄRTEN *beiseit.* Wahrhaftig, sie war eines Hausierers Tochter und hat manchen Latz verkauft.

SMITH *beiseit.* Aber seit kurzem, nun sie nicht mehr imstande ist, mit ihrem Tornister herumzugehn, wäscht sie zu Hause für Geld.

CADE.
Folglich bin ich aus einem ehrenwerten Hause.

MÄRTEN *beiseit.* Ja, meiner Treu! Das freie Feld ist aller Ehren wert, und da ist er zur Welt gekommen, hinterm Zaun; denn sein Vater hatte kein ander Haus als das Hundeloch.

CADE. Mut habe ich.

SMITH *beiseit.* Das muß er wohl, denn zum Betteln gehört Mut.

CADE. Ich kann viel aushalten.

MÄRTEN *beiseit.* Das ist keine Frage: ich habe ihn drei Markttage nacheinander peitschen sehn.

CADE. Ich fürchte mich weder vor Feuer noch Schwert.

SMITH *beiseit.* Vor dem Schwerte braucht er sich nicht zu fürchten, die Stiche werden vorbeigehn, denn sein Rock hält längst keinen Stich mehr.

MÄRTEN *beiseit.* Aber mich dünkt, vor dem Feuer sollte er sich fürchten, da sie ihm für seine Schafdieberei ein Zeichen in die Hand gebrannt haben.

CADE. Seid also brav, denn euer Anführer ist brav und gelobt euch Abstellung der Mißbräuche. Sieben Sechser-Brote sollen künftig in England für einen Groschen verkauft werden; die dreireifige Kanne soll zehn Reifen halten, und ich will es für ein Hauptverbrechen erklären, Dünnbier zu trinken. Das ganze Reich sollen alle in gemein haben; in Cheapside geht euch mein Klepper auf die Weide. Und wenn ich König bin, – wie ich es denn bald sein werde, –

ALLE. Gott erhalte Eure Majestät!

CADE. Ich danke euch, lieben Leute! – so soll es kein Geld mehr geben, alle sollen auf meine Rechnung essen und trinken, ich will sie alle in eine Livrei kleiden, damit sie sich als Brüder vertragen und mich als ihren Herrn ehren.

MÄRTEN. Das erste, was wir tun müssen, ist, daß wir alle Rechtsgelahrte umbringen.

CADE. Ja, das gedenk' ich auch zu tun. Ist es nicht ein erbarmenswürdig Ding, daß aus der Haut eines unschuldigen Lammes Pergament gemacht wird? daß Pergament, wenn es bekritzelt ist, einen Menschen zu Grunde richten kann? Man sagt, die Bienen stechen, aber ich sage: das Wachs der Bienen tut es, denn ich habe nur ein einziges Mal etwas besiegelt, und seit der Zeit war ich niemals wieder mein eigner Herr. Nun, was gibt's? Wen habt ihr da?

Es kommen Leute, die den Schreiber von Chatham vorführen.

SMITH. Den Schreiber von Chatham: er kann lesen und schreiben und Rechnungen aufsetzen.

CADE. Oh, abscheulich!

SMITH. Wir ertappten ihn dabei, daß er den Jungen ihre Exempel durchsah.

CADE. Das ist mir ein Bösewicht!

SMITH. Er hat ein Buch in der Tasche, da sind rote Buchstaben drin.

CADE. Ja, dann ist er gewiß ein Beschwörer.

MÄRTEN. Ja, er kann auch Verschreibungen machen und Kanzleischrift schreiben.

CADE. Es tut mir leid: der Mann ist, bei meiner Ehre, ein hübscher Mann; wenn ich ihn nicht schuldig finde, so soll er nicht sterben. – Komm her, Bursch, ich muß dich verhören. Wie ist dein Name?

SCHREIBER. Emanuel.

MÄRTEN. Das pflegen sie an die Spitze der offenen Sendschreiben zu setzen. – Es wird Euch schlimm ergehn.

CADE. Laßt mich allein machen. Pflegst du deinen Namen auszuschreiben, oder hast du ein Zeichen dafür, wie ein ehrlicher schlichter Mann?

SCHREIBER. Gott sei Dank, Herr, ich bin so gut erzogen, daß ich meinen Namen schreiben kann.

ALLE. Er hat bekannt: fort mit ihm! Er ist ein Schelm und ein Verräter.

CADE. Fort mit ihm, sage ich: hängt ihn mit seiner Feder und Tintenfaß um den Hals!

Einige mit dem Schreiber ab. Michel kommt.

MICHEL. Wo ist unser General?

CADE. Hier bin ich, du spezieller Kerl.

MICHEL. Flieht! Flieht! Flieht! Sir Humphrey Stafford und sein Bruder mit der Heeresmacht des Königs sind ganz in der Nähe.

CADE. Steh, Schurke, steh, oder ich haue dich nieder. Er soll es mit einem ebenso tüchtigen Mann zu tun bekommen, als er selber ist. Er ist nichts mehr als ein Ritter, nicht wahr?

MICHEL. Nein.

CADE. Um es ihm gleich zu tun, will ich mich selbst unverzüglich zum Ritter schlagen. Steh auf als Sir John Mortimer! Nun auf ihn los!

Sir Humphrey Stafford und sein Bruder William kommen mit Truppen unter Trommelschlag.

STAFFORD.
Rebellisch Pack, der Kot und Abschaum Kents,
Zum Galgen reif! Legt eure Waffen nieder,
Zu euren Hütten heim, verlaßt den Knecht!
Wenn ihr zurückkehrt, ist der König gnädig.

WILLIAM STAFFORD.
Doch zornig, wütend und auf Blut gestellt,
Treibt ihr es fort; drum fügt euch oder sterbt!

CADE.
Mir gelten nichts die taftbehangnen Sklaven;
Zu euch, ihr guten Leute, red' ich nur,
Die ich in Zukunft zu regieren hoffe,
Da ich des Throns rechtmäß'ger Erbe bin.

STAFFORD.
Du Schelm, dein Vater war ein Mauerntüncher;
Tuchscherer bist du selber: bist du's nicht?

CADE. Und Adam war ein Gärtner.

WILLIAM STAFFORD. Was soll das hier?

CADE. Nun, das soll's: – Edmund Mortimer, Graf von March,
Nahm sich zur Eh' des Herzogs Clarence Tochter; nicht?

STAFFORD. Ja wohl.

CADE. Von ihr bekam er auf einmal zwei Kinder.

WILLIAM STAFFORD. Das ist nicht wahr.

CADE.
Nun ja, das fragt sich; doch ich sag', es ist so.
Der ältre, den man in die Kost gegeben,
Ward weggestohlen durch ein Bettelweib;
Und, seiner Abkunft und Geburt nicht kundig,
Ward er ein Maurer, wie er kam zu Jahren.
Sein Sohn bin ich, und leugnet's, wenn Ihr könnt.

MÄRTEN. Ja, es ist wahrhaftig wahr: darum soll er unser König sein.

SMITH. Herr, er hat eine Feueresse in meines Vaters Hause gebaut, und die Backsteine leben noch bis auf diesen Tag, die es bezeugen können; also leugnet es nicht.

STAFFORD.
So glaubt ihr dieses Tagelöhners Worten,
Der spricht, er weiß nicht was?

ALLE. Jawohl, das tun wir; also packt euch nur!

WILLIAM STAFFORD. Hans Cade, Euch lehrte dies der Herzog York.

CADE *beiseit.* Er lügt, ich habe es selbst erfunden. – Wohlan, ihr da, sagt dem Könige von meinetwegen: Um seines Vaters willen, Heinrichs des Fünften, zu dessen Zeit die Jungen Hellerwerfen um französische Kronen spielten, sei ich es zufrieden, daß er regiere; ich wolle aber Protektor über ihn sein.

MÄRTEN. Und ferner wollen wir Lord Says Kopf haben, weil er das Herzogtum Maine verkauft hat.

CADE. Und das von Rechts wegen, denn dadurch ist England verstümmelt und müßte am Stabe einhergehen, wenn ich es nicht aufrecht erhielte. Ich sage euch, ihr Mitkönige, Lord Say hat das gemeine Wesen verschnitten und zum Eunuchen gemacht; und was mehr ist, so kann er französisch sprechen, und also ist er ein Verräter!

STAFFORD. O grobe, klägliche Unwissenheit!

CADE. Ja, antwortet mir, wenn Ihr könnt. Die Franzosen sind unsre Feinde; nun gut, ich frage Euch nur: kann jemand, der mit der Zunge eines Feindes spricht, ein guter Ratgeber sein oder nicht?

ALLE.
Nein, nein, und also wollen wir seinen Kopf haben.

WILLIAM STAFFORD.
Wohl, da gelinde Worte nichts vermögen,
So greift sie mit dem Heer des Königs an!

STAFFORD. Fort, Herold, und in jeder Stadt ruf' aus

Die mit dem Cade Empörten als Verräter,
Auf daß man die, so aus dem Treffen fliehn,
In ihrer Frau'n und Kinder Angesicht
Zur Warnung hänge vor den eignen Türen. –
Und ihr, des Königs Freunde, folgt mir nach!

Die beiden Staffords mit den Truppen ab.

CADE.
Und ihr, des Volkes Freunde, folgt mir nach!
's ist für die Freiheit, zeigt euch nun als Männer:
Kein Lord, kein Edelmann soll übrig bleiben;
Schont nur, die in gelappten Schuhen gehn,
Denn das sind wackre, wirtschaftliche Leute,
Die, wenn sie dürften, zu uns überträten.

MÄRTEN. Sie sind schon in Ordnung und marschieren auf uns zu.

CADE. Wir sind erst recht in Ordnung, wenn wir außer aller Ordnung sind. Kommt, marschiert vorwärts!

Alle ab.

Dritte Szene

Ein andrer Teil von Blackheath.
Getümmel. Die zwei Parteien kommen und fechten, und beide Staffords werden erschlagen.

CADE. Wo ist Märten, der Metzger von Ashford?

MÄRTEN. Hier.

CADE. Sie fielen vor dir wie Schafe und Ochsen, und du tatest, als wenn du in deinem eigenen Schlachthause wärest; deshalb will ich dich folgendermaßen belohnen: die Fasten sollen noch einmal so lang sein, und du sollst eine Konzession haben, für hundert weniger einen zu schlachten.

MÄRTEN. Ich verlange nicht mehr.

CADE. Und, in Wahrheit, du verdienst nichts Geringeres. Dies Andenken des Sieges will ich tragen, und die beiden Leichen soll mein Pferd nachschleifen, bis ich nach London komme, wo wir uns das Schultheißen-Schwert wollen vortragen lassen.

MÄRTEN. Wenn wir Gedeihen haben und was ausrichten wollen, so laßt uns die Kerker aufbrechen und die Gefangnen herauslassen!

CADE. Sorge nicht, dafür stehe ich dir. Kommt, marschieren wir nach London!

Alle ab.

Vierte Szene

London. Ein Zimmer im Palast.
König Heinrich, der eine Supplik liest; der Herzog von Buckingham und Lord Say neben ihm; in der Entfernung Königin Margareta, die über Suffolks Kopf trauert.

KÖNIGIN.
Oft hört' ich, Gram erweiche das Gemüt,
Er mach' es zaghaft und entart' es ganz:
Drum denk' auf Rache und laß ab vom Weinen.
Doch wer ließ' ab vom Weinen, der dies sieht?
Hier liegt sein Haupt an meiner schwell'nden Brust:
Wo ist der Leib, den ich umarmen sollte?

BUCKINGHAM.
Welche Antwort erteilt Eure Hoheit auf die Supplik der Rebellen?

KÖNIG HEINRICH.
Ich send' als Mittler einen frommen Bischof.
Verhüte Gott, daß so viel arme Seelen
Umkommen durch das Schwert! Ich selber will,
Eh' sie der blut'ge Krieg vertilgen soll,
Mit ihrem General, Hans Cade, handeln.
Doch still, ich will's noch einmal überlesen.

KÖNIGIN. Ah, die Barbaren! Hat dies holde Antlitz
Mich wie ein wandelnder Planet beherrscht?
Und konnt' es nicht die nöt'gen, einzuhalten,
Die nicht verdienten, nur es anzuschaun?

KÖNIG HEINRICH.
Lord Say, Hans Cade schwört, er will nicht ruhn,
Als bis er Euren Kopf in Händen hat.

SAY. Ja, doch ich hoffe, Eure Hoheit wird
Bald seinen haben.

KÖNIG HEINRICH. Nun, Gemahlin! Wie?
Wehklagend stets und traurend um Suffolks Tod?
Ich fürchte, Herz, wenn ich gestorben wär',
Du hättest nicht so sehr um mich getrauert.

KÖNIGIN. Nein, mein Herz, ich trau'rte nicht, ich stürb' um dich.

Ein Bote tritt auf.

KÖNIG HEINRICH.
Nun dann, was gibt's? Was kommst du so in Eil'?

BOTE.
Die Meuter sind in Southwark: flieht, mein Fürst!
Hans Cade erklärt sich für Lord Mortimer,
Vom Haus des Herzogs Clarence abgestammt,
Nennt öffentlich Eu'r Gnaden Usurpator
Und schwört, in Westminster sich selbst zu krönen.
Ein abgelumpter Haufen ist sein Heer
Von Bauersknechten, roh und unbarmherzig;
Sir Humphrey Staffords Tod und seines Bruders
Gab ihnen Herz und Mut, es fortzutreiben;
Gelehrte, Rechtsverständ'ge, Hof und Adel
Wird falsch Gezücht gescholten und zum Tod verdammt.

KÖNIG HEINRICH.
O ruchlos Volk! Es weiß nicht, was es tut.

BUCKINGHAM.
Mein gnäd'ger Herr, zieht Euch nach Kenelworth,
Bis man ein Heer versammelt, sie zu schlagen.

KÖNIGIN.
Ach, lebte Herzog Suffolk nun, wie bald
Wär' diese kent'sche Meuterei gestillt!

KÖNIG HEINRICH.
Lord Say, dich haßt die Rotte:
Deswegen fort mit uns nach Kenelworth!

SAY. Das könnte meines Herrn Person gefährden,
Mein Anblick ist in ihrem Aug' verhaßt;
Und darum will ich in der Stadt nur bleiben
Und hier so heimlich, wie ich kann, es treiben.

Ein andrer Bote tritt auf.

ZWEITER BOTE.
Hans Cade ist Meister von der London-Brücke,

Die Bürger fliehn vor ihm aus ihren Häusern;
Das schlechte Volk, nach Beute dürstend, tritt
Dem Frevler bei: so schwören sie, die Stadt
Und Euren königlichen Hof zu plündern.

BUCKINGHAM.
Dann zaudert nicht, mein Fürst! Zu Pferde, fort!

KÖNIG HEINRICH.
Margreta, komm! Gott, unsre Hoffnung, hilft uns.

KÖNIGIN.
Da Suffolk starb, ist meine Hoffnung hin.

KÖNIG HEINRICH *zum Lord Say.*
Lebt wohl, Mylord! Traut nicht den kent'schen Meutern!

BUCKINGHAM.
Traut keinem, aus Besorgnis vor Verrat!

SAY.
Auf meine Unschuld gründ' ich mein Vertraun,
Und darum bin ich kühn und unverzagt.

Alle ab.

Fünfte Szene

Der Turm.
Lord Scales und andre erscheinen auf den Mauern; dann treten unten einige Bürger auf.

SCALES. Nun, ist Hans Cade erschlagen?

ERSTER BÜRGER. Nein, Mylord, und es hat auch keinen Anschein dazu, denn sie haben die Brücke erobert und bringen alle um, die sich widersetzen. Der Schultheiß bittet Euer Edeln um Beistand vom Turm, um die Stadt gegen die Rebellen zu verteidigen.

SCALES.
Was ich nur missen kann, ist Euch zu Dienst,
Zwar werd' ich hier von ihnen selbst geplagt,
Die Meuter wollten sich des Turms bemeistern.
Doch macht Euch nach Smithfield und sammelt Volk,
Und dahin send' ich Euch Matthias Gough.
Kämpft für den König, Euer Land und Leben,
Und so lebt wohl, denn ich muß wieder fort.

Alle ab.

Sechste Szene

Die Kanonenstraße.
Hans Cade mit seinem Anhange. Er schlägt mit seinem Stabe auf den Londner Stein.

CADE. Nun ist Mortimer Herr dieser Stadt. Und hier, auf dem Londner Steine sitzend, verordne ich und befehle, daß in diesem ersten Jahr unsers Reichs auf Stadts-Unkosten durch die Seigerinne nichts als roter Wein laufen soll. Und hinfüro soll es Hochverrat sein, wenn irgendwer mich anders nennt als Lord Mortimer.

Ein Soldat kommt gelaufen.

SOLDAT. Hans Cade! Hans Cade!

CADE. Schlagt ihn gleich zu Boden!

Sie bringen ihn um.

SMITH. Wenn der Bursche klug ist, wird er Euch niemals wieder Hans Cade nennen: ich meine, er hat einen guten Denkzettel bekommen.

MÄRTEN. Mylord, es hat sich eine Heersmacht bei Smithfield versammelt.

CADE. So kommt, laßt uns mit ihnen fechten. Aber erst geht und setzt die London-Brücke in Brand, und wenn ihr könnt, brennt auch den Turm nieder. Kommt, machen wir uns fort!

Ab.

Siebente Szene

Smithfield.
Getümmel. Von der einen Seite kommen Cade und sein Anhang; von der andern Bürger und königliche Truppen, angeführt von Matthias Gough. Sie fechten; die Bürger werden in die Flucht geschlagen, und Gough fällt.

CADE. So, Leute: nun geht und reißt das Savoyische Quartier ein; andre zu den Gerichtshöfen, nieder mit allen zusammen!

MÄRTEN.
Ich habe ein Gesuch an Eure Herrlichkeit.

CADE. Und wär' es eine Herrlichkeit, für das Wort soll's dir gewährt sein.

MÄRTEN. Bloß, daß die Gesetze von England aus Eurem Munde kommen mögen.

JOHANN *beiseit.* Sapperment, dann werden's heillose Gesetze sein, denn er ist mit einem Speer in den Mund gestochen, und das ist noch nicht heil.

SMITH *beiseit.* Nein, Johann, es werden stinkende Gesetze sein, denn er stinkt aus dem Munde nach geröstetem Käse.

CADE. Ich habe es bedacht, es soll so sein. Fort, verbrennt alle Urkunden des Reichs; mein Mund soll das Parlament von England sein.

JOHANN *beiseit.* Dann werden wir vermutlich beißende Statuten bekommen, wenn man ihm nicht die Zähne ausbricht.

CADE. Und hinfüro soll alles in Gemeinschaft sein.

Ein Bote tritt auf.

BOTE. Mylord, ein Fang! ein Fang! Hier ist der Lord Say, der die Städte in Frankreich verkauft hat; der uns einundzwanzig Funfzehnte hat bezahlen lassen und einen Schilling auf das Pfund zur letzten Kriegssteuer.

Georg Bevis kommt mit Lord Say.

CADE. Gut, er soll zehnmal dafür geköpft werden. – O Say, du sämischer, juchtener, rindslederner Lord! Nun stehst du recht als Zielscheibe unsrer königlichen Gerichtsbarkeit. Wie kannst du dich vor meiner Majestät deshalb rechtfertigen, daß du die Normandie an Musje Baisemoncu, den Dauphin von Frankreich, abgetreten hast? Kund und zu wissen sei dir hiemit durch Gegenwärtiges, namentlich durch gegenwärtigen Lord Mortimer, daß ich der Besen bin, welcher den Hof von solchem Unrat, wie du bist, rein kehren muß. Du hast höchst verräterischer Weise die Jugend des

Reiches verderbet, indem du eine lateinische Schule errichtet; und da zuvor unsere Voreltern keine andern Bücher hatten als die Kreide und das Kerbholz, so hast du das Drucken aufgebracht, und hast zum Nachteil des Königs, seiner Krone und Würde, eine Papiermühle gebaut. Es wird dir ins Gesicht bewiesen werden, daß du Leute um dich hast, die zu reden pflegen von Nomen und Verbum und dergleichen scheußliche Worte mehr, die kein Christenohr geduldig anhören kann. Du hast Friedensrichter angestellt, daß sie arme Leute vor sich rufen über Dinge, worauf sie nicht im stande sind zu antworten. Du hast sie ferner gefangen gesetzt, und weil sie nicht lesen konnten, hast du sie hängen lassen, da sie doch bloß aus dem Grunde am meisten verdienten zu leben. Du reitest auf einer Decke, nicht wahr?

SAY. Nun, was täte das?

CADE. Ei, du solltest dein Pferd keinen Mantel tragen lassen, derweil ehrlichere Leute als du in Wams und Hosen gehn.

MÄRTEN. Und im bloßen Hemde arbeiten obendrein; wie ich selbst zum Beispiel, der ich ein Metzger bin.

SAY. Ihr Männer von Kent, –

MÄRTEN. Was sagt Ihr von Kent?

SAY. Nichts als dies: es ist bona terra, mala gens.

CADE. Fort mit ihm! Fort mit ihm! Er spricht Latein.

SAY. Hört nur und führt mich dann, wohin ihr wollt.
Kent heißt in dem Bericht, den Cäsar schrieb,
Der ganzen Insel freundlichstes Gebiet:
Das Land ist reich, mit Gütern wohl begabt,
Das Volk willfährig, tapfer, tätig, reich;
Was mich auf Mitleid von euch hoffen läßt.
Ich hab' nicht Maine und Normandie verkauft,
Gern kauft' ich sie zurück mit meinem Leben.
Das Recht hab' ich mit Güte stets geübt,
Mich rührten Bitten, Tränen, niemals Gaben,
Wann hab' ich was von eurer Hand erpreßt,
Zum Schutz für Kent, für König, Land und euch?
Gelahrten Männern gab ich große Summen,
Weil Buch und Schrift beim König mich befördert,
Und weil ich sah, es sei Unwissenheit
Der Fluch von Gott, und Wissenschaft der Fittig,
Womit wir in den Himmel uns erheben.
Seid ihr von Höllengeistern nicht besessen,
So könnt ihr nicht den Mord an mir begehn.
Bei fremden Kön'gen hat die Zunge hier
Für euch gesprochen, –

CADE. Pah! Wann hast du irgendeinen Streich im Felde geführt?

SAY. Der Großen Arm reicht weit: oft traf ich Menschen
Die nie mich sahn, und traf zum Tode sie.

GEORG. O die abscheuliche Memme! Die Leute hinterrücks anzufallen!

SAY. Die Wangen wacht' ich bleich in eurem Dienst.

CADE. Gebt ihm eine Ohrfeige, so werden sie schon wieder rot werden.

SAY. Das lange Sitzen, um der armen Leute Rechtshändel zu entscheiden, hat mich ganz
Mit Krankheit und Beschwerden angefüllt.

CADE. So sollt Ihr einen hänfnen Magentrank haben, und mit einem Beil soll man Euch helfen.

MÄRTEN. Was zitterst du, Mann?

SAY. Der Schlagfluß nötigt mich und nicht die Furcht.

CADE. Ja, er nickt uns zu, als wollte er sagen: »Ich will es mit euch aufnehmen.« Ich will sehn, ob sein Kopf auf einer Stange fester stehen wird; schafft ihn fort und köpft ihn!

SAY. Sagt mir, worin verging ich mich am meisten?
Begehrt' ich Reichtum oder Ehre? Sprecht!
Sind meine Kisten voll erpreßten Goldes?
Und ist mein Aufzug kostbar anzuschaun?
Wen kränkt' ich, daß ihr meinen Tod so sucht?
Kein schuldlos Blut vergossen diese Hände,
Und diese Brust herbergt kein schnödes Falsch.
O laßt mich leben!

CADE. Ich fühle Mitleiden in mir mit seinen Worten, aber ich will es in Zaum halten; er soll sterben, und wär' es nur, weil er so gut für sein Leben spricht. Fort mit ihm! Er hat einen Hauskobold unter der Zunge sitzen, er spricht nicht im Namen Gottes. Geht, schafft ihn fort, sage ich, und schlagt ihm gleich den Kopf ab; und dann brecht in das Haus seines Schwiegersohnes Sir John Cromer und schlagt ihm den Kopf ab, und bringt sie beide auf zwei Stangen her!

ALLE. Es soll geschehn.

SAY. Ach, Landesleute! Wenn bei euren Bitten
Gott so verhärtet wäre wie ihr selbst,
Wie ging' es euren abgeschiednen Seelen?
Darum erweicht euch noch und schont mein Leben!

CADE.
Fort mit ihm, und tut, was ich euch befehle!

Einige ab mit Lord Say.

Der stolzeste Pair im Reich soll keinen Kopf auf den Schultern tragen, wenn er mir nicht Tribut zahlt; kein Mädchen soll sich verheiraten, ohne daß sie mir ihre Jungfernschaft bezahlt, eh' ihr Liebster sie kriegt; alle Menschen sollen unter mir in capite stehn, und ich verordne und befehle, daß ihre Weiber so frei sein sollen, als das Herz wünschen oder die Zunge sagen kann.

MÄRTEN. Mylord, wann sollen wir nach Cheapside gehn und mit unsern Hellebarden halbpart machen?

CADE. Ei, sogleich!

ALLE. O herrlich!

Es kommen Rebellen zurück mit den Köpfen des Lord Say und seines Schwiegersohnes.

CADE. Aber ist dies nicht noch herrlicher? – Laßt sie einander küssen, denn sie sind sich bei Lebzeiten zugetan gewesen. Nun haltet sie wieder aus einander, damit sie nicht ratschlagen, wie sie noch mehr französische Städte übergeben wollen. Soldaten, schiebt die Plünderung der Stadt auf bis nachts, denn wir wollen durch die Straßen reiten und diese Köpfe wie Szepter vor uns hertragen lassen, und an jeder Ecke sollen sie sich küssen. Fort!

Alle ab.

Achte Szene

Southwark.
Getümmel. Cade mit seinem Gesindel tritt auf.

CADE. Die Fischerstraße herauf! Die Sankt-Magnus- Ecke hinunter! Totgeschlagen! In die Themse geworfen!

Es wird zur Unterhandlung geblasen, hierauf zum Rückzug.

Was für einen Lärm hör' ich? Wer darf so verwegen sein, zum Rückzug oder zur Unterhandlung zu blasen, wenn ich sie alles totschlagen heiße?

Buckingham und der alte Clifford treten auf mit Truppen.

BUCKINGHAM.
Hier sind sie, die das dürfen, und die dich
Verstören wollen. Wisse, Cade, denn:
Als Abgesandte kommen wir vom König
Zum Volke, welches du mißleitet hast,
Und künden hier Verzeihung jedem an,
Der dich verläßt und friedlich heim will gehn.

CLIFFORD.
Was sagt ihr, Landsgenossen? Gebt ihr nach
Und weicht der Gnade, weil man sie euch bietet?
Oder soll Gesindel in den Tod euch führen?
Wer unsern König liebt und die Verzeihung
Benutzen will, der schwinge seine Mütze
Und sage: »Gott erhalte Seine Majestät!«

ALLE.
Gott erhalte den König! Gott erhalte den König!

CADE. Was, Buckingham und Clifford, seid ihr so brav? – Und ihr, schlechtes Bauernvolk, glaubt ihr ihm? Wollt ihr denn durchaus mit eurem Pardon um den Hals aufgehängt sein? Ist mein Schwert dazu durch das Londner Tor gebrochen, daß ihr mich beim weißen Hirsch in Southwark verlassen solltet? Ich dachte, ihr wolltet eure Waffen nimmer niederlegen, bis ihr eure alte Freiheit wieder erobert hättet: aber ihr seid alle Abtrünnige und feige Memmen und habt eine Freude daran, in der Sklaverei des Adels zu leben. So mögen sie euch denn den Rücken mit Lasten zerbrechen, euch die Häuser über den Kopf wegnehmen, eure Weiber und Töchter vor euren Augen notzüchtigen; was mich betrifft, ich will jetzt nur für einen sorgen, und euch alle möge Gottes Fluch treffen!

ALLE.
Wir folgen unserm Cade! Wir folgen unserm Cade!

CLIFFORD.
Ist Cade Sohn Heinrichs des Fünften,
Daß ihr so ausruft, ihr wollt mit ihm gehn?
Führt er euch wohl in Frankreichs Herz und macht
Den kleinsten unter euch zum Graf und Herzog?
Ach, er hat keine Heimat, keine Zuflucht,
Und kann nicht anders leben als durch Plünd'rung,
Indem er eure Freund' und uns beraubt.
Welch eine Schmach, wenn, während ihr euch zankt,
Die scheuen Franken, die ihr jüngst besiegt,
Die See durchkreuzten und besiegten euch?
Mich dünkt, in diesem bürgerlichen Zwist
Seh' ich sie schon in Londons Gassen schalten
Und jeden rufen an mit: »Villageois!«
Eh' laßt zehntausend niedre Cades verderben,
Als ihr euch beugt vor eines Franken Gnade!
Nach Frankreich! Frankreich! Bringt Verlornes ein!
Schont England, euren heimatlichen Strand!
Heinrich hat Geld, und ihr seid stark und männlich:
Gott mit uns, zweifelt nicht an eurem Sieg!

ALLE. Clifford hoch! Clifford hoch! Wir folgen dem König und Clifford.

CADE. Ist eine Feder wohl so leicht hin und hergeblasen als dieser Haufe? Der Name Heinrich des Fünften reißt sie zu hunderterlei Unheil fort und macht, daß sie mich in der Not verlassen. Ich sehe, daß sie die Köpfe zusammen stecken, um mich zu überfallen: mein Schwert muß mir den Weg bahnen, denn hier ist meines Bleibens nicht. – Allen Teufeln und der Hölle zum Trotz will ich recht mitten durch euch hindurch, und ich rufe den Himmel und die Ehre zu Zeugen, daß kein Mangel an Entschlossenheit in mir, sondern bloß der schnöde und schimpfliche Verrat meiner Anhänger mich auf flüchtigen Fuß setzt. *Ab.*

BUCKINGHAM.
Ist er entflohn? Geh' wer und folg' ihm nach;
Und der, der seinen Kopf zum König bringt,
Soll tausend Kronen zur Belohnung haben.

Einige ab.

Folgt mir, Soldaten; wir ersinnen Mittel,
Euch alle mit dem König zu versöhnen.

Alle ab.

Neunte Szene

Die Burg zu Kenelworth.
König Heinrich; Königin Margareta und Somerset auf der Terrasse der Burg.

KÖNIG HEINRICH.
Saß wohl ein König je auf ird'schem Thron,
Dem nicht zu Dienst mehr Freude stand wie mir?
Kaum kroch ich aus der Wiege noch, als ich,
Neun Monden alt, zum König ward ernannt.
Nie sehnt' ein Untertan sich nach dem Thron,
Wie ich mich sehn', ein Untertan zu sein.

Buckingham und Clifford treten auf.

BUCKINGHAM.
Heil Eurer Majestät und frohe Zeitung!

KÖNIG HEINRICH.
Sag, Buckingham, griff man den Frevler Cade?
Wie, oder wich er nur, sich zu verstärken?

Es erscheint unten ein Haufen von Cades Anhängern, mit Stricken um den Hals.

CLIFFORD.
Er floh, mein Fürst, und all sein Volk ergibt sich
Und demutsvoll, mit Stricken um den Hals,
Erwarten sie von Euer Hoheit Spruch
Nun Leben oder Tod.

KÖNIG HEINRICH.
Dann, Himmel, öffne deine ew'gen Tore,

Um meines Danks Gelübde zu empfangen! –
Heut löstet ihr, Soldaten, euer Leben,
Ihr zeigtet, wie ihr euren Fürsten liebt
Und euer Land: bewahrt so guten Sinn,
Und Heinrich, wenn er unbeglückt schon ist,
Wird niemals, seid versichert, lieblos sein.
Und so, euch allen dankend und verzeihend,
Entlass' ich euch, in seine Heimat jeden.

ALLE. Gott erhalte den König! Gott erhalte den König!

Ein Bote tritt auf.

BOTE. Vergönnen mir Eu'r Gnaden, zu berichten,
Daß Herzog York von Irland jüngst gekommen
Und mit gewalt'ger, starker Heeresmacht
Von Galloglassen und von derben Kerns
Hieher ist auf dem Marsch mit stolzem Zug;
Und stets erklärt er, wie er weiter rückt,
Er kriege bloß, um weg von dir zu schaffen
Den Herzog Somerset, den er Verräter nennt.

KÖNIG HEINRICH.
So steh' ich, zwischen Cade und York bedrängt,
Ganz wie ein Schiff, das einem Sturm entronnen
Kaum ruhig, von Piraten wird geentert.
Nur erst verjagt ist Cade, sein Volk zerstreut,
Und schon ist York bewehrt, ihm beizustehn. –
Ich bitt' dich, Buckingham, geh ihm entgegen,
Frag' um die Ursach' seiner Waffen, sag ihm,
Ich sende Herzog Edmund in den Turm, –
Und, Somerset, dort will ich dich verwahren,
Bis seine Schar von ihm entlassen ist.

SOMERSET. Mein Fürst,
Ich füge willig dem Gefängnis mich,
Dem Tode selbst, zu meines Landes Wohl.

KÖNIG HEINRICH.
Auf jeden Fall seid nicht zu rauh in Worten.
Denn er ist stolz, ihn reizen harte Reden.

BUCKINGHAM.
Das will ich, Herr, und hoff' es zu vermitteln,
Daß alles sich zu Eurem Besten lenkt.

KÖNIG HEINRICH.
Komm, Frau, laß besser uns regieren lernen,
Denn noch hat England meinem Reich zu fluchen.

Alle ab.

Zehnte Szene

Kent. Idens Garten.
Cade tritt auf.

CADE. Pfui über den Ehrgeiz! Pfui über mich selbst, der ich ein Schwert habe und doch auf dem Punkte bin, Hungers zu sterben! Diese fünf Tage habe ich mich in diesen Wäldern versteckt und wagte nicht, mich blicken zu lassen, weil mir das ganze Land auflauert: aber jetzt bin ich so hungrig, daß ich nicht länger warten könnte, und wenn ich mein Leben auf tausend Jahre dafür in Pacht bekäme. Ich bin also über die Mauer in diesen Garten geklettert, um zu sehen, ob ich Gras essen oder mir wieder einen Salat pflücken kann, was einem bei der Hitze den Magen recht gut kühlt.

Iden kommt mit Bedienten.

IDEN.
Wer möchte wohl im Hofesdienst sich mühn,
Der solche stille Gänge kann genießen?
Dies kleine Erb', das mir mein Vater ließ,
G'nügt mir und gilt mir eine Monarchie.
Ich mag durch andrer Fall nicht Größe suchen,
Noch samml' ich Gut, gleichviel mit welchem Neid:
Ich habe, was zum Unterhalt mir g'nügt,
Der Arme kehrt von meiner Tür vergnügt.

CADE. Da kommt der Eigentümer und wird mich wie einen Landstreicher greifen, weil ich ohne seine Erlaubnis auf sein Grundstück gekommen bin. – Ha, Schurke, du willst mich verraten, um tausend Kronen vom Könige zu erhalten, wenn du ihm meinen Kopf bringst: aber ich will dich zwingen, Eisen zu fressen wie ein Strauß und meinen Degen hinunter zu würgen wie eine große Nadel, ehe wir auseinanderkommen.

IDEN.
Ei, ungeschliffner Mensch, wer du auch seist!
Ich kenn' dich nicht: wie sollt' ich dich verraten?
Ist's nicht genug, in meinen Garten brechen
Und wie ein Dieb mich zu bestehlen kommen,
Gewaltsam meine Mauern überkletternd?
Mußt du mir trotzen noch mit frechen Worten?

CADE. Dir trotzen? Ja, bei dem besten Blut, das jemals angezapft worden ist, und das recht ins Angesicht. Sieh mich genau an: ich habe in fünf Tagen keine Nahrung genossen, und doch, komm du nur mit deinen fünf Gesellen, und wenn ich euch nicht alle mausetot schlage, so bitte ich zu Gott, daß ich nie wieder Gras essen mag.

IDEN.
Nein, solang' England lebt, soll man nicht sagen,
Daß Alexander Iden, ein Esquire von Kent,
Mit einem Hungerleider ungleich kämpfte.
Dein starrend Auge setze gegen meins,
Sieh, ob du mich mit Blicken übermeisterst.
Setz' Glied an Glied, du bist bei weitem schwächer.
Bei meiner Faust ist deine Hand ein Finger,
Dein Bein ein Stock, mit diesem Stamm verglichen;
Mein Fuß mißt sich mit deiner ganzen Stärke,
Und wenn mein Arm sich in die Luft erhebt,
So ist dein Grab gehöhlt schon in der Erde.
Statt Worte, deren Größe Wort' erwidert,
Verkünde dieses Schwert, was ich verschweige.

CADE. Bei meiner Tapferkeit, der vollkommenste Klopffechter, von dem ich jemals gehört habe. – Stahl, wenn du nun deine Spitze biegst oder diesen pfündigen Tölpel nicht in lauter Schnittchen Fleisch zerhackst, ehe du wieder in der Scheide ruhst, so bitte ich Gott auf meinen Knieen, daß du in Hufnägel magst verwandelt werden.

Sie fechten, Cade fällt.

Oh, ich bin hin! Hunger und nichts anders hat mich umgebracht. Laßt zehntausend Teufel über mich herfallen, gebt mir nur die zehn verlornen Mahlzeiten wieder, und ich böte allen die Spitze. – Verdorre, Garten! und sei in Zukunft ein Begräbnisplatz für alle, die in diesem Hause wohnen, weil in dir die unüberwindliche Seele Cades entflohn ist.

IDEN.
Schlug ich den greulichen Verräter Cade?
Du sollst geweiht sein, Schwert, für diese Tat
Und nach dem Tod mir übers Grab gehängt.
Nie sei dies Blut gewischt von deiner Spitze,
Wie einen Heroldsmantel sollst du's tragen,
Um zu verkünden deines Herren Ruhm!

CADE. Iden, leb wohl und sei stolz auf deinen Sieg. Sage den Kentern von meinetwegen, daß sie ihren besten Mann verloren haben, und ermahne alle Welt, feige Memmen zu sein: denn ich, der ich mich nie vor keinem gefürchtet, muß dem Hunger erliegen, nicht der Tapferkeit. *Stirbt.*

IDEN.
Wie du zu nah mir tust, sei Gott mein Zeuge!
Stirb, deren Fluch, die dich gebar, Verruchter!
Und wie mein Schwert dir deinen Leib durchstieß,
So stieß' ich gern zur Hölle deine Seele.
Ich schleife häuptlings fort dich an den Fersen
Auf einen Misthauf', wo dein Grab soll sein;
Da hau' ich ab dein frevelhaftes Haupt,
Das ich zum König im Triumph will tragen,
Den Kräh'n zur Speise lassend deinen Rumpf.
Ab mit der Leiche, die er hinausschleift.

Fünfter Aufzug

Erste Szene

Ebnen zwischen Dartford und Blackheath. Des Königs Lager an der einen Seite, von der andern kommt York mit seinem Heer von Irländern, mit Trommeln und Fahnen.

YORK.
So kommt von Irland York, sein Recht zu fodern,
Von Heinrichs schwachem Haupt die Kron' zu reißen.
Schallt, Glocken, laut! Brennt, Freudenfeuer, hell!
Um Englands echten König zu empfangen.
Ah, sancta majestas! Wer kaufte dich nicht teuer?
Gehorchen mag, wer nicht zu herrschen weiß;
Die Hand hier ist gemacht, nur Gold zu führen.
Ich kann nicht meinen Worten Nachdruck geben,
Wenn sie ein Schwert nicht oder Szepter wägt;
Wenn eine Seel' mir ward, wird ihr ein Szepter,
Worauf ich Frankreichs Lilien schleudern will.
Buckingham tritt auf.
Wer kommt uns da? Buckingham, mich zu stören?
Der König sandt' ihn sicher, ich muß heucheln.

BUCKINGHAM. York, wenn du's wohl meinst, sei mir wohl gegrüßt!

YORK. Humphrey von Buckingham, den Gruß empfang' ich.
Bist du ein Bote, oder kommst aus Wahl?

BUCKINGHAM.
Ein Bote Heinrichs, unsers hohen Herrn,
Zu fragen, was der Feldzug soll im Frieden?
Weswegen du, ein Untertan wie ich,
Dem Eid und der Vasallentreu' zuwider,
Solch großes Heer versammelst ohn' Erlaubnis
Und es so nah dem Hof zu führen wagst?

YORK *beiseit.*
Kaum kann ich sprechen vor zu großem Zorn,
Oh, Felsen könnt' ich spalten, Kiesel schlagen,
So grimmig machen mich die schnöden Worte.
Und jetzt, wie Ajax Telamonius, könnt' ich
Die Wut an Schafen und an Ochsen kühlen!
Ich bin weit hochgeborner als der König,
Mehr einem König gleich, und königlicher:
Doch muß ich eine Weil' schön Wetter machen,
Bis Heinrich schwächer ist und stärker ich. –
O Buckingham, ich bitte dich, verzeih',
Daß ich die ganze Zeit nicht Antwort gab:
Von tiefer Schwermut war mein Geist verstört.
Der Grund, warum ich hergebracht dies Heer,
Ist, Somerset, den stolzen, zu entfernen
Vom König, dem er wie dem Staat sich auflehnt.

BUCKINGHAM.
Das ist zu große Anmaßung von dir:
Doch, hat dein Kriegszug keinen andern Zweck,
So gab der König deiner Fodrung nach:
Der Herzog Somerset ist schon im Turm.

YORK. Auf Ehre sage mir: ist er gefangen?

BUCKINGHAM.
Ich sag' auf Ehre dir: er ist gefangen.

YORK.
Dann, Buckingham, entlass' ich meine Macht. –
Habt Dank, Soldaten, und zerstreut euch nur;
Trefft morgen mich auf Sankt Georgen-Feld,
Ich geb' euch Sold und alles, was ihr wünscht. –
Und meinen Herrn, den tugendsamen Heinrich,
Laßt meinen ältsten Sohn, ja alle Söhne
Als Pfänder meiner Lieb' und Treu' begehren:
So willig, als ich lebe, send' ich sie.
Land, Güter, Pferde, Waffen, was ich habe,
Ist ihm zu Dienst, wenn Somerset nur stirbt.

BUCKINGHAM.
Die sanfte Unterwerfung lob' ich, York,
Und gehn wir zwei in Seiner Hoheit Zelt.
König Heinrich tritt auf mit Gefolge.

KÖNIG HEINRICH.
Buckingham, sinnt York kein Arges wider mich,
Daß du mit ihm einhergehst Arm in Arm?

YORK. In aller Unterwürfigkeit und Demut
Stellt York vor Euer Hoheit selbst sich dar.

KÖNIG HEINRICH.
Wozu denn diese Heersmacht, die du führst?

YORK. Um den Verräter Somerset zu bannen
Und mit dem Erzrebellen Cade zu fechten,
Von dessen Niederlag' ich nun gehört.
Iden tritt auf mit Cades Kopf.

IDEN.
Wenn ein so schlichter Mann, so niedern Standes,
Der Gegenwart des Königs nahn sich darf,
Bring' ich Eu'r Gnaden ein Verräter-Haupt,
Des Cade Haupt, den ich im Zweikampf schlug.

KÖNIG HEINRICH.
Des Cade Haupt? Gott, wie gerecht bist du!

O laßt mich dessen Antlitz tot beschaun,
Der lebend mir so große Nöten schaffte!
Sag mir, mein Freund, warst du's, der ihn erschlug?

IDEN. Ich war's, zu Euer Majestät Befehl.

KÖNIG HEINRICH.
Wie nennt man dich, und welches ist dein Rang?

IDEN. Alexander Iden ist mein Name;
Ein armer Squire von Kent, dem König treu.

BUCKINGHAM. Wenn's Euch beliebt, mein Fürst, es wär' nicht unrecht,
Für seinen Dienst zum Ritter ihn zu schlagen.

KÖNIG HEINRICH. Iden, knie nieder!

Er kniet.

Steh als Ritter auf!
Wir geben tausend Mark dir zur Belohnung
Und wollen, daß du künftig uns begleitest.

IDEN. Mög' Iden solche Gunst dereinst verdienen,
Und leb' er nie, als seinem Fürsten treu!

KÖNIG HEINRICH.
Sieh, Buckingham! Somerset und mein Gemahl:
Geh, heiße sie vor York ihn schleunig bergen.

Königin Margareta und Somerset.

KÖNIGIN.
Vor tausend Yorks soll er sein Haupt nicht bergen,
Nein, kühnlich stehn und ins Gesicht ihm schaun.

YORK.
Was soll dies sein? Ist Somerset in Freiheit?
Dann, York, entfeßle die Gedanken endlich
Und laß die Zung' es gleich tun deinem Herzen!
Soll ich den Anblick Somersets ertragen?
Was brachst du, falscher König, mir dein Wort,
Da du doch weißt, wie schwer ich Kränkung dulde?
Ich nannte König dich? Du bist kein König,
Nicht fähig, eine Menge zu beherrschen,
Der nicht Verräter zähmen kann noch darf.
Dies Haupt da steht zu einer Krone nicht;
Den Pilgerstab mag fassen deine Hand,
Und nicht ein würdig Fürstenszepter schmücken.
Dies Gold muß diese meine Brau'n umgürten,
Des Dräun und Lächeln, wie Achilles' Speer,
Durch seinen Wechsel töten kann und heilen.
Die Hand hier kann empor den Szepter tragen
Und bindendes Gesetz damit vollstrecken.
Gib Raum! Bei Gott, du sollst nicht mehr beherrschen
Den, so der Himmel dir zum Herrscher schuf.

SOMERSET. O Erzverräter! – Ich verhafte dich
Um Hochverrates wider Kron' und König.
Gehorch', verwegner Frevler! Knie' um Gnade!

YORK. Knien soll ich? Laß mich diese fragen erst,
Ob sie es dulden, daß ich wem mich beuge. –
Ihr da, ruft meine Söhne her als Bürgen;

einer vom Gefolge ab

Ich weiß, eh' sie zur Haft mich lassen gehn,
Verpfänden sie ihr Schwert für meine Lösung.

KÖNIGIN.
Ruft Clifford her, heißt alsobald ihn kommen

Buckingham ab.

Zu sagen, ob die Bastard-Buben Yorks
Des falschen Vaters Bürgschaft sollen sein.

YORK. O blutbefleckte Neapolitanerin!
Auswurf von Napel! Englands blut'ge Geißel!
Yorks Söhne, höher von Geburt als du,
Sind die Gewähr des Vaters; wehe denen,
Die meiner Buben Bürgschaft weigern wollen!

Von der einen Seite kommen Eduard und Richard Plantagenet mit Truppen; von der andern, gleichfalls mit Truppen, der alte Clifford und sein Sohn.

Da sind sie: seht! Ich steh' euch ein, sie tun's.

KÖNIGIN.
Und hier kommt Clifford, die Gewähr zu weigern.

CLIFFORD *kniet.*
Heil sei und Glück dem König, meinem Herrn!

YORK.
Ich dank' dir, Clifford! Sag, was bringst du Neues?
Nein, schreck' uns nicht mit einem zorn'gen Blick,
Wir sind dein Lehnsherr, Clifford, kniee wieder:
Dir sei verziehn, daß du dich so geirrt.

CLIFFORD.
Dies ist mein König, York, ich irre nicht;
Du irrst dich sehr in mir, daß du es denkst. –
Nach Bedlam mit ihm! Ward der Mensch verrückt?

KÖNIG HEINRICH.
Ja, Clifford, eine toll ehrsücht'ge Laune
Macht, daß er wider seinen Herrn sich setzt.

CLIFFORD.
Ein Hochverräter! Schafft ihn in den Turm
Und haut herunter den rebell'schen Kopf!

KÖNIGIN.
Er ist verhaftet, doch will nicht gehorchen;
Die Söhne, spricht er, sagen gut für ihn.

YORK. Wollt ihr nicht, Söhne?

EDUARD.
Wenn unser Wort was gilt: gern, edler Vater.

RICHARD.
Und gilt es nicht, so sollen's unsre Waffen.

CLIFFORD. Ei, welche Brut Verräter gibt es hier!

YORK. Sieh in den Spiegel, nenne so dein Bild:
Ich bin dein König, du bist ein Verräter. –
Ruft her zum Pfahl mein wackres Bärenpaar,
Daß sie, durch bloßes Schütteln ihrer Ketten,
Die laurenden erbosten Hunde schrecken;
Heißt Salisbury und Warwick zu mir kommen.

Trommeln. Salisbury und Warwick kommen mit Truppen.

CLIFFORD.
Sind dies da deine Bären? Gut, wir hetzen
Zu Tode sie, der Bärenwärter soll
In ihren Ketten dann gefesselt werden,
Wenn du sie in die Schranken bringen darfst.

RICHARD.
Oft sah ich einen hitz'gen, kecken Hund,
Weil man ihn hielt, zurück sich drehn und beißen,
Der, ließ man nun ihn an des Bären Tatze,
Den Schwanz nahm zwischen seine Bein' und schrie:
Dergleichen Dienste werdet Ihr verrichten,
Wenn Ihr Euch mit Lord Warwick messen wollt.

CLIFFORD.
Fort, Last des Zornes! Unbeholfner Klump,
Der krumm von Sitten ist wie von Gestalt!

YORK. Schon gut, wir heizen gleich Euch tüchtig ein.

CLIFFORD.
Daß Eure Hitz' Euch nur nicht selbst verbrennt!

KÖNIG HEINRICH.
Wie, Warwick? Hat dein Knie verlernt sich beugen?
Scham deinen Silberhaaren, Salisbury,
Der toll den hirnverbrannten Sohn mißleitet!
Willst du den Wildfang auf dem Todbett spielen
Und Herzeleid mit deiner Brille suchen? –
Oh, wo ist Treu'? Wo ist Ergebenheit?
Wenn sie verbannt ist von dem frost'gen Haupt,
Wo findet sie Herberge noch auf Erden? –
Gräbst du ein Grab auf, um nach Krieg zu spähn,
Und willst mit Blut dem ehrlich Alter schänden?
Was bist du alt, wenn dir Erfahrung mangelt?
Wenn du sie hast, warum mißbrauchst du sie?
O schäm' dich! Beuge pflichtgemäß dein Knie,
Das sich zum Grabe krümmt vor hohen Jahren.

SALISBURY.
Mein Fürst, erwogen hab' ich bei mir selbst
Den Anspruch dieses hochberühmten Herzogs,
Und im Gewissen acht' ich Seine Gnaden
Für echten Erben dieses Königsthrons.

KÖNIG HEINRICH.
Hast du nicht mir Ergebenheit geschworen?

SALISBURY. Das hab' ich.

KÖNIG HEINRICH.
Kannst du vor Gott dich solchem Schwur entziehn?

SALISBURY.
Der Sünde schwören, ist schon große Sünde;
Doch größre noch, den sünd'gen Eid zu halten.
Wen bände wohl ein feierlicher Schwur
Zu einer Mordtat, jemand zu berauben,
Der reinen Jungfrau Keuschheit zu bewält'gen,
An sich zu reißen eines Waisen Erb',
Gewohntes Recht der Witwe abzuprassen;
Und zu dem Unrecht hätt' er keinen Grund,
Als daß ein feierlicher Schwur ihn binde?

KÖNIGIN. Verräterlist bedarf Sophisten nicht.

KÖNIG HEINRICH.
Ruft Buckingham und heißt ihn sich bewaffnen.

YORK. Ruf Buckingham und alle deine Freunde:
Ich bin auf Hoheit oder Tod entschlossen.

CLIFFORD.
Das erste bürg' ich dir, wenn Träume gelten.

WARWICK.
Ihr mögt zu Bett nur gehn und wieder träumen,
Um Euch zu schirmen vor dem Sturm der Schlacht.

CLIFFORD.
Ich bin auf einen größern Sturm gefaßt,
Als den du heut herauf beschwören kannst;
Und schreiben will ich das auf deinen Helm,
Kenn' ich dich nur am Zeichen deines Hauses.

WARWICK. Bei meines alten Vater Nevil Zeichen!
Den steh'nden Bär, am knot'gen Pfahl gekettet,
Ich trag' ihn heut auf meinem Helme hoch,
Der Zeder gleich auf eines Berges Gipfel,
Die jedem Sturm zum Trotz ihr Laub bewahrt,
Um dich zu schrecken durch den Anblick schon.

CLIFFORD. Und dir vom Helme reiß' ich deinen Bär
Und tret' ihn in den Staub mit allem Hohn,
Zum Trotz dem Bärenwärter, der ihn schützt.

CLIFFORD SOHN.
Und zu den Waffen so, sieghafter Vater!
Zu der Rebellen Sturz und ihrer Rotte!

RICHARD. Pfui! Glimpflich! Wollt Euch nicht so
hart erweisen!
Ihr müßt zu Nacht mit dem Herrn Christus speisen.

CLIFFORD SOHN.
Das ist mehr, schnödes Brandmal, als du weißt!

RICHARD.
Wo nicht im Himmel, in der Hölle speist!

Alle ab.

Zweite Szene

Sankt Albans.
Getümmel. Angriffe. Warwick tritt auf.

WARWICK.
Clifford von Cumberland, der Warwick ruft!
Und wenn du nicht dich vor dem Bären birgst,
Jetzt, da die zornige Trompete schmettert
Und Sterbender Geschrei die Luft erfüllt,
So sag' ich: Clifford, komm und ficht mit mir!
Du stolzer nord'scher Lord von Cumberland,
Warwick hat heiser sich an dir gerufen!

York tritt auf.

Was gibt's, mein edler Lord? Wie, so zu Fuß?

YORK.
Cliffords Vertilger-Hand erschlug mein Roß,
Doch tat ich Gleiches ihm um Gleiches an
Und machte sein geliebtes wackres Tier
Zur Beute für des Aases Kräh'n und Geier.

Clifford tritt auf.

WARWICK.
Die Stund' ist da für einen von uns beiden.

YORK. Halt, Warwick! Such' dir einen andern Fang:
Ich selbst muß dieses Wild zu Tode jagen.

WARWICK.
Dann wacker, York! Du fichtst um eine Krone. –
So wahr ich, Clifford, heut Gedeihen hoffe,
Dich unbekämpft zu lassen, kränkt mein Herz.

Ab.

CLIFFORD.
Was siehst du, York, an mir? Was zauderst du?

YORK. In dein mannhaftes Tun würd' ich verliebt,
Wärst du nicht mein so ausgemachter Feind.

CLIFFORD.
Auch deinem Mute würde Preis zuteil,
Wenn du nicht schimpflich im Verrat ihn zeigtest.

YORK. So helf' er jetzt mir wider dies dein Schwert,
Wie ich bei Recht und Wahrheit ihn beweise!

CLIFFORD.
Ich setze Seel' und Leib an dieses Werk.

YORK. Furchtbare Waage! Mach' dich gleich bereit

Sie fechten, und Clifford fällt.

CLIFFORD. La fin couronne les oeuvres.

Stirbt.

YORK. Krieg gab dir Frieden nun, denn du bist still.
Mit deiner Seele Frieden, so Gott will!

Ab.

Der junge Clifford tritt auf.

CLIFFORD SOHN.
Scham und Verwirrung! Alles flüchtet sich;
Die Furcht schafft Unordnung, und statt zu schirmen,

Verwundet sie. O Krieg, du Sohn der Hölle,
Gebraucht zum Werkzeug von des Himmels Zorn!
Wirf in die frost'gen Busen unsers Volks
Der Rache heiße Kohlen! – Keiner fliehe:
Wer wahrhaft sich dem Krieg gewidmet, hat
Selbstliebe nicht, und wer sich selbst noch liebt,
Führt nicht dem Wesen nach, zufällig nur,
Des Tapfern Namen. –

Er erblickt seinen toten Vater.

O ende, schnöde Welt!
Des Jüngsten Tags vorausgesandte Flammen,
Macht eins aus Erd' und Himmel!
Es blase die Gerichtstrompete nun,
Daß Unbedeutendheit und kleine Laute
Verstummen! – War's verhängt dir, lieber Vater,
In Frieden deine Jugend hinzubringen,
Des reifen Alters Silbertracht zu führen
Und in der Ehr' und Ruhe Tagen so
In wilder Schlacht zu sterben? – Bei dem Anblick
Versteinert sich mein Herz, und steinern sei's,
Solang' es mein ist! – York schont nicht unsre Greise:
Ich ihre Kinder nicht; der Jungfrau'n Tränen,
Sie sollen mir wie Tau dem Feuer sein,
Und Schönheit, die Tyrannen oft erweicht,
Soll Öl mir gießen in des Grimmes Flammen.
Ich will hinfort nichts von Erbarmen wissen;
Treff' ich ein Knäblein an vom Hause York,
Ich will's zerhauen in so viele Bissen,
Als am Absyrtus wild Medea tat:
Ich suche meinen Ruhm in Grausamkeit.
Komm, neue Trümmer von des alten Cliffords Haus!

Nimmt die Leiche auf.

So trug Aeneas einst den Greis Anchises,
So trag' ich dich auf meinen Mannesschultern.
Doch trug Aeneas da lebend'ge Last:
Nichts ist so schwer als dies mein Herzeleid.

Ab.

Richard Plantagenet und Somerset kommen fechtend, Somerset wird umgebracht.

RICHARD. So, lieg' du da! –
Denn unter einer Schenke dürft'gem Schild,
Der Burg Sankt Albans, machte Somerset
Die Zauberin durch seinen Tod berühmt.
Schwert, bleib' gestählt! Dein Grimm ist, Herz, vonnöten!
Für Feinde beten Priester, Prinzen töten.

Ab.

Getümmel. Angriffe. König Heinrich, Königin Margareta und andre kommen, auf dem Rückzuge begriffen.

KÖNIGIN.
So langsam, mein Gemahl! Fort! Schämt Euch! Eilt!

KÖNIG HEINRICH.
Entläuft man wohl dem Himmel? Beste, weilt!

KÖNIGIN. Wie seid Ihr doch? Ihr wollt nicht fliehn noch fechten.
Jetzt ist es Mannheit, Weisheit, Widerstand,
Dem Feinde weichen und uns sicher stellen
Durch was wir können, und das ist nur Flucht.

Getümmel in der Ferne.

Wenn man Euch finge, säh'n wir auf den Boden
All unsers Glücks; allein entrinnen wir,
Wie, wenn nicht Ihr versäumt, wir leichtlich können,
So ist uns London nah, wo man Euch liebt;
Wo dieser Riß, in unser Glück gemacht,
Gar bald zu heilen ist.

Der junge Clifford tritt auf.

CLIFFORD SOHN.
Wär' nicht mein Herz gestellt auf künftig Unheil,
Gott wollt' ich lästern, eh' ich fliehn Euch hieße.
Doch müßt Ihr fliehn: unheilbare Verwirrung
Regiert im Herzen unsers ganzen Heers.
Fort, Euch zu retten! Und ihr Los erleben
Einst wollen wir und ihnen unsres geben.
Fort, gnäd'ger Herr! Fort! Fort!

Alle ab.

Dritte Szene

Das Feld bei Sankt Albans.
Getümmel und Rückzug. Trompetenstoß; hierauf kommen York, Richard Plantagenet, Warwick und Soldaten mit Trommeln und Fahnen.

YORK. Vom Salisbury, wer meldet mir von ihm,
Dem Winterlöwen, der vor Wut vergißt
Verjährte Lähmung und den Rost der Zeit.
Und, wie ein Braver in der Jugend Glanz,
Vom Anlaß Kraft leiht? Dieser frohe Tag
Gleicht nicht sich selbst, kein Fußbreit ward gewonnen,
Ist Salisbury dahin.

RICHARD. Mein edler Vater,
Ich half ihm heute dreimal auf sein Pferd,
Beschritt ihn dreimal, führt' ihn dreimal weg,
Beredet' ihn, nichts weiter mitzutun:
Doch stets, wo nur Gefahr, da traf ich ihn,
Und, wie in Hütten köstliche Tapeten,
So war sein Will' im alten schwachen Leibe.
Doch seht ihn kommen, edel wie er ist!

Salisbury tritt auf.

SALISBURY.
Bei meinem Schwert! Du fochtest heute gut;
Beim Kreuz! wir insgesamt. – Ich dank' Euch, Richard:
Gott weiß, wie lang' ich noch zu leben habe,
Und ihm gefiel es, daß Ihr dreimal heut
Mich schirmen solltet vor dem nahen Tod.
Wohl, Lords! Noch ist, was wir erlangt, nicht unser:
Daß unsre Feinde flohn, ist nicht genug,
Da 's ihre Art ist, leicht sich herzustellen.

YORK. Ich weiß, nur ihnen folgen, sichert uns.
Der König floh nach London, wie ich höre,
Und will alsbald ein Parlament berufen.
Verfolgen wir ihn, eh' die Schreiben ausgehn.
Was sagt Ihr, Warwick: soll'n wir ihnen nach?

WARWICK.
Was? Ihnen nach? Nein, ihnen vor, wo möglich!
Bei meiner Treu', Lords, glorreich war der Tag.
Sankt Albans Schlacht, vom großen York gewonnen,
Wird hochgepreis't durch alle Folgezeit. –
Auf, Kriegsmusik! – Nach London alle hin!
Und oft beglück' uns solchen Tags Gewinn!

Alle ab.

KÖNIG HEINRICH VI. DRITTER TEIL

Personen

König Heinrich VI.
Eduard, Prinz von Wales, sein Sohn
Ludwig XI., König von Frankreich
Herzog von Somerset
Herzog von Exeter
Graf von Oxford
Graf von Northumberland
Graf von Westmoreland
Lord Clifford, von König Heinrichs Partei
Richard Plantagenet, Herzog von York
Eduard, Graf von March, nachmals König Eduard IV.
Edmund, Graf von Rutland
Georg, nachmals Herzog von Clarence
Richard, nachmals Herzog von Glocester, seine Söhne
Herzog von Norfolk
Marquis von Montague
Graf von Warwick
Graf von Pembroke
Lord Hastings
Lord Stafford, von des Herzogs von York Partei
Sir John Mortimer
Sir Hugh Mortimer, Oheime des Herzogs von York
Henry, der junge Graf von Richmond
Lord Rivers, Bruder der Lady Grey
Sir William Stanley
Sir John Montgomery
Sir John Somerville
Der Lehrmeister Rutlands
Der Schultheiß von York
Der Kommandant des Turmes
Ein Edelmann
Zwei Förster, ein Jäger
Ein Sohn, der seinen Vater umgebracht hat
Ein Vater, der seinen Sohn umgebracht hat
Königin Margareta
Lady Grey, nachmals Gemahlin Eduards IV.
Bona, Schwester des Königs von Frankreich
Soldaten und andres Gefolge König Heinrichs und König Eduards, Boten, Wächter u.s.w.
Die Szene ist im dritten Aufzuge zum Teil in Frankreich, während des ganzen übrigen Stücks in England

Erster Aufzug
Erste Szene

London. Das Parlament-Haus.
Trommeln. Einige Soldaten von Yorks Partei brechen ein. Hierauf kommen der Herzog von York, Eduard, Richard, Norfolk, Montague, Warwick und andre mit weißen Rosen auf den Hüten.

WARWICK.
Mich wundert's, wie der König uns entkam.
YORK. Da wir die nord'sche Reiterei verfolgten,
Stahl er davon sich und verließ sein Volk;
Worauf der große Lord Northumberland,
Des krieg'risch Ohr nie Rückzug dulden konnte,
Das matte Heer anfrischte: und er selbst,
Lord Clifford und Lord Stafford, auf einmal,
Bestürmten unsre Reih'n, und, in sie brechend,
Erlagen sie dem Schwert gemeiner Krieger.
EDUARD.
Lord Staffords Vater, Herzog Buckingham,
Ist tot entweder, oder schwer verwundet:
Ich spaltet' ihm den Helm mit derbem Hieb;
Zum Zeugnis dessen, Vater, seht dies Blut.
Zeigt sein blutiges Schwert.
MONTAGUE *zu York, das seinige zeigend.*
Und, Bruder, hier ist Graf von Wiltshires Blut,
Den bei der Scharen Handgemeng' ich traf.
RICHARD *wirft Somersets Kopf hin.*
Sprich du für mich und sage, was ich tat.
YORK.
Richard verdient den Preis vor meinen Söhnen. –
Wie, ist Eu'r Gnaden tot, Mylord von Somerset?
NORFOLK.
So geh's dem ganzen Haus Johanns von Gaunt!
RICHARD.
So hoff' ich König Heinrichs Kopf zu schütteln.
WARWICK.
Und ich mit Euch. – Siegreicher Prinz von York,
Bis ich dich seh' erhoben auf den Thron,
Den jetzt das Haus von Lancaster sich anmaßt,
Schwör' ich zu Gott, will ich dies Aug' nicht schließen.
Dies ist des furchtbar'n Königes Palast,
Und dies der Fürstensitz: nimm, York, ihn ein;
Dir kommt er zu, nicht König Heinrichs Erben.
YORK. So steh mir bei, mein Warwick, und ich will's,
Denn mit Gewalt sind wir hieher gedrungen.
NORFOLK.
Wir alle stehn Euch bei; wer flieht, soll sterben.
YORK. Dank, lieber Norfolk! – Bleibt bei mir, Mylords;
Soldaten, bleibt und wohnt bei mir die Nacht.
WARWICK.
Und wenn der König kommt, verfahrt nicht feindlich,
Bis er euch mit Gewalt hinaus will drängen.
Die Soldaten ziehn sich zurück.
YORK. Die Königin hält heut hier Parlament,
Doch träumt ihr schwerlich, daß in ihrem Rat
Wir sitzen werden: laßt uns unser Recht
Mit Worten oder Streichen hier erobern.
RICHARD.
Laßt uns, gewaffnet so, dies Haus behaupten.
WARWICK.
Das blut'ge Parlament soll man dies nennen,
Wofern Plantagenet, Herzog York, nicht König,
Heinrich entsetzt wird, dessen blöde Feigheit
Zum Sprichwort unsern Feinden uns gemacht.
YORK. Dann, Lords, verlaßt mich nicht und seid entschlossen:
Von meinem Recht denk' ich Besitz zu nehmen.
WARWICK.
Der König weder, noch sein bester Freund,
Der Stolzeste, der Lancaster beschützt,
Rührt sich, wenn Warwick seine Glöcklein schüttelt. –
Plantagenet pflanz' ich; reut' ihn aus, wer darf!
Entschließ' dich, Richard, fodre Englands Krone!
Warwick führt York zum Thron, der sich darauf setzt.
Trompetenstoß.
König Heinrich, Clifford, Northumberland, Westmoreland, Exeter und andre treten auf, mit roten Rosen an ihren Hüten.
KÖNIG HEINRICH.
Mylords, seht da den trotzenden Rebellen
Recht auf des Reiches Stuhl! Er will, so scheint's,
Verstärkt durch Warwicks Macht, des falschen Pairs,
Die Krön' erschwingen und als König herrschen. –
Graf von Northumberland, er schlug den Vater dir;
Und dir, Lord Clifford: und beide schwurt ihr Rache
Ihm, seinen Söhnen, Günstlingen und Freunden.
NORTHUMBERLAND.
Nehm' ich nicht Rache, nimm an mir sie, Himmel!
CLIFFORD.
Die Hoffnung läßt in Stahl den Clifford trauern.
WESTMORELAND.
Soll'n wir dies leiden? Reißt herunter ihn!
Mir brennt das Herz vor Zorn, ich kann's nicht dulden.
KÖNIG HEINRICH.
Geduldig, lieber Graf von Westmoreland.
CLIFFORD. Geduld ist gut für Memmen, so wie er:
Lebt' Euer Vater, dürft' er da nicht sitzen.
Mein gnäd'ger Fürst, laßt hier im Parlament
Uns auf das Haus von York den Angriff tun.
NORTHUMBERLAND.
Ja, wohl gesprochen, Vetter! Sei es so.
KÖNIG HEINRICH.
Ach, wißt ihr nicht, daß sie die Stadt begünstigt
Und Scharen ihres Winks gewärtig stehn?
EXETER.
Sie fliehn wohl schleunig, wenn der Herzog fällt.
KÖNIG HEINRICH.
Fern sei von Heinrichs Herzen der Gedanke,
Ein Schlachthaus aus dem Parlament zu machen!
Vetter von Exeter, Dräun, Blicke, Worte,
Das sei der Krieg, den Heinrich führen will. –
Sie nähern sich dem Herzoge.
Empörter Herzog York, herab vom Thron!
Und knie' um Huld und Gnade mir zu Füßen:
Ich bin dein Oberherr.
YORK. Du irrst dich, ich bin deiner.
EXETER.
Pfui, weich'! Er machte dich zum Herzog York.
YORK. Es war mein Erbteil, wie's die Grafschaft war.
EXETER. Dein Vater war Verräter an der Krone.
WARWICK. Exeter, du bist Verräter an der Krone,

Da du dem Usurpator Heinrich folgst.
CLIFFORD.
Wem sollt' er folgen als dem echten König?
WARWICK. Ja, Clifford: das ist Richard, Herzog York.
KÖNIG HEINRICH.
Und soll ich stehn, und auf dem Thron du sitzen?
YORK. So soll und muß es sein; gib dich zur Ruh'!
WARWICK.
Sei Herzog Lancaster, und ihn laß König sein.
WESTMORELAND.
Wie Herzog Lancaster, ist er auch König,
Das wird der Lord von Westmoreland behaupten.
WARWICK.
Und Warwick wird's entkräften. Ihr vergeßt,
Daß wir es sind, die aus dem Feld euch jagten
Und eure Väter schlugen und zum Schloßtor
Die Stadt hindurch mit weh'nden Fahnen zogen.
NORTHUMBERLAND.
Ja, Warwick, mir zum Gram gedenk' ich dran,
Und einst, bei meiner Seele! soll's dich reu'n.
WESTMORELAND.
Plantagenet, ich nehme mehr der Leben
Dir, diesen deinen Söhnen, Vettern, Freunden,
Als Tropfen Bluts mein Vater in sich hegte.
CLIFFORD.
Davon nichts weiter, Warwick! daß ich nicht
Dir statt der Worte solchen Boten sende,
Der seinen Tod, eh' ich mich rühre, rächt.
WARWICK.
Wie ich des armen Cliffords Droh'n verachte!
YORK. Laßt uns den Anspruch an die Kron' erweisen;
Wo nicht, so recht' im Felde unser Schwert.
KÖNIG HEINRICH.
Verräter, welchen Anspruch an die Krone?
Dein Vater war, wie du, Herzog von York;
Dein Großvater, Roger Mortimer, Graf von March:
Ich bin der Sohn Heinrichs des Fünften,
Der einst den Dauphin und die Franken beugte
Und ihre Städte und Provinzen nahm.
WARWICK.
Sprich nicht von Frankreich, das du ganz verloren.
KÖNIG HEINRICH.
Der Lord Protektor tat es und nicht ich;
Ich war neun Monden alt, da man mich krönte.
RICHARD. Jetzt seid Ihr alt genug, und doch verliert Ihr, scheint's.
Vater, reißt die angemaßte Kron' ihm ab!
EDUARD.
Tut's, lieber Vater! Setzt sie Euch aufs Haupt!
MONTAGUE *zu York.*
Mein Bruder, wo du Waffen liebst und ehrst,
So ficht es aus statt dieser Wortgezänke.
RICHARD.
Die Trommeln rührt, so wird der König fliehn.
YORK. Still, Söhne!
KÖNIG HEINRICH.
Still, du, und laß den König Heinrich reden!
WARWICK. Plantagenet zuförderst! Hört ihn, Lords;
Und ihr, seid aufmerksam und ruhig auch,
Denn, wer ihn unterbricht, der soll nicht leben.
KÖNIG HEINRICH.
Denkst du, ich lasse meinen Fürstenthron,
Worauf mein Vater und Großvater saß?
Nein: eh' soll Krieg entvölkern dies mein Reich
Und ihr Panier (in Frankreich oft geführt
Und jetzt in England, uns zu großem Kummer)
Mein Grabtuch sein. – Warum verzagt ihr, Lords?
Mein Anspruch ist weit besser als der seine.
WARWICK. Beweis' es nur, und du sollst König sein.
KÖNIG HEINRICH.
Heinrich der Vierte hat die Kron' erobert.
YORK. Er nahm sie seinem König als Rebell.
KÖNIG HEINRICH.
Was sag' ich nur hierauf? Mein Recht ist schwach.
Sagt, darf ein König keinen Erben wählen?
YORK. Was weiter?
KÖNIG HEINRICH.
Wenn er das darf, bin ich rechtmäß'ger König:
Denn Richard hat, im Beisein vieler Lords,
Den Thron Heinrich dem Vierten abgetreten;
Des Erbe war mein Vater, und ich seiner.
YORK. Er lehnte wider seinen Herrn sich auf
Und zwang ihn, seiner Krone zu entsagen.
WARWICK. Doch setzt, Mylords, er tat es ungenötigt:
Denkt ihr, daß es der Krone was vergab?
EXETER. Nein; denn er konnte nicht ihr so entsagen,
Daß nicht der nächste Erbe folgen mußte.
KÖNIG HEINRICH.
Du, Herzog Exeter, bist wider uns?
EXETER. Das Recht ist sein, darum verzeihet mir.
YORK. Was flüstert ihr und gebt nicht Antwort, Lords?
EXETER.
Rechtmäß'gen König nennt ihn mein Gewissen.
KÖNIG HEINRICH.
Sie wenden alle sich von mir zu ihm.
NORTHUMBERLAND.
Plantagenet, was auch dein Anspruch sei,
Denk' nicht, daß Heinrich so entsetzt soll werden.
WARWICK.
Entsetzt wird er, der ganzen Welt zum Trotz.
NORTHUMBERLAND.
Du irrst! Nicht deine Macht im Süden ist's,
Von Essex, Norfolk, Suffolk, noch von Kent,
Die dich so stolz und übermütig macht,
Die, mir zum Trotz, den Herzog kann erhöhn.
CLIFFORD.
Sei, wie er will, dein Anspruch, König Heinrich!
Lord Clifford schwört, zu fechten dir zum Schutz.
Der Grund soll gähnen, lebend mich verschlingen,
Wo ich vor meines Vaters Mörder kniee.
KÖNIG HEINRICH.
O Clifford, wie dein Wort mein Herz belebt!
YORK. Heinrich von Lancaster, entsag' der Krone! –
Was murmelt ihr? Was habt ihr vor da, Lords?
WARWICK. Tut diesem hohen Herzog York sein Recht,
Sonst füll' ich mit Bewaffneten das Haus,
Und oben an dem Prachtstuhl, wo er sitzt,
Schreib' ich es an mit Usurpatorblut.
Er stampft mit dem Fuße, und die Soldaten zeigen sich.
KÖNIG HEINRICH.
Mylord von Warwick, hört ein Wort nur an:
Laßt lebenslänglich mich als König herrschen.
YORK. Bestät'ge mir die Kron' und meinen Erben,
Und du sollst ruhig herrschen, weil du lebst.
KÖNIG HEINRICH.
Ich geh' es ein: Richard Plantagenet,

Nach meinem Hintritt nimm Besitz vom Reich.

CLIFFORD.
Welch Unrecht an dem Prinzen, Eurem Sohn!

WARWICK.
Welch ein Gewinn für England und ihn selbst!

WESTMORELAND.
Verzagter, schnöder, hoffungsloser Heinrich!

CLIFFORD. Wie hast du dir und uns zu nah' getan!

WESTMORELAND.
Ich bleibe nicht, um den Vertrag zu hören.

NORTHUMBERLAND. Noch ich.

CLIFFORD. Kommt, Vetter, melden wir's der Königin.

WESTMORELAND.
Leb wohl, kleinmüt'ger, ausgeart'ter König,
In dessen Blut kein Funken Ehre wohnt!

NORTHUMBERLAND.
Werd' eine Beute du dem Hause York
Und stirb in Banden für die weib'sche Tat!

CLIFFORD.
Im furchtbar'n Kriege seist du überwunden!
Verlassen und verachtet leb' im Frieden!

Northumberland, Clifford und Westmoreland ab.

WARWICK. Hieher sieh, Heinrich, achte nicht auf sie.

EXETER.
Sie suchen Rach' und wollen drum nicht weichen.

KÖNIG HEINRICH. Ach, Exeter!

WARWICK. Was seufzt Ihr so, mein Fürst?

KÖNIG HEINRICH. Nicht um mich selbst, um meinen Sohn, Lord Warwick,
Den unnatürlich ich enterben soll.
Doch sei es, wie es will: hiemit vermach' ich
Die Kron' auf immer dir und deinen Erben,
Mit der Bedingung, daß du gleich hier schwörst,
Den Bürgerkrieg zu enden, lebenslang
Als deinen Herrn und König mich zu ehren
Und weder durch Verrat noch feindlich mich
Zu stürzen und statt meiner zu regieren.

YORK. Gern tu' ich diesen Eid und will ihn halten.

Vom Thron herabkommend.

WARWICK. Lang' lebe König Heinrich! – Plantagenet, umarm' ihn!

KÖNIG HEINRICH.
Lang' lebe samt den hoffnungsvollen Söhnen!

YORK. Versöhnt sind York und Lancaster nunmehr.

EXETER. Der sei verflucht, der zu entzwein sie sucht.

Die Lords treten vorwärts.

YORK.
Lebt wohl, mein Fürst! Ich will zu meiner Burg.

WARWICK.
Ich will mit meinen Truppen London halten.

NORFOLK.
Ich will nach Norfolk hin mit meiner Schar.

MONTAGUE.
Und ich zur See zurück, woher ich kam.

York und seine Söhne, Warwick, Norfolk, Montague, Soldaten und Gefolge ab.

KÖNIG HEINRICH.
Und ich mit Gram und Kummer an den Hof.

Königin Margareta und der Prinz von Wales treten auf.

EXETER. Da kommt die Königin, und ihre Blicke
Verraten ihren Zorn; ich schleiche fort.

KÖNIG HEINRICH. Ich, Exeter, mit dir.

Will gehn.

MARGARETA.
Nein, geh nicht vor mir weg: ich will dir folgen.

KÖNIG HEINRICH.
Geduldig, bestes Weib! und ich will bleiben.

MARGARETA.
Wer kann beim Äußersten geduldig sein?
Elender! Daß ich frei gestorben wäre,
Dich nie gesehn, dir keinen Sohn geboren,
Da du so unnatürlich dich als Vater zeigst.
Verdient er, so sein Erbrecht einzubüßen?
Hätt'st du ihn halb so sehr geliebt als ich,
Den Schmerz gefühlt, den ich einmal für ihn,
Ihn so genährt, wie ich mit meinem Blut:
Dein bestes Herzblut hätt'st du eh' gelassen,
Als den Barbar von Herzog eingesetzt
Zum Erben und den einz'gen Sohn enterbt.

PRINZ.
Vater, Euch steht nicht frei, mich zu enterben;
Seid Ihr doch König, und so folg' ich nach.

KÖNIG HEINRICH.
Verzeih', Margreta! Lieber Sohn, verzeih'!
Mich zwang der Graf von Warwick und der Herzog.

MARGARETA.
Dich zwang? Du läßt dich zwingen und bist König?
Mit Scham hör' ich dich an. Elender Feiger!
Dich, deinen Sohn und mich hast du verderbt
Und solche Macht dem Hause York gegeben,
Daß du durch ihre Duldung nur regierst.
Die Krone ihm und seinem Stamm vermachen,
Was ist es anders, als dein Grab dir bau'n
Und lange vor der Zeit hinein dich betten?
Warwick ist Kanzler, von Calais auch Herr,
Der trotz'ge Faulconbridge beherrscht den Sund;
Der Herzog ist des Reichs Protektor nun
Und du wärst sicher? Solche Sicherheit
Find't wohl ein zitternd Lamm, umringt von Wölfen.
Wär' ich dabei gewesen, die ich nur
Ein albern Weib bin, lieber hätt' ich mich
Auf der Soldaten Piken schleudern lassen,
Als daß ich dem Vertrage mich gefügt.
Doch dir gilt mehr dein Leben als die Ehre,
Und da ich dieses sehe, scheid' ich hier
Mich, Heinrich, selbst von deinem Tisch und Bett,
Bis man den Parlamentsschluß widerruft,
Wodurch mein Sohn gebracht wird um sein Erb'.
Die nord'schen Lords, die dein Panier verschworen,
Ziehn meinem nach, sobald sie's fliegen sehn;
Und fliegen soll es, dir zu arger Schmach
Und gänzlichem Ruin dem Hause York.
So lass' ich dich; – komm, Sohn, wir wollen fort,
Bereit ist unser Heer: komm, ihnen nach!

KÖNIG HEINRICH.
Bleib', liebe Margareta! Hör' mich an!

MARGARETA.
Du sprachest schon zu viel: geh, mach' dich fort!

KÖNIG HEINRICH.
Du bleibst doch bei mir, Eduard, lieber Sohn?

MARGARETA.
Ja, daß ihn seine Feind' ermorden mögen.

PRINZ. Wenn ich mit Sieg vom Felde kehre heim,
Begrüß' ich Euch; bis dahin folg' ich ihr.

MARGARETA. Komm! Fort, mein Sohn! Wir dürfen so nicht zaudern.

Königin Margareta und der Prinz ab.

KÖNIG HEINRICH.
Die arme Königin! Wie ihre Liebe
Zu mir und meinem Sohn in Wut ausbrach!
Ihr werde Rach' an dem verhaßten Herzog,
Des Hochmut, von Begier beschwingt, die Krone
Mir kosten wird, und wie ein gier'ger Adler
Mein Fleisch zerhacken wird und meines Sohns!
Mein Herz beängstigt der drei Lords Verlust.
Ich schreib' an sie und will sie freundlich bitten.
Kommt, Vetter, denn Ihr sollt der Bote sein.

EXETER. Und ich, das hoff' ich, werde sie versöhnen.

Beide ab.

Zweite Szene

Ein Zimmer in der Burg Sandal, bei Wakefield in Yorkshire.
Eduard, Richard und Montague treten auf.

RICHARD.
Bruder, vergönnt mir, bin ich schon der Jüngste.

EDUARD.
Nicht doch, ich kann den Redner besser spielen.

MONTAGUE.
Doch ich weiß Gründe von Gewicht und Kraft.

York tritt auf.

YORK. Nun, meine Söhn' und Bruder? So im Streit?
Worüber ist der Zank? Wie fing er an?

EDUARD. Kein Zank, nur eine kleine Zwistigkeit.

YORK. Um was?

RICHARD. Um was Eu'r Gnaden angeht, so wie uns:
Die Krone Englands, welche Euer ist.

YORK.
Mein, Knabe? Nicht vor König Heinrichs Tod.

RICHARD.
Eu'r Recht hängt nicht an seinem Tod und Leben.

EDUARD.
Jetzt seid Ihr Erbe, drum genießt es jetzt.
Laßt Ihr das Haus von Lancaster Odem schöpfen,
So läuft's am Ende, Vater, Euch zuvor.

YORK. Ich tat den Eid, er sollt' in Ruh' regieren.

EDUARD.
Doch um ein Königreich bricht man jeden Eid;
Ein Jahr zu herrschen, bräch' ich tausend Eide.

RICHARD. Verhüte Gott, daß Ihr meineidig würdet.

YORK.
Das werd' ich, wenn ich mit den Waffen fodre.

RICHARD.
Das Gegenteil beweis' ich, wenn Ihr hören wollt.

YORK. Du kannst es nicht; es ist unmöglich, Sohn.

RICHARD. Ein Eid gilt nichts, der nicht geleistet wird
Vor einer wahren, rechten Obrigkeit,
Die über den Gewalt hat, welcher schwört.
Und Heinrich maßte bloß den Platz sich an;
Nun seht Ihr, da er's war, der ihn Euch abnahm,
Daß Euer Eid nur leer und eitel ist.
Drum zu den Waffen! Und bedenkt nur, Vater,
Welch schönes Ding es ist, die Krone tragen,
In deren Umkreis ein Elysium ist,
Und was von Heil und Lust nur Dichter preisen.
Was zögern wir doch so? Ich kann nicht ruhn,
Bis ich die weiße Rose, die ich trage,
Gefärbt im lauen Blut von Heinrichs Herzen.

YORK. Genug! Ich werde König oder sterbe. –
Bruder, du sollst nach London alsobald
Und Warwick zu dem Unternehmen spornen.
Ihr, Richard, sollt zum Herzog Norfolk hin
Und im Vertraun ihm unsern Vorsatz melden.
Ihr, Eduard, sollt für mich zu Mylord Cobham,
Mit dem die Kenter willig aufstehn werden.
Auf sie vertrau' ich; denn es sind Soldaten,
Klug, höflich, freien Sinnes und voll Mut. –
Derweil ihr dies betreibt, was bleibt mir übrig,
Als die Gelegenheit zum Ausbruch suchen,
Daß nicht der König meinen Anschlag merkt
Noch irgendwer vom Hause Lancaster.

Ein Bote tritt auf.

Doch halt: was gibt's? Was kommst du so in Eil'?

BOTE. Die Königin samt allen nord'schen Lords
Denkt hier in Eurer Burg Euch zu belagern.
Sie ist schon nah mit zwanzigtausend Mann;
Befestigt also Euren Sitz, Mylord!

YORK.
Ja, mit dem Schwert. Denkst du, daß wir sie fürchten? –
Eduard und Richard, ihr sollt bei mir bleiben;
Mein Bruder Montague soll schnell nach London:
Den edlen Warwick, Cobham und die andern,
Die wir dem König als Protektors ließen,
Laßt sich mit mächt'ger Politik verstärken
Und nicht des schwachen Heinrichs Eiden traun.

MONTAGUE.
Bruder, ich geh', ich will sie schon gewinnen
Und nehme so dienstwillig meinen Abschied.

Ab.

Sir John und Sir Hugh Mortimer treten auf.

YORK. Sir John und Sir Hugh Mortimer, Oheime!
Ihr kommt nach Sandal zu gelegner Zeit:
Das Heer der Königin will uns belagern.

SIR JOHN. Sie braucht es nicht, wir treffen sie im Feld.

YORK. Was? Mit fünftausend Mann?

RICHARD. Ja, mit fünfhundert, Vater, wenn es gilt.
Ein Weib ist Feldherr: was ist da zu fürchten?

Ein Marsch in der Ferne.

EDUARD.
Ich hör' die Trommeln; ordnen wir die Mannschaft
Und ziehn hinaus und bieten gleich die Schlacht.

YORK. Fünf gegen zwanzig! Große Übermacht;
Doch zweifl' ich, Oheim, nicht an unserm Sieg.
Ich hab' in Frankreich manche Schlacht gewonnen,
Wo zehn die Feinde waren gegen eins:
Weswegen sollt' es minder jetzt gelingen?

Getümmel. Alle ab.

Dritte Szene

Ebene bei der Burg Sandal.
Getümmel, Angriffe. Hierauf kommen Rutland und sein Lehrmeister.

RUTLAND.
Ach, wohin soll ich fliehn vor ihren Händen?
Ach, Meister, sieh! Da kommt der blut'ge Clifford.

Clifford tritt auf mit Soldaten.

CLIFFORD.
Kaplan, hinweg! Dich schirmt dein Priestertum,

Allein die Brut von dem verfluchten Herzog,
Des Vater meinen Vater schlug, – die stirbt.

LEHRMEISTER.
Und ich, Mylord, will ihm Gesellschaft leisten.

CLIFFORD. Soldaten, fort mit ihm!

LEHRMEISTER.
Ach, Clifford, morde nicht ein schuldlos Kind,
Daß du verhaßt nicht wirst bei Gott und Menschen!

Er wird von den Soldaten mit Gewalt abgeführt.

CLIFFORD.
Nun, ist er tot schon? Oder ist es Furcht,
Was ihm die Augen schließt? – Ich will sie öffnen.

RUTLAND.
So blickt der eingesperrte Löw' ein Opfer,
Das unter seinen Tatzen zittert, an;
So schreitet er, verhöhnend seinen Raub,
Und kommt so, seine Glieder zu zerreißen.
Ach, lieber Clifford, laß dein Schwert mich töten
Und nicht solch einen grausam droh'nden Blick!
Hör', bester Clifford, eh' ich sterbe, mich:
Ich bin viel zu gering für deinen Grimm,
An Männern räche dich, und laß mich leben!

CLIFFORD. Vergeblich, armer Junge! Deinen Worten
Stopft meines Vaters Blut den Eingang zu.

RUTLAND. Laß meines Vaters Blut ihn wieder öffnen;
Er ist ein Mann: miß, Clifford, dich mit ihm.

CLIFFORD.
Hätt' ich auch deine Brüder hier, ihr Leben
Und deines wär' nicht Rache mir genug.
Ja, grüb' ich deiner Ahnen Gräber auf
Und hängt' in Ketten auf die faulen Särge,
Mir gäb's nicht Ruh' noch Lind'rung meiner Wut.
Der Anblick irgendwes vom Hause York
Befällt wie eine Furie mein Gemüt,
Und bis ich den verfluchten Stamm vertilge,
Daß keiner nachbleibt, leb' ich in der Hölle.
Darum –

Er hebt den Arm auf.

RUTLAND. O laß mich beten, eh' der Tod mich trifft!
Zu dir bet' ich: Erbarmen, lieber Clifford!

CLIFFORD. Erbarmen, wie die Degenspitz' es beut.

RUTLAND.
Nie tat ich Leides dir: warum mich morden?

CLIFFORD. Dein Vater tat's.

RUTLAND. Eh' ich geboren war.
Erbarm' dich, deines einen Sohnes willen,
Daß nicht zur Rache (denn gerecht ist Gott)
Er kläglich werd' erschlagen so wie ich.
Ach, laß mich lebenslang gefangen sein
Und, geb' ich Anlaß dir zum Ärgernis,
So bring' mich um: jetzt hast du keinen Grund.

CLIFFORD. Keinen Grund?
Dein Vater schlug mir meinen, also stirb.

Ersticht ihn.

RUTLAND. Di faciant, laudis summa sit ista tuae.

Stirbt.

CLIFFORD.
Plantagenet! Ich komm', Plantagenet!
Dies deines Sohns Blut, mir am Degen klebend,
Soll rosten dran, bis deins, in eins geronnen
Mit seinem, beides weg mich wischen läßt.

Ab.

Vierte Szene

Ebendaselbst.
Getümmel. York tritt auf.

YORK. Das Heer der Königin gewinnt das Feld;
Mich rettend fielen meine beiden Onkel,
Und all mein Volk weicht dem erhitzten Feind
Und flieht wie Schiffe vor dem Wind, wie Lämmer,
Verfolgt von ausgehungert gier'gen Wölfen.
Gott weiß, was meine Söhne hat betroffen;
Doch weiß ich dies: sie hielten sich wie Männer,
Zum Ruhm geboren, lebend oder tot.
Dreimal drang Richard bis zu mir hindurch,
Rief dreimal: »Mutig, Vater! Ficht es aus!«
So oft kam Eduard auch an meine Seite,
Mit purpurnem Gewehr, bis an den Griff
Gefärbt in derer Blut, die ihn bestanden.
Und als zurück die kühnsten Ritter zogen,
Rief Richard: »Greift sie an! Weicht keinen Schritt!«
Und rief: »Eine Krone, sonst ein ruhmvoll Grab!
Ein Szepter, oder eine ird'sche Gruft!«
So griffen wir von neuem an: doch ach!
Wir schwankten wieder, wie ich wohl den Schwan
Der Flut sich fruchtlos sah entgegen mühn
Und sich erschöpfen an zu mächt'gen Wellen.

Kurzes Getümmel draußen.

Da horch! Die tödlichen Verfolger kommen,
Und ich bin schwach, kann ihre Wut nicht fliehn,
Und wär' ich stark, wollt' ihre Wut nicht meiden.
Gezählt sind meines Lebens Stundengläser;
Hier muß ich bleiben, hier mein Leben enden.

Königin Margareta, Clifford und Northuntberland treten auf mit Soldaten.

Kommt, blut'ger Clifford! stürmischer
Northumberland!
Ich reize noch eu'r unauslöschlich Wüten:
Ich bin eu'r Ziel und stehe eurem Schuß.

NORTHUMBERLAND.
Ergib dich unsrer Gnade, stolzer York!

CLIFFORD.
Ja, solche Gnade, wie sein grimm'ger Arm
Mit derber Zahlung meinem Vater bot.
Nun ist vom Wagen Phaeton gestürzt
Und macht schon Abend um die Mittagsstunde.

YORK. Mein Staub kann wie der Phönix einen Vogel
Erzeugen, der mich an euch allen rächt;
Und in der Hoffnung schau' ich auf zum Himmel,
Verachtend, was ihr auch mir antun mögt.
Nun, kommt ihr nicht? So viele, und doch Furcht?

CLIFFORD.
So fechten Memmen, die nicht fliehn mehr können;
So hacken Tauben nach des Falken Klau'n;
So stoßen Dieb', am Leben ganz verzweifelnd,
Schimpfreden gegen ihre Schergen aus.

YORK. O Clifford, denk' doch einmal nur zurück!
Durchlauf' im Sinne meine vor'ge Zeit
Und, kannst du vor Erröten, schau mich an
Und beiß' dir auf die Zunge, welche den
Mit Feigheit schändet, dessen finstrer Blick
Schon sonst verzagen dich und fliehn gemacht.

CLIFFORD.
Ich will nicht mit dir wechseln Wort um Wort,

Nein, Streiche führen, zweimal zwei für einen.
Er zieht.

MARGARETA.
Halt, tapfrer Clifford! Denn aus tausend Gründen
Möcht' ich noch des Verräters Leben fristen. -
Zorn macht ihn taub: sprich du, Northumberland!

NORTHUMBERLAND.
Halt, Clifford! Ehr' ihn so nicht, nur den Finger
Zu ritzen, um das Herz ihm zu durchbohren.
Was wär's für Tapferkeit, dem Hund, der fletscht,
Die Hand zu strecken zwischen seine Zähne,
Wenn man ihn fort kann schleudern mit dem Fuß?
Im Krieg ist's Sitte, jeden Vorteil nutzen;
Zehn gegen eins setzt nicht den Mut herab.
Sie legen Hand an York, der sich sträubt.

CLIFFORD.
Ja ja, so sträubt die Schnepfe sich der Schlinge.

NORTHUMBERLAND.
So zappelt das Kaninchen in dem Netz.
York wird zum Gefangenen gemacht.

YORK. So triumphieren Räuber mit der Beute,
So gibt der Redliche sich übermeistert.

NORTHUMBERLAND. Was will Eu'r Gnaden, daß wir mit ihm tun?

MARGARETA.
Ihr Helden, Clifford und Northumberland,
Kommt, stellt ihn hier auf diesen Maulwurfs-Hügel,
Der Berge griff mit ausgestreckten Armen,
Doch nur den Schatten mit der Hand geteilt. -
Wart Ihr's, der Englands König wollte sein?
Wart Ihr's, der lärmt' in unserm Parlament
Und predigte von seiner hohen Abkunft?
Wo ist Eu'r Rudel Söhn', Euch beizustehn?
Der üpp'ge Eduard und der muntre George?
Und wo der tapfre, krumme Wechselbalg,
Eu'r Junge Richerz, dessen Stimme, brummend,
Bei Meuterei'n dem Tatte Mut einsprach?
Wo ist Eu'r Liebling Rutland mit den andern?
Sieh, York! Dies Tuch befleckt' ich mit dem Blut,
Das mit geschärftem Stahl der tapfre Clifford
Hervor ließ strömen aus des Knaben Busen;
Und kann dein Aug' um seinen Tod sich feuchten,
So geb' ich dir's, die Wangen abzutrocknen.
Ach, armer York! Haßt' ich nicht tödlich dich,
So würd' ich deinen Jammerstand beklagen.
So gräm' dich doch, mich zu belust'gen, York!
Wie? Dörrte so das feur'ge Herz dein Innres,
Daß keine Träne fällt um Rutlands Tod?
Warum geduldig, Mann? Du solltest rasen;
Ich höhne dich, um rasend dich zu machen.
Stampf, tob' und knirsch', damit ich sing' und tanze!
Du foderst, seh' ich, Lohn für mein Ergötzen.
York spricht nicht, wenn er keine Krone trägt.
Eine Krone her! und, Lords, neigt euch ihm tief. -
Ihr, haltet ihn, ich setze sie ihm auf.
Sie setzt ihm eine papierne Krone auf.
Ei ja, nun sieht er einem König gleich!
Er ist's, der König Heinrichs Stuhl sich nahm
Und der von ihm zum Erben war ernannt. -
Allein wie kömmt's, daß Fürst Plantagenet
So bald gekrönt wird, und der Eid gebrochen?
Mich dünkt, Ihr solltet noch nicht König sein,
Bis Heinrich erst dem Tod die Hand geboten.
Wollt Ihr das Haupt mit Heinrichs Würd' umfahn,
Des Diadems berauben seine Schläfe,
Dem heil'gen Eid zuwider, da er lebt?
Oh, dies Vergeh'n ist allzu unverzeihlich!
Die Kron' herunter und das Haupt zugleich,
Und keine Zeit versäumt zum Todesstreich!

CLIFFORD.
Das ist mein Amt, um meines Vaters willen!

MARGARETA.
Nein, haltet! Laßt uns hören, wie er betet.

YORK. Wölfin von Frankreich, reißender als Wölfe,
Von Zunge gift'ger als der Natter Zahn!
Wie übel ziemt es sich für dein Geschlecht,
Daß du, wie eine Amazonentrulle,
Frohlockst beim Weh des, den das Glück gebunden!
Wär' dein Gesicht nicht wandellos wie Larven,
Durch böser Taten Übung frech geworden,
So wollt' ich suchen, stolze Königin,
Erröten dich zu machen; denn dir sagen,
Woher du kamst, von wem du abgestammt,
Wär' g'nug, dich zu beschämen, wärst du nicht schamlos.
Dein Vater heißt von Napel und von beiden
Sizilien König und Jerusalem:
Doch reicher ist ein Bürgersmann in England.
Hat trotzen dich der arme Fürst gelehrt?
Es kann nichts helfen, stolze Königin,
Als daß das Sprichwort sich bewährt: der Bettler,
Der Ritter worden, jagt sein Pferd zu Tod.
Die Schönheit ist's, was stolz die Weiber macht:
Allein Gott weiß, dein Teil daran ist klein!
Die Tugend ist's, warum man sie bewundert:
Das Gegenteil macht über dich erstaunen;
Die Sittsamkeit läßt göttlich sie erscheinen:
Und daß sie ganz dir fehlt, macht dich abscheulich.
Du bist von allem Guten so getrennt,
Wie es von uns die Antipoden sind
Und wie der Mittag von der Mitternacht.
O Tigerherz, in Weiberhaut gesteckt!
Du fingst des Kindes Herzblut auf und hießest
Den Vater sich damit die Augen trocknen
Und trägst noch eines Weibes Angesicht?
Weiber sind sanft, mild, mitleidsvoll und biegsam;
Du starr, verstockt, rauh, kieselhart, gefühllos.
Ich sollte rasen? Ja, dir ist's gewährt.
Ich sollte weinen? Ja, du hast's erreicht.
Denn Schauer stürmt der wüste Wind herbei,
Und wenn der Sturm sich legt, beginnt der Regen.
Die Totenfeier meines holden Rutlands
Sind diese Tränen; jeder Tropfe schreit
Für seinen Tod um Rache wider euch,
Grausamer Clifford! tückische Französin!

NORTHUMBERLAND.
Fürwahr, mich rühren seine Leiden so,
Daß ich im Auge kaum die Tränen hemme.

YORK. Die Kannibalen hätten sein Gesicht
Nicht angerührt, mit Blute nicht befleckt;
Doch ihr seid unerbittlicher, unmenschlicher,
O zehnmal mehr, als Tiger von Hyrkanien.
Sieh eines unglücksel'gen Vaters Tränen,
Fühllose Königin: du hast dies Tuch
In meines süßen Jungen Blut getaucht,
Und ich, mit Tränen, wasche weg das Blut.

Behalte du das Tuch und prahl' damit:
er gibt das Schnupftuch zurück
Und wenn du recht die Leidgeschicht' erzählst,
Bei Gott, die Hörer werden Tränen weinen,
Ja, heiße Tränen meine Feinde selbst,
Und sagen: »Ach, es war ein kläglich Werk!«
Da, nimm die Kron' und meinen Fluch mit ihr
Und finde solchen Trost in deiner Not,
Als deine Hand, zu grausam, jetzt mir beut.
Hartherz'ger Clifford, nimm mich von der Welt;
Die Seel' gen Himmel, auf eu'r Haupt mein Blut!

NORTHUMBERLAND.
Hätt' er mir alle Blutsfreund' auch erschlagen,
Doch müßt' ich, um mein Leben, mit ihm weinen,
Wie innerliches Leid die Seel' ihm nagt.

MARGARETA.
Wie? Nah am Weinen, Lord Northumberland?
Denkt nur, was er uns allen zugefügt,
Und das wird schnell die weichen Tränen trocknen.

CLIFFORD.
Das hier für meinen Eid, das für des Vaters Tod.
Ersticht ihn.

MARGARETA.
Und dies für unsers sanften Königs Recht.
Ersticht ihn gleichfalls.

YORK. Tu' auf dein Tor der Gnade, guter Gott!
Durch diese Wunden fliegt mein Geist zu dir.
Stirbt.

MARGARETA.
Den Kopf ab! Setzt ihn auf das Tor von York;
So überschaue York nun seine Stadt!
Alle ab.

Zweiter Aufzug

Erste Szene

Eine Ebne bei Mortimers Kreuz in Herefordshire. Trommeln. Eduard und Richard mit ihren Truppen auf dem Marsch.

EDUARD. Wie unser edler Vater nur entkam?
Und ob er wohl entkommen oder nicht
Von Cliffords und Northumberlands Verfolgung?
Wär' er gefangen, hätten wir's gehört;
Wär' er erschlagen, hätten wir's gehört;
Wär' er entkommen, dünkt mich, müßten wir
Die frohe Zeitung schon vernommen haben.
Was macht mein Bruder? Warum so betrübt?

RICHARD.
Ich kann nicht froh sein, bis ich sicher weiß,
Was unser tapfrer Vater ist geworden.
Ich sah ihn streifen durch die Schlacht umher
Gab acht, wie er heraus den Clifford suchte;
Mir schien's, er nahm sich in der dicht'sten Schar
So wie ein Löw' in einer Herde Rinder,
So wie ein Bär, von Hunden ganz umringt,
Der bald ein paar so zwickt und macht sie schrein,
Da nur von fern die andern nach ihm bellen.
So macht' es unser Vater mit den Feinden,
So flohn die Feinde meinen tapfern Vater:
Mich dünkt, sein Sohn zu sein, ist Ruhms genug.
Sieh, wie sein goldnes Tor der Morgen öffnet
Und Abschied von der lichten Sonne nimmt!
Wie sie erscheint in aller Jugendfülle,
Schmuck wie ein Buhler, der zur Liebsten eilt!

EDUARD.
Bin ich geblendet, oder seh' drei Sonnen?

RICHARD.
Drei lichte Sonnen, jede ganz vollkommen;
Nicht unterbrochen durch die zieh'nden Wolken,
Von blassem klarem Himmel rein getrennt.
Sieh, sieh! sie nahn, umarmen, küssen sich,
Als ob sie einen heil'gen Bund gelobten,
Sind jetzt ein Schein, ein Licht nur, eine Sonne.
Der Himmel deutet ein Begegnis vor.

EDUARD.
's ist wundersam, man hörte nie dergleichen.
Ich denk', es mahnt uns, Bruder, in das Feld.
Daß wir, die Söhne Held Plantagenets,
Ein jeder strahlend schon durch sein Verdienst,
Vereinen sollen dennoch unsre Lichter,
Wie dies die Welt, die Erde zu erleuchten.
Was es auch deuten mag, ich will hinfüro
Drei Sonnengötter auf der Tartsche tragen.

RICHARD.
Nein, laßt sie weiblich bilden: denn, vergönnt,
Ihr mögt das Weibchen lieber als das Männchen.
Ein Bote tritt auf.
Doch wer bist du, des trüber Blick ein Unglück,
Auf deiner Zunge schwebend, ahnden läßt?

BOTE. Ach, einer, der mit Jammer angesehn,
Wie daß der edle Herzog York erlag,
Eu'r hoher Vater und mein lieber Herr.

EDUARD.
O sprich nicht mehr! Ich hörte schon zu viel.

RICHARD. Sag, wie er starb, denn ich will alles hören.

BOTE. Umzingelt war er von der Feinde Menge,
Und er bestand sie, wie die Hoffnung Trojas
Die Griechen, die in Troja dringen wollten.
Doch weicht selbst Herkules der Übermacht,
Und viele Streich', obwohl von kleiner Art,
Haun um und fällen selbst die härtste Eiche.
Eu'r Vater ward besiegt von vielen Händen,
Allein ermordet bloß vom grimm'gen Arm
Des wilden Clifford und der Königin.
Den gnäd'gen Herzog krönte sie zum Hohn,
Lacht' ihm ins Angesicht, und als er weinte,
Gab die Barbarin ihm, sich abzutrocknen,
Ein Tuch, getaucht in das schuldlose Blut
Des jungen Rutland, welchen Clifford schlug;
So nahmen sie, nach vielem Spott und Schimpf,
Sein Haupt, und aufgesteckt am Tor von York
Ward selbiges; und da verbleibt es nun,
Das jammervollste Schauspiel, das ich sah.

EDUARD. Geliebter York, der unsre Stütze war!
Uns bleibt kein Stab noch Halt, nun du dahin.
O Clifford, rauher Clifford! Du erschlugst
Europas Blüt' und Zier im Rittertum;
Und hast verräterisch ihn überwunden,
Denn, Stirn an Stirn, hätt' er dich überwunden.
Nun ward der Seele Palast mir zum Kerker:
Ach, bräche sie doch los! daß dieser Leib
Zur Ruh' im Boden eingeschlossen würde;
Denn nie werd' ich hinfort mich wieder freun,
Niemals, o niemals werd' ich Freud' erleben.

RICHARD. Ich kann nicht weinen: alles Naß in mir
G'nügt kaum, mein lichterlohes Herz zu löschen;
Auch kann die Zunge nicht mein Herz entlasten:
Derselbe Hauch, womit sie sprechen sollte,
Schürt Kohlen an, die ganz die Brust durchglühn
Mit Flammen, welche Tränen löschen würden.
Wer weint, vermindert seines Grames Tiefe:
Drum, Tränen für die Kinder, Rache mir!
Richard, dein Nam' ist mein, ich will dich rächen,
Wo nicht, so sterb' ich rühmlich im Versuch.

EDUARD. Dir ließ der tapfre Herzog seinen Namen,
Sein Herzogtum und Stuhl blieb mir zurück.

RICHARD.
Nein, stammst du von dem königlichen Adler,
So zeig' es auch durch Schauen in die Sonne:
Statt Herzogtum und Stuhl sag Thron und Reich;
Dein muß dies sein, sonst bist du nicht der seine.

Ein Marsch. Warwick und Montague kommen mit Truppen.

WARWICK.
Nun, lieben Lords! wie steht's? Was gibt es Neues?

RICHARD.
Wenn wir die grause Zeitung, großer Warwick,
Erzählen sollten und bei jedem Wort
Mit Dolchen uns zerfleischen, bis zum Schluß:
Der Worte Pein wär' ärger ab der Wunden.
O tapfrer Lord, der Herzog York ist tot!

EDUARD. O Warwick! Warwick! der Plantagenet,
Der wert dich hielt wie seiner Seele Heil,
Ist von dem finstern Clifford umgebracht.

WARWICK.
Schon vor zehn Tagen hab' ich diese Zeitung
Ertränkt in Tränen, und, eu'r Weh zu häufen,
Meld' ich euch jetzt, was sich seitdem begab.
Nach jenem blutigen Gefecht bei Wakefield,
Wo euer wackrer Vater seinen Odem
Hat ausgehaucht, ward Nachricht mir gebracht,
So schnell, wie nur die Boten laufen konnten,
Von eurer Niederlag' und seinem Scheiden.
Ich nun in London, als des Königs Hüter,
Hielt Must'rung, sammelte der Freunde Scharen
Und zog, sehr gut gerüstet, wie ich glaubte,
Sankt Albans zu, die Königin zu hemmen;
Den König nahm ich, mir zu Gunsten, mit.
Denn meine Späher hatten mir berichtet,
Sie komme mit dem ausgemachten Zweck,
Den letzten Parlamentsschluß zu vernichten
Betreffend Heinrichs Eid und euer Erbrecht.
Um kurz zu sein: es trafen zu Sankt Albans
Sich die Geschwader, beide fochten scharf;
Doch, ob es nun des Königs Kälte war,
Der auf sein krieg'risch Weib gar milde blickte,
Was des erhitzten Muts mein Volk beraubte;
Ob auch vielleicht der Ruf von ihrem Sieg;
Ob ungemeine Furcht vor Cliffords Strenge,
Der Blut und Tod zu den Gefangnen donnert,
Kann ich nicht sagen: doch, um wahr zu enden,
Wie Blitze kam und ging der Feinde Wehr;
Der Unsern, wie der Eule träger Flug,
Wie wohl ein träger Drescher mit dem Flegel,
Fiel ganz gelind, als ob sie Freunde träfen.
Ich trieb sie an mit der gerechten Sache,
Mit hohen Soldes, großen Lohns Verheißung.
Umsonst! Sie hatten zum Gefecht kein Herz,
Wir keine Hoffnung auf den Sieg durch sie,
So daß wir flohn: zur Königin der König,
Lord George, eu'r Bruder, Norfolk und ich selbst
Sind schleunigst hergeeilt, zu euch zu stoßen,
Da wir gehört, ihr wär't in diesen Marken
Und brächtet Mannschaft auf zu neuem Kampf.

EDUARD.
Wo ist der Herzog Norfolk, lieber Warwick?
Und wann kam George von Burgund nach England?

WARWICK.
Der Herzog steht etwa sechs Meilen weit
Mit seiner Schar, und euren Bruder sandte
Jüngst eure güt'ge Tante von Burgund
Mit einer Hülfsmacht zu dem nöt'gen Krieg.

RICHARD. Das muß wohl Übermacht gewesen sein,
Fürwahr, wo der beherzte Warwick floh!
Oft hört' ich beim Verfolgen seinen Ruhm,
Doch nie bis jetzt beim Rückzug seine Schande.

WARWICK.
Auch jetzt nicht hörst du, Richard, meine Schande;
Denn wisse, diese starke Rechte kann
Von Heinrichs schwachem Haupt das Diadem,
Aus seiner Faust das hehre Szepter reißen,
Wär' er so ruhmvoll auch und kühn im Kriege,
Als man ihn milde, fromm und friedlich rühmt.

RICHARD.
Ich weiß es wohl, Lord Warwick, schilt mich nicht;
Für deinen Glanz der Eifer heißt mich reden.
Doch, in der trüben Zeit, was ist zu tun?
Soll'n wir hinweg die Panzerhemden werfen,
Den Leib in schwarze Trauerkleider hüllen,
Am Rosenkranz Ave-Maria zählend?
Wie? Oder soll'n wir auf der Feinde Helmen
Mit rächerischem Arm die Andacht üben?
Seid ihr für dies, sagt Ja, und Lords, wohlauf!

WARWICK.
Ja, deshalb hat euch Warwick aufgesucht,
Und deshalb kommt mein Bruder Montague.
Vernehmt mich, Lords. Der frechen Königin,
Samt Clifford und Northumberland, dem stolzen,
Und andern stolzen Gästen dieses Schlags,
Gelang's, den König leicht wie Wachs zu schmelzen.
Er schwor zu eurem Erbrecht Beistimmung,
Verzeichnet ist sein Eid im Parlament;
Und nun ist all die Schar nach London hin,
Den Eidschwur zu entkräften und was sonst
Dem Hause Lancaster zuwider ist.
Ich denke, dreißigtausend sind sie stark;
Wenn nun der Beistand Norfolks und der meine,
Und was an Freunden, wackrer Graf von March,
Du schaffen kannst bei den ergebnen Wäl'sehen,
Sich nur beläuft auf fünfundzwanzigtausend:
Wohlan! so ziehn gesamt nach London wir,
Besteigen nochmals die beschäumten Rosse
Und rufen nochmals: In den Feind gestürmt!
Nie wieder Rücken wenden oder fliehn.

RICHARD.
Ja, nun hör' ich den großen Warwick reden!
Nie werde mehr durch Sonnenschein erfreut,
Wer Rückzug ruft, wenn Warwick Halt gebeut.

EDUARD.
Lord Warwick, deine Schulter soll mich stützen,

Und wenn du sinkst (verhüte Gott die Stunde!),
Muß Eduard fallen, was der Himmel wende!

WARWICK.
Nicht länger Graf von March, nein, Herzog York;
Die nächste Stuf' ist Englands hoher Thron.
Du sollst als König ausgerufen werden
In jedem Flecken, wie wir weiter ziehn,
Und wer vor Freude nicht die Mütze wirft,
Verwirke seinen Kopf für das Vergehn.
König Eduard! Tapfrer Richard! Montague!
Laßt uns nicht länger hier von Taten träumen:
Blast die Trompeten, und an unser Werk!

RICHARD.
Nun, Clifford, wär' dein Herz so hart als Stahl,
Wie deine Taten steinern es gezeigt,
Ich will's durchbohren oder meins dir geben.

EDUARD.
So rührt die Trommeln. – Gott und Sankt Georg!

Ein Bote tritt auf.

WARWICK. Wie nun? Was gibt's?

BOTE.
Der Herzog Norfolk meldet euch durch mich,
Die Königin sei nah mit starkem Heer;
Er wünscht mit euch sich schleunig zu beraten.

WARWICK.
So ziemt's sich, wackre Krieger; laßt uns fort!

Alle ab.

Zweite Szene

Vor York.

König Heinrich, Königin Margareta, der Prinz von Wales, Clifford und Northumberland treten auf mit Truppen.

MARGARETA.
Willkommen vor der wackern Stadt von York!
Dort steht, mein Fürst, das Haupt von jenem Erzfeind,
Der sich mit Eurer Kron' umgeben wollte.
Erquickt der Gegenstand nicht Euer Herz?

KÖNIG HEINRICH.
Ja, so wie Klippen die, so Schiffbruch fürchten;
Mir tut der Anblick in der Seele weh. –
O straf' nicht, liebster Gott! Ich war nicht schuld,
Noch hab' ich wissentlich den Schwur verletzt.

CLIFFORD.
Mein gnäd'ger Fürst, die allzu große Milde
Und schädlich Mitleid müßt Ihr von Euch tun.
Wem wirft der Löwe sanfte Blicke zu?
Dem Tier nicht, das sich drängt in seine Höhle.
Und wessen Hand ist's, die der Waldbär leckt?
Nicht dessen, der sein Junges vor ihm würgt.
Wer weicht der Schlange Todesstachel aus?
Nicht wer den Fuß auf ihren Rücken setzt.
Der kleinste Wurm, getreten, windet sich,
Und Tauben picken, ihre Brut zu schützen.
Ehrgeizig strebte York nach deiner Krone:
Du lächeltest, wann er die Stirn gefaltet,
Er, nur ein Herzog, wollte seinen Sohn
Zum König machen, seinen Stamm erhöhn,
Als liebevoller Vater; du, ein König.
Der mit so wackerm Sohn gesegnet ist,
Gabst deine Beistimmung, ihn zu enterben,
Was dich als höchst lieblosen Vater zeigte.
Es nähren unvernünft'ge Kreaturen
Die Brut, und scheun sie gleich des Menschen Antlitz,
Doch, zur Beschirmung ihrer zarten Kleinen,
Wer sah nicht oft sie mit denselben Schwingen,
Die sie wohl sonst zu banger Flucht gebraucht,
Auf den sich werfen, der ihr Nest erklomm,
Ihr Leben bietend zu der Jungen Schutz?
Schämt Euch, mein Fürst, und wählt zum Vorbild sie!
Wär's nicht ein Jammer, wenn der wackre Knabe
Sein Erbrecht durch des Vaters Schuld verlöre
Und spräch' zu seinem Kind in Zukunft einst:
»Was mein Großvater und mein Urgroßvater
Erwarben, gab mein Vater töricht weg?«
Ach! welche Schande wär's! Sieh auf den Knaben
Und laß sein männlich Antlitz, das die Gunst
Des Glücks verheißt, dein schmelzend Herz dir stählen,
Was dein, zu halten, ihm, was dein, zu lassen.

KÖNIG HEINRICH.
Wohl zeigte Clifford seine Redekunst
Und brachte Gründe vor von großer Kraft.
Doch sag mir, Clifford, hast du nie gehört,
Daß schlecht Erworbnes immer schlecht gerät?
Und war es immer glücklich für den Sohn,
Des Vater in die Hölle sich gekargt?
Ich lasse meine tugendhaften Taten
Dem Sohn zurück: und hätte doch mein Vater
Mir auch nicht mehr gelassen! Alles andre
Bringt tausendmal mehr Sorge zu bewahren,
Als im Besitz ein Tüttelchen von Lust. –
Ach, Vetter York! daß deine Freunde wüßten,
Wie es mich kümmert, daß dein Kopf da steht!

MARGARETA.
Mein Fürst, ermuntert Euch! Der Feind ist nah,
Und dieser weiche Mut schwächt Eure Leute.
Dem hoffnungsvollen Sohn gelobtet Ihr
Den Ritterschlag: zieht denn das Schwert und gebt ihn.
Eduard, knie nieder!

KÖNIG HEINRICH.
Eduard Plantagenet, steh als Ritter auf
Und zieh' dein Schwert nur für des Rechtes Lauf!

PRINZ.
Mit Eurer höchsten Gunst, mein gnäd'ger Vater:
Ich will es als des Thrones Erbe ziehn
Und in dem Streit es bis zum Tode führen.

CLIFFORD.
Das heißt gesprochen wie ein kühner Prinz.

Ein Bote tritt auf.

BOTE. Ihr königlichen Feldherrn, seid bereit!
Mit einem Heer von dreißigtausend Mann
Kommt Warwick, für des Herzogs York Partei,
Und ruft, wie sie entlang ziehn in den Städten,
Ihn aus zum König, und ihm folgen viele.
Reiht eure Scharen, denn sie sind zur Hand.

CLIFFORD.
Will Eure Hoheit nicht das Schlachtfeld räumen?
In Eurem Absein hat die Königin
Den glücklichsten Erfolg.

MARGARETA. Ja, bester Herr,

Tut das, und überlaßt uns unserm Schicksal.
KÖNIG HEINRICH. Das ist mein Schicksal auch, drum will ich bleiben.
NORTHUMBERLAND.
So sei es mit Entschlossenheit zum Kampf.
PRINZ. Mein königlicher Vater, muntert auf
Die edlen Lords, und wer zum Schutz Euch ficht;
Zieht Euer Schwert, mein Vater, ruft: Sankt George!
Ein Marsch. Eduard, George, Richard, Warwick, Norfolk und Montague treten auf mit Soldaten.
EDUARD.
Nun, falscher Heinrich! willst du knien um Gnade
Und setzen auf mein Haupt dein Diadem,
Wo nicht, des Feldes tödlich Los erproben?
MARGARETA.
Schilt deine Schmeichler, übermüt'ger Knabe!
Kommt es dir zu, so frech zu sein in Worten
Vor deinem König und rechtmäß'gen Herrn?
EDUARD. Ich bin sein König, und er sollte knien:
Ich ward durch seine Zustimmung sein Erbe.
Seitdem brach man den Eid: denn, wie ich höre,
Habt Ihr, als die Ihr wirklich König seid,
Trägt er die Krone gleich, ihn angestiftet,
Durch neuen Parlamentsschluß mich zu streichen
Und seinen eignen Sohn dafür zu setzen.
CLIFFORD. Mit gutem Grund:
Wer soll dem Vater folgen, als der Sohn?
RICHARD.
Seid Ihr da, Schlächter? Oh, ich kann nicht reden!
CLIFFORD. Ja, Bucklichter, hier steh' ich Rede dir
Und jedem noch so Stolzen deines Schlags.
RICHARD. Ihr tötetet den jungen Rutland, nicht?
CLIFFORD.
Ja, und den alten York, und noch nicht satt.
RICHARD. Um Gottes willen, Lords, gebt das Signal!
WARWICK.
Was sagst du, Heinrich? Willst der Kron' entsagen?
MARGARETA.
Wie nun, vorlauter Warwick? Sprecht Ihr mit?
Als Ihr und ich uns zu Sankt Albans trafen,
Da halfen besser Euch die Bein' als Hände.
WARWICK. Da war's an mir zu fliehn, nun ist's an dir.
CLIFFORD.
Das sagtet Ihr auch da und floht dann doch.
WARWICK.
Nicht Euer Mut war's, was von dort mich trieb.
NORTHUMBERLAND.
Noch Euer Mannsinn, was Euch halten konnte.
RICHARD.
Northumberland, ich halte dich in Ehren. –
Brecht das Gespräch ab, denn ich hemme kaum
Die Auslassung des hochgeschwollnen Herzens
An diesem Clifford, dem grimmen Kindermörder.
CLIFFORD.
Ich schlug den Vater dir: nennst du ihn Kind?
RICHARD. Ja, wie ein Feigling, eine tück'sche Memme,
Wie du erschlagen unsern zarten Rutland;
Doch sollst du noch vor nachts die Tat verfluchen.
KÖNIG HEINRICH.
Nun haltet inne, Lords, und hört mich an!
MARGARETA.
Trotz' ihnen denn, sonst öffne nicht die Lippen!
KÖNIG HEINRICH. Gib meiner Zunge, bitt' ich, keine Schranken:
Ich bin ein König, und befugt zu reden.
CLIFFORD.
Mein Fürst, die Wunde heilen Worte nicht,
Die uns zusammen rief: darum seid still!
RICHARD.
Scharfrichter, so entblöße denn dein Schwert!
Bei dem, der uns erschuf, ich bin gewiß,
Daß Cliffords Mannsinn auf der Zunge wohnt.
EDUARD.
Sag, Heinrich, wird mein Recht mir oder nicht?
Wohl tausend nahmen heut ihr Frühstück ein,
Die nie das Mittagsmahl verzehren werden,
Wofern du nicht dich ab der Krone tust.
WARWICK.
Wenn du es weigerst, auf dein Haupt ihr Blut!
Denn mit Gerechtigkeit führt York die Waffen.
PRINZ.
Ist das, was Warwick dafür ausgibt, recht,
So gibt's kein Unrecht, dann ist alles recht.
RICHARD.
Wer dich auch zeugte, dort steht deine Mutter,
Denn sicherlich, du hast der Mutter Zunge.
MARGARETA.
Doch du bist weder Vater gleich noch Mutter,
Nein, einem schnöden, mißgeschaffnen Brandmal,
Bezeichnet vom Geschick, daß man es meide
Wie gift'ge Kröten oder Eidechsstacheln.
RICHARD. Eisen von Napel, englisch übergoldet!
Du, deren Vater König wird betitelt,
Als würde eine Pfütze See genannt:
Schämst du dich nicht, der Abkunft dir bewußt,
Daß deine Zung' ein niedrig Herz verrät?
EDUARD. Ein Strohwisch wäre tausend Kronen wert
Zur Selbsterkenntnis für dies freche Nickel.
Weit schöner war die griech'sche Helena,
Mag schon dein Gatte Menelaus sein;
Auch kränkte nie den Bruder Agamemnons
Das falsche Weib, wie diesen König du.
Sein Vater schwärmt' in Frankreichs Herzen, zähmte
Den König, zwang den Dauphin sich zu beugen;
Und hätt' er sich nach seinem Rang vermählt,
So konnt' er diesen Glanz bis heut behaupten.
Doch als er eine Bettlerin sich nahm
Zur Bettgenossin, deinen armen Vater
Verherrlichte mit seinem Hochzeitstag:
Da zog der Sonnenschein ein Schau'r herbei,
Der seines Vaters Glück aus Frankreich schwemmte
Und heim auf seine Kron' Empörung häufte.
Denn was schuf diesen Aufruhr als dein Stolz?
Warst du nur glimpflich, schlief' unser Anspruch noch;
Aus Mitleid für den sanften König hätten
Die Fod'rung wir auf andre Zeit verspart.
GEORGE.
Doch da wir sahn, daß unser Sonnenschein
Dir Frühling machte, ohne daß dein Sommer
Uns Früchte trüge, legten wir die Axt
An deine fremd hier eingedrängte Wurzel;
Und traf uns selbst die Schärfe gleich ein wenig,
So wisse, daß wir nach dem ersten Streich
Davon nicht lassen, bis wir dich gefällt,
Wo nicht, mit unserm heißen Blut gebadet.

EDUARD.
Und, so entschlossen, fodr' ich dich zum Kampf
Und will nichts mehr von Unterredung wissen,
Da du das Wort dem sanften König wehrst.
Trompeten blast! Laßt wehn die blut'gen Fahnen,
Den Weg zum Sieg uns oder Grab zu bahnen!
MARGARETA. Halt, Eduard!
EDUARD.
Nein, hadernd Weib! Wir wollen auf und fort;
Zehntausend Leben kostet heut dein Wort.
Alle ab.

Dritte Szene

Schlachtfeld zwischen Towton und Saxton in Yorkshire. Getümmel. Angriffe. Warwick tritt auf.

WARWICK.
Von Müh' erschöpft, wie von dem Wettlauf Renner,
Leg' ich mich hin, ein wenig zu verschnaufen;
Denn manch empfangner Streich und viel erteilte
Beraubten ihrer Kraft die straffen Sehnen,
Und, willig oder nicht, muß ich hier ruhn.
Eduard kommt gelaufen.
EDUARD. O lächle, holder Himmel! oder triff,
Unholder Tod! Denn finster blickt die Welt,
Und Wolken haben Eduards Sonn' umzogen.
WARWICK.
So sagt, Mylord! Wie glückt's? Was ist für Hoffnung?
George tritt auf.
GEORGE. Statt Glück Verlust, statt Hoffnung nur Verzweiflung.
Gebrochen sind die Reih'n, uns folgt Verderben:
Was ratet ihr? Wohin entfliehn wir doch?
EDUARD.
Da hilft nicht Flucht, sie folgen uns mit Flügeln,
Und wir sind schwach und halten sie nicht auf.
Richard tritt auf.
RICHARD.
Ach, Warwick, warum hast du dich entfernt!
Der durst'ge Grund trank deines Bruders Blut,
Herausgezapft von Cliffords Lanzenspitze,
Und in des Todes Ängsten rief er aus,
Als wär's ein dumpfer, fern gehörter Laut:
»Warwick, räch' du, räch', Bruder, meinen Tod!«
So, unter ihrer Rosse Bauch, die wild
In heißem Blut die Fersenbüschel netzten,
Gab seinen Geist der edle Ritter auf.
WARWICK.
So sei von unserm Blut die Erde trunken;
Mein Pferd erschlag' ich, denn ich will nicht fliehn.
Was stehn wir wie weichherz'ge Weiber hier,
Verlornes jammernd, da der Feind so tobt?
Und schauen zu, als wär's ein Trauerspiel,
Zum Scherze nur von Spielern nachgeahmt?
Hier auf den Knie'n schwör' ich zu Gott im Himmel:
Nie will ich wieder ruhn, nie stille stehn,
Bis Tod die Augen mir geschlossen, oder
Das Glück mein Maß von Rache mir geschafft.
EDUARD.
O Warwick! Meine Knie' beug' ich mit deinen
Und kette meine Seel' im Schwur an deine. –
Und eh' sich von der Erde kaltem Antlitz
Die Knie' erheben, werf' ich meine Hände,
Die Augen und das Herz zu dir empor,
Der Kön'ge niederstürzet und erhöht!
Dich flehend, wenn's dein Wille so beschloß,
Daß dieser Leib der Feinde Raub muß sein,
Daß doch dein ehern Himmelstor sich öffne
Und lasse meine sünd'ge Seele durch!
Nun scheidet, Lords, bis wir uns wieder treffen,
Wo es auch sei, im Himmel oder auf Erden.
RICHARD.
Bruder, gib mir die Hand, und, lieber Warwick,
Laß meine müden Arme dich umfassen.
Ich, der nie weinte, schmelze jetzt im Gram,
Daß unsem Lenz dahin der Winter nahm.
WARWICK.
Fort, fort! Noch einmal, lieben Lords, lebt wohl!
GEORGE.
Doch gehn wir insgesamt zu unsern Scharen,
Und wer nicht bleiben will, dem gönnt zu fliehn,
Und nennt die Pfeiler, die bei uns verharren,
Und wenn's gelingt, verheißet solchen Lohn,
Wie der Olymp'schen Spiele Sieger tragen:
Das pflanzt wohl Mut in ihre bange Brust,
Denn Hoffnung ist auf Leben noch und Sieg.
Nicht länger zaudert: auf mit aller Macht!
Alle ab.

Vierte Szene

Ein andrer Teil des Schlachtfeldes. Angriffe. Richard und Clifford treten auf.

RICHARD. Nun, Clifford, dich allein las ich mir aus.
Denk', dieser Arm sei für den Herzog York,
Und der für Rutland; beid' auf Rache dringend,
Wärst du mit eh'rner Mauer auch umgeben.
CLIFFORD.
Nun, Richard, bin ich hier mit dir allein:
Dies ist die Hand, die deinen Vater traf,
Dies ist die Hand, die deinen Bruder schlug;
Und hier das Herz, um ihren Tod frohlockend,
Das diese Hände stärkt, die beid' erschlugen,
Das Gleiche zu vollstrecken an dir selbst!
Und somit sieh dich vor!
Sie fechten, Warwich kommt dazu, Clifford flieht.
RICHARD.
Nein, Warwick, lies ein andres Wild dir aus,
Ich selbst muß diesen Wolf zu Tode jagen.
Ab.

Fünfte Szene

Ein andrer Teil des Schlachtfeldes. Getümmel. König Heinrich tritt auf.

KÖNIG HEINRICH.
Dies Treffen steht so wie des Morgens Krieg
Von sterbendem Gewölk mit regem Licht,
Dann, wann der Schäfer, auf die Nägel hauchend,
Es nicht entschieden Tag noch Nacht kann nennen.
Bald schwankt es hierhin, wie die mächt'ge See,
Gezwungen von der Flut dem Wind zu trotzen;
Bald schwankt es dorthin, wie dieselbe See,

Gezwungen vor des Windes Wut zu weichen.
Bald überwiegt die Flut und dann der Wind;
Nun stärker eins, das andre dann das stärkste;
Beid' um den Sieg sich reißend, Brust an Brust,
Doch keiner Überwinder, noch besiegt:
So wäget gleich sich dieser grimme Krieg.
Hier auf dem Maulwurfshügel will ich sitzen.
Der Sieg sei dessen, dem ihn Gott beschert!
Denn Margareta, mein Gemahl, und Clifford,
Sie schalten aus der Schlacht mich, beide schwörend,
Wenn ich entfernt sei, glück' es ihnen besser.
Wär' ich doch tot, wär's Gottes Wille so!
Wer wird in dieser Welt des Jammers froh?
O Gott! Mich dünkt, es wär' ein glücklich Leben,
Nichts höher's als ein schlichter Hirt zu sein;
Auf einem Hügel sitzend, wie ich jetzt,
Mir Sonnenuhren zierlich auszuschnitzen,
Daran zu sehn, wie die Minuten laufen,
Wie viele eine Stunde machen voll,
Wie viele Stunden einen Tag vollbringen,
Wie viele Tage endigen ein Jahr,
Wie viele Jahr ein Mensch auf Erden lebt.
Wann ich dies weiß, dann teil' ich ein die Zeiten:
So viele Stunden muß die Herd' ich warten,
So viele Stunden muß der Ruh' ich pflegen,
So viele Stunden muß ich Andacht üben,
So viele Stunden muß ich mich ergötzen;
So viele Tage trugen schon die Schafe,
So viele Wochen, bis die armen lammen,
So viele Jahr, eh' ich die Wolle schere.
Minuten, Stunden, Tage, Monden, Jahre,
Zu ihrem Ziel gediehen, würden so
Das weiße Haar zum stillen Grabe bringen.
Ach, welch ein Leben wär's! Wie süß! Wie lieblich!
Gibt nicht der Hagdorn einen süßern Schatten
Dem Schäfer, der die fromme Herd' erblickt,
Als wie ein reich gestickter Baldachin
Dem König, der Verrat der Bürger fürchtet?
O ja, das tut er, tausendmal so süß!
Und endlich ist des Schäfers magrer Quark,
Sein dünner Trank aus seiner Lederflasche,
Im kühlen Schatten sein gewohnter Schlaf,
Was alles süß und sorglos er genießt,
Weit über eines Fürsten Köstlichkeiten,
Die Speisen blinkend in der goldnen Schale,
Den Leib gelagert auf ein kunstreich Bett,
Wenn Sorge lauert, Argwohn und Verrat.

Getümmel. Es kommt ein Sohn, der seinen Vater umgebracht hat, und schleppt die Leiche herbei.

SOHN.
Schlecht weht der Wind, der keinem Vorteil bringt. –
Der Mann hier, den ich Hand an Hand erschlug,
Mag einen Vorrat Kronen bei sich haben,
Und ich, der ich sie glücklich jetzt ihm nehme,
Kann noch vor Nachts sie und mein Leben lassen
An einen andern, wie der Tote mir.
Wer ist's? O Gott, ich sehe meinen Vater,
Den im Gedräng' ich unverseh'ns getötet.
O schlimme Zeit, die solch Beginnen zeugt!
Aus London ward vom König ich gemahnt;
Mein Vater, als Vasall des Grafen Warwick,
Von dem gemahnt, kam auf der Yorkschen Seite.
Und ich, der ich von seiner Hand das Leben
Empfangen, raubt' es ihm mit meiner Hand.
Verzeih' mir, Gott, nicht wußt' ich, was ich tat!
Verzeih' auch, Vater, denn dich kannt' ich nicht!
Die blut'gen Zeichen sollen meine Tränen
Hinweg dir waschen, und kein Wort mehr nun,
Bis zur Genüge sie geflossen sind.

KÖNIG HEINRICH.
O kläglich Schauspiel! O der blut'gen Zeit!
Wenn Löwen um die Höhlen sich bekriegen,
Entgelten ihren Zwist harmlose Lämmer. –
Wein', armer Mann! Ich steh' dir Trän' um Träne
Mit Weinen bei, daß beiden Aug' und Herz,
Als wär' in uns ein bürgerlicher Krieg,
Erblind' in Tränen und vom Jammer breche.

Es kommt ein Vater, der seinen Sohn umgebracht hat, mit der Leiche in den Armen.

VATER.
Du, der so rüstig Widerstand geleistet,
Gib mir dein Gold, wofern du welches hast:
Mit hundert Streichen hab' ich es erkauft. –
Doch laßt mich sehn: ist dies ein Feindsgesicht?
Ach, nein, nein, nein! Es ist mein einz'ger Sohn. –
Ach, Kind! Wenn irgend Leben in dir ist,
Schlag' auf den Blick: sieh, welche Schau'r entstehn,
Von meines Herzens Sturm auf deine Wunden
Herbeigeweht, die Aug' und Herz mir töten. –
O Gott, erbarm' dich dieser Jammerzeit!
Was doch für Taten, grausam, schlächtermäßig,
Verblendet, meuterisch und unnatürlich,
Die tödliche Entzweiung täglich zeugt!
O Kind, dein Vater gab zu früh dir Leben
Und hat zu spät des Lebens dich beraubt!

KÖNIG HEINRICH.
Weh über Weh! Mehr als gemeines Leid!
O daß mein Tod die Greuel hemmen möchte!
Erbarmen, güt'ger Himmel, o Erbarmen!
Sein Antlitz führt die rote Ros' und weiße,
Die Unglücksfarben unsrer zwist'gen Häuser:
Der einen gleichet ganz sein purpurn Blut,
Die bleiche Wange stellt die andre dar;
Welk' eine Rose dann, und blüh' die andre!
Kämpft ihr, so müssen tausend Leben welken

SOHN. Wie wird die Mutter um des Vaters Tod
Mich schelten und sich nie zufrieden geben!

VATER.
Wie wird mein Weib des Sohnes Mord in Tränen
Ertränken und sich nie zufrieden geben!

KÖNIG HEINRICH.
Wie wird das Volk dem König dieses Elend
Verargen und sich nicht zufrieden geben!

SOHN. Hat je ein Sohn den Vater so betrauert?

VATER. Hat je ein Vater so den Sohn beweint?

KÖNIG HEINRICH.
Hat je ein König so sein Volk beklagt?
Eu'r Leid ist groß, doch zehnmal größer meins.

SOHN. Ich trage dich mit fort, mich satt zu weinen.

Ab mit der Leiche.

VATER. Hier diese Arme soll'n dein Leichenhemde,
Mein Herz dein Grabmal, süßer Junge, sein:
Denn niemals soll dein Bild mein Herz verlassen.
Die Brust soll das Geläut' dem Toten seufzen,
Dein Vater wird die Feier so begehn,
Um dich betrübt, da er nicht mehre hat,

Wie Priamus um all die tapfern Söhne.
Ich trag' dich fort, und fechtet, wie ihr wollt:
Ich hab' ermordet, wo ich nicht gesollt.

Ab mit der Leiche.

KÖNIG HEINRICH.
Ihr Traurigen, die Leidenslast umfängt!
Hier sitzt ein König, mehr wie ihr bedrängt.

Getümmel. Angriffe. Königin Margareta, Prinz von Wales und Exeter treten auf.

PRINZ.
Flieht, Vater, flieht! Entflohn sind alle Freunde,
Und Warwick tobt wie ein gehetzter Stier.
Fort! denn an unsern Fersen sitzt der Tod.

MARGARETA.
Zu Pferde, mein Gemahl! Nach Berwick jagt!
Eduard und Richard, wie ein paar Windhunde,
Den scheuen flücht'gen Hasen vor sich her,
Mit feur'gen Augen, funkelnd von der Wut,
Und blut'gem Stahl, in grimmer Hand gefaßt,
Sind hinter uns: und also schleunig fort!

EXETER. Fort! denn die Rache kommt mit ihnen nach.
Nein, säumet nicht mit Einwendungen, eilt!
Sonst kommt mir nach, so will ich Euch voran.

KÖNIG HEINRICH.
Nein, nimm mich mit dir, bester Exeter;
Ich fürchte nicht zu bleiben, doch ich wünsche
Der Königin zu folgen. Vorwärts, fort!

Alle ab.

Sechste Szene

Lautes Getümmel. Clifford kommt, verwundet.

CLIFFORD.
Hier brennt mein Licht zu Ende, ja, hier stirbt's,
Das immer König Heinrich hat geleuchtet.
O Lancaster! Ich fürchte deinen Sturz
Mehr als der Seele Scheiden aus dem Leib.
Viel Freunde band dir meine Lieb' und Furcht,
Und, da ich falle, reißt die starke Klammer,
Schwächt dich und stärkt den überstolzen York.
Wie Sommerfliegen schwärmt gemeines Volk,
Und wohin fliegen Mücken als zur Sonne?
Und wer geht jetzo auf, als Heinrichs Feinde?
O Phöbus! Hätt'st du nicht dem Phaeton
Erlaubt, zu zügeln deine feur'gen Rosse,
Dein Wagen setzte nie die Erd' in Brand.
Und, Heinrich, hättest du geherrscht als König,
Und wie dein Vater, und sein Vater tat,
Dem Hause York um keinen Fußbreit weichend,
Sie hätten nicht geschwärmt wie Sommerfliegen:
Ich, und zehntausend in dem armen Reich,
Versetzten nicht in Trauer unsre Witwen;
Und friedlich säßest du auf deinem Stuhl.
Denn was nährt Unkraut, als gelinde Luft?
Und was macht Räuber kühn, als zu viel Milde?
Fruchtlos sind Klagen, hülflos meine Wunden:
Kein Weg zur Flucht, noch Kraft, sie auszuhalten;
Der Feind ist hart und wird sich nicht erbarmen,
Denn ich verdient' um ihn ja kein Erbarmen.
Die Luft drang in die schweren Wunden mir,
Und viel Verlust vom Blute macht mich matt.
York, Richard, Warwick, alle her auf mich!
Durchbohrt die Brust, wie euren Vätern ich.

Er fällt in Ohnmacht.

Getümmel und Rückzug, Eduard, George, Richard, Montague und Warwick treten auf mit Soldaten.

EDUARD.
Nun atmet auf, ihr Lords; das gute Glück
Heißt uns verziehen und die finstre Stirn
Des Kriegs mit friedensvollen Blicken sänft'gen.
Ein Haufe folgt der blutbegier'gen Königin,
Die so den stillen Heinrich weggeführt,
Ist er ein König schon, wie wohl ein Segel,
Von einem heft'gen Windstoß angefüllt,
Der Flut die Galeon' entgegenzwingt.
Doch denkt ihr, Lords, daß Clifford mit geflohn?

WARWICK.
Nein, 's ist unmöglich, daß er sollt' entkommen,
Denn, sag' ich's ihm schon hier ins Angesicht,
Eu'r Bruder Richard zeichnet' ihn fürs Grab,
Und, wo er sein mag, er ist sicher tot.

Clifford ächzt.

EDUARD.
Wes Seele nimmt da ihren schweren Abschied?

RICHARD.
Ein Ächzen war's, wie zwischen Tod und Leben.

EDUARD.
Seht, wer es ist: nun, da die Schlacht zu Ende,
Freund oder Feind, behandelt schonend ihn.

RICHARD.
Heb' auf den Gnadenspruch, denn es ist Clifford,
Der, nicht zufrieden, abzuhaun den Zweig,
Den Rutland fällend, als er Blätter trieb,
Sein mörd'risch Messer an die Wurzel setzte,
Woher der zarte Sproß so hold erwuchs;
Ich mein', an unsern Vater, Herzog York.

WARWICK.
Holt von den Toren Yorks sein Haupt herab.
Sein hohes Haupt, das Clifford aufgesteckt;
Statt dessen laßt die Stelle dieses füllen.
Mit Gleichem Gleiches muß erwidert sein.

EDUARD.
Bringt her den Unglücksuhu unsers Hauses,
Der nichts als Tod uns und den Unsern sang.
Nun wird der Tod den droh'nden Laut ihm hemmen
Und seine grause Zunge nicht mehr sprechen.

Einige aus dem Gefolge tragen die Leiche weiter vor.

WARWICK.
Ich glaub', er ist nicht bei sich selber mehr.
Sprich, Clifford, kennst du den, der mit dir spricht?
Der Tod umdüstert seine Lebensstrahlen,
Er sieht uns nicht und hört nicht, was man sagt.

RICHARD.
O tät' er's doch! Er tut es auch vielleicht,
Es ist nur seine List, sich so zu stellen,
Um solcher bittern Höhnung auszuweichen,
Wie er bei unsers Vaters Tod geübt.

GEORGE.
Wenn du das denkst, plag' ihn mit scharfen Worten.

RICHARD. Clifford, erflehe Gnad' und finde keine!

EDUARD. Clifford, bereu' in unfruchtbarer Buße!

WARWICK. Ersinn' Entschuldigung für deine Taten!

GEORGE. Indes wir Folterpein dafür ersinnen.

RICHARD.
Du liebtest York, und ich bin Sohn von York.

EDUARD.
Wie Rutlands du, will ich mich dein erbarmen.
GEORGE.
Wo ist dein Schutz nun, Hauptmann Margareta?
WARWICK.
Man höhnt dich, Clifford; fluche, wie du pflegtest.
RICHARD. Was? Keinen Fluch? Dann steht es schlimm, wenn Clifford
Für seine Freunde keinen Fluch mehr hat.
Nun seh' ich, daß er tot ist, und, beim Himmel!
Wenn diese Rechte ihm zwei Stunden Leben
Erkaufen könnte, um mit allem Spott
Ihn hohnzunecken: abhaun wollt' ich sie
Mit dieser meiner Hand, und mit der Wunde Blut
Den Bösewicht ersticken, dessen Durst
York und der junge Rutland nicht gestillt.
WARWICK.
Ja, er ist tot; schlagt ab des Frevlers Haupt
Und stellt es auf, wo Euers Vaters steht.
Und nun nach London im Triumpheszug,
Als Englands König da gekrönt zu werden!
Dann setzt nach Frankreich Warwick übers Meer
Und wirbt dir Fräulein Bona zum Gemahl:
So wirst du diese Länder fest verknüpfen
Und darfst, im Bund mit Frankreich, nicht befürchten,
Daß der zerstreute Feind sich wieder sammle,
Wie er es hofft; denn ob sie schon nicht viel
Mit Stechen schaden können, wirst du doch
Sie um das Ohr dir lästig summen hören.
Zuvörderst wohn' ich Eurer Krönung bei,
Und dann die See hinüber nach Bretagne,
Die Eh' zu stiften, wenn's mein Fürst genehmigt.
EDUARD.
Ganz wie du willst, mein Warwick, soll es sein;
Auf deiner Schulter bau' ich meinen Sitz,
Und nimmer will ich etwas unternehmen,
Wobei dein Rat und Beistimmung mir fehlt.
Richard, ich mache dich zum Herzog Gloster,
Und George von Clarence; Warwick, wie wir selbst,
Soll tun und lassen, was ihm nur gefällt.
RICHARD. Laß mich von Clarence, George von Gloster Herzog sein,
Denn Glosters Herzogtum ist unglückdeutend.
WARWICK. Pah! Das ist eine törichte Bemerkung:
Richard, seid Herzog Gloster; nun nach London,
Um in Besitz der Würden uns zu setzen.
Alle ab.

Dritter Aufzug

Erste Szene

Ein Jagdrevier im Norden von England.
Zwei Förster treten auf, mit Armbrusten in der Hand.

ERSTER FÖRSTER.
Hier im verwachsnen Buschwerk laß uns lauern,
Denn über diesen Plan kommt gleich das Wild;
Wir nehmen hier im Dickicht unsern Stand
Und lesen uns die besten Stücke aus.
ZWEITER FÖRSTER.
Ich will dort oben auf die Anhöh' treten,
Daß jeder von uns beiden schießen kann.
ERSTER FÖRSTER.
Das darf nicht sein: der Lärm von deiner Armbrust
Verscheucht das Rudel, und mein Schuß ist hin.
Hier laß uns beide stehn und bestens zielen,
Und, daß die Zeit uns nicht so lange währt,
Erzähl' ich, was mir eines Tags begegnet
An eben diesem Platz, wo jetzt wir stehn.
ZWEITER FÖRSTER.
Da kommt ein Mann, laß den vorüber erst.
König Heinrich kommt verkleidet, mit einem Gebetbuche.
KÖNIG HEINRICH.
Von Schottland stahl ich weg mich, bloß aus Liebe,
Mit sehnsuchtsvollem Blick mein Land zu grüßen.
Nein, Heinrich, Heinrich! Dies ist nicht dein Land,
Dein Platz besetzt, dein Szepter dir entrungen,
Das Öl, das dich gesalbt hat, weggewaschen.
Kein biegsam Knie wird jetzt dich Cäsar nennen,
Kein Bitter drängt sich, für sein Recht zu sprechen,
Nein, niemand geht um Herstellung mich an:
Wie sollt' ich andern helfen und nicht mir?
ERSTER FÖRSTER.
Das ist ein Wild, des Haut den Förster lohnt;
Der weiland König ist's: laßt uns ihn greifen!
KÖNIG HEINRICH.
Der herben Trübsal will ich mich ergeben,
Denn Weise sagen, weise sei's getan.
ZWEITER FÖRSTER.
Was zögern wir? Laß Hand uns an ihn legen!
ERSTER FÖRSTER.
Halt noch ein Weilchen, hören wir noch mehr.
KÖNIG HEINRICH. Nach Frankreich ging mein Weib und Sohn um Hülfe,
Auch hör' ich, der gewalt'ge große Warwick
Sei hin, um des französischen Königs Tochter
Für Eduard zur Gemahlin zu begehren.
Ist dies gegründet, arme Königin
Und Sohn! so ist verloren eure Müh'.
Denn Warwick ist ein feiner Redner, Ludwig
Ein Fürst den leicht beredte Worte rühren.
Margareta kann ihn rühren, demzufolge;
Sie ist ein so beklagenswertes Weib:
Sie wird mit Seufzern seine Brust bestürmen,
Mit Tränen dringen in ein marmorn Herz.
Der Tiger selbst wird milde, wenn sie trauert,
Und Nero reuig, wenn er ihre Klagen
Und ihre salzen Tränen hört und sieht.
Ja, doch sie kam zu flehn; Warwick zu geben:
Zur Linken sie, begehrt für Heinrich Hülfe,
Zur Rechten er, wirbt um ein Weib für Eduard.
Sie weint und sagt, ihr Heinrich sei entsetzt;
Er lächelt, sagt, sein Eduard sei bestallt;
Daß nichts vor Gram die Arme mehr kann sagen,
Weil Warwick seinen Anspruch zeigt, das Unrecht
Beschönigt, Gründe bringt von großer Kraft
Und schließlich ab von ihr den König lenkt,
Daß er die Schwester ihm verspricht und alles,
Was König Eduards Platz befest'gen kann.
O Margareta! So wird's sein: du Arme
Bist dann verlassen, wie du hülflos gingst.
ZWEITER FÖRSTER.
Sag, wer du bist, der du von Kön'gen da
Und Königinnen sprichst?
KÖNIG HEINRICH. Mehr als ich scheine

Und wen'ger als ich war durch die Geburt;
Ein Mensch, denn wen'ger kann ich doch nicht sein;
Und Menschen können ja von Kön'gen reden:
Warum nicht ich?

ZWEITER FÖRSTER.
Ja, doch du sprichst, als ob du König wärst.

KÖNIG HEINRICH.
Ich bin's auch, im Gemüt; das ist genug.

ZWEITER FÖRSTER.
Bist du ein König, wo ist deine Krone?

KÖNIG HEINRICH.
Im Herzen trag' ich sie, nicht auf dem Haupt,
Nicht mit Diamanten prangend und Gestein,
Noch auch zu sehn: sie heißt Zufriedenheit,
Und selten freun sich Kön'ge dieser Krone.

ZWEITER FÖRSTER.
Gut, seid Ihr König der Zufriedenheit,
Muß Eure Kron' Zufriedenheit und Ihr
Zufrieden sein, mit uns zu gehn; wir denken,
Ihr seid's, den König Eduard abgesetzt,
Und wir als Untertanen, die ihm Treue
Geschworen, greifen Euch als seinen Feind.

KÖNIG HEINRICH.
Doch schwort ihr nie, und brachet euren Eid?

ZWEITER FÖRSTER.
Nie solchen Eid, und wollen's jetzt auch nicht.

KÖNIG HEINRICH.
Wo wart ihr, als ich König war von England?

ZWEITER FÖRSTER.
Hier in der Gegend, wo wir jetzo wohnen.

KÖNIG HEINRICH.
Neun Monden alt war ich gesalbter König,
Mein Vater, mein Großvater waren Kön'ge;
Ihr habt mir Untertanenpflicht geschworen:
So sagt denn, bracht ihr eure Eide nicht?

ERSTER FÖRSTER.
Nein, denn wir waren Untertanen nur,
Solang' Ihr König wart.

KÖNIG HEINRICH.
Nun, bin ich tot? Atm' ich nicht wie ein Mensch?
Ach, töricht Volk! Ihr wißt nicht, was ihr schwört.
Seht, wie ich diese Feder von mir blase,
Und wie die Luft zu mir zurück sie bläst,
Die, wenn ich blase, meinem Hauch gehorcht
Und einem andern nachgibt, wenn er bläst,
Vom stärkern Windstoß immerfort regiert:
So leichten Sinns seid ihr geringen Leute.
Doch brecht die Eide nicht; mit dieser Sünde
Soll meine milde Bitt' euch nicht beladen.
Führt, wie ihr wollt: der König folgt Befehlen;
Seid Kön'ge ihr, befehlt, ich will gehorchen.

ERSTER FÖRSTER.
Wir sind des Königs treue Untertanen,
Des Königs Eduard.

KÖNIG HEINRICH.
Ihr würdet's auch von Heinrich wieder sein,
Wenn er an König Eduards Stelle säße.

ERSTER FÖRSTER.
In Gottes und des Königs Namen mahnen
Wir Euch, zu den Beamten mitzugehn.

KÖNIG HEINRICH.
So führt mich denn in Gottes Namen hin:
Dem Namen eures Königs sei gehorcht.
Und was Gott will, mag euer König tun;
Und was er will, dem füg' ich mich in Demut.

Alle ab.

Zweite Szene

London. Ein Zimmer im Palast.
König Eduard, Gloster, Clarence und Lady Grey treten auf.

KÖNIG EDUARD.
Bruder von Gloster, auf Sankt-Albans Feld
Fiel dieser Frauen Gatte, Sir John Grey,
Und seine Güter fielen an den Sieger.
Sie sucht nun an um Wiedereinsetzung,
Was wir ihr billig nicht verweigern können,
Weil in dem Streite für das Haus von York
Der würd'ge Mann sein Leben eingebüßt.

GLOSTER. Eu'r Hoheit täte wohl, es zu gewähren;
Es wäre schimpflich, ihr es abzuschlagen.

KÖNIG EDUARD.
Das wär' es auch, doch schieb' ich es noch auf.

GLOSTER *beiseit zu Clarence.*
Ei, steht es so?
Die Dame, seh' ich, hat was zu gewähren,
Bevor der König ihr Gesuch gewährt.

CLARENCE *beiseit.*
Er kennt die Jagd: wie bleibt er bei der Fährte!

GLOSTER *beiseit.*
Still!

KÖNIG EDUARD.
Witwe! Wir wollen Eu'r Gesuch erwägen,
Und kommt ein andermal um den Bescheid.

LADY GREY.
Ich kann Verzug nicht dulden, gnäd'ger Fürst:
Belieb' Eu'r Hoheit, jetzt mich zu bescheiden,
Und was Euch nur gefällt, soll mir genügen.

GLOSTER *beiseit.*
So, Witwe? Dann verbürg' ich Euch die Güter,
Wenn das, was ihm gefällt, Euch Freude macht.
Gebt besser acht, sonst wird Euch eins versetzt.

CLARENCE *beiseit.*
Ich sorge nicht, wenn sie nicht etwa fällt.

GLOSTER *beiseit.*
Verhüt' es Gott! Er nähm' den Vorteil wahr.

KÖNIG EDUARD.
Wie viele Kinder hast du, Witwe? Sag mir.

CLARENCE *beiseit.*
Ich glaub', er denkt sie um ein Kind zu bitten.

GLOSTER *beiseit.*
Dann nennt mich Schelm; er gibt ihr lieber zwei.

LADY GREY. Drei, mein sehr gnäd'ger Fürst.

GLOSTER *beiseit.*
Er schafft Euch vier, wenn Ihr ihm folgen wollt.

KÖNIG EDUARD.
Hart wär's, wenn sie des Vaters Land verlören.

LADY GREY.
Habt Mitleid, hoher Herr, gewährt es ihnen!

KÖNIG EDUARD. Laßt uns, ihr Lords: ich will
den Witz der Witwe prüfen.

GLOSTER.
Wir lassen euch, ihr bleibt euch überlassen,
Bis Jugend euch der Krücke überläßt.

Gloster und Clarence treten auf die andre Seite zurück.

KÖNIG EDUARD.
Sagt, liebt Ihr Eure Kinder, edle Frau?
LADY GREY.
Ja, so von Herzen, wie ich selbst mich liebe.
KÖNIG EDUARD.
Und wolltet Ihr nicht viel tun für ihr Wohl?
LADY GREY. Ich wollte für ihr Wohl ein Übel dulden.
KÖNIG EDUARD.
Erwerbt Euch denn die Güter für ihr Wohl!
LADY GREY. Deswegen kam ich zu Eu'r Majestät.
KÖNIG EDUARD.
Ich sag' Euch, wie sie zu erwerben sind.
LADY GREY.
Das wird mich Euer Hoheit Dienst verpflichten.
KÖNIG EDUARD.
Was tust du mir zum Dienst, wenn ich sie gebe?
LADY GREY. Was Ihr befehlt, das bei mir steht zu tun.
KÖNIG EDUARD.
Ihr werdet Euch an meinem Antrag stoßen.
LADY GREY.
Nein, gnäd'ger Herr, ich müßte denn nicht können.
KÖNIG EDUARD.
Du kannst das aber, was ich bitten will.
LADY GREY. So will ich tun, was Eure Hoheit fodert.
GLOSTER *beiseit.*
Er drängt sie scharf; viel Regen höhlt den Marmor.
CLARENCE *beiseit.*
So rot wie Feu'r! Da muß ihr Wachs wohl schmelzen.
LADY GREY. Was stockt mein Fürst? Soll ich den Dienst nicht wissen?
KÖNIG EDUARD.
Ein leichter Dienst: nur einen König lieben.
LADY GREY. Das kann ich leicht als Untertanin tun.
KÖNIG EDUARD.
Dann geb' ich gleich dir deines Gatten Güter.
LADY GREY.
Und ich empfehle mich mit tausend Dank.
GLOSTER *beiseit.*
's ist richtig; sie besiegelt's mit dem Knicks.
KÖNIG EDUARD.
Verzeihe noch: der Liebe Früchte mein' ich.
LADY GREY.
Der Liebe Früchte mein' ich, bester Fürst.
KÖNIG EDUARD.
Ja, doch ich fürcht', in einem andern Sinn.
Um welche Liebe, glaubst du, werb' ich so?
LADY GREY.
Lieb' in den Tod, Dank und Gebet für Euch;
Wie Tugend Liebe bittet und gewährt.
KÖNIG EDUARD.
Nein, solche Liebe mein' ich nicht, mein' Treu'.
LADY GREY.
Nun wohl, dann meint Ihr nicht so, wie ich dachte.
KÖNIG EDUARD.
Nun aber merkt Ihr meinen Sinn zum Teil.
LADY GREY.
Mein Sinn gibt nimmer zu, was, wie ich merke,
Eu'r Hoheit denket, denk' ich anders recht.
KÖNIG EDUARD.
Bei dir zu liegen denk' ich, grad' heraus.
LADY GREY. Und grad' heraus, ich läg' im Kerker lieber.
KÖNIG EDUARD.
Nun, so bekommst du nicht des Mannes Güter.
LADY GREY.
So sei die Ehrbarkeit mein Leibgedinge;
Um den Verlust will ich sie nicht erkaufen.
KÖNIG EDUARD.
Du tust damit den Kindern sehr zu nah.
LADY GREY.
Eu'r Hoheit tut hiemit es mir und ihnen.
Doch diese muntre Neigung, hoher Herr,
Stimmt nicht zu meinem Ernst bei dem Gesuch.
Entlaßt mit Ja mich gütigst oder Nein.
KÖNIG EDUARD.
Ja, wenn du ja auf meinen Wunsch willst sagen;
Nein, wenn du nein auf mein Begehren sagst.
LADY GREY.
Dann nein, mein Fürst, und mein Gesuch ist aus.
GLOSTER *beiseit.*
Die Witwe mag ihn nicht, sie runzelt ihre Stirn.
CLARENCE *beiseit.*
Kein Mensch in Christenlanden wirbt wohl plumper.
KÖNIG EDUARD.
Nach ihren Blicken ist sie voller Sittsamkeit,
Ihr Witz nach ihren Worten unvergleichlich;
All ihre Gaben fodern Herrscherrang,
So oder so ist sie für einen König:
Sie wird mein Liebchen oder mein Gemahl. –
Setz', König Eduard nähm' dich zum Gemahl?
LADY GREY.
Das läßt sich besser sagen, Herr, als tun:
Ich Untertanin tauge wohl zum Scherz,
Doch taug' ich längst nicht, Herrscherin zu sein.
KÖNIG EDUARD.
Bei meinem Thron schwör' ich dir, holde Witwe,
Ich sage nur, was meine Seele wünscht:
Das ist, dich als Geliebte zu besitzen.
LADY GREY. Und das ist mehr, als ich will zugestehn.
Ich weiß, ich bin zu niedrig, Eu'r Gemahl,
Und doch zu gut, Eu'r Kebsweib nur zu sein.
KÖNIG EDUARD.
Stecht Silben nicht: ich meinte als Gemahl.
LADY GREY.
Wenn meine Söhne nun Euch Vater nennen,
Das wird Eu'r Hoheit kränken.
KÖNIG EDUARD. Nein, nicht mehr,
Als wenn dich meine Töchter Mutter nennen.
Du bist 'ne Witwe und hast mehre Kinder;
Ich, bei der Mutter Gottes! der ich noch
Ein Junggeselle bin, hab' ihrer auch:
Wie schön, der Vater vieler Kinder sein!
Erwidre nichts, du wirst nun mein Gemahl.
GLOSTER *beiseit.*
Der Geistliche hat seine Beicht' vollbracht.
CLARENCE *beiseit.*
Zum Beicht'ger hat ihn Leibliches gemacht.
KÖNIG EDUARD.
Euch wundert's, Brüder, was wir zwei geflüstert?
GLOSTER.
Der Witwe steht's nicht an, sie sieht verdüstert.
KÖNIG EDUARD.
Ihr fändet's fremd, wenn ich zur Frau sie wählte?
CLARENCE. Für wen, mein Fürst?
KÖNIG EDUARD. Ei, Clarence, für mich selbst.
GLOSTER. Das wär' zum Wundern auf zehn Tage mind'stens.

CLARENCE.
Das ist ein Tag mehr, als ein Wunder währt.
GLOSTER. So endlos würde dieses Wundern sein.
KÖNIG EDUARD.
Gut, Brüder, spaßt nur fort: ich kann euch sagen,
Gewährt ist das Gesuch ihr um die Güter.
Ein Edelmann tritt auf.
EDELMANN. Mein Fürst, Eu'r Gegner Heinrich ward ergriffen;
Gefangen bringt man ihn vor Euer Schloß.
KÖNIG EDUARD.
So sorgt, daß man ihn schaffe nach dem Turm; –
Und sehn wir, Brüder, den, der ihn ergriff,
Ihn über die Verhaftung zu befragen.
Ihr, Witwe, geht mit uns. – Lords, haltet sie in Ehren!
König Eduard, Lady Grey, Clarence und der Edelmann ab.
GLOSTER. Ja, Eduard hält die Weiber wohl in Ehren.
Wär' er doch aufgezehrt, Mark, Bein und alles,
Damit kein blüh'nder Sproß aus seinen Lenden
Die Hoffnung kreuze meiner goldnen Zeit!
Doch zwischen meiner Seele Wunsch und mir, –
Ist erst des üpp'gen Eduards Recht begraben, –
Steht Clarence, Heinrich und sein Sohn, Prinz Eduard,
Samt ihrer Leiber ungehofften Erben,
Um einzutreten, eh' ich Platz gewinne:
Ein schlimmer Vorbedacht für meinen Zweck!
So träum' ich also nur von Oberherrschaft,
Wie wer auf einem Vorgebirge steht
Und späht ein fernes, gern erreichtes Ufer
Und wünscht, sein Fuß käm' seinem Auge gleich;
Er schilt die See, die ihn von dorten trennt,
Ausschöpfen will er sie, den Weg zu bahnen:
So wünsch' ich auch die Krone, so weit ab,
Und schelte so, was mich von ihr entfernt,
Und sag', ich will die Hindernisse tilgen,
Mir selber schmeichelnd mit Unmöglichkeiten.
Mein Auge blickt, mein Herz wähnt allzukühn,
Kann Hand und Kraft nicht ihnen gleich es tun.
Gut! Setzt, es gibt kein Königreich für Richard:
Was kann die Welt für Freude sonst verleihn?
Ich such' in einer Schönen Schoß den Himmel,
Mit munterm Anputz schmück' ich meinen Leib,
Bezaubre holde Frau'n mit Wort und Blick.
O kläglicher Gedank', und minder glaublich,
Als tausend goldne Kronen zu erlangen!
Schwor Liebe mich doch ab im Mutterschoß,
Und, daß ihr sanft Gesetz für mich nicht gölte,
Bestach sie die gebrechliche Natur
Mit irgendeiner Gabe, meinen Arm
Wie einen dürren Strauch mir zu verschrumpfen,
Dem Rücken einen neid'schen Berg zu türmen,
Wo Häßlichkeit, den Körper höhnend, sitzt,
Die Beine von ungleichem Maß zu formen,
An jedem Teil mich ungestalt zu schaffen
Gleich wie ein Chaos oder Bärenjunges,
Das, ungeleckt, der Mutter Spur nicht trägt.
Und bin ich also wohl ein Mann zum Lieben?
O schnöder Wahn, nur den Gedanken hegen!
Weil denn die Erde keine Lust mir beut
Als herrschen, meistern, andre unterjochen,
Die besser von Gestalt sind wie ich selbst,
So sei's mein Himmel, von der Krone träumen
Und diese Welt für Hölle nur zu achten,
Bis auf dem mißgeschaffnen Rumpf mein Kopf
Umzirkelt ist mit einer reichen Krone.
Doch weiß ich nicht, wie ich die Kron' erlange,
Denn manches Leben trennt mich von der Heimat;
Und ich, wie ein im dorn'gen Wald Verirrter,
Die Dornen reißend und davon gerissen,
Der einen Weg sucht und vom Wege schweift
Und weiß nicht, wie zur freien Luft zu kommen,
Allein verzweifelt ringt, hindurchzudringen, –
So martr' ich mich, die Krone zu erhaschen,
Und will von dieser Marter mich befrein,
Wo nicht, den Weg mit blut'ger Axt mir haun.
Kann ich doch lächeln, und im Lächeln morden,
Und rufen: schön! zu dem, was tief mich kränkt,
Die Wangen netzen mit erzwungnen Tränen
Und mein Gesicht zu jedem Anlaß passen.
Ich will mehr Schiffer als die Nix' ersäufen,
Mehr Gaffer töten als der Basilisk;
Ich will den Redner gut wie Nestor spielen,
Verschmitzter täuschen, als Ulyß gekonnt,
Und, Sinon gleich, ein zweites Troja nehmen;
Ich leihe Farben dem Chamäleon,
Verwandle mehr als Proteus mich und nehme,
Den mörd'rischen Machiavell in Lehr'.
Und kann ich das, und keine Kron' erschwingen?
Ha! Noch so weit, will ich herab sie zwingen.
Ab.

Dritte Szene

Frankreich. Ein Zimmer im Palast.
Pauken und Trompeten. König Ludwig und Bona treten auf mit Gefolge.
Der König setzt sich auf den Thron. Hierauf Königin Margareta, Prinz Eduard und der Graf von Oxford.

KÖNIG LUDWIG *aufstehend.*
Setzt, schöne Königin von England, Euch
Hier, würd'ge Margareta, zu uns her:
Es ziemt nicht Eurem Range noch Geburt,
Daß Ihr so steht, indessen Ludwig sitzt.
MARGARETA.
Nein, großer König Frankreichs! Margareta
Muß nun ihr Segel streichen und für jetzt,
Wo Könige gebieten, dienen lernen.
Ich war vom großen Albion Königin,
Gesteh' ich, in vergangnen goldnen Tagen.
Doch Mißgeschick trat meine Rechte nieder
Und streckte schimpflich auf den Boden mich,
Wo ich mich gleich muß setzen meinem Glück
Und meinem niedern Sitze mich bequemen.
KÖNIG LUDWIG.
Wie, so verzweifelt, schöne Königin?
MARGARETA.
Um das, was mir die Augen füllt mit Tränen,
Die Zunge hemmt, das Herz in Gram ertränkt.
KÖNIG LUDWIG.
Was es auch sei, sei du dir immer gleich
Und setz' dich neben uns; beug' nicht den Nacken
setzt sie neben sich
Dem Joch des Glücks, dein unverzagter Mut
Muß über jeden Unfall triumphieren.

Sei offen, Königin, und sag dein Leid:
Wenn Frankreich helfen kann, so soll's geschehn.

MARGARETA.
Dein gnädig Wort hebt den gesunknen Geist
Und läßt den stummen Gram zur Sprache kommen.
Zu wissen sei daher dem edlen Ludwig,
Daß Heinrich, meines Herzens ein'ger Herr,
Aus einem König ein Verbannter ward
Und muß als Flüchtling jetzt in Schottland leben,
Indes der stolze Eduard, Herzog York,
Sich angemaßt des Titels und des Throns
Von Englands echtgesalbtem, wahrem König.
Dies ist's, warum ich arme Margareta,
Mit meinem Sohn, Prinz Eduard, Heinrichs Erben,
Dich um gerechten Beistand flehend komme.
Wenn du uns fehlst, ist unsre Hoffnung hin.
Schottland hat Willen, doch nicht Macht zu helfen;
Mißleitet ist so unser Volk wie Pairs,
Der Schatz genommen, auf der Flucht das Heer,
Und wie du siehst, wir selbst in Ängsten schwer.

KÖNIG LUDWIG.
Berühmte Fürstin, sänft'ge mit Geduld
Den Sturm, indes wir sinnen ihn zu dämpfen.

MARGARETA.
Je mehr wir zögern, wird der Feind verstärkt.

KÖNIG LUDWIG.
Je mehr ich zögre, leist' ich Beistand dir.

MARGARETA. Ach, Ungeduld begleitet wahre Leiden,
Und seht, da kommt der Stifter meiner Leiden.

Warwick tritt auf mit Gefolge.

KÖNIG LUDWIG.
Wer ist's, der kühn in unsre Nähe tritt?

MARGARETA.
Der Graf von Warwick, Eduards größter Freund.

KÖNIG LUDWIG. Willkommen, tapfrer Warwick!
Sag, was führt dich her?

Er steigt vom Thron. Margareta steht auf.

MARGARETA.
Ja, nun beginnt ein zweiter Sturm zu toben,
Denn dieser ist's, der Wind und Flut bewegt.

WARWICK. Der würd'ge Eduard, König Albions,
Mein Herr und Fürst und dein geschworner Freund,
Hat mich gesandt aus ungeschminkter Liebe,
Erst, deine fürstliche Person zu grüßen,
Dann, einen Bund der Freundschaft zu begehren,
Und endlich, diese Freundschaft zu befest'gen
Durch ein Vermählungsband, wenn du geruhst,
Die tugendsame Schwester, Fräulein Bona,
Zur Eh' dem König Englands zu gewähren.

MARGARETA.
Wenn das geschieht, ist Heinrichs Hoffnung hin.

WARWICK *zur Bona.*
Und, gnäd'ges Fräulein, von des Königs wegen
Bin ich befehligt, mit Vergünstigung
In aller Demut Eure Hand zu küssen
Und meines Fürsten Herz zu offenbaren,
Wo jüngst der Ruf, ins wache Ohr ihm dringend,
Aufstellte deiner Schönheit Bild und Tugend.

MARGARETA.
Vernehmt mich, König Ludwig, Fräulein Bona,
Eh' ihr zur Antwort schreitet. Warwicks Bitte
Kommt nicht von Eduards wohlgemeinter Liebe,
Sie kommt vom Truge her, aus Not erzeugt.
Kann ein Tyrann zu Hause sicher herrschen,
Wenn er nicht auswärts mächtig sich verbündet?
Er sei Tyrann, beweist genugsam dies,
Daß Heinrich ja noch lebt; und wär' er tot,
Hier steht Prinz Eduard, König Heinrichs Sohn.
Drum, Ludwig, sieh, daß dieses Heiratsbündnis
Dich nicht in Schaden bring' und in Gefahr!
Denn, wenn der Usurpator auch ein Weilchen
Das Szepter führt, der Himmel ist gerecht,
Und von der Zeit wird Unrecht unterdrückt.

WARWICK. Schmähsücht'ge Margareta!

PRINZ. Warum nicht Königin?

WARWICK. Dein Vater Heinrich war ein Usurpator,
Du bist nicht Prinz, wie sie nicht Königin.

OXFORD.
Den großen Gaunt vernichtet Warwick denn,
Der Spaniens größten Teil bezwungen hat;
Und nach Johann von Gaunt, Heinrich den Vierten,
An dessen Weisheit Weise sich gespiegelt;
Und nach dem weisen Herrn, Heinrich den Fünften,
Des Heldenkraft ganz Frankreich hat erobert:
Von dieser Reih' stammt unser Heinrich ab.

WARWICK.
Oxford, wie kommt's bei dieser glatten Rede,
Daß Ihr nicht sagtet, wie der sechste Heinrich
All das verloren, was der fünfte schaffte?
Mich dünkt, das müßten diese Pairs belächeln.
Doch ferner zählt Ihr einen Stammbaum auf
Von zweiundsechzig Jahren: eine dürft'ge Zeit
Für die Verjährung eines Königreichs.

OXFORD.
So, Warwick, sprichst du wider deinen Fürsten,
Dem du gehorcht hast sechsunddreißig Jahr,
Und kein Erröten zeiht dich des Verrats?

WARWICK.
Kann Oxford, der von je das Recht geschirmt,
Mit einem Stammbaum Falschheit nun bemänteln?
Pfui, laß von Heinrich und nenn' Eduard König!

OXFORD.
Ihn König nennen, dessen harter Spruch
Den ältern Bruder mir, Lord Aubrey Vere,
Zum Tod geführt? Ja mehr noch, meinen Vater,
Recht in dem Abfall seiner mürben Jahre,
Als an des Todes Tor Natur ihn brachte?
Nein, Warwick, nein! Solang' mein Arm sich hält,
Hält er das Haus von Lancaster empor.

WARWICK. Und ich das Haus von York.

KÖNIG LUDWIG.
Geruhet, Königin, Prinz Eduard, Oxford,
Auf unsre Bitte doch beiseit zu treten,
Weil ich mit Warwick ferner mich bespreche.

MARGARETA.
Daß Warwicks Worte nur ihn nicht bezaubern!

Sie tritt mit dem Prinzen und Oxford zurück.

KÖNIG LUDWIG.
Nun, Warwick, sag mir, recht auf dein Gewissen,
Ob Eduard euer wahrer König ist?
Denn ungern möcht' ich mich mit dem verknüpfen,
Der nicht gemäß dem Rechte wär' erwählt.

WARWICK.
Darauf verpfänd' ich Ehr' und Glauben dir.

KÖNIG LUDWIG.
Dann ferner, alle Falschheit abgetan,

Sag mir in Wahrheit seiner Liebe Maß
Zu unsrer Schwester Bona.

WARWICK. Sie erscheint
Ganz würdig eines Fürsten, so wie er.
Oft hört' ich selbst ihn sagen und beschwören:
Ein ew'ger Baum sei diese seine Liebe,
Der in der Tugend Boden fest gewurzelt,
Dem Laub und Frucht der Schönheit Sonne treibt;
Von Tücke frei, nicht von verschmähter Wahl,
Bis Fräulein Bona löset seine Qual.

KÖNIG LUDWIG.
Nun, Schwester, sagt uns Euren festen Schluß.

BONA. Eu'r Jawort, Euer Weigern sei auch meins.
Zu Warwick.
Jedoch bekenn' ich, daß schon oft vor heute,
Wenn man von Eures Königs Wert berichtet,
Mein Ohr das Urteil zum Verlangen lockte.

KÖNIG LUDWIG.
So hör' denn, Warwick: meine Schwester wird
Gemahlin Eduards, und entwerfen soll
Man Punkte nun sogleich, das Leibgedinge
Betreffend, das Eu'r König machen muß,
Um ihren Brautschatz damit aufzuwägen.
Kommt, Königin Margareta, seid hier Zeugin,
Daß Bona sich verlobt mit Englands König.

PRINZ. Mit Eduard, aber nicht mit Englands König.

MARGARETA. Betrügerischer Warwick! Deine List
War's, mein Gesuch durch diesen Bund zu hindern.
Bevor du kamst, war Ludwig Heinrichs Freund.

KÖNIG LUDWIG.
Und ist noch sein und Margaretens Freund.
Doch ist Eu'r Anspruch an die Krone schwach,
Wie es nach Eduards gutem Fortgang scheint,
Dann ist's nur billig, daß ich freigesprochen
Vom Beistand werde, den ich jüngst verhieß.
Ihr sollt von mir noch alle Güt' erfahren,
Die Euer Los verlangt und meins gewährt.

WARWICK.
Heinrich lebt jetzt in Schottland, ganz nach Wunsch,
Und da er nichts hat, kann er nichts verlieren.
Ihr selber, unsre weiland Königin,
Habt einen Vater, Euch zu unterhalten,
Und solltet dem, statt Frankreich, lästig fallen.

MARGARETA.
Still, frecher, unverschämter Warwick! Still!
Der Kön'ge stolzer Schöpfer und Vernichter!
Ich will nicht fort, bis meine Wort' und Tränen
Voll Wahrheit König Ludwig deine Tücke
Und deines Herren falsche Lieb' entdeckt:
Denn ihr seid Wesen von demselben Schlag.
Man hört draußen ein Posthorn.

KÖNIG LUDWIG.
Warwick, an dich kommt Botschaft, oder uns.
Ein Bote tritt auf.

BOTE.
Mein Herr Gesandter, dieser Brief hier ist an Euch,
Von Eurem Bruder, Markgraf Montague;
Vom König dieser an Eu'r Majestät;
zu Margareten
Der, gnäd'ge Frau, an Euch: von wem, das weiß ich nicht.
Alle lesen ihre Briefe.

OXFORD. Mir steht es an, daß unsre holde Herrin
Mit Lächeln liest, da Warwick finster sieht.

PRINZ.
Seht nur, wie Ludwig stampft vor Ungeduld:
Ich hoff', es geht noch gut.

KÖNIG LUDWIG.
Nun, Warwick, wie ist deine Neuigkeit?
Und wie die Eure, schöne Königin?

MARGARETA.
Die mein' erfüllt mich unverhofft mit Freude.

WARWICK.
Die meine bringt mir Leid und Mißvergnügen.

KÖNIG LUDWIG.
Was? Nahm Eu'r König Lady Grey zur Eh',
Und, Eu'r und seine Falschheit zu beschönen,
Rät er Geduld mir an durch diesen Zettel?
Ist das der Bund, den er mit Frankreich sucht?
Darf er es wagen, so uns zu verhöhnen?

MARGARETA.
Ich sagt' es Euer Majestät voraus,
Dies zeugt von Eduards Lieb' und Warwicks Redlichkeit.

WARWICK.
Hier, König Ludwig, vor des Himmels Antlitz
Und bei der Hoffnung auf mein himmlisch Heil,
Schwör' ich mich rein an diesem Frevel Eduards;
Nicht meines Königs mehr, denn er entehrt mich,
Sich selbst am meisten, säh' er seine Schande.
Vergaß ich, daß mein Vater seinen Tod
Unzeitig durch das Haus von York gefunden?
Ließ hingehn meiner Nichte Mißhandlung?
Umgab ihn mit der königlichen Krone?
Stieß Heinrich aus dem angestammten Recht?
Und wird zuletzt mir so gelohnt mit Schande?
Schand' über ihn! Denn ich bin Ehre wert:
Und die für ihn verlorne herzustellen,
Sag' ich ihm ab und wende mich zu Heinrich.
Laß, edle Königin, den alten Groll:
Ich will hinfort dein treuer Diener sein,
Sein Unrecht an der Fräulein Bona rächen
Und Heinrich wieder setzen auf den Thron.

MARGARETA.
Warwick, dein Wort hat meinen Haß in Liebe
Verkehrt, und ich vergebe und vergesse
Die alten Fehler ganz und bin erfreut,
Daß du der Freund von König Heinrich wirst.

WARWICK.
So sehr sein Freund, ja sein wahrhafter Freund,
Daß, wenn der König Ludwig wenig Scharen
Erlesnen Volks uns zu verleihn geruht,
So unternehm' ich, sie bei uns zu landen
Und den Tyrann mit Krieg vom Thron zu stoßen.
Nicht seine neue Braut beschirmt ihn wohl,
Und Clarence, wie mir meine Briefe melden,
Steht auf dem Punkte, von ihm abzufallen,
Weil er gefreit nach üpp'ger Lust, statt Ehre
Und unsers Landes Stärk' und Sicherheit.

BONA. Wie findet Bona Rache, teurer Bruder,
Hilfst du nicht der bedrängten Königin?

MARGARETA.
Berühmter Fürst, wie soll mein Heinrich leben,
Errettest du ihn von Verzweiflung nicht?

BONA. Mein Streit und dieser Königin sind eins.

WARWICK. Und meiner tritt, Prinzessin, eurem bei.

KÖNIG LUDWIG.
Und meiner eurem, deinem und Margretens.
Deswegen bin ich endlich fest entschlossen,
Euch beizustehn.
MARGARETA. Laßt untertänig mich für alle danken.
KÖNIG LUDWIG.
Dann, Englands Bote, kehre schleunig heim
Und sage deinem eingebild'ten König,
Dem falschen Eduard, daß ihm Ludewig
Von Frankreich Masken will hinübersenden
Zum Tanz mit ihm und seiner neuen Braut.
Du siehst, was vorgeht: geh, damit ihn schrecken.
BONA.
Sag ihm, in Hoffnung seiner bald'gen Witwerschaft
Trag' ich den Weidenkranz um seinetwillen.
MARGARETA.
Sag ihm, die Trauer sei beiseit' geschafft,
Und kriegerische Rüstung leg' ich an.
WARWICK. Sag ihm von mir, er habe mich gekränkt,
Drum woll' ich ihn entkrönen, eh' er's denkt.
Hier ist dein Lohn, und geh!

Der Bote ab.

KÖNIG LUDWIG. Nun, Warwick,
Du und Oxford, mit fünftausend Mann,
Sollt übers Meer und Krieg dem Falschen bieten,
Und diese edle Fürstin und ihr Prinz
Soll, wie's die Zeit gibt, mit Verstärkung folgen.
Doch, eh' du gehst, lös' einen Zweifel mir:
Was dient zum Pfand für deine feste Treu'?
WARWICK. Dies soll Euch sichern meine stete Treu':
Wenn unsre Königin genehm es hält
Und dieser junge Prinz, will ich alsbald
Ihm meine ält'ste Tochter, meine Lust,
Verknüpfen durch der Trauung heil'ges Band.
MARGARETA.
Ich halt's genehm und dank' Euch für den Antrag. –
Sohn Eduard, sie ist weis' und tugendsam,
Drum zögre nicht, gib deine Hand an Warwick
Und mit ihr dein unwiderruflich Wort,
Daß Warwicks Tochter einzig dein soll sein.
PRINZ. Ich nehme gern sie an, denn sie verdient es;
Und hier zum Pfande biet' ich meine Hand.

Er gibt Warwick die Hand.

KÖNIG LUDWIG.
Was zögern wir? Man soll die Mannschaft werben,
Und, Bourbon, du, Großadmiral des Reichs,
Sollst sie mit unsrer Flotte übersetzen;
Denn mich verlangt, daß er sei ausgerottet,
Weil ein französisch Fräulein er verspottet.

Alle ab außer Warwick.

WARWICK.
Ich kam von Eduard als Gesandter her,
Doch kehr' ich heim als sein geschworner Feind;
Zur Heiratsstiftung gab er Auftrag mir,
Doch droh'nder Krieg erfolgt auf sein Begehren.
Hatt' er zum Spielzeug niemand sonst als mich?
So will nur ich den Spaß in Leid verkehren:
Ich war voraus, zur Kron' ihn zu erheben,
Und will voraus sein, wieder ihn zu stürzen:
Nicht, daß mir Heinrichs Elend kläglich sei,
Doch rächen will ich Eduards Neckerei.

Ab.

Vierter Aufzug

Erste Szene

London. Ein Zimmer im Palast.
Gloster, Clarence, Somerset, Montague und andre treten auf.

GLOSTER.
Nun sagt mir, Bruder Clarence, was denkt Ihr
Von dieser neuen Eh' mit Lady Grey?
Traf unser Bruder keine würd'ge Wahl?
CLARENCE.
Ach, wie Ihr wißt, 's ist weit nach Frankreich hin;
Wie konnt' er Warwicks Wiederkunft erwarten?
SOMERSET.
Mylords, laßt dies Gespräch: da kommt der König.

Trompeten und Pauken.
König Eduard mit Gefolge, Lady Grey als Königin, Pembroke, Stafford, Hastings und andre treten auf.

GLOSTER. Und seine wohlgewählte Braut.
CLARENCE. Ich sag' ihm, was ich denke, grad' heraus.
KÖNIG EDUARD. Nun, Bruder Clarence, wie dünkt Euch die Wahl,
Daß Ihr nachdenklich steht, halb mißvergnügt?
CLARENCE.
So gut wie Ludwig und dem Grafen Warwick,
Die von so schwachem Mut und Urteil sind,
Daß unsre Mißhandlung sie nicht beleidigt.
KÖNIG EDUARD.
Setzt, daß sie ohne Grund beleidigt wären,
Sie sind nur Ludwig, Warwick; ich bin Eduard,
Eu'r Herr und Warwicks, und muß schalten können.
GLOSTER.
Und sollt auch schalten, weil Ihr unser Herr;
Doch übereilte Eh' tut selten gut.
KÖNIG EDUARD.
Ei, Bruder Richard, seid Ihr auch beleidigt?
GLOSTER. Ich nicht:
Verhüte Gott, daß ich geschieden wünschte,
Die Gott verbunden; ja und es wäre schade,
Ein Paar zu trennen, das so schön sich paßt.
KÖNIG EDUARD.
Vom Hohn und Widerwillen abgesehn,
Sagt mir, weswegen Lady Grey mein Weib
Und Englands Königin nicht werden sollte?
Ihr gleichfalls, Somerset und Montague,
Sprecht offen, was ihr denkt.
CLARENCE.
So ist dies meine Meinung: König Ludwig
Wird Euer Feind, weil Ihr ihn mit der Heirat
Der Fräulein Bona zum Gespött gemacht.
GLOSTER.
Und Warwick, der nach Eurem Auftrag tat,
Ist nun entehrt durch diese neue Heirat.
KÖNIG EDUARD.
Wie, wenn ich beide nun durch neue Mittel,
Die ich ersinnen kann, zufrieden stelle?
MONTAGUE.
Doch solchen Bund mit Frankreich einzugehn,
Hätt' unsern Staat geschirmt vor fremden Stürmen,
Mehr als es eine Landesheirat kann.
HASTINGS.
Weiß Montague denn nicht, daß England sicher

Für sich schon ist, bleibt es sich selbst nur treu?

MONTAGUE.
Ja, doch gedeckt von Frankreich, sichrer noch.

HASTINGS.
's ist besser, Frankreich nutzen als vertraun.
Laßt uns durch Gott gedeckt sein und das Meer,
Das Gott uns gab zu einem festen Walle,
Und wehren wir mit ihrer Hülf' uns bloß;
Sie und wir selbst sind unsre Sicherheit.

CLARENCE.
Für diese Rede schon verdient Lord Hastings
Zur Eh' die Erbin des Lord Hungerford.

KÖNIG EDUARD.
Nun gut, was soll's? Es war mein Will' und Wort,
Und diesmal gilt mein Wille für Gesetz.

GLOSTER.
Doch dünkt mich, Eure Hoheit tat nicht wohl,
Die Tochter und die Erbin des Lord Scales
Dem Bruder Eurer teuren Braut zu geben;
Mir oder Clarence käm' sie besser zu:
Doch Bruderlieb' ist in der Braut begraben.

CLARENCE.
Sonst hättet Ihr die Erbin des Lord Bonville
Nicht Eures neuen Weibes Sohn verliehn
Und Eure Brüder sonst wo freien lassen.

KÖNIG EDUARD.
Ach, armer Clarence! Bist du mißvergnügt
Nur um ein Weib? Ich will dich schon versorgen.

CLARENCE.
Die Wahl für Euch verriet schon Euer Urteil;
Und da es seicht ist, so erlaubt mir nur,
Den Unterhändler für mich selbst zu spielen,
Wozu ich nächstens denk' Euch zu verlassen.

KÖNIG EDUARD.
Geht oder bleibt, Eduard will König sein
Und nicht gebunden an der Brüder Willen.

LADY GREY. Mylords, eh' Seine Majestät beliebte,
Mich zu erhöhn zum Rang der Königin,
Seid gegen mich so billig, zu bekennen,
Daß ich von Abkunft nicht unedel war
Und daß Gering're gleiches Glück gehabt.
Doch wie der Rang mich und die Meinen ehrt,
So wölket ihr, die ich gewinnen möchte,
Mir abhold, mit Gefahr und Leid die Freude.

KÖNIG EDUARD.
Mein Herz, laß ab, den Mürrischen zu schmeicheln.
Was für Gefahr und Leid kann dich betreffen,
Solang' nur Eduard dein beständ'ger Freund
Und ihr Monarch, dem sie gehorchen müssen?
Ja, und gehorchen werden und dich lieben,
Wenn sie nicht Haß von mir verdienen wollen.
Und tun sie das, dich stell' ich sicher doch,
Sie sollen meines Grimmes Rache fühlen.

GLOSTER *beiseit.*
Ich sage wenig, denke desto mehr.

Ein Bote tritt auf.

KÖNIG EDUARD.
Nun, Bote, was für Brief' und Neuigkeiten
Aus Frankreich?

BOTE. Mein König, keine Brief' und wenig Worte,
Doch die ich ohn' Begnadigung von Euch
Nicht melden darf.

KÖNIG EDUARD. Gut, wir begnad 'gen dich;
drum sage kürzlich,
So gut du dich entsinnst, mir ihre Worte.
Was gab der König unserm Brief zur Antwort?

BOTE. Dies waren seine Worte, da ich schied:
»Geh, sage deinem eingebild'ten König,
Dem falschen Eduard, daß ihm Ludewig
Von Frankreich Masken will hinübersenden
Zum Tanz mit ihm und seiner neuen Braut.«

KÖNIG EDUARD.
Ist er so brav? Er hält mich wohl für Heinrich.
Doch was sagt Fräulein Bona zu der Heirat?

BOTE. Dies waren ihre sanft unwill'gen Worte:
»Sag ihm, in Hoffnung seiner bald'gen Witwerschaft
Trag' ich den Weidenkranz um seinetwillen.«

KÖNIG EDUARD.
Ich tadle drum sie nicht, sie konnte wohl
Nicht wen'ger sagen: sie verlor dabei.
Was aber sagte Heinrichs Eh'gemahl?
Denn, wie ich hörte, war sie da zugegen.

BOTE. »Sag ihm«, sprach sie, »die Trau'r sei abgetan,
Und kriegerische Rüstung leg' ich an.«

KÖNIG EDUARD.
Es scheint, sie will die Amazone spielen.
Was aber sagte Warwick zu dem Hohn?

BOTE. Er, wider Eure Majestät entrüstet,
Mehr als sie all', entließ mich mit den Worten:
»Sag ihm von mir, er habe mich gekränkt,
Drum woll' ich ihn entkrönen, eh' er's denkt.«

KÖNIG EDUARD.
Ha! Wagte der Verräter so zu freveln?
Nun wohl, ich will mich rüsten, so gewarnt:
Krieg soll'n sie haben und den Hochmut büßen.
Doch sag, ist Warwick Freund mit Margareten?

BOTE. Ja, gnäd'ger Fürst; so innig ist die Freundschaft,
Daß sich ihr Prinz vermählt mit Warwicks Tochter.

CLARENCE.
Wohl mit der ältern, Clarence will die jüngste.
Lebt wohl nun, Bruder König! Sitzt nur fest,
Denn ich will fort zu Warwicks andrer Tochter,
Damit ich, fehlt mir schon ein Königreich,
In der Vermählung Euch nicht nachstehn möge. –
Wer mich und Warwick liebt, der folge mir.

Clarence ab, und Somerset folgt ihm nach.

GLOSTER *beiseit.*
Nicht ich, mein Sinn geht auf ein weitres Ziel:
Ich bleibe, Eduard nicht, der Krone nur zu lieb.

KÖNIG EDUARD.
Clarence und Somerset, zum Warwick beide!
Doch bin ich auf das Äußerste gewaffnet,
Und Eil' ist nötig bei der großen Not. –
Pembroke und Stafford, geht, bringt Mannschaft auf
Zu unserm Dienst, macht Zurüstung zum Krieg:
Sie sind gelandet oder werden's nächstens;
Ich selbst will schleunig in Person euch folgen.

Pembroke und Stafford ab.

Doch eh' ich geh', Hastings und Montague,
Löst meinen Zweifel. Ihr, vor allen andern,
Seid Warwick nah durch Blut und Freundschaftsbund:
Sagt, ob ihr Warwick lieber habt als mich?
Wenn dem so ist, so scheidet hin zu ihm,
Statt falscher Freunde wünsch' ich euch zu Feinden.
Doch wenn ihr denkt, mir treue Pflicht zu halten,
Verbürgt es mir mit freundlicher Verheißung,

Daß ich nie Argwohn hege wider euch.
MONTAGUE. Gott helfe Montague nach seiner Treu'!
HASTINGS.
Und Hastings, wie er Eduards Sache führt!
KÖNIG EDUARD.
Nun, Bruder Richard, wollt Ihr bei uns stehn?
GLOSTER. Ja, trotz jedwedem, der Euch widersteht.
KÖNIG EDUARD.
Nun wohl, so bin ich meines Siegs gewiß.
Drum laßt uns fort; und keine Müh' vergessen,
Bis wir mit Warwicks fremder Macht uns messen.

Alle ab.

Zweite Szene

Eine Ebene in Warwickshire.
Warwick und Oxford treten auf, mit französischen und andern Truppen.

WARWICK. Glaubt mir, Mylord, bis jetzt geht alles gut;
Das geringe Volk strömt uns in Haufen zu.

Clarence und Somerset treten auf.

Doch seht, da kommen Somerset und Clarence. –
Sagt schleunig, Mylords: sind wir sämtlich Freunde?
CLARENCE. Sorgt darum nicht, Mylord!
WARWICK.
Willkommen dann dem Warwick, lieber Clarence!
Willkommen, Somerset! Ich halt's für Feigheit,
Argwöhnisch bleiben, wo ein edles Herz
Die offne Hand als Liebespfand gereicht;
Sonst könnt' ich denken, Clarence, Eduards Bruder,
Sei ein verstellter Freund nur unsers Tuns:
Doch sei willkommen; ich geb' dir meine Tochter.
Was ist nun übrig, als im Schutz der Nacht,
Da sorgenlos dein Bruder sich gelagert,
Rings in den Städten seine Scharen liegen
Und eine bloße Wach' ihn nur umgibt,
Ihn überfallen und nach Wunsche fangen?
Die Späher fanden leicht dies Unternehmen,
Daß, wie Ulysses und Held Diomed
Zu Rhesus' Zelten schlau und mannhaft schlichen,
Und Thraziens verhängnisvolle Rosse
Von dannen führten: so auch wir, gedeckt
Vom Mantel schwarzer Nacht, ganz unversehens
Die Wachen Eduards mögen niederhaun
Und greifen ihn, – ich sage nicht, ihn töten,
Denn ihn zu überfallen denk' ich nur.
Ihr, die ihr zu dem Abenteu'r mir folgt,
Mit eurem Führer jubelt Heinrichs Namen.

Alle rufen: »Heinrich!«

Nun denn, laßt schweigend unsern Weg uns ziehn:
Gott und Sankt George für Warwick und die Seinen!

Alle ab.

Dritte Szene

Eduards Lager in der Nähe von Warwick.
Schildwachen vor des Königs Zelt treten auf.

ERSTE SCHILDWACHE.
Kommt, Leute, nehme jeder seinen Stand,
Der König hat sich schon zum Schlaf gesetzt.
ZWEITE SCHILDWACHE.
Was? Will er nicht zu Bett?
ERSTE SCHILDWACHE.
Nein, er hat einen hohen Schwur getan,
Niemals zu liegen noch der Ruh' zu pflegen,
Bis Warwick oder er ganz unterlegen.
ZWEITE SCHILDWACHE.
Vermutlich wird das morgen sein am Tag,
Wenn Warwick schon so nah ist, wie es heißt.
DRITTE SCHILDWACHE.
Doch bitte, sagt, wer ist der Edelmann,
Der bei dem König hier im Zelte ruht?
ERSTE SCHILDWACHE.
Lord Hastings ist's, des Königs größter Freund.
DRITTE SCHILDWACHE.
O wirklich? Doch warum befiehlt der König,
Daß all sein Anhang rings in Städten herbergt,
Indes er selbst im kalten Felde bleibt?
ZWEITE SCHILDWACHE.
Es ist mehr Ehre, weil's gefährlicher.
DRITTE SCHILDWACHE.
Ja, aber gebt mir Achtbarkeit und Ruh',
Das lieb' ich mehr als Ehre mit Gefahr.
Wenn Warwick wüßt', in welcher Lag' er ist,
's ist zu befürchten, daß er wohl ihn weckte.
ERSTE SCHILDWACHE.
Wenn's unsre Hellebarden nicht ihm wehren.
ZWEITE SCHILDWACHE.
Ja, wozu sonst bewachen wir sein Zelt,
Als ihn vor nächt'gem Anlauf zu beschützen?

Warwick, Clarence, Oxford und Somerset treten auf mit Truppen.

WARWICK.
Dies ist sein Zelt, seht seine Wachen stehn.
Auf, Leute! Mut! Nun oder nimmer Ehre!
Folgt mir, und Eduard soll unser sein.
ERSTE SCHILDWACHE. Wer da?
ZWEITE SCHILDWACHE.
Steh, oder du bist des Todes.

Warwick und alle übrigen rufen: »Warwick! Warwick!« und greifen die Wachen an, welche fliehen und schrein: »Zu den Waffen! Zu den Waffen!« während ihnen Warwick und die andern nachsetzen.

Unter Trommeln und Trompeten kommen Warwick und die übrigen zurück und bringen den König im Schlafrock, in einem Lehnstuhl sitzend, heraus. Gloster und Hastings fliehn über die Bühne.

SOMERSET. Wer sind sie, die da flohn?
WARWICK.
Richard und Hastings; laßt sie, hier ist der Herzog.
KÖNIG EDUARD.
Herzog! Wie, Warwick? Da wir schieden, nanntest
Du König mich.
WARWICK. Ja, doch der Fall ist anders.
Als Ihr bei der Gesandtschaft mich beschimpft,
Da hab' ich Euch der Königswürd' entsetzt,
Und nun ernenn' ich Euch zum Herzog York.
Wie solltet Ihr ein Königreich regieren,
Der Ihr nicht wißt, Gesandte zu behandeln,
Nicht wißt, mit einem Weib Euch zu begnügen,
Nicht wißt, an Brüdern brüderlich zu handeln,
Nicht wißt, auf Eures Volkes Wohl zu sinnen,
Nicht wißt, vor Euren Feinden Euch zu bergen?

KÖNIG EDUARD.
Ei, Bruder Clarence, bist du auch dabei?
Dann seh' ich wohl, daß Eduard sinken muß. –
Ja, Warwick, allem Mißgeschick zum Trotz,
Dir selbst und allen Helfern deiner Tat,
Wird Eduard stets als König sich betragen:
Stürzt gleich des Glückes Bosheit meine Größe,
Mein Sinn geht über seines Rades Kreis.
WARWICK *nimmt ihm die Krone ab.*
Sei Eduard Englands König dann im Sinn,
Doch Heinrich soll nun Englands Krone tragen
Und wahrer König sein: du nur der Schatte. –
Mylord von Somerset, auf mein Begehren
Sorgt, daß man gleich den Herzog Eduard schaffe
Zu meinem Bruder, Erzbischof von York.
Wann ich gekämpft mit Pembroke und den Seinen,
So folg' ich Euch und melde, was für Antwort
Ihm Ludwig und das Fräulein Bona senden.
Leb wohl indessen, guter Herzog York!
KÖNIG EDUARD.
Was Schicksal auflegt, muß der Mensch ertragen,
Es hilft nicht, gegen Wind und Flut sich schlagen.
König Eduard wird abgeführt, Somerset begleitet ihn.
OXFORD.
Was bleibt für uns, Mylords, nun noch zu tun,
Als daß wir mit dem Heer nach London ziehn?
WARWICK. Ja wohl, das müssen wir zuvörderst tun:
Um König Heinrich vom Verhaft zu lösen
Und auf den Königsthron ihn zu erhöhn.
Alle ab.

Vierte Szene

London. Ein Zimmer im Palast.
Königin Elisabeth und Rivers treten auf.

RIVERS.
Was hat Euch, gnäd'ge Frau, so schnell verwandelt?
KÖNIGIN ELISABETH.
Wie, Bruder Rivers? Müßt Ihr's erst erfahren,
Welch Unglück König Eduard jüngst betroffen?
RIVERS. Verlust von einem Treffen gegen Warwick?
KÖNIGIN ELISABETH.
Nein, seiner fürstlichen Person Verlust.
RIVERS. So ward mein Fürst erschlagen?
KÖNIGIN ELISABETH.
Ja, fast erschlagen: denn er ward gefangen,
Sei's, daß der Wachen Falschheit ihn verriet,
Sei's, daß der Feind ihn jählings überfallen;
Und, wie man ferner meldet, ist er nun
Beim Erzbischof von York in Haft, dem Bruder
Des grimmen Warwick, folglich unserm Feind.
RIVERS. Ich muß gestehn, die Zeitung ist betrübt.
Doch, gnäd'ge Fürstin, müßt Ihr nicht verzagen:
Vom Warwick kann der Sieg zu uns sich schlagen.
KÖNIGIN ELISABETH.
Bis dahin muß mein Leben Hoffnung tragen.
Und der Verzweiflung wehr' ich gern aus Liebe
Zu Eduards Sprößling unter meinem Herzen.
Das ist's, was Leidenschaft mich zügeln lehrt
Und milde tragen meines Unglücks Kreuz;
Ja, darum zieh' ich manche Träne ein
Und hemme Seufzer, die das Blut wegsaugen,
Damit sie nicht ertränken und verderben
Den Sprößling Eduards, Englands echten Erben.
RIVERS.
Doch, gnäd'ge Frau, wo kam denn Warwick hin?
KÖNIGIN ELISABETH.
Man meldet mir, daß er nach London zieht,
Nochmals die Kron' auf Heinrichs Haupt zu setzen.
Das Weitre magst du selber raten nun:
Die Freunde König Eduards müssen fallen.
Doch der Gewalt des Wütrichs vorzubeugen
(Denn dem trau' nie, der einmal Treue brach),
Will ich von hier sogleich zur Freistatt hin,
Von Eduards Recht den Erben mind'stens retten;
Da bleib' ich sicher vor Gewalt und Trug.
Komm also auf die Flucht, weil sie noch offen:
Von Warwicks Hand ist nur der Tod zu hoffen.
Beide ab.

Fünfte Szene

Ein Tiergarten in der Nähe der Burg Middleham in Yorkshire.
Gloster, Hastings, Sir William Stanley und andre treten auf.

GLOSTER.
Nun, Mylord Hastings und Sir William Stanley,
Erstaunt nicht mehr, warum ich euch hieher
In des Geheges tiefstes Dickicht zog.
So steht's: Ihr wißt, mein Bruder, unser König,
Ist als Gefangner bei dem Bischof hier,
Der gut ihn hält und ihm viel Freiheit läßt,
Und oft, von wenig Wache nur begleitet,
Kommt er hieher, sich jagend zu ergötzen.
Ich hab' ihm Nachricht insgeheim erteilt,
Daß, wenn er diesen Weg um diese Stunde
Mit der gewohnten Übung Vorwand nimmt,
Er hier die Freunde finden soll, mit Pferden
Und Mannschaft, vom Verhaft ihn zu befrein.
König Eduard und ein Jäger treten auf.
JÄGER. Hieher, mein Fürst; hier liegt das Wild versteckt.
KÖNIG EDUARD.
Nein, hieher, Mann: sieh da die Jäger stehn. –
Nun, Bruder Gloster, Lord Hastings und ihr andern,
Steckt ihr so hier, des Bischofs Wild zu stehlen?
GLOSTER. Bruder, die Zeit und Lage fodert Eil';
An des Geheges Ecke steht Eu'r Pferd.
KÖNIG EDUARD. Doch wohin sollen wir?
HASTINGS.
Nach Lynn, Mylord, von da nach Flandern schiffen.
GLOSTER.
Fürwahr, getroffen! Das war meine Meinung.
KÖNIG EDUARD.
Stanley, ich will den Eifer dir vergelten.
GLOSTER. Was zögern wir? Zum Reden ist nicht Zeit.
KÖNIG EDUARD.
Was sagst du, Jäger? Willst du mit mir gehn?
JÄGER. Besser als bleiben und mich hängen lassen.
GLOSTER.
So kommt denn, fort! und macht kein Wesen weiter.
KÖNIG EDUARD.
Leb wohl denn, Bischof! Warwicks Zorn entrinne,
Und bete, daß ich meinen Thron gewinne!
Alle ab.

Sechste Szene

Ein Zimmer im Turm.
König Heinrich, Clarence, Warwick, Somerset, der junge Richmond, Oxford, Montague, der Kommandant des Turmes und Gefolge.

KÖNIG HEINRICH.
Herr Kommandant, da Gott und Freunde nun
Eduard vom königlichen Sitz gestoßen,
In Freiheit mein Gefängnis, meine Furcht
In Hoffnung und mein Leid in Lust verkehrt:
Was sind wir bei der Loslassung dir schuldig?

KOMMANDANT.
Der Untertan kann nichts vom Fürsten fodern;
Doch, wenn demüt'ge Bitten etwas gelten,
Wünsch' ich Verzeihung von Eu'r Majestät.

KÖNIG HEINRICH.
Wofür? Daß du mich gut behandelt hast?
Nein, sei gewiß, ich lohne deine Güte,
Die den Verhaft mir umschuf in Vergnügen,
Ja solch Vergnügen, wie im Käfig Vögel
Empfinden, wenn nach langem Trübsinn sie
Zuletzt bei häuslichen Gesanges Tönen
An den Verlust der Freiheit sich gewöhnen. –
Doch, Warwick, du nächst Gott hast mich befreit,
Drum bin ich dir nächst Gott zum Dank bereit:
Er war Urheber und das Werkzeug du.
Auf daß ich nun des Glückes Neid besiege,
Klein lebend, wo es mir nicht schaden kann,
Und daß mein widerwärt'ger Stern das Volk
In diesem Land des Segens nicht bestrafe,
Warwick, wiewohl ich noch die Krone trage,
So übergeb' ich dir mein Regiment:
Du bist beglückt in allem deinem Tun.

WARWICK.
Eu'r Hoheit war für Tugend stets berühmt
Und zeigt sich nun so weis' als tugendhaft,
Des Schicksals Tücke spähend und vermeidend;
Denn wen'ge richten sich nach ihrem Stern.
In einem nur muß ich Euch Unrecht geben,
Daß Ihr mich wählt, da Clarence steht daneben.

CLARENCE.
Nein, Warwick, du bist würdig der Gewalt,
Du, dem den Ölzweig und den Lorbeerkranz
Bei der Geburt der Himmel zugesprochen.
Du wirst im Krieg und Frieden Segen haben,
Drum geb' ich willig meine Stimme dir.

WARWICK.
Und ich erwähle Clarence zum Protektor.

KÖNIG HEINRICH.
Warwick und Clarence, gebt die Hand mir beide,
Fügt sie in eins nun, und zugleich die Herzen,
(Damit kein Zwiespalt die Verwaltung hemme:)
Ich mach' euch beide zu des Reichs Protektorn.
Ein stilles Leben führ' ich selbst indes,
Verbring' in Andacht meiner Laufbahn Ende,
Daß ich den Schöpfer preis' und Sünde wende.

WARWICK.
Was sagt auf seines Fürsten Willen Clarence?

CLARENCE.
Daß er drein willigt, wenn es Warwick tut:
Denn auf dein gutes Glück verlass' ich mich.

WARWICK.
So muß ich's, ungern zwar, zufrieden sein.
Wir woll'n uns wie ein Doppelschatten fügen
An Heinrichs Leib und seinen Platz vertreten;
Ich meine bei der Last des Regiments:
Er soll die Ehr' und seine Ruh' genießen.
Und, Clarence, nun ist's mehr als dringend, gleich
Für Hochverräter Eduard zu erklären
Und alle seine Güter einzuziehn.

CLARENCE.
Was sonst? Und dann das Erbrecht zu bestimmen.

WARWICK.
Ja, und dabei soll Clarence ja nicht fehlen.

KÖNIG HEINRICH.
Doch vor den dringendsten Geschäften, laßt
Euch bitten (ich befehle ja nicht mehr),
Daß nach Margreta, Eurer Königin,
Und meinem Eduard werde hingesandt,
Aus Frankreich schleunig sie zurückzurufen:
Denn bis ich hier sie seh', hält banger Zweifel
Die Lust an meiner Freiheit halb verfinstert.

CLARENCE.
Es soll, mein Fürst, in aller Eil' geschehn.

KÖNIG HEINRICH.
Mylord von Somerset, wer ist der Knabe,
Für den so zärtlich Ihr zu sorgen scheint?

SOMERSET. Mein Fürst, der junge Heinrich, Graf von Richmond.

KÖNIG HEINRICH.
Komm, Englands Hoffnung! Wenn geheime Mächte
legt ihm die Hand auf das Haupt
In den prophet'schen Sinn mir Wahrheit flößen,
So wird dies feine Kind des Landes Segen.
Sein Blick ist voll von sanfter Majestät,
Sein Haupt geformt von der Natur zur Krone,
Die Hand zum Szepter, und er selbst in Zukunft
Zur Zierde eines königlichen Throns.
Ihn haltet hoch, Mylords: er ist geboren,
Euch mehr zu helfen, als durch mich verloren.

Ein Bote tritt auf.

WARWICK. Was bringst du Neues, Freund?

BOTE. Daß Eduard Eurem Bruder ist entwischt
Und nach Burgund geflohn, wie er vernommen.

WARWICK.
Mißfäll'ge Neuigkeit! Doch wie entkam er?

BOTE.
Er ward entführt durch Richard, Herzog Gloster,
Und den Lord Hastings, die im Hinterhalt
Auf ihn gewartet an des Waldes Ende
Und von des Bischofs Jägern ihn befreit,
Denn täglich war die Jagd sein Zeitvertreib.

WARWICK.
Mein Bruder war zu sorglos bei dem Auftrag.
Doch laßt uns fort, mein Fürst, nach Mitteln sehn
Für jeden Schaden, welcher mag geschehn.

König Heinrich, Warwick, Clarence, der Kommandant und Gefolge ab.

SOMERSET.
Mylord, ich mag nicht diese Flucht des Eduard;
Denn ohne Zweifel steht Burgund ihm bei,
Und dann gibt's neuen Krieg in kurzer Zeit.
Wie Heinrichs jüngst gesprochne Weissagung
Mit Hoffnung mir auf diesen jungen Richmond

Das Herz erquickt, so drückt es Ahnung nieder,
Was ihm zu seinem Schaden und zu unserm
In dem Zusammenstoß begegnen mag.
Drum wollen wir, dem Schlimmsten vorzubeugen,
Lord Oxford, schnell ihn nach Bretagne senden,
Bis sich der Bürgerfeindschaft Stürme enden.

OXFORD.
Ja, denn kommt Eduard wieder auf den Thron,
So teilte Richmond wohl der andern Lohn.

SOMERSET.
Gut, in Bretagne wohn' er dann geborgen.
Kommt also, laßt uns gleich das Wert besorgen!

Ab.

Siebente Szene

Vor York.

König Eduard, Gloster und Hastings treten auf mit Truppen.

KÖNIG EDUARD. Nun, Bruder Richard, Lord Hastings und ihr andern:
So weit macht doch das Glück es wieder gut,
Daß ich noch einmal den gesunknen Stand
Mit Heinrichs Herrscherkrone soll vertauschen.
Ich setzte zweimal glücklich übers Meer
Und brachte von Burgund erwünschte Hülfe.
Was ist nun übrig, da von Ravenspurg
Wir vor den Toren Yorks so angelangt,
Als einziehn, wie in unser Herzogtum?

GLOSTER.
Das Tor verschlossen? Das gefällt mir nicht;
Denn manchen, welcher an der Schwelle stolpert,
Verwarnt dies, drinnen laure die Gefahr.

KÖNIG EDUARD. Pah, Freund! Jetzt dürfen Zeichen uns nicht schrecken:
Ich muß hinein im Guten oder Bösen,
Denn hier versammeln sich zu uns die Freunde.

HASTINGS.
Mein Fürst, noch einmal klopf' ich an und mahne.

Der Schultheiß von York und seine Räte erscheinen auf der Mauer.

SCHULTHEISS.
Mylords, wir wußten schon von eurer Ankunft,
Und uns zu sichern, schlossen wir das Tor;
Denn jetzo sind wir Heinrich Treue schuldig.

KÖNIG EDUARD.
Wenn Heinrich Euer König ist, Herr Schultheiß,
Ist Eduard mind'stens Herzog doch von York.

SCHULTHEISS.
Ja, bester Herr, dafür erkenn' ich Euch.

KÖNIG EDUARD.
Nun, und ich fodre bloß mein Herzogtum.

GLOSTER *beiseit.*
Doch hat der Fuchs die Nase erst hinein,
So weiß er bald den Leib auch nachzubringen.

HASTINGS. Herr Schultheiß, nun? Was steht Ihr zweifelnd noch?
Das Tor auf! Wir sind König Heinrichs Freunde.

SCHULTHEISS.
Ah, so? Das Tor soll euch geöffnet werden.

Von oben ab.

GLOSTER. Ein weiser, tücht'ger Hauptmann, und bald beredet!

HASTINGS.
Der gute Alte läßt gern alles gut sein,
Bleibt er nur aus dem Spiel; doch sind wir drinnen,
So zweifl' ich nicht, wir werden baldigst ihn
Samt seinen Räten zur Vernunft bereden.

Der Schultheiß kommt mit zwei Aldermännern aus der Stadt.

KÖNIG EDUARD.
Herr Schultheiß, dieses Tor ist nicht zu schließen
Als bei der Nacht und in der Zeit des Kriegs.
Freund, fürchte nichts und gib die Schlüssel ab:

Er nimmt die Schlüssel.

Denn Eduard will die Stadt und dich verfechten
Und alle die, so hold sind unsern Rechten.

Trommeln. Montgomery kommt mit Truppen auf dem Marsch begriffen.

GLOSTER. Bruder, das ist Sir John Montgomery,
Wo ich nicht irre, unser biedrer Freund.

KÖNIG EDUARD.
Sir John, willkommen! Doch warum in Waffen?

MONTGOMERY.
In seiner stürm'schen Zeit dem König Eduard
Zu helfen, wie ein treuer Untertan.

KÖNIG EDUARD.
Dank, teuerster Montgomery! Aber nun
Vergessen wir den Anspruch an die Krone
Und fodern unser Herzogtum allein,
Bis Gott beliebt, das andre auch zu senden.

MONTGOMERY.
Gehabt Euch wohl denn! Ich will wieder fort:
Dem König, keinem Herzog wollt' ich dienen.
Trommeln gerührt! und laßt uns weiter ziehn.

Die Trommeln fangen einen Marsch an.

KÖNIG EDUARD.
Ein Weilchen haltet noch; laßt uns erwägen,
Wie man zur Krone sicher kommen möchte.

MONTGOMERY.
Was sprecht Ihr von Erwägen? Kurz und gut,
Erklärt Ihr Euch nicht hier für unsern König,
So überlass' ich Eurem Schicksal Euch
Und breche auf, um die zurückzuhalten,
Die Euch zu helfen kommen; denn warum,
Wenn Ihr kein Recht behauptet, föchten wir?

GLOSTER. Wozu doch, Bruder, die Bedenklichkeiten?

KÖNIG EDUARD.
Wenn wir erst stärker sind, dann wollen wir
An unsre Fodrung denken; bis dahin
Ist's Weisheit, unsre Meinung zu verbergen.

HASTINGS.
Jetzt fort mit scheuem Witz! Das Schwert regiere!

GLOSTER.
Und kühner Mut erklimmt am ersten Thronen.
Bruder, wir rufen auf der Stell' Euch aus;
Der Ruf davon wird viele Freund' Euch schaffen.

KÖNIG EDUARD.
So sei es, wie ihr wollt: denn 's ist mein Recht,
Und Heinrich maßt das Diadem sich an.

MONTGOMERY.
Ja, jetzo spricht mein Fürst ganz wie er selbst,
Und jetzo will ich Eduards Kämpfer sein.

HASTINGS. Trompeten, blast! Wir rufen Eduard aus.
Komm, Kamerad, verrichte du den Ausruf.

Gibt ihm einen Zettel. Trompetenstoß.

SOLDAT *liest.*
»Eduard der Vierte, von Gottes Gnaden König von England und Frankreich und Herr von Irland, u.s.w.«

MONTGOMERY.
Und wer da leugnet König Eduards Recht,
Den fodr' ich durch dies Zeichen zum Gefecht.
Wirft seinen Handschuh nieder.

ALLE. Lang' lebe Eduard der Vierte!

KÖNIG EDUARD.
Dank, tapferer Montgomery! Dank euch allen!
Hilft mir das Glück, so lohn' ich eure Güte.
Jetzt, auf die Nacht, laßt hier in York uns rasten,
Und wenn die Morgensonne ihren Wagen
Am Rande dieses Horizonts erhebt,
Auf Warwick los und seine Mitgenossen,
Denn, wie bekannt, ist Heinrich kein Soldat.
Ach, störr'ger Clarence! Wie übel es dir steht,
Daß du vom Bruder läßt und Heinrich schmeichelst!
Doch dich und Warwick treff' ich, wie ich kann.
Auf, tapfre Scharen! Zweifelt nicht am Siege
Und nach dem Sieg am reichen Lohn der Kriege!
Alle ab.

Achte Szene

London. Ein Zimmer im Palast.
König Heinrich, Warwick, Clarence, Montague, Exeter und Oxford treten auf.

WARWICK.
Lords, was zu tun? Aus Belgien hat Eduard
Mit hast'gen Deutschen, plumpen Niederländern
In Sicherheit den schmalen Sund durchschifft
Und zieht mit Heeresmacht auf London zu,
Und viel betörtes Volk schart sich zu ihm.

OXFORD.
Man werbe Mannschaft, ihn zurückzuschlagen.

CLARENCE.
Leicht wird ein kleines Feuer ausgetreten,
Das, erst geduldet, Flüsse nicht mehr löschen.

WARWICK.
In Warwickshire hab' ich ergebne Freunde,
Im Frieden ruhig, aber kühn im Krieg,
Die ich versammeln will; und du, Sohn Clarence,
Bemühst dich in Suffolk, Norfolk und in Kent,
Die Edelleut' und Ritter aufzubieten;
Du, Bruder Montague, wirst Leute finden
In Buckingham, Northampton, Leicestershire,
Was du befiehlst, zu hören wohl geneigt;
Du, tapfrer Oxford, wunderbar beliebt,
Sollst deine Freund' in Oxfordshire versammeln.
Mein Fürst soll in der treuen Bürger Mitte,
Wie dieses Eiland, von der See umgürtet,
Wie in der Nymphen Kreis die keusche Göttin,
In London bleiben, bis wir zu ihm kommen.
Nehmt Abschied, Lords, erwidert weiter nicht. –
Lebt wohl, mein Fürst!

KÖNIG HEINRICH.
Leb wohl, mein Hektor! Meines Troja Hoffnung!

CLARENCE.
Zum Pfand der Treu' küss' ich Eu'r Hoheit Hand.

KÖNIG HEINRICH.
Mein wohlgesinnter Clarence, sei beglückt!

MONTAGUE.
Getrost, mein Fürst! Und somit nehm' ich Abschied.

OXFORD *indem er Heinrichs Hand küßt.*
Und so versiegl' ich meine Treu' und scheide.

KÖNIG HEINRICH.
Geliebter Oxford, bester Montague
Und all' ihr andern, nochmals lebet wohl!

WARWICK. Auf, Lords! Wir treffen uns zu Coventry.
Warwick, Clarence, Oxford und Montague ab.

KÖNIG HEINRICH.
Hier im Palast will ich ein wenig ruhn.
Vetter von Exeter, was denket Ihr?
Mich dünkt, das Heer, das Eduard aufgebracht,
Muß meinem nicht die Spitze bieten können.

EXETER. Ja, wenn er nur die andern nicht verführt.

KÖNIG HEINRICH. Das fürcht' ich nicht, mir schaffte Ruhm mein Tun.
Ich stopfte ihren Bitten nicht mein Ohr,
Schob die Gesuche nicht bei Seit' mit Zögern;
Mein Mitleid war ein Balsam ihren Wunden,
Des vollen Jammers Lind'rung meine Milde,
Mit Gnade trocknet' ich die Tränenströme.
Ich habe ihren Reichtum nicht begehrt
Noch sie mit großen Steuern schwer geschatzt,
Nicht schnell zur Rache, wie sie auch geirrt.
Warum denn sollten sie mir Eduard vorziehn?
Nein, Exeter, Gunst heischet diese Gunst,
Und wenn dem Lamm der Löwe liebekost,
So hört das Lamm nie auf, ihm nachzugehn.
Draußen Geschrei: »Lancaster hoch!«

EXETER.
Hört, hört, mein Fürst! Welch ein Geschrei ist das?
König Eduard, Gloster und Soldaten treten auf.

KÖNIG EDUARD.
Ergreift den blöden Heinrich, führt ihn fort
Und ruft mich wieder aus zum König Englands! –
Ihr seid der Quell, der kleine Bäche nährt;
Ich hemm' ihn, meine See soll auf sie saugen
Und durch ihr Ebben um so höher schwellen. –
Fort mit ihm in den Turm, laßt ihn nicht reden!
Einige ab mit König Heinrich.
Und, Lords, wir wenden uns nach Coventry,
Wo der gebieterische Warwick steht.
Jetzt scheint die Sonne heiß; wenn wir vertagen,
Wird Frost uns die gehoffte Ernte nagen.

GLOSTER.
Bei Zeiten fort, eh' sich sein Heer vereint,
Fangt unversehns den großgewachsnen Frevler.
Auf, wackre Krieger! Frisch nach Coventry!
Alle ab.

Fünfter Aufzug

Erste Szene

Coventry.
Auf der Mauer erscheinen Warwick, der Schultheiß von Coventry, zwei Boten und andre.

WARWICK.
Wo ist der Bote von dem tapfern Oxford?

Wie weit ist noch dein Herr, mein guter Freund?

ERSTER BOTE.
Bei Dunsmore eben, auf dem Marsch hieher.

WARWICK. Wie weit ist unser Bruder Montague?
Wo ist der Bote, der von ihm uns kam?

ZWEITER BOTE.
Bei Daintry eben, mit gewalt'ger Schar.

Sir John Somerville tritt auf.

WARWICK.
Sag, Somerville, was sagt mein lieber Sohn?
Wie nah vermutest du den Clarence jetzt?

SOMERVILLE.
Zu Southam ließ ich ihn mit seinen Truppen,
Und hier erwart' ich in zwei Stunden ihn.

Man hört Trommeln.

WARWICK. So ist er nah, ich höre seine Trommeln.

SOMERVILLE.
Nicht seine, gnäd'ger Herr; Southam liegt hier,
Von Warwick ziehn die Trommeln, die Ihr hört.

WARWICK.
Wer möcht' es sein? Wohl unverhoffte Freunde.

SOMERVILLE.
Sie sind ganz nah, Ihr werdet's bald erfahren.

Trommeln.

König Eduard und Gloster nebst Truppen auf dem Marsch.

KÖNIG EDUARD.
Trompeter, lade sie zur Unterhandlung!

GLOSTER.
Seht auf der Mau'r den finstern Warwick hausen!

WARWICK.
Verhaßter Streich! Der üpp'ge Eduard hier?
Wo schliefen unsre Späher, wer bestach sie,
Daß wir von seiner Ankunft nichts gehört?

KÖNIG EDUARD.
Nun, Warwick, tust du uns das Stadttor auf,
Gibst gute Worte, beugst dein Knie in Demut,
Nennst Eduard König, flehst um Gnad' ihn an,
So wird er diese Frevel dir verzeihn.

WARWICK.
Vielmehr, willst du hier wegziehn deine Scharen,
Bekennen, wer dich hob und niederstürzte,
Den Warwick Gönner nennen und bereun,
So sollst du ferner Herzog sein von York.

GLOSTER.
Ich glaubt', er würde mind'stens König sagen;
Wie, oder spaßt' er wider seinen Willen?

WARWICK.
Ist nicht ein Herzogtum ein schön Geschenk?

GLOSTER.
Ja wahrlich, wenn's ein armer Graf vergibt.
Ich will dir ein so gut Geschenk vergelten.

WARWICK.
Ich war's ja, der das Königreich ihm gab.

KÖNIG EDUARD.
Nun, so ist's mein, wenn auch durch Warwicks Gabe.

WARWICK. Du bist kein Atlas für so große Last,
Dem Schwächling nimmt die Gabe Warwick wieder,
Und Heinrich ist mein Herr, Warwick sein Untertan.

KÖNIG EDUARD.
Doch Warwicks Herr ist Eduards Gefangner,
Und, tapfrer Warwick, sage mir nur dies:
Was ist der Körper, wenn das Haupt ihm fehlt?

GLOSTER.
Ach, daß doch Warwick nicht mehr Vorsicht hatte,
Daß, da er bloß die Zehne wollt' entwenden,
Der König schlau gefischt ward aus den Karten.
Ihr ließt den Armen im Palast des Bischofs:
Zehn gegen eins, Ihr trefft ihn nun im Turm.

KÖNIG EDUARD.
So ist es auch, doch bleibt Ihr Warwick stets.

GLOSTER. Komm, Warwick! Nimm die Zeit wahr!
Kniee nieder!
Wann wird's? Jetzt schmiede, weil das Eisen glüht!

WARWICK.
Ich wollte lieber abhaun diese Hand
Und mit der andern ins Gesicht dir schleudern,
Als daß ich dir die Segel streichen sollte.

KÖNIG EDUARD.
Ja, segle, wie du kannst, mit Wind und Flut!
Die Hand hier, um dein kohlschwarz Haar
gewunden,
Soll, weil dein abgehauner Kopf noch warm,
Mit deinem Blut dies schreiben in den Staub:
»Der wetterwend'sche Warwick wechselt nun
nicht mehr.«

Oxford kommt mit klingendem Spiel und fliegenden Fahnen.

WARWICK. O freudenreiche Fahnen! Oxford kommt.

OXFORD. Oxford, Oxford, für Lancaster!

Zieht mit seinen Truppen in die Stadt.

GLOSTER.
Das Tor steht offen, laßt uns auch hinein!

KÖNIG EDUARD.
Ein andrer Feind könnt' uns in Rücken fallen.
Nein, stehn wir wohl gereiht; denn sicher brechen
Sie bald heraus und bieten uns die Schlacht.
Wo nicht, da sich die Stadt nicht halten kann,
Sind die Verräter drin bald aufzuscheuchen.

WARWICK.
Willkommen, Oxford! Wir bedürfen dein.

Montague kommt mit klingendem Spiel und fliegenden Fahnen.

MONTAGUE. Montague, Montague, für Lancaster!

Zieht mit seinen Truppen in die Stadt.

GLOSTER. Du und dein Bruder sollen den Verrat
Mit eurer Leiber bestem Blut bezahlen.

KÖNIG EDUARD.
Je stärkrer Gegenpart, je größrer Sieg;
Glück und Gewinn weissagt mir mein Gemüt.

Somerset kommt mit klingendem Spiel und fliegenden Fahnen.

SOMERSET. Somerset, Somerset, für Lancaster!

Zieht mit seinen Truppen in die Stadt.

GLOSTER. Zwei Herzöge von Somerset wie du
Verkauften an das Haus von York ihr Leben:
Du sollst der dritte sein, hält nur dies Schwert.

Clarence kommt mit klingendem Spiel und fliegenden Fahnen.

WARWICK.
Seht da, wie George von Clarence zieht einher
Mit Macht genug, dem Bruder Schlacht zu bieten;
Ihm gilt ein biedrer Eifer für das Recht
Mehr als Natur und brüderliche Liebe. –
Komm, Clarence, komm! Du wirst's, wenn
Warwick ruft.

CLARENCE.
Weißt du, was dies bedeutet, Vater Warwick?
Nimmt die rote Rose von seinem Hut.
Sieh hier, ich werfe meine Schmach dir zu!
Nicht stürzen will ich meines Vaters Haus,
Des eignes Blut die Steine fest gekittet,
Und Lancaster erhöhn. Wie? Meinst du, Warwick,
Clarence sei so verhärtet, unnatürlich,
Das tödliche Gerät des Kriegs zu wenden
Auf seinen Bruder und rechtmäß'gen König?
Du rückst vielleicht den heil'gen Eid mir vor?
Ruchloser wär' ich, hielt' ich diesen Eid,
Als Jephta, seine Tochter hinzuopfern.
So nah geht meine Übertretung mir,
Daß, um mit meinem Bruder gut zu stehn,
Ich hier für deinen Todfeind mich erkläre,
Mit dem Entschluß, wo ich dich treffen mag
(Und treffen werd' ich dich, wenn du dich rührst),
Für dein so frech Mißleiten dich zu plagen.
Und so, hochmüt'ger Warwick, trotz' ich dir
Und wend' errötend mich dem Bruder zu. –
Verzeih' mir, Eduard, ich will's besser machen;
Und, Richard, zürne meinen Fehlern nicht:
Ich will hinfort nicht unbeständig sein.

KÖNIG EDUARD.
Willkommen nun, und zehnmal mehr geliebt,
Als hätt'st du niemals unsern Haß verdient.

GLOSTER.
Willkommen, Clarence! Das ist brüderlich.

WARWICK. O Erzverräter, falsch und ungerecht!

KÖNIG EDUARD.
Nun, Warwick, willst du aus der Stadt und fechten?
Sonst fliegen bald die Stein' um deinen Kopf.

WARWICK.
Ach, bin ich doch nicht eingesperrt zur Wehr.
Ich will nach Barnet unverzüglich fort
Und, Eduard, wo du darfst, die Schlacht dir bieten.

KÖNIG EDUARD.
Ja, Warwick, Eduard darf und zieht voran.
Lords, in das Feld hinaus! Sankt George und Sieg!
Ein Marsch. Alle ab.

Zweite Szene

Ein Schlachtfeld bei Barnet.
Getümmel und Angriffe, König Eduard bringt den verwundeten Warwick.

KÖNIG EDUARD.
So, lieg' du da; stirb du und unsre Furcht,
Denn Warwick war uns allen eine Scheuche.
Nun, Montague, sitz' fest! Dich such' ich auf
Und bringe dein Gebein ihm in den Kauf.
Ab.

WARWICK.
Ach, wer ist nah? Freund oder Feind, er komme
Und sage, wer gesiegt: York oder Warwick?
Weswegen frag' ich? Mein zerstückter Leib,
Mein Blut, mein krankes Herz, die Ohnmacht zeigt,
Daß ich den Leib der Erde lassen muß
Und meinem Feind den Sieg durch meinen Fall.
So weicht der Axt die Zeder, deren Arme
Dem königlichen Adler Schutz verliehn,
In deren Schatten schlafend lag der Leu,
Die mit dem Wipfel Jovis breiten Baum
Weit überschauet hat und niedre Stauden
Vor dem gewalt'gen Wintersturm gedeckt.
Die Augen, jetzt vom Todesschlei'r umdüstert,
Sind hell gewesen wie die Mittagssonne,
Den heimlichen Verrat der Welt zu spähn.
Die Falten meiner Stirn, jetzt voller Blut,
Sind Königsgrüften oft verglichen worden:
Denn weiches Königs Grab konnt' ich nicht graben?
Wer lächelte, wenn Warwick finster sah?
Nun ist mein Glanz befleckt mit Staub und Blut.
Die Lustgeheg' und Güter, die ich hatte,
Verlassen mich; von allen Länderei'n
Bleibt nichts mir übrig als des Leibes Länge.
Was ist Pomp, Hoheit, Macht, als Erd' und Staub?
Lebt, wie ihr könnt, ihr seid des Todes Raub.
Oxford und Somerset treten auf.

SOMERSET.
Ach, Warwick, Warwick! Wärst du, wie wir sind,
Wir könnten ganz noch den Verlust ersetzen.
Die Königin hat eine große Macht
Aus Frankreich mitgebracht, die Zeitung hörten
Wir eben jetzt: ach, könntest du nur fliehn!

WARWICK.
Dann wollt' ich doch nicht fliehn. – Ach, Montague,
Nimm meine Hand, bist du da, lieber Bruder,
Halt' meine Seele auf mit deinen Lippen!
Du liebst mich nicht, sonst wüschen deine Tränen
Dies kalte, starre Blut weg, das die Lippen
Mir so verklebt und mich nicht reden läßt.
Komm schleunig, Montague, sonst bin ich tot.

SOMERSET.
Ach, Warwick! Montague ist hingeschieden,
Und Warwick rief er bis zum letzten Hauch
Und sagt': »Empfiehl mich meinem tapfern Bruder!«
Mehr wollt' er sagen, und er sprach auch mehr,
Das scholl wie in Gewölben ein Geschütz,
Es war nicht zu vernehmen; doch zuletzt
Hört' ich mit Stöhnen deutlich ausgesprochen:
»Oh, leb wohl, Warwick!«

WARWICK.
Ruh' seiner Seele! – Flieht und rettet euch,
Denn Warwick sagt euch Lebewohl bis auf den Himmel.
Stirbt.

OXFORD.
Fort! Fort! dem Heer der Königin entgegen!
Alle ab mit Warwicks Leiche.

Dritte Szene

Ein andrer Teil des Schlachtfeldes.
Trompetenstoß. König Eduard kommt triumphierend mit Clarence, Gloster und den übrigen.

KÖNIG EDUARD.
So weit hält aufwärts unser Glück den Lauf,
Und mit des Sieges Kranz sind wir geziert.
Doch mitten in dem Glanze dieses Tags
Erspäh' ich eine schwarze, droh'nde Wolke,

Die unsrer lichten Sonne wird begegnen,
Eh' sie ihr ruhig Bett im West erreicht.
Ich meine Lords, das Heer der Königin,
In Gallien angeworben, hat gelandet
Und zieht, so hören wir, zum Kampf heran.

CLARENCE.
Ein Lüftchen wird die Wolke bald zerstreun
Und zu dem Quell sie wehn, woher sie kam:
Schon deine Strahlen trocknen diese Dünste;
Nicht jede Wolk' erzeugt ein Ungewitter.

GLOSTER.
Man schätzt die Königin auf dreißigtausend,
Und Somerset und Oxford flohn zu ihr.
Glaubt, wenn man sie zu Atem kommen läßt,
So wird ihr Anhang ganz so stark wie unsrer.

KÖNIG EDUARD.
Wir sind berichtet von getreuen Freunden,
Daß sie den Lauf nach Tewksbury gewandt.
Da wir bei Barnet jetzt das Feld behauptet,
Laßt gleich uns hin, denn Lust verkürzt den Weg,
Und unterwegs wird unsre Macht sich mehren
In jeder Grafschaft, wie wir weiter ziehn.
So rührt die Trommel, ruft: wohlauf! und fort!

Alle ab.

Vierte Szene

Ebne bei Tewksbury.
Ein Marsch. Königin Margareta, Prinz Eduard, Somerset, Oxford und Soldaten.

MARGARETA.
Ihr Lords, kein Weiser jammert um Verlust,
Er sucht mit freud'gem Mut ihn zu ersetzen.
Ist schon der Mast nun über Bord gestürzt,
Das Tau gerissen, eingebüßt der Anker,
Die halbe Mannschaft in der Flut verschlungen,
Doch lebt noch der Pilot; wär's recht, daß er
Das Steu'r verließe, wie ein banger Knabe
Die See vermehrte mit beträntem Augen
Und das verstärkte, was zu stark schon ist,
Indes das Schiff bei seinem Jammern scheitert,
Das Fleiß und Mut noch hätte retten mögen?
Ach, welche Schande, welch Vergeh'n wär' das!
War Warwick unser Anker auch: was tut's?
Und Montague der große Mast: was schadet's?
Erschlagne Freunde unser Tauwerk: nun?
Sagt, ist nicht Oxford hier ein andrer Anker?
Und Somerset ein andrer wackrer Mast?
Die Freund' aus Frankreich Tau- und Segelwerk?
Und warum dürften Eduard und ich,
Zwar ungeübt, für diesmal nicht das Amt
Des wohlgeübten Steuermanns versehn?
Wir wollen nicht vom Ruder weg und weinen,
Wir lenken (sagt der Wind schon nein) die Fahrt
Von Sand und Klippen weg, die Schiffbruch drohn.
Die Wellen schelten, hilft so viel als loben,
Und was ist Eduard als ein wütend Meer?
Was Clarence, als ein Triebsand des Betrugs?
Und Richard, als ein tödlich schroffer Fels?
Sie alle unsers armen Fahrzeugs Feinde.
Setzt, ihr könnt schwimmen: ach, das währt nicht lange;
Den Sand betretet: schleunig sinkt ihr da;
Den Fels erklimmt: die Flut spült euch hinweg,
Sonst sterbt ihr Hungers, das ist dreifach Tod.
Dies sag' ich, Lords, um euch zu überzeugen,
Wenn euer einer fliehen wollte, sei
Mehr Gnade nicht zu hoffen von den Brüdern
Als von ergrimmten Wellen, Bänken, Klippen.
Getrost denn! Das bejammern oder fürchten,
Was unvermeidlich ist, wär' kind'sche Schwäche.

PRINZ.
Mich dünkt, ein Weib von solchem tapfern Geist,
Wenn ein Verzagter so sie reden hörte,
Müßt' ihm die Brust mit Heldenmut erfüllen,
Daß nackt er einen Mann in Waffen schlüge.
Dies sag' ich nicht, als zweifelt' ich an wem,
Denn hätt' ich jemand in Verdacht der Furcht,
So wär' ihm zeitig wegzugehn vergönnt,
Daß er in unsrer Not nicht einen andern
Anstecke und ihm gleichen Mut einflöße.
Wenn hier ein solcher ist, was Gott verhüte!
So zieh' er fort, bevor wir sein bedürfen.

OXFORD.
Weiber und Kinder von so hohem Mut
Und Krieger zaghaft, – ew'ge Schande wär's!
O wackrer Prinz! Dein rühmlicher Großvater
Lebt wieder auf in dir; lang' mögst du leben,
Sein Bild erhalten, seinen Glanz erneu'n.

SOMERSET.
Und wer für solche Hoffnung nicht will fechten,
Geh heim ins Bett, so wie bei Tag die Eule,
Beim Aufstehn dann verhöhnt und angestaunt!

MARGARETA.
Dank, lieber Somerset und werter Oxford!

PRINZ.
Nehmt dessen Dank, der noch nichts weiter hat.

Ein Bote tritt auf.

BOTE. Bereitet euch, ihr Lords, denn Eduard naht
Zum Schlagen fertig: also seid entschlossen.

OXFORD.
Das dacht' ich wohl: 's ist seine Politik,
Zu eilen, um uns außerstand zu finden.

SOMERSET.
Allein er irrt sich, denn wir sind bereit.

MARGARETA.
So eifrig euch zu sehn, erfrischt mein Herz.

OXFORD. Reih'n wir uns hier zur Schlacht und weichen nicht!

Ein Marsch. In der Entfernung erscheinen König Eduard, Clarence und Gloster mit ihren Truppen.

KÖNIG EDUARD.
Dort, Kriegsgefährten, steht der dorn'ge Wald,
Der, mit des Himmels Hülf' und eurer Kraft,
Vor nachts gefällt muß an der Wurzel sein.
Mehr Zunder braucht's für euer Feuer nicht,
Ich weiß, ihr lodert auf, sie zu verbrennen.
Gebt das Signal zur Schlacht, und frisch ans Werk!

MARGARETA.
Lords, Ritter, Edle! Was ich sagen sollte,
Versagen Tränen; denn bei jedem Wort,
Seht ihr, trink' ich das Wasser meiner Augen.
Drum dies nur: Heinrich, euer König, ist
Des Feinds Gefangner und sein Thron besetzt,
Sein Reich ein Schlachthaus, seine Bürger Opfer,

Sein Schatz vergeudet, sein Gebot vernichtet;
Dort ist des Wolf, der die Verheerung macht.
Ihr kämpft fürs Recht: drum, Lords, in Gottes Namen,
Seid tapfer, gebt das Zeichen zum Gefecht!
Alle ab.

Fünfte Szene

Getümmel, Angriffe, dann ein Rückzug. Hierauf kommen König Eduard, Clarence, Gloster, von Truppen begleitet, mit Königin Margareta, Oxford und Somerset als Gefangenen.

KÖNIG EDUARD.
So hat nun der Empörer-Zwist ein Ende.
Mit Oxford gleich zur Burg von Hammes fort,
Dem Somerset den schuld'gen Kopf herunter!
Geht, schafft sie fort, ich will die zwei nicht hören.
OXFORD. Ich will mit Worten nicht dir lästig fallen.
SOMERSET.
Noch ich, mein Los ertrag' ich in Geduld.
Oxford und Somerset werden mit Wache abgeführt.
MARGARETA.
Wir scheiden traurig hier im Jammertal,
In Lust vereint das Paradies uns wieder.
KÖNIG EDUARD.
Ist ausgerufen, dem, der Eduard findet,
Sei großer Lohn geschenkt, und ihm sein Leben?
GLOSTER.
Man tat's, und seht, da kommt der junge Eduard.
Soldaten kommen mit Prinz Eduard.
KÖNIG EDUARD.
Führt mir den Braven vor, laßt uns ihn hören! –
Ei, fängt ein Dorn so jung zu stechen an?
Eduard, wie kannst du mir dafür genugtun,
Daß du mein Volk empört hast, Krieg geführt,
Und all das Unheil, das du mir gestiftet?
PRINZ. Sprich wie ein Untertan, ehrsücht'ger York!
Nimm an, mein Vater rede jetzt aus mir.
Entsag' dem Thron und knie' du, wo ich stehe,
Weil ich an dich dieselben Worte richte,
Worauf du, Frevler, Antwort willst von mir.
MARGARETA.
Ach, wär' dein Vater doch so fest gewesen!
GLOSTER. So hättet Ihr den Weiberrock behalten
Und Lancastern die Hosen nicht gestohlen.
PRINZ. Äsop mag wohl in Winternächten fabeln,
Hier passen seine groben Rätsel nicht.
GLOSTER.
Beim Himmel, Brut, dafür will ich dich plagen.
MARGARETA.
Du bist geboren zu der Menschen Plage.
GLOSTER.
Schafft doch das lose Maul von Weibe weg!
PRINZ.
Nein, lieber stopft dem Bucklichten das Maul!
KÖNIG EDUARD.
Still, trotzig Kind! Sonst will ich stumm dich machen.
CLARENCE. Du bist zu vorlaut, unerzogner Knabe.
PRINZ. Ich kenne meine Pflicht, ihr brecht sie alle.
Wollüst'ger Eduard und meineid'ger George
Und mißgeschaffner Richard! Alle wißt,
Verräter, wie ihr seid, ich bin eu'r Obrer.
Du maßest meines Vaters Recht und meins dir an.
KÖNIG EDUARD *durchsticht ihn.*
Nimm dies, du Abbild jener Schmäherin!
GLOSTER *durchsticht ihn.*
Zuckst du? Nimm dies, um deine Qual zu enden!
CLARENCE *durchsticht ihn.*
Dies hier, weil du mit Meineid mich gezwackt.
MARGARETA. Oh, tötet mich mit ihm!
GLOSTER *im Begriff sie umzubringen.*
Fürwahr, das wollen wir.
KÖNIG EDUARD.
Halt, Richard, halt! Wir taten schon zu viel.
GLOSTER.
Warum soll sie die Welt mit Worten füllen?
KÖNIG EDUARD.
Sie fällt in Ohnmacht? Bringt sie wieder zu sich.
GLOSTER.
Clarence, entschuld'ge mich bei meinem Bruder.
In London gibt's ein dringendes Geschäft:
Eh' Ihr dahin kommt, sollt Ihr Neues hören.
CLARENCE. Was? Was?
GLOSTER. Der Turm! Der Turm!
Ab.
MARGARETA.
Mein Eduard! Sprich mit deiner Mutter, Kind!
Kannst du nicht sprechen? – O Verräter! Mörder!
Kein Blut vergossen die, so Cäsarn fällten,
Verbrachen nichts, verdienten keinen Schimpf,
Wär' diese Untat zum Vergleich daneben.
Er war ein Mann, dies gegen ihn ein Kind:
Kein Mann läßt seine Wut an Kindern aus.
Gibt's Ärgres noch als Mörder, daß ich's nenne?
Nein, nein! Mein Herz wird bersten, wenn ich rede,
Und reden will ich, daß das Herz mir berste.
Schlächter und Buben! Blut'ge Kannibalen!
Welch süße Pflanze mähtet ihr zu früh!
Nein, ihr habt keine Kinder, der Gedanke
An sie hätt' eu'r Gewissen sonst gerührt:
Doch wird euch je ein Kind zu teil, erwartet,
Daß man es so in seiner Blüte wegrafft,
Wie diesen holden Prinz ihr Henker jetzt.
KÖNIG EDUARD.
Fort mit ihr! Geht, bringt mit Gewalt sie weg!
MARGARETA.
Nein, bringt nicht weg mich, gebt mir hier den Rest!
Hier birg dein Schwert, mein Tod sei dir verziehn.
Du willst nicht? Wie? – Dann, Clarence, tu es du!
CLARENCE.
Bei Gott, ich will dir nicht so Liebes tun.
MARGARETA.
Nun, bester Clarence! lieber Clarence, tu's doch!
CLARENCE.
So hast du nicht gehört, wie ich's verschwur?
MARGARETA.
Ja wohl, doch pflegst du deinen Schwur zu brechen:
Sonst war es Sünde, jetzt Barmherzigkeit.
Wie, willst du nicht? Wo ist der Höllenschlächter,
Der finstre Richard? Richard, sag, wo bist du?
Du bist nicht da; Mord ist Almosen dir,
Du weisest kein Gesuch um Blut zurück.
KÖNIG EDUARD.
Fort, sag' ich! Ich befehl' euch, bringt sie weg!

MARGARETA.
Euch und den Euren geh's wie diesem Prinzen!
Sie wird abgeführt.
KÖNIG EDUARD. Wo ist nur Richard hin?
CLARENCE.
Nach London, ganz in Eil', und wie ich rate,
Ein blutig Abendmahl im Turm zu halten.
KÖNIG EDUARD.
Er säumt nicht, wenn was durch den Kopf ihm fährt.
Nun ziehn wir fort, entlassen die Gemeinen
Mit Sold und Dank, und laßt uns hin nach London
Und sehn, was unsre teure Gattin macht.
Sie hat schon, hoff' ich, einen Sohn für mich.
Alle ab.

Sechste Szene

London. Ein Zimmer im Turm.
Man sieht König Heinrich mit einem Buch in der Hand sitzen, der Kommandant des Turmes steht neben ihm. Zu ihnen Gloster.

GLOSTER.
Guten Tag, Herr! Wie? So eifrig bei dem Buch?
KÖNIG HEINRICH.
Ja, guter Mylord; – Mylord, sollt' ich sagen:
Schmeicheln ist Sünde, »gut« war nicht viel besser,
Denn »guter Gloster« wär' wie »guter Teufel«
Und gleich verkehrt; also nicht »guter Mylord«.
GLOSTER.
Laßt uns allein, wir müssen uns besprechen.
Der Kommandant ab.
KÖNIG HEINRICH.
So flieht der Schäfer achtlos vor dem Wolf,
So gibt das fromme Schaf die Wolle erst,
Dann seine Gurgel an des Schlächters Messer.
Will Roscius neue Todesszenen spielen?
GLOSTER.
Verdacht wohnt stets im schuldigen Gemüt;
Der Dieb scheut jeden Busch als einen Häscher.
KÖNIG HEINRICH.
Der Vogel, den die Rut' im Busche fing,
Mißtraut mit bangem Flügel jedem Busch,
Und ich, das arme Männchen in dem Nest,
Worin ein süßer Vogel ward gebrütet,
Hab' itzt den grausen Gegenstand vor mir,
Der meines Jungen Fang und Tod bewirkt.
GLOSTER.
Ei, welch ein Geck war der von Kreta nicht,
Der keck den Sohn als Vogel fliegen lehrte,
Da trotz den Flügeln doch der Geck ertrank.
KÖNIG HEINRICH.
Ich, Dädalus; mein Knabe, Ikarus;
Dein Vater, Minos, der den Lauf uns hemmte;
Die Sonne, die des Knaben Schwingen senkte,
Dein Bruder Eduard; und du selbst die See,
Die in den neid'schen Tiefen ihn verschlang.
Ach, töte mit dem Schwert mich, nicht mit Worten!
Den Dolchstoß duldet eher meine Brust,
Als wie mein Ohr die tragische Geschichte. –
Doch warum kommst du? meines Lebens wegen?
GLOSTER. Denkst du, ich sei ein Henker?
KÖNIG HEINRICH.
Ja, ein Verfolger bist du, wie ich weiß;
Ist Unschuld morden eines Henkers Tat,
So bist du ja ein Henker.
GLOSTER. Deinen Sohn
Hab' ich für seinen Hochmut umgebracht.
KÖNIG HEINRICH.
Oh, hätte man dich umgebracht, als du
Zuerst dich überhobst, so wärst du nicht
Am Leben, meinen Sohn mir umzubringen.
Und also prophezei' ich, daß viel Tausend,
Die nicht ein Teilchen meiner Furcht noch ahnden,
Und manches Greisen, mancher Witwe Seufzer
Und mancher Waise überschwemmtes Auge
(Die Greis' um Söhne, Frau'n um ihre Gatten,
Die Waisen um der Eltern frühen Tod)
Die Stunde noch, die dich gebar, bejammern.
Die Eule schrie dabei, ein übles Zeichen;
Die Krähe krächzte, Unglückszeit verkündend;
Der Sturm riß Bäume nieder, Hunde heulten,
Der Rabe kauzte sich auf Feueressen,
Und Elstern schwatzten in mißhell'gen Weisen.
Mehr als der Mutter Wehen fühlte deine,
Und keiner Mutter Hoffnung kam ans Licht:
Ein roher, mißgeformter Klumpe nur,
Nicht gleich der Frucht von solchem wackern Baum.
Du hattest Zähn' im Kopf bei der Geburt,
Zum Zeichen, daß du kämst, die Welt zu beißen,
Und ist das andre wahr, was ich gehört,
Kamst du –
GLOSTER.
Nichts weiter! Stirb, Prophet, in deiner Rede!
Durchsticht ihn.
Dazu ward unter anderm ich berufen.
KÖNIG HEINRICH.
Ja, und zu vielem Metzeln noch. – O Gott,
Vergib mir meine Sünden, ihm verzeih'!
Stirbt.
GLOSTER.
Wie? Sinkt der Lancaster hochstrebend Blut
Doch in den Grund? Ich dacht', es würde steigen.
Seht, wie mein Schwert weint um des Königs Tod!
Oh, stets vergieße solche Purpurtränen,
Wer irgend unsers Hauses Umsturz wünscht!
Wenn noch ein Funken Leben übrig ist,
Hinab zur Höll'! und sag, ich sandte dich,
durchsticht ihn noch einmal
Ich, der nichts weiß von Mitleid, Lieb' und Furcht. –
Ja, es ist wahr, wovon mir Heinrich sprach,
Denn öfters hört' ich meine Mutter sagen,
Daß ich zur Welt, die Beine vorwärts, kam.
Was meint ihr, hatt' ich keinen Grund zur Eil',
Die unser Recht sich angemaßt, zu stürzen?
Die Wehemutter staunt', es schrien die Weiber.
»Hilf Jesus! Zähne bringt er auf die Welt.«
Die hatt' ich auch, das zeigte klärlich an,
Ich sollte knurren, beißen wie ein Hund.
Weil denn der Himmel meinen Leib so formte,
Verkehre demgemäß den Geist die Hölle.
Ich habe keinen Bruder, gleiche keinem,
Und Liebe, die Graubärte göttlich nennen,
Sie wohn' in Menschen, die einander gleichen,
Und nicht in mir: ich bin ich selbst allein.

Clarence, gib acht! Du stehst im Lichte mir,
Doch einen schwarzen Tag such' ich dir aus;
Denn solche Weissagung flüstr' ich umher,
Daß Eduard für sein Leben fürchten soll,
Und dann, ihn zu befrein, werd' ich dein Tod.
Der König Heinrich und sein Prinz sind hin:
Clarence, dich trifft die Reih'; die andern dann.
Ich achte nichts mich, bis ich alles kann.
Die Leiche werf' ich in die nächste Kammer;
Triumph ist, Heinrich, mir dein letzter Jammer!

Ab mit der Leiche.

Siebente Szene

Ein Zimmer im Palast.
Man sieht König Eduard auf seinem Thron sitzen, Königin Elisabeth mit dem kleinen Prinzen, Clarence, Gloster, Hastings und andre um ihn her.

KÖNIG EDUARD.
Noch einmal sitzen wir auf Englands Thron,
Zurückgekauft mit unsrer Feinde Blut.
Wie tapfre Gegner mähten wir nicht nieder,
Wie herbstlich Korn, in ihrem höchsten Stolz!
Drei Herzöge von Somerset, dreifältig
Berühmt als kühne, zuverläss'ge Krieger;
Zwei Cliffords, so den Vater wie den Sohn;
Und zwei Northumberlands, so brave Ritter
Ihr Roß je bei Trompetenklang gespornt;
Alsdann die beiden wackern Bären, Warwick
Und Montague, sie, die in ihren Ketten
Den königlichen Leu'n gefesselt haben,
Vor deren Brüllen oft der Wald erbebt.
So scheuchten wir Verdacht von unserm Thron
Und machten Sicherheit zum Schemel uns. –
Komm, Betty, her, laß meinen Sohn mich küssen. –
Mein Kind, für dich bin ich und meine Brüder
Die Winternacht gerüstet wach geblieben,
Zu Fuß gewandert in des Sommers Glut,
Daß dein die Kron' in Frieden wieder wäre,
Und ernten sollst du unsrer Mühen Frucht.

GLOSTER *beiseit.*
Wenn Ihr zur Ruh' Euch legt, verderb' ich sie,
Denn noch bemerkt man kaum mich in der Welt.
Zum Heben ward die Schulter mir getürmt,
Und heben soll sie Lasten, oder brechen. –
Du, bahne mir den Weg, und dies vollbringe!

KÖNIG EDUARD.
Clarence und Gloster, liebet mein Gemahl,
Und küßt den königlichen Neffen, Brüder!

CLARENCE. Die Treu', die Euer Majestät gebührt,
Versiegl' ich auf des holden Säuglings Lippen.

KÖNIG EDUARD.
Dank, edler Clarence! Würd'ger Bruder, Dank!

GLOSTER.
Daß ich den Baum, von dem du sprossest, liebe,
Bezeuge dieser Kuß, der Frucht gegeben. –
Beiseit.
So küßt', in Wahrheit, Judas seinen Meister
Und rief ihm Heil zu, da er Unheil meinte.

KÖNIG EDUARD.
Nun thron' ich, wie mein Herz begehrt: mir ward
Des Landes Frieden und der Brüder Liebe.

CLARENCE.
Was ist mit Margareten Euer Schluß?
Reignier, ihr Vater, hat an Frankreichs König
Sizilien und Jerusalem verpfändet,
Das sandten sie zur Lösung für sie her.

KÖNIG EDUARD.
Fort mit ihr, setzet sie nach Frankreich über!
Was ist nun übrig, als die Zeit verbringen
Mit stattlichem Gepräng' und lust'gen Spielen,
Geschickt für die Ergötzung eines Hofs? –
Tönt, Pauken und Trompeten! Leid, fahr' hin!
Wir hoffen dauerhaften Glücks Beginn.

Alle ab.

RICHARD III.

Personen

König Eduard IV.
Eduard, Prinz von Wales, nachmals König Eduard V.
Richard, Herzog von York, Söhne des Königs
George, Herzog von Clarence
Richard, Herzog von Gloster, nachmals König Richard III., Brüder des Königs
Ein junger Sohn des Clarence
Heinrich, Graf von Richmond, nachmals König Heinrich VII.
Kardinal Bourchier, Erzbischof von Canterbury
Erzbischof von York
Bischof von Ely
Herzog von Buckingham
Herzog von Norfolk
Graf von Surrey, sein Sohn
Graf Rivers, Bruder der Gemahlin König Eduards
Marquis von Dorset und **Lord Grey,** ihre Söhne
Graf von Oxford
Lord Hastings
Lord Stanley
Lord Lovel
Sir Thomas Vaughan. Sir Richard Ratcliff
Sir William Catesby. Sir James Tyrrel
Sir James Blount. Sir Walter Herbert
Sir Robert Brakenbury, Kommandant des Turms
Christopher Urswick, ein Priester. Ein andrer Priester
Lord Mayor von London. Sheriff von Wiltshire
Elisabeth, Gemahlin König Eduards IV.
Margareta, Witwe König Heinrichs VI.
Herzogin von York, Mutter König Eduards IV., Clarences und Glosters
Anna, Witwe Eduards, Prinzen von Wales, Sohnes König Heinrichs VI., nachmals mit Gloster vermählt
Eine junge Tochter des Clarence
Lords und andres Gefolge; zwei Edelleute, ein Herold, ein Schreiber, Bürger, Mörder, Boten, Geister, Soldaten u.s.w.
Die Szene ist in England

Erster Aufzug
Erste Szene

London. Eine Straße.
Gloster tritt auf.

GLOSTER.
Nun ward der Winter unsers Mißvergnügens
Glorreicher Sommer durch die Sonne Yorks;
Die Wolken all, die unser Haus bedräut,
Sind in des Weltmeers tiefem Schoß begraben.
Nun zieren unsre Brauen Siegeskränze,
Die schart'gen Waffen hängen als Trophä'n;
Aus rauhem Feldlärm wurden muntre Feste,
Aus furchtbar'n Märschen holde Tanzmusiken.
Der grimm'ge Krieg hat seine Stirn entrunzelt,
Und statt zu reiten das geharn'schte Roß,
Um droh'nder Gegner Seelen zu erschrecken,
Hüpft er behend' in einer Dame Zimmer
Nach üppigem Gefallen einer Laute.
Doch ich, zu Possenspielen nicht gemacht,
Noch um zu buhlen mit verliebten Spiegeln;
Ich, roh geprägt, entblößt von Liebesmajestät,
Vor leicht sich dreh'nden Nymphen mich zu brüsten;
Ich, um dies schöne Ebenmaß verkürzt,
Von der Natur um Bildung falsch betrogen,
Entstellt, verwahrlost, vor der Zeit gesandt
In diese Welt des Atmens, halb kaum fertig
Gemacht, und zwar so lahm und ungeziemend,
Daß Hunde bellen, hink' ich wo vorbei;
Ich nun, in dieser schlaffen Friedenszeit,
Weiß keine Lust, die Zeit mir zu vertreiben,
Als meinen Schatten in der Sonne spähn
Und meine eigne Mißgestalt erörtern;
Und darum, weil ich nicht als ein Verliebter
Kann kürzen diese fein beredten Tage,
Bin ich gewillt, ein Bösewicht zu werden
Und feind den eitlen Freuden dieser Tage.
Anschläge macht' ich, schlimme Einleitungen,
Durch trunkne Weissagungen, Schriften, Träume,
Um meinen Bruder Clarence und den König
In Todfeindschaft einander zu verhetzen.
Und ist nur König Eduard treu und echt,
Wie ich verschmitzt, falsch und verräterisch,
So muß heut Clarence eng verhaftet werden
Für eine Weissagung, die sagt, daß G
Den Erben Eduards nach dem Leben steh',
Taucht unter, ihr Gedanken! Clarence kommt.
Clarence kommt mit Wache und Brakenbury.
Mein Bruder, guten Tag! Was soll die Wache
Bei Euer Gnaden?
CLARENCE. Seine Majestät,
Besorgt um meine Sicherheit, verordnet
Mir dies Geleit, mich nach dem Turm zu schaffen.
GLOSTER. Aus welchem Grund?
CLARENCE. Weil man mich George nennt.
GLOSTER. Ach, Mylord, das ist Euer Fehler nicht,
Verhaften sollt' er darum Eure Paten.
Oh, vielleicht hat Seine Majestät im Sinn,
Umtaufen Euch zu lassen dort im Turm.
Doch was bedeutet's, Clarence? Darf ich's wissen?
CLARENCE. Ja, Richard, wann ich's weiß: denn ich beteure,
Noch weiß ich's nicht; nur dies hab' ich gehört,
Er horcht auf Weissagungen und auf Träume,
Streicht aus dem Alphabet den Buchstab G
Und spricht, ein Deuter sagt' ihm, daß durch G
Enterbung über seinen Stamm ergeh';
Und weil mein Name George anfängt mit G,
So denkt er, folgt, daß es durch mich gescheh'.
Dies, wie ich hör', und Grillen, diesen gleich,
Bewogen Seine Hoheit zum Verhaft.
GLOSTER.
So geht's, wenn Weiber einen Mann regieren,
's ist Eduard nicht, der in den Turm Euch schickt;
Mylady Grey, sein Weib, Clarence, nur sie
Reizt ihn zu diesem harten Äußersten.
War sie es nicht und jener Mann der Ehren,
Ihr guter Bruder, Anton Woodville,
Die in den Turm Lord Hastings schicken ließen,
Von wo er eben heute losgekommen?
Wir sind nicht sicher, Clarence, sind nicht sicher.
CLARENCE.
Beim Himmel, niemand ist es als die Sippschaft
Der Königin und nächtliche Herolde,
Des Königs Botenläufer zu Frau Shore.
Hörtet Ihr nicht, wie sich demütig flehend
Lord Hastings um Befreiung an sie wandte?
GLOSTER. Demütig klagend ihrer Göttlichkeit,
Ward der Herr Oberkämmerer befreit.
Hört an, ich denk', es wär' die beste Art,
Wenn wir in Gunst beim König bleiben wollen,
Bei ihr zu dienen und Livrei zu tragen.
Die eifersücht'ge, abgenutzte Witwe
Und jene, seit mein Bruder sie geadelt,
Sind mächtige Gevatterfrau'n im Reich.
BRAKENBURY.
Ich ersuch Eu'r Gnaden beide, zu verzeihn,
Doch Seine Majestät hat streng befohlen,
Daß niemand, welches Standes er auch sei,
Soll sprechen insgeheim mit seinem Bruder.
GLOSTER. Ja so! Beliebt's Eu'r Edeln, Brakenbury,
So hört nur allem, was wir sagen, zu:
Es ist kein Hochverrat, mein Freund. Wir sagen,
Der König sei so weis' als tugendsam,
Und sein verehrtes Eh'gemahl an Jahren
Ansehnlich, schön und ohne Eifersucht;
Wir sagen, Shores Weib hab' ein hübsches Füßchen,
Ein Kirschenmündchen, Äugelein, und wundersüße Zunge,
Und daß der Kön'gin Sippschaft adlig worden.
Was sagt Ihr, Herr? Ist alles das nicht wahr?
BRAKENBURY.
Mylord, ich bin bei allem dem nichts nutz.
GLOSTER.
Nichtsnutzig bei Frau Shore? Hör' an, Gesell:
Ist wer bei ihr nichtsnutzig als der eine,
Der tät' es besser insgeheim, alleine.
BRAKENBURY. Als welcher eine, Mylord?
GLOSTER. Ihr Mann, du Schuft; willst du mich fangen?
BRAKENBURY.
Ich ersuch' Eu'r Gnaden, zu verzeihn, wie auch
Nicht mehr zu sprechen mit dem edlen Herzog.
CLARENCE. Wir kennen deinen Auftrag, Brakenbury,
Und woll'n gehorchen.

GLOSTER. Wir sind die Verworfnen
Der Königin und müssen schon gehorchen.
Bruder, lebt wohl! Ich will zum König gehn,
Und wozu irgend Ihr mich brauchen wollt,
Müßt' ich auch Eduards Witwe Schwester nennen,
Ich will's vollbringen, um Euch zu befrein.
Doch diese tiefe Schmach der Brüderschaft
Rührt tiefer mich, als Ihr Euch denken könnt.

CLARENCE. Ich weiß es, sie gefällt uns beiden nicht.

GLOSTER.
Wohl, Eu'r Verhaft wird nicht von Dauer sein:
Ich mach' Euch frei, sonst lieg' ich selbst für Euch:
Indessen habt Geduld.

CLARENCE. Ich muß; leb wohl!

Clarence mit Brakenbury und der Wache ab.

GLOSTER. Geh nur des Wegs, den du nie wiederkehrst,
Einfält'ger Clarence! So sehr lieb' ich dich,
Ich sende bald dem Himmel deine Seele,
Wenn er die Gab' aus unsrer Hand will nehmen.
Doch wer kommt da? Der neubefreite Hastings?

Hastings tritt auf.

HASTINGS.
Vergnügten Morgen meinem gnäd'gen Herrn!

GLOSTER. Das gleiche meinem lieben Kämmerer!
Seid sehr willkommen in der freien Luft.
Wie fand Eu'r Gnaden sich in den Verhaft?

HASTINGS. Geduldig, edler Herr, wie man wohl muß;
Doch hoff' ich, denen Dank einst abzustatten,
Die schuld gewesen sind an dem Verhaft.

GLOSTER. Gewiß, gewiß! und das wird Clarence auch:
Die Eure Feinde waren, sind die seinen
Und haben Gleiches wider ihn vermocht.

HASTINGS. Ja, leider wird der Adler eingesperrt,
Und Gei'r und Habicht rauben frei indes.

GLOSTER. Was gibt es Neues draußen?

HASTINGS.
So Schlimmes draußen nichts, als hier zu Haus.
Der Fürst ist kränklich, schwach und melancholisch,
Und seine Ärzte fürchten ungemein.

GLOSTER.
Nun, bei Sankt Paul! die Neuigkeit ist schlimm.
Oh, er hat lange schlecht Diät gehalten
Und seine fürstliche Person verzehrt.
Es ist ein Herzeleid, wenn man's bedenkt.
Sagt, hütet er das Bett?

HASTINGS. Er tut's.

GLOSTER. Geht nur voran, ich folge bald Euch nach.

Hastings ab.

Er kann nicht leben, hoff' ich; darf nicht sterben,
Eh' George mit Extrapost gen Himmel fährt.
Ich will hinein und ihn auf Clarence hetzen
Mit wohlgestählten Lügen, trift'gen Gründen;
Und wenn mein tiefer Plan mir nicht mißlingt,
Hat Clarence weiter keinen Tag zu leben.
Dann nehme Gott in Gnaden König Eduard
Und lasse mir die Welt, zu hausen drin.
Denn dann heirat' ich Warwicks jüngste Tochter.
Ermordet' ich schon ihren Mann und Vater,
Der schnellste Weg, der Dirne g'nug zu tun.
Ist, daß ich selber werd' ihr Mann und Vater.
Das will ich denn, aus Liebe nicht sowohl
Als andrer tief versteckter Zwecke halb,
Die diese Heirat mir erreichen muß.
Doch mach' ich noch die Rechnung ohne Wirt;
Nach atmet Clarence, Eduard herrscht und thront:
Sind sie erst hin, dann wird die Müh' belohnt.

Ab.

Zweite Szene

London.
Eine andre Straße.
König Heinrichs VI, Leiche wird in einem offnen Sarge hereingetragen, Edelleute mit Hellebarden begleiten sie; hierauf Prinzessin Anna als Leidträgerin.

ANNA.
Setzt nieder eure ehrenwerte Last, –
Wofern sich Ehre senkt in einen Sarg, –
Indessen ich zur Leichenfeier klage
Den frühen Fall des frommen Lancaster.
Du eiskalt Bildnis eines heil'gen Königs!
Des Hauses Lancaster erblichne Asche!
Blutloser Rest des königlichen Bluts!
Vergönnt sei's, aufzurufen deinen Geist,
Daß er der armen Anna Jammer höre,
Die Eduards Weib war, deines Sohns, erwürgt
Von jener Hand, die diese Wunden schlug.
In diese Fenster, die sich aufgetan,
Dein Leben zu entlassen, träufl' ich, sieh!
Hülflosen Balsam meiner armen Augen.
Verflucht die Hand, die diese Risse machte!
Verflucht das Herz, das Herz hatt', es zu tun!
Verflucht das Blut, das dieses Blut entließ!
Heilloser Schicksal treffe den Elenden,
Der elend uns gemacht durch deinen Tod,
Als ich kann wünschen Nattern, Spinnen, Kröten
Und allem giftigen Gewürm, das lebt.
Hat er ein Kind je, so sei's mißgeboren,
Verwahrlost und zu früh ans Licht gebracht,
Des greulich unnatürliche Gestalt
Den Blick der hoffnungsvollen Mutter schrecke;
Und das sei Erbe seines Mißgeschicks!
Hat er ein Weib je, nun, so möge sie
Sein Tod um vieles noch elender machen
Als mich mein junger Eh'gemahl und du! –
Kommt nun nach Chertsey mit der heil'gen Last,
Die von Sankt Paul wir zur Bestattung holten,
Und immer, wenn ihr müde seid, ruht aus,
Derweil ich klag' um König Heinrichs Leiche.

Die Träger nehmen die Leiche auf und gehen weiter.
Gloster tritt auf.

GLOSTER.
Halt! Ihr der Leiche Träger, setzt sie nieder!

ANNA. Welch schwarzer Zaubrer bannte diesen Bösen
Zur Störung frommer Liebesdienste her?

GLOSTER.
Schurken, die Leiche nieder! Bei Sankt Paul,
Zur Leiche mach' ich den, der nicht gehorcht!

ERSTER EDELMANN.
Mylord, weicht aus und laßt den Sarg vorbei!

GLOSTER.
Schamloser Hund! Steh du, wenn ich's befehle;
Senk' die Hell'barde nicht mir vor die Brust,
Sonst, bei Sankt Paul, streck' ich zu Boden dich
Und trete, Bettler, dich für deine Keckheit.

Die Träger setzen den Sarg nieder.

ANNA. Wie nun, ihr zittert? Ihr seid all' erschreckt?
Doch ach! Ich tadl' euch nicht: ihr seid ja sterblich,
Und es erträgt kein sterblich Aug' den Teufel. –
Heb' dich hinweg, du grauser Höllenbote!
Du hattest Macht nur über seinen Leib,
Die Seel' erlangst du nicht: drum mach' dich fort!
GLOSTER. Sei christlich, süße Heil'ge, fluche nicht!
ANNA. Um Gottes willen, schnöder Teufel, fort!
Und stör' uns ferner nicht! Du machtest ja
Zu deiner Hölle die beglückte Erde,
Erfüllt mit Fluchgeschrei und tiefem Weh.
Wenn deine grimm'gen Taten dich ergötzen,
Sieh diese Probe deiner Metzgerei'n. –
Ihr Herrn, seht, seht! des toten Heinrichs Wunden
Öffnen den starren Mund und bluten frisch. –
Erröte, Klumpe schnöder Mißgestalt!
Denn deine Gegenwart haucht dieses Blut
Aus Adern, kalt und leer, wo kein Blut wohnt;
Ja, deine Tat, unmenschlich, unnatürlich,
Ruft diese Flut hervor, so unnatürlich. –
Du schufst dies Blut, Gott: räche seinen Tod!
Du trinkst es, Erde: räche seinen Tod!
Laß, Himmel, deinen Blitz den Mörder schlagen!
Gähn', Erde, weit und schling' ihn lebend ein,
Wie jetzo dieses guten Königs Blut,
Den sein der Höll' ergebner Arm gewürgt!
GLOSTER.
Herrin, Ihr kennt der Liebe Vorschrift nicht,
Mit Gutem Böses, Fluch mit Segen lohnen.
ANNA.
Bube, du kennst kein göttlich, menschlich Recht;
Das wild'ste Tier kennt doch des Mitleids Regung.
GLOSTER. Ich kenne keins, und bin daher kein Tier.
ANNA. O Wunder, wenn ein Teufel Wahrheit spricht!
GLOSTER. Mehr Wunder, wenn ein Engel zornig ist! –
Geruhe, göttlich Urbild eines Weibes,
Von der vermeinten Schuld mir zu erlauben
Gelegentlich bei dir mich zu befrein.
ANNA. Geruhe, gift'ger Abschaum eines Manns,
Für die bekannte Schuld mir zu erlauben
Gelegentlich zu fluchen dir Verfluchtem.
GLOSTER.
Du, schöner als ein Mund dich nennen kann!
Verleih' geduld'ge Frist, mich zu entschuld'gen!
ANNA. Du, schnöder als ein Herz dich denken kann!
Für dich gilt kein Entschuld'gen, als dich hängen.
GLOSTER.
Verzweifelnd so, verklagt' ich ja mich selbst.
ANNA. Und im Verzweifeln wärest du entschuldigt
Durch Übung würd'ger Rache an dir selbst,
Der du unwürd'gen Mord an andern übtest.
GLOSTER. Setz', ich erschlug sie nicht.
ANNA. So wären sie nicht tot;
Doch tot sind sie, und, Höllenknecht, durch dich.
GLOSTER. Ich schlug nicht Euren Gatten.
ANNA. Nun wohl, so lebt er noch.
GLOSTER.
Nein, er ist tot, und ihn schlug Eduards Hand.
ANNA. Du lügst in deinen Hals; Margreta sah
In seinem Blut dein mörd'risch Messer dampfen,
Das du einst wandtest gegen ihre Brust,
Nur deine Brüder schlugen es beiseit.
GLOSTER. Ich war gereizt von ihrer Lästerzunge,
Die jener Schuld legt' auf mein schuldlos Haupt.
ANNA. Du warst gereizt von deinem blut'gen Sinn,
Der nie von anderm träumt' als Metzgerei'n.
Hast du nicht diesen König umgebracht?
GLOSTER. Ich geb' es zu.
ANNA. Zugibst du's, Igel? Nun, so geb' auch Gott,
Daß du verdammt seist für die böse Tat!
Oh, er war gütig, mild und tugendsam.
GLOSTER.
So taugt er, bei des Himmels Herrn zu wohnen.
ANNA.
Er ist im Himmel, wo du niemals hinkommst.
GLOSTER.
Er danke mir, der ihm dahin verholfen:
Er taugte für den Ort, nicht für die Erde.
ANNA. Du taugst für keinen Ort als für die Hölle.
GLOSTER. Ja, einen noch, wenn ich ihn nennen darf.
ANNA. Ein Kerker.
GLOSTER. Euer Schlafzimmer.
ANNA.
Verbannt sei Ruh' vom Zimmer, wo du liegst!
GLOSTER. Das ist sie, Herrin, bis ich bei Euch liege.
ANNA. Ich hoff' es.
GLOSTER. Ich weiß es. – Doch, liebe Lady Anna,
Um aus dem raschen Anlauf unsers Witzes
In einen mehr gesetzten Ton zu fallen:
Ist, wer verursacht den zu frühen Tod
Der zwei Plantagenets, Heinrich und Eduard,
So tadelnswert als der Vollzieher nicht?
ANNA.
Du warst die Ursach' und verfluchte Wirkung.
GLOSTER.
Eu'r Reiz allein war Ursach' dieser Wirkung,
Eu'r Reiz, der heim mich sucht' in meinem Schlaf,
Von aller Welt den Tod zu unternehmen
Für eine Stund' an Eurem süßen Busen.
ANNA. Dächt' ich das, Mörder, diese Nägel sollten
Von meinen Wangen reißen diesen Reiz.
GLOSTER.
Dies Auge kann den Reiz nicht tilgen sehn;
Ihr tätet ihm kein Leid, ständ' ich dabei.
Wie alle Welt sich an der Sonne labt,
So ich an ihm: er ist mein Tag, mein Leben.
ANNA.
Nacht schwärze deinen Tag und Tod dein Leben.
GLOSTER.
Fluch', hold Geschöpf, dir selbst nicht: du bist beides.
ANNA.
Ich wollt', ich wär's, um mich an dir zu rächen.
GLOSTER. Es ist ein Handel wider die Natur,
Dich rächen an dem Manne, der dich liebt.
ANNA. Es ist ein Handel nach Vernunft und Recht,
Mich rächen an dem Mörder meines Gatten.
GLOSTER.
Der dich beraubte, Herrin, deines Gatten,
Tat's, dir zu schaffen einen bessern Gatten.
ANNA. Ein beßrer atmet auf der Erde nicht.
GLOSTER. Es lebt wer, der Euch besser liebt als er.
ANNA. Nenn' ihn.
GLOSTER. Plantagenet.
ANNA. So hieß ja er.
GLOSTER. Derselbe Name, doch bei beßrer Art.

ANNA. Wo ist er?
GLOSTER. Hier.
Sie speit nah ihm.
Warum speist du mich an?
ANNA. Wär' es doch tödlich Gift, um deinethalb!
GLOSTER. Niemals kam Gift aus solchem süßen Ort.
ANNA. Niemals hing Gift an einem schnödern Molch.
Aus meinen Augen fort! Du steckst sie an.
GLOSTER. Dein Auge, Herrin, hat meins angesteckt.
ANNA. Oh, wär's ein Basilisk, dich tot zu blitzen!
GLOSTER.
Ich wollt' es selbst, so stürb' ich auf einmal,
Denn jetzo gibt es mir lebend'gen Tod.
Dein Aug' erpreßte meinen salze Tränen,
Beschämt' ihr Licht mit kind'scher Tropfen Fülle,
Die Augen, nie benetzt von Mitleids-Tränen:
Nicht als mein Vater York und Eduard weinten
Bei Rutlands bangem Jammer, da sein Schwert
Der schwarze Clifford zückte wider ihn;
Noch als dein tapfrer Vater wie ein Kind
Kläglich erzählte meines Vaters Tod
Und zehnmal innehielt, zu schluchzen, weinen,
Daß, wer dabei stand, naß die Wangen hatte,
Wie Laub im Regen: in der traur'gen Zeit
Verwarf mein männlich Auge niedre Tränen,
Und was dies Leid ihm nicht entsaugen konnte,
Das tat dein Reiz und macht' es blind vom Weinen.
Ich flehte niemals weder Freund noch Feind,
Nie lernte meine Zunge Schmeichel-Worte:
Doch nun dein Reiz mir ist gesetzt zum Preis,
Da fleht mein stolzes Herz und lenkt die Zunge.
Sie sieht ihn verächtlich an.
Nein, lehr' nicht deine Lippen solchen Hohn
Zum Kuß geschaffen, Herrin, sind sie ja.
Kann nicht verzeihn dein rachbegierig Herz,
So biet' ich, sieh! dies scharfgespitzte Schwert;
Birg's, wenn du willst, in dieser treuen Brust
Und laß die Seel' heraus, die dich vergöttert:
Ich lege sie dem Todesstreiche bloß
Und bitt', in Demut knieend, um den Tod.
Er entblößt seine Brust, sie zielt mit dem Degen nach ihm.
Nein, zögre nicht: ich schlug ja König Heinrich,
Doch deine Schönheit reizte mich dazu.
Nur zu! Denn ich erstach den jungen Eduard:
Sie zielt wieder nach seiner Brust.
Jedoch dein himmlisch Antlitz trieb mich an.
Sie läßt den Degen fallen.
Nimm auf den Degen, oder nimm mich auf!
ANNA. Steh, Heuchler, auf! Wünsch' ich schon deinen Tod,
So will ich doch nicht sein Vollstrecker sein.
GLOSTER.
So heiß' mich selbst mich töten, und ich will's.
ANNA. Ich tat es schon.
GLOSTER. Das war in deiner Wut.
Sag's noch einmal, und gleich soll diese Hand,
Die deine Lieb' aus Lieb' erschlug zu dir,
Weit treuere Liebe dir zu Lieb' erschlagen;
Du wirst an beider Tod mitschuldig sein.
ANNA. Kennt' ich doch nur dein Herz!
GLOSTER. Auf meiner Zunge wohnt's.
ANNA. Vielleicht sind beide falsch.
GLOSTER. Dann meint' es niemand treu.
ANNA. Nun wohl, steckt ein das Schwert.
GLOSTER. Gewährst du Frieden mir?
ANNA. Das sollt Ihr künftig sehn.
GLOSTER. Darf ich in Hoffnung leben?
ANNA. Ich hoffe, jeder tut's.
GLOSTER. Tragt diesen Ring von mir.
ANNA. Annehmen ist nicht geben.
Sie steckt den Ring an.
GLOSTER.
Sieh, wie der Ring umfasset deinen Finger,
So schließt dein Busen ein mein armes Herz;
Trag' beide, denn sie sind ja beide dein.
Und wenn dein treuster Diener eine Gunst
Erbitten darf von deiner gnäd'gen Hand,
So sicherst du sein Glück ihm zu für immer.
ANNA. Was ist es?
GLOSTER. Daß ihr dies traur'ge Werk dem überlaßt,
Der größre Ursach' leidzutragen hat,
Und Euch sogleich nach Crosby-Hof begebt;
Wo ich, nachdem ich feierlich bestattet
In Chertsey-Münster diesen edlen König
Und reuevoll sein Grab genetzt mit Tränen,
Mit aller schuld'gen Ehr' Euch will besuchen.
Aus mancherlei geheimen Gründen, bitt' ich.
Gewährt mir dies.
ANNA. Von ganzem Herzen; und es freut mich sehr,
Zu sehn, daß Ihr so reuig worden seid. –
Tressel und Berkley, kommt, begleitet mich.
GLOSTER. Sagt mir Lebwohl!
ANNA. 's ist mehr, als Ihr verdient.
Doch weil Ihr Euch zu schmeicheln mich gelehrt,
So denkt, ich sagte schon Euch Lebewohl!
Prinzessin Anna mit zwei Edelleuten ab.
GLOSTER. Nehmt auf die Leich', ihr Herrn.
ZWEITER EDELMANN.
Nach Chertsey, edler Lord?
GLOSTER.
Nein, zu den Karmelitern; dort erwartet mich.
Der Zug mit der Leiche ab.
Ward je in dieser Laun' ein Weib gefreit?
Ward je in dieser Laun' ein Weib gewonnen?
Ich will sie haben, doch nicht lang' behalten.
Wie? Ich, der Mörder ihres Manns und Vaters,
In ihres Herzens Abscheu sie zu fangen,
Im Munde Flüche, Tränen in den Augen,
Der Zeuge ihres Hasses blutend da;
Gott, ihr Gewissen, all dies wider mich,
Kein Freund, um mein Gesuch zu unterstützen,
Als Heuchlerblicke und der bare Teufel,
Und doch sie zu gewinnen! Alles gegen nichts!
Ha!
Entfiel so bald ihr jener wackre Prinz,
Eduard, ihr Gatte, den ich vor drei Monden
Zu Tewksbury in meinem Grimm erstach?
Solch einen holden, liebenswürd'gen Herrn,
In der Verschwendung der Natur gebildet,
Jung, tapfer, weis' und sicher königlich,
Hat nicht die weite Welt mehr aufzuweisen:
Und will sie doch ihr Aug' auf mich erniedern,
Der dieses Prinzen goldne Blüte brach
Und sie verwitwet' im betrübten Bett?
Auf mich, der nicht dem halben Eduard gleichkommt?

Auf mich, der hinkt und mißgeschaffen ist?
Mein Herzogtum für einen Bettler-Pfennig,
Ich irre mich in mir die ganze Zeit:
So wahr ich lebe, kann ich's gleich nicht finden,
Sie find't, ich sei ein wunderhübscher Mann.
Ich will auf einen Spiegel was verwenden
Und ein paar Dutzend Schneider unterhalten,
Um Trachten auszusinnen, die mir stehn.
Da ich bei mir in Gunst gekommen bin,
So will ich's auch mich etwas kosten lassen.
Doch schaff' ich den Gesellen erst ins Grab
Und kehre jammernd dann zur Liebsten um.
Komm, holde Sonn', als Spiegel mir zu statten
Und zeige, wenn ich geh', mir meinen Schatten!
Ab.

Dritte Szene

Ebendaselbst. Ein Zimmer im Palast.
Königin, Elisabeth, Lord Rivers und Lord Grey treten auf.

RIVERS.
Seid ruhig, Fürstin: bald wird Seine Majestät
Sich wieder im erwünschten Wohlsein finden.
GREY.
Es macht ihn schlimmer, daß Ihr's übel tragt:
Um Gottes willen also, seid getrost
Und muntert ihn mit frohen Worten auf.
ELISABETH. Was würde mir begegnen, wär' er tot?
GREY. Kein ander Leid, als solches Herrn Verlust.
ELISABETH.
Solch eines Herrn Verlust schließt jedes ein.
GREY.
Der Himmel schenkt' Euch einen wackern Sohn,
Wenn er dahin ist, Tröster Euch zu sein.
ELISABETH. Ach! er ist jung, und bis zur Mündigkeit
Führt über ihn die Sorge Richard Gloster,
Ein Mann, der mich nicht liebt, noch wen von euch.
RIVERS. Ist's ausgemacht, daß er Protektor wird?
ELISABETH.
Es ist beschlossen, noch nicht ausgemacht:
Allein es muß sein, wenn der König abgeht.
Buckingham und Stanley treten auf.
GREY.
Da sind die Lords von Buckingham und Stanley.
BUCKINGHAM.
Eu'r königlichen Gnaden Heil und Glück!
STANLEY.
Gott mög' Eu'r Majestät erfreun wie eh'mals!
ELISABETH.
Die Gräfin Richmond, lieber Mylord Stanley,
Sagt auf Eu'r gut Gebet wohl schwerlich Amen.
Doch, Stanley, ob sie Euer Weib schon ist
Und mich nicht liebt, seid, bester Lord, versichert,
Ich hass' Euch nicht um ihren Übermut.
STANLEY.
Meßt, ich ersuch' Euch, keinen Glauben bei
Den Lästerungen ihrer falschen Kläger;
Und würde sie auf gült'gen Grund verklagt,
Tragt ihre Schwäche, die gewiß entsteht
Aus kranken Grillen, nicht bedachter Bosheit.
ELISABETH.
Saht Ihr den König heute, Mylord Stanley?
STANLEY.
Wir kommen, Herzog Buckingham und ich,
Nur eben jetzt von Seiner Majestät.
ELISABETH.
Was ist für Anschein seiner Beßrung, Lords?
BUCKINGHAM.
Die beste Hoffnung, Eu'r Gemahl spricht munter.
ELISABETH. Gott geb' ihm Heil! Bespracht Ihr
Euch mit ihm?
BUCKINGHAM.
Ja, gnäd'ge Frau: er wünscht den Herzog Gloster
Mit Euren Brüdern wieder auszusöhnen
Und diese mit dem Oberkämmerer
Und hieß vor Seiner Hoheit sie erscheinen.
ELISABETH.
Wär' alles gut! Doch das wird nimmer sein:
Ich fürchte, unser Glück hat seine Höh'.
Gloster, Hastings und Dorset treten auf.
GLOSTER.
Sie tun mir Unrecht, und ich will's nicht dulden.
Wer sind sie, die beim König sich beklagen,
Ich sei, man denke, hart und lieb' sie nicht?
Beim heil'gen Paul, der liebt ihn obenhin,
Wer so sein Ohr mit Zankgerüchten anfüllt.
Weil ich nicht schmeicheln und beschwatzen kann,
Zulachen, streicheln, hintergehn und kriechen,
Fuchsschwänzend wie ein Franzmann und ein Aff',
So hält man mich für einen häm'schen Feind.
Kann denn ein schlichter Mann nicht harmlos leben,
Daß nicht sein redlich Herz mißhandelt würde
Von seidnen, schlauen, schmeichlerischen Gecken?
GREY.
Mit wem in diesem Kreis spricht Euer Gnaden?
GLOSTER.
Mit dir, der weder Tugend hat noch Gnade.
Wann kränkt' ich dich? Wann tat ich dir zu nah?
Und dir? Und dir? Wann einem eurer Rotte?
Die Pest euch allen! Unser gnäd'ger Fürst –
Den Gott erhalte besser, als ihr wünscht! –
Kann kaum ein Atemholen ruhig sein,
Daß ihr ihn nicht mit wüsten Klagen stört.
ELISABETH.
Bruder von Gloster, Ihr mißnehmt die Sache.
Der König hat, auf eignen höchsten Antrieb
Und nicht bewogen durch ein fremd Gesuch,
Vielleicht vermutend Euren innern Haß,
Der sich in Eurem äußern Tun verrät,
Auf meine Kinder, Brüder und mich selbst,
Zu Euch gesandt, damit er so erfahre
Die Ursach' Eures Grolls und weg sie schaffe.
GLOSTER.
Ich weiß es nicht, – die Welt ist so verderbt,
Zaunkön'ge hausen, wo's kein Adler wagt.
Seit jeder Hans zum Edelmanne ward,
So wurde mancher edle Mann zum Hans.
ELISABETH. Schon gut! Man kennt die Meinung,
Bruder Gloster:
Ihr neidet mein und meiner Freunde Glück.
Gott gebe, daß wir nie Euch nötig haben!
GLOSTER.
Gott gibt indes, daß wir Euch nötig haben;
Denn unser Bruder ist durch Euch verhaftet,
Ich selbst in Ungnad', und der Adel preis

Der Schmach gegeben, da man hohe Posten
Täglich verleiht, mit Ehren die zu krönen,
Die gestern keine Kron' im Beutel hatten.

ELISABETH.
Bei dem, der mich zu banger Höh' erhob
Von dem zufriednen Los, das ich genoß!
Ich reizte niemals Seine Majestät
Wider den Herzog Clarence, war vielmehr
Ein Anwalt, welcher eifrig für ihn sprach.
Mylord, Ihr tut mir schmählich Unrecht an,
Da Ihr mich falsch in solchen Argwohn bringt.

GLOSTER.
Ihr könnt auch leugnen, daß Ihr Schuld gehabt
An Mylord Hastings neulichem Verhaft.

RIVERS. Sie kann's, Mylord; denn –

GLOSTER.
Sie kann's, Lord Rivers? Ei, wer weiß das nicht?
Sie kann noch mehr als dieses leugnen, Herr:
Sie kann Euch helfen zu manch schönem Posten,
Dann leugnen ihre Hand im Spiel dabei
Und alles nennen des Verdienstes Lohn.
Was kann sie nicht? Sie kann, – ja traun! Sie kann –

RIVERS. Was kann sie, traun?

GLOSTER.
Was kann sie traun? Mit einem König traun,
Und der ein Junggesell, ein hübscher Bursch.
Hat Eure Großmama so gut gefreit?

ELISABETH.
Mylord von Gloster, allzu lang' ertrug ich
Eu'r plumpes Schelten und Eu'r bittres Schmäh'n.
Ich melde Seiner Majestät, beim Himmel,
Den groben Hohn, den ich so oft erlitt.
Ich wäre lieber eine Bauermagd
Als große Königin, mit der Bedingung,
Daß man mich so verachtet und bestürmt.
Ich habe wenig Freud' auf Englands Thron.

Königin Margareta erscheint im Hintergrunde.

MARGARETA.
Das Wen'ge sei verringert, Gott, so fleh' ich!
Denn mir gebührt dein Rang und Ehrensitz.

GLOSTER.
Was? Droht Ihr mir, dem König es zu sagen?
Sagt's ihm und schont nicht; seht, was ich gesagt,
Behaupt' ich in des Königs Gegenwart.
Ich wag' es drauf, in Turm geschickt zu werden.
'S ist Redens Zeit: man denkt nicht meiner Dienste.

MARGARETA.
Fort, Teufel! Ihrer denk' ich allzu wohl.
Du brachtest meinen Gatten um im Turm
Und meinen armen Sohn zu Tewksbury.

GLOSTER.
Eh' Ihr den Thron bestiegt und Eu'r Gemahl,
War ich das Packpferd seines großen Werks,
Ausrotter seiner stolzen Widersacher,
Freigebiger Belohner seiner Freunde;
Sein Blut zu fürsten, hab' ich meins vergossen.

MARGARETA.
Ja, und viel beßres Blut als seins und deins.

GLOSTER.
In all der Zeit wart Ihr und Grey, Eu'r Mann,
Parteiisch für das Haus von Lancaster;
Ihr, Rivers, wart es auch. – Fiel Euer Mann
Nicht zu Sankt Albans in Margretas Schlacht?
Erinnern muß ich Euch, wenn Ihr's vergeßt,
Was Ihr zuvor gewesen und nun seid;
Zugleich, was ich gewesen und noch bin.

MARGARETA.
Ein mörderischer Schurk', und bist es noch.

GLOSTER.
Verließ nicht Clarence seinen Vater Warwick,
Ja, und brach seinen Eid, – vergeb' ihm Jesus! –

MARGARETA. Bestraf' ihn Gott!

GLOSTER.
Um neben Eduard für den Thron zu fechten?
Zum Lohn sperrt man den armen Prinzen ein.
Wär' doch mein Herz steinhart wie Eduard seins,
Wo nicht, seins weich und mitleidsvoll wie meins!
Ich bin zu kindisch töricht für der Welt.

MARGARETA. So fahr' zur Hölle und verlaß die Welt,
Du Kakodämon! Dort ist ja dein Reich.

RIVERS.
Mylord von Gloster, in der heißen Zeit,
Woran Ihr mahnt, der Feindschaft uns zu zeihn,
Da hielten wir an unserm Herrn und König,
Wie wir an Euch es täten, wenn Ihr's würdet.

GLOSTER.
Wenn ich es würde? Lieber ein Hausierer!
Fern meinem Herzen sei's, es nur zu denken.

ELISABETH.
So wenig Freude, Mylord, als Ihr denkt,
Daß Ihr genößt als dieses Landes König:
So wenig Freude mögt Ihr denken auch,
Daß ich genieß' als dessen Königin.

MARGARETA.
Ja, wenig Freud' hat dessen Königin:
Ich bin es, und bin gänzlich freudenlos.
Ich kann nicht länger mich geduldig halten. –

Sie tritt vor.

Hört mich, Piraten, die ihr hadernd zankt,
Indem ihr teilt, was ihr geraubt von mir!
Wer von euch zittert nicht, der auf mich schaut?
Beugt euch der Königin als Untertanen,
Sonst bebt vor der Entsetzten als Rebellen! –
Ha, lieber Schurke! Wende dich nicht weg!

GLOSTER.
Was schaffst du, schnöde Hexe, mir vor Augen?

MARGARETA.
Nur Wiederholung des, was du zerstört;
Das will ich schaffen, eh' ich gehn dich lasse.

GLOSTER. Bist du bei Todesstrafe nicht verbannt?

MARGARETA. Ich bin's, doch größre Pein find' ich in meinem Bann,
Als mir der Tod kann bringen, weil ich blieb.
Den Gatten und den Sohn bist du mir schuldig, –
Und du das Königreich, – ihr alle Dienstpflicht;
Dies Leiden, das ich habe, kommt euch zu,
Und alle Lust, die ihr euch anmaßt, mir.

GLOSTER.
Der Fluch, den dir mein edler Vater gab,
Als mit Papier die Heldenstirn du kröntest
Und höhnend Bäch' aus seinen Augen zogst
Und reichtest, sie zu trocknen, ihm ein Tuch,
Getaucht ins reine Blut des holden Rutland:
Die Flüch', aus seiner Seele Bitterkeit
Dir da verkündigt, sind auf dich gefallen,
Und Gott, nicht wir, straft deine blut'ge Tat.

ELISABETH.
Ja, so gerecht ist Gott zum Schutz der Unschuld.
HASTINGS.
Oh! 's war die schnödste Tat, das Kind zu morden,
Die unbarmherzigste, die je gehört ward!
RIVERS. Tyrannen weinten, als man sie erzählte.
DORSET.
Kein Mensch war, der nicht Rache prophezeite.
BUCKINGHAM.
Northumberland, der's ansah, weinte drum.
MARGARETA.
Wie? Fletschtet ihr die Zähne, wie ich kam,
Bereit schon, bei der Gurgel euch zu packen,
Und kehrt ihr nun all euren Haß auf mich?
Galt Yorks ergrimmter Fluch so viel im Himmel,
Daß Heinrichs Tod, des süßen Eduards Tod,
Des Reichs Verlust, mein wehevoller Bann
Genugtut bloß für das verzogne Bübchen?
Dringt denn ein Fluch die Wolken durch zum Himmel?
Wohl, trennt die schweren Wolken, rasche Flüche! –
Wo nicht durch Krieg, durch Prassen sterb eu'r König,
Wie Mord des unsern ihn gemacht zum König!
Eduard, dein Sohn, der jetzo Prinz von Wales,
Statt Eduard, meines Sohns, sonst Prinz von Wales,
Sterb' in der Jugend, vor der Zeit, gewaltsam!
Du, Königin statt meiner, die ich's war,
Gleich mir Elenden überleb' dein Los!
Lang' lebe, deine Kinder zu bejammern!
Sieh eine andre, wie ich jetzo dich,
Gekleidet in dein Recht, wie du in meins!
Lang' sterbe deines Glückes Tag vor dir,
Und nach viel langen Stunden deines Grams
Stirb weder Mutter, Weib, noch Königin!
Rivers und Dorset, ihr saht zu dabei, –
Auch du, Lord Hastings, – als man meinen Sohn
Erstach mit blut'gen Dolchen: Gott, den fleh' ich,
Daß euer keiner sein natürlich Alter
Erreich' und plötzlich werde weggerafft!
GLOSTER.
Schließ' deinen Spruch, verschrumpfte böse Hexe!
MARGARETA. Und ließ' dich aus? Bleib', Hund, du mußt mich hören.
Bewahrt der Himmel eine schwere Plage,
Die übertrifft, was ich dir weiß zu wünschen,
O spar' er sie, bis deine Sünden reif,
Dann schleudr' er seinen Grimm herab auf dich,
Den Friedensstörer dieser armen Welt!
Dich nage rastlos des Gewissens Wurm!
Argwöhne stets die Freunde wie Verräter,
Und Erzverräter acht' als Busenfreunde!
Dein tödlich Auge schließe nie der Schlaf,
Es sei denn, weil ein peinigender Traum
Dich schreckt mit einer Hölle grauser Teufel!
Du Mißgeburt voll Maler! Wühlend Schwein!
Du, der gestempelt ward bei der Geburt,
Der Sklave der Natur, der Hölle Sohn!
Du Schandfleck für der Mutter schweren Schoß!
Du ekler Sprößling aus des Vaters Lenden!
Du Lump der Ehre! Du mein Abscheu –
GLOSTER. Margareta.
MARGARETA. Richard!
GLOSTER. He?
MARGARETA. Ich rief dich nicht.
GLOSTER.
So bitt' ich um Verzeihung; denn ich dachte,
Du riefst mir all die bittern Namen zu.
MARGARETA.
Das tat ich auch, doch Antwort wollt' ich nicht.
O laß zum Schluß mich bringen meinen Fluch!
GLOSTER. Ich tat's für dich: er endigt in Margreta.
ELISABETH.
So hat Eu'r Fluch sich auf Euch selbst gewandt.
MARGARETA.
Gemalte Kön'gin! Scheinbild meines Glücks!
Was streust du Zucker auf die bauch'ge Spinne,
Die dich mit tödlichem Geweb' umstrickt?
Törin! Du schärfst ein Messer, das dich würgt;
Es kommt der Tag, wo du herbei mich wünschest
Zum Fluchen auf den giftgeschwollnen Molch.
HASTINGS.
Schließ', Wahnprophetin, deinen tollen Fluch,
Erschöpf' nicht, dir zum Schaden, die Geduld!
MARGARETA.
Schand' über euch! Ihr all' erschöpftet meine.
RIVERS. Beratet Euch und lernet Eure Pflicht.
MARGARETA.
Mich zu beraten, müßt Ihr Pflicht mir leisten.
Lehrt Königin mich sein, Euch Untertanen;
Beratet mich und lernet diese Pflicht.
DORSET. O streitet nicht mit ihr, sie ist verrückt.
MARGARETA.
Still, Meister Marquis! Ihr seid naseweis,
Eu'r neugeprägter Rang ist kaum in Umlauf.
O daß Eu'r junger Adel fühlen könnte,
Was ihn verlieren heißt und elend sein.
Wer hoch steht, den kann mancher Windstoß treffen,
Und wenn er fällt, so wird er ganz zerschmettert.
GLOSTER.
Traun, guter Rat! Marquis, nehmt ihn zu Herzen.
DORSET.
Er geht Euch an, Mylord, so sehr als mich.
GLOSTER.
Ja, und weit mehr: Doch ich bin hochgeboren;
In Zedernwipfeln nistet unsre Brut
Und tändelt mit dem Wind und trotzt der Sonne.
MARGARETA.
Und hüllt die Sonn' in Schatten, – weh! Ach weh!
Das zeugt mein Sohn, im Todesschatten jetzt;
Des strahlend lichten Schein dein wolk'ger Grimm
Mit ew'ger Finsternis umzogen hat.
In unsrer Jungen Nest baut eure Brut.
O Gott, der du es siehest, duld' es nicht!
Was Blut gewann, sei auch so eingebüßt!
BUCKINGHAM.
Still, still! aus Scham, wo nicht aus Christenliebe.
MARGARETA.
Rückt Christenliebe nicht noch Scham mir vor:
Unchristlich seid ihr mit mir umgegangen,
Und schamlos würgtet ihr mir jede Hoffnung.
Wut ist mein Lieben, Leben meine Schmach;
Stets leb' in meiner Schmach des Leidens Wut!
BUCKINGHAM. Hört auf! Hört auf!
MARGARETA. O Buckingham, ich küsse deine Hand,
Zum Pfand der Freundschaft und des Bunds mit dir.

Dir geh' es wohl und deinem edlen Haus!
Dein Kleid ist nicht befleckt mit unserm Blut,
Und du nicht im Bezirke meines Fluchs.

BUCKINGHAM.
Auch keiner sonst; nie überschreiten Flüche
Die Lippen des, der in die Luft sie haucht.

MARGARETA. Ich glaube doch, sie steigen himmelan
Und wecken Gottes sanft entschlafnen Frieden.
O Buckingham, weich' aus dem Hunde dort!
Sieh, wann er schmeichelt, beißt er; wann er beißt,
So macht sein gift'ger Zahn zum Tode wund.
Hab' nichts mit ihm zu schaffen, weich' ihm aus!
Tod, Sünd' und Hölle haben ihn gezeichnet,
Und ihre Diener all umgeben ihn.

GLOSTER. Was sagt sie da, Mylord von Buckingham?

BUCKINGHAM.
Nichts, das ich achte, mein gewogner Herr.

MARGARETA.
Wie? Höhnst du mich für meinen treuen Rat
Und hegst den Teufel da, vor dem ich warne?
O denke des auf einen andern Tag,
Wenn er dein Herz mit Gram zerreißt, und sage:
Die arme Margareta war Prophetin.
Leb euer jeder, seinem Haß zum Ziel,
Und er dem euren, und ihr alle Gottes!

Ab.

HASTINGS.
Mir sträubt das Haar sich, fluchen sie zu hören.

RIVERS.
Mir auch; es wundert mich, daß man so frei sie läßt.

GLOSTER.
Ich schelte nicht sie, bei der Mutter Gottes!
Sie hat zu viel gelitten, und mich reut
Mein Teil daran, was ich ihr angetan.

ELISABETH. Ich tat ihr nie zu nah, soviel ich weiß.

GLOSTER. Doch habt Ihr allen Vorteil ihres Leids.
Ich war zu hitzig, jemand wohl zu tun,
Der nun zu kalt ist, mir es zu gedenken.
Mein' Treu', dem Clarence wird es gut vergolten:
Man mästet ihn für seine Müh' im Kofen.
Verzeih' Gott denen, welche schuld dran sind!

RIVERS. Ein tugendhafter, christlicher Beschluß,
Für die zu beten, die uns Böses tun!

GLOSTER. Das tu' ich immer, weislich so belehrt: –

Beiseit.

Denn flucht' ich jetzt, hält' ich mich selbst verflucht.

Catesby tritt auf.

CATESBY. Fürstin, Euch fodert Seine Majestät; –
Eu'r Gnaden auch, – und euch, ihr edlen Lords.

ELISABETH.
Ich komme, Catesby. – Geht ihr mit mir, Lords?

RIVERS. Wir sind zu Euer Gnaden Dienst.

Alle ab, außer Gloster.

GLOSTER.
Ich tu' das Bös', und schreie selbst zuerst.
Das Unheil, das ich heimlich angestiftet,
Leg' ich den andern dann zur schweren Last.
Clarence, den ich in Finsternis gelegt,
Bewein' ich gegen manchen blöden Tropf,
Ich meine Stanley, Hastings, Buckingham,
Und sage, daß die Kön'gin und ihr Anhang
Den König wider meinen Bruder reizen.
Nun glauben sie's und stacheln mich zugleich
Zur Rache gegen Rivers, Vaughan, Grey;
Dann seufz' ich, und nach einem Spruch der Bibel
Sag' ich, Gott heiße Gutes tun für Böses;
Und so bekleid' ich meine nackte Bosheit
Mit alten Fetzen, aus der Schrift gestohlen,
Und schein' ein Heil'ger, wo ich Teufel bin.

Zwei Mörder kommen.

Doch still! Da kommen meine Henkersknechte. –
Nun, meine wackern, tüchtigen Gesellen,
Geht ihr anjetzt, den Handel abzutun?

ERSTER MÖRDER.
Ja, gnäd'ger Herr, und kommen um die Vollmacht,
Damit man uns einlasse, wo er ist.

GLOSTER.
Ganz wohl bedacht! Ich habe hier sie bei mir;

gibt ihnen die Vollmacht

Wann ihr's vollbracht habt, kommt nach Crosby-Hof.
Doch seid mir schleunig bei der Ausführung,
Zugleich verhärtet euch, hört ihn nicht an;
Denn Clarence ist beredt und kann vielleicht
Das Herz euch rühren, wenn ihr auf ihn achtet.

ERSTER MÖRDER.
Pah, gnäd'ger Herr! Wir schwatzen nicht erst lang';
Wer Worte macht, tut wenig: seid versichert,
Die Hände brauchen wir und nicht die Zungen.

GLOSTER.
Ihr weint Mühlsteine, wie die Narren Tränen;
Ich hab' euch gerne, Burschen: frisch ans Werk!
Geht! Geht! Macht zu!

ERSTER MÖRDER. Wir wollen's, edler Herr.

Alle ab.

Vierte Szene

Ein Zimmer im Turm.
Clarence und Brakenbury treten auf.

BRAKENBURY.
Wie sieht Eu'r Gnaden heut so traurig aus?

CLARENCE. Oh, ich hatt' eine jämmerliche Nacht,
Voll banger Träume, scheußlicher Gesichte!
So wahr als ich ein frommer, gläub'ger Christ,
Ich brächte nicht noch eine Nacht so zu,
Gölt' es auch eine Welt beglückter Tage:
So voll von grausem Schrecken war die Zeit.

BRAKENBURY. Was war Eu'r Traum, Mylord? Ich bitt' Euch, sagt mir.

CLARENCE.
Mir deucht', ich war entsprungen aus dem Turm
Und eingeschifft, hinüber nach Burgund,
Und mich begleitete mein Bruder Gloster.
Der lockt' aus der Kajüte mich, zu gehn
Auf dem Verdeck; von da sahn wir nach England
Und führten tausend schlimme Zeiten an
Vom Kriege zwischen York und Lancaster,
Die uns betroffen. Wie wir schritten so
Auf des Verdeckes schwindlichtem Getäfel,
Schien mir's, daß Gloster strauchelt' und im Fallen
Mich, der ihn halten wollte, über Bord
In das Gewühl der Meereswogen riß.
O Gott! Wie qualvoll schien mir's, zu ertrinken!
Welch grauser Lärm des Wassers mir im Ohr!

Welch scheußlich Todesschauspiel vor den Augen!
Mir deucht', ich säh' den Graus von tausend Wracken,
Säh' tausend Menschen, angenagt von Fischen;
Goldklumpen, große Anker, Perlenhaufen,
Stein' ohne Preis, unschätzbare Juwelen,
Zerstreuet alles auf dem Grund der See.
In Schädeln lagen ein'ge; in den Höhlen,
Wo Augen sonst gewohnt, war eingenistet,
Als wie zum Spotte, blinkendes Gestein,
Das buhlte mit der Tiefe schlamm'gem Grund
Und höhnte die Gerippe rings umher.

BRAKENBURY.
Ihr hattet Muß' im Augenblick des Todes,
Der Tiefe Heimlichkeiten auszuspähn?

CLARENCE.
Mir deuchte so, und oft strebt' ich, den Geist
Schon aufzugeben: doch die neid'sche Flut
Hielt meine Seel' und ließ sie nicht heraus,
Die weite, leere, freie Luft zu suchen;
Sie würgte mir sie im beklommnen Leib,
Der fast zerbarst, sie in die See zu spein.

BRAKENBURY.
Erwachtet Ihr nicht von der Todesangst?

CLARENCE.
O nein, mein Traum fuhr nach dem Leben fort:
Oh, da begann erst meiner Seele Sturm!
Mich setzte über die betrübte Flut
Der grimme Fährmann, den die Dichter singen,
In jenes Königreich der ew'gen Nacht.
Zum ersten grüßte da die fremde Seele
Mein Schwiegervater, der berühmte Warwick.
Laut schrie er: »Welche Geißel für Verrat
Verhängt dies düstre Reich dem falschen Clarence?«
Und so verschwand er. Dann vorüber schritt
Ein Schatte wie ein Engel, helles Haar
Mit Blut besudelt, und er schrie laut auf:
»Clarence ist da, der eidvergeßne Clarence,
Der mich im Feld bei Tewksbury erstach!
Ergreift ihn, Furien! Nehmt ihn auf die Folter!«
Somit umfing mich eine Legion
Der argen Feind' und heulte mir ins Ohr
So gräßliches Geschrei, daß von dem Lärm
Ich bebend aufwacht' und noch längst nachher
Nicht anders glaubt', als ich sei in der Hölle:
So schrecklich eingeprägt war mir der Traum.

BRAKENBURY.
Kein Wunder, Herr, daß Ihr Euch drob entsetzt;
Mir bangt schon, da ich's Euch erzählen höre.

CLARENCE. O Brakenbury, ich tat alles dies,
Was jetzo wider meine Seele zeugt,
Um Eduards halb: – und sieh, wie lohnt er's mir!
O Gott, kann dich mein innig Flehn nicht rühren,
Und willst du rächen meine Missetaten,
So übe deinen Grimm an mir allein!
O schon' mein schuldlos Weib, die armen Kinder! –
Ich bitt' dich, lieber Wärter, bleib' bei mir:
Mein Sinn ist trüb', und gerne möcht' ich schlafen.

BRAKENBURY.
Ich will's, Mylord; Gott geb' Euch gute Ruh'!
Clarence setzt sich zum Schlafen in einen Lehnstuhl.
Leid bricht die Zeiten und der Ruhe Stunden,
Schafft Nacht zum Morgen und aus Mittag Nacht.
Nur Titel sind der Prinzen Herrlichkeiten,
Ein äußrer Glanz für eine innre Last;
Für ungefühlte Einbildungen fühlen
Sie eine Welt rastloser Sorgen oft:
So daß von ihren Titeln niedern Rang
Nichts unterscheidet als des Ruhmes Klang.
Die beiden Mörder kommen.

ERSTER MÖRDER. He! Wer ist da?

BRAKENBURY.
Was willst du, Kerl? Wie bist du hergekommen?

ERSTER MÖRDER. Ich will Clarence sprechen, und ich bin auf meinen Beinen hergekommen.

BRAKENBURY. Wie? So kurz ab?

ZWEITER MÖRDER.
O Herr, besser kurz ab als langweilig. –
Zeige ihm unsern Auftrag, laß dich nicht weiter ein.
Die überreichen dem Brakenbury ein Papier, welches er liest.

BRAKENBURY.
Ich werde hier befehligt, euren Händen
Den edlen Herzog Clarence auszuliefern.
Ich will nicht grübeln, was hiemit gemeint ist,
Denn ich will schuldlos an der Meinung sein.
Hier sind die Schlüssel, dorten schläft der Herzog.
Ich will zum König, um ihm kund zu tun,
Daß ich mein Amt so an euch abgetreten.

ERSTER MÖRDER. Das mögt Ihr, Herr; es wird weislich getan sein. Gehabt euch wohl!
Brakenbury ab.

ZWEITER MÖRDER. Wie? Sollen wir ihn so im Schlaf erstechen?

ERSTER MÖRDER. Nein, er wird sagen, das war feige von uns, wenn er aufwacht.

ZWEITER MÖRDER. Wenn er aufwacht! Ei, Narr, er wacht gar nicht wieder auf bis zum großen Gerichtstag.

ERSTER MÖRDER. Ja, dann wird er sagen, wir haben ihn im Schlaf erstochen.

ZWEITER MÖRDER. Die Erwähnung des Wortes Gerichtstag hat eine Art Gewissensbiß in mir erregt.

ERSTER MÖRDER. Was? Du fürchtest dich?

ZWEITER MÖRDER. Nicht ihn umzubringen, dazu hab' ich ja die Vollmacht; aber verdammt dafür zu werden, wovor mich keine Vollmacht schützen kann.

ERSTER MÖRDER. Ich dachte, du wärst entschlossen.

ZWEITER MÖRDER. Das bin ich auch, ihn leben zu lassen.

ERSTER MÖRDER. Ich gehe wieder zum Herzog von Gloster und sage es ihm.

ZWEITER MÖRDER. Nicht doch, ich bitte dich, wart' ein Weilchen. Ich hoffe, diese fromme Laune soll übergehn: sie pflegt bei mir nicht länger anzuhalten, als derweil man etwa zwanzig zählt.

ERSTER MÖRDER. Wie ist dir jetzt zumute?

ZWEITER MÖRDER. Mein' Treu', es steckt immer noch ein gewisser Bodensatz von Gewissen in mir.

ERSTER MÖRDER. Denk' an unsern Lohn, wenn's getan ist.

ZWEITER MÖRDER. Recht! Er ist des Todes. Den Lohn hatt' ich vergessen.

ERSTER MÖRDER. Wo ist dein Gewissen nun?

ZWEITER MÖRDER.
Im Beutel des Herzogs von Gloster.

ERSTER MÖRDER. Wenn er also seinen Beutel aufmacht, uns den Lohn zu zahlen, so fliegt dein Gewissen heraus.

ZWEITER MÖRDER. Es tut nichts, laß es laufen; es mag's ja doch beinahe kein Mensch hegen.

ERSTER MÖRDER. Wie aber, wenn sich's wieder bei dir einstellt?

ZWEITER MÖRDER. Ich will nichts damit zu schaffen haben, es ist ein gefährlich Ding, es macht einen zur Memme. Man kann nicht stehlen, ohne daß es einen anklagt; man kann nicht schwören, ohne daß es einen zum Stocken bringt; man kann nicht bei seines Nachbars Frau liegen, ohne daß es einen verrät. 's ist ein verschämter, blöder Geist, der einem im Busen Aufruhr stiftet; es macht einen voller Schwierigkeiten; es hat mich einmal dahin gebracht, einen Beutel voll Gold wieder herzugeben, den ich von ungefähr gefunden hatte; es macht jeden zum Bettler, der es hegt; es wird aus Städten und Flecken vertrieben als ein gefährlich Ding, und jedermann, der gut zu leben denkt, verläßt sich auf sich selbst und lebt ohne Gewissen.

ERSTER MÖRDER. Sapperment, es sitzt mir eben jetzt im Nacken und will mich überreden, den Herzog nicht umzubringen.

ZWEITER MÖRDER. Halt' den Teufel fest im Gemüt und glaub' ihm nicht: es will sich nur bei dir eindrängen, um dir Seufzer abzuzwingen.

ERSTER MÖRDER. Ich hab' 'ne starke Natur, es kann mir nichts anhaben.

ZWEITER MÖRDER. Das heißt gesprochen wie ein tüchtiger Kerl, der seinen guten Namen wert hält. Komm, wollen wir ans Werk gehn?

ERSTER MÖRDER. Gib ihm eins mit dem Degengriff übern Hirnkasten, und dann schmeiß' ihn in das Malvasierfaß im nächsten Zimmer.

ZWEITER MÖRDER. O herrlich ausgedacht! Und mache ihn so zur Tunke.

ERSTER MÖRDER. Still! Er wacht auf.

ZWEITER MÖRDER. Schlag' zu!

ERSTER MÖRDER. Nein, laß uns erst mit ihm reden.

CLARENCE. Wo bist du, Wärter? Einen Becher Weins!

ERSTER MÖRDER. Ihr sollt Wein genug haben, Herr, im Augenblick.

CLARENCE. Im Namen Gottes, wer bist du?

ERSTER MÖRDER. Ein Mensch, wie Ihr seid.

CLARENCE. Doch nicht, wie ich bin, königlich.

ERSTER MÖRDER.
Noch Ihr, wie wir sind, bürgerlich.

CLARENCE. Dein Ruf ist Donner, doch dein Blick voll Demut.

ERSTER MÖRDER. Des Königs ist mein Ruf, mein Blick mein eigen.

CLARENCE.
Wie dunkel und wie tödlich sprichst du doch!
Eu'r Auge droht mir: warum seht ihr bleich?
Wer hat euch hergesandt? Weswegen kommt ihr?

BEIDE. Um, um, um –

CLARENCE. Mich zu ermorden?

BEIDE. Ja, ja.

CLARENCE.
Ihr habt, mir das zu sagen, kaum das Herz
Und könnt drum, es zu tun, das Herz nicht haben.
Was, meine Freunde, tat ich euch zu nah?

ERSTER MÖRDER.
Dem König tatet Ihr zu nah, nicht uns.

CLARENCE.
Ich söhne mich noch wieder aus mit ihm.

ZWEITER MÖRDER.
Niemals, Mylord, drum schickt Euch an zum Tod.

CLARENCE.
Erlas man euch aus einer Welt von Menschen
Zum Mord der Unschuld? Was ist mein Vergeh'n?
Wo ist das Zeugnis, welches mich verklagt?
Was für Geschworne reichten ihr Gutachten
Dem finstern Richter ein? Den bittern Spruch,
Wer fällt' ihn zu des armen Clarence Tod?
Eh' mich der Lauf des Rechtes überführt,
Ist, mir den Tod zu drohn, höchst widerrechtlich
Ich sag' euch, wo ihr hofft auf die Erlösung
Durch Christi teures Blut, für uns vergossen:
Begebt euch weg und legt nicht Hand an mich!
Die Tat, die ihr im Sinn habt, ist verdammlich.

ERSTER MÖRDER.
Was wir tun wollen, tun wir auf Befehl.

ZWEITER MÖRDER.
Und er, der so befahl, ist unser König.

CLARENCE. Mißleiteter Vasall! Der große König
Der Kön'ge spricht in des Gesetzes Tafel:
»Du sollst nicht töten.« Willst du sein Gebot
Denn höhnen und ein menschliches vollbringen?
Gib acht! Er hält die Rach' in seiner Hand
Und schleudert sie aufs Haupt der Übertreter.

ZWEITER MÖRDER.
Und selb'ge Rache schleudert er auf dich
Für falschen Meineid und für Mord zugleich.
Du nahmst das Sakrament darauf, zu fechten
Im Streite für das Haus von Lancaster.

ERSTER MÖRDER.
Und als Verräter an dem Namen Gottes
Brachst du den Eid, und dein verrät'risch Eisen
Riß auf den Leib dem Sohne deines Herrn.

ZWEITER MÖRDER.
Dem du geschworen hattest Lieb' und Schutz.

ERSTER MÖRDER.
Wie hältst du Gottes furchtbar Wort uns vor,
Das du gebrochen in so hohem Maß?

CLARENCE. Ach! Wem zu lieb tat ich die üble Tat?
Für Eduard, meinen Bruder, ihm zu lieb.
Er schickt euch nicht, um dafür mich zu morden;
Denn diese Schuld drückt ihn so schwer wie mich.
Wenn Gott gerochen sein will für die Tat,
O dennoch wißt, er tut es öffentlich:
Nehmt nicht die Sach' aus seinem mächt'gen Arm;
Er braucht nicht krumme, unrechtmäß'ge Wege,
Um die, so ihn beleidigt, wegzuräumen.

ERSTER MÖRDER.
Was machte dich zum blut'gen Diener denn,
Als, hold erwachsend, jener Fürstensproß,
Plantagenet, von dir erschlagen ward?

CLARENCE. Die Bruderliebe, Satan und mein Grimm.

ERSTER MÖRDER.
Dein Bruder, unsre Pflicht und dein Vergeh'n
Berufen jetzt uns her, dich zu erwürgen.

CLARENCE.
Ist euch mein Bruder lieb, so haßt mich nicht:

Ich bin sein Bruder, und ich lieb' ihn treu.
Seid ihr um Lohn gedungen, so kehrt um,
Und wendet euch an meinen Bruder Gloster;
Der wird euch besser lohnen für mein Leben,
Als Eduard für die Zeitung meines Todes.

ZWEITER MÖRDER.
Ihr irrt Euch sehr, Eu'r Bruder Gloster haßt Euch.

CLARENCE.
O nein! Er liebt mich, und er hält mich wert.
Geht nur von mir zu ihm!

BEIDE. Das woll'n wir auch.

CLARENCE. Sagt ihm, als unser edler Vater York
Uns drei gesegnet mit siegreichem Arm
Und herzlich uns beschworen, uns zu lieben,
Gedacht' er wenig der getrennten Freundschaft.
Mahnt Glostern daran nur, und er wird weinen.

ERSTER MÖRDER.
Mühlsteine, ja, wie er uns weinen lehrte.

CLARENCE.
O nein! verleumd' ihn nicht, denn er ist mild.

ERSTER MÖRDER. Recht!
Wie Schnee der Frucht. – Geht, Ihr betrügt Euch selbst:
Er ist's, der uns gesandt, Euch zu vertilgen.

CLARENCE.
Es kann nicht sein: er weinte um mein Unglück,
Schloß in die Arme mich und schwor mit Schluchzen,
Mir eifrig meine Freiheit auszuwirken.

ERSTER MÖRDER.
Das tut er ja, da aus der Erde Knechtschaft
Er zu des Himmels Freuden Euch erlöst.

ZWEITER MÖRDER. Herr, söhnt Euch aus mit Gott, denn Ihr müßt sterben.

CLARENCE.
Hast du die heil'ge Regung in der Seele,
Daß du mit Gott mich auszusöhnen mahnst,
Und bist der eignen Seele doch so blind,
Daß du, mich mordend, Gott bekriegen willst?
Ach Leute! denkt, daß, der euch angestiftet,
Die Tat zu tun, euch um die Tat wird hassen.

ZWEITER MÖRDER. Was soll'n wir tun?

CLARENCE. Bereut und schafft eu'r Heil!
Wer von euch, wär' er eines Fürsten Sohn,
Vermauert von der Freiheit, wie ich jetzt,
Wofern zwei solche Mörder zu ihm kämen,
Bät' um sein Leben nicht? So wie ihr bätet,
Wär't ihr in meiner Not, -

ERSTER MÖRDER.
Bereun? Das wäre memmenhaft und weibisch.

CLARENCE.
Nicht zu bereun ist viehisch, wild und teuflisch.
Mein Freund, ich spähe Mitleid dir im Blick:
Wofern dein Auge nicht ein Schmeichler ist,
So tritt auf meine Seit' und bitt' für mich.
Rührt jeden Bettler nicht ein Prinz, der bittet?

ZWEITER MÖRDER. Seht hinter Euch, Mylord.

ERSTER MÖRDER *ersticht ihn.*
Nehmt das und das; reicht alles noch nicht hin,
So tauch' ich Euch ins Malvasierfaß draußen.

Mit der Leiche ab.

ZWEITER MÖRDER.
O blut'ge Tat, verzweiflungsvoll verübt!
Gern, wie Pilatus, wüsch' ich meine Hände
Von diesem höchst verruchten sünd'gen Mord.

Der erste Mörder kommt zurück.

ERSTER MÖRDER.
Wie nun? Was denkst du, daß du mir nicht hilfst?
Bei Gott, der Herzog soll dein Zögern wissen.

ZWEITER MÖRDER.
Wüßt' er, daß ich gerettet seinen Bruder!
Nimm du den Lohn und meld' ihm, was ich sage;
Denn mich gereut am Herzog dieser Mord.

Ab.

ERSTER MÖRDER.
Nicht ich; geh, feige Memme, die du bist! –
Ich will in einem Loch die Leiche bergen,
Bis daß der Herzog sie begraben läßt;
Und hab' ich meinen Sold, so will ich fort:
Dies kommt heraus, drum meid' ich diesen Ort.

Ab.

Zweiter Aufzug

Erste Szene

London. Ein Zimmer im Palast.
König Eduard wird krank hereingeführt; Königin Elisabeth, Dorset, Rivers, Hastings, Buckingham, Grey und andre treien auf.

EDUARD. So recht! Ich schafft' ein gutes Tagewerk. –
Ihr Pairs, verharrt in diesem ein'gen Bund!
Ich warte jeden Tag auf eine Botschaft,
Daß mein Erlöser mich erlöst von hier;
Die Seele scheidet friedlich nun zum Himmel,
Da ich den Freunden Frieden gab auf Erden.
Rivers und Hastings, reichet euch die Hände,
Hegt nicht verstellten Haß, schwört Lieb' euch zu!

RIVERS. Beim Himmel, meine Seel' ist rein von Groll,
Die Hand besiegelt meine Herzensliebe.

HASTINGS.
So geh's mir wohl, wie ich dies wahrhaft schwöre!

EDUARD.
Gebt acht! Treibt keinen Scherz vor eurem König!
Auf daß der höchste König aller Kön'ge
Die Falschheit nicht zu schanden mach' und jeden
Von euch erseh', des andern Tod zu sein.

HASTINGS.
Mög' ich gedeihn, wie echte Lieb' ich schwöre!

RIVERS. Und ich, wie ich von Herzen Hastings liebe!

EDUARD. Gemahl, Ihr seid hier selbst nicht ausgenommen; –
Noch Eu'r Sohn Dorset; – Buckingham, noch Ihr; –
Ihr waret widerwärtig miteinander.
Frau, liebe Hastings, laß die Hand ihn küssen,
Und was du tust, das tue unverstellt.

ELISABETH.
Hier, Hastings! Nie des vor'gen Hasses denk' ich:
So mög' ich samt den Meinigen gedeihn!

EDUARD. Dorset, umarm' ihn. – Liebt den Marquis, Hastings.

DORSET.
Ja, dieser Tausch der Lieb', erklär' ich, soll
Von meiner Seite unverletzlich sein.

HASTINGS. Das schwör' auch ich.

Er umarmt Dorset.

EDUARD.
Nun siegle, edler Buckingham, dies Bündnis:
Umarm' auch du die Nächsten meiner Frau
Und mach' in eurer Eintracht mich beglückt.
BUCKINGHAM *zur Königin.*
Wenn Buckingham je wendet seinen Haß
Auf Eure Hoheit, nicht mit schuld'ger Liebe
Euch und die Euren hegt, so straf' mich Gott
Mit Haß, wo ich am meisten Lieb' erwarte!
Wann ich am meisten einen Freund bedarf
Und sichrer bin als je, er sei mein Freund:
Dann grundlos, hohl, verrät'risch, voll Betrug
Mög' er mir sein! Vom Himmel bitt' ich dies,
Erkaltet meine Lieb' Euch und den Euren.
Er umarmt Rivers und die übrigen.
EDUARD.
Ein stärkend Labsal, edler Buckingham,
Ist meinem kranken Herzen dies dein Wort.
Nun fehlt nur unser Bruder Gloster hier
Zu dieses Friedens segensreichem Schluß.
BUCKINGHAM.
Zur guten Stunde kommt der edle Herzog.
GLOSTER *tritt auf.*
Guten Morgen meinem hohen Fürstenpaar!
Und, edle Pairs, euch einen frohen Tag!
EDUARD.
Froh, in der Tat, verbrachten wir den Tag.
Bruder, wir schafften hier ein christlich Werk,
Aus Feindschaft Frieden, milde Lieb' aus Haß,
Bei diesen hitzig aufgereizten Pairs.
GLOSTER. Gesegnetes Bemühn, mein hoher Herr!
Wenn jemand unter dieser edeln Schar
Auf falschen Argwohn oder Eingebung
Mich hält für seinen Feind;
Wenn ich unwissend oder in der Wut
Etwas begangen, das mir irgend wer,
Hier gegenwärtig, nachträgt: so begehr' ich,
In Fried' und Freundschaft mich ihm auszusöhnen.
In Feindschaft stehen, ist mein Tod: ich hass' es
Und wünsche aller guten Menschen Liebe. –
Erst, gnäd'ge Frau, erbitt' ich wahren Frieden
Von Euch, den schuld'ger Dienst erkaufen soll; –
Von Euch, mein edler Vetter Buckingham,
Ward jemals zwischen uns ein Groll beherbergt; –
Von Euch, Lord Rivers, – und, Lord Grey, von Euch:
Die all' ohn' Ursach' scheel auf mich gesehn; –
Von Euch, Lord Woodville, – und Lord Scales, von Euch; –
Herzöge, Grafen, Edle, – ja, von allen.
Nicht einen weiß ich, der in England lebt,
Mit dem mein Sinn den mind'sten Hader hätte,
Mehr als ein heute nacht gebornes Kind.
Ich danke meinem Gott für meine Demut.
ELISABETH. Ein Festtag wird dies künftig für uns sein:
Gott gebe, jeder Zwist sei beigelegt!
Mein hoher Herr, ich bitt' Eu'r Hoheit, nehmt
Zu Gnaden unsern Bruder Clarence an.
GLOSTER. Wie? Bot ich darum Liebe, gnäd'ge Frau,
Daß man mein spott' in diesem hohen Kreis?
Wer weiß nicht, daß der edle Herzog tot ist?
Alle fahren zurück.
Zur Ungebühr verhöhnt Ihr seine Leiche.
EDUARD. Wer weiß nicht, daß er tot ist? Ja, wer weiß es?
ELISABETH.
Allseh'nder Himmel, welche Welt ist dies!
BUCKINGHAM.
Seh' ich so bleich, Lord Dorset, wie die andern?
DORSET. Ja, bester Lord; und niemand hier im Kreis,
Dem nicht die Röte von den Wangen wich.
EDUARD.
Starb Clarence? Der Befehl ward widerrufen.
GLOSTER.
Der Arme starb auf Euer erst Geheiß,
Und das trug ein geflügelter Merkur.
Ein lahmer Bote trug den Widerruf,
Der allzuspät, ihn zu begraben, kam.
Geb' Gott, daß andre, minder treu und edel,
Näher durch blut'gen Sinn, nicht durch das Blut,
Nicht mehr verschulden als der arme Clarence
Und dennoch frei umhergehn von Verdacht!
Stanley tritt auf.
STANLEY. Herr, eine Gnade für getanen Dienst!
EDUARD.
O laß mich, meine Seel' ist voller Kummer.
STANLEY.
Ich will nicht aufstehn, bis mein Fürst mich hört.
EDUARD. So sag mit eins, was dein Begehren ist.
STANLEY.
Herr, das verwirkte Leben meines Dieners,
Der einen wilden Junker heut erschlug,
Vormals in Diensten bei dem Herzog Norfolk.
EDUARD.
Sprach meine Zunge meines Bruders Tod
Und spräch' nun eines Knechts Begnadigung?
Kein Mord, Gedanken waren sein Vergeh'n,
Und doch war seine Strafe bittrer Tod.
Wer bat für ihn? Wer kniet' in meinem Grimm
Zu Füßen mir und hieß mich überlegen?
Wer sprach von Bruderpflicht? Wer sprach von Liebe?
Wer sagte mir, wie diese arme Seele
Vom mächt'gen Warwick ließ und für mich focht?
Wer sagte mir, wie er zu Tewksbury
Mich rettet', als mich Oxford niederwarf,
Und sprach; »Leb', und sei König, lieber Bruder?«
Wer sagte mir, als wir im Felde lagen,
Fast totgefroren, wie er mich gehüllt
In seinen Mantel und sich selber preis,
Ganz nackt und bloß, der starren Nachtluft gab?
Dies alles rückte viehisch wilde Wut
Mir sündhaft aus dem Sinn, und euer keiner
War so gewissenhaft, mich dran zu mahnen.
Wenn aber eure Kärrner, eu'r Gesinde
Todschlag im Trunk verübt und ausgelöscht
Das edle Bildnis unsers teuern Heilands,
Dann seid ihr auf den Knie'n um Gnade, Gnade,
Und ich muß ungerecht es zugestehn.
Für meinen Bruder wollte niemand sprechen,
Noch sprach ich selbst mir für die arme Seele,
Verstockter! zu. Der Stolzeste von euch
Hatt' ihm Verpflichtungen in seinem Leben,
Doch wollte keiner rechten für sein Leben.
O Gott! Ich fürchte, dein Gericht vergilt's
An mir und euch, den Meinen und den Euren. –
Komm, Hastings, hilf mir in mein Schlafgemach.
O armer Clarence!

Der König, die Königin, Hastings, Rivers, Dorset und Grey ab.

GLOSTER.
Das ist die Frucht des Jähzorns! – Gabt ihr acht,
Wie bleich der Kön'gin schuldige Verwandte
Aussahn, da sie von Clarence' Tode hörten?
Oh, immer setzten sie dem König zu!
Gott wird es rächen. Wollt ihr kommen, Lords,
Daß wir mit unserm Zuspruch Eduard trösten?

BUCKINGHAM. Zu Euer Gnaden Dienst.

Alle ab.

Zweite Szene

Ebendaselbst.
Die Herzogin von York tritt auf mit des Clarence Sohn und Tochter.

SOHN. Großmutter, sagt uns, ist der Vater tot?

HERZOGIN. Nein, Kind.

TOCHTER.
Was weint Ihr denn so oft und schlagt die Brust?
Und ruft: »O Clarence! Unglücksel'ger Sohn!«

SOHN. Was seht Ihr so und schüttelt Euren Kopf
Und nennt uns arme, ausgestoßne Waisen,
Wenn unser edler Vater noch am Leben?

HERZOGIN.
Ihr art'gen Kinder mißversteht mich ganz.
Des Königs Krankheit jammr' ich, sein Verlust
Macht Sorge mir; nicht eures Vaters Tod:
Verloren wär' der Gram um den Verlornen.

SOHN. So wißt Ihr ja, Großmutter, er sei tot.
Mein Ohm, der König, ist darum zu schelten;
Gott wird es rächen: ich will in ihn dringen
Mit eifrigem Gebet um einzig dies.

TOCHTER. Das will ich auch.

HERZOGIN.
Still, Kinder, still! Der König hat euch lieb;
Unschuldige, harmlose Kleinen ihr,
In eurer Einfalt könnt ihr nicht erraten,
Wer eures Vaters Tod verschuldet hat.

SOHN. Großmutter, doch! Vom guten Oheim Gloster
Weiß ich, der König, von der Königin
Gereizt, sann Klagen aus, ihn zu verhaften.
Und als mein Oheim mir das sagte, weint' er,
Bedau'rte mich und küßte meine Wange.
Hieß mich auf ihn vertraun als einen Vater,
Er wolle lieb mich haben als sein Kind.

HERZOGIN.
Ach, daß der Trug so holde Bildung stiehlt
Und Bosheit mit der Tugend Larve deckt!
Er ist mein Sohn, und hierin meine Schmach,
Doch sog er nicht an meiner Brust den Trug.

SOHN.
Denkt Ihr, mein Ohm verstellte sich, Großmutter?

HERZOGIN. Ja, Kind.

SOHN.
Ich kann's nicht denken. Horch, was für ein Lärm

Königin Elisabeth tritt auf, außer sich; Rivers und Dorset folgen ihr.

ELISABETH.
Wer will zu weinen mir und jammern wehren,
Mein Los zu schelten und mich selbst zu plagen?
Bestürmen mit Verzweiflung meine Seele
Und selber meine Feindin will ich sein.

HERZOGIN. Wozu der Auftritt wilder Ungeduld?

ELISABETH.
Zu einem Aufzug trag'schen Ungestüms:
Der König, mein Gemahl, dein Sohn, ist tot.
Was blühn die Zweige, wenn der Stamm verging?
Was welkt das Laub nicht, dem sein Saft gebricht?
Wollt Ihr noch leben? Jammert! Sterben? Eilt!
Daß unsre Seelen seiner nach sich schwingen,
Ihm folgend wie ergebne Untertanen
Zu seinem neuen Reich der ew'gen Ruh'.

HERZOGIN.
Ach, so viel Teil hab' ich an deinem Leiden,
Als Anspruch sonst an deinem edlen Gatten.
Ich weint' um eines würd'gen Gatten Tod
Und lebt' im Anblick seiner Ebenbilder;
Nun sind zwei Spiegel seiner hohen Züge
Zertrümmert durch den bösgesinnten Tod;
Mir bleibt zum Troste nur ein falsches Glas,
Worin ich meine Schmach mit Kummer sehe.
Zwar bist du Witwe, doch du bist auch Mutter,
Und deiner Kinder Trost ward dir gelassen:
Mir riß der Tod den Gatten aus den Armen
Und dann zwei Krücken aus den schwachen Händen,
Clarence und Eduard. O wie hab' ich Grund,
Da deins die Hälfte meines Leids nur ist,
Dein Wehgeschrei durch meins zu übertäuben!

SOHN.
Ach, Muhm', Ihr weintet nicht um unsern Vater:
Wie hülfen wir Euch mit verwandten Tränen?

TOCHTER. Blieb unsre Waisennot doch unbeklagt;
Sei unbeweint auch Euer Witwengram!

ELISABETH.
O steht mir nicht mit Jammerklagen bei,
Ich bin nicht unfruchtbar, sie zu gebären.
In meine Augen strömen alle Quellen,
Daß ich, hinfort vom feuchten Mond regiert,
Die Welt in Tränenfülle mög' ertränken.
Ach, weh um meinen Gatten, meinen Eduard!

DIE KINDER.
Um unsern Vater, unsern teuern Clarence!

HERZOGIN.
Um beide, beide mein, Eduard und Clarence!

ELISABETH.
Wer war mein Halt als Eduard? Er ist hin.

DIE KINDER. Wer unser Halt als Clarence? Er ist hin.

HERZOGIN.
Wer war mein Halt als sie? Und sie sind hin.

ELISABETH. Nie keine Witwe büßte so viel ein.

DIE KINDER. Nie keine Waise büßte so viel ein.

HERZOGIN. Nie keine Mutter büßte so viel ein.
Weh mir! Ich bin die Mutter dieser Leiden:
Vereinzelt ist ihr Weh, meins allgemein.
Sie weint um einen Eduard, und ich auch;
Ich wein' um einen Clarence, und sie nicht;
Die Kinder weinen Clarence, und ich auch:
Ich wein' um einen Eduard, und sie nicht.
Ach, gießt ihr drei auf mich dreifach Geschlagne
All eure Tränen: Wärterin des Grams,
Will ich mit Jammern reichlich ihn ernähren.

DORSET. Mut, liebe Mutter! Gott ist ungehalten,
Daß Ihr sein Tun mit Undank so empfangt.

In Weltgeschäften nennt man's undankbar,
Mit trägem Widerwillen Schulden zahlen,
Die eine milde Hand uns freundlich lieh;
Viel mehr, dem Himmel so sich widersetzen,
Weil er von Euch die königliche Schuld
Zurücke fodert, die er Euch geliehn.

RIVERS. Bedenkt als treue Mutter, gnäd'ge Frau,
Den Prinzen, Euren Sohn; schickt gleich nach ihm
Und laßt ihn krönen. In ihm lebt Euer Trost:
Das Leid senkt in des toten Eduard Grab,
Die Lust baut auf des blüh'nden Eduard Thron.

Gloster, Buckingham, Stanley, Hastings, Ratcliff und andre treten auf.

GLOSTER.
Faßt, Schwester, Euch; wir alle haben Grund,
Um die Verdunklung unsers Sterns zu jammern:
Doch niemand heilt durch Jammern seinen Harm. –
Ich bitt' Euch um Verzeihung, gnäd'ge Mutter,
Ich sah Eu'r Gnaden nicht. Demütig auf den Knie'n
Bitt' ich um Euren Segen.

HERZOGIN. Gott segne dich! und flöße Milde dir,
Gehorsam, Lieb' und echte Treu' ins Herz!

GLOSTER. Amen!
Und lass' als guten alten Mann mich sterben! –

Beiseit.

Das ist das Hauptziel eines Muttersegens:
Mich wundert, daß Ihr' Gnaden das vergaß.

BUCKINGHAM.
Umwölkte Prinzen, herzbeklemmte Pairs,
Die diese schwere Last des Jammers drückt!
Hegt all in eurer Lieb' einander nun.
Ist unsre Ernt' an diesem König hin,
So werden wir des Sohnes Ernte sammeln.
Der Zwiespalt eurer hochgeschwollnen Herzen,
Erst neulich eingerichtet und gefugt,
Muß sanft bewahrt, gepflegt, gehütet werden.
Mir deucht es gut, daß gleich ein klein Gefolg
Von Ludlow her den jungen Prinzen hole,
Als König hier in London ihn zu krönen.

RIVERS. Warum ein klein Gefolg, Mylord von Buckingham?

BUCKINGHAM.
Ei, Mylord, daß ein großer Haufe nicht
Des Grolles neugeheilte Wunde reize;
Was um so mehr gefährlich würde sein,
Je mehr der Staat noch wild und ohne Führer.
Wo jedes Roß den Zügel ganz beherrscht
Und seinen Lauf nach Wohlgefallen lenkt.
Sowohl des Unheils Furcht als wirklich Unheil
Muß, meiner Meinung nach, verhütet werden.

GLOSTER.
Der König schloß ja Frieden mit uns allen,
Und der Vertrag ist fest und treu in mir.

RIVERS.
So auch in mir, und so, denk' ich, in allen;
Doch weil er noch so frisch ist, sollte man
Auf keinen Anschein eines Bruchs ihn wagen,
Den viel Gesellschaft leicht befördern könnte.
Drum sag' ich mit dem edlen Buckingham,
Daß wen'ge nur den Prinzen holen müssen.

HASTINGS. Das sag' ich auch.

GLOSTER.
So sei es denn; und gehn wir, zu entscheiden,
Wer schnell sich auf nach Ludlow machen soll. –
Fürstin und Ihr, Frau Mutter, wollt ihr gehn,
Um mitzustimmen in der wicht'gen Sache?

Alle ab außer Buckingham und Gloster.

BUCKINGHAM.
Mylord, wer auch zum Prinzen reisen mag,
Um Gottes willen, bleiben wir nicht aus:
Denn unterwegs schaff' ich Gelegenheit,
Als Eingang zu dem jüngst besprochnen Handel,
Der Königin hochmüt'ge Vetterschaft
Von der Person des Prinzen zu entfernen.

GLOSTER.
Mein andres Selbst! Du meine Ratsversammlung,
Orakel und Prophet! Mein lieber Vetter,
Ich folge deiner Leitung wie ein Kind.
Nach Ludlow denn! Wir bleiben nicht zurück.

Beide ab.

Dritte Szene

Eine Straße.
Zwei Bürger begegnen sich.

ERSTER BÜRGER.
Guten Morgen, Nachbar! Wohin so in Eil'?

ZWEITER BÜRGER.
Ich weiß es selber kaum, beteur' ich Euch.
Ihr wißt die Neuigkeit?

ERSTER BÜRGER. Ja, daß der König tot ist.

ZWEITER BÜRGER. Schlimme Neuigkeit,
Bei Unsrer Frauen! Selten kommt was Beßres;
Ich fürcht', ich fürcht', es geht die Welt rundum.

Ein andrer Bürger kommt.

DRITTER BÜRGER. Gott grüß' euch, Nachbarn!

ERSTER BÜRGER. Geb' Euch guten Tag!

DRITTER BÜRGER.
Bestätigt sich des guten Königs Tod?

ZWEITER BÜRGER.
Ja, 's ist nur allzuwahr: Gott steh' uns bei!

DRITTER BÜRGER.
Dann, Leut', erwartet eine stürm'sche Welt.

ERSTER BÜRGER. Nein, nein! Sein Sohn herrscht nun durch Gottes Gnaden.

DRITTER BÜRGER.
Weh einem Lande, das ein Kind regiert!

ZWEITER BÜRGER.
Bei ihm ist Hoffnung auf das Regiment,
Daß in der Minderjährigkeit sein Rat
Und, wann er reif an Jahren ist, er selbst
Dann und bis dahin gut regieren werden.

ERSTER BÜRGER.
So stund der Staat auch, als der sechste Heinrich
Neun Monat alt gekrönt ward in Paris.

DRITTER BÜRGER. Stund der Staat so? Nein, nein! Gott weiß, ihr Freunde!
Denn dieses Land war damals hoch begabt
Mit würd'ger Staatskunst; und der König hatte
Oheime voll Verdienst zur Vormundschaft.

ERSTER BÜRGER.
Die hat er auch vom Vater wie der Mutter.

DRITTER BÜRGER.
Viel besser wär's, sie wären bloß vom Vater,
Oder es wär' vom Vater ihrer keiner.

Denn Eifersucht, der Nächste nun zu sein,
Tritt uns gesamt zu nah, wenn's Gott nicht wendet.
Oh, sehr gefährlich ist der Herzog Gloster,
Der Kön'gin Söhn' und Brüder frech und stolz;
Und würden sie beherrscht und herrschten nicht,
Dies kranke Land gediehe noch wie sonst.

ERSTER BÜRGER.
Geht, geht! Wir zagen: alles wird noch gut.

DRITTER BÜRGER.
Wann Wolken ziehn, nimmt man den Mantel um,
Wann Blätter fallen, ist der Winter nah;
Wer harrt der Nacht nicht, wann die Sonne sinkt?
Unzeit'ge Stürme künden Teu'rung an.
Noch kann es gut gehn: doch, wenn's Gott so lenkt,
Ist's mehr, als ich erwart' und wir verdienen.

ZWEITER BÜRGER.
Wahrlich, der Menschen Herzen sind voll Furcht:
Ihr könnt nicht reden fast mit einem Mann,
Der nicht bedenklich aussieht und voll Schrecken.

DRITTER BÜRGER.
So ist es immer vor des Wechsels Tagen.
Auf höhern Antrieb mißtraun die Gemüter
Der kommenden Gefahr; so sehn wir ja
Die Wasser schwellen vor dem wüsten Sturm.
Doch lassen wir das Gotte. Wohin geht's?

ZWEITER BÜRGER.
Die Richter haben beid' uns rufen lassen.

DRITTER BÜRGER.
Mich auch; so will ich euch Gesellschaft leisten.

Alle ab.

Vierte Szene

Ein Zimmer im Palast.
Der Erzbischof von York, der junge Herzog von York, Königin Elisabeth und die Herzogin von York treten auf.

ERZBISCHOF.
Sie lagen, hör' ich, nachts zu Northampton;
Zu Stony-Stratford soll'n sie heute sein,
Und morgen oder übermorgen hier.

HERZOGIN.
Von Herzen sehr verlangt mich nach dem Prinzen.
Seit ich ihn sah, ist er gewachsen, hoff' ich.

ELISABETH. Ich höre, nein: sie sagen, mein Sohn York
Hat fast in seinem Wuchs ihn eingeholt.

YORK. Ja, Mutter; doch ich wollt', es wär' nicht so.

HERZOGIN. Warum, mein Enkel? Wachsen ist ja gut.

YORK. Großmutter, einmal speisten wir zu Nacht,
Da sprach mein Oheim Rivers, wie ich wüchse
Mehr als mein Bruder; »Ja«, sagt' Oheim Gloster,
»Klein Kraut ist fein, groß Unkraut hat Gedeihn.«
Seitdem nun möcht' ich nicht mit Wachsen eilen,
Weil Unkraut schießt und süße Blumen weilen.

HERZOGIN.
Fürwahr, fürwahr! das Sprichwort traf nicht zu
Bei ihm, der selbiges dir vorgerückt:
Er war als Kind das jämmerlichste Ding,
Er wuchs so langsam und so spät heran,
Daß, wär' die Regel wahr, er müßte fromm sein.

ERZBISCHOF.
Auch zweifl' ich nicht, das ist er, gnäd'ge Frau.

HERZOGIN. Ich hoff', er ist's; doch laßt die
Mutter zweifeln.

YORK. Nun, meiner Treu, hätt' ich es recht bedacht,
So konnt' ich auch dem gnäd'gen Ohm sticheln
Auf seinen Wachstum, mehr als er auf meinen.

HERZOGIN.
Wie, junger York? Ich bitte, laß mich's hören.

YORK.
Ei, wie sie sagen, wuchs mein Oheim so schnell,
Daß er, zwei Stunden alt, schon Rinden nagte;
Zwei volle Jahre hatt' ich keinen Zahn.
Großmutter, beißend wär' der Spaß gewesen.

HERZOGIN. Mein art'ger York, wer hat dir das gesagt?

YORK. Großmutter, seine Amme.

HERZOGIN. Ei, die war tot, eh' du geboren warst.

YORK. Wenn sie's nicht war, so weiß ich es nicht mehr.

ELISABETH.
Ein kecker Bursch! – Geh, du bist zu durchtrieben.

ERZBISCHOF.
Zürnt nicht mit einem Kinde, gnäd'ge Frau.

ELISABETH. Die Krüge haben Ohren.

Ein Bote tritt auf.

ERZBISCHOF.
Da kommt ein Bote, seht. – Was gibt es Neues?

BOTE. Mylord, was anzumelden mich betrübt.

ELISABETH. Was macht der Prinz?

BOTE. Er ist gesund und wohl.

HERZOGIN. Was bringst du sonst?

BOTE. Lord Rivers und Lord Grey sind fort nach
Pomfret,
Benebst Sir Thomas Vaughan, als Gefangne.

HERZOGIN. Und wer hat sie verhaftet?

BOTE.
Die mächt'gen Herzoge, Gloster und Buckingham.

ELISABETH. Für welch Vergeh'n?

BOTE. Was ich nur weiß und kann, eröffnet' ich.
Warum, wofür die Herrn verhaftet sind,
Ist gänzlich unbenannt mir, gnäd'ge Fürstin.

ELISABETH. Weh mir! Ich sehe meines Hauses Sturz.
Der Tiger hat das zarte Reh gepackt;
Verwegne Tyrannei beginnt zu stürmen
Auf den harmlosen, ungescheuten Thron.
Willkommen, Blut, Zerstörung, Metzelei!
Ich sehe, wie im Abriß, schon das Ende.

HERZOGIN. Verfluchte Tage unruhvollen Zanks!
Wie manchen euer sah mein Auge schon!
Mein Gatte ließ sein Leben um die Krone,
Und meine Söhne schwankten auf und ab:
Gewinn, Verlust gab Freude mir und Weh.
Nun, da sie eingesetzt, und Bürgerzwist
Ganz weggeräumt, bekriegen selber sie,
Die Sieger selber, sich; Bruder mit Bruder,
Blut mit Blut, Selbst gegen Selbst. – O du verkehrte,
Wahnsinn'ge Wut, laß den verruchten Grimm,
Sonst laß mich sterben, nicht den Tod mehr schaun!

ELISABETH. Komm, komm, mein Kind, wir
suchen heil'ge Zuflucht.–
Gehabt Euch wohl!

HERZOGIN. Bleibt noch, ich gehe mit.

ELISABETH. Ihr habt nicht Ursach'.

ERZBISCHOF *zur Königin.*
Gnäd'ge Fürstin, geht
Und nehmet Euren Schatz und Güter mit.
Für mein Teil geb' ich mein vertrautes Siegel

Eu'r Hoheit ab; und mög' es wohl mir gehn,
Wie ich Euch wohl will und den Euren allen!
Kommt, ich geleit' Euch zu der heil'gen Zuflucht.
Alle ab.

Dritter Aufzug

Erste Szene

London. Eine Straße.
Trompeten. Der Prinz von Wales, Gloster, Buckingham, Kardinal Bourchier und andre.

BUCKINGHAM. Willkommen, bester Prinz, in London, Eurer Kammer!
GLOSTER. Willkommen, Vetter, meines Sinnes Fürst! –
Der Reis' Ermüdung macht' Euch melancholisch.
PRINZ. Nein, Oheim; der Verdruß nur unterwegs
Hat sie mir schwer gemacht, langweilig, widrig.
Ich misse hier noch Onkel zum Empfang.
GLOSTER. Mein Prinz, die reine Tugend Eurer Jahre
Ergründete noch nicht der Welt Betrug.
Ihr unterscheidet nichts an einem Mann
Als seinen äußern Schein; und der, weiß Gott,
Stimmt selten oder niemals mit dem Herzen.
Gefährlich sind die Onkel, die Ihr mißt:
Eu'r Hoheit lauschte ihren Honigworten
Und merkte nicht auf ihrer Herzen Gift.
Bewahr' Euch Gott vor solchen falschen Freunden!
PRINZ. Vor falschen Freunden: ja! Sie waren keine.
GLOSTER. Mein Fürst, der Schulz von London kommt zum Willkomm
Der Lord Mayor und sein Zug treten auf.
MAYOR. Gott segn' Eu'r Hoheit mit beglückten Tagen!
PRINZ.
Ich dank' Euch, bester Lord, – und dank' euch allen.
Der Lord Mayor mit seinem Zuge ab.
Viel früher, dacht' ich, würde meine Mutter
Und Bruder York uns unterweges treffen. –
Pfui, welche Schneck' ist Hastings! daß er uns
Nicht meldet, ob sie kommen oder nicht.
Hastings tritt auf.
BUCKINGHAM.
Soeben recht kommt der erhitzte Lord.
PRINZ.
Willkommen, Mylord! Nun, kommt unsre Mutter?
HASTINGS.
Auf welchen Anlaß, das weiß Gott, nicht ich,
Nahm Eure Mutter und Eu'r Bruder York
Zuflucht im Heiligtum. Der zarte Prinz
Hätt' Eure Hoheit gern mit mir begrüßt,
Doch seine Mutter hielt ihn mit Gewalt.
BUCKINGHAM.
Pfui! Welch verkehrtes, eigensinn'ges Tun
Ist dies von ihr? – Wollt Ihr, Lord Kardinal,
Die Königin bereden, seinem Bruder,
Dem Prinzen, gleich den Herzog York zu senden?
Verweigert sie's, – Lord Hastings, geht Ihr mit,
Entreißt ihn ihrem eifersücht'gen Arm!
KARDINAL. Mylord, wenn meine schwache Redekunst
Der Mutter kann den Herzog abgewinnen,
Erwartet gleich ihn hier. Allein, ist sie verhärtet
Für milde Bitten, so verhüte Gott,
Daß wir das teure Vorrecht kränken sollten
Der heil'gen Zuflucht! Nicht um all dies Land
Wollt' ich so schwerer Sünde schuldig sein.
BUCKINGHAM.
Ihr seid zu sinnlos eigenwillig, Mylord,
Zu altherkömmlich und zu feierlich.
Erwägt es nach der Gröblichkeit der Welt:
Ihn greifen bricht die heil'ge Zuflucht nicht.
Derselben Gunst wird dem stets zugestanden;
Der durch sein Tun verdienet solchen Platz
Und Witz hat, zu begehren solchen Platz.
Der Prinz hat ihn begehrt nicht, noch verdient
Und kann so, wie mich dünket, ihn nicht haben.
Wenn Ihr von da ihn wegführt, der nicht da ist,
Brecht Ihr kein Vorrecht, keinen Freiheitsbrief.
Oft hört' ich schon von kirchenflücht'gen Männern;
Von kirchenflücht'gen Kindern nie bis jetzt.
KARDINAL.
Mylord, Ihr sollt mich diesmal überstimmen. –
Wohlan, Lord Hastings, wollt Ihr mit mir gehn?
HASTINGS. Ich gehe, Mylord.
PRINZ. Betreibt dies, liebe Herrn, in aller Eil'
Der Kardinal und Hastings ab.
Sagt, Oheim Gloster, wenn mein Bruder kommt,
Wo sollen wir verbleiben bis zur Krönung?
GLOSTER. Wo's gut dünkt Eurer fürstlichen Person.
Wenn ich Euch raten darf, belieb' Eu'r Hoheit,
Sich ein paar Tage auszuruhn im Turm;
Dann, wo Ihr wollt und es am besten scheint
Für Euer Wohlsein und Gemütsergötzung.
PRINZ.
Der Turm mißfällt mir wie kein Ort auf Erden. –
Hat Julius Cäsar ihn gebaut, Mylord?
GLOSTER.
Er hat, mein gnäd'ger Fürst, den Ort gestiftet,
Den dann die Folgezeiten neu erbaut.
PRINZ. Hat man es schriftlich oder überliefert
Von Zeit auf Zeiten nur, daß er ihn baute?
BUCKINGHAM. Schriftlich, mein gnäd'ger Fürst.
PRINZ.
Doch setzt, Mylord, es wär' nicht aufgezeichnet:
Mich dünkt, die Wahrheit sollte immer leben,
Als wär' sie aller Nachwelt ausgeteilt,
Bis auf den letzten Tag der Welt.
GLOSTER *beiseit.*
Klug allzubald, sagt man, wird nimmer alt.
PRINZ. Was sagt Ihr, Oheim?
GLOSTER. Ich sage, Ruhm wird ohne Schriften alt. –
Beiseit.
So, wie im Fastnachtspiel die Sündlichkeit,
Deut' ich zwei Meinungen aus einem Wort.
PRINZ. Der Julius Cäsar war ein großer Mann:
Womit sein Mut begabte seinen Witz,
Das schrieb sein Witz, dem Mute Leben schaffend.
Der Tod besiegte diesen Sieger nicht,
Er lebt im Ruhm noch, obwohl nicht im Leben. –
Wollt Ihr was wissen, Vetter Buckingham?
BUCKINGHAM. Was, mein gnäd'ger Fürst?
PRINZ. Werd' ich ein Mann je, so gewinn' ich wieder
In Frankreich unser altes Recht; wo nicht,
Sterb' ich als Krieger, wie ich lebt' als König.
GLOSTER *beiseit.*
Auf zeit'gen Frühling währt der Sommer wenig.

York, Hastings und der Kardinal treten auf.

BUCKINGHAM.
Da kommt zu rechter Zeit der Herzog York.

PRINZ.
Richard von York! – Wie lebt mein lieber Bruder?

YORK.
Gut, strenger Herr; so muß ich nun Euch nennen.

PRINZ. Ja, Bruder, mir zum Grame, so wie Euch:
Er starb ja kaum, der diesen Titel führte,
Des Tod ihm viel an Majestät benahm.

GLOSTER. Wie geht es unserm edlen Vetter York?

YORK. Ich dank' Euch, lieber Oheim. Ha, Mylord,
Ihr sagtet, unnütz Kraut, das wachse schnell:
Der Prinz, mein Bruder, wuchs mir übern Kopf.

GLOSTER. Jawohl, Mylord.

YORK. Und ist er darum unnütz?

GLOSTER.
O bester Vetter, das möcht' ich nicht sagen.

YORK. Dann ist er Euch ja mehr als ich verpflichtet.

GLOSTER. Er hat mir zu befehlen als mein Fürst,
Doch Ihr habt Recht an mir als ein Verwandter.

YORK. Ich bitt' Euch, Oheim, gebt mir diesen Dolch.

GLOSTER.
Den Dolch, mein kleiner Vetter? Herzlich gern.

PRINZ. Ein Bettler, Bruder?

YORK. Beim guten Oheim, der gewiß mir gibt,
Und um 'ne Kleinigkeit, die man ohn' Arges gibt.

GLOSTER.
Wohl Größres will ich meinem Vetter geben.

YORK. Wohl Größres? Oh, das ist das Schwert dazu.

GLOSTER. Ja, lieber Vetter, wär's nur leicht genug.

YORK. Dann seh' ich wohl, Ihr schenkt nur leichte Gaben;
Bei Dingen von Gewicht, sagt Ihr dem Bettler: Nein!

GLOSTER. Es hat zu viel Gewicht für Euch zu tragen.

YORK. Für mich hat's kein Gewicht, und wär's noch schwerer.

GLOSTER. Wie? Wollt Ihr meine Waffen, kleiner Lord?

YORK.
Ja, und mein Dank soll sein, wie Ihr mich nennt.

GLOSTER. Wie?

YORK. Klein.

PRINZ. Mylord von York ist stets in Reden keck:
Oheim, Eu'r Gnaden weiß ihn zu ertragen.

YORK. Ihr meint, zu tragen, nicht mich zu ertragen. –
Oheim, mein Bruder spottet mein und Euer;
Er denkt, weil ich nur klein bin wie ein Aff',
Ihr solltet mich auf Euren Schultern tragen.

BUCKINGHAM.
Mit welchem scharf versehnen Witz er redet!
Den Spott zu mildern wider seinen Oheim,
Verhöhnt er selbst sich artig und geschickt.
So schlau und noch so jung ist wunderbar.

GLOSTER.
Mein gnäd'ger Fürst, beliebt es Euch zu gehn?
Ich und mein guter Vetter Buckingham,
Wir woll'n zu Eurer Mutter und sie bitten,
Daß sie im Turm Euch trifft und Euch bewillkommt.

YORK.
Wie? Denkt Ihr in den Turm zu gehn, Mylord?

PRINZ. Mylord Protektor will es so durchaus.

YORK. Ich schlafe sicher nicht mit Ruh' im Turm.

GLOSTER. Warum? Was könnt Ihr fürchten?

YORK. Ei, meines Oheims Clarence zorn'gen Geist;
Großmutter sagt, er wurde da ermordet.

PRINZ. Ich fürchte keinen toten Oheim.

GLOSTER. Auch keine, hoff' ich, die am Leben sind.

PRINZ.
Sind sie's, so hab' ich nichts zu fürchten, hoff' ich.
Doch kommt, Mylord, und mit beklommnem Herzen,
Ihrer gedenkend, geh' ich in den Turm.

Der Prinz, York, Hastings, Kardinal und Gefolge ab.

BUCKINGHAM.
Glaubt Ihr, Mylord, den kleinen Schwätzer York
Nicht aufgereizt von seiner schlauen Mutter,
So schimpflich Euch zu necken und verspotten?

GLOSTER.
Gewiß, gewiß: oh, 's ist ein schlimmer Bursch!
Keck, rasch, verständig, altklug und geschickt;
Die Mutter ganz vom Wirbel bis zur Zeh'.

BUCKINGHAM. Gut, laßt das sein. – Komm hieher, Catesby! Du schwurst,
So gründlich auszurichten unsre Zwecke,
Als heimlich zu bewahren unsre Winke;
Du hörtest unsre Gründe unterwegs:
Was meinst du? Sollt' es nicht ein leichtes sein,
William Lord Hastings unsers Sinns zu machen
Für die Erhebung dieses edlen Herzogs
Auf dieser weltberühmten Insel Thron?

CATESBY. Er liebt den Prinzen so des Vaters halb,
Er läßt zu nichts sich wider ihn gewinnen.

BUCKINGHAM.
Was denkst du denn vom Stanley? Läßt nicht der?

CATESBY. Der wird in allem ganz wie Hastings tun.

BUCKINGHAM.
Nun wohl, nichts mehr als dies: geh, lieber Catesby,
Und wie von fern erforsche du Lord Hastings,
Wie er gesinnt ist gegen unsre Absicht;
Und lad' ihn ein auf morgen in den Turm,
Der Krönung wegen mit zu Rat zu sitzen.
Wenn du für uns geschmeidig ihn verspürst,
So munt'r ihn auf und sag' ihm unsre Gründe.
Doch ist er bleiern, frostig, kalt, unwillig,
So sei du's auch: brich das Gespräch so ab
Und gib uns Nachricht über seine Neigung.
Denn morgen halten wir besondern Rat,
Worin wir höchlich dich gebrauchen wollen.

GLOSTER.
Empfiehl mich dem Lord William: sag ihm, Catesby,
Daß seiner Todfeind alte Rotte morgen
In Pomfret-Schloß zur Ader wird gelassen;
Heiß' meinen Freund, für diese Neuigkeit
Frau Shore ein Küßchen mehr aus Freuden geben.

BUCKINGHAM.
Geh, guter Catesby, richt' es tüchtig aus!

CATESBY. Ja, werte Lords, mit aller Achtsamkeit.

GLOSTER.
Wird man von Euch vor Schlafengehn noch hören?

CATESBY. Gewiß, Mylord.

GLOSTER. In Crosby-Hof, da findet Ihr uns beide.

Catesby ab.

BUCKINGHAM.
Nun, Mylord, was soll'n wir tun, wenn wir verspüren,
Daß Hastings unsern Planen sich nicht fügt?

GLOSTER. Den Kopf ihm abhaun, Freund: – was muß geschehn.
Und wenn ich König bin, dann fodre du
Die Grafschaft Hereford und alles fahrende Gut,
Was sonst der König, unser Bruder, hatte.

BUCKINGHAM.
Ich will mich auf Eu'r Hoheit Wort berufen.

GLOSTER. Es soll dir freundlichst zugestanden werden.
Komm, speisen wir zu Abend, um hernach
In unsern Anschlag 'ne Gestalt zu bringen.

Beide ab.

Zweite Szene

Vor Lord Hastings Hause.
Ein Bote tritt auf.

BOTE *klopft.*
Mylord! Mylord!

HASTINGS *von innen.*
Wer klopft?

BOTE. Jemand von Lord Stanley.

HASTINGS *von innen.*
Was ist die Uhr?

BOTE. Vier auf den Schlag.

Hastings tritt auf.

HASTINGS.
Kann nicht dein Herr die langen Nächte schlafen?

BOTE. So scheint's, nach dem, was ich zu sagen habe.
Zuerst empfiehlt er sich Eu'r Herrlichkeit.

HASTINGS. Und dann?

BOTE.
Und dann läßt er Euch melden, daß ihm träumte,
Der Eber stoße seinen Helmbusch ab.
Auch, sagt er, werde doppelt Rat gehalten,
Und daß man leicht beschließen könn' im einen,
Was ihn und Euch bekümmern könnt' im andern.
Drum schickt er, Eu'r Belieben zu erfahren,
Ob Ihr sogleich mit ihm aufsitzen wollt
Und ohne Säumen nach dem Norden jagen,
Um die Gefahr zu meiden, die ihm schwant.

HASTINGS.
Geh, geh, Gesell, zurück zu deinem Herrn,
Heiß' ihn nicht fürchten den getrennten Rat:
Sein' Edeln und ich selbst sind bei dem einen,
Catesby, mein guter Freund, ist bei dem andern,
Woselbst nichts vorgehn kann, was uns betrifft,
Wovon mir nicht die Kundschaft würd' erteilt.
Sag ihm, die Furcht sei albern, sonder Anlaß;
Und wegen seines Traums, da wundr' es mich,
Wie er doch nur so töricht könne sein,
Zu traun der Neckerei unruh'gen Schlummers.
Den Eber fliehn, bevor der Eber nachsetzt,
Das hieß' den Eber reizen, uns zu folgen,
Und Jagd zu machen, wo er's nicht gemeint.
Heiß' deinen Herrn aufstehn und zu mir kommen,
Dann wollen wir zusammen hin zum Turm,
Wo, du sollst sehn, der Eber freundlich sein wird.

BOTE. Ich geh', Mylord, und will ihm das bestellen.

Ab.

Catesby tritt auf.

CATESBY.
Vielmals guten Morgen meinem edlen Lord!

HASTINGS.
Guten Morgen, Catesby! Ihr seid früh bei Wege.
Was gibt's, was gibt's in unserm Wankestaat?

CATESBY.
Die Welt ist schwindlicht, in der Tat, Mylord,
Und, glaub' ich, wird auch niemals aufrecht stehn,
Bevor nicht Richard trägt des Reiches Kranz.

HASTINGS.
Wieso? des Reiches Kranz? Meinst du die Krone?

CATESBY. Ja, bester Lord.

HASTINGS.
Man soll das Haupt mir schlagen von den Schultern,
Eh' ich die Krone seh' so schnöd' entwandt.
Doch kannst du raten, daß er darnach zielt?

CATESBY.
So wahr ich lebe, und er hofft, Euch wirksam
Für ihn zu finden, selb'ge zu gewinnen;
Und hierauf schickt er Euch die gute Botschaft,
Daß Eure Feinde diesen selben Tag,
Der Königin Verwandt', in Pomfret sterben.

HASTINGS.
Um diese Nachricht traur' ich eben nicht,
Denn immer waren sie mir Widersacher.
Doch daß ich stimmen sollt' auf Richards Seite,
Den echten Erben meines Herrn zum Nachteil,
Gott weiß, das tu' ich nicht bis in den Tod.

CATESBY.
Gott schütz' Eu'r Gnaden bei dem frommen Sinn!

HASTINGS.
Doch das belach' ich wohl noch übers Jahr,
Daß ich erlebe deren Trauerspiel,
Die mich bei meinem Herrn verhaßt gemacht.
Hör', Catesby, eh' ein vierzehn Tag' ins Land gehn,
Schaff' ich noch ein'ge fort, die's jetzt nicht denken.

CATESBY.
Ein häßlich Ding, zu sterben, gnäd'ger Herr,
Unvorbereitet und sich nichts versehend.

HASTINGS.
O greulich! greulich! Und so geht es nun
Mit Rivers, Vaughan, Grey; und wird so gehn
Mit andern noch, die sich so sicher dünken
Wie du und ich, die dem durchlauchten Richard
Und Buckingham doch wert sind, wie du weißt.

CATESBY.
Die Prinzen beide achten Euch gar hoch. –

Beiseit.

Sie achten seinen Kopf schon auf der Brücke.

HASTINGS.
Ich weiß es wohl und hab's um sie verdient.

Stanley tritt auf.

Wohlan, wohlan! Wo ist Eu'r Jagdspieß, Freund?
Ihr scheut den Eber und geht ungerüstet?

STANLEY.
Mylord, guten Morgen! Guten Morgen, Catesby!
Ihr mögt nur spaßen, doch, beim heil'gen Kreuz,
Ich halte nichts von dem getrennten Rat.

HASTINGS. Mylord,
Mein Leben halt' ich wert, wie Ihr das Eure,
Und nie in meinem Leben, schwör' ich Euch,
War es mir kostbarer als eben jetzt.
Denkt Ihr, wüßt' ich nicht unsre Lage sicher,
Ich wär' so triumphierend, wie ich bin?

STANLEY. Die Lords zu Pomfret ritten wohlgemut

Aus London, glaubten ihre Lage sicher
Und hatten wirklich keinen Grund zum Mißtraun:
Doch seht Ihr, wie der Tag sich bald bewölkt.
Ich fürchte diesen raschen Streich des Grolls;
Gott gebe, daß ich notlos zaghaft sei!
Nun, wollen wir zum Turm? Der Tag vergeht

HASTINGS.
Kommt, kommt, seid ruhig! Wißt Ihr was, Mylord?
Heut werden die erwähnten Lords enthauptet.

STANLEY.
Für Treu' stünd' ihnen besser wohl ihr Haupt,
Als manchen, die sie angeklagt, ihr Hut.
Kommt, Mylord, laßt uns gehn!

Ein Heroldsdiener tritt auf.

HASTINGS. Geht nur voran,
Ich will mit diesem wackern Manne reden.

Stanley und Catesby ab.

He, Bursch, wie steht's mit dir?

HEROLDSDIENER. Um desto besser,
Weil Eure Herrlichkeit geruht zu fragen.

HASTINGS.
Ich sag' dir, Freund, mit mir steht's besser jetzt
Als da du neulich eben hier mich trafst.
Da ging ich als Gefangner in den Turm
Auf Antrieb von der Königin Partei;
Nun aber sag' ich dir (bewahr's für dich!):
Heut werden meine Feinde hingerichtet,
Und meine Lag' ist besser als zuvor.

HEROLDSDIENER.
Erhalt' sie Gott nach Euer Gnaden Wunsch!

HASTINGS.
Großen Dank, Bursche! Trink' das auf mein Wohl!

Wirft ihm seinen Beutel zu.

HEROLDSDIENER.
Ich dank' Eu'r Gnaden.

Ab.

Ein Priester tritt auf.

PRIESTER.
Mylord, mich freut's, Eu'r Gnaden wohl zu sehn.

HASTINGS.
Ich danke dir von Herzen, mein Sir John.
Ich bin Eu'r Schuldner für die letzte Übung;
Kommt nächsten Sabbat, und ich will's vergüten.

Buckingham tritt auf.

BUCKINGHAM.
Ihr sprecht mit Priestern, wie, Herr Kämmerer?
Den Priester brauchen Eure Freund' in Pomfret,
Eu'r Gnaden hat mit Beichten nichts zu tun.

HASTINGS.
Fürwuhr, da ich den würd'gen Mann hier sah,
Da fielen die, wovon Ihr sprecht, mir ein.
Sagt, geht Ihr in den Turm?

BUCKINGHAM.
Ja, Mylord, doch ich kann nicht lang da bleiben:
Ich geh' vor Euer Edeln wieder fort.

HASTINGS.
Vielleicht, weil ich zum Mittagessen bleibe.

BUCKINGHAM *beiseit.*
Zum Abendessen auch, weißt du's schon nicht. –
Kommt, wollt Ihr gehn?

HASTINGS.
Eu'r Gnaden aufzuwarten.

Ab.

Dritte Szene

Zu Pomfret, vor der Burg.
Ratcliff tritt auf mit einer Wache, welche Rivers, Vaughan und Grey zur Hinrichtung führt.

RATCLIFF. Kommt, führt die Gefangnen vor!

RIVERS. Sir Richard Ratcliff, laß dir sagen dies:
Heut wirst du einen Untertan sehn sterben,
Den Treu' und Pflicht und Biederkeit verderben.

GREY. Gott schütz' den Prinzen nur vor eurer Rotte!
Verdammter Hauf' ihr alle von Blutsaugern!

VAUGHAN.
Ihr, die ihr lebt, wehklagt hierum noch künftig.

RATCLIFF. Macht fort, denn eures Lebens Ziel ist da.

RIVERS. O Pomfret! Pomfret! O du blut'ger Kerker,
Verhängnisvoll und tödlich edlen Pairs!
Im sünd'gen Umfang deiner Mauern ward
Richard der Zweite hier zu Tod gehaun;
Und deinem grausen Sitz zu fernerm Schimpf
Gibt man dir unser schuldlos Blut zu trinken.

GREY. Nun fällt Margretas Fluch auf unser Haupt,
Ihr Racheschrei, weil Hastings, Ihr und ich
Zusahn, als Richard ihren Sohn erstach.

RIVERS.
Da fluchte sie Hastings, da fluchte sie Buckingham,
Da fluchte sie Richard: Gott, gedenke des!
Hör' ihr Gebet für sie, wie jetzt für uns!
Für meine Schwester und für ihre Prinzen
Genüg' unser treues Blut dir, teurer Gott,
Das ungerecht, du weißt's, vergossen wird!

RATCLIFF. Eilt euch, die Todesstund' ist abgetan.

RIVERS. Komm, Grey! Komm, Vaughan!
Umarmen wir uns hier:
Lebt wohl, bis wir uns wiedersehn im Himmel.

Alle ab.

Vierte Szene

London. Ein Zimmer im Turm.
Buckingham, Stanley, Hastings, der Bischof von Ely, Lovel und andre, an einer Tafel sitzend; Ratsbediente hinter ihnen stehend.

HASTINGS.
Nun, edle Pairs: was uns versammelt, ist,
Die Krönung festzusetzen: in Gottes Namen,
Sprecht denn, wann ist der königliche Tag?

BUCKINGHAM. Ist alles fertig für dies Königsfest?

STANLEY. Ja, und es fehlt die Anberaumung nur.

ELY. So acht' ich morgen einen guten Tag.

BUCKINGHAM.
Wer kennt des Lord Protektors Sinn hierin?
Wer ist Vertrautester des edlen Herzogs?

ELY. Eu'r Gnaden kennt wohl seinen Sinn am ersten.

BUCKINGHAM.
Wir kennen von Gesicht uns; doch die Herzen,
Da kennt er meins nicht mehr, als Eures ich;
Noch seines ich, Mylord, als meines Ihr. –
Lord Hastings, Ihr und er seid nah vereint.

HASTINGS.
Ich weiß, er will mir wohl, Dank Seiner Gnaden.
Doch über seine Absicht mit der Krönung

Hab' ich ihn nicht erforscht, noch er darin
Sein gnäd'ges Wohlgefallen mir eröffnet.
Ihr mögt, mein edler Lord, die Zeit wohl nennen,
Und ich will stimmen an des Herzogs Statt,
Was, wie ich hoff', er nicht verübeln wird.

Gloster tritt auf.

ELY. Zu rechter Zeit kommt da der Herzog selbst.

GLOSTER. Ihr edlen Lords und Vetter, guten Morgen!
Ich war ein Langeschläfer; doch ich hoffe,
Mein Absein hat kein groß Geschäft versäumt,
Das meine Gegenwart beschlossen hätte.

BUCKINGHAM.
Kamt Ihr auf Euer Stichwort nicht, Mylord,
So sprach William Lord Hastings Eure Rolle:
Gab Eure Stimme, mein' ich, für die Krönung.

GLOSTER.
Niemand darf dreister sein als Mylord Hastings;
Sein' Edeln kennt mich wohl und will mir wohl. –
Mylord von Ely, jüngst war ich in Holborn
Und sah in Eurem Garten schöne Erdbeer'n:
Laßt etliche mir holen, bitt' ich Euch.

ELY. Das will ich, Mylord, und von Herzen gern.

Ab.

GLOSTER.
Vetter von Buckingham, ein Wort mit Euch.

Er nimmt ihn beiseit.

Catesby hat Hastings über unsern Handel
Erforscht und find't den starren Herrn so hitzig,
Daß er den Kopf daran wagt, eh' er leidet,
Daß seines Herrn Sohn, wie er's ehrsam nennt,
An Englands Thron das Erbrecht soll verlieren.

BUCKINGHAM.
Entfernt ein Weilchen Euch, ich gehe mit.

Gloster und Buckingham ab.

STANLEY.
Noch setzten wir dies Jubelfest nicht an;
Auf morgen, wie mich dünkt, das wär' zu plötzlich,
Denn ich bin selber nicht so wohl versehn,
Als ich es wär', wenn man den Tag verschöbe.

Der Bischof von Ely kommt zurück.

ELY. Wo ist der Lord Protektor? Ich sandt' aus
Nach diesen Erdbeer'n.

HASTINGS.
Heut sieht Sein' Hoheit mild und heiter aus;
Ihm liegt etwas im Sinn, das ihm behagt,
Wenn er so munter guten Morgen bietet.
Ich denke, niemand in der Christenheit
Kann minder bergen Lieb' und Haß wie er;
Denn sein Gesicht verrät euch gleich sein Herz.

STANLEY.
Was nahmt Ihr im Gesicht vom Herzen wahr
Durch irgendeinen Anschein, den er wies?

HASTINGS.
Ei, daß er wider niemand hier was hat;
Denn, wäre das, er zeigt' es in den Mienen.

Gloster und Buckingham treten auf.

GLOSTER. Ich bitt' euch alle, sagt, was die verdienen,
Die meinen Tod mit Teufelsränken suchen
Verdammter Hexerei und meinen Leib
Mit ihrem höllischen Zauber übermannt?

HASTINGS. Die Liebe, die ich zu Eu'r Hoheit trage,
Drängt mich, in diesem edlen Kreis vor allen,
Die Schuld'gen zu verdammen; wer sie sei'n,
Ich sage, Mylord, sie sind wert des Tods.

GLOSTER.
Sei denn Eu'r Auge ihres Unheils Zeuge:
Seht nur, wie ich behext bin! Schaut, mein Arm
Ist ausgetrocknet, wie ein welker Sproß.
Und das ist Eduards Weib, die arge Hexe,
Verbündet mit der schandbar'n Metze Shore,
Die so mit Hexenkünsten mich gezeichnet.

HASTINGS.
Wenn sie die Tat getan, mein edler Herr, –

GLOSTER.
Wenn! Du Beschützer der verdammten Metze!
Kommst du mit Wenn mir? Du bist ein Verräter. –
Den Kopf ihm ab! Ich schwöre bei Sankt Paul,
Ich will nicht speisen, bis ich den gesehn. –
Lovel und Catesby, sorgt, daß es geschieht; –
Und wer mich liebt, steh' auf und folge mir!

Der Staatsrat mit Gloster und Buckingham ab.

HASTINGS.
Weh, weh um England! Keineswegs um mich.
Ich Tor, ich hätte dies verhüten können:
Denn Stanley träumte, daß der Eber ihm
Den Helmbusch abstieß; aber nur gering
Hab' ich's geachtet und versäumt zu fliehn.
Dreimal gestrauchelt hat mein Leibpferd heute
Und hat gescheut, wie es den Turm erblickt,
Als trüg' es ungern in das Schlachthaus mich.
Oh! jetzt brauch' ich den Priester, den ich sprach:
Jetzt reut es mich, daß ich dem Heroldsdiener
Zu triumphierend sagte, meine Feinde
In Pomfret würden blutig heut geschlachtet,
Derweil ich sicher wär' in Gnad' und Gunst.
O jetzt, Margreta, trifft dein schwerer Fluch
Des armen Hastings unglücksel'gen Kopf.

CATESBY.
Macht fort, Mylord! Der Herzog will zur Tafel;
Beichtet nur kurz: ihm ist's um Euren Kopf.

HASTINGS.
O flücht'ge Gnade sterblicher Geschöpfe,
Wonach wir trachten vor der Gnade Gottes!
Wer Hoffnung baut in Lüften eurer Blicke,
Lebt wie ein trunkner Schiffer auf dem Mast,
Bereit, bei jedem Ruck hinabzutaumeln
In der verderbenschwangern Tiefe Schoß.

LOVEL.
Wohlan, macht fort! 's ist fruchtlos, weh zu rufen.

HASTINGS.
O blut'ger Richard! Unglücksel'ges England!
Ich prophezeie grause Zeiten dir,
Wie die bedrängte Welt sie nie gesehn. –
Kommt, führt mich hin zum Block! Bringt ihm mein Haupt!
Bald wird, wer meiner spottet, hingeraubt.

Alle ab.

Fünfte Szene

Innerhalb der Mauern des Turms.
Gloster und Buckingham in rostigem Harnisch und einem sehr entstellenden Aufzuge.

GLOSTER.
Komm, Vetter, kannst du zittern, Farbe wechseln?

Mitten im Worte deinen Atem würgen,
Dann wiederum beginnen, wieder stocken,
Wie außer dir und irr' im Geist vor Schrecken?

BUCKINGHAM.
Pah! Ich tu's dem Tragödienspieler nach,
Red' und seh' hinter mich und späh' umher,
Beb und fahr' auf, wenn sich ein Strohhalm rührt,
Als tiefen Argwohn hegend; grause Blicke
Stehn zu Gebot mir, wie erzwungnes Lächeln,
Und beide sind bereit in ihrem Dienst
Zu jeder Zeit zugunsten meiner Ränke.
Doch sag, ist Catesby fort?

GLOSTER.
Ja, und sieh da, er bringt den Schulzen mit.

Der Lord Mayor und Catesby treten auf.

BUCKINGHAM.
Laßt mich allein ihn unterhalten. – Lord Mayor, –

GLOSTER. Gebt auf die Zugbrück' acht!

BUCKINGHAM. Horch! Eine Trommel.

GLOSTER. Catesby, schau von der Mauer!

BUCKINGHAM. Lord Mayor, der Grund, warum wir nach Euch sandten, –

GLOSTER.
Sieh um dich, wehr' dich, es sind Feinde hier.

BUCKINGHAM.
Bewahr' und schirm' uns Gott und unsre Unschuld!

Ratcliff und Lovel treten auf mit Hastings Kopfe.

GLOSTER.
Sei ruhig! Freunde sind's, Ratcliff und Lovel.

LOVEL.
Hier ist der Kopf des schändlichen Verräters,
Des tückischen und unverdächt'gen Hastings.

GLOSTER.
Ich war so gut ihm, daß ich weinen muß.
Ich hielt ihn für das redlichste Geschöpf,
Das lebt' auf Erden unter Christenseelen;
Macht' ihn zum Buch, in welches meine Seele
Die heimlichsten Gedanken niederschrieb.
So glatt betüncht' er mit dem Schein der Tugend
Sein Laster, daß, bis auf sein offenbares
Vergeh'n, den Umgang mein' ich mit Shores Weib,
Er rein sich hielt von jeglichem Verdacht.

BUCKINGHAM.
Ja, ja, er war der schleichendste Verräter,
Der je gelebt. – Seht Ihr, Mylord Mayor,
Solltet Ihr's denken oder glauben selbst,
Falls wir nicht wunderbar errettet lebten,
Es zu bezeugen, daß der Erzverräter
Heut angezettelt hatt', im Saal des Rats
Mich und den guten Herzog zu ermorden?

MAYOR. Wie? Hatt' er das?

GLOSTER.
Was? Denkt Ihr, wir sei'n Türken oder Heiden
Und würden, wider alle Form des Rechts,
So rasch verfahren mit des Schurken Tod,
Wo nicht die dringende Gefahr des Falls,
Der Frieden Englands, unsre Sicherheit
Uns diese Hinrichtung hätt' abgenötigt?

MAYOR.
Ergeh's Euch wohl! Er hat den Tod verdient,
Und beid' Eu'r Gnaden haben wohl getan,
Verräter vor dergleichen Tun zu warnen.
Ich habe nie mir Gut's von ihm versehn,
Seit er sich einmal einließ mit Frau Shore.

BUCKINGHAM.
Doch war nicht unsre Absicht, daß er stürbe,
Bis Euer Edeln käm', es anzusehn;
Was dieser unsrer Freund' ergebne Eil',
In etwas gegen unsern Sinn, verhindert.
Wir wollten, Mylord, daß Ihr den Verräter
Selbst hörtet reden und verzagt bekennen
Die Weis' und Absicht der Verräterei,
Auf daß Ihr selb'ge wohl erklären möchtet
Der Bürgerschaft, die uns vielleicht hierin
Mißdeutet und bejammert seinen Tod.

MAYOR.
Doch, bester Herr, mir gilt Eu'r Gnaden Wort,
Als hätt' ich ihn gesehn und reden hören:
Und zweifelt nicht, erlauchte Prinzen beide,
Ich will der treuen Bürgerschaft berichten
All eu'r gerecht Verfahren bei dem Fall.

GLOSTER.
Wir wünschten zu dem End' Eu'r Edeln her,
Dem Tadel zu entgehn der schlimmen Welt.

BUCKINGHAM.
Doch weil zu spät Ihr kamt für unsern Zweck,
Bezeugt nur, was Ihr hört, daß wir bezielt;
Und somit, wertester Lord Mayor, lebt wohl.

Der Lord Mayor ab.

GLOSTER.
Geh, folg' ihm, folg' ihm, Vetter Buckingham.
Der Schulz geht eiligst nun aufs Gildehaus:
Daselbst, wie's dann die Zeit am besten gibt,
Dring auf die Unechtheit von Eduards Kindern.
Stell' ihnen vor, wie Eduard einen Bürger
Am Leben strafte, bloß weil er gesagt,
Er wolle seinen Sohn zum Erben machen
Der Krone, meinend nämlich seines Hauses,
Das so nach dessen Schilde ward benannt.
Auch schildre seine schnöde Üppigkeit
Und viehisches Gelüst nach stetem Wechsel,
Das ihre Mägde, Töchter, Weiber traf,
Wo nur sein lüstern Aug' und wildes Herz
Ohn' Einhalt wählen mochte seinen Raub.
Ja, wenn es not tut, rück' mir selbst noch näher
Und sag, als meine Mutter schwanger war
Mit diesem nie zu sättigenden Eduard,
Da habe mein erlauchter Vater York
In Frankreich Krieg geführt und bei Berechnung
Der Zeit gefunden, daß das Kind nicht sein;
Was auch in seinen Zügen kund sich gab,
Als keineswegs dem edlen Herzog ähnlich.
Doch das berührt nur schonend, wie von fern,
Weil meine Mutter, wie Ihr wißt, noch lebt.

BUCKINGHAM.
Sorgt nicht, Mylord: ich will den Redner spielen,
Als ob der goldne Lohn, um den ich rechte,
Mir selbst bestimmt wär'; und somit lebt wohl.

GLOSTER. Wenn's Euch gelingt, bringt sie nach Baynards-Schloß,
Wo Ihr mich finden sollt, umringt vom Kreis
Gelahrter Bischöf' und ehrwürd'ger Väter.

BUCKINGHAM.
Ich geh', und gegen drei bis vier erwartet
Das Neue, was vom Gildehause kommt.

Buckingham ab.

GLOSTER.
Geh, Lovel, ungesäumt zum Doktor Shaw; –
Zu Catesby.
Geh du zum Pater Penker; – heißt sie beide
In einer Stund' in Baynards-Schloß mich treffen.
Lovel und Catesby ab.
Nun will ich hin, um heimlich zu verfügen,
Wie man des Clarence Bälge schafft bei Seit';
Und anzudeuten, daß keine Art Personen
Je zu den Prinzen Zutritt haben soll.
Ab.

Sechste Szene

Eine Straße.
Ein Kanzellist tritt auf.

KANZELLIST.
Hier ist die Klagschrift wider den Lord Hastings,
Den wackern Mann, in sauberer Kopei,
Um in Sankt Paul sie heute zu verlesen.
Nun merke man, wie fein das hängt zusammen:
Eilf Stunden bracht' ich zu, sie abzuschreiben,
Denn Catesby schickte sie mir gestern abend;
Die Urschrift war nicht minder lang' in Arbeit,
Und vor fünf Stunden lebte Hastings doch
Noch unbescholten, unverhört, in Freiheit.
Das ist 'ne schöne Welt! – Wer ist so blöde
Und sieht nicht diesen greiflichen Betrug?
Und wer so kühn und sagt, daß er ihn sieht?
Schlimm ist die Welt, sie muß zu Grunde gehn,
Wenn man muß schweigend solche Ränke sehn.
Ab.

Siebente Szene

Der Hof in Baynards-Schloß.
Gloster und Buckingham begegnen einander.

GLOSTER. Wie steht's? Wie steht's? Was sagt die Bürgerschaft?
BUCKINGHAM.
Nun, bei der heil'gen Mutter unsers Herrn!
Die Bürgerschaft ist stockstill, sagt kein Wort.
GLOSTER. Spracht Ihr von Unechtheit der Kinder Eduards?
BUCKINGHAM.
Ja, nebst dem Eh'vertrag mit Lady Lucy
Und dem in Frankreich, den er schloß durch Vollmacht;
Der Unersättlichkeit in seinen Lüsten
Und Vergewaltigung der Bürgerfrau'n;
Von seiner Tyrannei um Kleinigkeiten,
Von seiner eignen Unechtheit, als der
Erzeugt ward, da Eu'r Vater außer Lands,
Und der an Bildung nicht dem Herzog glich.
Dann hielt ich ihnen Eure Züge vor,
Als Eures Vaters rechtes Ebenbild,
Wie an Gestalt, so auch an edlem Sinn;
Legt ihnen dar all Eure Sieg' in Schottland,
Die strenge Zucht im Krieg, Weisheit im Frieden,
Auch Eure Güte, Tugend, fromme Demut;
Ließ in der Tat nichts, dienlich für den Zweck,
Im Sprechen unberührt, noch leicht behandelt.
Und als die Redekunst zu Ende ging,
Sagt' ich: Wer seinem Lande wohl will, rufe:
»Gott schütze Richard, Englands großen König!«
GLOSTER. Und taten sie's?
BUCKINGHAM.
Nein, helf' mir Gott, sie sagten nicht ein Wort.
Wie stumme Bilder, unbelebte Steine,
So sahn sie starr sich an und totenbleich.
Dies sehend schalt ich sie und frug den Mayor,
Was dies verstockte Schweigen nur bedeute.
Seine Antwort war, das Volk sei nicht gewohnt,
Daß sonst wer als der Sprecher zu ihm rede.
Gedrungen mußt' er nun mich wiederholen:
»So sagt der Herzog, gibt der Herzog an«;
Doch sagt' er nichts, es zu bestät'gen, selbst.
Als er geschlossen, schwenkten ein'ge Leute
Von meinem Troß, am andern End' des Saals,
Die Mützen um den Kopf, ein Dutzend Stimmen
Erhoben sich: »Gott schütze König Richard!«
Ich nahm den Vorteil dieser wen'gen wahr:
»Dank, liebe Freund' und Bürger!« fiel ich ein,
»Der allgemeine frohe Beifalls-Ruf
Gibt Weisheit kund und Lieb' in euch zu Richard«;
Und damit brach ich ab und ging davon.
GLOSTER.
Die stummen Blöcke! Wollten sie nicht sprechen?
Kommt denn der Mayor mit seinen Brüdern nicht?
BUCKINGHAM.
Der Mayor ist hier nah bei. Stellt Euch besorgt,
Laßt Euch nicht sprechen als auf dringend Bitten
Und nehmt mir ein Gebetbuch in die Hand
Und habt, Mylord, zween Geistliche zur Seite,
Denn daraus zieh' ich heil'ge Nutzanwendung.
Laßt das Gesuch so leicht nicht Eingang finden,
Tut mädchenhaft, sagt immer nein, und nehmt!
GLOSTER.
Ich geh', und wenn du weißt, für sie zu sprechen,
Wie ich dir nein für mich zu sagen weiß,
So bringen wir's gewiß nach Wunsch zu Ende.
BUCKINGHAM.
Geht, geht, auf den Altan! Der Lord Mayor klopft.
Gloster ab.
Der Lord Mayor, Aldermänner und Bürger treten auf.
BUCKINGHAM.
Willkommen, Mylord! Ich wart' umsonst hier auf:
Der Herzog, scheint's, will sich nicht sprechen lassen.
Catesby kommt aus dem Schloß.
Nun, Catesby? Was sagt Eu'r Herr auf mein Gesuch?
CATESBY. Er bittet Euer Gnaden, edler Lord,
Kommt morgen wieder oder übermorgen.
Er ist mit zwei ehrwürd'gen Vätern drinnen,
Vertieft in geistliche Beschaulichkeit,
Kein weltliches Gesuch möcht' ihn bewegen,
Ihn von der heil'gen Übung abzuziehn.
BUCKINGHAM.
Geh, guter Catesby, noch zum gnäd'gen Herzog;
Sag ihm, daß ich, der Mayor und Aldermänner,
In trift'ger Absicht, Sachen von Gewicht,
Betreffend minder nicht als aller Wohl,

Hier sind um ein Gespräch mit Seiner Gnaden.

CATESBY.

Ich geh' sogleich, ihm solches anzumelden.

Ab.

BUCKINGHAM.

Ha, Mylord, dieser Prinz, das ist kein Eduard!
Den find't man nicht auf üpp'gem Ruh'bett lehnend,
Nein, auf den Knieen liegend in Betrachtung;
Nicht scherzend mit' nem Paar von Buhlerinnen,
Nein, mit zwei ernsten Geistlichen betrachtend;
Nicht schlafend, seinen trägen Leib zu mästen,
Nein, betend, seinen wachen Sinn zu nähren.
Beglückt wär' England, wenn der fromme Prinz
Desselben Oberherrschaft auf sich nähme;
Allein ich fürcht', er ist nicht zu bewegen.

MAYOR. Ei, Gott verhüte, daß uns Seine Gnaden
Nein sollte sagen!

BUCKINGHAM.

Ich fürcht', er wird es. Da kommt Catesby wieder.

Catesby kommt zurück.

Nun, Catesby, was sagt Seine Gnaden?

CATESBY.

Ihn wundert, zu was End' Ihr solche Haufen
Von Bürgern habt versammelt, herzukommen,
Da Seine Gnaden dessen nicht gewärtig.
Er sorgt, Mylord, Ihr habt nichts Gut's im Sinn.

BUCKINGHAM.

Mich kränkt der Argwohn meines edlen Vetters,
Als hätt' ich wider ihn nichts Gut's im Sinn.
Beim Himmel! Ganz wohlmeinend kommen wir;
Geh wieder hin und sag das Seiner Gnaden.

Catesby ab.

Wenn fromm-andächt'ge Männer einmal sind
Beim Rosenkranz, so zieht man schwer sie ab:
So süß ist brünstige Beschaulichkeit.

Gloster erscheint auf einem Altan zwischen zwei Bischöfen; Catesby kommt zurück.

MAYOR.

Seht, Seine Gnaden zwischen zwei Bischöfen!

BUCKINGHAM.

Zwei Tugendpfeilern für ein christlich Haupt,
Ihn vor dem Fall der Eitelkeit zu stützen:
Und, seht nur, ein Gebetbuch in der Hand,
Die wahre Zier, woran man Fromme kennt. –
Großer Plantagenet, erlauchter Prinz,
Leih' unserem Gesuch ein günstig Ohr
Und woll' die Unterbrechung uns verzeihn
Der Andacht und des christlich frommen Eifers.

GLOSTER.

Mylord, es braucht nicht der Entschuldigung,
Vielmehr ersuch' ich Euch, mir zu verzeihn,
Der ich, im Dienste meines Gottes eifrig,
Versäume meiner Freunde Heimsuchung.
Doch das beiseite, was beliebt Eu'r Gnaden?

BUCKINGHAM.

Was, hoff' ich, Gott im Himmel auch beliebt
Und den rechtschaffnen Männern insgesamt,
So dieses unregierte Eiland hegt.

GLOSTER.

Ich sorg', ich hab' in etwas mich vergangen,
Das widrig in der Bürger Aug' erscheint;
Und daß Ihr kommt, um mein Verseh'n zu schelten.

BUCKINGHAM.

Das habt Ihr, Mylord: wollt' Eu'r Gnaden doch,
Auf unsre Bitten, Euren Fehl verbessern!

GLOSTER.

Weswegen lebt' ich sonst in Christenlanden?

BUCKINGHAM.

Wißt denn, Eu'r Fehl ist, daß Ihr überlaßt
Den höchsten Sitz, den majestät'schen Thron,
Dies Eurer Ahnen szepterführend Amt,
Des Rangs Gebühr, den Anspruch der Geburt,
Den Erbruhm Eures königlichen Hauses,
An die Verderbnis eines falschen Sprößlings;
Weil, bei so schläfriger Gedanken Milde,
Die wir hier wecken zu des Landes Wohl,
Dies edle Eiland seiner Glieder mangelt,
Entstellt sein Antlitz von der Schande Narben,
Sein Fürstenstamm geimpft mit schlechten Zweigen
Und fast verschlemmt im niederzieh'nden Sumpf
Der tiefsten nächtlichsten Vergessenheit.
Dies abzustellen, gehn wir dringend an
Eu'r gnädig Selbst, das höchste Regiment
Von diesem Eurem Land auf Euch zu laden,
Nicht als Protektor, Anwalt, Stellvertreter,
Noch dienender Verwalter fremden Guts,
Nein, als der Folge nach, von Glied zu Glied,
Eu'r Erbrecht, Euer Reich, Eu'r Eigentum.
Deshalb, gemeinsam mit der Bürgerschaft,
Die ehrerbietigst Euch ergeben ist,
Und auf ihr ungestümes Dringen komm' ich,
Für dies Gesuch Eu'r Gnaden zu bewegen.

GLOSTER.

Ich weiß nicht, ob stillschweigend wegzugehn,
Ob bitterlich mit Reden Euch zu schelten,
Mehr meiner Stell' und Eurer Fassung ziemt.
Antwort' ich nicht, so dächtet Ihr vielleicht,
Verschwiegner Ehrgeiz will'ge stumm darein,
Der Oberherrschaft goldnes Joch zu tragen,
Das Ihr mir töricht auferlegen wollt.
Doch schelt' ich Euch für dieses Eu'r Gesuch,
Durch Eure treue Liebe so gewürzt,
Dann, andrerseits, versehr' ich meine Freunde.
Um jenes drum zu meiden, und zu reden,
Und nicht in dies beim Reden zu verfallen,
Antwort' ich Euch entschiedenermaßen so:
Dankwert ist Eure Liebe; doch mein Wert,
Verdienstlos, scheut Eu'r allzuhoch Begehren.
Erst, wäre jede Hind'rung weggeräumt
Und wär' geebnet meine Bahn zum Thron,
Als heimgefallnem Rechte der Geburt:
Dennoch, so groß ist meine Geistesarmut,
So mächtig und so vielfach meine Mängel,
Daß ich mich eh' verbürge vor der Hoheit,
Als Kahn, der keine mächt'ge See verträgt,
Eh' ich von meiner Hoheit mich verbergen,
Von meines Ruhmes Dampf ersticken ließe.
Doch, Gott sei Dank! es tut nicht not um mich;
Und wär's, tät' vieles not mir, Euch zu helfen.
Der königliche Baum ließ Frucht uns nach,
Die, durch der Zeiten leisen Gang gereift,
Wohl zieren wird den Sitz der Majestät,
Und des Regierung uns gewiß beglückt.
Auf ihn leg' ich, was Ihr mir auferlegt,
Das Recht und Erbteil seiner guten Sterne,

Was Gott verhüte, daß ich's ihm entrisse.

BUCKINGHAM.
Mylord, dies zeigt Gewissen in Eu'r Gnaden,
Doch seine Gründe sind gering und nichtig,
Wenn man jedweden Umstand wohl erwägt.
Ihr saget, Eduard ist Eu'r Bruderssohn;
Wir sagen's auch, doch nicht von Eduards Gattin;
Denn erst war er verlobt mit Lady Lucy,
Noch lebt des Eides Zeugin, Eure Mutter;
Und dann war ihm durch Vollmacht Bona, Schwester
Des Königs von Frankreich, angetraut.
Doch beide wurden sie hintangesetzt
Zugunsten einer armen Supplikantin,
Der abgehärmten Mutter vieler Söhne,
Der reizverfallnen und bedrängten Witwe,
Die, schon in ihrer Blüh'zeit Nachmittag,
Sein üppig Aug' erwarb als einen Raub
Und seines Sinnes höchsten Schwung verführte
Zu niederm Fall und schnöder Doppeleh'.
Aus diesem unrechtmäß'gen Bett erzeugt
Ward Eduard, Prinz aus Höflichkeit genannt.
Ich könnt' es bittrer führen zu Gemüt,
Nur daß, aus Achtung ein'ger, die noch leben,
Ich schonend meiner Zunge Schranken setze.
Drum, bester Herr, nehm' Euer fürstlich Selbst
Der Würde dargebotnes Vorrecht an:
Wo nicht zu unserm und des Landes Segen,
Doch um Eu'r edles Haus hervorzuziehn
Aus der Verderbnis der verkehrten Zeit
Zu erblicher und echter Folgereihe.

MAYOR. Tut, bester Herr, was Eure Bürger bitten!

BUCKINGHAM.
Weist, hoher Herr, nicht ab den Liebesantrag!

CATESBY.
O macht sie froh, gewährt ihr bill'ges Flehn!

GLOSTER. Ach, warum diese Sorgen auf mich laden?
Ich tauge nicht für Rang und Majestät.
Ich bitt' euch, legt es mir nicht übel aus:
Ich kann und will euch nicht willfährig sein.

BUCKINGHAM.
Wenn Ihr es weigert, Lieb' und Eifers halb,
Das Kind, den Bruderssohn, nicht zu entsetzen,
Wie uns bekannt ist Eures Herzens Milde
Und Euer sanftes, weichliches Erbarmen,
Das wir in Euch für Anverwandte sehn,
Ja, gleichermaßen auch für alle Stände:
So wißt, ob Ihr uns willfahrt oder nicht,
Doch soll Eu'r Bruderssohn uns nie beherrschen;
Wir pflanzen jemand anders auf den Thron
Zum Schimpf und Umsturz Eures ganzen Hauses.
Und, so entschlossen, lassen wir Euch hier. –
Kommt, Bürger, länger wollen wir nicht bitten.

Buckingham mit den Bürgern ab.

CATESBY.
Ruft, lieber Prinz, sie wieder und gewährt es!
Wenn Ihr sie abweist, wird das Land es büßen.

GLOSTER. Zwingt ihr mir eine Welt von Sorgen auf?
Wohl, ruf' sie wieder!

Catesby ab.

Ich bin ja nicht von Stein,
Durchdringlich eurem freundlichen Ersuchen,
Zwar wider mein Gewissen und Gemüt.

Buckingham und die übrigen kommen zurück.

Vetter von Buckingham und weise Männer,
Weil ihr das Glück mir auf den Rücken schnallt,
Die Last zu tragen, willig oder nicht,
So muß ich in Geduld sie auf mich nehmen.
Wenn aber schwarzer Leumund, frecher Tadel
Erscheinet im Gefolge eures Auftrags,
So spricht mich euer förmlich Nöt'gen los
Von jeder Makel, jedem Fleck derselben.
Denn das weiß Gott, das seht ihr auch zum Teil,
Wie weit entfernt ich bin, dies zu begehren.

MAYOR. Gott segn' Eu'r Gnaden! Wir sehn's und wollen's sagen.

GLOSTER.
Wenn ihr es sagt, so sagt ihr nur die Wahrheit.

BUCKINGHAM.
Dann grüß' ich Euch mit diesem Fürstentitel:
Lang' lebe Richard, Englands würd'ger König!

ALLE. Amen!

BUCKINGHAM.
Beliebt's Euch, daß die Krönung morgen sei?

GLOSTER.
Wann's Euch beliebt, weil Ihr's so haben wollt.

BUCKINGHAM.
So warten wir Eu'r Gnaden morgen auf
Und nehmen hiemit voller Freuden Abschied.

GLOSTER *zu den Bischöfen.*
Kommt, gehn wir wieder an das heil'ge Werk; –
Lebt wohl, mein Vetter! Lebt wohl, werte Freunde!

Alle ab.

Vierter Aufzug

Erste Szene

Vor dem Turm.

Von der einen Seite treten auf Königin Elisabeth, die Herzogin von York und der Marquis von Dorset; von der andern Anna, Herzogin von Gloster, mit Lady Margareta Plantagenet, Clarences kleiner Tochter, an der Hand.

HERZOGIN. Wen treff' ich hier? Enk'lin Plantagenet
An ihrer guten Muhme Gloster Hand?
So wahr ich lebe, sie will auch zum Turm,
Aus Herzensliebe zu dem zarten Prinzen. –
Tochter, ich freue mich, Euch hier zu treffen.

ANNA. Gott geb' Eu'r Gnaden beiden frohe Zeit!

ELISABETH.
Euch gleichfalls, gute Schwester! Wohin geht's?

ANNA. Nicht weiter als zum Turm, und, wie ich rate,
In gleicher frommer Absicht wie Ihr selbst,
Daselbst die holden Prinzen zu begrüßen.

ELISABETH.
Dank, liebe Schwester! Gehn wir all' hinein;
Und da kommt eben recht der Kommandant. –

Brakenbury tritt auf.

Herr Kommandant, ich bitt' Euch, mit Verlaub,
Was macht der Prinz und York, mein jüngrer Sohn?

BRAKENBURY. Wohl sind sie, gnäd'ge Frau; doch wollt verzeihn,
Ich darf nicht leiden, daß Ihr sie besucht:
Der König hat es scharf mir untersagt.

ELISABETH. Der König? Wer?

BRAKENBURY. Der Herr Protektor, mein' ich.

ELISABETH.
Der Herr beschütz' ihn vor dem Königstitel!
So hat er Schranken zwischen mich gestellt
Und ihre Liebe? Ich bin ihre Mutter:
Wer will den Zutritt mir zu ihnen wehren?
HERZOGIN. Ich ihres Vaters Mutter, die sie sehn will.
ANNA. Ich bin nur ihre Muhme nach den Rechten,
Doch Mutter nach der Liebe; führe denn
Mich vor sie: tragen will ich deine Schuld
Und dir dein Amt abnehmen auf mein Wort.
BRAKENBURY.
Nein, gnäd'ge Frau, so darf ich es nicht lassen:
Ein Eid verpflichtet mich, deshalb verzeiht.
Brakenbury ab. Stanley tritt auf.
STANLEY.
Träf' ich euch, edle Frau'n, ein Stündchen später,
So könnt' ich Euer Gnaden schon von York
Als würd'ge Mutter und Begleiterin
Von zweien holden Königinnen grüßen. –
Zur Herzogin von Gloster.
Kommt, Fürstin, Ihr müßt gleich nach Westminster:
Dort krönt man Euch als Richards Eh'gemahl.
ELISABETH. Ach! lüftet mir die Schnüre,
Daß mein beklemmtes Herz Raum hat zu schlagen,
Sonst sink' ich um bei dieser Todesbotschaft.
ANNA.
Verhaßte Nachricht! Unwillkommne Botschaft!
DORSET.
Seid gutes Muts! – Mutter, wie geht's Eu'r Gnaden?
ELISABETH.
O Dorset, sprich nicht mit mir! Mach' dich fort!
Tod und Verderben folgt dir auf der Ferse;
Verhängnisvoll ist deiner Mutter Name.
Willst du dem Tod entgehn, fahr' übers Meer,
Bei Richmond leb', entrückt der Hölle Klau'n.
Geh, eil' aus dieser Mördergrube fort,
Daß du die Zahl der Toten nicht vermehrst
Und unter Margaretas Fluch ich sterbe,
Noch Mutter, Weib, noch Königin geachtet.
STANLEY.
Voll weiser Sorg' ist dieser Euer Rat. –
Nehmt jeder Stunde schneller Vorteil wahr;
Ich geb' Euch Briefe mit an meinen Sohn,
Empfehl' es ihm, entgegen Euch zu eilen:
Laßt Euch nicht fangen durch unweises Weilen.
HERZOGIN.
O schlimm zerstreu'nder Wind des Ungemachs! –
O mein verfluchter Schoß, des Todes Bett!
Du hecktest einen Basilisk der Welt,
Des unvermiednes Auge mörd'risch ist.
STANLEY.
Kommt, Fürstin, kommt! Ich ward in Eil' gesandt.
ANNA. Mit höchster Abgeneigtheit will ich gehn. –
O wollte Gott, es wär' der Zirkelreif
Von Gold, der meine Stirn umschließen soll,
Rotglüh'nder Stahl und sengte mein Gehirn!
Mag tödlich Gift mich salben, daß ich sterbe,
Eh' wer kann rufen: Heil der Königin!
ELISABETH.
Geh, arme Seel', ich neide nicht dein Glück;
Mir zu willfahren, wünsche dir kein Leid.
ANNA. Wie sollt' ich nicht? Als er, mein Gatte jetzt,
Hinzutrat, wie ich Heinrichs Leiche folgte,
Als er die Hände kaum vom Blut gewaschen,
Das dir entfloß, mein erster Engelgatte,
Und jenem toten Heil'gen, den ich weinte;
Oh, als ich da in Richards Antlitz schaute,
War dies mein Wunsch: Sei du, sprach ich, verflucht,
Der mich, so jung, so alt als Witwe macht!
Und wenn du freist, umlagre Gram dein Bett,
Und sei dein Weib (ist eine so verrückt)
Elender durch dein Leben, als du mich
Durch meines teuren Gatten Tod gemacht!
Und sieh, eh' ich den Fluch kann wiederholen,
In solcher Schnelle, ward mein Weiberherz
Gröblich bestrickt von seinen Honigworten
Und unterwürfig meinem eignen Fluch,
Der stets seitdem mein Auge wach erhielt:
Denn niemals eine Stund' in seinem Bett
Genoß ich noch den goldnen Tau des Schlafs,
Daß seine bangen Träume nicht mich schreckten.
Auch haßt er mich um meinen Vater Warwick
Und wird mich sicherlich in kurzem los.
ELISABETH.
Leb wohl, du armes Herz! Mich dau'rt dein Klagen.
ANNA.
Nicht mehr, als Eur's mich in der Seele schmerzt.
DORSET.
Leb wohl, die du mit Weh die Hoheit grüßest!
ANNA. Leb, arme Seele, wohl, die von ihr scheidet!
HERZOGIN *zu Dorset.*
Geh du zu Richmond: gutes Glück geleite dich! –
Zu Anna.
Geh du zu Richard: gute Engel schirmen dich! –
Zu, Elisabeth.
Geh du zur Freistatt: guter Trost erfülle dich! –
Ich in mein Grab, wo Friede mit mir ruhe!
Mir wurden achtzig Leidensjahr' gehäuft
Und Stunden Lust in Wochen Grams ersäuft.
ELISABETH.
Verweilt noch, schaut mit mir zurück zum Turm!
Erbarmt euch, alte Steine, meiner Knaben,
Die Neid in euren Mauern eingekerkert!
Du rauhe Wiege für so holde Kinder!
Felsstarre Amme! Finstrer Spielgesell
Für zarte Prinzen! Pflege meine Kleinen!
So sagt mein töricht Leid Lebwohl den Steinen.
Alle ab.

Zweite Szene

Ein Staatszimmer im Palast.
Trompetenstoß. Richard als König auf seinem Thron, Buckingham, Catesby, ein Edelknabe und andre.

RICHARD. Steht alle seitwärts. – Vetter Buckingham, –
BUCKINGHAM. Mein gnäd'ger Fürst?
RICHARD.
Gib mir die Hand. So hoch, durch deinen Rat
Und deinen Beistand, sitzt nun König Richard.
Doch soll der Glanz uns einen Tag bekleiden,
Wie? oder dauern, und wir sein uns freun?
BUCKINGHAM.
Stets leb' er, möge dauern immerdar!
RICHARD.
Ah, Buckingham! Den Prüfstein spiel' ich jetzt,

Ob du dich wohl als echtes Gold bewährst.
Der junge Eduard lebt: rat', was ich meine.

BUCKINGHAM. Sprecht weiter, bester Herr.

RICHARD.
Ei, Buckingham, ich möchte König sein.

BUCKINGHAM.
Das seid Ihr ja, mein hochberühmter Fürst.

RICHARD.
Ha! Bin ich König? Wohl, doch Eduard lebt.

BUCKINGHAM. Wahr, edler Prinz.

RICHARD. O bittre Folgerung!
Daß Eduard stets noch lebt: »Wahr, edler Prinz.« –
Vetter, du warst ja sonst so blöde nicht.
Sag' ich's heraus? Die Buben wünsch' ich tot,
Und wollt', es würde schleunig ausgeführt.
Was sagst du nun? Sprich schleunig, fass' dich kurz.

BUCKINGHAM.
Eu'r Hoheit kann verfahren nach Belieben.

RICHARD. Pah, pah! Du bist wie Eis; dein Eifer friert.
Sag, bist du es zufrieden, daß sie sterben?

BUCKINGHAM.
Laßt mich ein Weilchen Atem schöpfen, Herr,
Eh' ich bestimmt in dieser Sache rede.
Ich geb' Eu'r Hoheit alsobald Bescheid.

Buckingham ab.

CATESBY *beiseit.*
Der König ist erzürnt, er beißt die Lippe.

RICHARD *steigt vom Thron.*
Ich will mit eisenköpf'gen Narr'n verhandeln,
Mit unbedachten Burschen; keiner taugt mir,
Der mich mit überlegtem Blick erspäht.
Der hochgestieg'ne Buckingham wird schwierig. –
He, Bursch!

EDELKNABE. Mein Fürst?

RICHARD. Weißt du mir keinen, den bestechend Gold
Wohl zu verschwiegnem Todeswerk versuchte?

EDELKNABE.
Ich kenne einen mißvergnügten Mann,
Des niedrer Glücksstand seinem Stolz versagt.
Gold wär' so gut bei ihm wie zwanzig Redner
Und wird gewiß zu allem ihn versuchen.

RICHARD. Wie ist sein Name?

EDELKNABE. Herr, sein Nam' ist Tyrrel.

RICHARD. Ich kenne schon den Mann; geh,
Bursche, hol' ihn her! –

Edelknabe ab.

Der tiefbedächt'ge, schlaue Buckingham
Soll nicht mehr Nachbar meines Rates sein.
Hielt er so lang' mir unermüdet aus
Und muß nun Atem schöpfen? Wohl, es sei. –

Stanley tritt auf.

Lord Stanley, nun? Was gibt es Neues?

STANLEY. Wißt, gewogner Herr,
Der Marquis Dorset, hör' ich, ist entflohn
Zum Richmond, in die Lande, wo er lebt.

RICHARD.
Catesby, komm her! Bring' ein Gerücht herum,
Gefährlich krank sei Anna, mein Gemahl;
Ich sorge schon, zu Hause sie zu halten.
Find' einen Mann von schlechter Herkunft aus,
Dem ich zur Frau des Clarence Tochter gebe; –
Der Jung' ist törlich, und ich fürcht' ihn nicht. –
Sieh, wie du träumst! Ich sag's nochmal: streu' aus,
Anna, mein Weib, sei krank und wohl zum Sterben.
Ans Werk! Mir liegt zu viel dran, jede Hoffnung
Zu hemmen, deren Wachstum schaden kann. –

Catesby ab.

Heiraten muß ich meines Bruders Tochter,
Sonst steht mein Königreich auf dünnem Glas.
Erst ihre Brüder morden, dann sie frein!
Unsichrer Weg! Doch, wie ich einmal bin.
So tief im Blut, reißt Sünd' in Sünde hin.
Betrāntes Mitleid wohnt nicht mir im Auge. –

Der Edelknabe kommt mit Tyrrel zurück.

Dein Nam' ist Tyrrel?

TYRREL. James Tyrrel, Eu'r ergebner Untertan.

RICHARD. Bist du das wirklich?

TYRREL. Prüft mich, gnäd'ger Herr!

RICHARD.
Schlügst du wohl einen meiner Freunde tot?

TYRREL.
Wie's Euch beliebt; doch lieber noch zwei Feinde.

RICHARD.
Da triffst du's eben, zwei Erzfeinde sind's,
Verstörer meiner Ruh' und süßen Schlafs,
An denen ich dir gern zu schaffen gäbe.
Tyrrel, ich mein' im Turm die Bastardbuben.

TYRREL. Gebt mir zu ihnen offnen Zutritt nur,
So seid Ihr bald der Furcht vor ihnen los.

RICHARD.
Du singst mir süßen Ton. Hieher komm, Tyrrel:
Geh, auf dies Unterpfand: – Steh auf und leih'
dein Ohr.

Flüstert ihm zu.

Nichts weiter braucht es. Sag, es sei geschehn,
Und lieben und befördern will ich dich.

TYRREL. Ich will es gleich vollziehn.

Ab.

Buckingham kommt zurück.

BUCKINGHAM.
Mein Fürst, ich hab' erwogen im Gemüt
Den Wunsch, um den Ihr eben mich befragtet.

RICHARD.
Laß gut sein. Dorset ist geflohn zum Richmond.

BUCKINGHAM. Ich höre so, mein Fürst.

RICHARD.
Stanley, er ist Eu'r Stiefsohn. – Wohl, gebt ach!

BUCKINGHAM.
Mein Fürst, ich bitt' um mein versprochnes Teil,
Wofür Ihr Treu' und Ehre mir verpfändet:
Die Grafschaft Hereford und ihr fahrend Gut,
Die ich, wie Ihr verspracht, besitzen soll.

RICHARD.
Stanley, gebt acht auf Eure Frau: befördert
Sie Brief an Richmond, steht Ihr dafür ein.

BUCKINGHAM.
Was sagt Eu'r Hoheit auf die bill'ge Fod'rung?

RICHARD.
Es ist mir noch im Sinn, Heinrich der Sechste
Weissagte, Richmond würde König werden,
Da er ein klein verzognes Bübchen war.
König! – vielleicht –

BUCKINGHAM. Mein Fürst, –

RICHARD.
Wie kam's, daß der Prophet nicht damals mir,
Der ich dabei stand, sagt', ich würd' ihn töten?

BUCKINGHAM.
Mein Fürst, die mir versprochne Grafschaft –
RICHARD. Richmond! – Ich war letzthin in Exeter,
Da wies der Schulz verbindlich mir das Schloß
Und nannt' es Rougemont; bei dem Namen stutzt' ich,
Weil mir ein Bard' aus Irland einst gesagt,
Nicht lange lebt' ich, wenn ich Richmond sähe.
BUCKINGHAM. Mein Fürst, –
RICHARD. Was ist die Uhr?
BUCKINGHAM.
Ich bin so dreist, Eu'r Hoheit zu erinnern
An was Ihr mir verspracht.
RICHARD. Gut, doch was ist die Uhr?
BUCKINGHAM. Zehn auf den Schlag.
RICHARD. Nun gut, so laß es schlagen.
BUCKINGHAM. Warum es schlagen lassen?
RICHARD.
Weil zwischen deiner Bitt' und meinem Denken
Du wie ein Glockenhans den Hammer hältst.
Ich bin nicht in der Gebelaune heut.
BUCKINGHAM.
Nun, so erklärt Euch, ob Ihr wollt, ob nicht.
RICHARD.
Du störst mich nur; ich bin nicht in der Laune.
Richard mit seinem Gefolge ab.
BUCKINGHAM.
So steht's? Bezahlt er meine wicht'gen Dienste
Mit Hohn? Macht' ich zum König dazu ihn?
O laß mich Hastings warnen und, derweilen
Dies bange Haupt noch steht, nach Brecknock eilen!
Ab.

Dritte Szene

Ebendaselbst.
Tyrrel tritt auf.

TYRREL.
Geschehn ist die tyrannisch blut'ge Tat,
Der ärgste Greuel jämmerlichen Mords,
Den jemals noch dies Land verschuldet hat.
Dighton und Forrest, die ich angestellt
Zu diesem Streich ruchloser Schlächterei,
Zwar eingefleischte Schurken, blut'ge Hunde, –
Vor Zärtlichkeit und mildem Mitleid schmelzend,
Weinten wie Kinder bei der Trau'rgeschichte.
»O so«, sprach Dighton, »lag das zarte Paar«;
»So, so«, sprach Forrest, »sich einander gürtend
Mit den unschuld'gen Alabasterarmen:
Vier Rosen eines Stengels ihre Lippen,
Die sich in ihrer Sommerschönheit küßten.
Und ein Gebetbuch lag auf ihrem Kissen;
Das wandte fast«, sprach Forrest, »meinen Sinn;
Doch oh! der Teufel« – dabei stockt der Bube,
Und Dighton fuhr so fort: »Wir würgten hin
Das völligst süße Werk, so die Natur
Seit Anbeginn der Schöpfung je gebildet.« –
Drauf gingen beide voll Gewissensbisse,
Die sie nicht sagen konnten, und ich ließ sie,
Dem blut'gen König den Bericht zu bringen.
Richard tritt auf.
Hier kommt er eben. – Heil, mein hoher Herr!
RICHARD.
Freund Tyrrel, macht mich deine Zeitung glücklich?
TYRREL.
Wenn das vollbracht zu wissen, was Ihr mir
Befohlen, Euch beglückt, so seid denn glücklich:
Es ist geschehn.
RICHARD. Doch sahst du selbst sie tot?
TYRREL. Ja, Herr.
RICHARD. Und auch begraben, lieber Tyrrel?
TYRREL. Der Kapellan im Turm hat sie begraben;
Wo, weiß ich nicht, die Wahrheit zu gestehn.
RICHARD.
Komm zu mir, Tyrrel, nach dem Abendessen,
Da sagst du mir den Hergang ihres Tods.
Denk' drauf, was ich zu lieb dir könnte tun,
Und dein Begehren fällt sogleich dir zu.
Leb indes wohl!
TYRREL. Zu Gnaden Euch empfohlen.
Ab.
RICHARD.
Den Sohn des Clarence hab' ich eingesperrt,
Die Tochter in geringem Stand vereh'licht;
Im Schoß des Abraham ruh'n Eduards Söhne,
Und Anna sagte gute Nacht der Welt.
Nun weiß ich, der Bretagner Richmond trachtet
Nach meiner jungen Nicht', Elisabeth,
Und blickt, stolz auf dies Band, zur Kron' empor:
Drum will ich zu ihr, als ein muntrer Freier.
Catesby tritt auf.
CATESBY. Herr, –
RICHARD. Gilt es gute oder schlimme Zeitung,
Daß du so grad' hereinstürmst?
CATESBY. Herr, schlimme Zeitung: Morton floh' zum Richmond,
Und Buckingham, verstärkt mit tapfern Wäl'schen,
Rückt in das Feld, und seine Macht nimmt zu.
RICHARD.
Ely samt Richmond drängen näher mich
Als Buckinghams schnell aufgeraffte Macht
Komm, denn ich lernte, bängliches Erwägen
Sei schläfrigen Verzuges blei'rner Diener;
Verzug führt Bettelei im lahmen Schneckenschritt.
Sei denn mein Flügel, feur'ge Schnelligkeit,
Zum Königsherold und Merkur bereit!
Geh, mustre Volk: mein Schild ist jetzt mein Rat;
Verrätertrotz im Felde ruft zur Tat.
Beide ab.

Vierte Szene

Vor dem Palast.
Königin Margareta tritt auf.

MARGARETA.
So, jetzo wird der Wohlstand überreif
Und fällt in den verfaulten Schlund des Todes.
Hier in der Nähe hab' ich schlau gelauscht,
Um meiner Feinde Schwinden abzuwarten.
Von einem grausen Vorspiel war ich Zeugin
Und will nach Frankreich, hoffend, der Erfolg
Werd' auch so bitter, schwarz und tragisch sein.
Unglückliche Margreta, fort! Wer kommt?
Königin Elisabeth und die Herzogin von York treten auf.

ELISABETH.
Ach, arme Prinzen! Meine zarten Knaben!
Unaufgeblühte Knospen! Süße Keime!
Fliegt eure holde Seel' in Lüften noch
Und hält sie nicht ein Spruch auf ewig fest,
So schwebet um mich mit den luft'gen Flügeln
Und hört die Wehklag' eurer Mutter an!

MARGARETA. Schwebt um sie, sagt, daß Recht um Recht gehandelt,
Der Kindheit Früh' in alte Nacht euch wandelt.

HERZOGIN.
So manches Elend brach die Stimme mir,
Die jammermüde Zung' ist still und stumm.
Eduard Plantagenet, so bist du tot?

MARGARETA. Plantagenet vergilt Plantagenet;
Eduard um Eduard zahlt sein Totenbett.

ELISABETH.
Entziehst du dich, o Gott, so holden Lämmern
Und schleuderst in den Rachen sie dem Wolf?
Wann schliefst du sonst bei solchen Taten schon?

MARGARETA.
Als Heinrich starb, der Heil'ge, und mein Sohn

HERZOGIN.
Erstorbnes Leben! Blindes Augenlicht!
Du armes irdisch-lebendes Gespenst!
Des Wehes Schauplatz, Schande dieser Welt!
Des Grabs Gebühr, vom Leben vorenthalten,
Auszug und Denkschrift lästig langer Tage!
Laß deine Unruh' ruhn auf Engellands
Rechtmäß'ger Erde, die so unrechtmäßig
Berauschet worden von unschuld'gem Blut!

Setzt sich nieder.

ELISABETH.
Ach, wolltest du das Grab so bald gewähren,
Als einen schwermutsvollen Sitz du beutst:
Dann bürg' ich mein Gebein hier, ruht' es nicht.
Ach, wer hat Grund zu trauren, außer uns?

Setzt sich zu ihr.

MARGARETA.
Wenn alter Gram um so ehrwürd'ger ist,
Gesteht der Jahre Vorrang meinem zu,
Und wölke sich mein Kummer obenan.

Setzt sich neben sie.

Und wenn der Gram Gesellschaft dulden mag,
Zählt Eure Leiden nach, auf meine schauend:
Mein war ein Eduard, doch ein Richard schlug ihn;
Mein war ein Gatte, doch ein Richard schlug ihn;
Dein war ein Eduard, doch ein Richard schlug ihn;
Dein war ein Richard, doch ein Richard schlug ihn.

HERZOGIN.
Mein war ein Richard auch, und du erschlugst ihn;
Mein war ein Rutland auch, du halfst ihn schlagen.

MARGARETA.
Dein war ein Clarence auch, und Richard schlug ihn.
Aus deines Schoßes Höhle kroch hervor
Ein Höllenhund, der all' uns hetzt zu Tod.
Den Hund, der eh' als Augen Zähne hatte,
Gebißner Lämmer frommes Blut zu lecken;
Der Gotteswerke schändlichen Verderber,
Den trefflich großen Wüterich der Erde,
In wunden Augen armer Seelen herrschend,
Ließ los dein Schoß, um uns ins Grab zu jagen.
O redlich ordnender, gerechter Gott!
Wie dank' ich dir, daß dieser Metzgerhund
In seiner Mutter Leibesfrüchten schwelgt
Und macht sie zur Gesellin fremder Klagen!

HERZOGIN.
O juble, Heinrichs Weib, nicht um mein Weh!
Gott zeuge mir, daß ich um deins geweint.

MARGARETA.
Ertrage mich: ich bin nach Rache hungrig
Und sätt'ge nun an ihrem Anblick mich.
Tot ist dein Eduard, Mörder meines Eduards;
Dein andrer Eduard tot für meinen Eduard;
Der junge York war Zutat: beid' erreichten
Nicht meines Eingebüßten hohen Preis.
Tod ist dein Clarence, Meuchler meines Eduards;
Und die Zuschauer dieses Trauerspiels,
Der falsche Hastings, Rivers, Vaughan, Grey,
Sind vor der Zeit versenkt ins dumpfe Grab.
Richard nur lebt, der Hölle schwarzer Spürer,
Als Mäkler aufbewahrt, der Seelen kauft
Und hin sie sendet: aber bald, ja bald
Erfolgt sein kläglich, unbeklagtes Ende.
Die Erde gähnt, die Hölle brennt,
Die Teufel brüllen, Heil'ge beten,
Auf daß er schleunig werde weggerafft.
Vernichte, lieber Gott, ich fleh' dich an,
Den Pfandschein seines Lebens, daß ich noch
Dies Wort erleben mag: der Hund ist tot!

ELISABETH.
Oh, du hast prophezeit, es käm' die Zeit,
Wo ich herbei dich wünscht', um mitzufluchen
Der bauch'gen Spinne, dem geschwollnen Molch.

MARGARETA.
Da nannt' ich dich ein Scheinbild meines Glücks,
Da nannt' ich dich gemalte Königin;
Die Vorstellung nur dessen, was ich war;
Ein schmeichelnd Inhaltsblatt zu grausem Schauspiel;
So hoch erhoben, tief gestürzt zu werden;
Zwei holder Knaben bloß geäffte Mutter;
Ein Traum des, was du warst; ein bunt Panier,
Zum Ziel gestellt für jeden droh'nden Schuß;
Ein Schild der Würde, eine Blas', ein Hauch,
Kön'gin zum Spaß, die Bühne nur zu füllen.
Wo ist dein Gatte nun? Wo deine Brüder?
Wo deine beiden Söhne? Was noch freut dich?
Wer kniet und sagt nun: Heil der Königin?
Wo sind die Pairs, die schmeichelnd sich dir bückten?
Wo die gedrängten Haufen, die dir folgten?
Geh all dies durch, und sieh: was bist du jetzt?
Statt glücklich Eh'weib, höchst bedrängte Witwe;
Statt frohe Mutter, jammernd bei dem Namen;
Statt angefleht, demütig flehende;
Statt Königin, mit Not gekrönte Sklavin;
Statt daß du mich verhöhnt, verhöhnt von mir;
Statt allgefürchtet, einen fürchtend nun;
Statt allgebietend, nun gehorcht von keinem.
So hat des Rechtes Lauf sich umgewälzt
Und dich der Zeit zum rechten Raub gelassen;
Nur der Gedanke blieb dir, was du warst,
Auf daß dich's mehr noch foltre, was du bist.
Du maßtest meinen Platz dir an: und fällt
Nicht meiner Leiden richtig Maß dir zu?
Halb trägt dein stolzer Nacken nun mein Joch,
Und hier entzieh' ich ihm das müde Haupt

Und lasse dessen Bürde ganz auf dir.
Leb wohl, Yorks Weib, des Unglücks Königin!
In Frankreich labt mir englisch Weh den Sinn.

ELISABETH.
O du in Flüchen wohl Erfahrne, weile
Und lehre mich, zu fluchen meinen Feinden!

MARGARETA.
Versag' dir nachts den Schlaf und faste tags;
Vergleiche totes Glück lebend'gem Weh;
Denk' deine Knaben holder, als sie waren,
Und schnöder, als er ist, den, der sie schlug.
Mit dem Verlust muß sich der Abscheu mehren;
Dies überdenken, wird dich fluchen lehren.

ELISABETH.
O schärfe meine stumpfen Wort' an deinen!

MARGARETA. Dein Weh wird scharf sie machen, gleich den meinen.

Ab.

HERZOGIN.
Warum doch ist Bedrängnis reich an Worten?

ELISABETH. Wind'ge Sachwalter ihrer Leidparteien!
Luft'ge Beerber unbewillter Freuden!
Des Elends arme, hingehauchte Redner!
Gönnt ihnen Raum: obschon, was sie gewußt,
Auch sonst nicht hilft, doch lindert es die Brust.

HERZOGIN. Ist das, so binde deine Zunge nicht:
Geh mit mir, und im Hauche bittrer Worte
Sei mein verdammter Sohn von uns erstickt,
Der deine beiden süßen Söhn' erstickte.

Trommeln hinter der Szene.

Ich höre Trommeln; spar' nicht dein Geschrei!

Richard mit seinem Zuge, auf dem Marsch.

RICHARD. Wer hält in meinem Zuge hier mich auf?

HERZOGIN.
O sie, die dich möcht' aufgehalten haben,
In ihrem fluchbeladnen Schoß dich würgend,
Eh' du, Elender, all den Mord verübt.

ELISABETH.
Birgst du die Stirn mit einer goldnen Krone,
Wo, gäb's ein Recht, gebrandmarkt sollte stehn
Der Mord des Prinzen, des die Krone war,
Und meiner Söhn' und Brüder grauser Tod?
Du büb'scher Knecht, sag, wo sind meine Kinder?

HERZOGIN. Du Molch, du Molch, wo ist dein Bruder Clarence?
Und Ned Plantagenet, sein kleiner Sohn?

ELISABETH.
Wo ist der wackre Rivers, Vaughan, Grey?

HERZOGIN. Wo ist der gute Hastings?

RICHARD.
Ein Tusch, Trompeten! Trommeln, schlaget Lärm!
Der Himmel höre nicht die Schnickschnackweiber
Des Herrn Gesalbten lästern: schlagt, sag' ich!

Tusch. Lärmtrommeln.

Geduldig seid und gebt mir gute Worte,
Sonst in des Krieges lärmendem Getöse
Ersäuf' ich eure Ausrufungen so.

HERZOGIN. Bist du mein Sohn?

RICHARD.
Ja, Gott gedankt sei's, Euch und meinem Vater.

HERZOGIN. So hör' geduldig meine Ungeduld!

RICHARD.
Ich hab' 'ne Spur von Eurer Art, Frau Mutter,
Die nicht den Ton des Vorwurfs dulden kann.

HERZOGIN. O laß mich reden!

RICHARD. Tut's, doch hör' ich nicht.

HERZOGIN. Ich will in meinen Worten milde sein.

RICHARD.
Und, gute Mutter, kurz! Denn ich hab' Eil'.

HERZOGIN.
Bist du so eilig? Ich hab' dein gewartet,
Gott weiß, in Marter und in Todesangst.

RICHARD.
Doch kam ich endlich nicht zu Eurem Trost?

HERZOGIN.
Nein, bei dem heil'gen Kreuz! Zur Welt gebracht,
Hast du die Welt zur Hölle mir gemacht.
Eine schwere Bürde war mir die Geburt;
Launisch und eigensinnig deine Kindheit;
Die Schulzeit schreckhaft, heillos, wild und wütig;
Dein Jugendlenz verwegen, dreist und tollkühn;
Dein reifres Alter stolz, fein, schlau und blutig,
Zwar milder, aber schlimmer, sanft im Haß.
Welch eine frohe Stunde kannst du nennen,
Die je in deinem Beisein mich begnadigt?

RICHARD.
Find' ich so wenig Gnad' in Euren Augen,
So laßt mich weiter ziehn und Euch nicht ärgern. –
Trommel gerührt!

HERZOGIN. Ich bitt' dich, hör' mich reden!

RICHARD. Ihr redet allzu bitter.

HERZOGIN. Hör' ein Wort!
Denn niemals wieder werd' ich mit dir reden.

RICHARD. Wohl!

HERZOGIN.
Du stirbst entweder durch des Himmels Fügung,
Eh' du aus diesem Krieg als Sieger kommst,
Oder ich vergeh' vor Gram und hohem Alter,
Und niemals werd' ich mehr dein Antlitz sehn.
Drum nimm mit dir den allerschwersten Fluch,
Der mehr am Tag der Schlacht dich mög' ermüden,
Als all die volle Rüstung, die du trägst!
Für deine Gegner streitet mein Gebet;
Und dann der Kinder Eduards kleine Seelen,
Sie flüstern deiner Feinde Geistern zu
Und angeloben ihnen Heil und Sieg.
Blutig, das bist du; blutig wirst du enden:
Wie du dein Leben, wird dein Tod dich schänden.

Ab.

ELISABETH. Zwar weit mehr Grund zum Fluchen wohnt mir bei,
Doch minder Mut: drum sag' ich Amen nur.

Will gehen.

RICHARD.
Bleibt, gnäd'ge Frau: ich muß ein Wort Euch sagen.

ELISABETH.
Nicht mehr der Söhn' aus königlichem Blut
Für dich zum Morden, Richard, hab' ich ja.
Und meine Töchter, nun, die sollen beten
Als Nonnen, nicht als Königinnen weinen:
Und also steh nach ihrem Leben nicht.

RICHARD. Ein' Eurer Töchter heißt Elisabeth,
Ist tugendsam und schön, fürstlich und fromm.

ELISABETH.
Und bringt ihr das den Tod? O laß sie leben,
Und ihre Sitten will ich selbst verderben,

Beflecken ihre Schönheit, mich verleumden,
Als wär' ich treulos Eduards Bett gewesen,
Der Schande Schleier werfen über sie:
So sie den blut'gen Streichen nur entrinnt,
Bekenn' ich gern, sie sei nicht Eduards Kind.

RICHARD. Ehrt ihr Abkunft, sie ist königlich.

ELISABETH.
Ich leugn' es ab, das Leben ihr zu sichern.

RICHARD. Ihr Leben sichert die Geburt zumeist.

ELISABETH. Dadurch gesichert starben ihre Brüder.

RICHARD. Weil gute Sterne der Geburt gemangelt.

ELISABETH. Nein, weil ihr Leben üble Freunde hatte.

RICHARD.
Nicht umzukehren ist des Schicksals Spruch.

ELISABETH.
Ja, wenn verkehrter Sinn das Schicksal macht.
Den Kindern war ein schönrer Tod beschieden,
Hätt'st du ein schönres Leben dir erkoren.

RICHARD.
Ihr sprecht, als hätt' ich meine Vetter umgebracht.

ELISABETH.
Wohl umgebracht! Du brachtest sie um alles:
Um Freude, Reich, Verwandte, Freiheit, Leben.
Wes Hand die zarten Herzen auch durchbohrt,
Dein Kopf, mit krummen Wegen, gab die Richtung;
Stumpf war gewiß das mörderische Messer,
Bis es, gewetzt an deinem harten Herzen,
In meiner Lämmer Eingeweiden wühlte.
Den wilden Gram macht die Gewohnheit zahm,
Sonst nennte meine Zunge deinen Ohren
Nicht meine Knaben, eh' als meine Nägel
In deinen Augen schon geankert hätten,
Und ich, in so heilloser Todesbucht,
Gleichwie ein Boot, beraubt der Tau' und Segel,
Zerscheitert wär' an deiner Felsenbrust.

RICHARD. So glück' es mir bei meinem Unternehmen
Und blut'gen Kriegs gefährlichem Erfolg,
Als ich mehr Gut's gedenk' Euch und den Euren,
Als ich je Leid's Euch und den Euren tat.

ELISABETH.
Welch Gut, bedeckt vom Angesicht des Himmels
Ist zu entdecken, das mir Gutes schaffte?

RICHARD. Erhebung Eurer Kinder, werte Frau.

ELISABETH.
Zum Blutgerüst, ihr Haupt da zu verlieren?

RICHARD.
Nein, zu der Höh' und Würdigkeit des Glücks,
Dem hehren Vorbild ird'scher Herrlichkeit.

ELISABETH.
Schmeichle mein Leid mit dem Bericht davon.
Sag, welchen Glückstand, welche Würd' und Ehre
Kannst du auf eins von meinen Kindern bringen?

RICHARD. Was ich nur habe; ja, mich selbst und alles
Will ich an deiner Kinder eins verschenken,
So du im Lethe deines zorn'gen Muts
Die trüb' Erinn'rung dessen willst ertränken,
Was, wie du meinst, ich dir zu nah getan.

ELISABETH.
Sei kurz, der Antrag deiner Freundschaft möchte
Sonst länger dauern als die Freundschaft selbst.

RICHARD. So wiss', von Herzen lieb' ich deine Tochter.

ELISABETH.
Im Herzen denkt es meiner Mutter Tochter.

RICHARD. Was denkt Ihr?

ELISABETH.
Daß du vom Herzen meine Tochter liebst.
So liebtest du vom Herzen ihre Brüder,
Und ich, vom Herzen, danke dir dafür.

RICHARD.
Verwirret meine Meinung nicht so rasch:
Ich meine, herzlich lieb' ich deine Tochter
Und mache sie zur Königin von England.

ELISABETH.
Wohl; doch wer, meinst du, soll ihr König sein?

RICHARD.
Nun, der zur Königin sie macht. Wer sonst?

ELISABETH. Wie? Du?

RICHARD.
Ich, eben ich: was dünkt Euch, gnäd'ge Frau?

ELISABETH. Wie kannst du um sie frein?

RICHARD. Das möcht' ich lernen
Von Euch, die ihren Sinn am besten kennt.

ELISABETH. Und willst du's von mir lernen?

RICHARD. Herzlich gern.

ELISABETH.
Schick' durch den Mann, der ihre Brüder schlug,
Ihr ein paar blut'ge Herzen; grabe drein:
Eduard und York; dann wird sie etwa weinen,
Drum biet' ihr (wie Margreta deinem Vater
Weiland getan, getaucht in Rutlands Blut)
Ein Schnupftuch, das den Purpursaft, so sag' ihr,
Aus ihrer süßen Brüder Leibe sog,
Und heiß' damit ihr weinend Aug' sie trocknen.
Rührt diese Lockung nicht zur Liebe sie,
Send' einen Brief von deinen edlen Taten:
Sag ihr, du räumtest ihren Oheim Clarence
Und Rivers weg; ja, halfest ihrethalb
Der guten Tante Anna schleunig fort.

RICHARD. Ihr spottet, gnäd'ge Frau: sie zu gewinnen
Ist das der Weg nicht.

ELISABETH. Keinen andern gibt's,
Kannst du dich nicht in andre Bildung kleiden
Und nicht der Richard sein, der all dies tat.

RICHARD. Setzt, daß ich's nur aus Liebe zu ihr tat.

ELISABETH.
Ja, dann fürwahr muß sie durchaus dich hassen,
Der Lieb' erkauft um solchen blut'gen Raub.

RICHARD.
Seht, was geschehn, steht jetzo nicht zu ändern.
Der Mensch geht manchmal unbedacht zu Werk,
Was ihm die Folge Zeit läßt, zu bereun.
Nahm Euren Söhnen ich das Königreich,
So geb' ich's zum Ersatz nun Eurer Tochter.
Bracht' ich die Früchte Eures Schoßes um,
Um Eu'r Geschlecht zu mehren, will ich mir
Aus Eurem Blute Leibeserben zeugen.
Großmutter heißen ist kaum minder lieb
Als einer Mutter innig süßer Name.
Sie sind wie Kinder, nur 'ne Stufe tiefer,
Von Eurer Kraft, von Eurem echten Blut,
Ganz gleicher Müh', – bis auf 'ne Nacht des Stöhnens,
Von der geduldet, für die Ihr sie littet.
Plag' Eurer Jugend waren Eure Kinder,
Trost Eures Alters sollen meine sein.
Was Ihr verlort, war nur ein Sohn als König,
Dafür wird Eure Tochter Königin.

Ich kann nicht, wie ich wollt', Ersatz Euch schaffen,
Drum nehmt, was ich in Güte bieten kann.
Dorset, Eu'r Sohn, der mißvergnügte Schritte
Mit banger Seel' auf fremdem Boden lenkt,
Wird durch dies holde Bündnis schleunig heim
Zu großer Würd' und hoher Gunst gerufen.
Der König, der die schöne Tochter Gattin nennt,
Wird traulich deinen Dorset Bruder nennen.
Ihr werdet wieder Mutter eines Königs,
Und alle Schäden drangsalvoller Zeiten
Zwiefach ersetzt mit Schätzen neuer Lust.
Ei, wir erleben noch viel wackre Tage!
Die hellen Tränentropfen kommen wieder
Die Ihr vergoßt, in Perlen umgewandelt,
Das Darlehn Euch vergütend, mit den Zinsen
Von zehnfach doppeltem Gewinn des Glücks.
Geh, meine Mutter, geh zu deiner Tochter:
Erfahrung mach' ihr schüchtern Alter dreist;
Bereit' ihr Ohr auf eines Freiers Lied;
Leg' in ihr zartes Herz die kühne Flamme
Der goldnen Hoheit: lehre die Prinzessin
Der Ehefreuden süß verschwiegne Stunden:
Und wenn der Arm hier jenen Zwergrebellen,
Den ungehirnten Buckingham, gezüchtigt,
Dann komm' ich, prangend im Triumphes Kranz,
Und führ' ins Bett des Siegers deine Tochter;
Ihr liefr' ich die Erob'rung wieder ab,
Und sie sei einzig Sieg'rin, Cäsars Cäsar.

ELISABETH.
Wie soll ich sagen? Ihres Vaters Bruder
Will ihr Gemahl sein? Oder sag' ich, Oheim?
Oder, der Oheim' ihr erschlug und Brüder?
Auf welchen Namen würb' ich wohl für dich,
Den Gott, Gesetz, meine Ehr' und ihre Liebe
Den zarten Jahren ließ' gefällig sein?

RICHARD.
Zeig' Englands Frieden ihr in diesem Bündnis.

ELISABETH.
Den sie erkaufen wird mit stetem Krieg.

RICHARD. Sag ihr, der König, sonst gebietend, bitte.

ELISABETH.
Das von ihr, was der Kön'ge Herr verbeut.

RICHARD. Sag, sie werd' eine mächt'ge Königin.

ELISABETH. Den Titel zu bejammern, so wie ich.

RICHARD. Sag, immerwährend lieben woll' ich sie.

ELISABETH.
Wie lang' wird wohl dies Wörtchen immer währen?

RICHARD.
Bis an das Ende ihres holden Lebens.

ELISABETH.
Wie lang' wird wohl dies süße Leben währen?

RICHARD. So lang' Natur und Himmel es verlängt.

ELISABETH.
So lang's die Höll' und Richard leiden mag.

RICHARD.
Sag, ich, ihr Herrscher sei ihr Untertan.

ELISABETH.
Zwar Untertanin, haßt sie solche Herrschaft.

RICHARD. Zu meinem Besten sei beredt bei ihr.

ELISABETH.
Ein redlich Wort macht Eindruck, schlicht gesagt.

RICHARD.
So sag ihr meine Lieb' in schlichten Worten.

ELISABETH.
Schlicht und nicht redlich lautet allzu rauh.

RICHARD.
Zu seicht und lebhaft sind mir Eure Gründe.

ELISABETH.
Nein, meine Gründe sind zu tief und tot;
Zu tief und tot, im Grab die armen Kinder.

RICHARD.
Rührt nicht die Saite mehr: das ist vorbei.

ELISABETH.
Ich will sie rühren, bis das Herz mir springt.

RICHARD.
Bei meinem George, dem Knieband und der Krone –

ELISABETH.
Entweiht, entehrt, die dritte angemaßt!

RICHARD. Schwör' ich –

ELISABETH.
Bei nichts; denn dieses ist kein Schwur:
Der George, entehrt, verlor die heil'ge Ehre;
Befleckt, das Knieband seine Rittertugend;
Geraubt, die Krone ihren Fürstenglanz.
Willst du was schwören, das man glauben mag,
So schwör' bei etwas, das du nicht gekränkt.

RICHARD. Nun, bei der Welt –

ELISABETH. Voll deines schnöden Unrechts.

RICHARD. Bei meines Vaters Tod –

ELISABETH. Dein Leben schmäht ihn.

RICHARD. Dann bei mir selbst –

ELISABETH. Dein Selbst ist selbst geschändet.

RICHARD. Beim Himmel –

ELISABETH. Gottes Kränkung ist die ärgste.
Hätt'st du gescheut, den Schwur bei ihm zu brechen:
Die Einigkeit, die mein Gemahl gestiftet,
Wär' nicht zerstört, mein Bruder nicht erschlagen.
Hätt'st du gescheut, den Schwur bei ihm zu brechen:
Dies hehre Gold, umzirkelnd nun dein Haupt,
Es zierte meines Kindes zarte Schläfen,
Und beide Prinzen wären atmend hier,
Die nun, im Staub zwei zarte Bettgenossen,
Dein treulos Tun zum Raub der Würmer machte.
Wobei nun kannst du schwören?

RICHARD. Bei der künft'gen Zeit.

ELISABETH. Die kränktest du in der Vergangenheit.
Mit Tränen muß ich selbst die Zukunft waschen
Für die Vergangenheit, gekränkt durch dich.
Die Kinder, deren Eltern du ermordet,
In unberatner Jugend leben sie
Und müssen es bejammern noch im Alter.
Die Eltern, deren Kinder du geschlachtet,
Als unfruchtbare Pflanzen leben sie
Und müssen es bejammern schon im Alter.
Schwör' bei der Zukunft nicht, so mißverwandelt
Durch die vergangne Zeit, die du mißhandelt.

RICHARD.
So wahr ich sinn' auf Wohlfahrt und auf Reu',
So geh's mir wohl im mißlichen Versuch
Feindsel'ger Waffen! Schlag' ich selbst mich selbst!
Himmel und Glück entzieh' mir frohe Stunden!
Tag, weigre mir dein Licht! Nacht, deine Ruh'!
Sei'n alle Glücksplaneten meinem Tun
Zuwider, wo ich nicht mit Herzensliebe,
Mit makelloser Andacht, heil'gem Sinn
Um deine schön' und edle Tochter werbe!

Auf ihr beruht mein Glück und deines auch:
Denn ohne sie erfolgt für mich und dich,
Sie selbst, das Land und viele Christenseelen
Tod und Verwüstung, Fall und Untergang.
Es steht nicht zu vermeiden, als durch dies;
Es wird auch nicht vermieden, als durch dies.
Drum, liebe Mutter (so muß ich Euch nennen),
Seid meiner Liebe Anwalt: stellt ihr vor
Das, was ich sein will, – nicht, was ich gewesen;
Nicht mein Verdienst, nein, – was ich will verdienen;
Dringt auf die Notdurft und den Stand der Zeiten,
Und seid nicht launenhaft in großen Sachen.

ELISABETH.
Soll ich vom Teufel so mich locken lassen?

RICHARD. Ja, wenn der Teufel dich zum Guten lockt.

ELISABETH.
Soll ich denn selbst vergessen meiner selbst?

RICHARD.
Wenn Eurer selbst gedenken selbst Euch schadet.

ELISABETH. Du brachtest meine Kinder um.

RICHARD. In Eurer Tochter Schoß begrab' ich sie;
Da, in dem Nest der Würz', erzeugen sie
Sich selber neu, zu Eurer Wiedertröstung.

ELISABETH. Soll ich die Tochter zu gewinnen gehn?

RICHARD. Und seid beglückte Mutter durch die Tat.

ELISABETH. Ich gehe; schreibt mir allernächstens,
Und Ihr vernehmt von mir, wie sie gesinnt.

RICHARD.
Bringt meinen Liebeskuß ihr, und lebt wohl!

Küßt sie. Elisabeth ab.

Nachgieb'ge Törin! Wankelmütig Weib!
Nun? Was gibt's Neues?

Ratcliff triff auf, und Catesby folgt ihm.

RATCLIFF.
Gewalt'ger Fürst, im Westen längs der Küste
Wogt eine mächt'ge Flotte; hin zum Strand
Drängt sich ein Haufe hohlgeherzter Freunde,
Wehrlos und ohn' Entschluß, sie wegzutreiben.
Man meinet, Richmond sei ihr Admiral.
Sie liegen da, die Hülfe Buckinghams
Erwartend nur, am Strand sie zu empfangen.

RICHARD.
Ein flinker Freund soll hin zum Herzog Norfolk:
Du, Ratcliff; oder Catesby: wo ist er?

CATESBY. Hier, bester Herr.

RICHARD. Catesby, flieg' hin zum Herzog.

CATESBY. Das will ich, Herr, mit aller nöt'gen Eil'.

RICHARD.
Ratcliff, komm her. Reit' hin nach Salisbury:
Wenn du dahin kommst, –

Zu Catesby.

Unachtsamer Schurke,
Was säumst du hier und gehst nicht hin zum Herzog?

CATESBY.
Erst, hoher Herr, erklärt die gnäd'ge Meinung.
Was ich von Euer Hoheit ihm soll melden.

RICHARD.
Wahr, guter Catesby! Gleich aufbringen soll er
Die größte Macht und Mannschaft, die er kann,
Und treffe mich alsbald zu Salisbury.

CATESBY. Ich gehe.

Ab.

RATCLIFF. Was soll ich, wenn's beliebt, zu Salisbury?

RICHARD.
Ei, was hast du zu tun da, eh' ich komme?

RATCLIFF. Eu'r Hoheit sagte mir, voraus zu reiten.

Stanley tritt auf.

RICHARD. Ich bin itzt andern Sinns. – Stanley, was bringst du Neues?

STANLEY.
Nichts Gutes, Herr, daß Ihr es gerne hörtet,
Noch auch so schlimm, daß man's nicht melden dürfte.

RICHARD. Heida, ein Rätsel! weder gut noch schlimm!
Was brauchst du so viel Meilen umzugehn,
Statt grades Weges deinen Spruch zu sprechen?
Noch mal, was gibt's?

STANLEY. Richmond ist auf der See.

RICHARD. Versänk' er da, und wär' die See auf ihm!
Landläufer ohne Herz, was tut er da?

STANLEY. Ich weiß nicht, mächt'ger Fürst, und kann nur raten.

RICHARD. Nun, und Ihr ratet?

STANLEY.
Gereizt von Dorset, Buckingham und Morton
Kommt er nach England und begehrt die Krone.

RICHARD.
Ist der Stuhl ledig? ungeführt das Schwert?
Ist tot der König? herrenlos das Reich?
Sind Erben Yorks am Leben außer mir?
Und wer ist Englands König als Yorks Erbe?
Drum sage mir, was tut er auf der See?

STANLEY.
Es sei denn dazu, Herr, kann ich's nicht raten.

RICHARD.
Es sei denn, daß er komm, Eu'r Fürst zu sein,
Könnt Ihr nicht raten, was der Wäl'sche will!
Ich fürcht', Ihr fallt mir ab und flieht zu ihm.

STANLEY.
Nein, mächt'ger Fürst; mißtraut mir also nicht.

RICHARD.
Wo ist dein Volk denn, ihn zurückzuschlagen?
Wo hast du deine Leut' und Lehnsvasallen?
Sind sie nicht an der Küst' im Westen jetzt,
Geleit zum Landen der Rebellen gebend?

STANLEY. Nein, meine Freunde sind im Norden, bester Herr.

RICHARD.
Mir kalte Freunde: was tun die im Norden,
Da sie ihr Fürst zum Dienst im Westen braucht?

STANLEY.
Sie waren nicht befehligt, großer König.
Geruht Eu'r Majestät, mich zu entlassen,
So mustr' ich meine Freund' und treff Eu'r Gnaden,
Wo es und wann Eu'r Majestät beliebt.

RICHARD.
Ja, ja, du möchtest gern zu Richmond stoßen:
Ich will Euch, Herr, nicht traun.

STANLEY. Gewalt'ger Fürst,
Ihr habt an meiner Freundschaft nicht zu zweifeln;
Ich war und werde nimmer treulos sein.

RICHARD. Geht denn, mustert Volk. Doch, hört Ihr, laßt zurück
George Stanley, Euren Sohn; und wankt Eu'r Herz,

Gebt acht, so steht sein Kopf nicht allzu fest.

STANLEY.
Verfahrt mit ihm, wie ich mich treu bewähre.

Stanley ab. Ein Bote tritt auf.

BOTE.
Mein gnäd'ger Fürst, es sind in Devonshire,
Wie ich von Freunden wohl berichtet bin,
Sir Eduard Courtney und der stolze Kirchherr,
Bischof von Exeter, sein ältrer Bruder,
Samt vielen Mitverbündeten in Waffen.

Ein andrer Bote tritt auf.

ZWEITER BOTE. Mein Fürst, in Kent die
Guilfords sind in Waffen,
Und jede Stunde strömen den Rebellen
Mitwerber zu, und ihre Macht wird stark.

Noch ein andrer Bote tritt auf.

DRITTER BOTE.
Mein Fürst, das Heer des großen Buckingham –

RICHARD.
Fort mit euch, Uhus! Nichts als Todeslieder?

Er schlägt den Boten.

Da, nimm das, bis du beßre Zeitung bringst!

DRITTER BOTE.
Was ich Eu'r Majestät zu melden habe,
Ist, daß durch jähe Flut und Wolkenbrüche
Buckinghams Heer zerstreut ist und versprengt,
Und daß er selbst allein sich fortgemacht;
Wohin, weiß niemand.

RICHARD. Oh, ich bitt', entschuldigt!
Da ist mein Beutel, um den Schlag zu heilen.
Ließ nicht ein wohlberatner Freund Belohnung
Ausrufen dem, der den Verräter greift?

DRITTER BOTE.
Ein solcher Ausruf ist geschehn, mein Fürst.

Ein vierter Bote tritt auf.

VIERTER BOTE.
Sir Thomas Lovel und der Marquis Dorset
Sind, Herr, wie's heißt, in Yorkshire in den Waffen.
Doch diesen guten Trost bring' ich Eu'r Hoheit:
Vom Sturm zerstreut ist die Bretagner Flotte;
Richmond sandt' an die Küst' in Dorsetshire
Ein Boot aus, die am Ufer zu befragen,
Ob sie mit ihm es hielten, oder nicht.
Sie kämen, sagten sie, vom Buckingham
Zu seinem Beistand; doch er traute nicht,
Zog Segel auf und steu'rte nach Bretagne.

RICHARD.
Ins Feld! ins Feld! weil wir in Waffen sind:
Wo nicht zu fechten mit auswärt'gen Feinden,
Zu Dämpfung der Rebellen hier zu Haus.

Catesby tritt auf.

CATESBY.
Der Herzog Buckingham, Herr, ist gefangen:
Das ist die beste Zeitung; daß Graf Richmond
Mit großer Macht gelandet ist zu Milford,
Klingt minder gut, doch will's gemeldet sein.

RICHARD.
Wohlauf, nach Salisbury! Indes wir schwatzen,
Könnt' eine Hauptschlacht schon entschieden sein.
Trag' einer Sorge, Buckingham zu schaffen
Nach Salisbury; ihr andern, zieht mit mir!

Alle ab.

Fünfte Szene

Ein Zimmer in Stanleys Hause.
Stanley und Sir Christopher Urswick treten auf.

STANLEY.
Sir Christopher, sagt Richmond dies von mir:
Im Kofen des blutdürst'gen Ebers sei
Mein Sohn, George Stanley, eingestallt in Haft;
Und fall' ich ab, so fliegt des Knaben Kopf.
Die Furcht hält meinen Beistand noch zurück.
Doch sagt, wo ist der edle Richmond jetzt?

URSWICK. Zu Pembroke oder Ha'rford-West, in
Wales.

STANLEY.
Wer hält sich zu ihm von namhaften Männern?

URSWICK.
Sir Walter Herbert, ein berühmter Krieger;
Sir Gilbert Talbot, Sir William Stanley,
Oxford, der mächt'ge Pembroke, Sir James Blunt,
Und Rice-ap Thomas, mit beherzter Schar,
Und viele mehr von großem Ruf und Wert;
Und hin nach London richten sie den Zug,
Wenn sie kein Angriff hindert unterwegs.

STANLEY.
Wohl, eil' zu deinem Herrn: empfiehl mich ihm,
Sag ihm, die Königin woll' ihre Tochter
Elisabeth ihm herzlich gern vermählen.
Die Briefe hier eröffnen ihm das Weitre.
Leb wohl!

Er gibt ihm Papiere.
Beide ab.

Fünfter Aufzug

Erste Szene

Salisbury. Ein offner Platz.
Der Sheriff und die Wache, mit Buckingham, der zur Hinrichtung geführt wird.

BUCKINGHAM.
Will König Richard sich nicht sprechen lassen?

SHERIFF.
Nein, bester Herr; drum faßt Euch in Geduld!

BUCKINGHAM.
Hastings und Eduards Kinder, Rivers, Grey,
Du heil'ger Heinrich und dein holder Sohn,
Vaughan und alle, die ihr seid gestürzt
Durch heimliche, verderbte, schnöde Ränke:
Wenn eure finstern, mißvergnügten Seelen,
Die Wolken durch, die jetz'ge Stunde schaun,
So rächt euch nur und spottet meines Falls! –
Ist heut nicht Allerseelentag, ihr Leute?

SHERIFF. Ja, Mylord.

BUCKINGHAM.
Nun, Allerseelentag ist meines Leibs Gerichtstag.
Dies ist der Tag, den wünscht' ich über mich,
In König Eduards Zeit, wofern ich falsch
An seinem Weib und Kindern würd' erfunden;
Auf diesen Tag wünscht' ich mir meinen Fall
Durch dessen Falschheit, dem zumeist ich traute;
Ja dieser, dieser Allerseelentag

Ist meiner armen Seele Sündenfrist.
Der hoh' Allsehende, mit dem ich Spiel trieb,
Wandt' auf mein Haupt mein heuchelndes Gebet
Und gab im Ernst mir, was ich bat im Scherz.
So wendet er den Schwertern böser Menschen
Die eigne Spitz' auf ihrer Herren Brust.
Schwer fällt Margretas Fluch auf meinen Nacken:
»Wenn er«, sprach sie, »dein Herz mit Gram zerreißt,
Gedenke, Margareta war Prophetin.« –
Kommt, daß ihr mich zum Block der Schande führt;
Unrecht will Unrecht, Schuld, was ihr gebührt.

Sie führen ihn ab.

Zweite Szene

Ebne bei Tamworth.
Mit fliegenden Fahnen und klingendem Spiel treten auf Richmond, Oxford, Sir James Blunt, Sir Walter Herbert und andre, mit Truppen auf dem Marsch.

RICHMOND.
Ihr Waffenbrüder und geliebte Freunde,
Zermalmet unterm Joch der Tyrannei!
So weit ins Innerste des Landes sind
Wir fortgezogen ohne Hindernis;
Und hier von unserm Vater Stanley kommen
Uns Zeilen tröstlicher Ermutigung.
Der greulich blut'ge, räuberische Eber,
Der eure Weinberg' umwühlt, eure Saaten,
Eu'r warm Blut säuft wie Spülicht, eure Leiber
Ausweidet sich zum Trog: dies wüste Schwein
Liegt jetzt in dieses Eilands Mittelpunkt,
Nah bei der Stadt Leicester, wie wir hören;
Von Tamworth bis dahin ist nur ein Tag.
Frisch auf, in Gottes Namen, mut'ge Freunde,
Die Frucht beständ'gen Friedens einzuernten
Durch eine blut'ge Probe scharfen Kriegs.

OXFORD.
Jeglich Gewissen ist wie tausend Schwerter,
Zu fechten mit dem blut'gen Bösewicht.

HERBERT. Ganz sicher fallen seine Freund' uns zu.

BLUNT. Er hat nur Freunde, die aus Furcht es sind;
Die werden ihn in tiefster Not verlassen.

RICHMOND.
Dies alles uns zugunsten. Auf, mit Gott!
Hoffnung ist schnell und fliegt mit Schwalbenschwingen;
Aus Kön'gen macht sie Götter, Kön'ge aus Geringen.

Alle ab.

Dritte Szene

Das Feld bei Bosworth.
König Richard mit Mannschaft; Herzog von Norfolk, Graf von Surrey und andre.

RICHARD.
Hier schlagt die Zelt' auf, hier im Feld bei Bosworth. –
Mylord von Surrey, warum seht Ihr trübe?

SURREY. Mein Herz ist zehnmal heitrer als mein Blick.

RICHARD. Mylord von Norfolk, –

NORFOLK. Hier, mein gnäd'ger Fürst.

RICHARD. Norfolk, hier gilt es Schläge: ha, nicht wahr?

NORFOLK.
Man gibt und nimmt sie, mein gewogner Herr.

RICHARD.
Schlagt auf mein Zelt: hier will ich ruhn zu Nacht.
Soldaten fangen an, des Königs Zelt aufzuschlagen.
Doch morgen wo? Gut, es ist alles eins. –
Wer spähte der Verräter Anzahl aus?

NORFOLK. Sechs, sieben Tausend ist die ganze Macht.

RICHARD.
Ei, unser Heer verdreifacht den Belauf.
Auch ist des Königs Nam' ein fester Turm,
Woran der feindlichen Partei es fehlt. –
Schlagt mir das Zelt auf! – Kommt, ihr edlen Herrn,
Laßt uns der Lage Vorteil überschaun. –
Ruft ein'ge Männer von bewährtem Rat.
Laßt Zucht uns halten und nicht lässig ruhn,
Denn, Lords, auf morgen gibt's vollauf zu tun.

Richard mit den übrigen ab.
An der andern Seite des Feldes treten auf Richmond, Sir William Brandon, Oxford und andre Herren. Einige Soldaten schlagen Richmonds Zelt auf.

RICHMOMD. Die müde Sonne ging so golden unter,
Und, nach des Feuerwagens lichter Spur,
Verheißt sie einen schönen Tag auf morgen. –
Sir William Brandon, Ihr tragt mir mein Banner. –
Gebt mir Papier und Tinte in mein Zelt. –
Ich will der Schlachtordnung Gestalt entwerfen,
Jedwedem Führer seinen Stand begrenzen
Und recht verteilen unsre kleine Macht.
Mylord von Oxford, – Ihr, Sir William Brandon, –
Und Ihr, Sir Walter Herbert, bleibt bei mir; –
Der Graf von Pembroke führt sein Regiment;
Bringt, Hauptmann Blunt, ihm gute Nacht von mir,
Und um die zweite Stunde früh ersucht,
Den Grafen, mich in meinem Zelt zu sprechen.
Doch eins noch, guter Hauptmann, tut für mich:
Wo hat Lord Stanley sein Quartier? Ihr wißt es?

BLUNT. Wenn ich mich nicht in seinen Fahnen irrte
(Was ich versichert bin, daß nicht geschehn),
So liegt sein Regiment 'ne halbe Meile
Gen Sünden von des Königs großem Heer.

RICHMOND.
Ist's ohn' Gefährde möglich, lieber Blunt,
So findet Mittel aus, mit ihm zu sprechen,
Und gebt von mir ihm dies höchst nöt'ge Blatt.

BLUNT. Bei meinem Leben, Herr, ich unternehm's;
Und somit geb' Euch Gott geruh'ge Nacht!

RICHMOND. Gut' Nacht, mein guter Hauptmann Blunt. Kommt, Herrn,
Laßt uns das morgende Geschäft beraten.
Ins Zelt hinein, die Luft ist rauh und kalt.

Sie begeben sich in das Zelt.
König Richard geht zu seinem Zelte mit Norfolk, Ratcliff vnd Catesby.

RICHARD. Was ist die Uhr?

CATESBY. Nachtessenszeit, mein Fürst:
Es ist neun Uhr.

RICHARD. Ich will zu Nacht nicht essen. –
Gebt mir Papier und Tinte. –
Nun, ist mein Sturmhut leichter, als er war?
Und alle Rüstung mir ins Zelt gelegt?

CATESBY.
Ja, gnäd'ger Herr; 's ist alles in Bereitschaft.

RICHARD.
Mach', guter Norfolk, dich auf deinen Posten,
Halt' strenge Wache, wähle sichre Wächter!
NORFOLK. Ich gehe, Herr.
RICHARD.
Sei mit der Lerche munter, lieber Norfolk.
NORFOLK. Verlaßt Euch drauf, mein Fürst.
Ab.
RICHARD. Ratcliff, –
RATCLIFF. Mein Fürst?
RICHARD. Send' einen Waffenherold
Zu Stanleys Regiment; heiß' ihn, sein Volk
Vor Sonnenaufgang bringen, oder sein Sohn George
Fällt in die blinde Höhle ew'ger Nacht. –
Füllt einen Becher Weins; gebt mir ein Nachtlicht. –
Sattelt den Schimmel Surrey früh zur Schlacht!
Daß meine Schäfte fest und nicht zu schwer sind! –
Ratcliff, –
RATCLIFF. Mein Fürst?
RICHARD. Sahst du den melanchol'schen Lord
Northumberland?
RATCLIFF.
Er selbst und Thomas Graf von Surrey gingen,
Im ersten Zwielicht eben, durch das Heer,
Von Schar zu Schar ermunternd unsre Leute.
RICHARD.
Das g'nügt mir. Gebt mir einen Becher Weins. –
Ich habe nicht die Rüstigkeit des Geistes,
Den frischen Mut, den ich zu haben pflegte. –
So, setzt ihn hin. – Papier und Tint' ist da?
RATCLIFF. Ja, gnäd'ger Herr.
RICHARD.
Heißt meine Schildwacht munter sein; verlaßt mich.
Wenn halb die Nacht vorbei ist, kommt ins Zelt
Und helft mich waffnen. – Verlaßt mich, sag' ich.
Richard zieht sich in sein Zelt zurück. Ratcliff und Catesby ab.
Richmonds Zelt öffnet sich, man sieht ihn und seine Offiziere u.s.w. Stanley tritt auf.
STANLEY.
Glück und Triumph bekröne deinen Helm!
RICHMOND.
Was nur für Trost die dunkle Nacht gestattet,
Das sei dein Teil, mein edler Pflegevater!
Sag mir, wie geht es unsrer teuren Mutter?
STANLEY.
Ich segne dich aus Vollmacht deiner Mutter,
Die im Gebet verharrt für Richmonds Wohl.
So viel hievon. – Die leisen Stunden fliehn,
Und streifig Dunkel bricht im Osten sich.
Kurz, denn uns so zu fassen heischt die Zeit,
Bereite deine Schlachtordnung frühmorgens,
Und stelle der Entscheidung blut'ger Streiche
Und tödlich dräu'nden Kriegs dein Glück anheim.
Ich, wie ich kann (ich kann nicht, wie ich wollte),
Gewinne schlau der Zeit den Vorteil ab
Und steh' dir bei im zweifelhaften Sturm.
Allein ich darf für dich nicht allzuweit gehn,
Denn sieht man's, wird dein zarter Bruder George
Vor seines Vaters Augen hingerichtet.
Leb wohl! Die Muße und die bange Zeit
Bricht ab der Liebe feierliche Schwüre
Und langen Wechsel herzlichen Gesprächs,
Der längst getrennte Freunde sollt' erfreun.
Gott geb' uns Muße zu der Liebe Bräuchen!
Nochmals leb wohl! Sei tapfer und beglückt!
RICHMOND.
Geleitet ihn zu seinem Regiment,
Ihr lieben Lords; ich, mit verstörtem Sinn,
Will unterdessen einzunicken trachten,
Daß blei'rner Schlaf nicht morgen auf mir laste,
Wann ich auf Siegesflügeln steigen soll.
Gut' Nacht, noch einmal, liebe Lords und Herrn!
Alle übrigen mit Stanley ab.
O du, für dessen Feldherrn ich mich achte,
Sieh deine Scharen an mit gnäd'gem Blick!
Reich' ihrer Hand des Grimms zermalmend Eisen,
Daß sie mit schwerern Falle niederschmettern
Die trotz'gen Helme unsrer Widersacher!
Mach' uns zu Dienern deiner Züchtigung,
Auf daß wir preisen dich in deinem Sieg!
Dir anbefehl' ich meine wache Seele,
Eh' ich der Augen Fenster schließe zu.
Schlafend und wachend, schirme du mich stets!
Schläft ein.
Der Geist des Prinzen Eduard, Sohnes Heinrichs des VI., steigt zwischen den beiden Zelten auf.
GEIST *zu König Richard.*
Schwer mög' ich morgen deine Seele lasten!
Denk', wie du mich erstachst in meiner Blüte,
Zu Tewksbury: verzweifle drum und stirb! –
Zu Richmond.
Sei freudig, Richmond, denn gekränkte Seelen
Erwürgter Prinzen streiten dir zum Schutz:
Dich tröstet, Richmond, König Heinrichs Sohn.
Der Geist König Heinrichs VI. steigt auf.
GEIST *zu König Richard.*
Du bohrtest mir, da ich noch sterblich war,
Voll Todeswunden den gesalbten Leib;
Denk' an den Turm und mich; verzweifl' und stirb!
Heinrich der Sechste ruft: verzweifl' und stirb!
Zu Richmond.
Heilig und tugendhaft, sei Sieger du!
Heinrich, der prophezeit, du werdest König,
Kommt, dich im Schlaf zu trösten: leb' und blühe!
Der Geist des Clarence steigt auf.
GEIST *zu König Richard.*
Schwer mög' ich morgen deine Seele lasten!
Ich, tot gebadet einst in ekelm Wein,
Der arme Clarence, den dein Trug verriet!
Denk' in der Schlacht an mich, und fallen laß
Dein abgestumpftes Schwert! Verzweifl' und stirb!
Zu Richmond.
Du Sprößling aus dem Hause Lancaster,
Es beten für dich Yorks gekränkte Erben.
Dich schirm' ein guter Engel! Leb' und blühe!
Die Geister des Rivers, Grey und Vaughan steigen auf.
RIVERS *zu König Richard.*
Schwer mög' ich morgen deine Seele lasten,
Rivers, der starb zu Pomfret! Verzweifl' und stirb!
GREY *zu König Richard.*
Gedenk' an Grey, und laß die Seel' verzweifeln!
VAUGHAN *zu König Richard.*
Gedenk' an Vaughan, und laß die Lanze fallen
Vor schuldbewußter Furcht! Verzweifl' und stirb!
ALLE DREI *zu Richmond.*

Erwach' und denk', für dich kämpf' unser Leiden
In Richards Brust! Erwach' und sieg' im Feld!

Der Geist des Hastings steigt auf.

GEIST *zu König Richard.*
Blutig und schuldvoll, wache schuldvoll auf,
Und ende deine Tag' in blut'ger Schlacht!
Denk' an Lord Hastings, und verzweifl' und stirb!

Zu Richmond.

In Frieden ruh'nde Seel', erwach', erwache,
Und kämpf' und sieg' in unsers Englands Sache!

Die Geister der beiden jungen Prinzen steigen auf.

GEISTER *zu König Richard.*
Von deinen Vettern träum', erwürgt im Turm;
Und sei'n wir Blei in deinem Busen, Richard,
Ziehn nieder dich in Unfall, Schmach und Tod!
Die Seelen deiner Neffen rufen dir:
Verzweifl' und stirb!

Zu Richmond.

Schlaf' friedlich, Richmond, und erwach' voll Mut!
Dich schirm' ein Engel vor des Ebers Wut!
Leb' und erzeug' ein reiches Königshaus!
Dich heißen Eduards arme Söhne blühen.

Der Geist der Prinzessin Anna steigt auf.

GEIST *zu König Richard.*
Richard, dein Weib, Anna, dein elend Weib,
Die keine ruh'ge Stunde schlief bei dir,
Füllt deinen Schlaf jetzt mit Verstörungen.
Denk' in der Schlacht an mich, und fallen laß
Dein abgestumpftes Schwert! Verzweifl' und stirb!

Zu Richmond.

Schlaf', ruh'ge Seele, schlaf' geruh'gen Schlaf!
Dir zeige Glück und Sieg im Traume sich:
Es betet deines Gegners Weib für dich.

Buckinghams Geist steigt auf.

GEIST *zu König Richard.*
Der erste war ich, der zum Thron dir half;
Der letzte fühlt' ich deine Tyrannei:
Oh, in der Schlacht gedenk' an Buckingham
Und stirb in Schrecken über deine Schuld!
Träum' weiter, träum' von Tod und von Verderben:
Du sollst verzweifeln und verzweifelnd sterben.

Zu Richmond.

Ich starb um Hoffnung, eh' ich Hülfe bot:
Doch stärk' dein Herz und habe keine Not!
Gott samt den Engeln ficht zu Richmonds Schutz,
Und Richard fällt in seinem höchsten Trutz.

Die Geister verschwinden. König Richard fährt aus seinen Träumen auf.

RICHARD.
Ein andres Pferd! Verbindet meine Wunden! –
Erbarmen, Jesus! – Still, ich träumte nur.
O feig Gewissen, wie du mich bedrängst! –
Das Licht brennt blau. Ist's nicht um Mitternacht?
Mein schauerndes Gebein deckt kalter Schweiß.
Was fürcht' ich denn? Mich selbst? Sonst ist hier niemand.
Richard liebt Richard: das heißt, Ich bin Ich.
Ist hier ein Mörder? Nein. – Ja, ich bin hier.
So flieh'! – Wie? vor dir selbst? Mit gutem Grund:
Ich möchte rächen. Wie? mich an mir selbst?
Ich liebe ja mich selbst. Wofür? Für Gutes,
Das je ich selbst hätt' an mir selbst getan?
O leider, nein! Vielmehr hass' ich mich selbst,
Verhaßter Taten halb, durch mich verübt.
Ich bin ein Schurke, – doch ich lüg', ich bin's nicht.
Tor, rede gut von dir! – Tor, schmeichle nicht!
Hat mein Gewissen doch viel tausend Zungen,
Und jede Zunge bringt verschiednes Zeugnis,
Und jedes Zeugnis straft mich einen Schurken.
Meineid, Meineid, im allerhöchsten Grad,
Mord, grauser Mord, im fürchterlichsten Grad,
Jedwede Sünd', in jedem Grad geübt,
Stürmt an die Schranken, rufend: »Schuldig! Schuldig!«
Ich muß verzweifeln. – Kein Geschöpfe liebt mich,
Und sterb' ich, wird sich keine Seel' erbarmen:
Ja, warum sollten's andre? Find' ich selbst
In mir doch kein Erbarmen mit mir selbst.
Mir schien's, die Seelen all, die ich ermordet,
Kämen ins Zelt, und ihrer jede drohte
Mit Rache morgen auf das Haupt des Richard.

Ratcliff tritt auf.

RATCLIFF. Mein Fürst, –
RICHARD. Wer ist da?
RATCLIFF. Ratcliff, mein Fürst; ich bin's. Der frühe Hahn des Dorfs
Tat zweimal Gruß dem Morgen; Eure Freunde
Sind auf und schnallen ihre Rüstung an.
RICHARD.
O Ratcliff, ich hatt' einen furchtbar'n Traum! –
Was denkst du? Halten alle Freunde stand?
RATCLIFF. Gewiß, mein Fürst.
RICHARD. O Ratcliff! Ich fürcht', ich fürchte, –
RATCLIFF.
Nein, bester Herr, entsetzt Euch nicht vor Schatten.
RICHARD.
Bei dem Apostel Paul! Es warfen Schatten
Zu Nacht mehr Schrecken in die Seele Richards,
Als wesentlich zehntausend Krieger könnten,
In Stahl, und angeführt vom flachen Richmond.
Noch wird's nicht Tag. Komm, geh mit mir,
Ich will den Horcher bei den Zelten spielen,
Ob irgendwer von mir zu weichen denkt.

König Richard und Ratcliff ab.
Richmond erwacht. Oxford und andre treten auf.

LORDS. Guten Morgen, Richmond.
RICHMOND.
Bitt' um Verzeihung, Lords und wache Herrn,
Daß ihr 'nen trägen Säumer hier ertappt.
LORDS. Wie schliefet Ihr, Mylord?
RICHMOND. Den süß'sten Schlaf und Träume schönster Ahndung,
Die je gekommen in ein müdes Haupt,
Hab' ich gehabt, seit wir geschieden, Lords.
Mir schien's, die Seelen, deren Leiber Richard
Gemordet, kämen in mein Zelt und riefen:
Wohlauf! zum Sieg! Glaubt mir, mein Herz ist freudig
In der Erinn'rung solchen holden Traums.
Wie weit schon ist's am Morgen, Lords?
LORDS. Auf den Schlag vier.
RICHMOND.
So ist es Zeit, daß man sich rüst' und ordne.

Er tritt vor zu den Truppen.

Mehr als ich sagte, teure Landsgenossen,
Verbietet darzulegen mir die Muße
Und Dringlichkeit der Zeit. Jedoch bedenkt:
Gott und die gute Sache ficht für uns;

Gebete Heil'ger und gekränkter Seelen,
Wie hohe Schanzen, stehn vor unserm Antlitz;
Die, gegen die wir fechten, bis auf Richard,
Säh'n lieber siegen uns, als dem sie folgen.
Was ist er, dem sie folgen? Wahrlich, Herrn,
Ein blutiger Tyrann und Menschenmörder;
Erhöht durch Blut und auch durch Blut befestigt;
Der, was er hat, auf krummem Weg erlangt
Und die erwürgt, die ihm dazu verholfen;
Ein schlechter Stein, erhoben durch die Folie
Von Englands Stuhl, betrüglich drein gesetzt;
Ein Mensch, der stets gewesen Gottes Feind.
Nun, fechtet ihr denn wider Gottes Feind,
So schirmt euch billig Gott als seine Krieger;
Vergießt ihr Schweiß, den Dränger zu erlegen,
So schlaft ihr friedlich, wenn der Dränger fiel;
Führt ihr den Streit mit eures Landes Feinden,
So wird des Landes Fett die Müh' euch zahlen;
Führt ihr den Streit zur Obhut eurer Weiber,
So grüßen eure Weiber euch als Sieger;
Befreit ihr eure Kinder von dem Schwert,
So lohnen's Kindeskinder euch im Alter.
In Gottes Namen denn und dieser Rechte,
Schwingt eure Banner, zieht eu'r willig Schwert!
Mein Lösegeld für diese kühne Tat
Sei diese kalte Leich' auf kalter Erde;
Doch wenn's gelingt, soll am Gewinn der Tat
Sein Teil auch dem geringsten euer werden.
Schallt, Trommeln und Trompeten, froh zum Krieg!
Gott und Sankt George! Richmond und Heil und Sieg!

Alle ab.

König Richard und Ratcliff kommen zurück, mit Gefolge und Truppen.

RICHARD.
Was hat Northumberland gesagt vom Richmond?

RATCLIFF. Er sei nicht auferzogen bei den Waffen.

RICHARD. Er sagte wahr. Was sagte Surrey drauf?

RATCLIFF. Er lächelte und sprach: »Um desto besser.«

RICHARD. Er hatte recht, so ist es in der Tat.

Die Glocke schlägt.

Zählt da die Glocke. – Gebt mir 'nen Kalender.
Wer sah die Sonne heut?

RATCLIFF. Ich nicht, mein Fürst.

RICHARD.
So weigert sie den Schein, denn nach dem Buch
Müßt' sie im Ost schon eine Stunde prangen.
Dies wird ein schwarzer Tag für jemand werden. –
Ratcliff, –

RATCLIFF. Mein Fürst?

RICHARD. Die Sonne läßt sich heut nicht sehn;
Der Himmel wölkt sich finster unserm Heer.
Die tau'gen Tränen möcht' ich weg vom Boden. –
Nicht scheinen heut! Ei nun, was gilt das mir
Mehr als dem Richmond? Denn derselbe Himmel,
Der mir sich wölkt, sieht trüb herab auf ihn.

Norfolk tritt auf.

NORFOLK.
Auf, auf, mein Fürst! Der Feind stolziert im Feld.

RICHARD. Kommt, tummelt, tummelt euch! Mein Pferd gezäumt! –
Ruft Stanley auf, heißt seine Schar ihn bringen! –
Ich führe meine Truppen in die Ebne,
Und so soll meine Schlacht geordnet sein:
Die Vorhut soll sich in die Länge dehnen,
Aus Reitern und aus Knechten gleich gemischt;
Die Schützen sollen in der Mitte stehn;
John Herzog Norfolk, Thomas Graf von Surrey
Soll'n dieser Knecht' und Reiter Führer sein.
Die so geordnet, woll'n wir folgen
Mit unserm Hauptheer, das auf beiden Flügeln
Verstärken soll der Kern der Reiterei.
Dies und Sankt George dazu! – Was meinst du, Norfolk?

NORFOLK.
Eine gute Ordnung, krieg'rischer Monarch.
Dies fand ich heut in meinem Zelt.

Gibt ihm einen Zettel.

RICHARD *liest*:
»Hans von Norfolk, laß klüglich dir raten!
Richard, dein Herr, ist verkauft und verraten.
Das ist ein Stück, vom Feinde ausgedacht. –
Nun geht, ihr Herrn, auf seinen Posten jeder.
Laßt plauderhafte Träum' uns nicht erschrecken;
Gewissen ist ein Wort für Feige nur,
Zum Einhalt für den Starken erst erdacht:
Uns ist die Wehr Gewissen, Schwert Gesetz.
Rückt vor! Dringt ein! Recht in des Wirrwarrs Völle!
Wo nicht zum Himmel, Hand in Hand zur Hölle!
Was hab' ich mehr euch vorzuhalten noch?
Bedenkt, mit wem ihr euch zu messen habt:
Ein Schwarm Landläufer, Schelme Vagabunden,
Bretagner Abschaum, niedre Bauernknechte,
Die ausgespien ihr übersättigt Land
Zu tollen Abenteuern, sicherm Untergang.
Ihr schlieft in Ruh': sie bringen Unruh' euch;
Ihr seid mit Land, mit schönen Frau'n gesegnet:
Sie wollen jenes einziehn, diese schänden.
Wer führt sie als ein kahler Bursch, seit lange
Von unsrer Mutter in Bretagn' ernährt?
Ein Milchbart, einer, der sich lebenslang
Nicht über seine Schuh' in Schnee gewagt?
Peitscht dies Gesindel übers Meer zurück!
Stäupt fort dies freche Lumpenpack aus Frankreich,
Die Bettler, hungrig, ihres Lebens müde,
Die schon gehängt sich hätten, arme Ratzen,
Wär' nicht der Traum von dieser läpp'schen Fahrt!
Soll'n wir besiegt sein, nun, so sei's durch Männer,
Und nicht durch die Bastarde von Bretagnern,
Die unsre Väter oft in ihrem Lande
Geschlagen, durchgedroschen und gewalkt,
Und sie der Schand' urkundlich preisgegeben.
Soll'n diese unsre Länderei'n besitzen?
Bei unsern Weibern liegen? unsre Töchter
Bewält'gen? – Horcht! Ich höre ihre Trommeln.

Trommeln in der Ferne.

Kämpft, Englands Edle! Kämpft, beherzte Sassen!
Zieht, Schützen, zieht die Pfeile bis zum Kopf!
Spornt eure stolzen Ross', und reit't im Blut!
Erschreckt das Firmament mit Lanzensplittern! –

Ein Bote tritt auf.

Was sagt Lord Stanley? Bringt er seine Schar?

BOTE. Mein Fürst, er weigert sich zu kommen.

RICHARD. Herunter mit dem Kopfe seines Sohns!

NORFOLK. Mein Fürst, der Feind ist schon den Moor herüber;
Erst nach dem Treffen laßt George Stanley sterben.

RICHARD.
Wohl tausend Herzen schwellen mir im Busen:
Voran die Banner! Setzet an den Feind!
Und unser altes Wort des Muts, Sankt George,
Beseel' uns mit dem Grimme feur'ger Drachen!
Ein auf sie! Unsre Helme krönt der Sieg.
Alle ab.

Vierte Szene

Ein andrer Teil des Feldes.
Getümmel. Angriffe. Norfolk kommt mit Truppen; zu ihm Catesby.

CATESBY.
Rettet, Mylord von Norfolk, rettet, rettet!
Der König tut mehr Wunder als ein Mensch
Und trotzt auf Tod und Leben, wer ihm steht;
Ihm fiel sein Pferd, und doch ficht er zu Fuß
Und späht nach Richmond in des Todes Schlund.
O rettet, Herr, sonst ist das Feld verloren!
Getümmel. König Richard tritt auf.

RICHARD.
Ein Pferd! ein Pferd! mein Königreich für 'n Pferd!

CATESBY.
Herr, weicht zurück! Ich helf' Euch an ein Pferd.

RICHARD.
Ich setzt' auf einen Wurf mein Leben, Knecht,
Und will der Würfel Ungefähr bestehn.
Ich denk', es sind sechs Richmonds hier im Feld:
Fünf schlug ich schon an seiner Stelle tot.
Ein Pferd! ein Pferd! mein Königreich für 'n Pferd!
Alle ab.
Getümmel. König Richard und Richmond treten auf und gehen fechtend ab. Rückzug und Tusch. Hierauf kommen Richmond, Stanley mit der Krone, verschiedne andre Lords und Truppen.

RICHMOND.
Preis Gott und euren Waffen, Freunde, Sieger!
Das Feld ist unser, und der Bluthund tot.

STANLEY.
Wohl hast du dich gelöst, beherzter Richmond.
Sieh hier, dies lang geraubte Königskleinod
Hab' ich von des Elenden toten Schläfen
Gerissen, deine Stirn damit zu zieren.
Trag' es, genieß' es, bring' es hoch damit!

RICHMOND.
Zu allem spreche Gott im Himmel Amen.
Doch sag mir, lebt der junge Stanley noch?

STANLEY. Er lebt und ist in Sicherheit in Leicester
Wohin wir uns, mein Fürst, begeben könnten,
Wenn's Euch beliebt.

RICHMOND. Was für namhafte Männer
Sind in der Schlacht gefallen beiderseits?

STANLEY.
John Herzog Norfolk, Walter Lord Ferrers,
Sir Robert Brakenbury und Sir William Brandon.

RICHMOND.
Beerdigt sie, wie's ihrem Rang gebührt.
Ruft Gnade aus für die gefloh'ne Mannschaft,
Die unterwürfig zu uns wiederkehrt;
Und dann, worauf das Sakrament wir nahmen,
Vereinen wir die weiß' und rote Rose.
Der Himmel lächle diesem schönen Bund,
Der lang' auf ihre Feindschaft hat gezürnt!
Wer wär' Verräter g'nug, und sprach' nicht Amen?
England war lang' im Wahnsinn, schlug sich selbst:
Der Bruder, blind, vergoß des Bruders Blut;
Der Vater würgte rasch den eignen Sohn;
Der Sohn, gedrungen, ward des Vaters Schlächter;
All dies entzweiten York und Lancaster,
Entzweiet selbst in greulicher Entzweiung. –
Nun mögen Richmond und Elisabeth,
Die echten Erben jedes Königshauses,
Durch Gottes schöne Fügung sich vereinen!
Mög' ihr Geschlecht (wenn es dein Will' ist, Gott!)
Die Folgezeit mit mildem Frieden segnen,
Mit lachendem Gedeihn und heitern Tagen!
Zerbrich der Bösen Waffe, gnäd'ger Gott,
Die diese Tage möchten wiederbringen,
Daß England weinen müßt' in Strömen Bluts!
Der lebe nicht und schmeck' des Landes Frucht,
Der heim des schönen Landes Frieden sucht!
Getilgt ist Zwist, gestreut des Friedens Samen:
Daß er hier lange blühe, Gott, sprich Amen!
Alle ab.

HEINRICH DER ACHTE.

Personen

König Heinrich VIII.
Kardinal Wolsey
Kardinal Campejus
Capucius, Botschafter Kaiser Karls V.
Cranmer, Erzbischof von Canterbury
Herzog von Norfolk
Herzog von Buckingham
Herzog von Suffolk
Graf von Surrey
Lord Kämmerer
Sir Thomas Audley, Lord Siegelbewahrer
Gardiner, Bischof von Winchester
Bischof von Lincoln
Lord Abergavenny
Lord Sands
Sir Heinrich Guilford
Sir Thomas Lovell
Sir Anton Denny
Sir Nikolas Vaux
Sir William Sands
Cromwell, Wolseys Diener
Griffith, Marschall der Königin Katharina
Drei Herren vom Hofe
Doktor Butts, Leibarzt des Königs
Garter, Wappenherold
Haushofmeister des Herzogs von Buckingham
Brandon
Sergeant
Türhüter vor dem Saal des Staatsrats
Pförtner
Dessen Knecht
Katharina, Königin von England
Anna Bullen
Eine alte Hofdame
Patienza, Kammerfrau der Königin Katharina
Verschiedene Herren und Frauen vom Hof, als stumme Personen. Weiber im Gefolge der Königin; Geister, die ihr erscheinen. Schreiber, Offiziere, Wachen, Gefolge, Volk usw.

Die Szene ist abwechselnd in London und Westminster; einmal in Kimbolton

Prolog

Ich komme nicht mehr, daß ihr lacht. Gestalten,
Die eure Stirnen ziehn in ernste Falten,
Die traurig, groß, stark, voller Pomp und Schmerz,
So edle Szenen, daß in Leid das Herz
Zerrinnt, erscheinen heut. Die Mitleid fühlen,
Sie mögen Tränen schenken unsern Spielen
Der Inhalt ist es wert. Die, welche geben
Ihr Geld, um etwas Wahres zu erleben,
Sie finden hier Geschichte. Die an Zügen,
Geschmückten, sich erfreun und so begnügen,
Zürnen wohl nicht: zwei Stunden still und willig,
Dann steh' ich dafür ein, sie haben billig
Den Schilling eingebracht. Nur die allein,
Die sich an Spaß und Unzucht gern erfreun,
Am Tartschenlärm, die nur der Bursch ergetzt
Im bunten langen Kleid, mit Gelb besetzt,
Sie sind getäuscht; mit Wahrheit, groß und wichtig,
Darf, Edle, niemals Schattenwerk so nichtig
Als Narr und Kampf sich mischen, sonst entehrten
Wir uns und euch, – die uns Vertrau'n gewährten,
Daß wahr nur sei, was jetzt vor euch erscheint –
Und so verblieb' uns kein verständ'ger Freund.
Deshalb, weil man als weis' und klug euch kennt
Und in der Stadt die feinsten Hörer nennt,
Seid ernst, wie wir euch wünschen. Denkt, ihr seht,
Als lebten sie, in stolzer Majestät
Des edlen Spiels Personen. Denkt sie groß,
Vom Volk umringt; denkt ihrer Diener Troß,
Der Freunde Drang; seht hierauf, im Moment,
Wie solche Macht so bald zum Fall gewend't;
Und seid ihr dann noch lustig, möcht' ich meinen,
Es könn' ein Mann am Hochzeittage weinen.

Erster Aufzug

Erste Szene

London. Ein Vorzimmer im Palast des Königs.
Von der einen Seite kommt der Herzog von Norfolk, von der andern der Herzog von Buckingham und der Lord Abergavenny.

BUCKINGHAM.
Guten Morgen und willkommen! Wie ging es Euch,
Seit wir uns sahn in Frankreich?
NORFOLK. Dank Eu'r Gnaden.
Wohlauf, und stets seitdem noch frisch bewundernd,
Was ich dort sah.
BUCKINGHAM. Ein sehr unzeitig Fieber
Hielt mich gebannt auf meinem Zimmer fern,
Als die zween Ruhmessöhn' und Heldensterne
Im Ardetal sich trafen.
NORFOLK. Zwischen Arde
Und Guines sah ich der Fürsten Gruß vom Pferd;
Sah, abgestiegen, beide sich umschließen,
Als wüchsen sie zusammen, so umarmt;
Und wären sie's: wo gab's vier Könige,
Dem Doppelt-Einen gleich?
BUCKINGHAM. Die ganze Zeit
War ich des Betts Gefangner.
NORFOLK. Da verlort Ihr
Die Schau des ird'schen Pomps. Man möchte sagen,
Pracht, einsam bis dahin, ward hier vermählt
Noch über ihrem Rang. Stets war das Morgen
Meister des Gestern, bis der letzte Tag
Die vor'gen Wunder einschlang. Überstrahlten
Ganz flimmernd, ganz in Gold, gleich Heldengöttern,
Die Franken heut uns: morgen schufen wir
Aus England India: jeder, wie er stand,
Glich einer Mine. Die Pagenzwerge schienen
Ganz Gold, wie Cherubim: die Damen auch,
Der Arbeit ungewohnt, keuchten beinah
Unter der Pracht; so daß die Mühe selber
Zur Schminke ward. Jetzt rief man diese Maske
Als einzig aus: der nächste Abend macht sie
Zum Narrn, zum Bettler. Beide Könige,
An Schimmer gleich, je wie in Gegenwart
Gewahrt, stehn höh'r und tiefer: wer im Aug',
Ist's auch im Preis; und beide gegenwärtig,
Sah man, so schien's, nur einen: und kein Urteil
Ward nur versucht vom Kenner. Wenn jene Sonnen
(Denn also hieß man sie) die edlen Geister
Durch Heroldsruf zum Kampf ermahnt, sind Taten
Jenseit des Denkbaren vollbracht; die Fabel,
So jetzt als möglich sich bewährt, fand Glauben,
Und Bevis dünkt uns wahr.
BUCKINGHAM. Oh, Ihr geht weit.
NORFOLK.
So wahr ich Edelmann und immer strebte
Nach Redlichkeit: die Schild'rung jedes Dings
Verlör' an Leben wohl beim besten Redner,
Da Handlung selbst ihm Zunge war. Ganz königlich
War alles, nichts der Einrichtung empört,
Durch Ordnung alles sichtbar, jedes Amt
Erfüllte, was ihm oblag.
BUCKINGHAM. Wer nur führte,
Ich sage, wer vereinte Haupt und Glieder
Zu diesem großen Fest nach Eurer Meinung?
NORFOLK. Nun einer, wahrlich, der kein Element
Für solch Geschäft verspricht.
BUCKINGHAM. Sagt, wer, Mylord?
NORFOLK.
Das alles schuf die klug verständ'ge Einsicht
Des hochehrwürd'gen Kardinals von York.
BUCKINGHAM.
Hol' ihn der Teufel! Er muß an jedem Brei
Ehrgeizig kochen helfen. – Was ging ihn
Dies weltliche Stolzieren an? Mich wundert,
Wie solch ein Klump mit seiner rohen Last
Der segensreichen Sonne Licht darf hemmen,
Der Erd' es vorenthaltend.
NORFOLK. Wahrlich, Herr,
In ihm ist Stoff, der solche Zwecke fördert:
Denn, nicht gestützt auf Ahnentum (des Gunst
Dem Enkel sichre Bahn vorschreibt); nicht fußend
Auf Taten für die Krone; nicht geknüpft
An mächt'ge Helfer, sondern Spinnen gleich,

Aus seiner selbstgeschaffnen Webe, zeigt er,
Wie Kraft des eignen Werts die Bahn ihm schafft:
Vom Himmel ein Geschenk, das ihm erkauft
Den Platz zunächst am Thron.

ABERGAVENNY. Ich kann's nicht sagen,
Was ihm der Himmel schenkt: ein schärfrer Blick
Erspähe das. Sein Hochmut aber blickt mir
Aus jedem Zug hervor; wer gab ihm den?
War's nicht die Hölle, so ist Satan Knauser,
Oder gab alles schon hinweg, und er
Erschafft 'ne neue Hölle selbst in sich.

BUCKINGHAM.
Beim fränk'schen Zug, wie Teufel nahm er's auf sich,
Ohne Königs Vorwissen sein Gefolg'
Ihm zu erwählen. Er entwirft die Liste
Vom ganzen Adel; wählt auch solche nur,
Auf die er so viel Bürd' als wenig Ehren
Zu häufen denkt: ja, einzig schon sein Handbrief,
Den hochachtbaren Staatsrat unbefragt,
Muß liefern, wen er hinschreibt.

ABERGAVENNY. Weiß ich doch
Drei meiner Vettern mind'stens, die sich also
Ihr Erbteil hierdurch schwächten, daß sie nimmer
Wie vormals werden blühn.

BUCKINGHAM. Oh, vielen brach
Der Rücken, die Landgüter drauf geladen
Für diesen großen Zug. Was half die Torheit,
Als Mittlerin zu werden einem höchst
Armsel'gen Ausgang?

NORFOLK. Traurig denk' ich oft,
Wie uns der fränk'sche Friede nicht die Kosten,
Ihn abzuschließen, lohnt.

BUCKINGHAM. Ward jeder nicht
Nach jenem grausen Sturm, der drauf erfolgt,
Vom Geist erfüllt und sprach, unabgeredet,
Das allgemeine Prophezein: es deute
Solch Zeichen, dieses Friedenskleid zerreißend,
Auf seinen bald'gen Bruch.

NORFOLK. Der ist schon klar;
Denn Frankreich höhnt den Bund und legt Beschlag
Auf unsrer Kaufherrn Güter in Bourdeaux.

ABERGAVENNY.
Ward deshalb der Gesandte fortgeschickt? –

NORFOLK. Gewiß!

ABERGAVENNY. Ein saubrer Titel eines Friedens,
Und teuer übers Maß.

BUCKINGHAM. Ei, lauter Arbeit
Des würd'gen Kardinals.

NORFOLK. Verzeiht, Mylord,
Der Staat nimmt Kenntnis vom besondern Zwist
Zwischen dem Kardinal und Euch. Drum rat' ich
(Und nehmt aus einem Herzen dies, das Ehr'
Und Sicherheit Euch reichlich gönnt), – Ihr woll't
Des Priesters Arglist stets und seine Macht
Zusammenreihn; dann wohl erwägen, daß,
Worauf sein wilder Haß auch brüt', ihm nimmer
Ein Werkzeug fehlt. Ihr kennt sein Naturell,
Rachgierig ist er: und ich weiß, sein Schwert
Ist scharf gewetzt; 's ist lang, und, wohl weiß man,
Es reicht fernhin: und streckt er's nicht so weit,
So schleudert er's. Schließt meinen Rat ins Herz;
Er wird Euch frommen. Seht, da kommt die Klippe,
Der ich Euch riet zu weichen.

Kardinal Wolsey, vor dem die Tasche getragen wird, mehrere von der Leibwache und zwei Schreiber mit Papieren treten auf. Der Kardinal heftet im Vorbeigehn seinen Blick auf Buckingham, und dieser auf ihn; beide sehn einander voller Verachtung an.

WOLSEY.
Der Hausvogt Herzog Buckinghams? Schon gut!
Habt Ihr die Untersuchung?

SCHREIBER. Hier, Mylord.

WOLSEY. Hält er sich fertig in Person?

SCHREIBER. Ja, gnäd'ger Herr.

WOLSEY.
Gut! Dann ergibt sich mehr; und Buckingham
Wird diesen stolzen Blick schon mäß'gen.

Kardinal Wolsey und sein Gefolge ab.

BUCKINGHAM.
Der Fleischerhund trägt Gift im Maul, und ich
Vermag nicht, ihn zu knebeln: drum, am besten,
Man weckt ihn nicht aus seinem Schlaf. Das Buch
Des Bettlers zählt vor edlem Blut! –

NORFOLK. Wie, so erhitzt?
Fleht Gott um Mäßigung, das einz'ge Mittel,
Das Eure Krankheit heischt.

BUCKINGHAM. Sein Blick verkündet
Was gegen mich: sein Aug' erniedrigte
Mich als verworfnen Knecht; und jetzt, jetzt eben,
Bohrt' er mich meuchlings durch: er ging zum König;
Ich folg' und will ihn übertrotzen.

NORFOLK. Bleibt doch,
Mylord, und laßt Vernunft und Zorn sich fragen,
Was Ihr beginnt. Wer steilen Berg erklimmt,
Hebt an mit ruh'gem Schritt; der Ärger gleicht
'nem überhitz'gen Pferd, das, gebt Ihr Freiheit,
Am eignen Feu'r ermüdet. Keiner, glaubt mir,
Vermag, wie Ihr, mir Rat zu geben: seid
Für Euch, was Ihr dem Freund wär't.

BUCKINGHAM. Ich will hin,
Und Ehrenmund soll völlig niederschreien
Den Hochmut des Ipswicher Knechts; sonst ruf' ich's:
Hin ist der Unterschied des Ranges.

NORFOLK. Hört mich!
Heizt nicht den Ofen Euerm Feind so glühend,
Daß er Euch selbst versengt. Wir überrennen,
Durch jähe Eil', das Ziel, nach dem wir rennen,
Und gehn's verlustig. Denkt nur, wie die Flamme,
Wenn sie den Trank geschwellt zum Überschäumen,
Ihn, scheinbar mehrend, nur zerstäubt. Oh, hört!
Ich wiederhol', es gibt kein Haupt in England
So kräftig sich zu leiten, als das Eure,
Wenn Ihr mit Saft der Weisheit wolltet löschen,
Ja, dämpfen nur, die Glut des Jähzorns.

BUCKINGHAM. Herr,
Nehmt meinen Dank. Entfernen will ich mich
Nach Euerm Wort. Doch der erzstolze Schwindler
(Nicht, weil der Zorn mir schwillt, nenn' ich ihn so,
Nein, aus rechtschaffnem Drang): durch sichre Kundschaft
Und Proben, die so klar wie Bäch' im Juli,

Wenn jedes Korn von Kies wir sehn, kenn« ich ihn
Feil und verrät'risch.

NORFOLK. Nicht verrät'risch sagt.

BUCKINGHAM.
Dem König sag' ich's: mein Beweis soll stark sein,
Wie Felsenufer. Seht nur: Dieser heil'ge
Fuchs oder Wolf – wenn beides nicht! – (er ist
So räub'risch ja als schlau, so rasch zum Bösen,
Als fein es zu vollziehn; Gemüt und Amt
Hat gegenseitig sich an ihm verpestet):
Nur daß er seinen Prunk ausbreit' in Frankreich,
Wie hier zu Haus, trieb unsem Herrn, den König,
Zum letzten teuren Bündnis und Kongreß,
Der so viel Schätze schlang und wie ein Glas
Zerbrach im Spülen.

NORFOLK. Ja gewiß, so war's.

BUCKINGHAM.
Erlaubt nur weiter, Herr. Der list'ge Pfaff'
Spann die Artikel nun der Übereinkunft,
Wie's ihm gefiel; dann ward ratifiziert,
Wie er nur winkt, »so sei's«; – zu nicht mehr Vorteil,
Als Krücken für den Toten. Doch unser Hofpfaff'
Ersann's, und so ist's gut; der würd'ge Wolsey,
Der niemals irrt, der tat's. Drauf folgt nun dies
(Was mich bedünkt, 'ne Art von Brut der alten
Hündin Verrat): – der Kaiser Karl, vorgeblich,
Die Kön'gin, seine Tante, zu besuchen
(Den Anstrich gab er wirklich; doch er kam,
Dem Wolsey zuzuflüstern), hält hier Einzug:
Er war in Furcht, ihm werd' aus dem Kongreß
Von Frankreich, durch der zween Monarchen
Freundschaft,
Nachteil entstehn; und freilich blickte Unheil
Ihm dräuend aus dem Bund: drum pflog er heimlich
Mit unserm Kardinal, und, wie ich glaube,
Ja, vielmehr weiß, – weil sicher vor dem Abschluß
Der Kaiser zahlt', und also sein Gesuch
Erfüllt war, eh' genannt – genug, nachdem
Der Weg gebahnt und goldgepflastert, heischt
Der Kaiser nun, er möge gütigst anders
Den König stimmen und den Frieden brechen.
Ja, wissen muß der König (gleich, durch mich),
Wie so der Kardinal nach Wohlgefallen
Ihm seine Ehre kauft und auch verkauft,
Und zwar zu seinem Vorteil.

NORFOLK. Mich betrübt's,
Solches von ihm zu hören, und ich wünsche,
Hier walt' ein Irrtum ob.

BUCKINGHAM. In keiner Sylbe!
Ich stell' ihn dar in eben der Gestalt,
In der er bald entlarvt ist.

Brandon tritt auf; vor ihm her ein bewaffneter Gerichtsdiener, darauf zwei oder drei von der Leibwache.

BRANDON. Sergeant,
Ihr wißt, was Eures Amts; vollzieht es!

GERICHTSDIENER. Sir,
Mylord, Herzog von Buckingham, und Graf
Von Hereford, Stafford und Northampton, ich
Verhafte dich um Hochverrat, im Namen
Unsres großmächt'gen Königs.

BUCKINGHAM. Seht, Mylord,
Das Netz fiel auf mich nieder; durch Verrat
Und Arglist muß ich untergehn.

BRANDON. Mich schmerzt,
Der Freiheit Euch beraubt und diesen Hergang
Mit anzusehn; es ist des Königs Wille,
Ihr sollt zum Turm.

BUCKINGHAM. Nichts hilft mir's, meine Unschuld
Dartun, da solcher Schatten fiel auf mich,
Der selbst das Weiße schwarz färbt. Herr, dein
Ratschluß
Gescheh' hierin und allzeit! Ich gehorche.
O Mylord Aberga'ny, lebet wohl!

BRANDON.
Nein, er wird mit Euch gehn. Es ist des Königs
Gefall', Ihr sollt zum Turm, bis Ihr erfahrt,
Was ferner nachfolgt.

ABERGAVENNY. Mit dem Herzog sag' ich:
Des Herrn Ratschluß gescheh', so wie des Königs
Gefallen!

BRANDON. Vollmacht hab' ich hier vom König,
Lord Montacut' in Haft zu nehmen; ferner
Den Johann de la Court, des Herzogs Beicht'ger;
Dann seinen Kanzler, Gilbert Peck –

BUCKINGHAM. So, so!
Das sind des Bunds Mitglieder! Habt Ihr noch
mehr?

BRANDON. Noch einen Karthäusermönch –

BUCKINGHAM.
Oh, Niklas Hopkins.

BRANDON. Ja.

BUCKINGHAM.
Mein Hausvogt spielte: der große Priester
Bot Gold ihm an; mein Leben ist umspannt;
Ich bin nur Schatten noch des armen Buckingham,
Und dessen Züge selbst tilgt diese Wolke,
Mein helles Licht verdunkelnd. Mylord, lebt wohl!

Alle ab.

Zweite Szene

Das Zimmer des Staatsrats.

Trompeten. König Heinrich, auf des Kardinals Schulter gestützt; mehrere Edelleute und Sir Thomas Lovell treten auf.

KÖNIG.
Mein ganzes Leben dankt, mein Herzblut Euch
Für solche Sorgfalt. Stand ich doch im Schuß
Der schwergelad'nen Meuterei! Habt Dank,
Der sie vertilgt. Laßt jetzt vor uns erscheinen
Des Buckingham Hofmeister: in Person
Will ich rechtfert'gen hören sein Bekenntnis,
Und Punkt für Punkt soll er uns seines Herrn
Verrat aufs neu' berichten.

Der König setzt sich auf den Thron. Die Lords des Reiches nehmen ihre Plätze ein. Der Kardinal setzt sich zu des Königs Füßen auf der rechten Seite. Man hört hinter der Szene rufen. »Platz für die Königin!« Die Königin tritt auf, geführt von den Herzogen von Norfolk und Suffolk; sie knieet. Der König steht auf von seinem Thron, hebt sie auf, küßt sie und heißt sie, neben ihm sitzen.

KÖNIGIN.
Nein, laßt uns länger knien; ich kam, zu bitten.
KÖNIG.
Steht auf, nehmt Euren Platz; Eu'r halb Gesuch
Bleib' unberührt (halb unsre Macht ist Eure),
Die andre Hälft', eh' Ihr sie nennt, gewährt.
So sagt und nehmt die Bitte.
KÖNIGIN. Dank, mein König.
Daß Ihr Euch selbst liebt, und in solcher Liebe
Nicht außer acht laßt Eure Ehre, noch
Die Hoheit Eures Amts: das ist der Inhalt
Von meiner Bitte:
KÖNIG. Fahret fort, Gemahlin.
KÖNIGIN.
Ich werd' umlagert stets – und zwar von vielen,
Und von den Redlichsten, – weil Euer Volk
In hartem Trübsal seufzt. Es sind Sendschreiben
Erlassen, so die Herzen lösen mußten
Von aller Treu'; und ob sich zwar darob,
Werter Herr Kardinal, die herbsten Klagen
Auf Euch zumeist ergießen, als Anstifter
Solcher Erpressung, trifft doch selbst den König
(Des Ehre Gott vor Unglimpf schützen mag!)
Unziemlich Reden, ja, solches, das zerbricht
Treu' und Gehorsam und beinah' erscheint
Als lauter Aufruhr.
NORFOLK. Nicht beinah' erscheint,
Wirklich erscheint: denn dieser Schatzung willen
Hat schon das ganze Tuchgewerk, unfähig,
Die Arbeit zu erhalten, seine Spinner,
Die Krempler, Walker, Weber abgedankt,
Die nun, verfolgt vom Hunger, andern Handwerks
Unkundig, sonder Mittel, in Verzweiflung,
Dem Ausgang trotzend, all' in Aufstand sind;
Und die Gefahr dient unter ihnen.
KÖNIG. Schatzung?
Auf was? Und welche Schatzung? Kardinal,
Ihr, der die Last zugleich mit uns hier tragt,
Wißt Ihr von dieser Schatzung?
WOLSEY. Erlaubt, mein König,
Ich weiß nur einzelnes von allem, was
Den Staat betrifft, und steh' nur mit im Gliede,
Wo andre mit mir schreiten.
KÖNIGIN. Nein, Mylord,
Ihr wißt nicht mehr als andre; doch Ihr schmiedet
Die Dinge, die auch jeder kennt; nicht heilsam
Für die, die lieber nicht sie kennten, doch
Wohl notgedrungen sie erfahren. Diese
Erpressungen, von denen mein Gemahl will wissen,
Im Hören sind sie tödlich schon; sie tragen,
Der Rücken bricht der Last. Man sagt, Ihr seid's,
Der sie ersonnen; ist das nicht, so seid Ihr
Zu hart beschuldigt.
KÖNIG. Immerdar Erpressung! –
Von welcher Art? Laßt hören, welcher Art
War die Erpressung?
KÖNIGIN. Wag' ich doch zu viel,
So prüfend Eure Milde! Doch mich stärkt
Die Nachsicht, so Ihr zugesagt. Es ruht
Des Volks Beschwerd' auf Steuern, so ein Sechsteil
Von jeglichem Vermögen sonder Aufschub
Einfordern, und als Vorwand soll Eu'r Krieg
In Frankreich gelten. Dies macht dreiste Zungen,
Der Mund speit aus die Pflicht; in kalten Herzen
Gefriert die Treu'; Verwünschung wohnt anjetzt,
Wo sonst Gebete; ja es kam so weit,
Daß nun lenksame Folgsamkeit erscheint
Als jeglicher erhitzten Laune Sklav'. Oh, möcht'
Eu'r Hoheit bald erwägen dies Geschäft!
Keins ist so dringend. –
KÖNIG. Nein, bei meinem Leben! –
Dies ist zuwider unserm Wunsch.
WOLSEY. Und ich
Ging meinerseits hierin nicht weiter, als
Durch eine Stimm'; auch diese gab ich nur
Auf Rat gelehrter Richter. Schmähen mich
Unkund'ge Zungen, so mein Innres nicht
Erkannt noch meine Weg', und wollen dennoch
Die Chronik werden meines Tuns: so weiß man,
's ist nur der Würden Los, der Dornenpfad,
Den Tugend wandeln muß. Beschränke keiner,
Was ihm zu tun notwendig, in der Furcht,
Er stoß' auf neid'sche Tadler, die beständig,
Raubfischen gleich, dem neugeschmückten Fahrzeug
Nachziehn, wiewohl es Vorteil bringt mit nichten,
Nur eitle Jagd. Oft unsre beste Tat,
Wie Böse oder Schwache deuten, ist
Nicht unsre oder nicht gelobt; die schlimmste,
Dem gröbern Sinn verständlich, preist man oft
Als unser bestes Tun. Müßten wir stillstehn,
In Furcht, belacht sei unser Gehn, verlästert,
Wir müßten Wurzel schlagen, wo wir sitzen,
Wo nicht, gleich Bildern sitzen.
KÖNIG. Weise Tat,
Vollbracht mit Vorsicht, schirmt sich selbst vor Zweifeln;
Tat ohne Vorbild aber ist zu fürchten
In ihrem Ausgang. Habt Ihr einen Vorgang
Für solche Schatzung? Wie mir scheint, wohl keinen.
Man muß das Volk nicht vom Gesetz losreißen
Und an die Willkür ketten. Wie! Ein Sechsteil?
Entsetzliche Besteu'rung! Ei, wir nehmen
Von jedem Baum Ast, Rind', und selbst vom Stamm!
Und lassen wir ihm auch die Wurzel, – so verstümmelt,
Verzehrt die Luft den Saft. In jede Grafschaft,
Wo dies verhandelt, schickt Sendschreiben mit
Vollkommner Nachsicht allen, so sich sträubten
Dem Druck sotaner Schatzung. Bitt' Euch, eilt,
Ich leg's in Eure Hand.
WOLSEY *zu seinem Geheimschreiber.*
Hört, auf ein Wort!
Ihr fertigt Briefe mir für jede Grafschaft,
Von Königs Gnad' und Nachsicht. Die gekränkten
Gemeinden sind uns abhold; sprenget aus,
Als sei auf unser Fürwort der Erlaß
Und Widerruf erfolgt. Ich werd' alsbald
Euch ferner unterrichten.
Geheimschreiber ab. – Der Haushofmeister tritt auf.

KÖNIGIN.
Es geht mir nah, daß Herzog Buckingham
Sich Eu'r Mißfallen zuzog.
KÖNIG. Viele schmerzt es:
Er ist gelehrt, ein trefflich seltner Redner,
Naturbegünstigt, an Erziehung fähig,
Den größten Meistern Lehr' und Rat zu geben,
Nie Hülfe suchend außer sich; und dennoch,
Wo also edle Gabe schlecht verteilt
Erfunden wird, – wenn erst der Geist verderbt ist –
Verkehrt sie sich zum Laster, zehnfach wüster,
Als schön zuvor. Derselbe Mann, so edel,
Der stets den Wundern wurde beigezählt,
Bei dem, entzückt zu horchen, uns Minuten
Die Stunden seiner Red' erschienen: dieser,
Mylady, hat die Grazie, sonst ihm eigen,
In scheußliche Gestalt verkehrt, so schwarz
Wie aus dem Höllenpfuhl. Nehmt Platz und höret Dinge
(Hier steht, der sein vertrauter Diener war),
Die Ehre trauern machen. Wiederholt
Die schon erzählten Greu'l; wovon wir nie
Zu wenig fühlen, zu viel nie hören können.
WOLSEY.
Kommt vor, erzählt mit freiem Mut, was Ihr,
Als ein sorgsamer Untertan, erforscht
Vom Herzog Buckingham.
KÖNIG. Nur dreist gesprochen!
HAUSHOFMEISTER.
Erst war's ihm zur Gewohnheit, jeden Tag
Sein Reden zu verpesten durch die Äuß'rung,
Daß, stürb' ohn' Erben unser Herr, er sicher
Das Szepter an sich brächte: solche Worte
Hört' ich ihn sagen seinem Schwiegersohn
Lord Aberga'ny, dem er eidlich schwur
Rach' an dem Kardinal.
WOLSEY. Bemerk' Eu'r Hoheit
In diesem Punkt sein sträfliches Beginnen:
Feindlich im Wünschen strebt sein böser Wille
Entgegen Eurer heiligen Person,
Ja, zielt noch jenseits selbst auf Eure Freunde
KÖNIGIN. Seid christlich, Mylord Kardinal!
KÖNIG. Fahrt fort!
Wie stützt' er seinen Anspruch auf die Krone,
Wenn wir dahin? Hast über diesen Punkt
Auch was vernommen?
HAUSHOFMEISTER. Dazu leitet' ihn
Des Niklas Hopkins eitles Prophezei'n.
KÖNIG. Wer war der Hopkins?
HAUSHOFMEISTER. Ein Karthäusermönch,
Sein Beicht'ger, der ihn stets genährt mit Worten
Von Krön' und Königtum.
KÖNIG. Wie weißt du dies?
HAUSHOFMEISTER.
Nicht lang', eh' Eure Hoheit zog gen Frankreich
Geschah's, daß in der Rose, in dem Kirchspiel
Sankt Laurenz Poultney, mich der Herzog fragte,
Was für Gespräch in London ich gehört,
Betreffend Euren fränk'schen Zug. Drauf sagt' ich,
Man fürchte der Franzosen treulos Wesen
Zu unsers Herrn Verderben. Alsobald
Begann der Herzog: Dazu gäb' es Grund,
Und, meint er, wohl erfülle sich's, was ihm
Ein heil'ger Mönch gesagt, »der oft«, erzählt' er,
»Zu mir gesandt, gelegne Zeit begehrend,
Wo meinem Kapellan, John de la Court,
Hochwicht'ge Ding' er offenbaren wolle;
Und als er drauf, unterm Sigill der Beichte,
Förmlichen Eid verlangt, was er entdeckte,
Das solle mein Kaplan nie einem Menschen
Als mir enthüll'n – da sprach er ernst, bedächtig,
Dies Wort: Der König weder, noch sein Stamm
(So sagt dem Herzog) wird gedeihn: drum streb' er,
Des Volkes Liebe zu gewinnen. Er, der Herzog,
Wird England einst beherrschen.« –
KÖNIGIN. Hör' ich recht,
Wart Ihr des Herzogs Hausvogt und verlort
Auf Eurer Untern Anklag' Eure Stelle;
So habt wohl acht, schmäht nicht in Eurer Bosheit
Den edlen Mann und wagt die edlere Seele.
Habt acht, ich sag's Euch, ja, ich bitt' Euch herzlich.
KÖNIG. Laß ihn. – Fahr' fort!
HAUSHOFMEISTER. Wahr red' ich, auf Gewissen.
Ich sagte dem Herrn Herzog, Teufels Blendwerk
Betrüge wohl den Mönch: es sei gefährlich,
So lang' hierob zu brüten, bis zuletzt
Ein Anschlag reifte, wie's gewiß geschäh',
Traut' er ihm erst. Er aber rief: »Sei still! –
Es bringt mir nimmer Schaden!« – sagt' auch noch:
»Wofern der König starb im letzten Fieber,
So fiel das Haupt des Kardinals so wie
Sir Thomas Lovells.«
KÖNIG. Wie! So arg? Ei, ja!
Das ist ein schlimmer Mann. Weißt du noch mehr?
HAUSHOFMEISTER. Ich weiß, mein Fürst.
KÖNIG. Fahr' fort!
HAUSHOFMEISTER. Zu Greenwich war's,
Verweis hatt' Eure Hoheit meinem Herzog
Erteilt, Sir William Blomers willen –
KÖNIG. Wohl
Entsinn' ich mich's: aus meinem Lehnsdienst nahm
Der Herzog ihn für sich. Doch nun, wie weiter?
HAUSHOFMEISTER.
Da sprach er: »Wär' ich hierum festgesetzt,
Etwan im Turm, so mein' ich, spielt' ich wohl
Die Rolle, die mein Vater wollt' erfüllen
Am Usurpator Richard, als in Sal'sbury
Er sich Gehör erbat, und wär's gewährt,
Ihm unterm Schein der Huldigung sein Messer
Ins Herz gestoßen hätte.«
KÖNIG. Oh, Riesenbosheit!
WOLSEY.
Nun, Fürstin, kann der König frei noch atmen,
Bleibt dieser außer Haft?
KÖNIGIN. Gott füg's zum Guten!
KÖNIG.
Du hast noch Weitres auf dem Herzen; rede!
HAUSHOFMEISTER.
Nach »Rolle meines Vaters« – und dem »Messer« –
Streckt' er sich so, und eine Hand am Dolch,
Die andre auf der Brust, den Blick erhoben,

Stieß er hervor den wild'sten Fluch, des Inhalts,
Daß, würd' ihm hart begegnet, er den Vater
So weit noch übertreffen wollt', als je
Die Tat den schwanken Vorsatz.

KÖNIG. Seinem Messer
Ist wohl ein Ziel gesetzt; er ist verhaftet.
Ruft vor Gericht ihn gleich! Vermag er Gnade
Vor dem Gesetz zu finden, sei's; wo nicht,
Bei uns such' er sie nie! – Bei Tag und Nacht,
Gewiß, er ist auf Hochverrat bedacht.

Alle ab.

Dritte Szene

Ein Zimmer im Palast.
Der Lord Kämmerer und Lord Sands treten auf.

LORD KÄMMERER.
Ist's möglich, gaukelten die Zauber Frankreichs
Die Menschen in solch seltsamliche Form?

SANDS. Sind neue Moden noch so lächerlich,
Ja, selbst unmännlich, doch befolgt man sie.

LORD KÄMMERER.
So weit ich seh', was unsre Englischen
Sich Gut's geholt auf dieser Fahrt, sind's höchstens
Ein paar Gesichter, die sie ziehn, und garst'ge,
Denn macht sie einer, nun, so schwört man drauf,
Selbst seine Nase sei schon Rat gewesen
Bei Chlotar und Pipin, so ehrbar schaut sie.

SANDS. Sie führen sämtlich neue, lahme Beine,
Und wer sie noch nicht gehn sah, dächte, Spat
Und Gallen zwickten sie.

LORD KÄMMERER. Beim Element!
Selbst ihrer Kleider Schnitt ist so sehr heidnisch,
Daß sie gewiß den Christen ausgezogen.
Wie nun? Was Neues bringt Sir Thomas Lovell? –

Sir Thomas Lovell tritt auf.

LOVELL.
Nicht Neues just, Mylord, als die Verordnung,
Die eben jetzt am Schloßtor klebt.

LORD KÄMMERER. Worüber?

LOVELL. Ei, die Reform der jungen Reisenden,
Die uns verfolgt mit Zank und Lärm und
Schneidern.

LORD KÄMMERER.
Gott sei's gedankt! Nun bitt' ich die Monsieurs,
Einem brit'schen Hofmann noch Verstand zu lassen,
Auch wenn er's Louvre nicht gesehn.

LOVELL. Sie sollen
(So lautet die Verordnung) ihren Wedeln
Und Resten fränk'schen Narrentums entsagen,
Samt all den teuern Punkten ihrer Torheit
Von gleichem Schlag; Duell'n und Feuerwerken;
Und der Verspottung Besserer als sie
In ihrer fremden Weisheit; gänzlich abtun
Den Aberglauben ihres Federballs,
Die langen Strümpfe, kurz gepuffte Hosen,
All die Symbole ihrer Reis', und wieder
Sich wie vernünft'ge Menschen stellen, oder
Sich zu den alten Spielkam'raden packen,
Wo sie cum privilegio dann mögen
Verlacht sein und die Kläglichkeit verbrauchen.

SANDS.
Die Kur war an der Zeit; es griff dies Übel
Verzweifelt um sich.

LORD KÄMMERER. Wie wohl unsre Weiber
Die süßen Eitelkeiten all entbehren! –

LOVELL.
Nun, Klagen gibt's gewiß; die schlauen Löffler
Verstanden meisterlich, die Frau'n zu fangen;
'ne Fiedel, ein französisch Lied tat Wunder.

SANDS.
Fiedl' euch der Teufel! Gut, sie sind nun fort,
Denn Bess'rung war zu hoffen nicht. Jetzt mag
Ein schlichter Edelmann vom Land', wie ich,
Längst aus dem Spiel verdrängt doch auch sein Lied
Anstimmen und Gehör ein Stündchen hoffen
Und, mein' ich, seinen Takt noch eben halten.

LORD KÄMMERER.
Recht so, Lord Sands; Ihr habt den Füllenzahn
Nicht abgelegt.

SANDS. O nein, und werd' auch nicht,
Solang' ein Stumpf mir nachbleibt.

LORD KÄMMERER. Sagt, Sir Thomas,
Wohin Ihr gingt.

LOVELL. Ins Haus des Kardinals;
Eu'r Herrlichkeit ist gleichfalls dort ein Gast.

LORD KÄMMERER.
Jawohl. Er gibt ein prächtig Fest zu Nacht
Gar vielen Herrn und Frau'n; Ihr findet dort
Des ganzen Landes Schönheit heut versammelt.

LOVELL. Ein gütig Herz hat dieser Fürst der Kirche,
Fruchtbar die Hand wie der ergieb'ge Boden,
Sein Tau tränkt alles.

LORD KÄMMERER. Ja, er ist höchst edel:
Ein schwarz Gemüt, das anders von ihm sagte.

SANDS. Nun, er vermag's, er hat genug; an ihm
Wär' Sparen ärgre Sünd' als Ketzerei.
Freigebig müssen Männer sein wie er,
Sie stehn als Beispiel da.

LORD KÄMMERER. Als rechtes Beispiel;
Doch er vor allen. Meine Barke hält,
Ich nehm' Eu'r Gnaden mit. Nun kommt, Sir
Thomas,
Wir kommen spät sonst, und mir wär' es leid,
Weil ich heut abend mit Sir Heinrich Guilford
Aufseher bin des Festes.

SANDS. Euch zu Diensten.

Alle ab.

Vierte Szene

Im Palast des Kardinals von York.
Hoboen. Ein kleiner Tisch unter einem Thronhimmel für den Kardinal; eine längere Tafel für die Gäste. Von der einen Seite treten auf Anna Bullen mit einigen andern Fräulein und Edelfrauen als Gäste, von der andern Sir Heinrich Guilford.

GUILFORD.
Ein allgemein Willkommen Seiner Gnaden
Begrüßt euch all', ihr Frau'n; er weiht den Abend
Der schönen Freud' und euch, und hofft, nicht eine

In dieser edlen Schar nahm Sorgen mit
Von Haus. Gern säh' er alles hier so munter,
Als gut gewählte Gäst' und guter Wein
Und guter Willkomm' gute Leute nur
Zu stimmen wissen. Ei, Mylord, Ihr säumt;

Der Lord Kämmerer, Lord Sands und Sir Thomas Lovell treten auf.

Schon der Gedank' an diesen schönen Kreis
Gab Flügel mir.

LORD KÄMMERER. Ihr seid noch jung, Sir Heinrich.

SANDS. Sir Thomas, hegte nur der Kardinal
Halb meine weltlichen Gedanken, traun!
Manch' eine fände hier vor Schlafengehn
Ein lust'ger Fest, das besser ihr gefiele.
Es ist, fürwahr! ein Kreis der schönsten Kinder.

LOVELL.
Wär' Eure Herrlichkeit nur jetzt der Beicht'ger
Zwei'n oder drei'n von diesen! –

SANDS. Wollt', ich wär's,
Sie fänden leichte Pönitenz.

LOVELL. Wie leicht?

SANDS. So leicht, wie Federbetten sie nur böten.

LORD KÄMMERER *zu den Damen.*
Gefällt's euch, Platz zu nehmen? Ordnet Ihr,
Sir Heinrich, dort, ich will es diesseits tun.
Gleich kommt der Kardinal. Nein, frieren müßt ihr nicht;
Zwei Frau'n zusammensetzen macht kalt Wetter.
Ihr, Mylord Sands, müßt sie uns munter halten;
Setzt Euch zu diesen Damen.

SANDS. Nun, Mylord,
Auf Ehr', ich dank' Euch. Wollt verzeihn, ihr Schönen:

Setzt sich.

Red' ich vielleicht ein bißchen wild, so zürnt nicht;
Ich hab's von meinem Vater.

ANNA. War der toll, Sir?

SANDS.
Sehr toll, ausnehmend toll, verliebt am tollsten:
Doch biß er nie, und, ebenso wie ich,
Küßt' er euch zwanzig wohl in einem Atem.

LORD KÄMMERER. Recht so, Mylord,
So, jetzo sitzt Ihr gut. Ihr Herrn, nun liegt
Die Schuld an euch, wenn diese schönen Frau'n
Nicht heiter uns verlassen.

SANDS. Was ich vermag,
Das soll gewiß geschehen.

Hoboen. Kardinal Wolsey tritt auf und nimmt Platz auf seinem erhöhten Sitz.

WOLSEY. Seid willkommen,
Ihr schönen Gäste! Welcher edlen Frau
Und welchem Ritter heut der Frohsinn ausbleibt,
Die meinen's schlimm mit mir. Nochmals willkommen!
Auf euer aller Wohl!

Trinkt.

SANDS. Ein huldreich Wort!
'nen Tummler gebt, der meinen Dank enthalte
Und mir das Reden spare.

WOLSEY. Mylord Sands,
Ich dank' Euch bestens. Trinkt den Gästen zu!
Die Damen sind nicht munter; sagt mir an,
Wes ist die Schuld?

SANDS. Erst muß des Weines Purpur
Die schönen Wangen röten, Herr; dann sollt Ihr
Sie uns stumm plaudern sehn.

ANNA. Ihr seid
Ein lust'ger Spielmann, Mylord Sands.

SANDS. O ja,
Wenn ich den Tanz darf wählen. – Hier, mein Fräulein,
Ist Wein für Euch, und wollt Bescheid mir tun;
Es gilt ein Spiel ...

ANNA. Das Ihr verlieren würdet.

SANDS. Ich sagt' es wohl, sie würden plaudern.

Trommeln und Trompetenschall, man hört Kanonen abfeuern.

WOLSEY. Horch!

LORD KÄMMERER. Seht draußen nach!

Ein Diener geht hinaus.

WOLSEY. Welch kriegerischer Klang! –
Wie deut' ich dies? Nein, fürchtet nichts, ihr Frau'n;
Nach allem Kriegsbrauch seid ihr außer Fährde.

Der Diener kommt zurück.

LORD KÄMMERER. Nun sprich, was ist's?

DIENER. Ein Trupp von edlen Fremden;
Denn also scheint's: sie sind ans Land gestiegen
Und nahen jetzt, gleich hohen Abgesandten
Ausländ'scher Fürsten.

WOLSEY. Werter Mylord Kämm'rer,
Geht Ihr zum Gruß; Ihr sprecht die fränk'sche Zunge.
Empfangt sie würdig und geleitet sie
In unsre Näh', wo dieser Schönheitshimmel
Vollglänzend sie bestrahle. – Geh' wer mit!

Der Kämmerer mit Gefolge ab.

Alle stehen auf; man bringt die Tische auf die Seite.

Man stört das Fest; doch holen wir's wohl nach.
Euch allen ein gesegnet Mahl; ich heiß' euch
Nochmals willkomm', willkommen all' von Herzen!

Hoboen. Der König und mehre andre als Schäfer verkleidet, mit sechzehn Fackelträgern, und durch den Lord Kämmerer eingeführt, treten auf. Sie gehen gerade auf den Kardinal zu und grüßen ihn höflich.

Ein edler Zug! Was steht zu eurem Dienst? –

LORD KÄMMERER.
Da sie kein Englisch reden, meld' ich dies
Auf ihr Gesuch: daß, als der Ruf erschollen
Von dieses Abends schöner und erlauchter
Versammlung, sie nicht länger widerstanden
Nach ihrer tiefen Ehrfurcht für die Schönheit,
Die Herden zu verlassen, um in Eurem
Edlen Geleit Erlaubnis zu begehren,
Die Damen hier zu sehn und eine Stunde
Zu unterhalten.

WOLSEY. Sagt, Lord Kämm'rer, ihnen,
Sie häuften Gnaden auf mein armes Haus,
Ich dankte tausendfach und bäte sie,
Nach ihrem Wohlgefallen hier zu schalten.

Alle wählen sich Damen zum Tanz. Der König tanzt mit Anna Bullen.

KÖNIG. Die schönste Hand, die ich berührt! O

Schönheit,
Dich ahnet' ich bis heut noch nie! –
WOLSEY. Mylord!
LORD KÄMMERER. Eu'r Gnaden?
WOLSEY. Bitt' Euch, sagt in meinem Namen,
Daß einer unter ihnen müsse sein,
Der würd'ger diesen Platz besetzt denn ich,
Und dem ich, kennt' ich ihn, mit aller Lieb'
Und Pflicht ihn überließe.
LORD KÄMMERER. Wohl, ich gehe.
Geht zur Gesellschaft und kommt zurück.
WOLSEY. Was sagen sie?
LORD KÄMMERER. Ein solcher, dies gestehn sie,
Sei wirklich hier, und mög' Eu'r Gnaden ihn
Ausfinden, und er nähm' es an.
WOLSEY. Laßt sehn. –
Mit euer aller Gunst, ihr Herrn, hier wag' ich
Die Königswahl.
KÖNIG. Ihr traft ihn, Kardinal.
Ihr haltet trefflich Haus; recht wohl, Mylord!
Ihr seid ein Geistlicher, sonst, Kardinal,
Dächt' ich von Euch nichts Gutes.
WOLSEY. Mich erfreut's,
Wenn Eure Hoheit scherzt.
KÖNIG. Oh, Mylord Kämm'rer,
Bitt' Euch, kommt her! Wer ist das schöne Fräulein? –
LORD KÄMMERER.
Erlaubt, mein Fürst, Sir Thomas Bullens Tochter,
Des Vicomte Rochford, von der Kön'gin Damen.
KÖNIG.
Bei Gott! ein lieblich Kind. – Mein süßes Herz,
Unziemlich wär's, zum Tanz Euch aufzufodern
zu Anna Bullen
Und nicht zu küssen. Stoßet an, ihr Herrn,
Bringt die Gesundheit rund!
WOLSEY. Sir Thomas Lovell,
Ist das Bankett bereit im innern Saal?
LOVELL. Ja, Herr.
WOLSEY. Eu'r Hoheit, fürcht' ich, ist ein wenig
Erhitzt vom Tanz.
KÖNIG. Ich fürchte selbst, zu sehr.
WOLSEY. Im nächsten Saale, Sire, ist frischre Kühle.
KÖNIG. Führt eure Damen alle. – Holde Tänzerin,
Noch darf ich Euch nicht lassen. – Sei'n wir fröhlich!
Ich hab' auf diese Schönen halb ein Dutzend
Trinksprüch' im Sinn, und sie zum Tanz noch einmal
Zu führen; und hernach mag jeder träumen,
Wem heut die meiste Gunst ward. – Blast zum
Aufbruch!
Alle unter Trompetenschall ab.

Zweiter Aufzug

Erste Szene

Straße.
Zwei Edelleute treten auf, von verschiedenen Seiten.

ERSTER. Wohin so eilig?
ZWEITER. Oh! Gott grüß' Euch! Grade
Zur Halle ging ich, um das Schicksal forschend
Des großen Herzog Buckingham.
ERSTER. Ich spar' Euch
Die Mühe, Sir; 's ist alles schon geschehn.
Jetzt wird er heimgeführt.
ZWEITER. Ihr wart zugegen?
ERSTER. Ja wohl!
ZWEITER.
Dann, bitt' Euch, sagt, wie war der Hergang?
ERSTER. Das rät sich leicht!
ZWEITER. Erkannte man ihn schuldig?
ERSTER.
Nun allerdings, und sprach sogleich sein Urteil.
ZWEITER. Das geht mir nah!
ERSTER. Das tut es vielen andern.
ZWEITER. Doch jetzt erzählt: wie trug sich alles zu?
ERSTER.
Ich meld's Euch kürzlich. Vor die Schranken trat
Der große Herzog, wo auf alle Klagen
Er seine Unschuld scharf verfocht und Gründe
Anhäuft', um dem Gesetz sich zu entziehn.
Des Königs Anwalt dahingegen drang
Auf das Verhör, den Eid, das Eingeständnis
Verschiedner Zeugen, die sogleich der Herzog
Persönlich ihm vor Augen bat zu führen:
Worauf sein Hausvogt wider ihn erschien,
Sir Gilbert Peck, sein Kanzler, und John Court,
Sein Beicht'ger; ferner jener Teufelsmönch,
Hopkins, der schuld an allem.
ZWEITER. Eben der,
Der ihn getäuscht mit Prophezei'n?
ERSTER. Derselbe.
Sie klagten sämtlich hart ihn an. Gern hätt' er
Sie von sich abgelehnt, doch konnt' er's nicht;
Und also sprachen, nach sotanem Zeugnis,
Ihn seine Pairs des Hochverrates schuldig.
Viel und Gelehrtes sprach er für sein Leben,
Doch ward's bedauert aber nicht beachtet.
ZWEITER. Und nach dem allen, wie betrug er sich?
ERSTER.
Als vor die Schrank' er wieder trat und hörte
Sein Grabgeläut', sein Urteil, da erfaßt' ihn
Die Todesangst; ihm brach der Schweiß hervor,
Und sprach im Zorn ein Wen'ges, schlecht und
hastig.
Doch kehrt' er bald zu sich zurück und blieb
Höchst edel und gefaßt, bis ganz zu Ende.
ZWEITER. Er scheut den Tod wohl nicht?
ERSTER. Gewißlich nicht.
So weibisch war er nie; obwohl die Ursach'
Ihn sicherlich muß kränken.
ZWEITER. Zuverlässig
War hier der Kardinal im Spiel.
ERSTER. So scheint es
Nach allem Fug: zuerst Kildairs Anklage,
Der erst Regent in Irland war, dem, abgerufen,
Lord Surrey folgt', und zwar in großer Eil',
Damit er nicht dem Vater hülf'.
ZWEITER. Welch hämischer
Verborgner Streich der Staatskunst!
ERSTER. Kehrt er heim,

Wird er Vergeltung üben. Allgemein
Ist schon bekannt, daß, wem der König günstig,
Dem suche flugs der Kardinal ein Amt,
Das fern genug vom Hof.

ZWEITER. All die Gemeinen
Sind ihm von Herzen gram und säh'n ihn gern
Zehn Klafter tief: so wie sie Lieb' und Treu'
Dem Herzog schenkten, der ihr güt'ger Buckingham
Bei ihnen heißt und aller Sitte Spiegel.

ERSTER.
Verweilt! Dort kommt der arme, würd'ge Pair.

Buckingham tritt auf, von seinem Verhör kommend. Gerichtsdiener gehen vor ihm, die Schneide ihrer Beile gegen ihn gekehrt. Hellebardierer auf beiden Seiten. Ihm folgen Sir Thomas Lovell, Sir Nikolas Vaux, Sir William Sands. Volk.

ZWEITER. Kommt näher; seh'n wir ihn!

BUCKINGHAM. Ihr guten Leute,
Die mich voll Mitleid also weit begleitet,
Hört mich, und dann geht heim, vergesset mich!
Mir ist Verräters Urteil heut gesprochen,
Und dies gibt mir den Tod. Doch weiß der Himmel,
Und hab' ich ein Gewissen, treff' es mich,
So wie die Axt fällt, war ich jemals treulos!
Den Richtern groll' ich nicht um meinen Fall;
Sie übten Recht nur, nach der Sache Hergang.
Doch, die's veranlaßt, wünscht' ich beßre Christen! –
Wie sie auch sei'n, verzeih' ich ihnen gern;
Nur, daß sie nie mit ihrem Unheil prahlen,
Noch ihre Bosheit baun aufs Grab der Großen;
Dann schriee wider sie mein schuldlos Blut.
Auf längres Leben hoff' ich nicht hienieden,
Noch fleh' ich drum, ist gleich der König reicher
An Huld als ich an Fehlen. Ihr Getreuen,
Die ihr's noch wagt, um Buckingham zu weinen,
Ihr edlen Freund' und Brüder, deren Abschied
Allein ihm bitter wird, allein'ger Tod,
Folgt mir, gleich guten Engeln, hin zum Tode:
Und wie der Stahl mich trifft, die lange Scheidung,
Laßt eu'r Gebet ein lieblich Opfer steigen
Und hebt die Seel' empor gen Himmel. Weiter,
In Gottes Namen! –

LOVELL. Ich ersuch' Eu'r Gnaden,
Wenn jemals gegen mich ein Haß verborgen
In Eurer Brust, vergebt mir ohne Rückhalt!

BUCKINGHAM.
Sir Thomas, ich vergeb' Euch, wie mir selber
Vergeben werde; ich vergebe allen.
Es gibt so ungezähltes Unrecht nicht
An mir, das ich nicht könnt' entsühnen; sicher
Soll schwarzer Haß mein Grab nicht baun.
Empfehlt mich
Dem König; und spricht er von Buckingham,
Sagt ihm, er war schon halb im Himmel. Stets
Sind meine Wünsch' und Bitten ganz des Königs
Und werden, bis die Seele mich verläßt,
Um Segen für ihn flehn. Er lebe länger,
Als Zeit mir bleibt, zu zählen seine Jahre! –
Sein Walten sei stets liebreich und geliebt!
Und führt ihn Alter spät dereinst hinab,
Erfüllen Herzensgüt' und er ein Grab! –

LOVELL. Zur Wasserseite soll ich Euch geleiten,
Dann übernimmt mein Amt Sir Niclas Vaux,
Der Euch zu Eurem Ende führt.

VAUX. Macht Anstalt;
Der Herzog kommt: seid mit dem Boot bereit
Und ziert es aus mit Schmuck, wie sich's geziemt
Für seine fürstliche Person.

BUCKINGHAM. Nein, Sir,
Laßt gut sein; jetzund höhnt mein Rang mich nur.
Ich kam hieher als Lord Groß-Connetable,
Herzog von Buckingham; jetzt bin ich nur
Der arme Eduard Bohun; und reicher dennoch
Als die Elenden, die mich angeklagt
Und Wahrheit nie gekannt. Ich geb' ihr Zeugnis
Mit meinem Blut, um das sie einst noch ächzen.
Mein edler Vater, Heinrich Buckingham,
Der gegen Richards Tyrannei zuerst stritt,
Als er entflohn zu seinem Diener Banister,
Fand, weil in Not, Verrat durch diesen Buben
Und fiel ohn' Untersuchung: Gott sei mit ihm!
Der sieb'te Heinrich dann, wahrhaft bekümmert
Ob meines Vaters Mord, der edle König,
Gab Ehre mir und Gut zurück und schuf mir
Aus Trümmern doppelt hellen Glanz. Jetzt rafft
Sein Sohn, Heinrich der Achte, Leben, Ehre
Und Nam' und was mich glücklich je gemacht,
Mit einem Streich auf ewig aus der Welt.
Mir gönnte man gerichtliches Verhör,
Und zwar ein wahrhaft edles, das beglückt mich
Ein wenig mehr als meinen armen Vater.
Doch sonst ward beiden gleiches Los: wir beide
Gestürzt durch Diener, durch die liebsten Männer!
Höchst treulos, unnatürliche Vergeltung! –
Der Himmel legt in alles Zweck. Ihr aber
Nehmt diese Warnung von dem Sterbenden:
Wo Lieb' ihr und Vertrau'n freigebig schenkt,
Bewahrt die Zung': die ihr zu Freunden macht,
Die Herzen ihnen gebt, gewahren sie
Den kleinsten Stoß an eurem Glück, sie rollen
Wie Wellen von euch fort, nur wiederkehrend,
Euch zu verschlingen. All ihr guten Menschen,
Betet für mich! Ich geh'! Die letzte Stunde
Des müden, langen Lebens hat geschlagen.
Lebt wohl!
Und wollt ihr Trauriges einmal erzählen,
Sagt, wie ich fiel. – So schließ' ich. Gott verzeih' mir! –

Buckingham und Gefolge ab.

ERSTER.
Oh, dies ist jammervoll! Dies, fürcht' ich, ruft
Zu viele Flüch' auf aller Haupt, die solches
Veranlaßt.

ZWEITER. Wenn der Herzog schuldlos stirbt,
Ist's grau'nvoll; doch ich könnt' Euch Winke geben
Von einem nahen Übel, das, eintretend,
Noch größer wäre.

ERSTER. Schützt uns, gute Geister!
Was kann es sein? Mißtraut nicht meiner Treu'; –

ZWEITER. So wichtiges Geheimnis heischt bewährte
Verschwiegenheit, es zu verschließen.

ERSTER. Gönnt mir's;
Ich rede wenig.

ZWEITER. Wohl, ich will Euch traun.
Hört an: Vernahmt Ihr nicht vor wenig Tagen
Ein heimlich Munkeln über nahe Scheidung
Des Königs von Kathrinen?
ERSTER. Ja, doch schwand es wieder:
Der König, als er kaum davon gehört,
Hat zornig dem Lord Mayor Befehl gesandt,
Zu hemmen solch Gerücht und schnell zu bänd'gen
Die Zungen, die's verbreitet.
ZWEITER. Dennoch, Sir,
Ward jenes Lästern Wahrheit; denn aufs neu'
Erhebt sich's stärker, und man glaubt gewiß
Den König schon bestimmt. Der Kardinal,
Wo nicht, vom Hof ein andrer, weckt in ihm,
Die gute Füstin hassend, solche Skrupel,
Die ihr Verderben drohn; und nun erwägt
Des Kardinals Campejus neulich Kommen,
Das alle hierauf deuten.
ERSTER. 's ist allein
Der Kardinal, der Rache sucht am Kaiser,
Weil ihm das Erzbistum Toledo nicht
Auf sein Gesuch von jenem ward gewährt.
ZWEITER. Ich denk', Ihr traft den Fleck. Doch ist's nicht grausam,
Daß sie dies büßen muß? Der Kardinal
Folgt seinem Sinn: drum fällt sie.
ERSTER. 's ist betrübt.
Wir stehn zu offen hier für solch Gespräch;
Laßt uns daheim noch ferner drüber denken.
Ab.

Zweite Szene

Ein Vorzimmer im Palast.

DER LORD KÄMMERER *der einen Brief liest.*
»Mylord! Die Pferde, nach denen Eure Herrlichkeit schickte, waren mit aller Sorgfalt von mir ausgewählt, zugeritten und mit Sattel und Zeug versehen worden. Sie waren jung und schön, und von unsrer besten Zucht im Norden. Als ich sie so weit gebracht, nach London abgehn zu können, hat einer von des Lord Kardinals Dienern nach vorgezeigter Vollmacht und Befehl, sie in Beschlag genommen, mit der Äußerung, sein Herr wolle eher bedient sein als ein Untertan, wo nicht eher als der König; dies, gnädiger Herr, stopft uns den Mund.«
Das will er freilich, fürcht' ich. Nun, nehm' er sie,
Ich denk', er nimmt noch alles.
Die Herzoge von Norfolk und Suffolk treten auf.
NORFOLK.
Mich freut's, Euch hier zu treffen, Mylord Kämm'rer.
LORD KÄMMERER.
Gott grüß' Eu'r Gnaden beide!
SUFFOLK. Sagt, was macht
Der König?
LORD KÄMMERER. Ich verließ ihn einsam, voll Bekümmernis und Gram.
NORFOLK. Was war die Ursach'?
LORD KÄMMERER.
Es scheint, die Eh' mit seines Bruders Weib
Kam dem Gewissen allzu nah.
SUFFOLK. Nein, sein Gewissen
Kam einer andern Frau zu nah.
NORFOLK. So ist's.
Das macht der Priester, dieser König-Priester!
Der blinde Pfaff', Fortunas Erstgeborner,
Dreht alles um. Einst wird der Herr ihn kennen.
SUFFOLK.
Gott geb', er tät's! Er kennt sich selbst nicht eh'.
NORFOLK.
Seht nur, wie heilig all sein Tun und Dichten!
Wie salbungsvoll! Denn seit er brach das Bündnis
Mit Kaiser Karl, der Kön'gin großem Neffen,
Taucht' er ins Herz des Königs, streuet dort
Gefahr und Zweifel und Gewissensangst,
Vorwurf und Furcht, bloß dieser Ehe wegen.
Und nun, mit eins den König zu erwecken,
Rät er zur Scheidung, rät, sie zu verstoßen,
Die zwanzig Jahr an seinem Halse hing,
Wie ein Juwel, doch nie den Glanz getrübt;
Sie, die mit jener Zärtlichkeit ihn liebt,
Mit der die Engel gute Menschen lieben;
Ja, sie, die bei des Glückes härt'sten Streichen.
Den König segnen wird! Ist das nicht fromm?
LORD KÄMMERER.
Behut' uns Gott vor solchem Rat! Wahr ist's,
Schon ward's bekannt, schon wohnt's auf allen Zungen,
Und alle Treuen weinen drum; nicht einem,
Der näh're Einsicht hat, entgeht der Hauptzweck,
Die Eh' mit Frankreichs Schwester. Bald erschließe
Gott noch des Königs Augen, eingeschläfert
Von diesem frechen Mann!
SUFFOLK. Und mach' uns frei
Von seiner Knechtschaft!
NORFOLK. Beten möchte man,
Und zwar von ganzem Herzen, um Erlösung.
Sonst knetet der Hochfahrende uns alle
Aus Fürsten noch zu Pagen. Stand und Rang
Liegt wie ein Teig vor ihm, den er allein
Nach Wohlgefallen modelt.
SUFFOLK. Ich, Mylords,
Ich lieb' und fürcht' ihn nicht, das ist mein Credo.
Wie ich ohn' ihn entstand, so will ich bleiben
Mit Königs Hülfe; Wolseys Fluch und Segen
Trifft mich gleichviel: 's ist Luft, die nicht verwundet.
Ich kannt' und kenn' ihn noch, und lass' ihn dem,
Der ihn so stolz gemacht, dem Papst.
NORFOLK. Kommt, gehn wir,
Versuchen wir's, ob nicht ein neu Beginnen
Den König diesem trüben Tun entreißt. –
Mylord, Ihr folgt uns doch?
LORD KÄMMERER. Entschuldigt mich;
Der König schickt mich sonst wohin. Zudem
Fürcht' ich, ihr trefft höchst ungelegne Zeit;
So geh's euch wohl! –
NORFOLK. Dank, werter Mylord Kämm'rer!
Lord Kammern ab.
Der Herzog von Norfolk öffnet eine Flügeltür; man sieht

den König sitzend und nachdenklich lesend.

SUFFOLK. Wie ernst! Gewiß, er ist sehr aufgeregt!
KÖNIG. Wer ist hier? He?
NORFOLK. Gott wende seinen Zorn!
KÖNIG. Wer ist hier? frag' ich. Wie vermeßt ihr euch,
In Stunden ernster Sammlung euch zu drängen?
Wer bin ich? Wie?
NORFOLK.
Ein güt'ger Fürst, der gern Verseh'n entschuldigt,
Die nimmer arg gemeint. Der Fehl von eben
Betraf ein Staatsgeschäft, um das wir kamen,
Den Willen unsers Königs zu vernehmen.
KÖNIG. Ihr seid kühn.
Ei was! Ich lehr' euch, wann es Zeit ist zu
Geschäften!
Ist jetzt für Weltliches die Stunde? Wie?

Wolsey und Campejus treten auf.

Wer kommt? Mylord von York? O du mein Wolsey,
Du Balsam meiner schmerzgequälten Seele,
Du reichst dem König Heilung. – Seid willkommen

zu Campejus

In unserm Reich, gelehrter, edler Herr,
Verfügt mit ihm und uns; und Ihr sorgt bestens,

zu Wolsey

Daß dies kein leeres Wort sei!
WOLSEY. Mein Gebieter,
Ich bitt' Eu'r Hoheit nur um eine Stunde
Geheimen Vortrags.
KÖNIG *zu Norfolk und Suffolk.*
Fort! wir sind beschäftigt.
NORFOLK *beiseit.*
Der Priester wär' nicht stolz?
SUFFOLK *beiseit.*
Ganz unermeßlich.
Ich möchte nicht so krank sein, nicht einmal
Für seinen Platz. Doch dies kann so nicht bleiben.
NORFOLK.
Geschieht's, so wag' ich, ihm eins beizubringen.
SUFFOLK. Auch ich.

Norfolk und Suffolk ab.

WOLSEY.
Eu'r Hoheit gab ein Beispiel Ihrer Weisheit
Vor allen Fürsten, als Ihr frei dem Spruch
Der Kirch' anheim gestellt habt Eure Skrupel.
Wer darf nun zürnen? Welcher Haß Euch treffen?
Spanien, durch Blut und Freundschaft ihr verbündet,
Muß jetzt, wofern es irgend gut gesinnt,
Die Untersuchung recht und edel finden.
In allen Christenreichen hat der Klerus,
Der einsichtsvolle, freie Beistimmung,
Und Rom, die Mutter aller Weisheit, sandte
Auf Euer Gnaden Wunsch als bündigsten
Erklärer diesen würd'gen Priester her,
Den vielerfahrnen Kardinal Campejus,
Den ich nochmals vorstelle meinem Fürsten.
KÖNIG.
Und nochmals sagt ihm Willkomm die Umarmung,
Dem heiligen Konklav' die Liebe dankend;
Es traf die Wahl nach meines Herzens Wunsch.
CAMPEJUS.
Mit Recht ist aller Fremden Herz entzückt
Von Euch, mein Fürst, der sich so edel zeigt.
In Eure Hand leg' ich die Vollmacht nieder,
Die auf Befehl des röm'schen Hofs mit Euch,
Lord Kardinal, mich, seinen Knecht, vereinigt
Als unpartei'sche Richter dieses Falls.
KÖNIG.
Gleich würdig beide. Wir werden ungesäumt
Die Königin unterrichten. – Wo ist Gardiner?
WOLSEY.
Eur' Majestät, ich weiß es, hat sie stets
Zu sehr geliebt, um das ihr nicht zu gönnen,
Was ein gering'res Weib mit Recht auch fodert:
Gelehrte, die frei für sie sprechen dürfen.
KÖNIG.
Ja, und die besten soll sie haben; meine Gunst,
Wer es am besten tut. Ei, da sei Gott für!
Ruft, bitt' ich, Gardiner, meinen neuen Schreiber,
Den Menschen find' ich recht geschickt.

Der Kardinal geht hinaus und kommt zurück mit Gardiner.

WOLSEY. Gebt mir die Hand; ich wünsch' Euch
Gunst und Freude,
Ihr seid des Königs jetzt.
GARDINER *beiseite zum Kardinal.*
Doch stets im Dienst
Des teuern Gönners, dessen Hand mich hob.
KÖNIG. Kommt hierher, Gardiner.

Geht beiseite und redet leise mit Gardiner.

CAMPEJUS.
War nicht, Lord York, vorher ein Doktor Pace
In dieses Mannes Stelle?
WOLSEY. Ja, das war er.
CAMPEJUS. Und galt er nicht für hochgelahrt?
WOLSEY. Gewiß.
CAMPEJUS.
Glaubt mir, dann ist ein schlimm Gerücht, Mylord,
Sogar von Euch verbreitet.
WOLSEY. Wie! Von mir?
CAMPEJUS.
Man steht nicht an, des Neides Euch zu zeihn:
Aus Furcht, daß seine Tugend hoch ihn höbe,
Hieltet Ihr ihn entfernt: das kränkt' ihn so,
Daß er im Wahnsinn starb.
WOLSEY. Des Himmels Fried' ihm!
So viel als Christ: lebend'ge Lästerer
Kann man noch strafen. Dieser war ein Narr,
Ein Tugendheld durchaus: der gute Mensch da,
Wo ich gebiete, folgt er meinem Wink.
Kein andrer muß so nah stehn. Lernt das, Bruder,
Nie darf ein kleinrer Mann uns irgend hemmen.
KÖNIG. Bringt dies der Königin mit aller Ehrfurcht. –

Gardiner ab.

Der bestbelegne Ort, so wie mir scheint,
Für jene Untersuchung ist Blackfriars;
Dort trefft euch wegen dieser wicht'gen Sache;
Mein Wolsey, ordnet alles. Oh, Mylord,
Muß nicht ein wackrer Mann mit Gram verlassen
Solch freundlich Eh'weib? Doch, Gewissen!
Gewissen! –
Du bist zu zart, und ich muß sie verlassen.

Alle ab.

Dritte Szene

Vorzimmer der Königin.
Anna Bullen und eine alte Hofdame treten auf.

ANNA.
Auch deshalb nicht: – hier ist der Dorn, der sticht:
Der Herr, der so lang' mit ihr lebte; sie
So gut, daß keine Zunge jemals konnte
Was Schlechtes von ihr sagen, – o nein, wahrlich,
Sie wußte nicht, was Kränken heißt; und nun
So manchen Sonnenumlauf Königin,
In Pomp und Majestät anwachsend, die
Zu lassen tausendmal noch bittrer ist,
Als süß, sie zu erlangen, – nun, nach allem,
So Schmach ihr bieten! Oh, 's ist zum Erbarmen
Und rührt wohl Ungeheu'r.
HOFDAME. Die härtsten Seelen
Zerschmelzen in Wehklage.
ANNA. Himmel! besser,
Sie kannte nie den Pomp! Zwar ist er weltlich,
Doch wenn das Glück, die Zänkerin, ihn schneidet
Vom Eigner, ist es Leid, so stechend, wie
Wenn Seel' und Leib sich trennen.
HOFDAME. Arme Fürstin!
Zur Fremden ward sie wieder! –
ANNA. Um so mehr
Muß Mitleid auf sie taun. Wahrlich, ich schwöre,
Viel besser ist's, niedrig geboren sein
Und mit geringem Volk zufrieden leben,
Als aufgeputzt im Flitterstaat des Grams
Und goldner Sorgen.
HOFDAME. Ja, Zufriedenheit
Ist unser bestes Gut.
ANNA. Auf Treu' und Unschuld,
Ich möchte keine Kön'gin sein!
HOFDAME. Mein' Seel', ich wohl
Und wagte dran die Unschuld; so auch Ihr,
Trotz Eurer süßgewürzten Heuchelei:
Ihr, die Ihr alle Reize habt des Weibs,
Habt auch ein Weiberherz, das immer noch
Nach Hoheit geizte, Reichtum, Herrschermacht,
Und die, gesteht's, sind Seligkeit; die Gaben
(Wie Ihr auch zimpert) fänden doch wohl Raum
In Eurem saffian-zärtlichen Gewissen,
Wenn Ihr's nur dehnen wolltet! –
ANNA. Nein, auf Treu'!
HOFDAME.
Treu' hin. Treu' her! – Ihr wär't nicht gerne Fürstin?
ANNA. Nein, nicht um alle Güter unterm Mond.
HOFDAME.
Kurios! Ei, mich bestäch' ein krummer Dreier,
Kön'gin zu sein, so alt ich bin: doch, bitte,
Was meint Ihr zu 'ner Herzogin? Habt Ihr
Zu solcher Bürde Kraft?
ANNA. Nein, wahrlich nicht.
HOFDAME.
Dann seid Ihr allzu schwach! Nun, noch eins tiefer:
Ich trät' Euch nicht als junger Graf entgegen
Und mehr als ein Erröten: kann Eu'r Rücken
Die Last nicht tragen, seid Ihr auch zu schwächlich,
Um Kinder zu erzeugen.
ANNA. Wie Ihr schwatzt!
Ich schwör' noch eins, ich wär' nicht Königin
Um alle Welt.
HOFDAME. Seht, um das kleine England
Würd' Euch der Mund schon wässern: mir schon für
Carnarvonshire, wenn auch nichts anders sonst
Zur Krone mehr gehörte. Wer kommt da?

Der Lord Kämmerer tritt auf.

LORD KÄMMERER.
Guten Morgen, Fräulein! Wie viel wär's wohl wert,
Zu wissen, welch Geheimnis ihr bespracht?
ANNA.
Kaum Eurer Frage, lieber Lord, verlohnt sich's;
Wir klagten über unsrer Herrin Leid.
LORD KÄMMERER.
Ein löblich Thema, das sich trefflich ziemt
Für solche würd'ge Damen. Noch ist Hoffnung,
Daß alles gut wird.
ANNA. Amen, geb' es Gott! –
LORD KÄMMERER.
Ihr habt ein freundlich Herz; des Himmels Segen
Folgt Euresgleichen. Daß Ihr seht, Mylady,
Wie wahr ich red' und wie den höchsten Blicken
Von Eurer reichen Tugend Kenntnis ward:
Hochachtungsvoll grüßt Euch des Königs Gnade
Und will Euch mit nicht mindrer Ehre schmücken
Als einer Markgräfin von Pembroke; ferner
Fügt er zu solchem Titel tausend Pfund
Als Jahrgehalt hinzu.
ANNA. Noch weiß ich kaum
Der treuen Unterwerfung Form zu wählen.
Mehr denn mein alles ist noch nichts; mein Beten
Nicht heilig g'nug, noch meine Wünsche mehr
Als leerer Schall: doch Wünsche und Gebete
Sind, was ich darzubieten hab'. Ich bitt' Euch,
Versucht zu schildern meines Danks Gehorsam,
Als einer tief beschämten Magd, dem König,
Für dessen Heil und Kron' ich bete.
LORD KÄMMERER. Fräulein,
Ich eil', in seiner günst'gen Meinung noch
Zu stärken meinen Herrn.

Beiseit.

Wohl prüft' ich sie,
Schönheit und Zucht sind so verwebt in ihr,
Daß sie den Herrn umstrickten; und wer weiß,
Ob ihr nicht ein Juwel entsprießen mag,
Dies ganze Land durchstrahlend. – Jetzt zum König,
Ihm melden, daß ich Euch gesehn.
ANNA. Mein teurer Lord! –

Lord Kämmerer ab.

HOFDAME.
Da haben wir's! Nun seht einmal, nun seht!
Ich habe sechszehn Jahr am Hof gebettelt,
Bin stets noch bettelhaft am Hof, und zwischen
Zu zeitig und zu spät traf ich's noch nie,
Warb ich um ein'ge Pfund. Und Ihr? O Schicksal!
Ihr, noch ein junger Weißfisch (Zeter über
Dies aufgedrängte Glück!), kriegt voll den Mund,
Eh' Ihr die Lippen öffnet!

ANNA. Seltsam, in Wahrheit!

HOFDAME.
Wie schmeckt's? Ist's bitter? Ich wett' 'nen Taler, nein!
Es war 'mal eine Dam' (erzählt ein Märchen),
Die wollte Königin nicht sein, durchaus nicht,
Um allen Schlamm Ägyptens nicht. – Kennt Ihr's?

ANNA. Geht, Ihr seid munter!

HOFDAME. Ich, in Eurer Stelle,
Flög' über Lerchen weg. Markgräfin Pembroke!
Eintausend Pfund des Jahrs! Aus bloßer Achtung!
Und von Verpflichtung nichts! Bei meinem Leben,
Mehr Tausende verspricht das. Der Ehre Schlepp'
Ist länger als ihr Vorderkleid. Nun, jetzo
Tragt Ihr wohl auch die Herzogin? Nicht wahr?
Seid Ihr nicht stärker schon?

ANNA. Mein gutes Fräulein,
Ergetzt Euch selbst mit Euren eignen Grillen
Und laßt mich aus dem Spiel! – Stürb' ich doch lieber,
Wenn dies mein Blut erhitzt; nein, es erschreckt mich,
Zu denken, was mag folgen. –
Die Königin ist trostlos, wir vergeßlich,
Sie so allein zu lassen. Bitt' Euch, sagt nicht,
Was Ihr gehört.

HOFDAME. Was denkt Ihr nur von mir?

Beide ab.

Vierte Szene

Ein Saal in Blackfriars.
Trompetenstoß; Zinken und Hörner. Zwei Gerichtsdiener treten auf, mit kurzen Silberstäben; nach ihnen zwei Schreiber in Doktorkleidung; darauf der Erzbischof von Canterbury allein; nach ihm die Bischöfe von Lincoln, Ely, Rochester und St. Asaph. Dann folgt in einer kleinen Entfernung ein Edelmann, der die Tasche mit dem großen Siegel und einen Kardinalshut trägt; alsdann zwei Priester, jeder mit einem silbernen Kreuz; hernach ein Marschall mit entblößtem Haupt, mit einem Herold, der ein silbernes Szepter trägt; ferner zwei Edelleute mit zwei silbernen großen Pfeilern. Ihnen folgen nebeneinandergehend die zwei Kardinäle Wolsey und Campejus; endlich zwei Kavaliere mit Schwert und der Maße: Der König nimmt Platz unter dem Baldachin; die beiden Kardinäle sitzen unter ihm als Richter. Die Königin nimmt ihren Platz in einiger Entfernung vom Könige. Die Bischöfe setzen sich an jede Seite des Gerichtshofes, nach Art eines Konsistoriums; unter ihnen die Schreiber. Die Lords sitzen zunächst den Bischöfen. Der Rufer und der übrige Teil des Gefolges steht in gebührender Ordnung um die Bühne umher.

WOLSEY. Bis unsre röm'sche Vollmacht abgelesen,
Laßt Stille rings gebieten!

KÖNIG. Zu was Ende?
Sie ward schon einmal öffentlich verlesen
Und ihre Rechtskraft allerseits erkannt,
Drum spart die Zeit!

WOLSEY. So sei's; dann schreitet weiter!

SCHREIBER.
Ruft: Heinrich, König von England, erscheine vor Gericht!

AUSRUFER. Heinrich, König von England, erscheine vor Gericht!

KÖNIG. Hier.

SCHREIBER. Ruft: Katharine, Königin von England, erscheinevor Gericht!

AUSRUFER. Katharine, Königin von England, erscheine vor Gericht!

Die Königin antwortet nicht, steht von ihrem Sitze auf, geht der Versammlung vorüber, kommt zum König, kniet zu seinen Füßen und spricht darauf.

KÖNIGIN.
Herr, Recht begehr' ich und Gerechtigkeit,
Und daß Ihr Euer Mitleid mir gewährt,
Der sehr beklagenswerten Frau, der Fremden,
In Eurem Reich nicht heimischen, der hier
Kein Richter unparteilich, keine Aussicht
Auf bill'ge Freundschaft und Begegnis bleibt.
Ach, lieber Herr, wie tat ich Euch zu nah?
Wie gab ich solchen Anlaß Eurem Zorn,
Daß Ihr sogar auf mein Verstoßen sinnt,
Mir jede Lieb' und Gunst entzogt? Gott weiß,
Ich war Euch stets ein treu ergeben Weib,
Zu allen Zeiten fügsam Eurem Willen,
In steter Furcht, zu zünden Euren Unmut,
Ja, dienend Eurem Blick, trüb oder fröhlich,
Nach dem ich Euch bewegt sah. Welche Stunde
Erschien ich je mit Eurem Wunsch in Streit,
Und der nicht auch der meine ward? Wann liebt' ich
Nicht Eure Freunde, kannt' ich schon sie oft
Als meine Feinde? Welchem meiner Freunde,
Der Euern Zorn gereizt, erhielt ich länger
Mein Zutrau'n? Gab ich nicht alsbald Euch Kunde,
Daß er mir fremd geworden? Denkt, o Herr,
Wie ich in solcher Folgsamkeit Eu'r Weib
An zwanzig Jahr gewesen und gesegnet
Durch Euch mit Kindern. Wenn Ihr irgend etwas
Im Lauf und Fortgang dieser Zeit entdeckt
Und mir's beweist, das meiner Ehr' entgegen,
Dem Bund der Eh' und meiner Lieb' und Pflicht
Für Eure heilige Person: dann stoßt
In Gottes Namen mich hinweg, es schließe
Hohn und Verachtung hinter mir die Pforten,
Und gebt mich preis der schärfsten Ahndung! Denkt,
Der König, Euer Vater, ward gepriesen
Ein höchst vorsicht'ger Fürst, von herrlichem,
Unübertroff'nem Geist und Urteil: Ferdinand,
Mein Vater, Spaniens König, galt gleich ihm
Als weisester Regent, der dort geherrscht
Seit vielen Jahren: und kein Zweifel ist,
Daß weise Räte sie von jedem Reich
Um sich versammelt, dies Geschäft erwägend,
Die gültig unsre Eh' erkannt. Drum fleh' ich
In Demut, Herr, verschont mich, bis mir Rat wird
Von meinen span'schen Freunden, deren Einsicht
Ich heischen will; wo nicht, gescheh' Eu'r Wille
In Gottes Namen!

WOLSEY. Fürstin, Ihr habt hier
Nach eigner Auswahl diese würd'gen Väter,
Männer von seltner Redlichkeit und Kenntnis,
Ja, dieses Landes Zierde, heut versammelt,
Zu schlichten diesen Fall. Drum wär' es zwecklos,
Verschöbt Ihr länger das Gericht, sowohl

Für Eure eigne Ruh', als zu beschwicht'gen
Des Königes Verstimmung.

CAMPEJUS. Seine Gnaden
Sprach gut und treffend: darum, Fürstin, ziemt's,
Daß weiter schreite diese Ratsversammlung
Und ungesäumt die beiderseit'gen Gründe
Verteidigt werden.

KÖNIGIN. Mylord Kardinal, –!
Ich sprach mit Euch!

WOLSEY. Was wünscht Ihr, Fürstin?

KÖNIGIN. Herr,
Mir ist das Weinen nah; doch denk' ich, daß
Wir eine Kön'gin sind – (es mind'stens lang'
Geträumt) und sicher eines Königs Tochter,
Möcht' ich statt Tränen Feuerfunken weinen.

WOLSEY. Faßt Euch nur in Geduld! –

KÖNIGIN.
Ich will's, wenn Ihr demütig seid, – ja früher;
Wo nicht, dann strafe mich der Herr! – Ich glaube,
Und bin gestützt auf mächt'ge Grund', Ihr seid
Mein Feind; und so erklär' ich meinen Einspruch:
Ihr sollt mein Richter nimmer sein. Denn Ihr
Bliest zwischen mir und meinem Herrn die Glut,
Die Gottes Tau mag dämpfen! Drum noch einmal,
Als meinen Richter hass' ich Euch durchaus;
Euch widersteht mein tiefstes Herz; ich halt' Euch
Für meinen bösen Geist und hab' Euch nie
Der Wahrheit treu geglaubt.

WOLSEY. Ich muß gestehn,
Ich find' Euch selbst nicht wieder, die Ihr sonst
Sanftmut geübt, Euch milder stets gezeigt
Und weiser, als es andern Frauen je
Gegeben ward. Ihr tut mir Unrecht, Fürstin,
Ich heg' Euch keinen Groll, noch tat ich Euch
Noch jemand Unrecht. Was bisher geschehn
Und noch geschieht, verbürgt gemess'ne Vollmacht,
So uns erteilt vom geistlichen Gericht,
Roms ganzem geistlichen Gericht. Ihr zeiht mich,
Ich schüre diese Glut; dem ist nicht so.
Der König ist zugegen? Wär' ihm kund,
Ich spräche Wahrheit nicht, wie würd' er schelten,
Und sehr mit Recht, die Falschheit! Ja, so stark
Wie meine Wahrheit Ihr. Er sieht, mich trifft
Eu'r Vorwurf nicht, doch sieht er mich verletzt.
Deshalb ist jetzt an ihm, mich herzustellen,
Und dies geschieht, indem er solcherlei
Gedanken Euch entfernt. Bevor deshalb
Noch Seine Hoheit spricht, ersuch' ich Euch,
Sehr gnäd'ge Frau, nicht denkt mehr, was Ihr spracht,
Und sprecht es nie mehr aus!

KÖNIGIN. Mylord, Mylord,
Ich bin ein einfach Weib, zu schwach, zu ringen
Mit Euren Künsten. Ihr seid mild, sprecht Demut;
Ihr spielt Beruf und Amt im vollsten Schein,
Mit Mild' und Demut; Euer Herz jedoch
Ist voll von Hochmut, Anmaßung und Tücke.
Durch Glück und Seiner Hoheit Gunst stiegt Ihr
Leicht über niedre Stufen; nun erhoben,
Ist die Gewalt Euch Stütz': und Eure Worte
Sind Knechte, Eurem Willen dienend, wie's
Euch gut dünkt, sie zu brauchen. Leugnet nicht,
Ihr strebet mehr nach Eurer eignen Ehre
Als nach dem heiligen Beruf. Noch einmal,
Ich will Euch nicht zum Richter; vor Euch allen
Beruf ich mich in dieser ganzen Sache
Auf Seine Heiligkeit den Papst; er soll
Mein Urteil fällen.

Sie verneigt sich vor dem Könige und will weggehn.

CAMPEJUS. Störrisch widerspricht
Die Königin dem Recht, verklagt es und
Entzieht sich schmähend ihm: das ist nicht gut.
Sie geht hinweg,

KÖNIG. Ruft sie zurück!

AUSRUFER. Katharine, Königin von England,
erscheine vor dem Gericht!

GRIFFITH. Man ruft Euch, Königin.

KÖNIGIN.
Was braucht Ihr drauf zu hören? Geht nur weiter:
Kehrt um, wenn man Euch ruft: – Nun helf' mir Gott!
Mehr ist es, als man dulden kann! – Geht weiter:
Ich bleibe nicht, gewiß nicht; werd' auch nimmer
Vor keiner ihrer Sitzungen hinfort
In dieser Sach' erscheinen.

Die Königin mit Griffith und ihrem Gefolge ab.

KÖNIG. Geh nur, Käthe!
Wer in der Welt sich rühmen wollt', er hab'
Ein besser Weib, dem soll man traun in nichts,
Denn darin log er. Du bist Königin
(Wenn seltne Eigenschaften, holde Milde,
Sanftmut wie Heil'ge, weiblich echte Würde,
Gehorchen im Beherrschen – all dein Sinn
So königlich wie fromm dich schildern könnten –)
Vor allen ird'schen Königinnen. Sie ist edlen Stamms;
Und ihrem hohen Adel angemessen war
Auch ihr Betragen gegen mich.

WOLSEY. Mein Fürst,
Tief untertänigst bitt' ich Eure Hoheit,
Ihr woll't geruhn, mir Zeugnis zu erteilen
Vor diesem Kreis – (denn wo ich Raub und Fessel
Erlitten, muß ich losgebunden sein,
So mir auch völlig nicht genug geschieht),
Ob dies Geschäft wohl, hoher Herr, von mir
Zuerst Euch in den Weg gelegt, ob ich wohl je
Euch Skrupel aufgeworfen, die Euch konnten
Zum Untersuchen führen: ob das kleinste Wort –
Anders als frommen Dank für solche Herrin –
Ich jemals sprach, das Nachteil bringen konnte
So ihrem gegenwärt'gen Rang wie ihrem
Höchst tugendhaften Wesen?

KÖNIG. Mylord, ich
Entschuld'ge Euch; noch mehr, bei meiner Ehre,
Ich sprech' Euch frei. Wohl lernt Ihr nicht durch mich,
Wie viele Feind' Ihr habt, die selbst kaum wissen,
Weshalb sie's sind, und doch, Dorfhunden gleich,
Mitbellen, wenn's die andern tun; sie reizten
Die Königin zum Zorn. Ihr seid entschuldigt:
Wollt Ihr noch mehr Rechtfertigung? Ihr wünschtet,
Daß stets die Sache schlafen möchte, niemals
Habt Ihr sie aufgeregt, nein, oft gehemmt,

Geschlossen oft den Weg. Auf meine Ehre,
Genauso sprach der Kardinal, und völlig
Sprech' ich ihn frei. Nun aber, was mich reizte
(– Jetzt fordr' ich Zeit und aufmerksam Gehör),
Merkt nun den Anfang. Also kam's: gebt acht! –
Meinem Gewissen ward die erste Regung,
Skrupel und Stich, wegen gewisser Reden
Des Bischofs von Bayonne, Frankreichs Gesandten;
Er kam, den Ehebund zu unterhandeln
Mit unserm Kind Maria und dem Herzog
Von Orleans: im Fortgang des Geschäfts,
Bevor Entschluß gefaßt, verlangt' er da
(Der Bischof, mein' ich) eine Frist von uns,
Dem König, seinem Herrn, anheim zu stellen,
Ob unsre Tochter stammt aus gült'ger Ehe,
Rücksichtlich jener Heirat mit der Wittib,
Die unsers weiland Bruders Weib. Die Frist
Erschütterte die Seele mir, drang ein,
Und mit zertrümmernder Gewalt, daß bebte
So Herz wie Brust; dies sprengte weiten Weg,
Daß viel verwirrte Zweifel sich nun drängten
Und preßten dieser Mahnung halb. Erst, dacht' ich,
Ich sei nicht in des Himmels Gnade; welcher
Natur befahl, daß meiner Frauen Leib,
Wenn er ein männlich Kind mir trug, nicht mehr
Ihm Dienste sollte tun, als wie das Grab
Dem Toten tut: denn alle Knaben starben,
Wo sie erschaffen, oder bald nachdem
Sie hier im Licht: da macht' ich mir Gedanken,
Dies sei mir Himmelsstrafe; daß mein Reich,
Des allerbesten Erben wert, nicht sollte
Durch mich so glücklich sein: Nun kam's, daß ich
All die Gefahren meines Lands erwog,
Daß mir kein Erbe ward; und das erpreßte
Mir manchen Herzensseufzer. Treibend so
In des Gewissens wilder See, hab' ich
Nach diesem Halt gesteuert, warum wir
Nun hier versammelt sind; das heißt, ich dachte
Mir herzustellen mein Gewissen, – welches
Ich ganz krank fühlt', und jetzt noch nicht gesund, –
Durch all' ehrwürd'gen Väter hier im Land
Und würdige Doktoren. Erst, geheim,
Fing ich mit Euch, Lord Lincoln, an; Ihr wißt,
Wie schwer ich ächzte unter meiner Last,
Als ich's zuerst eröffnet.

LINCOLN. Ja wohl, mein Fürst.

KÖNIG.
Ich sprach schon lang'; gefällt's Euch, selbst zu sagen,
Wie weit Ihr mich beruhigt?

LINCOLN. Mein Gebieter,
Ihr hattet mich zuerst so sehr bestürzt, –
Da dieser Fall so hochgewichtig war
Und furchtbar in den Folgen, – daß die kühnsten
Gedanken ich dem Zweifel übergab:
Und Euer Hoheit diesen Weg empfahl,
Den Ihr anjetzt gewählt.

KÖNIG. Dann fragt' ich Euch,
Lord Canterbury, und holt' Erlaubnis ein
Zur heutigen Versammlung. Unbefragt
Blieb kein ehrwürdig Mitglied dieser Sitzung,
Nein, jeder gab mir seine Zustimmung
Mit Schrift und Siegel. Deshalb fahret fort,
Weil kein Mißfallen an der teuern Königin
Person, nein, einzig jene scharfen Stacheln
Der vorerwähnten Gründe dies betrieben.
Erweist nur gültig jene Eh', und wahrlich,
Bei unserm Königsthron, wir sind zufried'ner,
Des Lebens ird'sche Zukunft ferner noch
Mit Katharinen, unsrer Königin,
Als mit dem schönsten Frauenbild zu teilen,
Das je die Welt geschmückt.

CAMPEJUS. Vergönnt, mein Fürst,
Der Königin Entfernung fordert wohl
Vertagung dieser Sitzung bis auf weit'res;
Inzwischen muß ein ernstliches Ermahnen
Ergehn an Ihre Hoheit, abzustehn
Von dem Rekurs an Seine Heiligkeit.

Alle stehen auf, um auseinanderzugehen.

KÖNIG *vor sich.*
Ich seh', die Kardinäle treiben Spiel
Mit mir; ich hasse solche Zögerung
Und Künste Roms. Oh, kämst du bald zurück,
Mein kluger, vielgeliebter Diener Cranmer!
Denn deine Ankunft, weiß ich, führt zugleich
Mir Trost herbei. – Hebt die Versammlung auf;
Ich sage, gehn wir!

Alle ab, in derselben Ordnung, in der sie kamen.

Dritter Aufzug

Erste Szene

Zimmer der Königin.
Die Königin und ihre Frauen, an der Arbeit.

KÖNIGIN.
Nimm deine Laute, Kind, mich trübt der Kummer;
Zerstreu' ihn, wenn du kannst, laß deine Arbeit.

Lied

Orpheus' Laute hieß die Wipfel,
Wüster Berge kalte Gipfel,
Niedersteigen, wenn er sang.
Pflanz' und Blüt' und Frühlingssegen
Sproßt', als folgten Sonn' und Regen
Ewig nur dem Wunderklang.
Alle Wesen, so ihn hörten,
Wogen selbst, die sturmempörten,
Neigten still ihr Haupt herab.
Solche Macht ward süßen Tönen;
Herzensweh und tödlich Sehnen
Wiegten sie in Schlaf und Grab.

Ein Edelmann tritt auf.

KÖNIGIN. Was ist?

EDELMANN. Geruht' Eu'r Hoheit, draußen warten
Die beiden großen Kardinäle.

KÖNIGIN. Wollen
Sie mit mir reden?

EDELMANN. Ihr Begehren war,
Eu'r Hoheit sie zu melden.

KÖNIGIN. Bittet sie,
Hereinzutreten.

Edelmann ab.

Was nur führt die zwei
Zu mir, der armen, gunstverstoßnen Frau? –
Ich lieb' ihr Kommen nicht, bedenk' ich's recht!
Sie sollten fromm sein, würdig ist ihr Amt;
Allein die Kappe macht den Mönch nicht aus.

Die Kardinäle Wolsey und Campejus treten auf.

WOLSEY. Fried' Eurer Hoheit!

KÖNIGIN. Eure Gnaden sehn
In einer Hausfrau Weise mich beschäftigt;
Das Schlimmste fürchtend, denk' ich gern auf alles.
Was steht zu eurem Dienst, hochwürd'ge Herrn?

WOLSEY. Gefällt's Euch, edle Frau, mit uns allein
In Euer Kabinett zu gehn, so sollt Ihr
Vernehmen unsrer Ankunft Ursach'.

KÖNIGIN. Sagt mir's
Nur immer hier: noch hab' ich, Gott sei Dank,
Nichts je verübt, das Winkel müßte suchen,
Und allen Frau'n wünscht' ich ein solch Gewissen.
Mich kümmert's wenig – dieses Glück, Mylords,
Ward mir vor vielen andern –, ob mein Tun
Auf aller Zungen wohnt, in aller Augen.
Ob Neid und Mißgunst selbst mir widerstrebten;
So rein war stets mein Leben. Kamt ihr her,
Wie ich als Weib gewandelt, auszuforschen,
Nur dreist heraus damit, Wahrheit ist schlicht und grade.

WOLSEY.
Tanta est erga te mentis integritas, regina serenissima, –

KÖNIGIN. Oh, kein Latein, Mylord;
Ich war so müßig nicht, seit meiner Ankunft,
Die Sprach', in der ich lebte, nicht zu lernen.
In fremder Zunge scheint mein Fall noch fremder,
Verdächt'ger noch; sprecht, bitt' Euch, englisch! Mancher
Weiß Euch hier Dank, wenn Ihr die Wahrheit redet,
Um seiner armen Herrin willen. Glaubt mir's,
Man tut ihr sehr zu nah. Lord Kardinal,
Ihr könnt, selbst was ich je gefehlt mit Vorsatz,
Gewiß in Englisch absolvieren.

WOLSEY. Fürstin,
Es dünkt mich hart, daß meine Redlichkeit,
Mein Eifer, unserm Herrn und Euch zu dienen,
Bei solcher Treu' so viel Verdacht erzeugt.
Wir nahn nicht auf dem Wege der Beschuld'gung,
Dem Ruf zur Schmach, den alle Frommen segnen,
Noch irgend neuem Gram Euch zu verraten;
Ihr habt zu viel schon, edle Frau; vielmehr
Zu forschen Eure Wünsch' und wahre Meinung
In jenem wicht'gen Zwist, und Euch dagegen
Redlich und frei auch unsre Sinnesansicht
Und Tröstung zu erteilen.

CAMPEJUS. Hohe Fürstin,
Mylord von York, nach seiner edlen Weise
Und warmer Treu', so er Euch stets geweiht,
Denkt wohlgesinnt des letzten Angriffs nicht
Auf seine Ehr' und ihn – Ihr gingt zu weit –
Und beut, wie ich, als Zeichen der Versöhnung,
Euch Dienst und Beistand.

KÖNIGIN *beiseit:*
Um mich zu verraten. –

Laut.

Mylords, ich dank' euch euren guten Willen,
Ihr sprecht wie Ehrenmänner: (Gott geb', ihr seid's!)
Doch hast'ge Antwort gleich bereit zu halten
In so gewicht'gem Fall, so nah der Ehre
(Vielleicht dem Leben näher noch), mit meinem
Geringen Witz, und Männern so gelehrt
Und ernst, – das weiß ich nicht. Ich war in Arbeit
Mit meinen Frau'n, Gott weiß, mich wenig fassend
Auf solcherlei Besuch noch solch Geschäft.
Ihr drum zu Liebe, die ich war – ich fühle
Der Hoheit letzte Regung; werte Herrn, –
Gönnt mir für meine Sache Zeit und Rat!
Ich bin ein Weib – ach, freundlos! hoffnungslos! –

WOLSEY.
Erhab'ne Frau, Ihr kränkt des Königs Liebe
Mit solcher Furcht; Eu'r Hoffen, Eure Freunde
Sind noch unendlich.

KÖNIGIN. Hier in England kaum
Von Nutzen; glaubt ihr selbst, Mylords, es wage
Ein einz'ger Englischer mir Rat zu geben?
Mir offen Freund zu sein, dem Herrn entgegen?
Wollt' einer so verzweifelnd ehrlich sein
Als Untertan, er lebte? Nein, die Freunde,
Die meines Kummers ganze Last nachfühlen,
Auf die ich trauen darf, sie sind nicht hier,
Sie sind, wie all mein Trost, weit, weit von hier,
In meinem Vaterlande.

CAMPEJUS. Gnäd'ge Frau, ich wünschte,
Ihr ließt den Gram und hörtet mich.

KÖNIGIN. Was meint Ihr?

CAMPEJUS.
Stellt Euren ganzen Fall des Königs Schutz
Anheim, er ist liebreich und gut: so wär's
Für Eure Ehr' und Euren Vorteil günst'ger.
Denn wenn des Rechtes Ausspruch Euch verdammt,
Dann scheidet Ihr mit Schmach.

WOLSEY. Er rät Euch gut.

KÖNIGIN.
Er rät mir, was ihr beide wünscht – Verderben!
Ist das christlicher Beistand? Schand' auf euch!
Noch steht der Himmel, droben thront ein Richter,
Den nie ein Fürst bestickt.

CAMPEJUS. Eu'r Zorn verkennt uns.

KÖNIGIN.
So schmählicher für euch! – Ich wähnt' euch heilig,
Zwei kardinale Tugenden; jetzt find' ich
Nur kardinale Laster, hohle Herzen.
O schämt und bessert euch! Ist dies eu'r Trost?
Die Herzensstärkung der gebeugten Fürstin?
Der Frau, durch euch gestürzt, verlacht, verhöhnt?
Ich wünsch' euch nicht die Hälfte meines Elends,
Ich bin zu gut – doch sagt, ich warnt' euch einst!
Habt acht, um Gott, habt acht, daß plötzlich nicht
Die Bürde meiner Sorgen auf euch falle! –

WOLSEY.
Fürstin, Ihr scheint in Wahrheit außer Euch;
In Arglist wandelt Ihr die gute Meinung.

KÖNIGIN.
Ihr aber wandelt mich in nichts. Weh euch!

Weh allen Gleisnern! Wie! Ihr ratet mir
(Wenn euch noch irgend Gut' und Mitleid blieb,
Wenn ihr mehr seid als Kleider nur des Priesters),
Mein krankes Recht dem Todfeind zu vertraun?
Ach! Schon verbannt er mich aus seinem Bett,
Aus seiner Liebe, längst: – ich werde alt,
Und was mir noch von Eh'gemeinschaft bleibt,
Ist mein Gehorsam. Was kann Schlimm'res mir
Als dieses Elend kommen? All eu'r Streben
Bringt mir den Fluch.

CAMPEJUS. Das Schlimmst' ist Eure Furcht.

KÖNIGIN.
Lebt' ich so lang' – ja, laßt mich selber reden,
Tugend hat keinen Freund! – ein treues Weib?
Ein Weib (ich darf's beteuern ohne Ruhmsucht),
Zu keiner Zeit erreichbar dem Verdacht?
Begegnet' ich mit ganzer, voller Neigung
Dem König stets, liebt' ihn nächst Gott,
gehorcht' ihm,
War ich aus Zärtlichkeit ihm abergläubisch,
Vergaß ich meiner Andacht fast um ihn,
Und werd' ich so belohnt? Oh, das ist hart!
Zeigt mir ein Weib, das, ihrem Eh'herrn treu,
Nie keine Freude träumte als sein Wohlsein;
Und wenn sie alles tat, so hab' ich doch
Noch einen Kranz voraus – große Geduld! –

WOLSEY. Weg flieht Ihr von dem Gut, das wir
Euch gönnten. –

KÖNIGIN.
Mylord, ich lade nie die Schuld auf mich,
Dem edlen Rang freiwillig zu entsagen,
Dem Euer Herr mich hat vermählt: nur Tod
Soll von dem Thron mich scheiden.

WOLSEY. Hört, ich bitt' Euch –

KÖNIGIN.
Hätt' ich doch nie dies brit'sche Land betreten,
Noch seiner Schmeicheleien Frucht gekostet! –
Ihr habt der Engel Antlitz, doch die Herzen
Kennt Gott. Was wird aus mir, der ärmsten Frau?
Der unglückseligsten in aller Welt?

Zu ihren Frauen.

Ihr Armen, ach! Wo bleibt auch euer Glück?
Wir scheiterten auf diesem Strand, wo Mitleid –
Noch Freund – noch Hoffnung – wo kein
Blutsfreund weint,
Man kaum ein Grab uns gönnt! – Der Lilie gleich,
Die einst der Fluren Herrin war und blühte,
Neigt sich mein Haupt und stirbt.

WOLSEY. Wüßt' ich nur erst
Eu'r Gnaden überzeugt, wir meinten's redlich,
Das gab' Euch Trost! Weshalb nur, werte Fürstin,
Zu welchem End' Euch kränken? Unsre Würde,
Die Weise unsers Amts verbeut es schon;
Wir soll'n den Kummer heilen, nicht ihn säen.
Um Tugend selbst, erwägt doch, was Ihr tut;
Wie Ihr Euch selbst könnt schaden, ja durchaus
Dem König Euch, durch dieses Tun, entfremden.
Der Fürsten Herzen küssen den Gehorsam,
So lieblich dünkt er ihnen: doch die Starrheit
Schwellt sie empor, reißt sie zu Ungewittern.
Ich weiß, Ihr habt ein adlig mild Gemüt,
Sanft, gleich der Meeresstille; glaubt uns ja
Nach unserm Amt Ruh'stifter, Freunde, Diener.

CAMPEJUS.
So sollt Ihr uns erfinden. Eure Tugend
Kränkt Ihr durch Weiberfurcht. Ein hoher Geist,
Wie Ihr ihn hegt, wirft solche Zweifel weit
Wie falsche Münze weg. Der König liebt Euch;
Gebt acht, daß Ihr dies nicht verliert. Gefällt's Euch,
Uns zu vertraun, sind wir für Euch erbötig,
Das Äußerste in Eurem Dienst zu tun.

KÖNIGIN.
Tut, was ihr wollt ihr Herrn; und mir verzeiht,
Wenn ich nicht höflich gegen euch gewesen.
Ihr wißt, ich bin ein Weib, mir fehlt die Kunst,
Mit euresgleichen, wie's geziemt, zu reden.
Bringt Seiner Hoheit meine Ehrfurcht dar,
Er hat mein Herz, auch mein Gebet ist sein,
Solang' ich lebe. Kommt, hochwürd'ge Väter,
Enthüllt mir euren Rat – es bittet jetzt,
Die nicht geahnt, als sie betrat dies Land,
Für welchen Preis sie ihre Kron' erstand. –

Alle ab.

Zweite Szene

Vorzimmer des Königs. Der Herzog von Norfolk, Herzog von Suffolk, Graf von Surrey und der Lord Kämmerer treten auf.

NORFOLK.
Wenn ihr euch jetzt in euren Klagen einigt
Und kräftigt sie durch Festigkeit, so kann
Der Kardinal nicht widerstehn. Doch nehmt ihr
Die Gunst des Augenblicks nicht wahr, dann droht
Der neuen Schmach euch nur noch immer mehr
Zu jener schon erlittnen.

SURREY. Mich erfreut
Der kleinste Anlaß, der mir das Gedächtnis
Des Herzogs, meines Schwähers, ruft zurück,
Um Rache mir zu schaffen.

SUFFOLK. Welcher Pair
Blieb ungekränkt durch ihn? ward mind'stens nicht
Schnöd' übersehn? An wem wohl hat er je
Des Adels Stempel noch gewürdiget
Als an sich selbst?

LORD KÄMMERER.
Ihr sprecht, Herrn, eure Wünsche:
Was er verdient an euch und mir, das weiß ich;
Doch ob ihm beizukommen, wenn die Zeit
Auch günstig scheint, zweifl' ich noch sehr.
Könnt ihr
Den Zugang nicht zum König ihm versperren,
So unternehmt noch nichts; denn Zauberkraft
Übt seine Zung' an ihm.

NORFOLK. Oh, fürchtet nicht,
Darin ist's aus mit seiner Macht; der König
Hat einen Strauß mit ihm, der wohl auf immer
Den Honig seiner Reden gällt. Er steckt,
Um nicht mehr loszukommen, fest in Ungunst.

SURREY.
Wie gern vernähm' ich Neuigkeit wie diese

In jeder Stunde!
NORFOLK. Glaubt mir, dies ist wahr.
Während der Scheidungssach' hat sich durchaus
Sein zwiefach Spiel enthüllt; und nun erscheint er,
Wie ich's nur meinen Feinden wünsche.
SURREY. Sagt,
Wie kam's zu Tag?
SUFFOLK. Höchst seltsam,
SURREY. Sagt, o sagt! –
SUFFOLK.
Des Kardinals Brief an den Papst ging fehl
Und kam dem König zu Gesicht: er las,
Wie Seiner Heiligkeit Rat wird erteilt,
Das Scheidungs-Urteil nicht zu fäll'n; »wofern
Es statt noch fände«, schreibt er, »ahn' ich deutlich,
Wie weit des Königs Neigung schon gefesselt
'ne Magd der Kön'gin, Fräulein Anna Bullen«.
SURREY. Hat dies der König?
SUFFOLK. Glaubt mir!
SURREY. Wird dies wirken?
LORD KÄMMERER.
Der König sieht daraus, wie jener ihm
Den eignen Weg umschleicht und sperrt: doch hierin
Zerscheitern alle Künst', und die Arznei
Kommt nach des Kranken Tod: der König ward
Dem schönen Fräulein schon vermählt.
SURREY. Oh, wär' er's!
SUFFOLK.
Mög' Euer Glück in diesem Wunsche liegen,
Denn ich bezeug', er ward erfüllt.
SURREY. Nun, Freude
Und Heil dem Bund! –
SUFFOLK. Mein Amen auch!
NORFOLK. Und aller! –
SUFFOLK. Befehle sind schon da zu ihrer Krönung;
Dies ist noch frisch, mein' Treu', und nicht gemacht
Für aller Ohr. Doch in der Tat, ihr Herrn,
Sie ist ein lieblich Wesen, tadelsfrei
An Geist und Zügen; ja, ich ahn', es wird
Dem Reich ein Segen noch entblühn durch sie
Für späte Zeiten.
SURREY. Aber wird der König
Das Schreiben unsers Kardinals verdaun?
Gott wend' es ab! –
NORFOLK. Amen, sag' ich.
SUFFOLK. Nein! Nein! –
Ihm summen noch mehr Wespen vor dem Ohr,
Die diesen Stich beschleun gen. Kardinal Campejus
Ist heimlich abgereist nach Rom, ohn' Abschied
Und ohne dies Geschäft zu schlichten: er
Ist fortgeschickt als Wolseys Unterhändler,
Um dessen List zu fördern. Ich versichr' euch,
Der Herr, als er's erfuhr, rief: »Ha!« –
LORD KÄMMERER. Nun, Gott
Entzünd' ihn, laß ihn »Ha!« noch lauter rufen! –
NORFOLK.
Doch wann, Mylord, kehrt Cranmer wieder heim? –
SUFFOLK.
Er ist schon hier, der alten Meinung treu:
Und die, samt allen Fakultäten fast
Der Christenheit, rechtfertigt den Monarchen
Hinsichtlich seiner Scheidung. Kurz, ich glaube,
Sein zweites Eh'bett, ihre Krönung, werden
Dem Volk verkündigt, Katharinen bleibt
Der königliche Titel nicht, sie wird
Die Witwe des Prinz Arthur künftig heißen.
NORFOLK.
Der Cranmer ist ein tücht'ger Mensch und hat
Sich in des Königes Geschäft gar sehr
Bemüht.
SUFFOLK. Gewiß; auch sehn wir ihn dafür
Sehr bald als Erzbischof.
NORFOLK. So hör' ich.
SUFFOLK. Ja,
So ist's. – Der Kardinal ...
Wolsey und Cromwell irrten auf.
NORFOLK. Seht, wie verstimmt! –
WOLSEY.
Und gabt Ihr, Cromwell, das Paket dem König?
CROMWELL.
Zu eigner Hand in seinem Schlafgemach.
WOLSEY. Sah er den Inhalt an?
CROMWELL. Ja, augenblicklich
Entsiegelt' er's: was er zuerst ergriff,
Las er mit Ernst, es lag auf seinen Zügen
Gespannte Achtsamkeit. Er hieß Euch drauf
Heut' früh ihn hier erwarten.
WOLSEY. Ist er schon
Fertig gekleidet?
CROMWELL. Jetzo, denk' ich wohl.
WOLSEY. Laßt mich ein Weilchen. –
Die Herzogin von Alençon soll's sein,
Die Schwester Königs Franz: die soll er frein –
Anna Bullen! – Nein! Keine Anna Bullens will
ich für ihn! –
Ein schön Gesicht reicht hier nicht hin. – Wie!
Bullen?
Wir wollen keine Bullen! Hätt' ich nur
Nachricht von Rom! – Die Markgräfin von
Pembroke! –
NORFOLK. Er ist sehr mißvergnügt.
SUFFOLK. Vielleicht vernahm er,
Wie gegen ihn der König wetzt den Zorn.
SURREY.
Recht scharf nur, Himmel, wenn gerecht du bist!
WOLSEY.
Der Königin Fräulein! Eines Ritters Tochter
Der Herrin Herrin! Ihrer Königin Königin!
Dies Licht brennt trüb; an mir ist, es zu schneuzen,
So; dann geht's aus. – Ist sie gleich tugendhaft
Und ehrenwert, doch kenn' ich sie als tück'sche
Luth'ranerin; nicht heilsam unsrer Sache,
Daß sie am Busen sollte ruhn von unserm
Nur schwer regierten Herrn. Dann noch ein Ketzer
Schoß auf, ein arger Ketzer, jener Cranmer,
Der eingeschlichen in des Königs Gunst
Und sein Orakel ist.
NORFOLK. Es wurmt ihm was.
SURREY.
Zersprengt' es ihm die stärkste Sehne doch,
Des Herzens Ader! –
Der König, der einen Zettel liest, und Lovell treten auf.

SUFFOLK. Der König kommt, der König! –
KÖNIG. Welch eine Masse Golds hat er gehäuft
Als Eigentum! Und welch ein Aufwand
Entströmt ihm stündlich! Wie, in Gewinnstes Namen,
Scharrt er das all zusammen? – Nun, ihr Herrn,
Saht ihr den Kardinal?
NORFOLK. Wir standen, Herr,
Hier, gaben acht auf ihn: Seltsamer Aufruhr
Ist ihm im Hirn; er beißt die Lippe, starrt;
Hält plötzlich an den Schritt, blickt auf die Erde,
Legt dann die Finger an die Schläfe; stracks,
Springt wieder auf, läuft schnell, steht wieder still,
Schlägt heftig seine Brust; und gleich drauf wirft er
Die Augen auf zum Mond: seltsame Stellung
Sahn wir hier an ihm wechseln.
KÖNIG. Möglich wohl,
Daß Meuterei im Innern. Diesen Morgen
Schickt er zur Durchsicht mir, wie ich gefordert,
Staatsschriften; und, wißt ihr, was ich gefunden,
Gewiß nur unbedacht dazu gelegt?
Ein Inventar, wahrhaftig, so bedeutend, –
Von allen Schätzen, silbernen Geschirren,
Goldstoffen, Prunkgerät, solch Übermaß,
Daß es Besitz des Untertanen, mein' ich,
Weit übersteigt.
NORFOLK. Es ist des Himmels Wille;
Ein Geist schob dieses Blatt in das Paket,
Eu'r Aug' mit ihm zu segnen.
KÖNIG. Dächten wir,
Sein Sinnen schwebt' anschauend jetzt gen Himmel,
Geheftet auf das innre Licht, dann möcht' er
In seinem Brüten bleiben; doch ich fürchte,
Es weilt sein Trachten unterm Mond, unwert
So eifriger Beratung.

Der König setzt sich und redet mit Lovell, der zum Kardinal geht.

WOLSEY. Gott verzeih' mir! –
Der Himmel segn' Eu'r Hoheit! –
KÖNIG. Werter Lord,
Ihr seid erfüllt von geist'gen Schätzen, tragt
Ein Inventar der reichsten Gnad' im Herzen,
Das Ihr wohl eben durchlast, und Ihr habt
Kaum Zeit, der frommen Muß' ein kurzes Scherflein
Für unser irdisch Tun zu rauben. Traun,
Ihr scheint mir darin fast ein schlechter Hauswirt,
Und freut mich's, meinesgleichen Euch zu finden.
WOLSEY.
Ich habe meine Zeit, Herr, für die Andacht,
Zeit für den Anteil an Geschäften, die ich
Dem Staate schuldig: endlich heischt Natur
Für ihr Erhalten eine Zeit, die leider
Ich, ihr hinfäll'ger Sohn, ihr pflichten muß
Wie jeder Sterbliche.
KÖNIG. Sehr wohl gesprochen.
WOLSEY. Mög' Eure Hoheit stets,
Wie ich's verdienen will, mein gutes Reden
Mit guter Tat gepaart an mir erfinden! –
KÖNIG. Aufs neue wohl gesagt:
Und 's ist 'ne Art, gut handeln, gut zu reden,
Obgleich das Wort noch keine Tat. Mein Vater
Liebt' Euch, er sagt' es Euch und hat sein Wort
Mit seiner Tat gekrönt. Und seit ich ihm
Gefolgt, wart Ihr der Liebste mir; ich braucht' Euch,
Wo Euch der höchste Vorteil sicher traf,
Ja, ich entzog's der eignen Hab', um Wohltat
Auf Euch zu häufen.
WOLSEY *beiseit.*
Wo will dies hinaus?
SURREY *beiseit.*
Gott gebe gut Gedeihn!
KÖNIG. Hob ich Euch
Nicht zu des Reiches erster Würd'? – Ich bitt' Euch,
Sagt, wenn Euch Wahrheit dünkt, was ich jetzt rede,
Und wollt Ihr's eingestehn, so sagt zugleich,
Ob Ihr Verbindlichkeit uns habt, ob nicht?
Was meint Ihr? –
WOLSEY.
Ja, ich gesteh', mein Fürst, die hohen Gnaden,
Täglich auf mich geschüttet, waren mehr,
Als all mein emsig Sinnen mocht' erwidern,
Wie dies auch Menschentun besiegen mochte:
Mein Tun war wen'ger stets als meine Wünsche,
Doch meinen Kräften gleich. Was ich mir suchte,
War so nur mein, daß es stets zielt' aufs Beste
Eurer geheiligten Person wie auf
Des Staates Vorteil. Jenen hohen Gnaden,
Auf mich gehäuft, den Armen, Unverdienten,
Kann nur mein unterwürf'ger Dank erwidern
Und mein inbrünstiges Gebet: die Treue,
Die immer wuchs und stets noch wachsen soll,
Bis Tod sie, jener Winter, hinrafft.
KÖNIG. Schön!
Die Antwort schildert ganz den Untertan,
Den treuen: Ehre dem, der also wandelt;
So wie das Gegenteil die Schande straft.
Nun glaub' ich, daß, wie meine Hand Euch offen,
Liebe mein Herz, mein Thron Euch Ehren schenkte,
Euch mehr denn irgendwem: so müßten auch
Eu'r Herz und Hirn und Hand und jede Kraft,
Außer der allgemeinen Pflicht der Treue,
Noch, so zu sagen, in besondrer Liebe,
Mir mehr als andern hingegeben sein.
WOLSEY.
Auch hehl' ich's nicht, wie Eurer Hoheit Wohl
Mir mehr als meines stets am Herzen lag;
So bin, so halt's ich's, und so will ich bleiben,
Ob auch die ganze Welt den Eid Euch bräche
Und aus der Brust ihn bannt'; und ob Gefahren
Sich häuften, dichter, als sich's denken läßt,
Und in entsetzlichern Gestalten: dennoch,
Wie Felsen in den stürm'schen Wogen, würde
Mein treues Herz dem wilden Strom ein Damm sein
Und Euer bleiben sonder Wanken –
KÖNIG. Trefflich
Geredet; merkt, ihr Herrn, welch treues Herz!
Denn offen saht ihr's. –

Gibt ihm Papiere.

Lest dies durch!
Und darauf dies: und dann zum Morgenimbiß
Mit so viel Eßlust Euch noch bleibt.

Der König geht ab und wirft einen zornigen Blick auf Wolsey.
Die Hofleute drängen sich ihm nach und flüstern und lächeln untereinander.

WOLSEY. Was war dies?
Welch hast'ge Laun', und wie erweckt' ich sie?
Er ging in Zorn von mir, als sprühte Tod
Aus seinem Blick: so schaut der grimme Löwe,
Wenn ihn der kühne Jägersmann verletzt,
Vertilgt ihn dann. Lesen muß ich das Blatt:
Die Ursach', fürcht' ich, seines Zorns. – So ist's.
Dies Blatt hat mich vernichtet – 's ist die Summe
Des unermeßnen Reichtums, den ich sparte
Zu meinem Zweck: im Grunde für das Papsttum.
Die Freund' in Rom zu zahlen. Nachlässigkeit,
Durch die ein Narr nur stürzt! Welch böser Teufel
Schob mir dies Hauptgeheimnis ins Paket,
Das ich dem König gab? Kein Weg zur Heilung?
Kein Kunstgriff, der's ihm aus dem Sinne schlüge?
Ich weiß, es reizt ihn heftig; doch ich finde
Noch einen Weg, der mich dem Glück zum Trotz
Herausziehn soll. – Was seh' ich? – An den Papst?
Der Brief, bei Gott! die ganze Unterhandlung,
Wie ich's dem Papst vertraut. – Nun, dann ist's aus! –
Ich stand auf meiner Größe höchster Sprosse,
Und von der Mittagslinie meines Ruhms
Eil' ich zum Niedergang. Ich werde fallen,
Wie in der Nacht ein glänzend Dunstgebild,
Und niemand mehr mich sehn. –

Die Herzoge von Norfolk und Suffolk, der Graf von Surrey und der Lord Kämmerer treten auf.

NORFOLK. Vernehmt des Königs
Gefallen, Kardinal; er heißt Euch, schleunig
Das große Siegel an uns abzuliefern
Zu eigner Hand und Euch zurückzuziehn
Nach Asherhouse, als Eurem Bischofssitz,
Bis Ihr ein Weitres werdet hören.

WOLSEY. Halt!
Wo habt Ihr Vollmacht? Nimmer end'gen Worte
Solch hohes Ansehn.

SUFFOLK. Wer darf widersprechen,
Wenn sie aus Königs Mund Befehle senden?

WOLSEY.
Bis ich mehr seh' als Absicht nur und Worte
Und eure Falschheit: wißt, geschäft'ge Lords,
Daß ich's verweigern werd' und kann. Jetzt fühl' ich,
Aus welchem schnöden Erz ihr seid gegossen
Aus Neid. Wie emsig meinem Fall ihr folget,
Als nährt' er euch! Und wie so weich und glatt
Ihr alles heuchelt, bringt mir's nur Verderben! –
Folgt eurer tück'schen Art, Männer der Bosheit!
Stützt euch auf euer christlich Recht, es wird
Zu seiner Zeit euch wohl belohnt. Das Siegel,
Das ihr so heftig fordert, gab der König
(Mein Herr und euer) mir mit eigner Hand,
Verhieß es mir, zugleich mit Würd' und Amt,
Aufs Leben: und zu fest'gen seine Gnade,
Bestätigt' er's durch offnen Brief. Wer nimmt's mir?

SURREY. Der König, der's Euch gab.

WOLSEY. So tu' er's selber!

SURREY. Du bist ein stolzer Hochverräter, Pfaff'! –

WOLSEY. Das lügst du, stolzer Lord!
Vor vierzig Stunden hätte Surrey lieber
Die Zunge weggebrannt, als dies gesagt.

SURREY. Dein Ehrgeiz, du scharlachne Sünd', entriß
Uns Weinenden den edlen Buckingham.
Die Häupter aller Kardinäl' auf Erden,
Und dich dazu, und all dein bestes Tun,
Ersetzten noch kein Haar von ihm. Fluch Euch!
Ihr schicktet als Regenten mich nach Irland,
Vom König fern, von seiner Hülf' und allem,
Was Gnade schuf dem falsch erfundnen Fehl,
Indes aus heil'gem Mitleid Eu'r Erbarmen
Mit einem Beil ihn absolviert.

WOLSEY. Dies alles,
Und was des Lords Geschwätz mir weitres mag
Vorwerfen, ist nur Lug. Nach Rechten fand
Der Herzog seinen Tod: und daß ich schuldlos sei
An seinem Fall durch niedern Haß, bewähren
Die schlechte Sach' und seine edlen Richter.
Liebt' ich viel Worte, Lord, ich könnt' Euch zeigen,
Wie Ihr so wenig Ehr' als Gradheit habt:
Und daß ich auf des treuen Rechttuns Pfad
Dem König, meinem stets erhabnen Herrn,
Mich besser nennen darf, als Surrey ist
Und alle Freunde seiner Torheit.

SURREY. Priester! –
Dich schützt dein langes Kleid, sonst fühltest du
Mein Schwert in deinem Herzblut. Werte Herrn,
Ertragt ihr's, solchen Hochmut anzuhören
Von diesem Menschen? Sind wir erst so zahm,
Daß uns ein Scharlachmantel höhnt und zwickt,
Dann, Adel, fahre wohl; dann, Bischof, vorwärts! –
Scheuch' uns mit deiner Kappe, gleichwie
Lerchen! –

WOLSEY.
Dir wird zum Gift die Frommheit selbst verkehrt.

SURREY.
Die Frommheit, die des ganzen Landes Mark
In Eurer Hand vereint hat durch Erpressung,
Die Frommheit jener aufgefangnen Blätter,
Die Ihr dem Papst geschrieben, Eure Frommheit,
Weil Ihr's verlangt von mir, sei ganz enthüllt.
Lord Norfolk, – wenn Ihr stammt aus hohem Blut,
Wenn Euch gemeines Wohl am Herzen liegt,
Des Adels Kränkung, unsrer Söhne Heil,
Die, lebt er, kaum noch Edle werden heißen, –
Verlest sein Schuldregister, seines Wirkens
Gesammelt Unheil. – Schrecken will ich Euch
Mehr denn die Meßglock', wenn Eu'r braunes
Mädchen
Euch küssend lag im Arm, Lord Kardinal.

WOLSEY.
Wie sehr doch möcht' ich diesen Mann verachten,
Bewahrte mich die Nächstenliebe nicht!

NORFOLK.
Es liegt, Mylord, die Klage selbst beim König,
Und sie erscheint sehr häßlich.

WOLSEY. Um so schöner
Und fleckenlos soll meine Unschuld leuchten,
Wenn erst die Wahrheit obsiegt.

SURREY. Hofft nicht viel;

Ich dank's meinem Gedächtnis, noch behielt ich
Verschiedne Punkt' und fördre sie ans Licht.
Nun gebt Euch Müh', errötet und bereut,
So zeigt Ihr noch ein wenig Tugend.

WOLSEY. Sprecht nur;
Trotz jeder Klag': erröt' ich, so geschieht's,
Den Edlen hier zu sehn, dem Sitte fehlt.

SURREY.
Die miss' ich lieber als den Kopf. So hört denn
Zuerst, daß ohne Königs Will' und Wissen
Ihr Euch bestrebtet, hier Legat zu werden
Und der Prälaten Recht im Land zu lähmen.

NORFOLK. Dann, daß Ihr Briefe schriebt nach Rom und sonstwärts
An fremde Höf' und stets die Form gebraucht:
Ego et rex meus: was den König dartat
Als Euren Diener.

SUFFOLK. Dann, daß ohne Kenntnis
Des Königs noch des Rats Ihr Euch erkühnt,
Als Ihr zum Kaiser wurdet abgesandt,
Des Reichs Sigill nach Flandern mitzuführen.

SURREY. Sodann gabt Ihr weitläuft'ge Vollmacht hin
An den Gregor von Cassalis, zum Abschluß
Des Bundes Seiner Hoheit mit Ferrara,
Wovon nicht Staat noch König unterrichtet.

SUFFOLK. Dann, daß aus eitel Ehrsucht Euern Hut
Ihr prägen ließt auf unsers Königs Münze.

SURREY. Dann, daß Ihr unermeßlich Gold gesandt
(Und wie erworben, ist Euch wohl bewußt),
Rom zu bestechen und den Weg zu bahnen
Für höh're Würden; alles dies zum Unheil
Dem ganzen Land. Noch gibt's der Dinge mehr,
Die, weil von Euch herrührend, uns verhaßt
Und meinen Mund nicht soll'n entweihn.

LORD KÄMMERER. O Herr,
Drängt den Gefallnen nicht so hart: 's ist Unrecht!
Sein Fall liegt offen dem Gesetz; es strafe
Das Recht, nicht Ihr. Fast weint mein Herz, zu schaun
Die Trümmer solcher Hoheit!

SURREY. Ich vergeb' ihm.

SUFFOLK. Dann ist des Königs Will', Herr Kardinal,
Weil alles, was vorletzt durch Euch begonnen,
Ein Praemunire wird umschließen müssen,
Daß gegen Euch ein Achtsbefehl ergeh',
Der Eurer Güter, Landerei'n und Habe
Und Eurer Schlösser Euch verlustig spricht,
Gesetzlos Euch erklärt. Dies ist mein Auftrag.

NORFOLK.
Und somit habt Ihr Raum zur Selbstbeschauung
Und frommem Wandel. Jene störrische Antwort
Von wegen des verlangten großen Siegels
Erfährt der König jetzt und dankt's Euch sicher.
Fahrt wohl dann ferner, Ihr mein kleiner guter
Lord Kardinal!

Alle ab außer Wolsey.

WOLSEY. Fahr' wohl dem kleinen Guten,
Das mir von Euch gekommen ist! Fahr' wohl,
Ein langes Fahrewohl all meiner Größe! –
So ist des Menschen Treiben: heute sprießen
Der Hoffnung zarte Knospen, morgen blühn sie
Und kleiden ihn in dichten Blumenschmuck:
Und übermorgen, tödlich, kommt ein Frost,
Und wenn er wähnt, der gute sichre Mann,
Die Größe reife, – nagt ihm der die Wurzel
Und fällt ihn so wie mich. Ich trieb dahin
Gleich wilden Knaben, die auf Blasen schwimmen,
So manchen Sommer auf der Ehrsucht Wogen,
Doch viel zu weit: mein hochgeschwellter Stolz
Brach endlich unter mir und gibt mich jetzt,
Müd' und im Dienst ergraut, der Willkür hin
Des wüsten Stroms, der ewig nun mich birgt.
Ich hass' euch, eitler Pomp und Glanz der Welt:
Mein Herz erschließt sich neu. O traurig Los
Des Armen, der an Königs Gunst gebunden!
Denn zwischen jenem Lächeln, so ersehnt,
Der Fürsten Huld und unserm Abgrund liegt
Mehr Qual und Angst, als Krieg und Weiber haben;
Und wenn er fällt, fällt er wie Luzifer,
Der Hoffnung ewig bar –

Cromwell tritt auf, voll Bestürzung.

Was ist dir, Cromwell?

CROMWELL. Mir stockt die Sprache, Herr!

WOLSEY. Wie, so bestürzt
Ob meinem Unglück? Kann's dich wundern, wenn
Ein großer Mann hinsinkt? Nein, wenn du weinst,
Dann fiel ich wirklich.

CROMWELL. Ist Euch wohl?

WOLSEY. Vollkommen,
Noch nie so wahrhaft glücklich, guter Cromwell.
Jetzt kenn' ich selber mich, jetzt fühl' ich Frieden
In mir, hoch über aller ird'schen Würde, –
Ein klar und rein Gewissen. Diese Heilung
Dank' ich dem König demutsvoll, er nahm
Mitleidig dieser Schultern müden Säulen
Die Last, die Schiffe senkte, – zu viel Ehre.
Oh, 's ist 'ne Bürde, Cromwell, eine Bürde,
Zu schwer dem Mann, der auf den Himmel hofft!

CROMWELL.
Mich freut's, Mylord, daß Ihr's so richtig nehmt.

WOLSEY.
Ich hoff, ich tu's; mich dünkt, ich sei bereit,
Durch meiner Seele neu empfund'ne Stärke
Mehr Leiden zu erdulden, und viel größre,
Als mir die schwachen Feinde können drohn.
Was gibt es Neues?

CROMWELL. Nun, das Härtste bleibt:
Des Königs Ungunst wider Euch.

WOLSEY. Gott schütz' ihn!

CROMWELL.
Dann, daß Sir Thomas Morus Kanzler ward
An Eurer Statt.

WOLSEY. Das find' ich etwas schnell,
Doch ist's ein kund'ger Mann. Erhalt' er sich
Des Königs Gunst noch lang' und walte recht
Nach Wahrheit und Gesetz, daß seinem Staub,
Wenn er den Lauf vollbracht und ruht in Gott,
Ein Grabmal werde von der Waisen Tränen!
Was mehr?

CROMWELL. Die Rückkunft Cranmers, seine Gunst
Und Wahl zum Erzbischof von Canterbury.

WOLSEY. Wohl ist das neu!

CROMWELL. Dann endlich, daß man heut
Die Lady Anna, schon vorlängst dem König
Heimlich vermählt, als Kön'gin offenbar
Zur Kirch' ihm folgen sah, und jetzt allein
Von ihrer Krönung das Gerücht ergeht.

WOLSEY.
Das war die Last, der ich erlag. Oh, Cromwell,
Der König täuschte mich, all meine Würden
Verlor ich durch dies eine Weib auf immer.
Nie führt ein Morgen meinen Glanz zurück
Noch rötet je die edlen Scharen wieder,
Die meines Lächelns harrten. Geh nur, Cromwell,
Ich bin ein armer Mann, gestürzt und unwert,
Dein Herr zu sein und Meister. Geh zum König!
Die Sonne, hoff' ich, sinkt nicht! – Ich erzählt' ihm,
Wer und wie treu du seist; er wird dich fördern,
Ein klein Erinnern meiner wird ihn treiben;
Sein Sinn ist edel, sicher weist er nicht
So hoffnungsvolle Dienste ab. Mein Cromwell,
Vermeid' ihn nicht; benutz' ihn jetzt und sorge
Für deine künft'ge Sicherheit!

CROMWELL. O Herr,
So muß ich von Euch weichen? muß durchaus
Solch guten, edlen, echten Herrn verlieren?
Sei Zeuge, wer kein Herz von Eisen trägt,
Wie traurig Cromwell seinen Herrn verläßt. –
Dem König widm' ich meinen Dienst; doch Euch
Für immerdar und ewig mein Gebet.

WOLSEY.
Ich dachte keine Träne zu vergießen
All meinem Elend; doch du zwangst mich eben
In deiner schlichten Treu', das Weib zu spielen.
Trocknen wir uns die Augen; hör' mich, Cromwell!
Wenn ich vergessen bin – und das ist bald –
Und schlaf' im stummen kalten Stein, wo niemand
Mich nennen wird, – dann sag, ich lehrt' es dich –
Sag, Wolsey – der einst ging des Ruhmes Pfad,
Der Ehre Bänk' und Klippen all erkundet –
Fand dir den Weg zur Höh' aus seinem Schiffbruch,
Den wahren, sichern, den er selbst verlor.
Denk' nur an meinen Fall und was mich stürzte!
Cromwell, bei deinem Heil, wirf Ehrsucht von dir!
Die Sünde hat die Engel selbst betört:
Wie frommte sie dem Menschen, Gottes Bilde?
Fleuch Eigenliebe, segne selbst die Feinde;
Bestechung führt dich weiter nicht als Treu'.
Stets in der Rechten halte milden Frieden,
Dann schweigt die Bosheit. Handle recht, nichts fürchte;
Dein Ziel sei immer Ziel auch deines Landes,
Wie deines Gottes und der Wahrheit: dann,
O Cromwell! wenn du fällst, fällst du im Tod
Als sel'ger Märtyrer. Dem König diene,
Und – bitt' dich, führe mich hinein:
Mach' ein Verzeichnis dort all meines Guts,
Bis auf den letzten Pfennig; 's ist des Königs.
Mein Priesterkleid und mein aufrichtig Herz
Vor Gott, mehr blieb mir nicht. Oh, Cromwell, Cromwell,
Hätt' ich nur Gott gedient mit halb dem Eifer,
Den ich dem König weiht', er gäbe nicht
Im Alter nackt mich meinen Feinden preis! –

CROMWELL. Geduldig, lieber Herr! –

WOLSEY. Ich bin's. Fahr' hin,
Du Glanz des Hofs! Zum Himmel strebt mein Sinn.

Gehn ab.

Vierter Aufzug

Erste Szene

Straße in Westminster.
Zwei Edelleute, die einander begegnen.

ERSTER. Seid abermal willkommen!

ZWEITER. So auch Ihr!

ERSTER. Ihr stellt Euch wohl, um Lady Annen hier
Zu schaun, wie sie vom Krönungsfeste kommt?

ZWEITER.
Ja, eben das. Als wir uns jüngst hier trafen,
Kam Herzog Buckingham aus dem Verhör.

ERSTER.
Jawohl! Doch jene Zeit war trüb und bang,
Heut allgemeines Fest! –

ZWEITER. Mit Recht Die Bürger
Sind alle treu und königlich gesinnt;
Und, wahr zu sprechen, immerdar bereit
Zur Feier solches Tags, mit manchem Schauspiel,
Aufzug und Ehrenbogen.

ERSTER. Doch nie prächt'ger
Und nie, versichr' ich, besser eingerichtet.

ZWEITER.
Wenn Ihr's vergönnt, wüßt' ich den Inhalt gern
Von jenem Blatt in Eurer Hand.

ERSTER. Seht hier:
's ist das Verzeichnis aller hohen Würden,
Die heut am Krönungsfest ihr Amt versehn.
Der Herzog Suffolk geht voran, er nimmt
Den Rang als Oberhofmeister; dann als Marschall
Herzog von Norfolk; lest die andern selber!

ZWEITER. Ich dank' Euch, Herr; kennt' ich den Brauch nicht schon,
Wär' ich für dieses Blatt Euch sehr verpflichtet.
Doch sagt mir noch, was ward aus Katharinen?
Der Fürstin Witwe? Wie steht deren Sache?

ERSTER.
Das sollt Ihr gleichfalls hören. Der Erzbischof
Von Canterbury, in Begleitung andrer
Gelahrter, würd'ger Väter hohen Rangs,
Hielt einen Tag zu Dunstable, sechs Meilen
Von Ampthill, wo die Fürstin wohnt; wohin
Sie oft geladen, nimmer doch erschien:
Und wegen Nichterscheinens und des Königs
Gewissensskrupel hat einmütig Urteil
Der weisen Väter Scheidung hier erkannt,
Und wird die ganze Eh' für null erklärt.
Seitdem ist sie nach Kimbolton entfernt,
Wo Krankheit sie befallen.

ZWEITER. Arme Fürstin! –
Hört die Musik; steht still; die Königin naht.

Ordnung des Krönungszuges.
1. Ein lebhafter Trompetenstoß.
2. Zwei Richter.
3. Der Lord Kanzler mit Tasche und Stab vor ihm her.
4. Singende Chorknaben.
5. Der Mayor von London, der den Stab trägt; darauf der erste Herold in seinem Wappenrock, auf dem Haupt eine kupferne vergoldete Krone.
6. Der Marquis Dorset mit einem goldnen Szepter, auf dem Kopf eine goldne Halbkrone. Neben ihm der Graf von Surrey, der den silbernen Stab mit der Taube und auf dem Haupt eine Grafenkrone trägt; um den Hals ritterliche Ketten.
7. Der Herzog von Suffolk in seiner Staatskleidung, seine kleine Krone auf dem Haupt, in der Hand einen langen weißen Stecken, als Oberhofmeister. Neben ihm der Herzog von Norfolk mit dem Marschallsstabe, eine kleine Krone auf dem Haupt. Beide mit ritterlichen Ketten um den Hals.
8. Der Thronhimmel, von vieren der Barone von den fünf Häfen getragen: unter demselben die Königin im Krönungsgewande. Sie ist in bloßen Haaren, reich mit Perlen geschmückt und gekrönt. Zu ihren beiden Seiten die Bischöfe von London und Winchester.
9. Die alte Herzogin von Norfolk, mit einer kleinen, goldnen, mit Blumen durchflochtnen Krone; sie trägt die Schleppe der Königin.
10. Verschiedne Edelfrauen und Gräfinnen, mit schlichten goldnen Reifen um den Kopf, ohne Blumen.
Sie ziehn in feierlicher Ordnung über die Bühne.

ZWEITER.
Ein stolzer Zug, fürwahr! Sieh! Diese kenn' ich:
Wer aber trägt den Szepter?
ERSTER. Marquis Dorset,
Und dort der Graf von Surrey mit dem Stab.
ZWEITER.
Ein edler, wackrer Herr! Dort, mein' ich, folgt
Der Herzog Suffolk?
ERSTER. Ja, der Oberhofmeister.
ZWEITER. Dann Mylord Norfolk.
ERSTER. Ja.
ZWEITER *indem, er die Königin erblickt.*
Gott sei mit dir!
Solch süß Gesicht als deins erblickt' ich nie!
Bei meinem Leben, Herr, sie ist ein Engel.
Der König hält ganz Indien in den Armen
Und viel, viel mehr, wenn er die Frau umfängt:
Ich tadle sein Gewissen nicht.
ERSTER. Die Träger
Des Ehrenbaldachins sind vier Barone
Von den fünf Häfen.
ZWEITER. Glücklich sind die Herrn,
Und so sind alle, die ihr nahen dürfen.
Dann war wohl jene, so die Schleppe trug,
Die alte, hohe Herzogin von Norfolk?
ERSTER. Ja, und die andern alle Gräfinnen.
ZWEITER. Das deuten ihre Krönchen. Sterne sind's,
Und die mitunter fallen.
ERSTER. Still davon! –
Die Prozession geht vorüber unter Trompetenschall.
Ein dritter Edelmann kommt hinzu.

Gott grüß' Euch, Freund! Aus welchem Feuer
kommt Ihr?
DRITTER.
Vom dicksten Drängen der Abtei, wo kaum
Ein Finger einzuzwängen ist. Fast bin ich
Erstickt vor lauter Freud' und Lust.
ZWEITER. Ihr saht
Die Zeremonie?
DRITTER. Ja,
ZWEITER. Wie war's damit? –
DRITTER. Wohl wert, gesehn zu werden.
ZWEITER. Oh, erzählt uns!
DRITTER. Soviel ich kann. Nachdem der reiche Strom
Der Lords und Edelfrau'n die Königin
Zu ihrem Sitz geleitet auf das Chor,
Trat er zurück: indessen Ihre Hoheit
Sich niederließ, ein Weilchen auszuruhn,
Auf einem prächt'gen Sessel, frei dem Volk
Entgegenstellend ihrer Schönheit Glanz.
Glaubt mir, sie ist das herrlichste Geschöpf,
Die je an Mannes Seite lag. Als nun dem Volk
Ihr Anblick ward gegönnt, entstand ein Rauschen,
Wie man's zur See im Sturm vom Tauwerk hört,
So laut und mannigfalt. Die Hüt' und Mäntel,
Ja selbst die Wämser flogen in die Höh',
Und wären die Gesichter los gewesen,
Heut gingen sie verloren. Solchen Jubel
Erblickt' ich nie zuvor. Hochschwangre Weiber,
Acht Tage kaum vom Ziele, drängten vorwärts,
Gleich Widdern aus der alten Kriegeszeit,
Und machten Breschen vor sich: keiner konnte
Wohl sagen: »Dies ist meine Frau«; so seltsam
War alles hier verwebt in eins.
ZWEITER. Nun, weiter?
DRITTER.
Dann trat sie vor und ging, bescheidnen Schritts,
Zum Altar, kniet' und hub gleich einer Heil'gen
Den schönen Blick empor, andächtig betend;
Erhob sich dann und neigte sich dem Volk,
Weil ihr der Erzbischof von Canterbury
Die königlichen Zeichen all erteilte,
Das heil'ge Öl, die Krone König Eduards,
Den Stab, die Friedenstaub' und allen Krönungs–
Ornat: worauf in Einklang, hoch vom Chor,
Von den gewählt'sten Stimmen unsers Landes
Der Lobgesang erscholl. Drauf wandte sich
Der Zug im vollen, ernsten Prunk zurück
Nach York-Palast, wo Tafel wird gehalten.
ERSTER. Sagt York-Palast nicht mehr, das ist vorbei,
Denn seit des Wolsey Sturz erlosch der Name:
Dem König fiel er heim und heißt Whitehall.
DRITTER.
Ich weiß; doch ist's so neu, daß mir geläuf'ger
Der alte Name blieb.
ZWEITER. Wer waren, sagt,
Die zween Bischöfe zu der Fürstin Seiten?
DRITTER.
Stocksley und Gardiner; der von Winchester,
Und kurz vorher noch Schreiber unsers Königs,
Jener von London.
ZWEITER. Der von Winchester

Ist wohl kein Herzensfreund des Erzbischofs,
Des frommen Cranmer.
DRITTER. Das ist weltbekannt.
Doch ist die Spaltung noch nicht groß, und wird sie's,
So hat der Cranmer einen wackren Freund.
ZWEITER. Wen meint Ihr, sagt, ich bitt' Euch?
DRITTER. Thomas Cromwell,
Ein Mann, höchst wert dem König und in Wahrheit
Getreuer Freund. Der König hat ihn schon
Zum Reichswardein ernannt und einen Platz
Im Staatsrat ihm verliehn.
ZWEITER. So steigt er wohl
Noch höher.
DRITTER. Ohne Zweifel tut er das.
Jetzt, liebe Herrn, geht meinen Weg; ich führ' euch
An Hof, dort sollt ihr meine Gäste sein;
Etwas vermag ich schon. Auf unserm Gang
Erzähl' ich mehr.
BEIDE. Wir sind zu Eurem Dienst.
Alle ab.

Zweite Szene

Kimbolton.
Die verwitwete Königin Katharina, krank, von Griffith und Patienza geführt, tritt auf.

GRIFFITH. Wie geht's Eur' Hoheit? –
KATHARINA. Tödlich krank, o Griffith!
Es sinken mir, beschwerten Ästen gleich,
Die Knie' zur Erd' und wichen gern der Last. –
Reich' einen Sessel, – so! – Jetzt wird mir's leichter.
Sagt'st du mir nicht, als du mich führtest, Griffith,
Das Riesenkind des Ruhms, der Kardinal,
Sei tot? –
GRIFFITH.
Ja, Fürstin, doch Eur' Hoheit, wie ich glaubte,
Vernahm mich kaum in Ihrem heft'gen Schmerz.
KATHARINA.
Sag, guter Griffith, bitt' dich, wie er starb;
Wenn fromm, so ging er mir vielleicht voran
Als Beispiel.
GRIFFITH. Fromm, erzählt man mir, verschied er.
Denn als der mächt'ge Graf Northumberland
Zu York ihn festgesetzt und ungesäumt
Als einen Hartbeschuldigten verhört,
Erkrankt' er plötzlich schwer und konnte nicht
Auf seinem Maultier sitzen.
KATHARINA. Armer Mann! –
GRIFFITH.
Endlich, nach häuf'ger Rast, erreicht' er Leister,
Wo ihn im Klosterhof der würd'ge Abt
Samt dem Konvent mit aller Ehr' empfing.
Dem sagt' er dieses Wort: »O Vater Abt!
Ein Greis, zerknickt im wilden Sturm des Staats,
Legt hier bei Euch sein müdes Haupt zur Ruh';
Gönnt aus Erbarmen ihm ein wenig Erde!« –
Man bracht' ihn gleich zu Bett; die Krankheit stieg
Anhaltend heft'ger, und am dritten Abend,
Just um die achte Stund', in der er selbst
Vorausgesagt sein Ende, – gab er reuig,
Versenkt in Tränen, Sorg' und tiefer Andacht,
Der ird'schen Welt den eitlen Ruhm zurück,
Sein geistlich Teil dem Herrn, und starb in Frieden.
KATHARINA.
So schlaf' er auch, leicht sei'n ihm seine Fehle! –
Das einz'ge, Griffith, sag' ich noch von ihm,
Und doch in aller Lieb' – er war ein Mann
Von ungezähmtem Stolz, der Fürsten stets
Sich gleich gezählt; ein Mann, des heimlich Trachten
Das Reich gefesselt; geistlich Recht war feil,
Gesetz sein Wille, Wahrheit widerrief er
Am Hof, zweizüngig überall erscheinend
In Red' und Sinn: nie zeigt' er Mitleid je,
Als wenn er Untergang beschloß im Herzen.
Sein Wort, gleich seinem vor'gen Selbst, gewaltig,
Doch sein Erfüllen nichtig, gleich dem jetz'gen.
Er sündigte im Fleisch und gab dadurch
Dem Klerus schlechtes Beispiel.
GRIFFITH. Edle Frau,
Der Menschen Tugend schreiben wir in Wasser,
Ihr böses Treiben lebt in Erz: vergönnt Ihr
Mir jetzt wohl auch sein Lob?
KATHARINA. Ja, guter Griffith,
Sonst wär' ich boshaft.
GRIFFITH. Dieser Kardinal,
Wenn schon von niederm Stand, war unbezweifelt
Für großen Ruhm geschaffen. Seit der Wiege
Erschien er leicht auffassend, reif und tüchtig,
Unendlich klug, beredsam, überzeugend,
Den Abgeneigten herb und schroff gesinnt,
Allein dem Freunde liebreich, wie der Sommer.
Und war er gleich im Nehmen unersättlich –
(Was sündlich ist), so zeigt' er, Fürstin, sich
Im Geben königlich: – Des zeugen ewig
Des Wissens Zwillinge, so er Euch schuf,
Ipswich und Oxford! – Jenes fiel mit ihm,
Nicht wollt' es seine Wohltat überleben;
Dies aber, zwar unfertig, doch so glänzend,
So trefflich in der Kunst, so stät im Wachsen,
Daß in Europa nie sein Ruhm vergehn wird.
Sein Sturz hat Heil gesammelt über ihm,
Denn nun, – und nicht bis dahin, – kannt' er sich
Und sah den Segen ein, gering zu sein;
Und daß er höhern Ruhm dem Alter schüfe,
Als der von Menschen kommt, starb er, Gott
fürchtend.
KATHARINA.
Nach meinem Tod wünsch' ich zum Herold mir,
Der meines Lebens Taten aufbewahre
Und meinen Leumund rette vor Verwesung,
So redlichen Chronisten als mein Griffith.
Den ich zumeist gehaßt, den muß ich nun
Durch deine fromme Wahrheitslieb' und Demut
Im Grab noch ehren. Friede sei mit ihm! –
Patienza, geh nicht von mir; leg' mich tiefer,
Du hast nicht lang' mehr all die Mühe – Griffith,
Laß die Musik die trübe Weise spielen,
Die ich mein Grabgeläute hab' genannt,
Derweil ich sitz' und denk' an den Gesang
Der Himmel, dem ich bald entgegengehe.
Eine traurige und feierliche Musik.

GRIFFITH.
Sie schläft – setz' still dich nieder, liebes Mädchen,
Sonst wecken wir sie. Still, gute Patienza! –

Traumgesicht. Sechs Gestalten in weißen Gewändern, Lorbeerkränze auf dem Haupt, goldne Masken vor dem Gesicht und Palmenzweige in den Händen, schweben langsam auf die Bühne. Sie begrüßen Katharinen und tanzen darauf. Bei gewissen Wendungen halten die ersten zwei einen schmalen Blumenkranz über ihrem Haupt, während die vier übrigen sich ehrerbietig neigen. Dann wiederholt das nächstfolgende, und endlich das letzte Paar dieselbe Handlung. Die Fürstin gibt schlafend Zeichen der Freude, wie durch höhere Eingebung, und streckt beide Hände gen Himmel. Darauf verschwinden die Gestalten und nehmen den Kranz mit sich hinweg. Die Musik währt fort.

KATHARINA.
Wo seid ihr, sel'ge Geister? All' verschwunden?
Und laßt mich hier zurück in meinem Elend?

GRIFFITH. Hier sind wir, gnäd'ge Frau.

KATHARINA. Euch rief ich nicht;
Doch saht Ihr niemand, als ich schlief?

GRIFFITH. Nein, Fürstin.

KATHARINA.
Nicht? Kam nicht eben jetzt ein Chor von Engeln,
Zum Festmahl mich zu laden, deren Glanz
Mich gleich der Sonn' in tausend Strahlen hüllte?
Die ew'ge Seligkeit verhießen sie
Und reichten Kränze mir, die ich zu tragen
Mich noch nicht würdig fühle; doch ich werd' es
Gewißlich einst.

GRIFFITH.
Mich freut, daß Euren Sinn so süße Träume
Erquicken.

KATHARINA. Laßt nun enden die Musik,
Sie dünkt mich rauh und lästig.

Die Musik hört auf.

PATIENZA. Seht Ihr wohl,
Wie Ihre Hoheit plötzlich sich verändert?
Wie lang ihr Antlitz, ihre Züge bleich
Und kalt und erdig? Seht Ihr wohl die Augen?

GRIFFITH. Sie stirbt, Kind: bete! bete! –

PATIENZA. Herr, sei mit ihr!

Ein Bote tritt auf.

BOTE. Eu'r Gnaden wird –

KATHARINA. Geh, unverschämter Mensch!
Ist das die schuld'ge Ehrfurcht?

GRIFFITH. Ihr tut Unrecht,
Da Ihr es wißt, sie will den Rang nicht lassen,
Daß Ihr so roh Euch zeigt! So kniet denn nieder!

BOTE.
Ich bitt' Eur' Hoheit demutsvoll um Nachsicht,
Die Eile ließ mich fehlen. Draußen harrt
Ein Herr, gesandt vom König, Euch zu sehen.

KATHARINA.
Gewährt ihm Zutritt, Griffith; doch diesen Menschen
Laßt nie mich wieder sehen.

Griffith und der Bote ab.
Griffith kommt zurück mit Capucius.

Irr' ich nicht,
Seid Ihr des Kaisers, meines edlen Neffen,
Botschafter, und Capucius ist Eu'r Name.

CAPUCIUS. Derselbe, Fürstin, Euer Knecht.

KATHARINA. Oh, Herr,
Titel und Zeiten, seit Ihr jüngst mich saht,
Sind sehr verändert. Sagt mir jetzt, ich bitt' Euch,
Was führt Euch her zu mir?

CAPUCIUS. Erhabne Frau,
Vor allem eignes Pflichtgefühl; demnächst
Des Königs Auftrag, Euch hier zu besuchen.
Es grämt ihn Eure Krankheit sehr, er meldet
Sein fürstliches Empfehlen Euch durch mich
Und wünscht von Herzen Euch den besten Trost.

KATHARINA.
O werter Herr, dies Trösten kommt zu spät,
's ist wie Begnad'gen nach der Hinrichtung.
Zur rechten Zeit war die Arznei mir Heilung,
Jetzt braucht's der Tröstung keine, als Gebet.
Wie geht es meinem Herrn? –

CAPUCIUS. In bestem Wohlsein.

KATHARINA.
Das bleib' ihm immer! Blühe stets sein Glück,
Wenn ich bei Würmern wohne, wenn mein Name
Verbannt wird sein aus diesem Reich! Patienza,
Hast du mein Schreiben abgeschickt?

PATIENZA. Nein, Fürstin.

KATHARINA.
Dann bitt' ich Euch in Demut, meinem Herrn
Dies einzuhänd'gen.

CAPUCIUS. Fürstin, zählt darauf!

KATHARINA.
Empfohlen hab' ich seiner Gnad' und Milde
Sein Töchterlein, das Abbild unsrer Liebe;
In Fülle träuf' auf sie des Himmels Segen! –
Sie gläubig aufzuziehn ersuch' ich ihn;
Sie ist noch jung, von edler, sitt'ger Art,
Und übt die Tugend, hoff' ich. Dann, ein wenig
Sie auch zu lieben, ihrer Mutter wegen,
Die ihn geliebt, der Himmel weiß, wie teuer! –
Weiter bitt' ich demütig ihn um Mitleid
Für meine armen Frau'n, die mir so lang'
Treulich gefolgt in gut und bösem Glück,
Von denen wahrlich kein', – ich weiß es sicher
Und lüge jetzt gewiß nicht, – die durch Tugend,
Durch wahre Seelenschönheit, strenge Sitte
Und fein Betragen nicht den besten Mann
Verdient; und daß er ja von Adel sei!
Denn glücklich ist gewiß, wer sie erlangt.
Zuletzt nenn' ich die Diener (arm sind alle,
Doch Armut wandte keinen je von mir);
Man woll' auch ferner ihren Lohn nicht weigern,
Noch etwas drüber, mir zum Angedenken;
Dafern mir Gott gegönnt ein längres Leben
Und reichern Schatz, wir schieden wohl nicht also.
Das ist der ganze Inhalt, teurer Herr;
Bei allem, was Euch wert ist in der Welt,
Und wie Ihr christlich Ruh' den Toten wünscht,
Seid dieser armen Leute Freund und mahnt
Den König an dies letzte Recht!

CAPUCIUS. Das will ich,
So wahr mir Gott ein menschlich Herz verliehn! –

KATHARINA. Ich dank' Euch, würd'ger Herr.
Gedenkt auch meiner

In aller Ehrfurcht gegen Seine Hoheit,
Sagt, seine lange Sorge scheide jetzt
Von hinnen, sagt, ich segnet' ihn im Tode,
Denn also will ich's tun – mein Aug' wird dunkel –
Lebt wohl! – Griffith, lebt wohl! Nein, geh noch nicht,
Patienza, ruf' die andern Frau'n, ich muß
Zu Bett – Wenn ich erst tot bin, gutes Mädchen,
Setzt mich mit Ehren bei; bestreut mein Grab
Mit jungfräulichen Blumen, daß man sehe,
Ich war bis an den Tod ein keusches Weib.
Ihr sollt mich balsamieren, dann zur Schau
Ausstellen: zwar nicht Kön'gin, doch begrabt mich
Als Königin und eines Königs Tochter!
Ich kann nicht mehr! –

Die Königin wird hinweggeführt.

Fünfter Aufzug

Erste Szene

Eine Galerie im königlichen Palast.
Gardiner, Bischof von Winchester, tritt auf; ein Page mit einer Fackel vor ihm her. Sir Thomas Lovell begegnet ihm.

GARDINER. Die Uhr ist eins, nicht wahr?
PAGE. Es hat geschlagen.
GARDINER.
Dies sollten Stunden sein für den Bedarf,
Nicht für Vergnügung; Zeit, Natur zu stärken
Durch Schlafs Erquickung, zum Vergeuden nicht
Bestimmt – Gott schenk' Euch gute Nacht, Sir Thomas;
Wohin so spät?
LOVELL. Mylord, kommt Ihr vom König?
GARDINER. Soeben erst; ich ließ ihn beim Primero
Mit Herzog Suffolk.
LOVELL. Ich muß auch zu ihm,
Eh' er sich schlafen legt. Auf Wiedersehn!
GARDINER.
Noch nicht, Sir Thomas Lovell; sagt, was gibt's?
Ihr scheint in großer Eil', und wollt Ihr's nicht
Auslegen als Beleidigung, – teilt dem Freund
Die Ursach' mit so später Hast; Geschäfte,
Die mitternächtlich umgehn wie die Geister,
Sind wildrer Art in sich als solches Treiben,
Das Förd'rung sucht bei Tag.
LOVELL. Ich lieb' Euch, Mylord;
Und möcht' Euch ein Geheimnis wohl vertraun,
Viel wicht'ger noch als dies: Die Königin ist in Wehen,
Man sagt, in äußerster Gefahr; sie fürchten,
Es werd' ihr Ende sein.
GARDINER. Für ihre Frucht
Will ich von Herzen beten, wünsch' ihr auch
Gedeihn im Leben; doch den Stamm, Sir Thomas,
Laßt immer jetzt vertilgen.
LOVELL. Dazu sprech' ich
Das Amen mit, und dennoch sagt mein Herz,
Sie sei ein gut Geschöpf und liebes Weib,
Und beßrer Wünsche wert.
GARDINER. Doch, Herr, Herr, hört
Mich an, Sir Thomas; Ihr seid ein Mann, wie ich,
Der echten Kirche; ich kenn' Euch weise, fromm;
Und laßt Euch sagen, – besser wird's nicht eh', –
Nicht eh', Sir Thomas Lovell, darauf baut,
Bis Cranmer, Cromwell, ihre beiden Hände,
Und sie, – im Grabe ruhn.
LOVELL. Ei, Sir, Ihr nennt
Die Mächtigsten im Reiche. Cromwell stieg
Vom Kronwardein erst jüngst zum Archivar
Und Rat des Königs, steht noch überdies
Recht auf dem Sprung zu weitrer Förderung,
Und harrt nur auf die Zeit, – der Erzbischof
Ist Zung' und Hand des Königs; wer nur wagt
Ein Wörtlein wider den?
GARDINER. Doch, doch, Sir Thomas,
Noch wagt' es einer wohl; ich selbst erdreistet's
Mich auszusprechen, ja noch heut am Tag
(Euch darf ich mich vertraun) schürt' ich die Flamme
Den Herrn vom Staatsrat, hoff ich; zeigt', er sei
(Das, weiß ich, ist er, sie auch wissen es,)
Ein erzverruchter Ketzer, eine Pest,
Die unser Land verdirbt; worauf ihr Eifer
Sich laut dem König hat erklärt, und dieser,
Gehör uns leihend – (aus besondrer Sorgfalt
Und königlicher Ahndung alles Unheils,
Das unsre Gründ' ihm dargelegt) dem Staatsrat
Befehl erteilt, sich morgen zu versammeln
In aller Früh'. Dies böse Unkraut, Sir,
Muß ausgerottet werden. Doch zu lang'
Halt' ich Euch auf; ich wünsch' Euch gute Nacht.
LOVELL.
Gut' Nacht gleichfalls, Mylord; ich bleib' Eu'r Diener.

Gardiner mit dem Pagen ab.
Der König mit dem Herzog von Suffolk tritt auf.

KÖNIG.
Karl, länger spiel' ich diesen Abend nicht,
Ich bin zerstreut, Ihr seid mir heut zu stark.
SUFFOLK.
Herr, ich gewann zuvor von Euch noch nie.
KÖNIG. Nur selten, Karl,
Und sollt auch nie, wenn ich nur achtsam bin –
Nun, Lovell, von der Königin? Wie steht's?
LOVELL.
Ich konnte nicht persönlich überbringen,
Was Ihr gebotet; doch durch ihre Frau'n
Sandt' ich's ihr zu. Die Fürstin sagt Euch Dank
In tiefster Demut und ersucht Eu'r Hoheit,
Herzlich für sie zu beten.
KÖNIG. Was sagst du? Wie?
Für sie zu beten? Wie? Ist sie in Wehen?
LOVELL.
Das sagten ihre Frau'n; und daß der Schmerz
Ihr Qualen fast zum Tode gibt.
KÖNIG. Die Arme! –
SUFFOLK.
Gott woll' ihr leichtlich ihre Bürde nehmen,
Mit lindem Weh, um bald mit einem Erben
Eu'r Hoheit zu erfreu'n.
KÖNIG. 's ist Mitternacht,

Bitt' dich, geh schlafen und gedenk' im Beten
Der armen Königin! Laß mich allein,
Mir kreuzen sich Gedanken, denen wenig
Gesellschaft frommt.

SUFFOLK. Ich wünsch' Eu'r Majestät
Gut' Nacht, und meiner teuren Herrin will ich
Gedenken im Gebet.

KÖNIG. Karl, gute Nacht!

Suffolk ab.

Sir Anton Denny tritt auf.

Nun, Sir, was gibt's?

DENNY.
Mylord den Erzbischof bracht' ich Eu'r Hoheit,
Wie Ihr befahlt.

KÖNIG. Ah, den von Canterbury?

DENNY. Ja, bester Herr.

KÖNIG. 's ist wahr. Wo ist er, Denny?

DENNY. Er harrt im Vorsaal.

KÖNIG. Führ' ihn her zu mir!

Denny ab.

LOVELL *beiseit.*
Das ist, wovon der Bischof zu mir sprach:
Ich kam zur guten Stunde.

Denny kommt zurück mit Cranmer.

KÖNIG. Verlaßt die Galerie!

Lovell scheint zu zögern.

Ha! Sagt' ich's nicht?
Fort da! – Was!

Lovell mit Denny ab.

CRANMER *beiseit.*
Ich bin voll Furcht – warum der finstre Blick?
Sein Anblick schreckt mich. Alles ist nicht gut.

KÖNIG.
Nun, Mylord? Wissen wollt Ihr wohl, weshalb
Ich Euch ließ rufen?

CRANMER *knieend.*
's ist mir Pflicht, Eu'r Hoheit
Befehlen stets zu g'nügen.

KÖNIG. Steht nur auf,
Mein guter, würd'ger Lord von Canterbury,
Kommt, gehn wir auf und nieder miteinander.
Ich habe Neuigkeiten hier für Euch,
Kommt näher, kommt, und gebt mir Eure Hand.
Ach, guter Lord, es kränkt mich sehr, zu sagen,
Und geht recht nah, was folgt, Euch auszusprechen:
Ich hab' – und zwar mit Kummer – jüngst vernommen,
Von mancher schweren, – wie Ihr hört, Mylord, –
Schweren Beschuld'gung wider Euch; worauf
Wir uns entschieden haben, samt dem Staatsrat
Euch morgen zu vernehmen; und ich weiß,
Ihr könnt so frei und rein Euch schwerlich läutern,
Daß bis zur fernern Untersuchung nicht
Der Punkte, so Ihr widerlegen sollt,
Ihr Euch gedulden müßtet und bereiten,
Eu'r Haus in unserm Turm zu suchen. Also
Ziemt sich's für Euch, als Pair, weil sonst kein Zeuge
Aufträte gegen Euch.

CRANMER. Eu'r Hoheit dank' ich
Und freu' mich sehr zu solchem ernsten Anlaß
Sorgfält'ger Sichtung, die den Weizen völlig
Von meiner Spreu wird sondern; denn ich weiß,
Mich Armen treffen mehr Verleumderzungen
Als irgend einen.

KÖNIG. Knie nicht, Canterbury:
Dein Recht, dein reiner Sinn schlug tiefe Wurzel
In uns, in deinem Freund. Gebt mir die Hand,
Kommt, gehn wir noch. – Nun, bei der Mutter Gott's,
Was seid Ihr für ein Mann denn? Dacht' ich doch,
Ihr würdet jetzt mich dringend supplizieren,
Auf daß ich mich verwendete, nur schnell
Die Gegner Euch zu stellen, und demnächst
Euch ferner hörte sonder Haft.

CRANMER. Mein Fürst,
Der Schutz, auf den ich trau', sind Recht und Gradheit;
Verließen die mich, würd' ich mit den Feinden
Mich meines Sturzes freun, denn ohne sie
Könnt' ich mich selbst nicht achten. Doch ich fürchte
Nichts, was sie sagen mögen.

KÖNIG. Wißt Ihr nicht
(Was alle Welt weiß), wie Ihr mit der Welt steht?
Sehr viel sind Eurer Feind',
Und kleine nicht; und deren Ränke sind
Wie sie beschaffen: und nicht stets gewinnt
Wahrheit und Recht, wie's sollte, Lossprechung
In dem Prozeß. Wie leicht erkaufen nicht
Verderbte Seelen gleich verderbte Schurken,
Zu schwören gegen Euch? So was geschieht!
Die Gegner sind Euch stark, und ihrer Macht
Gleicht ihre Bosheit. Hofft Ihr günst'ger Glück
Im Punkt meineid'ger Zeugen denn Eu'r Heiland,
Dem Ihr als Diener folgt, solang' er wallte
Auf dieser schnöden Erde? – Wie? Ei! Ei!
Euch dünkt ein Abgrund kein gewagter Sprung,
Ihr werbt Euch selbst den eignen Untergang!

CRANMER. So mögen Gott und Eure Majestät
Beschützen meine Unschuld, sonst vermeid' ich
So viele Schlingen nicht!

KÖNIG. Seid gutes Muts;
Sie soll'n nicht weiter gehn, als wir gestatten.
Bleibt nur getrost und schickt Euch an, heut morgen
Vor ihnen zu erscheinen. Kommt's, daß sie
Anklagen auf Verhaftung legen dar,
So laßt nicht ab, die besten Gegengründe
Zu häufen, scheut auch nicht ein heft'ges Wort,
Wie's Euch der Anlaß eingibt; wenn alsdann
Eu'r Dringen fehlschlägt, zeigt nur diesen Ring
Und wendet Euch sofort in ihrem Beisein
An mein Entscheiden! – Seht, der Gute weint!
Der ist getreu, auf Ehre! – Bei Christi Mutter!
Ich schwör's, er ist wie Gold, das beste Herz
In unserm Königreich – Nun geht, und tut,
Wie ich Euch sagte. Seine Sprach' ist ganz
Erstickt in Tränen.

Cranmer ab.

Eine alte Hofdame tritt auf.

HOFKAVALIER *hinter der Szene.*
Bleibt zurück! Was wollt Ihr?

HOFDAME.
Ich bleibe nicht zurück! Ich habe Zeitung,
Die Dreistigkeit gesittet macht. – Dein Haupt
Umschweben gute Engel, und ihr Fittich
Beschatte dich! –
KÖNIG. Aus deinen Blicken les' ich
Die Botschaft – Ist die Königin entbunden?
Sprich ja, und von 'nem Knaben?
HOFDAME. Ja! ja! mein König,
Von einem süßen Knaben. Herr im Himmel,
Beschützt ihn nun und ewig! – 's ist ein Mädchen,
Das künft'ge Knaben wohl verspricht. Die Königin
Harrt Eures Kommens, Herr, und Eurer ersten
Bekanntschaft mit dem kleinen Ankömmling.
Er gleicht Euch wie ein Ei dem andern –
KÖNIG. Lovell –
LOVELL. Herr!
KÖNIG. Gib ihr hundert Mark. Ich will zur Königin.
König ab.
HOFDAME.
Nur hundert Mark? Beim Himmel! Ich will mehr,
Solch Zahlen schickt sich für 'nen schlechten Stallknecht.
Mehr muß ich haben, sonst keif' ich's ihm ab:
Sagt' ich deshalb, das Mädchen seh' ihm gleich?
Ich muß mehr haben, sonst nehm' ich's ganz zurück,
Und nun das Eisen, weil's noch heiß, zum Amboß!
Ab.

Zweite Szene

Vor dem Zimmer des Staatsrats.
Cranmer tritt auf. Türsteher und Bediente draußen wartend.

CRANMER.
's ist, hoff' ich, nicht zu spät, und doch empfahl mir
Der Bote, den der Staatsrat mir gesandt,
So große Eil' – Noch zu? Was heißt das? He! –
Wer hat den Dienst? Ihr kennt mich doch?
TÜRSTEHER. O ja,
Mylord; doch kann ich Euch nicht helfen.
CRANMER. Wie! –
TÜRSTEHER.
Ihr müßt noch stehn, Mylord, bis man Euch ruft.
CRANMER. So? –
Doktor Butts tritt auf.
BUTTS *für sich.*
Nun, das ist rechte Bosheit! Ich bin froh,
Daß ich zum Glück den Weg hier nahm. – Der König
Soll dies sogleich erfahren.
Ab.
CRANMER. Das ist Butts,
Des Königs Arzt. Als er vorüberging,
Wie ernst er seinen Blick auf mich geheftet!
Wenn er nur nicht mein Unglück weiß! Gewiß ist's
Absichtlich angelegt durch meine Feinde
(Gott beßre sie, nie reizt' ich ihre Tücke! –)
Zu meinem Schimpf; sonst schämten sie sich wohl,
Mich vor der Tür zu lassen, ihresgleichen
Im Staatsrat, unter Troß und Knechten. Mag
Ihr Wille doch geschehn, ich warte ruhig
Der König und Butts, oben am Fenster.
BUTTS.
Ich zeig' Eur' Hoheit den seltsamsten Auftritt ...
KÖNIG. Was meinst du?
BUTTS.
Ich denk', Eur' Hoheit sah dies wohl nicht oft.
KÖNIG. Zum Element! Wo ist's? –
BUTTS. Seht hier, mein Fürst,
Das Standserhöhn Mylords von Canterbury,
Der Fuß gefaßt am Tor, mit Häschern, Pagen
Und Dienertroß.
KÖNIG. Ha, wirklich! Er ist's selbst!
Auf solche Weise ehren sie einander?
Gut, daß doch einer höher ist. Ich dachte,
Sie alle hätten so viel Sinn für Recht
(Zum mind'sten gute Sitte), nicht zu dulden,
Daß solches Rangs ein Mann, und uns so nah,
Hier ihrer Gnaden Wohlgefall'n erwarte,
Und an der Tür, wie 'n Postknecht mit Paketen!
Butts, bei der Mutter Gott's, so handeln Schufte!
Doch laß sie nur, ziehn wir den Vorhang zu,
Wir werden weiter sehn. –
Das Zimmer des Staatsrats. Der Lord Kanzler setzt sich oben an die Tafel zur Linken; ein Sitz über ihm bleibt leer, als der dem Erzbischof von Canterbury gehört. Die Herzoge von Norfolk, Suffolk, Surrey, der Lord Kämmerer und der Bischof von Winchester setzen sich nach der Ordnung zu beiden Seiten der Tafel. Cromwell als Sekretär zu unterst.
KANZLER. Beginnt den Vortrag jetzt, Herr Sekretär.
Was führt uns heut zusammen?
CROMWELL. Gnäd'ge Herrn,
Der Fall betrifft Mylord von Canterbury.
GARDINER. Gab man ihm Nachricht?
CROMWELL. Ja.
NORFOLK. Wer wartet dort?
TÜRSTEHER. Dort außen?
GARDINER. Ja.
TÜRSTEHER. Nun, der Herr Erzbischof,
Der Eures Winks seit einer Stunde harrt.
KANZLER. Laßt ihn herein!
TÜRSTEHER. Eu'r Gnaden kann jetzt kommen.
Cranmer nähert sich der Versammlung.
KANZLER.
Werter Herr Erzbischof! – Mit tiefem Kummer
Sitz' ich allhier und sehe jenen Stuhl
Erledigt; doch wir alle sind nur Menschen,
Schwachheit ist unser Erb', und wen'ge nur,
Weil noch im Fleisch, sind Engel. Welche Schwachheit
Und blöde Weisheit Euch zumal verführt,
Der uns das beste Beispiel sollte geben,
Euch zu versünd'gen, und fürwahr, nicht leicht!
Zuerst am König; dann am Recht, indem
Das Reich durch Euch und Eurer Pfarrherrn Lehre
(Denn so verlautet's) neuer Irrtum füllt,
Sektierung und Gefahr, kurz, Ketzerei,
Die, nicht gedämpft, Verderbnis muß erzeugen.

GARDINER.
Und solche Dämpfung tut uns eilend not,
Ihr edlen Herrn; wer wilde Hengste zähmt,
Dem reicht die Hand nicht aus, sie fromm zu ziehn,
Er zwängt ihr Haupt mit scharfem Zaum und spornt sie,
Bis sie der Führung weichen. Dulden wir
Nach unsrer Lässigkeit und kind'scher Sorgfalt
Für eines Mannes Ruf solch schnöde Pest,
Dann, Heilkunst, fahre wohl! Was wird die Folge?
Aufruhr, Empörung, allgemeine Seuche
Des ganzen Staats, wie kürzlich unsre Nachbarn
Im niedern Deutschland teuer g'nug bezeugt,
Die noch ganz neulich unsern Schmerz erregt.
CRANMER. Ich habe treu bisher gekämpft, Mylords,
In meines Amts und Lebens ganzem Fortgang,
Und nicht mit kleiner Mühe, daß mein Wort
Und meines Lehreransehns strenger Gang
Die gleiche Bahn bewahrten, und das Gute
Blieb stets mein Ziel; auch lebt auf Erden wohl –
Das sag' ich treuen Herzens, edle Lords –
Nicht einer, der die Störer heim'schen Friedens
Mehr haßt als ich, noch ihnen mehr entgegnet.
Gott geb', es diente keiner je dem König
Mit mind'rer Treu' und Liebe! Wem der Neid,
Die krumme Arglist Nahrung gibt, des Biß
Wagt an die Besten sich. Ich bitt' euch, Herrn,
Laßt meine Kläger mir in dieser Sache,
Wer sie auch sei'n, hier gegenüber stehn
Und ohne Rücksicht zeugen.
SUFFOLK. Nein, Mylord,
Das geht nicht an: Ihr seid des Staatsrats Mitglied,
Und solche Würde schützt vor aller Klage.
GARDINER.
Mylord, weil uns Bedeutenders noch obliegt,
Seid kürzlich abgefertigt! Seine Hoheit,
Nach unserm Schluß, zu beßrer Untersuchung,
Verlangt, daß Ihr Euch gleich zum Turm begebt,
Wo Ihr, Privatmann wiederum geworden,
Erfahren sollt, wieviel Ihr Kläger habt;
Und, fürcht' ich, mehr, als Ihr gewärtig seid.
CRANMER.
Ei, werter Lord von Winchester, ich dank' Euch,
Wart Ihr doch stets mein Freund; nach Eurem Wunsch
Spracht Ihr zugleich die Klage wie das Urteil,
So menschlich seid Ihr. Euer Trachten seh' ich,
's ist mein Verderben; Lieb' und Nachsicht, Lord,
Ziemt frommen Hirten mehr, als Sucht der Ehre; –
Mit Glimpf verirrte Seelen wieder werben,
Und keine von sich stoßen. Mich zu rein'gen,
Und beugt Ihr auch mir gänzlich die Geduld,
Bleibt mir kein Zweifel, gleich wie Euch kein Skrupel
Für täglich Unrecht. Mehr noch könnt' ich sagen,
Doch mahnt die Achtung für Eu'r Amt zur Demut.
GARDINER.
Mylord, Mylord, Ihr seid ein Sektenstifter,
Das liegt am Tag; Eu'r gleißend heller Firnis
Hüllt Schwäch' und leere Worte nimmer ein.
CROMWELL.
Mylord von Winchester, verzeiht in Gnaden,
Ihr dünkt mich fast zu hart. So edle Männer,
Wenn gleich im Irrtum, sollten Nachsicht finden
Für das, was sie gewesen. Grausam ist's,
Den Fallenden zu drängen.
GARDINER. Mein Herr Schreiber,
Ich bitt' Eu'r Gnaden um Verzeihung; Ihr,
Der Schlimmst' am Tisch hier, darf so sprechen.
CROMWELL. Wie?
GARDINER. Kenn' ich Euch etwa nicht als zugetan
Der neuen Sekt'? Ihr seid nicht rein.
CROMWELL. Nicht rein? –
GARDINER. Nicht rein, sag' ich.
CROMWELL. Wärt Ihr nur halb so ehrlich,
Dann folgt Euch Segen nach, wie jetzt die Furcht.
GARDINER. Des frechen Worts gedenk' ich.
CROMWELL. Immerhin,
Doch Eures frechen Lebens auch.
LORD KÄMMERER. Zu viel! –
Ihr Herrn, hört auf!
GARDINER. Ich bin zu End'.
CROMWELL. Ich auch.
LORD KÄMMERER.
Was Euch betrifft, Mylord, so glaub' ich, ward
Einstimmig der Beschluß gefaßt, zum Turm
Euch als Gefangnen schleunig abzusenden,
Wo Ihr verbleibt, bis fernrer Auftrag uns
Vom König kommt. Mylords, sind alle einig?
ALLE. Das sind wir.
CRANMER. Ist für mich kein mildrer Weg,
Muß ich durchaus zum Turm, ihr Herrn?
GARDINER. Welch andrer
Bleibt wohl für Euch? Ihr seid sehr überlästig!
Ruft von der Wache wen hieher!
CRANMER. Für mich?
So stellt ihr mich Verrätern gleich?
Es treten einige von der Wache in den Saal.
GARDINER. Empfangt ihn
Und führt ihn in den Turm!
CRANMER. Halt, gute Lords!
Gönnt mir zwei Worte noch! – Seht, werte Herrn,
Kraft dieses Ringes nehm' ich meine Sache
Aus böser Menschen Klau'n und gebe sie
Einem höhern Richter, meinem Herrn und König.
LORD KÄMMERER. Das ist des Königs Ring.
SURREY. 's ist kein verfälschter.
SUFFOLK.
Der echte Ring; bei Gott, ich sagt' euch allen,
Als ihr versucht, den schlimmen Fels zu rollen,
Er träf' uns selbst zuletzt.
NORFOLK. Glaubt ihr, Mylords,
Der König lasse diesem Mann auch nur
Den kleinen Finger kränken?
LORD KÄMMERER. Nur zu wahr!
Und wie viel mehr liegt ihm an diesem Leben!
Ich wollt', ich wär' heraus.
CROMWELL. Mir wird es klar,
Als ihr noch Kundschaft suchtet und Verdacht
Wider solchen Mann, des Redlichkeit allein
Der Teufel und sein Anhang sieht mit Neid,
Ihr schürtet selbst das Feuer, das euch brennt:
Nun mögt ihr's haben! –

Der König tritt herein und sieht mit zürnenden Blicken auf die Herren vom Staatsrat. Dann setzt er sich.

GARDINER.
Erhabner Fürst, wie danken wir's dem Himmel
Alltäglich, der uns solchen Herrn gegönnt,
Nicht nur höchst weis' und gut, doch fromm vor allem:
Ein König, der die Kirch' in seiner Demut
Zum Ziel des höchsten Ruhms sich wählt und selbst,
Um solche Pflicht zu kräft'gen, voller Huld
Der heut'gen Sitzung naht, um ihren Rechtsfall
Mit jenem Hauptverbrecher zu vernehmen.

KÖNIG.
Lobreden aus dem Stegreif scheint Eu'r Fach,
Bischof von Winchester; doch komm« ich nicht,
Solch Schmeicheln mir ins Antlitz jetzt zu hören,
Zu dünn und schal, die Bosheit zu verhüllen.
Ihr reicht nicht hoch genug – dem Schoßhund ähnlich,
Meint Ihr mit Zungenspiel mich zu gewinnen;
Doch wie du auch mich nimmst, ich bin gewiß,
Du hegst grausame, blut'ge Sinnesart. –
Setz' dich, mein guter Cranmer. Nun, laßt sehn!
Laßt nun den Kecksten, der am meisten wagt,
Nur seinen Finger heben wider dich!
Beim Himmel! besser tat' er, zu verhungern,
Als dächt' er, dieser Platz sei dir zu gut.

SURREY. Gefall' Eu'r Hoheit, –

KÖNIG. Nein, Sir, es mißfällt mir.
Ich dacht', ich hätte Männer von Verstand
Und Einsicht hier im Rat, doch täuscht' ich mich.
War's klug getan, ihr Herrn, hier diesen Mann,
Den guten Mann – wen nennt' ich so von euch?
Den Ehrenmann, gleich einem lump'gen Knecht
Stehn lassen vor der Tür? Ihn, der euresgleichen? –
Ei, welche Schmach! Hieß meine Vollmacht nur
So gänzlich euch vergessen? Ich erlaubt' euch,
Ihn zum Verhör zu ziehn als meinen Staatsrat,
Nicht als 'nen Burschen. Zwar, ich seh' hier manchen,
Der mehr aus Arglist denn aus reinem Eifer,
Vermöcht' er's, ihm das Ärgste zuerkennte:
Allein das sollt ihr nie, weil ich noch lebe.

KANZLER.
Bis hieher, höchster Herr, vergönn Eu'r Hoheit
Den Hergang zu entschuld'gen. Was beliebt ward,
Anlangend sein Gefängnis, traf vielmehr,
Wenn Treu' und Glauben gelten, ein Verhör
Und Rein'gung vor der Welt, als bösen Zweck;
In mir zum mind'sten.

KÖNIG. Ehrt ihn denn, ihr Herrn;
So nehmt ihn auf und liebt ihn, er verdient es.
Ich sage nur so viel von ihm: kann je
Ein Fürst dem Untertan verpflichtet sein,
Bin ich es ihm für seine Lieb' und Dienste;
Macht keine Umstand' mehr, umarmt ihn alle;
Seid Freunde, schämt euch, Lords! – Lord Canterbury,
Ich hab' 'ne Bitt' an Euch, versagt mir's nicht:
Noch fehlt die Tauf' 'nem art'gen kleinen Fräulein,
Ihr müßt Gevatter sein und sie vertreten.

CRANMER.
Der größte König würd' erfreut und stolz
Durch solche Ehre; wie verdien' ich so viel! –
Ich, Eu'r geringer, schwacher Untertan.

KÖNIG.
Geht, geht, Mylord; ich glaub', Ihr spartet gern
Die Patenlöffel – Ich besorg' Euch noch
Zwei würdige Gehülfen: Lady Norfolk
Und Marquis Dorsets Frau: gefällt's Euch so?
Noch einmal, Mylord Winchester, ich sag's Euch,
Küßt diesen Mann und liebt ihn!

GARDINER. Brüderlich
Und treues Herzens seid umarmt!

CRANMER. Der Himmel
Bezeug' es, wie mich dieses Wort erfreut!

KÖNIG. Du Redlicher!
Die Freudenträne zeigt dein treues Herz.
Des Volkes Stimme seh' ich hier bewährt,
Die oft gesagt: Spielt Mylord Canterbury
'nen schlimmen Streich, dann habt Ihr ihn zum Freund.
Kommt, Herrn, die Zeit ist edel, mich verlangt,
Als Christin meine Kleine bald zu sehn.
Doch ihr bleibt einig, wie ihr jetzt euch zeigt,
Daß meine Macht wie eure Wohlfahrt steigt!

Alle ab.

Dritte Szene

Der Schloßhof.

Geräusch und Tumult hinter der Bühne. Der Pförtner und sein Knecht treten auf.

PFÖRTNER. Werdet ihr bald mit Lärmen aufhören, ihr Esel Meint ihr, der Schloßhof sei ein Bärengarten? Ihr wüsten Gesellen, laßt ab mit Gaffen!

EINER VON DRINNEN. Lieber Meister Pförtner, ich gehöre zur Speisekammer.

PFÖRTNER. Gehört zum Galgen und laßt Euch hängen, Ihr Maulaff! Ist dies der Ort, solch ein Gebrüll zu verführen? Holt mir ein Dutzend Schwarzdornknittel, von den stämmigsten! Diese hier sind alle nur wie Reitgerten. Ich werde euch die Köpfe krauen; müßt ihr auf Kindtaufen sein? Steht euch der Sinn auf Bier und Kuchen hier, ihr wüsten Esel?

KNECHT.
Seid ruhig, lieber Herr, 's ist gleich unmöglich, –
Wir fegen denn sie mit Kanonen heim, –
Sie zu zerstreun, als sie zum Schlaf zu bringen
Am Maitag Morgen; nimmer setzt Ihr's durch:
Wir brächten wohl Sankt Paul so leicht zum Weichen.

PFÖRTNER.
Wie zum Henker kamen sie denn herein?

KNECHT.
Ich weiß nicht, Herr; wie bricht die Flut herein?
Was ein gesunder Prügel von vier Fuß
Austeilen konnte, – seht die winz'gen Reste! –
Herr, daran spart' ich nichts.

PFÖRTNER. Nichts tatet ihr.

KNECHT. Ich bin kein Simson, kein Ritter Guy, kein Riese Colbrand, daß ich sie vor mir niedermähen könnte; wenn ich aber einen verschont habe der einen Kopf zum Treffen hatte, jung oder alt, Er oder Sie, Hahnrei oder Hahnreimacher, so will ich nie wieder einen Rippenbraten vor Augen sehn, und das möcht' ich nicht für eine ganze Kuh. Gott tröste sie!

VON DRINNEN. Hört Ihr, Meister Pförtner?

PFÖRTNER. Gleich werd' ich bei Euch sein, lieber Meister Hasenfuß. Halt' die Tür fest zu, Kerl!

KNECHT. Was wollt Ihr, daß ich tun soll?

PFÖRTNER. Was sollt Ihr anders tun, als sie bei Dutzenden zu Boden schlagen? Ist dies Moorfields, wo gemustert wird? Oder haben wir einen ausländ'schen Indianer mit einem großen Schweif am Hofe, daß die Weiber uns so belagern? Gott behüte, was für unzüchtiges Gesindel sich da vor der Tür herumtreibt! Bei meiner christlichen Taufe, dieser eine Täufling bringt ihrer tausend neue zuwege – hier kommen Vater, Gevatter und alle Welt zusammen.

KNECHT. Desto dichter fallen die Löffel, Herr. Dort steht ein Kerl so ziemlich nah an der Türe, der muß ein Kupferschmied sein nach seinem Gesicht; denn, mein' Seel', zwanzig Hundstage regieren ihm in der Nase: alle, die um ihn her stehn sind unter der Linie, sie brauchen keine Strafe weiter: diesen Feuerdrachen traf ich dreimal auf den Kopf, und dreimal gab seine Nase Feuer auf mich; er steht wie ein Mörser da, um auf uns loszubrennen. Neben ihm sah ich ein abgeschmacktes Trödelweib, das auf mich schimpfte, bis ihre zackige Suppenschüssel ihr vom Kopf fiel, weil ich solch einen Brand im gemeinen Wesen anschüre. Ich verfehlte das Feuermeteor einmal, und traf dieses Weib, das gleich rief: »Knittel her!« Worauf ich alsbald an die vierzig Stabschwinger ihr zu Hülfe kommen sah, die Hoffnung des Strands, den sie bewohnt. Sie griffen an, ich hielt mich tapfer; zuletzt kam's bis zum Besenstiel, und noch immer bot ich Trotz: als plötzlich eine Reihe von Jungen hinter ihnen, loses Gesindel, solch einen Hagel von Steinen gegen mich abschickte, daß ich die Segel einzog und froh sein mußte, das Feld zu räumen. Der Teufel war unter ihnen, glaub' ich, sicher.

PFÖRTNER. Das sind die Schlingel, die im Theater trommeln und sich um angebißne Äpfel prügeln; solche, die kein Zuhörer aushallen kann, als einer von der Trübsalgilde zu Towerhill oder von ihrer teuern Brüderschaft, den Limehouse-Lümmeln. Ein paar von ihnen hab' ich in limbo patrum, wo sie wohl diese drei Tage durch tanzen könnten, außer dem ambulierenden Bankett zweier Büttel, das ihnen noch bevorsteht.

Der Lord Kämmerer tritt auf.

LORD KÄMMERER.
Gott steh' uns bei, was für ein Schwarm ist dies!
Er wächst stets noch, es drängt von allen Seiten,
Als gäb' es Jahrmarkt! Wo sind hier die Pförtner,
Die faulen Schelme? Schöne Arbeit, he! –
Ein saubrer Haufe hier im Hof! Sind dies
Die werten Freunde von der Vorstadt her?
Gewiß, den Damen bleibt viel Platz noch offen,
Wenn sie vom Taufsaal kommen.

PFÖRTNER. Sicht Eu'r Gnaden,
Wir sind nur Menschen: was da möglich war
Untotgeschlagenerweise, das geschah;
Ein ganzes Heer bezwingt sie nicht.

LORD KÄMMERER. Beim Himmel,
Wenn mich der König schilt, so sollt ihr all'
Ins Eisen mit den Fersen, unverzüglich,
Und eure Köpfe trifft 'ne runde Buße.
Ihr klappert mit dem Krug, ihr faulen Schelme,
Ob auch der Dienst drum still steht. Hört! Man bläst;
Sie kommen von der Taufe schon zurück.
Geht, brecht mir durchs Gedräng' und macht euch Bahn,
Und Raum dem Zug, sonst such' ich euch sofort
Ein Kloster aus, das euch sechs Wochen herbergt!

PFÖRTNER. Macht Platz für die Prinzessin! –

KNECHT. Ihr großer Kerl, geht auf die Seite, oder ich will Euch Kopfweh machen!

PFÖRTNER. Ihr da, in dem gesteiften Wams, packt Euch aus den Schranken, oder ich werf' Euch über die Pfeiler!

Alle ab.

Vierte Szene

Im Palast.

Blasende Trompeter; darauf zwei Aldermänner; der Lord Mayor; der Herold; Cranmer; der Herzog von Norfolk mit dem Marschallsstabe; der Herzog von Suffolk; zwei Edelleute, die große, aufrechtstehende Schalen als Taufgeschenke tragen; darauf vier Edelleute, die einen Thronhimmel halten, unter welchem die Herzogin von Norfolk als Gevatterin das Kind trägt. Sie ist reich in einen Mantel gekleidet, eine Hofdame hält ihre Schleppe. Ihr folgen die Marquisin von Dorset, als zweite Gevatterin, und andre Damen. Der Zug geht einmal über die Bühne, dann spricht der Herold.

HEROLD. Der Himmel verleihe nach seiner endlosen Güte Gedeihen, langes und immer glückliches Leben der hohen und mächtigen Prinzessin von England, Elisabeth! –

Trompetenstoß. Der König und sein Gefolge treten auf.

CRANMER. Und meiner edlen Mitgevattern Flehn
Und meins für Eure Königliche Hoheit
Und unsre teure Königin ist dies:
Mög' alle Freud' und Tröstung, so der Himmel
Je aufgespart, zwei Eltern zu beglücken,
In diesem holden Kind euch stündlich wachsen! –

KÖNIG.
Ich dank' Euch, wertester Lord Erzbischof.
Wie ist ihr Nam'?

CRANMER. Elisabeth.

KÖNIG. Steht auf!

Indem er die Prinzessin küßt.

Mein Segen mit dem Kuß! Gott sei mit dir,
In seine Hand leg' ich dein Leben! –

CRANMER. Amen!
KÖNIG. Ihr habt zu viel gespendet, edle Paten,
Ich dank' euch; auch dies Fräulein tut's dereinst,
Sobald ihr Englisch ausreicht.
CRANMER. Laßt mich reden,
Gott will's; und achte keiner hier mein Wort
Für Schmeichelei, denn Wahrheit sollt ihr's finden.
Dies Königskind, – (stets sei mit dir der Himmel!)
Ob in der Wiege noch, verheißt dem Reich
Tausend und aber tausend Segensfülle,
Die Zeit zur Reife führt. Du wirst dereinst
(Nur wen'ge, jetzt am Leben, schaun es noch)
Ein Muster aller Kön'ge neben dir
Und die nach dir erscheinen. Sabas Fürstin
Hat Weisheit nicht und Tugend mehr geliebt,
Als diese holde Unschuld. Jede Zier,
Jedwede Anmut so erhabnen Haupts,
Und jede Tugend, die den Frommen schmückt,
Ist doppelt stark in ihr. Der Glaube nährt sie,
Himmlische Andacht wird ihr ratend beistehn,
Geliebt wird sie, gefürchtet sein; gesegnet
Von ihren Freunden.
Die Feinde zittern gleich geschlagnen Halmen,
Gebeugt das Haupt in Gram. Heil wächst mit ihr,
In ihren Tagen ißt in Frieden jeder
Unter dem eignen Weinstock, was er pflanzte.
Des Friedens heitre Klänge tönen rings,
Gott wird erkannt in Wahrheit; ihre Treuen,
Durch sie geführt zum wahren Pfad der Ehre,
Erkämpfen hier sich Größe, nicht durch Blut.
Auch schläft mit ihr der Friede nicht; nein, wie
Der Wundervogel stirbt, der Jungfrau'n-Phönix,
Erzeugt aus ihrer Asche sich der Erbe,
So wunderwürdig auch, wie sie es war;
So läßt sie einem andern allen Segen
(Ruft sie der Herr aus Wolken dieses Dunkels),
Der, aus der heil'gen Asche ihrer Ehre,
Sich, ein Gestirn, so groß wie sie, erhebt,
Glanzhell: Schreck, Friede, Fülle, Lieb' und Treu',
Die Diener warfen dieses hehren Kindes,
Sind seine dann, wie Reben ihn umschlingend;
Wo nur des Himmels helle Sonne scheint,
Da glänzt sein Ruhm, die Größe seines Namens,
Und schaffet neue Völker; er wird blühn
Und weit, wie Berges Zedern, seine Zweige
Auf Ebnen strecken. – Unsre Kindeskinder,
Sie sehn, Gott preisend, dies.
KÖNIG. Ha, du sprichst Wunder!
CRANMER.
Sie wird zu Englands schönstem Ruhm gesegnet
Mit hohen Jahren; viele Tage sieht sie,
Und keinen doch ohn' eine Tat des Ruhms.
O sah' ich weiter nicht! Doch sterben mußt du,
Du mußt, die Heil'gen woll'n dich; doch als Jungfrau,
Als fleckenlose Lilie senkt man dich
Hinab zur Erd', und alle Welt wird trauern.
KÖNIG. Lord Erzbischof,
Ihr habt mich jetzt zum Mann gemacht; kein Kind
Erzeugt' ich noch vor diesem sel'gen Wesen.
Dies Trostorakel hat mich so beglückt,
Daß ich dereinst im Himmel wünschen werde,
Das Tun des Kinds zu sehn und Gott zu preisen.
Ich dank' euch allen. Euch, werter Lord Mayor,
Und Euren Brüdern bin ich höchst verbunden,
Ich ward geehrt durch Eure Gegenwart
Und will mich dankbar zeigen. Kommt, ihr Herrn,
Ihr müßt die Königin noch alle sehn:
Euch alle muß sie ihres Danks versichern,
Sonst wird sie nicht genesen. Heut soll keiner
Des Hauses warten, alle bleibt als Gäste:
Durch diese Kleine wird der Tag zum Feste.
Alle ab.

Epilog

Zehn gegen eins, daß unser Spiel nicht allen
Behaglich war. Der schlief mit Wohlgefallen
Zwei Akte durch; da weckt ihn ungebührlich
Trompetenschall und Lärm: nun heißt's natürlich:
»Das Stück ist schlecht.« Der kam, um groß und klein
Verhöhnt zu sehn und »echter Witz« zu schrein:
Was gleichfalls ausblieb. Darum furcht' ich, heut
Kein Lob zu ernten, wie's uns oft erfreut;
Und unser einzig Hoffen laßt uns baun
Auf güt'ge Nachsicht sanft gestimmter Frau'n.
Denn eine solche sahn sie hier; und krönt
Ihr Beifall uns, dann weiß ich auch versöhnt
Die Männer: unser Spiel wird Gunst erlangen,
Sie klatschen gern, wenn's ihre Frau'n verlangen.

TRAGÖDIEN

TITUS
ANDRONICUS

Personen

Saturninus, Sohn des letzten römischen Kaisern, späterhin selbst Kaiser
Bassianus, dessen Bruder, Liebhaber der Lavinia
Titus Andronicus, ein edler Kölner und Heerführer wider die Goten
Marcus Andronicus, Volkstribun, des Titus Bruder
Lucius
Quintus
Mutius
Marcius, Söhne des Titus Andronicus
Der jüngere Lucius, Lucius' Sohn. Titus' Enkel
Publius, Sohn des Marcus Andronicus
Ämilius, römischer Patrizier
Alarbus
Chiron
Demetrius, Söhne der Tamora
Aaron, ein Mohr, Tamoras Geliebter
Ein Hauptmann
Ein Tribun
Ein Bote
Ein Bauer
Tamora, Königin der Goten
Lavinia, Tochter des Titus Andronicus
Eine Wärterin
Ein Mohrenkind
Senatoren, Tribunen, Gerichtsdiener, Kriegsleute und andres Gefolge
Szene: Rom und die umliegende Gegend

Erster Aufzug

Erste Szene

Rom. Vor dem Kapitol.
Trompetenstoß. Es erscheinen oben auf der Bühne Senatoren und Tribunen, wie zur Versammlung; dann von der einen Seite Saturninus mit seinem Gefolge, von der andern Bassianus mit dem seinigen. Trommeln und Fahnen.

SATURNINUS.
Edle Patrizier, Schirmer meines Rechts,
Verteidigt meinen Anspruch mit dem Schwert;
Und ihr, Mitbürger, Freunde wert und treu,
Werbt mit den Waffen um mein erblich Recht!
Ich bin des Erstgeborner, den zuletzt
Geschmückt Roms kaiserliches Diadem:
So folge mir des Vaters Würde nach!
Kränkt meinen Vorrang nicht durch diese Schmach!

BASSIANUS.
Römer, Gefährten, Förd'rer meines Rechts!
Wenn je zuvor Bassianus, Cäsars Sohn,
Roms königlichem Auge wohlgefiel,
Besetzt den Zugang hier zum Kapitol,
Und duldet nicht, daß Unwert dürfe nahn
Dem Kaisersitz, der Tugend stets geweiht,
Dem Recht, der Mäßigung, dem Edelmut:
Laßt Stimmenmehrheit das Verdienst erhöhn,
Und, Römer! kämpft für Freiheit eurer Wahl! –
Marcus Andronicus oben auf der Bühne, mit der Krone.

MARCUS.
Ihr Prinzen, die durch Anhang und Partei'n
Ehrgeizig strebt nach Herrschaft und Gewalt:
Es grüßt das röm'sche Volk, für das wir stehn
Mit unsern Freunden, durch einmüt'gen Ruf
Nach seinem Wahlrecht, als des Reiches Fürst
Andronicus, der Fromme zubenamt,
Für sein vielfach und groß Verdienst um Rom. –
Ein beßrer Krieger, ein getreu'rer Mann
Lebt nicht zu dieser Stund' in unsrer Stadt;
Er ist zurückberufen vom Senat
Aus heißem Kampf mit den barbar'schen Goten;
Er mit den Söhnen, unsrer Feinde Schreck,
Bezwang dies starke, kriegsgewohnte Volk.
Zehn Jahre sind es nun, seit er zuerst
Roms Sache führt' und strafte mit dem Schwert
Der Feinde Hochmut; fünfmal kehrt' er heim
Blutig, nach Rom, die tapfern Söhne führend
Auf Bahren aus dem Feld;
Und nun, zuletzt, geschmückt mit Ruhmstrophäen,
Zieht dieser wackre Titus heim gen Rom,
Andronicus, der edle Waffenheld.
Wir bitten euch, bei seines Namens Glanz,
Den ihr für würdig achtet eures Throns,
Und den ihr im Senat und Kapitol
Zu ehren denkt und vor ihm hinzuknien, –
Entfernt euch jetzt, entsagt der Übermacht,
Schickt heim die Freund', und wie's Bewerbern ziemt,
Verfolgt in Fried' und Demut eu'r Gesuch!

SATURNINUS.
Wie schön spricht, mich zu sänft'gen, der Tribun!

BASSIANUS.
Marcus Andronicus, ich trau' so sehr
Auf deinen unbestechbar graden Sinn,
Dich und die Deinen ehr' und lieb' ich so,
Den edlen Bruder Titus, seine Söhne,
Und sie, der unser Sinn in Demut neigt,
Die reizende Lavinia, Zierde Roms, –
Daß ich heim sende meiner Treuen Schar,
Und meinem Glück und unsers Volkes Gunst
Vertraun will zur Entscheidung mein Gesuch.
Die Soldaten des Bassianus gehn ab.

SATURNINUS.
Freunde, die so bereit mein Recht geschirmt,
Ich dank' euch all'n, und all' entlass' ich euch;
Und meines Vaterlandes Lieb' und Gunst
Vertrau' ich hier mich selbst und mein Gesuch. –
Rom, sei gerecht und so gewogen mir,
Als ich mit vollem Zutraun neige dir;
Öffnet das Tor und laßt mich ein!

BASSIANUS.
Auch mich, Tribunen, mit bescheidnem Flehn!
Alle gehn in das Senatsgebäude.

Zweite Szene

Daselbst.
Ein Hauptmann tritt auf.

HAUPTMANN.
Römer, macht Platz! Andronicus, der Held,
Der Tugend Vorbild, stärkster Kämpfer Roms,
Sieger in allen Schlachten, die er focht,
Ist heimgekehrt, an Glück und Ehre reich,
Von wo er unterwarf mit seinem Schwert
Die Feinde Roms und unters Joch sie führte.
Trommeln und Trompeten. Dann treten auf Mutius und Marcius; nach ihnen zwei Männer, die einen schwarzverhängten Sarg tragen; hierauf Quintus und Lucius. Dann folgt Titus Andronicus; nach ihm Tamora mit Alarbus, Chiron, Demetrius und andern gotischen Gefangnen, Soldaten und Gefolge. Der Sarg wird niedergesetzt, und Titus spricht.

TITUS.
Heil dir, o Rom! Siegprang' im Trauerkleid!
Sieh, wie das Schiff, das ablud seine Fracht,
Mit teurer Ladung heim zum Hafen kehrt,
Wo es zuerst die Anker lichtete, –
So kommt Andronicus, im Lorbeerkranz;
Mit Tränen grüßt er seine Heimat neu,
Mit Tränen wahrer Lust des Wiedersehns. –
Du großer Schirmherr dieses Kapitols,
Sieh gnädig auf des heil'gen Opfers Brauch!
Von fünfundzwanzig tapfern Söhnen, Rom,
Hälfte der Zahl von König Priams Stamm,
Schau hier den armen Rest, lebend und tot! –
Mit Lieb' empfange Rom euch Lebende;
Euch Toten, die zur letzten Ruh'statt gehn,
Schenk' es ein Grab in ihrer Ahnen Gruft;
Hier gönnt der Got' erst Ruhe meinem Schwert.
Titus, unliebend, sorglos für dein Blut,
Was duld'st du, daß noch grablos dein Geschlecht
Umschweben muß des Styx grau'nvollen Strand?
Geh, bette sie bei ihren Brüdern hin! –

Das Grab wird geöffnet.

Dort grüßt euch schweigend, wie's der Toten Brauch;
Schlaft friedlich, die ihr starbt fürs Vaterland! –
O meiner Kinder heiliges Gewölb',
Geliebtes Wohnhaus echten Edelsinns,
Wie manchen Sohn hast du mir schon entrafft,
Und hältst ihn ewig hier in finstrer Haft! –

LUCIUS.
Gib der gefangnen Goten stolzesten,
Daß wir, die Glieder stümmelnd, seinen Leib
Ad manes fratrum opfern in der Glut,
Vor diesem ird'schen Kerker ihres Staubs! –
Auf daß nicht ungesühnt ihr Schatten sei,
Noch uns bedräu' auf Erden ihr Gespenst!

TITUS.
Ich geb' ihn euch, der Feinde trefflichsten:
Den Erstgebornen dieser Königin. –

TAMORA.
Halt, röm'sche Brüder! Gnadenreicher Held,
Siegreicher Titus, sieh die Tränenflut,
Die einer Mutter Gram dem Sohne weint!
Und liebtest du jemals die Söhne dein,
Ach, denk', was muß ein Sohn der Mutter sein! –
Genügt dir's nicht, daß man nach Rom uns führte,
Als deines Einzugs und Triumphes Schmuck,
Gefangne dir und deinem Römerjoch?
Mußt du den Sohn noch schlachten auf dem Markt,
Weil er fürs Vaterland mit Mut gekämpft?
Oh, dünkt der Streit für König und für Volk
Euch fromme Pflicht, so ist er's diesem auch:
Titus, beflecke nicht dein Grab mit Blut;
Und willst du der Natur der Götter nahn,
Nah' ihnen denn, indem du Gnade übst:
Denn gnädig sein gibt echten Adel kund.
O schone, Titus, meinen ältsten Sohn! –

TITUS.
Ergib dich, Fürstin, fass' dich in Geduld! –
Hier stehn die Brüder derer, die dein Volk
Lebend und tot sah; den Erschlagnen heischt
Ein Totenopfer frommes Pflichtgefühl;
Dem ist dein Sohn bestimmt; sein Tod versöhnt
Der heimgegangnen Schatten Klageruf.

LUCIUS.
Hinweg mit ihm! Ein Feuer zündet schnell;
Auf einem Holzstoß laßt uns mit dem Schwert
Die Glieder ihm zerhaun, bis sie verbrannt!

Mutius, Marcius, Quintus und Lucius gehn mit Alarbus ab.

TAMORA. O grauser, gottverhaßter Totenbrauch! –
CHIRON. War Scythien halb so blutig je gesinnt?

DEMETRIUS.
Vergleiche Scythien nicht dem stolzen Rom!
Alarbus geht zur Ruh', wir leben noch,
Und zittern vor des Titus zorn'gem Blick.
So faßt Euch, Mutter, aber hofft zugleich,
Derselbe Gott, der Trojas Königin
Gelegenheit zu bittrer Rache gab
An Thraziens Wüt'rich in dem eignen Zelt, –
Gönnt Tamora, der Gotenkönigin
(Wenn Goten Goten, Ihr die Königin! -),
Daß sie die Blutschuld tilgt an ihrem Feind.

Lucius, Quintus, Marcius und Mutius kommen zurück.

LUCIUS.
Seht, Herr und Vater, treu befolgten wir
Den röm'schen Brauch: Alarbus ward zerstückt,
Sein Eingeweide nährt die Opferglut,
Daß Dampf, dem Weihrauch gleich, die Luft durchwürzt.
Nun fehlt nur noch, die Brüder zu bestatten,
Und hier in Rom der laute Freundesgruß.

TITUS. Also gescheh' es, und Andronicus
Sagt ihrem Geist sein letztes Lebewohl.

Trompetenstoß, die Särge werden in die Gruft gestellt.

Schlaft, meine Söhne, hier in Fried' und Ruhm!
Roms mutigste Verteid'ger, ruht allhier,
Geschirmt vor Leid und Wechsel dieser Welt!
Hier lauert kein Verrat, hier schwillt kein Neid,
Wächst kein verhaßter Zwist, kein Sturm für euch,
Kein Lärm: nur Schweigen und ein ew'ger Schlaf;
In Fried und Ruhm liegt, meine Söhne, hier! –

Lavinia tritt auf.

LAVINIA.
In Fried' und Ruhm, Held Titus, lebt noch lang'! –
Mein teurer Vater, für die Ehre lebt!
An diesem Grab bring' ich der Tränen Zoll
Den Brüdern dar, als letzte Huldigung:
Und weine knieend dir zu Füßen auch
Der Freude Tränen, weil du heimgekehrt.
O segne mich mit deiner Siegerhand,
Die Besten Roms erfreun sich ihrer Tat.

TITUS. O güt'ges Rom, das liebreich aufbewahrt
Die Stärkung meines Alters, mir zum Trost!
Lavinia, überleb' als Preis der Tugend
Den Vater in des Nachruhms ew'ger Jugend!

MARCUS. Lang' lebe Titus, mein geliebter Bruder!
Als hohen Triumphator grüßt ihn Rom.

TITUS.
Dank, mein Tribun, mein edler Bruder Marcus!

MARCUS.
Willkommen, Neffen, aus glorreicher Schlacht,
Ihr, die noch lebt, und ihr, die schlaft in Ruhm!
Ihr Tapfern, die für eures Landes Wohl
Das Schwert gezückt, – eu'r Los ist völlig gleich!
Doch sichrern Glanz beut dieser Leichenpomp,
Der das erreicht, was Solon Glück genannt,
Und das Geschick im Bett des Ruhms besiegt. –
Titus Andronicus, das röm'sche Volk
(Des Freund du warst von je nach strengem Recht)
Schickt dir durch mich, als Anwalt und Tribun,
Dies weiße Kleid von unbeflecktem Glanz,
Und nennt für dieses Reiches Kaiserwahl
Dich nebst den Söhnen unsres letzten Herrn.
Sei Candidatus dann, und leg' es an,
Und hilf zum Haupte dem hauptlosen Rom!

TITUS.
Ein beßres Haupt gebührt so edlem Leib
Als meins, das längst von Schwäch' und Alter wankt.
Wie trüg' ich dies Gewand euch zur Beschwer?
Ihr wähltet heut mit lautem Beifall mich,
Und morgen gäb' ich Kron' und Leben auf
Und schafft' euch allen neue Sorg' und Not!
Ich war dein Krieger, Rom, an vierzig Jahr,
Und führte meines Volkes Macht mit Glück,
Legt' einundzwanzig tapfre Söhn' ins Grab;
Im Kampf erhöht zu Rittern, fielen sie

In tapfrer Feldschlacht für des Landes Wohl. –
Gebt einen Ehrenstab mir altem Mann,
Kein Szepter reicht mir, das der Welt gebeut;
Eu'r letzter Kaiser führt' es grad' und fest.

MARCUS. Titus, das Reich erhalt' und fordre du! –

SATURNINUS.
Stolzer Tribun, Ehrsücht'ger, sagst du das?

TITUS. Geduld, Prinz Saturnin!

SATURNINUS. Rom, schaff' mir Recht! –
Patrizier, zieht eu'r Schwert und steckt's nicht ein,
Bis Saturninus Kaiser ward in Rom!
Andronicus, zur Hölle fahre hin,
Eh' du des Volkes Herzen mir entziehst! –

LUCIUS. Du stolzer Saturnin! du störst das Wohl,
Das Titus hochgesinnt dir zugedacht.

TITUS. Sei ruhig, Prinz, dir lenk' ich wieder zu
Des Volkes Gunst, daß sie den Willen wandeln.

BASSIANUS.
Andronicus, nicht schmeichl' ich jemals dir,
Doch ehr' ich dich, und will es bis zum Tod.
Stärkst du mit deinen Freunden meine Macht,
Werd' ich höchst dankbar sein, und Dank erscheint
Dem edlen Mann als ehrenwerter Lohn.

TITUS. Ihr, Römer, und ihr Volkstribunen hier,
Ich bitt' um eure Stimm' und gült'ge Wahl:
Schenkt ihr sie freundlich dem Andronicus?

MARCUS.
Dank weihend unserm trefflichen Andronicus,
Und feiernd seine Heimkehr hier in Rom,
Wird den das Volk annehmen, den er nennt.

TITUS.
Habt Dank, Tribunen! So ersuch' ich euch,
Daß ihr erwählt des Kaisers ältsten Sohn,
Prinz Saturnin; des Tugend, hoff ich, Rom
Bestrahlen wird, wie Titans Licht die Welt,
Und Recht und Sitte reifen hier im Staat.
Drum, wenn ihr wählen wollt nach meinem Rat,
Krönt ihn und ruft: »Lang' lebe Saturnin!« –

MARCUS.
Mit Ruf und Beifallszeichen aller Art,
Patrizier und Plebejer, grüßen wir
Prinz Saturnin als Roms erhabnen Herrn,
Und jubeln: »Heil dem Kaiser Saturnin!« –

Ein langer Trompetenstoß, während die oben Versammelten herabsteigen.

SATURNINUS.
Titus Andronicus, für diese Gunst,
Betreffend unsre Wahl am heut'gen Tag,
Erteil' ich dir den Dank, den du verdienst,
Und will durch Taten lohnen deine Huld.
Und jetzt zum Anfang, Titus, zu erhöhn
Dein ehrenwert Geschlecht und eignen Ruhm:
Nenn' ich Lavinia meine Kaiserin,
Roms edle Herrin, Herrin meiner Brust,
Mir anvermählt im heil'gen Pantheon.
Nun, Titus, sag: gefällt dir dieses Wort?

TITUS.
Es freut mich, würd'ger Fürst, und im Gemahl
Bin ich durch Eure Gnade hoch geehrt.
Und hier, im Auge Roms, dem Saturnin,
Dem König und Gebieter unsers Staats,
Der weiten Welt Regenten, weih' ich nun
Schwert, Siegeswagen und Gefangene,
Wohl würd'ge Gaben, Roms erhabnem Herrn.
So nimm sie denn als schuldigen Tribut,
Die Ruhmstrophä'n, zu Füßen dir gelegt!

SATURNINUS.
Dank, edler Titus, Vater meines Glücks! –
Wie stolz ich sei auf dich und dein Geschenk,
Erfahre Rom; und wenn ich je vergaß
So unbegrenzter Dienste kleinsten Teil,
Dann, Rom, vergiß die Treue gegen mich!

TITUS *zu Tamora.*
Dem Kaiser, Fürstin, seid Ihr jetzt Gefangne,
Der, Eures Rangs und Standes eingedenk,
Euch und den Dienern mild begegnen wird.

SATURNINUS. Welch reizend Weib! Ihr kann der Preis nicht fehlen:
Hätt' ich zu wählen noch, sie würd' ich wählen. –
Verscheucht der Stirne Wolken, schöne Frau:
Warf Kriegesglück auch Euer Glück herab,
Doch kommt Ihr nicht nach Rom zu Spott und Schmach;
Und königlich sollt Ihr gehalten sein.
Traut meinem Wort, laßt nicht Melancholie
Den Mut Euch dämpfen; der Euch tröstet, hebt
Wohl höher Euch als auf den Gotenthron. –
Lavinia, Euch mißfällt nicht, was ich sprach?

LAVINIA.
O nein, mein Fürst; dein adliges Gemüte
Bürgt mir für deines Herzens wahre Güte.

SATURNINUS.
Dank, Jungfrau! Römer, laßt uns also gehn;
Frei ohne Lösung geb' ich die Gefangnen. –
Trompet' und Trommeln künden meine Wahl! –

BASSIANUS *Lavinien fassend.*
Titus, vergönnt, die Jungfrau nenn' ich mein!

TITUS.
Wie, Prinz? Sprecht Ihr im Ernste dieses Wort?

BASSIANUS.
Ja, edler Titus, und bin fest gewillt,
Auf meinem Recht und Anspruch zu bestehn.

Man sieht den Kaiser in stummem Spiel freundlich mit Tamora tun.

MARCUS. Suum cuique, spricht des Römers Recht:
Nach Recht verlangt der Prinz, was ihm gebührt.

LUCIUS. Er wird's und soll's, solange Lucius lebt!

TITUS. Verräter, fort! Wo ist des Kaisers Wacht?
Verrat, mein Fürst! Lavinia wird entführt!

SATURNINUS. Entführt? Wer wagt es?

BASSIANUS. Der, nach Recht und Fug
Die Braut verteid'gend, sie von hinnen trug.

Bassianus mit Lavinien ab.

LUCIUS.
Helft ihm, ihr Brüder, ungekränkt entfliehn!
Mit meinem Schwert beschütz' ich dieses Tor.

TITUS.
Folgt nur, mein Fürst, ich führ' sie bald zurück.

MUTIUS. Halt' ein, o Vater!

TITUS. Frecher Knabe, fort!
Sperrst mir in Rom den Weg?

MUTIUS. Hilf, Lucius, hilf! –

Titus ersticht den Mutius.

LUCIUS.
Ihr tut nicht recht, mein Vater; schlimmer noch,

Ihr schlugt den Sohn im ungerechten Streit! –

TITUS.
Nein, weder du noch er sind Söhne mir;
Kein Sohn von mir entehrte mich so sehr! –
Verräter, schaff' Lavinia deinem Kaiser!

LUCIUS.
Tot, wenn Ihr wollt, doch nimmer als sein Weib,
Die eines andern längst verlobte Braut! –

SATURNINUS.
Nein, Titus, nein! Der Kaiser braucht sie nicht;
Nicht sie, noch dich, noch einen Eures Stamms. –
Dem könnt' ich traun, der einmal mich verhöhnt;
Dir nicht, noch deinen falschen, stolzen Söhnen;
Ihr alle seid im Bunde mir zur Schmach.
War keiner sonst in Rom zum Ziel des Spotts
Als Saturnin? Recht wohl, Andronicus,
Stimmt dieses Tun zu deinem Prahlerwort,
Daß ich von deiner Hand das Reich erfleht! –

TITUS.
Entsetzlich! Solchen Vorwurf sprichst du aus?

SATURNINUS.
Nur zu! Laß dies leichtfert'ge Weib nur ziehn
Mit jenem, der sein Schwert für sie geschwenkt!
Ein tapfrer Eidam wird dir so zu teil,
Mit deiner Söhne zügellosem Troß
Unfug zu treiben im Gebiet von Rom! –

TITUS.
Wie Stacheln trifft dies Wort mein wundes Herz!

SATURNINUS.
Drum, holde Tamora, der Goten Fürstin,
Die gleich der stolzen Phöbe unter Nymphen
Weit überstrahlt die schönsten Römerfrau'n: –
Wenn dich so schnell getroffne Wahl vergnügt,
Wähl' ich dich, Tamora, als meine Braut,
Und grüße dich als Kaiserin von Rom.
Sprich, Gotenfürstin, lobst du meine Wahl?
Dann schwör' ich dir, bei allen Göttern Roms,
Weil Priester und geweihtes Wasser nah,
Die Fackel flammt, und jeder heil'ge Brauch
Für Hymenäus' Feier steht bereit:
Ich will nicht wiedersehn die Straßen Roms,
Noch des Palastes Schwelle, führ' ich nicht
Als anverlobte Braut dich heim von hier.

TAMORA.
Und vor des Himmels Antlitz schwör' ich Rom,
Wenn Saturnin die Gotenfürstin krönt,
Dann wird sie seiner Wünsche Sklavin sein
Und seiner Jugend Pflegerin und Mutter.

SATURNINUS.
Hinauf zum Pantheon, schönes Weib! Ihr Herrn,
Folgt euerm Kaiser und der holden Braut,
Die mir der Himmel selber zugesandt,
Des Ratschluß ihr ein beßres Glück verhängt:
Alldort vollziehn wir der Vermählung Brauch.

Alle gehn ab, außer Titus.

TITUS *allein.*
Mich rief er nicht, zu folgen dieser Braut!
Titus, wann wandeltest du einsam je,
Also entehrt und überhäuft von Schmach?

Marcus Andronicus, Lucius, Quintus und Marcius treten auf.

MARCUS. O Titus, sieh, o sieh den bösen Lohn! –
Um schnöden Zwist schlugst du den edeln Sohn! –

TITUS.
Nein, törichter Tribun, nicht war's mein Sohn,
Noch du, noch diese Stifter jener Tat,
Die unserm ganzen Stamm zur Schmach gereicht! –
Unwürd'ger Bruder! Und unwürd'ge Söhne! –

LUCIUS.
Doch woll'n wir ihn bestatten, wie sich's ziemt;
Laßt Mutius ruhn in seiner Brüder Grab! –

TITUS.
Verräter, nein! Nicht hier in diesem Grab!
Fünfhundert Jahre stand dies Monument,
Das ich mit reichem Schmuck mir neu erbaut;
Hier ruhn in Ehren tapfre Krieger nur
Und Diener Roms, kein schnöd' im Zank
Erschlagner. –
Begrabt ihn, wo ihr wollt, hier weigr' ich's euch.

MARCUS.
Mein Bruder, dies ist gottvergeßner Sinn:
Für meinen Neffen Mutius spricht sein Tun,
Er ruh' im Grab mit seinen Brüdern.

DIE SÖHNE DES TITUS.
Das soll er, oder alle folgen ihm!

TITUS. Er soll? Wer war der Schurke, der so sprach?

QUINTUS.
Der's allenthalb behauptet, außer hier.

TITUS.
Was? willst du ihn bestatten, mir zum Trotz?

MARCUS. Nein, edler Titus, doch von dir erflehn
Verzeihung deinem Mutius und ein Grab! –

TITUS.
Marcus, feindselig trafst auch du mein Haupt,
Kränkst meine Ehre gleich den Knaben hier.
Ihr alle habt als Feinde mich verletzt;
Stört mich hinfort nicht mehr, entfernt euch jetzt!

LUCIUS.
Er ist nicht bei sich selbst: so laßt uns gehn!

QUINTUS.
Nicht ich, bis Mutius hier bestattet ruht.

Der Bruder und die Söhne knieen.

MARCUS.
Bruder! denn mit dem Namen fleht Natur!

QUINTUS. Vater! auch in dem Namen ruft Natur! –

TITUS.
Schweig', wenn ich auf die andern hören soll!

MARCUS.
Erhabner Held, mehr denn mein halbes Ich ...

LUCIUS. O Vater! Unser alle Seel' und Mark ...

MARCUS. Hier in der Tugend Wohnsitz, Bruder, laß
Dem edlen Neffen mich ein Grab erflehn,
Der für die Ehr' und für Lavinien starb! –
Du bist ein Römer, sei denn kein Barbar:
Die Griechen, ausgesöhnt, begruben Ajax,
Der sich entleibt; Laertes' kluger Sohn
Sprach mildgesinnt für seine Totenfeier;
Drum weigre Mutius hier den Eintritt nicht,
Dem, der dein Liebling war!

TITUS. Marcus, steh auf! –
Das ist der trübste Tag, den ich erlebt,
Entehrt von meinen Söhnen hier in Rom! –
Begrabt ihn denn; der nächste sei ich ihm!

Sie legen die Leiche in das Begräbnis.

LUCIUS.
Hier ruh' mit deinen Freunden, süßer Mutius,

Bis wir dein Grab geziert mir Kriegstrophä'n! –

ALLE *knieend.*

Nicht einer wein' um unsern edlen Mutius;
Wer für die Tugend starb, der lebt in Ruhm.

MARCUS.

Bruder, – so trübe Schwermut zu zerstreun, –
Wie hat die schlaue Gotenkönigin
So schleunig sich den Weg gebahnt in Rom?

TITUS.

Ich weiß nicht, Marcus, weiß nur, daß es ist;
Ob plangemäß, ob nicht, wird einst enthüllt.
Doch ist sie nicht verpflichtet jenem Mann,
Der so weit her zum Glück sie hat geführt? –
Ja, und sie gibt ihm einst auch edlen Lohn! –

Trompetenstoß.

Von der einen Seite kommen der Kaiser, Tamora, Chiron, Demetrius und Aaron, der Mohr; von der andern Bassianus und Lavinia mit Gefolge.

SATURNINUS.

Bassianus, Ihr gewannt im Spiel den Preis;
Gott schenk' Euch Freud' an Eurer schmucken Braut!

BASSIANUS.

Und Euch an Eurer, Herr; mehr sag' ich nicht,
Noch wünsch' ich minder; und so lebt nun wohl!

SATURNINUS.

Verräter! Gilt Gesetz, gilt meine Macht,
Du und dein Anhang büßen diesen Raub.

BASSIANUS.

Raub nennt Ihr, Herr, nahm ich mein Eigentum,
Die mir verlobte Braut, und jetzt mein Weib? –
Doch laßt entscheiden unser röm'sches Recht;
Besitz' ich doch nun schon, was mir gehört.

SATURNINUS.

Vortrefflich, Herr! Ihr seid sehr kurz mit uns;
Doch, leb' ich, sind wir ganz so scharf mit Euch.

BASSIANUS.

Herr, was ich tat, muß ich, so gut ich's kann,
Vertreten, kostet's auch das Leben mir.
Nur dies noch sag' ich deiner Majestät:
Bei allen Pflichten für mein Vaterland,
Den würd'gen Mann, den edlen Titus hier,
An Ehr' und Namen hast du ihn gekränkt!
Denn nur um dir Lavinien zu befrein,
Erschlug er selber ja den jüngsten Sohn
Aus edlem Eifer und von Zorn erfüllt,
Weil Einspruch hemmte, was er frei geschenkt;
Drum nimm ihn auf zu Gnaden, Saturnin,
Der sich in allem Tun durchaus bewährt
Als Freund und Vater gegen dich und Rom.

TITUS. Prinz Bassianus, sei mein Anwalt nicht;
Du bist's und jene dort, die mich entehrt;
Rom und der ew'ge Himmel richten mich,
Wie treu ich ehrt' und liebte Saturnin!

TAMORA.

Mein edler Herr, wenn je dein fürstlich Aug'
Mit Wohlgefallen blickt' auf Tamora,
So höre jetzt mein unparteiisch Wort,
Und, Liebster, alles, was geschehn, vergib!

SATURNINUS.

Was? offenbar mißhandelt und entehrt,
Soll ich die Kränkung dulden ungerächt?

TAMORA.

Nicht also, Herr! Das woll'n die Götter nicht,
Daß ich, dich zu entehren, sollte flehn!
Nein, meine Ehre setz' ich dir zum Pfand,
Den wackern Titus find' ich ohne Schuld;
Sein unverstellter Zorn spricht seinen Schmerz:
Drum mir zur Liebe sieh ihn gnädig an;
Nicht bring' ein Wahn dich um den tapfern Freund,
Noch trüb' ein finstrer Blick sein edles Herz! –

Beiseit.

Nimm Rat an, mein Gemahl; gib endlich nach,
Verbirg nur alle Kränkung, allen Gram;
Du bist erst neu gepflanzt auf deinen Thron;
Deshalb, damit nicht Roms Senat und Volk
Nach beßrer Einsicht Titus' Anhang mehrt
Und von dir abfällt deines Undanks halb
(Den Rom als schwere Sünde stets gehaßt),
Gib nach den Bitten, laß die Sorge mir:
Ich will sie all' ermorden, find' ich Zeit,
Vertilgen ihren Stamm und ganz Geschlecht,
Den wüt'gen Vater und die grimmen Söhne,
Die ich um meines Kindes Leben bat;
Dann sehn sie, was es sei, wenn Königinne
Im Staube knien und Gnade nicht gewinnen. –

Laut.

Komm, teurer Kaiser, komm, Andronicus, –
Heb' auf den guten Greis, tröst' ihm sein Herz,
Das hinwelkt in dem Sturme deines Zorns!

SATURNINUS.

Auf, Titus! Meine Kais'rin hat gesiegt.

TITUS.

Dank deiner Hoheit, gnäd'ger Fürst, und ihr.
Dein Wort, dein Blick beleben mich aufs neu'.

TAMORA. Titus, ich bin jetzt einverleibt in Rom,
Als Römerin nun glücklich anerkannt,
Und muß dem Kaiser raten für sein Wohl.
Heut sterbe jeder Groll, Andronicus; –
Und sei's mein schönster Ruhm, du tapfrer Held,
Daß ich mit dir die Freunde heut versöhnt! –
Was Euch betrifft, Prinz Bassian, so bürgt
Mein Wort und Pfand dem Kaiser, unserm Herrn,
Daß Ihr nachgiebig milder Euch betragt. –
Getrost, ihr Herrn! Auch Ihr, Lavinia! –
Folgt meinem Rat, und reuig auf den Knie'n
Erfleht Verzeihn von Seiner Majestät!

LUCIUS.

Wir tun's, und schwören hier vor Seiner Hoheit,
Daß wir in guter Absicht nur gestrebt,
Für unsrer Schwester Ehr' und unsre Pflicht.

MARCUS.

Das gleiche hier verbürg' ich auf mein Wort.

SATURNINUS.

Hinweg und schweigt; belästigt uns nicht mehr! –

TAMORA.

Nein, güt'ger Fürst, wir müssen Freunde sein;
MARCUS und seine Neffen knien vor dir:
Ich will nicht Weig'rung. Liebster, komm zurück!

SATURNINUS.

Marcus, für deinen Bruder und dich selbst,
Und meiner holden Tamora zu Gunst,
Verzeih' ich dieser jungen Männer Schuld.
Steht auf!
Lavinia, flohst du gleich mich als 'nen Knecht.
Fand ich doch Gunst und schwur den höchsten Eid,

Ich schied' als Junggesell nicht vom Altar.
Kommt, hat der Palast für zwei Bräute Raum,
Lavinia, mit den Deinen sei mein Gast! –
Heut sei ein Tag der Liebe, Tamora!

TITUS.
Und morgen, wenn es meinem Herrn gefällt,
Mit mir zu jagen Panthertier und Hirsch,
Mit Horn und Hund bring' ich den Morgengruß.

SATURNINUS. Titus, so sei es, und wir danken dir.

Alle ab.

Zweiter Aufzug

Erste Szene

Daselbst, vor dem Palast. Aaron tritt auf.

AARON.
Nun, Tamora, ersteigst du den Olymp,
Fortuna unter dir, und thronst erhöht,
Weit überm Donner und der Blitze Glut,
Und außer dem Bereich des blassen Neids.
Wie wenn die goldne Sonne grüßt den Tag,
Ihr Morgenstrahl das Meer mit Licht umglänzt
Und, den Zodiak mit Flammenrädern messend,
Erhabner Berge Gipfel überschaut,
So Tamora.
Der Erde Hoheit beugt sich ihrem Witz,
Und ihrem Zorn erbebt im Staub die Tugend.
Drum, Aaron, stähl' dein Herz und schärf den Geist,
Nachklimmend deiner edlen Kaiserin
Zur steilsten Höh', die du längst im Triumph
Siegreich in Liebesketten hast geführt,
Und fester band'st an Aarons Zauberblick,
Als den Prometheus hielt der Kaukasus.
Hinweg mit Sklaventracht und niederm Sinn!
Schmuck will ich prangen, glühn in Perl' und Gold,
Zu dienen dieser neuen Kaiserin.
Dienen, sagt' ich? Nein, schwelgen mit der Buhlin,
Der Zauberin, Semiramis, Sirene,
Der Göttin, die Roms Saturnin umstrickt
Und ihn zum Schiffbruch lockt, wie seinen Staat. –
Ha! welch ein Lärm ist dies?

Es treten auf Chiron und Demetrius, einander drohend.

DEMETRIUS. Chiron, fürwahr,
Witz mangelt deiner Jugend, Salz dem Witz,
Und Sitte, in mein Werben dich zu drängen,
Wo Liebe mir vielleicht begegnen mag.

CHIRON. Demetrius, dich tört dein eitler Sinn,
Daß du mich willst mit Hoffart überschrein!
's ist nicht der kurze Abstand eines Jahrs,
Der mich zurücksetzt, dich beglückter macht:
Ich bin so rüstig, so geschickt wie du,
Dienend der Liebsten Gunst mir zu verdienen:
Und das beweis' ich dir mit meinem Schwert,
Dir's darzutun, ich sei Laviniens wert.

AARON.
He, Knittel, Knittel! Zwei Verliebte zanken!

DEMETRIUS.
Was, Knabe? Weil die Mutter unbedacht
Dir an die Seite steckt' ein Tänzerschwert,
Wirst du so wild und drohst dem Bruder? Geh,
Laß deine Latt' in ihre Scheide leimen,
Bis du sie besser erst regieren lernst! –

CHIRON.
Nun, Freund, dann soll mein bißchen Fechterkunst
Dich gleich belehren, was mein Mut vermag.

DEMETRIUS.
Was, Knabe! Schon so dreist?

Sie ziehn die Schwerter.

AARON. Ihr Herrn, laßt ab;
So nah des Kaisers Hofburg wollt ihr ziehn,
Und solchen Zwist ausfechten vor dem Volk?
Ich weiß recht wohl den Grund zu all dem Hader:
Nicht möcht' ich wünschen für 'nen Berg von Gold,
Daß die euch hörten, die's zunächst betrifft;
Noch für weit höhern Preis möcht' eure Mutter
Sich so beschimpft sehn an des Kaisers Hof.
Schämt euch! Steckt ein!

CHIRON. Ich nicht, bis ich mein Schwert
Getaucht in seine Brust, noch bis er schlang
Zurück in seinen Hals den schnöden Hohn,
Mit dem sein Mund entehrend mich geschmäht.

DEMETRIUS.
Dazu bin ich gerüstet und bereit. –
Zanksücht'ger Feigling! dessen Zunge donnert,
Und der das Eisen nicht zu brauchen wagt!

AARON. Fort, sag' ich euch! –
Nun, bei dem Gott, zu dem die Goten flehn,
Der kind'sche Groll verdirbt uns allzumal.
Was, Herrn, bedünkt's euch nicht gefährlich Spiel,
Mit Füßen treten eines Prinzen Recht?
Wie? Ist Lavinia denn so leichter Art,
Und dünkt Bassianus euch so ganz entherzt,
Daß ihre Gunst der Vorwand solches Zanks,
So ohne Scheu vor Rache noch Gesetz? –
Kindlein, bedenkt: erführ' die Kaiserin
Des Mißtons Grund, sie zürnte der Musik.

CHIRON. Mir gleich, ob sie's erführ' und alle Welt:
Lavinien lieb' ich mehr als alle Welt.

DEMETRIUS.
Lern' erst bescheidner wählen, junger Bursch:
Lavinia ward des ältern Bruders Ziel.

AARON.
Was, seid ihr toll? Wißt ihr denn nicht in Rom,
Wie wild und eifersüchtig Männer sind,
Und dulden Mitbewerber nimmermehr?
Ich sag' euch, Herrn, ihr schmiedet euern Tod
Durch dies Beginnen.

CHIRON. Aaron, ich wagte tausend Leben dran,
Die Liebste zu besitzen.

AARON. Was? besitzen?

DEMETRIUS. Wie stellst du dich so fremd!
Sie ist ein Weib, drum darf man um sie werben;
Sie ist ein Weib, drum kann man sie gewinnen;
Sie ist Lavinia, drum muß man sie lieben.
Ei, Mann, mehr Wasser fließt vorbei der Mühle,
Als es der Müller denkt; und leicht ja stiehlst du
Vom einmal angeschnittnen Brot ein Stück: –
Ist Prinz Bassianus auch des Kaisers Bruder,
Schon Beßre trugen wohl den Schmuck Vulkans.

AARON. Ja,

beiseit

und so gute wohl, als Saturnin.

DEMETRIUS.
Wie sollte denn verzagen, wer's versteht

Mit Wort und Blick und mit Geschenk zu werben? –
Wie? traf dein Schuß nicht schon manch fremdes Reh,
Und vor des Försters Nase trugst du's heim? –

AARON.
So scheint's, ein list'ger Streich und rechter Griff
Büßt' eure Lust?

CHIRON. Ja, lust'ge Buße wär's

DEMETRIUS. Aaron, du trafst es.

ARON. Triff es auch, du Tor,
So steht uns all der Lärm nicht mehr bevor! –
Nun hört nur, hört: seid ihr so kindisch noch,
Euch deshalb zu entzwein? Verdrießt es euch,
Wenn es euch beiden glückt?

CHIRON. Mich nicht, fürwahr.

DEMETRIUS.
Mich auch nicht, wenn nur ich der eine bin.

ARON. Seid einig denn, und was euch trennt, versöhn' euch!
Mit List und Politik erreicht das Ziel,
Nach dem ihr strebt, und dies sei euer Plan;
Ihr könnt nicht überreden, wie ihr's wünscht:
So nehmt denn mit Gewalt, wie ihr's vermögt! –
Ich sag' euch, keuscher war Lucretia nicht
Als jetzt Bassianus' Weib Lavinia.
Wir müssen diesmal schnellern Weg ersehn
Als schmachtend Buhlen, und ich fand den Pfad.
Ihr Herrn, ein stattlich Jagen steht bevor:
Da finden sich zu Hauf die Schönen Roms;
Weit und entlegen dehnt der Wald sich aus
Und beut viel unbetretne Räume dar,
Wie auserwählt für Raub und Freveltat.
Dahin lockt einzeln euer schmuckes Reh,
Und fällt es mit Gewalt, wenn nicht mit Gutem;
So könnt ihr Hoffnung hegen, anders nie.
Der Kaiserin und ihrem höll'schen Witz,
Der Rach' und Frevel stets gebrütet hat,
Laßt uns verkünden, was wir jetzt erdacht;
Und unsre Pfeile schärfe sie mit Rat,
Und dulde nicht, daß ihr euch hemmt und kreuzt,
Helf' euch vielmehr zu eurer Wünsche Ziel.
Des Kaisers Burg ist gleich der Fama Haus,
Der Palast voller Zungen, Ohren, Augen:
Der Wald ist fühllos, schrecklich, taub und stumm;
Da sprecht und schlagt, ihr Wackern, beid' im Glück,
Da büßt die Lust, beschirmt vom dunkeln Wald,
Und schwelget in Laviniens keuschem Schatz!

CHIRON. Dein Anschlag, Bursch, schmeckt, traun, nach keiner Furcht.

DEMETRIUS.
Sit fas, aut nefas: bis ich fand den Strom,
Der stillt die Glut, den Zauber, der mich kühlt,
Per Styga, per manes vehor. –

Gehn ab.

Zweite Szene

Wald bei Rom. Man sieht in einiger Entfernung eine Hütte.
Es treten auf Titus Andronicus, seine drei Söhne, mit Hunden und Jagdhörnern, und Marcus Andronicus.

TITUS. Die Jagd ist auf, der Morgen hell und licht,
Die Fluren duftig und die Wälder grün:
Entkuppelt hier! Der Meute lauter Schall
Wecke den Kaiser und sein schönes Weib;
Den Prinzen ruft, beginnt den Jägergruß,
Daß von dem Klang erdröhne rings der Hof! –
Ihr Söhne, habt mir acht, wie's unser Amt,
Den Kaiser treu zu hüten vor Gefahr:
Ich ward im Schlaf erschreckt durch bösen Traum,
Doch bringt mir neuen Trost der junge Tag.

Lautes Gebell der Meute, und Musik von Jagdhörnern. Darauf erscheinen Saturninus, Tamora, Bassianus, Lavinia, Chiron, Demetrius und Gefolge.

TITUS. Viel guten Morgen deiner Majestät;
Euch Fürsten gleichen Gruß und gleiches Glück! –
Ich hatte Jägergruß euch zugesagt.

SATURNINUS.
Und lustig war das Blasen, werte Herrn,
Nur fast zu früh für neuvermählte Frau'n.

BASSIANUS. Was sagt Lavinia?

LAVINIA. Ich sage, nein:
Zwei volle Stunden wacht' ich schon, und mehr.

SATURNINUS.
Frisch auf dann; Roß und Wagen holt herbei,
Und hin zum Forst; Herrin, jetzt sollt Ihr sehn
Ein römisch Jagdfest!

MARCUS. Hunde hab' ich hier,
Die scheuchen Euch den wildsten Panther auf
und klimmen zu dem steilsten Vorgebirg'.

TITUS.
Ich Pferde, die, wohin das Wild sie führt,
Wie Schwalben leicht ihm folgen auf dem Plan.

DEMETRIUS.
Chiron, wir jagen nicht mit Roß und Hund,
Wir fahn ein schmuckes Reh im finstern Grund.

Alle ab.

Dritte Szene

Einsamer Platz im Walde. Aaron tritt auf.

AARON.
Wer Witz hat, dächte wohl, er fehle mir,
Weil ich dies Geld hier unterm Baum vergrub,
Von wo mir's niemals wieder aufersteht.
So wisse denn, wer mich so albern wähnt,
Daß dieses Gold mir einen Anschlag münzt,
Der, listig ausgeführt, gebären soll
Ein recht ausbündig wackres Bubenstück:
So ruh' hier Gold, und störe deren Ruhe,
Die Gaben nehmen aus der Kais'rin Truhe!

Tamora kommt.

TAMORA.
Mein süßer Aaron, was bekümmert dich,
Wenn alles rings von Fröhlichkeit erklingt?
Die Vögel singen hell aus jedem Busch,
Die Schlange sonnt sich, aufgerollt im Grün,
Das Laub erzittert in der kühlen Luft
Und malet Schattengitter auf den Grund:
In seinem süßen Dunkel laß uns ruhn!
Horch! Widerhalls Geplauder neckt die Hunde,
Dem vollen Horn antwortend hellen Ruf,
Als tönt' ein Doppeljagen uns zugleich. –
Setz' dich und horch' dem fröhlichen Gebell!

Und nach verliebtem Kampf (des, wie man wähnt,
Der flücht'ge Held und Dido einst sich freuten,
Als sie ein glücklicher Orkan gescheucht
Und die verschwiegne Höhl' als Vorhang schirmte), –
Laß uns, verschränkt eins in des andern Arm,
Nach unsrer Lust des goldnen Schlafs uns freun,
Weil Hund und Horn und süßer Waldgesang
Uns einlullt wie der Amme Wiegenlied,
Wenn sie ihr holdes Kind in Schlummer singt.

AARON.
Fürstin, wie Venus deinen Sinn beherrscht,
So ist Saturn des meinigen Monarch.
Was deutet sonst mein tödlich starres Aug',
Mein Schweigen, meiner Stirn Melancholie,
Mein Vlies von krauser Wolle, jetzt entlockt,
Recht wie die Natter, wenn sie sich entrollt
Zu schlimmem Biß und gift'gem Überfall?
Nein, Fürstin, das sind Venuszeichen nicht:
Rachsucht erfüllt mein Herz, Tod meine Faust,
Blut und Verderben toben mir im Haupt. –
Hör', Tamora, du Kais'rin meiner Seele,
Die nicht auf andern Himmel hofft, als dich, –
Heut ist des Bassianus Schicksalstag.
Verstummen muß heut seine Philomele,
Es plündern deine Söhne ihre Keuschheit,
Und waschen ihre Hand im Blut Bassians.
Sieh diesen Brief, den nimm zu dir; ich bitt' dich,
Gib deinem Herrn dies Blatt voll Todeslist! –
Nun frage mich nicht mehr: man schleicht uns nach,
Hier kommt ein Teil der hoffnungsreichen Beute:
Sie ahnen nicht, wie nah Vernichtung droht! –

TAMORA. Ah, süßer Mohr, mir süßer als der Tag!

AARON. Still, große Königin, Bassianus kommt:
Zeig' dich erzürnt, die Söhne hol' ich her
Zu deinem Beistand, wenn du Streit beginnst.

Ab.

Bassianus und Lavinia kommen.

BASSIANUS.
Wer naht uns hier? Roms hohe Kaiserin,
Vom ziemenden Gefolg' so weit entfernt?
Wie, oder Diana, so geschmückt wie sie,
Die ihr geheiligt Waldasyl verließ,
Zu schaun die große Jagd in diesem Forst?

TAMORA.
Frecher Nachspürer unsrer Einsamkeit,
Hätt' ich die Macht, die, sagt man, Dianen ward,
Die Schläfen augenblicks umpflanzt' ich dir
Mit Hörnern wie Aktäon, und die Hunde
Verfolgten deine neue Hirschgestalt,
Schamloser, der du hier dich eingedrängt! –

LAVINIA.
Mit Eurer Gunst, huldreiche Kaiserin!
Man sagt, mit Hörnern wißt Ihr umzugehn;
Und wohl verrät sich's, daß der Mohr und Ihr
Zu solcherlei Versuch Euch hier verirrt.
Heut schütze Zeus vor Hunden Euren Gatten,
Denn Unglück wär' es, sähn sie ihn als Hirsch!

BASSIANUS.
Glaubt, Fürstin, dieser nächtliche Cimmerier
Macht Eure Ehre schwarz wie seine Haut,
Befleckt, abscheulich, aller Welt ein Greu'l.
Was stahlt Ihr heimlich vom Gefolg' Euch weg,
Stiegt ab von Eurem schmucken, weißen Zelter,
Und schlicht hieher an diesen finstern Ort,
Von einem schnöden Mohren nur geführt,
Wenn böse Lust Euch nicht verleitete?

LAVINIA.
Und weil er Euch gestört in solchem Spiel,
Versteht sich's, müßt Ihr meinen edlen Herrn
Für Frechheit schelten. – Bitt' Euch, gehn wir fort:
Gönnt ihr des rabenfarb'gen Buhlen Kuß,
Dies Tal ist höchst gelegen solchem Werk.

BASSIANUS.
Dem Kaiser, meinem Bruder, meld' ich dies.

LAVINIA.
Ja, solch Entweichen ward schon längst bemerkt:
Wie gröblich täuscht man dich, du guter Fürst! –

TAMORA.
Wie hab' ich noch Geduld, dies anzuhören? –

Chiron und Demetrius kommen.

DEMETRIUS.
Wie, teure Kaiserin und gnäd'ge Mutter,
Was blickt Eu'r Hoheit so verstört und bleich?

TAMORA.
Was meint Ihr, hab' ich Grund nicht, bleich zu sehn?
Die zwei verlockten mich in dieses Tal:
Ihr seht, es ist ein wüst abscheul'cher Ort,
Die Bäum', obwohl im Sommer, kahl und dürr,
Erstickt von Moos und tück'schem Mistelwuchs.
Hier scheint die Sonne nie, hier atmet nichts,
Nachteulen nur und unglückdroh'nde Raben.
Und als sie mir gezeigt die grause Schlucht,
Erzählten sie, wie um die Mitternacht
Wohl tausend Geister, tausend Schlangen zischend,
Zehntausend schwell'nde Kröten, Molch' und Igel
Erhüben solch ein furchtbar tödlich Schrei'n,
Daß jeden Sterblichen, der dies vernimmt,
Wahnsinn befällt, wenn er nicht plötzlich stirbt.
Drauf, als sie kaum erzählt die Höllenmär,
Alsbald mich festzubinden drohten sie
An eines grausen Eibenbaumes Stamm,
Daß ich so schnödem Tod verfallen sei.
Dann schalten sie mich Ehebrecherin,
Verbuhlte Gotin, und die herbsten Worte,
Die je ein Ohr im bittern Schmähn vernahm:
Und kamt ihr durch ein Wunder nicht zum Glück,
Sie hätten diese Rach' an mir vollbracht.
Rächt eurer Mutter Leben, liebt ihr mich,
Sonst nenn' ich nimmer meine Kinder euch.

DEMETRIUS *ersticht den Bassianus.*
Nimm dies zum Zeugnis, daß ich sei dein Sohn! –

CHIRON *durchsticht ihn gleichfalls.*
Der Stoß für mich, zum Zeichen meiner Kraft! –

LAVINIA.
Ja, komm, Semiramis, – nein, wüt'ge Tamora!
Kein Name ziemt dir, als der eigne nur! –

TAMORA.
Gebt mir den Dolch: laßt eurer Mutter Hand
An ihr vergelten eurer Mutter Schmach!

DEMETRIUS.
Halt, Königin, hier ist noch mehr im Werk;
Erst drescht das Korn, und dann verbrennt das Stroh!
Dies Püppchen rühmte viel von ihrer Zucht,
Von ihrem Eh'gelübd' und reiner Treu',
So mit geschminkter Tugend trotzt sie Euch.

Und nähme sie das alles mit ins Grab?

CHIRON.
Wenn dies geschieht, müßt' ich ein Hämling sein.
Schleif' ihren Gatten einer Höhle zu:
Sein toter Leib sei Pfühl für unsre Lust!

TAMORA.
Doch ward der Honig euer, den ihr wünscht,
Laßt nicht die Wesp' am Leben, uns zu stechen!

CHIRON.
Ich schwör' Euch, Fürstin, ruhig sollt Ihr sein! –
Kommt, Dame, jetzt gewaltsam rauben wir,
Was Ihr so spröd' und ängstlich habt bewahrt.

LAVINIA.
O Tamora, du trägst ein weiblich Antlitz –

TAMORA.
Ich will sie nicht mehr hören, führt sie weg! –

LAVINIA.
O liebe Herrn, ein Wort nur laßt mich sprechen!

DEMETRIUS.
Vernehmt sie, schöne Frau! Sei's Euer Ruhm,
Sie weinen sehn: doch bleib' Eu'r Herz so hart
Wie Kiesel, fühllos bei des Regens Guß.

LAVINIA.
Wann lehrte je des Tigers Brut die Mutter?
Oh, lehr' sie keinen Grimm, sie lehrt' ihn dich!
Die Milch, die du gesogen, ward zu Marmor;
Schon an der Brust empfingst du Grausamkeit. –
Zu Chiron.
Doch sind nicht jeder Mutter Söhne gleich:
Fleh' du zu ihr um Mitleid für ein Weib! –

CHIRON.
Was! sollt' ich selber mich zum Bastard stempeln?

LAVINIA. 's ist wahr, der Rabe brütet Lerchen nicht,
Doch hört' ich einst – (oh, fänd' ich's nun bewährt!),
Bewegt von Mitleid ließ der Löwe zu,
Daß man die königlichen Klau'n ihm stumpft;
Der Rabe, sagt man, füttre Waisenkindlein,
Derweil im eignen Nest sein Junges darbt.
Oh, sei du mir, sagt auch dein Herz dir Nein,
Wenn auch so mild nicht, etwas doch gerührt! –

TAMORA.
Ich weiß nicht, was das heißt; hinweg mit ihr!

LAVINIA. Ich lehr' es dich: um meines Vaters halb,
Der dir, dem Tod verfallen, Leben schenkte,
Sei nicht verstockt; öffne dein taubes Ohr! –

TAMORA. Und hätt'st du selber nimmer mich gekränkt,
Um seinetwillen bin ich mitleidlos.
Gedenkt nur, Knaben, wie ich weint' umsonst,
Vom Opfer euern Bruder zu befrein;
Doch nimmer gab der grimme Titus nach!
Drum schafft sie fort, verfahrt mit ihr nach Lust;
Je schlimmer, um so besser mir geliebt!

LAVINIA. O Tamora, ich preise deine Huld,
Wenn du mit eigner Hand mich hier erschlägst:
Nicht um mein Leben fleht' ich ja so lang',
Ich Arme starb, als Bassianus fiel.

TAMORA.
Was batst du denn? Hinweg, du töricht Weib! –

LAVINIA.
Den schnellsten Tod erfleh' ich, und noch eins,
Was Frauenmund nicht auszusprechen wagt:
Hemm' ihre mehr als mörderische Lust! –
Oh, senke mich in eines Sumpfes Pfuhl,
Wo nie ein menschlich Auge mich erspäht;
Das tu', und sei barmherz'ge Mörderin!

TAMORA.
So brächt' ich meine Söhn' um ihren Ruhm?
Nein, laß sie nehmen, was ihr Eigentum!

DEMETRIUS.
Fort, schon zu lange hielt'st du uns zurück.

LAVINIA.
Kein Mitleid? Keine Scham? O viehisch Weib!
Feindin und Schmach für unser ganz Geschlecht!
Vernichtung fall' ...

CHIRON *schleppt sie fort.*
Dann stopf' ich dir den Mund. – Bring' du den Gatten;
In diese Höhle hieß ihn Aaron bergen.
Sie gehn ab.

TAMORA. Geht, Söhne, schafft sie mir in Sicherheit:
Und wahrlich, nimmer soll mein Herz sich freun,
Bis Titus' ganzer Stamm hinweggetilgt.
Zu dir nun, liebster Mohr, will ich mich wenden,
Indes die Knaben jene Dirne schänden.
Ab.

Vierte Szene

Daselbst.
Es treten auf Aaron, Quintus und Marcius.

AARON.
Kommt, wackre Herrn, folgt mir in schnellster Eil',
Ich bring' euch zu der finstern Grube gleich,
Wo ich den Panther fest im Schlafe sah.

QUINTUS.
Was es auch deute, trübe ward mein Blick.

MARCIUS.
Und meiner wahrlich auch: schämt' ich mich nicht,
Ich ließe gern die Jagd und schliefe hier.
Marcius fällt in die Grube.

QUINTUS.
Was, fielst du? Welche tück'sche Gruft ist dies,
Der wild Gesträuch die Mündung ganz bedeckt,
Auf dessen Blättern jüngst vergoßnes Blut
So frisch wie Morgentau im Blütenkelch?
Mir scheint, voll böser Ahnung ist der Ort! –
Sag, Bruder, fühlst du Schmerz nach deinem Fall?

MARCIUS.
O Bruder, durch das schrecklichste Gesicht,
Des Anblick je ein Herz zum Jammer zwang.

AARON *beiseit.*
Den Kaiser hol' ich jetzt, sie hier zu finden.
Daß er nach äußerm Schein vermuten muß,
Sie seien's, die den Bruder ihm erschlagen.
Ab.

MARCIUS.
Was tröstest du mich nicht, und hilfst mir fort
Aus dieser schnöden, blutbefleckten Gruft?

QUINTUS.
Ohnmächtig bin ich durch seltsame Furcht,
Die Glieder zittern kalt im Todesschweiß,
Mein Herz argwohnt mehr, als mein Aug' erspäht.

MARCIUS.
Damit du siehst, du hab'st ein ahnend Herz,
Aaron und du, seht in die Höhl' herab,

Und schaut ein gräßlich Bild von Blut und Tod!

QUINTUS.
Aaron ist fort, und mein beängstigt Herz
Gestattet meinem Auge nicht zu sehn,
Was in der Ahnung ihm entsetzlich dünkt.
O sag mir, was es sei, denn nie zuvor
War ich ein Kind, zu scheun ich weiß nicht was.

MARCIUS.
Prinz Bassianus liegt in Blut getaucht
Am Boden da, wie ein geschlachtet Lamm,
In der verfluchten dunkeln Gruft des Mords! –

QUINTUS.
Wenn's drin so dunkel, wie erkennst du ihn?

MARCIUS.
Am blut'gen Finger trägt er einen Ring
Von seltnem Preis, der rings die Höhl' erhellt,
Wie eine Kerz' in dunkler Totengruft
Auf seiner Leiche fahles Antlitz scheint,
Und zeigt der Grube scheußlich Eingeweide.
So bleich auch schien der Mond auf Pyramus,
Als er gebadet lag in Mädchenblut!
O Bruder, hilf mir mit kraftloser Hand –
(Wenn Furcht dich kraftlos machte, so wie mich, -),
Der bösen Mörderhöhle zu entfliehn,
So gräßlich, wie Cocytus' trüber Schlund!

QUINTUS.
Gib mir die Hand, daß ich dir helf empor;
Und reicht die Kraft nicht aus, dir beizustehn,
Fall' ich wohl selbst in dieses tiefen Pfuhls
Verhaßten Schoß, der Bassian verschlang. –
– Ich bin zu schwach, zum Rand dich aufzuziehn! –

MARCIUS. Und ich erklimm' ihn ohne Beistand nie!

QUINTUS.
Nochmals die Hand: ich lass' dich nicht mehr los,
Bis du hinaufsteigst, oder ich hinab:
Du kommst zu mir nicht, so komm' ich zu dir! –

Er fällt in die Grube.

Saturninus und Aaron kommen.

SATURNINUS.
Heran, mir nach: ich will die Höhle sehn,
Und wer es war, der eben sprang hinab: –
Sag an, wer bist du, der sich hier verbarg
In diesen gähnend offnen Rachen: sprich? –

MARCIUS. Des alten Titus jammervoller Sohn,
Zu höchst unsel'ger Stund' hieher geführt,
Bassianus, deinen Bruder, tot zu sehn.

SATURNINUS.
Mein Bruder tot? Ich weiß, es ist nur Scherz:
Er und Lavinia sind im Jagdgezelt,
Im Norden dieses heitern Waldreviers;
Noch keine Stund' ist's, seit ich dort sie ließ.

MARCIUS. Wir wissen nicht, wo Ihr ihn lebend saht,
Doch weh! wir fanden ihn ermordet hier! –

Tamora mit Gefolge, Andronicus und Lucius treten auf.

TAMORA. Wo ist mein Herr, der Kaiser?

SATURNINUS.
Hier, Tamora, von Todesgram betrübt.

TAMORA. Wo ist dein Bruder Bassian?

SATURNINUS.
Nun trafst du meiner Wunde tiefsten Grund;
Der arme Bassian liegt hier ermordet.

TAMORA.
Dann allzu spät erhältst du dieses Blatt,
Den Plan des übereilten Trauerspiels.
Ich staune, wie ein menschlich Antlitz barg
In sanftem Lächeln so tyrann'schen Mord.

Sie gibt dem Saturninus einen Brief.

SATURNINUS *liest:*
»Verfehlten wir, nach Wunsch ihm zu begegnen
(Bassianus meinen wir), dann säume nicht,
Sein Grab zu graben, wackrer Jägersmann;
Du weißt, wie wir's gemeint. – Du find'st den Sold
Unter den Nesseln am Holunderbaum,
Der jener Grube Mündung überwölbt,
Wo ich Bassianus dich begraben hieß.
Dies tu' und kauf' dir unsern ew'gen Dank!«
O Tamora! Vernahmst du Gleiches je?
Dies ist die Gruft, dies der Holunderbaum;
Seht, Herrn, ob ihr den Jäger finden mögt,
Der hier Bassianus frech ermordete!

AARON *bringt den Beutel.*
Mein gnäd'ger Fürst, hier ist der Beutel Gold!

SATURNINUS *zu Titus.*
Zwei Hunde deines tück'schen blut'gen Stamms,
Sie gaben meinem Bruder hier den Tod.
Fort, zieht sie aus der Gruft mir in den Kerker,
Und laßt sie schmachten, bis ich Strafen fand
Von unerhörter, neuer Folterqual.

TAMORA. Was? sind sie in der Gruft? O wundervoll!
Wie leicht wird jeder Mord doch offenbar!

TITUS.
Erhabner Fürst, auf meinem schwachen Knie,
Mit Tränen, schwer vergossen, fleh' ich dich,
Daß meiner frevelhaften Söhne Tat –
Frevelnd, wenn diese Tat erwiesen ward –

SATURNINUS.
Erwiesen ward? Ihr seht, sie ist gewiß!
Wer fand den Brief! Warst du es, Tamora?

TAMORA. Andronicus hob selbst den Zettel auf.

TITUS.
Das tat ich, Herr; doch laßt mich Bürge sein:
Ich schwör's bei meiner Väter heil'gem Grab,
Auf deiner Hoheit Wink sind sie bereit,
Mit ihrem Blut zu zahlen den Verdacht.

SATURNINUS.
Du sollst nicht Bürge sein: gleich folge mir!
Ihr nehmt den Toten, ihr die Mörder mit:
Laßt sie nicht reden, ihre Schuld ist klar;
Denn wahrlich, gäb' es härtre Straf als Tod,
Die Strafe ließ' ich alsobald vollziehn.

TAMORA. Andronicus, ich will um Gnade flehn:
Nicht fürcht' um deine Söhn', es wird noch gut.

TITUS.
Komm, Lucius, weile nicht, sie anzusprechen! –

Sie gehn von verschiedenen Seiten ab.

Fünfte Szene

Daselbst.

Demetrius und Chiron kommen mit der geschändeten Lavinia; ihr sind die Hände abgehauen und die Zunge ausgeschnitten.

DEMETRIUS.
So melde nun, wenn's deine Zunge kann,
Wer dir die Zung' ausschnitt und dich entehrt!

CHIRON.
Schreib' nieder, was du meinst, und hilf dir so:
Vermögen's deine Stumpfen, laß sie schreiben!
DEMETRIUS.
Wie gut sie noch mit Wink und Zeichen grollt!
CHIRON.
Geh, fordre frisches Wasser, wasch' die Hände!
DEMETRIUS.
Fordr' ohne Zunge, wasch' dich ohne Hände;
Und somit wandl' in stiller Einsamkeit! –
CHIRON.
Wär's mir geschehn, ich ging' und hängte mich.
DEMETRIUS.
Ja, hätt'st du Hände, dir den Strick zu knüpfen!
Demetrius und Chiron ab.
Marcus kommt zu Lavinien.
MARCUS.
Wer ist's? Die Nichte, die so eilend flieht?
Muhme, ein Wort! Wo ist dein Gatte? Träum' ich,
O hülfe all mein Gut mir dann zum Wachen!
Und wach' ich, schlüg' ein Blitzstrahl auf mich ein,
Daß ich fortschlummern mög' in ew'gem Schlaf! –
Sag, süßes Kind, wes mitleidlose Hand
Trennt' ab und hieb so frech von deinem Stamm
Der beiden Zweige süße Zier, die Laube,
In deren Schatten Kön'ge gern geruht
Und nimmer ein so reizend Glück erstrebt
Als halb nur deine Gunst? Was sprichst du nicht?
Weh mir! ein Purpurstrom von warmem Blut,
Gleich einem Springquell, den der Wind bewegt,
Hebt sich und fällt dir zwischen ros'gen Lippen,
Und kommt und geht mit deinem süßen Hauch.
Gewiß, ach! hat ein Tereus dich entehrt,
Und, Strafe fürchtend, raubt' er deine Zunge.
Ach, wend'st du jetzt dein Antlitz weg aus Scham?
Und trotz des vielen Bluts, von dir verströmt
Wie aus dem Brunn', dem mancher Strahl entquillt,
Flammen die Wangen dir, wie Titan glüht,
Wenn er errötend mit den Wolken kämpft?
Soll ich statt deiner reden? Ist es so?
Kennt' ich dein Herz? O kennt' ich den Verruchten,
Daß ich ihm fluchen könnte, mir zum Trost!
Gehemmter Schmerz, wie ein verstopfter Ofen,
Verbrennt zu Asche die verschloßne Brust.
Verlor doch Philomele nur die Zunge,
Und wirkt' in trauriges Geweb' ihr Leid:
Doch, liebstes Kind, dir ward die Hülf entrissen,
Dein Tereus übte list'ger seinen Raub:
Er hat die zarten Finger abgehaun,
Die schöner wohl gestickt als Philomele.
Oh, sah der Unhold diese Lilienhand
Wie Espenlaub auf einer Laute zittern,
Daß sie mit Lust die Silbersaiten küßten, –
Nicht für sein Leben hätt' er sie berührt!
Und hört' er je die Himmelsharmonie,
Die jener süßen Zunge sonst entströmt, –
Sein Dolch entfiel' ihm, und er sänk' in Schlaf,
Wie Cerberus zu Orpheus' Füßen schlief!
So gehn wir! Und dein Vater werde blind:
Der Anblick muß ein Vaterauge blenden.
In einer Stund' ersäuft der Sturm die Matten:
Was bringt ein Jahr von Tränen Vateraugen?
O komm! All unser Schmerz ist dir geweiht:
Könnt' unser Schmerz doch mildern so viel Leid! –
Sie gehn ab.

Dritter Aufzug

Erste Szene

Rom. Eine Straße.
Richter und Senatoren. Marcius und Quintus werden gebunden zum Richtplatz geführt; vor ihnen geht Titus und spricht zu den Richtern.

TITUS.
Hört, Senatoren! Ihr Tribunen, weilt!
Denkt meines Alters, dessen Jugend schwand
In wildem Krieg, weil ihr in Ruhe schlieft;
Des Bluts, im großen Kampf von mir verströmt;
Der eis'gen Nächte, die ich durchgewacht;
Und dieser bittern Träne, die mir jetzt
Die alten Runzeln meiner Wangen füllt:
Seid meinen Söhnen mild, – obzwar verdammt,
Doch frei der Sünd', um die sie angeklagt.
Um zweiundzwanzig Söhne weint' ich nie,
Sie schlafen auf des Ruhms erhabnem Bett;
Für diese, diese schreib' ich in den Staub
Des Herzens Gram, der Tränen Jammerflut;
Andronicus wirft sich zu Boden; die Richter gehn an ihm vorüber.
Ihr Tränen, löscht der Erde trocknen Durst,
Die scheu im Blut der Söhne würd' erröten!
O Staub, mit noch mehr Regen feucht' ich dich,
Der aus den beiden alten Höhlen strömt,
Als junger Lenz mit allen seinen Schauern;
In Sommers Dürre netz' ich dich mit Tropfen,
Im Winter schmilzt der Schnee dem heißen Tau,
Und ew'gen Frühling schaff' ich deinem Antlitz,
Wenn du nicht trinkst der teuren Söhne Blut.
Die Richter sind weggegangen; Lucius kommt mit gezogenem Schwert.
O würdige Tribunen! Teure Greise,
Befreit sie, ruft zurück den Todesspruch,
Und laßt mich sagen, der noch nie geweint,
Daß meine Tränen gute Redner sind!
LUCIUS. O edler Vater, jammre nicht umsonst:
Es hört dich kein Tribun, kein Mensch steht hier,
Und einem Stein erzählst du deinen Gram.
TITUS. Ach, Sohn, für deine Brüder red' ich hier: –
Weise Tribunen, hört mich noch einmal!
LUCIUS.
Mein Vater, kein Tribun vernimmt dich mehr!
TITUS.
Es ist ja eins, mein Knabe; hörten sie,
Sie würden's nicht beachten; täten sie's,
Es wär' umsonst, sie blieben ungerührt.
Drum klag' ich meinen Gram den Steinen vor,
Die, ob sie gleich bei solchem Jammer stumm,
Mir dennoch lieber, als Tribunen sind,
Denn keiner unterbricht die Rede mir;
Und wenn ich weine, mir zu Füßen still
Empfahn sie meine Tränen, weinen mit,
Und, hüllten sie sich nur in ernst Gewand,
Rom hätte nicht Tribunen diesen gleich. –
Ein Stein ist weich wie Wachs, Tribunen hart wie Steine;

Ein Stein ist schweigend und betrübt uns nicht, –
Tribunenzunge spricht das Leben ab! –
Doch weshalb stehst du mit gezücktem Schwert?

LUCIUS. Von ihrem Tod die Brüder zu befrein;
Und den Versuch bestrafte das Gericht,
Indem sein Spruch auf ewig mich verbannt.

TITUS. O Glücklicher! Begünstigt wurdest du!
Kurzsicht'ger Lucius, dünkt dich Rom denn nicht
Wie eine Wüstenei, von Tigern voll?
Tiger sind da zum Raub; Rom hat an Raub
Nur mich und euch; wie glücklich bist du dann,
Von den Verschlingenden verbannt zu sein! –
Doch wer naht mit dem Bruder Marcus hier?

Marcus kommt mit Lavinia.

MARCUS. Bereit zu weinen sei dein edles Aug';
Wo nicht, zerspringe dir das edle Herz!
Ich bringe deinem Alter tödlich Leid! –

TITUS.
Wird es mich töten? Wohl, so laß mich's schaun!

MARCUS. Dies war dein Kind!

TITUS. Und ist es jetzt noch, Marcus!

LUCIUS. Weh! Dieser Anblick tötet mich!

TITUS. Schwachherz'ger Knabe! auf, und sich sie an!
O sag, mein Kind, durch wes verfluchte Hand
Kommst du so handlos vor des Vaters Blick?
Wer ist der Tor, der Wasser trug ins Meer
Und Holz in Trojas hellentflammten Brand?
Mein Gram stand auf dem Gipfel, eh' du kamst:
Jetzt, gleich dem Nil, bricht er die Schranken durch. –
Ein Schwert! Auch meine Hände hau' ich ab!
Sie fochten ja für Rom, und ganz umsonst!
Wenn sie mich nährten, pflegten sie dies Leid;
Vergeblich im Gebet erhob ich sie,
Und ohne Segen hab' ich sie gebraucht! –
Nun sei ihr letzter Dienst von mir begehrt,
Daß mir die eine helf' abhaun die andre!
's ist gut, Lavinia, daß du ohne Hand;
Denn Rom zu dienen helfen Hände nicht!

LUCIUS.
Sprich, holde Schwester, wer dich so gemartert?

MARCUS.
Ach! der Gedanken lieblich Instrument,
Das süße Redekunst so hold geplaudert,
Riß man aus seines zarten Käfigs Haft,
Wo's wie ein süß melod'scher Vogel sang,
Im Wechselton entzückend jedes Ohr!

LUCIUS.
Statt ihrer sprich! Wer hat die Tat vollbracht?

MARCUS.
So fand ich sie, ach! schweifend in dem Forst,
Besorgt, sich zu verbergen wie ein Reh,
Das eine unheilbare Wund' empfing!

TITUS.
Sie war mein Reh, und der die Wund' ihr schlug,
Tat weher mir, als hätt' er mich durchbohrt.
Nun steh' ich wie ein Mann auf einem Fels,
Umgeben von der weiten, wüsten See,
Der Wog' auf Woge schwellen sieht die Flut,
Und stets erwartet, ob ein neid'scher Schwall
In seine salz'gen Tiefen ihn begräbt.
Zum Tod hier gingen meine armen Söhne;
Hier steht mein andrer Sohn, aus Rom verbannt,
Und hier mein Bruder, weinend um mein Weh;
Doch was am schärfsten meine Seele spornt,
Ist mein geliebtes Kind, mein liebstes Herz. –
Und hätt' ich nur dein Bildnis so gesehn,
Ich fiel' in Wahnsinn: was denn soll ich tun,
Erblick' ich deinen holden Körper so?
Ohn' Hände, deine Tränen abzutrocknen,
Noch Zunge, zu erzählen, wer dich quälte!
Tot ist dein Gatte, und um seinen Tod
Verurteilt deine Brüder, jetzt enthauptet!
Sieh, Marcus! ach, Sohn Lucius, sieh sie an!
Als ich die Brüder nannte, netzte gleich
Die Wange frisches Naß, wie Honig taut
Auf die gepflückte, fast gewelkte Lilie!

MARCUS.
Vielleicht weint sie, weil jene ihn getötet;
Vielleicht, weil sie die Brüder schuldlos weiß!

TITUS.
Wenn sie ihn töteten, dann sei vergnügt,
Denn schon zur Strafe zog sie das Gesetz.
Nein, nein! sie übten nicht so arge Tat:
Das zeugt der Gram, der ihre Schwester beugt.
Mein holdes Kind, die Lippen küss' ich dir;
Ein Zeichen gib, wie ich dir irgend helfe:
Willst du, daß Lucius und dein guter Ohm
Und du und ich um einen Quell uns setzen,
Und, niederschauend, unsre Wangen sehn
Entstellt und feucht, gleich Wiesen, noch nicht trocken
Vom Schlamm, mit dem die Flut sie überschwemmt?
Und soll'n wir starren in den Quell so lang',
Bis sich des Wassers süße Klarheit trübt,
Und salzig wird durch unsre bittern Tränen?
Soll'n wir die Hand uns weghaun so wie dir,
Die Zung' abbeißen, und mit stummen Zeichen
Verhaßter Tage Überrest verbringen?
Was soll'n wir tun? Laßt uns, die Zungen haben,
Ein Jammerspiel entwerfen fernern Elends,
Daß wir ein Wunder werden künft'ger Zeit!

LUCIUS.
Mein Vater, weint nicht mehr; bei Euerm Gram,
Seht, wie die arme Schwester schluchzt und stöhnt! –

MARCUS.
Still, Nichte! – Titus, trockne dir die Augen!

TITUS.
Ah, Marcus, Marcus! Oh, ich weiß, mein Bruder,
Dein Tuch kann keine meiner Tränen fassen,
Du hast es mit den eignen schon ertränkt.

LUCIUS. Ach, Schwester! deine Wangen trockn' ich ab!

TITUS.
Sieh, Marcus, ihre Zeichen merk' ich wohl;
Fehlt' ihr die Zunge nicht, jetzt spräche sie
Zu ihrem Bruder, wie ich sprach zu dir;
Sein Tuch, von frommen Tränen ganz durchnetzt,
Ist ihrer Wange nun zu keinem Dienst! –
Wer fühlte Leid und Sorgen je, wie diese,
Von Hülfe fern, wie Höll' vom Paradiese?

Aaron kommt.

AARON. Titus Andronicus, mein Herr, der Kaiser,
Entbeut dir: wenn dir deine Söhne lieb,
Soll Marcus, Lucius, wer es sei von euch,
Oder du, Alter, selbst, abhaun die Hand,
Und sie dem König senden; alsobald
Schickt er die Söhne lebend dir zurück;

Das soll die Buße sein für ihre Schuld.

TITUS. O gnäd'ger Kaiser! O huldvoller Mohr!
Sang je ein Rabe so der Lerche gleich,
Die süße Zeitung gibt vom Morgenrot?
Mit Freuden send' ich gleich dem Kaiser meine Hand;
Willst du sie abhaun helfen, lieber Mohr?

LUCIUS. Halt, Vater! diese edle, tapfre Hand,
Die sonst so manchen Feind zu Boden warf,
Sollst du nicht senden: meine bring' ich dar;
Der Jüngre mißt wohl eh'r sein Blut als du,
Und deshalb zahl' ich für der Brüder Haupt.

MARCUS. Wes Hand von euch hat Rom nicht Schutz verliehn
Und hoch im Kampf die blut'ge Axt gezückt,
Vernichtung schreibend auf der Feinde Helm?
Oh, keine, die nicht höchsten Ruhm erfocht,
Und meine war nur müßig; diene sie,
Vom Tod die beiden Neffen zu befrein,
Dann hab' ich sie zu würd'gem Zweck bewahrt.

AARON.
Nun, einigt euch, wes Hand soll mit mir gehn,
Daß sie nicht sterben, eh' die Rettung kam.

MARCUS. Nehmt meine Hand!

LUCIUS. Beim Himmel, deine nicht!

TITUS. Nicht fürder streitet; welkes Kraut, wie dies,
Ist gut, es auszuraufen: nehmt denn meine! –

LUCIUS. Mein Vater, wenn dein Sohn ich heißen soll,
Laß mich die Brüder retten von dem Tod!

MARCUS. Um unsres Vaters, unsrer Mutter willen,
Heut laß mich zeigen, wie ein Bruder liebt!

TITUS.
So tret' ich denn zurück: vereint euch drum!

LUCIUS. Ich geh' und hol' die Axt.

MARCUS. Und ich gebrauche sie.

Lucius und Marcus gehn.

TITUS. Komm hieher, Mohr, betrügen will ich sie;
Leih' mir die Hand, und meine geb' ich dir.

AARON *beiseit:*
Wenn das Betrug heißt, will ich ehrlich sein,
und keinen so betrügen, das ist klar.
Doch ich betrüg' euch wohl auf andre Art,
In einer halben Stunde sollt ihr's sehn.

Er haut Titus' Hand ab. Lucius und Marcus kommen zurück.

TITUS. Nun laßt den Streit: was sein muß, ist getan. –
Mein guter Mohr, dem Kaiser gib die Hand;
Sag, dies war eine Hand, die ihn geschützt
Manch tausendmal; begraben soll er sie,
Sie hat wohl mehr verdient, dies gönn' er ihr.
Und meine Söhne, sag ihm, acht' ich nun
Wie Edelsteine, wohlfeil mir erkauft,
Und dennoch teu'r, weil ich gekauft, was mein.

AARON. Ich geh', Andronicus; für deine Hand
Mach' dich bereit, die Söhne bald zu sehn; –

beiseit

Der Buben Häupter mein' ich. – Wie der Streich,
Wenn ich dran denke, mich ergötzt und weidet! –
Laß Narr'n und Weiße fromm um Gnade werben,
Mag Schwarz mir Antlitz so wie Seele färben!

Geht ab.

TITUS. Hier heb' ich auf die eine Hand zum Himmel,
Zur Erde beug' ich diese schwache Trümmer:
Gibt's eine Macht, die meine Träne rührt,
Die fleh' ich an.

Zu Lavinia.

Was, willst du mit mir knien?
Tu's, liebes Herz; der Himmel muß uns hören!
Sonst hauchen wir die Luft mit Seufzern trüb,
Die Sonne schwärzend, wie die Wolken tun,
Wenn sie in ihrer feuchten Brust sie bergen.

MARCUS.
O Bruder, sprich von Möglichkeiten doch,
Und stürz' dich nicht in solches Wahnsinns Tiefe!

TITUS.
Ist denn mein Gram nicht tief und bodenlos?
So sei die Leidenschaft auch ohne Boden!

MARCUS.
Doch laß Vernunft regieren deinen Schmerz!

TITUS.
Gab' es vernünft'gen Grund für solches Leid,
Dann schlöss' ich wohl in Grenzen all dies Weh.
Ersäuft das Feld nicht, wenn der Himmel weint?
Schäumt, wenn der Sturmwind rast, das Meer nicht auf
Und droht dem Firmament mit schwell'ndem Antlitz?
Und willst du Gründe noch für solche Wut?
Ich bin das Meer, hör' ihre Seufzer wehn!
Sie ist die Luft in Tränen, ich das Land;
So schwellen ihre Seufzer denn mein Meer,
Und ihrer Tränen Sündflut überschwemmt
In stetem Regen strömend mein Gefild';
Denn, wie? mein Innres faßt nicht ihren Schmerz,
Und ich, gleich einem Trunknen, spei' ihn aus.
Drum laßt mich frei; Verlierern steht ja frei,
Sich Luft zu machen durch den bittern Fluch.

Ein Bote kommt und bringt zwei Häupter und eine Hand.

BOTE.
Würd'ger Andronicus, schlimm zahlt man dir
Die gute Hand, die du dem Kaiser gabst.
Sieh hier zwei Häupter deiner edlen Söhne;
Hier deine Hand, zum Hohn zurückgeschickt:
Dein Schmerz ihr Spott, und dein Entschluß verhöhnt,
So daß mir's weh ist, denk' ich deines Wehs,
Mehr als Erinn'rung an des Vaters Tod.

Geht ab.

MARCUS. Nun werde kalt, Siziliens heißer Ätna,
Und sei mein Herz ein glüh'nder Flammenpfuhl!
Solch Elend ist zu viel für Menschenkraft!
Mitweinen mit den Weinenden ist Trost,
Doch Schmerz, so frech verhöhnt, dreifacher Tod.

LUCIUS.
Oh, daß der Anblick solche Wunden schlägt
Und schreckt verhaßtes Leben nicht hinweg!
Daß Tod dem Leben seinen Namen leiht,
Wo Leben nur verweilt als Atemzug!

Lavinia küßt ihn.

MARCUS. Ah, armes Herz, der Kuß ist ohne Trost,
Wie hartes Eis dem frosterstarrten Wurm.

TITUS. Wann endet dieser fürchterliche Schlaf?

MARCUS.
Nun, Schmeichelei, fahr' hin: nun, Titus, stirb;
Du schliefst nicht; sieh die Häupter deiner Söhne,
Sieh deine Hand, sieh dein verstümmelt Kind,

Den landverwies'nen Sohn, durch diesen Anblick
Betrübt und bleich; mich, deinen Bruder, sieh,
Wie ein versteinert Bildnis, kalt und starr!
Ach, nimmer recht' ich jetzt mit deinem Schmerz!
Rauf' nur dein Silberhaar, mit deinen Zähnen
Zerfleisch' die andre Hand: dies grause Bild
Sei deiner armen Augen letzte Schau!
Nun ist es Zeit zum Sturm, was schweigst du still?

TITUS. Ha! ha! ha!

MARCUS.
Was lachst du? Solcher Stunde ziemt es nicht!

TITUS.
Nun, blieb mir denn noch eine Träne übrig?
Und dann ist auch dies Weinen selbst mein Feind,
Der mir die feuchten Augen wohl zerstörte,
Bis sie erblindet von der Tränen Zoll;
Wie aber fänd' ich dann der Rache Höhle?
Denn diese Häupter reden ja zu mir,
Und drohn mir, ewig nicht erlang' ich Ruh',
Bis all dies Elend ward zurückgezahlt,
Zurück in deren Schlund, die's ausgesandt.
Still! Laßt mich sehn, was nun mein Tagewerk:
Ihr Volk des Jammers, stellt euch um mich her,
Daß ich zu jeglichem mich wende hin
Und schwör' auf meine Seel', ich räch' eu'r Leid
Ich hab's gelobt. – Jetzt, Bruder, fass' ein Haupt,
In dieser Hand halt' ich das andre fest;
Lavinia, hilf uns auch in diesem Werk:
Mit deinen Zähnen, Kind, halt' meine Hand! –
Du, lieber Sohn, entferne dich von hier,
Du bist verbannt und darfst hier nicht verweilen:
Fleuch zu den Goten, wirb dir dort ein Heer,
Und willst du folgsam meinen Willen tun,
Küss' mich und geh – uns bleibt noch viel zu tun.

Alle gehn ab bis auf Lucius.

LUCIUS.
Leb wohl, Andronicus, mein edler Vater,
Der jammervollste Mann, den Rom gesehn!
Leb wohl, o Rom! Bis Lucius wiederkehrt,
Läßt er dir Pfänder, teurer als sein Blut.
Leb wohl, Lavinia, du edle Schwester:
O wärst du wieder, was du warst zuvor!
Denn Lucius und Lavinia leben jetzt
Nur in Vergessenheit, in Gram und Haß.
Wenn Lucius lebt, vergilt er deine Schmach;
Der stolze Saturnin und sein Gemahl
Soll'n an den Toren betteln, wie Tarquin.
Jetzt zieh' ich zu den Goten, werb' ein Heer
Und räche mich an Rom und Saturnin.

Geht ab.

Zweite Szene

Zimmer in Titus' Hause.
Ein Bankett. Titus, Marcus, Lavinia und der junge Lucius, ein Knabe, treten auf.

TITUS.
So, so; nun sitzt; gebt acht und eßt nicht mehr,
Als was nur eben uns in Kraft erhält,
Rache zu nehmen für dies bittre Weh.
Marcus, entknüpf' den gramgeschlungnen Knoten!
Der Nicht' und mir, uns Ärmsten, fehlen Hände,
Wir können nicht gebärden unsre Qual,
Die Arme kreuzend. Diese schwache Rechte
Blieb mir, tyrannisch meine Brust zu schlagen;
Und wenn mein Herz, von Jammer ganz verwirrt,
An dieses Fleisches hohlen Kerker klopft,
Dann stoß' ich's so hinab. –

Zu Lavinien.

Du Spiegel alles Wehs, in Zeichen redend,
Wenn dir dein Herz mit wildem Pochen stürmt,
Kannst du's durch Streiche nicht beruhigen!
Mit Seufzern triff, mit Ächzen töt' es, Kind,
Fass' dir ein spitzig Messer mit den Zähnen,
Und bohr' am Herzen eine Wunde dir,
Daß jede Träne deiner armen Augen
Der Gruft zufließt, und, wenn sich's vollgesaugt,
Im bittern Salz der arme Narr ertrinke!

MARCUS.
Pfui, Bruder, pfui! Lehr' sie gewaltsam nicht
Die Hand anlegen ihrem zarten Leib!

TITUS.
Wie, hat dich Kummer schon verrückt gemacht?
Ich, Marcus, darf allein im Wahnsinn sprechen.
Gewaltsam Hand anlegen sollte sie?
Ach, warum nanntest du den Namen Hand?
So mußt' Äneas zweimal Rede stehn,
Wie Troja brannt' und er ins Elend kam.
Handhabe nichts, wo man von Händen spricht,
Nicht stets zu mahnen, daß wir keine haben! –
– Pfui! wie im Fieber klingt es, was ich sprach;
Als dächten wir an unsre Hand nicht mehr,
Wenn Marcus unsrer Hände nicht erwähnt! –
Kommt, fangt nun an! Iß dies, mein süßes Mädchen, –
– Hier fehlt zu trinken. – Hör' doch, was sie spricht:
All ihre Marterzeichen merk' ich leicht:
Sie sagt, sie kennt nur Tränen als Getränk,
Ihr Becher sei die Wang', ihr Aug' die Kelter.
Sprachlose Klag'! Ich forsche deinen Sinn,
Dein stummes Reden lern' ich so verstehn,
Wie bettelnde Einsiedler ihr Brevier.
Du sollst nicht seufzen, nicht zum Himmel sehn,
Nicht winken, nicken, Zeichen machen, knien,
Daß ich daraus nicht füg' ein Alphabet
Und still mich übend lerne, was du meinst.

KNABE.
Großvater, laß die Klagen herb und wild:
Erheitre meine Muhme durch ein Märchen!

MARCUS.
Der zarte Knabe, ach! bewegt von Mitleid,
Weint, so in Schwermut seinen Ahn zu sehn! –

TITUS.
Still, zarter Sproß; du bist geformt aus Tränen,
Und Tränen schmelzen bald dein Leben hin!

Marcus schlägt mit dem Messer auf den Teller.

Wonach schlugst du mit deinem Messer, Marcus?

MARCUS.
Ich traf und schlug sie tot; 'ne Fliege war's.

TITUS.
Schäme dich, Mörder; du erschlugst mein Herz;
Mein Aug' ist übersatt von Tyrannei:
Ein Mord, an dem unschuld'gen Tier geübt,
Ziemt Titus' Bruder nicht: – steh auf und geh!
Ich seh', du taugst für meinen Umgang nicht.

MARCUS. O Lieber! Eine Flieg' erschlug ich nur! –
TITUS.
Wenn nun die Fliege Vater hatt' und Mutter?
Wie senkt' er dann die zarten goldnen Schwingen,
Und summte Klag' und Jammer durch die Luft!
Harmloses, gutes Ding,
Das mit dem hübschen, summenden Gesang
Herflog, uns zu erheitern; und du tötest sie!
MARCUS. Vergib; 'ne schwarze, garst'ge Fliege war's,
Ganz wie der Kais'rin Mohr; drum schlug ich sie.
TITUS. Oh, oh, oh,
Ja, dann vergib mir, wenn ich dich gescholten,
Denn eine Tat der Gnade übtest du.
Gib mir dein Messer, ich will sie zerhaun,
Mir schmeicheln, diesen Mohren hätt' ich hier,
Der eigens herkam, um mir Gift zu streun.
Das nimm für dich! und dies für Tamora!
Ah, Bube!
Ich denke doch, so sind wir nicht herunter,
Daß wir am Tisch hier nicht 'ne Flieg' erschlügen,
Die kohlschwarz wie ein Mohr sich zu uns drängt!
MARCUS.
Ach, armer Mann! Er hält, von Gram zerstört,
Trügliche Schatten für ein wahres Ding! –
TITUS. Kommt, räumt nun auf: Lavinia, geh mit mir,
Ich folg' dir in dein Zimmer, lese dir
Leidvolle Märchen vor aus alter Zeit.
Komm, Knabe, folge mir; dein Aug' ist jung,
Und du sollst lesen, wenn sich meines trübt.
Sie gehn ab.

Vierter Aufzug

Erste Szene

Vor dem Hause des Titus.
Der junge Lucius, mit Büchern unterm Arm, läuft vor Lavinien, die ihm nachfolgt. Dann kommen Titus und Marcus.

KNABE. Großvater, hilf! Muhme Lavinia
Verfolgt mich allenthalb, weiß nicht warum.
Sieh, Oheim Marcus, sieh, wie schnell sie kommt!
Ach, liebste Muhm', ich weiß nicht, was du willst!
MARCUS.
Komm zu mir, Lucius, fürchte nicht die Muhme!
TITUS. Sie liebt dich, Kind, zu sehr, dir Leid zu tun.
KNABE. O ja, als noch mein Vater war in Rom! –
MARCUS. Was deuten diese Zeichen, teure Nichte?
TITUS. Fürchte nicht, Lucius: etwas meint sie jetzt; –
– Sieh, Lucius, sieh, wie viel sie von dir hält;
Sie will, daß du ihr dorthin folgen sollst.
Ah, Kind, Cornelia las mit ihren Söhnen
So eifrig nie, als sie mit dir studiert
Die Poesie und Tullius' Redekunst.
MARCUS. Errätst du nicht, was sie von dir begehrt?
KNABE.
O Herr, ich weiß nicht, noch errat' ich es,
Wenn nicht ein schneller Wahnsinn sie ergriff:
Denn oftmals hört' ich vom Großvater schon,
Den Geist verwirr' ein Übermaß des Grams;
Und las, wie die trojan'sche Hekuba
Toll ward durch Kummer: das erschreckte mich,
Obschon ich weiß, die edle Muhme liebt
So zärtlich mich, als meine Mutter tat,
Und nur im Fieber könnte sie mich schrecken.
So warf ich denn die Bücher hin und lief,
Vielleicht um nichts: doch, Muhme, seid nicht bös!
Und, Base, wenn mein Oheim Marcus folgt,
Dann will ich mit Euch gehn, wohin es sei.
MARCUS. Das will ich, Lucius.
TITUS. Wie nun, Lavinia? Was bedeutet dies?
Hier muß ein Buch sein, das sie wünscht zu sehn:
Von diesen, welches? Knabe, schlag' sie auf:
Doch du hast mehr und andre Schrift gelesen;
Komm, wähl' in meinem ganzen Büchersaal,
Und so vergiß dein Leid, bis das Geschick
Enthüllt den argen Stifter dieser Tat. –
Was hebt sie wechselnd ihre Arm' empor?
MARCUS.
Sie meint wohl, denk' ich, daß noch mehr als ein
Verschworner mitgewirkt: – Gewiß, so war's: –
Wo nicht, ruft sie des Himmels Zorn herab.
TITUS. Lucius, welch Buch ist das, woran sie stößt?
KNABE. Herr, des Ovid Metamorphosen sind's:
Die Mutter gab sie mir.
MARCUS. Aus Liebe zur Verstorbnen
Wählte sie's aus der Menge wohl hervor.
TITUS. Still, still! wie emsig sie die Blätter dreht!
Helft ihr:
Was sucht sie doch? Lavinia, soll ich lesen?
's ist Philomelens tragische Erzählung,
Des Tereus böse List, Gewalt und Raub;
Und Raub war, fürcht' ich, Wurzel deiner Marter.
MARCUS.
Sieh, Bruder! Merk', das Blatt bezeichnet sie.
TITUS.
Wardst du so überrascht, mein süßes Kind,
Beraubt, entehrt, wie Philomele ward?
Geschwächt im wüsten, mitleidslosen Wald?
Seht, seht! –
Ja, solch ein Tal ist dort, wo wir gejagt
(Oh, hätten wir doch nie, nie dort gejagt!), –
Genau, wie uns der Dichter Kunde gibt,
Von der Natur geprägt zu Raub und Mord.
MARCUS.
Wie schuf so wüsten Talgrund die Natur,
Wenn Götter der Tragödien sich nicht freun?
TITUS.
Gib Zeichen, Kind, – hier sind ja Freunde nur -,
Wer ist der Römer, der die Tat gewagt?
Schlich Saturnin heran, wie einst Tarquin,
Als er vom Heer sich zu Lucretien stahl?
MARCUS.
Setz' dich, Lavinia; – Bruder, setz' dich her! –
Apollo, Pallas, Jupiter, Merkur,
Erleuchtet mich, den Täter zu erspähn! –
Bruder, sieh her, – geliebte Nichte, sieh;
Er schreibt seinen Namen mit seinem Stabe, den er mit dem Munde und den Füßen führt.
Hier auf dem ebnen Sande, wenn du kannst,
Schreib' du, wie ich jetzt meinen Namen zog,
Ganz ohne Hülf' und Beistand unsrer Hände.
Verfluchtes Herz, das zu dem Spiel uns zwingt!
Schreib', süßes Kind! und zieh ans Licht zuletzt,
Was unsrer Rach' entdecken will der Himmel:

Lenk' ihre Feder, Gott! ihr Leid zu schreiben,
Tu' uns den Frevler und die Wahrheit kund! –

Sie nimmt den Stab in den Mund, führt ihn mit den verstümmelten Armen, und schreibt.

TITUS. O Bruder! Lies, was sie geschrieben hat!
Stuprum – Chiron – Demetrius.

MARCUS. Was? Tamoras verbuhltes Knabenpaar
Vollbringer dieser blut'gen, schwarzen Tat?

TITUS. – Magne dominator poli,
Tam lentus audis scelera? tam lentus vides?

MARCUS. Oh, ruhig, teurer Bruder, – schrieb sie gleich
Mehr als zu viel auf diesen Boden hin,
Die Sanftmut selbst zur Notwehr zu empören
Und Kinder aufzustürmen zum Entschluß! –
Knie' mit mir nieder, Bruder, Nichte, knie',
Und Knab', auch du, des röm'schen Hektors Trost:
Schwört mir (wie dem unsel'gen Gatten einst
Und Vater der entehrten keuschen Frau
Held Brutus bei Lucretiens Leiche schwur) -,
Ausüben wollen wir nach bestem Rat
Tödliche Rach' an jenen tück'schen Goten,
Sie morden, oder selbst als Feige sterben.

TITUS.
Recht schön von dir, wenn du nur wüßtest, wie?
Doch triffst du nur die Jungen, dann gib acht:
Du weckst die Alte; wittert sie den Streich,
Ei, mit dem Löwen ist sie eng im Bund,
Und wiegt ihn ein, auf ihrem Rücken spielend,
Und schläft er erst, dann tut sie, was sie will.
Du bist zur Jagd noch jung, drum laß es gut sein!
Wart' nur! ein Täflein hol' ich her von Erz,
Und grabe drauf mit scharfem Stahl die Namen,
Und berg' es: sonst verweht der tück'sche Nord
Wie der Sibylle Blätter diesen Sand,
Und dann, wie stünd's um unsre Lektion?
Was sagst du, Knabe?

KNABE. Ich sage, teurer Herr, wär' ich ein Mann,
Nicht ihrer Mutter Schlafgemach beschützte
Dies Knechtsgezücht, das röm'sche Ketten trug.

MARCUS.
Recht, wackrer Knab'! Oft tat dein Vater schon
Das Gleiche für sein undankbares Volk.

KNABE. Und leb' ich, Oheim, tu' ich so wie er.

TITUS. Komm, geh mit mir in meinen Waffensaal:
Lucius wird ausgestattet; und mein Knabe
Soll gleich von mir den Söhnen Tamoras
Geschenke bringen, die ich senden will.
Komm, du bestellst die Botschaft; willst du nicht?

KNABE. Großvater, ja; mein Dolch für ihre Brust!

TITUS.
Nein, Kind, nicht so; ich lehr' dich andern Weg.
Lavinia, komm; Marcus, geh in mein Haus!
Lucius und ich, wir setzen's durch bei Hof,
Ja traun, das tun wir, und wir finden Gunst.

Sie gehn ab bis auf Marcus.

MARCUS. Götter! Könnt ihr den Guten weinen sehn,
Und lenkt nicht ein, und hegt kein Mitgefühl?
Marcus, verlass' ihn nicht in diesem Wahnwitz;
Mehr Narben trägt sein gramverwundet Herz,
Als Feindesscharten sein zerstoßner Schild;
Und doch so treu, daß er nicht Rache sucht;
Rächt, Götter, denn den Greis Andronicus!

Ab.

Zweite Szene

Ein Zimmer im kaiserlichen Palast.
Von der einen Seite treten auf Aaron, Chiron und Demetrius; von der andern der junge Lucius und ein Knabe, der ein Bündel Waffen trägt, um welches Verse geschrieben stehn.

CHIRON.
Demetrius, hier ist des Lucius Sohn,
Der eine Botschaft uns bestellen soll.

AARON. 'ne tolle Botschaft wohl vom tollen Alten!

KNABE.
Ihr Herrn, mit aller schuld'gen Demut meld' ich
Titus Andro nicus' ergebnen Gruß; –

Beiseit.

Und fleh' die Götter Roms, euch zu verderben.

DEMETRIUS.
Hab' Dank, mein art'ges Kind! Was Neues gibt's?

KNABE *beiseit:*
Daß wir euch beid' entlarvt, das Neue gibt's,
Als räuberische Schurken. –

Laut.

Edle Herrn,
Mit Vorbedacht schickt mein Großvater euch
Die schönsten Klingen seines Waffensaals
Als eurer würd'gen Jugend Lust und Schmuck,
Der Hoffnung Roms: denn also sagt' er's mir,
Und so bestell' ich's jetzt, und liefr' euch ab
Sein Gastgeschenk: daß, wenn ihr's einst bedürft,
Ihr stattlich seid gerüstet und bewehrt. –
Und somit lass' ich euch,

beiseit

als blut'ge Schurken.

Ab.

DEMETRIUS. Nun, was ist dies? Ein Blatt,
rundum beschrieben?
Laßt sehn:
Integer vitae, scelerisque purus,
Non eget Mauri jaculis, neque arcu.

CHIRON.
Der Vers steht im Horaz, ich kenn' ihn wohl;
Ich las ihn in der Schul' als Knabe schon.

AARON.
Jawohl, das schreibt Horaz, Ihr traft es gut.

Beiseit.

Nun sieht man doch, ein Esel hat kein Arg!
Dies ist kein Scherz; der Alte hat's entdeckt,
Und schickt mit solcher Aufschrift sein Geschoß,
Die, ohne daß sie's ahnen, trifft ins Herz.
Wär' unsre witz'ge Kaiserin wohlauf,
Sie klatschte Beifall Titus' spitzem Wort:
Doch mag sie ruhn, unruhig wie sie ist. –

Laut.

Nun, junge Herrn, war's nicht ein gut Gestirn,
Das uns als Fremde hergeführt nach Rom,
Ja als Gefangne, zu so hohem Glück?
Es tat mir wohl, als ich am Burgtor trotzte
Im Beisein seines Bruders dem Tribun.

DEMETRIUS.
Und mich ergötzt noch mehr, daß solch ein Held
Uns fröhnt in Demut und Geschenke beut.

AARON. Hatt' er's nicht Ursach', Prinz Demetrius?

Gingt ihr nicht freundlich mit der Tochter um?
DEMETRIUS.
Ich wollt', wir hätten tausend röm'sche Frau'n,
Auf gleichen Kauf uns wechselnd zu erfreun.
CHIRON.
Ein liebevoller Wunsch! Ein fromm Gebet!
AARON. Wär' eure Mutter hier, sie spräche Amen.
CHIRON. Das täte sie für zwanzigtausend mehr.
DEMETRIUS.
Kommt, gehn wir; und zu allen Göttern fleht
Für unsre Mutter, die in Wehen liegt.
AARON *beiseit.*
Zu Teufeln fleht; kein Gott will von uns wissen.
Man hört Trompeten im Palast.
DEMETRIUS. Was blasen die Trompeten im Palast?
CHIRON.
Vielleicht erfreut den Kaiser jetzt ein Sohn.
DEMETRIUS. Still da! Wer kommt? –
Eine Wärterin kommt mit einem schwarzen Kinde.
WÄRTERIN. Gott grüß' euch, liebe Herrn!
O sagt mir an, wo Aaron ist, der Mohr?
AARON. Aaron ist hier; was soll's mit Aaron sein?
WÄRTERIN. O lieber Aaron! Alles ist vorbei! –
Nun hilf, sonst komme Fluch auf dich hinab!
AARON.
Was gibt's? Was soll der Zeter, das Geschrei?
Was wickelst und verhüllst du in dein Tuch?
WÄRTERIN.
Oh, was ich vor der Sonne gern versteckt',
Der Kais'rin Schmach, des großen Roms Entehrung!
Sie ist entbunden, Herrn, sie ist entbunden.
AARON. Von welchem Eid?
WÄRTERIN. Sie kam ins Wochenbett.
AARON. Nun denn, der Himmel
Geb' ihr 'ne gute Nacht! Was schickt' er ihr?
WÄRTERIN. Einen Teufel.
AARON.
Eines Teufels Mutter? Welch erwünschter Sproß!
WÄRTERIN. Verwünschter, schnöder, schwarzer, wüster Sproß!
Hier ist das Kind, so widrig wie ein Molch
Bei weißen Kreaturen unsres Lands.
Dein Siegel, deinen Abdruck schickt sie dir,
Und mit des Dolches Spitze tauf' ihn jetzt!
AARON. Geh mir, du Hur'! Ist Schwarz so schlimme Farbe?
Du Dickkopf bist 'ne schöne Blüte, gelt?
DEMETRIUS. Schurk', was hast du gemacht?
AARON. Gemacht, was du
Nicht kannst zunichte machen.
CHIRON. Unsre Mutter
Hast du vernichtet!
AARON. Nein, verpflichtet, Schurke!
DEMETRIUS.
Und eben dadurch, Höllenhund; vernichtet! –
Fluch dieser Tat! Fluch ihrer ekeln Wahl!
Verflucht der Sprößling solches schnöden Teufels! –
CHIRON. Er soll nicht leben!
AARON. Sterben soll er nicht.
WÄRTERIN. Aaron, er muß, und seine Mutter will's.
AARON.
Was muß er? Nun, so soll kein Mann als ich
An meinem Fleisch und Blut den Spruch vollziehn.
DEMETRIUS.
Auf meinen Degen spieß' ich gleich den Molch:
Gib mir ihn her, so ist es abgetan.
AARON.
Eh' wühlt dies Schwert in Euern Eingeweiden! –
Halt, Mörder! Euern Bruder schont ihr nicht?
Nun bei dem Sternenglanz des Firmaments,
Der lustig schien, als ich den Schelm gezeugt, –
Der stirbt durch meines Säbels scharfen Stahl,
Der meinem ältsten Sohn und Erben naht.
Ich sag' euch, Burschen, nicht Enceladus
Mit seiner droh'nden Schar aus Typhons Brut,
Noch Herkules, noch selbst der Gott des Kriegs,
Raubt diese Beut' aus seines Vaters Hand.
Was? Ihr blutdürst'gen Buben, schalen Geistes,
Weißkalk'ge Wände, bunte Bierhauszeichen:
Kohlschwarz gilt mehr als jede andre Farbe;
Denn alle Wasserflut im weiten Meer
Wäscht nicht des Schwanes schwarze Füße weiß,
Obschon er stündlich sie im Meere spült. –
Sag du der Kais'rin, ich sei alt genug,
Was mein, zu schützen; trag' sie's, wie sie mag! –
DEMETRIUS.
So willst du deine Herrin frech verraten?
AARON. Herrin ist meine Herrin; dies ich selbst,
Das Mark und Abbild meiner Jugendkraft;
Dies ist mir teurer als die ganze Welt,
Dies will ich retten trotz der ganzen Welt,
Sonst glaubt noch mancher dran von euch in Rom.
DEMETRIUS.
Dies bringt auf unsre Mutter ew'gen Schimpf!
CHIRON.
Rom wird sie schmähn um diese Mißgeburt! –
WÄRTERIN.
Des Kaisers Wut wird sie dem Tode weihn!
CHIRON. Ich muß erröten, denk' ich diese Schmach! –
CHIRON.
Da seht das Vorrecht, das euch Schönheit bringt!
Pfui, feiges Weiß, das durch Erröten meldet,
Was in geheim das Herz beschließt und fühlt! –
Hier ist ein Bursch, geprägt aus anderm Ton:
Seht, wie der schwarze Schelm anlacht den Vater,
Als wollt' er sagen: »Alter, ich bin dein!«
Der ist eu'r Bruder, Prinzen: frisch genährt
Vom selben Blut, das euch das Leben gab;
Aus jenem Schoß, wo ihr gefangen wart,
Ist er entfesselt und ans Licht gebracht:
Eu'r Bruder von der sichern Seite, traun,
Obgleich sein Antlitz meinen Stempel trägt.
WÄRTERIN. Aaron, was meld' ich nun der Kaiserin?
DEMETRIUS.
Bedenk' dich, Aaron, wie zu helfen sei,
Und wir sind alle deinem Rat geneigt:
Rette das Kind, wenn du uns all' errett'st!
AARON. Setzen wir uns, und überlegt mit mir!
Mein Sohn und ich, wir sind hier außerm Schuß,
Bleibt dort; nun, wie's euch gut dünkt, sprecht von Rettung!
Sie setzen sich auf die Erde nieder.
DEMETRIUS.
Wie viele Frauen sahn dies Kind von ihm?
AARON. Seht, liebe Herrn, wenn wir uns einig sind,
Bin ich ein Lamm: doch bietet Trotz dem Mohren,

Und Aaron stürmt, wie das empörte Meer,
Wie Eber wild und Löwen im Gebirg'. –
Nun sag noch einmal, wie viel Frauen sahn's?

WÄRTERIN.
Cornelia, die Hebamme, und ich selbst;
Sonst kein' als die entbundne Kaiserin.

AARON.
Die Kais'rin, – die Hebamme, – und du selbst?
Zwei schweigen wohl, ist nur die Dritte fort:
Geh hin zur Kais'rin, sprich, dies sagt' ich dir! –

Er ersticht sie.

Quiek, quiek! So schreit das Ferkel, das man spießt.

DEMETRIUS.
Was meinst du, Aaron? Warum tatst du dies?

AARON. Nun, meiner Treu, aus weiser Politik;
Ließ' ich sie gehn, verriet' sie unser Spiel,
Die schwatzende Gevatt'rin! Nein, ihr Herrn;
Und nun erfahrt den Plan, den ich ersann:
Mein Landsmann Muliteus lebt nah von hier,
Des Weib erst gestern in die Wochen kam;
Der gleicht das Kind und ist so weiß wie ihr.
Geht, kartet's ab und gebt der Mutter Gold,
Und beiden sagt den Hergang recht genau,
Und wie ihr Kind hiedurch zu Ehren kommt,
Und als des Kaisers Erbe gelten wird,
Und an die Stelle tritt des meinigen,
Den Sturm zu sänft'gen, der am Hofe droht;
Der Kaiser mög' es herzen dann als seins.
Hört nun: Ihr seht, ich gab ihr Arzenei,
Und ihr müßt jetzt ihr Totengräber sein.
Das Feld ist nah, ihr seid ein rüstig Paar;
Dies wohl besorgt, verliert mir keine Zeit,
Schickt die Hebamme mir im Augenblick:
Hebamm' und Wärterin beiseit geschafft,
Dann laßt die Weiber schwatzen, wie's beliebt!

CHIRON. Aaron, ich merke, nicht einmal der Luft
Vertraust du.

DEMETRIUS. Daß du so der Mutter schonst,
Muß sie, wie ihre Söhne, herzlich danken.

Chiron und Demetrius gehn ab.

AARON.
Nun zu den Goten schnell wie Schwalbenflug!
Dort bring' ich diesen Schatz in Sicherheit
Und grüß' der Kais'rin Freunde insgeheim. –
Komm, du breitmäul'ger Schelm, ich trag' dich fort,
Denn du hast uns in all die Not gebracht.
Mit Wurzeln füttr' ich dich und wilden Beeren,
Mit Rahm und Molken; Ziegen sollst du saugen,
In Höhlen wohnen; so zieh' ich dich auf
Zum tapfern Kriegesmann und General.

Ab.

Dritte Szene

Straße.

Titus, der alte Marcus, der Knabe Lucius und andre treten auf mit Bogen; Titus trägt die Pfeile, an deren Enden Briefe befestigt sind.

TITUS.
Komm, Marcus, komm; Vettern, hier ist der Ort.
Nun, Kleiner, zeig' mir deine Bogenkunst;
Seht, daß ihr wacker spannt, so trefft ihr's wohl.
Terras Astraea reliquit; –
Denk' dran, mein Marcus, sie ist fort, entflohn;
Du nimm dir dein Gerät; ihr, Vettern, müßt
Das Meer ergründen und die Netze werfen,
Ihr findet sie vielleicht dann in der See.
Doch da wohnt Recht so wenig als am Land! –
Nein, Publius und Sempronius, ihr müßt's tun;
Ihr grabt mir mit dem Spaten, mit dem Karst,
Dringt vor bis zu der tiefsten Erde Kern;
Dann, wenn ihr kamt in Plutos Region,
Ich bitt' euch, reicht ihm diese Bittschrift ein;
Sagt ihm, Gerechtigkeit und Hülfe fehlen,
Und daß euch sandte Greis Andronicus,
Von Gram gebeugt im undankbaren Rom.
Ah, Rom! Ja, ja, ich führte dich ins Elend,
Damals, als ich des Volkes Stimme warb
Für ihn, der jetzt mich heimsucht als Tyrann.
Geht, geht! Ich bitt' euch, habt mir acht und forscht,
Und laßt mir ja kein Kriegsschiff undurchsucht: –
Falls sie der Kaiser über Meer geschifft,
Dann, Vettern, pfeift nur nach Gerechtigkeit!

MARCUS.
O Publius! Ist das nicht ein Trauerfall,
Den edlen Oheim so im Wahnsinn sehn?

PUBLIUS.
Deshalb, o Herr, ist unsre nächste Pflicht,
Ihm Tag und Nacht getreulich nah zu sein
Und seiner Laune freundlich nachzugeben,
Bis Zeit ein heilsam Mittel ihm gewährt. –

MARCUS.
Kein heilsam Mittel hilft für solchen Gram! –
Stoßt zu den Goten, und ein Rachekrieg
Bringe Ruin dem undankbaren Rom,
Und Rache am Verräter Saturnin!

TITUS. Nun, Publius? Nun, liebe Herrn,
Sagt mir, traft ihr sie schon?

PUBLIUS.
Nein, teurer Herr! Doch Pluto läßt erwidern,
Wollt Ihr von ihm die Rache, schickt er sie;
Gerechtigkeit sei in Geschäften oben,
Er meint, beim Jupiter, – vielleicht wo anders -,
So daß Ihr Euch durchaus gedulden müßt. –

TITUS.
Er kränkt mich, hält er mich mit Zögern hin!
Ich tauche selbst in jenen Flammensee,
Und zieh' sie bei den Fersen aus dem Styx.
Marcus, wir sind nur Sträuche, Zedern nicht,
Nicht Riesen nach Zyklopenart geformt;
Zwar Erz, mein Marcus, Stahl bis an den Nacken,
Doch leidgebeugt, mehr als der Nacken trägt.
Und weil kein Recht auf Erden, noch im Orkus,
Woll'n wir zum Himmel, zu den Göttern flehn,
Uns Recht herab zu senden, uns zum Trost.
Kommt, Hand ans Werk! Hier, Marcus, wackrer
Schütz,

Er verteilt die Pfeile.

Ad Jovem, den nimm du; hier ad Apollinem, –
Ad Martem, diesen nehm' ich selbst. –
Hier, Knab', an Pallas; – der hier an Merkur,
Saturn und Coelus: nicht an Saturnin, –
Das wär', als schösst' ihr gegen Sturm und Wind! –
Nun, Knabe, frisch; sowie ich winke, schießt!
Verlaßt euch drauf, ich schrieb es mit Bedacht; –

Da ist kein Gott, zu dem ich nicht gefleht.

MARCUS.
Vettern, schießt alle Pfeil' ihm in den Burghof;
Verwunden laßt uns dieses Kaisers Stolz!

TITUS. Nun zieht die Sennen! –

Sie schießen.

Wohlgetroffen, Lucius! –
Brav, Knab'! In Virgos Schoß; nun hilf Minerva!

MARCUS.
O Herr, weit übern Mond schoß ich hinaus,
Eu'r Brief muß jetzt beim Jupiter schon sein.

TITUS.
Ha, Publius, Publius! Was hast du vollbracht?
Sieh, eins von Taurus' Hörnern abgeschossen!

MARCUS.
Titus, das war der Spaß: als Publius schoß,
Ward Taurus wild, gab Aries solchen Stoß,
Daß sein Gehörn herabfiel in den Hof;
Wer, meint Ihr, fand's, als Tamoras Gesell?
Sie lacht' und rief dem Mohren, augenblicks
Dem Kaiser es zu bringen als Geschenk.

TITUS.
So paßt sich's recht! Gott geb' Eu'r Hoheit Freude!

Ein Bauer tritt auf, der einen Korb mit zwei Tauben trägt.

Nachricht vom Himmel, Marcus! Sieh den Boten!
Was bringst du, Freund? Sind Briefe da für uns?
erscheint uns Recht? Was sagt der Lenker Zeus?

BAUER. Holla! Was der Henker Neues sagt? Er sagt, er hat den Galgen noch nicht in Ordnung, denn der Mensch soll erst nächste Woche hängen.

TITUS. Still! Was erwidert Zeus, ich frag' es nochmals?

BAUER. Ach, Herr, Euern Zeisig kenn' ich nicht, mit dem hab' ich all meine Lebtage nicht getrunken.

TITUS. Wie! Bist du sein Briefträger nicht, Gesell?

BAUER. Meine Tauben habe ich hergetragen, Herr, sonst nichts.

TITUS. So kommst du nicht vom Himmel?

BAUER. Vom Himmel? Ach, gnädiger Herr, da bin ich nie gewesen; Gott behüte mich, daß ich so dreist sein sollte, und mich in meinen jungen Tagen in den Himmel eindrängen. Seht, ich gehe mit meinen Tauben zu dem Tribunalplebs, weil ich einen Zank zwischen meinem Vetter und einem von Seiner Kaiserlichkeit Bedienten schlichten helfen will.

MARCUS. Seht, Bruder, das kommt uns so gelegen wie möglich, um Eure Supplik zu unterstützen; laßt Ihr dem Kaiser die Tauben in Euerm Namen bringen!

TITUS. Sag mir, kannst du dem Kaiser eine Supplik mit einiger Grazie einreichen?

BAUER. Nein, bewahre Gott, Herr, mit dem Gratias habe ich all meine Tage nicht fertig werden können.

TITUS.
Freund, komm heran, mach' nicht viel Wesens hier;
Gib deine Tauben in des Kaisers Hand,
Ich schaffe dir Gerechtigkeit von ihm;
Wart' noch, hier hast du Geld für deine Müh'!
Gebt mir Papier und Feder!
Reichst du mir die Supplik mit Grazie ein?

BAUER. Ja, Herr.

TITUS. Hier also ist ein Gesuch für dich. Und wenn du vor ihm erscheinst, mußt du beim ersten Eintritt knien, dann ihm die Füße küssen, dann deine Tauben überreichen, dann deinen Lohn erwarten. Ich werde in der Nähe sein, Bursch; sieh zu, daß du deine Sache gut machst!

BAUER.
Seid unbesorgt, Herr, laßt mich nur machen!

TITUS.
Hast du ein Messer, Bursch? Komm, zeig' es mir!
Hör', Marcus, falt' es in die Bittschrift ein;
(Du schriebst ja wie ein armer Bittender, -)
Und wenn du sie dem Kaiser überreicht,
Klopf' an mein Tor, und sag mir, was er sprach!

BAUER. Gott befohlen, Herr, ich will's tun.

TITUS. Komm, Marcus, gehn wir; folg' mir, Publius!

Alle ab.

Vierte Szene

Im Palast.

Es treten auf der Kaiser, die Kaiserin und ihre Söhne; der Kaiser hält die von Titus abgeschossenen Pfeile in seiner Hand.

SATURNINUS.
Wie dünkt euch solche Kränkung? Bot man je
Roms kaiserlichem Herrscher solchen Trotz,
Belästigt und erzürnt ihn? – Höhnt ihn so,
Weil er das Recht erfüllt, den Spruch vollzog?
Ihr wißt es, Herrn, gleich den allseh'nden Göttern, –
(Was auch die Störer unsrer Ruh' dem Volk
Ins Ohr geraunt -), daß nichts entschieden ward
Wider des alten Titus frechen Stamm,
Als nach Gesetz und Recht. Und ob nun auch
Der Kummer seine Sinne so zerstört,
Darf seine Rachgier, Fieberhitz' und Zorn
Und seine Bitterkeit uns so bedrohn?
Nun schreibt er an die Götter um Ersatz:
Seht, hier an Jupiter, dies dem Merkur,
Dies an Apollo, dies dem Gott des Kriegs: –
Recht saubre Zettel für den röm'schen Markt!
Heißt das nicht Läst'rung wider den Senat,
Verdammung unsres ungerechten Sinns?
Ein angenehmer Scherz, nicht wahr, ihr Herrn?
Als wollt' er sagen, Rom kennt kein Gesetz!
Doch, wenn ich lebe, soll verstellter Wahnsinn
Ihm keinen Schutz für diesen Hohn verleihn;
Er soll erfahren, daß Gerechtigkeit
Noch lebt in Saturnin, die, schläft sie gleich,
Jetzt so erwachen wird, daß ihre Wut
Vernichten soll den stolzesten Verschwörer.

TAMORA. Mein gnäd'ger Fürst, geliebter Saturnin,
Herr meines Lebens, Herrscher meines Sinns,
Sei mild, vergib dem alterschwachen Greis:
Ihn tört der Gram um seine tapfern Söhne,
Der ihm ins Mark dringt und die Brust durchbohrt.
Erleichtre lieber sein unselig Los,
Als daß du strafst den Niedern oder Höchsten
Für solche Kränkung!

Beiseit.

Also, schlau gewandt,
Muß Tamora mit jedem freundlich tun;
Doch Titus, dir verwundet' ich das Herz,

Und traf dein Leben; ist nur Aaron klug,
Geht alles wohl, im Hafen ankern wir.

Der Bauer kommt.

Was gibt's, mein Freund, bringst du uns ein Gesuch?

BAUER. Ja freilich, wenn Euer Wohlgeboren kaiserlich sind.

TAMORA.
Ich bin die Kaiserin; dort sitzt der Kaiser.

BAUER. Das ist er? Gott und Sankt Stephan geben Euch einei guten Abend; ich habe Euch einen Brief gebracht und ein Paar Tauben.

Der Kaiser liest den Brief.

SATURNINUS.
Führt ihn hinweg und hängt ihn alsogleich!

BAUER. Wie viel Geld krieg' ich?

TAMORA. Geh, Freund, du wirst gehängt.

BAUER. Gehängt! Meiner Seel', so nimmt mein Hals ein saubres Ende. *Ab.*

SATURNINUS.
Schmachvoll und unerträglich! Welcher Hohn!
Ich weiß, von wem der ganze Einfall stammt;
Ich trag' es nicht! Als ob die Frevlerbrut,
Gefällt nach Recht für unsres Bruders Mord,
Von mir geschlachtet wäre wider Recht!
Geht, schleppt den Schurken bei den Haaren her:
Nicht Alter, Würde sei ein Vorrecht ihm:
Für diesen Spott will ich sein Schlächter sein;
Verstellt wahnwitz'ger Hund! zur Krone halfst du,
In Hoffnung, über Rom und mich zu herrschen! –

Ämilius tritt auf.

Was gibt's, Ämilius?

ÄMILIUS.
Zu den Waffen, Herr! Rom hatte nie mehr Grund:
Es naht ein Gotenheer; mit einer Macht
Entschloßner Krieger, die nach Beut' entflammt,
Ziehn sie heran in schnellem Marsch, geführt
Von Lucius, dem Sohn Andronicus',
Der droht, in seiner Rache zu erfüllen,
So viel als jemals Coriolan vollbracht.

SATURNINUS.
Der tapfre Lucius führt das Gotenheer?
Die Zeitung sticht; und wie die Blum' im Frost,
Wie Gras geknickt vom Sturm häng' ich das Haupt.
Ja, nun beginnt die Sorge mir zu nahn:
Er ist es, den der Pöbel stets geliebt;
Ich selber hörte klagen unterm Volk
(Wenn ich umherging wie ein Bürgersmann),
Daß Lucius widerrechtlich sei verbannt,
Und wie sie Lucius sich zum Kaiser wünschten.

TAMORA.
Was fürchtet Ihr? Ist unsre Stadt nicht fest?

SATRUNINUS.
Ja, doch die Bürger sind dem Lucius hold,
Und fallen ab von uns, ihm beizustehn.

TAMORA. Sei wie dein Name kaiserlich gesinnt!
Verfinstert auch die Sonn' ein Mückenschwarm?
Der Adler duldet kleiner Vögel Sang,
Ganz unbekümmert, was ihr Zwitschern meint.
Er weiß, wie mit dem Schatten seiner Flügel
Er nach Gefallen sie zum Schweigen bringt:
So kannst auch du die Schwindelköpfe Roms.
Drum Mut gefaßt! Denn wisse, mein Gemahl,
Ich will bezaubern den Andronicus
Mit Worten, süßer und gefährlicher
Als Wurm dem Fisch und Honigklee dem Schaf:
Da jenem mit dem Wurm der Hamen droht,
Und diesem Krankheit bringt die süße Kost.

SATURNINUS.
Doch nimmer bittet er für uns den Sohn!

TAMORA. Wenn Tamora ihn bittet, wird er's tun;
Denn schmeicheln kann ich, und sein Ohr erfüllen
Mit goldner Hoffnung, daß, wär' auch sein Herz
Fast unangreifbar, taub sein altes Ohr,
Doch meine Zung' ihm Herz und Ohr besiegt. –
Geh du voran, sei Abgesandter uns,
Sag, daß der Kaiser ein Gespräch begehrt
Vom tapfern Lucius; laß den Ort bestimmen!

SATURNINUS.
Ämilius, führ' die Botschaft würdig aus,
Und wünscht er Geiseln ihm zur Sicherheit,
So nenn' er selbst, welch Unterpfand er heischt!

ÄMILIUS.
Den Auftrag werd' ich alsobald vollziehn.

Ab.

TAMORA.
Jetzt eil' ich zu dem Greis Andronicus:
Mit allen meinen Künsten täusch' ich ihn,
Daß er den Lucius abruft von dem Heer.
Nun, teurer Kaiser, sei vergnügten Muts,
Und alle Furcht begrab' in meiner List!

SATURNINUS.
So geh nun augenblicks und wirb um ihn!

Sie gehn ab.

Fünfter Aufzug

Erste Szene

Lucius tritt auf mit gotischen Hauptleuten. Trommeln.

LUCIUS. Bewährte Krieger, Freunde, treu erprobt,
Botschaft erhielt ich aus dem großen Rom,
Wie sehr dem Volk der Kaiser jetzt verhaßt,
Und wie's in Sehnsucht unsrer Ankunft harrt.
Drum, edle Herrn, seid, wie ihr Anspruch habt,
Kräftig im Zorn, unduldsam jener Schmach;
Und wie euch damals Rom erniedrigte,
So nehmt euch jetzt dreifältigen Ersatz!

GOTE.
Du tapfrer Zweig von Titus' großem Stamm,
Des Ruhm einst unser Schreck, jetzt unser Trost,
Des hohe Taten und erhabnen Glanz
Herzlos mit Hohn und Undank Rom vergilt, –
Vertrau' auf uns: wir folgen, wo du führst,
Wie Bienen stechend, wenn der Weiser sie
Am heißen Mittag ruft ins Blumenfeld,
Und zücht'gen die verhaßte Tamora.

ALLE.
Und wie er sprach, so spricht das ganze Heer.

LUCIUS.
Ich dank' ihm ehrfurchtsvoll; euch allen Dank! –
Wer naht? geführt von einem rüst'gen Goten?

Ein Gote führt den Aaron, der sein Kind auf dem Arm trägt.

GOTE. Ruhmvoller Lucius, ich ging ab vom Heer,
Ein wüst verfallnes Kloster zu betrachten;

Und als ich aufmerksam den Blick gewandt
Auf die zerstörten Mauern, – plötzlich, Herr,
Hört' ich ein Kind im Steingewölbe schrein.
Ich ging dem Laute nach, da hört' ich bald
Den schrei'nden Wurm gestillt mit dieser Rede:
»Schweig', brauner Schelm! halb ich, halb deine Mutter!
Wenn nicht die Farbe sprach, wes Brut du seist,
Gab dir Natur nur deiner Mutter Weiß, –
So konnt'st du Schurke wohl ein Kaiser werden.
Allein wo Stier und Kuh milchweiß von Farbe,
Da zeugten sie noch nie ein schwarzes Kalb.
Still, still, du Schelm« (so schalt er jetzt das Kind),
»Zu einem wackern Goten bring' ich dich,
Der, wenn er weiß, du seist der Kais'rin Blut,
Dich wert wird halten deiner Mutter halb. -«
Drauf mit gezücktem Schwert sprang ich heran,
Ergriff ihn augenblicks und schleppt' ihn her,
Daß du mit ihm verfährst, wie dir's bedünkt.

LUCIUS. O Freund, dies ist der eingefleischte Teufel,
Der Titus seiner tapfern Hand beraubt,
Die Perle, die der Kais'rin Aug' ergötzt;
Dies seiner schnöden Lust verdammte Frucht.
Felsäug'ger Sklav', wem wolltest du vertraun
Dies künft'ge Abbild deiner Mißgestalt?
Wie, sprichst du nicht? Was, taub? Nein, nicht ein Wort;
Ein Strick, Soldaten; hier am Baum geschwind
Hängt ihn mir auf mit seinem Bastardkind!

AARON. Rührt nicht das Kind! Es ist aus Königsblut!

LUCIUS.
Dem Vater allzu gleich, drum nimmer gut:
Erst hängt den Sohn; er mag ihn zappeln sehn,
So sterb' er hin in Vaterschmerz und Wehn!
Schafft eine Leiter! –

AARON. Lucius, laß das Kind,
Und send' es an die Kaiserin von mir!
Ich melde Wunderdinge, wenn du's tust,
Die dir zu wissen höchsten Vorteil bringt.
Willst du es nicht, wohlan, mir gilt es gleich,
Ich schweige jetzt, doch Pest und Fluch auf euch! –

LUCIUS.
So sprich denn, und gefällt mir, was du sagst,
So lebt dein Kind, ich lass' es auferziehn.

AARON.
Wenn dir's gefällt? Nein, das beteur' ich, Lucius,
Es wird dein Herz zerreißen, was du hörst.
Ich muß von Totschlag reden, Mord und Raub,
Von nächt'gen Taten und verruchtem Greu'l,
Verrat, fluchwürd'gem Anschlag, Missetat,
Betrübt zu hören, kläglicher erlebt;
Und dies begräbt auf ewig dir mein Tod,
Wenn du nicht schwörst, du rettest mir mein Kind.

LUCIUS.
Sprich, was du weißt, ich sag' dir, es soll leben.

AARON.
Das schwöre mir, und gleich beginn' ich dann.

LUCIUS.
Schwören? Bei wem? Du glaubst ja keinen Gott;
Ist das, wie kannst du glauben einem Eid?

AARON.
Und wenn ich's nie getan? Ich tu's auch nicht!
Doch weil ich weiß, du hältst auf Religion,
Glaubst an das Ding, das man Gewissen nennt,
Und an der Pfaffen Brauch und Observanz,
Die ich dich sorgsam hab' erfüllen sehn, –
Deshalb fordr' ich den Eid von dir. Ich weiß,
Ein Dummkopf hält 'nen Schellenstab für Gott,
Und ehrt den Eid, den er dem Gotte schwur;
Drum fordr' ich ihn. Deshalb gelobe mir
Bei jenem Gott, – gleichviel, was für ein Gott, –
Zu dem du betest und den du verehrst, –
Mein Kind zu schonen und es zu erziehn;
Und weigerst du mir das, entdeck' ich nichts.

LUCIUS.
Bei meinem Gotte schwör' ich dir, ich will's.

AARON. Erst wiss', ich zeugt' es mit der Kaiserin.

LUCIUS. O unersättliches, verbuhltes Weib!

AARON. Pah, Lucius, das war nur ein Liebeswerk,
Mit dem verglichen, was du hören sollst. –
Ihre zwei Söhn' ermordeten Bassianus;
Sie schändeten Lavinien, schnitten ihr
Die Zung' und ihre beiden Hände ab,
Und schmückten sie heraus, wie du's gesehn.

LUCIUS.
Das nennst du schmücken, gift'ger Bösewicht?

AARON.
Gewaschen, zugestutzt und aufgeschmückt,
Ein schmucker Spaß zugleich für alle drei! –

LUCIUS. O wilde, vieh'sche Buben, wie du selbst!

AARON. Nun ja, ich war der Lehrer zu der Tat.
Die hitz'ge Ader stammt von ihrer Mutter,
So wahr 'ne Karte je den Satz gewann;
Die blut'ge Neigung lernten sie von mir,
So wahr ein Bullenbeißer packt von vorn. –
Nun zeuge meine Tat von meinem Wert:
Ich lockte deine Brüder in die Gruft,
Wo des Bassian erschlagner Körper lag.
Ich schrieb den Brief, den drauf dein Vater fand,
Und barg das Gold, des jener Brief erwähnt,
Im Bund mit Tamora und ihren Söhnen.
Und was ist je geschehn, das dich verletzt,
Wo ich zum Unheil nicht die Hand geboten?
Ich spielte falsch um deines Vaters Hand,
Und als ich ihn betört, trat ich beiseit,
Erstickend fast vor unerhörtem Lachen.
Ich duckte mich an einer Mauer Spalt,
Als er die Hand gab für der Söhne Häupter;
Sah, wie er weint', und lachte dann so herzlich,
Daß mir die Augen tränten so wie ihm;
Und als ich Tamora den Spaß beschrieb,
Erstarb sie fast, so lieb war ihr die Mär,
Und gab mir zwanzig Küsse für die Zeitung.

GOTE. Das alles sprichst du, und errötest nicht?

AARON.
Ja, wie ein schwarzer Hund, so heißt das Sprichwort.

LUCIUS. Und reun dich diese Freveltaten nie?

AARON.
Ja, daß ich nicht noch tausend mehr verübt! –
Noch fluch' ich jedem Tag – (und glaube doch,
Nicht viele stehn in dieses Fluchs Bereich),
Wo ich besondre Bosheit nicht beging:
Jemand erschlug, wo nicht, die Anstalt traf;
'ne Dirn' entehrt, wo nicht, den Plan geschmiedet;
Unschuldige verklagt auf falschen Eid;
Todfeindschaft unter Freunden angeschürt;

Den Herden armer Leute brach den Hals;
In Scheun' und Schober Kohlen warf bei Nacht,
Und rief dem Eigner: »Löscht den Brand mit Tränen!«
Oft grub ich tote Körper aus dem Grab
Und stellte sie vor lieber Freunde Tür,
Recht wenn ihr Kummer fast vergessen war;
Und wie auf Baumesrind' in ihre Haut
Ritzt' ich mit meinem Dolch in röm'scher Schrift:
»Eu'r Kummer lebe fort, obgleich ich starb!« –
Gelt, tausend Greuel hab' ich ausgeübt,
So leichten Sinns, als einer Fliegen fängt;
Und nichts, in Wahrheit, geht mir so zu Herzen,
Als daß mir nicht zehntausend noch gelingen.

LUCIUS.
Den Teufel fort! Sein Tod muß sich verlängen,
Zu kurze Qual wär' ihm ein schnelles Hängen.

AARON.
Wenn's Teufel gibt, möcht' ich ein Teufel sein,
In ew'gem Feu'r zu leben und zu brennen,
Hätt' ich dich zur Gesellschaft all die Zeit,
Dich stets zu martern mit der bittern Zunge.

LUCIUS.
Hör' auf mit Lästern, stopft ihm seinen Mund!

Ein Gote tritt auf.

GOTE. Feldherr, es ist ein Bote hier aus Rom,
Der fragt, ob er vor dir erscheinen dürfe.

LUCIUS. Führt ihn herein! –

Ämilius wird hereingeführt.

Willkomm', Ämilius! sag, wie steht's in Rom?

ÄMILIUS.
Glorreicher Lucius, und ihr Gotenfürsten,
Der röm'sche Kaiser grüßet euch durch mich;
Und weil er hört, ihr steht in Waffen hier,
Wünscht er Gespräch in eures Vaters Haus;
Und fordert ihr, daß er euch Geiseln stellt,
Dann augenblicklich sendet er sie her.

GOTE. Was sagt mein Feldherr?

LUCIUS. Ämilius, Geiseln stelle Saturnin
An meinen Vater wie an meinen Ohm,
So kommen wir. – Zieht weiter!

Alle ab.

Zweite Szene

Tamora, Demetrius und Chiron treten verkleidet auf.

TAMORA.
So nun, in dieser fremden, düstern Tracht
Will ich begegnen dem Andronicus;
Die Rache nenn' ich mich, der Höll' entsandt,
Mit ihm vereint sein schrecklich Leid zu schlichten.
Klopf' an die Zelle, wo er weilen soll,
Entwürfe seltsam wilder Rache brütend;
Sag, Rache sei gekommen, ihm vereint
Zu wirken seiner Feinde Untergang.

Sie klopfen unten; Titus öffnet sein Studierzimmer und spricht von oben.

TITUS.
Wer stört mich hier in meinem ernsten Werk?
Ist's eure List, daß ich auftu' die Tür,
Damit die finstern Pläne weg mir fliegen
Und all mein Sinnen ohne Wirkung sei?
Ihr irrt euch; denn was ich zu tun beschloß,
Seht her, in blut'gen Zeilen schrieb ich's hin,
Und was ich aufgezeichnet, soll geschehn.

TAMORA. Titus, mit dir zu reden kam ich her.

TITUS.
Nein, nicht ein Wort. Kann ich mit Anmut reden,
Da eine Hand mir zur Gebärdung fehlt?
Du bist zu sehr im Vorteil, drum laß ab!

TAMORA.
Wenn du mich kenntest, sprächest du mit mir.

TITUS.
Ich bin nicht toll; dich kenn' ich nur zu gut:
Bezeug's der arme Stumpf, die Purpurschrift,
Bezeug's dies Antlitz, tief von Gram gefurcht,
Bezeug's der traur'ge Tag, die lange Nacht,
Bezeug' es alles Weh, – ich kenne dich
Als unsre stolze Kais'rin Tamora.
Nicht wahr, du kommst um meine zweite Hand?

TAMORA.
Unsel'ger, wiss', ich bin nicht Tamora;
Sie haßt dich, ich bin freundlich dir gesinnt:
Ich bin die Rach', entsandt dem Höllenreich,
Dein Herz zu heilen von des Geiers Biß
Durch blutige Vergeltung an dem Feind. –
Komm und begrüß' mich auf der Oberwelt,
Zieh' mich zu Rat nun über Tod und Mord!
Denn keine Höhle gibt es, kein Versteck,
Kein ödes Dunkel, kein umnebelt Tal,
Wo Raub und Schandtat und verruchter Mord
Sich scheu verbergen, – dennoch find' ich sie,
Und nenne meinen grausen Namen »Rache«,
Der die verworfnen Sünder zittern macht.

TITUS. So bist du Rache? Bist mir zugesandt,
Um allen meinen Feinden Qual zu sein?

TAMORA.
Ich bin's; drum komm herab, begrüße mich!

TITUS. Tu' einen Dienst mir, eh' ich dir vertrau', –
Sieh, dir zur Seite seh' ich Raub und Mord:
Nun gib Beweis, daß du die Rache bist;
Erstich sie, schleif' sie an des Wagens Rädern,
Dann will ich kommen und dein Fuhrmann sein,
Und rasch mit dir hinbrausen um die Welt.
Schaff' dir zwei wackre Renner, schwarz wie Nacht,
Dein rächend Fuhrwerk fortzuziehn im Sturm;
Such' Mörder auf in ihrer schuld'gen Schlucht;
Und ist dein Karrn von ihren Häuptern voll,
Dann steig' ich ab und trab' am Wagenrad
Gleich einem Knecht zu Fuß den ganzen Tag,
Früh von Hyperions Aufgang dort in Ost,
Bis wo er abends spät sich taucht ins Meer:
Und Tag für Tag tu' ich dies schwere Werk,
Wenn du mir Raub und Mord allhier vertilgst.

TAMORA. Sie sind mir Diener und begleiten mich.

TITUS. Die beiden dienen dir? Wie nennst du sie?

TAMORA. Sie heißen Raub und Mord, also genannt,
Weil sie heimsuchen solche Missetat.

TITUS.
O Gott! wie gleichen sie der Kais'rin Söhnen! –
Und du der Kais'rin! – Doch wir ird'schen Menschen
Sehn mit armsel'gen, blöden, falschen Augen.
O süße Rache, nun komm' ich zu dir,
Und wenn dir eines Arms Umfahn genügt,

Schließ' ich dich an die Brust im Augenblick.
Titus kommt von oben herab.

TAMORA. Ihm so sich fügen, paßt für seine Tollheit!
Was ich ersann, zu nähren diesen Wahn,
Das stärkt und unterstützt durch euer Wort!
Jetzt glaubt er fest, ich sei die Rache selbst,
Und wie er gläubig solchem Traumbild folgt,
Soll er zu Lucius senden, seinem Sohn,
Und während ich beim Schmaus ihn selber halte,
Ersinn' ich einen list'gen Anschlag wohl,
Die leicht betörten Goten zu zerstreun,
Wo nicht, sie mind'stens feindlich ihm zu stimmen.
Sieh da, er kommt; nun spiel' ich meine Rolle.
Titus tritt auf.

TITUS.
Lang' war ich weit, weit weg; und nur nach dir. –
Willkommen, Furie, in mein Haus des Wehs!
Ihr, Raub und Mord, seid gleichfalls mir willkommen!
Wie gleicht ihr Tamora und ihren Söhnen!
Ihr wärt vollkommen, fehlt' euch nicht ein Mohr;
Gab's nicht im ganzen Abgrund solchen Teufel?
Wahrlich, nie schweift die Kaiserin umher,
Daß nicht ein Mohr in ihrer Nähe sei;
Und wollt ihr recht der Kön'gin Bild uns stellen,
So wär' es gut, ihr hättet solchen Teufel. –
Doch, wie ihr seid, willkommen! – Was zu tun? –

TAMORA. Was soll'n wir für dich tun, Andronicus?

DEMETRIUS.
Zeig' mir 'nen Mörder, und ich greif' ihn an.

CHIRON. Zeig' mir 'nen Räuber, der Gewalt geübt:
Ich bin gesandt, ihn vor Gericht zu ziehn.

TAMORA.
Zeig' tausend mir, durch die dein Recht gekränkt:
Mein Amt ist, alle vor Gericht zu ziehn.

TITUS. Durchsuch' die frevelhaften Straßen Roms,
Und findst du einen Menschen, der dir gleicht,
Den töte, guter Mord, er ist ein Mörder.
Geh du mit ihm, und wenn's auch dir gelingt,
'nen andern aufzufinden, der dir gleicht,
Den töte, Raub, er ist ein Weiberschänder.
Geh du mit ihnen; an des Kaisers Hof
Lebt eine Kön'gin, und mit ihr ein Mohr,
Die magst du, als dein Abbild, leicht erkennen,
Denn ganz, von Kopf zu Füßen, gleicht sie dir.
Ich bitt' dich, diesen gib grausamen Tod,
Sie waren grausam meinem Stamm und mir.

TAMORA. Du hast uns wohl belehrt; wir wollen's tun.
Doch nun ersuch' ich dich, Andronicus,
Sende zu Lucius, deinem tapfern Sohn,
Der jetzt auf Rom mit mut'gen Goten zieht:
Zu einem Schmause lad' ihn in dein Haus,
Und wenn er hier ist, recht zu deinem Fest,
Bring' ich die Kais'rin dir und ihre Söhne,
Den Kaiser selbst und alle, die dir feind;
Und dir zu Füßen soll'n sie knieend flehn,
Und deines Herzens Ingrimm treffe sie!
Was sagt Andronicus zu diesem Rat?

TITUS. Marcus, heraus! der traurige Titus ruft.
Marcus kommt.
Geh, Marcus, geh zu deinem Neffen Lucius,
Im Gotenheere sollst du ihn erfragen;
Sag, daß er zu mir kommt und mit sich bringt
Noch einige der tapfern Gotenfürsten.
Heiß' ihn, die Krieger lagern, wo sie stehn;
Sag ihm, den Kaiser und die Kaiserin
Erwart' ich hier zum Fest und so auch ihn.
Dies tu' zu Liebe mir, er tu' es auch,
So wert ihm ist des alten Vaters Leben.

MARCUS.
Das tu' ich gleich, und kehre schnell zurück.
Ab.

TAMORA.
Nun geh' ich augenblicks an mein Geschäft
Und nehme meine Diener mit hinweg.

TITUS.
Nein, nein, laß Raub und Mord doch hier bei mir,
Sonst ruf' ich meinen Bruder wieder heim,
Und halte mich allein an Lucius' Rache.

TAMORA *zu ihren Söhnen.*
Was sagt ihr, Söhne? Bleibt ihr wohl mit ihm,
Bis ich dem Kaiser, meinem Herrn, erzählt,
Wie uns der wohlerdachte Scherz gelang?
Folgt seiner Laune, sprecht ihm freundlich zu,
Und weilt mit ihm, bis ich zurückgekehrt!

TITUS *beiseit.*
Ich kenn' euch all', obschon ihr toll mich wähnt,
Und fang' euch in dem selbstgestellten Garn,
Euch junge Höllenbrut samt eurer Mutter.

DEMETRIUS *beiseit.*
Geht nach Gefallen, Fürstin, laßt uns hier!

TAMORA.
Titus, leb wohl; die Rache geht zu Taten,
Dir alle deine Feinde zu verraten.

TITUS. Das hoff' ich, teure Rache; leb denn wohl!
Tamora geht ab.

CHIRON.
Nun, Alter, sprich, was gibst du uns zu tun?

TITUS. O still! ich schaff' euch Arbeit überg'nug.
Auf, Cajus, Publius und Valentin!
Publius und Diener kommen.

PUBLIUS. Was wollt Ihr?

TITUS. Kennst du die zwei?

PUBLIUS. Die Söhne, denk' ich, sind's
Der Kais'rin, Chiron und Demetrius.

TITUS. Pfui, Publius, wie gröblich du dich irrst!
Der ein' ist Mord, des andern Nam' ist Raub.
Drum binde sie mir fest, mein Publius;
Cajus und Valentin, legt Hand an sie!
Oft hab' ich diese Stunde mir gewünscht;
Nun fand ich sie: drum bindet sie recht fest,
Stopft ihnen auch den Mund, sobald sie schrein!
Ab.

CHIRON.
Schurken, laßt ab! Wir sind der Kais'rin Söhne!

PUBLIUS.
Und deshalb tun wir, was uns auferlegt. –
Stopft ihren Mund, gönnt ihnen nicht ein Wort;
Ward er auch fest gebunden? Schließt sie gut!
Titus kommt zurück mit einem Messer und Lavinia mit einem Becken.

TITUS. Lavinia, komm, die Feinde sind im Netz!
Stopft ihren Mund, kein Wort gestatt' ich mehr.
Doch laßt sie hören meinen grimmen Spruch:
O Schurken, Chiron und Demetrius!
Hier ist der Quell, den ihr getrübt mit Schlamm,

Der holde Lenz, durch euern Frost erstarrt.
Ihr schlugt ihr den Gemahl; für diesen Greu'l
Sind ihrer Brüder zwei zum Tod verdammt.
Mir ward die Hand geraubt zu frechem Spott,
Ihr Händ' und Zunge, ja, was teurer ist
Als Zung' und Hand, – die unbefleckte Keuschheit,
Herzlose Buben! raubtet ihr mit Zwang. –
Was spräch't ihr jetzt, wenn ich euch reden ließ'? –
Ihr dürftet nicht aus Scham um Mitleid flehn.
Hört, Buben, welche Qual ich euch ersann:
Die Hand blieb, euch die Gurgel durchzuschneiden,
Indes Lavinia mit den Stümpfen hält
Dies Becken, das eu'r schuldig Blut empfängt.
Die Kaiserin, wißt ihr, will zum Schmaus mir kommen,
Und nennt sich Rache, wähnt, ich sei verrückt:
Nun hört mich! Eu'r Gebein reib' ich zu Staub
Und knet' es ein zu Teig mit euerm Blut;
Und aus dem Teige bild' ich eine Rinde,
Drin einzubacken eure Schurkenhäupter;
Dann soll die Metze, eure hünd'sche Mutter,
Der Erde gleich die eigne Brut verschlingen:
Dies ist das Mahl, zu dem ich sie beschied,
Und dies der Schmaus, an dem sie schwelgen soll.
Denn mehr als Philomel' erlitt mein Kind,
Und mehr als Prokne nehm' ich Rach' an euch.
Jetzt reicht die Gurgeln her! – Lavinia, komm,
Fang' auf den Strahl; und wenn ich sie entseelt,
Zerstampf' ich ihr Gebein in feinen Staub,
Und feucht' es an mit dem verhaßten Blut,
Die Häupter einzubacken in den Teig.
Kommt, seid mir alle jetzt zur Hand, dies Mahl
Zu rüsten, das viel grimmer werden soll
Und blutiger, als der Centauren Schmaus.

Er durchschneidet ihre Kehlen.

So!
Nun tragt sie hin, ich mache selbst den Koch,
Sie anzurichten, bis die Mutter kommt. –

Alle gehn ab.

Dritte Szene

*Ein Gezelt mit Tischen und andern Sachen.
Lucius und Marcus treten auf; Goten führen den Aaron gefangen ins Lager.*

LUCIUS. Wohl, Oheim Marcus, da mein Vater heischt,
Daß ich gen Rom mich wende, folg' ich dir.
GOTE. Wir stehn dir bei, es gehe, wie es will.
LUCIUS.
Oheim, verwahrt mir den grausamen Mohren,
Den wüt'gen Tiger, den verfluchten Teufel;
Laßt ihm nicht Nahrung reichen, fesselt ihn,
Bis er der Kais'rin gegenüber steht,
Als Zeugnis ihres höchst verworfnen Wandels.
Dann sorgt, daß stark sei unser Hinterhalt;
Der Kaiser, fürcht' ich, ist uns schlimm gesinnt.
AARON. Ein Teufel flüstre Flüche mir ins Ohr,
Und helfe meiner Zung', hervor zu sprühn
Die gift'ge Wut, die mir im Herzen schwillt! –
LUCIUS.
Hinweg, verruchter Hund! Ungläub'ger Sklav'!

Aaron wird von den Goten weggeführt. Man hört Trompeten blasen.

Ihr Herrn, helft unserm Ohm, ihn zu geleiten;
Trompeten melden, daß der Kaiser naht.

Saturninus, Tamora, Tribunen und Gefolge treten auf.

SATURNINUS.
Was? hat der Himmel mehr als eine Sonne?
LUCIUS.
Was frommt es dir, daß du dich Sonne nennst?
MARCUS. Roms Kaiser und du, Neffe, brecht nun ab:
In Ruhe muß der Streit verhandelt sein.
Das Mahl ist fertig, welches Titus sorglich
Geordnet hat zu ehrenwertem Zweck,
Für Frieden, Lieb' und Bündnis, Rom zum Heil! –
So tretet denn heran und nehmet Platz!
SATURNINUS.
So sei es, Marcus!

Hoboen. Eine Tafel wird gebracht; Titus, als Koch gekleidet, stellt die Speisen auf den Tisch; Lavinia folgt ihm verschleiert.

TITUS.
Willkommen, Herr! Willkommen, Kaiserin! –
Willkommen, tapfre Goten; willkommen, Lucius!
Willkommen all'! Ist gleich das Mahl gering,
Doch wird's den Hunger stillen. Wollt ihr essen?
SATURNINUS.
Weshalb in dieser Tracht, Andronicus?
TITUS.
Um recht gewiß zu sein, daß nichts mißlang,
Eu'r Hoheit und die Kais'rin zu bewirten.
TAMORA.
Wir sind Euch hoch verpflichtet, wackrer Titus.
TITUS.
Kennt' Eure Maj stät mein Herz, Ihr wärt's. –
Mein gnäd'ger Kaiser, löst die Frage mir:
War's recht getan vom heftigen Virginius,
Sein Kind zu töten mit der eignen Hand,
Weil sie entführt, entehrt, geschändet ward? –
SATURNINUS. Das war's, Andronicus.
TITUS. Eu'r Grund, erhabner Kaiser?
SATURNINUS Weil das Mädchen
Nicht überleben durfte solche Schmach
Und seinen Gram erneun durch ihre Nähe.
TITUS.
Ein Grund, nachdrücklich, streng und voll Gehalt,
Ein Vorgang, Mahnung und gewicht'ge Bürgschaft
Für mich Unsel'gen, gleiche Tat zu tun: –
Stirb, stirb, mein Kind, und deine Schmach mit dir,
Und mit der Schmach auch deines Vaters Gram!

Er ersticht Lavinien.

SATURNINUS. Was tatst du, unnatürlicher Barbar?
TITUS. Ich schlug, um die mein Aug' erblindet war.
Ich bin so leidvoll als Virginius einst,
Und habe tausendmal mehr Grund als er
Zu solchem Mord; – und jetzt ist es vollbracht.
SATURNINUS.
Ward sie entehrt? Wer hat die Tat verübt?
TITUS.
Wie, eßt Ihr nicht? Nehmt, Hoheit, wenn's beliebt!
TAMORA.
Wie kam's, daß Vaterhand sie morden muß?
TITUS. Sie mord'ten Chiron und Demetrius,
Die sie entehrt, die Zung' ihr ausgeschnitten,

Durch die sie all dies bittre Leid erlitten.
SATURNINUS. Vor uns erscheinen sollen sie sogleich!
TITUS.
Nun wohl! hier sind sie schon, zerhackt zu Teig,
Von dem die Mutter lüstern hat genossen,
Verzehrend, was dem eignen Blut entsprossen.
's ist wahr! 's ist wahr! Bezeug's mein scharfer Dolch!
Er ersticht Tamora.
SATURNINUS.
Wahnwitz'ger, stirb! Nimm das für deinen Hohn!
Ersticht den Titus.
LUCIUS.
Des Vaters blutig Ende rächt der Sohn:
Hier Lohn um Lohn, Mord für des Mörders Hohn! –
Ersticht den Saturninus.
MARCUS *oben auf der Bühne.*
Leidvolle Männer, Volk und Söhne Roms,
Getrennt durch Aufruhr, wie ein Vögelschwarm,
Zerstreut durch Sturm und starken Wetterschlag, –
O hört, wie ihr von neuem binden mögt
In eine Garbe dies zerstreute Korn,
In einen Körper die zerstückten Glieder,
Daß Rom sich nicht am eignen Gift vernichte!
Das Reich, dem mächt'ge Szepter sich geneigt,
Ehrlosen, ausgestoßnen Sündern gleich
Nicht Mord, verzweifelnd, an sich selbst vollziehe!
Wenn meine Furchen, meines Alters Schnee
(Ehrwürd'ge Bürgen reifer Urteilskraft)
Euch nicht bewegen, meinem Wort zu traun,
Sprich du, Roms teurer Freund (gleich unserm Ahn,
Als er in Feierworten Kunde gab
Der liebekranken, leidgebeugten Dido
Vom Schicksal jener wilden Flammennacht,
Als Priams Troja sank durch Griechentrug) -:
Sag, welch ein Sinon unser Ohr berückt,
Wer uns das böse Werkzeug hergeführt,
Das unserm Troja, unserm hehren Rom
Die Bürgerwunde schlägt? –
Mein Herz ist nicht gestählt wie Fels und Erz,
Noch find' ich Worte für so bittern Gram,
Daß nicht in Tränen meine Red' erstickt,
Und mir die Stimme bricht, wenn sie zumeist
Euch rühren sollt' und euer Ohr gewinnen,
Und eure Hülf' und liebreich Mitgefühl. –
Hier ist ein Feldherr, der's erzählen mag:
Eu'r Herz wird weinen, hört ihr seine Rede.
LUCIUS. Dann, meine edlen Hörer, sei euch kund:
Der schnöde Chiron und Demetrius,
Sie waren's, die Bassianus mordeten,
Sie waren's, die Lavinien frech entehrt;
Für ihre Tat fiel unsrer Brüder Haupt,
Ward Titus' Gram verhöhnt, ihm frech entwandt
Die gute Hand, die oft den Streit für Rom
Ausfocht und ihre Feinde sandt' ins Grab;
Zuletzt ward ich im Zorn verbannt, man schloß
Die Tore mir und stieß mich weinend aus,
Mitleid zu suchen bei den Feinden Roms;
Mit meinen Tränen löscht' ich ihren Haß,
In ihren offnen Armen fand ich Trost.
Und ich, den Rom verstieß, das sei euch kund,
Mit meinem Blut hab' ich sein Wohl erkauft,
Von seinem Haupt gewandt der Feinde Schwert,
Auffangend ihren Stahl in meine Brust.
Ihr alle wißt, ich bin kein Prahler; nein,
Bezeugt's, ihr Narben (ob ihr stumm auch seid),
Daß mein Bericht getreu und ohne Falsch.
Doch halt! Mich dünkt, ich schweifte schon vom Ziel,
Anpreisend mein geringes Tun; verzeiht,
Man rühmt sich selber, ist kein Freund uns nah.
MARCUS. Nun ist's an mir, zu reden. Seht dies Kind:
Dies war's, das Tamora zur Welt gebracht;
Sein Vater jener gottvergeßne Mohr,
Hauptstifter und Begründer unsers Wehs.
Der Schurk' ist lebend noch in Titus' Haus
(Obgleich verdammt), zum Zeugnis, dies sei wahr.
Nun sprecht, ob Titus Grund zur Rache hatte
Für solche Kränkung, unaussprechlich, herb,
Weit mehr, als irgend wohl ein Mensch ertrüge!
Jetzt, da ihr alles wißt, was sagt ihr, Römer?
Ist hier zu viel geschehn, dann zeigt, worin, –
Und von dem Platz, auf dem wir vor euch stehn,
Woll'n wir, des Titus' armer Überrest,
Häuptlings hinab uns werfen, Hand in Hand,
Am scharfen Stein zerschmetternd unser Hirn,
Und so vereint austilgen unsern Stamm.
Sprecht, Römer, sprecht: sagt ihr, es soll geschehn,
So sollt ihr Hand in Hand uns stürzen sehn.
ÄMILIUS.
Komm, komm, du ehrenwerter Römergreis,
Führ' unsern Kaiser freundlich bei der Hand,
Lucius, den Kaiser: denn mit Zuversicht
Erwart' ich, was des Volkes Stimme spricht.
MARCUS.
Lucius, Glück auf, Roms kaiserlicher Herr!
Geh in des alten Titus leidvoll Haus,
Und den ungläub'gen Mohren schlepp' hieher;
Ihm werd' ein grauser, blut'ger Tod erkannt,
Als Strafe für sein höchst gottloses Tun.
RÖMER *verschiedene Stimmen.*
Lucius, Glück auf, huldreicher Herrscher Roms! –
LUCIUS.
Dank, edle Römer! Meiner Herrschaft Streben
Sei, Rom nach so viel Leiden Trost zu geben.
Doch, werte Freund', ein Weilchen gönnt mir noch,
Denn schwere Pflicht erheischt Natur von mir.
Steht alle fern! – Du, Oheim, komm herab;
Laß uns dem Toten fromme Tränen weihn; –
Den kalten Lippen diesen heißen Kuß,
küßt den Titus
Dem blut'gen Antlitz diesen Tau des Grams,
Des treuen Sohnes letzte Huldigung! –
MARCUS.
Ja, Trän' um Trän', und Liebeskuß für Kuß
Beut hier dein Bruder Marcus deinem Mund!
Und wär' die Summe, die ich zahlen soll,
Unendlich, namenlos, doch zahlt' ich sie.
LUCIUS.
Komm, Knabe, komm! Komm her, wir lehren dich
In Tau zerschmelzen. Ach, er liebte dich!
Wie oft ließ er dich tanzen auf dem Knie,
Sang dich in Schlaf, sein liebend Herz dein Pfühl!
Wie viel Geschichten hat er dir erzählt,
Für deine Kindheit sinnreich ausgewählt!
Des sei gedenk, und als ein liebreich Kind

Geuß ein'ge Tropfen auch aus zartem Auge:
Mitleidig gab Natur uns dies Gebot,
Der Freund soll weinen um des Freundes Not!
Sag ihm Lebwohl, geleit' ihn an sein Grab,
Die Pflicht erfüll' und scheide dann von ihm!

KNABE.

Großvater! ach, Großvater! Möcht' ich doch
Für dich gestorben sein, und du noch lebend!
O Gott, vor Weinen kann ich ihm nichts sagen,
Ich stick' in Tränen, öffn' ich meinen Mund. –

Aaron wird von einigen Römern hereingeführt.

RÖMER.

Trau'rge Androniker, hemmt euern Gram:
Sprecht diesem gift'gen Bösewicht sein Recht,
Der jener schwarzen Frevel Stifter war!

LUCIUS.

Begrabt ihn bis zur Brust, daß er verhungre;
Da steh' er dann und wüt' und schrei' um Brot:
Wer irgend Beistand ihm und Mitleid schenkt,
Der stirbt für solche Tat; dies unser Spruch.
Geht ihr, sorgt, daß er eingegraben werde!

AARON.

Wut, warum schweigst du? Zorn, was bist du stumm?
Ich bin kein feiges Kind, noch mit Gebet
Bereu' ich die Verbrechen, die ich tat;
Zehntausend, schlimmer noch, als ich vollbracht,
Möcht' ich begehn, hätt' ich die Freiheit nur;
Und tat ich je ein einzig gutes Werk,
Von ganzem Herzen wünsch' ich's ungeschehn.

LUCIUS.

Tragt ein'ge jetzt den Kaiser mir hinweg,
Und senkt ihn ein in seines Vaters Gruft!
Mein Vater und Lavinia soll'n demnächst
In unserm Monument bestattet ruhn.
Doch jener grimmen Wölfin Tamora
Gönnt keinen Grabbrauch, keinen Trauerflor,
Kein frommes Läuten, keinen Leichenzug:
Den Vögeln werft sie hin, dem Raubgetier!
Ihr Lebenslauf war viehisch, ohne Mitleid,
Und eben deshalb find' auch sie kein Mitleid!
Vollzieht den Spruch an dem verdammten Mohren,
Dem frechen Stifter unsrer schweren Trübsal!
Dann ordnen wir mit Weisheit unsern Staat:
Gleich schlimmen Ausgang hemme Kraft und Rat!

Alle gehn ab.

ROMEO UND JULIA.

Personen

Escalus, Prinz von Verona
Graf Paris, Verwandter des Prinzen
Montague
Capulet, Häupter zweier Häuser, welche in Zwist mit einander sind
Romeo, Montagues Sohn
Mercutio, Verwandter des Prinzen und Romeos Freund
Benvolio, Montagues Neffe und Romeos Freund
Tybalt, Neffe der Gräfin Capulet
Ein alter Mann, Capulets Oheim
Bruder Lorenzo, ein Franziskaner
Bruder Marcus, von demselben Orden
Balthasar, Romeos Diener
Simson
Gregorio, Bediente Capulets
Abraham, Bedienter Montagues
Peter
Drei Musikanten
Ein Page des Paris
Ein Offizier
Ein Apotheker
Gräfin Montague
Gräfin Capulet
Julia, Capulets Tochter
Juliens Amme
Bürger von Verona. Verschiedene Männer und Frauen, Verwandte beider Häuser. Masken, Wachen und andres Gefolge.

Die Szene ist den größten Teil des Stücks hindurch in Verona; zu Anfang des fünften Aufszugs in Mantua

Erster Aufzug

Erste Szene

Ein öffentlicher Platz.
Simson und Gregorio, zwei Bediente Capulets, treten auf.

SIMSON. Auf mein Wort, Gregorio, wir wollen nichts in die Tasche stecken.

GREGORIO. Freilich nicht, sonst wären wir Taschenspieler.

SIMSON. Ich meine, ich werde den Koller kriegen und vom Leder ziehn.

GREGORIO. Ne, Freund! deinen ledernen Koller mußt du bei Leibe nicht ausziehen.

SIMSON. Ich schlage geschwind zu, wenn ich aufgebracht bin.

GREGORIO. Aber du wirst nicht geschwind aufgebracht.

SIMSON. Ein Hund aus Montagues Hause bringt mich schon auf.

GREGORIO. Einen aufbringen, heißt: ihn von der Stelle schaffen. Um tapfer zu sein, muß man stand halten. Wenn du dich also aufbringen läßt, so läufst du davon.

SIMSON. Ein Hund aus dem Hause bringt mich zum Standhalten. Mit jedem Bedienten und jedem Mädchen Montagues will ich es aufnehmen.

GREGORIO. Der Streit ist nur zwischen unseren Herrschaften und uns, ihren Bedienten. Es mit den Mädchen aufnehmen? Pfui doch! Du solltest dich lieber von ihnen aufnehmen lassen.

SIMSON. Einerlei! Ich will barbarisch zu Werke gehn. Hab' ich's mit den Bedienten erst ausgefochten, so will ich mir die Mädchen unterwerfen. Sie sollen die Spitze meines Degens fühlen, bis er stumpf wird.

GREGORIO. Zieh' nur gleich von Leder: da kommen zwei aus dem Hause Montagues.

Abraham und Balthasar treten auf.

SIMSON. Hier! mein Gewehr ist blank! Fang' nur Händel an, ich will den Rücken decken.

GREGORIO.
Den Rücken? willst du Reißaus nehmen?

SIMSON. Fürchte nichts von mir!

GREGORIO. Ne, wahrhaftig! ich dich fürchten?

SIMSON. Laß uns das Recht auf unsrer Seite behalten, laß sie anfangen!

GREGORIO. Ich will ihnen im Vorbeigehn ein Gesicht ziehen, sie mögen's nehmen, wie sie wollen.

SIMSON. Wie sie dürfen, lieber. Ich will ihnen einen Esel bohren; wenn sie es einstecken, so haben sie den Schimpf.

ABRAHAM. Bohrt Ihr uns einen Esel, mein Herr?

SIMSON. Ich bohre einen Esel, mein Herr.

ABRAHAM. Bohrt Ihr uns einen Esel, mein Herr?

SIMSON.
Ist das Recht auf unsrer Seite, wenn ich ja sage?

GREGORIO. Nein.

SIMSON. Nein, mein Herr! Ich bohre Euch keinen Esel, mein Herr. Aber ich bohre einen Esel, mein Herr.

GREGORIO. Sucht Ihr Händel, mein Herr?

SIMSON. Wenn Ihr sonst Händel sucht, mein Herr: ich stehe zu Diensten. Ich bediene einen ebenso guten Herrn wie Ihr.

ABRAHAM. Keinen bessern.

SIMSON. Sehr wohl, mein Herr!

Benvolio tritt auf.

GREGORIO. Sag: »Einen bessern«; hier kömmt ein Vetter meiner Herrschaft.

SIMSON. Ja doch, einen bessern, mein Herr.

ABRAHAM. Ihr lügt!

SIMSON. Zieht, wo ihr Kerls seid! Frisch, Gregorio! denk' mir an deinen Schwadronierhieb!

Sie fechten.

BENVOLIO.
Ihr Narren, fort! Steckt eure Schwerter ein;
Ihr wißt nicht, was ihr tut.

Tybalt tritt auf.

TYBALT.
Was? ziehst du unter den verzagten Knechten?
Hieher, Benvolio! Beut die Stirn dem Tode!

BENVOLIO.
Ich stifte Frieden, steck' dein Schwert nur ein!
Wo nicht, so führ' es, diese hier zu trennen!

TYBALT.
Was? Ziehn und Friede rufen? Wie die Hölle
Hass' ich das Wort, wie alle Montagues
Und dich! Wehr' dich, du Memme!

Sie fechten.

Verschiedene Anhänger beider Häuser kommen und mischen sich in den Streit; dann Bürger mit Knitteln.

EIN BÜRGER.
He! Spieß' und Stangen her! Schlagt auf sie los!
Weg mit den Capulets! Weg mit den Montagues!

Capulet im Schlafrock und Gräfin Capulet.

CAPULET.
Was für ein Lärm? – Holla! mein langes Schwert!

GRÄFLN CAPULET.
Nein, Krücken! Krücken! Wozu soll ein Schwert!

CAPULET.
Mein Schwert, sag' ich! Der alte Montague
Kommt dort, und wetzt die Klinge mir zum Hohn.

Montague und Gräfin Montague.

MONTAGUE. Du Schurke! Capulet! – Laßt los, laß mich gewähren!

GRÄFIN MONTAGUE.
Du sollst dich keinen Schritt dem Feinde nähern.

Der Prinz mit Gefolge.

PRINZ. Aufrührische Vasallen! Friedensfeinde,
Die ihr den Stahl mit Nachbarblut entweiht! –
Wollt ihr nicht hören? – Männer! wilde Tiere!
Die ihr die Flammen eurer schnöden Wut
Im Purpurquell aus euren Adern löscht!
Zu Boden werft, bei Buß' an Leib und Leben,
Die mißgestählte Wehr aus blut'ger Hand!
Hört eures ungehaltnen Fürsten Spruch!
Drei Bürgerzwiste haben dreimal nun
Aus einem luft'gen Wort von euch erzeugt,
Du alter Capulet und Montague,
Den Frieden unsrer Straßen schon gebrochen.
Veronas graue Bürger mußten sich

Entladen ihres ehrenfesten Schmucks
Und alte Speer' in alten Händen schwingen,
Woran der Rost des langen Friedens nagte,
Dem Hasse, der euch nagt, zu widerstehn.
Verstört ihr jemals wieder unsre Stadt,
So zahl' eu'r Leben mir den Friedensbruch!
Für jetzt begebt euch, all ihr andern, weg!
Ihr aber, Capulet, sollt mich begleiten.
Ihr, Montague, kommt diesen Nachmittag
Zur alten Burg, dem Richtplatz unsres Banns,
Und hört, was hierin fürder mir beliebt.
Bei Todesstrafe sag' ich: alle fort!

Der Prinz, sein Gefolge, Capulet, Gräfin Capulet, Tybalt, die Bürger und Bediente gehn ab.

MONTAGUE.
Wer bracht' aufs neu' den alten Zwist in Gang?
Sagt, Neffe, wart Ihr da, wie er begann?

BENVOLIO.
Die Diener Eures Gegners fochten hier
Erhitzt mit Euren schon, eh' ich mich nahte;
Ich zog, um sie zu trennen. Plötzlich kam
Der wilde Tybalt mit gezücktem Schwert,
Und schwang, indem er schnaubend Kampf mir bot,
Es um sein Haupt, und hieb damit die Winde,
Die unverwundet, zischend ihn verhöhnten.
Derweil wir Hieb' und Stöße wechseln, kamen
Stets mehr und mehr, und fochten mit einander;
Dann kam der Fürst und schied sie von einander.

GRÄFIN MONTAGUE.
Ach, wo ist Romeo? Saht Ihr ihn heut?
Wie froh bin ich! Er war nicht bei dem Streit.

BENVOLIO. Schon eine Stunde, Gräfin, eh' im Ost
Die heil'ge Sonn' aus goldnem Fenster schaute,
Trieb mich ein irrer Sinn ins Feld hinaus.
Dort, in dem Schatten des Kastanienhains,
Der vor der Stadt gen Westen sich verbreitet,
Sah ich, so früh schon wandelnd, Euren Sohn.
Ich wollt' ihm nahn, er aber nahm mich wahr
Und stahl sich tiefer in des Waldes Dickicht.
Ich maß sein Innres nach dem meinen ab,
Das in der Einsamkeit am regsten lebt,
Ging meiner Laune nach, ließ seine gehn,
Und gern vermied ich ihn, der gern mich floh.

MONTAGUE.
Schon manchen Morgen ward er dort gesehn,
Wie er den frischen Tau durch Tränen mehrte
Und, tief erseufzend, Wolk' an Wolke drängte.
Allein sobald im fernsten Ost die Sonne,
Die all' erfreu'nde, von Auroras Bett
Den Schattenvorhang wegzuziehn beginnt,
Stiehlt vor dem Licht mein finstrer Sohn sich heim,
Und sperrt sich einsam in sein Kämmerlein,
Verschließt dem schönen Tageslicht die Fenster,
Und schaffet künstlich Nacht um sich herum.
In schwarzes Mißgeschick wird er sich träumen,
Weiß guter Rat den Grund nicht wegzuräumen.

BENVOLIO.
Mein edler Oheim, wisset Ihr den Grund?

MONTAGUE.
Ich weiß ihn nicht und kann ihn nicht erfahren.

BENVOLIO. Lagt Ihr ihm jemals schon deswegen an?

MONTAGUE.
Ich selbst sowohl als mancher andre Freund.
Doch er, der eignen Neigungen Vertrauter,
Ist gegen sich, wie treu will ich nicht sagen,
Doch so geheim und in sich selbst gekehrt,
So unergründlich forschendem Bemühn,
Wie eine Knospe, die ein Wurm zernagt,
Eh' sie der Luft ihr zartes Laub entfalten
Und ihren Reiz der Sonne weihen kann.
Erführen wir, woher sein Leid entsteht,
Wir heilten es so gern, als wir's erspäht.

Romeo erscheint in einiger Entfernung.

BENVOLIO.
Da kömmt er, seht! Geruht uns zu verlassen!
Galt ich ihm je was, will ich schon ihn fassen.

MONTAGUE.
Oh, beichtet' er für dein Verweilen dir
Die Wahrheit doch! – Kommt, Gräfin, gehen wir!

Montague und Gräfin Montague gehn ab.

BENVOLIO. Ha, guten Morgen, Vetter!
ROMEO. Erst so weit?
BENVOLIO. Kaum schlug es neun.
ROMEO. Weh mir! Gram dehnt die Zeit.
War das mein Vater, der so eilig ging?
BENVOLIO. Er war's. Und welcher Gram dehnt Euch die Stunden?
ROMEO. Daß ich entbehren muß, was sie verkürzt.
BENVOLIO. Entbehrt Ihr Liebe?
ROMEO. Nein.
BENVOLIO. So ward sie Euch zu teil?
ROMEO. Nein, Lieb' entbehr' ich, wo ich lieben muß.

BENVOLIO.
Ach, daß der Liebesgott, so mild im Scheine,
So grausam in der Prob' erfunden wird!

ROMEO.
Ach, daß der Liebesgott, trotz seinen Binden,
Zu seinem Ziel stets Pfade weiß zu finden!
Wo speisen wir? – Ach, welch ein Streit war hier?
Doch sagt mir's nicht, ich hört' es alles schon.
Haß gibt hier viel zu schaffen, Liebe mehr.
Nun dann: liebreicher Haß! streitsücht'ge Liebe!
Du Alles, aus dem Nichts zuerst erschaffen!
Schwermüt'ger Leichtsinn! ernste Tändelei!
Entstelltes Chaos glänzender Gestalten!
Bleischwinge! lichter Rauch und kalte Glut!
Stets wacher Schlaf! dein eignes Widerspiel! –
So fühl' ich Lieb', und hasse, was ich fühl'!
Du lachst nicht?

BENVOLIO. Nein! das Weinen ist mir näher.
ROMEO. Warum, mein Herz?
BENVOLIO. Um deines Herzens Qual.
ROMEO. Das ist der Liebe Unbill nun einmal.
Schon eignes Leid will mir die Brust zerpressen,
Dein Gram um mich wird voll das Maß mir messen.
Die Freundschaft, die du zeigst, mehrt meinen Schmerz;
Denn, wie sich selbst, so quält auch dich mein Herz.
Lieb' ist ein Rauch, den Seufzerdämpf' erzeugten,
Geschürt, ein Feu'r, von dem die Augen leuchten,
Gequält, ein Meer, von Tränen angeschwellt;

Was ist sie sonst? Verständ'ge Raserei,
Und ekle Gall' und süße Spezerei.
Lebt wohl, mein Freund!

BENVOLIO. Sacht! Ich will mit Euch gehen:
Ihr tut mir Unglimpf, laßt Ihr so mich stehen.

ROMEO.
Ach, ich verlor mich selbst; ich bin nicht Romeo.
Der ist nicht hier: er ist – ich weiß nicht wo.

BENVOLIO. Entdeckt mir ohne Mutwill, wen Ihr liebt!

ROMEO. Bin ich nicht ohne Mut und ohne Willen?

BENVOLIO. Nein, sagt mir's ohne Scherz!

ROMEO.
Verscherzt ist meine Ruh': wie sollt' ich scherzen?
O überflüss'ger Rat bei so viel Schmerzen!
Hört, Vetter, denn im Ernst: ich lieb' ein Weib.

BENVOLIO.
Ich traf's doch gut, da ich verliebt Euch glaubte.

ROMEO.
Ein wackrer Schütz'! – Und, die ich lieb', ist schön.

BENVOLIO.
Ein glänzend Ziel kann man am ersten treffen.

ROMEO.
Dies Treffen traf dir fehl, mein guter Schütz':
Sie meidet Amors Pfeil, sie hat Dianens Witz.
Umsonst hat ihren Panzer keuscher Sitten
Der Liebe kindisches Geschoß bestritten.
Sie wehrt den Sturm der Liebesbitten ab,
Steht nicht dem Angriff kecker Augen, öffnet
Nicht ihren Schoß dem Gold, das Heil'ge lockt.
Oh, sie ist reich an Schönheit; arm allein,
Weil, wenn sie stirbt, ihr Reichtum hin wird sein.

BENVOLIO.
Beschwor sie der Enthaltsamkeit Gesetze?

ROMEO.
Sie tat's, und dieser Geiz vergeudet Schätze.
Denn Schönheit, die der Lust sich streng enthält,
Bringt um ihr Erb' die ungeborne Welt.
Sie ist zu schön und weis', um Heil zu erben,
Weil sie, mit Weisheit schön, mich zwingt zu sterben.
Sie schwor zu lieben ab, und dies Gelübd'
Ist Tod für den, der lebt, nur weil er liebt.

BENVOLIO.
Folg' meinem Rat, vergiß an sie zu denken!

ROMEO. So lehre mir, das Denken zu vergessen!

BENVOLIO. Gib deinen Augen Freiheit, lenke sie
Auf andre Reize hin!

ROMEO. Das ist der Weg,
Mir ihren Reiz in vollem Licht zu zeigen.
Die Schwärze jener neidenswerten Larven,
Die schöner Frauen Stirne küssen, bringt
Uns in den Sinn, daß sie das Schöne bergen.
Der, welchen Blindheit schlug, kann nie das Kleinod
Des eingebüßten Augenlichts vergessen.
Zeigt mir ein Weib, unübertroffen schön:
Mir gilt ihr Reiz wie eine Weisung nur,
Worin ich lese, wer sie übertrifft.
Leb wohl! Vergessen lehrest du mir nie.

BENVOLIO. Dein Schuldner sterb' ich, glückt mir nicht die Müh!

Beide ab.

Zweite Szene

Eine Straße.
Capulet, Paris und ein Bedienter kommen.

CAPULET. Und Montague ist mit derselben Buße
Wie ich bedroht? Für Greise, wie wir sind,
Ist Frieden halten, denk' ich, nicht so schwer.

PARIS. Ihr geltet beid' als ehrenwerte Männer,
Und Jammer ist's um euren langen Zwiespalt.
Doch, edler Graf, wie dünkt Euch mein Gesuch?

CAPULET.
Es dünkt mich so, wie ich vorhin gesagt:
Mein Kind ist noch ein Fremdling in der Welt,
Sie hat kaum vierzehn Jahre wechseln sehn.
Laßt noch zwei Sommer prangen und verschwinden,
Eh' wir sie reif, um Braut zu werden, finden!

PARIS.
Noch jüngre wurden oft beglückte Mütter.

CAPULET.
Wer vor der Zeit beginnt, der endigt früh.
All meine Hoffnungen verschlang die Erde;
Mir blieb nur dieses hoffnungsvolle Kind.
Doch werbt nur, lieber Graf! Sucht Euer Heil!
Mein Will' ist von dem ihren nur ein Teil.
Wenn sie aus Wahl in Eure Bitten willigt,
So hab' ich im voraus ihr Wort gebilligt.
Ich gebe heut ein Fest, von alters hergebracht,
Und lud darauf der Gäste viel zu Nacht,
Was meine Freunde sind: Ihr, der dazu gehöret,
Sollt hoch willkommen sein, wenn Ihr die Zahl vermehret.
In meinem armen Haus sollt Ihr des Himmels Glanz
Heut nacht verdunkelt sehn durch ird'scher Sterne Tanz.
Wie muntre Jünglinge mit neuem Mut sich freuen,
Wenn auf die Fersen nun der Fuß des holden Maien
Dem lahmen Winter tritt: die Lust steht Euch bevor,
Wann Euch in meinem Haus ein frischer Mädchenflor
Von jeder Seit' umgibt. Ihr hört, Ihr seht sie alle,
Daß, die am schönsten prangt, am meisten Euch gefalle.
Dann mögt Ihr in der Zahl auch meine Tochter sehn,
Sie zählt für eine mit, gilt sie schon nicht für schön.
Kommt, geht mit mir! – Du, Bursch, nimm dies Papier mit Namen;
Trab' in der Stadt herum, such' alle Herrn und Damen,
So hier geschrieben stehn, und sag mit Höflichkeit:
Mein Haus und mein Empfang steh' ihrem Dienst bereit!

Capulet und Paris gehn ab.

DER BEDIENTE. Die Leute soll ich suchen, wovon die Namen hier geschrieben stehn? Es steht geschrieben, der Schuster soll sich um seine Elle kümmern, der Schneider um seinen Leisten, der Fischer um seinen Pinsel, der Maler um seine Netze. Aber mich schicken sie, um die Leute ausfündig zu machen, wovon die Namen hier geschrieben stehn, und ich kann doch gar nicht ausfündig machen, was für Namen der Schreiber hier aufgeschrieben hat. Ich muß zu den Gelahrten – auf gut Glück!

Benvolio und Romeo kommen.

BENVOLIO.
Pah, Freund! Ein Feuer brennt das andre nieder;
Ein Schmerz kann eines andern Qualen mindern.
Dreh' dich in Schwindel, hilf durch Drehn dir wieder!
Fühl' andres Leid, das wird dein Leiden lindern!
Saug' in dein Auge neuen Zaubersaft,
So wird das Gift des alten fortgeschafft.

ROMEO.
Ein Blatt vom Weg'rich dient dazu vortrefflich ...

BENVOLIO. Ei, sag, wozu?

ROMEO. Für dein zerbrochnes Bein.

BENVOLIO. Was, Romeo, bist du toll?

ROMEO.
Nicht toll, doch mehr gebunden wie ein Toller,
Gesperrt in einen Kerker, ausgehungert,
Gegeißelt und geplagt, und –

Zu dem Bedienten.

Guten Abend, Freund!

DER BEDIENTE. Gott grüß' Euch, Herr! Ich bitt' Euch, könnt Ihr lesen?

ROMEO. Jawohl, in meinem Elend mein Geschick.

DER BEDIENTE.
Vielleicht habt Ihr das auswendig gelernt.
Aber sagt: könnt Ihr alles vom Blatte weglesen?

ROMEO.
Ja freilich, wenn ich Schrift und Sprache kenne.

DER BEDIENTE.
Ihr redet ehrlich. Gehabt Euch wohl!

ROMEO. Wart'! Ich kann lesen, Bursch. *Er liest das Verzeichnis.*
»Signor Martino und seine Frau und Tochter; Graf Anselm und seine reizenden Schwestern; die verwitwete Freifrau von Vitruvio; Signor Placentio und seine artigen Nichten; Mercutio und sein Bruder Valentio; mein Oheim Capulet seine Frau und Töchter; meine schöne Nichte Rosalinde; Livia; Signor Valentio und sein Vetter Tybalt; Lucio und die muntre Helena.« *Gibt das Papier zurück.*
Ein schöner Haufe! Wohin lädst du sie?

DER BEDIENTE. Hinauf.

ROMEO. Wohin?

DER BEDIENTE. Zum Abendessen in unser Haus

ROMEO. Wessen Haus?

DER BEDIENTE. Meines Herrn.

ROMEO. Das hätt' ich freilich eher fragen sollen.

DER BEDIENTE. Nun will ich's Euch ohne Fragen erklären. Meine Herrschaft ist der große, reiche Capulet, und wenn Ihr nicht vom Hause der Montagues seid, so bitt' ich Euch kommt, stecht eine Flasche Wein mit aus! Gehabt Euch wohl! *Geht ab.*

BENVOLIO. Auf diesem hergebrachten Gastgebot
Der Capulets speist deine Rosalinde
Mit allen Schönen, die Verona preist.
Geh hin, vergleich' mit unbefangnem Auge
Die andern, die du sehen sollst, mit ihr:
Was gilt's? Dein Schwan dünkt eine Krähe dir.

ROMEO.
Höhnt meiner Augen frommer Glaube je
Die Wahrheit so: dann, Tränen, werdet Flammen!
Und ihr, umsonst ertränkt in manchem See,
Mag eure Lüg' als Ketzer euch verdammen!
Ein schönres Weib als sie? Seit Welten stehn,
Hat die allseh'nde Sonn' es nicht gesehn.

BENVOLIO. Ja, ja! du sahst sie schön, doch in Gesellschaft nie;
Du wogst nur mit sich selbst in jedem Auge sie.
Doch leg' einmal zugleich in die krystallnen Schalen
Der Jugendreize Bild, wovon auch andre strahlen,
Die ich dir zeigen will bei diesem Fest vereint:
Kaum leidlich scheint dir dann, was jetzt ein Wunder scheint.

ROMEO. Gut, ich begleite dich. Nicht um des Schauspiels Freuden:
An meiner Göttin Glanz will ich allein mich weiden.

Beide ab.

Dritte Szene

Ein Zimmer in Capulets Hause.
Gräfin Capulet und die Wärterin.

GRÄFIN CAPULET.
Ruft meine Tochter her: wo ist sie, Amme?

WÄRTERIN.
Bei meiner Jungferschaft im zwölften Jahr,
Ich rief sie schon. – He, Lämmchen! zartes Täubchen! –
Daß Gott! Wo ist das Kind? He, Juliette!

Julia kommt.

JULIA. Was ist? Wer ruft mich?

WÄRTERIN. Eure Mutter.

JULIA. Hier bin ich, gnäd'ge Mutter! Was beliebt?

GRÄFIN. Die Sach' ist diese! – Amme, geh beiseit',
Wir müssen heimlich sprechen. Amme, komm
Nur wieder her, ich habe mich besonnen:
Ich will dich mit zur Überlegung ziehn.
Du weißt, mein Kind hat schon ein hübsches Alter.

WÄRTERIN.
Das zähl' ich, meiner Treu, am Finger her.

GRÄFIN CAPULET.
Sie ist nicht vierzehn Jahre.

WÄRTERIN.
Ich wette vierzehn meiner Zähne drauf –
Zwar hab' ich nur vier Zähn', ich arme Frau –
Sie ist noch nicht vierzehn. Wie lang ist's bis Johannis?

GRÄFIN CAPULET.
Ein vierzehn Tag' und drüber.

WÄRTERIN. Nu, drüber oder drunter. Just den Tag,
Johannistag zu Abend wird sie vierzehn.
Suschen und sie – Gott gebe jedem Christen
Das ew'ge Leben! – waren eines Alters.
Nun, Suschen ist bei Gott:
Sie war zu gut für mich. Doch wie ich sagte,
Johannistag zu Abend wird sie vierzehn.
Das wird sie, meiner Treu; ich weiß es recht gut.

Eilf Jahr ist's her, seit wir 's Erdbeben hatten:
Und ich entwöhnte sie (mein Leben lang
Vergess' ich's nicht) just auf denselben Tag.
Ich hatte Wermut auf die Brust gelegt,
Und saß am Taubenschlage in der Sonne;
Die gnäd'ge Herrschaft war zu Mantua.
(Ja, ja! ich habe Grütz' im Kopf!) Nun, wie ich sagte:
Als es den Wermut auf der Warze schmeckte
Und fand ihn bitter – närr'sches, kleines Ding –,
Wie's böse ward und zog der Brust ein G'sicht!
Krach! sagt der Taubenschlag; und ich, fürwahr,
Ich wußte nicht, wie ich mich tummeln sollte.
Und seit der Zeit ist's nun eilf Jahre her.
Denn damals stand sie schon allein; mein' Treu',
Sie lief und watschelt' euch schon flink herum.
Denn Tags zuvor fiel sie die Stirn entzwei,
Und da hob sie mein Mann – Gott hab ihn selig!
Er war ein lust'ger Mann – vom Boden auf.
»Ei«, sagt' er, »fällst du so auf dein Gesicht?
Wirst rücklings fallen, wenn du klüger bist.
Nicht wahr, mein Kind?« Und, liebe heil'ge Frau!
Das Mädchen schrie nicht mehr, und sagte: »Ja.«
Da seh' man, wie so 'n Spaß zum Vorschein kommt!
Und lebt' ich tausend Jahre lang, ich wette,
Daß ich es nie vergäß'. »Nicht wahr, mein Kind?« sagt' er,
Und 's liebe Närrchen ward still, und sagte: »Ja.«

GRÄFIN CAPULET.
Genug davon, ich bitte, halt' dich ruhig!

WÄRTERIN. Ja, gnäd'ge Frau. Doch lächert's mich noch immer.
Wie 's Kind sein Schreien ließ und sagte: »Ja.«
Und saß ihm, meiner Treu, doch eine Beule,
So dick wie 'n Hühnerei, auf seiner Stirn,
Recht g'fährlich dick! und es schrie bitterlich.
Mein Mann, der sagte: »Ei, fällst aufs Gesicht?
Wirst rücklings fallen, wenn du älter bist.
Nicht wahr, mein Kind?« Still ward's, und sagte: »Ja.«

JULIA. Ich bitt' dich, Amme, sei doch auch nur still!

WÄRTERIN. Gut, ich bin fertig. Gott behüte dich!
Du warst das feinste Püppchen, das ich säugte.
Erleb' ich deine Hochzeit noch einmal,
So wünsch' ich weiter nichts.

GRÄFIN CAPULET.
Die Hochzeit, ja! das ist der Punkt, von dem
Ich sprechen wollte. Sag mir, liebe Tochter,
Wie steht's mit deiner Lust, dich zu vermählen?

JULIA. Ich träumte nie von dieser Ehre noch.

WÄRTERIN. Ein' Ehre! Hätt'st du eine andre Amme
Als mich gehabt, so wollt' ich sagen: Kind,
Du habest Weisheit mit der Milch gesogen.

GRÄFIN CAPULET.
Gut, denke jetzt dran; jünger noch als du
Sind angesehne Frau'n hier in Verona
Schon Mütter worden. Ist mir recht, so war
Ich deine Mutter in demselben Alter,
Wo du noch Mädchen bist. Mit einem Wort:
Der junge Paris wirbt um deine Hand.

WÄRTERIN. Das ist ein Mann, mein Fräulein! Solch ein Mann
Als alle Welt – ein wahrer Zuckermann!

GRÄFIN CAPULET.
Die schönste Blume von Veronas Flor.

WÄRTERIN.
Ach ja, 'ne Blume! Gelt', 'ne rechte Blume!

GRÄFIN CAPULET.
Was sagst du? Wie gefällt dir dieser Mann?
Heut abend siehst du ihn bei unserm Fest.
Dann lies im Buche seines Angesichts,
In das der Schönheit Griffel Wonne schrieb;
Betrachte seiner Züge Lieblichkeit,
Wie jeglicher dem andern Zierde leiht.
Was dunkel in dem holden Buch geblieben,
Das lies in seinem Aug' am Rand geschrieben.
Und dieses Freiers ungebundner Stand,
Dies Buch der Liebe, braucht nur einen Band.
Der Fisch lebt in der See, und doppelt teuer
Wird äußres Schön' als innrer Schönheit Schleier.
Das Buch glänzt allermeist im Aug' der Welt,
Das goldne Lehr' in goldnen Spangen hält:
So wirst du alles, was er hat, genießen,
Wenn du ihn hast, ohn' etwas einzubüßen.

WÄRTERIN.
Einbüßen? Nein, zunehmen wird sie eher;
Die Weiber nehmen oft durch Männer zu.

GRÄFIN CAPULET.
Sag kurz: fühlst du dem Grafen dich geneigt?

JULIA.
Gern will ich sehn, ob Sehen Neigung zeugt:
Doch weiter soll mein Blick den Flug nicht wagen,
Als ihn die Schwingen Eures Beifalls tragen.

Ein Bedienter kommt.

DER BEDIENTE. Gnädige Frau, die Gäste sind da, das Abendessen auf dem Tisch, Ihr werdet gerufen, das Fräulein gesucht, die Amme in der Speisekammer zum Henker gewünscht, und alles geht drunter und drüber. Ich muß fort, aufwarten: ich bitte Euch, kommt unverzüglich!

GRÄFIN CAPULET.
Gleich! – Paris wartet. Julia, komm geschwind!

WÄRTERIN.
Such' frohe Nächt' auf frohe Tage, Kind!

Ab.

Vierte Szene

Eine Straße.
Romeo, Mercutio, Benvolio, mit fünf oder sechs Masken, Fackelträgern und anderen.

ROMEO.
Soll diese Red' uns zur Entschuld'gung dienen?
Wie? oder treten wir nur grad' hinein?

BENVOLIO.
Umschweife solcher Art sind nicht mehr Sitte.
Wir wollen keinen Amor, mit der Schärpe
Geblendet, der den buntbemalten Bogen
Wie ein Tatar geschnitzt aus Latten trägt,
Und wie ein Vogelscheu die Frauen schreckt;
Auch keinen hergebeteten Prolog,
Wobei viel zugeblasen wird, zum Eintritt.
Laßt sie uns nur, wofür sie wollen, nehmen,

Wir nehmen ein paar Tänze mit und gehn.

ROMEO.
Ich mag nicht springen; gebt mir eine Fackel!
Da ich so finster bin, so will ich leuchten.

MERCUTIO. Nein, du mußt tanzen, lieber Romeo.

ROMEO.
Ich wahrlich nicht. Ihr seid so leicht von Sinn
Als leicht beschuht: mich drückt ein Herz von Blei
Zu Boden, daß ich kaum mich regen kann.

MERCUTIO.
Ihr seid ein Liebender: borgt Amors Flügel,
Und schwebet frei in ungewohnten Höh'n!

ROMEO.
Ich bin zu tief von seinem Pfeil durchbohrt,
Auf seinen leichten Schwingen hoch zu schweben.
Gewohnte Fesseln lassen mich nicht frei;
Ich sinke unter schwerer Liebeslast.

MERCUTIO.
Und wolltet Ihr denn in die Liebe sinken?
Ihr seid zu schwer für ein so zartes Ding.

ROMEO.
Ist Lieb' ein zartes Ding? Sie ist zu rauh,
Zu wild, zu tobend; und sie sticht wie Dorn.

MERCUTIO.
Begegnet Lieb' Euch rauh, so tut desgleichen!
Stecht Liebe, wenn sie sticht: das schlägt sie nieder.

Zu einem andern aus dem Gefolge.

Gebt ein Gehäuse für mein Antlitz mir:
'ne Larve für 'ne Larve!

Bindet die Maske vor.

Nun erspähe
Die Neugier Mißgestalt: was kümmert's mich?
Erröten wird für mich dies Wachsgesicht.

BENVOLIO. Fort! Klopft, und dann hinein! Und sind wir drinnen,
So rühre gleich ein jeder flink die Beine!

ROMEO. Mir eine Fackel! Leichtgeherzte Buben,
Die laßt das Estrich mit den Sohlen kitzeln:
Ich habe mich verbrämt mit einem alten
Großvaterspruch: »Wer 's Licht hält, schauet zu!«
Nie war das Spiel so schön; doch ich bin matt.

MERCUTIO.
Jawohl zu matt, dich aus dem Schlamme – nein,
Der Liebe, wollt' ich sagen – dich zu ziehn,
Worin du leider steckst bis an die Ohren.
Macht fort! Wir leuchten ja dem Tage hier.

ROMEO. Das tun wir nicht.

MERCUTIO. Ich meine, wir verscherzen,
Wie Licht bei Tag', durch Zögern unsre Kerzen.
Nehmt meine Meinung nach dem guten Sinn,
Und sucht nicht Spiele des Verstandes drin!

ROMEO. Wir meinen's gut, da wir zum Balle gehen,
Doch es ist Unverstand.

MERCUTIO. Wie? laßt doch sehen!

ROMEO. Ich hatte diese Nacht 'nen Traum.

MERCUTIO. Auch ich.

ROMEO. Was war der Eure?

MERCUTIO. Daß auf Träume sich
Nichts bauen läßt, daß Träume öfters lügen.

ROMEO.
Sie träumen Wahres, weil sie schlafend liegen.

MERCUTIO.
Nun seh' ich wohl, Frau Mab hat Euch besucht.

ROMEO. Frau Mab, wer ist sie?

MERCUTIO. Sie ist der Feenwelt Entbinderin.
Sie kömmt, nicht größer als der Edelstein
Am Zeigefinger eines Aldermanns,
Und fährt mit einem Spann von Sonnenstäubchen
Den Schlafenden quer auf der Nase hin.
Die Speichen sind gemacht aus Spinnenbeinen,
Des Wagens Deck' aus eines Heupferds Flügeln,
Aus feinem Spinngewebe das Geschirr,
Die Zügel aus des Mondes feuchtem Strahl;
Aus Heimchenknochen ist der Peitsche Griff,
Die Schnur aus Fasern; eine kleine Mücke
Im grauen Mantel sitzt als Fuhrmann vorn,
Nicht halb so groß als wie ein kleines Würmchen,
Das in des Mädchens müß'gem Finger nistet.
Die Kutsch' ist eine hohle Haselnuß,
Vom Tischler Eichhorn oder Meister Wurm
Zurecht gemacht, die seit uralten Zeiten
Der Feen Wagner sind. In diesem Staat
Trabt sie dann Nacht für Nacht; befährt das Hirn
Verliebter, und sie träumen dann von Liebe;
Des Schranzen Knie, der schnell von Reverenzen,
Des Anwalts Finger, der von Sporteln gleich,
Der schönen Lippen, die von Küssen träumen
(Oft plagt die böse Mab mit Bläschen diese,
Weil ihren Odem Näscherei verdarb).
Bald trabt sie über eines Hofmanns Nase,
Dann wittert er im Traum sich Ämter aus.
Bald kitzelt sie mit eines Zinshahns Federn
Des Pfarrers Nase, wenn er schlafend liegt:
Von einer bessern Pfründe träumt ihm dann.
Bald fährt sie über des Soldaten Nacken:
Der träumt sofort von Niedersäbeln, träumt
Von Breschen, Hinterhalten, Damaszenern,
Von manchem klaftertiefen Ehrentrunk;
Nun trommelt's ihm ins Ohr; da fährt er auf,
Und flucht in seinem Schreck ein paar Gebete,
Und schläft von neuem. Eben diese Mab
Verwirrt der Pferde Mähnen in der Nacht,
Und flicht in strupp'ges Haar die Weichselzöpfe,
Die, wiederum entwirrt, auf Unglück deuten.
Dies ist die Hexe, welche Mädchen drückt,
Die auf dem Rücken ruhn, und ihnen lehrt,
Als Weiber einst die Männer zu ertragen.
Dies ist sie –

ROMEO. Still, o still, Mercutio!
Du sprichst von einem Nichts.

MERCUTIO.
Wohl wahr, ich rede
Von Träumen, Kindern eines müß'gen Hirns,
Von nichts als eitler Phantasie erzeugt,
Die aus so dünnem Stoff als Luft besteht
Und flücht'ger wechselt, als der Wind, der bald
Um die erfrorne Brust des Nordens buhlt
Und, schnell erzürnt, hinweg von dannen schnaubend,
Die Stirn zum taubeträuften Süden kehrt.

BENVOLIO.
Der Wind, von dem Ihr sprecht, entführt uns selbst.
Man hat gespeist; wir kamen schon zu spät.

ROMEO.
Zu früh, befürcht' ich; denn mein Herz erbangt,
Und ahndet ein Verhängnis, welches, noch
Verborgen in den Sternen, heute nacht
Bei dieser Lustbarkeit den furchtbar'n Zeitlauf
Beginnen, und das Ziel des läst'gen Lebens,
Das meine Brust verschließt, mir kürzen wird
Durch irgendeinen Frevel frühen Todes:
Doch er, der mir zur Fahrt das Steuer lenkt,
Richt' auch mein Segel! – Auf, ihr lust'gen Freunde!

BENVOLIO. Rührt Trommeln!

Gehn ab.

Fünfte Szene

Ein Saal in Capulets Hause.
Musikanten. Bediente kommen.

ERSTER BEDIENTE. Wo ist Schmorpfanne, daß er nicht abräumen hilft? Daß dich! mit seinem Tellermausen, seinem Tellerlecken!

ZWEITER BEDIENTE. Wenn die gute Lebensart in eines odei zweier Menschen Händen sein soll, die noch obendrein ungewaschen sind, – 's ist ein unsaubrer Handel.

ERSTER BEDIENTE. Die Lehnstühle fort! Rückt den Schenktisch beiseit! Seht nach dem Silberzeuge! Kamerad, heb mir ein Stück Marzipan auf, und wo du mich lieb hast, sag dem Pförtner, daß er Suse Mühlstein und Lene hereinläßt. Anton! Schmorpfanne!

Andre Bediente kommen.

BEDIENTE. Hier, Bursch, wir sind parat.

ERSTER BEDIENTE. Im großen Saale verlangt man euch, vermißt man euch, sucht man euch.

BEDIENTE. Wir können nicht zugleich hier und dort sein. – Lustig, Kerle! Haltet euch brav; wer am längsten lebt, kriegt den ganzen Bettel.

Sie ziehen sich in den Hintergrund zurück.
Capulet u.s.w. mit den Gästen und Masken.

CAPULET.
Willkommen, meine Herren! Wenn eure Füße
Kein Leichdorn plagt, ihr Damen, flink ans Werk!
He, he, ihr schönen Frau'n! Wer von euch allen
Schlägt's nun wohl ab zu tanzen? Ziert sich eine, – die,
Ich wette, die hat Hühneraugen. Nun,
Hab' ich's euch nah gelegt? Ihr Herrn, willkommen!
Ich weiß die Zeit, da ich 'ne Larve trug
Und einer Schönen eine Weis' ins Ohr
Zu flüstern wußte, die ihr wohlgefiel.
Das ist vorbei, vorbei! Willkommen, Herren!
Kommt, Musikanten, spielt! Macht Platz da, Platz!
Ihr Mädchen, frisch gesprungen!

Musik und Tanz. Zu den Bedienten.

Mehr Licht, ihr Schurken, und beiseit' die Tische!
Das Feuer weg! Das Zimmer ist zu heiß. –
Ha, recht gelegen kömmt der unverhoffte Spaß.
Na, setzt Euch, setzt Euch, Vetter Capulet!
Wir beide sind ja übers Tanzen hin.
Wie lang' ist's jetzo, seit wir uns zuletzt
In Larven steckten?

ZWEITER CAPULET. Dreißig Jahr, mein' Seel'.

CAPULET.
Wie, Schatz? So lang' noch nicht, so lang' noch nicht!
Denn seit der Hochzeit des Lucentio
Ist's etwa fünfundzwanzig Jahr, sobald
Wir Pfingsten haben; und da tanzten wir.

ZWEITER CAPULET.
's ist mehr, 's ist mehr! Sein Sohn ist älter, Herr:
Sein Sohn ist dreißig.

CAPULET. Sagt mir das doch nicht!
Sein Sohn war noch nicht mündig vor zwei Jahren.

ROMEO *zu einem Bedienten aus seinem Gefolge.*
Wer ist das Fräulein, welche dort den Ritter
Mit ihrer Hand beehrt?

DER BEDIENTE. Ich weiß nicht, Herr.

ROMEO.
Oh, sie nur lehrt den Kerzen, hell zu glühn!
Wie in dem Ohr des Mohren ein Rubin,
So hängt der Holden Schönheit an den Wangen
Der Nacht: zu hoch, zu himmlisch dem Verlangen!
Sie stellt sich unter den Gespielen dar
Als weiße Taub' in einer Krähenschar.
Schließt sich der Tanz, so nah' ich ihr: ein Drücken
Der zarten Hand soll meine Hand beglücken.
Liebt' ich wohl je? Nein, schwör' es ab, Gesicht!
Du sahst bis jetzt noch wahre Schönheit nicht.

TYBALT.
Nach seiner Stimm' ist dies ein Montague.

Zu einem Bedienten.

Hol' meinen Degen, Bursch! –Was? wagt der Schurk',
Vermummt in eine Fratze herzukommen,
Zu Hohn und Schimpfe gegen unser Fest?
Fürwahr, bei meines Stammes Ruhm und Adel!
Wer tot ihn schlüg', verdiente keinen Tadel!

CAPULET.
Was habt Ihr, Vetter? Welch ein Sturm? Wozu?

TYBALT. Seht, Oheim! der da ist ein Montague.
Der Schurke drängt sich unter Eure Gäste
Und macht sich einen Spott an diesem Feste.

CAPULET. Ist es der junge Romeo?

TYBALT. Der Schurke Romeo.

CAPULET. Seid ruhig, Herzensvetter! Laßt ihn gehn!
Er hält sich wie ein wackrer Edelmann:
Und in der Tat, Verona preiset ihn
Als einen sitt'gen, tugendsamen Jüngling.
Ich möchte nicht für alles Gut der Stadt
In meinem Haus ihm einen Unglimpf tun.
Drum seid geduldig: merket nicht auf ihn!
Das ist mein Will', und wenn du diesen ehrst,
So zeig' dich freundlich, streif' die Runzeln weg,
Die übel sich bei einem Feste ziemen!

TYBALT.
Kömmt solch ein Schurk' als Gast, so stehn sie wohl.
Ich leid' ihn nicht.

CAPULET. Er soll gelitten werden,
Er soll! – Herr Junge, hört er das? Nur zu!
Wer ist hier Herr? Er oder ich? Nur zu!
So? will er ihn nicht leiden! – Helf' mir Gott! –
Will Hader unter meinen Gästen stiften?
Den Hahn im Korbe spielen? Seht mir doch!

TYBALT. Ist's nicht 'ne Schande, Oheim?

CAPULET. Zu! Nur zu!
Ihr seid ein kecker Bursch. Ei, seht mir doch!
Der Streich mag Euch gereun: ich weiß schon was.
Ihr macht mir's bunt! Traun, das käm' eben recht! –
Brav, Herzenskinder! – Geht, Ihr seid ein Hase!
Seid ruhig, sonst – Mehr Licht, mehr Licht, zum Kuckuck! –
Will ich zur Ruh' Euch bringen! – Lustig, Kinder!

TYBALT.
Mir kämpft Geduld aus Zwang mit will'ger Wut
Im Innern und empört mein siedend Blut.
Ich gehe: doch so frech sich aufzudringen,
Was Lust ihm macht, soll bittern Lohn ihm bringen.

Geht ab.

ROMEO *tritt zu Julien.*
Entweihet meine Hand verwegen dich,
O Heil'genbild, so will ich's lieblich büßen.
Zwei Pilger, neigen meine Lippen sich,
Den herben Druck im Kusse zu versüßen.

JULIA.
Nein, Pilger, lege nichts der Hand zu schulden
Für ihren sittsam-andachtsvollen Gruß.
Der Heil'gen Rechte darf Berührung dulden,
Und Hand in Hand ist frommer Waller Kuß.

ROMEO.
Hat nicht der Heil'ge Lippen wie der Waller?

JULIA. Ja, doch Gebet ist die Bestimmung aller.

ROMEO. Oh, so vergönne, teure Heil'ge, nun,
Daß auch die Lippen wie die Hände tun.
Voll Inbrunst beten sie zu dir: erhöre,
Daß Glaube nicht sich in Verzweiflung kehre!

JULIA.
Du weißt, ein Heil'ger pflegt sich nicht zu regen,
Auch wenn er eine Bitte zugesteht.

ROMEO.
So reg' dich, Holde, nicht, wie Heil'ge pflegen,
Derweil mein Mund dir nimmt, was er erfleht.

Er küßt sie.

Nun hat dein Mund ihn aller Sünd' entbunden.

JULIA.
So hat mein Mund zum Lohn sie für die Gunst?

ROMEO.
Zum Lohn die Sünd'? O Vorwurf, süß erfunden!
Gebt sie zurück!

Küßt sie wieder.

JULIA. Ihr küßt recht nach der Kunst.

WÄRTERIN.
Mama will Euch ein Wörtchen sagen, Fräulein.

ROMEO. Wer ist des Fräuleins Mutter?

WÄRTERIN. Ei nun, Junker,
Das ist die gnäd'ge Frau vom Hause hier,
Gar eine wackre Frau, und klug und ehrsam.
Die Tochter, die Ihr spracht, hab' ich gesäugt.
Ich sag' Euch, wer sie habhaft werden kann,
Ist wohl gebettet.

ROMEO. Sie ein' Capulet! O teurer Preis! mein Leben
Ist meinem Feind als Schuld dahingegeben.

BENVOLIO.
Fort! Laßt uns gehn; die Lust ist bald dahin.

ROMEO.
Ach, leider wohl! Das ängstet meinen Sinn.

CAPULET. Nein, liebe Herrn, denkt noch ans Weggehn nicht!
Ein kleines, schlechtes Mahl ist schon bereitet. –
Muß es denn sein? – Nun wohl, ich dank' euch allen;
Ich dank' euch, edle Herren! Gute Nacht!
Mehr Fackeln her! – Kommt nun, bringt mich zu Bett!
(Wahrhaftig, es wird spät; ich will zur Ruh'.)

Alle ab, außer Julia und die Wärterin.

JULIA. Komm zu mir, Amme: wer ist dort der Herr?

WÄRTERIN. Tiberios, des alten, Sohn und Erbe.

JULIA. Wer ist's, der eben aus der Türe geht?

WÄRTERIN. Das, denk' ich, ist der junge Marcellin.

JULIA. Wer folgt ihm da, der gar nicht tanzen wollte?

WÄRTERIN. Ich weiß nicht.

JULIA. Geh, frage, wie er heißt. – Ist er vermählt,
So ist das Grab zum Brautbett mir erwählt.

WÄRTERIN *kommt zurück.*
Sein Nam ist Romeo, ein Montague,
Und Eures großen Feindes ein'ger Sohn.

JULIA. So ein'ge Lieb' aus großem Haß entbrannt!
Ich sah zu früh, den ich zu spät erkannt.
Oh, Wunderwerk! ich fühle mich getrieben,
Den ärgsten Feind aufs zärtlichste zu lieben.

WÄRTERIN. Wieso? wieso?

JULIA. Es ist ein Reim, den ich von einem Tänzer
Soeben lernte.

Man ruft drinnen: »Julia!«

WÄRTERIN. Gleich! wir kommen ja.
Kommt, laßt uns gehn; kein Fremder ist mehr da.

Ab.

Zweiter Aufzug

Erste Szene

Ein offner Platz, der an Capulets Garten stößt. Romeo tritt auf.

ROMEO.
Kann ich von hinnen, da mein Herz hier bleibt?
Geh, frost'ge Erde, suche deine Sonne!

Er ersteigt die Mauer und springt hinunter.
Benvolio und Mercutio treten auf.

BENVOLIO. He, Romeo! he, Vetter!

MERCUTIO. Er ist klug,
Und hat, mein' Seel', sich heim ins Bett gestohlen.

BENVOLIO.
Er lief hieher und sprang die Gartenmauer
Hinüber. Ruf' ihn, Freund Mercutio!

MERCUTIO.
Ja, auch beschwören will ich. Romeo!
Was? Grillen! Toller! Leidenschaft! Verliebter!
Erscheine du, gestaltet wie ein Seufzer;
Sprich nur ein Reimchen, so genügt mir's schon;
Ein Ach nur jammre, paare Lieb' und Triebe;
Gib der Gevatt'rin Venus ein gut Wort,
Schimpf' eins auf ihren blinden Sohn und Erben,
Held Amor, der so flink gezielt, als König
Kophetua das Bettlermädchen liebte.
Er höret nicht, er regt sich nicht, er rührt sich nicht.
Der Aff' ist tot; ich muß ihn wohl beschwören.

Nun wohl: Bei Rosalindens hellem Auge,
Bei ihrer Purpurlipp' und hohen Stirn,
Bei ihrem zarten Fuß, dem schlanken Bein,
Den üpp'gen Hüften und der Region,
Die ihnen nahe liegt, beschwör' ich dich,
Daß du in eigner Bildung uns erscheinest.

BENVOLIO.
Wenn er dich hört, so wird er zornig werden.

MERCUTIO.
Hierüber kann er's nicht; er hätte Grund,
Bannt' ich hinauf in seiner Dame Kreis
Ihm einen Geist von seltsam eigner Art,
Und ließe den da stehn, bis sie den Trotz
Gezähmt und nieder ihn beschworen hätte.
Das wär' Beschimpfung! Meine Anrufung
Ist gut und ehrbar; mit der Liebsten Namen
Beschwör' ich ihn, bloß um ihn aufzurichten.

BENVOLIO.
Kommt! Er verbarg sich unter jenen Bäumen,
Und pflegt des Umgangs mit der feuchten Nacht.
Die Lieb' ist blind, das Dunkel ist ihr recht.

MERCUTIO.
Ist Liebe blind, so zielt sie freilich schlecht.
Nun sitzt er wohl an einen Baum gelehnt,
Und wünscht, sein Liebchen wär' die reife Frucht,
Und fiel' ihm in den Schoß. Doch, gute Nacht,
Freund Romeo! Ich will ins Federbett,
Das Feldbett ist zum Schlafen mir zu kalt.
Kommt, gehn wir!

BENVOLIO.
Ja, es ist vergeblich, ihn
Zu suchen, der nicht will gefunden sein.
Ab.

Zweite Szene

Capulets Garten.
Romeo kommt.

ROMEO.
Der Narben lacht, wer Wunden nie gefühlt.
Julia erscheint oben an einem Fenster.
Doch still, was schimmert durch das Fenster dort?
Es ist der Ost, und Julia die Sonne! –
Geh auf, du holde Sonn'! Ertöte Lunen,
Die neidisch ist und schon vor Grame bleich,
Daß du viel schöner bist, obwohl ihr dienend.
Oh, da sie neidisch ist, so dien' ihr nicht!
Nur Toren gehn in ihrer blassen, kranken
Vestalentracht einher: wirf du sie ab!
Sie ist es, meine Göttin! meine Liebe!
O wüßte sie, daß sie es ist! –
Sie spricht, doch sagt sie nichts: was schadet das?
Ihr Auge red't, ich will ihm Antwort geben. –
Ich bin zu kühn, es redet nicht zu mir.
Ein Paar der schönsten Stern' am ganzen Himmel
Wird ausgesandt, und bittet Juliens Augen,
In ihren Kreisen unterdes zu funkeln.
Doch wären ihre Augen dort, die Sterne
In ihrem Antlitz? Würde nicht der Glanz
Von ihren Wangen jene so beschämen,
Wie Sonnenlicht die Lampe? Würd' ihr Aug'
Aus luft'gen Höh'n sich nicht so hell ergießen,
Daß Vögel sängen, froh den Tag zu grüßen?
Oh, wie sie auf die Hand die Wange lehnt!
Wär' ich der Handschuh doch auf dieser Hand,
Und küßte diese Wange!

JULIA. Weh mir!

ROMEO. Horch!
Sie spricht! Oh, sprich noch einmal, holder Engel!
Denn über meinem Haupt erscheinest du
Der Nacht so glorreich, wie ein Flügelbote
Des Himmels dem erstaunten, über sich
Gekehrten Aug' der Menschensöhne, die
Sich rücklings werfen, um ihm nachzuschaun,
Wenn er dahin fährt auf den trägen Wolken
Und auf der Luft gewölbtem Busen schwebt.

JULIA. O Romeo! warum denn Romeo?
Verleugne deinen Vater, deinen Namen!
Willst du das nicht, schwör' dich zu meinem Liebsten,
Und ich bin länger keine Capulet!

ROMEO *für sich.*
Hör' ich noch länger, oder soll ich reden?

JULIA. Dein Nam' ist nur mein Feind. Du bliebst du selbst,
Und wärst du auch kein Montague. Was ist
Denn Montague? Es ist nicht Hand, nicht Fuß,
Nicht Arm noch Antlitz, noch ein andrer Teil.
Was ist ein Name? Was uns Rose heißt,
Wie es auch hieße, würde lieblich duften;
So Romeo, wenn er auch anders hieße,
Er würde doch den köstlichen Gehalt
Bewahren, welcher sein ist ohne Titel.
O Romeo, leg' deinen Namen ab,
Und für den Namen, der dein Selbst nicht ist,
Nimm meines ganz!

ROMEO *indem er näher hinzutritt.*
Ich nehme dich beim Wort.
Nenn' Liebster mich, so bin ich neu getauft,
Ich will hinfort nicht Romeo mehr sein.

JULIA. Wer bist du, der du, von der Nacht beschirmt,
Dich drängst in meines Herzens Rat?

ROMEO. Mit Namen
Weiß ich dir nicht zu sagen, wer ich bin.
Mein eigner Name, teure Heil'ge, wird,
Weil er dein Feind ist, von mir selbst gehaßt.
Hätt' ich ihn schriftlich, so zerriss' ich ihn.

JULIA. Mein Ohr trank keine hundert Worte noch
Von diesen Lippen, doch es kennt den Ton.
Bist du nicht Romeo, ein Montague?

ROMEO. Nein, Holde; keines, wenn dir eins mißfällt.

JULIA. Wie kamst du her? o sag mir, und warum?
Die Gartenmau'r ist hoch, schwer zu erklimmen;
Die Stätt' ist Tod, bedenk' nur, wer du bist,
Wenn einer meiner Vettern dich hier findet.

ROMEO. Der Liebe leichte Schwingen trugen mich;
Kein steinern Bollwerk kann der Liebe wehren;
Und Liebe wagt, was irgend Liebe kann:
Drum hielten deine Vettern mich nicht auf.

JULIA. Wenn sie dich sehn, sie werden dich ermorden.

ROMEO. Ach, deine Augen drohn mir mehr Gefahr
Als zwanzig ihrer Schwerter; blick' du freundlich,

So bin ich gegen ihren Haß gestählt.

JULIA.
Ich wollt' um alles nicht, daß sie dich sähn.

ROMEO.
Vor ihnen hüllt mich Nacht in ihren Mantel.
Liebst du mich nicht, so laß sie nur mich finden:
Durch ihren Haß zu sterben wär' mir besser,
Als ohne deine Liebe Lebensfrist.

JULIA. Wer zeigte dir den Weg zu diesem Ort?

ROMEO.
Die Liebe, die zuerst mich forschen hieß.
Sie lieh mir Rat, ich lieh ihr meine Augen.
Ich bin kein Steuermann; doch wärst du fern
Wie Ufer, von dem fernsten Meer bespült,
Ich wagte mich nach solchem Kleinod hin.

JULIA.
Du weißt, die Nacht verschleiert mein Gesicht,
Sonst färbte Mädchenröte meine Wangen
Um das, was du vorhin mich sagen hörtest.
Gern hielt' ich streng auf Sitte, möchte gern
Verleugnen, was ich sprach: doch weg mit Förmlichkeit!
Sag, liebst du mich? Ich weiß, du wirst's bejahn,
Und will dem Worte traun; doch wenn du schwörst,
So kannst du treulos werden; wie sie sagen,
Lacht Jupiter des Meineids der Verliebten.
O holder Romeo! wenn du mich liebst:
Sag's ohne Falsch! Doch dächtest du, ich sei
Zu schnell besiegt, so will ich finster blicken,
Will widerspenstig sein, und nein dir sagen,
So du dann werben willst: sonst nicht um alles!
Gewiß, mein Montague, ich bin zu herzlich;
Du könntest denken, ich sei leichten Sinns.
Doch glaube, Mann, ich werde treuer sein
Als sie, die fremd zu tun geschickter sind.
Auch ich, bekenn' ich, hätte fremd getan,
Wär' ich von dir, eh' ich's gewahrte, nicht
Belauscht in Liebesklagen. Drum vergib!
Schilt diese Hingebung nicht Flatterliebe,
Die so die stille Nacht verraten hat!

ROMEO.
Ich schwöre, Fräulein, bei dem heil'gen Mond,
Der silbern dieser Bäume Wipfel säumt ...

JULIA.
O schwöre nicht beim Mond, dem Wandelbaren,
Der immerfort in seiner Scheibe wechselt,
Damit nicht wandelbar dein Lieben sei!

ROMEO. Wobei denn soll ich schwören?

JULIA. Laß es ganz!
Doch willst du, schwör' bei deinem edlen Selbst,
Dem Götterbilde meiner Anbetung!
So will ich glauben.

ROMEO. Wenn die Herzensliebe ...

JULIA. Gut, schwöre nicht: Obwohl ich dein mich freue,
Freu' ich mich nicht des Bundes dieser Nacht.
Er ist zu rasch, zu unbedacht, zu plötzlich;
Gleicht allzusehr dem Blitz, der nicht mehr ist,
Noch eh' man sagen kann: »Es blitzt.« – Schlaf' süß!
Des Sommers warmer Hauch kann diese Knospe
Der Liebe wohl zur schönen Blum' entfalten,
Bis wir das nächste Mal uns wiedersehn.
Nun gute Nacht! So süße Ruh' und Frieden,
Als mir im Busen wohnt, sei dir beschieden!

ROMEO. Ach, du verlässest mich so unbefriedigt?

JULIA. Was für Befriedigung begehrst du noch?

ROMEO. Gib deinen treuen Liebesschwur für meinen!

JULIA. Ich gab ihn dir, eh' du darum gefleht:
Und doch, ich wollt', er stünde noch zu geben.

ROMEO.
Wollt'st du ihn mir entziehn? Wozu das, Liebe?

JULIA. Um unverstellt ihn dir zurückzugeben.
Allein ich wünsche, was ich habe, nur.
So grenzenlos ist meine Huld, die Liebe
So tief ja wie das Meer. Je mehr ich gebe,
Je mehr auch hab' ich: beides ist unendlich.
Ich hör' im Haus Geräusch; leb wohl, Geliebter!

Die Wärterin ruft hinter der Szene.

Gleich, Amme! Holder Montague, sei treu!
Wart' einen Augenblick: ich komme wieder.

Sie geht zurück.

ROMEO.
O sel'ge, sel'ge Nacht! Nur fürcht' ich, weil
Mich Nacht umgibt, dies alles sei nur Traum,
Zu schmeichelnd süß, um wirklich zu bestehn.

Julia erscheint wieder am Fenster

JULIA. Drei Worte, Romeo; dann gute Nacht!
Wenn deine Liebe, tugendsam gesinnt,
Vermählung wünscht, so laß mich morgen wissen
Durch jemand, den ich zu dir senden will,
Wo du und wann die Trauung willst vollziehn.
Dann leg' ich dir mein ganzes Glück zu Füßen,
Und folge durch die Welt dir als Gebieter. –

Die Wärterin hinter der Szene: »Fräulein!«

Ich komme; gleich! – Doch meinst du es nicht gut,
So bitt' ich dich ...

Die Wärterin hinter der Szene: »Fräulein!«

Im Augenblick: ich komme! –
... Hör' auf zu werben, laß mich meinem Gram!
Ich sende morgen früh –

ROMEO. Beim ew'gen Heil –

JULIA. Nun tausend gute Nacht!

Geht zurück

ROMEO.
Raubst du dein Licht ihr, wird sie bang durchwacht.
Wie Knaben aus der Schul', eilt Liebe hin zum Lieben,
Wie Knaben an ihr Buch, wird sie hinweg getrieben.

Er entfernt sich langsam. Julia erscheint wieder am Fenster.

JULIA. St! Romeo, st! – Oh, eines Jägers Stimme,
Den edlen Falken wieder herzulocken!
Abhängigkeit ist heiser, wagt nicht laut
Zu reden, sonst zersprengt' ich Echos Kluft,
Und machte heis'rer ihre luft'ge Kehle,
Als meine, mit dem Namen Romeo.

ROMEO *umkehrend.*
Mein Leben ist's, das meinen Namen ruft.
Wie silbersüß tönt bei der Nacht die Stimme
Der Liebenden, gleich lieblicher Musik
Dem Ohr des Lauschers!

JULIA. Romeo!

ROMEO. Mein Fräulein?

JULIA. Um welche Stunde soll ich morgen schicken?

ROMEO. Um neun.
JULIA. Ich will nicht säumen: zwanzig Jahre
Sind's bis dahin. Doch ich vergaß, warum
Ich dich zurückgerufen.
ROMEO.
Laß hier mich stehn, derweil du dich bedenkst.
JULIA.
Auf daß du stets hier weilst, werd' ich vergessen,
Bedenkend, wie mir deine Näh' so lieb.
ROMEO.
Auf daß du stets vergessest, werd' ich weilen,
Vergessend, daß ich irgend sonst daheim.
JULIA. Es tagt beinah', ich wollte nun, du gingst:
Doch weiter nicht, als wie ein tändelnd Mädchen
Ihr Vögelchen der Hand entschlüpfen läßt,
Gleich einem Armen in der Banden Druck,
Und dann zurück ihn zieht am seidnen Faden;
So liebevoll mißgönnt sie ihm die Freiheit.
ROMEO. Wär' ich dein Vögelchen!
JULIA. Ach, wärst du's, Lieber!
Doch hegt' und pflegt' ich dich gewiß zu Tod.
Nun gute Nacht! So süß ist Trennungswehe,
Ich rief' wohl gute Nacht, bis ich den Morgen sähe.
Sie geht zurück.
ROMEO. Schlaf' wohn' auf deinem Aug', Fried' in der Brust!
O wär' ich Fried' und Schlaf, und ruht' in solcher Lust!
Ich will zur Zell' des frommen Vaters gehen,
Mein Glück ihm sagen, und um Hülf' ihn flehen.
Ab.

Dritte Szene

Ein Klostergarten.
Bruder Lorenzo mit einem Körbchen.

LORENZO.
Der Morgen lächelt froh der Nacht ins Angesicht
Und säumet das Gewölk im Ost mit Streifen Licht.
Die matte Finsternis flieht wankend, wie betrunken,
Von Titans Pfad, besprüht von seiner Rosse Funken.
Eh' höher nun die Sonn' ihr glühend Aug' erhebt,
Den Tau der Nacht verzehrt und neu die Welt belebt,
Muß ich dies Körbchen hier voll Kraut und Blumen lesen,
Voll Pflanzen gift'ger Art, und diensam zum Genesen.
Die Mutter der Natur, die Erd', ist auch ihr Grab,
Und was ihr Schoß gebar, sinkt tot in ihn hinab.
Und Kinder mannigfalt, so all ihr Schoß empfangen,
Sehn wir, gesäugt von ihr, an ihren Brüsten hangen;
An vielen Tugenden sind viele drunter reich,
Ganz ohne Wert nicht eins, doch keins dem andern gleich.
Oh, große Kräfte sind's, weiß man sie recht zu pflegen,
Die Pflanzen, Kräuter, Stein' in ihrem Innern hegen.
Was nur auf Erden lebt, da ist auch nichts so schlecht,
Daß es der Erde nicht besondern Nutzen brächt'.
Doch ist auch nichts so gut, das, diesem Ziel entwendet,
Abtrünnig seiner Art, sich nicht durch Mißbrauch schändet.
In Laster wandelt sich selbst Tugend, falsch geübt,
Wie Ausführung auch wohl dem Laster Würde gibt.
Die kleine Blume hier beherbergt gift'ge Säfte
In ihrer zarten Hüll' und milde Heilungskräfte!
Sie labet den Geruch, und dadurch jeden Sinn;
Gekostet, dringt sie gleich zum Herzen tötend hin.
Zwei Feinde lagern so im menschlichen Gemüte
Sich immerdar im Kampf: verderbter Will' und Güte;
Und wo das Schlechtre herrscht mit siegender Gewalt,
Dergleichen Pflanze frißt des Todes Wurm gar bald.
Romeo tritt auf.
ROMEO. Mein Vater, guten Morgen!
LORENZO. Sei der Herr gesegnet!
Wes ist der frühe Gruß, der freundlich mir begegnet?
Mein junger Sohn, es zeigt, daß wildes Blut dich plagt,
Daß du dem Bett so früh schon Lebewohl gesagt.
Die wache Sorge lauscht im Auge jedes Alten,
Und Schlummer bettet nie sich da, wo Sorgen walten.
Doch da wohnt goldner Schlaf, wo mit gesundem Blut
Und grillenfreiem Hirn die frische Jugend ruht.
Drum läßt mich sicherlich dein frühes Kommen wissen,
Daß innre Unordnung vom Lager dich gerissen.
Wie? oder hätte gar mein Romeo die Nacht
(Nun rat' ich's besser) nicht im Bette hingebracht?
ROMEO.
So ist's, ich wußte mir viel süßre Ruh' zu finden.
LORENZO.
Verzeih' die Sünde Gott! Warst du bei Rosalinden?
ROMEO. Bei Rosalinden, ich? Ehrwürd'ger Vater, nein!
Vergessen ist der Nam' und dieses Namens Pein.
LORENZO. Das ist mein wackrer Sohn! Allein wo warst du? sage!
ROMEO. So hör': ich spare gern dir eine zweite Frage.
Ich war bei meinem Feind auf einem Freudenmahl,
Und da verwundete mich jemand auf einmal.
Desgleichen tat ich ihm, und für die beiden Wunden
Wird heil'ge Arzenei bei deinem Amt gefunden.
Ich hege keinen Groll, mein frommer, alter Freund:
Denn sieh! zu statten kömmt die Bitt' auch meinem Feind.
LORENZO. Einfältig, lieber Sohn! Nicht Silben fein gestochen!
Wer Rätsel beichtet, wird in Rätseln losgesprochen.
ROMEO.
So wiss' einfältiglich: ich wandte Seel' und Sinn
In Lieb' auf Capulets holdsel'ge Tochter hin.
Sie gab ihr ganzes Herz zurück mir für das meine,
Und uns Vereinten fehlt zum innigsten Vereine
Die heil'ge Trauung nur: doch wie und wo und wann
Wir uns gesehn, erklärt, und Schwur um Schwur getan,
Das alles will ich dir auf unserm Weg erzählen;
Nur bitt' ich, will'ge drein, noch heut uns zu vermählen!
LORENZO.
O heiliger Sankt Franz! Was für ein Unbestand!
Ist Rosalinde schon aus deiner Brust verbannt,
Die du so heiß geliebt? Liegt junger Männer Liebe
Denn in den Augen nur, nicht in des Herzens Triebe?
O heiliger Sankt Franz! wie wusch ein salzig Naß
Um Rosalinden dir so oft die Wange blaß!

Und löschen konnten doch so viele Tränenfluten
Die Liebe nimmer dir: sie schürten ihre Gluten.
Noch schwebt der Sonn' ein Dunst von deinen Seufzern vor;
Dein altes Stöhnen summt mir noch im alten Ohr.
Sieh, auf der Wange hier ist noch die Spur zu sehen
Von einer alten Trän', die noch nicht will vergehen.
Und warst du je du selbst, und diese Schmerzen dein,
So war der Schmerz und du für Rosalind' allein.
Und so verwandelt nun? Dann leide, daß ich spreche:
Ein Weib darf fallen, wohnt in Männern solche Schwäche.

ROMEO.
Oft schmältest du mit mir um Rosalinden schon.

LORENZO.
Weil sie dein Abgott war; nicht weil du liebtest, Sohn.

ROMEO.
Und mahntest oft mich an, die Liebe zu besiegen.

LORENZO.
Nicht um in deinem Sieg der zweiten zu erliegen.

ROMEO. Ich bitt' dich, schmäl' nicht! Sie, der jetzt mein Herz gehört,
Hat Lieb' um Liebe mir und Gunst um Gunst gewährt.
Das tat die andre nie.

LORENZO. Sie wußte wohl, dein Lieben
Sei zwar ein köstlich Wort, doch nur in Sand geschrieben.
Komm, junger Flattergeist! Komm nur, wir wollen gehn;
Ich bin aus einem Grund geneigt, dir beizustehn:
Vielleicht, daß dieser Bund zu großem Glück sich wendet,
Und eurer Häuser Groll durch ihn in Freundschaft endet.

ROMEO. O laß uns fort von hier! Ich bin in großer Eil'.

LORENZO.
Wer hastig läuft, der fällt: drum eile nur mit Weil'!

Beide ab.

Vierte Szene

Eine Straße.
Benvolio und Mercutio kommen.

MERCUTIO. Wo Teufel kann der Romeo stecken? Kam er heute nacht nicht zu Hause?

BENVOLIO. Nach seines Vaters Hause nicht; ich sprach seinen Bedienten.

MERCUTIO.
Ja, dies hartherz'ge Frauenbild, die Rosalinde,
Sie quält ihn so, er wird gewiß verrückt.

BENVOLIO.
Tybalt, des alten Capulet Verwandter,
Hat dort ins Haus ihm einen Brief geschickt.

MERCUTIO. Eine Ausforderung, so wahr ich lebe.

BENVOLIO. Romeo wird ihm die Antwort nicht schuldig bleiben.

MERCUTIO. Auf einen Brief kann ein jeder antworten, wenn er schreiben kann.

BENVOLIO. Nein, ich meine, er wird dem Briefsteller zeigen, daß er Mut hat, wenn man ihm so was zumutet.

MERCUTIO. Ach, der arme Romeo! Er ist ja schon tot! durchbohrt von einer weißen Dirne schwarzem Auge; durchs Ohr geschossen mit einem Liebesliedchen; seine Herzensscheibe durch den Pfeil des kleinen blinden Schützen mitten entzwei gespalten! Ist er der Mann darnach, es mit dem Tybalt aufzunehmen?

BENVOLIO. Nun, was ist Tybalt denn Großes?

MERCUTIO. Kein papierner Held, das kann ich dir sagen. Oh, er ist ein beherzter Zeremonienmeister der Ehre. Er ficht, wie Ihr ein Liedlein singt: hält Takt und Maß und Ton. Er beobachtet seine Pausen: eins – zwei – drei: – dann sitz Euch der Stoß in der Brust. Er bringt Euch einen seidnen Knopf unfehlbar ums Leben. Ein Raufer! ein Raufer! Ein Rittervom ersten Range, der Euch alle Gründe eines Ehrenstreits an den Fingern herzuzählen weiß: Ach, die göttliche Passade! die doppelte Finte! Der! –

BENVOLIO. Der – was?

MERCUTIO. Der Henker hole diese phantastischen, gezierten, lispelnden Eisenfresser! Was sie für neue Töne anstimmen! – »Eine sehr gute Klinge! – Ein sehr wohlgewachsner Mann! – Eine sehr gute Hure!« – Ist das nicht ein Elend, Urältervater, daß wir mit diesen ausländischen Schmetterlingen heimgesucht werden, mit diesen Modenarren, diesen Pardonnez-moi, die so stark auf neue Weise halten, ohne jemals weise zu werden?

Romeo tritt auf.

BENVOLIO. Da kommt Romeo, da kommt er!

MERCUTIO. Ohne seinen Rogen, wie ein gedörrter Hering. O Fleisch! Fleisch! wie bist du verfischt worden! Nun liebt er die Melodien, in denen sich Petrarca ergoß; gegen sein Fräulein ist Laura nur eine Küchenmagd-Wetter! sie hatte doch einen bessern Liebhaber, um sie zu bereimen; – Dido, eine Trutschel; Kleopatra, eine Zigeunerin; Helena und Hero, Metzen und lose Dirnen; Thisbe, ein artiges Blauauge oder sonst so was, will aber nichts vorstellen. Signor Romeo, bon jour! Da habt Ihr einen französischen Gruß für Eure französischen Pumphosen! Ihr spieltet uns diese Nacht einen schönen Streich.

ROMEO. Guten Morgen, meine Freunde! Was für einen Streich?

MERCUTIO. Einen Diebesstreich. Ihr stahlt Euch unversehens davon.

ROMEO. Verzeihung, guter Mercutio: Ich hatte etwas Wichtiges vor, und in einem solchen Falle tut man wohl einmal der Höflichkeit Gewalt an.

MERCUTIO. Wie nun? Du sprichst ja ganz menschlich. Wie kommt es, daß du auf einmal deine aufgeweckte Zunge und deine muntern Augen wieder gefunden hast? So hab' ich dich gern. Ist das nicht besser als das ewige Liebesgekrächze?

ROMEO. Seht den prächtigen Aufzug!

Die Wärterin und Peter hinter ihr.

MERCUTIO. Was kömmt da angesegelt?

WÄRTRERIN. Peter!

PETER. Was beliebt?

WÄRTERIN. Meinen Fächer, Peter!

MERCUTIO. Gib ihn ihr, guter Peter, um ihr Gesicht zu verstecken: Ihr Fächer ist viel hübscher wie ihr Gesicht.

WÄRTERIN. Schönen guten Morgen, ihr Herren!

MERCUTIO. Schönen guten Abend, schöne Dame!

WÄRTERIN. Warum guten Abend?

MERCUTIO. Euer Brusttuch deutet auf Sonnenuntergang.

WÄRTERIN. Pfui, was ist das für ein Mensch?

ROMEO.
Einer, den der Teufel plagt, um andre zu plagen.

WÄRTERIN. Schön gesagt, bei meiner Seele! Um andre zu plagen! Ganz recht! Aber, ihr Herren, kann mir keiner von euch sagen, wo ich den jungen Romeo finde?

ROMEO. Ich kann's Euch sagen; aber der junge Romeo wird älter sein, wenn Ihr ihn gefunden habt, als er war, da Ihr ihn suchtet. Ich bin der Jüngste, der den Namen führt, weil kein schlechterer da war.

WÄRTERIN. Gut gegeben!

MERCUTIO. So? ist das Schlechteste gut gegeben? Nun wahrhaftig: gut begriffen! sehr vernünftig!

WÄRTERIN. Wenn Ihr Romeo seid, mein Herr, so wünsche ich Euch insgeheim zu sprechen.

BENVOLIO.
Sie wird ihn irgendwohin auf den Abend bitten.

MERCUTIO. Eine Kupplerin! eine Kupplerin! Ho, ho!

BENVOLIO. Was witterst du?

MERCUTIO. Neue Jagd! neue Jagd! – Romeo, kommt zu Eures Vaters Hause, wir wollen zu Mittag da essen.

ROMEO. Ich komme euch nach.

MERCUTIO. Lebt wohl, alte Schöne! Lebt wohl, o Schöne! – Schöne! – Schöne!

Benvolio und Mercutio gehn ab.

WÄRTERIN. Sagt mir doch, was war das für ein unverschämter Gesell, der nichts als Schelmstücke im Kopf hatte?

ROMEO. Jemand, der sich selbst gern reden hört, meine gute Frau, und der in einer Minute mehr spricht, als er in einem Monate verantworten kann.

WÄRTERIN. Ja, und wenn er auf mich was zu sagen hat, so will ich ihn bei den Ohren kriegen, und wäre er auch noch vierschrötiger, als er ist, und zwanzig solcher Hasenfüße obendrein; und kann ich's nicht, so können's andre. So 'n Lausekerl! Ich bin keine von seinen Kreaturen, ich bin keine von seinen Karnuten. *Zu Peter.* Und du mußt auch dabei stehen und leiden, daß jeder Schuft sich nach Belieben über mich hermacht!

PETER. Ich habe nicht gesehn, daß sich jemand über Euch hergemacht hätte; sonst hätte ich geschwind vom Leder gezogen, das könnt Ihr glauben. Ich kann so gut ausziehen wie ein andrer, wo es einen ehrlichen Zank gibt und das Recht auf meiner Seite ist.

WÄRTERIN. Nu, weiß Gott, ich habe mich so geärgert, daß ich am ganzen Leibe zittre. So 'n Lausekerl! – Seid so gütig, mein Herr, auf ein Wort! Und was ich Euch sagte: mein junges Fräulein befahl mir, Euch zu suchen. Was sie mir befahl, Euch zu sagen, das will ich für mich behalten; aber erst laßt mich Euch sagen, wenn Ihr sie wolltet bei der Nase herum führen, so zu sagen, das wäre eine unartige Aufführung, so zu sagen. Denn seht! das Fräulein ist jung; und also, wenn Ihr falsch gegen sie zu Werke gingt, das würde sich gar nicht gegen ein Fräulein schicken, und wäre ein recht nichtsnutziger Handel.

ROMEO.
Empfiehl mich deinem Fräulein! Ich beteure dir –

WÄRTERIN. Du meine Zeit! Gewiß und wahrhaftig, das will ich ihr wieder sagen. O Jemine! sie wird sich vor Freude nicht zu lassen wissen.

ROMEO. Was willst du ihr sagen, gute Frau? Du gibst nicht Achtung.

WÄRTERIN. Ich will ihr sagen, daß Ihr beteuert, und ich meine, das ist recht wie ein Kavalier gesprochen.

ROMEO. Sag ihr, sie mög' ein Mittel doch ersinnen,
Zur Beichte diesen Nachmittag zu gehn.
Dort in Lorenzos Zelle soll alsdann,
Wenn sie gebeichtet, unsre Trauung sein.
Hier ist für deine Müh'.

WÄRTERIN. Nein, wahrhaftig, Herr! keinen Pfennig!

ROMEO. Nimm, sag' ich dir; du mußt!

WÄRTERIN.
Heut nachmittag? Nun gut, sie wird Euch treffen.

ROMEO. Du, gute Frau, wart' hinter der Abtei;
Mein Diener soll dir diese Stunde noch,
Geknüpft aus Seilen, eine Leiter bringen,
Die zu dem Gipfel meiner Freuden ich
Hinan will klimmen in geheimer Nacht.
Leb wohl! Sei treu, so lohn' ich deine Müh',
Leb wohl, empfiehl mich deinem Fräulein!

WÄRTERIN.
Nun, Gott der Herr gesegn' es! – Hört, noch eins!

ROMEO. Was willst du, gute Frau?

WÄRTERIN. Schweigt Euer Diener? Habt Ihr nie vernommen:
Wo zwei zu Rate gehn, laßt keinen Dritten kommen?

ROMEO. Verlass' dich drauf, der Mensch ist treu wie Gold.

WÄRTERIN. Nun gut, Herr! Meine Herrschaft ist ein allerliebstes Fräulein. O Jemine! als sie noch so ein kleines Dingelchen war – Oh, da ist ein Edelmann in der Stadt, einer, der Paris heißt, der gern einhaken möchte; aber das gute Herz mag eben so lieb eine Kröte sehn, eine rechte Kröte, als ihn. Ich ärgre sie zuweilen und sag' ihr: Paris wär' doch der hübscheste; aber Ihr könnt mir's glauben, wenn ich das sage, so wird sie so blaß wie ein Tischtuch. Fängt nicht Rosmarin und Romeo mit demselben Buchstaben an?

ROMEO. Ja, gute Frau; beide mit einem R.

WÄRTERIN. Ach, Spaßvogel, warum nicht gar? Das schnurrt ja wie 'n Spinnrad. Nein, ich weiß wohl, es fängt mit einem andern Buchstaben an, und sie hat die prächtigsten Reime und

Sprichwörter darauf, daß Euch das Herz im Leibe lachen tät', wenn Ihr's hörtet.

ROMEO. Empfiehl mich deinem Fräulein! *Ab.*

WÄRTERIN. Jawohl, vieltausendmal! – Peter!

PETER. Was beliebt?

WÄRTERIN.
Peter, nimm meinen Fächer, und geh vorauf!

Beide ab.

Fünfte Szene

Capulets Garten.
Julia tritt auf.

JULIA. Neun schlug die Glock', als ich die Amme sandte.
In einer halben Stunde wollte sie
Schon wieder hier sein. Kann sie ihn vielleicht
Nicht treffen? Nein, das nicht. Oh, sie ist lahm!
Zu Liebesboten taugen nur Gedanken,
Die zehnmal schneller fliehn als Sonnenstrahlen,
Wenn sie die Nacht von finstern Hügeln scheuchen.
Deswegen ziehn ja leichtbeschwingte Tauben
Der Liebe Wagen, und Cupido hat
Windschnelle Flügel. Auf der steilsten Höh'
Der Tagereise steht die Sonne jetzt;
Von neun bis zwölf, drei lange Stunden sind's;
Und dennoch bleibt sie aus. O hätte sie
Ein Herz und warmes jugendliches Blut,
Sie würde wie ein Ball behende fliegen,
Es schnellte sie mein Wort dem Trauten zu,
Und seines mir.
Doch Alte tun, als lebten sie nicht mehr,
Träg', unbehülflich, und wie Blei so schwer.

Die Wärterin und Peter kommen.

O Gott, sie kömmt! Was bringst du, goldne Amme?
Trafst du ihn an? Schick' deinen Diener weg!

WÄRTERIN. Wart' vor der Türe, Peter!

JULIA.
Nun, Mütterchen? Gott, warum blickst du traurig?
Ist dein Bericht schon traurig, gib ihn fröhlich;
Und klingt er gut, verdirb die Weise nicht,
Indem du sie mit saurer Miene spielst!

WÄRTERIN.
Ich bin ermattet; laßt ein Weilchen mich!
Das war 'ne Jagd! das reißt in Gliedern mir!

JULIA. Ich wollt', ich hätte deine Neuigkeit,
Du meine Glieder. Nun, so sprich geschwind!
Ich bitt' dich, liebe, liebe Amme, sprich!

WÄRTERIN.
Was für 'ne Hast! Könnt Ihr kein Weilchen warten?
Seht Ihr nicht, daß ich außer Atem bin?

JULIA. Wie außer Atem, wenn du Atem hast,
Um mir zu sagen, daß du keinen hast?
Der Vorwand deines Zögerns währt ja länger,
Als der Bericht, den du dadurch verzögerst.
Gib Antwort: bringst du Gutes oder Böses?
Nur das, so wart' ich auf das Näh're gern.
Beruh'ge mich! Ist's Gutes oder Böses?

WÄRTERIN. Ei, Ihr habt mir eine recht einfältige Wahl getroffen; Ihr versteht auch einen Mann auszulesen! Romeo – ja, das ist der rechte! – Er hat zwar ein hübscher Gesicht wie andre Leute; aber seine Beine gehn über alle Beine, und Hand, und Fuß, und die ganze Positur: – es läßt sich eben nicht viel davon sagen, aber man kann sie mit nichts vergleichen. Er ist kein Ausbund von feinen Manieren, doch wett' ich drauf, wie ein Lamm so sanft. – Treib's nur so fort, Kind, und fürchte Gott! – Habt ihr diesen Mittag zu Hause gegessen?

JULIA. Nein, nein! Doch all' dies wußt' ich schon zuvor.
Was sagt er von der Trauung? Hurtig: was?

WÄRTERIN.
O je, wie schmerzt der Kopf mir! Welch ein Kopf!
Er schlägt, als wollt' er gleich in Stücke springen.
Da hier mein Rücken, o mein armer Rücken!
Gott sei Euch gnädig, daß Ihr hin und her
So viel mich schickt, mich bald zu Tode hetzt!

JULIA. Im Ernst, daß du nicht wohl bist, tut mir leid.
Doch, beste, beste Amme, sage mir:
Was macht mein Liebster?

WÄRTERIN. Eu'r Liebster sagt, so wie ein wackrer Herr, – und ein artiger, und ein freundlicher, und ein hübscher Herr, und, auf mein Wort, ein tugendsamer Herr. – Wo ist denn Eure Mutter?

JULIA. Wo meine Mutter ist? Nun, sie ist drinnen;
Wo wär' sie sonst? Wie seltsam du erwiderst:
»Eu'r Liebster sagt, so wie ein wackrer Herr –
Wo ist denn Eure Mutter?«

WÄRTERIN. Jemine!
Seid Ihr so hitzig? Seht doch! kommt mir nur!
Ist das die Bähung für mein Gliederweh?
Geht künftig selbst, wenn Ihr 'ne Botschaft habt!

JULIA. Das ist 'ne Not! Was sagt er? Bitte, sprich!

WÄRTERIN. Habt Ihr Erlaubnis, heut zu beichten?

JULIA. Ja.

WÄRTERIN.
So macht Euch auf zu Eures Paters Zelle,
Da harrt ein Mann, um Euch zur Frau zu machen.
Nun steigt das lose Blut Euch in die Wangen;
Gleich sind sie Scharlach, wenn's was Neues gibt.
Eilt Ihr ins Kloster: ich muß sonst wohin,
Die Leiter holen, die der Liebste bald
Zum Nest hinan, wenn's Nacht wird, klimmen soll.
Ich bin das Lasttier, muß für Euch mich plagen,
Doch Ihr sollt Eure Last zu Nacht schon tragen.
Ich will zur Mahlzeit erst; eilt Ihr zur Zelle hin!

JULIA. Zu hohem Glücke, treue Pflegerin!

Beide ab.

Sechste Szene

Bruder Lorenzos Zelle.
Lorenzo und Romeo.

LORENZO.
Der Himmel lächle so dem heil'gen Bund,
Daß künft'ge Tag' uns nicht durch Kummer schelten!

ROMEO.
Amen! So sei's! Doch laß den Kummer kommen,
So sehr er mag: wiegt er die Freuden auf,
Die mir in ihrem Anblick eine flücht'ge

Minute gibt? Füg' unsre Hände nur
Durch deinen Segensspruch in eins, dann tue
Sein Äußerstes der Liebeswürger Tod:
Genug, daß ich nur mein sie nennen darf.

LORENZO.
So wilde Freude nimmt ein wildes Ende,
Und stirbt im höchsten Sieg, wie Feu'r und Pulver
Im Kusse sich verzehrt. Die Süßigkeit
Des Honigs widert durch ihr Übermaß,
Und im Geschmack erstickt sie unsre Lust.
Drum liebe mäßig; solche Lieb' ist stät:
Zu hastig und zu träge kommt gleich spät.

Julia tritt auf.

Hier kommt das Fräulein, sieh!
Mit leichtem Tritt, der keine Blume biegt;
Sieh, wie die Macht der Lieb' und Wonne siegt!

JULIA. Ehrwürd'ger Herr! ich sag' Euch guten Abend.

LORENZO.
Für mich und sich dankt Romeo, mein Kind.

JULIA. Es gilt ihm mit, sonst wär' sein Dank zu viel.

ROMEO. Ach, Julia! Ist deiner Freude Maß
Gehäuft wie meins, und weißt du mehr die Kunst,
Ihr Schmuck zu leihn, so würze rings die Luft
Durch deinen Hauch; laß des Gesanges Mund
Die Seligkeit verkünden, die wir beide
Bei dieser teuren Näh' im andern finden.

JULIA. Gefühl, an Inhalt reicher als an Worten,
Ist stolz auf seinen Wert und nicht auf Schmuck.
Nur Bettler wissen ihres Guts Betrag.
Doch meine treue Liebe stieg so hoch,
Daß keine Schätzung ihre Schätz' erreicht.

LORENZO. Kommt, kommt mit mir! wir schreiten gleich zur Sache.
Ich leide nicht, daß ihr allein mir bleibt,
Bis euch die Kirch' einander einverleibt.

Alle ab.

Dritter Aufzug

Erste Szene

Ein öffentlicher Platz.
Mercutio, Benvolio, Page und Bediente.

BENVOLIO.
Ich bitt' dich, Freund, laß uns nach Hause gehn!
Der Tag ist heiß, die Capulets sind draußen,
Und treffen wir, so gibt es sicher Zank:
Denn bei der Hitze tobt das tolle Blut.

MERCUTIO. Du bist mir so ein Zeisig, der, sobald er die Schwelle eines Wirtshauses betritt, mit dem Degen auf den Tisch schlägt und ausruft: »Gebe Gott, daß ich dich nicht nötig habe!«, und wenn ihm das zweite Glas im Kopfe spukt, so zieht er gegen den Kellner, wo er es freilich nicht nötig hätte.

BENVOLIO. Bin ich so ein Zeisig?

MERCUTIO. Ja, ja! Du bist in deinem Zorn ein so hitziger Bursch, als einer in ganz Italien; ebenso ungestüm in deinem Zorn, und ebenso zornig in deinem Ungestüm.

BENVOLIO. Nun, was weiter?

MERCUTIO. Ei, wenn es euer zwei gäbe, so hätten wir bald gar keinen, sie brächten sich untereinander um. Du! Wahrhaftig, du zankst mit einem, weil er ein Haar mehr oder weniger im Barte hat wie du. Du zankst mit einem, der Nüsse knackt, aus keinem andern Grunde, als weil du nußbraune Augen hast. Dein Kopf ist so voll Zänkereien, wie ein Ei voll Dotter, und doch ist dir der Kopf für dein Zanken schon dotterweich geschlagen. Du hast mit einem angebunden, der auf der Straße hustete, weil er deinen Hund aufgeweckt, der in der Sonne schlief. Hast du nicht mit einem Schneider Händel gehabt, weil er sein neues Wams vor Ostern trug? Mit einem andern, weil er neue Schuhe mit einem alten Bande zuschnürte? Und doch willst du mich über Zänkereien hofmeistern!

BENVOLIO. Ja, wenn ich so leicht zankte wie du, so würde niemand eine Leibrente auf meinen Kopf nur für anderthalb Stunden kaufen wollen.

MERCUTIO. Auf deinen Kopf? O Tropf!

Tybalt und andre kommen.

BENVOLIO.
Bei meinem Kopf! Da kommen die Capulets.

MERCUTIO. Bei meiner Sohle! Mich kümmert's nicht.

TYBALT *zu seinen Leuten.* Schließt euch mir an, ich will mit ihnen reden. – Guten Tag, ihr Herren! Ein Wort mit euer einem!

MERCUTIO. Nur ein Wort mit einem von uns? Gebt noch was zu: laßt es ein Wort und einen Schlag sein!

TYBALT. Dazu werdet Ihr mich bereit genug finden, wenn Ihr mir Anlaß gebt.

MERCUTIO. Könntet Ihr ihn nicht nehmen, ohne daß wir ihn gäben?

TYBALT. Mercutio, du harmonierst mit Romeo.

MERCUTIO. Harmonierst? Was? Machst du uns zu Musikanten? Wenn du uns zu Musikanten machen willst, so sollst du auch nichts als Dissonanzen zu hören kriegen. Hier ist mein Fiedelbogen; wart'! der soll euch tanzen lehren. Alle Wetter! Über das Harmonieren!

BENVOLIO. Wir reden hier auf öffentlichem Markt:
Entweder sucht euch einen stillern Ort,
Wo nicht, besprecht euch kühl von eurem Zwist!
Sonst geht! Hier gafft ein jedes Aug' auf uns.

MERCUTIO.
Zum Gaffen hat das Volk die Augen: laßt sie!
Ich weich' und wank' um keines willen, ich!

Romeo tritt auf.

TYBALT.
Herr, zieht in Frieden! Hier kömmt mein Gesell.

MERCUTIO. Ich will gehängt sein, Herr! wenn Ihr sein Meister seid.
Doch stellt Euch nur, er wird sich zu Euch halten;
In dem Sinn mögen Eure Gnaden wohl
Gesell ihn nennen.

TYBALT. Hör', Romeo! Der Haß, den ich dir schwur,
Gönnt diesen Gruß dir nur: du bist ein Schurke!

ROMEO. Tybalt, die Ursach', die ich habe, dich
Zu lieben, mildert sehr die Wut, die sonst

Auf diesen Gruß sich ziemt': Ich bin kein Schurke,
Drum lebe wohl! Ich seh', du kennst mich nicht.

(**TYBALT.**
Nein, Knabe, dies entschuldigt nicht den Hohn,
Den du mir angetan; kehr' um und zieh'!

ROMEO.
Ich schwöre dir, nie tat ich Hohn dir an.
Ich liebe mehr dich, als du denken kannst,
Bis du die Ursach' meiner Liebe weißt.
Drum, guter Capulet, dein Name, den
Ich wert wie meinen halte, – sei zufrieden!)

MERCUTIO.
O zahme, schimpfliche, verhaßte Demut!
Die Kunst des Raufers trägt den Sieg davon. –

Er zieht.

Tybalt, du Ratzenfänger! willst du dran?

TYBALT. Was willst du denn von mir?

MERCUTIO. Wollt Ihr bald Euren Degen bei den Ohren aus der Scheide ziehn? Macht zu, sonst habt Ihr meinen um die Ohren, eh' er heraus ist.

TYBALT. Ich steh' zu Dienst.

Er zieht.

ROMEO. Lieber Mercutio, steck' den Degen ein!

MERCUTIO. Kommt, Herr! Laßt Eure Finten sehn!

Sie fechten.

ROMEO. Zieh', Benvolio!
Schlag' zwischen ihre Degen! Schämt euch doch,
Und haltet ein mit Wüten! Tybalt! Mercutio!
Der Prinz verbot ausdrücklich solchen Aufruhr
In Veronas Gassen. Halt, Tybalt! Freund Mercutio!

Tybalt entfernt sich mit seinen Anhängern.

MERCUTIO. Ich bin verwundet. –
Zum Teufel beider Sippschaft! Ich bin hin.
Und ist er fort? und hat nichts abgekriegt?

BENVOLIO. Bist du verwundet? wie?

MERCUTIO.
Ja, ja! geritzt! geritzt! – Wetter, 's ist genug. –
Wo ist mein Bursch? – Geh, Schurk'! hol' einen Wundarzt!

Der Page geht ab.

ROMEO. Sei guten Muts, Freund! Die Wunde kann nicht beträchtlich sein.

MERCUTIO. Nein, nicht so tief wie ein Brunnen, noch so weit wie eine Kirchtüre; aber es reicht eben hin: Fragt morgen nach mir, und Ihr werdet einen stillen Mann an mir finden. Für diese Welt, glaubt's nur, ist mir der Spaß versalzen. – Hol' der Henker eure beiden Häuser! – Was? von einem Hunde, einer Maus, einer Ratze, einer Katze zu Tode gekratzt zu werden! Von so einem Prahler, einem Schuft, der nach dem Rechenbuche ficht! – Warum Teufel! kamt Ihr zwischen uns? Unter Eurem Arm wurde ich verwundet.

ROMEO. Ich dacht' es gut zu machen.

MERCUTIO. O hilf mir in ein Haus hinein, Benvolio,
Sonst sink' ich hin. – Zum Teufel eure Häuser!
Sie haben Würmerspeis' aus mir gemacht.
Ich hab' es tüchtig weg: verdammte Sippschaft!

Mercutio und Benvolio ab.

ROMEO. Um meinetwillen wurde dieser Ritter,
Dem Prinzen nah verwandt, mein eigner Freund,
Verwundet auf den Tod; mein Ruf befleckt
Durch Tybalts Lästerungen, Tybalts, der
Seit einer Stunde mir verschwägert war.
O süße Julia! deine Schönheit hat
So weibisch mich gemacht; sie hat den Stahl
Der Tapferkeit in meiner Brust erweicht.

Benvolio kommt zurück.

BENVOLIO. O Romeo! der wackre Freund ist tot.
Sein edler Geist schwang in die Wolken sich,
Der allzufrüh der Erde Staub verschmäht.

ROMEO.
Nichts kann den Unstern dieses Tages wenden;
Er hebt das Weh an, andre müssen's enden.

Tybalt kommt zurück.

BENVOLIO.
Da kommt der grimm'ge Tybalt wieder her.

ROMEO.
Am Leben! siegreich! und mein Freund erschlagen!
Nun flieh gen Himmel, schonungsreiche Milde!
Entflammte Wut, sei meine Führerin!
Nun, Tybalt, nimm den Schurken wieder, den du
Mir eben gabst! Der Geist Mercutios
Schwebt nah noch über unsern Häuptern hin
Und harrt, daß deiner sich ihm zugeselle.
Du oder ich! sonst folgen wir ihm beide.

TYBALT. Elendes Kind! hier hieltest du's mit ihm,
Und sollst mit ihm von hinnen!

ROMEO. Dies entscheide!

Sie fechten, Tybalt fällt.

BENVOLIO.
Flieh', Romeo! Die Bürger sind in Wehr
Und Tybalt tot. Steh so versteinert nicht!
Flieh', flieh'! Der Prinz verdammt zum Tode dich,
Wenn sie dich greifen. Fort! Hinweg mit dir!

ROMEO. Weh mir, ich Narr des Glücks!

BENVOLIO. Was weilst du noch?

Romeo ab.

Bürger u.s.w. treten auf.

EIN BÜRGER.
Wo lief er hin, der den Mercutio tot schlug?
Der Mörder Tybalt? – Hat ihn wer gesehn?

BENVOLIO. Da liegt der Tybalt.

EIN BÜRGER. Herr, gleich müßt Ihr mit mir gehn.
Gehorcht! Ich mahn' Euch von des Fürsten wegen.

Der Prinz mit Gefolge, Montague, Capulet, ihre Gemahlinnen und andre.

PRINZ. Wer durfte freventlich hier Streit erregen?

BENVOLIO.
O edler Fürst, ich kann verkünden, recht
Nach seinem Hergang, dies unselige Gefecht.
Der deinen wackern Freund Mercutio
Erschlagen, liegt hier tot, entleibt vom Romeo.

GRÄFIN CAPULET.
Mein Vetter! Tybalt! Meines Bruders Kind! –
O Fürst! O mein Gemahl! O seht, noch rinnt
Das teure Blut! – Mein Fürst, bei Fhr' und Huld,
Im Blut der Montagues tilg' ihre Schuld! –
O Vetter, Vetter!

PRINZ. Benvolio, sprich! Wer hat den Streit erregt? –

BENVOLIO. Der tot hier liegt, vom Romeo erlegt.
Viel gute Worte gab ihm Romeo,

Hieß ihn bedenken, wie gering der Anlaß,
Wie sehr zu fürchten Euer höchster Zorn.
Dies alles, vorgebracht mit sanftem Ton,
Gelaßnem Blick, bescheidner Stellung, konnte
Nicht Tybalts ungezähmte Wut entwaffnen.
Dem Frieden taub, berennt mit scharfem Stahl
Er die entschloßne Brust Mercutios;
Der kehrt gleich rasch ihm Spitze gegen Spitze
Und wehrt mit Kämpfertrotz mit einer Hand
Den kalten Tod ab, schickt ihn mit der andern
Dem Gegner wieder, des Behendigkeit
Zurück ihn schleudert. Romeo ruft laut:
»Halt Freunde! aus einander!« Und geschwinder
Als seine Zunge schlägt sein rüst'ger Arm,
Dazwischen stürzend, beider Mordstahl nieder.
Recht unter diesem Arm traf des Mercutio Leben
Ein falscher Stoß vom Tybalt. Der entfloh,
Kam aber gleich zum Romeo zurück,
Der eben erst der Rache Raum gegeben.
Nun fallen sie mit Blitzeseil' sich an;
Denn eh' ich ziehen konnt', um sie zu trennen,
War der beherzte Tybalt umgebracht.
Er fiel, und Romeo, bestürzt, entwich.
Ich rede wahr, sonst führt zum Tode mich!

GRÄFIN CAPULET.
Er ist verwandt mit Montagues Geschlecht.
Aus Freundschaft spricht er falsch, verletzt das Recht.
Die Fehd' erhoben sie zu ganzen Horden,
Und alle konnten nur ein Leben morden.
Ich fleh' um Recht; Fürst, weise mich nicht ab:
Gib Romeon, was er dem Tybalt gab!

PRINZ. Er hat Mercutio, ihn Romeo erschlagen:
Wer soll die Schuld des teuren Blutes tragen?

GRÄFIN MONTAGUE.
Fürst, nicht mein Sohn, der Freund Mercutios;
Was dem Gesetz doch heimfiel, nahm er bloß,
Das Leben Tybalts.

PRINZ. Weil er das verbrochen,
Sei über ihn sofort der Bann gesprochen.
Mich selber trifft der Ausbruch eurer Wut,
Um euren Zwiespalt fließt mein eignes Blut;
Allein ich will dafür so streng euch büßen,
Daß mein Verlust euch ewig soll verdrießen.
Taub bin ich jeglicher Beschönigung;
Kein Flehn, kein Weinen kauft Begnadigung;
Drum spart sie: Romeo flieh' schnell von hinnen!
Greift man ihn, soll er nicht dem Tod entrinnen.
Tragt diese Leiche weg! Vernehmt mein Wort:
Wenn Gnade Mörder schont, verübt sie Mord!

Alle ab.

Zweite Szene

Ein Zimmer in Capulets Hause.
Julia tritt auf.

JULIA. Hinab, du flammenhufiges Gespann,
Zu Phöbus' Wohnung! Solch ein Wagenlenker
Wie Phaeton jagt' euch gen Westen wohl,
Und brächte schnell die wolk'ge Nacht herauf. –
Verbreite deinen dichten Vorhang, Nacht!
Du Liebespflegerin! damit das Auge
Der Neubegier sich schließ', und Romeo
Mir unbelauscht in diese Arme schlüpfe. –
Verliebten g'nügt zu der geheimen Weihe
Das Licht der eignen Schönheit; oder wenn
Die Liebe blind ist, stimmt sie wohl zur Nacht. –
Komm, ernste Nacht, du züchtig stille Frau,
Ganz angetan mit Schwarz, und lehre mir
Ein Spiel, wo jedes reiner Jugend Blüte
Zum Pfande setzt, gewinnend zu verlieren!
Verhülle mit dem schwarzen Mantel mir
Das wilde Blut, das in den Wangen flattert,
Bis scheue Liebe kühner wird und nichts
Als Unschuld sieht in inn'ger Liebe Tun.
Komm, Nacht! – Komm, Romeo, du Tag in Nacht!
Denn du wirst ruhn auf Fittigen der Nacht
Wie frischer Schnee auf eines Raben Rücken. –
Komm, milde, liebevolle Nacht! Komm, gib
Mir meinen Romeo! Und stirbt er einst,
Nimm ihn, zerteil' in kleine Sterne ihn:
Er wird des Himmels Antlitz so verschönen,
Daß alle Welt sich in die Nacht verliebt
Und niemand mehr der eiteln Sonne huldigt. –
Ich kaufte einen Sitz der Liebe mir,
Doch ach! besaß ihn nicht; ich bin verkauft,
Doch noch nicht übergeben. Dieser Tag
Währt so verdrießlich lang mir, wie die Nacht?
Vor einem Fest dem ungeduld'gen Kinde,
Das noch sein neues Kleid nicht tragen durfte.

Die Wärterin mit einer Strickleiter.

Da kommt die Amme ja: die bringt Bericht;
Und jede Zunge, die nur Romeon
Beim Namen nennt, spricht so beredt wie Engel.
Nun, Amme? Sag, was gibt's, was hast du da?
Die Stricke, die dich Romeo hieß holen?

WÄRTERIN. Ja, ja, die Stricke!

Sie wirft sie auf die Erde.

JULIA.
Weh mir! Was gibt's? Was ringst du so die Hände?

WÄRTERIN.
Daß Gott erbarm'! Er ist tot, er ist tot, er ist tot!
Wir sind verloren, Fräulein, sind verloren!
O weh uns! Er ist hin! ermordet! tot!

JULIA. So neidisch kann der Himmel sein?

WÄRTERIN. Ja, das kann Romeo; der Himmel nicht.
O Romeo, wer hätt' es je gedacht?
O Romeo! Romeo!

JULIA. Wer bist du, Teufel, der du so mich folterst?
Die grause Hölle nur brüllt solche Qual.
Hat Romeo sich selbst ermordet? Sprich!
Ist er entleibt: sag ja! wo nicht: sag nein!
Ein kurzer Laut entscheidet Wonn' und Pein.

WÄRTERIN.
Ich sah die Wunde, meine Augen sahn sie –
Gott helf' ihm! – hier auf seiner tapfern Brust;
Die blut'ge Leiche, jämmerlich und blutig,
Bleich, bleich wie Asche, ganz mit Blut besudelt –
Ganz starres Blut – weg schwiemt' ich, da ich's sah.

JULIA.
O brich, mein Herz! verarmt auf einmal, brich!
Ihr Augen, ins Gefängnis! Blicket nie

Zur Freiheit wieder auf! Elende Erde, kehre
Zur Erde wieder! Pulsschlag, hemme dich!
Ein Sarg empfange Romeo und mich!

WÄRTERIN. O Tybalt, Tybalt! O mein bester Freund!
Leutsel'gerTybalt! wohlgesinnter Herr!
So mußt' ich leben, um dich tot zu sehn?

JULIA. Was für ein Sturm tobt so von jeder Seite?
Ist Romeo erschlagen? Tybalt tot?
Mein teurer Vetter? teuerster Gemahl? –
Dann töne nur des Weltgerichts Posaune!
Wer lebt noch, wenn dahin die beiden sind?

WÄRTERIN. Dahin ist Tybalt, Romeo verbannt;
Verbannt ist Romeo, der ihn erschlug.

JULIA. Gott! seine Hand, vergoß sie Tybalts Blut?

WÄRTERIN.
Sie tat's! sie tat's! O weh uns, weh! Sie tat's!

JULIA. O Schlangenherz, von Blumen überdeckt!
Wohnt' in so schöner Höhl' ein Drache je?
Holdsel'ger Wüt'rich! engelgleicher Unhold!
Ergrimmte Taube! Lamm mit Wolfesgier!
Verworfne Art in göttlicher Gestalt!
Das rechte Gegenteil des, was mit Recht
Du scheinest: ein verdammter Heiliger!
Ein ehrenwerter Schurke! – O Natur!
Was hattest du zu schaffen in der Hölle,
Als du des holden Leibes Paradies
Zum Lustsitz einem Teufel übergabst?
War je ein Buch, so arger Dinge voll,
So schön gebunden? Oh, daß Falschheit doch
Solch herrlichen Palast bewohnen kann!

WÄRTERIN.
Kein Glaube, keine Treu', noch Redlichkeit
Ist unter Männern mehr. Sie sind meineidig;
Falsch sind sie, lauter Schelme, lauter Heuchler! –
Wo ist mein Diener? Gebt mir Aquavit! –
Die Not, die Angst, der Jammer macht mich alt.
Zu schanden werde Romeo!

JULIA. Die Zunge
Erkranke dir für einen solchen Wunsch!
Er war zur Schande nicht geboren; Schande
Weilt mit Beschämung nur auf seiner Stirn.
Sie ist ein Thron, wo man die Ehre mag
Als Allbeherrscherin der Erde krönen.
O wie unmenschlich war ich, ihn zu schelten!

WÄRTERIN.
Von Eures Vetters Mörder sprecht Ihr Gutes?

JULIA. Soll ich von meinem Gatten Übles reden?
Ach, armer Gatte! Welche Zunge wird
Wohl deinem Namen Liebes tun, wenn ich,
Dein Weib von wenig Stunden, ihn zerrissen?
Doch, Arger, was erschlugst du meinen Vetter? –
Der Arge wollte den Gemahl erschlagen.
Zurück zu eurem Quell, verkehrte Tränen!
Dem Schmerz gebühret eurer Tropfen Zoll,
Ihr bringt aus Irrtum ihn der Freude dar.
Mein Gatte lebt, den Tybalt fast getötet,
Und tot ist Tybalt, der ihn töten wollte.
Dies alles ist ja Trost: was wein' ich denn?
Ich hört' ein schlimmres Wort als Tybalts Tod,
Das mich erwürgte; ich vergäß' es gern;
Doch ach! es drückt auf mein Gedächtnis schwer,
Wie Freveltaten auf des Sünders Seele.
»Tybalt ist tot, und Romeo verbannt!«
O dies »verbannt«, dies eine Wort »verbannt«
Erschlug zehntausend Tybalts. Tybalts Tod
War g'nug des Wehes, hätt' es da geendet!
Und liebt das Leid Gefährten, reiht durchaus
An andre Leiden sich: warum denn folgte
Auf ihre Botschaft: »tot ist Tybalt«, nicht:
Dein Vater, deine Mutter, oder beide?
Das hätte sanft're Klage wohl erregt.
Allein dies Wort: »verbannt ist Romeo«,
Aus jenes Todes Hinterhalt gesprochen,
Bringt Vater, Mutter, Tybalt, Romeo
Und Julien um! »Verbannt ist Romeo!«
Nicht Maß noch Ziel kennt dieses Wortes Tod,
Und keine Zung' erschöpfet meine Not. –
Wo mag mein Vater, meine Mutter sein?

WÄRTERIN.
Bei Tybalts Leiche heulen sie und schrein.
Wollt Ihr zu ihnen gehn? Ich bring' Euch hin.

JULIA.
So waschen sie die Wunden ihm mit Tränen?
Ich spare meine für ein bängres Sehnen.
Nimm diese Seile auf! – Ach, armer Strick,
Getäuscht wie ich! wer bringt ihn uns zurück?
Zum Steg der Liebe knüpft' er deine Bande,
Ich aber sterb' als Braut im Witwenstande.
Komm, Amme, komm! Ich will ins Brautbett! fort!
Nicht Romeo, den Tod umarm' ich dort.

WÄRTERIN.
Geht nur ins Schlafgemach! Zum Tröste find' ich
Euch Romeon: ich weiß wohl, wo er steckt.
Hört! Romeo soll Euch zu Nacht erfreuen;
Ich geh' zu ihm: beim Pater wartet er.

JULIA. O such' ihn auf! Gib diesen Ring dem Treuen;
Bescheid' aufs letzte Lebewohl ihn her!

Beide ab.

Dritte Szene

Bruder Lorenzos Zelle.
Lorenzo und Romeo kommen.

LORENZO.
Komm, Romeo! Hervor, du Mann der Furcht!
Bekümmernis hängt sich mit Lieb' an dich,
Und mit dem Mißgeschick bist du vermählt.

ROMEO.
Vater, was gibt's? Wie heißt des Prinzen Spruch?
Wie heißt der Kummer, der sich zu mir drängt,
Und noch mir fremd ist?

LORENZO. Zu vertraut, mein Sohn,
Bist du mit solchen widrigen Gefährten.
Ich bring' dir Nachricht von des Prinzen Spruch.

ROMEO.
Und hat sein Spruch mir nicht den Stab gebrochen?

LORENZO.
Ein mildres Urteil floß von seinen Lippen:
Nicht Leibes Tod, nur leibliche Verbannung.

ROMEO.
Verbannung? Sei barmherzig! Sage: Tod!

Verbannung trägt der Schrecken mehr im Blick,
Weit mehr als Tod! – O sage nicht »Verbannung«!

LORENZO. Hier aus Verona bist du nur verbannt:
Sei ruhig, denn die Welt ist groß und weit.

ROMEO. Die Welt ist nirgends außer diesen Mauern;
Nur Fegefeuer, Qual, die Hölle selbst.
Von hier verbannt ist aus der Welt verbannt,
Und solcher Bann ist Tod: drum gibst du ihm
Den falschen Namen. – Nennst du Tod Verbannung,
Enthauptest du mit goldnem Beile mich,
Und lächelst zu dem Streich, der mich ermordet.

LORENZO.
O schwere Sünd'! O undankbarer Trotz!
Dein Fehltritt heißt nach unsrer Satzung Tod;
Doch dir zu Lieb' hat sie der güt'ge Fürst
Beiseit' gestoßen, und Verbannung nur
Statt jenes schwarzen Wortes ausgesprochen.
Und diese teure Gnad' erkennst du nicht?

ROMEO.
Nein, Folter – Gnade nicht. Hier ist der Himmel,
Wo Julia lebt, und jeder Hund und Katze
Und kleine Maus, das schlechteste Geschöpf,
Lebt hier im Himmel, darf ihr Antlitz sehn;
Doch Romeo darf nicht. Mehr Würdigkeit,
Mehr Ansehn, mehr gefäll'ge Sitte lebt
In Fliegen, als in Romeo. Sie dürfen
Das Wunderwerk der weißen Hand berühren
Und Himmelswonne rauben ihren Lippen,
Die sittsam, in Vestalenunschuld, stets
Erröten, gleich als wäre Sund' ihr Kuß.
Dies dürfen Fliegen tun, ich muß entfliehn;
Sie sind ein freies Volk, ich bin verbannt:
Und sagst du noch: Verbannung sei nicht Tod?
So hattest du kein Gift gemischt, kein Messer
Geschärft, kein schmählich Mittel schnellen Todes,
Als dies »verbannt«, zu töten mich? »Verbannt«!
O Mönch! Verdammte sprechen in der Hölle
Dies Wort mit Heulen aus: hast du das Herz,
Da du ein heil'ger Mann, ein Beicht'ger bist,
Ein Sündenlöser, mein erklärter Freund,
Mich zu zermalmen mit dem Wort »Verbannung«?

LORENZO.
Du kindisch blöder Mann, hör' doch ein Wort!

ROMEO.
Oh, du willst wieder von Verbannung sprechen!

LORENZO. Ich will dir eine Wehr dagegen leihn,
Der Trübsal süße Milch, Philosophie,
Um dich zu trösten, bist du gleich verbannt.

ROMEO.
Und noch »verbannt«? Hängt die Philosophie!
Kann sie nicht schaffen eine Julia,
Aufheben eines Fürsten Urteilsspruch,
Verpflanzen eine Stadt: so hilft sie nicht,
So taugt sie nicht; so rede länger nicht!

LORENZO. Nun seh' ich wohl, Wahnsinnige sind taub.

ROMEO.
Wär's anders möglich? Sind doch Weise blind.

LORENZO.
Laß über deinen Fall mit dir mich rechten!

ROMEO.
Du kannst von dem, was du nicht fühlst, nicht reden
Wärst du so jung wie ich, und Julia dein,
Vermählt seit einer Stund', erschlagen Tybalt,
Wie ich von Lieb' entglüht, wie ich verbannt:
Dann möchtest du nur reden, möchtest nur
Das Haar dir raufen, dich zu Boden werfen
Wie ich, und so dein künft'ges Grab dir messen.

Er wirft sich an den Boden. Man klopft draußen.

LORENZO.
Steh auf, man klopft; verbirg dich, lieber Freund.

ROMEO.
O nein, wo nicht des bangen Stöhnens Hauch,
Gleich Nebeln, mich vor Späheraugen schirmt.

Man klopft.

LORENZO.
Horch, wie man klopft! – Wer da? – Fort, Romeo!
Man wird dich fangen. – Wartet doch ein Weilchen! –
Steh auf und rett' ins Lesezimmer dich! –

Man klopft.

Ja, ja! im Augenblick! – Gerechter Gott,
Was für ein starrer Sinn! – Ich komm', ich komme:
Wer klopft so stärk? Wo kommt Ihr her? Was wollt Ihr?

WÄRTERIN *draußen.*
Laßt mich hinein, so sag' ich Euch die Botschaft.
Das Fräulein Julia schickt mich.

LORENZO. Seid willkommen!

Die Wärterin tritt herein.

WÄRTERIN.
O heil'ger Herr! o sagt mir, heil'ger Herr:
Des Fräuleins Liebster, Romeo, wo ist er?

LORENZO.
Am Boden dort, von eignen Tränen trunken.

WÄRTERIN.
Oh, es ergeht wie meiner Herrschaft ihm,
Ganz so wie ihr!

LORENZO. O Sympathie des Wehs!
Bedrängte Gleichheit!

WÄRTERIN. Gerade so liegt sie,
Winselnd und wehklagend, wehklagend und winselnd.
Steht auf! steht auf! Wenn Ihr ein Mann seid, steht!
Um Juliens willen, ihr zu Lieb', steht auf!
Wer wollte so sich niederwerfen lassen?

ROMEO. Gute Frau!

WÄRTERIN.
Ach, Herr! Herr! Mit dem Tod ist alles aus.

ROMEO.
Sprachst du von Julien? Wie steht's mit ihr?
Hält sie mich nicht für einen alten Mörder,
Da ich mit Blut, dem ihrigen so nah,
Die Kindheit unsrer Wonne schon befleckt?
Wo ist sie? und was macht sie? und was sagt
Von dem zerstörten Bund die kaum Verbundne?

WÄRTERIN.
Ach, Herr! sie sagt kein Wort, sie weint und weint.
Bald fällt sie auf ihr Bett; dann fährt sie auf,
Ruft: »Tybalt!« aus, schreit dann nach Romeo,
Und fällt dann wieder hin.

ROMEO. Als ob der Name,
Aus tödlichem Geschütz auf sie gefeuert,
Sie mordete, wie sein unsel'ger Arm

Den Vetter ihr gemordet. Sag mir, Mönch,
O sage mir: in welchem schnöden Teil
Beherbergt dies Gerippe meinen Namen?
Sag, daß ich den verhaßten Sitz verwüste!

Er zieht den Degen.

LORENZO.
Halt' ein die tolle Hand! Bist du ein Mann?
Dein Äußres ruft, du seist es: deine Tränen
Sind weibisch, deine wilden Taten zeugen
Von eines Tieres unvernünft'ger Wut.
Entartet Weib in äußrer Mannesart!
Entstelltes Tier, in beide nur verstellt!
Ich staun' ob dir: bei meinem heil'gen Orden!
Ich glaubte, dein Gemüt sei bessern Stoffs.
Erschlugst du Tybalt? Willst dich selbst erschlagen?
Auch deine Gattin, die in dir nur lebt,
Durch so verruchten Haß, an dir verübt?
Was schiltst du auf Geburt, auf Erd' und Himmel?
In dir begegnen sie sich alle drei,
Die du auf einmal von dir schleudern willst.
Du schändest deine Bildung, deine Liebe
Und deinen Witz. O pfui! Gleich einem Wuch'rer
Hast du an allem Überfluß, und brauchst
Doch nichts davon zu seinem echten Zweck,
Der Bildung, Liebe, Witz erst zieren sollte.
Ein Wachsgepräg' ist deine edle Bildung,
Wenn sie der Kraft des Manns abtrünnig wird;
Dein teurer Liebesschwur ein hohler Meineid,
Wenn du die tötest, der du Treu' gelobt;
Dein Witz, die Zier der Bildung und der Liebe,
Doch zum Gebrauche beider mißgeartet,
Fängt Feuer durch dein eignes Ungeschick,
Wie Pulver in nachläss'ger Krieger Flasche;
Und was dich schirmen soll, zerstückt dich selbst.
Auf, sei ein Mann! denn deine Julia lebt,
Sie, der zu Lieb' du eben tot hier lagst:
Das ist ein Glück. Dich wollte Tybalt töten,
Doch du erschlugst ihn: das ist wieder Glück.
Dein Freund wird das Gesetz, das Tod dir drohte,
Und mildert ihn in Bann: auch das ist Glück.
Auf deine Schultern läßt sich eine Last
Von Segen nieder, und es wirbt um dich
Glückseligkeit in ihrem besten Schmuck;
Doch wie ein ungezognes, laun'sches Mädchen
Schmollst du mit deinem Glück und deiner
Liebe;
O hüte dich! denn solche sterben elend.
Geh hin zur Liebsten, wie's beschlossen war;
Ersteig' ihr Schlafgemach: fort! tröste sie!
Nur weile nicht, bis man die Wachen stellt,
Sonst kömmst du nicht mehr durch nach Mantua.
Dort lebst du dann, bis wir die Zeit ersehn,
Die Freunde zu versöhnen, euren Bund
Zu offenbaren, von dem Fürsten Gnade
Für dich zu flehn, und dich zurück zu rufen
Mit zwanzig hunderttausendmal mehr Freude,
Als du mit Jammer jetzt von hinnen ziehst.
Geh, Wärterin, voraus, grüß' mir dein Fräulein;
Heiß' sie das ganze Haus zu Bette treiben,
Wohin der schwere Gram von selbst sie treibt:
Denn Romeo soll kommen.

WÄRTERIN. O je! ich blieb' hier gern die ganze Nacht,
Und hörte gute Lehr'. Da sieht man doch,
Was die Gelahrtheit ist! Nun, gnäd'ger Herr,
Ich will dem Fräulein sagen, daß Ihr kommt.

ROMEO.
Tu' das, und sag der Holden, daß sie sich
Bereite, mich zu schelten!

WÄRTERIN. Gnäd'ger Herr,
Hier ist ein Ring, den sie für Euch mir gab.
Eilt Euch, macht fort! sonst wird es gar zu spät.

Ab.

ROMEO. Wie ist mein Mut nun wieder neu belebt!

LORENZO.
Geh! gute Nacht! Und hieran hängt dein Los:
Entweder geh, bevor man Wachen stellt,
Wo nicht, verkleidet in der Frühe fort:
Verweil' in Mantua; ich forsch' indessen
Nach deinem Diener, und er meldet dir
Von Zeit zu Zeit ein jedes gute Glück,
Das hier begegnet. – Gib mir deine Hand!
Es ist schon spät: fahr wohl denn! Gute Nacht!

ROMEO. Mich rufen Freuden über alle Freuden,
Sonst wär's ein Leid, von dir so schnell zu scheiden.
Leb wohl!

Beide ab.

Vierte Szene

Ein Zimmer in Capulets Hause.
Capulet, Gräfin Capulet, Paris.

CAPULET.
Es ist so schlimm ergangen, Graf, daß wir
Nicht Zeit gehabt, die Tochter anzumahnen.
Denn seht, sie liebte herzlich ihren Vetter;
Das tat ich auch: nun, einmal stirbt man doch. –
Es ist schon spät, sie kommt nicht mehr herunter;
Ich sag' Euch, wär's nicht der Gesellschaft wegen,
Seit einer Stunde läg' ich schon im Bett.

PARIS. So trübe Zeit gewährt nicht Zeit zum Frein;
Gräfin, schlaft wohl, empfehlt mich Eurer Tochter!

GRÄFIN. Ich tu's, und forsche morgen früh sie aus:
Heut nacht verschloß sie sich mit ihrem Gram.

CAPULET. Graf Paris, ich vermesse mich zu stehn
Für meines Kindes Lieb'; ich denke wohl,
Sie wird von mir in allen Stücken sich
Bedeuten lassen, ja ich zweifle nicht.
Frau, geh noch zu ihr, eh' du schlafen gehst,
Tu' meines Sohnes Paris Lieb' ihr kund
Und sag ihr, merk' es wohl: auf nächsten Mittwoch –
Still, was ist heute?

PARIS. Montag, edler Herr.

CAPULET. Montag? So so! Gut, Mittwoch ist zu früh.
Sei's Donnerstag! – Sag ihr: am Donnerstag
Wird sie vermählt mit diesem edlen Grafen.
Wollt Ihr bereit sein? Liebt Ihr diese Eil'?
Wir tun's im Stillen ab; nur ein paar Freunde.
Denn seht, weil Tybalt erst erschlagen ist,
So dächte man, er läg' uns nicht am Herzen
Als unser Blutsfreund, schwärmten wir zu viel.
Drum laßt uns ein halb Dutzend Freunde laden,

Und damit gut. Wie dünkt Euch Donnerstag?

PARIS. Mein Graf, ich wollte, Donnerstag wär' morgen.

CAPULET.

Gut, geht nur heim! Sei's denn am Donnerstag!
Geh, Frau, zu Julien, eh' du schlafen gehst,
Bereite sie auf diesen Hochzeittag!
Lebt wohl, mein Graf!

Paris ab.

He! Licht auf meine Kammer!
Nach meiner Weise ist's so spät, daß wir
Bald früh es nennen können. Gute Nacht!

Capulet und die Gräfin ab.

Fünfte Szene

Juliens Zimmer. Romeo und Julia.

JULIA.

Willst du schon gehn? Der Tag ist ja noch fern.
Es war die Nachtigall, und nicht die Lerche,
Die eben jetzt dein banges Ohr durchdrang;
Sie singt des Nachts auf dem Granatbaum dort.
Glaub', Lieber, mir: es war die Nachtigall.

ROMEO. Die Lerche war's, die Tagverkünderin,
Nicht Philomele; sieh den neid'schen Streif,
Der dort im Ost der Frühe Wolken säumt:
Die Nacht hat ihre Kerzen ausgebrannt,
Der muntre Tag erklimmt die dunst'gen Höh'n:
Nur Eile rettet mich, Verzug ist Tod.

JULIA.

Trau' mir, das Licht ist nicht des Tages Licht,
Die Sonne hauchte dieses Luftbild aus,
Dein Fackelträger diese Nacht zu sein,
Dir auf dem Weg nach Mantua zu leuchten;
Drum bleibe noch: zu gehn ist noch nicht Not.

ROMEO.

Laß sie mich greifen, ja, laß sie mich töten!
Ich gebe gern mich drein, wenn du es willst.
Nein, jenes Grau ist nicht des Morgens Auge,
Der bleiche Abglanz nur von Cynthias Stirn.
Das ist auch nicht die Lerche, deren Schlag
Hoch über uns des Himmels Wölbung trifft.
Ich bleibe gern: zum Gehn bin ich verdrossen.
Willkommen, Tod! hat Julia dich beschlossen. –
Nun, Herz? Noch tagt es nicht, noch plaudern wir.

JULIA.

Es tagt, es tagt! Auf! eile! fort von hier!
Es ist die Lerche, die so heiser singt
Und falsche Weisen, rauhen Mißton gurgelt.
Man sagt, der Lerche Harmonie sei süß;
Nicht diese: sie zerreißt die unsre ja.
Die Lerche, sagt man, wechselt mit der Kröte
Die Augen: möchte sie doch auch die Stimme!
Die Stimm' ist's ja, die Arm aus Arm uns schreckt,
Dich von mir jagt, da sie den Tag erweckt.
Stets hell und heller wird's: wir müssen scheiden.

ROMEO.

Hell? Dunkler stets und dunkler unsre Leiden!

Die Wärterin kommt herein.

WÄRTERIN. Fräulein!

JULIA. Amme?

WÄRTERIN.

Die gnäd'ge Gräfin kömmt in Eure Kammer;
Seid auf der Hut: schon regt man sich im Haus.

Wärterin ab.

JULIA *das Fenster öffnend.*

Tag, schein' herein! und Leben, flieh' hinaus!

ROMEO. Ich steig' hinab: laß dich noch einmal küssen!

Er steigt aus dem Fenster.

JULIA *aus dem Fenster ihm nachsehend.*

Freund! Gatte! Trauter! Bist du mir entrissen?
Gib Nachricht jeden Tag zu jeder Stunde;
Schon die Minut' enthält der Tage viel.
Ach, so zu rechnen, bin ich hoch in Jahren,
Eh' meinen Romeo ich wiederseh'.

ROMEO *außerhalb.*

Leb wohl! Kein Mittel lass' ich aus den Händen,
Um dir, du Liebe, meinen Gruß zu senden.

JULIA. O denkst du, daß wir je uns wiedersehn?

ROMEO. Ich zweifle nicht, und all dies Leiden dient
In Zukunft uns zu süßerem Geschwätz.

JULIA. O Gott! ich hab' ein Unglück ahndend Herz.
Mir deucht, ich säh' dich, da du unten bist,
Als lägst du tot in eines Grabes Tiefe.
Mein Auge trügt mich oder du bist bleich.

ROMEO. So, Liebe, scheinst du meinen Augen auch.
Der Schmerz trinkt unser Blut. Leb wohl! leb wohl!

Ab.

JULIA.

O Glück! ein jeder nennt dich unbeständig;
Wenn du es bist: was tust du mit dem Treuen?
Sei unbeständig, Glück! Dann hältst du ihn
Nicht lange, hoff' ich, sendest ihn zurück.

GRÄFIN CAPULET *hinter der Szene.*

He, Tochter, bist du auf?

JULIA. Wer ruft mich? Ist es meine gnäd'ge Mutter?
Wacht sie so spät noch, oder schon so früh?
Welch ungewohnter Anlaß bringt sie her?

Die Gräfin Capulet kommt herein.

GRÄFIN CAPULET. Nun, Julia! wie geht's?

JULIA. Mir ist nicht wohl.

GRÄFIN CAPULET.

Noch immer weinend um des Vetters Tod?
Willst du mit Tränen aus der Gruft ihn waschen?
Und könntest du's, das rief' ihn nicht ins Leben:
Drum laß das; trauern zeugt von vieler Liebe,
Doch zu viel trauern zeugt von wenig Witz.

JULIA. Um einen Schlag, der so empfindlich traf.
Erlaubt zu weinen mir!

GRÄFIN CAPULET. So trifft er dich;
Der Freund empfindet nichts, den du beweinst.

JULIA.

Doch ich empfind', und muß den Freund beweinen.

GRÄFIN CAPULET.

Mein Kind, nicht seinen Tod so sehr beweinst du,
Als daß der Schurke lebt, der ihn erschlug.

JULIA. Was für ein Schurke?

GRÄFIN CAPULET. Nun, der Romeo.

JULIA *beiseit.*

Er und ein Schurk' sind himmelweit entfernt. –

Laut.

Vergeb' ihm Gott! Ich tu's von ganzem Herzen;

Und dennoch kränkt kein Mann, wie er, mein Herz.

GRÄFIN CAPULET.
Ja freilich, weil der Meuchelmörder lebt.

JULIA. Ja, wo ihn diese Hände nicht erreichen! –
O rächte niemand doch als ich den Vetter!

GRÄFIN CAPULET.
Wir wollen Rache nehmen, sorge nicht:
Drum weine du nicht mehr! Ich send' an jemand
Zu Mantua, wo der Verlaufne lebt;
Der soll ein kräftig Tränkchen ihm bereiten,
Das bald ihn zum Gefährten Tybalts macht:
Dann wirst du hoffentlich zufrieden sein.

JULIA. Fürwahr, ich werde nie mit Romeo
Zufrieden sein, erblick' ich ihn nicht – tot –,
Wenn so mein Herz um einen Blutsfreund leidet.
Ach, fändet Ihr nur jemand, der ein Gift
Ihm reichte, gnäd'ge Frau: ich wollt' es mischen,
Daß Romeo, wenn er's genommen, bald
In Ruhe schliefe. – Wie mein Herz es haßt,
Ihn nennen hören – und nicht zu ihm können –,
Die Liebe, die ich zu dem Vetter trug,
An dem, der ihn erschlagen hat, zu büßen!

GRÄFIN CAPULET.
Findst du das Mittel, find' ich wohl den Mann.
Doch bring' ich jetzt dir frohe Zeitung, Mädchen.

JULIA. In so bedrängter Zeit kommt Freude recht.
Wie lautet sie? Ich bitt' Euch, gnäd'ge Mutter!

GRÄFIN CAPULET.
Nun, Kind, du hast' nen aufmerksamen Vater:
Um dich von deinem Trübsinn abzubringen,
Ersann er dir ein plötzlich Freudenfest,
Des ich so wenig mich versah, wie du.

JULIA. Ei, wie erwünscht! Was wär' das, gnäd'ge Mutter?

GRÄFIN CAPULET.
Ja, denk' dir, Kind! Am Donnerstag früh morgens
Soll der hochedle, wackre junge Herr,
Graf Paris, in Sankt Peters Kirche dich
Als frohe Braut an den Altar geleiten.

JULIA.
Nun, bei Sankt Peters Kirch' und Petrus selbst!
Er soll mich nicht als frohe Braut geleiten.
Mich wundert diese Eil', daß ich vermählt
Muß werden, eh' mein Freier kömmt zu werben.
Ich bitt' Euch, gnäd'ge Frau, sagt meinem Vater
Und Herrn, ich wolle noch mich nicht vermählen;
Und wenn ich's tue, schwör' ich: Romeo,
Von dem Ihr wißt, ich hass' ihn, soll es lieber
Als Paris sein. – Fürwahr, das ist wohl Zeitung!

GRÄFIN CAPULET.
Da kommt dein Vater: sag du selbst ihm das;
Sieh, wie er sich's von dir gefallen läßt.

Capulet und die Wärterin kommen.

CAPULET.
Die Luft sprüht Tau beim Sonnenuntergang,
Doch bei dem Untergange meines Neffen,
Da gießt der Regen recht.
Was? Eine Traufe, Mädchen? Stets in Tränen?
Stets Regenschauer? In so kleinem Körper
Spielst du auf einmal See und Wind und Kahn,
Denn deine Augen ebben stets und fluten
Von Tränen wie die See; dein Körper ist der Kahn
Der diese salze Flut befährt; die Seufzer
Sind Winde, die, mit deinen Tränen tobend,
Wie die mit ihnen, wenn nicht Stille plötzlich
Erfolgt, den hin- und hergeworfnen Körper
Zertrümmern werden. – Nun, wie steht es, Frau?
Hast du ihr unsern Ratschluß hinterbracht?

GRÄFIN CAPULET.
Ja, doch sie will es nicht, sie dankt Euch sehr.
Wär' doch die Törin ihrem Grab vermählt!

Will gehen.

CAPULET.
Sacht, nimm mich mit dir, nimm mich mit dir, Frau.
Was? Will sie nicht? Weiß sie uns keinen Dank?
Ist sie nicht stolz? Schätzt sie sich nicht beglückt,
Daß wir solch einen würd'gen Herrn vermocht,
Trotz ihrem Unwert, ihr Gemahl zu sein?

JULIA.
Nicht stolz darauf, doch dankbar, daß Ihr's tatet.
Stolz kann ich nie auf das sein, was ich hasse;
Doch dankbar selbst für Haß, gemeint wie Liebe.

CAPULET.
Ei, seht mir! seht mir! Kramst du Weisheit aus?
Stolz – und ich dank' Euch – und ich dank' Euch nicht –
Und doch nicht stolz – Hör' Fräulein Zierlich du,
Nichts da gedankt von Dank, stolziert von Stolz!
Rück' nur auf Donnerstag dein zart Gestell zurecht,
Mit Paris nach Sankt Peters Kirch' zu gehn,
Sonst schlepp' ich dich auf einer Schleife hin.
Pfui, du bleichsücht'ges Ding! du lose Dirne!
Du Talggesicht!

GRÄFIN CAPULET. O pfui! seid Ihr von Sinnen?

JULIA. Ich fleh' Euch auf den Knie'n, mein guter Vater:
Hört mit Geduld ein einzig Wort nur an!

CAPULET.
Geh mir zum Henker, widerspenst'ge Dirne!
Ich sage dir's: zur Kirch' auf Donnerstag,
Sonst komm mir niemals wieder vor 's Gesicht!
Sprich nicht! erwidre nicht! gib keine Antwort!
Die Finger jucken mir. O Weib! Wir glaubten
Uns kaum genug gesegnet, weil uns Gott
Dies eine Kind nur sandte; doch nun seh' ich,
Dies eine war um eines schon zu viel,
Und nur ein Fluch ward uns in ihr beschert.
Du Hexe!

WÄRTERIN. Gott im Himmel segne sie!
Eu'r Gnaden tun nicht wohl, sie so zu schelten.

CAPULET.
Warum, Frau Weisheit? Haltet Euren Mund,
Prophetin! Schnattert mit Gevatterinnen!

WÄRTERIN. Ich sage keine Schelmstück'.

CAPULET. Geht mit Gott!

WÄRTERIN. Darf man nicht sprechen?

CAPULET. Still doch, altes Waschmaul,
Spart Eure Predigt zum Gevatterschmaus:
Hier brauchen wir sie nicht.

GRÄFIN CAPULET. Ihr seid zu hitzig.

CAPULET.
Gotts Sakrament! es macht mich toll. Bei Tag,
Bei Nacht, spät, früh, allein und in Gesellschaft,
Zu Hause, draußen, wachend und im Schlaf,

War meine Sorge stets, sie zu vermählen.
Nun, da ich einen Herrn ihr ausgemittelt,
Von fürstlicher Verwandtschaft, schönen Gütern,
Jung, edel auferzogen, ausstaffiert,
Wie man wohl sagt, mit ritterlichen Gaben:
Und dann ein albern, winselndes Geschöpf,
Ein weinerliches Püppchen da zu haben,
Die, wenn ihr Glück erscheint, zur Antwort gibt:
»Heiraten will ich nicht, ich kann nicht lieben,
Ich bin zu jung, – ich bitt', entschuldigt mich!« –
Gut, wollt Ihr nicht, Ihr sollt entschuldigt sein:
Grast, wo Ihr wollt, Ihr sollt bei mir nicht hausen.
Seht zu! bedenkt: ich pflege nicht zu spaßen.
Der Donnerstag ist nah: die Hand aufs Herz!
Und bist du mein, so soll mein Freund dich haben;
Wo nicht: geh, bettle, hungre, stirb am Wege!
Denn nie, bei meiner Seel', erkenn' ich dich,
Und nichts, was mein, soll dir zu gute kommen.
Bedenk' dich! glaub', ich halte, was ich schwur!

Ab.

JULIA. Und wohnt kein Mitleid droben in den Wolken,
Das in die Tiefe meines Jammers schaut?
O süße Mutter, stoß' mich doch nicht weg!
Nur einen Monat, eine Woche Frist!
Wo nicht, bereite mir das Hochzeitbette
In jener düstern Gruft, wo Tybalt liegt!

GRÄFIN CAPULET.
Sprich nicht zu mir, ich sage nicht ein Wort:
Tu', was du willst, du gehst mich nichts mehr an.

Ab.

JULIA.
O Gott! wie ist dem vorzubeugen, Amme?
Mein Gatt' auf Erden, meine Treu' im Himmel –
Wie soll die Treu' zur Erde wiederkehren,
Wenn sie der Gatte nicht, der Erd' entweichend,
Vom Himmel sendet? –Tröste! rate! hilf!
Weh, weh mir, daß der Himmel solche Tücken
An einem sanften Wesen übt wie ich!
Was sagst du? hast du kein erfreuend Wort,
Kein Wort des Trostes?

WÄRTERIN. Meiner Seel', hier ist's.
Er ist verbannt, und tausend gegen eins,
Daß er sich nimmer wieder her getraut,
Euch anzusprechen; oder tät' er es,
So müßt' es schlechterdings verstohlen sein.
Nun, weil denn so die Sachen stehn, so denk' ich,
Das beste wär', daß Ihr den Grafen nähmt.
Ach, er ist solch ein allerliebster Herr!
Ein Lump ist Romeo nur gegen ihn.
Ein Adlersauge, Fräulein, ist so grell,
So schön, so feurig nicht, wie Paris seins.
Ich will verwünscht sein, ist die zweite Heirat
Nicht wahres Glück für Euch; weit vorzuziehn
Ist sie der ersten. Oder wär' sie's nicht?
Der erste Mann ist tot, so gut als tot;
Denn lebt er schon, habt Ihr doch nichts von ihm.

JULIA. Sprichst du von Herzen?

WÄRTERIN. Und von ganzer Seele,
Sonst möge Gott mich strafen!

JULIA. Amen!

WÄRTERIN. Was?

JULIA. Nun ja, du hast mich wunderbar getröstet.
Geh, sag der Mutter, weil ich meinen Vater
Erzürnt, so woll' ich nach Lorenzos Zelle,
Zu beichten und Vergebung zu empfahn.

WÄRTERIN. Gewiß, das will ich. Ihr tut weislich dran.

Ab.

JULIA. O alter Erzfeind! höllischer Versucher!
Ist's ärgre Sünde, so zum Meineid mich
Verleiten, oder meinen Gatten schmähn
Mit eben dieser Zunge, die zuvor
Vieltausendmal ihn ohne Maß und Ziel
Gepriesen hat? – Hinweg, Ratgeberin!
Du und mein Busen sind sich künftig fremd. –
Ich will zum Mönch, ob er nicht Hülfe schafft:
Schlägt alles fehl, hab' ich zum Sterben Kraft.

Ab.

Vierter Aufzug

Erste Szene

Bruder Lorenzos Zelle.
Lorenzo und Paris.

LORENZO.
Auf Donnerstag? Die Frist ist kurz, mein Graf.

PARIS. Mein Vater Capulet verlangt es so,
Und meine Säumnis soll die Eil' nicht hemmen.

LORENZO.
Ihr sagt, Ihr kennt noch nicht des Fräuleins Sinn:
Das ist nicht grade Bahn; so lieb' ich's nicht.

PARIS. Unmäßig weint sie über Tybalts Tod,
Und darum sprach ich wenig noch von Liebe:
Im Haus der Tränen lächelt Venus nicht.
Nun hält's ihr Vater, würd'ger Herr, gefährlich,
Daß sie dem Grame so viel Herrschaft gibt,
Und treibt in weiser Vorsicht auf die Heirat,
Um ihrer Tränen Ströme zu vertrocknen.
(Das nimmt vielleicht Geselligkeit von ihr,
Worein sie Einsamkeit zu tief versenkt.)
Jetzt wißt Ihr um die Ursach' dieser Eil'.

LORENZO *beiseit.*
Wüßt' ich nur nicht, was ihr im Wege steht!

Laut.

Seht, Graf! das Fräulein kommt in meine Zelle.

Julia tritt auf.

PARIS. Ha, schön getroffen, meine liebe Braut!

JULIA.
Das werd' ich dann erst sein, wenn man uns traut.

PARIS.
Man wird, man soll uns Donnerstag vermählen.

JULIA. Was sein soll, wird geschehn.

LORENZO. Das kann nicht fehlen.

PARIS.
Kommt Ihr, die Beicht' dem Vater abzulegen?

JULIA. Gäb' ich Euch Antwort, legt' ich Euch sie ab.

PARIS. Verleugnet es ihm nicht, daß Ihr mich liebt!

JULIA. Bekennen will ich Euch, ich liebe ihn.

PARIS. Gewiß bekennt Ihr auch, Ihr liebet mich.

JULIA. Tu' ich's, so hat es, hinter Eurem Rücken
Gesprochen, höhern Wert als ins Gesicht.

PARIS. Du Arme! dein Gesicht litt sehr von Tränen.
JULIA. Die Tränen dürfen sich des Siegs nicht rühmen:
Es taugte wenig, eh' sie's angefochten.
PARIS. Dies Wort tut, mehr als Tränen, ihm zu nah.
JULIA.
Doch kann die Wahrheit nicht Verleumdung sein.
Was ich gesagt, sagt' ich mir ins Gesicht.
PARIS. Doch mein ist das Gesicht, das du verleumdest.
JULIA.
Das mag wohl sein, denn es ist nicht mein eigen. –
Ehrwürd'ger Vater, habt Ihr Muße jetzt?
Wie, oder soll ich um die Vesper kommen?
LORENZO. Jetzt hab' ich Muße, meine ernste Tochter.
Vergönnt Ihr uns, allein zu bleiben, Graf?
PARIS. Verhüte Gott, daß ich die Andacht störe!
Früh Donnerstags will ich Euch wecken, Fräulein:
So lang' lebt wohl! Nehmt diesen heil'gen Kuß!
Ab.
JULIA. O schließ' die Tür, und wenn du das getan,
Komm, wein' mit mir: Trost, Hoffnung, Hülf' ist hin!
LORENZO. Ach, Julia! ich kenne schon dein Leid,
Es drängt aus allen Sinnen mich heraus;
Du mußt, und nichts, so hör' ich, kann's verzögern,
Am Donnerstag dem Grafen dich vermählen.
JULIA. Sag mir nicht, Vater, daß du das gehört,
Wofern du nicht auch sagst, wie ich's verhindre:
Kann deine Weisheit keine Hülfe leihn,
So nenne weise meinen Vorsatz nur,
Und dieses Messer hilft mir auf der Stelle.
Gott fügt' in eins mein Herz und Romeos,
Die Hände du; und ehe diese Hand,
Die du dem Romeo versiegelt, dient
Zur Urkund' eines andern Bundes, oder
Mein treues Herz von ihm zu einem andern
Verrät'risch abfällt, soll dies beide töten.
Drum gib aus der Erfahrung langer Zeiten
Mir augenblicklich Rat; wo nicht, so sieh,
Wie dieses blut'ge Messer zwischen mir
Und meiner Drangsal richtet, das entscheidend,
Was deiner Jahr' und deiner Kunst Gewicht
Zum Ausgang nicht mit Ehren bringen konnte.
O zaudre nicht so lang'! Den Tod verlang' ich,
Wenn deine Antwort nicht von Hülfe spricht.
LORENZO.
Halt, Tochter! Ich erspähe was wie Hoffnung:
Allein es auszuführen heischt Entschluß,
Verzweifelt, wie das Übel, das wir fliehn.
Hast du die Willensstärke, dich zu töten,
Eh' du dem Grafen Paris dich vermählst,
Dann zweifl' ich nicht, du unternimmst auch wohl
Ein Ding wie Tod, die Schmach hinwegzutreiben,
Der zu entgehn du selbst den Tod umarmst;
Und wenn du's wagst, so biet' ich Hülfe dir.
JULIA. Oh, lieber als dem Grafen mich vermählen,
Heiß' von der Zinne jenes Turms mich springen,
Da gehn, wo Räuber streifen, Schlangen lauern,
Und kette mich an wilde Bären fest;
Birg bei der Nacht mich in ein Totenhaus
Voll rasselnder Gerippe, Moderknochen
Und gelber Schädel mit entzahnten Kiefern;
Heiß' in ein frisch gemachtes Grab mich gehn
Und in das Leichentuch des Toten hüllen!
Sprach man sonst solche Dinge, bebt' ich schon;
Doch tu' ich ohne Furcht und Zweifel sie,
Des süßen Gatten reines Weib zu bleiben.
LORENZO.
Wohl denn! Geh heim, sei fröhlich, will'ge drein,
ich zu vermählen: morgen ist es Mittwoch;
Sieh, wie du morgen nacht allein magst ruhn;
Laß nicht die Amm' in deiner Kammer schlafen:
Nimm dieses Fläschchen dann mit dir zu Bett,
Und trink' den Kräutergeist, den es verwahrt.
Dann rinnt alsbald ein kalter, matter Schauer
Durch deine Adern und bemeistert sich
Der Lebensgeister; den gewohnten Gang
Hemmt jeder Puls und hört zu schlagen auf.
Kein Odem, keine Wärme zeugt von Leben;
Der Lippen und der Wangen Rosen schwinden
Zu bleicher Asche; deiner Augen Vorhang
Fällt, wie wenn Tod des Lebens Tag verschließt.
Ein jedes Glied, gelenker Kraft beraubt,
Soll steif und starr und kalt wie Tod erscheinen.
Als solch ein Ebenbild des dürren Todes
Sollst du verharren zweiundvierzig Stunden,
Und dann erwachen wie von süßem Schlaf.
Wenn nun der Bräutigam am Morgen kommt
Und dich vom Lager ruft, da liegst du tot;
Dann (wie die Sitte unsres Landes ist)
Trägt man auf einer Bahr' in Feierkleidern
Dich unbedeckt in die gewölbte Gruft,
Wo alle Capulets von Alters ruhn.
Zur selben Zeit, wenn du erwachen wirst,
Soll Romeo aus meinen Briefen wissen,
Was wir erdacht' und sich hieher begeben.
Wir wollen beid' auf dein Erwachen harren;
Und in derselben Nacht soll Romeo
Dich fort von hier nach Mantua geleiten.
Das rettet dich von dieser droh'nden Schmach,
Wenn schwacher Unbestand und weib'sche Furcht
Dir in der Ausführung den Mut nicht dämpft.
JULIA. Gib mir, o gib mir! Rede nicht von Furcht!
LORENZO.
Nimm, geh mit Gott, halt' fest an dem Entschluß!
Ich send' indes mit Briefen einen Bruder
In Eil' nach Mantua zu deinem Treuen.
JULIA. Gib, Liebe, Kraft mir! Kraft wird Hülfe leihen.
Lebt wohl, mein teurer Vater!
Beide ab.

Zweite Szene

Ein Zimmer in Capulets Hause.
Capulet, Gräfin Capulet, Wärterin, Bediente.

CAPULET. So viele Gäste lad', als hier geschrieben!
Ein Bedienter ab.
Du, Bursch, geh', miet' mir zwanzig tücht'ge Köche!
BEDIENTER. Ihr sollt gewiß keine schlechten kriegen, gnäd'ger Herr; denn ich will erst zusehn, ob sie sich die Finger ablecken können.
CAPULET.
Was soll das für eine Probe sein?

BEDIENTER. Ei, gnädiger Herr, das wäre ein schlechter Koch, der seinen eignen Finger nicht ablecken könnte. Drum, wer das nicht kann, der geht nicht mit mir.

CAPULET. Geh, mach fort! –

Bedienter ab.

Die Zeit ist kurz, es wird an manchem fehlen. –
Wie ist's? Ging meine Tochter hin zum Pater?

WÄRTERIN. Ja, wahrhaftig.

CAPULET. Wohl! Gutes stiftet er vielleicht bei ihr:
Sie ist ein albern, eigensinnig Ding.

Julia tritt auf.

WÄRTERIN.
Seht, wie sie fröhlich aus der Beichte kömmt!

CAPULET.
Nun, Starrkopf? Sag, wo bist herumgeschwärmt?

JULIA.
Wo ich gelernt, die Sünde zu bereun
Hartnäck'gen Ungehorsams gegen Euch
Und Eu'r Gebot, und wo der heil'ge Mann
Mir auferlegt, vor Euch mich hinzuwerfen,
Vergebung zu erflehn. – Vergebt, ich bitt' Euch;
Von nun an will ich stets Euch folgsam sein.

CAPULET.
Schickt nach dem Grafen, geht und sagt ihm dies:
Gleich morgen früh will ich dies Band geknüpft sehn.

JULIA.
Ich traf den jungen Grafen bei Lorenzo,
Und alle Huld und Lieb' erwies ich ihm,
So das Gesetz der Zucht nicht übertritt.

CAPULET.
Nun wohl! das freut mich, das ist gut. – Steh auf!
So ist es recht. – Laßt mich den Grafen sehn!
Potztausend! Geht, sag' ich, und holt ihn her! –
So wahr Gott lebt, der würd'ge fromme Pater,
Von unsrer ganzen Stadt verdient er Dank.

JULIA. Kommt, Amme! Wollt Ihr mit mir auf mein Zimmer,
Mir helfen Putz erlesen, wie Ihr glaubt,
Daß mir geziemt, ihn morgen anzulegen?

GRÄFIN CAPULET.
Nein, nicht vor Donnerstag; es hat noch Zeit.

CAPULET.
Geh mit ihr, Amme! Morgen geht's zur Kirche.

Julia und die Amme ab.

GRÄFIN CAPULET.
Die Zeit wird kurz zu unsrer Anstalt fallen:
Es ist fast Nacht.

CAPULET.
Blitz! ich will frisch mich rühren,
Und alles soll schon gehn, Frau, dafür steh' ich.
Geh du zu Julien, hilf an ihrem Putz!
Ich gehe nicht zu Bett: laßt mich gewähren,
Ich will die Hausfrau diesmal machen. – Heda! –
Kein Mensch zur Hand? – Gut, ich will selber gehn
Zum Grafen Paris, um ihn anzutreiben
Auf morgen früh: mein Herz ist mächtig leicht,
Seit dies verkehrte Mädchen sich besonnen.

Capulet und die Gräfin ab.

Dritte Szene

Juliens Kammer.
Julia und die Wärterin.

JULIA. Ja, dieser Anzug ist der beste. – Doch
Ich bitt' dich, liebe Amme, laß mich nun
Für diese Nacht allein; denn viel Gebete
Tun not mir, um den Himmel zu bewegen,
Daß er auf meinen Zustand gnädig lächle,
Der, wie du weißt, verderbt und sündlich ist.

Gräfin Capulet kommt.

GRÄFIN CAPULET.
Seid ihr geschäftig? Braucht ihr meine Hülfe?

JULIA. Nein, gnäd'ge Mutter, wir erwählten schon
Zur Tracht für morgen alles Zubehör.
Gefällt es Euch, so laßt mich jetzt allein,
Und laßt zu Nacht die Amme mit Euch wachen;
Denn sicher habt Ihr alle Hände voll
Bei dieser eil'gen Anstalt.

GRÄFIN CAPULET. Gute Nacht!
Geh nun zu Bett und ruh'; du hast es nötig.

Gräfin Capulet und die Wärterin ab.

JULIA.
Lebt wohl! – Gott weiß, wann wir uns wieder sehn.
Kalt rieselt matter Schau'r durch meine Adern,
Der fast die Lebenswärm' erstarren macht.
Ich will zurück sie rufen mir zum Trost. –
Amme! – Doch was soll sie hier? –
Mein düstres Spiel muß ich allein vollenden.
Komm du, mein Kelch! –
Doch wie? wenn dieser Trank nun gar nichts wirkte,
Wird man dem Grafen mit Gewalt mich geben?
Nein, nein: dies soll's verwehren. – Lieg' du hier! –

Sie legt einen Dolch neben sich.

Wie? wär' es Gift, das mir mit schlauer Kunst
Der Mönch bereitet, mir den Tod zu bringen,
Auf daß ihn diese Heirat nicht entehre,
Weil er zuvor mich Romeon vermählt?
So, fürcht' ich, ist's; doch dünkt mich, kann's nicht sein,
Denn er ward stets ein frommer Mann erfunden.
Ich will nicht Raum so bösem Argwohn geben. –
Wie aber? wenn ich, in die Gruft gelegt,
Erwache vor der Zeit, da Romeo
Mich zu erlösen kommt? Furchtbarer Fall!
Werd' ich dann nicht in dem Gewölb' ersticken,
Des gift'ger Mund nie reine Lüfte einhaucht,
Und so erwürgt da liegen, wann er kommt?
Und leb' ich auch, könnt' es nicht leicht geschehn,
Daß mich das grause Bild von Tod und Nacht,
Zusammen mit den Schrecken jenes Ortes,
Dort im Gewölb' in alter Katakombe,
Wo die Gebeine aller meiner Ahnen
Seit vielen hundert Jahren aufgehäuft,
Wo frisch beerdigt erst der blut'ge Tybalt
Im Leichentuch verwest; wo, wie man sagt,
In mitternächt'ger Stunde Geister hausen –
Weh, weh! könnt' es nicht leicht geschehn, daß ich,
Zu früh erwachend, – und nun ekler Dunst,
Gekreisch wie von Alraunen, die man aufwühlt,

Das Sterbliche, die's hören, sinnlos macht –
Oh, wach' ich auf, werd' ich nicht rasend werden,
Umringt von all den greuelvollen Schrecken,
Und toll mit meiner Väter Glieder spielen?
Und Tybalt aus dem Leichentuche zerren?
Und in der Wut, mit eines großen Ahnherrn
Gebein, zerschlagen mein zerrüttet Hirn?
O seht! mich dünkt, ich sehe Tybalts Geist!
Er späht nach Romeo, der seinen Leib
Auf einen Degen spießte. – Weile, Tybalt! –
Ich komme, Romeo! Dies trink' ich dir.

Sie wirft sich auf das Bette.

Vierte Szene

Ein Saal in Capulets Hause.
Gräfin Capulet und die Wärterin.

GRÄFIN CAPULET. Da, nehmt die Schlüssel, holt noch mehr Gewürz!

WÄRTERIN. Sie wollen Quitten und Orangen haben
In der Konditorei.

Capulet kommt.

CAPULET. Kommt, rührt euch! Frisch! Schon kräht der zweite Hahn,
Die Morgenglocke läutet; 's ist drei Uhr.
Sieh nach dem Backwerk, Frau Angelica,
Spar' nichts daran!

WÄRTERIN. Topfgucker! Geht nur, geht!
Macht Euch zu Bett! – Gelt, Ihr seid morgen krank,
Wenn Ihr die ganze Nacht nicht schlaft.

CAPULET.
Kein bißchen! Was? Ich hab' um Kleiners wohl
Die Nächte durchgewacht, und war nie krank.

GRÄFIN CAPULET.
Ja, ja! Ihr wart ein feiner Vogelsteller
Zu Eurer Zeit! Nun aber will ich Euch
Vor solchem Wachen schon bewachen.

Gräfin und Wärterin ab.

CAPULET. O Ehestand! o Wehestand! Nun, Kerl',
Was bringt ihr da?

Bediente mit Bratspießen, Scheiten und Körben gehn über die Bühne.

ERSTE BEDIENTE.
s' ist für den Koch, Herr; was, das weiß ich nicht.

CAPULET. Macht zu, macht zu!

Bedienter ab.

Hol' trockne Klötze, Bursch!
Ruf' Petern, denn der weiß es, wo sie sind.

ZWEITER BEDIENTE.
Braucht Ihr 'nen Klotz, Herr, bin ich selber da,
Und hab' nicht nötig, Petern anzugehn.

CAPULET.
Blitz! gut gesagt! Ein lust'ger Teufel! Ha,
Du sollst das Haupt der Klötze sein. – Wahrhaftig,
s' ist Tag: der Graf wird mit Musik gleich kommen.
Das wollt' er, sagt' er ja: ich hör' ihn schon.

Musik hinter der Szene.

Frau! Wärterin! He, sag' ich, Wärterin!

Die Wärterin kommt.

Weckt Julien auf! Geht, putzt mir sie heraus;
Ich geh' indes und plaudre mit dem Grafen.
Eilt Euch, macht fort! Der Bräut'gam ist schon da.
Fort! sag' ich Euch.

Ab.

Fünfte Szene

Juliens Kammer. Julia auf dem Bette.
Die Wärterin kommt.

WÄRTERIN.
Fräulein! Nun, Fräulein! – Julia! – Nun, das schläft! –
He, Lamm! He, Fräulein! – Pfui, Langschläferin! –
Mein Schätzchen, sag' ich! Süßes Herz! Mein Bräutchen! –
Was? nicht ein Laut? – Ihr nehmt Eu'r Teil voraus,
Schlaft für 'ne Woche, denn ich steh' dafür,
Auf nächste Nacht hat seine Ruh' Graf Paris
Daran gesetzt, daß Ihr nicht ruhen sollt. –
Behüt' der Herr sie! Wie gesund sie schläft!
Ich muß sie aber wecken. – Fräulein! Fräulein!
Laßt Euch den Grafen nur im Bett ertappen,
Der wird Euch schon ermuntern: meint Ihr nicht? –
Was? schon in vollen Kleidern? und so wieder
Sich hingelegt? Ich muß durchaus Euch wecken.
He, Fräulein! Fräulein! Fräulein! –
Daß Gott! daß Gott! Zu Hülfe! sie ist tot!
Ach, liebe Zeit! mußt' ich den Jammer sehn! –
Holt Spiritus! He, gnäd'ger Herr! Frau Gräfin!

Gräfin Capulet kommt.

GRÄFIN CAPULET. Was ist das für ein Lärm?

WÄRTERIN. O Unglückstag!

GRÄFIN CAPULET. Was gibt's?

WÄRTERIN. Seht, seht nur! O betrübter Tag!

GRÄFIN CAPULET.
O weh! o weh! Mein Kind! mein einzig Leben!
Erwach'! Leb' auf! Ich sterbe sonst mit dir.
O Hülfe! Hülfe! Ruft doch Hülfe!

Capulet kommt.

CAPULET.
Schämt Euch! Bringt Julien her! Der Graf ist da.

WÄRTERIN. Ach, sie ist tot! verblichen! tot! O Wehe!

GRÄFIN CAPULET.
O Wehe! Wehe! Sie ist tot, tot, tot!

CAPULET.
Laßt mich sie sehn! – Gott helf' uns! Sie ist kalt,
Ihr Blut steht still, die Glieder sind ihr starr;
Von diesen Lippen schied das Leben längst,
Der Tod liegt auf ihr, wie ein Maienfrost
Auf des Gefildes schönster Blume liegt.
Fluch dieser Stund'! Ich armer, alter Mann!

WÄRTERIN. O Unglückstag!

GRÄFIN CAPULET. O jammervolle Stunde!

CAPULET.
Der Tod, der mir sie nahm, mir Klagen auszupressen,
Er bindet meine Zung' und macht sie stumm.

Bruder Lorenzo, Graf Paris und Musikanten treten auf.

LORENZO.
Kommt! Ist die Braut bereit, zur Kirch' zu gehn?

CAPULET. Bereit zu gehn, um nie zurück zu kehren.
O Sohn! die Nacht vor deiner Hochzeit buhlte

Der Tod mit deiner Braut. Sieh, wie sie liegt,
Die Blume, die in seinem Arm verblühte.
Mein Eidam ist der Tod, der Tod mein Erbe;
Er freite meine Tochter. Ich will sterben,
Ihm alles lassen: wer das Leben läßt,
Verläßt dem Tode alles.

PARIS.
Hab' ich nach dieses Morgens Licht geschmachtet,
Und bietet es mir solchen Anblick dar?

GRÄFIN CAPULET.
Unseliger, verhaßter, schwarzer Tag!
Der Stunden jammervollste, so die Zeit
Seit ihrer langen Pilgerschaft gesehn!
Nur eins, ein einzig armes, liebes Kind,
Ein Wesen nur, mich dran zu freun, zu laben;
Und grausam riß es mir der Tod hinweg!

WÄRTERIN.
O Weh! O Jammer – Jammer – Jammertag!
Höchst unglücksel'ger Tag! betrübter Tag!
(Wie ich noch nimmer, nimmer einen sah!
O Tag! O Tag! O Tag! Verhaßter Tag!)
Solch schwarzen Tag wie diesen gab es nie:
O Jammertag! o Jammertag!

PARIS.
Berückt! geschieden! schwer gekränkt! erschlagen!
Fluchwürd'ger, arger Tod, durch dich berückt!
Durch dich so grausam, grausam hingestürzt!
O Lieb'! o Leben! Nein, nur Lieb' im Tode!

CAPULET.
Verhöhnt! bedrängt! gehaßt! zermalmt! getötet! –
Trostlose Zeit! weswegen kamst du jetzt,
Zu morden, morden unser Freudenfest? –
O Kind! Kind! – meine Seel' und nicht mein Kind! –
Tot bist du? – Wehe mir! mein Kind ist tot,
Und mit dem Kinde starben meine Freuden!

LORENZO.
Still! Hegt doch Scham! Solch Stürmen stillet nicht
Des Leidens Sturm. Ihr teiltet mit dem Himmel
Dies schöne Mädchen, nun hat er sie ganz,
Und um so besser ist es für das Mädchen.
Ihr konntet euer Teil nicht vor dem Tod
Bewahren; seins bewahrt im ew'gen Leben
Der Himmel. Sie erhöhn, war euer Ziel;
Eu'r Himmel war's, wenn sie erhoben würde:
Und weint ihr nun, erhoben sie zu sehn
Hoch über Wolken, wie der Himmel hoch?
Oh, wie verkehrt doch euer Lieben ist!
Verzweifelt ihr, weil ihr sie glücklich wißt?
Die lang' vermählt lebt, ist nicht wohl vermählet;
Wohl ist vermählt, die früh der Himmel wählet.
Hemmt eure Tränen, streuet Rosmarin
Auf diese schöne Leich', und, nach der Sitte,
Tragt sie zur Kirch' in ihrem besten Staat:
Denn heischt gleich die Natur ein schmerzlich Sehnen,
So lacht doch die Vernunft bei ihren Tränen.

CAPULET. Was wir nur irgend festlich angestellt,
Kehrt sich von seinem Dienst zu schwarzer Trauer:
Das Spiel der Saiten wird zum Grabgeläut',
Die Hochzeitlust zum ernsten Leichenmahl,
Aus Feierliedern werden Totenmessen,
(Der Brautkranz dient zum Schmucke für die Bahre,)
Und alles wandelt sich ins Gegenteil.

LORENZO.
Verlaßt sie, Herr; geht mit ihm, gnäd'ge Frau;
Auch Ihr, Graf Paris: macht euch alle fertig,
Der schönen Leiche hin zur Gruft zu folgen!
Der Himmel zürnt mit euch um sünd'ge Tat;
Reizt ihn nicht mehr, gehorcht dem hohen Rat!
Capulet; Gräfin Capulet, Paris und Lorenzo ab.

ERSTER MUSIKANT. Mein' Seel'! wir können unsre Pfeifen auch nur einstecken und uns packen.

WÄRTERIN. Ihr guten Leute, ja, steckt ein! steckt ein!
Die Sachen hier sehn gar erbärmlich aus.
Ab.

ZWEITER MUSIKANT *zeigt auf sein Instrument.* Ja, meiner Treu, die Sachen hier könnten wohl besser aussehen, aber sie klingen doch gut.

PETER. O Musikanten! Musikanten! Spielt: »Frisch auf, mein Herz! frisch auf, mein Herz, und singe!« O spielt, wenn euch mein Leben lieb ist, spielt: »Frisch auf, mein Herz!«

ERSTER MUSIKANT.
Warum: »Frisch auf, mein Herz?«

PETER. O Musikanten, weil mein Herz selber spielt: »Mein Herz voll Angst und Nöten.« O spielt mir eine lustige Litanei, um mich aufzurichten!

ZWEITER MUSIKANT. Nichts da von Litanei! Es ist jetzt nicht Spielens Zeit.

PETER. Ihr wollt es also nicht?

MUSIKANTEN. Nein.

PETER. Nun, so will ich es euch schon eintränken.

ERSTER MUSIKANT. Was wollt Ihr uns eintränken?

PETER. Keinen Wein, wahrhaftig; ich will euch eure Instrumente um den Kopf schlagen. Ich will euch befa-sol-laen. Das notiert euch!

ERSTER MUSIKANT.
Wenn Ihr uns befa-sol-laet, so notiert Ihr uns.

PETER. Hört, spannt mir einmal eure Schafsköpfe, wie die Schafsdärme an euren Geigen. Antwortet verständlich:

»Wenn in der Leiden hartem Drang
Das bange Herze will erliegen,
Musik mit ihrem Silberklang« –

Warum »Silberklang«? Warum »Musik mit ihrem Silberklang«? Was sagt Ihr, Hans Kolophonium?

ERSTER MUSIKANT. Ei nun, Musje, weil Silber einen feinen Klang hat.

PETER.
Recht artig! Was sagt Ihr, Michel Hackebrett?

ZWEITER MUSIKANT. Ich sage »Silberklang«, weil Musik nur für Silber klingt.

PETER. Auch recht artig! Was sagt Ihr, Jakob Gellohr?

DRITTER MUSIKANT. Mein' Seel', ich weiß nicht, was ich sagen soll.

PETER. Oh, ich bitte Euch um Vergebung! Ihr seid der Sänger, Ihr singt nur; so will ich es denn für Euch sagen. Es heißt »Musik mit ihrem Silberklang«, weil solche Kerle, wie ihr, kein Gold fürs Spielen kriegen.

»Musik mit ihrem Silberklang
Weiß hülfreich ihnen obzusiegen.«

Geht singend ab.

ERSTER MUSIKANT.
Was für ein Schalksnarr ist der Kerl!

ZWEITER MUSIKANT. Hol' ihn der Henker! Kommt, wir wollen hier hineingehn auf die Trauerleute warten, und sehen, ob es nichts zu essen gibt.

Alle ab.

Fünfter Aufzug

Erste Szene

Mantua. Eine Straße.
Romeo tritt auf.

ROMEO.
Darf ich dem Schmeichelblick des Schlafes traun,
So deuten meine Träum' ein nahes Glück.
Leicht auf dem Thron sitzt meiner Brust Gebieter;
Mich hebt ein ungewohnter Geist mit frohen
Gedanken diesen ganzen Tag empor.
Mein Mädchen, träumt' ich, kam und fand mich tot
(Seltsamer Traum, der Tote denken läßt!)
Und hauchte mir solch Leben ein mit Küssen,
Daß ich vom Tod erstand und Kaiser war.
Ach Herz! wie süß ist Liebe selbst begabt,
Da schon so reich an Freud' ihr Schatten ist!

Balthasar tritt auf.

Ha, Neues von Verona! Sag, wie steht's?
Bringst du vom Pater keine Briefe mit?
Was macht mein teures Weib? Wie lebt mein Vater?
Ist meine Julia wohl? das frag' ich wieder;
Denn nichts kann übel stehn, geht's ihr nur wohl.

BALTHASAR.
Nun, ihr geht's wohl, und nichts kann übel stehn.
Ihr Körper schläft in Capulets Begräbnis,
Und ihr unsterblich Teil lebt bei den Engeln.
Ich sah sie senken in der Väter Gruft,
Und ritt in Eil' hieher, es Euch zu melden.
O Herr, verzeiht die schlimme Botschaft mir,
Weil Ihr dazu den Auftrag selbst mir gabt.

ROMEO.
Ist es denn so? Ich biet' euch Trotz, ihr Sterne! –
Du kennst mein Haus: hol' mir Papier und Tinte
Und miete Pferde; ich will fort zu Nacht.

BALTHASAR.
Verzeiht, ich darf Euch so nicht lassen, Herr!
Ihr seht so blaß und wild, und Eure Blicke
Weissagen Unglück.

ROMEO. Nicht doch, du betrügst dich.
Laß mich, und tu', was ich dich heiße tun!
Hast du für mich vom Pater keine Briefe?

BALTHASAR. Nein, bester Herr.

ROMEO. Es tut nichts; mach' dich auf
Und miete Pferd', ich komme gleich zu Haus.

Balthasar ab.

Wohl, Julia, heute nacht ruh' ich bei dir!
Ich muß auf Mittel sinnen. – Oh, wie schnell
Drängt Unheil sich in der Verzweiflung Rat!
Mir fällt ein Apotheker ein; er wohnt
Hier irgendwo herum. – Ich sah ihn neulich,
Zerlumpt, die Augenbraunen überhangend;
Er suchte Kräuter aus; hohl war sein Blick,
Ihn hatte herbes Elend ausgemergelt;
Ein Schildpatt hing in seinem dürft'gen Laden,
Ein ausgestopftes Krokodil und Häute
Von mißgestalten Fischen: auf dem Sims
Ein bettelhafter Prunk von leeren Büchsen
Und grüne Töpfe, Blasen, müff'ger Samen,
Bindfadenendchen, alte Rosenkuchen,
Das alles dünn verteilt, zur Schau zu dienen.
Betrachtend diesen Mangel, sagt' ich mir:
Bedürfte jemand Gift hier, des Verkauf
In Mantua sogleich zum Tode führt,
Da lebt ein armer Schelm, der's ihm verkaufte.
Oh, der Gedanke zielt' auf mein Bedürfnis,
Und dieser dürft'ge Mann muß mir's verkaufen
So viel ich mich entsinn', ist dies das Haus:
Weil's Festtag ist, schloß seinen Kram der Bettler.
He! holla! Apotheker!

Der Apotheker kommt heraus.

APOTHEKER. Wer ruft so laut?

ROMEO. Mann, komm hieher! – Ich sehe, du bist arm.
Nimm, hier sind vierzig Stück Dukaten: gib
Mir eine Dose Gift; solch scharfen Stoff,
Der schnell durch alle Adern sich verteilt,
Daß tot der lebensmüde Trinker hinfällt,
Und daß die Brust den Odem von sich stößt
So ungestüm, wie schnell entzündet Pulver
Aus der Kanone furchtbar'm Schlunde blitzt.

APOTHEKER. So tödliche Arzneien hab' ich wohl,
Doch Mantuas Gesetz ist Tod für jeden,
Der feil sie gibt.

ROMEO. Bist du so nackt und bloß,
Von Plagen so bedrückt, und scheust den Tod?
Der Hunger sitzt in deinen hohlen Backen,
Not und Bedrängnis darbt in deinem Blick,
Auf deinem Rücken hängt zerlumptes Elend,
Die Welt ist nicht dein Freund, noch ihr Gesetz;
Die Welt hat kein Gesetz, dich reich zu machen:
Drum sei nicht arm, brich das Gesetz und nimm!

APOTHEKER.
Nur meine Armut, nicht mein Wille weicht.

ROMEO. Nicht deinem Willen, deiner Armut zahl' ich.

APOTHEKER. Tut dies in welche Flüssigkeit Ihr wollt,
Und trinkt es aus; und hättet Ihr die Stärke
Von Zwanzigen, es hülf' Euch gleich davon.

ROMEO.
Da ist dein Gold, ein schlimmres Gift den Seelen
Der Menschen, das in dieser eklen Welt
Mehr Mord verübt, als diese armen Tränkchen,
Die zu verkaufen dir verboten ist.
Ich gebe Gift dir; du verkaufst mir keins.
Leb wohl, kauf' Speis' und füttre dich heraus! –
Komm, Stärkungstrank, nicht Gift! Begleite mich
Zu Juliens Grab: denn da bedarf ich dich.

Ab.

Zweite Szene

Lorenzos Zelle. Bruder Marcus kömmt.

MARCUS. Ehrwürd'ger Bruder Franziskaner! he!

Bruder Lorenzo kömmt.

LORENZO.
Das ist ja wohl des Bruders Marcus Stimme –
Willkommen mir von Mantua! Was sagt
Denn Romeo? Faßt' er es schriftlich ab,
So gib den Brief!

MARCUS. Ich ging, um einen Bruder
Barfüßer unsers Ordens, der den Kranken
In dieser Stadt hier zuspricht, zum Geleit
Mir aufzusuchen; und da ich ihn fand,
Argwöhnten die dazu bestellten Späher,
Wir wären beid' in einem Haus, in welchem
Die böse Seuche herrschte, siegelten
Die Türen zu und ließen uns nicht gehn.
Dies hielt mich ab, nach Mantua zu eilen.

LORENZO. Wer trug denn meinen Brief zum Romeo?

MARCUS.
Da hast du ihn, ich könnt' ihn nicht bestellen:
Ihn dir zu bringen, fand kein Bote sich,
So bange waren sie vor Ansteckung.

LORENZO. Unsel'ges Mißgeschick! Bei meinem Orden,
Nicht eitel war der Brief: sein Inhalt war
Von teuren Dingen, und die Säumnis kann
Gefährlich werden. Bruder Marcus, geh,
Hol' ein Brecheisen mir und bring's sogleich
In meine Zell'!

MARCUS. Ich geh' und bring's dir, Bruder.

Ab.

LORENZO. Ich muß allein zur Gruft nun. Innerhalb
Drei Stunden wird das schöne Kind erwachen;
Verwünschen wird sie mich, weil Romeo
Vom ganzen Vorgang nichts erfahren hat.
Doch schreib' ich gleich aufs neu' nach Mantua,
Und berge sie so lang' in meiner Zell',
Bis ihr Geliebter kömmt. Die arme Seele!
Lebend'ge Leich' in dumpfer Grabeshöhle!

Ab.

Dritte Szene

Ein Kirchhof; auf demselben das Familienbegräbnis der Capulets.

Paris und sein Page, mit Blumen und einer Fackel, treten auf.

PARIS. Gib mir die Fackel, Knab', und halt' dich fern. –
Nein, lisch sie aus: man soll mich hier nicht sehn.
Dort unter jenen Ulmen streck' dich hin,
Und leg' dein Ohr dicht an den hohlen Grund:
So kann kein Fuß auf diesen Kirchhof treten,
Der locker aufgewühlt von vielen Gräbern,
Daß du's nicht hörest; pfeife dann mir zu,
Zum Zeichen, daß du etwas nahen hörst!
Gib mir die Blumen, tu', wie ich dir sagte!

PAGE. Fast grauet mir, so auf dem Kirchhof hier
Allein zu bleiben; doch ich will es wagen.

Entfernt sich.

PARIS. Dein bräutlich Bett bestreu' ich, süße Blume,
Mit Blumen dir; du schließest, holdes Grab,
Der sel'gen Welt vollkommnes Muster ein.
O schöne Julia! Engeln zugesellt,
Nimm diese letzte Gab' aus dessen Händen,
Der dich im Leben ehrte, und im Tod
Mit Preis und Klage deine Ruh'statt ziert.

Der Knabe pfeift.

Der Bube gibt ein Zeichen: jemand naht.
Welch ein verdammter Fuß kömmt dieses Wegs
Und stört die Leichenfeier frommer Liebe?
Mit einer Fackel? wie? Verhülle, Nacht,
Ein Weilchen mich!

Er tritt beiseite.

Romeo und Balthasar mit einer Fackel, Haue u.s.w.

ROMEO. Gib mir das Eisen und die Haue her!
Nimm diesen Brief: früh morgens siehe zu,
Daß du ihn meinem Vater überreichst.
Gib mir das Licht! Aufs Leben bind' ich's dir:
Was du auch hörst und siehst, bleib' in der Ferne,
Und unterbrich mich nicht in meinem Tun!
Ich steig' in dieses Todesbett hinab,
Teils meiner Gattin Angesicht zu sehn,
Vornehmlich aber einen kostbar'n Ring
Von ihren toten Fingern abzuziehn,
Den ich zu einem wicht'gen Werk bedarf.
Drum auf und geh! Und kehrest du zurück,
Vorwitzig meiner Absicht nachzuspähn,
Bei Gott! so reiß ich dich in Stücke, säe
Auf diesen gier'gen Boden deine Glieder.
Die Nacht und mein Gemüt sind wütend-wild.
Viel grimmer und viel unerbittlicher
Als durst'ge Tiger und die wüste See.

BALTHASAR.
So will ich weggehn, Herr, und Euch nicht stören.

ROMEO.
Dann tust du als mein Freund. Nimm, guter Mensch,
Leb' und sei glücklich, und gehab' dich wohl!

BALTHASAR *für sich.*
Trotz allem dem will ich mich hier verstecken:
Ich trau' ihm nicht, sein Blick erregt mir Schrecken.

Entfernt sich.

ROMEO. O du verhaßter Schlund! du Bauch des Todes!
Der du der Erde Köstlichstes verschlangst,
So brech' ich deine morschen Kiefern auf
Und will, zum Trotz, noch mehr dich überfüllen.

Er bricht die Türe des Gewölbes auf.

PARIS. Ha! der verbannte, stolze Montague,
Der Juliens Vetter mordete; man glaubt,
An diesem Grame starb das holde Wesen;
Hier kommt er nun, um niederträcht'gen Schimpf
Den Leichen anzutun: ich will ihn greifen. –

Tritt hervor.

Laß dein verruchtes Werk, du Montague!
Wird Rache übern Tod hinaus verfolgt?
Verdammter Bube! ich verhafte dich:
Gehorch' und folge mir, denn du mußt sterben.

ROMEO.
Fürwahr, das muß ich: darum kam ich her.
Versuch' nicht, guter Jüngling, den Verzweifelnden!
Entflieh' und laß mich; denke dieser Toten!
Laß sie dich schrecken! – Ich beschwör' dich, Jüngling,
Lad' auf mein Haupt nicht eine neue Sünde,
Wenn du zur Wut mich reizest; geh, o geh!
Bei Gott, ich liebe mehr dich als mich selbst,
Denn gegen mich bewaffnet komm' ich her.

Fort! eile! leb' und nenn barmherzig ihn,
Den Rasenden, der dir gebot zu fliehn!

PARIS. Ich kümmre mich um dein Beschwören nicht
Und greife dich als Missetäter hier.

ROMEO. Willst du mich zwingen? Knabe, sieh dich vor!

Sie fechten.

PAGE. Sie fechten! Gott! Ich will die Wache rufen.

PARIS. Oh, ich bin hin! –

Fällt.

Hast du Erbarmen, öffne
Die Gruft und lege mich zu Julien!

Er stirbt.

ROMEO.
Auf Ehr', ich will's. – Laßt sein Gesicht mich schaun:
Mercutios edler Vetter ist's, Graf Paris!
Was sagte doch mein Diener, weil wir ritten,
Als die bestürmte Seel' es nicht vernahm? –
Ich glaube: Julia habe sich mit Paris
Vermählen sollen; sagt' er mir nicht so?
Wie, oder träumt' ich's? oder bild' ich's mir
Im Wahnsinn ein, weil er von Julien sprach?
Oh, gib mir deine Hand, du, so wie ich
Ins Buch des herben Unglücks eingezeichnet!
Ein siegeprangend Grab soll dich empfangen.
Ein Grab? Nein, eine Leucht', erschlagner Jüngling!
Denn hier liegt Julia: ihre Schönheit macht
Zur lichten Feierhalle dies Gewölb'.
Da lieg' begraben, Tod, von einem Toten! –

Er legt den Paris in das Begräbnis.

Wie oft sind Menschen, schon des Todes Raub,
Noch fröhlich worden! Ihre Wärter nennen's
Den letzten Lebensblitz. Wohl mag dann dies
Ein Blitz mir heißen. – O mein Herz! mein Weib!
Der Tod, der deines Odems Balsam sog,
Hat über deine Schönheit nichts vermocht.
Noch bist du nicht besiegt: der Schönheit Fahne
Weht purpurn noch auf Lipp' und Wange dir;
Hier pflanzte nicht der Tod sein bleiches Banner. –
Liegst du da, Tybalt, in dem blut'gen Tuch?
Oh, welchen größern Dienst kann ich dir tun,
Als mit der Hand, die deine Jugend fällte,
Des Jugend, der dein Feind war, zu zerreißen?
Vergib mir, Vetter! – Liebe Julia,
Warum bist du so schön noch? Soll ich glauben –
Ja, glauben will ich (komm, lieg' mir im Arm!),
Der körperlose Tod entbrenn' in Liebe,
Und der verhaßte, hagre Unhold halte
Als seine Buhle hier im Dunkel dich.
Aus Furcht davor will ich dich nie verlassen,
Und will aus diesem Palast dichter Nacht
Nie wieder weichen. Hier, hier will ich bleiben
Mit Würmern, so dir Dienerinnen sind.
Oh, hier bau' ich die ew'ge Ruh'statt mir,
Und schüttle von dem lebensmüden Leibe
Das Joch feindseliger Gestirne. – Augen,
Blickt euer Letztes! Arme, nehmt die letzte
Umarmung! und, o Lippen, ihr, die Tore
Des Odems, siegelt mit rechtmäß'gem Kusse
Den ewigen Vertrag dem Wuch'rerTod!
Komm, bittrer Führer! widriger Gefährt'!
Verzweifelter Pilot! Nun treib' auf einmal
Dein sturmerkranktes Schiff in Felsenbrandung!
Dies auf dein Wohl, wo du auch stranden magst!
Dies meiner Lieben! –

Er trinkt.

O wackrer Apotheker!
Dein Trank wirkt schnell. – Und so im Kusse sterb' ich.

Er stirbt.

Bruder Lorenzo kommt am andern Ende des Kirchhofes mit Laterne, Brecheisen und Spaten.

LORENZO.
Helf' mir Sankt Franz! Wie oft sind über Gräber
Nicht meine alten Füße schon gestolpert!
Wer ist da?

BALTHASAR.
Ein Freund, und einer, dem Ihr wohl bekannt.

LORENZO.
Gott segne dich! Sag mir, mein guter Freund,
Welch eine Fackel ist's, die dort ihr Licht
Umsonst den Würmern leiht und blinden Schädeln?
Mir scheint, sie brennt in Capulets Begräbnis.

BALTHASAR.
Ja, würd'ger Pater, und mein Herr ist dort,
Ein Freund von Euch.

LORENZO. Wer ist es?

BALTHASAR. Romeo.

LORENZO. Wie lange schon?

BALTHASAR. Voll eine halbe Stunde.

LORENZO. Geh mit mir zu der Gruft!

BALTHASAR. Ich darf nicht, Herr.
Mein Herr weiß anders nicht, als ich sei fort,
Und drohte furchtbarlich den Tod mir an,
Blieb' ich, um seinen Vorsatz auszuspähn.

LORENZO.
So bleib': ich geh' allein. – Ein Grau'n befällt mich;
Oh, ich befürchte sehr ein schlimmes Unglück!

BALTHASAR. Derweil ich unter dieser Ulme schlief,
Träumt' ich, mein Herr und noch ein andrer föchten,
Und er erschlüge jenen.

LORENZO. Romeo?

Er geht weiter nach vorn.

O wehe, weh mir! Was für Blut befleckt
Die Steine hier an dieses Grabmals Schwelle?
Was wollen diese herrenlosen Schwerter,
Daß sie verfärbt hier liegen an der Stätte
Des Friedens?

Er geht in das Begräbnis.

Romeo? – Ach, bleich! Wer sonst?
Wie? Paris auch? und in sein Blut getaucht? –
Oh, welche unmitleid'ge Stund' ist schuld
An dieser kläglichen Begebenheit? –
Das Fräulein regt sich.

JULIA *erwachend.*
O Trostesbringer! Wo ist mein Gemahl?
Ich weiß recht gut noch, wo ich sollte sein:
Da bin ich auch. – Wo ist mein Romeo?

Geräusch von Kommenden.

LORENZO.
Ich höre Lärm. – Kommt, Fräulein, flieht die Grube
Des Tods, der Seuchen, des erzwungnen Schlafs:
Denn eine Macht, zu hoch dem Widerspruch,

Hat unsern Rat vereitelt. Komm, o komm!
Dein Gatte liegt an deinem Busen tot,
Und Paris auch; komm, ich versorge dich
Bei einer Schwesterschaft von heil'gen Nonnen.
Verweil' mit Fragen nicht: die Wache kömmt.
Geh, gutes Kind!

Geräusch hinter der Szene.

Ich darf nicht länger bleiben.

Ab.

JULIA.
Geh nur, entweich'! denn ich will nicht von hinnen. –
Was ist das hier? Ein Becher, festgeklemmt
In meines Trauten Hand? – Gift, seh' ich, war
Sein Ende vor der Zeit. – O Böser! Alles
Zu trinken, keinen güt'gen Tropfen mir
Zu gönnen, der mich zu dir brächt'? – Ich will
Dir deine Lippen küssen. Ach, vielleicht
Hängt noch ein wenig Gift daran, und läßt mich
An einer Labung sterben.

Sie küßt ihn.

Deine Lippen
Sind warm. –

WÄCHTER *hinter der Szene.*
Wo ist es, Knabe? Führ' uns!

JULIA. Wie? Lärm? – Dann schnell nur! –

Sie ergreift Romeos Dolch.

O willkommner Dolch!
Dies werde deine Scheide!

Ersticht sich.

Roste da,
Und laß mich sterben!

Sie fällt auf Romeos Leiche, und stirbt.
Wache mit dem Pagen des Paris.

PAGE. Dies ist der Ort: da, wo die Fackel brennt.

ERSTER WÄCHTER.
Der Boden ist voll Blut: sucht auf dem Kirchhof,
Ein Paar von euch; geht, greifet, wen ihr trefft!

Einige von der Wache ab.

Betrübt zu sehn! Hier liegt der Graf erschlagen,
Und Julia blutend, warm und kaum verschieden,
Die schon zwei Tage hier begraben lag. –
Geht, sagt's dem Fürsten! Weckt die Capulets!
Lauft zu den Montagues! Ihr andern sucht!

Andre Wächter ab.

Wir sehn den Grund, der diesen Jammer trägt;
Allein den wahren Grund des bittern Jammers
Erfahren wir durch näh're Kundschaft nur.

Einige von der Wache kommen mit Balthasar.

ZWEITER WÄCHTER.
Hier ist der Diener Romeos; wir fanden
Ihn auf dem Kirchhof.

ERSTER WÄCHTER.
Bewahrt ihn sicher, bis der Fürst erscheint!

Ein andrer Wächter mit Lorenzo.

DRITTER WÄCHTER.
Hier ist ein Mönch, der zittert, weint und ächzt;
Wir nahmen ihm den Spaten und die Haue,
Als er von jener Seit' des Kirchhofs kam.

ERSTER WÄCHTER.
Verdächt'ges Zeichen! Haltet auch den Mönch!

Der Prinz und Gefolge.

PRINZ. Was für ein Unglück ist so früh schon wach,
Das uns aus unsrer Morgenruhe stört?

Capulet, Gräfin Capulet und andre kommen.

CAPULET.
(Was ist's, daß draußen so die Leute schrein?)

[GRÄFIN CAPULET].
Das Volk ruft auf den Straßen: »Romeo«,
Und »Julia«, und »Paris«; alles rennt
Mit lautem Ausruf unserm Grabmal zu.

PRINZ. Welch Schrecken ist's, das unser Ohr betäubt?

ERSTER WÄCHTER.
Durchlaucht'ger Herr, entleibt liegt hier Graf Paris;
Tot Romeo; und Julia, tot zuvor,
Noch warm und erst getötet.

PRINZ.
Sucht, späht, erforscht die Täter dieser Greuel!

ERSTER WÄRTER.
Hier ist ein Mönch und Romeos Bedienter.
Man fand Gerät bei ihnen, das die Gräber
Der Toten aufzubrechen dient.

CAPULET. O Himmel!
O Weib! sieh hier, wie unsre Tochter blutet!
Der Dolch hat sich verirrt; sieh, seine Scheide
Liegt ledig auf dem Rücken Montagues,
Er selbst steckt fehl in unsrer Tochter Busen.

GRÄFIN CAPULET.
O weh mir! Dieser Todesanblick mahnt
Wie Grabgeläut' mein Alter an die Grube.

Montague und andre kommen.

PRINZ. Komm, Montague! Früh hast du dich erhoben,
Um früh gefallen deinen Sohn zu sehn.

MONTAGUE.
Ach, gnäd'ger Fürst, mein Weib starb diese Nacht:
Gram um des Sohnes Bann entseelte sie.
Welch neues Leid bricht auf mein Alter ein?

PRINZ. Schau hin, und du wirst sehn.

MONTAGUE.
O Ungeratner! was ist das für Sitte,
Vor deinem Vater dich ins Grab zu drängen?

PRINZ. Versiegelt noch den Mund des Ungestüms,
Bis wir die Dunkelheiten aufgehellt
Und ihren Quell und wahren Ursprung wissen.
Dann will ich Eurer Leiden Hauptmann sein,
Und selbst zum Tod Euch führen. – Still indes!
Das Mißgeschick sei Sklave der Geduld. –
Führt die verdächtigen Personen vor!

LORENZO.
Mich trifft, obschon den unvermögendsten,
Am meisten der Verdacht des grausen Mordes,
Weil Zeit und Ort sich gegen mich erklärt.
Hier steh' ich, mich verdammend und verteid'gend,
Der Kläger und der Anwalt meiner selbst.

PRINZ. So sag ohn' Umschweif, was du hievon weißt!

LORENZO.
Kurz will ich sein, denn kurze Frist des Odems
Versagt gedehnte Reden. Romeo,
Der tot hier liegt, war dieser Julia Gatte,
Und sie, die tot hier liegt, sein treues Weib.
Ich traute heimlich sie; ihr Hochzeittag
War Tybalts letzter, des unzeit'ger Tod
Den jungen Gatten aus der Stadt verbannte;

Und Julia weint' um ihn, nicht um den Vetter.
Ihr, um den Gram aus ihrer Brust zu treiben,
Verspracht und wolltet sie dem Grafen Paris
Vermählen mit Gewalt. – Da kömmt sie zu mir
Mit wildem Blick, heißt mich auf Mittel sinnen,
Um dieser zweiten Heirat zu entgehn,
Sonst wollt' in meiner Zelle sie sich töten.
Da gab ich, so belehrt durch meine Kunst,
Ihr einen Schlaftrunk; er bewies sich wirksam
Nach meiner Absicht, denn er goß den Schein
Des Todes über sie. Indessen schrieb ich
An Romeo, daß er sich herbegäbe,
Und hülf' aus dem erborgten Grab sie holen
In dieser Schreckensnacht, als um die Zeit,
Wo jenes Trankes Kraft erlösche. Doch
Den Träger meines Briefs, den Bruder Marcus,
Hielt Zufall auf, und gestern abend bracht' er
Ihn mir zurück. Nun ging ich ganz allein
Um die bestimmte Stunde des Erwachens,
Sie zu befrein aus ihrer Ahnen Gruft,
Und dacht' in meiner Zelle sie zu bergen,
Bis ich es Romeon berichten könnte.
Doch wie ich kam, Minuten früher nur,
Eh' sie erwacht, fand ich hier tot zu früh
Den treuen Romeo, den edlen Paris.
Jetzt wacht sie auf; ich bat sie, fortzugehn
Und mit Geduld des Himmels Hand zu tragen:
Doch da verscheucht' ein Lärm mich aus der Gruft.
Sie, in Verzweiflung, wollte mir nicht folgen
Und tat, so scheint's, sich selbst ein Leides an.
Dies weiß ich nur; und ihre Heirat war
Der Wärterin vertraut. Ist etwas hier
Durch mich verschuldet, laßt mein altes Leben,
Nur wenig Stunden vor der Zeit, der Härte
Des strengsten Richterspruchs geopfert werden!

PRINZ.
Wir kennen dich als einen heil'gen Mann. –
Wo ist der Diener Romeos? Was sagt er?

BALTHASAR.
Ich brachte meinem Herrn von Juliens Tod
Die Zeitung, und er ritt von Mantua
In Eil' zu diesem Platz, zu diesem Grabmal.
Den Brief hier gab er mir für seinen Vater,
Und drohte Tod mir, gehend in die Gruft,
Wo ich mich nicht entfernt' und dort ihn ließe.

PRINZ.
Gib mir den Brief; ich will ihn überlesen. –
Wo ist der Bub' des Grafen, der die Wache
Geholt? – Sag, Bursch, was machte hier dein Herr?

PAGE.
Er kam, um Blumen seiner Braut aufs Grab
Zu streun, und hieß mich fern stehn, und das tat ich.
Drauf naht sich wer mit Licht, das Grab zu öffnen,
Und gleich zog gegen ihn mein Herr den Degen;
Und da lief ich davon und holte Wache.

PRINZ.
Hier dieser Brief bewährt das Wort des Mönchs,
Den Liebesbund, die Zeitung ihres Todes:
Auch schreibt er, daß ein armer Apotheker
Ihm Gift verkauft, womit er gehen wolle
Zu Juliens Gruft, um neben ihr zu sterben. –
Wo sind sie, diese Feinde? – Capulet! Montague!
Seht, welch ein Fluch auf eurem Hasse ruht,
Daß eure Freuden Liebe töten muß!
Auch ich, weil ich dem Zwiespalt nachgesehn.
Verlor ein paar Verwandte: – Alle büßen.

CAPULET. O Bruder Montague, gib mir die Hand:
Das ist das Leibgedinge meiner Tochter,
Denn mehr kann ich nicht fordern.

MONTAGUE. Aber ich
Vermag dir mehr zu geben; denn ich will
Aus klarem Gold ihr Bildnis fert'gen lassen.
Solang' Verona seinen Namen trägt,
Komm' nie ein Bild an Wert dem Bilde nah
Der treuen, liebevollen Julia.

CAPULET.
So reich will ich es Romeon bereiten:
Die armen Opfer unsrer Zwistigkeiten!

PRINZ.
Nur düstern Frieden bringt uns dieser Morgen;
Die Sonne scheint, verhüllt vor Weh, zu weilen.
Kommt, offenbart mir ferner, was verborgen:
Ich will dann strafen, oder Gnad' erteilen;
Denn niemals gab es ein so herbes Los
Als Juliens und ihres Romeos.

Alle ab.

JULIU
CÆSAR.

Personen

Julius Cäsar
Octavius Cäsar
Marcus Antonius
M. Ämilius Lepidus, Triumvirn nach dem Tode des Julius Cäsar
Cicero
Publius
Popilius Lena, Senatoren
Marcus Brutus
Cassius
Casca
Trebonius
Ligarius
Decius Brutus
Metellus Cimber
Cinna, Verschworne gegen Julius Cäsar
Flavius
Marullus, Tribunen
Artemidorus, ein Sophist von Knidos
Ein Wahrsager
Cinna, ein Poet
Ein andrer Poet
Lucilius
Titinius
Messala
Der junge Cato
Volumnius, Freunde des Brutus und Cassius
Varro
Clitus
Claudius
Strato
Lucius
Dardanius, Diener des Brutus
Pindarus, Diener des Cassius
Calpurnia, Gemahlin des Cäsar
Portia, Gemahlin des Brutus
Senatoren, Bürger, Wache, Gefolge u.s.w.
Die Szene ist einen großen Teil des Stücks hindurch zu Rom, nachher zu Sardes und bei Philippi

Erster Aufzug
Erste Szene

Rom. Eine Straße.
Flavius, Marullus und ein Haufe von Bürgern.

FLAVIUS.
Packt euch nach Haus, ihr Tagediebe! Fort!
Ist dies ein Feiertag? Was? Wißt ihr nicht,
Daß ihr als Handwerksleut' an Werkeltagen
Nicht ohn' ein Zeichen der Hantierung dürft
Umhergehn? - Welch Gewerbe treibst du? Sprich!
ERSTER BÜRGER.
Nun, Herr, ich bin ein Zimmermann.
MARULLUS.
Wo ist dein ledern Schurzfell und dein Maß?
Was machst du hier in deinen Sonntagskleidern? –
Ihr, Freund, was treibt Ihr?
ZWEITER BÜRGER. Die Wahrheit zu gestehn, Herr, gegen einen feinen Arbeiter gehalten, mache ich nur, so zu sagen, Flickwerk.
MARULLUS. Doch welch Gewerb'? Antworte grade zu!
ZWEITER BÜRGER. Ein Gewerbe, Herr, das ich mit gutem Gewissen treiben kann, wie ich hoffe. Es besteht darin, einen schlechten Wandel zu verbessern.
MARULLUS. Welch ein Gewerb', du Schuft? welch ein Gewerb'?
ZWEITER BÜRGER. Nein, ich bitte Euch, Herr, laßt Euch die Geduld nicht reißen! Wenn aber ja was reißt, so gebt Euch nur in meine Hand!
MARULLUS. Was meinst du damit? Mich in deine Hand geben, du naseweiser Bursch?
ZWEITER BÜRGER. Nun ja, Herr, damit ich Euch flicken kann.
FLAVIUS. Du bist ein Schuhflicker, nicht wahr?
ZWEITER BÜRGER. Im Ernst, Herr, ich bin ein Wundarzt für alte Schuhe: wenn's gefährlich mit ihnen steht, so mache ich sie wieder heil. So hübsche Leute, als jemals auf Rindsleder getreten, sind auf meiner Hände Werk einhergegangen.
FLAVIUS.
Doch warum bist du in der Werkstatt nicht?
Was führst du diese Leute durch die Gassen?
ZWEITER BÜRGER. Meiner Treu, Herr, um ihre Schuhe abzunutzen, damit ich wieder Arbeit kriege. Doch im Ernst, Herr, wir machen Feiertag, um den Cäsar zu sehen und uns über seinen Triumph zu freuen.
MARULLUS.
Warum euch freun? Was hat er wohl erobert?
Was für Besiegte führt er heim nach Rom
Und fesselt sie zur Zier an seinen Wagen?
Ihr Blöck'! ihr Steine! schlimmer als gefühllos!
O harte Herzen! arge Männer Roms!
Habt ihr Pompejus nicht gekannt? Wie oft
Stiegt ihr hinan auf Mauern und auf Zinnen,
Auf Türme, Fenster, ja auf Feueressen,
Die Kinder auf dem Arm, und saßet da
Den lieben langen Tag, geduldig wartend,
Bis durch die Straßen Roms Pompejus zöge?
Und saht ihr seinen Wagen nur von fern,
Erhobt ihr nicht ein allgemeines Jauchzen,
So daß die Tiber bebt' in ihrem Bett,
Wenn sie des Lärmes Widerhall vernahm
An ihren hohlen Ufern?
Und legt ihr nun die Feierkleider an?
Und spart ihr nun euch einen Festtag aus?
Und streut ihr nun ihm Blumen auf den Weg,
Der siegprangt über des Pompejus Blut?
Hinweg!
In eure Häuser lauft, fallt auf die Knie,
Und fleht die Götter an, die Not zu wenden,
Die über diesen Undank kommen muß!
FLAVIUS.
Geht, geht, ihr guten Bürger! und versammelt
Für dies Vergehen eure armen Brüder;
Führt sie zur Tiber, weinet eure Tränen
Ins Flußbett, bis ihr Strom, wo er am flachsten,
Die höchsten ihrer Uferhöhen küßt.
Die Bürger ab.
Sieh, wie die Schlacken ihres Innern schmelzen!
Sie schwinden weg, verstummt in ihrer Schuld.
Geht Ihr den Weg, hinab zum Kapitol;
Hierhin will ich. Entkleidet dort die Bilder,
Seht Ihr mit Ehrenzeichen sie geschmückt!
MARULLUS. Ist das erlaubt?
Ihr wißt, es ist das Luperkalienfest.
FLAVIUS. Es tut nichts: laßt mit den Trophäen Cäsars
Kein Bild behängt sein! Ich will nun umher,
Und will den Pöbel von den Gassen treiben.
Das tut auch Ihr, wo Ihr gedrängt sie seht!
Dies wachsende Gefieder, ausgerupft
Der Schwinge Cäsars, wird den Flug ihm hemmen,
Der, über Menschenblicke hoch hinaus,
Uns alle sonst in knecht'scher Furcht erhielte.
Beide ab.

Zweite Szene

Ein öffentlicher Platz.
In einem feierlichen Aufzuge mit Musik kommen Cäsar; Antonius, zum Wettlauf gerüstet; Calpurnia, Portia, Decius, Cicero, Brutus, Cassius und Casca; hinter ihnen ein großes Gedränge, darunter ein Wahrsager.

CÄSAR. Calpurnia!
CASCA. Still da! Cäsar spricht.
Die Musik hält inne.
CÄSAR. Calpurnia!
CALPURNIA. Hier, mein Gemahl!
CÄSAR. Stellt dem Antonius grad' Euch in den Weg,
Wenn er zur Wette läuft! – Antonius!
ANTONIUS. Erlauchter Cäsar?
CÄSAR. Vergeßt, Antonius, nicht in Eurer Eil',
Calpurnia zu berühren; denn es ist
Ein alter Glaube, unfruchtbare Weiber,
Berührt bei diesem heil'gen Wettlauf,
Entladen sich des Fluchs.
ANTONIUS. Ich werd' es merken.
Wenn Cäsar sagt: »Tu' das«, so ist's vollbracht.
CÄSAR. Beginnt; laßt nichts von den Gebräuchen aus!
Musik.

WAHRSAGER. Cäsar!
CÄSAR. He, wer ruft?
CASCA. Es schweige jeder Lärm: noch einmal still!
Die Musik hält inne.
CÄSAR. Wer ist es im Gedräng', der mich begehrt?
Durch die Musik dringt gellend eine Stimme,
Die: »Cäsar!« ruft. Sprich! Cäsar neigt sein Ohr.
WAHRSAGER.
Nimm vor des Märzen Idus dich in acht!
CÄSAR. Wer ist der Mann?
BRUTUS. Ein Wahrsager; er warnt Euch vor des Märzen Idus.
CÄSAR. Führt ihn mir vor, laßt sein Gesicht mich sehn!
CASCA. Komm aus dem Haufen, Mensch: tritt vor den Cäsar!
CÄSAR.
Was sagst du nun zu mir? Sprich noch einmal!
WAHRSAGER.
Nimm vor des Märzen Idus dich in acht!
CÄSAR.
Er ist ein Träumer: laßt ihn gehn, und kommt!
Ein Marsch. Alle bis auf Brutus und Cassius gehn ab.
CASSIUS.
Wollt Ihr den Hergang bei dem Wettlauf sehn?
BRUTUS. Ich nicht.
CASSIUS. Ich bitt' Euch, tut's!
BRUTUS.
Ich hab' am Spiel nicht Lust, mir fehlt ein Teil
Vom muntern Geiste des Antonius:
Doch muß ich Euch in Eurem Wunsch nicht hindern.
Ich lass' Euch, Cassius.
CASSIUS. Brutus, seit kurzem geb' ich acht auf Euch:
Ich find' in Eurem Blick die Freundlichkeit,
Die Liebe nicht, an die Ihr mich gewöhnt.
Zu störrisch und zu fremd begegnet Ihr
Dem Freunde, der Euch liebt.
BRUTUS. Mein Cassius,
Betrügt Euch nicht: Hab' ich den Blick verschleiert,
So kehrt die Unruh' meiner Mienen sich
Nur gegen mich allein. Seit kurzem quälen
Mich Regungen von streitender Natur,
Gedanken, einzig für mich selbst geschickt,
Die Schatten wohl auf mein Betragen werfen.
Doch laßt dies meine Freunde nicht betrüben
(Wovon Ihr einer sein müßt, Cassius),
Noch mein achtloses Wesen anders deuten,
Als daß, mit sich im Krieg, der arme Brutus
Den andern Liebe kund zu tun vergißt.
CASSIUS.
Dann, Brutus, mißverstand ich Euren Unmut.
Deshalb begrub hier diese Brust Entwürfe
Von großem Werte, würdige Gedanken.
Sagt, Brutus, könnt Ihr Euer Antlitz sehn?
BRUTUS.
Nein, Cassius, denn das Auge sieht sich nicht,
Als nur im Widerschein, durch andre Dinge.
CASSIUS. So ist's:
Und man beklagt sich sehr darüber, Brutus,
Daß Ihr nicht solche Spiegel habt, die Euren
Verborgnen Wert Euch in die Augen rückten,
Auf daß Ihr Euren Schatten säht. Ich hörte,
Wie viele von den ersten Männern Roms
(Nur Cäsarn nehm' ich aus), vom Brutus redend,
Und seufzend unter dieser Zeiten Joch,
Dem edlen Brutus ihre Augen wünschten.
BRUTUS.
Auf welche Wege, Cassius, lockt Ihr mich,
Daß Ihr mich heißt in meinem Innern suchen,
Was doch nicht in mir ist?
CASSIUS.
Drum, lieber Brutus, schickt Euch an zu hören.
Und weil Ihr wißt, Ihr könnt Euch selbst so gut
Nicht sehn als durch den Widerschein, so will
Ich, Euer Spiegel, Euch bescheidentlich
Von Euch entdecken, was Ihr noch nicht wißt.
Und denkt von mir kein Arges, werter Brutus:
Wär' ich ein Lacher aus der Menge; pflegt' ich
Mein Herz durch Alltagsschwüre jedem neuen
Beteurer auszubieten; wenn Ihr wißt,
Daß ich die Menschen streichle, fest sie herze,
Und dann sie lästre; oder wenn Ihr wißt,
Daß ich beim Schmaus mich mit der ganzen Schar
Verbrüdern mag, – dann hütet Euch vor mir!
Trompeten und Freudengeschrei.
BRUTUS.
Was heißt dies Jauchzen? Wie ich fürchte, wählt
Das Volk zum König Cäsarn.
CASSIUS. Fürchtet Ihr's?
Das hieße ja, Ihr möchtet es nicht gern.
BRUTUS.
Nein, Cassius, nicht gern; doch lieb' ich ihn.
Doch warum haltet Ihr mich hier so lange?
Was ist es, das Ihr mir vertrauen möchtet?
Ist's etwas, dienlich zum gemeinen Wohl,
Stellt Ehre vor ein Auge, Tod vor's andre,
Und beide seh' ich gleiches Mutes an.
Die Götter sei'n mir günstig, wie ich mehr
Die Ehre lieb', als vor dem Tod mich scheue!
CASSIUS.
Ich weiß, daß diese Tugend in Euch wohnt,
So gut ich Euer äußres Ansehn kenne.
Wohl! Ehre ist der Inhalt meiner Rede.
Ich weiß es nicht, wie Ihr und andre Menschen
Von diesem Leben denkt; mir, für mich selbst,
Wär' es so lieb, nicht da sein, als zu leben
In Furcht vor einem Wesen wie ich selbst.
Ich kam wie Cäsar frei zur Welt, so Ihr;
Wir nährten uns so gut, wir können beide
So gut wie er des Winters Frost ertragen.
Denn einst, an einem rauhen stürm'schen Tage,
Als wild die Tiber an ihr Ufer tobte,
Sprach Cäsar zu mir: »Wagst du, Cassius, nun,
Mit mir zu springen in die zorn'ge Flut
Und bis dorthin zu schwimmen?« – Auf dies Wort,
Bekleidet, wie ich war, stürzt' ich hinein,
Und hieß ihn folgen; wirklich tat er's auch.
Der Strom brüllt' auf uns ein; wir schlugen ihn
Mit wackern Sehnen, warfen ihn beiseit',
Und hemmten ihn mit einer Brust des Trotzes.
Doch eh' wir das gewählte Ziel erreicht,
Rief Cäsar: »Hilf mir, Cassius! Ich sinke!«
Ich, wie Äneas, unser großer Ahn,
Aus Trojas Flammen einst auf seinen Schultern
Den alten Vater trug, so aus den Wellen
Zog ich den müden Cäsar. – Und der Mann
Ist nun zum Gott erhöht, und Cassius ist

Ein arm Geschöpf, und muß den Rücken beugen,
Nickt Cäsar nur nachlässig gegen ihn.
Als er in Spanien war, hatt' er ein Fieber,
Und wenn der Schau'r ihn ankam, merkt' ich wohl
Sein Beben: ja, er bebte, dieser Gott!
Das feige Blut der Lippen nahm die Flucht,
Sein Auge, dessen Blick die Welt bedräut,
Verlor den Glanz, und ächzen hört' ich ihn.
Ja, dieser Mund, der horchen hieß die Römer
Und in ihr Buch einzeichnen seine Reden,
Ach, rief: »Titinius! Gib mir zu trinken!«,
Wie 'n krankes Mädchen. Götter! ich erstaune,
Wie nur ein Mann so schwächlicher Natur
Der stolzen Welt den Vorsprung abgewann
Und nahm die Palm' allein.

Jubelgeschrei. Trompeten.

BRUTUS. Ein neues Jauchzen!
Ich glaube, dieser Beifall gilt die Ehren,
Die man auf Cäsars Haupt von neuem häuft.

CASSIUS. Ja, er beschreitet, Freund, die enge Welt
Wie ein Colossus, und wir kleinen Leute,
Wir wandeln unter seinen Riesenbeinen
Und schaun umher nach einem schnöden Grab.
Der Mensch ist manchmal seines Schicksals Meister:
Nicht durch die Schuld der Sterne, lieber Brutus,
Durch eigne Schuld nur sind wir Schwächlinge.
Brutus und Cäsar – was steckt doch in dem Cäsar,
Daß man den Namen mehr als Euren spräche?
Schreibt sie zusammen: ganz so schön ist Eurer;
Sprecht sie: er steht den Lippen ganz so wohl;
Wägt sie: er ist so schwer; beschwört mit ihnen:
Brutus ruft Geister auf so schnell wie Cäsar.

Jubelgeschrei.

(Nun denn, im Namen der gesamten Götter,
Mit was für Speise nährt der Cäsar sich,
Daß er so groß ward? Zeit, du bist entehrt!
Rom, du verlorst die Kraft des Heldenstamms!
Welch Alter schwand wohl seit der großen Flut,
Das nicht geglänzt durch mehr als einen Mann?
Wer sagte jemals wenn er sprach von Rom
Es fass' ihr weiter Kreis nur einen Mann?)
Nun ist in Rom fürwahr des Raums genug:
Find't man darin nur einen einz'gen Mann.
Oh, beide hörten wir von unsern Vätern,
Einst gab es einen Brutus, der so gern
Des alten Teufels Hof als einen König
Geduldet hätt' in Rom.

BRUTUS. Daß Ihr mich liebt, bezweifl' ich keineswegs;
Worauf Ihr bei mir dringt, das ahnd' ich wohl;
Was ich davon gedacht und von den Zeiten,
Erklär' ich Euch in Zukunft. Doch für jetzt
Möcht' ich, wenn ich Euch freundlich bitten darf,
Nicht mehr getrieben sein. Was Ihr gesagt,
Will ich erwägen; was Ihr habt zu sagen,
Mit Ruhe hören, und gelegne Zeit,
So hohe Dinge zu besprechen, finden.
Bis dahin, edler Freund, beherzigt dies:
Brutus wär' lieber eines Dorfs Bewohner,
Als sich zu zählen zu den Söhnen Roms
In solchem harten Stand, wie diese Zeit
Uns aufzulegen droht.

CASSIUS.
Ich bin erfreut, daß meine schwachen Worte
Dem Brutus so viel Funken nur entlockt.

Cäsar und sein Zug kommen zurück.

BRUTUS. Das Spiel ist aus, und Cäsar kehrt zurück.

CASSIUS.
Wenn sie uns nahn, zupft Casca nur am Ärmel:
Er wird nach seiner mürr'schen Art Euch sagen,
Was von Belang sich heut ereignet hat.

BRUTUS. Ich will es tun. Doch seht nur, Cassius,
Auf Cäsars Stirne glüht der zorn'ge Fleck,
Die andern sehn gescholtnen Dienern gleich.
Calpurnias Wang' ist blaß, und Cicero
Blickt mit so feurigen und roten Augen,
Wie wir ihn wohl im Kapitol gesehn,
Wenn Senatoren ihn im Rat bestritten.

CASSIUS. Casca wird uns berichten, was es gibt.

CÄSAR. Antonius!

ANTONIUS. Cäsar?

CÄSAR. Laßt wohlbeleibte Männer um mich sein,
Mit glatten Köpfen, und die nachts gut schlafen:
Der Cassius dort hat einen hohlen Blick;
Er denkt zu viel: die Leute sind gefährlich.

ANTONIUS.
Oh, fürchtet den nicht: er ist nicht gefährlich.
Er ist ein edler Mann und wohl gesinnt.

CÄSAR.
Wär' er nur fetter! – Zwar ich fürcht' ihn nicht;
Doch wäre Furcht nicht meinem Namen fremd,
Ich kenne niemand, den ich eher miede
Als diesen hagern Cassius. Er liest viel;
Er ist ein großer Prüfer und durchschaut
Das Tun der Menschen ganz; er liebt kein Spiel,
Wie du, Antonius; hört nicht Musik;
Er lächelt selten, und auf solche Weise,
Als spott' er sein, verachte seinen Geist,
Den irgend was zum Lächeln bringen konnte.
Und solche Männer haben nimmer Ruh',
Solang' sie jemand größer sehn als sich.
Das ist es, was sie so gefährlich macht.
Ich sag' dir eher, was zu fürchten stände,
Als was ich fürchte: ich bin stets doch Cäsar.
Komm mir zur Rechten, denn dies Ohr ist taub,
Und sag mir wahrhaft, was du von ihm denkst!

Cäsar und sein Gefolge ab. Casca bleibt zurück.

CASCA.
Ihr zogt am Mantel mich: wollt Ihr mich sprechen?

BRUTUS. Ja, Casca; sag uns, was sich heut begeben,
Daß Cäsar finster sieht.

CASCA. Ihr wart ja bei ihm: wart Ihr nicht?

BRUTUS.
Dann fragt' ich Casca nicht, was sich begeben.

CASCA. Nun, man bot ihm eine Krone an, und als man sie ihm anbot, schob er sie mit dem Rücken der Hand zurück: so –; und da erhob das Volk ein Jauchzen.

BRUTUS. Worüber jauchzten sie zum andern Mal?

CASCA. Nun, auch darüber.

CASSIUS. Sie jauchzten dreimal ja: warum zuletzt?

CASCA. Nun, auch darüber.

BRUTUS. Wurd' ihm die Krone dreimal angeboten?

CASCA. Ei, meiner Treu, wurde sie's, und er schob sie dreimal zurück, jedesmal sachter als das vorige Mal; und bei jedem Zurückschieben jauchzten meine ehrlichen alten Freunde.

CASSIUS. Wer bot ihm die Krone an?
CASCA. Je nun, Antonius.
BRUTUS. Sagt uns die Art und Weise, lieber Casca!
CASCA. Ich kann mich ebenso gut hangen lassen, als euch die Art und Weise erzählen: es waren nichts als Possen, ich gab nicht acht darauf. Ich sah den Mark Anton ihm eine Krone anbieten – doch eigentlich war's keine rechte Krone, es war so 'ne Art von Stirnband –, und wie ich euch sagte, er schob sie einmal beiseite; aber bei allem dem hätte er sie nach meinem Bedünken gern gehabt. Dann bot er sie ihm nochmals an, und dann schob er sie nochmals zurück; aber nach meinem Bedünken kam es ihm hart an, die Finger wieder davon zu tun. Und dann bot er sie ihm zum dritten Male an; er schob sie zum dritten Male zurück: und jedesmal, daß er sie ausschlug, kreischte das Gesindel und klatschte in die rauhen Fäuste, und warfen die schweißigen Nachtmützen in die Höhe, und gaben eine solche Last stinkenden Atems von sich, weil Cäsar die Krone ausschlug, daß Cäsar fast daran erstickt wäre; denn er ward ohnmächtig und fiel nieder, und ich für mein Teil wagte nicht zu lachen, aus Furcht, ich möchte den Mund auftun und die böse Luft einatmen.
CASSIUS. Still doch! ich bitt' Euch: Wie? er fiel in Ohnmacht?
CASCA. Er fiel auf dem Marktplatze nieder, hatte Schaum vor dem Munde und war sprachlos.
BRUTUS. Das mag wohl sein: er hat die fallende Sucht.
CASSIUS. Nein, Cäsar hat sie nicht. Doch Ihr und ich
Und unsrer wackrer Casca: wir haben sie.
CASCA. Ich weiß nicht, was Ihr damit meint; aber ich bin gewiß, Cäsar fiel nieder. Wenn das Lumpenvolk ihn nicht beklatschte und auszischte, je nachdem er ihnen gefiel oder mißfiel, wie sie es mit den Komödianten auf dem Theater machen, so bin ich kein ehrlicher Kerl.
BRUTUS. Was sagt' er, als er zu sich selber kam?
CASCA. Ei nun, eh' er hinfiel, als er merkte, daß der gemeine Haufe sich freute, daß er die Krone ausschlug, so riß er euch sein Wams auf und bot ihnen seinen Hals zum Abschneiden – triebe ich irgend' ne Hantierung, so will ich mit den Schuften zur Hölle fahren, wo ich ihn nicht beim Wort genommen hätte-, und damit fiel er hin. Als erwieder zu sich selbst kam, sagte er, wenn er irgend was Unrechtes getan oder gesagt hätte, so bäte er Ihre Edeln, es seinem Übel beizumessen. Drei oder vier Weibsbilder, die bei mir standen, riefen: »Ach, die gute Seele!« und vergaben ihm von ganzem Herzen. Doch das gilt freilich nicht viel; wenn er ihre Mütter tot geschlagen hätte, sie hätten's ebenso gut getan.
BRUTUS. Und darauf ging er so verdrießlich weg?
CASCA. Ja.
CASSIUS. Hat Cicero etwas gesagt?
CASCA. Ja, er sprach Griechisch.
CASSIUS. Was wollt' er denn?
CASCA. Ja, wenn ich euch das sage, so will ich euch niemals wieder vor die Augen kommen. Aber die ihn verstanden, lächelten einander zu und schüttelten die Köpfe. Doch was mich anlangt, mir war es Griechisch. Ich kann euch noch mehr Neues erzählen: dem Marullus und Flavius ist das Maul gestopft, weil sie Binden von Cäsars Bildsäulen gerissen haben. Lebt wohl! Es gab noch mehr Possen, wenn ich mich nur darauf besinnen könnte.
CASSIUS.
Wollt Ihr heute abend bei mir speisen, Casca?
CASCA. Nein, ich bin schon versagt.
CASSIUS.
Wollt Ihr morgen bei mir zu Mittag speisen?
CASCA. Ja, wenn ich lebe, und Ihr bei Eurem Sinne bleibt, und Eure Mahlzeit das Essen verlohnt.
CASSIUS. Gut, ich erwart' Euch.
CASCA. Tut das: lebt beide wohl! *Ab.*
BRUTUS.
Was für ein plumper Bursch ist dies geworden?
Er war voll Feuer als mein Schulgenoß.
CASSIUS.
Das ist er jetzt noch bei der Ausführung
Von jedem kühnen, edlen Unternehmen,
Stellt er sich schon so unbeholfen an.
Dies rauhe Wesen dient gesundem Witz
Bei ihm zur Brüh': es stärkt der Leute Magen,
Eßlustig seine Reden zu verdaun.
BRUTUS. So ist es auch. Für jetzt verlass' ich Euch,
Und morgen, wenn Ihr wünscht mit mir zu sprechen,
Komm' ich zu Euch ins Haus; doch wenn Ihr wollt,
So kommt zu mir, und ich will Euch erwarten.
CASSIUS.
Das will ich: bis dahin gedenkt der Welt!
Brutus ab.
Gut, Brutus, du bist edel; doch ich sehe,
Dein löbliches Gemüt kann seiner Art
Entwendet werden. Darum ziemt es sich,
Daß Edle sich zu Edlen immer halten.
Wer ist so fest, den nichts verführen kann?
Cäsar ist feind mir, und er liebt den Brutus.
Doch wär' ich Brutus nun, er Cassius,
Er sollte mich nicht lenken. Diese Nacht
Werf' ich ihm Zettel von verschiednen Händen,
Als ob sie von verschiednen Bürgern kämen,
Durchs Fenster, alle voll der großen Meinung,
Die Rom von seinem Namen hegt, wo dunkel
Auf Cäsars Ehrsucht soll gedeutet sein.
Dann denke Cäsar seines nahen Falles;
Wir stürzen bald ihn, oder dulden alles.
Ab.

Dritte Szene

Eine Straße. Ungewitter.
Casca, mit gezognem Schwert, und Cicero kommen von verschiednen Seiten.

CICERO.
Guten Abend, Casca! Kommt Ihr her vom Cäsar?
Warum so atemlos und so verstört?
CASCA.
Bewegt's Euch nicht, wenn dieses Erdballs Feste
Wankt wie ein schwaches Rohr? O Cicero!

Ich sah wohl Stürme, wo der Winde Schelten
Den knot'gen Stamm gespaltet, und ich sah
Das stolze Meer anschwellen, wüten, schäumen,
Als wollt' es an die droh'nden Wolken reichen.
Doch nie bis heute nacht, noch nie bis jetzt
Ging ich durch einen Feuerregen hin.
Entweder ist im Himmel innrer Krieg,
Wo nicht, so reizt die Welt durch Übermut
Die Götter, uns Zerstörung herzusenden.

CICERO. Ja, saht Ihr jemals wundervoll're Dinge?

CASCA. Ein Sklave, den Ihr wohl von Ansehn kennt,
Hob seine linke Hand empor; sie flammte
Wie zwanzig Fackeln auf einmal, und doch,
Die Glut nicht fühlend, blieb sie unversengt.
Auch kam (seitdem steckt' ich mein Schwert nicht ein)
Beim Kapitol ein Löwe mir entgegen.
Er gaffte starr mich an, ging mürrisch weiter,
Und tat mir nichts. Auf einen Haufen hatten
Wohl hundert bleiche Weiber sich gedrängt,
Entstellt von Furcht; die schwuren, daß sie Männer
Mit feur'gen Leibern wandern auf und ab
Die Straßen sahn. Und gestern saß der Vogel
Der Nacht sogar am Mittag auf dem Markte,
Und kreischt' und schrie. Wenn dieser Wunderzeichen
So viel zusammentreffen, sage niemand:
»Dies ist der Grund davon, sie sind natürlich.«
Denn Dinge schlimmer Deutung, glaub' ich, sind's
Dem Himmelstrich, auf welchen sie sich richten.

CICERO. Gewiß, die Zeit ist wunderbar gelaunt.
Doch Menschen deuten oft nach ihrer Weise
Die Dinge, weit entfernt vom wahren Sinn.
Kommt Cäsar morgen auf das Kapitol?

CASCA. Ja, denn er trug es dem Antonius auf,
Euch kund zu tun, er werde morgen kommen.

CICERO.
Schlaft wohl denn, Casca! Dieser Aufruhr läßt
Nicht draußen weilen.

CASCA. Cicero, lebt wohl!

Cicero ab.
Cassius tritt auf.

CASSIUS. Wer da?

CASCA. Ein Römer.

CASSIUS. Casca, nach der Stimme.

CASCA. Eu'r Ohr ist gut. Cassius, welch eine Nacht!

CASSIUS.
Die angenehmste Nacht für wackre Männer.

CASCA. Wer sah den Himmel je so zornig drohn?

CASSIUS.
Die, welche so voll Schuld die Erde sahn.
Ich, für mein Teil, bin durch die Stadt gewandert,
Mich unterwerfend dieser grausen Nacht,
Und so entgürtet, Casca, wie Ihr seht,
Hab' ich die Brust dem Donnerkeil entblößt.
Und wenn des Blitzes schlängelnd Blau zu öffnen
Des Himmels Busen schien, bot ich mich selbst
Dem Strahl des Wetters recht zum Ziele dar.

CASCA. Warum versuchtet Ihr den Himmel so?
Es steht den Menschen Furcht und Zittern an,
Wenn die gewalt'gen Götter solche Boten
Furchtbarer Warnung, uns zu schrecken, senden.

CASSIUS. O Casca! Ihr seid stumpf: der Lebensfunke,
Der glühen sollt' in Römern, fehlt Euch, oder
Ihr braucht ihn nicht. Ihr sehet bleich und starrt,
Von Furcht ergriffen und versenkt in Staunen,
Des Himmels ungewohnten Grimm zu schauen.
Doch wolltet Ihr den wahren Grund erwägen,
Warum die Feu'r, die irren Geister alle,
Was Tier' und Vögel macht vom Stamm entarten,
Und Greise faseln, Kinder prophezein;
Warum all diese Dinge ihr Gesetz,
Natur und angeschaffne Gaben wandeln
In Mißbeschaffenheit: nun, so erkennt Ihr,
Der Himmel hauchte diesen Geist in sie,
Daß sie der Furcht und Warnung Werkzeug würden
Für irgendeinen mißbeschaffnen Staat.
Nun könnt' ich, Casca, einen Mann dir nennen,
Ganz ähnlich dieser schreckenvollen Nacht,
Der donnert, blitzt, die Gräber öffnet, brüllt,
So wie der Löwe dort im Kapitol;
Ein Mann, nicht mächtiger als ich und du
An Leibeskraft, doch drohend angewachsen
Und furchtbar, wie der Ausbruch dieser Gärung.

CASCA. s' ist Cäsar, den Ihr meint. Nicht, Cassius?

CASSIUS. Es sei auch, wer es sei: die Römer haben
Jetzt Mark und Bein, wie ihre Ahnen hatten.
Doch weh uns! unsrer Väter Geist ist tot,
Und das Gemüt der Mütter lenket uns,
Denn unser Joch und Dulden zeigt uns weibisch.

CASCA. Ja freilich heißt's, gewillt sei der Senat,
Zum König morgen Cäsarn einzusetzen;
Er soll zur See, zu Land die Krone tragen,
An jedem Ort, nur in Italien nicht.

CASSIUS.
Ich weiß, wohin ich diesen Dolch dann kehre:
Denn Cassius soll von Knechtschaft Cassius lösen.
Darin, ihr Götter, macht ihr Schwache stark,
Darin, ihr Götter, bändigt ihr Tyrannen:
Noch felsenfeste Burg, noch eh'rne Mauern,
Noch dumpfe Kerker, noch der Ketten Last
Sind Hindernisse für des Geistes Stärke.
Das Leben, dieser Erdenschranken satt,
Hat stets die Macht, sich selber zu entlassen.
Und weiß ich dies, so wiss' auch alle Welt:
Den Teil der Tyrannei, der auf mir liegt,
Werf' ich nach Willkür ab.

CASCA. Das kann auch ich.
So trägt ein jeder Sklav' in eigner Hand
Gewalt, zu brechen die Gefangenschaft.

CASSIUS. Warum denn wäre Cäsar ein Tyrann?
Der arme Mann! Ich weiß, er wär' kein Wolf,
Wenn er nicht säh', die Römer sind nur Schafe.
Er wär' kein Leu, wenn sie nicht Rehe wären.
Wer eilig will ein mächtig Feuer machen,
Nimmt schwaches Stroh zuerst: was für Gestrüpp
Ist Rom, und was für Plunder, wenn es dient
Zum schlechten Stoff, der einem schnöden Dinge
Wie Cäsar Licht verleiht? Doch oh, mein Gram!
Wo führtest du mich hin? Ich spreche dies
Vielleicht vor einem will'gen Knecht: dann weiß ich,
Daß ich muß Rede stehn; doch führ' ich Waffen,
Und mich bekümmern die Gefahren nicht.

CASCA. Ihr sprecht mit Casca, einem Mann, der nie
Ein Ohrenbläser war. Hier meine Hand!
Werbt nur Partei zur Abstellung der Übel,

Und dieser Fuß soll Schritt mit jedem halten,
Der noch so weit geht.

CASSIUS. Ein geschloßner Handel!
Nun, Casca, wißt: ich habe manche schon
Der Edelmütigsten von Rom beredet,
Mit mir ein Unternehmen zu bestehn
Von ehrenvoll-gefährlichem Erfolg.
Ich weiß, sie warten in Pompejus' Halle
Jetzt eben mein: denn in der furchtbar'n Nacht
Kann niemand unter freiem Himmel dauern.
Des Elementes Antlitz und Gestalt
Ist wie das Werk beschaffen, das wir treiben,
Höchst blutig, feurig und höchst fürchterlich.

Cinna tritt auf.

CASCA. Seid still ein Weilchen, jemand kommt in Eil'.

CASSIUS. Ich hör' am Gange, daß es Cinna ist;
Er ist ein Freund. – Cinna, wohin so eilig?

CINNA.
Euch sucht' ich. Wer ist das? Metellus Cimber?

CASSIUS. Nein, es ist Casca, ein Verbündeter
Zu unsrer Tat. Werd' ich erwartet, Cinna?

CINNA. Das ist mir lieb. Welch eine grause Nacht!
Ein paar von uns sahn seltsame Gesichte.

CASSIUS. Werd' ich erwartet, sagt mir?

CINNA. Ja.
Ihr werdet es. O Cassius! könntet Ihr
In unsern Bund den edlen Brutus ziehn -

CASSIUS. Seid ruhig! Guter Cinna, diesen Zettel,
Seht, wie Ihr in des Prätors Stuhl ihn legt,
Daß Brutus nur ihn finde; diesen werft
Ihm in das Fenster; diesen klebt mit Wachs
Ans Bild des alten Brutus! Dies getan,
Kommt zu Pompejus' Hall' und trefft uns dort!
Ist Decius Brutus und Trebonius da?

CINNA. Ja, alle bis auf Cimber, und der sucht
In Eurem Haus Euch auf. Gut, ich will eilen,
Die Zettel anzubringen, wie Ihr wünscht.

CASSIUS.
Dann stellt Euch ein bei des Pompejus Bühne!

Cinna ab.

Kommt, Casca, laßt uns beide noch vor Tag
In seinem Hause Brutus sehn: Drei Viertel
Von ihm sind unser schon; der ganze Mann
Ergibt sich bei dem nächsten Angriff uns.

CASCA. Oh, er sitzt hoch in alles Volkes Herzen,
Und was in uns als Frevel nur erschiene,
Sein Ansehn wird es, wie der Stein der Weisen,
In Tugend wandeln und in Würdigkeit.

CASSIUS. Ihn, seinen Wert, wie sehr wir ihn bedürfen,
Habt Ihr recht wohl getroffen. Laßt uns gehn,
Es ist nach Mitternacht: wir wollen ihn
Vor Tage wecken und uns sein versichern.

Ab.

Zweiter Aufzug

Erste Szene

Rom. Der Garten des Brutus.
Brutus tritt auf.

BRUTUS. He, Lucius! auf! -
Ich kann nicht aus der Höh' der Sterne raten,
Wie nah der Tag ist. – Lucius, hörst du nicht? –
Ich wollt', es wär mein Fehler, so zu schlafen. –
Nun, Lucius, nun! Ich sag': erwach'! Auf, Lucius!

Lucius kommt.

LUCIUS. Herr, riefet Ihr?

BRUTUS. Bring' eine Kerze mir ins Lesezimmer,
Und wenn sie brennt, so komm und ruf' mich hier!

LUCIUS. Ich will es tun, Herr.

Ab.

BRUTUS.
Es muß durch seinen Tod geschehn. Ich habe
Für mein Teil keinen Grund, ihn wegzustoßen,
Als fürs gemeine Wohl. Er wünscht gekrönt zu sein:
Wie seinen Sinn das ändern möchte, fragt sich.
Der warme Tag ist's, der die Natter zeugt;
Das heischt mit Vorsicht gehn. Ihn krönen? – Das
Und dann ist's wahr, wir leihn ihm einen Stachel,
Womit er kann nach Willkür Schaden tun.
Der Größe Mißbrauch ist, wenn von der Macht
Sie das Gewissen trennt: und, um von Cäsarn
Die Wahrheit zu gestehn, ich sah noch nie,
Daß ihn die Leidenschaften mehr beherrscht
Als die Vernunft. Doch oft bestätigt sich's,
Die Demut ist der jungen Ehrsucht Leiter;
Wer sie hinanklimmt, kehrt den Blick ihr zu;
Doch hat er erst die höchste Spross' erreicht,
Dann kehret er der Leiter seinen Rücken,
Schaut himmelan, verschmäht die niedern Tritte,
Die ihn hinaufgebracht. Das kann auch Cäsar:
Drum, eh' er kann, beugt vor! Und weil der Streit
Nicht Schein gewinnt durch das, was Cäsar ist,
Legt so ihn aus: das, was er ist, vergrößert,
Kann dies und jenes Übermaß erreichen.
Drum achtet ihn gleich einem Schlangenei,
Das, ausgebrütet, giftig würde werden
Wie sein Geschlecht, und würgt ihn in der Schale!

Lucius kommt zurück.

LUCIUS. Die Kerze brennt in Eurem Zimmer, Herr.
Als ich nach Feuerstein im Fenster suchte,
Fand ich dies Blatt, versiegelt; und ich weiß,
Es war nicht da, als ich zu Bette ging.

BRUTUS. Geh wieder in dein Bett: es ist noch Nacht.
Ist morgen nicht des Märzen Idus, Knabe?

LUCIUS. Ich weiß nicht, Herr.

BRUTUS. Such' im Kalender denn und sag es mir!

LUCIUS. Das will ich, Herr.

Ab.

BRUTUS.
Die Ausdünstungen, schwirrend in der Luft,
Gewähren Licht genug, dabei zu lesen.

Er öffnet den Brief und liest.

»Brutus, du schläfst. Erwach' und sieh dich selbst!
Soll Rom –? – Sprich, schlage, stelle her!
Brutus, du schläfst. Erwache! –«
Oft hat man schon dergleichen Aufgebote
Mir in den Weg gestreut.
»Soll Rom –?« – So muß ich es ergänzen:
Soll Rom vor einem Manne beben? Wie?
Mein Ahnherr trieb einst von den Straßen Roms
Tarquin hinweg, als er ein König hieß.
»Sprich, schlage, stelle her!« Werd' ich zu sprechen,
Zu schlagen angemahnt? O Rom, ich schwöre,
Wenn nur die Herstellung erfolgt, empfängst du

Dein ganz Begehren von der Hand des Brutus!

Lucius kommt zurück.

LUCIUS.
Herr, vierzehn Tage sind vom März verstrichen.

Man klopft draußen.

BRUTUS.
's ist gut. Geh an die Pforte: jemand klopft.

Lucius ab.

Seit Cassius mich spornte gegen Cäsar,
Schlief ich nicht mehr.
Bis zur Vollführung einer furchtbar'n Tat
Vom ersten Antrieb, ist die Zwischenzeit
Wie ein Phantom, ein grauenvoller Traum.
Der Genius und die sterblichen Organe
Sind dann im Rat vereint; und die Verfassung
Des Menschen, wie ein kleines Königreich,
Erleidet dann den Zustand der Empörung.

Lucius kommt zurück.

LUCIUS. Herr, Euer Bruder Cassius wartet draußen;
Er wünschet Euch zu sehn.

BRUTUS. Ist er allein?

LUCIUS. Nein, es sind mehr noch bei ihm.

BRUTUS. Kennst du sie?

LUCIUS. Nein, Herr, sie tragen eingedrückt die Hüte
Und das Gesicht im Mantel halb begraben,
Daß ich durchaus sie nicht erkennen kann
An irgendeinem Zuge.

BRUTUS. Laß sie ein!

Lucius ab.

Es sind die Bundesbrüder. O Verschwörung!
Du schämst dich, die verdächt'ge Stirn bei Nacht
Zu zeigen, wann das Bös' am freisten ist?
O denn, bei Tag, wo willst du eine Höhle
Entdecken, dunkel g'nug, es zu verlarven,
Dein schnödes Antlitz? – Verschwörung, suche keine!
In Lächeln hüll' es und in Freundlichkeit!
Denn trät'st du auf in angeborner Bildung,
So wär' der Erebus nicht finster g'nug,
Vor Argwohn dich zu schützen.

Cassius, Casca, Decius, Metellus Cimber und Trebonius treten auf.

CASSIUS. Sind wir gelegen? Guten Morgen, Brutus!
Ich fürchte, daß wir Eure Ruhe stören.

BRUTUS.
Längst war ich auf, und wach die ganze Nacht.
Kenn' ich die Männer, welche mit Euch kommen?

CASSIUS. Ja, jeden aus der Zahl; und keiner hier,
Der Euch nicht hoch hält, und ein jeder wünscht,
Ihr hättet nur die Meinung von Euch selbst,
Die jeder edle Römer von Euch hegt.
Dies ist Trebonius.

BRUTUS. Er ist willkommen.

CASSIUS. Dies Decius Brutus.

BRUTUS. Er ist auch willkommen.

CASSIUS.
Dies Casca, dies Cinna, und dies Metellus Cimber.

BRUTUS. Willkommen alle!
Was stellen sich für wache Sorgen zwischen
Die Nacht und eure Augen?

CASSIUS. Auf ein Wort,
Wenn's Euch beliebt!

Sie reden leise mit einander.

DECIUS.
Hier liegt der Ost: bricht da der Tag nicht an?

CASCA. Nein.

CINNA.
Doch, um Verzeihung! und die grauen Streifen,
Die das Gewölk durchziehn, sind Tagesboten.

CASCA. Ihr sollt gestehn, daß ihr euch beide trügt.
Die Sonn' erscheint hier, wo mein Degen hinweist;
Das ist ein gut Teil weiter hin nach Süden,
Wenn ihr die junge Jahreszeit erwägt.
Zwei Monde noch, und höher gegen Norden
Steigt ihre Flamm' empor, und grade hier
Steht hinterm Kapitol der hohe Ost.

BRUTUS.
Gebt eure Hand mir, einer nach dem andern!

CASSIUS. Und lasset uns beschwören den Entschluß!

BRUTUS.
Nein, keinen Eid! Wenn nicht der Menschen Antlitz,
Das innre Seelenleid, der Zeit Verfall –
Sind diese Gründe schwach, so brecht nur auf,
Und jeder fort zu seinem trägen Bett!
Laßt frechgesinnte Tyrannei dann schalten,
Bis jeder nach dem Lose fällt. Doch tragen
Sie Feuer g'nug in sich, wie offenbar,
Um Feige zu entflammen und mit Mut
Des Weibes schmelzendes Gemüt zu stählen:
O denn, Mitbürger! welchen andern Sporn
Als unsre Sache braucht es, uns zu stacheln
Zur Herstellung? Was für Gewähr als diese:
Verschwiegne Römer, die das Wort gesprochen,
Und nicht zurückziehn? welchen andern Eid,
Als Redlichkeit mit Redlichkeit im Bund,
Daß dies gescheh', wo nicht, dafür zu sterben?
Laßt Priester, Memmen, Schriftgelehrte schwören,
Verdorrte Greis' und solche Jammerseelen,
Die für das Unrecht danken; schwören laßt
Bei bösen Händeln Volk, dem man nicht traut!
Entehrt nicht so den Gleichmut unsrer Handlung
Und unsern unbezwinglich festen Sinn,
Zu denken, unsre Sache, unsre Tat
Brauch' einen Eid; da jeder Tropfe Bluts,
Der edel fließt in jedes Römers Adern,
Sich seines echten Stamms verlustig macht,
Wenn er das kleinste Teilchen nur verletzt
Von irgendeinem Worte, das er gab.

CASSIUS.
Doch wie mit Cicero? Forscht man ihn aus?
Ich denk', er wird sehr eifrig für uns sein.

CASCA. Laßt uns ihn nicht vorübergehn!

CINNA. Nein, ja nicht!

METELLUS. Gewinnt ihn ja für uns! Sein Silberhaar
Wird eine gute Meinung uns erkaufen
Und Stimmen werben, unser Werk zu preisen.
Sein Urteil habe unsre Hand gelenkt,
So wird es heißen; unsre Hastigkeit
Und Jugend wird im mind'sten nicht erscheinen,
Von seinem würd'gen Ansehn ganz bedeckt.

BRUTUS.
O nennt ihn nicht! Laßt uns ihm nichts eröffnen:
Denn niemals tritt er einer Sache bei,
Wenn andre sie erdacht.

CASSIUS. So laßt ihn weg!

CASCA. 's ist wahr, er paßt auch nicht.
DECIUS. Wird niemand sonst als Cäsar angetastet?
CASSIUS.
Ja, gut bedacht! Mich dünkt, daß Mark Anton,
Der so beliebt beim Cäsar ist, den Cäsar
Nicht überleben darf. Er wird sich uns
Gewandt in Ränken zeigen, und ihr wißt,
Daß seine Macht, wenn er sie nutzt, wohl hinreicht,
Uns allen Not zu schaffen. Dem zu wehren,
Fall' Cäsar und Antonius zugleich!
BRUTUS.
Zu blut'ge Weise, Cajus Cassius, wär's,
Das Haupt abschlagen und zerhaun die Glieder,
Wie Grimm beim Tod und Tücke hinterher.
Antonius ist ja nur ein Glied des Cäsar.
Laßt Opferer uns sein, nicht Schlächter, Cajus!
Wir alle stehen gegen Cäsars Geist,
Und in dem Geist des Menschen ist kein Blut.
O könnten wir denn Cäsars Geist erreichen,
Und Cäsarn nicht zerstücken! Aber, ach!
Cäsar muß für ihn bluten. Edle Freunde,
Laßt kühnlich uns ihn töten, doch nicht zornig;
Zerlegen laßt uns ihn, ein Mahl für Götter,
Nicht ihn zerhauen wie ein Aas für Hunde!
Laßt unsre Herzen, schlauen Herren gleich,
Zu rascher Tat aufwiegeln ihre Diener,
Und dann zum Scheine schmälen. Dadurch wird
Notwendig unser Werk und nicht gehässig;
Und wenn es so dem Aug' des Volks erscheint,
Wird man uns Reiniger, nicht Mörder nennen.
Was Mark Anton betrifft, denkt nicht an ihn,
Denn er vermag nicht mehr als Cäsars Arm,
Wenn Cäsars Haupt erst fiel.
CASSIUS. Doch fürcht' ich ihn,
Denn seine Liebe hängt so fest am Cäsar –
BRUTUS.
Ach, guter Cassius, denket nicht an ihn!
Liebt er den Cäsar, so vermag er nichts
Als gegen sich: sich härmen, für ihn sterben.
Und das wär' viel von ihm, weil er der Lust,
Der Wüstheit, den Gelagen sich ergibt.
TREBONIUS.
Es ist kein Arg in ihm: er sterbe nicht,
Denn er wird leben und dies einst belachen.
Die Glocke schlägt.
BRUTUS. Still! Zählt die Glocke!
CASSIUS. Sie hat drei geschlagen.
TREBONIUS. Es ist zum Scheiden Zeit.
CASSIUS. Doch zweifl' ich noch,
Ob Cäsar heute wird erscheinen wollen.
Denn kürzlich ist er abergläubisch worden,
Ganz dem entgegen, wie er sonst gedacht
Von Träumen, Einbildung und heil'gen Bräuchen.
Vielleicht, daß diese großen Wunderdinge,
Daß ungewohnte Schrecken dieser Nacht
Und seiner Augurn Überredung ihn
Entfernt vom Kapitol für heute hält.
DECIUS.
Das fürchtet nimmer: wenn er das beschloß,
So übermeistr' ich ihn. Er hört es gern,
Das Einhorn lasse sich mit Bäumen fangen,
Der Löw' im Netz, der Elefant in Gruben,
Der Bär mit Spiegeln und der Mensch durch
Schmeichler.
Doch sag' ich ihm, daß er die Schmeichler haßt,
Bejaht er es, am meisten dann geschmeichelt.
Laßt mich gewähren.
Denn ich verstehe sein Gemüt zu lenken,
Und will ihn bringen auf das Kapitol.
CASSIUS. Ja, laßt uns alle gehn, um ihn zu holen!
BRUTUS.
Zur achten Stund' aufs späteste, nicht wahr?
CINNA. Das sei das spät'ste, und dann bleibt nicht aus!
METELLUS. Cajus Ligarius ist dem Cäsar feind,
Der's ihm verwies, daß er Pompejus lobte:
Es wundert mich, daß niemand sein gedacht.
BRUTUS.
Wohl, guter Cimber, geht nur vor bei ihm:
Er liebt mich herzlich, und ich gab ihm Grund.
Schickt ihn hieher, so will ich schon ihn stimmen.
CASSIUS.
Der Morgen übereilt uns: wir gehen, Brutus.
Zerstreut euch, Freunde: doch bedenket alle,
Was ihr gesagt, und zeigt euch echte Römer!
BRUTUS.
Seht, werte Männer, frisch und fröhlich aus;
Tragt euren Vorsatz nicht auf eurer Stirn!
Nein, führt's hindurch wie Helden unsrer Bühne,
Mit munterm Geist und äußrer Festigkeit!
Und somit insgesamt euch guten Morgen!
Alle ab, außer Brutus.
BRUTUS.
He, Lucius! – Fest im Schlaf? Es schadet nichts.
Genieß' den honigschweren Tau des Schlummers!
Du siehst Gestalten nicht noch Phantasien,
Womit geschäft'ge Sorg' ein Hirn erfüllt;
Drum schläfst du so gesund.
Portia tritt auf.
PORTIA. Mein Gatte! Brutus!
BRUTUS.
Was wollt Ihr, Portia? Warum steht Ihr auf?
Es dient Euch nicht, die zärtliche Natur
Dem rauhen kalten Morgen zu vertraun.
PORTIA.
Euch gleichfalls nicht. Unfreundlich stahlt Ihr, Brutus,
Von meinem Bett Euch; und beim Nachtmahl gestern
Erhobt Ihr plötzlich Euch und gingt umher,
Sinnend und seufzend, mit verschränkten Armen.
Und wenn ich Euch befragte, was es sei,
So starrtet Ihr mich an mit finstern Blicken.
Ich drang in Euch, da riebt Ihr Euch die Stirn
Und stampftet ungeduldig mit dem Fuß;
Doch hielt ich an, doch gabt Ihr keine Rede,
Und winktet mit der Hand unwillig weg,
Damit ich Euch verließ. Ich tat es auch,
Besorgt, die Ungeduld noch zu verstärken,
Die schon zu sehr entflammt schien, und zugleich
Mir schmeichelnd, nur von Laune rühr' es her,
Die ihre Stunden hat bei jedem Mann.
Nicht essen, reden, schlafen läßt es Euch,
Und könnt' es Eure Bildung so entstellen,
Als es sich Eurer Fassung hat bemeistert,
So kennt' ich Euch nicht mehr. Mein teurer Gatte,
Teilt mir die Ursach' Eures Kummers mit!
BRUTUS.
Ich bin nicht recht gesund, und das ist alles.

PORTIA. Brutus ist weise: wär' er nicht gesund,
Er nähm' die Mittel wahr, um es zu werden.
BRUTUS.
Das tu' ich – gute Portia, geh zu Bett!
PORTIA. Ist Brutus krank? und ist es heilsam, so
Entblößt umherzugehn und einzusaugen
Den Dunst des Morgens? Wie, ist Brutus krank,
Und schleicht er vom gesunden Bett sich weg,
Der schnöden Ansteckung der Nacht zu trotzen?
Und reizet er die böse Fieberluft,
Sein Übel noch zu mehren? Nein, mein Brutus,
Ihr tragt ein krankes Übel im Gemüt,
Wovon, nach meiner Stelle Recht und Würde,
Ich wissen sollte; und auf meinen Knie'n
Fleh' ich bei meiner einst gepriesnen Schönheit,
Bei allen Euren Liebesschwüren, ja
Bei jenem großen Schwur, durch welchen wir
Einander einverleibt und eins nur sind:
Enthüllt mir, Eurer Hälfte, Eurem Selbst,
Was Euch bekümmert, was zu Nacht für Männer
Euch zugesprochen; denn es waren hier
Sechs oder sieben, die ihr Antlitz selbst
Der Finsternis verbargen.
BRUTUS. O kniet nicht, liebe Portia!
PORTIA.
Ich braucht' es nicht, wärt Ihr mein lieber Brutus.
Ist's im Vertrag der Ehe, sagt mir, Brutus,
Bedungen, kein Geheimnis sollt' ich wissen,
Das Euch gehört? Und bin ich Euer Selbst
Nur gleichsam, mit gewissen Einschränkungen:
Beim Mahl um Euch zu sein, Eu'r Bett zu teilen,
Auch wohl mit Euch zu sprechen? Wohn' ich denn
Nur in der Vorstadt Eurer Zuneigung?
Ist es nur das, so ist ja Portia
Des Brutus Buhle nur und nicht sein Weib.
BRUTUS. Ihr seid mein echtes, ehrenwertes Weib,
So teuer mir als wie die Purpurtropfen,
Die um mein trauernd Herz sich drängen.
PORTIA.
Wenn dem so wär', so wüßt' ich dies Geheimnis.
Ich bin ein Weib, gesteh' ich, aber doch
Ein Weib, das Brutus zur Gemahlin nahm.
Ich bin ein Weib, gesteh' ich, aber doch
Ein Weib von gutem Rufe, Catos Tochter.
Denkt Ihr, ich sei so schwach wie mein Geschlecht,
Aus solchem Stamm erzeugt und so vermählt?
Sagt mir, was Ihr beschloßt: ich will's bewahren.
Ich habe meine Stärke hart erprüft,
Freiwillig eine Wunde mir versetzend
Am Schenkel hier: ertrüg' ich das geduldig
Und das Geheimnis meines Gatten nicht?
BRUTUS.
Ihr Götter, macht mich wert des edlen Weibes!
Man klopft draußen.
Horch! horch! man klopft; geh eine Weil' hinein,
Und unverzüglich soll dein Busen teilen,
Was noch mein Herz verschließt.
Mein ganzes Bündnis will ich dir enthüllen
Und meiner finstern Stirne Zeichenschrift.
Verlaß mich schnell!
Portia ab.
Lucius und Ligarius kommen.
BRUTUS. Wer klopft denn, Lucius?
LUCIUS.
Hier ist ein Kranker, der Euch sprechen will.
BRUTUS. Ligarius ist's, von dem Metellus sprach.
Du, tritt beiseit! – Cajus Ligarius, wie?
LIGARIUS.
Nehmt einen Morgengruß von matter Zunge!
BRUTUS. O welche Zeit erwählt Ihr, wackrer Cajus,
Ein Tuch zu tragen! Wärt Ihr doch nicht krank!
LIGARIUS. Ich bin nicht krank, hat irgendeine Tat,
Des Namens Ehre würdig, Brutus vor.
BRUTUS. Solch eine Tat, Ligarius, hab' ich vor,
Wär' Euer Ohr gesund, davon zu hören.
LIGARIUS.
Bei jedem Gott, vor dem sich Römer beugen!
Hier sag' ich ab der Krankheit. Seele Roms!
Du wackrer Sohn, aus edlem Blut entsprossen!
Wie ein Beschwörer riefst du auf in mir
Den abgestorbnen Geist. Nun heiß' mich laufen,
So will ich an Unmögliches mich wagen,
Ja, Herr darüber werden. Was zu tun?
BRUTUS. Ein Wagestück, das Kranke heilen wird.
LIGARIUS.
Doch gibt's nicht auch Gesunde krank zu machen?
BRUTUS. Die gibt es freilich. Was es ist, mein Cajus,
Eröffn' ich dir auf unserm Weg zu ihm,
An dem es muß geschehn.
LIGARIUS. Macht Euch nur auf;
Mit neu entflammtem Herzen folg' ich Euch,
Zu tun, was ich nicht weiß. Doch es genügt,
Daß Brutus mir vorangeht.
BRUTUS. Folgt mir denn!
Beide ab.

Zweite Szene

Ein Zimmer in Cäsars Palaste.
Donner und Blitz. Cäsar in seinem Nachtkleide

CÄSAR.
Zu Nacht hat Erd' und Himmel Krieg geführt.
Calpurnia rief im Schlafe dreimal laut:
»O helft! Sie morden Cäsarn!« – Niemand da?
Ein Diener kommt.
DIENER. Herr?
CÄSAR.
Geh, heiß' die Priester gleich zum Opfer schreiten,
Und bring' mir ihre Meinung vom Erfolg!
DIENER. Es soll geschehn.
Ab.
CALPURNIA *tritt auf.*
Was meint Ihr, Cäsar? Denkt Ihr auszugehn?
Ihr müßt heut keinen Schritt vom Hause weichen.
CÄSAR. Cäsar geht aus. Mir haben stets Gefahren
Im Rücken nur gedroht; wenn sie die Stirn
Des Cäsar werden sehn, sind sie verschwunden.
CALPURNIA. Cäsar, ich hielt auf Wunderzeichen nie,
Doch schrecken sie mich nun. Im Haus ist jemand,
Der außer dem, was wir gesehn, gehört,
Von Greueln meldet, so die Wach' erblickt.
Es warf auf offner Gasse eine Löwin,
Und Grüft' erlösten gähnend ihre Toten.
Wildglüh'nde Krieger fochten auf den Wolken
In Reih'n, Geschwadern und nach Kriegsgebrauch,

Wovon es Blut gesprüht aufs Kapitol.
Das Schlachtgetöse klirrte in der Luft;
Da wiehern Rosse, Männer röcheln sterbend,
Und Geister wimmerten die Straßen durch
O Cäsar! Unerhört sind diese Dinge:
Ich fürchte sie.

CÄSAR. Was kann vermieden werden,
Das sich zum Ziel die mächt'gen Götter setzten?
Ich gehe dennoch aus, denn diese Zeichen,
So gut wie Cäsarn, gelten sie der Welt.

CALPURNIA.
Kometen sieht man nicht, wann Bettler sterben.
Der Himmel selbst flammt Fürstentod herab.

CÄSAR. Der Feige stirbt schon vielmal, eh' er stirbt,
Die Tapfern kosten einmal nur den Tod.
Von allen Wundern, die ich je gehört,
Scheint mir das größte, daß sich Menschen fürchten,
Da sie doch sehn, der Tod, das Schicksal aller,
Kommt, wann er kommen soll.

Der Diener kommt zurück.

Was dünkt den Augurn?

DIENER. Sie raten Euch, für heut nicht auszugehn.
Da sie dem Opfertier das Eingeweide
Ausnahmen, fanden sie kein Herz darin.

CÄSAR.
Die Götter tun der Feigheit dies zur Schmach.
Ein Tier ja wäre Cäsar ohne Herz,
Wenn er aus Furcht sich heut zu Hause hielte.
Das wird er nicht: gar wohl weiß die Gefahr,
Cäsar sei noch gefährlicher als sie.
Wir sind zwei Leu'n, an einem Tag geworfen,
Und ich der ältre und der schrecklichste;
Und Cäsar wird doch ausgehn.

CALPURNIA. Ach, mein Gatte!
In Zuversicht geht Eure Weisheit unter.
Geht heute doch nicht aus: nennt's meine Furcht,
Die Euch zu Hause hält, nicht Eure eigne.
Wir senden Mark Anton in den Senat,
Zu sagen, daß Ihr unpaß heute seid.
Laßt mich auf meinen Knieen dies erbitten!

CÄSAR. Ja, Mark Anton soll sagen, ich sei unpaß,
Und dir zu lieb will ich zu Hause bleiben.

Decius tritt auf.

Sieh, Decius Brutus kommt; der soll's bestellen.

DECIUS.
Heil, Cäsar! Guten Morgen, würd'ger Cäsar!
Ich komm' Euch abzuholen zum Senat.

CÄSAR. Und seid gekommen zur gelegnen Zeit,
Den Senatoren meinen Gruß zu bringen.
Sagt ihnen, daß ich heut nicht kommen will;
Nicht kann, ist falsch; daß ich's nicht wage, falscher.
Ich will nicht kommen heut: sagt ihnen das!

CALPURNIA. Sagt, er sei krank!

CÄSAR. Hilft Cäsar sich mit Lügen?
Streckt' ich so weit erobernd meinen Arm,
Graubärten scheu die Wahrheit zu verkleiden?
Geht, Decius! Sagt nur: Cäsar will nicht kommen.

DECIUS.
Laßt einen Grund mich wissen, großer Cäsar,
Daß man mich nicht verlacht, wenn ich es sage!

CÄSAR.
Der Grund ist nur mein Will'; ich will nicht kommen,
Das g'nügt zu des Senats Befriedigung.
Doch um Euch insbesondere g'nug zu tun,
Weil ich Euch liebe, will ich's Euch eröffnen.
Calpurnia hier, mein Weib, hält mich zu Haus:
Sie träumte diese Nacht, sie säh' mein Bildnis,
Das wie ein Springbrunn klares Blut vergoß
Aus hundert Röhren; rüst'ge Römer kamen,
Und tauchten lächelnd ihre Hände drein.
Dies legt sie aus als Warnungen und Zeichen
Und Unglück, das uns droht, und hat mich knieend
Gebeten, heute doch nicht auszugehn.

DECIUS. Ihr habt den Traum ganz irrig ausgelegt;
Es war ein schönes, glückliches Gesicht:
Eu'r Bildnis, Blut aus vielen Röhren spritzend,
Vorein so viele Römer lächelnd tauchten,
Bedeutet, saugen werd' aus Euch das große Rom
Belebend Blut; und große Männer werden
Nach Heiligtümern und nach Ehrenpfändern
Sich drängen. Das bedeutet dieser Traum.

CÄSAR. Auf diese Art habt Ihr ihn wohl erklärt.

DECIUS.
Ja, wenn Ihr erst gehört, was ich Euch melde:
Wißt denn: an diesem Tag will der Senat
Dem großen Cäsar eine Krone geben.
Wenn Ihr nun sagen laßt, Ihr wollt nicht kommen,
So kann es sie gereun. Auch ließ' es leicht
Zum Spott sich wenden; jemand spräche wohl:
»Verschiebt die Sitzung bis auf andre Zeit,
Wann Cäsars Gattin beßre Träume hat!«
Wenn Cäsar sich versteckt, wird man nicht flüstern:
»Seht, Cäsar fürchtet sich?«
Verzeiht mir, Cäsar: meine Herzensliebe
Heißt dieses mich zu Eurem Vorteil sagen,
Und Schicklichkeit steht meiner Liebe nach.

CÄSAR.
Wie töricht scheint nun Eure Angst, Calpurnia!
Ich schäme mich, daß ich ihr nachgegeben.
Reicht mein Gewand mir her, denn ich will gehn!

Publius, Brutus, Ligarius, Metellus, Casca, Trebonius und Cinna treten auf.

Da kommt auch Publius, um mich zu holen.

PUBLIUS. Guten Morgen, Cäsar!

CÄSAR. Publius, willkommen! –
Wie, Brutus? Seid Ihr auch so früh schon auf? –
Guten Morgen, Casca! – Cajus Ligarius,
So sehr war Cäsar niemals Euer Feind
Als dieses Fieber, das Euch abgezehrt. –
Was ist die Uhr?

BRUTUS. Es hat schon acht geschlagen.

CÄSAR. Habt Dank für Eure Müh' und Höflichkeit!

Antonius tritt auf.

Seht! Mark Anton, der lange schwärmt des Nachts,
Ist doch schon auf. – Antonius, seid gegrüßt!

ANTONIUS. Auch Ihr, erlauchter Cäsar!

CÄSAR. Befehlt, daß man im Hause fertig sei:
Es ist nicht recht, so auf sich warten lassen.
Ei, Cinna! – Ei, Metellus! – Wie, Trebonius?
Ich hab' mit Euch ein Stündchen zu verplaudern.
Gedenkt daran, daß Ihr mich heut besucht,
Und bleibt mir nah, damit ich Euer denke!

TREBONIUS. Das will ich, Cäsar, –

beiseit

will so nah Euch sein,
Daß Eure besten Freunde wünschen sollen,

Ich wär' entfernt gewesen.

CÄSAR. Lieben Freunde,
Kommt mit herein und trinkt ein wenig Weins;
Dann gehen wir gleich Freunden mit einander.

BRUTUS *beiseit*
Daß gleich nicht stets dasselbe ist, o Cäsar!
Das Herz des Brutus blutet, es zu denken.

Alle ab.

Dritte Szene

Eine Straße nahe beim Kapitol.
Artemidorus tritt auf und liest einen Zettel.

ARTEMIDORUS. »Cäsar, hüte dich vor Brutus, sei wachsam gegen Cassius, halte dich weit vom Casca, habe ein Auge auf Cinna, mißtraue dem Trebonius, beobachte den Metellus Cimber, Decius Brutus liebt dich nicht, beleidigt hast du den Cajus Ligarius. Nur ein Sinn lebt in allen diesen Männern, und er ist gegen Cäsar gerichtet. Wo du nicht unsterblich bist, schau' um dich! Sorglosigkeit gibt der Verschwörung Raum. Mögen dich die großen Götter schützen!
Der Deinige Artemidorus.«
Hier will ich stehn, bis er vorübergeht,
Und will ihm dies als Bittschrift überreichen.
Mein Herz bejammert, daß die Tugend nicht
Frei von dem Zahn des Neides leben kann.
O Cäsar, lies! so bist du nicht verloren:
Sonst ist das Schicksal mit Verrat verschworen.

Ab.

Vierte Szene

Ein andrer Teil derselben Straße, vor dem Hause des Brutus.
Portia und Lucius kommen.

PORTIA. Ich bitt' dich, Knabe, lauf' in den Senat!
Halt' dich mit keiner Antwort auf und geh!
Was wartest du?

LUCIUS. Zu hören, was ich soll.

PORTIA. Ich möchte dort und wieder hier dich haben,
Eh' ich dir sagen kann, was du da sollst.
O Festigkeit, steh unverrückt mir bei,
Stell' einen Fels mir zwischen Herz und Zunge!
Ich habe Mannessinn, doch Weibeskraft.
Wie fällt doch ein Geheimnis Weibern schwer! –
Bist du noch hier?

LUCIUS. Was sollt' ich, gnäd'ge Frau?
Nur hin zum Kapitol und weiter nichts,
Und so zu Euch und weiter nichts?

PORTIA. Nein, ob dein Herr wohl aussieht, melde mir,
Denn er ging unpaß fort, und merk' dir recht,
Was Cäsar macht, wer mit Gesuch ihm naht!
Still, Knabe! Welch Geräusch?

LUCIUS. Ich höre keins.

PORTIA. Ich bitt' dich, horch genau:
Ich hörte wilden Lärm, als föchte man,
Und der Wind bringt vom Kapitol ihn her.

LUCIUS. Gewißlich, gnäd'ge Frau, ich höre nichts.

Ein Wahrsager kommt.

PORTIA.
Komm näher, Mann! Wo führt dein Weg dich her?

WAHRSAGER.
Von meinem Hause, liebe gnäd'ge Frau.

PORTIA. Was ist die Uhr?

WAHRSAGER. Die neunte Stund' etwa.

PORTIA. Ist Cäsar schon aufs Kapitol gegangen?

WAHRSAGER. Nein, gnäd'ge Frau; ich geh', mir Platz zu nehmen,
Wo er vorbeizieht auf das Kapitol.

PORTIA.
Du hast an Cäsarn ein Gesuch: nicht wahr?

WAHRSAGER.
Das hab' ich, gnäd'ge Frau. Geliebt es Cäsarn,
Aus Güte gegen Cäsar mich zu hören,
So bitt' ich ihn, es gut mit sich zu meinen.

PORTIA.
Wie? weißt du, daß man ihm ein Leid will antun?

WAHRSAGER. Keins seh' ich klar vorher, viel, fürcht' ich, kann geschehn.
Doch guten Tag! Hier ist die Straße eng:
Die Schar, die Cäsarn auf der Ferse folgt,
Von Senatoren, Prätorn, Supplikanten,
Wird einen schwachen Mann beinah' erdrücken.
Ich will an einen freiern Platz und da
Den großen Cäsar sprechen, wenn er kommt.

Ab.

PORTIA.
Ich muß ins Haus. Ach, welch ein schwaches Ding
Das Herz des Weibes ist! O Brutus!
Der Himmel helfe deinem Unternehmen! –
Gewiß, der Knabe hört' es. – Brutus wirbt um etwas,
Das Cäsar weigert. – Oh, es wird mir schlimm!
Lauf', Lucius, empfiehl mich meinem Gatten,
Sag, ich sei fröhlich, komm zu mir zurück,
Und melde mir, was er dir aufgetragen!

Beide ab.

Dritter Aufzug

Erste Szene

Das Kapitol. Sitzung des Senats.
Ein Haufe Volks in der Straße, die zum Kapitol führt, darunter Artemidorus und der Wahrsager. Trompetenstoß. Cäsar, Brutus, Cassius, Casca, Decius, Metellus, Trebonius, Cinna, Antonius, Lepidus, Popilius, Publius und andre kommen.

CÄSAR. Des Märzen Idus ist nun da.

WAHRSAGER. Ja, Cäsar,
Doch nicht vorbei.

ARTEMIDORUS. Heil, Cäsar! Lies den Zettel hier!

DECIUS. Trebonius bittet Euch, bei guter Weile
Dies untertänige Gesuch zu lesen.

ARTEMIDORUS.
Lies meines erst, o Cäsar! Mein Gesuch
Betrifft den Cäsar näher: lies, großer Cäsar!

Geht Cäsarn näher an.

CÄSAR. Was uns betrifft, werd' auf die Letzt verspart.

ARTEMIDORUS.
Verschieb' nicht, Cäsar, lies im Augenblick!

CÄSAR. Wie? ist der Mensch verrückt?

PUBLIUS. Mach' Platz, Gesell!
CASSIUS.
Was? drängt ihr auf der Straße mit Gesuchen?
Kommt in das Kapitol!
Cäsar geht in das Kapitol, die übrigen folgen ihm. Alle Senatoren stehn auf.
POPILIUS. Mög' euer Unternehmen heut gelingen!
CASSIUS. Welch Unternehmen, Lena?
POPILIUS. Geh's euch wohl!
Er nähert sich dem Cäsar.
BRUTUS. Was sprach Popilius Lena da?
CASSIUS. Er wünschte,
Daß unser Unternehmen heut gelänge.
Ich fürchte, unser Anschlag ist entdeckt.
BRUTUS.
Seht, wie er Cäsarn naht! Gebt acht auf ihn!
CASSIUS.
Sei schleunig, Casca, daß man nicht zuvorkömmt!
Was ist zu tun hier, Brutus? Wenn es auskömmt,
Kehrt Cassius oder Cäsar nimmer heim,
Denn ich entleibe mich.
BRUTUS. Sei standhaft, Cassius!
Popilius spricht von unserm Anschlag nicht.
Er lächelt, sieh, und Cäsar bleibt in Ruh'.
CASSIUS.
Trebonius nimmt die Zeit wahr, Brutus; sieh,
Er zieht geschickt den Mark Anton beiseite.
Antonius und Trebonius ab. Cäsar und die Senatoren nehmen ihre Sitze ein.
DECIUS. Wo ist Metellus Cimber? Laßt ihn gehn
Und sein Gesuch sogleich dem Cäsar reichen!
BRUTUS. Er ist bereit: drängt an und steht ihm bei!
CINNA. Casca, Ihr müßt zuerst den Arm erheben!
CÄSAR. Sind alle da? Was für Beschwerden gibt's,
Die Cäsar heben muß und sein Senat?
METELLUS *niederknieend.*
Glorreicher, mächtigster, erhabner Cäsar!
Metellus Cimber wirft vor deinen Sitz
Ein Herz voll Demut nieder.
CÄSAR. Cimber, hör',
Ich muß zuvor dir kommen. Dieses Kriechen,
Dies knechtische Verbeugen könnte wohl
Gemeiner Menschen Blut in Feuer setzen,
Und vorbestimmte Wahl, gefaßten Schluß
Zum Kinderwillen machen. Sei nicht töricht
Und denk', so leicht empört sei Cäsars Blut,
Um aufzutaun von seiner echten Kraft
Durch das, was Narr'n erweicht: durch süße Worte,
Gekrümmtes Bücken, hündisches Geschmeichel.
Dein Bruder ist verbannt durch einen Spruch;
Wenn du für ihn dich bückst und flehst und schmeichelst,
So stoß' ich dich wie einen Hund hinweg.
Wiss'! Cäsar tut kein Unrecht; ohne Gründe
Befriedigt man ihn nicht.
METELLUS. Gibt's keine Stimme, würdiger als meine,
Die süßer tön' im Ohr des großen Cäsar
Für des verbannten Bruders Wiederkehr?
BRUTUS.
Ich küsse deine Hand, doch nicht als Schmeichler,
Und bitte, Cäsar, daß dem Publius Cimber
Die Rückberufung gleich bewilligt werde.
CÄSAR. Wie? Brutus!
CASSIUS. Gnade, Cäsar! Cäsar! Gnade!
Auch Cassius fällt tief zu Füßen dir,
Begnadigung für Cimber zu erbitten.
CÄSAR.
Ich ließe wohl mich rühren, glich' ich euch:
Mich rührten Bitten, bät' ich, um zu rühren.
Doch ich bin standhaft wie des Nordens Stern,
Des unverrückte, ewig stäte Art
Nicht ihres Gleichen hat am Firmament.
Der Himmel prangt mit Funken ohne Zahl,
Und Feuer sind sie all', und jeder leuchtet,
Doch einer nur behauptet seinen Stand.
So in der Welt auch: sie ist voll von Menschen,
Und Menschen sind empfindlich, Fleisch und Blut;
Doch in der Menge weiß ich einen nur,
Der unbesiegbar seinen Platz bewahrt,
Vom Andrang unbewegt: daß ich der bin,
Auch hierin laßt es mich ein wenig zeigen,
Daß ich auf Cimbers Banne fest bestand,
Und drauf besteh', daß er im Banne bleibe.
CINNA. O Cäsar!
CÄSAR. Fort, sag' ich! Willst du den Olymp versetzen?
DECIUS. Erhabner Cäsar! –
CÄSAR. Kniet nicht Brutus auch umsonst?
CASCA. Dann, Hände, sprecht für mich!
Casca sticht Cäsarn mit dem Dolch in den Nacken. Cäsar fällt ihm in den Arm. Er wird alsdann von verschiednen andern Verschwornen und zuletzt vom Marcus Brutus mit Dolchen durchstochen.
CÄSAR. Brutus, auch du? – So falle, Cäsar!
Er stirbt. Die Senatoren und das Volk fliehen bestürzt.
CINNA. Befreiung! Freiheit! Die Tyrannei ist tot!
Lauft fort! verkündigt! ruft es durch die Gassen!
CASSIUS. Hin zu der Rednerbühne! Rufet aus:
»Befreiung! Freiheit! Wiederherstellung!«
BRUTUS. Seid nicht erschrocken, Volk und Senatoren!
Flieht nicht! Steht still! Die Ehrsucht hat gebüßt.
CASCA. Geht auf die Rednerbühne, Brutus!
DECIUS. Ihr, Cassius, auch!
BRUTUS. Wo ist Publius?
CINNA. Hier, ganz betroffen über diesen Aufruhr.
METELLUS.
Steht dicht beisammen, wenn ein Freund des Cäsar
Etwa –
BRUTUS. Sprecht nicht von stehen! – Publius, getrost!
Wir haben nicht im Sinn, Euch Leid zu tun,
Auch keinem Römer sonst: sagt ihnen das!
CASSIUS. Und geht nur, Publius, damit das Volk,
Das uns bestürmt, nicht Euer Alter kränke!
BRUTUS. Tut das; und niemand steh' für diese Tat
Als wir, die Täter!
Trebonius kommt zurück.
CASSIUS. Wo ist Mark Anton?
TREBONIUS.
Er floh bestürzt nach Haus, und Männer, Weiber
Und Kinder blicken starr, und schrein, und laufen,
Als wär' der Jüngste Tag.
BRUTUS. Schicksal! wir wollen sehn, was dir geliebt:
Wir wissen, daß wir sterben werden; Frist
Und Zeitgewinn nur ist der Menschen Trachten.
CASSIUS. Ja, wer dem Leben zwanzig Jahre raubt,
Der raubt der Todesfurcht so viele Jahre.

BRUTUS.
Gesteht das ein, und Wohltat ist der Tod.
So sind wir Cäsars Freunde, die wir ihm
Die Todesfurcht verkürzten. Bückt euch, Römer!
Laßt unsre Händ' in Cäsars Blut uns baden
Bis an die Ellenbogen! Färbt die Schwerter!
So treten wir hinaus bis auf den Markt,
Und, überm Haupt die roten Waffen schwingend,
Ruft alle dann: »Erlösung! Friede! Freiheit!«

CASSIUS.
Bückt euch und taucht! In wie entfernter Zeit
Wird man dies hohe Schauspiel wiederholen,
In neuen Zungen und mit fremdem Pomp!

BRUTUS.
Wie oft wird Cäsar noch zum Spiele bluten,
Der jetzt am Fußgestell Pompejus' liegt,
Dem Staube gleich geachtet!

CASSIUS. So oft als das geschieht,
Wird man auch unsern Bund, die Männer nennen,
Die Freiheit wiedergaben ihrem Land.

DECIUS. Nun, sollen wir hinaus?

CASSIUS. Ja, alle fort:
Brutus voran, und seine Tritte zieren
Wir mit den kühnsten, besten Herzen Roms.

Ein Diener kommt.

BRUTUS. Doch still? Wer kommt? Ein Freund des Mark Anton.

DIENER.
So, Brutus, hieß mich mein Gebieter knien,
So hieß Antonius mich niederfallen,
Und tief im Staube hieß er so mich reden:
»Brutus ist edel, tapfer, weis' und redlich,
Cäsar war groß, kühn, königlich und gütig.
Sprich: Brutus lieb' ich, und ich ehr' ihn auch.
Sprich: Cäsarn fürchtet' ich, ehrt' ihn und liebt' ihn.
Will Brutus nur gewähren, daß Anton
Ihm sicher nahen und erforschen dürfe,
Wie Cäsar solche Todesart verdient,
So soll dem Mark Anton der tote Cäsar
So teuer nicht als Brutus lebend sein;
Er will vielmehr dem Los und der Partei
Des edlen Brutus unter den Gefahren
Der wankenden Verfassung treulich folgen.«
Dies sagte mein Gebieter, Mark Anton.

BRUTUS.
Und dein Gebieter ist ein wackrer Römer,
So achtet' ich ihn stets.
Sag, wenn es ihm geliebt, hieher zu kommen,
So steh' ich Red' ihm und, bei meiner Ehre,
Entlass' ihn ungekränkt.

DIENER. Ich hol' ihn gleich.

Ab.

BRUTUS.
Ich weiß, wir werden ihn zum Freunde haben.

CASSIUS.
Ich wünsch' es, doch es wohnt ein Sinn in mir,
Der sehr ihn fürchtet; und mein Unglückahnden
Trifft immer ein aufs Haar.

Antonius kommt zurück.

BRUTUS. Hier kommt Antonius ja. – Willkommen, Mark Anton!

ANTONIUS.
Oh, großer Cäsar! liegst du so im Staube?
Sind alle deine Siege, Herrlichkeiten,
Triumphe, Beuten eingesunken nun
In diesen kleinen Raum? – Gehab' dich wohl! –
Ich weiß nicht, edle Herrn, was ihr gedenkt,
Wer sonst noch bluten muß, wer reif zum Fall:
Wofern ich selbst, kann keine Stunde besser
Als Cäsars Todesstunde, halb so kostbar
Kein Werkzeug sein als diese eure Schwerter,
Geschmückt mit Blut, dem edelsten der Welt.
Ich bitt' euch, wenn ihr's feindlich mit mir meint,
Jetzt, da noch eure Purpurhände dampfen,
Büßt eure Lust! Und lebt' ich tausend Jahre,
Nie werd' ich so bereit zum Tod mich fühlen:
Kein Ort gefällt mir so, kein Weg zum Tode,
Als hier beim Cäsar fallen, und durch euch
Die ersten Heldengeister unsrer Zeit.

BRUTUS.
O Mark Anton! Begehrt nicht Euren Tod!
Wir müssen blutig zwar und grausam scheinen,
Wie unsre Händ' und die gescheh'ne Tat
Uns zeigen: doch Ihr seht die Hände nur
Und dieses blut'ge Werk, so sie vollbracht;
Nicht unsre Herzen: sie sind mitleidsvoll,
Und Mitleid gegen Roms gesamte Not
(Wie Feuer Feuer löscht, so Mitleid Mitleid)
Verübt' an Cäsarn dies. Was Euch betrifft,
Für Euch sind unsre Schwerter stumpf, Anton.
Seht, unsre Arme, trotz verübter Tücke,
Und unsre Herzen, brüderlich gesinnt,
Empfangen Euch mit aller Innigkeit,
Mit redlichen Gedanken und mit Achtung.

CASSIUS. Und Eure Stimme soll so viel als jede
Bei der Verteilung neuer Würden gelten.

BRUTUS. Seid nur geduldig, bis wir erst das Volk
Beruhigt, das vor Furcht sich selbst nicht kennt!
Dann legen wir den Grund Euch dar, weswegen
Ich, der den Cäsar liebt', als ich ihn schlug,
Also verfahren.

ANTONIUS. Ich bau' auf eure Weisheit.
Mir reiche jeder seine blut'ge Hand:
Erst, Marcus Brutus, schütteln wir sie uns;
Dann, Cajus Cassius, fass' ich Eure Hand;
Nun Eure, Decius Brutus; Eure, Cinna;
Metellus, Eure nun; mein tapfrer Casca,
Die Eure; reicht, Trebonius, Eure mir,
Zuletzt, doch nicht der letzte meinem Herzen!
Ach, all ihr edlen Herrn! Was soll ich sagen?
Mein Ansehn steht jetzt auf so glattem Boden,
Daß ich euch eines von zwei schlimmen Dingen,
Ein Feiger oder Schmeichler, scheinen muß.
Daß ich dich liebte, Cäsar, oh, es ist wahr!
Wofern dein Geist jetzt niederblickt auf uns,
Wird's dich nicht kränken, bittrer als dein Tod,
Zu sehn, wie dein Antonius Frieden macht
Und deiner Feinde blut'ge Hände drückt,
Du Edelster, in deines Leichnams Nähe?
Hätt' ich so manches Aug' als Wunden du,
Und jedes strömte Tränen, wie sie Blut,
Das ziemte besser mir, als einen Bund
Der Freundschaft einzugehn mit deinen Feinden.
Verzeih' mir, Julius! – Du edler Hirsch,
Hier wurdest du erjagt, hier fielest du;
Hier stehen deine Jäger, mit den Zeichen

Des Mordes und von deinem Blut bepurpurt.
O Welt! du warst der Wald für diesen Hirsch,
Und er, o Welt! war seines Waldes Stolz. –
Wie ähnlich einem Wild, von vielen Fürsten
Geschossen, liegst du hier!

CASSIUS. Antonius –

ANTONIUS. Verzeiht mir, Cajus Cassius;
Dies werden selbst die Feinde Cäsars sagen,
An einem Freund ist's kalte Mäßigung.

CASSIUS.
Ich tadl' Euch nicht, daß Ihr den Cäsar preist;
Allein, wie denkt Ihr Euch mit uns zu stehen?
Seid Ihr von unsern Freunden? oder sollen
Wir vorwärts dringen, ohn' auf Euch zu baun?

ANTONIUS. Deswegen faßt' ich eure Hände, nur
Vergaß ich mich, als ich auf Cäsarn blickte.
Ich bin euch allen Freund und lieb' euch alle,
In Hoffnung, eure Gründe zu vernehmen,
Wie und warum gefährlich Cäsar war.

BRUTUS.
Jawohl, sonst wär' dies ein unmenschlich Schauspiel.
Und unsre Gründe sind so wohl bedacht:
Wärt Ihr der Sohn des Cäsar, Mark Anton,
Sie g'nügten Euch.

ANTONIUS. Das such' ich einzig ja.
Auch halt' ich an um die Vergünstigung,
Den Leichnam auszustellen auf dem Markt
Und auf der Bühne, wie's dem Freunde ziemt,
Zu reden bei der Feier der Bestattung.

BRUTUS. Das mögt Ihr, Mark Anton!

CASSIUS. Brutus, ein Wort mit Euch!

Beiseit.

Ihr wißt nicht, was Ihr tut: gestattet nicht,
Daß ihm Antonius die Rede halte:
Wißt Ihr, wie sehr das Volk durch seinen Vortrag
Sich kann erschüttern lassen?

BRUTUS. Nein, verzeiht:
Ich selbst betrete erst die Bühn' und lege
Von unsers Cäsars Tod die Gründe dar.
Was dann Antonius sagen wird, erklär' ich,
Gescheh' erlaubt und mit Bewilligung;
Es sei uns recht, daß Cäsar jeder Ehre
Teilhaftig werde, so die Sitte heiligt.
Dies wird uns mehr Gewinn als Schaden bringen.

CASSIUS.
Wer weiß, was vorfällt? Ich bin nicht dafür.

BRUTUS.
Hier, Mark Anton, nehmt Ihr die Leiche Cäsars!
Ihr sollt uns nicht in Eurer Rede tadeln,
Doch sprecht von Cäsarn Gutes nach Vermögen,
Und sagt, daß Ihr's mit unserm Willen tut!
Sonst sollt Ihr gar mit dem Begängnis nichts
Zu schaffen haben. Auf derselben Bühne,
Zu der ich jetzo gehe, sollt Ihr reden,
Wenn ich zu reden aufgehört.

ANTONIUS. So sei's,
Ich wünsche weiter nichts.

BRUTUS. Bereitet denn die Leich' und folget uns!

Alle bis auf Antonius ab.

ANTONIUS.
O du, verzeih' mir, blutend Stückchen Erde,
Daß ich mit diesen Schlächtern freundlich tat!
Du bist der Rest des edelsten der Männer,
Der jemals lebt' im Wechsellauf der Zeit.
Weh! weh der Hand, die dieses Blut vergoß!
Jetzt prophezei' ich über deinen Wunden,
Die ihre Purpurlippen öffnen, stumm
Von meiner Zunge Stimm' und Wort erflehend:
Ein Fluch wird fallen auf der Menschen Glieder,
Und innre Wut und wilder Bürgerzwist
Wird ängsten alle Teil' Italiens;
Verheerung, Mord wird so zur Sitte werden,
Und so gemein das Furchtbarste, daß Mütter
Nur lächeln, wenn sie ihre zarten Kinder
Gevierteilt von des Kriegers Händen sehn.
Die Fertigkeit in Greueln würgt das Mitleid;
Und Cäsars Geist, nach Rache jagend, wird,
Zur Seit' ihm Ate, heiß der Höll' entstiegen,
In diesen Grenzen mit des Herrschers Ton
»Mord!« rufen und des Krieges Hund' entfesseln,
Daß diese Schandtat auf der Erde stinke
Von Menschenaas, das um Bestattung ächzt.

Ein Diener kommt.

Ihr dienet dem Octavius Cäsar? nicht?

DIENER. Ja, Mark Anton.

ANTONIUS.
Cäsar beschied ihn schriftlich her nach Rom.

DIENER. Die Brief' empfing er und ist unterwegs;
Und mündlich hieß er mich an Euch bestellen –

Er erblickt den Leichnam Cäsars.

O Cäsar!

ANTONIUS.
Dein Herz ist voll, geh auf die Seit' und weine!
Ich sehe, Leid steckt an: denn meine Augen,
Da sie des Grames Perlen sahn in deinen,
Begannen sie zu fließen. – Kommt dein Herr?

DIENER.
Er bleibt zu Nacht von Rom nur sieben Meilen.

ANTONIUS.
Reit' schnell zurück und meld' ihm, was geschehn:
Hier ist ein Rom voll Trauer und Gefahr.
Kein sichres Rom noch für Octavius.
Eil' hin und sag ihm das! – Nein, warte noch!
Du sollst nicht fort, bevor ich diese Leiche
Getragen auf den Markt, und meine Rede
Das Volk geprüft, wie dieser blut'gen Männer
Unmenschliches Beginnen ihm erscheint.
Und dem gemäß sollst du dem jungen Cäsar
Berichten, wie allhier die Dinge stehn,
Leih' deinen Arm mir!

Beide ab mit Cäsars Leiche

Zweite Szene

Das Forum.

Brutus und Cassius kommen mit einem Haufen Volkes.

BÜRGER.
Wir wollen Rechenschaft: legt Rechenschaft uns ab!

BRUTUS.
So folget mir und gebt Gehör mir, Freunde! –
Ihr, Cassius, geht in eine andre Straße
Und teilt die Haufen! –
Wer mich will reden hören, bleibe hier;
Wer Cassius folgen will, der geh' mit ihm!
Wir wollen öffentlich die Gründ' erklären
Von Cäsars Tod.

ERSTER BÜRGER. Ich will den Brutus hören.

ZWEITER BÜRGER.
Den Cassius ich: so können wir die Gründe
Vergleichen, wenn wir beide angehört.

Cassius mit einigen Bürgern ab. Brutus besteigt die Rostra.

DRITTER BÜRGER. Der edle Brutus steht schon oben: Still!

BRUTUS. Seid ruhig bis zum Schluß!
Römer! Mitbürger! Freunde! Hört mich meine Sache führen und seid still, damit ihr hören möget! Glaubt mir um meiner Ehre willen, und hegt Achtung vor meiner Ehre, damit ihr glauben mögt! Richtet mich nach eurer Weisheit, und weckt eure Sinne, um desto besser urteilen zu können! Ist jemand in dieser Versammlung, irgendein herzlicher Freund Cäsars, dem sage ich: des Brutus Liebe zum Cäsar war nicht geringer als seine. Wenn dieser Freund dann fragt, warum Brutus gegen Cäsar aufstand, ist dies meine Antwort: nicht, weil ich Cäsarn weniger liebte, sondern weil ich Rom mehr liebte. Wolltet ihr lieber, Cäsar lebte und ihr stürbet alle als Sklaven, als daß Cäsar tot ist, damit ihr alle lebet wie freie Männer? Weil Cäsar mich liebte, wein' ich um ihn; weil er glücklich war, freue ich mich; weil er tapfer war, ehr' ich ihn; aber weil er herrschsüchtig war, erschlug ich ihn. Also Tränen für seine Liebe, Freude für sein Glück, Ehre für seine Tapferkeit, und Tod für seine Herrschsucht. Wer ist hier so niedrig gesinnt, daß er ein Knecht sein möchte? Ist es jemand, er rede, denn ihn habe ich beleidigt. Wer ist hier so roh, daß er nicht wünschte, ein Römer zu sein? Ist es jemand, er rede, denn ihn habe ich beleidigt. Ich halte inne, um Antwort zu hören.

BÜRGER *verschiedne Stimmen auf einmal.* Niemand, Brutus, niemand!

BRUTUS. Dann habe ich niemand beleidigt. Ich tat Cäsarn nichts, als was ihr dem Brutus tun würdet. Die Untersuchung über seinen Tod ist im Kapitol aufgezeichnet; sein Ruhm nicht geschmälert, wo er Verdienste hatte, seine Vergehen nicht übertrieben, für die er den Tod gelitten.

Antonius und andre treten auf mit Cäsars Leiche.

Hier kommt seine Leiche, vom Mark Anton betrauert, der, ob er schon keinen Teil an seinem Tode hatte, die Wohltat seines Sterbens, einen Platz im gemeinen Wesen, genießen wird. Wer von euch wird es nicht? Hiermit trete ich ab: wie ich meinen besten Freund für das Wohl Roms erschlug, habe ich denselben Dolch für mich selbst, wenn es dem Vaterlande gefällt, meinen Tod zu bedürfen.

BÜRGER. Lebe, Brutus! lebe! lebe!

ERSTER BÜRGER.
Begleitet mit Triumph ihn in sein Haus!

ZWEITER BÜRGER.
Stellt ihm ein Bildnis auf bei seinen Ahnen!

DRITTER BÜRGER. Er werde Cäsar!

VIERTER BÜRGER.
Im Brutus krönt ihr Cäsars beßre Gaben.

ERSTER BÜRGER.
Wir bringen ihn zu Haus mit lautem Jubel.

BRUTUS. Mitbürger –

ZWEITER BÜRGER.
Schweigt doch! Stille! Brutus spricht.

ERSTER BÜRGER. Still da!

BRUTUS. Ihr guten Bürger, laßt allein mich gehn:
Bleibt mir zu Liebe hier beim Mark Anton:
Ehrt Cäsars Leiche, ehret seine Rede,
Die Cäsars Ruhm verherrlicht: dem Antonius
Gab unser Will' Erlaubnis, sie zu halten.
Ich bitt' euch, keiner gehe fort von hier
Als ich allein, bis Mark Anton gesprochen.
Ab.

ERSTER BÜRGER.
He, bleibt doch! Hören wir den Mark Anton!

DRITTER BÜRGER.
Laßt ihn hinaufgehn auf die Rednerbühne!
Ja, hört ihn! Edler Mark Anton, hinauf!

ANTONIUS.
Um Brutus' willen bin ich euch verpflichtet.

VIERTER BÜRGER. Was sagt er da vom Brutus?

DRITTER BÜRGER.
Er sagt, um Brutus' willen find' er sich
Uns insgesamt verpflichtet.

VIERTER BÜRGER. Er täte wohl,
Dem Brutus hier nichts Übles nachzureden.

ERSTER BÜRGER. Der Cäsar war ein Tyrann.

DRITTER BÜRGER. Ja, das ist sicher.
Es ist ein Glück für uns, daß Rom ihn los ward.

VIERTER BÜRGER.
Still! Hört doch, was Antonius sagen kann!

ANTONIUS. Ihr edlen Römer –

BÜRGER. Still da! hört ihn doch!

ANTONIUS.
Mitbürger! Freunde! Römer! hört mich an:
Begraben will ich Cäsarn, nicht ihn preisen.
Was Menschen Übles tun, das überlebt sie,
Das Gute wird mit ihnen oft begraben.
So sei es auch mit Cäsarn! Der edle Brutus
Hat euch gesagt, daß er voll Herrschsucht war;
Und war er das, so war's ein schwer Vergehen,
Und schwer hat Cäsar auch dafür gebüßt.
Hier, mit des Brutus Willen und der andern
(Denn Brutus ist ein ehrenwerter Mann, –
Das sind sie alle, alle ehrenwert!)
Komm' ich, bei Cäsars Leichenzug zu reden.
Er war mein Freund, war mir gerecht und treu:
Doch Brutus sagt, daß er voll Herrschsucht war,
Und Brutus ist ein ehrenwerter Mann.
Er brachte viel Gefangne heim nach Rom,
Wofür das Lösegeld den Schatz gefüllt.
Sah das der Herrschsucht wohl am Cäsar gleich?
Wenn Arme zu ihm schrien, so weinte Cäsar:
Die Herrschsucht sollt' aus härterm Stoff bestehn.
Doch Brutus sagt, daß er voll Herrschsucht war,
Und Brutus ist ein ehrenwerter Mann.
Ihr alle saht, wie am Lupercusfest
Ich dreimal ihm die Königskrone bot,
Die dreimal er geweigert. War das Herrschsucht?
Doch Brutus sagt, daß er voll Herrschsucht war,
Und ist gewiß ein ehrenwerter Mann.
Ich will, was Brutus sprach, nicht widerlegen,
Ich spreche hier von dem nur, was ich weiß.
Ihr liebtet all' ihn einst nicht ohne Grund:

Was für ein Grund wehrt euch, um ihn zu trauern?
O Urteil, du entflohst zum blöden Vieh,
Der Mensch ward unvernünftig! – Habt Geduld!
Mein Herz ist in dem Sarge hier beim Cäsar,
Und ich muß schweigen, bis es mir zurückkommt.

ERSTER BÜRGER.
Mich dünkt, in seinen Reden ist viel Grund.

ZWEITER BÜRGER.
Wenn man die Sache recht erwägt, ist Cäsarn
Groß Unrecht widerfahren.

DRITTER BÜRGER. Meint ihr, Bürger?
Ich fürcht', ein Schlimmrer kommt an seine Stelle.

VIERTER BÜRGER.
Habt Ihr gehört? Er nahm die Krone nicht:
Da sieht man, daß er nicht herrschsüchtig war.

ERSTER BÜRGER.
Wenn dem so ist, so wird es manchem teuer
Zu stehen kommen.

ZWEITER BÜRGER. Ach, der arme Mann!
Die Augen sind ihm feuerrot vom Weinen.

DRITTER BÜRGER.
Antonius ist der bravste Mann in Rom.

VIERTER BÜRGER.
Gebt acht, er fängt von neuem an zu reden!

ANTONIUS.
Noch gestern hätt' umsonst dem Worte Cäsars
Die Welt sich widersetzt: nun liegt er da,
Und der Geringste neigt sich nicht vor ihm.
O Bürger! strebt' ich, Herz und Mut in euch
Zur Wut und zur Empörung zu entflammen,
So tät' ich Cassius und Brutus Unrecht,
Die ihr als ehrenwerte Männer kennt.
Ich will nicht ihnen Unrecht tun, will lieber
Dem Toten Unrecht tun, mir selbst und euch,
Als ehrenwerten Männern, wie sie sind.
Doch seht dies Pergament mit Cäsars Siegel:
Ich fand's bei ihm, es ist sein letzter Wille.
Vernähme nur das Volk dies Testament
(Das ich, verzeiht mir, nicht zu lesen denke),
Sie gingen hin und küßten Cäsars Wunden,
Und tauchten Tücher in sein heil'ges Blut,
Ja bäten um ein Haar zum Angedenken,
Und sterbend nennten sie's im Testament,
Und hinterließen's ihres Leibes Erben
Zum köstlichen Vermächtnis.

VIERTER BÜRGER.
Wir wollen's hören: lest das Testament!
Lest, Mark Anton!

BÜRGER. Ja ja, das Testament!
Laßt Cäsars Testament uns hören!

ANTONIUS.
Seid ruhig, lieben Freund'! Ich darf's nicht lesen:
Ihr müßt nicht wissen, wie euch Cäsar liebte.
Ihr seid nicht Holz, nicht Stein, ihr seid ja Menschen;
Drum, wenn ihr Cäsars Testament erführt,
Es setzt' in Flammen euch, es macht' euch rasend.
Ihr dürft nicht wissen, daß ihr ihn beerbt,
Denn wüßtet ihr's, was würde draus entstehn?

BÜRGER.
Lest das Testament! Wir wollen's hören, Mark Anton!
Lest das Testament! Cäsars Testament!

ANTONIUS.
Wollt ihr euch wohl gedulden? wollt ihr warten?
Ich übereilte mich, da ich's euch sagte.
Ich fürcht', ich tu' den ehrenwerten Männern
Zu nah, von deren Dolchen Cäsar fiel;
Ich fürcht' es.

VIERTER BÜRGER.
Sie sind Verräter: ehrenwerte Männer!

BÜRGER. Das Testament! Das Testament!

ZWEITER BÜRGER.
Sie waren Bösewichter, Mörder! DasTestament!
Lest das Testament!

ANTONIUS.
So zwingt ihr mich, das Testament zu lesen?
Schließt einen Kreis um Cäsars Leiche denn:
Ich zeig' euch den, der euch zu Erben machte.
Erlaubt ihr mir's? Soll ich hinuntersteigen?

BÜRGER. Ja, kommt nur!

ZWEITER BÜRGER. Steigt herab!

Er verläßt die Rednerbühne.

DRITTER BÜRGER. Es ist euch gern erlaubt.

VIERTER BÜRGER. Schließt einen Kreis herum!

ERSTER BÜRGER.
Zurück vom Sarge! Von der Leiche weg!

ZWEITER BÜRGER.
Platz für Antonius! für den edlen Antonius!

ANTONIUS.
Nein, drängt nicht so heran! Steht weiter weg!

BÜRGER. Zurück! Platz da! Zurück!

ANTONIUS. Wofern ihr Tränen habt, bereitet euch,
Sie jetzo zu vergießen! Diesen Mantel,
Ihr kennt ihn alle; noch erinnr' ich mich
Des ersten Males, als ihn Cäsar trug,
In seinem Zelt, an einem Sommerabend –
Er überwand den Tag die Nervier –
Hier, schauet! fuhr des Cassius Dolch herein;
Seht, welchen Riß der tück'sche Casca machte!
Hier stieß der vielgeliebte Brutus durch;
Und als er den verfluchten Stahl hinwegriß,
Schaut her, wie ihm das Blut des Cäsar folgte,
Als stürzt' es vor die Tür, um zu erfahren,
Ob wirklich Brutus so unfreundlich klopfte:
Denn Brutus, wie ihr wißt, was Cäsars Engel. –
Ihr Götter, urteilt, wie ihn Cäsar liebte!
Kein Stich von allen schmerzte so wie der.
Denn als der edle Cäsar Brutus sah,
Warf Undank, stärker als Verräterwaffen,
Ganz nieder ihn: da brach sein großes Herz,
Und in den Mantel sein Gesicht verhüllend,
Grad' am Gestell der Säule des Pompejus,
Von der das Blut rann, fiel der große Cäsar.
O meine Bürger, welch ein Fall war das!
Da fielet ihr und ich; wir alle fielen,
Und über uns frohlockte blut'ge Tücke.
O ja! nun weint ihr, und ich merk', ihr fühlt
Den Drang des Mitleids: dies sind milde Tropfen.
Wie? weint ihr, gute Herzen, seht ihr gleich
Nur unsers Cäsars Kleid verletzt? Schaut her:
Hier ist er selbst, geschändet von Verrätern!

ERSTER BÜRGER. O kläglich Schauspiel!

ZWEITER BÜRGER. O edler Cäsar!

DRITTER BÜRGER. O jammervoller Tag!

VIERTER BÜRGER. O Buben und Verräter!

ERSTER BÜRGER. O blut'ger Anblick!

ZWEITER BÜRGER. Wir wollen Rache, Rache!

Auf und sucht!
Sengt! Brennt! Schlagt! Mordet! Laßt nicht einen leben!

ANTONIUS. Seid ruhig, meine Bürger!

ERSTER BÜRGER. Still da! Hört den edlen Antonius!

ZWEITER BÜRGER. Wir wollen ihn hören, wir wollen ihm folgen, wir wollen für ihn sterben.

ANTONIUS.
Ihr guten lieben Freund', ich muß euch nicht
Hinreißen zu des Aufruhrs wildem Sturm.
Die diese Tat getan, sind ehrenwert.
Was für Beschwerden sie persönlich führen,
Warum sie's taten, ach! das weiß ich nicht.
Doch sind sie weis' und ehrenwert, und werden
Euch sicherlich mit Gründen Rede stehn.
Nicht euer Herz zu stehlen komm' ich, Freunde:
Ich bin kein Redner, wie es Brutus ist,
Nur, wie ihr alle wißt, ein schlichter Mann,
Dem Freund ergeben, und das wußten die
Gar wohl, die mir gestattet, hier zu reden.
Ich habe weder Schriftliches noch Worte,
Noch Würd' und Vortrag, noch die Macht der Rede,
Der Menschen Blut zu reizen; nein, ich spreche
Nur gradezu, und sag' euch, was ihr wißt.
Ich zeig' euch des geliebten Cäsars Wunden,
Die armen stummen Munde, heiße die
Statt meiner reden. Aber wär' ich Brutus,
Und Brutus Mark Anton, dann gäb' es einen,
Der eure Geister schürt', und jeder Wunde
Des Cäsar eine Zunge lieh', die selbst
Die Steine Roms zum Aufstand würd' empören.

DRITTER BÜRGER. Empörung!

ERSTER BÜRGER. Steckt des Brutus Haus in Brand!

DRITTER BÜRGER.
Hinweg denn! Kommt, sucht die Verschwornen auf!

ANTONIUS.
Noch hört mich, meine Bürger, hört mich an!

BÜRGER.
Still da! Hört Mark Anton! den edlen Mark Anton!

ANTONIUS.
Nun, Freunde, wißt ihr selbst auch, was ihr tut?
Wodurch verdiente Cäsar eure Liebe?
Ach nein! ihr wißt nicht. – Hört es denn! Vergessen
Habt ihr das Testament, wovon ich sprach.

BÜRGER. Wohl wahr! Das Testament! Bleibt, hört das Testament!

ANTONIUS. Hier ist das Testament mit Cäsars Siegel.
Darin vermacht er jedem Bürger Roms,
Auf jeden Kopf euch fünfundsiebzig Drachmen.

ZWEITER BÜRGER.
O edler Cäsar! – Kommt, rächt seinen Tod!

DRITTER BÜRGER. O königlicher Cäsar!

ANTONIUS. Hört mich mit Geduld!

BÜRGER. Still da!

ANTONIUS. Auch läßt er alle seine Lustgehege,
Verschloßne Lauben, neugepflanzte Gärten,
Diesseits der Tiber, euch und euren Erben
Auf ew'ge Zeit, damit ihr euch ergehn
Und euch gemeinsam dort ergötzen könnt.
Das war ein Cäsar: wann kommt seinesgleichen?

ERSTER BÜRGER.
Nimmer! nimmer! – Kommt! hinweg! hinweg!
Verbrennt den Leichnam auf dem heil'gen Platze!
Und mit den Bränden zündet den Verrätern
Die Häuser an! Nehmt denn die Leiche auf!

ZWEITER BÜRGER. Geht! holt Feuer!

DRITTER BÜRGER. Reißt Bänke ein!

VIERTER BÜRGER. Reißt Sitze, Läden, alles ein!

Die Bürger mit Cäsars Leiche ab.

ANTONIUS.
Nun wirk' es fort! Unheil, du bist im Zuge:
Nimm, welchen Lauf du willst! –

Ein Diener kommt.

Was bringst du, Bursch?

DIENER.
Herr, Octavius ist schon nach Rom gekommen.

ANTONIUS. Wo ist er?

DIENER. Er und Lepidus sind in Cäsars Hause.

ANTONIUS.
Ich will sofort dahin, ihn zu besuchen,
Er kommt erwünscht. Das Glück ist aufgeräumt
Und wird in dieser Laun' uns nichts versagen.

DIENER. Ich hört' ihn sagen, Cassius und Brutus
Sei'n durch die Tore Roms wie toll geritten.

ANTONIUS.
Vielleicht vernahmen sie vom Volke Kundschaft,
Wie ich es aufgewiegelt. Führ' indes
Mich zu Octavius!

Beide ab.

Dritte Szene

Eine Straße.
Cinna der Poet tritt auf.

CINNA.
Mir träumte heut, daß ich mit Cäsarn schmauste
Und Mißgeschick füllt meine Phantasie.
Ich bin unlustig aus dem Haus zu gehn,
Doch treibt es mich heraus.

Bürger kommen.

ERSTER BÜRGER. Wie ist Euer Name?

ZWEITER BÜRGER. Wo geht Ihr hin?

DRITTER BÜRGER. Wo wohnt Ihr?

VIERTER BÜRGER.
Seid Ihr verheiratet oder ein Junggesell?

ZWEITER BÜRGER.
Antwortet jedem unverzüglich!

ERSTER BÜRGER. Ja, und kürzlich!

VIERTER BÜRGER. Ja, und weislich!

DRITTER BÜRGER.
Ja, und ehrlich, das raten wir Euch!

CINNA. Wie ist mein Name? Wohin gehe ich? Wo wohne ich? Bin ich verheiratet oder ein Junggesell? Also um jedem Manne unverzüglich und kürzlich, weislich und ehrlich zu antworten, sage ich weislich: ich bin ein Junggesell.

ZWEITER BÜRGER. Das heißt so viel: wer heiratet, ist ein Narr. Dafür denke ich Euch eins zu versetzen. – Weiter, unverzüglich!

CINNA. Unverzüglich gehe ich zu Cäsars Bestattung.

ERSTER BÜRGER. Als Freund oder Feind?

CINNA. Als Freund.

ZWEITER BÜRGER.
Das war unverzüglich beantwortet.

VIERTER BÜRGER. Eure Wohnung, kürzlich!

CINNA. Kürzlich, ich wohne beim Kapitol.
DRITTER BÜRGER. Euer Name, Herr! ehrlich!
CINNA. Ehrlich, mein Name ist Cinna.
ERSTER BÜRGER. Reißt ihn in Stücke! Er ist ein Verschworner.
CINNA.
Ich bin Cinna der Poet! Ich bin Cinna der Poet!
VIERTER BÜRGER.
Zerreißt ihn für seine schlechten Verse!
Zerreißt ihn für seine schlechten Verse!
CINNA. Ich bin nicht Cinna der Verschworne.
VIERTER BÜRGER. Es tut nichts: sein Name ist Cinna; reißt ihm den Namen aus dem Herzen und laßt ihn laufen.
DRITTER BÜRGER. Zerreißt ihn! Zerreißt ihn! Kommt, Brände! Heda, Feuerbrände! Zum Brutus! zum Cassius! Steckt alles in Brand! Ihr zu des Decius Hause! Ihr zu des Casca! Ihr des Ligarius! Fort! Kommt!

Alle ab.

Vierter Aufzug

Erste Szene

Rom. Ein Zimmer im Hause des Antonius.
Antonius, Octavius und Lepidus, an einem Tische sitzend.

ANTONIUS. Die müssen also sterben, deren Namen
Hier angezeichnet stehn.
OCTAVIUS. Auch Euer Bruder
Muß sterben, Lepidus. Ihr willigt drein?
LEPIDUS. Ich will'ge drein.
OCTAVIUS. Zeichn' ihn, Antonius!
LEPIDUS.
Mit dem Beding, daß Publius nicht lebe,
Der Eurer Schwester Sohn ist, Mark Anton.
ANTONIUS.
Er lebe nicht: sieh her, ein Strich verdammt ihn.
Doch, Lepidus, geht Ihr zu Cäsars Haus,
Bringt uns sein Testament: wir wollen sehn,
Was an Vermächtnissen sich kürzen läßt.
LEPIDUS. Wie? soll ich hier euch finden?
OCTAVIUS. Hier oder auf dem Kapitol.

Lepidus ab.

ANTONIUS.
Dies ist ein schwacher, unbrauchbarer Mensch,
Zum Botenlaufen nur geschickt. Verdient er,
Wenn man die dreibenamte Welt verteilt,
Daß er, als dritter Mann, sein Teil empfange?
OCTAVIUS.
Ihr glaubtet es und hörtet auf sein Wort,
Wen man im schwarzen Rate unsrer Acht
Zum Tode zeichnen sollte.
ANTONIUS. Octavius, ich sah mehr Tag' als Ihr.
Ob wir auf diesen Mann schon Ehren häufen,
Um manche Last des Leumunds abzuwälzen,
Er trägt sie doch nur wie der Esel Gold,
Der unter dem Geschäfte stöhnt und schwitzt,
Geführt, getrieben, wie den Weg wir weisen;
Und hat er unsern Schatz, wohin wir wollen,
Gebracht, dann nehmen wir die Last ihm ab,
Und lassen ihn als led'gen Esel laufen,
Daß er die Ohren schütteln mög' und grasen
Auf offner Weide.
OCTAVIUS. Tut, was Euch beliebt;
Doch ist er ein geprüfter, wackrer Krieger.
ANTONIUS.
Das ist mein Pferd ja auch, Octavius,
Dafür bestimm' ich ihm sein Maß von Futter.
Ist's ein Geschöpf nicht, das ich lehre fechten,
Umwenden, halten, grade vorwärts rennen,
Des körperliches Tun mein Geist regiert?
In manchem Sinn ist Lepidus nichts weiter:
Man muß ihn erst abrichten, lenken, mahnen;
Ein Mensch von dürft'gem Geiste, der sich nährt
Von Gegenständen, Künsten, Nachahmungen,
Die, alt und schon von andern abgenutzt,
Erst seine Mode werden: sprecht nicht anders
Von ihm als einem Eigentum! – Und nun,
Octavius, vernehmet große Dinge:
Brutus und Cassius werben Völker an:
Wir müssen ihnen stracks die Spitze bieten.
Drum laßt die Bundsgenossen uns versammeln,
Die Freunde sichern, alle Macht aufbieten;
Und laßt zu Rat uns sitzen alsobald,
Wie man am besten Heimliches entdeckt
Und offnen Fährlichkeiten sicher trotzt.
OCTAVIUS.
Das laßt uns tun: denn uns wird aufgelauert,
Und viele Feinde bellen um uns her;
Und manche, so da lächeln, fürcht' ich, tragen
Im Herzen tausend Unheil.

Beide ab.

Zweite Szene

Vor Brutus' Zelte, im Lager nahe bei Sardes. Die Trommel gerührt.
Brutus, Lucilius, Lucius und Soldaten treten auf; Pindarus und Titinius kommen ihnen entgegen.

BRUTUS. Halt!
LUCILIUS. He! gebt das Wort und haltet!
BRUTUS. Was gibt's, Lucilius? Ist Cassius nahe?
LUCILIUS.
Er ist nicht weit, und hier kommt Pindarus,
Im Namen seines Herrn Euch zu begrüßen.

Pindarus überreicht dem Brutus einen Brief.

BRUTUS.
Sein Gruß ist freundlich. Wißt, daß Euer Herr,
Von selbst verändert oder schlecht beraten,
Mir gült'gen Grund gegeben, ungeschehn
Geschehenes zu wünschen. Aber ist er
Hier in der Näh', so wird er mir genugtun.
PINDARUS.
Ich zweifle nicht, voll Ehr' und Würdigkeit
Wird, wie er ist, mein edler Herr erscheinen.
BRUTUS.
Wir zweifeln nicht an ihm. – Ein Wort, Lucilius!
Laßt mich erfahren, wie er Euch empfing!
LUCILIUS.
Mit Höflichkeit und Ehrbezeugung g'nug,
Doch nicht mit so vertrauter Herzlichkeit,
Nicht mit so freiem, freundlichem Gespräch,
Als er vordem wohl pflegte.

BRUTUS. Du beschreibst,
Wie warme Freund' erkalten. Merke stets,
Lucilius, wenn Lieb' erkrankt und schwindet,
Nimmt sie gezwungne Höflichkeiten an.
Einfält'ge schlichte Treu' weiß nichts von Künsten;
Doch Gleisner sind wie Pferde, heiß im Anlauf;
Sie prangen schön mit einem Schein von Kraft;
Doch sollen sie den blut'gen Sporn erdulden,
So sinkt ihr Stolz, und falschen Mähren gleich
Erliegen sie der Prüfung. – Naht sein Heer?

LUCILIUS.
Sie wollten Nachtquartier in Sardes halten.
Der größte Teil, die ganze Reuterei,
Kommt mit dem Cassius.

Ein Marsch hinter der Szene.

BRUTUS. Horch! er ist schon da.
Rückt langsam ihm entgegen!

Cassius tritt auf mit Soldaten.

CASSIUS. Halt!

BRUTUS. Halt! Gebt das Befehlswort weiter!

Hinter der Szene: »Halt! – Halt! – Halt.« –

CASSIUS. Ihr tatet mir zu nah, mein edler Brutus.

BRUTUS.
Ihr Götter, richtet! Tu' ich meinen Feinden
Zu nah' und sollt' ich's meinem Bruder tun?

CASSIUS. Brutus, dies Euer nüchternes Benehmen
Deckt Unrecht zu, und wenn Ihr es begeht –

BRUTUS. Seid ruhig, Cassius! Bringet leise vor,
Was für Beschwerd' Ihr habt: – Ich kenn' Euch wohl.
Im Angesicht der beiden Heere hier,
Die nichts von uns als Liebe sehen sollten,
Laßt uns nicht hadern! Heißt hinweg sie ziehn,
Führt Eure Klagen dann in meinem Zelt:
Ich will Gehör Euch geben.

CASSIUS. Pindarus,
Heißt unsre Obersten ein wenig weiter
Von diesem Platz hinweg die Scharen führen!

BRUTUS. Tut Ihr das auch, Lucilius! Laßt niemand,
Solang' die Unterredung dauert, ein.
Laßt Lucius und Titinius Wache stehn!

Alle ob.

Dritte Szene

Im Zelte des Brutus.
Lucius und Titinius in einiger Entfernung davon.
Brutus und Cassius treten auf.

CASSIUS. Eu'r Unrecht gegen mich erhellet hieraus:
Ihr habt den Lucius Pella hart verdammt,
Weil er bestochen worden von den Sardern.
Mein Brief, worin ich mich für ihn verwandt,
Weil ich ihn kenne, ward für nichts geachtet.

BRUTUS.
Ihr tatet Euch zu nah, in solchem Fall zu schreiben.

CASSIUS. In solcher Zeit wie diese ziemt es nicht,
Daß jeder kleine Fehl bekrittelt werde.

BRUTUS.
Laßt mich Euch sagen, Cassius, daß Ihr selbst
Verschrien seid, weil Ihr hohle Hände macht,
Weil Ihr an Unverdiente Eure Ämter
Verkauft und feilschet.

CASSIUS. Mach' ich hohle Hände?
Ihr wißt wohl, Ihr seid Brutus, der dies sagt:
Sonst, bei den Göttern! wär' dies Wort Eu'r letztes.

BRUTUS. Des Cassius Name adelt die Bestechung,
Darum verbirgt die Züchtigung ihr Haupt.

CASSIUS. Die Züchtigung!

BRUTUS.
Denkt an den März! Denkt an des Märzen Idus!
Hat um das Recht der große Julius nicht
Geblutet? Welcher Bube legt' an ihn
Die Hand wohl, schwang den Stahl, und nicht
ums Recht?
Wie? soll nun einer derer, die den ersten
Von allen Männern dieser Welt erschlugen,
Bloß weil er Räuber schützte: sollen wir
Mit schnöden Gaben unsre Hand besudeln?
Und unsrer Würden weiten Kreis verkaufen
Für so viel Plunders, als man etwa greift?
Ein Hund sein lieber und den Mond anbellen,
Als solch ein Römer!

CASSIUS. Brutus, reizt mich nicht:
Ich will's nicht dulden. Ihr vergeßt Euch selbst,
Wenn Ihr mich so umzäunt: ich bin ein Krieger,
Erfahrner, älter, fähiger als Ihr,
Bedingungen zu machen.

BRUTUS. Redet nur,
Ihr seid es doch nicht, Cassius.

CASSIUS. Ich bin's.

BRUTUS. Ich sag', Ihr seid es nicht.

CASSIUS.
Drängt mich nicht mehr, ich werde mich vergessen;
Gedenkt an Euer Heil, reizt mich nicht länger!

BRUTUS. Geht, leichtgesinnter Mann!

CASSIUS. Ist's möglich?

BRUTUS. Hört mich an, denn ich will reden.
Muß ich mich Eurer jähen Hitze fügen?
Muß ich erschrecken, wenn ein Toller auffährt?

CASSIUS.
Ihr Götter! Götter! Muß ich all dies dulden?

BRUTUS.
All dies? Noch mehr! Ergrimmt, bis es Euch birst,
Das stolze Herz; geht, zeiget Euren Sklaven,
Wie rasch zum Zorn Ihr seid, und macht sie zittern!
Muß ich beiseit mich drücken, muß den Hof
Euch machen? Muß ich dastehn und mich krümmen
Vor Eurer krausen Laune? Bei den Göttern!
Ihr sollt hinunterwürgen Euren Gift,
Und wenn Ihr börstet: denn von heute an
Dient Ihr zum Scherz, ja zum Gelächter mir,
Wenn Ihr Euch so gebärdet.

CASSIUS. Dahin kam's?

BRUTUS. Ihr sagt, daß Ihr ein beßrer Krieger seid:
Beweist es denn, macht Euer Prahlen wahr!
Es soll mir lieb sein, denn, was mich betrifft,
Ich werde gern von edlen Männern lernen.

CASSIUS.
Ihr tut zu nah, durchaus zu nah mir, Brutus.
Ich sagt', ein ältrer Krieger, nicht ein beßrer.
Sagt' ich, ein beßrer?

BRUTUS. Und hättet Ihr's gesagt, mir gilt es gleich.

CASSIUS. Mir hätte Cäsar das nicht bieten dürfen.

BRUTUS.
O schweigt! Ihr durftet ihn auch so nicht reizen.

CASSIUS. Ich durfte nicht?

BRUTUS. Nein.
CASSIUS. Wie? durft'ihn nicht reizen?
BRUTUS. Ihr durftet es für Euer Leben nicht.
CASSIUS. Wagt nicht zu viel auf meine Liebe hin:
Ich möchte tun, was mich nachher gereute.
BRUTUS.
Ihr habt getan, was Euch gereuen sollte.
Eu'r Drohn hat keine Schrecken, Cassius,
Denn ich bin so bewehrt durch Redlichkeit,
Daß es vorbeizieht wie der leere Wind,
Der nichts mir gilt. Ich sandte hin zu Euch
Um eine Summe Golds, die Ihr mir abschlugt.
Ich kann kein Geld durch schnöde Mittel heben,
Beim Himmel! lieber prägt' ich ja mein Herz,
Und tröpfelte mein Blut für Drachmen aus,
Als daß ich aus der Bauern harten Händen
Die jämmerliche Habe winden sollte
Durch irgendeinen Schlich. – Ich sandt' um Gold zu Euch
Um meine Legionen zu bezahlen:
Ihr schlugt mir's ab: war das, wie Cassius sollte?
Hätt' ich dem Cajus Cassius so erwidert?
Wenn Marcus Brutus je so geizig wird,
Daß er so lump'ge Pfennige den Freunden
Verschließt, dann rüstet Eure Donnerkeile,
Zerschmettert ihn, ihr Götter!
CASSIUS. Ich schlug es Euch nicht ab.
BRUTUS. Ihr tatet es.
CASSIUS.
Ich tat's nicht: Der Euch meine Antwort brachte,
War nur ein Tor. – Brutus zerreißt mein Herz:
Es sollt' ein Freund des Freundes Schwächen tragen,
Brutus macht meine größer, als sie sind.
BRUTUS. Das tu' ich nicht, bis Ihr damit mich quält.
CASSIUS. Ihr liebt mich nicht.
BRUTUS. Nicht Eure Fehler lieb' ich.
CASSIUS.
Nie könnt' ein Freundesaug' dergleichen sehn.
BRUTUS.
Des Schmeichlers Auge säh' sie nicht, erschienen
Sie auch so riesenhaft wie der Olymp.
CASSIUS.
Komm, Mark Anton, und komm, Octavius, nur!
Nehmt eure Rach' allein am Cassius,
Denn Cassius ist des Lebens überdrüssig:
Gehaßt von einem, den er liebt; getrotzt
Von seinem Bruder; wie ein Kind gescholten.
Man späht nach allen meinen Fehlern, zeichnet
Sie in ein Denkbuch, lernt sie aus dem Kopf,
Wirft sie mir in die Zähne. – Oh, ich könnte
Aus meinen Augen meine Seele weinen!
Da ist mein Dolch, hier meine nackte Brust;
Ein Herz drin, reicher als des Plutus Schacht,
Mehr wert als Gold: wo du ein Römer bist,
So nimm's heraus! Ich, der dir Gold versagt,
Ich biete dir mein Herz. Stoß' zu, wie einst
Auf Cäsar! Denn ich weiß, als du am ärgsten
Ihn haßtest, liebtest du ihn mehr, als je
Du Cassius geliebt.
BRUTUS. Steckt Euren Dolch ein!
Seid zornig, wenn Ihr wollt: es steh' Euch frei!
Tut, was Ihr wollt: Schmach soll für Laune gelten.
O Cassius! einem Lamm seid Ihr gesellt,
Das so nur Zorn hegt, wie der Kiesel Feuer,
Der, viel geschlagen, flücht'ge Funken zeigt
Und gleich drauf wieder kalt ist.
CASSIUS. Lebt' ich dazu,
Ein Scherz nur und Gelächter meinem Brutus
Zu sein, wenn Gram und böses Blut mich plagt?
BRUTUS.
Als ich das sprach, hatt' ich auch böses Blut.
CASSIUS. Gesteht Ihr so viel ein? Gebt mir die Hand!
BRUTUS. Und auch mein Herz!
CASSIUS. O Brutus!
BRUTUS. Was verlangt Ihr?
CASSIUS.
Liebt Ihr mich nicht genug, Geduld zu haben,
Wenn jene rasche Laune, von der Mutter
Mir angeerbt, macht, daß ich mich vergesse?
BRUTUS.
Ja, Cassius; künftig, wenn Ihr allzu streng
Mit Eurem Brutus seid, so denket er,
Die Mutter schmäl' aus Euch, und läßt Euch gehn.

Lärm hinter der Szene.

EIN POET *hinter der Szene.*
Laßt mich hinein, ich muß die Feldherrn sehn.
Ein Zank ist zwischen ihnen: 's ist nicht gut,
Daß sie allein sind.
LUCILIUS *hinter der Szene.*
Ihr sollt nicht hinein!
POET *hinter der Szene*
Der Tod nur hält mich ab.

Der Poet tritt herein.

CASSIUS. Ei nun, was gibt's?
POET. Schämt ihr euch nicht, ihr Feldherrn? Was beginnt ihr?
Liebt euch, wie sich's für solche Männer schickt:
Fürwahr, ich hab' mehr Jahr' als ihr erblickt.
CASSIUS. Ha ha! wie toll der Zyniker nicht reimt!
BRUTUS.
Ihr Schlingel, packt Euch! Fort, verwegner Bursch!
CASSIUS. Ertragt ihn, Brutus! Seine Weis' ist so.
BRUTUS.
Kennt er die Zeit, so kenn' ich seine Laune.
Was soll der Krieg mit solchen Schellennarren?
Geh fort, Gesell!
CASSIUS. Fort! fort! geh deines Wegs!

Der Poet ab.

Lucilius und Titinius kommen.

BRUTUS. Lucilius und Titinius, heißt die Obersten
Auf Nachtquartier für ihre Scharen denken!
CASSIUS.
Kommt selber dann und bringt mit euch Messala
Sogleich zu uns herein!

Lucilius und Titinius ab.

BRUTUS. Lucius, eine Schale Weins!
CASSIUS.
Ich dachte nicht, daß Ihr so zürne'n könntet.
BRUTUS.
O Cassius, ich bin krank an manchem Gram.
CASSIUS. Ihr wendet die Philosophie nicht an,
Die Ihr bekennt, gebt Ihr zufäll'gen Übeln Raum.
BRUTUS.
Kein Mensch trägt Leiden besser. – Portia starb.
CASSIUS. Ha! Portia!
BRUTUS. Sie ist tot.

CASSIUS.
Lag das im Sinn Euch, wie entkam ich lebend?
O bittrer, unerträglicher Verlust!
An welcher Krankheit?
BRUTUS. Die Trennung nicht erduldend;
Und Gram, daß mit Octavius Mark Anton
So mächtig worden – denn mit ihrem Tod
Kam der Bericht –, das brachte sie von Sinnen,
Und wie sie sich allein sah, schlang sie Feuer.
CASSIUS. Und starb so?
BRUTUS. Starb so.
CASSIUS. O ihr ew'gen Götter!
Lucius kommt mit Wein und Kerzen.
BRUTUS. Sprecht nicht mehr von ihr. – Gebt eine Schale Weins!
Hierin begrab' ich allen Unglimpf, Cassius.
Trinkt.
CASSIUS. Mein Herz ist durstig nach dem edlen Pfand.
Füllt, Lucius, bis der Wein den Becher kränzt;
Von Brutus' Liebe trink' ich nie zu viel.
Trinkt.
Titinius und Messala kommen.
BRUTUS. Herein, Titinius! Seid gegrüßt, Messala!
Nun laßt uns dicht um diese Kerze sitzen
Und, was uns frommt, in Überlegung ziehn!
CASSIUS. O Portia, bist du hin!
BRUTUS. Nicht mehr, ich bitt' Euch!
Messala, seht, ich habe Brief' empfangen,
Daß Mark Anton, mit ihm Octavius,
Heranziehn gegen uns mit starker Macht
Und ihren Heerzug nach Philippi lenken.
MESSALA. Ich habe Briefe von demselben Inhalt.
BRUTUS. Mit welchem Zusatz?
MESSALA.
Daß durch Proskription und Achtserklärung
Octavius, Mark Anton und Lepidus
Auf hundert Senatoren umgebracht.
BRUTUS. Darüber weichen unsre Briefe ab.
Der meine spricht von siebzig Senatoren,
Die durch die Ächtung fielen; Cicero
Sei einer aus der Zahl.
CASSIUS. Auch Cicero?
MESSALA. Ja, er ist tot, und durch den Achtsbefehl.
Kam Euer Brief von Eurer Gattin, Herr?
BRUTUS. Nein, Messala.
MESSALA.
Und meldet Euer Brief von ihr Euch nichts?
BRUTUS. Gar nichts, Messala.
MESSALA. Das bedünkt mich seltsam.
BRUTUS. Warum? Wißt Ihr aus Eurem Brief von ihr?
MESSALA. Nein, Herr.
BRUTUS.
Wenn Ihr ein Römer seid, sagt mir die Wahrheit!
MESSALA.
Tragt denn die Wahrheit, die ich sag', als Römer!
Sie starb, und zwar auf wunderbare Weise.
BRUTUS.
Leb wohl denn, Portia! – Wir müssen sterben,
Messala; dadurch, daß ich oft bedacht,
Sie müss' einst sterben, hab' ich die Geduld,
Es jetzt zu tragen.
MESSALA.
So trägt ein großer Mann ein großes Unglück.
CASSIUS.
Durch Kunst hab' ich so viel hievon als Ihr,
Doch die Natur ertrüg's in mir nicht so.
BRUTUS. Wohlan, zu unserm lebenden Geschäft!
Was denkt Ihr? Ziehn wir nach Philippi gleich?
CASSIUS. Mir scheint's nicht ratsam.
BRUTUS. Euer Grund?
CASSIUS. Hier ist er:
Weit besser ist es, wenn der Feind uns sucht:
So wird er, sich zum Schaden, seine Mittel
Erschöpfen, seine Krieger müde machen.
Wir liegen still indes, bewahren uns
In Ruh', wehrhaftem Stand und Munterkeit.
BRUTUS.
Den bessern Gründen müssen gute weichen
Das Land von hier bis nach Philippi hin
Beweist uns nur aus Zwang Ergebenheit,
Denn murrend hat es Lasten uns gezahlt.
Der Feind, indem er durch dasselbe zieht,
Wird seine Zahl daraus ergänzen können
Und uns erfrischt, vermehrt, ermutigt nahn.
Von diesem Vorteil schneiden wir ihn ab,
Wenn zu Philippi wir die Stirn ihm bieten,
Dies Volk im Rücken.
CASSIUS. Hört mich, lieber Bruder!
BRUTUS.
Erlaubt mir gütig! – Ferner müßt Ihr merken,
Daß wir von Freunden alles aufgeboten,
Daß unsre Legionen übervoll,
Und unsre Sache reif. Der Feind nimmt täglich zu:
Wir, auf dem Gipfel, stehn schon an der Neige.
Der Strom der menschlichen Geschäfte wechselt:
Nimmt man die Flut wahr, führet sie zum Glück;
Versäumt man sie, so muß die ganze Reise
Des Lebens sich durch Not und Klippen winden.
Wir sind nun flott auf solcher hohen See
Und müssen, wenn der Strom uns hebt, ihn nutzen;
Wo nicht, verlieren wir des Zufalls Gunst.
CASSIUS.
So zieht denn, wie Ihr wollt; wir rücken selbst,
Dem Feind entgegen, nach Philippi vor.
BRUTUS.
Die tiefe Nacht hat das Gespräch beschlichen,
Und die Natur muß frönen dem Bedürfnis,
Das mit ein wenig Ruh' wir täuschen wollen.
Ist mehr zu sagen noch?
CASSIUS. Nein. Gute Nacht!
Früh stehn wir also morgen auf, und fort!
BRUTUS. Lucius, mein Schlafgewand!
Lucius ab.
Lebt wohl, Messala!
Gute Nacht, Titinius! Edler, edler Cassius,
Gute Nacht und sanfte Ruh'!
CASSIUS. O teurer Bruder!
Das war ein schlimmer Anfang dieser Nacht.
Nie trenne solcher Zwiespalt unsre Herzen,
Nie wieder, Brutus!
BRUTUS. Alles steht ja wohl.
CASSIUS. Nun gute Nacht!
BRUTUS. Gute Nacht, mein guter Bruder!
TITINIUS UND MESSALA.
Mein Feldherr, gute Nacht!
BRUTUS. Lebt alle wohl!

Cassius, Titinius und Messala ab.
Lucius kommt zurück mit dem Nachtkleide.

BRUTUS. Gib das Gewand. Wo hast du deine Laute?
LUCIUS. Im Zelte hier.
BRUTUS. Wie? schläfrig? Armer Schelm,
Ich tadle drum dich nicht: du hast dich überwacht.
Ruf Claudius her und andre meiner Leute,
Sie sollen hier im Zelt auf Kissen schlafen.
LUCIUS. Varro und Claudius!

Varro und Claudius kommen.

VARRO. Ruft mein Gebieter?
BRUTUS.
Ich bitt' euch, liegt in meinem Zelt und schlaft;
Bald weck' ich euch vielleicht, um irgend was
Bei meinem Bruder Cassius zu bestellen.
VARRO.
Wenn's Euch geliebt, wir wollen stehn und warten.
BRUTUS.
Das nicht! Nein, legt euch nieder, meine Freunde! –

Die beiden Diener legen sich nieder.

Vielleicht verändert noch sich mein Entschluß. –
Sieh, Lucius, hier das Buch, das ich so suchte:
Ich steckt' es in die Tasche des Gewandes.
LUCIUS. Ich wußte wohl, daß mein Gebieter mir
Es nicht gegeben.
BRUTUS. Hab' Geduld mit mir,
Mein guter Junge: ich bin sehr vergeßlich.
Hältst du noch wohl die müden Augen auf
Und spielst mir ein paar Weisen auf der Laute?
LUCIUS. Ja, Herr, wenn's Euch geliebt.
BRUTUS. Das tut's, mein Junge.
Ich plage dich zu viel, doch du bist willig.
LUCIUS. Es ist ja meine Pflicht.
BRUTUS. Ich sollte dich
Zur Pflicht nicht über dein Vermögen treiben;
Ich weiß, daß junges Blut auf Schlafen hält.
LUCIUS. Ich habe schon geschlafen, mein Gebieter.
BRUTUS.
Nun wohl denn, und du sollst auch wieder schlafen.
Ich will nicht lang' dich halten: wenn ich lebe,
Will ich dir Gutes tun.

Musik und ein Lied.

Die Weis' ist schläfrig. – Mörderischer Schlummer,
Legst du die blei'rne Keul' auf meinen Knaben,
Der dir Musik macht? – Lieber Schelm, schlaf' wohl,
Ich tu' dir's nicht zu Leid, daß ich dich wecke.
Nickst du, so brichst du deine Laut' entzwei;
Ich nehm' sie weg, und schlaf nun, guter Knabe! –
Laßt sehn! Ist, wo ich aufgehört zu lesen,
Das Blatt nicht eingelegt? Hier, denk' ich, ist's.

Er setzt sich.
Der Geist Cäsars erscheint.

Wie dunkel brennt die Kerze! – Ha, wer kommt?
Ich glaub', es ist die Schwäche meiner Augen,
Die diese schreckliche Erscheinung schafft.
Sie kommt mir näher. – Bist du irgend was?
Bist du ein Gott, ein Engel oder Teufel,
Der starren macht mein Blut, das Haar mir sträubt?
Gib Rede, was du bist!
GEIST. Dein böser Engel, Brutus.
BRUTUS. Weswegen kommst du?
GEIST. Um dir zu sagen, daß du zu Philippi
Mich sehn sollst.
BRUTUS. Gut, ich soll dich wiedersehn?
GEIST. Ja, zu Philippi.

Verschwindet.

BRUTUS. Nun, zu Philippi will ich denn dich sehn.
Nun ich ein Herz gefaßt, verschwindest du;
Gern spräch' ich mehr mit dir noch, böser Geist. –
Bursch! Lucius! – Varro! Claudius! Wacht auf!
Claudius!
LUCIUS. Die Saiten sind verstimmt.
BRUTUS. Er glaubt, er sei bei seiner Laute noch.
Erwache, Lucius!
LUCIUS. Herr?
BRUTUS.
Hast du geträumt, daß du so schriest, Lucius?
LUCIUS.
Ich weiß nicht, mein Gebieter, daß ich schrie.
BRUTUS.
Ja doch, das tatst du: sahst du irgend was?
LUCIUS. Nichts auf der Welt.
BRUTUS. Schlaf wieder, Lucius! – Heda, Claudius!
Du, Bursch, wach' auf!
VARRO. Herr?
CLAUDIUS. Herr?
BRUTUS. Weswegen schriet ihr so in eurem Schlaf?
VARRO UND CLAUDIUS. Wir schrieen, Herr?
BRUTUS. Ja, saht Ihr irgend was?
VARRO. Ich habe nichts gesehn.
CLAUDIUS. Ich gleichfalls nicht.
BRUTUS.
Geht und empfehlt mich meinem Bruder Cassius;
Er lasse früh voraufziehn seine Macht,
Wir wollen folgen.
VARRO UND CLAUDIUS.
Herr, es soll geschehn.

Alle ab.

Fünfter Aufzug

Erste Szene

Die Ebene von Philippi.
Octavius, Antonius und ihr Heer.

OCTAVIUS.
Nun, Mark Anton, wird meine Hoffnung wahr:
Ihr sprecht, der Feind werd' auf den Höh'n sich halten
Und nicht herab in unsre Ebne ziehn;
Es zeigt sich anders: seine Scharen nahn;
Sie wollen zu Philippi hier uns mahnen
Und Antwort geben, eh' wir sie befragt.
ANTONIUS.
Pah, steck' ich doch in ihrem Herzen, weiß,
Warum sie's tun: sie könnten sich begnügen,
Nach andern Plätzen hinzuziehn, und kommen
Mit bangem Trotz, im Wahn, durch diesen Aufzug
Uns vorzuspiegeln, sie besitzen Mut.
Allein dem ist nicht so.

Ein Bote tritt auf.

BOTE. Bereitet euch, ihr Feldherrn:
Der Feind rückt an in wohlgeschloßnen Reih'n.
Sein blut'ges Schlachtpanier ist ausgehängt,
Und etwas muß im Augenblick geschehn.

ANTONIUS. Octavius, führet langsam Euer Heer
Zur linken Hand der Ebne weiter vor!
OCTAVIUS. Zur rechten ich, behaupte du die linke!
ANTONIUS.
Was kreuzt Ihr mich, da die Entscheidung drängt?
OCTAVIUS.
Ich kreuz' Euch nicht, doch ich verlang' es so.
Marsch.
Die Trommel gerührt. Brutus und Cassius kommen mit ihrem Heere; Lucilius, Titinius, Messala und andre.
BRUTUS. Sie halten still und wollen ein Gespräch.
CASSIUS. Titinius, steh! Wir treten vor und reden.
OCTAVIUS.
Antonius, geben wir zur Schlacht das Zeichen?
ANTONIUS.
Nein, Cäsar, laßt uns ihres Angriffs warten!
Kommt, tretet vor! Die Feldherrn wünschen ja
Ein Wort mit uns.
OCTAVIUS. Bleibt stehn bis zum Signal!
BRUTUS.
Erst Wort, dann Schlag: nicht wahr, ihr Landsgenossen?
OCTAVIUS.
Nicht daß wir mehr als ihr nach Worten fragen.
BRUTUS.
Gut Wort, Octavius, gilt wohl bösen Streich.
ANTONIUS.
Ihr, Brutus, gebt bei bösem Streich gut Wort.
Des zeuget Cäsars Herz, durchbohrt von Euch,
Indes Ihr rieft: »Lang' lebe Cäsar, Heil!«
CASSIUS.
Die Führung Eurer Streiche, Mark Anton,
Ist uns noch unbekannt; doch Eure Worte
Begehn an Hyblas Bienen Raub und lassen
Sie ohne Honig.
ANTONIUS. Nicht auch stachellos?
BRUTUS.
O ja! auch tonlos, denn Ihr habt ihr Summen
Gestohlen, Mark Anton, und drohet weislich,
Bevor Ihr stecht.
ANTONIUS. Ihr tatet's nicht, Verräter,
Als eure schnöden Dolch' einander stachen
In Cäsars Brust: Ihr zeigtet eure Zähne
Wie Affen, krocht wie Hunde, bücktet tief
Wie Sklaven euch, und küßtet Cäsars Füße;
Derweil von hinten der verfluchte Casca
Mit tück'schem Bisse Cäsars Nacken traf.
O Schmeichler!
CASSIUS.
Schmeichler! – Dankt Euch selbst nun, Brutus:
Denn diese Zunge würde heut nicht freveln,
Wär' Cassius' Rat befolgt.
OCTAVIUS. Zur Sache! kommt! Macht Widerspruch uns schwitzen,
So kostet rötre Tropfen der Erweis.
Seht! auf Verschworne zück' ich dieses Schwert:
Wann, denkt ihr, geht es wieder in die Scheide?
Nie, bis des Cäsar dreiundzwanzig Wunden
Gerächt sind, oder bis ein andrer Cäsar
Mit Mord gesättigt der Verräter Schwert!
BRUTUS.
Cäsar, du kannst nicht durch Verräter sterben,
Du bringest denn sie mit.
OCTAVIUS. Das hoff' ich auch:
Von Brutus' Schwert war Tod mir nicht bestimmt.
BRUTUS.
O wärst du deines Stammes Edelster,
Du könntest, junger Mann, nicht schöner sterben.
CASSIUS.
Ein launisch Bübchen, unwert solches Ruhms,
Gesellt zu einem Wüstling und 'nem Trinker.
ANTONIUS. Der alte Cassius!
OCTAVIUS. Komm, Antonius! fort!
Trotz in die Zähne schleudr' ich euch, Verräter!
Wagt ihr zu fechten heut, so kommt ins Feld:
Wo nicht, wenn's euch gemutet!
Octavius und Antonius mit ihrem Heere ab.
CASSIUS. Nun tobe, Wind! schwill, Woge! schwimme, Nachen!
Der Strom ist wach und alles auf dem Spiel.
BRUTUS.
Lucilius, hört! Ich muß ein Wort Euch sagen.
LUCILIUS. Herr?
Brutus und Lucilius reden beiseit mit einander.
CASSIUS. Messala!
MESSALA. Was befiehlt mein Feldherr?
CASSIUS. Messala, dies ist mein Geburtstag; grade
An diesem Tag kam Cassius auf die Welt.
Gib mir die Hand, Messala: sei mein Zeuge,
Daß ich gezwungen, wie Pompejus einst,
An eine Schlacht all unsre Freiheit wage.
Du weißt, ich hielt am Epikurus fest
Und seiner Lehr'; nun ändr' ich meinen Sinn,
Und glaub' an Dinge, die das Künft'ge deuten.
Auf unserm Zug von Sardes stürzten sich
Zwei große Adler auf das vordre Banner;
Da saßen sie und fraßen gierig schlingend
Aus unsrer Krieger Hand; sie gaben uns
Hieher bis nach Philippi das Geleit;
Heut morgen sind sie auf und fortgeflohn.
Statt ihrer fliegen Raben, Geier, Kräh'n
Uns überm Haupt und schaun herab auf uns
Als einen siechen Raub; ihr Schatten scheint
Ein Trauerhimmel, unter dem das Heer,
Bereit, den Atem auszuhauchen, liegt.
MESSALA. Nein, glaubt das nicht!
CASSIUS. Ich glaub' es auch nur halb,
Denn ich bin frisches Mutes und entschlossen,
Zu trotzen standhaft jeglicher Gefahr.
BRUTUS. Tu' das, Lucilius!
CASSIUS. Nun, mein edler Brutus,
Sei'n uns die Götter heute hold, auf daß wir
Gesellt in Frieden unserm Alter nahn!
Doch weil das Los der Menschen niemals sicher,
Laßt uns bedacht sein auf den schlimmsten Fall:
Verlieren wir dies Treffen, so ist dies
Das allerletzte Mal, daß wir uns sprechen:
Was habt Ihr dann Euch vorgesetzt zu tun?
BRUTUS.
Ganz nach der Vorschrift der Philosophie,
Wonach ich Cato um den Tod getadelt,
Den er sich gab (ich weiß nicht, wie es kommt,
Allein ich find' es feig und niederträchtig,
Aus Furcht, was kommen mag, des Lebens Zeit
So zu verkürzen), will ich mit Geduld
Mich waffnen und den Willen hoher Mächte

Erwarten, die das Irdische regieren.

CASSIUS.
Dann, geht die Schlacht verloren, laßt Ihr's Euch
Gefallen, daß man durch die Straßen Roms
Euch im Triumphe führt?

BRUTUS.
Nein, Cassius, nein! Glaub' mir, du edler Römer,
Brutus wird nie gebunden gehn nach Rom.
Er trägt zu hohen Sinn. Doch dieser Tag
Muß enden, was des Märzen Idus anfing;
Ob wir uns wieder treffen, weiß ich nicht:
Drum laßt ein ewig Lebewohl uns nehmen!
Gehab' dich wohl, mein Cassius, für und für!
Sehn wir uns wieder, nun, so lächeln wir;
Wo nicht, so war dies Scheiden wohlgetan.

CASSIUS.
Gehab' dich wohl, mein Brutus, für und für!
Sehn wir uns wieder, lächeln wir gewiß;
Wo nicht, ist wahrlich wohlgetan dies Scheiden.

BRUTUS.
Nun wohl, führt an! O wüßte jemand doch
Das Ende dieses Tagwerks, eh' es kommt!
Allein es g'nüget, enden wird der Tag,
Dann wissen wir sein Ende. – Kommt und fort!

Alle ab.

Zweite Szene

Das Schlachtfeld.
Getümmel. Brutus und Messala kommen.

BRUTUS.
Reit'! Reit', Messala! Reit'! Bring' diese Zettel
Den Legionen auf der andern Seite!

Lautes Getümmel.

Laßt sie auf einmal stürmen, denn ich merke
Octavius' Flügel hält nur schwachen Stand:
Ein schneller Anfall wirft ihn übern Haufen.
Reit'! Reit', Messala! Laß herab sie kommen!

Beide ab.

Dritte Szene

Ein andrer Teil des Schlachtfeldes.
Getümmel. Cassius und Titinius kommen.

CASSIUS.
O sieh, Titinius! sieh! Die Schurken fliehn.
Ich selbst ward meiner eignen Leute Feind:
Dies unser Banner wandte sich zur Flucht,
Ich schlug den Feigen und entriß es ihm.

TITINIUS.
O Cassius! Brutus gab das Wort zu früh.
Im Vorteil gegen den Octavius, setzt' er
Zu hitzig nach: sein Heer fing an zu plündern,
Indes uns alle Mark Anton umzingelt.

Pindarus kommt.

PINDARUS.
Herr, flieht doch weiter! Flieht doch weiter weg!
Antonius ist in Euren Zelten, Herr:
Drum, edler Cassius, flieht! Flieht weit hinweg!

CASSIUS.
Der Hügel hier ist weit genug. – Schau', schau',
Titinius! Sind das meine Zelte nicht,
Vo ich das Feuer sehe?

TITINIUS. Ja, mein Feldherr.

CASSIUS.
Wenn du mich liebst, Titinius, so besteig'
Mein Pferd, setz' ihm die Spornen in die Seite,
Bis es zu jener Mannschaft dich gebracht
Und wieder her: damit ich sicher wisse,
Ob jene Mannschaft Freund ist oder Feind.

TITINIUS. Wie ein Gedanke bin ich wieder hier.

Ab.

CASSIUS.
Geh, Pindarus, steig' höher auf den Hügel,
Denn mein Gesicht ist kurz; acht' auf Titinius!
Und sag mir, was du auf dem Feld entdeckst!

Pindarus ab.

An diesem Tage atmet' ich zuerst:
Die Zeit ist um, und enden soll ich da,
Wo ich begann: mein Leben hat den Kreislauf
Vollbracht. – Du dort, was gibt's?

PINDARUS *oben.*
O Herr!

CASSIUS. Was gibt's?

PIDARUS. Titinius ist von Reitern ganz umringt,
Sie jagen auf ihn zu, doch spornt er weiter.
Nun sind sie dicht schon bei ihm – nun, Titinius!
Sie steigen ab – er auch – er ist gefangen, –
Und horcht! sie jubeln laut.

Freudengeschrei.

CASSIUS.
Steig' nur herunter, sieh nicht weiter zu. –
O Memme, die ich bin, so lang' zu leben,
Bis ich den besten Freund vor meinen Augen
Gefangen sehen muß!

Pindarus kommt zurück.

Komm, Bursch, hieher!
Ich macht' in Parthia dich zum Gefangnen,
Und ließ dich schwören, deines Lebens Retter,
Was ich nur immer tun dich hieß', du wollest
Es unternehmen. Komm nun, halt' den Schwur!
Sei frei nun, und mit diesem guten Schwert,
Das Cäsars Leib durchbohrt, trifft diesen Busen!
Erwidre nichts! Hier fasse du das Heft,
Und ist mein Angesicht verhüllt, wie jetzt,
So führ' das Schwert! – Cäsar, du bist gerächt,
Und mit demselben Schwert, das dich getötet.

Er stirbt.

PINDARUS.
So bin ich frei, doch wär' ich's lieber nicht,
Hätt' es auf mir beruht. – O Cassius!
Weit weg flieht Pindarus von diesem Lande,
Dahin, wo nie ein Römer ihn bemerkt.

Ab.

Titinius und Messala kommen.

MESSALA. Es ist nur Tausch, Titinius; denn Octav
Ward von des edlen Brutus Macht geschlagen,
Wie Cassius' Legionen vom Antonius.

TITINIUS.
Die Zeitung wird den Cassius sehr erquicken.

MESSALA. Wo ließt Ihr ihn!

TITINIUS. Ganz trostlos, neben ihm.
Sein Sklave Pindarus, auf diesem Hügel.

MESSALA. Ist er das nicht, der auf dem Boden liegt?

TITINIUS.
Er liegt nicht da wie lebend. – O mein Herz!
MESSALA. Nicht wahr? er ist es?
TITINIUS. Nein, er war's, Messala:
Doch Cassius ist nicht mehr. – O Abendsonne!
Wie du in deinen roten Strahlen sinkst,
So ging in Blut der Tag des Cassius unter.
Die Sonne Roms ging unter; unser Tag
Ist hingeflohn: nun kommen Wolken, Tau,
Gefahren; unsre Taten sind getan.
Mißtraun in mein Gelingen bracht' ihn um.
MESSALA.
Mißtraun in guten Ausgang bracht' ihn um!
O hassenswerter Wahn! der Schwermut Kind!
Was zeigst du doch dem regen Witz der Menschen
Das, was nicht ist? O Wahn, so bald empfangen!
Zu glücklicher Geburt gelangst du nie,
Und bringst die Mutter um, die dich erzeugt!
TITINIUS.
Auf, Pindarus! Wo bist du, Pindarus?
MESSALA. Such' ihn, Titinius; ich indessen will
Zum edlen Brutus und sein Ohr durchbohren
Mit dem Bericht. Wohl nenn' ich es durchbohren,
Denn scharfer Stahl und gift'ge Pfeile würden
Dem Ohr des Brutus so willkommen sein
Als Meldung dieses Anblicks.
TITINIUS. Eilt, Messala!
Ich suche Pindarus indessen auf.
Messala ab.
Warum mich ausgesandt, mein wackrer Cassius?
Traf ich nicht deine Freunde? Setzten sie
Nicht diesen Siegeskranz auf meine Stirn,
Ihn dir zu bringen? Vernahmst du nicht ihr Jubeln?
Ach, jeden Umstand hast du mißgedeutet!
Doch halt, nimm diesen Kranz um deine Stirn;
Dein Brutus hieß mich dir ihn geben, ich
Vollführe sein Gebot. – Komm schleunig, Brutus,
Und sieh, wie ich den Cajus Cassius ehrte!
Verzeiht, ihr Götter! – Dies ist Römerbrauch:
Komm, Cassius' Schwert! triff den Titinius auch!
Er stirbt.
Getümmel. Messala kommt zurück mit Brutus, dem jungen Cato, Strato, Volumnius und Lucilius.
BRUTUS.
Wo? Wo, Messala? Sag, wo liegt die Leiche?
MESSALA.
Seht, dort! Titinius trauert neben ihr.
BRUTUS. Titinius' Antlitz ist emporgewandt.
CATO. Er ist erschlagen.
BRUTUS. O Julius Cäsar! Du bist mächtig noch!
Dein Geist geht um: er ist's, der unsre Schwerter
In unser eignes Eingeweide kehrt.
Lautes Getümmel.
CATO.
Mein wackrer Freund Titinius! Seht doch her,
Wie er den toten Cassius gekränzt!
BRUTUS.
Und leben noch zwei Römer, diesen gleich?
Du letzter aller Römer, lebe wohl!
Unmöglich ist's, daß Rom je deinesgleichen
Erzeugen sollte. – Diesem Toten, Freunde,
Bin ich mehr Tränen schuldig, als ihr hier
Mich werdet zahlen sehen: aber, Cassius,
Ich finde Zeit dazu, ich finde Zeit.
Drum kommt und schickt nach Thassos seine Leiche:
Er soll im Lager nicht bestattet werden;
Es schlüg' uns nieder. – Komm, Lucilius!
Komm, junger Cato! Zu der Walstatt hin!
Ihr, Flavius und Labeo, laßt unsre Scharen rücken!
Es ist drei Uhr und, Römer, noch vor Nacht
Versuchen wir das Glück in einer zweiten Schlacht.
Alle ab.

Vierte Szene

Ein andrer Teil des Schlachtfeldes.
Getümmel. Soldaten von beiden Heeren, fechtend; darauf Brutus, Cato, Lucilius und andre.

BRUTUS.
Noch, Bürger, oh, noch haltet hoch die Häupter!
CATO.
Ein Bastard, der's nicht tut! Wer will mir folgen?
Ich rufe meinen Namen durch das Feld:
Ich bin der Sohn des Marcus Cato, hört!
Feind der Tyrannen, Freund des Vaterlands!
Ich bin der Sohn des Marcus Cato, hört!
BRUTUS *dringt auf den Feind ein.*
Und ich bin Brutus, Marcus Brutus, ich;
Des Vaterlandes Freund: kennt mich als Brutus!
Ab, indem er auf den Feind eindringt. Cato wird überwältigt und fällt.
LUCILIUS. O junger, edler Cato! bist du hin?
Ja! tapfer wie Titinius stirbst du nun,
Man darf dich ehren als des Cato Sohn.
ERSTER SOLDAT. Ergib dich, oder stirb!
LUCILIUS. Nur um zu sterben
Ergeb' ich mich. Hier ist so viel für dich,
Bietet ihm Geld an.
Daß du sogleich mich töten wirst: nun töte
Den Brutus, und es ehre dich sein Tod!
ERSTER SOLDAT.
Wir müssen's nicht. – Ein edler Gefangner!
ZWEITER SOLDAT. Platz da!
Sagt dem Antonius, daß wir Brutus haben!
ERSTER SOLDAT.
Ich will es melden. – Sieh, da kommt der Feldherr.
Antonius tritt auf.
Wir haben Brutus, Herr! wir haben Brutus!
ANTONIUS. Wo ist er?
LUCILIUS.
In Sicherheit; Brutus ist sicher g'nug.
Verlaß dich drauf, daß nimmermehr ein Feind
Den edlen Brutus lebend fangen wird!
Die Götter schützen ihn vor solcher Schmach!
Vo ihr ihn findet, lebend oder tot,
Er wird wie Brutus, wie er selbst, sich zeigen.
ANTONIUS.
Dies ist nicht Brutus, Freund, doch, auf mein Wort,
Ein nicht geringrer Fang! Verwahrt ihn wohl,
Erweist nur Gutes ihm: ich habe lieber
Zu Freunden solche Männer als zu Feinden.
Eilt! Seht, ob Brutus tot ist oder lebt!
Und bringt Bericht zu des Octavius Zelt,
Wie alles sich begeben.
Alle ab.

Fünfte Szene

Ein andrer Teil des Schlachtfeldes.
Brutus, Dardanius, Clitus, Strato und Volumnius treten auf.

BRUTUS.
Kommt, armer Überrest von Freunden! Ruht
An diesem Felsen!
CLITUS. Herr, Statilius zeigte
Das Fackellicht, doch kommt er nicht zurück:
Er ist gefangen oder gar erschlagen.
BRUTUS. Setz' dich zu mir! Erschlagen ist das Wort,
Es ist des Tages Sitte. – Höre, Clitus!
Spricht leise mit ihm.
CLITUS. Wie, gnäd'ger Herr? Ich? Nicht um alle Welt.
BRUTUS. Still denn! kein Wort!
CLITUS. Eh' tötet' ich mich selbst.
BRUTUS. Dardanius, hör'!
Spricht leise mit ihm.
DARDANIUS. Ich eine solche Tat?
CLITUS. O Dardanius!
DARDANIUS. O Clitus!
CLITUS.
Welch einen schlimmen Antrag tat dir Brutus?
DARDANIUS.
Ich sollt' ihn töten, Clitus: sieh, er sinnt!
CLITUS. Nun ist das herrliche Gefäß voll Gram,
So daß es durch die Augen überfließt.
BRUTUS.
Komm zu mir, Freund Volumnius: ein Wort!
VOLUMNIUS. Was sagt mein Feldherr?
BRUTUS. Dies, Volumnius:
Der Geist des Cäsar ist zu zweien Malen
Mir in der Nacht erschienen: erst zu Sardes,
Und vor'ge Nacht hier in Philippis Ebne.
Ich weiß, daß meine Stunde kommen ist.
VOLUMNIUS. Nicht doch, mein Feldherr!
BRUTUS. O ja, es ist gewiß, Volumnius:
Du siehst die Welt, mein Guter, wie sie geht:
Der Feind hat uns zum Abgrund hingetrieben;
Getümmel.
Es ziemt sich mehr, von selbst hineinzuspringen,
Als zu erwarten seinen letzten Stoß.
Volumnius, wir gingen in die Schule
Zusammen, wie du weißt. Ich bitte dich
Um jener unsrer alten Liebe willen:
Halt' du mein Schwert, indes ich drein mich stürze!
VOLUMNIUS.
Das, Brutus, ist kein Dienst für einen Freund.
Fortdauerndes Getümmel.
CLITUS.
Flieht, Herr! o flieht! Hier gilt kein Säumen mehr.
BRUTUS.
Lebt wohl denn, Ihr – und Ihr – und Ihr, Volumnius!
Du, Strato, lagst die ganze Zeit im Schlaf:
Leb wohl auch du! – Mitbürger, meinem Herzen
Ist's Wonne, daß ich noch im ganzen Leben
Nicht einen fand, der nicht getreu mir war.
Ich habe Ruhm von diesem Unglückstage,
Mehr als Octavius und Mark Anton
Durch diesen schnöden Sieg erlangen werden.
So lebt zusammen wohl! Denn Brutus' Zunge
Schließt die Geschichte seines Lebens bald.
Nacht deckt mein Auge, mein Gebein will Ruh',
Es strebte längst nur dieser Stunde nach.
Getümmel. Geschrei hinter der Szene: »Flieht! Flieht! Flieht!«
CLITUS. Flieht, Herr! o flieht!
BRUTUS. Nur fort! Ich will Euch folgen.
Clitus, Dardanius und Volumnius ab.
Ich bitt' dich, Strato, bleib' bei deinem Herrn:
Du bist ein Mensch von redlichem Gemüt,
In deinem Leben war ein Funken Ehre:
Halt denn mein Schwert, und wende dich hinweg,
Indes ich drein mich stürze! Willst du, Strato?
STRATO.
Gebt erst die Hand mir: Herr, gehabt Euch wohl!
BRUTUS.
Leb wohl, mein Freund! – Besänft'ge, Cäsar, dich!
Nicht halb so gern bracht' ich dich um als mich.
Er stürzt sich auf sein Schwert und stirbt.
Getümmel. Rückzug. Octavius, Antonius, mit ihrem Heere, Messala und Lucilius kommen.
OCTAVIUS. Wer ist der Mann?
MESSALA. Der Diener meines Herrn.
Strato, wo ist dein Herr?
STRATO.
Frei von den Banden, die Ihr tragt, Messala.
Die Sieger können nur zu Asch' ihn brennen,
Denn Brutus unterlag allein sich selbst,
Und niemand sonst hat Ruhm von seinem Tode.
LUCILIUS.
So mußten wir ihn finden. – Dank dir, Brutus,
Daß du Lucilius' Rede wahr gemacht!
OCTAVIUS.
Des Brutus Leute nehm' ich all' in Dienst.
Willst du in Zukunft bei mir leben, Bursch?
STRATO. Ja, wenn Messala mich Euch überläßt.
OCTAVIUS. Tut mir's zu lieb, Messala!
MESSALA. Strato, wie starb mein Herr?
STRATO.
Ich hielt das Schwert, so stürzt' er sich hinein.
MESSALA.
Octavius, nimm ihn denn, daß er dir folge,
Der meinem Herrn den letzten Dienst erwies!
ANTONIUS.
Dies war der beste Römer unter allen:
Denn jeder der Verschwornen, bis auf ihn,
Tat, was er tat, aus Mißgunst gegen Cäsar.
Nur er verband aus reinem Biedersinn
Und zum gemeinen Wohl sich mit den andern.
Sanft war sein Leben, und so mischten sich
Die Element' in ihm, daß die Natur
Aufstehen durfte und der Welt verkünden:
Dies war ein Mann!
OCTAVIUS.
Nach seiner Tugend laßt uns ihm begegnen,
Mit aller Achtung und Bestattungsfeier:
Er lieg' in meinem Zelte diese Nacht,
Mit Ehren wie ein Krieger angetan!
Nun ruft das Heer zur Ruh', laßt fort uns eilen
Und dieses frohen Tags Trophäen teilen!
Ab.

HAMLET.

Personen

Claudius, König von Dänemark
Hamlet, Sohn des vorigen und Neffe des gegenwärtigen Königs
Polonius, Oberkämmerer
Horatio, Hamlets Freund
Laertes, Sohn des Polonius
Voltimand
Cornelius
Rosenkranz
Güldenstern, Hofleute
Osrick, ein Hofmann
Ein andrer Hofmann
Ein Priester
Marcellus
Bernardo, Offiziere
Francisco, ein Soldat
Reinhold, Diener des Polonius
Ein Hauptmann
Ein Gesandter
Der Geist von Hamlets Vater
Fortinbras, Prinz von Norwegen
Gertrude, Königin von Dänemark und Hamlets Mutter
Ophelia, Tochter des Polonius
Herren und Frauen vom Hofe, Offiziere
Soldaten, Schauspieler, Totengräber
Matrosen, Boten und andres Gefolge
Die Szene ist in Helsingör

Mit unterdrückter Freude, so zu sagen
Mit einem heitern, einem nassen Aug',
Mit Leichenjubel und mit Hochzeitklage,
In gleichen Schalen wägend Leid und Lust,
Zur Eh' genommen; haben auch hierin
Nicht eurer bessern Weisheit widerstrebt,
Die frei uns beigestimmt. – Für alles, Dank!
Nun, wißt ihr, hat der junge Fortinbras,
Aus Minderschätzung unsers Werts, und denkend,
Durch unsers teuren sel'gen Bruders Tod
Sei unser Staat verrenkt und aus den Fugen:
Gestützt auf diesen Traum von seinem Vorteil,
Mit Botschaft uns zu plagen nicht ermangelt
Um Wiedergabe jener Länderei'n,
Rechtskräftig eingebüßt von seinem Vater
An unsern tapfern Bruder. – So viel von ihm;
Nun von uns selbst und eurer Herberufung.
So lautet das Geschäft: wir schreiben hier
An Norweg, Ohm des jungen Fortinbras,
Der schwach, bettlägrig, kaum von diesem Anschlag
Des Neffen hört, desselben fernern Gang
Hierin zu hemmen; sintemal die Werbung,
Bestand und Zahl der Truppen, alles doch
Aus seinem Volk geschieht; und senden nun
Euch, wackrer Voltimand, und Euch, Cornelius,
Mit diesem Gruß zum alten Norweg hin,
Euch keine weitre Vollmacht übergebend,
Zu handeln mit dem König, als das Maß
Der hier erörterten Artikel zuläßt.
Lebt wohl, und Eil' empfehle euren Eifer!

CORNELIUS UND VOLTIMAND.
Hier, wie in allem, wollen wir ihn zeigen.

KÖNIG.
Wir zweifeln nicht daran. Lebt herzlich wohl!
Voltimand und Cornelius ab.
Und nun, Laertes, sagt, was bringt Ihr uns?
Ihr nanntet ein Gesuch: was ist's, Laertes?
Ihr könnt nicht von Vernunft dem Dänen reden,
Und Euer Wort verlieren. Kannst du bitten,
Was ich nicht gern gewährt', eh' du's verlangt?
Der Kopf ist nicht dem Herzen mehr verwandt,
Die Hand dem Munde dienstgefäll'ger nicht,
Als Dänmarks Thron es deinem Vater ist.
Was wünschest du, Laertes?

LAERTES. Hoher Herr,
Vergünstigung, nach Frankreich rückzukehren,
Woher ich zwar nach Dänmark willig kam,
Bei Eurer Krönung meine Pflicht zu leisten;
Doch nun gesteh' ich, da die Pflicht erfüllt,
Strebt mein Gedank' und Wunsch nach Frankreich hin
Und neigt sich Eurer gnädigen Erlaubnis.

KÖNIG. Erlaubt's der Vater Euch? Was sagt Polonius?

POLONIUS.
Er hat, mein Fürst, die zögernde Erlaubnis
Mir durch beharrlich Bitten abgedrungen,
Daß ich zuletzt auf seinen Wunsch das Siegel
Der schwierigen Bewilligung gedrückt.
Ich bitt' Euch, gebt Erlaubnis ihm zu gehn!

KÖNIG. Nimm deine günst'ge Stunde: Zeit sei dein,
Und eigne Zierde; nutze sie nach Lust! –
Doch nun, mein Vetter Hamlet und mein Sohn –

HAMLET *beiseit.*
Mehr als befreundet, weniger als Freund.

KÖNIG. Wie, hängen stets noch Wolken über Euch?

HAMLET.
Nicht doch, mein Fürst, ich habe zu viel Sonne.

KÖNIGIN. Wirf, guter Hamlet, ab die nächt'ge Farbe,
Und laß dein Aug' als Freund auf Dänmark sehn!
Such' nicht beständig mit gesenkten Wimpern
Nach deinem edlen Vater in dem Staub:
Du weißt, es ist gemein: was lebt, muß sterben
Und Ew'ges nach der Zeitlichkeit erwerben.

HAMLET. Ja, gnäd'ge Frau, es ist gemein.

KÖNIGIN. Nun wohl,
Weswegen scheint es so besonders dir?

HAMLET. Scheint, gnäd'ge Frau? Nein, ist; mir gilt kein »scheint«.
Nicht bloß mein düstrer Mantel, gute Mutter,
Noch die gewohnte Tracht von ernstem Schwarz,
Noch stürmisches Geseufz' beklemmten Odems,
Noch auch im Auge der ergieb'ge Strom,
Noch die gebeugte Haltung des Gesichts,
Samt aller Sitte, Art, Gestalt des Grames,
Ist das, was wahr mich kund gibt; dies scheint wirklich:
Es sind Gebärden, die man spielen könnte.
Was über allen Schein, trag' ich in mir;
All dies ist nur des Kummers Kleid und Zier.

KÖNIG.
Es ist gar lieb und Eurem Herzen rühmlich, Hamlet,
Dem Vater diese Trauerpflicht zu leisten.
Doch wißt, auch Eurem Vater starb ein Vater;
Dem seiner, und der Nachgelaßne soll,
Nach kindlicher Verpflichtung, ein'ge Zeit
Die Leichentrauer halten. Doch zu beharren
In eigenwill'gen Klagen, ist das Tun
Gottlosen Starrsinns; ist unmännlich Leid;
Zeigt einen Willen, der dem Himmel trotzt,
Ein unverschanztes Herz und wild Gemüt;
Zeigt blöden, ungelehrigen Verstand.
Wovon man weiß, es muß sein; was gewöhnlich
Wie das Gemeinste, das die Sinne rührt:
Weswegen das in mürr'schem Widerstande
Zu Herzen nehmen? Pfui! es ist Vergehn
Am Himmel; ist Vergehen an dem Toten,
Vergehn an der Natur; vor der Vernunft
Höchst töricht, deren allgemeine Predigt
Der Väter Tod ist, und die immer rief
Vom ersten Leichnam bis zum heut verstorbnen:
»Dies muß so sein.« Wir bitten, werft zu Boden
Dies unfruchtbare Leid, und denkt von uns
Als einem Vater; denn wissen soll die Welt,
Daß Ihr an unserm Thron der Nächste seid,
Und mit nicht minder Überschwang der Liebe,
Als seinem Sohn der liebste Vater widmet,
Bin ich Euch zugetan. Was Eure Rückkehr
Zur hohen Schul' in Wittenberg betrifft,
So widerspricht sie höchlich unserm Wunsch,
Und wir ersuchen Euch, beliebt zu bleiben,
Hier in dem milden Scheine unsers Aug's,
Als unser erster Hofmann, Vetter, Sohn.

KÖNIGIN.
Laß deine Mutter fehl nicht bitten, Hamlet:
Ich bitte, bleib' bei uns, geh nicht nach Wittenberg!

HAMLET.
Ich will Euch gern gehorchen, gnäd'ge Frau.

KÖNIG. Wohl, das ist eine liebe, schöne Antwort.
Seid wie wir selbst in Dänmark! – Kommt, Gemahlin!
Dies will'ge, freundliche Nachgeben Hamlets
Sitzt lächelnd um mein Herz; und dem zu Ehren
Soll das Geschütz heut jeden frohen Trunk,
Den Dänmark ausbringt, an die Wolken tragen,
Und wenn der König anklingt, soll der Himmel
Nachdröhnen ird'schem Donner. – Kommt mit mir!

König, Königin, Laertes und Gefolge ab.

HAMLET. O schmölze doch dies allzu feste Fleisch,
Zerging', und löst' in einen Tau sich auf!
Oder hätte nicht der Ew'ge sein Gebot
Gerichtet gegen Selbstmord! – O Gott! O Gott!
Wie ekel, schal und flach und unersprießlich
Scheint mir das ganze Treiben dieser Welt!
Pfui! pfui darüber! 's ist ein wüster Garten,
Der auf in Samen schießt; verworfnes Unkraut
Erfüllt ihn gänzlich. Dazu mußt' es kommen!
Zwei Mond' erst tot! – nein, nicht so viel, nicht zwei;
Solch trefflicher Monarch! der neben diesem
Apoll bei einem Satyr; so meine Mutter liebend,
Daß er des Himmels Winde nicht zu rauh
Ihr Antlitz ließ berühren. Himmel und Erde!
Muß ich gedenken? Hing sie doch an ihm,
Als stieg' der Wachstum ihrer Lust mit dem,
Was ihre Kost war. Und doch, in einem Mond –
Laßt mich's nicht denken! – Schwachheit, dein Nam' ist Weib! –
Ein kurzer Mond; bevor die Schuh'verbraucht,
Womit sie meines Vaters Leiche folgte,
Wie Niobe, ganz Tränen – sie, ja sie;
O Himmel! würd' ein Tier, das nicht Vernunft hat,
Doch länger trauren. – Meinem Ohm vermählt,
Dem Bruder meines Vaters, doch ihm ähnlich
Wie ich dem Herkules: in einem Mond!
Bevor das Salz höchst frevelhafter Tränen
Der wunden Augen Röte noch verließ,
War sie vermählt! – O schnöde Hast, so rasch
In ein blutschänderisches Bett zu stürzen!
Es ist nicht, und es wird auch nimmer gut.
Doch brich, mein Herz! denn schweigen muß mein Mund.

Horatio, Bernardo und Marcellus treten auf.

HORATIO. Heil Eurer Hoheit!
HAMLET. Ich bin erfreut. Euch wohl zu sehn.
Horatio – wenn ich nicht mich selbst vergesse?
HORATIO. Ja, Prinz, und Euer armer Diener stets.
HAMLET.
Mein guter Freund; vertauscht mir jenen Namen!
Was macht Ihr hier von Wittenberg, Horatio?
Marcellus?
MARCELLUS. Gnäd'ger Herr –
HAMLET.
Es freut mich, Euch zu sehn. Habt guten Abend!
Im Ernst, was führt Euch weg von Wittenberg?
HORATIO.
Ein müßiggängerischer Hang, mein Prinz.
HAMLET.
Das möcht' ich Euren Feind nicht sagen hören,
Noch sollt Ihr meinem Ohr den Zwang antun,
Daß Euer eignes Zeugnis gegen Euch
Ihm gültig wär'. Ich weiß, Ihr geht nicht müßig.
Doch was ist Eu'r Geschäft in Helsingör?
Ihr sollt noch trinken lernen, eh' Ihr reist.
HORATIO. Ich kam zu Eures Vaters Leichenfeier.
HAMLET.
Ich bitte, spotte meiner nicht, mein Schulfreund;
Du kamst gewiß zu meiner Mutter Hochzeit.
HORATIO.
Fürwahr, mein Prinz, sie folgte schnell darauf.
HAMLET.
Wirtschaft, Horatio! Wirtschaft! Das Gebackne
Vom Leichenschmaus gab kalte Hochzeitschüsseln.
Hätt' ich den ärgsten Feind im Himmel lieber
Getroffen, als den Tag erlebt, Horatio!
Mein Vater – mich dünkt, ich sehe meinen Vater.
HORATIO. Wo, mein Prinz?
HAMLET. In meines Geistes Aug', Horatio.
HORATIO.
Ich sah ihn einst, er war ein wackrer König.
HAMLET. Er war ein Mann, nehmt alles nur in allem,
Ich werde nimmer seinesgleichen sehn.
HORATIO.
Mein Prinz, ich denk', ich sah ihn vor'ge Nacht.
HAMLET. Sah? wen?
HORATIO. Mein Prinz, den König, Euren Vater.
HAMLET. Den König, meinen Vater?
HORATIO. Beruhigt das Erstaunen eine Weil'
Durch ein aufmerksam Ohr; bis ich dies Wunder,
Auf die Bekräftigung der Männer hier,
Euch kann berichten.
HAMLET. Um Gottes willen, laßt mich hören!
HORATIO.
Zwei Nächte nach einander war's den beiden,
Marcellus und Bernardo, auf der Wache
In toter Stille tiefer Mitternacht
So widerfahren. Ein Schatte wie Eu'r Vater
(Geharnischt, ganz in Wehr, von Kopf bis Fuß,)
Erscheint vor ihnen, geht mit ernstem Tritt
Langsam vorbei und stattlich; schreitet dreimal
Vor ihren starren, furchtergriffnen Augen,
So daß sein Stab sie abreicht; während sie,
Geronnen fast zu Gallert durch die Furcht,
Stumm stehn, und reden nicht mit ihm. Dies nun
In banger Heimlichkeit vertraun sie mir.
Ich hielt die dritte Nacht mit ihnen Wache;
Und da, wie sie berichtet, nach der Zeit,
Gestalt des Dings, buchstäblich alles wahr,
Kommt das Gespenst. Ich kannte Euren Vater:
Hier diese Hände gleichen sich nicht mehr.
HAMLET. Wo ging dies aber vor?
MARCELLUS.
Auf der Terrasse, wo wir Wache hielten.
HAMLET. Ihr sprachet nicht mit ihm?
HORATIO. Ich tat's, mein Prinz,
Doch Antwort gab es nicht; nur einmal schien's,
Es höb' sein Haupt empor und schickte sich
Zu der Bewegung an, als wollt' es sprechen.
Doch eben krähte laut der Morgenhahn,
Und bei dem Tone schlüpft' es eilig weg
Und schwand aus unserm Blick.
HAMLET. Sehr sonderbar.
HORATIO.
Bei meinem Leben, edler Prinz, 's ist wahr;
Wir hielten's durch die Pflicht uns vorgeschrieben,
Die Sach' Euch kund zu tun.

HAMLET.
Im Ernst, im Ernst, ihr Herrn, dies ängstigt mich.
Habt ihr die Wache heut?
ALLE. Ja, gnäd'ger Herr.
HAMLET. Geharnischt, sagt ihr?
ALLE. Geharnischt, gnäd'ger Herr.
HAMLET. Vom Wirbel bis zur Zeh'?
ALLE. Von Kopf zu Fuß.
HAMLET. So saht Ihr sein Gesicht nicht?
HORATIO. O ja doch, sein Visier war aufgezogen.
HAMLET. Nun, blickt' er finster?
HORATIO. Eine Miene, mehr
Des Leidens als des Zorns.
HAMLET. Blaß oder rot?
HORATIO. Nein, äußerst blaß.
HAMLET. Sein Aug' auf euch geheftet?
HORATIO. Ganz fest.
HAMLET. Ich wollt', ich wär' dabei gewesen.
HORATIO. Ihr hättet Euch gewiß entsetzt.
HAMLET. Sehr glaublich,
Sehr glaublich. Blieb es lang'?
HORATIO. Derweil mit mäß'ger Eil'
Man hundert zählen konnte.
MARCELLUS, BERNARDO. Länger, länger.
HORATIO. Nicht, da ich's sah.
HAMLET. Sein Bart war greis, nicht wahr?
HORATIO. Wie ich's an ihm bei seinem Leben sah,
Ein schwärzlich Silbergrau.
HAMLET. Ich will heut wachen.
Vielleicht wird's wieder kommen.
HORATIO. Zuverlässig.
HAMLET. Erscheint's in meines edlen Vaters Bildung,
So red' ich's an, gähnt' auch die Hölle selbst
Und hieß' mich ruhig sein. Ich bitt' euch alle:
Habt ihr bis jetzt verheimlicht dies Gesicht,
So haltet's ferner fest in eurem Schweigen;
Und was sich sonst zu Nacht ereignen mag,
Gebt allem einen Sinn, doch keine Zunge:
Ich will die Lieb' euch lohnen; lebt denn wohl!
Auf der Terrasse zwischen eilf und zwölf
Besuch' ich euch.
ALLE. Eu'r Gnaden unsre Dienste!
HAMLET. Nein, eure Liebe, so wie meine euch.
Lebt wohl nun!
Horatio, Marcellus und Bernardo ab.
Meines Vaters Geist in Waffen!
Es taugt nicht alles: ich vermute was
Von argen Ränken. Wär' die Nacht erst da!
Bis dahin ruhig, Seele! Schnöde Taten,
Birgt sie die Erd' auch, müssen sich verraten.
Ab.

Dritte Szene

Ein Zimmer in Polonius' Hause.
Laertes und Ophelia treten auf.

LAERTES. Mein Reisegut ist eingeschifft. Leb wohl,
Und, Schwester, wenn die Winde günstig sind
Und Schiffsgeleit sich findet, schlaf' nicht, laß
Von dir mich hören!
OPHELIA. Zweifelst du daran?
LAERTES. Was Hamlet angeht und sein Liebsgetändel,
So nimm's als Sitte, als ein Spiel des Bluts;
Ein Veilchen in der Jugend der Natur,
Frühzeitig, nicht beständig – süß, nicht dauernd,
Nur Duft und Labsal eines Augenblicks:
Nichts weiter.
OPHELIA. Weiter nichts?
LAERTES. Nur dafür halt es:
Denn die Natur, aufstrebend, nimmt nicht bloß
An Größ' und Sehnen zu; wie dieser Tempel wächst,
So wird der innre Dienst von Seel' und Geist
Auch weit mit ihm. Er liebt Euch jetzt vielleicht;
Kein Arg und kein Betrug befleckt bis jetzt
Die Tugend seines Willens: doch befürchte,
Bei seinem Rang gehört sein Will' ihm nicht!
Er selbst ist der Geburt ja untertan.
Er kann nicht, wie geringe Leute tun,
Für sich auslesen; denn an seiner Wahl
Hängt Sicherheit und Heil des ganzen Staats.
Deshalb muß seine Wahl beschränket sein
Vom Beifall und der Stimme jenes Körpers,
Von welchem er das Haupt. Wenn er nun sagt,
er liebt dich,
Geziemt es deiner Klugheit, ihm zu glauben,
So weit er nach besonderm Recht und Stand
Tat geben kann dem Wort; das heißt, nicht weiter
Als Dänemarks gesamte Stimme geht.
Bedenk', was deine Ehre leiden kann,
Wenn du zu gläubig seinem Liede lauschest,
Dein Herz verlierst, und deinen keuschen Schatz
Vor seinem ungestümen Dringen öffnest.
Fürcht' es, Ophelia! fürcht' es, liebe Schwester,
Und halte dich im Hintergrund der Neigung,
Fern von dem Schuß und Anfall der Begier!
Das scheuste Mädchen ist verschwend'risch noch,
Wenn sie dem Monde ihren Reiz enthüllt.
Selbst Tugend nicht entgeht Verleumdertücken,
Es nagt der Wurm des Frühlings Kinder an,
Zu oft noch eh' die Knospe sich erschließt,
Und in der Früh' und frischem Tau der Jugend
Ist gift'ger Anhauch am gefährlichsten.
Sei denn behutsam! Furcht gibt Sicherheit,
Auch ohne Feind hat Jugend innern Streit.
OPHELIA. Ich will den Sinn so guter Lehr' bewahren,
Als Wächter meiner Brust; doch, lieber Bruder,
Zeigt nicht, wie heilvergeßne Pred'ger tun,
Den steilen Dornenweg zum Himmel andern,
Derweil als frecher, lockrer Wollüstling
Er selbst den Blumenpfad der Lust betritt
Und spottet seines Rats.
LAERTES. O fürchtet nichts!
Zu lange weil' ich – doch da kommt mein Vater.
Polonius kommt.
Zwiefacher Segen ist ein zwiefach Heil:
Der Zufall lächelt einem zweiten Abschied.
POLONIUS.
Noch hier, Laertes? Ei, ei! an Bord, an Bord!
Der Wind sitzt in dem Nacken Eures Segels,
Und man verlangt Euch. Hier mein Segen mit dir –
Indem er dem Laertes die Hand aufs Haupt legt.
Und diese Regeln präg' in dein Gedächtnis:
Gib den Gedanken, die du hegst, nicht Zunge,
Noch einem ungebührlichen die Tat!
Leutselig sei, doch keineswegs gemein!

Den Freund, der dein, und dessen Wahl erprobt,
Mit ehr'nen Haken klammr' ihn an dein Herz!
Doch härte deine Hand nicht durch Begrüßung
Von jedem neugeheckten Bruder! Hüte dich,
In Händel zu geraten; bist du drin:
Führ' sie, daß sich dein Feind vor dir mag hüten!
Dein Ohr leih' jedem, wen'gen deine Stimme;
Nimm Rat von allen, aber spar' dein Urteil!
Die Kleidung kostbar, wie's dein Beutel kann,
Doch nicht ins Grillenhafte; reich, nicht bunt:
Denn es verkündigt oft die Tracht den Mann,
Und die vom ersten Rang und Stand in Frankreich
Sind darin ausgesucht und edler Sitte.
Kein Borger sei und auch Verleiher nicht:
Sich und den Freund verliert das Darlehn oft,
Und Borgen stumpft der Wirtschaft Spitze ab.
Dies über alles: sei dir selber treu,
Und daraus folgt, so wie die Nacht dem Tage,
Du kannst nicht falsch sein gegen irgend wen.
Leb wohl! mein Segen fördre dies an dir!

LAERTES. In Ehrerbietung nehm' ich Abschied, Herr.

POLONIUS.
Euch ruft die Zeit; geht, Eure Diener warten.

LAERTES. Leb wohl, Ophelia, und gedenk' an das,
Was ich dir sagte!

OPHELIA.
Es ist in mein Gedächtnis fest verschlossen,
Und Ihr sollt selbst dazu den Schlüssel führen.

LAERTES. Lebt wohl.

Ab.

POLONIUS. Was ist's, Ophelia, daß er Euch gesagt?

OPHELIA.
Wenn Ihr erlaubt, vom Prinzen Hamlet war's.

POLONIUS. Ha, wohl bedacht!
Ich höre, daß er Euch seit kurzem oft
Vertraute Zeit geschenkt; und daß Ihr selbst
Mit Eurem Zutritt sehr bereit und frei wart.
Wenn dem so ist – und so erzählt man mir's,
Und das als Warnung zwar –, muß ich Euch sagen,
Daß Ihr Euch selber nicht so klar versteht,
Als meiner Tochter ziemt und Eurer Ehre.
Was gibt es zwischen euch? Sagt mir die Wahrheit!

OPHELIA. Er hat seither Anträge mir getan
Von seiner Zuneigung.

POLONIUS.
Pah, Zuneigung! Ihr sprecht wie junges Blut,
In solchen Fährlichkeiten unbewandert.
Und glaubt Ihr den Anträgen, wie Ihr's nennt?

OPHELIA. Ich weiß nicht, Vater, was ich denken soll?

POLONIUS.
So hört's denn: denkt, Ihr seid ein dummes Ding,
Daß Ihr für bar Anträge habt genommen,
Die ohn' Ertrag sind. Nein, betragt Euch klüger,
Sonst (um das arme Wort nicht tot zu hetzen)
Trägt Eure Narrheit noch Euch Schaden ein.

OPHELIA. Er hat mit seiner Lieb' in mich gedrungen,
In aller Ehr' und Sitte.

POLONIUS. Ja, Sitte mögt Ihr's nennen: geht mir, geht!

OPHELIA.
Und hat sein Wort beglaubigt, lieber Herr,
Beinah' durch jeden heil'gen Schwur des Himmels.

POLONIUS.
Ja, Sprenkel für die Drosseln! Weiß ich doch,
Wenn das Blut kocht, wie das Gemüt der Zunge
Freigebig Schwüre leiht. Dies Lodern, Tochter,
Mehr leuchtend als erwärmend, und erloschen
Selbst im Versprechen, während es geschieht,
Nehmt keineswegs für Feuer! Kargt von nun an
Mit Eurer jungfräulichen Gegenwart
Ein wenig mehr; schätzt Eure Unterhaltung
Zu hoch, um auf Befehl bereit zu sein!
Und was Prinz Hamlet angeht, traut ihm so:
Er sei noch jung, und habe freiern Spielraum,
Als Euch vergönnt mag werden. Kurz, Ophelia,
Traut seinen Schwüren nicht: denn sie sind Kuppler,
Nicht von der Farbe ihrer äußern Tracht,
Fürsprecher sündlicher Gesuche bloß,
Gleich frommen, heiligen Gelübden atmend,
Um besser zu berücken. Eins für alles:
Ihr sollt mir, grad' heraus, von heute an
Die Muße keines Augenblicks so schmähn,
Daß Ihr Gespräche mit Prinz Hamlet pflöget.
Seht zu, ich sag's Euch: geht nun Eures Weges!

OPHELIA. Ich will gehorchen, Herr.

Ab.

Vierte Szene

Die Terrasse.
Hamlet, Horatio und Marcellus treten auf.

HAMLET. Die Luft geht scharf, es ist entsetzlich kalt.

HORATIO. 's ist eine schneidende und strenge Luft.

HAMLET. Was ist die Uhr?

HORATIO. Ich denke, nah an zwölf.

MARCELLUS. Nicht doch, es hat geschlagen.

HORATIO. Wirklich schon?
Ich hört' es nicht; so rückt heran die Stunde
Worin der Geist gewohnt ist umzugehn.
Trompetenstoß und Geschütz abgefeuert hinter der Szene.
Was stellt das vor, mein Prinz?

HAMLET.
Der König wacht die Nacht durch, zecht vollauf,
Hält Schmaus und taumelt den geräusch'gen Walzer;
Und wie er Züge Rheinweins niedergießt,
Verkünden schmetternd Pauken und Trompeten
Den ausgebrachten Trunk.

HORATIO. Ist das Gebrauch?

HAMLET. Nun freilich wohl:
Doch meines Dünkens (bin ich eingeboren
Und drin erzogen schon) ist's ein Gebrauch,
Wovon der Bruch mehr ehrt als die Befolgung.
Dies schwindelköpf' ge Zechen macht verrufen
Bei andern Völkern uns in Ost und West;
Man heißt uns Säufer, hängt an unsre Namen
Ein schmutzig Beiwort; und fürwahr, es nimmt
Von unsern Taten, noch so groß verrichtet,
Den Kern und Ausbund unsers Wertes weg.
So geht es oft mit einzlen Menschen auch,
Daß sie durch ein Naturmal, das sie schändet,
Als etwa von Geburt (worin sie schuldlos,
Weil die Natur nicht ihren Ursprung wählt)
Ein Übermaß in ihres Blutes Mischung,
Das Dämm' und Schanzen der Vernunft oft einbricht,
Auch wohl durch Angewöhnung, die zu sehr
Den Schein gefäll'ger Sitten überrostet –

Daß diese Menschen, sag' ich, welche so
Von einem Fehler das Gepräge tragen
(Sei's Farbe der Natur, sei's Fleck des Zufalls),
Und wären ihre Tugenden so rein
Wie Gnade sonst, so zahllos wie ein Mensch
Sie tragen mag: in dem gemeinen Tadel
Steckt der besondre Fehl sie doch mit an;
Der Gran von Schlechtem zieht des edlen Wertes
Gehalt herab in seine eigne Schmach.

Der Geist kommt.

HORATIO. O seht, mein Prinz, es kommt!
HAMLET. Engel und Boten Gottes steht uns bei!
Sei du ein Geist des Segens, sei ein Kobold,
Bring' Himmelslüfte oder Dampf der Hölle,
Sei dein Beginnen boshaft oder liebreich,
Du kommst in so fragwürdiger Gestalt,
Ich rede doch mit dir; ich nenn' dich Hamlet,
Fürst, Vater, Dänenkönig: o gib Antwort!
Laß mich in Blindheit nicht vergehn! Nein, sag:
Warum dein fromm Gebein, verwahrt im Tode,
Die Leinen hat gesprengt? warum die Gruft,
Worin wir ruhig eingeurnt dich sahn,
Geöffnet ihre schweren Marmorkiefern,
Dich wieder auszuwerfen? Was bedeutet's,
Daß, toter Leichnam, du, in vollem Stahl,
Aufs neu' des Mondes Dämmerschein besuchst,
Die Nacht entstellend; daß wir Narren der Natur
So furchtbarlich uns schütteln mit Gedanken,
Die unsre Seele nicht erreichen kann?
(Was ist dies? sag! Warum? Was sollen wir?)
HORATIO. Es winket Euch, mit ihm hinwegzugehn,
Als ob es eine Mitteilung verlangte
Mit Euch allein.
MARCELLUS.
Seht, wie es Euch mit freundlicher Gebärde
Hinweist an einen mehr entlegnen Ort:
Geht aber nicht mit ihm!
HORATIO. Nein, keineswegs.
HAMLET.
Es will nicht sprechen: wohl, so folg' ich ihm.
HORATIO. Tut's nicht, mein Prinz!
HAMLET. Was wäre da zu fürchten?
Mein Leben acht' ich keine Nadel wert;
Und meine Seele, kann es der was tun,
Die ein unsterblich Ding ist, wie es selbst?
Es winkt mir wieder fort, ich folg' ihm nach.
HORATIO.
Wie, wenn es hin zur Flut Euch lockt, mein Prinz
Vielleicht zum grausen Gipfel jenes Felsen,
Der in die See nickt über seinen Fuß,
Und dort in andre Schreckgestalt sich kleidet,
Die der Vernunft die Herrschaft rauben könnte
Und Euch zum Wahnsinn treiben? Oh, bedenkt!
Der Ort an sich bringt Grillen der Verzweiflung
Auch ohne weitern Grund in jedes Hirn,
Der so viel Klafter niederschaut zur See
Und hört sie unten brüllen.
HAMLET. Immer winkt es:
Geh nur! ich folge dir.
MARCELLUS. Ihr dürft nicht gehn, mein Prinz!
HAMLET. Die Hände weg!
HORATIO. Hört uns, Ihr dürft nicht gehn!
HAMLET. Mein Schicksal ruft,
Und macht die kleinste Ader dieses Leibes
So fest als Sehnen des Nemeer Löwen.

Der Geist winkt.

Es winkt mir immerfort: laßt los! Beim Himmel,
reißt sich los
Den mach' ich zum Gespenst, der mich zurückhält! –
Ich sage, fort! – Voran! ich folge dir.

Der Geist und Hamlet ab.

HORATIO.
Er kommt ganz außer sich vor Einbildung.
MARCELLUS.
Ihm nach! Wir dürfen ihm nicht so gehorchen.
HORATIO.
Kommt, folgen wir! Welch Ende wird dies nehmen?
MARCELLUS. Etwas ist faul im Staate Dänemarks.
HORATIO. Der Himmel wird es lenken.
MARCELLUS. Laßt uns gehn!

Fünfte Szene

Ein abgelegener Teil der Terrasse.
Der Geist und Hamlet kommen.

HAMLET. Wo führst du hin mich? Red', ich geh' nicht weiter.
GEIST. Hör' an!
HAMLET. Ich will's.
GEIST. Schon naht sich meine Stunde,
Wann ich den schweflichten, qualvollen Flammen
Mich übergeben muß.
HAMLET. Ach, armer Geist!
GEIST.
Beklag' mich nicht, doch leih' dein ernst Gehör
Dem, was ich kund will tun.
HAMLET. Sprich! mir ist's Pflicht zu hören.
GEIST. Zu rächen auch, sobald du hören wirst.
HAMLET. Was?
GEIST. Ich bin deines Vaters Geist:
Verdammt auf eine Zeitlang, nachts zu wandern,
Und tags gebannt, zu fasten in der Glut,
Bis die Verbrechen meiner Zeitlichkeit
Hinweggeläutert sind. Wär' mir's nicht untersagt,
Das Innre meines Kerkers zu enthüllen,
So höb' ich eine Kunde an, von der
Das kleinste Wort die Seele dir zermalmte,
Dein junges Blut erstarrte, deine Augen
Wie Stern' aus ihren Kreisen schießen machte,
Dir die verworrnen krausen Locken trennte
Und sträubte jedes einzle Haar empor,
Wie Nadeln an dem zörn'gen Stacheltier:
Doch diese ew'ge Offenbarung faßt
Kein Ohr von Fleisch und Blut. – Horch, horch! o horch!
Wenn du je deinen teuren Vater liebtest –
HAMLET. O Himmel!
GEIST. Räch' seinen schnöden, unerhörten Mord!
HAMLET. Mord?
GEIST. Ja, schnöder Mord, wie er aufs beste ist,
Doch dieser unerhört und unnatürlich.
HAMLET.
Eil', ihn zu melden: daß ich auf Schwingen, rasch
Wie Andacht und des Liebenden Gedanken,
Zur Rache stürmen mag.

GEIST. Du scheinst mir willig:
Auch wärst du träger als das feiste Kraut,
Das ruhig Wurzel treibt an Lethes Bord,
Erwachtest du nicht hier. Nun, Hamlet, höre:
Es heißt, daß, weil ich schlief in meinem Garten,
Mich eine Schlange stach; so wird das Ohr des Reichs
Durch den erlognen Hergang meines Todes
Schmählich getäuscht; doch wisse, edler Jüngling,
Die Schlang', die deines Vaters Leben stach,
Trägt seine Krone jetzt.

HAMLET.
O mein prophetisches Gemüt! Mein Oheim?

GEIST. Ja, der blutschänderische Ehebrecher,
Durch Witzes Zauber, durch Verrätergaben
(O arger Witz und Gaben, die imstand
So zu verführen sind!) gewann den Willen
Der scheinbar tugendsamen Königin
Zu schnöder Lust. O Hamlet, welch ein Abfall!
Von mir, des Liebe von der Echtheit war,
Daß Hand in Hand sie mit dem Schwure ging,
Den ich bei der Vermählung tat; erniedert
Zu einem Sünder, von Natur durchaus
Armselig gegen mich!
Allein wie Tugend nie sich reizen läßt,
Buhlt Unzucht auch um sie in Himmelsbildung,
So Lust, gepaart mit einem lichten Engel,
Wird dennoch eines Götterbettes satt
Und hascht nach Wegwurf. –
Doch still! mich dünkt, ich wittre Morgenluft:
Kurz laß mich sein. – Da ich im Garten schlief,
Wie immer meine Sitte nachmittags,
Beschlich dein Oheim meine sichre Stunde,
Mit Saft verfluchten Bilsenkrauts im Fläschchen,
Und träufelt' in den Eingang meines Ohrs
Das schwärende Getränk; wovon die Wirkung
So mit des Menschen Blut in Feindschaft steht,
Daß es durch die natürlichen Kanäle
Des Körpers hurtig, wie Quecksilber läuft;
Und wie ein saures Lab, in Milch getropft,
Mit plötzlicher Gewalt gerinnen macht
Das leichte, reine Blut. So tat es meinem,
Und Aussatz schuppte sich mir augenblicklich,
Wie einem Lazarus, mit ekler Rinde
Ganz um den glatten Leib.
So ward ich schlafend und durch Bruderhand
(Um Leben, Krone, Weib mit eins gebracht,)
In meiner Sünden Blüte hingerafft,
Ohne Nachtmahl, ungebeichtet, ohne Ölung;
Die Rechnung nicht geschlossen, ins Gericht
Mit aller Schuld auf meinem Haupt gesandt.
O schaudervoll! o schaudervoll! höchst schaudervoll!
Hast du Natur in dir, so leid' es nicht;
Laß Dänmarks königliches Bett kein Lager
Für Blutschand' und verruchte Wollust sein!
Doch, wie du immer diese Tat betreibst,
Befleck' dein Herz nicht; dein Gemüt ersinne
Nichts gegen deine Mutter: überlaß sie
Dem Himmel und den Dornen, die im Busen
Ihr stechend wohnen! Lebe wohl mit eins!
Der Glühwurm zeigt, daß sich die Frühe naht,
Und sein unwirksam Feu'r beginnt zu blassen.
Ade! Ade! Ade! Gedenke mein!
Ab.

HAMLET.
O Herr des Himmels! Erde! – Was noch sonst?
Nenn' ich die Hölle mit? – O pfui! Halt, halt mein Herz!
Ihr meine Sehnen, altert nicht sogleich,
Tragt fest mich aufrecht! – Dein gedenken? Ja,
Du armer Geist, solang' Gedächtnis haust
In dem zerstörten Ball hier. Dein gedenken?
Ja, von der Tafel der Erinn'rung will ich
Weglöschen alle törichten Geschichten,
Aus Büchern alle Sprüche, alle Bilder,
Die Spuren des Vergangnen, welche da
Die Jugend einschrieb und Beobachtung;
Und dein Gebot soll leben ganz allein
Im Buche meines Hirnes, unvermischt
Mit minder würd'gen Dingen. – Ja, beim Himmel!
O höchst verderblich Weib!
O Schurke! lächelnder, verdammter Schurke!
Schreibtafel her! Ich muß mir's niederschreiben,
Daß einer lächeln kann, und immer lächeln,
Und doch ein Schurke sein, zum wenigsten
Weiß ich gewiß, in Dänmark kann's so sein.
Da steht Ihr, Oheim. Jetzt zu meiner Losung!
Sie heißt: »Ade, ade! Gedenke mein!«
Ich hab's geschworen.

HORATIO *hinter der Szene.*
Mein Prinz! Mein Prinz!

MARCELLUS *hinter der Szene.*
Prinz Hamlet!

HORATIO *hinter der Szene.*
Gott beschütz' ihn!

HAMLET. So sei es!

MARCELLUS *hinter der Szene.*
Heda! Ho! Mein Prinz!

HAMLET.
Ha! heisa, Junge! Komm, Vögelchen, komm!
Horatio und Marcellus kommen.

MARCELLUS. Wie steht's, mein gnäd'ger Herr?

HORATIO. Was gibt's, mein Prinz?

HAMLET. Oh, wunderbar!

HORATIO. Sagt, bester, gnäd'ger Herr!

HAMLET. Nein, ihr verratet's.

HORATIO. Ich nicht, beim Himmel, Prinz.

MARCELLUS. Ich gleichfalls nicht.

HAMLET.
Was sagt ihr? Sollt's 'ne Menschenseele denken? –
Doch ihr wollt schweigen? –

HORATIO, MARCELLUS. Ja, beim Himmel, Prinz!

HAMLET. Es lebt kein Schurk' im ganzen Dänemark,
Der nicht ein ausgemachter Bube wär'.

HORATIO.
Es braucht kein Geist vom Grabe herzukommen,
Um das zu sagen.

HAMLET. Richtig; Ihr habt recht.
Und so, ohn' alle weitre Förmlichkeit,
Denk' ich, wir schütteln uns die Händ' und scheiden;
Ihr tut, was euch Beruf und Neigung heißt –
Dann jeder Mensch hat Neigung und Beruf,
Wie sie denn sind –, ich, für mein armes Teil,
Seht ihr, will beten gehn.

HORATIO.
Dies sind nur wirblichte und irre Worte, Herr.

HAMLET.
Es tut mir leid, daß sie Euch ärgern, herzlich;
Ja, mein' Treu', herzlich.
HORATIO. Kein Ärgernis, mein Prinz.
HAMLET.
Doch, bei Sankt Patrick, gibt es eins, Horatio,
Groß Ärgernis. Was die Erscheinung angeht,
Ich sag' euch, 's ist ein ehrliches Gespenst.
Die Neugier, was es zwischen uns doch gibt,
Bemeistert, wie ihr könnt! Und nun, ihr Lieben,
Wofern ihr Freunde seid, Mitschüler, Krieger,
Gewährt ein Kleines mir!
HORATIO. Was ist's? Wir sind bereit.
HAMLET.
Macht nie bekannt, was ihr die Nacht gesehn!
HORATIO, MARCELLUS.
Wir wollen's nicht, mein Prinz.
HAMLET. Gut, aber schwört!
HORATIO. Auf Ehre, Prinz, ich nicht!
MARCELLUS. Ich gleichfalls nicht, auf Ehre!
HAMLET. Auf mein Schwert!
MARCELLUS.
Wir haben schon geschworen, gnäd'ger Herr.
HAMLET.
Im Ernste, auf mein Schwert, im Ernste!
GEIST *unter der Erde.*
Schwört!
HAMLET. Haha, Bursch! sagst du das? Bist du da,
Grundehrlich?
Wohlan – ihr hört im Keller den Gesellen –
Bequemt euch zu schwören!
HORATIO. Sagt den Eid!
HAMLET.
Niemals von dem, was ihr gesehn, zu sprechen,
Schwört auf mein Schwert!
GEIST *unter der Erde.*
Schwört!
HAMLET. Hic et ubique? Wechseln wir die Stelle! –
Hieher, ihr Herren, kommt,
Und legt die Hände wieder auf mein Schwert:
Schwört auf mein Schwert,
Niemals von dem, was ihr gehört, zu sprechen!
GEIST *unter der Erde.*
Schwört auf sein Schwert!
HAMLET. Brav, alter Maulwurf! Wühlst so hurtig fort?
O trefflicher Minierer! – Nochmals weiter, Freunde!
HORATIO.
Beim Sonnenlicht, dies ist erstaunlich fremd.
HAMLET. So heiß' als einen Fremden es willkommen.
Es gibt mehr Ding' im Himmel und auf Erden,
Als Eure Schulweisheit sich träumt, Horatio.
Doch kommt!
Hier, wie vorhin, schwört mir, so Gott euch helfe,
Wie fremd und seltsam ich mich nehmen mag,
Da mir's vielleicht in Zukunft dienlich scheint,
Ein wunderliches Wesen anzulegen:
Ihr wollet nie, wenn ihr alsdann mich seht,
Die Arme so verschlingend, noch die Köpfe
So schüttelnd, noch durch zweifelhafte Reden,
Als: »Nun, nun, wir wissen« – oder: »Wir
könnten, wenn wir wollten« – oder: »Ja, wenn
wir reden möchten«; oder:
»Es gibt ihrer, wenn sie nur dürften« –
Und solch verstohlnes Deuten mehr, verraten,
Daß ihr von mir was wisset: dieses schwört,
So Gott in Nöten und sein Heil euch helfe!
GEIST *unter der Erde.*
Schwört!
HAMLET.
Ruh', ruh', verstörter Geist! – Nun, liebe Herrn,
Empfehl' ich euch mit aller Liebe mich,
Und was ein armer Mann, wie Hamlet ist,
Vermag, euch Lieb' und Freundschaft zu bezeugen,
So Gott will, soll nicht fehlen. Laßt uns gehn,
Und, bitt' ich, stets die Finger auf den Mund!
Die Zeit ist aus den Fugen: Schmach und Gram,
Daß ich zur Welt, sie einzurichten, kam!
Nun kommt, laßt uns zusammen gehn!
Alle ab.

Zweiter Aufzug

Erste Szene

Ein Zimmer im Hause des Polonius.
Polonius und Reinhold treten auf.

POLONIUS.
Gib ihm dies Geld und die Papiere, Reinhold!
REINHOLD. Ja, gnäd'ger Herr.
POLONIUS.
Ihr werdet mächtig klug tun, guter Reinhold,
Euch zu erkund'gen, eh' Ihr ihn besucht,
Wie sein Betragen ist.
REINHOLD. Das dacht' ich auch zu tun.
POLONIUS.
Ei, gut gesagt! recht gut gesagt! Seht Ihr,
Erst fragt mir, was für Dänen in Paris sind,
Und wie, wer, auf was Art, und wo sie leben,
Mit wem, was sie verzehren; wenn Ihr dann
Durch diesen Umschweif Eurer Fragen merkt,
Sie kennen meinen Sohn, so kommt Ihr näher.
Berührt alsdann es mit besondern Fragen,
Tut gleichsam wie von fern bekannt; zum Beispiel:
»Ich kenne seinen Vater, seine Freunde,
Und auch zum Teil ihn selbst.« – Versteht Ihr,
Reinhold?
REINHOLD. Vollkommen, gnäd'ger Herr.
POLONIUS.
»Zum Teil auch ihn; doch«, mögt Ihr sagen, »wenig,
Und wenn's der rechte ist, der ist gar wild,
Treibt dies und das« – dann gebt ihm nach Belieben
Erlogne Dinge schuld; nun, nichts so Arges,
Das Schand' ihm brächte; davor hütet Euch!
Nein, solche wilde, ausgelaßne Streiche,
Als hergebrachtermaßen die Gefährten
Der Jugend und der Freiheit sind.
REINHOLD. Als spielen.
POLONIUS. Ja, oder trinken, raufen, fluchen, zanken,
Huren – so weit könnt Ihr gehn.
REINHOLD.
Das würd' ihm Schande bringen, gnäd'ger Herr.
POLONIUS.
Mein' Treu' nicht, wenn Ihr's nur zu wenden wißt.
Ihr müßt ihn nicht in andern Leumund bringen,
Als übermannt' ihn Unenthaltsamkeit:

Das ist die Meinung nicht; bringt seine Fehler zierlich
Ans Licht, daß sie der Freiheit Flecken scheinen,
Der Ausbruch eines feurigen Gemüts,
Und eine Wildheit ungezähmten Bluts,
Die jeden anficht.

REINHOLD. Aber, bester Herr –

POLONIUS. Weswegen Ihr dies tun sollt?

REINHOLD. Ja, das wünscht' ich
Zu wissen, Herr.

POLONIUS. Ei nun, mein Plan ist der,
Und, wie ich denke, ist's ein Pfiff, der anschlägt:
Werft Ihr auf meinen Sohn so kleine Makeln,
Als wär' er in der Arbeit was beschmutzt
Merkt wohl!
Wenn der Mitunterredner, den Ihr aushorcht,
In vorbenannten Lastern jemals schuldig
Den jungen Mann gesehn, so seid gewiß,
Daß selb'ger folgendergestalt Euch beitritt:
»Lieber Herr«, oder so; oder »Freund«, oder
»mein Wertester«,
Wie nun die Redensart und die Betitlung
Bei Land und Leuten üblich ist.

REINHOLD. Sehr wohl.

POLONIUS. Und hierauf tut er dies: – Er tut – ja was wollte ich doch sagen? Beim Sakrament, ich habe was sagen wollen. Wo brach ich ab?

REINHOLD. Bei »folgendergestalt Euch beitritt«.

POLONIUS.
Bei »folgendergestalt Euch beitritt«. – Ja,
Er tritt Euch also bei: »Ich kenn' ihn wohl, den
Herrn,
Ich sah ihn gestern oder neulich 'mal,
Oder wann es war, mit dem und dem; und wie
Ihr sagt,
Da spielt' er hoch; da traf man ihn im Rausch;
Da rauft' er sich beim Ballspiel«; oder auch:
»Ich sah ihn gehn in solch ein saubres Haus«
(Will sagen: ein Bordell), und mehr dergleichen.
– Seht nur,
Eu'r Lügenköder fängt den Wahrheitskarpfen;
So wissen wir, gewitzigt, helles Volk,
Mit Krümmungen und mit verstecktem Angriff
Durch einen Umweg auf den Weg zu kommen;
Und so könnt Ihr, wie ich Euch Anweisung
Und Rat erteilet, meinen Sohn erforschen.
Ihr habt's gefaßt, nicht wahr?

REINHOLD. Ja, gnäd' ger Herr.

POLONIUS. Nun, Gott mit Euch! Lebt wohl!

REINHOLD. Mein bester Herr –

POLONIUS. Bemerkt mit eignen Augen seinen Wandel!

REINHOLD. Das will ich tun.

POLONIUS. Und daß er die Musik mir fleißig treibt!

REINHOLD. Gut, gnäd'ger Herr.

Ab.

Ophelia kommt.

POLONIUS.
Lebt wohl! – Wie nun, Ophelia, was gibt's?

OPHELIA.
O lieber Herr, ich bin so sehr erschreckt!

POLONIUS. Wodurch, ins Himmels Namen?

OPHELIA.
Als ich in meinem Zimmer näht', auf einmal
Prinz Hamlet – mit ganz aufgerißnem Wams,
Kein Hut auf seinem Kopf, die Strümpfe schmutzig
Und losgebunden auf den Knöcheln hängend;
Bleich wie sein Hemde, schlotternd mit den Knie'n;
Mit einem Blick, von Jammer so erfüllt,
Als wär' er aus der Hölle losgelassen,
Um Greuel kund zu tun, – so tritt er vor mich.

POLONIUS. Verrückt aus Liebe?

OPHELIA. Herr, ich weiß es nicht,
Allein ich fürcht' es wahrlich.

POLONIUS. Und was sagt er?

OPHELIA.
Er griff mich bei der Hand und hielt mich fest,
Dann lehnt' er sich zurück, so lang sein Arm;
Und mit der andern Hand so überm Auge,
Betrachtet' er so prüfend mein Gesicht,
Als wollt' er's zeichnen. Lange stand er so;
Zuletzt ein wenig schüttelnd meine Hand,
Und dreimal hin und her den Kopf so wägend,
Holt' er solch einen bangen tiefen Seufzer,
Als sollt' er seinen ganzen Bau zertrümmern
Und endigen sein Dasein. Dies getan,
Läßt er mich gehn; und über seine Schultern
Den Kopf zurückgedreht, schien er den Weg
Zu finden ohne seine Augen; denn
Er ging zur Tür hinaus ohn' ihre Hülfe,
Und wandte bis zuletzt ihr Licht auf mich.

POLONIUS.
Geht mit mir, kommt: ich will den König suchen.
Dies ist die wahre Schwärmerei der Liebe,
Die, ungestüm von Art, sich selbst zerstört
Und leitet zu verzweifelten Entschlüssen
So oft als irgendeine Leidenschaft,
Die unterm Mond uns quält. Es tut mir leid –
Sagt, gabt Ihr ihm seit kurzem harte Worte?

OPHELIA. Nein, bester Herr, nur, wie Ihr mir befahlt,
Wies ich die Briefe ab und weigert' ihm
Den Zutritt.

POLONIUS. Das hat ihn verrückt gemacht.
Es tut mir leid, daß ich mit besserm Urteil
Ihn nicht beachtet. Ich sorgt', er tändle nur
Und wolle dich verderben: doch verdammt mein
Argwohn!
Uns Alten ist's so eigen, wie es scheint,
Mit unsrer Meinung übers Ziel zu gehn.
Als häufig bei dem jungen Volk der Mangel
An Vorsicht ist. Gehn wir zum König, komm:
Er muß dies wissen: denn es zu verstecken,
Brächt' uns mehr Gram, als Haß, die Lieb' entdecken.
Komm!

Ab.

Zweite Szene

Ein Zimmer im Schlosse.
Der König, die Königin, Rosenkranz, Güldenstern und Gefolge.

KÖNIG. Willkommen, Rosenkranz und Güldenstern!
Wir wünschten nicht nur sehnlich, euch zu sehn.
Auch das Bedürfnis eurer Dienste trieb
Uns zu der eil'gen Sendung an. Ihr hörtet
Von der Verwandlung Hamlets schon: so nenn' ich's,
Weil noch der äußre, noch der innre Mensch

Dem gleichet, was er war. Was es nur ist,
Als seines Vaters Tod, das ihn so weit
Von dem Verständnis seiner selbst gebracht,
Kann ich nicht raten. Ich ersuch' euch beide –
Da ihr von Kindheit auf mit ihm erzogen
Und seiner Laun' und Jugend nahe bliebt –,
Ihr wollet hier an unserm Hof verweilen
Auf ein'ge Zeit, um ihn durch euern Umgang
In Lustbarkeit zu ziehn, und zu erspähn,
So weit der Anlaß auf die Spur euch bringt,
Ob irgend was, uns unbekannt, ihn drückt,
Das, offenbart, zu heilen wir vermöchten.

KÖNIGIN. Ihr lieben Herrn, er hat euch oft genannt:
Ich weiß gewiß, es gibt nicht andre zwei,
An denen er so hängt. Wenn's euch beliebt,
Uns so viel guten Willen zu erweisen,
Daß ihr bei uns hier eine Weile zubringt,
Zu unsrer Hoffnung Vorschub und Gewinn,
So wollen wir euch den Besuch belohnen,
Wie es sich ziemt für eines Königs Dank.

ROSENKRANZ. Es stände Euren Majestäten zu,
Nach herrschaftlichen Rechten über uns,
Mehr zu gebieten nach gestrengem Willen,
Als zu ersuchen.

GÜLDENSTERN. Wir gehorchen beide,
Und bieten uns hier an, nach besten Kräften,
Zu Euren Füßen unsern Dienst zu legen,
Um frei damit zu schalten.

KÖNIG. Dank, Rosenkranz und lieber Güldenstern!

KÖNIGIN. Dank, Güldenstern und lieber Rosenkranz!
Besucht doch unverzüglich meinen Sohn,
Der nur zu sehr verwandelt. Geh' wer mit,
Und bring' die Herren hin, wo Hamlet ist!

GÜLDENSTERN.
Der Himmel mach' ihm unsre Gegenwart
Und unser Tun gefällig und ersprießlich!

KÖNIGIN. So sei es, Amen!

Rosenkranz, Güldenstern und einige aus dem Gefolge ab.

Polonius kommt.

POLONIUS.
Mein König, die Gesandten sind von Norweg
Froh wieder heimgekehrt.

KÖNIG. Du warest stets der Vater guter Zeitung.

POLONIUS.
Nicht wahr? Ja, seid versichert, bester Herr,
Ich halt' auf meine Pflicht wie meine Seele,
Erst meinem Gott, dann meinem gnäd'gen König:
Und jetzo denk' ich (oder dies Gehirn
Jagt auf der Klugheit Fährte nicht so sicher,
Als es wohl pflegte), daß ich ausgefunden,
Was eigentlich an Hamlets Wahnwitz schuld.

KÖNIG.
Oh, davon sprecht: das wünsch' ich sehr zu hören.

POLONIUS.
Vernehmt erst die Gesandten; meine Zeitung
Soll bei dem großen Schmaus der Nachtisch sein.

KÖNIG. Tut ihnen selber Ehr' und führt sie vor!

Polonius ab.

Er sagt mir, liebe Gertrud, daß er jetzt
Den Quell vom Übel Eures Sohns gefunden.

KÖNIGIN. Ich fürcht', es ist nichts anders als das eine,
Des Vaters Tod und unsre hast' ge Heirat.

KÖNIG. Gut, wir erforschen ihn.

Polonius kommt mit Voltimand und Cornelius zurück.

Willkommen, liebe Freunde! Voltimand,
Sagt, was Ihr bringt von unserm Bruder Norweg!

VOLTIMAND.
Erwiderung der schönsten Grüß' und Wünsche.
Auf unser erstes sandt' er aus und hemmte
Die Werbungen des Neffen, die er hielt
Für Zurüstungen gegen den Polacken;
Doch näher untersucht, fand er, sie gingen
Auf Eure Hoheit wirklich. Drob gekränkt,
Daß seine Krankheit, seines Alters Schwäche
So hintergangen sei, legt' er Verhaft
Auf Fortinbras, – worauf sich dieser stellt,
Verweis' empfängt von Norweg, und zuletzt
Vor seinem Oheim schwört, nie mehr die Waffen
Zu führen gegen Eure Majestät.
Der alte Norweg, hoch erfreut hierüber.
Gibt ihm dreitausend Kronen Jahrgehalt
Und seine Vollmacht, gegen den Polacken
Die so geworbnen Truppen zu gebrauchen;
Nebst dem Gesuch, des weitern hier erklärt,
Ihr wollt geruhn, für dieses Unternehmen
Durch Eu' r Gebiet den Durchzug zu gestatten,
Mit solcherlei Gewähr und Einräumung,
Als abgefaßt hier steht.

KÖNIG. Es dünkt uns gut,
Wir wollen bei gelegner Zeit es lesen,
Antworten und bedenken dies Geschäft.
Zugleich habt Dank für wohlgenommne Müh':
Geht auszuruhn, wir schmausen heut zusammen.
Willkommen mir zu Haus!

Voltimand und Cornelius ab.

POLONIUS.
So wäre dies Geschäft nun wohl vollbracht.
Mein Fürst, und gnäd' ge Frau, hier zu erörtern,
Was Majestät ist, was Ergebenheit,
Warum Tag, Tag; Nacht, Nacht; die Zeit, die Zeit:
Das hieße, Nacht und Tag und Zeit verschwenden.
Weil Kürze denn des Witzes Seele ist,
Weitschweifigkeit der Leib und äußre Zierat,
Fass' ich mich kurz. Eu' r edler Sohn ist toll,
Toll nenn' ich's: denn worin besteht die Tollheit,
Als daß man gar nichts anders ist als toll?
Doch das mag sein.

KÖNIGIN. Mehr Inhalt, wen'ger Kunst!

POLONIUS.
Auf Ehr', ich brauche nicht die mind'ste Kunst.
Toll ist er, das ist wahr; wahr ist's, 's ist schade;
Und schade, daß es wahr ist. Doch dies ist
'ne törichte Figur: sie fahre wohl,
Denn ich will ohne Kunst zu Werke gehn.
Toll nehmen wir ihn also; nun ist übrig,
Daß wir den Grund erspähn von dem Effekt,
Nein, richtiger, den Grund von dem Defekt;
Denn dieser Defektiv-Effekt hat Grund.
So steht's nun, und der Sache Stand ist dies.
Erwägt!
Ich hab' ne Tochter; hab' sie, weil sie mein;
Die mir aus schuldigem Gehorsam, seht,
Dies hier gegeben; schließt und ratet nun!
»An die himmlische und den Abgott meiner
Seele, die liebreizende Ophelia.« –
Das ist eine schlechte Redensart, eine gemeine

Redensart; »liebreizend« ist eine gemeine Redensart. Aber hört nur weiter:
»An ihren trefflichen zarten Busen diese Zeilen« usw.

KÖNIGIN. Hat Hamlet dies an sie geschickt?

POLONIUS.
Geduld nur, gnäd'ge Frau, ich meld' Euch alles.
»Zweifle an der Sonne Klarheit,
Zweifle an der Sterne Licht,
Zweifl', ob lügen kann die Wahrheit,
Nur an meiner Liebe nicht.«
»O liebe Ophelia, es gelingt mir schlecht mit dem Silbenmaße; ich besitze die Kunst nicht, meine Seufzer zu messen: aber daß ich dich bestens liebe, o Allerbeste, das glaube mir! Leb wohl!
Der Deinige auf ewig, teuerstes Fräulein, solange diese Maschine ihm zugehört, Hamlet.«
Dies hat mir meine Tochter schuld'germaßen
Gezeigt, und überdies sein dringend Werben,
Wie sich's nach Zeit und Weis' und Ort begab,
Mir vor das Ohr gebracht.

KÖNIG. Allein wie nahm
Sie seine Liebe auf?

POLONIUS. Was denket Ihr von mir?

KÖNIG. Daß Ihr ein Mann von Treu' und Ehre seid.

POLONIUS.
Gern möcht' ich's zeigen. Doch was dächtet Ihr,
Hätt' ich gesehn, wie diese heiße Liebe
Sich anspann (und ich merkt' es, müßt Ihr wissen,
Eh' meine Tochter mir's gesagt), – was dächtet
Ihr, oder meine teure Majestät,
Eu'r königlich Gemahl, hätt' ich dabei
Brieftasche oder Schreibepult gespielt,
Hätt' ich mein Herz geängstigt still und stumm,
Und müßig dieser Liebe zugeschaut?
Was dächtet Ihr? Nein, ich ging rund heraus,
Und red'te so zu meinem jungen Fräulein:
»Prinz Hamlet ist ein Fürst; zu hoch für dich;
Dies darf nicht sein«; und dann schrieb ich ihr vor,
Daß sie vor seinem Umgang sich verschlösse,
Nicht Boten zuließ', Pfänder nicht empfinge.
Drauf machte sie sich meinen Rat zu Nutz,
Und er, verstoßen (um es kurz zu machen),
Fiel in 'ne Traurigkeit; dann in ein Fasten;
Drauf in ein Wachen; dann in eine Schwäche;
Dann in Zerstreuung, und durch solche Stufen
In die Verrücktheit, die ihn jetzt verwirrt
Und sämtlich uns betrübt.

KÖNIG. Denkt Ihr, dies sei's?

KÖNIGIN. Es kann wohl sein, sehr möglich.

POLONIUS.
Habt Ihr's schon je erlebt, das möcht' ich wissen,
Daß ich mit Zuversicht gesagt: »So ist's«,
Wenn es sich anders fand?

KÖNIG. Nicht, daß ich weiß.

POLONIUS *indem er auf seinen Kopf und Schulter zeigt.*
Trennt dies von dem, wenn's anders sich verhält:
Wenn eine Spur mich leitet, will ich finden,
Wo Wahrheit steckt, und steckte sie auch recht
Im Mittelpunkt.

KÖNIG. Wie läßt sich's näher prüfen?

POLONIUS. Ihr wißt, er geht wohl Stunden auf und ab
Hier in der Galerie.

KÖNIGIN. Das tut er wirklich.

POLONIUS. Da will ich meine Tochter zu ihm lassen.
Steht Ihr mit mir dann hinter einem Teppich,
Bemerkt den Hergang: wenn er sie nicht liebt,
Und dadurch nicht um die Vernunft gekommen,
So laßt mich nicht mehr Staatsbeamten sein:
Laßt mich den Acker baun und Pferde halten!

KÖNIG. Wir wollen sehn.

Hamlet kommt lesend.

KÖNIGIN. Seht, wie der Arme traurig kommt und liest!

POLONIUS.
Fort, ich ersuch' euch, beide fort von hier!
Ich mache gleich mich an ihn. O erlaubt!

König. Königin und Gefolge ab.

Wie geht es meinem besten Prinzen Hamlet?

HAMLET. Gut, dem Himmel sei Dank.

POLONIUS. Kennt Ihr mich, gnäd'ger Herr?

HAMLET. Vollkommen. Ihr seid ein Fischhändler.

POLONIUS. Das nicht, mein Prinz.

HAMLET. So wollt' ich, daß Ihr ein so ehrlicher Mann wärt.

POLONIUS. Ehrlich, mein Prinz?

HAMLET. Ja, Herr, ehrlich sein heißt, wie es in dieser Welt hergeht, ein Auserwählter unter Zehntausenden sein.

POLONIUS. Sehr wahr, mein Prinz.

HAMLET. Denn wenn die Sonne Maden in einem toten Hunde ausbrütet: eine Gottheit, die Aas küßt – habt Ihr eine Tochter?

POLONIUS. Ja, mein Prinz.

HAMLET. Laßt sie nicht in der Sonne gehn: Gaben sind ein Segen: aber da Eure Tochter empfangen könnte – seht Euch vor, Freund!

POLONIUS. Wie meint Ihr das? *Beiseit.* Immer auf meine Tochter angespielt: Und doch kannte er mich zuerst nicht; er sagte, ich wäre ein Fischhändler. Es ist weit mit ihm gekommen, sehr weit! und wahrlich, in meiner Jugend brachte mich die Liebe auch in große Drangsale, fast so schlimm wie ihn. Ich will ihn wieder anreden. – Was leset Ihr, mein Prinz?

HAMLET. Worte, Worte, Worte.

POLONIUS. Aber wovon handelt es?

HAMLET. Wer handelt?

POLONIUS. Ich meine, was in dem Buche steht, mein Prinz.

HAMLET. Verleumdungen, Herr: denn der satirische Schuft da sagt, daß alte Männer graue Bärte haben; daß ihre Gesichter runzlicht sind; daß ihnen zäher Ambra und Harz aus den Augen trieft; daß sie einen überflüssigen Mangel an Witz und daneben sehr kraftlose Lenden haben. Ob ich nun gleich von allem diesem inniglich und festiglich überzeugt bin, so halte ich es doch nicht für billig, es so zu Papier zu bringen; denn Ihr selbst, Herr, würdet so alt werden wie ich, wenn Ihr wie ein Krebs rückwärts gehen könntet.

POLONIUS *beiseit.*
Ist dies schon Tollheit, hat es doch Methode. –
Wollt Ihr nicht aus der Luft gehn, Prinz?

HAMLET. In mein Grab?

POLONIUS. Ja, das wäre wirklich aus der Luft. *Beiseit.* Wie treffend manchmal seine Antworten sind! Dies ist ein Glück, daß die Tollheit oft hat, womit es der Vernunft und dem gesunden Sinne nicht so gut gelingen könnte. Ich will ihn verlassen und sogleich darauf denken, eine Zusammenkunft zwischen ihm und meiner Tochter zu veranstalten. – Mein gnädigster Herr, ich will ehrerbietigst meinen Abschied von Euch nehmen.

HAMLET. Ihr könnt nichts von mir nehmen, Herr, das ich lieber fahren ließe – bis auf mein Leben, bis auf mein Leben.

POLONIUS. Lebt wohl, mein Prinz!

HAMLET. Die langweiligen alten Narren!

Rosenkranz und Güldenstern kommen.

POLONIUS.
Ihr sucht den Prinzen Hamlet auf; dort ist er.

ROSENKRANZ. Gott grüß' Euch, Herr.

Polonius ab.

GÜLDENSTERN. Verehrter Prinz –

ROSENKRANZ. Mein teurer Prinz –

HAMLET. Meine trefflichen guten Freunde! Was machst du, Güldenstern? Ah, Rosenkranz! Gute Bursche, wie geht's euch?

ROSENKRANZ.
Wie mittelmäß'gen Söhnen dieser Erde.

GÜLDENSTERN.
Glücklich, weil wir nicht überglücklich sind;
Wir sind der Knopf nicht auf Fortunas Mütze.

HAMLET. Noch die Sohlen ihrer Schuhe?

ROSENKRANZ. Auch das nicht, gnäd'ger Herr.

HAMLET. Ihr wohnt also in der Gegend ihres Gürtels, oder im Mittelpunkte ihrer Gunst?

GÜLDENSTERN.
Ja wirklich, wir sind mit ihr vertraut.

HAMLET. Im Schoße des Glücks? Oh, sehr wahr! sie ist eine Metze. Was gibt es Neues?

ROSENKRANZ. Nichts, mein Prinz, außer daß die Welt ehrlich geworden ist.

HAMLET. So steht der Jüngste Tag bevor; aber Eure Neuigkeit ist nicht wahr. Laßt mich euch näher befragen: worin habt ihr, meine guten Freunde, es bei Fortunen versehen, daß sie euch hieher ins Gefängnis schickt?

GÜLDENSTERN. Ins Gefängnis, mein Prinz?

HAMLET. Dänemark ist ein Gefängnis.

ROSENKRANZ. So ist die Welt auch eins.

HAMLET. Ein stattliches, worin es viele Verschläge, Löcher und Kerker gibt. Dänemark ist einer der schlimmsten.

ROSENKRANZ.
Wir denken nicht so davon, mein Prinz.

HAMLET. Nun, so ist es keiner für euch; denn an sich ist nichts weder gut noch böse, das Denken macht es erst dazu. Für mich ist es ein Gefängnis.

ROSENKRANZ. Nun, so macht es Euer Ehrgeiz dazu; es ist zu eng für Euren Geist.

HAMLET. O Gott, ich könnte in eine Nußschale eingesperrt sein und mich für einen König von unermeßlichem Gebiete halten, wenn nur meine bösen Träume nicht wären.

GÜLDENSTERN. Diese Träume sind in der Tat Ehrgeiz; denn das eigentliche Wesen des Ehrgeizes ist nur der Schatten eines Traumes.

HAMLET. Ein Traum ist selbst nur ein Schatten.

ROSENKRANZ. Freilich, und mir scheint der Ehrgeiz von so luftiger und loser Beschaffenheit, daß er nur der Schatten eines Schattens ist.

HAMLET. So sind also unsre Bettler Körper, und unsre Monarchen und gespreizten Helden der Bettler Schatten. Sollen wir an den Hof? Denn, mein' Seel', ich weiß nicht zu räsonieren.

BEIDE. Wir sind beide zu Euren Diensten.

HAMLET. Nichts dergleichen, ich will euch nicht zu meinen übrigen Dienern rechnen; denn, um wie ein ehrlicher Mann mit euch zu reden: mein Gefolge ist abscheulich. Aber um auf der ebnen Heerstraße der Freundschaft zu bleiben, was macht ihr in Helsingör?

ROSENKRANZ. Wir wollten Euch besuchen, nichts anders.

HAMLET. Ich Bettler, der ich bin, sogar an Dank bin ich arm. Aber ich danke euch, und gewiß, liebe Freunde, mein Dank ist um einen Heller zu teuer. Hat man nicht nach euch geschickt? Ist es eure eigne Neigung? Ein freiwilliger Besuch? Kommt, kommt, geht ehrlich mit mir um! Wohlan? Nun, sagt doch!

GÜLDENSTERN.
Was sollen wir sagen, gnädiger Herr?

HAMLET. Was ihr wollt – außer das Rechte. Man hat nach euch geschickt, und es liegt eine Art von Geständnis in euren Blicken, welche zu verstellen eure Bescheidenheit nicht schlau genug ist. Ich weiß, der gute König und die Königin haben nach euch geschickt.

ROSENKRANZ. Zu was Ende, mein Prinz?

HAMLET. Das muß ich von euch erfahren. Aber ich beschwöre euch bei den Rechten unsrer Schulfreundschaft, bei der Eintracht unsrer Jugend, bei der Verbindlichkeit unsrer stets bewahrten Liebe, und bei allem noch Teurerem, was euch ein besserer Redner ans Herz legen könnte: geht grade heraus gegen mich, ob man nach euch geschickt hat oder nicht.

ROSENKRANZ *zu Güldenstern.* Was sagt Ihr?

HAMLET. So, nun habe ich euch schon weg. Wenn ihr mich liebt, tretet nicht zurück!

GÜLDENSTERN.
Gnädiger Herr, man hat nach uns geschickt.

HAMLET. Ich will euch sagen, warum; so wird mein Erraten eurer Entdeckung zuvorkommen, und eure Verschwiegenheit gegen den König und die Königin braucht keinen Zollbreit zu wanken. Ich habe seit kurzem – ich weiß nicht wodurch – alle meine Munterkeit eingebüßt, meine gewohnten Übungen aufgegeben; und es steht in der Tat so übel um meine Gemütslage, daß die Erde, dieser treffliche Bau, mir nur ein kahles Vorgebirge scheint; seht ihr, dieser herrliche Baldachin, die Luft, dies wackre umwölbende Firmament, dies majestätische Dach mit goldnem Feuer ausgelegt: kommt es mir doch nicht anders vor, als ein fauler verpesteter Haufe von Dünsten. Welch ein Meisterwerk ist der Mensch! wie edel durch

Vernunft! wie unbegrenzt an Fähigkeiten! in Gestalt und Bewegung wie bedeutend und wunderwürdig! im Handeln wie ähnlich einem Engel! im Begreifen wie ähnlich einem Gott! die Zierde der Welt! das Vorbild der Lebendigen! Und doch, was ist mir diese Quintessenz von Staube? Ich habe keine Lust am Manne- und am Weibe auch nicht, wiewohl ihr das durch euer Lächeln zu sagen scheint.

ROSENKRANZ. Mein Prinz, ich hatte nichts dergleichen im Sinne.

HAMLET. Weswegen lachtet ihr denn, als ich sagte: ich habe keine Lust am Manne?

ROSENKRANZ. Ich dachte, wenn dem so ist, welche Fastenbewirtung die Schauspieler bei Euch finden werden. Wir holten sie unterweges ein; sie kommen her, um Euch ihre Künste anzubieten.

HAMLET. Der den König spielt, soll willkommen sein, seine Majestät soll Tribut von mir empfangen; der kühne Ritter soll seine Klinge und seine Tartsche brauchen; der Liebhaber soll nicht unentgeltlich seufzen; der Launige soll seine Rolle in Frieden endigen; der Narr soll den zu lachen machen, der ein kitzliges Zwerchfell hat; und das Fräulein soll ihre Gesinnung frei heraussagen, oder die Verse sollen dafür hinken. – Was für eine Gesellschaft ist es?

ROSENKRANZ. Dieselbe, an der Ihr so viel Vergnügen zu finden pflegtet, die Schauspieler aus der Stadt.

HAMLET. Wie kommt es, daß sie umherstreifen? Ein fester Aufenthalt war vorteilhafter sowohl für ihren Ruf als ihre Einnahme.

ROSENKRANZ. Ich glaube, diese Unterbrechung rührt von der kürzlich aufgekommenen Neuerung her.

HAMLET. Genießen sie noch dieselbe Achtung wie damals, da ich in der Stadt war? Besucht man sie eben so sehr?

ROSENKRANZ. Nein, freilich nicht.

HAMLET. Wie kommt das? werden sie rostig?

ROSENKRANZ. Nein, ihre Bemühungen halten den gewohnten Schritt; aber es hat sich da eine Brut von Kindern angefunden, kleine Nestlinge, die immer über das Gespräch hinausschreien, und höchst grausamlich dafür beklatscht werden. Diese sind jetzt Mode, und beschnattern die gemeinen Theater (so nennen sie's) dergestalt, daß viele, die Degen tragen, sich vor Gänsekielen fürchten und kaum wagen hinzugehn.

HAMLET. Wie, sind es Kinder? Wer unterhält sie? Wie werden sie besoldet? Wollen sie nicht länger bei der Kunst bleiben, als sie den Diskant singen können? Werden sie nicht nachher sagen, wenn sie zu gemeinen Schauspielern heranwachsen (wie sehr zu vermuten ist, wenn sie sich auf nichts Bessers stützen), daß ihre Komödienschreiber unrecht tun, sie gegen ihre eigne Zukunft deklamieren zu lassen?

ROSENKRANZ. Wahrhaftig, es hat an beiden Seiten viel zu tun gegeben, und das Volk macht sich kein Gewissen daraus, sie zum Streit aufzuhetzen. Eine Zeitlang war kein Geld mit einem Stück zu gewinnen, wenn Dichter und Schauspieler sich nicht darin mit ihren Gegnern herumzausten.

HAMLET. Ist es möglich?

GÜLDENSTERN. Oh, sie haben sich gewaltig die Köpfe zerschlagen.

HAMLET. Tragen die Kinder den Sieg davon?

ROSENKRANZ. Allerdings, gnädiger Herr, den Herkules und seine Last obendrein.

HAMLET. Es ist nicht sehr zu verwundern; denn mein Oheim ist König von Dänemark, und eben die, welche ihm Gesichter zogen, solange mein Vater lebte, geben zwanzig, vierzig, funfzig bis hundert Dukaten für sein Porträt in Miniatur. Wetter, es liegt hierin etwas Übernatürliches, wenn die Philosophie es nur ausfindig machen könnte.

Trompetenstoß hinter der Szene.

GÜLDENSTERN. Da sind die Schauspieler.

HAMLET. Liebe Herren, ihr seid willkommen zu Helsingör. Gebt mir eure Hände. Wohlan! Manieren und Komplimente sind das Zubehör der Bewillkommnung. Laßt mich euch auf diese Weise begrüßen, damit nicht mein Benehmen gegen die Schauspieler (das, sag' ich euch, sich äußerlich gut ausnehmen muß) einem Empfang ähnlicher sähe, als der eurige. Ihr seid willkommen, aber mein Oheim-Vater und meine Tante-Mutter irren sich.

GÜLDENSTERN. Worin, mein teurer Prinz?

HAMLET. Ich bin nur toll bei Nordnordwest: wenn der Wind südlich ist, kann ich einen Kirchturm von einem Leuchtenpfahl unterscheiden.

Polonius kommt.

POLONIUS. Es gehe euch wohl, meine Herren!

HAMLET. Hört, Güldenstern! – und Ihr auch – an jedem Ohr ein Hörer: der große Säugling, den ihr da seht, ist noch nicht aus den Kinderwindeln.

ROSENKRANZ. Vielleicht ist er zum zweitenmal hineingekommen, denn man sagt, alte Leute werden wieder Kinder.

HAMLET. Ich prophezeie, daß er kommt, um mir von den Schauspielern zu sagen. Gebt acht! – Ganz richtig, Herr, am Montag Morgen, da war es eben.

POLONIUS. Gnädiger Herr, ich habe Euch Neuigkeiten zu melden.

HAMLET. Gnädiger Herr, ich habe Euch Neuigkeiten zu melden. – Als Roscius ein Schauspieler zu Rom war –

POLONIUS. Die Schauspieler sind hergekommen, gnädiger Herr.

HAMLET. Lirum, larum.

POLONIUS. Auf meine Ehre –

HAMLET. »Auf seinem Es'lein jeder kam« –

POLONIUS. Die besten Schauspieler in der Welt, sei es für Tragödie, Komödie, Historie, Pastorale, Pastoral-Komödie, Historiko-Pastorale, Tragiko-Historie, Tragiko-Komiko-Historiko-Pastorale, für unteilbare Handlung oder fortgehendes Gedicht. Seneca kann für sie nicht zu traurig, noch Plautus zu lustig sein. Für das Aufgeschriebne und für den Stegreif haben sie ihresgleichen nicht.

HAMLET. »O Jephtha, Richter Israels« – Welchen Schatz hattest du?

POLONIUS. Welchen Schatz hatte er, gnädiger Herr?

HAMLET. Nun:
»Hätt' ein schön Töchterlein, nicht mehr,
Die liebt' er aus der Maßen sehr.«

POLONIUS *beiseit.* Immer meine Tochter!

HAMLET. Habe ich nicht recht, alter Jephtha?

POLONIUS. Wenn Ihr mich Jephtha nennt, gnädiger Herr, so habe ich eine Tochter, die ich aus der Maßen sehr liebe.

HAMLET. Nein, das folgt nicht.

POLONIUS. Was folgt dann, gnädiger Herr?

HAMLET. Ei,
»Wie das Los fiel,
Nach Gottes Will«,
Und dann wißt Ihr:
»Hierauf geschah's,
Wie zu vermuten was« –
Aber Ihr könnt das im ersten Abschnitt des Weihnachtsliedes weiter nachsehn; denn seht, da kommen die Abkürzer meines Gesprächs.

Vier oder fünf Schauspieler kommen.

Seid willkommen, ihr Herren! willkommen alle! – Ich freue mich, dich wohl zu sehn. – Willkommen, meine guten Freunde! – Ach, alter Freund, wie ist dein Gesicht betroddelt, seit ich dich zuletzt sah! Du wirst doch hoffentlich nicht in den Bart murmeln? – Ei, meine schöne junge Dame! Bei unsrer Frauen, Fräulein, Ihr seid dem Himmel um die Höhe eines Absatzes näher gerückt, seit ich Euch zuletzt sah. Gebe Gott, daß Eure Stimme nicht wie ein abgenutztes Goldstück den hellen Klang verloren haben mag! – Willkommen alle, ihr Herrn! Wir wollen frisch daran, wie französische Falkeniere auf alles losfliegen, was uns vorkommt. Gleich etwas vorgestellt! Laßt uns eine Probe eurer Kunst sehen. Wohlan! eine pathetische Rede!

ERSTER SCHAUSPIELER. Welche Rede, mein wertester Prinz?

HAMLET. Ich hörte dich einmal eine Rede vortragen – aber sie ist niemals aufgeführt, oder wenn es geschah, nicht mehr als einmal; denn ich erinnre mich, das Stück gefiel dem goßen Haufen nicht, es war Kaviar für das Volk. Aber es war, wie ich es nahm, und andre, deren Urteil in solchen Dingen den Rang über dem meinigen behauptete, ein vortreffliches Stück: in seinen Szenen wohlgeordnet und mit ebenso viel Bescheidenheit als Verstand abgefaßt. Ich erinnre mich, daß jemand sagte, es sei kein Salz und Pfeffer in den Zeilen, um den Sinn zu würzen, und kein Sinn in dem Ausdrucke, der an dem Verfasser Ziererei verraten könnte, sondern er nannte es eine schlichte Manier, so gesund als angenehm, und ungleich mehr schön als geschmückt. Eine Rede darin liebte ich vorzüglich: es war des Äneas Erzählung an Dido; besonders da herum, wo er von der Ermordung Priams spricht. Wenn Ihr sie im Gedächtnisse habt, so fangt bei dieser Zeile an: – Laßt sehn, laßt sehn – »Der rauhe Pyrrhus, gleich Hyrkaniens Leu'n« – nein, ich irre mich; aber es fängt mit »Pyrrhus« an.
»Der rauhe Pyrrhus, er, des düstre Waffen,
Schwarz wie sein Vorsatz, glichen jener Nacht,
Wo er sich barg im unglückschwangern Roß,
Hat jetzt die furchtbare Gestalt beschmiert
Mit grauserer Heraldik: rote Farbe
Ist er von Haupt zu Fuß; scheußlich geschmückt
Mit Blut der Väter, Mütter, Töchter, Söhne,
Gedörrt und klebend durch der Straßen Glut,
Die grausames, verfluchtes Licht verleihn
Zu ihres Herrn Mord. Heiß von Zorn und Feuer,
Bestrichen mit verdicktem Blut, mit Augen,
Karfunkeln gleichend, sucht der höllische Pyrrhus
Altvater Priamus« –
Fahrt nun so fort!

POLONIUS.
Bei Gott, mein Prinz, wohl vorgetragen: mit gutem Ton und gutem Anstande.

ERSTER SCHAUSPIELER.
»Er find't alsbald ihn,
Wie er den Feind verfehlt: sein altes Schwert
Gehorcht nicht seinem Arm; liegt, wo es fällt,
Unachtsam des Befehls. Ungleich gepaart
Stürzt Pyrrhus auf den Priam, holt weit aus:
Doch bloß vom Sausen seines grimmen Schwertes
Fällt der entnervte Vater. Ilium
Schien, leblos, dennoch diesen Streich zu fühlen;
Es bückt sein Flammengipfel sich hinab,
Bis auf den Grund, und nimmt mit furchtbar'm Krachen
Gefangen Pyrrhus' Ohr: denn seht, sein Schwert,
Das schon sich senkt auf des ehrwürd'gen Priam
Milchweißes Haupt, schien in der Luft gehemmt.
So stand er, ein gemalter Wüt'rich, da,
Und, wie parteilos zwischen Kraft und Willen,
Tat nichts.
Doch wie wir oftmals sehn, vor einem Sturm,
Ein Schweigen in den Himmeln, still die Wolken,
Die Winde sprachlos, und der Erdball drunten
Dumpf wie der Tod – mit eins zerreißt die Luft
Der grause Donner: so, nach Pyrrhus' Säumnis,
Treibt ihn erweckte Rach' aufs neu' zum Werk;
Und niemals trafen der Zyklopen Hammer
Die Rüstung Mars', gestählt für ew'ge Dauer,
Fühlloser als des Pyrrhus blut'ges Schwert
Jetzt fällt auf Priamus. –
Pfui, Metze du, Fortuna! All ihr Götter
Im großen Rat, nehmt ihre Macht hinweg;
Brecht alle Speichen, Felgen ihres Rades,
Die runde Nabe rollt vom Himmelsberg
Hinunter bis zur Hölle!«

POLONIUS. Das ist zu lang.

HAMLET. Er soll mit Eurem Barte zum Balbier. – Ich bitte dich, weiter! Er mag gern eine Posse oder eine Zotengeschichte, sonst schläft er. Sprich weiter, komm auf Hekuba!

ERSTER SCHAUSPIELER.
»Doch wer, o Jammer!
Die schlotterichte Königin gesehn –«

HAMLET. Die schlotterichte Königin?

POLONIUS.
Das ist gut; »schlotterichte Königin« ist gut.

ERSTER SCHAUSPIELER.
»Wie barfuß sie umherlief und den Flammen

Mit Tränengüssen drohte; einen Lappen
Auf diesem Haupte, wo das Diadem
Vor kurzem stand; und an Gewandes Statt
Um die von Weh'n erschöpften magern Weichen
Ein Laken, in des Schreckens Hast ergriffen:
Wer das gesehn, mit gift'gem Schelten hätte
Der an Fortunen Hochverrat verübt.
Doch wenn die Götter selbst sie da gesehn,
Als sie den Pyrrhus argen Hohn sah treiben,
Zerfetzend mit dem Schwert des Gatten Leib:
Der erste Ausbruch ihres Schreies hätte
(Ist ihnen Sterbliches nicht gänzlich fremd)
Des Himmels glüh'nde Augen taun gemacht
Und Götter Mitleid fühlen.«

POLONIUS. Seht doch, hat er nicht die Farbe verändert, und Tränen in den Augen! – Bitte, halt' inne!

HAMLET. Es ist gut, du sollst mir das Übrige nächstens hersagen. – Lieber Herr, wollt Ihr für die Bewirtung der Schauspieler sorgen? Hört Ihr, laßt sie gut behandeln, denn sie sind der Spiegel und die abgekürzte Chronik des Zeitalters. Es wäre Euch besser, nach dem Tode eine schlechte Grabschrift zu haben, als üble Nachrede von ihnen, solange Ihr lebt.

POLONIUS. Gnädiger Herr, ich will sie nach ihrem Verdienst behandeln!

HAMLET. Potz Wetter, Mann, viel besser! Behandelt jeden Menschen nach seinem Verdienst, und wer ist vor Schlägen sicher? Behandelt sie nach Eurer eignen Ehre und Würdigkeit: je weniger sie verdienen, desto mehr Verdienst hat Eure Güte. Nehmt sie mit!

POLONIUS. Kommt, ihr Herren!

HAMLET. Folgt ihm, meine Freunde: morgen soll ein Stück aufgeführt werden. – Höre, alter Freund, könnt ihr die Ermordung Gonzagos spielen?

ERSTER SCHAUSPIELER. Ja, gnädiger Herr.

HAMLET. Gebt uns das morgen abend! Ihr könntet im Notfall eine Rede von ein Dutzend Zeilen auswendig lernen, die ich abfassen und einrücken möchte? Nicht wahr?

ERSTER SCHAUSPIELER. Ja, gnädiger Herr.

HAMLET. Sehr wohl. – Folgt dem Herrn, und daß ihr euch nicht über ihn lustig macht!

Polonius und die Schauspieler ab.

Meine guten Freunde, ich beurlaube mich von euch bis abends: ihr seid willkommen zu Helsingör!

ROSENKRANZ UND GÜLDENSTERN. Sehr wohl, gnädiger Herr.

Rosenkranz und Güldenstern ab.

HAMLET. Nun, Gott geleit' euch. – Jetzt bin ich allein,
Oh, welch ein Schurk' und niedrer Sklav' bin ich!
Ist's nicht erstaunlich, daß der Spieler hier
Bei einer bloßen Dichtung, einem Traum
Der Leidenschaft, vermochte seine Seele
Nach eignen Vorstellungen so zu zwingen,
Daß sein Gesicht von ihrer Regung blaßte,
Sein Auge naß, Bestürzung in den Mienen,
Gebrochne Stimm', und seine ganze Haltung
Gefügt nach seinem Sinn? Und alles das um nichts!
Um Hekuba!
Was ist ihm Hekuba, was ist er ihr,
Daß er um sie soll weinen? Hätte er
Das Merkwort und den Ruf zur Leidenschaft
Wie ich: was würd' er tun? Die Bühn' in Tränen
Ertränken, und das allgemeine Ohr
Mit grauser Red' erschüttern; bis zum Wahnwitz
Den Schuld'gen treiben, und den Freien schrecken,
Unwissende verwirren, ja betäuben
Die Fassungskraft des Auges und des Ohrs.
Und ich,
Ein blöder, schwachgemuter Schurke, schleiche
Wie Hans der Träumer, meiner Sache fremd,
Und kann nichts sagen, nicht für einen König,
An dessen Eigentum und teurem Leben
Verdammter Raub geschah. Bin ich 'ne Memme?
Wer nennt mich Schelm? Bricht mir den Kopf entzwei?
Rauft mir den Bart und wirft ihn mir ins Antlitz?
Zwickt an der Nase mich? und straft mich Lügen
Tief in den Hals hinein? Wer tut mir dies?
Ha! nähm' ich's eben doch. – Es ist nicht anders:
Ich hege Taubenmut, mir fehlt's an Galle,
Die bitter macht den Druck, sonst hätt' ich längst
Des Himmels Gei'r gemästet mit dem Aas
Des Sklaven. Blut'ger, kupplerischer Bube!
Fühlloser, falscher, geiler, schnöder Bube! –
Ha, welch ein Esel bin ich! Trefflich brav,
Daß ich, der Sohn von einem teuren Vater,
Der mir ermordet ward, von Höll' und Himmel
Zur Rache angespornt, mit Worten nur,
Wie eine Hure, muß mein Herz entladen,
Und mich aufs Fluchen legen, wie ein Weibsbild,
Wie eine Küchenmagd!
Pfui drüber! Frisch ans Werk, mein Kopf! Hum, hum!
Ich hab' gehört, daß schuldige Geschöpfe,
Bei einem Schauspiel sitzend, durch die Kunst
Der Bühne so getroffen worden sind
Im innersten Gemüt, daß sie sogleich
Zu ihren Missetaten sich bekannt:
Denn Mord, hat er schon keine Zunge, spricht
Mit wundervollen Stimmen. Sie sollen was
Wie die Ermordung meines Vaters spielen
Vor meinem Oheim: ich will seine Blicke
Beachten, will ihn bis ins Leben prüfen:
Stutzt er, so weiß ich meinen Weg. Der Geist,
Den ich gesehen, kann ein Teufel sein;
Der Teufel hat Gewalt, sich zu verkleiden
In lockende Gestalt; ja und vielleicht,
Bei meiner Schwachheit und Melancholie,
(Da er sehr mächtig ist bei solchen Geistern),
Täuscht er mich zum Verderben: ich will Grund,
Der sichrer ist. Das Schauspiel sei die Schlinge,
In die den König sein Gewissen bringe!

Ab.

Dritter Aufzug

Erste Szene

Ein Zimmer in dem Schlosse.
Der König, die Königin, Polonius, Ophelia, Rosenkranz und Güldenstern,

KÖNIG. Und lockt ihm keine Wendung des Gesprächs
Heraus, warum er die Verwirrung anlegt,

Die seiner Tage Ruh' so wild zerreißt
Mit stürmischer, gefährlicher Verrücktheit?

ROSENKRANZ. Er gibt es zu, er fühle sich verstört;
Allein wodurch, will er durchaus nicht sagen.

GÜLDENSTERN.
Noch bot er sich der Prüfung willig dar,
Hielt sich vielmehr mit schlauem Wahnwitz fern,
Wenn wir ihn zum Geständnis bringen wollten
Von seinem wahren Zustand.

KÖNIGIN. Und wie empfing er euch?

ROSENKRANZ. Ganz wie ein Weltmann.

GÜLDENSTERN.
Doch tat er seiner Fassung viel Gewalt.

ROSENKRANZ.
Mit Fragen karg, allein auf unsre Fragen
Freigebig mit der Antwort.

KÖNIGIN. Ludet ihr
Zu irgendeinem Zeitvertreib ihn ein?

ROSENKRANZ.
Es traf sich grade, gnäd'ge Frau, daß wir
Schauspieler unterwegs eingeholt.
Wir sagten ihm von diesen, und es schien,
Er hörte das mit einer Art von Freude.
Sie halten hier am Hof herum sich auf
Und haben, wie ich glaube, schon Befehl,
Zu Nacht, vor ihm zu spielen.

POLONIUS. Ja, so ist's,
Und mich ersucht' er, Eure Majestäten
Zum Hören und zum Sehn des Dings zu laden.

KÖNIG.
Von ganzem Herzen, und es freut mich sehr,
Daß er sich dahin neigt.
Ihr lieben Herrn, schärft seine Lust noch ferner,
Und treibt ihn zu Ergötzlichkeiten an!

ROSENKRANZ. Wir wollen's, gnäd'ger Herr.

Rosenkranz und Güldenstern ab.

KÖNIG. Verlaß uns, liebe Gertrud, ebenfalls!
Wir haben Hamlet heimlich herbestellt,
Damit er hier Ophelien wie durch Zufall
Begegnen mag. Ihr Vater und ich selbst,
Wir wollen so uns stellen, daß wir sehend,
Doch ungesehn, von der Zusammenkunft
Gewiß urteilen und erraten können,
Ob's seiner Liebe Kummer ist, ob nicht,
Was so ihn quält.

KÖNIGIN. Ich werde Euch gehorchen.
Was Euch betrifft, Ophelia, wünsch' ich nur,
Daß Eure Schönheit der beglückte Grund
Von Hamlets Wildheit sei: dann darf ich hoffen,
Daß Eure Tugenden zurück ihn bringen
Auf den gewohnten Weg, zu beider Ehre.

OPHELIA. Ich wünsch' es, gnäd'ge Frau.

Königin ab.

POLONIUS.
Geht hier umher, Ophelia! – Gnädigster,
Laßt Platz uns nehmen! –

Zu Ophelia.

Lest in diesem Buch,
Daß solcher Übung Schein die Einsamkeit
Bemäntle. – Wir sind oft hierin zu tadeln –
Gar viel erlebt man's –, mit der Andacht Mienen
Und frommem Wesen überzuckern wir
Den Teufel selbst.

KÖNIG *beiseit.*
O allzuwahr! wie trifft
Dies Wort mit scharfer Geißel mein Gewissen!
Der Metze Wange, schön durch falsche Kunst,
Ist häßlicher bei dem nicht, was ihr hilft,
Als meine Tat bei meinem glattsten Wort.
O schwere Last!

POLONIUS.
Ich hör' ihn kommen: ziehn wir uns zurück!

König und Polonius ab.
Hamlet tritt auf.

HAMLET.
Sein oder Nichtsein, das ist hier die Frage:
Ob's edler im Gemüt, die Pfeil' und Schleudern
Des wütenden Geschicks erdulden, oder,
Sich waffnend gegen eine See von Plagen,
Durch Widerstand sie enden. Sterben – schlafen –
Nichts weiter! – und zu wissen, daß ein Schlaf
Das Herzweh und die tausend Stöße endet,
Die unsers Fleisches Erbteil – 's ist ein Ziel,
Aufs innigste zu wünschen. Sterben – schlafen –
Schlafen! Vielleicht auch träumen! – Ja, da liegt's:
Was in dem Schlaf für Träume kommen mögen,
Wenn wir den Drang des Ird'schen abgeschüttelt,
Das zwingt uns still zu stehn. Das ist die Rücksicht,
Die Elend läßt zu hohen Jahren kommen.
Denn wer ertrüg' der Zeiten Spott und Geißel,
Des Mächt'gen Druck, des Stolzen Mißhandlungen,
Verschmähter Liebe Pein, des Rechtes Aufschub,
Den Übermut der Ämter, und die Schmach,
Die Unwert schweigendem Verdienst erweist,
Wenn er sich selbst in Ruh'stand setzen könnte
Mit einer Nadel bloß! Wer trüge Lasten,
Und stöhnt' und schwitzte unter Lebensmüh'?
Nur daß die Furcht vor etwas nach dem Tod –
Das unentdeckte Land, von des Bezirk
Kein Wandrer wiederkehrt – den Willen irrt,
Daß wir die Übel, die wir haben, lieber
Ertragen, als zu unbekannten fliehn.
So macht Gewissen Feige aus uns allen;
Der angebornen Farbe der Entschließung
Wird des Gedankens Blässe angekränkelt;
Und Unternehmungen voll Mark und Nachdruck,
Durch diese Rücksicht aus der Bahn gelenkt,
Verlieren so der Handlung Namen. – Still!
Die reizende Ophelia. – Nymphe, schließ'
In dein Gebet all meine Sünden ein!

OPHELIA.
Mein Prinz, wie geht es Euch seit so viel Tagen?

HAMLET. Ich dank' Euch untertänig: wohl.

OPHELIA.
Mein Prinz, ich hab' von Euch noch Angedenken,
Die ich schon längst begehrt zurückzugeben.
Ich bitt' Euch, nehmt sie jetzo!

HAMLET. Nein, ich nicht;
Ich gab Euch niemals was.

OPHELIA.
Mein teurer Prinz, Ihr wißt gar wohl, Ihr tatet's,
Und Worte süßen Hauchs dabei, die reicher
Die Dinge machten. Da ihr Duft dahin,
Nehmt dies zurück: dem edleren Gemüte
Verarmt die Gabe mit des Gebers Güte.
Hier, gnäd'ger Herr.

HAMLET. Haha! Seid Ihr tugendhaft?
OPHELIA. Gnädiger Herr?
HAMLET. Seid Ihr schön?
OPHELIA. Was meint Eure Hoheit?
HAMLET. Daß, wenn Ihr tugendhaft und schön seid, Eure Tugend keinen Verkehr mit Eurer Schönheit pflegen muß.
OPHELIA. Könnte Schönheit wohl bessern Umgang haben als mit der Tugend?
HAMLET. Ja freilich: denn die Macht der Schönheit wird eher die Tugend in eine Kupplerin verwandeln, als die Kraft der Tugend die Schönheit sich ähnlich machen kann. Dies war ehedem paradox, aber nun bestätigt es die Zeit. Ich liebte, Euch einst.
OPHELIA. In der Tat, mein Prinz, Ihr machtet mich's glauben.
HAMLET. Ihr hättet mir nicht glauben sollen: denn Tugend kann sich unserm alten Stamm nicht so einimpfen, daß wir nicht einen Geschmack von ihm behalten sollten. Ich liebte Euch nicht.
OPHELIA. Um so mehr wurde ich betrogen.
HAMLET. Geh in ein Kloster! Warum wolltest du Sünder zur Welt bringen? Ich bin selbst leidlich tugendhaft; dennoch könnt' ich mich solcher Dinge anklagen, daß es besser wäre, meine Mutter hätte mich nicht geboren. Ich bin sehr stolz, rachsüchtig, ehrgeizig; mir stehn mehr Vergehungen zu Dienst, als ich Gedanken habe sie zu hegen, Einbildungskraft ihnen Gestalt zu geben, oder Zeit sie auszuführen. Wozu sollen solche Gesellen wie ich zwischen Himmel und Erde herumkriechen? Wir sind ausgemachte Schurken, alle: trau' keinem von uns! Geh deines Wegs zum Kloster! Wo ist Euer Vater?
OPHELIA. Zu Hause, gnädiger Herr.
HAMLET. Laßt die Tür hinter ihm abschließen, damit er den Narren nirgends anders spielt als in seinem eignen Hause! Leb wohl!
OPHELIA. O hilf ihm, güt'ger Himmel!
HAMLET. Wenn du heiratest, so gebe ich dir diesen Fluch zur Aussteuer: sei so keusch wie Eis, so rein wie Schnee, du wirst der Verleumdung nicht entgehn. Geh in ein Kloster! Leb wohl! Oder willst du durchaus heiraten, nimm einen Narren; denn gescheite Männer wissen allzugut, was ihr für Ungeheuer aus ihnen macht. In ein Kloster! geh! und das schleunig! Leb wohl!
OPHELIA. Himmlische Mächte, stellt ihn wieder her!
HAMLET. Ich weiß auch von euren Malereien Bescheid, recht gut. Gott hat euch ein Gesicht gegeben, und ihr macht euch ein andres; ihr schlendert, ihr trippelt und ihr lispelt, und gebt Gottes Kreaturen verhunzte Namen, und stellt euch aus Leichtfertigkeit unwissend. Geht mir! nichts weiter davon! es hat mich toll gemacht. Ich sage, wir wollen nichts mehr von Heiraten wissen: wer schon verheiratet ist, alle außer einem, soll das Leben behalten; die übrigen sollen bleiben, wie sie sind. In ein Kloster! geh! *Hamlet ab.*
OPHELIA. Oh, welch ein edler Geist ist hier zerstört!
Des Hofmanns Auge, des Gelehrten Zunge,
Des Kriegers Arm, des Staates Blum' und Hoffnung,
Der Sitte Spiegel und der Bildung Muster,
Das Merkziel der Betrachter: ganz, ganz hin!
Und ich, der Frau'n elendeste und ärmste,
Die seiner Schwüre Honig sog, ich sehe
Die edle, hochgebietende Vernunft
Mißtönend wie verstimmte Glocken jetzt;
Dies hohe Bild, die Züge blüh'nder Jugend,
Durch Schwärmerei zerrüttet: weh mir, wehe!
Daß ich sah, was ich sah, und sehe, was ich sehe!
Der König und Polonius treten wieder vor.

KÖNIG.
Aus Liebe? Nein, sein Hang geht dahin nicht,
Und was er sprach, obwohl ein wenig wüst,
War nicht wie Wahnsinn. Ihm ist was im Gemüt,
Worüber seine Schwermut brütend sitzt;
Und, wie ich sorge, wird die Ausgeburt
Gefährlich sein. Um dem zuvorzukommen,
Hab' ich's mit schleuniger Entschließung so
Mir abgefaßt: Er soll in Eil' nach England,
Den Rückstand des Tributes einzufodern.
Vielleicht vertreibt die See, die neuen Länder,
Samt wandelbaren Gegenständen ihm
Dies Etwas, das in seinem Herzen steckt,
Worauf sein Kopf beständig hinarbeitend
Ihn so sich selbst entzieht. Was dünket Euch?

POLONIUS.
Es wird ihm wohl tun; aber dennoch glaub' ich,
Der Ursprung und Beginn von seinem Gram
Sei unerhörte Liebe. – Nun, Ophelia?
Ihr braucht uns nicht zu melden, was der Prinz
Gesagt: wir hörten alles. – Gnäd'ger Herr,
Tut nach Gefallen; aber dünkt's Euch gut,
So laßt doch seine königliche Mutter
Ihn nach dem Schauspiel ganz allein ersuchen,
Sein Leid ihr kund zu tun; sie gehe rund
Mit ihm heraus: ich will, wenn's Euch beliebt,
Mich ins Gehör der Unterredung stellen.
Wenn sie es nicht herausbringt, schickt ihn dann
Nach England, oder schließt ihn irgendwo
Nach Eurer Weisheit ein!

KÖNIG. Es soll geschehn:
Wahnsinn bei Großen darf nicht ohne Wache gehn.
Alle ab.

Zweite Szene

Ein Saal im Schlosse.
Hamlet und einige Schauspieler treten auf.

HAMLET. Seid so gut und haltet die Rede, wie ich sie Euch vorsagte, leicht von der Zunge weg; aber wenn Ihr den Mund so voll nehmt, wie viele unsrer Schauspieler, so möchte ich meine Verse eben so gern von dem Ausrufer hören. Sägt auch nicht zu viel mit den Händen durch die Luft, so – sondern behandelt alles gelinde! Denn mitten in dem Strom, Sturm und, wie ich sagen mag, Wirbelwind Eurer Leidenschaft müßt Ihr Euch eine Mäßigung zu eigen machen, die ihr Geschmeidigkeit gibt. Oh, es ärgert mich in der Seele, wenn solch ein handfester haarbuschiger Geselle eine Leidenschaft in Fetzen, in rechte

Lumpen zerreißt, um den Gründlingen im Parterre in die Ohren zu donnern, die meistens von nichts wissen, als verworrnen stummen Pantomimen und Lärm. Ich möchte solch einen Kerl für sein Bramarbasieren prügeln lassen; es übertyrannt den Tyrannen. Ich bitte Euch, vermeidet das!

ERSTER SCHAUSPIELER. Eure Hoheit kann sich darauf verlassen.

HAMLET. Seid auch nicht allzuzahm, sondern laßt Euer eignes Urteil Euren Meister sein: paßt die Gebärde dem Wort, das Wort der Gebärde an; wobei Ihr sonderlich darauf achten müßt, niemals die Bescheidenheit der Natur zu überschreiten. Denn alles, was so übertrieben wird, ist dem Vorhaben des Schauspieles entgegen, dessen Zweck sowohl anfangs als jetzt war und ist, der Natur gleichsam den Spiegel vorzuhalten: der Tugend ihre eignen Züge, der Schmach ihr eignes Bild, und dem Jahrhundert und Körper der Zeit den Abdruck seiner Gestalt zu zeigen. Wird dies nun übertrieben oder zu schwach vorgestellt, so kann es zwar den Unwissenden zum Lachen bringen, aber den Einsichtsvollen muß es verdrießen; und der Tadel von einem solchen muß in Eurer Schätzung ein ganzes Schauspielhaus voll von andern überwiegen. Oh, es gibt Schauspieler, die ich habe spielen sehn und von andern preisen hören, und das höchlich, die, gelinde zu sprechen, weder den Ton noch den Gang von Christen, Heiden oder Menschen hatten, und so stolzierten und blökten, daß ich glaubte, irgendein Handlanger der Natur hätte Menschen gemacht, und sie wären ihm nicht geraten; so abscheulich ahmten sie die Menschheit nach.

ERSTER SCHAUSPIELER. Ich hoffe, wir haben das bei uns so ziemlich abgestellt.

HAMLET. Oh, stellt es ganz und gar ab! Und die bei euch den Narren spielen, laßt sie nicht mehr sagen, als in ihrer Rolle steht: denn es gibt ihrer, die selbst lachen, um einen Haufen alberne Zuschauer zum Lachen zu bringen, wenn auch zu derselben Zeit irgendein notwendiger Punkt des Stückes zu erwägen ist. Das ist schändlich, und beweist einen jämmerlichen Ehrgeiz an dem Narren, der es tut. Geht, macht Euch fertig!

Schauspieler ab. Polonius, Rosenkranz und Güldenstern kommen.

Nun, Herr, will der König dies Stück Arbeit anhören?

POLONIUS. Ja, die Königin auch, und das sogleich.

HAMLET. Heißt die Schauspieler sich eilen!

Polonius ab.

Wollt ihr beide sie treiben helfen?

ROSENKRANZ UND GÜLDENSTERN.
Ja, gnädiger Herr.

Beide ab.

HAMLET. He! Horatio!

Horatio kommt.

HORATIO. Hier, lieber Prinz, zu Eurem Dienst.

HAMLET. Du bist grad' ein so wackrer Mann, Horatio,
Als je mein Umgang einem mich verbrüdert.

HORATIO. Mein bester Prinz –

HAMLET. Nein, glaub' nicht, daß ich schmeichle:
Was für Beförd'rung hofft' ich wohl von dir,
Der keine Rent' als seinen muntern Geist
Um sich zu nähren und zu kleiden hat?
Weswegen doch dem Armen schmeicheln? Nein,
Die Honigzunge lecke dumme Pracht,
Es beuge sich des Knies gelenke Angel,
Wo Kriecherei Gewinn bringt. Hör' mich an:
Seit meine teure Seele Herrin war
Von ihrer Wahl, und Menschen unterschied,
Hat sie dich auserkoren. Denn du warst,
Als littst du nichts, indem du alles littest;
Ein Mann, der Stöß' und Gaben vom Geschick
Mit gleichem Dank genommen: und gesegnet,
Wes Blut und Urteil sich so gut vermischt,
Daß er zur Pfeife nicht Fortunen dient,
Den Ton zu spielen, den ihr Finger greift.
Gebt mir den Mann, den seine Leidenschaft
Nicht macht zum Sklaven, und ich will ihn hegen
Im Herzensgrund, ja in des Herzens Herzen,
Wie ich dich hege. – Schon zu viel hievon.
Es gibt zu Nacht ein Schauspiel vor dem König;
Ein Auftritt kommt darin dem Umstand nah,
Den ich von meines Vaters Tod dir sagte.
Ich bitt' dich, wenn du das im Gange siehst,
So achte mit der ganzen Kraft der Seele
Auf meinen Oheim: wenn die verborgne Schuld
Bei einer Rede nicht zum Vorschein kommt,
So ist's ein höll'scher Geist, den wir gesehn,
Und meine Einbildungen sind so schwarz
Wie Schmiedezeug Vulkans. Bemerk' ihn recht,
Ich will an sein Gesicht mein Auge klammern,
Und wir vereinen unser Urteil dann
Zur Prüfung seines Aussehns.

HORATIO. Gut, mein Prinz;
Wenn er was stiehlt, indes das Stück gespielt wird,
Und schlüpfet durch, so zahl' ich für den Diebstahl.

HAMLET.
Man kommt zum Schauspiel; ich muß müßig sein.
Wählt einen Platz!

Ein dänischer Marsch. Trompetenstoß.
Der König, die Königin, Polonius, Ophelia, Rosenkranz, Güldenstern und andre.

KÖNIG. Wie lebt unser Vetter Hamlet?

HAMLET. Vortrefflich, mein' Treu': von dem Chamäleons-Gericht. Ich esse Luft, ich werde mit Versprechungen gestopft: man kann Kapaunen nicht besser mästen.

KÖNIG. Ich habe nichts mit dieser Antwort zu schaffen, Hamlet; dies sind meine Worte nicht.

HAMLET. Meine auch nicht mehr. *Zu Polonius.* Ihr spieltet einmal auf der Universität, Herr? Sagtet Ihr nicht so?

POLONIUS. Das tat ich, gnädiger Herr, und wurde für einen guten Schauspieler gehalten.

HAMLET. Und was stelltet Ihr vor?

POLONIUS. Ich stellte den Julius Cäsar vor: ich wurde auf dem Kapitol umgebracht; Brutus brachte mich um.

HAMLET. Es war brutal von ihm, ein so kapitales Kalb umzubringen. – Sind die Schauspieler fertig?

ROSENKRANZ.
Ja, gnädiger Herr, sie erwarten Euren Befehl.

KÖNIGIN. Komm hieher, lieber Hamlet, setz' dich zu mir!

HAMLET. Nein, gute Mutter, hier ist ein stärkerer Magnet.

POLONIUS *zum Könige.* O ho, hört Ihr das wohl?

HAMLET. Fräulein, soll ich in Eurem Schoße liegen?

Setzt sich zu Opheliens Füßen.

OPHELIA. Nein, mein Prinz.

HAMLET.
Ich meine, den Kopf auf Euren Schoß gelehnt.

OPHELIA. Ja, mein Prinz.

HAMLET.
Denkt Ihr, ich hätte erbauliche Dinge im Sinne?

OPHELIA. Ich denke nichts.

HAMLET. Ein schöner Gedanke, zwischen den Beinen eines Mädchens zu liegen.

OPHELIA. Was ist, mein Prinz?

HAMLET. Nichts.

OPHELIA. Ihr seid aufgeräumt.

HAMLET. Wer? ich?

OPHELIA. Ja, mein Prinz.

HAMLET. Oh, ich reiße Possen wie kein andrer. Was kann ein Mensch Beßres tun als lustig sein? Denn seht nur, wie fröhlich meine Mutter aussieht, und doch starb mein Vater vor noch nicht zwei Stunden.

OPHELIA. Nein, vor zweimal zwei Monaten, mein Prinz!

HAMLET. So lange schon? Ei, so mag der Teufel schwarz gehn: ich will einen Zobelpelz tragen. O Himmel! Vor zwei Monaten gestorben und noch nicht vergessen! So ist Hoffnung da, daß das Andenken eines großen Mannes sein Leben ein halbes Jahr überleben kann. Aber, bei unsrer lieben Frauen! Kirchen muß er stiften, sonst denkt man nicht an ihn: es geht ihm wie dem Steckenpferde, dessen Grabschrift ist:
»Denn oh! denn oh!
Vergessen ist das Steckenpferd.«

Trompeten, hierauf die Pantomime.

Ein König und eine Königin treten auf, sehr zärtlich; die Königin umarmt ihn, und er sie. Sie kniet und macht gegen ihn die Gebärden der Beteurung. Er hebt sie auf, und lehnt den Kopf an ihre Brust; er legt sich auf ein Blumenbette nieder, sie verläßt ihn, da sie ihn eingeschlafen sieht. Gleich darauf kommt ein Kerl herein, nimmt ihm die Krone ab, küßt sie, gießt Gift in die Ohren des Königs und geht ab. Die Königin kommt zurück, findet den König tot, und macht leidenschaftliche Gebärden. Der Vergifter kommt mit zwei oder drei Stummen zurück, und scheint mit ihr zu wehklagen. Die Leiche wird weggebracht. Der Vergifter wirbt mit Geschenken um die Königin; sie scheint anfangs unwillig und abgeneigt, nimmt aber zuletzt seine Liebe an.

Sie gehen ab.

OPHELIA. Was bedeutet dies, mein Prinz?

HAMLET. Ei, es ist spitzbübische Munkelei; es bedeutet Unheil.

OPHELIA. Vielleicht, daß diese Vorstellung den Inhalt des Stücks anzeigt.

Der Prolog tritt auf.

HAMLET. Wir werden es von diesem Gesellen erfahren: Die Schauspieler können nichts geheim halten, sie werden alles ausplaudern.

OPHELIA. Wird er uns sagen, was diese Vorstellung bedeutet?

HAMLET. Ja, oder irgendeine Vorstellung, die Ihr ihm vorstellen wollt. Schämt Euch nur nicht, ihm vorzustellen, so wird er sich nicht schämen, Euch zu sagen, was es bedeutet.

OPHELIA. Ihr seid schlimm, Ihr seid schlimm; ich will das Stück anhören.

PROLOG.
Für uns und unsre Vorstellung
Mit untertän'ger Huldigung
Ersuchen wir Genehmigung.

HAMLET. Ist dies ein Prolog, oder ein Denkspruch auf einem Ringe?

OPHELIA. Es ist kurz, mein Prinz.

HAMLET. Wie Frauenliebe.

Ein König und eine Königin treten auf.

KÖNIG *im Schauspiel.*
Schon dreißigmal hat den Apoll sein Wagen
Um Nereus' Flut und Tellus' Rund getragen,
Und zwölfmal dreißig Mond' in fremdem Glanz
Vollbrachten um den Erdball ihren Tanz,
Seit unsre Herzen Liebe treu durchdrungen
Und Hymens Bande Hand in Hand geschlungen.

KÖNIGIN *im Schauspiel.*
Mag Sonn' und Mond so manche Reise doch,
Eh' Liebe stirbt, uns zählen lassen noch!
Doch leider seid Ihr jetzt so matt von Herzen,
So fern von vor'ger Munterkeit und Scherzen,
Daß Ihr mich ängstet: aber zag' ich gleich,
Doch, mein Gemahl, nicht ängsten darf es Euch:
Denn Weiberfurcht hält Maß mit ihrem Lieben;
In beiden gar nichts, oder übertrieben.
Wie meine Lieb' ist, hab' ich Euch gezeigt:
Ihr seht, daß meine Furcht der Liebe gleicht.
Das Kleinste schon muß große Lieb' erschrecken
Und ihre Größ' in kleiner Sorg' entdecken.

KÖNIG *im Schauspiel.*
Ja, Lieb', ich muß dich lassen, und das bald:
Mich drückt des Alters schwächende Gewalt.
Du wirst in dieser schönen Welt noch leben,
Geehrt, geliebt; vielleicht wird, gleich ergeben,
Ein zweiter Gatte –

KÖNIGIN *im Schauspiel.*
O halt' ein! halt' ein!
Verrat nur könnte solche Liebe sein.
Beim zweiten Gatten würd' ich selbst mir fluchen;
Die einen totschlug, mag den zweiten suchen.

HAMLET. Das ist Wermut.

KÖNIGIN *im Schauspiel.*
Das, was die Bande zweiter Ehe flicht,
Ist schnöde Sucht nach Vorteil, Liebe nicht.
Es tötet noch einmal den toten Gatten,
Dem zweiten die Umarmung zu gestatten.

KÖNIG *im Schauspiel.*
Ich glaub', Ihr denket jetzt, was Ihr gesprochen,
Doch ein Entschluß wird oft von uns gebrochen.
Der Vorsatz ist ja der Erinn'rung Knecht,
Stark von Geburt, doch bald durch Zeit geschwächt:
Wie herbe Früchte fest am Baume hangen,
Doch leicht sich lösen, wenn sie Reif' erlangen.
Notwendig ist's, daß jeder leicht vergißt
Zu zahlen, was er selbst sich schuldig ist.
Wo Leidenschaft den Vorsatz hingewendet,
Entgeht das Ziel uns, wann sie selber endet.

Der Ungestüm sowohl von Freud' als Leid
Zerstört mit sich die eigne Wirksamkeit.
Laut klagt das Leid, wo laut die Freude schwärmet,
Leid freut sich leicht, wenn Freude leicht sich härmet.
Die Welt vergeht: es ist nicht wunderbar,
Daß mit dem Glück selbst Liebe wandelbar.
Denn eine Frag' ist's, die zu lösen bliebe,
Ob Lieb' das Glück führt, oder Glück die Liebe.
Der Große stürzt: seht seinen Günstling fliehn!
Der Arme steigt, und Feinde lieben ihn.
So weit scheint Liebe nach dem Glück zu wählen:
Wer ihn nicht braucht, dem wird ein Freund nicht fehlen,
Und wer in Not versucht den falschen Freund,
Verwandelt ihn sogleich in einen Feind.
Doch, um zu enden, wo ich ausgegangen,
Will' und Geschick sind stets in Streit befangen.
Was wir ersinnen, ist des Zufalls Spiel,
Nur der Gedank' ist unser, nicht das Ziel.
So denk', dich soll kein zweiter Gatt' erwerben,
Doch mag dies Denken mit dem ersten sterben.

KÖNIGIN *im Schauspiel.*
Versag mir Nahrung, Erde! Himmel, Licht!
Gönnt, Tag und Nacht, mir Lust und Ruhe nicht!
Verzweiflung werd' aus meinem Trost und Hoffen,
Nur Klausnerbuß' im Kerker steh' mir offen!
Mag alles, was der Freude Antlitz trübt,
Zerstören, was mein Wunsch am meisten liebt,
Und hier und dort verfolge mich Beschwerde,
Wenn, einmal Witwe, jemals Weib ich werde!

HAMLET *zu Ophelia.*
Wenn sie es nun brechen sollte –

KÖNIG *im Schauspiel.*
's ist fest geschworen. Laß mich, Liebe, nun!
Ich werde müd', und möcht' ein wenig ruhn,
Die Zeit zu täuschen.

KÖNIGIN *im Schauspiel.*
Wiege dich der Schlummer,
Und nimmer komme zwischen uns ein Kummer!

Ab.

HAMLET. Gnädige Frau, wie gefällt Euch das Stück?

KÖNIGIN. Die Dame, wie mich dünkt, gelobt zu viel.

HAMLET. Oh, aber sie wird ihr Wort halten!

KÖNIG. Habt Ihr den Inhalt gehört? Wird es kein Ärgernis geben?

HAMLET. Nein, nein; sie spaßen nur, vergiften im Spaß, kein Ärgernis in der Welt.

KÖNIG. Wie nennt Ihr das Stück?

HAMLET. Die Mausefalle. Und wie das? Metaphorisch. Das Stück ist die Vorstellung eines in Vienna geschehnen Mordes. Gonzago ist der Name des Herzogs, seine Gemahlin Baptista; Ihr werdet gleich sehen, es ist ein spitzbübischer Handel. Aber was tut's? Eure Majestät und uns, die wir ein freies Gewissen haben, trifft es nicht. Der Aussätzige mag sich jucken, unsre Haut ist gesund.

Lucianus tritt auf.

Dies ist ein gewisser Lucianus, ein Neffe des Königs.

OPHELIA. Ihr übernehmt das Amt eines Chorus, gnädiger Herr.

HAMLET. Oh, ich wollte zwischen Euch und Eurem Liebsten Dolmetscher sein, wenn ich die Marionetten nur tanzen sähe.

OPHELIA. Ihr seid spitz, gnädiger Herr, Ihr seid spitz.

HAMLET. Ihr würdet zu stöhnen haben, ehe Ihr meine Spitze abstumpftet.

OPHELIA. Immer noch besser und schlimmer.

HAMLET.
So wählt Ihr Eure Männer! – Fang' an, Mörder!
Laß deine vermaledeiten Gesichter, und fang' an! Wohlauf:
»Es brüllt um Rache das Gekrächz' des Raben –«

LUCIANUS.
Gedanken schwarz, Gift wirksam, Hände fertig,
Gelegne Zeit, kein Wesen gegenwärtig.
Du schnöder Trank aus mitternächt'gem Kraut,
Dreimal vom Fluche Hekates betaut!
Daß sich dein Zauber, deine grause Schärfe
Sogleich auf dies gesunde Leben werfe!

Gießt das Gift in das Ohr des Schlafenden.

HAMLET. Er vergiftet ihn im Garten um sein Reich. Sein Name ist Gonzago: die Geschichte ist vorhanden, und in auserlesenem Italienisch geschrieben. Ihr werdet gleich sehn, wie der Mörder die Liebe von Gonzagos Gemahlin gewinnt.

OPHELIA. Der König steht auf.

HAMLET. Wie? durch falschen Feuerlärm geschreckt?

KÖNIGIN. Wie geht es meinem Gemahl?

POLONIUS. Macht dem Schauspiel ein Ende!

KÖNIG. Leuchtet mir! Fort!

POLONIUS. Licht! Licht! Licht!

Alle ab, außer Hamlet und Horatio.

HAMLET.
Ei, der Gesunde hüpft und lacht,
Dem Wunden ist's vergällt;
Der eine schläft, der andre wacht,
Das ist der Lauf der Welt.

Sollte nicht dies und ein Wald von Federbüschen (wenn meine sonstige Anwartschaft in die Pilze geht) nebst ein paar gepufften Rosen auf meinen gekerbten Schuhen mir zu einem Platz in einer Schauspielergesellschaft verhelfen?

HORATIO. O ja, einen halben Anteil an der Einnahme.

HAMLET. Nein, einen ganzen.
Denn dir, mein Damon, ist bekannt,
Dem Reiche ging zu Grund
Ein Jupiter: nun herrschet hier
Ein rechter, rechter – Affe.

HORATIO. Ihr hättet reimen können.

HAMLET. O lieber Horatio, ich wette Tausende auf das Wort des Geistes. Merktest du?

HORATIO. Sehr gut, mein Prinz.

HAMLET. Bei der Rede vom Vergiften?

HORATIO. Ich habe ihn genau betrachtet.

HAMLET.
Ha ha! – Kommt, Musik! kommt, die Flöten! –
Denn wenn der König von dem Stück nichts hält,
Ei nun! vielleicht – daß es ihm nicht gefällt.

Rosenkranz und Güldenstern kommen.

Kommt, Musik!

GÜLDENSTERN. Bester gnädiger Herr, vergönnt

mir ein Wort mit Euch!

HAMLET. Eine ganze Geschichte, Herr.

GÜLDENSTERN. Der König –

HAMLET. Nun, was gibt's mit ihm?

GÜLDENSTERN. Er hat sich auf sein Zimmer begeben und ist sehr übel.

HAMLET. Vom Trinken, Herr?

GÜLDENSTERN. Nein, von Galle.

HAMLET. Ihr solltet doch mehr gesunden Verstand beweisen und dies dem Arzte melden; denn wenn ich ihm eine Reinigung zumutete, das würde ihm vielleicht noch mehr Galle machen.

GÜLDENSTERN. Bester Herr, bringt einige Ordnung in Eure Reden, und springt nicht so wild von meinem Auftrage ab!

HAMLET. Ich bin zahm, Herr: sprecht!

GÜLDENSTERN. Die Königin, Eure Mutter, hat mich in der tiefsten Bekümmernis ihres Herzens zu Euch geschickt.

HAMLET. Ihr seid willkommen.

GÜLDENSTERN. Nein, bester Herr, diese Höflichkeit ist nicht von der rechten Art. Beliebt es Euch, mir eine gesunde Antwort zu geben, so will ich den Befehl Eurer Mutter ausrichten; wo nicht, so verzeiht, ich gehe wieder, und damit ist mein Geschäft zu Ende.

HAMLET. Herr, ich kann nicht.

GÜLDENSTERN. Was, gnädiger Herr?

HAMLET. Euch eine gesunde Antwort geben. Mein Verstand ist krank. Aber, Herr, solche Antwort, als ich geben kann, ist zu Eurem Befehl; oder vielmehr, wie Ihr sagt, zu meiner Mutter Befehl; drum nichts weiter, sondern zur Sache: Meine Mutter, sagt Ihr –

ROSENKRANZ. Sie sagt also folgendes: Euer Betragen hat sie in Staunen und Verwunderung gesetzt.

HAMLET. O wundervoller Sohn, über den seine Mutter so erstaunen kann! Kommt kein Nachsatz, der dieser mütterlichen Verwunderung auf dem Fuße folgt? Laßt hören!

ROSENKRANZ. Sie wünscht mit Euch in ihrem Zimmer zu reden, ehe Ihr zu Bett geht.

HAMLET. Wir wollen gehorchen, und wäre sie zehnmal unsre Mutter. Habt Ihr noch sonst was mit mir zu schaffen?

ROSENKRANZ.
Gnädiger Herr, Ihr liebtet mich einst –

HAMLET. Das tu'ich noch, bei diesen beiden Diebeszangen hier!

ROSENKRANZ. Bester Herr, was ist die Ursache Eures Übels! Gewiß, Ihr tretet Eurer eignen Freiheit in den Weg, wenn Ihr Eurem Freunde Euren Kummer verheimlicht.

HAMLET. Herr, es fehlt mir an Beförderung.

ROSENKRANZ. Wie kann das sein, da Ihr die Stimme des Königs selbst zur Nachfolge im Dänischen Reiche habt?

HAMLET. Ja, Herr, aber »derweil das Gras wächst« – das Sprichwort ist ein wenig rostig.

Schauspieler kommen mit Flöten.

Oh, die Flöten! Laßt mich eine sehn! – Um Euch insbesondre zu sprechen *Nimmt Güldenstern beiseit.* Weswegen geht Ihr um mich herum, um meine Witterung zu bekommen, als wolltet Ihr mich in ein Netz treiben?

GÜLDENSTERN. O gnädiger Herr, wenn meine Ergebenheit allzukühn ist, so ist meine Liebe ungesittet.

HAMLET. Das versteh' ich nicht recht. Wollt Ihr auf dieser Flöte spielen?

GÜLDENSTERN. Gnädiger Herr, ich kann nicht.

HAMLET. Ich bitte Euch.

GÜLDENSTERN. Glaubt mir, ich kann nicht.

HAMLET. Ich ersuche Euch darum.

GÜLDENSTERN. Ich weiß keinen einzigen Griff, gnädiger Herr.

HAMLET. Es ist so leicht wie lügen. Regiert diese Windlöcher mit Euren Fingern und der Klappe, gebt der Flöte mit Eurem Munde Odem, und sie wird die beredteste Musik sprechen. Seht Ihr, dies sind die Griffe.

GÜLDENSTERN. Aber die habe ich eben nicht in meiner Gewalt, um irgendeine Harmonie hervorzubringen; ich besitze die Kunst nicht.

HAMLET. Nun, seht Ihr, welch ein nichtswürdiges Ding Ihr aus mir macht? Ihr wollt auf mir spielen; (Ihr wollt tun, als kenntet Ihr meine Griffe;) Ihr wollt in das Herz meines Geheimnisses dringen; Ihr wollt mich von meiner tiefsten Note bis zum Gipfel meiner Stimme hinauf prüfen: und in dem kleinen Instrument hier ist viel Musik, eine vortreffliche Stimme, dennoch könnt Ihr es nicht zum Sprechen bringen. Wetter! denkt Ihr, daß ich leichter zu spielen bin als eine Flöte? Nennt mich was für ein Instrument Ihr wollt, Ihr könnt mich zwar verstimmen, aber nicht auf mir spielen.

Polonius kommt.

Gott grüß' Euch, Herr!

POLONIUS. Gnädiger Herr, die Königin wünscht Euch zu sprechen, und das sogleich.

HAMLET. Seht Ihr die Wolke dort, beinah' in Gestalt eines Kamels?

POLONIUS. Beim Himmel, sie sieht auch wirklich aus wie ein Kamel.

HAMLET. Mich dünkt, sie sieht aus wie ein Wiesel.

POLONIUS. Sie hat einen Rücken wie ein Wiesel.

HAMLET. Oder wie ein Walfisch?

POLONIUS. Ganz wie ein Walfisch.

HAMLET. Nun, so will ich zu meiner Mutter kommen, im Augenblick. – Sie närren mich, daß mir die Geduld beinah' reißt. Ich komme im Augenblick.

POLONIUS. Das will ich ihr sagen. *Ab.*

HAMLET. »Im Augenblick« ist leicht gesagt. Laßt mich, Freunde!

Rosenkranz, Güldenstern, Horatio und die andern ab.

Nun ist die wahre Spükezeit der Nacht,
Wo Grüfte gähnen, und die Hölle selbst
Pest haucht in diese Welt. Nun tränk' ich wohl
heiß Blut,
Und täte Dinge, die der bittre Tag
Mit Schaudern säh'. Still! jetzt zu meiner Mutter!
O Herz, vergiß nicht die Natur! Nie dränge
Sich Neros Seel' in diesen festen Busen!
Grausam, nicht unnatürlich laß mich sein;

Nur reden will ich Dolche, keine brauchen.
Hierin seid Heuchler, Zung', und du, Gemüt:
Wie hart mit ihr auch meine Rede schmäle,
Nie will'ge drein, sie zu versiegeln, Seele!

Ab.

Dritte Szene

Ein Zimmer im Schlosse.
Der König, Rosenkranz und Güldenstern treten auf.

KÖNIG.
Ich mag ihn nicht, auch steht's um uns nicht sicher,
Wenn freisein Wahnsinn schwärmt. Drum macht euch fertig:
Ich stelle schleunig eure Vollmacht aus,
Und er soll dann mit euch nach England hin.
Die Pflichten unsrer Würde dulden nicht
Gefahr so nah, als stündlich uns erwächst
Aus seinen Grillen.

GÜLDENSTERN. Wir wollen uns bereiten.
Es ist gewissenhafte, heil'ge Furcht,
Die vielen vielen Seelen zu erhalten,
Die Eure Majestät belebt und nährt.

ROSENKRANZ.
Schon das besondre, einzle Leben muß
Mit aller Kraft und Rüstung des Gemüts
Vor Schaden sich bewahren; doch viel mehr
Der Geist, an dessen Heil das Leben vieler
Beruht und hängt. Der Majestät Verscheiden
Stirbt nicht allein; es zieht gleich einem Strudel
Das Nahe mit. Sie ist ein mächtig Rad,
Befestigt auf des höchsten Berges Gipfel,
An dessen Riesenspeichen tausend Dinge
Gekittet und gefugt sind: wenn es fällt,
So teilt die kleinste Zutat und Umgebung
Den ungeheuren Sturz. Kein König seufzte je
Allein und ohn' ein allgemeines Weh.

KÖNIG. Ich bitte, rüstet euch zur schnellen Reise:
Wir müssen diese Furcht in Fesseln legen,
Die auf zu freien Füßen jetzo geht.

ROSENKRANZ UND GÜLDENSTERN.
Wir wollen eilen.

Beide ab.
Polonius kommt.

POLONIUS.
Mein Fürst, er geht in seiner Mutter Zimmer.
Ich will mich hinter die Tapete stellen,
Den Hergang anzuhören; seid gewiß,
Sie schilt ihn tüchtig aus, und wie Ihr sagtet, –
Und weislich war's gesagt, – es schickt sich wohl,
Daß noch ein andrer Zeug' als eine Mutter,
Die von Natur parteiisch, ihr Gespräch
Im stillen anhört. Lebet wohl, mein Fürst:
Eh' Ihr zu Bett geht, sprech' ich vor bei Euch
Und meld' Euch, was ich weiß.

KÖNIG. Dank, lieber Herr!

Polonius ab.

Oh, meine Tat ist faul, sie stinkt zum Himmel,
Sie trägt den ersten, ältesten der Flüche,
Mord eines Bruders! – Beten kann ich nicht,
Ist gleich die Neigung dringend wie der Wille:
Die stärkre Schuld besiegt den starken Vorsatz,
Und wie ein Mann, dem zwei Geschäft' obliegen,
Steh' ich in Zweifel, was ich erst soll tun,
Und lasse beides. Wie? wär' diese Hand
Auch um und um in Bruderblut getaucht:
Gibt es nicht Regen g'nug im milden Himmel,
Sie weiß wie Schnee zu waschen? Wozu dient
Die Gnad', als vor der Sünde Stirn zu treten?
Und hat Gebet nicht die zwiefache Kraft,
Dem Falle vorzubeugen, und Verzeihung
Gefallnen auszuwirken? Gut, ich will
Emporschaun: mein Verbrechen ist geschehn.
Doch oh, welch eine Wendung des Gebets
Ziemt meinem Fall? »Vergib mir meinen schnöden Mord?«
Dies kann nicht sein; mir bleibt ja stets noch alles,
Was mich zum Mord getrieben: meine Krone,
Mein eigner Ehrgeiz, meine Königin.
Wird da verziehn, wo Missetat besteht?
In den verderbten Strömen dieser Welt
Kann die vergold'te Hand der Missetat
Das Recht wegstoßen, und ein schnöder Preis
Erkauft oft das Gesetz. Nicht so dort oben!
Da gilt kein Kunstgriff, da erscheint die Handlung
In ihrer wahren Art, und wir sind selbst
Genötigt, unsern Fehlern in die Zähne
Ein Zeugnis abzulegen. Nun? was bleibt?
Sehn, was die Reue kann: Was kann sie nicht?
Doch wenn man nicht bereuen kann, was kann sie?
O Jammerstand! O Busen, schwarz wie Tod!
O Seele, die, sich frei zu machen ringend,
Noch mehr verstrickt wird! – Engel, helft! versucht!
Beugt euch, ihr starren Knie'! Gestähltes Herz,
Sei weich wie Sehnen neugeborner Kinder!
Vielleicht wird alles gut.

Entfernt sich und kniet nieder.
Hamlet kommt.

HAMLET.
Jetzt könnt' ich's tun, bequem; er ist im Beten,
Jetzt will ich's tun – und so geht er gen Himmel,
Und so bin ich gerächt? Das hieß': ein Bube
Ermordet meinen Vater, und dafür
Send' ich, sein einz'ger Sohn, denselben Buben
Gen Himmel.
Ei, das wär' Sold und Löhnung, Rache nicht.
Er überfiel in Wüstheit meinen Vater,
Voll Speis', in seiner Sünden Maienblüte.
Wie seine Rechnung steht, weiß nur der Himmel,
Allein nach unsrer Denkart und Vermutung
Ergeht's ihm schlimm: und bin ich dann gerächt,
Wenn ich in seiner Heiligung ihn fasse,
Bereitet und geschickt zum Übergang?
Nein.
Hinein, du Schwert! sei schrecklicher gezückt!
Wann er berauscht ist, schlafend, in der Wut,
In seines Betts blutschänderischen Freuden,
Beim Doppeln, Fluchen oder anderm Tun,
Das keine Spur des Heiles an sich hat:
Dann stoß' ihn nieder, daß gen Himmel er
Die Fersen bäumen mag und seine Seele
So schwarz und so verdammt sei wie die Hölle,
Wohin er fährt. Die Mutter wartet mein:
Dies soll nur Frist den siechen Tagen sein.

Ab.

Der König steht auf und tritt vor.

KÖNIG.
Die Worte fliegen auf, der Sinn hat keine Schwingen:
Wort ohne Sinn kann nicht zum Himmel dringen.
Ab.

Vierte Szene

Zimmer der Königin.
Die Königin und Polonius treten auf.

POLONIUS.
Er kommt sogleich: setzt ihm mit Nachdruck zu,
Sagt ihm, daß er zu wilde Streiche macht,
Um sie zu dulden, und daß Eure Hoheit
Geschirmt, und zwischen großer Hitz' und ihm
Gestanden hat. Ich will hier still mich bergen;
Ich bitt' Euch, schont ihn nicht!
HAMLET *hinter der Szene.*
Mutter! Mutter! Mutter!
KÖNIGIN. Verlaßt Euch drauf,
Sorgt meinetwegen nicht! Zieht Euch zurück!
Ich hör' ihn kommen.
Polonius verbirgt sich.
Hamlet kommt.
HAMLET. Nun, Mutter, sagt: was gibt's?
KÖNIGIN. Hamlet, dein Vater ist von dir beleidigt.
HAMLET.
Mutter, mein Vater ist von Euch beleidigt.
KÖNIGIN.
Kommt, kommt! Ihr sprecht mit einer losen Zunge.
HAMLET. Geht, geht! Ihr fragt mit einer bösen Zunge.
KÖNIGIN. Was soll das, Hamlet?
HAMLET. Nun, was gibt es hier?
KÖNIGIN. Habt Ihr mich ganz vergessen?
HAMLET. Nein, beim Kreuz!
Ihr seid die Königin, Weib Eures Mannes Bruders,
Und – wär' es doch nicht so! – seid meine Mutter.
KÖNIGIN.
Gut, andre sollen zur Vernunft Euch bringen.
HAMLET.
Kommt, setzt Euch nieder; Ihr sollt nicht vom Platz,
Nicht gehn, bis ich Euch einen Spiegel zeige,
Worin Ihr Euer Innerstes erblickt.
KÖNIGIN.
Was willst du tun? Du willst mich nicht ermorden?
He, Hülfe! Hülfe!
POLONIUS *hinter der Szene.*
Hülfe! He! Herbei!
HAMLET. Wie? was? eine Ratte?
Er zieht.
Tot! für 'nen Dukaten, tot!
Tut einen Stoß durch die Tapete.
POLONIUS *hinter der Tapete.*
Oh, ich bin um gebracht!
Fällt und stirbt.
KÖNIGIN. Weh mir! was tatest du?
HAMLET. Fürwahr, ich weiß es nicht: ist es der König?
Zieht den Polonius hinter der Tapete hervor.
KÖNIGIN.
Oh, welche rasche blut'ge Tat ist dies!
HAMLET. Ja, gute Mutter, eine blut'ge Tat,
So schlimm beinah', als einen König töten
Und in die Eh' mit seinem Bruder treten.
KÖNIGIN. Als einen König töten!
HAMLET. Ja, so sagt' ich.
Zu Polonius.
Du kläglicher, vorwitz'ger Narr, fahr' wohl!
Ich nahm dich für 'nen Höhern: nimm dein Los,
Du siehst, zu viel Geschäftigkeit ist mißlich. –
Ringt nicht die Hände so! Still! setzt Euch nieder,
Laßt Euer Herz mich ringen, denn das will ich,
Wenn es durchdringlich ist, wenn nicht so ganz
Verdammte Angewöhnung es gestählt,
Daß es verschanzt ist gegen die Vernunft.
KÖNIGIN.
Was tat ich, daß du gegen mich die Zunge
So toben lassen darfst?
HAMLET. Solch eine Tat,
Die alle Huld der Sittsamkeit entstellt,
Die Tugend Heuchler schilt, die Rose wegnimmt
Von unschuldvoller Liebe schöner Stirn,
Und Beulen hinsetzt; Eh'gelübde falsch
Wie Spielereide macht; oh, eine Tat,
Die aus dem Körper des Vertrages ganz
Die innre Seele reißet, und die süße
Religion zum Wortgepränge macht!
Des Himmels Antlitz glüht, ja diese Feste,
Dies Weltgebäu, mit traurendem Gesicht,
Als nahte sich der Jüngste Tag, gedenkt
Trübsinnig dieser Tat.
KÖNIGIN. Weh! welche Tat
Brüllt denn so laut und donnert im Verkünden?
HAMLET.
Seht hier, auf dies Gemälde, und auf dies,
Das nachgeahmte Gleichnis zweier Brüder:
Seht, welche Anmut wohnt auf diesen Brau'n!
Apollos Locken, Jovis hohe Stirn,
Ein Aug' wie Mars, zum Drohn und zum Gebieten,
Des Götterherolds Stellung, wann er eben
Sich niederschwingt auf himmelnahe Höh'n;
In Wahrheit, ein Verein und eine Bildung,
Auf die sein Siegel jeder Gott gedrückt,
(Der Welt Gewähr für einen Mann zu leisten:)
Dies war Eu'r Gatte. – Seht nun her, was folgt:
Hier ist Eu'r Gatte, gleich der brand'gen Ähre
Verderblich seinem Bruder. Habt Ihr Augen?
Die Weide dieses schönen Bergs verlaßt Ihr,
Und mästet Euch im Sumpf? Ha, habt Ihr Augen?
Nennt es nicht Liebe! Denn in Eurem Alter
Ist der Tumult im Blute zahm; es schleicht,
Und wartet auf das Urteil: und welch Urteil
Ging' wohl von dem zu dem? Sinn habt Ihr sicher,
Sonst könnte keine Regung in Euch sein:
Doch sicher ist der Sinn vom Schlag gelähmt,
Denn Wahnwitz würde hier nicht irren; nie
Hat so den Sinn Verrücktheit unterjocht,
Daß nicht ein wenig Wahl ihm blieb, genug
Für solchen Unterschied. Was für ein Teufel
Hat bei der Blindekuh Euch so betört?
Sehn ohne Fühlen, Fühlen ohne Sehn,
Ohr ohne Hand und Aug', Geruch ohn' alles,
Ja nur ein Teilchen eines echten Sinns
Tappt nimmermehr so zu.
Scham, wo ist dein Erröten? Wilde Hölle,
Empörst du dich in der Matrone Gliedern,

So sei die Keuschheit der entflammten Jugend
Wie Wachs, und schmelz' in ihrem Feuer hin;
Ruf' keine Schande aus, wenn heißes Blut
Zum Angriff stürmet: da der Frost ja selbst
Nicht minder kräftig brennt, und die Vernunft
Den Willen kuppelt.

KÖNIGIN. O Hamlet, sprich nicht mehr!
Du kehrst die Augen recht ins Innre mir:
Da seh' ich Flecke, tief und schwarz gefärbt,
Die nicht von Farbe lassen.

HAMLET. Nein, zu leben
Im Schweiß und Brodem eines eklen Betts,
Gebrüht in Fäulnis; buhlend und sich paarend
Über dem garst'gen Nest –

KÖNIGIN. Oh, sprich nicht mehr!
Mir dringen diese Wort' ins Ohr wie Dolche.
Nicht weiter, lieber Hamlet!

HAMLET.
Ein Mörder und ein Schalk; ein Knecht, nicht wert
Das Zehntel eines Zwanzigteils von ihm,
Der Eu'r Gemahl war; ein Hanswurst von König,
Ein Beutelschneider von Gewalt und Reich,
Der weg vom Sims die reiche Krone stahl
Und in die Tasche steckte!

KÖNIGIN. Halt' inne!

Der Geist kommt.

HAMLET. Ein geflickter Lumpenkönig! –
Schirmt mich und schwingt die Flügel über mir,
Ihr Himmelsscharen! – Was will dein würdig Bild?

KÖNIGIN. Weh mir! er ist verrückt!

HAMLET.
Kommt Ihr nicht. Euren trägen Sohn zu schelten,
Der Zeit und Leidenschaft versäumt zur großen
Vollführung Eures furchtbaren Gebots?
O sagt!

GEIST. Vergiß nicht! Diese Heimsuchung
Soll nur den abgestumpften Vorsatz schärfen.
Doch schau'! Entsetzen liegt auf deiner Mutter;
Tritt zwischen sie und ihre Seel' im Kampf:
In Schwachen wirkt die Einbildung am stärksten:
Sprich mit ihr, Hamlet!

HAMLET. Wie ist Euch, Mutter?

KÖNIGIN. Ach, wie ist denn Euch,
Daß Ihr die Augen heftet auf das Leere
Und redet mit der körperlosen Luft?
Wild blitzen Eure Geister aus den Augen,
Und wie ein schlafend Heer beim Waffenlärm,
Sträubt Euer liegend Haar sich als lebendig
Empor und steht zu Berg. O lieber Sohn,
Spreng' auf die Hitz' und Flamme deines Übels
Abkühlende Geduld! Wo schaust du hin?

HAMLET.
Auf ihn! Auf ihn! Seht Ihr, wie blaß er starrt?
Sein Anblick, seine Sache würde Steinen
Vernunft einpredigen. – Sieh nicht auf mich,
Damit nicht deine klägliche Gebärde
Mein strenges Tun erweicht; sonst fehlt ihm dann
Die echte Art: vielleicht statt Blutes Tränen.

KÖNIGIN. Mit wem besprecht Ihr Euch?

HAMLET. Seht Ihr dort nichts?

KÖNIGIN. Gar nichts; doch seh' ich alles, was dort ist.

HAMLET. Und hörtet Ihr auch nichts?

KÖNIGIN. Nein, nichts als uns.

HAMLET.
Ha, seht nur hin! Seht, wie es weg sich stiehlt!
Mein Vater in leibhaftiger Gestalt!
Seht, wie er eben zu der Tür hinausgeht!

Geist ab.

KÖNIGIN. Dies ist bloß Eures Hirnes Ausgeburt;
In dieser wesenlosen Schöpfung ist
Verzückung sehr geübt.

HAMLET. Verzückung?
Mein Puls hält ordentlich wie Eurer Takt,
Spielt eben so gesunde Melodien;
Es ist kein Wahnwitz, was ich vorgebracht.
Bringt mich zur Prüfung, und ich wiederhole
Die Sach' Euch Wort für Wort, wovon der Wahnwitz
Abspringen würde. Mutter, um Eu'r Heil!
Legt nicht die Schmeichelsalb' auf Eure Seele,
Daß nur mein Wahnwitz spricht, nicht Eu'r
Vergehn:
Sie wird den bösen Fleck nur leicht verharschen,
Indes Verderbnis, heimlich untergrabend,
Von innen angreift. Beichtet vor dem Himmel,
Bereuet, was geschehn, und meidet Künft'ges,
Düngt nicht das Unkraut, daß es mehr noch wuchre!
Vergebt mir diese meine Tugend; denn
In dieser feisten, engebrüst'gen Zeit
Muß Tugend selbst Verzeihung flehn vom Laster,
Ja kriechen, daß sie nur ihm wohltun dürfe.

KÖNIGIN. O Hamlet, du zerspaltest mir das Herz!

HAMLET.
Oh, werft den schlechten Teil davon hinweg,
Und lebt so reiner mit der andern Hälfte!
Gute Nacht! Doch meidet meines Oheims Bett,
Nehmt eine Tugend an, die Ihr nicht habt!
Der Teufel Angewöhnung, der des Bösen
Gefühl verschlingt, ist hierin Engel doch:
Er gibt der Übung schöner, guter Taten
Nicht minder eine Kleidung oder Tracht,
Die gut sich anlegt. Seid zu Nacht enthaltsam,
Und das wird eine Art von Leichtigkeit
Der folgenden Enthaltung leihn; die nächste
Wird dann noch leichter: denn die Übung kann
Fast das Gepräge der Natur verändern;
Sie zähmt den Teufel oder stößt ihn aus
Mit wunderbarer Macht. Nochmals, schlaft wohl!
Um Euren Segen bitt' ich, wann Ihr selbst
Nach Segen erst verlangt. – Für diesen Herrn
Tut es mir leid: der Himmel hat gewollt,
Um mich durch dies, und dies durch mich zu strafen,
Daß ich ihm Diener muß und Geißel sein.
Ich will ihn schon besorgen, und den Tod,
Den ich ihm gab, vertreten. Schlaft denn wohl!
Zur Grausamkeit zwingt bloße Liebe mich;
Schlimm fängt es an, und Schlimmres nahet sich.
Ein Wort noch, gute Mutter!

KÖNIGIN. Was soll ich tun?

HAMLET.
Durchaus nicht das, was ich Euch heiße tun:
Laßt den geduns'nen König Euch ins Bett
Von neuem locken, in die Wangen Euch
Mutwillig kneifen, Euch sein Mäuschen nennen;
Und für ein paar verbuhlte Küss', ein Spielen
In Eurem Nacken mit verdammten Fingern,
Bringt diesen ganzen Handel an den Tag,

Daß ich in keiner wahren Tollheit bin,
Nur toll aus List: Gut wär's, Ihr ließt's ihn wissen!
Denn welche Königin, schön, keusch und klug,
Verhehlte einem Kanker, einem Molch
So teure Dinge wohl? wer täte das?
Nein, trotz Erkenntnis und Verschwiegenheit,
Löst auf dem Dach des Korbes Deckel, laßt
Die Vögel fliegen, und, wie jener Affe,
Kriecht in den Korb, um Proben anzustellen,
Und brecht Euch selbst den Hals!

KÖNIGIN. Sei du gewiß, wenn Worte Atem sind,
Und Atem Leben ist, hab' ich kein Leben,
Das auszuatmen, was du mir gesagt.

HAMLET. Ich muß nach England; wißt Ihr's?

KÖNIGIN. Ach, ich vergaß: es ist so ausgemacht.

HAMLET. Man siegelt Briefe; meine Schulgesellen,
Die beiden, denen ich wie Nattern traue,
Sie bringen die Bestellung hin; sie müssen
Den Weg mir bahnen, und zur Schurkerei
Herolden gleich mich führen. Sei es drum!
Der Spaß ist, wenn mit seinem eignen Pulver
Der Feuerwerker auffliegt; und mich trügt
Die Rechnung, wenn ich nicht ein Klafter tiefer
Als ihre Minen grab', und sprenge sie
Bis an den Mond. Oh, es ist gar zu schön,
Wenn so zwei Listen sich entgegen gehn!
Der Mann packt mir 'ne Last auf.
Ich will den Wanst ins nächste Zimmer schleppen.
Nun, Mutter, gute Nacht! – Der Ratsherr da
Ist jetzt sehr still, geheim und ernst fürwahr,
Der sonst ein schelm'scher alter Schwätzer war.
Kommt, Herr, ich muß mit Euch ein Ende machen. –
Gute Nacht, Mutter!

Sie gehen von verschiedenen Seiten ab. Hamlet schleift den Polonius heraus.

Vierter Aufzug

Erste Szene

Ein Zimmer im Schlosse.
Der König, die Königin, Rosenkranz und Güldenstern.

KÖNIG. In diesen tiefen Seufzern ist ein Sinn;
Legt sie uns aus: wir müssen sie verstehn.
Wo ist Eu'r Sohn?

KÖNIGIN *zu Rosenkranz und Güldenstern.*
Räumt diesen Platz uns auf ein Weilchen ein!

Beide ab.

Ah, mein Gemahl! was sah ich diese Nacht!

KÖNIG. Wie, Gertrud? Was macht Hamlet?

KÖNIGIN.
Er rast wie See und Wind, wenn beide kämpfen,
Wer mächt'ger ist: in seiner wilden Wut,
Da er was hinterm Teppich rauschen hört,
Reißt er die Kling' heraus, schreit: »eine Ratte!«
Und tötet so in seines Wahnes Hitze
Den ungesehnen guten alten Mann.

KÖNIG. O schwere Tat! So wär' es uns geschehn,
Wenn wir daselbst gestanden: Seine Freiheit
Droht aller Welt, Euch selbst, uns, jedem andern.
Ach! wer steht ein für diese blut'ge Tat?
Uns wird zur Last sie fallen, deren Vorsicht
Den tollen jungen Mann eng eingesperrt
Und fern von Menschen hätte halten sollen.
Doch unsre Liebe war so groß, daß wir
Nicht einsehn wollten, was das Beste war.
Und wie der Eigner eines bösen Schadens,
Den er geheim hält, ließen wir ihn zehren
Recht an des Lebens Mark. Wo ist er hin?

KÖNIGIN.
Er schafft den Leichnam des Erschlagnen weg,
Wobei sein Wahnsinn, wie ein Körnchen Gold
In einem Erz von schlechteren Metallen,
Sich rein beweist: er weint um das Geschehne.

KÖNIG. O Gertrud, laßt uns gehn!
Sobald die Sonne an die Berge tritt,
Schifft man ihn ein; und diese schnöde Tat
Muß unsre ganze Majestät und Kunst
Vertreten und entschuldigen. – He, Güldenstern!

Rosenkranz und Güldenstern kommen.

Geht, beide Freunde, nehmt euch wen zu Hülfe:
Hamlet hat den Polonius umgebracht
In seinem tollen Mut, und ihn darauf
Aus seiner Mutter Zimmer weggeschleppt.
Geht, sucht ihn, sprecht ihm zu, und bringt den Leichnam
In die Kapell'. Ich bitt' euch, eilt hiebei!

Rosenkranz und Güldenstern ab.

Kommt, Gertrud, rufen wir von unsern Freunden
Die klügsten auf, und machen ihnen kund,
Was wir zu tun gedenken, und was leider
Geschehn: so kann der schlangenart'ge Leumund,
Des Zischeln von dem einen Pol zum andern,
So sicher wie zum Ziele die Kanone,
Den gift'gen Schuß trägt, unsern Namen noch
Verfehlen, und die Luft unschädlich treffen.
O komm hinweg mit mir! Entsetzen ist
In meiner Seel' und innerlicher Zwist.

Beide ab.

Zweite Szene

Ein andres Zimmer im Schlosse.
Hamlet kommt.

HAMLET. – Sicher beigepackt. –

ROSENKRANZ UND GÜLDENSTERN *hinter der Szene.*
Hamlet! Prinz Hamlet!

HAMLET. Aber still – was für ein Lärm? Wer ruft den Hamlet?
Oh, da kommen sie.

Rosenkranz und Güldenstern kommen.

ROSENKRANZ.
Was habt Ihr mit dem Leichnam, Prinz, gemacht?

HAMLET.
Ihn mit dem Staub gepaart, dem er verwandt.

ROSENKRANZ.
Sagt uns den Ort, daß wir ihn weg von da
In die Kapelle tragen.

HAMLET. Glaubt es nicht!

ROSENKRANZ. Was nicht glauben?

HAMLET. Daß ich euer Geheimnis bewahren kann, und meines nicht. Überdies, sich von einem

Schwamme fragen zu lassen! Was für eine Antwort soll der Sohn eines Königs darauf geben?

ROSENKRANZ. Nehmt Ihr mich für einen Schwamm, gnädiger Herr?

HAMLET. Ja, Herr, der des Königs Miene, seine Gunstbezeugungen und Befehle einsaugt. Aber solche Beamte tun dem Könige den besten Dienst am Ende. Er hält sie wie ein Affe den Bissen im Winkel seines Kinnbackens; zuerst in den Mund gesteckt, um zuletzt verschlungen zu werden. Wenn er braucht, was Ihr aufgesammelt habt, so darf er Euch nur drücken, so seid Ihr, Schwamm, wieder trocken.

ROSENKRANZ.
Ich verstehe Euch nicht, gnädiger Herr.

HAMLET. Es ist mir lieb: eine lose Rede schläft in dummen Ohren.

ROSENKRANZ. Gnädiger Herr, Ihr müßt uns sagen, wo die Leiche ist, und mit uns zum Könige gehn.

HAMLET. Die Leiche ist beim König, aber der König ist nicht bei der Leiche. Der König ist ein Ding –

GÜLDENSTERN. Ein Ding, gnädiger Herr?

HAMLET. Das nichts ist: Bringt mich zu ihm!
Versteck' dich, Fuchs, und alle hinterdrein!

Alle ab.

Dritte Szene

Ein andres Zimmer im Schlosse.
Der König tritt auf, mit Gefolge.

KÖNIG.
Ich lass' ihn holen, und den Leichnam suchen.
O wie gefährlich ist's, daß dieser Mensch
So frank umhergeht! Dennoch dürfen wir
Nicht nach dem strengen Recht mit ihm verfahren:
Er ist beliebt bei der verworrnen Menge,
Die mit dem Aug', nicht mit dem Urteil wählt,
Und wo das ist, wägt man des Schuld'gen Plage,
Doch nie die Schuld. Um alles auszugleichen,
Muß diese schnelle Wegsendung ein Schritt
Der Überlegung scheinen: wenn die Krankheit
Verzweifelt ist, kann ein verzweifelt Mittel
Nur helfen, oder keins.

Rosenkranz kommt.

Was ist geschehn?

ROSENKRANZ.
Wo er die Leiche hingeschafft, mein Fürst,
Vermögen wir von ihm nicht zu erfahren.

KÖNIG. Wo ist er selber?

ROSENKRANZ.
Draußen, gnäd'ger Herr;
Bewacht, um Eu'r Belieben abzuwarten.

KÖNIG.
So bringt ihn vor uns!

ROSENKRANZ.
He, Güldenstern! bringt den gnädigen Herrn herein!

Hamlet und Güldenstern kommen.

KÖNIG.
Nun, Hamlet, wo ist Polonius?

HAMLET. Beim Nachtmahl.

KÖNIG. Beim Nachtmahl?

HAMLET. Nicht wo er speist, sondern wo er gespeist wird. Eine gewisse Reichsversammlung von politischen Würmern hat sich eben an ihn gemacht. So 'n Wurm ist Euch der einzige Kaiser, was die Tafel betrifft. Wir mästen alle andere Kreaturen, um uns zu mästen; und uns selbst mästen wir für Maden. Der fette König und der magre Bettler sind nur verschiedne Gerichte; zwei Schüsseln, aber für eine Tafel: das ist das Ende vom Liede.

KÖNIG. Ach Gott! ach Gott!

HAMLET. Jemand könnte mit dem Wurm fischen, der von einem König gegessen hat, und von dem Fisch essen, der den Wurm verzehrte.

KÖNIG. Was meinst du damit?

HAMLET. Nichts als Euch zu zeigen, wie ein König seinen Weg durch die Gedärme eines Bettlers nehmen kann.

KÖNIG. Wo ist Polonius?

HAMLET. Im Himmel. Schickt hin, um zuzusehn: Wenn Euer Bote ihn da nicht findet, so sucht ihn selbst an dem andern Orte! Aber wahrhaftig, wo Ihr ihn nicht binnen dieses Monats findet, so werdet Ihr ihn wittern, wann Ihr die Treppe zur Galerie hinaufgeht!

KÖNIG *zu einigen aus dem Gefolge.* Geht, sucht ihn dort!

HAMLET. Er wird warten, bis ihr kommt.

Einige aus dem Gefolge ab.

KÖNIG. Hamlet, für deine eigne Sicherheit,
Die uns so wert ist, wie uns innig kränkt,
Was du begangen hast, muß diese Tat
In feur'ger Eile dich von hinnen senden.
Drum rüste dich: das Schiff liegt schon bereit,
Der Wind ist günstig, die Gefährten warten,
Und alles treibt nach England auf und fort.

HAMLET. Nach England?

KÖNIG. Ja, Hamlet.

HAMLET. Gut.

KÖNIG. So ist es, wenn du unsre Absicht wüßtest.

HAMLET. Ich sehe einen Cherub, der sie sieht. – Aber kommt! nach England! – Lebt wohl, liebe Mutter!

KÖNIG. Dein liebevoller Vater, Hamlet!

HAMLET. Meine Mutter: Vater und Mutter sind Mann und Weib; Mann und Weib sind ein Fleisch: also meine Mutter. Kommt, nach England! *Ab.*

KÖNIG.
Folgt auf dem Fuß ihm, lockt ihn schnell an Bord;
Verzögert nicht: er muß zu Nacht von hinnen.
Fort! Alles ist versiegelt und geschehn,
Was sonst die Sache heischt. Ich bitt' euch, eilt!

Rosenkranz und Güldenstern ab.

Und, England! gilt dir meine Liebe was
(Wie meine Macht sie dich kann schätzen lehren,
Denn noch ist deine Narbe wund und rot
Vom Dänenschwert, und deine Ehrfurcht leistet
Uns willig Lehenspflicht), so darfst du nicht
Das oberherrliche Geheiß versäumen,
Das durch ein Schreiben solchen Inhalts dringt
Auf Hamlets schnellen Tod. O tu' es, England!
Denn wie die Hektik rast er mir im Blut:
Du mußt mich heilen! Mag mir alles glücken,
Bis dies geschehn ist, kann mich nichts erquicken.

Ab.

Vierte Szene

Eine Ebne in Dänemark.
Fortinbras und Truppen, im Marsch begriffen.

FORTINBRAS.
Geht, Hauptmann, grüßt von mir den Dänenkönig;
Sagt ihm, daß Fortinbras auf sein Gestatten
Für den versprochnen Zug durch sein Gebiet
Geleit begehrt, Ihr wißt, wo wir uns treffen.
Wenn Seine Majestät uns sprechen will,
So wollen wir pflichtmäßig ihn begrüßen;
Das meldet ihm!
HAUPTMANN. Ich will es tun, mein Prinz.
FORTINBRAS. Rückt langsam vor!
Fortinbras und Truppen ab.
Hamlet, Rosenkranz, Güldenstern und andre kommen.
HAMLET. Wes sind die Truppen, lieber Herr?
HAUPTMANN. Sie sind von Norweg, Herr.
HAMLET. Wozu bestimmt, ich bitt' Euch?
HAUPTMANN. Sie rücken gegen Polen.
HAMLET. Wer führt sie an?
HAUPTMANN. Des alten Norwegs Neffe, Fortinbras.
HAMLET. Und geht es auf das ganze Polen, oder
Auf einen Grenzort nur?
HAUPTMANN.
Um wahr zu reden und mit keinem Zusatz,
Wir gehn, ein kleines Fleckchen zu gewinnen,
Das keinen Vorteil als den Namen bringt.
Für fünf Dukaten, fünf, möcht' ich's nicht pachten.
Auch bringt's dem Norweg oder Polen sicher
Nicht mehr, wenn man auf Erbzins es verkauft.
HAMLET. So wird es der Polack nicht halten wollen.
HAUPTMANN. Doch; es ist schon besetzt.
HAMLET.
Zweitausend Seelen, zwanzigtausend Goldstück
Entscheiden diesen Lumpenzwist noch nicht.
Dies ist des Wohlstands und der Ruh' Geschwür,
Das innen aufbricht, während sich von außen
Kein Grund des Todes zeigt. – Ich dank' Euch, Herr.
HAUPTMANN. Geleit' Euch Gott!
Ab.
ROSENKRANZ. Beliebt es Euch zu gehn?
HAMLET.
Ich komme gleich euch nach. Geht nur voran!
Rosenkranz und die übrigen ab.
Wie jeder Anlaß mich verklagt und spornt
Die träge Rache an! Was ist der Mensch,
Wenn seiner Zeit Gewinn, sein höchstes Gut
Nur Schlaf und Essen ist? Ein Vieh, nichts weiter.
Gewiß, der uns mit solcher Denkkraft schuf,
Voraus zu schaun und rückwärts, gab uns nicht
Die Fähigkeit und göttliche Vernunft,
Um ungebraucht in uns zu schimmeln. Nun,
Sei's viehisches Vergessen, oder sei's
Ein banger Zweifel, welcher zu genau
Bedenkt den Ausgang – ein Gedanke, der,
Zerlegt man ihn, ein Viertel Weisheit nur
Und stets drei Viertel Feigheit hat – ich weiß nicht,
Weswegen ich noch lebe, um zu sagen:
»Dies muß geschehn«, da ich doch Grund und Willen
Und Kraft und Mittel hab', um es zu tun.
Beispiele, die zu greifen, mahnen mich:
So dieses Heer von solcher Zahl und Stärke,
Von einem zarten Prinzen angeführt,
Des Mut, von hoher Ehrbegier geschwellt,
Die Stirn dem unsichtbaren Ausgang beut,
Und gibt sein sterblich und verletzbar Teil
Dem Glück, dem Tode, den Gefahren preis,
Für eine Nußschal'. Wahrhaft groß sein, heißt,
Nicht ohne großen Gegenstand sich regen, –
Doch einen Strohhalm selber groß verfechten,
Wenn Ehre auf dem Spiel. Wie steh' denn ich,
Den seines Vaters Mord, der Mutter Schande,
Antriebe der Vernunft und des Geblüts,
Den nichts erweckt? Ich seh' indes beschämt
Den nahen Tod von zwanzigtausend Mann,
Die für 'ne Grille, ein Phantom des Ruhms,
Zum Grab gehn wie ins Bett: es gilt ein Fleckchen,
Worauf die Zahl den Streit nicht führen kann;
Nicht Gruft genug und Raum, um die Erschlagnen
Nur zu verbergen. Oh, von Stund' an trachtet
Nach Blut, Gedanken, oder seid verachtet!
Ab.

Fünfte Szene

Helsingör. Ein Zimmer im Schlosse.
Die Königin und Horatio treten auf.

KÖNIGIN. – Ich will nicht mir ihr sprechen.
HORATIO.
Sie ist sehr dringend; wirklich, außer sich.
Ihr Zustand ist erbarmenswert.
KÖNIGIN. Was will sie?
HORATIO. Sie spricht von ihrem Vater; sagt, sie höre,
Die Welt sei schlimm, und ächzt und schlägt die Brust;
Ein Strohhalm ärgert sie; sie spricht verworren
Mit halbem Sinn nur: ihre Red' ist nichts,
Doch leitet ihre ungestalte Art
Die Hörenden auf Schlüsse; man errät,
Man stückt zusammen ihrer Worte Sinn,
Die sie mit Nicken gibt, mit Winken, Mienen,
So daß man wahrlich denken muß, man könnte
Zwar nichts gewiß, jedoch viel Arges denken.
KÖNIGIN.
Man muß doch mit ihr sprechen: sie kann Argwohn
In Unheil brütende Gemüter streun.
Laßt sie nur vor!
Horatio ab.
Der kranken Seele, nach der Art der Sünden,
Scheint jeder Tand ein Unglück zu verkünden.
Von so betörter Furcht ist Schuld erfüllt,
Daß, sich verbergend, sie sich selbst enthüllt.
Horatio kommt mit Ophelia.
OPHELIA. Wo ist die schöne Majestät von Dänmark?
KÖNIGIN. Wie geht's, Ophelia?
OPHELIA *singt.*
Wie erkenn' ich dein Treu-lieb
Vor den andern nun?
An dem Muschelhut und Stab
Und den Sandelschuh'n.
KÖNIGIN. Ach, süßes Fräulein, wozu soll dies Lied?

OPHELIA. Was beliebt? Nein, bitte, hört!

Singt.

Er ist lange tot und hin,
Tot und hin, Fräulein!
Ihm zu Häupten ein Rasen grün,
Ihm zu Fuß ein Stein.

Oh!

KÖNIGIN. Aber sagt, Ophelia –

OPHELIA. Bitt' Euch, hört:

Singt.

Sein Leichenhemd weiß wie Schnee zu sehn –

Der König tritt auf.

KÖNIGIN. Ach, mein Gemahl, seht hier!

OPHELIA *singt.*

Geziert mit Blumensegen,
Das unbetränt zum Grab mußt' gehn
Von Liebesregen.

KÖNIG. Wie geht's Euch, holdes Fräulein?

OPHELIA. Gottes Lohn! recht gut! Sie sagen, die Eule war eines Bäckers Tochter. Ach, Herr! wir wissen wohl, was wir sind, aber nicht, was wir werden können. Gott segne Euch die Mahlzeit!

KÖNIG. Anspielung auf ihren Vater.

OPHELIA. Bitte, laßt uns darüber nicht sprechen; aber wenn sie Euch fragen, was es bedeutet, so sagt nur:

Singt.

Auf morgen ist Sankt Valentins Tag,
Wohl an der Zeit noch früh,
Und ich, 'ne Maid, am Fensterschlag
Will sein Eu'r Valentin.
Er war bereit, tät an sein Kleid,
Tät auf die Kammertür,
Ließ ein die Maid, die als 'ne Maid
Ging nimmer mehr herfür.

KÖNIG. Holde Ophelia!

OPHELIA. Fürwahr, ohne Schwur, ich will ein Ende machen:

Singt.

Bei unsrer Frau und Sankt Kathrin!
O pfui! was soll das sein?
Ein junger Mann tut's, wenn er kann,
Beim Himmel, 's ist nicht fein.
Sie sprach: Eh' Ihr gescherzt mit mir,
Gelobt Ihr mich zu frein.

Er antwortet:

Ich bräch's auch nicht, beim Sonnenlicht!
Wärst du nicht kommen herein.

KÖNIG. Wie lang' ist sie schon so?

OPHELIA. Ich hoffe, alles wird gut gehn. Wir müssen geduldig sein: aber ich kann nicht umhin zu weinen, wenn ich denke, daß sie ihn in den kalten Boden gelegt haben. Mein Bruder soll davon wissen, und so dank' ich Euch für Euren guten Rat. Kommt, meine Kutsche! Gute Nacht, Damen! gute Nacht, süße Damen! gute Nacht! gute Nacht! *Ab.*

KÖNIG.

Folgt auf dem Fuß ihr doch: bewacht sie recht!

Horatio ab.

Oh, dies ist Gift des tiefen Grams: es quillt
Aus ihres Vaters Tod. Und seht nun an,
O Gertrud! Gertrud! wenn die Leiden kommen,
So kommen sie wie einzle Späher nicht,
Nein, in Geschwadern. Ihr Vater umgebracht;
Fort Euer Sohn, er selbst der wüste Stifter
Gerechten eignen Banns; das Volk verschlämmt,
Schädlich und trüb im Wähnen und Vermuten
Vom Tod des redlichen Polonius;
Und töricht war's von uns, so unterm Husch
Ihn zu bestatten; dann dies arme Kind,
Getrennt von sich und ihrem edlen Urteil,
Ohn' welches wir nur Bilder sind, nur Tiere.
Zuletzt, was mehr als alles in sich schließt:
Ihr Bruder ist von Frankreich insgeheim
Zurückgekehrt, nährt sich mit seinem Staunen,
Hält sich in Wolken, und ermangelt nicht
Der Ohrenbläser, um ihn anzustecken
Mit gift'gen Reden von des Vaters Tod;
Wobei Verlegenheit, an Vorwand arm,
Sich nicht entblöden wird, uns zu verklagen
Von Ohr zu Ohr. O liebste Gertrud, dies
Gibt wie ein Traubenschuß an vielen Stellen
Mir überflüss'gen Tod.

Lärm hinter der Szene.

KÖNIGIN. O weh! was für ein Lärm?

Ein Edelmann kommt.

KÖNIG. Herbei! Wo sind die Schweizer? Laßt die Tür bewachen!
Was gibt es draußen?

EDELMANN. Rettet Euch, mein Fürst:
Der Ozean, entwachsend seinem Saum,
Verschlingt die Nied'rung ungestümer nicht,
Als an der Spitze eines Meuterhaufens
Laertes Eure Diener übermannt.
Der Pöbel nennt ihn Herrn, und gleich als finge
Die Welt erst an, als wär' das Altertum
Vergessen, und Gewohnheit nicht bekannt,
Die Stützen und Bekräft'ger jedes Worts,
Schrein sie: »Erwählen wir! Laertes werde König!«
Und Mützen, Hände, Zungen tragen's jubelnd
Bis an die Wolken: »König sei Laertes!
Laertes König!«

KÖNIGIN. Sie schlagen lustig an auf falscher Fährte.
Verkehrt gespürt, ihr falschen Dänenhunde!

Lärm hinter der Szene.

KÖNIG. Die Türen sind gesprengt.

Laertes kommt bewaffnet. Dänen hinter ihm.

LAERTES.

Wo ist denn dieser König? – Herrn, bleibt draußen!

DÄNEN. Nein, laßt uns mit herein!

LAERTES. Ich bitt', erlaubt mir!

DÄNEN. Gut, wie Ihr wollt.

Sie ziehen sich hinter die Tür zurück.

LAERTES. Dank euch! Besetzt die Tür! –
Du schnöder König, gib mir meinen Vater!

KÖNIGIN. Guter Laertes, ruhig!

LAERTES. Der Tropfe Bluts, der ruhig ist, erklärt
Für Bastard mich; schilt Hahnrei meinen Vater,
Brandmarkt die Metze meiner treuen Mutter
Hier zwischen ihre reinen keuschen Brau'n.

KÖNIG.

Was ist der Grund, Laertes, daß dein Aufstand
So riesenmäßig aussieht? – Laßt ihn, Gertrud,
Befürchtet nichts für unsere Person:
Denn solche Göttlichkeit schirmt einen König:

Verrat, der nur erblickt, was er gewollt,
Steht ab von seinem Willen. – Sag, Laertes,
Was bist du so entrüstet? – Gertrud, laßt ihn! –
Sprich, junger Mann!

LAERTES. Wo ist mein Vater?

KÖNIG. Tot.

KÖNIGIN. Doch nicht durch ihn.

KÖNIG. Laßt ihn nur satts ich fragen!

LAERTES. Wie kam er um? Ich lasse mich nicht äffen.
Zur Hölle, Treu'! Zum ärgsten Teufel, Eide!
Gewissen, Frömmigkeit, zum tiefsten Schlund!
Ich trotze der Verdammnis; so weit kam's:
Ich schlage beide Welten in die Schanze,
Mag kommen, was da kommt! Nur Rache will ich
Vollauf für meinen Vater.

KÖNIG. Wer wird Euch hindern?

LAERTES. Mein Wille, nicht der ganzen Welt Gebot:
Und meine Mittel will ich so verwalten,
Daß wenig weit soll reichen.

KÖNIG. Hört, Laertes,
Wenn Ihr von Eures teuren Vaters Tod
Das Sichre wissen wollt: ist's Eurer Rache Schluß,
Als Sieger in dem Spiel, so Freund als Feind,
Gewinner und Verlierer fortzureißen?

LAERTES. Nur seine Feinde.

KÖNIG. Wollt Ihr sie denn kennen?

LAERTES.
Den Freunden will ich weit die Arme öffnen,
Und wie der Lebensopf'rer Pelikan
Mit meinem Blut sie tränken.

KÖNIG. So! nun sprecht Ihr
Als guter Sohn und echter Edelmann.
Daß ich an Eures Vaters Tod schuldlos,
Und am empfindlichsten dadurch gekränkt,
Soll Eurem Urteil offen dar sich legen,
Wie Tageslicht dem Aug'.

DÄNEN *hinter der Szene.*
Laßt sie hinein!

LAERTES. Was gibt's? was für ein Lärm?

Ophelia kommt, phantastisch mit Kräutern und Blumen geschmückt.

O Hitze, trockne
Mein Hirn auf! Tränen, siebenfach gesalzen,
Brennt meiner Augen Kraft und Tugend aus! –
Bei Gott! dein Wahnsinn soll bezahlt uns werden
Nach dem Gewicht, bis unsre Waagschal' sinkt.
O Maienrose! süßes Kind! Ophelia!
Geliebte Schwester! – Himmel, kann es sein,
Daß eines jungen Mädchens Witz so sterblich
Als eines alten Mannes Leben ist?
Natur ist fein im Lieben: wo sie fein ist,
Da sendet sie ein kostbar Pfand von sich
Dem, was sie liebet, nach.

OPHELIA *singt.*
Sie trugen ihn auf der Bahre bloß,
Leider! ach leider!
Und manche Trän' fiel in Grabes Schoß –
Fahr' wohl, meine Taube!

LAERTES.
Hätt'st du Vernunft, und mahntest uns zur Rache,
Es könnte so nicht rühren.

OPHELIA. Ihr müßt singen: »'nunter, hinunter! und ruft Ihr ihn 'nunter.« Oh, wie das Rad dazu klingt! Es ist der falsche Verwalter, der seines Herrn Tochter stahl.

LAERTES. Dies Nichts ist mehr als Etwas.

OPHELIA. Das ist Vergißmeinnicht, das ist zum Andenken: ich bitte Euch, liebes Herz, gedenkt meiner! und da ist Rosmarin, das ist für die Treue.

LAERTES. Ein Sinnspruch im Wahnsinn: Treue und Andenken bezeichnet.

OPHELIA. Da ist Fenchel für Euch und Aglei – da ist Raute für Euch, und hier ist welche für mich. – Ihr könnt Eure Raute mit einem Abzeichen tragen. – Da ist Maßlieb –, ich wollte Euch ein paar Veilchen geben, aber sie welkten alle, da mein Vater starb. – Sie sagen, er nahm ein gutes Ende. –

Singt.

Dem traut lieb Fränzel ist all meine Lust –

LAERTES.
Schwermut und Trauer, Leid, die Hölle selbst
Macht sie zur Anmut und zur Artigkeit.

OPHELIA *singt.*
Und kommt er nicht mehr zurück?
Und kommt er nicht mehr zurück?
Er ist tot! o weh!
In dein Todesbett geh,
Er kommt ja nimmer zurück.
Sein Bart war so weiß wie Schnee,
Sein Haupt dem Flachse gleich:
Er ist hin, er ist hin,
Und kein Leid bringt Gewinn;
Gott helf' ihm ins Himmelreich!
Und allen Christenseelen, darum bet' ich. Gott sei mit Euch! *Ab.*

LAERTES. Seht Ihr das? O Gott!

KÖNIG. Laertes, ich muß Euren Gram besprechen;
Versagt mir nicht mein Recht! Entfernt Euch nur,
Wählt die Verständigsten von Euren Freunden,
Und laßt sie richten zwischen Euch und mir:
Wenn sie zunächst uns, oder mittelbar,
Dabei betroffen finden, wollen wir
Reich, Krone, Leben, was nur unser heißt,
Euch zur Vergütung geben; doch wo nicht,
So seid zufrieden, uns Geduld zu leihn;
Wir wollen dann, vereint mit Eurer Seele,
Sie zu befried'gen trachten.

LAERTES. Ja, so sei's!
Die Todesart, die heimliche Bestattung –
Kein Schwert, noch Wappen über seiner Gruft,
Kein hoher Brauch, noch förmliches Gepräng' –
Sie rufen laut vom Himmel bis zur Erde,
Daß ich's zur Frage ziehn muß.

KÖNIG. Gut, das sollt Ihr,
Und wo die Schuld ist, mag das Strafbeil fallen.
Ich bitt' Euch, folget mir!

Alle ab.

Sechste Szene

Ein andres Zimmer im Schlosse
Horatio und ein Diener treten auf.

HORATIO.
Was sind's für Leute, die mich sprechen wollen?

DIENER. Matrosen, Herr; sie haben, wie sie sagen,

Euch Briefe zu bestellen.

HORATIO. Laßt sie vor!

Diener ab.

Ich wüßte nicht, von welchem Teil der Welt
Ein Gruß mir käme, als vom Prinzen Hamlet.

Matrosen kommen.

ERSTER MATROSE. Gott segn' Euch, Herr!

HORATIO. Dich segn' er ebenfalls!

ERSTER MATROSE. Das wird er, Herr, so es ihm gefällt. Hier ist ein Brief für Euch, Herr; er kommt von dem Gesandten, der nach England reisen sollte, wenn Euer Name anders Horatio ist; wie man mich versichert.

HORATIO *liest.* »Horatio, wenn du dies durchgesehn haben wirst, verschaffe diesen Leuten Zutritt beim Könige: sie haben Briefe für ihn. Wir waren noch nicht zwei Tage auf der See gewesen, als ein starkgerüsteter Korsar Jagd auf uns machte: da wir uns im Segeln zu langsam fanden, legten wir eine notgedrungne Tapferkeit an, und während des Handgemenges enterte ich; in dem Augenblick machten sie sich von unserm Schiffe los, und so ward ich allein ihr Gefangner. Sie haben mich wie barmherzige Diebe behandelt, aber sie wußten wohl, was sie taten; ich muß einen guten Streich für sie tun. Sorge, daß der König die Briefe bekommt, die ich sende, und begib dich zu mir in solcher Eile, als du den Tod fliehen würdest. Ich habe dir Worte ins Ohr zu sagen, die dich stumm machen werden, doch sind sie viel zu leicht für das Gewicht der Sache. Diese guten Leute werden dich hinbringen, wo ich bin. Rosenkranz und Güldenstern setzen ihre Reise nach England fort: über sie hab' ich dir viel zu sagen. Lebe wohl!
Ewig der Deinige Hamlet.«
Kommt, ich will diese eure Briefe fördern,
Und um so schneller, daß ihr hin mich führt
Zu ihm, der sie euch mitgab.

Alle ab.

Siebente Szene

Ein andres Zimmer im Schlosse.
Der König und Laertes treten auf.

KÖNIG.
Nun muß doch Eu'r Gewissen meine Unschuld
Versiegeln, und Ihr müßt in Euer Herz
Als Freund mich schließen, weil Ihr habt gehört,
Und zwar mit kund'gem Ohr, daß eben der,
Der Euren edlen Vater umgebracht,
Mir nach dem Leben stand.

LAERTES. Ja, es ist klar. Doch sagt mir,
Warum belangtet Ihr nicht diese Taten,
So strafbar und so peinlicher Natur,
Wie Eure Größe, Weisheit, Sicherheit,
Wie alles sonst Euch drang?

KÖNIG. Aus zwei besondern Gründen,
Die Euch vielleicht sehr marklos dünken mögen,
Allein für mich doch stark sind. Seine Mutter,
Die Königin, lebt fast von seinem Blick;
Und was mich selbst betrifft – sei's, was es sei,
Entweder meine Tugend oder Qual –,
Sie ist mir so vereint in Seel' und Leben:
Wie sich der Stern in seinem Kreis nur regt,
Könnt' ich's nicht ohne sie. Der andre Grund,
Warum ich's nicht zur Sprache bringen durfte,
Ist, daß der große Hauf' an ihm so hängt:
Sie tauchen seine Fehl' in ihre Liebe,
Die, wie der Quell, der Holz in Stein verwandelt,
Aus Tadel Lob macht, so daß meine Pfeile,
Zu leicht gezimmert für so scharfen Wind,
Zurückgekehrt zu meinem Bogen wären
Und nicht zum Ziel gelangt.

LAERTES. Und so verlor ich einen edlen Vater,
So ward mir eine Schwester hoffnungslos
Zerrüttet, deren Wert (wofern das Lob
Zurückgehn darf) auf unsrer Zeiten Höhe
Auffodernd stand zu gleicher Trefflichkeit.
Doch kommen soll die Rache.

KÖNIG.
Schlaft deshalb ruhig nur: Ihr müßt nicht denken,
Wir wären aus so trägem Stoff gemacht,
Daß wir Gefahr am Bart uns raufen ließen
Und hielten es für Kurzweil. Ihr vernehmt
Mit nächstem mehr: ich liebte Euren Vater,
Auch lieben wir uns selbst; das, hoff' ich, wird
Euch einsehn lehren –

Ein Bote kommt.

Nun? was gibt es Neues?

BOTE. Herr, Briefe sind's von Hamlet; dieser da
Für Eure Majestät, der für die Königin.

KÖNIG. Von Hamlet? und wer brachte sie?

BOTE. Matrosen, heißt es, Herr; ich sah sie nicht.
Mir gab sie Claudio, der vom Überbringer
Sie selbst empfing.

KÖNIG. Laertes, Ihr sollt hören. –
Laßt uns!

Bote ab.

Liest. »Großmächtigster! Wisset, daß ich nackt an Euer Reich ausgesetzt bin. Morgen werde ich um Erlaubnis bitten, vor Euer königliches Auge zu treten, und dann werde ich, wenn ich Euch erst um Vergünstigung dazu ersucht, die Veranlassung meiner plötzlichen und wunderbaren Rückkehr berichten.
Hamlet.«
Was heißt dies? Sind sie alle wieder da?
Wie? oder ist's Betrug und nichts daran?

LAERTES. Kennt Ihr die Hand?

KÖNIG. 's sind Hamlets Züge. »Nackt«,
Und in der Nachschrift hier sagt er: »Allein« –
Könnt Ihr mir raten?

LAERTES.
Ich bin ganz irr', mein Fürst. Allein er komme!
Erfrischt es doch mein Herzensübel recht,
Daß ich's ihm in die Zähne rücken kann:
»Das tatest du.«

KÖNIG. Wenn es so ist, Laertes –
Wie kann es nur so sein? wie anders? – Wollt Ihr
Euch von mir stimmen lassen?

LAERTES. Ja, mein Fürst.
Wenn Ihr mich nicht zum Frieden überstimmt.

KÖNIG. Zu deinem Frieden. Ist er heimgekehrt,
Als stutzig vor der Reis', und denkt nicht mehr

Sie vorzunehmen, so beweg' ich ihn
Zu einem Probstück, reif in meinem Sinn,
Wobei sein Fall gewiß ist; und es soll
Um seinen Tod kein Lüftchen Tadel wehn.
Selbst seine Mutter spreche los die List,
Und nenne Zufall sie.

LAERTES. Ich will Euch folgen, Herr,
Und um so mehr, wenn Ihr's zu machen wüßtet,
Daß ich das Werkzeug wär'.

KÖNIG. So trifft sich's eben.
Man hat seit Eurer Reis' Euch viel gerühmt,
Und das vor Hamlets Ohr, um eine Eigenschaft,
Worin Ihr, sagt man, glänzt; all Eure Gaben
Entlockten ihm gesamt nicht so viel Neid,
Als diese eine, die nach meiner Schätzung
Vom letzten Rang ist.

LAERTES. Und welche Gabe wär' das, gnäd'ger Herr?

KÖNIG.
Ein bloßes Band nur an dem Hut der Jugend,
Doch nötig auch, denn leichte, lose Tracht
Ziemt minder nicht der Jugend, die sie trägt,
Als dem gesetzten Alter Pelz und Mantel
Gesundheit schafft und Ansehn. – Vor zwei Monden
War hier ein Ritter aus der Normandie.
Ich kenne selbst die Franken aus dem Krieg,
Und sie sind gut zu Pferd; doch dieser Brave
Tat Zauberdinge: er wuchs am Sitze fest,
Und lenkt' sein Pferd zu solchen Wunderkünsten,
Als wär' er einverleibt und halbgeartet
Mit diesem wackern Tier: es überstieg
Soweit die Vorstellung, daß mein Erfinden
Von Wendungen und Sprüngen hinter dem
Zurückbleibt, was er tat.

LAERTES. Ein Normann war's?

KÖNIG. Ein Normann.

LAERTES. Lamord, bei meinem Leben.

KÖNIG. Ja, derselbe.

LAERTES. Ich kenn' ihn wohl, er ist auch in der Tat
Das Kleinod und Juwel von seinem Volk.

KÖNIG. Er ließ bei uns sich über Euch vernehmen,
Und gab Euch solch ein meisterliches Lob
Für Eure Kunst und Übung in den Waffen,
Insonderheit die Führung des Rapiers:
Es gäb' ein rechtes Schauspiel, rief er aus,
Wenn wer darin sich mit Euch messen könnte.
Er schwur, die Fechter seines Landes hätten
Noch sichre Hut, noch Auge, noch Geschick,
Wenn Ihr sie angrifft: dieser sein Bericht
Vergiftete den Hamlet so mit Neid,
Daß er nichts tat als wünschen, daß Ihr schleunig
Zurückkämt, um mit Euch sich zu versuchen.
Nun, hieraus –

LAERTES. Was denn hieraus, gnäd'ger Herr?

KÖNIG. Laertes, war Euch Euer Vater wert?
Wie, oder seid Ihr gleich dem Gram im Bilde,
Ein Antlitz ohne Herz?

LAERTES. Wozu die Frage?

KÖNIG. Nicht als ob ich dächte,
Ihr hättet Euren Vater nicht geliebt.
Doch weiß ich, durch die Zeit beginnt die Liebe,
Und seh' an Proben der Erfahrung auch,
Daß Zeit derselben Glut und Funken mäßigt.
Im Innersten der Liebesflamme lebt
Eine Art von Docht und Schnuppe, die sie dämpft,
Und nichts beharrt in gleicher Güte stets:
Denn Güte, die vollblütig wird, erstirbt
Im eignen Allzuviel. Was man will tun,
Das soll man, wenn man will; denn dies »will« ändert sich,
Und hat so mancherlei Verzug und Schwächung,
Als es nur Zungen, Hände, Fälle gibt;
Dann ist dies »soll« ein prasserischer Seufzer,
Der lindernd schadet. Doch zum Kern der Sache!
Hamlet kommt her: was wollt Ihr unternehmen,
Um Euch zu zeigen Eures Vaters Sohn
In Taten mehr als Worten?

LAERTES. Ihn in der Kirch' erwürgen.

KÖNIG. Mord sollte freilich nirgends Freistatt finden,
Und Rache keine Grenzen. Doch, Laertes,
Wollt Ihr dies tun, so haltet Euch zu Haus:
Wir lassen Eure Trefflichkeit ihm preisen
Und doppelt überfirnissen den Ruhm,
Den Euch der Franke gab; kurz, bringen euch zusammen,
Und stellen Wetten an auf eure Köpfe.
Er, achtlos, edel, frei von allem Arg,
Wird die Rapiere nicht genau besehn;
So könnt Ihr leicht mit ein paar kleinen Griffen
Euch eine nicht gestumpfte Klinge wählen,
Und ihn mit einem wohl geführten Stoß
Für Euren Vater lohnen.

LAERTES. Ich will's tun,
Und zu dem Endzweck meinen Degen salben.
Ein Scharlatan verkaufte mir ein Mittel,
So tödlich, taucht man nur ein Messer drein,
Wo 's Blut zieht, kann kein noch so köstlich Pflaster
Von allen Kräutern unterm Mond, mit Kraft
Gesegnet, das Geschöpf vom Tode retten,
Das nur damit geritzt ist: mit dem Gift
Will ich die Spitze meines Degens netzen,
So daß es, streif' ich ihn nur obenhin,
Den Tod ihm bringt.

KÖNIG. Bedenken wir dies ferner,
Was für Begünstigung von Zeit und Mitteln
Zu unserm Ziel kann führen: Schlägt dies fehl,
Und blickt durch unsre schlechte Ausrührung
Die Absicht, so wär's besser nicht versucht:
Drum muß der Plan noch einen Rückhalt haben,
Der Stich hält, wenn er in der Probe birst.
Still, laßt mich sehn! – Wir gehen feierlich
Auf euer beider Stärke Wetten ein, –
Ich hab's:
Wenn ihr vom Fechten heiß und durstig seid
(Ihr müßt deshalb die Gänge heft'ger machen),
Und er zu trinken fodert, soll ein Kelch
Bereit stehn, der, wenn er davon nur nippt,
Entging' er etwa Eurem gift'gen Stich,
Noch unsern Anschlag sichert. Aber still!
Was für ein Lärm?

Die Königin kommt.

Nun, werte Königin?

KÖNIGIN.
Ein Leiden tritt dem andern auf die Fersen,
So schleunig folgen sie:
Laertes, Eure Schwester ist ertrunken.

LAERTES. Ertrunken, sagt Ihr? Wo?

KÖNIGIN. Es neigt ein Weidenbaum sich übern Bach
Und zeigt im klaren Strom sein graues Laub,
Mit welchem sie phantastisch Kränze wand
Von Hahnfuß, Nesseln, Maßlieb, Kuckucksblumen.
Dort, als sie aufklomm, um ihr Laubgewinde
An den gesenkten Ästen aufzuhängen,
Zerbrach ein falscher Zweig, und nieder fielen
Die rankenden Trophäen und sie selbst
Ins weinende Gewässer. Ihre Kleider
Verbreiteten sich weit und trugen sie
Sirenengleich ein Weilchen noch empor,
Indes sie Stellen alter Weisen sang,
Als ob sie nicht die eigne Not begriffe,
Wie ein Geschöpf, geboren und begabt
Für dieses Element. Doch lange währt' es nicht,
Bis ihre Kleider, die sich schwer getrunken,
Das arme Kind von ihren Melodien
Hinunterzogen in den schlamm'gen Tod.

LAERTES. Ach, ist sie denn ertrunken?

KÖNIGIN. Ertrunken.

LAERTES.
Zu viel des Wassers hast du, arme Schwester!
Drum halt' ich meine Tränen auf. Und doch
Ist's unsre Art; Natur hält ihre Sitte,
Was Scham auch sagen mag: sind die erst fort,
So ist das Weib heraus. – Lebt wohl, mein Fürst!
Ich habe Flammenworte, welche gern
Auflodern möchten, wenn nur diese Torheit
Sie nicht ertränkte.
Ab.

KÖNIG. Laßt uns folgen, Gertrud!
Wie hatt' ich Mühe, seine Wut zu stillen!
Nun, fürcht' ich, bricht dies wieder ihre Schranken:
Drum laßt uns folgen!
Ab.

Fünfter Aufzug

Erste Szene

Ein Kirchhof.
Zwei Totengräber kommen mit Spaten u.s.w.

ERSTER TOTENGRÄBER.
Soll die ein christlich Begräbnis erhalten, die vorsätzlich ihre eigne Seligkeit sucht?

ZWEITER TOTENGRÄBER. Ich sage dir, sie soll's, mach' also flugs ihr Grab: Der Totenbeschauer hat über sie gesessen, und christlich Begräbnis erkannt.

ERSTER TOTENGRÄBER. Wie kann das sein, wenn sie sich nicht defensionsweise ertränkt hat?

ZWEITER TOTENGRÄBER.
Nun, es ist so befunden.

ERSTER TOTENGRÄBER. Es muß aber se offendendo geschehen, es kann nicht anders sein. Denn dies ist der Punkt: wenn ich mich wissentlich ertränke, so beweist es eine Handlung, und eine Handlung hat drei Stücke: sie besteht in Handeln, Tun und Verrichten: Ergel hat sie sich wissentlich ertränkt.

ZWEITER TOTENGRÄBER. Ei, hört doch, Gevatter Schaufler!

ERSTER TOTENGRÄBER. Erlaubt mir! Hier steht das Wasser: gut; hier steht der Mensch: gut. Wenn der Mensch zu diesem Wasser geht und sich selbst ertränkt, so bleibt's dabei, er mag wollen oder nicht, daß er hingeht. Merkt Euch das! Aber wenn das Wasser zu ihm kommt und ihn ertränkt, so ertränkt er sich nicht selbst. Ergel, wer an seinem eignen Tode nicht schuld ist, verkürzt sein eignes Leben nicht.

ZWEITER TOTENGRÄBER. Ist das Rechtens?

ERSTER TOTENGRÄBER. Ei freilich, nach dem Totenbeschauerrecht.

ZWEITER TOTENGRÄBER. Wollt Ihr die Wahrheit wissen? Wenn's kein Fräulein gewesen wäre, so wäre sie auch nicht auf geweihtem Boden begraben.

ERSTER TOTENGRÄBER. Ja, da haben wir's. Und es ist doch ein Jammer, daß die großen Leute in dieser Welt mehr Aufmunterung haben, sich zu hängen und zu ersäufen, als ihre Christenbrüder. Komm, den Spaten her! Es gibt keine so alten Edelleute als Gärtner, Grabenmacher und Totengräber: sie pflanzen Adams Profession fort.

ZWEITER TOTENGRÄBER. War der ein Edelmann?

ERSTER TOTENGRÄBER. Er war der erste, der je armiert war.

ZWEITER TOTENGRÄBER. Ei, was wollt' er!

ERSTER TOTENGRÄBER. Was? bist ein Heide? Wie legst du die Schrift aus? Die Schrift sagt: Adam grub. Konnte er ohne Arme graben? Ich will dir noch eine andre Frage vorlegen: wenn du mir nicht gehörig antwortest, so bekenne –

ZWEITER TOTENGRÄBER. Nur zu!

ERSTER TOTENGRÄBER. Wer baut fester als der Maurer, der Schiffsbaumeister oder der Zimmermann?

ZWEITER TOTENGRÄBER. Der Galgenmacher, denn sein Gebäude überlebt an die tausend Bewohner.

ERSTER TOTENGRÄBER. Dein Witz gefällt mir, meiner Treu. Der Galgen tut gut: aber wie tut er gut? Er tut gut an denen, die übel tun. Nun tust du übel zu sagen, daß der Galgen stärker gebaut ist als die Kirche: also würde der Galgen an dir gut tun. Noch 'mal dran! frisch!

ZWEITER TOTENGRÄBER. Wer stärker baut als ein Maurer, ein Schiffsbaumeister oder ein Zimmermann?

ERSTER TOTENGRÄBER. Ja, sag mir das, und du sollst Feierabend haben.

ZWEITER TOTENGRÄBER. Mein' Seel', nun kann ich's sagen.

ERSTER TOTENGRÄBER. Frisch!

ZWEITER TOTENGRÄBER. Sapperment, ich kann's doch nicht sagen.

Hamlet und Horatio treten in einer Entfernung auf.

ERSTER TOTENGRÄBER. Zerbrich dir den Kopf nicht weiter darum, der dumme Esel geht doch nicht schneller, wie du ihn auch prügeln magst; und wenn dir jemand das nächste Mal die Frage tut, antworte: der Totengräber. Die Häuser, die er baut, währen bis zum Jüngsten Tage. Geh, mach' dich ins Wirtshaus, und hole mir einen Schoppen Brantewein!

Zweiter Totengräber ab.

Er gräbt und singt.

In jungen Tagen ich lieben tät,
Das dünkte mir so süß.
Die Zeit zu verbringen, ach, früh und spät,
Behagte mir nichts wie dies.

HAMLET. Hat dieser Kerl kein Gefühl von seinem Geschäft? Er gräbt ein Grab und singt dazu.

HORATIO. Die Gewohnheit hat es ihm zu einer leichten Sache gemacht.

HAMLET. So pflegt es zu sein: je weniger eine Hand verrichtet, desto zarter ist ihr Gefühl.

ERSTER TOTENGRÄBER *singt.*

Doch Alter mit dem schleichenden Tritt
Hat mich gepackt mit der Faust,
Und hat mich weg aus dem Lande geschifft,
Als hätt' ich da nimmer gehaust.

Wirft einen Schädel auf.

HAMLET. Der Schädel hatte einmal eine Zunge und konnte singen: wie ihn der Schuft auf den Boden schleudert, als wär' es der Kinnbacken Kains, der den ersten Mord beging! Dies mochte der Kopf eines Politikers sein, den dieser Esel nun überlistet; eines, der Gott den Herrn hintergehn wollte: nicht wahr?

HORATIO. Es ist möglich.

HAMLET. Oder eines Hofmannes, der sagen konnte: »Guten Morgen, geliebtester Prinz! Wie geht's, bester Prinz?« Dies mochte der gnädige Herr der und der sein, der des gnädigen Herrn des und des Pferd lobte, wenn er es gern zum Geschenk gehabt hätte: nicht wahr?

HORATIO. Ja, mein Prinz.

HAMLET. Ja ja, und nun Junker Wurms; eingefallen und mit einem Totengräberspaten um die Kinnbacken geschlagen. Das ist mir eine schöne Verwandlung, wenn wir nur die Kunst besäßen, sie zu sehen. Haben diese Knochen nicht mehr zu unterhalten gekostet, als daß man Kegel mit ihnen spielt? Meine tun mir weh, wenn ich dran denke.

ERSTER TOTENGRÄBER *singt.*

Ein Grabscheit und ein Spaten wohl,
Samt einem Kittel aus Lein,
Und oh, eine Grube, gar tief und hohl,
Für solchen Gast muß sein.

Wirft einen Schädel auf.

HAMLET. Da ist wieder einer: warum könnte das nicht der Schädel eines Rechtsgelehrten sein? Wo sind nun seine Klauseln, seine Praktiken, seine Fälle und seine Kniffe? Warum leidet er nun, daß dieser grobe Flegel ihn mit einer schmutzigen Schaufel um den Hirnkasten schlägt, und droht nicht, ihn wegen Tätlichkeiten zu belangen? Hum! Dieser Geselle war vielleicht zu seiner Zeit ein großer Käufer von Ländereien, mit seinen Hypotheken, seinen Grundzinsen, seinen Kaufbriefen, seinen Gewährsmännern, seinen gerichtlichen Auflassungen. Werden ihm seine Gewährsmänner nichts mehr von seinen erkauften Gütern gewähren, als die Länge und Breite von ein paar Kontrakten? Sogar die Übertragungsurkunden seiner Ländereien können kaum in diesem Kasten liegen: und soll der Eigentümer selbst nicht mehr Raum haben? He?

HORATIO. Nicht ein Tüttelchen mehr, mein Prinz.

HAMLET. Wird nicht Pergament aus Schafsfellen gemacht?

HORATIO. Ja, mein Prinz, und aus Kalbsfellen auch.

HAMLET. Schafe und Kälber sind es, die darin ihre Sicherheit suchen. Ich will diesen Burschen anreden. – Wessen Grab ist das, heda?

ERSTER TOTENGRÄBER. Meines, Herr.

Singt.

Und oh, eine Grube, gar tief und hohl,
Für solchen Gast muß sein.

HAMLET. Ich glaube wahrhaftig, daß es deines ist, denn du liegst darin.

ERSTER TOTENGRÄBER. Ihr liegt draußen, Herr, und also ist's nicht Eures; ich liege nicht darin, und doch ist es meines.

HAMLET. Du lügst darin, weil du darin bist und sagst, daß es deines ist. Es ist aber für die Toten, nicht für die Lebendigen: also lügst du.

ERSTER TOTENGRÄBER. 's ist eine lebendige Lüge, Herr, sie will von mir weg, zu Euch zurück.

HAMLET. Für was für einen Mann gräbst du es?

ERSTER TOTENGRÄBER. Für keinen Mann.

HAMLET. Für was für eine Frau denn?

ERSTER TOTENGRÄBER. Auch für keine.

HAMLET. Wer soll denn darin begraben werden?

ERSTER TOTENGRÄBER. Eine gewesene Frau, Herr; aber, Gott hab' sie selig! sie ist tot.

HAMLET. Wie keck der Bursch ist! Wir müssen nach der Schnur sprechen, oder er sticht uns mit Silben zu Tode. Wahrhaftig Horatio, ich habe seit diesen drei Jahren darauf geachtet: das Zeitalter wird so spitzfindig, daß der Bauer dem Hofmann auf die Fersen tritt. – Wie lange bist du schon Totengräber?

ERSTER TOTENGRÄBER. Von allen Tagen im Jahre kam ich just den Tag dazu, da unser voriger König Hamlet den Fortinbras überwand.

HAMLET. Wie lange ist das her?

ERSTER TOTENGRÄBER. Wißt Ihr das nicht? Das weiß jeder Narr. Es war denselben Tag, wo der junge Hamlet geboren ward, der nun toll geworden und nach England geschickt ist.

HAMLET. Ei so! Warum haben sie ihn nach England geschickt?

ERSTER TOTENGRÄBER. Nu, weil er toll war. Er soll seinen Verstand da wieder kriegen; und wenn er ihn nicht wieder kriegt, so tut's da nicht viel.

HAMLET. Warum?

ERSTER TOTENGRÄBER. Man wird's ihm da nicht viel anmerken: die Leute sind da eben so toll wie er.

HAMLET. Wie wurde er toll?

ERSTER TOTENGRÄBER. Seltsam genug, sagen sie.

HAMLET. Wie, »seltsam«?

ERSTER TOTENGRÄBER. Mein' Seel', just

dadurch, daß er den Verstand verlor.

HAMLET. Kennt Ihr den Grund?

ERSTER TOTENGRÄBER. Freilich, dänischer Grund und Boden. Ich bin hier seit dreißig Jahren Totengräber gewesen, in jungen und alten Tagen.

HAMLET. Wie lange liegt wohl einer in der Erde, eh' er verfault?

ERSTER TOTENGRÄBER. Mein' Treu', wenn er nicht schon vor dem Tode verfault ist (wie wir denn heutzutage viele lustsieche Leichen haben, die kaum bis zum Hineinlegen halten), so dauert er Euch ein acht bis neun Jahr aus; ein Lohgerber neun Jahre.

HAMLET. Warum der länger als ein andrer?

ERSTER TOTENGRÄBER. Ei, Herr, sein Gewerbe gerbt ihm das Fell so, daß er eine lange Zeit das Wasser abhält, und das Wasser richtet so 'ne Blitzleiche verteufelt zu Grunde. Hier ist ein Schädel, der Euch dreiundzwanzig Jahre in der Erde gelegen hat.

HAMLET. Wem gehört er?

ERSTER TOTENGRÄBER. Einem unklugen Blitzkerl. Wer denkt Ihr, daß es war?

HAMLET. Ja, ich weiß nicht.

ERSTER TOTENGRÄBER. Das Wetter über den unklugen Schalk! Er goß mir einmal eine Flasche Rheinwein über den Kopf. Dieser Schädel da war Yoricks Schädel, des Königs Spaßmacher.

HAMLET. Dieser? *Nimmt den Schädel.*

ERSTER TOTENGRÄBER. Ja ja, eben der.

HAMLET. Ach, armer Yorick! – Ich kannte ihn, Horatio: ein Bursche von unendlichem Humor, voll von den herrlichsten Einfällen. Er hat mich tausendmal auf dem Rücken getragen, und jetzt, wie schaudert meiner Einbildungskraft davor! mir wird ganz übel. Hier hingen diese Lippen, die ich geküßt habe, ich weiß nicht wie oft. Wo sind nun deine Schwänke? deine Sprünge? deine Lieder, deine Blitze von Lustigkeit, wobei die ganze Tafel in Lachen ausbrach? Ist jetzt keiner da, der sich über dein eignes Grinsen aufhielte? Alles weggeschrumpft? Nun begib dich in die Kammer der gnädigen Frau, und sage ihr, wenn sie auch einen Finger dick auflegt: so 'n Gesicht muß sie endlich bekommen; mach' sie damit zu lachen! – Sei so gut, Horatio, sage mir dies eine!

HORATIO. Und was, mein Prinz?

HAMLET. Glaubst du, daß Alexander in der Erde solchergestalt aussah!

HORATIO. Gerade so.

HAMLET. Und so roch! pah! *Wirft den Schädel hin.*

HORATIO. Gerade so, mein Prinz.

HAMLET. Zu was für schnöden Bestimmungen wir kommen, Horatio! Warum sollte die Einbildungskraft nicht den edlen Staub Alexanders verfolgen können, bis sie ihn findet, wo er ein Spundloch verstopft?

HORATIO. Die Dinge so betrachten, hieße sie allzugenau betrachten.

HAMLET. Nein, wahrhaftig, im geringsten nicht. Man könnte ihm bescheiden genug dahin folgen, und sich immer von der Wahrscheinlichkeit führen lassen. Zum Beispiel so: Alexander starb, Alexander ward begraben, Alexander verwandelte sich in Staub; der Staub ist Erde; aus Erde machen wir Lehm: und warum sollte man nicht mit dem Lehm, worein er verwandelt ward, ein Bierfaß stopfen können?
Der große Cäsar, tot und Lehm geworden,
Verstopft ein Loch wohl vor dem rauhen Norden.
O daß die Erde, der die Welt gebebt,
Vor Wind und Wetter eine Wand verklebt!
Doch still! doch still! Beiseit! Hier kommt der König!

Priester u.s.w. kommen in Prozession; die Leiche der Ophelia; Laertes und Leidtragende folgen ihr; der König, die Königin, ihr Gefolge u.s.w.

Die Königin, der Hof: wem folgen sie?
Und mit so unvollständ'gen Fei'rlichkeiten?
Ein Zeichen, daß die Leiche, der sie folgen,
Verzweiflungsvolle Hand an sich gelegt.
Sie war von Stande: lauern wir ein Weilchen,
Und geben acht!

Zieht sich mit Horatio zurück.

LAERTES. Was für Gebräuche sonst?

HAMLET. Das ist Laertes,
Ein edler junger Mann. Gebt acht!

LAERTES. Was für Gebräuche sonst?

ERSTER PRIESTER.
Wir dehnten ihr Begräbnis aus, so weit
Die Vollmacht reicht: ihr Tod war zweifelhaft,
Und wenn kein Machtgebot die Ordnung hemmte,
So hätte sie in ungeweihtem Grund
Bis zur Gerichtstrommete wohnen müssen.
Statt christlicher Gebete sollten Scherben
Und Kieselstein' auf sie geworfen werden.
Hier gönnt man ihr doch ihren Mädchenkranz
Und das Bestreun mit jungfräulichen Blumen,
Geläut' und Grabstätt'.

LAERTES. So darf nichts mehr geschehn?

PRIESTER. Nichts mehr geschehn.
Wir würden ja der Toten Dienst entweihn,
Wenn wir ein Requiem und Ruh' ihr sängen,
Wie fromm verschiednen Seelen.

LAERTES. Legt sie in den Grund,
Und ihrer schönen, unbefleckten Hülle
Entsprießen Veilchen! – Ich sag' dir, harter Priester,
Ein Engel am Thron wird meine Schwester sein,
Derweil du heulend liegst.

HAMLET. Was? die schöne Ophelia?

KÖNIGIN *Blumen streuend.*
Der Süßen Süßes: Lebe wohl! – Ich hoffte,
Du solltest meines Hamlets Gattin sein.
Dein Brautbett, dacht' ich, süßes Kind, zu schmücken,
Nicht zu bestreun dein Grab.

LAERTES. Oh, dreifach Wehe
Treff' zehnmal dreifach das verfluchte Haupt,
Des Untat deiner sinnigen Vernunft
Dich hat beraubt! – Laßt noch die Erde weg,
Bis ich sie nochmals in die Arme fasse.

Springt in das Grab.

Nun häuft den Staub auf Lebende und Tote,
Bis ihr die Fläche habt zum Berg gemacht,
Hoch über Pelion und das blaue Haupt

Des wolkigen Olympus.

HAMLET *hervortretend.*
Wer ist der, des Gram
So voll Emphase tönt? Des Spruch des Wehes
Der Sterne Lauf beschwört und macht sie stillstehn
Wie schreckbefangne Hörer? – Dies bin ich,
Hamlet der Däne!

Springt in das Grab.

LAERTES. Dem Teufel deine Seele!

Ringt mit ihm.

HAMLET. Du betest schlecht.
Ich bitt' dich, laß die Hand von meiner Gurgel:
Denn ob ich schon nicht jäh und heftig bin,
So ist doch was Gefährliches in mir,
Das ich zu scheun dir rate. Weg die Hand!

KÖNIG. Reißt sie doch von einander!

KÖNIGIN. Hamlet! Hamlet!

ALLE. Ihr Herren –

HORATIO. Bester Herr, seid ruhig!

Einige vom Gefolge bringen sie aus einander, und sie kommen aus dem Grabe heraus.

HAMLET. Ja, diese Sache fecht' ich aus mit ihm,
So lang' bis meine Augenlider sinken.

KÖNIGIN. O mein Sohn! welche Sache?

HAMLET. Ich liebt' Ophelien: vierzigtausend Brüder
Mit ihrem ganzen Maß von Liebe hätten
Nicht meine Summ' erreicht. – Was willst du für sie tun?

KÖNIG. Er ist verrückt, Laertes.

KÖNIGIN. Um Gottes willen, laßt ihn!

HAMLET. Beim Element, sag, was du tun willst:
Willst weinen? fechten? fasten? dich zerreißen?
Willst Essig trinken? Krokodile essen?
Ich tu's. – Kommst du zu winseln her?
Springst, um mir Trotz zu bieten, in ihr Grab?
Laß dich mit ihr begraben, ich will's auch;
Und schwatzest du von Bergen, laß auf uns
Millionen Hufen werfen, bis der Boden,
Die Scheitel an der glüh'nden Zone sengend,
Den Ossa macht zur Warze. – Prahlst du groß,
Ich kann's so gut wie du.

KÖNIGIN. Dies ist bloß Wahnsinn:
So tobt der Anfall eine Weil' in ihm,
Doch gleich, geduldig wie das Taubenweibchen,
Wann sie ihr goldnes Paar hat ausgebrütet,
Senkt seine Ruh' die Flügel.

HAMLET. Hört doch, Herr!
Was ist der Grund, daß Ihr mir so begegnet?
Ich liebt' Euch immer: doch es macht nichts aus;
Laßt Herkuln selber nach Vermögen tun,
Die Katze maut, der Hund will doch nicht ruhn.

Ab.

KÖNIG.
Ich bitte dich, Horatio, geh ihm nach!

Horatio ab.

Laertes, unser gestriges Gespräch
Muß die Geduld Euch stärken. – Gute Gertrud,
Setzt eine Wache über Euren Sohn!
Dies Grab soll ein lebendig Denkmal haben.
Bald werden wir der Ruhe Stunde sehn,
So lang' muß alles mit Geduld geschehn.

Alle ab.

Zweite Szene

Ein Saal im Schlosse.
Hamlet und Horatio treten auf.

HAMLET.
Hievon genug; nun komm' ich auf das andre.
Erinnert Ihr Euch jedes Umstands noch?

HORATIO. Erinnern, gnäd'ger Herr?

HAMLET.
In meiner Brust war eine Art von Kampf,
Der mich nicht schlafen ließ; mich dünkt', ich läge
Noch schlimmer als im Stock die Meuter. Rasch –
Und Dank dem raschen Mute! – Laßt uns einsehn,
Daß Unbesonnenheit uns manchmal dient,
Wenn tiefe Plane scheitern; und das lehr' uns,
Daß eine Gottheit unsre Zwecke formt,
Wie wir sie auch entwerfen.

HORATIO. Sehr gewiß.

HAMLET. Aus meinem Schlafgemach,
Den Schiffermantel um mich her geworfen,
Tappt' ich herum nach ihnen, fand sie glücklich,
Griff ihr Paket, und zog mich schließlich wieder
Zurück in die Kajüte; meine Furcht
Vergaß die Höflichkeit, und dreist erbrach
Ich ihren höchsten Auftrag. Hier, Horatio,
Fand ich ein königliches Bubenstück:
Ein streng Geheiß, gespickt mit vielen Gründen,
Betreffend Dänmarks Heil und Englands auch,
Und, heida! solch ein Spuk, wenn ich entkäme –
Daß gleich auf Sicht, ohn' alle Zögerung,
Auch nicht so lang', um nur das Beil zu schärfen,
Das Haupt mir abgeschlagen werden sollte.

HORATIO. Ist's möglich?

HAMLET. Hier ist der Auftrag: lies ihn nur bei Muße!
Doch willst du hören, wie ich nun verfuhr?

HORATIO. Ja, ich ersuch' Euch drum.

HAMLET. So rings umstrickt mit Bübereien, fing,
Eh' ich noch den Prolog dazu gehalten,
Mein Kopf das Spiel schon an. Ich setzte mich,
Sann einen Auftrag aus, schrieb ihn ins Reine.
Ich hielt es einst, wie unsre großen Herrn,
Für niedrig, schön zu schreiben, und bemühte
Mich sehr, es zu verlernen; aber jetzt
Tat es mir Ritterdienste. Willst du wissen,
Was meine Schrift enthielt?

HORATIO. Ja, bester Herr.

HAMLET.
Die ernstlichste Beschwörung von dem König,
Wofern ihm England treu die Lehnspflicht hielte,
Wofern ihr Bund blühn sollte wie die Palme,
Wofern der Fried' in seinem Ährenkranz
Stets beider Freundschaft bindend sollte stehn,
Und manchem wichtigen »Wofern« der Art –
Wann er den Inhalt dieser Schrift ersehn,
Möcht' er ohn' alles fernere Bedenken
Die Überbringer schnell zum Tode fördern,
Selbst ohne Frist zum Beichten.

HORATIO. Wie wurde dies versiegelt?

HAMLET.
Auch darin war des Himmels Vorsicht wach.
Ich hatt' im Beutel meines Vaters Petschaft,
Das dieses dän'schen Siegels Muster war.

Ich faltete den Brief dem andern gleich,
Dann unterschrieb ich, drückte drauf das Siegel,
Legt' ihn ab seinen Ort; der Wechselbalg
Ward nicht erkannt. Am nächsten Tage nun
War unser Seegefecht, und was dem folgte,
Das weißt du schon.

HORATIO.
Und Güldenstern und Rosenkranz gehn drauf.

HAMLET.
Ei, Freund, sie buhlten ja um dies Geschäft;
Sie rühren mein Gewissen nicht: ihr Fall
Entspringt aus ihrer eignen Einmischung.
's ist mißlich, wenn die schlechtere Natur
Sich zwischen die entbrannten Degenspitzen
Von mächt'gen Gegnern stellt.

HORATIO. Was für ein König!

HAMLET.
Was dünkt dir, liegt's mir jetzo nah genug?
Der meinen König totschlug, meine Mutter
Zur Hure machte; zwischen die Erwählung
Und meine Hoffnungen sich eingedrängt;
Die Angel warf nach meinem eignen Leben
Mit solcher Hinterlist: ist's nicht vollkommen billig,
Mit diesem Arme dem den Lohn zu geben?
Und ist es nicht Verdammnis, diesen Krebs
An unserm Fleisch noch länger nagen lassen?

HORATIO.
Ihm muß von England bald gemeldet werden,
Wie dort der Ausgang des Geschäftes ist.

HAMLET.
Bald wird's geschehn: die Zwischenzeit ist mein;
Ein Menschenleben ist, als zählt man eins.
Doch ich bin sehr bekümmert, Freund Horatio,
Daß mit Laertes ich mich selbst vergaß:
Denn in dem Bilde seiner Sache seh' ich
Der meinen Gegenstück. Ich schätz' ihn gern:
Doch wirklich, seines Schmerzes Prahlerei
Empörte mich zu wilder Leidenschaft.

HORATIO. Still doch! wer kommt?

Osrick kommt.

OSRICK. Willkommen Eurer Hoheit hier in Dänmark!

HAMLET. Ich dank' Euch ergebenst, Herr. – Kennst du diese Mücke?

HORATIO. Nein, bester Herr.

HAMLET. Um so besser ist für dein Heil gesorgt, denn es ist ein Laster, ihn zu kennen. Er besitzt viel und fruchtbares Land: wenn ein Tier Fürst der Tiere ist, so wird seine Krippe neben des Königs Gedeck stehn. Er ist eine Elster, aber, wie ich dir sage, mit weitläufigen Besitzungen von Kot gesegnet.

OSRICK. Geliebtester Prinz, wenn Eure Hoheit Muße hätte, so wünschte ich Euch etwas von seiner Majestät mitzuteilen.

HAMLET. Ich will es mit aller Aufmerksamkeit empfangen, Herr. Eure Mütze an ihre Stelle: sie ist für den Kopf.

OSRICK. Ich danke Eurer Hoheit, es ist sehr heiß.

HAMLET. Nein, auf mein Wort, es ist sehr kalt; der Wind ist nördlich.

OSRICK. Es ist ziemlich kalt, in der Tat, mein Prinz.

HAMLET. Aber doch, dünkt mich, ist es ungemein schwül und heiß, oder mein Temperament –

OSRICK. Außerordentlich, gnädiger Herr, es ist sehr schwül – auf gewisse Weise - ich kann nicht sagen wie. Gnädiger Herr, Seine Majestät befahl mir, Euch wissen zu lassen, daß er eine große Wette auf Euren Kopf angestellt hat. Die Sache ist folgende, Herr: -

HAMLET. Ich bitte Euch, vergeßt nicht!

Hamlet nötigt ihn, den Hut aufzusetzen.

OSRICK. Erlaubt mir, wertester Prinz, zu meiner eignen Bequemlichkeit. Vor kurzem, Herr, ist Laertes hier an den Hof gekommen: auf meine Ehre, ein vollkommner Kavalier, von den vortrefflichsten Auszeichnungen, von einer sehr gefälligen Unterhaltung und glänzendem Äußern. In der Tat, um mit Sinn von ihm zu sprechen, er ist die Musterkarte der feinen Lebensart, denn Ihr werdet in ihm den Inbegriff aller Gaben finden, die ein Kavalier nur wünschen kann zu sehn.

HAMLET. Seine Erörterung, Herr, leidet keinen Verlust in Eurem Munde, ob ich gleich weiß, daß es die Rechenkunst des Gedächtnisses irre machen würde, ein vollständiges Verzeichnis seiner Eigenschaften aufzustellen. Und doch würde es nur aus dem Groben sein, in Rücksicht seines behenden Fluges. Aber im heiligsten Ernste der Lobpreisung, ich halte ihn für einen Geist von großem Umfange, und seine innere Begabung so köstlich und selten, daß, um uns wahrhaft über ihn auszudrücken, nur sein Spiegel seinesgleichen ist, und wer sonst seiner Spur nachgehn will, sein Schatten, nichts weiter.

OSRICK.
Eure Hoheit spricht ganz untrüglich von ihm.

HAMLET. Der Betreff, Herr? Warum lassen wir den rauhen Atem unsrer Rede über diesen Kavalier gehen?

OSRICK. Prinz?

HAMLET. Was bedeutet die Nennung dieses Kavaliers?

OSRICK. Des Laertes?

HORATIO. Sein Beutel ist schon leer; alle seine goldnen Worte sind ausgegeben.

HAMLET. Ja, des nämlichen.

OSRICK. Ich weiß, Ihr seid nicht ununterrichtet –

HAMLET. Ich wollte, Ihr wüßtet es, Herr, ob es mich gleich, bei meiner Ehre! noch nicht sehr empfehlen würde. – Nun wohl, Herr?

OSRICK. Ihr seid nicht ununterrichtet, welche Vollkommenheit Laertes besitzt –

HAMLET. Ich darf mich dessen nicht rühmen, um mich nicht mit ihm an Vollkommenheit zu vergleichen: einen andern Mann aus dem Grunde kennen, hieße sich selbst kennen.

OSRICK. Ich meine, Herr, was die Führung der Waffen betrifft; nach der Beimessung, die man ihm erteilt, ist er darin ohnegleichen.

HAMLET. Was ist seine Waffe?

OSRICK. Degen und Stoßklinge.

HAMLET. Das wäre denn zweierlei Waffen; doch weiter!

OSRICK. Der König, Herr, hat mit ihm sechs Barberhengste gewettet; wogegen er, wie ich höre, sechs französische Degen samt Zubehör, als Gürtel, Gehenke und so weiter, verpfändet hat. Drei von den Gestellen sind in der Tat dem Auge sehr gefällig, den Gefäßen sehr angemessen, unendlich zierliche Gestelle, und von sehr geschmackvoller Erfindung.

HAMLET. Was nennt Ihr die Gestelle?

HORATIO. Ich wußte, Ihr würdet Euch noch an seinen Randglossen erbauen müssen, ehe das Gespräch zu Ende wäre.

OSRICK. Die Gestelle sind die Gehenke.

HAMLET. Der Ausdruck würde schicklicher für die Sache sein, wenn wir eine Kanone an der Seite führen könnten; bis dahin laßt es immer Gehenke bleiben. Aber weiter: sechs Barberhengste gegen sechs französische Degen, ihr Zubehör, und drei geschmackvoll erfundne Gestelle: das ist eine französische Wette gegen eine dänische. Weswegen haben sie dies verpfändet, wie Ihr's nennt?

OSRICK. Der König, Herr, hat gewettet, daß Laertes in zwölf Stößen von beiden Seiten nicht über drei vor Euch voraushaben soll; er hat auf zwölf gegen neun gewettet; und es würde sogleich zum Versuch kommen, wenn Eure Hoheit zu der Erwiderung geneigt wäre.

HAMLET. Wenn ich nun erwidre: nein?

OSRICK. Ich meine, gnädiger Herr, die Stellung Eurer Person zu dem Versuche.

HAMLET. Ich will hier im Saale auf und ab gehn; wenn es Seiner Majestät gefällt, es ist jetzt bei mir die Stunde, frische Luft zu schöpfen. Laßt die Rapiere bringen; hat Laertes Lust, und bleibt der König bei seinem Vorsatze, so will ich für ihn gewinnen, wenn ich kann; wo nicht, so werde ich nichts als die Schande und die überzähligen Stöße davontragen.

OSRICK. Soll ich Eure Meinung so erklären?

HAMLET. In diesem Sinne, Herr, mit Ausschmückungen nach Eurem Geschmack.

OSRICK. Ich empfehle Eurer Hoheit meine Ergebenheit. *Ab.*

HAMLET. Der Eurige. Er tut wohl daran, sie selbst zu empfehlen: es möchte ihm sonst kein Mund zu Gebote stehn.

HORATIO. Dieser Kiebitz ist mit der halben Eierschale auf dem Kopfe aus dem Nest gelaufen.

HAMLET. Er machte Umstände mit seiner Mutter Brust, eh' er daran sog. Auf diese Art hat er, und viele andre von demselben Schlage, in die das schale Zeitalter verliebt ist, nur den Ton der Mode und den äußerlichen Schein der Unterhaltung erhascht: eine Art von aufbrausender Mischung, die sie durch die blödesten und gesichtetsten Urteile mitten hindurch führt; aber man treibe sie nur zu näherer Prüfung, und die Blasen platzen.

Ein Edelmann kommt.

EDELMANN. Gnädiger Herr, Seine Majestät hat sich Euch durch den jungen Osrick empfehlen lassen, der ihm meldet, daß Ihr ihn im Saale erwarten wollt. Er schickt mich, um zu fragen: ob Eure Lust, mit Laertes zu fechten, fortdauert oder ob Ihr längern Aufschub dazu verlangt.

HAMLET. Ich bleibe meinen Vorsätzen treu, sie richten sich nach des Königs Wunsche. Wenn es ihm gelegen ist, bin ich bereit, jetzt oder zu jeder andern Zeit; vorausgesetzt, daß ich so gut imstande bin wie jetzt.

EDELMANN. Der König, die Königin und alle sind auf dem Wege hieher.

HAMLET. In Gottes Namen.

EDELMANN. Die Königin wünscht, Ihr möchtet den Laertes freundschaftlich anreden, ehe Ihr anfangt zu fechten.

HAMLET. Ihr Rat ist gut.

Der Edelmann ab.

HORATIO.
Ihr werdet diese Wette verlieren, mein Prinz.

HAMLET. Ich denke nicht: seit er nach Frankreich ging, bin ich in beständiger Übung geblieben; ich werde bei der ungleichen Wette gewinnen. Aber du kannst dir nicht vorstellen, wie übel es mir hier ums Herz ist. Doch es tut nichts.

HORATIO. Nein, bester Herr –

HAMLET. Es ist nur Torheit; aber es ist eine Art von schlimmer Ahndung, die vielleicht ein Weib ängstigen würde.

HORATIO. Wenn Eurem Gemüt irgend etwas widersteht, so gehorcht ihm: ich will ihrer Hieherkunft zuvorkommen, und sagen, daß Ihr nicht aufgelegt seid.

HAMLET. Nicht im geringsten. Ich trotze allen Vorbedeutungen: es waltet eine besondere Vorsehung über den Fall eines Sperlings. Geschieht es jetzt, so geschieht es nicht in Zukunft; geschieht es nicht in Zukunft, so geschieht es jetzt; geschieht es jetzt nicht, so geschieht es doch einmal in Zukunft. In Bereitschaft sein ist alles. Da kein Mensch weiß, was er verläßt, was kommt darauf an, frühzeitig zu verlassen? Mag's sein!

Der König, die Königin, Laertes, Herren vom Hofe, Osrick und andres Gefolge mit Rapieren u.s.w.

KÖNIG. Kommt, Hamlet, kommt! nehmt diese Hand von mir!

Der König legt die Hand des Laertes in die des Hamlet.

HAMLET.
Gewährt Verzeihung, Herr; ich tat Euch Unrecht,
Allein verzeiht um Eurer Ehre willen!
Der Kreis hier weiß, Ihr hörtet's auch gewiß,
Wie ich mit schwerem Trübsinn bin geplagt.
Was ich getan,
Das die Natur in Euch, die Ehr' und Sitte,
Hart aufgeregt, erklär' ich hier für Wahnsinn.
War's Hamlet, der Laertes kränkte? Nein.
Wenn Hamlet von sich selbst geschieden ist,
Und, weil er nicht er selbst, Laertes kränkt,
Dann tut es Hamlet nicht, Hamlet verleugnet's.
Wer tut es denn? Sein Wahnsinn. Ist es so,
So ist er ja auf der gekränkten Seite:
Sein Wahnsinn ist des armen Hamlets Feind.
Vor diesen Zeugen, Herr,
Laßt mein Verleugnen aller schlimmen Absicht
So weit vor Eurer Großmut frei mich sprechen,
Als ich den Pfeil nur sandte übers Haus

Und meinen Bruder traf.
LAERTES.
Mir ist genug geschehn für die Natur,
Die mich in diesem Fall am stärksten sollte
Zur Rache treiben. Doch nach Ehrenrechten
Halt' ich mich fern und weiß nichts von Versöhnung,
Bis ältre Meister von geprüfter Ehre
Zum Frieden ihren Rat und Spruch verleihn,
Für meines Namens Rettung: bis dahin
Empfang' ich Eure dargebotne Liebe
Als Lieb', und will ihr nicht zu nahe tun.
HAMLET. Gern tret' ich bei, und will mit Zuversicht
Um diese brüderliche Wette fechten.
Gebt uns Rapiere, kommt!
LAERTES. Kommt, einen mir!
KÖNIG. Gebt ihnen die Rapiere, junger Osrick!
Ihr wißt doch, Vetter Hamlet, unsre Wette?
HAMLET.
Vollkommen: Eure Hoheit hat den Ausschlag
Des Preises auf die schwächre Hand gelegt.
KÖNIG.
Ich fürcht' es nicht, ich sah euch beide sonst;
Er lernte zu, drum gibt man uns voraus.
LAERTES. Der ist zu schwer, laßt einen andern sehn!
HAMLET.
Der steht mir an: sind alle gleicher Länge?
Sie bereiten sich zum Fechten.
OSRICK. Ja, bester Herr.
KÖNIG.
Setzt mir die Flasche Wein auf diesen Tisch!
Wenn Hamlet trifft zum ersten oder zweiten,
Wenn er beim dritten Tausch den Stoß erwidert,
Laßt das Geschütz von allen Zinnen feuern:
Der König trinkt auf Hamlets Wohlsein dann,
Und eine Perle wirft er in den Kelch,
Mehr wert, als die vier Kön'ge nacheinander
In Dänmarks Krone trugen. Gebt die Kelche:
Laßt die Trompete zu der Pauke sprechen,
Die Pauke zu dem Kanonier hinaus,
Zum Himmel das Geschütz, den Himmel zur Erde:
»Jetzt trinkt der König Hamlet zu.« – Fangt an,
Und ihr, die Richter, habt ein wachsam Aug'!
HAMLET. Kommt, Herr!
LAERTES. Wohlan, mein Prinz!
Sie fechten.
HAMLET. Eins!
LAERTES. Nein!
HAMLET. Richterspruch!
OSRICK. Getroffen, offenbar getroffen!
LAERTES. Gut, noch einmal!
KÖNIG. Halt! Wein her! – Hamlet, diese Perl' ist dein,
Hier auf dein Wohl! Gebt ihm den Kelch!
Trompetenstoß und Kanonenschüsse hinter der Szene.
HAMLET.
Ich fecht' erst diesen Gang, setzt ihn beiseit'!
Kommt!
Sie fechten.
Wiederum getroffen; was sagt Ihr?
LAERTES. Berührt! berührt! Ich geb' es zu.
KÖNIG. Unser Sohn gewinnt.
KÖNIGIN. Er ist fett und kurz von Atem.
Hier, Hamlet, nimm mein Tuch, reib' dir die Stirn!
Die Königin trinkt auf dein Glück, mein Hamlet.
HAMLET. Gnädige Mutter –
KÖNIG. Gertrud, trink' nicht!
KÖNIGIN.
Ich will es, mein Gemahl; ich bitt', erlaubt mir!
KÖNIG *beiseit.*
Es ist der gift'ge Kelch; es ist zu spät.
HAMLET.
Ich darf jetzt noch nicht trinken, gnäd'ge Frau:
Sogleich.
KÖNIGIN. Komm, laß mich dein Gesicht abtrocknen!
LAERTES. Mein Fürst, jetzt treff' ich ihn.
KÖNIG. Ich glaub' es nicht.
LAERTES *beiseit.*
Und doch, beinah' ist's gegen mein Gewissen.
HAMLET.
Laertes, kommt zum dritten nun: Ihr tändelt.
Ich bitt' Euch, stoßt mit Eurer ganzen Kraft;
Ich fürchte, daß Ihr mich zum besten habt.
LAERTES. Meint Ihr? Wohlan!
Sie fechten.
OSRICK. Auf beiden Seiten nichts.
LAERTES. Jetzt seht Euch vor!
Laertes verwundet den Hamlet; drauf wechseln sie in der Hitze des Gefechts die Rapiere, und Hamlet verwundet den Laertes.
KÖNIG. Trennt sie, sie sind erhitzt!
HAMLET. Nein, noch einmal!
Die Königin sinkt um.
OSRICK. Seht nach der Königin!
HORATIO.
Sie bluten beiderseits. – Wie steht's, mein Prinz?
OSRICK. Wie steht's, Laertes?
LAERTES. Gefangen in der eignen Schlinge,
Osrick!
Mich fällt gerechterweise mein Verrat.
HAMLET. Was ist der Königin?
KÖNIG. Sie fällt in Ohnmacht, weil sie bluten sieht.
KÖNIGIN.
Nein, nein! der Trank, der Trank! – O lieber Hamlet!
Der Trank, der Trank! – Ich bin vergiftet.
Sie stirbt.
HAMLET. O Büberei! – Ha! laßt die Türen schließen!
Verrat! Sucht, wo er steckt!
Laertes fällt.
LAERTES.
Hier, Hamlet: Hamlet, du bist umgebracht.
Kein Mittel in der Welt errettet dich,
In dir ist keine halbe Stunde Leben.
Des Frevels Werkzeug ist in deiner Hand,
Unabgestumpft, vergiftet; meine Arglist
Hat sich auf mich gewendet: sieh! hier lieg' ich,
Nie wieder aufzustehn – vergiftet deine Mutter –
Ich kann nicht mehr – des Königs Schuld, des Königs!
HAMLET. Die Spitze auch vergiftet?
So tu' denn, Gift, dein Werk!
Er ersticht den König.
OSRICK UND HERREN VOM HOFE.
Verrat! Verrat!
KÖNIG.
Noch helft mir, Freunde! Ich bin nur verwundet.
HAMLET. Hier, mörd'rischer, blutschänd'rischer,
verruchte Däne!
Trink diesen Trank aus! – Ist die Perle hier?

Folg' meiner Mutter!
Der König stirbt.

LAERTES. Ihm geschieht sein Recht:
Es ist ein Gift, von seiner Hand gemischt.
Laß uns Vergebung wechseln, edler Hamlet!
Mein Tod und meines Vaters komm' nicht über dich,
Noch deiner über mich!
Er stirbt.

HAMLET. Der Himmel mache
Dich frei davon! Ich folge dir. – Horatio,
Ich sterbe. – Arme Königin, fahr' wohl!
Ihr, die erblaßt und bebt bei diesem Fall,
Und seid nur stumme Hörer dieser Handlung,
Hätt' ich nur Zeit, – der grause Scherge Tod
Verhaftet schleunig, – oh, ich könnt' euch sagen!
Doch sei es drum! – Horatio, ich bin hin;
Du lebst: erkläre mich und meine Sache
Den Unbefriedigten!

HORATIO. Nein, glaub' das nicht:
Ich bin ein alter Römer, nicht ein Däne:
Hier ist noch Trank zurück.

HAMLET. Wo du ein Mann bist,
Gib mir den Kelch! Beim Himmel, laß! ich will ihn!
O Gott! – Welch ein verletzter Name, Freund,
Bleibt alles so verhüllt, wird nach mir leben!
Wenn du mich je in deinem Herzen trugst,
Verbanne noch dich von der Seligkeit,
Und atm' in dieser herben Welt mit Müh',
Um mein Geschick zu melden! –
Marsch in der Ferne. Schüsse hinter der Szene.
Welch kriegerischer Lärm?

OSRICK.
Der junge Fortinbras, der siegreich eben
Zurück von Polen kehrt, gibt den Gesandten
Von England diesen kriegerischen Gruß.

HAMLET. Oh, ich sterbe, Horatio!
Das starke Gift bewältigt meinen Geist;
Ich kann von England nicht die Zeitung hören,
Doch prophezei' ich, die Erwählung fällt
Auf Fortinbras: er hat mein sterbend Wort;
Das sagt ihm, samt den Fügungen des Zufalls,
Die es dahin gebracht. – Der Rest ist Schweigen.
Er stirbt.

HORATIO.
Da bricht ein edles Herz. – Gute Nacht, mein Fürst!
Und Engelscharen singen dich zur Ruh'! –
Weswegen naht die Trommel?
Marsch hinter der Szene. Fortinbras, die englischen Gesandten und andre kommen.

FORTINBRAS. Wo ist dies Schauspiel?

HORATIO.
Was ist's, das Ihr zu sehn begehrt? Wenn irgend
Weh und Wunder, laßt vom Suchen ab!

FORTINBRAS.
Die Niederlage hier schreit Mord! – O stolzer Tod,
Welch Fest geht vor in deiner ew'gen Zelle,
Daß du auf einen Schlag so viele Fürsten
So blutig trafst?

ERSTER GESANDTER.
Der Anblick ist entsetzlich,
Und das Geschäft von England kommt zu spät.
Taub sind die Ohren, die Gehör uns sollten
Verleihen, sein Befehl sei ausgeführt,
Und Rosenkranz und Güldenstern sei'n tot.
Wo wird uns Dank zu teil?

HORATIO. Aus seinem Munde nicht,
Hätt' er dazu die Lebensregung auch.
Er gab zu ihrem Tode nie Befehl.
Doch weil so schnell nach diesem blut'gen Schlage
Ihr von dem Zug nach Polen, ihr aus England
Hiehergekommen seid, so ordnet an,
Daß diese Leichen hoch auf einer Bühne
Vor aller Augen werden ausgestellt,
Und laßt der Welt, die noch nicht weiß, mich sagen,
Wie alles dies geschah: so sollt ihr hören
Von Taten, fleischlich, blutig, unnatürlich,
Zufälligen Gerichten, blindem Mord;
Von Toden, durch Gewalt und List bewirkt,
Und Planen, die verfehlt zurückgefallen
Auf der Erfinder Haupt: dies alles kann ich
Mit Wahrheit melden.

FORTINBRAS. Eilen wir zu hören,
Und ruft die Edelsten zu der Versammlung!
Was mich betrifft, mein Glück umfang' ich traurend:
Ich habe alte Recht' an dieses Reich,
Die anzusprechen mich mein Vorteil heißt.

HORATIO.
Auch hievon werd' ich Grund zu reden haben,
Und zwar aus dessen Mund, des Stimme mehre
Wird nach sich ziehen; aber laßt uns dies
Sogleich verrichten, weil noch die Gemüter
Der Menschen wild sind, daß kein Unheil mehr
Aus Ränken und Verwirrung mög' entstehn.

FORTINBRAS.
Laßt vier Hauptleute Hamlet auf die Bühne
Gleich einem Krieger tragen: denn er hätte,
Wär' er hinaufgelangt, unfehlbar sich
Höchst königlich bewährt; und bei dem Zug
Laßt Feldmusik und alle Kriegsgebräuche
Laut für ihn sprechen!
Nehmt auf die Leichen! Solch ein Blick wie der
Ziemt wohl dem Feld, doch hier entstellt er sehr.
Geht, heißt die Truppen feuern!
Ein Totenmarsch.
Sie gehen ab, indem sie die Leichen wegtragen; hierauf wird eine Artilleriesalve abgefeuert.

OTHELLO

Personen

Herzog von Venedig
Brabantio, Senator
Mehrere Senatoren
Gratiano,
Lodovico, Verwandte des Brabantio
Othello, Feldherr; Mohr
Cassio, sein Leutnant
Jago, sein Fähndrich
Rodrigo, ein junger Venetianer
Montano, Statthalter von Cypern
Ein Diener des Othello
Herold
Desdemona, Brabantios Tochter
Emilie, Jagos Frau
Bianca, Kurtisane
Offiziere, Edelleute, Boten, Musikanten, Matrosen, Gefolge u.s.w.
Szene im ersten Aufzug in Venedig; hernach in Cypern

Erster Aufzug

Erste Szene

Venedig. Eine Straße.
Es treten auf Rodrigo und Jago.

RODRIGO.
Sag mir nur nichts, – denn damit kränkst du mich,
Daß, Jago, du, der meine Börse führte,
Als wär' sie dein –, die Sache schon gewußt.
JAGO. Ihr hört ja nicht! –
Hab' ich mir je davon was träumen lassen,
Verabscheut mich!
RODRIGO. Du hast mir stets gesagt, du hassest ihn!
JAGO. Verachte mich, wenn's nicht so ist!
Drei Mächtige aus dieser Stadt, persönlich
Bemüht, zu seinem Leutnant mich zu machen,
Hofierten ihm: und, auf Soldatenwort,
Ich kenne meinen Preis –, das kommt mir zu.
Doch er, verliebt in seinen Stolz und Dünkel,
Weicht ihnen aus, mit Schwulst, weit hergeholt,
Den er staffiert mit grausen Kriegssentenzen,
Und, kurz und gut,
Schlägt's meinen Gönnern ab: denn »traun«, – so spricht er –
»Ernannt schon hab' ich meinen Offizier.«
Und wer ist dieser?
Seht mir! ein gar ausbünd'ger Rechenmeister,
Ein Michael Cassio, ein Florentiner,
Ein Wicht, zum schmucken Weibe fast versündigt,
Der niemals eine Schar ins Feld geführt,
Noch von der Heeresordnung mehr versteht
Als Jüngferchen; nur Büchertheorie,
Von der in seiner Toga wohl ein Ratsherr
So weislich spricht, als er – all seine Kriegskunst
Geschwätz, nicht Praxis –, der nun wird erwählt;
Und ich, von dem sein Auge Proben sah
Zu Rhodus, Cypern und auf anderm Boden,
Christlich und heidnisch, komm' um Wind und Flut
Durch solchen Rechenknecht, solch Einmaleins;
Der, wohl bekomm's ihm, muß sein Leutnant sein,
Und ich – Gott besser's! – seiner Mohrschaft Fähndrich.
RODRIGO.
Bei Gott! sein Henker würd' ich lieber sein! –
JAGO.
Da hilft nichts für; das ist der Fluch des Dienstes.
Beförd'rung geht Euch nach Empfehl' und Gunst,
Nicht nach eh'mal'gem Rang, wo jeder zweite
Den Platz des Vormanns erbt. Urteilt nun selbst,
Ob mich wohl irgend Recht und Dank verpflichtet,
Zu lieben diesen Mohren.
RODRIGO. So dient' ich ihm auch nicht.
JAGO. Oh, seid ganz ruhig!
Ich dien' ihm, um mir's einzubringen; ei, wir können
Nicht alle Herrn sein, nicht kann jeder Herr
Getreue Diener haben. Seht Ihr doch
So manchen pflicht'gen, kniegebeugten Schuft,
Der, ganz verliebt in seine Sklavenfessel,
Ausharrt, recht wie die Esel seines Herrn,
Ums Heu, und wird im Alter fortgejagt. –
Peitscht mir solch redlich Volk! Dann gibt es andre,
Die, ausstaffiert mit Blick und Form der Demut,
Ein Herz bewahren, das nur sich bedenkt;
Die nur Scheindienste liefern ihren Obern,
Durch sie gedeihn und, wann ihr Pelz gefüttert,
Sich selbst Gebieter sind. Die Burschen haben Witz,
Und dieser Zunft zu folgen ist mein Stolz.
Denn, Freund,
's ist so gewiß, als Ihr Rodrigo heißt,
Wär' ich der Mohr, nicht möcht' ich Jago sein.
Wenn ich ihm diene, dien' ich nur mir selbst;
Der Himmel weiß es! nicht aus Lieb' und Pflicht,
Nein, nur zum Schein, für meinen eignen Zweck:
Denn wenn mein äußres Tun je offenbart
Des Herzens angeborne Art und Neigung
In Haltung und Gebärde, dann alsbald
Will ich mein Herz an meinem Ärmel tragen
Als Fraß für Kräh'n. Ich bin nicht, was ich bin! –
RODRIGO.
Welch reiches Glück fällt dem Dickmäul'gen zu,
Wenn ihm der Streich gelingt! –
JAGO. Ruft auf den Vater,
Hetzt den ihm nach; vergiftet seine Lust,
Schreit's durch die Stadt, macht ihre Vettern wild,
Und ob er unter mildem Himmel wohnt,
Plagt ihn mit Fliegen; ist die Freud' ihm Freude,
Versetzt sie dennoch ihm mit so viel Pein,
Daß sie etwas erbleiche!
RODRIGO. Hier ist des Vaters Haus; ich ruf' ihn laut.
JAGO. Das tut, mit gleichem Angstruf und Geheul,
Als wenn bei Nacht und Lässigkeit ein Feuer
Erspäht wird in volkreichen Städten.
RODRIGO.
Hallo, Brabantio! Signor Brabantio, ho! –
JAGO. Erwacht; hallo! Brabantio! Diebe! Diebe! –
Nehmt Euer Haus in acht, Eu'r Kind, Eu'r Geld! –
He, Diebe! Diebe! –
Brabantio oben am Fenster.
BRABANTIO.
Was ist die Ursach' dieses wilden Lärms?
Was gibt es hier? –
RODRIGO. Ist alles, was Euch angehört, im Hause?
JAGO. Die Türen zu?
BRABANTIO. Nun, warum fragt ihr das? –
JAGO.
Ihr seid beraubt, zum Teufel! Nehmt den Mantel!
Eu'r Herz zerbrach, halb Eure Seel' ist hin.
Jetzt, eben jetzt, bezwingt ein alter schwarzer
Schafbock Eu'r weißes Lämmchen. – Auf! heraus!
Weckt die schlaftrunknen Bürger mit der Glocke,
Sonst macht der Teufel Euch zum Großpapa.
Auf, sag' ich, auf! –
BRABANTIO. Was! seid ihr bei Verstand?
RODRIGO.
Ehrwürd'ger Herr, kennt Ihr mich an der Stimme?
BRABANTIO. Ich nicht! Wer bist du?
RODRIGO. Rodrigo heiß' ich.
BRABANTIO. Mir um so verhaßter!
Befohlen hab' ich dir, mein Haus zu meiden;
Ganz unverhohlen hörtest du mich sagen,

Mein Kind sei nicht für dich, – und nun, wie rasend,
Vom Mahle voll und törendem Getränk,
In böslich trotz'gem Übermute kommst du,
Mich in der Ruh' zu stören?

RODRIGO. Herr, Herr, Herr!

BRABANTIO. Doch, wissen sollst du dies:
Durch meine Kraft und Stellung hab' ich Macht,
Dir's zu vergällen.

RODRIGO. Ruhig, werter Herr!

BRABANTIO.
Was sprichst du mir von Raub? Dies ist Venedig,
Mein Palast keine Scheune.

RODRIGO. Sehr würd'ger Herr,
In arglos reiner Absicht komm' ich her.

JAGO. Wetter, Herr, Ihr seid einer von denen, die Gott nicht dienen wollen, wenn's ihnen der Teufel befiehlt. Weil wir kommen, Euch einen Dienst zu tun, denkt Ihr, wir sind Raufbolde? Ihr wollt einen Barberhengst über Eure Tochter kommen lassen; Ihr wollt Enkel, die Euch anwiehern, wollt Rennpferde zu Vettern und Zelter zu Neffen haben?

BRABANTIO. Wer bist du, frecher Läst'rer?

JAGO. Ich bin einer, Herr, der Euch zu melden kommt, daß Eure Tochter und der Mohr jetzt dabei sind, das Tier mit zwei Rücken zu machen.

BRABANTIO. Du bist ein Schurke!

JAGO. Ihr seid – ein Senator.

BRABANTIO.
Du sollst dies büßen; ich kenne dich, Rodrigo.

RODRIGO.
Ich will für alles einstehn, doch ich bitt' Euch,
Ist's Euer Wunsch und wohlbedächt'ge Weisheit
(Wie's fast mir scheint), daß Eure schöne Tochter
In dieser späten Stunde dumpfer Nacht
Wird ausgeliefert – besser nicht noch schlechter
Bewacht, als durch 'nen feilen Gondolier –
Den rohen Küssen eines üpp'gen Mohren? –
Wenn Ihr das wißt und einverstanden seid, –
So taten wir Euch groben, frechen Schimpf.
Doch wißt Ihr's nicht, dann sagt mir Sitt' und Anstand,
Ihr scheltet uns mit Unrecht. Nimmer glaubt,
Daß, allem Sinn für Höflichkeit entfremdet,
Ich so zum Scherz mit Eurer Würde spielte.
Eu'r Kind, wenn Ihr ihm nicht Erlaubnis gabt –
Ich sag's noch einmal –, hat sich schwer vergangen,
So Schönheit, Geist, Vermögen auszuliefern
Dem heimatlos unsteten Abenteurer
Von hier und überall. Gleich überzeugt Euch, Herr:
Ist sie im Schlafgemach, ja nur zu Hause,
Laßt auf mich los der Republik Gesetze,
Weil ich Euch so betrog!

BRABANTIO. Schlagt Feuer! ho!
Gebt mir 'ne Kerze! – Weckt all meine Leute! –
Der Vorfall sieht nicht ungleich einem Traum:
Der Glaube dran droht schon mich zu vernichten.
Licht, sag' ich, Licht! –

Geht ab.

JAGO. Lebt wohl! Ich muß Euch lassen,
Es scheint nicht gut, noch heilsam meiner Stelle,
Stellt man als Zeugen mich – und bleib' ich, so geschieht's –
Dem Mohren vor: – denn unser Staat, ich weiß es,
Wenn ihn dies gleich etwas verdunkeln wird,
Kann ihn nicht fallen lassen –; denn es fordert
So trift'ger Grund ihn für den Cyperkrieg,
Der jetzt bevorsteht, daß um keinen Preis
Ein andrer von der Fähigkeit sich fände,
Als Führer dieses Zugs; in welcher Rücksicht,
Obgleich ich ihn wie Höllenqualen hasse,
Weil mich die gegenwärt'ge Lage zwingt,
Ich aufziehn muß der Liebe Flagg' und Zeichen,
Freilich als Zeichen nur. Daß Ihr ihn sicher findet,
Führt jene Suchenden zum »Schützen« hin:
Dort werd' ich bei ihm sein; und so lebt wohl!

Jago geht ab.

Brabantio tritt auf mit Dienern und Fackeln.

BRABANTIO.
Zu wahr nur ist dies Unglück! Sie ist fort,
Und was mir nachbleibt vom verhaßten Leben,
Ist nichts als Bitterkeit. – Nun sag, Rodrigo,
Wo hast du sie gesehn? – Oh, törich Kind! –
Der Mohr, sagst du! – Wer möchte Vater sein? –
Wie weißt du, daß sie's war? – Oh, unerhört
Betrogst du mich! Was sprach sie? – Holt noch Fackeln!
Ruft alle meine Vettern! – Sind sie wohl
Vermählt, was glaubst du? –

RODRIGO. Nun, ich glaube, ja.

BRABANTIO.
O Gott! Wie kam sie fort? O Blutsverrat! –
Väter, hinfort traut euern Töchtern nie
Nach äußerlichem Tun! Gibt's keinen Zauber,
Der Jugend Unschuld und des Mädchentums
Zu tören? Last Ihr nie von solchen Dingen,
Rodrigo?

RODRIGO. Ja, Signor, ich las es wohl.

BRABANTIO.
Ruft meinen Bruder! – Wär' sie Euer doch!
Auf welche Art auch immer! Habt Ihr Kundschaft,
Wo wir sie finden mögen mit dem Mohren?

RODRIGO.
Ich hoff' ihn auszuspähn, wenn's Euch gefällt,
Mit tüchtiger Bedeckung mir zu folgen.

BRABANTIO.
Wohl, führt den Zug! Vor jedem Hause ruf' ich;
Wenn's gilt, kann ich befehlen. Waffen her!
Und holt ein paar Hauptleute von der Wache!
Voran, Rodrigo! Eure Müh' vergelt' ich.

Sie gehen ab.

Zweite Szene

Straße.

Es treten auf Othello, Jago und Gefolge.

JAGO.
Im Kriegeshandwerk schlug ich manchen tot;
Doch halt' ich's für Gewissenssach' und Sünde,
Mit Absicht morden; traun, mir fehlt's an Bosheit,

Und oft zu meinem Schaden, Zwanzigmal
Dacht' ich, ihm mit 'nem Rippenstoß zu dienen!
OTHELLO. 's ist besser so.
JAGO. Doch schwatzt' er solches Zeug,
Und sprach so schnöd', und gegen Eure Ehre
So lästerlich,
Daß all mein bißchen Frömmigkeit mich kaum
Im Zügel hielt. Doch sagt mir, werter Herr,
Seid Ihr auch recht vermählt? Denn glaubt mir nur,
Gar sehr beliebt ist der Magnifico,
Und hat was durchzusetzen kräft'ge Stimme,
Vollwichtig wie der Fürst. Er wird Euch scheiden,
Zum mind'sten häuft er Hemmung und Verdruß,
Wie nur das Recht, durch seine Macht geschärft,
Ihm Spielraum gibt.
OTHELLO. Er mag sein Ärgstes tun:
Der Dienst, den ich geleistet dem Senat,
Schreit seine Klage nieder. Kund soll werden
– Was, wenn mir kund, daß Prahlen Ehre bringt,
Ich offenbaren will –, daß ich entsproß
Aus königlichem Stamm, und mein Gestirn
Darf ohne Scheu so stolzes Glück ansprechen
Als dies, das ich erreicht. Denn wisse, Jago,
Liebt' ich die holde Desdemona nicht,
Nie zwäng' ich meinen sorglos freien Stand
In Band' und Schranken ein, nicht um die Schätze
Der tiefen See. Doch sieh! Was dort für Lichter?

Cassio kommt mit Gefolge.

JAGO. Der zorn'ge Vater ist es mit den Freunden –
Geht doch hinein!
OTHELLO. Ich nicht! man soll mich finden:
Mein Stand und Rang und meine feste Seele,
Laut soll'n sie für mich zeugen! Sind es jene?
JAGO. Beim Janus, nein! –
OTHELLO.
Des Herzogs Diener sind es und mein Leutnant. –
– Sei euch die Nacht gedeihlich, meine Freunde!
Was gibt's? –
CASSIO. Der Herzog grüßt Euch, General,
Und fordert, daß Ihr schnell, blitzschnell erscheint
Im Augenblick.
OTHELLO. Was, meint Ihr, ist im Werk? –
CASSIO.
Etwas aus Cypern, wenn ich recht vermute;
's ist ein Geschäft von heißer Eil': die Flotte
Verschickt' ein Dutzend Boten nach einander
Noch diesen Abend, die gedrängt sich folgten.
Viel Herrn vom Rat, geweckt und schon versammelt,
Sind jetzt beim Herzog; eifrig sucht man Euch,
Und da man Euch verfehlt in Eurer Wohnung,
Hat der Senat drei Haufen ausgesandt,
Euch zu erspähn.
OTHELLO. 's ist gut, daß Ihr mich fandet.
Ein Wort nur lass' ich hier zurück im Hause,
Und folg' Euch nach.

Geht ab

CASSIO. Fähndrich, was schafft' er hier? –
JAGO. Nun, eine Landgaleere nahm er heut:
Er macht sein Glück, wenn's gute Prise wird.
CASSIO. Wie meint Ihr das? –
JAGO. Er ist vermählt.
CASSIO. Mit wem? –

Othello kommt zurück.

JAGO. Ei nun, mit – kommt Ihr, mein General? –
OTHELLO. Ich bin bereit.
CASSIO.
Hier naht ein andrer Trupp, Euch aufzusuchen.

Brabantio, Rodrigo und Bewaffnete treten auf.

JAGO. Es ist Brabantio – faßt Euch, General! –
Er sinnt auf Böses!
OTHELLO. Holla! Stellt Euch hier! –
RODRIGO. Signor, es ist der Mohr!
BRABANTIO. Dieb! Schlagt ihn nieder! –

Von beiden Seiten werden die Schwerter gezogen.

JAGO.
Rodrigo, Ihr? Kommt, Herr! Ich bin für Euch.
OTHELLO.
Die blanken Schwerter fort! Sie möchten rosten. –
Das Alter hilft Euch besser, guter Herr,
Als Euer Degen.
BRABANTIO.
O schnöder Dieb! Was ward aus meiner Tochter?
Du hast, verdammter Frevler, sie bezaubert;
Denn alles, was Vernunft hegt, will ich fragen,
Wenn nicht ein magisch Band sie hält gefangen,
Ob eine Jungfrau, zart und schön und glücklich,
So abhold der Vermählung, daß sie floh
Den reichen Jünglingsadel unsrer Stadt –
Ob sie, ein allgemein Gespött zu werden,
Häuslichem Glück entfloh an solches Unholds
Pechschwarze Brust, die Grau'n, nicht Lust erregt?
Die Welt soll richten, ob's nicht sonnenklar,
Daß du mit Höllenkunst auf sie gewirkt,
Mit Gift und Trank verlockt ihr zartes Alter,
Den Sinn zu schwächen: – untersuchen soll
man's;
Denn glaubhaft ist's, handgreiflich dem Gedanken.
Drum nehm' ich dich in Haft und zeihe dich
Als einen Volksbetörer, einen Zaubrer,
Der unerlaubte, böse Künste treibt. –
Legt Hand an ihn, und setzt er sich zur Wehr,
Zwingt ihn, und gölt's sein Leben!
OTHELLO. Steht zurück,
Ihr, die für mich Partei nehmt, und ihr andern! –
War Fechten meine Rolle, nun, die wußt' ich
Auch ohne Stichwort. – Wohin soll ich folgen
Und Eurer Klage stehn?
BRABANTIO. In Haft; bis Zeit und Form
Im Lauf des graden Rechtsverhörs dich ruft
Zur Antwort.
OTHELLO. Wie denn nun, wenn ich gehorchte? –
Wie käme das dem Herzog wohl erwünscht,
Des Boten hier an meiner Seite stehn,
Mich wegen dringenden Geschäfts im Staat
Vor ihn zu führen?
GERICHTSDIENER. So ist's, ehrwürd'ger Herr:
Der Herzog sitzt zu Rat, und Euer Gnaden
Ward sicher auch bestellt.
BRABANTIO. Im Rat der Herzog?
Jetzt um die Mitternacht? – Führt ihn dahin;
Nicht schlecht ist mein Gesuch. Der Herzog selbst,
Und jeglicher von meinen Amtsgenossen,

Muß fühlen meine Kränkung wie sein eigen:
Denn läßt man solche Untat straflos schalten,
Wird Heid' und Sklav' bei uns als Herrscher walten.
Sie gehen ab.

Dritte Szene

Saal im herzoglichen Palast.
Der Herzog und die Senatoren an einer Tafel sitzend.

HERZOG. In diesen Briefen fehlt Zusammenhang,
Der sie beglaubigt.
ERSTER SENATOR.
Jawohl, sie weichen von einander ab;
Mein Schreiben nennt mir hundertsechs Galeeren.
HERZOG. Und meines hundertvierzig.
ZWEITER SENATOR. Meins, zweihundert.
Doch stimmt die Zahl auch nicht genau
zusammen –
Wie insgemein, wenn sie Gerüchte melden,
Der Inhalt abweicht –, doch erwähnen alle
Der türk'schen Flotte, die gen Cypern segelt.
HERZOG.
Gewiß, erwägen wir's, so scheint es glaublich;
Ich will mich nicht im Irrtum sicher schätzen,
Vielmehr den Hauptartikel halt' ich wahr,
Und Furcht ergreift mich.
MATROSE *draußen.*
Ho! hallo! hallo! –
Ein Beamter tritt auf, dem ein Matrose folgt.
BEAMTER. Botschaft von den Galeeren!
HERZOG. Nun? Was gibt's?
MATROSE.
Der Türken Kriegsbewegung geht auf Rhodus;
So ward mir Auftrag, dem Senat zu melden,
Vom Signor Angelo.
HERZOG. Wie dünkt der Wechsel euch? –
ERSTER SENATOR. So kann's nicht sein,
Nach keinem Grund und Fug; es ist 'ne Maske,
Den Blick uns fehl zu leiten. Denken wir,
Wie wichtig Cypern für den Türken sei,
Und wiederum, gestehn wir selber ein,
Daß, wie's dem Türken mehr verlohnt als Rhodus,
Er auch mit leichterm Aufwand sich's erobert,
Dieweil es nicht so kriegsgerüstet steht
Und aller Wehr und Festigkeit entbehrt,
Mit der sich Rhodus schirmt: wer dies erwägt,
Der wird den Türken nicht so töricht achten,
Das Nächstgelegne bis zuletzt zu sparen
Und, leichten Vorteil und Gewinn versäumend,
Nutzlos Gefahr zum Kampfe sich zu wecken.
HERZOG. Ja, seid gewiß, er denkt an Rhodus nicht.
BEAMTER. Seht! Neue Botschaft!
Ein Bote tritt auf.
BOTE. Die Ottomanen, weise, gnäd'ge Herrn,
In gradem Lauf zur Insel Rhodus steuernd,
Vereinten dort sich mit der Nebenflotte.
ERSTER SENATOR.
Nun ja, so dacht' ich mir's; – wie stark an Zahl?
BOTE. An dreißig Segel; und jetzt wenden sie
Rücklaufend ihren Lauf, und ohne Hehl
Gilt ihre Absicht Cypern. Herr Montano,
Eu'r sehr getreuer und beherzter Diener,
Entbeut, mit seiner Pflicht, Euch diese Nachricht,
Und hofft, Ihr schenkt ihm Glauben.
HERZOG. Nach Cypern dann gewiß. –
Marcus Lucchese, ist er in Venedig? –
ERSTER SENATOR. Er reiste nach Florenz.
HERZOG.
Schreibt ihm von uns; schnell, windschnell
komm' er; eilt!
ERSTER SENATOR.
Hier kommt Brabantio und der tapfre Mohr.
Brabantio, Othello, Jago, Rodrigo und Gerichtsdiener treten auf.
HERZOG.
Tapfrer Othello, Ihr müßt gleich ins Feld
Wider den allgemeinen Feind, den Türken. –
Zu Brabantio.
Ich sah Euch nicht; willkommen, edler Herr!
Uns fehlt' Eu'r Rat und Beistand diese Nacht.
BRABANTIO.
Und Eurer mir, mein güt'ger Fürst, verzeiht mir!
Nicht Amtsberuf noch Nachricht von Geschäften
Trieb mich vom Bett; nicht allgemeine Sorge
Erfüllt mich jetzt: denn mein besondrer Gram
Gleich einer Springflut strömt so wild dahin,
Daß er verschluckt und einschlingt jede Sorge,
Nur seiner sich bewußt.
HERZOG. Nun, was geschah? –
BRABANTIO. O Tochter! Tochter!
ERSTER SENATOR. Starb sie? –
BRABANTIO. Ja, für mich.
Sie ist beschimpft, entführt mir und verderbt
Durch Hexenkünste und Quacksalbertränke;
Denn daß Natur so widersinnig irre,
Da sie nicht stumpf, noch blind, noch blöden Sinns,
Geschah nicht ohne Zauberkraft. –
HERZOG.
Wer es auch sei, der auf so schnödem Wege
So Eure Tochter um sich selbst betrog,
Und Euch um sie, – das blut'ge Buch des Rechts,
Ihr sollt es selbst in herbster Strenge deuten,
Nach eignem Sinn, und wär' es unser Sohn,
Den Eure Klage trifft.
BRABANTIO. Ich dank' in Demut!
Hier dieser ist's, der Mohr, den jetzt, so scheint's,
Eu'r dringendes Gebot im Dienst des Staats
Hieher berief.
ALLE. Das tut uns herzlich leid.
HERZOG *zu Othello.*
Was, Eurerseits, vermögt Ihr zu erwidern? –
BRABANTIO. Nichts, als daß dies die Wahrheit.
OTHELLO.
Ehrwürd'ger, mächt'ger und erlauchter Rat,
Sehr edle, wohlerprobte, gute Herrn, –
Daß ich dem alten Mann die Tochter nahm,
Ist völlig wahr; wahr, sie ist mir vermählt.
Der Tatbestand und Umfang meiner Schuld
Reicht so weit, weiter nicht. Ich bin von rauhem
Wort,
Und schlecht begabt mit milder Friedensrede.

Seit siebenjähr'ge Kraft mein Arm gewann,
Bis vor neun Monden etwa, übt' er stets
Nur Kriegestat im Felde wie im Lager;
Und wenig lernt' ich von dem Lauf der Welt,
Als was zum Streit gehört und Werk der Schlacht;
Drum wenig Schmuck wohl leih' ich meiner Sache,
Red' ich für mich. Dennoch, mit eurer Gunst,
Erzähl' ich schlicht und ungefärbt den Hergang
Von meiner Liebe; was für Tränk' und Künste,
Was für Beschwörung, welches Zaubers Kraft
– Denn solcher Mittel steh' ich angeklagt –
Die Jungfrau mir gewann.

BRABANTIO. Ein Mädchen, schüchtern,
Von Geist so still und sanft, daß jede Regung
Errötend schwieg, – die sollte, trotz Natur
Und Jugend, Vaterland und Stand, und allem,
Das lieben, was ihr Grauen schuf zu sehn? –
Ein krankes Urteil wär's, ein unvollkommnes,
Das wähnt', es irre so Vollkommenheit,
Ganz der Natur entgegen: schwören muß man,
Daß nur des Teufels Kunst und List dies alles
Zu tun vermocht. Noch einmal denn behaupt' ich,
Daß er mit Tränken, ihrem Blut verderblich,
Und Zauberkraft, geweiht zu solchem Bann,
Auf sie gewirkt.

HERZOG. Behauptung, nicht Beweis:
Steht Euch kein klarer Zeugnis zu Gebot,
Als solch unhaltbar Meinen, solch armsel'ger
Scheingrund ihn zu beschuldigen vermag?

ERSTER SENATOR. Doch sagt, Othello:
Habt Ihr durch Nebenweg' und künstlich zwingend
Der Jungfrau Sinn erobert und vergiftet?
Oder durch Antrag und erlaubtes Werben,
Wie Herz an Herz sich wendet? –

OTHELLO. Ich ersuch' euch,
Zum »Schützen« sendet, ruft das Fräulein her,
Und vor dem Vater mag sie von mir zeugen!
Und werd' ich falsch erfunden durch ihr Wort:
Nicht nur Vertraun und Amt, das ihr mir gabt,
Mögt ihr mir nehmen, ja es treff' eu'r Spruch
Mein Leben selbst.

HERZOG. Holt Desdemona her!

Einige vom Gefolge gehen hinaus.

OTHELLO.
Fähndrich, geht mit, Ihr wißt den Ort am besten.

Jago ab.

Und bis sie kommt, so wahr, wie ich dem Himmel
Bekenne meines Blutes sünd'ge Fehle,
So treulich meld' ich euerm ernsten Ohr,
Wie ich gewann der schönen Jungfrau Herz,
Und sie das meine.

HERZOG. Sprecht, Othello!

OTHELLO.
Ihr Vater liebte mich, lud oft mich ein,
Erforschte meines Lebens Lauf von Jahr
Zu Jahr: die Schlachten, Stürme, Schicksalswechsel,
So ich bestand.
Ich ging es durch, vom Knabenalter her,
Bis auf den Augenblick, wo er gefragt.
So sprach ich denn von manchem harten Fall,
Von schreckender Gefahr zu See und Land;
Wie ich ums Haar dem droh'nden Tod entrann;
Wie mich der stolze Feind gefangen nahm,
Und mich als Sklav' verkauft; wie ich erlöst
Und meiner Reisen wundervolle Fahrt:
Wobei von weiten Höhlen, wüsten Steppen,
Steinbrüchen, Felsen, himmelhohen Bergen
Zu melden war im Fortgang der Geschichte;
Von Kannibalen, die einander schlachten,
Anthropophagen, Völkern, deren Kopf
Wächst unter ihrer Schulter: das zu hören
War Desdemona eifrig stets geneigt.
Oft aber rief ein Hausgeschäft sie ab;
Und immer, wenn sie eilig dies vollbracht,
Gleich kam sie wieder, und mit durst'gem Ohr
Verschlang sie meine Rede. Dies bemerkend,
Ersah ich einst die günst'ge Stund' und gab
Ihr Anlaß, daß sie mich recht herzlich bat,
Die ganze Pilgerschaft ihr zu erzählen,
Von der sie stückweis einzelnes gehört,
Doch nicht in strenger Folge. Ich begann,
Und oftmals hatt' ich Tränen ihr entlockt,
Wenn ich ein leidvoll Abenteu'r berichtet
Aus meiner Jugend. Als ich nun geendigt,
Gab sie zum Lohn mir eine Welt von Seufzern:
Sie schwur – in Wahrheit, seltsam! Wunderseltsam!
Und rührend war's! unendlich rührend war's! –
Sie wünschte, daß sie's nicht gehört; doch
wünschte sie,
Der Himmel habe sie als solchen Mann
Geschaffen, und sie dankte mir, und bat mich,
Wenn je ein Freund von mir sie lieben sollte,
Ich mög' ihn die Geschicht' erzählen lehren,
Das würde sie gewinnen. Auf den Wink
Erklärt' ich mich:
Sie liebte mich, weil ich Gefahr bestand;
Ich liebte sie um ihres Mitleids willen:
Das ist der ganze Zauber, den ich brauchte;
Hier kommt das Fräulein, laßt sie dies bezeugen!

Desdemona, Jago und Gefolge treten auf.

HERZOG.
Nun, die Geschichte hätt' auch meine Tochter
Gewonnen. Würdiger Brabantio,
Nehmt, was versehn ward, von der besten Seite:
Man ficht doch lieber mit zerbrochnem Schwert,
Als mit der bloßen Hand.

BRABANTIO. Hört sie, ich bitt' Euch:
Bekennt sie, daß sie halb ihm kam entgegen,
Fluch auf mein Haupt, wenn meine bittre Klage
Den Mann verunglimpft! – Komm her, junge Dame:
Wen siehst du hier in diesem edlen Kreis,
Dem du zumeist Gehorsam schuldig bist?

DESDEMONA. Mein edler Vater,
Ich sehe hier zwiefach geteilte Pflicht:
Euch muß ich Leben danken und Erziehung,
Und Leben und Erziehung lehren mich
Euch ehren; Ihr seid Herrscher meiner Pflicht,
Wie ich Euch Tochter. Doch hier steht mein Gatte,
Und so viel Pflicht, als meine Mutter Euch
Gezeigt, da sie Euch vorzog ihrem Vater,
So viel muß ich auch meinem Gatten widmen,
Dem Mohren, meinem Herrn.

BRABANTIO. Gott sei mit dir!
Ich bin zu Ende –
Geliebt's Eu'r Hoheit, jetzt zu Staatsgeschäften –
O zeugt' ich nie ein Kind, und wählt' ein fremdes! –
Tritt näher, Mohr! –
Hier geb' ich dir von ganzem Herzen hin,
Was, hätt'st du's nicht, ich dir von ganzem Herzen
Verweigerte. – Um deinetwillen, Kleinod,
Erfreut's mich, daß kein zweites Kind mir ward;
Durch deine Flucht wär' ich tyrannisch worden,
Und legt' ihr Ketten an. – Ich bin zu Ende.

HERZOG.
Ich red' an Eurer Statt und fäll' ein Urteil,
Das einer Staffel gleich den Liebenden
Behülflich sei.
Wem nichts mehr hilft, der muß nicht Gram verschwenden,
Und wer das Schlimmste sah, die Hoffnung enden;
Unheil beklagen, das nicht mehr zu bessern,
Heißt um so mehr das Unheil nur vergrößern.
Was nicht zu retten, laß dem falschen Glück,
Und gib Geduld für Kränkung ihm zurück!
Zum Raube lächeln, heißt den Dieb bestehlen,
Doch selbst beraubst du dich durch nutzlos Quälen.

BRABANTIO.
So mögt Ihr Cypern nur den Türken gönnen;
Wir haben's noch, solang' wir lächeln können.
Leicht trägt den Spruch, wen andre Last nicht drückt,
Und wen der selbstgefundne Trost erquickt;
Doch fühlt er sein Gewicht bei wahren Sorgen,
Wenn's gilt, von der Geduld die Zahlung borgen.
Bitter und süß sind all derlei Sentenzen,
Die, so gebraucht, an Recht und Unrecht grenzen;
Doch Wort bleibt Wort – noch hab' ich nie gelesen,
Daß durch das Ohr ein krankes Herz genesen.
– Ich bitt' Euch inständig, gehn wir an die Staatsgeschäfte!

HERZOG. Der Türke segelt mit gewaltiger Kriegsrüstung gegen Cypern. Othello, Euch ist die Festigkeit des Orts am besten bekannt, und obgleich wir dort einen Statthalter von unbestrittner Fähigkeit besitzen, so hegt doch die öffentliche Meinung, jene unbeschränkte Gebieterin des Erfolgs, eine größere Zuversicht zu Euch. Ihr müßt Euch deshalb gefallen lassen, den Glanz Eures neuen Glücks durch diese rauhe und stürmische Unternehmung zu verdunkeln.

OTHELLO.
Die eiserne Gewohnheit, edle Herrn,
Schuf mir des Krieges Stahl- und Felsenbett
Zum allerweichsten Flaum; ich rühme mich
Natürlicher und rascher Munterkeit
Im schwersten Ungemach, und bin bereit
Zum jetz'gen Feldzug mit dem Muselmann.
In Demut drum mich neigend dem Senat,
Verlang' ich Sorg' und Schutz für mein Gemahl,
Anständ'ge Rücksicht ihrem Rang und Aufwand,
Und solche Wohnung, solche Dienerschaft,
Als ihrem Stand geziemt.

HERZOG. Wenn's Euch genehm,
Bei ihrem Vater.

BRABANTIO. Nimmer geb' ich's zu.

OTHELLO. Noch ich.

DESDEMONA.
Noch ich; nicht gern verweilt' ich dort
Und reizte meines Vaters Ungeduld,
Wär' ich ihm stets vor Augen. – Güt'ger Fürst,
Leiht meinem Vortrag ein geneigtes Ohr,
Und laßt mir Eure Gunst als Freibrief gelten,
Mein schüchtern Wort zu kräft'gen!

HERZOG. Was wünscht Ihr, Desdemona?

DESDEMONA.
Daß ich den Mohren liebt', um ihm zu leben,
Mag meines Glücks gewaltsam jäher Sturm
Der Welt zurufen: ja, mein Herz ergab sich
Ganz unbedingt an meines Herrn Beruf.
Mir war Othellos Antlitz sein Gemüt,
Und seinem Ruhm, und seinem Heldensinn
Hab' ich die Seel' und irdisch Glück geweiht.
Drum, würd'ge Herrn, läßt man mich hier zurück,
Als Friedensmotte, weil er zieht ins Feld,
So raubt man meiner Liebe teures Recht,
Und läßt mir eine schwere Zwischenzeit,
Dem Liebsten fern: drum laßt mich mit ihm ziehn!

OTHELLO.
Stimmt bei, ihr Herrn: ich bitt' euch drum; gewährt
Ihr freie Willkür!
Der Himmel zeuge mir's, dies bitt' ich nicht,
Den Gaum zu reizen meiner Sinnenlust,
Noch heißem Blut zu Liebe (jungen Trieben
Selbstsücht'ger Lüste, die jetzt schweigen müssen), –
Nur ihrem Wunsch willfährig hold zu sein;
Und Gott verhüt', eu'r Edeln möchten wähnen,
Ich werd' eu'r ernst und groß Geschäft versäumen,
Weil sie mir folgt – Nein, wenn der leere Tand
Des flücht'gen Amor mir mit üpp'ger Trägheit
Des Geistes und der Tatkraft Schärfe stumpft,
Und mich Genuß entnervt und schwächt mein Wirken,
Mach' eine Hausfrau meinen Helm zum Kessel,
Und jedes niedre und unwürd'ge Zeugnis
Erstehe wider mich und meinen Ruhm! –

HERZOG. Es sei, wie ihr's mitsammen festgesetzt:
Sie folg' Euch, oder bleibe; das Geschäft
Heischt dringend Eil' – zu Nacht noch müßt Ihr fort.

DESDEMONA. Heut nacht, mein Fürst?

HERZOG. Heut nacht.

OTHELLO. Von ganzem Herzen.

HERZOG.
Um neun Uhr früh versammeln wir uns wieder.
Othello, laßt 'nen Offizier zurück,
Der Eure Vollmacht Euch kann überbringen,
Und was noch sonst Eu'r Amt und Dienstverhältnis
Betrifft.

OTHELLO.
Gefällt's Eu'r Hoheit, hier mein Fähndrich;
Er ist ein Mann von Ehr' und Redlichkeit.
Und seiner Führung lass' ich meine Frau,
Und was Eu'r Hoheit sonst für nötig achtet,
Mir nachzusenden.

HERZOG.
So mag es sein. – Gut' Nacht jetzt insgesamt!
Zu Brabantio.
Und, würd'ger Herr,
Wenn man die Tugend muß als schön erkennen,
Dürft Ihr nicht häßlich Euern Eidam nennen.

ERSTER SENATOR.
Lebt wohl, Mohr! Liebt und ehret Desdemona!

BRABANTIO.
Sei wachsam, Mohr! Hast Augen du zu sehn:
Den Vater trog sie, so mag dir's geschehn!
Herzog und Senatoren ab.

OTHELLO.
Mein Kopf für ihre Treu'! Hör', wackrer Jago,
Ich muß dir meine Desdemona lassen;
Ich bitt' dich, gib dein Weib ihr zu Gesellschaft,
Und bringe sie mir nach, sobald du kannst. –
Komm, Desdemona: nur ein Stündchen bleibt,
Der Lieb' und unserm häuslichen Geschäft
Zu widmen uns: laß uns der Zeit gehorchen!
Othello und Desdemona ab.

RODRIGO. Jago. –

JAGO. Was sagst du, edles Herz? –

RODRIGO. Was werd' ich jetzt tun, meinst du?

JAGO. Nun, zu Bette gehn und schlafen.

RODRIGO. Auf der Stelle ersäufen werd' ich mich.

JAGO. Nun, wenn du das tust, so ist's mit meiner Freundschaft auf ewig aus. Ei, du alberner, junger Herr!

RODRIGO. Es ist Albernheit, zu leben, wenn das Leben eine Qual wird, und wir haben die Vorschrift, zu sterben, wenn Tod unser Arzt ist.

JAGO. O über die Erbärmlichkeit! Ich habe der Welt an die viermal sieben Jahre zugesehn, und seit ich einen Unterschied zu finden wußte zwischen Wohltat und Beleidigung, bin ich noch keinem begegnet, der's verstanden hätte, sich selbst zu lieben. Eh' ich sagte, ich wollte mich einem Puthühnchen zu Liebe ersäufen, eh' tauscht' ich meine Menschheit mit einem Pavian.

RODRIGO. Was soll ich tun? Ich gestehe, es macht mir Schande, so sehr verliebt zu sein; aber meine Tugend reicht nicht hin, dem abzuhelfen.

JAGO. Tugend! Abgeschmackt! – In uns selber liegt's, ob wir so sind, oder anders. Unser Körper ist ein Garten, und unser Wille der Gärtner, so daß, ob wir Nesseln drin pflanzen wollen oder Salat bauen, Ysop aufziehn oder Thymian ausjäten, ihn dürftig mit einerlei Kraut besetzen oder mit mancherlei Gewächs aussaugen, ihn müßig verwildern lassen oder fleißig in Zucht halten, – ei, das Vermögen dazu und die bessernde Macht liegt durchaus in unserm freien Willen. Hätte der Waagbalken unsres Lebens nicht eine Schale von Vernunft, um eine andre von Sinnlichkeit aufzuwiegen, so würde unser Blut und die Bösartigkeit unsrer Triebe uns zu den ausschweifendsten Verkehrtheiten führen; aber wir haben die Vernunft, um die tobenden Leidenschaften, die fleischlichen Triebe, die zügellosen Lüste zu kühlen, und daraus schließe ich: was du Liebe nennst, sei ein Pfropfreis, ein Ableger.

RODRIGO. Das kann nicht sein.

JAGO. Es ist nur ein Gelüst des Bluts, eine Nachgiebigkeit des Willens. Auf! Sei ein Mann! Dich ersäufen? Ersäufe Katzen und junge Hunde! Ich nenne mich deinen Freund und erkläre mich an dein Verdienst geknüpft mit dem Ankertau der ausdauerndsten Festigkeit; nie konnte ich dir besser beistehn als jetzt. Tu' Geld in deinen Beutel, zieh' mit in diesen Krieg, verstelle dein Gesicht durch einen falschen Bart; ich sage dir: tu' Geld in deinen Beutel! Es ist undenkbar, daß Desdemona den Mohren auf die Dauer lieben sollte, – tu' Geld in deinen Beutel! – noch der Mohr sie – es war ein gewaltsames Beginnen, und du wirst sehn, die Katastrophe wird eine ähnliche sein. Tu' nur Geld in deinen Beutel: – so ein Mohr ist veränderlich in seinen Neigungen; fülle deinen Beutel mit Geld; – die Speise, die ihm jetzt so würzig schmeckt als Süßholz, wird ihn bald bittrer dünken als Koloquinthen. Sie muß sich ändern, denn sie ist jung, und hat sie ihn erst satt, so wird sie den Irrtum ihrer Wahl einsehn. Sie muß Abwechslung haben, das muß sie; darum tu' Geld in deinen Beutel! Wenn du durchaus zum Teufel fahren willst, so tu' es auf angenehmerem Wege als durch Ersäufen! Schaff' dir Geld, so viel du kannst! Wenn des Priesters Segen und ein hohles Gelübde zwischen einem abenteuernden Afrikaner und einer überlistigen Venetianerin für meinen Witz und die ganze Sippschaft der Hölle nicht zu hart sind, so sollst du sie besitzen; darum schaff' dir Geld! Zum Henker mit dem Ersäufen! Das liegt weit ab von deinem Wege. Denke du lieber drauf zu hängen, indem du deine Lust büßest, als dich zu ersäufen und sie fahren zu lassen!

RODRIGO. Soll ich meine Hoffnung auf dich bauen, wenn ich's drauf wage? –

JAGO. Auf mich kannst du zählen; – geh, schaffe dir Geld; – ich habe dir's oft gesagt, und wiederhole es aber und abermals, ich hasse den Mohren; mein Grund kommt von Herzen, der deinige liegt ebenso tief: laß uns fest in unsrer Rache zusammen halten! Kannst du ihm Hörner aufsetzen, so machst du dir eine Lust, und mir einen Spaß. Es ruht noch manches im Schoß der Zeit, das zur Geburt will. Grade durch! – Fort! Treib' dir Geld auf! Wir wollen es morgen weiter verhandeln. Leb wohl! –

RODRIGO. Wo treffen wir uns morgen früh?

JAGO. In meiner Wohnung.

RODRIGO. Ich werde zeitig dort sein.

JAGO. Gut, leb wohl! – Höre doch, Rodrigo!

RODRIGO. Was sagst du? –

JAGO. Nichts von Ersäufen! Hörst du? –

RODRIGO. Ich denke jetzt anders. Ich will alle meine Güter verkaufen.

JAGO. Nur zu; tu' nur Geld genug in deinen Beutel!
Rodrigo ab.

So muß mein Narr mir stets zum Seckel werden:
Mein reifes Urteil würd' ich ja entweihn,
Vertändelt' ich den Tag mit solchem Gimpel,
Mir ohne Nutz und Spaß. – Den Mohren hass' ich;
Die Rede geht, er hab' in meinem Bett
Mein Amt verwaltet – möglich, daß es falsch:
Doch ich, auf bloßen Argwohn in dem Fall,
Will tun, als wär's gewiß. Er hat mich gern:
Um so viel besser wird mein Plan gedeihn.
Der Cassio ist ein hübscher Mann – laßt sehn!
Sein Amt erhaschen, mein Gelüste büßen, –
Ein doppelt Schelmstück! Wie nur? Laßt mich sehn: –
Nach ein'ger Zeit Othellos Ohr betören,
Er sei mit seinem Weibe zu vertraut –
Der Bursch ist wohlgebaut, von schmeid'ger Art,
Recht für den Argwohn, recht den Frau'n gefährlich.
Der Mohr nun hat ein grad' und frei Gemüt,
Das ehrlich jeden hält, scheint er nur so;
Und läßt sich sänftlich an der Nase führen,
Wie Esel tun.
Ich hab's, es ist erzeugt; aus Höll' und Nacht
Sei diese Untat an das Licht gebracht!

Er geht ab.

Zweiter Aufzug

Erste Szene

Hauptstadt in Cypern. Platz am Hafen.
Montano und zwei Edelleute treten auf.

MONTANO.
Was unterscheidet man vom Damm zur See? –
ERSTER EDELMANN.
Nichts, weit und breit – 's ist hochgeschwellte Flut;
Und nirgend zwischen Meer und Hafen kann ich
Ein Schiff entdecken.
MONTANO.
Mir scheint, der Wind blies überlaut ans Ufer;
Nie traf so voller Sturm die Außenwerke.
Wenn's eben so rumort hat auf der See,
Welch eichner Kiel, wenn Berge niederfluten,
Bleibt festgefügt? Was werden wir noch hören?
ZWEITER EDELMANN.
Zerstreuung wohl des türkischen Geschwaders.
Denn, stellt Euch nur an den beschäumten Strand,
Die zorn'ge Woge sprüht bis an die Wolken;
Die sturmgepeitschte Flut will mächt'gen Schwalls
Den Schaum hinwerfen auf den glüh'nden Bären,
Des ewig festen Poles Wacht zu löschen.
Nie sah ich so verderblichen Tumult
Des zorn'gen Meers.
MONTANO. Wenn nicht die Türkenflotte
Sich barg in Bucht und Hafen, so versank sie;
Es ist unmöglich, daß sie's überstand.

Ein dritter Edelmann tritt auf.

DRITTER EDELMANN.
Botschaft, ihr Herrn! Der Krieg ist aus,
Der wüt'ge Sturm nahm so die Türken mit,
Daß ihre Landung hinkt – ein Kriegsschiff von Venedig
War Zeuge grauser Not und Haverei
Des Hauptteils ihrer Flotte.
MONTANO. Wie? Ist das wahr? –
DRITTER EDELMANN.
Das Schiff hat angelegt;
Ein Veroneser, Michael Cassio,
Leutnant des kriegerischen Mohrs Othello,
Stieg hier ans Land; der Mohr ist auf der See,
Mit höchster Vollmacht unterwegs nach Cypern.
MONTANO.
Mich freut's; er ist ein würd'ger Gouverneur.
DRITTER EDELMANN.
Doch dieser Cassio – spricht er gleich so tröstlich
Vom türkischen Verlust – scheint sehr besorgt,
Und betet für den Mohren; denn es trennte
Ein grauser, schwerer Sturm sie.
MONTANO. Schütz' ihn Gott!
Ich diente unter ihm; der Mann ist ganz
Soldat und Feldherr. Kommt zum Strande, ho!
Sowohl das eingelaufne Schiff zu sehn,
Als nach dem tapfern Mohren auszuschaun,
Bis wo die Meerflut und des Äthers Blau
In eins verschmilzt.
DRITTER EDELMANN. Das laßt uns tun;
Denn jeder Augenblick ist jetzt Erwartung
Von neuer Ankunft.

Cassio tritt auf.

CASSIO. Dank allen Tapfern dieses mut'gen Eilands,
Die so den Mohren lieben; möcht' ihn doch
Der Himmel schützen vor dem Element,
Denn ich verlor ihn auf der schlimmsten See!
MONTANO. Hat er ein gutes Fahrzeug?
CASSIO. Sein Schiff ist stark gebaut, und sein Pilot
Von wohlgeprüfter, kund'ger Meisterschaft;
Drum harrt mein Hoffen, noch nicht tödlich krank,
Kühn auf Genesung.

Mehrere Stimmen draußen: »Ein Schiff! Ein Schiff! Ein Schiff!« –

CASSIO. Was rufen sie? –
ERSTER EDELMANN.
Die Stadt ist leer; am Meeresufer steht
Gedrängt das Volk, man ruft: »ein Schiff! ein Schiff!«
CASIO.
Mein Hoffen wähnt, es sei der Gouverneur.

Man hört Schüsse.

ZWEITER EDELMANN.
Mit Freudenschüssen salutieren sie;
Zum mind'sten Freunde sind's.
CASIO. Ich bitt' Euch, Herr,
Geht, bringt uns sichre Nachricht, wer gelandet!
ZWEITER EDELMANN. Sogleich.

Geht ab.

MONTANO. Sagt, Leutnant, ist der General vermählt?
CASIO. Ja, äußerst glücklich. Er gewann ein Fräulein,
Das jeden schwärmerischen Preis erreicht,
Kunstreicher Federn Lobspruch überbeut,

Und in der Schöpfung reichbegabter Fülle
Die Dichtung selbst ermattet. –

Der Edelmann kommt zurück.

Nun, wer war's?

ZWEITER EDELMANN.
Des Feldherrn Fähndrich, ein gewisser Jago.

CASSIO.
Der hat höchst schnelle, günst'ge Fahrt gehabt.
Die Stürme selbst, die Strömung, wilde Wetter,
Gezackte Klippen, aufgehäufter Sand –
Unschuld'gen Kiel zu fährden leicht verhüllt –,
Als hätten sie für Schönheit Sinn, vergaßen
Ihr tödlich Amt und ließen ungekränkt
Die holde Desdemona durch.

MONTANO. Wer ist sie? –

CASSIO. Die ich genannt, die Herrin unsres Herrn,
Der Führung anvertraut des kühnen Jago,
Des Landung unserm Hoffen vorgeeilt
Um eine Woche. – O Herr, beschütz' Othello!
Sein Segel schwelle dein allmächt'ger Hauch,
Daß bald sein wackres Schiff den Hafen segne;
Dann eil' er liebend an der Gattin Brust,
Entflamme glühend unsern lauten Mut,
Und bringe Cypern Tröstung! Seht, o seht! –

Desdemona, Jago, Rodrigo und Emilia treten auf.

Des Schiffes Reichtum ist ans Land gekommen! –
Ihr, Cyperns Edle, neigt euch huldigend:
Heil dir, o Herrin! und des Himmels Gnade
Begleite dich auf allen Seiten stets,
Dich rings umschließend!

DESDEMONA. Dank Euch, wackrer Cassio!
Was wißt Ihr mir von meinem Herrn zu sagen?

CASSIO.
Noch kam er nicht; noch weiß ich irgend mehr,
Als daß er wohl, und bald hier landen muß.

DESDEMONA.
Ich fürchte nur – wie habt Ihr ihn verloren?

CASSIO.
Der große Kampf des Himmels und des Meers
Trennt' unsern Lauf – doch horch! es naht ein Schiff!

Draußen: »Ein Schiff! Ein Schiff!«
Man hört schießen.

ZWEITER EDELMANN.
Der Zitadelle bringt es seinen Gruß;
Auch dies sind Freunde.

CASSIO. Geht, und schafft uns Nachricht!

Der zweite Edelmann ab.

Willkommen, Fähndrich; werte Frau, willkommen!
Nicht reiz' es Euern Unmut, guter Jago,
Daß ich die Freiheit nahm; denn meine Heimat
Erlaubt so kühnen Brauch der Höflichkeit.

Er küßt Emilien.

JAGO. Herr, gäben ihre Lippen Euch so viel,
Als sie mir oft beschert mit ihrer Zunge,
Ihr hättet g'nug.

DESDEMONA. Die Arme spricht ja kaum!

JAGO. Ei, viel zu viel!
Das merk' ich immer, wenn ich schlafen möchte;
Vor Euer Gnaden freilich, glaub' ich's wohl,
Legt sie die Zung' ein wenig in ihr Herz,
Und keift nur in Gedanken.

EMILIA. Wie du schwatzest! –

JAGO.
Geht, geht! Ihr seid Gemälde außerm Haus,
Schellen im Zimmer, Drachen in der Küche;
Verletzt ihr: Heil'ge; Teufel, kränkt man euch;
Spielt mit dem Haushalt, haltet Haus im Bett.

DESDEMONA. O schäme dich, Verleumder!

JAGO.
Nein, das ist wahr! Nicht irr' ich um ein Haar breit:
Ihr steht zum Spiel auf, geht ins Bett zur Arbeit.

EMILIA. Ihr sollt mein Lob nicht schreiben.

JAGO. Will's auch nicht.

DESDEMONA.
Was schriebst du wohl von mir, sollt'st du mich loben?

JAGO.
O gnäd'ge Frau, nicht fordert so mich auf;
Denn ich bin nichts, wenn ich nicht lästern darf.

DESDEMONA.
So fang' nur an! – Ging einer hin zum Hafen?

JAGO. Ja, edle Frau.

DESDEMONA.
Ich bin nicht fröhlich, doch verhüll' ich gern
Den innern Zustand durch erborgten Schein. –
Nun sag, wie lobst du mich?

JAGO.
Ich sinne schon; doch leider, mein Erfinden
Geht mir vom Kopf, wie Vogelleim vom Fries,
Reißt Hirn und alles mit. Doch kreißt die Muse,
Und wird also entbunden:
Gelt' ich für schön und klug – weiß von Gesicht und witzig –,
Die Schönheit nützt den andern, durch Witz die Schönheit nütz' ich.

DESDEMONA. Gut gelobt! Wenn sie nun aber braun und witzig ist? –

JAGO.
Nun: bin ich braun und sonst nur leidlich witzig,
Find' ich den weißen Freund, und was mir fehlt, besitz' ich.

DESDEMONA. Schlimm und schlimmer! –

EMILIA.
Wenn aber eine hübsch weiß und rot und dumm ist?

JAGO. Hat sie ein weiß Gesicht, so ist sie dumm mit nichten;
Denn auf ein Kind weiß sich die Dümmste selbst zu richten.

DESDEMONA. Das sind abgeschmackte, alte Reime, um die Narren im Bierhause zum Lachen zu bringen. Was für ein erbärmliches Lob hast du denn für eine, die häßlich und dumm ist?

JAGO. Kein Mädchen ist so dumm und häßlich auch zugleich,
Trotz Hübschen und Gescheiten macht sie 'nen dummen Streich.

DESDEMONA. O grober Unverstand! Du preisest die Schlechtste am besten. Aber welches Lob bleibt dir für eine wirklich verdienstvolle Frau; für eine, die in dem Adel ihres Werts mit Recht den Ausspruch der Bosheit selbst herausfordern darf? –

JAGO.
Die immer schön, doch nicht dem Stolz vertraut,
Von Zunge flink, doch niemals sprach zu laut;
Nicht arm an Gold, nie bunten Schmuck sich gönnte,
Den Wunsch erstickt und dennoch weiß: »ich könnte!«;
Die selbst im Zorn, wenn Rache nah zur Hand,
Die Kränkung trägt und ihren Groll verbannt;
Die nie von Überwitz sich läßt berauschen,
Für derben Salm den Gründling einzutauschen;
Sie, die viel denkt, die Neigung doch verschweigt,
Und keinen Blick dem Schwarm der Werber zeigt;
Die nennt' ich gut, – wär' sie nur aufzutreiben, –

DESDEMONA. Nun sag, wozu?

JAGO.
Narr'n aufzuziehn und Dünnbier anzuschreiben.

DESDEMONA. O über solchen lahmen, hinkenden Schluß! – Lerne nichts von ihm, Emilie, wenn er gleich dein Mann ist! – Was meint Ihr, Cassio? Ist er nicht ein recht heilloser, ausgelaßner Schwätzer?

CASSIO. Er redet derb, gnäd'ge Frau; der Soldat wird Euch besser an ihm gefallen als der Gelehrte.

JAGO *beiseit.* Er faßt sie bei der Hand: so recht! Flüstert nur! Mit solchem kleinen Gewebe will ich eine so große Fliege umgarnen, als Cassio. – Ja, lächle du sie an! Nur zu! Deine eignen Scharrfüße sollen dir Beinschellen werden. – Ganz recht! In der Tat, so ist's, – wenn solche Manieren dich um deine Leutnantschaft bringen, so wär's besser gewesen, du hättest deine drei Finger nicht so oft geküßt, mit denen du jetzt wieder so stattlich den Kavalier spielst. – Sehr gut! Wohl geküßt! Eine herrliche Verbeugung! Ja, ja, so ist's! – Schon wieder die Finger an den Mund? So wollt' ich doch, es wären Klistierspritzen um deinetwillen!

Trompetenstoß.

Der Mohr! Ich kenne sein Signal. –

CASSIO. Er ist's!

DESDEMONA.
Wir wollen ihm entgegen, ihn empfangen.

CASSIO. Da kommt er schon.

Othello kommt mit Gefolge.

OTHELLO. O meine holde Krieg'rin!

DESDEMONA. Mein Othello!

OTHELLO.
Ein Wunder dünkt mich's, groß wie meine Freude,
Dich hier zu sehn vor mir. O mein Entzücken!
Wenn jedem Sturm so heitre Stille folgt,
Dann blast, Orkane, bis den Tod ihr weckt!
Dann klimme, Schiff, die Wogenberg' hinan,
Hoch, wie Olymp, und tauch' hinunter tief
Zum Grund der Hölle! Gölt' es, jetzt zu sterben,
Jetzt wär' mir's höchste Wonne; denn ich fürchte,
So volles Maß der Freude füllt mein Herz,
Daß nie ein andres Glück mir, diesem gleich,
Im Schoß der Zukunft harrt.

DESDEMONA. Verhüte Gott,
Daß unsre Lieb' und Glück nicht sollten wachsen,
Wie unsrer Tage Zahl!

OTHELLO. Amen, ihr holden Mächte! –
Nicht auszusprechen weiß ich diese Wonne,
Hier stockt es; oh, es ist zu viel der Freude:

Er umarmt sie.

Und dies, und dies, der größte Mißklang sei's,
Den unser Herz je tönt.

JAGO. *beiseit.*
Noch seid ihr wohlgestimmt!
Doch dieses Einklangs Wirbel spann' ich ab,
So wahr ich ehrlich bin.

OTHELLO. Gehn wir aus Schloß! –
Wißt Ihr's? Der Krieg ist aus, der Türk' ertrank.
Wie geht's den alten Freunden hier auf Cypern? –
Liebchen, dich wird man hoch in Ehren halten;
Ich fand hier große Gunst. O süßes Herz,
Ich schwatze alles durcheinander, schwärme
Im neuen Glück. – Ich bitt' dich, guter Jago,
Geh nach der Bucht, und schaff' ans Land die Kisten;
Bring' auch den Schiffsherrn mir zur Zitadelle;
Es ist ein wackrer Seemann, des Verdienst
Ich hoch belohnen muß. Komm, Desdemona,
Nochmals begrüßt in Cypern!

Othello, Desdemona und Gefolge ab.

JAGO *zu einem Diener.* Geh du sogleich zum Hafen und erwarte mich dort! *Zu Rodrigo.* Komm näher! Wenn du ein Mann bist, denn man sagt, daß auch Feige, wenn sie verliebt sind, sich zu höherer Gesinnung erheben, als ihnen angeboren war, – so höre mich an: Der Leutnant hat diese Nacht die Wache auf dem Schloßhof – vorerst aber muß ich dir sagen: Desdemona ist richtig in ihn verliebt.

RODRIGO. In ihn? unmöglich!

JAGO. Leg' deinen Finger – so; und laß dich belehren, Freund: besinne dich nur, wie heftig sie zuerst den Mohren liebte, nur, weil er prahlte und ihr unerhörte Lügen auftischte. Wird sie ihn immer für sein Schwatzen lieben? Das kann deine verständige Seele nicht glauben wollen. Ihr Auge verlangt Nahrung, und welches Wohlgefallen kann ihr's gewähren, den Teufel anzusehn? Wenn das Blut durch den Genuß abgekühlt ist, dann bedarf es – um sich aufs neue zu entflammen und der Sättigung neue Begier zu wecken – Armut der Gestalt, Übereinstimmung in Jahren, Gesittung und Schönheit; und an dem allen fehlt's dem Mohren. Nun, beim Mangel aller dieser ersehnten Annehmlichkeiten wird ihr feiner Sinn sich getäuscht fühlen; sie wird des Mohren erst satt, dann überdrüssig werden und endlich ihn verabscheuen; die Natur selbst wird sie anleiten und sie zu einer neuen Wahl treiben. Nun, Freund, dieses eingeräumt – wie es denn eine ganz erwiesene und ungezwungne Voraussetzung ist –, wer steht wohl so gewiß auf der Stufe dieses Glücks, als Cassio? Der Bube ist sehr gewandt, gewissenhaft nur so weit, als er die äußere Form eines sittsamen und gebildeten Betragens annimmt, um seine lockern, geheimen, wilden Neigungen um so leichter zu befriedigen. – Nein, keiner, keiner! ein glatter geschmeidiger Bube; ein Gelegenheitshascher, dessen Blick Vorteile prägt und falschmünzt, wenn selbst kein wirklicher Vorteil sich ihm darbietet: ein Teufelsbube! Überdem ist der Bube hübsch, jung und hat alle die Erfordernisse, wonach Torheit und grüner Verstand hinschielen: ein verdammter, ausgemachter Bube! und sie hat ihn schon ausgefunden.

RODRIGO. Das kann ich von ihr nicht glauben, sie ist von höchst sittsamer Gesinnung.

JAGO. Schade was ums Sittsame! Der Wein, den sie trinkt, ist aus Trauben gepreßt; wäre sie so sittsam, dann hätte sie nie den Mohren lieben können: sittsam, hin und her! Sahst du nicht, wie sie mit seiner flachen Hand tätschelte? Hast du das nicht bemerkt? –

RODRIGO. O ja; aber das war nur Höflichkeit.

JAGO. Verbuhltheit, bei dieser Hand! – Eine Einleitung und dunkler Prologus zum Schauspiel der Lust und der schnöden Gedanken. Sie kamen sich so nah mit ihren Lippen, daß ihr Hauch sich liebkoste. Bübische Gedanken, Rodrigo! Wenn diese Vertraulichkeiten so den Weg bahnen, so kommt gleich hinterdrein der Zweck und die Ausübung, der fleischliche Beschluß: He? – Aber, Freund, laß dir raten – ich habe dich von Venedig hergeführt. Steh heut nacht mit Wache; ich nehme es auf mich, dir deinen Posten anzuweisen: Cassio kennt dich nicht; ich werde nicht weit sein; finde nur eine Gelegenheit, Cassio zum Zorn zu reizen, sei's durch lautes Reden, oder durch Spott über seine Mannszucht, oder welchen andern Anlaß du sonst wahrnimmst, den die günstige Zeit dir eben darbietet.

RODRIGO. Gut.

JAGO. Er ist heftig und sehr jähzornig, und schlägt vielleicht mit seinem Stabe nach dir, reize ihn nur, daß er's tue, denn das genügt mir schon, um die Cyprier zum Aufruhr zu bringen, der nicht wieder beschwichtigt werden kann, als durch Cassios Absetzung. So findest du einen kürzern Weg zu deinem Ziel, durch die Mittel, die ich dann habe, dir Vorschub zu tun, und wir schaffen das Hindernis aus dem Wege, ohne dessen Besiegung kein Erfolg erwartet werden darf.

RODRIGO. Das will ich tun, wenn du mir Gelegenheit gibst.

JAGO. Dafür steh' ich dir. Komm nur sogleich auf die Zitadelle, ich muß jetzt sein Gepäck ans Land schaffen. Leb wohl!

RODRIGO. Gott befohlen! – *Ab.*

JAGO. Daß Cassio sie liebt, das glaub' ich wohl;
Daß sie ihn liebt, ist denkbar und natürlich.
Der Mohr (obschon ich ihm von Herzen gram)
Ist liebevoller, treuer, edler Art,
Und wird für Desdemona, denk' ich, sicher
Ein wackrer Eh'mann. Jetzt lieb' ich sie auch;
Nicht zwar aus Lüsternheit – wiewohl vielleicht
Nicht kleinre Sünde mir zu schulden kommt –,
Nein, mehr um meine Rach' an ihm zu weiden,
Weil ich vermute, daß der üpp'ge Mohr
Mir ins Gehege kam, und der Gedanke
Nagt wie ein fressend Gift an meinem Innern;
Nichts kann und soll mein Herz beruhigen,
Bis ich ihm wett geworden, Weib um Weib;
Oder, schlägt dies mir fehl, bring' ich den Mohren
In Eifersucht so wilder Art, daß nie
Vernunft sie heilen kann. Dies zu vollbringen –
Hält nur mein Köder von Venedig stand,
Den ich mir ködre zu der schnellen Jagd –
Pack' ich den Michael Cassio bei der Hüfte,
Verschwärz' ihn dann dem Mohren als gefährlich;
Denn Cassio fürcht' ich auch für mein Gespons.
So dankt Othello mir's, liebt mich, belohnt mich,
Daß ich so stattlich ihn zum Esel machte
Und seine Ruh' und Freud' ihm untergrub,
Zum Wahnsinn. – Ja, hier liegt's, noch nicht entfaltet;
Die Bosheit wird durch Tat erst ganz gestaltet.

Ab.

Zweite Szene

Straße.
Ein Herold tritt auf.

HEROLD. »Es ist Othellos, unsres edeln und tapfern Generals, Wunsch, daß auf die zuverlässige, jetzt eingegangene Nachricht von der gänzlichen Vernichtung der türkischen Flotte jedermann seine Freude kund tue; sei es durch Tanz oder Lustfeuer, oder wie ihn sonst seine Neigung zu Spiel und Kurzweil treibt; denn außer jenem erfreulichen Ereignis feiert er heut seine Hochzeit: solches wird auf seinen Befehl ausgerufen. Alle Säle des Palastes sind geöffnet, und volle Freiheit zu Schmaus und Fest von jetzt fünf Uhr an, bis die elfte Stunde geschlagen. Der Himmel segne die Insel Cypern und unsern edlen General Othello!«

Ab.

Dritte Szene

Schloß.
Othello, Desdemona, Cassio und Gefolge treten auf.

OTHELLO. Mein lieber Michael,
Halt' ja genaue Wache diese Nacht:
Wir müssen selbst auf ehrbar Maß bedacht sein,
Daß nicht die Lust unbändig werde!

CASSIO. Jago ward schon befehligt, was zu tun;
Doch außerdem noch soll mein eignes Auge
Auf alles sehn.

OTHELLO. Jago ist treu bewährt.
Gut' Nacht! Auf morgen mit dem Frühesten
Hab' ich mit dir zu reden. – Komm, Geliebte:
Den Preis erringt sich, wer den Handel schloß;
Wir teilen ihn, mein holder Mitgenoß.
Gut' Nacht.

Othello und Desdemona ab.
Jago tritt auf.

CASSIO.
Willkommen, Jago! Wir müssen auf die Wache.

JAGO. Jetzt noch nicht, Leutnant, es ist noch nicht zehn Uhr. Unser General schickt uns so früh fort aus Liebe zu seiner Desdemona, und wir dürfen ihn drum nicht tadeln; es ist seine erste glückliche Nacht, und sie ist Jupiters würdig.

CASSIO. Sie ist eine unvergleichliche Frau.

JAGO. Und dafür steh' ich, sie hat Feuer.

CASSIO.
Gewiß, sie ist ein blühendes, süßes Geschöpf.

JAGO. Welch ein Auge! Mir scheint es wie ein Aufruf zur Verführung.

CASSIO. Ein einladendes Auge; und doch, wie mir scheint, ein höchst sittsames.

JAGO. Und wenn sie spricht, ist's nicht eine Herausforderung zur Liebe?

CASSIO.
Sie ist in der Tat die Vollkommenheit selbst.

JAGO. Nun, Heil ihrem Bette! Komm, Leutnant, ich habe ein Stübchen Wein, und hier draußen sind ein paar muntre Jungen aus Cypern, die gern eine Flasche auf die Gesundheit des schwarzen Othello ausstechen möchten.

CASSIO. Nicht heut abend, lieber Jago; ich habe einen sehr schwachen, unglücklichen Kopf zum Trinken. Mir wär's lieb, wenn die Höflichkeit eine andre Sitte der Unterhaltung erfände.

JAGO. Oh, es sind gute Freunde; nur einen Becher: ich will für dich trinken.

CASSIO. Ich habe heut abend nur einen Becher getrunken, der noch dazu stark mit Wasser gemischt war, und sieh nur, wie es mich verändert hat: Ich habe leider diese Schwachheit, und darf meinen Kräften nicht mehr zumuten.

JAGO. Ei, Lieber, es ist ja Fastnacht heut. Die jungen Leute wünschen es.

CASSIO. Wo sind sie?

JAGO. Hier vor der Tür; ich bitte dich, rufe sie herein!

CASSIO.
Ich will's tun, aber es geschieht ungern. *Geht ab.*

JAGO.
Wenn ich ihm nur ein Glas aufdrängen kann,
Zu dem, was er an diesem Abend trank,
Wird er so voller Zank und Ärger sein
Als einer Dame Schoßhund. – Rodrigo nun, mein Gimpel,
Den Liebe wie 'nen Handschuh umgewendet,
Hat Desdemonen manchen tiefen Humpen
Heut jubelnd schon geleert, und muß zur Wache.
Drei jungen Cyprern, hochgesinnt und rasch,
Im Punkt der Ehre keck und leicht gereizt,
Dem wahren Ausbund hier der mut'gen Jugend,
Hab' ich mit vollen Flaschen zugesetzt;
Die wachen auch. – Nun, in der trunknen Schar
Reiz' ich Herrn Cassio wohl zu solcher Tat,
Die alles hier empört. – Doch still, sie kommen. –
Hat nur Erfolg, was jetzt mein Kopf ersinnt,
Dann fährt mein Schiff mit vollem Strom und Wind.

Es kommen Cassio, Montano und mehrere Edelleute.

CASSIO. Auf Ehre, haben sie mir nicht schon einen Hieb beigebracht.

MONTANO. Ei, der wäre klein! Kaum eine Flasche, so wahr ich ein Soldat bin!

JAGO. Wein her!

Singt.

Stoßt an mit dem Gläselein, klingt! klingt! –
Stoßt an mit dem Gläselein, klingt!
Der Soldat ist ein Mann,
Das Leben ein' Spann',
Drum lustig, Soldaten, und trinkt!
Wein her, Burschen! –

CASSIO. Auf Ehre, ein allerliebstes Lied.

JAGO. Ich hab's in England gelernt, wo sie, das muß man sagen, sich gewaltig auf das Bechern verstehn. Euer Däne, euer Deutscher, euer dickbäuchiger Holländer, – zu trinken, he! – sind alle nichts gegen den Engländer.

CASSIO. Ist denn der Engländer so sehr ausbündig im Trinken?

JAGO. Ei wohl! den Dänen trinkt er euch mit Gemächlichkeit untern Tisch; es wird ihn wenig angreifen, den Deutschen kapott zu machen; und den Holländer zwingt er zur Übergabe, eh' der nächste Humpen gefüllt werden kann.

CASSIO. Auf unsers Gouverneurs Gesundheit!

MONTANO. Die trink' ich mit, Leutnant, und ich will Euch Bescheid tun.

JAGO. O das liebe England! –

Singt.

König Stephan war ein wackrer Held,
Eine Krone kostet ihm sein Rock:
Das fand er um sechs Grot geprellt,
Und schalt den Schneider einen Bock.
Und war ein Fürst von großer Macht,
Und du bist solch geringer Mann:
Stolz hat manch Haus zu Fall gebracht,
Drum zieh' den alten Kittel an!
Wein her, sag' ich! –

CASSIO. Ei, das Lied ist noch viel herrlicher als das erste.

JAGO. Wollt Ihr's nochmals hören?

CASSIO. Nein, denn ich glaube, der ist seiner Stelle unwürdig, der so was tut. – Wie gesagt, – der Himmel ist über uns allen; – und es sind Seelen, die müssen selig werden, – und andre, die müssen nicht selig werden.

JAGO. Sehr wahr, lieber Leutnant.

CASSIO. Ich meines Teils – ohne dem General oder sonst einer hohen Person vorzugreifen – ich hoffe, selig zu werden.

JAGO. Und ich auch, Leutnant.

CASSIO. Aber, mit Eurer Erlaubnis, nicht vor mir – der Leutnant muß vor dem Fähndrich selig werden. Nun genug hievon; wir wollen auf unsre Posten. – Vergib uns unsre Sünden! – Meine Herrn, wir wollen nach unserm Dienst sehn. – Ihr müßt nicht glauben, meine Herrn, daß ich betrunken sei: – dies ist mein Fähndrich, – dies ist meine rechte Hand – dies meine linke Hand – ich bin also nicht betrunken; ich stehe noch ziemlich gut, und spreche noch ziemlich gut.

ALLE. Außerordentlich gut.

CASSIO. Nun, recht gut also; ihr müßt also nicht meinen, daß ich betrunken sei. *Er geht ab.*

MONTANO.
Jetzt zur Terrasse; laßt die Wachen stellen.

JAGO. Da seht den jungen Mann, der eben ging:
Ein Krieger, wert, beim Cäsar selbst zu stehn
Und zu befehlen; doch ihr seht sein Laster:
Es ist das Äquinoktium seiner Tugend,
Eins ganz dem andern gleich. 's ist schad' um ihn!
Das Zutraun, fürcht' ich, das der Mohr ihm schenkt,
Bringt Cypern Unglück, trifft die Schwachheit ihn
Zu ungelegner Stunde.

MONTANO. Ist er oft so?

JAGO. So ist er immer vor dem Schlafengehn:
Er wacht des Zeigers Umkreis zweimal durch,
Wiegt ihn der Trunk nicht ein.

MONTANO. Dann wär' es gut,
Man meldete den Fall dem General:
Vielleicht, daß er's nicht sieht; vielleicht gewahrt
Sein gutes Herz die Tugend nur am Cassio,
Und ihm entgehn die Fehler; ist's nicht so?

Rodrigo tritt auf.

JAGO. Was soll's, Rodrigo?
Ich bitt' Euch, folgt dem Leutnant nach – so geht!

Rodrigo ab.

MONTANO.
Und wahrlich schade, daß der edle Mohr
So wicht'gen Platz als seinem zweiten Selbst
Dem Mann vertraut, in dem die Schwachheit wuchert.
Der tät' ein gutes Wert, wer dies dem Mohren
Entdeckte.

JAGO. Ich nimmermehr, nicht für ganz Cypern.
Ich liebe Cassio sehr und gäbe viel,
Könnt' ich ihn heilen. Horch! Was für ein Lärm?

Man ruft hinter der Szene: »Hülfe! Hülfe.«
Cassio kommt zurück und verfolgt den Rodrigo.

CASSIO. Du Lump! Du Tölpel!

MONTANO. Nun, was ist Euch, Leutnant?

CASSIO. Der Schurke! Pflicht mich lehren? Wart', in eine Korkflasche prügle ich ihn hinein, den Wicht! –

RODRIGO. Mich prügeln?

CASSIO. Muckst du, Kerl?

MONTANO. Still, lieber Leutnant!

Er hält den Cassio zurück.

Ich bitt' Euch, haltet ein!

CASSIO. Herr, laßt mich gehn,
Sonst zeichn' ich Eure Fratze, –

MONTANO. Geht, Ihr seid trunken! –

CASSIO. Trunken?

Sie fechten.

JAGO. Fort, sag' ich!

Leise zu Rodrigo.

Eil' und rufe Meuterei!

Rodrigo ab.

Still doch, Herr Leutnant! Still doch, liebe Herrn!
He, Hülfe! Leutnant, – Herr, – Montano, – Herr! –
Helft, Nachbarn! – Nun, das ist 'ne saubre Wache!
Wer zieht die Glocke denn? Oh, Diavolo!
Die Stadt wird wach – Pfui, pfui doch, Leutnant! Halt!
Ihr macht Euch ew'ge Schande.

Othello kommt mit Gefolge.

OTHELLO. Was gibt es hier? –

MONTANO.
Ich blute! Er traf mich tödlich! Sterben soll er!

OTHELLO. Bei Euerm Leben, halt! –

JAGO.
Halt! Leutnant, Herr! Montano, – liebe Herrn, –
Vergaßt ihr allen Sinn für Rang und Pflicht? –
Halt! Hört den General! O schämt euch! Halt!

OTHELLO.
Was gibt es hier? Woher entspann sich dies?
Sind wir denn Türken? Tun uns selber das,
Was dem Ungläubigen der Himmel wehrt?
Schämt euch als Christen! Laßt eu'r heidnisch Raufen:
Wer sich noch rührt und zäumt nicht seine Wut,
Der wagt sein Leben dran; ein Schritt ist Tod
Still mit dem Sturmgeläut'! Es schreckt die Insel
Aus ihrer Fassung. Was geschah, ihr Herrn?
Ehrlicher Jago, du siehst bleich vor Gram,
Sprich, wer hub an? Bei deiner Lieb', ich will's.

JAGO.
Ich weiß nicht. Freunde jetzt noch, jetzt im Nu,
Liebreich und gut wie Bräutigam und Braut,
Wenn sie zu Bette gehn: und drauf im Nu
(Als ob sie plötzlich ein Planet verwirrt)
Das Schwert heraus, und auf einander stechend
Im blut'gen Widerstreit! Ich kann nicht sagen,
Wie dieser wunderliche Kampf begann,
Und hätt' in guter Schlacht die Beine lieber
Verloren, die dazu hieher mich trugen.

OTHELLO.
Wie, Cassio, kam's, daß du dich so vergaßest?

CASSIO.
Ich bitt' Euch, Herr, verzeiht, ich kann nicht reden.

OTHELLO.
Würd'ger Montan, Ihr schient mir sonst gesittet;
Die Ruh' und edle Haltung Eurer Jugend
Pries alle Welt, und Euer Name prangte
Im Lob der Weisen: sagt mir denn, wie kam's,
Daß Ihr so abgestreift den guten Ruf,
Und Eures Leumunds Reichtum für den Namen
Des nächt'gen Raufers hinwerft? Gebt mir Antwort!

MONTANO.
Würd'ger Othello, ich bin schwer verwundet;
Eu'r Fähndrich Jago kann Euch Meldung tun –
Mir fällt das Reden schwer, ich spart' es gern –
Von allem, was ich weiß – doch wüßt' ich nicht,
Worin ich mich in Wort noch Tat versündigt,
Wenn Selbsterhaltung nicht ein Frevel ist
Und unser Leben schützen ein Vergehn,
Wann uns Gewalt bedrohte.

OTHELLO. Nun, beim Himmel,
Mein Blut beginnt zu meistern die Vernunft;
Und Leidenschaft, mein helles Urteil trübend,
Maßt sich der Führung an; reg' ich mich erst,

Erheb' ich nur den Arm, dann soll der Beste
Vor meinem Streiche fallen. Tut mir kund,
Wie kam der schnöde Zank? Wer bracht' ihn auf?
Wer immer hier verschuldet dies Vergehn –
Wär' er mir blutsverwandt, mein Zwillingsbruder –
Verliert mich. – ... Was! In der Festung selbst –
Das Volk, noch ungewiß, von Angst betäubt –
Privatgezänk und Händel anzustiften,
Bei Nacht, und auf des Schlosses höchster Wache! –
s' ist ungeheuer. – Jago, wer begann?

MONTANO.
Wer hier parteiisch oder dienstbefreundet
Mehr oder minder als die Wahrheit spricht,
Ist kein Soldat.

JAGO. Ha, leg' mir's nicht so nah! –
Ich büßte ja die Zunge lieber ein,
Als daß sie gegen Michael Cassio zeugte;
Doch glaub' ich fest, die Wahrheit reden bringt
Ihm keinen Nachteil. – So geschah's, mein Feldherr:
Ich und Montano waren im Gespräch,
Da kommt ein Mensch, der laut um Hülfe schreit;
Und Cassio folgt ihm mit gezücktem Schwert,
Ihn zu verwunden; drauf trat dieser Herr
Cassio entgegen, bat ihn, still zu sein;
Und ich derweil verfolgte jenen Schreier,
Damit sein Ruf nicht (wie es doch geschah)
Die Stadt erschrecke; jener, leicht zu Fuß,
Entlief mir; und ich kehrte um so schneller,
Weil ich Geklirr und Waffenlärm vernahm
Und Cassios lautes Fluchen, was bis heut
Ich nie von ihm gehört; als ich zurück kam –
Und dies war gleich –, fand ich sie hart zusammen,
Auf Hieb und Stoß: ganz, wie das zweite Mal,
Als Ihr sie selber trenntet.
Mehr von dem Vorfall ist mir nicht bekannt; –
Doch Mensch ist Mensch, der Beste fehlt einmal;
Und ob ihm Cassio gleich zu nah getan –
Wie man in Wut den besten Freund ja schlägt –,
Doch, denk' ich, ward von dem, der floh, an Cassio
So große Kränkung wohl geübt, als kaum
Geduld ertragen mag.

OTHELLO. Ich weiß, Jago,
Aus Lieb' und Bravheit schmückst du diese Sache,
Und milderst sie für Cassio. – Cassio, ich liebe dich;
Allein mein Leutnant bist du länger nicht. –

Desdemona kommt mit Gefolge.

Seht, ward mein liebes Weib nicht auch geweckt! –
– Du sollst ein Beispiel sein!

DESDEMONA.
Was ging hier vor, mein Teurer?

OTHELLO.
's ist alles gut schon, Liebchen – komm zu Bett.
Ich selbst will Arzt sein, Herr, für Eure Wunden. –
Führt ihn nach Haus.

Montano wird weggeführt.

Du, Jago, sieh mit Sorgfalt auf die Stadt,
Und schwicht'ge, wen der schnöde Lärm geängstet!
Komm, Desdemona: oft im Kriegerleben
Wird süßer Schlaf der Störung preis gegeben.

Alle ab; es bleiben Jago und Cassio.

JAGO. Seid Ihr verwundet, Leutnant?

CASSIO. O ja! so, daß kein Arzt mir hilft! –

JAGO. Ei, das verhüte der Himmel! –

CASSIO. Guter Name! Guter Name! Guter Name! Oh, ich habe meinen guten Namen verloren! Ich habe das unsterbliche Teil von mir selbst verloren, und was übrig bleibt, ist tierisch. – Mein guter Name, Jago, mein guter Name! –

JAGO. So wahr ich ein ehrlicher Mann bin, ich dachte, du hättest eine körperliche Wunde empfangen, und das bedeutet mehr, als mit dem guten Namen. Der gute Name ist eine nichtige und höchst trügliche Einbildung, oft ohne Verdienst erlangt, und ohne Schuld verloren. Du hast überall gar keinen guten Namen verloren, wenn du nicht an diesen Verlust glaubst. Mut, Freund! es gibt ja Mittel, den General wieder zu gewinnen: du bist jetzt nur in seiner Heftigkeit kassiert; er straft mehr aus Klugheit, als aus böser Absicht, just als wenn einer seinen harmlosen Hund schlüge, um einen dräuenden Löwen zu schrecken; gib ihm wieder ein gutes Wort, und er ist dein.

CASSIO. Lieber will ich ein gutes Wort einlegen, daß er mich ganz verstoße, als einen so guten Feldherrn noch länger hintergehn mit einem so leichtsinnigen, trunkenen und unbesonnenen Offizier. Trunken sein? und wie ein Papagei plappern? und renommieren und toben, fluchen und Bombast schwatzen mit unserm eignen Schatten? O du unsichtbarer Geist des Weins, wenn du noch keinen Namen hast, an dem man dich kennt: so heiße Teufel!

JAGO. Wer war's, den du mit dem Degen verfolgtest? Was hatte er dir getan? –

CASSIO. Ich weiß nicht.

JAGO. Ist's möglich?

CASSIO. Ich besinne mich auf einen Haufen Dinge, aber auf nichts deutlich; auf einen Zank, aber nicht weswegen. – O daß wir einen bösen Feind in den Mund nehmen, damit er unser Gehirn stehle! – Daß wir durch Frohlocken, Schwärmen, Vergnügen und Aufregung uns in Vieh verwandeln! –

JAGO. Nun, aber du scheinst mir jetzt recht wohl; wie hast du dich so schnell erholt? –

CASSIO. Es hat dem Teufel Trunkenheit gefallen, dem Teufel Zorn Platz zu machen. Eine Schwachheit erzeugt mir die andre, damit ich mich recht von Herzen verachten möge.

JAGO. Geh, du bist ein zu strenger Moralist. Wie Zeit, Art und die Umstände des Lebens beschaffen sind, wünschte ich von Herzen, dies wäre nicht geschehn; da es aber nun einmal so ist, so richte es wieder ein zu deinem Besten!

CASSIO. Ich will wieder um meine Stelle bei ihm nachsuchen: er wird mir antworten, ich sei ein Trunkenbold! Hätte ich so viel Mäuler als die Hydra, solch eine Antwort würde sie alle stopfen. Jetzt ein vernünftiges Wesen sein bald darauf ein Narr, und plötzlich ein Vieh, – o furchtbar! – Jedes Glas zuviel ist verflucht, und sein Inhalt ist ein Teufel! –

JAGO. Geh, geh; guter Wein ist ein gutes, geselliges Ding, wenn man mit ihm umzugehn weiß. Scheltet mir nicht mehr auf ihn – und, lieber Leutnant, ich denke, du denkst, ich liebe dich.

CASSIO.
Ich habe Beweise davon, Freund. – Ich betrunken!

JAGO. Du oder jeder andre Erdensohn kann sich wohl einmal betrinken, Freund. Ich will dir sagen, was du zu tun hast. Unsers Generals Frau ist jetzt General – das darf ich insofern sagen, als er sich ganz dem Anschauen, der Bewund'rung und Auffassung ihrer Reize und Vollkommenheiten hingegeben und geweiht hat. Nun, beichte ihr alles frei heraus; bestürme sie, sie wird dir schon wieder zu deinem Amt verhelfen. Sie ist von so offener, gütiger, fügsamer und gnadenreicher Gesinnung, daß sie's für einen Flecken in ihrer Güte halten würde, nicht noch mehr zu tun, als um was sie gebeten wird. Dies zerbrochne Glied zwischen dir und ihrem Manne bitte sie zu schienen; und, mein Vermögen gegen irgend etwas, das Namen hat, dieser Freundschaftsbruch wird die Liebe fester machen als zuvor.

CASSIO. Du rätst mir gut.

JAGO. Ich beteure es mit aufrichtiger Liebe und redlichem Wohlwollen.

CASSIO. Das glaube ich zuversichtlich, und gleich morgen früh will ich die tugendhafte Desdemona ersuchen, sich für mich zu verwenden. Ich verzweifle an meinem Glück, wenn's mich hier zurück stößt.

JAGO. Ganz recht. Gute Nacht, Leutnant! Ich muß auf die Wache.

CASSIO. Gute Nacht, ehrlicher Jago! *Er geht ab.*

JAGO. Und wer ist nun, der sagt, ich sei ein Schurke?
Da dieser Rat aufrichtig ist und redlich,
Geprüft erscheint, und in der Tat der Weg,
Den Mohren umzustimmen? Denn sehr leicht
Wird Desdemonas mildes Herz bewegt
Für eine gute Sache; sie ist spendend
Wie Segen selbst; und ihr, wie leicht alsdann
Den Mohren zu gewinnen; – gölt's der Taufe
Und der Erlösung Siegel zu entsagen. –
Sein Herz ist so verstrickt von ihrer Liebe,
Daß sie ihn formt, umformt, tut, was sie will,
Wie's ihr gelüsten mag, den Gott zu spielen
Mit seiner Schwachheit. Bin ich denn ein Schurke?
Rat' ich dem Cassio solchen Richtweg an
Zu seinem Glück? – Theologie der Hölle! –
Wenn Teufel ärgste Sünde fördern wollen,
So locken sie zuerst durch frommen Schein,
Wie ich anjetzt. Derweil der gute Tropf
In Desdemona dringt, ihm beizustehn,
Und sie mit Nachdruck sein Gesuch begünstigt,
Träuf' ich den Gifttrank in Othellos Ohr:
Daß sie zu eigner Lust zurück ihn ruft;
Und um so mehr sie strebt, ihm wohlzutun,
Vernichtet sie beim Mohren das Vertraun.
So wandl' ich ihre Tugend selbst zum Laster,
Und strick' ein Netz aus ihrer eignen Güte,
Das alle soll umgarnen. –

Rodrigo kommt.

Nun, Rodrigo?

RODRIGO. Ich folge hier der Meute, nicht wie ein Hund, der jagt, sondern wie einer, der nur anschlägt. Mein Geld ist fast vertan; ich bin heut nacht tüchtig durchgeprügelt, und ich denke, das Ende wird sein, daß ich für meine Mühe doch etwas Erfahrung gewinne, und so, ganz ohne Geld und mit etwas mehr Verstand, nach Venedig heimkehre.

JAGO.
Wie arm sind die, die nicht Geduld besitzen! –
Wie heilten Wunden, als nur nach und nach?
Du weißt, man wirkt durch Witz und nicht durch Zauber;
Und Witz beruht auf Stund' und günst'ger Zeit.
Geht's denn nicht gut? Cassio hat dich geschlagen,
Und du, mit wenig Schmerz, kassierst den Cassio:
Gedeiht auch schlechtes Unkraut ohne Sonne,
Von Früchten reift zuerst, die erst geblüht: –
Beruh'ge dich! – Beim Kreuz! Der Morgen graut,
Vergnügen und Geschäft verkürzt die Zeit. –
Entferne dich; geh jetzt in dein Quartier:
Fort, sag' ich, du erfährst in kurzem mehr. –
Nein, geh doch nur!

Rodrigo ab.

Zwei Dinge sind zu tun:
Mein Weib muß ihre Frau für Cassio bitten,
Ich stimme sie dazu;
Indes nehm' ich den Mohren auf die Seite
Und führ' ihn just hinein, wenn Cassio dringend
Sein Weib ersucht. Nun helfe mir der Trug!
So muß es gehn: fort Lauheit und Verzug! –

Er geht ab.

Dritter Aufzug

Erste Szene

Vor dem Schlosse.
Cassio tritt auf mit Musikanten.

CASSIO.
Ihr Herrn, spielt auf, ich zahl' euch eure Müh':
Ein kurzes Stück, als Morgengruß dem Feldherrn.

Musik. Der Narr tritt auf.

NARR. Nun, ihr Herren? Sind eure Pfeifen in Neapel gewesen, daß sie so durch die Nase schnarren? – Aber hier ist Geld für euch, ihr Herren, und dem General gefällt eure Musik so ausnehmend, daß er euch um alles in der Welt bitten läßt, keinen Lärm mehr damit zu machen.

MUSIKANTEN.
's ist gut, Herr, das wollen wir auch nicht.

NARR. Wenn ihr eine Musik habt, die gar nicht zu hören ist, in Gottes Namen; aber was man sagt, Musik hören: danach fragt der General nicht viel.

MUSIKANTEN. Solche haben wir nicht, Herr.

NARR. Dann steckt eure Pfeifen wieder in den

Sack, denn ich will fort. Geht! – Verschwindet in die Lüfte. Husch!

Die Musikanten gehn ab.

CASSIO. Hörst du, mein ehrliches Gemüt? –

NARR. Nein, Eu'r ehrliches Gemüt hör' ich nicht; ich höre Euch.

CASSIO. Ich bitt' dich, laß deine Witze! Hier hast du ein kleines Goldstückchen; wenn die Gesellschaftsdame deiner Gebieterin schon munter ist, sag' ihr; hier sei ein gewisser Cassio, der sie um die Vergünstigung eines kurzen Gesprächs bitte. Willst du das tun?

NARR. Munter ist sie, Herr; wenn sie sich hierher ermuntern will, so werd' ich's ihr insinuieren.

Narr ab. Jago tritt auf.

CASSIO.
Dank, lieber Freund! Ei, Jago, grade recht! –

JAGO. So gingt Ihr nicht zu Bett?

CASSIO. Ich? Nein, der Morgen graute,
Eh' wir uns trennten. Eben jetzt, mein Jago,
Schickt' ich zu deiner Frau, und ließ sie bitten,
Sie wolle bei der edlen Desdemona
Mir Zutritt schaffen.

JAGO. Ich will gleich sie rufen;
Und auf ein Mittel sinn' ich, wie der Mohr
Entfernt wird, daß Ihr um so freier Euch
Besprechen mögt.

Ab.

CASSIO. Von Herzen dank' ich dir's. – Ich kannte nie
'nen Florentiner, der so brav und freundlich.

Emilia tritt auf.

EMILIA.
Guten Morgen, werter Leutnant. Euer Unfall
Betrübt mich sehr, doch wird noch alles gut.
Der General und seine Frau besprechen's,
Und warm vertritt sie Euch; er wendet ein,
Der junge Mann sei hochgeschätzt in Cypern,
Von großem Anhang; und nach bestem Rat
Könn' er Euch nicht verteid'gen. Doch er liebt Euch,
Und keines Fürworts braucht's, als seine Freundschaft,
Euch wieder einzusetzen.

CASSIO. Dennoch bitt' ich –
Wenn Ihr's für ratsam haltet oder tunlich –,
Schafft mir die Wohltat einer Unterredung
Allein mit Desdemona!

EMILIA. Kommt mit mir:
Ich richt' es ein, daß Ihr in günst'ger Muße
Euch frei erklären mögt.

CASSIO. Wie dank' ich Euch!

Sie gehn ab.

Zweite Szene

Ebendaselbst.
Othello, Jago und Edelleute treten auf.

OTHELLO. Die Briefe, Jago, gib dem Schiffspatron,
Und meinen Gruß entbiet' er dem Senat;
Ich will hernach die Außenwerke sehn,
Dort triffst du mich.

JAGO. Sehr wohl, mein General.

OTHELLO.
Beliebt's, ihr Herrn, zur Festung mir zu folgen? –

EDELLEUTE. Wir sind bereit, mein gnäd'ger Herr.

Sie gehn ab.

Dritte Szene

Ebendaselbst.
Desdemona, Cassio und Emilia treten auf.

DESDEMONA.
Nein, zweifle nicht, mein guter Cassio, alles,
Was mir nur möglich, biet' ich für dich auf.

EMILIA.
Tut's, edle Frau; ich weiß, mein Mann betrübt sich,
Als wär' es seine Sache.

DESDEMONA.
Er ist ein ehrlich Herz. Sei ruhig, Cassio,
Ich mache meinen Herrn und dich aufs neue
Zu Freunden, wie ihr wart.

CASSIO. O güt'ge Frau,
Was auch aus Michael Cassio werden mag,
Auf immer bleibt er Eurem Dienst ergeben.

DESDEMONA.
Ich dank' Euch, Cassio. – Ihr liebt ja meinen Herrn,
Ihr kennt ihn lange schon; drum seid gewiß,
Er wendet sich nicht ferner von Euch ab,
Als ihn die Klugheit zwingt.

CASSIO. Doch, gnäd'ge Frau.
Die Klugheit währt vielleicht so lange Zeit,
Lebt von so magrer, wassergleicher Kost,
Erneut vielleicht sich aus dem Zerfall so,
Daß, wenn ich fern bin und mein Amt besetzt,
Der Feldherr meiner Lieb' und Treu' vergißt.

DESDEMONA.
Das fürchte nimmer; vor Emilien hier
Verbürg' ich dir dein Amt; und sei gewiß,
Versprach ich jemand einen Dienst, den leist' ich
Bis auf den letzten Punkt: ich lass' ihm keine Ruh';
Ich wach' ihn zahm, schwätz' ihn aus der Geduld;
Sein Tisch und Bett soll Beicht' und Schule sein,
In alles, was er vornimmt, meng' ich ihm
Cassios Gesuch: deshalb sei fröhlich, Cassio!
Denn deine Mittlerin wird lieber sterben,
Als dich versäumen.

Othello und Jago treten in einiger Entfernung auf.

EMILIA. Gnäd'ge Frau, hier kommt
Der General.

CASSIO. Ich nehme meinen Abschied.

DESDEMONA.
Ei, bleibt und hört mich reden!

CASSIO. Gnäd'ge Frau,
Jetzt nicht, ich bin nicht unbefangen, wenig
Geschickt für meine Absicht.

DESDEMONA. Meinethalb,
Tut nach Belieben!

Cassio geht.

JAGO. Ha! – Das gefällt mir nicht!

OTHELLO. Was sagst du da?

JAGO. Nichts, gnäd'ger Herr; doch wenn, – ich weiß nicht, was.

OTHELLO.
War das nicht Cassio, der mein Weib verließ?

JAGO. Cassio, Gen'ral? Gewiß, ich dächt' es nicht,
Daß er wie schuldbewußt wegschleichen würde,
Da er Euch kommen sieht.

OTHELLO. Ich glaub', er war's.

DESDEMONA. Ei sieh, mein lieber Herr! –
So eben sprach ein Bittender mit mir,
Ein Mann, durch dein Mißfallen ganz entmutigt.

OTHELLO. Wer ist es, den du meinst?

DESDEMONA.
Nun, deinen Leutnant Cassio. Teurer Freund,
Hat meine Liebe Kraft, dich zu bewegen,
Dann augenblicks versöhne dich mit ihm! –
Ist er nicht einer, der dich wahrhaft liebt,
Aus Übereilung fehlt', und nicht aus Vorsatz,
Versteh' ich schlecht mich auf ein ehrlich Auge: –
Bitt' dich, ruf' ihn zurück!

OTHELLO. Ging er jetzt fort?

DESDEMONA. Ja wahrlich, so gebeugt,
Daß er ein Teil von seinem Gram mir ließ,
Mit ihm zu leiden. Liebster, ruf' ihn wieder!

OTHELLO. Jetzt nicht, geliebtes Herz, ein andermal.

DESDEMONA. Doch bald?

OTHELLO. Sobald als möglich, deinethalb.

DESDEMONA. Zum Abendessen denn.

OTHELLO. Nein, heute nicht.

DESDEMONA. Dann morgen mittag?

OTHELLO. Ich speise nicht zu Haus;
Die Offiziere luden mich zur Festung.

DESDEMONA.
Nun, morgen abend? oder Dienstag morgen,
Zu Mittag oder Abend – Mittwoch früh? –
O nenne mir die Zeit, doch laß es höchstens
Drei Tage sein: Gewiß, es reut ihn sehr;
Und sein Vergehn, nach unsrer schlichten Einsicht –
Wiewohl der Krieg ein Beispiel fordert, sagt man,
Am Besten selbst – ist nur ein Fehl, geeignet
Für heimlichen Verweis. – Wann darf er kommen?
Sprich doch, Othello: ich begreife nicht,
Was ich dir weigerte, das du verlangtest,
Oder so schaudernd schwieg. Ei, Michael Cassio,
Der für dich warb, und manches liebe Mal,
Wenn ich von dir nicht immer günstig sprach,
Dich treu verfocht – den kostet's so viel Müh'
Dir zu versöhnen? Traun, ich täte viel –

OTHELLO.
Ich bitt' dich, laß – er komme, wann er will;
Ich will dir nichts versagen.

DESDEMONA. Es ist ja nicht für mich:
Es ist, als bät' ich dich, Handschuh' zu tragen,
Dich warm zu halten, kräft'ge Kost zu nehmen,
Oder als riet' ich dir besondre Sorgfalt
Für deine Pflege – nein, hab' ich zu bitten,
Was deine Liebe recht in Anspruch nimmt,
Dann muß es schwierig sein und voll Gewicht,
Und mißlich die Gewährung.

OTHELLO. Ich will dir nichts versagen;
Dagegen bitt' ich dich, gewähr' mir dies: –
Laß mich ein wenig nur mit mir allein!

DESDEMONA.
Soll ich's versagen? Nein: leb wohl, mein Gatte!

OTHELLO.
Leb wohl, mein Herz! Ich folge gleich dir nach.

DESDEMONA. Emilia, komm!
Zu Othello.
Tu', wie dich Laune treibt;
Was es auch sei, gehorsam bin ich dir.
Geht ab mit Emilien.

OTHELLO.
Holdselig Ding! Verdammnis meiner Seele,
Lieb' ich dich nicht! Und wenn ich dich nicht liebe,
Dann kehrt das Chaos wieder.

JAGO. Mein edler General -

OTHELLO. Was sagst du, Jago?

JAGO. Hat Cassio, als Ihr warbt um Eure Gattin,
Gewußt um Eure Liebe?

OTHELLO.
Vom Anfang bis zu Ende: warum fragst du?

JAGO. Um nichts, als meine Neugier zu befried'gen;
Nichts Arges sonst.

OTHELLO. Warum die Neugier, Jago?

JAGO. Ich glaubte nicht, er habe sie gekannt.

OTHELLO.
O ja, er ging von einem oft zum andern.

JAGO. Wirklich?

OTHELLO.
Wirklich! ja, wirklich! – Find'st du was darin?
Ist er nicht ehrlich?

JAGO. Ehrlich, gnäd'ger Herr?

OTHELLO. Ehrlich, ja ehrlich!

JAGO. So viel ich weiß, Gen'ral!

OTHELLO. Was denkst du, Jago?

JAGO. Denken, gnäd'ger Herr?

OTHELLO.
Hm, denken, gnäd'ger Herr! Bei Gott, mein Echo!
Als läg' ein Ungeheu'r in seinem Sinn,
Zu gräßlich, es zu zeigen. – Etwas meinst du:
Jetzt eben riefst du: »Das gefällt mir nicht!« –
Als Cassio fortging. Was gefällt dir nicht? –
Und als ich sagt', ihm hab' ich mich vertraut
Im Fortgang meiner Werbung, riefst du: »Wirklich?«
Und zogst und faltetest die Stirn zusammen,
Als hielt'st du einen greulichen Gedanken
Verschlossen im Gehirn: – wenn du mich liebst,
Sprich, was du denkst!

JAGO. Ihr wißt, ich lieb' Euch, Herr!

OTHELLO. Das, denk' ich, tust du;
Und weil ich weiß, du bist mein Freund, und redlich,
Und wägst das Wort, eh' du ihm Atem leihst,
So ängstet mich dies Stocken um so mehr –
Denn derlei ist bei falsch treulosen Buben
Alltäglich Spiel; doch bei dem Biedermann
Heimlicher Wink, der aus dem Herzen dringt
Im Zorn des Edelmuts.

JAGO. Nun, Michael Cassio -
Ich darf wohl schwören, ehrlich halt' ich ihn.

OTHELLO. Ich auch.

JAGO.
Man sollte sein das, was man scheint;

Und die es nicht sind, sollten's auch nicht scheinen.
OTHELLO.
Ganz recht, man sollte sein das, was man scheint.
JAGO. Nun wohl, so halt' ich Cassio dann für ehrlich.
OTHELLO. Nein, damit meinst du mehr:
Ich bitt' dich, sprich mir ganz so, wie du denkst,
Ganz wie du sinnst; und gib dem schlimmsten Denken
Das schlimmste Wort!
JAGO. Mein General, verzeiht:
Obgleich zu jeder Dienstpflicht Euch verbunden,
Nicht bin ich's da, wo Sklaven frei sich fühlen.
Aussprechen die Gedanken!
Gesetzt, sie wären niedrig und verkehrt –
Wo ist der Palast, wo nicht auch einmal
Schändliches eindringt? Wessen Herz so rein,
Daß der und jener schmutz'ge Zweifel nicht
Einmal zu Rat sitzt und Gerichtstag hält
Mit rechtsgemäßer Forschung?
OTHELLO. Du übst Verrat an deinem Freunde, Jago,
Glaubst du, man kränk' ihn, und verhüllst ihm doch,
Was du nun irgend denken magst.
JAGO. Ich bitt' Euch,
Wenn auch vielleicht falsch ist, was ich vermute
(Wie's, ich bekenn' es, stets mein Leben quält,
Fehltritten nachgehn; auch mein Argwohn oft
Aus Nichts die Sünde schafft), daß Eure Weisheit
Auf einen, der so unvollkommen wahrnimmt,
Nicht hören mag; noch Unruh' Euch erbaun
Aus seiner ungewiß zerstreuten Meinung; –
Nicht kann's bestehn mit Eurer Ruh' und Wohlfahrt,
Noch meiner Mannheit, Redlichkeit und Vorsicht,
Sag' ich Euch, was ich denke.
OTHELLO. Sprich, was meinst du?
JAGO. Der gute Name ist bei Mann und Frau,
Mein bester Herr,
Das eigentliche Kleinod ihrer Seelen.
Wer meinen Beutel stiehlt, nimmt Tand; 's ist etwas
Und nichts; mein war es, ward das Seine nun,
Und ist der Sklav' von Tausenden gewesen,
Doch wer den guten Namen mir entwendet,
Der raubt mir das, was ihn nicht reicher macht,
Mich aber bettelarm.
OTHELLO.
Beim Himmel! ich will wissen, was du denkst.
JAGO.
Ihr könnt's nicht, läg' in Eurer Hand mein Herz.
Noch sollt Ihr's, weil es meine Brust verschließt.
OTHELLO. Ha! –
JAGO. Oh, bewahrt Euch, Herr, vor Eifersucht,
Dem grüngeaugten Scheusal, das besudelt
Die Speise, die es nährt! – Heil dem Betrognen,
Der, seiner Schmach bewußt, die Falsche haßt!
Doch welche Qualminuten zählt der Mann,
Der liebt, verzweifelt; argwohnt und vergöttert!
OTHELLO. O Jammer! –
JAGO. Arm und vergnügt ist reich und überreich;
Doch Krösus' Reichtum ist so arm als Winter
Für den, der immer fürchtet, er verarme: –
O Himmel, schütz' all meiner Freunde Herz
Vor Eifersucht! –
OTHELLO. Wie? Was ist das? Denkst du,
Mein Leben soll aus Eifersucht bestehn? –
Und wechseln, wie der Mond, in ew'gem Schwanken
Mit neuer Furcht? Nein, einmal Zweifeln macht
Mit eins entschlossen. Vertausch' mich mit 'ner Geiß,
Wenn ich das Wirken meiner Seele richte
Auf solch verblasnes, nichtiges Phantom,
Wahnspielend, so wie du. Nicht weckt mir's Eifersucht,
Sagt man, mein Weib ist schön, gedeiht, spricht scherzend,
Sie liebt Gesellschaft, singt, spielt, tanzt mit Reiz: –
Wo Tugend ist, macht das noch tugendhafter. –
Noch schöpf' ich je aus meinen eignen Mängeln
Die kleinste Furcht, noch Zweifel ihres Abfalls;
Sie war nicht blind, und wählte mich. Nein, Jago,
Eh' ich zweifle, will ich sehn; zweifl' ich, Beweis:
Und hab' ich den, so bleibt nichts anders übrig,
Als fort auf eins mit Lieb' und Eifersucht!
JAGO. Das freut mich, denn nun darf ich ohne Scheu
Euch offenbaren meine Lieb' und Pflicht,
Mit freierm Herzen. Drum als Freundeswort
Hört so viel nur: noch schweig' ich von Beweisen. –
Beachtet Eure Frau; prüft sie mit Cassio,
Das Auge klar, nicht blind, nicht eifersüchtig;
Wie traurig, würd Eu'r freies, edles Herz
Gekränkt durch innre Güte: drum gebt acht!
Venedigs Art und Sitte kenn' ich wohl:
Dort lassen sie den Himmel Dinge sehn,
Die sie dem Mann verbergen – gut Gewissen
Heißt dort nicht: »Unterlaß!«, nein: »Halt' geheim!«
OTHELLO. Meinst du? –
JAGO. Den Vater trog sie, da sie Euch geeh' licht –
Als sie vor Euerm Blick zu beben schien,
War sie in Euch verliebt.
OTHELLO. Jawohl!
JAGO. Nun folglich:
Sie, die so jung sich so verstellen konnte,
Daß sie des Vaters Blick mit Nacht umhüllte,
Daß er's für Zauber hielt – doch scheltet mich: –
In Demut bitt' ich Euch, Ihr wollt verzeihn,
Wenn ich zu sehr Euch liebe.
OTHELLO. Ich bin dir ewig dankbar.
JAGO.
Ich seh', dies bracht' Euch etwas aus der Fassung.
OTHELLO. O gar nicht! gar nicht! –
JAGO. Traun, ich fürcht' es doch.
Ich hoff', Ihr wollt bedenken: was ich sprach,
Geschah aus Liebe. – Doch Ihr seid bewegt: –
Ich bitt' Euch, Herr! dehnt meine Worte nicht
Zu größerm Raum und weitrer Richtung aus,
Als auf Vermutung!
OTHELLO. Nein.
JAGO. Denn tätet Ihr's,
So hätten meine Reden schlimmre Folgen,
Als ich jemals gedacht. Sehr lieb' ich Cassio –
Ich seh', Ihr seid bewegt. –
OTHELLO. O nein! nicht sehr! –
Ich glaube, Desdemona ist mir treu.
JAGO. Lang' bleibe sie's! Und lange mögt Ihr's glauben! –

OTHELLO.
Und dennoch – ob Natur, wenn sie verirrt –
JAGO. Da, darin liegt's: als – um es dreist zu sagen –
So manchem Heiratsantrag widerstehn,
Von gleicher Heimat, Wohlgestalt und Rang,
Wonach, wir sehn's, Natur doch immer strebt:
Hm, darin spürt man Willen, allzulüstern.
Maßlosen Sinn, Gedanken unnatürlich.
Jedoch verzeiht: ich hab' in diesem Fall
Nicht sie bestimmt gemeint: obschon ich fürchte,
Ihr Wille, rückgekehrt zu besserm Urteil,
Vergleicht Euch einst mit ihren Landsgenossen,
Und dann vielleicht bereut sie.
OTHELLO. Leb wohl! Leb wohl!
Wenn du mehr wahrnimmst, laß mich mehr erfahren;
Dein Weib geb' auf sie acht! – Verlaß mich, Jago! –
JAGO. Lebt wohl, mein gnäd'ger Herr!
Abgehend.
OTHELLO.
Warum vermählt' ich mich? – Der brave Mensch
Sieht und weiß mehr, weit mehr, als er enthüllt! –
JAGO *zurückkehrend.*
Mein General, ich möcht' Euch herzlich bitten,
Nicht weiter grübelt; überlaßt's der Zeit:
Und ist's gleich recht, Cassio im Dienst zu lassen
(Denn allerdings steht er ihm trefflich vor),
Doch, wenn's Euch gut dünkt, haltet ihn noch hin:
Dadurch verrät er sich und seine Wege.
Habt acht, ob Eure Gattin seine Rückkehr
Mit dringend heft'gem Ungestüm begehrt;
Daraus ergibt sich manches. Unterdes
Denkt nur, ich war zu emsig in der Furcht
(Und wirklich muß ich fürchten, daß ich's war –),
Und haltet sie für treu, mein edler Feldherr!
OTHELLO. Sorg' nicht um meine Fassung!
JAGO. Noch einmal nehm' ich Abschied.
Ab.
OTHELLO.
Das ist ein Mensch von höchster Redlichkeit,
Und kennt mit wohlerfahrnem Sinn das Treiben
Des Weltlaufs. Find' ich dich verwildert, Falk,
Und sei dein Fußriem mir ums Herz geschlungen,
Los geb' ich dich: fleuch hin in alle Lüfte,
Auf gutes Glück! – Vielleicht wohl, weil ich schwarz bin
Und mir des leichten Umgangs Gabe fehlt,
Der Stutzer ziert; auch weil sich meine Jahre
Schon abwärts senken; – doch das heißt nicht viel:
Sie ist dahin! – Ich bin getäuscht! – Mein Trost
Sei bittrer Haß. Oh! Fluch des Ehestands,
Daß unser diese zarten Wesen sind,
Und nicht ihr Lüsten! Lieber Kröte sein
Und von den Dünsten eines Kerkers leben,
Als daß ein Winkel im geliebten Wesen
Für andre sei! – Das ist der Großen Qual,
Sie haben minder Vorrecht als der Niedre;
s' ist ihr Geschick, unwendbar wie der Tod;
Schon im Entstehn schwebt der gehörnte Fluch
Auf unsrer Scheitel. Siehe da, sie kommt: –
Desdemona und Emilia treten auf.
Ist diese falsch, so spottet sein der Himmel! –
Ich will's nicht glauben!
DESDEMONA. Nun, mein teurer Herr?
Dein Gastmahl und die edlen Cyprier,
Die du geladen, warten schon auf dich.
OTHELLO. Ich bin zu tadeln.
DESDEMONA.
Was redest du so matt? Ist dir nicht wohl?
OTHELLO. Ich fühle Schmerz an meiner Stirne hier.
DESDEMONA.
Ei ja, das kommt vom Wachen, es vergeht:
Ich will sie fest dir binden, in 'ner Stunde
Ist's wieder gut.
OTHELLO. Dein Schnupftuch ist zu klein
Sie läßt ihr Schnupftuch fallen.
Laß nur: komm mit, ich geh' hinein mit dir.
DESDEMONA.
Es quält mich sehr, daß du dich unwohl fühlst.
Desdemona und Othello ab.
EMILIA. Mich freut, daß ich das Tuch hier finde:
Dies war des Mohren erstes Liebespfand.
Mein wunderlicher Mann hieß mich schon zehnmal
Das Tuch entwenden: doch sie liebt's so sehr
(Denn er beschwor sie's sorglich stets zu hüten),
Daß sie's beständig bei sich trägt, es küßt
Und spricht damit. Das Stickwerk zeichn' ich nach,
Und geb' es Jago:
Wozu er's will, der Himmel weiß: gleichviel,
Ich füge mich in seiner Launen Spiel.
Jago tritt auf.
JAGO. Was gibt's? Was machst du hier allein?
EMILIA. Nun zank' nur nicht, ich habe was für dich.
JAGO.
Hast was für mich? Das ist nun wohl nichts Neues –
EMILIA. Ei! seht mir doch!
JAGO. Ein närrisch Weib zu haben.
EMILIA.
So! weiter nichts? – Nun, sprich! Was gibst du mir
Für dieses Taschentuch?
JAGO. Welch Taschentuch? –
EMILIA. Welch Taschentuch?
Ei nun, des Mohren erstes Brautgeschenk,
Das du so oft mir zu entwenden hießest.
JAGO. Hast du's gestohlen?
EMILIA.
Das nicht: sie ließ es fallen aus Versehn;
Und ich zum Glück stand nah und hob es auf.
Sieh da, hier ist's.
JAGO. Ein braves Weib! Gib her! –
EMILIA. Was soll dir's nur, daß du so eifrig drängst,
Ihr's wegzumausen? –
JAGO *reißt es ihr weg.*
Ei! Was geht's dich an? –
EMILIA.
Hat's keinen wicht'gen Zweck, so gib mir's wieder:
Die arme Frau! – Sie wird von Sinnen kommen,
Wenn sie's vermißt.
JAGO. Tu' du, als weißt du nichts: ich brauch's zu was;
Laß dir nichts merken: g'nug, daß ich's bedarf
Geh, laß mich!
Emilia ab.
Ich will bei Cassio dieses Tuch verlieren

Da soll er's finden; Dinge, leicht wie Luft,
Sind für die Eifersucht Beweis, so stark
Wie Bibelsprüche. Dies kann Wirkung tun.
Der Mohr ist schon im Kampf mit meinem Gift: –
Gefährliche Gedanken sind gleich Giften,
Die man zuerst kaum wahrnimmt am Geschmack,
Allein nach kurzer Wirkung auf das Blut
Gleich Schwefelminen glühn. Ich sagt' es wohl! –

Othello tritt auf.

Da kommt er. Mohnsaft nicht, noch Mandragora,
Noch alle Schlummerkräfte der Natur,
Verhelfen je dir zu dem süßen Schlaf,
Den du noch gestern hattest.

OTHELLO. Ha! Ha! Mir treulos! Mir! –

JAGO. Nun, faßt Euch, General! Nichts mehr davon!

OTHELLO.
Fort! Heb' dich weg! Du warfst mich auf die Folter: –
Ich schwör', 's ist besser, sehr betrogen sein,
Als nur ein wenig wissen.

JAGO. Wie, Gen'ral?

OTHELLO. Was ahnet' ich von ihren stillen Lüsten? –
Ich sah's nicht, dacht' es nicht, war ohne Harm;
Schlief wohl die nächste Nacht, aß gut, war frei
und froh;
Ich fand nicht Cassios Küss' auf ihren Lippen:
Wenn der Bestohlne nicht vermißt den Raub,
Sagt ihr's ihm nicht, so ist er nicht bestohlen.

JAGO. Es schmerzt mich, dies zu hören.

OTHELLO.
Noch wär' ich glücklich, wenn das ganze Lager,
Troßbub' und alles, ihren süßen Leib genoß,
Und ich erfuhr es nicht. O nun, auf immer
Fahr' wohl, des Herzens Ruh'! Fahr' wohl, mein
Friede!
Fahr' wohl, du wall'nder Helmbusch, stolzer Krieg,
Der Ehrgeiz macht zur Tugend! Oh, fahr' wohl!
Fahr' wohl, mein wiehernd Roß und
schmetternd Erz,
Mutschwell'nde Trommel, muntrer Pfeifenklang,
Du königlich Panier, und aller Glanz,
Pracht, Pomp und Rüstung des glorreichen Kriegs! –
Und o du Mordgeschoß, des rauher Schlund
Des ew'gen Jovis Donner widerhallt,
Fahr' wohl! Othellos Tagwerk ist getan! –

JAGO. Ist's möglich? – Gnäd'ger Herr –

OTHELLO.
Beweise, Schurk', mir, daß mein Weib verbuhlt,
Tu's ja, schaff' mir den sichtlichen Beweis;
Sonst, bei dem Leben meiner ew'gen Seele,
Besser wär' dir's, ein Hund geboren sein,
Als meinem Grimm dich stellen!

JAGO. Dahin kam's?

OTHELLO. Sehn will ich, oder mindestens Beweis,
An dem kein Häkchen sei, den kleinsten Zweifel
Zu hängen dran, sonst wehe deiner Seele! –

JAGO. Mein edler Herr! –

OTHELLO.
Wenn du sie frech verleumd'st und folterst mich,
Dann bete nie mehr; schließ' die Rechnung ab;
Auf höchsten Greuel häufe neuen Greuel;
Mach', daß der Himmel weint, die Erde bebt,
Denn nichts zum ew'gen Fluche kannst du fügen,
Das größer sei.

JAGO. O Gnad'! O Himmel! Schützt mich! –
Seid Ihr ein Mann? Habt Ihr Vernunft und Sinn? –
Fahrt wohl denn! Nehmt mein Amt! – Ich
blöder Tor,
Des Lieb' und Redlichkeit als Laster gilt! –
O schnöde Welt! Merk' auf, merk' auf, o Welt!
Aufrichtig sein und redlich bringt Gefahr.
Dank für die Warnung: keinen Freund von jetzt
Lieb' ich hinfort, da Liebe so verletzt.

OTHELLO.
Nein, bleib', du solltest doch wohl ehrlich sein.

JAGO.
Klug sollt' ich sein, denn Gradheit ist 'ne Törin,
Die das verfehlt, wonach sie strebt.

OTHELLO. Bei Gott!
Ich denk', mein Weib ist treu, und ist es nicht;
Ich denke, du bist brav, und bist es nicht;
Ich will Beweis. Ihr Name, einst so hell
Wie Dianens Antlitz, ist nun wüst und schwarz
Wie mein Gesicht. – Wenn's Messer gibt und Stricke,
Gift, Feuer, oder Ströme zum Ersäufen,
Ich duld' es nicht. – O wär' ich überzeugt! –

JAGO. Ich sehe, wie Euch Leidenschaft verzehrt;
Mich reut, daß ich Euch Anlaß gab: so möchtet
Ihr überzeugt sein? –

OTHELLO. Möchte? Nein, ich will's!

JAGO.
Und könnt. Doch wie? Wie überzeugt, o Herr?
Wollt Ihr mit offnem Blick die Frechheit schaun?
Sie sehn gepaart?

OTHELLO. Ha, Tod und Teufel! Oh! –

JAGO. Ein schwierig Unternehmen, denk' ich mir,
Sie so zur Schau zu bringen: 's wär' zu toll,
Wenn mehr noch als vier Augen Zutritt fänden
Bei solchem Lustspiel! Was denn also? Wie?
Was soll ich tun? Wo Überzeugung finden?
Unmöglich ist es, dies mit anzusehn,
Und wären sie wie Geiß' und Affen wild,
Hitzig wie brünst'ge Wölfe, plump und sinnlos
Wie trunkne Dummheit. Dennoch sag' ich Euch,
Wenn Schuldverdacht und Gründe trift'ger Art,
Die gradhin führen zu der Wahrheit Tor,
Euch Überzeugung schafften, solche hätt' ich.

OTHELLO. Gib sprechende Beweise, daß sie falsch!

JAGO. Ich hasse dies Geschäft:
Doch weil ich hierin schon so weit gegangen –
Verlockt durch Lieb' und dumme Redlichkeit –,
So fahr' ich fort. – Ich schlief mit Cassio jüngst,
Und da ein arger Schmerz im Zahn mich quälte,
Konnt' ich nicht ruhn.
Nun gibt es Menschen von so schlaffem Geist,
Daß sie im Traum ausschwatzen, was sie tun,
Und Cassio ist der Art.
Im Schlafe seufzt' er: »Süße Desdemona! –
Sei achtsam, unsre Liebe halt' geheim!« –
Und dann ergriff und drückt' er meine Hand,
Rief: »Süßes Kind!« – und küßte mich mit Inbrunst,
Als wollt' er Küsse mit der Wurzel reißen
Aus meinen Lippen, legte dann das Bein

Auf meines, seufzt' und küßte mich und rief:
»Verwünschtes Los, das dich dem Mohren gab!« –
OTHELLO. O greulich! greulich!
JAGO. Nun, dies war nur Traum.
OTHELLO. Doch er bewies vorhergegangne Tat.
JAGO.
Ein schlimm Bedenken ist's, sei's auch nur Traum;
Und dient vielleicht zur Stütze andrer Proben,
Die schwach beweisen.
OTHELLO. In Stücke reiß' ich sie!
JAGO.
Nein, mäßigt Euch: noch sehn wir nichts getan;
Noch kann sie schuldlos sein. Doch sagt dies eine:
Saht Ihr nie sonst in Eures Weibes Hand
Ein feines Tuch, mit Erdbeer'n bunt gestickt?
OTHELLO.
So eines gab ich ihr, mein erst Geschenk.
JAGO.
Das wußt' ich nicht. Allein mit solchem Tuch
(Gewiß war es das ihre) sah ich heut
Cassio den Bart sich wischen.
OTHELLO. Wär' es das, –
JAGO. Das, oder sonst eins, kam's von ihr, so zeugt
Es gegen sie nebst jenen andern Zeichen.
OTHELLO.
Oh! daß der Sklav' zehntausend Leben hätte!
Eins ist zu arm, zu schwach für meine Rache!
Nun seh' ich, es ist wahr. Blick' her, o Jago,
So blas' ich meine Lieb' in alle Winde: –
Hin ist sie. –
Auf, schwarze Rach', aus deiner tiefen Hölle!
Gib, Liebe, deine Kron' und Herzensmacht
Tyrann'schem Haß! Dich sprenge deine Last,
O Busen, angefüllt mit Natterzungen!
JAGO. Ich bitt' Euch, ruhig!
OTHELLO. Blut, o Jago, Blut!
JAGO. Geduld, vielleicht noch ändert Ihr den Sinn.
OTHELLO. Nie, Jago, nie! So wie des Pontus Meer,
Des eis'ger Strom und fortgewälzte Flut
Nie rückwärts ebben mag, nein, unaufhaltsam
In den Propontis rollt und Hellespont:
So soll mein blut'ger Sinn in wüt'gem Gang
Nie umschaun, noch zur sanften Liebe ebben,
Bis eine vollgenügend weite Rache
Ihn ganz verschlang.
Er knieet nieder.
Nun, beim kristallnen Äther,
Mit schuld'ger Ehrfurcht vor dem heil'gen Eid
Verpfänd' ich hier mein Wort.
JAGO *knieet auch.*
Steht noch nicht auf! –
Bezeugt's, ihr ewig glüh'nden Lichter dort!
Ihr Elemente, die ihr uns umschließt!
Bezeugt, daß Jago hier sich weiht mit allem,
Was sein Verstand, was Herz und Hand vermag,
Othellos Schmach zu ahnden! Er gebiete,
Und zu gehorchen sei mir Liebespflicht,
Wie blutig auch die Tat! –
OTHELLO. Ich grüße deine Liebe
Mit eitlem Dank nicht, nein, mit freud'gem Ja,
Und augenblicklich führ' ich dich ans Werk:
Laß in drei Tagen mich von dir vernehmen,
Daß Cassio nicht mehr lebt!
JAGO.
Mein Freund ist tot; Ihr wollt's, es ist geschehn: –
Sie aber schont!
OTHELLO.
Verdammt, verdammt sei sie, die büb'sche Dirne!
Komm, folge heimlich mir, ich will im stillen
Ein schnelles Todesmittel mir verschaffen
Für diesen schönen Teufel. – Nun bist du mein
Leutnant!
JAGO. Ich bin auf ewig Euer!
Sie gehn ab.

Vierte Szene

Ebendaselbst.
Desdemona, Emilia, der Narr.

DESDEMONA. He! Weißt du, in welcher Gegend Leutnant Cassio liegt?
NARR. Ich möchte nicht sagen, daß er irgendwo lüge.
DESDEMONA. Warum?
NARR. Er ist ein Soldat, und wollt' ich sagen, daß ein Soldat lüge, das ginge an Hals und Kragen.
DESDEMONA. Nicht doch, wo wohnt er?
NARR. Euch sagen, wo er wohnt, hieße Euch sagen, wo ich lüge.
DESDEMONA. Ist daraus wohl klug zu werden? –
NARR. Ich weiß nicht, wo er wohnt, und sollt' ich eine Wohnun gaus der Luft greifen und sagen, er liegt hier, oder liegt da, – das hieße in meinen Hals hineinlügen.
DESDEMONA. Kannst du ihn wohl ausfragen, und dich nach dem Bescheid mit Vernunft gebärden?
NARR. Ich will die Welt hindurch katechisieren, das heißt, Fragen stellen, und sie antworten lassen.
DESDEMONA. Suche ihn auf und schicke ihn her sage ihm, ich habe meinen Gemahl für ihn gestimmt, ich hoffe, alles werde noch gut.
NARR. Dies auszurichten reicht nicht über das Vermögen des menschlichen Geistes, und darum will ich das Abenteuer bestehen. *Ab.*
DESDEMONA.
Wo hab' ich nur das Tuch verlegt, Emilia?
EMILIA. Ich weiß nicht, gnäd'ge Frau.
DESDEMONA.
Glaub' mir, viel lieber mißt' ich meine Börse,
Voll von Crusados. Wär' mein edler Mohr
Nicht großgesinnt und frei vom niedern Stoff
Der Eifersucht, dies könnt' auf schlimme Meinung
Ihn führen.
EMILIA. Weiß er nichts von Eifersucht?
DESDEMONA.
Wer? Er? – Die Sonn' in seinem Lande, glaub' ich,
Sog alle solche Dünst' ihm aus.
EMILIA. Da kommt er.
DESDEMONA. Ich will ihn jetzt nicht lassen, bis er Cassio

Zurückberief. Wie geht dir's mein Othello? –

Othello tritt auf.

OTHELLO. Wohl, teure Frau!

Beiseit.

O Qual, sich zu verstellen!

Laut.

Wie geht dir's, Desdemona?

DESDEMONA. Gut, mein Teurer.

OTHELLO.
Gib deine Hand mir: – Diese Hand ist warm.

DESDEMONA.
Sie hat auch Alter nicht noch Gram gefühlt.

OTHELLO.
Dies deutet Fruchtbarkeit, freigeb'gen Sinn; –
Heiß, heiß, und feucht! Solch einer Hand geziemt
Abtötung von der Welt, Gebet und Fasten,
Viel Selbstkasteiung, Andacht, fromm geübt;
Denn jung und brennend wohnt ein Teufel hier,
Der leicht sich auflehnt, 's ist 'ne milde Hand,
Die gern verschenkt.

DESDEMONA. Du kannst sie wohl so nennen,
Denn diese Hand war's, die mein Herz dir gab.

OTHELLO.
Eine offne Hand: sonst gab das Herz die Hand;
Die neue Wappenkunst ist Hand, nicht Herz.

DESDEMONA.
Davon versteh' ich nichts. Nun, dein Versprechen!

OTHELLO. Welch ein Versprechen, Kind? –

DESDEMONA.
Ich ließ den Cassio rufen, dich zu sprechen.

OTHELLO.
Mich plagt ein widerwärt'ger, böser Schnupfen,
Leih' mir dein Taschentuch!

DESDEMONA. Hier, mein Gemahl.

OTHELLO. Das, welches ich dir gab.

DESDEMONA. Ich hab's nicht bei mir.

OTHELLO. Nicht?

DESDEMONA. Wirklich nicht, mein Teurer.

OTHELLO. Das muß ich tadeln: dieses Tuch
Gab meiner Mutter ein Zigeunerweib:
'ne Zaub'rin war's, die in den Herzen las.
Solange sie's bewahrte, sprach das Weib,
Würd' es ihr Reiz verleihn und meinen Vater
An ihre Liebe fesseln; doch verlöre
Oder verschenkte sie's, satt würde dann
Sein Blick sie scheun, sein lüstern Auge spähn
Nach neuem Reiz: sie, sterbend, gab es mir,
Und hieß mir's, wenn mein Schicksal mich vermählte,
Der Gattin geben. Dies geschah: nun hüt' es
Mit zarter Liebe, gleich dem Augenstern!
Verlörst du's, oder gäbst es fort, es wäre
Ein Unheil ohne Maß.

DESDEMONA. Wie, ist es möglich?

OTHELLO. Jawohl; in dem Gewebe steckt Magie:
Eine Sibylle, die den Sonnenlauf
Zweihundertmal die Bahn vollenden sah,
Hat im prophet'schen Wahnsinn es gewebt.
Geweihte Würmer spannen ihre Seide,
Sie färbt's in Mumiensaft, den sie mit Kunst
Aus Jungfrau'nherzen zog.

DESDEMONA. Wirklich? Ist's wahr?

OTHELLO.
Höchst zuverlässig; drum bewahr' es wohl!

DESDEMONA.
Dann wollte Gott, ich hätt' es nie gesehn.

OTHELLO. Ha! und weshalb?

DESDEMONA.
Was sprichst du so auffahrend und so schnell?

OTHELLO.
Ist's fort? Verloren? Sprich! Ist's nicht vorhanden?

DESDEMONA. Gott helf' mir!

OTHELLO. Nun?

DESDEMONA.
's ist nicht verloren; wenn's nun aber wäre?

OTHELLO. Ha! –

DESDEMONA. Ich sag', es ist noch da.

OTHELLO. Dann hol' es, zeig' mir's!

DESDEMONA.
Das könnt' ich, Herr, allein ich will es nicht.
Mit solchem Kunstgriff weichst du mir nicht aus: –
Ich bitt' dich, nimm den Cassio wieder an!

OTHELLO.
So hole mir das Tuch: mir ahnet Schlimmes.

DESDEMONA. Sei gut;
Du find'st nicht wieder solchen tücht'gen Mann.

OTHELLO. Das Tuch –

DESDEMONA. Er ist ein Mann, der all sein Glück
Von je auf deine Freundschaft hat gebaut, –

OTHELLO. Das Tuch –

DESDEMONA. Fürwahr, du tust nicht recht!

OTHELLO. Hinweg!

Ab.

EMILIA. Ist er nicht eifersüchtig?

DESDEMONA. So sah ich ihn noch nie! –
Gewiß, ein Zauber steckt in jenem Tuch:
Ein wahres Unglück, daß ich es verlor!

EMILIA. Man lernt den Mann nicht aus in einem Jahr:
Sie alle sind nur Magen, wir nur Kost;
Sie schlingen uns hinab, und sind sie satt,
Spein sie uns aus. Seht, Cassio und mein Mann!

Jago und Cassio treten auf.

JAGO. Da ist kein andrer Weg, sie muß es tun;
Und sieh, wie glücklich! geh, bestürme sie!

DESDEMONA.
Nun, lieber Cassio! sagt, wie geht es Euch?

CASSIO.
Mein alt Gesuch. Ich bitt' Euch, gnäd'ge Frau,
Laßt mich durch Euer kräftig Fürwort wieder
Erstehn und Teil an seiner Freundschaft finden,
Die ich mit ganzer Liebe meines Herzens
Treulich verehre: – nicht verzögre sich's:
Ist mein Vergehn so tödlich schwerer Art,
Daß weder vor'ger Dienst noch jetz'ge Reu',
Noch Vorsatz, künftig edlen Dienst zu tun,
Mir seine Neigung wieder kann gewinnen,
So wird mir's Wohltat sein, es nur zu wissen;
Dann borg' ich mir erzwungne Freudigkeit
Und such' auf einer neuen Lebensbahn
Des Glücks Almosen.

DESDEMONA. Ach, mein edler Cassio,
Diesmal ist meine Anwaltschaft umsonst;
Mein Herr ist nicht mein Herr, ich kennt' ihn nicht,

Wär' er im Antlitz wie im Geist verwandelt. –
So mag mir jeder fromme Engel helfen,
Wie ich für Euch nach besten Kräften sprach;
Und selbst auf seinen Zorn hab' ich's gewagt
Durch dreistes Wort! Ihr müßt Euch noch gedulden:
Was ich vermag, das tu' ich; tu' noch mehr,
Als ich für mich je wagte: dies genüg' Euch.

JAGO. Ist er erzürnt?

EMILIA. Er ging nur eben fort,
Und wirklich ungewöhnlich aufgeregt.

JAGO. Kann er in Zorn sein? Die Kanone sah ich
Ihm seine Schlachtreih'n sprengen in die Luft,
Und wie ein Teufel ihm den eignen Bruder
Von seiner Seite raffen; – er im Zorn? –
Dann muß es Großes sein; – ich geh' und such' ihn –
Gewiß, das hat was auf sich, wenn er zürnt.

Ab.

DESDEMONA.
Ich bitt' dich, tu's. – Vielleicht ein Staatsgeschäft –
Sei's von Venedig, sei's geheime Bosheit,
Der er in Cypern auf die Spur geraten, –
Trübt seinen heitern Geist; in solchem Fall
Zanken die Männer leicht mit kleinern Wesen,
Sind größre auch der Grund. So ist es immer;
Denn, schmerzt uns nur der Finger, haben auch
Die übrigen gesunden Glieder etwas
Von Wehgefühl. Nein, Männer sind nicht Götter:
Wir müssen nicht des Bräut'gams zarte Rücksicht
Von ihnen fordern. Schilt mich nur, Emilie;
Ich dachte seiner Rauheit schon den Stab
Zu brechen, sieh, so kindisch war mein Kriegsrecht;
Den Zeugen, find' ich nun, bestach ich selbst,
Und er ist falsch verklagt.

EMILIA.
Gott geb', es sei'n Staatssachen, wie Ihr glaubt,
Und nicht ein Wahn, noch eifersücht'ge Grille,
Die Euch betrifft.

DESDEMONA.
O liebe Zeit! – ich gab ihm niemals Anlaß.

EMILIA. Das ist den Eifersücht'gen einerlei,
Sie sind nicht stets aus Anlaß eifersüchtig,
Sie eifern, weil sie eifern; 's ist ein Scheusal,
Erzeugt von selbst, geboren aus sich selbst.

DESDEMONA.
Gott schütz' Othello vor dem Scheusal!

EMILIA. Amen!

DESDEMONA.
Ich will ihn suchen; Cassio, bleibt hier nah;
Ist er gestimmt, betreib' ich Eure Bitte,
Und will es bis zum Äußersten versuchen.

CASSIO. Ich dank' in Demut, gnäd'ge Frau!

Desdemona und Emilia ab.
Bianca tritt auf.

BIANCA. Gott grüß' dich, Cassio!

CASSIO.
Wie kommst du hierher?
Was treibst du, meine allerschönste Bianca?
Just wollt' ich zu dir kommen, liebes Herz.

BIANCA. Und ich war eben unterwegs zu dir.
Was? Eine Woche konnt'st du außen bleiben?
Sieben Tag' und Nächte? – Achtmal zwanzig Stunden,
Und acht noch? Und einsame Liebesstunden,
Langweil'ger als der Zeiger, hundertmal?
O läst'ge Rechnung!

CASSIO. Zürne nicht, mein Kind:
Mich drückte schwere Sorg' in all den Tagen;
Doch werd' ich dir zu ungestörter Zeit
Die lange Rechnung tilgen. – Liebste Bianca,

Er gibt ihr Desdemonas Tuch.

Zeichne dies Muster ab!

BIANCA. Ei, woher kam dies?
Das ist ein Pfand von einer neuen Freundin.
Dein Wegsein schmerzte, doch der Grund noch mehr:
Kam es so weit? Nun gut, schon gut! –

CASSIO. Geh, Mädchen,
Wirf den Verdacht dem Teufel ins Gesicht,
Von dem er kam! Nun, bist du eifersüchtig,
Dies sei von einer Liebsten mir geschenkt? –
Nein, glaub' mir's Bianca! –

BIANCA. Nun, woher kam's?

CASSIO.
Ich weiß nicht, Kind, ich fand's auf meinem Zimmer.
Die Stickerei gefällt mir: eh' man's fordert
(Was bald geschehn kann), wünscht' ich's nachgezeichnet:
Da nimm's und tu's, und laß mich jetzt allein!

BIANCA. Allein dich lassen? und warum?

CASSIO. Ich muß hier warten auf den General;
Und nicht empfehlend wär' mir's, noch erwünscht,
Fänd' er mich so begleitet.

BIANCA. Und warum nicht?

CASSIO. Nicht, daß ich dich nicht liebte.

BIANCA. Nur, daß du mich nicht liebst.
Ich bitt' dich, bring' mich etwas auf den Weg,
Und sag mir, kommst du wohl heut abend zeitig?

CASSIO. Ich kann ein kurzes Stück nur mit dir gehn,
Weil ich hier warte: doch ich seh' dich bald.

BIANCA.
Schon gut; man muß sich fügen in die Zeit.

Sie gehn ab.

Vierter Aufzug

Erste Szene

Zimmer auf dem Schlosse.
Othello und Jago.

JAGO. Wie dünkt Euch das?

OTHELLO. Was soll mich dünken?

JAGO. Was,
Sich heimlich küssen?

OTHELLO. Ein verbotner Kuß! –

JAGO. Oder nackt im Bett mit ihrem Freunde sein,
Wohl stundenlang und mehr, in aller Unschuld? –

OTHELLO. Im Bette, Jago, und in aller Unschuld? –
Das hieße Heuchelei ja mit dem Teufel! –
Wer keusch sein will und solches tut, des Tugend

Versucht der Teufel, und er selbst den Himmel.

JAGO.
Wenn sie nichts taten, war der Fehl nicht groß;
Doch, wenn ich meiner Frau ein Tuch verehrt –

OTHELLO. Nun dann? –

JAGO.
Nun, dann gehört's ihr, gnäd'ger Herr: und folglich
Darf sie's verschenken, mein' ich, wenn sie will.

OTHELLO. Sie ist Gebieterin auch ihrer Ehre;
Darf sie die auch verschenken? –

JAGO. Die Ehr' ist nur ein unsichtbares Wesen,
Und oft besitzt sie der, der sie nicht hat:
Allein das Tuch –

OTHELLO.
Bei Gott! mit Freuden hätt' ich das vergessen: –
Du sagtest, – oh, es schwebt um mein Gedächtnis,
So wie der Rab' um ein verpestet Haus,
Verderben dräu'nd, – er habe jenes Tuch.

JAGO. Nun was denn?

OTHELLO. Das ist doch nicht gut, gewiß! –

JAGO.
Sagt' ich noch gar, ich sah ihn Euch beschimpfen,
Oder hört' ihn sagen, – wie's denn Schurken gibt,
Die, wenn sie durch ihr ungestümes Werben,
Oder durch frei Vergaffen eines Weibes
Sie zwangen oder kirrten, nimmer ruhn,
Bis sie geschwatzt, –

OTHELLO. Hat er so was gesagt?

JAGO.
Das hat er, gnäd'ger Herr! Doch seid versichert,
Nicht mehr, als er abschwören wird.

OTHELLO. Was sagt' er?

JAGO.
Daß er bei ihr, – ich weiß nicht, wie er sagte, –

OTHELLO. Was? Was? –

JAGO. Gelegen –

OTHELLO. Bei ihr?

JAGO. Bei ihr, auf ihr, wie Ihr wollt.

OTHELLO. Bei ihr gelegen! auf ihr! Das Tuch – diese Geständnisse – das Tuch! – Eingestehn, und dann für die Mühe gehängt werden; zuerst gehängt, dann eingestehn. – Ich zittre davor! – Natur würde sich nicht in so verfinsternde Qualen verhüllen, wäre es nicht Vorbedeutung. Nicht Wahnbilder, die mich so erschüttern! – Hu! Nasen, Ohren und Lippen: ist es möglich? Eingestehn, –Tuch, – o Teufel! –

Er fällt in Ohnmacht.

JAGO. Sei wirksam, Gift,
Sei wirksam! Also fängt man gläub'ge Narren:
Manch wackre, keusche Frau kommt grade so
Ganz schuldlos ins Geschrei. – Auf, gnäd'ger Herr! –
Othello! – Gnäd'ger Herr! – Was wollt Ihr, Cassio? –

Cassio tritt auf.

CASSIO. Was gibt's?

JAGO. Der Feldherr stürzte jetzt in Krämpfen hin;
Dies ist seit gestern schon sein zweiter Anfall.

CASSIO. So reib' ihn um die Schläfe!

JAGO. Nein, laß ab:
Laß ihn in seiner Starrsucht ungestört;
Sonst schäumt er vor dem Mund und rast alsbald
In wilder Tobsucht. Sieh, er rührt sich wieder;
Entferne dich auf einen Augenblick,
Er wird sich schnell erholen; wenn er fort ist,
Hätt' ich mit dir ein wichtig Wort zu reden. –

Cassio ab.

Wie ist Euch? Habt Ihr nicht den Kopf verletzt?

OTHELLO. Sprichst du mit mir Hohn? –

JAGO. Euch höhnen? Nein, bei Gott!
Ich wollt', Ihr trügt Euer Schicksal wie ein Mann.

OTHELLO.
Gehörnter Mann ist nur ein Vieh, ein Untier.

JAGO. So gibt es manches Vieh in großen Städten,
Und manch vornehmes Untier.

OTHELLO. Gestand er's ein?

JAGO. Mein Feldherr! Seid ein Mann!
Denkt, jeder bärt'ge Mensch, ins Joch gespannt,
Zieht neben Euch. Millionen leben rings,
Die nächtlich ruhn auf preisgegebnem Lager,
Das sie ihr eigen wähnen: Ihr steht besser.
Oh, das ist Satansfest, Erzspaß der Hölle,
Ein üppig Weib im sichern Eh'bett küssen,
Und keusch sie glauben! Nein, Gewißheit will ich:
Und hab' ich die, weiß ich, sie ist verloren.

OTHELLO. Du sprichst verständig! Ja, gewiß!

JAGO. Geht auf die Seite, Herr:
Begebt Euch in die Schranken der Geduld!
Indes Ihr ganz von Eurem Gram vernichtet
(Ein Ausbruch, wenig ziemend solchem Mann),
Kam Cassio her; ich wußt' ihn wegzuschaffen
Und Euren Anfall triftig zu entschuld'gen;
Dann lud ich ihn zurück auf ein Gespräch;
Was er verhieß. Nun bergt Euch irgendwo,
Und merkt den Hohn, den Spott, die Schadenfreude
In jeder Miene seines Angesichts;
Denn beichten soll er mir aufs neu' den Hergang,
Wo, wann, wie oft, wie lange schon und wie
Er Euer Weib geherzt und herzen wird;
Merkt, sag' ich, sein Gebärdenspiel! O still doch! –
Sonst denk' ich, Ihr seid ganz und gar nur Wut
Und nichts von einem Manne.

OTHELLO. Hörst du's, Jago?
Ich will höchst schlau jetzt den Geduld'gen spielen,
Doch, hörst du's? dann den Blut'gen.

JAGO. So ist's recht –
Jedes zu seiner Zeit. – Nun tretet seitwärts!

Othello tritt beiseite.

Jetzt will ich Cassio nach Bianca fragen,
Ein gutes Ding, das, ihre Gunst verkaufend,
Sich Brot und Kleider anschafft: dies Geschöpf
Läuft Cassio nach; und 's ist der Dirnen Fluch,
Nachdem sie zehn getäuscht, täuscht einer sie:
Er, wenn er von ihr hört, erwehrt sich kaum
Laut aufzulachen. Sieh, da kommt er her: –

Cassio tritt auf.

Und wie er lächelt, soll Othello wüten;
Und seine ungelehr'ge Eifersucht
Wird Cassios Lächeln, Scherz und leichtes Wesen
Ganz mißverstehn. – Nun, Leutenant, wie geht's?

CASSIO.
So schlimmer, weil du mir den Titel gibst,

Dessen Verlust mich tötet.

JAGO.
Halt' Desdemona fest, so kann's nicht fehlen.
Beiseit.
Ja, läge dies Gesuch in Biancas Macht,
Wie schnell wärst du am Ziel!

CASSIO. Das arme Ding! –

OTHELLO *beiseit.*
Seht nur, wie er schon lacht! –

JAGO. Nie hab' ich so verliebt ein Weib gesehn.

CASSIO.
Das gute Närrchen! Ja, sie liebt mich wirklich.

OTHELLO *beiseit.*
Jetzt leugnet er's nur schwach und lacht's hinweg!

JAGO. Hör' einmal, Cassio, –

OTHELLO *beiseit.*
Jetzt bestürmt er ihn,
Es zu gestehn; nur fort; – recht gut, recht gut! –

JAGO.
Sie rühmt sich schon, du nimmst sie bald zur Frau;
Ist das dein Ernst?

CASSIO. Ha, ha, ha, ha!

OTHELLO *beiseit.*
Triumphierst du, Römer? triumphierst du?

CASSIO. Ich sie zur Frau nehmen? – Was! Eine Buhlschwester? Ich bitt' dich, habe doch etwas Mitleid mit meinem Witz; halt' ihn doch nicht für so ganz ungesund! Ha, ha, ha! –

OTHELLO *beiseit.* So, so, so; wer gewinnt, der lacht.

JAGO. Wahrhaftig, die Rede geht, du würd'st sie heiraten.

CASSIO. Nein, sag mir die Wahrheit!

JAGO. Ich will ein Schelm sein! –

OTHELLO *beiseit.* Ich trage also dein Brandmal? – Gut! –

CASSIO. Das hat der Affe selbst unter die Leute gebracht.
Aus Eitelkeit hat sie sich's in den Kopf gesetzt, ich werde sie heiraten; nicht weil ich's versprochen habe.

OTHELLO *beiseit.* Jago, winkt mir, nun fängt er die Geschichte an.

CASSIO. Eben war sie hier; sie verfolgt mich überall. Neulich stand ich am Strande und sprach mit einigen Venetianern, da kommt wahrhaftig der Grasaffe hin und, so wahr ich lebe, fällt mir so um den Hals. –

OTHELLO *beiseit.* Und ruft: »O lieber Cassio!« oder etwas Ähnliches; denn das deutet seine Gebärde.

CASSIO. Und hängt, und küßt, und weint an mir, und zerrt und zupft mich. Ha, ha, ha! –

OTHELLO *beiseit.* Jetzt erzählt er, wie sie ihn in meine Kammer zog: Oh, ich sehe deine Nase, aber noch nicht den Hund, dem ich sie vorwerfen will.

CASSIO. In der Tat, ich muß sie aufgeben.

JAGO. Mein' Seel'! – Sieh, da kommt sie.

Bianca tritt auf.

CASSIO. Das ist eine rechte Bisamkatze! Was willst du nur, daß du mir so nachläufst?

BIANCA. Mag der Teufel und seine Großmutter dir nachlaufen! – Was hast du mit dem Taschentuch vor, das du mir jetzt eben gabst? Ich war eine rechte Närrin, daß ich's nahm. Ich soll die ganze Arbeit abzeichnen? Recht wahrscheinlich, daß du's in deinem Zimmer sollst gefunden haben und nicht wissen, wer's daließ 's ist das Geschenk irgendeines Schätzchens, und ich soll die Arbeit abzeichnen? Da gib's deinem Steckenpferde: woher du's auch hast, ich werde die Stickerei nicht abzeichnen.

CASSIO.
Still doch, meine süße Bianca! still doch, still! –

OTHELLO *beiseit.* Beim Himmel, ist das nicht mein Taschentuch?

BIANCA. Willst du heut abend zum Essen kommen, so tu's; willst du nicht, so komm ein andermal, wenn du Lust hast! *Ab.*

JAGO. Geh ihr nach, geh ihr nach!

CASSIO. Das muß ich wohl, sonst zankt sie noch in der Straße.

JAGO. Willst du zu Abend bei ihr essen?

CASSIO. Ich denke, ja!

JAGO. Vielleicht treff' ich dich dort, denn ich hätte in der Tat notwendig mit dir zu reden.

CASSIO. Bitt' dich, komm! Willst du? –

JAGO. Gut, nichts mehr.

Cassio ab.

OTHELLO. Wie mord' ich ihn, Jago?

JAGO.
Bemerktet Ihr's, wie er zu seiner Schandtat lachte?

OTHELLO. Oh, Jago!

JAGO. Und saht Ihr das Tuch? –

OTHELLO. War's meines?

JAGO. Eures, bei dieser Hand: und seht nur, wie er das törichte Weib, Eure Gattin achtet! Sie schenkte es ihm, und er schenkt es seiner Dirne. –

OTHELLO.
O daß ich neun Jahre an ihm morden könnte! –
Ein hübsches Weib, ein schönes Weib, ein süßes Weib! –

JAGO. Das müßt Ihr jetzt vergessen.

OTHELLO. Mag sie verfaulen und verderben und zur Hölle fahren zu Nacht; denn sie soll nicht leben. Nein, mein Herz ist zu Stein geworden; ich schlage daran, und die Hand schmerzt mich. Oh, die Welt besitzt kein süßeres Geschöpf; sie hätte an eines Kaisers Seite ruhen und ihm Sklavendienste gebieten können.

JAGO. Nein, daran müßt Ihr nicht denken.

OTHELLO. Sei sie verdammt! Ich sage nur, was sie ist: – So geschickt mit ihrer Nadel! – Eine wunderwürdige Tonkünstlerin! – Oh! sie würde die Wildheit eines Bären zahm singen! – Von so feinem, herrlichem Witz, so geistreich! –

JAGO. Und deshalb so schlimmer.

OTHELLO. O tausend-, tausendmal! – Und dann von so holder Gefälligkeit! –

JAGO. Freilich zu gefällig! –

OTHELLO. Ja, ganz gewiß: aber, wie schade dennoch, Jago! –

Oh, Jago! wie schade, Jago! –

JAGO. Wenn Ihr verliebt in ihre Süden seid, so gebt ihr einen Freibrief zu freveln; denn wenn's Euch nicht rührt, geht es keinen etwas an.

OTHELLO. Ich will sie in Stücke hacken. Mir Hörner aufsetzen! –

JAGO. Oh, es ist schändlich von ihr.

OTHELLO. Mit meinem Leutnant! –

JAGO. Das ist noch schändlicher.

OTHELLO. Schaff' mir Gift, Jago, diese Nacht: – Ich will sie nicht zur Rede stellen, damit ihre Gestalt und Schönheit meinen Zorn nicht wieder entwaffnen: –Diese Nacht, Jago!

JAGO. Tut es nicht mit Gift; erdrosselt sie in ihrem Bett, demselben Bett, das sie entehrt hat!

OTHELLO. Gut! die Gerechtigkeit darin gefällt mir; sehr gut!

JAGO. Und Cassio, – diesen übernehm' ich selbst:
Um Mitternacht erfahrt Ihr mehr.

Man hört eine Trompete.

OTHELLO.
Vortrefflich! – Horch, was meldet die Trompete?

JAGO. Nachricht wohl von Venedig; 's ist Lodovico,
Gesandt vom Herzog: mit ihm kommt Eu'r Weib.

Lodovico, Desdemona und Gefolge treten auf.

LODOVICO. Heil', würd'ger General!

OTHELLO. Willkommen, Herr!

LODOVICO.
Euch grüßt Venedigs Herzog und Senat.

Er übergibt ihm einen Brief.

OTHELLO. Ich küsse seines Willens Dokument.

DESDEMONA.
Was bringt Ihr Neues, Vetter Lodovico?

JAGO. Es freut mich höchlich, Euch zu sehn, Signor!
Willkommen hier in Cypern!

LODOVICO.
Ich dank' Euch. Was macht Leutnant Cassio, Herr?

JAGO. Er lebt, Signor.

DESDEMONA.
Mein Vetter, er ist schlimm mit meinem Gatten
Zerfallen; doch Ihr werdet sie versöhnen.

OTHELLO. Seid Ihr des so gewiß?

DESDEMONA. Wie, Herr?

OTHELLO *liest.*
»Dies zu vollbringen säumt nicht, wenn Ihr wollt –«

LODOVICO.
Er rief dich nicht; die Brief beschäft'get ihn.
Ist eine Feindschaft zwischen deinem Herrn und Cassio?

DESDEMONA.
Ja! recht betrübte. Ich gäbe viel darum,
Sie auszusöhnen, denn ich liebe Cassio.

OTHELLO. Feuer und Schwefel!

DESDEMONA. Herr!

OTHELLO. Bist du bei Sinnen?

DESDEMONA. Wie? zürnst du?

LODOVICO. 's ist der Brief, der ihn bewegt;
Denn, wie ich glaube, ruft man ihn zurück,
Und Cassio wird statt seiner Gouverneur.

DESDEMONA. Fürwahr! Das freut mich.

OTHELLO. In der Tat?

DESDEMONA. Wie, Herr?

OTHELLO. Mich freut's, dich toll zu sehn.

DESDEMONA. O mein Othello! –

OTHELLO. Teufel!

Schlägt sie.

DESDEMONA. Das hab' ich nicht verdient.

LODOVICO. Herr General,
Das würde keiner in Venedig glauben,
Und schwür' ich auch, ich sah's. Das geht zu weit.
Bittet ihr's ab, sie weint.

OTHELLO. Oh, Teufel! könnte
Die Erde sich von Weibertränen schwängern,
Aus jedem Tropfen wüchs' ein Krokodil; –
Mir aus den Augen!

DESDEMONA. Ich geh', Euch nicht zu ärgern.

Will abgehn.

LODOVICO. In Wahrheit, ein gehorsam Weib! –
Ich bitt' Euch, gnäd'ger Herr! ruft sie zurück!

OTHELLO. Frau –

DESDEMONA. Mein Gemahl?

OTHELLO. Was wollt Ihr mit ihr, Herr?

LODOVICO. Wer? Ich, Herr?

OTHELLO.
Ihr wünschtet ja, daß sie umkehren möchte:
Umkehren kann sie, und doch vorwärts gehn,
Und wieder drehn: und weinen kann sie, weinen, –
Und ist gehorsam, wie Ihr sagt – gehorsam,
Ja, sehr gehorsam. Immer fort geweint! –
Was dies betrifft, – o recht geschickt im Heucheln! –
Ich bin zurückberufen. – Geh du fort:
Ich schicke gleich nach dir. – Herr, dem Befehl gehorch' ich
Und kehre nach Venedig. – Fort! – hinaus! –

Desdemona geht ab.

Cassio bekommt mein Amt. Und, Herr, heut abend
Ersuch' ich Euch mit mir zu Nacht zu speisen.
Willkommen hier in Cypern! – Ziegen und Affen! –

Ab.

LODOVICO. Ist dies der edle Mohr, den der Senat
Sein eins und alles nennt? Der edle Geist,
Dem Leidenschaft nicht regt? Des feste Tugend
Kein Pfeil des Zufalls, kein Geschoß des Glücks
Streift und durchbohrt? –

JAGO. Er hat sich sehr geändert.

LODOVICO.
Ist er nicht wohl? Hat sein Verstand gelitten?

JAGO. Er ist so, wie er ist: ich darf nicht schelten.
Gott geb', er wäre, was er könnte sein;
Jetzt ist er's nicht.

LODOVICO. Was? seine Frau zu schlagen!

JAGO.
Gewiß, das war nicht fein; doch wünscht' ich, wär'
Der Schlag sein ärgstes Tun!

LODOVICO. Ist er oft so?
Sagt, oder hat der Brief sein Blut erhitzt,
Daß er sich heut nur so verging?

JAGO. Ach leider!
Nicht wär's gewissenhaft von mir, erzählt' ich,
Was ich erfuhr und sah. Habt acht auf ihn:

Sein eigner Wandel wird ihn so bezeichnen,
Daß Ihr mein Wort entbehren könnt. Bemerkt ihn
Nur mehr, wenn Ihr mit ihm zusammen seid!

LODOVICO.
Es schmerzt mich, daß ich mich in ihm getäuscht.
Sie gehn ab.

Zweite Szene

Ein andres Zimmer auf dem Schlosse.
Othello und Emilia treten auf.

OTHELLO. So habt Ihr nichts gesehn?

EMILIA.
Auch nie gehört, noch Argwohn je geschöpft.

OTHELLO. Ja, du sahst Cassio und sie beisammen.

EMILIA. Doch sah ich dann kein Unrecht, und dann hört' ich
Jedwede Silbe, die gewechselt ward.

OTHELLO. Was? flüsterten sie nie?

EMILIA. Nein, gnäd'ger Herr!

OTHELLO. Und schickten nie dich fort?

EMILIA. Niemals.

OTHELLO.
Um Fächer, Maske, Handschuh' ihr zu holen?

EMILIA. Nein, gnäd'ger Herr!

OTHELLO. 's ist seltsam.

EMILIA. Ich wollt' auf ihre Tugend meine Seele
Zum Pfande setzen: wenn Ihr anders denkt,
Gebt nicht dem Argwohn Raum, der Euch betört!
Wenn dies ein Schelm Euch in den Kopf gesetzt,
Dem lohn's der Himmel mit dem Fluch der Schlange! –
Denn ist nicht diese redlich, keusch und treu,
Ist kein Mann glücklich, ist die reinste Frau
Schwarz wie Verleumdung.

OTHELLO. Laß sie kommen; geh! –
Emilia geht.
Sie sagt genug; doch jede Kupplerin
Erzählt dasselbe. Schlau ist diese Metze,
Ein heimlich Schloß und Riegel schnöder Sünden:
Doch kniet und betet sie; ich sah es selbst! –
Emilia und Desdemona treten auf.

DESDEMONA. Was wollt Ihr, mein Gemahl? –

OTHELLO. Komm, Täubchen, komm!

DESDEMONA. Was ist Eu'r Wunsch?

OTHELLO. Laß dir ins Auge sehn:
Schau ins Gesicht mir!

DESDEMONA. Welch fürchterlicher Einfall!

OTHELLO. Nun deine Künste, Weibsbild;
Laß Buhlschaft nun allein und schließ' die Tür;
Hust' oder rufe »hem!« wenn jemand kommt:
Dein Handwerk, an dein Handwerk! Mach dich fort! –
Emilia geht ab.

DESDEMONA.
Ich flehe knieend, sag mir, was du meinst?
Dein Wort versteh' ich nicht, doch aus dem Wort
Tönt wilde Furie!

OTHELLO. Ha, was bist du?

DESDEMONA.
Dein Weib, mein Gatte, dein pflichtgetreues Weib.

OTHELLO. Komm, schwör's, verdamm' dich selbst, daß nicht die Teufel,
Geschreckt von deiner Engelbildung, zittern,
Dich zu ergreifen: drum verdamm' dich doppelt,
Schwör', du seist treu!

DESDEMONA. Der Himmel weiß, ich bin's.

OTHELLO.
Der Himmel weiß, falsch bist du, wie die Hölle.

DESDEMONA.
Wem, mein Gemahl? mit wem? wie bin ich falsch? –

OTHELLO.
O Desdemona! Hinweg, hinweg, hinweg! –

DESDEMONA.
O Tag des Jammers! – Wehe! warum weinst du?
Bin ich, mein Gatte, Ursach' dieser Tränen?
Hast du vielleicht den Vater in Verdacht,
Er sei das Werkzeug deiner Heimberufung,
Gib mir die Schuld nicht: Hast du ihn verloren,
Nun, ich verlor ihn auch.

OTHELLO. Gefiel' es Gott,
Durch Trübsal mich zu prüfen, göss' er Schmach
Und jede Kränkung auf mein nacktes Haupt,
Versenkt' in Armut mich bis an die Lippen,
Schlüg' samt der letzten Hoffnung mich in Fesseln,
Doch fänd' ich wohl in einem Herzenswinkel
Ein Tröpfchen von Geduld. Doch mich zu machen
Zum festen Bilde für die Zeit des Hohns,
Mit langsam dreh'ndem Finger drauf zu weisen, –
Oh! oh! –
Und dies auch könnt' ich tragen, sehr, sehr wohl:
Doch da, wo ich mein Herz als Schatz verwahrt, –
Wo ich muß leben oder gar nicht leben;
Der Quell, aus dem mein Leben strömen muß,
Sonst ganz versiegen, – da vertrieben sein,
Oder ihn schaun als Sumpf für ekler Kröten
Begehn und Brüten, – da verfinstre dich,
Geduld, du junger, rosenwangiger Cherub!
Ja, schau so grimmig als die Hölle!

DESDEMONA.
Ich hoffe, mein Gemahl hält mich für treu.

OTHELLO.
O ja, wie Sommerfliegen auf der Fleischbank,
Die im Entstehn schon buhlen. O du Unkraut,
So reizend lieblich und von Duft so süß,
Daß du den Sinn betäubst, – o wärst du nie geboren! –

DESDEMONA.
Welch unbewußten Fehl könnt' ich begehen?

OTHELLO.
Dies reine Blatt, dies schöne Buch nur dazu,
Um »Metze« drauf zu schreiben? Was begehn!
Begehn? O du ganz freche Buhlerin! –
Schmelzöfen müßt' ich machen aus den Wangen
Und meine Sittsamkeit zu Asche brennen,
Nennt' ich nur deine Taten. Was begehn?
Dem Himmel ekelt's, und der Mond verbirgt sich:
Der Buhler Wind, der küßt, was ihm begegnet,
Versteckt sich in den Höhlungen der Erde
Und will nichts davon hören: was begehn?
Schamlose Metze! –

DESDEMONA. Bei Gott, Ihr tut mir Unrecht!

OTHELLO. Du keine Metze?
DESDEMONA. Nein, so wahr ich Christin:
Wenn meinem Herrn bewahren dies Gefäß
Vor jeder schnöden, sträflichen Berührung
Heißt keine Metze sein, so bin ich keine.
OTHELLO. Du keine Hure?
DESDEMONA. Nein, so helfe Gott mir!
OTHELLO. Ist's möglich?
DESDEMONA. O Himmel, sei mir gnädig!
OTHELLO. Dann verzeiht mir!
Ich nahm Euch für die Dirne von Venedig,
Die den Othello freite. –

Emilia kommt zurück.

Und du Weib,
Die, von Sankt Peter just das Gegenteil,
Der Hölle Pforten sperrt: du, du, ja du! –
Wir sind zu Ende: nimm! Da ist dein Geld!
Nun schließ' die Tür und halte reinen Mund!

Ab.

EMILIA.
O Gott! was hat doch unser Herr im Sinn?
Wie geht's Euch, teure Frau? Wie geht's Euch, Gnäd'ge?
DESDEMONA. Mir ist, als träumt' ich.
EMILIA.
Sagt, werte Frau! Was fehlt dem gnäd'gen Herrn?
DESDEMONA. Wem?
EMILIA. Meinem gnäd'gen Herrn.
DESDEMONA. Wer ist dein Herr?
EMILIA. Der auch der Eure, liebste, gnäd'ge Frau.
DESDEMONA.
Ich habe keinen. Sag mir nichts, Emilia!
Ich kann nicht weinen, hab' auch keine Antwort,
Die nicht zu Wasser würde. Bitt' dich, diese Nacht
Leg' auf mein Bett mein Brauttuch – denke dran
Und ruf mir deinen Mann!
EMILIA. Wie hat sich's hier geändert! –

Ab.

DESDEMONA.
's ist billig, daß mir so begegnet wird! sehr billig!
Wie war ich nur, daß auch sein kleinster Argwohn
Mein mindestes Versehn mißdeuten konnte?

Jago und Emilia treten auf.

JAGO.
Was wünscht Ihr, gnäd'ge Frau? Wie geht es Euch?
DESDEMONA.
Ich weiß es nicht. Wer Kinder unterrichtet,
Gibt ihnen freundlich leichte Arbeit auf;
So konnt' er mich ja schmälen, denn fürwahr,
Ich bin ein Kind fürs Schmälen.
JAGO. Was ist denn, gnäd'ge Frau?
EMILIA. Ach, Jago! Metze schimpfte sie der Herr.
Wie schändlich und verachtend er sie nannte,
Das trägt kein treues Herz.
DESDEMONA. Jago, bin ich das Wort?
JAGO. Welch Wort, Verehrte?
DESDEMONA.
Das, wie sie sagt, mein Herr mir hat gegeben?
EMILIA.
Er schalt sie Metze: nein, kein Bettler könnte
Im Rausch solch Wort von seiner Dirne brauchen.
JAGO. Warum denn das? –
DESDEMONA.
Ich weiß es nicht; gewiß, ich bin es nicht.
JAGO.
O weint nicht, weint nur nicht; du liebe Zeit!
EMILIA. Wies sie so manchen edlen Antrag ab,
Verließ den Vater, Freunde, Vaterland,
Daß man sie Metze schimpfe? Ist's nicht zum Weinen?
DESDEMONA. Das ist mein traurig Schicksal.
JAGO. Nun, Gott beßr' ihn!
Wie kommt ihm solcher Einfall?
DESDEMONA. Weiß der Himmel!
EMILIA.
Nein, hängt mich, wenn ein Erzverleumder nicht,
Irgendein schmeichelnder, geschäft'ger Schuft,
Ein glatter Schurk', um sich ein Amt zu fischen,
Die Lügen ausgedacht; ja, darauf sterb' ich.
JAGO. Pfui, solchen Menschen gibt's nicht; 's ist unmöglich.
DESDEMONA.
Und gibt es einen, so vergeb' ihm Gott!
EMILIA.
Ein Strick vergeb' ihm! Nag' an ihm die Hölle!
Sie Metze schimpfen! – Wer besucht sie je? –
Wo? Wann? Und wie? – Wo ist auch nur ein Schein?
Ein recht ausbünd'ger Schurk' belog den Mohren,
Ein niederträcht'ger Schurk', ein schäb'ger Bube.
O Himmel! Möcht'st du solch Gezücht entlarven
Und jeder wackren Hand 'ne Geißel geben,
Den Schurken nackt durch alle Welt zu peitschen,
Vom Ost zum fernen West!
JAGO. Schrei doch nicht so! –
EMILIA. Pfui über ihn! – Solch ein Geselle war's,
Der eh'mals dir auch den Verstand verwirrte,
Mich mit dem Mohren in Verdacht zu haben! –
JAGO. Du bist nicht klug, sei still!
DESDEMONA. O guter Jago!
Was soll ich tun, ihn wieder zu gewinnen? –
Geh zu ihm, Freund; denn, bei der Sonne Licht,
Ich weiß nicht, wie ich ihn verlor. – Hier knie' ich: –
Wenn je mein Herz sich seiner Lieb' empört,
In Worten, in Gedanken oder Tat;
Wenn je mein Aug' mein Ohr und sonst ein Sinn
An andrer Wohlgestalt Gefallen fand;
Wenn ich nicht jetzt ihn lieb', ihn stets geliebt,
Ihn immerdar – auch wenn er mich verstieße
Als Bettlerin – von Herzen lieben werde, –
Dann, Trost, verlaß mich! – Kaltsinn bringt es weit;
Und rauben kann sein Kaltsinn mir das Leben,
Doch nie die Liebe mindern. Ich kann nicht sagen: »Metze«,
Mir schaudert schon, da ich das Wort gesprochen;
Doch nun, was die Beschimpfung nach sich zieht –
Nicht um die ganze Eitelkeit der Welt –
JAGO.
Ich bitte, faßt Euch, 's ist nur seine Laune.
Die Staatsgeschäfte machten ihm Verdruß;
Da zankt er nun mit Euch.

DESDEMONA. Wär' es nur das –
JAGO. Glaubt mir, es ist nichts anders.

Man hört Trompeten.

Horcht, die Trompete ruft zur Abendtafel!
Und die Gesandtschaft von Venedig wartet;
Geht hin, und weint nicht, alles wird noch gut.

Desdemona und Emilia ab.

Rodrigo tritt auf.

Was gibt's, Rodrigo? –

RODRIGO. Ich finde nicht, daß du es redlich mit mir meinst.

JAGO. Und warum das Gegenteil?

RODRIGO. Jeden Tag fertigst du mich mit einer Ausrede ab, Jago, und hältst mich vielmehr (wie mir's vorkommt) von aller guten Gelegenheit fern, als daß du meiner Hoffnung den geringsten Vorteil verschaffst. Ich ertrage das wahrhaftig nicht länger, und du sollst mich nicht dazu bringen, ruhig einzustecken, was ich bisher, wie ein Tor, mir habe gefallen lassen.

JAGO. Wollt Ihr mich anhören, Rodrigo?

RODRIGO. Auf Ehre, ich habe schon zu viel gehört, denn Euer Versprechen und Tun halten nicht gleichen Schritt mit einander.

JAGO. Ihr beschuldigt mich höchst ungerecht! –

RODRIGO. 's ist lauter Wahrheit. Ich habe mein ganzes Vermögen zugesetzt. Die Juwelen, die Ihr von mir empfingt, um sie Desdemona einzuhändigen, – die Hälfte hätte eine Nonne verführt. Ihr sagtet mir, sie habe sie angenommen, und gabt mir Hoffnung und Aussicht auf baldige Gunst und Erwiderung, aber dabei bleibt's.

JAGO. Gut, nur weiter, recht gut! –

RODRIGO. Recht gut, weiter! Ich kann nicht weiter, Freund! und hier ist nichts recht gut. Bei dieser Hand, ich sage, es ist spitzbübisch; und ich fange an zu merken, daß man mich foppt.

JAGO. Recht gut!

RODRIGO. Ich sage dir, es ist nicht recht gut. Ich will mich Desdemona selbst entdecken; gibt sie mir meine Juwelen wieder zurück, so lass' ich ab von meiner Bewerbung und bereue mein unerlaubtes Zumuten; wo nicht, seid gewiß, daß ich Genugtuung von Euch fordern werde.

JAGO. Habt Ihr jetzt gesprochen?

RODRIGO. Ja, und habe nichts gesprochen, als was ich ernstlich zu tun gesonnen bin.

JAGO. Schön! Nun sehe ich doch, daß du Haare auf den Zähnen hast, und seit diesem Moment fasse ich eine beßre Meinung von dir, als je zuvor. Gib mir deine Hand, Rodrigo: du hast sehr gegründete Einwendungen gegen mich vorgebracht, und dennoch, schwöre ich dir, bin ich in deiner Sache sehr grade zu Werke gegangen.

RODRIGO. Das hat sich wenig gezeigt.

JAGO. Ich gebe zu, daß sich's nicht gezeigt hat, und dein Argwohn ist nicht ohne Verstand und Scharfsinn. Aber, Rodrigo, wenn das wirklich in dir steckt, was ich dir jetzt mehr zutraue als je – ich meine Willenskraft, Mut und Herz –, so zeig' es diese Nacht! Wenn du in der nächsten Nacht nicht zu Desdemonas Besitz gelangst, so schaff' mich hinterlistig aus der Welt und stelle meinem Leben Fallstricke!

RODRIGO. Gut, was ist's? Liegt's im Gebiet der Vernunft und der Möglichkeit? –

JAGO. Freund, es ist ein ausdrücklicher Befehl von Venedig da, daß Cassio in Othellos Stelle treten soll.

RODRIGO. Ist das wahr? Nun, so gehen Othello und Desdemona nach Venedig zurück.

JAGO. O nein, er geht ins Mohrenland, und nimmt die schöne Desdemona mit sich, wenn nicht sein Aufenthalt hier durch einen Zufall verlängert wird, und darin kann nichts so entscheidend sein, als wenn Cassio beiseite geschafft wird.

RODRIGO.
Wie meinst du das – ihn beiseite schaffen?

JAGO. Nun, ihn für Othellos Amt untauglich machen, ihm das Gehirn ausschlagen.

RODRIGO. Und das, meinst du, soll ich tun? –

JAGO. Ja, wenn du das Herz hast, dir Vorteil und Recht zu verschaffen. Er ist heute zum Abendessen bei einer Dirne, und dort will ich ihn treffen; noch weiß er nichts von seiner ehrenvollen Beförderung. Wenn du nun auf sein Weggehn lauern willst (und ich werde es einrichten, daß dies zwischen zwölf und eins geschehe), – so kannst du nach deiner Bequemlichkeit über ihn herfallen; ich will in der Nähe sein, um deinen Angriff zu unterstützen, und er soll zwischen uns beiden fallen. Komm, steh nicht so verwundert, sondern folge mir; ich will dich so von der Notwendigkeit seines Todes überzeugen, daß du's für Pflicht halten sollst, ihn aus der Welt zu schaffen. Es ist hohe Zeit zum Abendessen, und die Nacht geht hin. Frisch daran!

RODRIGO. Ich muß noch mehr Gründe hören.

JAGO. Das sollst du zur Genüge.

Sie gehn ab.

Dritte Szene

Vorsaal im Schlosse.

Othello, Lodovico, Desdemona, Emilia und Gefolge treten auf.

LODOVICO. Ich bitt' Euch, Herr, bemüht Euch nun nicht weiter!

OTHELLO.
O nein, erlaubt, das Ausgehn tut mir wohl.

LODOVICO. Schlaft, Gnäd'ge, wohl! Ich sag' Euch meinen Dank.

DESDEMONA.
Ihr wart uns sehr willkommen, Herr!

OTHELLO. Wollen wir gehn, Signor? – O Desdemona! –

DESDEMONA. Mein Gemahl? –

OTHELLO. Geh sogleich zu Bett, ich werde

augenblicklich wieder da sein. Entlaß deine Gesellschafterin: tu', wie ich dir sage!

Ab.

DESDEMONA. Das werd' ich, mein Gemahl.

EMILIA. Wie geht's nun? Er scheint milder als zuvor.

DESDEMONA.

Er sagt, er werde hier sein ungesäumt;
Er gab mir den Befehl, zu Bett zu gehen,
Und hieß mir, dich entlassen.

EMILIA. Mich entlassen? –

DESDEMONA. Er will es also; darum, gutes Kind,
Gib mir mein Nachtgewand und lebe wohl! –
Wir dürfen jetzt ihn nicht erzürnen.

EMILIA. Hättet Ihr ihn doch nie gesehn!

DESDEMONA.

Das wollt' ich nicht: mein Herz hängt so an ihm,
Daß selbst sein Zorn, sein Trotz, sein Eigensinn –
Komm, steck' mich los – mir lieb und reizend dünkt.

EMILIA. Die Tücher legt' ich auf, wie Ihr's befahlt.

DESDEMONA.

's ist alles eins. – Ach! was wir töricht sind! –
Sterb' ich vor dir, so bitt' dich, hülle mich
In eins von diesen Tüchern!

EMILIA. Kommt, Ihr schwatzt! –

DESDEMONA.

Meine Mutter hatt' ein Mädchen – Bärbel hieß sie –,
Die war verliebt, und treulos ward ihr Schatz
Und lief davon. Sie hatt' ein Lied von Weide,
Ein altes Ding, doch paßt' es für ihr Lied;
Sie starb, indem sie's sang. Das Lied heut nacht
Kommt mir nicht aus dem Sinn; ich hab' zu schaffen,
Daß ich nicht auch den Kopf so häng' und singe
Wie's arme Bärbel. Bitt' dich, mach' geschwind!

EMILIA. Soll ich Eu'r Nachtkleid holen? –

DESDEMONA. Nein, steck' mich hier nur los! –
Der Lodovico ist ein feiner Mann.

EMILIA. Ein recht hübscher Mann.

DESDEMONA. Er spricht gut.

EMILIA.

Ich weiß eine Dame in Venedig, die wäre barfuß nach Palästina gegangen um einen Druck von seiner Unterlippe.

DESDEMONA *singt.*

Das Mägdlein saß singend am Feigenbaum früh,
Singt Weide, grüne Weide!
Die Hand auf dem Busen, das Haupt auf dem Knie,
Singt Weide, Weide, Weide!
Das Bächlein, es murmelt und stimmet mit ein;
Singt Weide, grüne Weide!
Heiß rollt ihr die Trän' und erweicht das Gestein;
Leg' dies beiseite –
Singt Weide, Weide, Weide!
Bitt' dich, mach' schnell, er kommt sogleich –
Von Weiden all flecht' ich mir nun den Kranz –
O scheltet ihn nicht, sein Zorn ist mir recht. –
Nein, das kommt später, – horch! wer klopft da? –

EMILIA. Es ist der Wind.

DESDEMONA.

Ich nannt' ihn du Falscher! Was sagt' er dazu?
Singt Weide, grüne Weide!
Seh' ich nach den Mädeln, nach den Buben siehst du.
So geh nun fort; gute Nacht! Mein Auge jückt,
Bedeutet das wohl Tränen?

EMILIA. Ei, mit nichten!

DESDEMONA.

Ich hört' es so. – Die Männer, o die Männer!
Glaubst du, auf dein Gewissen, sprich, Emilia,
Daß wirklich Weiber sind, die ihre Männer
So gröblich täuschen?

EMILIA. Solche gibt's, kein Zweifel.

DESDEMONA.

Tät'st du dergleichen um die ganze Welt?

EMILIA. Nun, tätet Ihr's nicht?

DESDEMONA. Nein, beim Licht des Himmels! –

EMILIA.

Ich tät' es auch nicht bei des Himmels Licht,
Ich könnt' es ja im Dunkeln.

DESDEMONA.

Tät'st du dergleichen um die ganze Welt? –

EMILIA.

Die Welt ist mächtig weit; der Lohn wär' groß,
Klein der Verstoß.

DESDEMONA. Gewiß, du tät'st es nicht! –

EMILIA. Gewiß, ich täte es, und machte es wieder ungetan, wenn ich's getan hätte. Nun freilich täte ich so etwas nicht für einen Fingerring, noch für einige Ellen Batist, noch für Mäntel, Röcke und Hauben oder solchen armsel'gen Kram; aber für die ganze Welt, – ei, wer hätte da nicht Lust, dem Manne Hörner aufzusetzen und ihn zum Weltkaiser zu machen? Dafür wagte ich das Fegefeuer! –

DESDEMONA. Ich will des Todes sein, tät' ich solch Unrecht. Auch um die ganze Welt!

EMILIA. Ei nun, das Unrecht ist doch nur ein Unrecht in der Welt, und wenn Euch die Welt für Eure Mühe zu teil wird, so ist's ein Unrecht in Eurer eignen Welt. Ihr könnt es geschwind zu Recht machen.

DESDEMONA. Ich glaube doch, es gibt kein solches Weib.

EMILIA.

Ei, zehn für eins, und noch so viel in Kauf,
Die Welt, um die sie spielten, gleich zu füllen.
Allein mich dünkt, es ist der Männer Schuld,
Daß Weiber fallen. Wenn sie pflichtvergessen
In fremdem Schoß vergeuden unsern Schatz;
Wenn sie, verkehrt in laun'scher Eifersucht,
Ans Haus uns fesseln; wenn sie gar uns schlagen,
Wenn sie in Leichtsinn unser Gut vertun,
Dann schwillt auch uns die Galle; wir sind fromm,
Doch nicht von Rachsucht frei. Sie sollen's wissen,
Wir haben Sinne auch: wir sehn und riechen,
Und haben einen Gaum für süß und herbe,
Wie unsre Männer. Was bezwecken sie,
Wenn sie uns andre vorziehn? Ist es Lust?
Ich denke, ja; treibt sie die Leidenschaft?
Ich denke, ja; ist's Schwachheit, die sie tört?
Gewiß; und haben wir nicht Leidenschaft?
Nicht Hang zur Lust? Und Schwachheit gleich

den Männern?
Drum, wenn der Mann sich treulos von uns kehrte,
War's seine Bosheit, die uns Böses lehrte.

DESDEMONA. Gut' Nacht! – Und laß mich,
Herr, in fremden Sünden
Nicht eigne Sünde, laß mich Beßrung finden! –

Sie gehn ab.

Fünfter Aufzug

Erste Szene

Straße. Jago und Rodrigo treten auf.

JAGO.
Hier steh am Pfeiler, gleich wird Cassio kommen:
Halt' deine Klinge blank und führ' sie gut!
Frisch, sei getrost; ich steh' dir nah zur Hand;
Dies hebt uns oder stürzt uns, daran denke,
Und bleibe fest und standhaft beim Entschluß!

RODRIGO. So steh hier nah, es könnte mir mißlingen.

JAGO.
Hier neben dir; sei kühn und nimm dein Schwert!

RODRIGO.
Ich bin nicht sehr im Eifer für die Tat,
Und doch sind's trift'ge Gründe, die er gab.
Ein Mann, – was liegt dran? – Komm, mein
Schwert! Er sterbe!

Tritt beiseit.

JAGO. Ich rieb die junge Beule, bis sie brennt,
Nun macht er Ernst. Jetzt, ob er Cassio mordet,
Ob Cassio ihn, – ob sie sich beide morden, –
Mir ist das gleich gelegen. Lebt Rodrigo,
So dringt er auf den völligen Ersatz
Des Gelds und Schmucks, um die ich ihn geprellt
Für Desdemona:
Das darf nicht sein! Wenn Cassio übrig bleibt,
So zeigt sein Leben täglich eine Schönheit,
Die mich verhäßlicht; und der Mohr auch möchte
Mich ihm verraten; das wär' sehr bedenklich.
Nein, nein, er sterbe! – Still, ich hör' ihn kommen.

Cassio tritt auf.

RODRIGO.
Es ist sein Gang, er kommt. – So stirb, du Schurk'! –

Er läuft auf Cassio zu und verwundet ihn.

CASSIO. Der Degenstoß war feindlich mir gemeint,
Doch ist mein Rock stichfester, als du glaubst;
Nun prüf' ich deinen!

RODRIGO. Weh'! ich bin des Todes!

Sie fechten; Cassio verwundet den Rodrigo,
Jago sticht dem Cassio von hinten ins Bein und geht ab.

CASSIO.
Gelähmt auf immer! Hülfe! Mörder! Mörder!

Othello zeigt sich oben.

OTHELLO. 's ist Cassios Stimme; Jago hält sein Wort!

RODRIGO. O ich Verruchter?

OTHELLO. Horch! – Jawohl, so ist's.

CASSIO. O Hülfe! Licht! Ein Wundarzt! –

OTHELLO. Er ist's! O wackrer Jago, brav und treu!
Der du so edel fühlst des Freundes Schmach!
Du lehrst mich: – Püppchen, dein Geliebter fiel,
Und deine Stunde naht. Ich komme, Dirne!
Dein Blick, dein Reiz soll mir im Herzen sterben,
Dein sündig Bett das Blut der Sünde färben!

Er geht ab.

Lodovico und Gratiano treten in einiger Entfernung auf.

CASSIO.
Kein Wächter da? Kommt niemand? Hülfe! Mord!

GRATIANO.
Ein Unglück ganz gewiß, der Schrei war furchtbar.

CASSIO. O Hülfe!

LODOVICO. Horch!

RODRIGO. O niederträcht'ger Bube! –

LODOVICO.
Zwei-, dreimal hört' ich ächzen. Grause Nacht!
Das kann Verstellung sein; ich halt's nicht sicher.
Dem Schrei zu folgen, eh' uns Beistand wird.

RODRIGO.
Kommt niemand, so muß ich zu Tode bluten.

Jago kommt mit einem Lichte.

LODOVICO.
Ein Mann hier ohne Wams mit Licht und Degen.

JAGO.
Wer da? Was für ein Lärm? Wer rief hier Mord?

LODOVICO. Wir wissen's nicht.

JAGO. Habt ihr nicht schrein gehört?

CASSIO. Hier, hier; um Gottes willen, helft!

JAGO. Was gibt's?

GRATIANO.
Das ist Othellos Fähndrich, wie ich glaube.

LODOVICO.
Ganz recht, er ist's; ein sehr beherzter Mann.

JAGO. Wer seid Ihr da; der so erbärmlich ruft?

CASSIO. Jago, von Schurken tödlich hier gelähmt! –
Ach, schaff' mir Hülfe! –

JAGO.
Um Gott! Sagt, Leutnant, welche Buben taten's?

CASSIO. Der eine, denk' ich, liegt hier in der Nähe,
Und kann nicht fort.

JAGO. O die arglist'gen Schurken!

Zu Lodovico und Gratiano.

Wer seid ihr da? Kommt doch heran und helft!

RODRIGO. Oh, helft mir hier!

CASSIO. Der war dabei.

JAGO. O Schurk'! O Meuchelmörder!

Jago ersticht den Rodrigo.

RODRIGO.
Verdammter Jago! Bluthund! Oh! Oh! Oh!

JAGO.
Im Dunkeln morden? Wo sind die blut'gen Diebe?
Wie still sind diese Straßen! Mord! Mord! Mord!
Wer seid denn ihr? Schlimm' oder Gute?

LODOVICO. Rühmt uns, wie Ihr uns findet!

JAGO. Signor Lodovico?

LODOVICO. Ja, Herr!

JAGO. Verzeihung; hier liegt Cassio, schwer verwundet
Von Schurken.

GRATIANO. Cassio?

JAGO. Sag, wie geht dir's, Bruder?

CASSIO. Ich bin durchs Bein gestochen.

JAGO. Gott verhüt'es!

Bringt Licht, Herrn! Mit dem Hemd will ich's verbinden.

Bianca tritt auf.

BIANCA.
Was ist geschehn? Wer war es, der so schrie?

JAGO. Wer war's, der schrie?

BIANCA. O liebster Cassio! O mein süßer Cassio!
O Cassio! Cassio! Cassio!

JAGO. O du ausbünd'ge Metze! Cassio, wißt Ihr,
Wer jene waren, die Euch so gelähmt?

CASSIO. Nein.

GRATIANO. Mich schmerzt, Euch so zu sehn, ich sucht' Euch eben.

JAGO. Leiht mir ein Strumpfband! So. – Oh, eine Sänfte,
Ihn leise hinzutragen!

BIANCA.
Er fällt in Ohnmacht. Cassio! Cassio! Cassio!

JAGO. Ihr Herrn, mir ahnet's, die Verworfne hier
Sei mit verstrickt in dieser Greueltat. –
Geduld ein wenig, lieber Cassio! Kommt,
Ein Licht her, – kenn' ich den da, oder nicht? –
Ach Gott! ist das mein Freund und werter Landsmann,
Rodrigo – Nein; und doch: – o Gott! Rodrigo!

GRATIANO. Rodrigo von Venedig?

JAGO. Derselbe; kennt Ihr ihn?

GRATIANO. Ja, allerdings!

JAGO. Signor Gratiano? O Herr, ich bin beschämt;
Der blut'ge Fall entschuld'ge meine Rauheit,
Die Euch mißkannt.

GRATIANO. Es freut mich, Euch zu sehn.

JAGO. Cassio, wie geht's? Die Sänfte! He, die Sänfte!

GRATIANO. Rodrigo!

JAGO. Ja, ja, er ist's. – O schön, da kommt die Sänfte. –
Tragt ihn mit Sorgfalt heim, ihr guten Leute;
Ich hol' Othellos Wundarzt.

Zu Bianca.

Ihr da, Jungfer,
Spart Eure Müh'! – Cassio, der hier gelähmt ward,
Ist sehr mein Freund; was hattet ihr für Streit?

CASSIO.
Nichts in der Welt, ich kenn' ihn nicht einmal.

JAGO *zu Bianca.*
Wie, seht Ihr blaß? – Oh, tragt ihn aus der Luft! –

Cassio und Rodrigo werden weggetragen.

Bleibt, werte Herrn! Ihr, Jungfer, seht so blaß?
Bemerkt ihr, wie verstört ihr Auge starrt?
Nun, bebt Ihr gar, erfahren wir wohl mehr: –
Betrachtet sie, ich bitt' euch, seht sie an:
Nicht wahr, ihr Herrn? Ihr schlecht Gewissen spricht,
Wenn auch die Zungen gar nicht reden könnten.

Emilia tritt auf.

EMILIA.
Was ist geschehn? Ach, Mann, was ist geschehn?

JAGO. Cassio ward hier im Dunkeln angefallen,
Rodrigo war's und andre, die entflohn:
Er ist halb tot, und Roderigo starb.

EMILIA. Ach Gott, der arme Herr! Ach, guter Cassio!

JAGO. Das ist der Unzucht Strafe. – Hör', Emilia,
Frag' doch den Cassio, wo er nachts gespeist;

Zu Bianca.

Was? Zittert Ihr davor?

BIANCA. Er aß bei mir. Doch davor zittr' ich nicht.

JAGO.
Ha, tat er das? Kommt, sag' ich, folgt mir nach!

EMILIA. Pfui, schlechtes Weib! –

BIANCA.
Ich bin kein schlechtes Weib; ich bin so ehrlich
Als Ihr, die so mich schimpft.

EMILIA. Als ich? O pfui!

JAGO. Kommt, Herrn, zu sehn, wie Cassio wird verbunden; –
Ihr, Jungfer, geht, Euch zeigt man's bald noch anders. –
Emilie, lauf' zur Zitadell', und melde
Dem Herrn und seiner Frau, was hier geschah. –
Ich bitte, geht voran!

Für sich.

Dies ist die Nacht,
Die mich vernichtet oder glücklich macht.

Sie gehn ab.

Zweite Szene

Schlafzimmer.
Desdemona schlafend, im Bett. Ein Licht brennt neben ihr.
Othello tritt herein.

OTHELLO.
Die Sache will's, die Sache will's, mein Herz!
Laßt sie mich euch nicht nennen, keusche Sterne! –
Die Sache will's. – Doch nicht ihr Blut vergieß' ich;
Noch ritz' ich diese Haut, so weiß wie Schnee
Und sanft wie eines Denkmals Alabaster. –

Er legt seinen Degen ab.

Doch sterben muß sie, sonst betrügt sie andre.
Tu' aus das Licht und dann – Tu' aus das Licht; –
Ja, lösch' ich dich, du flammenheller Diener –
Kann ich dein vorig Licht dir wiedergeben,
Sollt' ich's bereun; – doch dein Licht ausgetan,
Du reizend Muster herrlichster Natur,
Nie find' ich den Prometheusfunken wieder,
Dein Licht zu zünden. Pflückt' ich deine Rose,
Nie kann ich ihr den Lebenswuchs erneun,
Sie muß, muß welken; dufte mir vom Stamm! –

Küßt sie.

O würz'ger Hauch, der selbst Gerechtigkeit
Ihr Schwert zu brechen zwingt! – Noch einen! einen!
Sei, wann du tot bist, so: dann töt' ich dich,
Und liebe dich nachher – noch einen und den letzten!
So süß war nie so tödlich. Ich muß weinen.
Doch sind's grausame Tränen: dieser Schmerz
Ist wie des Himmels, strafend, wo er liebt. –
Sie wacht. –

DESDEMONA. Wer da? Othello?

OTHELLO. Ja, Desdemona.

DESDEMONA. Wollt Ihr zu Bett gehn, mein Gemahl?

OTHELLO. Hast du zu Nacht gebetet, Desdemona?

DESDEMONA. Ja, mein Gemahl!

OTHELLO.
Kannst du dich einer Sünde noch erinnern,

Nicht ausgesöhnt dem Himmel und der Gnade,
So flehe jetzt alsbald!

DESDEMONA.
Ach, mein Gemahl! Was willst du damit sagen?

OTHELLO.
Wohl, tu' es und sei kurz; ich geh' beiseite;
Nicht möcht' ich deinen Geist in Sünden töten,
Nein, Gott verhüt's! nicht deine Seele töten.

DESDEMONA. Sprichst du vom Töten?

OTHELLO. Ja!

DESDEMONA. Dann, güt'ger Himmel,
Erbarm' dich mein!

OTHELLO. Amen von ganzem Herzen!

DESDEMONA. Wenn du so sprichst, dann wirst du mich nicht töten!

OTHELLO. Hum! –

DESDEMONA. Und dennoch fürcht' ich dich, denn du bist schrecklich,
Wenn so dein Auge rollt,
Warum ich fürchten sollte, weiß ich nicht,
Da ich von Schuld nichts weiß; doch fühl' ich, daß ich fürchte.

OTHELLO. Denk' deiner Sünde!

DESDEMONA. Das ist zu dir die Herzensliebe!

OTHELLO. Und dafür stirbst du.

DESDEMONA.
Grausamer Tod, der nur um Liebe tötet! –
Ach, warum nagst du so die Unterlippe?
Dein ganzer Bau erbebt in blut'ger Wut.
Das sind Vorzeichen; doch ich hoff', ich hoffe,
Sie deuten nicht auf mich.

OTHELLO. Schweig' und sei still! –

DESDEMONA. Ich schweige; was begehrst du? –

OTHELLO.
Das Tuch, das ich so wert hielt und dir schenkte,
Du gabst es Cassio.

DESDEMONA. Nein, bei Seel' und Leben!
Ruf ihn herbei und frag' ihn!

OTHELLO.
Behüte, Kind, behüte dich vor Meineid,
Du liegst auf deinem Sterbebette!

DESDEMONA.
Ja, doch nicht jetzt zu sterben.

OTHELLO. Ja, alsbald.
Darum bekenn' aufrichtig deine Sünde;
Denn jeden Punkt mit einem Eid verleugnen,
Nicht wälzt es ab, noch beugt's der Überzeugung Last,
Die mich zu Boden drückt. Du bist am Sterben!

DESDEMONA. Dann, Gott erbarm' dich mein!

OTHELLO. Ich sage Amen!

DESDEMONA.
Auch du erbarm' dich mein! Nie hab' ich dich
Jemals beleidigt, Cassio nie geliebt,
Als mit der Liebe, die der Himmel selbst
Gestattet: niemals gab ich ihm ein Pfand.

OTHELLO.
Bei Gott, ich sah mein Tuch in seinen Händen;
Meineidig Weib! Ha! du versteinst mein Herz
Und machst zum Mord, was ich beginnen will,
Was ich als Opfer meinte.
Ich sah das Tuch.

DESDEMONA. So hat er's denn gefunden;
Nie hab' ich's ihm gegeben: ruf' ihn her,
Daß er bekennt, wie's ist.

OTHELLO. Er hat bekannt.

DESDEMONA. Was teurer Herr?

OTHELLO. Daß er dein Freund gewesen –

DESDEMONA. Wie? unerlaubt?

OTHELLO. Ja!

DESDEMONA. Das kann er nicht sagen.

OTHELLO. O nein, sein Mund ist stumm;
Der treue Jago hat dafür gesorgt.

DESDEMONA.
Oh! meine Furcht erklärt mir's. Wie? Er tot?

OTHELLO.
Ob jedes Haar ein Leben war, mein Grimm
Verschlang sie alle!

DESDEMONA.
O Gott! Er ist verraten, ich verloren!

OTHELLO.
Ha, Metze! Weinst um ihn vor meinen Augen? –

DESDEMONA.
Verstoße mich! Oh, töte mich nur nicht! –

OTHELLO. Nieder mit dir, Metze!

DESDEMONA.
Töte mich morgen, laß mich heut noch leben!

OTHELLO. Kein Sträuben!

DESDEMONA. Nur ein Stündchen!

OTHELLO. Ist's getan,
Braucht's keines Zögerns.

DESDEMONA. Nur, bis ich noch gebetet!

OTHELLO. 's ist zu spät.

Er erstickt sie.

EMILIA *draußen.*
Mein gnäd'ger Herr! He! Holla! Gnäd'ger Herr!

OTHELLO.
Was für ein Lärm? Nicht tot? Noch nicht ganz tot? –
Ich bin zwar grausam, aber doch barmherzig;
Nicht möcht' ich dir verlängern deine Qual. -

Ersticht sie mit dem Dolch.

So, so.

EMILIA. He, holla! Gnäd'ger Herr!

OTHELLO. Wer da?

EMILIA.
O bester Herr, nur auf ein Wort mit Euch! –

OTHELLO. Ja! 's ist Emilia. Gleich! – Jetzt ist sie tot. –
Gewiß, sie kommt und meldet CassiosTod;
Der Lärm war groß. – Ha! Regst du dich nicht mehr?
Still, wie das Grab. – Darf sie herein? – Wär's gut? –
Mir deucht, sie rührt sich. – Nein. – Was ist das beste?
Kommt sie, wird sie nach meinem Weibe fragen –
Mein Weib! Mein Weib! – Welch Weib? Ich hab' kein Weib.
Oh, unerträglich! Oh, furchtbare Stunde!
Nun, dächt' ich, müßt' ein groß Verfinstern sein
An Sonn' und Mond, und die erschreckte Erde
Sich auftun vor Entsetzen.

EMILIA.
Ich bitt' Euch dringend, gönnt mir nur ein Wort,
O bester Herr!

OTHELLO.
O ich vergaß dich. – Komm herein, Emilia!
Sacht, – gleich! Sogleich! – Ich zieh' den Vorhang zu.
Wo kommst du her? Was hast du mir zu sagen?
Er schließt die Tür auf. Emilia tritt herein.
EMILIA. Oh, lieber Herr! Ein sünd'ger Mord geschah.
OTHELLO. Wie, jetzt!
EMILIA. Jetzt eben, Herr!
OTHELLO.
Das hat wahrhaftig nur der Mond verschuldet;
Er kommt der Erde näher, als er pflegt,
Und macht die Menschen rasend.
EMILIA. Cassio, Herr,
Bracht' einen jungen Venetianer um,
Genannt Rodrigo.
OTHELLO. Was! Rodrigo tot?
Und Cassio tot?
EMILIA. Nein, Cassio ist nicht tot.
OTHELLO.
Cassio nicht tot? Dann klingt der Mord verstimmt,
Und rauh die süße Rache.
DESDEMONA. O ungerechter Mord!
EMILIA. Gott! Welch ein Schrei war das?
OTHELLO. Das? Was?
EMILIA.
O heil'ger Gott! Die Stimme meiner Frau!
Helft, helft, o helft! O Teure, sprecht noch einmal!
O Desdemona! Süße Herrin, sprecht! –
DESDEMONA. Ich sterbe schuldlos.
EMILIA. Oh! Wer hat die Tat vollbracht?
DESDEMONA. Niemand – ich selbst, – leb wohl!
Empfiehl mich meinem güt'gen Herrn, – leb wohl! –
OTHELLO. Wie wär' sie denn ermordet?
EMILIA. Gott! wer weiß es?
OTHELLO.
Du hört'st es von ihr selbst, ich tat es nicht.
EMILA. So sagte sie: so muß ich's treu berichten.
OTHELLO. Sie fuhr als Lügnerin zur Flammenhölle:
Ich war ihr Mörder.
EMILIA. So mehr Engel sie,
Und du so schwärzrer Teufel!
OTHELLO.
Sie fiel der Sünd' anheim und ward zur Hure.
EMILIA. Nein, du belügst sie, und du bist ein Teufel!
OTHELLO. Sie war wie Wasser falsch.
EMILIA.
Und du bist wild wie Feuer, wenn du sie
Der Falschheit zeihst: oh, sie war himmlischtreu!
OTHELLO. Cassio verführte sie: frag' deinen Mann:
Verdammt wär' ich zum tiefsten Höllenabgrund,
Wenn ich nicht vorschritt auf gerechtem Grund
Zu diesem Äußersten; – dein Mann weiß alles.
EMILIA. Mein Mann?
OTHELLO. Dein Mann.
EMILIA. Daß sie die Ehe brach? –
OTHELLO.
Ja doch, mit Cassio. Wär' sie treu gewesen, –
Und schuf mir eine zweite Welt der Himmel
Aus einem fehllos reinen Chrysolith,
Ich gab sie nicht dafür.
EMILIA. Mein Mann! –
OTHELLO.
Jawohl, er war's, der mich zuerst gewarnt:
Er ist ein Ehrenmann und haßt den Schlamm
Schandbarer Greueltat.
EMILIA. Mein Mann?
OTHELLO. Wozu die Wiederholung, Weib?
Ich sage dir, dein Mann.
EMILIA. O teure Frau, Bosheit treibt Spott mit Liebe!
Mein Mann sagt, daß sie falsch ist?
OTHELLO. Weib! er sagt's,
Dein Mann, dein Mann, verstehst du?
Mein Freund, dein Mann, der wackre, wackre Jago.
EMILIA. Sagt' er's, mag ihm die gift'ge Seele täglich
Verfaulen um 'nen Gran! Er lügt als Schelm:
Sie liebte nur zu sehr ihr kläglich Bündnis.
OTHELLO. Ha!
EMILIA. Tu' dein Ärgstes;
So wert ist diese deine Tat des Himmels
Als ihrer du.
OTHELLO. Am besten wohl, du schwiegst.
EMILIA.
Du hast nicht halb die Kraft, mir weh zu tun,
Als ich's zu tragen. Dummkopf! blöder Tor! –
Hirnlos, wie Kot: die Tat, die du getan –
Was kümmert mich dein Schwert? Ich mach' es kund,
Und gölt' es zwanzig Leben. Helft, helft, helft!
Der Mohr hat meine Frau erwürgt: Mord! Mord!
Montano, Gratiano und Jago treten auf.
MONTANO.
Was geht hier vor? Was gibt es, General?
EMILIA.
Oh, kommst du, Jago? – Ei, du machst es schön,
Daß andre ihre Mordtat auf dich schieben.
GRATIANO. Was geht hier vor?
EMILIA.
Straf' diesen Bös'wicht Lügen, wenn du Mann bist:
Er spricht: Du sagtest ihm, sein Weib sei falsch;
Ich weiß, das tatst du nicht, du bist kein Schelm: –
Sprich, denn mein Herz ist voll.
JAGO. Ich sagt' ihm, was ich dachte; sagt' auch nichts,
Als was er selbst glaubwürdig fand und wahr.
EMILIA. So hast du je gesagt, sie sei nicht treu?
JAGO. Ich tat's.
EMILIA. Das war 'ne Lüge; schnöde, höllische Lüge:
Bei Gott, 'ne Lüge, recht verdammte Lüge!
Sie falsch mit Cassio? Sagtest du, mit Cassio?
JAGO. Mit Cassio, Weib: Still! Bänd'ge deine Zunge!
EMILIA. Die Zunge bänd'gen? Reden will ich laut: –
In ihrem Bett liegt meine Frau ermordet.
ALLE. Oh, Gott verhüt' es!
EMILIA. Und dein Verhetzen stiftete den Mord.
OTHELLO.
Nein, starrt nicht so, ihr Herrn, 's ist wirklich wahr.
GRATIANO. Unsel'ge Wahrheit!
MONTANO. Ungeheure Tat! –
EMILIA. O Büberei, verruchte Büberei! –
Ich denke dran – ich denk' – ich merk's – o Büberei!
Ich dacht' es gleich – vor Gram möcht' ich mich töten!
O Büberei! –

JAGO.
Was, bist du toll? Geh gleich nach Haus, befehl' ich!
EMILIA. Ihr edlen Herrn! Vergönnt mir, daß ich rede:
Ihm zu gehorchen ziemt mir, doch nicht jetzt.
Vielleicht geh' ich nie mehr nach Hause, Jago.
OTHELLO *blickt auf Desdemona.*
Oh, oh, oh, oh!
EMILIA. Ja, wirf dich hin und brülle,
Weil du gemordet hast die holdste Unschuld,
Die je den Blick erhob!
OTHELLO. Oh, sie war schlecht! –
Ich sah Euch jetzt erst, Ohm: ja, diese Hand
Hat wirklich Eure Nichte jetzt ermordet.
Ich weiß, die Tat sieht greulich aus und schwarz.
GRATIANO.
Du armes Kind! – Gut, daß dein Vater starb;
Dein Bündnis ward ihm tödlich; – Gram allein
Zerschnitt den alten Faden; lebt' er jetzt,
Der Anblick würd' ihn in Verzweiflung stürzen,
Daß er den guten Engel von sich fluchte,
Sein Seelenheil gefährdend.
OTHELLO. Ja, es ist jammervoll! Doch Jago weiß,
Daß sie die schnöde Tat mit diesem Cassio
Wohl hundertmal beging: Cassio gestand's,
Und sie vergalt ihm seine Liebesglut
Mit dem Gedächtnispfand und Brautgeschenk,
Das ich ihr gab; ich sah's in seiner Hand:
Es war ein Tuch, ein altes Angedenken,
Das einst mein Vater meiner Mutter gab.
EMILIA. O all ihr Himmelsmächte!
JAGO. Willst du schweigen?
EMILIA.
Es muß heraus, heraus! Jetzt schweigen? Nein,
Nein, ich will reden, ungehemmt, wie Nordwind:
Laß Himmel, Menschen, Teufel, alle, alle,
Schmach rufen über mich, ich rede doch! –
JAGO. Sei klug und geh nach Haus'.
EMILIA. Ich will nicht.
Jago macht Miene, sie zu erstechen.
GRATIANO. Den Degen auf ein Weib? –
EMILIA.
O dummer Mohr! Das Tuch, von dem du sagst,
Fand ich durch Zufall und gab's meinem Manne;
Denn oft mit feierlichem Ernst und Nachdruck
(Mehr, als für solche Kleinigkeit sich ziemte)
Hieß er's mich stehlen.
JAGO. Du verdammte Metze!
EMILIA. Sie gab es Cassio? – Nein, ach nein! Ich fand's
Und gab es meinem Mann.
JAGO. Ausbund, du lügst!
EMILIA.
Bei Gott, ich log nicht, nein, ihr edlen Herrn!
Blutdürst'ger Narr! Was sollt' auch dieser Tropf
Mit solcher guten Frau? –
Jago ersticht seine Frau und läuft fort.
OTHELLO. Gibt's keinen Keil im Himmel
Als nur zum Donner? – Auserlesner Schurke!
GRATIANO.
Sie sinkt, wahrhaftig, er erstach sein Weib! –
EMILIA. Ja, ja: o legt mich neben meine Herrin! –
GRATIANO. Er lief davon, doch seine Frau ist hin.

MONTANO.
's ist ein Erzbösewicht. – Bewahrt dies Schwert,
Das ich jetzt hier dem Mohren weggenommen:
Besetzt die äußre Tür, laßt ihn nicht durch;
Erstecht ihn eh'! – Ich will dem Buben nach,
Denn der ist ein verdammter Hund.
OTHELLO. Ich bin auch nicht mehr tapfer:
Nein, jeder winz'ge Knab' entführt mein Schwert.
Was soll auch Ehre Tugend überleben? –
Fahr' alles hin!
EMILIA. Was deutete dein Lied?
Hörst du mich noch? Ich will dem Schwane gleich
In Wohllaut sterben. Weide, Weide, Weide! –
Mohr, sie war keusch; sie liebte dich, Barbar!
So werde Heil mir, als ich Wahrheit zeuge;
Und redend, wie ich denke, sterb' ich – sterb' ich.
Sie stirbt.
OTHELLO.
Ich hab' noch einen Degen hier im Zimmer,
Es ist ein spanisch Schwert, in Eis gehärtet.
Aha, hier ist's! – Oheim, ich muß hinaus.
GRATIANO *draußen.*
Wenn du's versuchst, wirst du es teuer büßen,
Du bist wehrlos und mußt dich unterwerfen.
OTHELLO.
So komm denn hier herein und sprich mit mir,
Sonst mit der nackten Faust fall' ich dich an.
GRATIANO *im Hereintreten.*
Was willst du mir?
OTHELLO. Sieh her, ich hab' ein Schwert!
Ein beßres hat noch nie geschmückt die Hüfte
Eines Soldaten. Wohl war einst der Tag,
Wo mir der kleine Arm, dies gute Schwert
Den Ausgang schaffte durch mehr Hindernis,
Als zwanzigmal dein Zwang. Doch eitles Prahlen!
Wer lenkt sein Schicksal? Das ist jetzt vorbei. –
Seid nicht erschreckt, ob Ihr bewehrt mich seht;
Hier ist mein Reiseziel, mein Ankerplatz,
Die fernste Seemark für mein ruhend Schiff.
Trittst du zurück in Furcht? Du bangst umsonst:
Zück' nur ein Schilfrohr auf Othellos Brust,
Er weicht ihm. Wohin sollt' Othello gehn? –
Ach, wie siehst du nun aus, o Kind des Jammers,
Bleich, wie dein Tuch! Wenn wir am Thron erscheinen,
Wird dies dein Bild mich fort vom Himmel schleudern,
Wo Furien mich ergreifen. Kalt, mein Mädchen?
Wie deine Keuschheit!
O du verfluchter Sklav'! Peitscht mich, ihr Teufel,
Weg von dem Anblick dieser Himmelsschönheit!
Stürmt mich in Wirbeln! Röstet mich in Schwefel,
Wascht mich in tiefen Schlünden flüss'ger Glut!
O Desdemona, Desdemona, tot? –
Tot? Oh! Oh! Oh!
Lodovico, Cassio, der geführt wird, Montano, Jago als Gefangener und Offiziere.
LODOVICO.
Wo ist der rasche, höchst unsel'ge Mann? –
OTHELLO.
Hier steht, der einst Othello war: hier bin ich.

LODOVICO.
Wo ist die Natter? Führt den Buben vor!
OTHELLO.
Ich seh' ihm auf den Fuß; doch das ist Fabel –
Bist du ein Teufel, kann ich dich nicht töten.
Othello verwundet den Jago.
LODOVICO. Nehmt ihm sein Schwert!
JAGO. Ich blute, doch ich lebe.
OTHELLO.
Sonst tät' es mir auch leid. Du sollst noch leben;
Denn wie ich fühl', ist Tod Glückseligkeit.
LODOVICO. O du, Othello! sonst so groß und gut,
Umgarnt von Schlingen eines Bösewichts!
Was soll man von dir sagen?
OTHELLO. Was man will:
Daß ich ein ehrenvoller Mörder sei;
Denn nichts tat ich aus Haß, für Ehre alles.
LODOVICO.
Halb hat der Sklav' sein Bubenstück bekannt.
Habt Ihr mit ihm in Cassios Tod gewilligt?
OTHELLO. Ja.
CASSIO. Teurer Herr, ich gab Euch niemals Grund.
OTHELLO.
Ich glaub' es, und ich bitt' um dein Verzeihn.
Wollt Ihr von diesem Teufel wohl erfragen,
Warum er Seel' und Leib mir so verstrickt? –
JAGO. Fragt mich um nichts mehr: was ihr wißt, daß wißt ihr.
Von dieser Stund' an rede ich kein Wort.
LODOVICO. Was? Nicht zum Beten?
GRATIANO. Folter wird dich's lehren.
OTHELLO. Gut, du tust so am besten.
LODOVICO. Ihr sollt erfahren, Herr, was sich begab:
Noch, glaub' ich, wißt Ihr's nicht: Hier ist ein Brief,
Der sich in Roderigos Tasche fand,
Und hier ein zweiter. Jener dort enthält,
Wie Roderigo aufgefordert ward
Zu Cassios Tod.
OTHELLO. Nichtswürdiger!
CASSIO. Höchst heidnisch, höchst verrucht!
LODOVICO.
Ein andrer Brief, verstimmt und voller Zweifel,
Gefunden auch bei ihm; und diesen, scheint's,
Wollt' Roderigo an den Schurken senden,
Doch kam indes wohl Jago selbst zu ihm,
Ihn zu beruhigen.
OTHELLO. Meuchlerischer Hund! –
Wie kamst du, Cassio, denn zu jenem Tuch
Von meiner Frau? –
CASSIO.
Ich fand's auf meinem Zimmer;
Und er gestand in diesem Augenblick,
Daß er's dort fallen ließ aus eigner Absicht,
Zu schlechtem Zweck.
OTHELLO. O Tor! O blöder Tor!
CASSIO. Dann ferner steht in Roderigos Brief
Der Vorwurf, wie ihn Jago aufgehetzt,
Mir auf der Wacht zu trotzen, was bewirkte,
Daß ich entsetzt ward, und noch sagt' er eben
(Erwacht vom Scheintod), daß ihn Jago reizte,
Mich anzufallen, und ihn dann erstach.
LODOVICO.
Ihr müßt jetzt mit uns dieses Haus verlassen:
Gewalt und Vollmacht sind Euch abgenommen;
Cassio befiehlt in Cypern. Dieser Bube –
Gibt's irgendeine recht geschärfte Marter,
Die lang ihn hinhält und erfind'risch quält,
Die sei für ihn. Ihr bleibt in strenger Haft,
Bis über Eure Tat berichtet ward
Dem Staat Venedigs. Geht und führt ihn weg!
OTHELLO.
Gemach! – Nur noch zwei Worte, eh' Ihr geht!
Ich tat Venedig manchen Dienst, man weiß es:
Nichts mehr davon! – In Euren Briefen, bitt' ich,
Wenn Ihr von diesem Unheil Kunde gebt,
Sprecht von mir, wie ich bin – verkleinert nichts,
Noch setzt in Bosheit zu: Dann müßt Ihr melden
Von einem, der nicht klug, doch zu sehr liebte;
Nicht leicht argwöhnte, doch, einmal erregt,
Unendlich raste: von einem, dessen Hand,
Dem niedern Juden gleich, die Perle wegwarf,
Mehr wert als all sein Volk; des überwundnes Auge,
Sonst nicht gewöhnt zu schmelzen, sich ergeußt
In Tränen, wie Arabiens Bäume taun
Von heilungskräft'gem Balsam – schreibt das alles;
Und fügt hinzu: daß in Aleppo, wo
Ein gift'ger Türk' in hohem Turban einst
'nen Venetianer schlug und schalt den Staat, –
Ich den beschnittnen Hund am Hals ergriff
Und traf ihn – so!
Er ersticht sich.
LODOVICO. O blut'ges Ende!
GRATIANO. Umsonst nun unser Wort.
OTHELLO. Ich küßte dich,
Eh' ich dir Tod gab – nun sei dies der Schluß:
Mich selber tötend sterb' ich so im Kuß.
CASSIO.
Dies fürchtet' ich – doch glaubt' ihn ohne Waffen –:
Denn er war hochgesinnt.
LODOVICO. Spartan'scher Hund,
Verderblicher als Hunger, Pest und Meer!
Schau dort die trag'sche Bürde dieses Betts:
Das ist dein Werk. Das Aug' erliegt dem Anblick;
Verhüllt ihn! Ihr, Gratiano, bleibt im Schloß,
Und nehmt des Mohren Güter in Beschlag,
Denn Ihr beerbt Ihn.
Zu Cassio.
Euch, Herr Gouverneur,
Liegt ob das Urteil dieses höll'schen Buben;
Die Zeit, der Ort, die Marter – schärft, o schärft sie ihm! –
Ich will sogleich an Bord, und dem Senat
Mit schwerem Herzen künden schwere Tat.
Alle gehn ab.

KÖNIG LEAR.

Personen

Lear, König von Britannien
König von Frankreich
Herzog von Burgund
Herzog von Cornwall
Herzog von Albanien
Graf von Gloster
Graf von Kent
Edgar, Glosters Sohn
Edmund, Glosters Bastard
Curan, ein Höfling
Ein Arzt
Der Narr
Oswald, Gonerils Haushofmeister
Ein Hauptmann
Ein Edelmann im Gefolge der Cordelia
Ein Herold
Ein alter Mann, Glosters Pachter
Bediente von Cornwall
Goneril
Regan
Cordelia, Lears Töchter
Ritter im Gefolge des Königs, Offiziere, Boten, Soldaten und Gefolge
Die Szene ist in Britannien

Erster Aufzug
Erste Szene

König Lears Palast.
Kent, Gloster und Edmund.

KENT. Ich dachte, der König sei dem Herzog von Albanien gewogener, als dem von Cornwall.

GLOSTER. So schien es uns immer; doch jetzt, bei der Teilung des Reichs, zeigt sich's nicht, welchen der beiden Herzoge er höher schätzt. Denn so gleichmäßig sind die Teile abgewogen, daß die genaueste Forschung selbst sich für keine der Hälften entscheiden könnte.

KENT. Ist das nicht Euer Sohn, Mylord?

GLOSTER. Seine Erziehung ist mir zur Last gefallen: ich mußte so oft erröten, ihn anzuerkennen, daß ich nun dagegen gestählt bin.

KENT. Ich verstehe Euch nicht.

GLOSTER. Seine Mutter und ich verstanden uns nur zu gut, und dies Einverständnis verschaffte ihr früher einen Sohn für ihre Wiege, als einen Mann für ihr Bett. Merkt Ihr was von einem Fehltritt?

KENT. Ich kann den Fehltritt nicht ungeschehen wünschen, da der Erfolg davon so anmutig ist.

GLOSTER. Doch habe ich auch einen rechtmäßigen Sohn, einige Jahre älter als dieser, den ich aber darum nicht höher schätze. Obgleich dieser Schelm etwas vorwitzig in die Welt kam, eh' er gerufen ward, so war doch seine Mutter schön, es ging lustig her bei seinem Entstehen, und der Bankert durfte nicht verleugnet werden. Kennst du diesen edeln Herrn, Edmund?

EDMUND. Nein, Mylord.

GLOSTER. Mylord von Kent: gedenke sein hinfort als meines geehrten Freundes!

EDMUND. Mein Dienst sei Euer Gnaden gewidmet.

KENT. Ich muß Euch lieben und bitte um Eure nähere Bekanntschaft.

EDMUND. Ich werde sie zu verdienen suchen.

GLOSTER. Er war neun Jahre im Auslande, und soll wieder fort. Der König kommt!

Man hört Trompeten.
König Lear, Cornwall, Albanien, Goneril, Regan, Cordelia und Gefolge treten auf.

LEAR. Führt ein die Herrn von Frankreich und Burgund, Gloster!

GLOSTER. Sehr wohl, mein König!

Gloster und Edmund ab.

LEAR.
Derweil enthüll'n wir den verschwiegnen Vorsatz.
Die Karte dort! – Wißt, daß wir unser Reich
Geteilt in drei. 's ist unser fester Schluß,
Von unserm Alter Sorg' und Müh' zu schütteln,
Sie jüngerer Kraft vertrauend, während wir
Zum Grab entbürdet wanken. Sohn von Cornwall,
Und Ihr, gleich sehr geliebter Sohn Albanien,
Wir sind jetzund gewillt, bekannt zu machen
Der Töchter festbeschiedne Mitgift, daß
Wir künft'gem Streite so begegnen. –
Die Fürsten Frankreich und Burgund, erhabne
Mitwerber um der jüngern Tochter Gunst,
Verweilten lange hier in Liebeswerbung
Und harr'n auf Antwort. – Sagt mir, meine Töchter
(Da wir uns jetzt entäußern der Regierung,
Des Landbesitzes und der Staatsgeschäfte),
Welche von euch liebt uns nun wohl am meisten?
Daß wir die reichste Gabe spenden, wo
Verdienst sie und Natur heischt. Goneril,
Du Erstgeborne, sprich zuerst!

GONERIL. Mein Vater,
Mehr lieb' ich Euch, als Worte je umfassen,
Weit inniger als Licht und Luft und Freiheit,
Weit mehr, als was für reich und selten gilt,
Wie Schmuck des Lebens, Wohlsein, Schönheit, Ehre,
Wie je ein Kind geliebt, ein Vater Liebe fand.
Der Atem dünkt mich arm, die Sprache stumm,
Weit mehr als alles das lieb' ich Euch noch.

CORDELIA *beiseit.*
Was sagt Cordelia nun? Sie liebt und schweigt.

LEAR. All dies Gebiet, von dem zu jenem Strich,
An schatt'gen Forsten und Gefilden reich,
An vollen Strömen und weit grünen Triften,
Beherrsche du: dir und Albaniens Stamm
Sei dies auf ewig! Was sagt unsre zweite Tochter,
Die teure Regan, Cornwalls Gattin? Sprich!

REGAN.
Ich bin vom selben Stoff wie meine Schwester
Und schätze mich ihr gleich. Mein treues Herz
Fühlt, all mein Lieben hat sie Euch genannt;
Nur bleibt sie noch zurück: denn ich erkläre
Mich als die Feindin jeder andern Lust,
Die in der Sinne reichstem Umkreis wohnt,
Und fühl' in Eurer teuren Hoheit Liebe
Mein einzig Glück.

CORDELIA *beiseit.*
Arme Cordelia dann! –
Und doch nicht arm; denn meine Lieb', ich weiß,
Wiegt schwerer als mein Wort.

LEAR.
Dir und den Deinen bleib' als Erb' auf immer
Dies zweite Dritteil unsers schönen Reichs,
An Umfang, Wert und Anmut minder nicht,
Als was ich Gon'ril gab. Nun unsre Freude,
Du jüngste, nicht geringste, deren Liebe
Die Weine Frankreichs und die Milch Burgunds
Nachstreben; was sagst du, dir zu gewinnen
Ein reichres Dritteil als die Schwestern? Sprich!

CORDELIA. Nichts, gnäd'ger Herr!

LEAR. Nichts?

CORDELIA. Nichts.

LEAR.
Aus nichts kann nichts entstehn: sprich noch einmal!

CORDELIA.
Ich Unglücksel'ge, ich kann nicht mein Herz
Auf meine Lippen heben; ich lieb' Eu'r Hoheit,
Wie's meine Pflicht geziemt, nicht mehr, nicht minder.

LEAR. Wie? Wie? Cordelia! Beßre deine Rede,
Sonst schad'st du deinem Glück!

CORDELIA. Mein teurer Herr,
Ihr zeugtet, pflegtet, liebtet mich; und ich
Erwidr' Euch diese Wohltat, wie ich muß,

Gehorch' Euch, lieb' Euch und verehr' Euch hoch.
Wozu den Schwestern Männer, wenn sie sagen,
Sie lieben Euch nur? Würd' ich je vermählt,
So folgt dem Mann, der meinen Schwur empfing,
Halb meine Treu', halb meine Lieb' und Pflicht.
Gewiß, nie werd' ich frein wie meine Schwestern,
Den Vater nur allein zu lieben.

LEAR. Und kommt dir das von Herzen?

CORDELIA. Ja, mein Vater!

LEAR. So jung und so unzärtlich?

CORDELIA. So jung, mein Vater, und so wahr.

LEAR.
Sei's drum! Nimm deine Wahrheit dann zur Mitgift:
Denn bei der Sonne heil'gem Strahlenkreis,
Bei Hekates Verderben, und der Nacht,
Bei allen Kräften der Planetenbahn,
Durch die wir leben und dem Tod verfallen,
Sag' ich mich los hier aller Vaterpflicht,
Aller Gemeinsamkeit und Blutsverwandtschaft,
Und wie ein Fremdling meiner Brust und mir
Sei du von jetzt auf ewig! Der rohe Scythe,
Ja, der die eignen Kinder macht zum Fraß,
Zu sätt'gen seine Gier, soll meinem Herzen
So nah stehn, gleichen Trost und Mitleid finden,
Als du, mein weiland Kind.

KENT. O edler König!

LEAR. Schweig', Kent!
Tritt zwischen den Drachen nicht und seinen
Grimm;
Sie war mein Liebling, und ich hofft' auf Trost
Von ihrer sanften Pflege. Fort! mir aus den Augen! –
Sei Friede so mein Grab, als ich von ihr
Mein Vaterherz losreiße! – Ruft mir Frankreich!
Wer rührt sich? Ruft Burgund! – Ihr, Cornwall
und Albanien,
Zu meiner Töchter Mitgift schlagt dies Dritteil! –
Stolz, den sie Gradheit nennt, vermähle sie!
Euch beide kleid' ich hier in meine Macht,
Vorrang der Würd' und allerhöchsten Glanz,
Der Majestät umgibt. Wir, nach der Monde Lauf,
Mit Vorbehalt allein von hundert Rittern,
Die ihr erhaltet, wohnen dann bei euch,
Nach Ordnung wechselnd. Wir bewahren nur
Den Namen und des Königs Ehrenrecht; –
Die Macht,
Verwaltung, Rent' und alle Staatsgewalt,
Geliebte Söhn', ist euer. Des zum Zeugnis
Teilt diesen goldnen Reif!

KENT. Erhabner Lear,
Den ich als meinen König stets geehrt,
Geliebt als Vater, und als Herrn begleitet,
Als höchsten Hort einschloß in mein Gebet, –

LEAR. Der Bogen ist gespannt, entflieh' dem Pfeil! –

KENT. Er falle nur, ob auch die Spitze
Ins Herz mir bohrt: Sei Kent nur ohne Sitte,
Wenn Lear verrückt! Was tust du, alter Mann?
Meinst du, daß Pflicht zu reden scheut, weil Macht
Zum Schmeicheln sinkt? – Die Ehre fordert
Gradheit,
Wenn Kön'ge töricht werden. Bleibe Herrscher,
Und mit der besten Überlegung hemme
Die frevle Eil'! Mit meinem Leben bürg' ich,
Die jüngre Tochter liebt dich minder nicht,
Noch ist der ohne Herz, des schwacher Klang
Nicht Hohlheit widertönt.

LEAR. Schweig', Kent, bei deinem Leben!

KENT.
Mein Leben galt mir stets nur als ein Pfand;
Zu wagen gegen deinen Feind; gern opfr' ich's
Für deine Wohlfahrt.

LEAR. Aus den Augen mir!

KENT.
Sieh besser, Lear, und laß mich immer bleiben
Den Zielpunkt deines Auges!

LEAR. Nun, beim Apoll! –

KENT. Nun, beim Apollo, König,
Du rufst vergeblich deine Götter an.

LEAR. O Sklav'! – Abtrünn'ger!

Legt die Hand ans Schwert.

ALBANIEN UND CORNWALL.
Teurer Herr, laß ab! –

KENT. Tu's, töte deinen Arzt und gib den Lohn
Der schnöden Krankheit! Nimm zurück die
Schenkung,
Sonst, bis der Kehle Kraft versagt zu schrein,
Sag' ich dir, du tust Unrecht.

LEAR. Höre mich,
Rebell, bei deiner Lehnspflicht, höre mich!
Weil du zum Wortbruch uns verleiten wolltest
(Den wir noch nie gewagt) und stolz verwegen
Dich drängtest zwischen unsern Spruch und Thron
(Was unser Blut und Rang nicht dulden darf),
Sprech' ich als Herrscher jetzt; – nimm deinen Lohn!
Fünf Tage gönnen wir, dich zu versehn
Mit Schirmung vor des Lebens Ungemach:
Am sechsten kehrst du den verhaßten Rücken
Dem Königreich, und weilt am zehnten Tag
In unserm Lande dein verbannter Leib,
So ist's dein Tod. Hinweg! Bei Jupiter,
Dies widerruf' ich nicht.

KENT.
So leb' denn wohl, Fürst! Zeigst du so dich, Lear,
Lebt Freiheit auswärts und Verbannung hier.
Dir, Jungfrau, sei'n die Götter mächt'ger Hort,
Die richtig denkt und sprach das rechte Wort!
Eu'r breites Reden sei durch Tat bewährt!
Daß Liebeswort willkommne Frucht gebärt!
Fahrt wohl, ihr Fürsten all': Kent muß von hinnen,
Im neuen Land ein Schicksal zu gewinnen.

Er geht ab.

Gloster kommt zurück mit Frankreich, Burgund und Gefolge.

GLOSTER.
Hier sind Burgund und Frankreich, hoher Herr!

LEAR. Fürst von Burgund,
Zu Euch erst sprech' ich, der mit diesem König
Um unsre Tochter warb. Was als das Mind'ste
Erwartet Ihr als Mitgift, oder steht
Von Euerm Antrag ab?

BURGUND. Erhabner König,
Mir g'nügt, was Ihr freiwillig habt geboten,
Und minder gebt Ihr nicht.

LEAR. Mein würd'ger Herzog,
Als sie uns wert war, schätzten wir sie so;
Nun ist ihr Preis gesunken. Seht, da steht sie:
Wenn etwas an der kleinen, schmucken Larve

Oder sie ganz mit unserm Zorn dazu,
Und weiter nichts, Eu'r Hoheit noch gefällt,
So nehmt sie, sie ist Eu'r.

BURGUND. Mir fehlt die Antwort.

LEAR. Herr!
Wollt Ihr mit allen Mängeln, die ihr eigen,
Freundlos und neuverschwistert unserm Haß,
Zur Mitgift Fluch, durch Schwur von uns entfremdet,
Sie nehmen oder lassen?

BURGUND. Herr, verzeiht,
Mit der Bedingung endigt jede Wahl.

LEAR. So laßt sie; bei der Macht, die mich erschuf,
Ich nannt' Euch all' ihr Gut.

Zu Frankreich.

Ihr, großer König, –
Nicht so weit möcht' ich Eurer Lieb' entwandern,
Euch zu vermählen, wo ich hasse. Lenkt
Zu besserm Ziel, ich bitt' Euch, Eure Wünsche,
Als auf dies Wesen, das Natur errötet
Anzuerkennen.

FRANKREICH. Wahrlich, dies ist seltsam! –
Daß sie, die eben noch Eu'r Kleinod war,
Der Inhalt Eures Lobs, Balsam des Alters,
Eu'r Bestes, Teuerstes, in diesem Nu
So Unerhörtes tat, ganz zu zerreißen
Solch reichgewebte Gunst! Traun, ihr Vergehn
Muß unnatürlich, ungeheuer sein,
Oder die Liebe, deren Ihr Euch rühmtet,
Ist tadelnswert. So schlimm von ihr zu denken,
Heischt Glauben, wie Vernunft ihn ohne Wunder
Mir nimmer einimpft.

CORDELIA. Dennoch bitt' ich, Herr
(Ermangl' ich auch der schlüpfrig glatten Kunst,
Zu reden nur zum Schein: denn, was ich
ernstlich will,
Vollbring' ich, eh' ich's sage), daß Ihr zeugt,
Es sei kein schnöder Makel, Mord noch Schmach,
Kein zuchtlos Tun, noch ehrvergeßner Schritt,
Der mir geraubt hat Eure Gnad' und Huld.
Nur, weil mir fehlt, – wodurch ich reicher bin, –
Ein stets begehrend Aug' und eine Zunge,
Die ich mit Stolz entbehr', obgleich ihr Mangel
Mir Euern Beifall raubte.

LEAR. Besser wär's,
Du lebtest nicht, als mir zur Kränkung leben!

FRANKREICH.
Ist es nur das? Ein Zaudern der Natur,
Das oft die Tat unausgesprochen läßt,
Die es zu tun denkt? – Herzog von Burgund,
Was sagt Ihr zu der Braut? Lieb' ist nicht Liebe,
Wenn sie vermengt mit Rücksicht, die seitab
Vom wahren Ziel sich wendet. Wollt Ihr sie?
Sie selbst ist ihre Mitgift.

BURGUND. Hoher Lear,
Gebt mir den Anteil, den Ihr selbst bestimmt,
Und hier nehm' ich Cordelia bei der Hand
Als Herzogin Burgunds.

LEAR. Nichts! Ich beschwor's, ich bleibe fest.

BURGUND.
Dann tut mir's leid, daß Ihr zugleich den Vater
Verliert und den Gemahl.

CORDELIA. Fahr' hin, Burgund! –
Da Wunsch nur nach Besitz sein Lieben ist,
Werd' ich nie seine Gattin.

FRANKREICH.
Schönste Cordelia, du bist arm höchst reich;
Verbannt höchst wert; verachtet höchst geliebt! –
Dich nehm' ich in Besitz und deinen Wert:
Gesetzlich sei, zu nehmen, was man wegwarf.
Wie seltsam, Götter! Meiner Liebe Glühn
Und Ehrfurcht muß aus kaltem Hohn erblühn.
Sie mußte Erb' und Glück bei dir verlieren,
Um über uns und Frankreich zu regieren.
Kein Herzog von Burgunds stromreichen Auen
Erkauft von mir die teuerste der Frauen!
Den Harten gib ein mildes Abschiedswort:
Das Hier verlierst du für ein beßres Dort.

LEAR.
Du hast sie, Frankreich: sie sei dein; denn nie
Hatt' ich solch Kind, und nimmer grüße sie
Mein altes Auge mehr! Folg' deinen Wegen
Ohn' unsre Lieb' und Gunst, ohn' unsren Segen!
Kommt, edler Fürst Burgund!

Trompetengetön. Lear, Burgund, Cornwall, Albanien, Gloster und Gefolge gehn ab.

FRANKREICH. Sag deinen Schwestern Lebewohl!

CORDELIA *beiseit.*
Des Vaters Edelsteinen! –

Laut.

Nassen Blicks
Verläßt Cordelia euch.

Beiseit.

Ich kenn' euch wohl,
Und nenn' als Schwester eure Fehler nicht
Beim wahren Namen.

Laut.

Liebt denn unsern Vater,
Ich leg' ihn euch ans vielberedte Herz: –

Beiseit.

Doch ach, wär' ich ihm lieb noch wie vor Zeiten,
Wollt' ich ihm einen bessern Platz bereiten.

Laut.

So lebt denn beide wohl!

REGAN. Lehr' uns nicht unsre Pflichten!

GONERIL. Dem Gemahl
Such' zu genügen, der als Glücksalmosen
Dich aufnahm! Du verschmähst der Liebe Band,
Mit Recht entzieht sich dir, was du verkannt.

CORDELIA.
Was List verborgen, wird ans Licht gebracht,
Wer Fehler schminkt, wird einst mit Spott verlacht.
Es geh' euch wohl!

FRANKREICH. Komm, liebliche Cordelia!

Frankreich und Cordelia gehn ab.

GONERIL. Schwester, ich habe nicht wenig zu sagen, was uns beide sehr nahe angeht. Ich denke, unser Vater will heut abend fort.

REGAN.
Ja, gewiß, und zu dir; nächsten Monat zu uns.

GONERIL. Du siehst, wie launisch sein Alter ist; was wir darüber beobachten konnten, war bedeutend. Er hat immer unsere Schwester am meisten geliebt, und mit wie armseligem Urteil er sie jetzt verstieß, ist zu auffallend.

REGAN. 's ist die Schwäche seines Alters: doch hat er sich von jeher nur obenhin gekannt.

GONERIL. Schon in seiner besten und kräftigsten Zeit war er zu hastig: wir müssen also von seinen Jahren nicht nur die Unvollkommenheiten längst eingewurzelter Gewohnheiten erwarten, sondern außerdem noch den störrischen Eigensinn, den gebrechliches und reizbares Alter mit sich bringt.

REGAN. Solch haltungsloses Auffahren wird uns nun auch bevorstehen, wie diese Verbannung Kents.

GONERIL. Dergleichen Abschiedskomplimente wird's noch mehr geben, wie zwischen Frankreich und ihm: bitt' Euch, laßt uns zusammenhalten: Behauptet unser Vater sein Ansehn mit solchen Gesinnungen, so wird jene letzte Übertragung seiner Macht uns nur zur Kränkung.

REGAN. Wir wollen es weiter überlegen.

GONERIL. Es muß etwas geschehen, und in der ersten Hitze.

Sie gehn ab.

Zweite Szene

Schloß des Grafen Gloster.
Edmund mit einem Briefe.

EDMUND.

Natur, du meine Göttin! Deiner Satzung
Gehorch' ich einzig. Weshalb sollt' ich dulden
Die Plagen der Gewohnheit und gestatten,
Daß mich der Völker Eigensinn enterbt,
Weil ich ein zwölf, ein vierzehn Mond' erschien
Nach einem Bruder? – Was Bastard? Weshalb unecht?
Wenn meiner Glieder Maß so stark gefügt,
Mein Sinn so frei, so adlig meine Züge,
Als einer Eh'gemahlin Frucht? Warum
Mit unecht uns brandmarken? Bastard? Unecht?
Uns, die im heißen Diebstahl der Natur
Mehr Stoff empfahn und kräft'gern Feuergeist,
Als in verdumpftem, trägem, schalem Bett
Verwandt wird auf ein ganzes Heer von Tröpfen,
Halb zwischen Schlaf gezeugt und Wachen? Drum,
Echtbürt'ger Edgar! Mein wird noch dein Land: –
Des Vaters Liebe hat der Bastard Edmund
Wie der Echtbürt'ge. Schönes Wort: echtbürtig!
Wohl, mein Echtbürt'ger, wenn dies Brieflein wirkt
Und mein Erfinden glückt, stürzt den Echtbürt'gen
Der Bastard Edmund. Ich gedeih', ich wachse!
Nun, Götter, schirmt Bastarde! –

Gloster kommt.

GLOSTER.

Kent so verbannt! – Frankreich im Zorn gegangen!
Der König fort zu Nacht! – Der Kron' entsagt! –
Beschränkt auf Unterhalt! – Und alles das
Im Nu! – Edmund! Was gibt's? Was hast du Neues?

EDMUND *steckt den Brief ein.* Verzeih' Euer Gnaden, nichts.

GLOSTER. Warum steckst du so eilig den Brief ein? –

EDMUND. Ich weiß nichts Neues, Mylord.

GLOSTER. Was für ein Blatt lasest du?

EDMUND. Nichts, Mylord.

GLOSTER. Nichts? –Wozu denn die erschreckliche Eil' damit in deine Tasche? – Ein eigentliches Nichts bedarf keiner solchen Hast, sich zu verstecken. Laß sehn! Gib! Wenn es Nichts ist, brauche ich keine Brille.

EDMUND. Ich bitte, Herr, verzeiht; es ist ein Brief meines Bruders, den ich noch nicht ganz durchgesehen, und so weit ich bis jetzt las, finde ich den Inhalt nicht für Eure Durchsicht geeignet.

GLOSTER. Gib mir den Brief, sag' ich!

EDMUND. Ich werde Unrecht tun, ich mag ihn geben oder behalten. Der Inhalt, so weit ich ihn verstehe, ist zu tadeln.

GLOSTER. Laß sehn, laß sehn!

EDMUND. Ich hoffe zu meines Bruders Rechtfertigung, er schrieb dies nur als Prüfung und Versuchung meinerTugend.

GLOSTER *liest.* »Dieses Herkommen, diese Ehrfurcht vor dem Alter verbittert uns die Welt für unsre besten Jahre; entzieht uns unser Vermögen, bis unsre Hinfälligkeit es nicht mehr genießen kann. Ich fange an, eine alberne, törichte Sklaverei in diesem Druck bejahrter Tyrannei zu finden, die da herrscht, nicht weil sie Macht hat, sondern weil man sie duldet. Komm zu mir, daß ich weiter hierüber rede! Wenn unser Vater schlafen wollte, bis ich ihn weckte, solltest du für immer die Hälfte seiner Einkünfte genießen und der Liebling sein deines Bruders Edgar.« – Hum! – Verschwörung! – »Schlafen wollte, bis ich ihn weckte, – die Hälfte seiner Einkünfte genießen,« – mein Sohn Edgar! Hatte er eine Hand, dies zu schreiben? ein Herz und ein Gehirn, dies auszubrüten? Wann bekamst du dies? Wer brachte dir's?

EDMUND. Es ward mir nicht gebracht, Mylord, das ist die Feinheit; ich fand's durch das Fenster meines Zimmers geworfen.

GLOSTER. Du erkennst deines Bruders Handschrift?

EDMUND. Wäre der Inhalt gut, Mylord, so wollte ich darauf schwören; aber, wenn ich auf diesen sehe, so möchte ich lieber glauben, sie sei es nicht.

GLOSTER. Es ist seine Hand.

EDMUND. Sie ist's, Mylord, aber ich hoffe, sein Herz ist dem Inhalte fern.

GLOSTER. Hat er dich nie zuvor über diesen Punkt ausgeforscht?

EDMUND. Niemals, Mylord; doch habe ich ihn oft behaupten hören, wenn Söhne in reifen Jahren und die Väter auf der Neige ständen, dann sei von Rechts wegen der Vater des Sohnes Mündel, und der Sohn Verwalter des Vermögens.

GLOSTER. O Schurke, Schurke! – Völlig der Sinn seines Briefes! – Verruchter Bube! Unnatürlicher, abscheulicher, viehischer Schurke! Schlimmer als viehisch! – Geh gleich, such' ihn auf, ich will ihn festnehmen. – Verworfner Bösewicht! – Wo ist er? –

EDMUND. Ich weiß es nicht genau, Mylord. Wenn es Euch gefiele, Euren Unwillen gegen meinen Bruder zurückzuhalten, bis Ihr ihm ein beßres Zeugnis seiner Absichten entlocken könnt, so würdet Ihr sichrer gehen; wollt Ihr aber gewaltsam gegen ihn verfahren, und hättet Euch in seiner Absicht geirrt, so würde es Eure Ehre tödlich verwunden und das Herz seines

Gehorsams zertrümmern. Ich möchte mein Leben für ihn zum Pfande setzen, daß er dies geschrieben hat, um meine Ergebenheit gegen Euch, Mylord, auf die Probe zu stellen, ohne eine gefährliche Absicht.

GLOSTER. Meinst du?

EDMUND. Wenn's Eu'r Gnaden genehm ist, stell' ich Euch an einen Ort, wo Ihr uns darüber reden hören und Euch durch das Zeugnis Eures eignen Ohrs Gewißheit verschaffen sollt; und das ohne Verzug, noch diesen Abend.

GLOSTER. Er kann nicht solch ein Ungeheuer sein.

EDMUND. Und ist's gewiß nicht.

GLOSTER. Gegen seinen Vater, der ihn so ganz, so zärtlich liebt! Himmel und Erde! Edmund, such' ihn auf! – Forsche mir ihn aus, ich bitte dich, führe das Geschäft nach deiner eignen Klugheit: ich könnte nicht Vater sein, wenn ich hierzu die nötige Entschlossenheit besäße.

EDMUND. Ich will ihn sogleich aufsuchen, Mylord, die Sache fördern, wie ich's vermag, und Euch von allem Nachricht geben.

GLOSTER. Jene letzten Verfinsterungen an Sonne und Mond weissagen uns nichts Gutes. Mag die Wissenschaft der Natur sie so oder anders auslegen, die Natur empfindet ihre Geißel an den Wirkungen, die ihnen folgen: Liebe erkaltet, Freundschaft fällt ab, Brüder entzweien sich; in Städten Meuterei, auf dem Lande Zwietracht, in Palästen Verrat; das Band zwischen Sohn und Vater zerrissen: dieser mein Bube bestätiget diese Vorzeichen; da ist Sohn gegen Vater. Der König weicht aus dem Gleise der Natur, da ist Vater gegen Kind. Wir haben das Beste unsrer Zeit gesehn: Ränke, Herzlosigkeit, Verrat und alle zerstörenden Umwälzungen folgen uns rastlos bis an unser Grab. Erforsche mir den Buben, Edmund, es soll dein Schade nicht sein; tu's mit allem Eifer! Und der edle, treugeherzte Kent verbannt! Sein Verbrechen, Redlichkeit! – Seltsam, seltsam! – *Geht ab.*

EDMUND. Das ist die ausbündige Narrheit dieser Welt, daß, wenn wir an Glück krank sind – oft durch die Übersättigung unsres Wesens -, wir die Schuld unsrer Unfälle auf Sonne, Mond und Sterne schieben, als wenn wir Schurken wären durch Notwendigkeit; Narren durch himmlische Einwirkung; Schelme, Diebe und Verräter durch die Übermacht der Sphären; Trunkenbolde, Lügner und Ehebrecher durch erzwungene Abhängigkeit von planetarischem Einfluß; und alles, worin wir schlecht sind, durch göttlichen Anstoß. Eine herrliche Ausflucht für den Lüderlichen, seine hitzige Natur den Sternen zur Last zu legen! – Mein Vater ward mit meiner Mutter einig unterm Drachenschwanz, und meine Nativität fiel unter ursa major; und so folgt denn, ich müsse rauh und verbuhlt sein. Ei was, ich wäre geworden, was ich bin, wenn auch der jungfräulichste Stern am Firmament auf meine Bastardisierung geblinkt hätte. Edgar, –

Edgar tritt auf.

Und husch ist er da, wie die Katastrophe in der alten Komödie. Mein Stichwort ist »spitzbübische Melancholei« und ein Seufzer wie Thoms aus Bedlam. –. Oh, diese Verfinsterungen deuten diesen Zwiespalt! Fa, sol, la, mi –

EDGAR. Wie geht's, Bruder Edmund? In was für tiefsinnigen Betrachtungen?

EDMUND. Ich sinne, Bruder, über eine Weissagung, die ich dieser Tage las, was auf diese Verfinsterungen folgen werde!

EDGAR. Gibst du dich mit solchen Dingen ab?

EDMUND. Ich versichre dich, die Wirkungen, von denen er schreibt, treffen leider ein! – Unnatürlichkeit zwischen Vater und Kind, – Tod, Teuerung, Auflösung alter Freundschaft, Spaltung im Staat, Drohungen und Verwünschungen gegen König und Adel, grundloses Mißtrauen, Verbannung von Freunden, Auflösung des Heers, Trennung der Ehen und was noch alles?

EDGAR.
Seit wann gehörst du zur astronomischen Sekte?

EDMUND. Wann sahst du meinen Vater zuletzt?

EDGAR. Nun, gestern abend.

EDMUND. Sprachst du mit ihm?

EDGAR. Ja, zwei volle Stunden.

EDMUND. Schiedet ihr in gutem Vernehmen? Bemerktest du kein Mißfallen an ihm in Worten oder Mienen? –

EDGAR. Durchaus nicht.

EDMUND. Besinne dich, womit du ihn beleidiget haben könntest, und ich bitte dich, meide seine Gegenwart, bis eine kurze Zwischenzeit die Hitze seines Zorns abgekühlt hat, der jetzt so in ihm wütet, daß ihn kaum eine Mißhandlung an deiner Person besänftigen würde.

EDGAR. Irgendein Schurke hat mich angeschwärzt!

EDMUND. Das fürcht' ich auch. Ich bitte dich, weiche ihm sorgfältig aus, bis die Heftigkeit seines Ingrimms nachläßt, und, wie gesagt, verbirg dich bei mir in meinem Zimmer, wo ich's einrichten will, daß du den Grafen reden hören sollst. Ich bitte dich, geh, hier ist mein Schlüssel. Wagst du dich hervor, so geh bewaffnet!

EDGAR. Bewaffnet, Bruder?

EDMUND. Bruder, ich rate dir dein Bestes: geh bewaffnet: ich will nicht ehrlich sein, wenn man Gutes gegen dich im Schilde führt. Ich habe dir nur schwach angedeutet, was ich sah und hörte; längst noch nicht, wie entsetzlich die Wirklichkeit ist. Bitte dich, fort! –

EDGAR. Werd' ich bald von dir hören?

EDMUND. Zähle auf mich in dieser Sache!

Edgar geht ab.

Ein gläub'ger Vater und ein edler Bruder,
So fern von allem Unrecht, daß er nie
Argwohn gekannt, des dumme Ehrlichkeit
Mir leichtes Spiel gewährt! Ich seh' den Ausgang:
Wenn nicht Geburt, schafft List mir Land und Leute;
Und was mir nützt, das acht' ich gute Beute.

Er geht ab.

Dritte Szene

Vor dem Palast des Herzogs von Albanien.
Goneril und der Haushofmeister.

GONERIL.
Schlug mein Vater meinen Diener, weil er seinen Narren schalt?

HAUSHOFMEISTER. Ja, gnäd'ge Frau!

GONERIL.
Bei Tag und Nacht! er kränkt mich! – Jede Stunde
Bricht er hervor mit der und jener Unbill,
Die uns verstimmt und stört: ich duld' es nicht.
Die Ritter werden frech, er selber schilt
Um jeden Tand. Wenn er vom Jagen kommt,
Will ich ihn jetzt nicht sehn; sag, ich sei krank.
Wenn Ihr in Eurem Dienst saumsel'ger werdet,
So tut Ihr recht; die Schuld nehm' ich auf mich.

Trompeten.

HAUSHOFMEISTER.
Jetzt kommt er, gnäd'ge Frau, ich hör' ihn schon.

GONERIL.
Zeigt ihm so träge Lässigkeit ihr wollt,
Du und die andern; ich wollt', es käm' zur Sprache.
Wenn's ihm mißfällt, so zieh' er hin zur Schwester,
Die darin, weiß ich, einig ist mit mir,
Und sich nicht meistern läßt. Der greise Tor,
Der immer noch die Macht behaupten will,
Die er verschenkt hat! Nun, bei meinem Leben,
Das Alter kehrt zur Kindheit, und es braucht
Der strengen Zucht, wenn Güte ward mißbraucht.
Merk' dir, was ich gesagt! –

HAUSHOFMEISTER. Wohl, gnäd'ge Frau!

GONERIL. Und seinen Rittern gönnt nur kalte Blicke,
Was draus erwächst, gleichviel; sagt das den andern auch:
Ich nehme wohl Gelegenheit hieraus,
Mich zu erklären. Meiner Schwester schreib' ich gleich,
Daß sie verfährt wie ich. Besorg' das Mahl!

Sie gehn ab.

Vierte Szene

Ebendaselbst.
Kent tritt auf, verkleidet.

KENT.
Kann ich so gut nur fremde Sprache borgen,
Die meine Red' entstellt, so mag vielleicht
Mein guter Will' in vollem Maß erstreben
Das Ziel, um das mein Wesen ich verhüllte. –
Nun, du verbannter Kent,
Kannst du dort dienen, wo man dich verdammt,
(Und geb' es Gott!) soll dein geliebter Herr
Dich unermüdlich finden.

Jagdhörner hinter der Szene; Lear, Ritter und Gefolge treten auf.

LEAR. Laßt mich keinen Augenblick auf das Essen warten; geht, laßt anrichten!

Einer vom Gefolge geht ab.

Nun, wer bist du?

KENT. Ein Mann, Herr!

LEAR. Was ist dein Beruf? Was willst du von uns?

KENT. Mein Beruf ist, nicht weniger zu sein, als ich scheine; dem treu zu dienen, der's mit mir versuchen will; den zu lieben, der ehrlich ist; mit dem zu verkehren, der Verstand hat und wenig spricht; den guten Leumund zu achten, zu fechten, wenn ich's nicht ändern kann, und keine Fische zu essen.

LEAR. Wer bist du?

KENT. Ein recht treuherziger Kerl und so arm als der König.

LEAR. Wenn du als Untertan so arm bist, wie er als König, dann bist du arm genug. Was willst du?

KENT. Dienst.

LEAR. Wem willst du dienen?

KENT. Euch.

LEAR. Kennst du mich, Alter? –

KENT. Nein; aber Ihr habt etwas in Eurem Wesen, das ich gern Herr nennen möchte.

LEAR. Was ist das?

KENT. Hoheit.

LEAR. Was für Dienste kannst du tun?

KENT. Ich kann ein erlaubtes Geheimnis verschweigen, reiten, laufen, eine hübsche Geschichte langweilig erzählen, und eine deutliche Botschaft schlicht bestellen: wozu ein gewöhnlicher Mensch brauchbar ist, dafür tauge ich, und das Beste an mir ist Fleiß.

LEAR. Wie alt bist du?

KENT. Nicht so jung, Herr, ein Mädchen ihres Gesanges wegen zu lieben, noch so alt, um ohne alle Ursache in sie vergafft zu sein; ich habe achtundvierzig Jahre auf dem Rücken.

LEAR. Folge mir, du sollst mir dienen; wenn du mir nach dem Essen nicht schlechter gefällst, so trennen wir uns nicht so bald. – Das Essen, holla! das Essen! – Wo ist mein Bursch, mein Narr? – Geh' einer und ruf' mir meinen Narren her!

Der Haushofmeister kommt.

Ihr da! – He! – Wo ist meine Tochter?

HAUSHOFMEISTER. Verzeiht mir – *Er geht ab.*

LEAR. Was sagt der Schlingel da? Ruft den Tölpel zurück! Wo ist mein Narr, he? – Ich glaube, die Welt liegt im Schlaf. Nun? Wo bleibt der Lümmel? –

RITTER. Er sagt, Mylord, Eurer Tochter sei nicht wohl.

LEAR. Warum kam denn der Flegel nicht zurück, als ich ihn rief?

RITTER. Herr, er sagte mir sehr rund heraus, er wolle nicht.

LEAR. Er wolle nicht?

RITTER. Mylord, ich weiß nicht, was vorgeht; aber nach meiner Ansicht begegnet man Eurer Hoheit nicht mehr mit der ehrerbietigen Aufmerksamkeit, wie man pflegte; es zeigt sich ein großes Abnehmen der Höflichkeit sowohl bei der Dienerschaft als auch beim Herzog und Eurer Tochter selbst.

LEAR. Ha! Meinst du? –

RITTER. Ich bitte Euch, verzeiht mir, Mylord, wenn ich mich irre, denn mein Diensteifer kann nicht schweigen, wenn ich Eure Hoheit beleidigt glaube.

LEAR. Du erinnerst mich nur an meine eigne Wahrnehmung. Ich bemerkte seit kurzem eine sehr kalte Vernachlässigung, doch schob ich's mehr auf meine argwöhnische Gemütsart, als auf einen wirklichen Vorsatz und absichtliche Unfreundlichkeit. – Ich will genauer darauf acht geben. Aber wo ist mein Narr? Ich hab' ihn in zwei Tagen nicht gesehn.

RITTER. Seit der jungen Fürstin Abreise nach Frankreich, gnädiger Herr, hat sich der Narr ganz abgehärmt.

LEAR. Still davon; ich hab' es wohl bemerkt. Geht, und sagt meiner Tochter, ich wolle sie sprechen. Und Ihr, ruft meinen Narren!

Der Haushofmeister kommt.

O mein Freund, kommt doch näher! Wer bin ich, Kerl?

HAUSHOFMEISTER. Myladys Vater.

LEAR. Myladys Vater? Mylords Schurk'! Du verdammter Hund, du Lump, du Schuft!

HAUSHOFMEISTER. Ich bin nichts von alle dem, Mylord, ich bitte mir's aus.

LEAR. Wirfst du mir Blicke zu, du Hundsfott? *Er schlägt ihn.*

HAUSHOFMEISTER. Ich lasse mich nicht schlagen, Mylord.

KENT *schlägt ihm ein Bein unter.* Auch kein Bein stellen, du niederträchtiger Fußballspieler?

LEAR. Ich danke dir, Bursch, du dienst mir, und ich will dich lieben.

KENT. Kommt, Freund, steht auf, packt Euch! Ich will Euch Unterschied lehren; fort, fort! – Wollt Ihr Eure Flegelslänge noch einmal messen, so bleibt: sonst packt Euch! Fort! Seid Ihr klug? –so! –

Er stößt den Haushofmeister hinaus.

LEAR. Nun, mein freundlicher Gesell, ich danke dir, hier ist Handgeld auf deinen Dienst. *Er gibt Kent Geld.*

Der Narr kommt.

NARR. Laß mich ihn auch dingen; hier ist meine Kappe.

LEAR. Nun, mein schmuckes Bürschchen? Was machst du?

NARR. Höre, Freund, du tätst am besten, meine Kappe zu nehmen.

LEAR. Warum, mein Kind?

NARR. Warum? Weil du's mit einem hältst, der in Ungnade gefallen ist. Ja, wenn du nicht lächeln kannst, je nachdem der Wind kommt, so wirst du bald einen Schnupfen weghaben. Da, nimm meine Kappe: Sieh, dieser Mensch da hat zwei von seinen Töchtern verbannt und der dritten wider Willen seinen Segen gegeben; wenn du dem folgen willst, mußt du notwendig meine Kappe tragen. Nun, wie steht's, Gevatter? Ich wollt', ich hätte zwei Kappen und zwei Töchter! –

LEAR. Warum, mein Söhnchen?

NARR. Wenn ich ihnen all meine Habe geschenkt hätte, die Kappen behielt' ich für mich; ich habe meine; bettle du dir eine zweite von deinen Töchtern!

LEAR. Nimm dich in acht, du! – Die Peitsche! –

NARR. Wahrheit ist ein Hund, der ins Loch muß und hinausgepeitscht wird, während Madame Schoßhündin am Feuer stehen und stinken darf.

LEAR. Eine bittre Pille für mich! –

NARR *zu Kent.* Hör', guter Freund, ich will dich einen Reim lehren.

LEAR. Laß hören!

NARR. Gib acht, Gevatter!

Halt', was du verheißt,
Verschweig', was du weißt,
Hab' mehr, als du leihst,
Reit' immer zumeist,
Sei wachsam im Geist,
Nicht würfle zu dreist,
Laß Dirnen und Wein
Und Tanz und Schalmei'n,
So findst du den Stein
Der Weisen allein.

LEAR. Das ist nichts, Narr.

NARR. Dann ist's gleich dem Wort eines unbezahlten Advokaten; du gabst mir nichts dafür. Kannst du von nichts keinen Gebrauch machen, Gevatter?

LEAR. Ei nein, Söhnchen, aus nichts wird nichts.

NARR. Bitt' dich, sag ihm doch, gerade so viel trage ihm die Rente seines Landes; er wird's einem Narren nicht glauben.

LEAR. Ein bittrer Narr!

NARR. Weißt du den Unterschied, mein Junge, zwischen einem bittren Narren und einem süßen Narren?

LEAR. Nein, Bursch, lehr' ihn mich!

NARR.

Der dir's geraten, Lear,
Dein Land zu geben hin,
Den stell' hierher zu mir,
Oder stehe du für ihn:
Der süß' und bittre Narr
Zeigt sich dir nun sofort,
Der ein' im scheck'gen Wams,
Den andern siehst du dort.

LEAR. Nennst du mich Narr, Junge?

NARR. Alle deine andern Titel hast du weggeschenkt, mit diesem bist du geboren.

KENT. Darin ist er nicht so ganz Narr, Mylord.

NARR. Nein, mein' Seel', Lords und andere große Herren würden's mir auch nicht ganz lassen; hätt' ich ein Monopol darauf, sie müßten ihr Teil daran haben, und die Damen ebenso, die würden mir auch den Narren nicht allein lassen; sie würden was abhaben wollen. Gib mir ein Ei, Gevatter, ich will dir zwei Kronen geben.

LEAR. Was für zwei Kronen werden das sein?

NARR. Nun, nachdem ich das Ei durchgeschnitten und das Inwendige herausgegessen habe, die beiden Kronen des Eis. Als du deine Krone mitten durchspaltetest und beide Hälften weggabst, da trugst du deinen Esel auf dem Rücken durch den Dreck; du hattest wenig Witz in deiner kahlen Krone, als du deine goldne wegschenktest. Wenn ich diesmal in meiner eignen Manier rede, so laß den peitschen, der's zuerst so findet.

Singt.

Nie machten Narr'n so wenig Glück,
Denn Weise wurden täppisch;
Ihr bißchen Scharfsinn ging zurück,
Und all ihr Tun ward läppisch.

LEAR. Seit wann bist du so reich an Liedern, he? –

NARR. Das ward ich, Gevatter, seit du deine Töchter zu deinen Müttern machtest; denn als du ihnen die Rute gabst und dir selbst deine Hosen herunterzogst,

Da weinten sie aus freud'gem Schreck,
Ich sang aus bitterm Gram,
Daß solch ein König spielt' Versteck
Und zu den Narren kam.

Bitt' dich, Gevatter, nimm einen Schulmeister an, der deinen Narren lügen lehre: ich möchte gern lügen lernen.

LEAR. Wenn du lügst, Bursch, so werden wir dich peitschen lassen.

NARR. Mich wundert, wie du mit deinen Töchtern verwandt sein magst: sie wollen mich peitschen lassen, wenn ich die Wahrheit sage; du willst mich peitschen lassen, wenn ich lüge, und zuweilen werde ich gepeitscht, weil ich's Maul halte. Lieber wollt' ich alles in der Welt sein, als ein Narr: und doch möchte ich nicht du sein, Gevatter. Du hast deinen Witz von beiden Seiten abgestutzt und nichts in der Mitte gelassen. Da kommt so ein Abgestutztes.

Es tritt Goneril auf.

LEAR.
Nun, Tochter? Wieder deine Stirn umwölkt? –
Mir deucht, sie ward die letzte Zeit zu finster!

NARR. Du warst ein hübscher Gesell, als du noch nicht nötig hattest, auf ihre Runzeln zu achten; nun bist du eine Null ohne Ziffern: ich bin jetzt mehr als du: ich bin ein Narr, du bist nichts. – Ja doch, ich will ja schweigen; das befiehlt mir Euer Gesicht, obgleich Ihr nichts sagt.

Mum, mum,
Wer nicht Kruste hat noch Krum,
Was er auch bittet, er gilt für stumm.

Er zeigt auf Lear.

Das ist so 'ne leere Erbsenschote! –

GONERIL.
Nicht dieser freche Narr allein, Mylord,
Auch mancher Eurer zügellosen Ritter
Sucht stündlich Zank und Unfug, schwelgt und rauft
In unerträglich läst'ger Wildheit. Herr,
Ich glaubte, wenn ich dies Euch angezeigt,
Ihr würdet's ändern; doch befürcht' ich nun
Nach dem, was Ihr seit kurzem spracht und tatet,
Ihr schützt dies Treiben selbst und reizt dazu
Durch Euern Beifall: steht es so, dann fehlt
Die Rüge nicht, noch schläft die scharfe Zucht,
Die, zwar nur strebend nach wohltät'gem Frieden,
Vielleicht in ihrem Lauf Euch Kränkung bringt,
Was Schmach uns wäre sonst; doch weise Vorsicht,
Wenn es die Not gebeut.

NARR. Denn du weißt, Gevatter,

Grasmücke so lange den Kuckuck speist,
Bis sein Junges ihr endlich den Kopf abreißt.

Und da ging das Licht aus, und wir saßen im Dunkeln.

LEAR. Bist du meine Tochter?

GONERIL. Hört mich:
Ich wollt', Ihr brauchtet den gesunden Sinn,
Der sonst, ich weiß, Euch ziert; und legtet ab
Die Launen, die seit kurzem Euch verkehrt
Zu einer Sinnsart, die Euch unnatürlich.

NARR.
Kann's nicht ein Esel merken, wenn der Karrn das Pferd zieht? – Heißa, Hans, ich liebe dich.

LEAR.
Kennt mich hier jemand? – Nein, das ist nicht Lear! –
Geht Lear so? Spricht so? Wo sind seine Augen?
Sein Kopf muß schwach sein, oder seine Denkkraft
Im Todesschlaf. Ha, bin ich wach? – Es ist nicht so.
Wer kann mir sagen, wer ich bin?

NARR. Lears Schatten.

LEAR. Ich wüßt' es gern; denn nach den Zeichen
Des Königtums, der Einsicht und Vernunft
War's Täuschung, wenn ich glaubt', ich hätte Töchter.

NARR.
Die dich zum gehorsamen Vater machen werden.

LEAR. Euer Name, schöne Frau? –

GONERIL. O geht, Mylord! –
Dieses Erstaunen schmeckt zu sehr nach andern
Von Euern neuen Grillen. Ich ersuch' Euch,
Nicht meine wahre Absicht mißzudeuten.
So alt und würdig, seid verständig auch;
Ihr haltet hundert Ritter hier und Knappen,
So wildes Volk, so schwelgerisch und frech,
Daß unser Hof, befleckt durch ihre Sitten,
Gemeiner Schenke gleicht. Unzucht und Lust
Stempelt ihn mehr zum Weinhaus und Bordell,
Als fürstlichen Palast. Scham selber heischt
Abhülfe schleunig: Seid deshalb ersucht
Von der, die sonst sich nimmt, um was sie bat,
Ein wenig zu vermindern Euern Schwarm:
Und wählt den Rest, der Euerm Dienst verbleibt,
Aus Männern, wohlanständig Euerm Alter,
Die sich und Euch erkennen!

LEAR. Höll' und Teufel! –
Sattelt die Pferde, ruft all mein Gefolg';
Entarteter Bastard, ich will dich nicht
Belästigen; noch bleibt mir eine Tochter.

GONERIL.
Ihr schlagt mein Dienstvolk, und Eu'r frecher Troß
Macht beßre sich zu Knechten.

Albanien tritt auf.

LEAR. Weh, wer zu spät bereut! O Herr, seid Ihr's?
Ist das Eu'r Wille? Sprecht! – Bringt meine Pferde!
Undankbarkeit, du marmorherz'ger Teufel,
Abscheulicher, wenn du dich zeigst im Kinde
Als Meeresungeheuer! –

ALBANIEN. Faßt Euch, Mylord!

LEAR. Verruchter Gei'r, du lügst! –
Mein Volk sind ausgewählt' und wackre Männer,
Höchst kundig aller Pflichten ihres Dienstes,
Und die mit strenger Achtsamkeit genau
Auf ihre Ehre halten. O du kleiner Fehl,
Wie schienst du an Cordelien mir so greulich,
Daß du, wie folternd, mein Naturgefühl
Verrenkt, dem Herzen alle Lieb' entrissest,
In Galle sie zu wandeln! O Lear, Lear, Lear!

Schlägt sich an die Stirn.

Schlag' an dies Tor, das deinen Blödsinn einließ,
Hinaus die Urteilskraft! Geht, gute Leute! –

ALBANIEN.
Herr, ich bin schuldlos, ja ich ahnde nicht,

Was Euch bewegt.

LEAR. Es kann wohl sein, Mylord. –
Hör' mich, Natur, hör', teure Göttin, hör' mich!
Hemm' deinen Vorsatz, wenn's dein Wille war,
Ein Kind zu schenken dieser Kreatur! –
Unfruchtbarkeit sei ihres Leibes Fluch! –
Vertrockn' ihr die Organe der Vermehrung:
Aus ihrem entarteten Blut erwachse nie
Ein Säugling, sie zu ehren! Muß sie kreißen,
So schaff' ihr Kind aus Zorn, auf daß es lebe
Als widrig quälend Mißgeschick für sie! –
Es grab' ihr Runzeln in die junge Stirn,
Mit unversiegten Tränen ätz' es Furchen
In ihre Wangen: alle Muttersorg' und Wohltat
Erwidr' es ihr mit Spott und Hohngelächter;
Daß sie empfinde, wie es schärfer nage,
Als Schlangenzahn, ein undankbares Kind
Zu haben! – Fort, hinweg! –

Er geht ab.

ALBANIEN. Nun, ew'ge Götter, was bedeutet dies?

GONERIL.
Nicht kümmert Euch, die Ursach' zu erfahren;
Laßt seiner wilden Laune nur das Ziel,
Das Torheit ihr gesteckt! –

Lear kommt zurück.

LEAR.
Was? Funfzig meiner Leut' auf einen Schlag? –
In vierzehn Tagen? –

ALBANIEN. Gnäd'ger Herr, was ist's?

LEAR.
Ja, hör' mich: – Höll' und Tod! Ich bin beschämt,
Daß du so meine Mannheit kannst erschüttern:
Daß heiße Tränen, die mir wider Willen
Entstürzen, dir geweint sein müssen. Pest
Und Giftqualm über dich! –
Des Vaterfluchs grimmtödliche Verwundung
Durchbohre jeden Nerven deines Wesens! –
Ihr alten kind'schen Augen, weint noch einmal
Um dies Beginnen, so reiß' ich euch aus
Und werf' euch mit den Tränen hin, die ihr vergießt,
Den Staub zu löschen. Ha, so mag's denn sein! –
Ich hab' noch eine Tochter,
Die ganz gewiß mir freundlich ist und liebreich.
Wenn sie dies von dir hört, mit ihren Nägeln
Zerfleischt sie dir dein Wolfsgesicht. Dann find'st du
Mich in der Bildung wieder, die du denkst,
Ich habe sie auf immer abgeworfen;
Du sollst, das schwör' ich dir!

Lear, Kent und Gefolge gehn ab.

GONERIL. Habt Ihr's gehört, Mylord?

ALBANIEN. Bei meiner großen Liebe, Goneril,
Kann ich nicht so parteiisch sein. –

GONERIL.
Ich bitt' Euch, laßt das gut sein! – Oswald, he! –

Zum Narren.

Ihr da, mehr Schurk' als Narr, folgt Eurem Herrn!

NARR. Gevatter Lear, Gevatter Lear, wart' und nimm den Narren mit dir!

Ein Fuchs, den man gefangen,
Und solche Rangen,
Die müßten am Baum mir hangen,
Könnt' ich 'nen Strick erlangen:
Der Narr kommt nachgegangen.

Geht ab.

GONERIL.
Der Mann war gut beraten. – Hundert Ritter!
Politisch wär's und sicher, hundert Ritter
Zur Hand ihm lassen: daß bei jedem Traum,
Bei jeder Grill' und Laune, Klag' und Unlust,
Er seine Torheit stützt' auf ihre Macht,
Und unser Leben hing' an seinem Wink.
He, Oswald! he!

ALBANIEN. Du fürchtest wohl zu sehr. –

GONERIL. Besser, als traut' ich ihm zu sehr.
Laß mich die Kränkung hemmen, die ich fürchte,
Nicht eigne Hemmung fürchten: Ja, ich kenn' ihn;
Was er geäußert, schrieb ich meiner Schwester.
Nimmt sie ihn auf mit seinen hundert Rittern,
Da ich den Nachteil ihr gezeigt, –Nun, Oswald,

Der Haushofmeister kommt.

Hast du an meine Schwester dies geschrieben?

HAUSHOFMEISTER. Ja, gnäd'ge Frau!

GONERIL.
Nimm dir Begleitung mit und schnell zu Pferd:
Belehre sie, was ich besonders fürchte,
Und füge selbst ihr solchen Grund hinzu,
Der dies noch mehr verstärkt! Nun, mach' dich auf, –
Und kehre bald zurück!

Der Haushofmeister geht ab.

Nein, nein, Mylord,
Dies Eu'r milchsanftes, allzugüt'ges Wesen,
Ich will's nicht schelten; doch Euch trifft, verzeiht,
Mehr Tadel, wegen Mangel an Verstand,
Als Lob für tör'ge Sanftmut.

ALBANIEN.
Ob du das Rechte triffst, entscheid' ich nimmer:
Wer bessern will, macht oft das Gute schlimmer. –

GONERIL. Nun also –

ALBANIEN. Gut, gut, – der Ausgang. –

Sie gehn ab.

Fünfte Szene

Ebendaselbst.

Es treten auf Lear, Kent und der Narr.

LEAR. Geh du voraus nach Gloster mit diesem Brief; sag meiner Tochter von dem, was du weißt, nicht mehr, als was sie nach dem Brief von dir erfragen wird. Wenn du nicht sehr eilst, werd' ich noch vor dir dort sein.

KENT. Ich will nicht schlafen, Mylord, bis ich Euern Brief bestellt habe. *Geht ab.*

NARR. Wenn einem das Hirn in den Beinen säße, wär's da nicht in Gefahr, Schwielen zu bekommen? –

LEAR. Ja, Bursch.

NARR. Dann bitt' ich dich, sei lustig, dein Verstand wird nie auf Schlappschuhen gehen dürfen.

LEAR. Ha, ha, ha!

NARR. Gib acht, deine andre Tochter wird dir artig begegnen; denn obgleich sie dieser so ähnlich sieht, wie der Holzapfel dem Apfel, so weiß ich doch, was ich weiß.

LEAR. Nun, was weißt du denn, mein Junge?

NARR. Sie wird ihr an Geschmack so gleich sein, als ein Holzapfel einem Holzapfel. Das weißt du, warum einem die Nase mitten im Gesicht steht?

LEAR. Nein.

NARR. Ei, um die beiden Augen nach beiden Seiten der Nase hin zu gebrauchen, damit man in das, was man nicht heraus riechen kann, ein Einsehen habe.

LEAR. Ich tat ihr Unrecht.

NARR. Kannst du mir sagen, wie die Auster ihre Schale macht?

LEAR. Nein.

NARR. Ich auch nicht; aber ich weiß, warum die Schnecke ein Haus hat.

LEAR. Warum?

NARR. Nun, um ihren Kopf hineinzustecken, nicht um's an ihre Töchter zu verschenken und ihre Hörner ohne Futteral zu lassen.

LEAR. Ich will meine Natur vergessen. Solch güt'ger Vater! Sind meine Pferde bereit?

NARR. Deine Esel sind nach ihnen gegangen. Der Grund, warum die sieben Sterne nicht mehr sind als sieben, ist ein hübscher Grund.

LEAR. Weil's nicht acht sind.

NARR. Ja, wahrhaftig, du würdest einen guten Narren abgeben.

LEAR. Mit Gewalt muß ich's wiedernehmen. Scheusal, Undankbarkeit! –

NARR. Wenn du mein Narr wärst, Gevatter, so bekämst du Schläge, weil du vor der Zeit alt geworden bist.

LEAR. Was soll's?

NARR. Du hätt'st nicht alt werden sollen, eh' du klug geworden wärst.

LEAR. O schützt vor Wahnsinn mich, vor Wahnsinn, Götter! Schenkt Fassung mir: ungern wär' ich wahnsinnig!

Ein Ritter kommt.

Nun, sind die Pferde bereit?

RITTER. Bereit, Mylord!

LEAR. Komm, Junge!

NARR. Die jetzt noch Jungfer ist und spottet mein und stichelt,
Die bleibt's nicht lange, wird nicht alles weggesichelt.

Sie gehn ab.

Zweiter Aufzug

Erste Szene

Vor dem Schlosse des Grafen Gloster.
Es treten auf Edmund und Curan von verschiedenen Seiten.

EDMUND. Gott grüß' dich, Curan!

CURAN. Und Euch, Herr! Ich bin bei Euerm Vater gewesen und habe ihm die Nachricht gebracht, daß der Herzog von Cornwall und Regan, seine Herzogin, diesen Abend bei ihm eintreffen werden.

EDMUND. Wie kommt das? –

CURAN. Nun, ich weiß nicht. Ihr werdet die Neuigkeiten gehört haben: ich meine, was man sich zuraunt; denn noch ist die Sache nur Ohrengeflüster.

EDMUND. Ich? Nichts! Bitt' Euch, was sagt man?

CURAN. Habt Ihr nicht gehört, daß es wahrscheinlich bald zwischen den Herzogen von Cornwall und Albanien zum Krieg kommen wird? –

EDMUNND. Nicht ein Wort.

CURAN. So werdet Ihr's noch hören. Lebt wohl, Herr! *Ab.*

EDMUND.
Der Herzog hier zu Nacht! So besser! Trefflich!
Das webt sich mit Gewalt in meinen Plan.
Mein Vater stellte Wachen, meinen Bruder
Zu fangen; und ich hab' ein häklig Ding
Noch auszurichten. Helft mir, Glück und Raschheit! –
Bruder, ein Wort! – Komm, Bruder, komm herunter!

Edgar tritt auf.

Mein Vater stellt dir nach – o flieh' von hier:
Kundschaft erhielt er, wo du dich versteckt; –
Dir wird die Nacht den besten Schutz gewähren. –
Sprachst du nicht etwa gegen Herzog Cornwall? –
Er kommt hierher, bei Nacht, in größter Eil',
Und Regan mit ihm: hast du nichts gesagt
Von seinem Streite mit Albaniens Herzog?
Besinne dich!

EDGAR. Nein wahrlich, nicht ein Wort.

EDMUND.
Den Vater hör' ich kommen, – nun verzeih' –
Verstellter Weise muß ich mit dir fechten,
Zieh', wehre dich zum Schein! Nun mach' dich fort!

Laut.

Ergib dich!

Leise.

Komm zuvor ihm!

Laut.

Licht, he, Licht!

Leise.

Flieh', Bruder!

Laut.

Fackeln, Fackeln!

Leise.

So leb wohl!

Edgar geht ab.

Ein wenig Blut an mir zeugt wohl die Meinung
Von ernstrer Gegenwehr: –

er verwundet sich den Arm

ich sah Betrunkne
Im Scherz mehr tun als dies. – O Vater, Vater!
Halt, haltet ihn! Ist keine Hülfe?

Gloster und Bediente mit Fackeln treten auf.

GLOSTER. Nun,
Edmund, wo ist der Schurke?

EDMUND.
Er stand im Dunkeln hier, sein Schwert gezückt,
Den Mond beschwörend mit verruchtem Zauber,
Ihm hülfreich beizustehn, –

GLOSTER. Nun, und wo ist er?

EDMUND. Seht, Herr, ich blute.

GLOSTER. Edmund, wo ist der Schurke? –

EDMUND.
Dorthin entflohn. Als er auf keine Weise –

GLOSTER.
Verfolgt ihn! – Fort! – »Auf keine Weise« – was?

EDMUND.
Mich überreden konnt', Euch zu ermorden,

Und ich ihm sagte, daß die Rachegötter
Auf Vatermord all ihren Donner schleudern,
Und wie durch vielfach starkes Band dem Vater
Das Kind vereinigt sei, – genug, Mylord,
Gewahrend, wie mit Abscheu ich verwarf
Sein unnatürlich Tun, – in grimmer Kraft
Mit schon gezognem Schwert fällt er gewaltig
Mich Unbewehrten an, trifft mir den Arm;
Doch als er sah, wie mein Gemüt empört
Kühn durch des Streites Recht ihm widerstand, –
Vielleicht erschreckt auch durch mein Schrei'n
um Hülfe, –
Entfloh er plötzlich.

GLOSTER. Flieh' er noch so weit,
In diesem Land entgeht er nicht der Haft,
Und, trifft man ihn, der Strafe. Unser Herzog,
Mein werter Fürst und Schutzherr, kommt zu Nacht;
Kraft seiner Vollmacht künd' ich's aller Welt,
Daß, wer ihn findet, unsern Dank verdient,
Bringt er den feigen Meuchler zum Gericht:
Wer ihn verbirgt, den Tod.

EDMUND
Als ich ihm sein Beginnen widerriet
Und fand ihn so erpicht, – da droht' ich grimmig,
Ihn anzugeben; er erwiderte:
»Du güterloser Bastard! Kannst du wähnen,
Ständ' ich dir gegenüber, daß der Glaube
An irgend Wahrheit, Wert und Treu' in dir
Dir Zutraun schaffte? Nein, straft' ich dich Lügen –
Und dieses tät' ich, ja, und zeigt'st du auf
Die eigne Handschrift – alles stellt' ich dar
Als deine Bosheit, Arglist, schnöden Trug.
Du mußt 'nen Dummkopf machen aus der Welt,
Soll sie den Vorteil meines Todes nicht
Als starken, höchst gewicht'gen Trieb erkennen,
Ihn anzustiften.«

GLOSTER. O verstockter Bube!
Die Handschrift leugnen? Hat er das gesagt?

Man hört Trompeten.

Der Herzog! – Was ihn herführt, weiß ich nicht. –
Die Häfen sperr' ich all', er soll nicht fliehn.
Mein Fürst muß mir's gewähren; auch sein Bildnis
Versend' ich nah und fern; das ganze Reich
Soll Kenntnis von ihm haben; und mein Land,
Du guter, würd'ger Sohn, ich wirk' es aus,
Daß du's besitzen darfst.

Cornwall und Regan treten mit Gefolge auf.

CORNWALL.
Wie geht's, mein edler Freund? Seit ich hierher kam –
Was kaum geschehn –, vernahm ich arge Dinge.

REGAN.
Und sind sie wahr, genügt wohl keine Strafe
So großer Missetat. Wie geht's Euch, Graf? –

GLOSTER. Zerrissen ist mein altes Herz, zerrissen!

REGAN.
Was? Meines Vaters Pate sucht Eu'r Leben?
Er, den mein Vater hat benannt? Eu'r Edgar?

GLOSTER.
O Fürstin! Fürstin! Scham verschwieg' es gern.

REGAN.
Hatt' er nicht Umgang mit den wüsten Rittern
In meines Vaters Dienst?

GLOSTER. Ich weiß nicht, Lady. –
Es ist zu schlimm, zu schlimm!

EDMUND.
Ja, gnäd'ge Frau, er hielt mit jenem Schwarm.

REGAN.
Kein Wunder denn, daß er auf Bosheit sann!
Sie trieben ihn zum Mord des alten Mannes,
Um seine Renten schwelgend zu verprassen.
Erst diesen Abend hat mir meine Schwester
Sie recht geschildert, und mit solcher Warnung,
Daß, wenn sie kommen, um bei mir zu wohnen,
Ich nicht daheim sein will.

CORNWALL. Auch ich nicht, Regan.
Edmund, ich hört', Ihr habt dem Vater Euch
Bewährt als treuer Sohn.

EDMUND. Ich tat nach Pflicht.

GLOSTER. Er deckte seine List auf und erhielt
Die Wunde hier, als er ihn greifen wollte.

CORNWALL. Setzt man ihm nach?

GLOSTER. Ja, gnäd'ger Herr.

CORNWALL.
Wird er ergriffen, soll sich niemand ferner
Vor seiner Bosheit scheun: all meine Macht
Steht Euch zu Dienst nach eigner Wahl, Ihr,
Edmund,
Des Tugend und Gehorsam eben jetzt
Sich so bewährt, Ihr sollt der Unsre sein:
Gemüter solcher Treue tun uns not,
So zähl' ich denn auf Euch.

EDMUND. Ich dien' Euch treu,
Worin's auch sein mag.

GLOSTER. Dank für ihn, mein Fürst.

CORNWALL.
Ihr wißt nicht, was uns hergeführt zu Euch –

REGAN.
So außer Zeit, in Finsternis der Nacht!
Der Anlaß, edler Gloster, hat Gewicht;
Und Eures Rates sind wir sehr bedürftig.
Mein Vater schreibt uns, und die Schwester auch,
Von Zwistigkeiten, die ich besser hielt
Zu schlichten außerm Hause. Beide Boten
Erwarten hier Bescheid. Ihr, alter Freund,
Beruhigt Eu'r Gemüt und steht uns bei
Mit höchst erwünschtem Rat in dieser Sache,
Die dringend Eile heischt!

GLOSTER. Ich dien' Euch gern:
Eu'r Gnaden sind von Herzen mir willkommen.

Sie gehn ab.

Zweite Szene

Ebendaselbst.
Es treten auf Kent und der Haushofmeister von verschiedenen Seiten.

HAUSHOFMEISTER. Guten Morgen, mein Freund: bist du hier vom Hause?

KENT. Ja.

HAUSHOFMEISTER. Wo können wir die Pferde unterbringen?

KENT. Im Dreck.

HAUSHOFMEISTER. Ich bitte dich, sag mir's, wenn du mich lieb hast.

KENT. Ich habe dich nicht lieb.

HAUSHOFMEISTER. Nun, so frage ich nichts nach dir.

KENT. Hätt' ich dich in Lipsburys Pferch, so solltest du schon nach mir fragen.

HAUSHOFMEISTER. Warum behandelst du mich so? Ich kenne dich nicht.

KENT. Kerl, ich kenne dich.

HAUSHOFMEISTER. Wer bin ich denn?

KENT. Ein Schurke bist du, ein Halunke, ein Tellerlecker; ein niederträcht'ger, eitler, hohler, bettelhafter, dreiröckiger, hundertpfündiger, schmutziger, grobstrümpfiger Schurke; ein milchlebriger, Ohrfeigen einsteckender Schurke; ein lüderlicher, spiegelgaffender, überdienstfertiger geschniegelter Taugenichts; einer, der aus lauter Diensteifer ein Kuppler sein möchte, und nichts ist, als ein Gemisch von Schelm, Bettler, Lump, Kuppler und der Sohn und Erbe einer Bastardpetze; einer, den ich in Greinen und Winseln hineinprügeln will, wenn du die kleinste Silbe von diesen deinen Ehrentiteln ableugnest.

HAUSHOFMEISTER. Was für ein Unmensch bist du, Kerl, so auf einen zu schimpfen, den du nicht kennst und der dich nicht kennt? –

KENT. Was hast du für eine eiserne Stirn, du Schuft, mir's abzuleugnen, daß du mich kennst? Sind's doch kaum zwei Tage, seit ich dir ein Bein stellte und dich vor dem König prügelte? Zieh', du Schuft, denn obgleich es Nacht ist, scheint der Mond; ich will eine Mondscheinstunke aus dir machen. Zieh', du niederträcht'ger, infamer Kam'rad von Barbiergesellen, zieh'! *Er zieht den Degen.*

HAUSHOFMEISTER. Fort! Ich habe nichts mit dir zu schaffen.

KENT. Zieh', Hundsfott! Du kommst mit Briefen gegen den König und nimmst der Drahtpuppe Eitelkeit Partei gegen die Majestät ihres Vaters. Zieh', Schuft! oder ich will dir deine Schenkel so zu Mus zerhacken – zieh', Racker! Stell' dich! –

HAUSHOFMEISTER.
Hülfe! He, Mord, Hülfe! –

KENT. Wehr' dich, Bestie; steh, Schuft, steh; du geputzter Lumpenkerl, wehr' dich! *Er schlägt ihn.*

HAUSHOFMEISTER. Hülfe! Ho, Mord, Mord! –

Edmund, Cornwall, Regan, Gloster und Gefolge treten auf.

EDMUND. Was gibt's hier? Was habt ihr vor? Auseinander!

KENT. Nur her, Milchbart, wenn Ihr Lust habt; kommt, ich will Euch kuranzen; nur her, Junker!

GLOSTER.
Waffen? Degen? Was geht hier vor? –

CORNWALL. Friede, bei euerm Leben!
Der stirbt, wer sich noch rührt; was habt ihr vor?

REGAN. Die Boten unsrer Schwester und des Königs.

CORNWALL. Was ist eu'r Streit? Sagt an!

HAUSHOFMEISTER.
Kaum schöpf' ich Atem, Herr!

KENT. Ich glaub's, Ihr habt den Mut so angestrengt.
Du feiger Schurk', Natur verleugnet dich,
Ein Schneider machte dich!

CORNWALL. Seltsamer Kauz!
Ein Schneider einen Menschen machen?

KENT. Ja, ein Schneider, Herr; ein Steinmetz oder ein Maler hätte ihn nicht so schlecht geliefert, und wären sie nur zwei Stunden in der Lehre gewesen.

CORNWALL. Doch sprich! Wie kam der Zwist?

HAUSHOFMEISTER.
Der alte Raufbold, Herr, des Blut ich schonte,
Um seinen grauen Bart, –

KENT. Ei du verzwicktes X, unnützer Buchstab! Mylord, wenn Ihr's vergönnt, stampf' ich den ungesichteten Schuft zu Mörtel, und bestreiche eines Abtritts Wand mit ihm. – Meinen grauen Bart geschont, du Bachstelze! –

CORNWALL. Schweig', Kerl!
Du grober Knecht, weißt du von Ehrfurcht nichts?

KENT.
Ja, Herr! Doch hat der Ingrimm einen Freibrief.

CORNWALL. Worüber bist du grimmig?

KENT.
Daß solch ein Lump, wie der, ein Schwert soll tragen,
Der keine Ehre trägt. Solch Gleisnervolk
Nagt oft, gleich Ratten, heil'ge Band' entzwei,
Zu fest verknüpft zum Lösen; schmeichelt jeder Laune,
Die auflebt in dem Busen seines Herrn,
Trägt Öl ins Feu'r, zum Kaltsinn Schnee; verneint,
Bejaht und dreht den Hals wie Wetterhähne
Nach jedem Wind und Luftzug seiner Obern,
Nichts wissend, Hunden gleich, als nachzulaufen.
Zum Haushofmeister.
Die Pest auf deine epilept'sche Fratze! –
Belächelst du mein Wort, wie eines Narren?
Gans, hätt' ich dich auf Sarums ebner Flur,
Ich trieb' dich gackernd heim nach Camelot.

CORNWALL. Wie, Alter? Bist du toll?

GLOSTER. Wie kam der Zank? Das sag!

KENT. Die Antipoden sind sich ferner nicht,
Als ich und solch ein Schuft.

CORNWALL.
Weshalb nennst du ihn Schuft, was tat er dir?

KENT. Sein Ansehn ist mir unerträglich.

CORNWALL.
Vielleicht auch meins wohl oder seins und ihrs?

KENT.
Herr! Grad' heraus und offen ist mein Brauch:
Ich sah mitunter bessere Gesichter,
Als hier auf irgendeiner Schulter jetzt
Vor meinen Augen stehn.

CORNWALL. Das ist ein Bursch,
Der, einst gelobt um Derbheit, sich befleißt
Vorwitz'ger Roheit, und sein Wesen zwängt
Zu fremdem Schein: der kann nicht schmeicheln, der! –
Ein ehrlich, grad Gemüt – spricht nur die Wahrheit! –
Geht's durch, nun gut; wenn nicht, – so ist er grade.
Ich kenne Schurken, die in solcher Gradheit
Mehr Arglist hüllen, mehr verruchten Plan,
Als zwanzig fügsam untertän'ge Schranzen,
Die schmeichelnd ihre Pflicht noch überbieten.

KENT.
Gewiß, Herr, und wahrhaftig, – ganz im Ernst, –
Unter Vergünst'gung Eures hocherhabnen
Aspekts, des Einfluß wie der Strahlenkranz

Um Phöbus' Flammenstirn, –
CORNWALL. Was soll das heißen?
KENT. Daß ich aus meiner Redeweise fallen will, die Euch so wenig behagt. Ich weiß, Herr, ich bin kein Schmeichler; wer Euch mit graden Worten betrog, war gradehin ein Schurke, und das will ich meines Teils nicht sein, sollt' ich auch Eu'r Mißfallen so weit besiegen können, daß Ihr mich dazu auffordertet.
CORNWALL. Was tatst du ihm zu Leid?
HAUSHOFMEISTER. Herr! Nicht das Mind'ste:
Dem König, seinem Herrn, gefiel's vor kurzem,
Aus einem Mißverständnis, mich zu schlagen,
Worauf er gleich zur Hand, dem Zorne scmeichelnd,
Rücklings mich hinwarf; als ich lag, mich schimpfte,
Und nahm so große Heldenmiene an,
Daß diese Mannestat der König pries,
Weil er zu Leibe ging dem Unbewehrten: –
Und, noch verzückt von seinem Ritterwerk,
Zog er aufs neue hier.
KENT. Memmen und Schurken! – Tun sie nicht, als wär' Ajax ihr Narr!
CORNWALL. Holt mir die Blöcke, he!
Du alter Starrkopf, du weißbärt'ger Prahler,
Dich lehr' ich –
KENT. Herr, ich bin zu alt zum Lernen,
Holt nicht den Block für mich: Dem König dien' ich;
In seinem Auftrag ward ich abgesandt;
Zu wenig Ehrfurcht zeigt Ihr, zu viel Trotz
Gegen die Gnad' und Würde meines Herrn,
Tut Ihr das seinem Boten.
CORNWALL. Holt die Blöcke!
Auf Ehr' und Wort, bis Mittag soll er sitzen.
REGAN.
Bis Mittag? Bis zur Nacht; die Nacht dazu! –
KENT. Nun, Lady, wär' ich Eures Vaters Hund,
Ihr solltet so mich nicht behandeln.
REGAN. Da Ihr sein Schurke seid, so will ich's.
CORNWALL.
Der ist ein Kerl so recht von jener Farbe,
Wie unsre Schwester schreibt. Kommt, bringt die Blöcke!

Die Fußblöcke werden gebracht.

GLOSTER.
Laßt mich Euch bitten, Herr, dies nicht zu tun:
Er ging zu weit; sein Herr, der gute König,
Ahndet's gewiß: doch diese niedre Zücht'gung
Ist solcher Art, wie man verworfnen Troß
Für Mauserei'n und ganz gemeinen Unfug
Bestraft; der König muß es schwer empfinden,
Wird er so schlecht geehrt in seinem Boten,
Daß man ihn also einzwängt.
CORNWALL. Das vertret' ich.
REGAN.
Viel übler muß es meine Schwester deuten,
Daß einer ihren Dienstmann schmäht und anfällt,
Weil er ihr Wort befolgt. Schließt ihm die Beine!

Kent wird in den Block gelegt.

Kommt, werter Lord!

Regan und Cornwall ab.

GLOSTER.
Du tust mir leid, mein Freund; der Herzog will's,
Des heft'ger Sinn bekanntlich keinen Einspruch
Noch Hemmung duldet. Ich will für dich bitten.
KENT.
Nein, tut's nicht, Herr: ich wacht' und reiste scharf.
Fürs erste schlaf' ich was, dann kann ich pfeifen.
Das Glück 'nes braven Kerls kommt wohl einmal
Ins Stocken! Guten Morgen!
GLOSTER.
Der Fürst tut Unrecht; übel wird man's deuten.

Geht ab.

KENT.
Du, guter König, machst das Sprichwort wahr:
Du kommst jetzt aus dem Regen in die Traufe.
Komm näher, leuchte dieser niedern Welt,
Daß ich bei deinem heitern Strahl den Brief
Durchlesen möge! – Wahrlich, nur das Elend
Erfährt noch Wunder! Ich weiß, Cordelia schickt ihn,
Die schon zum Glück von meinem dunkeln Leben
Nachricht erhielt, und sich die Zeit ersieht,
Für diesen Greuelzustand Heilung suchend
Den Übeln. Ganz erschöpft und überwacht,
Genießt den Vorteil, müde Augen, nicht,
Zu schaun dies schnöde Lager! Nun, Fortuna,
Gut' Nacht! Noch einmal lächl' und dreh' dein Rad!

Er schläft ein.

Dritte Szene

Heide.
Edgar tritt auf.

EDGAR. Ich hörte mich geächtet,
Und durch die günst'ge Höhlung eines Baums
Entkam ich noch der Jagd. Kein Port ist frei,
Kein Platz, an dem nicht strenge Wacht und Sorgfalt
Mir nachstellt. Retten will ich mich, solang'
Ich noch entfliehn kann: und ich bin bedacht,
Den allertiefsten, ärmsten Schein zu borgen,
In dem die Not den Menschen je zum Vieh
Erniedrigt. Mein Gesicht schwärz' ich mit Schlamm,
Die Lenden schürz' ich, zaus' in Knoten all
Mein Haar, und mit entschloßner Nacktheit trotz' ich
Dem Sturm und den Verfolgungen der Luft.
Die Gegend beut Vorbild und Muster mir
An Tollhausbettlern, die mit hohler Stimme
In ihre nackten, tauben Arme schlagen
Holzpflöcke, Nägel, Splitter, Rosmarin,
Und in so grausem Anblick sich in Mühlen,
Schafhürden, armen Dörfern, Meiereien,
Bald mit mondsücht'gem Fluch, bald mit Gebet,
Mitleid erzwingen. Armer Turlygood! Armer Thoms! –
So bin ich etwas noch, – als Edgar nichts! –

Er geht ab.

Vierte Szene

Vor Glosters Schloß.
Es treten auf Lear, der Narr und ein Ritter.

LEAR.
Seltsam, vom Haus so weggehn und den Boten
Mir nicht heimsenden!
RITTER. Wie ich dort erfuhr,

War tags zuvor an diese Reis' hieher
Noch kein Gedanke.

KENT. Heil dir, edler Herr! –

LEAR. Wie?
Treibst du die Schmach zur Kurzweil?

KENT. Nein, Mylord.

NARR. Ha, ha! Der trägt grobe Kniegürtel! Pferde bindet man an den Köpfen, Hunde und Bären am Halse, Affen an den Lenden, und Menschen an den Beinen; wenn ein Mensch zu übermütig mit den Beinen gewesen ist, so muß er hölzerne Strümpfe tragen.

LEAR. Wer war's, der also dich mißkannt, hieher
Dich so zu werfen?

KENT. Beide, er und sie,
Eu'r Sohn und Tochter.

LEAR. Nein.

KENT. Ja.

LEAR. Nein, sag' ich.

KENT. Ich sage ja.

LEAR. Bei Jupiter schwör' ich, nein.

KENT. Bei Juno schwör' ich, ja.

LEAR. Sie durften's nicht;
Sie konnten's, wagten's nicht; 's ist mehr als Mord,
Die Ehrfurcht so gewaltsam zu verletzen: –
Erklär' mir's in bescheidner Eil', wie hast du
Verdient, wie haben sie verhängt die Schmach,
Da du von uns kamst? –

KENT. Als in ihrem Hause
Ich Eurer Hoheit Briefe übergab,
Da, eh' ich aufstand von dem Platz, wo ich
Gekniet in Demut, kam halb atemlos
Ein Bote, dampfend heiß, und keucht' hervor
Die Grüße seiner Herrin Goneril;
Gab – war ich gleich der erste – seinen Brief,
Der flugs gelesen ward. Auf dessen Inhalt
Beriefen sie die Reis'gen, nahmen Pferde,
Hießen mich folgen und gelegentlich
Der Antwort warten; gaben kalte Blicke;
Und da ich hier den andern Boten traf,
Des Willkomm meinen, wie ich sah, vergiftet
(Derselbe Bube, der so frech sich neulich
Vergangen wider Eure Majestät), –
Mehr Manns als Urteils in mir fühlend, zog ich.
Er weckt' das Haus mit lautem, feigem Schrei;
Eu'r Sohn und Tochter fanden dies Vergehn
Wert, solche Schmach zu dulden.

NARR. Der Winter ist noch nicht vorbei, wenn die wilden Gänse nach der Seite ziehn.

Gehn die Väter nackt,
So werden die Kinder blind;
Kommen sie geldbepackt,
Wie artig scheint das Kind.
Fortuna, die arge Hur',
Tut auf den Reichen nur.

Aber mit alledem werden dir deine lieben Töchter noch so viel aufzählen, daß du fürs ganze Jahr genug haben wirst.

LEAR.
Oh, wie der Krampf mir auf zum Herzen schwillt! –
Hinab, aufsteigend Weh! Dein Element
Ist unten! Wo ist diese Tochter?

KENT. Beim Grafen, Herr, hier drinnen.

LEAR. Folgt mir nicht;
Bleibt hier!

Er geht ab.

RITTER.
Versahst du mehr nicht, als was du erzählt?

KENT. Nein.
Wie kommt der König mit so kleiner Zahl?

NARR. Wärst du für die Frage in den Block gesetzt, so hätt'st du's wohl verdient.

KENT. Warum, Narr?

NARR. Wir wollen dich zu einer Ameise in die Schule schicken, um dich zu lehren, daß es im Winter keine Arbeit gibt. Alle, die ihrer Nase folgen, werden durch ihre Augen geführt, bis auf die Blinden; und gewiß ist unter zwanzigen nicht eine Nase, die den nicht röche, der stinkt. Laß ja die Hand los, wenn ein großes Rad den Hügel hinabrollt, damit dir's nicht den Hals breche, wenn du ihm folgst, wenn aber das große Rad den Hügel hinaufgeht, dann laß dich's nachziehn. Wenn dir ein Weiser einen besseren Rat gibt, so gib mir meinen zurück; ich möchte nicht, daß andere als Schelmen ihm folgten, da ein Narr ihn gibt.

Herr, wer Euch dient für Gut und Geld
Und nur gehorcht zum Schein,
Packt ein, sobald ein Regen fällt,
Läßt Euch im Sturm allein.
Doch ich bin treu; der Narr verweilt,
Läßt fliehn der Weisen Schar:
Der Schelm wird Narr, der falsch enteilt,
Der Narr kein Schelm fürwahr.

KENT. Wo hast du das gelernt, Narr?

NARR. Nicht im Block, Narr.

Lear kommt zurück mit Gloster.

LEAR. Verweigern mich zu sprechen? Sind krank, sind müde?
Sie reisten scharf die Nacht? – Ausflüchte nur!
Bilder von Abfall und Empörung! Geh,
Schaff' mir 'ne beßre Antwort!

GLOSTER. Teurer Herr,
Ihr kennt des Herzogs feurige Gemütsart,
Wie unbeweglich und bestimmt er ist
In seinem Sinn.

LEAR. Pest, Rache, Tod, Vernichtung!
Was »feurig«? Was »Gemüt«? – Ha, Gloster, Gloster!
Den Herzog Cornwall will ich sprechen und sein Weib.

GLOSTER.
Nun wohl, mein teurer Herr, so sagt' ich's auch.

LEAR.
So sagtest du's? Verstehst du mich auch, Mann?

GLOSTER. Ja, Herr!

LEAR. Der König will mit Cornwall sprechen,
Der Vater, sieh, mit seiner Tochter sprechen,
Befiehlt Gehorsam: sagt'st du ihnen das?
Mein Blut und Leben! – »Feurig«?
Der »feur'ge« Herzog? Sagt dem heißen Herzog, daß –
Doch nein, noch nicht – kann sein, er ist nicht wohl;
Krankheit verabsäumt jeden Dienst, zu dem
Gesundheit ist verpflichtet; wir sind nicht wir,
Wenn die Natur, im Druck, die Seele zwingt,

Zu leiden mit dem Körper. Ich will warten,
Und ging zu weit in meinem raschen Mut,
Daß ich krankhafte, schwache Laune nahm
Für den gesunden Mann. O Höll' und Tod!
Warum sitzt dieser hier? – Ha, dies bezeugt,
Des Herzogs Weggehn und das ihre sei
Nur Hinterlist! Gebt mir den Diener los; –
Geht: sagt dem Herzog und seinem Weib, ich wollte
Sie sprechen, jetzt, alsbald; heiß' sie erscheinen,
Sonst schlag' ich an der Kammertür die Trommel,
Bis sie den Schlaf zu Tod geschreckt.

GLOSTER. Wär' alles gut doch zwischen euch!

Er geht ab.

LEAR. Weh mir, mein Herz! Mein schwellend
Herz! – Hinunter!

NARR. Ruf' ihm zu, Gevatter, wie die alberne Köchin den Aalen, als sie sie lebendig in die Pastete tat; sie schlug ihnen mit einem Stecken auf die Köpfe und rief: »Hinunter, ihr Gesindel, hinunter!« Ihr Bruder war's, der aus lauter Güte für sein Pferd ihm das Heu mit Butter bestrich.

Cornwall, Regan, Gloster und Gefolge treten auf.

LEAR. Guten Morgen euch beiden!

CORNWALL. Heil Euch, gnäd'ger Herr!

Kent wird losgemacht.

REGAN. Ich bin erfreut, Eu'r Majestät zu sehn.

LEAR.
Regan, ich denk', du bist's, und weiß die Ursach',
Warum ich's denke, wärst du nicht erfreut,
Ich schiede mich von deiner Mutter Grab,
Weil's eine Ehebrecherin verschlösse. –
Oh, bist du frei?
Ein andermal davon. – Geliebte Regan,
Deine Schwester taugt nicht! – Oh, sie band mir,
Regan,
Scharfzahn'gen Undank, gleich dem Geier hier –

auf sein Herz zeigend

Ich kann kaum sprechen – nimmer wirst du's glauben,
Mit wie entartetem Gemüt, – o Regan!

REGAN.
Ich bitt' Euch, habt Geduld: ich hoffe, minder
Wißt Ihr zu schätzen ihren Wert, als sie
Von ihrer Pflicht zu weichen.

LEAR. Wie war das?

REGAN.
Ich kann nicht denken, daß sie nur im kleinsten
Gefehlt in ihrer Pflicht. Hat sie vielleicht
Gehemmt den Unfug Eures Schwarms, Mylord,
So war's auf solchen Grund und guten Zweck,
Daß sie kein Tadel trifft.

LEAR. Mein Fluch auf sie!

REGAN. O Mylord, Ihr seid alt,
Natur in Euch steht auf der letzten Neige
Ihres Bezirks; Euch sollt' ein kluger Sinn,
Der Euern Zustand besser kennt als Ihr,
Zügeln und lenken: darum bitt' ich Euch,
Kehrt heim zu unsrer Schwester; sagt ihr, Herr,
Ihr kränktet sie.

LEAR. Ich ihr Verzeihn erbitten?
Fühlst du denn wohl, wie dies dem Hause ziemt?
»Liebe Tochter, ich bekenn' es, ich bin alt;

er kniet

Alter ist unnütz; auf den Knieen bitt' ich:
Gewähre mir Bekleidung, Kost und Bett!«

REGAN. Laßt ab, Herr! Das sind törichte Gebärden.
Kehrt heim zu meiner Schwester!

LEAR. Nimmermehr!
Halb mein Gefolge hat sie mir genommen,
Mich finster angeblickt, mit ihrer Zunge
Recht schlangenartig mir ins Herz gestochen.
Des Himmels aufgehäufte Rache fall'
Auf ihr undankbar Haupt; du fah'nde Luft,
Schlage mit Lähmung ihre jungen Glieder!

CORNWALL. Pfui, pfui, pfui!

LEAR. Du jäher Blitz, flamm' in ihr stolzes Auge
Dein blendend Feu'r! Verpestet ihre Schönheit,
Sumpfnebel, die der Sonne Macht gebrütet,
Welkt und vernichtet ihren Stolz!

REGAN. O Götter!
Das wünscht Ihr einst auch mir, wenn rascher Zorn –

LEAR. Nein, Regan, nie empfängst du meinen Fluch:
Dein zart gestimmtes Herz gibt nimmer dich
Der Rauheit hin; ihr Auge sticht, doch deins
Tut wohl und brennt nicht; nimmer könnt'st du
grollen
Bei meiner Freude, mein Gefolg' vermindern,
Mit herbem Zank mein Ausgesetztes schmälern,
Und endlich gar mit Kett' und Riegel mir
Den Eintritt wehren; nein, du lerntest besser
Die Pflichten der Natur, der Kindschaft Band,
Der Ehrfurcht Zoll, die Schuld der Dankbarkeit;
Du hast des Reiches Hälfte nicht vergessen,
Womit ich dich beschenkt;

REGAN. Nun, Herr, zur Sache!

LEAR. Wer setzte meinen Diener in den Stock?

CORNWALL. Was für Trompeten?

Der Haushofmeister tritt auf.

REGAN.
Ich weiß es, meiner Schwester; denn sie schreibt mir
Ihr schleunig Kommen. Ist deine Herrin da? –

LEAR. Das ist ein Sklav', des leicht geborgter Stolz
In seiner Herrschaft flücht'ger Gnade wohnt;
Geh, Schuft, mir aus dem Auge! –

CORNWALL. Was meint Eu'r Gnaden?

LEAR. Wer blockte meinen Diener? Regan, ich hoffe,
Du wußtest nicht darum. – Wer kommt da? O
ihr Götter!

Goneril kommt.

Wenn ihr die Alten liebt, eu'r milder Szepter
Gehorsam heiligt, wenn ihr selber alt seid,
Macht es zu eurem Streit; sprecht, zeugt für mich! –

Zu Goneril.

Schämst du dich nicht, auf diesen Bart zu sehn?
O Regan! Kannst du bei der Hand sie fassen?

GONERIL.
Warum nicht bei der Hand? Was fehlt' ich denn?
Nicht alles ist ja Fehl, was Torheit meint
Und Aberwitz so nennt.

LEAR. Ihr Sehnen seid zu starr,
Noch reißt ihr nicht? – Wie kam der in den Block?

CORNWALL.
Ich ließ ihn schließen, Herr; doch seine Unart
Verdiente mindern Glimpf.

LEAR. Ihr? Tatet Ihr's?

REGAN.
Hört, Vater, da Ihr schwach seid, scheint es auch!

Wollt bis zum Ablauf Eures Monats Ihr
Zurückgehn, bei der Schwester wohnen: dann,
Halb Euren Zug entlassend, kommt zu mir!
Ich bin jetzt fern vom Haus und nicht versehn,
Wie es sich ziemt, für Euern Unterhalt.

LEAR.
Zurück zu ihr? und funfzig Mann entlassen?
Nein, eh'r verschwör' ich alles Dach, und lieber
Setz' ich mich aus der Tyrannei der Luft,
Und will Kam'rad mit Wolf und Eule werden.
O scharfer Zahn der Not! – Zurück zu ihr?
Der heiße Frankreich, der mein jüngstes Kind
Ohn' Erbgut nahm, – so leicht zwäng' ich mich wohl,
An seinem Throne knieend, wie ein Knecht,
Ein ärmlich Brot und Jahrgeld zu erbetteln.
Zurück zu ihr? – Verlange lieber noch,
Daß Sklav' ich werd' und Saumtier diesem Schuft! –

GONERIL. Wie's Euch beliebt.

LEAR.
Ich bitt' dich, Tochter, mach' mich nicht verrückt!
Ich will dir nicht zur Last sein; Kind, leb wohl!
Wir woll'n uns nicht mehr treffen, nicht mehr sehn.
Und doch bist du mein Fleisch, mein Blut, mein Kind;
Nein, eine Krankheit eh'r in meinem Fleisch,
Die mein ich nennen muß; bist eine Beule,
Ein Pestauswuchs, ein schwellender Karfunkel
In meinem kranken Blut. Doch will ich dich nicht schelten;
Scham komme, wenn sie will, ich ruf' ihr nicht:
Ich heiße nicht den Donnerträger schleudern,
Noch schwatz' ich aus von dir vor Jovis Thron; –
Geh in dich, ganz nach Muße beßre dich; –
Ich hab' Geduld, ich kann bei Regan bleiben,
Ich und die hundert Ritter.

REGAN. Nicht so ganz! –
Ich zählte nicht auf Euch, bin nicht gerüstet,
Euch zu empfangen; hört die Schwester, Herr!
Denn wer Eu'r Zürnen mit Vernunft betrachtet,
Muß sich doch sagen: Ihr seid alt, und so, –
Doch sie weiß, was sie tut.

LEAR. Ist dies nun gut gesprochen?

REGAN.
Ich darf's behaupten, Herr. Was, funfzig Ritter?
Ist's nicht genug? Wozu bedürft Ihr mehr?
Wozu selbst diese, da Gefahr und Last
So viele widerrät? Kann so viel Volk
In einem Haus, bei zweierlei Befehl,
In Freundschaft stehn? 's ist schwer, beinah' unmöglich.

GONERIL.
Was braucht Ihr, Herr, noch andre Dienerschaft,
Als meiner Schwester Leute, oder meine? –

REGAN.
Jawohl, Mylord; wenn die nachlässig wären,
Bestraften wir sie dann. Kommt Ihr zu mir
(Denn jetzt seh' ich Gefahr), so bitt' ich Euch,
Bringt mir nur fünfundzwanzig; denn nicht mehr
Kann ich herbergen oder zugestehn.

LEAR. Ich gab euch alles –

REGAN. Und zur rechten Zeit.

LEAR.
Macht' euch zu meinen Pflegern und Verwaltern;
Nur diese Anzahl zum Gefolge mir
Behielt ich vor. Was, muß ich zu dir kommen
Mit fünfundzwanzig, Regan? Sagst du so?

REGAN.
Und sag' es noch einmal, Mylord: nicht mehr!

LEAR.
Solch ruchlos Wesen sieht doch hübsch noch aus,
Sind andre noch ruchloser; nicht die Schlimmste
Zu sein, ist dann wie Lob: –
zu Goneril
ich geh' mit dir;
Dein funfzig macht doch zweimal fünfundzwanzig,
Und du bist zweifach ihre Liebe.

GONERIL. Hört mich:
Was braucht Ihr fünfundzwanzig, zehn, ja fünf?
In einem Haus, wo Euch zweimal so viel
Zu Diensten stehn?

REGAN. Was braucht Ihr einen nur?

LEAR. Oh, streite nicht, was nötig sei. Der schlechtste Bettler
Hat bei der größten Not noch Überfluß.
Gib der Natur nur das, was nötig ist,
So gilt des Menschen Leben wie des Tiers.
Du bist 'ne Edelfrau;
Wenn warm gekleidet gehn schon prächtig wäre,
Nun, der Natur tut deine Pracht nicht not,
Die kaum dich warm hält; – doch für wahre Not –
Gebt, Götter, mir Geduld, Geduld tut not! –
Ihr seht mich hier, 'nen armen, alten Mann,
Gebeugt durch Gram und Alter, zwiefach elend! –
Seid ihr's, die dieser Töchter Herz empört
Wider den Vater, närrt mich nicht so sehr,
Es zahm zu dulden; weckt mir edeln Zorn!
O laßt nicht Weiberwaffen, Wassertropfen,
Des Mannes Wang' entehren! – Nein, ihr Teufel,
Ich will mir nehmen solche Rach' an euch,
Daß alle Welt – will solche Dinge tun –
Was, weiß ich selbst noch nicht; doch soll'n sie werden
Das Grau'n der Welt. Ihr denkt, ich werde weinen?
Nein, weinen will ich nicht.
Wohl hab' ich Fug zu weinen; doch dies Herz
Soll eh' in hunderttausend Scherben splittern,
Bevor ich weine. – O Narr, ich werde rasend! –
Lear, Glosler, Kent und der Narr gehn ab.

CORNWALL. Gehn wir hinein, es kommt ein Sturm.
Sturm und Gewitter von weitem.

REGAN. Das Haus ist klein, es faßt den Alten nicht
Und sein Gefolg'.

GONERIL.
's ist seine Schuld, er nahm sich selbst die Ruh';
Nun büßt er seine Torheit.

REGAN. Was ihn betrifft, ihn nehm' ich gerne auf;
Doch keinen seines Zugs.

GONERIL. So denk' ich auch. –
Wo ist Mylord von Gloster?

CORNWALL.
Er ging dem Alten nach; – dort kommt er wieder.
Gloster kommt zurück.

GLOSTER. Der König ist in Wut.

CORNWALL. Wo geht er hin?

GLOSTER.
Er will zu Pferd', doch weiß ich nicht, wohin.

CORNWALL.
Man lasse den, der selbst sich führen will.
GONERIL.
Mylord, ersucht ihn ja nicht, hier zu bleiben!
GLOSTER.
O Gott, die Nacht bricht ein, der scharfe Wind
Weht schneidend; viele Meilen rings umher
Ist kaum ein Busch.
REGAN. O Herr, dem Eigensinn
Wird Ungemach, das er sich selber schafft,
Der beste Lehrer. Schließt des Hauses Tor:
Er hat verwegne Diener im Gefolg';
Wozu ihn die anhetzen, da so leicht
Sein Ohr betört wird, das muß Vorsicht scheun.
CORNWALL.
Schließt Eure Pforte, Herr; die Nacht ist schlimm,
Und Regan rät uns gut. Kommt aus dem Sturm!
Sie gehn ab.

Dritter Aufzug

Erste Szene

Heide. Sturm, Donner und Blitz.
Kent und ein Ritter von verschiedenen Seiten treten auf.

KENT. Wer ist da, außer schlechtem Wetter?
RITTER.
Ein Mann, gleich diesem Wetter, höchst bewegt.
KENT. Ich kenn' Euch; wo ist der König?
RITTER.
Im Kampf mit dem erzürnten Element.
Er heißt dem Sturm die Erde wehn ins Meer,
Oder die krause Flut das Land ertränken,
Daß alles wandle oder untergeh';
Rauft aus sein weißes Haar, das wüt'ge Windsbraut
Mit blindem Grimm erfaßt und macht zu nichts.
Er will in seiner kleinen Menschenwelt
Des Sturms und Regens Wettkampf übertrotzen.
In dieser Nacht, wo bei den Jungen gern
Die ausgesogne Bärin bleibt, der Löwe
Und hungergrimm'ge Wolf gern trocken halten
Ihr Fell, rennt er mit unbedecktem Haupt
Und heißt, was immer will, hinnehmen alles.
KENT. Doch wer ist mit ihm?
RITTER.
Der Narr allein, der wegzuscherzen strebt
Sein herzerschütternd Leid.
KENT. Ich kenn' Euch, Herr,
Und wag' es, auf die Bürgschaft meiner Kunde,
Euch Wicht'ges zu vertraun. Es trennt ein
Zwiespalt –
Wiewohl sie noch den Schein davon verhüllen
In gleicher List – Albanien und Cornwall.
Sie haben – so wie jeder, den sein Stern
Erhob und krönte – Diener, treu zum Schein,
Die heimlich Frankreichs Spione sind und Wächter;
Belehrt von unserm Zustand, allen Händeln
Und Zänkerei'n der Fürsten; von
Dem schweren Joch, das beide auferlegt
Dem alten König; von noch tiefern Dingen,
Wozu vielleicht dies nur ein Vorspiel war: –
Doch ist's gewiß, von Frankreich kommt ein Heer
In dies zerrißne Reich, das schon, mit Klugheit
Benutzend unsre Säumnis, heimlich fußt
In unsern besten Häfen und alsbald
Sein Banner frei entfaltet. Nun für Euch:
Wagt Ihr's, so fest zu bauen auf mein Wort,
Daß Ihr nach Dover gleich enteilt, so findet
Ihr jemand, der's Euch dankt, erzählt Ihr treu,
Welch unnatürlich sinnverwirrend Leid
Des Königs Klage weckt.
Ich bin ein Edelmann von altem Blut,
Und weil ich Euch als zuverlässig kenne,
Vertrau' ich Euch dies Amt.
RITTER. Ich werd' Euch weiter sprechen.
KENT. Nein, das nicht –
Und zur Bestät'gung, ich sei Größres als
Mein äußrer Schein, empfangt die Börs' und nehmt,
Was sie enthält. Wenn Ihr Cordelien seht –
Und daran zweifelt nicht –, zeigt ihr den Ring,
Und nennen wird sie Euch den Freund, des Namen
Euch jetzt noch unbekannt. Hu, welch ein Sturm! –
Ich will den König suchen.
RITTER.
Gebt mir die Hand: Habt Ihr nicht mehr zu sagen?
KENT.
Nicht viel, doch, in der Tat, das Wichtigste:
Dies, wenn den König wir gefunden – Ihr
Geht diesen Weg, ich jenen –, wer zuerst
Ihn antrifft, ruf's dem andern zu.
Sie gehn nach verschiedenen Seiten ab.

Zweite Szene

Eine andere Gegend auf der Heide.
Fortdauernd Ungewitter. Es treten auf Lear und der Narr.

LEAR.
Blast, Wind', und sprengt die Backen! Wütet, Blast! –
Ihr Katarakt' und Wolkenbrüche, speit,
Bis ihr die Türm' ersäuft, die Hähn' ertränkt!
Ihr schweflichten, gedankenschnellen Blitze,
Vortrab dem Donnerkeil, der Eichen spaltet,
Versengt mein weißes Haupt! Du Donner
schmetternd,
Schlag' flach das mächt'ge Rund der Welt; zerbrich
Die Formen der Natur, vernicht' auf eins
Den Schöpfungskeim des undankbaren Menschen!
NARR. Ach, Gevatter, Hofweihwasser in einem trocknen Hause ist besser, als dies Regenwasser draußen. Lieber Gevatter, hinein und bitt' um deiner Töchter Segen: das ist 'ne Nacht, die sich weder des Weisen noch des Toren erbarmt.
LEAR.
Rassle nach Herzenslust! Spei', Feuer! Flute, Regen!
Nicht Regen, Wind, Blitz, Donner sind meine
Töchter:
Euch schelt' ich grausam nicht, ihr Elemente:
Euch gab ich Kronen nicht, nannt' euch nicht
Kinder,
Euch bindet kein Gehorsam; darum büßt
Die grause Lust: Hier steh' ich, euer Sklav',
Ein alter Mann, arm, elend, siech, verachtet:
Und dennoch knecht'sche Helfer nenn' ich euch,

Die ihr im Bund mit zwei verruchten Töchtern
Türmt eure hohen Schlachtreih'n auf ein Haupt
So alt und weiß als dies. Oh, oh, 's ist schändlich! –

NARR. Wer ein Haus hat, seinen Kopf hineinzustecken, der hat einen guten Kopflatz.

Wenn Hosenlatz will hausen,
Eh' Kopf ein Dach geschafft,
Wird Kopf und Latz verlausen,
Solch Frein ist bettelhaft.
Und willst du deinen Zeh',
Du Tropf, zum Herzen machen,
Schreist übern Leichdorn weh,
Statt schlafen wirst du wachen.

– denn noch nie gab's ein hübsches Kind, das nicht Gesichter vorm Spiegel schnitt.

Kent tritt auf.

LEAR.
Nein! Ich will sein ein Muster aller Langmut,
Ich will nichts sagen.

KENT. Wer da?

NARR. Nun, hier ist Gnade und ein Hosenlatz; das heißt: ein
Weiser und ein Narr.

KENT. Ach, seid Ihr hier, Mylord? Was sonst die Nacht liebt,
Liebt solche Nacht doch nicht: – des Himmels Zorn
Scheucht selbst die Wanderer der Finsternis
In ihre Höhlen. Seit ich ward zum Mann,
Erlebt' ich nimmer solchen Feuerguß,
Solch Krachen grausen Donners, solch Geheul
Des brüll'nden Regensturms: kein menschlich Wesen
Erträgt solch Leid und Grau'n. –

LEAR. Jetzt, große Götter,
Die ihr so wild ob unsern Häuptern wettert,
Sucht eure Feinde auf: Zittre, du Frevler,
Auf dem verborgne Untat ruht, vom Richter
Noch ungestraft! – Versteck' dich, blut'ge Hand;
Meineid'ger Schalk, und du, o Tugendheuchler,
Der in Blutschande lebt! Zerscheitre, Sünder,
Der unterm Mantel frommer Ehrbarkeit
Mord stiftete! Ihr tief verschloßnen Greu'l,
Sprengt den verhüll'nden Zwinger, fleht um Gnade
Die grausen Mahner! – Ich bin ein Mann, an dem
Man mehr gesündigt, als er sündigte.

KENT. O Gott, mit bloßem Haupt! –
Mein gnäd'ger Herr, nah bei ist eine Hürde,
Die bietet etwas Schutz doch vor dem Sturm;
Ruht dort, indes ich in dies harte Haus –
Weit härter als der Stein, aus dem's erbaut,
Das eben jetzt, als ich nach Euch gefragt,
Mir schloß die Tür – zurückgeh' und ertrotze
Ihr karges Mitleid.

LEAR. Mein Geist beginnt zu schwindeln.
Wie geht's, mein Junge? Komm, mein Junge! Friert dich?
Mich selber friert. Wo ist die Streu, Kam'rad?
Die Kunst der Not ist wundersam; sie macht
Selbst Schlechtes köstlich. Nun zu deiner Hürde! –
Du armer Schelm und Narr, mir blieb ein Stückchen
Vom Herzen noch, und das bedauert dich.

NARR.
Wem der Witz nur schwach und gering bestellt,
Hop heisa bei Regen und Wind,
Der füge sich still in den Lauf der Welt,
Denn der Regen, der regnet jeglichen Tag.

LEAR.
Wahr, lieber Junge. – Kommt, zeigt uns die Hürde!

Geht ab.

NARR. Das ist 'ne hübsche Nacht, um eine Buhlerin abzukühlen. Ich will eine Prophezeiung sprechen, eh' ich gehe:

Wenn Priester Worte, nicht Werke häufen,
Wenn Brauer in Wasser ihr Malz ersäufen,
Wenn der Schneider den Junker Lehrer nennt,
Kein Ketzer mehr, nur der Buhler brennt,
Wenn Richter ohne Falsch und Tadel,
Wenn ohne Schulden Hof und Adel,
Wenn Läst'rung nicht auf Zungen wohnt,
Der Gauner des Nächsten Beutel schont,
Wenn die Wuch'rer ihr Gold im Felde beschaun,
Und Huren und Kuppler Kirchen baun,
Dann kommt das Reich von Albion
In große Verwirrung und Konfusion:
Dann kommt die Zeit, wer's lebt zu sehn,
Daß man mit Füßen pflegt zu gehn.

Diese Prophezeiung wird Merlin machen, denn ich lebe vor seiner Zeit. – *Ab.*

Dritte Szene

Glosters Schloß.
Es treten auf Gloster und Edmund.

GLOSTER. O Gott! Edmund, diese unnatürliche Begegnung gefällt mir nicht. Als ich sie um Erlaubnis bat, mich seiner erbarmen zu dürfen, da verboten sie mir den Gebrauch meines eignen Hauses, befahlen mir bei Strafe ihrer ewigen Ungnade, weder von ihm zu sprechen, für ihn zu bitten, noch ihn auf irgendeine Weise zu unterstützen.

EDMUND. Höchst grausam und unnatürlich!

GLOSTER. Nun, nun, sage nichts! Es ist ein Zwiespalt zwischen den beiden Herzogen, und Schlimmeres als das: ich erhielt diesen Abend einen Brief – es ist gefährlich, davon zu reden; ich verschloß den Brief in meinem Kabinett. Die Kränkungen, die der König jetzt duldet, werden schwer geahndet werden; ein Teil des Heeres ist schon gelandet, und wir müssen mit dem König halten. Ich will ihn aufsuchen und ihn heimlich unterstützen. Geh du und unterhalte ein Gespräch mit dem Herzoge, damit er diese Teilnahme nicht bemerke. Wenn er nach mir fragt, bin ich krank und zu Bett gegangen. Und sollte es mein Tod sein (wie mir denn nichts Geringeres gedroht ist), dem König, meinem alten Herrn, muß geholfen werden. Es sind seltsame Dinge im Werk; Edmund, ich bitte dich, sei behutsam! *Er geht ab.*

EDMUND.
Den Eifer, mit Vergunst, meld' ich sogleich
Dem Herzog, und von jenem Brief dazu.

Dies scheint ein groß Verdienst und soll mir lohnen
Mit meines Vaters Raub, den Gütern allen:
Die Jungen steigen, wenn die Alten fallen.
Ab.

Vierte Szene

Heide.
Es treten auf Lear, Kent und der Narr.

KENT.
Hier ist's, Mylord; o geht hinein, Mylord!
Die Tyrannei der offnen rauhen Nacht
Hält die Natur nicht aus.
Fortdauernder Sturm.

LEAR. Laß mich zufrieden!

KENT. Ich bitt' Euch, kommt!

LEAR. Willst du das Herz mir brechen?

KENT.
Mein eignes eh'r. O geht hinein, mein König!

LEAR. Dir dünkt es hart, daß dieser wüt'ge Sturm
Uns bis zur Haut durchdringt: so ist es dir;
Doch wo die größre Krankheit Sitz gefaßt,
Fühlt man die mindre kaum. Du fliehst den Bären;
Doch führte dich die Flucht zur brüll'nden See,
Liefst du dem Bären in den Schlund. Ist frei der Geist,
Dann fühlt der Körper zart. Der Sturm im Geist
Raubt meinen Sinnen jegliches Gefühl,
Nur das bleibt, was hier wühlt – Undank des Kindes!
Als ob der Mund zerfleischte diese Hand,
Weil sie ihm Nahrung bot! Schwer will ich strafen! –
Nicht will ich weinen mehr. In solcher Nacht
Mich auszusperrn! Gieß fort; ich will's erdulden. –
In solcher Nacht, wie die! O Regan, Gon'ril! –
Euren alten, guten Vater, des freies Herz
Euch alles gab, – oh, auf dem Weg liegt Wahnsinn! –
Nein, dahin darf ich nicht: nichts mehr davon!

KENT. Mein guter König, geht hinein!

LEAR.
Bitt' dich, geh du hinein, sorg' für dich selbst!
Der Sturm erlaubt nicht, Dingen nachzusinnen,
Die mehr mich schmerzen. Doch ich geh' hinein,
Geh, Bursch, voran! – Du Armut ohne Dach, –
Nun, geh doch! Ich will beten und dann schlafen.
Der Narr geht in die Hütte.
Ihr armen Nackten, wo ihr immer seid,
Die ihr des tück'schen Wetters Schläge duldet,
Wie soll eu'r schirmlos Haupt, hungernder Leib,
Der Lumpen offne Blöß' euch Schutz verleihn
Vor Stürmen, so wie der? Oh, daran dacht' ich
Zu wenig sonst! – Nimm Arzenei, o Pomp!
Gib preis dich, fühl' einmal, was Armut fühlt,
Daß du hinschütt'st für sie dein Überflüss'ges
Und rettest die Gerechtigkeit des Himmels!

EDGAR *drinnen.*
Anderthalb Klafter! Anderthalb Klafter!
Armer Thoms!

NARR *indem er aus der Hütte läuft.* Geh nicht hinein, Gevatter! Hier ist ein Geist! Hülfe! Hülfe!

KENT. Gib mir die Hand! – Wer ist da?

NARR.
Ein Geist, ein Geist! Er sagt, er heiße armer Thoms.

KENT. Wer bist du, der im Stroh hier murmelt?
Komm heraus! –
Edgar tritt auf als Wahnwitziger.

EDGAR. Hinweg! Der böse Feind verfolgt mich.
Durch scharfen Hagedorn saust der kalte Wind:
Hu! –
Geh in dein kaltes Bett und wärme dich!

LEAR. Wie? Gabst du alles deinen beiden Töchtern?
Und kamst du so herunter?

EDGAR. Wer gibt dem armen Thoms was? – den der böse Feind durch Feuer und durch Flammen geführt hat, durch Flut und Strudel, über Moor und Sumpf, der ihm Messer unters Kissen gelegt hat und Schlingen unter seinen Stuhl; der ihm Rattengift in die Suppe tat, der ihm Hoffart eingab, auf einem braunen, trabenden Roß über vier Zoll breite Stege zu reiten und seinem eigenen Schatten, wie einem Verräter, nachzujagen. Gott schütze deine fünf Sinne! Thoms friert. *Vor Frost schaudernd.* O de de de de de! – Gott schütze dich vor Wirbelwinden, vor bösen Sternen und Seuchen! Gebt dem armen Thoms ein Almosen, den der böse Feind heimsucht: hier könnt' ich ihn jetzt haben, und hier – und da, – und hier wieder, – und hier. –
Immerwährend Ungewitter.

LEAR.
Was, brachten ihn die Töchter in solch Elend?
Konnt'st du nichts retten? Gabst du alles hin? –

NARR. Nein, er behielt ein Laken, sonst müßten wir uns alle schämen.

LEAR. Nun, jede Seuche, die die Luft zur Strafe
Der Sünder herbergt, stürz' auf deine Töchter!

KENT. Herr! Er hat keine Töchter! –

LEAR. Ha, Tod, Rebell! Nichts beugte die Natur
Zu solcher Schmach, als undankbare Töchter. –
Ist's Mode jetzt, daß weggejagte Väter
So wüten müssen an dem eignen Fleisch?
Sinnreiche Strafe! Zeugte doch dies Fleisch
Diese Pelikan–Töchter.

EDGAR. Pillicok saß auf Pillicoks Berg;
Hallo, hallo, hallo!

NARR. Diese kalte Nacht wird uns alle zu Narren und Tollen machen.

EDGAR. Hüte dich vor dem bösen Feind; gehorch' deinen Eltern; halte dein Wort; fluche nicht; verführe nicht deines Nächsten verlobte Braut; stelle deine Sache nicht auf eitle Pracht; – Thoms friert! –

LEAR. Was bist du gewesen?

EDGAR. Ein Verliebter, stolz an Herz und Sinn, der sein Haar kräuselte, Handschuh' an seiner Kappe trug, den Lüsten seiner Gebieterin frönte, und das Werk der Finsternis mit ihr trieb. Ich schwur so viel Eide, als ich Worte redete, und brach sie im holden Angesicht des Himmels; schlief ein in Gedanken der Wollust und erwachte, sie auszuführen; den Wein liebte ich kräftig, die Würfel heftig, und mit den Weibern übertraf ich den Großtürken; falsch von Herz, leicht von Ohr, blutig von Hand; Schwein in Faulheit, Fuchs im Stehlen, Wolf in Gier, Hund in Tollheit, Löwe in Raubsucht. Laß nicht das Knarren der Schuhe, noch das Rascheln der Seide dein armes Herz den Weibern verraten! Halte deinen Fuß fern von Bordellen, deine Hand von Schürzen, deine Feder von Schuldbüchern, und trotze dem bösen Feind! Immer noch durch den Hagdorn saust der kalte Wind; ruft Summ, Mum: – Heinonino, Dauphin, mein Junge, hurra! Laß ihn vorbei!

Anhaltendes Ungewitter.

LEAR. Nun, dir wäre besser in deinem Grabe, als so mit unbedecktem Leib dieser Wut der Lüfte begegnen. Ist der Mensch nicht mehr als das? – Betracht' ihn recht! Du bist dem Wurm keine Seide schuldig, dem Tier kein Fell, dem Schaf keine Wolle, der Katze keinen Bisam. Ha, drei von uns sind überkünstelt: du bist das Ding selbst; der natürliche Mensch ist nichts mehr, als solch ein armes, nacktes, zweizinkiges Tier wie du. Fort, fort, ihr Zutaten! – Kommt, knöpft mich auf!

Er reißt sich die Kleider ab.

NARR. Ich bitt' dich, Gevatter, laß gut sein; das ist eine garstige Nacht zum Schwimmen. Jetzt wär' ein kleines Feuer auf einer wüsten Heide wie eines alten Buhlers Herz; ein kleiner Funke, und der ganze übrige Körper kalt. Seht, hier kommt ein wandelndes Feuer. –

EDGAR. Das ist der böse Feind Flibbertigibbet; er kommt mit der Abendglocke und geht um bis zum ersten Hahnenschrei; er bringt den Star und den Schwind, macht das Auge schielend und schickt Hasenscharten, verschrumpft den weißen Weizen und quält die arme Kreatur auf Erden:

Sankt Withold ins Feld dreimal wollt' schreiten:
Kommt die Nachtmähr' und ihre neun Füllen
von weitem;
Da dräut er gleich:
Entweich'! Entweich'!
Und trolle dich, Alp, und troll' dich!

KENT. Wie geht's, mein König?

Gloster kommt mit einer Fackel.

LEAR. Wer ist der?

KENT. Wer da? Wenn sucht Ihr?

GLOSTER. Wer seid ihr? Eure Namen? –

EDGAR. Der arme Thoms, der den schwimmenden Frosch ißt, die Kröte, die Unke, den Kellermolch und den Wassermolch; der in der Wut seines Herzens, wenn der böse Feind tobt, Kuhmist für Salat ißt, die alte Ratte verschlingt und den toten Hund; den grünen Mantel des stehenden Pfuhls trinkt; gepeitscht wird von Kirchspiel zu Kirchspiel und in die Eisen gesteckt, gestäupt und eingekerkert; der drei Kleider hatte für seinen Rücken, sechs Hemden für seinen Leib, zum Reiten ein Pferd, zum Tragen ein Schwert: –

Doch Mäus' und Ratten und solch Getier
Aß Thoms sieben Jahr lang für und für.

Hütet euch vor meinem Verfolger! Still, Smolkin, still, du böser Feind! –

GLOSTER.
Wie, gnäd'ger Herr! Nicht bessere Gesellschaft?

EDGAR. Der Fürst der Finsternis ist ein Edelmann,
Modo heißt er und Mahu.

GLOSTER.
Ach, unser Fleisch und Blut, Herr, ward so schlecht,
Daß es die haßt, die es erzeugt. –

EDGAR. Thoms friert! –

GLOSTER.
Kommt mit mir, meine Treu' erträgt es nicht,
Zu folgen Eurer Töchter hartem Willen;
Befahlen sie mir gleich, die Tür zu schließen,
Euch preis zu geben der tyrann'schen Nacht:
Doch hab' ich's drauf gewagt, Euch auszuspähn,
Und führ' Euch hin, wo Mahl bereit und Feuer.

LEAR. Erst red' ich noch mit diesem Philosophen:
Woher entsteht der Donner?

KENT.
Mein teurer Herr! Nehmt seinen Vorschlag an,
Geht in das Haus!

LEAR. Ein Wort mit diesem kundigen Thebaner: –
Was ist dein Studium?

EDGAR. Den Teufel fliehn und Ungeziefer töten.

LEAR. Ein Wort mit Euch noch insgeheim!

KENT. Drängt ihn noch einmal, mitzugehn, Mylord!

Das Ungewitter dauert fort.

Sein Geist beginnt zu schwärmen.

GLOSTER. Kannst du's tadeln?
Die Töchter suchen seinen Tod. Das sagt'st du
Voraus, du guter Kent! Du armer Flüchtling!
Du fürcht'st, der König wird verrückt; glaub' mir,
Fast bin ich's selber auch: ich hatt' 'nen Sohn,
Verstoßen jetzt, er stand mir nach dem Leben
Erst neulich, eben jetzt: – ich liebt' ihn, Freund,
Mehr liebt' kein Vater je; ich sage dir,
Der Gram zerstört den Geist mir. Welche Nacht! –
Ich bitt' Eu'r Hoheit –

LEAR. Oh, verzeiht;
Mein edler Philosoph, begleitet uns!

EDGAR. Thoms friert.

GLOSTER.
Hinein, Bursch, in die Hütte, halt' dich warm!

LEAR. Kommt all hinein!

KENT. Hierher, Mylord!

LEAR. Mit ihm;
Ich bleibe noch mit meinem Philosophen.

KENT.
Willfahrt ihm, Herr, gebt ihm den Burschen mit!

GLOSTER. So nehmt ihn mit!

KENT. Du folg' uns! Komm mit uns!

LEAR. Komm, mein Athener!

GLOSTER. Nicht viel Worte, still! –

EDGAR.
Herr Roland kam zum finstern Thurn,
Sein Wort war stets: »Seid auf der Hut,
Ich wittr', ich wittre Britenblut.« –

Sie gehn alle ab.

Fünfte Szene

Glosters Schloß.
Es treten auf Cornwall und Edmund.

CORNWALL. Ich will Rache an ihm, eh' ich sein Haus verlasse.

EDMUND. Mylord, wie man mich tadeln wird,

daß ich so die Natur meinem Diensteifer geopfert, – daran denk' ich mit Schaudern.

CORNWALL. Ich sehe nun ein, daß Euer Bruder nicht so ganz aus Bösartigkeit seinen Tod suchte; es war vielmehr ein treibendes Gefühl, durch die Schlechtigkeit des Alten erregt.

EDMUND. Wie heimtückisch ist mein Schicksal, daß ich bejammern muß, gerecht zu sein! – Hier ist der Brief, von dem er sprach, aus dem hervorgeht, daß er ein geheimer Anhänger der französischen Partei ist. O Himmel! daß dieser Verrat nicht wäre, oder ich nicht der Entdecker! –

CORNWALL. Kommt mit mir zur Herzogin!

EDMUND. Wenn der Inhalt dieses Briefes wahr ist, so habt Ihr wichtige Dinge zu erledigen.

CORNWALL. Wahr oder falsch, er hat dich zum Grafen von Gloster gemacht. Suche deinen Vater auf, daß er gleich zur Rechenschaft gezogen werde!

EDMUND *beiseit.* Finde ich ihn beschäftigt, dem König beizustehn, so wird das den Argwohn noch verstärken. *Laut.* Ich will in meiner Treue fortfahren, wie schmerzlich auch der Kampf zwischen mir und meinem Herzen ist.

CORNWALL. Du sollst mein Vertrauen besitzen und in meiner Liebe einen bessern Vater finden.

Sie gehn ab.

Sechste Szene

In einer Hütte.
Kent und Gloster treten ein.

GLOSTER. Hier ist's besser, als in der freien Luft; nehmt es dankbar an; ich werde zu eurer Bequemlichkeit hier hinzufügen, was ich vermag; gleich bin ich wieder bei euch.

KENT. Alle Kraft seines Geistes ist seiner Ungeduld gewichen. Die Götter lohnen Euch Eure Freundlichkeit! –

Gloster geht ab. Lear, Edgar und der Narr kommen herein.

EDGAR. Frateretto ruft mir und sagt, Nero fische im Pfuhl der Finsternis. *Zum Narren.* Bete, du Unschuldiger, und hüte dich vor dem bösen Feind!

NARR. Bitt' dich, Gevatter, sag mir, ist ein toller Mann ein Edelmann oder ein Bürgersmann? –

LEAR. Ein König, ein König!

NARR. Nein, 's ist ein Bürgersmann, der einen Edelmann zum Sohn hat; denn der ist ein wahnsinniger Bürgersmann, der eine Sohn früher als sich zum Edelmann werden sieht: Daß ihrer tausend mit rotglüh'nden Spießen zischend auf sie stürzten! –

EDGAR. Der böse Feind beißt mich im Rücken.

NARR. Der ist toll, der auf die Zahmheit eines Wolfs baut, auf die Gesundheit eines Pferdes, eines Knaben Liebe, oder einer Hure Schwur.

LEAR.
Es soll geschehn, gleich sprech' ich euer Urteil.
Zu Edgar.
Komm, setz' dich her, du hochgelehrter Richter;
Zum Narren.
Du, weiser Herr, sitz' hier! Nun, ihr Wölfinnen!

EDGAR. Sieh, wie er steht und glotzt; – habt Ihr keine Augen vor Gericht, schöne Dame? – Komm, übern Bach, mein Liesel, zu mir!

NARR. Ihr Kahn ist nicht dicht,
Doch sagt sie dir's nicht,
Warum sie 'rüber nicht darf zu dir.

EDGAR. Der böse Feind verfolgt den armen Thoms mit der Stimme der Nachtigall. Hoptanz schreit in Thoms Bauch nach zwei Heringen. Krächze nicht, schwarzer Engel! Ich habe kein Futter für dich.

KENT. Nun, bester Herr? Oh, steht nicht so betäubt! Wollt Ihr Euch legen, auf den Kissen ruhn?

LEAR.
Erst das Verhör: Bringt mir die Zeugen her!
Zu Edgar.
Du, Ratsherr im Talar, nimm deinen Platz;
Zum Narren.
Und du, sein Amtsgenoß der Richterwürde,
Sitz' ihm zur Seite!
Zu Kent.
Ihr seid auch Geschworner,
Setzt Euch gleichfalls!

EDGAR.
Laßt uns gerecht verfahren!
Schläfst oder wachst du, artiger Schäfer?
Deine Schäfchen im Korne gehen,
Und flötet nur einmal dein niedlicher Mund,
Deinen Schäfchen kein Leid soll geschehen.
Purr! die Katz' ist grau.

LEAR. Sprecht über die zuerst: 's ist Goneril. Ich schwöre hier vor dieser ehrenwerten Versammlung, sie hat den armen König, ihren Vater, mit Füßen getreten.

NARR. Kommt, Lady! Ist Eu'r Name Goneril?

LEAR. Sie kann's nicht leugnen.

NARR. Verzeiht! ich hielt Euch für 'nen Sessel.

LEAR. Und hier noch eine, deren scheeler Blick
Ihr finstres Herz verrät. Oh, haltet fest!
He! Waffen, Waffen, Feuer, Schwert! – Bestechung!
Du falscher Richter, läßt du sie entfliehn?

EDGAR. Gott erhalte dir deine fünf Sinne!

KENT. O Jammer! – Herr, wo ist nun die Geduld,
Die Ihr so oft Euch rühmtet zu bewahren?

EDGAR *beiseit.*
Meine Tränen nehmen so Partei für ihn,
Daß sie mein Spiel verderben.

LEAR. Die kleinen Hunde, seht,
Spitz, Mops, Blandine, alle bell'n mich an.

EDGAR. Thoms wird seinen Kopf nach ihnen werfen. Hinaus mit euch, ihr Kläffer! –
Sei dein Maul schwarz oder weiß,
Sei's von gift'gem Geifer heiß,
Windspiel, Bullenbeißer, Jagdhund,
Bracke, Pudel, Dogg' und Schlachthund,
Lang– und Stumpfschwanz, all ihr Köter,
Hört ihr Thoms, so schreit ihr Zeter,
Denn werf' ich so den Kopf nach euch,
Rennt ihr und springt in Graben und Teich.
Du di du di, Sessa! – Kommt auf die Kirmes und den Jahrmarkt! – Armer Thoms! – Dein Horn ist trocken.

LEAR. Nun laßt sie Regan anatomieren und sehn, was in ihrem Herzen brütet! Gibt's irgendeine Ursach' in der Natur, die diese harten Herzen hervorbringt? – *Zu Edgar.* Euch, Herr, halte ich als einen meiner Hundert; nur gefällt mir der Schnitt Eures Habits nicht. Ihr werdet sagen, es sei persische Tracht; aber laßt ihn ändern!

KENT. Nun, teurer Herr, ruht hier und schlaft ein Weilchen!

LEAR. Macht keinen Lärm, macht keinen Lärm; zieht den Vorhang zu! So, so, so; wir wollen zur Abendtafel morgen früh gehn; so, so, so.

NARR. Und ich will am Mittag zu Bett gehn.

Gloster kommt zurück.

GLOSTER. Komm her, Freund, sag, wo ist mein Herr, der König?

KENT.
Hier, Herr! Doch stört ihn nicht, er ist von Sinnen.

GLOSTER.
Du guter Mann, nimm ihn in deine Arme;
Von einem Vorschlag, ihn zu töten, hört' ich:
Ich hab 'ne Sänfte, leg' ihn da hinein,
Und rasch nach Dover, wo du finden wirst
Schutz und Willkommen. Eil' und nimm ihn auf; –
Säumst du 'ne halbe Stunde nur, so ist
Sein Leben, deins und aller, die ihn schützen,
Verloren ohne Rettung: fort denn, fort!
Und folge mir; ich schaffe, dich zu schützen,
Ein schnell Geleit.

KENT. Schläfst du, erschöpfte Kraft? –
Ein Balsam wär's für dein zerrißnes Leben,
Das, ist dir solche Lind'rung nicht vergönnt,
Wohl schwer gesundet. –

Zum Narr'n.

Komm, hilf deinem Herrn,
Du darfst zurück nicht bleiben.

GLOSTER. Kommt hinweg!

Kent, Gloster und der Narr tragen den König fort. Edgar bleibt allein.

EDGAR. Sehn wir den Größern tragen unsern Schmerz,
Kaum rührt das eigne Leid noch unser Herz.
Wer einsam duldet, fühlt die tiefste Pein,
Fern jeder Lust, trägt er den Schmerz allein:
Doch kann das Herz viel Leiden überwinden,
Wenn sich zur Qual und Not Genossen finden.
Mein Unglück dünkt mir leicht und minder scharf,
Da, was mich beugt, den König niederwarf;
Er kind-, ich vaterlos! Nun, Thoms, wohlan,
Merk' auf den Sturm der Zeit; erschein' erst dann,
Wenn die Verleumdung, deren Schmach dich peinigt,
Beschämt durch Prüfung deinen Namen reinigt!
Komme was will zur Nacht: flieht nur der König! –
Gib acht! Gib acht!

Geht ab.

Siebente Szene

Glosters Schloß.
Es treten auf Cornwall, Regan, Goneril, Edmund und Bediente.

CORNWALL. Eilt sogleich zu Mylord, Eurem Gemahl: zeigt ihm diesen Brief: die französische Armee ist gelandet. Geht, sucht den Schurken Gloster!

Einige Bediente gehn ab.

REGAN. Hängt ihn ohne weiteres!

GONERIL. Reißt ihm die Augen aus!

CORNWALL. Überlaßt ihn meinem Unwillen! Edmund, leistet Ihr unsrer Schwester Gesellschaft; die Rache, die wir an Eurem verräterischen Vater zu nehmen gezwungen sind, verträgt Eure Gegenwart nicht wohl. – Ermahnt den Herzog, wenn Ihr zu ihm kommt, zur schleunigsten Rüstung; wir sind zum Gleichen verpflichtet. Unsre Boten sollen schnell sein und das Verständnis zwischen uns erhalten. Lebt wohl, liebe Schwester, – lebt wohl, Mylord von Gloster!

Haushofmeister tritt auf.

CORNWALL. Nun? wo ist der König?

HAUSHOFMEISTER.
Mylord von Gloster hat ihn fortgeführt.
Fünf– oder sechsunddreißig seiner Ritter,
Ihn eifrig suchend, trafen ihn am Tor,
Und ziehn, nebst andern von des Lords Vasallen,
Mit ihm nach Dover, wo sie rüst'ger Freunde
Sich rühmen.

CORNWALL. Schafft die Pferde Eurer Herrin!

GONERIL.
Lebt wohl, Mylord und Schwester!

Goneril und Edmund gehn ab.

CORNWALL.
Edmund, leb wohl! – Sucht den Verräter Gloster,
Bind't ihn, gleich wie 'nen Dieb, führt ihn hieher!
Obgleich wir ihm nicht wohl ans Leben können
Ohn' alle Rechtsform: doch soll unsre Macht
Willfahren unserm Zorn, was man zwar tadeln,
Nicht hindern mag. Wer kommt? Ist's der Verräter?

Bediente kommen mit Gloster.

REGAN. Der undankbare Fuchs! Er ist's.

CORNWALL. Bind't ihm die welken Arme!

GLOSTER.
Was meint Eu'r Hoheit? Freunde, denkt, ihr seid
Hier meine Gäste; frevelt nicht an mir!

CORNWALL. Bind't ihn!

Gloster wird gebunden.

REGAN. Fest! Fest! O schändlicher Verräter!

GLOSTER. Du unbarmherz'ge Frau, das war ich nie. –

CORNWALL.
Bind't ihn an diesen Stuhl: Schuft, du sollst sehn –

Regan zupft ihn am Barte.

GLOSTER.
Beim güt'gen Himmel, das ist höchst unedel,
Zu raufen meinen Bart!

REGAN. So weiß, und solch ein Schelm!

GLOSTER. Ruchlose Frau,
Dies Haar, das du entreißest meinem Kinn,
Verklagt dich droben einst; ich bin Eu'r Wirt;
Ihr solltet nicht mit Räuberhand mißhandeln
Mein gastlich Angesicht. Was wollt Ihr tun?

CORNWALL. Sprecht, was für Briefe schrieb man Euch aus Frankreich?

REGAN.
Antwortet schlicht, wir wissen schon die Wahrheit.

CORNWALL.
Und welchen Bund habt Ihr mit den Verrätern,

Die jetzt gelandet sind?
REGAN. In wessen Hand gabt Ihr den tollen König?
Sprecht!
GLOSTER. Einen Brief erhielt ich voll Vermutung,
Von jemand, der zu keiner Seite neigt,
Und der nicht feindlich ist.
CORNWALL. Ausflucht!
REGAN. Und falsch!
CORNWALL. Wo sandtest du den König hin?
GLOSTER. Nach Dover.
REGAN. Warum nach Dover?
Stand nicht dein Leben drauf –
CORNWALL.
Warum nach Dover? Erst erklär' er das!
GLOSTER.
Am Pfahle fest muß ich die Hatze dulden.
REGAN. Warum nach Dover?
GLOSTER.
Weil ich nicht wollte sehn, wie deine Nägel
Ausrissen seine armen, alten Augen;
Noch wie die unbarmherz'ge Goneril
In sein gesalbtes Fleisch die Hauer schlage.
Die See, in solchem Sturm, wie er ihn barhaupt
In höllenfinstrer Nacht erduldet, hätte
Sich aufgebäumt, verlöscht die ew'gen Lichter:
Doch armes, altes Herz, er half
Dem Himmel regnen. Wenn ein Wolf geheult
In jener grausen Nacht an deinem Tor,
Du hätt'st gerufen: »Pförtner, tu' doch auf!« –
Wer grausam sonst, ward mild. Doch seh' ich noch
Beschwingte Rach' ereilen solche Kinder.
CORNWALL.
Sehn wirst du's nimmer. Halte fest den Stuhl,
Auf deine Augen setz' ich meinen Fuß.
GLOSTER. Wer noch das Alter zu erleben hofft,
Der steh' mir bei: – o grausam! O ihr Götter! –
REGAN. Eins wird das andre höhnen; jenes auch.
CORNWALL. Siehst du nun Rache? –
DIENER. Haltet ein, Mylord!
Seit meiner Kindheit hab' ich Euch gedient,
Doch bessern Dienst erwies ich Euch noch nie
Als jetzt Euch: Halt! zurufen.
REGAN. Was, du Hund?
DIENER.
Wenn Ihr 'nen Bart am Kinn trügt, ich zaust' ihn
Bei solchem Streit; was habt Ihr vor?
CORNWALL. Mein Sklav'?
Er zieht den Degen.
DIENER.
Nun, dann nehmt hin, was Wut und Zufall bringen!
Sie fechten; Cornwall wird verwundet.
REGAN *zu einem Bedienten.*
Gib mir dein Schwert; lehnt sich ein Bauer auf?
Sie durchsticht ihn von hinten.
DIENER.
Oh, ich bin hin! Mylord, Euch blieb ein Auge,
Die Straf' an ihm zu sehn. – Oh!
Er stirbt.
CORNWALL.
Dafür ist Rat: heraus, du schnöder Gallert! –
Wo ist dein Glanz nun?
GLOSTER. Alles Nacht und trostlos.
Wo ist mein Sohn Edmund? –
Edmund, schür' alle Funken der Natur,
Und räche diesen Greu'l.
REGAN. Ha, falscher Bube,
Du rufst den, der dich haßt: er selber war's,
Der deinen Hochverrat entdeckt; er ist
Zu gut, dich zu bedauern.
GLOSTER. O mein Wahnsinn!
Dann tat ich Edgar Unrecht.
Götter, vergebt mir das, und segnet ihn! –
REGAN.
Fort, werft ihn aus dem Tor, dann mag er riechen
Den Weg nach Dover.
Gloster wird weggebracht.
Wie ist Euch, Herr? – Wie geht's?
CORNWALL.
Er schlug mir eine Wunde. – Folgt mir, Lady!
Hinaus den blinden Schurken! Diesen Hund
Werft auf den Mist! Regan, ich blute stark;
Dies kommt zur Unzeit. Gib mir deinen Arm!
Regan führt Cornwall ab.
ERSTER DIENER.
Ich achte nicht, was ich für Sünde tu',
Wenn's dem noch wohl geht.
ZWEITER DIENER. Lebt sie lange noch,
Und endigt leichten Tods nach altem Brauch,
So werden alle Weiber Ungeheuer.
ERSTER DIENER.
Ihm nach, dem alten Grafen; schafft den Tollen,
Daß er ihn führen mag: sein Bettlerwahnsinn
Läßt sich zu allem brauchen.
ZWEITER DIENER.
Geh nur, ich hol' ihm Flachs und Eierweiß,
Es auf sein blutiges Gesicht zu legen;
Der Himmel helf' ihm! –
Sie gehn ab nach verschiednen Seiten.

Vierter Aufzug

Erste Szene

Freies Feld. Edgar tritt auf.

EDGAR.
Doch besser so und sich verachtet wissen,
Als stets verachtet und geschmeichelt sein.
Ist man ganz elend,
Das niedrigste, vom Glück geschmäht'ste Wesen,
Lebt man in Hoffnung noch und nicht in Furcht.
Beweinenswerter Wechsel trifft nur Bestes,
Das Schlimmste kehrt zum Lachen. Drum willkommen,
Du wesenlose Luft, die ich umfasse! –
Der Ärmste, den du warfst ins tiefste Elend,
Fragt nichts nach deinen Stürmen. – Doch wer kommt hier?
Gloster, von einem alten Manne geführt.
Mein Vater, bettlergleich geführt? Welt, Welt, o Welt!
Lehrt' uns dein seltsam Wechseln dich nicht hassen,
Das Leben beugte nimmer sich dem Alter. –
ALTER MANN. O lieber, gnäd'ger Herr, ich war Euer Pachter und Eures Vaters Pächter an die achtzig Jahre.

GLOSTER.
Geh deines Wegs, verlaß mich, guter Alter;
Dein Beistand kann mir doch nicht nützlich sein,
Dir möcht' er schaden.
ALTER MANN.
Ach, Herr, Ihr könnt ja Euren Weg nicht sehn.
GLOSTER.
Ich habe keinen, brauch' drum keine Augen;
Ich strauchelt', als ich sah. Oft zeigt sich's, Mangel
Wird uns zum Heil, und die Entbehrung selbst
Gedeiht zur Hülfe. O mein Sohn! mein Edgar,
Den des betrognen Vaters Zorn vernichtet! –
Erlebt' ich noch, umarmend dich zu sehn,
Dann spräch' ich, wieder hab' ich Augen! –
ALTER MANN. Wer da?
EDGAR *beiseit.*
Gott, wer darf sagen: Schlimmer kann's nicht werden?
's ist schlimmer nun als je.
ALTER MANN. Der tolle Thoms! –
EDGAR *beiseit.*
Und kann noch schlimmer gehn; 's ist nicht das Schlimmste,
Solang' man sagen kann: »Dies ist das Schlimmste.«
ALTER MANN. Wo willst du hin, Gesell?
GLOSTER. Ist er ein Bettler?
ALTER MANN. Ein Toller und ein Bettler.
GLOSTER.
Er hat Vernunft noch, sonst könnt' er nicht betteln,
Im letzten Nachtsturm sah ich solchen Wicht,
Und für 'nen Wurm mußt' ich den Menschen halten;
Da kam mein Sohn mir ins Gemüt, und doch
War mein Gemüt ihm damals kaum befreundet.
Seitdem erfuhr ich mehr; was Fliegen sind
Den müß'gen Knaben, das sind wir den Göttern;
Sie töten uns zum Spaß.
EDGAR *beiseit.*
Ist mir's denn möglich?
Ein schlecht Gewerb', beim Gram den Narren spielen;
Man ärgert sich und andre.
Laut.
Grüß' Euch Gott! –
GLOSTER. Ist das der nackte Bursch'?
ALTER MANN. Ja, gnäd'ger Herr.
GLOSTER. Dann geh, mein Freund! Willst du uns wieder treffen,
Ein, zwei, drei Meilen weiter auf der Straße
Nach Dover zu, so tu's aus alter Liebe,
Und bring' 'ne Hülle für die nackte Seele:
Er soll mich führen.
ALTER MANN. Ach! er ist ja toll! –
GLOSTER.
's ist Fluch der Zeit, daß Tolle Blinde führen! –
Tu', was ich bat, oder auch, was du willst;
Vor allem geh!
ALTER MANN.
Den besten Anzug hol' ich, den ich habe,
Entstehe draus, was mag!
Er geht ab.
GLOSTER. Hör', nackter Bursch!
EDGAR. Der arme Thoms friert.
Beiseit.
Ich halte mich nicht länger!
GLOSTER. Komm her, Gesell!
EDGAR *beiseit.*
Und doch, ich muß.
Laut.
Gott schütz' die lieben Augen dir, sie bluten. –
GLOSTER.
Weißt du den Weg nach Dover?
EDGAR. Steg' und Hecken, Fahrweg und Fußpfad. Der arme Thoms ist um seine gesunden Sinne gekommen. Gott schütze dich, du gutes Menschenkind, vorm bösen Feind! Fünf Teufel waren zugleich im armen Thoms: der Geist der Lust, Obidicut; Hoptanz, der Fürst der Stummheit; Mahu, des Stehlens; Modo, des Mords; und Flibbertigibbet, der Grimassenteufel, der seitdem in die Zofen und Stubenmädchen gefahren ist. Gott helfe dir, Herr! –
GLOSTER. Hier nimm die Börse, du, den Zorn des Himmels
Zu jedem Fluch gebeugt; daß ich im Elend,
Macht dich beglückter. – So ist's recht, ihr Götter! –
Laßt stets den üpp'gen, wollusttrunknen Mann,
Der eurer Satzung trotzt, der nicht will sehen,
Weil er nicht fühlt, schnell eure Macht empfinden:
Verteilung tilgte dann das Übermaß,
Und jeder hätte g'nug. Sag, weißt du Dover?
EDGAR. Ja, Herr!
GLOSTER.
Dort ist ein Fels, des hohe, steile Klippe
Furchtbar hinabschaut in die jähe Tiefe:
Bring' mich nur hin an seinen letzten Rand;
Und lindern will ich deines Elends Bürde
Mit einem Kleinod – von dem Ort bedarf
Ich keines Führers mehr.
EDGAR. Gib mir den Arm:
Thoms will dich führen.
Sie gehn ab.

Zweite Szene

Schloß des Herzogs von Albanien.
Es treten auf Goneril und Edmund, von der andern Seite der Haushofmeister.

GONERIL. Willkomm'n, Mylord! mich wundert, daß mein sanfter Mann
Uns nicht entgegen kam. – Wo ist dein Herr?
HAUSHOFMEISTER.
Drin, gnäd'ge Frau; doch ganz und gar verändert
Ich sagt' ihm von dem Heer, das jüngst gelandet,
Da lächelt' er; ich sagt' ihm, daß Ihr kämt;
Er rief: »So schlimmer!« Als ich drauf berichtet
Von Glosters Hochverrat und seines Sohnes
Getreuem Dienst, da schalt er mich 'nen Dummkopf,
Und sprach, daß ich verkehrt die Sache nähme,
Was ihm mißfallen sollte, scheint ihm lieb,
Was ihm gefallen, leid.
GONERIL *zu Edmund.*
Dann geht nicht weiter;
's ist die verzagte Feigheit seines Geists,
Die nichts zu unternehmen wagt: kein Unrecht

rührt ihn,
Soll er die Spitze bieten. Unser Wunsch
Von unterwegs kann in Erfüllung gehn;
Eilt denn zurück zu meinem Bruder, Edmund,
Beschleunigt seine Rüstung, führt sein Heer:
Ich muß die Waffen wechseln und die Kunkel
Dem Manne geben. Dieser treue Diener
Soll unser Bote sein; bald hört Ihr wohl,
Wenn Ihr zu Eurem Vorteil wagen wollt,
Was Eure Dame wünscht. Tragt dies; kein Wort! –
Neigt Euer Haupt: der Kuß, dürft' er nur reden,
Erhöbe dir den Mut in alle Lüfte: –
Versteh' mich und leb wohl!

EDMUND. Dein in den Reih'n des Tods!

Er geht ab.

GONERIL. Mein teurer Gloster! –
O welch ein Abstand zwischen Mann und Mann! –
Ja, dir gebührt des Weibes Gunst; mein Narr
Besitzt mich wider Recht.

HAUSHOFMEISTER. Der Herzog, gnäd'ge Frau!

Haushofmeister geht ab.
Albanien tritt auf.

GONERIL. Sonst war ich doch des Pfeifens wert! –

ALBANIEN. O Goneril,
Du bist des Staubs nicht wert, den dir der Wind
Ins Antlitz weht. Ich fürchte dein Gemüt: –
Ein Wesen, das verachtet seinen Stamm,
Kann nimmer fest begrenzt sein in sich selbst.
Sie, die vom mütterlichen Baum sich löst
Und selber abzweigt, muß durchaus verwelken
Und Todeswerkzeug sein.

GONERIL. Nicht mehr: der Text ist albern.

ALBANIEN. Weisheit und Tugend scheint dem Schlechten schlecht;
Schmutz riecht sich selber nur. Was tatet ihr?
Tiger, nicht Töchter, was habt ihr verübt! –
Ein Vater und ein gnadenreicher Greis,
Den wohl der zott'ge Bär in Ehrfurcht leckte –
O Schmach! O Schandtat! fiel durch euch in Wahnsinn!
Und litt mein edler Bruder solche Tat,
Ein Mann, ein Fürst, der ihm so viel verdankt? –
Schickt nicht der Himmel sichtbar seine Geister
Alsbald herab, zu zügeln diese Greu'l,
Muß Menschheit an sich selbst zum Raubtier werden,
Wie Ungeheu'r der Tiefe.

GONERIL. Milchherz'ger Mann!
Der Wangen hat für Schläg', ein Haupt für Schimpf,
Dem nicht ein Auge ward, zu unterscheiden,
Was Ehre sei, was Kränkung; der nicht weiß,
Daß Toren nur den Schuft bedauern, der
Bestraft ward, eh' er fehlt'! – Was schweigt die Trommel?
Frankreichs Panier weht hier im stillen Land;
Mit stolzem Helmbusch droht dein Mörder schon,
Und du, ein Tugendnarr, bleibst still und stöhnst:
»Ach, warum tut er das?«

ALBANIEN. Schau' auf dich, Teufel;
Die eigne Häßlichkeit ist nicht am Satan
So grau'nvoll, als am Weibe.

GONERIL. Blöder Tor!

ALBANIEN.
Schmach dir, entstellt, verwandelt Wesen, mach'
Dein Antlitz nicht zum Scheusal! Ziemte mir's,
Daß diese Hand gehorchte meinem Blut,
Sie möchte leicht zerreißen dir und trennen
Fleisch und Gebein! Wie sehr du Teufel bist,
Die Weibsgestalt beschützt dich.

GONERIL. Ei, welche Mannheit nun! –

Ein Bote tritt auf.

ALBANIEN. Was bringst du Neues?

BOTE.
O gnäd'ger Herr, tot ist der Herzog Cornwall;
Ihn schlug sein Knecht, als er ausreißen wollte
Graf Glosters zweites Auge.

ALBANIEN. Glosters Augen?

BOTE. Ein Knecht, den er erzog, gereizt von Mitleid,
Die Tat zu hindern, zückte seinen Degen
Auf seinen großen Herrn – der, drob ergrimmt,
Ihn rasch mit andrer Hülfe niederstieß –
Doch traf ihn schon der Todesstreich, der jetzt
Ihn nachgeholt.

ALBANIEN. Das zeigt, ihr waltet droben,
Ihr Richter, die so schnell der Erde Freveln
Die Rache senden. Doch, o armer Gloster,
Verlor er beide Augen?

BOTE. Beide, Herr!
Der Brief, Mylady, fordert schnelle Antwort,
Er kommt von Eurer Schwester.

GONERIL *beiseit.*
Halb gefällt's mir;
Doch, da sie Witwe, und bei ihr mein Gloster,
Könnt' all der luft'ge Bau zusammenstürzen
Auf mein verhaßtes Leben. Andrerseits
Mundet die Nachricht wenig. Ich will lesen,
Und Antwort senden.

Sie geht ab.

ALBANIEN.
Wo war sein Sohn, als sie ihn blendeten?

BOTE. Er kam mit Eurer Gattin.

ALBANIEN. Er ist nicht hier.

BOTE.
Mein gnäd'ger Herr, ich traf ihn auf dem Rückweg.

ALBANIEN. Weiß er die Greueltat?

BOTE.
Ja, gnäd'ger Herr! Er war's, der ihn verriet,
Und den Palast vorsätzlich mied, der Strafe
So freiern Lauf zu lassen.

ALBANIEN. Ich lebe, Gloster,
Die Treu', die du dem König zeigst, zu lohnen,
Und dein Gesicht zu rächen! – Folg' mir, Freund,
Und sag mir, was du sonst noch weißt.

Sie gehn ab.

Dritte Szene

Das französische Lager bei Dover.
Es treten auf Kent und ein Ritter.

KENT. Warum der König von Frankreich so plötzlich zurückgegangen ist: wißt Ihr die Ursach'?

EDELMANN.
Es war ein Staatsgeschäft noch nicht vollendet,
Das nach der Landung er bedacht; es drohte
Dem Königreich so viel Gefahr und Schrecken,

Daß eigne Gegenwart höchst dringend schien
Und unvermeidlich.

KENT.
Wenn ließ er hier zurück als seinen Feldherrn?

EDELMANN.
Den Marschall Frankreichs, Monseigneur le Fèr.

KENT. Reizten Eure Briefe die Königin nicht zu Äußerungen des Schmerzes?

EDELMANN.
Jawohl, sie nahm sie, las in meinem Beisein,
Und dann und wann rollt' eine volle Träne
Die zarte Wang' herab; es schien, daß sie
Als Kön'gin ihren Schmerz regierte, der
Rebellisch wollt' ihr König sein.

KENT. Oh, dann
Ward sie bewegt.

EDELMANN. Doch nicht zum Zorn. Geduld und Kummer stritten,
Wer ihr den stärksten Ausdruck lieh. Ihr saht
Regen zugleich und Sonnenschein: ihr Lächeln
Und ihre Tränen war wie Frühlingstag.
Dies sel'ge Lächeln, das die frischen Lippen
Umspielte, schien, als wiss' es um die Gäste
Der Augen nicht, die so von diesen schieden,
Wie Perlen von Demanten tropfen. Kurz,
Der Gram würd' als ein Schatz gesucht, wenn jeden
Er also schmückte.

KENT. Hat sie nichts gesprochen?

EDELMANN.
Ja, mehrmals seufzte sie den Namen »Vater«
Stöhnend hervor, als preßt' er ihr das Herz:
Rief: »Schwestern! Schwestern! Schmach der Frauen! Schwestern!
Kent! Vater! Schwestern! Was, in Sturm und Nacht?
Glaubt an kein Mitleid mehr!« Dann strömten ihr
Die heil'gen Tränen aus den Himmelsaugen,
Und netzten ihren Laut; sie stürzte fort,
Allein mit ihrem Gram zu sein.

KENT. Die Sterne,
Die Sterne bilden unsre Sinnesart,
Sonst zeugte nicht so ganz verschiedne Kinder
Ein und dasselbe Paar. – Spracht Ihr sie noch?

EDELMANN. Nein.

KENT. War's vor des Königs Reise?

EDELMANN. Nein, hernach.

KENT. Gut, Herr!
Der arme kranke Lear ist in der Stadt;
Manchmal in beßrer Stimmung wird's ihm klar,
Warum wir hier sind, und auf keine Weise
Will er die Tochter sehn.

EDELMANN. Weshalb nicht, Herr? –

KENT.
Ihn überwältigt so die Scham – sein harter Sinn,
Der seinen Segen ihr entzog, sie preis gab
Dem fremden Zufall, und ihr teures Erbrecht
Den hünd'schen Töchtern lieh, – das alles sticht
So giftig ihm das Herz, daß glüh'nde Scham
Ihn von Cordelien fern hält.

EDELMANN. Armer Herr!

KENT.
Wißt Ihr von Cornwalls und Albaniens Macht?

EDELMANN.
's ist wie gesagt: sie stehn im Feld.

KENT.
Ich bring' Euch jetzt zu unserm König Lear,
Und lass' ihn Eurer Pflege. Wicht'ge Gründe
Gebieten, mich verborgen noch zu halten;
Geb' ich mich kund, so wird's Euch nicht gereuen,
Daß Ihr mich jetzt gekannt. Ich bitt' Euch, kommt,
Begleitet mich!

Sie gehn ab.

Vierte Szene

Freies Feld. Trommeln und Fahnen. Cordelia, ein Arzt, Gefolge, Edelleute und Soldaten treten auf.

CORDELIA.
O Gott, er ist's; man traf ihn eben noch
In Wut, wie das empörte Meer; laut singend,
Bekränzt mit wildem Erdrauch, Windenranken,
Mit Kletten, Schierling, Nesseln, Kuckucksblumen
Und allem müß'gen Unkraut, welches wächst
Im nährenden Weizen. Hundert schickt und mehr;
Durchforscht jedwedes hochbewachsne Feld
Und bringt ihn zu uns! – Was vermag die Kunst,
Ihm herzustellen die beraubten Sinne?
Er, der ihn heilt, nehm' alle meine Schätze!

ARZT. Es gibt noch Mittel, Fürstin!
Die beste Wärt'rin der Natur ist Ruhe,
Die ihm gebricht; und diese ihm zu schenken,
Vermag manch wirksam Heilkraut, dessen Kraft
Des Wahnsinns Augen schließen wird.

CORDELIA. All ihr gesegneten, geheimen Wunder,
All ihr verborgnen Kräfte der Natur,
Sprießt auf durch meine Tränen! Lindert, heilt
Des guten Greises Weh! Sucht, sucht nach ihm,
Eh' seine blinde Wut das Leben löst,
Das sich nicht führen kann.

Ein Bote tritt auf.

BOTE. Vernehmt, Mylady,
Die brit'sche Macht ist auf dem Zug hieher.

CORDELIA.
Man wußt' es schon; und wir sind vorbereitet,
Sie zu empfangen. Oh, mein teurer Vater,
Für deine Wohlfahrt hab' ich mich gerüstet;
Drum hat der große Frankreich
Mein Trauern, meiner Tränen Flehn erhört.
Nicht luft'ger Ehrgeiz treibt uns zum Gefecht,
Nur brünst'ge Lieb' und unsers Vaters Recht;
Möcht' ich doch bald ihn sehn und ihn vernehmen!

Sie gehn ab.

Fünfte Szene

Regans Schloß. Es treten auf Regan und der Haushofmeister.

REGAN. Doch steht des Bruders Macht im Feld?

HAUSHOFMEISTER. Ja, Fürstin.

REGAN. Er selbst zugegen?

HAUSHOFMEISTER. Ja, mit vieler Not;
Eure Schwester ist der bessere Soldat.

REGAN.
Lord Edmund sprach mit deinem Herzog nicht?

HAUSHOFMEISTER. Nein, gnäd'ge Frau!

REGAN.
Was mag der Schwester Brief an ihn enthalten?
HAUSHOFMEISTER. Ich weiß nicht, Fürstin.
REGAN.
Gewiß, ihn trieb ein ernst Geschäft von hier.
Sehr töricht war's, dem Gloster nach der Blendung
Das Leben lassen; wohin er kommt, bewegt er
Die Herzen wider uns. Edmund, vermut' ich,
Aus Mitleid seines Elends, ging zu enden
Sein nächtlich Dasein, und erforscht zugleich
Des Feindes Stärke.
HAUSHOFMEISTER.
Ich muß durchaus ihm nach mit meinem Brief.
REGAN.
Das Heer rückt morgen aus; bleibt hier mit uns;
Gefährlich sind die Weg'.
HAUSHOFMEISTER. Ich darf nicht, Fürstin;
Mylady hat mir's dringend eingeschärft.
REGAN.
Was brauchte sie zu schreiben? Könnt'st du nicht
Mündlich bestellen dein Geschäft? – Vielleicht –
Etwas – ich weiß nicht was: – ich will dir gut sein,
Laß mich den Brief entsiegeln!
HAUSHOFMEISTER. Lieber möcht' ich –
REGAN. Ich weiß, die Herzogin haßt ihren Gatten:
Das ist gewiß; bei ihrem letzten Hiersein
Liebäugte sie mit sehr beredten Blicken
Dem edlen Edmund; du bist ihr Vertrauter.
HAUSHOFMEISTER. Ich, Fürstin?
REGAN. Ich rede mit Bedacht: ich weiß, du bist's.
Drum rat' ich dir, nimm diese Weisung an:
Mein Mann ist tot; Edmund und ich sind einig;
Und besser paßt er sich für meine Hand,
Als deiner Herrin: – schließe weiter selbst!
Wenn du ihn find'st, so bitt' ich, gib ihm dies;
Und wenn's die Herzogin von dir vernimmt,
Ermahne sie, Vernunft zu Rat zu ziehn!
Und somit lebe wohl!
Triffst du vielleicht den blinden Hochverräter,
Ein reicher Lohn wird dem, der ihn erschlägt.
HAUSHOFMEISTER.
Ich wollt', ich fänd' ihn, Fürstin, daß Ihr säht,
Mit wem ich's halte.
REGAN. So gehab' dich wohl!
Sie gehn ab.

Sechste Szene

Gegend bei Dover.
Es treten auf Gloster und Edgar in Bauerntracht.

GLOSTER.
Wann kommen wir zum Gipfel dieses Bergs?
EDGAR.
Ihr klimmt hinan: seht nur, wie schwer es geht! –
GLOSTER. Mich dünkt, der Grund ist eben.
EDGAR. Furchtbar steil!
Horcht! Hört Ihr nicht die See?
GLOSTER. Nein, wahrlich nicht! –
EDGAR. Dann wurden Eure andern Sinne stumpf
Durch Eurer Augen Schmerz.
GLOSTER. Das mag wohl sein.
Mich dünkt, dein Laut ist anders, und du sprichst
Mit besserm Sinn und Ausdruck als zuvor.
EDGAR.
Ihr täuscht Euch sehr: ich bin in nichts verändert
Als in der Tracht.
GLOSTER.
Mich dünkt, du sprächest besser.
EDGAR. Kommt, Herr, hier ist der Ort: steht still!
Wie grau'nvoll
Und schwindelnd ist's, so tief hinab zu schaun! –
Die Kräh'n und Dohlen, die die Mitt' umflattern,
Sehn kaum wie Käfer aus – halbwegs hinab
Hängt einer, Fenchel sammelnd, – schrecklich Handwerk!
Mich dünkt, er scheint nicht größer als sein Kopf.
Die Fischer, die am Strande gehn entlang,
Sind Mäusen gleich; das hohe Schiff am Anker
Verjüngt zu seinem Boot; das Boot zum Tönnchen,
Beinah' zu klein dem Blick; die dumpfe Brandung,
Die murmelnd auf zahllosen Kieseln tobt,
Schallt nicht bis hier. – Ich will nicht mehr hinabsehn,
Daß nicht mein Hirn sich dreht, mein wirrer Blick
Mich taumelnd stürzt hinab.
GLOSTER. Stell' mich, wo du stehst!
EDGAR.
Gebt mir die Hand: Ihr seid nur einen Fuß
Vom letzten Rand. Für alles unterm Mond
Tät' ich hier keinen Sprung.
GLOSTER. Laß mich nun los!
Hier, Freund, ist noch ein Beutel, drin ein Kleinod,
Kostbar genug dem Armen. Feen und Götter
Gesegnen dir's! Geh nun zurück, mein Freund:
Nimm Abschied; laß mich hören, daß du gehst!
EDGAR. Lebt wohl denn, guter Herr!
GLOSTER. Von ganzem Herzen.
EDGAR. So spiel' ich nur mit dem Verzweifelnden,
Um ihn zu heilen.
GLOSTER. O ihr mächt'gen Götter!
Der Welt entsag' ich, und vor euerm Blick
Schüttl' ich geduldig ab mein großes Leid.
Könnt' ich es länger tragen ohne Hader
Mit euerm unabwendbar ew'gen Rat,
So möchte wohl mein müder Lebensdocht
Von selbst verglimmen. Wenn mein Edgar lebt –
O segnet ihn! – Nun, Freund, gehab' dich wohl!
EDGAR. Bin fort schon; lebt denn wohl!
Gloster springt und fällt zur Erde.
Und weiß ich, ob nicht Phantasie den Schatz
Des Lebens rauben kann, wenn Leben selbst
Dem Raub sich preis gibt? War er, wo er dachte,
Jetzt dächt' er nicht mehr. – Lebend oder tot? –
He, guter Freund! – Herr, hört Ihr? – Sprecht! –
So könnt' er wirklich sterben: – Nein, er lebt.
Wer seid Ihr, Herr? –
GLOSTER. Hinweg und laß mich sterben!
EDGAR.
Warst du nicht Fadensommer, Federn, Luft,
So viele Klafter tief kopfüber stürzend,
Du wärst zerschellt, gleich einem Ei. Doch atmest du,
Hast Körperschwere, blut'st nicht, sprichst, bist ganz.
Zehn Mastbäum' auf einander sind so hoch nicht,
Als steilrecht du hinabgefallen bist.
Ein Wunder, daß du lebst! Sprich noch einmal!
GLOSTER. Doch fiel ich oder nicht? –

EDGAR.
Vom furchtbar'n Gipfel dieser kreid'gen Klippe.
Sieh nur hinauf, man kann die schrill'nde Lerche
So hoch nicht sehn noch hören: sieh hinauf! –
GLOSTER. Ach Gott! Ich habe keine Augen.
Ward auch die Wohltat noch versagt dem Elend,
Durch Tod zu endigen? Trost war's doch immer,
Als Jammer der Tyrannen Wut sich konnte
Entziehn und seine stolze Willkür täuschen.
EDGAR. Gebt mir den Arm! –
Auf! – So! Wie geht's? Fühlt Ihr die Beine? – Steht? –
GLOSTER. Zu gut! zu gut!
EDGAR. Das nenn' ich wunderseltsam!
Dort auf der Klippe Rand, welch Ding war das,
Das von Euch wich?
GLOSTER. Ein armer Bettler war's.
EDGAR. Hier unten schienen seine Augen mir
Zwei Monden; tausend Nasen hatt' er, Hörner
Gekrümmt, und wogte, wie's empörte Meer:
Ein Teufel war's. Drum denk', beglückter Alter,
Daß höchste Götter, die zum Ruhm vollführen,
Was uns unmöglich scheint, dich retteten.
GLOSTER.
Ja, das erkenn' ich jetzt. Ich will hinfort
Mein Elend tragen, bis es ruft von selbst:
»Genug, genug, und stirb!« Das Ding, wovon
Ihr sprecht, schien mir ein Mensch; oft rief es aus:
»Der böse Feind!« – Er führte mich dahin.
EDGAR.
Seid ruhig und getrost! Doch wer kommt da? –
Lear tritt auf, phantastisch mit Blumen und Kränzen aufgeschmückt.
Gesunder Sinn wird nimmer seinen Herrn
So ausstaffieren.
LEAR. Nein, wegen des Weinens können sie mir nichts tun; ich bin der König selbst.
EDGAR. O herzzerreißender Anblick! –
LEAR. Natur ist hierin mächtiger als die Kunst. – Da ist Euer Handgeld. Der Bursch führt seinen Bogen wie eine Vogelscheuche. Spannt mir eine volle Tuchmacherelle, – sieh, sieh, eine Maus – still, still, dies Stück gerösteter Käse wird gut dazu sein. – Da ist mein Panzerhandschuh; gegen einen Riesen verfecht' ich's. Die Hellebarden her! – Oh, schön geflogen, Vogel! Ins Schwarze, ins Schwarze! Hui! – Gebt die Parole!
EDGAR. Süßer Majoran. –
LEAR. Passiert!
GLOSTER. Die Stimme kenn' ich.
LEAR. Ha, Goneril! – Mit 'nem weißen Bart! Sie schmeichelten mir wie Hunde und erzählten mir, ich hätte weiße Haare im Bart, ehe die schwarzen kamen. – Ja und Nein zu sagen zu allem, was ich sagte! – Ja und Nein zugleich, das war keine gute Theologie. Als der Regen einst kam, mich zu durchnässen, und der Wind mich schauern machte, und der Donner auf mein Geheiß nicht schweigen wollte, da fand ich sie, da spürte ich sie aus. Nichts da, es ist kein Verlaß auf sie; sie sagten mir, ich sei alles: das ist eine Lüge, ich bin nicht fieberfest.
GLOSTER.
Den Ton von dieser Stimme kenn' ich wohl:
Ist's nicht der König?
LEAR. Ja, jeder Zoll ein König: –
Blick' ich so starr, sieh, bebt der Untertan. –
Dem schenk' ich's Leben: was war sein Vergehn?
Eh'bruch! –
Du sollst nicht sterben. Tod um Eh'bruch, – ? – Nein!
Der Zeisig tut's, die kleine goldne Fliege,
Vor meinen Augen buhlt sie.
Laßt der Vermehrung Lauf! – Denn Glosters Bastard
Liebte den Vater mehr, als meine Töchter,
Erzeugt im Eh'bett.
Dran, Unzucht! Frisch auf, denn ich brauch'
Soldaten. –
Sieh dort die ziere Dame,
Ihr Antlitz weissagt Schnee in ihrem Schoß;
Sie spreizt sich tugendlich und dreht sich weg,
Hört sie die Lust nur nennen:
Und doch sind Iltis nicht und hitz'ge Stute
So ungestüm in ihrer Brunst.
Vom Gürtel nieder sind's Centauren,
Wenn auch von oben Weib; nur bis zum Gürtel
Sind sie den Göttern eigen: jenseit alles
Gehört den Teufeln, dort ist Hölle, Nacht,
Dort ist Schwefelpfuhl, Brennen, Sieden, Pestgeruch,
Verwesung, – pfui, pfui, pfui! – Pah! Pah! –
Gib etwas Bisam, guter Apotheker,
Meine Phantasie zu würzen. Da ist Gold für dich.
GLOSTER. O laß die Hand mich küssen! –
LEAR. Laß mich sie erst abwischen; sie riecht nach dem Grabe.
GLOSTER.
O du zertrümmert Meisterstück der Schöpfung! –
So nutzt das große Weltall einst sich ab
Zu nichts. Kennst du mich wohl?
LEAR. Ich erinnere mich deiner Augen recht gut: blinzelst du mir zu? – Nein, tu' dein Ärgstes, blinder Cupido; ich will nicht lieben. Lies einmal diese Herausforderung; sieh nur die Schriftzüge! –
GLOSTER.
Wär' jede Letter Sonn', ich säh' nicht eine.
EDGAR.
Nicht glauben wollt' ich's dem Gerücht: es ist so,
Und bricht mein Herz.
LEAR. Lies!
GLOSTER. Was, mit den Höhlen der Augen?
LEAR. Oho, stehn wir so miteinander? Keine Augen im Kopf, kein Geld im Beutel? – Höhlten sie dir die Augen und holten dir den Beutel? Doch siehst du, wie die Welt geht!
GLOSTER. Ich seh' es fühlend.
LEAR. Was, bist du toll? – Kann man doch sehn, wie es in der Welt hergeht, ohne Augen. Schau' mit dem Ohr: sieh, wie jener Richter auf jenen einfältigen Dieb schmält! Horch, – unter uns – den Platz gewechselt und die Hand gedreht: wer ist Richter, wer Dieb? Sahst du wohl eines Pachters Hund einen Bettler anbellen? –
GLOSTER. Ja, Herr!
LEAR. Und der Wicht lief vor dem Köter: da konntest du das große Bild des Ansehns erblicken: dem Hund im Amt gehorcht man.
Du schuft'ger Büttel, weg die blut'ge Hand!
Was geißelst du die Hure? Peitsch' dich selbst:

Dich lüstet heiß, mit ihr zu tun, wofür
Dein Arm sie stäupt. Der Wuch'rer hängt den Gauner;
Zerlumptes Kleid bringt kleinen Fehl ans Licht,
Talar und Pelz birgt alles. Hüll' in Gold die Sünde, –
Der starke Speer des Rechts bricht harmlos ab; –
In Lumpen, – des Pygmäen Halm durchbohrt sie.
Kein Mensch ist sündig; keiner, sag' ich, keiner;
Und ich verbürg' es, wenn – versteh', mein Freund, –
Er nur des Klägers Mund versiegeln kann.
Schaff' Augen dir von Glas,
Und, wie Politiker des Pöbels, tu',
Als sähst du Dinge, die du doch nicht siehst –
Nun, nun, nun, nun –
Zieht mir die Stiefeln ab! – Stärker, stärker, – so! –

EDGAR. O tiefer Sinn und Aberwitz gemischt! –
Vernunft in Tollheit!

LEAR.
Willst weinen über mich, nimm meine Augen!
Ich kenne dich recht gut, dein Nam' ist Gloster –
Gedulde dich, wir kamen weinend an.
Du weißt, wenn wir die erste Luft einatmen,
Schrein wir und winseln. Ich will dir pred'gen: horch! –

GLOSTER. O welcher Jammer!

LEAR. Wir Neugebornen weinen, zu betreten
Die große Narrenbühne – ein schöner Hut! –
O feine Kriegslist, einen Pferdetrupp
Mit Filz so zu beschuhn: ich will's versuchen,
Und überschleich' ich so die Schwiegersöhne,
Dann schlagt sie tot, tot, tot! – Tot, tot! –

Ein Edelmann mit Bedienten tritt auf.

EDELMANN.
O hier, hier ist er. Haltet ihn! Mylord,
Eu'r liebstes Kind –

LEAR. Wie, kein Entsatz? Gefangen? Bin ich doch
Der wahre Narr des Glücks. Verpflegt mich wohl,
Ich geb' euch Lösegeld. Schafft mir 'nen Wundarzt,
Ich bin ins Hirn gehaun.

EDELMANN. Nichts soll Euch fehlen.

LEAR. Kein Beistand? – ganz allein?
Da könnte wohl der Mensch in salz'ge Tränen
Vergehn, wie Kannen seine Augen brauchend,
Des Herbstes Staub zu löschen.

EDELMANN. Teurer Herr!

LEAR. Brav will ich sterben, wie ein schmucker Bräut'gam; was?
Will lustig sein; kommt, kommt, ich bin ein König,
Ihr Herren, wißt ihr das? –

EDELMANN.
Ein hoher König, und wir folgen Euch.

LEAR. So ist noch nichts verloren. Kommt! wenn ihr's haschen wollt, so müßt ihr's durch Laufen haschen. Sa, sa, sa, sa! *Er läuft fort.*

EDELMANN.
Ein Anblick, jammervoll am ärmsten Bettler,
An einem König namenlos! Du hast ein Kind,
Durch das die Welt vom grausen Fluch erlöst wird,
Den zwei auf sie gebracht.

EDGAR. Heil, edler Herr!

EDELMANN. Seid kurz, mein Freund! Was wollt Ihr?

EDGAR.
Vernahmt Ihr, Herr, ob's bald ein Treffen gibt?

EDELMANN.
Nun, das ist weltbekannt, ein jeder weiß es,
Der Ohren hat zu hören.

EDGAR. Doch erlaubt,
Wie nahe steht der Feind?

EDELMANN.
Nah und in schnellem Anmarsch; stündlich kann
Die Hauptmacht hier sein.

EDGAR. Dank Euch! Das war alles.

EDELMANN.
Weilt gleich die Königin aus Gründen hier,
Ist doch das Heer schon vorgerückt.

EDGAR. Ich dank' Euch.

Edelmann geht ab.

GLOSTER.
Ihr ewig güt'gen Götter, nehmt mein Leben,
Daß nicht mein böser Sinn mich nochmals treibt,
Zu sterben, eh' es euch gefällt.

EDGAR. So betet
Ihr trefflich, Vater! –

GLOSTER. Nun, mein Freund, wer seid Ihr?

EDGAR. Der ärmste Mensch, gezähmt durch Schicksalsschläge,
Der durch die Schule selbstempfundnen Grams
Empfänglich ward für Mitleid. – Gebt die Hand mir,
Ich führ' Euch in ein Haus.

GLOSTER. Von Herzen Dank!
Des Himmels Huld und reicher Segen geb'
Euch Lohn auf Lohn! –

Der Haushofmeister tritt auf.

HAUSHOFMEISTER.
Ein Preis verdient! Willkommen! –
Dein augenloser Kopf ward darum Fleisch,
Mein Glück zu gründen. Alter Hochverräter,
Bedenke schnell dein Heil: das Schwert ist bloß,
Das dich vernichten soll.

GLOSTER. So brauch' mit Kraft
Die Freundeshand!

Edgar setzt sich zur Wehre.

HAUSHOFMEISTER.
Was, frecher Bauer, willst du
Verteid'gen solchen Hochverräter? Fort! –
Daß seines Schicksals Pest nicht auch auf dich
Ansteckend falle! Laß den Arm ihm los!

EDGAR.
Will nit los losse, Herr, muß erst anders kumme.

HAUSHOFMEISTER. Laß los, Sklav', oder du stirbst!

EDGAR. Lieber Herr, gehn Eures Wegs und loßt arme Leut' in Ruh'. Wann ich mich sollt mit eim große Maul ums Lebe bringe losse, da hätt' ich's schun vor vierzehn Täg los werde künne. Kummt mer dem alte Mann nit nah; macht Euch furt, rat' ich, oder ich will emohl versuche, was stärker is, Eu'r Hirnkaste oder mei Knippel. Ich sog's Euch grod' raus.

HAUSHOFMEISTER. Ei, du Bauerflegel! –

EDGAR. Ich ward' Euch die Zähne stochern,
Herr: was schiern mich Eure Finte!

Sie fechten, und Edgar schlägt ihn zu Boden.

HAUSHOFMEISTER. Sklav', du erschlugst mich! –
Schuft, nimm meinen Beutel;
Soll's dir je wohl gehn, so begrabe mich,

Und gib die Briefe, die du bei mir find'st,
An Edmund, Grafen Gloster! Such' ihn auf
In Englands Heer – O Tod zur Unzeit –Tod! –

Er stirbt.

EDGAR.
Ich kenne dich: ein dienstbeflißner Bube,
Den Lastern der Gebiet'rin so geneigt,
Als Bosheit wünschen mag.

GLOSTER. Was, ist er tot?

EDGAR. Hier setzt Euch, Vater, ruht!

Beiseit.

Laß sehn die Taschen; jene Briefe können
Mir guten Dienst tun.

Laut.

Er ist tot; nur schade,
Daß ich sein Henker mußte sein.

Beiseit.

Laßt sehn!
Erlaube, liebes Wachs, und schilt nicht, Sitte:
Man risse ja, des Feindes Sinn zu spähn,
Sein Herz auf; seine Briefe geht schon eher.

Er liest den Brief.

»Gedenkt unsrer gegenseitigen Schwüre! Ihr habt manche Gelegenheit, ihn aus dem Wege zu räumen; fehlt Euch der Wille nicht, so werden Zeit und Ort Euch vielmal günstig sein. Es ist nichts geschehn, wenn er als Sieger heimkehrt; dann bin ich die Gefangne und sein Bett mein Kerker. Von dessen ekler Wärme befreit mich und nehmt seinen Platz ein für Eure Mühe!
Eure (Gattin, so möcht' ich sagen) ergebne Dienerin
Goneril.«
O unenthüllter Raum des Weiberwillens!
Ein Plan auf ihres biedern Mannes Leben,
Und der Ersatz: mein Bruder! – Hier im Sande
Verscharr' ich dich, unsel'ger Bote du,
Mordsücht'ger Buhler; und zur rechten Zeit
Bring' ich dies frevle Blatt vors Angesicht
Des todumgarnten Herzogs. Wohl ihm dann,
Daß deinen Tod und Plan ich melden kann!

Edgar schleppt den Leichnam hinaus.

GLOSTER.
Der König rast. Wie starr ist meine Seele,
Daß ich noch aufrecht steh' und scharf empfinde
Mein schweres Los! Besser, ich wär' verrückt:
Dann wär' mein Geist getrennt von meinem Gram,
Und Schmerz in eiteln Phantasie'n verlöre
Bewußtsein seiner selbst.

Edgar kommt zurück.

EDGAR. Gebt mir die Hand!
Fernher, so scheint mir, hör' ich Trommelschlag;
Kommt, Vater! – Zu 'nem Freunde führ' ich Euch.

Sie gehn ab.

Siebente Szene

Zelt.

Es treten auf Cordelia, Kent, ein Arzt und ein Edelmann.

CORDELIA.
O teurer Kent, kann all mein Tun und Leben
Dir je vergüten? Ist mein Leben doch
Zu kurz, und jeder Maßstab allzu klein.

KENT. So anerkannt ist überreich bezahlt.
Was ich gesagt, ist alles schlichte Wahrheit,
Nicht mehr noch minder.

CORDELIA. Nimm ein beßres Kleid;
Die Tracht ist Denkmal jener bittern Stunden:
Ich bitt' dich, leg' sie ab!

KENT. Nein, güt'ge Fürstin;
Jetzt schon erkannt sein, schadet meinem Plan.
Als Gnade bitt' ich, kennt mich jetzt noch nicht,
Eh' Zeit und ich es heischen.

CORDELIA. Sei's denn so,
Mein werter Lord!

Zum Arzt.

Was macht der König?

ARZT. Er schläft noch, Fürstin!

CORDELIA. Güt'ge Götter, heilt
Den großen Riß des schwer gekränkten Geistes! –
Der Sinne rauhen Mißklang, stimmt ihn rein
Dem Kind gewordnen Vater! –

ARZT. Gefällt's Eu'r Hoheit,
Daß wir den König wecken? Er schlief lang.

CORDELIA.
Folgt Eurer Einsicht und verfahrt durchaus
Nach eignem Willen! Ist er angekleidet?

Diener bringen den schlafenden Lear in einem Sessel herein.

EDELMANN.
Ja, gnäd'ge Frau, in seinem tiefen Schlaf
Versahn wir ihn mit frischen Kleidern.

ARZT.
Bleibt, gnäd'ge Kön'gin, bis wir ihn erwecken;
Ich zweifle nicht an mildrer Stimmung.

CORDELIA. Wohl!

ARZT. Gefällt's Euch, näher! – Lauter die Musik! –

CORDELIA.
Mein teurer Vater! O Genesung, gib
Heilkräfte meinen Lippen; dieser Kuß
Lindre den grimmen Schmerz, mit dem die Schwestern
Dein Alter kränkten!

KENT. Güt'ge, liebe Fürstin!

CORDELIA.
Warst du ihr Vater nicht, – dies Silberhaar
Verlangte Mitleid. Oh, war dies ein Haupt,
Dem Sturm der Elemente preiszugeben?
Dem lauten, furchtbar'n Donner? – Standzuhalten
Dem höchst grau'nvollen, schnell beschwingten Flug
Gekreuzter Blitze? Meines Feindes Hund,
Und hätt' er mich gebissen, durft' in jener Nacht
An meinem Feuer stehn – und dir, mein Vater,
Genügte faules, kurzes Stroh bei Schweinen
Und vogelfreiem Volk! Ach Gott! Ach Gott!
Ein Wunder, daß dein Leben nicht zugleich
Mit deinen Sinnen schied. Er wacht: sprecht zu ihm!

ARZT. Tut Ihr's, Mylady; 's ist am besten.

CORDELIA.
Was macht mein königlicher Herr? Wie geht's Eu'r Majestät? –

LEAR.
's ist unrecht, daß ihr aus dem Grab mich nehmt.
Du bist ein sel'ger Geist, ich bin gebunden
Auf einem Feuerrad, das meine Tränen
Durchglühn wie flüssig Blei.

CORDELIA. Herr! Kennt Ihr mich?
LEAR. Du bist ein Geist, ich weiß es wohl, – wann starbst du?
CORDELIA. Noch immer weit, weit weg!
ARZT.
Er ist kaum wach: laßt ihn ein Weilchen ruhig!
LEAR.
Wo war ich denn? Wo bin ich? – Heller Tag? –
Man täuscht mich arg – ich stürbe wohl vor Mitleid,
Erblickt' ich andre so – wie ist mir doch?
Ich will nicht schwören, dies sei meine Hand –
Laß sehn! ich fühle diesen Nadelstich.
Wär' ich doch überzeugt von meinem Zustand! –
CORDELIA. Oh, seht auf mich, Mylord! –
Hebt Eure Hand zum Segen über mich!
Nein, Herr, Ihr müßt nicht knieen.
LEAR. Spottet meiner nicht! –
Ich bin ein schwacher, kind'scher, alter Mann,
Achtzig und drüber: keine Stunde mehr
Noch weniger, und grad' heraus
Ich fürchte fast, ich bin nicht recht bei Sinnen.
Mich dünkt, ich kenn' Euch, kenn' auch diesen Mann;
Doch zweifl' ich noch, denn ich begreif' es nicht,
An welchem Ort ich bin; all mein Verstand
Entsinnt sich dieser Kleider nicht, noch weiß ich,
Wo ich die Nacht schlief. Lacht nicht über mich,
Denn so gewiß ich lebe,
Die Dame halt' ich für mein Kind Cordelia.
CORDELIA. Das bin ich auch! Ich bin's! –
LEAR. Sind deine Tränen naß? Ja, wirklich! Bitte,
O weine nicht!
Wenn du Gift für mich hast, so will ich's trinken,
Ich weiß, du liebst mich nicht; denn deine Schwestern,
So viel ich mich erinnre, kränkten mich;
Du hattest Grund, sie nicht.
CORDELIA. Kein Grund! Kein Grund!
LEAR. Bin ich in Frankreich?
CORDELIA. In Eurem eignen Königreich, Mylord!
LEAR. Betrügt mich nicht!
ARZT. Seid ruhig, hohe Frau!
Die große Wut ist, wie Ihr seht, geheilt;
Doch wär's gefährlich, die verlorne Zeit
Ihm zu erklären. Führt ihn jetzt hinein!
Und stört ihn nicht, bis er sich mehr erholt!
CORDELIA.
Beliebt es Euch, hineinzugehn, mein König?
LEAR. O habt Geduld mit mir! Bitte, vergeßt,
Vergebt, denn ich bin alt und kindisch.
Lear, Cordelia, Arzt und Bediente gehn ab.
EDELMANN. Bestätigt sich's,
Daß Herzog Cornwall so erschlagen ward?
KENT. Ja, Herr!
EDELMANN. Wer ist der Führer seines Heers?
KENT. Man sagt, der Bastard Glosters.
EDELMANN. Sein verbannter
Sohn Edgar, heißt's, lebt mit dem Grafen Kent
In Deutschland.
KENT. Das Gerücht ist unverbürgt.
's ist Zeit, sich umzuschaun; das Heer des Reichs
Rückt schleunig vor.
EDELMANN.
Nun, die Entscheidung wird sehr blutig sein.
Gehabt Euch wohl!
Geht ab.
KENT. Und meine Schale senkt sich oder steigt,
Gut oder schlimm, wie jetzt der Sieg sich neigt.
Geht ab.

Fünfter Aufzug

Erste Szene

Feldlager bei Dover.
Es treten auf mit Trommeln und Fahnen Edmund, Regan, Edelleute und Soldaten.

EDMUND.
Den Herzog fragt: ob's bleibt beim letzten Wort,
Oder seitdem ihn was bewog, den Plan
Zu ändern: denn er ist voll Widerspruch
Und schwankend: meld' uns seinen festen Willen!
Hauptmann ab.
REGAN.
Der Schwester Boten traf gewiß ein Unfall.
EDMUND. Ich fürcht' es, gnäd'ge Frau!
REGAN. Nun, lieber Graf,
Ihr wißt, was ich Euch Gutes zugedacht –
Sagt mir – doch redlich, sagt die lautre Wahrheit –
Liebt Ihr nicht meine Schwester? –
EDMUND. Ganz in Ehren.
REGAN. Doch fandet Ihr nie meines Bruders Weg
Zu der verbotnen Stätte? –
EDMUND. Falscher Argwohn!
REGAN.
Ich fürcht', Ihr seid mit ihr schon längst vereint
Aufs innigste, so viel es möglich ist.
EDMUND. Nein, gnäd'ge Frau, auf Ehre!
REGAN. Sie ist mir unerträglich; teurer Lord,
Seid nicht vertraut mit ihr!
EDMUND. Das fürchtet nicht!
Sie und der Herzog, ihr Gemahl –
Albanien, Goneril und Soldaten treten auf.
GONERIL *beiseit.*
Eh' daß mir diese Schwester ihn entfremdet,
Möcht' ich die Schlacht verlieren.
ALBANIEN.
Verehrte Schwester, seid uns sehr willkommen! –
Man sagt, der König kam zu seiner Tochter
Mit andern, so die Strenge unsrer Herrschaft
Zur Klage zwang. Ich war noch niemals tapfer,
Wo ich nicht ehrlich konnte sein: wir fechten,
Weil Frankreich unser Land hier überzog,
Nicht, weil's dem König hilft und jenen, welche,
Aus trift'gem Grunde, fürcht' ich, mit ihm halten.
EDMUND. Ihr sprecht sehr tugendlich.
REGAN. Wozu dies Klügeln?
GONERIL.
Dem Feind entgegen steht vereint zusammen!
Für diesen häuslichen besondern Zwist
Ist jetzt nicht Zeit.
ALBANIEN. So laßt uns denn den Ratschluß
Mit Kriegserfahrnen fassen, was zu tun.
EDMUND.
Gleich werd' ich bei Euch sein in Eurem Zelt.
REGAN. Ihr geht doch mit uns, Schwester?

GONERIL. Nein.
REGAN.
Der Wohlstand fordert's, bitt' Euch, geht mit uns!
GONERIL *beiseit.*
Oho, ich weiß das Rätsel. Ich will gehn.
Da sie gehn wollen, kommt Edgar verkleidet.
EDGAR. Sprach Euer Gnaden je so armen Mann,
Gönnt mir ein Wort!
ALBANIEN. Ich will euch folgen; redet! –
Edmund, Regan, Goneril und Gefolge gehen ab.
EDGAR.
Eh' Ihr die Schlacht beginnt, lest diesen Brief!
Wird Euch der Sieg, laßt die Trompete laden
Den, welcher ihn gebracht; so arm ich scheine,
Kann ich 'nen Kämpfer stellen, zu bewähren,
Was hier behauptet wird. Doch wenn Ihr fallt,
Dann hat Eu'r Tun auf dieser Welt ein Ende,
Und alle Ränke schweigen. Glück mit Euch!
ALBANIEN. Wart' noch, bis ich ihn las!
EDGAR. Das darf ich nicht.
Wenn's an der Zeit, laßt nur den Herold rufen,
Und ich erscheine wieder.
Er geht ab.
ALBANIEN.
Nun, fahre wohl: ich will den Brief mir ansehn.
Edmund kommt zurück.
EDMUND.
Der Feind ist nah: zieht Eure Macht zusammen!
Hier ist die Schätzung seiner Stärk' und Macht
Nach der genausten Kundschaft; doch Eu'r Eilen
Tut dringend not.
ALBANIEN. So folgen wir der Zeit.
Geht ab.
EDMUND.
Den beiden Schwestern schwur ich meine Liebe,
Und beide hassen sich, wie der Gestochne
Die Natter. Welche soll ich nehmen? Beide?
Ein' oder keine? – Keiner werd' ich froh,
Wenn beide leben. Mir die Witwe nehmen,
Bringt Goneril von Sinnen, macht sie rasend,
Und schwerlich komm' ich je zu meinem Ziel,
Solang' ihr Gatte lebt. Gut, nutzen wir
Sein Ansehn in der Schlacht; ist die vorüber,
Mag sie, die gern ihn los wär', weiter sinnen,
Ihn schnell hinwegzuräumen. Die Begnad'gung,
Die er für Lear im Sinn hat und Cordelia –
Wenn wir gesiegt und sie in unsrer Macht,
Vereitl' ich solch Verzeih'n. Nicht müß'ger Rat
Ziemt meiner Stellung, nein, entschloßne Tat.
Geht ab.

Zweite Szene

Ebendaselbst.
Feldgeschrei hinter der Bühne. Es kommen mit Trommeln und Fahnen Lear, Cordelia und Soldaten und ziehen über die Bühne. Edgar und Gloster treten auf.

EDGAR.
Den kühlen Schatten dieses Baumes nehmt
Als gute Herberg' an; fleht hier um Sieg des Rechts:
Wenn ich zu Euch je wiederkehre, Vater,
Bring' ich Euch Trost.
GLOSTER. Begleit' Euch Segen, Herr!
Edgar geht ab.
Getümmel, Schlachtgeschrei; es wird zum Rückzug geblasen. Edgar kommt zurück.
EDGAR.
Fort, alter Mann, gebt mir die Hand, hinweg! –
Lear ist besiegt, gefangen samt der Tochter,
Gebt mir die Hand: nur fort! –
GLOSTER. Nicht weiter, Freund! Man kann auch hier verfaulen.
EDGAR.
Was? Wieder Schwermut? Dulden muß der Mensch
Sein Scheiden aus der Welt, wie seine Ankunft:
Reif sein ist alles. Kommt!
GLOSTER. Wohl ist dies wahr.
Sie gehn ab.

Dritte Szene

Das britische Lager bei Dover.
Edmund tritt als Sieger auf, mit Trommeln und Fahnen. Lear und Cordelia als Gefangene. Offiziere, Soldaten und andere.
EDMUND.
Hauptleute, führt sie weg! In strenge Haft,
Bis deren höchster Wille wird verkündet,
Die ihre Richter.
CORDELIA. Ich bin nicht die erste,
Die; Gutes wollend, dulden muß das Schwerste.
Dein Unglück, Vater, beugt mir ganz den Mut,
Sonst übertrotzt' ich wohl des Schicksals Wut.
Sehn wir nicht diese Töchter? diese Schwestern?
LEAR. Nein, nein, nein, nein! Komm fort! Zum Kerker, fort! –
Da laß uns singen, wie Vögel in dem Käfig.
Bitt'st du um meinen Segen, will ich knie'n
Und dein Verzeihn erflehn; so woll'n wir leben,
Beten und singen, Märchen uns erzählen,
Und über goldne Schmetterlinge lachen.
Wir hören armes Volk vom Hofe plaudern,
Und schwatzen mit: wer da gewinnt, verliert;
Wer in, wer aus der Gunst; und tun so tief
Geheimnisvoll, als wären wir Propheten
Der Gottheit: und so überdauern wir
Im Kerker Ränk' und Spaltungen der Großen,
Die ebben mit dem Mond und fluten.
EDMUND. Führt sie fort!
LEAR. Auf solche Opfer, o Cordelia, streun
Die Götter selbst den Weihrauch. Hab' ich dich?
Wer uns will trennen, muß mit Himmelsbränden
Uns scheuchen, wie die Füchse. Weine nicht!
Die Pest soll sie verzehren, Fleisch und Haut,
Eh' sie uns weinen machen – nein, eh' sollen sie
Verschmachten! Komm!
Lear und Cordelia werden von der Wache abgeführt.
EDMUND. Tritt näher, Hauptmann, horch!
Nimm dieses Blatt, folg' ihnen in den Kerker:
Schon eine Stuf' erhöht' ich dich, und tust du,
Wie dies verlangt, so bahnst du deinen Weg
Zu hohen Ehren. Merke dir's, der Mensch
Ist wie die Zeit: zartfühlend sein geziemt
Dem Schwerte nicht. Dein wichtiges Geschäft
Erlaubt kein Fragen; sag, du willst es tun,

Sonst such' dir andres Glück.

HAUPTMANN. Ich bin bereit.

EDMUND.
So tu's, und sei beglückt, wenn du's vollbracht!
Doch – hörst du – gleich!
Wie ich dir's niederschrieb.

HAUPTMANN.
Ich kann den Karrn nicht ziehn noch Hafer essen;
Ist's menschenmöglich, will ich's tun.

Er geht ab.

Trompeten. Albanien, Goneril, Regan und Soldaten treten auf.

ALBANIEN.
Herr, Ihr habt heut viel Tapferkeit bewiesen,
Und hold war Euch das Glück. In Eurer Haft
Sind, die uns feindlich heut entgegenstanden.
Wir fordern sie von Euch und woll'n sie halten,
Wie's ihr Verdienst und unsre Sicherheit
Gleichmäßig heischen.

EDMUND. Herr, ich hielt für gut,
Den alten, schwachen König in Gewahrsam
Und sichre Hut bewacht hinwegzusenden.
Sein Alter wirkt, sein Rang noch mehr, wie Zauber,
Ihm der Gemeinen Herzen zu gewinnen
Und die geworbnen Lanzen wider uns,
Die Herrn, zu kehren. Mit ihm ward Cordelia
Aus gleichem Grund entfernt; sie sind bereit,
Auf morgen oder später zu erscheinen,
Wo Ihr die Sitzung haltet. Jetzt bedeckt
Uns Schweiß und Blut; der Freund verlor den Freund,
Und in der Hitze flucht dem besten Kampf,
Wer seine Schärfe fühlte. Doch die Frage
Wegen des Königs und Cordeliens heischt
Wohl eine beßre Stunde.

ALBANIEN. Herr, erlaubt,
Ich acht' Euch nur als Diener dieses Kriegs,
Als Bruder nicht.

REGAN. Das ist, wie's uns beliebt.
Mich dünkt, Ihr solltet unsern Wunsch erst fragen,
Eh' Ihr dies spracht. Er führte unser Heer,
Vertrat uns selbst und unsre höchste Würde,
Und kraft so hoher Vollmacht darf er aufstehn
Und Euch als Bruder grüßen.

GONERIL. Nicht so hitzig:
Sein eigner Wert hat höher ihn geadelt
Als deine Übertragung.

REGAN. In mein Recht
Durch mich gekleidet, weicht er nicht dem Besten.

ALBANIEN.
Das höchstens nur, wenn er sich Euch vermählte.

REGAN. Aus Spöttern werden oft Propheten.

GONERIL. Holla!
Das Aug', mit dem Ihr das gesehen, schielte.

REGAN.
Lady, mir ist nicht wohl, sonst gäb' ich dir
Aus vollem Herzen Antwort. General,
Nimm hin mein Heer, Gefangne, Land und Erbteil,
Schalt' über sie und mich; du hast nun alles;
Bezeug's die Welt, daß ich dich hier erhebe
Zu meinem Herrn und Eh'gemahl.

GONERIL. Wie, hoffst du,
Ihn zu besitzen?

ALBANIEN.
Dein guter Wille wird es nicht verhindern.

EDMUND. Noch Eurer, Herr!

ALBANIEN. Halbbürt'ger Bursche, ja!

REGAN. Die Trommeln rührt! – Verficht mein Recht als deins!

ALBANIEN.
Halt! Hört ein Wort! Edmund, um Hochverrat
Verhaft' ich dich und diese goldne Schlange.

Auf Goneril deutend.

Was Euern Anspruch anlangt, schöne Schwester,
Ich muß ihn hindern namens meiner Frau.
Die Dam' ist insgeheim dem Lord verlobt,
Und ich, ihr Mann, vernicht' Eu'r Aufgebot.
Sucht Ihr 'nen Gatten, schenkt Eu'r Lieben mir,
Mein Weib ist schon versagt.

GONERIL. Ein Zwischenspiel!

ALBANIEN.
Du bist in Waffen, Gloster – blast, Trompeten!
Kommt niemand, dich ins Angesicht zu zeihn
Verruchten, offenbaren Hochverrats –
Hier ist mein Pfand, aufs Haupt beweis' ich's dir,
Eh' Brot mein Mund berührt, du seist das alles,
Wofür ich dich erklärt.

REGAN. Krank! ich bin krank!

GONERIL *beiseit.*
Wenn nicht, so trau' ich keinem Gift.

EDMUND.
Hier ist mein Gegenpfand! Wer in der Welt
Mich Hochverräter nennt, lügt wie ein Schurke.
Trompeten, blast! Wer zu erscheinen wagt,
An ihm, an Euch, an jedem sonst behaupt' ich
Fest meine Ehr' und Treu'.

ALBANIEN. Ein Herold, ho!

Ein Herold tritt auf.

Vertrau' allein dem eignen Arm; dein Heer,
Wie ich's auf meinen Namen warb, entließ ich's
In meinem Namen.

REGAN. Diese Krankheit wächst! –

ALBANIEN.
Ist ihr nicht wohl; geht, führt sie in mein Zelt!

Regan wird weggebracht.

Herold, tritt vor! Laß die Trompete blasen!
Und lies dies laut!

Die Trompete wird geblasen; der Herold liest.

»Wenn irgendein Mann von Stand oder Rang im Heer wider Edmund, den angeblichen Grafen von Gloster, behaupten will, er sei ein vielfacher Verräter, der erscheine beim dritten Trompetenstoß; er ist bereit, sich zu verteidigen.«

EDMUND. Blase!

HEROLD. Noch einmal! – Noch einmal! –

Eine andre Trompete antwortet hinter der Bühne; darauf tritt Edgar bewaffnet auf; ein Trompeter geht ihm voran.

ALBANIEN.
Fragt, was er will, warum er hier erscheint
Auf der Trompete Ladung?

HEROLD. Wer seid Ihr?
Eu'r Nam', Eu'r Stand? Warum antwortet Ihr
Auf diese Ladung?

EDGAR. Wißt, mein Nam' erlosch,
Zernagt vom gift'gen Zahne des Verrats;

Doch bin ich edel wie mein Widerpart,
Dem ich Kampf biete.
ALBANIEN. Welchem Widerpart?
EDGAR.
Wer stellt sich hier für Edmund Grafen Gloster? –
EDMUND. Er selbst, was willst du ihm?
EDGAR. So zieh' dein Schwert,
Daß, wenn mein Wort ein edles Herz verletzt,
Dein Arm dir Recht verschafft: hier ist das meine. –
Denn also ist das Vorrecht meines Standes,
Des Ritterschwures und Berufs: dich zeih' ich, –
Trutz deiner Stärke, Jugend, Würd' und Hoheit,
Trutz deinem Siegerschwert und neuem Glück,
Wie Kraft und Mut dich ziert, – du seist Verräter,
Falsch deinen Göttern, deinem Bruder, deinem Vater,
Rebellisch diesem hocherlauchten Fürsten,
Und von dem höchsten Wirbel deines Haupts
Zu deiner Sohle tiefstem Staub herab
Ein krötengift'ger Bube. Sagst du »Nein!«, –
Dies Schwert, mein Arm, mein bester Mut sind fertig,
Was ich gezeugt, aufs Haupt dir zu beweisen:
Du lügst!
EDMUND.
Nach Vorsicht sollt' ich deinen Namen forschen;
Doch weil dein Äußres also schmuck und krieg'risch
Und Ritterschaft aus deiner Rede spricht, –
Was ich mit Fug und Vorsicht wohl verweigert,
Nach Recht des Zweikampfs, das will ich verachten.
In deine Zähne schleudr' ich den Verrat,
Werf' dir ins Herz zurück die Höllenlüge,
Der (denn sie streifte nur und traf mich kaum)
Mein Schwert sogleich die Stätte bahnen wird,
Wo sie auf ewig ruhn soll. Blast, Trompeten! –
Getümmel; sie fechten: Edmund fällt.
ALBANIEN. O rettet ihn!
GONERIL. Du fielst durch Hinterlist:
Nach Recht des Zweikampfs warst du nicht verpflichtet
Dem unbekannten Gegner; nicht besiegt, –
Getäuscht, betrogen bist du.
ALBANIEN. Weib, schweig still,
Sonst stopft dies Blatt den Mund Euch.
Zu Edmund.
Seht hierher!
Zu Goneril.
Du Schändlichste! Lies deine Untat hier:
Zerreißt es nicht! Ich seh', Ihr kennt dies Blatt.
Er gibt den Brief an Edmund.
GONERIL. Und wenn auch, ist das Reich doch mein, nicht dein:
Wer darf mich richten?
ALBANIEN. Scheusal! Also kennst du's?
GONERIL. Frag' mich nicht, was ich kenne!
Sie geht ab.
ALBANIEN.
Geh, folg' ihr; sie ist außer sich; bewacht sie!
EDMUND.
Wes du mich angeklagt, ich hab's getan,
Und mehr, weit mehr; die Zeit enthüllt es bald, –
Sie ist am Schluß und so auch ich. Doch wer bist du,
Der so mir obgesiegt? Bist du ein Edler,
Vergeb' ich dir.
EDGAR. Laß uns Erbarmung tauschen:
Ich bin an Blut geringer nicht als du;
Wenn mehr, so mehr auch hast du mich verletzt.
Edgar heiß' ich, bin deines Vaters Sohn.
Die Götter sind gerecht: aus unsern Lüsten
Erschaffen sie das Werkzeug, uns zu geißeln.
Der dunkle, sünd'ge Ort. wo er dich zeugte,
Bracht' ihn um seine Augen.
EDMUND. Wahr, o wahr! –
Ganz schlug das Rad den Kreis, ich unterliege.
ALBANIEN.
Mir schien dein Gang schon königlichen Adel
Zu kündigen; ich muß dich hier umarmen.
Gram spalte mir das Herz, haßt' ich jemals
Dich oder deinen Vater!
EDGAR. Würd'ger Fürst,
Das weiß ich.
ALBANIEN. Doch, wo waret Ihr verborgen?
Wie kam Euch Kunde von des Vaters Elend?
EDGAR.
Indem ich's pflegte. – Hört ein kurzes Wort;
Und ist's erzählt, o bräche dann mein Herz! –
Der blut'gen Achtserklärung zu entgehn,
Die mir so nah war – oh, wie süß das Leben!
Daß stündlich wir in Todesqualen sterben
Lieber als Tod mit eins! – verhüllt' ich mich
In eines Tollen Lumpen; nahm ein Ansehn,
Daß Hunde selbst mich scheuten; so entstellt,
Fand ich den Vater mit den blut'gen Ringen,
Beraubt der edlen Steine; ward sein Leiter,
Führt' ihn und bettelte für ihn und schützt' ihn
Vor Selbstmord. – Nie, o Gott! – gab ich mich kund,
Bis ich vor einer halben Stund' in Waffen,
Nicht sicher, doch voll Hoffnung dieses Siegs,
Um seinen Segen fleht', und von Beginn
Zum Ende meine Pilgerschaft erzählte;
Doch sein zerspaltnes Herz – ach, schon zu schwach,
Den Kampf noch auszuhalten zwischen Schmerz
Und Freud'! – im Übermaß der Leidenschaft
Brach lächelnd.
EDMUND. Deine Red' hat mich gerührt
Und wirkt wohl Gutes; aber sprich nur weiter –
Es scheint, als hätt'st du mehr zu sagen noch.
ALBANIEN.
Ist es noch mehr, mehr leidvoll noch, so schweig',
Denn ich bin nah daran, mich aufzulösen,
Dies hörend.
EDGAR. Dies erschien als Höchstes wohl
Dem, der den Gram nicht liebt; jedoch ein andres,
Noch steigernd, was zu viel schon, überragt
Das Alleräußerste.
Als ich laut schrie vor Schmerz, da kam ein Mann,
Der mich gesehn in meinem tiefsten Elend,
Und meine schreckliche Gesellschaft floh:
Nun aber, da er hörte, wer es sei,
Der dies ertrug, schlug er die starken Arme
Mir um den Hals, und heulte laut
Zum Himmel auf, als wollt' er ihn zersprengen;
Warf sich auf meinen Vater hin, erzählte
Von sich und Lear die kläglichste Geschichte,
Die je ein Ohr vernahm; im Sprechen ward
Sein Schmerz so übermenschlich, daß die Stränge

Des Lebens rissen: – da zum zweiten Male
Klang die Trompet', ich ließ ihn halb entseelt.
ALBANIEN. Doch wer war dieser?
EDGAR.
Kent, der verbannte Kent, der in Verkleidung
Nachfolgte dem ihm feindgesinnten König
Und Dienste tat, die keinem Sklaven ziemten.

Ein Edelmann kommt in voller Eile mit einem blutigen Messer.

EDELMANN. Helft, helft, o helft!
EDGAR. Wem helfen?
ALBANIEN. Sagt uns an! –
EDGAR. Was meint der blut'ge Dolch?
EDELMANN. Er raucht, ist heiß;
Er kommt frisch aus dem Herzen – oh, sie ist tot! –
ALBANIEN. Wer tot? Sprich, Mann!
EDELMANN.
Herr, Eure Gattin; ihre Schwester ist
Von ihr vergiftet: sie bekannt' es selbst.
EDMUND. Ich war verlobt mit beiden: alle drei
Vermählt jetzt ein Moment.

Kent tritt auf.

EDGAR. Hier kommt auch Kent.
ALBANIEN.
Bringt sie hierher uns, lebend oder tot!

Gonerils und Regans Leichen werden hereingetragen.

Dies Strafgericht des Himmels macht uns zittern,
Rührt unser Mitleid nicht.
Oh, ist er das? – Die Zeit verstattet nicht
Empfang, wie ihn die Sitte heischt.
KENT. Ich kam,
Um gute Nacht auf immer meinem König
Und Herrn zu sagen. Ist er nicht hier? –
ALBANIEN. So Großes ward vergessen! –
Sprich, Edmund, wo ist Lear? Wo ist Cordelia?
Siehst du den Vorgang, Kent?
KENT. Ach, warum so?
EDMUND. Edmund ward doch geliebt!
Die eine gab um mich der andern Gift,
Und dann sich selbst den Tod.
ALBANIEN. So ist's. – Verhüll' ihr Antlitz!
EDMUND.
Nach Leben ring' ich. Gutes möcht' ich tun,
Trotz meiner eignen Art. Schickt ungesäumt –
O eilt Euch! – auf das Schloß: denn mein Befehl
Geht auf des Königs und Cordeliens Leben.
Ich sag' euch, zögert nicht!
ALBANIEN. Lauft, lauft, o lauft!
EDGAR.
Zu wem, Mylord? Wer hat den Auftrag? Schickt
Ein Pfand des Widerrufs!
EDMUND.
Sehr wohl bedacht; hier nimm mein Schwert,
Und gib's dem Hauptmann!
EDGAR. Eil' dich, um dein Leben!

Ein Offizier geht ab.

EDMUND.
Er hat Befehl von deinem Weib und mir,
Cordelien im Gefängnis aufzuhängen,
Und der Verzweiflung dann die Schuld zu geben,
Daß sie sich selbst entleibt.
ALBANIEN.
Die Götter schützen sie! Tragt sie hinweg!

Edmund wird weggetragen.
Lear kommt, seine Tochter Cordelia tot in den Armen tragend.

LEAR.
Heult, heult, heult, heult! O ihr seid all' von Stein!
Hätt' ich eu'r Aug' und Zunge nur, mein Jammer
Sprengte des Himmels Wölbung! – Hin auf immer!
Ich weiß, wenn einer tot und wenn er lebt:
Tot wie die Erde! Gebt 'nen Spiegel her;
Und wenn ihr Hauch die Fläche trübt und streift,
Dann lebt sie.
KENT. Ist dies das verheißne Ende?
EDGAR. Sind's Bilder jenes Grau'ns?
ALBANIEN. Brich, Welt, vergeh! –
LEAR. Die Feder regte sich, sie lebt! Oh, lebt sie,
So ist's ein Glück, das allen Kummer tilgt,
Den ich jemals gefühlt.
KENT *knieend.*
O teurer Herr! –
LEAR. Fort, sag' ich dir!
EDGAR. 's ist Kent, Eu'r edler Freund.
LEAR. Fluch über euch, Verräter, Mörder, all'! –
Ich konnt' sie retten; nun dahin auf immer!
Cordelia, Cordelia! Wart' ein wenig, ha!
Was sprachst du? – Ihre Stimme war stets sanft,
Zärtlich und mild; ein köstlich Ding an Frau'n. –
Ich schlug den Sklaven tot, der dich gehängt.
KENT. 's ist wahr, Mylord, er tat's.
LEAR. Tat ich's nicht, Bursch?
Einst war die Zeit, wo sie mein gutes Schwert
Wohl hätte springen machen. Nun bin ich alt,
Und all dies Leid bringt mich herab. – Wer bist du?
Mein Aug' ist nicht das beste; ich weiß es gleich. –
KENT. Rühmt sich Fortuna zweier, die sie liebte
Und haßte, – einen sehn wir hier.
LEAR.
O wunderbarer Anblick! – Bist du nicht Kent?
KENT.
Ich bin dein Diener Kent; doch wo ist Cajus? –
LEAR.
Das ist ein wackrer, treuer Bursch, das glaubt mir;
Der schlägt und säumt nicht. – Er ist tot und fault.
KENT. Nein, teurer Fürst; ich selber bin der Mann.
LEAR. Das will ich sehn! –
KENT Der gleich seit Eurem Abweg und Verfall
Folgt' Eurer finstern Bahn.
LEAR. Willkommen hier!
KENT.
Nein, keiner wohl! – trüb alles, tot und trostlos! –
Eure ältern Töchter legten Hand an sich
Und starben in Verzweiflung.
LEAR. Ja, das denk' ich.
ALBANIEN.
Er weiß nicht, was er sagt; es ist vergeblich,
Daß wir uns ihm verständ'gen.
EDGAR. Ganz umsonst.

Ein Hauptmann kommt.

HAUPTMANN. Edmund ist tot, Mylord!
ALBANIEN. Das ist hier Nebensache.
Ihr Freund' und edeln Lords, hört unsern Willen:
Was Trost verleihn kann so gewalt'gen Trümmern,
Das sei versucht: Wir selbst entsagen hier
Zu Gunsten dieser greisen Majestät

Der Herrschermacht.

Zu Edgar.

Ihr tretet in Eu'r Recht
Mit Ehr' und Zuwachs, wie es Eure Treu'
Mehr als verdient hat. Alle Freunde sollen
Den Lohn der Tugend kosten, alle Feinde
Den Kelch der Missetat. O seht, o seht! –

LEAR.
Und tot mein armes Närrchen? – Nein! Kein Leben!
Ein Hund, ein Pferd, 'ne Maus soll Leben haben,
Und du nicht einen Hauch? – Oh, du kehrst
nimmer wieder,
Niemals, niemals, niemals, niemals, niemals! –
Ich bitt' Euch, knöpft hier auf! – Ich dank'
Euch, Herr!
Seht Ihr dies? Seht sie an! – Seht ihre Lippen,
Seht hier, – seht hier! –

Er stirbt.

EDGAR. Er schwindelt, – o mein König! –
KENT. Brich, Herz, ich bitt' dich, brich!
EDGAR. Blick' auf, mein König!
KENT. Quält seinen Geist nicht! Laßt ihn ziehn!
Der haßt ihn,
Der auf die Folter dieser zähen Welt
Ihn länger spannen will.
EDGAR. Oh, wirklich tot! –

KENT.
Das Wunder ist, daß er's ertrug so lang':
Sein Leben war nur angemaßt.

ALBANIEN.
Tragt sie hinweg! Was uns zunächst erfüllt,
Ist allgemeine Trauer.

Zu Kent und Edgar.

Herrscht ihr beiden,
Geliebten Freunde; heilt des Staates Leiden!

KENT.
Ich muß zur Reise bald gerüstet sein;
Mein Meister ruft, ich darf nicht sagen: Nein!

ALBANIEN.
Laßt uns, der trüben Zeit gehorchend, klagen,
Nicht, was sich ziemt, nur, was wir fühlen, sagen.
Dem ältsten war das schwerste Los gegeben,
Wir jüngern werden nie so viel erleben.

Sie gehn mit einem Totenmarsche ab.

MACBETH

Personen

Duncan, König von Schottland
Malcolm,
Donalbain, seine Söhne
Macbeth,
Banquo, Anführer des königlichen Heeres
Macduff,
Lenox,
Rosse,
Menteth,
Angus,
Cathness, schottische Edle
Fleance, Banquos Sohn
Siward, Graf von Northumberland, Führer der englischen Truppen
Der junge Siward, sein Sohn
Seyton, ein Offizier in Macbeths Gefolge
Macduffs kleiner Sohn
Ein englischer Arzt und ein schottischer Arzt
Ein Soldat, ein Pförtner, ein alter Mann
Lady Macbeth
Lady Macduff
Eine Kammerfrau der Lady Macbeth
Hekate und drei Hexen
Lords, Edelleute, Anführer, Krieger, Mörder, Boten, Banquos Geist und andere Erscheinungen

Szene: Schottland. Zu Ende des vierten Aufzugs: England

Erster Aufzug
Erste Szene

Eine Heide. Donner und Blitz. Drei Hexen treten auf.

ERSTE HEXE.
Wann kommen wir drei uns wieder entgegen,
Im Blitz und Donner, oder im Regen?
ZWEITE HEXE.
Wenn der Wirrwarr stille schweigt,
Wer der Sieger ist, sich zeigt.
DRITTE HEXE.
Das ist, eh' der Tag sich neigt.
ERSTE HEXE.
Wo der Ort?
ZWEITE HEXE.
Die Heide dort.
DRITTE HEXE.
Da wird Macbeth sein. Fort, fort!
Man hört einen Gesang in der Luft.
ERSTE HEXE.
Grau Lieschen, ja! ich komme!
ALLE DREI.
Unke ruft: – Geschwind –
Schön ist häßlich, häßlich schön:
Schwebt durch Dunst und Nebelhöh'n!
Die Hexen verschwinden.

Zweite Szene

Freies Feld bei Fores. Kriegsgeschrei. Es treten auf der König Duncan, Malcolm, Donalbain, Lenox, Gefolge; ein blutender Krieger kommt ihnen entgegen.

DUNCAN.
Welch blut'ger Mann ist dies? Er kann berichten,
Nach seinem Ansehn scheint's, den neusten Stand
Des Aufruhrs.
MALCOLM. Dies ist der Kämpfer,
Der mich, als kecker, mutiger Soldat,
Aus meinen Feinden hieb: – Heil, tapfrer Freund!
Dem König gib Bericht vom Handgemenge,
Wie du's verließest.
KRIEGER. Es stand zweifelhaft;
So wie zwei Schwimmer ringend sich umklammern,
Erdrückend ihre Kunst. Der grause Macdonwald
(Wert, ein Rebell zu sein; ihn so zu stempeln
Umschwärmen, stets sich mehrend, der Natur
Bosheiten ihn) ward von den Westeilanden
Von Kernen unterstützt und Galloglassen;
Und das Glück, dem scheußlichen Gemetzel lächelnd,
Schien des Rebellen Hure: doch umsonst,
Denn Held Macbeth, – wohl ziemt ihm dieser Name,
Das Glück verachtend, mit geschwungnem Stahl,
Der heiß von Blut und Niederlage dampfte,
Er, wie des Krieges Liebling, haut sich Bahn,
Bis er dem Schurken gegenüber steht;
Und nicht eh' schied noch sagt' er Lebewohl,
Bis er vom Nabel auf zum Kinn ihn schlitzte
Und seinen Kopf gepflanzt auf unsre Zinnen.
DUNCAN. O tapfrer Vetter! würd'ger Edelmann!
KRIEGER. Wie wenn mit erstem Sonnenlicht zugleich
Schiffbrechende Stürm' und grause Donnerschläge –
So schwillt aus jenem Quell, der Trost verhieß,
Trostlosigkeit. Merk', Schottlands König, merk':
Kaum schlug Gerechtigkeit, mit Mut gestählt,
In schmähl'ge Flucht die leichtgefüßten Kernen,
Als Norwegs Fürst, den Vorteil auserspähend,
Mit noch unblut'ger Wehr und frischen Truppen
Von neuem uns bestürmt.
DUNCAN. Entmutigte
Das unsre Feldherrn nicht, Macbeth und Banquo?
KRIEGER. Jawohl! wie Spatzen Adler, Hasen Löwen.
Grad' aus gesagt, muß ich von ihnen melden,
Sie waren wie Kanonen, überladen
Mit doppeltem Gekrach; so stürzten sie,
Die Doppelstreiche doppelnd, auf den Feind:
Ob sie in heißem Blute baden wollten,
Ob auferbaun ein zweites Golgatha,
Ich weiß es nicht –
Doch ich bin matt, die Wunden schrein nach Hülfe.
DUNCAN. Wie deine Worte zieren dich die Wunden;
Und Ehre strömt aus beiden. Schafft ihm Ärzte!
Der Krieger wird fortgeführt. Rosse tritt auf.
Wer nahet hier?
MALCOLM. Der würd'ge Than von Rosse.
LENOX. Welch Eilen deutet uns sein Blick! So müßte
Der blicken, der von Wundern melden will.
ROSSE. Gott schütz' den König!
DUNCAN. Von wannen, edler Than?
ROSSE. Von Fife, mein König,
Wo Norwegs Banner schlägt die Luft und fächelt
Kalt unser Volk.
Norwegen selbst, mit fürchterlichen Scharen,
Verstärkt durch den abtrünnigen Verräter,
Den Than von Cawdor, begann den grausen Kampf;
Bis ihm Bellonas Bräut'gam, kampfgefeit,
Entgegenstürmt mit gleicher Überkraft,
Schwert gegen Schwert, Arm gegen dräu'nden Arm,
Und beugt den wilden Trotz: mit einem Wort,
Der Sieg blieb unser: –
DUNCAN. Großes Glück!
ROSSE. So daß
Nun Sweno, Norwegs König, Frieden fleht;
Doch wir gestatteten ihm nicht Begräbnis
Der Seinen, bis er auf Sankt Columban
Zehntausend Taler in den Schatz gezahlt.
DUNCAN. Nicht frevle länger dieser Than von Cawdor
An unsrer Krone Heil! – Fort, künde Tod ihm an;
Mit seiner Würde grüße Macbeth dann!
ROSSE. Ich eile, Herr, von hinnen.
DUNCAN.
Held Macbeth soll, was der verliert, gewinnen.
Alle ab.

Dritte Szene

Die Heide. Gewitter. Die drei Hexen treten auf.

ERSTE HEXE.
Wo warst du, Schwester?
ZWEITE HEXE.
Schweine gewürgt.

DRITTE HEXE
Schwester, wo du?
ERSTE HEXE.
Kastanien hatt' ein Schifferweib im Schoß,
Und schmatzt', und schmatzt', und schmatzt' –
»Gib mir«, sprach ich:
»Pack' dich, du Hexe!« schrie die garst'ge Vettel.
Ihr Mann ist nach Aleppo, führt den Tiger;
Doch schwimm' ich nach im Sieb, ich kann's,
Wie eine Ratte ohne Schwanz;
Ich tu's, ich tu's, ich tu's.
ZWEITE HEXE.
Geb' dir 'nen Wind.
ERSTE HEXE.
Bist gut gesinnt.
DRITTE HEXE.
Ich den zweiten obendrein.
ERSTE HEXE.
All die andern sind schon mein.
Wo sie wehn, die Küsten kenn' ich.
Jeden Punkt und Zirkel nenn' ich
Auf des Seemanns Karte.
Dürr wie Heu soll er verdorrn,
Und kein Schlaf, durch meinen Zorn,
Tag und Nacht sein Aug' erquickt,
Leb' er wie vom Fluch gedrückt.
Sieben Nächte, neunmal neun,
Siech und elend schrumpf' er ein:
Kann ich nicht sein Schiff
zerschmettern,
Sei es doch umstürmt von Wettern.
Schau', was ich hab'!
ZWEITE HEXE.
Weis' her, weis' her!
ERSTE HEXE.
Daum 'nes Lotsen; sinken sah
Ich sein Schiff, dem Land schon nah.
Trommeln hinter der Szene.
DRITTE HEXE.
Trommeln! – Ha!
Macbeth ist da.
ALLE DREI.
Unheilsschwestern, Hand in Hand
Ziehn wir über Meer und Land.
Rundum dreht euch so, rundum:
Dreimal dein und dreimal mein,
Und dreimal noch, so macht es neun –
Halt! – Der Zauber ist gezogen.
Macbeth und Banquo treten auf.
MACBETH.
So schön und häßlich sah ich nie 'nen Tag.
BANQUO.
Wie weit ist's noch nach Fores? – Wer sind diese?
So eingeschrumpft, so wild in ihrer Tracht?
Die nicht Bewohnern unsrer Erde gleichen,
Und doch drauf stehn? Lebt ihr? Wie? seid ihr was,
Das man darf fragen? Ihr scheint mich zu verstehn,
Denn jede legt zugleich den stumpfen Finger
Auf ihren falt'gen Mund: – ihr solltet Weiber sein,
Und doch verbieten eure Bärte mir,
Euch so zu deuten.
MACBETH. Sprecht, wenn ihr könnt: – Wer seid ihr?
ERSTE HEXE. Heil dir, Macbeth, Heil, Heil dir,
Than von Glamis!
ZWEITE HEXE.
Heil dir, Macbeth, Heil, Heil dir, Than von Cawdor!
DRITTE HEXE.
Heil dir, Macbeth, dir, künft'gem König, Heil!
BANQUO.
Was schreckst du, Mann? erregt dir Furcht, was doch
So lieblich lautet? – In der Wahrheit Namen,
Seid ihr Wahnbilder, oder wirklich das,
Was körperlich ihr scheint? Den edlen Kampffreund
Grüßt ihr mit neuem Erb' und Prophezeiung
Von hoher Würd' und königlicher Hoffnung,
Daß er verzückt da steht; mir sagt ihr nichts:
Wenn ihr durchschauen könnt die Saat der Zeit
Und sagen: dies Korn sproßt und jenes nicht, –
So sprecht zu mir, der nicht erfleht noch fürchtet
Gunst oder Haß von euch!
ERSTE HEXE. Heil!
ZWEITE HEXE. Heil!
DRITTE HEXE. Heil!
ERSTE HEXE. Kleiner als Macbeth, und größer.
ZWEITE HEXE.
Nicht so beglückt, und doch weit glücklicher.
DRITTE HEXE.
Kön'ge erzeugst du, bist du selbst auch keiner.
So, Heil, Macbeth und Banquo!
ERSTE HEXE. Banquo und Macbeth, Heil!
MACBETH.
Bleibt, ihr einsilb'gen Sprecher, sagt mir mehr:
Mich macht, so hör' ich, Sinels Tod zum Glamis,
Doch wie zum Cawdor? Der Than von Cawdor lebt
Als ein beglückter Mann; und König sein,
Das steht so wenig im Bereich des Glaubens,
Als Than von Cawdor. Sagt, von wannen euch
Die wunderbare Kunde ward? weshalb
Auf dürrer Heid' ihr unsre Schritte hemmt
Mit so prophet'schem Gruß? – Sprecht, ich
beschwör' euch!
Die Hexen verschwinden.
BANQUO. Die Erd' hat Blasen, wie das Wasser hat,
So waren diese – wohin schwanden sie?
MACBETH.
In Luft, und, was uns Körper schien, zerschmolz
Wie Hauch im Wind. Oh, wären sie noch da!
BANQUO.
War so was wirklich hier, wovon wir sprechen?
Oder aßen wir von jener gift'gen Wurzel,
Die die Vernunft bewältigt?
MACBETH. Eure Kinder,
Sie werden Kön'ge.
BANQUO. Ihr sollt König werden.
MACBETH.
Und Than von Cawdor auch; hieß es nicht so?
BANQUO.
Ganz so in Weis' und Worten. Wer kommt da?
Rosse und Angus treten auf.
ROSSE. Der König hörte hoch erfreut, Macbeth,
Die Kunde deines Siegs; und wenn er liest,
Wie im Rebellenkampf du selbst dich preis gabst,
So stritten in ihm Staunen und Bewund'rung,
Was dir, was ihm gehört. Doch überschauend,
Was noch am selb'gen Tag geschehn, verstummt er,
In Norwegs kühnen Schlachtreih'n sieht er dich,

Vor dem nicht bebend, was du selber schufest,
Abbilder grausen Tods. Wie Wort auf Wort
In schneller Rede, so kam Bot' auf Bote,
Und jeder trug dein Lob, im großen Kampf
Für seinen Thron, und schüttet's vor ihm aus.

ANGUS. Wir sind gesandt vom königlichen Herrn,
Dir Dank zu bringen; vor sein Angesicht
Dich zu geleiten nur, nicht dir zu lohnen.

ROSSE. Und als das Handgeld einer größern Ehre
Hieß er, als Than von Cawdor dich zu grüßen:
Heil dir in diesem Titel, würd'ger Than!
Denn er ist dein.

BANQUO. Wie, spricht der Teufel wahr?

MACBETH. Der Than von Cawdor lebt: was kleidet Ihr
Mich in erborgten Schmuck?

ANGUS. Der Than war, lebt noch;
Doch unter schwerem Urteil schwebt das Leben,
Das er verwirkt. Ob er im Bund mit Norweg;
Ob, Rückhalt der Rebellen, er geheim
Sie unterstützte; ob vielleicht mit beiden
Er half zu seines Lands Verderb, – ich weiß nicht;
Doch Hochverrat, gestanden und erwiesen,
Hat ihn gestürzt.

MACBETH. Glamis und Than von Cawdor:
Das Höchst' ist noch zurück. – Dank Eurer Müh'! –
Hofft Ihr nicht Euren Stamm gekrönt zu sehen,
Da jene, die mich Than von Cawdor nannten,
Nichts Mindres prophezeit?

BANQUO. Darauf gefußt,
Möcht' es wohl auch zur Krone Euch entflammen,
Jenseits dem Than von Cawdor. Aber seltsam!
Oft, uns in eignes Elend zu verlocken,
Erzählen Wahrheit uns des Dunkels Schergen,
Verlocken uns durch schuldlos Spielwerk, uns
Dem tiefsten Abgrund zu verraten. – Vettern,
Vergönnt ein Wort!

MACBETH. Zweimal gesprochene Wahrheit,
Als Glücksprologen zum erhabnen Schauspiel
Von kaiserlichem Inhalt. – Freund', ich dank' euch! –
Die Anmahnung von jenseits der Natur
Kann schlimm nicht sein, – kann gut nicht sein: –
wenn schlimm –
Was gibt sie mir ein Handgeld des Erfolgs,
Wahrhaft beginnend? Ich bin Than von Cawdor: –
Wenn gut, – warum befängt mich die Versuchung?
Deren entsetzlich Bild aufsträubt mein Haar,
So daß mein festes Herz ganz unnatürlich
An meine Rippen schlägt. – Erlebte Greuel
Sind schwächer als das Grau'n der Einbildung.
Mein Traum, des Mord nur noch ein Hirngespinst,
Erschüttert meine schwache Menschheit so,
Daß jede Lebenskraft in Ahnung schwindet,
Und nichts ist, als was nicht ist.

BANQUO. Seht den Freund,
Wie er verzückt ist!

MACBETH. Will das Schicksal mich
Als König, nun, mag mich das Schicksal krönen,
Tu' ich auch nichts.

BANQUO. Die neue Würde engt ihn,
Wie fremd Gewand sich auch nur durch Gewohnheit
Dem Körper fügt.

MACBETH. Komme, was kommen mag;
Die Stund' und Zeit durchläuft den rauhsten Tag.

BANQUO. Edler Macbeth, wir harren Eurer Muße.

MACBETH.
Habt Nachsicht – in vergeßnen Dingen wühlte
Mein dumpfes Hirn. Ihr güt'gen Herrn, eu'r Mühn
Ist eingeschrieben, wo das Blatt ich täglich
Umschlag' und les'. – Entgegen jetzt dem König! –
Denkt dessen, was geschah, und bei mehr Muße,
Wenn ein'ge Zeit es reifte, laßt uns frei
Aus offner Seele reden!

BANQUO. Herzlich gern.

MACBETH. Bis dahin still! – Kommt, Freunde!
Alle ab.

Vierte Szene

Feld.

Trompeten. Es treten auf Duncan, Malcolm, Donalbain, Lenox, Gefolge.

DUNCAN. Ist Cawdor hingerichtet? oder jene,
Die wir beauftragt, noch nicht wieder da?

MALCOLM.
Sie sind noch nicht zurück, mein Oberherr;
Doch sprach ich einen, der ihn sterben sah,
Der sagte mir, er habe den Verrat
Freimütig eingestanden, um Eu'r Hoheit
Verzeihn gefleht und tiefe Reu' gezeigt;
Nichts stand in seinem Leben ihm so gut,
Als wie er es verlassen hat; er starb
Wie einer, der sich auf den Tod geübt,
Und warf das Liebste, was er hatte, von sich,
Als wär's unnützer Tand.

DUNCAN. Kein Wissen gibt's,
Der Seele Bildung im Gesicht zu lesen;
Es war ein Mann, auf den ich gründete
Ein unbedingt Vertraun. – Würdigster Vetter!
Es treten auf Macbeth, Banquo, Rosse und Angus.
Die Sünde meines Undanks drückte schwer
Mich eben jetzt. Du bist so weit voraus,
Daß der Belohnung schnellste Schwing' erlahmt,
Dich einzuholen. Hätt'st du wen'ger doch verdient,
Daß ich ausgleichen könnte das Verhältnis
Von Dank und Lohn! Nimm das Geständnis an:
Mehr schuld' ich, als mein Alles zahlen kann.

MACBETH. Dienst, so wie Lehnspflicht, lohnt
sich selbst im Tun.
Genug, wenn Eure Hoheit unsre Pflichten
Annehmen will: und unsre Pflichten sind
Die Söhn' und Diener Eures Throns und Staates,
Und tun nur, was sie müssen, tun sie alles,
Was Lieb' und Ehrfurcht heischt.

DUNCAN. Willkommen hier!
Ich habe dich gepflanzt und will dich pflegen,
Um dein Gedeihn zu fördern. – Edler Banquo,
Nicht minder ist dein Wert, und wird von uns
Nicht minder anerkannt. Laß dich umschließen
Und an mein Herz dich drücken!

BANQUO. Wachs' ich da,
So ist die Ernte Euer.

DUNCAN. Meine Wonne,
Üppig im Übermaß, will sich verbergen
In Schmerzenstropfen. – Söhne, Vettern, Thans,
Und ihr, die Nächsten unserm Thron, vernehmt,

An Malcolm, unsern Ältsten, übertragen
Wir unser Thronrecht: Prinz von Cumberland
Heißt er demnach, und solche Ehre soll
Nicht unbegleitet ihm verliehen sein;
Denn Adelszeichen sollen, Sternen gleich,
Auf jeden Würd'gen strahlen. – Fort von hier
Nach Inverneß, und sei uns näher stets!

MACBETH. Arbeit ist jede Ruh', die Euch nicht dient.
Ich selbst bin Euer Bote und beglücke
Durch Eures Nahens Kunde meine Hausfrau:
So scheid ich demutsvoll.

DUNCAN. Mein würd'ger Cawdor!

MACBETH *für sich.*
Ha! Prinz von Cumberland! – Das ist ein Stein,
Der muß, sonst fall' ich, übersprungen sein,
Weil er mich hemmt. Verbirg dich, Sternenlicht!
Schau' meine schwarzen, tiefen Wünsche nicht!
Sieh, Auge, nicht die Hand; doch laß geschehen,
Was, wenn's geschah, das Auge scheut zu sehen!

Er geht ab.

DUNCAN. Ja, teurer Banquo, er ist ganz so edel,
Und ihn zu preisen, ist mir eine Labung;
Es ist ein Fest für mich. Laßt uns ihm nach,
Des Lieb' uns vorgeeilt, uns zu begrüßen:
Wer gleicht dem teuren Vetter?

Trompeten. Alle gehn ab.

Fünfte Szene

Inverneß. Zimmer in Macbeths Schloß.
Lady Macbeth tritt auf mit einem Brief.

LADY MACBETH *liest.* »Sie begegneten mir am Tage des Sieges; und ich erfuhr aus den sichersten Proben, daß sie mehr als menschliches Wissen besitzen. Als ich vor Verlangen brannte, sie weiter zu befragen, verschwanden sie und zerflossen in Luft. Indem ich noch, von Erstaunen betäubt, da stand, kamen die Abgesandten des Königs, die mich als Than von Cawdor begrüßten; mit welchem Titel mich kurz vorher diese Zauberschwestern angeredet und mich durch den Gruß: 'Heil dir, dem künft'gen König!' auf die Zukunft verwiesen hatten. Ich habe es für gut gehalten, dir dies zu vertrauen, meine geliebteste Teilnehmerin der Hoheit, auf daß dein Mitgenuß an der Freude dir nicht entzogen werde, wenn du nicht erfahren hättest, welche Hoheit dir verheißen ist. Leg' es an dein Herz und lebe wohl!«
Glamis bist du; und Cawdor; und sollst werden,
Was dir verheißen ward: – Doch fürcht' ich dein Gemüt;
Es ist zu voll von Milch der Menschenliebe,
Das Nächste zu erfassen. Groß möcht'st du sein,
Bist ohne Ehrgeiz nicht; doch fehlt die Bosheit,
Die ihn begleiten muß. Was recht du möchtest,
Das möcht'st du rechtlich; möchtest falsch nicht spielen,
Und unrecht doch gewinnen: möchtest gern
Das haben, großer Glamis, was dir zuruft:
»Dies mußt du tun, wenn du es haben willst!« –
Und was du mehr dich scheust zu tun, als daß
Du ungetan es wünschest. Eil' hieher,
Auf daß ich meinen Mut ins Ohr dir gieße,
Und alles weg mit tapfrer Zunge geißle,
Was von dem goldnen Zirkel dich zurückdrängt,
Womit Verhängnis dich und Zaubermacht
Im voraus schon gekrönt zu haben scheint. –

Ein Diener tritt auf.

Was gibt es Neues?

DIENER. Noch vor Abend kommt
Hierher der König.

LADY MACBETH. Tolle Rede sprichst du;
Ist nicht dein Herr bei ihm? der, wär' es so,
Der Anstalt wegen es gemeldet hätte.

DIENER.
Verzeiht; es ist doch wahr. Der Than kommt gleich,
Denn ein Kam'rad von mir ritt ihm voraus;
Fast tot von großer Eil', hatt' er kaum Atem,
Die Botschaft zu bestellen.

LADY MACBETH. Sorgt für ihn,
Er bringt uns große Zeitung.

Der Diener geht ab.

Selbst der Rab' ist heiser,
Der Duncans schicksalsvollen Eingang krächzt
Unter mein Dach. – Kommt, Geister, die ihr lauscht
Auf Mordgedanken, und entweibt mich hier;
Füllt mich von Wirbel bis zur Zeh', randvoll,
Mit wilder Grausamkeit! Verdickt mein Blut;
Sperrt jeden Weg und Eingang dem Erbarmen,
Daß kein anklopfend Mahnen der Natur
Den grimmen Vorsatz lähmt; noch friedlich hemmt
Vom Mord die Hand! Kommt an die Weibesbrust,
Trinkt Galle statt der Milch, ihr Morddämonen,
Wo ihr auch harrt in unsichtbarer Kraft
Auf Unheil der Natur! Komm, schwarze Nacht,
Umwölk' dich mit dem dicksten Dampf der Hölle,
Daß nicht mein scharfes Messer sieht die Wunde,
Die es geschlagen; noch der Himmel,
Durchschauend aus des Dunkels Vorhang, rufe:
Halt! Halt!

Macbeth tritt auf.

O großer Glamis, edler Cawdor!
Größer als beides durch das künft'ge Heil!
Dein Brief hat über das armsel'ge Heut
Mich weit verzückt, und ich empfinde nun
Das Künftige im Jetzt.

MACBETH. Mein teures Leben,
Duncan kommt heut noch.

LADY MACBETH. Und wann geht er wieder?

MACBETH. Morgen, so denkt er –

LADY MACBETH. Oh, nie soll die Sonne
Den Morgen sehn! Dein Angesicht, mein Than,
Ist wie ein Buch, wo wunderbare Dinge
Geschrieben stehen. – Die Zeit zu täuschen scheine
So wie die Zeit; den Willkomm trag' im Auge,
In Zung' und Hand; blick' harmlos wie die Blume,
Doch sei die Schlange drunter! Wohl versorgt
Muß der sein, der uns naht; und meiner Hand
Vertrau', das große Werk der Nacht zu enden,
Daß alle künft'gen Tag' und Nächt' uns lohne
Allein'ge Königsmacht und Herrscherkrone!

MACBETH. Wir sprechen noch davon.

LADY MACBETH. Blick hell und licht;
Mißtraun erregt verändert Angesicht:
Laß alles andre mir!

Sie gehen ab.

Sechste Szene

Ebendaselbst, vor dem Schloß.
Es treten auf Duncan, Malcolm, Donalbain, Banquo, Macduff, Rosse, Angus, Gefolge.

DUNCAN. Dies Schloß hat eine angenehme Lage;
Gastlich umfängt die lichte, milde Luft
Die heitern Sinne.
BANQUO. Dieser Sommergast,
Die Schwalbe, die an Tempeln nistet, zeigt
Durch ihren fleiß'gen Bau, daß Himmelsatem
Hier lieblich haucht; kein Vorsprung, Fries, noch Pfeiler,
Kein Winkel, wo der Vogel nicht gebaut
Sein hängend Bett und Wiege für die Brut:
Wo er am liebsten heckt und wohnt, da fand ich
Am reinsten stets die Luft.

Lady Macbeth tritt auf.

DUNCAN. Seht! unsre edle Wirtin!
Die Liebe, die uns folgt, wird oft uns lästig;
Doch dankt man ihr als Liebe. Lernt daraus,
Noch Gottes Lohn für Eure Müh' uns geben
Und Dank für Eure Last.
LADY MACBETH. All unsre Dienste,
Zwiefach in jedem Punkt, und dann verdoppelt,
Wär' nur ein arm und schwaches Tun, verglichen
Der hohen Gunst, womit Eu'r Majestät
Verherrlicht unser Haus. Für früh're Würden,
Wie für die letzte, die die andern krönt,
Bleiben wir im Gebet Euch Knecht und Diener.
DUNCAN. Wo ist der Than von Cawdor?
Wir folgten auf dem Fuß ihm, denn wir meinten
Ihn anzumelden; doch er reitet schnell;
Und seine Liebe, schärfer als sein Sporn,
Bracht' ihn vor uns hieher. Höchst edle Wirtin,
Wir sind zu Nacht Eu'r Gast.
LADY MACBETH. Für allezeit
Besitzen Eure Diener nur das Ihre,
Sich selbst und was sie haben, als Verwalter,
Und legen Rechnung ab, nach Eurer Hoheit
Befehl; und geben Euch zurück, was Euer.
DUNCAN. Reicht mir die Hand; führt mich zu meinem Wirt:
Wir lieben herzlich ihn, und unsre Huld
Wird seiner stets gedenken. Teure Wirtin,
Erlaubt –

Er nimmt ihre Hand und führt sie in das Schloß, die übrigen folgen.

Siebente Szene

Ebendaselbst, Schloßhof.
Hoboen und Fackeln. Ein Vorschneider und mehrere Diener mit Schüsseln gehn über die Bühne; dann kommt Macbeth.

MACBETH.
Wär's abgetan, so wie's getan ist, dann wär's gut,
Man tät' es eilig: – Wenn der Meuchelmord
Aussperren könnt' aus seinem Netz die Folgen
Und nur Gelingen aus der Tiefe zöge:
Daß mit dem Stoß, einmal für immer, alles
Sich abgeschlossen hätte – hier, nur hier –
Auf dieser Schülerbank der Gegenwart –,
So setzt' ich weg mich übers künft'ge Leben. –
Doch immer wird bei solcher Tat uns schon
Vergeltung hier: daß, wie wir ihn gegeben,
Den blut'gen Unterricht, er, kaum gelernt,
Zurückschlägt, zu bestrafen den Erfinder.
Dies Recht, mit unabweislich fester Hand,
Setzt unsern selbstgemischten, gift'gen Kelch
An unsre eignen Lippen. –
Er kommt hieher, zweifach geschirmt: – Zuerst,
Weil ich sein Vetter bin und Untertan,
Beides hemmt stark die Tat; dann, ich – sein Wirt,
Der gegen seinen Mörder schließen müßte
Das Tor, nicht selbst das Messer führen. –
Dann hat auch dieser Duncan seine Würde
So mild getragen, blieb im großen Amt
So rein, daß seine Tugenden, wie Engel
Posaunenzüngig, werden Rache schrein
Dem tiefen Höllengreuel seines Mords;
Die Mitleid, wie ein nacktes, neugebornes Kind,
Auf Sturmwind reitend, oder Himmels Cherubim,
Zu Roß auf unsichtbaren, luft'gen Rennern,
Blasen die Schreckenstat in jedes Auge,
Bis Tränenflut den Wind ertränkt. –
Ich habe keinen Stachel,
Die Seiten meines Wollens anzuspornen,
Als einzig Ehrgeiz, der, zum Aufschwung eilend,
Sich überspringt und jenseits niederfällt: –

Lady Macbeth tritt auf.

Wie nun, was gibt's?
LADY MACBETH. Er hat fast abgespeist.
Warum hast du den Saal verlassen?
MACBETH. Hat er
Nach mir gefragt?
LADY MACBETH. Weißt du nicht, daß er's tat?
MACBETH.
Wir woll'n nicht weiter gehn in dieser Sache;
Er hat mich jüngst belohnt, und goldne Achtung
Hab' ich von Leuten aller Art gekauft:
Die will getragen sein im neusten Glanz,
Und nicht so plötzlich weggeworfen.
LADY MACBETH. War
Die Hoffnung trunken, worin du dich hülltest?
Schlief sie seitdem, und ist sie nun erwacht,
So bleich und krank das anzuschauen, was sie
So fröhlich tat? – Von jetzt an denk' ich
Von deiner Liebe so. Bist du zu feige,
Derselbe Mann zu sein in Tat und Mut,
Der du in Wünschen bist? Möcht'st du erlangen.
Was du den Schmuck des Lebens schätzen mußt,
Und Memme sein in deiner eignen Schätzung?
Muß dir »Ich fürchte« folgen dem »Ich möchte«,
Der armen Katz' im Sprichwort gleich?
MACBETH. Sei ruhig!
Ich wage alles, was dem Menschen ziemt;
Wer mehr wagt, der ist keiner.
LADY MACBETH. Welch ein Tier
Hieß dich von deinem Vorsatz mit mir reden?
Als du es wagtest, da warst du ein Mann;
Und mehr sein, als du warst, das machte dich
Nur um so mehr zum Mann. Nicht Zeit, nicht Ort
Traf damals zu, du wolltest beide machen:

Sie machen selbst sich, und ihr hurt'ger Dienst
Macht dich zu nichts. Ich hab' gesäugt und weiß,
Wie süß, das Kind zu lieben, das ich tränke;
Ich hätt', indem es mir entgegen lächelte,
Die Brust gerissen aus den weichen Kiefern
Und ihm den Kopf geschmettert an die Wand,
Hätt' ich's geschworen, wie du dieses schwurst.

MACBETH. Wenn's uns mißlänge, –

LADY MACBETH. Uns mißlingen! –
Schraub' deinen Mut nur bis zum Punkt des Halts,
Und es mißlingt uns nicht. Wenn Duncan schläft,
Wozu so mehr des Tages starke Reise
Ihn einlädt, – seine beiden Kämmerlinge
Will ich mit würz'gem Weine so betäuben,
Daß des Gehirnes Wächter, das Gedächtnis,
Ein Dunst sein wird, und der Vernunft Behältnis
Ein Dampfhelm nur: – Wenn nun im vieh'schen Schlaf
Ertränkt ihr Dasein liegt, so wie im Tode,
Was können du und ich dann nicht vollbringen
Am unbewachten Duncan? was nicht schieben
Auf die berauschten Diener, die die Schuld
Des großen Mordes trifft?

MACBETH. Gebär' mir Söhne nur!
Aus deinem unbezwungnen Stoffe können
Nur Männer sprossen. Wird man es nicht glauben,
Wenn wir mit Blut die zwei Schlaftrunknen färben,
Die Kämmerling', und ihre Dolche brauchen,
Daß sie's getan?

LADY MACBETH. Wer darf was anders glauben,
Wenn unsers Grames lauter Schrei ertönt
Bei seinem Tode?

MACBETH. Ich bin fest; gespannt
Zu dieser Schreckenstat ist jeder Nerv.
Komm, täuschen wir mit heiterm Blick die Stunde:
Birg, falscher Schein, des falschen Herzens Kunde!

Sie gehen ab.

Zweiter Aufzug

Erste Szene

Ebendaselbst, Schloßhof.
Es treten auf Banquo, Fleance, ein Diener mit einer Fackel voran.

BANQUO. Wie spät, mein Sohn?

FLEANCE.
Der Mond ging unter, schlagen hört' ich's nicht.

BANQUO. Um zwölf Uhr geht er unter.

FLEANCE. 's ist wohl später.

BANQUO. Da, nimm mein Schwert. – 's ist Sparsamkeit im Himmel
Aus taten sie die Kerzen. – Nimm das auch!
Ein schwerer Schlaftrieb liegt wie Blei auf mir,
Und doch möcht' ich nicht schlafen. Gnäd'ge Mächte!
Hemmt in mir böses Denken, dem Natur
Im Schlummer Raum gibt! – Gib mein Schwert!

Macbeth tritt auf und ein Diener mit einer Fackel.

Wer da?

MACBETH. Ein Freund.

BANQUO. Wie, Herr, noch auf? Der König ist zu Bett.
Er war ausnehmend froh und sandte noch
All Euren Hausbedienten reiche Gaben;
Doch Eure Frau soll dieser Demant grüßen,
Als seine güt'ge Wirtin. Höchst zufrieden
Begab er sich zur Ruh'.

MACBETH. Unvorbereitet,
Ward nur des Mangels Diener unser Wille,
Der sonst sich frei enthüllt.

BANQUO. Alles war gut.
Mir träumte jüngst von den drei Zauberschwestern:
Euch haben sie was Wahres doch gesagt.

MACBETH. Ich denke nicht an sie;
Doch ließe sich gelegne Stunde finden,
So sprächen wir wohl ein'ges in der Sache,
Gewährtet Ihr die Zeit.

BANQUO. Wie's Euch beliebt.

MACBETH.
Schließt Ihr Euch meinem Sinn an, – wenn es ist, –
Wird's Ehr' Euch bringen.

BANQUO. Büß' ich sie nicht ein,
Indem ich sie zu mehren streb', und bleibt
Mein Busen frei und meine Lehnspflicht rein,
Gern nehm' ich Rat an.

MACBETH. Gute Nacht indes!

BANQUO. Dank, Herr, Euch ebenfalls!

Banquo, Fleance und Diener ab.

MACBETH.
Sag deiner Herrin, wenn mein Trank bereit,
Soll sie die Glocke ziehn. Geh du zu Bett.

Der Diener geht ab.

Ist das ein Dolch, was ich vor mir erblicke,
Der Griff mir zugekehrt? Komm, laß dich packen –
Ich fass' dich nicht, und doch seh' ich dich immer.
Bist du, Unglücksgebild, so fühlbar nicht
Der Hand, gleich wie dem Aug'? oder bist du nur
Ein Dolch der Einbildung, ein nichtig Blendwerk,
Das aus dem heiß gequälten Hirn erwächst?
Ich seh' dich noch, so greifbar von Gestalt
Wie der, den jetzt ich zücke.
Du gehst mir vor den Weg, den ich will schreiten,
Und eben solche Waffe wollt' ich brauchen.
Mein Auge ward der Narr der andern Sinne,
Oder mehr als alle wert. – Ich seh' dich stets,
Und dir an Griff und Klinge Tropfen Bluts,
Was erst nicht war. – Es ist nicht wirklich da:
Es ist die blut'ge Arbeit, die mein Auge
So in die Lehre nimmt. – Jetzt auf der halben Erde
Scheint tot Natur, und den verhangnen Schlaf
Quälen Versucherträume; Hexenkunst
Begeht den Dienst der bleichen Hekate;
Und dürrer Mord,
Durch seine Schildwacht aufgeschreckt, den Wolf,
Der ihm das Wachtwort heult, – so dieb'schen Schrittes,
Wie wild entbrannt Tarquin, dem Ziel entgegen,
Schreitet gespenstisch. –
Du festgefugte Erde, leicht verwundbar,
Hör' meine Schritte nicht, wo sie auch wandeln,
Daß nicht ausschwatzen selber deine Steine
Mein Wohinaus und von der Stunde nehmen
Den jetz'gen stummen Graus, der so ihr ziemt. –
Hier droh' ich, er lebt dort;
Für heiße Tat zu kalt das müß'ge Wort!

Die Glocke wird angeschlagen.

Ich geh', und 's ist getan: die Glocke mahnt.
Hör' sie nicht, Duncan, 's ist ein Grabgeläut',
Das dich zu Himmel oder Höll' entbeut.

Er steigt hinauf.

Lady Macbeth tritt unten auf.

LADY MACBETH.
Was sie betäubte, hat mich stark gemacht,
Und was sie dämpft', hat mich entflammt. –
Still, horch! –
Die Eule war's, die schrie, der traur'ge Wächter,
Der gräßlich gute Nacht wünscht. – Er ist dran: –
Die Türen sind geöffnet, schnarchend spotten
Die überladnen Diener ihres Amts;
Ich würzte ihren Schlaftrunk, daß Natur
Und Tod sich streiten, wem sie angehören.

MACBETH *der oben erscheint.*
Ha! wie? wer ist da?

Er geht wieder hinein.

LADY MACBETH.
O weh! ich fürchte, sie sind aufgewacht,
Und es ist nicht geschehn: – der Anschlag, nicht die Tat
Verdirbt uns. – Horch! – Ich legt' ihm ihre Dolche
Bereit, die mußt' er finden. – Hätt' er nicht
Geglichen meinem Vater, wie er schlief,
So hätt' ich's selbst getan. –

Macbeth tritt auf.

Nun, mein Gemahl!

MACBETH.
Ich hab' die Tat getan – hört'st du nicht was?

LADY MACBETH.
Die Eule hört' ich schrein, und Heimchen zirpen.
Sprachst du nichts?

MACBETH. Wann?

LADY MACBETH. Jetzt.

MACBETH. Wie ich 'runter kam?

LADY MACBETH. Ja.

MACBETH. Horch! wer schläft im zweiten Zimmer?

LADY MACBETH. Donalbain.

MACBETH. Dort sieht's erbärmlich aus.

LADY MACBETH. Wie wunderlich,
Erbärmlich das zu nennen! –

MACBETH.
Der eine lacht' im Schlaf – und »Mord!« schrie einer,
Daß sie einander weckten; ich stand und hört' es,
Sie aber sprachen ihr Gebet und legten
Zum Schlaf sich wieder.

LADY MACBETH.
Dort wohnen zwei beisammen.

MACBETH.
Der schrie, »Gott sei uns gnädig!« – jener, »Amen«!
Als säh'n sie mich mit diesen Henkershänden.
Behorchend ihre Angst, konnt' ich nicht sagen
»Amen«, als jener sprach: »Gott sei uns gnädig!«

LADY MACBETH. Denkt nicht so tief darüber!

MACBETH. Doch warum
Konnt' ich nicht »Amen« sprechen? War mir doch
Die Gnad' am meisten not, und »Amen« stockte
Mir in der Kehle.

LADY MACBETH. Dieser Taten muß
Man so nicht denken; so macht es uns toll.

MACBETH. Mir war, als rief es: »Schlaft nicht mehr! Macbeth
Mordet den Schlaf!« Ihn, den unschuld'gen Schlaf;
Schlaf, der des Grams verworr'n Gespinst entwirrt,
Den Tod von jedem Lebenstag, das Bad
Der wunden Müh', den Balsam kranker Seelen,
Den zweiten Gang im Gastmahl der Natur,
Das nährendste Gericht beim Fest des Lebens.

LADY MACBETH. Was meinst du?

MACBETH. Stets rief es: »Schlaft nicht mehr!« durchs ganze Haus;
»Clamis mordet den Schlaf!« und drum wird Cawdor
Nicht schlafen mehr, Macbeth nicht schlafen mehr.

LADY MACBETH.
Wer war es, der so rief? Mein würd'ger Than,
Du läßt den edeln Mut erschlaffen, denkst du
So hirnkrank drüber nach. Nimm etwas Wasser,
Und wasch' von deiner Hand das garst'ge Zeugnis! –
Was brachtest du die Dolche mit herunter?
Dort liegen müssen sie; geh, bring' sie hin,
Und färb' mit Blut die Kämm'rer, wie sie schlafen.

MACBETH.
Ich gehe nicht mehr hin, ich bin entsetzt,
Denk' ich, was ich getan: es wieder schaun –
Ich wag' es nicht!

LADY MACBETH. O schwache Willenskraft!
Gib mir die Dolche! Schlafende und Tote
Sind Bilder nur; der Kindheit Aug' allein
Scheut den gemalten Teufel. Wenn er blutet,
Färb' ich damit der Diener Kleider rot;
So tragen sie des Mords Livrei.

Sie geht ab.

Man hört klopfen.

MACBETH. Woher das Klopfen?
Wie ist's mit mir, daß jeder Ton mich schreckt?
Was sind das hier für Hände? Ha, sie reißen
Mir meine Augen aus! –
Kann wohl des großen Meergotts Ozean
Dies Blut von meiner Hand rein waschen? Nein;
Weit eh'r kann diese meine Hand mit Purpur
Die unermeßlichen Gewässer färben
Und Grün in Rot verwandeln. –

Lady Macbeth kommt zurück.

LADY MACBETH. Meine Hände
Sind blutig, wie die deinen; doch ich schäme
Mich, daß mein Herz so weiß ist.

Es wird geklopft.

Klopfen hör' ich
Am Südtor: – Eilen wir in unsre Kammer;
Ein wenig Wasser reint uns von der Tat,
Wie leicht dann ist sie! Deine Festigkeit
Verließ dich ganz und gar.

Es wird geklopft.

Horch, wieder Klopfen.
Tu' an dein Nachtkleid; müssen wir uns zeigen,
Daß man nicht sieht, wir wachten! – Verlier' dich nicht
So ärmlich in Gedanken!

MACBETH. Meine Tat
Zu wissen! – besser von mir selbst nichts wissen!
Klopf Duncan aus dem Schlaf! O könntest du's! –

Sie gehn ab.

Zweite Szene

Ebendaselbst.
Der Pförtner kommt; es wird geklopft.

PFÖRTNER. Das ist ein Klopfen! Wahrhaftig, wenn einer Höllenpförtner wäre, da hätte er was zu schließen. Poch, poch, poch: Wer da, in Beelzebubs Namen? Ein Pachter, der sich in Erwartung einer reichen Ernte aufhing. Zur rechten Zeit gekommen; habt Ihr auch Schnupftücher genug bei Euch? denn hier werdet Ihr dafür schwitzen müssen! – Poch, poch: Wer da, in des andern Teufels Namen? Mein' Treu', ein Zweideutler, der in beide Schalen gegen jede Schale schwören konnte, der um Gottes willen Verrätereien genug beging und sich doch nicht zum Himmel hinein zweideuteln konnte. Herein, Zweideutler! – Poch, poch: Wer da? Mein' Treu', ein englischer Schneider, hier angekommen, weil er etwas aus einer französischen Hose gestohlen: herein, Schneider; hier kannst du deine Bügelgans braten. Poch, poch – Keine Ruhe! Wer seid Ihr? Aber hier ist es zu kalt für die Hölle; ich mag nicht länger Teufelspförtner sein. Ich dachte, ich wollte von jedem Gewerbe einige herein lassen, die den breiten Rosenpfad zum ewigen Freudenfeuer wandeln. – Gleich, gleich! Ich bitt' Euch, bedenkt doch, daß der Pförtner auch ein Mensch ist!

Er öffnet das Tor; Macduff und Lenox kommen herein.

MACDUFF. Kamest du so spät zu Bett, Freund, daß du nun so spät aufstehst?

PFÖRTNER. Mein' Seel', Herr, wir zechten, bis der zweite Hahn krähte; und der Trunk ist ein großer Beförderer von drei Dingen.

MACDUFF. Was sind denn das für drei Dinge, die der Trunk vorzüglich befördert?

PFÖRTNER. Ei, Herr, rote Nasen, Schlaf und Urin. Buhlerei befördert und dämpft er zugleich: er befördert das Verlangen und dämpft das Tun. Darum kann man sagen, daß vieles Trinken ein Zweideutler gegen die Buhlerei ist: es schafft sie und vernichtet sie; treibt sie an und hält sie zurück; macht ihr Mut und schreckt sie ab; heißt sie, sich brav halten und nicht brav halten; zweideutelt sie zuletzt in Schlaf, straft sie Lügen und geht davon.

MACDUFF. Ich glaube, der Trunk strafte dich die Nacht Lügen.

PFÖRTNER. Ja, Herr, das tat er, in meinen Hals hinein; aber ich vergalt ihm seine Lügen, und ich denke, ich war ihm doch zu stark; denn obgleich er mir die Beine ein paar Mal unten weg zog, so fand ich doch einen Kniff, ihn hinaus zu schmeißen.

MACDUFF. Ist dein Herr schon aufgestanden?
Geweckt hat unser Klopfen ihn; hier kommt er.

Macbeth tritt auf.

LENOX. Guten Morgen, edler Herr!
MACBETH. Guten Morgen, beide!
MACDUFF. Wacht schon der König, würd'ger Than?
MACBETH. Noch nicht.
MACDUFF. Mir gab er den Befehl, ihn früh zu wecken;
Die Zeit versäumt' ich fast.
MACBETH. Ich führ' Euch hin.
MACDUFF.
Ich weiß, es ist 'ne Müh', die Euch erfreut;
Doch es ist eine Müh'.
MACBETH.
Die Arbeit, die uns freut, wird zum Ergötzen.
Hier ist die Tür.
MACDUFF. Ich bin so kühn, zu rufen;
Nur dies ward mir befohlen.

Er geht ab.

LENOX. Reist der König
Heut ab?
MACBETH. So ist's; er hat es so bestimmt.
LENOX. Die Nacht war stürmisch; wo wir schliefen, heult' es
Den Schlot herab; und wie man sagt, erscholl
Ein Wimmern in der Luft, ein Todesstöhnen,
Ein Prophezein in fürchterlichem Laut,
Von wildem Brand und gräßlichen Geschichten,
Neu ausgebrütet einer Zeit des Leidens.
Der dunkle Vogel schrie die ganze Nacht durch:
Man sagt, die Erde bebte fieberkrank.
MACBETH. Es war 'ne rauhe Nacht.
LENOX. Mein jugendlich Gedächtnis sucht umsonst
Nach ihresgleichen.

Macduff kommt von oben herunter.

MACDUFF.
O Grausen! Grausen! Grausen! Zung' und Herz
Faßt es nicht, nennt es nicht!
MACBETH UND LENOX. Was ist geschehn?
MACDUFF.
Jetzt hat die Höll' ihr Meisterstück gemacht!
Der kirchenräuberische Mord brach auf
Des Herrn geweihten Tempel und stahl weg
Das Leben aus dem Heiligtum.
MACBETH. Was sagt Ihr?
Das Leben?
LENOX. Meint Ihr Seine Majestät?
MACDUFF.
Geht ein zur Kammer und zerstört die Sehkraft
Durch eine neue Gorgo! Verlangt nicht, daß ich spreche;
Seht! und dann redet selbst! Erwacht! Erwacht!

Macbeth und Lenox gehen ab.

Die Sturmglock' angeschlagen! Mord! Verrat!
Banquo und Donalbain! Malcolm! Erwacht!
Werft ab den flaum'gen Schlaf, des Todes Abbild,
Und seht ihn selbst, den Tod! – Auf, auf, und schaut
Des Weltgerichtes Vorspiel! – Malcolm! Banquo!
Steigt wie aus eurem Grab! wie Geister schreitet,
Als Grau'ngefolge diesen Mord zu schaun!
Die Glocken stürmt!

Lady Macbeth triff auf.

LADY MACBETH. Was ist denn vorgefallen,
Daß solche schreckliche Trompete ruft
Zum Rat die Schläfer dieses Hauses? Sprecht!
MACDUFF. O zarte Frau,
Ihr dürft nicht hören, was ich sagen könnte.
Vor eines Weibes Ohr es nennen, wäre
Ein Mord, wie Ihr's vernähmt.

Banquo tritt auf.

O Banquo! Banquo!

Der König, unser Herr, ermordet!
LADY MACBETH. Wehe!
In unserm Haus?
BANQUO. Zu grausam, wo auch immer! –
Oh, lieber Macduff, widersprich dir selber,
Und sag, es sei nicht so!

Macbeth und Lenox kommen zurück.

MACBETH. Wär' ich gestorben, eine Stunde nur,
Eh' dies geschah, gesegnet war mein Dasein!
Von jetzt gibt es nichts Ernstes mehr im Leben:
Alles ist Tand, gestorben Ruhm und Gnade!
Der Lebenswein ist ausgeschenkt, nur Hefe
Blieb noch zu prahlen dem Gewölbe.

Malcolm und Donalbain treten auf.

DONALBAIN. Wem
Geschah ein Leid?
MACBETH. Euch selbst, und wißt es nicht:
Der Born, der Ursprung Eures Blutes ist
Versiegt, die Lebensquelle selbst versiegt.
MACDUFF. Eu'r königlicher Vater ist ermordet.
MALCOLM. Ha! von wem?
LENOX. Die Kämmerlinge, scheint es, sind die Täter;
Denn Händ' und Antlitz trugen blut'ge Zeichen,
Auch ihre Dolche, die unabgewischt
Auf ihren Polstern lagen. Wie im Wahnsinn,
So starrt' ihr Auge, und es war gefährlich,
Nur ihnen nah' zu kommen.
MACBETH. Oh! jetzt bereu' ich meine Wut, daß ich
Sie niederstieß.
MACDUFF. Warum habt Ihr's getan?
MACBETH.
Wer ist weis' und entsetzt, gefaßt und wütig,
Pflichttreu und kalt in einem Augenblick?
Kein Mensch. Die Raschheit meiner heft'gen Liebe
Lief schneller als die zögernde Vernunft. –
Duncan lag hier, die Silberhaut verbrämt
Mit seinem goldnen Blut – die offnen Wunden,
Sie waren wie ein Riß in der Natur,
Wo Untergang vernichtend einzieht; dort die Mörder,
Getaucht in ihres Handwerks Farb', die Dolche
Abscheulich von geronn'nem Blute schwarz.
Wer konnte sich da zügeln, der ein Herz
Voll Liebe hatt', und in dem Herzen Mut,
Die Liebe zu beweisen?
LADY MACBETH. Helft mir fort! –
MACBETH. Seht nach der Lady.
MALCOLM. Weshalb schweigen wir,
Da unser Anspruch an dies Weh der nächste?
DONALBAIN.
Was soll'n wir sprechen, hier, wo unser Schicksal
Herstürzen kann aus irgendeinem Winkel,
Uns zu ergreifen? Fort, denn unsre Tränen
Sind noch nicht reif.
MALCOLM. Noch unser heft'ger Gram
Zum Fliehn geschickt.
BANQUO. Seht nach der Lady! –

Lady Macbeth wird fortgeführt.

Und haben wir verhüllt der Schwäche Blößen,
Die Fassung jetzt entbehrt, treffen wir uns
Und forschen dieser blut'gen Untat nach,
Den Grund zu sehn. Uns schütteln Furcht und Zweifel;
Ich steh' in Gottes großer Hand, und so
Kämpf' ich der ungesprochnen Anmutung
Bösen Verrats entgegen.
MACBETH. So auch ich.
ALLE. Wir alle.
MACBETH.
Laßt, mit Entschlossenheit gerüstet, wieder
Uns in der Halle treffen!
ALLE. Wohl, so sei's.

Malcolm und Donalbain bleiben; die übrigen gehn ab.

MALCOLM.
Was tust du? Laß uns nicht zu ihnen halten:
Erlognen Schmerz zu zeigen, ist 'ne Kunst,
Die leicht dem Falschen wird. Ich geh' nach England.
DONALBAIN.
Nach Irland ich; unser getrenntes Glück
Verwahrt uns besser. Wo wir sind, drohn Dolche
In jedes Lächeln: um so blutsverwandter,
So mehr verwandt dem Tode.
MALCOLM.
Der mörderische Pfeil ist abgeschossen
Und fliegt noch; Sicherheit ist nur für uns,
Vermeiden wir das Ziel. Drum schnell zu Pferde,
Und zaudern wir nicht, jene noch zu grüßen:
Nein, heimlich fort! Nicht strafbar ist der Dieb,
Der selbst sich stiehlt, wo keine Gnad' ihm blieb.

Sie gehn ab.

Dritte Szene

Vor dem Schloß.
Rosse tritt auf mit einem alten Mann.

ALTER.
Auf siebzig Jahr' kann ich mich gut erinnern:
In diesem Zeitraum sah ich Schreckenstage
Und wunderbare Ding', doch diese böse Nacht
Macht alles Vor'ge klein.
ROSSE. Oh, guter Vater,
Der Himmel, sieh, als zürn' er Menschentaten,
Dräut dieser blut'gen Bühn'. Die Uhr zeigt Tag,
Doch dunkle Nacht erstickt die Wanderlampe:
Ist's Sieg der Nacht, ist es die Scham des Tages,
Daß Finsternis der Erd' Antlitz begräbt,
Wenn lebend Licht es küssen sollte?
ALTER. Unnatürlich,
Wie die gescheh'ne Tat. Am letzten Dienstag
Sah ich, wie stolzen Flugs ein Falke schwebte
Und eine Eul' ihm nachjagt' und ihn würgte.
ROSSE.
Und Duncans Rosse, seltsam ist's, doch sicher,
So rasch und schön, die Kleinod' ihres Bluts,
Brachen, verwildert ganz, aus ihren Ställen
Und stürzten fort, sich sträubend dem Gehorsam,
Als wollten Krieg sie mit den Menschen führen.
ALTER. Man sagt, daß sie einander fraßen.
ROSSE. Ja;
Entsetzlich war's, ich hab' es selbst gesehn.
Da kommt der edle Macduff –

Macduff tritt auf.

Nun, Herr, wie geht die Welt?
MACDUFF. Ei, seht Ihr's nicht?
ROSSE. Weiß man, wer tat die mehr als blut'ge Tat?
MACDUFF. Jene, die Macbeth tötete.

ROSSE. O Jammer!
Was hofften sie davon?
MACDUFF. Sie waren angestiftet.
Malcolm und Donalbain, des Königs Söhne,
Sind heimlich fort, entflohn: dies wälzt auf sie
Der Tat Verdacht.
ROSSE. Stets gegen die Natur:
Verschwenderischer Ehrgeiz, so verschlingst du
Des eignen Lebens Unterhalt! – So wird
Die Königswürde wohl an Macbeth fallen?
MACDUFF.
Er ist ernannt schon und zu seiner Krönung
Nach Scone gegangen.
ROSSE. Wo ist Duncans Leichnam?
MACDUFF.
Nach Colmes Kill führt man ihn zur heil'gen Gruft,
Wo die Gebeine seiner Ahnen alle
Versammelt ruhn.
ROSSE. Geht Ihr nach Scone?
MACDUFF. Nein, Vetter!
Ich geh' nach Fife.
ROSSE. So will ich hin.
MACDUFF. Lebt wohl!
Mag alles so geschehn, daß wir nicht sagen:
Bequemer war der alte Rock zu tragen!
Er geht ab.
ROSSE. Vater, lebt wohl!
ALTER. Gott segne Euch und den, der redlich denkt,
Unheil zum Heil, Zwietracht zum Frieden lenkt!
Sie gehen ab.

Dritter Aufzug

Erste Szene

Fores, Saal im Schlosse. Banquo tritt auf.

BANQUO.
Du hast's nun: König, Cawdor, Glamis, alles,
Wie dir's die Zauberfrau'n versprachen; und ich fürchte,
Du spieltest schändlich drum. Doch ward gesagt,
Es solle nicht bei deinem Stamme bleiben;
Ich aber sollte Wurzel sein und Vater
Von vielen Kön'gen. Kommt von ihnen Wahrheit
(Wie, Macbeth, ihre Wort' an dich bestät'gen),
Warum, bei der Erfüllung, die dir ward,
Soll'n sie nicht mein Orakel gleichfalls sein
Und meine Hoffnung kräft'gen? Still, nichts weiter! –
Trompeten; es treten auf Macbeth als König und Lady Macbeth als Königin; Lenox, Rosse, Lords, Ladys und Gefolge.
MACBETH. Hier unser höchster Gast.
LADY MACBETH. Ward er vergessen,
War's wie ein Riß in unserm großen Fest,
Und alles ungeziemend.
MACBETH. Herr, wir halten
Ein feierliches Mahl heut abend, und
Ich bitt' um Eure Gegenwart.
BANQUO. Eu'r Hoheit
Hat zu befehlen; unauflöslich bleibt
Für immer meine Pflicht an Euch gebunden.
MACBETH. Verreist Ihr noch den Nachmittag?
BANQUO. Ja, Herr.
MACBETH.
Sonst hätten wir wohl Euren Rat gewünscht,
Der stets voll Einsicht und ersprießlich war,
Im Staatsrat heut; doch gönnt ihn morgen uns!
Geht Eure Reise weit?
BANQUO. So weit, mein König,
Daß sie die Zeit von jetzt bis Abend ausfüllt;
Hält nicht mein Pferd sich gut, so muß ich wohl
Noch von der Nacht 'ne dunkle Stunde borgen.
MACBETH. Fehlt nicht bei unserm Fest.
BANQUO. Mein Fürst, ich komme.
MACBETH. Wir hören, unsre blut'gen Vettern weilen
In England und in Irland; nicht bekennend
Den grausen Vatermord, mit seltnen Märchen
Die Hörer täuschend. Doch das sei für morgen,
Da außerdem das Staatsgeschäft uns alle
Zusammen ruft. Säumt länger nicht: lebt wohl,
Bis wir zu Nacht uns sehn! Geht Fleance mit Euch?
BANQUO.
Ja, teurer Herr; die Zeit mahnt uns zur Eil'.
MACBETH.
Den Rossen wünsch' ich schnellen, sichern Lauf;
Besteigt sie alsobald und reiset glücklich. –
Banquo geht ab.
Ein jeder sei nun Herr von seinen Stunden
Bis sieben Uhr; uns die Geselligkeit
Zu würzen, sind wir bis zum Abendessen
Mit uns allein. Bis dahin Gott befohlen!
Alle gehen ab, Macbeth bleibt.
Du da! ein Wort: sind jene Männer hier?
Der Diener tritt ein.
DIENER.
Sie harren vor dem Schloßtor, mein Gebieter.
MACBETH. Führ' sie uns vor! –
Diener geht ab.
Das so zu sein, ist nichts:
Doch sicher, so zu sein. – In Banquo wurzelt
Tief unsre Furcht; in seinem Königssinn
Herrscht was, das will gefürchtet sein. Viel wagt er;
Und außer diesem unerschrocknen Geist
Hat Weisheit er, die Führerin des Muts
Zum sichern Wirken. Außer ihm ist keiner,
Vor dem ich zittern muß; und unter ihm
Beugt sich mein Genius scheu, wie, nach der Sage,
Vor Cäsar Mark Antonius' Geist. Er schalt die Schwestern
Gleich, als sie mir den Namen König gaben,
Und hieß sie zu ihm sprechen; dann prophetisch
Begrüßten sie ihn Vater vieler Kön'ge.
Mein Haupt empfing die unfruchtbare Krone;
Den dürren Szepter reichten sie der Faust,
Daß eine fremde Hand ihn mir entwinde,
Kein Sohn von mir ihn erbe. Ist es so? –
Hab' ich für Banquos Stamm mein Herz befleckt,
Für sie erwürgt den gnadenreichen Duncan,
In meinen Friedensbecher Gift gegossen,
Einzig für sie; und mein unsterblich Kleinod
Dem Erbfeind aller Menschen preisgegeben,
Zu krönen sie! zu krönen Banquos Brut! –
Eh' das geschieht, komm, Schicksal, in die Schranken
Und fordre mich auf Tod und Leben! – Holla!
Der Diener kommt mit zwei Mördern.

Geh vor die Tür und warte, bis wir rufen.

Der Diener geht ab.

War's gestern nicht, da wir einander sprachen?

ERSTER MÖRDER. So war es, Majestät.

MACBETH. Gut denn, habt ihr
Nun meinen Reden nachgedacht? So wißt,
Daß er es eh'mals war, der euch so schwer
Gedrückt; was, wie ihr wähntet, ich getan,
Der völlig schuldlos. Dies bewies ich euch
In unsrer letzten Unterredung; macht' euch klar,
Wie man euch hinterging und kreuzte; nannt' euch
Die Werkzeug' auch, und wer mit ihnen wirkte;
Und alles sonst, was selbst 'ner halben Seele
Und blödstem Sinne zurief: Das tat Banquo!

ERSTER MÖRDER. So habt Ihr's uns erklärt.

MACBETH. Ich tat es und ging weiter; deshalb nun
Hab' ich euch wieder her beschieden. Fühlt ihr
Geduld vorherrschend so in eurem Wesen,
Daß ihr dies hingehn laßt? Seid ihr so fromm,
Zu beten für den guten Mann und sein
Geschlecht, des schwere Hand zum Grab euch beugte
Und euch zu Bettlern macht' und eure Kinder?

ERSTER MÖRDER.
Mein König, wir sind Männer.

MACBETH.
Ja, im Verzeichnis lauft ihr mit als Männer;
Wie Jagd- und Windhund, Blendling, Wachtelhund,
Spitz, Pudel, Schäferhund und Halbwolf, alle
Der Name Hund benennt: das Rangregister
Bezeichnet erst den schnellen, trägen, klugen,
Den Hausbewacher und den Jäger, jeden
Nach seiner Eigenschaft, die ihm Natur
Liebreich geschenkt; wodurch ihm wird besondre
Bezeichnung aus der Schar, die alle gleich
Benamt: und so ist's mit dem Menschen auch.
Habt ihr nun einen Platz im Rangregister,
Und nicht den schlechtsten in der Mannheit, sprecht;
Und solches Werk vertrau' ich eurem Busen,
Dessen Vollstreckung euren Feind entrafft,
Herzinnig fest an unsre Lieb' euch schmiedet,
Da unser Wohlsein kränkelt, weil er lebt,
Das nur in seinem Tod gesundet.

ZWEITER MÖRDER. Herr,
Mit hartem Stoß und Schlag hat mich die Welt
So aufgereizt, daß mich's nicht kümmert, was
Der Welt zum Trotz ich tu'.

ERSTER MÖRDER. Und ich bin einer,
So matt von Elend, so zerzaust vom Unglück,
Daß ich mein Leben setz' auf jeden Wurf,
Es zu verbessern oder los zu werden.

MACBETH. Ihr wißt es beide, Banquo war eu'r Feind.

ZWEITER MÖRDER. Gewiß, mein Fürst.

MACBETH. So ist er meiner auch,
Und in so blut'ger Näh', daß jeder Pulsschlag
Von ihm nach meinem Herzensleben zielt.
Und obgleich meine Macht mit offnem Antlitz
Ihn löschen könnt' aus meinem Blick und frei
Mein Wort die Tat gestehn: doch darf ich's nicht,
Um manchen, der mir Freund ist so wie ihm,
Des Lieb' ich nicht kann missen; seinen Fall
Muß ich beklagen, den ich selbst erschlug:
Und darum sprech' ich euch um Beistand an,
Dem Pöbelauge das Geschäft verlarvend
Aus manchen wichtigen Gründen.

ZWEITER MÖRDER. Wir vollziehn,
Was Ihr befehlt.

ERSTER MÖRDER. Wenn unser Leben auch –

MACBETH. Aus euren Augen leuchtet euer Mut.
In dieser Stunde spät'stens meld' ich euch,
Wo ihr euch stellt; bericht' euch aufs genau'ste
Den Augenblick; denn heut nacht muß es sein;
Und etwas ab vom Schloß: stets dran gedacht,
Daß ich muß rein erscheinen! Und mit ihm,
Um nichts nur halb und obenhin zu tun,
Muß Fleance, sein Sohn, der ihm Gesellschaft leistet,
Des Wegtun mir nicht minder wichtig ist
Als seines Vaters, das Geschick mit ihm
Der dunkeln Stunde teilen.
Entschließt euch nun für euch; gleich komm' ich wieder.

ZWEITER MÖRDER. Wir sind entschlossen, Herr.

MACBETH. So ruf' ich euch
Alsbald; verweilt da drin! Es ist entschieden:
Denkst, Banquo, du, den Himmel zu gewinnen,
Muß deine Seel' heut nacht den Flug beginnen.

Alle ab.

Zweite Szene

Ebendaselbst, ein anderes Zimmer.
Lady Macbeth tritt auf mit einem Diener.

LADY MACBETH. Ist Banquo fort vom Hof?

DIENER.
Ja, Kön'gin, doch er kommt zurück heut abend.

LADY MACBETH.
Dem König meld', ich lasse ihn ersuchen
Um wen'ge Augenblicke.

DIENER. Ich gehorche.

Er geht ab.

LADY MACBETH. Nichts ist gewonnen, alles ist dahin,
Stehn wir am Ziel mit unzufriednem Sinn:
Viel sichrer, das zu sein, was wir zerstört,
Als daß uns Mord ein schwankend Glück gewährt.

Macbeth tritt auf.

Nun, teurer Freund, was bist du so allein
Und wählst nur trübe Bilder zu Gefährten, –
Gedanken hegend, die doch tot sein sollten,
Wie jen', an die sie denken? Was unheilbar:
Vergessen sei's: Geschehn ist, was geschehn.

MACBETH.
Zerhackt ward nur die Schlange, nicht getötet:
Sie heilt und bleibt dieselb', indes ihr Zahn
Wie sonst gefährdet unsre arme Bosheit.
Doch ehe soll der Dinge Bau zertrümmern,
Die beiden Welten schaudern, eh' wir länger
In Angst verzehren unser Mahl und schlafen
In der Bedrängnis solcher grausen Träume,
Die uns allnächtlich schütteln: Lieber bei
Dem Toten sein, den, Frieden uns zu schaffen,
Zum Frieden wir gesandt, als auf der Folter
Der Seel' in ruheloser Qual zu zucken!
Duncan ging in sein Grab,
Sanft schläft er nach des Lebens Fieberschauern;
Verrat, du tatst dein Ärgstes: Gift, noch Dolch,
Einheim'sche Bosheit, fremder Anfall, nichts

Kann ferner ihn berühren.
LADY MACBETH. Oh, laß gut sein!
Mein liebster Mann, die Runzeln glätte weg;
Sei froh und munter heut mit deinen Gästen!
MACBETH.
Das will ich, Lieb'; und, bitte, sei es auch:
Vor allen wend' auf Banquo deine Sorgfalt,
Und schenk' ihm Auszeichnung mit Wort und Blick:
Unsicher noch, sind wir genötigt, so
Zu baden unsre Würd' in Schmeichelströmen;
Daß unser Antlitz Larve wird des Herzens,
Verbergend, was es ist.
LADY MACBETH. Du mußt das lassen.
MACBETH.
Oh! von Skorpionen voll ist mein Gemüt:
Du weißt, Geliebte, Banquo lebt und Fleance.
LADY MACBETH.
Doch schuf Natur sie nicht für ew'ge Dauer.
MACBETH.
Ja, das ist Trost; man kann noch an sie kommen:
Drum sei du fröhlich! Eh' die Fledermaus
Geendet ihren klösterlichen Flug,
Eh', auf den Ruf der dunkeln Hekate,
Der hornbeschwingte Käfer, schläfrig summend,
Die nächt'ge Schlummerglocke hat geläutet,
Ist eine Tat geschehn furchtbarer Art.
LADY MACBETH. Was hast du vor?
MACBETH.
Unschuldig bleibe, Kind, und wisse nichts,
Bis du der Tat kannst Beifall rufen. Komm
Mit deiner dunklen Binde, Nacht; verschließe
Des mitleidvollen Tages zartes Auge;
Durchstreich' mit unsichtbarer, blut'ger Hand
Und reiß' in Stücke jenen großen Schuldbrief,
Der meine Wangen bleicht! – Das Licht wird trübe;
Zum dampfenden Wald erhebt die Kräh' den Flug;
Die Tagsgeschöpfe schläfrig niederkauern,
Und schwarze Nachtunhold' auf Beute lauern.
Du staunst mich an? Still! – Sündentsproßne Werke
Erlangen nur durch Sünden Kraft und Stärke.
So, bitte, geh mit mir!
Sie gehn ab.

Dritte Szene

Ebendaselbst, ein Park im Schloß.
Drei Mörder treten auf.

ERSTER MÖRDER.
Wer aber hieß dich zu uns stoßen?
DRITTER MÖRDER. Macbeth.
ZWEITER MÖRDER.
Man braucht ihm nicht zu mißtraun; denn er kennt
Unser Geschäft, das man uns aufgetragen,
Und weiß genau Bescheid.
ERSTER MÖRDER. So bleib' bei uns!
Der West glimmt noch von schwachen Tagesstreifen:
Der Reiter spornt nun eil'ger durch die Dämm'rung,
Zur Schenke noch zu kommen; und schon naht
Der, den wir hier erwarten.
DRITTER MÖRDER. Pferde! – Horcht!
BANQUO *hinter der Szene.*
Heda! Bringt Licht!
ZWEITER MÖRDER. Er muß es sein; die andern,
Die noch erwartet wurden, sind schon alle
Im Schloß.
ERSTER MÖRDER.
Die Pferde machen einen Umweg.
DRITTER MÖRDER.
Fast eine Meile; und er geht gewöhnlich,
Wie jeder tut, von hier bis an das Schloßtor
Zu Fuß.
Banquo und Fleance treten auf, ein Diener mit einer Fackel voran.
ZWEITER MÖRDER. Ein Licht!
DRITTER MÖRDER. Er ist es.
ERSTER MÖRDER. Macht euch dran!
BANQUO. 's kommt Regen noch zur Nacht.
ERSTER MÖRDER. So mag er fallen!
Ersticht Banquo.
BANQUO.
Weh mir! Verrat! Flieh', guter Fleance, flieh', flieh'!
Du kannst mein Rächer sein. – O Sklave! –
Banquo stirbt. Fleance und der Diener fliehn.
DRITTER MÖRDER. Wer schlug das Licht aus?
ERSTER MÖRDER. War's nicht wohl getan?
DRITTER MÖRDER.
Nur einer liegt; der Sohn entfloh.
ZWEITER MÖRDER. So ist
Die beste Hälfte unsrer Müh' verloren.
ERSTER MÖRDER.
Gut, gehn wir denn und melden, was getan.
Sie gehn ab.

Vierte Szene

Prunksaal im Schloß, gedeckte Tafel.
Es treten auf Macbeth, Lady Macbeth, Rosse, Lenox, Lords, Gefolge.

MACBETH. Ihr kennt selbst euren Rang: nehmt
Platz! Willkommen
Seid ein für allemal!
LORDS. Dank Euer Hoheit!
MACBETH.
Wir wollen uns in die Gesellschaft mischen,
Als aufmerksamer Wirt. Die Wirtin nahm
Schon ihren Sitz; doch mit Vergünstigung
Ersuchen wir um ihren Gruß und Willkomm.
LADY MACBETH.
Sprich ihn für mich zu allen unsern Freunden;
Denn herzlich heiß' ich alle sie willkommen.
Der erste Mörder tritt zur Seitentür ein.
MACBETH.
Sieh, ihres Herzens Dank kommt dir entgegen.
Gleich voll sind beide Seiten. Hier will ich
Mich in die Mitte setzen. Ungehemmt
Sei nun die Lust; gleich soll der Becher kreisen.
Auf deiner Stirn ist Blut –
MÖRDER. So ist es Banquos.
MACBETH.
Viel besser draußen an dir, als er hier drinnen.
So ist er abgetan?
MÖRDER. Herr, seine Kehle
Ist durchgeschnitten; – das tat ich für ihn.
MACBETH. Du bist der beste Kehlabschneider; doch

Auch der ist gut, der das für Fleance getan;
Warst du's, so hast du deinesgleichen nicht.

MÖRDER.
Mein königlicher Herr, Fleance ist entwischt.

MACBETH.
So bin ich wieder krank; sonst wär' ich stark,
Gesund wie Marmor, fest wie Fels gegründet,
Weit, allgemein, wie Luft und Windeshauch;
Doch jetzt bin ich umschränkt, gepfercht, umpfählt,
Geklemmt von niederträcht'ger Furcht und Zweifeln.
Doch Banquo ist uns sicher?

MÖRDER. Ja, teurer Herr! im Graben liegt er sicher:
In seinem Kopfe zwanzig tiefe Wunden,
Die kleinst' ein Lebenstod.

MACBETH. Nun, dafür Dank!
Da liegt
Die ausgewachsne Schlange; das entfloh'ne
Gewürm ist giftig einst, nach seiner Art;
Doch zahnlos jetzt. – Nun mach' dich fort; auf morgen
Vernehm ich mehr.

Mörder geht ab.

LADY MACBETH. Mein königlicher Herr,
Ihr seid kein heitrer Wirt. Das Fest ist feil,
Wird nicht das Mahl durch Freundlichkeit gewürzt,
Durch Willkomm erst geschenkt. Man speist am besten
Daheim; doch auswärts macht die Höflichkeit
Den Wohlgeschmack der Speisen: nüchtern wäre
Gesellschaft sonst.

MACBETH. Du holde Mahnerin! –
Nun, auf die Eßlust folg' ein gut Verdauen,
Gesundheit beiden!

LENOX. Gefällt es Eurer Hoheit, sich zu setzen?

Banquos Geist kommt und setzt sich auf Macbeths Platz.

MACBETH.
Beisammen wär' uns hier des Landes Adel,
Wenn unser Freund nicht, unser Banquo, fehlte;
Doch möcht' ich lieber ihn unfreundlich schelten,
Als eines Unfalls wegen ihn bedauern.

LENOX.
Da er nicht kommt, verletzt er sein Versprechen.
Gefällt's Eu'r Majestät, uns zu beglücken,
Indem Ihr Platz in unsrer Mitte nehmt?

MACBETH. Die Tafel ist voll.

LENOX. Hier ist ein Platz noch.

MACBETH. Wo?

LENOX.
Hier, teurer König. Was erschreckt Eu'r Hoheit?

MACBETH. Wer von euch tat das?

LORDS. Was, mein guter Herr?

MACBETH.
Du kannst nicht sagen, daß ich's tat. Oh, schüttle
Nicht deine blut'gen Locken gegen mich!

ROSSE.
Steht auf, ihr Herrn, dem König ist nicht wohl.

LADY MACBETH.
Bleibt sitzen, Herrn: der König ist oft so,
Und war's von Jugend an – oh, steht nicht auf!
Schnell geht der Anfall über; augenblicks
Ist er dann wohl. Beachtet ihr ihn viel,
So reizt ihr ihn, und länger währt das Übel.
Eßt, seht ihn gar nicht an! – Bist du ein Mann?

MACBETH.
Ja, und ein kühner, der das wagt zu schauen,
Wovor der Teufel blaß wird.

LADY MACBETH. Schönes Zeug!
Das sind die wahren Bilder deiner Furcht;
Das ist der luft'ge Dolch, der, wie du sagtest,
Zu Duncan dich geführt! – Ha! dieses Zucken,
Dies Starr'n, Nachäffung wahren Schrecks, sie paßten
Zu einem Weibermärchen am Kamin,
Bestätigt von Großmütterchen. – Oh, schäme dich!
Was machst du für Gesichter! denn am Ende;
Schaust du nur auf 'nen Stuhl.

MACBETH.
In bitt' dich, sieh! blick' auf! schau' an! was sagst du? –
Ha! meinethalb! Wenn du kannst nicken, sprich auch!
Wenn Grab und Beingewölb' uns wieder schickt
Die wir begruben, sei der Schlund der Geier
Uns Totengruft!

Der Geist geht fort.

LADY MACBETH.
Was! ganz entmannt von Torheit!

MACBETH. So wahr ich leb', ich sah ihn!

LADY MACBETH. O der Schmach!

MACBETH.
Blut ward auch sonst vergossen, schon vor Alters,
Eh' menschlich Recht den frommen Staat verklärte;
Ja, auch seitdem geschah so mancher Mord,
Zu schrecklich für das Ohr: da war's Gebrauch,
Daß, war das Hirn heraus, der Mann auch starb,
Und damit gut.
Doch heutzutage stehn sie wieder auf,
Mit zwanzig Todeswunden an den Köpfen,
Und stoßen uns von unsern Stühlen: Das
Ist wohl seltsamer noch als solch ein Mord.

LADY MACBETH.
Mein König, Ihr entzieht Euch Euren Freunden.

MACBETH. Ha! ich vergaß; –
Staunt über mich nicht, meine würd'gen Freunde;
Ich hab' ein seltsam Übel, das nichts ist
Für jene, die mich kennen.
Wohlan! Lieb' und Gesundheit trink' ich allen,
Dann setz' ich mich. Ha! Wein her! voll den Becher!

Der Geist kommt.

So trink' ich auf das Wohl der ganzen Tafel
Und Banquos, unsers Freunds, den wir vermissen.
Wär' er doch hier! Sein Wohlergehn, wie aller
Trink' ich: Ihm, Euch!

LORDS. Wir danken pflichtergeben.

MACBETH. Hinweg! – Aus meinen Augen! – Laß
Die Erde dich verbergen!
Marklos ist dein Gebein, dein Blut ist kalt;
Du hast kein Anschaun mehr in diesen Augen,
Mit denen du so stierst.

LADY MACBETH. Nehmt dies, ihr Herrn,
Als was Alltägliches: nichts weiter ist's;
Nur daß es uns des Abends Lust verdirbt.

MACBETH. Was einer wagt, wag' ich:
Komm du mir nah als zott'ger russ'scher Bär,
Geharn'scht Rhinozeros, hyrkan'scher Tiger –
Nimm jegliche Gestalt, nur diese nicht –
Nie werden meine festen Nerven beben.
Oder sei lebend wieder; fordre mich
In eine Wüst' aufs Schwert; verkriech' ich mich

Dann zitternd, ruf' mich aus als Dirnenpuppe!
Hinweg! gräßlicher Schatten!
Unkörperliches Blendwerk, fort! – Ha! So! –

Geist entweicht.

Du nicht mehr da, nun bin ich wieder Mann. –
Ich bitte, steht nicht auf!

LADY MACBETH. Ihr habt die Lust
Verscheucht und die Geselligkeit gestört,
Durch höchst fremdart'ge Grillen.

MACBETH. Kann solch Wesen
An uns vorüberziehn wie Sommerwolken,
Ohn' unser mächtig Staunen? Ihr entfremdet
Mich meinem eignen Selbst, bedenk' ich jetzt,
Daß ihr anschaut Gesichte solcher Art,
Und doch die Röte eurer Wangen bleibt,
Wenn Schreck die meinen bleicht.

ROSSE. Was für Gesichte?

LADY MACBETH.
Ich bitt' Euch, sprecht nicht; er wird schlimm und schlimmer;
Fragen bringt ihn in Wut. Gut' Nacht mit eins!
Beim Weggehn haltet nicht auf euern Rang,
Geht all' zugleich!

LENOX. Wir wünschen Eurer Hoheit
Gut' Nacht, und beßres Wohl!

LADY MACBETH. Gut' Nacht euch allen!

Alle Lords nebst Gefolge gehn ab.

MACBETH.
Es fordert Blut, sagt man: Blut fordert Blut.
Man sah, daß Fels sich regt' und Bäume sprachen;
Auguren haben durch Geheimnisdeutung
Von Elstern, Kräh'n und Dohlen ausgefunden
Den tief verborgnen Mörder. – Wie weit ist die Nacht?

LADY MACBETH.
Im Kampf fast mit dem Tag: ob Nacht, ob Tag.

MACBETH.
Was sagst du, daß Macduff zu kommen weigert
Auf unsre Ladung?

LADY MACBETH.
Sandtest du nach ihm?

MACBETH.
Ich hört's von ungefähr; doch will ich senden:
Kein einz'ger, in des Haus mir nicht bezahlt
Ein Diener lebte. Morgen will ich hin,
Und in der Frühe zu den Zauberschwestern:
Sie sollen mehr mir sagen; denn gespannt
Bin ich, das Schlimmst' auf schlimmstem Weg zu wissen.
Zu meinem Vorteil muß sich alles fügen;
Ich bin einmal so tief in Blut gestiegen,
Daß, wollt' ich nun im Waten stille stehn,
Rückkehr so schwierig wär', als durch zu gehn.
Seltsames glüht im Kopf, es will zur Hand,
Und muß getan sein, eh' noch recht erkannt.

LADY MACBETH.
Dir fehlt die Würze aller Wesen, Schlaf.

MACBETH.
Zu Bett! – Daß selbstgeschaffnes Grau'n mich quält,
Ist Furcht des Neulings, dem die Übung fehlt: –
Wahrlich, wir sind zu jung nur. –

Sie gehen ab.

Fünfte Szene

Die Heide. Donner. Hekate kommt, die drei Hexen ihr entgegen.

ERSTE HEXE.
Was gibt es, Hekate, warum so zornig?

HEKATE.
Ihr garst'gen Vetteln, hab' ich denn nicht recht?
Da ihr euch, dreist und unverschämt, erfrecht
Und treibt mit Macbeth euren Spuk,
In Rätselkram, in Mord und Trug?
Und ich, die Meist'rin eurer Kraft,
Die jedes Unheil wirkt und schafft,
Mich bat man nicht um meine Gunst,
Zu Ehr' und Vorteil unsrer Kunst?
Und, schlimmer noch, uns wird kein Lohn,
Ihr dientet dem verkehrten Sohn,
Der, trotzig und voll Übermut,
Sein Werk nur, nicht das eure, tut.
Auf! bessert's noch, macht euch davon,
Trefft mich am Pfuhl des Acheron;
Dahin wird er am Morgen gehn,
Von uns sein Schicksal zu erspähn.
Mit Hexenspuk und Sprüchen seid
Und jedem Zauberkram bereit!
Ich muß zur Luft hinauf; die Nacht
Wird auf ein Unheilswerk verbracht:
Vor Mittag viel geschehn noch soll.
Ein Tropfen gift'ger Dünste voll
An einem Horn des Mondes blinkt:
Den fang' ich, eh' er niedersinkt:
Der, destilliert mit Zauberflüchen,
Ruft Geister, die mit list'gen Sprüchen
Ihn mächtig täuschen, daß Beschwörung
Ihn treibt in Wahnwitz, in Zerstörung.
Dem Tod und Schicksal sprech' er Hohn,
Nicht Gnad' und Furcht soll ihn bedrohn;
Denn, wie ihr wißt, war Sicherheit
Des Menschen Erbfeind jederzeit.

Musik hinter der Szene.

Hinweg! Dort sitzt mein kleiner Geist, o schaut!
In einer dunkeln Wölk' und ruft mich laut.

GESANG *hinter der Szene.*
Komm heran, komm heran!
Hekate, o komm heran!

HEKATE.
Ich komm', ich komm', ich komme!
So schnell ich immer kann!
So schnell ich immer kann!

Sie geht ab.

ERSTE HEXE.
Fort, laßt uns eilen; bald kommt sie zurück.

Sie gehn ab.

Sechste Szene

Fores, im Schloß.
Lenox und ein Lord treten auf.

LENOX. Mein Wort berührt nur leicht, was Ihr gedacht;
Sinnt ferner drüber nach! Ich sage nur,
Seltsam geht manches zu: der gnadenreiche Duncan

Ward von Macbeth beklagt – Nun, er war tot –
Der wackre Banquo ging zu spät noch aus –
Wollt Ihr, so könnt Ihr sagen: Fleance erschlug ihn,
Denn Fleance entfloh. – Man muß so spät nicht
ausgehn.
Wer kann wohl anders, als es schändlich finden,
Daß Donalbain und Malcolm töteten
Den gnadenreichen Vater? Höll'sche Untat!
Wie grämte Macbeth sich! Erschlug er nicht
In frommer Wut die beiden Täter gleich,
Die weinbetäubt und schlafversunken waren?
War's edel nicht getan? Ja, klüglich auch;
Denn jedes Menschen Seel' hätt' es empört,
Ihr Leugnen anzuhören. Also sag' ich,
Alles verfügt' er wohl: so denk' ich auch,
Daß, hätt' er Duncans Söhne unterm Schloß
(Was, mit des Himmels Hülfe, nie geschehn soll),
Sie würden fühlen, was es sagen will,
Den Vater zu ermorden; so auch Fleance.
Doch still! für dreiste Wort', und weil er ausblieb
Beim Feste des Tyrannen, fiel Macduff
In Ungunst.

LORD. Sandte er zu Macduff hin?

LENOX. Ja; doch mit einem kurzen »Herr, nicht ich«
Schickt' er den finstern Boten heim; der murmelt,
Als wollt' er sagen: »Ihr bereut die Stunde,
Die mich beschwert mit dieser Antwort.«

LORD. Dien' ihm
Als Warnung das, so fern zu bleiben, wie
Ihm seine Weisheit rät. Wißt Ihr, wo Malcolm
Sich aufhält?

LENOX. Duncans Sohn, durch den Tyrannen
Beraubt des Erbrechts, lebt an Englands Hof,
Wo ihn der fromme Eduard aufgenommen,
So huldreich, daß des Glückes Bosheit nichts
Ihm raubt an Achtung. Dorthin will auch Macduff,
Des heil'gen Königs Hülfe zu erbitten,
Daß er Northumberland und Siward sende:
Damit durch ihren Beistand, nächst dem Schutz
Des Himmels, wir von neuem schaffen mögen
Den Tafeln Speis' und unsern Nächten Schlaf,
Fest und Bankett befrein von blut'gen Messern,
Mit Treuen huld'gen, freie Ehr' empfangen,
Was alles uns jetzt fehlt; und diese Nachricht
Hat so den König aufgeregt, daß er
Zum Kriege rüstet.

LORD. Flieg' ein heil'ger Engel
Voran zum Hof nach England und verkünde
Die Botschaft, eh' er kommt, daß Segen schnell
Dies Land erfreue, von verfluchter Hand
So hart gedrückt!

LENOX. Auch mein Gebet mit ihm.

Sie gehn ab.

Vierter Aufzug

Erste Szene

Eine finstre Höhle, in der Mitte ein Kessel.
Donner; die drei Hexen kommen.

ERSTE HEXE.
Die gelbe Katz' hat dreimal miaut.

ZWEITE HEXE.
Ja, und einmal der Igel quiekt.

DRITTE HEXE.
Die Harpye schreit: – 's ist Zeit.

ERSTE HEXE.
Um den Kessel dreht euch rund,
Werft das Gift in seinen Schlund!
Kröte, die im kalten Stein
Tag' und Nächte, dreimal neun,
Zähen Schleim im Schlaf gegoren,
Sollst zuerst im Kessel schmoren!

ALLE.
Spart am Werk nicht Fleiß noch Mühe,
Feuer sprühe, Kessel glühe!

ZWEITE HEXE.
Sumpf'ger Schlange Schweif und Kopf
Brat' und koch' im Zaubertopf:
Molchesaug' und Unkenzehe,
Hundemaul und Hirn der Krähe;
Zäher Saft des Bilsenkrauts,
Eidechsbein und Flaum vom Kauz:
Mächt'ger Zauber würzt die Brühe,
Höllenbrei im Kessel glühe!

ALLE.
Spart am Werk nicht Fleiß noch Mühe,
Feuer sprühe, Kessel glühe!

DRITTE HEXE.
Wolfeszahn und Kamm des Drachen,
Hexenmumie, Gaum und Rachen
Aus des Haifisch scharfem Schlund;
Schierlingswurz aus finsterm Grund;
Auch des Lästerjuden Lunge,
Türkennas' und Tartarzunge;
Eibenreis, vom Stamm gerissen
In des Mondes Finsternissen;
Hand des neugebornen Knaben,
Den die Metz' erwürgt im Graben,
Dich soll nun der Kessel haben.
Tigereingeweid' hinein,
Und der Brei wird fertig sein.

ALLE.
Spart am Werk nicht Fleiß noch Mühe,
Feuer sprühe, Kessel glühe!

ZWEITE HEXE.
Abgekühlt mit Paviansblut,
Wird der Zauber stark und gut.

Hekate kommt.

HEKATE.
So recht! ich lobe euer Walten;
Jede soll auch Lohn erhalten.
Um den Kessel tanzt und springt,
Elfen gleich den Reihen schlingt,
Und den Zaubersegen singt!

GESANG.
Geister weiß und grau,
Geister rot und blau:
Rührt, rührt, rührt,
Rührt aus aller Kraft!

ZWEITE HEXE.
Ha! mir juckt der Daumen schon,
Sicher naht ein Sündensohn –
Laßt ihn ein, wer mag's sein!

Macbeth tritt auf.

MACBETH.
Nun, ihr geheimen, schwarzen Nachtunholde!
Was macht ihr da?
ALLE. Ein namenloses Werk.
MACBETH.
Bei dem, was ihr da treibt, beschwör' ich euch
(Wie ihr zur Kund' auch kommt), antwortet mir:
Entfesselt ihr den Sturm gleich, daß er kämpft
Gegen die Kirchen, und die schäum'gen Wogen
Vernichten und verschlingen alle Schiffahrt,
Daß reifes Korn sich legt und Wälder brechen,
Daß Burgen auf den Schloßwart nieder prasseln,
Daß Pyramiden und Paläste beugen
Bis zu dem Grund die Häupter: Müßte selbst
Der Doppellichter Pracht und Ordnung wild
Zusammen taumeln, ja, bis zur Vernichtung
Erkranken: Antwort gebt auf meine Fragen!
ERSTE HEXE. Sprich!
ZWEITE HEXE. Frag'!
DRITTE HEXE. Wir geben Antwort.
ERSTE HEXE.
Hörst du's aus unserm Munde lieber, oder
Von unsern Meistern?
MACBETH. Ruft sie, ich will sie sehn!
ZWEITE HEXE. Gießt der Sau Blut, die neun Jungen
Fraß, noch zu; werft Fett, gedrungen
Aus des Mörders Rabenstein,
In die Glut!
ALLE. Kommt, groß und klein!
Seid dienstbehend' und stellt euch ein!
Donner. Ein bewaffnetes Haupt steigt aus dem Kessel.
MACBETH. Sprich, unbekannte Macht –
ERSTE HEXE. Er weiß dein Fragen:
Hören mußt du, selbst nichts sagen.
DIE ERSCHEINUNG.
Macbeth! Macbeth! Macbeth! scheu' den Macduff,
Scheue den Than von Fife! – Laßt mich – genug!
Versinkt.
MACBETH.
Wer du auch seist, für deine Warnung Dank;
Du trafst den wunden Fleck: – Doch noch ein Wort –
ZWEITE HEXE.
Er läßt sich nicht befehlen. Hier ein andrer,
Mächt'ger als jener.
Donner. Ein blutiges Kind steigt aus dem Kessel.
DIE ERSCHEINUNG.
Macbeth! Macbeth! Macbeth!
MACBETH. Hätt' ich drei Ohren, hört' ich dich.
DIE ERSCHEINUNG.
Sei blutig, kühn und frech; lach' aller Toren,
Dir schadet keiner, den ein Weib geboren:
Kein solcher kränkt Macbeth!
Versinkt.
MACBETH. Dann leb' Macduff; was brauch' ich dich zu fürchten?
Doch mach' ich doppelt sicher Sicherheit,
Und nehm' ein Pfand vom Schicksal: – du sollst sterben;
Dann sag' ich zu der bleichen Furcht: du lügst!
Und schlafe trotz dem Donner. –
Donner. Ein gekröntes Kind steigt aus dem Kessel, mit einem Baum in der Hand.
Was ist das,
Das aufsteigt wie der Sprößling eines Königs
Und um die Kindesstirn geflochten hat
Den Kranz der Majestät?
ALLE. Horch, sprich's nicht an!
DIE ERSCHEINUNG.
Sei löwenkühn und stolz; nichts darfst du scheuen
Wer tobt, wer knirscht, und ob Verräter dräuen:
Macbeth wird nie besiegt, bis einst hinan
Der große Birnams Wald zum Dunsinan
Feindlich emporsteigt.
Versinkt.
MACBETH. Das kann nimmer werden –
Wer wirbt den Wald? heißt Bäume von der Erden
Die Wurzel lösen? Wie der Spruch entzückt!
Aufruhr ist tot, bis Birnams Waldung rückt
Bergan, und unser Macbeth hochgemut
Lebt bis ans Ziel der Tage, zahlt Tribut
Nur der Natur und Zeit. –
Doch klopft mein Herz, nur eins noch zu erfahren:
Sprecht, kann mir eure Kunst dies offenbaren:
Wird Banquos Same je dies Reich regieren?
ALLE. Frag' weiter nichts!
MACBETH. Ich will befriedigt sein: versagt mir das,
Und seid verflucht auf ewig! Laßt mich wissen –
Hoboen.
Warum versinkt der Kessel? Welch Getön'?
ERSTE HEXE. Erscheint!
ZWEITE HEXE. Erscheint!
DRITTE HEXE. Erscheint!
ALLE. Erscheint dem Aug' und quält den Sinn:
Wie Schatten kommt und fahrt dahin!
Acht Könige erscheinen und gehn über die Bühne, der letzte trägt einen Spiegel; Banquo folgt.
MACBETH.
Du bist zu ähnlich Banquos Geist! Hinab! –
Dein Diadem brennt mir die Augen. – Und du
Mit goldumwundner Stirne gleichst dem ersten: –
Ein dritter wie der zweite – Garst'ge Hexen!
Warum zeigt ihr mir das? Ein vierter! – Blick, erstarre!
Wie! dehnt die Reih' sich bis zum Jüngsten Tag?
Und noch! – Ein siebenter! – Ich will nichts mehr sehn. –
Da kommt der achte noch, und hält 'nen Spiegel,
Der mir viel andre zeigt, und manche seh' ich,
Die zwei Reichsäpfel und drei Szepter tragen –
Furchtbarer Anblick! Ja, ich seh', 's ist wahr;
Denn lächelnd winkt der blutdurchsiebte Banquo
Und deutet auf sie hin, als auf die Seinen. –
Was, ist es so?
ERSTE HEXE. Ja, alles ist so. – Doch warum
Steht Macbeth da so starr und stumm?
Auf! zu ermuntern seinen Geist,
Ihm unsre schönsten Künste weist!
Durch Zauber tönen luft'ge Weisen;
Auf! tanzt in vielverschlungnen Kreisen!
Der König soll uns Lob gewähren,
Sein Kommen wußten wir zu ehren.
Musik; die Hexen tanzen und verschwinden.
MACBETH.
Wo sind sie? Fort? – Mag diese Unglücksstunde
Verflucht auf ewig im Kalender stehn! –
Herein, du draußen! –
Lenox tritt auf.

LENOX. Was befiehlt Eu'r Hoheit?
MACBETH. Sahst du die Zauberschwestern?
LENOX. Nein, mein König!
MACBETH. Sie kamen nicht vorbei?
LENOX. Gewiß nicht, Herr.
MACBETH. Verpestet sei die Luft, auf der sie fahren,
Und alle die verdammt, so ihnen trauen!
Ich hörte Pferd'galopp – wer kam vorbei?
LENOX.
Zwei oder drei, Herr, die Euch Nachricht brachten,
Daß Macduff floh nach England.
MACBETH. Floh nach England?
LENOX. Ja, gnäd'ger Herr.
MACBETH. O Zeit! vor eilst du meinem grausen Tun!
Nie wird der flücht'ge Vorsatz eingeholt,
Geht nicht die Tat gleich mit: Von Stund' an nun
Sei immer meines Herzens Erstling auch
Erstling der Hand! Und den Gedanken gleich
Zu krönen, sei's getan, so wie gedacht:
Die Burg Macduffs will ich jetzt überfallen;
Fife wird erobert und dem Schwert geopfert
Sein Weib und Kind, und alle armen Seelen
Aus seinem Stamm. Das ist nicht Torenwut;
Es ist getan, eh' sich erkühlt mein Blut. –
Nur keine Geister mehr! – Wo sind die Herrn?
Komm, führ' mich hin zu ihnen!
Sie gehn ab.

Zweite Szene

Fife, Zimmer in Macduffs Schloß.
Es treten auf Lady Macduff, ihr kleiner Sohn und Rosse.

LADY MACDUFF.
Was tat er denn, landflüchtig so zu werden?
ROSSE. Geduldig müßt Ihr sein.
LADY MACDUFF. Er war es nicht.
Die Flucht ist Wahnsinn. Wenn nicht unsre Taten,
Macht Furcht uns zu Verrätern.
ROSSE. Wenig wißt Ihr,
Ob er der Weisheit oder Furcht gehorchte.
LADY MACDUFF.
Weisheit! Sein Weib, die kleinen Kinder lassen,
Haushalt wie seine Würden, an dem Ort,
Von dem er selbst entflieht? Er liebt uns nicht,
Ihm fehlt Naturgefühl: Bekämpft der schwache
Zaunkönig, dieses kleinste Vögelchen,
Die Eule doch für seine Brut im Nest.
Bei ihm ist alles Furcht, und Liebe nichts;
Nicht größer ist die Weisheit, wo die Flucht
So gegen die Vernunft rennt.
ROSSE. Teure Muhme,
Ich bitte, mäßigt Euch; denn Euer Gatte
Ist edel, klug, vorsichtig, kennt am besten
Der Tage Sturm. – Nicht viel mehr darf ich sagen: –
Doch harte Zeit, wenn wir Verräter sind
Uns unbewußt, wenn uns Gerüchte ängsten,
Aus Furcht nur, doch nicht wissend, was wir fürchten,
Getrieben auf empörtem, wildem Meer,
Nach allen Seiten hin. – So lebt denn wohl!
Nicht lang', und wieder frag' ich vor bei Euch.
Was so tief sank, geht unter, oder klimmt
Zur alten Höh' empor. Mein Vetterchen,
Gott segne dich!
LADY MACDUFF. Er hat 'nen Vater und ist vaterlos.
ROSSE.
Ich bin so kindisch, daß ein längres Bleiben
Mich nur beschämen würd' und Euch entmut'gen:
Lebt wohl mit eins!
Er geht ab.
LADY MACDUFF. Nun, Freund, tot ist dein Vater:
Und was fängst du nun an? Wie willst du leben?
SOHN. Wie Vögel, Mutter.
LADY MACDUFF. Was, von Würmern? Fliegen?
SOHN. Nein, was ich kriegen kann: so machen sie's.
LADY MACDUFF.
Du armer Vogel, würdest nicht das Netz,
Leimrute, Schling' und Falle fürchten.
SOHN. Wie doch?
Für arme Vögel stellt man die nicht auf. –
Mein Vater ist nicht tot, was du auch sagst.
LADY MACDUFF.
Ja, doch; wo kriegst du nun 'nen Vater her?
SOHN. Nun, wo kriegst du 'nen Mann her?
LADY MACDUFF.
Ei, zwanzig kauf' ich mir auf jedem Markt.
SOHN. So kaufst du sie, sie wieder zu verkaufen.
LADY MACDUFF.
Du sprichst, so klug du kannst, und für dein Alter
Doch wahrlich klug genug.
SOHN. War mein Vater ein Verräter, Mutter?
LADY MACDUFF. Ja, das war er.
SOHN. Was ist ein Verräter?
LADY MACDUFF.
Nun, einer, der schwört und es nicht hält.
SOHN. Und sind alle Verräter, die das tun?
LADY MACDUFF. Jeder, der das tut, ist ein Verräter und muß aufgehängt werden.
SOHN. Müssen denn alle aufgehängt werden, die schwören und es nicht halten?
LADY MACDUFF. Jawohl.
SOHN. Wer muß sie denn aufhängen?
LADY MACDUFF. Nun, die ehrlichen Leute.
SOHN. Dann sind die, welche schwören und es nicht halten, rechte Narren; denn ihrer sind so viele, daß sie die ehrlichen Leute schlagen könnten und aufhängen dazu.
LADY MACDUFF. Nun, Gott stehe dir bei, armes Äffchen! Aber was willst du nun anfangen, um einen Vater zu bekommen?
SOHN. Wenn er tot wäre, so würdest du um ihn weinen, und tätest du das nicht, so wäre es ein gutes Zeichen, daß ich bald einen neuen Vater bekomme.
LADY MACDUFF.
Armes Närrchen, wie du plauderst!
Ein Bote tritt auf.
BOTE.
Gott mit Euch, schöne Frau! Ihr kennt mich nicht,
Doch weiß ich Euren Stand und edeln Namen.
Ich fürchte, daß Gefahr Euch nah bedroht;
Verschmäht Ihr nicht den Rat 'nes schlichten Mannes,
So bleibt nicht hier: schnell fort mit Euren Kleinen!
Euch so zu schrecken, bin ich grausam zwar;
Doch wär's Unmenschlichkeit, es nicht zu tun,
Da die Gefahr so nah. Der Himmel schütz' Euch!

Ich darf nicht weilen.

Er geht ab.

LADY MACDUFF. Wohin sollt' ich fliehn?
Ich tat nichts Böses: doch jetzt denk' ich dran,
Dies ist die ird'sche Welt, wo Böses tun
Oft löblich ist, und Gutes tun zuweilen
Schädliche Torheit heißt. Warum denn, ach,
Verlass' ich mich auf diese Frauenwaffe,
Und sag', ich tat nichts Böses? –

Die Mörder kommen.

Was für Gesichter?

MÖRDER. Wo ist Euer Mann?

LADY MACDUFF.
Nicht, hoff' ich, an so ungeweihtem Platz,
Wo deinesgleichen ihn kann finden.

MÖRDER. Er
Ist ein Verräter.

SOHN. Du lügst, strupfköpf'ger Schurke!

MÖRDER. Was! du Ei,
Verräterbrut!

Ersticht das Kind.

SOHN. Er hat mich umgebracht!
Mutter, ich bitte dich, lauf fort!

Lady Macduff entflieht und schreit »Mord!«.
Die Mörder verfolgen sie.

Dritte Szene

England. Park beim königlichen Schloß.
Malcolm und Macduff treten auf.

MALCOLM. Laß uns 'nen stillen Schatten suchen und
Durch Tränen unser Herz erleichtern!

MACDUFF. Lieber
Laß uns, das Todesschwert ergreifend, wacker
Aufstehn für unser hingestürztes Recht!
An jedem Morgen heulen neue Witwen,
Und neue Waisen wimmern; neuer Jammer
Schlägt an des Himmels Wölbung, daß er tönt,
Als fühlt' er Schottlands Schmerz und hallte gellend
Den Klagelaut zurück.

MALCOLM. Das, was ich glaube,
Will ich betrauern; glauben, was Ihr sagt,
Und helfen will ich, wo ich kann, wenn Zeit
Und Freund' ich finde. Was Ihr mir erzählt,
Kann wohl sich so erhalten. Der Tyrann,
Des Name schon die Zung' uns schwären macht,
Galt einst für ehrlich: Ihr habt ihn geliebt,
Noch kränkt' er Euch nicht. Ich bin jung, doch näher
Könnt Ihr durch mich ihn prüfen; Weisheit ist's,
Ein arm, unschuldig, schwaches Lamm zu opfern,
Um einen zorn'gen Gott zu sühnen.

MACDUFF. Ich
Bin kein Verräter.

MALCOLM. Aber Macbeth ist's.
Auch strenge Tugend kann sich schrecken lassen
Durch königliches Machtwort – doch verzeiht!
Mein Denken kann das, was Ihr seid, nicht wandeln:
Stets sind die Engel hell, fiel auch der hellste;
Borgt' alles Schlechte auch den Schein der Gnade,
Doch müßte Gnade wie sie selbst erscheinen.

MACDUFF.
So hab' ich meine Hoffnung denn verloren!

MALCOLM.
Vielleicht da, wo ich meinen Zweifel fand.
Wie! in der Hast verließt Ihr Weib und Kind,
So teure Pfänder, mächt'ge Liebesknoten,
Selbst ohne Abschiednehmen? – Ich ersuch' Euch –
Mein Mißtraun spricht nicht so, Euch zu entehren,
Nur, mich zu sichern. Ihr könnt rein und treu sein,
Was ich von Euch auch denke.

MACDUFF. Blute, blute,
Du armes Vaterland!
So lege festen Grund denn, Tyrannei,
Rechtmäßigkeit wagt nicht; dich anzugreifen!
Trage dein Leid, dein echter Herrscher zittert!
Prinz, lebe wohl! Nicht möcht' ich sein der Schurke,
Den du mich achtest, für den weiten Raum,
Den der Tyrann in seinen Klauen hält,
Zusamt dem reichen Ost.

MALCOLM. Sei nicht beleidigt!
Nicht unbedingter Argwohn sprach aus mir.
Ich glaub' es, unser Land erliegt dem Joch;
Es weint und blutet; jeder neue Tag
Schlägt neue Wunden ihm; auch glaub' ich wohl,
Daß Hände sich erhöben für mein Recht;
So bietet der huldreiche England mir
Manch wackres Tausend. Doch, bei alle dem,
Wenn ich nun tret' auf des Tyrannen Haupt,
Es trag' auf meinem Schwert, wird größre Laster
Mein armes Land noch tragen als zuvor,
Mehr dulden und auf schlimmre Art als je,
Durch den, der folgen wird.

MACDUFF. Wer wäre dieser?

MALCOLM.
Mich selber mein' ich, in dem, wie ich weiß,
Die Keime aller Laster so geimpft sind,
Daß, brechen sie nun auf, der schwarze Macbeth
Rein scheint wie Schnee, und er dem armen Staat
Lammartig dünkt, vergleicht er ihn mit meiner
Maßlosen Sündlichkeit.

MACDUFF. Nicht in Legionen
Der grausen Höll' ist ein verrucht'rer Teufel,
Der Macbeth überragt.

MALCOLM. Wohl ist er blutig,
Wollüstig, geizig, falsch, betrügerisch,
Jähzornig, hämisch; schmeckt nach jeder Sünde,
Die Namen hat. Doch völlig bodenlos
Ist meine Wollust: eure Weiber, Töchter,
Jungfrau'n, Matronen könnten aus nicht füllen
Den Abgrund meiner Lust; und meine Gier
Würd' überspringen jede feste Schranke,
Die meine Willkür hemmte. Besser Macbeth,
Als daß ein solcher herrscht!

MACDUFF. Unmäß'ge Wollust
Ist wohl auch Tyrannei, und hat schon oft
Manchen beglückten Thron zu früh verwaist,
Viel Könige gestürzt. Allein deshalb
Zagt nicht, zu nehmen, was Eu'r Eigen ist:
Ihr mögt der Lust ein weites Feld gewähren
Und kalt erscheinen, Euch der Welt verhüllend:
Der will'gen Frauen gibt's genug; unmöglich
Kann solch ein Geier in Euch sein, der alle
Verschlänge, die der Hoheit gern sich opfern,
Zeigt sie ein solch Gelüst.

MALCOLM. Daneben wuchert

In meinem tief verderbten Sinn der Geiz,
So unersättlich, daß, wär' ich der König,
Räumt' ich die Edeln weg um ihre Güter;
Dem raubt' ich die Juwelen, dem das Haus;
Mehr haben wäre mir die Würzung nur,
Den Hunger mehr zu reizen; Netze strickt' ich,
Mit bösem Streit den Redlichen zu fangen,
Um Reichtum ihn vernichtend.

MACDUFF. Dieser Geiz
Steckt tiefer, schlingt verderblicher die Wurzeln
Als sommerliche Lust: er war das Schwert,
Das unsre Kön'ge schlug. Doch fürchtet nichts:
Schottland hat Reichtum g'nug. Euch zu befried'gen,
Der Euch mit Recht gehört. Dies alles ist
Erträglich, ausgesöhnt durch Tugenden.

MALCOLM. Die hab' ich nicht: – die Königstugenden,
Wahrheit, Gerechtigkeit, Starkmut, Geduld,
Ausdauer, Milde, Andacht, Gnade, Kraft,
Mäßigkeit, Demut, Tapferkeit: von allen
Ist keine Spur in mir – nein, Überfluß
An jeglichem Verbrechen, ausgeübt
In jeder Art. Ja, hätt' ich Macht, ich würde
Der Eintracht süße Milch zur Hölle gießen,
Verwandeln allen Frieden in Empörung,
Vernichten alle Einigkeit auf Erden.

MACDUFF. O! Schottland! Schottland!

MALCOLM.
Darf nun ein solcher wohl regieren? Sprich!
Ich bin, wie ich gesagt.

MACDUFF. Regieren? Nein,
Nicht leben darf er! Oh, unsel'ges Volk!
Vom blut'gen Usurpator hingeschlachtet,
Wann doch erlebst du wieder frohe Tage?
Nie! denn der echtste Erbe deines Throns
Hat sich durch' selbst gesprochnen Bann verflucht
Und brandmarkt seinen Stamm. Dein frommer Vater
War ein höchst heil'ger Fürst; die Kön'gin, die dich trug,
Weit öfter auf den Knie'n als auf den Füßen,
Starb jeden Tag des Lebens. Fahre wohl!
Die Sünden, die du selbst dir zugesprochen,
Verbannten mich aus Schottland. – O mein Herz,
Dein Hoffen endet hier!

MALCOLM. Macduff, dein edler Zorn,
Das Kind der Redlichkeit, tilgt aus der Seele
Mir jeden schwarzen Argwohn; und versöhnt
Mit deiner Treu' und Ehre mein Gemüt.
Der teuflische Macbeth hat oft versucht,
Durch solche Künste mich ins Garn zu locken,
Drum schirmt vor allzu gläub'ger Hast mich Vorsicht:–
Doch Gott mag richten zwischen dir und mir!
Denn jetzt geb' ich mich ganz in deine Hände;
Die Selbstverleumdung widerruf' ich, schwöre
Die Laster ab, durch die ich mich geschmäht,
Als meinem Wesen fremd. Noch weiß ich nichts
Vom Weibe, habe nimmer falsch geschworen,
Verlangte kaum nach dem, was mir gehört!
Stets hielt ich treu mein Wort, verriete selbst
Den Satan nicht den Teufeln; Wahrheit gilt
Mir mehr als Leben: meine erste Lüge
War diese gegen mich. Mein wahres Selbst
Ist dir und meinem armen Land geweiht;
Wohin auch schon, noch eh' du her gekommen,
Der alte Siward mit zehntausend Kriegern
Bereit stand aufzubrechen, und wir gehn
Mitsammen nun. Sei uns das Glück gewogen,
Wie unser Streit gerecht ist! – Warum schweigst du?

MACDUFF.
Schwer läßt sich so Willkommnes und zugleich
So Unwillkommnes ein'gen.

MALCOLM. Gut! Mehr nachher!

Ein Arzt tritt auf.

Geht heut der König aus?

ARZT. Ja, Prinz; denn viele Arme sind versammelt,
Die seine Hülf' erwarten: ihre Krankheit
Trotzt jeder Heilkunst; doch rührt er sie an,
Hat so der Himmel seine Hand gesegnet,
Daß sie sogleich genesen.

MALCOLM. Dank Euch, Doktor.

Der Arzt geht ab.

MACDUFF. Was für 'ne Krankheit ist's?

MALCOLM. Sie heißt das Übel:
Ein wundertätig Werk vom guten König,
Das ich ihn oft, seit ich in England bin,
Vollbringen sah. Wie er zum Himmel fleht,
Weiß er am besten: – Seltsam Heimgesuchte,
Voll Schwulst und Aussatz, kläglich anzuschauen
An denen alle Kunst verzweifelt, heilt er,
'ne goldne Münz' um ihren Nacken hängend,
Mit heiligem Gebet; – und nach Verheißung
Wird er vererben auf die künft'gen Herrscher
Die Wundergabe. Zu der heil'gen Kraft
Hat er auch himmlischen Prophetengeist;
So steht um seinen Thron vielfacher Segen,
Ihn gottbegabt verkündend.

Rosse tritt auf.

MACDUFF. Wer kommt da?

MALCOLM.
Ein Landsmann, ob ich gleich ihn noch nicht kenne.

MACDUFF.
Mein hochgeliebter Vetter, sei willkommen!

MALCOLM.
Jetzt kenn' ich ihn: – O Gott! entferne bald,
Was uns einander fremd macht!

ROSSE. Amen, Herr!

MACDUFF. Steht's noch um Schottland so?

ROSSE. Ach! armes Land,
Das fast vor sich erschrickt! Nicht unsre Mutter
Kann es mehr heißen, sondern unser Grab:
Wo nur, wer von nichts weiß, noch etwa lächelt;
Wo Seufzen, Stöhnen, Schrei'n die Luft zerreißt,
Und keiner achtet drauf; Verzweifeln gilt
Für töricht Übertreiben; keiner fragt:
»Um wen?« beim Grabgeläut'; der Wackern Leben
Welkt schneller als der Strauß auf ihrem Hut,
Sie sterben, eh' sie krank sind.

MACDUFF. O Erzählung,
Zu herb und doch zu wahr! Was ist die neuste Kränkung?

ROSSE. Wer die erzählt, die eine Stunde alt,
Wird ausgezischt; jedweder Augenblick
Zeugt eine neue.

MACDUFF. Wie steht's um mein Weib?

ROSSE. Nun, – wohl.

MACDUFF. Und meine Kinder alle?

ROSSE. Auch wohl.

MACDUFF.
Nicht stürmte der Tyrann in ihren Frieden?
ROSSE. Sie waren all' in Frieden, als ich schied.
MACDUFF.
Sei nicht mit Worten geizig: sprich, wie steht's?
ROSSE.
Als ich fort ging, die Nachricht her zu bringen,
An der ich schwer trug, lief dort ein Gerücht,
Daß manche wackre Leute weg geräumt;
Und diesen Glauben fand ich auch bestätigt,
Weil ich im Feld sah des Tyrannen Truppen.
Nun ist zu helfen Zeit; Eu'r Aug' in Schottland
Erschüfe Krieger, trieb' in Kampf die Frauen,
Ihr Elend abzuschütteln.
MALCOLM. Sei's ihr Trost,
Daß wir schon nahn. Der güt'ge England leiht uns
Den wackern Siward und zehntausend Mann;
Ein alter Krieger, keinen bessern gibt's
In aller Christenheit.
ROSSE. Könnt' ich den Trost
Mit Trost vergelten! Doch ich habe Worte, –
Oh, würden sie in leere Luft geheult,
Wo nie ein Ohr sie faßte!
MACDUFF. Wen betrifft's?
Ist's allgemeines Weh? Ist's eigner Schmerz,
Der einem nur gehört?
ROSSE. Kein redlich Herz.
Das nicht mit leidet; doch der größre Teil
Ist nur für dich allein.
MACDUFF. Gehört es mir,
Enthalte mir's nicht vor; schnell laß mich's haben!
ROSSE. Dein Ohr wird meine Zunge ewig hassen,
Die's mit dem jammervollsten Ton betäubt,
Den jemals du gehört.
MACDUFF. Ha! ich errat' es.
ROSSE. Dein Schloß ist überfallen; Weib und Kinder
Grausam gewürgt: – die Art erzählen, hieße
Das Trauerspiel von deines Hauses Fall
Mit deinem Tod beschließen.
MALCOLM. Gnäd'ger Gott! –
Nein, Mann! drück' nicht den Hut so in die Augen,
Gib Worte deinem Schmerz: Gram, der nicht spricht,
Preßt das beladne Herz, bis daß es bricht.
MACDUFF. Auch meine Kinder?
ROSSE. Gattin, Kinder, Diener;
Was man nur fand.
MACDUFF. Und ich muß ferne sein!
Mein Weib gemordet auch?
ROSSE. Ich sagt' es.
MALCOLM. Faßt Euch:
Laßt uns Arznei aus mächt'ger Rache mischen,
Um dieses Todesweh zu heilen!
MACDUFF. Er
Hat keine Kinder! All die süßen Kleinen?
Alle, sagst du? – O Höllengeier! – Alle!
Was! all die holden Küchlein, samt der Mutter,
Mit einem wilden Griff?
MALCOLM. Ertragt es wie ein Mann!
MACDUFF. Das will ich auch;
Doch ebenso muß wie ein Mann ich's fühlen:
Vergessen kann ich nicht, daß das gewesen,
Was mir das Liebste war. Konnte der Himmel
Es anschaun, und nicht helfen? Sünd'ger Macduff!
Für dich sind sie erschlagen! Ich Verworfner!
Für ihre Sünden nicht, nein, für die meinen
Sind sie gewürgt. Schenk' ihnen Frieden, Gott!
MALCOLM.
Dies wetze scharf dein Schwert, verwandle Gram
In Zorn; erschlaffe nicht dein Herz, entflamm' es!
MACDUFF.
Ich will das Weib nicht mit den Augen spielen,
Und prahlen mit der Zunge! – Doch, güt'ger Himmel,
Vernichte alle Trennung; Stirn an Stirn
Führ' diesen Teufel Schottlands mir entgegen!
Stell ihn in meines Schwerts Bereich; entrinnt er,
Himmel, vergib ihm auch!
MALCOLM. So klingt es männlich.
Jetzt kommt zum König; fertig steht das Heer.
Es mangelt nur noch, daß wir Abschied nehmen.
Macbeth ist reif zur Ernte, und dort oben
Breiten ew'ge Mächte schon das Messer.
Faßt frischen Mut; so lang ist keine Nacht,
Daß endlich nicht der helle Morgen lacht.

Sie gehen ab.

Fünfter Aufzug

Erste Szene

Dunsinan, Zimmer im Schloß.
Es treten auf ein Arzt und eine Kammerfrau.

ARZT. Zwei Nächte habe ich nun mit Euch gewacht, aber keine Bestätigung Eurer Aussage gesehen. Wann ist sie zuletzt umher gewandelt?

KAMMERFRAU. Seitdem Seine Majestät in den Krieg zogen, habe ich gesehen, wie sie aus ihrem Bett aufstand, ihr Nachtgewand umwarf, ihren Schreibtisch aufschloß, Papier nahm, es zusammen legte, schrieb, das Geschriebene las, es versiegelte, und dann wieder zu Bett ging: und die ganze Zeit im tiefen Schlafe.

ARZT. Eine große Zerrüttung der Natur: die Wohltat des Schlafes genießen, und zugleich die Geschäfte des Wachens verrichten! – In dieser schlafenden Aufregung, außer dem Umherwandeln und anderm Tun, was, irgend einmal, habt Ihr sie sprechen hören?

KAMMERFRAU. Dinge, die ich ihr nicht nachsprechen werde.

ARZT. Mir könnt Ihr's vertrauen; und es ist notwendig, daß Ihr es tut.

KAMMERFRAU. Weder Euch noch irgend jemand, da ich kein Zeugen habe, meine Aussage zu bekräftigen.

Lady Macbeth kommt, eine Kerze in der Hand.

Seht, da kommt sie! So ist ihre Art und Weise! und, bei meinem Leben, fest im Schlaf! Beobachtet sie; steht ruhig!

ARZT. Wie kam sie zu dem Licht?

KAMMERFRAU. Das brennt neben ihrem Bett. *Sie* hat immer Licht: es ist ihr Befehl.

ARZT. Seht, ihre Augen sind offen.

KAMMERFRAU.
Ja, aber ihre Sinne geschlossen.

ARZT. Was macht sie nun? Schaut, wie sie sich die Hände reibt!

KAMMERFRAU. Das ist ihre gewöhnliche Gebärde, daß sie tut, als wüsche sie sich die Hände; ich habe wohl gesehen, daß sie es eine Viertelstunde hintereinander tat.

LADY MACBETH. Da ist noch ein Fleck.

ARZT. Horch, sie spricht! Ich will aufschreiben, was sie sagt, um hernach meine Erinnerung daraus zu ergänzen.

LADY MACBETH. Fort, verdammter Fleck! fort, sag' ich! – Eins, zwei! Nun, dann ist es Zeit, es zu tun. – Die Hölle ist finster! – Pfui, mein Gemahl, pfui! ein Soldat und furchtsam! Was haben wir zu fürchten, wer es weiß, da niemand unsre Gewalt zur Rechenschaft ziehen darf? – Aber wer hätte gedacht, daß der alte Mann noch so viel Blut in sich hätte?

ARZT. Hört Ihr wohl?

LADY MACBETH. Der Than von Fife hatte ein Weib: Wo ist sie nun? – Wie, wollen diese Hände denn nie rein werden? –
Nichts mehr davon, mein Gemahl, nichts mehr davon: du verdirbst alles mit diesem Auffahren.

ARZT. Ei, ei! Ihr habt erfahren, was Ihr nicht solltet!

KAMMERFRAU. Gesprochen hat sie, was sie nicht sollte, das ist gewiß. Gott weiß, was sie erfahren hat.

LADY MACBETH. Noch immer riecht es hier nach Blut; alle Wohlgerüche Arabiens würden diese kleine Hand nicht wohlriechend machen. Oh! oh! oh!

ARZT. Was das für ein Seufzer war! Ihr Herz ist schmerzlich beladen.

KAMMERFRAU. Ich möchte nicht ein solches Herz im Busen tragen, nicht für den Königsschmuck des ganzen Leibes!

ARZT. Gut. gut! –

KAMMERFRAU. Gebe Gott, daß es gut sei!

ARZT. Diese Krankheit liegt außer dem Gebiete meiner Kunst; aber ich habe Menschen gekannt, die im Schlaf umher wandelten, und doch fromm in ihrem Bett starben.

LADY MACBETH. Wasch' deine Hände, leg' dein Nachtkleid an; sieh doch nicht so blaß aus! – Ich sage es dir noch einmal.
Banquo ist begraben, er kann aus seiner Gruft nicht heraus kommen.

ARZT. Wirklich?

LADY MACBETH. Zu Bett, zu Bett! Es wird ans Tor geklopft. Komm, komm, komm, komm, gib mir die Hand! – Was geschehn ist, kann man nicht ungeschehn machen. – Zu Bett, zu Bett, zu Bett! Sie *geht ab.*

ARZT. Geht sie nun zu Bett?

KAMMERFRAU. Unverzüglich.

ARZT.
Von Greueln flüstert man, – und Taten unnatürlich
Erzeugen unnatürliche Zerrüttung:
Die kranke Seele will ins taube Kissen
Entladen ihr Geheimnis. Sie bedarf
Des Beicht'gers mehr noch als des Arztes. – Gott,
Vergib uns allen! Seht nach ihr; entfernt,
Womit sie sich verletzen könnt', und habt
Ein Auge stets auf sie! – So, gute Nacht!
Der Anblick hat mir Schreck und Grau'n gemacht.
Ich denk', und darf nichts sagen.

KAMMERFRAU. Nun, schlaft wohl!

Sie gehen ab.

Zweite Szene

Feld, in der Nähe von Dunsinan.
Es treten auf mit Trommeln und Fahnen Menteth, Cathness, Angus, Lenox, Soldaten.

MENTETH.
Das Heer von England naht, geführt von Malcolm,
Seinem Ohm Siward und dem guten Macduff:
Von Rache glühn sie; denn ihr herbes Leid
Erregte wohl den abgestorbnen Greis
Zu blutig grimmem Kampf.

ANGUS. Bei Birnams Wald,
Von dort her nahn sie, treffen wir sie wohl.

CATHNESS. Ob Donalbain bei seinem Bruder ist?

LENOX. Gewiß nicht, Herr; denn eine Liste hab' ich
Vom ganzen Adel. Dort ist Siwards Sohn,
Und mancher glatte Jüngling, der zuerst
Die Mannheit prüft.

MENTETH. Und was tut der Tyrann?

CATHNESS.
Das mächt'ge Dunsinan befestigt er.
Toll heißt ihn mancher; wer ihn minder haßt,
Nennt's tapfre Wut; doch ist's gewiß, er kann
Den wild empörten Zustand nicht mehr schnallen
In den Gurt der Ordnung.

ANGUS. Jetzt empfindet er
Geheimen Mord, an seinen Händen klebend;
Jetzt straft Empörung stündlich seinen Treubruch;
Die er befehligt, handeln auf Befehl,
Aus Liebe nicht. Jetzt fühlt er seine Würde
Zu weit und lose, wie des Riesen Rock
Hängt um den dieb'schen Zwerg.

MENTETH. Ist es ein Wunder,
Wenn sein gequälter Sinn auffährt und schaudert?
Muß all sein Fühlen sich doch selbst
verdammen,
Weil's seiner Seele eignet.

CATHNESS. Ziehn wir weiter,
Da Dienst zu weihen, wo es Lehnspflicht fordert:
Suchen wir auf das Heil des kranken Staates,
Mit ihm vergießen wir, zum Wohl des Landes,
All unser Blut.

LENOX. So viel, daß es betaut
Die Herrscherblum', ertränkt das gift'ge Kraut.
So geh' der Zug nach Birnam!

Sie marschieren vorüber.

Dritte Szene

Dunsinan, im Schloß.
Macbeth tritt auf; der Arzt, Gefolge.

MACBETH.
Bringt keine Nachricht mehr! Laßt alle fliehn:
Bis Birnams Wald anrückt auf Dunsinan,
Ist Furcht mir nichts. Was ist der Knabe Malcolm?

Gebar ihn nicht ein Weib! Die Geister, welche
All irdisch Walten kennen, prophezeiten so:
»Sei kühn, Macbeth, kein Mann, vom Weib geboren,
Soll je dir was anhaben.« – Flieht denn immer,
Ihr falschen Thans, zu Englands Weichlingen: –
Dies Herz und meinen Herrschergeist verwegen
Dämpft Zweifel nicht und soll die Furcht nie regen.

Ein Diener tritt auf.

Der Teufel brenn' dich schwarz, milchbleicher Lump!
Wie kommst du an den Gänseblick?

DIENER. Da sind zehntausend –

MACBETH. Gänse, Schuft?

DIENER. Soldaten, Herr.

MACBETH.
Reib' dein Gesicht, die Furcht zu überröten,
Weißlebriger Hund! Was für Soldaten, Hansnarr?
Hol' dich der Teufel! Deine Kreidewangen
Verführen all' zur Furcht. Was für Soldaten,
Molkengesicht?

DIENER. Erlaubt; das Heer von England.

MACBETH.
Weg dein Gesicht! – Seyton! – Mir wird ganz übel,
Seh' ich so – Seyton! Heda! – Dieser Ruck
Kuriert auf immer oder liefert jetzt mich.
Ich lebte lang' genug: mein Lebensweg
Geriet ins Dürre, ins verwelkte Laub:
Und was das hohe Alter soll begleiten,
Gehorsam, Liebe, Ehre, Freundestrost,
Danach darf ich nicht aussehn; doch, statt dessen
Flüche, nicht laut, doch tief, Munddienst und Hauch,
Was gern das arme Herz mir weigern möchte,
Und wagt's nicht. Seyton! –

Seyton kommt.

SEYTON. Was befiehlt mein Herrscher?

MACBETH. Was gibt es Neues?

SEYTON. Alles wird bestätigt,
Was das Gerücht verkündet.

MACBETH. Ich will fechten,
Bis mir das Fleisch gehackt ist von den Knochen.
Gebt meine Rüstung mir!

SEYTON. Noch tut's nicht not.

MACBETH. Ich leg' sie an.
Mehr Reiter sendet aus, durchstreift das Land:
Wer Furcht nennt, wird gehängt. – Bringt mir die Rüstung! –
Was macht die Kranke, Arzt?

ARZT. Nicht krank sowohl,
Als durch gedrängte Phantasiegebilde
Gestört, der Ruh' beraubt.

MACBETH. Heil' sie davon!
Kannst nichts ersinnen für ein krank Gemüt?
Tief wurzelnd Leid aus dem Gedächtnis reuten?
Die Qualen löschen, die ins Hirn geschrieben?
Und mit Vergessens süßem Gegengift
Die Brust entled'gen jener gift'gen Last,
Die schwer das Herz bedrückt?

ARZT. Hier muß der Kranke selbst das Mittel finden.

MACBETH. Wirf deine Kunst den Hunden vor, ich mag sie nicht. –
Legt mir die Rüstung an; den Stab her! – Seyton,
Schick' aus! – Doktor, die Thans verlassen mich: –
Nun, mach' geschwind! – Arzt, könnt'st du meinem Land
Beschaun das Wasser, seine Krankheit finden,
Und es zum kräft'gen frühern Wohlsein rein'gen,
Wollt' ich mit deinem Lob das Echo wecken,
Daß es dein Lob weit hallte. – Weg den Riemen! –
Welche Purganz, Rhabarber, Senna führte
Wohl ab die Englischen? – Hörst du von ihnen?

ARZT. Ja, hoher König; Eure Kriegesrüstung
Macht, daß wir davon hören.

MACBETH. Bringt's mir nach! –
Nicht Tod und nicht Verderben ficht mich an,
Kommt Birnams Wald nicht her zum Dunsinan!

Er geht ab.

ARZT. Wär' ich von Dunsinan mit Heil und Glück,
So brächte mich kein Vorteil je zurück.

Alle ab.

Vierte Szene

Feld in der Nähe von Dunsinan, ein Wald in der Ferne. Es treten auf mit Trommeln und Fahnen Malcolm, der alte Siward, sein Sohn, Macduff, Menteth, Cathness, Angus, Lenox, Rosse, Soldaten.

MALCOLM.
Vettern, die Tage, hoff' ich, sind uns nah,
Wo Kammern sicher sind.

MENTETH. Wir zweifeln nicht.

SIWARD. Wie heißt der Wald da vor uns?

MENTETH. Birnams Wald.

MALCOLM.
Ein jeder Krieger hau' sich ab 'nen Zweig,
Und trag' ihn vor sich: so verbergen wir
Die Truppenzahl, und irrig wird der Feind
In seiner Schätzung.

EIN SOLDAT. Es soll gleich geschehn.

Die Soldaten gehn ab.

SIWARD.
Wir hören nichts, als daß mit Zuversicht
Sich der Tyrann auf Dunsinan befestigt
Und die Belag'rung ausstehn will.

MALCOLM. Darauf
Vertraut er einzig. Wo's nur möglich ist,
Empört sich hoch und niedrig gegen ihn,
Und niemand folgt ihm, als erzwungnes Volk,
Das nicht von Herzen dient.

MACDUFF. Laßt bis zum Siege
Gerechten Tadel schweigen, daß wir weise
Den Kriegszug lenken!

SIWARD. Ja, es naht die Zeit,
Wo richt'ges Unterscheiden läßt erkennen,
Das, was wir schulden, was wir unser nennen:
Von schwacher Hoffnung müß'ges Grübeln spricht;
Die Schlacht sitzt ob dem Ausgang zu Gericht:
Und ihr entgegen führt den Kriegeszug!

Alle ab.

Fünfte Szene

Dunsinan, im Schloß.
Mit Trommeln und Fahnen treten auf Macbeth, Seyton, Soldaten.

MACBETH.
Pflanzt unsre Banner auf die äußre Mauer;

Stets heißt's: »Sie kommen.« Unser festes Schloß
Lacht der Belag'rung: mögen sie hier liegen,
Bis Hunger sie und Krankheit aufgezehrt!
Verstärkten die sie nicht, die uns gehören,
Wir hätten, Bart an Bart, sie kühn getroffen
Und sie nach Haus gegeißelt. Welch Geschrei?
Weibergeschrei hinter der Szene.

SEYTON.
Wehklage ist's von Weibern, gnäd'ger Herr.

MACBETH.
Verloren hab' ich fast den Sinn der Furcht.
Es gab 'ne Zeit, wo kalter Schau'r mich faßte,
Wenn der Nachtvogel schrie; das ganze Haupthaar
Bei einer schrecklichen Geschicht' empor
Sich richtete, als wäre Leben drin.
Ich habe mit dem Grau'n zu Nacht gespeist;
Entsetzen, meines Mordsinns Hausgenoß,
Schreckt nun mich nimmermehr. – Weshalb das Wehschrein?

SEYTON. Die Kön'gin, Herr, ist tot.

MACBETH.
Sie hätte später sterben können; – es hätte
Die Zeit sich für ein solches Wort gefunden. –
Morgen, und morgen, und dann wieder morgen,
Kriecht so mit kleinem Schritt von Tag zu Tag,
Zur letzten Silb' auf unserm Lebensblatt;
Und alle unsre Gestern führten Narr'n
Den Pfad des stäub'gen Tods. – Aus! kleines Licht! –
Leben ist nur ein wandelnd Schattenbild;
Ein armer Komödiant, der spreizt und knirscht
Sein Stündchen auf der Bühn', und dann nicht mehr
Vernommen wird: ein Märchen ist's, erzählt
Von einem Dummkopf, voller Klang und Wut,
Das nichts bedeutet. –
Ein Bote kommt.
Du hast was auf der Zunge: schnell heraus!

BOTE. Mein königlicher Herr, –
Ich sollte melden, das, was, wie ich glaube,
Ich sah; – doch wie ich's tun soll, weiß ich nicht.

MACBETH. Nun, sag's nur, Mensch!

BOTE. Als ich den Wachtdienst auf dem Hügel tat, –
Ich schau nach Birnam zu, und, sieh, mir deucht,
Der Wald fängt an zu gehn.

MACBETH. Lügner und Sklav'!
Er schlägt ihn.

BOTE.
Laßt Euren Zorn mich fühlen, ist's nicht so:
Drei Meilen weit könnt Ihr ihn kommen sehn;
Ein geh'nder Wald – wahrhaftig!

MACBETH. Sprichst du falsch,
Sollst du am nächsten Baum lebendig hangen,
Bis Hunger dich verschrumpft hat; sprichst du wahr,
Magst du mir meinethalb dasselbe tun. –
Einzieh' ich die Entschlossenheit, beginne
Den Doppelsinn des bösen Feinds zu merken,
Der Lüge spricht wie Wahrheit: »Fürchte nichts,
Bis Birnams Wald anrückt auf Dunsinan«; –
Und nunmehr kommt ein Wald nach Dunsinan.
Waffen nun, Waffen! und hinaus! –
Ist Wahrheit das, was seine Meldung spricht,
So ist kein Fliehn von hier, kein Bleiben nicht.
Das Sonnenlicht will schon verhaßt mir werden;
Oh! fiel' in Trümmern jetzt der Bau der Erden!
Auf! läutet Sturm! Wind, blas'! Heran, Verderben!
Den Harnisch auf dem Rücken will ich sterben.
Alle ab.

Sechste Szene

Vor dem Schloß.
Es treten auf mit Trommeln und Fahnen Malcolm, Siward, die übrigen Anführer, das Heer mit Zweigen.

MALCOLM.
Jetzt nah genug! Werft ab die laub'gen Schirme,
Und zeigt euch, wie ihr seid! Ihr, würd'ger Oheim,
Führt mit dem Vetter, Eurem edlen Sohn,
Die erste Schar; ich und der würd'ge Macduff
Besorgen, was noch übrig ist zu tun,
Wie wir es angeordnet.

SIWARD. Lebt denn wohl! –
Zieht uns nur heut entgegen der Tyrann,
Mag er den schlagen, der nicht fechten kann!

MACDUFF.
Trompeten blast, befeuert kühnen Mut,
Herolde, ruft ihr uns in Tod und Blut!
Alle ab. Schlachtgetümmel hinter der Szene.

Siebente Szene

Ein anderer Teil des Schlachtfeldes.
Macbeth tritt auf.

MACBETH.
Sie banden mich an den Pfahl; fliehn kann ich nicht.
Muß, wie der Bär, der Hatz entgegen kämpfen:
Wo ist er, der nicht ward vom Weib geboren?
Den fürcht' ich, keinen sonst.
Der junge Siward kommt.

DER JUNGE SIWARD. Wie ist dein Name?

MACBETH. Du wirst erschrecken, ihn zu hören!

DER JUNGE SIWARD. Nein.
Nennst du dich auch mit einem grimmren Namen
Als einer in der Höll'.

MACBETH. Mein Nam' ist Macbeth.

DER JUNGE SIWARD.
Der Teufel selber könnte nichts verkünden,
Verhaßter meinem Ohr.

MACBETH. Und nichts so furchtbar.

DER JUNGE SIWARD.
Abscheulicher Tyrann, du lügst! das soll
Mein Schwert dir zeigen.
Gefecht, der junge Siward fällt.

MACBETH. Wardst vom Weib geboren. –
Der Schwerter lach' ich, spotte der Gefahr,
Womit ein Mann dräut, den ein Weib gebar.
Er geht ab.
Getümmel. Macduff kommt.

MACDUFF.
Dort ist der Lärm: – Zeig' dein Gesicht, Tyrann!
Fällst du, und nicht von meinem Schwert, so werden
Mich meines Weibs, der Kinder Geister quälen;
Ich kann auf armes Kernenvolk nicht schlagen,
Die in gedungner Hand die Lanze führen.
Nur du, Macbeth, – wo nicht, kehrt schartenlos
Und ohne Tat mein Schwert zurück zur Scheide.

Dort mußt du sein; dies mächt'ge Tosen kündet,
Daß dort vom ersten Range einer kämpft.
O Glück! eins bitt' ich nur: laß mich ihn finden!

Er geht ab.

Getümmel. Malcolm und Siward kommen.

SIWARD.
Hieher, mein Prinz! – Das Schloß ergab sich willig.
Auf beiden Seiten kämpft des Wüt'richs Volk;
Die edlen Thans tun wackre Kriegesdienste;
Der Tag hat sich fast schon für Euch entschieden,
Nur wenig ist zu tun.

MALCOLM. Wir trafen Feinde,
Die uns vorbei haun.

SIWARD. Kommt, Prinz, in die Festung!

Sie gehen ab.

Getümmel. Macbeth kommt.

MACBETH.
Weshalb sollt' ich den röm'schen Narren spielen,
Sterbend durchs eigene Schwert? Solange Leben
Noch vor mir sind, stehn denen Wunden besser.

Macduff kommt zurück.

MACDUFF. Zu mir, du Höllenhund, zu mir!

MACBETH.
Von allen Menschen mied ich dich allein:
Du, mach' dich nur zurück, mit Blut der Deinen
Ist meine Seele schon zu sehr beladen.

MACDUFF. Ich habe keine Worte, meine Stimme
Ist nur in meinem Schwert. Du Schurke, blut'ger,
Als Sprache Worte hat!

Sie fechten.

MACBETH. Verlorne Müh'!
So leicht magst du die unteilbare Luft
Mit scharfem Schwert durchhaun, als mich verletzen:
Auf Schädel, die verwundbar, schwing' den Stahl;
Mein Leben ist gefeit, kann nicht erliegen
Einem vom Weib Gebornen.

MACDUFF. So verzweifle
An deiner Kunst; und sage dir der Engel,
Dem du von je gedient, daß vor der Zeit
Macduff geschnitten ward aus Mutterleib!

MACBETH.
Verflucht die Zunge, die mir dies verkündet,
Denn meine beste Mannheit schlägt sie nieder!
Und keiner trau' dem Gaukelspiel der Hölle,
Die uns mit doppelsinn'ger Rede äfft,
Die Wort nur hält dem Ohr mit Glücksverheißung
Und es der Wahrheit bricht! – Mit dir nicht
kämpf' ich.

MACDUFF. Nun, so ergib dich, Memme!
Und leb' als Wunderschauspiel für die Welt!
Wir wollen dich als seltnes Ungeheuer
Im Bild auf Stangen führen, mit der Schrift:
»Hier zeigt man den Tyrannen.«

MACBETH.
Ich will mich nicht ergeben, um zu küssen;
Den Boden vor des Knaben Malcolm Fuß,
Gehetzt zu werden von des Pöbels Flüchen.
Ob Birnams Wald auch kam nach Dunsinan,
Ob meinen Gegner auch kein Weib gebar,
Doch wag' ich noch das Letzte: Vor die Brust
Werf' ich den mächt'gen Schild: Nun magst dich
wahren,
Wer »Halt!« zuerst ruft, soll zur Hölle fahren!

Sie gehen kämpfend ab.

Rückzug. Trompeten. Es treten auf mit Trommeln und Fahnen Malcolm, Siward, Rosse, Lenox, Angus, Cathness, Menteth.

MALCOLM.
Oh, wären lebend die vermißten Freunde!

SIWARD.
Mancher muß drauf gehn; doch, so viel ich sehe,
Ist dieser große Tag wohlfeil erkauft.

MALCOLM.
Vermißt wird Macduff und Eu'r edler Sohn.

ROSSE.
Eu'r Sohn, Mylord, hat Kriegerschuld gezahlt:
Er lebte nur, bis er ein Mann geworden;
In seiner Kühnheit war dies kaum bewährt
Durch unverzagten Kampf in blut'ger Schlacht,
Als er starb wie ein Mann.

SIWARD. So ist er tot?

ROSSE.
Ja, und getragen aus dem Feld. Eu'r Schmerz
Muß nicht nach seinem Wert gemessen werden,
Sonst wär' er endlos.

SIWARD. Hat er vorn die Wunden?

ROSSE. Ja, auf der Stirn.

SIWARD. Wohl: sei er Gottes Kriegsmann!
Hätt' ich so viele Söhn', als Haar' ich habe,
Ich wünschte keinem einen schönern Tod:
Das ist sein Grabgeläut'.

MALCOLM. Mehr Leid verdient er,
Und das vergelt' ich ihm.

SIWARD. Mehr tun ist Schwäche.
Er schied geehrt und zahlte seine Zeche;
So, Gott sei mit ihm! – Seht, den neusten Trost!

Macduff kommt mit Macbeths Kopf.

MACDUFF.
Heil, König! denn das bist du. Schau', hier steht
Des Usurpators Haupt: die Zeit ist frei.
Ich seh' umringt dich von des Reiches Perlen,
Die meinen Gruß im Herzen mit mir sprechen,
Und deren lautes Wort ich jetzt erheische:
Dem König Schottlands Heil!

ALLE. Heil, Schottlands König!

Trompetenstoß.

MALCOLM.
Wir wollen nicht vergeblich Zeit verschwenden,
Mit eurer Liebe einzeln abzurechnen
Und quitt mit euch zu werden. Thans und Vettern.
Hinfort seid Grafen, die zuerst in Schottland
Mit dieser Ehre prangen. Was zu tun noch,
Was nun gepflanzt muß werden mit der Zeit:
– Als Rückberufung der verbannten Freunde,
Die des Tyrannen list'ger Schling' entflohn;
Einziehn der blut'gen Schergen dieses toten
Bluthunds und seiner höll'schen Königin,
Die, wie man glaubt, gewaltsam selbst ihr Leben
Geendet, – alles, was uns sonst noch obliegt,
Das, mit der ew'gen Gnade Gnadenhort,
Vollenden wir nach Maß und Zeit und Ort.
Euch allen werd' und jedem Dank und Lohn,
Und jetzt zur Krönung lad' ich euch nach Scone.

Trompeten. Alle ab.

ANTONIUS UND CLEOPATRA.

Personen

Marcus Antonius,
Octavius Cäsar,
M. Ämilius Lepidus, Triumvirn
Sextus Pompejus,
Domitius Enobarbus,
Ventidius,
Eros,
Scarus,
Dercetas,
Demetrius,
Philo, Freunde des Antonius
Mäcenas,
Agrippa,
Dolabella,
Proculejus,
Thyräus,
Gallus, Freunde des Cäsar
Menas,
Menecrates,
Varrius, Freunde des Pompejus
Taurus, Oberbefehlshaber unter Cäsar
Canidius, Oberbefehlshaber unter Antonius
Solius, ein Offizier in der Armee des Ventidius
Euphronius, ein Gesandter des Antonius an Cäsar
Alexas,
Mardian,
Seleucus,
Diomedes, im Dienste der Cleopatra
Ein Wahrsager
Ein Bauer
Cleopatra, Königin von Ägypten
Octavia, Cäsars Schwester, Gemahlin des Antonius
Charmion,
Iras, im Dienste der Cleopatra
Hauptleute, Soldaten, Boten und Gefolge

Erster Aufzug

Erste Szene

Alexandria. Ein Zimmer in Cleopatras Palast.
Demetrius und Philo treten auf.

PHILO. Nein, dieser Liebeswahnsinn unsres Feldherrn
Steigt übers Maß. Die tapfern, edlen Augen,
Die über Kriegsreih'n und Legionen glühten,
So wie der erzne Mars, sie heften sich
Und wenden ihrer Blicke Dienst und Andacht
Auf eine braune Stirn: sein Heldenherz,
Das im Gewühl der Schlachten sonst gesprengt
Die Spangen seiner Brust, fällt ab zur Schmach,
Und ist zum Fächer worden und zum Blas'balg,
Die lüsterne Zigeun'rin abzukühlen.
Seht da, sie kommen!
Trompetenstoß. Antonius und Cleopatra mit ihrem Gefolge und Verschnittnen, die ihr Luft zufächeln, treten auf.
Bemerkt ihn recht, so seht Ihr dann in ihm
Des Weltalls dritte Säule umgewandelt
Zum Narren einer Buhlerin: schaut hin und seht! –
CLEOPATRA.
Ist's wirklich Liebe, sag mir denn, wie viel?
ANTONIUS. Armsel'ge Liebe, die sich zählen ließe! –
CLEOPATRA.
Ich will den Grenzstein setzen deiner Liebe!
ANTONIUS.
So mußt du neue Erd' und Himmel schaffen.
Ein Bote tritt auf.
BOTE. Zeitung aus Rom, Herr!
ANTONIUS. O Verdruß! Mach's kurz!
CLEOPATRA. Nein, höre sie, Antonius:
Fulvia vielleicht ist zornig? Oder hat –
– Wer weiß es? – der dünnbärt'ge Cäsar
Sein Machtgebot gesandt: »Tu' dies und das!
Dies Reich erobre! Jenes mache frei!
Tu's gleich, sonst zürnen wir!«
ANTONIUS. Wie nun! Geliebte!
CLEOPATRA. Vielleicht – nein doch, gewiß
Darfst du nicht länger bleiben: Cäsar weigert
Dir fernern Urlaub! Drum, Antonius, hör' ihn! –
Wo ist Fulvias Aufruf? Cäsars meint' ich – beider?
– Die Boten ruft! – So wahr ich Königin,
Antonius, du erröt'st: dies Blut erkennt
Cäsarn als Herrn; wo nicht, zahlt Scham die Wange,
Wenn Fulvias Kreischen zankt. – Die Abgesandten! –
ANTONIUS.
Schmilz in die Tiber, Rom! Der weite Bogen
Des festen Reichs, zerbrich! Hier ist die Welt,
Thronen sind Staub: – die kot'ge Erde nährt
Wie Mensch, so Tier: der Adel nur des Lebens
Ist, so zu tun, wenn solch ein liebend Paar –
umarmt sie
Und solch Zwillingsgestirn es darf: worin
(Bei schwerer Ahndung wisse das die Welt!)
Wir unerreichbar sind.
CLEOPATRA. Erhabne Lüge!
Wie ward Fulvia sein Weib, liebt' er sie nicht? –
So will ich Törin scheinen und nicht sein; –
Anton bleibt stets er selbst.
ANTONIUS. Nur nicht, reizt ihn Cleopatra. Wohlan,
Zu Liebe unsrer Lieb' und süßen Stunden,
Nicht sei durch herb Gespräch die Zeit verschwendet:
Kein Punkt in unserm Leben, den nicht dehne
Noch neue Lust. Welch Zeitvertreib zu Nacht? –
CLEOPATRA. Hör' die Gesandten!
ANTONIUS. Pfui, zanksücht'ge Königin!
Der alles zierlich steht, Schelten und Lachen,
Und Weinen; jede Unart kämpft in dir,
Daß sie zur Schönheit und Bewund'rung wird. –
Kein Bote! Einzig dein, und ganz allein! –
Zu Nacht durchwandern wir die Stadt und merken
Des Volkes Launen. Komm, o Königin,
Noch gestern wünschtest du's. – Sprecht nicht zu uns!
Antonius mit Cleopatra und Gefolge ab.
DEMETRIUS. Wie! schätzt Antonius Cäsarn so gering?
PHILO. Zuzeiten, wenn er nicht Antonius ist,
Entzieht sich ihm die große, würd'ge Haltung,
Die stets ihn sollte schmücken.
DEMETRIUS. Mich bekümmert's,
Daß er bekräftigt den gemeinen Lügner,
Der so von ihm in Rom erzählt. Doch hoff' ich
Morgen auf ein verständ'ger Tun. – Schlaft wohl! –
Beide ab.

Zweite Szene

Daselbst. Ein andres Zimmer.
Es treten auf Charmion, Iras, Alexas und ein Wahrsager.

CHARMION. Herzens Alexas, süßer Alexas, ausbündigster Alexas, du allersublimiertester Alexas, wo ist der Wahrsager, den du der Königin so gerühmt? O kennte ich doch diesen Ehemann, der, wie du sagst, seine Hörner für Kränze ansieht! –
ALEXAS. Wahrsager! –
WAHRSAGER. Was wollt Ihr? –
CHARMION.
Ist dies der Mann? Seid Ihr's, der alles weiß?
WAHRSAGER. In der Natur unendlichem Geheimnis
Les' ich ein wenig.
ALEXAS. Zeig' ihm deine Hand!
Enobarbus tritt auf.
ENOBARBUS.
Bringt das Bankett sogleich, und Wein genug,
Aufs Wohl Cleopatras zu trinken!
CHARMION. Freund, schenk' mir gutes Glück!
WAHRSAGER.
Ich mach' es nicht, ich seh' es nur voraus.
CHARMION. Ersieh' mir eins!
WAHRSAGER.
Ihr werdet noch an Schönheit zunehmen.
CHARMION. Er meint an Umfang.
IRAS. Nein, wenn du alt geworden bist, wirst du dich schminken.
CHARMION. Nur keine Runzeln! –
ALEXAS. Stört den Propheten nicht! Gebt Achtung!
CHARMION. Mum! –
WAHRSAGER.
Ihr werdet mehr verliebt sein als geliebt.

CHARMION.
Nein, lieber mag mir Wein die Leber wärmen.
ALEXAS. So hört ihn doch!
CHARMION. Nun ein recht schönes Glück: laß mich an einem Vormittage drei Könige heiraten und sie alle begraben; laß mich im funfzigsten Jahr ein Kind bekommen, dem Herodes, der Judenkönig, huldigt: sieh zu, daß du mich mit dem Octavius Cäsar verheiratest und meiner Gebieterin gleich stellst.
WAHRSAGER. Ihr überlebt die Fürstin, der Ihr dient. –
CHARMION.
O trefflich! Langes Leben ist mir lieber als Feigen.
WAHRSAGER.
Ihr habt bisher ein beßres Glück erfahren,
Als Euch bevorsteht.
CHARMION. So werden meine Kinder wohl ohne Namen bleiben: – sage doch, wie viel Buben und Mädchen bekomme ich noch? –
WAHRSAGER.
Wenn jeder deiner Wünsche wär' ein Schoß,
Und fruchtbar jeder Wunsch, – 'ne Million.
CHARMION. Geh, Narr, ich vergebe dir, weil du ein Hexenmeister bist.
ALEXAS. Ihr meint, nur Eure Bettücher wüßten um Eure Wünsche?
CHARMION. Nun sag auch Iras' Zukunft!
ALEXAS. Wir wollen alle unser Schicksal wissen.
ENOBARBUS. Mein und der meisten Schicksal für heut abend wird sein – betrunken zu Bett.
IRAS. Hier ist eine flache Hand, die weissagt Keuschheit, wenn nichts anders.
CHARMION. Grade wie die Überschwemmung des Nils Hunger weissagt.
IRAS. Geh, du wilde Gesellin, du verstehst nichts vom Wahrsagen.
CHARMION. Nein, wenn eine feuchte Hand nicht ein Wahrzeichen von Fruchtbarkeit ist, so kann ich mir nicht das Ohr kratzen. – Bitte dich, sag ihr nur ein Alltagsschicksal!
WAHRSAGER. Euer Schicksal ist sich gleich.
IRAS. Doch wie? Doch wie? Sag mir's umständlicher!
WAHRSAGER. Ich bin zu Ende.
IRAS. Soll ich nicht um einen Zoll breit beßres Schicksal haben als sie? –
CHARMION. Nun, wenn dir das Schicksal just einen Zoll mehr gönnt, als mir, wo sollt' er hinkommen?
IRAS. Nicht an meines Mannes Nase.
CHARMION. O Himmel, beßre unsre bösen Gedanken! Alexas, komm; dein Schicksal, dein Schicksal! O laß ihn ein Weib heiraten, das nicht gehn kann, liebste Isis, ich flehe dich! Und laß sie ihm sterben, und gib ihm eine Schlimmere, und auf die Schlimmere eine noch Schlimmre, bis die Schlimmste von allen ihm lachend zu Grabe folgt, dem funfzigfältigen Hahnrei! Gute Isis, erhöre dies Gebet, wenn du mir auch etwas Wichtiges abschlägst; gute Isis, ich bitte dich! –
IRAS. Amen! Liebe Göttin, höre dieses Gebet deines Volkes! Denn wie es herzbrechend ist, einen hübschen Mann mit einer lockern Frau zu sehn, so ist's eine tödliche Betrübnis; wenn ein häßlicher Schelm unbehornt einhergeht: darum, lebe Isis, sieh auf den Anstand, und send' ihm sein verdientes Schicksal!
CHARMION. Amen!
ALEXAS. Nun seht mir! Wenn's in ihrer Hand stände, mich zum Hahnrei zu machen, sie würden zu Huren, um es zu tun.
ENOBARBUS. Still da, Antonius kommt.
CHARMION. Nicht er, die Fürstin.

Cleopatra kommt.

CLEOPATRA. Saht ihr Anton?
ENOBARBUS. Nein, Herrin.
CLEOPATRA. War er nicht hier?
CHARMION. Nein, gnäd'ge Frau.
CLEOPATRA.
Er war gestimmt zum Frohsinn, da, auf einmal
Ergriff ihn ein Gedank' an Rom ... Enobarbus! –
ENOBARBUS. Fürstin? –
CLEOPATRA.
Such' ihn und bring' ihn her! Wo ist Alexas?
ALEXAS.
Hier, Fürstin, Euch zum Dienst. – Der Feldherr naht.

Antonius kommt mit einem Boten und Gefolge.

CLEOPATRA.
Wir wollen ihn nicht ansehn. Geht mit uns.

Cleopatra, Enobarbus, Alexas, Iras, Charmion, Wahrsager und Gefolge ab.

BOTE. Fulvia, dein Weib, erschien zuerst im Feld.
ANTONIUS. Wider meinen Bruder Lucius?
BOTE. Ja,
Doch bald zu Ende war der Krieg. Der Zeitlauf
Einte die zwei zum Bündnis wider Cäsar,
Des beßres Glück im Felde von Italien
Sie nach der ersten Schlacht vertrieb.
ANTONIUS. Nun gut; –
Was Schlimmres? –
BOTE.
Der bösen Zeitung Gift macht krank den Boten.
ANTONIUS.
Wenn er sie Narr'n und Feigen meldet; weiter!
Mir ist Geschehnes abgetan. Vernimm,
Wer mir die Wahrheit sagt, und spräch' er Tod,
Ich hört' ihn an, als schmeichelt' er.
BOTE. Labienus
(O harte Post!) hat mit dem Partherheer,
Vom Euphrat aus, sich Asien erobert:
Sein triumphierend Banner weht von Syrien
Bis Lydien und Jonien; indes ...
ANTONIUS. Antonius, willst du sagen ...
BOTE. O mein Feldherr!
ANTONIUS.
Sprich dreist, verfeinre nicht des Volkes Zunge,
Nenne Cleopatra, wie Rom sie nennt,
Tadle mit Fulvias Schmähn, schilt meine Fehler
Mit allem Freimut, wie nur Haß und Wahrheit
Sie zeichnen mag! Nur Unkraut tragen wir,
Wenn uns kein Wind durchschüttelt; und uns schelten,
Heißt nur rein jäten. Lebe wohl für jetzt!
BOTE. Nach Eurem hohen Willen.

Ab.

ANTONIUS. Was meldet man von Sicyon? Sag an.

ERSTER DIENER.
Der Bot' aus Sicyon! War nicht einer da?
ZWEITER DIENER. Er harrt auf Euren Ruf.
ANTONIUS. Laßt ihn erscheinen. –
Diener gehn.
– Die starke ägypt'sche Fessel muß ich brechen,
Sonst geh' in Lieb' ich unter. – Wer bist du? –
ZWEITER BOTE. Fulvia, dein Weib, ist tot.
ANTONIUS. Wo starb sie?
ZWEITER BOTE. Herr,
In Sicyon:
Der Krankheit Dauer, und was sonst von Nachdruck
Dir frommt zu wissen, sagt dies Blatt. –
ANTONIUS. Entfernt Euch! –
Bote ab.
Da schied ein hoher Geist! Das war mein Wunsch: –
Was wir verachtend oft hinweggeschleudert,
Das wünschen wir zurück: erfüllte Freude,
Durch Zeitumschwung ermattet, wandelt sich
Ins Gegenteil: gut ist sie nun, weil tot:
Nun reicht' ich gern die Hand, die ihr gedroht.
Fliehn muß ich diese Zauberkönigin:
Zehntausend Weh'n, und schlimmre, als ich weiß,
Brütet mein Müßiggang. He! – Enobarbus! –
Enobarbus kommt.
ENOBARBUS. Was wünscht Ihr, Herr? –
ANTONIUS. Ich muß in Eil' von hier.
ENOBARBUS. Nun, dann bringen wir alle unsre Weiber um: wir sehn ja, wie tödlich ihnen eine Unfreundlichkeit wird: wenn sie unsre Abreise überstehn müssen, so ist Tod die Losung.
ANTONIUS. Ich muß hinweg!
ENOBARBUS. Ist eine Notwendigkeit da, so laßt die Weiber sterben. Schade wär's, sie um nichts wegzuwerfen: aber ist von ihnen und einer wichtigen Sache die Rede, so muß man sie für nichts rechnen. Cleopatra, wenn sie nur das Mindeste hievon wittert, stirbt augenblicklich: ich habe sie zwanzigmal um weit armseligem Grund sterben sehn. Ich denke, es steckt eine Kraft im Tode, die wie eine Liebesumarmung auf sie wirkt, so ist sie mit dem Sterben bei der Hand.
ANTONIUS. Sie ist listiger, als man's denken kann! –
ENOBARBUS. Ach nein, Herr, nein; ihre Leidenschaften bestehn aus nichts, als aus den feinsten Teilen der reinen Liebe. Diese Stürme und Fluten können wir nicht Seufzer und Tränen nennen: das sind größere Orkane und Ungewitter, als wovon Kalender Meldung tun. List kann das nicht sein: wenn es ist, so macht sie ein Regenwetter so gut als Jupiter.
ANTONIUS. Hätt' ich sie nie gesehen! –
ENOBARBUS. O Herr, dann hättet Ihr ein wundervolles Meisterwerk ungesehn gelassen: Euch diese Freude versagen, würde Eure Reise um allen Kredit gebracht haben.
ANTONIUS. Fulvia ist tot.
ENOBARBUS. Herr?
ANTONIUS. Fulvia ist tot.
ENOBARBUS. Fulvia?
ANTONIUS. Tot!
ENOBARBUS. Nun, Herr, so bringt den Göttern ein Dankopfer! Wenn es ihrer himmlischen Regierung gefällt, einem Mann seine Frau zu nehmen, so gedenke er an die Schneider hier auf Erden, und beruhige sich damit, daß, wenn alte Kleider aufgetragen wurden, diese dazu gesetzt sind, neue zu machen. Gäbe es nicht mehr Weiber, als Fulvia, so wäre es allerdings ein Elend, und die Geschichte stände schlimm. Dieser Gram ist mit Trost gekrönt: aus Euerm alten Weiberhemd läßt sich ein neuer Unterrock machen: und in der Tat, die Tränen müssen in einer Zwiebel leben, die um diesen Kummer flössen.
ANTONIUS. Die Unruh'n, die sie mir im Staat erregt,
Erlauben mir nicht mehr, entfernt zu sein.
ENOBARBUS. Und die Unruhe, die Ihr hier erregt habt, erlaubt nicht, daß Ihr geht: besonders die der Cleopatra, die allein von Eurem Hiersein lebt.
ANTONIUS.
Nicht leichter Reden mehr! Unsern Beschluß
Tu' kund den Führern! Ich verständ'ge dann
Der Königin den Anlaß dieser Eil',
Urlaub von ihrer Liebe fordernd. Nicht allein
Der Fulvia Tod und andre ernste Mahnung
Ruft uns nachdrücklich; andre Briefe auch,
Von vielen wohlbemühten röm'schen Freunden,
Verlangen uns daheim. Sextus Pompejus
Hat Cäsarn Trotz geboten, und beherrscht
Das weite Meer: das wankelmüt'ge Volk
(Des Gunst nie fest dem Wohlverdienten bleibt,
Bis sein Verdienst vorüber) wirft nun schon,
Was je Pompejus nur, der Große, tat,
Auf seinen Sohn, der hoch in Macht und Namen,
Und höher noch durch Mut und Kraft ersteht,
Als Held des Heeres. Sein Ansehn, wächst es ferner,
Bedroht den Bau der Welt. – Viel brütet jetzt,
Das gleich dem Roßhaar nur erst Leben hat,
Noch nicht der Schlange Gift. – Geh und verkünde
Des Heers Hauptleuten, unser Wille fordre
Schleunigen Aufbruch aller!
ENOBARBUS. Ich besorg' es.
Beide ab.

Dritte Szene

Es treten auf Cleopatra, Charmion, Iras und Alexas.

CLEOPATRA. Wo ist er?
CHARMION. Ich sah ihn nicht seitdem.
CLEOPATRA. Sieh, wo er ist, wer mit ihm, was er tut
(Ich schickte dich nicht ab): find'st du ihn traurig,
Sag ihm, ich tanze; ist er munter, meld' ihm,
Ich wurde plötzlich krank. Schnell bring' mir Antwort!
Alexas ab.
CHARMION.
Fürstin, mir scheint, wenn Ihr ihn wirklich liebt,
Ihr wählt die rechte Art nicht, ihn zur Liebe
Zu zwingen.
CLEOPATRA. Und was sollt' ich tun und lass' es?
CHARMION.
Gebt immer nach, laßt Euch von ihm nur führen!

CLEOPATRA.
Törichter Rat! Der Weg, ihn zu verlieren! –
CHARMION.
Versucht ihn nicht zu sehr; ich bitt', erwägt:
Wir hassen bald, was oft uns Furcht erregt.
Antonius kommt.
Doch seht, er kommt.
CLEOPATRA. Ich bin verstimmt und krank.
ANTONIUS.
Es quält mich, meinen Vorsatz ihr zu sagen.
CLEOPATRA. Hilf, liebe Charmion, hilf, ich sinke hin:
So kann's nicht dauern, meines Körpers Bau
Wird unterliegen.
ANTONIUS. Teure Königin ...
CLEOPATRA. Ich bitt' dich, steh mir nicht so nah! –
ANTONIUS. Was gibt's?
CLEOPATRA.
Ich seh' in diesem Blick die gute Zeitung!
Was sagt die Eh'gemahlin? Geh nur, geh!
Hätte sie dir's doch nie erlaubt, zu kommen!
Sie soll nicht sagen, daß ich hier dich halte;
Was kann ich über dich? Der Ihre bist du!
ANTONIUS. Die Götter wissen ...
CLEOPATRA. Nie ward eine Fürstin
So schrecklich je getäuscht. Und doch, von Anfang
Sah ich die Falschheit keimen.
ANTONIUS. Cleopatra ...
CLEOPATRA.
Wie soll ich glauben, du seist mein und treu,
Erschüttert auch dein Schwur der Götter Thron,
Wenn du Fulvia verrietst? Schwelgender Wahnsinn,
An solchen mundgeformten Eid sich fesseln,
Der schon im Schwur zerbricht! –
ANTONIUS. Geliebte Fürstin ...
CLEOPATRA.
Nein, such' nur keine Färbung deiner Flucht!
Geh, sag Lebwohl: als du zu bleiben flehtest,
Da galt's zu sprechen: damals nichts von Gehn! –
In unserm Mund und Blick war Ewigkeit,
Wonn' auf den Brau'n, kein Tropfen Blut so arm,
Der Göttern nicht entquoll: und so ist's noch,
Oder, der größte Feldherr, du, der Welt,
Wurdest zum größten Lügner.
ANTONIUS. Mir das! Wie!
CLEOPATRA.
Hätt' ich nur deine Sehnen, daß du sähst,
Auch in Ägypten gäb's ein Herz ...
ANTONIUS. Vernimm,
Der Zeiten strenger Zwang heischt unsern Dienst
Für eine Weile: meines Herzens Summe
Bleibt dein hier zum Gebrauch. Unser Italien
Blitzt rings vom Bürgerstahl: Sextus Pompejus
Bedroht mit seinem Heer die Häfen Roms:
Die Gleichheit zweier heim'schen Mächte zeugt
Gefährliche Parteiung: – stark geworden,
Liebt man die sonst Verhaßten: der verbannte
Pompejus, reich durch seines Vaters Ruhm,
Schleicht in die Herzen aller, die im Staat
Jetzt nicht gedeihn, und deren Menge schreckt: –
Und Ruhe, krank durch Frieden, sucht verzweifelnd
Heilung durch Wechsel. Doch ein näh'rer Grund,
Und der zumeist mein Gehn Euch sollt' entschuld'gen,
Ist Fulvias Tod.
CLEOPATRA.
Wenn mich das Alter auch nicht schützt vor Torheit,
Doch wohl vor Kindischsein. Kann Fulvia sterben? –
ANTONIUS. Geliebte, sie ist tot.
Sieh hier, in übermüß'ger Stunde lies
Die Händel, die sie schuf: zuletzt ihr Bestes,
Sieh, wann und wo sie starb!
CLEOPATRA. O falsches Lieben.
Wo sind Phiolen, die du füllen solltest
Mit Tau des Grams? Nicht Fulvias Tod beweinen,
Zeigt mir, wie leicht du einst erträgst den meinen.
ANTONIUS.
Zanke nicht mehr. Nein, sei gefaßt zu hören,
Was ich für Plan' entwarf: sie stehn und fallen,
Wie du mir raten wirst. Ja, bei dem Feuer,
Das Nilus' Schlamm belebt, ich geh' von hier,
Dein Held, dein Diener: Krieg erklär' ich, Frieden,
Wie dir's gefällt.
CLEOPATRA. Komm, Charmion, schnür' mich auf!
Nein, laß nur, mir wird wechselnd schlimm und wohl,
Ganz wie Antonius liebt.
ANTONIUS. Still, teures Kleinod!
Gib beßres Zeugnis seiner Treu'; die strengste
Prüfung wird sie bestehn.
CLEOPATRA. Das lehrt mich Fulvia!
O bitte, wende dich und wein' um sie,
Dann sag mir Lebewohl, und sprich: die Tränen
Sind für Ägypten: spiel' uns eine Szene
Ausbünd'ger Heuchelei, und mag sie gelten
Für echte Ehre! –
ANTONIUS. Du erzürnst mich! Laß! –
CLEOPATRA.
Das geht schon leidlich: doch du kannst es besser.
ANTONIUS. Bei meinem Schwert ...
CLEOPATRA. Und Schild: – er spielt schon besser,
Doch ist's noch nicht sein Bestes. Sieh nur, Charmion,
Wie tragisch dieser röm'sche Herkules
Auffährt in seinem Grimm!
ANTONIUS. So leb denn wohl!
CLEOPATRA. Höflicher Herr, ein Wort:
Wir beide müssen scheiden, doch das ist's nicht, –
Wir beide liebten einst, – doch das ist's auch nicht, –
Das wißt Ihr wohl: – Was war's doch, das ich meinte?
O mein Gedächtnis ist recht ein Antonius,
Und ich bin ganz vergessen!
ANTONIUS. Wär' nicht Torheit
Die Dien'rin deines Throns, so hielt' ich dich
Für Torheit selbst.
CLEOPATRA. O schwere Müh' des Lebens,
Dem Herzen nahe solche Torheit tragen,
Wie diese ich! Doch, teurer Freund, vergib mir,
Denn Tod bringt mir mein Treiben, wenn es dir
Nicht gut ins Auge fällt. Dich ruft die Ehre,
Hör' denn auf meinen eiteln Wahnsinn nicht!
Und alle Götter mit dir! Siegeslorbeer
Kränze dein Schwert, und mühelos Gelingen
Bahne den Weg vor deinen Füßen!
ANTONIUS. Komm;

Es flieht zugleich und weilet unsre Trennung:
Denn du, hier thronend, gehst doch fort mit mir,
Und ich, fortschiffend, bleibe doch mit dir. –
Hinweg!

Alle ab.

Vierte Szene

Rom. Ein Zimmer in Cäsars Hause.
Es treten auf Octavius Cäsar, Lepidus und Gefolge.

CÄSAR. Ihr seht nun, Lepidus, und wißt hinfort,
Es ist nicht Cäsars neid'sche Art, zu hassen;
Den großen Mitbewerber. Aus Ägypten;
Schreibt man uns dies: er fischt und trinkt, verschwendet
Der Nächte Kerzen schwelgend, nicht mehr Mann
Als diese Kön'gin, noch Cleopatra
Mehr Weib als er. Kaum sprach er die Gesandten,
Noch dacht' er seiner Mitregenten. – In ihm seht
Den Mann, der alle Fehler in sich faßt,
Die jedermann verlocken.

LEPIDUS. Doch denk' ich, hegt er
Nicht so viel Sünde, all sein Gut zu schwärzen: –
Denn seine Fehler, wie die Sterne, glänzen
Heller in schwarzer Nacht: sind angestammt
Mehr als erworben: unwillkürlich mehr,
Als freie Wahl.

CÄSAR. Ihr seid zu duldsam. Sei es auch verzeihlich,
Sich auf des Ptolemäus Lager wälzen,
Mit Kronen zahlen einen Scherz, umtrinken
Zur Wette nach der Kunst mit jedem Sklaven,
Am hellen Tag die Stadt durchtaumeln, balgen
Mit Schuften, schweißbetrieft: das steh' ihm an
(Und dessen Anstand, traun, muß selten sein,
Den solches nicht entehrt): doch für Antonius
Gibt's kein Entschuld'gen seiner Schmach, wenn wir
So schwer an seinem Leichtsinn tragen. Füllt' er
Die leeren Stunden sich mit Wollust aus,
Vertrocknet Mark und Ekel zögen ihn
Zur Rechenschaft: – doch solche Zeit verwüsten,
Die ihn vom Schmerz wegtrommelt – und so laut,
Wie Weltherrschaft nur mahnt: das muß man schelten,
Wie man den Knaben schmält, der, wohlerfahren,
Einsicht der Lust des Augenblicks hinopfert,
Empört dem eignen Urteil.

Ein Bote tritt auf.

LEPIDUS. Neue Botschaft! –

BOTE. Erfüllt ist dein Gebot; zu jeder Stunde,
Erhabner Cäsar, sollst du Nachricht hören,
Wie's auswärts steht. Pompejus herrscht zur See,
Und wie es scheint, gewann er sich die Herzen,
Die Cäsarn nur gefürchtet. Zu den Häfen
Strömen die Mißvergnügten; höchst gekränkt
Nennt ihn die Menge.

CÄSAR. Konnt' ich mir's doch denken! –
Vom ersten Anbeginn lehrt die Geschichte,
Daß, wer hoch steht, ersehnt wird, bis er stand!
Wer strandet – nie zuvor der Liebe wert –,
Teuer erscheint, wenn man ihn mißt: der Haufe,
Gleich einer Flagg' umtreibend in der Strömung,
Schwimmt vor, zurück, die Wechselfluten geißelnd,
Und ihn zerstört die Reibung.

BOTE. Höre ferner:
Menecrates und Menas, mächtige Piraten,
Herrschen im Meer, und pflügen und verwunden's
Mit Kielen aller Art: manch frecher Einbruch
Verheert Italien: alles Volk der Küste
Erblaßt vor Schreck: die kühne Jugend zürnt,
Kein Segel taucht nur auf, es wird gekapert,
Wie man's erblickt: Pompejus' Name schadet
Mehr als sein Heer im offnen Krieg.

CÄSAR. Antonius,
Laß deine üpp'gen Becher! Als geschlagen
Du zogst von Mutina, wo du die Konsuln
Hirtius und Pansa erst besiegt, da folgte
Der Hunger deinen Fersen: den bestandst du
(Obgleich so zart gewöhnt) mit mehr Geduld,
Als Wilde selbst vermöchten; ja, du trankst
Den Harn der Rosse und den falben Schlamm,
Der Vieh zum Ekel zwänge: dein Gaum verschmähte
Die herbste Beere nicht auf rauhster Hecke:
Ja, wie der Hirsch, wenn Schnee die Weide deckt,
Nagt'st du der Bäume Rinden: auf den Alpen
(Erzählt man) aßest du so ekles Fleisch,
Daß mancher starb, es nur zu sehn: und alles
(O Schande deinem Ruhm, daß ich's erzähle!)
Trugst du so heldenmütig, daß die Wange
Dir nicht einmal erbleichte.

LEPIDUS. Schad' um ihn! –

CÄSAR. Die Schande treib' ihn bald
Nach Rom zurück: Zeit wär's dem Zwillingspaar,
Daß wir im Feld uns zeigten: dem gemäß
Ruf' mir den Rat zusammen, denn Pompejus
Gedeiht durch unser Säumen.

LEPIDUS. Morgen, Cäsar,
Werd' ich vermögend sein, dir zu berichten,
Was ich zu Meer und Land versammeln kann,
Die Stirn der Zeit zu bieten.

CÄSAR. Bis dahin
Sei dies auch meine Sorge. Lebe wohl! –

LEPIDUS.
Lebt wohl denn, Cäsar! Meldet man Euch mehr,
Was sich im Ausland regt, ersuch' ich Euch,
Mir's mitzuteilen.

CÄSAR. Zweifelt nicht daran,
Ich kenn's als meine Pflicht.

Alle ab.

Fünfte Szene

Alexandria. Ein Zimmer im Palast.
Es treten auf Cleopatra, Charmion, Iras und Mardian.

CLEOPATRA. Charmion. ...

CHARMION. Eu'r Hoheit?

CLEOPATRA. Ach!
Gib mir Mandragora zu trinken!

CHARMION. Wie?

CLEOPATRA.
Daß ich die große Kluft der Zeit durchschlafe,

Wo mein Antonius fort ist!
CHARMION. Allzuviel
Denkt Ihr an ihn.
CLEOPATRA. Du sprichst Verrat.
CHARMION. O nein!
CLEOPATRA. Du Hämling, Mardian!
MARDIAN. Was gefällt Eu'r Hoheit?
CLEOPATRA.
Nicht jetzt dich singen hören: Nichts gefällt mir
An einem Hämling. Es ist gut für dich,
Daß ohne Saft und Mark dein freier Sinn
Nicht fliehn mag aus Ägypten. – Kannst du lieben?
MARDIAN. Ja, gnäd'ge Fürstin.
CLEOPATRA. In der Tat?
MARDIAN.
Nicht in der Tat: Ihr wißt, ich kann nichts tun,
Was in der Tat nicht ehrsam wird getan.
Doch fühl' ich heft'ge Trieb', und denke mir,
Was Venus tat mit Mars.
CLEOPATRA. O liebe Charmion,
Wo denkst du dir ihn jetzt? Sag, steht er? sitzt er?
Wie, geht er wohl? Sitzt er auf seinem Pferd?
O glücklich Pferd, Antonius' Last zu tragen!
Sei stolz, mein Pferd! Weißt du wohl, wen du trägst?
Den halben Atlas dieser Erde, Schild
Und Schutz der Welt! – Jetzt spricht er, oder murmelt:
»Wo weilst du, meine Schlang' am alten Nil?«
Denn also nennt er mich. Jetzt weid' ich mich
Am allzusüßen Gift! Gedenke mein,
Ob auch von Phöbus' Liebesstichen braun
Und durch die Zeit gerunzelt! Als du hier
Ans Ufer tratst, breitstirn'ger Cäsar, war ich
Wert eines Königs: Held Pompejus stand
Und ließ sein Aug' auf meinen Brauen wurzeln;
Da warf sein Blick den Anker ein, er starb
Im Anschaun seines Lebens.
Alexas kommt.
ALEXAS. Herrin Ägyptens, Heil!
CLEOPATRA.
Wie ganz unähnlich bist du Marc Anton!
Doch sahst du ihn: die köstliche Tinktur
Vergoldet dich mit ihrem Glanz.
Wie geht es meinem edlen Marc Anton?
ALEXAS. Sein Letztes, Fürstin, war:
Er küßte – vieler Doppelküsse letzter –
Die Perle hier: sein Wort lebt mir im Herzen.
CLEOPATRA.
Von dort muß es mein Ohr sich pflücken.
ALEXAS. »Freund«,
So sagt' er mir, »sprich du:
Der treue Römer schickt der großen Königin
Dies Kleinod einer Muschel: ihr zu Füßen,
Dies Nichts zu bessern, streu' ich Königreiche
Vor ihren üpp'gen Thron: der ganze Ost,
Sprich, soll sie Kön'gin nennen«: – nickt mir zu,
Und steigt gelassen auf sein hohes Streitroß,
Des helles Wiehern, was ich gern erwidert,
Zu tier'schem Schweigen brachte.
CLEOPATRA. War er munter oder ernst?
ALEXAS.
Der Jahrszeit gleich, die auf der Mitte schwebt
Von heiß und kalt: er war nicht ernst noch munter.
CLEOPATRA.
O wohl geteilte Stimmung! O bemerk' ihn, Charmion!
Bemerk' ihn, Charmion, welch ein Mann! O merk' ihn!
Er war nicht ernst, denn die wollt' er beglänzen,
Die heiter sind durch ihn: er war nicht munter:
Dies schien zu sagen, sein Erinnern weile
Mit seiner Lust hier: sondern zwischen beiden.
O himmlische Vermischung! Ernst und munter,
Das Äußerste von beiden steht dir so,
Wie keinem Manne sonst. – Trafst du die Boten?
ALEXAS. Ja, Fürstin, zwanzig auf demselben Wege;
Warum so dicht?
CLEOPATRA. Wer an dem Tag geboren,
Wo ich vergaß an Marc Anton zu schreiben,
Der sterb' als Bettler! – Papier und Tinte, Charmion! –
Willkommen, mein Alexas! – Sag mir, Charmion,
Liebt' ich je Cäsarn so?
CHARMION. Du edler Cäsar!
CLEOPATRA.
Erstick', wenn du den Ausruf wiederholst!
Sprich, edler Marc Anton!
CHARMION. Der tapfre Cäsar! –
CLEOPATRA. Bei Isis, deine Zähne werden bluten,
Wenn du mit Cäsarn irgend noch vergleichst
Den ersten aller Männer!
CHARMION. Mit Vergunst,
Ich sing' in Euerm Tone.
CLEOPATRA. Meine Milchzeit,
Als mein Verstand noch grün! – Du kaltes Herz,
Das noch wie damals fühlt! Doch eile nun;
Ein stündlich wiederholtes Liebeswort
Grüß' ihn von mir, entvölkr' ich auch Ägypten!
Alle ab.

Zweiter Aufzug

Erste Szene

Messina. Ein Zimmer in Pompejus' Hause.
Es treten auf Pompejus, Menecrates und Menas.

POMPEJUS. Sind sie gerecht, die Götter, schützen sie
Die Taten der Gerechten.
MENECRATES. Denkt, Pompejus:
Was sie verzögern, nicht verweigern sie's.
POMPEJUS. Indes wir flehn vor ihrem Throne, welkt
Die Gab', um die wir flehn.
MENECRATES. Wir Blinden bitten
Oft unser eignes Land, das weise Mächte
Zu unserm Wohl versagt: so sind wir reicher
Durch des Gebets Verlust.
POMPEJUS. Ich muß gedeihn!
Mich liebt das Volk, mein ist das ganze Meer,
Mein Glück ist Neumond, mein prophetisch Hoffen
Sieht schon die volle Scheibe. Marc Anton
Hält Tafel in Ägypten, wird nicht draußen
Zu Felde ziehn: Cäsar macht Geld, wo Herzen
Er einbüßt: beiden schmeichelt Lepidus,

Läßt sich von beiden schmeicheln, und liebt keinen,
Und keiner hält ihn wert.
MENECRATES. Cäsar und Lepidus
Stehn schon im Feld, mit großer Macht gerüstet.
POMPEJUS. Wer sagt Euch das? 's ist falsch.
MENECRATES. Das sagte Silvius.
POMPEJUS.
Er träumt: ich weiß, sie sind in Rom zusammen,
Und harren auf Anton: doch Liebreiz würze
Der üpp'gen Cleopatra dünne Lippen,
Zauber erhöh' die Schönheit, Wollust beide;
Den Schwelger bind' ein Heer von Festgelagen,
Sein Hirn umnebelnd: Epikur'sche Köche
Schärfen mit kräftig neuen Brüh'n die Eßlust,
Daß Schlaf und Schwelgen seinen Ruhm vertagen,
Bis zur Betäubung Lethes! Was bringt Varrius?

Varrius tritt auf.

VARRIUS. Was ich zu melden hab', ist zuverlässig:
Antonius kann zu jeder Stund' in Rom
Eintreffen; seit er Afrika verließ,
War Raum für weitre Reise.
POMPEJUS.
Mir wäre kleinre Zeitung weit willkommner.
Menas, ich glaube nicht,
Daß um so dürft'gen Krieg der Liebesschwärmer
Den Helm sich aufgesetzt: sein Feldherrngeist
Ist zwiefach der der beiden: doch erheb' uns
So höher das den Mut, daß unser Zug
Den nimmer lustgesättigten Anton
Dem Schoß der Witw' Ägyptens konnt' entreißen.
MENAS. Ich glaube nie,
Daß Cäsar und Anton sich freundlich grüßen.
Sein Weib, nun tot, hat Cäsarn schwer gereizt,
Sein Bruder kriegte gegen ihn, obwohl
Nicht auf Antons Geheiß.
POMPEJUS. Ich weiß nicht, Menas,
Wie bald der größern Feindschaft kleinre weicht:
Ständen wir jetzt nicht gegen alle auf,
Gerieten sie ohn' Zweifel an einander;
Denn Anlaß haben alle längst genug,
Das Schwert zu ziehn: doch wie die Furcht vor uns
Ein Leim wird ihrer Trennung und verknüpft
Die kleine Spaltung, wissen wir noch nicht. –
Sei's, wie's die Götter fügen! Unser Leben
Steht auf dem Spiel, wenn wir nicht mutig streben.
Komm, Menas!

Alle ab.

Zweite Szene

Rom. Im Hause des Lepidus.
Es treten auf Enobarbus und Lepidus.

LEPIDUS. Mein Enobarbus, es ist wohlgetan,
Und bringt dir Ruhm, bewegst du deinen Feldherrn
Zu mildem sanften Wort.
ENOBARBUS. Ich werd' ihn bitten,
Zu reden wie er selbst. Reizt Cäsar ihn,
So schau' Anton auf Cäsars Haupt herab,
Und donnre laut wie Mars! Beim Jupiter,
Hätt' ich Antonius' Bart an meinem Kinn,
Heut schör' ich ihn nicht ab!
LEPIDUS. 's ist nicht die Zeit
Für Zwist der einzelnen.
ENOBARBUS. Jegliche Zeit
Paßt wohl für das, was sie zutage bringt.
LEPIDUS.
Doch muß das Kleine sich dem Größern fügen!
ENOBARBUS. Nicht, kommt das Kleine erst.
LEPIDUS. Ihr sprecht im Zorn;
Doch stört nicht auf die Asche! Seht, hier kommt
Der edle Marc Anton.

Antonius und Ventidius treten auf.

ENOBARBUS. Und dort kommt Cäsar.

Cäsar, Mäcenas und Agrippa treten auf.

ANTONIUS.
Im Fall wir einig werden, dann nach Parthien;
Hörst du, Ventidius? –
CÄSAR. Frage den Agrippa,
Mäcen; ich weiß es nicht.
LEPIDUS. Erhabne Freunde,
Was uns vereinte, war so groß; nun laßt nicht
Geringen Zwist uns trennen! Was zu tadeln,
Hört es mit Nachsicht an: verhandeln wir
Den nicht'gen Streit so laut, dann wird ein Mord,
Was Wunden sollte heilen. Drum, edle Freunde
(Und um so mehr, je ernstlicher ich bitte),
Berührt mit mildstem Wort die herbsten Punkte,
Daß Laune nicht das Übel mehre!
ANTONIUS. Wohl gesprochen;
Und ständ' ich vor dem Heer zum Kampf bereit,
Ich dächte so.
CÄSAR. Willkomm' in Rom!
ANTONIUS. Habt Dank!
CÄSAR. Setzt Euch!
ANTONIUS. Setzt Euch, Herr!
CÄSAR. Nun! So ...
ANTONIUS. Ich seh', Ihr findet Anstoß, wo nichts ist,
Und wär's, Euch nicht betrifft.
CÄSAR. Von mir, zum Lachen,
Wenn um ein Nichts, ein Weniges, ich mich hielt'
Von Euch beleidigt; und vor allen Menschen
Von Euch zumeist: – noch lächerlicher, daß ich
Nur einmal Euch mit Abschätzung genannt,
Wenn Euern Namen auch nur auszusprechen
Mir fern lag.
ANTONIUS. Mein Verweilen in Ägypten,
Was war es Euch?
CÄSAR.
Nicht mehr, als Euch mein Walten hier in Rom
Mocht' in Ägypten sein: doch wenn Ihr dort
Was gegen mich geschmiedet, war mir wichtig
Euer Verweilen in Ägypten.
ANTONIUS. Wie nun! was nennt Ihr »schmieden«?
CÄSAR.
Geliebt's Euch, faßt Ihr wohl, was ich bezeichne,
Aus dem, was hier mich traf. Eu'r Weib und Bruder
Bekriegten mich: für ihren Anlauf wart
Der Vorwand Ihr: Ihr wart das Feldgeschrei!
ANTONIUS. Ihr irrt in Eurer Ansicht. Nie berief sich
Mein Bruder je auf mich. Ich forschte nach,
Und hab' aus sichrer Kunde die Gewißheit

Von Euern Freunden selbst: bekämpft' er nicht
Mein eignes Ansehn, wie das Eurige?
Führt' er den Krieg nicht meinem Sinn entgegen,
Der Euch verbündet war? All meine Briefe
Beweisen's klar: drum, wollt Ihr Händel flicken
(Denn nicht aus ganzem Tuch könnt Ihr sie
schneiden),
So muß es dies nicht sein.

CÄSAR. Ihr preist Euch selbst,
Indem Ihr schwach mein Urteil nennt; doch Ihr
Flickt nur Entschuld'gung so.

ANTONIUS. O nein, o nein,
Es kann Euch nicht entgehn, ich weiß gewiß,
Die sichre Folg'rung: daß, mit Euch vereint
In jener Sach', um die er Krieg geführt,
Ich nie mit Lust den Zwist betrachten konnte,
Der meine Ruh' bedroht. – Was Fulvia tat,
– Ich wünscht' Euch, solch ein Geist regiert'
Eu'r Weib!
Ihr lenkt der Erde Dritteil: mit 'nem Halfter
Zügelt Ihr's leicht, doch nimmer solch ein Weib.

ENOBARBUS.
Hätten wir doch alle solche Weiber, daß die
Männer mit ihren Weibern in den Krieg gehn
könnten! –

ANTONIUS.
Ganz widerspenstig hatt' ihr Kampftumult,
Erregt von ihrem Jähzorn, dem nicht fehlte
Der Klugheit bittre Schärfe – (mit Euch beklag' ich's) –,
Euch Unruh' viel erregt. Doch gebt mir zu,
Dies ändern konnt' ich nicht.

CÄSAR. Ich schrieb an Euch:
Ihr aber, schwelgend in Ägypten, stecktet
Beiseit mein Schreiben, und mit Hohn und Lachen
Ward ungehört mein Bote fortgewiesen.

ANTONIUS.
Er fiel mich an, noch kaum gemeldet: eben
Hatt' ich drei Könige bewirtet, und mir fehlte,
Was ich am Morgen war: doch nächsten Tags
Sagt' ich dies selbst ihm, was nicht minder war,
Als um Verzeihung bitten. – Nicht der Bursch
Sei nur genannt im Zwist, und wenn wir streiten,
Sei er ganz ausgestrichen!

CÄSAR. Eures Eids
Hauptpunkt habt Ihr gebrochen: des kann nimmer
Mich Eure Zunge zeihn.

LEPIDUS. Halt, Cäsar!

ANTONIUS. Nein,
Lepidus, laßt ihn reden! –
Die Ehr' ist rein und heilig, die er angreift,
Im Wahn, ich sei ihr treulos. Weiter, Cäsar,
Der Hauptpunkt meines Eids ...

CÄSAR.
Mir Hülf' und Macht zu leihn, wenn ich's verlangte,
Und beides schlugt Ihr ab.

ANTONIUS. Versäumt' es nur;
Und zwar, als ein vergiftet Dasein mir
Mein Selbstbewußtsein raubte. So viel möglich,
Zeig' ich den Reuigen: doch mein Gradsinn soll
Nicht meine Größe schmälern; meine Macht
Nicht ohne diesen wirken. Wahr ist's, Fulvia
Bekriegt' Euch, aus Ägypten mich zu scheuchen:
Wofür ich jetzt, unwissentlich die Ursach',
Soweit Verzeihung bitt', als ich mit Würde
Nachgeben kann.

LEPIDUS. Ihr spracht ein edles Wort.

MÄCENAS.
Gefiel's euch doch, nicht ferner zu gedenken
Des Streites: um ihn gänzlich zu vergessen,
Erinnert euch, wie gegenwärt'ge Not
Euch an Versöhnung mahnt!

LEPIDUS. Ein würd'ges Wort! –

ENOBARBUS. Oder wenn ihr euch einer des andern Freundschaft für den Augenblick borgt, könnt ihr sie, wenn vom Pompejus nicht mehr die Rede ist, wieder zurückgeben: ihr mögt Zeit zu zanken finden, wenn ihr sonst nichts anders zu tun habt.

ANTONIUS.
Du bist nur ganz Soldat, drum sprich nicht mehr!

ENOBARBUS. Ich hätte bald vergessen, daß Wahrheit schweigen muß.

ANTONIUS. Du kränkst den würd'gen Kreis, drum
sprich nicht mehr!

ENOBARBUS.
Schon recht: so bin ich Eu'r vorsicht'ger Stein. –

CÄSAR. Ich tadle nicht den Inhalt seiner Rede,
Nur ihre Weise: denn unmöglich scheint's,
Daß Freundschaft bleibe, wenn die Sinnesart
Im Tun so abweicht. Doch, wüßt' ich den Reif,
Der uns verfestigte, von Pol zu Pol
Sucht' ich ihn auf.

AGRIPPA. Wollt Ihr vergönnen, Cäsar ...

CÄSAR. Agrippa, sprich!

AGRIPPA.
Du hast 'ne Schwester von der Mutter Seite,
Die herrliche Octavia. Der große Marc Anton
Ward Witwer, –

CÄSAR. Sprich kein solches Wort, Agrippa:
Hätt' es Cleopatra gehört, mit Recht
Nennte sie jetzt dich übereilt.

ANTONIUS.
Ich bin vermählt nicht, Cäsar: laß mich wissen
Agrippas fernre Meinung!

AGRIPPA.
Euch in beständ'ger Freundschaft zu erhalten,
Euch brüderlich zu einen, eure Herzen
Unlösbar fest zu knüpfen, nehm' Anton
Octavia zur Gemahlin, deren Schönheit
Wohl fordern kann den besten Mann der Welt,
Und deren Güt' und Anmut sie erhebt,
Mehr als es Worte könnten. Durch dies Bündnis
Wird kleine Eifersucht, die groß nun scheint,
Und große Frucht, die jetzt Gefahren droht,
In Nichts verschwinden: Wahrheit wird dann
Märchen,
Wie halbe Mär jetzt Wahrheit: – beide liebend,
Verstärkt sie eure Wechsellieb' und zieht
Der Völker Liebe nach. – Verzeiht die Rede,
Denn sie ward längst geprüft, nicht schnell ersonnen,
Pflichtmäßig reif bedacht.

ANTONIUS. Will Cäsar reden?

CÄSAR. Nicht bis er hört, was Marc Anton erwidert

Dem schon Gesagten.
ANTONIUS. Was vermag Agrippa,
Wenn ich nun spräch': »Agrippa, also sei's!« –
Dies gut zu machen? –
CÄSAR. Cäsars ganze Macht,
Und was sein Wort der Schwester gilt.
ANTONIUS. Nie mög' ich
Dem edlen Antrag, der so herrlich glänzt,
Verhind'rung träumen. Reich' mir deine Hand,
Fördre den frommen Bund; und nun, von Stund' an,
Regier' in unsrer Liebe Brudereintracht,
Das hohe Ziel erstrebend!
CÄSAR. Nimm die Hand.
Dir schenk' ich eine Schwester, wie kein Bruder
So zärtlich eine je geliebt: sie lebe,
Zu binden unsre Reich' und Herzen. Flieh'
Nie wieder unsre Liebe! –
LEPIDUS. Glück und Amen! –
ANTONIUS.
Ich dachte nicht, Pompejus zu bekämpfen,
Denn großen Freundschaftsdienst erwies er mir
Vor kurzem erst: Dank darf er von mir fordern,
Daß mich der Ruf nicht unerkenntlich nenne: –
Das abgetan, entbiet' ich ihn zum Kampf.
LEPIDUS. Es drängt die Zeit:
Pompejus müssen wir alsbald nun suchen,
Sonst sucht er uns.
ANTONIUS. Wo ankert seine Flotte?
CÄSAR. Am Vorgebirg' Misenum.
ANTONIUS. Seine Landmacht,
Wie stark?
CÄSAR. Groß und im Wachsen; doch zur See
Gebeut er unumschränkt.
ANTONIUS. So sagt der Ruf. –
Hätt' ich ihn doch gesprochen! Hin in Eil'! –
Doch eh' wir uns bewaffnen, bringt zu Ende,
Was eben ward gelobt!
CÄSAR. Mit höchster Freude:
So lad' ich Euch zum Anblick meiner Schwester,
Und führ' Euch gleich zu ihr.
ANTONIUS. Gönnt, Lepidus,
Uns Eure Gegenwart!
LEPIDUS. Edler Antonius,
Selbst Krankheit hielt' mich nicht zurück.
Trompetenstoß. Cäsar, Antonius und Lepidus ab.
MÄCENAS. Willkommen von Ägypten, Herr!
ENOBARBUS.
Hälfte von Cäsars Herzen, würdiger Mäcenas!
Mein ehrenwerter Freund Agrippa! –
AGRIPPA. Wackrer Enobarbus!
MÄCENAS. Wir haben Ursach', froh zu sein, daß alles sich so gut entwirrt hat. Ihr habt's euch indessen in Ägypten wohl sein lassen?
ENOBARBUS. Ja, Herr, wir schliefen, daß sich der helle Tag schämte, und machten die Nacht mit Trinken hell.
MÄCENAS. Acht wilde Schweine ganz gebraten zum Frühstück, und nur für zwölf Personen, ist das wahr?
ENOBARBUS. Das war nur wie eine Fliege gegen einen Adler; wir hatten viel andre ungeheure Dinge bei unsern Festen, die wohl wert waren, daß man darauf achtete.
MÄCENAS. Sie ist eine ganz unwiderstehliche Frau, wenn sie ihrem Ruf entspricht.
ENOBARBUS. Als sie den Marc Anton das erste Mal sah, stahl sie ihm sein Herz; es war auf dem Flusse Cydnus.
AGRIPPA. Dort zeigte sie sich ihm in der Tat, oder mein Berichterstatter hat viel für sie erfunden.
ENOBARBUS. Ich will's berichten. –
Die Bark', in der sie saß, ein Feuerthron,
Brannt' auf dem Strom: getriebnes Gold der Spiegel,
Die Purpursegel duftend, daß der Wind
Entzückt nachzog; die Ruder waren Silber,
Die nach der Flöten Ton Takt hielten, daß
Das Wasser, wie sie's trafen, schneller strömte,
Verliebt in ihren Schlag; doch sie nun selbst –
Zum Bettler wird Bezeichnung: sie lag da,
In ihrem Zelt, das ganz aus Gold gewirkt,
Noch farbenstrahlender als jene Venus,
Wo die Natur der Malerei erliegt.
Zu beiden Seiten ihr holdsel'ge Knaben,
Mit Wangengrübchen, wie Cupido lächelnd,
Mit bunten Fächern, deren Wehn durchglühte
(So schien's) die zarten Wangen, die sie kühlten;
Anzündend statt zu löschen.
AGRIPPA. Ihm, welch Schauspiel! –
ENOBARBUS. Die Dienerinnen, wie die Nereiden,
Spannten, Sirenen gleich, nach ihr die Blicke,
Und Schmuck ward jede Beugung; eine Meerfrau
Lenkte das Steuer; seidnes Tauwerk schwoll
Dem Druck so blumenreicher Händ' entgegen,
Die frisch den Dienst versahn. Der Bark' entströmend
Betäubt' ein würz'ger Wohlgeruch die Sinne
Der nahen Uferdämme; sie zu sehn
Ergießt die Stadt ihr Volk; und Marc Anton,
Hochthronend auf dem Marktplatz, saß allein,
Und pfiff der Luft, die, wär' ein Leeres möglich,
Sich auch verlor, Cleopatra zu schaun,
Und einen Riß in der Natur zurückließ.
AGRIPPA. O wundervolles Weib! –
ENOBARBUS. Als sie gelandet, bat Antonius sie
Zur Abendmahlzeit; sie erwiderte,
Ihr sei willkommner, ihn als Gast zu sehn,
Und lud ihn. Unser höflicher Anton,
Der keiner Frau noch jemals nein gesagt,
Zehnmal recht schmuck barbiert, geht zu dem Fest,
Und dort muß nun sein Herz die Zeche zahlen,
Wo nur sein Auge zehrte.
AGRIPPA. Zauberin! –
Sie ließ des großen Cäsars Schwert zu Bett gehn:
Er pflügte sie, sie erntete.
ENOBARBUS. Ich sah sie
Einst wen'ge Schritte durch die Straße hüpfen,
Und als sie atemlos, sprach sie in Pausen:
So daß zur Anmut sie den Fehl erhob
Und ohne Atem Kraft entatmete.
MÄCENAS.
Nun muß Antonius sie durchaus verlassen!
ENOBARBUS.
Niemals! Das wird er nicht! Nicht kann sie Alter

Hinwelken, täglich Sehn an ihr nicht stumpfen
Die immerneue Reizung; andre Weiber
Sätt'gen die Lust gewährend: sie macht hungrig,
Je reichlicher sie schenkt; denn das Gemeinste
Wird so geadelt, daß die heil'gen Priester
Sie segnen, wenn sie buhlt.

MÄCENAS.
Wenn Schönheit, Sitt' und Weisheit fesseln könne
Das Herz Antons, dann ist Octavia ihm
Ein segensreiches Los.

AGRIPPA. Kommt, laßt uns gehn!
Ihr, werter Enobarbus, seid mein Gast,
Solang' Ihr hier verweilt.

ENOBARBUS. Ich dank' Euch bestens.

Alle ab.

Dritte Szene

Daselbst. In Cäsars Hause.
Es treten auf Cäsar, Antonius, Octavia zwischen ihnen; Gefolge; ein Wahrsager.

ANTONIUS.
Die Welt, mein großes Amt, wird jezuweilen
Von deiner Brust mich trennen.

OCTAVIA. All die Zeit
Beugt vor den Göttern betend sich mein Knie
Zu deinem Heil.

ANTONIUS. Gut Nacht, Herr! O Octavia,
Lies meinen Tadel nicht im Ruf der Welt:
Ich hielt nicht stets das Maß, doch für die Zukunft
Fügt alles sich der Form. Gut Nacht, Geliebte! –

OCTAVIA. Gut Nacht, Herr!

CÄSAR. Gute Nacht!

Cäsar und Octavia ab.

ANTONIUS.
Nun, Freund? Du sehnst dich heim wohl nach Ägypten?

WAHRSAGER.
Ging' ich doch nie von dort, noch jemals Ihr
Dahin!

ANTONIUS. Den Grund, wenn's einen gibt?

WAHRSAGER. Ich seh' ihn
Im Geist; doch nicht mit Worten fass' ich's. Dennoch
Eilt nur nach Afrika!

ANTONIUS. Weissage mir,
Wes Glück steigt höher? Cäsars oder meins?

WAHRSAGER. Cäsars;
Drum, o Antonius, weile nicht bei ihm!
Dein Geist, der dich beschützt, dein Dämon, ist
Hochherzig, mutig, edel, unerreichbar,
Dem Cäsar fern; doch nah ihm wird dein Engel
Zur Furcht, wie eingeschüchtert. Darum bleibe
Raum zwischen dir und ihm!

ANTONIUS. Sag das nicht mehr!

WAHRSAGER.
Niemand als dir: dir nicht zum zweiten Mal!
Versuche du mit ihm, welch Spiel du willst,
Gewiß verlierst du; sein natürlich Glück
Schlägt dich, wie schlecht er steht; dein Glanz wird trübe,
Strahlt er daneben: noch einmal, dein Geist,
Kommt er ihm nah, verliert den Mut zu herrschen, –
Doch ihm entfernt, erhebt er sich.

ANTONIUS. Hinweg!
Sag dem Ventidius, sprechen woll' ich ihn:

Wahrsager ab.

Er soll nach Parthien. – Ob Geschick, ob Zufall,
Er sagte wahr. Der Würfel selbst gehorcht ihm!
In unsern Spielen weicht vor seinem Glück
Mein beßrer Plan: ziehn wir ein Los, gewinnt er;
Sein Hahn siegt' über meinen stets im Kampf,
Wenn Alles gegen Nichts stand; seine Wachtel
Schlug meine, ob auch schwächer. Nach Ägypten!
Und schloß ich diese Heirat mir zum Frieden,

Ventidius kommt.

Im Ost wohnt meine Lust. O komm, Ventidius,
Du mußt nach Parthien; fertig ist dein Auftrag,
Komm mit und hol' ihn!

Gehn ab.

Vierte Szene

Daselbst. Eine Straße.
Es treten auf Lepidus, Mäcenas und Agrippa.

LEPIDUS.
Bemüht euch ferner nicht; ich bitt' euch, eilt,
Folgt eurem Feldherrn nach!

AGRIPPA. Herr, Marc Anton
Umarmt nur noch Octavien; gleich dann gehn wir.

LEPIDUS. Bis ich euch wiederseh' in Kriegertracht,
Die beide zieren wird, lebt wohl!

MÄCENAS. Wir sind,
Kenn' ich die Gegend recht, am Vorgebirg'
Noch eh'r als Ihr.

LEPIDUS. Weil eure Straße kürzer –
Mein Vorsatz führt mich einen weiten Umweg,
Ihr kommt zwei Tage früher.

MÄCENAS. Viel Erfolg!

LEPIDUS. Lebt wohl!

Alle ab.

Fünfte Szene

Alexandrien. Zimmer im Palast.
Cleopatra, Charmion, Iras und Alexas treten auf.

CLEOPATRA.
Gebt mir Musik; Musik, schwermüt'ge Nahrung
Für uns verliebtes Volk! –

DIENER. He! Die Musik!

Mardian kommt.

CLEOPATRA.
Laßt es nur sein! Wir woll'n zum Kugelspiel:
Komm, Charmion!

CHARMION.
Mich schmerzt der Arm; spielt doch mit Mardian!

CLEOPATRA.
Ein Weib spielt mit dem Hämling wohl so gut
Als mit 'nem Weibe. Wollt Ihr mit mir spielen?

MARDIAN. Fürstin, so gut ich kann.

CLEOPATRA. Wo guter Will' ist, käm' er auch zu kurz,
Muß man dem Spieler nachsehn. Doch was anders:
Gebt mir die Angel, kommt zum Flusse; dort,
Während Musik von fern erklingt, berück' ich
Den goldbefloßten Fisch, mit krummen Haken
Die schleim'gen Kiefern fassend, und bei jedem,
Den ich aufzog, denk' ich, es sei Anton,
Und sag: »Aha! dich fing ich!« –
CHARMION. Lustig war;
Mit ihm das Wette-Angeln, als Eu'r Taucher
Den Salzfisch hängt' an seine Schnur, den er
So eifrig aufzog.
CLEOPATRA. Jene Zeit! O Zeiten!
Ich lacht' ihn aus der Ruh'; dieselbe Nacht
Lacht' ich ihn in die Ruh'; den nächsten Morgen
Noch vor neun Uhr trank ich ihn auf sein Lager,
Tat meinen Mantel ihm und Schleier um,
Und ich derweil trug sein Philippisch Schwert. –
O von Italien! –

Ein Bote kommt.

Stopf' mir fruchtbare Zeitung in mein Ohr,
Das lange brach gelegen!
BOTE. Fürstin! Fürstin! –
CLEOPATRA. Antonius tot? –
Sagst du das, Sklav', so mord'st du deine Herrin: –
Doch meld'st du ihn
Gesund und frei, nimm Gold, und hier zum Kuß
Die blausten Adern: eine Hand, die zitternd
Der Kön'ge Lippen küßten.
BOTE. Er ist wohl.
CLEOPATRA.
Hier noch mehr Gold! – Doch, Mensch, wir sagen oft,
Wohl sei den Toten: wenn du's so gemeint,
Schmelz' ich das Gold, das ich dir gab, und gieß' es
In deinen Gott verhaßten Schlund.
BOTE. Oh, hört mich!
CLEOPATRA. Nun wohl, ich will's –
Doch sagt dein Blick nichts Gutes. Wenn Anton
Frei und gesund, – wozu die finstre Miene
Zu solcher frohen Post? Ist ihm nicht wohl,
Sollt'st du als Furie kommen, schlangumkränzt,
Und nicht in Mannsgestalt.
BOTE. Wollt Ihr mich hören?
CLEOPATRA.
Ich möchte gleich dich schlagen, eh' du sprichst:
Doch wenn du meld'st, Anton sei wohl, er lebe,
Sei Cäsars Freund, und nicht von ihm gefangen,
Dann ström' ein goldner Regen dir, ein Hagel
Von reichen Perlen!
BOTE. Er ist wohl.
CLEOPATRA. Recht gut.
BOTE. Und Cäsars Freund.
CLEOPATRA. Du bist ein wackrer Mann!
BOTE. Cäsar und er sind größre Freund' als je.
CLEOPATRA. Begehr' ein Glück von mir!
BOTE. Fürstin, und doch ...
CLEOPATRA.
Ich hasse dies »und doch«: es macht zu Nichts
Den guten Vordersatz: Pfui dem »und doch«:
»Und doch« ist wie ein Scherg' und führt heran
Fluchwürd'ge Missetäter. Bitt' dich, Freund,
Geuß mir die ganze Botschaft in mein Ohr,
Das Schlimm' und Gute. – Er ist Freund mit Cäsar,
Gesund und frisch, sagst du, und sagst, in Freiheit?
BOTE. In Freiheit, Fürstin? Nein, so sagt' ich nicht:
Octavia bindet ihn.
CLEOPATRA. In welchem Sinn?
BOTE. Als Eh'gemahl.
CLEOPATRA. Ich zittre, Charmion.
BOTB. Fürstin, er ist Octavien vermählt!
CLEOPATRA. Die giftigste von allen Seuchen dir!

Schlägt ihn.

BOTE. Geduld, o Königin!
CLEOPATRA. Was sagst du? Fort,
Elender Wicht! Sonst stoß' ich deine Augen
Wie Bälle vor mir her; raufe dein Haar,
Lasse mit Draht dich geißeln, brühn mit Salz,
In Lauge scharf gesättigt.
BOTE. Gnäd'ge Fürstin,
Ich meldete die Heirat, schloß sie nicht!
CLEOPATRA.
Sag, 's ist nicht so: ich schenke dir ein Land,
Daß du im Glücke schwelgest; jener Schlag
Sei Buße, daß du mich in Wut gebracht,
Und ich gewähre jede Gunst dir noch,
Die Demut wünschen mag.
BOTE. Er ist vermählt.
CLEOPATRA. Schurke, du hast zu lang gelebt ...

Zieht einen Dolch.

BOTE. Dann lauf ich –
Was wollt Ihr, Fürstin, 's ist nicht mein Vergehn!

Ab.

CHARMION.
O Fürstin, faßt Euch! Seid nicht außer Euch! –
Der Mann ist schuldlos!
CLEOPATRA.
Wie manch Unschuld'gen trifft der Donnerkeil!
Der Nil ersäuf' Ägypten! Werdet Schlangen,
Ihr sanftesten Geschöpfe! – Ruf' den Sklaven:
Bin ich auch toll, ich beiß' ihn nicht. – Ruft ihn!
CHARMION. Er fürchtet sich vor dir.
CLEOPATRA. Ich tu' ihm nichts.
Ihr Hände seid entadelt, weil ihr schlugt
Den Mindern als ich selbst: denn nur ich selbst
War Ursach' meines Zorns. – Hieher denn, komm!

Bote kommt zurück.

Obwohl es redlich ist, war's nimmer gut,
Die schlimme Nachricht bringen: Freudenbotschaft
Verkünd' ein Heer von Zungen, doch die schlimme
Mag selbst sich melden, wenn man sie empfindet.
BOTE. Ich tat nach meiner Pflicht.
CLEOPATRA. Ist er vermählt?
Ich kann nicht mehr dich hassen, als ich tat,
Sagst du noch einmal ja.
BOTE. Er ist vermählt.
CLEOPATRA.
Fluch über dich! So bleibst du stets dabei? –
BOTE. Sollt' ich denn lügen?
CLEOPATRA. O daß du es tät'st!
Und wär' mein halb Ägypten überschwemmt,
Ein Pfuhl für schupp'ge Nattern! Geh, entfleuch:
Hätt'st du ein Antlitz wie Narziß, für mich

Schienst du ein Ungeheuer! – Er vermählt? –
BOTE. Ich bitt' Euch um Vergebung ...
CLEOPATRA. Er vermählt?
BOTE. Zürnt nicht, daß ich Euch nicht erzürnen will;
Mich dafür strafen, was Ihr selbst verlangt,
Scheint höchst unrecht. – Er ist Octaviens Gatte.
CLEOPATRA.
O daß dein Frevel dich zum Schurken macht,
Der du nicht bist! Wie! weißt du's sicher? Fort!
Die Ware, die du mir von Rom gebracht,
Ist mir zu teuer; bleibe sie dir liegen,
Und möge dich verderben!

Bote ab.

CHARMION. Faßt Euch, Hoheit!
CLEOPATRA.
Antonius zu erheben, schalt ich Cäsarn ...
CHARMION. Oft, gnäd'ge Fürstin.
CLEOPATRA. Dafür lohnt er nun! –
Führt mich von hier!
Mir schwindelt. Iras, Charmion! – Es geht vorüber!
Geh zu dem Boten, mein Alexas, heiß' ihn
Octavias Züge schildern, ihre Jahre,
Ihr ganz Gemüt: er soll dir nicht vergessen
Die Farbe ihres Haars: gib schnell mir Nachricht!

Alexas ab.

Er geh' auf immer! – Nein doch! Liebe Charmion,
Wenn er auch Gorgo ähnlich sieht von hier,
Von dort gleicht er dem Mars; sag dem Alexas,
Er melde mir, wie groß sie ist. Hab' Mitleid,
Doch sag nichts, Charmion! – Führt mich in mein Zimmer!

Alle ab.

Sechste Szene

In der Nähe von Misenum.
Es treten auf von der einen Seite Pompejus und Menas, mit Trommeln und Trompeten; von der andern Cäsar, Antonius, Lepidus, Enobarbus und Mäcenas mit Truppen.

POMPEJUS.
Ihr habt nun meine Geiseln, ich die Euern:
So laßt uns reden vor der Schlacht!
CÄSAR. Sehr löblich,
Daß erst verhandelt werde; darum sandt' ich
Voraus, was wir dir schriftlich zugestanden.
Hast du dies wohl erwogen, zeig' uns an,
Ob's in der Scheide hält dein zürnend Schwert
Und führt zurück Siziliens mut'ge Jugend,
Die sonst hier fallen muß.
POMPEJUS. Hört mich, ihr drei
Allein'ge Rechtsverweser dieser Welt,
Höchste Statthalter Jupiters: Ich weiß nicht,
Weshalb mein Vater Rache sollt' entbehren,
Dem Sohn und Freunde blieben, da doch Cäsar,
Der sich dem edlen Brutus offenbart,
Euch bei Philippi für ihn kämpfen sah.
Was trieb den bleichen Cassius zur Verschwörung?
Was tränkte der altröm'sche biedre Brutus,
Und wer noch sonst für holde Freiheit focht,
Mit Blut das Kapitol? Nur daß ein Mann
Nicht mehr sei als ein andrer Mann! Und deshalb
Rüstet' auch ich die Seemacht, deren Last
Das Meer zornschäumend trägt, mit ihr zu geißeln
Den Undank, den dies schnöde Rom erwies
Meinem erhabnen Vater.
CÄSAR. Nimm wahr der Zeit!
ANTONIUS.
Du schreckst mit deiner Flott' uns nicht, Pompejus:
Wir sprechen uns zur See; zu Lande weißt du,
Wie viel wir reicher sind.
POMPEJUS. O ja, zu Lande
Bist reicher du durch meines Vaters Haus;
Doch weil der Kuckuck für sich selbst nicht baut,
Bleib' drin, solang' du kannst!
LEPIDUS. Gefällt's Euch, sagt
(Denn dies führt uns vom Ziel), wie Euch bedünkt
Der Vorschlag, den wir taten.
CÄSAR. Dies der Punkt. –
ANTONIUS. Nicht sei dazu gebeten, sondern wäge,
Was du dadurch gewinnst.
CÄSAR. Und was geschehn kann,
Noch größres Glück zu finden.
POMPEJUS. Ihr botet mir
Sizilien und Sardinien, und ich soll
Das Meer befrein von Räubern; soll nach Rom
Vorrat von Weizen senden: tu' ich das,
Ziehn wir mit unzerhacktem Schwert nach Haus
Und glattem Schild.
CÄSAR, **ANTONIUS**, **LEPIDUS.** Das boten wir.
POMPEJUS. So wißt,
Ich kam vor euch hieher mit dem Entschluß
Dies anzunehmen; nur daß Marc Anton
Ein wenig mich verstimmt. – Büß' ich schon ein
An Ruhm, erzähl' ich's selber: – dennoch, wißt!
Als Cäsar Krieg mit Euren Brüdern führte,
Fand Eure Mutter in Sizilien damals
Den gastlichsten Empfang.
ANTONIUS. Ich weiß, Pompejus,
Und sann zeither auf edle Dankbarkeit,
Die ich Euch schuldig.
POMPEJUS. Gebt mir Eure Hand:
Ich hätte nicht gedacht, Euch hier zu treffen.
ANTONIUS.
Es ruht sich sanft im Osten, und ich dank' Euch,
Daß Ihr mich herrief, eh's mein Vorsatz war;
Denn ich gewann dabei.
CÄSAR. Seit ich Euch sah,
Habt Ihr Euch sehr verändert.
POMPEJUS. Nun, ich weiß nicht,
Wie herbes Schicksal mein Gesicht gefurcht; –
Doch nimmer soll mir's dringen in die Brust,
Mein Herz zu überwält'gen.
LEPIDUS. Seid willkommen!
POMPEJUS. Das hoff' ich, Lepidus. So sind wir eins. –
Ich wünschte nun geschrieben den Vertrag
Und unterzeichnet.
CÄSAR. Das geschehe gleich!
POMPEJUS.
Wir wollen uns bewirten, eh' wir scheiden.
Und losen, wer beginnt. –

ANTONIUS. Laßt mich beginnen!
POMPEJUS. Nein, losen wir, Antonius: ob der erste,
Ob letzte; Eurer Kochkunst aus Ägypten
Gebührt der Preis. Ich hörte, Julius Cäsar
Ward dort vom Schmausen fett.
ANTONIUS. Ihr hörtet vieles!
POMPEJUS. Ich mein' es gut.
ANTONIUS. Und setzt die Worte gut.
POMPEJUS. Nun wohl, ich hört' es;
Und hört' auch das: Apollodorus trug ...
ENOBARBUS. O still davon! Er trug ...
POMPEJUS. Was? –
ENOBARBUS. Eine gewisse
Monarchin hin zum Cäsar in 'ner Decke.
POMPEJUS.
Nun kenn' ich dich; wie geht dir's, Kriegsmann?
ENOBARBUS. Gut;
Und, wie mir's scheint, auch ferner gut: ich sehe,
Vier Schmäuse sind im Werk.
POMPEJUS. Reich' mir die Hand;
Ich hab' dich nie gehaßt; ich sah dich fechten
Und neidete dir deinen Mut.
ENOBARBUS. Mein Feldherr,
Ich liebt' Euch nie sehr stark, doch lobt' ich Euch,
Da Ihr wohl zehnmal so viel Lob verdient,
Als ich Euch zugestand.
POMPEJUS. Dein offnes Wesen
Erhalte dir, es steht dir wohl. –
Ich lad' euch all' an Bord meiner Galeere;
Wollt ihr vorangehn?
ALLE. Führt uns, Feldherr! –
POMPEJUS. Kommt!

Pompejus, Cäsar, Antonius, Lepidus, Soldaten und Gefolge ab.

MENAS *beiseit.* Dein Vater, Pompejus, wäre nimmer diesen Vergleich eingegangen. – Ihr und ich haben uns schon gesehn, Herr.
ENOBARBUS. Zur See, denk' ich.
MENAS. Ganz recht, Herr.
ENOBARBUS. Ihr habt Euch gut zur See gehalten.
MENAS. Und Ihr zu Lande.
ENOBARBUS. Ich werde jeden loben, der mich lobt, obgleich nicht zu leugnen ist, was ich zu Lande getan.
MENAS. Noch was ich zu Wasser getan. –
ENOBARBUS. Nun, etwas könnt Ihr schon für Eure Sicherheit leugnen: Ihr seid ein großer Dieb zur See gewesen.
MENAS. Und Ihr zu Lande.
ENOBARBUS. Solchen Landdienst leugne ich ab. Aber gebt mir die Hand, Menas: hätten unsre Augen jetzt Vollmacht, so würden sie hier zwei sich küssende Diebe ertappen.
MENAS. Aller Menschen Gesichter sind ohne Falsch, wie auch ihre Hände beschaffen sind.
ENOBARBUS. Aber noch kein hübsches Weib hatte je ein Gesicht ohne Falsch.
MENAS. Das ist kein Tadel, sie stehlen Herzen.
ENOBARBUS. Wir kamen, mit euch zu fechten.
MENAS. Mir für mein Teil tut's leid, daß daraus ein Trinkgelag' ward. Pompejus lacht heut sein Glück weg!
ENOBARBUS. Wenn das ist, so kann er's gewiß nicht wieder zurück weinen.
MENAS. Sehr gewiß, Herr. Wir dachten nicht, Marcus Antonius hier zu treffen. Sagt doch, ist er mit Cleopatra vermählt? –
ENOBARBUS. Cäsars Schwester heißt Octavia.
MENAS. Jawohl, sie war des Cajus Marcellus Weib.
ENOBARBUS.
Und ist nun des Marcus Antonius Weib.
MENAS. Was Ihr sagt!
ENOBARBUS. 's ist wahr!
MENAS. Dann sind Cäsar und er für immer an einander geknüpft!
ENOBARBUS. Wenn es meines Amtes wäre, von dieser Vereinigung zu weissagen, ich prophezeite nicht so.
MENAS. Ich denke, in dieser Angelegenheit tat die Politik mehr für die Heirat, als die Liebe der Vermählten.
ENOBARBUS. Das denk' ich auch. Aber Ihr sollt sehn, das Band, das ihre Freundschaft zu verknüpfen scheint, erwürgt ihre Verbrüd'rung. Octavia ist von kaltem, stillen Temperament.
MENAS. Wer wünschte sein Weib nicht so? –
ENOBARBUS. Der nicht, der selbst nicht so ist; und das ist Marc Anton. Sein ägyptisches Mahl wird ihn zurückziehen: dann werden Octavias Seufzer Cäsars Feuer anfachen, und wie ich vorhin sagte: was die Befestigung ihres Bundes scheint wird die unmittelbare Veranlassung ihrer Entzweiung werden. Antonius wird seine Liebe zeigen, wo sie ist; hier hat er nur seinen Vorteil geheiratet. –
MENAS. So wird's wohl kommen. Sagt, Herr, wollt Ihr an Bord? Ich habe eine Gesundheit für Euch.
ENOBARBUS. Die nehm' ich an, Herr; wir haben unsre Gurgeln in Ägypten eingeübt.
MENAS. Wir wollen gehn.

Beide ab.

Siebente Szene

An Bord von Pompejus' Galeere.
Musik. Es treten auf zwei oder drei Diener, die ein Bankett anrichten.

ERSTER DIENER. Gleich werden sie hier sein, Kam'rad; ein paar von diesen edlen Bäumen sind nicht mehr im Boden festgewurzelt, der kleinste Wind kann sie umwerfen.
ZWEITER DIENER. Lepidus ist schon hochrot.
ERSTER DIENER.
Der hat trinken müssen, wie keiner mehr mochte. –
ZWEITER DIENER. Wie nur einer dem andern den wunden Fleck berührt, ruft er: »Haltet ein!« und macht, daß jeder sich seinen Friedensworten und er sich dem Becher ergibt.
ERSTER DIENER. Desto größerer Krieg erhebt sich zwischen ihm und seinen fünf Sinnen.
ZWEITER DIENER. Das kommt dabei heraus, in großer Herren Gesellschaft Kam'rad zu sein; ebenso gern hätte ich ein Schilfrohr, das mir nichts mehr

nutzen kann, als eine Hellebarde, die ich nicht regieren könnte.

ERSTER DIENER. In eine große Sphäre berufen sein, und sich nicht einmal darin bewegen können, ist wie Löcher, wo Augen sein sollten; was das Gesicht jämmerlich entstellt.

Eine Zinke wird geblasen. Es treten auf Cäsar, Antonius, Pompejus, Lepidus, Agrippa, Mäcenas, Enobarbus, Menas und andre Hauptleute.

ANTONIUS *zum Cäsar.*
So ist der Brauch: sie messen dort den Strom
Nach Pyramidenstufen; daran sehn sie,
Nach Höhe, Tief' und Mittelstand, ob Teurung,
Ob Fülle folgt. Je höher schwoll der Nil,
Je mehr verspricht er; fällt er dann, so streut
Der Sämann auf den Schlamm und Moor sein Korn,
Und erntet bald nachher.

LEPIDUS. Ihr habt seltsame Schlangen dort! –

ANTONIUS. Ja, Lepidus. –

LEPIDUS. Eure ägyptische Schlange wird also durch die Kraft eurer Sonne aus eurem Schlamm ausgebrütet; so auch euer Krokodil? –

ANTONIUS. So ist's.

POMPEJUS.
Setzt Euch! – Mehr Wein! Auf Lepidus' Gesundheit!

LEPIDUS. Mir ist nicht so wohl, als ich sein sollte, aber ich bin dabei.

ENOBARBUS. So lange bis Ihr einschlaft; bis dahin bleibt Ihr gewiß nebenbei.

LEPIDUS. Ja, das muß wahr sein, diese ptolomäischen Pyramichien, sagt man, sind allerliebste Dinger; in allem Ernst, das sagt man.

MENAS *beiseit.* Ein Wort, Pompejus!

POMPEJUS. Sag ins Ohr: was ist's?

MENAS *beiseit.*
Steh auf von deinem Sitz, ich bitt' dich, Feldherr,
Und hör' mich auf ein Wort!

POMPEJUS. Wart' noch ein Weilchen!
Den Wein für Lepidus!

LEPIDUS.
Was für 'ne Sorte von Geschöpf ist euer Krokodil?

ANTONIUS. Es hat eine Gestalt, Herr, wie es selbst, und ist so breit, als seine Breite beträgt; just so hoch, als es hoch ist, und bewegt sich mit seinen eignen Gliedern; es lebt von seiner Nahrung, und haben seine Elemente sich aufgelöst, so wird ein neues Wesen aus ihm.

LEPIDUS. Was hat es für eine Farbe?

ANTONIUS. Auch seine eigentümliche Farbe.

LEPIDUS. Ein kurioser Wurm! –

ANTONIUS. Allerdings. Und seine Tränen sind naß.

CÄSAR. Wird ihm diese Beschreibung genügen? –

ANTONIUS. Nach allen Gesundheiten, die Pompejus ihm bringt; sonst ist er ein wahrer Epikur.

POMPEJUS *beiseit zu Menas.*
Geh mir und laß dich hängen! mit mir reden?
Geh, tu', wie ich dir hieß! – Wo bleibt mein Becher? –

MENAS. Hab' ich dir Treu' bewiesen, hör' mich an,
Und komm beiseit!

POMPEJUS. Du bist nicht klug. Was willst du!

MENAS. Ich zog die Mütze stets vor deinem Glück ...

POMPEJUS.
Du hast mir immer brav gedient: was weiter?
– Munter, ihr edlen Herrn!

ANTONIUS. Nehmt Euch in acht
Vor dieser Sandbank, Lepidus; Ihr sinkt! –

MENAS. Willst du Herr sein der ganzen Welt?

POMPEJUS. Was sagst du?

MENAS.
Willst Herr der ganzen Welt sein? Zweimal sagt' ich's.

POMPEJUS. Wie sollte das geschehn?

MENAS. Sei willig nur;
Und schein' ich noch so arm, ich bin der Mann,
Der dir die ganze Welt gibt.

POMPEJUS. Bist du trunken?

MENAS.
Mein Feldherr, vor dem Becher wahrt' ich mich;
Du bist, wenn du's nur wagst, der Erde Zeus,
Und was das Meer umgrenzt, umwölbt der Himmel,
Ist dein, wenn du's nur willst.

POMPEJUS. So sag mir, wie? –

MENAS. Diese drei Weltenteiler, die Triumvirn,
Faßt unser Schiff: ich kappe jetzt das Tau,
Wir stoßen ab, ich greif' an ihre Kehle,
Und dein ist alles.

POMPEJUS. Ah! hätt'st du's getan,
Und nicht gesagt! In mir ist's Büberei,
Von dir getreuer Dienst. Vergiß es nie,
Mein Vorteil nicht geht meiner Ehre vor,
Die Ehre ihm! Bereu' es, daß dein Mund
So deine Tat verriet: Tatst du's geheim,
Dann hätt' ich's, wenn's geschehn, als gut erkannt,
Doch nun muß ich's verdammen. – Vergiß, und trink!

MENAS. Hinfort
Folg' ich nie wieder deinem morschen Glück!
Wer sucht und greift nicht, was ihm einmal zuläuft,
Findet's nie wieder.

POMPEJUS. Lepidus soll leben!

ANTONIUS.
Tragt ihn ans Land; ich tu' für ihn Bescheid.

ENOBARBUS. Menas, dein Wohl!

MENAS. Willkommen, Enobarbus! –

POMPEJUS. Füllt bis zum Rand den Becher! –

ENOBARBUS. Der Kerl hat Kräfte, Menas!

MENAS. Wie?

ENOBARBUS. Da trägt er
Den dritten Teil der Welt: Mann, siehst du's nicht?

MENAS. Dies Dritteil also trunken! Wär's die ganze,
So käm' es bald zu Rande!

ENOBARBUS. Trink', mach' uns keine Schande! –

MENAS. So komm!

POMPEJUS. Dies ist noch kein ägyptisch Fest!

ANTONIUS.
Es kommt ihm doch schon nah. Stoßt an die Becher!
Der hier für Cäsar!

CÄSAR. Ich verbät' es lieber;
s' ist schwere Arbeit, mein Gehirn zu waschen;
Und es wird schmutz'ger.

ANTONIUS. Sei ein Kind der Zeit!

CÄSAR.
Trink' aus, ich tu' Bescheid: doch lieber fast' ich
Vier Tage lang, als einen so viel trinken.

ENOBARBUS. O wackrer Imperator!
Soll'n wir ägypt'schen Bacchustanz beginnen
Und feiern diesen Trunk? –
POMPEJUS. Recht so, mein Krieger! –
ANTONIUS. Kommt, schließen wir den Reih'n,
Bis der sieghafte Wein den Sinn uns taucht
Im süßen, weichen Lethe.
ENOBARBUS. Nun umfaßt euch:
Bestürmt das Ohr mit lärmender Musik,
Bis ich euch stelle: dann singt der Knab' ein Lied,
Und jeder fällt mit ein im Chor, so laut,
Als seine starke Brust nur schmettern kann. –
Musik. Enobarbus stellt sie, und sie schließen den Reihen.

Lied

Komm, du König, weinbekränzt,
Bacchus, dessen Auge glänzt:
Du verjagst die Leidgedanken!
In den Locken Epheuranken,
Trinkt, bis alle Welten schwanken,
Trinkt, bis alle Welten schwanken! –

CÄSAR.
Was wollt ihr mehr? Gut' Nacht, Pompejus! Bruder
Gehn wir, ich bitt' Euch: unser ernst Geschäft
Zürnt diesem Leichtsinn. Werte Herrn, brecht auf,
Ihr seht, die Wangen glühn. Selbst Enobarbus
Ist schwächer als der Wein; auch meine Zunge
Spaltet die Worte; wilder Taumel hat uns
Zu Gecken fast vermummt. Was red' ich hier?
Gut' Nacht!
Die Hand, Antonius! Ich bring' Euch ans Land.
ANTONIUS. Gut, gebt die Hand, Herr!
POMPEJUS. O Anton, Ihr habt
Des Vaters Haus: was tut's, wir sind ja Freunde! –
Kommt jetzt ins Boot!
ENOBARBUS. Nehmt euch in acht und fallt nicht!
Pompejus, Cäsar, Antonius und Gefolge ab.
Menas, ich will nicht mit.
MENAS. Komm zur Kajüte!
He, unsre Trommeln, Flöten, Zymbeln, he!
Hör' es, Neptun, welch lauten Abschied wir
Diesen Gewalt'gen bringen; blast, so blast doch! –
Trompeten und Trommeln.
ENOBARBUS. Hallo! die Mützen schwenkt!
MENAS. Brav, wackrer Kriegsmann!
Kommt! –
Gehn ab.

Dritter Aufzug

Erste Szene

Eine Ebene in Syrien.
Ventidius tritt auf, wie nach einem Siege; mit ihm Silius und andre römische Hauptleute und Soldaten; vor ihnen wird der Leichnam des Pacorus getragen.

VENTIDIUS.
So, kühnes Parthien, schlug ich dich, und so
Erwählte mich das Glück, des Crassus Tod
Zu rächen. Tragt den toten Königssohn
Dem Heer voran! Orodes, dein Pacorus
Zahlt dies für Crassus.
SILIUS. Würdiger Ventidius!
Weil noch vom Partherblute raucht dein Schwert,
Folge den flücht'gen Parthern schnell durch Medien,
Mesopotamien und in alle Schluchten,
Wohin die Flucht sie trieb: Dann hebt dein Feldherr
Antonius auf den Siegeswagen dich
Und kränzt dein Haupt mit Lorbeern.
VENTIDIUS. Silius, Silius! –
Ich tat genug. Ein Untergebner, merk' es,
Glänzt leicht zu hell; denn wisse dies, o Silius: –
Besser nichts tun, als zu viel Ruhm erwerben
Durch tapfre Tat, wenn unsre Obern fern.
Cäsar und Marc Anton gewannen stets
Durch Diener mehr als durch sich selber. Sossius,
Sein Hauptmann (der vor mir in Syrien stand),
Verlor, weil ihn zu schnell der Ruf erhob,
Den er erlangt im Umsehn, seine Gunst.
Wer mehr im Krieg tut, als sein Feldherr kann,
Wird seines Feldherrn Feldherr; und der Ehrgeiz,
Des Kriegers Tugend, wählt Verlust wohl lieber,
Als Sieg, der ihn verdunkelt.
Ich könnte mehr tun zu Antonius' Vorteil,
Doch würd's ihn kränken; und in seiner Kränkung
Verschwände mein Bemühn.
SILIUS. Du hast, Ventidius,
Was, fehlt es ihm, den Krieger und sein Schwert
Kaum unterscheiden läßt. – Schreibst du dem
Marc Anton?
VENTIDIUS.
Ich meld' in Demut, was in seinem Namen,
Dem mag'schen Feldgeschrei, uns dort gelang:
Wie sein Panier, sein wohlbezahltes Heer
Die nie besiegte parth'sche Reiterei
Mit Schmach vom Feld gejagt.
SILIUS. Wo ist er jetzt?
VENTIDIUS.
Er wollte nach Athen: und dort mit so viel Eil',
Als unsers Zugs Beschwer vergönnen will,
Erscheinen wir vor ihm. Nun vorwärts, Leute! weiter!
Ab.

Zweite Szene

Rom. Ein Vorzimmer in Cäsars Hause.
Agrippa und Enobarbus begegnen einander.

AGRIPPA. Wie! trennten sich die Brüder?
ENOBARBUS. Sie sind eins mit Pompejus; er ist fort,
Die andern unterzeichnen. Octavia weint,
Von Rom zu gehn; Cäsar ist traurig; Lepidus
(Wie Menas sagt) hat seit Pompejus' Schmaus
Die Bleichsucht.
AGRIPPA. Ei, du wackrer Lepidus! –
ENOBARBUS.
Ausbündigstes Gemüt! Wie liebt er Cäsarn! –
AGRIPPA.
Und wie entzückt ihn vollends Marc Anton! –
ENOBARBUS. Cäsar? Das ist der Jupiter der
Menschheit!

AGRIPPA. Und Marc Anton? Der Gott des Jupiter! –
ENOBARBUS.
Spracht Ihr vom Cäsar? Oh, der nie Erreichte! –
AGRIPPA. Und Marc Anton? Der Phönix aus Arabien!
ENOBARBUS.
Cäsarn zu loben sprecht: »Cäsar!« Nichts mehr! –
AGRIPPA. Ja, beiden spendet er erhabnes Lob.
ENOBARBUS.
Doch Cäsarn mehr. Zwar liebt er auch Anton:
Nicht Herz, Wort, Griffel, Schreiber, Bard' und Dichter,
Denkt, spricht, malt, schreibt, singt, reimt, was er empfindet
Für Marc Anton: doch nennt Ihr Cäsarn, kniet,
Kniet nieder, kniet und staunt!
AGRIPPA. Er liebt sie beide.
ENOBARBUS.
Sie sind ihm schwere Flügel, er ihr Käfer. –
Trompetenstoß.
So
Das heißt zu Pferd! Leb wohl, edler Agrippa! –
AGRIPPA.
Viel Glück, mein wackrer Krieger, und lebt wohl! –
Es treten auf Cäsar, Antonius, Lepidus und Octavia.
ANTONIUS. Nicht weiter, Herr! –
CÄSAR.
Ihr nehmt von mir ein groß Teil von mir selbst;
Ehrt mich in ihm! Schwester, sei solch ein Weib,
Wie dich mein Herz gedacht, mein höchstes Pfand
Dir Bürgschaft leisten möchte. Mein Anton,
Laß nie dies Stärkungsmittel – zwischen uns
Als unsrer Liebe Mörtel eingesetzt,
Sie fest zu gründen, – Mauerbrecher werden,
Sie zu zerschmettern. Besser dann für uns
Wir liebten ohne sie, wenn beide nicht
Dies Mittel heilig achten.
ANTONIUS. Kränkt mich nicht
Durch Mißtraun!
CÄSAR. Nun genug.
ANTONIUS. Nie geb' ich Euch,
So fein Ihr prüfen mögt, den kleinsten Anlaß
Zu solcher Furcht. So schützen dich die Götter,
Und lenken deinem Wunsch die Herzen Roms! –
Wir scheiden hier! –
CÄSAR. Leb wohl, geliebte Schwester, lebe wohl!
Die Elemente sei'n dir hold, sie stärken
Mit frohem Mut dein Herz! Gehab' dich wohl!
OCTAVIA. Mein edler Bruder! –
ANTONIUS. April ist dir im Aug', der Liebe Lenz,
Und Tränen sind der Regen, die ihn künden!
Blick heiter!
OCTAVIA. Oh, sorge doch für meines Gatten Haus,
Und ...
CÄSAR. Wie, Octavia?
OCTAVIA. ... heimlich sag' ich's dir.
ANTONIUS.
Ihr Mund gehorcht dem Herzen nicht, noch kann
Das Herz die Zunge meistern: wie des Schwans
Flaumfeder steht auf hochgeschwellter Flut
Und sinkt auf keine Seite.
ENOBARBUS. Wird Cäsar weinen?
AGRIPPA. Wolken stehn im Auge! –
ENOBARBUS.
Das wäre schlimm genug, wär' er ein Pferd;
So mehr für einen Mann.
AGRIPPA. Wie, Enobarbus?
Antonius, als er Cäsarn sah erschlagen,
Da schluchzt' er bis zum Schrei, und weinte auch
Über des Brutus Leiche bei Philippi.
ENOBARBUS.
Nun, in dem Jahre hatt' er wohl den Schnupfen!
Was er mit Lust zerstört, netzt' er mit Tränen?
Das glaubt, wenn ich auch weine!
CÄSAR. Nein, teure Schwester!
Stets sollst du von mir hören; keine Zeit
Soll dein Gedächtnis tilgen.
ANTONIUS. Kommt nun, kommt!
Laßt mich mit Euch in Kraft der Liebe ringen,
Seht, so noch halt' ich Euch: so lass' ich los,
Und gebe Euch den Göttern.
CÄSAR. Geht! Seid glücklich! –
LEPIDUS. Die ganze Schar der Stern' umleuchte dir
Den heitern Pfad! –
CÄSAR. Leb wohl! Leb wohl!
Umarmt Octavia.
ANTONIUS. Leb wohl!
Trompetenstoß. Alle ab.

Dritte Szene

Alexandria. Ein Zimmer im Palast.
Es treten auf Cleopatra, Charmion, Iras und Alexas.

CLEOPATRA. Wo ist der Mensch?
ALEXAS. Er fürchtet sich, zu kommen.
CLEOPATRA. Nur zu, nur zu: tritt näher, Freund!
Bote tritt auf.
ALEXAS. Monarchin,
Herodes von Judäa scheut dein Auge,
Wenn du nicht lächelst.
CLEOPATRA. Des Herodes Haupt
Verlang' ich: aber wie? wer kann mir's schaffen,
Seit Marc Anton nicht hier ist? – Komm, nur näher!
BOTE. Huldreiche Majestät ...
CLEOPATRA. Hast du Octavien
Selber gesehn?
BOTE. Ja, Herrin.
CLEOPATRA. Wo?
BOTE. In Rom.
Ich sah ihr ins Gesicht; sah sie geführt
Von ihrem Bruder und vom Marc Anton.
CLEOPATRA. Ist sie so groß als ich?
BOTE. Nein, gnäd'ge Fürstin.
CLEOPATRA. Und ihre Sprache? Ist tief sie oder hell?
BOTE. Ich hörte, wie sie sprach: mit tiefer Stimme.
CLEOPATRA.
Dann klingt's nicht gut, dann liebt er sie nicht lang'.
CHARMION.
Sie lieben? Nun, bei Isis, ganz unmöglich!
CLEOPATRA. Das hoff' ich, Charmion! dumpf von Stimm' und zwerghaft!
Ist Majestät in ihrem Gang? Besinn' dich,

Wenn du je Majestät gesehn!
BOTE. Sie kriecht;
Ihr Stillstehn und Bewegen sind fast eins;
Sie zeigt sich mehr ein Körper als ein Leben,
Mehr Bildnis als beseelt.
CLEOPATRA. Ist das gewiß?
BOTE. Sonst fehlt mir Scharfblick.
CHARMION. Drei in ganz Ägypten
Bemerken besser nicht.
CLEOPATRA. Er zeigt Verstand,
Das seh' ich wohl. Von der ist nicht zu fürchten: –
Der Mensch hat gutes Urteil.
CHARMION. Ausgezeichnet! –
CLEOPATRA. Wie alt wohl mag sie sein?
BOTE. Sie war
Schon Witwe, Fürstin.
CLEOPATRA. Witwe? Charmion, hörst du? –
BOTE. Auf dreißig schätz' ich sie.
CLEOPATRA.
Schwebt dir ihr Antlitz vor? lang oder rund?
BOTE. Ganz übertrieben rund.
CLEOPATRA. Solche Gesichter
Verraten meist auch Einfalt. Was für Haar? –
BOTE. Braun, Fürstin, und so niedrig ihre Stirn,
Wie man's nur sehn mag.
CLEOPATRA. Nimm, da hast du Gold! –
Du mußt mein Eifern von vorhin vergessen; –
Ich geb' dir Briefe mit zurück; du scheinst mir
Sehr brauchbar in Geschäften. Mach' dich fertig;
Die Briefe sind bereit.

Bote ab.

CHARMION. Ein hübscher Mann! –
CLEOPATRA. Das ist er auch; und ich bereue sehr,
Daß ich ihn so gerauft. Nun, so nach ihm
Kann das Geschöpf nicht viel bedeuten.
CHARMION. Gar nichts.
CLEOPATRA.
Er sah doch Majestät, und muß sie kennen.
CHARMION.
Ob er sie sah! Nun, Isis mög' ihm helfen,
So lang' in Euerm Dienst! –
CLEOPATRA.
Ich muß ihn eins noch fragen, gute Charmion:
Doch tut es nichts. Geh, bring' ihn auf mein Zimmer,
Da will ich schreiben. Noch vielleicht gelingt's!
CHARMION. Fürstin, verlaßt Euch drauf!

Gehn ab.

Vierte Szene

Athen. Zimmer in Antonius' Hause.
Antonius und Octavia treten auf.

ANTONIUS. Nein, nein, Octavia; 's ist nicht das allein;
Das wär' verzeihlich: das und tausend andres
Von gleicher Art. Doch neuen Krieg begann er
Wider Pompejus; las sein Testament
Dem Volke vor;
Sprach leicht von mir, und mußt' er mein durchaus
Ruhmvoll erwähnen, tat er's doch nur kalt
Und matt, und brauchte höchst verkleinernd Maß.
Den nächsten Anlaß nahm er nicht, und mußt' er,
Geschah's nur nebenher.
OCTAVIA. O teurer Gatte,
Glaub, doch nicht allem; oder, mußt du glauben,
Nimm's nicht als Kränkung! Unglücksel'ger stand
(Trennt ihr euch jetzt) kein Weib je zwischen zweien,
Für beide betend;
Die guten Götter werden meiner spotten,
Fleh' ich zu ihnen: »Schützet meinen Bruder«,
Und widerruf' es mit gleich lautem Flehn:
»Schützt den Gemahl!« Mag Gatte, Bruder siegen,
Zerstört Gebet das Beten; kein Vermitteln
Liegt zwischen diesem Äußersten.
ANTONIUS. O Teure,
Schenk' deine beste Liebe dem, der ihr
Den besten Schutz verheißt. Die Ehre missen,
Heißt alles missen. Besser, nicht der Deine,
Als dein so schmuckberaubt. Doch, wie du's batest,
Sei Botin zwischen uns; derweil, Octavia,
Will ich die Rüstung ordnen diesem Krieg,
Der deinem Bruder Schmach bringt. Eiligst fort;
So wird dir, was du wünschest.
OCTAVIA. Dank, mein Gatte!
Der Weltregierer mache mich, die Schwächste,
Euch zur Versöhnerin! – Krieg zwischen euch,
Das wär', als spaltete die Welt, und Leichen
Füllten die weite Kluft! –
ANTONIUS.
Wenn du es einsiehst, wer den Zwist begann,
Lenk' dorthin deinen Tadel. – Unsre Schuld
Kann nicht so gleich sein, daß sich deine Liebe
Gleichmäßig teilte. Nun betreib' die Reise,
Wähl' dein Gefolge selbst, und wie viel Aufwand
Dir irgend nur beliebt!

Gehn ab.

Fünfte Szene

Ein anderes Zimmer daselbst.
Enobarbus und Eros, einander begegnend.

ENOBARBUS. Was gibt es, Freund Eros?
EROS. Herr, man hört seltsame Neuigkeiten.
ENOBARBUS. Was denn?
EROS. Cäsar und Lepidus haben dem Pompejus Krieg erklärt.
ENOBARBUS.
Das ist etwas Altes. Wie war der Ausgang?
EROS. Cäsar, nachdem er ihn im Krieg wider Pompejus gebraucht, verweigert ihm jetzt alle Mitgenossenschaft; läßt ihm keinen Teil an dem Ruhm des Feldzugs; und damit nicht zufrieden, beschuldigt er ihn, vormals dem Pompejus Briefe geschrieben zu haben; auf seine eigne Anklage setzt er ihn fest, und so ist's nun mit dem armen dritten Mann vorbei, bis Tod sein Gefängnis öffnet.
ENOBARBUS.
So wollt' ich denn, du wärst der einz'ge Rachen!
Werft ihm die ganze Welt als Futter hin,
So schlingt er alles. Wo ist Marc Anton?
EROS. Er geht im Garten – so: stößt mit dem Fuß

Die Binsen vor sich her; ruft: »Lepidus! du Tor!«
Und droht der Gurgel des Soldaten, der
Pompejus schlug.
ENOBARBUS. Die Flott' ist segelfertig.
EROS. Wider Italien und den Cäsar. – Eins noch:
Anton verlangt Euch jetzt; die Neuigkeit
Konnt' ich Euch später sagen.
ENOBARBUS. 's wird nichts sein:
Doch woll'n wir sehn. Führ' mich zu ihm!
EROS. So komm!

Gehn ab.

Sechste Szene

Rom. Zimmer in Cäsars Hause.
Es treten auf Cäsar, Agrippa und Mäcenas.

CÄSAR. Rom zur Verhöhnung tat er dies und mehr.
In Alexandria (hier schreibt man mir's)
Thronten auf offnem Markt, vor allem Volk,
Cleopatra und er auf goldnen Stühlen
Und silbernem Gerüst: zu ihren Füßen
Cäsarion, meines Vaters Sohn genannt,
Und all die Bastardbrut, die ihre Lust
Seitdem erzeugt. Zur Herrschaft von Ägypten
Gab er ihr Cypern, Niedersyrien, Lydien,
Als einer unumschränkten Königin.
MÄCENAS. Dies vor den Augen alles Volks?
CÄSAR. Auf öffentlicher Bühne, wo sie spielen,
Setzt er zu Kön'gen über Kön'ge seine Söhne:
Großmedien, Parthien und Armenien
Gab er dem Alexander; Ptolemäus
Syrien, Cilicien und Phönizien. Sie
Trug an dem Tag der Göttin Isis Kleid,
In dem sie oft zuvor, wie man erzählt,
Gehör erteilt.
MÄCENAS. Die Nachricht laßt in Rom
Verbreiten!
AGRIPPA. Längst durch seinen Übermut
Verstimmt, wird es ihm seine Gunst entziehn.
CÄSAR.
Das Volk erfuhr's, und hat von ihm nun gleichfalls
Die Klag' erhalten.
AGRIPPA. Wen beschuldigt er?
CÄSAR. Cäsarn: Zuerst, daß, als Sizilien wir
Pompejus nahmen, wir nicht abgeteilt
Für ihn die Hälfte: daß er Schiffe mir
Geliehn, und nicht zurück erhielt; dann zürnt er,
Daß Lepidus aus dem Triumvirat
Entsetzt ward, und wir auf sein ganz Vermögen
Beschlag gelegt.
AGRIPPA. Darauf müßt Ihr erwidern.
CÄSAR.
Das ist geschehn, ich sandte schon den Boten.
Lepidus, schrieb ich, sei zu grausam worden;
Gemißbraucht hab' er seine hohe Macht,
Und diesen Fall verdient. Was ich erobert,
Das woll' ich teilen; doch verlang' ich auch
Ein Gleiches für Armenien und die andern
Besiegten Reiche.
MÄCENAS. Nimmer räumt er's ein.
CÄSAR. So wird das andre ihm nicht eingeräumt.

Octavia tritt auf.

OCTAVIA.
Heil Cäsarn, meinem Herrn! Heil, teurer Cäsar!
CÄSAR. Daß ich dich je Verstoßne mußte nennen! –
OCTAVIA.
Du nanntest nicht mich so, noch hast du Grund.
CÄSAR. Stahlst du dich heimlich nicht hieher? Du kommst nicht
Wie Cäsars Schwester! Des Antonius Weib
Mußt' uns ein Heer anmelden, und das Wiehern
Der Rosse ihre Ankunft uns verkünden,
Lang' eh' sie selbst erschien: die Bäum' am Wege
Besetzt mit Menschen sein, Erwartung schmachten
In sehnlichem Verlangen: ja, der Staub
Mußte zum Dach des Himmels sich erheben,
Erregt vom Volksgewühl! Allein du kommst
Gleich einer Bäu'rin her nach Rom, die Huld'gung
Vereitelnd unsrer Gunst, die, nicht gezeigt,
Oft ungeliebt bleibt. Dich begrüßen sollten
Gestad' und Meer, auf jeder Ruhestätte
Mit neuem Prunk dich feiernd.
OCTAVIA. Teurer Bruder,
Nicht kam ich so, weil man mich zwang; ich tat's
Aus freier Wahl. Antonius, mein Gebieter,
Von deiner Rüstung hörend, gab mir Nachricht
Der bösen Zeitung; und sogleich begehrt' ich
Urlaub zur Heimkehr.
CÄSAR. Den er gern gewährt,
Weil zwischen ihm und seiner Lust du standst!
OCTAVIA. Denke nicht so!
CÄSAR. Ich faßt' ihn wohl ins Auge,
Mir bringt der Wind von seinem Tun die Kunde.
Wo ist er jetzt?
OCTAVIA. Noch in Athen, mein Bruder! –
CÄSAR. Nein, schwer gekränkte Schwester. Cleopatra
Hat ihn zu sich gewinkt. Er gab sein Reich
An eine Metze, und nun werben sie
Der Erde Kön'ge für den Krieg. Ihm folgen
Bochus, König von Libyen; Archelaus
Von Kappadozien; Philadelphus, König
Von Paphlagonien; Thraziens Fürst Adallas;
Fürst Malchus von Arabien; der von Pontus;
Herodes von Judäa, Mithridat
Von Kommagene: – Polemon und Amintas,
Der Lykaonier und der Meder Fürsten,
Und noch viel andre Szepter.
OVTAVIA. Ach, ich Ärmste,
In deren Herz sich zwei Geliebte teilen,
Die bittre Feindschaft trennt! –
CÄSAR. Sei hier willkommen!
Nur deine Briefe hemmten noch den Ausbruch,
Bis wir zugleich erkannt, wie man dich täuschte
Und Säumnis uns gefährde. Sei getrost,
Dich kümmre nicht der Zeitlauf, dessen strenge
Notwendigkeit dein friedlich Glück bedroht.
Nein, schau den vorbestimmten Schicksalsgang
Jetzt ohne Tränen; sei gegrüßt in Rom,
Teurer als je! Weit über alles Maß
Wardst du gekränkt; und die erhabne Gottheit
Macht, dich zu rächen, uns zu ihren Dienern

Und alle, die dich lieben. Teures Leben,
Sei immer uns gegrüßt!

AGRIPPA. Gegrüßt, Verehrte!

MÄCENAS. Gegrüßt, erhabne Frau!
Ganz Rom ist Euch ergeben und beklagt Euch;
Nur Marc Anton, im frechen Ehebruch
Und allem Greu'l vermessen, stößt Euch aus,
Und gibt sein Szepter einer Buhlerin
Als Waffe wider uns.

OCTAVIA. Ist dies die Wahrheit?

CÄSAR.
Nur zu gewiß. Willkommen, Schwester: bitt' dich,
Bleib' standhaft und geduldig! – Liebste Schwester! –

Alle ab.

Siebente Szene

Antonius' Lager bei dem Vorgebirge Aktium.
Cleopatra und Enobarbus treten auf.

CLEOPATRA. Ich werde dir's gedenken, zweifle nicht! –

ENOBARBUS. Warum? warum denn? –

CLEOPATRA.
Du widersprachst, daß ich zum Kriege folgte,
Und sagt'st, es zieme nicht?

ENOBARBUS. Nun, ziemt es denn?

CLEOPATRA.
Warum – rechtfert'ge dich – warum nicht zög' ich
Mit ihm ins Feld?

ENOBARBUS *beiseit.* Ei nun, ich könnt' erwidern,
Wenn wir mit Stuf und Hengst zusammen auszìehn,
Dann sei der Hengst zuviel; die Stute trüge
Den Reiter und sein Roß.

CLEOPATRA. Was sagst du da?

ENOBARBUS.
Eu'r Beisein muß durchaus Anton verwirren
Und ihm an Herz und Hirn und Zeit entwenden,
Was dann höchst unentbehrlich. Zeiht man doch
Ihn schon des Leichtsinns, und erzählt in Rom,
Photinus, der Eunuch, und Eure Weiber
Regierten diesen Krieg.

CLEOPATRA. Fluch Rom! Verdorren
Die Zungen dieser Läst'rer! Unser ist
Der Krieg, und als der Vorstand meines Reichs
Streit' ich in ihm als Mann. Sprich nicht dagegen,
Ich bleibe nicht zurück.

ENOBARBUS. Ich sage nichts;
Hier kommt der Imperator.

Antonius und Canidius treten auf.

ANTONIUS. Wie seltsam ist's, Canidius,
Wie konnt' er von Tarent doch und Brundusium
So schnell durchschneiden das Ion'sche Meer
Und Toryn nehmen? Hörtest du's, Geliebte?

CLEOPATRA.
Geschwindigkeit wird nie so sehr bewundert.
Als von Saumseligen.

ANTONIUS. Ein guter Vorwurf,
Wie er dem besten Manne wohl geziemt,
Nachlässigkeit zu rügen. – Wir, Canidius,
Bekämpfen ihn zur See.

CLEOPATRA. Zur See! Wie sonst? –

CANIDIUS. Warum denn das, mein Feldherr?

ANTONIUS. Weil er uns dorthin fordert.

ENOBARBUS.
Mein Fürst hat auch zum Treffen ihn gefordert.

CANIDIUS. Und bei Pharsalia diese Schlacht zu liefern,
Wo Cäsar mit Pompejus focht: doch beides,
Weil's ihm nicht vorteilhaft, weist er zurück;
So solltet Ihr!

ENOBARBUS. Die Flott' ist schlecht bemannt:
Eu'r Schiffsvolk Landsoldaten, Bauern, Leute
In flücht'ger Eil' geworben; Cäsars Mannschaft
Dieselbe, die Pompejus oft bekämpft,
Leicht seine Segler, Eure schwer. Kein Unheil
Erwächst für Euch, wenn Ihr zur See ihn meidet;
Zu Lande seid Ihr stark.

ANTONIUS. Zur See! Zur See! –

ENOBARBUS.
O großer Mann! dadurch vernichtest du
Dein' unerreichte Feldherrnkunst zu Land;
Verwirrst dein Heer, von dem die größte Zahl
Erprobtes Fußvolk ist: unangewandt
Bleibt deine Kriegeskenntnis: du verfehlst
Den Weg, der dir Erfolg verheißt, und gibst
Dich selbst dem eitlen Glück und Zufall hin
Statt fester Sicherheit!

ANTONIUS. Zur See! –

CLEOPATRA. Ich bring'
Euch sechzig Segel, Cäsar hat nicht beßre.

ANTONIUS.
Der Schiffsmacht Überzahl verbrennen wir,
Und mit dem wohlbemannten Rest, am Vorland
Von Aktium, schlag' ich Cäsarn. Fehlt es uns,
Dann sei's zu Lande noch versucht! –

Ein Bote tritt auf.

Was bringst du?

BOTE. Es ist bestätigt, Herr, man sah ihn selbst,
Cäsar nahm Toryn ein.

ANTONIUS.
Kann er persönlich dort sein? 's ist unmöglich.
Schon viel, wenn nur sein Heer es ist. Canidius,
Du bleibst am Land mit neunzehn Legionen
Und den zwölftausend Pferden; wir gehn an Bord.

Ein Soldat tritt auf.

Komm, meine Thetis! – Nun, mein würd'ger
Kriegsmann?

SOLDAT. Oh, Imperator! Fechtet nicht zur See,
Baut nicht auf morsche Planken! Traut Ihr nicht
Dem Schwert und diesen Wunden? Laßt die Syrer
Und die Ägypter wie die Enten tauchen:
Wir lernten siegen auf dem festen Grund
Und fechtend Fuß an Fuß.

ANTONIUS. Schon gut! Hinweg! –

Cleopatra, Antonius und Enobarbus ab.

SOLDAT. Beim Herkules! Mir deucht, ich habe recht.

CANIDIUS.
Das hast du, Freund. Doch all sein Tun keimt nicht
Aus eigner Macht: So führt man unsern Führer,
Und wir sind Weiberknechte.

SOLDAT. Ihr behaltet
Zu Land das Fußvolk und die Reiter alle? –

CANIDIUS. Marcus Octavius und Marcus Justejus,

Publicola und Cälius sind zur See;
Wir alle stehn am Lande. Diese Eil'
Des Cäsar ist unglaublich.
SOLAT. Seine Macht
Zog so vereinzelt sich aus Rom, daß er
Die Späher täuschte.
CANIDIUS. Wißt Ihr, wer sie führt?
SOLDAT. Man nannte Taurus.
CANIDIUS. Der ist mir bekannt.

Ein Bote kommt.

BOTE. Der Imperator läßt Canidius rufen.
CANIDIUS. Die Zeit ist Neuigkeiten-schwanger; stündlich
Gebiert sie eine.

Alle ab.

Achte Szene

Eine Ebene bei Aktium.
Cäsar, Taurus, Hauptleute und Gefolge treten auf.

CÄSAR. Taurus! –
TAURUS. Herr?
CÄSAR. Kämpf nicht zu Lande; bleib' geschlossen:
Beut nicht die Schlacht, bis sich's zur See entschied;
Durchaus nicht übertrete dies Gebot!
Auf diesem Wurf steht unser Glück.

Gehn ab.

Antonius und Enobarbus treten auf.

ANTONIUS. Stellt unsre Scharen hinterm Hügel auf,
Im Angesicht von Cäsars Heer: Von dort
Läßt sich die Zahl der Segel übersehn,
Und dem gemäß verfahren.

Gehn ab.

Von der einen Seite Canidius mit seinen Landtruppen über die Bühne ziehend; von der andern Taurus, Cäsars Unterfeldherr. Nachdem sie vorbeimarschiert sind, hört man das Getöse einer Seeschlacht. Feldgeschrei. Enobarbus kommt zurück.

ENOBARBUS. Schmach, Schmach! O Schmach!
Ich kann's nicht länger sehn!
Die Antoniad', Ägyptens Admiralschiff,
Mit allen sechz'gen flieht und kehrt das Ruder:
Dies sehn, verzehrt die Augen mir! –

Scarus tritt auf.

SCARUS. O Götter und Göttinnen!
O Ratsversammlung aller Himmelsscharen! –
ENOBARBUS. Warum so außer dir?
SCARUS. Das größre Eckstück dieser Welt, verloren
Durch baren Unverstand; wir küßten weg
Provinzen und Königreiche!
ENOBARBUS. Wie schaut das Treffen?
SCARUS. Auf unsrer Seite wie gebeulte Pest,
Wo Tod gewiß. Die Schandmähr' aus Ägypten –
Der Aussatz treffe sie! In Kampfes Mitte,
Als Vorteil wie ein Zwillingspaar erschien,
Sie beide gleich, ja älter fast der unsre, –
Die Brems' auf ihr, wie eine Kuh im Junius,
Hißt alle Segel auf und flieht.
ENOBARBUS. Ich sah's;
Mein Aug' erkrankte, wie's geschah; nicht konnt' es
Ertragen, mehr zu schaun.
SCARUS. Sie kaum gewandt,
Als ihres Zaubers edler Wrack, Antonius,
Die Schwingen spreitend wie ein brünst'ger Entrich,
Die Schlacht verläßt auf ihrer Höh', und fliegt
Ihr nach: –
Noch nimmer sah ich eine Tat so schändlich;
Erfahrung, Mannheit, Ehre hat noch nie
Sich selber so vernichtet! –
ENOBARBUS. Weh uns! weh! –

Canidius tritt auf.

CANIDIUS. Zur See ist unser Glück ganz außer Atem
Und sinkt höchst jammervoll. War unser Feldherr heut
Nur, wie er selbst sich kannte, ging es gut!
Oh, er hat Beispiel unsrer Flucht gegeben,
Höchst schmählich, durch die eigne! –
ENOBARBUS *beiseit:*
Ho! steht die Sache so? Dann freilich ist
Es aus.
CANIDIUS. Zum Peloponnes sind sie entflohn.
SCARUS. Der läßt sich bald erreichen; dort erwart' ich,
Was weiter folgt.
CANIDIUS. Ich überliefre Cäsarn
Die Reiter und Legionen; schon sechs Kön'ge
Zeigten, wie man die Waffen streckt.
ENOBARBUS. Noch will ich
Dem wunden Glück Antonius' folgen, hält
Vernunft schon mit dem Gegenwind die Richtung.

Gehn ab.

Neunte Szene

Alexandrien. Ein Zimmer im Palast.
Antonius tritt auf, von einigen Dienern begleitet.

ANTONIUS.
Horch! Mir verbeut der Boden, ihn zu treten,
Er schämt sich, mich zu tragen! Freunde, kommt:
Bin ich doch so verspätet in der Welt,
Daß ich den Weg verlor auf ewig. Nehmt
Mein Schiff mit Gold beladen; teilt es, flieht,
Und macht mit Cäsar Frieden!
ALLE. Fliehn? Nicht wir! –
ANTONIUS.
Ich selber floh, und lehrte Memmen fliehn
Und ihren Rücken zeigen. Freunde, geht:
Zu neuer Laufbahn hab' ich mich entschlossen,
Die euer nicht bedarf: drum geht,
Mein Schatz liegt dort im Hafen, nehmt ihn! – Oh,
Dem folgt' ich, was mich rot macht es zu schaun;
Ja selbst mein Haar empört sich; denn das weiße
Tadelt des braunen Raschheit, dies an jenem
Feigheit und Wahnwitz! – Freunde, geht! Ich will
Euch Brief' an solche geben, die den Weg
Euch ebnen sollen. Bitt' euch, seid nicht traurig,
Erwidert nicht mit Trübsinn, nehmt die Weisung,
Die mir Verzweiflung rät: verlassen sei,
Was selber sich verläßt! Geht stracks zur See,
Ich schenk' euch jenes Schiff und alles Gold. –
Laßt mich, ich bitt', ein wenig: ich bitt' euch jetzt,

O tut's! denn mein Befehl ist nun zu Ende,
Drum bitt' ich euch. – Ich folg' euch augenblicks.

Er setzt sich nieder.

Cleopatra, geführt von Charmion und Iras, und Eros treten auf.

EROS. O güt'ge Frau, zu ihm! O tröstet ihn! –
IRAS. Tut es, geliebte Fürstin!
CHARMION. Ja, tut es: was auch sonst?
CLEOPATRA. Laß mich niedersitzen! O Juno!
ANTONIUS. Nein, nein, nein, nein! –
EROS. Seht Ihr hier, o Herr?
ANTONIUS. O pfui, pfui, pfui! –
CHARMION. Gnädige Frau! –
IRAS. O Fürstin, güt'ge Kaiserin! –
EROS. Herr, Herr! –
ANTONIUS. Ja, Herr, o ja! – Er, zu Philippi, führte
Sein Schwert recht wie ein Tänzer, während ich
Den hagern, finstern Cassius schlug! Ich fällte
Den tollen Brutus; er ließ andre handeln
An seiner Statt und hatte nicht Erfahrung
Im wackern Kampf des Felds. Doch jetzt, – es tut nichts! –
CLEOPATRA. Oh, steht zurück! –
EROS. Die Königin, Herr, die Königin!
IRAS. Geht zu ihm, Fürstin, sprecht zu ihm! –
Er ist sich selbst entfremdet vor Beschämung! –
CLEOPATRA. Nun wohl denn, – führt mich: – Oh!
EROS. Erhabner Herr, steht auf: die Königin naht,
Ihr Haupt gesenkt: der Tod ergreift sie, – nur
Durch Euren Trost kann sie genesen.
ANTONIUS. Verletzt hab' ich die Ehre: –
So schändlich zu entfliehn!
EROS. Die Fürstin, Herr ...
ANTONIUS.
Oh, wohin bracht'st du mich, Ägypten? Sieh,
Wie ich die Schmach entziehe deinem Auge
Und seh' zurück auf das, was ich verließ,
Zerstört in Schande! –
CLEOPATRA. O mein teurer Herr,
Vergib den scheuen Segeln! Nimmer glaubt' ich,
Du würdest folgen.
ANTONIUS. Wußt'st du nicht, Ägypten,
Mein Herz sei an dein Steuer fest gebunden,
Und daß du nach mich rissest? Ha, du kanntest
Die Oberherrschaft über meinen Geist,
Und daß dein Wink vom göttlichen Gebot
Zurück mich herrschte!
CLEOPATRA. Oh, verzeih'!
ANTONIUS. Nun muß ich
Dem jungen Mann demüt'gen Vorschlag senden,
Mich windend krümmen niedrigem Vertrag,
Ich, dessen Laune mit des Weltballs Wucht gespielt,
Schicksale schaffend und vernichtend. Ja, du wußtest,
Wie du so ganz mein Sieger warst, und daß
Mein Schwert, entherzt durch meine Lieb', ihr blind
Gehorchen würde.
CLEOPATRA. O vergib, vergib!
ANTONIUS. Laß keine Träne fallen! Eine zahlt
Gewinn so wie Verlust; gib einen Kuß,
Schon dies vergilt mir alles. – Unsern Lehrer sandt' ich;
Kam er zurück? Ich fühl' mich schwer wie Blei;
Bringt etwas Wein und Speise! – Glück, du weißt,
Triffst du uns hart, so trotzen wir zumeist.

Alle ab.

Zehnte Szene

Cäsars Lager in Ägypten.
Es treten auf Cäsar, Dolabella, Thyreus und andre.

CÄSAR. Der trete vor, der vom Antonius kommt; –
Kennst du ihn?
DOLABELLA. 's ist der Lehrer seiner Kinder:
Das zeigt, wie kahl er ist, entsandt' er uns
Aus seinem Flügel solche dürft'ge Feder,
Er, der vor wenig Monden Könige könnt'
Als Boten schicken.

Euphronius tritt auf.

CÄSAR. Komm heran und sprich!
EUPHRONIUS.
So wie ich bin, komm' ich vom Marc Anton:
Ich war noch jüngst so klein für seine Zwecke,
Wie auf dem Myrtenblatt der Morgentau
Dem Meer verglichen.
CÄSAR. Sei's! Sag deinen Auftrag!
EUPHRONIUS.
Er grüßt dich, seines Schicksals Herrn, und wünscht
Zu leben in Ägypten. Schlägst du's ab,
So mäßigt er die Ford'rung, und ersucht dich,
Gönn' ihm zu atmen zwischen Erd' und Himmel
Als Bürger in Athen. So viel von ihm.
Dann: Cleopatra huldigt deiner Macht,
Beugt sich vor deiner Größ', und fleht von dir
Der Ptolemäer Reif für ihre Söhne,
Als Willkür deiner Gnade.
CÄSAR. Für Anton
Bin ich der Ford'rung taub. Der Königin
Wird nicht Gehör noch Zugeständnis fehlen,
Treibt sie hinweg den schmachentstellten Buhlen,
Oder erschlägt ihn hier: vollbringt sie dies,
Sei ihr Gesuch gewährt. So viel für beide. –
EUPHRONIUS.
Das Glück geleite dich!
CÄSAR. Führt ihn durchs Heer!

Euphronius ab.
Zum Thyreus.

Nun zeige deine Rednerkunst; enteile,
Gewinn' Cleopatra ihm ab: versprich
In unserm Namen, was sie heischt, und beut
Nach eignem Sinn weit mehr: Stark sind die Weiber
Im höchsten Glück nicht: Mangel lockt zum Meineid
Selbst der Vestalin Tugend; deine List versuche:
Den Preis der Müh' bestimme selber dir,
Uns sei Gesetz dein Wort!
THYREUS. Cäsar, ich gehe.
CÄSAR.
Betrachte, wie Anton den Riß erträgt,
Und was sein ganz Benehmen dir verkündet
In jeder äußern Regung!
THYREUS. Zähl' auf mich!

Alle ab.

Elfte Szene

Alexandrien. Ein Zimmer im Palast.
Es treten auf Cleopatra, Enobarbus, Charmion und Iras.

CLEOPATRA. Was bleibt uns jetzt noch übrig?
ENOBARBUS. Denken, – sterben.
CLEOPATRA.
Hat dies Antonius, – haben wir's verschuldet?
ENOBARBUS. Anton allein, der seinen Willen machte
Zum Herrscher der Vernunft. Nun, floht Ihr auch
Des Kriegs furchtbares Antlitz, des Geschwader
Einander schreckten: weshalb folgt' er Euch?
Da durfte seiner Neigung Kitzel nicht
Sein Feldherrntum wegspotten, im Moment,
Da halb die Welt der andern Hälfte trotzte,
Und alles ruht' auf ihm! Das war ein Schimpf,
So groß als sein Verlust, als er Euch nachzog
Und ließ die Flotte gaffend.
CLEOPATRA. Bitt' dich, schweig'! –
Antonius tritt auf mit Euphronius.
ANTONIUS. Dies seine Antwort?
EUPHRONIUS. Ja, mein Herr.
ANTONIUS. Die Königin
Soll also Gunst erfahren, wenn sie uns
Verraten will?
EUPHRONIUS. So ist es.
ANTONIUS. Nun, so sag ihr's!
Schick' dies ergrau'nde Haupt dem Knaben Cäsar,
Dann füllt er dein Begehren bis zum Rand
Mit Fürstentümern.
CLEOPATRA. Dieses Haupt, mein Feldherr?
ANTONIUS. Geh wieder hin: Sag ihm, der Jugend Rose
Schmück' ihn, und Großes fordre drum die Welt
Von ihm. – All seine Schätze, Flotten, Heere
Könnt' auch ein Feigling führen, dessen Diener
Auf eines Knaben Wort so leicht wohl siegten,
Als unter Cäsar: drum entbiet' ich ihn,
Sein glänzend Außenwerk beiseit zu tun,
Mit mir Gebeugtem Schwert um Schwert zu fechten,
Er ganz allein. Ich will es schreiben: – Komm!
Antonius und Euphronius ab.
ENOBARBUS.
O ja! Recht glaublich! Cäsar, schlachtenstolz,
Sollte sein Glück vernichten, mit dem Fechter
Den Bühnenkampf versuchen? Ich seh', Verstand
Der Menschen ist ein Teil von ihrem Glück,
Und äußre Dinge ziehn das innre Wesen
Sich nach, daß eines wie das andre krankt. –
Daß er sich's träumen läßt
(Der das Verhältnis kennt), die Fülle Cäsars
Soll seiner Leerheit Rede stehn!
Auch den Verstand hat Cäsar ihm besiegt.
Ein Diener kommt.
DIENER. Botschaft von Cäsar! –
CLEOPATRA. Wie? Nicht mehr Gepränge?
Seht, meine Frau'n,
Die zeigen Ekel der verblühten Rose,
Die vor der Knospe knieten. Laßt ihn ein!
ENOBARBUS *beiseit.*
Die Redlichkeit und ich beginnen Händel:
Die Pflicht, die fest an Toren hält, macht Treue
Zur Torheit selbst: doch wer ausdauern kann,
Standhaft zu folgen dem gefallnen Fürsten,
Besieget den, der seinen Herrn besiegt,
Und erntet einen Platz in der Historie.
Thyreus tritt auf.
CLEOPATRA. Was sendet Cäsar?
THYREUS. Hört mich allein!
CLEOPATRA. Hier stehn nur Freunde: Redet!
THYREUS.
Dann sind's vermutlich Freunde Marc Antons?
ENOBARBUS. Anton bedarf so viel, als Cäsar hat,
Oder bedarf nicht unser. Fordert's Cäsar,
So stürzt mein Herr ihm zu, sein Freund zu sein:
Und wir sind des, dem er gehört, des Cäsar.
THYREUS. Wohlan: –
Vernimm dann, Hochgerühmte, Cäsar wünscht,
Nicht dein Geschick mögst du so sehr bedenken,
Als daß er Cäsar sei!
CLEOPATRA. Fahr' fort: recht fürstlich!
THYREUS. Er weiß, du hast dich dem Anton verbündet,
Aus Neigung minder als gezwungen ...
CLEOPATRA *beiseit.* Oh!
THYREUS.
Die Kränkung deiner Ehre drum beklagt er,
Als unfreiwill'ge Schmach, die du erduldet
Und nicht verdient. –
CLEOPATRA. Er ist ein Gott, und sieht
Die Wahrheit. Meine Ehr' ergab sich nicht,
Nein, ward geraubt.
ENOBARBUS *beiseit.* Das recht genau zu wissen,
Frag' ich Anton. Du Armer wardst so leck,
Wir müssen dich versinken lassen, denn
Dein Liebstes wird dir treulos! –
Ab.
THYREUS. Meld' ich Cäsarn,
Was du von ihm begehrst? Er bittet dringend,
Du mögest fordern, daß er geb'; es freut ihn,
Willst du sein Glück als einen Stab gebrauchen,
Dich drauf zu stützen; doch sein Herz wird glühn,
Erfährt er, daß du Marc Anton verließest,
Und willst dich bergen unter seinem Schirm,
Des großen Weltgebieters.
CLEOPATRA. Wie dein Name?
THYREUS. Mein Nam' ist Thyreus.
CLEOPATRA. Lieber Abgesandter,
Dem großen Cäsar sag, die Hand des Siegers
In diesem Kampfe küss' ich; meine Krone
Leg' ich zu Füßen ihm, und wolle knieend
Von seinem mächt'gen Hauch Ägyptens Schicksal
Vernehmen.
THYREUS. Diesen edlen Weg verfolge,
Wenn Klugheit mit dem Glück den Kampf beginnt,
Und jene wagt nur alles, was sie kann,
Ist ihr der Sieg gewiß. Laß huldreich mich
Auf deiner Hand der Ehrfurcht Pflicht besiegeln!
CLEOPATRA. Der Vater Eures Cäsar
Hat oft, wenn er auf Sturz der Kön'ge sann,
Auf den unwürd'gen Fleck den Mund gedrückt
Mit tausend Küssen.
Antonius und Enobarbus kommen zurück.

ANTONIUS.
Ha! Gunstbezeugung! bei dem Zeus, der donnert,
Wer bist du, Mensch?
THYREUS. Ein Diener dem Gebot
Des allergrößten Manns, des würdigsten,
Sein Wort erfüllt zu sehn.
ENOBARBUS. Man wird dich peitschen.
ANTONIUS.
Heran, du Geier! Nun, Götter und Teufel,
Mein Ansehn schmilzt! Noch jüngst rief ich nur: »Ho!«
Und Könige rannten, wie zum Raufen Buben,
Und riefen: »Was befehlt Ihr?« Hört ihr's? Noch
Bin ich Anton. – Nehmt mir den Schalk und peitscht ihn!
ENOBARBUS.
Ihr spielt noch sichrer mit des Löwen Jungen,
Als mit dem alten sterbenden.
ANTONIUS. Mond und Sterne! –
Peitscht ihn! und wären's zwanzig Bundesfürsten,
Die Cäsarn anerkennen; fand' ich sie
Mit ihrer Hand so frech, – wie heißt sie doch,
Seit sie nicht mehr Cleopatra? Geht, peitscht ihn,
Bis er sein Angesicht verzieht, wie Knaben,
Und wimmert laut um Gnade: Führt ihn fort!
THYREUS. Antonius ...
ANTONIUS. Schleppt ihn weg; ist er gepeitscht,
Bringt ihn zurück! Der Narr des Cäsar soll
Uns ein Gewerb' an ihn bestellen.
Gefolge mit dem Thyreus ab.
Ihr wart halb welk, eh' ich Euch kannte: Ha! –
Ließ ich mein Kissen ungedrückt in Rom,
Entsagt' ich der Erzeugung echten Stamms
Vom Kleinod aller Frau'n, daß diese hier
Mit Sklaven mich beschimpfe?
CLEOPATRA. Teurer Herr! ...
ANTONIUS. Ihr wart von jeher ungetreu und falsch.
Doch wenn wir in der Sünde uns verhärtet,
O Jammer! dann verblenden unsre Augen
Mit eignem Schmutz die Götter; trüben uns
Das klare Urteil, daß wir unsern Irrtum
Anbeten; lachen über uns, wenn wir
Zum Tode hin stolzieren!
CLEOPATRA. Kam's so weit?
ANTONIUS.
Ich fand Euch, einen kaltgewordnen Bissen
Auf Cäsars Teller, ja ein Überbleibsel
Cnejus Pompejus'; andrer heißer Stunden
Gedenk' ich nicht, die Eure Lust sich auflas
Und nicht der Leumund nennt: denn ganz gewiß,
Wenn Ihr auch ahnen mögt, was Keuschheit sei,
Ihr habt sie nie gekannt! –
CLEOPATRA. Was soll mir das?
ANTONIUS.
Daß solch ein Sklav', der wohl ein Trinkgeld nimmt
Und spricht: »Gott lohn' Euch!« keck sich wagt an meine
Gespielin, Eure Hand, dies Königssiegel
Und großer Herzen Pfand! O daß ich stände
Auf Basans Hügel, die gehörnte Herde
Zu überbrüllen! Ward ich doch zum Stier:
Dies sanft verkünden, wär' wie ein armer Sünder,
Der mit umstricktem Hals dem Henker dankt,
Daß er' s so rasch gemacht. –
Diener kommen mit Thyreus zurück.
Ward er gepeitscht? –
DIENER. Recht derb, mein Feldherr.
ANTONIUS. Schrie er? fleht' um Gnade? –
DIENER. Er bat um Schonung.
ANTONIUS.
Hast du 'nen Vater noch, der soll's bereun,
Daß du kein Weib geworden. Dir sei Angst,
Cäsarn in seinem Glück zu folgen, seit
Du für dein Folgen wardst gepeitscht: Fortan
Schreck' dich im Fieber jede Damenhand,
Und schüttle dich der Anblick! Geh zum Cäsar,
Erzähl' ihm deinen Willkomm'; sag ihm ja,
Daß er mich zornig macht: er scheint durchaus
Stolz und Verschmähn, nur schauend, was ich bin,
Vergessend, was ich war. Er macht mich zornig;
Und dazu kommt es leicht in dieser Zeit,
Seit gute Sterne, die mich sonst geführt,
Verließen ihre Bahn und ihren Glanz
Zum Pfuhl der Hölle sandten. Steht mein Wort
Und was geschehn Cäsarn nicht an, sag ihm,
Hipparchus, meinen Freigelass'nen, hab' er,
Den soll nach Lust er peitschen, hängen, foltern,
Dann ist er wett mit mir: so zeig' ihm an! –
Nun fort mit deinen Striemen! – Geh! –
Thyreus ab.
CLEOPATRA. Seid Ihr zu Ende?
ANTONIUS. Ach! unser ird'scher Mond
Ist nun verfinstert, und das deutet nur
Den Fall des Marc Anton!
CLEOPATRA. Ich muß schon warten.
ANTONIUS.
Cäsarn zu schmeicheln, konntest du liebäugeln
Dem Sklaven, der den Gurt ihm schnallt?
CLEOPATRA. Das glaubst du?
ANTONIUS. Kalt gegen mich?
CLEOPATRA. Ah, Teurer, ward ich das,
Verhärte Zeus mein kaltes Herz zu Hagel,
Vergift' ihn im Entstehn, und send' auf mich
Die erste Schloße: wie sie trifft mein Haupt,
Schmelze mein Leben hin! Cäsarion töte
Die nächst', und das Gedächtnis meines Schoßes,
Und nach und nach mein ganz Ägypter Volk
Lieg' ohne Grab, wenn der kristallne Regen
Zergeht, bis Nilus' Mücken sie und Fliegen
Als Raub bestatteten!
ANTONIUS.
Ich bin befriedigt. –
Cäsar rückt vor auf Alexandrien;
Da will ich ihn erwarten. Unser Landheer
Hielt rühmlich stand; auch die zerstreuten Schiffe
Sind nun vereint und drohn im Meer als Flotte. –
Wo warst du, kühnes Herz? ... Hörst du, Geliebte:
Wenn ich vom Schlachtfeld nochmals wiederkehre,
Den Mund zu küssen, komm' ich ganz in Blut;
Ich und mein Schwert sind Schnitter für die Chronik;
's ist noch nicht aus! –
CLEOPATRA. Das ist mein wackrer Held! –

ANTONIUS.
Ich will verdoppeln Herz und Mut und Sehnen,
Und wütig fechten. Sonst, als meine Zeit
Noch leicht und hell, erkauft' ein Mann sein Leben
Durch einen Scherz; nun setz' ich ein die Zähne,
Zur Höll' entsendend, was mich aufhält. Kommt,
Noch einmal eine wilde Nacht: ruft mir
All meine ernsten Krieger; füllt die Schalen,
Die Mitternacht noch einmal wegzuspotten! –
CLEOPATRA. Morgen ist mein Geburtstag:
Ich wollt' ihn still begehn, doch da mein Herr
Antonius wieder ward, bin ich Cleopatra.
ANTONIUS. So halten wir uns dran.
CLEOPATRA. Ruft alle tapfern Krieger meines Herrn!
ANTONIUS.
Tut das, ich sprech' sie an. Heut nacht soll Wein
Aus ihren Narben glühn. Kommt, Königin,
Noch frischer Mut! Und kämpf' ich morgen, soll
Der Tod in mich verliebt sein; denn wetteifern
Will ich mit seiner völkermäh'nden Sichel.
Antonius mit Cleopatra und Gefolge ab.
ENOBARBUS.
Den Blitz nun übertrotzt er. Tollkühn sein,
Heißt aus der Furcht geschreckt sein: so gelaunt,
Hackt auf den Strauß die Taub'; und immer seh' ich,
Wie unserm Feldherrn der Verstand entweicht,
Wächst ihm das Herz. Zehrt Mut das Urteil auf,
Frißt er das Schwert, mit dem er kämpft. Ich sinne,
Auf welche Art ich ihn verlassen mag. –
Ab.

Vierter Aufzug

Erste Szene

Cäsars Lager bei Alexandrien.
Cäsar, einen Brief lesend, Agrippa, Mäcenas und andre treten auf.

CÄSAR.
Er nennt mich Knabe; schilt, als hätt' er Macht,
Mich von hier wegzuschlagen; meine Boten
Peitscht' er mit Ruten; bot mir Zweikampf an:
Anton dem Cäsar! Wiss' es, alter Raufer,
Es gibt zum Tod noch andre Weg'; indes
Verlach' ich seinen Aufruf.
MÄCENAS. Denkt, o Cäsar,
Wenn ein so Großer rast, ward er gejagt
Bis zur Erschöpfung. Komm' er nicht zu Atem,
Nutzt seinen Wahnsinn: nimmer hat die Wut
Sich gut verteidigt.
CÄSAR.
Tut den Führern kund,
Daß morgen wir die letzte vieler Schlachten
Zu fechten denken! In den Reih'n der Unsern
Sind, die noch kürzlich dienten Marc Anton,
Genug, ihn einzufangen. Dies besorgt,
Und gebt dem Heer ein Mahl! Wir haben Vorrat,
Und sie verdienten's wohl. Armer Antonius! –
Gehn ab.

Zweite Szene

Alexandrien. Ein Zimmer im Palast.
Es treten auf Antonius, Cleopatra, Enobarbus, Charmion, Iras, Alexas und andre.

ANTONIUS.
Er schlug den Zweikampf aus, Domitius?
ENOBARBUS. Ja.
ANTONIUS. Und warum tat er's?
ENOBARBUS. Er meinte, weil er zehnmal glücklicher,
Sei er zehn gegen einen.
ANTONIUS. Morgen schlag' ich
Zu Meer und Land; dann leb' ich, oder bade
Die sterbende Ehre im Blute mir,
Das wieder Leben schafft. Wirst du brav einhaun?
ENOBARBUS. Fechten und schrein: »Jetzt gilt's!« –
ANTONIUS. Brav! Geh, mein Freund,
Ruf meine Hausbedienten! Diese Nacht
Seid fröhlich beim Gelag'! – Gib mir die Hand,
Du warst ehrlich und treu: und so auch du,
Und du, und du, und du: ihr dientet brav,
Und Kön'ge waren eure Kameraden.
CLEOPATRA. Was soll das?
ENOBARBUS *beiseit.*
Solch seltsam Ding, wie Kummer sprossend treibt
Aus dem Gemüt.
ANTONIUS. Und ehrlich bist auch du. –
Würd' ich in euch, die vielen, doch verwandelt,
Und ihr zusammen ausgeprägt zu einem
Antonius, daß ich euch könnte dienen,
So bündig, wie ihr mir!
DIENER. Verhüt' es Gott!
ANTONIUS.
Gut denn, Kam'raden, heut bedient mich noch,
Füllt fleißig meine Becher; ehrt mich so,
Als wäre noch mein Weltreich eu'r Kam'rad,
Und folgsam meinem Ruf!
CLEOPATRA. Was sinnt er nur?
ENOBARBUS. Zum Weinen sie zu bringen.
ANTONIUS. Pflegt mich heut:
Kann sein, es ist das eure letzte Pflicht!
Wer weiß, ob ihr mich wiederseht, und tut ihr's,
Ob nicht als blut'gen Schatten; ob nicht morgen
Ihr einem andern folgt. Ich seh' euch an,
Als nähm' ich Abschied. Ehrliche, liebe Freunde,
Ich stoß' euch nicht von mir, nein, bleib' eu'r Herr,
Vermählt bis in den Tod so treuem Dienst. –
Gönnt mir zwei Stunden noch, mehr bitt' ich nicht,
Und lohnen's euch die Götter! –
ENOBARBUS. Herr, was macht Ihr,
Daß Ihr sie so entmutigt? Seht, sie weinen,
Ich Esel rieche Zwiebeln auch: ei, schämt Euch,
Und macht uns nicht zu Weibern! –
ANTONIUS. Ha, ha, ha! –
So will ich doch verhext sein, meint' ich das!
Heil sprieße diesem Tränentau! Herzfreunde,
Ihr nehmt mich in zu schmerzensvollem Sinn,
Denn ich sprach euch zum Trost: ich wünschte ja,
Daß wir die Nacht durchschwärmten; wißt ihr, Kinder,
Ich hoff' auf morgen Glück, und will euch führen,

Wo ich ein siegreich Leben eh'r erwarte,
Als Tod und Ehre. Kommt zum Mahle, kommt,
Und alle Sorg' ertränkt!

Alle ab.

Dritte Szene

Daselbst vor dem Palast.
Zwei Soldaten auf ihrem Posten treten auf.

ERSTER SOLDAT.
Bruder, schlaf' wohl! Auf morgen ist der Tag.
ZWEITER SOLDAT.
Dann wird's entschieden, so oder so: leb wohl! –
Vernahmst du nichts Seltsames auf der Straße?
ERSTER SOLDAT. Nichts. Was geschah?
ZWEITER SOLDAT. Vielleicht ist's nur ein Märchen; –
Nochmals gut' Nacht!
ERSTER SOLDAT. Gut' Nacht, Kam'rad!

Zwei andre Soldaten kommen.

ZWEITER SOLDAT. Soldaten,
Seid ja recht wach!
DRITTER SOLDAT. Ihr auch: gut' Nacht, gut' Nacht!

Die beiden ersten Soldaten stellen sich auf ihren Posten.

VIERTER SOLDAT.
Hier stehn wir: wenn's nur morgen
Der Flotte glückt, so hoff' ich sehr gewiß,
Die Landmacht hält sich brav.
DRITTER SOLDAT. Ein wackres Heer,
Voll Zuversicht.

Hoboen unter der Bühne.

VIERTER SOLDAT. Still! welch ein Klingen?
ERSTER SOLDAT. Horch!
ZWEITER SOLDAT. Hört!
ERSTER SOLDAT. In der Luft Musik?
DRITTER SOLDAT. Im Schoß der Erde! –
VIERTER SOLDAT.
Das ist ein gutes Zeichen, meint ihr nicht?
DRITTER SOLDAT. Nein!
VIERTER SOLDAT. Stille, sag' ich. Was bedeutet das?
ZWEITER SOLDAT.
Gott Herkules, den Marc Anton geliebt,
Und der ihn jetzt verläßt.
ERSTER SOLDAT.
Kommt, laßt uns sehn,
Ob's auch die andern hörten!

Gehn zu den andern Posten.

ZWEITER SOLDAT.
Heda! Leute!
ALLE SOLDATEN.
Was ist das? Hört ihr's wohl?
ERSTER SOLDAT.
Ja, ist's nicht seltsam?
DRITTER SOLDAT.
Hört ihr, Kameraden? Hört ihr's jetzt?
ERSTER SOLDAT.
Folgt diesem Klang bis zu des Postens Grenze,
Seht, wie das abläuft!
ALLE SOLDATEN.
Ja, 's ist wunderbar! –

Gehn ab.

Vierte Szene

Daselbst. Ein Zimmer im Palast.
Antonius und Cleopatra, Charmion und anderes Gefolge treten auf.

ANTONIUS. Eros! Die Rüstung, Eros!
CLEOPATRA. Schlaf' ein wenig!
ANTONIUS.
Nein, Täubchen! Eros, komm; die Rüstung, Eros! –

Eros kommt mit der Rüstung.

Komm, lieber Freund, leg' mir dein Eisen an!
Wenn uns Fortuna heut verläßt, so ist's,
Weil wir ihr trotzten.
CLEOPATRA. Sieh, ich helfe auch.
Wozu ist dies?
ANTONIUS. Ah, laß doch! laß! Du bist
Der Wappner meines Herzens. Falsch; so, so! –
CLEOPATRA.
Geh, still; ich helfe doch: – so muß es sein.
ANTONIUS. Gut, gut;
Nun sieg' ich sicher. Siehst du, mein Kam'rad? –
Nun geh und rüst' dich auch!
EROS. Sogleich, mein Feldherr. –
CLEOPATRA. Ist dies nicht gut geschnallt?
ANTONIUS. O herrlich! herrlich!
Wer dies aufschnallt, bis es uns selbst gefällt,
Es abzutun zur Ruh', wird Sturm erfahren. –
Du fuschelst, Eros: kräft'gern Knappendienst
Tut meine Kön'gin hier, als du. Mach' fort!
O Liebe,
Sähst du doch heut mein Kämpfen, und verständest
Dies Königshandwerk, dann erblicktest du
Als Meister mich.

Ein Hauptmann tritt auf, gerüstet.

Guten Morgen dir! Willkommen!
Du siehst dem gleich, der Krieges-Amt versteht:
Zur Arbeit, die uns lieb, stehn früh wir auf,
Und gehn mit Freuden dran.
ERSTER HAUPTMANN. Schon tausend, Herr,
So früh es ist, stehn in dem Kleid von Eisen
Und warten dein am Strand.

Feldgeschrei, Kriegsmusik, Trompeten.
Andre Hauptleute und Soldaten treten auf.

ZWEITER HAUPTMANN.
Der Tag ist schön. Guten Morgen, General!
ALLE. Guten Morgen, General!
ANTONIUS. Ein edler Gruß! –
Früh fängt der Morgen an, so wie der Geist
Der Jünglings, der sich zeigen will der Welt. –
So, so; kommt, gebt mir das; hieher: – so recht. –
Fahr' wohl denn, Frau; wie es mir auch ergeht,
Nimm eines Kriegers Kuß! Man müßte schelten,
Und Scham die Wange röten, weilt' ich länger
In müß'gem Abschied. Und so lass' ich dich,
Ein Mann von Stahl! Ihr, die ihr kämpfen wollt,
Folgt mir ganz dicht; ich führ' euch hin. Lebt wohl! –

Antonius, Eros, Hauptleute und Soldaten ab.

CHARMION. Wollt Ihr in Eu'r Gemach gehn?
CLEOPATRA. Führe mich! –
Er zieht hin wie ein Held. Oh, daß sich beiden

Der große Streit durch Zweikampf könnt'
entscheiden!
Dann, Marc Anton ... doch jetzt, – Gut – fort! –

Fünfte Szene

Antonius' Lager bei Alexandrien.
Trompeten. Antonius und Eros treten auf; ein Soldat begegnet ihnen.

SOLDAT. Gebt heut, ihr Götter, dem Antonius Glück!
ANTONIUS.
Hätt'st du und deine Narben mich bestimmt,
Damals zu Land zu schlagen! ...
SOLDAT. Tatst du so,
Die abgefallnen Kön'ge und der Krieger,
Der diesen Morgen dich verließ, sie folgten
Noch deinen Fersen.
ANTONIUS. Wer ging heut morgen?
SOLDAT. Wer?
Dir stets der Nächste: Ruf' den Enobarbus,
Er hört nicht, oder spricht aus Cäsars Lager:
»Nicht dir gehör' ich an.«
ANTONIUS. Was sagst du?
SOLDAT. Herr,
Er ist beim Cäsar.
EROS. Seine Schätz' und Kisten
Nahm er nicht mit sich.
ANTONIUS. Ist er fort?
SOLDAT. Gewiß.
ANTONIUS.
Geh, Eros; send' ihm nach den Schatz! Besorg' es,
Behalte nichts zurück, befehl' ich; meld' ihm
(Ich unterschreib' es) Freundes Gruß und Abschied,
Und sag', ich wünsch', er finde nie mehr Grund,
Den Herrn zu wechseln. Oh, mein Schicksal hat
Auch Ehrliche verführt! Geh! – Enobarbus! –
Gehn ab.

Sechste Szene

Cäsars Lager bei Alexandrien.
Trompetenstoß. Es treten auf Cäsar, Agrippa, Enobarbus und andre.

CÄSAR. Rück' aus, Agrippa, und beginn' die Schlacht!
Anton soll lebend mir gefangen sein:
So tu' es kund!
AGRIPPA. Cäsar, wie du befiehlst.
Ab.
CÄSAR. Die Zeit des allgemeinen Friedens naht,
Und sieg' ich heut, dann sproßt von selbst der Ölzweig
Der dreigeteilten Welt.
Ein Bote tritt auf.
BOTE. Antonius' Heer
Rückt an zur Schlacht. –
CÄSAR. Geh hin und heiß' Agrippa,
Dir Überläufer vorn ins Treffen stellen,
Daß auf sich selbst Antonius seine Wut
Zu richten scheine!
Cäsar und Gefolge ab.

ENOBARBUS. Alexas wurde treulos: in Judäa,
Wohin Antonius ihn geschickt, verführt' er
Herodes, sich zum Cäsar hinzuneigen,
Abtrünnig seinem Herrn. Für diese Müh'
Hat Cäsar ihn gehängt. Canidius und die andern,
Die übergingen, haben Rang und Stellen,
Nicht ehrendes Vertraun. Schlecht handelt' ich,
Und das verklagt mich mit so bitterm Schmerz,
Daß nichts mich freut.
Einer von Cäsars Soldaten tritt auf.
SOLDAT. Enobarbus, Marc Anton
Hat deinen ganzen Schatz dir nachgesandt
Mit seiner Liebe. – Zu meinem Posten kam
Der Bote; der ist jetzt vor deinem Zelt
Und lädt die Mäuler ab. –
ENOBARBUS. Ich schenk' es dir! –
SOLDAT. Spotte nicht, Enobarbus:
Ich rede wahr. Schaff' nur in Sicherheit
Den Boten fort; ich muß auf meinen Posten,
Sonst hätt' ich's selbst getan. Dein Imperator
Bleibt doch ein Zeus! –
Geht ab.
ENOBARBUS.
Ich bin der einz'ge Bösewicht auf Erden
Und fühl' es selbst am tiefsten. O Anton,
Goldgrube du von Huld, wie zahltest du
Den treuen Dienst, wenn du die Schändlichkeit
So krönst mit Gold! Dies schwellt mein Herz empor;
Bricht's nicht ein schneller Gram, soll schnellres Mittel
Dem Gram voreilen; doch Gram, ich fühl's, genügt.
Ich föchte gegen dich? Nein, suchen will ich
'nen Graben, wo ich sterben mag. – Der schmählichste
Ziemt meiner letzten Tat am besten.
Ab.

Siebente Szene

Schlachtfeld zwischen den Lagern.
Schlachtgeschrei. Trommeln und Trompeten. Agrippa und andre treten auf.

AGRIPPA. Zurück! Wir haben uns zu weit gewagt:
Selbst Cäsar hat zu tun; der Widerstand
Ist stärker, als wir dachten.
Gehn ab.
Schlachtgeschrei. Es treten auf Antonius und Scarus, verwundet.
SCARUS. O tapfrer Imperator! das hieß fechten!
Schlugen wir so zuerst, wir jagten sie
Mit blut'gen Köpfen heim.
ANTONIUS. Du blutest sehr.
SCARUS. Hier dieser Hieb glich anfangs einem T,
Nun ward daraus ein H.
ANTONIUS. Sie ziehn zurück!
SCARUS. Wir jagen sie bis in die Kellerlöcher:
Ich habe Platz noch für sechs Schmarren mehr.
Eros tritt auf.
EROS. Sie sind geschlagen, Herr, und unser Vorteil
Ist gleich dem schönsten Sieg.
SCARUS. Kerbt ihre Rücken,
Und greift sie an den Fersen auf, wie Hasen;

Die Memmen klopfen ist ein Spaß.

ANTONIUS. Dir lohn' ich
Erst für dein kräft'ges Trostwort, zehnfach dann
Für deinen Mut. Nun komm!

SCARUS. Ich hinke nach.

Alle ab.

Achte Szene

Unter den Mauern von Alexandrien.
Schlachtgeschrei. Antonius im Anmarsch; mit ihm Scarus und Fußvolk.

ANTONIUS. Wir schlugen ihn ins Lager. Einer laufe,
Der Kön'gin meld' er unsre Gäste. Morgen,
Eh' Sonn' uns sieht, vergießen wir das Blut,
Das heut uns noch entkam. Ich dank' euch allen;
Denn tücht'ge Hände habt ihr, fochtet nicht,
Als dientet ihr der Sache, nein, als wär' sie
Wie meine, jedes eigne: Alle wart ihr Hektors.
Zieht in die Stadt, herzt eure Freund' und Weiber,
Rühmt eure Tat, laßt sie mit Freudentränen
Eu'r Blut abwaschen, eure Ehrenwunden
Gesund euch küssen!

Zum Scarus.

Gib mir deine Hand!

Cleopatra tritt auf mit Gefolge.

Der großen Fee laß mich dein Lob verkünden,
Ihr Dank soll dich besel'gen! Tag der Welt,
Umschließ' den erznen Hals, spring', Schmuck und alles,
Durch festen Harnisch an mein Herz, und dort
Siegprang' auf seinem Klopfen! –

CLEOPATRA. Herr der Herrn! –
O unbegrenzter Mut! Kommst du so lächelnd
Und frei vom großen Netz der Welt?

ANTONIUS. O Nachtigall,
Wir schlugen sie zu Bett! Ha, Kind! Ob Grau
Sich etwas mengt ins junge Braun, doch blieb uns
Ein Hirn, das unsre Nerven nährt, den Preis
Und Kampf der Jugend abgewinnt. Schau diesen,
Reich' seinen Lippen deine Götterhand:
Küss' sie, mein Krieger: der hat heut gefochten,
Als ob ein Gott, dem Menschenvolk verderblich,
In der Gestalt es würgte.

CLEOPATRA. Du bekommst
'ne Rüstung ganz von Gold: ein König trug sie!

ANTONIUS.
Er hat's verdient: wär' sie auch voll Karfunkeln,
Wie Phöbus' heil'ger Wagen. – Deine Hand!
Durch Alexandrien in freud'gem Marsch
Tragt den zerhackten Schild, wie's Helden ziemt:
Hätt' unser großer Burghof Raum genug
Für dieses Heer, wir zechten dort zu Nacht
Und tränken auf des nächsten Tages Glück
Und königliche Todsgefahr. Drommeten,
Betäubt mit erznem Schall das Ohr der Stadt,
Mischt euch mit unsrer Trommeln Wirbelschlag,
Daß Erd' und Himmelsschall zusammen dröhnen,
Und unsre Ankunft grüßen!

Gehn ab.

Neunte Szene

Cäsars Lager.
Schildwachen auf ihren Posten. Enobarbus tritt auf.

ERSTER SOLDAT.
Sind wir nicht abgelöst in einer Stunde,
So müssen wir zurück zur Wacht. Der Mond
Scheint hell, und wie es heißt, beginnt die Schlacht
Früh um die zweite Stunde.

ZWEITER SOLDAT.
Gestern war
Ein schlimmer Tag für uns! –

ENOBARBUS. Nacht, sei mein Zeuge!

DRITTER SOLDAT. Wer ist der Mann?

ZWEITER SOLDAT. Sei still und horch' auf ihn!

ENOBARBUS. Bezeuge mir's, o segenreicher Mond,
Wenn einst die Nachwelt treuvergeßner Männer
Mit Haß gedenkt, – der arme Enobarbus
Bereut vor deinem Antlitz.

ERSTER SOLDAT. Enobarbus!

DRITTER SOLDAT. Still da! horcht weiter! –

ENOBARBUS.
Du höchste Herrscherin wahrhafter Schwermut,
Den gift'gen Tau der Nacht geuß über mich,
Daß Leben, meinem Willen längst empört,
Nicht länger auf mir laste! Wirf mein Herz
Wider den harten Marmor meiner Schuld!
Gedörrt von Gram zerfall' es dann in Staub,
Mit ihm der böse Sinn! O Marc Antonius,
Erhabner, als mein Abfall schändlich ist,
Vergib du mir in deinem eignen Selbst,
Doch laß die Welt mich zeichnen in die Reih'n
Der flücht'gen Diener und der Überläufer! –
O Marc Anton! O Marc Anton! –

Er stirbt.

ZWEITER SOLDAT.
Kommt, redet
Ihn an!

ERSTER SOLDAT.
Nein, horcht: denn was er sagt,
Kann Cäsarn angehn.

ZWEITER SOLDAT.
Du hast recht. Doch schläft er.

ERSTER SOLDAT.
Liegt wohl in Ohnmacht; denn so schlimmes Beten
Ging keinem Schlaf voran.

ZWEITER SOLDAT.
Gehn wir zu ihm!

DRITTER SOLDAT.
Erwacht, erwacht, Herr! Redet!

ZWEITER SOLDAT.
Hört Ihr, Herr?

ERSTER SOLDAT.
Die Hand des Tods ergriff ihn. Hört! die Trommel
Weckt feierlich die Schläfer; kommt und tragt ihn
Zur Wach': er ist von Ansehn. Unsre Stunde
Ist abgelaufen.

DRITTER SOLDAT. Nun so kommt; vielleicht
Erholt er sich.

Gehn ab und tragen den Körper fort.

Zehnte Szene

Zwischen den zwei Lagern.
Es treten auf Antonius und Scarus mit Truppen.

ANTONIUS.
Heut rüsten sie sich auf den Kampf zur See,
Zu Land gefall'n wir ihnen nicht.
SCARUS. Herr, nirgend! –
ANTONIUS. Und kämpften sie in Feuer oder Luft,
Wir föchten auch dort. Doch so sei's: das Fußvolk
Dort auf den Hügeln, so die Stadt begrenzen,
Zieht her zu mir; zur See befahl ich ihnen,
Den Hafen zu verlassen. Nun hinan,
Wo ihre Stellung wird erspäht am besten
Und jegliche Bewegung!
Gehn weiter.
Cäsar kommt mit seinen Truppen.
CÄSAR. Greift er nicht an (und kaum vermut' ich es),
So bleibt zu Lande ruhig: seine Hauptmacht
Entsandt' er auf die Schiffe. Nun zur Nied'rung,
Und haltet euch aufs beste!
Gehn ab.
Antonius und Scarus kommen zurück.
ANTONIUS.
Noch nicht zum Kampf geschart! Dort bei der Fichte
Kann ich's ganz übersehn: gleich meld' ich dir,
Wie es sich anläßt.
Ab.
SCARUS. Schwalben nisteten
In den ägypt'schen Segeln. Unsre Augurn
Verstummen, woll'n nichts wissen, sind verstört,
Und scheun zu reden, was sie sahn. Antonius
Ist mutig und verzagt, und fieberhaft
Gibt sein zerstörtes Glück ihm Furcht und Hoffnung
Des, was er hat und nicht hat.
Schlachtgetöse in der Ferne, wie von einem Seetreffen.
Antonius kommt zurück.
ANTONIUS. Alles hin!
Die schändliche Ägypterin verriet mich;
Dem Feind ergab sich meine Flotte: dort
Schwenken sie ihre Mützen, zechen sie,
Wie Freunde lang getrennt. Dreifache Hure!
Du hast dem Knaben mich verkauft! Mein Herz
Führt Krieg mit dir allein. – Heiß' alle fliehn!
Denn wenn ich mich gerächt an meinem Zauber,
Bin ich zu Ende: Geh! heiß' alle fliehn! –
Scarus ab.
O Sonne! Nimmer seh' ich deinen Aufgang!
Ich und Fortuna scheiden hier: – hier grade schütteln
Die Hand wir uns! Kam es dahin? Die Herzen,
Die hündisch mir gefolgt, die jeden Wunsch
Von mir verlangten,
Die schmelzen hin und tauen ihre Huld
Auf den erblüh'nden Cäsar;
Und abgeschält nun steht die Fichte da,
Die alle überragt! Ich bin verkauft!
O falsch ägyptisch Herz! o tiefer Zauber!
Du winkt'st mein Heer zum Krieg, du zogst es heim,
Dein Busen war mein Diadem, mein Ziel,
Und du, ein echt Zigeunerweib, betrogst mich
Beim falschen Spiel um meinen ganzen Einsatz!
He, Eros! Eros!
Cleopatra kommt.
Ah, du Blendwerk! Fort!
CLEOPATRA.
Was tobt mein Freund so gegen die Geliebte?
ANTONIUS.
Entfleuch, sonst zahl' ich dir verdienten Lohn
Und schände Cäsars Siegszug. Nehm' er dich;
Hoch aufgestellt den jauchzenden Plebejern,
Folg' seinem Wagen als der größte Fleck
Des Frau'ngeschlechts! – Laß dich als Monstrum zeigen
Den schäbigsten Gesell'n und Tölpeln; laß
Die sanfte Octavia dein Gesicht zerfurchen
Mit scharfen Nägeln!
Cleopatra ab.
– Gut, daß du gegangen,
Wenn's gut ist, daß du lebst; doch besser wär's,
Du fielest meiner Wut: der einen Tod
Erhielt' am Leben viele. – Eros, ha!
Des Nessus Hemd umschließt mich! Lehre mich,
Alcides, großer Ahnherr, deine Wut:
Laß mich ans Horn des Monds den Lichas schleudern,
Und diese Hand, die Riesenkeulen schwang,
Mein edles Selbst zerstören! Tod der Zaub'rin!
Dem Buben Roms gab sie mich preis; ich falle
Durch diesen Trug: drum Tod ihr! – Eros, ho! –
Ab.

Elfte Szene

Alexandrien. Zimmer im Palast.
Cleopatra, Charmion, Iras und Mardian treten auf.

CLEOPATRA. Helft mir! Oh, er rast mehr als Telamon
Um seinen Schild; der Eber von Thessalien
Hat niemals so geschäumt.
CHARMION. Zum Monument!
Da schließt Euch ein, meldet ihm Euern Tod!
Mehr schmerzt das Scheiden nicht von Seel' und Leib,
Als Größe, die uns abfällt.
CLEOPATRA. Hin zum Grabmal!
Mardian, geh, sag ihm, ich erstach mich selbst;
Sag ihm, mein letztes Wort war »Marc Anton«;
Und recht wehmütig sprich's: ich bitt' dich! Geh,
Mardian, und melde mir, wie er es nimmt!
Zum Monument!
Alle ab.

Zwölfte Szene

Daselbst. Ein anderes Zimmer. Antonius und Eros treten auf.

ANTONIUS. Eros, siehst du mich noch?
EROS. Ja, hoher Feldherr.
ANTONIUS. Oft sehn wir eine Wolke, drachenhaft,
Oft Dunstgestalten gleich dem Leu, dem Bär,
Der hochgetürmten Burg, dem Felsenhang,

Gezackter Klipp' und blauem Vorgebirg',
Mit Bäumen drauf, die nicken auf die Welt,
Mit Luft die Augen täuschend: solche Zeichen sahst du,
Des dunkeln Abends Prachtgebilde.

EROS. Ja,
Mein edler Herr.

ANTONIUS.
Was jetzt ein Pferd noch war, im nächsten Nu
Verschwemmt's der Wolkenzug, unkenntlich wird's,
Wie Wasser ist im Wasser. –

EROS. Ja, so ist's.

ANTONIUS.
Mein guter Freund, solch einem Bilde gleicht
Dein Feldherr jetzt. Noch bin ich Marc Anton;
Doch bleibt mir nicht, mein Freund, dies Lebensbild.
Der Krieg war für Ägypten, – und die Königin –
Ihr Herz, wähnt' ich, war mein, denn meins war ihr –,
Und als es mein, da zog's Millionen andre
Mir nach, die jetzt dahin, – sie hat, mit Cäsarn
Die Karten mischend, falsch ihm meinen Ruhm,
Dem Triumph des Feindes zugespielt!
Nein, lieber Eros! Weine nicht! Es blieb noch
Ich selbst, mit mir zu enden. Oh, die Arge! –

Mardian kommt.

Sie hat mein Schwert gestohlen!

MARDIAN. Nein, Antonius,
Meine Herrin liebte dich, und knüpft' ihr Schicksal
An deines fest.

ANTONIUS. Fort, schnöder Hämling, schweig'!
Verraten hat sie mich, und sie soll sterben.

MARDIAN.
Den Tod kann jeder Mensch nur einmal zahlen;
Sie hat die Schuld getilgt. Was du gewollt,
Ist schon vollbracht. Ihr letztes Wort im Leben
War »Marc Antonius, edler Marc Anton!« –
Dann brach ein stöhnend Ächzen mitten durch
Das Wort Antonius; es blieb geteilt
So zwischen Herz und Lippen: sie verschied,
Und ward des Namens Grab.

ANTONIUS. Tot also?

MARDIAN. Tot.

ANTONIUS. – Eros, entwaffne mich:
Des langen Tages Arbeit ist getan,
Ich geh' zur Ruh'. Daß du in Frieden ziehn magst,
Zahlt reichlich deinen Gang. Fort! Ab! Reiß' ab! –

Mardian geht.

Nicht Ajax' siebenfält'ger Schild bewahrte
Vor diesem Sturm mein Herz. O brecht, ihr Seiten!
Herz, diesmal stärker sei als deine Hülle,
Spreng' dein zerbrechlich Haus! Schnell, Eros, schnell!
Kein Krieger mehr! Lebt wohl, zerschlagne Waffen,
Ihr dientet mir mit Ehren. – Geh ein Weilchen! –

Eros ab.

Ich hole bald dich ein, Cleopatra,
Und weine um Verzeihung: also sei's!
Aufschub ist Folter; weil dein Licht erlosch,
Ruh' aus, schweife nicht länger: Jetzt verdirbt
Alles Bemühn das Werk: Kraft selber wird verstrickt
Durch Kraft ... Drum zugesiegelt, dann ist's gut! –
Eros! – ich komme, Kön'gin! Eros! – Weile noch:
Wo Seelen ruhn auf Blumen, wandeln wir,
Daß Geister staunen unserm freud'gen Gang,
Dido und ihr Äneas stehn verlassen,
Und alles schwärmt uns nach. Komm, Eros! Eros!

Eros kommt zurück.

EROS. Was ruft mein Herr?

ANTONIUS. Seit sie vorangegangen,
Lebt' ich in solcher Schmach, daß meine Feigheit
Den Göttern ward zum Abscheu. Ich, des Schwert
Die Welt geteilt, der auf des Meeres Wogen
Schiffe zu Städten schuf, bin nun verdammt,
Dem Weib an Mut zu weichen, minder kühn
Als sie, die sterbend unserm Cäsar sagt:
»Ich überwand mich selbst.« Du schwurst mir, Eros,
Käm' es zum Äußersten – (und wahrlich, jetzt
Kam es so weit), und säh' ich hinter mir
Die unvermeidliche Verfolgung
Von Schmach und Schande: dann, auf mein Geheiß,
Wollt'st du mich töten. Tu's! die Zeit ist da!
Nicht triffst du mich, – den Cäsar schlägst du nieder.
Ruf' Farb' auf deine Wangen!

EROS. Götter! Nein!
Sollt' ich das tun, was alle Partherspeere,
Ob feindlich, nicht vermocht, ihr Ziel verfehlend?

ANTONIUS. Mein Eros,
Möcht'st du am Fenster stehn im großen Rom,
Und deinen Feldherrn schaun, verschränkt den Arm,
Geneigt den unterjochten Hals, sein Antlitz
Durchglüht von Scham, indes der Siegerwagen
Des freud'gen Cäsar auf des Folgers Feigheit
Ein Brandmal drückte?

EROS. Nimmer möcht' ich's schaun.

ANTONIUS.
So komm, mit einer Wunde heilst du mich.
Zieh' dies dein wackres Schwert, das du geführt
So nützlich für dein Land!

EROS. O Herr, verzeiht mir!

ANTONIUS.
Als ich dich frei ließ, schwurst du's damals nicht,
Zu tun, wenn ich's verlangte? Tu's mit eins,
Sonst wird dein früh'rer treuer Dienst durchaus
Gedankenloser Zufall. Zieh', und schnell!

EROS. So wende denn von mir das edle Antlitz,
Aus dem die Majestät des Weltalls blickt!

ANTONIUS. Wohlan!

Wendet sich ab.

EROS. Ich zog das Schwert.

ANTONIUS. Vollende dann mit eins,
Weshalb du's zücktest!

EROS. Mein geliebter Herr,
Mein Held, mein Imperator! Nun sag' ich
Vor diesem blut'gen Streich dir Lebewohl!

ANTONIUS. Du sprachst es, Lieber; leb denn wohl! –

EROS. Leb wohl, mein Feldherr! Stoß' ich jetzt?

ANTONIUS. Ja, Eros.

EROS. Nun, so dann: so entrinn' ich denn der Qual,
Antonius' Tod zu sehn.

Fällt in sein Schwert.

ANTONIUS. Oh, dreimal edler du als ich!
Du lehrtest mich, mein tapfrer Eros, was
Ich sollt' und du nicht konntest. Meine Königin

Und du, ihr mahntet durch eu'r großes Beispiel
Mich an den alten Mut. Nun will ich sein
Ein Bräutigam dem Tod, und zu ihm eilen
Wie zu der Liebsten Bett. Wohlan! Und Eros,
Dein Meister stirbt dein Schüler: das zu tun

fällt in sein Schwert

Lernt' ich von dir ... Was? – Nicht tot? Nicht tot? Wache!
Oh, endet nun mit mir! –

Dercetas kommt mit Wache.

ERSTE WACHE. Was für ein Lärm?

ANTONIUS.
Ich machte schlecht mein Werk: vollendet, Freunde,
Was ich begonnen!

ZWEITE WACHE. Unser Stern ging unter!

ERSTE WACHE. Und unsre Zeit ist aus!

ALLE. Weh allen! Weh! –

ANTONIUS. Oh, wer mich lieb hat, töte mich!

ERSTE WACHE. Nicht ich.

ZWEITE WACHE. Ich auch nicht.

DRITTE WACHE. Keiner hier!

Wachen gehn ab.

DERCETAS.
Dein Tod und Schicksal scheucht die Freunde weg.
Cäsarn dies Schwert mit dieser Post nur zeigen,
Verschafft mir Würden.

Diomedes tritt auf.

DIOMEDES. Wo ist Anton?

DERCETAS. Hier, Diomed.

DIOMEDES. Lebt er?
Willst du nicht Antwort geben?

Dercetas geht.

ANTONIUS.
Diomed, bist du's? Oh, zieh' dein Schwert und gib mir
Den Todesstreich!

DIOMEDES. Erhabenster Gebieter,
Cleopatra, meine Fürstin, sandte mich.

ANTONIUS. Wann schickte sie?

DIOMEDES. Jetzt eben, Herr.

ANTONIUS. Wo ist sie?

DIOMEDES.
In ihrem Grabmal. Ein prophetisch Ahnen
Weissagt' ihr, was geschehn. Denn als sie sah
(Was nimmer sich bewähren wird) Euch mißtraun,
Sie halt' es mit dem Cäsar, und Eu'r Grimm
Sei nicht zu sänft'gen, gab sie sich für tot;
Dann, fürchtend, wie Ihr's tragen möchtet, hieß sie
Mich, Euch die Wahrheit künden: doch ich kam
Zu spät, besorg' ich.

ANTONIUS.
Zu spät, mein Diomed. Ruf' mir die Wache! –

DIOMEDES.
He, he! Des Feldherrn Wache! Wache, he!
Kommt, eu'r Gebieter ruft.

Einige von der Wache kommen zurück.

ANTONIUS.
Tragt mich zur Kön'gin, meine guten Freunde:
Dies ist der letzte Dienst, den ich verlange.

ERSTE WACHE.
Weh' über uns! Daß Ihr nicht überlebt
All Eure treuen Diener!

ALLE. Tag des Jammers!

ANTONIUS.
Nein, Kinder, schmeichelt nicht dem argen Schicksal,
Gönnt ihm nicht euren Kummer: heißt willkommen,
Was uns als Strafe naht, so strafet ihr's,
Indem ihr's leicht ertragt. Nun hebt mich auf!
Ich führt' euch oft: nun tragt mich, liebe Freunde,
Und nehmt für alles Dank! –

Sie tragen den Antonius weg.

Dreizehnte Szene

Daselbst. Ein Monument.

Cleopatra, Charmion und Iras erscheinen oben auf dem Monument.

CLEOPATRA.
O Charmion, ich will nie von hier mehr gehn.

CHARMION. O tröstet Euch, Verehrte!

CLEOPATRA. Nein, ich will nicht;
Entsetzen sei und Schrecknis mir willkommen,
Doch Trost verschmähn wir: unsres Schmerzes Größe,
Der Ursach' gleich gemessen, sei so furchtbar,
Als was ihn uns erregt.

Diomedes tritt auf.

Sprich, ist er tot?

DIOMEDES.
Sein Tod schwebt über ihm, doch lebt er noch.
Schaut nur nach jener Seite Eures Grabmals,
Dort bringt ihn schon die Wache.

Antonius wird von der Wache hereingetragen.

CLEOPATRA. O du Sonne,
Verbrenne deine Sphäre! Nacht, steh fest
Auf wechselnden Weltfluren! O Antonius,
Anton, Anton! O Charmion, hilf, hilf, Iras,
Helft, Freunde, unten. Zieht herauf ihn!

ANTONIUS. Still!
Nicht Cäsars Kraft besiegte Marc Anton,
Nein, Marc Anton erlag sich selber nur!

CLEOPATRA.
So mußt' es sein; Antonius konnt' allein
Anton bewältigen: doch weh dem Tag!

ANTONIUS.
Ich sterb', Ägypten, sterbe; nur ein Weilchen
Lass' ich den Tod noch warten, bis ich dir
Von so viel tausend Küssen den armen letzten
Auf deine Lippen drückte.

CLEOPATRA. Ich wag' es nicht, –
O teurer Herr, vergib! – Ich wag' es nicht,
Sie fahn mich sonst. Nein! nicht das Siegsgepränge
Des hochbeglückten, übermüt'gen Cäsar
Zier' ich jemals. Bleibt Messern, Giften, Schlangen
Nur Schärfe, Kraft und Stachel, bin ich sicher.
Eu'r Weib Octavia mit dem kalten Blick
Und stillem Gleichmut soll nicht Ehr' empfangen,
Indem sie streng mich ansieht. Komm, Antonius,
Helft, meine Frau'n, wir ziehn dich hier herauf;
Faßt alle an!

ANTONIUS.
O schnell, sonst bin ich hin.

CLEOPATRA.
O seltsam Spiel! Wie schwer du wiegst, Geliebter!
All unsre Stärke ging in Schwermut unter,
Das mehrt die Last. Hätt' ich der Juno Macht,
Merkur, der Kraftbeschwingte, höbe dich,
Und setzte dich an Jovis Seite. Komm nur!
Wünschen war nimmer Torheit: komm, komm, komm:
Willkommen, willkommen! Stirb nun, wo du lebtest,
Leb' auf im Kuß! Vermöchten das die Lippen,
Wegküssen sollt'st du sie! –
ALLE. O jammervoll!
ANTONIUS. Ich sterb', Ägypten, sterbe! –
Reicht mir ein wenig Wein, daß ich noch rede! –
CLEOPATRA.
Nein, laß mich reden, laß so laut mich schelten,
Bis sie, gekränkt, das falsche Weib Fortuna,
Ihr spinnend Rad zerbricht.
ANTONIUS. Ein Wort, Geliebte:
Beim Cäsar such' dir Schutz und Ehre ... Oh!
CLEOPATRA. Die gehn nicht miteinander.
ANTONIUS. Hör' mich, Liebe:
Von Cäsars Volk trau' nur dem Proculejus!
CLEOPATRA.
Ich trau' auf meinen Mut und meine Hand,
Keinem von Cäsars Volk.
ANTONIUS.
Den jammervollen Wechsel und mein Sterben –
Beweint, beklagt sie nicht; stärkt Eu'r Gedächtnis
An der Erinn'rung meines frühern Glücks,
Das mich erhob zum ersten Weltgebieter,
Zum edelsten; und jetzt, nicht feige sterb' ich,
Noch ehrlos, neige meinen Helm dem Landsmann,
Ein Römer, männlich nur besiegt vom Römer.
Jetzt nun entflieht mein Geist, das Wort erstirbt.
Er stirbt.
CLEOPATRA.
O edelster der Männer! willst du scheiden?
So sorgst du nicht um mich? Aushalten soll ich
In dieser schalen Welt, die ohne dich
Nicht mehr ist als ein Viehstall? Seht, ihr Frau'n,
Die Krone schmilzt der Erde! O mein Herr!
Oh, hingewelkt ist aller Siegeslorbeer,
Gestürzt des Kriegers Banner: Dirn' und Knabe
Stehn jetzt den Männern gleich: kein Abstand mehr,
Nichts Achtungswertes bietet mehr sich dar
Unter dem späh'nden Mond.
Sie fällt in Ohnmacht.
CHARMION. O Fassung, Fürstin!
IRAS. Sie stirbt auch, unsre Königin!
CHARMION. Herrin!
IRAS. Fürstin!
CHARMION. O Fürstin, Fürstin, Fürstin! –
IRAS. Ägyptens Krone, unsre Herrscherin!
CHARMION. Still, Iras, still!
CLEOPATRA.
Nichts mehr, als jeglich Weib, und untertan
So armem Schmerz, als jede Magd, die melkt
Und niedern Hausdienst tut. Nun könnt' ich gleich
Mein Szepter auf die neid'schen Götter schleudern,
Und rufen, diese Welt glich' ihrer ganz,
Bis sie gestohlen unsern Diamant!
Nichtsnutzig alles jetzt!
Geduld ist läppisch, Ungeduld ziemt nur
Den tollgewordnen Hunden! Ist's denn Sünde,
Zu stürmen ins geheime Haus des Todes,
Eh' Tod zu uns sich wagt? Was macht ihr, Mädchen?
Was, was? getrost! Wie geht dir's, Charmion?
Ihr edlen Dirnen! Ach! – Seht, Weiber, seht,
Unsre Leucht' erlosch, ist aus! Seid herzhaft, Kinder:
Begraben woll'n wir ihn; was groß, was edel,
Vollziehn wir dann nach hoher Römer Art.
Stolz sei der Tod, uns zu empfangen! Kommt,
Dies Haus des Riesengeistes ist nun kalt!
Ach Mädchen, Mädchen, kommt! In dieser Not
Blieb uns kein Freund, als Mut und schneller Tod.
Geht ab. Antonius' Leiche wird oben weggetragen.

Fünfter Aufzug

Erste Szene

Cäsars Lager vor Alexandrien.
Es treten auf Cäsar, Agrippa, Dolabella, Mäcenas, Gallus, Proculejus und andre.

CÄSAR. Geh, Dolabella, heiß' ihn, sich ergeben:
Da es so ganz umsonst, sag ihm, er spott
Der Zög'rung, die er macht.
DOLABELLA. Ich gehe, Cäsar.
Ab.
Dercetas kommt mit dem Schwert des Antonius.
CÄSAR. Was soll uns das? Und wer bist du, der wagt,
Uns so zu nahn?
DERCETAS. Dercetas heiß' ich, Herr;
Ich diente Marc Anton, dem Besten, wert
Des besten Diensts; solang' er stand und sprach,
War er mein Herr: mein Leben trug ich nur,
An seine Hasser es zu wagen. Willst du
Mich zu dir nehmen? Was ich ihm gewesen,
Will ich dem Cäsar sein. Gefällt dir's nicht,
So nimm mein Leben hin!
CÄSAR. Was sagst du mir?
DERCETAS. Ich sag', o Cäsar, Marc Anton ist tot.
CÄSAR.
Daß nicht den Einsturz solcher Macht verkündet
Ein stärkres Krachen! Soll der Welt Erschütt'rung
Nicht Löwen in der Städte Gassen treiben
Und Bürger in die Wüste? Antonius' Tod
Ist nicht ein einzeln Sterben: denn so hieß
Die halbe Welt.
DERCETAS. Er ist gestorben, Cäsar.
Kein Henker des Gerichts auf offnem Markt,
Kein mordgedungner Stahl, nein, jene Hand,
Die seinen Ruhm in Taten niederschrieb,
Hat mit dem Mut, den ihr das Herz geliehn,
Sein Herz durchbohrt. Dies ist sein Schwert,
Ich raubt' es seiner Wund'; es ist gefärbt
Mit seinem reinsten Blut.
CÄSAR. Ihr trauert, Freunde?
So strafe Zeus mich! Dies ist eine Botschaft,

Ein Königsaug' zu feuchten!
AGRIPPA. Seltsam ist's,
Daß uns Natur das zu beweinen zwingt,
Was wir erstrebt mit Eifer!
MÄCENAS. Ruhm und Unwert
Wog gleich in ihm.
AGRIPPA. Nie lenkt' ein höh'rer Geist
Ein menschlich Wesen; doch ihr Götter leiht
Uns Fehler, daß wir Menschen sei'n. – Weint Cäsar?
MÄCENAS.
Wird ihm solch mächt'ger Spiegel vorgehalten,
Muß er sich selber schaun.
CÄSAR. O Marc Anton! –
Bis dahin bracht' ich dich! Doch nähren wir
Den Todeskeim in unsrer Brust: gezwungen mußt' ich
Dir solchen trüben Tag des Falls bereiten,
Wenn du nicht mir: Raum war nicht für uns beide
In ganzer weiter Welt. Und doch beklag' ich's nun,
Mit Tränen, kostbar wie des Herzens Blut,
Daß du, mein Bruder, du, mein Mitbewerber
Zum Gipfel jedes Ruhms, mein Reichsgenoß,
Freund und Gefährt' im wilden Sturm der Schlacht,
Arm meines Leibes, Herz, an dem das meine
Sich Glut entzündete, – daß unsre Sterne,
Nie zu versöhnen, so zerreißen mußten
Die vor'ge Einheit. Hört mich, werte Freunde, –
– Doch sag' ich's lieber euch zu beßrer Zeit!
Ein Bote kommt.
Des Mannes Botschaft kündet schon sein Blick!
Laßt uns ihn hören! Woher bist du?
BOTE. Nur
Ein armer Ägypter. Meine Königin,
In ihrem Grabmal (ihrer Habe Rest)
Verschlossen, wünscht zu wissen deine Absicht;
Daß sie sich fassen mög' und vorbereiten
Auf ihre Zukunft.
CÄSAR. Sprich ihr Mut und Trost:
Bald meldet einer ihr der Meinigen,
Welch ehrenvoll und mildes Los wir schon
Für sie bestimmt: denn Cäsar kann nicht leben
Und hart gesinnt sein.
BOTE. Schütze dich der Himmel!
Ab.
CÄSAR. Komm hieher, Proculejus; geh', verkünd' ihr,
Ich sei nicht willens, sie zu kränken. Gib ihr
Trost, wie's der Umfang ihres Wehs erheischt.
Daß sie großherzig nicht durch eignen Tod
Uns überwinde. Sie, nach Rom geführt,
Würd' unsern Siegstriumph verew'gen. Geh,
Und auf das schnellste bring' mir, was sie sagt,
Und wie du sie gefunden!
PROCULEJUS. Ich eile, Cäsar.
Ab.
CÄSAR. Gallus, begleit' ihn! Wo ist Dolabella,
Zu helfen Proculejus? –
Gallus geht ab.
AGRIPPA UND MÄCENAS. Dolabella!
CÄSAR. Laßt ihn; denn eben jetzt besinn' ich mich,
Wozu ich ihn gebraucht. Er muß bald hier sein. –
Kommt mit mir in mein Zelt; da sollt ihr hören,
Wie schwer ich mich für diesen Krieg entschied,
Wie mild und ruhig ich mich stets geäußert
In allen Briefen. Folgt mir, und erfahrt,
Was mich euch mitzuteilen drängt!
Alle ab.

Zweite Szene

Alexandrien. Ein Zimmer im Monument.
Cleopatra, Charmion und Iras treten auf.

CLEOPATRA.
Schon gibt Verzweiflung mir ein beßres Leben;
Armselig ist es, Cäsar sein: da er
Fortuna nicht, ist er nun Knecht Fortunens,
Handlanger ihres Willens. – Größe ist's,
Das tun, was alle andern Taten endigt,
Zufall in Ketten schlägt, verrammt den Wechsel,
Fest schläft, und nicht nach jenem Kot mehr hungert,
Des Bettlers Amm' und Cäsars.
Proculejus, Gallus und Soldaten erscheinen unten an der Tür des Begräbnisses.
PROCULEJUS. Cäsar begrüßt Ägyptens Königin,
Und heißt dich sinnen, welchen bill'gen Wunsch
Er dir gewähren soll.
CLEOPATRA *von innen.* Wie ist dein Name? –
PROCULEJUS. Mein Nam' ist Proculejus.
CLEOPATRA. Marc Anton
Sprach mir von Euch, hieß mich auf Euch vertraun;
Doch wenig soll mich's kümmern, ob Ihr täuscht,
Da Gradheit mir nicht nutzt. Will Euer Herr
Zu seiner Bettlerin ein fürstlich Haupt,
Sagt: Majestät, schon wohlstandshalber, dürfe
Nicht wen'ger betteln als ein Reich. Gefällt's ihm,
Für meinen Sohn Ägypten mir zu schenken,
So gibt er mir so viel des Meinen, daß ich
Ihm knieend danken will.
PROCULEJUS. Habt guten Mut!
Ihr fielt in Fürstenhand, seid unbesorgt:
Vertraut Euch ohne Rücksicht meinem Herrn,
Der so voll Gnad' ist, daß sie überströmt
Auf alle Hülfsbedürft'gen. Ich bericht' ihm
Eu'r sanftes Unterwerfen, und als Sieger
Erscheint er Euch, der das von Euch erbittet,
Um was Ihr knieend fleht.
CLEOPATRA. O meldet ihm,
Ich, seines Glücks Vasallin, bring' ihm dar
Die Hoheit, die er sich gewann; gehorchen
Lern' ich jetzt stündlich, und mit Freuden säh' ich
Sein Angesicht.
PROCULEJUS. Dies sag' ich, werte Fürstin;
Seid ruhig, denn ich weiß, Eu'r Unglück weckt
Des Mitleid, der's veranlaßt.
GALLUS. Ihr seht, wie leicht wir jetzt sie überfallen!
Proculejus und einige von der Wache ersteigen das Grabmal auf einer Leiter und umringen Cleopatra. Zugleich wird das Tor entriegelt und aufgesprengt.
Bewacht sie gut, bis Cäsar kommt!
Ab.
IRAS. O Fürstin!
CHARMION.
Cleopatra! Du bist gefangen, – Fürstin! –

CLEOPATRA. Schnell, liebe Hand!

Zieht einen Dolch hervor.

PROCULEJUS. Halt, edle Frau; laßt ab!

Ergreift und entwaffnet sie.

Tut Euch nicht selbst so nah; dies soll Euch retten,
Nicht Euch verraten!

CLEOPATRA. Auch den Tod mißgönnt Ihr,
Der selbst den Hund von seiner Angst erlöst?

PROCULEJUS.
Entzieht Euch nicht des Feldherrn Gnade, Fürstin,
Durch Euern Untergang! – Die Welt erfahre
Das Wirken seiner Großmut, das Eu'r Tod
Nicht läßt zum Ziel gelangen.

CLEOPATRA. Tod, wo bist du? –
Komm her! Komm, komm! Nimm eine Königin,
Mehr wert als viele Säuglinge und Bettler! –

PROCULEJUS. O mäßigt Euch! –

CLEOPATRA.
Freund, keine Speise nehm' ich, Freund, nicht
trink' ich,
Und wenn auch müßig Schwatzen nötig ist,
Schlaf' ich auch nicht: dies ird'sche Haus zerstör' ich;
Tu' Cäsar, was er kann. Wißt, Herr, nicht frön' ich
In Ketten je an Eures Feldherrn Hof,
Noch soll mich je das kalte Auge zücht'gen
Der nüchternen Octavia. Hochgehoben
Sollt' ich des schmäh'nden Roms jubelndem Pöbel
Zur Schau stehn? Lieber sei ein Sumpf Ägyptens
Mein freundlich Grab! Lieber in Nilus' Schlamm
Legt mich ganz nackt, laßt mich die Wasserfliege
Zum Scheusal stechen; lieber macht Ägyptens
Erhabne Pyramiden mir zum Galgen,
Und hängt mich auf in Ketten!

PROCULEJUS. Ihr dehnt weiter
Die Bilder solches Schauders, als Euch Cäsar
Veranlassung wird geben.

Dolabella tritt auf.

DOLABELLA. Proculejus,
Was du getan, weiß Cäsar, dein Gebieter. –
Er hat gesandt nach dir; die Königin
Nehm' ich in meine Hut.

PROCULEJUS. Wohl, Dolabella,
Mir um so lieber. Seid nicht streng mit ihr! –
Cäsarn bestell' ich, was du irgend wünschest,
Wenn du mir's aufträgst.

CLEOPATRA. Sprich, ich wolle sterben!

Proculejus mit den Soldaten ab.

DOLABELLA. Erhabne Kais'rin, hörtet Ihr von mir?

CLEOPATRA. Ich weiß nicht.

DOLABELLA.
Ganz gewiß, Ihr kennt mich schon.

CLEOPATRA.
Gleichviel ja, wen ich kenne, was ich hörte. –
Ihr lacht, wenn Frau'n und Kinder Träum' erzählen;
Nicht wahr? Ihr lacht? –

DOLABELLA. Was wollt Ihr damit sagen?

CLEOPATRA.
Mir träumt', es lebt' ein Feldherr Marc Anton, –
Ach, noch ein solcher Schlaf, damit ich nur
Noch einmal sähe solchen Mann! –

DOLABELLA. Gefällt's Euch ...

CLEOPATRA.
Sein Antlitz war der Himmel: darin standen
Sonne und Mond, kreisten und gaben Licht
Dem kleinen O, der Erde.

DOLABELLA. Hohes Wesen, ...

CLEOPATRA.
Den Ozean überschritt sein Bein; sein Arm,
Erhoben, ward Helmschmuck der Welt; sein Wort
War Harmonie, wie aller Sphären Klang,
Doch Freunden nur;
Denn galt's, den Weltkreis stürmisch zu erschüttern,
Ward es ein donnernd Schelten. Seine Güte –
– Kein Winter jemals; immer blieb sie Herbst,
Die mehr noch wuchs im Ernten: Seine Freuden –
Delphinen gleich: – stets ragte hoch sein Nacken
Aus ihrer Flut; es trugen seine Farben
Krone wie Fürstenhut; gleich Münzen fielen
Ihm aus der Tasche Königreich' und Inseln –

DOLABELLA. Cleopatra, ...

CLEOPATRA.
Gab es wohl jemals, gibt's je solchen Mann,
Wie ich ihn sah im Traum? –

DOLABELLA. Nein; edle Fürstin! –

CLEOPATRA.
Du lügst, hinauf bis zu dem Ohr der Götter!
Doch gab es je, gibt's jemals einen solchen,
So überragt er alle Phantasie: –
Stoff mangelt der Natur,
Die Wunderform des Traums zu überbieten;
Doch daß sie einen Marc Anton ersann,
Dies Kunststück schlug die Traumwelt völlig nieder,
All ihre Schatten tilgend.

DOLABELLA. Fürstin, hört:
Groß wie Ihr selbst ist Eu'r Verlust, und Ihr
Tragt ihn der Last entsprechend. Mög' ich nie
Ersehntes Ziel erreichen, fühl' ich nicht
Durch Rückschlag Eures Grams den tiefsten
Schmerz,
Bis in des Herzens Grund!

CLEOPATRA. Ich dank' Euch, Freund. –
Wißt Ihr, was Cäsar über mich beschloß?

DOLABELLA.
Ich wollt', Ihr wüßtet, was ich ungern sage.

CLEOPATRA. Ich bitt' Euch, Herr ...

DOLABELLA. Wie groß sein Edelmut, –

CLEOPATRA. Er will mich im Triumph aufführen?

DOLABELLA. Fürstin,
So ist's, ich weiß es.

Hinter der Szene: »Platz! Macht Platz dem Cäsar! –«
Cäsar, Gallus, Proculejus, Mäcenas, Seleucus und Gefolge treten auf.

CÄSAR. Welch' ist die Kön'gin von Ägypten?

DOLABELLA. 's ist
Der Imperator, edle Frau.

Cleopatra kniet.

CÄSAR. Steht auf:
Ihr sollt nicht knien, ich bitt' Euch drum; steht auf!
Steht auf, Ägypten!

CLEOPATRA. Also wollten es
Die Götter; meinem Sieger und Gebieter
Muß ich gehorchen.

CÄSAR. Trübes Sinnen, ferne!
Erinn'rung aller Unbill, uns erwiesen,
Sei nur, obschon in unser Blut geschrieben,
Wie Kränkung bloß durch Ungefähr.
CLEOPATRA. Allein'ger Herr der Welt,
Ich kann nicht meinem Tun das Wort so führen,
Daß es ganz klar erscheine: ich bekenn' es,
Mich drücken solche Schwächen, wie schon sonst
Oft mein Geschlecht beschämt.
CÄSAR. Cleopatra,
Wir wollen mildern lieber als verstärken:
Wenn Ihr Euch unsrer Absicht fügsam zeigt,
Die gegen Euch sehr sanft ist, findet Ihr
Gewinn in diesem Tausch. Doch wenn Ihr sucht
Auf mich den Schein der Grausamkeit zu werfen,
Antonius' Bahn betretend, raubt Ihr Euch
Was ich Euch zugedacht: stürzt Eure Kinder
In den Ruin, vor dem ich gern sie schützte,
Wenn Ihr darauf verharrt. – So geh' ich nun.
CLEOPATRA.
Das könnt Ihr, durch die Welt hin! Sie ist Euer,
Und uns, Schildzeichen und Trophäen gleich,
Hängt auf, wo's Euch gefällt! Hier, edler Herr ...
CÄSAR. Ihr selbst sollt für Cleopatra mir raten.
CLEOPATRA.
Hier steht an Geld, Gerät und Schmuck verzeichnet
Was mein Besitz: es ist genau verfaßt,
Nur Kleinigkeiten fehlen; wo ist Seleucus?
SELEUCUS. Hier, Fürstin.
CLEOPATRA.
Dies ist mein Schatzverwalter; fragt ihn, Herr;
Daß ich Euch nichts entzog, laßt ihn versichern
Bei seiner Pflicht! – Seleucus, sprich die Wahrheit! –
SELEUCUS.
Eh' schließt den Mund mir, als daß ich auf Pflicht
Versichre, was nicht wahr!
CLEOPATRA. Was denn verhehlt' ich?
SELEUCUS. Genug, damit zu kaufen, was Ihr hergabt.
CÄSAR. Errötet nicht, Cleopatra! Ich lob' Euch
Für Eure Klugheit.
CLEOPATRA. Seht, o Cäsar, lernt
Des Siegers Macht! Die Meinen werden Euer,
Und tauschen wir das Glück, die Euern mein.
Dieses Seleucus schnöder Undank macht
Ganz wütend mich. O Sklav! Nicht treuer du
Als feile Liebe! Schleichst du fort? Du sollst
Fortschleichen, glaub' mir's! Doch dein Aug'
erhasch' ich,
Und hätt' es Flügel: Hund! Sklav'! Fühllos Tier! –
O Schandfleck, einzig! –
CÄSAR. Fürstin, mäßigt Euch! –
CLEOPATRA.
O Cäsar, wie verwundet diese Schmach,
Daß, wenn du würdigst selbst mich hier zu sehn,
Die Ehre gönnend deiner Fürstlichkeit
Der tief Gebeugten, – daß mein eigner Knecht
Entehrt die große Summe meines Unglücks
Durch Zutat seiner Bosheit! – Gesetzt auch, Cäsar,
Daß ich behielt ein wenig Frauentand,
Unwichtig Spielwerk, Dinge solches Wertes,
Wie man sie leichten Freunden schenkt; – gesetzt,
Ein edles Kleinod hätt' ich aufgespart
Für Livia und Octavia, ihr Vermitteln
Mir zu gewinnen: – mußte mich verraten
Ein Mensch, den ich genährt? O Gott, das
stürzt mich
Noch tiefer als mein Fall. Du weilst noch? – Fort! –
Sonst sollen Funken meines Geistes sprühn
Aus meines Unglücks Asche. Wärst du menschlich,
Du hätt'st Mitleid für mich.
CÄSAR. Geht fort, Seleucus!

Seleucus geht.

CLEOPATRA.
Ihr wißt, uns Größte trifft so oft Verdacht
Um das, was andre taten; fallen wir,
So kommt auf unser Haupt die fremde Schuld,
Statt Mitleid, das uns ziemte.
CÄSAR. Königin,
Nicht was Ihr angezeigt, noch was verhehlt,
Woll'n wir als Beute ansehn: Euch verbleib' es!
Schaltet damit nach Willkür. Denkt auch nicht,
Cäsar sei Handelsmann, mit Euch zu dingen
Um Kaufmannswaren: deshalb seid getrost,
Macht Euren Wahn zum Kerker nicht! Nein, Teure,
Wir wollen so mit Euch verfügen, wie
Ihr selbst uns raten werdet: eßt und schlaft;
So sehr gehört Euch unsre Sorg' und Tröstung,
Daß Ihr als Freund uns finden sollt. Lebt wohl!
CLEOPATRA. Mein Herr! Mein Sieger!
CÄSAR. Nicht also; lebt wohl!

Cäsar und sein Gefolge ab.

CLEOPATRA. Ha, Worte, Kinder! Worte! Daß ich nur
Nicht edel an mir handle! – Horch du, Charmion! –

Spricht leise mit Charmion.

IRAS. Zu Ende denn! der klare Tag ist hin,
Im Dunkel bleiben wir!
CLEOPATRA. Komm schnell zurück:
Ich hab' es schon bestellt, es ist besorgt.
Geh, daß man's eilig bringe!
CHARMION. Ja, so sei's.

Dolabella kommt.

DOLABELLA. Wo ist die Fürstin?
CHARMION. Hier.

Geht ab.

CLEOPATRA. Nun, Dolabella, ...
DOLABELLA. Auf Eures königlichen Worts Geheiß,
Dem meine Lieb' als heilig treu gehorcht,
Meld' ich Euch dies: durch Syrien denkt nun Cäsar
Den Marsch zu lenken; innerhalb drei Tagen
Schickt er mit Euern Kindern Euch voraus.
Nutzt diese Frist, so gut Ihr könnt: ich tat
Nach Euerm Wunsch und meinem Wort.
CLEOPATRA. Ich bleib' Euch
Verpflichtet, Dolabella.
DOLABELLA. Ich Eu'r Knecht.
Lebt, Fürstin, wohl, ich muß dem Cäsar folgen.
CLEOPATRA. Lebt wohl! Ich dank' Euch.

Dolabella geht ab.

Nun, was denkst du, Iras?
Du, als ein fein ägyptisch Püppchen, stehst
In Rom zur Schau wie ich: Handwerkervolk,
Mit schmutz'gem Schurzfell, Maß und Hammer, hebt

Uns auf, uns zu besehn; ihr trüber Hauch,
Widrig von ekler Speis', umwölkt uns dampfend
Und zwingt zu atmen ihren Dunst.

IRAS. Verhüten's
Die Götter! –

CLEOPATRA. O ganz unfehlbar, Iras! Freche Liktorn
Packen uns an wie Huren; schreiend singt uns
Der Bänkelsänger; aus dem Stegreif spielen
Uns selbst und Alexandriens Gelage
Die lust'gen Histrionen: Marc Anton
Tritt auf im Weinrausch; und ein quäkender Junge
Wird als Cleopatra meine Majestät
In einer Metze Stellung höhnen! –

IRAS. Götter! –

CLEOPATRA. Ja, ganz gewiß!

IRAS. Das seh' ich nimmer. Meine Nägel, weiß ich,
Sind stärker als mein Auge.

CLEOPATRA. Freilich; so nur
Höhnen wir ihren Anschlag und vernichten
Den aberwitz'gen Plan.

Charmion kommt zurück.

Nun, Charmion? Nun?
Schmückt mich als Königin, ihr Frau'n; geht, holt
Mein schönstes Kleid: ich will zum Cydnus wieder,
Und Marc Anton begegnen. Hurtig, Iras! –
Nun, edle Charmion, wirklich enden wir,
Und tatst du heut dein Amt, dann magst du spielen
Bis an den Jüngsten Tag. Bringt Kron' und alles! –

Iras geht. Lärm hinter der Szene.

Was für ein Lärm?

Ein Soldat tritt auf.

SOLDAT. Es steht ein Bauer draußen,
Der will durchaus mit Eurer Hoheit reden:
Er bringt Euch Feigen.

CLEOPATRA. Laßt ihn herein!

Soldat ab.

Welch armes Werkzeug oft
Das Edelste vollführt! Er bringt mir Freiheit!
Mein Entschluß wanket nicht; nichts fühl' ich mehr
Vom Weib in mir: vom Kopf zu Fuß ganz bin ich
Nun marmorfest; der unbeständ'ge Mond
Ist mein Planet nicht mehr.

Der Soldat kommt zurück mit einem Bauer, welcher einen Korb trägt.

SOLDAT. Dies ist der Mann.

CLEOPATRA. Geh fort und laß ihn hier!

Soldat ab.

Hast du den art'gen Nilwurm mitgebracht,
Der tötet ohne Schmerz?

BAUER. Ja freilich; aber ich möchte nicht der Mann sein, der's Euch riete, Euch mit ihm abzugeben, denn sein Beißen ist ganz unsterblich: die, welche daran verscheiden, kommen selten oder nie wieder auf.

CLEOPATRA.
Weißt du von einem, der daran gestorben?

BAUER. Sehr viele; Mannsleute und Frauensleute dazu: ich hörte ganz kürzlich, noch gestern, von einer, ein recht braves Weib, nur etwas dem Lügen ergeben (und das sollte eine Frau nie sein, außer in redlicher Art und Weise), die erzählte, wie sie an seinem Biß gestorben war, was sie für Schmerzen gefühlt. Mein' Seel', sie sagt viel Gutes von dem Wurm; aber wer den Leuten alles glauben will, was sie sagen, dem hilft nicht die Hälfte von dem, was sie tun. Das ist aber auf jeden Fall eine inkomplette Wahrheit: der Wurm ist ein kurioser Wurm.

CLEOPATRA. Geh, mach' dich fort, leb wohl!

BAUER.
Ich wünsche Euch viel Zeitvertreib von dem Wurm.

CLEOPATRA. Leb wohl!

BAUER. Das müßt Ihr bedenken, seht Ihr, daß der Wurm nicht von Art läßt.

CLEOPATRA. Ja, ja, leb wohl!

BAUER. Seht Ihr, dem Wurm ist nicht zu trauen, außer in gescheiter Leute Händen; denn mein' Seel', es steckt nichts Gutes in dem Wurm.

CLEOPATRA. Sei unbesorgt, wir woll'n ihn hüten! –

BAUER. Recht schön! Gebt ihm nichts, ich bitt' Euch, er ist sein Futter nicht wert.

CLEOPATRA. Wird er mich essen?

BAUER. Denkt doch nicht, ich wäre so dumm, daß ich nicht wissen sollte, der Teufel selbst werde kein Weibsbild essen. Ich weiß, ein Weibsbild ist ein Gericht für die Götter, wenn's der Teufel nicht zugerichtet hat; aber mein' Seel', diese Hurensöhne von Teufeln machen den Göttern viel Verdruß mit den Weibern: denn von jedem Dutzend, das sie erschaffen, verderben ihnen die Teufel sechse.

CLEOPATRA. Nun geh nur, geh! Leb wohl!

BAUER. Ja wahrhaftig, ich wünsche Euch viel Zeitvertreib von dem Wurm. *Ab.*

Iras kommt zurück mit Krone und Kleid.

CLEOPATRA.
Den Mantel gib, setz' mir die Krone auf,
Ich fühl' ein Sehnen nach Unsterblichkeit!
Nun netzt kein Traubensaft die Lippe mehr. –
Rasch, gute Iras! Schnell! Mich dünkt, ich höre
Antonius' Ruf: ich seh' ihn sich erheben,
Mein edles Tun zu preisen; er verspottet
Des Cäsar Glück, das Zeus nur als Entschuld'gung
Zukünft'gen Zorns verleiht. Gemahl, ich komme! –
Jetzt schafft mein Mut ein Recht mir zu dem Titel!
Ganz Feu'r und Luft, geb' ich dem niedern Leben
Die andern Elemente. – Seid ihr fertig,
So kommt, nehmt meiner Lippen letzte Wärme! –
Leb wohl, du gute Charmion! Liebste Iras,
Ein langes Lebewohl!

Küßt sie, Iras fällt hin und stirbt.

Hab' ich die Natter auf der Lippe? Fällst du?
Kann sich Natur so freundlich von dir trennen?
So trifft uns Tod wie Händedruck des Liebsten,
Schmerzlich und doch ersehnt. Liegst du so still?
Wenn du so hinscheid'st, meldest du der Welt,
Sie sei nicht wert des Abschieds!

CHARMION.
Zerschmilz in Regen, trübe Luft, dann glaub' ich,
Daß selbst die Götter weinen!

CLEOPATRA.
Dies beschämt mich! –
Sieht sie zuerst Antonius' lockig Haupt,
Wird er sie fragen und den Kuß verschwenden,

Der mir ein Himmel ist. – Komm, tödlich Spielzeug,
setzt die Schlange an ihre Brust
Dein scharfer Zahn löse mit eins des Lebens
Verwirrten Knoten! Armer, gift'ger Narr!
Sei zornig, mach' ein End! O könnt'st du reden,
So hört' ich dich den großen Cäsar schelten
Kurzsicht'gen Tropf!

CHARMION. O Stern des Ostens!

CLEOPATRA. Still,
Siehst du den Säugling nicht an meiner Brust
In Schlaf die Amme saugen?

CHARMION. Brich, mein Herz!

CLEOPATRA.
So süß wie Tau! so mild wie Luft! so lieblich –
O mein Antonius! – Ja, dich nehm' ich auch,
setzt eine zweite Schlange an ihren Arm
Was wart' ich noch ...
Fällt zurück und stirbt.

CHARMION. ... in dieser öden Welt? So fahrewohl!
Nun triumphiere, Tod! du führtest heim
Das schönste Frau'nbild. Schließt euch, weiche Fenster!
Den goldnen Phöbus schaun hinfort nicht mehr
So königliche Augen. Deine Krone
Sitzt schief; ich richte sie: dann will ich spielen. –
Wache stürzt herein.

ERSTE WACHE. Wo ist die Königin?

CHARMION. Still, weckt sie nicht! –

ERSTE WACHE. Cäsar schickt ...

CHARMION. Viel zu langsam seine Boten! –
Setzt sich die Schlange an.
O komm! Nun schnell! Mach' fort! Dich fühl' ich kaum!

ERSTE WACHE. Kommt her; hier steht es schlimm, sie täuschten Cäsarn!

ZWEITE WACHE.
Ruft Dolabella, Cäsar sandt' ihn her!

ERSTE WACHE.
Was gibt's hier? Charmion, ist das wohlgetan? –

CHARMION.
Ja, wohlgetan; und wohl ziemt's einer Fürstin,
Die so viel hohen Königen entstammt –
Ah, Krieger! –
Stirbt.
Dolabella tritt auf.

DOLABELLA. Wie steht's hier?

ZWEITE WACHE. Alle tot.

DOLABELLA. Cäsar, dein Sorgen
Verfehlte nicht sein Ziel. Du selber kommst,
Erfüllt zu sehn die grause Tat, die du
Gern hindern wolltest.
Hinter der Szene: »Platz für Cäsar! Platz! –«
Cäsar tritt auf mit Gefolge.

DOLABELLA.
O Herr! Ihr wart ein allzu sichrer Augur:
Was Ihr besorgt, geschah.

CÄSAR.
Ihr End' erhaben! –
Sie riet, was wir gewollt, und königlich
Ging sie den eignen Weg. Wie starben sie?
Ich seh' kein Blut.

DOLABELLA. Wer war zuletzt mit ihnen?

ERSTE WACHE.
Ein schlichter Landmann, der ihr Feigen brachte;
Dies war sein Korb.

CÄSAR. Gift also! –

ERSTE WACHE. Eben noch,
O Cäsar, lebte Charmion, stand und sprach,
Und ordnet' an dem Königsdiadem
Der toten Herrin; zitternd stand sie da,
Und plötzlich sank sie nieder.

CÄSAR. Edle Schönheit!
Hätten sie Gift geschluckt, so fände sich
Geschwulst von außen; doch sie gleicht dem Schlaf,
Als wollte sie Anton von neuem fangen
Im starken Netz der Schönheit.

DOLABELLA. Ihre Brust
Ist blutgefärbt und etwas aufgeschwollen,
Und ebenso ihr Arm.

ERSTE WACHE.
Dann war's 'ne Schlange: auf den Feigenblättern
Ist Schleim zu sehn, so wie die Schlang' ihn läßt
In Höhlungen des Nils.

CÄSAR. Sehr zu vermuten,
Daß so sie starb: denn mir erzählt' ihr Arzt,
Wie oft und wiederholt sie nachgeforscht
Schmerzlosen Todesarten. Nehmt ihr Bett
Und tragt die Dienerinnen fort von hier:
Mit ihrem Marc Anton laßt sie bestatten! –
Kein Grab der Erde schließt je wieder ein
Solch hohes Paar. Der ernste Ausgang rührt
Selbst den, der ihn veranlaßt, und ihr Schicksal
Wirbt so viel Leid für sie, als Ruhm für den,
Der sie gestürzt. Laßt unsre Kriegerscharen
In Feierpracht begleiten diese Bahren,
Und dann nach Rom! – Komm, Dolabella, dir
Vertraun wir der Bestattung große Zier.
Alle gehn ab.

CO
NUS

Personen

Cajus Marcius Coriolanus, ein edler Römer
Titus Lartius,
Cominius, Anführer gegen die Volsker
Menenius Agrippa, Coriolans Freund
Sicinius Velutus,
Junius Brutus, Volkstribunen.
Marcius, Coriolans Kleiner Sohn
Ein römischer Herold
Tullus Aufidius, Anführer der Volsker
Ein Unterfeldherr des Aufidius
Verschworne
Ein Bürger von Antium
Zwei volskische Wachen
Volumnia, Coriolans Mutter
Virgilia, Coriolans Gemahlin
Valeria, Virgilias Freundin
Dienerinnen der Virgilia
Römer und Volsker. Senatoren, Patrizier, Ädilen, Liktoren, Krieger, Bürger, Boten

Erster Aufzug

Erste Szene

Es tritt auf ein Haufe aufrührischer Bürger mit Stäben, Knütteln und anderen Waffen.

ERSTER BÜRGER. Ehe wir irgend weiter gehn, hört mich sprechen!

ZWEITER BÜRGER. Sprich! sprich! –

ERSTER BÜRGER. Ihr alle seid entschlossen, lieber zu sterben, als zu verhungern?

ALLE BÜRGER. Entschlossen! entschlossen! –

ERSTER BÜRGER. Erstlich wißt ihr: Cajus Marcius ist der Hauptfeind des Volkes.

ALLE BÜRGER. Wir wissen's! wir wissen's! –

ERSTER BÜRGER. Laßt uns ihn umbringen, so können wir die Kornpreise selbst machen. Ist das ein Urteilsspruch?

ALLE BÜRGER. Kein Geschwätz mehr darüber. Wir wollen's tun. Fort! Fort!

ZWEITER BÜRGER. Noch ein Wort, meine guten Bürger!

ERSTER BÜRGER. Wir werden für die armen Bürger gehalten, die Patrizier für die guten. Das, wovon der Adel schwelgt, würde uns nähren. Gäben sie uns nur das Überflüssige, ehe es verdirbt, so könnten wir glauben, sie nährten uns auf menschliche Weise; aber sie denken, so viel sind wir nicht wert. Der Hunger, der uns ausmergelt, der Anblick unsers Elends ist gleichsam ein Verzeichnis, in welchem sie ihr Wohlleben lesen. Unser Jammer ist ihnen Genuß. Dies wollen wir mit unsern Spießen rächen, ehe wir selbst Spießgerten werden. Denn das wissen die Götter! ich rede so aus Hunger nach Brot, und nicht aus Durst nach Rache.

ZWEITER BÜRGER. Wollt ihr besonders auf den Cajus Marcius los gehen?

ALLE. Auf ihn zuerst, er ist ein wahrer Hund gegen das Volk.

ZWEITER BÜRGER. Bedenkt ihr auch, welche Dienste er dem Vaterlande getan hat?

ERSTER BÜRGER. Sehr wohl! und man könnte ihn auch recht gern dafür loben; aber er belohnt sich selbst dadurch, daß er so stolz ist.

ZWEITER BÜRGER. Nein, rede nicht so boshaft!

ERSTER BÜRGER. Ich sage euch, was er rühmlich getan hat, tat er nur deshalb: Wenn auch zu gewissenhafte Menschen so billig sind, zu sagen, es war für sein Vaterland, so tat er's doch nur, seiner Mutter Freude zu machen und tüchtig stolz zu sein; denn sein Stolz ist ebenso groß als sein Verdienst.

ZWEITER BÜRGER. Was er an seiner Natur nicht ändern kann, das rechnet ihr ihm für ein Laster. Das dürft ihr wenigstens nicht sagen, daß er habsüchtig ist.

ERSTER BÜRGER. Wenn ich das auch nicht darf, werden mir doch die Anklagen nicht ausgehn. Er hat Fehler so überlei, daß die Aufzählung ermüdet.

Geschrei hinter der Szene.

Welch Geschrei ist das? Die andre Seite der Stadt ist in Aufruhr. Was stehn wir hier und schwatzen? Aufs Kapitol!

ALLE. Kommt! kommt! –

ERSTER BÜRGER. Still, wer kommt hier?

Menenius Agrippa tritt auf.

ZWEITER BÜRGER. Der würdige Menenius Agrippa, einer, der das Volk immer geliebt hat.

ERSTER BÜRGER. Der ist noch ehrlich genug. Wären nur die übrigen alle so!

MENENIUS. Was habt ihr vor, Landsleute? Wohin geht ihr mit Stangen, Knütteln? Sprecht, was gibt's? Ich bitt' euch!

ERSTER BÜRGER. Unsre Sache ist dem Senat nicht unbekannt; sie haben davon munkeln hören seit vierzehn Tagen, was wir vorhaben, und das wollen wir ihnen nun durch Taten zeigen. Sie sagen, arme Klienten haben schlimmen Atem: sie sollen erfahren, daß wir auch schlimme Arme haben.

MENENIUS.
Ei, Leute! gute Freund' und liebe Nachbarn,
Wollt ihr euch selbst zugrunde richten?

ERSTER BÜRGER.
Nicht möglich, wir sind schon zugrund gerichtet.

MENENIUS.
Ich sag' euch, Freund', es sorgt mit wahrer Liebe
Für euch der Adel. Eure Not, betreffend
Die jetz'ge Teurung, könntet ihr so gut
Dem Himmel dräun mit Knütteln, als sie schwingen
Gegen den Staat von Rom, des Lauf sich bricht
So grade Bahn, daß es zehntausend Zügel
Von härtrem Erz zerreißt, als jemals ihm
Nur eure Hemmung bietet. Diese Teurung,
Die Götter machen sie, nicht die Patrizier;
Gebeugte Knie, nicht Arme müssen helfen.
Ach! durch das Elend werdet ihr verlockt,
Dahin, wo größres euch umfängt. Ihr lästert
Roms Lenker, die wie Väter für euch sorgen,
Wenn ihr wie Feinde sie verflucht.

ERSTER BÜRGER. Für uns sorgen! – Nun, wahrhaftig! – Sie sorgten noch nie für uns. Uns verhungern lassen, und ihre Vorratshäuser sind vollgestopft mit Korn. Verordnungen machen gegen den Wucher, um die Wucherer zu unterstützen. Täglich irgendein heilsames Gesetz gegen die Reichen widerrufen und täglich schärfere Verordnungen ersinnen, die Armen zu fesseln und einzuzwängen. Wenn der Krieg uns nicht auffrißt, tun sie's: das ist ihre ganze Liebe für uns.

MENENIUS. Entweder müßt ihr selbst
Als ungewöhnlich tückisch euch bekennen,
Sonst schelt' ich euch als töricht. Ich erzähl' euch
Ein hübsches Märchen: möglich, daß ihr's kennt;
Doch, da's hier eben her paßt, will ich wagen,
Es nochmals aufzuwärmen.

ERSTER BÜRGER. Gut, wir wollen's anhören, Herr. Ihr müßt aber nicht glauben, unser Unglück mit einem Märchen wegfopen zu können; doch, wenn Ihr wollt, her damit!

MENENIUS.
Einstmals geschah's, daß alle Leibesglieder,
Dem Bauch rebellisch, also ihn verklagten:
Daß er allein nur wie ein Schlund verharre
In Leibes Mitte, arbeitslos und müßig,
Die Speisen stets verschlingend, niemals tätig,
So wie die andern all' –, – wo jene Kräfte
Säh'n, hörten, sprächen, dächten, gingen, fühlten
Und, wechselseitig unterstützt, dem Willen
Und allgemeinen Wohl und Nutzen dienten
Des ganzen Leibs. Der Bauch erwiderte –

ERSTER BÜRGER. Gut, Herr, was hat der Bauch
denn nun erwidert?

MENENIUS.
Ich sag' es gleich. – Mit einer Art von Lächeln,
Das nicht von Herzen ging, nur gleichsam so –
(Denn seht, ich kann den Bauch ja lächeln lassen
So gut als sprechen) gab er höhnisch Antwort
Den mißvergnügten Gliedern, die rebellisch
Die Einkünft' ihm nicht gönnten; ganz so passend
Wie ihr auf unsre Senatoren scheltet,
Weil sie nicht sind wie ihr.

ERSTER BÜRGER. Des Bauches Antwort? Wie!
Das fürstlich hohe Haupt; das wache Auge;
Das Herz: der kluge Rat; der Arm: der Krieger;
Das Bein: das Roß; die Zunge: der Trompeter;
Nebst andern Ämtern noch und kleinern Hülfen
In diesem unserm Bau, wenn sie –

MENENIUS. Was denn,
Mein' Treu'! der Mensch da schwatzt! Was denn?
was denn?

ERSTER BÜRGER.
So würden eingezwängt vom Fresser Bauch,
Der nur des Leibes Abfluß –

MENENIUS. Gut, was denn?

ERSTER BÜRGER.
Die andern Kräfte, wenn sie nun so klagte
Der Bauch, was könnt' er sagen?

MENENIUS. Ihr sollt's hören.
Schenkt ihr ein bißchen, was ihr wenig habt,
Geduld, so sag' ich euch des Bauches Antwort.

ERSTER BÜRGER. Ihr macht es lang.

MENENIUS. Jetzt paßt wohl auf, mein Freund!
Eu'r höchst verständ'ger Bauch, er war bedächtig,
Nicht rasch, gleich den Beschuld'gern, und sprach so:
»Wahr ist's, ihr einverleibten Freunde«, sagt' er,
»Zuerst nehm' ich die ganze Nahrung auf,
Von der ihr alle lebt; und das ist recht,
Weil ich das Vorratshaus, die Werkstatt bin
Des ganzen Körpers. Doch bedenkt es wohl:
Durch eures Blutes Ströme send' ich sie
Bis an den Hof, das Herz – den Thron, das Hirn,
Und durch des Körpers Gäng' und Windungen
Empfängt der stärkste Nerv', die feinste Ader
Von mir den angemeßnen Unterhalt,
Wovon sie leben. Und obwohl ihr alle –
Ihr guten Freund'«, – habt acht, dies sagt der Bauch!

ERSTER BÜRGER. Gut. Weiter!

MENENIUS. »Seht ihr auch nicht all' auf eins,
Was jeder einzelne von mir empfängt,
Doch kann ich Rechnung legen, daß ich allen
Das feinste Mehl von allem wieder gebe
Und nur die Klei' mir bleibt.« Wie meint ihr nun?

ERSTER BÜRGER.
Das war 'ne Antwort. Doch wie paßt das hier?

MENENIUS. Roms Senatoren sind der gute Bauch,
Ihr die empörten Glieder; denn erwägt
Ihr Müh'n, ihr Sorgen; wohl bedenkt, was alles
Des Staates Vorteil heischt: so seht ihr ein,
Kein allgemeines Gut, was ihr empfangt,
Das nicht entsprang und kam zu euch von ihnen,
Durchaus nicht von euch selbst. Was denkt ihr nun?
Du, große Zeh', in dieser Ratsversammlung!

ERSTER BÜRGER.
Ich die große Zehe? warum die große Zehe?

MENENIUS.
Weil du, der Niedrigst', Ärmst', Erbärmlichste
Von dieser weisen Rebellion, vorantrittst:
Du Schwächling ohne Kraft und Ansehn läufst
Voran und führst, dir Vorteil zu erjagen. –
Doch schwenkt nur eure Stäb' und dürren Knüttel,
Rom und sein Rattenvolk zieht aus zur Schlacht,
Der eine Teil muß tot sich fressen.

Cajus Marcius tritt auf.

Heil, edler Marcius!

MARCIUS.
Dank Euch! Was gibt es hier? Rebell'sche Schurken,
Die ihr das Jucken eurer Einsicht kratzt,
Bis ihr zu Aussatz werdet?

ERSTER BÜRGER.
Von Euch bekommen wir doch immer gute Worte.

MARCIUS.
Ein gutes Wort dir geben, hieße schmeicheln
Jenseit des Abscheus. Was verlangt ihr, Hunde?
Die Krieg nicht wollt, noch Frieden; jener
schreckt euch,
Und dieser macht euch frech. Wer euch vertraut,
Find't euch als Hasen, wo er Löwen hofft,
Wo Füchse, Gans'. Ihr seid nicht sichrer, nein!
Als glüh'nde Feuerkohlen auf dem Eis,
Schnee in der Sonne. Eure Tugend ist,
Den adeln, den Verbrechen niedertreten,
Dem Recht zu fluchen, das ihn schlägt. Wer Größe
Verdient, verdient auch euern Haß; und eure Liebe
Ist eines Kranken Gier, der heftig wünscht,
Was nur sein Übel mehrt. Wer sich verläßt
Auf eure Gunst, der schwimmt mit blei'rnen Flossen,
Und haut mit Binsen Eichen nieder. Hängt euch!
Euch traun?
Ein Augenblick, so ändert ihr den Sinn,
Und nennt den edel, den ihr eben haßtet,
Den schlecht, der euer Abgott war. Was gibt's?
Daß ihr, auf jedem Platz der Stadt gedrängt,
Schreit gegen den Senat, der doch allein,
Zunächst den Göttern, euch in Furcht erhält;
Ihr fräß't einander sonst. Was wollen sie?

MENENIUS.
Nach eignem Preis das Korn, das, wie sie sagen
Im Überfluß daliegt.

MARCIUS. Hängt sie! Sie sagen's?
Beim Feuer sitzend wissen sie genau,

Was auf dem Kapitol geschieht; wer steigt,
Wer gilt, wer fällt; da stiften sie Faktionen
Und schließen Ehen; stärken die Partei
Und beugen die, die nicht nach ihrem Sinn,
Noch unter ihre Nägelschuh'. Sie sagen,
Korn sei genug vorhanden?
Wenn sich der Adel doch der Mild' entschlüge,
Daß ich mein Schwert ziehn dürft'. Ich häufte Berge
Von Leichen der zerhau'nen Sklaven, höher,
Als meine Lanze reicht.

MENENIUS.
Nein, diese sind fast gänzlich schon beruhigt;
Denn, fehlt im Überfluß auch der Verstand,
So sind sie doch ausbündig feig. Doch sagt mir,
Was macht der andre Trupp?

MARCIUS. Schon ganz zerstreut.
Die Schurken!
Sie hungern, sagten sie, und ächzten Sprüchlein,
Als: »Not bricht Eisen«; »Hunde müssen fressen«;
»Das Brot ist für den Mund«; »die Götter senden
Nicht bloß den Reichen Korn«. Mit solchen Fetzen
Macht sich ihr Klagen Luft; man hört sie gütig,
Bewilligt eine Ford'rung – eine starke –
(Des Adels Herz zu brechen, jede Kraft
Zu töten), und nun schmeißen sie die Mützen,
Als sollten auf des Mondes Horn sie hängen,
Frech laut und lauter jauchzend.

MENENIUS. Und was ward zugestanden?

MARCIUS. Fünf Tribunen,
Um ihre Pöbelweisheit zu vertreten,
Aus eigner Wahl: der ein' ist Junius Brutus,
Sicinius und – was weiß ich, – Tod und Pest!
Die Lumpen sollten eh' die Stadt abdecken,
Als mich so weit zu bringen. Nächstens nun
Gewinnen sie noch mehr und fordern Größres
Mit Androhn der Empörung.

MENENIUS. Das ist seltsam.

MARCIUS. Geht, fort mit euch, ihr Überbleibsel!

Ein Bote tritt auf.

BOTE. Ist Cajus Marcius hier?

MARCIUS. Nun ja! was soll's?

BOTE.
Ich meld' Euch, Herr, die Volsker sind in Waffen.

MARCIUS.
Mich freut's! So werden wir am besten los
Den Überfluß, der schimmlicht wird. – Seht da,
Die würd'gen Väter!

Es treten auf Cominius, Titus Lartius und andre Senatoren, Junius Brutus und Sicinius Velutus.

ERSTER SENATOR.
Marcius, was Ihr uns sagtet, ist geschehn;
Die Volsker sind in Waffen.

MARCIUS. Ja, sie führt
Tullus Aufidius, der macht euch zu schaffen.
Ich sünd'ge, seinen Adel ihm zu neiden,
Und wär' ich etwas anders als ich bin,
So wünscht' ich, er zu sein.

COMINIUS. Ihr fochtet mit einander?

MARCIUS.
Wenn, halb und halb geteilt, die Welt sich zauste,
Und er auf meiner Seit', ich fiele ab,
Nur daß ich ihn bekämpft'. – Er ist ein Löwe,
Den ich zu jagen stolz bin.

ERSTER SENATOR. Darum, Marcius,
Magst du Cominius folgen in den Krieg.

COMINIUS. Ihr habt es einst versprochen.

MARCIUS. Herr, das hab' ich,
Und halte Wort. Du, Titus Lartius, siehst
Noch einmal Tullus mich ins Antlitz schlagen.
Wie – bist du krank? bleibst aus?

TITUS. Nein, Cajus Marcius.
Ich lehn' auf eine Krück' und schlage mit der andern,
Eh' ich dies Werk versäum'.

MARCIUS. O edles Blut!

ERSTER SENATOR.
Begleitet uns zum Kapitol, dort harren
Die treusten Freunde unser.

TITUS. Geht voran –
Cominius, folgt ihm nach, wir folgen Euch,
Ihr seid des Vorrangs würdig.

COMINIUS. Edler Lartius!

ERSTER SENATOR *zu den Bürgern.*
Geht, macht euch fort! – Nach Haus!

MARCIUS. Nein, laßt sie folgen!
Die Volsker haben Korn; dahin, ihr Ratten,
Die Scheuren freßt! – Hochadlige Rebellen,
Eu'r Mut schlägt herrlich aus. Ich bitte, folgt!

Senatoren, Cominius, Marcius, Titus Lartius und Menenius gehn ab; die Bürger schleichen sich fort.

SICINIUS.
War je ein Mensch so stolz wie dieser Marcius?

BRUTUS. Er hat nicht seinesgleichen.

SICINIUS.
Als wir ernannt zu Volkstribunen wurden –

BRUTUS. Saht Ihr sein Aug', den Mund?

SICINIUS. Ja, und sein Höhnen.

BRUTUS.
Gereizt schont nicht sein Spott die Götter selbst.

SICINIUS.
Den keuschen Mond auch würd' er lästern.

BRUTUS.
Verschling' ihn dieser Krieg; er ward zu stolz,
So tapfer wie er ist.

SICINIUS. Solch ein Gemüt,
Gekitzelt noch vom Glück, verschmäht den Schatten,
Auf den er mittags tritt. Doch wundert's mich,
Wie nur sein Hochmut es erträgt, zu stehn
Unter Cominius.

BRUTUS. Ruhm, nach dem er zielt,
Und der schon reich ihn schmückt, wird besser nicht
Erhalten und erhöht, als auf dem Platz
Zunächst dem Ersten; denn was nun mißlingt,
Das ist des Feldherrn Schuld, tut er auch alles,
Was Menschenkraft vermag; und schwindelnd Urteil
Ruft dann vom Marcius aus: Oh, hätte dieser
Den Krieg geführt!

SICINIUS. Gewiß, und geht es gut,
So raubt das Vorurteil, am Marcius hängend,
Cominius jegliches Verdienst.

BRUTUS. Jawohl. –
Cominius' halben Ruhm hat Marcius schon,

Erwarb er ihn auch nicht; und jenes Fehler,
Sie werden Marcius' Ruhm, tat er auch selbst
Nichts Großes mehr.

SICINIUS.
Kommt, laßt uns hin und hören
Die Ausfert'gung, und in was Art und Weise
Er, außer seiner Einzigkeit, nun geht
In diesen jetz'gen Kampf.

BRUTUS. So gehn wir denn!

Beide ab.

Zweite Szene

Tullus Aufidius tritt auf mit einigen Senatoren.

ERSTER SENATOR.
So glaubt Ihr wirklich denn, Aufidius,
Daß die von Rom erforschten unsern Plan
Und wissen, was wir tun?

AUFIDIUS. Glaubt Ihr's denn nicht?
Was ward wohl je gedacht in unserm Staat,
Das nicht, ch's körperliche Tat geworden,
Rom ausgeforscht? Noch sind's vier Tage nicht,
Daß man von dort mir schrieb; so, denk' ich,
lautet's –
Ich hab' den Brief wohl hier; – ja, dieser ist's.

Er liest.

»Geworben wird ein Heer; doch niemand weiß,
Ob für den Ost, den West. Groß ist die Teurung,
Das Volk im Aufruhr, und man raunt sich zu,
Cominius, Marcius, Euer alter Feind
(Der mehr in Rom gehaßt wird als von Euch),
Und Titus Lartius, ein sehr tapfrer Römer,
Daß diesen drei'n die Rüstung ward vertraut.
Wohin's auch geht: wahrscheinlich trifft es Euch,
Drum seht Euch vor!«

ERSTER SENATOR. Im Feld stehn unsre Scharen;
Wir zweifeln nie, daß Rom, uns zu begegnen,
Stets sei bereit.

AUFIDIUS. Und Ihr habt klug gehandelt,
Zu bergen Euern großen Plan, bis er
Sich zeigen mußte; doch im Brüten schon
Erkannt' ihn Rom, so scheint's; durch die
Entdeckung
Wird unser Ziel geschmälert, welches war,
Zu nehmen manche Stadt, eh' selbst die Römer
Bemerkt, daß wir im Gang.

ZWEITER SENATOR. Edler Aufidius,
Nehmt Eure Vollmacht, eilt zu Euren Scharen,
Laßt uns zurück, Corioli zu schützen;
Belagern sie uns hier, kommt zum Entsatz
Mit Eurem Heer zurück; doch sollt Ihr sehn,
Die Rüstung gilt nicht uns.

AUFIDIUS. Oh! zweifelt nicht;
Ich sprech' aus sichrer Nachricht. Ja – noch mehr,
Schon rückten ein'ge Römerhaufen aus,
Und nur hieherwärts. Ich verlass' euch, Väter.
Wenn wir und Cajus Marcius uns begegnen,
So ist geschworen, daß der Kampf nicht endet,
Bis einer fällt.

ALLE SENATOREN. Die Götter sei'n mit Euch!

AUFIDIUS. Sie schirmen Eure Ehren!

ERSTER SENATOR. Lebt wohl!

ZWEITER SENATOR. Lebt wohl!

AUFIDIUS. Lebt wohl!

Alle ab.

Dritte Szene

Volumnia und Virgilia sitzen und nähen.

VOLUMNIA. Ich bitte dich, Tochter, singe, oder sprich wenigstens trostreicher; wenn mein Sohn mein Gemahl wäre, ich würde mich lieber seiner Abwesenheit erfreuen, durch die er Ehre erwirbt, als der Umarmungen seines Bettes, in denen ich seine Liebe erkennte. Da er noch ein zarter Knabe war und das einzige Kind meines Schoßes, da Jugend und Anmut gewaltsam alle Blicke auf ihn zogen, als die tagelangen Bitten eines Königs einer Mutter nicht eine einzige Stunde seines Anblicks abgekauft hätten, schon damals, – wenn ich bedachte, wie Ehre solch ein Wesen zieren würde, und daß es nicht besser sei als ein Gemälde, das an der Wand hängt, wenn Ruhmbegier es nicht belebte –, war ich erfreut, ihn da Gefahren suchen zu sehn, wo er hoffen konnte, Ruhm zu finden. In einen grausamen Krieg sandte ich ihn, aus dem er zurück kehrte, die Stirn mit Eichenlaub umwunden. Glaube mir, Tochter, mein Herz hüpfte nicht mehr vor Freuden, als ich zuerst hörte, es sei ein Knabe, als jetzt, da ich zuerst sah, es sei ein Mann geworden.

VIRGILIA. Aber wäre er nun in der Schlacht geblieben, teure Mutter, wie dann?

VOLUMNIA. Dann wäre sein Nachruhm mein Sohn gewesen; in ihm hätte ich mein Geschlecht gesehn. Höre mein offenherziges Bekenntnis: hätte ich zwölf Söhne, jeder meinem Herzen gleich lieb, und keiner mir weniger teuer als dein um mein guter Marcius, ich wollte lieber elf für ihr Vaterland edel sterben sehn, als einen einzigen in wollüstigem Müßiggang schwelgen.

Es tritt eine Dienerin auf.

DIENERIN. Edle Frau, Valeria wünscht Euch zu sehn.

VIRGILIA. Ich bitte, erlaubt mir, mich zurück zu ziehn.

VOLUMNIA. O nein! das sollst du nicht.
Mich dünkt, bis hier tönt deines Gatten Trommel,
Er reißt Aufidius bei den Haaren nieder,
Wie Kinder vor dem Bären fliehn die Volsker:
Mich dünkt, ich seh's! So stampft er und ruft aus:
»Memmen, heran! In Furcht seid ihr gezeugt,
Obwohl in Rom geboren.« Und er trocknet
Die blut'ge Stirn mit eh'rner Hand, und schreitet
So wie ein Schnitter, der sich vorgesetzt,
Alles zu mähn, wo nicht, den Lohn zu missen.

VIRGILIA. Die blut'ge Stirn! – O Jupiter! kein Blut!

VOLUMNIA.
O schweig', du Törin! Schöner ziert's den Mann
Als Goldtrophä'n. Die Brust der Hekuba
War schöner nicht, da sie den Hektor säugte,
Als Hektors Stirn, die Blut entgegen spritzte

Im Kampf den Griechenschwertern. – Sagt Valerien,
Wir sind bereit, sie zu empfangen.

Dienerin ab.

VIRGILIA. Himmel!
Schütz' meinen Mann vorm grimmigen Aufidius!

VOLUMNIA.
Er schlägt Aufidius' Haupt sich unters Knie
Und tritt auf seinen Hals.

Valeria tritt auf.

VALERIA. Ihr edlen Frauen, euch beiden guten Tag!

VOLUMNIA. Liebe Freundin –

VIRGILIA. Ich bin erfreut, Euch zu sehn, verehrte Frau.

VALERIA. Was macht ihr beide? Ihr seid ausgemachte Haushälterinnen. Wie! – Ihr sitzt hier und näht? – Ein artiges Vergnügen, das muß ich gestehn. – Was macht Euer kleiner Sohn?

VIRGILIA. Ich danke Euch, edle Frau, er ist wohl.

VOLUMNIA. Er mag lieber Schwerter sehn und die Trommel hören, als auf seinen Schulmeister acht geben.

VALERIA. Oh! auf mein Wort, ganz der Vater. Ich kann's beschwören, er ist ein allerliebster Knabe. Nein wahrlich, ich beobachtete ihn am Mittwoch eine halbe Stunde ununterbrochen; er hat etwas so Entschloßnes in seinem Benehmen. Ich sah ihn einem glänzenden Schmetterlinge nachlaufen, und als er ihn gefangen hatte, ließ er ihn wieder fliegen, und nun wieder ihm nach, und fiel der Länge nach hin, und wieder aufgesprungen und ihn noch einmal gefangen. Hatte ihn sein Fall böse gemacht, oder was ihm sonst sein mochte, aber er knirschte so mit den Zähnen und zerriß ihn. Oh! ihr könnt nicht glauben, wie er ihn zerfetzte.

VOLUMNIA. Ganz seines Vaters Art.

VALERIA. Ei wahrhaftig! er ist ein edles Kind.

VIRGILIA. Ein kleiner Wildfang, Valeria.

VALERIA. Kommt, legt Eure Stickerei weg, Ihr müßt heut nachmittag mit mir die müßige Hausfrau machen.

VIRGILIA. Nein, teure Frau, ich werde nicht ausgehn.

VALERIA. Nicht ausgehn?

VOLUMNIA. Sie wird, sie wird.

VIRGILIA. Nein, gewiß nicht; erlaubt es mir! Ich will nicht über die Schwelle schreiten, eh' mein Gemahl aus dem Kriege heimgekehrt ist.

VALERIA. Pfui! wollt Ihr so wider alle Vernunft Euch einsperren? Kommt mit, Ihr müßt eine gute Freundin besuchen, die im Kindbette liegt.

VIRGILIA. Ich will ihr eine schnelle Genesung wünschen und sie mit meinem Gebet besuchen, aber hingehn kann ich nicht.

VOLUMNIA. Nun, warum denn nicht?

VIRGILIA. Es ist gewiß nicht Trägheit oder Mangel an Liebe.

VALERIA. Ihr wäret gern eine zweite Penelope; und doch sagt man, alles Garn, das sie in Ulysses' Abwesenheit spann, füllte Ithaka nur mit Motten. Kommt, ich wollte, Eure Leinwand wäre so empfindlich wie Euer Finger, so würdet Ihr aus Mitleid aufhören, sie zu stechen. Kommt, Ihr müßt mitgehn.

VIRGILIA. Nein, Liebe, verzeiht mir; im Ernst, ich werde nicht ausgehn.

VALERIA. Ei wahrhaftig! Ihr müßt mitgehn; dann will ich Euch auch herrliche Neuigkeiten von Eurem Gemahl erzählen.

VIRGILIA. Oh, liebe Valeria! es können noch keine gekommen sein.

VALERIA. Wahrlich! ich scherze nicht mit Euch; es kam gestern abend Nachricht von ihm.

VIRGILIA. In der Tat?

VALERIA. Im Ernst, es ist wahr; ich hörte einen Senator davon erzählen. So war es: – Die Volsker haben ein Heer ausrücken lassen, welchem Cominius, der Feldherr, mit einem Teil der römischen Macht entgegen gegangen ist. Euer Gemahl und Titus Lartius belagern ihre Stadt Corioli; sie zweifeln nicht daran, sie zu erobern und den Krieg bald zu beendigen. Dies ist wahr, bei meiner Ehre! und nun bitte ich Euch, geht mit uns!

VIRGILIA. Verzeiht mir, gute Valeria, künftig will ich Euch in allem andern gehorchen.

VOLUMNIA. Ei, laßt sie, Liebe! Wie sie jetzt ist, würde sie nur unser Vergnügen stören.

VALERIA. Wirklich, das glaube ich auch. So lebt denn wohl! Kommt, liebe, teure Frau! Ich bitte dich, Virgilia, wirf deine Feierlichkeit zur Tür hinaus und geh noch mit!

VIRGILIA. Nein, auf mein Wort, Valeria. In der Tat, ich darf nicht; ich wünsche Euch viel Vergnügen.

VALERIA. Gut, so lebt denn wohl!

Alle ab.

Vierte Szene

Mit Trommeln und Fahnen treten auf Marcius, Titus Lartius, Anführer, Krieger. Zu ihnen ein Bote.

MARCIUS.
Ein Bote kommt. Ich wett', es gab ein Treffen.

TITUS. Mein Pferd an Eures: Nein!

MARCIUS. Es gilt.

TITUS. Es gilt.

MARCIUS.
Sprich du: Traf unser Feldherr auf den Feind?

BOTE.
Sie schaun sich an, doch sprachen sie noch nicht.

TITUS. Das gute Pferd ist mein.

MARCIUS. Ich kauf's Euch ab.

TITUS. Nein, ich verkauf' und geb's nicht; doch Euch borg' ich's
Für funfzig Jahr. – Die Stadt nun fordert auf!

MARCIUS. Wie weit ab stehn die Heere?

BOTE. Kaum drei Stunden.

MARCIUS. So hören wir ihr Feldgeschrei, sie unsers. –
Nun, Mars, dir fleh' ich, mach' uns rasch im Werk,
Daß wir mit dampfendem Schwert von hinnen ziehn,
Den kampfgescharten Freunden schnell zu helfen.
Komm, blas' nun deinen Aufruf!

Es wird geblasen, auf den Mauern erscheinen Senatoren

und andre.
Tullus Aufidius, ist er in der Stadt?

ERSTER SENATOR.
Nein, doch gleich ihm hält jeder Euch gering,
Und kleiner als das Kleinste. Horcht die Trommeln
Kriegsmusik aus der Ferne.
Von unsrer Jugend Schar! Wir brechen eh' die Mauern.
Als daß sie uns einhemmten. Unsre Tore,
Zum Schein geschlossen, riegeln Binsen nur,
Sie öffnen sich von selbst. Horcht, weit her tönt's.
Kriegsgeschrei.
Das ist Aufidius. Merkt, wie er hantiert
Dort im gespaltnen Heer!

MARCIUS. Ha! sie sind dran!

TITUS. Der Lärm sei unsre Weisung. Leitern her!
Die Volsker kommen aus der Stadt.

MARCIUS.
Sie scheun uns nicht; nein, dringen aus der Stadt.
Werft vor das Herz den Schild und kämpft mit Herzen,
Gestählter als die Schild'! Auf, wackrer Titus!
Sie höhnen uns weit mehr, als wir gedacht;
Das macht vor Zorn mich schwitzen. Fort, Kam'raden!
Wenn einer weicht, den halt' ich für 'nen Volsker,
Und fühlen soll er meinen Stahl.
Römer und Volsker gehn kämpfend ab.Die Römer werden zurückgeschlagen. Marcius kommt wieder.

MARCIUS.
Die ganze Pest des Südens fall' auf euch!
Schandflecke Roms ihr! – Schwär' und Beulen zahllos
Vergiften euch, daß ihr ein Abscheu seid,
Eh' noch gesehn, und gegen Windeshauch
Euch ansteckt meilenweit! Ihr Gänseseelen
In menschlicher Gestalt! Vor Sklaven lauft ihr,
Die Affen schlagen würden? Höll' und Pluto!
Wund rücklings, Nacken rot, Gesichter bleich
Vor Furcht und Fieberfrost! Kehrt um! Greift an!
Sonst, bei des Himmels Blitz! lass' ich den Feind
Und stürz' auf euch. Besinnt euch denn, voran!
Steht, und wir schlagen sie zu ihren Weibern,
Wie sie zu unsern Schanzen uns gefolgt!
Ein neuer Angriff, Volsker und Römer kämpfen. Die Volsker flüchten in die Stadt, Marcius verfolgt sie.
Auf geht das Tor: nun zeigt euch wackre Helfer!
Für die Verfolger hat's das Glück geöffnet,
Nicht für die Flücht'gen. Nach! und tut wie ich!
Er stürzt in die Stadt, und das Tor wird hinter ihm geschlossen.

ERSTER SOLDAT. Tolldreist! Ich nicht –

ZWEITER SOLDAT. Noch ich.

DRITTER SOLDAT. Da seht! sie haben
Ihn eingesperrt.

ALLE. Nun geht er drauf, das glaubt nur.
Titus Lartius tritt auf.

TITUS. Was ward aus Marcius?

ALLE. Tot, Herr, ganz gewiß.

ERSTER SOLDAT.
Den Flücht'gen folgt' er auf den Fersen nach,
Und mit hinein; sie augenblicks die Tore
Nun zugesperrt: drin ist er, ganz allein,
Der ganzen Stadt zu trotzen.

TITUS. Edler Freund!
Du, fühlend kühner als dein fühllos Schwert,
Feststehend, wenn dies beugt, verloren bist du, Marcius!
Der reinste Diamant, so groß wie du,
Wär' nicht ein solch Juwel; du warst ein Krieger
Nach Catos Sinn, nicht wild, und fürchterlich
In Streichen nur; nein, deinem grimmen Blick
Und deiner Stimme donnergleichem Schmettern
Erbebten deine Feind', als ob die Welt
Im Fieber zitterte.
Marcius kommt zurück, blutend, von den Feinden verfolgt.

ERSTER SOLDAT. Seht, Herr!

TITUS. Oh! da ist Marcius!
Laßt uns ihn retten, oder mit ihm fallen!
Gefecht. Alle dringen in die Stadt.

Fünfte Szene

Römer kommen mit Beute.

ERSTER RÖMER.
Das will ich mit nach Rom nehmen.

ZWEITER RÖMER. Und ich dies.

DRITTER RÖMER.
Hol's der Henker! ich hielt das für Silber.
Marcius und Titus treten auf mit einem Trompeter.

MARCIUS.
Seht diese Trödler, die die Stunden schätzen
Nach rost'gen Drachmen. Kissen, bleierne Löffel,
Blechstückchen, Wämser, die der Henker selbst
Verscharrte mit dem Leichnam, stiehlt die Brut,
Eh' noch die Schlacht zu Ende. – Haut sie nieder! –
Oh, hört des Feldherrn Schlachtruf! Fort zu ihm!
Dort kämpft, den meine Seele haßt, Aufidius,
Und mordet unsre Römer. Drum, mein Titus,
Nimm eine Anzahl Volks, die Stadt zu halten;
Mit denen, die der Mut befeuert, eil' ich,
Cominius beizustehn.

TITUS. Du blutest, edler Freund!
Die Arbeit war zu schwer, sie zu erneun
In einem zweiten Gang.

MARCIUS. Herr, rühmt mich nicht!
Dies Werk hat kaum mich warm gemacht. Lebt wohl!
Das Blut, das ich verzapft, ist mehr Arznei
Als mir gefährlich. Vor Aufidius so
Tret' ich zum Kampf.

TITUS. Fortunas holde Gottheit
Sei jetzt in dich verliebt; ihr starker Zauber
Entwaffne deines Feindes Schwert! O Held!
Dein Knappe sei Glückseligkeit!

MARCIUS. Dir helfend,
Wie ihrem teu'rsten Liebling! Lebe wohl!
Geht ab.

TITUS. Ruhmwürd'ger Marcius! –
Geh du, blas' auf dem Marktplatz die Trompete,
Und ruf der Stadt Beamte dort zusammen,

Daß sie vernehmen unsern Willen. Fort!
Ab.

Sechste Szene

Cominius und sein Heer auf dem Rückzuge.

COMINIUS. Erfrischt euch, Freunde! Gut gekämpft! Wir hielten
Wie Römer uns: nicht tollkühn dreist im Stehn,
Noch feig im Rückzug. Auf mein Wort, ihr Krieger,
Der Angriff wird erneut. Indem wir kämpften,
Erklang, vom Wind geführt, in Zwischenräumen
Der Freunde Schlachtruf. Oh! ihr Götter Roms!
Führt sie zu Ruhm und Sieg, so wie uns selbst,
Daß unsre Heere, lächelnd sich begegnend,
Euch dankbar Opfer bringen!
Ein Bote tritt auf.
Deine Botschaft?
BOTE. Die Mannschaft von Corioli brach aus
Und fiel den Marcius und den Lartius an;
Ich sah die Unsern zu den Schanzen fliehn,
Da eilt' ich fort.
COMINIUS. Mich dünkt, sprichst du auch wahr,
So sprichst du doch nicht gut. Wie lang' ist's her?
BOTE. Mehr als 'ne Stunde, Herr.
COMINIUS.
's ist keine Meil', wir hörten noch die Trommeln.
Wie – gingst du eine Stund' auf diese Meile?
Und bringst so spät Bericht?
BOTE. Der Volsker Späher
Verfolgten mich, so lief ich einen Umweg
Von drei, vier Meilen; sonst bekamt Ihr, Herr,
Vor einer halben Stunde schon die Botschaft.
Marcius tritt auf.
COMINIUS. Doch, wer ist jener,
Der aussieht wie geschunden? Oh! ihr Götter!
Er trägt des Marcius Bildung, und schon sonst
Hab' ich ihn so gesehn.
MARCIUS. Komm' ich zu spät?
COMINIUS. Der Schäfer unterscheidet nicht so gut
Schalmei und Donner, wie ich Marcius' Stimme
Von jedem schwächern Laut.
MARCIUS. Komm' ich zu spät?
COMINIUS.
Ja, wenn du nicht in fremdem Blut gekleidet,
Im eignen kommst.
MARCIUS. Oh! laßt mich Euch umschlingen
Mit kräft'gen Armen, wie als Bräutigam,
Mit freud'gem Herzen, wie am Hochzeitstag,
Als Kerzen mir zu Bett geleuchtet!
COMINIUS. Oh!
Mein Kriegesheld, wie geht's dem Titus Lartius?
MARCIUS.
Wie einem, der geschäftig Urteil spricht,
Zum Tode den verdammt, den zur Verbannung,
Den frei läßt, den beklagt, dem andern droht.
Er hält Corioli im Namen Roms,
So wie ein schmeichelnd Windspiel, an der Leine,
Die er nach Willkür löst.
COMINIUS. Wo ist der Sklav',
Der sprach, sie schlügen Euch zurück ins Lager?
Wo ist er? Ruft ihn her!
MARCIUS. Nein, laßt ihn nur!
Die Wahrheit sprach er; doch die edlen Herrn,
Das niedre Volk (verdammt! für sie Tribunen), –
Die Maus läuft vor der Katze nicht, wie sie
Vor Schuften rannten, schlechter als sie selbst.
COMINIUS. Wie aber drangt Ihr durch?
MARCIUS. Ist zum Erzählen Zeit? Ich denke nicht. –
Wo ist der Feind? Seid Ihr des Feldes Herr?
Wo nicht, was ruht Ihr, bis Ihr's seid?
COMINIUS. O Marcius!
Wir fochten mit Verlust und zogen uns
Zurück, den Vorteil zu erspähn.
MARCIUS.
Wie steht ihr Heer? Wißt Ihr, auf welcher Seite
Die beste Mannschaft ist?
COMINIUS. Ich glaube, Marcius,
Im Vordertreffen kämpfen die Antiaten,
Ihr bestes Volk; Aufidius führt sie an,
Der ihrer Hoffnung Seel' und Herz.
MARCIUS. Ich bitt' dich,
Bei jeder Schlacht, in der vereint wir fochten,
Bei dem vereint vergoßnen Blut, den Schwüren,
Uns ewig treu zu lieben: stell' mich grade
Vor die Antiaten und Aufidius hin;
Und säumt nicht länger! Nein, im Augenblick
Erfülle Speer- und Schwertgetön die Luft,
Und proben wir die Stunde!
COMINIUS. Wünscht' ich gleich,
Du würdest in ein laues Bad geführt,
Dir Balsam aufgelegt: doch wag' ich nie,
Dir etwas zu verweigern. Wähl' dir selbst
Für diesen Kampf die Besten!
MARCIUS. Das sind nur
Die Willigsten. Ist irgendeiner hier
Und Sünde wär's, zu zweifeln), dem die Schminke
Gefällt, mit der er hier mich sieht gemalt,
Der üblen Ruf mehr fürchtet als den Tod,
Und schön zu sterben wählt statt schlechten Lebens,
Sein Vaterland mehr als sich selber liebt:
Wer so gesinnt, ob einer oder viele,
Der schwing' die Hand, um mir sein Ja zu sagen,
Und folge Marcius!
Alle jauchzen, schwingen die Schwerter, drängen sich um ihn und heben ihn auf ihren Armen empor.
Wie? Alle eins? Macht ihr ein Schwert aus mir?
Ist dies kein äußrer Schein, wer von euch allen
Ist nicht vier Volsker wert? Ein jeder kann
Aufidius einen Schild entgegen tragen,
So hart wie seiner. Eine Anzahl nur,
Dank' ich schon allen, wähl' ich: und den andern
Spar' ich die Arbeit für den nächsten Kampf,
Wie er sich bieten mag. Voran, ihr Freunde!
Vier meiner Leute mögen die erwählen,
Die mir am liebsten folgen.
COMINIUS. Kommt, Gefährten:
Beweist, daß ihr nicht prahltet, und ihr sollt
Uns gleich in allem sein.
Alle ab.

Siebente Szene

Titus Lartius, eine Besatzung in Corioli zurücklassend, geht dem Marcius und Cominius mit Trommeln und Trompeten entgegen; ihm folgt ein Anführer mit Kriegern.

TITUS. Besetzt die Tore wohl, tut Eure Pflicht,
Wie ich's Euch vorschrieb! Send' ich, schickt zur Hülfe
Uns die Centurien nach; der Rest genügt
Für kurze Deckung. Geht die Schlacht verloren,
So bleibt die Stadt uns doch nicht.
ANFÜHRER. Traut auf uns!
TITUS. Fort! und verschließet hinter uns die Tore!
Du, Bote, komm; führ' uns ins röm'sche Lager!
Alle ab.

Achte Szene

Kriegsgeschrei. Marcius und Aufidius, die einander begegnen.

MARCIUS.
Mit dir nur will ich kämpfen! denn dich hass' ich
Mehr als den Meineid.
AUFIDIUS. Ja, so hass' ich dich.
Mir ist kein Drache Afrikas so greulich
Und giftig wie dein Ruhm. Setz' deinen Fuß!
MARCIUS.
Wer weicht, soll sterben als des andern Sklave,
Dann richten ihn die Götter!
AUFIDIUS. Flieh' ich, Marcius,
So hetz' mich gleich dem Hasen!
MARCIUS. Noch vor drei Stunden, Tullus,
Focht ich allein in eurer Stadt Corioli
Und hauste ganz nach Willkür. Nicht mein Blut
Hat so mich übertüncht; drum spann' die Kraft
Aufs höchste, dich zu rächen!
AUFIDIUS. Wärst du Hektor,
Die Geißel eurer prahlerischen Ahnen,
Du kämst mir nicht von hier!
Sie fechten; einige Volsker kommen dem Aufidius zu Hülfe.
Dienstwillig, und nicht tapfer! Ihr beschimpft mich
Durch so verhaßten Beistand.
Alle fechtend ab.

Neunte Szene

Man bläst zum Rückzug; Trompeten. Von einer Seite tritt auf Cominius mit seinem Heer, von der andern Marcius, den Arm in der Binde, und andre Römer.

COMINIUS.
Erzählt' ich dir dein Werk des heut'gen Tages,
Du glaubtest nicht dein Tun; doch will ich's melden,
Wo Senatoren Trän' und Lächeln mischen,
Wo die Patrizier horchen und erbeben,
Zuletzt bewundern; wo sich Frau'n entsetzen
Und, froh erschreckt, mehr hören; wo der plumpe
Tribun, der, dem Plebejer gleich, dich haßt,
Ausruft, dem eignen Groll zum Trotz: »Dank, Götter,
Daß unserm Rom ihr solche Helden schenktet!«
Doch kamst du nur zum Nachtisch dieses Festes,
Vorher schon voll gesättigt.
Titus Lartius kommt mit seinen Kriegern.
TITUS. O mein Feldherr!
Hier ist das Streitroß, wir sind das Geschirr.
Hätt'st du gesehn –
MARCIUS. Still, bitt' ich. Meine Mutter,
Die einen Freibrief hat, ihr Blut zu preisen,
Kränkt mich, wenn sie mich rühmt. Ich tat ja nur,
Was ihr: das ist, so viel ich kann, erregt,
Wie ihr es waret, für mein Vaterland.
Wer heut den guten Willen nur erfüllte,
Hat meine Taten überholt.
COMINIUS. Nicht darfst du
Das Grab sein deines Werts. Rom muß erkennen
Wie köstlich sein Besitz. Es war' ein Hehl,
Ärger als Raub, nicht minder als Verrat,
Zu decken deine Tat, von dem zu schweigen,
Was durch des Preises höchsten Flug erhoben,
Bescheiden noch sich zeigt. Drum bitt' ich dich,
Zum Zeichen, was du bist, und nicht als Lohn
Für all dein Tun, laß vor dem Heer mich reden!
MARCIUS.
Ich hab' so Wunden hier und da, die schmerzt es,
Sich so erwähnt zu hören.
COMINIUS. Geschäh's nicht,
Der Undank müßte sie zum Schwären bringen
Und bis zum Tod verpesten. Von den Pferden
(Wir fingen viel und treffliche) und allen
Den Schätzen, in der Stadt, im Feld erbeutet,
Sei dir der zehnte Teil, ihn auszusuchen
Noch vor der allgemeinen Teilung, ganz
Nach deiner eignen Wahl.
MARCIUS. Ich dank' dir, Feldherr;
Doch sträubt mein Herz sich, einen Lohn zu nehmen
Als Zahlung meines Schwerts. Ich schlag' es aus
Und will nur so viel aus gemeiner Teilung
Wie alle, die nur ansahn, was geschah.
Ein langer Trompetenstoß. Alle rufen: »Marcius! Marcius!«, werfen Mützen und Speere in die Höhe.
Daß die Drommeten, die ihr so entweiht,
Nie wieder tönen! Wenn Posaun' und Trommel
Im Lager Schmeichler sind, mag Hof und Stadt
Ganz Lüge sein und Gleisnerei. Wird Stahl
Weich wie Schmarotzerseide, bleibe Erz
Kein Schirm im Kriege mehr! Genug, sag' ich. –
Weil ich die blut'ge Nase mir nicht wusch
Und einen Schwächling niederwarf, was mancher
Hier unbemerkt getan, schreit ihr mich aus
Mit übertriebnem, unverständ'gem Zuruf,
Als säh' ich gern mein kleines Selbst gefüttert
Mit Lob, gewürzt durch Lügen.
COMINIUS. Zu bescheiden!
Ihr seid mehr grausam eignem Ruhm, als dankbar
Uns, die ihn redlich spenden; drum erlaubt:
Wenn gegen Euch Ihr wütet, legen wir
(Wie einen, der sich schadet) Euch in Fesseln,
Und sprechen sichrer dann. Drum sei es kund,
Wie uns, der ganzen Welt, daß Cajus Marcius

Des Krieges Kranz erwarb. Und des zum Zeichen
Nehm' er mein edles Roß, bekannt dem Lager,
Mit allem Schmuck; und heiß' er von heut an,
Für das, was vor Corioli er tat,
Mit vollem Beifallsruf des ganzen Heeres:
Cajus Marcius Coriolanus. – Führe
Den zugefügten Namen allezeit edel!

Trompetenstoß.

ALLE. Cajus Marcius Coriolanus!

CORIOLANUS. Ich geh', um mich zu waschen;
Und ist mein Antlitz rein, so könnt Ihr sehn,
Ob ich erröte. Wie's auch sei, ich dank' Euch:
Ich denk' Eu'r Pferd zu reiten, und allzeit
Mich wert des edlen Namenschmucks zu zeigen
Nach meiner besten Kraft.

COMINIUS. Nun zu den Zelten,
Wo, eh' wir noch geruht, wir schreiben wollen
Nach Rom von unserm Glück. Ihr, Titus Lartius,
Müßt nach Corioli. Schickt uns nach Rom
Die Führer, daß wir dort mit ihnen handeln
Um ihr und unser Wohl.

TITUS. Ich tu' es, Feldherr.

CORIOLANUS.
Die Götter spotten mein. Kaum schlug ich aus
Höchst fürstliche Geschenk', und muß nun betteln
Bei meinem Feldherrn.

COMINIUS. Was es sei: gewährt!

CORIOLANUS. Ich wohnt' einmal hier in Corioli
Bei einem armen Mann, er war mir freundlich;
Er rief mich an: ich sah ihn als Gefangnen;
Doch da hatt' ich Aufidius im Gesicht,
Und Wut besiegte Mitleid. Gebt, ich bitte,
Frei meinen armen Wirt!

COMINIUS. O schöne Bitte!
Wär' er der Schlächter meines Sohns, er sollte
Frei sein, so wie der Wind. Entlaßt ihn, Titus!

TITUS. Marcius, sein Nam'?

CORIOLANUS. Bei Jupiter! vergessen!
Ich bin erschöpft. – Ja – mein Gedächtnis schwindet.
Ist hier nicht Wein?

COMINIUS.
Gehn wir zu unsem Zelten!
Das Blut auf Eurem Antlitz trocknet. Schnell
Müßt Ihr verbunden werden. Kommt!

Alle ab.

Zehnte Szene

Trompetenstoß. Tullus Aufidius tritt auf, blutend, zwei Krieger mit ihm.

AUFIDIUS.
Die Stadt ist eingenommen.

ERSTER KRIEGER.
Sie geben auf Bedingung sie zurück.

AUFIDIUS. Bedingung! –
Ich wollt', ich wär' ein Römer, denn als Volsker
Kann ich nicht sein das, was ich bin. – Bedingung! –
Was für Bedingung kann wohl der erwarten,
Der sich auf Gnad' ergab? Marcius, fünfmal
Focht ich mit dir, so oft auch schlugst du mich,
Und wirst es, denk' ich, treffen wir uns auch,
So oft wir speisen. – Bei den Elementen!
Wenn ich je wieder, Bart an Bart, ihm stehe,
Muß ich ihn ganz, muß er mich ganz vernichten;
Nicht mehr, wie sonst, ist ehrenvoll mein Neid;
Denn, dacht' ich ihn mit gleicher Kraft zu tilgen,
Ehrlich im Kampf, hau' ich ihn jetzt, wie's kommt;
Wut oder List vernicht' ihn!

ERSTER KRIEGER. Teufel ist er.

AUFIDIUS.
Kühner, doch nicht so schlau. Vergiftet ist
Mein Mut, weil er von ihm den Flecken duldet,
Verleugnet eignen Wert. Nicht Schlaf noch Tempel,
Ob nackt, ob krank; nicht Kapitol noch Altar,
Der Priester Beten, noch des Opfers Stunde,
Vor denen jede Wut sich legt, erheben
Ihr abgenutztes Vorrecht gegen mich
Und meinen Haß auf ihn: Wo ich ihn finde,
Daheim, in meines Bruders Schutz, selbst da,
Dem gastlichen Gebot zuwider, wüsch' ich
Die wilde Hand in seinem Herzblut. Geht, –
Erforscht, wie man die Stadt bewahrt, und wer
Als Geisel muß nach Rom.

ERSTER KRIEGER.
Wollt Ihr nicht gehn?

AUFIDIUS. Man wartet meiner im Zypressenwald,
Südwärts der Mühlen; dahin bringt mir Nachricht,
Wie die Welt geht, daß ich nach ihrem Schritt
Ansporne meinen Lauf.

ERSTER KRIEGER.
Das will ich, Herr.

Alle ab.

Zweiter Aufzug

Erste Szene

Es treten auf Menenius, Sicinius und Brutus.

MENENIUS. Der Augur sagte mir, wir würden heut Nachricht erhalten.

BRUTUS. Gute oder schlimme?

MENENIUS. Nicht nach dem Wunsch des Volks; denn sie lieben den Marcius nicht.

SICINIUS. Natur lehrt die Tiere selbst ihre Freunde kennen.

MENENIUS. Sagt mir: Wen liebt der Wolf?

SICINIUS. Das Lamm.

MENENIUS. Es zu verschlingen, wie die hungrigen Plebejer den edlen Marcius möchten.

BRUTUS. Nun, der ist wahrhaftig ein Lamm, das wie ein Bär blökt.

MENENIUS. Er ist wahrhaftig ein Bär, der wie ein Lamm lebt. – Ihr seid zwei alte Männer: sagt mir nur eins, was ich euch fragen will.

BRUTUS. Gut, Herr.

MENENIUS. In welchem Unfug ist Marcius arm, in welchem ihr beide nicht reich seid?

BRUTUS. Er ist nicht arm an irgendeinem Fehler, sondern mit allen ausgestattet.

SICINIUS. Vorzüglich mit Stolz.

BRUTUS. Und im Prahlen übertrifft er jeden andern.

MENENIUS. Das ist doch seltsam! Wißt ihr beide wohl, wie ihr in der Stadt beurteilt werdet? Ich meine, von uns, aus den höhern Ständen.

BRUTUS. Nun, wie werden wir denn beurteilt?

MENENIUS. Weil ihr doch eben vom Stolz sprachet – wollt ihr nicht böse werden?

BRUTUS. Nur weiter, Herr, weiter!

MENENIUS. Nun, es ist auch gleichgültig; denn ein sehr kleiner Dieb von Gelegenheit raubt euch wohl einen sehr großen Vorrat von Geduld. Laßt eurer Gemütsart den Zügel schießen und werdet böse, so viel ihr Lust habt; wenigstens, wenn es euch Vergnügen macht, es zu sein. Ihr tadelt Marcius wegen seines Stolzes?

BRUTUS. Wir tun es nicht allein, Herr.

MENENIUS. Das weiß ich wohl. Ihr könnt sehr wenig allein tun; denn eurer Helfer sind viele, sonst würden auch eure Taten außerordentlich einfältig heraus kommen; eure Fähigkeiten sind allzu kindermäßig, um vieles allein zu tun. Ihr sprecht von Stolz: Oh! könntet ihr den Sack auf eurem Rücken sehn und eine glückliche Überschau eures eignen edlen Selbst anstellen! – Oh! könntet ihr das! –

BRUTUS. Und was dann?

MENENIUS. Ei! dann entdecktet ihr ein Paar so verdienstlose, stolze, gewaltsame, hartköpfige Magistratspersonen (alias Narren), als nur irgendwelche in Rom.

SICINIUS. Menenius, Ihr seid auch bekannt genug.

MENENIUS. Ich bin bekannt als ein lustiger Patrizier, und einer, der einen Becher heißen Weins liebt, mit keinem Tropfen Tiberwasser gemischt. Man sagt, ich sei etwas schwach darin, immer den ersten Kläger zu begünstigen; hastig und entzündbar bei zu kleinen Veranlassungen; einer, der mit dem Hinterteil der Nacht mehr Verkehr hat als mit der Stirn des Morgens. Was ich denke, sag' ich, und verbrauche meine Bosheit in meinem Atem. Wenn ich zwei solchen Staatsmännern begegne, wie ihr seid (Lykurgusse kann ich euch nimmermehr nennen), und das Getränk, das ihr mir bietet, meinem Gaumen widerwärtig schmeckt, so mache ich ein krauses Gesicht dazu. Ich kann nicht sagen: Euer Edlen haben die Sache sehr gut vorgetragen, wenn ich den Esel aus jedem eurer Worte herausgucken sehe; und obwohl ich mit denen Geduld haben muß, welche sagen, ihr seid ehrwürdige, stattliche Männer, so lügen doch die ganz abscheulich, welche behaupten, ihr hättet gute Gesichter. Wenn ihr dies auf der Landkarte meines Mikrokosmus entdeckt, folgt daraus, daß ich auch bekannt genug bin? Welch Unheil lesen eure blinden Scharfsichtigkeiten aus diesem Charakter heraus, um sagen zu können, daß ich auch bekannt genug bin?

BRUTUS.

Geht, Herr, geht! Wir kennen Euch gut genug.

MENENIUS. Ihr kennt weder mich, euch selbst, noch irgend etwas. Ihr seid nach der armen Schelmen Mützen und Kratzfüßen ehrgeizig. Ihr bringt einen ganzen, ausgeschlagenen Vormittag damit zu, einen Zank zwischen einem Pomeranzenweibe und einem Kneipschenken abzuhören, und vertagt dann die Streitfrage über drei Pfennig auf den nächsten Gerichtstag. – Wenn ihr das Verhör über irgendeine Angelegenheit zwischen zwei Parteien habt, und es trifft sich, daß ihr von der Kolik gezwickt werdet, so macht ihr Gesichter wie die Possenreißer; steckt die blutige Fahne gegen alle Geduld auf und verlaßt, nach einem Nachttopf brüllend, den Prozeß blutend, nur noch verwickelter durch euer Verhör. Ihr stiftet keinen andern Frieden in dem Handel, als daß ihr beide Parteien Schurken nennt. Ihr seid ein paar seltsame Kreaturen!

BRUTUS. Geht, geht! man weiß recht gut von Euch, daß Ihr ein beßrer Spaßmacher bei der Tafel seid als ein unentbehrlicher Beisitzer auf dem Kapitol.

MENENIUS. Selbst unsre Priester müssen Spötter werden, wenn ihnen so lächerliche Geschöpfe aufstoßen wie ihr. Wenn ihr auch am zweckmäßigsten sprecht, so ist es doch das Wackeln eurer Bärte nicht wert; und für eure Bärte wäre es ein zu ehrenvolles Grab, das Kissen eines Flickschneiders zu stopfen oder in eines Esels Packsattel eingesargt zu werden. Und doch müßt ihr sagen: »Marcius ist stolz!« der, billig gerechnet, mehr wert ist als alle eure Vorfahren, seit Deukalion; wenn auch vielleicht einige der Besten von ihnen erbliche Henkersknechte waren. Ich wünsch' Euer Gnaden einen guten Abend; längere Unterhaltung mit euch würde mein Gehirn anstecken, denn ihr seid ja die Hirten des Plebejerviehes. Ich bin so dreist, mich von euch zu beurlauben.

Brutus und Sicinius ziehen sich in den Hintergrund zurück.

Volumnia, Virgilia und Valeria kommen.

Wie geht's, meine eben so schönen als ehrenwerten Damen? Luna selbst, wandelte sie auf Erden, wäre nicht edler. Wohin folgt ihr euren Augen so schnell?

VOLUMNIA. Ehrenwerter Menenius, mein Sohn Marcius kommt. Um der Juno willen, halt' uns nicht auf!

MENENIUS. Wie! Marcius kommt zurück?

VOLUMNIA. Ja, teurer Menenius, und mit der herrlichsten Auszeichnung.

MENENIUS. Da hast du meine Mütze, Jupiter, und meinen Dank. Ha! Marcius kommt!

BEIDE FRAUEN. Ja, es ist wahr.

VOLUMNIA. Seht, hier ist ein Brief von ihm; der Senat hat auch einen, seine Frau einen, und ich glaube, zu Hause ist noch einer für Euch.

MENENIUS. Mein ganzes Haus muß heut nacht herumtanzen. Ein Brief an mich?

VIRGILIA. Ja, gewiß, es ist ein Brief für Euch da, ich habe ihn gesehn.

MENENIUS. Ein Brief an mich! das macht mich für sieben Jahre gesund; in der ganzen Zeit will ich dem Arzt ein Gesicht ziehen. Das herrlichste Rezept im Galen ist dagegen nur Quacksalbsudelei, und gegen dies

Bewahrungsmittel nicht besser als ein Pferdetrank. Ist er nicht verwundet? Sonst pflegte er verwundet zurückzukommen.

VIRGILIA. Oh! nein, nein, nein!

VOLUMNIA. Oh! er ist verwundet, ich danke den Göttern dafür.

MENENIUS. Das tue ich auch, wenn es nicht zu arg ist. Bringt er Sieg in der Tasche mit? – Die Wunden stehn ihm gut.

VOLUMNIA. Auf der Stirn, Menenius. Er kommt zum dritten Mal mit dem Eichenkranz heim.

MENENIUS. Hat er den Aufidius tüchtig in die Lehre genommen?

VOLUMNIA. Titus Lartius schrieb: »Sie fochten mit einander, aber Aufidius entkam.«

MENENIUS. Und es war Zeit für ihn, das kann ich ihm versichern. Hätte er ihm stand gehalten, so hätte ich nicht mögen so gefidiust werden für alle Kisten in Corioli und das Gold, das in ihnen ist. Ist das dem Senat gemeldet?

VOLUMNIA. Liebe Frauen, laßt uns gehn! – Ja, ja, ja! – Der Senat hat Briefe vom Feldherrn, der meinem Sohn allein den Ruhm dieses Krieges zugesteht. Er hat in diesem Feldzuge alle seine frühern Taten übertroffen.

VALERIA. Gewiß, es werden wunderbare Dinge von ihm erzählt.

MENENIUS. Wunderbar? Ja, ich stehe Euch dafür, nicht ohne sein wahres Verdienst.

VIRGILIA. Geben die Götter, daß sie wahr seien!

VOLUMNIA. Wahr! Pah!

MENENIUS. Wahr? Ich schwöre, daß sie wahr sind. – Wo ist er verwundet?

Zu den Tribunen.

Gott tröste Euer liebwertsten Gnaden: Marcius kommt nach Hause, und hat nun noch mehr Ursach', stolz zu sein. – Wo ist er verwundet?

VOLUMNIA. In der Schulter und am linken Arm. Das wird große Narben geben, sie dem Volk zu zeigen, wenn er um seine Stelle sich bewirbt. Als Tarquin zurück geschlagen wurde, bekam er sieben Wunden an seinem Leib.

MENENIUS. Eine im Nacken und zwei im Schenkel, es sind neun, so viel ich weiß.

VOLUMNIA. Vor diesem letzten Feldzuge hatte er fünfundzwanzig Wunden.

MENENIUS. Nun sind es siebenundzwanzig, und jeder Riß war eines Feindes Grab.

Trompeten und Freudengeschrei.

Hört die Trompeten!

VOLUMNIA.
Sie sind des Marcius Führer! Vor sich trägt er
Gejauchz' der Lust, läßt Tränen hinter sich.
Der schwarze Tod liegt ihm im nerv'gen Arm;
Erhebt er ihn, so stürzt der Feinde Schwarm.

Trompeten. Es treten auf Cominius und Titus Lartius, zwischen ihnen Coriolanus, mit einem Eichenkranz geschmückt; Anführer, Krieger, ein Herold.

HEROLD.
Kund sei dir, Rom, daß Marcius ganz allein
Focht in Corioli, und mit Ruhm erwarb
Zu Cajus Marcius einen Namen: dieser
Folgt ruhmvoll: Cajus Marcius Coriolanus.
Gegrüßt in Rom, berühmter Coriolanus!

Trompeten.

ALLE. Gegrüßt in Rom, berühmter Coriolanus!

CORIOLANUS.
Laßt's nun genug sein, denn es kränkt mein Herz.
Genug, ich bitte!

COMINIUS. Sieh, Freund, deine Mutter!

CORIOLANUS. Oh!
Ich weiß, zu allen Göttern flehtest du
Für mein Gelingen.

Er kniet vor ihr nieder.

VOLUMNIA. Nein; auf, mein wackrer Krieger,
Mein edler Marcius, würd'ger Cajus, und
Durch taterkaufte Ehren neu benannt;
Wie war's doch? Coriolan muß ich dich nennen?
Doch sieh, dein Weib!

CORIOLANUS. Mein lieblich Schweigen, Heil!
Hätt'st du gelacht, kam auf der Bahr' ich heim,
Da weinend meinen Sieg du schaust? Oh, Liebe!
So in Corioli sind der Witwen Augen,
Die Mütter, Söhne klagend.

MENENIUS. Die Götter krönen dich!

CORIOLANUS. Ei, lebst du noch?

Zu Valeria.

Oh! edle Frau, verzeiht!

VOLUMNIA.
Wohin nun wend' ich mich? Willkommen heim!
Willkommen, Feldherr! Alle sind willkommen!

MENENIUS.
Willkommen tausendmal! Ich könnte weinen
Und lachen; ich bin leicht und schwer. Willkommen!
Ein Fluch entwurzle eines jeden Herz,
Der nicht mit Freuden dich erblickt! Euch drei
Muß Rom vergöttern. – Doch, auf Treu' und Glauben,
Holzäpfel, alte, stehn noch hier, die niemals
Durch Pfropfen sich veredeln. Heil euch, Krieger!
Die Nessel nennen wir nur Nessel, und
Der Narren Fehler Narrheit.

COMINIUS. Stets der Alte!

CORIOLANUS. Immer Menenius, immer!

HEROLD. Platz da! Weiter!

CORIOLANUS *zu Frau und Mutter.*
Deine Hand, und deine!
Eh' noch mein eignes Haus mein Haupt beschattet,
Besuch' ich erst die trefflichen Patrizier,
Von denen ich nicht Grüße nur empfing,
Auch mannigfache Ehren.

VOLUMNIA. Ich erlebt' es,
Erfüllt zu sehn den allerhöchsten Wunsch,
Den kühnsten Bau der Einbildung. Nur eins
Fehlt noch, und das, ich zweifle nicht,
Wird unser Rom dir schenken.

CORIOLANUS. Gute Mutter,
Ich bin auf meinem Weg ihr Sklave lieber,
Als auf dem ihrigen mit ihnen Herrscher.

COMINIUS. Zum Kapitol!

Trompeten. Hörner.

Sie gehen alle im feierlichen Zuge ab, wie sie kamen. Die Tribunen bleiben.

BRUTUS.
Von ihm spricht jeder Mund; das blöde Auge
Trägt Brillen, ihn zu sehn. Die Amme, schwatzend
In der Verzuckung, läßt den Säugling schrein,
Von ihm herplappernd. Seht, die Küchenmagd
Knüpft um den rauch'gen Hals ihr bestes Leinen,
Die Wand erkletternd, Buden, Bänk' und Fenster
Gefüllt; das Dach besetzt, der First beritten
Mit vielerlei Gestaltung; alle einig
In Gier, nur ihn zu schaun. Es drängen sich
Fast nie gesehne Priester durch den Schwarm
Und stoßen, um beim Pöbel Platz zu finden;
Verhüllte Frau'n ergeben Weiß und Rot
Auf zartgeschonter Wang' dem wilden Raub
Von Phöbus' Feuerküssen. Solch ein Wirrwarr,
Als wenn ein fremder Gott, der mit ihm ist,
Sich still in seine Menschenart geschlichen
Und ihm der Anmut Zauber mitgeteilt.

SICINIUS.
Im Umsehn, glaub' mir, wird er Konsul sein.

BRUTUS.
Dann schlafe unser Amt, solang' er herrscht!

SICINIUS.
Er kann nicht mäß'gen Schritts die Würden tragen
Vom Anfang bis zum Ziel; er wird vielmehr
Verlieren den Gewinn.

BRUTUS. Das ist noch Trost.

SICINIUS.
Oh, zweifelt nicht, das Volk, für das wir stehn,
Vergißt, nach angeborner Bosheit, leicht
Auf kleinsten Anlaß diesen neuen Glanz;
Und daß er Anlaß gibt, ist so gewiß,
Als ihn sein Hochmut spornt.

BRUTUS. Ich hört' ihn schwören,
Würb' er ums Konsulat, so wollt' er nicht
Erscheinen auf dem Marktplatz, noch sich hüllen
Ins abgetrag'ne, schlichte Kleid der Demut;
Noch, wie die Sitt' ist, seine Wunden zeigend
Dem Volk, um ihren übeln Atem betteln.

SICINIUS. Gut!

BRUTUS. So war sein Wort. Eh' gibt er's auf, als daß
Er's nimmt, wenn nicht der Adel ganz allein
Es durchsetzt mit den Vätern.

SICINIUS. Höchst erwünscht!
Bleibt er nur bei dem Vorsatz und erfüllt ihn,
Kommt's zur Entscheidung.

BRUTUS. Glaubt's, er wird es tun.

SICINIUS. Dies, so gewiß wie unsre Lieb' zu ihm,
Ist dann sein sichrer Sturz.

BRUTUS. Der muß erfolgen,
Sonst fallen wir. Zu diesem Endzweck denn
Bereden wir das Volk, daß er sie stets
Gehaßt; und, hätt' er Macht, zu Eseln sie
Umschafft', verstummen hieße ihre Sprecher,
Und ihre Freiheit bräche, sie so haltend,
In Fähigkeit des Geists und Kraft zu handeln,
Von nicht mehr Seel' und Tatkraft für die Welt,
Als das Kamel im Krieg, das nur sein Futter
Erhält, um Last zu tragen, – herbe Schläge
Wenn's unter ihr erliegt.

SICINIUS. Dies eingeblasen,
Wenn seine Frechheit einst im höchsten Flug
Das Volk erreicht (woran's nicht fehlen wird,
Bringt man ihn auf, und das ist leichter noch,
Als Hund' auf Schafe hetzen), wird zur Glut,
Ihr dürr Gestrüpp zu zünden, dessen Dampf
Ihn schwärzen wird auf ewig.

Ein Bote tritt auf.

BRUTUS. Nun, was gibt's?

BOTE. Ihr seid aufs Kapitol geladen. Sicher
Glaubt man, daß Marcius Konsul wird. Ich sah
Die Stummen drängen, ihn zu sehn, die Blinden,
Ihn zu vernehmen; Frauen warfen Handschuh',
Jungfrau'n und Mädchen Bänder hin und Tücher,
Wo er vorbei ging; die Patrizier neigten
Wie vor des Jovis Bild. Das Volk erregte
Mit Schrei'n und Mützenwerfen Donnerschauer.
So etwas sah ich nie.

BRUTUS. Zum Kapitol!
Habt Ohr und Auge, wie's die Zeit erheischt,
Und Herz für die Entscheidung! –

SICINIUS. Nehmt mich mit!

Alle ab.

Zweite Szene

Zwei Ratsdiener, welche Polster legen.

ERSTER RATSDIENER. Komm, komm! Sie werden gleich hier sein. Wie viele werben um das Konsulat?

ZWEITER RATSDIENER. Drei, heißt es; aber jedermann glaubt, daß Coriolanus es erhalten wird.

ERSTER RATSDIENER. Das ist ein wackrer Gesell; aber er ist verzweifelt stolz und liebt das gemeine Volk nicht.

ZWEITER RATSDIENER. Ei! es hat viel große Männer gegeben, die dem Volk schmeichelten und es doch nicht liebten. Und es gibt manche, die das Volk geliebt hat, ohne zu wissen, warum? Also, wenn sie lieben, so wissen sie nicht, weshalb, und sie hassen aus keinem besseren Grunde; darum, weil es den Coriolanus nicht kümmert, ob sie ihn lieben oder hassen, beweist er die richtige Einsicht, die er von ihrer Gemütsart hat; und seine edle Sorglosigkeit zeigt ihnen dies deutlich.

ERSTER RATSDIENER. Wenn er sich nicht darum kümmerte, ob sie ihn lieben oder nicht, so würde er sich unparteiisch in der Mitte halten und ihnen weder Gutes noch Böses tun; aber er sucht ihren Haß mit größerm Eifer, als sie es ihm erwidern können, und unterläßt nichts, was ihn vollständig als ihren Gegner zeigt. Nun, sich die Miene geben, daß man nach dem Haß und dem Mißvergnügen des Volkes strebt, ist so schlecht wie das, was er verschmäht: ihnen, um ihrer Liebe willen, zu schmeicheln.

ZWEITER RATSDIENER. Er hat sich um sein Vaterland sehr verdient gemacht. Und sein Aufsteigen ist nicht auf so bequemen Staffeln, wie jener, welche geschmeidig und höflich gegen das Volk, mit geschwenkten Mützen, ohne weitre Tat, Achtung und Ruhm einfingen. Er aber hat seine Verdienste ihren Augen, und seine Taten ihren Herzen so eingepflanzt, daß, wenn ihre Zungen schweigen wollten und dies nicht eingestehn, es eine Art von undankbarer Beschimpfung sein würde; es zu leugnen, wäre eine Bosheit, die, indem sie sich selbst Lügen strafte, von jedem Ohr, das sie hörte, Vorwurf und Tadel erzwingen müßte.

ERSTER RATSDIENER. Nichts mehr von ihm, er ist ein würdiger Mann. Mach' Platz, sie kommen!

Trompeten. Es treten auf: der Konsul Cominius, dem die Liktoren vorausgehen, Menenius, Coriolanus, mehrere Senatoren, Sicinuis und Brutus. Senatoren und Tribunen nehmen ihre Plätze.

MENENIUS.
Da ein Beschluß gefaßt, der Volsker wegen,
Und wir den Titus Lartius heim berufen,
Bleibt noch als Hauptpunkt dieser zweiten Sitzung,
Des Helden edlen Dienst zu lohnen, der
So für sein Vaterland gekämpft. – Geruht dann,
Ehrwürd'ge, ernste Väter, und erlaubt
Ihm, der jetzt Konsul ist, und Feldherr war
In unserm wohlbeschloßnen Krieg, ein wenig
Zu sagen von dem edlen Werk, vollführt
Durch Cajus Marcius Coriolanus, der
Hier mit uns ist, um dankbar ihn zu grüßen
Durch Ehre, seiner wert.

ERSTER SENATOR. Cominius, sprich!
Laß, als zu lang, nichts aus! Wir glauben eh',
Daß unserm Staat die Macht zu lohnen fehlt,
Als uns der weitste Wille. Volksvertreter,
Wir bitten euer freundlich Ohr, und dann
Eu'r günstig Fürwort beim gemeinen Volk,
Daß gelte, was wir wünschen.

SICINIUS. Wir sind hier
Auf freundliches Vernehmen; unsre Herzen
Nicht abgeneigt, zu ehren, zu befördern
Ihn, der uns hier versammelt.

BRUTUS. Um so lieber
Tun wir dies freud'gen Muts, gedenkt er auch
Des Volks mit beßrem Sinn, als er bisher
Es hat geschätzt.

MENENIUS. Das paßt nicht, paßt hier nicht.
Ihr hättet lieber schweigen soll'n. Gefällt's Euch,
Cominius anzuhören?

BRUTUS. Herzlich gern.
Doch war mein Warnen besser hier am Platz
Als der Verweis.

MENENIUS. Er liebt ja Euer Volk;
Doch zwingt ihn nicht, ihr Schlafgesell zu sein!
Edler Cominius, sprich!

Coriolanus steht auf und will gehn.

Nein, bleib' nur sitzen!

ERSTER SENATOR.
Bleib', Coriolanus, schäm' dich nicht, zu hören,
Was edel du getan.

CORIOLANUS. Verzeiht mir, Väter,
Eh' will ich noch einmal die Wunden heilen,
Als hören, wie ich dazu kam.

BRUTUS. Ich hoffe,
Mein Wort vertrieb Euch nicht.

CORIOLANUS. O nein! doch oft
Hielt ich den Streichen stand und floh vor Worten.
Nicht schmeichelt und drum kränkt Ihr nicht.
Eu'r Volk,
Das lieb' ich nach Verdienst.

MENENIUS. Setzt Euch!

CORIOLANUS. Eh' ließ' ich
Im warmen Sonnenschein den Kopf mir kratzen,
Wenn man zum Angriff bläst, als, müßig sitzend,
Mein Nichts zum Fabelwerk vergrößern hören.

Geht ab.

MENENIUS. Volksvertreter!
Wie könnt' er eurer scheck'gen Brut wohl schmeicheln, –
Wo einer gut im Tausend, – wenn ihr seht,
Er wagt eh' alle Glieder für den Ruhm,
Als eins von seinen Ohren, ihn zu hören?
Cominius, fahre fort!

COMINIUS. Mir fehlt's an Stimme. Coriolanus' Taten
Soll man nicht schwach verkünden. Wie man sagt,
Ist Mut die erste Tugend und erhebt
Zumeist den Eigner; ist es so, dann wiegt
Den Mann, von dem ich sprech', in aller Welt
Kein andrer auf. Mit sechzehn Jahren schon,
Da, als Tarquin Rom überzog, da focht er
Voraus den Besten. Der Diktator, hoch
Und groß gepriesen stets, sah seinen Kampf;
Wie mit dem Kinn der Amazon' er jagte
Die bärt'gen Lippen; zog aus dem Gedränge
Den hingestürzten Römer; schlug drei Feinde
Im Angesicht des Konsuls; traf Tarquin
Und stürzt' ihn auf das Knie. An jenem Tag,
Als er ein Weib könnt' auf der Bühne spielen,
Zeigt' er sich ganz als Mann im Kampf; zum Lohn
Ward ihm der Eichenkranz. Sein zartes Alter
Gereift zum Manne, wuchs er, gleich dem Meer,
Und seit der Zeit, im Sturm von siebzehn Schlachten,
Streift' er den Kranz von jedem Schwert. Sein Letztes,
Erst vor, dann in Corioli, ist so,
Daß jedes Lob verarmt. Die Flieh'nden hemmt' er,
Und durch sein hohes Beispiel ward dem Feigsten
Zum Spiel das Schrecknis. So wie Binsen tauchen
Dem Schiff im Segeln, wichen ihm die Menschen
Und schwanden seinem Streich. Sein Schwert,
Todstempel,
Schnitt, wo es fiel, von Haupt zu Füßen nieder.
Vernichtung war er; jeglicher Bewegung
Hallt Sterberöcheln nach. Allein betrat er
Das Todestor der Stadt, das er bemalt
Mit unentrinnbar'm Weh; tritt, keiner half ihm,
Heraus, und schlägt mit plötzlicher Verstärkung
Die Stadt, wie Götterkraft. Sein ist nun alles:
Da plötzlich weckt ihm Schlachtgetöse rufend
Den wachen Sinn, und schnell den Mut verdoppelnd
Belebt sich frisch sein arbeitmüder Leib:
Er stürzt in neuen Kampf, und schreitet nun
Blutdampfend über Menschenleben hin,
Als folg' ihm Mord und Tod. Und bis wir Stadt
Und Schlachtfeld unser nannten ruht' er nicht,
Um Atem nur zu schöpfen.

MENENIUS. Würd 'ger Mann!

ERSTER SENATOR.
Im vollsten Maß ist er der Ehre wert,
Die seiner harrt.
COMINIUS. Die Beute stieß er weg.
Kostbare Dinge sah er an, als wär's
Gemeiner Staub und Kehricht; wen'ger nimmt er,
Als selbst der Geiz ihm gäbe. Ihm ist Lohn
Für Großtat, sie zu tun. Zufrieden ist er,
Sein Leben so zu opfern ohne Zweck.
MENENIUS. Er ist von wahrem Adel. Ruft ihn her!
ERSTER SENATOR. Ruft Coriolanus!
ERSTER RATSDIENER. Er tritt schon herein.

Coriolanus kommt zurück.

MENENIUS.
Mit Freud' ernennt dich, Coriolan, zum Konsul
Der sämtliche Senat.
CORIOLANUS. Stets weih' ich ihm
Mein Leben, meinen Dienst.
MENENIUS. Jetzt bleibt nur noch,
Daß du das Volk anredest.
CORIOLANUS. Ich ersuch' euch,
Erlaßt mir diesen Brauch; denn ich kann nicht
Das Kleid antun, entblößt stehn und sie bitten
Um ihre Stimmen, meiner Wunden wegen.
Erlaubt, die Sitte zu umgehn!
SICINIUS. Das Volk, Herr,
Muß Euer Werben haben, läßt nicht fahren
Den kleinsten Punkt des Herkomm's.
MENENIUS. Reizt es nicht!
Nein, bitte! fügt Euch dem Gebrauch und nehmt,
Wie es bisher die Konsuln all' getan,
Die Würd' in ihrer Form.
CORIOLANUS. 's ist eine Rolle,
Die ich errötend spiel'; auch wär' es gut,
Dem Volke dies zu nehmen.
BRUTUS. Hört Ihr das?
CORIOLANUS. Vor ihnen prahlen: dies tat ich und das;
Geheilte Schmarren zeigen, die ich bergen sollte,
Als hätt' ich sie um ihres Atems Lohn
Allein bekommen! –
MENENIUS. Nein, du mußt dich fügen.
Ihr Volkstribunen, euch empfehlen wir:
Macht den Entschluß bekannt! Dem edlen Konsul
Sei alle Freud' und Ehre!
SENATOREN. Den Coriolanus kröne Freud' und Ehre!

Trompeten. Die Senatoren gehn.

BRUTUS. Ihr seht, wie er das Volk behandeln will.
SICINIUS.
Wenn sie's nur merkten. Er wird sie ersuchen
Als wie zum Hohn, daß er von ihnen bittet,
Was sie gewähren müssen.
BRUTUS. Doch sogleich
Erfahren sie, was hier geschah. Ich weiß,
Sie warten unser auf dem Markt.

Sie gehn ab.

Dritte Szene

Mehrere Bürger treten auf.

ERSTER BÜRGER. Ein für allemal: wenn er unsre Stimmen verlangt, können wir sie ihm nicht abschlagen.

ZWEITER BÜRGER. Wir können, Freund, wenn wir wollen.

DRITTER BÜRGER. Wir haben freilich die Gewalt; aber es ist eine Gewalt, die wir nicht Gewalt haben zu gebrauchen. Denn wenn er uns seine Wunden zeigt und seine Taten erzählt, so müssen wir unsre Zungen in diese Wunden legen und für ihn sprechen; ebenso, wenn er uns seine edlen Taten mitteilt, so müssen wir ihm unsre edle Anerkennung derselben mitteilen. Undankbarkeit ist ungeheuer; wenn die Menge nun undankbar wäre, das hieße aus der Menge ein Ungeheuer machen; wir, die wir Glieder derselben sind, würden ja dadurch Ungeheuerglieder werden.

ERSTER BÜRGER. Und es fehlt wenig, daß wir für nichts besser gehalten werden; denn dazumal, als wir wegen des Korns einen Aufstand machten, scheute er sich nicht, uns die vielköpfige Menge zu nennen.

DRITTER BÜRGER. So hat uns schon mancher genannt. Nicht, weil von unsern Köpfen einige schwarz, einige scheckig und einige kahl sind, sondern weil unser Witz so vielfarbig ist; und das glaube ich wahrhaftig, auch wenn alle unsre Witze aus einem und demselben Schädel herausgelassen würden, so flögen sie nach Ost, West, Nord und Süd; und wollte jeder seinen graden Weg suchen, so würden sie zugleich auf allen Punkten des Kompasses sein.

ZWEITER BÜRGER. Glaubst du das? Wohin, denkst du, würde dann mein Witz fliegen?

DRITTER BÜRGER. Oh! dein Witz kann nicht so schnell heraus als der von andern Leuten; denn er ist zu fest in einen Klotzkopf eingekeilt; aber wenn er seine Freiheit hätte, so würde er gewiß südwärts fliegen.

ZWEITER BÜRGER. Warum dahin?

DRITTER BÜRGER. Um sich in einem Nebel zu verlieren; wären nun drei Viertel davon in faulem Dunst weggeschmolzen, so würde der letzte Teil aus Gewissenhaftigkeit zurück kommen, um dir zu einer Frau zu verhelfen.

ZWEITER BÜRGER. Du hast immer deine Schwänke im Kopf. Schon gut, schon gut!

DRITTER BÜRGER. Seid ihr alle entschlossen, eure Stimmen zu geben? Aber das macht nichts; die größere Zahl setzt es durch. Ich bleibe dabei: wenn er dem Volke geneigter wäre, so gab es nie einen bessern Mann.

Coriolanus und Menenius treten auf.

Hier kommt er! und zwar in dem Gewand der Demut. Gebt acht auf sein Betragen! – Wir müssen nicht so beisammen bleiben, sondern zu ihm gehn, wo er steht, einzeln oder zu zweien und dreien. Er muß jedem besonders eine Bitte vortragen; dadurch erlangt der einzelne die Ehre, ihm seine eigne Stimme mit seiner eignen Zunge zu geben. Darum folgt mir, und ich will euch anweisen, wie ihr zu ihm gehn sollt.

ALLE. Recht so, recht so! *Sie gehn ab.*

MENENIUS. Nein, Freund, Ihr habt nicht recht.
Wißt Ihr denn nicht,
Die größten Männer taten's?

CORIOLANUS. Was nur sag' ich?
»Ich bitte, Herr!« – Verdammt! ich kann die Zunge
In diesen Gang nicht bringen. »Seht die Wunden –
Im Dienst des Vaterlands empfing ich sie,
Als ein'ge eurer Brüder brüllend liefen
Vor unsern eignen Trommeln.«

MENENIUS. Nein, ihr Götter!
Nicht davon müßt Ihr reden. Nein, sie bitten,
An Euch zu denken.

CORIOLANUS. An mich denken! Hängt sie!
Vergäßen sie mich lieber, wie die Tugend,
Umsonst von Priestern eingeschärft!

MENENIUS. Ich bitte!
Verderbt nicht alles, sprecht sie an; doch, bitt' ich,
Anständ'ger Weis'!

Es kommen zwei Bürger.

CORIOLANUS. Heiß' ihr Gesicht sie waschen
Und ihre Zähne rein'gen! Ach! da kommt so 'n Paar!
Ihr wißt den Grund, weshalb ich hier bin, Freund.

ERSTER BÜRGER.
Jawohl; doch sagt, was Euch dazu gebracht?

CORIOLANUS. Mein eigner Wert.

ZWEITER BÜRGER. Euer eigner Wert?

CORIOLANUS. Ja. Nicht
Mein eigner Wunsch.

ERSTER BÜRGER.
Wie! nicht Euer eigner Wunsch?

CORIOLANUS. Nein, Freund! Nie war's mein
eigner Wunsch, mit Betteln
Den Armen zu beläst'gen.

ERSTER BÜRGER. Ihr müßt denken,
Wenn wir Euch etwas geben, ist's in Hoffnung,
Durch Euch auch zu gewinnen.

CORIOLANUS.
Gut, sagt mir denn den Preis des Konsulats!

ERSTER BÜRGER.
Der Preis ist: freundlich drum zu bitten.

CORIOLANUS. Freundlich?
Ich bitte, gönnt mir's! Wunden kann ich zeigen,
Wenn wir allein sind. – Eure Stimme, Herr!
Was sagt Ihr?

ZWEITER BÜRGER.
Würd'ger Mann, Ihr sollt sie haben.

CORIOLANUS. Geschloßner Kauf!
Zwei edle Stimmen also schon erbettelt.
Eure Pfenn'ge hab' ich! – Geht!

ERSTER BÜRGER. Doch das ist seltsam.

ZWEITER BÜRGER.
Müßt' ich sie nochmals geben, – doch – mein'thalb.

Sie gehn ab. Zwei andre Bürger kommen.

CORIOLANUS. Ich bitte euch nun, wenn sich's zu dem Tone eurer Stimmen paßt, daß ich Konsul werde; ich habe hier den üblichen Rock an.

DRITTER BÜRGER. Ihr habt Euch edel um Euer Vaterland verdient gemacht, und habt Euch auch nicht edel verdient gemacht.

CORIOLANUS. Euer Rätsel?

DRITTER BÜRGER. Ihr waret eine Geißel für seine Feinde; Ihr waret eine Rute für seine Freunde. Ihr habt, die Wahrheit zu sagen, das gemeine Volk nicht geliebt.

CORIOLANUS. Ihr solltet mich für um so tugendhafter halten, da ich meine Liebe nicht gemein gemacht habe. Freund, ich will meinem geschwornen Bruder, dem Volk, schmeicheln, um eine beßre Meinung von ihm zu ernten; es ist ja eine Eigenschaft, die sie hoch anrechnen. Und da der Weisheit ihrer Wahl mein Hut lieber ist als mein Herz, so will ich mich auf die einschmeichelnde Verbeugung üben und mich mit ihnen abfinden auf ganz nachäffende Art. Das heißt, Freund, ich will die Bezauberungskünste irgendeines Volksfreundes nachäffen und den Verlangenden höchst freigebig mitteilen. Deshalb bitt' ich euch: laßt mich Konsul werden!

VIERTER BÜRGER. Wir hoffen, uns in Euch einen Freund zu erwerben, und geben Euch darum unsre Stimmen herzlich gern.

DRITTER BÜRGER. Ihr habt auch mehrere Wunden für das Vaterland empfangen.

CORIOLANUS. Ich will eure Kenntnis nicht dadurch besiegeln, daß ich sie euch zeige. Ich will eure Stimmen sehr hoch schätzen und euch nun nicht länger zur Last fallen.

BEIDE BÜRGER. Die Götter geben Euch Freude: das wünschen wir aufrichtig.

Die Bürger gehn ab.

CORIOLANUS. O süße Stimmen!
Lieber verhungert, lieber gleich gestorben,
Als Lohn erbetteln, den wir erst erworben.
Warum soll hier mit Wolfsgeheul ich stehn,
Um Hinz und Kunz und jeden anzuflehn
Um nutzlos Fürwort? Weil's der Brauch verfügt,
Doch wenn sich alles vor Gebräuchen schmiegt,
Wird nie der Staub des Alters abgestreift,
Berghoher Irrtum wird so aufgehäuft,
Daß Wahrheit nie ihn überragt. Eh' zahm
Noch Narr ich bin, sei aller Ehrenkram
Dem, den's gelüstet! – Halb ist's schon geschehn:
Viel überstanden, mag's nun weiter gehn.

Drei andre Bürger kommen.

Mehr Stimmen noch! –
Eure Stimmen! denn für eure Stimmen focht ich,
Für eure Stimmen wacht' ich, für eure Stimmen
Hab' ich zwei Dutzend Narben; achtzehn Schlachten
Hab' ich gesehn, gehört; für eure Stimmen
Getan sehr vieles, minder, mehr. Eure Stimmen!
Gewiß, gern wär' ich Konsul.

FÜNFTER BÜRGER. Er hat edel gehandelt, und kein redlicher Mann kann ihm seine Stimme versagen.

SECHSTER BÜRGER. Darum laßt ihn Konsul werden: Die Götter verleihen ihm Glück und machen ihn zum Freund des Volkes!

ALLE. Amen, Amen!
Gott schütz' dich, edler Konsul!

CORIOLANUS. Würd'ge Stimmen!

Die Bürger gehn ab. Menenius, Sicinius und Brutus treten auf.

MENENIUS.
Ihr g'nügtet jetzt der Vorschrift. Die Tribunen
Erhöhen Euch durch Volkes Stimm': es bleibt nur,
Daß im Gewand der Würde Ihr alsbald
Nun den Senat besucht.
CORIOLANUS. Ist dies nun aus?
SICINIUS.
Genügt habt Ihr dem Brauche des Ersuchens:
Das Volk bestätigt Euch, Ihr seid geladen
Zur Sitzung, um ernannt sogleich zu werden.
CORIOLANUS. Wo? im Senat?
SICINIUS. Ja, Coriolanus, dort.
CORIOLANUS. Darf ich die Kleider wechseln?
SICINIUS. Ja, Ihr dürft es.
CORIOLANUS.
Das will ich gleich, und kenn' ich selbst mich wieder,
Mich zum Senat verfügen.
MENENIUS.
Ich geh' mit Euch. Wollt ihr uns nicht begleiten?
BRUTUS. Wir harren hier des Volks.
SICINIUS. Gehabt Euch wohl!
Coriolan und Menenius gehn ab.
Er hat's nun, und, mich dünkt, sein Blick verriet,
Wie's ihm am Herzen liegt.
BRUTUS. Mit stolzem Herzen trug er
Der Demut Kleid. Wollt Ihr das Volk entlassen?
Die Bürger kommen zurück.
SICINIUS.
Nun, Freunde, habt ihr diesen Mann erwählt?
ERSTER BÜRGER.
Ja, unsre Stimmen hat er.
BRUTUS.
Die Götter machen wert ihn eurer Liebe!
ZWEITER BÜRGER.
Amen! Nach meiner armen, schwachen Einsicht
Verlacht' er uns, um unsre Stimmen bittend.
DRITTER BÜRGER.
Gewiß, er höhnt' uns gradezu.
ERSTER BÜRGER.
Nein, das ist seine Art; er höhnt' uns nicht.
ZWEITER BÜRGER.
Du bist der einz'ge, welcher sagt, er habe
Uns schmählich nicht behandelt: zeigen sollt' er
Die Ehrenmal', fürs Vaterland die Wunden.
SICINIUS.
Nun, und das tat er doch?
MEHRERE BÜRGER.
Nein, keiner sah sie.
DRITTER BÜRGER.
Er habe Wunden, in geheim zu zeigen,
Sprach er, und so den Hut verächtlich schwenkend:
»Ich möchte Konsul sein; – doch, alter Brauch
Erlaubt es nicht, als nur durch eure Stimmen.
Drum, eure Stimmen!« – Als wir eingewilligt,
Da hieß es: »Dank für eure Stimmen, dank' euch.
O süße Stimmen! Nun ihr gabt die Stimmen,
Stör' ich euch länger nicht.« – War das kein Hohn?
SICINIUS.
Ihr waret blöde, scheint's, dies nicht zu sehn,
Und, saht ihr's, allzu kindisch, freundlich doch
Die Stimmen ihm zu leihn.
BRUTUS. Was? spracht ihr nicht
Nach Anweisung? Als er noch ohne Macht,
Und nur des Vaterlands geringer Diener,
Da war er euer Feind, sprach stets der Freiheit
Entgegen und den Rechten, die ihr habt
Im Körper unsers Staats; und nun erhoben
Zu mächt'gem Einfluß und Regierung selbst, –
Wenn er auch da mit bösem Sinn verharrt,
Feind der Plebejer, könnten eure Stimmen
Zum Fluch euch werden. Konntet ihr nicht sagen:
Gebühr' auch seinem edlen Tun nichts mindres,
Als was er suche, mög' er doch mit Huld,
Zum Lohn für eure Stimmen, euer denken,
Verwandelnd seinen Haß für euch in Liebe,
Euch Freund und Gönner sein?
SICINIUS. Spracht ihr nun so,
Wie man euch riet, so ward sein Geist erregt,
Sein Sinn geprüft; so ward ihm abgelockt
Ein gütiges Versprechen, woran ihr,
Wenn Ursach' sich ergab, ihn mahnen konntet.
Wo nicht, so ward sein trotzig Herz erbittert,
Das keinem Punkt sich leicht bequemt, der irgend
Ihn binden kann; so, wenn in Wut gebracht,
Nahmt ihr den Vorteil seines Zornes wahr,
Und er blieb unerwählt.
BRUTUS. Bemerktet ihr,
Wie er euch frech verhöhnt', indem er bat,
Da eure Lieb' er brauchte? Wie – und glaubt ihr,
Es wird euch nicht sein Hohn zermalmend treffen,
Wenn ihm die Macht ward? War in all den Körpern
Denn nicht ein Herz? Habt ihr nur deshalb Zungen,
Weisheit, Vernunft zu überschrein?
SICINIUS. Habt ihr
Nicht Bitten sonst versagt? Und jetzo ihm,
Der euch nicht bat, nein, höhnte, wollt ihr schenken
Die Stimmen, die sonst jeder ehrt?
DRITTER BÜRGER.
Noch ward er nicht ernannt, wir können's weigern.
ZWEITER BÜRGER. Und wollen's weigern.
Fünfhundert Stimmen schaff ich von dem Klang.
ERSTER BÜRGER.
Ich doppelt das, und ihre Freund' als Zutat.
BRUTUS.
So macht euch eilig fort! Sagt diesen Freunden,
Sie wählten einen Konsul, der der Freiheit
Sie wird berauben und so stimmlos machen
Wie Hunde, die man für ihr Kläffen schlägt
Und doch zum Kläffen hält.
SICINIUS. Versammelt sie
Und widerruft, nach reiferm Urteil, alle
Die übereilte Wahl! Denkt seines Stolzes,
Wie seines alten Grolls auf euch! Vergeßt nicht,
Wie er mit Hoffart trug der Demut Kleid,
Wie flehend er euch höhnt'! Nur eure Liebe,
Gedenkend seiner Dienste, hindert' euch,
Zu sehn, wie sein Benehmen jetzt erschien,
Das achtungslos und spöttisch er gestaltet,
Nach eingefleischtem Haß.
BRUTUS. Legt alle Schuld
Uns, den Tribunen, bei und sprecht: wir drängten
Euch, keines Einwurfs achtend, so, daß ihr

Ihn wählen mußtet.

SICINIUS. Sagt, ihr stimmtet bei
Mehr, weil wir's euch befohlen, als geleitet
Von eigner, wahrer Lieb'; und eu'r Gemüt
Erfüllt von dem mehr, was ihr solltet tun,
Als was ihr wolltet, gabt ihr eure Stimmen
Ganz gegen euern Sinn. Gebt uns die Schuld!

BRUTUS.
Ja, schont uns nicht; sagt, daß wir euch gepredigt,
Wie jung er schon dem Vaterland gedient,
Wie lang' seitdem; aus welchem Stamm er sproßt,
Dem edlen Haus der Marcier; daher kam
Auch Ancus Marcius, Numas Tochter-Sohn,
Der nach Hostilius hier als König herrschte;
Das Haus gab uns auch Publius und Quintus,
Die uns durch Röhren gutes Wasser schafften;
Auch Censorinus, er, des Volkes Liebling,
Den, zweimal Censor, dieser Name schmückte,
Der war sein großer Ahn.

SICINIUS. Ein so Entsproßner,
Der außerdem durch eignen Wert verdiente
Den hohen Platz; wir schärften stets euch ein,
Sein zu gedenken; doch da ihr erwägt
(Messend sein jetz'ges Tun mit dem vergangnen),
Er werd' euch ewig Feind sein, widerruft ihr
Den übereilten Schluß.

BRUTUS. Sagt, nimmer wär's geschehn
(Darauf kommt stets zurück!) ohn' unsern Antrieb:
Und eilt, wenn ihr die Stimmenzahl gezogen,
Aufs Kapitol!

MEHRERE BÜRGER. Das woll'n wir. Alle fast
Bereun schon ihre Wahl.

Die Bürger gehn ab.

BRUTUS. So geht's nun fort;
Denn besser ist's, den Aufstand jetzt zu wagen,
Der später noch gefährlicher sich zeigte:
Wann er, nach seiner Art, in Wut gerät
Durch ihr Verweigern, so bemerkt und nützt
Den Vorteil seines Zorns!

SICINIUS. Zum Kapitol!
Kommt, laßt uns dort sein vor dem Strom des Volks;
Dies soll, wie's gleichsam ist, ihr Wille scheinen,
Was unser Treiben war.

Sie gehn ab.

Dritter Aufzug

Erste Szene

Hörner. Es treten auf Coriolanus, Menenius, Cominius, Titus Lartius, Senatoren und Patrizier.

CORIOLANUS.
Tullus Aufidius drohte denn von neuem?

TITUS.
Er tat's; und das war auch die Ursach', schneller
Den Frieden abzuschließen.

CORIOLANUS.
So stehn die Volsker, wie sie früher standen:
Bereit, wenn sich der Anlaß beut, uns wieder
Zu überziehn.

COMINIUS. Sie sind so matt, o Konsul,
Daß wir wohl kaum in unserm Lebensalter
Ihr Banner fliegen sehn.

CORIOLANUS. Saht Ihr Aufidius?

TITUS. Ich gab ihm Sicherheit; er kam und fluchte
Ergrimmt den Volskern, die so niederträchtig
Die Stadt geräumt. Er lebt in Antium jetzt.

CORIOLANUS. Sprach er von mir?

TITUS. Das tat er, Freund.

CORIOLANUS. Wie? Was?

TITUS. Wie oft er, Schwert an Schwert, Euch angerannt;
Daß er von allen Dingen auf der Welt
Euch hass' zumeist; sein Gut woll' er verpfänden
Ohn' Hoffnung des Ersatzes, könn' er nur
Eu'r Sieger heißen.

CORIOLANUS. Dort in Antium lebt er?

TITUS. In Antium.

CORIOLANUS.
Oh! hätt' ich Ursach', dort ihn aufzusuchen,
Zu trotzen seinem Haß! Willkommen hier!

Sicinius und Brutus treten auf.

Ha! seht, das da sind unsre Volkstribunen,
Zungen des großen Mundes; mir verächtlich,
Weil sie mit ihrer Amtsgewalt sich brüsten,
Mehr, als der Adel dulden kann.

SICINIUS. Nicht weiter!

CORIOLANUS. Ha! was ist das?

BRUTUS. Es ist gefährlich, geht Ihr –
Zurück!

CORIOLANUS. Woher der Wechsel?

MENENIUS. Was geschah?

COMENIUS.
Ward er vom Adel nicht und Volk bestätigt?

BRUTUS. Cominius, nein!

CORIOLANUS. Hatt' ich von Kindern Stimmen?

ERSTER SENATOR.
Macht Platz, Tribunen, er soll auf den Markt.

BRUTUS. Das Volk ist gegen ihn empört.

SICINIUS. Halt' ein!
Sonst Unheil überall!

CORIOLANUS. Dies eure Herde?
Die müssen Stimmen haben, jetzt zum Ja
Und gleich zum Nein? – Und ihr, was schafft denn ihr?
Seid ihr das Maul, regiert nicht ihre Zähne?
Habt ihr sie nicht gehetzt?

MENENIUS. Seid ruhig, ruhig!

CORIOLANUS.
Das ist nur ein Komplott und abgekartet,
Um die Gewalt des Adels zu zerbrechen.
Duldet's – und lebt mit Volk, das nicht kann herrschen,
Und nicht beherrscht sein.

BRUTUS. Nennt es nicht Komplott:
Das Volk schreit, Ihr verhöhntet es, und damals,
Als Korn umsonst verteilt ward, murrtet Ihr,
Schmähtet die Volkesfreunde, schaltet sie
Des Adels Feinde, Schmeichler, Zeitendiener.

CORIOLANUS. Nun, dies war längst bekannt.

BRUTUS. Allein nicht allen.

CORIOLANUS. Gabt Ihr die Weisung ihnen jetzt?

BRUTUS. Ich, Weisung?

CORIOLANUS. Solch Tun sieht Euch schon ähnlich.
BRUTUS. Nicht unähnlich,
Und jedenfalls doch besser als das Eure.
CORIOLANUS.
Warum denn ward ich Konsul? Ha! beim Himmel!
Nichtswürdig will ich sein wie ihr, dann macht mich
Zu euerm Mittribun!
SICINIUS. Zu viel schon tut Ihr
Zur Aufreizung des Volks. Wollt Ihr die Bahn,
Die Ihr begannt, vollenden, sucht den Weg,
Den Ihr verloren habt, mit sanfterm Geist!
Sonst könnt Ihr nimmermehr als Konsul herrschen,
Noch als Tribun zur Seit' ihm stehn.
MENENIUS. Seid ruhig!
COMINIUS.
Das Volk ward aufgehetzt. Fort! – Solche Falschheit
Ziemt Römern nicht. Verdient hat Coriolan
Nicht, daß man ehrlos diesen Stein ihm lege
In seine Ehrenbahn.
CORIOLANUS. Vom Korn mir sprechen?
Dies war mein Wort, und ich will's wiederholen.
MENENIUS. Nicht jetzt, nicht jetzt!
ERSTER SENATOR. Nicht jetzt in dieser Hitze!
CORIOLANUS.
Bei meinem Leben! Jetzt laßt mich gewähren
Ihr Freunde! Ihr vom Adel!
Fest schau' die schmutz'ge, wankelmüt'ge Menge
Mich an, der ich nicht schmeichle, und bespiegle
Sich selbst in mir: Ich sag' es wiederum:
Wir ziehn, sie hätschelnd, gegen den Senat
Unkraut der Rebellion, Frechheit, Empörung,
Wofür wir selbst gepflügt, den Samen streuten,
Da wir mit uns, der edlern Zahl, sie mengten,
Die keine andre Macht und Tugend missen,
Als die sie selbst an Bettler weggeschenkt!
MENENIUS. Nun gut, nichts mehr!
ERSTER SENATOR.
Kein Wort mehr, laßt Euch bitten!
CORIOLANUS. Wie! nicht mehr?
Hab' ich mein Blut fürs Vaterland vergossen,
Furchtlos dem fremden Dräun, so soll die Brust
Laut schelten, bis sie bricht, Aussätz'ge schmähend,
Vor deren Pest uns graut, und streben doch,
Von ihnen angesteckt zu sein.
BRUTUS. Ihr sprecht vom Volk,
Als wäret Ihr ein Gott, gesandt zu strafen,
Und nicht ein Mensch, so schwach wie sie.
SICINIUS. Gut wär' es,
Wir sagten dies dem Volk.
MENENIUS. Wie! seinen Zorn?
CORIOLANUS. Zorn!
Wär' ich so sanft wie mitternächt'ger Schlaf,
Beim Jupiter! dies wäre meine Meinung.
SICINIUS. Und diese Meinung
Soll bleiben in sich selbst verschloßnes Gift.
Nicht andre mehr vergiften noch.
CORIOLANUS. Soll bleiben?
Hört ihr der Gründlinge Triton? Bemerkt ihr
Sein herrschend »Soll«?
COMINIUS. 's war ungesetzlich.
CORIOLANUS. »Soll«!
Du guter, aber höchst unkluger Adel!
Ehrbare, doch achtlose Senatoren!
Wie gebt ihr so der Hydra nach, zu wählen
Den Diener, der mit eigenmächt'gem »Soll«
(Er nur Trompet' und Klang der Ungeheuer)
Frech euern Strom in sumpf'gen Teich will leiten,
Und eure Macht auf sich. – Hat er Gewalt,
Neigt euch als blödgesinnt; wenn keine, weckt
Die Langmut, die Gefahr bringt! Seid ihr weise,
Gleicht nicht gemeinen Toren; seid ihr's nicht,
Legt ihnen Polster hin! – Ihr seid Plebejer,
Wenn Senatoren sie; sie sind nichts Mindres,
Wenn durch der Stimmen Mischung nur nach ihnen
Das Ganze schmeckt. Sie wählten sich Beamte, –
Und diesen, der sein »Soll« entgegen setzt,
Sein pöbelhaftes »Soll«, weit würd'germ Rat,
Als Griechenland nur je verehrt. Beim Zeus!
Beschimpft wird so der Konsul, und mein Herz weint,
Zu sehn, wie, wenn zwei Mächte sich erheben,
Und keine herrscht, Verderben, ungesäumt,
Dringt in die Lücke zwischen beid' und stürzt
Die eine durch die andre.
COMINIUS. Gut, zum Marktplatz!
CORIOLANUS.
Wer immer riet, das Korn der Vorratshäuser
Zu geben unentgeltlich, wie's gebräuchlich
Manchmal in Griechenland –
MENENIUS. Genug! nicht weiter!
CORIOLANUS. (Obgleich das Volk dort frei're
Macht besaß),
Der, sag' ich, nährt Empörung, führt herbei
Den Untergang des Staats.
BRUTUS. Wie kann das Volk
Dem seine Stimme geben, der so spricht?
CORIOLANUS. Ich geb' euch Gründe,
Mehr wert als ihre Stimmen: Korn, sie wissen's,
War nicht von uns ein Dank; sie waren sicher,
Sie taten nichts dafür; zum Krieg geworben,
Als selbst des Vaterlandes Herz erkrankte,
Da wollte keiner aus dem Tor: der Eifer
Verdient nicht Korn umsonst; hernach im Krieg
Ihr Meutern und Empören, ihres Mutes
Erhabne Proben, sprachen schlecht ihr Lob. –
Die Klage,
Womit sie oftmals den Senat beschuldigt,
Aus ungebornem Grund, kann nie erzeugen
Ein Recht auf freie Schenkung. Nun – was weiter?
Wie mag so vielgeteilter Schlund verdaun
Die Güte des Senats? Die Taten sprechen,
Was Worte sagen möchten: »Wir verlangten's,
Wir sind der größre Hauf'; und sie, recht furchtsam,
Sie gaben, was wir heischten.« – So erniedern
Wir unser hohes Amt, sind schuld, daß Pöbel
Furcht unsre Sorgfalt schilt. Dies bricht dereinst
Die Schranken des Senats, und läßt die Krähen
Hinein, daß sie die Adler hacken.
MENENIUS. Kommt! Genug!
BRUTUS. Genug im Übermaß!
CORIOLANUS. Nein! nehmt noch mehr:
Was nur den Schwur, sei's göttlich, menschlich, heiligt,
Besiegle meinen Schluß! Die Doppelherrschaft,

Wo dieser Teil mit Grund verachtet, jener
Den andern grundlos schmäht, wo Adel, Macht
und Weisheit
Nichts tun kann ohne jenes Ja und Nein
Des großen Unverstands, – dies muß verdrängen,
Was wahrhaft nötig ist, um Raum zu geben
Unhaltbar Schlechtem: – Recht, so abgesperrt,
Folgt nun, es kann nichts Richtiges geschehn. –
Darum beschwör' ich euch!
Ihr, die ihr wen'ger zaghaft seid als weise,
Die ihr mehr liebt des Staates feste Gründung,
Als Änd'rung scheut, die höher stets geachtet
Ein edles Leben als ein langes, die
Nicht fürchten, durch gewagte Kur zu retten
Den Leib vom sichern Tod, – mit eins reißt aus
Die vielgespaltne Zung', laßt sie nicht lecken
Dies Süß, was ihnen Gift ist! Eur' Entehrung
Verstümmelt Weisheit, Recht, und raubt dem Staat
Die Lauterkeit, die ihn verklären sollte;
So daß ihm Macht fehlt, Gutes, das er möchte,
Zu tun, weil ihn das Böse stets verhindert.

BRUTUS. Er sprach genug.

SICINIUS. Er sprach als Hochverräter,
Und soll es büßen, wie's Verrätern ziemt.

CORIOLANUS. Elender du! Schmach sei dein
Grab! Was soll das Volk,
Was soll's mit den kahlköpfigen Tribunen?
Anhangend ihnen weigert's den Gehorsam
Der höhern Obrigkeit. In einem Aufruhr,
Da nicht das Recht, nein, da die Not Gesetz war,
Da wurden sie gewählt: – Zu beßrer Zeit
Sagt von dem Recht nun kühn: Dies ist das Recht,
Und schleudert in den Staub hin ihre Macht!

BRUTUS. Offner Verrat!

SICINIUS. Der da ein Konsul? Nein!

BRUTUS. He! die Ädilen her! Laßt ihn verhaften!

SICINIUS. Geht, ruft das Volk!

Brutus geht ab.

Ich selbst, in seinem Namen,
Ergreife dich als Neu'rer und Empörer
Und Feind des Staats. – Folg', ich befehl' es dir,
Um Rechenschaft zu stehn!

CORIOLANUS. Fort, alter Bock!

SENATOREN UND PATRIZIER.
Wir schützen ihn.

MENENIUS. Die Hand weg, alter Mann!

CORIOLANUS. Fort, morsches Ding, sonst
schüttl' ich deine Knochen
Dir aus den Kleidern.

SICINIUS. Helft! ihr Bürger, helft!

Brutus kommt zurück mit den Ädilen und einer Schar Bürger.

MENENIUS. Mehr Achtung beiderseits!

SICINIUS. Hier ist er, welcher euch
Ganz machtlos machen will.

BRUTUS. Greift ihn, Ädilen!

DIE BÜRGER. Nieder mit ihm! zu Boden!

Geschrei von allen Seiten.

Waffen! Waffen!

Alle drängen sich um Coriolanus.

ZWEITER SENATOR. Tribunen! Edle! Bürger!
Haltet! Ha!
Sicinius! Brutus! Coriolanus! Bürger!

DIE BÜRGER.
Den Frieden haltet! Frieden! Haltet alle!

MENENIUS.
Was wird draus werden? Ich bin außer Atem,
Es droht uns Untergang! Ich kann nicht: sprecht,
Tribunen, ihr zum Volk! Coriolanus, ruhig!
Sprich, Freund Sicinius!

SICINIUS. Hört mich, Bürger! Ruhig!

DIE BÜRGER.
Hört den Tribun! Still! Rede, rede, rede!

SICINIUS. Ihr seid daran, die Freiheit zu verlieren.
Marcius will alles von euch nehmen, Marcius,
Den eben ihr zum Konsul wähltet.

MENENIUS. Pfui!
Dies ist der Weg, zu zünden, nicht zu löschen.

ERSTER SENATOR.
Die Stadt zu schleifen, alles zu zerstören.

SICINIUS. Was ist die Stadt wohl, als das Volk?

DIE BÜRGER. Ganz recht!
Das Volk nur ist die Stadt.

BRUTUS. Durch aller Einstimmung sind wir erwählt
Als Obrigkeit des Volks.

DIE BÜRGER. Und sollt es bleiben!

MENENIUS. Ja, so sieht's aus.

COMINIUS. Dies ist der Weg, um alles zu zerstören,
Das Dach zu stürzen auf das Fundament,
Und zu begraben jede Rangordnung
In Trümmerhaufen! –

SICINIUS. Dies verdient den Tod!

BRUTUS.
Jetzt gilt's, daß unser Ansehn wir behaupten,
Oder verlieren. Wir erklären hier
Im Namen dieses Volks, durch dessen Macht
Wir sind erwählt für sie: Marcius verdient
Sogleich den Tod.

SICINIUS. Deshalb legt Hand an ihn,
Bringt zum Tarpej'schen Felsen und von dort'
Stürzt in Vernichtung ihn!

BRUTUS. Ädilen, greift ihn!

DIE BÜRGER. Ergib dich, Marcius!

MENENIUS. Hört ein einzig Wort!
Tribunen, hört! ich bitt' euch, nur ein Wort!

ÄDILEN. Still, still!

MENENIUS.
Seid, was ihr scheint, Freunde des Vaterlands:
Ergreift mit weiser Mäß'gung, was gewaltsam
Ihr herzustellen strebt!

BRUTUS. Die kalten Mittel,
Sie scheinen kluge Hülf' und sind nur Gift,
Wenn so die Krankheit rast. Legt Hand an ihn!
Und schleppt ihn auf den Fels!

CORIOLANUS. Nein, gleich hier sterb' ich.

Er zieht sein Schwert.

Es sah wohl mancher unter euch mich kämpfen;
Kommt, und versucht nun selbst, was ihr nur saht!

MENENIUS.
Fort mit dem Schwert! Tribunen, steht zurück!

BRUTUS. Legt Hand an ihn!

MENENIUS. Helft! helft dem Marcius! helft!

Ihr hier vom Adel, helft ihm, jung und alt!
DIE BÜRGER. Nieder mit ihm! Nieder mit ihm!
Handgemenge; die Tribunen, die Ädilen und das Volk werden hinausgetrieben.
MENENIUS.
Geh! fort, nach deinem Haus! Enteile schnell!
Zugrund' geht alles sonst.
ZWEITER SENATOR. Fort!
CORIOLANUS. Haltet stand!
Wir haben ebenso viel Freund' als Feinde.
MENENIUS. Soll's dahin kommen?
ERSTER SENATOR. Das verhütet, Götter!
Mein edler Freund, ich bitte, geh nach Haus:
Laß uns den Schaden heilen!
MENENIUS. Du kannst nicht
Die eigne Wunde prüfen. Fort, ich bitte!
COMINIUS. Freund, geh hinweg mit uns!
MENENIUS.
Oh! wären sie Barbaren! (und sie sind's,
Obwohl Roms Brut) nicht Römer! (und sie sind's nicht,
Obwohl geworfen vor dem Kapitol) –
Komm!
Nimm deinen edlen Zorn nicht auf die Zunge;
Einst kommt uns beßre Zeit.
CORIOLANUS. Auf ebnem Boden
Schlüg' ich wohl ihrer vierzig.
MENENIUS. Ich auch nehm' es
Mit zwei der Besten auf, ja, den Tribunen.
COMINIUS.
Doch hier ist Übermacht nicht zu berechnen;
Und Mannheit wird zur Torheit, stemmt sie sich
Entgegen stürzendem Gebäu. Entfernt Euch,
Eh' dieser Schwarm zurückkehrt, dessen Wut
Rast, wie gehemmter Strom, und übersteigt,
Was sonst ihn niederhielt.
MENENIUS. Ich bitte, geh!
So seh' ich, ob mein alter Witz noch anschlägt
Bei Leuten, die nur wenig haben. Flicken
Muß man den Riß mit Lappen jeder Farbe.
CORIOLANUS. Nun komm!
Coriolanus, Cominius und andere gehn ab.
ERSTER PATRIZIER.
Der Mann hat ganz sein Glück zerstört.
MENENIUS.
Sein Sinn ist viel zu edel für die Welt.
Er kann Neptun nicht um den Dreizack schmeicheln,
Nicht Zeus um seine Donner: Mund und Herz ist eins.
Was seine Brust nur schafft, kommt auf die Zunge,
Und ist er zornig, so vergißt er gleich,
Daß man den Tod je nannte.
Geräusch hinter der Szene.
Ein schöner Lärm!
ZWEITER PATRIZIER. Oh! wären sie im Bett!
MENENIUS.
Wären sie in der Tiber! Was zum Henker,
Konnt' er nicht freundlich sprechen?
Brutus, Sicinius, Bürger kommen zurück.
SICINIUS. Wo ist die Viper,
Die unsre Stadt entvölkern möcht', um alles
In allem drin zu sein?
MENENIUS. Würd'ge Tribunen –
SICINIUS. Wir stürzen ihn von dem Tarpej'schen Fels
Mit strenger Hand: er trotzet dem Gesetz,
Drum weigert das Gesetz ihm das Verhör;
Die Macht der bürgerlichen Strenge fühl' er,
Die ihm so nichtig dünkt.
ERSTER BÜRGER. Er soll erfahren,
Des Volkes edler Mund sind die Tribunen,
Wir seine Hand.
MEHRERE BÜRGER. Er soll! er soll!
MENENIUS. Freund –
SICINIUS. Still!
MENENIUS.
Schreit nicht Vertilgung, wo ein mäß'ges Jagen
Zum Ziel euch führen mag!
SICINIUS. Wie kommt's, daß Ihr
Ihm halft, sich fort zu machen?
MENENIUS. Hört mich an:
Wie ich den Wert des Konsuls kenne, kann ich
Auch seine Fehler nennen.
SICINIUS. Konsul? welcher Konsul?
MENENIUS. Der Konsul Coriolan.
BRUTUS. Er Konsul?
DIE BÜRGER. Nein, nein, nein, nein, nein!
MENENIUS.
Vergönnt, ihr gutes Volk; und ihr, Tribunen,
Gehör, so möcht' ich ein, zwei Worte sagen,
Die euch kein weitres Opfer kosten sollen
Als diese kurze Zeit.
SICINIUS. So faßt Euch kurz:
Denn wir sind fest entschlossen, abzutun
Den gift'gen Staatsverräter; ihn verbannen,
Läßt die Gefahr bestehn; ihn hier behalten,
Ist sichrer Tod. Drum wird ihm zuerkannt:
Er stirbt noch heut.
MENENIUS. Verhüten das die Götter!
Soll unser hohes Rom, des Dankbarkeit
Für die verdienten Kinder steht verzeichnet
In Jovis Buch, entmenscht, verworfne Mutter,
Den eignen Sohn verschlingen?
SICINIUS.
Ein Schad' ist er, muß ausgeschnitten werden.
MENENIUS.
Ein Glied ist er, das einen Schaden hat,
Es abzuschneiden tödlich, leicht zu heilen.
Was tat er Rom, wofür er Tod verdiente?
Weil er die Feind' erschlug? Sein Blut, vergossen
(Und das, ich schwör's, ist mehr, als er noch hat,
Um manchen Tropfen), floß nur für sein Land; –
Wird, was ihm bleibt, vergossen durch sein Land,
Das wär' uns allen, die es tun und dulden,
Ein ew'ges Brandmal.
SICINIUS. Das ist nur Gewäsch.
BRUTUS. Gänzlich verkehrt! Als er sein Land geliebt,
Ehrt' es ihn auch.
MENENIUS. Hat uns der Fuß gedient
Und wird vom Krebs geschädigt, denken wir
Nicht mehr der vor'gen Dienste?
BRUTUS. Schweigt nur still!
Zu seinem Hause hin! Reißt ihn heraus,

Damit die Ansteckung von gift'ger Art
Nicht weiter fort sich zünde!

MENENIUS. Nur ein Wort!
So tigerfüß'ge Wut, sieht sie das Elend
Der ungehemmten Eile, legt zu spät
Blei an die Sohlen. – Drum verfahrt nach Recht,
Daß nicht, da es beliebt, Partei'n sich rotten,
Und unser hohes Rom durch Römer falle!

BRUTUS. Wenn das geschah' –

SICINIUS. Was schwatzt Ihr da?
Wie er Gesetz verhöhnte, sahn wir ja.
Ädilen schlagen! Trotz uns bieten! Kommt!

MENENIUS. Erwägt nur dies: er ist im Krieg erwachsen;
Seit er ein Schwert mocht' heben, lernt' er fein
Gesiebte Sprache nicht, wirft Mehl und Kleie
Nun im Gemengsel aus. Bewilligt mir,
Ich geh' zu ihm und bring' ihn friedlich her,
Wo nach der Form des Rechts er Rede steht
Auf seine äußerste Gefahr.

ERSTER SENATOR. Tribunen,
Die Weis' ist menschlich: allzu blutig würde
Der andre Weg, und im Beginnen nicht
Der Ausgang zu erkennen.

SICINIUS. Edler Menenius,
So handelt Ihr denn als des Volks Beamter; –
Ihr Leute, legt die Waffen ab!

BRUTUS. Geht nicht nach Haus!

SICINIUS.
Hin auf den Markt, dort treffen wir Euch wieder,
Und bringt Ihr Marcius nicht, so gehn wir weiter
Auf unserm ersten Weg.

Ab.

MENENIUS. Ich bring' ihn euch.

Zu den Senatoren.

Geht mit mir, ich ersuch' euch! Er muß kommen,
Sonst folgt das Schlimmste.

ERSTER SENATOR.
Laßt uns zu ihm gehn!

Alle ab.

Zweite Szene

Coriolanus tritt auf mit einigen Patriziern.

CORIOLANUS.
Laßt sie mir um die Ohren alles werfen;
Mir drohn mit Tod durch Rad, durch wilde Rosse;
Zehn Berg' auf den Tarpej'schen Felsen türmen,
Daß sich der Absturz tiefer reißt, als je
Das Auge sieht, – doch bleib' ich ihnen stets
Also gesinnt.

ERSTER PATRIZIER. Ihr handelt um so edler.

Volumnia tritt auf.

CORIOLANUS. Mich wundert, wie die Mutter
Mein Tun nicht billigt, die doch lump'ge Sklaven
Sie stets genannt; Geschöpfe, nur gemacht,
Daß sie mit Pfenn'gen schachern; barhaupt stehn
In der Versammlung, gähnen, staunen, schweigen,
Wenn einer meines Ranges sich erhebt,
Redend von Fried' und Krieg.

Zu Volumnia.

Ich sprach von Euch.
Weshalb wünscht Ihr mich milder? Soll ich falsch sein
Der eignen Seele? Lieber sagt, ich spiele
Den Mann nur, der ich bin!

VOLUMNIA. Oh! Sohn, Sohn, Sohn!
Hätt'st deine Macht du doch erst angelegt,
Eh' du sie abgenutzt!

CORIOLANUS. Sie fahre hin!

VOLUMNIA.
Du konntest mehr der Mann sein, der du bist,
Wenn du es wen'ger zeigtest; schwächer waren
Sie deinem Sinn entgegen, hehltest du
Nur etwas mehr, wie du gesinnt, bis ihnen
Die Macht gebrach, um dich zu kreuzen.

CORIOLANUS. Hängt sie!

VOLUMNIA. Ja, und verbrennt sie!

Menenius kommt mit Senatoren.

MENENIUS.
Kommt, kommt! Ihr wart zu rauh, etwas zu rauh.
Ihr müßt zurück, es bessern.

ERSTER SENATOR. Da hilft nichts.
Denn tut Ihr dieses nicht, reißt auseinander
Die Stadt und geht zugrund'.

VOLUMNIA. Oh! laß dir raten:
Ich hab' ein Herz, unbeugsam, wie das deine,
Doch auch ein Hirn, das meines Zornes Ausbruch
Zu besserm Vorteil lenkt.

MENENIUS. Recht, edle Frau!
Denn sollt' er so sein Herz zerdrücken, wenn's nicht
Die Fieberwut der Zeit als Mittel heischte
Dem ganzen Staat, schnallt' ich die Rüstung um,
Die ich kaum tragen kann.

CORIOLANUS. Was muß ich tun?

MENENIUS. Zu den Tribunen kehren.

CORIOLANUS. Was weiter denn?

MENENIUS. Bereun, was Ihr gesprochen.

CORIOLANUS. Um ihretwillen?
Nicht kann ich's um der Götter willen tun;
Muß ich's denn ihretwillen tun?

VOLUMNIA. Du bist zu herrisch.
Magst du auch hierin nie zu edel sein,
Gebietet Not doch auch. – Du selbst oft sagtest:
Wie Ehr' und Politik als treue Freunde
Im Krieg zusammen gehn. Ist dies, so sprich,
Wie sie im Frieden wohl sich schaden können,
Daß sie in ihm sich trennen?

CORIOLANUS. Pah!

MENENIUS. Gut gefragt!

VOLUMNIA.
Bringt es im Krieg dir Ehre, der zu scheinen,
Der du nicht bist (und großer Zwecke halb
Gebraucht Ihr dieser Politik), entehrt's nun,
Daß sie im Frieden soll Gemeinschaft halten
Mit Ehre, wie im Krieg, da sie doch beiden
Gleich unentbehrlich ist?

CORIOLANUS. Was drängst du so?

VOLUMNIA.
Weil jetzt dir obliegt, zu dem Volk zu reden,
Nicht nach des eignen Sinnes Unterweisung,

Noch in der Art, wie dir dein Herz befiehlt, –
Mit Worten nur, die auf der Zunge wachsen,
Bastardgeburten, Lauten nur und Silben,
Die nicht des Herzens Wahrheit sind verpflichtet.
Dies, wahrlich, kann so wenig dich entehren,
Als eine Stadt durch sanftes Wort erobern,
Wo sonst dein Glück entscheiden müßt' und Wagnis
Von vielem Blutvergießen. –
Ich wollte meine Art und Weise bergen,
Wenn Freund' und Glück es in Gefahr verlangten,
Und blieb' in Ehr'. – Ich steh' hier auf dem Spiel,
Dein Weib, dein Sohn, die Edlen, der Senat,
Und du willst lieber unserm Pöbel zeigen,
Wie du kannst finster sehn, als einmal lächeln,
Um ihre Gunst zu erben und zu schützen,
Was ohne sie zugrund' geht.

MENENIUS. Edle Frau!
Kommt, geht mit uns, sprecht freundlich und errettet
Nicht nur, was jetzt gefährlich, nein, was schon
Verloren war!

VOLUMNIA. Ich bitte dich, mein Sohn,
Geh hin, mit dieser Mutz' in deiner Hand;
So streck' sie aus, tritt nah an sie heran,
Dein Knie berühr' die Stein'; in solchem Tun ist
Gebärd' ein Redner, und der Einfalt Auge
Gelehrter als ihr Ohr. Den Kopf so wiegend
Und oft auch so dein stolzes Herz bestrafend,
Sei sanft, so wie die Maulbeer' überreif,
Die jedem Drucke weicht. Dann sprich zu ihnen:
Du seist ihr Krieger, im Gelärm erwachsen,
Hab'st nicht die sanfte Art, die, wie du einsäh'st,
Dir nötig sei, die sie begehren dürften,
Wärb'st du um ihre Gunst; doch wollt'st du sicher
Dich künftig wandeln zu dem Ihrigen,
So weit Natur und Kraft in dir nur reichten.

MENENIUS. Das nur getan,
So wie sie sagt, sind alle Herzen dein,
Denn sie verzeihn so leicht, wenn du sie bittest,
Als sonst sie müßig schwatzen.

VOLUMNIA. Oh! gib nach!
Laß dir nur diesmal raten, – weiß ich schon,
Du spräng'st eh' mit dem Feind in Feuerschlünde,
Als daß du ihm in Blumenlauben schmeichelst.
Hier ist Cominius.

Cominius tritt auf.

COMINIUS. Vom Marktplatz komm' ich, Freund, und dringend scheint,
Daß Ihr Euch sehr verstärkt, sonst hilft Euch nur
Flucht oder Sanftmut: Alles ist in Wut.

MENENIUS. Nur gutes Wort!

COMINIUS. Das, glaub' ich, dient am besten,
Zwingt er sein Herz dazu.

VOLUMNIA. Er muß und will.
Laß dich erbitten; sag: »Ich will« und geh!

CORIOLANUS. Muß ich mit bloßem Kopf mich zeigen? Muß ich
Mit niedrer Zunge Lügen strafen so
Mein edles Herz, das hier verstummt? Nun gut, ich tu's.
Doch käm's nur auf das einz'ge Stück hier an,
Den Marcius, sollten sie zu Staub ihn stampfen
Und in den Wind ihn streun. – Zum Marktplatz nun!
Ihr zwingt mir eine Rolle auf, die ich nie
Natürlich spiele.

COMINIUS. Kommt, wir helfen Euch.

VOLUMNIA.
Oh! hör' mich, holder Sohn! Du sagtest oft
Daß dich mein Lob zum Krieger erst gemacht:
So spiel', mein Lob zu ernten, eine Rolle,
Die du noch nie geübt.

CORIOLANUS. Ich muß es tun.
Fort, meine Sinnesart! Komm über mich,
Geist einer Metze! Mein Kriegsschrei sei verwandelt,
Der in die Trommeln rief, jetzt in ein Pfeifchen,
Dünn wie des Hämlings, wie des Mädchens Stimme,
Die Kinder einlullt; eines Buben Lächeln
Wohn' auf der Wange mir; Schulknabentränen
Verdunkeln mir den Blick; des Bettlers Zunge
Reg' in dem Mund sich; mein bepanzert Knie,
Das nur im Bügel krumm war, beuge sich
Wie des, der Pfenn'ge fleht! – Ich will's nicht tun,
Nicht so der eignen Wahrheit Ehre schlachten
Und durch des Leibs Gebärdung meinen Sinn
Zu ew'ger Schand' abrichten.

VOLUMNIA. Wie du willst.
Von dir zu betteln ist mir größre Schmach,
Als dir von ihnen. Fall' alles denn in Trümmer!
Mag lieber deinen Stolz die Mutter fühlen,
Als stets Gefahr von deinem Starrsinn fürchten!
Den Tod verlach' ich, großgeherzt wie du.
Mein ist dein Mut, ja, den sogst du von mir:
Dein Stolz gehört dir selbst.

CORIOLANUS. Sei ruhig, Mutter,
Ich bitte dich! – Ich gehe auf den Markt;
Schilt mich nicht mehr! Als Taschenspieler nun
Stehl' ich jetzt ihre Herzen, kehre heim,
Von jeder Zunft geliebt. Siehst du, ich gehe.
Grüß' meine Frau! Ich kehr' als Konsul wieder;
Sonst glaube nie, daß meine Zung' es weit
Im Weg des Schmeichelns bringt!

VOLUMNIA. Tu', was du willst!

Sie geht ab.

COMINIUS. Fort, die Tribunen warten. Rüstet Euch
Mit milder Antwort; denn sie sind bereit,
Hör' ich, mit härtern Klagen, als die jetzt
Schon auf Euch lasten.

CORIOLANUS.
»Mild« ist die Losung. Bitte, laßt uns gehn:
Laßt sie mit Falschheit mich beschuld'gen, ich
Antworte ehrenvoll.

MENENIUS. Nur aber milde!

CORIOLANUS. Gut, milde sei's denn, milde!

Alle ab.

Dritte Szene

Sicinius und Brutus treten auf.

BRUTUS.
Das muß der Hauptpunkt sein: daß er erstrebt
Tyrannische Gewalt; entschlüpft er da,
Treibt ihn mit seinem Volkshaß in die Enge,

Und daß er nie verteilen ließ die Beute,
Die den Antiaten abgenommen ward.

Ein Ädil tritt auf.

Nun, kommt er?

ÄDIL. Er kommt.

BRUTUS. Und wer begleitet ihn?

ÄDIL. Der alte Menenius und die Senatoren, die
Ihn stets begünstigt.

BRUTUS. Habt Ihr ein Verzeichnis
Von allen Stimmen, die wir uns verschafft,
Geschrieben nach der Ordnung?

ÄDIL. Ja, hier ist's.

BRUTUS. Habt Ihr nach Tribus sie gesammelt?

ÄDIL. Ja.

SICINIUS.
So ruft nun ungesäumt das Volk hieher,
Und hören sie mich sagen: »So soll's sein,
Nach der Gemeinen Fug und Recht«, sei's nun
Tod, Geldbuß' oder Bann: so laß sie schnell
»Tod« rufen; sag' ich »Tod!« »Geldbuße«, sag' ich
»Buße«,
Auf ihrem alten Vorrecht so bestehn
Und auf der Kraft in der gerechten Sache.

ÄDIL. Ich will sie unterweisen.

BRUTUS. Und haben sie zu schreien erst begonnen,
Nicht aufgehört! nein, dieser wilde Lärm
Muß die Vollstreckung augenblicks erzwingen
Der Strafe, die wir rufen.

ÄDIL. Wohl, ich gehe.

SICINIUS.
Und mach' sie stark und unserm Wink bereit,
Wann wir ihn immer geben!

BRUTUS. Macht Euch dran!

Der Ädil geht ab.

Reizt ihn sogleich zum Zorn; er ist gewohnt
Zu siegen, und ihm gilt als höchster Ruhm
Der Widerspruch. Einmal in Wut, nie lenkt er
Zur Mäßigung zurück; dann spricht er aus,
Was er im Herzen hat; genug ist dort,
Was uns von selbst hilft, ihm den Hals zu brechen.

Es treten auf Coriolanus, Menenius, Cominius, Senatoren und Patrizier.

SICINIUS. Nun seht, hier kommt er!

MERENIUS. Sanft, das bitt' ich dich!

CORIOLANUS.
Ja, wie ein Stallknecht, der für lump'gen Heller
Den Schurken zehnfach einsteckt. – Hohe Götter!
Gebt Rom den Frieden, und den Richterstühlen
Biedere Männer! Pflanzet Lieb' uns ein!
Füllt dicht mit Friedensprunk die Tempelhallen,
Und nicht mit Krieg die Straßen!

ERSTER SENATOR. Amen! Amen!

MERENIUS. Ein edler Wunsch!

SICINIUS. Ihr Bürger, tretet naher!

Der Ädil kommt mit den Bürgern.

ÄDIL. Auf die Tribunen merkt! Gebt acht! Still! still!

CORIOLANUS. Erst hört mich reden!

BEIDE TRIBUNEN. Gut, sprecht – ruhig denn!

CORIOLANUS.
Werd' ich nicht weiter angeklagt, als hier?
Wird alles jetzt gleich ausgemacht?

SICINIUS. Ich frage:
Ob Ihr des Volkes Stimm' Euch unterwerft,
Die Sprecher anerkennt, und willig tragt
Die Strafe des Gesetzes für die Fehler,
Die man Euch dartun wird?

CORIOLANUS. Ich trage sie.

MENENIUS.
Oh, Bürger, seht! er sagt, er will sie tragen:
Der Kriegesdienste, die er tat, gedenkt;
Seht an die Wunden, die sein Körper hat:
Sie gleichen Gräbern auf geweihtem Boden.

CORIOLANUS.
Geritzt von Dornen, Schrammen, nur zum Lachen.

MENENIUS. Erwägt noch ferner:
Daß, hört ihr ihn nicht gleich dem Bürger sprechen,
Den Krieger findet ihr in ihm. Nehmt nicht
Den rauhen Klang für bös gemeintes Wort;
Nein, wie gesagt, so wie's dem Krieger ziemt,
Nicht feindlich euch.

COMINIUS. Gut, gut, nichts mehr!

CORIOLANUS. Wie kommt's
Daß ich, einstimmig anerkannt als Konsul,
Nun so entehrt bin, daß zur selben Stunde
Ihr mir die Würde nehmt?

SICINIUS. Antwortet uns!

CORIOLANUS.
Sprecht denn: 's ist wahr, so sollt' ich ja.

SICINIUS.
Wir zeihn dich, daß du hast gestrebt, zu stürzen
Recht und Verfassung Roms, und so dich selbst
Tyrannisch aller Herrschaft anzumaßen,
Und darum stehst du hier als Volksverräter.

CORIOLANUS. Verräter! –

MENENIUS. Still nur, mäßig, dein Versprechen!

CORIOLANUS.
Der tiefsten Hölle Glut verschling' das Volk!
Verräter ich! du lästernder Tribun!
Und säßen tausend Tod' in deinem Auge,
Und packten Millionen deine Fäuste,
Wär'n doppelt die auf deiner Lügnerzunge:
Ich, ich sag' dennoch dir, du lügst! – die Brust
So frei, als wenn ich zu den Göttern bete.

SICINIUS. Hörst du dies, Volk?

DIE BÜRGER. Zum Fels mit ihm! zum Fels mit ihm!

SICINIUS. Seid ruhig!
Wir brauchen neuer Fehl' ihn nicht zu zeihn;
Was ihr ihn tun saht, reden hörtet,
Wie er euch fluchte, eure Diener schlug,
Streiche dem Recht erwidernd, denen trotzte,
Die, machtbegabt, ihn richten sollten: dies
So frevelhaft, so hochverräterisch,
Verdient den härt'sten Tod.

BRUTUS. Doch, da er Dienste
Dem Staat getan –

CORIOLANUS. Was schwatzt Ihr noch von Diensten.

BRUTUS. Ich sag' es, der ich's weiß.

CORIOLANUS. Ihr?

MENENIUS. Ist es dies,
Was Eurer Mutter Ihr verspracht?

COMINIUS. O hört!
Ich bitt' Euch.

CORIOLANUS. Nein, ich will nichts weiter hören.
Las sie ausrufen: Tod vom steilen Fels,
Landflücht'ges Elend, Schinden, eingekerkert
Zu schmachten, tags mit einem Korn, – doch kauft' ich
Nicht für ein gutes Wort mir ihre Gnade,
Nicht zähmt' ich mich, für was sie schenken können,
Bekäm' ich's für 'nen »guten Morgen« schon.

SICINIUS. Weil er, so viel er konnt', von Zeit zu Zeit,
Aus Haß zum Volke Mittel hat gesucht,
Ihm seine Macht zu rauben, und auch jetzt
Als Feind sich wehrt, nicht nur in Gegenwart
Erhabnen Rechts, nein, gegen die Beamten,
Die es verwalten: in des Volkes Namen,
Und unsrer, der Tribunen Macht, verbannen
Wir augenblicklich ihn aus unsrer Stadt.
Bei Strafe, vom Tarpej'schen Fels gestürzt
Zu sein, betret' er nie die Tore Roms!
In's Volkes Namen sag' ich: So soll's sein!

DIE BÜRGER.
So soll es sein! So soll's sein! Fort mit ihm!
Er ist verbannt, und also soll es sein!

COMINIUS.
Hört mich, ihr Männer, Freunde hier im Volk!

SICINIUS. Er ist verurteilt. Nichts mehr!

COMINIUS. Laßt mich sprechen!
Ich war eu'r Konsul, und Rom kann an mir
Die Spuren seiner Feinde sehn. Ich liebe
Des Vaterlandes Wohl mit zartrer Ehrfurcht,
Heiliger und tiefer als mein eignes Leben,
Mehr als mein Weib und ihres Leibes Kinder,
Die Schätze meines Bluts. Wollt' ich nun sagen –

SICINIUS.
Wir wissen, was Ihr wollt. Was könnt Ihr sagen?

BRUTUS. Zu sagen ist nichts mehr. Er ist verbannt
Als Feind des Volks und seines Vaterlands.
So soll's sein!

DIE BÜRGER. So soll's sein! So soll es sein!

CORIOLANUS.
Du schlechtes Hundepack! des Hauch ich hasse,
Wie fauler Sümpfe Dunst; des Gunst mir teuer,
Wie unbegrabner Männer totes Aas,
Das mir die Luft vergift't. – Ich banne dich!
Bleibt hier zurück mit euerm Unbestand,
Der schwächste Lärm mach' euer Herz erbeben,
Eu'r Feind mit seines Helmbuschs Nicken fächle
Euch in Verzweiflung; die Gewalt habt immer,
Zu bannen eure Schützer, – bis zuletzt
Eu'r stumpfer Sinn, der glaubt, erst wenn er fühlt,
Der nicht einmal euch selbst erhalten kann,
Stets Feind euch selbst, euch endlich unterwerfe,
Als höchst verworfne Sklaven, einem Volk,
Das ohne Schwertstreich euch gewann. – So schmähend
Euch, eure Stadt, – wend' ich so meinen Rücken –
Noch anderswo gibt's eine Welt.

Coriolanus, Cominius, Menenius, Senatoren und Patrizier gehn ab.

ÄDILEN. Des Volkes Feind ist fort! ist fort! ist fort!

DIE BÜRGER.
Verbannt ist unser Feind! ist fort! Ho! Ho!

Sie jauchzen und werfen ihre Mützen.

SICINIUS. Geht, seht ihm nach zum Tor hinaus, und folgt ihm,
Wie er euch sonst mit bitterm Schmähn verfolgte;
Kränkt ihn, wie er's verdient! – Laßt eine Wache
Uns durch die Stadt begleiten!

DIE BÜRGER. Kommt, kommt! ihm nach! zum Tor hinaus, so kommt!
Edle Tribunen, euch der Götter Schutz!

Alle ab.

Vierte Szene

Es treten auf Coriolanus, Volumnia, Virgilia, Menenius, Cominius und mehrere junge Patrizier.

CORIOLANUS. Nein, weint nicht mehr! Ein kurz Lebwohl! Das Tier
Mit vielen Köpfen stößt mich weg. Ei. Mutter!
Wo ist dein alter Mut? Du sagtest oft:
Es sei das Unglück Prüfstein der Gemüter,
Gemeine Not trag' ein gemeiner Mensch.
Es segl' auf stiller See mit gleicher Kunst
Ein jedes Boot; doch tiefe Todeswunden,
Die Glück in guter Sache schlägt, verlangten
Den höchsten Sinn. – Du ludest oft mir auf
Belehrungen, die unbezwinglich machten
Die Herzen, die sie ganz durchdrangen.

VIRGILIA. O Himmel! Himmel!

CORIOLANUS. Nein, ich bitte, Frau –

VOLUMNIA.
Die Pestilenz treff alle Zünfte Roms,
Und die Gewerke Tod!

CORIOLANUS. Was, was! Ich werde
Geliebt sein, wenn ich bin gemißt. Nun, Mutter,
Wo ist der Geist, der sonst dich sagen machte,
Wärst du das Weib des Herkules gewesen,
Sechs seiner Taten hättest du getan,
Und deinem Mann so vielen Schweiß erspart?
Cominius!
Frisch auf! Gott schütz' Euch! – Lebt wohl, Frau und Mutter!
Mir geht's noch gut. – Menenius, alter, treuer,
Salz'ger als jüngern Manns sind deine Tränen,
Und giftig deinem Aug'. Mein weiland Feldherr,
Ich sah dich finster, und oft schautest du
Herzhärtend Schauspiel; sag den bangen Frauen:
Beweinen Unvermeidliches sei Torheit
Sowohl, als drüber lachen. – Weißt du, Mutter,
Mein Wagnis war dein Trost ja immer! Und,
Das glaube fest, geh' ich auch jetzt allein,
So wie ein Drache einsam, den die Höhle
Gefürchtet macht, besprochen mehr, weil nicht gesehn, –
Dein Sohn ragt über dem Gemeinen stets,
Wo nicht, fällt er durch Tück' und niedre List.

VOLUMNIA.
Mein großer Sohn!
Wo willst du hin? Nimm für die erste Zeit
Cominius mit: bestimme dir den Lauf,
Statt wild dich jedem Zufall preis zu geben,

Der auf dem Weg dich anfällt.

CORIOLANUS. O ihr Götter!

COMINIUS.

Den Monat bleib' ich bei dir; wir bedenken,
Wo du verweilen magst, von uns zu hören,
Und wir von dir: daß, wenn die Zeit den Anlaß
Für deine Rückberufung reift, wir nicht
Nach einem Mann die Welt durchsuchen müssen,
Die Gunst verlierend, welche stets erkaltet,
Ist jener fern, der sie bedarf.

CORIOLANUS.

Leb wohl!
Du trägst der Jahre viel, hast übersatt
Kriegsschwelgerei, mit einem umzutreiben,
Des Gier noch frisch. Bringt mich nur aus dem Tor;
Komm, süßes Weib, geliebte Mutter, und
Ihr wohlerprobten Freunde! – Bin ich draußen,
Sagt: »Lebe wohl!« und lächelt! Bitte, kommt –
Solang' ich überm Boden bin, sollt ihr
Stets von mir hören, und nie etwas andres,
Als was dem frühem Marcius gleicht.

MENENIUS.

So würdig,
Wie man nur hören kann. Laßt uns nicht weinen!
Könnt' ich nur sieben Jahr herunter schütteln
Von diesen alten Gliedern, – bei den Göttern!
Ich wollt' auf jedem Schritt dir folgen.

CORIOLANUS. Kommt!
Deine Hand!

Alle ab.

Fünfte Szene

Sicinius, Brutus und ein Ädil treten auf.

SICINIUS.

Schickt sie nach Hause, er ist fort. Nicht weiter!
Geschwächt sind die Patrizier, die, wir sehen's,
In seinem Handel sich beseitigt.

BRUTUS. Zeigten
Wir unsre Macht, laßt uns demüt'ger scheinen,
Nun es geschehn, als da's im Werden!

SICINIUS.

Schickt sie heim!
Sagt ihnen, fort sei nun ihr großer Feind,
Und neu befestigt ihre Macht.

BRUTUS. Entlaßt sie!
Hier kommt die Mutter.

Volumnia, Virgilia und Menenius treten auf.

SICINIUS. Laßt uns fort!

BRUTUS. Weshalb?

SICINIUS.

Man sagt, sie sei verrückt.

BRUTUS. Sie sah uns schon.
Weicht ihr nicht aus!

VOLUMNIA. Ha, wohlgetroffen!
Der Götter aufgehäufte Strafen lohnen
Euch eure Liebe!

MERENIUS.

Still, seid nicht so laut!

VOLUMNIA.

Könnt' ich vor Tränen nur, ihr solltet hören –
Doch sollt ihr etwas hören. Wollt Ihr gehn?

VIRGILIA.

Auch Ihr sollt bleiben. Hätt' ich doch die Macht,
Das meinem Mann zu sagen!

SICINIUS. Seid Ihr männisch?

VOLUMNIA.

Ja, Narr. Ist das 'ne Schande? Seht den Narren!
War nicht ein Mann ihr Vater? Warst du fuchsisch,
Zu bannen ihn, der Wunden schlug für Rom,
Mehr als du Worte sprachst?

SICINIUS. O güt'ger Himmel!

VOLUMNIA.

Mehr edle Wunden als du kluge Worte,
Und zu Roms Heil. Eins sag' ich dir – doch geh!
Nein, bleiben sollst du! Wäre nur mein Sohn,
Sein gutes Schwert in Händen, in Arabien,
Und dort vor ihm dein Stamm!

SICINIUS. Was dann?

VIRGILIA. Was dann?
Er würde dort dein ganz Geschlecht vertilgen.

VOLUMNIA. Bastard' und alles.
O Wackrer! du trägst Wunden viel für Rom.

MENENIUS. Kommt, kommt! Seid ruhig!

SICINIUS.

Ich wollt', er wär' dem Vaterland geblieben,
Was er ihm war, statt selbst den edlen Knoten
Zu lösen, den er schlang.

BRUTUS.

So wünscht' ich auch.

VOLUMNIA. »So wünscht' ich auch?« Ihr hetztet
auf den Pöbel,
Katzen, die seinen Wert begreifen können,
Wie die Mysterien ich, die nicht der Himmel
Der Erd' enthüllen will.

BRUTUS. Kommt, laßt uns gehn!

VOLUMNIA. Nun ja, ich bitt' euch! geht!
Ihr tatet wackre Tat. – Hört dies noch erst:
So weit das Kapitol hoch überragt
Das kleinste Haus in Rom, so weit mein Sohn,
Der Gatte dieser Frau, hier dieser, seht ihr?
Den ihr verbanntet, überragt euch alle.

BRUTUS. Genug. Wir gehn.

SICINIUS. Was bleiben wir, gehetzt
Von einer, der die Sinne fehlen?

VOLUMNIA. Nehmt
Noch mein Gebet mit euch!

Die Tribunen gehn ab.

Oh! hätten doch die Götter nichts zu tun,
Als meine Flüch' erfüllen! Träf ich sie
Nur einmal tags, erleichtern würd's mein Herz
Von schwerer Last.

MENENIUS. Ihr gabt es ihnen derb,
Und habt auch Grund. Speist Ihr mit mir zu Nacht?

VOLUMNIA. Zorn ist mein Nachtmahl; so mich
selbst verzehrend,
Verschmacht' ich an der Nahrung. Laßt uns gehn!
Laßt dieses schwache Wimmern, klagt wie ich,
Der Juno gleich im Zorn! – Kommt, kommt!

MENENIUS. Pfui, pfui!

Sie gehn ab.

Vierter Aufzug

Erste Szene

Landstraße zwischen Rom und Antium. Ein Römer und ein Volsker, die sich begegnen.

RÖMER. Ich kenne Euch recht gut, Freund, und Ihr kennt mich auch. Ich denke. Ihr heißt Adrian?

VOLSKER. Ganz recht. Wahrhaftig, ich hatte Euch vergessen.

RÖMER. Ich bin ein Römer, und tue jetzt wie Ihr Dienste gegen Rom. Kennt Ihr mich nun?

VOLSKER. Nikanor? nicht?

RÖMER. Ganz recht.

VOLSKER. Ihr hattet mehr Bart, als ich Euch zuletzt sah; aber Euer Gesicht wird mir durch Eure Zunge kenntlich. – Was gibt es Neues in Rom? Ich habe einen Auftrag vom Staat der Volsker, Euch dort auszukundschaften, und Ihr habt mir eine Tagereise erspart.

RÖMER. In Rom hat es einen seltsamen Aufstand gegeben: das Volk gegen die Senatoren, Patrizier und Edeln.

VOLSKER. Hat es gegeben? Ist es denn nun vorbei? Unser Staat denkt nicht so; sie machen die stärksten Rüstungen und hoffen, sie in der Hitze der Entzweiung zu überfallen.

RÖMER. Der große Brand ist gelöscht; aber eine geringe Veranlassung würde ihn wieder in Flammen setzen; denn den Edeln geht die Verbannung des würdigen Coriolan so zu Herzen, daß sie ganz in der Stimmung sind, dem Volk alle Gewalt zu nehmen und ihnen ihre Tribunen auf immer zu entreißen. Dies glimmt unter der Asche, das kann ich Euch versichern, und ist fast reif zum heftigsten Ausbruch.

VOLSKER. Coriolan verbannt?

RÖMER. Ja, verbannt.

VOLSKER. Mit der Nachricht werdet Ihr willkommen sein, Nikanor.

RÖMER. Das Wetter ist jetzt gut für euch. Man pflegt zu sagen, die beste Zeit, eine Frau zu verführen, sei, wenn sie sich mit ihrem Manne überworfen hat. Euer edler Tullus Aufidius kann sich in diesem Kriege hervortun, da sein großer Gegner Coriolanus jetzt für sein Vaterland nichts tut.

VOLSKER. Das kann ihm nicht fehlen. Wie glücklich war ich, Euch so unvermutet zu begegnen! Ihr habt meinem Geschäft ein Ende gemacht, und ich will Euch nun freudig nach Hause begleiten.

RÖMER. Ich kann Euch vor dem Abendessen noch höchst sonderbare Dinge von Rom erzählen, die ihren Feinden sämtlich zum Vorteil gereichen. Habt ihr ein Heer bereit? Wie?

VOLSKER. Ja, und ein wahrhaft königliches. Die Centurionen und ihre Mannschaft sind schon förmlich verteilt und stehn im Sold, so daß sie jede Stunde aufbrechen können.

RÖMER. Es freut mich, daß sie so marschfertig sind, und ich denke, ich bin der Mann, der sie sogleich in Bewegung setzen wird. Also herzlich willkommen, und höchst vergnügt durch Eure Gesellschaft!

VOLSKER. Ihr nehmt mir die Worte aus dem Munde; ich habe die meiste Ursach', mich dieser Zusammenkunft zu freuen.

RÖMER. Gut, laßt uns gehn!

Sie gehn ab.

Zweite Szene

Antium. Vor Aufidius' Haus. Coriolanus tritt auf in geringem Anzuge, verkleidet und verhüllt.

CORIOLANUS.
Dies Antium ist ein hübscher Ort. O Stadt!
Ich schuf dir deine Witwen. Manchen Erben
Der schönen Häuser hört' ich in der Schlacht
Stöhnen und sterben. – Kenne mich drum nicht,
Sonst morden mich mit Bratspieß' deine Weiber,
In kind'scher Schlacht mit Steinen deine Knaben.

Es kommt ein Bürger.

Gott grüß' Euch, Herr!

DER BÜRGER. Und Euch!

CORIOLANUS. Zeigt mir, ich bitte.
Wo Held Aufidius wohnt. Ist er in Antium?

BÜRGER. Ja, und bewirtet heut in seinem Haus
Die Ersten unsrer Stadt.

CORIOLANUS. Wo ist sein Haus?

BÜRGER. Dies ist's, Ihr steht davor.

CORIOLANUS. Lebt wohl! Ich dank' Euch.

Der Bürger geht ab.

O Welt! du rollend Rad! Geschworne Freunde,
Die in zwei Busen nur ein Herz getragen,
Die Zeit und Bett und Mahl und Arbeit teilten,
Vereinigt stets, als wie ein Zwillingspaar,
In ungetrennter Liebe, brechen aus
Urplötzlich durch den Hader um ein Nichts
In bittern Haß. – So auch erboste Feinde,
Die Haß und Grimm nicht schlafen ließ vor Planen,
Einander zu vertilgen, durch 'nen Zufall,
Ein Ding, kein Ei wert, werden Herzensfreunde,
Und Doppelgatten ihre Kinder. So auch ich.
Ich hasse den Geburtsort, liebe hier
Die Feindesstadt. – Hinein! Erschlägt er mich,
So übt er gutes Recht; nimmt er mich auf,
So dien' ich seinem Land.

Geht ab.

Dritte Szene

Man hört Musik von innen; es kommt ein Diener.

ERSTER DIENER.
Wein, Wein! Was ist das für Aufwartung?
– Ich glaube, die Bursche sind alle im Schlaf.

Geht ab.

Ein zweiter Diener kommt.

ZWEITER DIENER.
Wo ist Cotus? Der Herr ruft ihn. Cotus!
Geht ab.

Coriolanus tritt auf.

CORIOLANUS. Ein hübsches Haus; das Mahl
riecht gut. Doch ich seh' keinem Gaste gleich.

Der erste Diener kommt wieder.

ERSTER DIENER.
Was wollt Ihr, Freund? Woher kommt Ihr?
Hier ist kein Platz für Euch. Bitte, macht Euch
fort!

CORIOLANUS.
Ich habe bessern Willkomm nicht verdient,
Wenn Coriolan ich bin.

Der zweite Diener kommt.

ZWEITER DIENER. Wo kommst du her, Freund? Hat der Pförtner keine Augen im Kopf, daß er solche Gesellen herein läßt? Bitte, mach' dich fort!

CORIOLANUS. Hinweg!

ZWEITER DIENER. Hinweg? Geh du hinweg!

CORIOLANUS. Du bist mir lästig.

ZWEITER DIENER. Bist du so trotzig? Man wird schon mit dir sprechen.

Der dritte Diener kommt.

DRITTER DIENER. Was ist das für ein Mensch?

ERSTER DIENER. Ein so wunderlicher, wie ich noch keinen sah. Ich kann ihn nicht aus dem Hause kriegen. Ich bitte, ruf doch mal den Herrn her!

DRITTER DIENER. Was habt Ihr hier zu suchen, Mensch? Bitte, scher' dich aus dem Haus!

CORIOLANUS. Laßt mich hier stehn, nicht schad' ich Euerm Herd.

DRITTER DIENER. Wer seid Ihr?

CORIOLANUS. Ein Mann von Stande.

DRITTER DIENER. Ein verwünscht armer.

CORIOLANUS. Gewiß, das bin ich.

DRITTER DIENER. Ich bitte Euch, armer Mann von Stande, sucht Euch ein andres Quartier; hier ist kein Platz für Euch. – Ich bitte Euch, packt Euch fort!

CORIOLANUS. Euerm Berufe folgt! Hinweg!
Stopft Euch mit kalten Bissen.

Stößt den Diener weg.

DRITTER DIENER. Was, Ihr wollt nicht? Bitte, sage doch meinem Herrn, was er hier für einen seltsamen Gast hat.

ZWEITER DIENER. Das will ich. *Geht ab.*

DRITTER DIENER. Wo wohnst du?

CORIOLANUS. Unter dem Firmament.

DRITTER DIENER. Unter dem Firmament?

CORIOLANUS. Ja.

DRITTER DIENER. Wo ist das?

CORIOLANUS. In der Stadt der Geier und Krähen.

DRITTER DIENER. In der Stadt der Geier und Krähen? Was das für ein Esel ist! So wohnst du auch wohl bei den Dohlen?

CORIOLANUS.
Nein, ich diene nicht deinem Herrn.

ERSTER DIENER. Kerl! was hast du mit meinem Herrn zu schaffen?

CORIOLANUS. Nun, das ist doch schicklicher, als wenn ich mit deiner Frau zu schaffen hätte. Du schwatzest und schwatzest. – Trag' deine Teller weg! Marsch! *Er schlägt ihn hinaus.*

Aufidius tritt auf.

AUFIDIUS. Wo ist der Mensch?

ZWEITER DIENER. Hier, Herr. Ich hätte ihn wie einen Hund hinaus geprügelt, ich wollte nur die Herren drinnen nicht stören.

AUFIDIUS. Woher kommst du? Was willst du?
Dein Name? Weshalb antwortest du nicht?
Sprich, Mensch, wie heißest du?

CORIOLANUS *schlägt den Mantel auseinander.*
Wenn, Tullus,
Du doch nicht mich erkennst, und, mich
beschauend,
Nicht findest, wer ich bin, zwingt mich die Not,
Mich selbst zu nennen.

AUFIDIUS. Und wie ist dein Name?

CORIOLANUS.
Ein Name, schneidend für der Volsker Ohr,
Und rauhen Klangs für dich.

AUFIDIUS. Wie ist dein Name?
Du hast 'nen wüsten Schein' und deine Mien' ist
Gebieterisch. Ist auch zerfetzt dein Tauwerk,
Zeigst du als wackres Schiff dich. Wie dein Name?

CORIOLANUS.
Zieh' deine Stirn in Falten! Kennst mich jetzt?

AUFIDIUS.
Nicht kenn' ich dich. Dein Name?

CORIOLANUS.
Mein Nam' ist Cajus Marcius, der dich selbst
Vorerst und alle deine Landsgenossen
Sehr schwerverletzt' und elend machte; zeuge
Mein dritter Name Coriolan. Die Kriegsmüh'n.
Die Todsgefahr und all die Tropfen Bluts,
Vergossen für das undankbare Rom,
Das alles wird bezahlt mit diesem Namen,
Er, starkes Mahnwort und Anreiz zu Haß
Und Feindschaft, die du mir mußt hegen.
Nur Der Name bleibt. Die Grausamkeit des Volks,
Ihr Neid, gestattet von dem feigen Adel,
Die alle mich verließen, schlang das andre.
Sie duldeten's, mich durch der Sklaven Stimmen
Aus Rom gezischt zu sehn. – Diese Verruchtheit
Bringt mich an deinen Herd; die Hoffnung nicht,
Versteh' mich recht, mein Leben zu erhalten;
Denn fürchtet' ich den Tod, so mied' ich wohl
Von allen Menschen dich zumeist; – nein, Haß,
Ganz meinen Neidern alles wett zu machen,
Bringt mich hieher. – Wenn du nun in dir trägst
Ein Herz des Grimms, das Rache heischt für alles,
Was dich als Mann gekränkt, und die Verstümm'lung
Und Schmach in deinem ganzen Land will strafen,
Mach' dich gleich dran, daß dir mein Elend nütze,
Daß dir mein Rachedienst zur Wohltat werde;
Denn ich bekämpfe
Mein gifterfülltes Land mit aller Wut
Der Höllengeister. Doch fügt es sich so:

Du wagst es nicht und bist ermüdet, höher
Dein Glück zu steigern, dann, mit einem Wort,
Bin ich des Lebens auch höchst überdrüssig,
Dann biet' ich dir und deinem alten Haß
Hier meine Gurgel. – Schneidest du sie nicht,
So würdest du nur als ein Tor dich zeigen;
Denn immer hab' ich dich mit Grimm verfolgt
Und Tonnen Blutes deinem Land entzapft.
Ich kann nur leben dir zum Hohn, es sei denn,
Um Dienste dir zu tun.

AUFIDIUS. O Marcius, Marcius!
Ein jedes Wort von dir hat eine Wurzel
Des alten Neids mir aus der Brust gejätet.
Wenn Jupiter
Von jener Wolk' uns als Orakel riefe:
»Wahr ist's!« – nicht mehr als dir würd' ich ihm glauben.
Ganz edler Marcius! oh! laß mich umwinden
Den Leib mit meinen Armen, gegen den
Mein fester Speer wohl hundertmal zerbrach,
Und schlug den Mond mit Splittern. Hier umfang' ich
Den Amboß meines Schwerts, und ringe nun
So edel und so heiß mit deiner Liebe,
Als je mein eifersücht'ger Mut gerungen
Mit deiner Tapferkeit. Laß mich bekennen:
Ich liebte meine Braut, nie seufzt' ein Mann
Mit treu'rer Seele; doch, dich hier zu sehn,
Du hoher Geist! dem springt mein Herz noch freud'ger,
Als da mein neuvermähltes Weib zuerst
Mein Haus betrat. Du Mars, ich sage dir,
Ganz fertig steht ein Kriegsheer, und ich wollte
Noch einmal dir den Schild vom Arme hauen,
Wo nicht den Arm verlieren. Zwölfmal hast du
Mich ausgeklopft, und jede Nacht seitdem
Träumt' ich vom Balgen zwischen dir und mir.
Wir waren beid' in meinem Schlaf am Boden,
Die Helme reißend, bei der Kehl' uns packend;
Halbtot vom Nichts erwacht' ich. – Würd'ger Marcius!
Hätt' ich nicht andern Streit mit Rom, als nur,
Daß du von dort verbannt, ich böte auf
Von zwölf zu siebzig alles Volk, um Krieg
Ins Herz des undankbaren Roms zu gießen,
Mit überschwell'nder Flut. – O komm! tritt ein,
Und nimm die Freundeshand der Senatoren,
Die jetzt hier sind, mir Lebewohl zu sagen,
Der eure Länderei'n angreifen wollte,
Wenn auch nicht Rom selbst.

CORIOLANUS. Götter, seid gepriesen!

AUFIDIUS.
Willst du nun selbst als unumschränkter Herr
Dein eigner Rächer sein, so übernimm
Die Hälfte meiner Macht, bestimme du,
Wie dir gefällt, da du am besten kennst
Des Landes Kraft und Schwäche, deinen Weg, –
Sei's, anzuklopfen an die Tore Roms,
Sei's, sie an fernen Grenzen heimzusuchen,
Erst schreckend, dann vernichtend. Doch tritt ein,
Und sei empfohlen jenen, daß sie ja
Zu deinen Wünschen sprechen. – Tausend Willkomm!
Und mehr mein Freund als du je Feind gewesen,
Und, Marcius, das ist viel. Komm, deine Hand!

Coriolanus und Aufidius gehn ab.

ERSTER DIENER.
Das ist eine wunderliche Veränderung.

ZWEITER DIENER. Bei meiner Hand, ich dachte ihn mit eine Prügel hinaus zu schlagen, und doch ahnete mir, seine Kleider machten von ihm eine falsche Aussage.

ERSTER DIENER. Was hat er für einen Arm! Er schwenkte mich herum mit seinem Daum und Finger, wie man einen Kreisel tanzen läßt.

ZWEITER DIENER. Nun, ich sah gleich an seinem Gesicht, daß was Besonderes in ihm steckte. Er hatte dir eine Art von Gesicht, sag' ich – ich weiß nicht, wie ich es nennen soll.

ERSTER DIENER. Das hatte er. Er sah aus, gleichsam – ich will mich hängen lassen, wenn ich nicht dachte, es wäre mehr in ihm, als ich denken konnte.

ZWEITER DIENER. Das dachte ich auch, mein' Seel'. Er ist gradezu der herrlichste Mann in der Welt.

ERSTER DIENER. Das glaube ich auch. Aber einen besseren Krieger als er kennest du doch wohl.

ZWEITER DIENER. Wer? mein Herr?

ERSTER DIENER. Ja, das ist keine Frage.

ZWEITER DIENER. Der wiegt sechs solche auf.

ERSTER DIENER. Nein, das nun auch nicht; doch ich halte ihn für einen bessern Krieger.

ZWEITER DIENER. Mein' Treu'! sieh, man kann nicht sagen, was man davon denken soll; was die Verteidigung einer Stadt betrifft, da ist unser Feldherr vorzüglich.

ERSTER DIENER. Ja, und auch für den Angriff.

Der dritte Diener kommt zurück.

DRITTER DIENER. Oh, Bursche, ich kann euch Neuigkeiten erzählen, Neuigkeiten, ihr Flegel!

DIE BEIDEN ANDERN.
Was? was? was? Laß hören!

DRITTER DIENER. Ich wollte kein Römer sein, lieber alles in der Welt, lieber wäre ich ein verurteilter Mensch.

ERSTER UND ZWEITER DIENER.
Warum? warum?

DRITTER DIENER. Nun, der ist da, der unsern Feldherrn immer zwackte, der Cajus Marcius.

ERSTER DIENER. Warum sagtest du, »unsern Feldherrn zwacken«?

DRITTER DIENER. Ich sage just nicht, »unsern Feldherrn zwacken«; aber er war ihm doch immer gewachsen.

ZWEITER DIENER. Kommt, wir sind Freunde und Kameraden. Er war ihm immer zu mächtig, das habe ich ihn selbst sagen hören.

ERSTER DIENER. Er war ihm, kurz und gut, zu mächtig. Vor Corioli hackte und zackte er ihn wie eine Karbonade.

ZWEITER DIENER. Und hätte er was von einem Kannibalen gehabt, so hätte er ihn wohl gebraten und aufgegessen dazu.

ERSTER DIENER. Aber dein andres Neues?

DRITTER DIENER. Nun, da drinnen machen sie so viel Aufhebens von ihm, als wenn er der Sohn und Erbe des Mars wäre. Obenan gesetzt bei Tische, von keinem der Senatoren gefragt, der sich nicht barhäuptig vor ihn hinstellt. Unser Feldherr selbst tut, als wenn er seine Geliebte wäre, segnet sich mit Berührung seiner Hand, und dreht das Weiße in den Augen heraus, wenn er spricht. Aber der Grund und Boden meiner Neuigkeit ist: unser Feldherr ist mitten durchgeschnitten, und nur noch die Hälfte von dem, was er gestern war; denn der andre hat die Hälfte durch Ansuchen und Genehmigung der ganzen Tafel. Er sagt, er will gehn und den Pförtner von Rom bei den Ohren im Kot sühlen, er will alles vor sich niedermähen und sich glatten Weg machen.

ZWEITER DIENER. Und er ist der Mann danach, es zu tun, mehr als irgend jemand, den ich kenne.

DRITTER DIENER. Es zu tun? Freilich wird er's tun! Denn versteht, Leute, er hat ebenso viel Freunde als Feinde; und diese Freunde, Leute, wagten gleichsam nicht, versteht mich, Leute, sich als seine Freunde, wie man zu sagen pflegt, zu zeigen, solange er in Mißkreditierung war.

ERSTER DIENER.
In Mißkreditierung? was ist das?

DRITTER DIENER. Aber Leute, wenn sie seinen Helmbusch wieder hoch sehen werden, und den Mann in seiner Kraft, so werden sie aus ihren Höhlen kriechen wie Kaninchen nach dem Regen, und ihm alle nachlaufen.

ERSTER DIENER. Aber wann geht das los?

DRITTER DIENER. Morgen, heute, sogleich. Ihr werdet die Trommel heut nachmittag schlagen hören, es ist gleichsam noch eine Schüssel zu ihrem Fest, die verzehrt werden muß, ehe sie sich den Mund abwischen.

ZWEITER DIENER. Nun, so kriegen wir doch wieder eine muntre Welt. Der Friede ist zu nichts gut, als Eisen zu rosten, Schneider zu vermehren und Bänkelsänger zu schaffen.

ERSTER DIENER. Ich bin für den Krieg, sage ich, er übertrifft den Frieden, wie der Tag die Nacht; er ist lustig, wachsam, gesprächig, immer was Neues; Friede ist Stumpfheit, Schlafsucht, dick, faul, taub, unempfindlich, und bringt mehr Bastarde hervor, als der Krieg Menschen erwürgt.

ZWEITER DIENER. Richtig; und wie man auf gewisse Weise den Krieg Notzucht nennen kann, so macht, ohne Widerrede, der Friede viele Hahnrei.

ERSTER DIENER. Ja, und er macht, daß die Menschen einander hassen.

DRITTER DIENER. Und warum? Weil sie dann einander weniger nötig haben. Der Krieg ist mein Mann. – Ich hoffe, Römer sollen noch eben so wohlfeil werden als Volsker. Sie stehn auf, sie stehn auf!

ALLE. Hinein! hinein!

Alle ab.

Vierte Szene

Rom. Ein öffentlicher Platz.
Sicinius und Brutus treten auf.

SICINIUS. Man hört von ihm nichts, hat ihn nicht zu fürchten.
Was ihn gestärkt, ist zahm; der Friede jetzt
Und Ruh' im Volke, welches sonst empört
Und wild. Wir machen seine Freund' erröten,
Daß alles blieb im ruh'gen Gleis. Sie sähen
Viel lieber, ob sie selbst auch drunter litten,
Aufrührerhaufen unsre Straßen stürmen,
Als daß der Handwerksmann im Laden singt
Und alle freudig an die Arbeit gehn.

Menenius tritt auf.

BRUTUS.
Wir griffen glücklich durch. Ist das Menenius?

SICINIUS.
Er ist es. Oh! er wurde sehr geschmeidig
Seit kurzem. – Seid gegrüßt!

MENENIUS. Ich grüß' euch beide.

SICINIUS.
Euer Coriolanus wird nicht sehr vermißt.
Als von den Freunden nur; die Stadt besteht,
Und würde stehn, wenn er sie mehr noch haßte.

MENENIUS.
Gut ist's, und könnte noch weit besser sein,
Hätt' er sich nur gefügt.

SICINIUS. Wo ist er? Wißt Ihr's? –

MENENIUS.
Ich hörte nichts; auch seine Frau und Mutter
Vernehmen nichts von ihm.

Es kommen mehrere Bürger.

DIE BÜRGER. Der Himmel schütz' euch!

SICINIUS. Guten Abend, Nachbarn!

BRUTUS. Guten Abend allen! Allen guten Abend!

ERSTER BÜRGER.
Wir, unsre Frau'n und Kinder sind verpflichtet,
Auf Knie'n für euch zu beten.

SICINIUS. Geh's euch wohl!

BRUTUS.
Lebt wohl, ihr Nachbarn! Hätte Coriolanus
Euch so geliebt, wie wir!

DIE BÜRGER. Der Himmel segn' euch!

DIE TRIBUNEN. Lebt wohl! Lebt wohl!

Die Bürger gehn ab.

SICINIUS.
Dies ist beglücktre wohl und liebre Zeit,
Als da die Burschen durch die Straßen liefen,
Zerstörung brüllend.

BRUTUS. Cajus Marcius war
Im Krieg ein würd'ger Held, doch unverschämt,
Von Stolz gebläht, ehrgeizig übers Maß,
Selbstsüchtig –

SICINIUS. Unumschränkte Macht erstrebend

Ohn' andern Beistand.
MENENIUS. Nein, das glaub' ich nicht.
SICINIUS. Das hätten wir, so daß wir's all' beweinten,
Empfunden, wär' er Konsul nur geblieben.
BRUTUS.
Die Götter wandten's gnädig ab, und Rom
Ist frei und sicher ohne ihn.

Ein Ädil kommt.

ÄDIL. Tribunen!
Da ist ein Sklave, den wir festgesetzt,
Der sagt: Es brach mit zwei verschiednen Heeren
Der Volsker Macht ins römische Gebiet,
Und mit des Krieges fürchterlichster Wut
Verwüsten sie das Land.
MENENIUS. Das ist Aufidius,
Der, da er unsers Marcius Bann gehört,
Die Hörner wieder ausstreckt in die Welt,
Die er einzog, als Marcius stand für Rom,
Und nicht ein Blickchen wagte.
SICINIUS. Ei, was schwatzt Ihr
Von Marcius da?
BRUTUS.
Peitscht diesen Lügner aus! Es kann nicht sein.
Die Volsker wagen nicht den Bruch.
MENENIUS. Es kann nicht sein?
Wohl sagt uns die Erinn'rung, daß es sein kann;
Dreimal bezeugt es uns dasselbe Beispiel,
In meiner Zeit. – Sprecht doch mit dem Gesellen,
Eh' ihr ihn straft, fragt ihn, wo er's gehört;
Ihr möchtet sonst wohl eure Warnung peitschen,
Den Boten schlagen, der euch wahren will
Vor dem, was zu befürchten.
SICINIUS. Sprecht nicht so!
Ich weiß, es kann nicht sein.
BRUTUS. Es ist unmöglich.

Ein Bote kommt.

BOTE. In größter Eil' versammelt der Senat
Sich auf dem Kapitol. – Sie hörten Botschaft,
Die ihr Gesicht entfärbt.
SICINIUS. Das macht der Sklave.
Laßt vor dem Volk ihn peitschen: sein Verhetzen –
Nichts als ein Märchen!
BOTE. Nicht doch, teurer Mann!
Des Sklaven Wort bestätigt sich, und weit,
Weit schlimmer, als er aussagt.
SICINIUS. Wie, weit schlimmer?
BOTE. Es wird von vielen Zungen frei gesprochen, –
Ob glaublich, weiß ich nicht, – es führe Marcius,
Aufidius zugesellt, ein Heer auf Rom;
So weite Rache schwörend, wie der Anfang
Der Dinge weit vom Jetzt ist.
SICINIUS. Oh! höchst glaublich!
BRUTUS.
Nur ausgestreut, damit der schwächre Teil
Den guten Marcius heim soll wünschen.
SICINIUS. Freilich
Ist das der Kniff.
MENENIUS. Nein, dies ist unwahrscheinlich.
Nicht mehr kann mit Aufidius er sich einen,
Als was am heftigsten sich widerspricht.

Es kommt ein zweiter Bote.

BOTE.
Man läßt in Eil' aufs Kapitol euch fodern:
Ein furchtbar Heer, geführt von Cajus Marcius,
Aufidius zugesellt, verwüstet rings
Die ganze Landschaft, und betritt den Weg
Hieher, durch Feu'r gebahnt, zerstörend alles,
Was ihrer Wut begegnet.

Cominius tritt auf.

COMINIUS. Oh! ihr habt Hübsches angerichtet!
MENENIUS. Nun, was gibt's?
COMINIUS.
Die eignen Töchter helft ihr schänden, und
Der Dächer Blei auf eure Schädel schmelzen,
Die Weiber sehn entehren euch vor Augen.
MENENIUS. Was gibt es denn? was gibt's denn?
COMINIUS.
Verbrennen eure Tempel bis zum Grund,
Und eure Recht', auf die ihr pocht, verjagen
Bis in ein Mäuseloch.
MENENIUS. Ich bitt' Euch – sprecht!
– Ich fürcht', ihr habt es schön gemacht. – O sprecht!
Wenn Marcius sich verband den Volskern –
COMINIUS. Wenn?
Er ist ihr All', er führt sie als ein Wesen,
Das nicht Natur erschuf, nein, eine Gottheit.
Die höher ihn begabt. Sie folgen ihm
Her gegen uns Gezücht, so ruhig, sicher,
Wie Knaben bunte Schmetterlinge jagen,
Und Schlächter Fliegen töten.
MENENIUS. Ihr habt's schön gemacht,
Ihr, eure Schürzfellmänner, die so fest
Auf ihre Handwerksstimmen hielten und
Der Knoblauchfresser Atem.
COMINIUS. Schütteln wird er
Euch um die Ohren Rom.
MENENIUS. Wie Herkules
Die reife Frucht abschüttelt. Schöne Arbeit!
BRUTUS. So ist es wahr?
COMINIUS. Ja, und ihr sollt erbleichen,
Bevor ihr's anders findet. Jede Stadt
Fällt lachend ab, und wer sich widersetzt,
Den höhnt man nur als tapfre Dummheit aus,
Der stirbt als treuer Narr. Wer kann ihn tadeln?
Die Feind' ihm sind, sehn jetzo, was er ist.
MENENIUS. Wir alle sind verloren, wenn der Edle
Nicht Gnade übt.
COMINIUS. Wer soll ihn darum bitten?
Aus Schande können's die Tribunen nicht;
Das Volk verdient von ihm Erbarmen, wie
Der Wolf vom Schäfer. – Seine besten Freunde,
Sagten sie: »Schone Rom!«, – sie kränkten ihn
Gleich jenen, welche seinen Haß verdient,
Und zeigten sich als Feinde.
MENENIUS. Das ist wahr.
Wenn er den Brand an meine Schwelle legte,
Mich zu verzehren, hätt' ich nicht die Stirn,
Zu sagen: »Bitte, laß!« – Ihr treibt es schön,
Ihr und das Handwerk! Herrlich Werk der Hand!
COMINIUS. Ihr brachtet
Solch Zittern über Rom, daß sich's noch nie
So hülflos fand.

DIE TRIBUNEN.
Sagt nicht, daß wir es brachten!
MENENIUS.
So? Waren wir's? Wir liebten ihn, doch tierisch
Und knechtisch feig, nicht adlig, wichen wir;
Dem Pack, das aus der Stadt ihn zischte.
COMINIUS. Ich fürchte,
Sie brüllen wieder ihn herein. Aufidius,
Der Männer zweiter, folgt nun seinem Wink,
Als dient' er unter ihm. Verzweiflung nur
Kann Rom ihm nun statt Kriegskunst und
Verteid'gung
Und Macht entgegen stellen.
Es kommt ein Haufen Bürger.
MENENIUS. Hier kommt das Pack.
Und ist Aufidius mit ihm? Ja, ihr seid's,
Die unsre Luft verpestet, als ihr warft
Die schweiß'gen Mützen in die Höh' und
schrie't;
»Verbannt sei Coriolan!« – Nun kommt er wieder,
Und jedes Haar auf seiner Krieger Haupt
Wird euch zur Geißel. – So viel Narrenköpfe,
Als Mützen flogen, wird er niederstrecken
Zum Lohn für eure Stimmen. – Nun, was tut's?
Und wenn er all' uns brennt in eine Kohle,
Geschieht uns recht.
DIE BÜRGER. Wir hörten böse Zeitung.
ERSTER BÜRGER.
Was mich betrifft, als ich gesagt: »Verbannt ihn!«
Da sagt' ich: »Schade drum!«
ZWEITER BÜRGER. Das tat ich auch.
DRITTER BÜRGER. Das tat ich auch; und, die Wahrheit zu sagen, das taten viele von uns. Was wir taten, das taten wir zum allgemeinen Besten; und obgleich wir freiwillig in seine Verbannung einwilligten, so war es doch gegen unsern Willen.
COMINIUS.
Ihr seid ein schönes Volk, ihr Stimmen!
MENENIUS.
Ihr machtet's herrlich, ihr und euer Packt!
Gehn wir aufs Kapitol?
COMINIUS. Jawohl. Was sonst?
Cominius und Menenius gehn ab.
SICINIUS. Geht, Freunde, geht nach Haus, seid
nicht entmutigt!
Dies ist sein Anhang, der das wünscht bestätigt,
Was er zu fürchten vorgibt. Geht nach Haus!
Seid ohne Furcht!
ERSTER BÜRGER. Die Götter seien uns gnädig!
Kommt, Nachbarn, laßt uns nach Hause gehn!
Ich sagte immer: Wir taten Unrecht, als wir ihn verbannten.
ZWEITER BÜRGER. Das taten wir alle. Kommt, laßt uns nach Hause gehn!
Die Bürger gehn ab.
BRUTUS. Die Neuigkeit gefällt mir nicht.
SICINIUS. Mir auch nicht.
BRUTUS. Aufs Kapitol! Mein halb Vermögen gab' ich,
Könnt' ich als Lüge diese Nachricht kaufen.
SICINIUS. Kommt, laßt uns gehn!
Gehn ab.

Fünfte Szene

Aufidius und ein Hauptmann treten auf.

AUFIDIUS.
Noch immer laufen sie dem Römer zu?
HAPTMANN.
Ich weiß nicht, welche Zauberkraft er hat;
Doch dient zum Tischgebet er Euren Kriegern,
Wie zum Gespräch beim Mahl und Dank am
Schluß.
Ihr seid in diesem Krieg verdunkelt, Herr,
Selbst von den Eignen.
AUFIDIUS. Jetzt kann ich's nicht ändern,
Als nur durch Mittel, die die Kräfte lähmten
Von unsrer Absicht. Er beträgt sich stolzer,
Selbst gegen mich, als ich es je erwartet,
Da ich zuerst ihn aufnahm. Doch sein Wesen
Bleibt darin sich getreu. Ich muß entschuld'gen,
Was nicht zu bessern ist.
HAUPTMANN. Doch wünscht' ich, Herr,
Zu Eurem eignen Heil, Ihr hättet nie
Mit ihm geteilt Eu'r Ansehn, nein, entweder
Die Führung selbst behalten, oder ihm
Allein sie überlassen.
AUFIDIUS. Wohl weiß ich, was du meinst; und, sei
versichert,
Wenn's zur Erklärung kommt, so denkt er nicht,
Wes ich ihn kann beschuld'gen. Scheint es gleich,
Und glaubt er selbst, und überzeugt sich auch
Das Volk, daß er in allem redlich handelt
Und guten Haushalt für die Volsker führt,
Ficht, gleich dem Drachen, siegt, sobald er nur
Das Schwert gezückt: doch blieb noch ungetan,
Was so den Hals ihm bricht, oder den meinen
Gefährdet, wenn wir miteinander rechnen.
HAUPTMANN. Herr, glaubt Ihr, daß er Roms sich
wird bemeistern?
AUFIDIUS. Jedwede Stadt ist sein, eh' er belagert,
Und ihm ergeben ist der Adel Roms;
Patrizier lieben ihn und Senatoren.
Den Krieg versteht nicht der Tribun. Das Volk
Wird schnell zurück ihn rufen, wie's ihn eilig
Von dort verstieß. Ich glaub', er ist für Rom,
Was für den Fisch der Meeraar, der ihn fängt
Durch angeborne Macht. Erst war er ihnen
Ein edler Diener; doch er konnte nicht
Die Würden mäßig tragen. Sei's nun Stolz,
Der immer, bleibt das Glück unwandelbar,
Den Held befleckt; sei's Mangel an Verstand,
Wodurch er nicht den Zufall klug beherrscht,
Der ihn begünstigt; oder sei's Natur,
Die ihn aus einem Stück schuf, – stets derselbe
Im Helme wie im Rat, herrscht' er im Frieden
Mit unbeugsamer Streng' und finsterm Ernst,
Wie er dem Krieg gebot. Schon eins von diesen
(Von jedem hat er etwas, keines ganz,
So weit sprech' ich ihn frei) macht' ihn gefürchtet,
Gehaßt, verbannt. – Doch so ist sein Verdienst,
Daß es im Übermaß erstirbt. So fällt
Stets unser Wert der Zeiten Deutung heim;

Und Macht, die an sich selbst zu loben ist,
Hat kein so unverkennbar Grab, als wenn
Von Rednerbühnen wir ihr Tun gepriesen.
Der Nagel treibt den Nagel, Brand den Brand,
Kraft sinkt durch Kraft, durch Recht wird Recht
verkannt.
Kommt, laßt uns gehn! Ist, Cajus, Rom erst dein,
Dann bist der Ärmste du, dann bist du mein.

Sie gehn ab.

Fünfter Aufzug

Erste Szene

Es treten auf Menenius, Cominius, Sicinius, Brutus und andere.

MENENIUS.
Nein, ich geh' nicht. – Ihr hört, was dem er sagte,
Der einst sein Feldherr war; der ihn geliebt
Aufs allerzärtlichste. Mich nannt' er Vater:
Doch was tut das? – Geht ihr, die ihn verbannt,
'ne Meile schon vor seinem Zelt fallt nieder,
Und schleicht so knie'nd in seine Gnade! – Nein:
Wollt' er nichts von Cominius hören bleib ich
Zu Haus.
COMINIUS. Er tat, als kennte er mich nicht.
MENENIUS. Hört ihr's?
COMINIUS. Doch einmal nannt' er mich bei
meinem Namen:
Die alte Freundschaft macht' ich geltend, Blut,
Gemeinsam sonst vergossen. Coriolan
Wollt' er nicht sein, verbat sich jeden Namen:
Er sei ein Nichts, ein ungenanntes Wesen,
Bis er sich einen Namen neu geschmiedet
Im Brande Roms.
MENENIUS. Ah, so! Ihr machtet's gut!
Ein Paar Tribunen, welche Rom verdarben,
Wohlfeil zu machen Kohlen! – Edler Ruhm!
COMINIUS.
Ich mahnt' ihn, wie so königlich Verzeihung,
Je minder sie erwartet sei. Er sprach,
Das sei vom Staat ein kahles Wort an ihn,
Den selbst der Staat bestraft.
MENENIUS. Das war ganz recht.
Was konnt' er anders sagen?
COMINIUS.
Ich suchte dann sein Mitleid zu erwecken
Für die besondern Freund'. Er gab zur Antwort:
Nicht lesen könn' er sie aus einem Haufen
Verdorbner, schlechter Spreu; auch sei es Torheit,
Um ein, zwei arme Körner stinken lassen
Den Unrat unverbrannt.
MENENIUS. Um ein paar Körner?
Davon bin ich eins, seine Frau und Mutter,
Sein Kind, der wackre Freund, wir sind die Körner:
Ihr seid die dumpfe Spreu, und eu'r Gestank
Dringt bis zum Mond; wir müssen für euch brennen.
SICINIUS.
Seid milde doch, wenn Ihr zu helfen weigert
In so ratloser Zeit! Verhöhnt uns mind'stens
Mit unserm Elend nicht; denn sprächet Ihr
Für Euer Vaterland, – Eu'r gutes Wort,
Mehr als ein eilig aufgerafftes Heer,
Hemmt' unsern Landsmann.
MENENIUS. Nein, ich bleib' davon.
SICINIUS. Ich bitt' Euch, geht zu ihm!
MENENIUS. Was soll es nutzen?
BRUTUS. Versuchen nur, was Eure Liebe kann
Für Rom bei Marcius,
MENENIUS. Und gesetzt, daß Marcius
Zurück mich schickt, wie er Cominius tat,
Ganz ungehört: – Die Folge?
Noch ein gekränkter Freund, von Gram durchbohrt
Durch seine Härte. Nun?
SICINIUS. Euern Willen
Erkennt Rom dankbar nach dem Maß, wie Ihr
Die gute Meinung zeigt.
MENENIUS. Ich will's versuchen –
Kann sein, er hört mich; doch, die Lippe beißen
Und grollen mit Cominius schwächt mein Herz.
Man traf die Stunde nicht, vor Tische war's.
Und sind die Adern leer, ist kalt das Blut
Dann schmollen wir dem Morgen, sind unwillig
Zu geben und vergeben; doch gefüllt
Die Röhren und Kanäle unsers Bluts
Mit Wein und Nahrung, macht die Seele schmeid'ger
Als priesterliches Fasten. – Drum erpass' ich,
Bis er für mein Gesuch in Tafellaune,
Und dann mach' ich mich an ihn.
BRUTUS.
Ihr kennt den wahren Pfad zu seiner Güte
Und könnt des Wegs nicht fehlen.
MENENIUS. Gut, ich prüf ihn.
Geh's, wie es will, bald werd' ich selber wissen,
Ob's mir gelang.

Geht ab.

COMINIUS. Er hört ihn nimmer.
SICINIUS. Nicht?
COMINIUS. Glaubt mir, er sitzt im Gold, sein
Blick so feurig,
Als wollt' er Rom verbrennen; und sein Zorn
Ist Wächter seiner Gnad'. – Ich kniete nieder,
Nur leise sprach er: »Auf!« – entließ mich – so –
Mit seiner stummen Hand. Was er tun würde,
Schickt' er mir schriftlich nach; was er nicht könne,
Zwäng' ihn ein Eid sich selbst nicht nachzugeben.
So daß uns keine Hoffnung bleibt –
Wenn's seine edle Mutter nicht und Gattin –;
Die, hör' ich, sind gewillt, ihn anzuflehn
Um Gnade für die Stadt; drum gehn wir hin,
Daß unser bestes Wort sie noch mehr treibe!

Gehn ab.

Zweite Szene

Zwei Wachen der Volsker, zu ihnen kommt Menenius.

ERSTE WACHE. Halt! – Woher kommt Ihr?
ZWEITE WACHE. Halt, und geht zurück!
MENENIUS.
Ihr wacht wie Männer. Gut; doch mit Vergunst,

Ich bin ein Staatsbeamter, und gekommen,
Mit Coriolan zu sprechen.

ERSTE WACHE. Von wo?

MENENIUS. Von Rom.

ERSTE WACHE. Ihr kommt nicht durch, Ihr müßt zurück. – Der Feldherr
Will nichts von dort mehr hören.

ZWEITE WACHE.
Ihr sollt Eu'r Rom in Flammen sehn, bevor
Mit Coriolan Ihr sprecht.

MENENIUS. Ihr guten Freunde,
Habt ihr gehört von Rom den Feldherrn sprechen
Und seinen Freunden dort? Zehn gegen eins,
So traf mein Nam' eu'r Ohr: er heißt Menenius.

ERSTE WACHE.
Mag sein. Zurück! denn Eures Namens Würde
Bringt Euch nicht durch.

MENENIUS. Ich sage dir, mein Freund,
Dein Feldherr liebt mich: denn ich war die Chronik
Des Guten, das er tat, und wo sein Ruhm
Als gleichlos stand, wohl etwas übertrieben.
Stets sagt' ich Wahrheit aus von meinen Freunden
(Von denen er der Liebste), ganz und groß
Wie sich's nur breiten läßt. Zuweilen wohl,
So wie die Kugel auf ganz sanftem Grund,
Sprang ich was jenseits, machte fast im Loben
Ein wenig Wind. – Drum, Kerl, muß ich auch durch.

ERSTE WACHE. Mein' Treu', Herr, wenn Ihr auch so viele Lügen für ihn, als jetzt Worte für Euch, gesprochen habt, so sollt Ihr doch nicht durch. Nein, – und wenn auch das Lügen so verdienstlich wäre, wie ein keusches Leben. Darum zurück!

MENENIUS. Ich bitte dich, Mensch, erinnere dich, daß ich Menenius heiße, der immer die Partei deines Feldherrn hielt.

ZWEITE WACHE. Wenn Ihr auch sein Lügner gewesen seid, wie Ihr vorgebt, so bin ich einer, der in seinem Dienst die Wahrheit spricht, und Euch sagt, daß Ihr hier nicht hinein dürft. Darum, zurück!

MENENIUS. Hat er zu Mittag gegessen? Weißt du's nicht? Denn ich wollte nicht gern eher mit ihm reden, als nach der Mahlzeit.

ERSTE WACHE. Nicht wahr, Ihr seid ein Römer?

MENENIUS. Ich bin, was dein Feldherr ist.

ERSTE WACHE. Dann solltet Ihr auch Rom hassen, so wie er. Könnt ihr, nachdem ihr euern Verteidiger zu euren Toren hinaus gestoßen und in eurer blödsinnigen Volkswut euerm Feind euern eignen Schild gegeben habt, noch glauben, seine Rache ließe sich durch die schwächlichen Seufzer alter Frauen abwenden, durch das jungfräuliche Händefalten eurer Töchter, oder durch gichtlahme Gebärdung eines so welken, kindischen Mannes, wie Ihr zu sein scheint? Könnt Ihr glauben, das Feuer, das eure Stadt entflammen soll, mit so schwachem Atem auszublasen? Nein, Ihr irrt Euch, – darum, zurück nach Rom, und bereitet Euch zu Eurer Hinrichtung! Ihr seid verurteilt ohne Widerrede und Verzeihung, das hat der General geschworen.

MENENIUS. Bursche, wenn dein Feldherr wüßte, daß ich hier bin, so würde er mich mit Achtung behandeln.

ERSTE WACHE.
Geht, unser Anführer kennt Euch nicht.

MENENIUS. Ich meine den Feldherrn.

ERSTE WACHE. Der Feldherr fragt nichts nach Euch. – Zurück, ich sag' es Euch, geht, sonst zapfe ich noch Eure halbe Unze Blut ab – zurück! denn mehr könnt Ihr nicht haben. Fort!

MENENIUS. Nein, aber, Mensch! Mensch!

Coriolanus und Aufidius treten auf.

CORIOLANUS. Was gibt's?

MENENIUS. Jetzt, Geselle, will ich dir etwas einbrocken – du sollst nun sehn, daß ich in Achtung stehe. Du sollst gewahr werden, daß solch ein Hans Schilderhaus mich nicht von meinem Sohn Coriolan wegtreiben kann. Sieh an der Art, wie er mit mir sprechen wird, ob du nicht reif für den Galgen bist, oder für eine Todesart von längerer Aussicht und größerer Qual. Sieh nun her und falle sogleich in Ohnmacht, wegen dessen, was dir bevorsteht. – Die glorreichen Götter mögen stündliche Ratsversammlung halten, wegen deiner besondern Glückseligkeit, und dich nicht weniger lieben, als dein alter Vater Menenius. Oh! mein Sohn! mein Sohn! Du bereitest uns Feuer? Sieh, hier ist Wasser, um es zu löschen. Ich war schwer zu bewegen, zu dir zu gehn; aber weil ich überzeugt bin, daß keiner besser als ich dich bewegen kann, so bin ich mit Seufzern aus den Toren dort hinaus geblasen worden, und beschwöre dich nun, Rom und deinen fleh'nden Landsleuten zu verzeihn. Die gütigen Götter mögen deinen Zorn sänftigen und die Hefen davon hier auf diesen Schurken leiten, auf diesen, der mir, wie ein Klotz, den Eintritt zu dir versagte.

CORIOLANUS. Hinweg!

MENENIUS. Wie, hinweg?

CORIOLANUS. Weib, Mutter, Kind, nicht kenn' ich sie. – Mein Tun
Ist andern dienstbar. Eignet mir die Rache
Auch gänzlich, kann doch von den Volskern nur
Verzeihung kommen. Daß wir einst vertraut,
Vergifte lieber undankbar Vergessen,
Als Mitleid sich, wie sehr, erinnre! Fort denn!
Mein Ohr ist fester Euerm Flehn verschlossen,
Als Eure Tore meiner Kraft. Doch nimm dies,
Weil ich dich liebt', ich schrieb's um deinetwillen,
Und wollt' es senden. Kein Wort mehr, Menenius,
Verstatt' ich dir. Der Mann, Aufidius,
War mir sehr lieb in Rom; und dennoch siehst du –

AUFIDIUS. Du bleibst dir immer gleich.

Coriolanus und Aufidius gehn ab.

ERSTE WACHE. Nun, Herr, ist Euer Name Menenius?

ZWEITE WACHE. Ihr seht, er ist ein Zauber von großer Kraft. Ihr wißt nun den Weg nach Hause.

ERSTE WACHE. Habt Ihr gehört, wie wir

ausgescholten sind weil wir Eure Hoheit nicht einließen?

ZWEITE WACHE. Warum doch, denkt Ihr, soll ich nun in Ohnmacht fallen?

MENENIUS. Ich frage weder nach der Welt noch nach euerm Feldherrn. Was solche Kreaturen betrifft wie ihr, so weiß ich kaum, ob sie da sind, so unbedeutend seid ihr. – Wer den Entschluß fassen kann, von eigner Hand zu sterben, fürchtet es von keiner andern. Mag euer Feldherr das Ärgste tun; und, was euch betrifft, bleibt, was ihr seid, lange, und eure Erbärmlichkeit wachse mit eurem Alter! Ich sage euch das, was mir gesagt wurde: Hinweg! –

Er geht ab.

ERSTE WACHE.
Ein edler Mann, das muß ich sagen.

ZWEITE WACHE. Der würdigste Mann ist unser Feldherr: er ist n Fels, eine Eiche, die kein Sturm erschüttert.

Sie gehn ab.

Dritte Szene

Es treten auf Coriolanus, Aufidius und andere.

CORIOLANUS.
So ziehn wir morgen denn mit unserm Heer
Vor Rom. Ihr, mein Genoß in diesem Krieg,
Tut Euren Senatoren kund, wie redlich
Ich alles ausgeführt.

AUFIDIUS. Nur ihren Vorteil
Habt Ihr beachtet; Euer Ohr verstopft
Roms allgemeinem Flehn; nie zugelassen
Geheimes Flüstern; nein, selbst nicht von Freunden,
Die ganz auf Euch vertraut.

CORIOLANUS. Der alte Mann,
Den ich nach Rom gebrochnen Herzens sende,
Er liebte mehr mich als mit Vaterliebe,
Ja, machte mich zum Gott. – Die letzte Zuflucht
War, ihn zu senden; um des Greises Liebe,
Blickt' ich schon finster, tat ich noch einmal
Den ersten Antrag, den sie abgeschlagen
Und jetzt nicht nehmen können; ihn zu ehren,
Der mehr zu wirken hoffte, gab ich nach
Sehr wenig nur. Doch neuer Sendung, Bitte,
Sei's nun vom Staat, von Freunden, leih' ich nun
Mein Ohr nicht mehr. – Ha! welch ein Lärm ist das?

Geschrei hinter der Szene.

Werd' ich versucht, zu brechen meinen Schwur,
Indem ich ihn getan? Ich werd' es nicht.

Es treten auf Virgilia, Volumnia, die den jungen Marcius an der Hand führt, Valeria mit Gefolge. Alle in Trauer.

Mein Weib voran, dann die ehrwürd'ge Form,
Die meinen Leib erschuf, an ihrer Hand
Der Enkel ihres Bluts. – Fort, Sympathie!
Brecht, all ihr Band' und Rechte der Natur!
Sei's tugendhaft, in Starrsinn fest zu bleiben!
Was gilt dies Beugen mir? dies Taubenauge,
Das Götter lockt zum Meineid? – Ich zerschmelze!
Und bin nicht festre Erd' als andre Menschen. –
Ha! meine Mutter beugt sich –
Als wenn Olympus sich vor kleinem Hügel
Mit Flehen neigte; und mein junger Sohn
Hat einen Blick der Bitt', aus dem allmächtig
Natur schreit: »Weigre's nicht!« – Nein, pflüge auf
Der Volsker Rom, verheer' Italien! – Nimmer
Soll, wie unflügge Brut, Instinkt mich führen;
Ich steh', als wär' der Mensch sein eigner Schöpfer
Und kennte keinen Ursprung.

VIRGILIA. Herr und Gatte!

CORIOLANUS. Mein Auge schaut nicht mehr wie sonst in Rom.

VIRGILIA.
Der Gram, der uns verwandelt hat, macht dich
So denken.

CORIOLANUS. Wie ein schlechter Spieler jetzt
Vergaß ich meine Roll' und bin verwirrt,
Bis zur Verhöhnung selbst. – Blut meines Herzens!
Vergib mir meine Tyrannei; doch sage
Drum nicht: »Vergib den Römern!« – Oh! ein Kuß,
Lang wie mein Bann und süß wie meine Rache!
Nun, bei der Juno Eifersucht, den Kuß
Nahm ich, Geliebte, mit, und meine Lippe
Hat ihn seitdem jungfräulich treu bewahrt.
Ihr Götter! wie? ich huld'ge?
Und aller Mütter edelste der Welt
Blieb unbegrüßt? – Mein Knie, sink' in die Erde,
Drück' tiefer deine Pflicht dem Boden ein,
Als jeder andre Sohn!

Er kniet nieder.

VOLUMNIA. Steh auf gesegnet!
Daß, auf nicht weicherm Kissen als der Stein,
Ich vor dir knie' und Huld'gung neuer Art
Dir weihe, die bisher ganz falsch verteilt
War zwischen Kind und Eltern.

Sie kniet.

CORIOLANUS. Was ist das?
Ihr vor mir knien? vor dem bestraften Sohn?
Dann mögen Kiesel von der sand'gen Bucht
Frech an die Sterne springen; rebell'sche Winde
Die Feuersonn' mit stolzen Zedern peitschen,
Mordend Unmöglichkeit, zum Kinderspiel
Zu machen das, was ewig nie kann sein.

VOLUMNIA. Du bist mein Krieger,
Ich hoffe fügsam. Kennst du diese Frau?

CORIOLANUS.
Die edle Schwester des Publicola.
Die Luna Roms, keusch, wie die Zacken Eis,
Die aus dem reinsten Schnee der Frost geformt
Am Heiligtum Dianens. Seid gegrüßt, Valeria!

VOLUMNIA.
Dies ein kleiner Auszug von dir selbst,
Der durch die Auslegung erfüllter Jahre
Ganz werden kann wie du.

CORIOLANUS. Der Gott der Krieger,
Mit Beistimmung des höchsten Zeus, erziehe
Zum, Adel deinen Sinn, daß du dich stählst,
Der Schande unverwundbar, und im Krieg
Ein groß Seezeichen stehst, die Winde höhnend,
Die rettend, die dir nachsehn!

VOLUMNIA. Knie' nieder, Bursch!
CORIOLANUS. Das ist mein wackrer Sohn.
VOLUMNIA.
Er und dein Weib, die Frau hier und ich selbst
Sind Flehende vor dir.
CORIOLANUS. Ich bitt' Euch, still!
Wo nicht, bedenket dies, bevor Ihr sprecht:
Was zu gewähren ich verschwor, das nehmt nicht
Als Euch verweigert; heißt mich nicht entlassen
Mein Heer; nicht, wieder unterhandeln mit
Den Handarbeitern Roms; nicht sprecht mir vor,
Worin ich unnatürlich scheine; denkt nicht
Zu sänft'gen meine Wut und meine Rache
Mit Euren kältern Gründen!
VOLUMNIA. Oh! nicht mehr! nicht mehr!
Du hast erklärt, du willst uns nichts gewähren;
Denn nichts zu wünschen haben wir, als das,
Was du schon abschlugst; dennoch will ich wünschen,
Daß, weichst du unsern Bitten aus, der Tadel
Nur deine Härte treffen mag. Drum hör' uns!
CORIOLANUS.
Aufidius und ihr Volsker, merkt, wir hören
Nichts in geheim von Rom. Nun, Eure Bitte?
VOLUMNIA.
Wenn wir auch schwiegen, sagte doch dies Kleid
Und unser bleiches Antlitz, welch ein Leben
Seit deinem Bann wir führten. Denke selbst,
Wie wir, unsel'ger als je Frau'n auf Erden,
Dir nahn! Dein Anblick, der mit Freudentränen
Die Augen füllen soll, das Herz mit Wonne,
Netzt sie mit Leid, die Brust erbebt vor Furcht,
Da Mutter, Weib und Kind es sehen müssen,
Wie Sohn, Gemahl und Vater grausam wühlt
In seines Landes Busen. – Weh uns Armen!
Uns trifft am härt'sten deine Wut: du wehrst uns
Die Götter anzuflehn, ein Trost, den alle,
Nur wir nicht, teilen: denn wie könnten wir's?
Wie können für das Vaterland wir beten,
Was unsre Pflicht? und auch für deinen Sieg,
Was unsre Pflicht? – Ach! unsre teure Amme,
Das Vaterland, geht unter, oder du,
Du Trost im Vaterland. Wir finden immer
Ein unabwendbar Elend, wird uns auch
Ein Wunsch gewährt, – wer auch gewinnen mag:
Entweder führt man dich, Abtrünn'gen, Fremden,
In Ketten durch die Straßen; oder du
Trittst im Triumph des Vaterlandes Schutt,
Und trägst die Palme, weil du kühn vergossest
Der Frau, des Kindes Blut; denn ich, mein Sohn,
Ich will das Schicksal nicht erwarten, noch
Des Krieges Schluß. Kann ich dich nicht bewegen,
Daß lieber jedem Teil du Huld gewährst,
Als einen stürzest, – traun, du sollst nicht eher
Dein Vaterland bestürmen, bis du tratst,
(Glaub mir, du sollst nicht!) auf der Mutter Leib,
Der dich zur Welt gebar.
VIRGILIA. Ja, auch auf meinen,
Der diesen Sohn dir gab, auf daß dein Name
Der Nachwelt blüh'.
DER KLEINE MARCIUS.
Auf mich soll er nicht treten.
Fort lauf ich, bis ich größer bin, dann fecht' ich.
CORIOLANUS. Wer nicht will Wehmut fühlen, gleich den Frauen,
Der muß nicht Frau noch Kindes Antlitz schauen.
Zu lange saß ich.

Er steht auf.

VOLUMNIA. Nein, so geh nicht fort!
Zielt' unsre Bitte nur dahin, die Römer
Zu retten durch den Untergang der Volsker,
Die deine Herrn, so möcht'st du uns verdammen
Als Mörder deiner Ehre. – Nein, wir bitten,
Daß beide du versöhnst; dann sagen einst
Die Volsker: »Diese Gnad' erwiesen wir«, –
Die Römer: »Wir empfingen sie«; und jeder
Gibt dir den Preis und ruft: »Gesegnet sei
Für diesen Frieden!« – Großer Sohn, du weißt,
Des Krieges Glück ist ungewiß; gewiß
Ist dies, daß, wenn du Rom besiegst, der Lohn,
Den du dir erntest, solch ein Name bleibt,
Dem, wie er nun genannt wird, Flüche folgen.
Dann schreibt die Chronik einst: »Der Mann war edel,
Doch seine letzte Tat löscht' alles aus,
Verstört' sein Vaterland; drum bleibt sein Name
Ein Abscheu künft'gen Zeiten.« – Sprich zu mir!
Der Ehre zart'ste Fod'rung war dein Streben,
In ihrer Hoheit Göttern gleich zu sein:
Den Luftraum mit dem Donner zu erschüttern,
Und dann den Blitz mit einem Keil zu tauschen,
Der nur den Eichbaum spaltet. Wie? nicht sprichst du? –
Hältst du es würdig eines edlen Mannes,
Sich stets der Kränkung zu erinnern? – Tochter,
Sprich du: er achtet auf dein Weinen nicht. –
Sprich du, mein Kind: –
Vielleicht bewegt dein Kindsgeschwätz ihn mehr,
Als unsre Rede mag. – Kein Mann auf Erden
Verdankt der Mutter mehr; doch hier läßt er
Mich schwatzen, wie ein Weib am Pranger. – Nie
Im ganzen Leben gabst der lieben Mutter
Du freundlich nach, wenn sie, die arme Henne,
Nicht andrer Brut erfreut, zum Krieg dich gluckte,
Und sicher heim, mit Ehren stets beladen. –
Heiß' ungerecht mein Flehn, und stoß' mich weg;
Doch ist das nicht, so bist nicht edel du,
Und strafen werden dich die Götter, daß
Du mir die Pflicht entziehst, die Müttern ziemt.
Er kehrt sich ab! –
Kniet nieder, Frau'n: beschäm' ihn unser Knien!
Dem Namen Coriolanus ziemt Verehrung,
Nicht Mitleid unserm Flehn. – Kniet, sei's das Letzte!
Nun ist es aus – wir kehren heim nach Rom,
Und sterben mit den Unsern. – Nein, sieh her!
Dies Kind, nicht kann es sagen, was es meint;
Doch kniet es, hebt die Händ' empor mit uns,
Spricht so der Bitte Recht mit größrer Kraft,
Als du zu weigern hast. – Kommt, laßt uns gehn:
Der Mensch hat eine Volskerin zur Mutter,
Sein Weib ist in Corioli, dies Kind
Gleicht ihm durch Zufall. – So sind wir entlassen!

Still bin ich, bis die Stadt in Flammen steht,
Dann sag' ich etwas noch.

CORIOLANUS. Oh! Mutter! – Mutter!

Er faßt die beiden Hände der Mutter. Pause.

Was tust du? Sieh, die Himmel öffnen sich,
Die Götter schaun herab; den Auftritt unnatürlich
Belachen sie. – Oh! meine Mutter! Mutter! Oh!
Für Rom hast du heilsamen Sieg gewonnen;
Doch deinen Sohn – o glaub' es, glaub' es mir, –
Ihm höchst gefahrvoll hast du den bezwungen,
Wohl tödlich selbst. Doch mag es nur geschehn! –
Aufidius, kann ich Krieg nicht redlich führen,
Schließ' ich heilsamen Frieden. Sprich, Aufidius,
Wärst du an meiner Statt, hätt'st du die Mutter
Wen'ger gehört? ihr wen'ger zugestanden?

AUFIDIUS. Ich war bewegt.

CORIOLANUS. Ich schwöre drauf, du warst es:
Und nichts Geringes ist es, wenn mein Auge
Von Mitleid träuft. Doch rate mir, mein Freund!
Was für Bedingung machst du? Denn nicht geh' ich
Nach Rom, ich kehre mit Euch um, und bitt' Euch,
Seid hierin mir gewogen! – O Mutter! Frau!

AUFIDIUS *für sich.*
Froh bin ich, daß dein Mitleid, deine Ehre,
Dich so entzwein; hieraus denn schaff ich mir
Mein ehemal'ges Glück.

Die Frauen wollen sich entfernen.

CORIOLANUS. Oh! jetzt noch nicht!
Erst trinken wir, dann tragt ein beßres Zeugnis
Als bloßes Wort nach Rom, das gegenseitig
Auf billige Bedingung wir besiegeln.
Kommt, tretet mit uns ein! Ihr Frau'n verdient,
Daß man euch Tempel baut; denn alle Schwerter
Italiens und aller Bundsgenossen,
Sie hätten diesen Frieden nicht erkämpft.

Alle ab.

Vierte Szene

Rom. Ein öffentlicher Platz. Menenius und Sicinius treten auf.

MENENIUS. Seht Ihr dort jenen Vorsprung am Kapitol? jenen Eckstein?

SICINIUS. Warum? Was soll er?

MENENIUS. Wenn es möglich ist, daß Ihr ihn mit Euerm kleinen Finger von der Stelle bewegt, dann ist einige Hoffnung, daß die römischen Frauen, besonders seine Mutter, etwas bei ihm ausrichten können. – Aber ich sage, es ist keine Hoffnung: unsre Kehlen sind verurteilt und warten auf den Henker.

SICINIUS. Ist es möglich, daß eine so kurze Zeit die Gemütsart eines Menschen so verändert?

MENENIUS. Es ist ein Unterschied zwischen einer Raupe und einem Schmetterling; und doch war der Schmetterling eine Raupe. Dieser Marcius ist aus einem Menschen ein Drache geworden, die Schwingen sind ihm gewachsen, er ist mehr als ein kriechendes Geschöpf.

SICINIUS. Er liebte seine Mutter von Herzen.

MENENIUS. Mich auch. Aber er kennt jetzt seine Mutter so wenig als ein achtjähriges Roß. Die Herbigkeit seines Angesichts macht reife Trauben sauer. Wenn er wandelt, so bewegt er sich wie ein Turm, und der Boden schrumpft vor seinem Tritt zusammen. Er ist imstande, einen Harnisch mit seinem Blick zu durchbohren; er spricht wie eine Glocke, und sein Hirn ist eine Batterie. Er sitzt da in seiner Herrlichkeit, wie ein Abbild Alexanders. Was er befiehlt, das geschehen soll, das ist schon vollendet, indem er es befiehlt. Ihm fehlt zu einem Gotte nichts als Ewigkeit und ein Himmel, darin zu thronen.

SICINIUS.
Doch, Gnade, wenn Ihr ihn richtig beschreibt.

MENENIUS. Ich male ihn nach dem Leben. Gebt nur acht, was für Gnade seine Mutter mitbringen wird. Es ist nicht mehr Gnade in ihm, als Milch in einem männlichen Tiger; das wird unsre arme Stadt empfinden. – Und alles dies haben wir Euch zu danken.

SICINIUS.
Die Götter mögen sich unser erbarmen!

MENENIUS. Nein, bei dieser Gelegenheit werden sich die Götter unser nicht erbarmen. Als wir ihn verbannten, achteten wir nicht auf sie, und da er nun zurück kommt, um uns den Hals zu brechen, achten sie nicht auf uns.

Ein Bote tritt auf.

BOTE.
Wollt Ihr das Leben retten, flieht nach Hause:
Das Volk hat Euern Mittribun ergriffen
Und schleift ihn durch die Straßen. Alle schwören,
Er soll, wenn keinen Trost die Frauen bringen,
Den Tod zollweis' empfinden.

Ein zweiter Bote kommt.

SICINIUS. Was für Nachricht?

BOTE. Heil! Heil! Die Frauen haben obgesiegt,
Es ziehn die Volsker ab, und Marcius geht.
Ein froh'rer Tag hat nimmer Rom begrüßt,
Nicht seit Tarquins Vertreibung.

SICINIUS. Freund, sag an,
Ist's denn auch wirklich wahr? weißt du's gewiß?

BOTE. Ja, so gewiß die Sonne Feuer ist.
Wo stecktet Ihr, daß Ihr noch zweifeln könnt?
Geschwollne Flut stürzt so nicht durch den Bogen,
Wie die Beglückten durch die Tore. Horcht!

Man hört Trompeten, Hoboen, Trommeln und Freudengeschrei.

Posaunen, Flöten, Trommeln und Drommeten,
Cymbeln und Pauken und der Römer Jauchzen,
Es macht die Sonne tanzen.

Freudengeschrei.

MENENIUS. Gute Zeitung!
Ich geh' den Frau'n entgegen. Die Volumnia
Ist von Patriziern, Konsuln, Senatoren
Wert eine Stadt voll, solcher Volkstribunen
Ein Meer und Land voll. – Ihr habt gut gebetet,
Für hunderttausend eurer Kehlen gab ich
Heut früh nicht einen Pfennig. Hört die Freude!

Musik und Freudengeschrei.

SICINIUS.
Erst für die Botschaft segnen Euch die Götter,
Und dann nehmt meinen Dank!
BOTE. Wir haben alle
Viel Grund zu vielem Dank.
SICINIUS. Sind sie schon nah?
BOTE. Fast schon am Tor.
SICINIUS. Laßt uns entgegen gehn
Und ihren Jubel mehren!

Die Frauen treten auf, von Senatoren, Patriziern und Volk begleitet. Sie gehn über die Bühne.

ERSTER SENATOR.
Seht unsre Schutzgöttin, das Leben Roms!
Ruft alles Volk zusammen, preist die Götter,
Macht Freudenfeuer, streut den Weg mit Blumen,
Und übertönt den Schrei, der Marcius bannte,
Ruft ihn zurück im Willkomm seiner Mutter!
Willkommen! Ruft den Frau'n »Willkommen« zu!
ALLE. Willkommen! edle Frauen! Seid willkommen!

Trommeln und Trompeten. Alle ab.

Fünfte Szene

Antium. Ein öffentlicher Platz. Aufidius tritt auf mit Begleitern.

AUFIDIUS. Geht, sagt den Senatoren, ich sei hier,
Gebt ihnen dies Papier, und wenn sie's lasen,
Heißt sie zum Marktplatz kommen, wo ich selbst
Vor ihrem und des ganzen Volkes Ohr
Bekräft'ge, was hier steht. Der Angeklagte
Zog eben in die Stadt, und ist gewillt,
Sich vor das Volk zu stellen, in der Hoffnung,
Durch Worte sich zu rein'gen. Geht!

Die Begleiter gehn ab, Drei oder vier Verschworne treten auf.

Willkommen!
ERSTER VERSCHWORNER.
Wie steht's mit unserm Feldherrn?
AUFIDIUS. Grade so,
Wie dem, der durch sein Wohltun wird vergiftet,
Den sein Erbarmen mordet.
ZWEITER VERSCHWORNER. Edler Herr,
Wenn bei derselben Absicht Ihr verharrt,
Zu der Ihr unsern Beitritt wünscht, erretten
Wir Euch von der Gefahr.
AUFIDIUS. Ich weiß noch nicht.
Wir müssen handeln nach des Volkes Stimmung.
DRITTER VERSCHWORNER.
Das Volk bleibt ungewiß, solang' es noch
Kann wählen zwischen euch. Der Fall des einen
Macht, daß der andre alles erbt.
AUFIDIUS. Ich weiß es.
Auch wird der Vorwand, ihm eins beizubringen,
Beschönigt. Ich erhob ihn, gab mein Wort
Für seine Treu'. Er, so emporgestiegen,
Begoß mit Schmeicheltau die neuen Pflanzen,
Die Freunde mir verführend; zu dem Zweck
Bog er sein Wesen, das man nur vorher
Als rauh, unlenksam und freimütig kannte.
DRITTER VERSCHWORNER.
Jawohl, sein Starrsinn, als er einst die Würde
Des Konsuls suchte, die er nur verlor,
Weil er nicht nachgab –
AUFIDIUS. Davon wollt' ich reden:
Deshalb verbannt, kam er an meinen Herd,
Bot seinen Hals dem Dolch. Ich nahm ihn auf,
Macht' ihn zu meinesgleichen, gab ihm Raum
Nach seinem eignen Wunsch, ja, ließ ihn wählen
Aus meinem Heer, zu seines Plans Gelingen,
Die besten, kühnsten Leute. Selbst auch dient' ich
Für seinen Plan, half ernten Ruhm und Ehre,
Die er ganz nahm als eigen. Selbst mir Unrecht
Zu tun, war ich fast stolz. Bis ich am Ende
Sein Söldner schien, nicht Mitregent, den er
Mit Gunst bezahlt und Beifall; als wär' ich
Für Lohn in seinem Dienste.
ERSTER VERSCHWORNER. Ja, das tat er:
Das Heer erstaunte drob. Und dann zuletzt,
Als Rom sein war, und wir nicht wen'ger Ruhm
Als Beut' erwarten –
AUFIDIUS. Dieses ist der Punkt,
Wo meine ganze Kraft ihm widerstrebt.
Für wen'ge Tropfen Weibertränen, wohlfeil
Wie Lügen, könnt' er Schweiß und Blut verkaufen
Der großen Unternehmung. Darum sterb' er,
Und ich ersteh' in seinem Fall. – Doch, horcht! –

Trommeln und Trompeten, Freudengeschrei des Volks.

ERSTER VERSCHWORNER.
Ihr kamt zur Vaterstadt, gleich einem Boten,
Und wurdet nicht begrüßt; bei seiner Rückkehr
Zerreißt ihr Schrei'n die Luft.
ZWEITER VERSCHWORNER. Ihr blöden Toren!
Die Kinder schlug er euch: ihr sprengt die Kehlen,
Ihm Glück zu wünschen.
DRITTER VERSCHWORNER.
Drum zu Euerm Vorteil,
Eh' er noch sprechen kann, das Volk zu stimmen
Durch seine Rede, fühl' er Euer Schwert:
Wir unterstützen Euch, daß, wenn er liegt,
Auf Eure Art sein Wort gedeutet wird,
Mit ihm sein Recht begraben.
AUFIDIUS. Sprich nicht mehr:
Hier kommt schon der Senat.

Die Senatoren treten auf.

DIE SENATOREN. Ihr seid daheim willkommen!
AUFIDIUS.
Das hab' ich nicht verdient; doch, würd'ge Herrn,
Last ihr bedächtig durch, was ich euch schrieb?
DIE SENATOREN. Wir taten's.
ERSTER SENATOR.
Und mit Kummer, dies zu hören.
Was früher er gefehlt, das, glaub' ich, war
Nur leichter Strafe wert; doch da zu enden,
Wo er beginnen sollte, wegzuschenken
Den Vorteil unsers Kriegs, uns zu bezahlen
Mit unsern Kosten, und Vergleich zu schließen,
Statt der Erob'rung, – das ist unverzeihlich.
AUFIDIUS. Er naht, ihr sollt ihn hören.

Coriolanus tritt ein mit Trommeln und Fahnen, Bürger mit ihm.

CORIOLANUS.
Heil, edle Herrn! Heim kehr' ich, euer Krieger,
Unangesteckt von Vaterlandsgefühlen,
So wie ich auszog. Euerm hohen Willen
Bleib' ich stets untertan. – Nun sollt ihr wissen,
Daß uns der herrlichste Erfolg gekrönt:
Auf blut'gem Pfade führt' ich euern Krieg
Bis vor die Tore Roms. Wir bringen Beute,
Die mehr als um ein Dritteil überwiegt
Die Kosten dieses Kriegs. Wir machten Frieden,
Mit minderm Ruhm nicht für die Antiaten
Als Schmach für Rom, und überliefern hier,
Von Konsuln und Patriziern unterschrieben,
Und mit dem Siegel des Senats versehn,
Euch den Vergleich.
AUFIDIUS. Lest ihn nicht, edle Herrn!
Sagt dem Verräter, daß er eure Macht
Im höchsten Grad gemißbraucht
CORIOLANUS. Was? Verräter?
AUFIDIUS. Ja, du Verräter, Marcius!
CORIOLANUS. Marcius?
AUFIDIUS.
Ja, Marcius, Cajus Marcius! Denkst du etwa,
Daß ich mit deinem Raub dich schmücke, deinem
Gestohlnen Namen Coriolan?
Ihr Herrn und Häupter dieses Staats, meineidig
Verriet er eure Sach', und schenkte weg,
Für ein'ge salz'ge Tropfen euer Rom,
Ja, eure Stadt, an seine Frau und Mutter,
Den heil'gen Eid zerreißend, wie den Faden
Verfaulter Seide, niemals Kriegesrat
Berufend. Nein, bei seiner Amme Tränen
Weint' er und heulte euern Sieg hinweg,
Daß Pagen sein sich schämten und Soldaten
Sich staunend angesehn.
CORIOLANUS. Hörst du das, Mars?
AUFIDIUS.
Oh! nenne nicht den Gott, du Knabe der Tränen!
CORIOLANUS. Ha!
AUFIDIUS. Nichts mehr!
CORIOLANUS.
Du grenzenloser Lügner! zu groß machst du
Mein Herz für seinen Inhalt. »Knab'«? O Sklave!
Verzeiht mir, Herrn, das ist das erste Mal,
Daß man mich zwingt, zu schimpfen. – Ihr Verehrten,
Straft Lügen diesen Hund; sein eignes Wissen
(Denn meine Striemen sind ihm eingedrückt,
Und diese Zeichen nimmt er mit ins Grab)
Schleudr' ihm zugleich die Lüg' in seinen Hals!
ERSTER SENATOR. Still, beid', und hört mich an!
CORIOLANUS.
Reißt mich in Stück', ihr Volsker! Männer, Kinder,
Taucht euern Stahl in mich! – »Knab'«? – Falscher Hund,
Wenn eure Chronik Wahrheit spricht, – da steht's,
Daß, wie im Taubenhaus der Adler, ich
Gescheucht die Volsker in Corioli.
Allein – ich – tat es. »Knabe!«
AUFIDIUS. Edle Herrn,
So laßt ihr an sein blindes Glück euch mahnen,
Und eure Schmach, durch diesen frechen Prahler
Vor euren eignen Augen?
DIE VERSCHWORNEN. Dafür sterb' er!
DIE BÜRGER *durcheinander.* Reißt ihn in Stücke, tut es gleich! – Er tötete meinen Sohn – meine Tochter! – Er tötete meinen Vetter Marcus! – Er tötete meinen Vater!
ZWEITER SENATOR.
Still! keine blinde Wut! Seid ruhig! Still!
Der Mann ist edel, und sein Ruhm umschließt
Den weiten Erdkreis. Sein Vergehn an uns
Sei vor Gericht gezogen: Halt, Aufidius!
Und stör' den Frieden nicht!
CORIOLANUS. Oh! hätt' ich ihn!
Und sechs Aufidius, mehr noch, seinen Stamm,
Mein treues Schwert zu prüfen!
AUFIDIUS. Frecher Bube!
DIE VERSCHWORNEN.
Durchbohrt! durchbohrt! durchbohrt ihn!
Aufidius und die Verschwornen ziehen und erstechen Coriolanus. Aufidius stellt sich auf ihn.
DIE SENATOREN. Halt, halt' ein!
AUFIDIUS.
Ihr edlen Herrn! Oh, hört mich an!
ERSTER SENATOR. O Tullus!
ZWEITER SENATOR.
Du hast getan, was Tugend muß beweinen.
DRITTER SENATOR.
Tritt nicht auf ihn! Seid ruhig, all ihr Männer,
Steckt eure Schwerter ein!
AUFIDIUS.
Ihr Herrn, erkennt ihr (wie in dieser Wut,
Von ihm erregt, nicht möglich) die Gefahren,
Die euch sein Leben droht', erfreut ihr euch,
Daß er so weggeräumt. Beruft mich, Edle,
Gleich in den Rat, so zeig' ich, daß ich bin
Eu'r treuster Diener, oder ich erdulde
Die schwerste Strafe.
ERSTER SENATOR. Tragt die Leiche fort,
Und trauert über ihn! Er sei geehrt,
Wie je ein edler Leichnam, dem der Herold
Zum Grab gefolgt!
ZWEITER SENATOR. Sein eigner Ungestüm
Nimmt von Aufidius einen Teil der Schuld:
So kehrt's zum Besten.
AUFIDIUS. Meine Wut ist hin,
Mein Herz durchbohrt der Gram. So nehmt ihn auf,
Helft, drei der ersten Krieger, ich der vierte!
Die Trommel rührt, und laßt sie traurig tönen,
Schleppt nach die Speer'! Obwohl in dieser Stadt
Er manche Gatten kinderlos gemacht,
Und nie zu sühnend Leid auf uns gebracht,
So sei doch seiner ehrenvoll gedacht!
Helft mir!
Sie tragen die Leiche Coriolans fort. Trauermarsch.

TIMON
VON
ATHEN.

Personen

Timon, ein edler Athenienser
Lucius,
Lucullus,
Sempronius,
Ventidius, seine Freunde
Apemantus, Philosoph
Alcibiades, Feldherr
Flavius, Timons Haushofmeister
Flaminius,
Lucilius, Timons Diener
Servilius,
Caphis,
Philotus,
Titus,
Lucius,
Hortensius, Diener von Timons Gläubigern
Zwei Diener des Varrus
Ein Diener des Isidor
Cupido und andre Masken. Zwei Fremde
Ein Dichter, ein Maler, ein Kaufmann und ein Juwelier
Ein alter Athenienser, ein Page, ein Narr
Phrynia,
Timandra, Kurtisanen
Senatoren, Hauptleute, Krieger,
Diebe, Gefolge
Die Szene ist in Athen und dem nahen Walds

Erster Aufzug

Erste Szene

Athen. Vorsaal in Timons Hause.
Der Dichter und der Maler treten auf.

DICHTER. Guten Tag!
MALER. Mich freut's, Euch wohl zu sehn.
DICHTER.
Ich sah Euch lange nicht. Wie geht die Welt?
MALER. Sie trägt sich ab im Lauf.
DICHTER. Das ist bekannt.
Doch welch besonder Seltnes, Fremdes, das
Vielfach Erzählen noch nicht kennt? – Doch seht –
Der Kaufmann, der Juwelier und mehrere andre treten auf.
Magie des Reichtums! Diese Geister alle
Beschwor dein Zauber her zum Dienst. Ich kenne
Den Kaufmann.
MALER. Ich beide; jener ist ein Juwelier.
KAUFMANN. Höchst würdig ist der Lord.
JUWELIER. Jenseit des Zweifels.
KAUFMANN.
Ein Mann, höchst unvergleichbar, sozusagen
Geschult zu unermüdlich steter Güte:
Ein Musterbild.
JUWELIER. Hier hab' ich ein Juwel.
KAUFMANN.
O bitte, zeigt: für den Lord Timon wohl?
JUWELIER.
Traut er der Schätzung – doch was das betrifft –
DICHTER *rezitierend.*
Wenn wir um Lohn den Schändlichen gepriesen,
Dämpft es den Glanz des wohlgelungnen Reimes,
Des Kunst den Edeln singt.
KAUFMANN *den Stein betrachtend.*
Ha! schön geschnitten!
JUWELIER.
Und reich; das ist ein Wasser, seht nur selbst!
MALER.
Ihr seid verzückt. Ein Werk, wohl eine Huld'gung
Dem großen Lord?
DICHTER. Ein Ding, mir leicht entschlüpft.
Wie ein Gewand ist unsre Poesie,
Heilsam, wo man es hegt; das Feu'r im Stein
Glänzt nur, schlägt man's heraus; von selbst erregt
Sich unsre edle Flamm', flieht, gleich dem Strom,
Zurück, von jeder Hemmung. – Was ist das?
MALER.
Ein Bild, Herr. Wann tritt Euer Buch hervor?
DICHTER. Es folgt der Überreichung auf dem Fuß.
Zeigt mir das Stück!
MALER. Es ist ein gutes Stück.
DICHTER. Gewiß, dies hebt sich trefflich, herrlich ab.
MALER. So ziemlich.
DICHTER. Unvergleichlich! Wie die Grazie
Sich durch sich selbst ausspricht! Wie geist'ge Kraft
Aus diesem Auge blitzt!
Wie Phantasie sich auf der Lippe regt! stumme
Gebärdung,
Die jeder möcht' in Worten deuten.
MALER.
Wohl leidlich hübsch das Leben nachgeäfft;
Hier ist ein Zug, der spricht!
DICHTER. Ich möchte sagen,
Er meistert die Natur: kunstreiches Streben
Lebt in der Farb' lebend'ger als das Leben.
Einige Senatoren treten ein und gehn nach den innern Gemächern.
MALER. Wie viele Freunde hat der Edle!
DICHTER. Athen'sche Senatoren! – Die Beglückten!
MALER. Schaut, mehr noch!
DICHTER.
Seht den Zusammenfluß, den Schwall der Freunde! –
In diesem rohen Werk zeichn' ich 'nen Mann,
Den diese ird'sche Welt umfängt und hegt
Mit reichster Gunst; mein freier Zug wird nirgend
Gehemmt durch einzelnes, nein, segelt fort
In weiter, klarer See: kein boshaft Zielen
Vergiftet eine Silbe meiner Fahrt;
Sie fliegt den Adlerflug, kühn, stets gradaus,
Kein Wölkchen hinter sich.
MALER. Wie soll ich Euch verstehn?
DICHTER. Ich will es Euch entriegeln.
Ihr seht, wie alle Ständ' und alle Menschen,
Sowohl von leicht geschmeid'gem Sinn, als auch
Von strenger, ernster Art, dem Timon weihn
In Demut ihren Dienst. Sein großer Reichtum,
Umkleidend seinen adlig güt'gen Sinn,
Bezwingt und kauft für seine Lieb' und Herrschaft
Ein jeglich Herz. Ja, von des Schmeichlers
Spiegelantlitz,
Zu Apemantus selbst, der nichts so liebt,
Als er sich selber haßt: auch er beugt ihm
Sein Knie, und kehrt in Frieden heim, bereichert
Vom Nicken Timons.
MALER. Ich sah's, er sprach mit ihm.
DICHTER. Ich stelle dar auf lieblich grünem Hügel
Fortuna thronend: an dem Fuß des Berges
Gedrängte Reih'n von jedem Stand und Wesen,
Die auf der Wölbung dieser Sphäre streben,
Ihr Glück zu steigern; unter allen diesen,
Die auf die Königin den Blick geheftet,
Stell' ich den einen dar in Timons Bildung,
Den zu sich winkt Fortunas elfne Hand;
Die volle Gunst verkehrt in Sklaven völlig,
Die eben Mitbewerber waren.
MALER. Herrlich!
Fortuna und der Thron und Hügel, dünkt mich,
Der ein', herauf gewinkt von allen unten,
Sein Haupt geneigt zum steilen Berg hinan,
Sein Glück erklimmend, wär' ein schöner Vorwurf
Für unsre Kunst.
DICHTER. Nein, hört nur weiter, Freund:
All jene (die noch eben ihm Kam'raden,
Ja, manch' ihm vorzuziehn), von dem Moment
Folgend nur seinem Pfad; Vorplatz und Hof
Mit Dienst belagernd;
Vergötternd Flüstern gießend in sein Ohr,
Selbst seinen Bügel heil'gend, trinken sie
Die freie Luft durch ihn.
MALER. Nun, und was weiter?

DICHTER.
Wenn nun Fortun', in Laun' und Wankelmut,
Herab stößt ihren Günstling: all sein Troß,
Der hinter ihm den Berg hinauf sich mühte,
Auf Knie'n und Händen selbst, läßt hin ihn stürzen;
Nicht einer, der ihm folgt in seinem Fall.
MALER. Das ist gewöhnlich.
Ich kann der Art Euch tausend Bilder weisen,
Die auch des Glückes schnellen Wandel malen,
Lebend'ger als das Wort. Doch tut Ihr wohl,
Zeigt Ihr Lord Timon, daß geringe Augen
Den Fuß schon höher als das Haupt gesehn.

Timon tritt auf mit Begleitung, ein Diener des Ventidius spricht mit ihm.

TIMON. Verhaftet ist er, sagst du?
DIENER. Ja, Herr, und fünf Talent' ist seine Schuld,
Klein sein Vermögen, seine Gläub'ger hart;
Eu'r edles Fürwort spricht er an, bei denen,
Die ihn gefangen setzten; fehlt ihm dies,
So stirbt sein Trost.
TIMON. Edler Ventidius! Gut!
Nicht meine Weis' ist's, abzuschütteln Freunde,
Wenn meiner sie bedürfen. Weiß ich doch,
Sein edler Sinn ist solcher Hülfe wert:
Die wird ihm: denn ich zahl', und er sei frei.
DIENER.
Euer Gnaden wird auf ewig ihn verbinden.
TIMON.
Empfiehl mich ihm! Gleich send' ich seine Lösung;
Nachdem er frei, bitt' ihn, zu mir zu kommen: –
Denn nicht genug, dem Schwachen aufzuhelfen,
Auch stützen muß man ihn. – So fahre wohl!
DIENER. Sei alles Glück mit meinem gnäd'gen Herrn!

Diener geht ab.

Ein alter Athenienser tritt auf.

ATHENIENSER. Lord Timon, hör' mich an!
TIMON. Sprich, guter Alter!
ATHENIENSER.
Du hast 'nen Diener, der Lucilius heißt?
TIMON. So ist's: Was soll er?
ATHENIENSER.
Höchst edler Timon, lass' ihn vor dich kommen!
TIMON. Ist er hier im Gefolge? – He, Lucilius!
LUCILIUS *vortretend.* Hier, zu Euer Gnaden Dienst!
ATHENIENSER.
Der Mensch hier, edler Timon, er, dein Knecht,
Kommt abends oft zu mir. Ich bin ein Mann,
Der von früh auf was vor sich bringen wollte,
Und etwas höher sucht mein Gut den Erben,
Als der mit Tellern läuft.
TIMON. Nun gut, was weiter?
ATHENIENSER.
Ich hab' nur eine Tochter, nichts Verwandtes,
Und ihr will ich mein ganzes Gut vermachen.
Schön ist das Mädchen, alt genug zur Braut,
Und ihr Erziehen hat mich viel gekostet,
Kein Lehrer war zu teuer. Er, dein Diener,
Geht ihr in Liebe nach: nun, edler Lord,
Weis' ihn mit mir aus meinem Hause fort;
Was ich sprach, war umsonst.
TIMON. Der Mann ist redlich.
ATHENIENSER.
So wird er's hier beweisen, würd'ger Timon;
Es wird sein redlich Tun sich selbst belohnen,
Es muß nicht meine Tochter just gewinnen.
TIMON. Und liebt sie ihn?
ATHENIENSER. Jung ist sie, leicht gereizt;
Uns lehrt der Irrtum unsrer eignen Jugend,
Wie unbedacht sie sei.
TIMON. Liebst du das Mädchen?
LUCILIUS. Ja, teurer Herr, und mir ward Gegenliebe.
ATHENIENSER.
Fehlt meine Zustimmung bei dieser Ehe,
Die Götter sei'n mir Zeugen, so erwähl' ich
Mir aus den Straßenbettlern einen Erben,
Und nehm' ihr alles.
TIMON. Was bestimmst du ihr,
Wird sie vermählt dem Gatten gleichen Standes?
ATHENIENSER.
Nun, drei Talente jetzt; in Zukunft alles.
TIMON. Der gut erzogne Jüngling dient mir lange;
Sein Glück zu baun tu' ich ein übriges,
Denn das ist Menschenpflicht. Schenk' ihm dein Kind:
Was du ihr gibst, soll er von mir erhalten,
Und so nicht leichter wiegen.
ATHENIENSER. Edler Lord,
Zum Pfande deine Ehr', und sie ist sein.
TIMON. Schlag' ein, ich halte Wort, bei meiner Ehre!
LUCILIUS.
In Demut dank' ich Euch, mein gnäd'ger Lord;
Und nimmer mög' ich Glück und Gut genießen,
Das Euch nicht angehört!

Lucilius und der alte Athenienser gehn ab.

DICHTER.
Nehmt huldreich auf dies Werk: lebt lang' und glücklich!
TIMON.
Ich dank' Euch sehr; bald sollt Ihr von mir hören;
Entfernt Euch nicht! – Was habt Ihr da, mein Freund?
MALER.
Ein kleines Bild: geruh', mein Gnäd'ger, nicht
Es zu verschmähn!
TIMON. Erfreulich ist ein Bild.
Das Bildwerk ist beinah' der wahre Mensch;
Denn seit Ehrlosigkeit mit Menschheit schachert,
Ist er nur Außenseite: diese Färbung
Ist, was sie vorgibt. Mir gefällt dies Werk;
Und du erfährst, wie mir's gefällt: komm wieder
Zur Aufwartung, und du wirst von mir hören.
MALER. Der Himmel schütz' Euch!
TIMON.
Lebt wohl, ihr Freunde! Gebt mir eure Hand,
Wir speisen heut zusammen. – Euer Stein
Litt unter seiner Schätzung.
JUWELIER. Wie, Herr, so wär' er unterschätzt?
TIMON. Nein, Überfülle allerhöchsten Lobes.
Bezahlt' ich ihn, so wie er angepriesen,
Würd' es mich ganz entkleiden.
JUWELIER. Seine Schätzung
Ist, wie Verkäufer zahlen würden: doch
Ein Ding, von gleichem Wert, den Eigner tauschend,

Wird, wie Ihr wißt, nach seinem Herrn geschätzt;
Daß Ihr ihn tragt, erhöht den Wert des Steins.

TIMON. Ein guter Spott!

KAUFMANN.
Nein, edler Herr, er spricht gemeine Rede,
Die jeder spricht gleich ihm.

TIMON.
Seht, wer hier kommt: Wollt ihr euch schelten lassen?

Apemantus tritt auf.

JUWELIER. Wir teilen mit Eu'r Gnaden.

KAUFMANN. Er schont keinen.

TIMON. Sei mir willkommen, edler Apemantus!

APEMANTUS.
Spar', bis ich edel werde, deinen Willkomm,
Dann bist du Timons Hund, die Schuft' hier ehrlich.

TIMON.
Was nennst du Schufte sie? Du kennst sie nicht.

APEMANTUS. Sind sie keine Athener?

TIMON. Ja.

APEMANTUS. So widerruf ich nicht.

JUWELIER. Ihr kennt mich, Apemantus.

APEMANTUS.
Du weißt, ich tu's; ich nannte dich bei Namen.

TIMON. Du bist stolz, Apemantus.

APEMANTUS.
Auf nichts so sehr, als daß ich nicht wie Timon bin.

TIMON. Wohin gehst du?

APEMANTUS. Einem ehrlichen Athener das Gehirn auszuschlagen.

TIMON. Das ist eine Tat, für die du sterben mußt.

APEMANTUS. Ja, wenn Nichtstun den Tod durch das Gesetz verdient.

TIMON. Wie gefällt dir dies Gemälde, Apemantus?

APEMANTUS. Gut, weil es nichts Böses tut.

TIMON. Richtete der nicht viel aus, der es malte?

APEMANTUS. Der noch mehr, der den Maler hervorbrachte; und doch ist der selbst nur ein schmutziges Stück.

MALER. Du bist ein Hund.

APEMANTUS. Deine Mutter ist von meinem Stamm; was ist sie, wenn ich ein Hund bin?

TIMON.
Willst du mit mir zu Mittag speisen, Apemantus?

APEMANTUS. Nein, ich esse keine große Herren.

TIMON.
Tätest du das, so würdest du die Frauen erzürnen.

APEMANTUS. Oh, die essen große Herren, und dadurch nehmen sie zu.

TIMON. Das ist eine unanständige Andeutung.

APEMANTUS.
Wenn du sie deutest, nimm sie für deine Mühe!

TIMON. Wie gefällt dir dieser Edelstein, Apemantus?

APEMANTUS. Nicht so gut als Aufrichtigkeit, die doch keinem Menschen einen Heller kostet.

TIMON. Wie viel denkst du, daß er wert sei?

APEMANTUS.
Nicht meines Denkens wert. – Wie steht's Poet?

DICHTER. Wie steht's, Philosoph?

APEMANTUS. Du lügst.

DICHTER. Bist du keiner?

APEMANTUS. Ja.

DICHTER. So lüg' ich nicht.

APEMANTUS. Bist du nicht ein Poet?

DICHTER. Ja.

APEMANTUS. So lügst du: sieh nur in dein neuestes Werk, wo du ersinnst, er sei ein würd'ger Mensch.

DICHTER. Das ist nicht ersonnen, er ist es wirklich.

APEMANTUS. Ja, er ist deiner wert, um dich für deine Arbeit zu bezahlen: wer die Schmeichelei liebt, ist des Schmeichlers würdig. Himmel, wäre ich doch ein Lord!

TIMON. Was wolltest du dann tun, Apemantus?

APEMANTUS. Dasselbe, was Apemantus jetzt tut, einen Lord von Herzen hassen.

TIMON. Wie, dich selbst?

APEMANTUS. Ja.

TIMON. Weshalb?

APEMANTUS. Daß mir aller grimmige Witz fehlte, um Lord zu bleiben. – Bist du nicht ein Kaufmann?

KAUFMANN. Ja, Apemantus.

APEMANTUS. Der Handel richte dich zugrunde, wenn es die Götter nicht tun!

KAUFMANN.
Wenn es der Handel tut, so tun es die Götter.

APEMANTUS. Der Handel ist dein Gott, und dein Gott richte dich zugrunde!

Trompeten. Es tritt ein Diener auf.

TIMON. Was für Trompeten?

DIENER. Alcibiades,
Mit zwanzig Rittern, seinen Kriegsgefährten.

TIMON. Geht, führt sie ein, geleitet sie zu uns!

Einige aus dem Gefolge gehn ab.

Ihr müßt heut mit mir speisen: – geht nicht fort,
Bis ich Euch dankte; nach der Mahlzeit dann
Zeigt uns das Bild! – Erfreut, Euch hier zu sehn!

Alcibiades und seine Gefährten treten auf.

Willkommen, Freund!

Sie begrüßen sich.

APEMANTUS. So, so, nun geht es los! –
Gicht lähm' und dörr' euch die geschmeid'gen Glieder!
Von Liebe nichts in all den süßen Schuften,
Und lauter Höflichkeit! Die Menschenbrut
Renkt sich in Aff und Pavian noch hinein.

ALCIBIADES.
Ihr stilltet meine Sehnsucht, und ich schweige
In Gier an Eurem Anblick.

TIMON. Sehr willkommen!
Und eh' wir scheiden, eint uns manche Stunde
In Freud' und Lust. Ich bitte, tretet ein!

Alle gehn ab, außer Apemantus.
Zwei Lords treten auf.

ERSTER LORD.
Was ist die Zeit am Tage, Apemantus?

APEMANTUS. Zeit, daß man ehrlich ist.

ERSTER LORD. Die Zeit ist immer.

APEMANTUS.
Um so verruchter du, sie nie zu nutzen.

ZWEITER LORD. Gehst zu Lord Timons Fest?

APEMANTUS.
Ja, um zu sehn, wie Schurken Speise nährt
Und Narren Wein erhitzt.

ZWEITER LORD. Leb wohl, leb wohl!

APEMANTUS.
Du bist ein Narr, daß du mir's zweimal sagst.
ZWEITER LORD. Warum, Apemantus?
APEMANTUS. Du hättest das eine für dich behalten sollen, denn ich denke dir keines zu geben.
ERSTER LORD. Geh, häng' dich auf!
APEMANTUS. Nein, ich tue nichts auf deinen Befehl: bring' deine Gesuche bei deinem Freunde an!
ZWEITER LORD. Fort, du zänkischer Hund, oder ich stoße dich mit dem Fuß hinaus.
APEMANTUS. Ich will, wie der Hund, die Hufen des Esels fliehen. *Apemantus geht ab.*
ERSTER LORD.
Er ist ein Widerspiel der Menschheit. Kommt hinein,
Laßt Timons Güt' uns kosten, sie ist reicher
Als selbst das Herz der Milde.
ZWEITER LORD.
Er strömt sie aus; Plutus, der Gott des Goldes,
Ist sein Verwalter nur: wer ihn beschenkt,
Wird siebenfach belohnt; und keine Gabe,
Die nicht Vergeltung ihrem Geber bringt,
Weit über alles Maß.
ERSTER LORD. Das edelste Gemüt hat er, das je im Menschen herrschte.
ZWEITER LORD. Er lebe lang' und glücklich! Woll'n wir gehn!
ERSTER LORD. Ja, ich begleite Euch.
Sie gehn ab.

Zweite Szene

Prunksaal in Timons Hause.
Hoboen, laute Musik. Ein großes Bankett wird angerichtet.
Flavius und andre Diener. Dann treten auf: Timon, Alcibiades, Lucius Sempronius, Lucullus, Ventidius und andre Senatoren und Gefolge. Zuletzt Apemantus.

VENTIDIUS.
Erlauchter Timon, Götterratschluß sandte
Zur langen Ruh' den greisen Vater hin.
Er schied beglückt und hinterließ mich reich:
Drum, wie mich Lieb' und Dankbarkeit verpflichten,
Erstatt' ich deiner Großmut die Talente,
Zugleich dir dienstergeben, der durch sie
Mir Freiheit schuf.
TIMON. O nimmermehr, Ventidius!
Rechtschaffner Mann, da kränkt Ihr meine Liebe;
Ich gab sie weg auf immer. Wer zurück nimmt,
Kann nicht mit Recht behaupten, daß er gibt:
Wenn so der Große tut, nicht ziemt uns, nachzuspielen,
Weil an den Reichen stets die Fehler selbst gefielen.
Sie stehn alle mit Ehrfurcht um Timon her.
VENTIDIUS. Welch edler Geist!
TIMON. Nein, Lords, die Zeremonie
Ward nur erfunden, einen Glanz zu leihn
Verstellter Freundlichkeit und hohlem Gruß,
Guttun vernichtend, um nicht zu gewähren;
Doch wahre Freundschaft kann sie ganz entbehren.
Setzt euch; ihr seid willkommner meinem Glück,
Als mir mein Reichtum ist.
Sie setzen sich.
ERSTER LORD.
Mylord, das war stets unser Eingeständnis.
APEMANTUS.
Ho! Eingeständnis? Folgt nicht Hängen drauf?
TIMON. Oh, Apemantus! – Sei willkommen!
APEMANTUS. Nein,
Ich will nicht, daß du mich willkommen heißest:
Ich kam, damit du aus der Tür mich werfest.
TIMON. Pfui, du bist rauh, und einer Laune eigen,
Dem Menschen ungeziemend, tadelnswürdig;
Sonst sagt man: ira furor brevis est,
Doch jener Mann ist immerfort ergrimmt.
Du da, bereit' ihm seinen eignen Tisch,
Denn er sucht weder die Gesellschaft auf,
Noch paßt er für sie irgend.
APEMANTUS.
Auf dein' Gefahr bleib' ich denn, Timon, hier:
Ich kam, um aufzumerken; sei gewarnt!
TIMON. Das kümmert mich nicht; du bist ein Athener und mir deshalb willkommen; ich möchte hier nichts zu befehlen haben: bitte, laß mein Mahl dich zum Schweigen bringen!
APEMANTUS.
Dein Mahl verschmäh' ich; es erwürgt mich, denn
Nie würd' ich schmeicheln. – Götter! welche Schar
Verzehrt den Timon, und er sieht sie nicht!
Mich quält es, daß so viel' ihr Brot eintauchen
In eines Mannes Blut; und größre Tollheit,
Er muntert sie noch auf.
Mich wundert, wie doch Mensch dem Menschen traut:
Sie sollten nur sich laden ohne Messer;
Gut für das Mahl, und für das Leben besser:
Das zeigt sich oft; der Bursche ihm zunächst,
Der mit ihm Brot bricht, ihm Gesundheit bringt,
Mit seinem Atem im geteilten Trunk,
Er ist der nächst', ihn zu ermorden. So
Geschah's schon oft; wär' ich ein großer Herr,
Ich wagte bei der Mahlzeit nicht zu trinken,
Sonst könnte man erspähn der Kehle Schwächen;
Nur halsgepanzert sollten Große zechen.
TIMON. Von Herzen, Herr; und rundum geh' es weiter!
ZWEITER LORD.
Laß ihn von dieser Seite wandeln, edler Lord!
APEMANTUS. Von dieser Seite!
Ein herz'ger Mensch! – Das Wandeln ist sein Handwerk.
O Timon! du und dein Besitz
Wird krank von dem Gesundheitstrinken noch.
Hier hab' ich, was zu schwach ist, um zu sünd'gen,
Ehrliches Wasser, was noch keinen hinwarf:
Dies mag mit meiner Kost sich gut vertragen;
Schmaus ist zu stolz, den Göttern Dank zu sagen.
(Des Apemantus Gratias)
Ihr Götter, nicht um Geld bitt' ich,
Für niemand bet' ich, als für mich;
Gebt, daß ich nie so töricht sei,
Zu traun der Menschen Schwur und Treu';
Noch der Dirne, wenn sie weint,
Noch dem Hund, der schlafend scheint,

Noch dem Schließer im Gefängnis,
Noch dem Freunde in Bedrängnis,
Amen! So greife zu:
Der Reiche sündigt. Wurzeln speise du!

Er ißt und trinkt.

Und wohl bekomm' es deinem guten Herzen,
Apemantus!

TIMON. General Alcibiades, Euer Herz ist in diesem Augenblick im Felde.

ALCIBIADES.
Mein Herz ist immer zu Euren Diensten, Mylord.

TIMON. Ihr wäret lieber bei einem Frühstück von Feinden, als bei einem Mittagessen von Freunden.

ALCIBIADES. Wenn sie frischblutend sind, so kommt kein Schmaus ihnen gleich, und ich möchte meinem besten Freund ein solches Fest wünschen.

APEMANTUS. So wollt' ich, alle diese Schmeichler wären deine Feinde, damit du sie alle töten könntest und mich dann darauf einladen.

ERSTER LORD. Würde uns nur das Glück zu teil, edler Lord, daß Ihr einst unsrer Liebe bedürftet, damit wir Euch einigermaßen unsern Eifer zeigen könnten: dann würden wir uns, auf immer für beglückt halten.

TIMON. Oh, zweifelt nicht, meine teuern Freunde, die Götter selbst haben gewiß dafür gesorgt, daß ihr mir noch dereinst sehr nützlich werden könnt: wie wäret ihr auch sonst meine Freunde? Weshalb führtet ihr vor tausend andern diesen liebevollen Namen, wenn ihr meinem Herzen nicht die Nächsten wäret? Ich habe mir selbst mehr von euch gesagt, als ihr mit Bescheidenheit zu eurem Besten sagen könnt, und das steht fest bei mir. Oh, ihr Götter, denk' ich, was bedürfen wir irgend der Freunde, wenn wir ihrer niemals bedürften? Sie wären ja die unnützesten Geschöpfe auf der Welt, wenn wir sie nie gebrauchten, und glichen lieblichen Instrumenten, die in ihren Kasten an der Wand hängen und ihre Töne für sich selbst behalten. Wahrlich, ich habe oft gewünscht, ärmer zu sein, um euch näher zu stehn. Wir sind dazu geboren, wohltätig zu sein, und was können wir wohl mit besserm Anspruch unser eigen nennen, als den Reichtum unsrer Freunde? Oh, welch ein tröstlicher Gedanke ist es, daß so viele, Brüdern gleich, einer über des andern Vermögen gebieten kann! O Freude, die schon stirbt, ehe sie geboren wird! Meine Augen können die Tränen nicht zurück halten: um ihren Fehl vergessen zu machen, trinke ich euch zu.

APEMANTUS.
Du weinst, daß sie trinken mögen, Timon.

ZWEITER LORD.
So ward die Freud' auch uns im Aug' empfangen,
Und sprang sogleich als weinend Kind hervor,

APEMANTUS. Ich lache, daß es wohl ein Bastard war.

DRITTER LORD.
Wahrlich, Mylord, Ihr habt mich ganz erschüttert,

APEMANTUS. Gans!

Trompeten hinter der Szene.

TIMON. Was bedeutet die Trompete? – he?

Ein Diener tritt auf.

DIENER. Mit Eurer Genehmigung, Mylord, es sind einige Damen da, die sehnlich den Einlaß wünschen.

TIMON. Damen? was begehren sie?

DIENER. Sie haben einen Vorläufer bei sich, Mylord, der den Auftrag hat, ihren Willen kund zu tun.

TIMON. Wohl, so laß sie ein!

Cupido tritt auf.

CUPIDO.
Dem würd'gen Timon Heil und all den andern,
Die seiner Huld genießen! – Die fünf Sinne
Erkennen dich als ihren Herrn und nahn
Glückwünschend deinem edlen Haus: Geschmack,
Gefühl fand hier an deinem Tisch Erquicken;
Sie kommen nur, dein Auge zu entzücken.

TIMON. Sie sind alle willkommen; man empfange sie freundlich: Musik, heiße sie willkommen!

Cupido geht ab.

ERSTER LORD. Ihr seht, wie Ihr von allen seid geliebt.

Musik. Cupido tritt wieder auf, Maskerade von Damen als Amazonen verkleidet; sie haben Lauten und tanzen und spielen.

APEMANTUS.
Heisa, ein Schwarm von Eitelkeit bricht ein!
Sie tanzen, ha! Wahnsinn'ge Weiber sind's.
Ganz solcher Wahnsinn ist die Pracht des Lebens,
Wie dieser Pomp sich zeigt bei dieser Wurzel.
Selbst machen wir zu Narr'n uns, uns zu freun;
Vergeuden Schmeicheln, aufzutrinken Menschen,
Auf deren Alter wir es wieder speien,
Mit Haß und Hohn vergiftet. Wer lebt, der nicht
Gekränkt ist oder kränkt? Wer stirbt, und nimmt
Nicht eine Wund' ins Grab von Freundeshand?
Die vor mir tanzen jetzt, ich würde fürchten,
Sie stampfen einst auf mich: es kam schon vor;
Man schließt beim Sonnenuntergang das Tor.

Die Lords stehn vom Tisch auf, indem sie dem Timon die größte Ehrfurcht beweisen; und, um ihm ihre Liebe zu zeigen, wählt jeder eine Amazone zum Tanz; nach einer heitern Musik schließt der Tanz.

TIMON. Ihr schönen Frau'n lieht Anmut unsrer Lust
Und schmücktet unser Fest mit schönerm Glanz,
Das halb so reich und hold vorher nicht strahlte;
Ihr gabt ihm höhern Wert und freundlich Schimmern,
Und unterhieltet mich, wie ich's ersann:
Noch bleib' ich Dank euch schuldig.

ERSTE DAME.
Ihr nehmt uns, Mylord, von der besten Seite.

APEMANTUS. Wahrlich, denn die schlimmste ist schmutzig, und würde wohl kaum das Nehmen vertragen, denk' ich.

TIMON. Ihr Frauen, dort findet ihr ein leicht Bankett:
So gütig seid, euch selber zu bedienen!

DAMEN. Euch höchst ergebnen Dank, Mylord.

Cupido und die Damen gehn ab.

TIMON. Flavius, –

FLAVIUS. Mylord?

TIMON. Bring' mir das kleine Kästchen!

FLAVIUS. Sogleich, Mylord. –

Beiseit.

Noch immer mehr Juwelen!
Man darf ihn nicht in seiner Laune kreuzen;

Sonst würd' ich – Gut – wenn alles ist geschwunden,
Wünscht er, er hätte sich gekreuzt gefunden.
O Jammer! möchte Milde rückwärts sehn,
Daß nicht an Großmut Edle untergehn!
Er geht ab und kommt mit dem Kästchen wieder.

ERSTER LORD. Sind unsre Leute da?

DIENER. Euch zu Befehl, Mylord.

ZWEITER LORD. Die Pferde vor!

TIMON. Ihr Freunde, noch ein Wort
Erlaubt mir: – Seht, mein guter Lord, ich muß
Euch bitten, daß Ihr mir die Ehr' erweist,
Hier dies Juwel zu adeln:
Empfangt und tragt es, güt'ger Herr!

ERSTER LORD.
Doch bin ich schon so sehr in Eurer Schuld –

ALLE. Das sind wir alle.
Ein Diener tritt auf.

ZWEITER DIENER.
Mylord, es steigen ein'ge Senatoren
Vom Pferde eben, um Euch zu besuchen.

TIMON. Höchlich willkommen.

FLAVIUS. Ich ersuch' Eu'r Gnaden,
Erlaubt ein Wort mir: es betrifft Euch nah.

TIMON. Mich selbst? So hör' ich dich ein andermal:
Ich bitte, laß uns wohl bereitet sein,
Sie ziemend aufzunehmen.

FLAVIUS *beiseit.* Kaum noch weiß ich, wie.
Ein Diener tritt auf.

DRITTER DIENER.
Erlaubt mir, gnäd'ger Herr, Lord Lucius sendet
Aus freier Liebe als Geschenk Euch vier
Milchweiße Rosse, aufgeschirrt mit Silber.

TIMON. Ich nehme sie mit Dank; sorgt, daß die Gabe
Würdig erwidert wird. – Wie nun, was gibt's?
Ein Diener tritt auf.

VIERTER DIENER. Mit Euer Gnaden Erlaubnis, der edle Lord Lucullus wünscht Eure Gesellschaft, um morgen mit ihm zu jagen, und sendet Euer Gnaden zwei Kuppel Windhunde.

TIMON. Ich sage zu. – Laß in Empfang sie nehmen,
Nicht ohne reichen Lohn!

FLAVIUS *beiseit.* Was soll draus werden?
Bewirten sollen wir und reich beschenken,
Und alles das aus einem leeren Kasten:
Er rechnet nimmer nach und heißt mich immer schweigen,
Wenn ich sein Herz als Bettler ihm will zeigen,
Da seine Macht nicht seinem Wunsch genügt;
Ihn überfliegt so sehr, was er verspricht,
Daß, was er redet, Schuld ist: ja verpflichtet
Für jedes Wort, ist er so mild, daß Zins
Er dafür zahlt. All seine Güter stehn
In ihren Büchern. –
Wär ich nur freundlich meines Dienstes los,
Bevor ich ihn gewaltsam lassen muß!
Viel besser freundlos, keinem Speise bieten,
Als vielen, die mehr noch als Feinde wüten.
Es blutet mir das Herz um meinen Herrn.
Er geht ab.

TIMON. Ihr tut Euch selbst groß Unrecht,
Schätzt Ihr so wenig Euren eignen Wert: –
Hier, nehmt die kleine Gabe meiner Liebe!

ZWEITER LORD.
Ich nehm's, mit nicht gemeiner Dankbarkeit.

DRITTER LORD.
Ja wohl ist er der Großmut wahre Seele!

TIMON. Und jetzt entsinn' ich mich, Mylord, Ihr gabt
Jüngst schönes Lob dem Braunen, den ich ritt:
Er ist der Eure, da er Euch gefällt.

ZWEITER LORD.
Ich bitt' Euch, edler Herr, entschuldigt mich!

TIMON.
Glaubt meinem Wort, mein Freund, ich weiß, man kann
Für nach Verdienst das loben, was man liebt:
Der Freunde Neigung wäg' ich nach der eignen;
Ich spreche aus der Seel'. Ich such' Euch auf.

ALLE LORDS. Wer wäre so willkommen!

TIMON. Besuch der Freund', und eurer insbesondre,
Ist mir so wert, ich kann genug nicht geben;
Den Freunden möcht' ich Königreiche schenken,
Und nie ermüden. – Alcibiades,
Du bist ein Krieger, darum selten reich,
Du brauchst es wohl; dein Lebensunterhalt
Ist bei den Toten, deine Ländereien
Das Schlachtfeld.

ALCIBIADES. Unfruchtbares Land, Mylord!

ERSTER LORD. Wir sind unendlich Euch verpflichtet.

TIMON. Und
So bin ich Euch.

ZWEITER LORD. Auf ewig ganz ergeben.

TIMON.
Nicht minder ich. – He, Lichter, noch mehr Lichter!

ERSTER LORD. Das höchste Glück,
Reichtum und Ehre bleib' Euch, edler Timon!

TIMON. Zum Dienst der Freunde.
Alcibiades und die Lords gehn ab.

APEMANTUS. Welch ein Lärm ist das!
Grinsend Gesicht, den Steiß heraus gekehrt!
Ob wohl die Beine jene Summen wert,
Die sie gekostet? Freundschaft ist voll Kahmen:
Der Falschheit Knochen sollten immer lahmen.
Kniebeugen macht treuherz'gen Narr'n bankrut.

TIMON. Nun, Apemantus, wärst du nicht so mürrisch,
Wollt' ich dir Gutes tun.

APEMANTUS. Nein, ich will nichts:
Würd' ich bestochen auch, so bliebe keiner,
Auf dich zu schmähn; dann sündigt'st du noch schneller.
Du gibst so viel, Timon, daß, wie ich fürchte,
Du in Papier dich bald hinweggeschenkt:
Wozu die Schmäus' und Aufzüg', eitles Großtun?

TIMON.
Nein, wenn du selbst Geselligkeit willst schmähen,
So will ich wahrlich deiner gar nicht achten.
Fahr' wohl und komm in beßrer Stimmung.
Timon, geht ab.

APEMANTUS. So; –
Du willst nicht hören, – sollst auch nicht; – verschlossen
Sei dir dies Glück! O Mensch, wie so betört!
Taub ist das Ohr dem Rat, das Schmeichler hört.
Geht ab.

Zweiter Aufzug

Erste Szene

Zimmer in dem Hause eines Senators. Der Senator tritt auf mit Papieren in der Hand.

SENATOR.
Fünftausend kürzlich erst dem Varro; Isidor
Ist er neuntausend schuldig; meins dazu,
Macht fünfundzwanzig. – Immer rascher taumelt
Verschwendung so? Es kann, es wird nicht dauern.
Fehlt's mir an Geld, stehl' ich 'nes Bettlers Hund
Und geb' ihn Timon; gut, der Hund münzt Geld.
Will ich statt meines Pferdes zwanzig kaufen,
Und beßre: nun, mein Pferd schenk' ich dem Timon,
Nicht fodernd geb' ich's ihm, gleich fohlt mir's Rosse,
Und treffliche: kein Pförtner steht am Tor,
Nein, einer nur, der lächelnd alles ladet,
Was dort vorbei geht. Dauern kann es nicht;
Kein Sinn kann seinen Zustand sicher finden.
He, Caphis! Caphis, sag' ich.

Caphis tritt auf.

CAPHIS. Was befehlt Ihr?
SENATOR. Den Mantel um, und zu Lord Timon gleich;
Sei dringend um mein Geld, und nicht begütigt
Durch leichte Ausflucht; schweig' nicht, wenn es heißt:
»Empfiehl mich deinem Herrn« – man mit der Kappe
Spielt in der rechten Hand, so: – Nein, sag ihm,
Man drängt mich selbst, und ich muß sie beschwicht'gen
Aus meinen Mitteln. Seine Frist ist um,
Und mein Kredit, da er nicht Stundung hielt,
Ist schon beschmitzt: ich lieb' ihn und verehr' ihn;
Doch wag' ich nicht den Hals für seinen Finger;
Ich brauch' es augenblicks, und was mich rettet,
Muß nicht unsichre, schwanke Rede sein,
Nur schleunigste Befried'gung. Mach' dich auf:
Nimm auch höchst ungestümes Wesen an,
Ein Angesicht des Mahners; denn ich fürchte,
Steckt jede Feder in der rechten Schwinge,
Bleibt Timon als ein nackter Gauch zurück,
Der jetzt als Phönix leuchtet. Mach' dich fort!
CAPHIS. Ich gehe, Herr.
SENATOR.
»Ich gehe, Herr?« – Nimm die Verschreibung mit
Und merke die Verfallzeit!
CAPHIS. Gut.
SENATOR. So geh!

Gehn ab.

Zweite Szene

Vorhalle in Timons Hause.
Flavius tritt auf mit vielen Rechnungen in der Hand.

FLAVIUS.
Nachdenken, Einhalt nicht! Wirtschaft ganz sinnlos,
Daß er sie weder so kann weiter führen,
Noch die Verschwendung hemmt: sich nicht drum kümmert
Wo alles hin geht, noch ein Mittel sucht,
Woraus es fortzuführen; nie verband
Sich so viel Milde solchem Unverstand!
Was wird noch draus? Er hört nicht, bis er fühlt;
Ich schenk' ihm reinen Wein, kommt er vom Jagen.
Pfui, pfui!

Caphis tritt auf und die Diener des Isidor und Varro.

CAPHIS. Ei, Varro, guten Abend:
Kommst du nach Geld?
VARROS DIENER. Ist's nicht auch dein Geschäft?
CAPHIS. So ist's; – und deins auch, Isidor?
ISIDORS DIENER. Jawohl.
CAPHIS. Wär'n wir nur alle schon bezahlt!
VARROS DIENER. Hm, schwerlich.
CAPHIS. Hier kommt der gnäd'ge Herr.

Es treten auf Timon, Alcibiades und Lords.

TIMON.
Gleich nach der Mahlzeit gehn wir wieder dran,
Mein Alcibiades. – Zu mir? Was gibt's?
CAPHIS. Hier, diese Schuldverschreibung, edler Herr –
TIMON. Schuld? Woher bist du?
CAPHIS. Gnäd'ger, aus Athen.
TIMON. Zu meinem Hausverwalter geh!
CAPHIS. Verzeiht mir, gnäd'ger Herr, seit einem Monat
Verweist er mich von einem Tag zum andern;
Mein Herr, jetzt selbst in Not und hart bedrängt,
Muß mahnen an die Schuld, und fleht in Demut,
Daß Ihr, mit Euerm edlen Tun im Einklang,
Sein Recht ihm tut.
TIMON. Mein guter Freund, ich bitte,
Komm wieder zu mir morgen früh!
CAPHIS. Nein, edler Herr.
TIMON. Vergiß dich nicht, mein Guter.
VARROS DIENER. Des Varro Diener, Lord –
ISIDORS DIENER. Von Isidor;
In Demut bittet er um schnelle Zahlung.
CAPHIS.
Wär' Euch bekannt, wie sehr mein Herr es braucht –
VARROS DIENER.
Schon vor sechs Wochen fällig, Herr, und drüber.
ISIDORS DIENER.
Mylord, Eu'r Hausverwalter weist mich ab,
Ausdrücklich schickt man mich zu Euer Gnaden.
TIMON. Nur kleine Ruh'! –
Ich bitt' euch, edle Lords, geht mir voran;

Alcibiades und die Lords gehn ab.

Ich folg' euch augenblicks. –

Zu Flavius.

Komm her, und sprich:
Wie, um die Welt, daß man mich so umdrängt
Mit Mahngeschrei um Schuld, verfallnen Scheinen
Und rückgehaltnen Summen, zahlbar längst.
Zum Nachteil meiner Ehre?
FLAVIUS. Hört, ihr Herrn,
Die Zeit ist für Geschäfte nicht geeignet:
Stillt euren Ungestüm bis nach der Mahlzeit,
Auf daß ich Seiner Gnaden sagen möge,
Weshalb ihr nicht bezahlt seid.
TIMON. Tut das, Freunde!
Und laß sie gut bewirten!

Timon geht ab.

FLAVIUS. Bitte, kommt!

Flavius geht ab.

Apemantus und ein Narr treten auf.

CAPHIS. Wartet, hier kommt Apemantus mit dem Narren: wir wollen noch etwas Spaß mit ihnen treiben.

VARROS DIENER. An den Galgen mit ihm, er wird uns schlecht begegnen.

ISIDORS DIENER. Die Pest über den Hund!

VARROS DIENER. Was machst du, Narr?

APEMANTUS.
Führst du Gespräch mit deinem Schatten?

VARROS DIENER. Ich spreche nicht mit dir.

APEMANTUS.
Nein, mit dir selbst. – *Zum Narren.* Komm fort!

ISIDORS DIENER *zu Varros Diener.*
Da hängt dir der Narr schon am Halse.

APEMANTUS.
Nein, du stehst allein und hängst nicht an ihm.

CAPHIS. Wo ist der Narr nun?

APEMANTUS. Der die letzte Frage tat. – Arme Schufte und Diener von Wucherern! Kuppler zwischen Gold und Mangel!

ALLE DIENER. Was sind wir, Apemantus?

APEMANTUS. Esel.

ALLE DIENER. Warum?

APEMANTUS. Weil ihr mich fragt, was ihr seid, und euch selbst nicht kennt. – Sprich mit ihnen, Narr!

NARR. Wie geht's euch, ihr Herren?

ALLE DIENER. Großen Dank, Narr! Wie geht es deiner Gebieterin?

NARR. Sie setzt eben Wasser bei, um solche Küchlein, wie ihr seid, zu brühen. Ich wollte, wir sähen euch in Korinth!

APEMANTUS. Gut! ich danke dir.

Ein Page tritt auf.

NARR. Seht, hier kommt der Page meiner Gebieterin.

PAGE *zum Narr'n.* Nun, wie geht's, Kapitän? Was machst du in dieser weisen Gesellschaft? – Wie geht's dir, Apemantus?

APEMANTUS. Ich wollte, ich hätte eine Rute in meinem Munde, um dir eine heilsame Antwort geben zu können.

PAGE. Ich bitte dich, Apemantus, lies mir die Aufschrift dieser Briefe, ich weiß nicht, an wen jeder ist.

APEMANTUS. Kannst du nicht lesen?

PAGE. Nein.

APEMANTUS. So wird also an dem Tage, wo du gehängt wirst, keine große Gelehrsamkeit sterben. Dieser ist an Lord Timon; dieser an Alcibiades. Geh! du wurdest als Bastard geboren und wirst als Kuppler sterben.

PAGE. Und du wurdest als Hund geworfen, und wirst verhungern, den Tod des Hundes. Antworte nicht, denn ich bin schon fort. *Der Page geht ab.*

APEMANTUS. Ebenso entfliehst du der Gnade. Narr, ich will mit dir zu Lord Timon gehen.

NARR. Und willst du mich dort lassen?

APEMANTUS. Wenn Timon zu Hause bleibt. – Ihr drei bedient drei Wucherer.

ALLE DIENER. Ja; bedienten sie lieber uns!

APEMANTUS. Das wollte ich auch, – und so gut, wie jeder Henker den Dieb bedient.

NARR. Seid ihr die Diener von drei Wucherern?

ALLE DIENER. Ja, Narr.

NARR. Ich glaube, es gibt keinen Wucherer, der nicht einen Narren zum Diener hat. Meine Gebieterin ist es auch, und ich bin ihr Narr. Wenn die Leute von euren Herren borgen wollen, so kommen sie traurig und gehen fröhlich wieder weg; aber in das Haus meiner Gebieterin kommen sie fröhlich und gehn traurig wieder weg: die Ursach'?

VARROS DIENER. Ich könnte sie nennen.

APEMANTUS. So tu' es denn, damit wir dich als Verbuhlten und Schelm kennen lernen, wofür du nichts desto weniger gelten sollst.

VARROS DIENER. Was ist ein Verbuhlter, Narr?

NARR. Ein Narr in guten Kleidern, und dir etwas ähnlich. Ein Geist ist es, denn zuweilen erscheint er als ein vornehmer Herr, zuweilen als ein Rechtsgelehrter, zuweilen als ein Philosoph, zuweilen gleicht er auch einem Ritter: und, kurz und gut, in allen Gestalten, worin die Menschen von achtzig bis zu dreizehn Jahren umher wandeln, geht dieser Geist um.

VARROS DIENER. Du bist nicht ganz ein Narr.

NARR. Und du nicht ganz ein Weiser; so viel Narrheit als ich besitze, so viel Witz mangelt dir.

APEMANTUS. Dieser Antwort hätte sich Apemantus nicht schämen dürfen.

ALLE DIENER. Platz! Platz! hier kommt Lord Timon.

Timon und Flavius treten auf.

APEMANTUS. Komm mit mir, Narr, komm!

NARR. Ich folge nicht immer dem Liebhaber, dem älteste Bruder und der Frau: manchmal dem Philosophen.

Apemantus und der Narr gehn ab.

FLAVIUS.
Ich bitt' euch, geht; gleich will ich mit euch reden.

Die Diener gehn alle ab.

TIMON.
Du machst mich staunen. Warum früher nicht
Hast du mir mein Vermögen klar berechnet,
Daß ich vermocht, den Haushalt einzurichten,
Wie's mir vergönnt?

FLAVIUS. Ihr wolltet nimmer hören,
So oft ich's vorschlug Eurer Muße.

TIMON. Was!
Einmal ergriffst du wohl den Augenblick,
Wenn üble Laune dich zurück gewiesen:
Und die Verstimmung soll nun jetzt dir helfen,
Dich zu entschuld'gen.

FLAVIUS. Oh, mein teurer Herr,
Oft hab' ich meine Rechnung Euch gebracht,
Sie hingelegt; Ihr aber schobt sie weg
Und spracht: sie lieg' in meiner Redlichkeit.
Befahlt Ihr, für ein klein Geschenk so viel
Zu geben, schüttelt' ich den Kopf und weinte;
Ja, bat Euch, gegen das Gebot der Sitte,
Mehr Eure Hand zu schließen; ich ertrug
Nicht seltnen und nicht milden Vorwurf, wagt' ich,
An Eures Reichtums Ebbe Euch zu mahnen
Und Eurer Schulden Flut. Geliebter Herr,

Jetzt hört Ihr mich, – zu spät! - Doch muß ich's sagen,
Daß Euer ganz Vermögen halb zu wenig,
Die gegenwärt'gen Schulden nur zu tilgen.

TIMON. Laß all mein Land verkaufen!

FLAVIUS. Alles ist
Verpfändet; viel verfallen und dahin;
Und was noch bleibt, kann kaum den Riß verstopfen
Des jetz'gen Drangs: Termin folgt auf Termin:
Was nun vertritt die Zwischenzeit? und endlich,
Wie steht's um unsre Rechnung?

TIMON. Bis Lacedämon reichten meine Güter.

FLAVIUS.
Oh, teurer Herr, die Welt ist nur ein Wort:
Und wär' sie Eu'r, wie schnell wär' sie dahin,
Wenn sie ein Laut verschenkte!

TIMON. Du hast recht.

FLAVIUS.
Mißtraut Ihr meinem Haushalt, meiner Ehre,
So laßt mich vor den strengsten Richtern stehn,
Zur Rechenschaft! Die Götter sind mir Zeugen:
Wenn Vorsaal, Küch' und Keller voll gedrängt
Schwelgender Diener, die Gewölbe weinten
Vom Weinguß Trunkner, und wenn jeder Saal
Von Kerzen flammt' und von Musik erbrauste:
Saß ich beim steten Fluß des Brunnens einsam
Und ließ mein Auge strömen.

TIMON. Bitte, nichts mehr!

FLAVIUS.
Ihr Götter, rief ich, dieser Herr so mild!
Wie manchen reichen Bissen Sklaven heut
Verschluckten! Wer ist Timon nicht ergeben?
Welch Haupt, Herz, Schwert, Gold, Gut gehört
nicht ihm,
Dem großen, edeln, königlichen Timon?
Ach! schwand der Reichtum, der dies Lob gekauft,
So schwand der Atem, der dies Lob gebildet:
Was Schmaus gewann, verlor das Fasten wieder;
Ein Wintertag, und tot sind diese Fliegen.

TIMON.
Still, pred'ge mir nicht mehr: –
Doch kennt mein Herz kein lasterhaft Verschwenden;
Unweis' und nicht unedel gab ich weg.
Was weinst du doch? Denkst du, ganz gottlos, denn,
Ich werde freundlos sein? Beruh'ge dich:
Wollt' ich anzapfen allen Wein der Liebe,
Durch Borg der Herzen Inhalt mir erprüfen,
Könnt' ich ihr aller Gut so frei gebrauchen,
Wie ich dich reden heiße!

FLAVIUS.
Es mög' Erfüllung Euren Glauben segnen!

TIMON.
Und in gewisser Art freut mich mein Mangel,
Daß ich ihn Segen achte; denn durch ihn
Prüf ich die Freund': dann siehst du deinen Irrtum,
Wie überreich ich in den Freunden bin.
He, drinnen da! – Flaminius! Servilius!

Flaminius, Servilius und andre Diener treten auf.

DIE DIENER. Mylord, Mylord –

TIMON.
Verschicken will ich euch, – dich zu Lord Lucius,
Zu Lord Lucullus dich; noch heut jagt' ich
Mit ihm; – dich zu Sempronius;
Empfehlt mich ihrer Lieb', und ich sei stolz,
Daß die Gelegenheit sich fand, um Darlehn
An Geld sie anzusprechen; mein Ersuchen:
Funfzig Talent.

FLAMINIUS. Wie Ihr befehlt, Mylord.

FLAVIUS *beiseit.* Lord Lucius und Lucullus? Hm! –

TIMON *zu einem andern Diener.*
Und du, geh zu den Senatoren flugs,
Die schon, weil ich dem Staate Dienst getan,
Gewähren mögen, daß sie gleich mir tausend
Talente senden.

FLAVIUS. Ich war schon so kühn
(Denn dies geschieht ja oft so, wie ich weiß),
Dein Petschaft dort und Namen zu gebrauchen;
Doch schütteln sie den Kopf, und ich kam wieder,
Nicht reicher, als ich ging.

TIMON. Ha! wirklich? kann es sein?

FLAVIUS.
Einstimmig sprechen alle – keiner anders –
Daß ihre Kassen leer, kein Geld im Schatz,
Nicht könnten, wie sie wollten, – täte leid, –
Höchst würdig Ihr, – doch wünschten sie, –
nicht wüßten –
Es konnte manches besser – edler Sinn
Kann wanken – wär' nur alles gut – doch schade!
Und so, zu andern wicht'gen Dingen schreitend,
Mit scheelem Blick und diesen Redebrocken
Halb abgezogner Mütz', kalt trocknem Nicken,
Vereisten sie das Wort mir auf der Zunge.

TIMON. Gebt's ihnen heim, ihr Götter! –
Ich bitte, Mann, blick' froh; den Altgesellen
Ist nun der Undank einmal einverleibt;
Ihr Blut ist Gallert, kalt, und fließt nur dünn,
Es ist nicht frisch und warm, sie fühlen nichts;
Und die Natur, der Erd' entgegen wachsend,
Ist, wie das Reiseziel, schon dumpf und schwer. –

Zu einem Diener.

Geh zu Ventidius.

Zu Flavius.

Bitte, sei nicht traurig:
Treu bist du, redlich; frei und offen sag' ich's,
Kein Tadel trifft dich. –

Zum Diener.

Kürzlich erst begrub
Ventidius seinen Vater; er ward Erbe
Von großen Schätzen: als er arm noch war,
Gefangen, und kein Freund ihn anerkannte,
Löst' ich ihn aus mit fünf Talenten. Grüß' ihn:
Vermuten mög' er, dringliches Bedürfnis
Berühre seinen Freund, Erinnerung weckend
An jene fünf Talent': –

Zu Flavius.

Den Burschen gib sie,
Die jetzt drauf drängen. Fort mit dem
Gedanken,
Bei Freunden könne Timons Glück erkranken!

FLAVIUS.
Wohl will mein Zweifel mit der Großmut rechten:
Die Milde hält für milde auch die Schlechten.

Gehn ab.

Dritter Aufzug

Erste Szene

Zimmer in Lucullus' Hause.
Flaminius; ein Diener kommt zu ihm.

DIENER. Ich habe dich bei meinem Herrn gemeldet, er wird gleich zu dir herunter kommen.

FLAMINIUS. Ich danke dir.

Lucullus tritt auf.

DIENER. Hier ist mein Herr.

LUCULLUS *beiseit.* Einer von Timons Dienern? Gewiß ein Geschenk. Ha ha, das trifft ein; mir träumte heute nacht von Silberbecken und Kanne. *Laut.* Flaminius, ehrlicher Flaminius: du bist ganz ausnehmend sehr willkommen. – *Zum Diener.* Geh, bring' Wein!

Diener geht ab.

Und was macht der hochachtbare, unübertreffliche, großmütige Ehrenmann Athens, dein höchst gütiger Herr und Gebieter?

FLAMINIUS. Seine Gesundheit ist gut, Herr.

LUCULLUS. Das freut mich recht, daß seine Gesundheit gut ist. Und was hast du da unter deinem Mantel, mein artiger Flaminius?

FLAMINIUS. Wahrlich, Mylord, nichts als eine leere Büchse, die ich Euer Gnaden für meinen Herrn zu füllen ersuche; er ist in den Fall gekommen, dringend und augenblicklich funfzig Talente zu brauchen, und schickt zu Euer Gnaden, ihm damit auszuhelfen; indem er durchaus nicht an Eurer schnellen Bereitwilligkeit zweifelt.

LUCULLUS. La, la, er zweifelt nicht, sagst du? Ach, der gute? Lord! er ist ein edler Mann, wollte er nur nicht ein so großes Haus machen. Viel und oftmals habe ich bei ihm zu Mittag gespeist und es ihm gesagt; und bin zum Abendessen wieder gekommen, bloß in der Absicht, ihn zur Sparsamkeit zu bewegen: aber er wollte keinen Rat annehmen und sich durch mein wiederholtes Kommen nicht warnen lassen. Jeder Mensch hat seinen Fehler, und Großmut ist der seinige; das habe ich ihm gesagt, aber ich konnte ihn nicht davon zurück bringen.

Der Diener kommt mit Wein.

DIENER. Gnädiger Herr, hier ist der Wein.

LUCULLUS. Flaminius, ich habe dich immer für einen klugen Mann gehalten. Ich trinke dir zu.

FLAMINIUS. Euer Gnaden beliebt es so zu sagen.

LUCULLUS. Ich habe an dir immer einen raschen, auffassenden Geist bemerkt, – nein, es ist wirklich so –, und du weißt wohl, was vernünftiges Betragen ist; du bist der Zeit willfährig, wenn die Zeit dir willfährig ist: alles gute Eigenschaften. – Mach' dich davon, Mensch! *Zum Diener, der abgeht* – Tritt näher, ehrlicher Flaminius! Dein Herr ist ein wohlthätiger Mann; aber du bist klug, und weißt recht wohl, ob gleich du zu mir kommst, daß jetzt keine Zeit ist, um Geld auszuleihen; besonders auf bloße Freundschaft, ohne Sicherheit. Hier hast du drei Goldstücke für dich: guter Junge, drück' ein Auge zu, und sage, du habest mich nicht getroffen. Lebe wohl!

FLAMINIUS.
Ist's möglich? Hat die Welt sich so verwandelt,
Und wir dieselben lebend? – Niederträchtige
Gemeinheit, bleibe dem, der dich verehrt!

Indem er das Geld hinwirft.

LUCULLUS. Ha, ha! Nun sehe ich, du bist ein Narr, und schickst dich gut für deinen Herrn. *Lucullus geht ab.*

FLAMINIUS.
Nimm dies zu jenem Gold, das einst dich brennt!
Geschmolznes Gold sei dein Verdammungsspruch,
Du Krankheit eines Freunds, doch nicht ein Freund!
Hat Freundschaft solch ein schwaches Herz von Milch,
Das in zwei Nächten umschlägt? Oh, ihr Götter!
Ich fühle meines Herren Zorn! Der Sklav'
Hat noch in sich zur Stunde Timons Mahl:
Wie soll es ihm gedeihn und Nahrung werden,
Wenn er sich selbst in Gift verwandelt hat?
Oh, möge Krankheit nur sich draus erzeugen!
Und, liegt er auf den Tod, der Nahrungsstoff,
Für den mein Herr bezahlte, o entart' er,
Vermehre Krankheit und die Todesmarter!

Geht ab.

Zweite Szene

Straße.
Lucius kommt mit drei Fremden.

LUCIUS. Wer, Lord Timon? Er ist mein sehr guter Freund, und ein ausgezeichneter Ehrenmann.

ERSTER FREMDER. Wir kennen ihn nicht anders, obwohl wir ihm fremd sind. Aber ich kann Euch etwas sagen, Mylord, was ich durch das allgemeine Gerücht gehört habe. Timons glückliche Tage sind vergangen und verschwunden, und sein Besitztum wird ihm ungetreu.

LUCIUS. Nein, glaubt das nicht; um Geld kann er nie in Verlegenheit sein.

ZWEITER FREMDER. Aber glaubt mir dies, gnädiger Herr, daß vor kurzem einer seiner Diener bei Lord Lucullus war, um ich weiß nicht wie viele Talente zu borgen; ja, und noch mehr, sehr in ihn drang, und die Notwendigkeit zeigte, die ihn zu diesem Schritt bewog, und doch abgewiesen ward.

LUCIUS. Wie?

ZWEITER FREMDER. Ich sage Euch, abgewiesen!

LUCIUS. Wie seltsam ein solches Beginnen! Nun, bei den Göttern, ich muß mich dessen schämen. Den würdigen Mann abzuweisen! darin zeigte er wenig Gefühl für Ehre. Was mich betrifft, ich muß bekennen, ich habe einige kleine Liebeszeichen von ihm erhalten, Geld, Silbergeschirr, Edelsteine und dergleichen Kleinigkeiten, nichts in Vergleich mit jenem; doch, hätte er ihn übergangen und zu mir gesendet, ich hätte seinem Bedürfnis diese Talente nicht geweigert.

Servilius tritt auf.

SERVILIUS. Ei sieh, zum guten Glück, da ist ja der edle Lucius; ich habe schwitzen müssen, ihn zu finden. – Verehrter Herr!

LUCIUS. Servilius! Gut getroffen! Lebe wohl! – Empfiehl mich deinem edlen, tugendhaften Herrn, meinem allerteuersten Freunde!

SERVILIUS.
Mit Euer Gnaden Erlaubnis, mein Herr sendet –

LUCIUS. Was sendet er? Ich bin deinem Herrn schon so sehr verpflichtet; er sendet immer. O sage mir, wie kann ich ihm wohl danken? Und was sendet er mir jetzt?

SERVILIUS. Nur sein augenblickliches Ersuchen sendet er Euch jetzt, mein gnädiger Herr; und bittet Euch, ihm sogleich mit so vielen Talenten auszuhelfen, als hier geschrieben stehen.

LUCIUS.
Ich weiß, der gnäd'ge Lord scherzt nur mit mir;
Nicht fünfzig, hundert fehlen ihm Talente.

SERVILIUS.
Doch fehlt ihm jetzt die weit geringre Summe.
Bedürft' er's nicht zum Äußersten, Mylord,
Würd' ich nicht halb so eifrig in Euch dringen.

LUCIUS. Sprichst du im Ernst, Servilius?

SERVILIUS. Bei meiner Seele, Herr, es ist wahr.

LUCIUS. Welch ein gottvergessenes Tier war ich, mich eben vor einer so gelegenen Zeit vom Gelde zu entblößen, da ich mich hätte als einen Mann von Ehre zeigen können! Wie unglücklich trifft es sich, daß ich durch einen kleinen Einkauf am Tage zuvor nun einen großen Teil meiner Ehre einbüßen muß! – Servilius, ich rufe die Götter zu Zeugen, ich bin nicht imstande, es zu tun; um so mehr Vieh, sage ich noch einmal! – Ich wollte soeben selbst Timon ansprechen, das können diese Herren bezeugen; aber jetzt möchte ich um alle Schätze von Athen nicht, daß ich es getan hätte. Empfiehl mich angelegentlich deinem liebevollen Gebieter; ich hoffe, sein Edelmut wird das Beste von mir denken, da es nicht in meiner Macht steht, mich ihm freundlich zu bezeigen. – Und sage ihm von mir, ich halte es für einen der größten Unglücksfälle, die mich treffen konnten, daß ich solchem edlen Mann nicht dienen kann. Guter Servilius, willst du mir so viele Liebe erzeigen, meine eigenen Worte gegen ihn zu gebrauchen?

SERVILIUS. Ja, Herr, das werde ich.

LUCIUS. Ich werde daran denken, dir einen Gefallen zu tun, Servilius.

Servilius geht ab.

Grad' wie Ihr sagt: mit Timon will sich's neigen;
Wem man nicht traut, der kann nie wieder steigen.

Lucius geht ab.

ERSTER FREMDER. Bemerkt Ihr dies, Hostilius?

ZWEITER FREMDER. Nur zu gut.

ERSTER FREMDER. Dies ist
Der Geist der Welt; und grad' aus solchem Tuch
Ist jedes Schmeichlers Witz. Ist der noch Freund,
Der mit uns in dieselbe Schüssel taucht?
Timon, ich weiß, war dieses Mannes Vater,
Es rettete sein Beutel ihn vom Fall;
Hielt sein Vermögen, ja, mit Timons Geld
Bezahlt er seiner Diener Lohn; nie trinkt er,
Daß Timons Silber nicht die Lipp' ihm rührt;
Und doch (o seht, wie scheußlich ist der Mensch,
Wenn er des Undanks Bildung an sich trägt!)
Versagt er nun, verglichen dem Empfangnen,
Was ein barmherz'ger Mann dem Bettler gibt.

DRITTER FREMDER.
Die Frömmigkeit seufzt leidend.

ERSTER FREMDER. Was mich betrifft
Ich habe nie von Timon was genossen,
Noch teilte mir sich seine Güte mit,
Als Freund mich zu bezeichnen; doch beteur' ich,
Um seines edlen Sinns erlauchter Tugend
Und seines adeligen Wesens halb, –
Wenn er in seiner Not mich angegangen,
Mein ganz Besitztum hätt' ich hingeopfert,
Daß ihm die größte Hälfte wiederkehrte,
So lieb' ich sein Gemüt. Doch merk' ich wohl,
Man muß mit zartem Sinn zu geben wissen;
Denn Klugheit thront noch höher als Gewissen.

Sie gehn ab.

Dritte Szene

Zimmer in Sempronius' Hause. Sempronius tritt auf mit einem Diener Timons.

SEMPRONIUS.
Bestürmen muß er mich vor allen andern?
Den Lucius und Lucullus könnt' er angehn;
Und auch Ventidius ist nun reich geworden,
Den er vom Kerker losgekauft! Sie alle
Verdanken ihren Wohlstand ihm.

DIENER. Mylord,
Geprüft sind sie und falsches Gold gefunden;
Sie weigerten ihm alle.

SEMPRONIUS. Weigern ihm?
Ventidius und Lucullus weigern ihm?
Nun schickt er her zu mir? Und sie? Hm, hm!
Das zeigt in ihm nur wenig Lieb' und Urteil.
Ich, letzter Trost? Die Freunde sind wie Ärzte
Geschenkt, und lassen ihn: Ich soll ihn heilen?
Sehr hat er mich gekränkt; ich bin ihm böse,
Daß er mich so verkennt: Kein Grund und Sinn,
Weshalb er mich zuerst nicht angesprochen,
Denn ich, auf mein Gewissen, war der erste,
Der Gaben je von ihm empfangen hat:
Und stellt er mich nun in den Hintergrund,
Daß er zuletzt mir traute? Nein, dies würde
Nur Gegenstand des Spotts für all die andern,
Ein Tor nur ständ' ich da vor all den Lords.
Dreimal die ganze Summe gäb' ich lieber,
War ich der erst', nur um mein Zartgefühl:
So schwoll mein Herz, ihm Gutes zu erweisen!
Zum Nein der andern sei das Wort gesellt:
Wer meine Ehre kränkt, sieht nie mein Geld.

Geht ab.

DIENER. Ganz unvergleichlich! Euer Gnaden ist ein recht frommer Schurke. Der Teufel wußte nicht, was er tat, als er den Menschen politisch machte; er stand sich selbst im Lichte: und ich

kann nichts anders glauben, als daß durch so nichtswürdige Klugheit der Sünder sich noch zum Heiligen disputiert. Wie tugendhaft strebte der Lord, um niederträchtig zu erscheinen? Frommen Vorwand nimmt er, um gottlos zu sein; denen gleich, die mit inbrünstigem Religionseifer ganze Königreiche in Brand stecken möchten.
Der Art ist seine überkluge Liebe.
Er Timons beste Hoffnung; all' entweichen,
Nur die Götter nicht: Die Freunde all' sind Leichen.
Die Tür, die niemals ihren Riegel kannte,
Durch manch gastfreies Jahr, muß jetzt sich schließen,
Um sichern Wahrsam ihrem Herrn zu leihn.
So end't der Lauf von all zu freien Jahren;
Das Haus bewahrt, wer nicht sein Geld kann wahren.

Geht ab.

Vierte Szene

Vorhalle in Timons Hause.

Es treten auf zwei Diener des Varro und ein Diener des Lucius; Titus, Hortensius und andere Diener von Timons Gläubigern.

VARROS DIENER.
Recht! Guten Morgen, Titus und Hortensius!
TITUS. Euch gleichfalls, guter Varro!
HORTENSIUS. Lucius!
Wie, treffen wir uns hier?
LUCIUS' DIENER. Und, wie ich glaube,
Führt ein Geschäft uns alle her; denn mein's
Ist Geld.
TITUS. Und so ist ihrs und unsers.

Philotus tritt auf.

LUCIUS' DIENER. Ei!
Philotus auch!
PHILOTUS. Guten Morgen!
LUCIUS' DIENER. Freund, willkommen!
Was ist's wohl an der Zeit?
PHILOTUS. Nicht weit von neun.
LUCIUS' DIENER. So spät?
PHILOTUS. War Mylord noch nicht sichtbar?
LUCIUS' DIENER. Nein.
PHILOTUS.
Mich wundert's; schon um sieben strahlt' er sonst.
LUCIUS' DIENER.
Ja, doch sein Tag ist kürzer jetzt geworden.
Seht, Freunde, des Verschwenders Lauf ist gleich
Der Sonne; doch erneut sich nicht, wie sie.
Ich fürcht', in Timons Beutel ist es Winter;
Das heißt, steckt man die Hand auch tief hinein,
Man findet wenig.
PHILOTUS. Ja, das fürcht' ich auch.
TITUS. Jetzt merkt' mal auf ein höchst seltsames Ding:
Euer Herr schickt Euch nach Geld?
HORTENSIUS. Gewiß, das tut er.
TITUS. Und trägt Juwelen, die ihm Timon schenkte,
Für die ich Geld erwarte.
HORTENSIUS. 's ist gegen mein Gemüt.
LUCIUS' DIENER. Ja, wundersam,
Timon bezahlt, was niemals er bekam:
Als wenn dein Herr, weil er Juwelen trägt,
Sich dafür Geld von Timon geben ließe.
HORTENSIUS.
Ich bin des Auftrags satt, die Götter wissen's:
Sehr viel erhielt mein Herr, als Timon reich;
Sein Undank macht dies jetzt dem Diebstahl gleich.
VARROS DIENER.
Meins ist dreitausend Kronen; und das deine?
LUCIUS' DIENER. Fünftausend.
VARROS ERSTER DIENER.
Das ist sehr viel, und nach der Summe scheint's,
Dein Herr war ihm vertrauter als der meine;
Sonst wäre sicher auch die Fod'rung gleich.

Flaminius tritt auf.

TITUS. Einer von Timons Dienern.
LUCIUS' DIENER. Flaminius! auf ein Wort: Ich bitte dich, ist dein Herr bereit, heraus zu kommen?
FLAMINIUS. Nein, gewiß nicht.
TITUS. Wir erwarten Seine Gnaden; und ich bitte dich, tu' ihm das zu wissen!
FLAMINIUS. Ich habe nicht nötig, es ihm zu sagen; er weiß wohl daß ihr nur zu beflissen seid.

Flaminius geht ab. Flavius tritt auf, in einen Mantel verhüllt.

LUCIUS' DIENER.
Ist der Verhüllte nicht sein Hausverwalter?
Er geht in einer Wolke fort. He! ruft ihn!
TITUS. Hört Ihr nicht, Freund?
VARROS ERSTER DIENER.
Mit Eurer Erlaubnis, Herr –
FLAVIUS.
Was wollt Ihr von mir haben, meine Freunde?
TITUS. Wir warten auf gewisse Gelder.
FLAVIUS. Ja,
Wär' Geld so sicher nur als Euer Warten,
Wär's euch gewiß. Weshalb nicht brachtet ihr
Die Schuldbrief, als die falschen Herren schwelgten
An Timons Tisch? Sie kosten, mahnten nicht,
Und lächelten, und nahmen noch den Zins
In gier'gen Schlund. Ihr tut euch selbst zu nah,
Daß ihr mich reizt; laßt ruhig mich von hinnen;
Mein Herr kann jetzt nebst mir den Haushalt enden:
Ich bin mit Rechnen fertig, er mit Spenden.
LUCIUS' DIENER. Ja, doch die Antwort dient nicht.
FLAVIUS. Dient sie nicht,
Ist besser sie als ihr; denn ihr dient Schelmen.

Flavius geht ab.

VARROS ERSTER DIENER.
Was murmelt da der abgedankte gnädige Herr?
VARROS ZWEITER DIENER. Das ist einerlei; er ist arm, und das ist Strafe genug für ihn. Wer kann freier sprechen, als der, der kein Haus hat, den Kopf hinein zu tun? Solche Leute dürfen auf große Gebäude schelten.

Servilius tritt auf.

TITUS. Hier ist Servilius; nun werden wir wohl irgendein Antwort bekommen.
SERVILIUS.
Wenn ich euch bitten darf, ihr guten Herren,
So kommt zu einer andern Stunde; sehr
Will ich's euch danken: denn, glaubt meinem Wort,

Mein Herr ist außerordentlich verstimmt.
Sein heitrer Sinn hat gänzlich ihn verlassen;
Denn er ist krank und muß sein Zimmer hüten.

LUCIUS' DIENER.
Das Zimmer hütet mancher, der nicht krank ist;
Und, ist er so sehr leidend, sollt' er, mein' ich,
Um so viel eher seine Schulden zahlen
Und sich den Weg frei machen zu den Göttern.

SERVILIUS. Ihr Götter!

TITUS. Dies können wir für keine Antwort nehmen.

FLAMINIUS *drinnen.*
Servilius! komm und hilf! Mylord, Mylord!

Timon tritt auf in einem Anfall von Wut, Flaminius folgt ihm.

TIMON.
Was, sperrt die eigne Tür den Durchgang mir?
War ich stets frei, und muß mein eigen Haus
Mein Feind sein, der mich fesselt, und mein Kerker?
Der Platz, der Lust geweiht, zeigt er nun auch,
Wie alle Menschen, mir ein eisern Herz?

LUCIUS' DIENER. Mach' dich an ihn, Titus!

TITUS. Mylord, hier ist meine Verschreibung.

LUCIUS' DIENER. Und meine.

HORTENSIUS. Und meine.

DIE BEIDEN DIENER DES VARRO.
Und unsre, Herr.

PHILOTUS. Alle unsre Verschreibungen.

TIMON. So haut mich nieder, spaltet mich zum Gürtel!

LUCIUS' DIENER. Ach! Herr –

TIMON. Zerteilt mein Herz!

TITUS. Funfzig Talente hier.

TIMON. Nehmt denn mein Blut!

LUCIUS' DIENER. Fünftausend Kronen, Herr.

TIMON. Fünftausend Tropfen zahlen die. Und Ihr?
Und Ihr?

VARROS ERSTER DIENER. Herr!

VARROS ZWEITER DIENER. Herr!

TIMON.
Reißt mich in Stück', und töten euch die Götter!

Er geht ab.

HORTENSIUS. Nun, ich sehe wohl, unsre Herren mögen ihre Mützen nach ihrem Gelde schmeißen: diese Schulden kann man wohl verzweifelte nennen, da ein Rasender sie bezahlen soll.

Sie gehn alle ab.

Timon kommt zurück mit Flavius.

TIMON. Es nahmen Luft und Atem mir die Sklaven.
Gläubiger! – Teufel! –

FLAVIUS. Mein teurer Herr!

TIMON. Und könnt's nicht so geschehn?

FLAVIUS. Mein gnädiger Herr!

TIMON. So soll es sein: – Mein Hausverwalter!

FLAVIUS. Hier, Herr!

TIMON. So schnell? Geh, lade mir die Freunde wieder,
Lucius, Lucullus und Sempronius, alle;
Ich will die Schufte noch einmal bewirten.

FLAVIUS. O teurer Herr,
Das sprecht Ihr nur aus tief zerstörtem Sinn:
Es ist nicht so viel übrig, auszurichten
Ein mäß'ges Mahl.

TIMON. Still, lade all', befehl' ich:
Daß noch einmal herein die Schelmzucht breche;
Mein Koch und ich besorgen schon die Zeche.

Sie gehn ab.

Fünfte Szene

Das Haus des Senats.
Der Senat ist versammelt.

ERSTER SENATOR.
Mylord, so stimm' auch ich; die Schuld ist blutig:
Er muß notwendig mit dem Tode büßen;
Die Sünde wird durch Gnade frecher nur.

ZWEITER SENATOR.
Sehr wahr; vernichten soll ihn das Gesetz.

Alcibiades tritt auf mit Gefolge.

ALCIBIADES. Heil sei und Ehr' und Milde dem Senat!

ERSTER SENATOR. Was wollt Ihr, Feldherr?

ALCIBIADES.
Vor eure Tugend tret' ich als ein Fleh'nder;
Denn Mitleid ist die Tugend des Gesetzes,
Nur Tyrannei braucht es zur Grausamkeit.
Die Laune war's von Zeit und Schicksal, schwer
Zu drücken einen Freund, der, heißen Bluts,
Schritt ins Vergehn, wo pfadlos dessen Tiefe
Für jenen, der hineinstürzt unbedacht.
Er ist ein Mann, den Fehl beiseit' gesetzt,
Von milden Tugenden;
Auch nicht befleckte Feigheit sein Beginnen
(Ein Ruhm, der wohl des Fehltritts Schuld bezahlt),
Nein, heldenmüt'gen Sinns und edeln Zorns,
Da er zum Tod die Ehre sah verletzt,
Begegnet' er dem Feind:
Und so gemäßigt mit verhaltnem Grimm
Hielt er den Zorn bis an das End' in Schranken,
Als stritt er mit Beweisen und Gedanken.

ERSTER SENATOR.
Du unternimmst zu herben Widerspruch,
Willst du die schnöde Tat in Schönheit kleiden.
Fast schien dein künstlich Wort dahin zu streben,
Den Menschenmord zu adeln, Rauferlaune
Vor Tapferkeit zu ehren; die doch, wahrlich,
Nur mißerzeugter Mut, zur Welt gekommen,
Als Sekten und Partei'n geboren wurden.
Nur der zeigt wahren Mut, der weislich duldet
Das Schlimmste, was der Gegner spricht; dem Kränkung
Gewand nur wird und Hülle, leicht zu tragen;
Der Unbill nie läßt bis zum Herzen dringen,
Dies zu vergiften.
Ist Unheil Schimpf und zwingt uns tot zu schlagen,
Wird nur der Tor um Unheil Leben wagen.

ALCIBIADES. Mylord, –

ERSTER SENATOR.
Durch Euch wird glorreich nicht ein hart Verschulden;
Sich rächen ist nicht Tapferkeit, nein, dulden.

ALCIBIADES.
Dann, mit Vergunst, ihr edeln Herrn, verzeiht,
Red' ich hier als Soldat: –
Was wagen in der Schlacht sich dumme Menschen
Und dulden nicht das Dräu'n? und schlafen still,

In Zuversicht dem Feind die Kehle bietend,
Ganz ohne Widerstand? Ist im Ertragen
So großer Mut, was machen wir im Feld?
Nun also, tapferer sind dann die Frauen
Im Hausgeschäft, geht Dulden über alles;
Mehr als der Leu ist dann Soldat der Esel;
Der Dieb in Ketten weiser als der Richter,
Liegt Weisheit nur im Leiden. Senatoren,
Groß seid ihr schon, nun seid auch mild und gut:
Raschheit verdammt man leicht mit kaltem Blut.
Der Mord, ich geb' es zu, ist bös' und schlecht;
Doch nennt Verteid'gung Gnade selbst gerecht.
Der Zorn gehört wohl zu den größten Sünden;
Doch ist kein Mensch, der nie gezürnt, zu finden:
Wägt daran seine Schuld!

ZWEITER SENATOR. Ihr sprecht umsonst.

ALCIBIADES. Umsonst? Und alle Dienste, die er tat,
Zu Lacedämon und Byzantium,
Sie könnten ihm das Leben wohl erkaufen!

ERSTER SENATOR. Was meint Ihr?

ALCIBIADES. Ich sag' Euch, edlen Dienst hat er getan,
Und manchen eurer Feind' im Feld getötet;
Wie tapfer er noch kämpft' im letzten Treffen,
Das künden all die Wunden, die er schlug.

ZWEITER SENATOR.
Ja, Ihr habt recht, zu viele Wunden schlug er,
Ein Schwelger ist er: schon der eine Fehl
Ersäuft ihn und raubt seinem Mut Besinnung;
Hätt' er nicht andre Feinde, der allein
Könnt' ihn besiegen; oft ward er gesehn,
Daß er in vieh'scher Wut das Schnöde tat
Und mit Empörern hielt. So viel ist wahr,
Sein Rausch bringt Schande ihm und uns Gefahr.

ERSTER SENATOR. Er stirbt.

ALCIBIADES.
O hart Geschick! daß er nicht fiel im Krieg!
Nun wohl, wenn nicht um seiner Taten willen
(Kann gleich sein rechter Arm die Zeit ihm kaufen
Und niemand schuldig bleiben), euch zu rühren,
Nehmt meine Taten auch, vereint sie beide:
Und, da ich weiß, es lieb' euer würd'ges Alter
Die Sicherheit, verpfänd' ich meine Siege,
All meinen Ruhm, damit er zahl' und zinse.
Verlangt Gesetz für diesen Fehl sein Leben,
Nun dann, im Krieg, in tapfern Schlachten sterb' er!
Ist Satzung herb, so ist der Krieg noch herber.

ERSTER SENATOR.
Wir stehn hier fürs Gesetz: er stirbt; nichts weiter,
Bei unserm Zorn! Sei's Bruder, Sohn, Genoß,
Des Blut verfiel, der fremdes Blut vergoß.

ALCIBIADES.
Muß es denn sein? Es muß nicht. Senatoren,
Ich bitt' euch sehr, erkennt mich wieder!

ZWEITER SENATOR. Wie?

ALCIBIADES. Ruft mich zurück in eu'r Gedächtnis!

DRITTER SENATOR. Was?

ALCIBIADES.
Gewiß, euer Alter hat mich ganz vergessen;
Weshalb sonst stünd' ich so verachtet hier
Und sah' die kleine Gunst geweigert mir?
Das schmerzt die Wunden!

ERSTER SENATOR. Trotzt Ihr unserm Zorn?
Er ist an Worten schwach, doch stark im Tun:
Drum sei verbannt auf ewig!

ALCIBIADES. Ich verbannt?
Bannt eure Torheit, euren Wucher bannt,
Der den Senat abscheulich macht!

ERSTER SENATOR.
Wenn nach zwei Tagen dich Athen noch faßt,
Fürcht' unser schwer Gericht. Eh' unser Geist
Noch mehr entbrennt, soll jener schleunigst sterben.

Die Senatoren gehn ab.

ALCIBIADES.
So werdet alt und greis; bis ihr nur lebt
Noch als, Gebein, verhaßt jedwedem Auge!
Ha! mich faßt Raserei: Ich schlug den Feind,
Indes ihr Gold sie zählten, ihre Münzen
Ausliehn auf hohen Zins; und ich nur reich
An tapfern Narben. – Und dafür nun so?
Ist Balsam dies, den der Senat, der Wuch'rer,
In seines Feldherrn Wunden gießt? Verbannung!
Das ist nicht schlimm; willkommen ist Verbannung:
So hat mein Zorn und Grimm den guten Grund,
Athen zu schlagen. Munter werb' ich jetzt
Mein mißvergnügtes Heer, nach Herzen wuchernd:
's ist ehrenvoll, der Güter sich entschlagen;
Gleich Göttern soll kein Krieger Schmach ertragen.

Er geht ab.

Sechste Szene

Timons Prunksaal.
Tafeln sind gesetzt, die Diener stehn umher.
Timons Freunde kommen von verschiedenen Seiten herein.

ERSTER LORD.
Ich wünsche Euch einen guten Tag, Freund.

ZWEITER LORD. Ich Euch gleichfalls. Ich glaube, dieser würdige Mann wollte uns neulich nur auf die Probe stellen.

ERSTER LORD. Eben darauf waren meine Gedanken auch gerichtet, indem wir uns begegneten. Ich hoffe, es steht nicht so schlimm mit ihm, als er bei Prüfung seiner Freunde vorgab.

ZWEITER LORD. Nach dem, was dies neue Gastmahl uns verheißt, kann es wohl nicht sein.

ERSTER LORD. Das glaube ich auch; er sandte mir eine dringende Einladung, welche abzulehnen mir ernste Geschäfte nahe genug legten; aber er beschwor mich, auch die wichtigste Rücksicht fallen zu lassen, und so mußte ich denn notwendig erscheinen.

ZWEITER LORD. Auf gleiche Weise ward ich von sehr bedeutenden Geschäften abgehalten, aber er wollte meine Entschuldigung nicht hören. Es tut mir leid, daß mein Vorrat ganz erschöpft war, als er zu mir schickte, Geld aufzunehmen.

ERSTER LORD. An derselben Kränkung leide ich, da ich nun sehe, wie die Sachen stehen.

ZWEITER LORD. Jedem, der hier ist, geht es so. Wieviel wollt' er Euch abborgen?

ERSTER LORD. Tausend Goldstücke.

ZWEITER LORD. Tausend Goldstücke!

ERSTER LORD. Wie viel von Euch?

ZWEITER LORD.
Er schickte zu mir – doch hier kommt er.

Timon tritt auf mit Gefolge.

TIMON. Von Herzen gegrüßt, ihr beiden edeln Männer! – Wie geht es euch?

ERSTER LORD. Immer sehr gut, wenn ich Euer Gnaden Wohlergehen erfahre.

ZWEITER LORD. Die Schwalbe folgt dem Sommer nicht freudiger, als wir Euer Gnaden.

TIMON. Und verläßt auch den Winter nicht freudiger; solche Sommervögel sind die Menschen. – Ihr Herren, unser Mahl wird dieses langen Wartens nicht wert sein: weidet eure Ohren indes an der Musik, wenn Trompetenklang ihnen keine zu harte Speise ist. Wir wollen uns gleich setzen.

ERSTER LORD. Ich hoffe, Ihr erinnert Euch dessen nicht unfreundlich, mein gnädiger Herr, daß ich Euch einen leeren Boten zurück sandte.

TIMON. Ei, laßt Euch das nicht beunruhigen!

ZWEITER LORD. Mein edler Lord –

TIMON. All, guter Freund! Kommen die Speisen?

Ein Bankett wird hergerichtet.

ZWEITER LORD. Mein höchst verehrter Herr, ich bin krank vor Scham, daß ich, als Ihr neulich zu mir sandtet, ein so unglücklicher Bettler war.

TIMON. Denkt nicht weiter daran!

ZWEITER LORD.
Hättet Ihr nur zwei Stunden früher geschickt –

TIMON. Stört damit nicht bessere Gedanken! – Kommt, bringt alles zugleich!

ZWEITER LORD. Lauter verdeckte Schüsseln!

ERSTER LORD. Ein königliches Mahl, das glaubt mir!

DRITTER LORD. Daran zweifelt nicht, wie nur Geld und die Jahreszeit es liefern kann.

ERSTER LORD. Wie geht es Euch? Was gibt es Neues?

DRITTER LORD. Alcibiades ist verbannt; habt Ihr davon schon gehört?

ERSTER UND ZWEITER LORD.
Alcibiades verbannt?

DRITTER LORD. So ist es, zweifelt nicht!

ERSTER LORD. Wie denn? wie denn?

ZWEITER LORD.
Ich bitte Euch, aus welchem Grunde?

TIMON.
Meine würdigen Freunde, wollt ihr näher treten?

DRITTER LORD. Ich will Euch nachher mehr davon erzählen. Hier steht uns ein herrlicher Schmaus bevor.

ZWEITER LORD. Dieser Mann ist noch der alte.

DRITTER LORD. Wird's dauern? wird's dauern?

ZWEITER LORD.
Es wird; doch kommt die Zeit, und dann –

DRITTER LORD. Ich verstehe Euch.

TIMON. Ein jeder an seinen Platz, mit der Gier, wie er zu den Lippen seiner Geliebten eilen würde: an allen Plätzen werdet ihr gleich bedient. Macht kein Zeremonien-Gastmahl daraus, daß die Gerichte kalt werden, ehe wir über den ersten Platz einig sind; setzt euch, setzt euch! Die Götter fodern unsern Dank.
»O ihr großen Wohltäter! sprengt auf unsre Gesellschaft Dankbarkeit herab! Teilt uns von euren Gaben mit und erwerbt euch Preis; aber behaltet zurück für künftige Gabe, damit eure Gottheiten nicht verachtet werden! Verleiht einem jeden genug, damit keiner vom andern zu leihen braucht denn zwänge die Not eure Gottheit, von den Menschen zu borgen, so würden die Menschen die Götter verlassen. Macht das Gastmahl beliebter als den Mann, der es gibt! Laßt keine Gesellschaft von zwanzig ohne eine Stiege Bösewichter sein, wenn zwölf Frauen an einem Tische sitzen, so laßt ein Dutzend von ihnen sein – wie sie sind! – Den Rest eures Zehntens, o ihr Götter! – die Senatoren von Athen, zusamt der gemeinen Hefe des Pöbels, – was in ihnen noch Hoffnung zuläßt, ihr Götter, macht zum Verderben reif! Was diese meine gegenwärtigen Freunde betrifft, – da sie mir nichts sind, so segnet sie in nichts, und so sind sie mir zu nichts willkommen.«
Deckt auf! Nun leckt, ihr Hunde!

Die Schüsseln werden aufgedeckt, sie sind alle voll warmen Wassers.

MEHRERE ZUGLEICH. Was meint der edle Herr?

ANDERE. Ich weiß es nicht.

TIMON.
Mögt ihr ein beßres Gastmahl nimmer sehn,
Ihr Maulfreundrotte! Dampf und lauwarm Wasser
Ist eure Tugend. Dies ist Timons Letztes;
Der euch bis jetzt mit Schmeicheleien schminkte,
Wäscht so sie ab, euch eigne Bosheit rauchend
Ins Antlitz sprüh'nd.

Er gießt ihnen Wasser ins Gesicht.

Lebt lang' und greuelvoll,
Stets lächelnde, abscheuliche Schmarutzer,
Höfliche Mörder, sanfte Wölfe, freundliche Bären,
Ihr Narr'n des Glücks, Tischfreunde, Tagesfliegen
Scharrfuß'ge Sklaven, Wolken, Wetterhähne!
Von Mensch und Vieh die unzählbare Krankheit,
Sie überschupp' euch ganz! – Was, gehst du fort?
Nimm dein' Arznei erst mit, – auch du, und du!

Er wirft ihnen die Schüsseln nach und treibt sie hinaus.

Bleibt, ich will Geld euch leihn, von euch nicht borgen. –
Wie, all' im Lauf? Kein Mahl sei mehr genommen,
An dem ein Schurke nicht als Gast willkommen!
Verbrenne, Haus; versink', Athen! Verhaßt nun seid
Dem Timon Mensch und alle Menschlichkeit!

Er geht ab.

Die Gäste kommen zurück mit noch andern Lords und Senatoren.

ERSTER LORD. Wie nun, ihr Herren?

ZWEITER LORD.
Wißt Ihr was Näheres um Timons Raserei?

DRITTER LORD.
Still! habt Ihr meine Kappe nicht gesehen?

VIERTER LORD. Ich habe meinen Rock verloren.

ERSTER LORD. Er ist nichts weiter als ein toller Lord, und nur Laune setzt ihn in Bewegung. Neulich schenkte er mir einen Edelstein, und nun hat er ihn mir vom Hute herunter geschlagen.

Habt ihr meinen Edelstein nicht gesehen?

DRITTER LORD.
Habt ihr meine Kappe nicht gesehen?

ZWEITER LORD. Hier ist sie.

VIERTER LORD. Hier liegt mein Rock.

ERSTER LORD. Laßt uns nicht verweilen!

ZWEITER LORD. Lord Timon rast.

DRITTER LORD. Ich fühl's in den Gebeinen.

VIERTER LORD. Juwelen schenkt' er gestern uns,
heut wirft er uns mit Steinen.

Alle ab.

Vierter Aufzug

Erste Szene

Feld.
Timon tritt auf.

TIMON.
Laß mich noch einmal auf dich schaun, du Mauer.
Die diese Wölf umschließt! Tauch' in die Erde,
Schütz' nicht Athen! Frau'n, werdet zügellos!
Trotzt euren Eltern, Kinder! Sklaven, Narren,
Reißt von dem Sitz die würd'gen Senatoren,
Und haltet Rat statt ihrer! Jungfrau'nreinheit
Verkehre plötzlich sich zu frecher Schande,
In Gegenwart der Eltern! Bankrutierer,
Halt' fest, gib nichts zurück; heraus das Messer,
Für deines Gläub'gers Hals! Stehlt, ihr Leibeignen!
Langhänd'ge Räuber sind ja eure Herrn
Und plündern durch Gesetz. Magd, in deines
Herren Bett!
Die Frau ist im Bordell. Sohn, sechzehn alt,
Die Krücke reiß' dem lahmen Vater weg,
Und schlag' ihm aus das Hirn! Furcht,
Frömmigkeit,
Scheu vor den Göttern, Friede, Recht und Wahrheit,
Zucht, Häuslichkeit, Nachtruh' und Nachbartreue,
Belehrung, Sitte, Religion, Gewerbe,
Achtung und Brauch, Gesetz und Recht der Stände,
Stürzt euch vernichtend in eu'r Gegenteil,
Bis zur Vernichtung lebt! – Pest, Menschenwürger,
Häuf deine mächt'gen, gifterfüllten Fieber
All' auf Athen, zum Falle reif! Du Hüftweh,
Die Senatoren krümm', daß ihre Glieder
Lahm gleich den Sitten werden! Lust und Frechheit,
Schleich' in das Mark und das Gemüt der Jugend,
Daß sie, dem Tugendstrom entgegen schwimmend,
In Wüstheit sich ertränkt! Mit Schwür' und Beulen
Sei ganz Athen besät' und ew'ger Aussatz
Die Ernte! Atem stecke Atem an,
Daß ihre Näh' gleich ihrer Freundschaft sei:
Gift durch und durch! Nichts nehm' ich von dir mit,
Als Nacktheit, du, des Abscheus würd'ge Stadt!
Nimm auch noch das, mit hundertfachen Flüchen!
Timon geht nun zum Wald; das wildste Tier
Zeigt Lieb' ihm mehr, als je die Menschen hier.
Auf ganz Athen, hört, Götter insgesamt,
Auf Stadt und Land zugleich die Blitze flammt!
Daß Timons Haß mit den Jahren wachs', ersuch' ich,
Und alle Menschen, niedrig, hoch, verfluch' ich!
Amen!

Geht ab.

Zweite Szene

In Timons Hause.
Flavius tritt auf und mehrere Diener Timons.

ERSTER DIENER.
Sprecht, Hausverwalter, wo ist unser Herr?
Sind wir vernichtet? abgedankt? Bleibt nichts?

FLAVIUS.
Gefährten, ach, was soll ich euch doch sagen?
Es sei'n mir Zeugen die gerechten Götter,
Ich bin so arm wie ihr.

ERSTER DIENER. Solch Haus gefallen!
Solch edler Herr verarmt! Verloren alles!
Kein Freund, der bei der Hand sein Schicksal faßt
Und mit ihm geht!

ZWEITER DIENER. Wie wir den Rücken wenden
Von dem Gefährten, den das Grab verschlang:
So schleichen vom begrabnen Glück sich alle
Die Freund', hinwerfend ihm die hohlen Schwüre,
Gleich leeren Beuteln; und sein armes Selbst,
Ein Bettler nur, der Luft anheim gefallen,
Mit seiner Krankheit, allvermiedner Armut,
Geht nun, wie Schmach, allein. - Noch mehr
Gefährten!

Es kommen noch andere Diener.

FLAVIUS.
Zerbrochenes Geschirr der Hauszerstörung!

DRITTER DIENER.
Und doch trägt unser Herz noch Timons Kleid,
Das zeigt eu'r Antlitz; wir sind noch Kam'raden,
All' in des Kummers Dienst: leck ist das Fahrzeug;
Wir Schiffer stehn auf sinkendem Verdeck
Und sehn die Wellen dräun: wir müssen scheiden
In diese See der Luft.

FLAVIUS. Ihr guten Freunde,
Hier teil' ich unter euch mein letztes Gut.
Laßt uns, wo wir uns sehn, um Timons willen,
Kam'raden sein, die Häupter schütteln, sagen,
Als Grabgeläut' dem Glücke unsers Herrn:
»Wir kannten beßre Tage.« Jeder etwas!

Er gibt ihnen Geld.

Nein, alle reicht die Hand! Und nun kein Wort!
So gehn wir arm, doch reich an Kummer, fort.

Die Diener gehn ab.

Oh, furchtbar Elend, das uns Pracht bereitet!
Oh, wer will wohl nach Glanz und Reichtum ringen,
Wenn sie uns hin zu Schmach und Armut zwingen?
Wer nähme so die Pracht als Hohn? Wer lebte
Wohl gern in einem Traum der Freundschaft nur?
Ansehn und Pracht und Wohlstand zu besitzen,
Gemalt nur, so wie die geschminkten Freunde?
Du Redlicher, verarmt durch Herzensgüte,
Durch Mild' erwürgt! Wie ist Natur verdreht,
Wenn Allzugut als schlimmste Sünde steht;
Wer hilft durch Tugenden noch anderer Nöten,

Wenn sie nur Götter schaffen, Menschen töten?
O teurer Herr, – gesegnet, um verflucht,
Reich, elend nur zu sein, – dein groß Vermögen
Ist nun dein tiefstes Leid. Ach, güt'ger Herr!
Er brach in Wut aus dem hartherz'gen Wohnsitz
Der vieh'schen Freunde. Nichts hat er bei sich
Zur Fristung und Erleicht'rung seines Lebens.
Ich will ihm nach und, wo er ist, erforschen;
So gut ich kann, will ich für ihn noch schalten,
Was mir an Geld verblieb, für ihn verwalten.

Er geht ab.

Dritte Szene

Wald.
Timon tritt auf.

TIMON. O Lichtgott, Segen zeugend, zieh' hinauf
Dunstfäulnis; deiner Schwester Luftbahn sei
Vergiftet! Zwillingsbrüder eines Schoßes, –
Deren Erzeugung, Wohnung und Geburt
Fast ungetrennt, – trifft sie verschiednes Glück, –
Der Größre höhnt den Niedern: ja, Natur
(Von Wunden rings bedrängt), sie kann groß Glück
Ertragen nur, wenn sie Natur verachtet.
Heb' diesen Bettler und versag's dem Lord, –
Folgt angeerbte Schmach dem Senatoren,
Dem Bettler eingeborne Ehre.
Besitztum schwellt des Bruders Seiten auf,
Der Mantel zeugt den Abfall. Wer, wer darf
In reiner Mannheit aufrecht stehn und sagen:
»Ein Schmeichler ist der Mensch.« Wenn's einer ist,
So sind es all'; denn jeder höhern Staffel
Des Glücks schmiegt sich die untre: goldnem Dummkopf
Duckt der gelehrte Schädel: schief ist alles;
Nichts grad' in unsrer fluchbeladnen Menschheit,
Als Bosheit ungekrümmt. Drum seid verabscheut,
Gelage all', Gesellschaft, Menschendrang!
Denn Timon haßt die Gleichgeschaffnen, ja sich selbst.
Zernichtung dem Geschlecht der Menschen! – Erde,
Gib Wurzeln mir!

Er gräbt.

Wer Beßres in dir sucht, dem würz' den Gaumen
Mit deinem schärfsten Gift! Was find' ich hier?
Gold? kostbar, flimmernd, rotes Gold? Nein, Götter!
Nicht eitel fleht' ich. Wurzeln, reiner Himmel!
So viel hievon macht schwarz weiß, häßlich schön,
Schlecht gut, alt jung, feig tapfer, niedrig edel.
Ihr Götter! warum dies? warum dies, Götter?
Ha! dies lockt euch den Priester vom Altar,
Reißt Halbgenes'nen weg das Schlummerkissen.
Ja, dieser rote Sklave löst und bindet
Geweihte Bande; segnet den Verfluchten.
Er macht den Aussatz lieblich, ehrt den Dieb
Und gibt ihm Rang, gebeugtes Knie und Einfluß
Im Rat der Senatoren; dieser führt
Der überjähr'gen Witwe Freier zu;
Sie, von Spital und Wunden giftig eiternd,
Mit Ekel fortgeschickt, verjüngt balsamisch
Zu Maienjugend dies. Verdammt Metall,
Gemeine Hure du der Menschen, die
Die Völker tört! Komm, sei das, was du bist!

Man hört von weitem einen Marsch.

Ha! eine Trommel?
Lebendig bist du, doch begrab' ich dich.
Ja, laufen wirst du noch, du starker Dieb,
Wenn dein gichtkranker Wärter nicht kann stehn –
Doch so viel bleib' als Handgeld.

Er behält einiges Gold zurück.
Alcibiades tritt auf mit Trommeln und Pfeifen, auf kriegerische Weise.
Phrynia und Timandra.

ALCIBIADES. Wer bist du dorten? Sprich!
TIMON.
Ein Vieh wie du. Mög' doch dein Herz verfaulen,
Weil du mir wieder Menschenantlitz zeigst!
ALCIBIADES.
Wie nennst du dich? Ist Mensch dir so verhaßt,
Und bist doch selbst ein Mensch?
TIMON. Misanthropos bin ich, und hasse Menschheit.
Wärst du doch, besser dran zu sein, ein Hund,
So liebt' ich etwas dich.
ALCIBIADES. Ich kenne dich;
Doch unbekannt und fremd ist mir dein Schicksal.
TIMON. Dich kenn' ich auch; mehr wünsch' ich nicht zu wissen,
Als daß du mir bekannt. Folg' deiner Trommel,
Bemal' mit Menschenblut den Grund, rot, rot;
Göttlich Gebot, menschlich Gesetz ist grausam:
Was soll der Krieg denn sein? Hier deine Dirne
Trägt mehr Zerstörung in sich als dein Schwert,
Trotz ihrem Engelsblick.
PHRYNIA. Daß dir die Lippen faulen!
TIMON.
Nicht küssen will ich dich: so bleibt Verwesung
Dir an den Lippen hangen.
ALCIBIADES.
Wie ward der edle Timon so verwandelt?
TIMON.
So wie der Mond, wenn Licht ihm fehlt zu geben;
Doch konnt' ich nicht mich, wie der Mond, erneuen;
Mir borgte keine Sonne.
ALCIBIADES. Edler Timon,
Kann ich dir Freundschaft zeigen?
TIMON. Eine nur,
Bestärke meinen Glauben!
ALCIBIADES. Welchen, Timon?
TIMON. Versprich mir Freundschaft, aber halte nichts!
Versprichst du nicht, so strafen dich die Götter,
Denn du bist Mensch! Und hältst du, so vernichten
Die Götter dich, denn du bist Mensch!
ALCIBIADES.
Von deinem Elend hörte ich schon reden.
TIMON. Du sahst es damals, als das Glück mir lachte.
ALCIBIADES. Ich seh' es jetzt; damals war Freudenzeit.
TIMON. Wie deine jetzt: zwei Huren stützen sie.
TIMANDRA.
Ist dies die Zier Athens, von dem die Welt
So schön und rühmlich sprach?
TIMON. Bist du Timandra?

TIMANDRA. Ja.
TIMON.
Bleib' Hure stets! Dich liebt nicht, wer dich braucht;
Gib Krankheit dem, der seine Lust dir läßt!
Brauch' deine würz'gen Stunden: deine Sklaven
Verkrüpple für das Bad; zur Hungerkur
Den blüh'nden Jüngling!
TIMANDRA. An den Galgen, Scheusal!
ALCIBIADES.
Verzeih' ihm, hold Geschöpf, denn sein Verstand
Ertrank und ging in seinem Elend unter. –
Nur wenig Gold besitz' ich, wackrer Timon,
Und dieser Mangel bringt zum Aufstand täglich
Mein darbend Heer. Mit Leid vernahm ich, wie
Athen verrucht hat deines Werts vergessen
Und deines tapfern Streits, als Nachbarstaaten,
Wenn nicht dein glücklich Schwert war, es bewältigt.
TIMON.
Ich bitte, schlag' die Trommel, mach' dich fort!
ALCIBIADES.
Ich bin dein Freund, beklag' dich, teurer Timon.
TIMON. Wie kannst du den beklagen, den du plagst?
Ich wäre gern allein.
ALCIBIADES. Nun, so leb wohl!
Nimm dieses Gold!
TIMON. Behalt', ich kann's nicht essen.
ALCIBIADES.
Wenn ich Athen, das stolze, umgestürzt –
TIMON. Bekriegst Athen?
ALCIBIADES. Ja, Timon, und mit Recht.
TIMON. Die Götter mögen all' durch dich hinwürgen,
Und dich nachher, wenn du sie all' erwürgt!
ALCIBIADES. Weshalb mich, Timon?
TIMON. Weil, die Schurken tötend,
Du wardst erwählt, mein Vaterland zu tilgen.
Nimm hin dein Gold; – geh, hier ist Gold, – geh fort!
Sei wie Planetenpest, wenn Jupiter
In kranker Luft, auf hochverruchte Städte,
Sein Gift ausstreut; dein Schwert verschone keinen:
Nicht um sein Silberhaar den würd'gen Greis,
Ein Wuch'rer ist's; hau' die Matrone nieder,
Sie heuchelt, ihre Kleider nur sind sittsam,
Sie kuppelt frech; laß nicht der Jungfrau Wange
Stumpfen dein schneidend Schwert, denn diese Milchbrust,
Die durch die Fenster kirrt der Männer Augen,
Steh' auf des Mitleids Liste nicht geschrieben,
Nein, zeichne sie als scheußliche Verrät'rin;
Auch nicht des Säuglings schone,
Des Wangengrübchen Narr'n zum Weinen lächelt;
Denk', 's ist ein Bastard, den Orakelspruch
Mit dunklem Wort als deinen Mörder nennt;
Zerstück' ihn mitleidslos: schwör' Tod dem Leben;
Leg' erzne Rüstung dir auf Ohr und Auge,
So hart, daß Schrei von Mutter, Säugling, Jungfrau,
Des Priesters selbst, in heil'gen Kleidern blutend,
Dir nichts sei. Hier ist Gold für deine Krieger:
Sä,' aus Vernichtung; ist dein Grimm erschöpft,
So sei vernichtet selbst! Sprich nichts und geh!
ALCIBIADES.
Hast du noch Gold? So nehm' ich dein Geschenk,
Nicht deinen Rat.
TIMON.
Tu's oder tu' es nicht, vom Himmel sei verflucht!
PHRYNIA UND TIMANDRA.
Gold, guter Timon, gib uns; hast du mehr?
TIMON. Genug, daß Huren ihren Stand verschwören,
Die Kupplerin nicht Huren feilscht. Weit auf
Die Schürzen, Nickel: – ihr seid nicht eidesfähig –
Obwohl ich weiß, ihr würdet furchtbar schwören,
Daß, hörend euren Schwur, die ew'gen Götter
In Fieberschauern bebten, – spart die Eide,
Ich trau' eurer Natur: bleibt Huren stets,
Und ihm, des frommes Wort euch will bekehren,
Ihm zeigt euch stark, verführt ihn, brennt ihn nieder,
Besiegt mit eurem Feuer seinen Rauch,
Abtrünnig nie! Seid dann sechs Mond' in Mühn,
Dem ganz entgegen: schindelt armes Dach
Euch mit der Leichen Raub: – auch von Gehängten,
Was tut's? – Tragt sie, betrügt mit ihnen, buhlt;
Schminkt, bis ein Pferd euch im Gesicht bleibt stecken:
Schad' was um Runzeln!
PHRYNIA UND TIMANDRA.
Gut, mehr Gold: – was weiter?
Glaub' nur, wir tun für Gold, was du verlangst.
TIMON. Auszehrung sä't
In hohl Gebein des Manns; lähmt Schenkelknochen,
Des Reiters Kraft zerbrecht; des Anwalts Stimme,
Daß er nie mehr den falschen Spruch vertrete,
Und Unrecht kreische laut. Umschuppt mit Aussatz
Den Priester, der, auf Sinnenschwachheit lästernd,
Sich selbst nicht glaubt: fort mit der Nase, fort,
Glatt weg damit! Vernichtet ganz die Brücke
Ihm, der, sich eigne Jagd erschnüffelnd, nicht
Für alle spürt: krausköpf'ge Raufer, macht sie kahl;
Dem unbenarbten Kriegesprahler gebt
Gehör'ge Qual von euch: verpestet alles,
Und eure Tätigkeit erstick' und dörre
Die Quelle aller Zeugung! – Nehmt mehr Gold! –
Verderbt die andern, und verderb' euch dies,
Und Schlamm begrab' euch alle! –
PHRYNIA UND TIMANDRA.
Mehr Rat mit noch mehr Geld, freigeb'ger Timon!
TIMON.
Mehr Hur', mehr Unheil erst: dies ist nur Handgeld!
ALCIBIADES.
Nun, Trommeln, nach Athen hin! Leb wohl, Timon!
Geht's, wie ich hoffe, seh' ich bald dich wieder.
TIMON.
Geht's, wie ich wünsche, seh' ich nie dich mehr.
ALCIBIADES. Nichts Böses tat ich dir.
TIMON. Ja, du sprachst gut von mir.
ALCIBIADES. Nennst du das böse?
TIMON. Erfahrung lehrt es täglich.
Geh, mach' dich fort, und deine Meute auch!
ALCIBIADES.
Wir sind ihm nur zur Last. – Schlagt, Trommeln: fort!
Trommeln. Alcibiades, Phrynia und Timandra gehn ab.
TIMON.
Mußt du, Natur, krank in der Menschheit Abfall,
Noch hungern! –

Er gräbt.

Allgemeine Mutter du,
Dein Schoß unmeßbar, deine Brust unendlich,
Gebiert, nährt all'; derselbe Stoff, aus dem
Dein stolzes Kind, der freche Mensch, aufquillt,
Erzeugt die schwarze Kröt' und blaue Natter,
Die goldne Eidechs' und die gift'ge Schlange
Und jeglich Scheusal unterm Himmelsbogen,
Auf das Hyperions Lebensfeuer strahlt;
Gib ihm, der deine Menschenkinder haßt,
Aus deinem güt'gen Schoß nur eine Wurzel!
Vertrockne deine fruchtbar ew'ge Kraft,
Daß ihr kein undankbarer Mensch entspringe!
Gebier nur Tiger, Drachen, Wölf und Bären;
Wirf neue Unhold', die dein obrer Rand
Der hohen Marmorwölbung nie gezeigt! –
Oh, eine Wurzel, – inn'gen Dank dafür!
Vertrockne, Mark des Weinbergs, Fett der Äcker,
Woraus der undankbare Mensch mit süßem Trank
Und Leckerbiß den reinen Sinn verschlemmt,
Daß ab ihm gleitet jegliche Betrachtung.

Apemantus tritt auf.

Ein Mensch schon wieder? Ha, verflucht!

APEMANTUS.
Hieher ward ich gewiesen; man berichtet,
Daß du mein Leben nachahmst und mein Tun.

TIMON. So ist es nur, weil keinen Hund du hältst,
Dem ich nachahmen möchte: dir die Pest!

APEMANTUS.
Dies ist in dir nur angenommne Weise,
Unmännlich, arme Schwermut, die dem Wechsel
Des Glücks entsprang. Was soll der Platz, der Spaten?
Dies Sklavenkleid und dieser Traueranblick?
Noch liegt dein Schmeichler weich, trinkt Wein, trägt Seide,
Umarmt den kranken Wohlgeruch, vergessend,
Daß je ein Timon war. Schmäh' nicht den Wald,
Daß du den bitter Höhnenden hier spielst!
Sei du ein Schmeichler jetzt, such' zu gedeihn
Durch das, was dich gestürzt hat: beug' dein Knie,
Der Atem schon des, dem dein Auge dient,
Blas' dir die Mütze ab; sein Laster preise
Und nenn' es Tugend: so erging's auch dir.
Du nicktest, wie ein Bierzapf, jedem Grüßer,
Schelmen, und wer es war: nun ist's gerecht,
Daß du ein Schuft wirst; hätt'st du Geld genug,
So gäbst du's Schuften. Nimm nicht an mein Wesen!

TIMON.
Wär' ich dir gleich, so wollt' ich fort mich schleudern.

APEMANTUS.
Du warfst dich weg, da du dir selber glichest;
So lang' ein Toller, nun ein Narr! Wie, denkst du,
Die rauhe Luft, dein stürm'scher Kammerdiener,
Wärmt dir dein Hemd? Folgt altbemooster Baum,
Der Adler überlebt, hier deinen Fersen,
Und springt fort jedem Wink? Reicht kalter Bach
Mit Eisesrand den würz'gen Morgentrunk,
Der Nacht Erschöpfung stärkend? Ruf die Wesen, –
Die nackt und bloß den kalten Sturm ausdauern
Der rauhen Luft; die unbehauste Schöpfung,
Dem Kampf der Elemente hingegeben,
Treu der Natur, – befiehl, daß sie dir schmeicheln,
So find'st du –

TIMON. Daß ein Narr du bist: hinweg!

APEMANTUS. Du bist mir lieber jetzt als ehemals.

TIMON. Verhaßter du!

APEMANTUS. Weshalb?

TIMON. Dem Elend schmeichelst du.

APEMANTUS.
Ich schmeichle nicht, ich sag', du bist ein Lump.

TIMON. Doch weshalb suchst du mich?

APEMANTUS. Um dich zu quälen.

TIMON. Stets eines Narren oder Schuftes Amt.
Gefällst du dir drin?

APEMANTUS. Ja.

TIMON. Wie! Schurk' auch noch?

APEMANTUS. Legt'st du dies bittre, kalte Wesen an,
Um deinen Stolz zu zücht'gen, wär' es gut:
Doch nur gezwungen tust du's: würdest Höfling,
Wenn du kein Bettler wärst. Freiwillig Elend
Krönt selbst sich, überlebt unsichre Pracht;
Die füllt sich selber an und wird nie voll;
Doch jenes g'nügt sich selbst: der höchste Stand
Ist, unzufrieden, kläglich und voll Jammer,
Noch schlimmer als der schlimmste, der zufrieden.
Du sollt'st zu sterben wünschen, da du elend.

TIMON. Nicht, weil du's sagst, der weit elender ist.
Du bist ein Sklav', den nie der Liebesarm
Des Glücks umfing: ein Hund wardst du geboren.
Hätt'st du, gleich uns, vom Säugling her, erstiegen
Die süße Folg', die schnell die Welt dem bietet,
Der frei darf winken jedem Reiz, der ihm
Gehorcht, du hättest dich gestürzt in Schwelgen,
Ganz ohne Maß; die Jugend schmelzen lassen
In manchem Bett der Lust, und nie gehört
Der Mahnung eisig Wort; du jagtest nach
Dem süßen Wild vor dir. Dagegen ich,
Der ich als Lustgelag die Welt besaß:
Mund, Zungen, Augen, Herzen aller Menschen
Im Dienst, mehr als ich Arbeit für sie wußte,
Die zahllos an mir hingen, so wie Blätter
Am Eichbaum, sind durch einen Winterfrost
Vom Zweig gelöset; – offen steh' ich, bar
Für jeden Sturm, der bläst; – ich, dies zu tragen,
Der nur das Beßre kannte, ist fast schwer:
Dein Leben fing mit Leiden an, gehärtet
Hat dich die Zeit. Was sollt'st du Menschen hassen?
Sie schmeichelten dir nie: was gabst du ihnen?
Willst fluchen du, – so fluche deinem Vater,
Dem armen Lump, der, in Verzweiflung, Stoff
Gab irgendeiner Bettlerin, dich formte,
Armseligkeit von Ahnen her. Hinweg! –
Wärst du der Menschheit Wegwurf nicht geboren,
Du würd'st ein Schurke und ein Schmeichler sein.

APEMANTUS. Bist du noch stolz?

TIMON. Ja, daß ich du nicht bin.

APEMANTUS. Ich, weil ich kein Verschwender war.

TIMON. Und ich,
Weil ich es jetzt noch bin.
Wär' all mein Reichtum in dir eingeschlossen,
So gäb' ich dir Erlaubnis, dich zu hängen.
Fort! –

Wär' alles Leben von Athen in diesem,
So äß' ich's.

Er ißt eine Wurzel.

APEMANTUS. Hier, ich will dein Mahl verbessern.

Er bietet ihm etwas an.

TIMON. Erst beßre meinen Umgang, schaff dich fort!

APEMANTUS.
So beßr' ich meinen eignen, wenn du fehlst.

TIMON. Gebessert wär' er nicht, nein, nur geflickt;
Wo nicht, wollt' ich's.

APEMANTUS. Was wünschest du Athen?

TIMON.
Dich, durch den Wirbelwind, dahin! Und willst du,
So sage dort, ich habe Gold: sieh hier!

APEMANTUS. Hier kann kein Gold was nutzen.

TIMON. Ja, am meisten;
Hier schläft's und läßt zum Unheil sich nicht dingen.

APEMANTUS. Wo liegst die Nacht du, Timon?

TIMON. Unter dem,
Was mich bedeckt. Wo fütterst du am Tage?

APEMANTUS. Wo mein Hunger Nahrung findet, oder viel mehr, wo ich sie verzehre.

TIMON. Ich wollte, Gift gehorchte mir, und wüßte meine Meinung.

APEMANTUS. Wohin wolltest du es senden?

TIMON. Dein Mahl zu würzen.

APEMANTUS. Den Mittelweg der Menschheit kanntest du nie, sondern nur die beiden äußersten Enden. Als du in Gold und Wohlgeruch lebtest, wurdest du wegen zu gesuchter Feinheit verspottet; in deinen Lumpen kennst du sie gar nicht mehr, und wirst, um ihres Gegenteils willen, verabscheut. Hier hast du eine Mispel, iß sie!

TIMON. Ich esse nicht, was ich hasse.

APEMANTUS. Hassest du Mispeln?

TIMON. Ja, wenn sie dir auch gleich sehen.

APEMANTUS. Hättest du die diesen Mispeln ähnlichen faulen Zwischenträger früher gehaßt, so würdest du dich jetzt mehr lieben. Kanntest du je einen Verschwender, der noch geliebt ward, wenn seine Mittel dahin waren?

TIMON. Wen, ohne diese Mittel, von denen du sprichst, sahest du je geliebt?

APEMANTUS. Mich selbst.

TIMON. Ich verstehe dich; du hattest einmal so viel, daß du dir einen Hund halten konntest.

APEMANTUS. Was auf der ganzen Welt kannst du am besten mit deinen Schmeichlern vergleichen?

TIMON. Die Frauen; aber die Männer, die Männer sind das Ding selbst. Was würdest du mit der Welt machen, Apemantus, wenn sie dir gehörte?

APEMANTUS. Ich würde sie dem Vieh geben, um der Menschen los zu werden.

TIMON. Wolltest du denn mit den übrigen Menschen zugrunde gehen und ein Vieh unter dem Vieh bleiben?

APEMANTUS. Ja, Timon.

TIMON. Ein viehischer Wunsch, den ich die Götter bitte zu gewähren! Wärest du der Löwe, so würde der Fuchs dich betrügen; wärest du das Lamm, so würde der Fuchs dich fressen; wärest du der Fuchs, so würdest du dem Löwen verdächtig werden, wenn dich der Esel vielleicht verklagte; wärest du der Esel, so würde deine Dummheit dich plagen, und du lebtest doch nur als ein Frühstück für den Wolf; wärest du der Wolf, so würde deine Gefräßigkeit dich quälen, und du müßtest dein Leben oft wegen deines Mittagsessens wagen; wärest du das Einhorn, so würde Stolz und Wut dich zugrunde richten, und du würdest die Beute deines eigenen Grimmes; wärest du der Bär, so tötete dich das Pferd; wärest du das Pferd, so ergriffe dich der Leopard; wärest du der Leopard, so wärest du des Löwen Bruder, und deine eigenen Flecken würden sich gegen dein Leben verschwören; deine ganze Sicherheit wäre, versteckt sein, und deine Verteidigung Abwesenheit. Welch Vieh könntest du sein, das nicht einem andern Vieh unterworfen wäre? und welch ein Vieh bist du schon, daß du nicht einsiehst, wie viel du in der Verwandlung verlörest?

APEMANTUS. Könntest du mir durch Reden gefallen, so hättest du es hiemit getroffen: der Staat von Athen ist ein Wald von Vieh geworden.

TIMON. Wie ist der Esel durch die Mauern gebrochen, daß du außer der Stadt bist?

APEMANTUS. Dort kommt ein Dichter und ein Maler: die Pest der Gesellschaft treffe dich! Aus Furcht, angesteckt zu werden, gehe ich fort. Wenn ich einmal nicht weiß, was ich sonst tun soll, will ich dich wieder besuchen.

TIMON. Wenn es außer dir nichts Lebendiges mehr gibt, sollst du willkommen sein. Ich möchte lieber eines Bettlers Hund als Apemantus sein.

APEMANTUS.
Du bist das Haupt der Narr'n der ganzen Welt.

TIMON. Wärst du doch rein genug, dich anzuspein!

APEMANTUS.
Verwünscht bist du, zu schlecht, um dir zu fluchen!

TIMON. Mit dir gepaart ist jeder Schuft ein Edler.

APEMANTUS.
Nicht andern Aussatz gibt's, als was du sprichst.

TIMON.
Ja, nenn' ich dich. – Ich schlug' dich, doch das würde
Die Hände mir vergiften.

APEMANTUS.
Oh, könnte doch mein Mund sie faulen machen!

TIMON. Hinweg! du Sprößling eines räud'gen Hundes!
Die Wut erstickt mich, daß du Leben hast;
Mir schwindelt, seh' ich dich!

APEMANTUS. Oh, mögst du bersten!

TIMON.
Fort, läst'ger Schuft! Mich dauert's, einen Stein
An dich zu wenden!

Er wirft einen Stein nach ihm.

APEMANTUS. Tier!

TIMON. Sklav'!

APEMANTUS. Kröte!

TIMON. Schelm!

Apemantus zieht sich zurück, als ob er gehn wollte.

Mir ekelt ob der falschen Welt, und lieben
Will ich von ihr die kahle Notdurft nur.

Drum, Timon, grabe dir alsbald dein Grab,
Lieg', wo der Seeschaum täglich schlagen mag
Den Stein; dein Epitaph schreib' in der Grotte,
Daß Tod in mir des Lebens andrer spotte.

Er betrachtet das Gold.

Du süßer Königsmörder, edle Scheidung
Des Sohns und Vaters! glänzender Besudler
Von Hymens reinstem Lager! tapfrer Mars!
Du ewig blüh'nder, zartgeliebter Freier,
Des roter Schein den heil'gen Schnee zerschmelz'
Auf Dianas reinem Schoß! sichtbare Gottheit,
Die du Unmöglichkeiten eng verbrüderst,
Zum Kuß sie zwingst! du sprichst in jeder Sprache,
Zu jedem Zweck! O du, der Herzen Prüfstein!
Denk', es empört dein Sklave sich, der Mensch;
Vernichte deine Kraft sie all' verwirrend,
Daß Tieren wird die Herrschaft dieser Welt!

APEMANTUS. O wär' es so! –
Doch wenn ich tot bin. – Daß du Gold hast, sag' ich:
Bald drängt sieh alles zu dir.

TIMON. Zu mir?

APEMANTUS. Ja.

TIMON. Den Rücken zeig'!

APEMANTUS. Dein Elend lieb' und lebe!

TIMON. So lebe lang' und stirb so! – Wir sind quitt. –

Apemantus geht ab.

Mehr Menschengleiches? – Iß und hasse sie!

Es kommen mehrere Banditen.

ERSTER BANDIT. Woher sollte er Gold haben? So ein armer Rest, ein kleines Korn vom Geretteten; nur der Mangel an Gold und der Abfall seiner Freunde brachten ihn in diese Schwermut.

ZWEITER BANDIT.
Das Gerücht geht, er habe einen großen Schatz.

DRITTER BANDIT. Wir wollen uns an ihn machen: wenn er nichts danach fragt, so gibt er es uns gleich; wenn er es aber geizig hütet, wie sollen wir es kriegen?

ZWEITER BANDIT.
Ja, denn er trägt es nicht bei sich, es ist vergraben.

ERSTER BANDIT. Ist er das nicht?

DIE ANDEREN BANDITEN. Wo?

ZWEITER BANDIT. Nach der Beschreibung ist er's.

DRITTER BANDIT. Ja, ich kenne ihn.

DIE BANDITEN. Guten Tag, Timon!

TIMON. Was, Diebe?

DIE BANDITEN. Krieger, nicht Diebe.

TIMON. Beides, und von Weibern geboren.

DIE BANDITEN.
Wir sind nicht Diebe, Menschen nur im Mangel.

TIMON. Eu'r größter Mangel ist, euch mangelt Speise.
Weshalb der Mangel? Wurzeln hat die Erde;
In Meilenumfang springen hundert Quellen,
Der Baum trägt Eicheln, Sträuche rote Beeren;
Natur, die güt'ge Hausfrau, breitet aus
Auf jedem Busch ein volles Mahl. Was Mangel?

ERSTER BANDIT.
Wir können nicht von Kräutern, Beeren, Wasser,
Wie wildes Tier, wie Fisch und Vogel leben.

TIMON. Noch von den Tieren, Fischen, Vögeln selbst;
Auch Menschen müßt ihr zehren. Danken muß ich,
Daß ihr seid offne Dieb' und waltet nicht
In heil'germ Schein; unendlich ist der Raub,
Den jeder Stand mit Ehren treibt. Hier, Schufte,
Nehmt Gold: geht, saugt das zarte Blut der Traube,
Bis siedend heiß das Blut vom Fieber schäumt
Und euch das Hängen spart! Traut keinem Arzt:
Sein Gegengift ist Gift, und er erschlägt,
Schlimmer als ihr: raubt Gold zusamt dem Leben;
Übt Büberei, ihr übt sie im Beruf,
Als zünftig. Alles, hört, treibt Dieberei:
Die Sonn' ist Dieb, beraubt durch zieh'nde Kraft
Die weite See; ein Erzdieb ist der Mond,
Da er wegschnappt sein blasses Licht der Sonne;
Das Meer ist Dieb, des nasse Wogen auflöst
Der Mond in salz'ge Tränen: Erd' ist Dieb,
Sie zehrt und zeugt aus Schlamm nur, weggestohlen
Von allgemeinem Auswurf: Dieb ist alles.
Gesetz, euch Peitsch' und Zaum, stiehlt trotzig selbst
Und ungestraft. Fort, liebt einander nicht,
Beraubt einander selbst! Hier, noch mehr Gold!
Die Kehlen schneidet: was ihr seht, sind Diebe.
Fort, nach Athen, und brecht die Läden auf:
Ihr stehlt nichts, was ihr nicht dem Dieb entreißt;
Stehlt minder nicht, weil ich euch dies geschenkt,
Und Gold verderb' euch jedenfalls! Amen!

Timon zieht sich in seine Höhle zurück.

DRITTER BANDIT. Er hat mich fast von meinem Gewerbe weg beschworen, indem er mich dazu antrieb.

ERSTER BANDIT. Es ist nur aus Bosheit gegen das menschlich Geschlecht, daß er uns diesen Rat gibt, nicht, damit wir in unserm Beruf glücklich sein sollen.

ZWEITER BANDIT. Ich will ihm, als einem Feinde, glauben, und mein Handwerk aufgeben.

ERSTER BANDIT. Laßt uns erst Athen wieder in Frieden sehen: keine Zeit ist so schlimm, wo man nicht ehrlich sein könnte.

Die Banditen gehn ab.

Flavius tritt auf.

FLAVIUS. O Götter ihr! Ist jener
Schmachvolle und verfallne Mann mein Herr?
So abgezehrt, in Lumpen? O du Denkmal
Und Wunderwerk von Guttat, schlecht vergolten!
Welch Gegenbild von Ehr' und Pracht hat hier
Verzweiflungsvoller Mangel aufgestellt!
Gibt's Niedrers auf der Welt, als Freunde schändlich,
Die edlen Sinn in Schmach so stürzen endlich?
Oh, wohl ziemt das Gebot für unsre Zeit,
Das auch den Feind zu lieben uns gebeut!
Ihm, der mich haßt, sei Liebe eh'r geschenkt,
Als dem, der Liebe heuchelt, Böses denkt!
Er faßte mich ins Äug' – ich will ihm zeigen
Den tiefen Gram, und ihm, als meinem Herrn,
Solang' ich lebe, dienen. – Teurer Herr!

Timon kommt aus seiner Höhle.

TIMON. Wer bist du? Fort!

FLAVIUS. Herr, habt Ihr mich vergessen?

TIMON.
Was fragst du? Ich vergaß die ganze Menschheit;
Und bist du Mensch, so hab' ich dich vergessen.

FLAVIUS. Ich bin Eu'r redlicher und armer Diener.
TIMON. So kenn' ich dich nicht, denn ein Redlicher
War nie bei mir; all meine Diener Schurken,
Die Schufte nur bei Tisch bedienten.
FLAVIUS. Götter,
Bezeugt es, wie nie treuern Gram empfand
Ein Hausverwalter um des Herren Sturz,
Als ich um Euch!
TIMON.
Wie, weinst du? – Komm heran; so lieb' ich dich,
Weil du ein Weib bist und dich los hier sagst
Vom Mannsgeschlecht, des Auge nimmer tropft
Als nur in Lachenslust. Mitleid rührt keinen:
Im Lachen weinen, seltsam! nicht im Weinen!
FLAVIUS.
Ich fleh', mein guter Lord, verkennt mich nicht,
Weist meinen Gram nicht ab, nehmt als Verwalter
Mich an, solang' die kleine Summe währt!
TIMON. Hatt' ich 'nen Diener, so gerecht, so treu,
Und nun so trostreich? Ha! das bringt zum Rasen
Mein wild Gemüt. Laß mich dein Antlitz sehn! –
Gewiß, vom Weib ist dieser Mann geboren. –
Verzeiht den raschen, allgemeinen Fluch,
Ihr ewig mäß'gen Götter! Ich bekenn' es,
Ein Mensch ist redlich, – hört mich recht! – nur einer,
Nicht mehr, versteht! – und der ist Hausverwalter. –
Wie gern möcht' ich die ganze Menschheit hassen!
Du kaufst dich los; außer dir, trifft alle
Mein wiederholter Fluch.
Doch dünkt mich, bist du redlich mehr als klug;
Denn wenn du mich verrietst und hintergingst,
So hättest du leicht neuen Dienst gefunden;
Denn mancher findet so den zweiten Herrn,
Der auf den ersten tritt. Doch sprich mir wahr
(Ich zweifle noch, bin ich gleich überzeugt),
Ist deine Freundlichkeit nicht Habsucht, List,
Des Wuch'rers Liebe? Wie ein Reicher schenkt,
Und hofft, daß zwanzig er für eins empfange?
FLAVIUS. Nein, teurer, liebster Herr, in dessen Brust
Argwohn und Zweifel, ach, zu spät nun wohnen:
Hätt'st du im Glück die falsche Zeit erkannt!
Entspringt nur Argwohn, wo das Glück verschwand?
Beim Himmel! was ich zeig', ist lautre Liebe,
Daß meine Treu', Euer edles Herz erkennend,
Für Eure Nahrung sorgen will; und glaubt,
Mein höchst verehrter Herr,
Daß ich das allerhöchste Glück nicht tausche,
Das jetzt mir oder künftig winken könnte, –
Für diesen Wunsch: es ständ' in Eurer Macht,
Durch Euer eignes Glück mich zu belohnen!
TIMON. Nun sieh, so ist's! – Du einz'ger Redlicher,
Hier, nimm: – aus meinem Elend senden dir
Die Götter diesen Schatz. Sei reich und glücklich!
Doch nur mit dem Beding: zieh' fern von Menschen;
Fluch' allen, keinen laß Erbarmen finden,
Das Fleisch vor Hunger am Gebein verschwinden,
Eh' du dem Bettler hilfst! Gib Hunden, was
Du Menschen weigerst; Kerker schling' sie ein,
Laß Schulden sie zu nichts verschrumpfen,
Verdorren sie, wie Frost die Wälder trifft,
Und zehr' ihr falsches Blut des Fiebers Gift!
Und so: fahr' wohl, sei glücklich!
FLAVIUS. Laßt mich bleiben,
Zum Trost Euch, liebster Herr!
TIMON. Liebst du nicht Flüche,
So mach' dich fort: gesegnet, jetzt zu gehn:
Die Menschen flieh', laß dich mich nimmer sehn!
Sie gehn nach verschiednen Seiten ab.

Fünfter Aufzug

Erste Szene

Vor Timons Höhle.
Es treten auf der Dichter und Maler, Timon im Hintergrund.

MALER. So wie ich mir den Ort habe beschreiben lassen, kann sein Aufenthalt nicht weit mehr sein.
DICHTER. Was soll man von ihm denken? Bestätigt sich das Gerücht, daß er so viel Gold hat?
MALER. Gewiß! Alcibiades sagt es; Phrynia und Timandra bekamen Gold von ihm; er bereicherte auch arme, umherstreifende Soldaten mit einer großen Spende, und man sagt, daß er seinem Haushofmeister eine beträchtliche Summe gab.
DICHTER. Also war sein Bankrut nur eine Prüfung seiner Freunde.
MALER. Weiter nichts: Ihr werdet ihn wieder als einen Palmbaum in Athen erblicken, blühend bis zum Gipfel. Darum ist es nicht übel getan, wenn wir ihm jetzt, in seinem vermeinten Unglück, unsre Liebe bezeigen: es erscheint in uns als Rechtlichkeit; und wahrscheinlich erhält unser Vorsatz, was er erstrebt, wenn das Gerücht, das seinen Reichtum verkündet, wahr ist.
DICHTER.
Was habt Ihr ihm denn jetzt zu bringen?
MALER. Für den Augenblick nichts als meinen Besuch; ich will ihm aber ein herrliches Stück versprechen.
DICHTER. Ich muß ihn auf dieselbe Art bedienen, ihm von einem Entwurf erzählen, der sich auf ihn bezieht.
MALER. Vortrefflich! Versprechen ist die Sitte der Zeit, es öffnet die Augen der Erwartung: Vollziehen erscheint um so dummer, wenn es eintritt; und, die einfältigen, geringen Leute ausgenommen, ist die Betätigung des Wortes völlig aus der Mode. Versprechen ist sehr hofmännisch und guter Ton. Vollziehen ist eine Art von Testament, das von gefährlicher Krankheit des Verstandes bei dem zeugt, der es macht.
TIMON. Trefflicher Künstler! du kannst einen Menschen nicht so schlecht malen, als du selbst bist.
DICHTER. Ich denke darüber nach, was ich vorgeben will, das ich für ihn angefangen habe; es muß eine Darstellung von im selbst sein: eine Satire gegen die Weichlichkeit des Wohlstandes; eine Enthüllung der unbegrenzten Schmeichelei, die der Jugend und dem Überfluß folgt.
TIMON. Mußt du denn durchaus als Bösewicht in

deinem eignen Werk darstehn? Willst du deine
Laster in andern Menschen geißeln? Tu's, ich
habe Gold für dich.

DICHTER. Kommt, suchen wir ihn auf,
Daß unser Zögern sich nicht schwer vergeht,
Winkt uns Gewinn und kämen wir zu spät.

MALER. Sehr wahr;
Am heitern Tag erspähe, was dir fehlt,
Eh' es die Nacht im dunkeln Schoß verhehlt.
So kommt!

TIMON. Entgegen tret' ich euch. Oh, welch ein Gott
Ist Gold, das man ihm dient im schlechtern Tempel,
Als wo das Schwein haust! Du bist's, der das Schiff
Auftakelt und den Schaum des Meers durchpflügt;
Machst, daß dem Knecht mit Ehrfurcht wird
gehuldigt.
Anbetung dir! Den Heiligen zum Lohne,
Die dir allein gedient, die Pest als Krone!
Schnell tret' ich auf sie zu.

Er kommt vor.

DICHTER. Heil, würd'ger Timon!

MALER. Einst unser edler Herr!

TIMON. Erleb' ich's doch noch,
Zwei Redliche zu sehn?

DICHTER.
Wir hörten, die wir oft dein Wohltun fühlten,
Du seist vereinsamt, abgewandt die Freunde,
Die, undankbaren Sinns – oh, Scheusal' ihr!
Nicht scharf genug sind alle Himmelsgeißeln –
Wie! dich! des sternengleiche Großmut Leben
Und Nahrung ihrem ganzen Wesen gab!
Es macht mich toll, und nicht kann ich bekleiden
Die riesengroße Masse dieses Undanks
Mit noch so großen Worten.

TIMON. So geh' er nackt, man sieht ihn klarer dann.
Ihr Redlichen zeigt so, durch euer Wesen,
Die andern um so schlechter.

MALER. Er und ich,
Wir wandelten im Regen deiner Gaben,
Der uns erquickend traf.

TIMON. Ja, ihr seid ehrlich.

MALER. Wir kommen her, dir unsern Dienst zu bieten.

TIMON. Ihr Redlichen! ei, wie vergelt' ich's euch?
Nun, könnt ihr Wurzeln essen, Wasser trinken?

BEIDE. Was wir nur können, tun wir, dir zu dienen.

TIMON. Ihr Redlichen vernahmt, ich habe Gold;
Gewiß, ihr habt: sprecht wahr, denn ihr seid redlich!

MALER. Man sagt es, edler Lord; doch deshalb nicht
Kam ich zu Euch, so wenig als mein Freund.

TIMON. Ehrliche Männer ihr: – du malst Gemälde,
Der Best' in ganz Athen bist du, fürwahr!
Malst nach dem Leben.

MALER. Lieber Herr, so so!

TIMON. Ganz wie ich sagte, ist's.

Zum Dichter.

Und deine Dichtung!
Ha, fließt dein Vers nicht hin so glatt und zart,
Daß deine Kunst natürlich wieder wird! –
Bei alle dem, ihr wohlgesinnten Freunde,
Ich sag' es frei, habt ihr 'nen kleinen Fehler:
Freilich, nicht groß ist er an euch, noch wünsch' ich,
Daß ihn zu bessern ihr euch müht.

BEIDE. Geruht,
Ihn uns zu nennen!

TIMON. Doch ihr nehmt es übel.

BEIDE. Wir nehmen's dankbar an.

TIMON. Wollt ihr das wirklich?

BEIDE. Nicht zweifelt, edler Lord!

TIMON.
Ein jeder von euch beiden traut 'nem Schurken,
Der tüchtig euch betrügt.

BEIDE. Herr, tun wir das?

TIMON. Ja, und ihr hört ihn lügen, seht ihn heucheln,
Ihr kennt sein grobes Flickwerk, liebt ihn, nährt ihn,
Tragt ihn im Herzen: aber seid gewiß,
Er ist ein ausgemachter Schuft.

MALER. Ich kenne keinen solchen, Herr.

DICHTER. Noch ich.

TIMON.
Seht ihr, ich lieb' euch, ich will Gold euch geben,
Verbannt die Schufte nur aus eurer Nähe;
Hängt, stecht sie nieder, werft sie ins Kloak,
Vernichtet sie, wie's geht, und kommt zu mir,
Ich geb' euch Gold genug!

BEIDE.
Nennt sie, verehrter Herr, macht sie uns kenntlich.

TIMON.
Du hier, du dort hin, doch sind zwei beisammen: –
Steht jeder auch für sich, einsam, allein,
Ist doch ein Erzschuft stets mit ihm verbunden,
Wenn, wo du stehst, zwei Schufte nicht sein sollen,
Komm ihm nicht nah! – Wenn du nicht hausen willst,
Als wo ein Schuft nur ist, so meide ihn!
Fort! hier ist Gold; ihr kamt nach Gold, ihr Sklaven:
Für eure Arbeit nehmt Bezahlung: fort!
Du bist ein Alchimist, mach' daraus Gold!
Fort, Lumpenhunde!

Er schlägt sie und geht ab, indem er sie vor sich hertreibt.

Zweite Szene

Vor Timons Höhle.
Es treten auf Flavius und zwei Senatoren.

FLAVIUS. Vergeblich, daß ihr Timon sprechen wollt;
Denn in sich selbst ist er so ganz versunken,
Daß außer ihm nichts, was dem Menschen gleicht,
Freund mit ihm ist.

ERSTER SENATOR. Führ' uns zu seiner Höhle!
Wir sind gesandt, versprachen den Athenern,
Mit ihm zu reden.

ZWEITER SENATOR. Nicht in allen Zeiten
Ist stets der Mensch sich gleich. Zeit und sein Gram
Schuf so ihn um; wenn Zeit, mit mildrer Hand,
Der vor'gen Tage Glück ihm wieder beut,
Macht sie zum vor'gen Mann ihn. Führt uns zu ihm,
Dann geh' es, wie es kann!

FLAVIUS. Hier ist die Höhle. –
Sei Fried' und Wohlsein hier! Timon! Gebieter!
Schaut her und sprecht mit Freunden: die Athener
Begrüßen Euch durch würd'ge Senatoren.
Oh, edler Timon, sprecht mit ihnen!

Timon tritt auf.

TIMON. Du Sonne, heilsame, verbrenne! – Sprecht
Und seid gehängt! Für jedes wahre Wort
Euch Blasen auf der Zung', und jedes falsche
Fress' als ein Krebs sie mit der Wurzel weg,
Im Sprechen sie vernichtend!

ERSTER SENATOR. Würd'ger Timon, –

TIMON. Nur solcher wert als Ihr, wie Ihr des Timon.

ZWEITER SENATOR.
Timon, es grüßt dich der Senat Athens.

TIMON.
Ich dank' ihm; schickt' ihm gern die Pest zurück,
Könnt' ich für ihn sie greifen.

ZWEITER SENATOR. Oh, vergiß,
Was für uns selbst wir deinethalb betrauern!
Die Senatoren mit einstimm'ger Liebe
Ersuchen dich, heim nach Athen zu kehren;
Dir hohe Würden bietend, welche offen
Daliegen, daß du dich mit ihnen schmückst.

ERSTER SENATOR. Und sie gestehn,
Zu gröblich war's, wie alle dich vergaßen.
Jetzt hat nun der gesamte Staat – der selten
Nur widerruft – gefühlt, wie sehr die Hülfe
Ihm Timons fehlt, zu deutlich nur empfindend,
Daß selbst er stürzt, dem Timon Hülfe weigernd;
Er sendet uns, als Ausdruck seines Kummers,
Zugleich mit der Belohnung, die ergieb'ger
Als die Verletzung, noch so scharf gewogen;
So aufgehäufte Summen, Lieb' und Gold,
Daß sie auslöschen ganz des Staates Schuld,
Und dir einschreiben ihrer Liebe Zahlen,
Daß du sie stets als deine kannst berechnen.

TIMON. Wie ihr mich bezaubert,
Mich überrascht, daß fast die Träne rinnt:
Leiht mir des Toren Herz, des Weibes Auge,
Bei eurem Trost zu weinen, Senatoren!

ZWEITER SENATOR.
Laß dir's gefallen, kehre heim mit uns;
Nimm über unser, dein Athen, die Herrschaft
Als Oberhaupt, und Dank soll dich belohnen,
Vollkommne Macht dich krönen, und dein Name
Im Ruhm erblühn, – wenn wir zurück getrieben
Das freche Nahn des Alcibiades,
Der, wildem Eber gleich, aufwühlt den Frieden!
Des Vaterlands.

ERSTER SENATOR. Und der die Türm' Athens
Mit seinem Schwert bedrängt.

ZWEITER SENATOR. Timon, darum –

TIMON.
Gut, Herr, ich will; drum will ich, Freund; und so –
Fällt meine Landsleut' Alcibiades,
Laßt Alcibiades von Timon wissen,
Daß Timon
Nichts danach fragt! Schleift er die edle Stadt,
Und zupft die frommen Greis' an ihren Bärten,
Gibt unsre heil'gen Jungfrau'n preis der Schmach
Des tierisch wilden, frech vermeßnen Krieges:
Dann laßt ihn wissen, – sagt ihm, Timon sprach's:
Aus Mitleid für den Greis und Jüngling, muß ich
Ihm melden, ja – ich frage nichts danach,
Und zürn' er drob; nichts fragt sein feindlich Messer,
Solang' ihr Kehlen habt: von mir sag' ich,
Daß ich den schlechtsten Kneif im rohen Lager
Im Herzen höher stell', als aus Athen
Die hochschätzbarste Gurgel. So verbleibt
Dem Schutz der segensreichen Götter, wie
Der Dieb dem Schließer!

FLAVIUS. Geht, es ist umsonst!

TIMON. So eben schrieb ich hier mein Epitaph,
Man sieht es morgen. Nun beginnt zu heilen
Mein langes Lebens- und Gesundheits-Leid,
Und Nichts bringt Alles mir. Geht, lebt nur weiter;
Sei Alcibiades euch Qual, ihr ihm,
Und lange währ's!

ERSTER SENATOR. Wir sprechen nur vergeblich.

TIMON.
Doch lieb' ich noch mein Vaterland, und nicht
Erfreut der allgemeine Schiffbruch mich,
Wie das Gerücht es sagt.

ERSTER SENATOR. So sprichst du gut.

TIMON.
Empfehlt mich meinen teuren Landsgenossen –

ERSTER SENATOR.
Dies Wort ziert deinen Mund, indem er's spricht.

ZWEITER SENATOR.
Zieht in das Ohr, dem Triumphator gleich,
Im Jubelschall des Tors.

TIMON. Empfehlt mich ihnen,
Und sagt, um ihren Kummer zu erleichtern,
Die Furcht vor Feindesschlag, Verlust und Schmerz,
Der Liebe Qual und mannigfaches Weh,
Die der Natur zerbrechlich Fahrzeug trägt
Auf schwankem Lebensweg, will ich sie trösten,
Der Wut des Alcibiades entraffen.

ERSTER SENATOR.
Dies dünkt mich gut, er kehrt gewiß zurück.

TIMON.
Mir wächst ein Baum, hier nah bei meiner Höhle:
Mein eigner Nutzen treibt mich, ihn zu fällen,
Ich haue bald ihn um: sagt meinen Freunden,
Sagt ganz Athen, dem Adel wie dem Volk,
Vom Höchsten zum Geringsten; – wem's gefalle,
Zu enden seine Not, der möge eilen,
Hieher, eh' noch mein Baum die Axt gefühlt,
Und sich dran hängen: – bitte, grüßt sie alle!

FLAVIUS. Stört ihn nicht mehr: so findet ihr ihn stets.

TIMON.
Kommt nicht mehr zu mir, sondern sagt Athen,
Timon hat hier sein ew'ges Haus gebaut
Auf dem bespülten Strand der salz'gen Flut,
Das einmal Tags mit ihrem schwell'nden Schaum
Die Wogen überfluten; dahin kommt,
Laßt meinen Grabstein euch Orakel sein! –
Laßt, Lippen, bittre Wort', und ende, Laut;
Des Schlimmen Beßrung sei der Pest vertraut!
Kein Menschenwerk, als Gräber; Tod ihr Lohn!
Birg, Sonne dich! Vollbracht hat Timon schon.

Er geht ab.

ERSTER SENATOR.
Sein zorn'ger Sinn ist fest und unzertrennlich
Von seinem Wesen.

ZWEITER SENATOR. In ihm starb unsre

Hoffnung. Kehrt zurück
Und denkt, welch andre Rettung uns noch bleibt
In dieser großen Not.
ERSTER SENATOR. Wir müssen eilen.
Sie gehn ab.

Dritte Szene

In Athen.
Es treten auf zwei Senatoren und ein Bote.

ERSTER SENATOR.
Mit Sorgfalt forschtest du; sind seine Scharen
So zahlreich, wie du sagst?
BOTE. Das Mind'ste nannt' ich:
Dabei erweist sein Eilen, daß er gleich
Sich zeigen wird.
ZWEITER SENATOR.
Kommt Timon nicht, so sind wir sehr gefährdet.
BOTE. Ich traf, als Boten, einen alten Freund; –
Mit dem, obwohl jetzt durch Partei'n getrennt,
Die alte Lieb' ihr vor'ges Recht bewahrte,
Und uns als Freunde sprechen ließ: er ging
Vom Alcibiades zu Timons Höhle
Und bracht' ihm Briefe, die ihn dringend baten,
Mit ihm den Krieg auf eure Stadt zu führen,
Da seinethalb, zum Teil, er ihn begann.
Die Senatoren, welche von Timon zurück kommen.
ERSTER SENATOR. Seht, unsre Brüder kommen.
DRITTER SENATOR.
Sprecht nicht von Timon, nichts von ihm erwartet
Des Feindes Trommel tönt, der große Zug
Erfüllt die Luft mit Staub: Zu den Waffen alle!
Es legt der Feind für unsern Fuß die Falle.
Sie gehn alle ab.

Vierte Szene

Vor Timons Höhle; man sieht einen Grabstein.
Ein Soldat tritt auf.

SOLDAT. Nach der Beschreibung wäre dies der Platz,
Wer da? He, keine Antwort! – Was ist das?
Timon ist tot, er zahlte der Natur;
Dies les' ein Tier! von Menschen keine Spur.
Ja, tot gewiß: und dies hier ist sein Grab. –
Was auf dem Grabmal steht, kann ich nicht lesen;
So drück' ich in dies Wachs die Zeichen ab.
Der Feldherr ist in Kenntnis jeder Schrift
Ein alter Forscher, obwohl jung an Jahren.
Athen, die stolze Stadt, bedroht er eben:
Ihr Fall ist seiner Ehrsucht höchstes Streben.
Er geht ab.

Fünfte Szene

Vor den Toren von Athen.
Trompeten. Alcibiades tritt auf mit seinem Heer.

ALCIBIADES. Blast dieser feigen, schwelgerischen Stadt
Ins Ohr mein schrecklich Nahn!
Trompeten. Die Senatoren erscheinen auf den Mauern.
Bis jetzt gelang es euch, die Zeit zu widmen
Mit Maß der Willkür; Satzung war allein,
Was gut euch dünkte; ich und andre schliefen
Im Schatten eurer Macht, und wanderten,
Kreuzweis die Arm', und seufzten unser Leid
Vergeblich nur. Nun ist die Zeit erwachsen,
Das Lasttier darf im Dienst sich kräftig fühlen
Und schreit von selbst: »Nicht mehr!« In Polsterstühlen
Wird jetzt bequem geschmähte Kränkung ruhn,
Und der goldschwere Übermut wird keuchen,
In Furcht und grauser Flucht.
ERSTER SENATOR. O edler Jüngling,
Als deine erste Kränkung noch Gedanke,
Eh' du Gewalt hatt'st und wir Grund, zu fürchten,
Kam Botschaft dir, mit Balsam deine Wut,
Mit Liebe unsern Undank auszutilgen,
Mehr zahlend als die Schuld.
ZWEITER SENATOR. Auch luden wir
Zu unsrer Stadt den umgeschaffnen Timon,
Demütig flehend, liebevoll versprechend.
Nicht alle fehlten, drum verdienen alle
Des Krieges Geißel nicht.
ERSTER SENATOR. Hier diese Mauern,
Sie wurden nicht durch deren Hand gebaut,
Die dich gekränkt; noch ist so groß die Kränkung,
Daß diese Türm' und Tempel fallen sollten
Um Schuld der einzelnen.
ZWEITER SENATOR. Auch sind sie tot,
Die Ursach' waren, daß du dich schied'st von hier:
Scham über ihren Fehl, in Übermaß,
Zerbrach ihr Herz. So zieh' denn, edler Feldherr,
Mit fliegendem Panier in unsre Stadt:
Laß, durch das Los bestimmt, den Zehnten sterben;
Hungert dein Rachgefühl nach dieser Speise,
Vor der Natur ergraut, nimm du den Zehnten;
Wie, durch Geschick, des Würfels Flecken fallen,
So falle der Befleckte!
ERSTER SENATOR. Alle fehlten nicht;
Nicht billig ist's, für die Verstorbnen Rache
An Lebenden zu nehmen: Sünde erbt
Sich nicht, wie Land und Gut. Drum, teurer Landsmann,
Führ' ein dein Heer, doch laß die Wut da draußen:
Schon' deiner Wieg', Athens, verwandten Bluts,
Das deines Zornes Sturm vergießen würde
Mit dem der Schuldigen: gleich einem Schäfer
Nah' deiner Hürd', und sondre das Erkrankte,
Doch nicht erwürge alles!
ZWEITER SENATOR. Was du foderst,
Wirst du mit deinem Lächeln eh' erzwingen,
Als mit dem Schwert erhaun,
ERSTER SENATOR. Setz' nur den Fuß
An dies bollwerkte Tor, so springt es auf,
Hast du dein mildes Herz voraus gesandt
Als Freundesboten.
ZWEITER SENATOR. Wirf den Handschuh her;
Gib jedes andre Unterpfand der Ehre,
Daß du zur Herstellung den Krieg nur nutzest
Und nicht zu unserm Sturz, – so nimmt dein Heer

Wohnung in unsrer Stadt, bis wir bewilligt
Dein vollestes Begehr.

ALCIBIADES.
Hier ist mein Handschuh:
Tut auf das unbewehrte Tor, steigt nieder!
Die, welche Timons Feind' und meine sind,
Und die ihr selbst zur Strafe ziehen sollt,
Die einzig fallen: eure Furcht soll tilgen
Mein Ehrenwort, daß nicht ein Mann verläßt
Sein Standquartier, den Strom auch keiner trübe
Des hergebrachten Rechts in eurer Stadt:
Geschieht's, so zieh' ihn eure eigne Satzung
Zur strengen Rechenschaft!

BEIDE. Ein edles Wort!

ALCIBIADES.
So steigt herab und haltet das Versprechen!

Die Senatoren steigen herab und öffnen die Tore.
Ein Soldat tritt auf.

SOLDAT. Mein edler Feldherr, Timon ist gestorben
Und an des Meeres ödem Strand begraben.
Auf seinem Grabstein fand ich diese Schrift;
Ich prägte sie in Wachs, des sanfte Form
Dir deute, was ich selbst nicht lesen kann.

ALCIBIADES *liest.*
»Hier liegt der traurige Leib, dem der traur'ge Geist entschwebt;
Forscht meinen Namen nicht: Fluch allem, was da lebt!
Hier lieg' ich, Timon: da ich lebt', haßt' ich, was Leben hegt:
Geh, fluch' von Herzen, aber mach', daß fort dein Fuß dich trägt!«
Wohl drückt dies aus, was du zuletzt gefühlt:
Hast unser menschlich Leid du auch verachtet,
Die Tränenflut, die Tropfen, welche karg
Die Rührung fallen läßt: doch lehrte dich
Dein reicher Witz, Neptunus selbst zu zwingen,
Daß er nun ewig weint gesühnte Fehler
Auf deinem niedern Grab. Gestorben ist
Der edle Timon; künftig mehr von ihm!
Führt mich in eure Stadt, und mit dem Schwert
Bring' ich den Ölzweig: Krieg erzeuge Frieden,
Und Frieden hemme Krieg; jeder erteile
Dem andern Rat, daß eins das andre heile! –
Rührt eure Trommeln!

Alle gehn ab.

POETISCHE WERKE

VENUS UND ADONIS

Als von dem weinenden Morgen schied die Sonne
Mit Purpurantlitz, eilt' Adonis schon,
Der rosenwangige, zu des Jagens Wonne;
Jagd liebt' er, doch der Liebe lacht' er Hohn.
Von Liebe siech, tritt Venus ihm entgegen
Und wirbt um ihn, wie kecke Werber pflegen.

»Du, dreimal schöner, als ich selbst«, begann
Die Liebliche mit buhlerischem Kosen,
»Süß über alles, holder als ein Mann,
Mehr weiß und rot, als Tauben sind und Rosen;
Sich selbst besiegend, da sie dich vollendet,
Sagt die Natur, daß mit dir alles endet.

Geruh', du Wunder, dich vom Roß zu schwingen,
Und an den Sattelbogen festzuzäumen
Sein stolzes Haupt; zum Lohn von tausend Dingen
Erfährst du auch, so süßen als geheimen.
O, komm – dies Moos birgt keiner Schlange Tücke! –
Daß ich mit meinen Küssen dich ersticke.

Und fürchte nicht, verhaßte Sattheit müsse
Den Mund dir schließen; nein, im Überfluß
Soll er noch hungern, wundgeküßt: zehn Küsse
Wie einer kurz, wie zwanzig lang ein Kuß.
Ein Sommertag muß einer Stunde gleichen,
Läßt unter solchem Spiel man ihn verstreichen.«

Mit dem ergreift sie seine schweiß'ge Hand,
Die Botin seiner Kraft und Männlichkeit.
»'s ist edler Balsam«, zittert sie, »gesandt,
Daß eine Göttin seiner sich erfreut.«
So rasend gibt ihr Stärke die Begier,
Ihn sich herabzuziehn von seinem Tier.

Des Renners Zügel über einem Arm,
Schlägt sie den andern um des Knaben Leib,
Der dämisch schmollt, und rot wird, doch nicht warm,
Und abhold ist dem süßen Zeitvertreib.
Sie rot und heiß, wie Kohlen recht im Feuer;
Er rot vor Scham, allein ein frost'ger Freier.

O, Lieb' ist schnell! – um einen knorr'gen Ast
Weiß sie behend den bunten Zaum zu winden;
Das Roß ist aufgestallt, und jetzt in Hast
Versucht sie auch den Reiter festzubinden.
Ihn rückwärts stoßend, wie er sie es müßte,
Lenkt seinen Leib sie, doch nicht seine Lüste.

Kaum sinkt er hin, so fällt auch sie zur Erde,
Gleich ihm auf Hüft' und Ellenbogen lehnend;
Sie streichelt ihn, doch er mit Zorngebärde
Verweist es ihr; – ihn zu beschwicht'gen wähnend,
Vor Wollust stammelnd, sagt sie unter Küssen:
»Ja, wenn du schmälst, muß ich den Mund dir schließen.

Er brennt vor Scham, sein mädchenhaft Erglühn
Löscht sie mit Tränen; drauf mit ihren Locken
Und ihren Seufzern wieder kühlt sie ihn,
Und fächelt seine Wangen wieder trocken.
Er nennt sie frech und schilt ihr zuchtlos Werben;
Was folgen soll, läßt sie durch Küsse sterben.

Und wie ein Aar, der lange Zeit gefastet,
Den Schnabel senkt in Federn, Fleisch und Bein,
Die Schwingen schüttelt und nicht eher rastet,
Als bis er voll ist und der Raub herein:
So küßt sie Stirn ihm, Kinn und Mund und Wangen,
Um, wo sie endet, wieder anzufangen.

Er muß es schmollend wohl zufrieden sein;
Er liegt und keucht, und atmet ihr entgegen.
Sie saugt begierig seinen Odem ein,
Und nennt ihn Wonnedüften, Himmelsregen;
Und wünscht, ihr Antlitz trüge Blumenbeete,
Daß ewig sie ein solcher Tau umwehte.

Sieh, wie ein Netz den Vogel, so umstricken
Der Göttin Arme den Gefangnen; – Wut
Und finstres Zürnen sprüht aus seinen Blicken,
Und läßt sie glühn mit doppelt schöner Glut.
Wird Regen sich in volle Ström' ergießen,
Dann müssen wohl die Ufer überfließen.

Noch bittet sie, und artig bittet sie;
Denn art'gen Ohren ja tönt ihre Stimme.
Noch brütet er, noch lohnt er ihre Müh'
Mit roter Scham und aschefarbnem Grimme.
Rot zieht sie vor, doch blaß auch läßt sie gelten,
Der Neuheit wegen, denn blaß ist er selten.

Gleichviel, ob er sie liebt; sie muß ihn lieben,
Und schwört es laut bei ihrer Hand, der schönen,
Unsterblichen: »Durch nichts werd' ich vertrieben
Von deiner Brust, als bis mit meinen Tränen
Du Frieden machst; für dich rinnt diese Flut;
Ein süßer Kuß macht alles, alles gut.«

Als dies Versprechen ihrer Lipp' entflieht,
Hebt er das Kinn, wie Taucher sich erheben,
Und schnell versinken, wenn man sie ansieht: –
So will er ihr, was sie begehrte, geben;
Doch plötzlich blinzelt er, und kehrt zur Seite
Die Lippe, die zum Kusse schon bereite.

Nie lechzt' ein Wandrer in der Hitze so
Nach einem Trunk, wie sie nach diesem Kusse;
Dem Heile nah, wird sie des Heils nicht froh,
In Flammen steh'nd trotz ihrer Tränen Gusse.
»O, Mitleid«, ruft sie, »kieselherz'ger Knabe!
Ein Kuß nur ist's, drum ich gebeten habe!

Wie ich um dich, so hat um mich gefreit
Der fürchterliche, rauhe Gott des Krieges,
Der seinen Nacken bog in keinem Streit,
Der, wo er wandelt, sich erfreut des Sieges;
Doch hab' ich ihn zu Füßen mir gesehn,
Erflehend das, was dir wird ohne Flehn.

An meinen Altar hängt' er seine Lanze,
Sein beulig Schlachtschild und sein Helmgefieder,
Ließ sich herab zu Tändelspiel und Tanze,
Und lernte Lächeln, Schmeichelworte, Lieder,
Verschwörend Fahn' und Trommel; – sieh, sein Feld
Ward diese Brust, mein Bett war sein Gezelt.

So den Besiegenden hab' ich besiegt;
An Rosenketten hielt ich ihn gefangen.
Er, dessen Stärke starker Stahl sich biegt,
Ließ meiner Schönheit dienen sein Verlangen,
O, sei nicht stolz! Nicht rühme deines Sieges
Dich über sie, die schlug den Gott des Krieges.

Laß deine Lippen auf den meinen ruhn –
Sie sind ja rot, wenn auch nicht schön, wie deine.
Der Kuß soll dein sein, wie er mein ist! – Nun,
Das Haupt empor! Was suchst du auf dem Raine?
Sieh mir ins Aug', sieh dich auf seinem Grunde!
Wenn Aug' in Aug', warum nicht Mund auf Munde?

Schämst du, zu küssen, dich? o schließ' geschwind,
Gleich mir, das Auge! Nacht so scheint die Helle!
Die Liebe schwärmt, wo zwei beisammen sind;
Beginne kühn! kein Aug' sieht diese Stelle!
Die blauen Veilchen unsres Lagers wissen
Nicht, was wir tun, und plaudern nicht von Küssen.

Der zarte Lenz, der deine Lipp' umweht,
Nennt unreif, doch wohl mag man kosten dich.
O, daß die Zeit nicht nutzlos dir vergeht!
Nicht in sich selbst verzehre Schönheit sich!
Die Blum, die man nicht bricht im ersten Schimmern,
Wird in sich selbst vergehn bald und verkümmern.

Wär' ich verrunzelt, mißgestaltet, alt,
Von rauher Stimme, bucklig, ekelhaft,
Verachtet, kränklich, abgenutzt und kalt,
Triefäugig, mager, dürr und ohne Saft:
Dann möcht' es sein! dann taugt' ich nicht für dich!
Doch ohne Mängel, was verschmähst du mich?

Nie wird das Alter meiner Stirn gefährlich;
Mein Auge blitzt, und ist im Äugeln stark;
Dem Lenze gleich, wächst meine Schönheit jährlich;
Mein Fleisch ist weich, und brennend ist mein Mark.
Läg' meine Hand feucht in der feuchten deinen,
Sie würde schmelzend zu vergehen scheinen.

Befiehl, und schmeichelnd soll mein Wort dich locken:
Wie eine Fee leicht über's Blumenland,
Wie eine Nymphe, mit gelösten Locken,
Spurlos mich schwingen will ich über'n Sand.
Lieb' ist ein Geist, von Feuer ganz gewoben,
Leicht, nimmer sinkend, strebend nur nach oben.

Sieh nur mein Lager, diese Primeln, an!
Sie tragen mich, wie starker Bäume Macht;
Ein schwaches Taubenpaar ist mein Gespann,
Und zieht mich leicht, vom Morgen, bis zur Nacht.
Wenn also leicht die Liebe sich bewährt,
Wie, Süßer, glaubst du, daß sie dich beschwert?

Versah dein Herz an deinen Augen sich?
Kann deine Linke lieben deine Rechte?
Wirb um dich selbst dann, selbst verschmähe dich,
Und mache dich zu deinem eignen Knechte.
So ging Narciß der eignen Schöne nach,
Und starb vor Sehnsucht, als er stand am Bach,

Die Fackel ward, das Dunkel zu verjagen,
Gestein zum Schmücken, Schönheit zum Genießen,
Das Kraut zum Duften, wie der Baum zum Tragen;
Die Sprossen sünd'gen, die für sich nur sprießen:
Saat stiftet Saat, Schönheit der Schönheit Licht;
Du wardst gezeugt, und Zeugen ist dir Pflicht.

Wie wären dir der Erde Kinder eigen,
Wenn deiner Kinder nicht auch sie erworben?
Sieh, die Natur gebietet dir, zu zeugen,
Daß dein Geschlecht lebt, wenn du selbst gestorben:
So wirst du ganz nicht in den Tod gegeben,
Dein Bild ja lebt, und in ihm wirst du leben!« –

Und jetzt begann die Lechzende zu schwitzen;
Der Schatten ließ die Stelle, wo sie lagen;
Und Titan, keuchend in des Mittags Hitzen,
Sah heiß herab auf sie aus seinem Wagen:
Wünschend, Adonis säß' im goldnen heute,
Wär' er Adonis und an Venus' Seite.

Adonis aber, schläfrig und verdrossen,
Die Stirne runzelnd, finster seine Brau,
Das zorn'ge Auge mürrisch halb geschlossen,
Wie wenn den Himmel einhüllt Nebelgrau –
Mundziehend spricht er: »Laß mich fort! Zu sehr
Brennt heut die Sonne! Nichts von Liebe mehr!«

»Weh' mir!« ruft Venus, »wie so jung und kalt!
Welch leerer Vorwand, dich mir zu entziehn!
Himmlischen Odem seufz' ich dir alsbald,
Daß er dich kühle bei der Sonne Glühn.
Mein wallend Haar soll Schatten dir gewähren,
Und brennt es auch, so lösch' ich es mit Zähren.

Die Sonn' am Himmel wärmt nur und gibt Licht,
Und schau', ich liege zwischen ihr und dir!
Von dort die Hitze sengt mich wahrlich nicht,
Nur deiner Augen Glut bringt Hitze mir!
War' ich unsterblich nicht: – dahingegeben
Zwei solchen Sonnen, könnt' ich fürder leben?

Bist du von Stein denn, bist du hart wie Stahl?
Den harten Stein doch höhlt des Regens Guß!
Gebar ein Weib dich, und du fühlst die Qual
Des nicht, der liebt und einsam lieben muß?
Glich dir die Mutter, die dich trug, du Schlimmer:
Sie starb als Jungfrau und gebar dich nimmer.

Wer bin ich denn, daß du mich fliehst, Verächter?
Bringt meine Werbung dir denn auch Gefahr?
Macht denn ein Küßchen deine Lippen schlechter?
O sprich! – doch hübsch! – sonst schweige ganz und gar!
Nur *einen* Kuß! – du sollst ihn wieder haben,
Und willst du Zinsen, sollen zwei dich laben!

Pfui, kalt Gemälde, lebenloser Stein,
Buntschimmernd Bildnis – all' dein Glanz erlogen!
Das Aug' erfreust du; – ach, das Aug' allein!
Ding, wie ein Mann, doch nicht vom Weib erzogen!
Du bist kein Mann, was auch dein Aussehn sagt,
Denn Männer, wahrlich, küssen ungefragt!«

So spricht sie brünstig, bis die Ungeduld
Einhalt gebietet ihrer Zunge Fechten!
Ihr feurig Antlitz zeugt von ihrer Schuld,
In Liebe richtend, hilft ihr nicht ihr Rechten.
So weint sie denn, und glaubt mir nur, sie spräche,
Wenn Schluchzen nicht ihr Sprechen unterbräche.

Kopfschüttelnd nun erfaßt sie seine Hand,
Senkt dann die Augen auf des Bodens Grün;
Mit ihren Armen jetzo wie ein Band,
Wie er sich sträuben mag, umschlingt sie ihn.
Und will er fort, der weiberscheue Ringer,
Verschränkt sie heftig ihre Lilienfinger.

»O, du mein Liebling«, spricht sie lächelnd, »seh'
Ich endlich dich in diesem schnee'gen Hag!
Ich will dein Park sein, so sei du mein Reh!
Geh' nach Gelüst hier deiner Weide nach!
Fang' auf den Lippen an! wenn *die* versiegen,
Dann tiefer, wo die lust'gen Quellen liegen!

Genug des Süßen gibt's in diesem Reiche;
Gras in den Gründen, anmutvolle Höhn;
Gewölbte Hügel, Buschwerk und Gesträuche,
Die vor dem Regen und des Sturmes Wehn
Dich schützen werden; drum sei meine Hinde,
Und fürchte nicht, daß hier ein Hund dich finde!'

Auf dies, wie spöttisch, lächelt er; – o sieh',
Wie seine Wangen jetzt zwei Grübchen tragen:
Cupido selbst, der Lose, machte sie,
Daß er drin ruhe, möcht' ihn wer erschlagen.
Er wußt' es wohl: nahm er den Sitz der Liebe
Zum Grabe sich, daß er lebendig bliebe.

Und diese Grübchen alle beide tun
Auf ihren Mund, die Seel' ihr zu verschlingen.
Vorher schon rasend, was beginnt sie nun?
Gleich anfangs tot, was hilft ein zweites Ringen?
Du arme Venus, deiner eignen Macht
Verfallen, liebst du, was dich kalt verlacht!

Was soll sie sagen *jetzt*, wohin sich wenden?
Zu End' ihr Reden, aber nicht ihr Glühn!
Die Zeit ist um; er will sich ihren Händen,
Die ihn umschlingen, mit Gewalt entziehn.
»O Mitleid«, ruft sie, »bin ich *nichts* denn wert?«
Doch er springt auf und eilt nach seinem Pferd.

Jetzt aber sieh': – vom Dickicht her erschaut
Den Hengst des Knaben eine flücht'ge Stute;
Sie jagt heran, sie schnaubt, sie wiehert laut,
Jung, ungebändigt, voll von Kraft und Mute.
Da reißt der Renner wild sich los vom Baum,
Sie zu begrüßen mit zerriss'nem Zaum.

Er nimmt sich auf, er wiehert ihr entgegen,
Und jetzo sprengt er seine festen Gurten;
Die Erde dröhnt von seines Hufes Schlägen,
Als ob Gewitter ihr im Schoße murrten.
Sein hart Gebiß zerknirscht er im Entfliehn,
Bewält'gend so, was einst bewältigt ihn.

Er spitzt die Ohren; seiner Mähne Dräun
Wallt auf im Takt, wie seine Füße stampfen.
Mit seinen Nüstern zieht die Luft er ein,
Sie wie ein Ofen wieder auszudampfen.
Sein zorn'ges Auge, voll von wilder Glut,
Zeigt sein Verlangen, seinen heißen Mut.

Zuweilen trabt er mit bescheidnem Stolz,
Als wollt' er zählen alle seine Schritte;
Dann wieder bäumt er, courbettiert durch's Holz,
Jagt und holt aus, als wär's zum tollsten Ritte;
Als wollt' er sagen: »so tut meine Stärke
Daß dort die Schöne lüstern auf mich merke!«

Was kümmert jetzt ihn seines Reiters Zorn,
Sein schmeichelnd: *Holla,* und sein: *Willst du stehn?*
Was gilt ihm Trense, was der scharfe Sporn,
Was reicher Zäume, lust'ger Decken Wehn?
Er sieht sein Lieb, und nichts sonst auf der Welt,
Weil seinen Augen gar nichts sonst gefällt.

Sieh', wollt' ein Maler mehr sein als das Leben,
Verließ' er kühn des Alltags breite Spur,
Wollt' er das Bild uns eines Rosses geben,
Das mehr durch Kunst, als andre durch Natur:
Traun, solch ein Roß wohl gliche diesem Pferde,
So Wuchs und Farbe, Mut, Gang und Gebärde!

Leicht auf den Füßen, von gedrungnem Bau,
Kopf klein und zierlich, große Augen drin,
Weitauf die Nüstern, Hufhaar lang und rauh,
Schweif dicht und wallend, Mähne zart und dünn:
So trabt er stolz, und nichts fehlt seiner Schöne,
Als daß sein Kreuz ein stolzer Reiter kröne.

Oft schnaubt er fort, starrt dann auf *eine* Stelle,
Fährt wieder auf jetzt, wenn ein Blatt nur fällt,
Enteilt im Flug, beschämt des Windes Schnelle,
Und läßt sie raten, wo er endlich hält.
Durch seine Mähne pfeift des Windes Singen,
Und Schweif und Mähne wehn ihm nach als Schwingen.

Vor seinem Lieb dann bleibt er wiehernd stehn;
Sie wiehert auch, als freute sie sein Spiel;
Doch bald, wie Weiber: stolz, ihn heiß zu sehn,
Macht sie die Spröde, tut sie fremd und kühl,
Weist ab sein Werben, stampft in sein Verlangen,
Schlägt mit den Fersen sein verliebt Umfangen.

Dann, wie betrübt und voll von Mißbehagen,
Senkt er den Schweif wie eine fallende Feder,
Läßt ihn der Schenkel weiße Schaumflut schlagen,
Schnappt nach den Fliegen auf des Riemwerks Leder;
Sein Lieb', gewahrend, wie so wild er tut,
Wird gütiger, und nach läßt seine Wut.

Sein zorn'ger Reiter naht, daß er ihn fange;
Doch sieh', die Stute faßt ein plötzlich Scheun;
Sie eilt von dannen, aufgeschreckt und bange,
Der Hengst ihr nach – Adonis steht allein.
Fort nach dem Walde jagen sie, die Tollen,
Schneller als Kräh'n, die Wette fliegen wollen.

Erschöpft und heiß setzt sich Adonis nieder,
Verwünscht sein Tier und seine Störrigkeit;
Und jetzo kehrt die günst'ge Stunde wieder
In der sich Venus ihres Redens freut.
Denn dreifach Leiden fühlt ein Herz, das liebt,
Fehlt ihm der Beistand, den die Zunge gibt.

Verhaltne Flamme, zugedämmte Flut,
Flammt auf und flutet nachher um so freier:
So auch ein Gram, der still im Herzen ruht;
Ein freies Reden stillt der Liebe Feuer;
Doch, ward des Herzens Anwalt stumm einmal,
Dann bricht der Schützling und vergeht in Qual.

Er sieht sie kommen und beginnt zu glühn –
So glüht im Wind erstorbner Kohlen Hitze! –
Den wirren Blick, zu Boden schlägt er ihn,
Die zorn'ge Stirn verbirgt er mit der Mütze;
Was kümmert's ihn, daß sie so nah sich stellt,
Weil er sie seitwärts nur im Auge hält?

O, welch ein Anblick, mit verstohlnem Gange
Dem finstern Knaben sie sich nahn zu sehn;
Den Streit zu schaun auf ihrer süßen Wange,
Den Weiß und Purpur wechselnd jetzt begehn!
Erst war sie bleich, doch bald in wilder Hitze
Entfuhr ihr Feuer, wie dem Himmel Blitze.

Nun steht sie vor ihm, grade wo er ruht;
Kniet dann voll Demut auf den Grund, den kühlen;
Mit einer Hand erhebt sie seinen Hut;
Die andre läßt sie sanft sein Antlitz fühlen.
Annimmt es weich den leisen Druck der weichen,
Und hält ihn fest, Schneeflocken zu vergleichen.

O, welch ein Krieg von Blicken nun beginnt!
Ihr Auge, schwimmend, schaut in sein's mit Flehen;
Sein Auge tut, als wär' es für sie blind.
Ihr Auge wirbt, sein Auge will's nicht sehen;
Und durch den Chorus ihrer heißen Zähren
Läßt seine Akte dieses Spiel erklären.

Ganz freundlich nun ergreift sie seine Hand;
's ist eine Lilie, rings von Schnee umsäumt;
's ist Elfenbein, das Marmor licht umspannt:
So weißen Feind umfängt so weiß ein Freund.
Dies schöne Kämpfen, dieses süße Rauben,
Dem Schnäbeln gleicht es zweier Silbertauben.

Und noch einmal jetzt hebt sie stürmend an:
»Du schönster Wandler auf dem ird'schen Runde!
Wär'st du wie ich doch! wär' doch ich ein Mann!
Wär' mein Herz heil, und trügest du das wunde!
Ein süßer Blick – und Rat wollt' ich dir geben,
Müßt' ich dich retten auch mit meinem Leben!«

»Die Hand«, spricht er, »wozu mich länger quälen?«
»Dein Herz!« spricht sie, »und gleich sollst du sie haben!
O lasse dein Herz meines nicht verstählen!
Zu hart ja würd' es, Seufzer drein zu graben!
Des Flehns der Liebe hätt' ich nimmer acht,
Wenn stählern dein Herz meines hart gemacht!«

»Schmach!« ruft er aus, »was hältst du mich gefangen?
Hin ist mein Tag! mein Renner jagt im Hain!
Nur deine Schuld ist's, daß er durchgegangen!
Fort, sag' ich, fort! und laß mich hier allein!
Denn nicht gedenk' ich heut noch andrer Dinge.
Als wie zurück ich meinen Flüchtling bringe!«

So ihr Erwidern: »Zürne nicht den Pferden!
Der Brunst zu folgen ist des Tieres Pflicht.
Lieb' ist die Kohle, die gekühlt muß werden,
Soll sie das Herz in Flammen setzen nicht!
Die See hat Grenzen, keine das Verlangen:
Warum denn staunen, daß dein Roß gegangen?

Wie stand dein Zelter mährengleich und trübe,
Als ihn dein Leder fest noch hielt am Baum!
Doch als er nahn sah seine stolze Liebe,
Ha, wie zerriß er trotzig da den Zaum!
Wie flog sein Haar, wie schnob er wild und dräuend,
Genick und Nacken, Maul und Brust befreiend!

Wer die Geliebte sieht in ihren Kissen,
Nackt, weißer schimmernd als des Lagers Lein:
Mag der vom Schwelgen nur des Auges wissen!
Er lodert *ganz*, will ihrer *ganz* sich freun.
Wer ist so mutlos, der nicht auch so kühn,
Bei Frost zu rühren an der Flamme Glühn?

Laß mich entschuld'gen deinen Renner, Knabe!
Und lern' von ihm, ich bitt' dich herzlich drum,
Wie du benutzest dargebotne Gabe!
Dies eine lehr' ich dich, und wär' ich stumm:
O, lerne lieben! leicht ja ist die Müh',
Und kannst du's einmal, du verlernst es nie!«

»Ich will's nicht lernen!« ruft er, »wär's ein Schwein,
Ein Eber noch: dann wollt' ich's jagen gehen!
Es ist ein Borgen – ich mag nichts entleihn!
Meine Lieb' zur Lieb' ist Lieb' nur, Lieb' zu schmähen!
Im Tod ein Leben ist sie, sagt man mir,
Das lacht und weint in einem Atem schier.

Wer legt ein Kleid auch unvollendet an?
Wer bricht die Knospe, eh' sie Blätter kerben?
Wird Keimendem ein Jot nur abgetan,
So muß es kläglich schon als Keim verderben.
Das Pferd, das man zu früh ritt und belud,
Verliert den Stolz, bleibt ewig ohne Mut!

Du ringst die Hand mir aus! Auf, uns zu trennen!
Dein nutzlos Reden, laß es endlich sein!
Hör' endlich auf, die Brust mir zu berennen –
Nie durch ihr Tor doch zieht die Liebe ein!
Fort deine Heucheltränen, dein Gewäsche!
Mein Herz ist hart – sie machen keine Bresche!«

Sie drauf: »Du sprichst? Was, hast du eine Zunge?
Es sei! doch wär' ich jetzt nur ohne Ohr!
Denn wie Sirenen redest du, mein Junge!
Zwiefach jetzt duld' ich, duldend schon zuvor!
Melod'scher Mißlaut! Himmelslied voll Strenge!
Herztötende, tiefsüße Erdenklänge!

Hätt' ich nicht Augen: jene ungeseh'ne
Inwend'ge Schönheit hörend würd' ich lieben;
Taub aber, fühlt' ich deine äußre Schöne
Mit jedem Teile, dem Gefühl geblieben.
Ohn' Aug' und Ohr in Liebe würd' ich sein,
Und nach dir lechzen – durch's Gefühl allein!

Selbst, hätt' ich eingebüßt des Fühlens Sinn;
Könnt' ich nicht sehn, nicht fühlen und nicht hören;
Wär' jeder Sinn, nur der Geruch nicht, hin:
Doch würde wanklos meine Liebe währen!
Denn auf von deinem holden Antlitz steigt
Dein Odem ja, der duftend Liebe zeugt.

Doch welch ein Mahl wär'st dem Geschmacke du,
Der Amm' und Nährer ist der andern Viere!
Sie würden's endlos wünschen! 'Zwiefach zu',
Hieß' es zum Argwohn, 'riegle Tor und Türe!
Damit nicht Eifersucht, die saure, herbe,
In's Haus sich schleichend, unser Fest verderbe!'«

Aufgeht noch einmal das Rubinportal,
Durch dessen Honig seine Rede gleitet;
Ein roter Morgen scheint's, der allemal
Wrack dem Matrosen, Sturm der Flur bedeutet;
Den Schäfern Leid, den kleinen Vögeln Weh',
Den Herden aber Hagelwind und Schnee.

Sie merkt das böse Zeichen mit Bedacht: –
Wie sich der Wind legt, eh' der Regen fällt,
Und wie das Obst platzt, eh' es Flecken macht,
Und wie der Wolf den Zahn weist, eh' er bellt,
Und wie die Kugel, eh' sie tötet, singt:
Ahnt sie sein Meinen, eh' sein Wort es bringt.

Und flach vor seinem Blicke fällt sie nieder,
Denn Liebe stirbt und wird belebt durch Blicke:
Ein Grollen schlägt, ein Lächeln heilt sie wieder –
Bankbrüchig jetzt, ist sie erst recht im Glücke.
Der dumme Knabe meint, sie wäre tot;
Er klopft ihr bleich Gesicht – und klopft es rot.

Und unterläßt nun, voll von Angst und Staunen,
Was er gewollt: mit Tadel sie bestürmen;
Zuvorkommt Liebe listig seinen Launen –
O Heil der List, die so sich weiß zu schirmen:
Denn wie erschlagen liegt sie auf dem Rasen,
Bis er ihr atmend Leben eingeblasen.

Er drückt die Nas' ihr, gibt ihr Backenschläge,
Krümmt ihre Finger, ruft: »O woll' erwachen!«
Reibt ihre Lippen, sinnt auf tausend Wege,
Was er verdorben, wieder gut zu machen;
Küßt sie – und sie, geschäh' nur ihr Gelüste,
Erhöbe nie sich, daß er immer küßte.

Zum Tage jetzo wird des Kummers Nacht;
Matt ihre blauen Fenster hebt sie beide,
Der Sonne gleich, wenn in erneuter Pracht
Sie grüßt den Morgen, aller Welt zur Freude;
Und wie die Sonne hehr durchstrahlt die Welt,
So wird ihr Antlitz ganz vom Aug' erhellt:

Das auf das seine heftet all' sein Flammen,
Als ob von dem nur Glut und Schein ihm kämen;
Vier solche Kerzen brannten nie zusammen,
Nur daß die seinen wölkt ein stilles Grämen;
Doch ihre, deren Strahl durch Tränen bricht,
Sprühn, wie bei Nacht im Wasser Mondenlicht;

»Bin ich im Himmel oder noch auf Erden?«
Ruft sie, »der Flut, dem Feuer preisgegeben?
Ist's müder Abend, will es Morgen werden?
Schwelg' ich im Tode? wünsch' ich noch zu leben?
Erst eben lebt' ich – ach in Sterbeleide!
Starb eben erst – und Tod war Lebensfreude!

O, du erschlugst mich! tu' es noch einmal!
Das schlau den Lehrer deiner Augen macht,
Dein hartes Herz hat so zu meiner Qual
Erzogen sie, daß meins sie umgebracht!
Und meine Augen – nie mehr sah'n die armen,
Trug nicht dein Mund ein wonnevoll Erbarmen!

Drum mögen lang sich deine Lippen küssen!
O, mög' ihr Purpur nun und nie erbleichen!
Sie sollen blühn, und alle Seuche müssen
Dem unheildroh'nden Jahre sie verscheuchen!
Daß angeführt der Sternendeuter sage,
Durch deinen Odem sei gebannt die Plage.

O, wie als Siegel deine Lippen frei
Die meinen preßten! Sprich, was muß ich geben,
Daß sie es wieder tun? Mich selbst? Es sei,
Dafern du ehrlich zahlst und handelst eben!
Willst du den Kauf? Wohl denn, besiegl' ihn stracks
Auf meiner Lippen rotem Siegelwachs!

Nicht, tausend Küsse kauft mein Herz von mir?
Du zahlst sie wieder, ganz wie dein Verlangen.
O sprich, was sind zehnhundert Küsse dir?
Sind sie nicht rasch gezählt und rasch gegangen?
Sag', daß Nicht-Zahlung sie verdoppeln müsse –
Sind solche Müh' denn zwanzighundert Küsse?«

So er: »Wenn du mich lieb hast – immer nenne
Mich blöd, doch halt' es meinem Flaum zu gut!
Willst du mich kennen, eh' ich selbst mich kenne?
Fängt denn der Fischer auch die zarte Brut?
Abfallen reife, nimmer grüne Pflaumen,
Und brichst du sie, so sind sie herb dem Gaumen.

O sieh', wie müd die Sonne niedergeht;
Ihr heißes Tagwerk endigt sie im West.
Die Eule kreischt, Herold der Nacht; 's wird spät;
Zum Pferch das Lamm, der Vogel eilt zum Nest.
Kohlschwarz Gewölk verhüllt den Himmel weit,
Und ruft: Gut' Nacht nun! es ist Scheidenszeit!

Drum gute Nacht! und sag' auch du gut' Nacht!
Ein Kuß, wenn du es sagst, wird noch gezollt!«
»Gut' Nacht!« ruft sie, und eh' er auf sich macht,
Reicht er ihr dar des Scheidens Honigsold.
Um seinen Hals die Arme schlägt sie dicht,
Sie scheinen eins, Gesicht wächst an Gesicht.

Bis atemlos er endlich sich befreit,
Und ihrem Durst das sel'ge Naß versagt,
Den Purpurmund, in dessen Süßigkeit
Sie schwelgt, und dennoch über Dürre klagt.
Vor Mangel sie, er matt vor Überfluß,
Hinfallen sie, nochmals vereint im Kuß.

Jetzt hat sie ihn! Ha, wie er blöd sich fügt!
Ha, wie sie nie zu sättigend ihn zerfleischt!
Ihr Mund ist Sieger, seiner zahlt besiegt
Die Lösung aus, die der Beleid'ger heischt,
Und geierhungrig heischt so hohen Satz:
Versiegen muß des Zahlers Lippenschatz.

Und nun der Beute Süßigkeit sie kennt,
Beginnt zu prassen sie mit blinder Wut;
Heiß kocht ihr Blut, ihr Antlitz raucht und brennt,
Achtlose Wollust facht verwegnen Mut,
Nicht Ehre mehr, nicht Sitte mehr ermessend,
Taub der Vernunft, des Rots der Scham vergessend.

Von ihrem Ungestüm heiß und zerschlagen,
Dem Falken ähnlich, den man zahm gekirrt,
Dem Rehe gleich, das matt vom langen Jagen,
Dem Kinde, das durch Tändeln ruhig wird,
Gehorcht er jetzt, und sie zur selben Zeit
Nimmt – nach Gelüst nicht, doch nach Möglichkeit.

Kein Wachs so hart, das Wärme nicht erweichte,
Drauf jeder Druck zuletzt nicht haften bliebe!
Kein Ding so schwer, das Kühnheit nicht erreichte
Und Stetigkeit – vor allem in der Liebe!
Neigung ermattet nicht nach Feiglingsart:
Nein, wirbt am besten, wenn verschmäht sie ward.

Wich seinem Zürnen alsobald ihr Schmachten,
Von seinen Lippen Nektar sog sie nie.
Wer Liebe hegt, soll keiner Ungunst achten –
Die Ros' hat Dornen, dennoch pflückt man sie!
Wie manchem Schloß die Schönheit auch verfalle,
Die Liebe mit dem Dietrich bricht durch alle!

Aus Mitleid jetzt kann sie ihn nicht mehr halten,
Denn gar zu kläglich ist sein Flehn und Grämen;
Drum sagt sie endlich Lebewohl dem Kalten,
Und bittet ihn, ihr Herz in acht zu nehmen,
Das – sie beschwört es bei Cupidos Bogen –
Ihr in den Käfig seiner Brust entflogen.

»Du Süßer«, spricht sie, »eine Nacht voll Sorgen
Steht mir bevor! Du scheuchst den Schlaf mir fort!
Sag' mir, mein Meister, treffen wir uns morgen?
Sag', treffen wir uns? sag' mir, ist's ein Wort?«
Er sagt ihr, nein! denn längst ward ausgemacht:
Mit Freuden zieht er auf die Eberjagd.

»Die Eberjagd!« – und jähes Blaß zur Stunde
(Dem Linnen gleich, das auf die Rose weht)
Deckt ihr Gesicht; sie zittert bei der Kunde,
Und reißt ihn an sich, der schon von ihr geht;
Sinkt dann, indes ihn ihre Arm' umstricken:
Er fällt auf ihren Leib, sie auf den Rücken.

Nun ist sie recht erst in der Liebe Schranken:
Aufsaß ihr Ritter ja, heiß obzusiegen;
Doch diesmal auch bleibt alles beim Gedanken –
Er reitet nicht, hat er sie auch bestiegen!
Wer um Elysium so gebracht sein muß,
Erduldet Schlimm'res wohl als Tantalus.

Gleichwie, betrogen von gemalten Trauben,
Hungrige Vögel schwelgen mit den Blicken –
Ihr Kropf bleibt leer, kein Beerchen läßt sich rauben –
So schmachtet sie in ihren Mißgeschicken.
Die Wärme, die er kalt sie läßt vermissen,
Sucht sie zu fachen mit beständ'gem Küssen.

Umsonst, du Gute! nie wirst du erhört! –
All' ihre Listen hat sie nun geübt;
Wohl scheint ihr Werben größern Lohnes wert:
Die Liebe liebt, und wird doch nicht geliebt!
»Pfui«, ruft er, »du erdrückst mich! laß mich gehn!
Du hast kein Recht, mir so im Weg zu stehn!«

Sie drauf: »Du wär'st schon fort zu dieser Frist,
Wenn das vom Eber nicht entschlüpft dir wäre!
O sei gewarnt; du weißt nicht, was es ist,
Ein tappig Schwein zu stechen mit dem Speere!
Gleichwie ein blut'ger Fleischer, mordbereit,
Die nackten Hauer wetzt er allezeit.

Auf seinen Rücken starrt ihm eine Schlacht
Von borst'gen Lanzen; grimmig sein Geschnauf;
Glüh flammt sein Auge, wenn man wild ihn macht;
Sein Rüssel, wo er geht, wühlt Gräber auf;
Hinwirft er, was sich zeigt auf seinem Wege,
Und tötet, was er wirft, durch Hauerschläge.

Sein sehn'ger Wanst, mit straffem Haar bewehrt,
Stichfest und derb, braucht keinen Speer zu scheun;
Sein kurzer dicker Hals wird schwer versehrt;
Zornig nimmt er es auf selbst mit dem Leun;
Die er durchbricht, die Dorn- und Brombeerhecken,
Gehn vor ihm auf, als macht' er ihnen Schrecken.

Ach, wenig achtet er dein hold Gesicht,
Dem als Tribut ich staunende Blicke zolle;
Dein klares Aug', dein Mund auch rührt ihn nicht,
Noch deine Hand, die weiche, wonnevolle.
Nein, hätt' er dich: verheeren würd' er diese
Schönheiten all', wie er verheert die Wiese.

Drum stör ihn nicht, wo tief im Forst er ruht;
Was soll die Schönheit mit so garst'gen Feinden?
Komm nicht mit Fleiß zu nahe seiner Wut –
Wer gern gedeiht, nimmt Rat an von den Freunden.
Als du ihn nanntest, daß ich's nicht verhehle,
Bebt' ich um dich, und Angst befiel die Seele.

Denk' an mein Antlitz nur! War es nicht bleich?
Sahst du nicht Furcht in meinen Augen wittern?
Sank ich in Ohnmacht nieder nicht sogleich?
In meiner Brust, auf der du liegst, mit Zittern
Schlägt hoch mein ahnend Herz, die heiße Kraft,
Und wirft und schüttelt dich erdbebenhaft.

Denn wo die Liebe herrscht, kommt mit Geschrei
Die Eifersucht, und nennt sich ihren Hort;
Macht blinden Lärm gleich, spricht von Meuterei,
Und ruft sogar in Friedenszeit: 'Mord, Mord!'
Beirrend so der sanften Lieb' Entzücken,
Wie Luft und Wasser Feuer unterdrücken.

Und diese Klatsche, diese Späherin,
Die, wie ein Krebs, der Liebe Lenz verschlingt,
Sie, diese Eifersucht, die her und hin
Wahres zuweilen, oft auch Falsches bringt,
Pocht mir an's Herz, raunt mir in's Ohr und droht:
»Wenn du ihn liebst, so fürcht' auch seinen Tod!«

Und mehr als das: stellt meinem Auge dar
Ein zornig Schwein, ein toll und tobend Tier;
Und blutend unter seiner Fänge Paar
Liegt auf dem Rücken ein Gebild - gleich dir!
Die Blumen, die sein Herzblut aufgefangen,
Stehn trauernd da, und ihre Köpfchen hangen.

Was sollt ich tun, als so zu meinem Schmerz
Du mir erschienest, allzukühner Knabe?
Schon beim Gedanken blutet mir das Herz,
Und Furcht verleiht ihm der Voraussicht Gabe:
Ja, sterben wirst du, liebste meiner Sorgen,
Dafern der Eber dich hinauslockt morgen.

Doch hör' auf mich, willst du durchaus in's Feld:
Laß los die Koppel auf den bangen Hasen,
Los auf den Fuchs, der sich durch List erhält,
Los auf das Reh, das kampfscheu tritt den Rasen:
All' diese Zagen, jag' sie auf den Dünen,
Und hoch zu Roß folg' mit den Hunden ihnen.

Und wenn den Hasen frisch du aufgespürt,
O sieh' den armen Schelm, o sieh' den Bängsten,
Wie er dem Winde vorläuft, jetzt laviert,
Jetzo sich duckt und lauscht in seinen Ängsten;
Ein Labyrinth von Listen und von Launen
Durchhastet er zu seiner Feinde Staunen.

Oft läuft er zwischen eine Lämmerherde,
Daß ihr Geruch die Hunde irre macht
Oft, wo Kaninchenvolk durchwühlt die Erde,
Verbirgt er sich, daß jäh verstummt die Jagd;
Oft unter Hirschen auch enteilt er schnell:
Gefahr zeugt List, Witz ist der Furcht Gesell.

Denn seine Wittrung dort, vermischt den andern,
Bringt Ungewißheit den erhitzten Hunden;
Ihr Bellen schweigt; sie suchen und sie wandern,
Bis ihren Fehler sie zuletzt gefunden;
Dann frisch Gebell, vom Widerhall verdoppelt,
Als wär' am Himmel noch 'ne Jagd entkoppelt.

Um diese Zeit, fernab von einer Höh',
Stellt Lampe sich auf seine Hinterläufe,
Daß er sich um nach seinen Gegnern seh' –
Da wiederum tönt Klaffen und Gekeife,
Und jetzt dem Kranken gleicht er, der verstört
Vor seiner Tür des Priesters Glöcklein hört.

Noch einmal flieht er, ganz mit Tau benetzt –
Doch jede Ranke schon hält auf den Matten.
Sieh, wie im Zickzack über'n Weg er setzt –
Ach, jedes Murmeln hemmt ihn, jeder Schatten.
Denn harten Tritts das Elend treten alle:
Nicht einer, der es aufhebt nach dem Falle.

Lieg' still, und hör' noch etwas von der Sache!
Nein, still – noch kommst du nicht von meiner Seite!
Daß ich des Ebers Jagd verhaßt dir mache,
Ungleich mir selbst, hörst du mich pred'gen heute –
Auf solchen Fall anwendend solche Lehren,
Denn jedes Weh kann Liebe dir erklären.

Wo blieb ich denn?« – »Mir gleich!« sprach er entgegen;
»Bleib' mir nur fern, so endet die Geschichte!
Die Nacht ist um!« – Sie: »Was ist dran gelegen?«
Er gleich: »Man harrt mein mit dem ersten Lichte;
Und noch ist's dunkel, und ich werde fallen!« –
Sie: »Die Begier sieht nächtens hell vor allen!

Doch wenn du wirklich fällst, so wiss' und glaube:
Die Erd', in Liebe, stellte dir ein Bein,
Einzig damit sie einen Kuß dir raube.
Reich Gut lockt Wackre auch zu Dieberein:
So wölkt dein Mund Dianas Blick, der herben –
Sie möchte küssen und meineidig sterben.

Nun erst erkenn' ich dieses Dunkels Sinn:
Cynthia aus Scham birgt ihren Schein zumal,
Bis sie verurteilt als Verräterin
Sieht die Natur: die Form zu dir ja stahl
Die Freche vom Olymp, durch solches Nehmen
Die Sonn' am Tag, nachts Luna zu beschämen.

Und drum die Parzen auch ging sie bestechen,
Das seltne Kunstwerk der Natur zu kreuzen;
Der Schönheit beizumischen leid'ge Schwächen,
Ach, und Entstellung sonst vollkomm'nen Reizen,
Sie unterwerfend aller Tyrannei
Qualvollen Elends, schnöder Krüppelei:

Dem Fieber so, das brennend und verheerend,
Der Pestilenz, dem Krampf, der irren Wut,
Und jener Krankheit, die, das Mark verzehrend,
Mit heißem Wallen sieden macht das Blut! –
Die sind's! Die schwuren der Natur den Tod,
Weil sie so hold dich schuf, so weiß und rot.

Und der geringsten dieser bösen Seuchen
Erliegt die Schönheit, eh' Minuten fliehn;
Saft, Kraft und Farbe – alles siehst du weichen,
Was eben noch dem Stauner göttlich schien;
Auftaut und schmilzt es fort mit einemmal,
Wie Schnee des Bergs im Mittagssonnenstrahl.

Drum, unfruchtbare Keuschheit zu verhöhnen,
Drum Nonnen und Vestalen auch zum Torte,
Die Mangel gern an Töchtern und an Söhnen
Ausgössen auf die Erde, die verdorrte: –
Vergeude du! die Lampe, hell von Schein,
Verzehrt ihr Öl, der Welt ihr Licht zu leihn.

Was ist dein Leib, als ein verschlingend Grab
Für alle sie, die durch das Recht der Zeit
Dir die Natur zu deinen Kindern gab,
Zerstörtest du sie nicht in Dunkelheit?
Ist dem also, muß dich die Welt verachten:
Nie so den Stolz die Hoffnung sah sie schlachten.

So in dir selber stirbst du selber nun –
Ein Unheil, schlimmer, als wenn Brüder streiten,
Als wenn Verzweifler sich ein Leides tun,
Als wenn dem Sohn die Eltern Tod bereiten.
Rost frißt den Schatz, den geizig man versteckt,
Doch durch gebrauchtes Gold wird Gold geheckt.«

»Pah«, ruft Adon, »auf's neue singst du eben
Das alte Lied, das längst mich widern muß;
Umsonst der Kuß, den ich dir kaum gegeben!
Umsonst dein Ringen gegen Wind und Fluß!
Denn – seh' die brünst'ge Nacht als Zeugin nieder!
Dein Sprechen erst macht dich mir recht zuwider!

Lieh' dir die Liebe zwanzigtausend Zungen,
Und rührte jede mehr als deine mich,
Wär' jede wie Sirenenlied erklungen:
Nie schlich ein Ton doch mir zum Ohre sich!
Denn jeden falschen Ton ihm fern zu halten,
Siehst du mein Herz als Schirmvogt in ihm walten:

Daß nicht in meiner Brust friedlichen Bann
Die trügerische Harmonie sich stehle,
Und daß mein kleines Herz, vernichtet dann,
Sich ruhlos nicht auf seinem Lager quäle!
Nein, Herrin, nein! mein Herz mag keinen Kummer!
Nun es allein schläft, schläft es festen Schlummer!

Kein Wort von dir, das sich nicht widerlegt!
Breit sind die Pfade zur Gefahr und eben;
Nicht Liebe hass' ich – nur was dich bewegt,
In Liebe jedem Fremden dich zu geben!
Du tust's um Samen? wundersam Entschuld'gen!
Muß kuppelnd so Vernunft der Wollust huld'gen?

O nenn es Liebe nicht! die Lieb' entfloh
Zum Himmel ja, seit Wollust Liebe heißt,
Als Liebe frische Schönheit kostet – roh
Beschimpfend noch, wo gierig sie zerreißt;
Stets nur bedenkend, wie sie schänd' und raube –
Der Raupe gleich, die schwelgt im ersten Laube.

Die Lieb' erquickt, wie Sonnenstrahl nach Wettern;
Die Wollust wirkt, wie Sturm nach Sonnenschein;
Der Liebe Lenz prangt stets in frischen Blättern,
Der Wollust Winter bricht vor Herbst herein.
Die Lieb' hält Maß, die Lust hat nie genug;
Die Lieb' ist Wahrheit ganz, die Lust ganz Lug.

Wohl wüßt' ich mehr, doch weiter nun kein Wort!
Der Text ist alt, der Redner allzu grün.
Darum, in Trauer, will ich jetzo fort,
Scham im Gesicht, im Herzen Zornesglühn.
Mein Ohr, das angehört dein üppig Sprechen,
Verbrennt sich selbst für ein so groß Verbrechen.«

Mit dem aus ihren Armen bricht er los,
Die ihn umspannt bis jetzt mit süßem Drücken,
Rennt heimwärts durch den Wald von ihrem Schoß,
Und läßt bekümmert sie auf ihrem Rücken.
Sieh', wie ein Fallstern niederschießt in Pracht,
Von Venus' Aug' so schießt er in die Nacht.

Sie wirft den Blick ihm nach, wie wer vom Strande
Nachsieht dem Freunde, der sich eingeschifft,
Bis ihn die Flut entrafft, die mit dem Rande,
Dem bäumenden, kampffroh die Wolken trifft:
So barg die Nacht, die schwarze, mitleidsbar
Ihn, der die Weide ihrer Augen war.

Worauf erstaunt, wie wer ein reich Gestein
Plötzlich in's Wasser sich entfallen ließ:
Worauf erschreckt, wie einer, dem im Hain
Ein nächt'ger Windstoß aus die Fackel blies: –
Ganz so verstört hat jetzo sie gelegen,
Des schönsten Funds beraubt auf ihren Wegen.

Und nun schlägt sie ihr Herz, worauf es stöhnt,
Daß jeder Bergriß, der im Walde klafft,
All' ihre Klagen wörtlich widertönt,
Verdoppelnd Leidenschaft auf Leidenschaft.
»Weh' mir!« ruft sie, und so die Höhlen alle;
An zwanzigmal nachhallen's zwanzig Halle.

Klagvoll sogleich, da sie den Lärmen hört,
Singt sie ein Stegreiflied, wie alles Trug ist,
Wie Liebe jung' und alte Männer tört,
In Klugheit närrisch, in Verrücktheit klug ist.
Zum Himmel jammernd steigt das Lied empor,
Und so auch stets der Widerhalle Chor.

Langweilig singt sie länger als die Nacht: –
Ob scheinbar kurz auch, lang der Liebe Stunden!
Was sie entzückt, was ihr Vergnügen macht,
Wird, denkt sie, gern von andern auch empfunden.
All' die Geschichten, die sie zahllos weiß,
Enden, nie fertig, ohne Hörerkreis.

Drum halten auch nur Klänge bei ihr aus,
Schmarotzerhafte, diese Nacht der Klagen;
Schrillstimm'gen Kellnern gleich im Schoppenhaus,
Die so und so schrein nach des Gasts Behagen.
Sie: »So soll's sein!« Die Klänge: »So soll's sein!«
Und riefe »Nein!« sie, riefen alle »Nein!«

Sieh' wie die Lerche nun, in wacher Lust,
Aus feuchtem Nest auf in die Höhe geht,
Weckend den Tag, von dessen Silberbrust
Die Sonn' aufgeht in ihrer Majestät!
Sie, die so prächtig strahlt, daß Zedernspitzen
Und Berge gleich geschliffnem Golde blitzen.

So gibt ihr Venus schönen guten Morgen:
»Du heller Gott, Hort alles Lichts der Welt,
Von dem so Stern als Lampe willig borgen
Den milden Einfluß, welcher sie erhellt:
Ein Knabe lebt, den eine Ird'sche säugte –
Leih' er dir Licht, wie du bist andrer Leuchte!«

Drauf eilt sie fort in einen Myrtenhain,
Gedenkt des Morgens vorgerückter Stunden,
Bebt, ohne Nachricht immer noch zu sein,
Und horcht nach seinem Horn und seinen Hunden.
Auf einmal bellt und gellt's in ihre Ruh';
Am Waldsaum hastet auf den Lärm sie zu.

Und wie sie läuft, hält *der* Busch ihre Hände,
Der ihren Hals, *der* küßt ihr Angesicht,
Der schlingt sich fest um ihre runde Lende –
Sie aber, wie das melke Reh, durchbricht
Sie alle wild, das, Schmerz in vollen Eutern,
Hinfliegt, sein Kalb zu säugen in den Kräutern.

Jetzt sagt der Ton, die Hunde sind in Not;
Da fährt sie auf, wie einer, den die Otter,
Rund aufgerollt, auf seinem Pfad bedroht:
Wie er sich ängstigt, zeigt dir sein Geschlotter.
So macht der Hunde zagendes Gebell
Bleich und verwirrt die Zagende zur Stell'.

Denn jetzt erkennt sie, welch ein Wild es sei –
Kein schwaches, nein: Bär, Eber, Leu vielleicht!
Weil unverwandt der Hunde bang Geschrei
Von einem Orte nun und nimmer weicht;
So furchtbar zeigt der Feind sich ihrem Hasse,
Daß sie sich streiten, wer zuerst ihn fasse.

Der trübe Ton schallt trüb in ihrem Ohr;
Durch's Ohr ihr Herz dann packt er wild und hart;
Bis jedes Glied – das Herz tat so zuvor! –
Blutlos in Furcht, blaßkalt in Schwäche starrt:
Gleichwie Soldaten, weicht ihr Hauptmann eben,
Selbst schnöde fliehn und preis das Schlachtfeld geben.

So steht sie da in zitternder Verzückung,
Bis ihre Sinne sie ermut'gend weckt,
Und ihnen sagt: »Es ist ja nur Berückung,
Kindischer Irrtum, was euch so erschreckt!
Laßt euer Zittern! wollet furchtlos sein!«
Da, bei dem Wort, kommt das gejagte Schwein.

Sein schäum'ger Mund, rundum von Rot umflossen,
Wie Milch und Blut, die man zusammenmengt,
Hat neue Furcht durch ihr Gebein gegossen,
Die, tollen Muts, ziellos hinaus sie sprengt;
Jetzt läuft sie so, jetzt so, kehrt wieder dann,
Daß sie den Eber Mordes zeihen kann.

Von tausend Grillen auf einmal gefaßt,
Nach tausend Seiten irrt und eilt sie nun;
Verzug gesellt sich ihrer Überhast,
Und all ihr Tun ist wie Betrunkner Tun.
Von Angst erfüllt, ist doch sie unbedacht,
Greift alles an, und hat auf nichts doch acht.

Hier einen Hund im Busch sieht sie versteckt: –
Könnt' er von seinem Herrn nur zu ihr reden!
Ein andrer kommt, der seine Wunden leckt –
Das beste Pflaster gegen gift'ge Schäden!
Ein andrer schielt sie an, vorübereilend;
Sie spricht zu ihm, und Antwort gibt er heulend.

Und da er Luft gemacht hat seinem Grimme,
Löst alsobald ein andrer Hangmaul jach
Gegen den Himmel seine dumpfe Stimme;
Ein andrer und ein andrer folgt ihm nach.
Den Boden peitschend mit den stolzen Ruten,
Zerkratzte Ohren schütteln sie und bluten.

Sieh', wie die Leute überkommt ein Grauen
Bei Zeichen, Wundern und derlei Bedräuung;
Sie sehn sie an mit bangen Augenbrauen,
Und nehmen sich die schlimmste Prophezeiung
So sie auch jetzt! Den Atem hält sie an,
Seufzt wieder auf, und ruft dem Tode dann.

»Du Harter, Garst'ger, der des Scheidens Pein
Der Liebe schuf« (dem Tode gilt ihr Schmälen),
»Sargwurm der Erde, was nur fällt dir ein,
Schönheit und Odem gierig dem zu stehlen,
Des Hauch und Schönheit, eh' er sank in's Gral
Der Rose Schimmer, Duft dem Veilchen gab?

O wenn er tot ist – nein, es kann nicht sein,
Daß du ihn sahst und nach ihm warfst den Speer!
Und doch, es kann! blindlings ja schlägst du drein,
Und schickst den Wurfspieß aus aufs Ungefähr!
Dein Ziel das Alter: aber oft, o Schmerz,
Triffst du vorbei in eines Kindes Herz.

Warntest du nur, geredet hätt' er gleich,
Und deine Kraft entkräftet durch sein Sprechen.
Den Fluch der Parzen bringt dir dieser Streich:
Sie heischten Kraut, du gingst 'ne Blume brechen
Für Amors Goldpfeil nur war er geschaffen,
Nicht für ein dunkles Ebenholzgewaffen.

Sag', ob dir Tränen zum Getränk nur taugen,
Sag', ob dich jemals bange Seufzer nährten?
Warum in ew'gen Schlaf warfst du die Augen,
Die alle andern Augen sehen lehrten?
Was kümmert die Natur nun deine Stärke,
Seit du so tatest ihrem schönsten Werke?«

Und jetzo senkt sie, überwältigt schier,
Die Wimpern, wie durch Schleusen zu verstopfen
Die Flut der Tränen, die vom Antlitz ihr
In ihres Busens süße Rinne tropfen;
Doch bald, mit mächt'gem Strom es öffnend wieder,
Durch's Fluttor rauscht der Silberregen nieder.

O wie nun Aug' und Tränen leihn und borgen!
Ihr Aug' in Tränen, Tränen ihr im Aug' –
Kristalle, spiegelnd gegenseit'ge Sorgen,
Die zärtlich trocknet ihrer Seufzer Hauch.
Doch kaum (wie Wind und Guß ein Tag mag einen)
Von Seufzen trocken, netzt sie neues Weinen.

Abwechselnd drängen ihr beständ'ges Weh
Die Leidenschaften; jede will es kleiden;
Sie nimmt sie auf, und jede schafft, daß je
Das gegenwärt'ge scheint das erste Leiden;
Doch keine siegt; vereinigt dann zu schauen
Wie Wolken sind sie, die schlecht Wetter brauen.

Jetzt ruft: »Hallo!« fernab ein Jägersmann;
Nie klang so süß ein Ammenlied dem Kinde.
Der Hoffnungston tut ihre Furcht in Bann: –
Daß jedes trübe, blut'ge Bild ihr schwinde,
Und daß die Lust neu ihrem Busen kehre,
Schmeichelt er ihr, daß sie Adonis höre.

Worauf, nun ebbend, Perlen gleich in Glas,
In ihrem Aug' die lichten Tropfen stehen;
Nur einer manchmal spritzt die Wang' ihr naß,
Die gleich ihn schmelzt: als sollt' er nicht vergehen,
Zum schmutz'gen Grau des Bodens hingesunken,
Der nur berauscht ist, während sie ertrunken.

Schwergläub'ge Liebe, seltsam muß es scheinen:
Bald zweifelnd, bald zu gläubig sieht man dich!
Zu weit in Wohl und Wehe geht dein Meinen,
So Furcht wie Hoffnung macht dich lächerlich.
Die schmeichelt dir mit dem, was unwahrscheinlich,
Die mit Wahrscheinlichem wird schnell dir peinlich.

Nun löst sie auf, was früher sie gewoben;
Adonis lebt, der Tod ist nicht zu schelten;
Und schalt sie doch, so kann sie jetzt auch loben,
Und eilt, durch Ehren reich ihm zu vergelten;
Nennt Gräberkönig ihn, und Königsgrab:
Was sterblich ist, beherrscht sein Herrscherstab.

»Nein«, ruft sie, »süßer Tod, nie zürnt' ich dir!
Vergib! ich scherzte (und aus Furcht ja bloß!),
Als ich den Eber traf, das blut'ge Tier,
Der wild und streng und gänzlich mitleidslos!
Da, holder Schatten (Wahrheit sei gestanden!)
Schalt ich: – mein Lieb' glaubt' ich in deinen Banden!

Ist's meine Schuld? Es war des Ebers Rat;
An ihm, du finstrer Herrscher, sei gerochen!
Er ist's, der Schnöde, der dir Unrecht tat!
Ich folgt' ihm nur, er hat den Schimpf verbrochen!
Zwei Zungen hat der Gram; nie beide lenkte
Ein Weib, dem Zeus nicht Witz für Zehne schenkte.«

So, hoffend, daß Adonis noch am Leben,
Sucht sie zu heilen die geschlagne Wunde;
Und, seiner Schönheit mehr Gedeihn zu geben,
Spricht sie dem Tode listig nach dem Munde;
Spricht ihm von Säulen, Tempeln, Mausoleen,
Spricht von Triumphen, Siegen und Trophäen.

»O Zeus«, ruft sie, »wie war ich torheitsvoll,
Wie schwach und albern, dessen Tod zu klagen,
Der lebend ist, und immer leben soll,
Bis unter sich die Menschheit sich erschlagen!
Denn mit ihm liegt die Schönheit tot darnieder,
Und, wenn *die* starb, kehrt schwarz das Chaos wieder.

Pfui, Liebe, pfui! Wie einer, der mit Schätzen
Im Kreis von Dieben weilt, so feig bist du!
Auch das geringste kann in Furcht dich setzen;
Was unvernehmbar selbst, nimmt dir die Ruh'!«
Bei diesem Wort schallt ihr ein Horn zu Ohren;
Da hüpft sie auf, die eben noch verloren.

Wie Falken auf ihr Lockspiel, fliegt sie hin:
Leicht, – keinen Halm im Flug seht ihr sie knicken;
Bis sie erspäht in ihrem hast'gen Sinn
Den Sieg des Ebers über ihr Entzücken;
Worauf, als ob der Anblick es erschlage,
Ihr Aug' erlischt – ein Stern, beschämt vom Tage.

Auch wie die Schnecke, traf ihr Fühlhorn man,
In ihr Gehäuse still zurück sich schmiegt,
In Schmerz und Nacht lang sich besinnend dann,
Eh' sie von neuem an das Helle kriecht:
So in die Höhlen unter ihrer Brau
Fliehn ihre Augen bei der blut'gen Schau:

Wo Dienst und Licht sie zur Verfügung stellen
Dem wirren Hirn, das ihnen unumwunden
Aufträgt, annoch der Nacht sich zu gesellen,
Und nicht durch Schaun das Herz mehr zu verwunden;
Das, wie ein Fürst, der auf dem Throne bebt,
Auf ihren Antrieb dumpf Gestöhn erhebt:

Worauf die Schar der Untertanen zittert,
Wie wenn der Wind aus unterird'schen Höhlen
Vorbricht, die Erde bis zum Grund erschüttert,
Und kalte Furcht gießt in der Menschen Seelen.
Derart packt dieser Aufruhr alle Glieder:
Hervor auch springen ihre Augen wieder;

Ach, und erleuchten, gegen ihr Geheiß,
Die weite Wunde, die das Schwein ergrimmt
Schlug seiner Seite, deren Lilienweiß
In seiner Wunde Purpurtränen schwimmt.
Kein Laub ist nah, kein Blümchen weichgemutet,
Das nicht sein Blut stahl, und nun mit ihm blutet.

Wahrnimmt dies ernste Mitgefühl die Arme;
Auf eine Schulter müde hängt ihr Haupt sie;
Wild gibt sie hin sich ihrem Liebesharme;
Er ist nicht tot, er kann nicht sterben, glaubt sie.
Ihr Mund verstummt, ihr Fuß versagt den Gang,
Ihr Aug' ist toll, daß es geweint bislang.

So fest auf seine Wunde nun, die eine,
Heftet den Blick sie, bis sie dreie schaut;
Schilt dann ihr metzelnd Auge, das, wo keine
Sein sollte, zwei noch zu der ersten haut;
Sein Antlitz zwiefach, doppelt jedes Glied,
Weil, trübt das Hirn sich, fehl der Blick auch sieht.

»Nicht find' ich Worte, einen nur zu klagen,
Und dennoch«, ruft sie, »liegen tot hier zwei!
Verhaucht mein Seufzen, Tränen auch versagen,
Mein Aug' ward Feuer, und mein Herz ward Blei.
Schmilz, Blei der Brust, an Auges glüh'nder Röte,
Daß heiß Verlangen tröpfelnd so mich töte!

Welt, was verlorst du! Wo jetzt noch am Leben
Ein Antlitz, wert, daß Blicke auf ihm ruhn?
Wer spricht Musik jetzt? Was kannst du erheben
Wie des Vergangnen, so des Künft'gen nun?
Süß sind die Blumen, bunt, der Augen Labe –
Doch echte Schönheit ging mit ihm zu Grabe!

Daß niemand fürder Hut noch Schleier trage!
Nicht Wind, nicht Sonne halt' euch je zu Haus!
Wer Schönheit zu verlieren hat, der zage –
Euch pfeift der Wind, euch lacht die Sonne aus!
Als er noch war, da freilich galt es beiden,
Ihn seiner Schönheit diebisch zu entkleiden!

Und darum setzt' er auf auch seinen Hut: –
Gleich kam' die Sonn', ihm untern Rand zu scheinen;
Der Wind entführt' ihn, spielend mit der Flut
Der Locken; dann, sahn sie Adonis weinen,
Aus Mitleid strebten beide um die Wette,
Wer sein Gesicht zuerst getrocknet hätte.

Daß er sein Antlitz sehe, barg der Leu
Sich im Gebüsch, ihn ja nicht zu erschrecken;
Der Tiger, wenn er sang, ward zahm und scheu,
Und lauschte seinem Liede durch die Hecken;
Der Wolf verließ die Beute, wenn er sprach,
Und ungefährdet blieb das Lamm den Tag.

Wenn seinen Schatten er im Bache sah,
Umschwammen ihn mit goldnem Schein die Fische;
So freuten sich die Vögel, war er nah,
Daß ein'ge sangen, andre gar ihm frische
Maulbeeren brachten: – wie er sie ging nähren
Mit seinem Anblick, so sie ihn mit Beeren.

Doch dieser Schnöde mit dem borst'gen Bug,
Der niederblickend immer sucht ein Grab,
Sah nie die Tracht der Schönheit, die er trug:
Zeugnis der Willkomm, den er wild ihm gab!
Kannt' er sein Antlitz – traun, er hätt' ihn küssen
Und so allein den Ärmsten töten müssen.

's ist wahr! 's ist wahr! so muß ich ihn betrauern!
Mit scharfem Speer vorrannt' er auf den Grimmen;
Der aber gab nicht Antwort mit den Hauern:
Durch einen Kuß dacht' er ihn umzustimmen,
Ach, und begrub, täppisch in Liebeswahn,
In des Geliebten Weiche seinen Zahn.

Wär' ich gezahnt gewesen gleich dem Schweine:
Ich selber war's, die küssend ihn erschlug!
Doch er ist tot, und nie beglückt er meine
Mit seiner Jugend – so erst recht mein Fluch!«
Mit dem zu Boden fällt sie, lang gestreckt,
Daß sein geronnen Blut ihr Antlitz fleckt.

Sie sieht auf seinen Mund, und der ist blaß;
Sie nimmt ihn bei der Hand, und die ist kalt;
Sie flüstert in sein Ohr, ich weiß nicht was,
Als hört' es noch, was ihrer Brust entschallt;
Hebt seine Augenlider – ach, und sieht,
In Nacht zwei Lampen, dunkel, ausgeglüht:

Zwei Spiegel, drin sie selber tausendmal
Sich selber sah, blind und erloschen jetzt;
Hin ihre Tugend, hin ihr lichter Strahl,
All' ihre Schönheit außer Kraft gesetzt.
»Du Wunder«, spricht sie, »das ist mein Verdruß,
Daß, nun du tot, der Tag noch hell sein muß.

Seitdem du tot, ist Leid der Liebe Frucht
Jetzt und für immer – hör' es mich verkünden!
Begleitet wird sie sein von Eifersucht,
Wird süßen Anfang, bittres Ende finden;
Fallend und steigend, nie auf ebner Höh',
Wird all ihr Glück nicht gleich sein ihrem Weh.

Falsch wird sie sein, voll Unbeständigkeit;
Wird blühn und welken, wie man Atem zieht;
Ein Gift, mit Süßigkeiten überstreut,
Durch die das wahrste, schärfste Aug' nicht sieht;
Den Stärksten allermeist wird sie zum Schwachen,
Den Weisen stumm, den Toren redend machen.

Bald zimperlich, bald wieder ausgelassen,
Wird sie das Alter noch im Takte springen,
Wird sie den Raufbold fügsam werden lassen,
Wird Reiche plündern, Armen Schätze bringen;
Toll wird sie sein, mild dann und albern lind:
Wer jung, wird alt durch sie; wer alt, ein Kind.

Wo gar kein Grund ist, wird sie Argwohn hegen,
Und wo der größte, wird sie blind vertrauen;
Wird huldvoll sein und wird der Strenge pflegen;
Wird, Wahrheit heuchelnd, Lug und Tücke brauen;
Wird Arglist einen mit der Neigung Schein,
Der Kühnheit Furcht, dem Feigen Mut verleihn.

Ursache wird sie sein von grausen Kriegen,
Von wüster Tat, von Sohn- und Vaterzwist;
Wird dienstbar sein jedwedem Mißvergnügen,
Wie trockner Brennstoff es dem Feuer ist;
Nie, seit der Tod mein Lieb mir weggediebt,
Sei froh der Liebe, wer am besten liebt.«

Um diese Zeit, gleichwie ein Rauch, zerfloß
Der tote Knab', und ward nicht mehr entdeckt;
Und aus dem Blute, das umher stand, schoß
Auf eine Purpurblume, weiß gefleckt.
Ganz seinen Wangen glich sie und dem Blute,
Das rund in Tropfen auf den weißen ruhte.

Sie neigt ihr Haupt der Neugebornen zu,
Und meint, sein Odem weh' in ihrem Duft;
Und sagt: »An meinem Busen wohne du,
Da mir ihn selber nahm der Herr der Gruft.«
Sie bricht den Stiel, und in dem Bruche zeigt
Sich grüner Saft, den Tränen sie vergleicht.

»Du Arme«, spricht sie, »ja, das war sein Brauch,
Du eines süßern Vaters süße Tochter:
Um jeden kleinen Kummer floß sein Aug';
Nur, wie er war, auf's neue werden mocht' er!
So möchtest du! Doch welkt sich's eben gut
An meiner Brust, wie dort in seinem Blut.

Hier war sein Lager! diese Brust! – Du bist
Der nächste Erbe, du sollst an ihr liegen!
Es ist dein Recht! ruh' hier zu jeder Frist!
Mein pochend Herz soll Tag und Nacht dich wiegen;
Kein Augenblick in einer Stunde müsse
Vergehen, daß ich seine Blum' nicht küsse.«

So, satt der Welt, eilt sie davon, und schirrt
Die Silbertauben vor den leichten Wagen,
Durch deren Schnelle sie gezogen wird
Hin durch den leeren Raum – rasch so getragen
Nach Paphos' Hain, in dessen Dunkel still
Und ungesehn sie sich einmauern will.

LUCRETIA

Dem Römerheer vor Ardea entflieht
Tarquin, von Schwingen schnöder Lust getragen,
Die glühnden Drangs ihn nach Collatium zieht.
Dort eine holde Beute zu erjagen,
Läßt er ein Feuer aus der Asche schlagen,
Das, lange unterdrückt, nun glutenvoll
Lucretia's keuschen Leib umschlingen soll.

Dies »keusch«, dies holde Wort gerade wetzte
Zur höchsten Schärfe sein unhold Verlangen,
Da Collatin die Klugheit oft verletzte
Im Preise von Lucretia's feinen Wangen,
Und Augen, die wie Stern' am Himmel prangen
Des Glücks, das ihm, nur ihm beschieden war,
Durch Reize, makellos und wunderbar.

Denn nachts zuvor, im Zelte des Tarquin,
Enthüllt' er ihm den Schatz der Liebeswonnen,
Den unschätzbar die Götter ihm verliehn,
Da er solch' wunderholdes Weib gewonnen;
Und meinte stolz vor Glück und unbesonnen:
Daß Könige sich wohl größerm Ruhm vermählten,
Doch nie ein Weib, so schön wie seins, erwählten.

O Seligkeit, von wenigen nur genossen!
Und mitten im Genuß schon welk und schal!
Rasch wie des Frühtaus Silberglanz zerflossen,
Trifft glühend ihn der Sonne goldner Strahl,
Das Beste kommt und flieht fast allzumal.
In dieser Harmwelt beut nur schwache Wehre
Des Eigners Arm der Schönheit und der Ehre.

Die Schönheit überzeugt durch sich allein,
Stets siegreich treffen ihrer Augen Strahlen,
Kein Anwalt braucht ihr seinen Mund zu leihn,
Das Höchste läßt sich nicht mit Worten malen.
Und durfte Collatinus damit prahlen?
Vor Diebesohren mußt' er kluglich schweigen
Vom unschätzbaren Kleinod, das sein eigen.

Ob nun dies Prahlen, das er angehört,
Die Glut des Königssohns zum Ausbruch brachte,
– Denn oft wird durch das Ohr das Herz betört –
Ob Neid um ein so einzig Gut erwachte
In ihm, und seinen Stolz zur Wut entfachte,
Daß ihm, dem Höhern, das Geschick versagte
Glück, des ein Niedrer sich zu rühmen wagte:

Genug, ein unheilvoller Einfall hetzte
Ihn jählings fort in unheilvoller Hast,
Und über Freundschaft, Pflicht und Ehre setzte
Er leicht hinweg und eilte ohne Rast
Die Glut zu löschen, die sein Herz erfaßt.
O falsche, falsche Glut! Du stirbst verfrüht
Im Eis der Reue, eh' dein Lenz geblüht.

Der Falsche, als er nach Collatium kam,
Ward freundlich von der Römerin empfangen,
In deren holdem Antlitz wundersam
Schönheit und Tugend um die Palme rangen.
Dringt Tugend vor, färbt ros'ge Scham die Wangen,
Doch Tugend will der ros'gen Scham nicht weichen
Und läßt die Röte lilienweiß erbleichen.

Doch Schönheit weiß von Venus' Taubenpaar
Auf dieses Weiß Ansprüche herzuleiten,
Und Tugend sagt: der Schönheit Röte war
Einst mein, ich schenkte sie den goldnen Zeiten
Als Schild, auf Silberwangen Gold zu breiten;
Und diese Zier lehrt' ich als Wehre nützen
Im Kampf mit Schmach das Weiß durch Rot zu schützen.

So sah man in Lucretia's Angesicht
Das Schönheitsrot mit Tugendweiß sich streiten,
Und fürstlich stolz tut keines ganz Verzicht:
Jedwedes weiß sein Vorrecht herzuleiten,
Voll Ehrgeiz, aus dem Anbeginn der Zeiten,
Und bietet so dem andern kühn die Spitze,
Daß sie oft wechseln auf dem Herrschersitze.

Den stillen Krieg der Lilien und Rosen
Erblickt Tarquin im Feld der schönen Wangen,
Und als Verräter beider makellosen
Kriegsscharen, gibt in feigem Todesbangen,
Besiegt, sein Auge beiden sich gefangen;
Doch statt zu triumphieren über ihn,
Den Falschen, ließen beid' ihn lieber ziehn.

Nun scheint ihm, ihres Gatten seichter Zunge,
Als sie der Knicker so verschwendrisch pries,
Fehlt' es bei ihrer Schönheit Lob an Schwunge,
Denn mehr, weit mehr als Collatin verhieß,
Des Kunst im Schildern sich höchst schal erwies,
Fand er, in stummer Huldigung mit Blicken,
Die tief in ihre Schönheit sich verstricken.

Die Heilige, verehrt von diesem Teufel,
Hat keine Ahnung seiner falschen Glut;
Nicht leicht faßt reine Seelen böser Zweifel,
Nur Vögel, schon geleimt, sind auf der Hut.
Lucretia, in Unschuld frohgemut,
Begrüßt den hohen Gast mit Ehrerbieten,
Des innre Mängel äußre nicht verrieten.

Denn mit der hohen Würde, die ihn deckt,
Birgt er im Faltenwurf der Majestät
Den niedern Sinn, daß nichts Verdacht erweckt.
Bewundrung nur zu oft sein Aug' verrät,
Das, alles habend, doch nach mehr noch späht,
Im Reichtum arm, im Überfluß entbehrend,
Von Vielem satt, doch immer mehr begehrend.

Doch sie, die nie mit fremden Blicken stritt,
Versteht nicht, was aus seinen Augen spricht;
Nichts vom geheimen Sinn teilt sich ihr mit
Der Sündenschrift in seinem Angesicht;
Der Köder lockt, die Angel schreckt sie nicht,
Sie kann aus seinem Wollustblick nur schließen,
Daß seine Augen gern das Licht genießen.

Er füllt ihr Ohr mit ihres Gatten Ruhm,
Der weiter reichte, als Italiens Grenze,
Preist Collatinus' Würd' und Heldentum,
Wie er durch jede Mannestugend glänze,
An Beute reich, im Schmuck der Siegeskränze.
Sie blickt zum Himmel mit erhobnen Händen,
Stumm ihren Dank für solches Glück zu spenden.

Ein Vorwand seines Kommens fehlt ihm nicht,
Der weit abliegt von des Besuches Zwecken;
Kein Wölkchen läßt im heitern Angesicht
Den drohenden Gewittersturm entdecken,
Bis schwarze Nacht, die Mutter aller Schrecken,
Den Tag in ihres Kerkers Wölbung zwingt
Und Dunkel über Erd' und Himmel bringt.

Nun heuchelt schwere Müdigkeit Tarquin
Und wird zu seiner Lagerstatt gebracht,
Denn nach dem Abendessen hinzuziehn
Wußt' er die Plauderei bis in die Nacht.
Der blei'rne Schlaf bekämpft mit Übermacht
Die Lebenskräfte, und wird ihrer Meister:
Nur Diebe wachen und des Unglücks Geister.

So liegt Tarquin jetzt, die Gefahr erwägend,
Die droht, wenn er vollführt, was er geplant,
Doch keinen Schritt vom Ziel zurückbewegend,
Ob schwache Hoffnung auch zum Rückzug mahnt.
Wo ein Verzweifelter den Weg sich bahnt
Zu Raubgewinn, ob auch der Tod ihm droht:
Er stürmt zum Ziel und denkt nicht an den Tod.

Wer viel begehrt, den läßt die Habsucht nimmer
Behaglich seines Eigentums sich freuen,
Denn stets auf Zuwachs hoffend, wird er immer,
Was er gewann, vermindern und verstreuen,
Und wenn sich bis zum Überfluß erneuen
Die Schätze, schaffen sie im Überdruß
Armut des Herzens bei Goldüberfluß.

Das Streben aller ist, in alten Tagen
Wohlhäbig, sorglos und geehrt zu leben;
Alles für eins und eins für alles wagen
Wir stets bei diesem oft gekreuzten Streben.
Um Ehre wird das Herzblut hingegeben
Im Kampf; um Reichtum Ehre, und so stirbt
In Schande, wer voll Gier um Schätze wirbt.

Wir hören auf, das was wir sind, zu sein
Bei schlechtem Spiel um ein erhofftes Glück,
Und unser Ehrgeiz schafft uns stete Pein,
Nur Mängel im Besitz zeigt er dem Blick;
Denn immer vorwärts sehn wir, nie zurück
Auf was wir haben – so den Sinn verkehrend
Und unser Etwas durch ein Nichts vermehrend.

Bei solchem Glücksspiel muß nun auch Tarquin
Die Ehre opfern seiner schnöden Lust,
Und *für* sich selber *vor* sich selber fliehn,
Sich selbst betrügen, seiner Schmach bewußt.
Wer frech die Treue bricht in eigner Brust,
In Selbstvernichtung Lastern nachzujagen,
Der darf sich über andre nicht beklagen.

Schon kam die todesstille Zeit der Nacht,
Und Schlaf lag auf den Augen schwer wie Blei;
Am Himmel selbst kein Stern des Trostes wacht;
Kein Laut als Wolfsgeheul und Eulenschrei.
Nun für das Lamm schleicht die Gefahr herbei;
Wie reine Seelen ruht es still und stumm,
Nur blutiger Mord und Wollust geh'n jetzt um.

Nun auf von seinem Lager springt Tarquin,
Den Mantel wirft er hastig um den Arm,
Begierd' und Furcht wahnsinnig schütteln ihn,
Süß schmeichelt jene, diese droht mit Harm
Und warnt ihn redlich – aber süß und warm
Lockt Wollust; und die Furcht, die lang' sich sträubt,
Weicht endlich, von der Wollust hirnbetäubt.

An einen Stein schlägt er mit seinem Schwert
Und zündet eine Fackel dann am Licht
Des Strahls, der aus dem Feuersteine fährt,
Als Leitstern für sein lüsternes Gesicht,
Derweil er also zu der Flamme spricht:
»Wie ich aus kaltem Stein ließ Feuer springen,
Muß ich Lucretia mir zu Willen zwingen.«

Hier, bleich vor Furcht, vordenkend nun erwägt er
Die Fährnis seines schändlichen Beginnens,
Und schlimme Folgen ahnend überlegt er,
Mehr sei hier des Verlierens als Gewinnens.
Er schmäht die schwache Rüstung seines Minnens,
Der nicht zu traun, und die Gedankensünde
Bekämpft er so durch tugendliche Gründe:

»Erlisch, o Fackel! leihe nicht dein Licht,
Ein Licht zu trüben heller als das deine!
Befleckt, unheilige Gedanken, nicht
Mit eurem Sündenschmutz die göttlich Reine!
Bringt heiligen Weihrauch ihrem Heiligenschreine;
Beug' einer Tat vor, schöne Menschlichkeit,
Die reiner Liebe weiß Gewand entweiht.

O Schmach auf Rittertum und Wappenglanz,
Wenn ich der Ahnen heilig Grab entweih'!
Solch' Tun umschlösse alles Böse ganz;
Ein Krieger Sklav, der Liebesschwärmerei!
Der wahre Mut gibt nicht die Ehre frei,
Die Schande, mich so weit verirrt zu haben,
Blieb ewig meinem Antlitz eingegraben.

Ja, sterb' ich, wird die Schmach mich überleben
Als Dorn im Aug' den Wappen eingeprägt;
Ein Merkmal würde mir der Herold geben,
Zu zeigen, wie mich schnöde Lust bewegt,
Daß meine Kinder zorn- und schamerregt
Mich noch verfluchen, wenn ich schon begraben,
Und wünschen, solchen Vater nicht zu haben.

Was würde, find' ich, was ich suche, mein?
Ein Traum, ein Hauch, ein flüchtiger Lustgewinn.
Wer kauft Minutenlust um Wochenpein?
Wer gibt den Weinstock um die Traube hin?
Ein Tand für ewige Schmach hat keinen Sinn,
Und ließe, um der Krone Glanz zu tragen,
Ein Bettler d'rum vom Szepter sich erschlagen?

Wenn Collatin von meinem Vorsatz träumt,
Wird er nicht aus dem Schlaf in wilder Wut
Auffahren und hereilen ungesäumt,
Dem Sturm zu wehren auf sein höchstes Gut,
Und seine Ehr' an meinem Frevelmut
Zu rächen, daß durch mich nicht Unschuld sterbe
So jung, und Gram das Alter nicht verderbe?

Was kann ich zur Entschuldigung erfinden,
Zeiht er mich solchen Frevels? Mein Gebein
Wird kläglich zittern und mein Aug' erblinden,
Das Herz wird bluten, stumm die Zunge sein.
Wie groß die Schuld, ist auch die Furcht nicht klein,
Und große Furcht wagt weder Kampf noch Flucht,
Bricht feig zusammen vor des Schreckens Wucht.

Hätt' er mir Vater oder Sohn erschlagen,
Oder mich meuchlings selbst bedroht am Leben,
Und wär' er nicht mein Freund, so könnt' ich sagen:
Vergeltung ließ nach seinem Weib mich streben;
Doch da er mir als treuer Freund ergeben
Und Blutsverwandtschaft mich mit ihm verbindet,
Bleibt's eine Schmach, die nie Entschuld'gung findet.

Ja, schmachvoll ist's! – doch, kann man's nicht verschweigen
Haßwürdig ist's! – doch Liebe kennt kein Hassen.
Ich fleh' um Liebe – die nicht mehr ihr eigen.
Das Schlimmste wär', dürft' ich sie nicht umfassen!
Längst hat mein Wille die Vernunft verlassen.
Wer Schwäche scheut aus lasterhaftem Einwand,
Dem wird selbst bange vor bemalter Leinwand.«

So läßt er seine Gluten ohne Schranken
Zu Rat mit eisigem Bewußtsein gehn,
Weist von sich alle besseren Gedanken,
Damit die schlechtern stets im Vorteil stehn,
Die jeden guten Vorsatz gleich verdrehn,
Und ihn selbst so verwirren, einen Schein
Von Tugend seinem schnöden Werk zu leihn.

Er sprach: »Sie nahm mich freundlich bei der Hand,
Als scharf sie in mein lüstern Auge sah,
Wie ängstlich forschend nach des Heeres Stand,
Ob ihrem Collatinus nichts geschah.
Wie reizvoll färbte Furcht ihr Antlitz da!
Bald Rosen glich's, auf Linnen schneeweiß rein,
Bald glich es solchem Linnen ganz allein.

Wie sie mich, meine Hand ergreifend, zwang,
Bei ihrem treuen Beben mitzubeben!
Und, immer mehr erbebend, in mich drang,
Bis ich die beste Kunde ihr gegeben
Von ihm, um dann ein Lächeln zu erleben,
So hold ... hätt' es Narciß gesehn, gewiß:
Selbstliebe hätte nicht ertränkt Narciß.

Warum denn nach Entschuldigungen jagen?
Des Redners Kunst verstummt, wo Schönheit spricht;
Ein armer Tropf mag sich mit Skrupeln plagen,
Ein liebend Herz erbangt vor Schatten nicht.
Die Liebe ist mein Feldherr und mein Licht,
Läßt sie ihr reichgeschmücktes Banner wehn,
Wird selbst dem Feigling Mut zum Kampf erstehn.

Fort, kind'sche Furcht und banges Überlegen!
Vernunft und Rücksicht dient nur welken Greisen;
Dem Auge stellt das Herz sich nicht entgegen,
Bedächtig Zaudern ziemt betagten Weisen,
Doch Jugend will in eignen Bahnen kreisen.
Lust sei mein Feldherr, Schönheit meine Beute;
Wer, der bei solchem Ziel das Sinken scheute!«

Wie junge Saat dem Unkraut, also weicht
Bedächt'ge Furcht dem stürmischen Verlangen,
Wie er mit Lauscherohren vorwärts schleicht
Und freche Hoffnung mit verlegnem Bangen
(Das unterdrückt zwar, doch nicht ganz vergangen)
So in ihm stritt, daß immer noch ein Schwanken
Blieb zwischen Lustbegier und Furchtgedanken.

Ihm zeigt sein innres Aug' ihr himmlisch Bild,
Doch auch zugleich das Bild von Collatin;
Der Blick auf sie macht ihn ganz wirr und wild,
Allein der Himmelsblick, den sie auf ihn
Gerichtet, will ihn läuternd aufwärts ziehn,
Sein sündig Herz für bessre Regung werben.
Umsonst! Zu tief schon steckt er im Verderben.

Die bösen Lüste, dienend ihm verbunden,
Geschmeichelt von des Führers heiterm Schein,
Erfüllen ihn wie die Minuten Stunden,
Bestrebt, so munter wie er selbst zu sein,
Und mehr Tribut, als nötig, ihm zu weihn.
So tollkühn zu Lucretiens Bette schreitet
Der Herrscher Roms, von wilder Gier geleitet.

Die Türen zwischen ihrem Schlafgemach
Und seinem Willen tun, von ihm gesprengt,
Sich auf, doch rufen knarrend Vorsicht wach
In ihm, daß er bei jeder Schwelle denkt
Des Räuberziels, das seine Schritte lenkt;
Da kreischen Wiesel auf, die ihn entdecken,
Sie schrecken ihn, doch er besiegt den Schrecken.

Und wie die Pforten ihm den Weg erschweren,
Kämpft auch durch Mauerspalten mit dem Licht
Der Wind, und bläst, um seine Qual zu mehren,
Die Fackel aus, den Rauch ihm in's Gesicht,
Daß ihm zum Ziel die Führung nun gebricht;
Doch bleibt sein glühend Herz ihm treu verbündet,
Daß er die Fackel bald aufs neu entzündet.

Auf Binsenmatten sieht er bei dem Licht
Lucretiens Handschuh', die nah' vor ihm lagen;
Er greift danach, doch eine Nadel sticht
Ihn in die Hand, als wollte sie ihm sagen:
»Die Handschuh' können Tändeln nicht vertragen,
Du hast's gefühlt; leg' rasch sie wieder hin,
Der Putz ist keusch wie die Gebieterin.«

Doch hemmt ihn kein so dürft'ges Warnungszeichen,
Er deutet sie im schlimmsten Sinne nur,
Ihm müssen Türen, Wind und Handschuh' weichen,
Er sieht in allem nur des Zufalls Spur,
Gleichsam Gewichte, die die Stundenuhr
Im Gang verzögernd hemmen, bis der Stunde
Die Schuld entrichtet jegliche Sekunde.

Er sprach: »Stets hemmt Verzug der Zeiten Schwingen,
Wie schwacher Nachtfrost oft dem Lenz noch dräut.
Damit die Knospen um so schöner springen,
Der Vögel Sang sich fröhlicher erneut,
Nur der gewinnt, wer die Gefahr nicht scheut;
Es dräu'n Piraten, Sturm und Fels zu stranden
Dem Kaufmann, eh' er reich daheim darf landen.«

Nun hat er schon des Zimmers Tür erreicht,
Die ihn vom Himmel seiner Wünsche trennt;
Nichts mehr als eine Klinke, die bald weicht,
Hält ihn zurück vom Schönsten, was er kennt
Und zu erlangen so gottlos entbrennt,
Daß er zum Himmel fleht um Hilf und Huld –
Gleichwie zum Hohn auf himmlische Geduld.

Doch während seine Bitten sich vergebens
Frech an die ew'gen Himmelsmächte wenden,
Daß er das holde Ziel unholden Strebens
Erreiche – fühlt er selber sein Verblenden,
Fährt plötzlich auf und spricht: »Ich muß sie schänden!
Der Himmel kann mir keine Hilfe leihn
Bei meiner Tat, die ihm ein Greu'l muß sein.

Nun sei'n mir Glück und Liebe Gott und Rat!
Den Willen unterstützt verwegner Mut;
Gedanken sind nur Träume bis zur Tat,
Vergebung macht die schwerste Sünde gut,
Das Eis der Furcht schmilzt in der Liebe Glut.
Des Himmels Aug' erlosch, und finstre Nacht
Verhüllt die Scham, die nach der Lust erwacht.«

Nun hebt die Klinke seine Sünderhand,
Er öffnet mit dem Knie die Türe weit;
Fest schläft das Täubchen, das die Eule fand;
Verrat, eh' man Verräter sieht, gedeiht.
Sonst springt, wer eine Schlang' erblickt, beiseit';
Doch sie, der Schlange Näh' nicht ahnend, liegt
Ihr preisgegeben, süß in Schlaf gewiegt.

Mit weitem Räuberschritt schleicht er in's Zimmer,
Sieht das noch unentweihte Lager, dicht
Verhüllt vom Vorhang. Spähend gieriger immer
Rollt ihm das Aug' im glühenden Gesicht,
Bis es zur Hand, das Herz verratend, spricht:
Fort mit den neid'schen Wolken, die mir ganz
Verhüllen dieses Mondes Silberglanz!

Wie wenn in hellster Glut aus Wolkenwogen
Die Sonne steigt und blendet das Gesicht,
So wird, als er den Vorhang weggezogen,
Sein Aug' geblendet von noch schön'rem Licht.
Ob es Lucretiens holden Anblick nicht
Ertragen kann? Ob Scham es übergossen?
Genug, es schließt sich und es bleibt geschlossen.

O, wär' es tot in dunkler Hast geblieben,
Daß es nichts Schlimmres sähe, als es sah!
Dann ruhte, hochbeglückt durch treues Lieben,
Ihr Collatin noch bei Lucretia.
Doch als es aufging, war das Unglück da,
Das, um geweihte Bande unbekümmert,
Der beiden ganzes Lebensglück zertrümmert.

Die Lilienhand ruht an der Rosenwange,
Das Küssen so dem Kissen mit ihr wehrend,
Worüber dies, geteilt, in zorn'gem Drange
Hochaufschwillt, sich nach beiden Seiten kehrend,
Im Anblick ihres Hauptes sie verehrend.
So liegt sie da, ein Monument der Tugend,
Zur Augenweide lasterhafter Jugend.

Die andre Hand liegt auf der grünen Decke
Des Betts, und zeigt solch' makelloses Weiß,
Wie Blüten im April an Baum und Hecke,
Noch glänzend von des Frühtaus Perlenschweiß.
Ihr Augenpaar im dunkeln Doppelkreis
Gleicht Ringelblumen, bis es sich erschließt
Und auf den Tag ein hellres Licht ergießt.

Ihr Goldhaar, wie sie atmet, steigt und sinkt
In üpp'ger Zucht und zücht'ger Üppigkeit;
Im Bild des Tods Triumph des Lebens schwingt
Sein Banner, das den Tod zum Leben weiht
Und beiden solchen Schönheitsglanz verleiht,
Als ob kein Streit mehr zwischen ihnen schwebte,
Der Tod im Leben, dies im Tode lebte.

Die Brust, zwei Globen wie von Elfenbein,
Zwei nie von andern unterworfne Welten
Als von dem Auserkornen, dem allein
Sie sich im Treugelübde zugesellten,
Und die so hoch Tarquin's Gelüsten schwellten,
Daß er, verhöhnend Ehre, Treu und Glauben,
Kam, um des Herrschers Doppelthron zu rauben.

Was konnt' er sehn, das er nicht eifrig merkte?
Was eifrig merken, das er nicht begehrte?
Und jeder neue Augenreiz verstärkte
Nur die Begier. Nicht staunend bloß verehrte
Er so viel Reiz: sein Auge förmlich zehrte
Vom Grübchenkinn, den Lippen von Korallen,
Der feinen Haut und von den Reizen allen.

Wie sich des Raubs, der nicht mehr kann entfliehn,
Der Löwe freut, schon halb gesättigt schier,
So vor der Schlafenden steht nun Tarquin.
Beim Anschaun wird die wilde Lustbegier
Gedämpft, doch nicht gelöscht; denn wie er ihr
Zur Seite steht, bald wiederum befeuern
Die Augen ihn, den Aufruhr zu erneuern.

Die Adern – gleich kampflustigen Vasallen
Und Knechten, die nach Blut und Beute jagen,
In jeder wüsten Untat sich gefallen,
Nach Kinderschrei und Mutterweh nicht fragen –
Treibt nun der Stolz, das Äußerste zu wagen;
Des Herzens Schlag gibt laut das Angriffszeichen,
Im Sturme, was sie mögen, zu erreichen.

Das Aug' erfrischt sich an des Herzens Schlagen
Und überträgt die Führung seiner Hand,
Die, stolz auf solch' Vertraun, mit kühnem Wagen
Gleich auf dem nackten Busen ihren Stand
Nimmt, als dem Herzenspunkt vom ganzen Land,
Des Türmchen, durch die Hand erstürmt, erblassen,
Von ihrer Adern blauen Reihn verlassen.

Das Blut der Adern flüchtet in die Kammer
Zurück, wo seine teure Herrin liegt,
Und bringt die Meldung ihr voll Weh' und Jammer,
Daß sie belagert sei, schon halb besiegt.
Erschreckt fährt sie empor vom Schlaf, es fliegt
Ihr Blick in den Tumult, doch jählings wendet
Er sich zurück, vom Fackellicht geblendet.

Nun denkt euch eine Frau, in stiller Nacht
Aus wilden Träumen bebend aufgeschreckt,
Im Wahn, durch eines bösen Geistes Macht,
Der sie im Traum bedroht, sei sie geweckt;
Und die nun wachend Schlimmres noch entdeckt,
Da Wirklichkeit ihr grell vor Augen brachte,
Was jedes Glied im Traum erbeben machte.

Von tausend Ängsten hin und her gezerrt
Liegt sie, dem pfeilgetroffnen Vogel gleich;
Sie will nicht sehn, allein vergebens sperrt
Ihr Auge sich: wie aus dem Schattenreich
Erscheinen Bilder, fratzenhaft und bleich,
Die, zürnend, daß die Augen sich verschließen,
Als Schreckgebilde nachts vorüberschießen.

Die Hand, die er auf ihre Brust noch hält
(Als Sturmbock auf den Wall von Elfenbein)
Fühlt, wie ihr wundes Herz bald steigt, bald fällt,
Verzweifelnd ringend gegen Todespein,
Und zittert mit der Zitternden, – allein
Dies mehrt nur seine Glut, heißt Mitleid schweigen,
Die holde Burg im Sturme zu ersteigen.

Die Zunge, als Trompete, zum Beginn,
Ertönt dem Feinde, daß er sich ergebe;
Aus weißer Decke taucht ein weißres Kinn
Und fragt: warum solch' Lärm sich da erhebe!
Tarquin hält stumm die Antwort in der Schwebe.
Sie aber forscht laut flehend nach dem Grunde
Des schnöden Überfalls zu solcher Stunde.

Er spricht: »Dein holdes Antlitz ist der Grund,
Dem selbst die Lilie seine Weiße neidet,
Und das vor Scham der Rose schließt den Mund.
In *deine* Farben ist mein Recht gekleidet,
Dein Banner führt mich, das den Sieg entscheidet
Beim Sturm auf deine Burg; die Schuld ist deine,
Dein eignes Aug' verriet dich an das meine.

So zeig' ich, grollst du, dir die eigne Schuld,
Denn deine Schönheit fing dich diese Nacht,
Drin du dich mir mußt fügen mit Geduld,
Da du in mir die Gluten angefacht,
Die ich umsonst bekämpft mit ganzer Macht;
Durch mein Gewissen ward die Lust beschworen,
Durch deine Schönheit ward sie neu geboren.

Ich weiß, mein Angriff wird mir Unheil bringen,
Ich weiß, die Rose wird vom Dorn bewacht,
Und aus dem Honig seh' ich Stacheln dringen, –
Das hab' ich alles vorher wohl bedacht;
Doch Lust hat meinen Willen taub gemacht
Für guten Rat, – ganz von der Schönheit Licht
Bezaubert, hat er Sinn für andres nicht.

Erwogen hab' ich recht in tiefster Seele,
Welch' Unglück, Leid und Weh' der Tat entspringt;
Doch Leidenschaft gehorcht nicht dem Befehle
Der Klugheit, ob, was sie im Sturm erringt,
Auch nichts als Schmach und Reuetränen bringt,
Verachtung, Feindschaft, Lösung teurer Bande –
Doch streck' ich meinen Arm aus nach der Schande.«

So sprechend, schwingt er seine Römerklinge,
Die, wie der Falke, der zum Himmel steigt,
Den Vogel unterm Schatten seiner Schwinge
Festbannt, weil über ihm der Tod sich zeigt;
So unter seinem Schwerte zitternd neigt
Lucretia sich dem dräuenden Gesellen,
Dem Vogel gleich, hört er des Falken Schellen.

»Lucretia«, spricht er, »mein wirst du zur Nacht,
Und sträubst du dich, bricht die Gewalt mir Bahn,
Im Bett wirst du von mir dann umgebracht,
Und noch ein armer Sklav' wird abgetan
Und dir gesellt, und allen, die dir nahn,
Schwör' ich, damit du ehrlos wirst, ich hätte
Den niedern Buhlen dir erwürgt im Bette.

So wird in Schmach dein Mann dich überleben,
Ein Merkziel jedes offnen Auges sein,
Kein Blutsverwandter darf sein Haupt erheben,
Als Bastard schilt man jedes Kind, das dein,
Und als der Quell der Schmach giltst du allein;
In Liedern wird ein Nachhall deiner Schande
Durch alle Zeiten gehn und alle Lande.

Doch gibst du nach, so bleibt dein Freund verschwiegen,
Verschwiegne Schuld ist Schuld, die nicht getan,
Zu großem Zweck ein wenig seitwärts biegen,
Heißt noch nicht weichen von der rechten Bahn.
Die stärksten Gifte sind uns untertan;
Vermischt mit reinem Stoff und Gegengiften,
Vermögen sie kein Unheil anzustiften.

Um deines Gatten, deiner Kinder willen
Erhöre mich, daß sie nicht allzumal
Den Schandruf erben, den dann nichts zu stillen
Vermag! Ein Sklaven- und ein Muttermal
Ist nicht so schlimm als solcher Schande Qual.
Was kann der Mensch, der schwache Schwächenhehler,
Für die Natur und ihre eignen Fehler?«

Mit Basiliskenblicken tödlich lugend,
Reckt er sich stumm jetzt, zuckt die finstren Brauen, –
Und sie, das Bild der reinsten Frauentugend,
Wie eine weiße Hindin, die im Grauen
Der Wüste, wo kein Recht gilt, vor den Klauen
Des Greifen bebt, – fleht zu dem Menschentier,
Das kein Gesetz kennt als die wilde Gier.

Wenn vom Gebirg her dunkle Wolken dräuen,
Im Wettersturm das Tiefland zu ereilen,
Gelingt's oft sanftem Wind, sie zu zerstreuen
Und ihre schwarzen Dünste so zu teilen,
Daß sie unschädlich flatternd oben weilen.
So hemmt ihr Wort jetzt seinen stürm'schen Drang,
Wie Pluto nickt bei Orpheus' Zauberklang.

Doch grausam, wie die krallenscharfe Katze
Mit einer Maus, treibt er nur Scherz mit ihr;
Statt gleich zu schwelgen im ersehnten Schatze,
Nährt er durch ihre Tränen seine Gier,
Im Überfluß vor Hunger lechzend schier;
Sein hartes Herz kann Mitleid nicht bewegen,
Wird auch ein Stein erweicht durch langen Regen.

Ihr mitleidflehend Auge wehvoll ruht
Auf seinem mitleidslosen Angesicht,
Ihr sittsam Wort schwimmt wie auf Seufzerflut,
Voll Anmut rührend klingt so, was sie spricht.
Oft paßt des Satzes Schluß zum Anfang nicht,
Oft auf ein Wort muß sie vergeblich sinnen,
Einmal zu sprechen zweimal erst beginnen.

Beim hehren Zeus, bei ihres Gatten Liebe,
Bei allem, was ihr hoch und heilig schien,
Bei Ehr' und Freundschaft, jedem guten Triebe
Der Menschenbrust beschwört sie weinend ihn,
Den Treubruch und ihr Schlafgemach zu fliehn,
Als Gastfreund in sein Bett zurückzukehren
Und nicht mit ihr sich selber zu entehren.

»Vergilt nicht das Vertraun, das dir geschenkt,
Mit solcher Greueltat, wie du ersannst,
Die Quelle trübe nicht, die dich getränkt,
Beschäd'ge nicht, was du nicht heilen kannst,
Such' andres Ziel, eh' du den Bogen spannst;
Der ist ein schlechter Schütz, der nicht errötet,
Wenn er die Hindin statt des Hirsches tötet.

Als meines Gatten Freund verschone mich,
Du bist ja stark und mächtig, ich bin schwach;
Mißbrauche nicht zu Schand' und Hohne mich;
Du siehst nicht aus wie ein Betrüger – mach'
Dich nicht dazu! Aus meinem Schlafgemach
Blies ich mit Seufzersturm dich gern von hinnen –
O, laß nicht hilflos meine Tränen rinnen.

Die, ein empörtes Meer, an's Herz dir schlagen
Und flehn, mich nicht dem Untergang zu weihn,
Dein hartes Herz zu sänftigen durch mein Klagen –
Zu Wasser wird ja, löst man ihn, der Stein;
Und willst du härter noch als Kiesel sein?
Laß meine Tränen Mitleid in dir schüren –
Mitleid bahnt sich den Weg durch Eisentüren.

Ich nahm dich freundlich auf hier als Tarquin;
Kamst du, um Schmach ihm anzutun, hieher?
O all' ihr Götter! Wird die Schuld verziehn,
Zu schänden hoher Fürsten Nam' und Ehr'?
Du bist nicht, was du scheinst, und wenn es wär',
Scheinst du nicht, was du bist; denn Fürstenhoheit.
Ist göttergleich und meidet Schmach und Roheit

Welch' böse Saat wird dir dein Alter tragen,
Knospt deine Sünde so im Lenze schon!
Darfst du, in Hoffnung noch, das Schlimmste wagen,
Was wagst du erst, wenn auf dem Königsthron?
Bedenk', des bösen Leumunds Zungen drohn
Selbst den Vasallen, die gefrevelt haben:
Mit Königen wird nicht ihre Schmach begraben.

Aus Furcht nur liebt man dich nach solcher Tat,
Doch gute Fürsten fürchtet man aus Liebe,
Als Räuber dulden müßtest du im Staat,
Daß straflos der gemeinste Räuber bliebe;
Darum bekämpfe deine bösen Triebe,
Denn Fürsten sind für ihre Untertanen
Buch, Schul' und Spiegel, an das Recht zu mahnen.

Willst du denn Schule schnöder Wollust sein?
Das Buch, das der Verführung Lehren künde?
Der Spiegel, darin alle, Groß und Klein,
Das Recht zum Unrecht sehn, Gewähr für Sünde?
Willst du, daß jede Schande sich verbünde
Mit deinem Namen, so beutst du die Stirne
Dem guten Ruf, machst ihn zur feilen Dirne.

Hast du Gewalt? Durch den, der sie verlieh,
Bezwinge deinen Willen, den Rebellen!
Doch nicht dein Schwert zum Schutz des Lasters zieh',
Es ward dir, um die Lasterbrut zu fällen.
Wie wolltest du dein Fürstenamt bestellen,
Wenn jeder Frevler dich mit Recht gemahnte,
Daß du es warst, der ihm die Wege bahnte?

Bedenk', wie widrig würd' es für dich sein,
Die eigne Schuld in andern zu entdecken!
Der Mensch sieht selten seine Fehler ein
Und sucht sie gern parteiisch zu verstecken.
Dies würde selbst im Bruder dich erschrecken
Als todeswert. Wie tief doch die schon fielen,
Die bei der eignen Untat seitwärts schielen!

Zu dir erheb' ich flehend Herz und Hand,
Zu dir – gelöst von sündigem Unterfangen:
Ruf' heim die Majestät, die du verbannt,
Dann fällt von selbst der Trug, der dich umfangen,
Ihr Ansehn bändigt frevelndes Verlangen,
Die Nebel fliehn vor ihr, dein Blick wird reiner;
Erkenn' dich selbst und du erbarmst dich meiner!« –

»Genug!« rief er, »Flut, die so ungeheuer
Anschwoll wie meine, läßt sich nicht mehr halten;
Ein Licht erlischt im Wind, – ein großes Feuer
Wird mit dem Sturm nur mächtiger sich entfalten.
Das süße Wasser, das den Meeresgewalten
Täglich Tribut bringt aus den Binnenländern,
Nährt sie, ohn' ihren Salzgeschmack zu ändern.« –

»Du bist«, sprach sie, »ein König, bist ein Meer,
Und strebst, die ungezähmte Flut zu nähren
Durch Schmach und Wollust, Sünden schwarz und schwer,
Die deines Blutes Wellen ganz entehren
Und deine eigne Art dir so verkehren,
Daß du als Meer selbst wirst zur Pfütze sinken,
Und machst die kleinen aus der großen trinken.

So steigst vor Sklaven du vom Thron herab
Und kleidest *sie* in deine Majestät;
Du wirst ihr Leben und sie sind dein Grab,
In Unwert sie und du in Stolz geschmäht.
Kehr' um zu deiner Hoheit, eh's zu spät.
Die Zeder beugt sich nicht den niedren Knorren,
Die ihr zu Füßen welken und verdorren.

D'rum deine Sinne, die Vasallen, laß ...«
»Nichts mehr, beim Himmel!« ruft er, »will ich hören!
Gib meiner Liebe nach, sonst wird mein Haß,
Was Liebe sanft umfinge, rauh zerstören,
Und dann, des Leumunds Ohren zu betören,
Zum Lager eines Sklaven trag ich dich,
Vereint mit ihm fällst du, wie er, durch mich!«

Er spricht's, löscht mit dem Fuß die Fackel aus,
Denn Lust und Licht sind auf den Tod entzweit;
Hüllt Sünde sich in nächt'gen Dunkels Graus.
Wächst mit dem Dunkel ihre Grausamkeit.
Ein Raub des Wolfs das arme Lämmchen schreit,
Bis es zuletzt, vom eignen Vlies erdrückt,
Im Schmerz verstummend sich zusammenbückt.

Denn mit dem Nachtgewand verhüllt er dicht
Ihr Haupt, daß man am Schrei'n sie nicht entdeckt,
Und kühlt in ihren Tränen sein Gesicht,
Die aus der reinsten Keuschheit Gram erweckt.
O, daß das Laster so die Tugend schreckt!
Vertilgten Tränen solchen Fleck der Schmach,
Lucretia ließe nie mit Weinen nach.

Mehr als das Leben wert, hat sie verloren,
Und er verlöre gern, was er gewonnen.
Aus solchem Bund wird neuer Zwist geboren,
Endlose Qual für kurze, flücht'ge Wonnen.
In Abscheu ist die glühnde Lust zerronnen.
Die Keuschheit hat nun ihren Schatz nicht mehr,
Die Lust, der Dieb, ist ärmer als vorher.

Wie Falk' und Jagdhund, wenn sie, übersatt,
Zum Beizen und zum Spüren ungeschickt,
Die Beute lassen, oder doch nur matt
Und lässig treiben, was sie sonst entzückt,
So fühlt, erschlafft, sich jetzt Tarquin bedrückt;
Sein Wonnerausch, in Überdruß verkehrt,
Verzehrt den Willen, der von *ihm* gezehrt.

O Sünde, tiefer als es auszusprechen
Das Wort vermag und der Verstand ergründen!
Das Laster muß aus Ekel sich erbrechen,
Noch eh' es ganz erkannt hat seine Sünden.
Nichts hemmt ein Feuer, das Begierden zünden,
Bis es zuletzt in eigner Glut verglimmt,
Dem Gaul gleich, der im Lauf sich übernimmt.

Und dann mit fahlen, abgehärmten Wangen,
Trübäugig, stirngefaltet, matt von Schritten,
Beweint den Fall kleinmütig das Verlangen,
Wie ein Verarmter, der Bankrott erlitten.
Wenn Fleisch den Kampf mit Schönheit ausgestritten,
Erlischt die Glut mit dem Erlangten schnell:
Um Gnade fleht der schuldige Rebell.

So sollt' es nun dem Herrscher Roms auch gehn;
Als er erlangt, was glühend er begehrt,
Mußt' er, sich selber richtend, eingestehn:
Durch aller Zeiten Lauf sei er entehrt,
Der Seele schöner Tempel ganz verheert,
Und Sorgen ziehn in Scharen zu den Trümmern,
Durch Fragen die Entweihte zu bekümmern.

Sie spricht: der wilde Aufruhr der Vasallen
Hab' ihr geweihtes Heiligtum entweiht,
Durch tödliches Vergehn sei sie verfallen
Dem Sündenfluche der Unsterblichkeit,
Gequält nun von lebendigen Todes Leid,
Sie habe all' das klar vorausgesehen
Und dennoch nicht vermocht zu widerstehen.

So treibt's ihn, scheu im Dunkeln fortzueilen,
Als Sieger, der sich nur Verlust gewann,
Und Wunden, die durch keine Kunst zu heilen.
Und hinter sich in noch viel schlimmerm Bann
Läßt seine Beute der unsel'ge Mann;
Sie trägt die Bürde seiner schnöden Lust,
Er schweres Schuldbewußtsein in der Brust.

Er schleicht davon gleich einem diebischen Hunde,
Sie liegt, ein müdes Lamm, trostlos allein;
Er flucht sich selbst und seiner bösen Stunde,
Sie gräbt in's eigne Fleisch die Nägel ein.
Er flieht, gehetzt von wilder Angst und Pein,
Sie flucht der Nacht, d'rin sie ihr Heil verloren,
Und er der Lust, die Unheil ihm geboren.

Er hastet fort, schwer seine Schuld zu büßen,
Sie bleibt zurück in hoffnungslosen Weh'n;
Er seufzt danach, das Morgenrot zu grüßen,
Sie möchte nie das Tageslicht mehr sehn:
»Denn«, sprach sie, »es enthüllt der Nacht Vergehn,
Und fremd ist mir die Heuchelkunst der Dirne,
Schuld zu verhüllen unter heitrer Stirne.

Die selbsterkannte Schmach ist furchterfüllt,
Daß jedes Menschenauge sie erspähe,
Und darum bleibt sie gern in Nacht verhüllt,
Erbangend vor dem Licht und Menschennähe.
Sie möchte nicht, daß man die Tränen sähe,
Die auf die Wangen ihrer Schande Mal
Eingraben wie sich Wasser frißt in Stahl.«

Lucretia scheucht die Ruh' durch ihren Schmerz
Und wünscht den Augen ewiges Erblinden,
Schlägt an die Brust und hält so wach ihr Herz
Und möchte gern sich seiner ganz entwinden,
Ihm eine reinre Wohnstatt aufzufinden;
Und so vom Gram zur Raserei gebracht,
Schmäht sie die stille Heimlichkeit der Nacht:

»Trostlose Nacht, der Hölle bist du gleich,
Du Lasterbuch und Unheilpflegerin!
Du Trauerbühne, stets an Morden reich!
Du Sündenchaos, Kupplerhegerin
Und jeder Schmach verruchte Trägerin!
Du Todeshöhle, Wollustschülerin,
Zu jeder Missetat Verführerin!

Verhaßte, dunstige, nebelgiftige Nacht!
Da du verschuldet mein unheilbar Leid,
So zeig nun auch dem Tage deine Macht,
Bekämpfe den gemeßnen Lauf der Zeit!
Und magst du nicht der Sonne Herrlichkeit
Im Aufgehn hemmen: laß beim Niedergehn
Dein Giftgewölk' ihr goldnes Haupt umwehn.

Mit faulem Dunst entweih' den frischen Morgen,
Der Reinheit Urquell selbst, das Sonnenlicht,
Dein Gifthauch treffe, eh' es sich geborgen
Sieht in der Mittagsruh', sein Angesicht,
Mit Nebelschleiern hüll' es ein so dicht,
Daß, rauh erstickt, sein Licht schon untergehe
Zur Mittagszeit und ewige Nacht entstehe!

Wär' selbst die Nacht – nicht nur ihr Sohn – Tarquin,
Er brächte Luna's Silberglanz zu Schanden,
Und ihre Sterne würden schwarz durch ihn,
Entehrt in ihren schimmernden Gewanden;
Genossen wären meiner Qual erstanden,
Und wie Geplauder lange Wege mindert,
Würde durch Mitgefühl mein Leid gelindert.

Jetzt hab' ich niemand, mit mir zu erröten,
Gekreuzten Arms mit mir das Haupt zu senken,
Ich bin allein in meines Herzens Nöten,
Muß mit verhüllter Stirn der Schande denken,
Mit heller Tränenflut die Erde tränken;
Ein bald verschwindend Denkmal sind die Zähren,
Gesetzt den Leiden, welche ewig währen.

O Nacht, mit höllenschwarzem Rauchgewande,
Verhüll' dem neidischen Tage mein Gesicht,
Das unter deinem Mantel seine Schande
Verbirgt, ob's auch vor Qual zusammenbricht!
O, weich' von deinem finstren Platze nicht!
Die Sünden alle sein, die mich verloren,
In dir begraben, wie aus dir geboren!

O, gib mich preis nicht dem geschwätzigen Tage,
Denn lesen würde man in seinem Lichte
Das Schuldbewußtsein, das ich in mir trage;
Mit Tränen steht geschrieben im Gesichte
Der Keuchheit Fall, des Ehbruchs Schmachgeschichte;
Selbst wer sonst nie mit Schrift vertraut gewesen,
Wird meine Schuld aus meinen Augen lesen.

Die Amme wird von mir dem Kind erzählen,
Ihm drohen mit dem Namen des Tarquin;
Der Redner wird's zum Schmuck der Rede wählen:
Wie mich Tarquin betrog, ich Collatin,
Und wenn zum Festgelag' die Sänger ziehn,
Dann singen sie, die Hörer zu entflammen,
Die Schuld Tarquin's mit meiner Schmach zusammen.

Um meines Gatten teurer Liebe willen,
Laß meinen guten Namen unbefleckt!
Von gift'gen Mißtrauns Wehe, nie zu stillen,
Wird Collatin sonst selbst leicht angesteckt
Und so mit unverdienter Schmach bedeckt
Sein Ruf, der rein vom Schimpf, den ich erlitten,
Rein wie ich selbst bis da in meinen Sitten.

O Schimpf, unsichtbar dem nur, der ihn trägt!
O, vom Empfänger nicht gefühlte Wunde!
Auf Collatin's Gesicht ist Schmach geprägt
Und nur Tarquin versteht die Schrift, die Kunde
Gibt von Verrat und heimlich schnödem Bunde.
Ach! Viele müssen solche Narben tragen,
Die niemand kennt als der, der sie geschlagen.

Ich sollte tragen deiner Ehren Krone,
Mein Collatin! Geraubt ward sie zumal
Mit meinem Honig, und als arme Drohne
Verkomm' ich jetzt in unfruchtbarer Qual,
Da roher Zwang mir alles, alles stahl.
Die Wespe hat, die in den Stock gedrungen,
Der keuschen Biene Honig dir verschlungen.

Zwar trag' ich Schuld am Schiffbruch deiner Ehren,
Doch dir zu Ehren nur empfing ich ihn!
Du sandtest ihn; könnt' ich ihm Zutritt wehren?
Dies hätte *dich* entehrt, mein Collatin,
Da er vom Weg ganz übermüdet schien
Und nur von Tugend sprach. Wer fürchtet Leid
Vom Teufel, der erscheint im Tugendkleid?

Wie kommt's, daß Würmer zarte Knospen töten?
Wie kommt's, daß Spatzen Kuckuckseier brüten?
Wie kommt zum reinsten Quell das Gift der Kröten?
Wie in das edle Herz tyrannisch Wüten?
Wie, daß selbst Könige ihr Gesetz nicht hüten?
Ach! Nichts ist so vollkommen in der Welt,
Daß nichts Gemeines sich ihm zugesellt.

Der Greis häuft Schätze, die ihm nichts mehr taugen,
Denn Krämpfe plagen ihn und Gicht und Fluß,
Kaum sieht er noch sein Gold mit schwachen Augen
Und sitzt in Qual davor wie Tantalus,
Häuft seiner Klugheit Frucht mit Überdruß;
Er hat kein Glück als Leid, daß ganze Haufen
Von Gold ihm doch Gesundheit nicht erkaufen.

Er hat es erst, wenn ohne Nutz' und Freuden,
Und läßt es bald den Kindern zum Verwalten,
Die's rasch in stolzem Übermut vergeuden; –
Den Jungen fehlt das Maß, wie Kraft dem Alten,
Das fluchbeladne Gold lang zu erhalten.
So sehn wir das erwünschte Gut zerronnen
Fast schon im Augenblick, da wir's gewonnen.

Den holden Lenz durchtosen rauhe Stürme,
Wie Unkraut dicht bei duft'gen Blumen treibt;
Wo Vögel singen, zischt auch Giftgewürme,
Wie stets das Laster sich an Tugend reibt;
Es gibt kein Gut, das sicher unser bleibt,
Und dessen Leben oder Eigenart
Gelegenheit ganz vor Verderbnis wahrt.

Gelegenheit, ja, deine Schuld ist groß!
Denn du nur führst Verräter zum Verrat,
Du stellst dem Wolf das arme Lämmchen bloß,
Das sündige Gelüst machst du zur Tat,
Höhnst Recht, Gesetz, Vernunft und guten Rat;
Aus deiner Höhle, ungesehn, ergreift
Die Sünde jeden, der vorüberstreift.

Du, du allein brichst der Vestalin Eid,
Du schürst die Glut, und alle Scham schmilzt hin;
Du schändest Treue, mordest Redlichkeit,
Der Tugend Opfer wird dir zum Gewinn,
Du Sündensporn, ruchlose Kupplerin!
Durch dich wird Leid aus Lust, aus Honig Galle,
Das Schönste, Reinste kommt durch dich zum Falle.

Verstohlenem Genuß folgt laute Schmach
Und offenes Fasten stillen Festeszeiten,
Den Schmeichelworten folgt Beschimpfung nach,
Aus Süßem mußt du Bittres stets bereiten,
Vergänglich sind all' deine Eitelkeiten;
Wie kommt es denn, daß, statt dich zu verfluchen,
Gelegenheit, so viele stets dich suchen?

Wann wirst du hilfreich dich zum Armen wenden,
Gewährung seiner Bitten zu erlangen?
Wann suchen, lange Zwietracht kurz zu enden
Und zu befrein, wen Elend hält gefangen?
Wann kommst zu Trost und Heilung du gegangen?
Der Arme, Lahme, Blinde kriecht und schreit
Zu dir und trifft dich nie, Gelegenheit.

Der Kranke stirbt – der Arzt schläft in der Kammer;
Die Waise darbt – ihr Vormund nährt sich gut;
Gerechtigkeit schwelgt bei der Witwe Jammer,
Der lust'ge Rat hemmt nicht der Seuche Wut.
Vor allem Guten bist du auf der Hut,
Doch wo es Mord gibt, Raub, Verräterei
Und Unzucht, bist du hilfreich stets dabei.

Wenn Treu' und Tugend dich um Hilfe flehn,
So fehlt dir's, nicht zu helfen, nie an Gründen;
Sie kaufen dich, frei darf das Laster gehn,
Denn sportelfrei bei dir sind alle Sünden
Und du stets froh, dich ihnen zu verbünden;
Fern hieltst du meinen treuen Collatin
Und gabst mich preis dem tückischen Tarquin!

Du trägst die Schuld an Meineid, Mord und Lug,
An Raub, Verrat, Verführung und Zerstörung,
An jeder Schändlichkeit und jedem Trug;
Du treibst zur Unzucht durch des Bluts Empörung,
Und bist Gehilfin jeglicher Betörung
Und jeden Frevels in der Weltgeschichte
Vom Schöpfungstage bis zum Weltgerichte.

Und du, der Nacht Mitschuld'ge: Scheusal Zeit,
Vertilgerin der Jugend, Sorgenschwinge,
Treulose Botin schnöder Üppigkeit,
Packpferd der Sünde und der Tugend Schlinge,
Du aller Wieg' und Grab im Weltenringe:
Da du die Ehre mir zu rauben kamst,
Nimm auch mein Leben, dessen Schmuck du nahmst!

Durch deine Sklavin, die Gelegenheit,
Betrogst du mich um meines Schlafes Frieden,
Erlaubtest ihr, mit wilder Grausamkeit
Mich in ein endlos Leidensjoch zu schmieden.
Du hast dich ganz von deiner Pflicht geschieden!
Denn Zeit soll Irrtum klären, Zwietracht enden,
Doch nicht ein keusches Ehbett plündernd schänden.

Ihr Ruhm ist, Zwist der Könige beizulegen,
Den Trug entlarvend, Wahrheit aufzudecken;
Vergangner Zeit den Stempel aufzuprägen,
Die Nacht zu schützen und den Tag zu wecken,
Aus ihrer Schuld die Schuldigen aufzuschrecken,
Prachtbauten in Ruinen umzustürmen
Und Staub auf ihren goldnen Schmuck zu türmen.

Mit hehren Kunstgebilden Würmer füttern,
Vergessenheit mit dem Verfall der Dinge,
Den Inhalt alter Bücher zu zerknittern,
Den Kiel zu ziehn aus alter Raben Schwinge,
Zu sehn, daß Nachwuchs altem Stamm entspringe, –
Am harten Stahl des Altertums zu nagen,
Das Wirbelrad des Glückes umzuschlagen.

Großmütter laß den Blick auf Enkel richten,
Zum Kinde mach' den Mann, das Kind zum Manne,
Vernichte Tiger, lebend vom Vernichten,
Des Löwen und des Einhorns Wildheit banne,
Die List in ihre eigne Klemme spanne,
Zu reicher Ernte laß die Saat gedeihn
Und höhl' mit weichen Tropfen hart Gestein!

Warum nur wirkst du als Vertilgerin,
Statt heilend auch der Sühne dich zu weihn?
Ein Augenblick der Rückkehr, Pilgerin,
Erkaufte tausend Freunde dir, und rein
Von Schuld schnell würde mancher Schuldige sein.
Von dieser Unglücksnacht nur eine Stunde
Gib mir zurück, so ging' ich nicht zugrunde!

Laß, vielgeschäftige Hand der Ewigkeit,
Den flüchtigen Tarquin die ganze Wucht
Des Unheils fühlen! Schaff ihm Kreuz und Leid,
Daß er die nächt'ge Freveltat verflucht!
Von bleichen Schatten sei er heimgesucht, –
Erfüll' sein Schuldbewußtsein so mit Grauen,
In jedem Busch ein Schreckgespenst zu schauen!

Verstör' ihm ruhelos die Zeit der Ruhe,
Den Peiniger im Bett mit Schmerz zu peinigen;
Was du ihm Böses antun kannst, das tue,
Und laß kein Mitleid seiner Qual sich einigen;
Laß Herzen, härter noch wie Stahl, ihn steinigen,
Und sanfter Frauen angeborne Mildheit
Verkehre sich bei ihm in Tigerwildheit.

Vergönn' ihm Zeit, daß er sein Haar zerraufe,
Zeit, daß er mit Verachtung selbst sich schmähe,
Zeit, zu verzweifeln an der Zeit Verlaufe,
Zeit, daß er sich als niedren Sklaven sehe,
Zeit, daß von Bettlern er sein Brot erflehe,
Und Zeit, daß, die von Mitleid selber leben,
Verschmähn, verschmähte Brocken ihm zu geben!

Laß Zeit ihm, daß er Freund' als Feinde sehe
Und aller Narren Spott zu werden meine,
Und Zeit, zu sehn, wie langsam Zeit vergehe
Zur Zeit des Grams, – und wie so kurz erscheine
Die Zeit des Lasters und der Lust wie seine, –
Und ewig laß sein Schuldbewußtsein währen,
Den Gram des Mißbrauchs seiner Zeit zu nähren!

Zeit, Lehrerin des Guten und des Schlechten,
Lehr' mich auf deinen Sündenzögling fluchen!
Laß ihn mit seinem eignen Schatten fechten
Und sich allstündlich selbst zu töten suchen,
Um Selbstmord ihm als letzte Schuld zu buchen,
Denn wo lebt sonst ein Mensch, so feil und schlecht,
Ein Henker sein zu wollen diesem Knecht?

Am tiefsten sinkt, wer auf den Thron geboren,
Wenn er die hohe Hoffnung täuscht durch Schande
Und gibt sein Ehrenteil dem Haß verloren,
Denn Menschenruhm und Schmach wächst mit dem Stande,
Die Fürstenschuld ist höchste Schuld im Lande.
Den Mond vermißt man hinter Wolkendunkel,
Doch nicht der kleinen Sterne Glanzgefunkel.

Die schwarze Krähe mag im Schlamme baden
Und ohne Spur des Schmutzes weiter fliegen!
Dem weißen Schwane aber würd' es schaden,
Der Schmutz bleibt auf dem Silberflaume liegen.
Der König – Tag – wird Nacht, den Knecht, besiegen.
Dem Flug des Adlers folgen aller Blicke,
Doch niemand achtet auf den Flug der Mücke.

Schweigt, leere Worte! Diener hohler Narren,
Fort mit euch armen, tönenden Vermittlern!
Dient der pedant'schen Schulgelehrten Sparren,
Den Silbenklaubern und den Sinnzersplittrern,
Den feilen Richtern und verdrehten Krittlern!
Mir sind Beweise keinen Strohhalm wert,
Da meinen Fall kein Wort zum Beßren kehrt.

Vergebens fluch' ich der Gelegenheit,
Der Zeit, Tarquin und meiner Unglücksnacht,
Vergebens lieg' ich mit mir selbst im Streit;
Unwiderruflich ist die Schmach vollbracht,
Das Wort hat mich zu retten keine Macht,
Von allen Mitteln tut nur eins mir gut:
Selbst zu vergießen mein entehrtes Blut.

Wie, arme Hand, macht mein Entschluß dich beben?
Du ehrst dich, mich von Schande zu befrein,
In dir wird, sterb' ich, meine Ehre leben,
Doch leb' ich fort, ist meine Schande dein;
Da du nicht konntest Schutz der Herrin sein,
Zu feige warst, dem Tugendraub zu wehren,
So töte dich und sie für dies Entehren!« –

Und bei dem Wort, aus dem zerwühlten Bette
Springt sie und sucht nach einer Todeswaffe,
Doch beut kein Mordwerkzeug die Ruhestätte,
Nichts, was gewaltsam eine Öffnung schaffe,
Die weiter als das Tor der Lippen klaffe,
Um auszumünden ihren Lebenshauch
Wie Glut des Ätna, wie Kanonenrauch.

»Verfehlt«, rief sie, »hab' ich des Lebens Zweck
Und kann dies Unglücksleben doch nicht enden!
Beim Schwert Tarquin's ergriff mich Todesschreck,
Kann denn ein Messer jetzt mein Elend wenden?
Ich fürchtete, doch ohne mich zu schänden,
Blieb, was ich war und bin: ein treues Weib; –
Doch nein! Tarquin entweihte Seel' und Leib!

Hin ist des Lebens teuerstes Juwel,
Drum darf ich mich dem Tod nicht zeigen schwach,
Denn er allein bringt Sühne meinem Fehl
Und gibt, als Ehrenzeichen meiner Schmach,
Der Lebenden ein sterbend Leben nach.
Hilflose Hilfe, die zu helfen glaubt,
Zerstört sie das, woraus der Schatz geraubt!

Nie, teurer Collatin, sollst du erfahren,
Daß meine Lippen für dich nicht mehr rein,
Nie, treues Herz, werd' ich dir offenbaren,
Wie ich mir untreu rauben ließ, was dein!
Nein, nie soll dieses Bastardreis gedeihn,
Noch der es pflanzte, deinen Namen schändend,
Dich sehn, dem Bastard Vaterliebe spendend.

Nie soll er heimlich auch nur in Gedanken
Dich höhnen, noch in seiner Freunde Kreise.
Und du sollst wissen, daß kein Gold die Schranken
Der Keuschheit brach: nur wilde Räuberweise!
Doch, ich bin Herrin meiner Lebensreise
Und will mein Zwangsvergehn mir nicht vergeben,
Bis ich es ganz gesühnt mit Leib und Leben.

Ich will dich nicht mit meiner Schmach vergiften,
Noch sie beschönigen durch Entschuldigungen,
Nicht decken Sündenschwarz mit goldnen Schriften,
Wahrheit zu bergen, falscher Nacht entsprungen:
Frei sag' ich alles! – Wie durch Niederungen
Bergquellen fließen, sollen reine Zähren
Aus meinem Aug' die schmutzigen Worte klären.«

Und schon verstummt der klagende Gesang
Der Nachtigall von ihren nächt'gen Sorgen;
Die Nacht in feierlichem Trauergang
Zog höllenwärts; errötend naht der Morgen,
Um holden Augen holdes Licht zu borgen;
Lucretia nur mag sich vor Scham nicht sehn
Und möchte trauernd ganz in Nacht vergehn.

Durch alle Spalten späht das Tageslicht
Nach ihr allein und sieht sie weinend sitzen,
Die ihm entgegenseufzt: »O Weltenlicht,
Warum kommst du, in's Fenster mir zu blitzen?
Die Schläfer kitzle mit den Strahlenspitzen,
Das Brandmal dieser Nacht läßt mich nicht ruhn
Und Nacht hat mit dem Tage nichts zu tun.«

So hadert sie mit allem, was sie sieht,
Denn Gram ist eigensinnig wie ein Kind,
Dem, schmollt es einmal, nichts zu Dank geschieht.
Nur alter Schmerz, nicht neuer, trägt sich lind,
Denn jenen zähmt die Zeit, doch wildgesinnt
Treibt dieser, rastlos um sich zappelnd, immer
Zum Abgrund wie ein ungeschickter Schwimmer.

So tief in einem Meer von Sorgen sieht sie
Sich stets mit allem ringsumher in Streit,
Und alles Schlimme zur Vergleichung zieht sie
Mit sich heran und steigert so ihr Leid
Zum Äußersten – bald stumm vor Traurigkeit
Und bald im Schmerzensausdruck überschwenglich
An Worten, jedem Tröste unzugänglich.

Der Vögel froher Sang zur Morgenstunde
Treibt bis zu finstrem Wahnsinn ihre Klagen,
Denn Frohsinn wühlt den Gram auf bis zum Grunde,
Wer trübgemut, kann Heitres nicht ertragen,
Der Gram fühlt nur am Grame sein Behagen,
Wie tiefes Leid nur da Erleicht'rung findet,
Wo gleiches Leid sich tröstlich ihm verbindet.

Zwiefach stirbt, wer ertrinkt schon nah' dem Land,
Den Hunger steigert ein erblicktes Mahl,
Das Nahn der Salbe mehrt der Wunde Brand;
Was man zum Trost ihr tun will, nährt die Qual.
Das tiefe Leid gleicht stiller Flut im Tal,
Die, wenn gedämmt, weit überschwemmt das Land,
Scherzt man mit Gram, geht er aus Rand und Band.

»Begrabt, ihr Vögel, euren Spottgesang«,
Rief sie, »in eurer federweichen Brust;
Seid stumm und still, mein Ohr haßt muntren Klang!
Mir ruhelosen Grames pflichtbewußt,
Hab' ich, trübsel'ge Wirtin, keine Lust
An lustigen Gästen; ganz in Schmerz verloren,
Leih' ich nur Trauertönen meine Ohren.

Sing', Philomele, der Entehrung Sang,
Mach dir mein wirres Haar zum Trauerhain,
Und wie die Erde weint beim Schmerzenklang,
Soll feucht mein Aug' bei deinen Klagen sein,
Mein tiefes Seufzen dir den Grundton leihn;
Dumpftönend soll Tarquinens Nam' erklingen,
Wenn du, kunstreicher, wirst von Tereus singen.

Du drückst dich an den Dorn, daß er dich ritze,
Um deinen herben Gram stets neu zu wecken,
Ich drücke eines scharfen Messers Spitze
An's Herz mir, um mein Auge zu erschrecken,
Und blinzt es, soll ein Stoß mich niederstrecken.
Dies soll der Steg sein, welcher stimmverwandt
Die Klagesaiten unsrer Herzen spannt.

Und daß du, armer Vogel, schamhaft spröde
Das Tag'slicht fliehst, im Singen ungesehn,
Laß fern uns suchen eine dunkle Öde,
Wo wir vor Frost und Hitze nicht vergehn
Und dort den Tieren klagen unsre Weh'n,
Daß sie gerührt die wilde Art verwandeln,
Sanft werden, da die Menschen tierisch handeln.«

Wie aufgeschreckt ein Reh scheu um sich blickt,
Um auszuspüren, welchen Weg es flieh',
Wie, wer in einem Labyrinth verstrickt,
Nachsinnt, daß er dem Wirrwarr sich entzieh',
So mit sich selbst in Widerspruch ist sie,
Was wünschenswerter, Leben oder Tod,
Wo Schmach dem einen wie dem andern droht.

Sie sprach: »Mich töten, würde in Entehrung
Zugleich den Körper mit der Seele ziehn;
Wer halb verliert, trägt leichter die Entbehrung,
Als wenn sein alles schwindet im Ruin.
Der Mutter ist kein Mutterherz verliehn,
Die, wenn ihr von zwei Kindern eins erliegt,
Das andre tötet und nun keins mehr wiegt.

Leib oder Seele, was war mehr zu schätzen,
Als jener rein war, diese göttlich schien?
Was war in Liebe näher mir zu setzen,
Dem Himmel gleich geweiht und Collatin?
Die Rinde von der stolzen Pinie ziehn,
Macht, daß sie welke und ihr Saft verschwinde;
So geht's der Seele, nehm' ich ihr die Rinde.

Ihr Haus ward wüst, die Ruhe wich dem Leid,
Geplündert ward ihr Heim von roher Hand,
Beraubt ihr heiliger Tempel und entweiht,
Das höchste Kleinod frech daraus entwandt –
Drum werd' es nicht Gottlosigkeit genannt,
Wenn ich die schon erstürmte Burg zerschlage
Und fort die kummervolle Seele trage.

Doch sterben will ich nicht, bis Collatin
Erfuhr von meines frühen Todes Grunde,
Sein Schwert zur Rache gegen den zu ziehn,
Der Ursach' wurde meiner Todeswunde.
Mein Blut vermach' ich in der letzten Stunde
Tarquin, der es befleckt', um den es fließt,
Sein Erbteil sei's, daraus die Rache sprießt!

Und meine Ehre soll das Messer erben,
Das vom entehrten Körper mich befreit;
Zur Ehre wird's, ist man entehrt, zu sterben,
Der Ehre gibt der Tod Unsterblichkeit.
Aus meiner Schande Asche neu geweiht
Ersteht mein Ruf, – die lebend ich verloren,
Die Ehre, wird mir sterbend neugeboren.

Doch, teurer Ehgemahl, des Heiligtum
In mir beraubt ward, was vermach' ich *dir*?
Sieh', mein Entschluß zu sterben, sei dein Ruhm,
Das Vorbild deiner Rache find' in mir!
Wie an Tarquin zu handeln, lies es hier:
Ich sterbe, weil ich treulos dir geworden,
Ich morde mich, wie du Tarquin sollst morden!

So soll denn kurz mein letzter Wille sein:
Den Geist dem Himmel und den Leib der Erde
Will ich, doch dir, Gemahl, die Rache weihn,
Dem Stahl die Ehre, und dem Frevler werde
Die Schmach, mir angetan an deinem Herde,
Und meinen guten Nachruf will ich schenken.
All' denen, die in Ehren mein gedenken

Du, Collatin sollst der Vollstrecker sein
Des Testaments; verwünsch' mich nicht dabei!
Mein Blut wäscht mich von aller Schande rein,
Von böser Tat macht guter Ausgang frei.
Ermatte nicht, o Herz, sag' fest: es sei!
Ergib der Hand dich, der du mußt erliegen,
Du stirbst mit ihr, doch sterbt ihr beid' im Siegen.« –

Als sie den Tod beschlossen, lebenssatt,
Wischt sie die salz'gen Tränen vom Gesicht
Und ruft, mit einer Stimme tonlos, matt,
Die Dienerin, die mit beschwingter Pflicht
Herbeifliegt. Wie wenn Schnee im Sonnenlicht
Auf Winterwiesen eben angefangen
Zu schmelzen, schienen ihr Lucretia's Wangen.

Sie beut der Herrin sittsam guten Morgen,
Im sanften Tone der Bescheidenheit,
Sieht trüben Blickes ihre schweren Sorgen
An ihres Angesichtes Trauerkleid;
Doch wagt sie nicht zu fragen, welches Leid
Den Augensonnen so umwölkt das Licht
Und warum tränenfeucht ihr Angesicht.

Doch wie die Erde weint, neigt sich die Sonne,
Daß jede Blum' ein schmelzend Auge scheint,
Entquollen Tränen jetzt dem Augenbronne
Der Magd, die um die beiden Sonnen weint,
Die der Gebietrin himmlisch Antlitz eint.
In salziger Flut erlosch die lichte Pracht,
D'rum weint das Mädchen wie die tauige Nacht.

So hübsche Weile stand das hübsche Paar,
Zwei Brunnenbildern gleich von Elfenbein;
Die eine weint mit Recht, die andre war
In Tränen nur, Gesellschaft ihr zu leihn.
Gar leicht stellt sich bei Frau'n das Weinen ein,
Denn schnell sind sie erregt durch fremden Schmerz,
Und weinten sie dann nicht, so bräch' ihr Herz.

Wie Marmor ist der Mann, wie Wachs die Frau,
Dem harten Marmor muß das Wachs sich fügen;
Dem unterdrückten Weib prägt sich genau
Des Mannes Stempel auf in Form und Zügen.
Nicht das Metall, die Stempel nur betrügen;
Drum sind die Frau'n nicht selber anzuklagen,
Wenn sie Gepräge eines Teufels tragen.

Ihr sanft Gemüt, ein freundlich offnes Feld,
Läßt jedes Würmchen sehn, das darauf kriecht;
Im Mann ein rauh verwachs'nes Dickicht hält
Geheim die Bestie, die im Dunkeln liegt.
Wenn auf Kristall auch nur ein Staubkorn fliegt,
Wird er befleckt. Der Mann birgt leicht die Sünden,
Die Frau'ngesichter wie ein Buch verkünden.

Nicht die verwelkte Blume soll man schelten,
Vielmehr den Winter, der sie welk gemacht;
Nur dem Zerstörer darf der Tadel gelten,
Nicht dem Zerstörten. Wenn die rohe Macht
Des Mannes eine Frau zu Fall gebracht,
Sollt' *er's* allein sein, den die Schande trifft,
Sie ist das Buch nur seiner Sündenschrift.

Dies zeigt sich klärlich bei Lucretia;
Nachts aufgeschreckt, bestürmt in Angst und Not,
Hier Untergang und dort die Schande nah',
Die den Gemahl mitschändet, ist sie tot.
Wo so den Widerstand Gefahr bedroht,
Ist todesstarr die Frau im Machtbereiche
Des Mannes, willenlos wie eine Leiche.

Zu ihrer Dienerin, dem holden Bilde
Des eignen Grams, begann nun so zu sprechen
Lucretia mit teilnahmvoller Milde:
»Kind, flutet dein Gesicht von Tränenbächen
Um Leiden, welche *mir* das Herz zerbrechen?
Wenn Tränen hülfen, würd' ich durch die meinen
Allein genesen, doch mir hilft kein Weinen.

Doch sag' mir, Kind, wann ging (und hier versagt
Das Wort ihr und sie seufzt) Tarquin von hinnen?«
»Ach, als ich noch im Bett lag!« sprach die Magd;
»Schilt mich die trägste aller Dienerinnen!
Nur dies kann mir Entschuldigung gewinnen,
Daß ich schon auf war, eh' die Sonne schien,
Und lang vor Tagesanbruch ging Tarquin.

Doch, hohe Herrin, darf die Magd es wagen,
Zu forschen, was dich so bedrückt und quält?« –
»Ach!« rief Lucretia, »könnt ich's dir auch sagen,
Nicht leichter trüg' ich's, wenn ich's dir erzählt –
Es ist ein Weh, wofür das Wort uns fehlt,
Und Qual, für die wir keine Worte kennen,
Kann man wohl eine Höllenmarter nennen.

Geh', hol' mir Tinte, Feder und Papier –
Doch nein, es ist zur Hand – du kannst verweilen.
Was wollt' ich doch? – Laß einen Sklaven mir
Bereit sich halten, gleich mit ein'gen Zeilen
Zu meinem lieben, teuren Herrn zu eilen:
Sag', es eilt sehr; er halte sich gewärtig
Zum Aufbruch, ich bin gleich mit Schreiben fertig.«

Die Magd verschwand; und sie beginnt zu schreiben.
Erst flüchtig über's Blatt hin fährt der Kiel,
Einander unruhvoll bekämpfend, treiben
Verstand und Gram mit ihm ein traurig Spiel.
Es löscht der Wille, was dem Geist gefiel,
Und wie die Menschen im Gedräng' am Tor,
Drängt ein Gedanke sich dem andern vor.

Zuletzt beginnt sie so: »Dem würdigen Gatten
Wünscht die unwürdige Gattin Wohlergehn.
O wolle, Teurer, huldvoll mir gestatten
(Verlangt es Dich, Lucretia noch zu sehn),
Um eiligsten Besuch Dich anzuflehn. –
Aus unserm Trauerhause. – So empfehle
Ich kurz mich Dir mit kummervoller Seele.«

Sie schließt den Brief, der schwer geheimes Wehe
Nur leicht andeutungsweise offenbart,
Daß Collatin aus flücht'gem Wort ersehe
Ihr Leiden, aber nicht des Leidens Art.
Die volle Wahrheit bleibt ihm aufgespart,
Damit er nicht noch Schlimmeres vermute,
Bevor die Schuld gesühnt mit ihrem Blute.

Sie hält die Schmerzensglut in stummem Bann,
Bis selbst er kommt, um alles zu vernehmen,
Und sie mit Seufzern und mit Tränen dann
Das Ungeheure zierlich mag verbrämen,
Die Ehre lösen, den Verdacht beschämen.
Sie will den Brief mit Worten nicht beflecken,
Bis Taten sühnend diese Worte decken.

Mehr rührt ein Leidgesicht als Leidbericht;
Das Aug' erklärt dem Ohr das stumme Spiel
Des Leids, das wahrnehmbar nur dem Gesicht:
Wie schwer auf jeden Teil sein Anteil fiel.
Wer Schmerz bloß schildert, kommt nur halb zum Ziel.
Die seichte Furt rauscht lauter als die See
Und Worthauch ist wie Ebbewind dem Weh'.

Gesiegelt ist der Brief und überschrieben:
»Dem Herrn in Ardea, mit größter Schnelle.«
Der harrende Bote nimmt ihn, und getrieben
Zur Eile wird der mürrische Geselle
Wie Vögel von des Nordwinds luft'ger Welle.
In solcher Not erscheint der schnellste Flug
Der Ungeduldigen nicht schnell genug.

Der plumpe Bursch verneigt sich vor ihr tief,
Sieht sie, vor ihrem Blick errötend, an,
Sagt weder Ja noch Nein, empfängt den Brief,
Fort mit verschämter Unschuld eilt er dann.
Sie denkt: »Um *mich* errötet dieser Mann;
Denn wer sich schuldbewußt, lebt stets in Sorgen,
Daß jeder seh', was in der Brust verborgen.«

Dem Armen lag es fern, Verdacht zu schöpfen!
Blöd' war er, linkisch, aber treu und echt.
Bei so harmlos unschuldigen Geschöpfen
Zeigt nur ihr Handeln, was im Dienste recht;
Manch andrer redet gut und handelt schlecht,
Doch dieses Muster guter, alter Zeit,
Zeigt durch den Blick nur, wie es dienstbereit.

Sein Feuereifer weckt in ihr Verdacht,
Wie seine, glühn errötend *ihre* Wangen,
Sie wähnt, er wisse, was Tarquin vollbracht,
Und blickt ihn forschend an; er wird befangen,
Bis ganz in Glut sein Antlitz aufgegangen;
Sie wähnt, je mehr das Blut zu Kopf ihm zieht,
Er um so mehr von ihrer Schande sieht.

Kaum ist er fort, beginnt sie schon zu klagen,
Daß er noch nicht zurück mit dem Gemahl;
Sie weiß die trübe Zeit nicht totzuschlagen,
Das Weinen, Seufzen, Ächzen wird ihr schal,
Ihr Leid ist matt durch Leid, die Qual durch Qual;
Für eine Weile schweigt ihr banges Stöhnen,
Als suche sie nach neuen Trauertönen.

Da fällt ins Auge ihr ein kunstreich Bild
Von Troja, wie die Griechen es bedrohn
Um Helena. Ihr Heer im Kampfgefild'
Ist dargestellt im Sturm auf Ilion,
Das wolkenhohe, nah' dem Falle schon.
Der Maler ließ so hoch die Türme steigen;
Der Himmel schien, sie küssend, sich zu neigen.

Die Kunst schien die Natur zu überringen,
Den Trauerbildern Leben einzuhauchen;
Aus mancher Witwe Augen Tränen dringen,
Die in das Blut gefallner Helden tauchen,
Man sah das rote Blut noch förmlich rauchen;
Manch' sterbend Aug' in mattem Licht noch flimmert,
Wie's nachts von ausgeglühten Kohlen schimmert.

Schanzgräber sind hier rüstig auf den Beinen,
Von Schweiß und Schmutze triefend, schwarz wie Krähen;
Und von den Türmen Trojas wirklich scheinen
Aus Scharten Menschenaugen herzuspähen
Auf's Griechenheer, als ob sie traurig sähen.
Der Maler, mit beseelendem Geschick,
Gab Trauerausdruck selbst dem fernsten Blick.

Wie zeigt in Haltung sich und Angesicht
Der Führer Majestät! Und ihnen weichen
Die jüngern Krieger an Beherztheit nicht.
Doch auch Feiglinge sieht man, die mit bleichen,
Verstörten Zügen bebend vorwärts schleichen:
Sie gleichen Bauern, bangend für ihr Leben,
Man schwört, man seh' sie leibhaft vor sich beben!

Seht Ajax hier und dort Ulysses stehn,
Wie ausdrucksvoll, wie lebenswahr gemalt!
Im Antlitz offen ist das Herz zu sehn,
Das Innre ganz im Äußern abgestrahlt:
Der wilde Ajax, dessen Mut oft prahlt,
Ulysses, dessen kluges, mildes Auge
Zeigt, daß vor allen er zum Herrscher tauge.

Den greisen Nestor sieht man stehn, als feure
Er eben seine Griechen an zum Streit,
Mit ruhiger Handbewegung, scheint es, steure
Er nach begeistrungsvoller Achtsamkeit;
Sein Silberbart, den Worten zum Geleit',
Bewegt sich auf und ab; dem Mund entschweben
Hauchwölkchen, die sich kräuselnd dünn erheben.

Und um ihn wogt ein gaffendes Gedränge
Und scheint des Weisen Rede zu verschlingen.
Nicht zwei sind gleich in dieser Lauscher Menge,
Sie stehn, als hörten sie Sirenen singen
Und wollen alle gern nach vorne dringen.
Fern reckten Köpfe sich, die fast genauer
Sahn als die nächsten dieses Bilds Beschauer.

Der legt die Hand auf eines andern Haupt,
Des Nas' umschattet seines Nachbars Ohr;
Der wird ganz rotgequetscht und keucht und schnaubt,
Der flucht, daß sich ihm andre drängen vor;
Der ist nah' dem Ersticken – und so gor
Die Menge: lauschte sie nicht Nestors Wort,
Wär' es zu Kampf gekommen und zu Mord.

Anregend, geistbelebend wirkt durch's Ganze
Die Schönheit, die Natur mit Täuschung eint;
Man sieht Achilles nicht, nur seine Lanze,
Von stahlbewehrter Hand umfaßt – doch meint
Man ihn zu sehn, der nur dem Geist erscheint.
Oft sieht man nur Gesicht, Kopf, Bein, Hand, Fuß,
Statt der Gestalt, die man sich denken muß.

Und hoch von Trojas schwerbedrängten Zinnen
Sahn, als der kühne Hektor zog in's Feld
Mit ihren Söhnen, viel Trojanerinnen
Den Helden nach, die Augen freuderhellt;
Allein der frohen Hoffnung schon gesellt
In manchem Blick sich trübe Ahnung auch,
Wie plötzlich sich ein Spiegel trübt durch Hauch.

Und her vom Schlachtfeld, vom Dardanerstrande
Strömt bis zum roten Simois das Blut.
Der Fluß, die Schlacht nachahmend, im Gebrande
Treibt bis zur steilen Höhe seine Flut,
Dort bricht am Felsenufer sich die Wut
Der Wellen, die sich brausend übertürmen,
Um schäumend in den Fluß zurückzustürmen.

Auf diesem Bild nun sah Lucretia
Ein Antlitz, das sie ganz gefangen nahm;
Manch' gramdurchfurcht Gesicht trat ihr schon nah',
Doch keins so ganz erfüllt von Schmerz und Gram
Wie Hekuba's, da sie verzweifelnd kam,
Zu sehn, wie ihr geliebter Priamus
Besiegt verblutet unter Pyrrhus' Fuß.

Der Maler stellt hier bis in's kleinste dar
Der Schönheit Untergang durch Gram und Zeit.
Nichts ist geblieben, wie es weiland war:
Das Antlitz trägt ein welkes Faltenkleid,
Der Adern blaues Blut ward schwarz vor Leid,
Es zeigt, da längst sein Nahrungsquell versiegt,
Ein Leben nur, das schon im Leichnam liegt.

Lucretia formt nach diesem Gramgesicht
Ihr eignes Weh'; es soll ihr Antwort geben,
Das Schmerzensbild, doch sprechen kann es nicht,
Kann keinen Fluch auf seine Lippen heben:
Der Maler war kein Gott, es zu beleben
Mit Odem, – und Lucretia bitter klagt,
Daß er so großem Weh' das Wort versagt.

Sie sprach: »Du arme Laute ohne Klang,
Ich will mit Worthauch deinen Schmerz begaben,
Will Pyrrhus fluchen, der den Mordstahl schwang
Auf deinen Gatten, er soll Rache haben,
In Tränen will ich Trojas Blut begraben,
Und allen Griechen, deinen Feinden, dringe
In's tückische Auge meines Messers Klinge!

Die Dirne zeig' mir, die den Krieg verschuldet,
Von meinen Nägeln werd' ihr Reiz verheert;
Um dein Gelüsten, eitler Paris, duldet
Jetzt Ilion den Brand, der es verzehrt;
Dein Aug' entflammte Glut, die wild sich mehrt –
Um deiner Augen Schuld muß Troja sehn
Sohn, Vater, Mutter, Tochter untergehn.

Warum verderbend auf das Haupt so vieler
Soll fallen eines einzigen Sündenlust?
Die Strafe treffe nur den falschen Spieler,
Nicht jene, die sich keiner Schuld bewußt,
Frei bleibe von dem Fluch die reine Brust!
Des einen Schuld gestraft am Allgemeinen,
Will sich mit Recht und Billigkeit nicht einen.

Seht Hekuba hier weinen, Priam sterben,
Seht Troilus und Hektor dort verbluten,
Ein Freund reißt jäh den andern ins Verderben,
Ihn achtlos treffend ohne sein Vermuten –
Und alle das um eines Lüstlings Gluten! –
Hielt Priam seinen Sohn mehr in der Hand,
Von Ruhm dann strahlte Troja, nicht von Brand.«

Lucretia weint über Trojas Weh'n,
Denn Schmerzensausdruck pflegt, wie schwere Glocken,
Einmal im Schwunge – nicht leicht still zu stehn;
Nur schwachen Anstoß braucht es, wenn sie stocken,
Um neuen Trauerton hervorzulocken.
So borgt Lucretia nur vom Bild die Blicke
Und leiht ihr Wort gemaltem Mißgeschicke.

Und wie ihr Blick das ganze Bild umspannt,
Hat sie für jede Trauerszene Klagen.
Jetzt sah sie einen Wicht, der flehend stand
Vor Hirten, die in Fesseln ihn geschlagen,
Doch lauert im Gesicht ein still Behagen:
Wie schmerzlich ihn auch seine Fesseln schnüren,
Geduldig läßt er sich nach Troja führen.

In ihm hat es des Malers Kunst erreicht,
Betrug zu bergen, harmlos zu erscheinen;
Nicht eine Spur von Schmerz die Stime zeigt,
Doch scheint das ruhige Auge feucht von Weinen;
Die Wangen weder weiß noch rot: es einen
Sich so die Farben, daß sie Schuld nicht zeigen,
Noch bleiche Furcht, die falschen Herzen eigen.

Doch ein vollendet eingefleischter Teufel,
Zeigt er so ganz des Biedermannes Züge,
Verschanzt so stark sich gegen jeden Zweifel,
Daß selbst der Argwohn kein Bedenken trüge,
Es könne schleichender Betrug und Lüge
Unheilsgewölk solch' hellem Tag gesellen
Und Höllenschuld den Heiligenschein entstellen.

Das ist der Sinon, der den alten guten
Priam durch trügerische Mär' betörte,
Des Wort aufging in wilden Feuergluten
Und das erhabene Ilium zerstörte
Und selbst den Himmel so zu Zorn empörte,
Daß kleine Sterne von der Stelle wichen,
Die unter Trojas Feuerglanz erblichen.

Bedächtig prüft Lucretia die Gestalt,
Doch möchte sie die Kunst des Malers hassen,
Der es verstand, mit zwingender Gewalt
Das Böse in so edle Form zu fassen;
Sie kann den Blick nicht von dem Bilde lassen,
Bis Wahrheit ihr im offnen Blick so klar
Erscheint, daß sie das Bild nicht hält für wahr.

»Das soll der Blick geheimer Tücke sein?«
Rief sie – und will: »das ist unmöglich!« sagen –
Da plötzlich fällt Tarquin's Gestalt ihr ein,
Erst von der Zunge ihr das Wort zu schlagen
Und dann ganz andern Sinn hineinzutragen;
»Es ist unmöglich«, sagt sie, »wie ich's fasse,
Doch solch' Gesicht zu niederm Sinn nicht passe.«

»Denn wie der schlaue Sinon hier im Bilde
Voll stiller Trauer, kam zu mir Tarquin,
Solch' Ausdruck war von Müdigkeit und Milde
Als Maske seiner Bosheit ihm verliehn;
Sein Laster, das als Ehrbarkeit erschien,
Hat mich, wie Sinon Priamus, betört,
Und ach! auch mir mein Ilion zerstört.

O seht nur, auch aus Priam's Augen bricht
Es feucht hervor bei Sinon's falschen Zähren!
O, Priam, alt bist du, doch weise nicht!
Denn Troermord wird diese Flut gebären,
Als Feuer strömen und kein Wasser nähren,
Die Tränen, denen deine sich gesellen,
Zerstören deine Burg gleich Feuerbällen.

Aus einer lichtlos kalten Hölle holen
Die Teufel ihre Macht: denn Sinon bebt
Vor Kälte, während's in ihm glüht verstohlen:
Und gläubiges Vertraun erweckt und hebt
Der Widerspruch, der so in Eintracht lebt;
So kann er Priam in's Verderben flennen,
Sein Ilion mit Tränen ihm verbrennen.«

Lucretia greift zornig mit der weißen
Hand nach dem Bild, in unruhvoller Hast
Den schönen, falschen Sinon zu zerreißen.
Sie sieht in ihm nur ihren Unglücksgast,
Um dessenwillen sie sich selber haßt;
Doch schmerzlich lächelnd hält sie ein und spricht:
»O Törin! Diesen schmerzen Wunden nicht.«

So wechselt Flut und Ebbe ihrer Sorgen
Und Zeit ermüdet Zeit bei ihren Klagen,
Bald wünscht sie, daß es Nacht sei, und bald Morgen,
Und möchte eins um's andre von sich jagen.
Lang scheint auch kurze Zeit an Schmerzenstagen.
Sei Kummer noch so schwer, er schläft nicht leicht,
Und nur wer wacht, sieht wie die Stunde schleicht.

Versunken ganz im Anschaun jener Bilder,
Vergißt sie fast sich selbst die ganze Zeit
Und fühlt den eignen Kummer etwas milder,
Den Geist beschäftigend mit fremdem Leid.
So wird ein Kurzes wohl das Herz befreit –
Es lindert wohl, doch heilt nicht unsre Wunden,
Zu sehn, daß andre gleichen Schmerz empfunden.

Doch endlich ist der Bote wieder da,
Zugleich kommt mit Gefolge Collatin;
Im Trauerkleid sieht er Lucretia,
Und um ihr Aug', das feucht von Weinen schien,
Wie Regenbogen blaue Ringe ziehn,
Die zeigen in der trüben Atmosphäre,
Daß der vertobte Sturm sich neu gebäre.

So starrt ihr nun in's Antlitz Collatin
Und weiß, von Schmerz betroffen, nichts zu sagen;
Vom Weinen rot und wund ihr Auge schien,
Die Wange leblos; doch ihm fehlt zu fragen
Die Kraft, wie sich das alles zugetragen.
So stumm erstaunt, wie wenn in fremden Landen
Sich Freunde wiedersehn, die beiden standen.

Doch endlich faßt er ihre kalte Hand
Und spricht: »Mein süßes Lieb, welch' wildes Leid
Betraf dich, daß ich dich so bebend fand?
Was hat der Wangen Frische so entweiht
Und warum trägst du dieses Trauerkleid?
Enthülle, Teure, deinen Schmerz mir frei,
Daß ich erforsche, wie zu helfen sei.«

Dreimal tief seufzt sie, eh's *einmal* gelingt
Der Seufzenden, vor Gram zu Wort zu kommen;
Als endlich dann ihr von der Zunge springt
Das Wort, erzählt sie (was wir schon vernommen)
Vom Raub an ihrer Ehre. Schmerzbeklommen
Hört Collatin mit seinen Weggenossen
Lucretias geheimes Weh erschlossen.

Und wie der bleiche Schwan im feuchten Horte
Sein Trauerlied beginnt vor nahem Enden,
Spricht sie: »Der Schuld geziemen wenig Worte,
Entschuldigung kann keinen Fehltritt wenden;
Mehr Leid als Worte hab' ich noch zu spenden,
Und allzulang ist meines Jammers Sage,
Als daß sie eine müde Zunge klage.

Drum lasse sie dich nur dies eine wissen:
Ein Fremder hat dein Heiligtum geraubt
Aus deinem Bett, geruht auf diesem Kissen,
Wo du zu ruhen pflegst dein müdes Haupt;
Verwelkt ist meine Ehre und entlaubt,
Das Ärgste mußte deine Gattin dulden,
Doch nur durch Zwang, nicht eigenes Verschulden.

Im Graun der dunklen Mitternacht beschlich,
Von Fackellicht geführt, hier im Gemach
Mit blankem Schwert ein Ungeheuer mich
Und flüsterte: 'Auf, Römerin, erwach'!
Ergib dich mir, sonst häuf' ich ewige Schmach
Zur Nacht auf dich und alles, was dir teuer,
Willst du nicht löschen meiner Liebe Feuer.

Ich morde', rief er, 'deiner Sklaven einen,
Ergibst du dich nicht fügsam meinem Willen;
Dann werd' ich dich im Tode ihm vereinen
Und schwören: Beide traf ich euch im Stillen
Der Wollust an und tötet' um deswillen
Euch beide im unzüchtigen Umschlingen –
Das wird mir Ruhm, dir ewige Schande bringen.'

Entsetzt fuhr ich empor, fing an zu schrein,
Doch er, sein Schwert gezückt, droht' mir mit Mord
Und schwur, ergäb' ich mich nicht willig drein,
Gesprochen hätt' ich dann mein letztes Wort
Und nur mein Name lebte schimpflich fort,
Denn alle Römer würden von mir sagen,
Daß man bei einem Sklaven mich erschlagen.

Mein Feind war stark, *ich* schwach, und um so schwächer,
Als ich durch ihn all' meinen Mut verlor,
Stumm machte mich mein blut'ger Urteilssprecher,
Recht und Verteidigung ließ er gar nicht vor,
Der sein Gelüst zum Zeugen rief und schwor,
Daß meine Schönheit ihm das Herz geraubt,
Und Schuld und Strafe komme auf mein Haupt.

O, lehr' du mich Entschuldigungen finden,
Laß mindestens dies meine Zuflucht sein:
Konnt' ich mein Blut dem Unrecht nicht entwinden,
Blieb mein Gemüt doch makellos und rein
Und frei von Zwang in freier Liebe dein,
Es hat der Unschuld ungetrübte Helle
Bewahrt in seiner pestgeschwärzten Zelle.« –

Er, wie ein Kaufmann plötzlich durch Verlust
Verarmt, steht da, zu schwach, den Schmerz zu tragen,
Den Kopf gesenkt, die Arme auf der Brust,
Die Augen starr. Er möchte gerne klagen,
Was ihn bewegt, und kann's vor Schmerz nicht sagen;
Umsonst strebt er danach in stummer Pein:
Was er ausatmet, trinkt sein Atem ein.

Wie hoch die Flut durch einen Brückenbogen,
Dem Aug' enteilend, mächtig vorwärts drängt,
Um strudelnd gleich darauf zurückzuwogen
Zum engen Tor, durch das sie sich gezwängt,
Und so am Ausgang wieder sich verfängt,
So geht sein Schluchzen stets dieselben Wege,
Nur immer hin und her, gleich einer Säge.

Lucretia weckt aus des Bewußtseins Schlummer
Den Gatten, da sie sieht sein stummes Leid:
»Durch *deinen* Kummer mehrst du *meinen* Kummer«,
Sprach sie, »wie Flut sich mehrt bei Regenzeit;
Du brauchst den Ausdruck deiner Traurigkeit
Nicht meiner Schmerzensflut hinzuzufügen:
Ein Paar verweinter Augen mag genügen.

Um meinetwillen, die dir treu vereint
Als Gattin war, verzögre nicht die Rache
An meinem, deinem Feind, der selbst sich feind!
Ist auch nichts mehr zu ändern an der Sache,
Zu deren spätem Rächer ich dich mache,
Zu spät für mich – doch töte den Verräter,
Denn schonend Recht vermehrt die Missetäter.

Doch, edle Herrn, eh' nenn' ich ihn euch nicht
(So redet sie zu Collatin's Geleit'),
Bis ihr mir schwört bei eurer Ehrenpflicht,
Daß jeder von euch seinen Arm mir leiht
Zu meiner Sühne ehrenvollem Streit,
Denn dazu haben Edle ihre Waffen,
Wehrlosen Frau'n Gerechtigkeit zu schaffen.«

Voll edlen Eifers sind sie rasch bereit,
Ihr Beistand zu geloben nach Gewissen
Und Ritterpflicht in solchem Ehrenstreit;
Doch möchten sie des Feindes Namen wissen,
Den zu verbergen immer noch beflissen
Lucretia; sie spricht nur: »Sagt mir an,
Womit ich meinen Schandfleck löschen kann!

Worin besteht die Schuld der Sünderin,
Die der Gewalt nicht konnte widerstreben?
Erlöst mich von der Schmach mein reiner Sinn,
Die tiefgesunk'ne Ehre neu zu heben?
Darf ich befrei'nder Hoffnung mich ergeben?
Selbst klärt die Quelle sich, die man getrübt,
Warum wird gleiches nicht in mir geübt?« –

»Ja«, riefen alle, »was den Leib geschändet,
Wird durch die reine Seele weggefegt!« –
Doch sie mit freudelosem Lächeln wendet
Ihr Antlitz, das des Unglücks Spuren trägt,
Durch heiße Schmerzenstränen eingeprägt.
»Nein«, ruft sie, »ich darf Frau'n, die nach mir leben,
Kein Beispiel leicht gesühnter Sünde geben!«

Und seufzend tief, als wollt' ihr Herz nun brechen,
Stößt sie Tarquinens Namen aus: »*Er! Er!*«
Und nichts als »Er!« kann ihre Zunge sprechen;
Dann hält sie ein, seufzt wieder, atmet schwer
Und haucht noch matt die Worte hinterher:
»Er ist's, *er,* der mir schuf mein traurig Los
Und meine Hand jetzt führt zum Todesstoß.«

Bei diesem Wort durchbohrt der scharfe Stahl
Die reine Brust; empor die Seele schwebt,
Erlöst von des befleckten Kerkers Qual,
Worin sie atmend unruhvoll gelebt;
Der Geist, befreit von Erdenleiden, hebt
Zum Himmel sich, und aus der Wunde fährt,
Was, frei von Zeitgeschicken, ewig währt.

Und wie versteinert bei der Toten da
Stand mit den Freunden Collatin im Bunde,
Doch als ihr Blut Lucretiens Vater sah,
Warf er sich auf sie. Sie traf bis zum Grunde
Ihr Herz; den Stahl zog Brutus aus der Wunde;
Es kamen ihres Blutes Purpurwogen
Dem Stahl, wie Rache heischend, nachgezogen. –

So daß vom Busen ihr zwei Ströme gleiten,
Die so sich scheiden, daß das Purpurblut
Den Körper ganz umfließt von beiden Seiten,
Der mitten wie ein wüstes Eiland ruht,
Entvölkert, nackt in dieser Schreckensflut.
Ein Teil des Blutes rein und rot noch sprudelt;
Doch schwarz scheint andres, von Tarquin besudelt.

Und um das trauerstarre Antlitz scheint
Das schwarze Blut zum Wasserreif zu steigen,
Der um die Stätte der Entweihung weint.
Seitdem, um Mitleid diesem Leid zu zeigen,
Blieb schlechtem Blut solch Wasserzeichen eigen,
Und purpurrot blieb nur das unbefleckte,
Vor Scham errötend um das angesteckte.

»O Tochter, teure Tochter!« rief Lucrez,
»Mein eignes Leben hast du dir genommen;
Des Vaters Abbild lebt im Kinde stets,
Wie kann mir ohne dich zu leben frommen?
Nicht darum bist du mir als Kind gekommen!
Stirbt vor den Eltern hin das Kind, dann sind
Nachkommen diese und nicht mehr das Kind.

Zerbrochner Spiegel, o, wie oft erschien
Ich mir in deinem Bilde neu geboren!
Nun, statt der Schönheit, die du ließest fliehn,
Hast du das Bild des Tods heraufbeschworen,
Durch *dich* hat dein Gesicht mein Bild verloren.
In Scherben liegt mein Spiegel ganz und gar
Und nimmer seh' ich, was ich weiland war.

O Zeit, geh' selbst zur Ruh', hör' auf zu fliegen,
Mußt du im Flug, was leben soll, erschlagen;
Soll fauler Tod die blüh'nde Kraft besiegen
Und welke Schwäche nur das Leben tragen?
Stirb, alte Biene! laß sich junge plagen.
Erwache, süße Tochter, und sieh' mich,
Den Vater, sterben, nicht der Vater dich!«

Jetzt, wie aus einem Traum, fährt Collatin
Empor und fleht Lucrez an, daß er weiche,
Wirft in Lucretia's strömend Blut sich hin,
Drin badend sein Gesicht, das schmerzensbleiche;
Er liegt wie bei der Leiche eine Leiche,
Bis Mannesscham ihn wieder hebt und spricht:
»Steh' auf, zu leben deiner Rachepflicht!«

Der tiefe Schmerz, der seine Brust beklemmte,
Hielt seine Zunge lang in stummem Zwange,
Die, wütend, daß der Schmerz den Lauf ihr hemmte
Und ein befreiend Wort verbot so lange,
Nun plötzlich klang, doch in so wirrem Klange,
Daß, wieviel Klageworte sie auch fand,
Kein Ohr auch nur ein einzig Wort verstand.

Zuweilen war's, als hörte man den Namen
»Tarquin«, doch wie zerbissen von den Zähnen,
Der Wortsturm schien, bis Regenschauer kamen,
Nur um sie zu vermehren, sich zu dehnen,
Denn als er schwieg, in Strömen flossen Tränen,
Und Sohn und Vater weinten um die Wette,
Wer um Lucretia reichre Tränen hätte.

Der eine wie der andre nennt sie sein,
Doch keiner will des andern Anspruch tragen.
»Mein ist sie!« ruft der Vater, »mein, o mein! ...«
Der Gatte ruft: »Nur *ich* darf um sie klagen,
Kein andrer darf, mein Recht verkürzend, sagen,
Er traure um mein Weib, denn sie war mein
Und mir geziemt die Trauer ganz allein!«

»Ach!« rief Lucrez, »ich gab dies Leben ihr,
Das sie zu früh und doch zu spät zerstört.«
»Weh' mir!« seufzt Collatin, »Weib war sie mir,
Ermordet hat sie, was nur mir gehört.«
So streiten sie, von ihrem Schmerz betört.
»Mein Weib! mein Kind!« – von diesem Echo bebt
Die Luft, in der Lucretiens Geist verschwebt. –

Brutus, der aus der Wunde zog den Stahl,
Als er im Wehstreit Sohn und Vater sah,
Schien stolz verändert jetzt mit einemal,
Der Torheit Schein starb mit Lucretia,
In hoher Würd' und Haltung stand er da!
Nicht länger will er röm'scher Hofnarr heißen
Und Fürsten zum Ergötzen Possen reißen.

Fort wirft er das entstellende Gewand,
Das er aus kluger Vorsicht trug bis jetzt,
Und scheucht mit lang verborgenem Verstand
Den Gram, der Collatinens Auge netzt:
»Auf«, spricht er, »edler Held, so schwer verletzt!
Laß jetzt des unbegriffnen Toren Rat
Dich Weisen führen zu der rechten Tat!

Wie, Collatin, kann Weh durch Weh gesunden?
Kann Schmerz dir helfen gegen ein Verbrechen?
Nennst du es Rache, selbst dich zu verwunden,
An dir das Blut des teuren Weibs zu rächen?
Dem Römer ziemen nicht solch' kindische Schwächen!
Willst du so fehlen, wie Lucretia fehlte,
Die, statt des Feinds, sich selbst zum Opfer wählte?

Nein, Römerheld, erweiche nicht dein Herz
Durch Tränentau und unfruchtbare Klagen;
Komm', laß uns knien und blicken himmelwärts,
Daß uns die Götter beistehn, wenn wir wagen,
Die Schande aus den Straßen Rom's zu jagen;
Wir wollen unsre Peiniger wieder peinigen
Und Rom von allem, was verderblich, reinigen.

Und nun beim hohen Kapitole schwört,
Beim Sonnenlicht, das Erdenreichtum nährt,
Und bei dem keuschen Leibe hier, zerstört,
Bei allen Rechten, die uns Rom gewährt,
Und bei Lucretiens Seele, schon verklärt,
Bei ihrem blutigen Stahl – laßt uns versprechen,
Des teuren Weibs unseligen Tod zu rächen.«

Er spricht's, die Hand fest auf die Brust gelegt,
Und küßt den Stahl als seines Eides Zeugen,
Und alle schwören mit ihm tiefbewegt
Und staunend ihre Zustimmung bezeugen,
Wie sie vereint mit ihm die Kniee beugen.
Zum andernmal sagt' ihnen Brutus vor
Den heil'gen Eid, und jeder mit ihm schwor.

Und als sie so gelobt das Strafgericht,
Beschlossen sie, Lucretia fortzutragen;
Die blutige Leiche soll dem Volksgesicht
In Rom Tarquin's verruchten Frevel klagen.
Schnell ward getan, was Brutus vorgeschlagen,
Und von dem ganzen Volk, in Wut entbrannt,
Tarquin auf ewig aus der Stadt verbannt.

SONETTE

1

Von schönsten Wesen wünschen wir Vermehrung,
Damit der Schönheit Ros' unsterblich sei,
Und, wenn das Reife stirbt durch Zeitverheerung,
Sein Bild in zarten Erben sich erneu'.
Doch du, in eigner Augen Schein begnügt,
Nährst mit selbstwesentlichem Stoff dein Feuer,
Machst Hungersnot wo Überfülle liegt,
Dir selber Feind, des holden Ichs Bedräuer!
Der jungen Tage frische Zierde du
Und einz'ger Herold bunter Frühlingszeit,
Begräbst in eigner Knospe deine Ruh,
Vergeudest kargend, zarte Selbstigkeit!
Hab Mitleid mit der Welt! Verschling' aus Gier
Ihr Pflichtteil nicht in deinem Grab und dir.

2

Wenn vierzig Winter einst dein Haupt umnachten
Und tief durchfurchen deiner Schönheit Feld,
Dann ist dein Jugendflor, wonach wir itzt so trachten,
Ein mürbes Kleid, das unbemerkt zerfällt.
Ein ödes Lob, ein allverzehrend Schmähn
Wär's dann, dem Forscher nach den Reizen all,
Nach all dem frühen Reichtum, zu gestehn
Er sei dahin mit deines Auges Fall.
Weit rühmlicher wies deine Schönheit sich,
Könnt'st du erwidern »dies mein schönes Kind
Tilgt meine Schuld, vertritt im Alter mich,
Weil seine Reize Erben meiner sind«. –
Dies ist's, wodurch ein Greis sich neu verjüngt
Und kaltem Blut die Wärme wiederbringt.

3

Sieh in dein Glas! Zum Bild, das es dir weist,
Sprich: Bild, nun mußt du auf dein Abbild denken.
Wenn du dich jetzt auffrischend nicht erneust,
Höhnst du die Welt, wirst Mutterrechte kränken.
Denn welcher Schönen unbestellter Schoß
Verschmäht den Pflug wohl deiner Feldwirtschaft?
Wer wär in eigner Meinung je so groß,
Der Selbstsucht Grab zu sein, der Enkel Haft?
Du, deiner Mutter Spiegel, zauberst ihr
Der Jugendtage holden Lenz herbei:
So, trotz der Runzeln auch erscheinet dir
Durch deines Alters Fenster einst dein Mai.
Doch, lebst du nur Vergessenheit zu erben,
Stirb einsam, und dein Bild wird mit dir sterben.

4

Anmut, unwirtliche! so mußt du nur
Auf dich dein reizendes Vermächtnis wenden?
Doch schenket nichts, es leihet nur Natur,
Und leiht, freigebig selbst, nur freien Händen.
Warum mißbrauchst du schöner Karger dann
Dies reiche Gut, zum Geben dir gegeben?
Was brauchst du unbelohnter Wuchersmann
Der Summen höchste Summ', und kannst nicht leben?
Denn handeltreibend nur mit dir allein,
Beraubst du seiner selbst dein holdes Ich:
Wie kann dann deine Rechnung richtig sein,
Wenn einst Natur gebietet über dich?
Schönheit, die du nicht brauchst, lischt mit dir aus;
Gebraucht, bestellt sie hinter dir dein Haus.

5

Dieselben Stunden, die mit sanftem Kreisen
Den süßen Blick geformt, wonach uns so verlangt,
Sie werden ihm tyrannisch sich erweisen
Und das entstellen, was so herrlich prangt.
Denn Zeit, nie rastend, führt den Sommer fort
Zum finstern Winter, und verdirbt ihn da.
Es stocken Säfte, Blatt auf Blatt verdorrt,
Verschneit liegt Schönheit, Wüste fern und nah.
Blieb dann nicht Sommers abgezogner Sinn,
Der flüssige Gefangn' in Glases Mauern,
Wär mit dem Schönen Schönheitsfrucht dahin,
Nicht selbst, noch im Gedächtnis fortzudauern.
Doch abgezogne Blumen, ob auch Winter
Sie bleicht, ihr Wesen duftet drum nicht minder.

6

Drum, daß nicht Winters rauhe Hand hinfort
Unabgezogen deinen Sommer kränke,
Durchwürz' ein Fläschlein, häuf' auf einen Ort
Der Schönheit Schatz, eh' er sich selbst versenke!
Denn niemand rechnet dir als Wucher zu,
Wofür gern Zinsende beglückter scheinen.
Sie bringen Zins für dich ein ander du,
Und zehnfach glücklicher, wenn zehn für einen.
Zehnfach beglückter wär'st du als du bist,
Wenn zehn der deinen zehnfach dich erneuten.
Was dann vermöchte Todes Macht und List?
Lebendig gingst du auf die Folgezeiten.
O sei nicht eigenwillig! viel zu schön
Schuf dich Natur, im Moder zu vergehn.

7

Sieh! wenn von Osten her das Segenslicht
Sein Glanzhaupt zeigt, wie aller Augensphären
Ihm huldigen, dem kommenden Gesicht,
Mit Blicken seine heil'ge Hoheit ehren.
Und hat er auch den steilsten Himmelsplan,
Gleich rüst'ger Mitteljugend schon beschritten,
Noch beten Menschen seine Schönheit an,
Noch lauschen sie des Gottes goldnen Tritten.
Doch, wenn von höchster Höh' ermüdet dann
Tagabwärts wankt des schwachen Greises Wagen,
Gleich kehrt von seinem niedrigen Gespann
Der Blick sich weg, erst zu ihm aufgeschlagen.
So du, um Mittag schon dir selbst entflohn,
Stirbst unbemerkt, zeugst du dir nicht den Sohn.

8

Du selbst Musik, und hörst Musik so trübe?
Süßes kämpft nicht mit Süßem, Lust weckt Lust.
Liebst du etwas, damit es dich betrübe?
Eröffnest freudig deiner Qual die Brust?
Wenn dir das Ohr Einklang der rein gesellten,
In Einigkeit vermählten Töne stört,
So scheinen sie nur lieblich dich zu schelten,
Der *seine* Stimm' in Ledigkeit verzehrt.
Horch wie ein Klang die Saiten, gleiches Falles,
Wie teure Gatten wechselseits durchdringt;
Wie Vater, Kind, und frohe Mutter, alles
In eins, die eine muntre Note singt!
Ein sprachlos Lied, der vielen eine Pflicht,
Dir singt es: einsam gehest du zunicht.

9

Willst du dein Leben ehelos vergeuden,
Damit nicht eine Witwenträne fällt?
Ach! wenn du kinderlos dann müßtest scheiden,
Bangt um dich das verlaß'ne Weib: die Welt.
Die *Welt* wird deine Witwe sein, und weinen,
Daß sie von dir kein Ebenbild behält,
Wenn jede Erdenwitw' in ihren Kleinen
Des Gatten Gleichnis sich lebendig hält.
Sieh, was ein Wüstling in der Welt verschwendet,
Vertauscht die Stätte nur, es bleibt im Brauch;
Doch in der Welt verpraßte Schönheit endet:
Und sie zerstört verbrauchend Nichtgebrauch.
Das Herz liebt andre nicht, das solche Schmach
Selbstmordend an sich selber üben mag.

10

O Schmach! vernein' es irgendwen zu lieben,
Du, der du auf dich selbst so unbedacht!
Gib zu, du seist das Ziel von vieler Trieben,
Doch daß *du* niemand liebst, ist ausgemacht.
Denn dich beherrscht ein mörderischer Haß,
Daß du nicht zauderst, selbst dich zu bedräuen,
Das edle Haus zerrütten möchtest, das
Vor allen dir geziemte zu erneuen.
O ändre deinen Sinn, und meine Meinung!
Birgt Haß in holder Liebe Wohnung sich?
Sei mild wie deine liebliche Erscheinung:
Sei mindestens barmherzig gegen dich.
Erschaffe neu, aus Liebe dich zu mir,
Daß Schönheit leb' im deinen oder dir.

11

So schnell du abblühst, sprossest du heran
Aus dem, was dir entging, in deinen Zweigen,
Und was du jugendlich an Blut vertan,
Das nennst du, wenn die Jugend schwand, dein eigen.
Hierin lebt Weisheit, Schönheit, Nachwuchs fort;
Sonst, Torheit, Alter, eisiges Gerinnen.
Dächt' alles so, die Zeit wär längst verdorrt,
In sechzig Jahren diese Welt von hinnen.
Laß sterben unfruchtbar, die anmutleer,
Rauh von Natur und wüst nicht zur Vermehrung taugen;
Sieh ihre Bestbegabten; dir ward mehr;
So reiche Gabe sollst du reichlich brauchen!
Natur schnitt ihren Stempel *dich,* und sprach:
Laß ihn nicht untergehen, präg' ihn nach.

12

Zähl' ich die Glocke, die die Zeiten mißt,
Seh' ich den wackern Tag in Nacht verloren,
Und wie des Veilchens Lenz vorüber ist,
Wie sich mit Silber dunkle Haar' umfloren;
Erblick' ich hoher Wipfel dürres Laub,
Die erst ein Schattendach der Herde waren,
Geschürzt in Garben grünen Feldesraub
Weißbärtig, wie im Sarg, zur Scheuer fahren:
Dann kommt mir deine Schönheit in den Sinn,
Daß du der Zeiten Trümmer mußt vermehren;
Weil Reiz und Jugendschmuck sich selbst entfliehn,
Sich selbst so schnell als andre blühn, zerstören,
Und vor dem Sensenhieb der Zeit nichts wahrt
Als, ihm zum Trutz, Fortzeugung deiner Art.

13

O wärest du dein eigen! Aber du
Gehörest nur in diesem Leben dir.
Darum bereit' auf diesen Schluß dich zu,
Gib einem andern deine holde Zier.
So geht der Schönheit Lehen, das du hast,
Zu Ende nicht: du bist derselbe wieder,
Wenn sich dein schönes Bild, nachdem du selbst erblaßt,
Einst fortgepflanzt auf schöne Kindesglieder,
Wer ließ verfallen ein so edles Haus,
Das Wirtlichkeit in Ehren halten könnte,
Gesichert gegen Wintersturmes Graus
Und ew'gen Todeskampf der Elemente?
O nur Verschwender! – *Deinen* Vater weißt
Du, Freund: gib, daß dein Sohn auch so den seinen preist.

14

Nicht in den Sternen schärf' ich meinen Blick,
Und denke doch ein Astronom zu sein;
Nicht weil ich gutes oder Mißgeschick,
Pest, Hunger, Wittrung könnt prophezein:
Noch weiß ich auf ein Haar das Glück zu deuten,
Wann einen Donner, Wind und Regen trifft;
Der Fürsten Wohlergehn und Widrigkeiten
Les' ich nicht mühsam aus des Himmels Schrift:
Nein, deine Augen sind mein Quell der Klarheit;
Die sichern Sterne geben Kunde mir,
Daß Schönheit weiter blühen wird und Wahrheit,
Wenn *du* ein neu Geschlecht erweckst aus dir.
Wo nicht, dann sag' ich dies von dir voraus:
Mit dir stirbt Schönheit und lischt Wahrheit aus.

15

Bedenk' ich, alles Wachsende beharrt
Nur im Vollkommnen wenig Augenblicke,
Und daß des großen Balls Gestalten aller Art
Die Stern' umwittern mit geheimer Tücke:
Seh' ich den Menschen pflanzengleich genährt,
Wie ihn derselbe Himmel hegt und beuget,
Vollsaftig prangend, dann zurückgekehrt
Von höchster Höh', in ihm das Mark vertreuchet:
Dann führt das Bild von seiner Flüchtigkeit
Im höchsten Jugendflor *dich* mir vor Augen,
Wo räuberisch die trümmerfrohe Zeit
Bemüht ist deinen Tag in Nacht zu tauchen.
Und stets im Kampfe mit der Zeit, dir treu,
Wie sie auch von dir nimmt, pflanz' ich dich neu.

16

Doch warum kehrst du selbst nicht mächtigere Waffen
Auf diese blutige Tyrannin Zeit?
Suchst dir für deinen Herbst nicht wärmern Hort zu schaffen
Als dies mein unfruchtbares Lied dir beut?
Nun stehest du in voller Stunden G'nüge,
Da manch ein Mädchenbeet, noch unbelaubt.
Mit keuschem Wunsch dir gern lebend'ge Blumen trüge,
Weit ähnlicher als dein gemaltes Haupt.
Dann blieb in Lebenslinien jung dies Leben,
Das dir mein Schülerkiel am Zeitenschild,
Weil weder inn'rer Wert noch äußr'er Glanz ihn heben,
In Menschenaugen nimmer frisch erhielt.
Wie du dich weggibst bleibst du dein; du lebst,
Wenn du mit holder Kunst dich selbst zu zeichnen strebst.

17

Wer glaubt wohl künftig an mein Lied, erfüllet
Von deinem höchsten Wert? – Der Himmel zwar
Weiß, nur ein Grab ist's, das dein Leben hüllet,
Nicht halb dein Erbteil schildernd wie es war. –
Schrieb ich die Schönheit deiner Augenlichter,
In frischen Weisen jeden Reiz von dir,
Die Nachwelt spräch: ein Lügner ist der Dichter,
So himmlisch blickt kein Erdenauge hier.
So wäre dann, Greisen gleich von minder Witz als Worten,
Mein Blatt, vergilbt an ihrem Alter, schon
Zu Spott, dein gutes Recht ein Dichterwahnsinn worden,
Aus einem alten Sang ein übertriebner Ton!
Doch, hättest du ein Kind um jene Zeit,
Zwiefach wär'st du, in ihm, und meinem Reim erneut.

18

Soll ich dich einem Sommertag vergleichen?
Anmutiger, gemäßigter bist du.
Des Maies Lieblinge jagt Sturmwind von den Zweigen,
Und nur zu früh gehn Sommers Pforten zu.
Bald scheint zu heiß des Himmels Auge, bald
Umdunkelt sich sein goldner Kreis; es weilet
Das Schöne nie in seiner Wohlgestalt,
Vom Zufall, vom Naturlauf übereilet.
Du aber sollst in ew'gem Sommer blühn,
Nie deiner Schönheit Eigentum veralten;
Nie soll dich Tod in seine Schatten ziehn,
Wenn ew'ge Zeilen dich der Zeit erhalten.
Solange Menschen atmen, Augen sehn,
So lang lebt *dies,* und heißt dich fortbestehn.

19

Stumpfe, du gierige Zeit! des Löwen Krallen,
Der Erde gib zum Fraß die eigne Kinderbrut;
Laß wildem Tigerschlund die scharfen Zähn' entfallen,
Flamm' auf den Phönix im uralten Blut:
Gib froh und bang auf deiner Flucht die Stunden
Der weiten Welt, tu was du willst mit ihr
Und allem Schönen drin entstanden wie verschwunden;
Nur einen ärgsten Frevel wehr' ich dir:
O furche nicht die schöne Stirn des Lieben!
Mit deinem grauen Kiel zieh keine Linien dort:
Ihn wolle nicht in deinem Laufe trüben!
Der Schönheit Muster leucht' er künft'gen Tagen fort.
Doch tu dein ärgstes, alte Zeit! es blüht
Trotz deiner Wut mein Lieb doch jung in meinem Lied.

20

Von eignen Händen der Natur geschminkt,
Ein Fraungesicht hast du Mann-Mädchen meiner Liebe!
Ein mildes Frauenherz, doch unbedingt
Durch falscher Frauen wechselvolle Triebe:
Ein Auge heller, minder falsch im Rollen,
Vergoldend wie es blickt. Von Farb' ein Mann,
Dem Huldigung der andern Farben zollen;
Der Männeraugen Dieb, der Frauenseelen Bann.
Auch warest du zum Weib geboren, machte
Natur nicht, in der Arbeit liebeblind,
Den Zusatz, der mein Hoffen um dich brachte,
Dir Gaben leihend, die mir nutzlos sind.
Doch da sie Frauengunst mit dir gesucht,
Gib deine Liebe mir, gib ihnen Liebesfrucht.

21

Nicht jene Muse hab' ich mir erwählt,
Die aus gemalten Reizen Lieder saugt,
Selbst nur zur Färbung braucht des Himmels Zelt,
In seine Schönheit alles Schöne taucht;
Die nur zusammenhäuft hochtrabende Vergleiche
Mit Sonn' und Mond, dem köstlichsten Gestein
In Erd' und See, mit Florens jüngstem Zweige,
Und was nur Seltnes hegt des Himmels Wölbung ein.
O laß mich, treu in Lieb', auch treu nur schreiben!
Dann glaube mir: so reizend ist mein Freund
Wie je ein Mutterkind, wenn er die goldnen Scheiben
Des Sternenplanes gleich nicht überscheint.
Mehr sage, wer mit Worten abzuspeisen:
Ich, der ich nichts verkaufe, mag nichts preisen.

22

Dem Spiegel glaub ich noch mein Alter nicht,
So lang verbunden du und Jugend grünen.
Doch säh ich Runzeln *dir* im Angesicht,
Wüßt' ich, nah wär mein Tod, der Tage Schuld zu sühnen.
Denn alle Schönheit, wie sie lebt an dir,
Deckt nur *mein* Herz mit saubrer Hülle zu,
Das dir im Busen wohnt, wie deins in mir:
Wie könnt' ich denn nun älter sein als du?
O darum, Freund, sei für dich selbst so wachsam
Wie ich für dich, nicht für mich selbst will sein;
Der ich dein Herz will hegen so bedachtsam
Wie zarte Ammen ihre Kindelein.
Bau' auf dein Herz nicht mehr, wenn meins erliegt!
Zum Wiedergeben gabst du deins mir nicht.

23

Wie auf der Bühn' ein ungeübter Held,
Wenn ihn die Furcht in seiner Rolle hindert,
Oder ein wild Geschöpf, das Wut zu hitzig schwellt
Und übermächtig ihm die eigne Stärke mindert:
So ich vergess' es, zaghaft, auszusprechen,
Was von mir fordert voller Liebe Pflicht;
In eigner Liebe Macht schein' ich mich abzuschwächen,
Zu Boden drückt mich eigner Glut Gewicht.
O dann nimm meine Blick' als Redekünste
Und stumme Deuter der beredten Brust!
Die flehn um Lieb' und schmachten um Gewinnste
Mehr als ein Mund mit Worten je gewußt.
Was Liebe schweigend schrieb, o lern' es lesen!
Mit Augen hören ziemt der Liebe feinem Wesen.

24

Mein Auge war ein Maler, der dein Bild
In meines Herzens Grund gezeichnet tief.
Mein Leib umzirkt es wie ein Rahmenschild,
Und Malers beste Kunst ist Perspektiv:
Denn durch den Maler durchsehn mußt du sein Geschick,
Wenn du dein armes Bild willst finden, wo es liegt:
In meines Busens Schrein bis diesen Augenblick,
Darein dein Auge sich als Fenster schmiegt.
Sieh nun wie gut ein Auge dient dem andern!
Meins malt dein Bild, dafür, in meiner Brust
Wird deins zum Fenster, wo die Sonnenstrahlen wandern,
Durchblickend dich belauschen drin mit Lust.
Nur daß das Aug' entbehret eines Lichts:
Es malt nur, was es sieht, vom Herzen weiß es nichts.

25

Laß, wem ein günstiges Gestirne tagt,
Mit öffentlicher Ehr' und Titeln prunken.
Ich, dem das Glück so hohen Glanz versagt,
Bin, unbemerkt, von andrer Ehrfurcht trunken.
Wie bunte Primeln an der Sonne Blick,
Entfalten Fürstengünstlinge die Blume,
Begraben in sich selbst ihr stolzes Glück;
Ein Schmollen tötet sie in ihrem Ruhme.
Der mühevolle Krieger, kampfbekannt,
Nach tausend Siegen einmal überwunden,
Ist aus dem Buch der Ehre wie verbannt,
Vergessen ganz die Früchte saurer Stunden:
Darum wohl mir! Ich lieb' und bin geliebt,
Wo's kein Verdrängen noch Verdrungenwerden gibt.

26

Herr meiner Liebe! Der zum Sklaven du
Durch dein Verdienst mich ganz gemacht dein eigen,
Dir send' ich die geschriebne Botschaft zu,
Ergebenheit, nicht Geisteskraft zu zeigen:
Ergebenheit so groß, daß sie mein schlichter Geist,
Dem Worte fehlen, dir nur dürftig beut,
Wenn ich nicht hoffen darf, im guten Herzen seist
Du auch die nackende zu kleiden mir bereit;
Bis das Gestirn, das meine Tage lenkt,
Wie es auch heiße, mit versöhntem Strahl
Mir winkend, zarter Liebe Kleidung schenkt,
Mich wert zu zeigen deiner süßen Wahl.
Dann wag' ich laut zu rühmen wie ich dein:
Bis dahin soll mein Haupt vor dir verborgen sein.

27

Ich eil' ins Bett, ermüdet von Beschwer,
Zur holden Ruhstatt weitgereister Glieder:
Doch auf den Weg macht sich das Haupt nunmehr,
Wach wird die Seele, sinkt der Leib darnieder.
Denn jetzo suchen die Gedanken dich,
Aus weiter Fern' auf frommer Pilgerschaft;
Weit offen halten Augenlider sich,
Ich blick' in Dunkel, wie ein Blinder gafft.
Nur meines Geistes Aug' einbildsamlich
Stellt dein Phantom unsehenden Augen dar:
Dort hängt's in Nächten ein Juwel für mich,
Verklärt das alte Dunkel wunderbar.
Sieh, wie am Tag den Leib, nachts das Gemüt,
Um dich und mich, ersehnte Ruhe flieht!

28

Wie soll es dann nun besser mit mir werden,
Wenn mir der Ruhe Wohltat bleibt versagt?
Wenn Nacht nicht heilen will des Tags Beschwerden,
Und Tag an Nacht, und Nacht am Tage nagt?
Wenn jedes zwar dem Reich des andern gram,
Nur mich zu martern sich die Hände reicht,
Der Tag mit Müh, die Nacht mit Seelengram;
Daß all mein Mühen nur mich weiter von dir scheucht.
Dem Tag zu kosen sag' ich, du bist klar,
Du zierst ihn, wenn am Himmel Wolken dunkeln:
Dann schmeichl' ich auch der Nacht im Rabenhaar,
Daß du den Abend stirnst, wenn keine Sterne funkeln.
Doch täglich länger spinnt der Tag mein Leid;
Allnächtlich enger schnürt die Nacht mein Folterkleid.

29

Wenn ich, vom Glück verschmäht und Menschenblicken,
Mein ausgestoßnes Dasein still bewein',
Und, mich betrachtend, fluche den Geschicken,
Daß taub der Himmel bleibt bei meinem Schrei'n,
Und wünsch', ich wär an Hoffnungen so reich
Wie mancher, so befreundet, so geboren,
In Kunst, in Freiheit dem und jenem gleich,
Am mind'sten froh bei dem, was ich erkoren:
Doch – denk' in solchem Selbstverachtungstraum
Von ungefähr ich deiner, jauchzt mein Leben
Wie Lerchen, die vom dumpfen Erdenraum
Frühjubelnd sich zum Himmelstore heben.
So macht Erinnrung an dein Lieben reich,
Daß ich's nicht hingäb' um ein Königreich.

30

Wenn ich in schweigender Gedanken Rat
Erinnrung des Vergangnen traulich lade,
Beseufzend was entflohn mir nie mehr naht,
Neu klagend alte Weh'n versunkner Lebenspfade:
Dann netz' ich wohl versiechte Augenlider
Um teure Freund' in Todesnacht gehüllt;
Es weinen, längst erstickt, der Liebe Schmerzen wieder,
Der Gram um manch dahingeschwunden Bild.
Dann kann ich leiden um vergangnes Leid,
Die trübe Summe vorbeklagter Klagen
Von Weh zu Weh ziehn mit Betrübsamkeit,
Sie zahlend wie noch niemals abgetragen.
Doch, teurer Freund! gedenk' ich dein dabei,
Ersetzt ist alles, und ich atme frei.

31

Die Herzen aller, die ich für begraben,
Weil sie mir fehlten, hielt, bereichern deine Brust.
Da wohnen Lieb' und alle Liebesgaben,
Und jeder Freund, den ich mir tot gewußt.
Wie manche heilige fromme Träne lernte
Mein Aug' aus treu andächt'ger Liebe weinen
Zum Zoll den Toten, die nun wie entfernte,
In dir verborgne Wesen mir erscheinen!
Lebend'ger Liebe Grab bist du erbaut,
Prangst mit Trophäen meiner toten Lieben,
Die all' ihr Teil an mir dir anvertraut:
Der vielen Gut, dir ist's allein verblieben.
Die einst geliebten Bilder zeigst du mir,
Und du, ihr Inbegriff, mein alles eignet dir.

32

Wenn, überlebend meiner Tage Ziel,
Nachdem schon dies Gebein ein Raub des alten Feindes,
Durch Zufall noch einmal dir in die Augen fiel
Dies arme rohe Blatt des hingeschiednen Freundes;
Vergleich' es mit der Zeiten Besserung,
Und wenn auch aller Federn es besiegen,
Bewahr' es mir zu lieb, nicht um des Reimes Schwung,
Den glücklichere Geister überfliegen.
Dann denke liebend nur von mir: »O wäre
Des Freundes Mus' in reif'rer Zeit erblüht,
Wohl eine köstlichere Frucht gebäre
Mir seine Lieb' und stolzer kläng sein Lied:
Doch da er starb und Dichter höher gehn,
Will ich an ihnen Kunst, an ihm nur Liebe sehn.«

33

Wie manchen stolzen Morgen sah ich schon
Mit Herrscherblick der Berge Häupter grüßen:
Sein goldnes Antlitz küßt den bleichen Strom,
Mit Himmelsalchimie vergoldet er die Wiesen.
Und bald darauf, wenn feiger Nebel schwillt,
Wie läßt er trüben seine Götterwange,
Entzieht sein Haupt dem trauernden Gefild
Und eilt mit Schmach, verhüllt zum Untergange.
So fiel von meiner Sonn' auch nur ein früher Schein
Mit allem Siegesglanz mir auf die Brauen:
Doch ach! er war nur eine Stunde mein;
Nun birgt mir ihn der Heimatnebel Grauen.
Doch meine Liebe drum irrt's ewig nicht:
Was Himmelssonnen bleicht, trübt wohl ein Erdenlicht.

34

Warum verhießest du so heitern Tag,
Und ließest ohne Mantel mich verreisen,
Daß unterwegs mich trifft der Wolken Schmach,
Die deine Pracht mit faulem Dunst umkreisen?
Nicht ist's genug, daß du den Regen mir
Durch Wolken brechend hauchst von sturmgepeitschten Wangen;
Denn niemand dankt wohl für den Balsam dir,
Der Wunden heilt und nicht des Unglimpfs Bangen:
Noch kann dein Schämen meinen Gram zerstreun.
Wie leid dir sei, mein bleibt doch der Verlust.
Nur schwachen Trost gewährt des Schädigers Bereu'n
Dem, der des Schadens Dorn trägt in der Brust.
Doch ach! die Träne, die dein Auge netzt,
Wie reiche Perl' ist's nicht, die allen Fehl ersetzt!

35

Sei nicht mehr bang um das, was du getan.
Die Ros' ist dornig, Schlamm trübt silberhelle Quellen,
Wolk' und Verfinst'rung, Sonn' und Mondenbahn,
Die schönsten Knospen darf ein ekler Wurm entstellen.
Wir fehlen all', und eben hierin ich,
Daß ich mit Gleichnis nähre dein Vergehn,
Den Fehl beschönend, selbst bestechend mich,
Mehr Sünd' entschuld'gend als du je versehn.
Denn deiner Sinnenschuld dien' ich mit Sinn;
Dein Gegner wird dein Anwalt, ich bestreite
Rechtskräftig meines Rechtes Eigensinn.
So spornen Lieb' und Haß zum Bürgerkrieg mich beide,
Daß ich muß Hehler sein dem lieben Haupt
Des holden Diebes, der mich schlimm beraubt.

36

Gesteh' ich's nur: gesondert bleiben wir,
Wie auch unteilbar unsre Herzen schlagen.
So kann ich ohne Hülfe dann von dir
Die Flecken meines eignen Wesens tragen.
In unsern Herzen ist nur ein Gefühl,
In unsern Leben zwistiger Verdruß:
Zwar irrt er nicht der Liebe reines Ziel,
Doch süße Stunden raubt er dem Genuß.
Nicht überall darf ich mich zu dir kehren,
Wo mein beweint Vergehn dir Schmach zu bringen schien;
Noch du mit öffentlicher Gunst mich ehren,
Willst du nicht deinem Namen Ehr' entziehn.
Doch, tu' es nicht! Ich halte so dich wert,
Daß, wie du selbst, mein auch dein Ruf gehört.

37

Wie ein verlebter Vater freudevoll
Sich labt an seines Sohnes Jugendklarheit,
Erblüht auch mir, durch Glückes ärgsten Groll
Gelähmten, all mein Trost aus deines Wertes Wahrheit.
Denn, ob Geburt, Witz, Schönheit, Reichtum nun,
Gesondert oder alle, ja noch mehr,
In deiner Gaben Flor gekrönet ruh'n,
Pfropf' ich mein Lieben auf dies Tugendheer.
So bin ich denn nicht lahm, arm noch verstoßen,
Wenn so der Schatten mir zum Wesen sich verkehrt;
Wenn, deines Überflusses Mitgenossen
Mich schon ein Teil von deinen Gütern nährt.
Sieh! Was es Bestes gibt, wünsch' ich in dir.
Mir ward's gewährt: wohl dann, zehnmal wohl mir!

38

Wie könnt' es meiner Mus' an Stoff gebrechen
Solang du atmest, der du mein Gedicht
Durchströmst mit deines Wesens holden Bächen,
Das jeden niedern Kiel hoch überfliegt?
O danke du dir selbst, wenn lesenswert
In deinen Augen etwas scheint an mir.
Wer wär' so stumm, den du nicht Schrift gelehrt?
Leiht nicht Erfindung selbst ihr Licht von dir?
Sei du die zehnte Muse, zehnmal reicher
Als jene alten neun, zu denen Reimer flehn;
Und wer dich anruft, ew'ge Lieder zeug' er,
Die aller Zeit Verwüstung überstehn!
Behagt mein leichter Sang der feinen Zeit,
Sei mein die Müh, dein die Zufriedenheit.

39

Wie mag ich sittsam denn von deinem Werte singen,
Wenn du der bess're Teil nur bist von mir?
Was kann mein Selbstlob *mir* für Ehre bringen?
Und ist's nicht Selbstlob, was ich lob' an dir?
Laß eben darum uns gesondert leben,
Laß zwei für eine treue Liebe sein;
So kann ich dir in dieser Trennung geben,
Was dir dem einzigen gebührt allein.
Entfernung, quälende! wie wär'st du trübe,
Wär nicht der süße Trost in deiner sauern Frist:
Daß uns die Zeit entflieht in Sorgen zarter Liebe,
Die Zeit und Sorgen anmutvoll versüßt,
Und lehrtest du nicht zwei aus einem werden,
Daß der Verlassne preise den Entbehrten.

40

Nimm meine Lieben alle, mein Gespiele:
Welch neues Eigentum erwirbst du dran?
Nicht Liebe, die als Liebchen dir gefiele;
Denn meine ganze war vorlängst dir untertan.
Nimmst du für meine Liebe nun mein Lieb,
Kann ich's nicht schelten. Nutze meine Liebe!
Doch schelt ich's, wenn dein launenhafter Trieb
Selbsttrüglich kostete, was dir zuwider bliebe.
Verziehn soll, süßer Dieb, dein Raub dir sein.
Zwar stahlst du meiner Armut letztes Gut;
Und, Liebe weiß es! Liebestyrannei'n
Sind schmerzlicher als Hasses offne Wut. –
Mutwillige Anmut, reizend noch im Schlimmen!
Kränke mich tot, du kannst mich nicht verstimmen.

41

Die art'gen Sünden, die dein froher Mut
Zuweilen, mein vergessend, wohl begeht,
Stehn deiner Schönheit, deinen Jahren gut,
Weil, wo du gehst, Versuchung mit dir geht.
Du magst gewonnen werden; bist gelind;
Zum Angriff reizest du; denn du bist schön:
Und wenn ein Weib wirbt, welches Weibes Kind
Ließ mürrisch ungewährt sie weitergehn?
Ach mir! und doch, Kind, möchtest du beizeiten
Die Schönheit zügeln und der Jugend Lust,
Die dich in ihrem Taumel noch verleiten,
Daß du zwiefält'ge Treue brechen mußt:
Die ihre, denn du reizest sie zu dir;
Die deine, denn dein Reiz macht dich zum Dieb an mir

42

Daß du sie hast, ist nicht mein ganzer Schmerz;
Und habe doch fürwahr sie treu geliebt.
Daß sie dich hat, ist meines Kummers Herz,
Ein Liebesraub, der tiefer mich betrübt.
Euch Liebessünder will ich so verteid'gen:
Du liebst die, weil du weißt, daß sie mir wert;
Und so auch sie muß mich um meinethalb beleid'gen,
Erhörend meinen Freund, der meinethalb sie ehrt.
Verlier' ich dich, mein Liebchen nimmt die Beute;
Verlier' ich sie, gleich findet sie mein Freund:
Sie beide finden sich, und ich verliere beide,
Zu meiner Qual um meinethalb vereint.
Doch, Glück! Sind wir nicht eins, er mein, ich sein?
Holdsel'ger Traum! dann liebt sie mich allein.

43

Am besten dient mein Auge blinzend mir;
Denn unbeachtet geht der Tag an ihm vorüber:
Allein im Schlaf, im Traume sieht's nach dir
Aus Nacht in Helligkeit, nachthell hinüber.
Du, dessen Schatten nun die Schatten so erhellt,
Wie wird am Tag erst deines Schattens Wesen
Mit seinem höchsten Licht erfreun die Welt,
Wenn blinde Augen schon am Schatten so genesen!
Wie selig, sag' ich, wär mein Auge nun,
Hätt' ich am heitern Tag erst dich gewahrt,
Wenn öde Nacht den Augen, wie sie ruhn,
Dein schönes bleiches Trugbild offenbart.
Mir scheint Nacht jeder Tag, getrennt von dir,
Und Nächte hell wie Tag, zeigst du im Traum dich mir.

44

Wär meines Fleisches zäher Stoff Gedanke,
Dann hielt mich neidische Entfernung nicht;
Denn allem Raum zum Trotz entflöh ich jeder Schranke,
Die mich verbannt aus deinem Angesicht.
Dann gält mir gleich, ob auch am fernsten Strande
Mein Fuß stünd, weit von dir; denn unumschränkt
Springt der Gedanke über Meer und Lande
So schnell als er den Ort, wohin er fliehn will, denkt.
Doch ach! Tod ist dies Denken: *nicht* Gedanke
Zu sein, um Welten weit dir nachzufliehn;
Und daß ich so am Gram der lahmen Zeiten kranke,
Wenn Erd' und Wasser mich zu Boden ziehn,
Die trägen Elemente, die mich nur
Mit Tränen nähren, ihres Jammers Spur.

45

Die andern, lose Luft und läuternd Feuer, hangen,
Wo ich auch sein mag, immerfort an dir;
Luft, mein Gedanke; Feuer, mein Verlangen,
Im schnellsten Flug sind sie bald dort, bald hier.
Wenn sie, die leichtern Elemente, eben
Mit zarter Liebesbotschaft zu dir ziehn,
Sinkt mein aus vieren gleichgeschaffnes Leben
Mit zween allein in Todesschwermut hin:
Bis sich die Lebensstoffe neu vereinen,
Mit jener raschen Boten Wiederkehr,
Die eben jetzt von dir zurück erscheinen,
Von deinem Wohlsein bringend sichre Mähr.
Entzückt vernehm' ich's, aber froh nicht lang,
Send' ich sie gleich zurück, und bin gleich wieder bang.

46

Mein Herz und Aug' entbrennen zwiegespalten
Um deines Anblicks Beute zum Gefecht.
Das Auge will dein Bild dem Herzen vorenthalten,
Dem Auge wehrt das Herz dies freigeborne Recht.
Das Herz gibt vor, du wohnst in ihm, dem Schrein,
Den kein kristallnes Auge noch gespalten:
Dagegen sagt der Widersacher, nein,
Dein schönes Gleichnis sei in *ihm* enthalten.
Ihr Recht zu prüfen wird ein Rat ernennt,
Gedanken, die dem Herzen untertan:
Und siehe, deren Richterspruch erkennt
Zu gleichen Hälften für befugt sie an:
Daß dein auswendig Teil den Augen bliebe,
Wenn sich das Herz erfreut der innern Herzensliebe.

47

Bündner sind Aug' und Herz nun: jedes achtet
Das andre treuer Liebesdienste wert:
Denn wenn das Aug' um einen Blick verschmachtet,
Das Herz in Liebesseufzern sich verzehrt:
Dann labt das Auge mit gemalter Kost
Das Herz, einladend auf des Freundes Bild:
Und wieder wird das Herz des Auges Wirt und Trost,
Wenn es ihm einen Teil von seiner Lieb' enthüllt.
Und so erhält dein Bild, wie meine Liebe,
Auch wenn du fern bist, ewig nah dich mir;
Denn weiter kannst du nicht als meine Triebe,
Und ich bin stets mit ihnen, sie mit dir.
Auch wenn sie schliefen, gleich erwacht die Brust
Vor deinem Bild zu Aug- und Herzenslust.

48

Wie sorgsam barg ich jeden kleinen Tand,
Als ich auf Reisen ging, in Kofferwände,
Damit ich unberührt von falscher Hand
Zu eignem Zweck ihn sicher wiederfände!
Und du, dem Tand nur meine Perlen sind,
Mein teurer Trost, und nun mein größter Gram auf Erden,
Du einzig höchstes Gut, das meine Seele minnt,
Kannst jedes schnöden Diebes Beute werden!
Dich schließt kein Koffer mir noch Kasten ein,
Als der, wo du nicht bist – und doch fühl ich dich drinnen –
Hier in der Brust, dem trauten Kämmerlein,
Wo du, nach freier Lust, kannst kommen und entrinnen:
Und *da* noch, fürcht' ich, stiehlt man mir mein Lieb;
Denn um so teuern Preis wird Treue selbst zum Dieb.

49

Für jene Zeit, käm je die Zeit heran,
Da ich dich finster säh auf meine Mängel schmollen;
Wenn deine Lieb' ihr höchst Gebot getan,
Rücksichtlich klug bedacht die Rechnung abzuzollen:
Für jene Zeit, wenn fremd an mir dahin
Du wandeln wirst, dein Sonnenauge kaum
Noch hergewandt, entflohn der Liebe Sinn,
Gemessne Förmlichkeit an ihrem Raum:
Für jene Zeit will ich geduldiglich
Hier aufs Bewußtsein meines Werts mich stützen;
Ja, diese Hand erheb' ich wider mich,
Dein klares Recht an deinem Teil zu schützen.
Nach des Gesetzes Kraft kannst du mich Armen fliehn;
Daß ich dich lieben darf, ist mir kein Grund verliehn.

50

Wie bang mein Weg mir däucht, wenn selbst der Lohn,
Die Ruh und Rast am Reiseziel des Müden,
Mir zuruft: so viel lange Meilen schon
Bist du von ihm, von deinem Freund geschieden!
Das Lasttier, das mich trägt, der Mitgeplagte
Von meinem Gram, trabt schwer und trägt die Last in mir,
Als wenn ein dunkler Trieb dem Armen sagte:
Sein Reiter liebt nicht Eil, die ihn entführt von dir.
Ihn können blut'ge Sporen nicht beschwören,
Die Unlust dann und wann ihm in die Seite schlägt;
Ein banges Stöhnen nur läßt er zur Antwort hören,
Das tiefer mich, als ihn der Sporn bewegt.
Denn bei dem Stöhnen muß ich nur empfinden:
Mein Schmerz liegt vor mir, meine Freude hinten.

51

So kann ich meines Trägers trägen Mut
Liebreich entschuld'gen, trägt er mich von dir:
Wo *du* bist wegzueilen tut nicht gut;
Was soll die Eil als bei der Rückkehr mir?
O, wie wird dann mein Tier Entschuld'gung finden,
Wenn schnellste Schnelligkeit nur scheint Verzug?
Dann müßt' ich spornen, säß ich auf den Winden;
Bewegungslos schien mir des Fittigs Flug:
Dann hält kein Roß mit meiner Sehnsucht Schritt;
Und Sehnsucht, die vollkommner Lieb' entsproß,
Nicht träges Fleisch, wieh'rt feueratmend mit,
Und Lieb' um Lieb' entschuldigt *so* mein Roß:
Weil ich's von dir hinweg freiwillig zögern sehn,
Will ich zu dir nun laufen, es mag gehn.

52

So bin ich wie der Reiche, der sich still
Am Schlüssel labt zu heimlichem Besitze,
Den er nicht alle Stunden zählen will,
Um nicht zu stumpfen seltnen Reizes Spitze.
Daher der Feste Würd' und Herrlichkeit,
Weil sie nur sparsam in des Jahres Reigen,
Wie größ're Edelstein' im Halsgeschmeid,
Wie reinste Perlen dünngesät sich zeigen.
So ist die Zeit, die dich mir birgt, der Schrein
Und Kasten, der ein gut Gewand verwahrt,
Für einen Ehrentag erlesner Schmuck zu sein,
Wenn es verborgnen Glanz von neuem offenbart.
Heil dir und deinem Wert! denn du beseelst
Zum Jubel, wo du bist; zum Hoffen, wo du fehlst.

53

Was ist dein Stoff? Woraus bestehest du,
Daß Scharen fremder Schatten dich umschweben?
Gehört doch nur ein Schatten jedem zu:
Du einzelner kannst jeden Schatten geben.
Beschreibt Adonis, und das Konterfei
Gleicht dürftig dir: haucht auf Helenens Wangen
Den ganzen Zauberschmelz der Malerei,
Und neu wirst du im Schmuck der Griechin prangen.
Rühmt Frühling oder Jahres Überfluß,
Sie sind die Schatten deiner Schönheit bald,
Bald deines Reichtums fröhlicher Erguß:
Dich kennen wir in jeder Wohlgestalt.
Ein Teil ist dein von jeder äußern Zier,
An Treu nur gleichst du keinem, keiner dir.

54

O, wie ist Schönheit zwiefach schön und hehr,
Wenn sie der Wahrheit goldner Schmuck erhebt!
Die Ros' ist lieblich, aber lieblicher
Macht sie der Wohlgeruch, der in ihr lebt.
Die Hagebutten sind so zart gemalt,
Wie duft'ger Rosen hohe Purpurglut,
Bedornt wie sie; am West entfaltet prahlt
Ihr Knösplein mit demselben Übermut.
Doch, weil ihr Wert nur Schein ist, leben sie
Unangesehn, verwelken unempfunden
Zu stillem Tode; süße Rosen nie:
Aus ihrem süßen Tod wird süß'rer Duft entbunden.
So auch aus dir, du Schöner, Lieber! zieht
Aus dir die Wahrheit, wenn du welkst, mein Lied.

55

Nicht Marmor, nicht das Gold an Königssäulen
Kann überdauern dieses Reimes Macht:
Denn heller strahlst du einst in meinen Zeilen,
Als grauer Stein, den Zeit unkenntlich macht.
Wenn Mauerwerke wilder Rotten Wut,
Standbilder Krieg verderblich wird zerstören,
Soll weder Ares Schwert, noch Krieges hurt'ge Glut
Dein lebendes Gedächtnismal versehren.
Durch Tod, durch neidische Vergessenheit
Dringst du hindurch; dein Ruhm wankt ewig nicht,
Selbst in den Augen aller Folgezeit,
Die diese Welt abnutzt bis zum Gericht.
So, bis du selbst erstehest, lebst du denn
Hier, und in Augen deiner Liebenden.

56

Erneu', o Liebe, deine Macht! Man schilt
Dich stumpfer sonst, als Hungers Leidenschaft,
Die heute zwar mit Speise wird gestillt,
Doch morgen wiederkehrt in alter Kraft.
So mußt du, Liebe, sein! und hätt auch dies Gericht
Des Sehns zum Sinken dir dein hungrig Auge heut
Erfüllt, sich morgen wieder! töte nicht
Der Liebe Geist in steter Schläfrigkeit.
Die trübe Zwischenzeit sei wie ein Meer,
Das Ufer sondert, wo zwei Neuverbundne
Sich täglich sehn, der Liebe Wiederkehr
Zu feiern, zwiefach froh um die gefundne.
Ja, nenne Winter sie, des bange Nacht
Des Sommers Gruß dreimal ersehnter macht.

57

Dein Sklave, der ich bin, wie wär' ich freier,
Als wenn ich Stund' und Zeit wahrnehme, die du liebs
Sonst acht' ich keinen Dienst und keine Stunde teue
Als wenn du etwas mir zu dienen gibst:
Noch wag' ich, Stund' auf Stund' am Zeiger nach dir zählen
Mein Fürst, die endlos lange Zeit zu schmähn;
Der Trennung Bitterkeiten mir verhehlend,
Wenn scheidend dich dein Knecht nur einmal grüßen seh
Noch grübl' ich eifersüchtig nach der Spur,
Wohin du gehst, was deine Absicht ist;
Still harrend sinnt der arme Diener nur,
Wie glücklich die sein werden, wo du bist.
Ein so gutherz'ger Narr ist Liebe; sei
Auch was es sei dein Tun, er hat kein Arg dabei.

58

Verhüt' es Gott, der mich zum Knecht dir ordnete,
Daß ich im Herzen schmollt' um deine frohen Stunde
Daß ich von dir Zeitrechnung forderte,
Der ich als dein Vasall an deine Zeit gebunden.
O laß mich, deines Winks gewärtig, leiden;
In deiner Freiheit Kerkerferne sich
Gelassne Langmut leidenszahm bescheiden!
Kein Murren, kein Verschulden fall' auf dich.
Sei wo du willst, dein Freibrief ist so groß,
Du kannst die Stunden dir zum voraus wählen.
Tu, was du immer magst, dir ward das Los,
Von selbstbegangner Schuld dich frei zu zählen.
Mir ziemt zu harren, wär' im Harren Qual
Der Höll; ob gut ob bös, nie schelt' ich deine Wahl.

59

Wenn neu nichts ist, wenn nur Vergangnes bringen
Die Gegenwart sich um uns her bewegt;
Wie schwindelt unser Hirn, das, nach Erfindung ringen
Uralter Kinder Bürden wieder trägt!
O könnte nur Geschicht' auf einen Flug
Fünfhundert Sonnenbahnen rückwärts, zeigen
Dein Konterfei in einem alten Buch,
So weit zurück nur Geistes-Chiffern reichen!
Damit ich sähe, was die alte Zeit
Von deiner Bildung Wunderwerke dächte,
Ob damals Schön're waren, oder heut;
Ob gleicher Umschwung Gleiches wiederbrächte.
O, sicher weiß ich dies, daß Witzlingslob
In jener Zeit Gering're hoch erhob.

60

Wie Wellen an des Ufers Kieseln bersten,
So eilen unsre Stunden an ihr Ziel:
Die folgende tritt an den Platz der ersten;
Vor, immer vorwärts drängt sie das Gewühl.
Geburt, einmal zu Tag entlassen, kriecht
Der Reife zu; *da*mit gekrönt, umschweben
Gekrümmte Finsternisse schon ihr Licht,
Und Zeit verwüstet selbst, was sie gegeben.
Zeit unterwühlet Jugendflores Spur,
Gräbt in der Schönheit Stirnen tiefe Zeilen,
Nährt sich von allem Seltnen der Natur;
Nichts stehet, das nicht fiel vor ihren Pfeilen.
Und dennoch dauert, deinem Ruhm geweiht,
Mein Lied trotz ihrer Wut, durch alle Zeit.

61

Ist es dein Wille, daß in öden Nächten
Dein Bild mein müdes Auge wach erhält?
Begehrest du den Schlummer mir zu brechen
Mit einem Schatten, der wie du sich stellt?
Ist es dein Geist, den du als Spürer meiner Werke
So weit vom Hause sendest unbefugt,
Daß er auf meine Scham und eiteln Stunden merke,
Zum Ziel und Zunder deiner Eifersucht?
O nein! so feurig liebst du nicht, wie brav
Auch immer. *Meine* Liebe heißt mich wachen;
Mein eignes treues Herz raubt mir den Schlaf,
Um dich den Wächter immerfort zu machen.
Weit von dir lieg' ich wachend um dich da:
Du wachst woanders, andern viel zu nah.

62

In Aug' und Seel' und allen meinen Teilen
Bin ich der Eigenliebe mir bewußt;
Und diese Sünd' in mir ist nicht zu heilen,
So wurzelt sie in meiner tiefsten Brust.
So reizend scheint mir kein Gesicht, so fein
Kein Wuchs wie meiner, keine Treu so echt:
Und schätz' ich mein Verdienst für mich allein,
Als wär kein andres neben mir gerecht.
Doch wenn mich dann mein Spiegel selbst mir weist,
Von fahler Zeit zerrüttet und verbogen,
Dann les' ich erst was Eigenliebe heißt;
Denn nur ein Tor blieb *so* sich selbst gewogen.
Du bist's, mein Selbst, das mich als Ich entzückt,
Mit deinem Jugendreiz mein Alter schmückt!

63

Wenn einst mein Lieb wie ich jetzt, welk, gebeugt
Von rauher Zeiten Hand wird sein, verborgen
In Runzeln seiner Stirne Glanz, vertreucht
Durch Stundenflucht sein Blut, sein Jugendmorgen
Zu Alters Dämmernächten hingeflohn,
Und alle Reize, die ihn jetzt umlauben,
Verschwindend oder längst verschwunden schon,
Der Schätze seines Frühlings uns berauben:
Auf solche Zeit gerüstet schütz' ich mich
Vor Alters Mordstahl und Vertilgersünde,
Daß, wenn des Lieblings Leben auch verblich,
Nicht seiner Schönheit Angedenken schwinde:
In diesen schwarzen Zeilen lebt sein Licht;
Er grünt in ihnen, denn sie sterben nicht.

64

Sah ich der Alten stolze Wunderpracht
Durch Wütrichshand der Zeit gestürzt verwittern,
Der Erde hohe Türme gleichgemacht,
Unsterblich Erz vor Menschenwut erzittern:
Sah ich die gierige See am Königreich
Der Meeresküsten überflutend zehren,
Die Feste dann, an Wasserschätzen reich,
Fülle mit Raub, und Raub mit Fülle mehren:
Wenn ich dies Wandelleben übersah,
Ja Leben selbst zum Untergang getrieben,
Kam unter Trümmern mir dies Grübeln nah:
Einst kommt auch Zeit und fordert deinen Lieben. –
Solch ein Gedank' ist wie ein Tod; er treibt
Zum Weinen, daß du hast, was dir nicht bleibt.

65

Wenn Erz, Stein, Erde, weite Meeresflut
Der trüben Sterblichkeit Gewalten weicht;
Wie mäße Schönheit sich mit solcher Wut,
Sie, deren Kraft der Blume Kräften gleicht?
O, wie soll Sommers honigsüßer Flor
Verwüsterischer Jahre Sturm bestehn,
Wenn weder Urgebirg noch Eisentor
So mächtig sind, dem Wandel zu entgehn?
Furchtbare Vorstellung! Wo soll vorm Sarge
Der Zeit ihr best Juwel gesichert sein?
Wer hält am schnellen Fuß zurück die arge?
Wer steuert ihren Schönheitsräuberein?
O, niemand: wird *dies* Wunder nicht gewährt,
Daß dunkle Tinte hell den Freund verklärt.

66

Müde von alle *diesem* wünsch' ich Tod:
Verdienst zum Bettler sehn geboren werden,
Und hohle Dürftigkeit in Grün und Rot,
Und wie sich reinste Treu entfärbt auf Erden,
Und goldnen Ehrenschmuck auf Knechteshaupt,
Und jungfräuliche Tugend frech geschändet,
Und Hoheit ihres Herrschertums beraubt,
Und Kraft an lahmes Regiment verschwendet,
Und Kunst im Zungenbande der Gewalt,
Und Schulenunsinn, der Vernunft entgeistert,
Und schlichte Wahrheit, die man Einfalt schalt,
Und wie vom Bösen Gutes wird gemeistert:
Müde von alle dem, wär Tod mir süß;
Nur, daß ich sterbend den Geliebten ließ!

67

Ach, warum muß er mit Verdorbnen leben,
Daß Sündern seine Gegenwart gedeiht,
Ruchlose freventlich sich überheben,
Verlarvt in seines Umgangs Lieblichkeit!
Warum soll Farbentrug nachahmen seine Wangen?
Was stiehlt man toten Schein von seinem Lebensrot?
Wird arme Schönheit schlau mit Schattenrosen prangen,
Wo seiner echten Rosen Purpur droht?
Nun lebt er! Da Natur am Bettelstab, verdorrt,
Nicht mehr erröten kann mit frischer Adern Blute:
Denn in ihm spart sie ihren letzten Hort,
Nährt sich, auf viele stolz, nur noch von seinem Gute. –
Ja, ihn begabend, zeigt sie wie erlesen,
Wie reich in bess'rer Zeit, lang vor uns sie gewesen.

68

So ist sein Angesicht die Karte voriger Zeiten,
Da Schönheit, wie jetzt Blumen, lebt' und starb;
Eh' man um jene Heuchelaußenseiten
Für Stirnen Lebender sich noch bewarb:
Eh' man der Toten goldne Locken stahl,
Das Eigentum der Gräber zu beleben
Auf einem zweiten Haupt zum zweiten Mal,
Eh' toter Reiz sein Vlies zu andrer Putz gegeben.
Er zeigt der alten heiligen Tage Bild,
Der lautern, zieratlosen, ungemischten,
Die nicht in welker Sommer Grün gehüllt,
Mit altem Raub die Schönheit neu erfrischten:
Und ihn als reiche Kart' entwarf Natur,
Dem Schein zu zeigen erster Schönheit Spur.

69

Nichts fehlt den äußern Gaben, die dem Licht
Du zeigst, das Menschenwitz verbessern könnte;
Wie aller Mund, durch den die Seele spricht,
Ja selbst dein Feind dies wahre Lob dir gönnte.
So wird für äußern Reiz dir äuß'rer Lohn;
Doch eben jener Mund, der, was dein eigen
Dir gab, zerstört dies Lob aus anderm Ton,
Und spüret weiter als die Augen reichen.
In deiner Seele Schönheit tauchen sie;
Die mißt Vermutung ab nach deinen Taten:
Kargmütig, augengütig hauchen sie
Auf deinen Blumenflor des Unkrauts geilen Schwaden.
Doch daß dein Duft nicht gleicht dem Augenschein,
Daran ist schuld: du machst dich selbst gemein.

70

Daß du geschmäht wirst, nicht verübl' ich's dir;
Denn stets war Anmut der Verleumdung Ziel.
Verdacht und Argwohn sind des Schönen Zier,
Im Himmelblau ein schwarzes Krähenspiel.
Wenn gut du bist, bewährt Verleumdung deine Güte
Nur desto reiner, weil dich Welt umkost:
Denn Lasters Wurm liebt sich die schönste Blüte,
Und dein Lenz zeigt sich rein und fleckenlos.
Durch Jugendhinterhalte bist du dicht,
Bald unberührt, bald siegreich durchgedrungen;
Und dennoch fesselt dieser Ruhm dir nicht
Die ewig losgelassnen bösen Zungen.
Du einzig müßtest, ohne schlimmen Schein,
Von Herzenskönigreichen Meister sein.

71

Wenn ich gestorben, traure länger nicht
Als dumpfer Grabeglocken Trauerton
Der Welt von meinem Scheiden gibt Bericht,
Und daß zu armen Würmern ich entflohn.
Ja, liesest du dies Wort, vergiß die Hand,
Die's niederschrieb; denn so sehr lieb' ich dich,
Daß ich mich gern aus deinem Sinn verbannt',
Empfändest du im Denken Leid um mich.
O kommt dir, ruf' ich, dieser Vers ins Haus,
Lange vielleicht nach meines Leibs Vermodern,
Sprich meinen armen Namen selbst nicht aus,
Laß mit dem Leben Liebe gleich verlodern:
Sonst prüft die kluge Welt der Tränen Sinn,
Und höhnt dich um mich, wenn ich nicht mehr bin.

72

O, daß die Welt dir nicht mit Fragen droht,
Welch ein Verdienst du in mir lieben können,
Vergiß mich, Lieber, ganz nach meinem Tod;
Denn nichts Vollkommnes kannst du an mir nennen:
Es wäre denn, daß fromme Lügen du
Erfändest, mehr als mein Verdienst ertrüge;
Mit Kränzen schmücktest meine Totentruh,
Die karge Wahrheit gern herunterschlüge.
O, daß nicht falsch dein wahres Lieben nun,
Wenn du nun Liebe lögest, wird erfunden,
Laß bei dem Leibe meinen Namen ruhn!
Uns beiden zum Gewinn sei er verschwunden.
Denn meine Früchte, sie beschämen mich;
Und so wär Tand zu lieben, Schmach für dich.

73

Die Zeit des Jahres kannst du an mir sehn,
Wenn, kaum mit wenig gelbem Laub behangen,
Die Zweige zittern in der Fröste Wehn,
Verfallnen Chören gleich, wo einst die Vögel sangen.
Ein solches Dämmerlicht stell' ich dir vor,
Wie, wenn die Sonne sank, im Westen bleichet;
Allmählich hüllt's die Nacht in trüben Flor,
In Todes Schein, der alles Leben scheuchet.
Du siehst in mir des Feuers Überdruß,
Das auf der Asche seiner Jugend liegt
Wie auf dem Todbett, wo es sterben muß,
Und an dem Stoff, der es ernährt, versiecht.
Du siehst es ein, und deine Lieb' umfaßt
Noch feuriger, was du nicht lang mehr hast.

74

Doch, fürchte nicht! Wenn jenes Schergen Wut,
Der keinen Bürgen duldet, mich vertreibt,
Lebt etwas fort von meiner Lebensglut
In dieser Schrift, das dir zum Denkmal bleibt.
Wenn du sie liesest, findest du darin
Den Teil, *das* eben was sich widmet dir.
Denn Erd' ist irden, geht zur Erde hin:
Mein Geist ist dein, der bess're Teil von mir.
So nur des Lebens Schutt verlierst du, bloßes
Wurmeigentum mit dieses Leichnams Spur;
Das Feiglingsopfer eines Mörderstoßes,
Zu niedrig, daß du sein gedächtest nur.
Der Wert von *dem* ist das, was es enthält;
Und das ist dies, und dies bleibt dir gesellt.

75

Was Brot dem Leben, was lauwarmer Regen
Dem Erdreich ist, das bist du meinem Geist:
Und solches Kämpfen führ' ich deines Friedens wegen,
Wie zwischen Geizigen und ihrem Gut sich weist.
Bald jubl' ich im Genuß, bald muß ich sorgen,
Ob nicht ein Dieb mein Kleinod mir entrückt:
Bald wär ich gern allein mit dir geborgen,
Bald wollt' ich, jeder säh was mich entzückt.
Von deinem Augenschmaus bisweilen vollgefüllt;
Um einen einz'gen Blick dann wieder wie verschmachtet,
Auf keine Lust bedacht, von keinem Glück gestillt,
Das nicht von dir kommt oder zu dir trachtet.
So flutet's Tag um Tag, und so gebricht's:
Ich prass' und darb' im Allen, und im Nichts.

76

Warum ist mein Gesang so arm und stumm
An jungem Prunk, an flinken Neuigkeiten?
Was seh' ich mich nicht mit den Zeiten um
Nach neuerfundnen fremden Ohrenweiden?
Was schreib' ich immerfort dieselben Züge,
In dem gewohnten Kleid das alte Lied,
Daß jedes Wort fast meinen Namen trüge,
Und jeder leicht, woher es käm, erriet?
O wisse, süßer Freund! Du bist allein
Mein Lied, und Lieb' und du mein einzig Wort.
So kann ich ewig Altes nur erneu'n,
Und schon Gegebnes geb' ich wieder fort.
Denn, wie die Sonne täglich auf und nieder,
Sagt meine Liebe stets Gesagtes wieder.

77

Dein Spiegel zeigt dir deiner Schönheit Flucht;
Die Uhr, wie schnell die edeln Stunden schwinden:
Das weiße Blatt hegt deines Geistes Frucht,
Und diese Wissenschaft kann dir dies Buch verkünden.
Die Runzeln, die dein Spiegel wahrhaft zeigt,
Sie werden dich an offne Gräber mahnen:
Und wie des Weisers Schatten vorwärts schleicht,
Läßt er der Zeiten Drang zur Ewigkeit dich ahnen.
Was dein Gedächtnis nun nicht bergen kann,
Wirf es in diese Tafeln, und du findest
Wie du die Kinder, die dein Hirn ersann,
Durch Seelenwiedersehn dir neu verbindest.
Gebrauch' es so! Mit jedem Blicke steigert
Sich dein Gewinn, und wird dein Buch bereichert.

78

So oft rief ich als meine Muse dich,
So mild behülflich war sie mir zum Singen,
Daß jeder Fremdlingsmund nun tut wie ich,
In deinem Namen aller Reime klingen.
Dein Auge, das den Stummen Jubellieder,
Beschränkter Trägheit Himmelsflug gelehrt,
Gab Dichterflügeln neues Schwunggefieder,
Der Anmut Majestät und Siegeswert.
Doch sei am stolzesten auf *meine* Blätter!
Die sind dein Einfluß, sind von dir gesät:
An andern machst du nur die Weisen glätter,
Vollendest Künste, die dein Reiz erhöht:
Doch meine ganze Kunst bist du; sie beut
Mir Rohen Schätze der Gelehrsamkeit.

79

Als ich allein um deinen Beistand bat,
War all dein Herz allein mit meinem Dichten:
Nun aber welkt der Lieder holde Saat,
Und scheu vor andern muß die Muse flüchten.
Gesteh' ich's nur: Du, süßer Gegenstand,
Verdienest würdigerer Meister Streben.
Doch, was dein Dichter je von dir erfand,
Nahm er von dir, um dir's zurückzugeben.
Er leiht dir Tugend, und von deinem Wert
Stahl er dies Wort; rühmt deiner Schönheit Prangen,
Das deine Wang' ihm bot: wie er dich ehrt,
So war's in dir lebendig aufgegangen.
Drum dank' ihm nicht für das, was er gemalt.
Was er dir schuldig, hast du selbst bezahlt.

80

O, wie verzag' ich, wenn ich, von dir dichtend,
Weiß, wie ein bess'rer Geist dich hoch erhob,
Auf deinen Ruhm all seine Kräfte richtend,
Daß ich verstummen muß mit meinem Lob.
Doch, weil dein Wert, weit wie der Ozean,
Die ärmsten Segel trägt wie reichste Schiffe,
Wagt sich mein kecker, weit gering'rer Kahn
Mutwillig in die Fluten deiner Tiefe.
Mir macht zur Fahrt dein kleinster Beistand Bahn,
Wenn er auf deiner vollsten Woge ruht:
Und scheitr' ich, bin ich nur ein schlechter Kahn;
Er aber lang gebaut, und bläht sich gut.
Nun, wenn ich sänk', und er geborgen bliebe,
Was läg daran! – Mein Tod war meine Liebe.

81

Entweder leb' ich, dir die Grabschrift zu ersinnen,
Oder du dauerst noch, wenn Moder mich verzehrt.
Dein Angedenken rafft kein Tod von hinnen,
Wenn auch von mir kein Lebender mehr hört.
Fortan unsterblich wird dein Name leben,
Wenn mich auf ewig Staub der Welt verbarg.
Mir kann die Erd' ein schlechtes Grab nur geben;
Du ruhst in Menschenaugen eingesargt.
Mein Freundesvers wird sein dein Monument,
Daß dich noch ungeborne Augen lesen
Und kommender Geschlechter Mund dich nennt,
Wenn alle Atmer dieser Welt verwesen.
So hält dich da, wo Odem nie versiegt,
Auf Menschenlippen atmend mein Gedicht.

82

Ich geb' es zu: du meiner Muse nicht
Betrauter, durftest Widmung übersehn,
Wie sie ein Schreiber gern in Bücher flicht,
Des Inhalts Wert gefällig zu erhöhn.
So klug als reizend, bis du dir bewußt,
Wie arm ich lobe deines Sternes Scheinen,
Wie du nach frischern Stempeln suchen mußt
In diesen Tagen, die den Tag verfeinen.
Und tu es, Lieber! Aber wenn sie wild
Auf dich geschüttet ganze Blumenbeete,
Bleibt deiner wahren Schönheit Gegenbild
Doch deines wahren Freundes schlichte Rede.
Ihr grobes Schminken wär, wo Wangenrot
Verschwand, am Ort: es tut bei dir nicht not.

83

Nie sah ich Farbe dich bedürfen; nie
Färb' ich dein Schönes drum mit Malertinten.
Für ödes Flitterlob der Poesie
Fand – oder glaubt' ich dich zu groß zu finden.
Und darum schildr' ich dich beredsam nicht,
Damit an dir, dem Lebenden, sich zeigt.
Wie weit ein heut'ger Dichter unterliegt,
Wenn er Verdienst malt, das dem deinen gleicht.
Dies Schweigen machtest du zur Sünde mir,
Und doch mein Stolz ist's eben; denn verkleinert
Wird vom Verstummenden kein Reiz an dir,
Wenn mancher, der beleben will, versteinert.
In einem deiner schönen Augen brennt
Mehr Leben als dein Dichterpaar erfänd.

84

Und wer das meiste sagt – wer überbietet
Dies reiche Lob: du bist du selbst allein?
In des Bezirk sich aller Wert umfriedet,
Wonach zu messen wer dir gleich soll sein.
Unfruchtbar dürftig wär fürwahr der Mann,
Dem nicht der kleinste Schmuck für seinen Stoff sich böte:
Doch wer, von dir berichtend, sagen kann,
Daß du *du* bist, der adelt seine Rede.
Er bilde nach nur, was an dir sich weist,
Entkräfte nicht der Schöpfung schöne Stärke;
Und solch ein Abbild lobt dann seinen Geist,
Daß alle Welt sich beugt vor seinem Werke.
Du fluchst der Schönheit Segen, dir gefällt
Lob, das dein Lobenswertes nur entstellt.

85

Noch immer bleibt die Muse still bescheiden,
Wenn goldne Federn in ein Prunkgewand
Des Ruhmes dich mit stolzen Zügen kleiden,
In Schmuck, gewebt von aller Musen Hand.
Wo andre gute Worte schreiben, denk' ich
Gute Gedanken: wie ein Sakristan,
Zu jedem feinen Sang gewandter Geister schenk' ich
Mein armes ungelehrtes Amen dran.
Hör' ich dich loben, sag' ich: so ist's gut,
Ist wahr! – Zum höchsten Lob muß ich noch etwas schreiben:
Doch tu' ich's in Gedanken, deren Glut
Doch vorgeht, wie das Wort auch mag zurückebleiben.
So ehr' in jenem denn des Odems Pflicht,
Das Wort: in mir den Sinn, der schweigend Wahrheit spricht.

86

War es sein großer Vers, mit stolzer Segel Schwinge,
Entbrannt auf deines Selbst viel, viel zu teuern Fang,
Der mir im Hirn begrub wohl überlegte Dinge,
Daß sie ihr Mutterschoß als Grabesschoß verschlang?
War es sein Geist, von Geistern aufgeschlossen
Zu überird'scher Kunst, der mich besiegt?
Nein, weder er, noch seine Nachtgenossen,
Die ihm geholfen, lähmten mein Gedicht.
Nicht er, noch jener Puck, sein flinkes Dienerlein,
Das ihn mit Zeitung nächtlich äfft und füttert,
Sie dürfen stolz auf mein Verstummen sein;
Nicht Furcht von dorther hat mein Herz erschüttert.
Da aber, als dein Beifall aus ihm sprach,
Da fehlt' es mir, da ward mein Odem schwach.

87

Lebt wohl! Dich halt' ich nicht; bist mir zu teuer;
Und, fürcht' ich, deines Wertes wohl gedenk.
Der Freibrief deines Selbst wird dein Befreier,
Mein Recht an dich ist allzu eng beschränkt.
Denn wie besäß ich dich als durch dein Geben?
Welch ein Verdienst erwürb mir solche Güter?
Der Grund so holder Gunst fehlt meinem Leben:
Und so kehrt mein Geschenk zum Eigner wieder.
Fremd war dein Wert dir selbst, als du dich brachtest;
Ich, der Beschenkte, wohl zu hoch gemessen;
So fällt die Gabe, die im Wahn du machtest,
Dir wieder heim nach reiferem Ermessen.
So hab' ich dich gehabt nur wie im Fieber,
Im Traum ein König! wachend ist's vorüber.

88

Wenn dir gefallen wird, mich zu verschmähn,
Dem Hohn und Unglimpf mein Verdienst zu weihn,
Will ich, mich selbst befehdend, zu dir stehn,
Trotz deines Meineids dein Verteid'ger sein.
Am besten kundig meiner eignen Schwächen,
Kann ich von stillen Fehlern, die mich beugen,
Zu deinen Gunsten dir Bericht versprechen;
Daß dir mein Abschied soll zum Ruhm gereichen.
Und mir auch wird's Gewinn sein, der ich dir
Mich liebend ganz gewidmet; denn es frommt
Das Unrecht, das ich selbst verüb' an mir,
Mir zwiefach, wenn es dir zugute kommt.
So lieb' ich dich, *so* bin ich dein, daß ich
Gern jedes Unrecht für dein Recht ertrüg.

89

Du flohest mich. Nenn' einen schlimmen Streich,
Warum? und ich beweise meine Sünde.
Sprich, ich sei lahm, und sieh! ich hinke gleich:
Mit keinem Wort bestreit' ich deine Gründe.
Du kannst mir, Herz, nicht halb so kalt begegnen,
Ersehnte Trennung zu beschönigen,
Als ich mir selber, deines Friedens wegen,
Will sein, Bekanntschaft würgen, fremde sehn,
Fern deinen Wegen sein will. – Lippen, schweiget,
Nennt künftig nur den teuern Namen nicht!
Damit der Ungeweihte ihn nicht bleichet,
Wenn er vielleicht von alter Freundschaft spricht.
Für dich hier biet' ich Krieg der eignen Brust;
Denn nimmer lieb' ich, wen du hassen mußt.

90

So hasse mich denn, wann du willst; gleich nun,
Jetzt, da die Welt mich kreuzt in meinen Taten:
Hilf dem Verdruß des Glücks mir weh zu tun,
Und triff nicht spät mich mit verspartem Schaden.
Ach komm, wenn ich entronnen diesen Dolchen,
Im Nachtrab schon bezwungner Sorgen nicht!
Laß keinen Regentag auf nächt'ge Stürme folgen,
Daß ich versiech' am vorgemischten Gift.
Willst du mich lassen, laß mich nicht zuletzt,
Wenn schon die andern kleinen Schmerzen schweigen:
Im Anlauf komm! Dann auf einmal versetzt
Das Glück den schärfsten mir von seinen Streichen;
Und Qual, die jetzt wie Qual mir scheint, entweicht,
Zerschmilzt, wenn dein Verlust sich ihr vergleicht.

91

Der prahlt mit seinem Adel, der mit Kunst,
Mit Reichtum jener, der mit Leibeskraft;
Mit Kleidern, wie auch Mode sie verhunzt,
Mit Falk' und Hund, mit stolzer Reiterschaft;
Und jeder Laun' ist ihre Lust gegeben,
Worin sie gern vor andern sich behagt.
Ich aber mag nach solchen Ziel nicht streben,
Weil mir ein Höchstes über alle ragt.
Dein Herz ist höher mir als hohes Blut,
Teurer als Gold, Gewänder, edle Steine,
Beglückender als Pferd- und Hundebrut,
Und hab' ich dich, ist aller Stolz der meine.
Unselig darin nur, daß du mir 's ganz
Entziehn, und mich höchst elend machen kannst!

92

Doch tu dein Ärgstes nur, mir zu entgehn:
Auf Lebenszeit bleibst du mir doch geschenkt.
Und Leben *ohne* Liebe muß vergehn,
Weil es an dieser deiner Liebe hängt.
Dann fürcht' ich nicht die ärgste Schmach der Erden,
Wenn an der kleinsten schon mein Leben stirbt.
Ich seh', ein bess'rer Zustand muß mir werden,
Als den dein Launenwechsel hier verdirbt.
Du kannst mich nicht durch Unbestand verwunden,
Weil dein Verrat mein Leben selbst bedroht.
O welch ein selig Los hab' ich gefunden,
In deiner Liebe fröhlich, froh im Tod!
Und doch – welch süßes Glück wär ohne Sorgen?
Du könntest falsch sein, und mir blieb's verborgen.

93

So lebt' ich nur im Wahne deiner Treu,
Wie ein betrogner Gatte; die Gebärde
Nur noch der Liebe Trugbild, die vorbei;
Der Blick bei mir, das Herz auf andrer Fährte.
Denn weil kein Groll sich deinem Auge naht,
Kann ich darin nicht deinen Wandel schaun.
Aus manchem Blick spricht falscher Herzen Rat
Durch Unmut, Ingrimm, Furchen, finstre Brau'n:
Dir aber gab des Himmels Schöpfersegen
Zu ew'ger *Liebe* Wohnung das Gesicht;
Daß, wie auch Herz und Sinn sich dir bewegen,
Nur Holdes uns von dort entgegenspricht.
Wie Evas Apfel gleich wär deine Jugend,
Glich deinem Schein nicht deine holde Tugend!

94

Wer, wo er Macht hat, keine Streiche führt,
Was ihm zumeist gegeben scheint, nicht tut;
Selbst felsenhart bleibt, wo er andre rührt,
Starr, unverführbar kühl, von trägem Blut:
Er ist fürwahr der Liebling höchster Geister,
Behütet vor Verschwendung die Natur;
Bleibt seines Angesichtes Herr und Meister,
Die andern seines Pomps Lakaien nur,
Die Sommerblum' erfreut die Sommerwelt,
Und müßt' auch einsam sie für sich verblühn:
Doch wenn die Blum' ein gift'ger Tau befällt,
Wär' ihr das ärmste Unkraut vorzuziehn.
In Sauerstes kehrt Süßestes sein Wesen.
Unkraut riecht lieblicher als Lilien, die verwesen.

95

Wie lieb und hold die Schmach gekleidet ist,
Die, wie ein Wurm in duft'gen Hyazinthen,
Die Knospenschönheit deines Namens frißt!
O, welchen Reiz umgibst du deinen Sünden!
Die Zunge, die von deinem Wandel spricht,
Leichtfertig deutend dein Vergnügen tadelt;
Ihr Leumund selbst ist ohne Beifall nicht,
Weil sie *dich* nennend, böse Sagen adelt.
O, welch ein Wohnhaus fiel den Fehlern zu,
Die ihren Aufenthalt in dir sich wählten!
Da schleiert Anmut jeden Makel zu:
Was Augen sehn, es muß für lieblich gelten.
Dies weite Vorrecht fürchte, teures Herz!
Denn Mißbrauch stumpft der schärfsten Messer Erz.

96

Der sagt, dein Fehl ist Jugend, Übermut;
Der rechnet Scherz und Jugend dir zur Zier:
Doch Zier wie Fehler, alle finden's gut;
Fehl wird zu Schmuck, wenn er sich zeigt an dir.
Wie an der Hand gesalbter Königinnen
Des kleinsten Kleinods Wert zu steigen pflegt,
So gilt an dir ein tadelhaft Beginnen
Für recht und wird zu Tugend umgeprägt.
Wie viele Lämmer könnt' ein Wolf verzehren,
Wenn er des Lamms Gebärden sich verschafft:
Wie viele Gaffer könntest du betören,
Gebrauchtest du des ganzen Wesens Kraft!
Doch, tu es nicht! Ich halte so dich wert,
Daß, wie du selbst, mein auch dein Ruf gehört.

97

Wie ist von dir, dem Stern des flücht'gen Jahrs,
Die Trennung mir zum öden Winter worden!
Wie schüttelte mich Frost, wie dunkel war's,
Wie dürr dezemberschaurig aller Orten!
Und doch war Sommer diese Trennungszeit,
Fruchtbarer Herbst, der schwellend überfloß,
Beladen mit des Frühlings Üppigkeit,
Wie nach des Gatten Tod der Witwe Schoß.
Doch vaterlose Frucht, Verwaisungszeichen
Sah ich in dieser Segensfülle nur:
Denn dir folgt Sommer und sein Glück; es schweigen
Wo du fehlst, selbst die Vögel auf der Flur.
Und sängen sie, es wär so bang zu hören,
Daß Blätter, winterscheu, ihr Grün verlören.

98

Im Frühling war ich fern von dir, wenn bunter
April im vollen Schmuck mit Jugenddrang
Auf Erden alles neu erfüllt, daß munter
Saturn, der träge, mit ihm lacht' und sprang.
Doch nicht der Vögel Lieder, nicht der Auen
Vielduft- und farbenreiches Blumenspiel,
Sie konnten mir ein Sommerwort vertrauen:
Ich ließ sie stehn auf ihrem stolzen Stiel.
Kein Wunder war mir mehr der Lilien Weiße,
Der Rose tiefen Purpur pries ich nie;
Für liebliche, nach deinem Muster leise
Entworfne Bilder nur erkannt' ich sie.
Doch immer schien mir's Winter ohne dich:
Nur wie dein Schattenspiel erquickt' es mich.

99

So schalt ich früher Veilchen Übermut:
Wo stahlt ihr süßen Diebe euern Hauch,
Wenn nicht von seinem Mund? Die Purpurglut
Auf euern samtnen Wänglein habt ihr auch
Nur schwach gefärbt in seiner Adern Blut!
Den Lilien warf ich deine Hände vor;
Daß er dein Haar bestahl, dem Majoran.
Furchtsam auf Dornen stand der Rosen Chor,
Teils vor Verzweiflung weiß, teils rot vor Scham:
Und eine, weder rot noch weiß, vermaß
Von beidem sich, und stahl noch deinen Atem:
Allein zur Strafe kam ein Wurm und fraß
Im vollsten Prangen sie für ihre Taten. –
Nicht eine war von aller Blumen Zahl,
Die dir nicht Farben oder Düfte stahl.

100

Wo bist du, Muse? Säumest du so lang
Von dem zu reden, was allein dich kräftigt?
Verzückst, verdunkelst dich in schlechtem Sang,
Dem Niedrigen dein Licht zu leihn beschäftigt?
Heran, Vergeßliche! Die unbesorgt
Verlorne Zeit gib wohllautsvoll zurück:
Singe dem Ohr, das deinen Weisen horcht,
Das deiner Feder Stoff gibt und Geschick.
Auf, Träge! Im Gesicht des holden Freundes spüre,
Ob Zeit gegraben eine Furche da:
Und *wenn* – sei der Vergänglichkeit Satire,
Gib ihre Wut dem Hohn preis, fern und nah.
Verklär' ihn schneller als Zeit Leben mäht,
So kommt ihr Stahl und Sensenhieb zu spät.

101

Saumsel'ge Muse! wie wirst du dein Schweigen büßen
Vom Wahren, das im Schönen sich verklärt?
Wahrheit und Schönheit sind auf meinen Freund gewiesen;
So bist auch du, und darin ruht dein Wert.
Gib Antwort, Muse! sagst du nicht vielleicht:
»Wahrheit braucht Schmuck nicht, ihre Farb' ist feste;
Schönheit nicht Pinsel, der ihr Wahres zeigt;
Am besten ist ganz unvermischt das beste«?
So willst du schweigen, weil ihm Lob nicht not?
Entschuld'ge *so* dich nicht! Du kannst ihn weit
Erheben über goldnes Grab und Tod.
Daß ihm noch rühmt die ungeborne Zeit.
So, Muse, tu dein Amt! Wie *wir* ihn finden,
Lehr' ich dich späten Enkeln ihn verkünden.

102

Mein Lieben, scheinbar schwächer, ist vermehrt;
Nicht lieb' ich minder, weil sich's mehr verhehlt;
Die Lieb' ist Ware, deren reichen Wert
Des Eigners Zunge aller Welt erzählt.
Im Lenz war unsre Liebe neu; und helle
Hab' ich sie da mit meinem Lied begrüßt,
Wie Philomele singt auf Sommers Schwelle,
Und spätern Tagen ihre Kehle schließt.
Nicht weil mir Sommer minder jetzt gefällt
Als da ihr Festlied noch die Nächte weihte;
Nein, weil Musik itzt wild aus allen Zweigen gellt,
Und am Gewöhnlichen erstarrt die Freude.
Darum, wie sie, bin ich zuweilen still,
Weil ich mit Sang dich nicht betäuben will.

103

Wie arme Blüten, ach! die Muse treibt,
Daß, mit so reichem Stoff mich zu befeuern,
Der Gegenstand, ganz einfach, edler bleibt
Als wenn ihn rühmend meine Lieder feiern!
O schilt nicht, wenn ich mehr nicht schreiben kann!
Sieh in dein Glas, es wird dir Augen zeigen,
Die, meinem blöden Dichten weit voran,
Den Stab ihm brechen und die Farben bleichen.
Wär's dann nicht Sünde, wo man will erheben,
Was gut vorher schon, zu verkleinlichen?
Denn nur nach einem Ziel geht all mein Streben:
Dein Gutes, Schönes zu verkündigen.
Und mehr, weit mehr als je mein Vers verschließt,
Zeigt dir dein Spiegel, wenn *du* in ihn siehst.

104

Mir kannst du, Herz, nicht altern; denn so schön,
Wie da zuerst mein Aug' in deines blickte,
Bist du noch heute. Dreier Winter Wehn
Stahl Waldes Schmuck, womit ihn Sommer dreimal schmückte:
Drei holde Lenzen in der Zeiten Lauf
Hab' ich zu falben Herbsten sehn entfliehn;
Dreimal sog Juniglut Aprilenbalsam auf,
Seit ich dich frisch fand, der noch immer grün.
Und doch, ach! Schönheit, wie ein Zeiger, schleicht
Von Zahl zu Zahl mit unbemerktem Tritt.
So hat dein Liebreiz, der zu stehn mir däucht,
Auch wohl Bewegung, die mein Blick nicht sieht?
Dies fürchtend, hört ihr ungezeugten Ohren:
Der Schönheit Sommer starb eh' ihr geboren!

105

Nicht Götzendienst nennt meine Liebe! Nimmer
Betrachtet als mein Götzenbild den Freund:
Denn all mein Singen, all mein Loben, immer
Von einem, nur auf einen ist's gemeint.
Gut ist mein Liebling heut, ist morgen gut;
Ein seltnes Wunder treuer Freundespflicht;
Und so, erfüllt von immer gleichem Mut,
Bedarf nicht der Verändrung mein Gedicht.
Schön, gut, und wahr ist all mein Gegenstand;
Schön, gut, und wahr, verändert nur nach Namen;
In einem drei: welch weites Wunderland!
In ihrem Wechsel aller Dichtung Samen.
Schön, gut, und wahr; sie lebten oft zerstreut:
In einem nimmer, bis auf unsre Zeit.

106

Wenn ich in Chroniken versunkner Zeit
Der schönsten Helden Konterfei erblickt,
Wo Schönheit mit des Reimes Ehrenkleid
Entseelte Fraun, holdsel'ge Ritter schmückt:
Dann sah ich wie in reinster Schönheit Golde
Ihr alter Kiel Hand, Augen, Mund und Brau'n
Mit eben solchen Reizen schildern wollte,
Wie wir an dir in unsern Tagen schaun.
So war ihr Loben nur ein Prophezei'n
Von unsrer Zeit, es bildet dich nur vor:
Sie blickten durch der Zukunft Dämmerschein,
Besangen drum nur dürftig deinen Flor.
Sind *uns* doch, die ein Licht mit dir beschien,
Zum Staunen Augen nur, kein Mund zum Lob verliehn

107

Nicht eigne Sorgen, kein prophetisch Denken
Des weiten Erdballs, der von Zukunft träumt,
Kann meiner treuen Liebe Frist beschränken,
Als hätt' ein Richterspruch sie eng umzäumt.
Heil blieb der Mond in Todesfinsternis.
Ernsthafte Augurn spotten eigner Kunde;
Unsichres krönt sich selbst nun als gewiß,
Und Friedens Ölzweig lächelt ew'gem Bunde.
Nun, in den Tropfen dieser Balsamzeit
Steht meine Liebe frisch: Tod ist ihr hold;
Ich leb' in armen Reimen ihm zum Neid,
Wenn er sprachlosen, dunkeln Herden grollt.
Und darin will ich fest dein Denkmal gründen,
Wenn eh'rne Gräber, wenn Tyrannenschilde schwinden.

108

Was wär im Hirn, in Tinte nur zu kleiden,
Das dir mein ganzes Herz nicht schon beschrieb?
Was könnt' ich Neues sagen, was bedeuten,
Das deinem Wert entspräch und meinem Trieb?
Nichts, teurer Knab'! und drum nur eines alle Stunden
Wie fromm Gebet zu sagen bleibt mir süß.
Nichts Altes gilt mir alt, sind wir verbunden,
Wie da zuerst dein schön Gestirn ich pries.
So ew'ge Lieb' in frischen Liebesbanden,
Wägt keines Alters Staub noch Feindlichkeit:
Notwend'ge Runzeln sind ihr nicht vorhanden;
Zum Knecht auf immer macht sie sich die Zeit:
Sie, deren Keim sich da geboren fühlt,
Wo Zeit und Außenwelt für tot ihn hielt.

109

O nimmer sprich zu mir: »Treulose Seele!«
Schien Trennung gleich zu wandeln meine Glut:
Weil ich so leicht mir selber ja mich stöhle
Als meinem Geist, der dir im Busen ruht.
Da ist mein Freundeshaus! Schwärmt' ich vom Ziel,
Doch kehr' ich heim von langen Wegesstrecken:
Der Zeit gehorchend, nicht ihr Launenspiel,
Bring' ich das Wasser selbst für meine Flecken.
O halte nicht, und wär es gleich bedeckt
Mit jeglichem Gebrechen jedes Blutes,
Mein Wesen so unselig für befleckt,
Daß es um nichts dahingäb' all dein Gutes!
Denn nichts nenn' ich der weiten Welt Gewinn:
Du, meine Rose, du mein alles drin!

110

Ach, wohl ist's wahr, ich schwärmte her und hin,
Bot mich der Welt zum Spielwerk; in die Seele
Schnitt ich mir selbst, gab Höchstes wohlfeil hin;
Mit neuen Trieben mehrt' ich alte Fehle.
Sehr wahr ist's: fremd und schielend und bedingt
Sah ich die Wahrheit. Doch, bei allen Mächten!
Dies Straucheln hat mein Herz mir nur verjüngt;
Dich besten Freund erprobt' ich unter Schlechten.
Nun ist es alles, bis auf eins getan,
Das ewig währt. Nie kommt zu neuer Probe
Des alten Freundes mehr der Trieb mich an,
Des Liebesgottes, dem ich mich gelobe.
Gib nächst dem Himmel denn die höchste Lust,
Den Willkomm mir an deiner liebsten Brust!

111

Verklage nur des Glückes Göttin! Sie
Ist an den Sünden schuld, die ich verübt;
Weil sie nichts Bess'res mir zum Leben lieh
Als feiles Brot, das feile Sitten gibt.
So liegt auf meinem Namen wie ein Brand,
So wird mein ganzes Wesen schier entweiht
Von seinem Handwerk, wie des Färbers Hand.
Hab Mitleid denn, und wünsch', ich würd' erneut!
Und scharfe Essigtränke will ich trinken
Als williger Kranker: was Entsühnung schafft,
Das Bitterste soll mir nicht bitter dünken,
Kein zwiefach Büßen, das die Strafe straft.
Hab Mitleid denn! Und dein mitleid'ger Sinn,
O glaub' es, Herz! reicht mich zu heilen hin.

112

Dein liebend Mitleid schließt die Wunde wieder,
Die in die Stirn mir grub des Pöbels Dienst.
Was kümmert mich mein Leumund für und wider,
Wenn *du* mein Gutes ehrst, mein Schlimmes übergrünst?
Du bist die Welt mir. Deinem Mund beständig
Vertrau' ich all mein Lob- und Tadelsrecht.
Für niemand bin ich sonst, niemand für mich lebendig,
Der mir den eh'rnen Sinn links oder rechts bewegt.
In tiefsten Abgrund werf' ich alle Sorgen
Um Menschengunst. Mein taubes Otterohr
Wird nicht auf Lästrer, nicht auf Schmeichler horchen, –
Doch welchen Grund der Gleichmut leg' ich vor?
Im Herzen fühl' ich dich so mächtig leben,
Daß mir wie tot erscheint die Welt daneben.

113

Seit ich dir fern bin, ist mein Aug' im *Sinn:*
Und jenes, das mich führt von Ort zu Ort,
Teilt seine Tätigkeit; zum Teil ist's blind;
Scheint sehend, doch in Wahrheit ist's verdorrt.
Denn keine Formen, keinen Widerschein
Von Blum' und Vogel, was sich zu ihm drängt,
Nichts bringt sein schnelles Sehn dem Herzen ein,
Ja seine Sehkraft hält nicht, was sie fängt.
Denn schön und häßlich, was es schauen mag,
Unförmlichkeit, wie süßestes Vergnügen,
Berg oder Ozean, Nacht oder Tag,
Taub' oder Kräh, es formt's nach deinen Zügen.
So voll von dir und fähig sonst zu nichts,
Wird so mein treuster Sinn Verführer des Gesichts.

114

Obwohl mein Sinn, mit *dir* gekrönt, vom Rauche
Und Königsgift der Schmeichelei sich nährt?
Wie? oder sagt die Wahrheit mir mein Auge,
Dem solche Alchimie dein Lieben lehrt,
Daß es die mißgeschaffnen rohen Dinge
Zu Cherubinen, die dir gleichen, schafft,
Zum Kleinod wandelt jegliches Geringe,
Wie es begegnet seines Strahles Kraft?
O jenes ist's, ist Augenschmeichelei!
Die saugt höchst königlich mein großer Sinn.
Wohl weiß mein Auge, was dem lieblich sei,
Und reicht den Becher seinem Gaumen hin.
Wenn er vergiftet war, du Auge leerst,
Selbst lüstern, Sünde mindernd, ihn zuerst.

115

Was ich dir vormals schrieb, falsch muß ich's nennen:
»Nie könnt' ich wärmer lieben dich als heut.«
Denn wie *die* Glut je heller sollte brennen,
Sah da mein Urteil keine Möglichkeit.
Und doch: wenn Zeit und Zufall tausendfältig
Gelübde lockert, fest Zwecke lähmt,
Geweihte Schönheit schwärzt, der Fürsten Rat gewältigt,
Dem Ungefähr die Störrigsten bequemt:
Ach! durft' ich da, bang vor der Zeiten Hand,
Nicht sagen: »Jetzt lieb' ich am meisten ihn.«
Als ich gewiß war über Unbestand,
Das Heut ergriff, weil Morgen dunkel schien?
Lieb' ist ein Kind, das fort und fort gedeiht;
Zu vollem Wachstum ließ mein Wort ihm Zeit.

116

Laß mich von keinen Hindernissen hören,*
Die treuer Seelen Ehebund bedräun!
Lieb' ist nicht Liebe, wenn sie Störer stören,
Wenn sie Zerstreuung irrend kann zerstreun.
O nein! sie ist ein ewig sichres Ziel,
Thront unerschüttert über Sturmeswogen;
Ein Angelstern für jeden irren Kiel;
Kein Höhenmaß hat seinen Wert erwogen.
Lieb' ist kein Narr der Zeit, ob Rosenwangen
Auch ihrer Sichel krumme Schneid' umspannt:
In enger Stunden Lauf uneingefangen
Beharrt sie bis an Weltgerichtes Rand.
Wenn dies als Wahn, als Lüge sich ergibt,
So schrieb ich nie, so hat kein Mensch geliebt.

117

Beschuld'ge mich, daß ich mit karger Gegengabe
All deine beste Wohltat hab' erkannt,
Daß ich dein liebstes Herz verabsäumt habe,
Woran mich Tag für Tag mit allen Klammern band:
Daß ich mich häufig ließ mit fremden Seelen finden,
Dein teures Recht vergeudend, meine Pflicht;
Daß ich die Segel aufzog allen Winden,
Zu fernster Flucht aus deinem Angesicht.
Verzeichne jeden Fehler, alle Launen,
Verdächt'ge mich, wenn die Beweise voll;
Nimm mich aufs Korn der finstern Augenbraunen,
Nur feure nicht auf mich in deinem Groll!
Weil meine Schutzschrift lautet: *alle* Tiefen
Von deiner Treu und Liebe wollt' ich prüfen.

118

Wie man die Eßlust reizt mit scharfen Brüh'n,
Wie, wenn wir reinigende Tränke nehmen,
Um unbekannten Übeln zu entfliehn,
Aus Krankheitsscheu zur Krankheit uns bequemen:
So legt' auch ich, von deiner Süße krank,
Die nimmer sättigt, mich auf bitt're Speisen.
Wohllebens voll hab ich, den zwar nichts zwang,
Mir etwas Dienliches hievon verheißen.
So fiel der Liebe Schlauheit, vorbedacht
Auf Übel, das nicht war, in wahre Sünden,
Und der Gesunde, krank durch Überfracht
Des Guten, wollt' im Übel Heilung finden.
Doch daran lern' ich und mir leuchtet ein:
Wer krank um dich ward, Gift muß Arznei ihm sein.

119

Was für Sirenentränen, abgezogen
Auf höllischen Retorten sog ich ein!
Wie zwischen Furcht und Hoffnung gleich betrogen,
Erwarb ich statt Zufriedenheit mir Pein!
Wie frevelte das Herz in seinem Wahn,
Als wenn es reich und selig wär wie nie:
Wie rollte wild das Aug' aus seiner Bahn,
In jener wüsten Fieberphantasie! –
O Arzenei des Schlimmen! Dies bewährt:
Daß Übel Bess'res gut und besser macht;
Und daß erloschne Liebe, frisch genährt,
Nur heller, heißer als zuvor erwacht.
Und so zum Liebsten flücht' ich mich voll Scham
Und dreifach gibt mir Übel, was es nahm.

120

Daß du einst hart warst, schafft mir nun Genügen:
Und, bei der damals tief empfundnen Pein,
Müßt' ich notwendig meiner Schuld erliegen,
Wenn meine Nerven nicht von Stahl und Stein.
Denn, wenn dich meine Härte traf, wie mich
Die deine, litt'st du Höllenqual indessen;
Und ich Tyrann hab' unbedächtiglich
Nicht, was ich damals von dir litt, ermessen.
O, daß mich *da* in unsers Kummers Nacht
Das tiefste Herz gemahnt, wie wahrer Gram verwundet!
Daß wir einander gleich das linde Öl gebracht,
Wovon verletzter Busen schnell gesundet.
Doch wird dein Fehltritt nun zum Lösegeld,
Und jedes Schuld tilgt, was der Freund gefehlt.

121

Besser schlecht sein als scheinen wo, wie sein,
Das nicht sein Schmach gebiert, und zu entbehren
Gerechter Freude dran, wenn sie der Schein,
Nicht unser Selbstbewußtsein soll bewähren.
Denn warum soll verschrobner Augen Tücke
Mein wildes Blut belächeln? Was vereint
Auf meine Schwächen schwäch'rer Späher Blicke,
Die übel deuten, was ich gut gemeint?
Nein! Ich bin, der ich bin, und was sie summen
Von meiner Schuld, ist *ihrer* Schmach Bericht.
Vielleicht bin ich gerad, und sie die Krummen:
Ihr gift'ger Hauch schwärzt meine Taten nicht;
So lang sie nicht die Welt erbaun auf Lügen,
Daß alle schlecht sind und im Schlechten siegen.

122

Dein Täflein, dein Geschenk, ist mein Gemüt,
Mit dauerndem Gedächtnis vollgeschrieben,
Das alle dürft'ge Schranken überflieht,
Der Zeit zum Trutz auf ewig fortzulieben:
Solang zumindest, als Naturgeschick
Gemüt und Hirn zum Leben mag verbinden.
Bis beides nicht sein Teil an dir zurück
Dem Moder gibt, kann nie dein Bild verschwinden.
Zu eng war das Gefäß für solchen Zweck;
Kein Kerbholz braucht's, dein Lieben einzuzeichnen;
Darum war ich so kühn und gab es weg,
Auf Tafeln stolz, die dich mir fester eignen.
Braucht' ich, um dein zu denken, andrer Spur,
Vergeßlichkeit in mir bewies es nur.

123

Nein, Zeit! nicht wandelbar sollst du mich schelten:
Mir kann dein junger Pyramidenbau
Nicht staunenswert, nicht für ein Wunder gelten;
Sie sind nur Anputz einer ältern Schau.
In enge Frist beschränkt, bewundern wir,
Was du für altersgrau uns willst verkaufen,
Vergessen früherer Kunde, voll Begier
Nach eignem Wunsch beliebig sie zu taufen.
Hohn biet' ich dir und deinen Chroniken:
Nicht Gegenwärt'ges noch Vergangnes nimmt mich Wun
Denn Lug ist dein Bericht, und was wir sehn:
Ein ewig Eilen taucht es auf und unter.
Dies eine schwör' und halt' ich treulich mir:
Wahr will ich sein, trotz deiner Sens' und dir.

124

Ist meine Liebe nur ein Kind der Welt,
Dann nennt sie Glücksbastard, den nie ein Vater küßt,
Der Zeiten Haß und Liebe bloßgestellt,
Wie man den Dorn zum Dorn, zu Rosen Rosen liest.
Nein, sie erwuchs vom Zufall fern: ihr droht
Kein prunkend Lächeln, nicht zu Boden schlagen
Kann sie mit finstern Mienen ein Despot,
Sie trägt nicht Fesseln, wie die Zeiten tragen.
Nicht fürchtet sie den Ketzer Politik,
Der kurzgemeßner Stunden Sold erkeuchet;
Sie selber ist der Staatskunst Meisterstück,
Das weder Wärme nährt noch Regen beuget. –
Ihr Narr'n der Zeit, dies wißt ihr und bezeugt;
Die ihr für Laster lebt, für Tugenden erbleicht.

125

Sollt' ich dir Baldachinen überbreiten,
Dein Äuß'res durch mein Außen zu verehren?
Sollt' ich Gebäude baun für Ewigkeiten,
Die nicht so lang als Wurm und Moder währen?
Hab' ich nicht Lüsterne nach Gunst und Schein,
Schwer zinsend alles, alles opfern sehn?
Sie tauschten süße Brüh'n für schlichte Nahrung ein;
Und noch im Gaffen war's um sie geschehn.
Nein! Deinem Herzen laß mich dienstbar sein,
Und nimm du meine Gabe; arm, doch frei.
Die ist von Nebenwerk und Künsten rein,
Die kennt nur du um du, und Treu um Treu.
Hinweg, bestochner Züngler! Den Geraden
Verklage nur, hast ihm nicht Macht zu schaden.

126

O du mein süßer Knab', in dessen Hut
Der Zeiten morsche Uhr und Sichel ruht,
Der schwindend wuchs und durch sein holdes Sprießen
Das Welken seines Freundes hat bewiesen:
Wenn dich Natur, die allen Wandel lenkt,
So wie du voreilst, immer rückwärts drängt,
Verweilt sie dich, weil sie die Zeit betören
Und hungrige Minuten will zerstören.
Doch fürchte sie, du Liebling ihrer Lust!
Aufhalten, nicht behalten an der Brust
Darf sie ihr Kleinod. Spät, mit Widerstreben,
Doch einmal ist's verhängt, dich muß sie geben.

127

Schwarz galt vor Alters nicht für schön: in Worten
Führt' es zum mindesten den Namen nicht.
Doch nun ist Schwarz der Schönheit Farbe worden,
Und ein Bastard entstellt ihr Angesicht.
Denn seit sich jede Hand Natur zu sein vermißt,
Mit falschen Flittern Häßliches verschönt,
Bleibt reine Anmut namenlos; vergißt
Man ihren Dienst, lebt sie entweiht, verhöhnt.
Drum hat mein Mädchen rabenschwarze Augen
Und Rabenhaar, ihr Trauern zu gestehn
Um jene Widrigen, die keine Schönheit brauchen,
Weil sie mit falschem Schein die Schöpfung schmähn.
Und doch, so steht dies Leid ihr zu Gesicht,
Daß alle sagen: Ist das Schönheit nicht?

128

Wie oft, o meine Muse! wenn dein Finger
Aus dem beglückten Holz Musik entspann
Und jenen Wohllaut, meines Ohrs Bezwinger,
Mit süßem Griff den Saiten abgewann,
Beneidet' ich die Tasten, wie zu nippen
Sie deinen zarten Händen eilig nah'n,
Indes errötend meine armen Lippen
An kühnes Holz ihr Recht verschwendet sah'n.
Wie möchten sie um solch Berühren tauschen
Mit jedem Spänlein, das sich tanzend bückt,
Wenn deiner Wanderfinger leises Rauschen
Mehr totes Holz als roten Mund beglückt!
Wenn kecke Tasten denn so schwelgen müssen,
Laß sie die Hand, laß mich die Lippen küssen.

129

Der Seelen Tod in schimpflicher Zerstörung
Ist Lust in Tat: und bis zur Tat, ist Lust
Meineidig, mörd'risch, blutig, voll Betörung,
Roh, wild, wüst, grausam, ihrer unbewußt.
Genossen kaum, und alsobald verachtet;
Gejagt mit Unsinn, und, erbeutet kaum,
Gehaßt mit Unsinn; wie ein Tier verschmachtet,
Das man mit Gift betört im engen Raum.
Toll im Bestreben, töricht im Genuß;
Besitz, Erwerb ist Wahnsinn, sonst und jetzt.
Im Schlürfen Seligkeit; geschlürft, Verdruß:
Erst ein gehofftes Fest, ein Traum zuletzt.
Wohl ist dies weltbekannt, doch selten meidet
Die Welt den Himmel, der zur Hölle leitet.

130

Von Sonn' ist nichts in meines Liebchens Blicken:
Wenn Schnee weiß, ist ihr Busen graulich gar:
Weit röter glüht Rubin als ihre Lippen:
Wenn Haare Draht sind, hat sie drahtnes Haar.
Damaskusrosen weiß und rot erblickt' ich;
Doch nicht auf Liebchens Wangen solchen Flor:
Und mancher Wohlgeruch ist mehr erquicklich,
Als der aus ihrem Munde geht hervor.
Gern hör' ich, wenn sie spricht; doch zu gestehen
Bleibt, daß Musik mir weit ein süß'rer Gruß.
Zwar keine Göttin hab' ich schreiten sehen:
Mein Liebchen, wenn es wandelt, geht zu Fuß.
Und doch, gewiß, so hoch beglückt sie mich
Als irgendeine, die man schlecht verglich.

131

Du bist so herrisch, Herz! für deine Gaben,
Wie andre, die ihr Liebreiz grausam macht:
Denn wohl weißt du, mir liebekrankem Knaben
Bist du mein schönstes Kleinod, mein Smaragd.
Und doch, traun, mancher sagt, der dein Gesicht
Gesehn, daß es ein Herz nicht leicht betöre.
Dies Wahn zu schelten, wag' ich freilich nicht,
Wiewohl ich's heimlich bei mir selber schwöre.
Und daß nicht falsch mein Schwur ist, zeugen dir
Viel tausend Seufzer, die mir heiß entquellen,
Wie ich nur denk' an dein Gesicht, und mir
Dein Schwarz in meinem Sinn zu Gold erhellen.
Denn schwarz an dir sind deine Werk' allein:
So mag der Leumund dir entstanden sein.

132

Ich liebe deine Augen: ein Bedauern
Les' ich Verschmähter drin: wohl kennen sie dein Herz
Und tragen Schwarz, und scheinen mild zu trauern,
Mit holdem Gram betrachtend meinen Schmerz.
Und wahrlich, nicht des Ostens grauen Wangen
Steht Himmels Morgensonne reizender,
Noch blinkt der volle Stern mit abendlichem Prangen
Vom kalten Westen halb so stolz daher,
Wie jenes Traueraugenpärlein blickt.
O dann laß Trauer auch dein Herz verschönen
Um mich, wenn Trauer dich so reizend schmückt!
Laß *alle* Teil' in Mitleid sich versöhnen.
Dann schwör' ich, Schönheit selbst ist schwarz; und was
Nicht deine Farbe trägt, verfolgt mein Haß.

133

O Schmach dem Herzen, das mein Herz entseelt
Mit tiefer Wunde, mir, wie meinem Freund geschlagen.
Ist's nicht genug, daß man allein mich quält,
Muß mein Geliebtester noch Sklavenfesseln tragen?
Mich hat mir selbst dein grausam Aug' entzogen;
Mein zweites Selbst umspannst du fester noch:
Um ihn, um mich, um dich bin ich betrogen,
Und dreimal dreifach drückt mich dieses Joch.
Schmiede mein Herz in deines Busens Stein,
Doch dann nimm Freundes Herz für mein arm Herz zum Pfande:
Wer auch mich hütet, ihm laß mein Herz Wächter sein;
So mußt du lockrer knüpfen meine Bande.
Und wirst's doch nicht: denn ich, verwahrt in dir,
Bin ewig dein, und alles was an mir.

134

So! Nun ich eingestanden, daß ich dein,
Und deinem Willen ganz verfallen bin:
Geb' ich mich dir, wenn du dies zweite Mein
Zu ew'gem Troste mir erstattest, hin.
Doch du sagst nein, und er will Freiheit nicht;
Denn du bist lüstern, und er ist gelind.
Er schreibt für mich, kennt nur des Bürgen Pflicht,
Nach dem Vertrag, der ihn gleich fest umspinnt:
Du wirst zum Vorrecht deiner Schönheit greifen,
Du Wuch'rer, der in Nutzen alles kehrt;
Auf meinen Freund, der für mich zahlt, dich steifen,
Bist du um ihn hartherzig mich betört.
Betört bin ich: für einen hast du zwei:
Er zahlt das ganze – Werd' ich noch nicht frei?

135

Wird andrer Wunsch erfüllt, so hast du deinen Willen,
Und Willen obenein, und Willen überviel,
Und ich, dein Quälgeist, kann ihn mehr als gründlich stillen.
Zu deinem holden Willen mach' ich dies Kodizill:
Willst du, die weit und räumig ist gewillt,
Nicht endlich meinen Willen aufnehmen in den deinen?
Erhört man andrer Willen gern und mild,
Und meinem soll kein Stern der Gnade scheinen?
Den Regen nehmen Seen, Flüsse, Meere
Zu ihrem Wasserreichtum dennoch ein:
So laß auch du, daß sich dein weiter Wille mehre,
O Willenreiche! noch dir meinen Willen weihn.
Laß keinen sterben! Stürmisch oder still,
Sie bitten nur was ich, der eine *will.*

136

Straft deine Seele dich, als käm' ich dir zu nah,
Dann schwör': ich war dein Will', auf deine arme Seele;
Und deine Seele weiß, Will' ist willkommen da.
So wollt' ich, daß mein Leid sich deiner Lieb' empföhle.
Will Will' in Liebe deinen Schatz bereichern
Mit Willensüberfluß und seinem Willen mit,
Ist es ein Körnlein nur zu vollgehäuften Speichern,
Das nicht in Zahl und nicht in Rechnung tritt.
So laß mich denn auch unbeziffert leben,
Obwohl als Mitgenossen deiner Welt:
Sei ich dir nichts, wenn dies mein Nichts nur eben
Als angenehmes Etwas dir gefällt.
Nimm meinen Namen nur zu ew'gem Liebesziel,
So hast du mich lieb, denn mein Nam' ist *Will.*

137

Wie plagst du, Amor, töricht blinder Wicht,
Die Augen! daß sie sehn, und was sie sehn, nicht schätz[en]
Sie kennen Schönheit, sehn wo Schönheit liegt,
Und wagen Bestes Schlecht'stem gleichzusetzen.
Wenn sich das Aug', entweiht von falschen Blicke[n]
Zu jener Bucht, wo alle ankern, drängt;
Was machst du Hamen aus des Auges Tücken,
Daran das Urteil meines Herzens hängt?
Wie hält das Herz für ein umzäuntes Gut,
Wovon es weiß, es ist der Welt gemein?
Färbt Wahrheitfarben ein so falsches Blut,
Und widersetzt sich offnem Augenschein?
Hat Aug' und Herz das lauterste verkannt,
Und nun so ekler Pest sich zugewandt?

138

Wenn Liebchen spricht, daß nie ihr Herz erkalte,
So glaub' ich ihr, wenn sie es schon erfand;
Damit sie mich für einen Neuling halte,
Mit Listen dieser Welt noch unbekannt.
So, irrig wähnend, daß sie jung mich wähne,
Wiewohl sie weiß, mein Frühling ist dahin,
Leugn' ich's ihr nicht in ihre falschen Zähne,
Und beiderseits verbirgt sich wahrer Sinn.
Doch warum sagt sie nicht, daß sie nicht treu?
Warum nicht ich, daß einst ich jung gewesen?
O, Amors Lieblingslust ist Heuchelei,
Und Lieb' in Jahren mag nicht Jahreszahlen lesen
Darum belüg' ich sie, belügt sie mich,
Und unsre Lügensünden schmeicheln sich.

139

O, nicht Beschönigung des Unrechts brauche,
Wenn du so lieblos meinem Herzen bist!
Verwunde mit dem Mund, nicht mit dem Auge;
Miß Kraft an Kraft; und triff mich nicht mit List
Sprich: Andre lieb' ich; doch das Seitenwenden
Der Augen meide, Liebchen, wo ich bin.
Wozu die Künste? Reicht des Müden Los zu ender[n]
Dir nicht die offne Stärke mehr als hin?
Ich will dein Anwalt sein: Wohl weiß die Dirne,
Daß ihre art'gen Augen mich bekriegt;
Drum wendet sie den Feind mir von der Stirne,
Damit sein Pfeil nach andern Zielen fliegt. –
Doch, laß es gut sein! halb schon bin ich tot;
So blicke fort, und ende meine Not.

140

Sei klug, wie grausam! Sprenge nicht die Pforte
Stummer Geduld mit allzu bitterm Hohn:
Damit mir Gram nicht Worte leih', und Worte
Dein unerweichtes Herz zu schildern drohn.
Sollt' ich dir raten, besser wär's, wo nicht
Zu lieben, doch mir Liebe vorzuheucheln;
Wie bangen Kranken, wenn das Auge bricht,
Die Ärzte noch mit Auferstehung schmeicheln.
Wenn ich verzweifeln müßte, würd' ich toll;
Und in der Tollheit könnt' ich dich verklagen:
Und diese Spottwelt ist so ränkevoll,
Daß tolle Lügen tollem Ohr behagen.
Dies meide! flieh Verleumdung, halte stet
Die Augen, wie auch weit dein stolzes Herz sich bläh[t]

141

Traun, nicht vom Auge kommt mein Liebesschmerz,
Das tausend Mangelhaftes an dir sieht.
Nein, was dem Auge widert, liebt das Herz,
Das, trotz den Augen, sich um dich bemüht.
Auch deine Stimme kann mein Ohr nicht reizen:
Zu nieder'm Tasten regt in mir sich kein
Gefühl: Geruch, Geschmack, sie alle geizen
Nach keinem Sinnenschmaus mit dir allein.
Doch nicht fünf Sinnen, nicht fünf Lebensgeister
Entzögen deinem Dienst ein töricht Herz,
Das leblos, larvengleich zurückläßt seinen Meister,
Dein Joch zu tragen, deiner Fesseln Erz.
Nur hierin dient zum Heil mir meine Pest:
Daß die mich sünd'gen macht, mich büßen läßt.

142

Mein Sündigen ist Lieb', und Haß dein Tugendstreben,
Haß meiner Sünd', in sünd'ger Lieb' ernährt.
O nimm mein Tun, und stelle deins darneben,
So findest du es nimmer scheltenswert.
Und *wenn:* nicht scheltenswert durch deinen Mund,
Der, seinen Scharlachschmuck entheiligend
So oft als meiner, falschen Liebesbund
Besiegelt, fremden Bettes Schwur getrennt.
Laß mich mit Fug dich hegen, wie du *die*
Anäugelst, die du liebst, wie ich dich hege;
Pflanz' in dein Herz Erbarmen, daß es blüh',
Und dir dein Mitleid Mitleid ernten möge!
Willst du genießen, wo du nie erhört,
Bleib' es, nach eignem Beispiel, dir verwehrt.

143

Wie eine Hausfrau sorgsam sich beeilt,
Ein Federvieh zu fahn, das ihr entronnen,
Den Säugling niedersetzt, und unverweilt
Dem Vogel nachläuft, den sie gern gewonnen:
Derweil mit Schrei'n ihr unberaten Kind
Sie aufzuhalten ringt, die emsiglich
Was vor ihr herläuft zu erhaschen sinnt,
Unachtsam wie ihr Knäblein ängstet sich:
So läufst du hinter dem, was dir entweicht,
Und ich, dein Kind, dir nach in trübem Mut.
Allein blick' um dich, wenn du's nun erreicht,
Üb' Mutterpflichten, küsse mich, sei gut!
So will ich bitten, daß dir's werd erfüllt,
Kommst du zurück, und wird mein Schrei'n gestillt.

144

Zwei Flammen hab' ich, die im Doppelbann,
Wie Geister, zwischen Trost und Qual mich lassen darben:
Der bess're Engel ist ein schöner Mann,
Der schlimmere Geist ein Weib von bösen Farben.
Mein weiblich Unheil, bald dem Pfuhl mich zu gesellen,
Lockt meinen guten Engel von mir fort:
Zum Teufel möchte sie den Heiligen entstellen;
Dem Reinen kost ihr falsches Schmeichelwort.
Und, ob mein Engel nun schon eingefeindet,
Besorg' ich; – zwar nicht völlig ist's bekannt; –
Doch, da mich beide fliehn, und beide sich befreundet,
Fürcht' ich, ein Engel ward des andern Höllenbrand.
Und wie es steh', ich kann es nicht vermuten,
Als bis mein böser Geist verschlingt den guten.

145

Der Mund, den Liebe bildete,
Er sprach zu mir das Wort: »*Ich hasse*«,
Der ich um sie verschmachtete.
Doch als sie sieht wie ich erblasse,
Kommt Mitleid in ihr Herz zurück,
Sie schilt die Zunge, die mit süßem
Gewähren sonst mir gab das Glück,
Und lehrt sie *so* von neuem grüßen:
Zum Hasse wird ein Wort getan,
Das folget ihm wie Tageshelle
Der Nacht, die von des Himmels Bahn
Dämonen gleich, entfloh zur Hölle:
Dem Haß entriß sie Hasses Sieg,
Gab Leben neu, und sprach: »*Nicht dich.*«

146

O armer Geist, des sünd'gen Staubes Kern,
Rebellischer Mächte Narr, die dich umschalen!
Was stirbst du Hungers drin, und darbest gern,
Um deine Außenwände bunt zu malen?
Warum auf deines Hauses mürbe Scherben,
O kurzer Pächter, wendest du so viel?
Soll Wurm und Moder, der Verschwendung Erben,
Dein Gut vertun? ist *dies* des Leibes Ziel?
O lebe, Geist! von deines Knechts Verlust;
Und laß ihn darben, daß *dein* Schatz sich mehre:
Kauf Himmelsleben um verkauften Dust,
Sei nicht mehr außenreich, dein Innres nähre!
So zehrst am Tod du, der am Menschen zehrt;
Und ist Tod tot, hat Sterben aufgehört.

147

Mein Lieben ist ein Fieber, es begehrt
Nur was die Krankheit fristet; all sein Sehnen
Geht auf den Zunder, der das Übel nährt,
Dem kranken, launenhaften Reiz zu frönen.
Vernunft, mein Liebesarzt, weil ich verschmäht
Was er mir riet, hat mürrisch mich verlassen.
Und hoffnungslos erkenn ich nur zu spät
Die Mördertriebe, die den Zügel hassen.
Unheilbar bin ich, nun Vernunft zerstoben,
In ew'ger Unruh ein Besessener:
Gedank' und Urteil, wie im Wahnsinn toben
Blind um die Wahrheit irrend hin und her:
Der ich dich schön gepriesen, hell gedacht,
Die schwarz wie Höll' und finster wie die Nacht.

148

Weh! Welche Augen gab mir Venus Sohn,
Die sich auf wahres Sehen nicht verstehn!
Wo nicht: wo ist mein Urteil hingeflohn,
Das falsch entscheidet, was sie richtig sehn?
Ist schön, was meine falschen Augen ehren,
Wie kann die Welt sie denn der Lüge zeihn?
Und ist es nicht; dann kann uns Liebe lehren:
Ihr Aug' ist nicht so wahr als jedes. – Nein!
Wie könnt' es? o, wie wär *ihr* Auge wahr,
Das sich so trübe weint, so müde wacht?
Was Wunder, wenn mich trügt mein Augenpaar!
Sieht doch die Sonne nicht eh' Himmel lacht.
O list'ge Liebe! machst du weinend blind,
Daß wir nicht merken, wie du falsch gesinnt?

149

Wie sagst du, Harte, daß ich lieblos sei,
Wenn ich mich opfernd selbst für dich gefährde?
Vergess' ich dich, wenn ich mir selbst nicht treu,
Mein eigner Peiniger um deinetwillen werde?
Wer will dir übel, dem ich freundlich wär?
Wem grolltest du, vor dem ich mich gebogen?
Wenn du mir finster sahst, hab' ich nicht schwer
Die Rach' an mir mit strengem Gram vollzogen?
Welch ein Verdienst in mir acht' ich so groß,
Das deinen Dienst so stolz wär zu verschmähen,
Da all mein Bestes deinen Mängeln kost,
Befehligt schon von deiner Augen Drehen?
Doch, hasse nur! ich weiß wie du gesinnt:
Du liebst nur Sehende, und ich bin blind.

150

O welche Macht kann dir die Allmacht leihen,
Mein Herz zu bändigen durch Dürftigkeit,
Daß ich der Lüge muß die offnen Augen zeihen
Und schwören, hellen Tag entstelle Helligkeit?
Von woher kommt dir dieser Reiz des Bösen,
Daß, wenn ich wählen sollte, selbst dein Gift,
Dein Abschaum durch sein freies, sichres Wesen
Das Edelste der andern übertrifft?
Wer lehrte dich mehr Lieb' in mir entzünden,
Je mehr ich Hassensgründe hör' und seh'? –
O, lieb' ich gleich was andre schmählich finden,
Mit andern solltest du nicht schmähn mein Weh!
Wenn du durch Unwert mich zum Lieben triebst,
Bin ich nur würdiger, daß du mich liebst.

151

Lieb' ist zu jung, sie weiß nichts von Gewissen;
Und doch, wer weiß es nicht? Gewissen stammt von ihr.
Drum laß mich, lieber Dieb, für meinen Fehl nicht büßen!
Sonst teilt dein holdes Selbst die gleiche Schuld mit mir.
Denn wie du mich verführst, verführ' ich wieder
Mein bess'res Teil zu schnödem Sinnenwahn.
Die Seele spricht zum Leib: Du kannst Gebieter
Der Liebe sein! – Fleisch hört kein Warnen an:
Dein Nam' erweckt es; seine Siegesbeute
Sieht es in dir. Von solchem Stolz geschwellt,
Wird es dein armer Knecht, der dir zur Seite
In deinen Diensten willig steht und fällt.
Laß mein Gewissen, wenn ich Liebesgruß
Dir bringe, der zu Lieb' ich stehn und fallen muß.

152

Daß ich dich lieb' ist Meineid; weißt du: doch
Zwiefach meineidig du, mir Liebe schwörend,
Brachst mit der Tat dein Bettgelübde, noch
Den neuen Liebesbund in neuem Haß zerstörend!
Doch ich, der zwanzig Eide bricht, wie könnt' ich
Dir zwei verübeln? Lüg' ich doch weit mehr;
Und was ich schwören mag, mißhandelt dich beständig:
Mein bestes Wort machst du bedeutungsleer.
Denn ich beschwur mit teuern Seelenschwüren
Dein teures Lieben, deine Güt' und Treu;
Ich lieh der Blindheit Augen, dich zu zieren:
Verleugnen mußten sie, daß wahr ihr Zeugnis sei:
Denn ich schwur, du sei'st schön: o grober Trug,
Natur zu lästern mit so schnödem Lug!

153

Cupido warf die Fackel hin, und schlief;
Ein Mägdlein der Diana stahl den Fang,
Und taucht der Liebe Feuerzunder tief
In einen kalten Quell, der dort entsprang.
Alsbald durchdrang vom heil'gen Brand die Wellen
Für alle Zeit lebendig rege Glut,
Und ward ein siedend Bad, in schlimmen Fällen
Der Menschen letzte Hülf' und höchstes Gut.
Doch – die an Liebchens Blick frisch angefachte Kerze
Hielt mir aufs Herz der Knabe zum Versuch;
Daß ich, erkrankend von dem heißen Schmerze,
Ein trüber Gast, mich nach dem Bade trug.
Doch half mir's nicht: Die Bäder, die *mir* taugen,
Sind Amors Feuerquellen, Liebchens Augen.

154

Einst schlief der kleine Liebesgott; zur Seiten
Lag neben ihm sein Herzensfeuerbrand,
Und manche Nymphen, die sich keuschem Leben weihten
Umhüpften ihn. Mit ihrer Mädchenhand
Ergreift die schönste Büßerin dies Feuer,
Darin viel tausend Herzen sich verzehrt:
So ward von Jungfraunhänden der Verleiher
Heißatmender Begier im Schlaf entwehrt.
Sie löscht den Brand in einem kühlen Bronnen,
Den Liebesglut mit ew'ger Hitze traf:
Er ward zum Bad, wo Kranke Heil gewonnen,
Genesung trinkend. – Doch ich, Liebchens Sklav,
Trink' ihn umsonst: die Welle rauscht und spricht:
Wenn Liebe Wasser wärmt, kühlt Wasser Liebe nicht.

DER PHÖNIX UND DIE TURTELTAUBE

Sei der Vogel hellsten Lautes,
Horstend in Arabiens Öde,
Banger Herold und Trommete!
Fromm Geflügel, auf ihn schaut es.

Doch du kreischender Gefährte,
Bösen Feindes Eingeweihter,
Fieber-Endes arger Deuter,
Bleibe fern von dieser Herde!

Sei aus unserm Rat verwiesen
Aller Vogel rauh und arg;
Nur der Aar, des Flugs Monarch,
Müsse dies Begängnis grüßen.

Priester sei, weiß infuliert,
Der die Sterbelieder kann,
Todesprophezeier Schwan,
Wie dem Requiem gebührt.

Und du, Krähe, dreifach alte,
Die ihr schwarz Geschlecht erzielt
Mit Odem, den sie gibt und stiehlt,
Zu dem Trauerzug dich halte!

Hier beginnt der Chor. – Zusammen
Tönet's: Lieb' und Treu ist hin;
Turteltaub' und Phönix fliehn
Aus der Welt in Wechselflammen.

Liebten sich, wie wenn, verdichtet
Lieb' in Zwei'n zu einem Wesen,
Trennungslos geteilt gewesen.
Da hat Liebe Zahl vernichtet.

Herzen nah im Weiten schienen;
Denn nicht Raum war, und doch Ferne
Zwischen Taub' und ihrem Sterne.
Allen Wunder, außer ihnen.

Liebesstrahl durchzuckte so sie,
Daß der Phönix all sein Glück
Flammen sah im Turtelblick;
Jedes jedem ein Potosi.

Eigentum sich so verließ,
Daß im Selbst das Selbst verschwand,
Einzelwesen, zwiebenannt,
Weder zwei noch eines hieß.

Selbst Vernunft, sie schien bedrängt,
Sah Getrenntes sich vereinen,
An sich selbst wie nichts erscheinen:
Schlichtes war so wohl vermengt,

Daß sie rief: wie treu gepaart
Hier in Eintracht ein Geschlecht!
Recht hat Liebe nun, nicht Recht,
Wo Entfernung so beharrt.

Und erhub dann diese Klage
Um der Liebe Stern und Helden,
Taub' und Phönix die Entseelten,
Als Choral am Sarkophage:

Klage

Schönheit, Treu und Seltenheit,
Anmut in Einfältigkeit
Schlummern hier dem Staub geweiht.

Nun versiecht des Phönix Blut;
Täubleins Herz, so fromm und gut,
Für Ewigkeiten fühllos ruht.

Ach der kinderlos Verschwund'nen!
Nicht ohnmächtig drum Erfundnen:
Keuschheit war es der Verbund'nen.

Wahrheit *scheint* nun, hat nicht Wesen.
Schönheit prahlt nun, ist gewesen.
Wahrheit, Schönheit, sie verwesen.

Alle, die ihr schön und wahr,
Kommt zur Urne, bringet dar
Ein Gebet dem Totenpaar!

DER LIEBENDEN KLAGE

Des Hügels tiefe Mulde hallte wider
Den Klageruf daher vom Schwestertal.
Ich legte mich dem Zweiklang lauschend nieder:
Da ward mir Kunde von verliebter Qual.
Ein Mädchen sah ich, schwach und kummerfahl
Zernichten Brief und Ringe: ihrer Klagen
Gewittersturm hatt' ihr die Welt zerschlagen.

Ein flacher Hut von Stroh auf ihrem Haupt
Beschützt ihr Antlitz vor dem Strahl der Sonnen,
Worunter man noch zu erkennen glaubt
Der Schönheit Spuren, die noch unzerronnen.
Noch hatte was die Jugend schön begonnen
Die Zeit nicht ganz zerstört: man sah noch immer
Durchs Sorgengitter hoher Reize Schimmer.

Ihr Tüchlein hebt sie oft an's nasse Auge,
Das auf die eingewebten Bilder blickt,
Die seidnen Fäden wäscht sie mit der Lauge,
Die langes Weh in Tränen niederschickt;
Oft liest sie auch die Schrift, darauf gestickt:
Den Schmerz in lautes Schluchzen gießt sie endlich,
Bald hoch, bald tief, doch immer unverständlich.

Oft richtet sie den Blick zur Himmelsferne,
Als gält's ein Loch zu schießen in ihr Zelt,
Dann kreisen ihre matten Augensterne
Am Horizont, als mäßen sie die Welt.
Ins Weite hat sie jetzt den Blick gestellt;
Dann läßt sie ihn nach allen Seiten schweifen:
Gesicht und Geist scheint nichts mehr zu begreifen.

Ihr Haar, das weder lose noch gebunden,
Verrät die Hand, die nichts nach Zierde frägt!
Hier hat es sich dem Zwang des Huts entwunden,
Wo es die bleiche Wange schaukelnd schlägt;
Hier sieht man es zu Flechten noch gelegt:
Es will den Fesseln noch nicht ganz entschlüpfen,
Die es doch leicht und lose nur verknüpfen.

Aus einem Körbchen nimmt sie von Kristallen,
Gagat und Bernstein Liebesangedenken,
Sie mit den Tränen, die vom Auge wallen
All in den Bach, an dem sie sitzt, zu senken,
Ein Überfluß wie wer das Meer will tränken
Und oft ein Fürst der Notdurft jede Spende
Versagt und füllt mit Gold der Reichen Hände.

Zierlich gefaltet liest sie Brief auf Briefe,
Zerreißt und wirft sie seufzend in die Flut,
Knickt manchen Ring und wirft ihn in die Tiefe,
Daß er in schlamm'gem Grab vergessen ruht.
Hier schrieb die Liebe mit des Herzens Blut;
Der seidne Brief ist faltenlos gebiegelt,
Mit rotem Wachs geheimnisvoll gesiegelt.

Sie netzt die Schrift mit ihrer Tränen Tau,
Küßt oft den Brief und kann ihn nicht zerreißen,
»O falsches Blut«, ruft sie, »Paradeschau!
Was will ein unbewährtes Zeugnis heißen?
Die Tinte mocht' ihm wohl zu höllisch gleißen.«
So muß sie wider ihr Gefühl sich sperren,
Denn nur im Zorn kann sie den Brief zerzerren.

DER LIEBENDEN KLAGE

Ein würd'ger Greis, der dort die Lämmer trieb
(Ein Bummler einst, der Hof und Stadt gesehn
Und ihres Treibens müß'ger Zeuge blieb:
Er ließ die Welt an sich vorübergehn),
Kam näher, diese Liebesnot zu sehn
Und zu erspähn, worüber sie wohl klage,
Denn seinem Alter ziemte solche Frage.

Er kam, gestützt auf seinen Knotenstab,
Und setzte sich zu ihr, geziemend ferne,
Und sprach, indem er gute Worte gab:
»Vertraue mir dein Leid, ich hör' es gerne
Und bin zu Rat und Tat bereit, woferne
Den heft'gen Schmerz ich hilfreich weiß zu lindern:
Daran soll mich das Alter nicht verhindern.«

»Ihr seht zwar, Vater«, sprach sie, »die Gewalt
An mir so mancher kummervollen Stunde;
Doch haltet mich darum nicht für so alt:
Mich richtet Gram und nicht die Zeit zugrunde.
Ich blühte wohl der Jugend noch im Bunde,
Hätt' ich die Liebe nur auf mich gewendet
Und nicht an einen andern sie verschwendet.

Doch weh mir, weh, zu früh bestrickte mich
Ein junger Mann: der hat mir's angetan.
So sehr empfahl Natur ihn äußerlich,
Daß ihn allein der Mädchen Augen sahn.
Die Liebe siedelte da gern sich an,
Die, als sie jetzt in seinem Antlitz wohnte,
Erst recht als allverehrte Göttin thronte.

Sein blondes Haar wand sich in Lockenringen;
Die wußte jeder buhlerische Hauch
Zum Kusse seinen Lippen darzubringen.
Was süß zu tun, das tut ein jeder auch:
Ihn lieben ward ein allgemeiner Brauch,
Denn was man sich im Paradies verspricht,
Davon ein Inbegriff war sein Gesicht.

Noch zeigte kaum sein Kinn der Mannheit Zeichen;
Der junge Phönix hat so zarten Flaum
Wie ungeschornen Sammt; der Haut, der weichen,
Glich das Gewebe, das sie trug, doch kaum.
Gleichwohl ließ dieser Schmuck dem Zweifel Raum,
Ob voller Haarwuchs mehr, ob reine Glätte
Die Schönheit dieses Kinns gehoben hätte.

Die Seele stimmte zu der Wohlgestalt,
Die Sprache floß ihm sanft, doch leicht und frei.
Im Zorne donnert' er mit Sturmgewalt,
Wie es geschieht im schönen Monat Mai,
Der doch auch wettern mag, wie süß er sei.
Sein Ungestüm entschuldigte die Jugend
Und lieh der Falschheit selbst den Schein der Tugend.

Er saß zu Roß, daß jeder sprach: 'Der Reiter
Leiht seinem Pferde Adel, Schmuck und Zier.
Stolz auf Gehorsam, eitel auf den Leiter,
Wie bäumt's, wie schäumt's, wie stäubt es durchs Revier!'
Wir fragen wohl, denn gerne zweifeln wir,
Ob er von seinem Pferde wird gehoben,
Ob man das Pferd soll um den Reiter loben.

Doch gibt man sich auch selber gleich Bescheid:
Die Anmut fließt aus seinem eignen Leben,
Und allen äußern Schmuck in Roß und Kleid
Muß erst die innere Vollendung heben.
Nur in den Kauf wird solche Zier gegeben;
Sie kann den Reiz nur von ihm selber borgen:
Drum waren das ihm die geringsten Sorgen.

Auf seiner Zunge, siegreich vor der Menge,
Lag die Entscheidung aller schwier'gen Sachen.
Rasch im Erwidern, im Beweisen strenge
Wußt' er auf seinen Vorteil stets zu wachen.
Ihm mußten Lacher weinen, Weiner lachen,
Er konnte jede Leidenschaft erregen,
Und der Gefühle Sturm zur Ruhe legen.

Die Herzen alle mußten ihn verehren,
Von Jung und Alt, von Männern und von Frauen,
Im Leben wie im Geist mit ihm verkehren,
Denn alle Blicke strebten, ihn zu schauen.
Entgegen kam ihm unverlangt Vertrauen;
Was er als Gunst gedachte zu erflehn,
Sah er als fremden Herzenswunsch entstehn.

Mühsam besorgten manche sich ein Bild,
Sich dran zu letzen und drein zu vergaffen,
Wie Toren wohl damit der Hahnkamm schwillt,
Sich unterwegs Landgüter anzuschaffen,
Die sie im Geist verwesen wie die Affen,
Obwohl sie oft sie sorglicher verwalten
Als ihre Herrn, die gichtgeplagten Alten.

Schon manche wähnte, – ob sie seine Hand
Auch nie berührt, – in seiner Brust zu thronen.
Mein armes Herz, das keine Fessel band,
Noch nicht gesinnt der Werber Dienst zu lohnen,
Sah Kunst und Jugend einig in ihm wohnen
Und ließ an seinen Zauber sein Gemüte;
Mir ward der Dorn, ihm meine Jugendblüte.

Doch tat ich nicht, wie manche Maid getan:
Ich sucht' ihn nicht, noch ließ ich leicht mich finden.
Ich hielt gestreng mich auf der Ehre Bahn
Und ließ der Ferne Schutz mir nicht entwinden.
Auch mußte mich zur Wachsamkeit verbinden
Manch blutend Herz, das diesem falschen Stein
Nur Folie war, ihm aber Glanz und Schein.

Doch, hatt' ein Beispiel je Gewicht genug,
Daß wir ein Los, das uns verhängt, vermieden?
Erfahrung anderer macht selten klug:
Wir wollen wissen, was uns selbst beschieden.
Unlange stellt uns guter Rat zufrieden,
Denn rasen wir, scheint uns der Rat ein Gegner,
Wir sind ihm taub und werden nur verwegner.

Was kümmert es das kochend heiße Blut,
Was andere litten? Dämpft das sein Verlangen?
Was man verbietet, schmeckt uns doppelt gut,
Wär's giftig auch wie Nattern und wie Schlangen.
Vernunft mag reden, wenn die Lust vergangen.
Wir kosten doch, was uns der Gaumen rät,
Weint gleich Vernunft und ruft: Es ist zu spät!

Was konnt' ich von ihm hoffen als Verrat?
Ich sah die Opfer seiner Heuchelkünste,
In fremden Gärten aufgehn seine Saat,
Sah, wie sein Lächeln neue Arglist münzte.
All seine Schwüre waren blaue Dünste
Geschrieben wie gesagt in Bausch und Bogen,
Bastarde, die sein falsches Herz erzogen.

So hielt sich lang die Festung meiner Tugend,
Bis er mich so bestürmte: 'Holde Maid,
Erbarme dich der Schmerzen meiner Jugend
Und trau den Schwüren, die ich dir geweiht:
Noch keiner andern schwur ich solchen Eid;
Geladen ward ich oft zur Liebesfeier,
Doch niemals lud ich noch, war niemals Freier.

Hab' ich an andern jemals mich verfehlt,
Ließ ich das Blut mich, nicht das Herz verleiten,
Das war nicht Liebe. Wo die nicht beseelt,
Da ist's ein öder Schein auf beiden Seiten.
Treffe denn Schande, die nach Schande freiten!
Denn die mich jetzt am heftigsten verklagen,
Die pflegen keinem leicht was abzuschlagen.

Von allen, die mein Auge je erblickt,
Mein Herz vermochte keine zu erwärmen.
Hat eine mich mit Reizen so bestrickt,
Daß ich nicht schlief vor der Gefühle Lärmen?
Sie härmten sich, ich wußte nichts von Härmen,
Und trug manch Herz auch meine Liverei,
So blieb ich unbeschränkt und herrschte frei.

Sieh, was mir hier ein wundes Herz gesendet,
Die Perlen bleich, Rubine rot wie Blut:
Es sagt, daß sich ein Herz an mich verschwendet
Und heimlich rinnt der Tränen lichte Flut,
Emporgesandt von des Verlangens Glut.
Denn wie man auch sich sträube vor der Welt,
Die Neigung sei es, die den Sieg behält.

Betrachte dieses bunte Haargewind,
Umwunden liebevoll mit goldnem Draht.
Die Locken sandte manches schöne Kind,
Das mich mit Tränen sie zu nehmen bat.
Juwelen, die sie angeheftet hat,
Erklären in Sonetten zart erdacht
Uns ihren Wert, Gebrauch und selt'ne Pracht.

Der harte Diamant, des Strahlenpracht
Mit hellem Schein der Herzen viel bestrickt;
Tiefgrün daneben fesselt der Smaragd,
Der blöde Augen tröstet und erquickt.
Hier der Saphir, der wie der Himmel blickt;
Auch der Opal, dem Namen eingeschnitten:
Sie sollten alle mich um Liebe bitten.

Sieh, alle die Trophä'n verschwiegner Gunst,
Welch schmachtendes Verlangen sie auch sende,
In meinen Händen wären sie nur Dunst:
Sie seien dein, der ich mich selbst verpfände,
Denn du bist mein Beginn und bist mein Ende:
Ward es auch mir geweiht als dem Altar,
Ich bring' es dir als meiner Göttin dar.

Ich lege sie in deine weiße Hand,
Die alles Lobes Schale bringt zum Steigen,
Nimm jedes Sinnbild, jedes Liebespfand,
Einst seufzend dargebracht, – es sei dein eigen,
Dein Priester weih' ich sie mit heil'gem Schweigen,
Die einzeln mir gesendet sind von vielen,
Die auf einmal, die doch auf dich nur zielen.

Sieh, dieses Schreiben kommt von einer Nonne,
Die einem strengen Orden sich befahl.
Einst war sie eines ganzen Hofes Sonne,
Und jede Blume buhlt' um ihren Strahl.
Ihr huldigte der ganze Fürstensaal;
Sie hielt sich kalt zurück, weil sie ihr Leben
Der ew'gen Himmelsliebe wollt' ergeben.

Doch, o mein Lieb! Man kann dem leicht entsagen
Was man nicht hat, und satten Magens fasten;
In einen Sumpf ist bald ein Pfahl geschlagen;
Der Ketten ist gut spotten, die nicht lasten.
Ihr Ruhm war, sich in eil'ger Flucht zu hasten,
Vor Wunden zu bewahren ihre Jugend:
So siegte sie durch Ferne, nicht durch Tugend.

Vergib mir, daß ich mit der Wahrheit prahle:
Der Zufall, der sie mich erschauen ließ,
Bewältigte sie gleich mit einem Male:
Nun floh die Himmelsbraut das Paradies,
Aus dem sich selbst die Schuldige verwies.
Scheu vor Verführung trieb sie zwischen Mauern:
Zu fliehn versucht sie jetzt, nicht zu vertrauern.

Wie siegreich wirkst du denn, wie stark und schnelle
Die Herzen all, die mein verlangend denken,
Ergießen ihre Flut in meine Welle,
Und diese geht, sich in dein Meer zu senken:
Ich lenke sie und lasse dich mich lenken.
Nimm aller Glut zu deinem Ruhm zusammen
Und laß dein kaltes Herz daran entflammen.

Bezaubert hab ich eine Himmelsbraut,
Die nur Gebet und Fasten noch ernährt;
Den Augen hat sie nur zu viel vertraut,
Gelübd' und Weihen blieben ohne Wert.
O Kraft der Liebe, was wär' dir verwehrt?
Auf Ketten nicht noch Mauern hast du acht,
Denn du bist alles, endlos deine Macht.

Wenn du gebeust, verdrießt uns alles Mahnen
Des schalen Beispiels. Herrscher deiner Triebe,
Reißt es im Sturm uns fort auf deine Bahnen
Trotz Sitt' und Ehren, Ruf und Kindesliebe.
Ob uns zuletzt nur Not und Reue bliebe,
Du weißt die künft'gen Qualen zu versüßen
Und träufelst Honig in des Sträflings Büßen.

Die Herzen bluten, die in meinem leben,
Wenn dieses bricht; erbarme dich der Pein!
Hör' ihrer Seufzer Laut, die dich umschweben:
Laß dein Geschütz nicht länger Feuer spei'n
Und würd'ge, meinem Flehn Gehör zu leih'n:
Vernimm mit gläub'gem Herzen meinen Schwur,
Denn er gelobt die reine Wahrheit nur!'

Sieh, helle Tränen von den Augen sprangen,
Die flehend noch auf meinem Blick geruht:
Der Strom ergießt sich über beide Wangen;
Sie dampften von der heißen Liebesflut.
Wie ließ der Bach den schönen Ufern gut!
Den Rosenschein kristallen überzogen,
Und vollgedrängt sah ich die Tränen wogen.

O Vater, jede Tränenperle schließt
Den Zauber einer ganzen Hölle ein.
Bei solcher Augenüberschwemmung fließt
Ein Frauenherz mit fort, und wär's von Stein;
Und wär's von Eis, empfänd' es Flammenpein.
Zwiefache Wirkung! Wärmen und auch kühlen!
Was einer fühlt, du lehrst ihn anders fühlen.

Sieh, seine Rührung, die aufrichtig schien;
Sie löst in seinen Tränen meine Hut.
Der Unschuld weiße Stola warf ich hin,
Vergaß der Scham vor seiner Tränenflut,
Und ließ ihn schaun, wie sehr mein Herz ihm gut.
Doch meine Rührung gab ihm neues Leben;
Er hatte mit der seinen mich vergeben.

Er ist ein Inbegriff von feinen Stoffen,
Die listgewandt sich jeder Form bequemen,
Daß er jetzt bleich erschien, jetzt Tränen troffen,
Jetzt jüngferlich sich seine Wangen schämen.
Dies alles muß man nicht für Wahrheit nehmen:
Wenn er errötet, weint, in Ohnmacht fällt,
So spielt er gut, wie ein Theaterheld.

So kam kein Herz in seines Schusses Weite,
Das nicht getroffen hinsank, wenn er schoß.
Er zeigte sich von seiner schönsten Seite,
Wenn er von Güt' und Tugend überfloß:
Und nichts so sehr als Falschheit ihn verdroß,
Wenn ganz sein Herz der Wollust Glut verzehrte,
Sprach er entzückt von edler Unschuld Werte.

So deckt' er mit der Anmut zartem Schleier
Den nackten Feind, der sich in Tugend barg.
Man sah empor zu ihm in hoher Feier:
Wer nähm' an einem Cherubim auch Arg?
Welch Mädchen wäre solchem Freier karg?
Weh mir, ich fiel; allein ich darf wohl fragen:
Wie konnt' ich dieser Liebe mich entschlagen?

Wer widerstand dem Blick, dem tränenfeuchten,
Der falschen Glut, von der die Wange brannte,
Dem Auge voll von edlem Wetterleuchten,
Wenn heil'ger Donner jeden Zweifel bannte.
Die Täuschung, die kein Kenner noch erkannte,
Sie möchte die Betrogne nochmals rühren
Zum andernmal die Büßerin verführen.«

DER VERLIEBTE PILGER

Wenn Liebchen spricht, daß nie ihr Herz erkalte,
So glaub' ich ihr, wenn sie es schon erfand;
Damit sie mich für einen Neuling halte,
Mit Listen dieser Welt noch unbekannt.
So, irrig wähnend, daß sie jung mich wähne,
Wiewohl sie weiß, mein Frühling ist dahin,
Leugn' ich's ihr nicht in ihre falschen Zähne,
Und beiderseits verbirgt sich wahrer Sinn.
Doch warum sagt sie nicht, daß sie nicht treu?
Warum nicht ich, daß einst ich jung gewesen?
O, Amors Lieblingslust ist Heuchelei,
Und Lieb' in Jahren mag nicht Jahreszahlen lesen.
Darum belüg' ich sie, belügt sie mich,
Und unsre Lügensünden schmeicheln sich.

Zwei Flammen hab' ich, die im Doppelbann,
Wie Geister, zwischen Trost und Qual mich lassen darben:
Der bess're Engel ist ein schöner Mann,
Der schlimmere Geist ein Weib von bösen Farben.
Mein weiblich Unheil, bald dem Pfuhl mich zu gesellen,
Lockt meinen guten Engel von mir fort:
Zum Teufel möchte sie den Heiligen entstellen;
Dem Reinen kost ihr falsches Schmeichelwort.
Und, ob mein Engel nun schon eingefeindet,
Besorg' ich; – zwar nicht völlig ist's bekannt; –
Doch, da mich beide fliehn, und beide sich befreundet,
Fürcht' ich, ein Engel ward des andern Höllenbrand.
Und wie es steh', ich kann es nicht vermuten,
Als bis mein böser Geist verschlingt den guten.

Hat deiner Augen Himmelsredemacht,
Die keine Welt bestreiten wird mit Gründen,
Mein Herz zu diesem Meineid nicht gebracht?
Um dich gebrochne Schwüre sind nicht Sünden.
Ein Weib verschwur ich; aber daß ich nicht
Dich *Göttin* drum verschwur, will ich beschwören.
Mein Eid war irdisch, du ein himmlisch Licht.
Von aller Schuld befreit mich dein Erhören.
Mein Eid war Hauch; Hauch ist ein Dunst: so saugest
Du schöne Sonne meiner Erdenbahn
Dies dunstige Gelübd' in dich, verhauchest,
Zerreißest es; ich hab' nicht Teil daran.
Und hätt ich's auch gebrochen, welcher Tor
Zög einen Schwur dem Paradiese vor?

An einem Bache saß die reizende Cythere,
Von ihrem jungen Freund Adonis hoch entzückt.
Mit manchem süßen Blick liebäugelt ihm die Hehre,
Mit Blicken wie nur sie, der Schönheit Fürstin, blickt.
Dem Ohr zur Lust erzählt sie Märlein ihm,
Zeigt Liebliches, die Augen zu versuchen;
Berührt ihn hie und da, sein Herz an sich zu ziehn:
So schmeichelndes Getast wird oft das Grab der Tugend. –
Doch, ob den frühen Jahren Sinn gebricht,
Ob er verschmähet ihr verblümtes Deuten,
Der junge Gründling schluckt den Hamen nicht,
Und lacht und spottet aller Artigkeiten.
Da fiel die gnäd'ge Göttin rücklings hin:
Und er sprang auf und lief. – O Eigensinn!

Lehrt Liebe Meineid mich, wie soll ich Liebe schwören?
O Schönheit, sie allein hält Liebestreu im Flor!
Wie auch mir selber falsch, treu will ich dir gehören.
Dies Wort, mir eichenfest, scheint dir ein schwankes
Rohr.
Betrachtung läßt ihr Buch und forscht in deinen Augen,
Wo alle Wonne lebt, die nur die Kunst erschleußt.
Ist Kenntnis Ziel, du kannst statt aller Kenntnis taugen:
Am weisesten der Mund, der dich am besten preist.
Wer ungerührt dich säh, die roh'ste Seele hätt' er.
Daß du ein Wunder mir, kommt meinem Ruf zu gut.
Dein Aug' ist Jovis Blitz, dein Laut sein drohend Wetter;
Doch, ohne Zorn, Musik und sanfte Lebensglut.
O, himmlisch wie du bist, verleugne dich nicht so,
Und singe Himmels Lob so irdisch rauh und roh.

Kaum war der Tau vom Frühlicht aufgetrunken,
Kaum ruht die Herd' umzäunt im Schattendach,
Als Cypria, in Liebe ganz versunken,
Voll Sehnsucht des Adonis harrt' am Bach,
Bei einem Weidenbaum. Adonis war
Im Bach gewohnt sein Feuer abzukühlen.
Heiß schien die Sonne, heißer noch fürwahr
Die seiner harrt'; oft pflegt' er dort zu spielen.
Und sieh! er kommt, und wirft den Mantel ab,
Steht mutternackt auf grünem Wiesenplan.
Mit Herrscheraugen blickt die Sonn' herab;
Noch brünstiger blickt ihn die Göttin an.
Kaum sah er sie, sprang er hinab. Sie sprach:
»O Jupiter! O wär' ich doch der Bach!«

Mein Lieb ist schön, doch nicht so schön als schnöde:
Wie Tauben sanft, doch schlangenglatt und frostig;
Heller als Glas, und doch wie Glas so spröde,
Weicher als Wachs, und doch wie Eisen rostig:
Ein wenig bleich, mit etwas Rosenröte,
So schön wie keine, und so falsch wie jede.

Wie hat sie mich mit Lippen schier verschlungen,
Auf jeden Kuß ein Heer von Liebesschwüren.
Wie hat sie mich mit Märchen eingesungen,
Als bräch' ihr Herz, das meine zu verlieren!
Und doch, im Schwung der höchsten Seelenflüge
Ward Eid und Treu und Trän' und alles Lüge.

Sie brannt' in Liebe wie das Stroh in Flammen,
Verbrannt' in Liebe schnell wie Stroh verbrennet,
Erbaute Lieb', und riß sie wild zusammen;
Schwur ew'ge Lieb', und hat sie rasch zertrennet.
Soll sie als Buhl', als Liebchen mir gefallen,
Zu schlecht zum guten, und gering in allem?

Der Morgen lächelte: die schöne Venus war
Vor Kummer bleicher als ihr schneeweiß Taubenpaar,
Des wilden Springinsfeld Adonis wegen.
Sie tritt auf einen jähen Holm. Geschwind
Sieht sie den Knaben nahn mit Horn und Hunde.
Die Gute warnt ihn, mehr als wohlgesinnt:
»O weiche nicht von diesem sichern Grunde.
Wohl eher sah ich schon so holden Kleinen
Von einem Eber schwer verletzt im Tal,
Tief in der Hüft', ein Anblick war's zum Weinen;
Sieh meine Hüfte, sieh, hier war das Mal.«
Sie zeigt es ihm, und er wird rot und flieht,
Weil er mehr Wunden dort als eine sieht.

Lieb Röslein, vor der Zeit gepflückt, zu bald erblichen,
Gepflückt als zarte Knosp', im Lenz erblichen; ach,
Des Ostens Perle du, vom Moder früh beschlichen,
O Kleinod, das so schnell des Todes Stachel stach,
Wie grüne Pflaumen, die in Windes Wallen
Eh' sie der Herbst gereift, vom Baume fallen.

Ich wein' um dich, der doch nicht Anlaß hat:
Warum? Im Testament hast du mich übergangen;
Und mir doch mehr vermacht, als je ich von dir bat:
Warum? Nie hab' ich dich um etwas angegangen.
Und doch, verzeih mein Herz! ich muß mich fassen:
Dein Mißvergnügen hast du mir verlassen.

Saures Alter, frohe Jugend
Können nicht zusammen dauern:
Jugend ist voll muntrer Launen,
Alter voller Sorg' und Qual.
Jugend wie ein Sommermorgen,
Alter gleicht den Winterschauern.
Jugend pranget wie der Sommer,
Alter winterdürr und kahl.
Wenn der Jugend Scherze frommen,
Alters Odem bleibt beklommen.
Jugend eilet, Alter schleicht.
Jugend feurig, kühn, verwegen,
Alter lahm, will nur sich pflegen;
Jugend schäumet, Alter keucht.
Jugend, Jugend, dich umfang' ich:
Alter, Alter, vor dir bang' ich.
O mein Lieb, mein Lieb ist jung.
Alter schlag' ich in die Winde:
Süßer Schäfer, komm geschwinde!
Eilest lang mir nicht genung.

Schönheit, o eitles Glück, wie bald verloren!
Du bist ein bunter Schmelz, der schnell verfliegt,
Ein Blümlein früh dahin, so wie geboren,
Ein mürbes Glas, das in der Hand zerbricht.
Schmelze, Blume, Glas, hinfällig eitles Glück,
Verwelkt, verschwunden, tot im Augenblick.

Und wie verlornes Glück sich selten findet,
Verflognen Schmelz kein Reiben wiederbringt,
Verwelkte Blume tot zur Erde schwindet,
Zerbrochnes Glas kein Kitt zusammenzwingt:
So kann befleckte Schönheit nichts erneuen,
Nicht Mühen, Sorgen, Schminken, Arzeneien.

»Gut' Nacht! Ruh' sanft!« – Ach, beides mir verleidet!
Sie beut mir gute Nacht, die meine Ruh verscheucht
Und in mein Bett mich treibt mit Qualen überbreitet,
Wo meines Unglücks Zweifel mich beschleicht.
»Leb' wohl«, sprach sie, »gut' Nacht! Wir sehn uns
morgen.« –
Wohlleben konnt' ich nicht; ich aß zu Nacht mit Sorgen.

Doch als wir schieden, lächelt' sie so süß:
War's Freundschaft oder Hohn? Ich mag's nicht deuten:
Vielleicht vor Freuden, daß sie mich verstieß?
Vielleicht mich Irren wieder hin zu leiten?
Irr! Auf uns luft'ge Schemen paßt das Wort;
Wir müh'n uns viel, und heben nie den Hort.

Wie starrt' ich unverwandt nach Osten hin!
Mein Herz zürnt mit der Uhr; das frühe Licht
Erweckt aus trägem Schlummer jeden Sinn:
Der eignen Augen Zeugnis glaub' ich nicht;
Ich sitze lauschend, horch' auf Philomelen,
Und wollt', es wär ein Lied aus Lerchenkehlen:

Denn *das* begrüßt den Tag mit muntern Lauten,
Und zwingt die lichtlos bange Nacht zur Flucht;
Und, flieht die Nacht, eil' ich zu meiner Trauten;
Dort findet Herz und Auge, was es sucht.
Sorg' ist in Lust verwandelt, Lust hegt Sorgen,
Denn seufzend sagte sie zu mir: »Komm morgen!«

Wär' ich mit ihr, zu schnell wär' Nacht entflohn;
Nun aber reih'n Minuten sich an Stunden:
Minuten werden Monden mir zum Hohn.
Nicht mir, o Tag! den Blumen scheine drunten.
Flieh, Nacht! Komm, lieber Tag! Laß Nacht uns borgen;
Und, Nacht, sei kurz, erhole dich am Morgen.

Liebe (ach wer steht ihr bei!
Immer frisch und jung im Mai)
Sah umbuhlt von Zephyrs Wehen
Wunderschönes Blümlein stehen.
Durch die samtnen Blätter schien
Unsichtbar der Wind zu ziehn,
Daß sich totkrank der Verliebte
Nicht wie Luft zu sein betrübte,
»Luft«, sprach er, »wie darfst du schlürfen!
Möcht' ich, Luft, so jubeln dürfen!
Aber ach, dich nie zu brechen
Gab die Hand dir das Versprechen!
Jugendschwur, wie ich dich büße!
Jugend pflückt so gern das Süße.
Nenn' es Sünde nicht in mir,
Brech' ich mein Gelübde dir.
Schwür' doch Zeus, in dich verloren,
Seine Juno glich den Mohren;
Möchte Zeus nicht länger, nein,
Dir zuliebe sterblich sein.«

Wenn du die Schöne willst erreichen,
Das Wild, das schußrecht vor dir sitzt,
Dann schütze dich Vernunft vor Streichen,
So gut sie blinde Liebe schützt.
Ein kluger Rat, er wär' dir nötig;
Doch sei er nicht zu jung, noch ledig.

Und bringst du nun dein Sprüchlein an,
Laß glatter Zungen Wortgeflinker:
Sonst merkt sie Trug, du hast vertan;
Der Lahme wittert leicht den Hinker.
Sprich nur: Dich lieb' ich, treu und schlicht,
Und setz' ihr Schönes hell ins Licht.

Und schmollt sie gleich und senkt den Blick,
Vor Abend noch gibt sich dies Toben:
Dann wünscht sie dich zu spät zurück,
Bereut, daß sie ihr Glück verschoben;
Zweimal verlangt sie, eh' es tagt,
Nach dem, was sie mit Hohn versagt.

Laß sie nur ringen, keifen, zanken,
Sich mit dir messen, schelten, schmähn;
Die schwache Kraft wird endlich wanken,
Sie wird gewitzigt eingestehn:
Wär' Weib so stark als Mann geboren,
Du hättest, meiner Treu, verloren!

Und ihren Wünschen allerweise
Mit vollen Händen komm zuvor:
Daß dein Verdienst sich hell erweise,
Laß aufgehn, klingl' ihr um das Ohr.
Die stärkste Festung, Turm und Mau'r
Ergibt sich goldnem Regenschau'r.

Sei immerdar ihr treuer Knecht,
Dein Werben ehrlich und bescheiden:
So lang sie dir nicht ungerecht,
Laß dich zum Wechsel nicht verleiten.
Verdrieße dich kein gutes Wort,
Und stieße sie dich zehnmal fort.

Wie Frauenlist sich ränkevoll
Mit falschem Außenschein umzieht,
All' ihre Schlich' und Launen soll
Der Hahn nicht wissen, der sie tritt.
Hat man dir nicht schon oft bericht':
Ein Weiber-Nein hat leicht Gewicht?

Bedenk, mit Männern ficht kein Weib
Um Märtyrtum, es ficht um Sünden.
Wenn Zeit und Alter sie bestäubt,
Beim Kreuz! dann liegt ihr Himmel hinten.
Gäb's nichts als Küss' im Bett, fürwahr,
Weib ging mit Weib zum Traualtar.

Doch still! genug, und schon zuviel,
Daß mich mein Mädchen nicht vernimmt,
In's Ohr mir raunt: »Nun schweige still!«
Und meine Zunge zahmer stimmt. –
Doch wird sie rot, (traut meinem Lied),
Wenn sie sich so verraten sieht.